分类新编

全宋词

目录

吕树坤 吕庆业 梁国辅 刘琦 编纂

作家出版社

出版说明

一、本书按照汉字笔画将宋词归于各个词牌。

二、本书中词牌首字笔画最少者一画，最多者二十一画，笔画少者在前，多者在后，以此落实词牌先后之顺序。词牌首字笔画相同者，其先后严格按照横、竖、撇、点、折笔顺为序。以此类推。

三、本书中词牌之先后，与文学史之年代先后无关。但词牌下作者之先后，则以文学史的年代为依据。不能确定者，从众说。

四、本书对词牌均有介绍，叙述源流，归纳演变，补旧续新，简明扼要。

总 目 录

词牌目录

一画

二画

三画

四画

五画

六画

七画

八画

九画

十画

十一画

十二画

十三画

十四画

十五画

十六画

十七画

十八画

十九画

二十一画

残词目录

采莲令

乳燕飞

定风波

法曲献仙音

南乡子

南歌子

点绛唇

临江仙

临江仙

映山红

品令

拜星月

秋千儿词

秋蕊香

洞仙歌

祝英台

祝英台近

贺新郎

壶中天

踏莎行

蝶恋花

鹧鸪天

霜天晓角

失调名词目录

失调名残词

第一册目录

一画

一寸金

一井金

一丛花

一丛花令

一丝风

一枝花

一枝春

一络索

一斛珠

一剪梅

一萼红

一落索

一箩金

二画

二色宫桃

二色莲

二郎神

十二时

丁香结

七娘子

卜算子

卜算子令

卜算子慢

八六子

八节长欢

八归

八犯玉交枝

八声甘州

八拍蛮

八宝妆

八宝装

八音谐

人月圆

人月圆令

人南渡

入塞

九回肠

九张机

三画

三台

三台令

三台春曲

三犯渡江云

三字令

三段子

三姝媚

三部乐

三登乐

于飞乐

于飞乐令

于中好

下水船

大圣乐

大有

大江东去

大江西上曲

大江词

大江乘

大椿

大酺

万年欢

万年欢慢

万里春

与团圆

上平西

上西平

上西楼

上行杯

上阳春

上林春

上林春令

上林春慢

山庄劝酒

山花子

山坡羊

山亭柳

山亭宴

山亭宴慢

山鬼谣

山渐青

四画

王孙信

开元乐

云仙引

天下乐

天下乐令

天门谣

天仙子

天宁乐

天香

无一事

无月不登楼

无闷

无愁可解

木兰花

木兰花令

木兰花减字

木兰花慢

太清舞

少年心

少年游

长相思令

长相思慢

长亭怨

长亭怨慢

爪茉莉

月上瓜州

月上海棠

月上海棠慢

月下笛

月中行

月中桂

月边娇

月当厅

月当窗

月先圆

月华清

月华清慢

月花清

月底修箫谱

月城春

月宫春

月照梨花

丹凤吟

乌夜啼

乌啼月

风入松

风中柳

风中柳令

风光好

风流子

风蝶令

风瀑竹

凤衔杯

凤凰台上忆吹箫

凤凰枝令

凤凰阁

凤鸾双舞

凤箫吟

六幺令

六丑

六州

六州歌头

忆少年

忆少年令

忆东坡

忆旧游

忆旧游慢

忆仙姿

忆汉月

忆江南

忆吹箫

忆吹箫慢

忆闷令

忆君王

忆故人

忆帝京

忆秦娥

忆真妃

忆桃源

忆萝月

忆黄梅

忆瑶姬

丑奴儿

丑奴儿令

丑奴儿慢

引驾行

劝金船

双双燕

双头莲

双头莲令

双声子

双荷叶

双调望江南

双韵子

双瑞莲

双雁儿

双燕儿

双翠羽

双鸂鶒

水龙吟

水龙吟令

水龙吟慢

水仙子

第二册目录

水调歌

水调歌头

玉联环

玉阑干

玉楼人

玉楼春

玉楼春令

玉楼宴

玉漏迟

玉蝴蝶

玉蹀躞

玉簟凉

击梧桐

正宫导引

古四北洞仙歌

古记

东风齐著力

东风第一枝

东阳叹

东吴乐

东邻妙

东坡引

扑蝴蝶

归字谣

归国谣

归朝欢

归朝歌

且坐令

四代好

四犯令

四犯翦梅花

付金钗

白苎

白雪

氐州第一

乐语

市桥柳

兰陵王

汉宫春

汉宫春慢

永同欢

永遇乐

六画

西子妆慢

西平乐

西平乐慢

西江月

西江月慢

西地锦

西楼子

西楼月

百岁令

百字令

百字谣

扬州慢

夷则商国香慢

过龙门

过秦楼

过涧歇

传花枝

传言玉女

华胥引

华清引

伤春曲

伤情怨

伊川令

伊州三台

伊州三台令

行香子慢

行路难

负心期

多丽

庄椿岁

庆千秋

庆长春

庆双椿

庆同天

庆寿光

庆灵椿

庆佳节

庆金枝

庆金枝令

庆春时

庆春泽

庆春宫

庆宫春

庆清朝

庆清朝慢

齐天乐

问歌颦

并蒂芙蓉

关河令

江月晃重山

江如练

江城子

第三册目录

江神子慢

江梅引

江楼令

安公子

安平乐

安平乐慢

安庆摸

安阳好

寻梅

导引

阮郎归

阳台怨

阳台梦

阳台路

阳关三叠

阳关引

阳关曲

阳春

阳春曲

阳羡歌

如此江山

如鱼水

如梦令

如意令

好女儿

好女儿令

好事近

好溪山

买陂塘

红芍药

红罗袄

红林檎近

红娘子

红情

红窗听

杜韦娘

杨柳枝

杨柳陌

极相思

极相思令

赤枣子

赤壁词

芙蓉月

芰荷香

花上月令

花心动

花心动慢

芳心苦

芳草

芳草渡

芳洲泊

芭蕉雨

苏武令

苏武慢

苏幕遮

杏花天

杏花天慢

杏梁燕

巫山一段云

更漏子

豆叶黄

两同心

还京乐

还宫乐

折丹桂

折红英

折红梅

折新荷引

抛球乐

连理枝

步月

步花间

步虚子令

步虚词

步蟾宫

呈纤手

吴山青

吴门柳

吴音子

别怨

别素质

别瑶姬慢

吹柳絮

何满子

伴云来

伴登临

皂罗特髻

角招

饮马歌

迎仙客

迎春乐

迎春乐令

迎新春

系裙腰

应天长

应天长令

快活年近拍

沙头雨

沙塞子

泛兰舟

泛清苕

泛清波摘遍

沁园春

诉衷情

诉衷情令

诉衷情近

君不悟

君看取

尾犯

陇头泉

阿那曲

忍泪吟

鸡叫子

八画

奉禋歌

青房并蒂莲

武林春

武陵春

苗而秀

林钟商小品

杵声齐

松江哨遍

松梢月

枕屏儿

画眉郎

画堂春

画堂春令

画楼空

画蛾眉

雨中花

雨中花令

雨中花慢

雨淋铃

雨霖铃

卖花声

拥鼻吟

拂霓裳

拨棹子

转声虞美人

凯歌

钓船归

钓船笛

钗头凤

垂丝钓

垂丝钓近

垂杨

垂杨碧

金明池

金明春

金盏子

金盏子令

金盏子慢

金盏倒垂莲

金莲绕凤楼

金钱子

金菊对芙蓉

金缕曲

金缕衣

金缕词

金缕歌

金殿乐慢

金蕉叶

征部乐

第四册目录

念奴娇

念良游

念离群

念彩云

采明珠

采莲

采莲令

采莲舞

采桑子

采桑子慢

采绿吟

受恩深

乳燕飞

鱼水同欢

夜厌厌

夜合花

夜行船

夜如年

夜度娘

夜捣衣

夜游宫

卷春空

卷珠帘

法曲

法曲第二

法曲献仙音

法驾导引

河传

河渎神

河满子

宝鼎现

定风波

定风波令

定风波慢

定西番

定情曲

宜男草

宛溪柳

春霁

珍珠令

珍珠帘

玲珑玉

玲珑四犯

城头月

城里钟

荆溪咏

荐金焦

茶瓶儿

胡捣练

胡捣练令

荔子丹

荔枝香

荔枝香近

南乡子

南州春色

南柯子

南徐好

南浦

南浦月

南楼令

南歌子

柘枝舞

相见欢

相思儿令

相思引

相思令

相思会

柳长春

柳初新

柳枝

柳垂金

柳梢青

柳摇金

柳腰轻

要销凝

耍鼓令

括一丛花

括木兰花慢

括水调歌

括满江红

括酹江月

拾翠羽

点绛唇

临江仙

临江仙引

映山红慢

昭君怨

思牛女

思归乐

思远人

思佳客

思佳客令

品字令

拜星月

拜星月慢

看花回

选官子

选冠子

香山会

秋日田父词

秋风叹

秋兰香

秋夜月

秋夜雨

怨春风

怨春郎

亭前柳

度清宵

度新声

帝台春

闺怨无闷

闻鹊喜

送入我门来

送征衣

迷仙引

迷神引

将进酒

恨欢迟

恨来迟

恨春迟

洞天春

洞仙歌

洞仙歌令

洞庭春色

洛妃怨

洛阳春

济天乐

宣州竹

宣清

祔陵歌

误桃源

祝英台

祝英台令

祝英台近

昼夜乐

昼锦堂

眉妩

眉峰碧

第五册目录

绕佛阁

绛都春

十画

艳声歌

秦刷子

秦楼月

盐角儿

壶中天

壶中天慢

莫打鸭

莫思归

荷叶杯

荷叶铺水面

荷华媚

莺声绕红楼

莺啼序

桂枝香慢

桂殿秋

桂飘香

桃源忆故人

桃源行

索酒

鬲溪梅令

夏云峰

夏日燕黉堂

夏初临

破子清平乐

破字令

破阵子

破阵乐

剔银灯

晕眉山

哨遍

唤春愁

恋芳春慢

恋香衾

恋绣衾

留客住

留春令

高山流水

高阳台

郭郎儿近拍

离别难

离亭宴

离亭燕

唐多令

唐河传

凌　歊

粉蝶儿

粉蝶儿慢

烛影摇红

凄凉犯

浦湘曲

凉州令

酒泉子

消息

海月谣

海棠春

海棠春令

浣沙溪

浣溪沙

浣溪沙慢

浪淘沙

浪淘沙令

浪淘沙近

浪淘沙慢

家山好

宴山亭

宴齐云

宴春台

宴春台慢

宴桃源

宴清都

宴琼林

宴瑶池

被花恼

调笑

调笑令

教池回

菱花怨

黄河清

黄金缕

黄莺儿

菩萨蛮令

菩萨鬘

梦兰堂

梦仙乡

梦玉人引

梦江南

梦行云

梦扬州

梦还京

梦芙蓉

探春

探春令

探春慢

野庵曲

眼儿媚

晚云高

唱金缕

第六册目录

望扬州

望江东

望江南

望江梅

望远行

望明河

望春回

望南云慢

望秦川

望海潮

望梅

望梅花

望梅词

望湘人

减兰

减字木兰花

惜分飞

谒金门

淮甸春

渔父

渔父乐

渔父词

渔父家风

渔父舞

渔家傲

梁州令叠韵

婆罗门

婆罗门引

婆罗门令

尉迟杯

尉迟杯慢

欸乃词

续渔歌

绮罗香

绮筵张

绮寮怨

绿头鸭

绿罗裙

绿盖舞风轻

绿意

琵琶仙

琴调相思引

琴调相思令

替人愁

堪画看

越山青

越女镜心

越江吟

越溪春

喜长新

喜迁莺

喜迁莺令

喜迁莺慢

喜团圆

喜朝天

期夜月

聒龙谣

散天花

散余霞

落梅花

落梅风

落梅慢

朝天子

朝中措

朝玉阶

雁后归

雁侵云慢

辊绣球

握金钗

紫玉箫

紫萸香慢

赏松菊

赏南枝

晴偏好

最多宜

最高楼

喝火令

罥马索

锁窗寒

集贤宾

御带花

御街行

番枪子

番禺调笑

貂裘换酒

舜韶新

阑干万里心

遂宁好

湘月

湘江静

湘灵瑟

湘春夜月

渡江云

渡江云三犯

游月宫令

隔帘听

隔浦莲

隔浦莲近

隔浦莲近拍

瑞云浓

瑞云浓慢

瑞龙吟

瑞鹤仙

瑞鹤仙令

瑞鹧鸪

瑞鹧鸪慢

瑞庭花引

鼓笛令

鼓笛慢

鹊桥仙

鹊桥仙令

鹊踏枝

蓦山溪

感皇恩

感皇恩令

感庭秋

感恩多令

殢人娇

摸鱼儿

摸鱼子

摊声浣溪沙

摊破木兰花

摊破丑奴儿

摊破江城子

摊破诉衷情

摊破南乡子

摊破浣溪沙

第七册目录

虞美人令

锦标归

锦香囊

锦被堆

锦堂春

锦瑟清商引

锦缠头

锦缠绊

锦缠道

锯解令

愁风月

解佩令

解佩环

解语花

解蹀躞

新水令

新念别

新荷叶

新雁过妆楼

韵令

意难忘

数花风

满江红

满园花

满宫春

满庭芳

满庭芳慢

满庭霜

满朝欢

满朝欢令

满路花

塞孤

塞垣春

塞翁吟

福寿千春

群玉轩

辟寒金

叠青钱

碧云深

碧芙蓉

碧牡丹

碧桃春

瑶台月

瑶台第一层

瑶台聚八仙

瑶华

瑶池月

瑶池燕

瑶池宴令

瑶阶草

摘红英

睿恩新

蜡梅香

舞迎春

舞杨花

舞春风

端正好

慢卷䌷

潇湘忆故人慢

潇湘雨

潇湘夜雨

潇湘神

潇湘静

潇潇雨

滴滴金

醉中真

醉公子

醉厌厌

醉红妆

醉花阴

醉吟商小品

醉垂鞭

醉春风

醉思凡

醉思仙

醉桃园

醉桃源

醉高楼

醉高歌

醉翁操

醉梦迷

醉梅花

醉蓬莱

醉瑶池

辘轳金井

撷芳词

撒金钱

题醉袖

踏青游

踏莎行

踏莎行慢

踏歌

蝶恋花

镇西

徵招

徵招调中腔

鹤冲天

翦牡丹

翦征袍

翦朝霞

鞓红

燕山亭

燕归来

燕归梁

燕春台

燕瑶池

薄幸

薄媚

薄媚摘遍

霓裳中序第一

撼庭竹

撼庭秋

镜中人

鹧鸪天

鹧鸪词

霜天晓角

霜叶飞

霜花腴

蹋莎行

分类新编

全宋词

第一册

一画—四画

吕树坤 吕庆业 梁国辅 刘琦 编纂

作家出版社

一寸金

此调名来历，《词律》、《钦定词谱》均未载，今亦未考出。“一寸金”比喻极为宝贵。于宋人词中首见于柳永所作。此词属双调，共一百零八字。上阕十二句、五十四字，于第二、六、七、九、十二句入韵；下阕十三句、五十四字，于第三、七、十、十三句入韵。另一体亦一百零八字，为吴文英所作，标为“中吕商”，句式略有参差。又一体虽亦一百零八字，但上阕五十二字，下阕五十六字。

柳　永　　　一寸金·井络天开

井络天开，剑岭云横控西夏。地胜异、锦里风流，蚕市繁华，簇簇歌台舞榭。雅俗多游赏，轻裘俊、靓妆艳冶。当春昼，摸石江边，浣花溪畔景如画。　　梦应三刀，桥名万里，中和政多暇。仗汉节、揽辔澄清，高掩武侯勋业，文翁风化。台鼎须贤久，方镇静、又思命驾。空遗爱，两蜀三川，异日成嘉话。

周邦彦　　　一寸金·江路

州夹苍崖，下枕江山是城郭。望海霞接日，红翻水面，晴风吹草，青摇山脚。波暖凫鹥作，沙痕退、夜潮正落。疏林外、一点炊烟，渡口参差正寥廓。　　自叹劳生，经年何事，京华信漂泊。念渚蒲汀柳，空归闲梦，风轮雨楫，终辜前约。情景牵心眼，流连处、利名易薄。回头谢、冶叶倡条，便入渔钓乐。

李弥逊　　　一寸金·仙李盘根

尚书生日光州作。光州芍药甚盛，尚书为品次图之，故末句云

仙李盘根，自有云仍霭芳裔。更溜雨霜皮，临风玉树，紫髯丹颊，长生久视。鹤帐琅书至，长庚梦、当年暗记。佳辰近，回首西风，渐喜秋英弄霜蕊。　　暂卷双旌，鸣金吹竹，萱堂伴新戏。对璧月流光，屏山供翠，碧云乍合，飞觞如缀。早晚岩廊侍，终不负、黄楼一醉。丹青手、先与翻阶，万叶增春媚。

曹　勋　　　　一寸金·太母诞辰

霜落鸳鸯，绣隐芙蓉小春节。应运看，月魄分辉，坤顺同符，文母徽音芳烈。诞育乾坤主，均慈爱、练裙岂别。经沙塞、涉履烟尘，瑞色怡然更英发。　　上圣中兴，严恭问寝，宫庭正和悦。看寿筵高启，龙香低转，声入霓裳，檀槽新拨。翠衮同行乐，钧韶奏、喜盈绛阙。倾心愿、亿载慈宁，醉赏闲风月。

吴文英　　　　一寸金·赠笔工刘衎

秋入中山，臂隼牵卢纵长猎。见骇毛飞雪，章台献颖，臞腰束缟，汤沐疏邑。筤管刊琼牒，苍梧恨、帝娥暗泣。陶郎老、憔悴玄香，禁苑犹催夜俱入。　　自叹江湖，雕龙心尽，相携蠹鱼箧。念醉魂悠飏，折钗锦字，黠髯掀舞，流觞春帖。还倚荆溪楫，金刀氏、尚传旧业。劳君为、脱帽篷窗，寓情题水叶。

吴文英　　　　一寸金·秋压更长

秋压更长，看见姮娥瘦如束。正古花摇落，寒蛩满地，参梅吹老，玉龙横竹。霜被芙蓉宿，红绵透、尚欺暗烛。年年记、一种凄凉，绣幌金圆挂香玉。　　顽老情怀，都无欢事，良宵爱幽独。叹画图难仿，橘村砧思，笠蓑有约，莼洲渔屋。心景凭谁语，商弦重、袖寒转轴。疏篱下、试觅重阳，醉擘青露菊。

陈允平　　　　一寸金·吾爱吾庐

吾爱吾庐，甬水东南半村郭。试倚楼极目，千山拱翠，舟横沙觜，江迷城脚。水满蘋风作，阑干外、夕阳半落。荒烟暝、几点昏鸦，野色青芜自空廓。　　浩叹飘蓬，春光几度，依依柳边泊。念水行云宿，栖迟羁旅，鸥盟鹭伴，归来重约。满室凝尘澹，无心处、宦情最薄。何时遂、钓笠耕蓑，静观天地乐。

仇　远　　　　一寸金·楼倚寒城

楼倚寒城，隔岸江山见东越。望远红千尺，游丝起舞，空青一段，斜阳明灭。孤树秋声歇，霜枝袅、尚留病叶。阑干

外、带郭人家，蜂房几盘折。　　我独逍遥，乘虚凭远，天风醒毛发。问西窗停烛，谁吟巴雨，连床鼓瑟，谁弹湘月。消得青鸾下，分明是、绛台紫阙。何时约、姑射仙人，试手回剪雪。

一井金

此调今仅存李甗词二首，属单调小令。其中一词八句，字数分别为四、八、四、五、五、五、四、六字。押仄声韵。另一词九句，每句字数与前一词略有参差，后四句换韵，疑非一调。

李　甗　　　一井金·绿阴清昼

绿阴清昼，两茸茸、梅子黄时候。华堂金兽，香润炉烟透。舞燕回轻袖，歌风翻新奏。院静人稀，永日迟迟花漏。

李　甗　　　一井金·一杯为寿

一杯为寿，笑捧处、自传纤手钗头。况有瑞草，齐眉偕老，应难比效。鸳鸾镇日于飞，惟愿一百二十岁。永同欢，如鱼似水。

一从花

此调本为咏花之作，调见苏轼词。属双调、平韵，共七十八字。上下阕均七句、三十九字，亦皆于第一、二、四、七句用韵。又名《一丛花令》。

苏　轼　　　一从花·今年春浅腊侵年

今年春浅腊侵年，冰雪破春妍。东风有信无人见，露微意、柳际花边。寒夜纵长，孤衾易暖，钟鼓渐清圆。　　朝来初日半含山，楼阁淡疏烟。游人便作寻芳计，小桃杏、应已争先。衰病少情，疏慵自放，惟爱日高眠。

晁端礼　　　一从花·谪仙海上驾鲸鱼

谪仙海上驾鲸鱼，谈笑下蓬壶。神寒骨重真男子，是我

家、千里龙驹。经纶器业，文章光焰，流辈更谁如。　　渊明元与世情疏，松菊爱吾庐。他年定契非熊卜，也未应、鹤发樵渔。手栽露桃，亲移云杏，真是种星榆。

秦　观　　一丛花·年时今夜见师师

年时今夜见师师，双颊酒红滋。疏帘半卷微灯外，露华上、烟袅凉飔。簪髻乱抛，偎人不起，弹泪唱新词。　　佳期，谁料久参差，愁绪暗萦丝。想应妙舞清歌罢，又还对、秋色嗟咨。惟有画楼，当时明月，两处照相思。

晁补之　　一丛花·谢济倅宗室令郯送酒

王孙眉宇凤凰雏，天与世情疏。扬州坐上琼花底，佩锦囊、曾忆奚奴。金盏醉挥，满身花影，红袖竞来扶。　　十年一梦访林居，离缺重踟躕。应怜肺病临邛客，寄洞庭、春色双壶。天气未佳，梅花正好，曾醉燕堂无。

晁补之　　一丛花·碧山无意解银鱼

十二叔节推以无咎生日于此声中为辞，依韵和答

碧山无意解银鱼，花底且携壶。华颠又喜熊罴旦，笑骐骥、老反为驹。文史渐抛，功名更懒，随处见真如。　　高情敢并汉庭疏，长揖去田庐。囊无上赐金堪散，也未妨、山猎溪渔。廉颇纵强，莫随年少，白马向黄榆。

晁补之　　一丛花·再呈十二叔

飞凫仙令气如虹，脱屣向尘笼。凌烟画像云台议，似眼前、百草春风。盏里圣贤，壶中天地，高兴更谁同。　　应怀得隽大明宫，无事老冯公。玉山且向花间倒，任从笑、老入花丛。三径步余，一枝眠稳，心事付千钟。

晁补之　　一丛花·东君密意在花心

东君密意在花心，飞雪戏妆林。多情定怪春来晚，故穿花、千点深深。烟柳上轻，风丝漫袅，楼阁晚还阴。　　雕梁双燕悄来音，帘幕镇沉沉。西城未有花堪采，醉狂兴、冷落难禁。应约万红，商量细细，留向未开寻。

杨无咎　　一丛花·娟娟微月可庭方

娟娟微月可庭方，窗户进新凉。美人为我歌新曲，翻声调、韵超出宫商。犀箸细敲，花瓷清响，余韵绕红梁。　风流难似我清狂，随处占烟光。怜君语带京华样，纵娇软、不似吴邦。拚了醉眠，不须重唱，真个已无肠。

袁去华　　一丛花·东风吹恨著眉心

东风吹恨著眉心，金约瘦难任。西窗翦烛浑如梦，最愁处、南陌分襟。香歇绣囊，尘生罗幌，憔悴到如今。　小花幽院夜沉沉，凉月转槐阴。拂墙树动开朱户，又赢得、愁与更深。青翼不来，征鸿难倩，流怨入瑶琴。

陆　游　　一丛花·尊前凝伫漫魂迷

尊前凝伫漫魂迷，犹恨负幽期。从来不惯伤春泪，为伊后、滴满罗衣。那堪更是，吹箫池馆，青子绿阴时。　回廊帘影昼参差，偏共睡相宜。朝云梦断知何处，倩双燕、说与相思。从今判了，十分憔悴，图要个人知。

陆　游　　一丛花·仙姝天上自无双

仙姝天上自无双，玉面翠蛾长。黄庭读罢心如水，闭朱户、愁近丝簧。窗明几净，闲临唐帖，深炷宝奁香。　人间无药驻流光，风雨又催凉。相逢共话清都旧，叹尘劫、生死茫茫。何如伴我，绿蓑青箬，秋晚钓潇湘。

赵长卿　　一丛花·杏花

柳莺啼晓梦初惊，香雾入帘清。胭脂淡注宫妆雅，似文君、犹带春酲。芳心婉娩，媚容绰约，桃李总消声。　相如春思正萦萦，无奈惜花情。曲栏小槛幽深处，与殷勤、遮护娉婷。姚黄魏紫，十分颜色，终不似轻盈。

赵长卿　　一丛花·暮春送别

阶前春草乱愁芽，尘暗绿窗纱。钗盟镜约知何限，最断肠、溢浦琵琶。南渚送船，西城折柳，遗恨在天涯。　夜来魂梦到侬家，一笑脸如霞。莺啼燕恨西窗下，问何事、潘鬓先

华。钟动五更，魂归千里，残角怨梅花。

赵长卿　　　一丛花·和张子野

当歌临酒恨难穷，酒不似愁浓。风帆正起归与兴，岸东西、芳草茸茸。楚梦乍回，吴音初听，谁念我孤踪。　藏春小院暖融融，眼色与心通。乌云有意重梳掠，便安排、金屋房栊。云雨厚因，鸳鸯宿债，作个好家风。

程　垓　　　一丛花·伤春时候一凭阑

伤春时候一凭阑，何况别离难。东风只解催人去，也不道、莺老花残。青笺未约，红绡忍泪，无计锁征鞍。　宝钗瑶钿一时闲，此恨苦天悭。如今直恁抛人去，也不念、人瘦衣宽。归来忍见，重楼淡月，依旧五更寒。

陈　亮　　　一丛花·溪堂玩月作

冰轮斜辗镜天长，江练隐寒光。危阑醉倚人如画，隔烟村、何处鸣桹。乌鹊倦栖，鱼龙惊起，星斗挂垂杨。　芦花千顷水微茫，秋色满江乡。楼台恍似游仙梦，又疑是、洛浦潇湘。风露浩然，山河影转，今古照凄凉。

韩　淲　　　一丛花·次韵斯远

翻空雪浪送飞花，春晓媚霜华。风回点点迷人处，峭寒轻、诗思殊佳。双燕未来，断鸿何在，微雨又天涯。　绮窗明暗是谁家，雕槛馥兰芽。画檐帘幕黄昏后，试倾杯、笑语喧哗。聚散人生，吾侪老矣，醉墨任横斜。

一丛花令

此调本名《一丛花》。“令”来源于唐代酒令，用于词调中表明该调为令词，有时可有可无，此调即此。词属双调、平韵，共七十八字。上下阕皆七句、三十九字。参阅《一丛花》。

张　先　　　一丛花令·伤高怀远几时穷

伤高怀远几时穷，无物似情浓。离愁正恁千丝乱，更南

陌、飞絮濛濛。嘶骑渐遥，征尘不断，何处认郎踪。　　双鸳池沼水溶溶，南北小桥通。梯横画阁黄昏后，又还是、斜月帘栊。沉恨细思，不如桃杏，犹解嫁东风。

李从周　　一丛花令·梨花随月过中庭

梨花随月过中庭，月色冷如银。金闺平帖阳台路，恨酥雨、不扫行云。妆褪臂闲，髻慵簪卸，盟海浪花沉。　　洞箫清吹最关情，腔拍懒温寻。知音一去教谁听，再拈起、指法都生。天阔雁稀，帘空莺悄，相傍又春深。

一丝风

此调本名《诉衷情令》。《诉衷情》是唐教坊曲名。宋代张辑词有“一钓丝风”之句，故名《一丝风》。有单调、双调两种体式。单调者，有三十三字和三十七字两体。常用的为三十三字，唐韦庄词是十一句，第一、二、三句为仄韵，第四句换平韵，第五、六句三换仄韵，第七、八、九、十、十一句叶二平韵。双调者，有四十一字、四十四字、四十五字诸体。因唐朝毛文锡词有“桃花流水漾纵横”之句，故又取其前四字，名为《桃花流水》。欧阳修词四十五字一体，上阕四句、二十四字，下阕六句、二十一字。宋代张元幹以黄庭坚词曾赋渔父家风，故更名为《渔父家风》。此调之格式与《诉衷情》相似，应视为别名。

张　辑　　一丝风·泊松江作

卧虹千尺界湖光，冷浸月茫茫。当日三高何处，渔唱入凄凉。　　人世事，纵轩裳，梦黄粱。有谁蓑笠，一钓丝风，吹尽荷香。

一枝花

唐代有民间故事《一枝花》，唐代作家白行简的传奇小说《李娃传》即取材于此，经改写润色而成。宋人曾慥的《类说》和罗烨的《醉翁谈录》都认为“一枝花”是李娃的旧名。宋人取“一枝花”为词牌名，又名《唱马一枝花》、

《满路花》、《促拍满路花》、《归去难》等。词属双调，共九十字。上阕九句、四十四字，于第一、二、四、六、七、八句入韵；下阕十一句、四十六字，于第二、三、五、七、八、十句入韵。

辛弃疾　　一枝花·醉中戏作

千丈擎天手，万卷悬河口。黄金腰下印，大如斗。更千骑弓刀，挥霍遮前后。百计千方久，似斗草儿童，赢个他家偏有。　　算枉了、双眉长恁皱，白发空回首。那时闲说向，山中友。看丘陇牛羊，更辨贤愚否。且自栽花柳，怕有人来，但只道、今朝中酒。

一 枝 春

此调见《杨缵词》，乃杨缵自度曲。“一枝春”古人用作梅花的别名，本为赋早春之词，末句为“还又把、月夜花朝，自今细数”，故名《一枝春》。属双调、仄韵，共九十四字。上阕八句、四十七字，于第二、四、六、八句用韵；下阕八句、四十七字，于第一、二、四、六、八句用韵。另一体亦九十四字，句式略有不同。

杨　缵　　一枝春·除夕

竹爆惊春，竞喧填、夜起千门箫鼓。流苏帐暖，翠鼎缓腾香雾。停杯未举。奈刚要、送年新句。应自有、歌字清圆，未夸上林莺语。　　从他岁穷日暮，纵闲愁、怎减刘郎风度。屠苏办了，迤逦柳欺梅妒。宫壶未晓，早骄马、绣车盈路。还又把、月夜花朝，自今细数。

周　密　　一枝春·碧淡春姿

寄闲饮客春窗，促坐款密，酒酣意洽，命清吭歌新制。余因为之沾醉，且调新弄以谢之

碧淡春姿，柳眠醒、似怯朝来酥雨。芳程乍数，唤起探花情绪。东风尚浅，甚先有、翠娇红妩。应自把、罗绮围春，占得画屏春聚。　　留连绣丛深处，爱歌云袅袅，低随香缕。琼窗夜暖，试与细评新谱。妆梅媚晚，料无那、弄颦佯妒。还怕

里、帘外笼莺，笑人醉语。

周 密　　　一枝春·帘影移阴

越一日，寄闲次余前韵，且未能忘情于落花飞絮间，因寓去燕杨姓事以寄意，此少游“小楼连苑”之词也。余遂戏用张氏故实次韵代答，亦东坡锦里先生之诗乎

帘影移阴，杏香寒、乍湿西园丝雨。芳期暗数，又是去年心绪。金花谩剪，倩谁画、旧时眉妩。空自想、杨柳风流，泪滴软绡红聚。　　罗窗那回歌处，叹庭花倦舞，香消衣缕。楼空燕冷，碎锦懒寻尘谱。幺弦谩赋，记曾是、倚娇成妒。深院悄，闲掩梨花，倩莺寄语。

张 炎　　　一枝春·为陆浩斋赋梅南

竹外横枝，并阑干、试数风才一信。幺禽对语，仿佛醉眠初醒。遥知是雪，甚都把、暮寒消尽。清更润，明月飞来，瘦却旧时疏影。　　东阁谩撩诗兴，料西湖树老，难认和靖。晴窗自好，胜事每来独领。融融向暖，笑尘世、万花犹冷。须酿成、一点春腴，暗香在鼎。

一络索

“一络索”本是宋朝时的民间俗语，相当于现代汉语中的“一大串”。宋人取此俗语作为词调名，又写作《一落索》。别名有《玉连环》、《玉联环》、《洛阳春》、《上林春》等。词属双调、仄韵。常体共四十五字，上阕四句、二十三字，下阕四句、二十二字。变体有四十六字、四十七字、四十八字、四十九字、五十字五体。参阅《玉连环》、《上林春》、《洛阳春》、《一落索》。

陈凤仪　　　一络索·送蜀守蒋龙图

蜀江春色浓如雾，拥双旌归去。海棠也似别君难，一点点、啼红雨。　　此去马啼何处，沙堤新路。禁林赐宴赏花时，还忆著、西楼否。

辛弃疾　　　　一络索·闺思

羞见鉴鸾孤却，倩人梳掠。一春长是为花愁，甚夜夜、东风恶。　　行绕翠帘珠箔，锦笺谁托。玉觞泪满却停觞，怕酒似、郎情薄。

一斛珠

一斛珠，即十斗珍珠。据宋人传奇小说《梅妃传》及《续通典》载，唐玄宗在花萼楼，恰好夷使贡珍珠者至，即命封一斛珍珠，密赐居于上阳东宫的梅妃，妃不受，写诗交付使者说："为我进呈御前吧。"诗中有"长门自是无梳洗，何必珍珠慰寂寥"之句。玄宗览诗，怅然不悦，令乐府以新声为诗度曲，号《一斛珠》。曲名盖始于此。《尊前集》载南唐李煜《一斛珠》长短句，叶仄，注商调，其调中七言句居多。《宋史·乐志》载有太宗时所制中吕大曲，其中有《一斛夜明珠》，为队舞所用。词牌《一斛珠》，晏殊改称《醉落魄》，黄庭坚易名为《醉落拓》，张先改为《醉东风》，又名《怨春风》、《一斛金》、《梅梢雪》、《章台月》、《醉落托》、《醉罗歌》。双调，仄韵，共五十七字。上阕五句，二十七字；下阕亦五句，三十字。

欧阳修　　　　一斛珠·今朝祖宴

今朝祖宴，可怜明夜孤灯馆。酒醒明月空床满，翠被重重，不似香肌暖。　　愁肠恰似沉香篆，千回万转萦还断。梦中若得相寻见，却愿春宵，一夜如年远。

欧阳修　　　　一斛珠·晓妆初过

晓妆初过，浓檀轻注些儿个。见人微露丁香颗，一曲清歌，渐引樱桃破。　　罗袖裛残殷色可，杯深旋被香醪污。绣床斜凭情无那，乱嚼红茸，笑向檀郎唾。

苏　轼　　　　一斛珠·洛城春晚

洛城春晚，垂杨乱掩红楼半。小池轻浪纹如篆，烛下花前，曾醉离歌宴。　　自惜风流云雨散，关山有限情无限。

待君重见寻芳伴，为说相思，目断西楼燕。

晁端礼　　　　一斛珠·伤春怀抱

伤春怀抱，清明过后莺声老。劝君莫向愁人道，又被香轮，碾破青青草。　　夜来风雨连清晓，秋千院落无人到。梦回酒醒愁多少，犹赖春寒，未放花开了。

晁端礼　　　　一斛珠·相思最苦

相思最苦，别来有甚好情绪。夜间无限恓惶处，睡不著时，没个人言语。　　所恨不能飞上路，书书只怪迟归去。外边闲事无心觑，直自我咱，怕你恶肠肚。

秦　观　　　　一斛珠·秋闺

碧云寥廓，倚阑怅望情离索。悲秋自怯罗衣薄，晓镜空悬，懒把青丝掠。　　江山满眼今非昨，纷纷木叶风中落。别巢燕子辞帘幕，有意东君，故把红丝缚。

王　质　　　　一斛珠·风流太守

十一月十日知郡宴吴府判坐中赋海棠

风流太守，未春先试回春手。天寒修竹斜阳后，翠袖中间，忽有人红袖。　　天香国色浓如酒，且教青女休僝僽。梅花元是群花首，细细商量，只怕梅花瘦。

王　质　　　　一斛珠·桃园赏雪

寒江凝碧，是谁翦作梨花出。花心犹带江痕湿，轻注香腮，却是桃花色。　　飞来飞去何曾密，疏疏全似新相识。横吹小弄梅花笛，看你飘零，不似江南客。

王　质　　　　一斛珠·有寄

平塘玉立，薄罗飞起层层碧。人心不似花心密，待要相逢，未必相逢得。　　袜尘不动何曾湿，芙蓉桥上曾相识。橹声摇去江声急，西北高楼，回首浮云隔。

无名氏　　　　一斛珠·寒冰初泮

寒冰初泮，岭头一朵香苞绽。菡萏如画真堪羡，休逞随

风，柳絮垂金线。　　月宫每嫖开较晓，寿阳又喜匀妆面。更闻何处鸣羌管，一曲一声，惹起神撩乱。

一剪梅

北宋周邦彦所作《杂赋》词中有一首开头是“一剪梅花万样娇，斜插疏枝，略点眉梢”，后即以起首三字“一剪梅”命为该词的曲调名。后人用此调填词则称作《一剪梅》，亦作《一翦梅》。该词牌又名《腊梅香》，因韩淲词中有“一朵梅花百和香”之句；李清照词中有“红藕香残玉簟秋”之句，故又名《玉簟秋》。全词属双调，共六十字，分上、下两阕，每阕均六句、三十字，押平声韵。其又一体为五十九字。该体的上阕为五句，第五句为七字，是把常体的五、六两句的各四字变为一句七字。参阅《玉簟秋》。

周邦彦　　一剪梅·一剪梅花万样娇

一剪梅花万样娇，斜插梅枝，略点眉梢。轻盈微笑舞低回，何事尊前拍误招。　　夜渐寒深酒渐消，袖里时闻玉钏敲。城头谁恁促残更，银漏何如，且慢明朝。

周紫芝　　一剪梅·送杨师醇赴官

无限江山无限愁，两岸斜阳，人上扁舟。阑干吹浪不多时，酒在离尊，情满沧洲。　　早是霜华两鬓秋，目送飞鸿，那更难留。问君尺素几时来，莫道长江，不解西流。

李　纲　　一剪梅·数点梅花玉雪娇

数点梅花玉雪娇，烟水篱边，半袅青梢。横斜疏影月黄昏，谁使天香，暗淡飘飘。　　半醉佳人酒未消，宝髻偏时，插更斜袅。尊前还唱早梅词，琼酾何如，□□□□。

李清照　　一剪梅·红藕香残玉簟秋

红藕香残玉簟秋，轻解罗裳，独上兰舟。云中谁寄锦书来，雁字回时，月满西楼。　　花自飘零水自流，一种相思，两处闲愁。此情无计可消除，才下眉头，却上心头。

蔡　伸　　一剪梅·堆枕乌云堕翠翘

堆枕乌云堕翠翘，午梦惊回，满眼春娇。嬛嬛一袅楚宫腰，那更春来，玉减香消。　柳下朱门傍小桥，几度红窗，误认鸣镳。断肠风月可怜宵，忍使恹恹，两处无聊。

蔡　伸　　一剪梅·高宴华堂夜向阑

高宴华堂夜向阑，急管飞霜，羯鼓声乾。仙人掌上水晶盘，回按凌波，舞袖弓弯。　曲罢凝娇整翠鬟，玉笋持杯，巧笑嫣然。为君一醉倒金船，只恐醒来，人隔云山。

蔡　伸　　一剪梅·甲辰除夜

夜永虚堂烛影寒，斗转春来，又是明年。异乡怀抱只凄然，尊酒相逢且自宽。　天际孤云云外山，梦绕觚棱，日下长安。功名已觉负初心，羞对菱花，绿鬓成斑。

郑刚中　　一剪梅·汉粉重番内样妆

汉粉重番内样妆，新染冰肌，浅浅莺黄。广寒宫迥阻归期，襟袖空余黯淡香。　江路迢迢楚塞长，梦里题诗欲寄将。觉来斜月又沉西，一点檀心，半染微霜。

邓　肃　　一剪梅·题泛碧斋

雨过春山翠欲浮，影落寒溪碧玉流。片帆乘兴挂东风，夹岸花香拥去舟。　尊酒时追李郭游，醉卧烟波万事休。梦回风定斗杓寒，渔笛一声天地秋。

王之道　一剪梅·和董令升赠魏定甫侍儿

风揭珠帘夜气清，香扑尊罍，初见云英。蓝桥何处旧知名，今夕相逢，此恨消停。　劝酒嫣然一笑倾，细意端相，无限娉婷。曲终犹带绕梁声，莫辞沉醉，为覆金觥。

曹　勋　　一剪梅·不占前村占宝阶

不占前村占宝阶，芳影横斜积渐开。水边竹外冷摇春，一带冲寒，香满襟怀。　管领东风要有才，频携歌酒上春台。直须日日玉花前，金殿仙人，同赏同来。

李　石　　　　一剪梅·忆别

红映阑干绿映阶，闲闷闲愁，独自徘徊。天涯消息几时归，别后无书有梦来。　　后院棠梨昨夜开，雨急风忙次第催。罗衣消瘦却春寒，莫管红英，一任苍苔。

李　石　　　　一剪梅·百濯香残恨未消

百濯香残恨未消，万绪千丝，莲藕芭蕉。临岐犹自说前时，轻剪乌云解翠翘。　　雨意重来风已飘，南陌行人折柳条。此间无计可留连，枕上今宵，马上明朝。

黄公度　　　　一剪梅·冷艳幽香冰玉姿

冷艳幽香冰玉姿，占断孤高，压尽芳菲。东君先暖向南枝，要使天涯，管领春归。　　不受人间莺蝶知，长是年年，雪约霜期。嫣然一笑百花迟，调鼎行看，结子黄时。

韩元吉　　　　一剪梅·叶梦锡席上

竹里疏枝总是梅，月白霜清，犹未全开。相逢聊与著诗催，要趁金波，满泛金杯。　　多病惭非作赋才，醉到花前，探得春回。明年公已在鸾台，看取春风，丹诏重来。

丘　崈　　　　一剪梅·梅

潇洒佳人淡淡妆，特地凌寒，秀出孤芳。雪为肌体练为裳，韵处天姿，不御铅黄。　　古样铜壶湿篆章，浅浸横斜，净几明窗。何妨三弄点苔苍，但有疏枝，依旧清香。

赵长卿　　　　一剪梅·秋雨感悲

霁霭迷空晓未收，羁馆残灯，永夜悲秋。梧桐叶上三更雨，别是人间一段愁。　　睡又不成梦又休，多愁多病，当甚风流。真情一点苦萦人，才下眉尖，恰上心头。

辛弃疾　　　　一剪梅·记得同烧此夜香

记得同烧此夜香，人在回廊，月在回廊。而今独自睚昏黄，行也思量，坐也思量。　　锦字都来三两行，千断人肠，万断人肠。雁儿何处是仙乡，来也恓惶，去也恓惶。

辛弃疾　　一剪梅·独立苍茫醉不归

独立苍茫醉不归，日暮天寒，归去来兮。探梅踏雪几何时，今我来思，杨柳依依。　　白石江头曲岸西，一片闲愁，芳草萋萋。多情山鸟不须啼，桃李无言，下自成蹊。

辛弃疾　　一剪梅·中秋无月

忆对中秋丹桂丛，花在杯中，月在杯中。今宵楼上一尊同，云湿纱窗，雨湿纱窗。　　浑欲乘风问化工，路也难通，信也难通。满堂惟有烛花红，杯且从容，歌且从容。

辛弃疾　　一剪梅·尘洒衣裾客路长

尘洒衣裾客路长，霜林已晚，秋蕊犹香。别离触处是悲凉，梦里青楼，不忍思量。　　天宇沉沉落日黄，云遮望眼，山割愁肠。满怀珠玉泪浪浪，欲倩西风，吹到兰房。

辛弃疾　　一剪梅·歌罢尊空月坠西

歌罢尊空月坠西，百花门外，烟翠霏微。绛纱笼烛照于飞，归去来兮，归去来兮。　　酒入香腮分外宜，行行问道，还肯相随。娇羞无力应人迟，何幸如之，何幸如之。

程　垓　　一剪梅·冬至

斗转参横一夜霜，玉律声中，又报新阳。起来无绪赋行藏，只喜人间，一线添长。　　帘幕垂垂月半廊，节物心情，都付椒觞。年华渐晚鬓毛苍，身外功名，休苦思量。

程　垓　　一剪梅·旧日心期不易招

旧日心期不易招，重来孤负，几个良宵。寻常不见尽相邀，见了知他，许大无聊。　　昨夜梅花插翠翘，影落清溪，应也魂消。假饶真个住山腰，那个金章，换得渔樵。

程　垓　　一剪梅·小会幽欢整及时

小会幽欢整及时，花也相宜，人也相宜。宝香未断烛光低，莫厌杯迟，莫恨欢迟。　　夜渐深深漏渐稀，风已侵衣，露已沾衣。一杯重劝莫相违，何似休归，何自同归。

徐似道　　一剪梅·道学从来不则声

道学从来不则声，行也东铭，坐也西铭。爷娘死后更伶仃，也不看经，也不斋僧。　却言渊子太狂生，行也轻轻，坐也轻轻。他年青史总无名，你也能亨，我也能亨。

石孝友　　一剪梅·送晁驹父

萍水相逢无定居，同在他乡，又问征途。离歌声里客心孤，花尽园林，水满江湖。　烟树微茫带岸蒲，何处长沙，何处洪都。要知安稳到家无，千里征鸿，一纸来书。

韩　玉　　一剪梅·镜里新妆镜外情

镜里新妆镜外情，小眉幽恨，浅绿低横。只怨闲纵绣鞍尘，不道天涯，萦绊归程。　梦里兰闺相见惊，玉香花瘦，春艳盈盈。觉来欹枕转愁人，门外潇潇，风雨三更。

赵师侠　　一剪梅·莆中赏梅

雪里盈盈玉破花，遐想风流，压尽京华。点酥团粉任欹斜，独露春妍谁似他。　有酒何须稚子赊，访戴归来，倚棹溪涯。人生得意定谈夸，除却西湖，不记谁家。

赵师侠　　一剪梅·丙辰冬长沙作

暖日烘梅冷未苏，脱叶随风，独见枯株。先春占早又何如，玉点枝头，犹自萧疏。　江北江南景不殊，雪里花清，月下香浮。他年调鼎费工夫，且与藏春，处士西湖。

卢　炳　　一剪梅·元宵

灯火楼台万斛莲，千门喜笑，素月婵娟。几多急管与繁弦，巷陌骈阗，毕献芳筵。　乐与民偕五马贤，绮罗丛里，一簇神仙。传柑雅宴约明年，尽夕留连，满泛金船。

刘仙仑　　一剪梅·唱到阳关第四声

唱到阳关第四声，香带轻分，罗带轻分。杏花时节雨纷纷，山绕孤村，水绕孤村。　更没心情共酒尊，春衫香满，空有啼痕。一般离思两销魂，马上黄昏，楼上黄昏。

韩　淲　　　　　一剪梅·腊前梅

一朵梅花百和香，浅色春风，别样宫妆。西湖衣钵更难忘，雪意江天，浑断人肠。　　清夜横斜竹影窗，赢得相思，魂梦悠扬。玉溪山外水云乡，茅舍疏篱，不换金章。

韩　淲　　　　　一剪梅·醉中

醉倒城中不过溪，溪外无尘，惟掩柴扉。水浮桥漾翠烟霏，一片闲情，能几人知。　　留饮君家絮帽攲，爆竹声中，万事如斯。梅催春动已熹微，尔既能来，我亦何疑。

韩　淲　　　　　一剪梅·闻箜篌

缥缈神仙云雾窗，说与苏州，未断人肠。带湖烟月堕苍茫，唤醒嫦娥，春笋纤长。　　马上琵琶半额妆，拨尽相思，十二巫阳。疏□清梦入潇湘，佩玉鸣鸾，吹下天香。

韩　淲　　　　　一剪梅·送冯德英

说著相思梦亦愁，芳草斜阳，春满秦楼。楼前新绿水西流，一曲阳关，分付眉头。　　多少风流事已休，纷薄香浓，怕见绸缪。淡云笼月小庭幽，明日山长，清恨悠悠。

易祓妻　　　　一剪梅·染泪修书寄彦章

染泪修书寄彦章，贪做前廊，忘却回廊。功名成就不还乡，铁做心肠，石做心肠。　　红日三竿懒画妆，虚度韶光，瘦损容光。不知何日得成双，羞对鸳鸯，懒对鸳鸯。

史达祖　　　　一剪梅·谁写梅谿字字香

谁写梅谿字字香，沙边幽梦，常恁芬芳。不如花酒伴昏黄，只怕东风，吹断人肠。　　小阁无灯月浸窗，香吹罗袖，酒映宫妆。如今竹外怕思量，谷里佳人，一片冰霜。

史达祖　　　　　一剪梅·追感

秦客当楼泣凤箫，宫衣香断，不见纤腰。隔年心事又今宵，折尽冰弦，何用鸾胶。　　些子轻魂几度销，兰骚蕙些，无计重招。东窗一段月华娇，也带春愁，飞上梅梢。

周文璞　　一剪梅·风韵萧疏玉一团

风韵萧疏玉一团，更著梅花，轻袅云鬟。这回不是恋江南，只是温柔，天上人间。　　赋罢闲情共倚阑，江月庭芜，总是销魂。流苏斜掩烛花寒，一样眉尖，两处关山。

葛长庚　　一剪梅·赠紫云友

剑倚青天笛倚楼，云影悠悠，鹤影悠悠。好同携手上瀛洲，身在阎浮，业在阎浮。　　一段红云绿树愁，今也休休，古也休休。夕阳西去水东流，富又何求，贵又何求。

刘克庄　　一剪梅·袁州解印

陌上行人怪府公，还是诗穷，还是文穷。下车上马太匆匆，来是春风，去是秋风。　　阶衔免得带兵农，嬉到昏钟，睡到斋钟。不消提岳与知宫，唤作山翁，唤作溪翁。

刘克庄　　一剪梅·束缊宵行十里强

余赴广东，实之夜饯于风亭

束缊宵行十里强，挑得诗囊，抛了衣囊。天寒路滑马蹄僵，元是王郎，来送刘郎。　　酒酣耳热说文章，惊倒邻墙，推倒胡床。旁观拍手笑疏狂，疏又何妨，狂又何妨。

李曾伯　　一剪梅·乙卯中秋

人生能有几中秋，人自多愁，月又何愁。老娥今夜为谁羞，云意悠悠，雨意悠悠。　　自怜纵迹等萍浮，去岁荆州，今岁渝州。可人谁与共斯楼，归去休休，睡去休休。

方　岳　　一剪梅·客中新雪

谁翦轻琼做物华，春绕天涯，水绕天涯。园林晓树恁横斜，道是梅花，不是梅花。　　宿鹭联拳倚断槎，昨夜寒些，今夜寒些。孤舟蓑笠钓烟沙，待不思家，怎不思家。

吴文英　　一剪梅·赠友人

远目伤心楼上山，愁里长眉，别后峨鬟。暮云低压小阑干，教问孤鸿，因甚先还。　　瘦倚谿桥梅夜寒，雪欲消时，泪不禁弹。翦成钗胜待归看，春在西窗，灯火更阑。

吴文英　　一剪梅·赋处静以梅花枝见赠

老色频生玉镜尘，雪澹春姿，越看精神。谿桥人去几黄昏，流水泠泠，都是啼痕。　烟雨轻寒暮掩门，萼绿灯前，酒带香温。风情谁道不因春，春到一分，花瘦一分。

陈　著　　一剪梅·寿吴景年禩

记得儿时识景年，翕忽光阴，二十余年。梅边聚首又三年，结得因缘，五百来年。　把酒君前欲问年，笑指松椿，当是同年。愿从今后八千年，长似今年，长似今年。

刘辰翁　　一剪梅·和人催雪

万事如花不可期，花不堪持，酒不堪持。江天雪意使人迷，剪一枝枝，歌一枝枝。　歌者不来今几时，姜影无词，张影无词。不歌不醉不成诗，歌也迟迟，雪也迟迟。

刘辰翁　一剪梅·和敖秋崖为小孙三载寿谢

人生总受业风吹，三岁儿儿，八十儿儿。深闺空谷把还持，啼看人知，啼怕人知。　客中自种绿猗猗，月下横枝，雪下横枝。尊前百岁且开眉，今岁今时，前岁今时。

杨佥判　　一剪梅·襄樊四载弄干戈

襄樊四载弄干戈，不见渔歌，不见樵歌。试问如今事若何，金也消磨，谷也消磨。　柘枝不用舞婆娑，丑也能多，恶也能多。朱门日日买朱娥，军事如何，民事如何。

汪元量　　一剪梅·怀旧

十年愁眼泪巴巴，今日思家，明日思家。一团燕月照窗纱，楼上胡笳，塞上胡笳。　玉人劝我酌流霞，急捻琵琶，缓捻琵琶。一从别后各天涯，欲寄梅花，莫寄梅花。

黎廷瑞　　一剪梅·菊酒

小小黄花尔许愁，楚事悠悠，晋事悠悠。荒芜三径渺中洲，开几番秋，落几番秋。　不是孤芳万古留，餐亦堪羞，采亦堪羞。离骚赋罢酒新笃，醒也风流，醉也风流。

醴陵士人　　一剪梅·宰相巍巍坐庙堂

宰相巍巍坐庙堂，说着经量，便要经量。那个臣僚上一章，头说经量，尾说经量。　　轻狂太守在吾邦，闻说经量，星夜经量。山东河北久抛荒，好去经量，胡不经量。

蒋　捷　　一剪梅·宿龙游朱氏楼

小巧楼台眼界宽，朝卷帘看，暮卷帘看。故乡一望一心酸，云又迷漫，水又迷漫。　　天不教人客梦安，昨夜春寒，今夜春寒。梨花月底两眉攒，敲遍阑干，拍遍阑干。

蒋　捷　　一剪梅·舟过吴江

一片春愁待酒浇，江上舟摇，楼上帘招。秋娘度与泰娘娇，风又飘飘，雨又萧萧。　　何日归家洗客袍，银字笙调，心字香烧。流光容易把人抛，红了樱桃，绿了芭蕉。

陈德武　　一剪梅·九日

新酒初香菊半含，月也三三，日也三三。登高已约上崭岩，世事相担，风雨相担。　　头上茱萸颠倒簪，身在河南，心在江南。渊明何日解征骖，俯也何惭，仰也何惭。

张　炎　　一剪梅·闷蕊惊寒减艳痕

闷蕊惊寒减艳痕，蜂也消魂，蝶也消魂。醉归无月傍黄昏，知是花村，知是前村。　　留得闲枝叶半存，好似桃根，不似桃根。小楼昨夜雨声浑，春到三分，秋到三分。

无名氏　　一剪梅·贺生孙

太华峰头玉井莲，花开十丈，藕大如船。晓来佳气蔼飞烟，彩戏盈门，弧矢盈门。　　共把长生酒一樽，殷勤祝愿，耳畔低言。从今流庆更源源，子既生孙，孙又生孙。

无名氏　　一剪梅·恨入椒觞暖未拈

恨入椒觞暖未拈，春葱微蘸，谁是纤纤。别来愁夜不胜长，明日从教一线添。　　夜久寒深睡未忺，旧愁新恨，占断眉尖。一钩斜月却知人，直到天明，不下疏帘。

无名氏　　一剪梅·漠漠春阴酒半酣

漠漠春阴酒半酣，风透春衫，雨透春衫。人家蚕事欲眠三，桑满筐篮，柘满筐篮。　先自离怀百不堪，樯燕呢喃，梁燕呢喃。篝灯强把锦书看，人在江南，心在江南。

一萼红

北宋无名氏所作词，其中有“未教一萼，红开鲜蕊”之句，因取以为词牌名。调见《乐府雅词》。此牌有仄韵、平韵两体。仄韵者为北宋无名氏首创，平韵者始见于南宋姜夔之词。词属双调，共一百零八字。上阕十三句、五十四字，于第一、三、六、十、十三句处入韵；下阕十一句、五十四字，于第二、五、六、九、十一句处入韵。变体为一百零七字。

姜　夔　　一萼红·古城阴

丙午人日，予客长沙别驾之观政堂。堂下曲沼，沼西负古垣，有卢橘幽篁，一径深曲。穿径而南，官梅数十株，如椒、如菽，或红破白露，枝影扶疏。著屐苍苔细石间，野兴横生，亟命驾登定王台。乱湘流、入麓山，湘云低昂，湘波容与。兴尽悲来，醉吟成调

古城阴，有官梅几许，红萼未宜簪。池面冰胶，墙腰雪老，云意还又沉沉。翠藤共、闲穿径竹，渐笑语、惊起卧沙禽。野老林泉，故王台榭，呼唤登临。　南去北来何事，荡湘云楚水，目极伤心。朱户黏鸡，金盘簇燕，空叹时序侵寻。记曾共、西楼雅集，想垂杨、还袅万丝金。待得归鞍到时，只怕春深。

郑熏初　　一萼红·忆燕台

忆燕台，正倚帘吹絮，小立望郎来。掞管调丝，涂妆绾髻，密意曾托蜂媒。空恁误、湔裙暗约，最无奈、好梦易惊回。想见而今，浅颦双翠，沁破妆梅。　沉带悄然宽尽，恨年时行处，红糁苍苔。前事重寻，幽欢难偶，钿合空委鸾钗。这一点、相思清泪，做心下、烦恼几时灰。数叠蛮笺怨歌，忍对花栽。

李彭老　　一萼红·寄弁阳翁

过蔷薇，正风暄云淡，春去未多时。古岸停桡，单衣试酒，满眼芳草斜晖。故人老、经年赋别，灯晕里、相对夜何其。泛剡清愁，买花芳事，一卷新诗。　流水孤帆渐远，想家山猿鹤，喜见重归。北阜寻幽，青津问钓，多情杨柳依依。最难忘、吟边旧雨，数菖蒲、花老是来期。几夕相思梦蝶，飞绕蘋溪。

尹济翁　　一萼红·和玉霄感旧

玉搔头，是何人敲折，应为节秦讴。棐几朱弦，剪灯雪藕，几回数尽更筹。草草又、一番春梦，梦觉了、风雨楚江秋。却恨闲身，不如鸿雁，飞过妆楼。　又是山枯水瘦，叹回肠难贮，万斛新愁。懒复能歌，那堪对酒，物华冉冉都休。江上柳、千丝万缕，恼乱人、更忍凝眸。犹怕月来弄影，莫上帘钩。

周　密　　一萼红·登蓬莱阁有感

步深幽，正云黄天淡，雪意未全休。鉴曲寒沙，茂林烟草，俯仰千古悠悠。岁华晚、漂零渐远，谁念我、同载五湖舟。磴古松斜，崖阴苔老，一片清愁。　回首天涯归梦，几魂飞西浦，泪洒东州。故国山川，故园心眼，还似王粲登楼。最怜他、秦鬟妆镜，好江山、何事此时游。为唤狂吟老监，共赋销忧。

詹　玉　　一萼红·泊沙河

泊沙河，月钩儿挂浪，惊起两鱼梭。浅碧依痕，嫩凉生润，山色轻染修蛾。钓船在、绿杨阴下，蓦听得、扇底有吴歌。一段风情，西湖和靖，赤壁东坡。　往事水流云去，叹山川良是，富贵人多。老树高低，疏星明淡，只有今古销磨。是几度、潮生潮落，甚人海、空只恁风波。闲著江湖尽宽，谁肯渔蓑。

王沂孙　　一萼红·石屋探梅

思飘飘，拥仙姝独步，明月照苍翘。花候犹迟，庭阴不

扫，门掩山意萧条。抱芳恨、佳人分薄，似未许、芳魄化春娇。雨涩风悭，雾轻波细，湘梦迢迢。　　谁伴碧樽雕俎，笑琼肌皎皎，绿鬓萧萧。青凤啼空，玉龙舞夜，遥睇河汉光摇。未须赋、疏香淡影，且同倚、枯藓听吹箫。听久余香欲绝，寒透鲛绡。

王沂孙　　一萼红·丙午春赤城山中题花光卷

玉婵娟，甚春余雪尽，犹未跨青鸾。疏萼无香，柔条独秀，应恨流落人间。记曾照、黄昏淡月，渐瘦影、移上小栏干。一点清魂，半枝空色，芳意班班。　　重省嫩寒清晓，过断桥流水，问信孤山。冰粟微销，尘衣不浣，相见还误轻攀。未须讶、东南倦客，掩铅泪、看了又重看。故国吴天树老，雨过风残。

王沂孙　　一萼红·红梅之一

占芳菲，趁东风妩媚，重拂淡燕支。青凤衔丹，琼奴试酒，惊换玉质冰姿。甚春色、江南太早，有人怪、和雪杏花飞。藓佩萧疏，茜裙零乱，山意霏霏。　　空惹别愁无数，照珊瑚海影，冷月枯枝。吴艳离魂，蜀妖浥泪，孤负多少心期。岁寒事、无人共省，破丹雾、应有鹤归时。可惜鲛绡碎剪，不寄相思。

王沂孙　　一萼红·红梅之二

剪丹云，怕江皋路冷，千叠护清芬。弹泪绡单，凝妆枕重，惊认消瘦冰魂。为谁趁、东风换色，任绛雪、飞满绿罗裙。吴苑双身，蜀城高髻，忽到柴门。　　欲寄故人千里，恨燕支太薄，寂寞春痕。玉管难留，金樽易泣，几度残醉纷纷。谩重记、罗浮梦觉，步芳影、如宿杏花村。一树珊瑚淡月，独照黄昏。

王沂孙　　一萼红·初春怀旧

小庭深，有苍苔老树，风物似山林。侵户清寒，捎池急雨，时听飞过啼禽。扫荒径、残梅似雪，甚过了、人日更多阴。压酒人家，试灯天气，相次登临。　　犹记旧游亭馆，正垂杨引缕，嫩草抽簪。罗带同心，泥金半臂，花畔低唱轻斟。

又争信、风流一别，念前事、空惹恨沉沉。野服山筇醉赏，不似如今。

梁　栋　　　一萼红·芙蓉和友人韵

怨东风，把韶华付去，秾李小桃红。黄落山空，香销水冷，此际才与君逢。敛秋思、愁肠九结，拥翠袖、应费剪裁工。晕脸迎霜，幽姿泣露，寂寞谁同。　休笑梳妆淡薄，香浮花浪蕊，眼底俱空。夜帐云闲，寒城月浸，有人吟遍深丛。自前度、王郎去后，旧游处、烟草接吴宫。惟有芳卿寄言，蹙损眉峰。

张　炎　　　一萼红·赋红梅

倚阑干，问绿华何事，偷饵九还丹。浣锦溪边，餐霞竹里，翠袖不倚天寒。照芳树、晴光泛晓，护幺凤、无处认冰颜。露洗春腴，风摇醉魄，听笛江南。　树挂珊瑚冷月，叹玉奴妆褪，仙掾诗悭。谩觅花云，不同梨梦，推篷恍记孤山。步夜雪、前村问酒，几消凝、把做杏花看。得似古桃流水，不到人间。

张　炎　　　一萼红·制荷衣

弁阳翁新居，堂名志雅，词名蘋洲渔笛谱

制荷衣，傍山窗卜隐，雅志可闲时。款竹门深，移花槛小，动人芳意菲菲。怕冷落、蘋洲夜月，想时将、渔笛静中吹。尘外柴桑，灯前儿女，笑语忘归。　分得烟霞数亩，乍扫苔寻径，拨叶通池。放鹤幽情，吟莺欢事，老去却愿春迟。爱吾庐、琴书自乐，好襟怀、初不要人知。长日一帘芳草，一卷新诗。

张　炎　　　一萼红·舣孤篷

东季博园池，在平江文庙前

舣孤篷，正丛篁护碧，流水曲池通。伛偻穿岩，纡盘寻径，忽见倒影凌空。拥一片、花阴无地，细看来、犹带古春风。胜事园林，旧家陶谢，诗酒相逢。　眼底烟霞无数，料神仙即我，何处崆峒。清气分来，生香不断，洞户自有云封。认奇字、摩挲峭石，聚万景、只在此山中。人倚虚阑唤鹤，月

白千峰。

刘天迪　　一萼红·夜闻南妇哭北夫

拥孤衾，正朔风凄紧，毡帐夜生寒。春梦无凭，秋期又误，迢递烟水云山。断肠处、黄茅瘴雨，恨骢马、憔悴只空还。揉翠盟孤，啼红怨切，暗老朱颜。　　堪叹扬州十里，甚倡条冶叶，不省春残。蔡琰悲笳，昭君怨曲，何预当日悲欢。谩赢得、西邻倦客，空惆怅、今古上眉端。梦破梅花，角声又报春阑。

无名氏　　一萼红·断云漏日

断云漏日，青阳布，渐入融和天气。糁缀夭桃，金绽垂杨，妆点亭台佳致。晓露染、风裁雨晕，是牡丹、偏称化工美。向此际会，未教一萼，红开鲜蕊。　　迤逦，渐成春意。放秀色妖艳，天真难比。粉惹蝶翅，香上蜂须，忍把芳心萦碎。争似便，移归深院，将绿盖青帏护风日。恁时节，占断与、偎红倚翠。

一落索

“一落索”又写作“一络索”，本是宋朝时的民间俗语，相当于现在的“一大串”。宋人以此俗语命为词牌名。张先词名《玉连(联)环》，欧阳修词名《洛阳春》，辛弃疾词名《一络索》，又名《上林春》等。词属双调、仄韵。常体共四十五字，上阕四句、二十三字，下阕四句、二十二字。变体有四十六字、四十七字、四十八字、四十九字、五十字等多体。参阅《玉连环》、《上林春》、《洛阳春》、《一络索》。

欧阳修　　一落索·小桃风撼香红碎

小桃风撼香红碎，满帘笼花气。看花何事却成愁，悄不会、春风意。　　窗在梧桐叶底，更黄昏雨细。枕前前事上心来，独自个、怎生睡。

舒　亶　　一落索·蒋园和李朝奉

正是看花天气，为春一醉。醉来却不带花归，诮不解、看

花意。　　试问此花明媚，将花谁比。只应花好似年年，花不似、人憔悴。

舒　亶　　一落索·叶底枝头红小

叶底枝头红小，天然窈窕。后园桃李谩成蹊，问占得、春多少。　　不管雪消霜晓，朱颜长好。年年若许醉花间，待拚了、花间老。

黄庭坚　　一落索·谁道秋来烟景素

谁道秋来烟景素，任游人不顾。一番时态一番新，到得意、皆欢慕。　　紫萸黄菊繁华处，对风庭月露。愁来即便去寻芳，更作甚、悲秋赋。

晁端礼　　一落索·正向溪堂欢笑

正向溪堂欢笑，忽惊传新诏。马蹄准拟乐郊行，又却近、长安道。　　鹳鹊楼边初到，未花残莺老。崔徽歌舞有余风，应忘了、东平好。

晁端礼　　一落索·道著明朝分袂

道著明朝分袂，早眉头攒翠。不言不语只偎人，满眼里、汪汪地。　　向道不须如此，转吞声饮气。一团儿肌骨不禁春，甚有得、许多泪。

李元膺　　一落索·天上粉云如扫

天上粉云如扫，放小楼清晓。古今何处想风流，最潇洒、龙山帽。　　人似年华易老，且芳樽频倒。西风于我更多情，露金靥、篱边笑。

秦　观　　一落索·杨花终日空飞舞

杨花终日空飞舞，奈久长难驻。海潮虽是暂时来，却有个、堪凭处。　　紫府碧云为路，好相将归去。肯如薄幸五更风，不解与、花为主。

周邦彦　　一落索·眉共春山争秀

眉共春山争秀，可怜长皱。莫将清泪湿花枝，恐花也、如

人瘦。　　清润玉箫闲久，知音稀有。欲知日日倚阑愁，但问取、亭前柳。

周邦彦　　一落索·杜宇思归声苦

杜宇思归声苦，和春催去。倚阑一霎酒旗风，任扑面、桃花雨。　　目断陇云江树，难逢尺素。落霞隐隐日平西，料想是、分携处。

陈　瓘　　一落索·体上衣裳云作缕

体上衣裳云作缕，不论寒暑。世间多少老婆禅，犹苦问、台山路。　　堪笑庞翁无趣，临行却住。古人公案不须论，还了得、如今否。

毛　滂　　一落索·东归代同舟寄远

月下风前花畔，此情不浅。欲留风月守花枝，却不道、而今远。　　樯外鹭飞沙晚，烟斜雨短。青山只管一重重，向东下、遮人眼。

王安中　　一落索·送王伯绍帅庆

塞柳未传春信，霜花侵鬓。送君西去指秦关，看日近、长安近。　　玉帐同时英俊，合离无定。路逢新雁北来归，寄一字、燕山问。

王安中　　一落索·梦破池塘杳杳

梦破池塘杳杳，情随春草。尊前风味不胜清，赋白雪、幽兰调。　　秀句银钩争妙，殷勤东道。蛮笺传与翠鬟歌，便买断、千金笑。

王安中　　一落索·欲访瑶台蓬岛

欲访瑶台蓬岛，烟云缥缈。清游却到凤皇池，听檀板、新声妙。　　天上除书催早，人瞻元老。东风烟柳罩河堤，更何处、深春好。

朱敦儒　　一落索·一夜雨声连晓

一夜雨声连晓，青灯相照。旧时情绪此时心，花不见、人空老。　　可惜春光闲了，阴多晴少。江南江北水连云，问何处、寻芳草。

朱敦儒　　一落索·惯被好花留住

惯被好花留住，蝶飞莺语。少年场上醉乡中，容易放、春归去。　今日江南春暮，朱颜何处。莫将愁绪比飞花，花有数、愁无数。

向子諲　　一落索·春风吹断前山雨

春风吹断前山雨，行云归去。暂来须信本无心，回首了无寻处。　欲问个中玄路，阿谁能语。澄江霁月却深知，把此意、都分付。

王　灼　　一落索·昨夜封枝寒雪

昨夜封枝寒雪，暗堆残叶。佳人醉里插钗梁，更不问、眠时节。　绣被重重夜彻，烛光明灭。枕旁争听落檐声，更不问、醒时节。

吕渭老　　一落索·蝉带残声移别树

蝉带残声移别树，晚凉房户。秋风有意染黄花，下几点、凄凉雨。　渺渺双鸿飞去，乱云深处。一山红叶为谁愁，供不尽、相思句。

吕渭老　　一落索·宫锦裁书寄远

宫锦裁书寄远，意长辞短。香兰泣露雨催莲，暑气昏池馆。　向晚小园行遍，石榴红满。花花叶叶尽成双，浑似我、梁间燕。

吕渭老　　一落索·鸟散余花飞舞

鸟散余花飞舞，满地风雨。长江衮衮接天流，夜送征帆去。　今夜行云何处，断肠南浦。残灯不剪五更寒，独自与、余香语。

李　吕　　一落索·送游君安解绵竹尉

琢成玉树，谁解著、云斤月斧。短箠羸骖，朴樕一怀尘土，叹雄图、伤别绪。　主人不语花能语，苦欲留君、不是留君处。碧落紫霄，楼观参差烟雾，一樽空、鸿鹄举。

陆　游　　　**一落索·满路游丝飞絮**

满路游丝飞絮，韶光将暮。此时谁与说新愁，有百啭、流莺语。　　俯仰人间今古，神仙何处。花前须判醉扶归，酒不到、刘伶墓。

陆　游　　　**一落索·识破浮生虚妄**

识破浮生虚妄，从人讥谤。此身恰似弄潮儿，曾过了、千重浪。　　且喜归来无恙，一壶春酿。雨蓑烟笠傍渔矶，应不是、封侯相。

辛弃疾　　　**一落索·锦帐如云处**

信守王道夫席上用赵达夫赋金林檎韵

锦帐如云处，高不知重数。夜深银烛泪成行，算都把、心期付。　　莫待燕飞泥污，问花花诉。不知花定有情无，似却怕、新词妒。

程　垓　　　**一落索·门外莺寒杨柳**

门外莺寒杨柳，正减欢疏酒。春阴早是做人愁，更何况、花飞后。　　莫倚东风消瘦，有酴醿入手。尽偎香玉醉何妨，任花落、愁依旧。

程　垓　　**一落索·歌者索词，名之一东**

小小腰身相称，更著人心性。一声歌起绣帘阴，都遏住、行云影。　　闻道玉郎家近，被春风勾引。从今莫怪一东看，自压尽、人间韵。

方千里　　　**一落索·月影娟娟明秀**

月影娟娟明秀，帘波吹皱。徘徊空度可怜宵，谩问道、因谁瘦。　　不见芳音长久，鳞鸿空有。渭城西路恨依然，尚梦想、青青柳。

方千里　　　**一落索·心抵江莲长苦**

心抵江莲长苦，凌波人去。厌厌消瘦不胜衣，恨清泪、多于雨。　　旧曲慵歌琼树，谁传香素。碧溪流水过楼前，问红叶、来何处。

严　仁　　　　一落索·春怀

清晓莺啼红树，又一双飞去。日高花气扑人来，独自价、伤春无绪。　　别后暗宽金缕，倩谁传语。一春不忍上高楼，为怕见、分携处。

赵以夫　　　　一落索·牡丹次谢主簿韵

露沁香肌娇秀，燕脂微透。蕊宫仙子驾祥鸾，被风卷、霞衣皱。　　轻翦倩他红袖，簪来盈首。直须沉醉此花前，怕花到、明朝瘦。

方　岳　　　　一落索·九日

瘦得黄花能小，一帘香杳。东篱云冷正愁予，犹幸是、西风少。　　叶下亭皋渺渺，秋何为者。无钱持蟹对黄花，又孤负、重阳也。

杨泽民　　　　一落索·水与东风俱秀

水与东风俱秀，一池春皱。满庭花卉尽芳菲，只有朵、江梅瘦。　　谱里知名自久，真情难有。纵然时下有真情，又还似、章台柳。

杨泽民　　　　一落索·识尽人间甘苦

识尽人间甘苦，不如归去。先来孤馆客愁多，更倾下、连宵雨。　　尽日登山绕树，禄非尺素。竹鸡啼了杜鹃啼，甚都在、人愁处。

陈允平　　　　一落索·澹澹双蛾疏秀

澹澹双蛾疏秀，为谁频皱。落花何处不春愁，料不是、因花瘦。　　锦字香笺封久，鳞鸿稀有。舞腰销减不禁愁，怕一似、章台柳。

陈允平　　　　一落索·欲寄相思情苦

欲寄相思情苦，倩流红去。满怀写不尽离愁，都化作、无情雨。　　渺渺暮云春树，澹烟横素。夕阳西下杜鹃啼，怨截断、春归处。

仇　远　　　**一落索·尽日西阑凭醉**

尽日西阑凭醉，新寒难睡。袖炉烟冷帐云宽，倩倩倩、先温被。　　空对短屏山水，清清无寐。却思十里小红楼，应不报、平安字。

无名氏　　　**一落索·腊后东风微透**

腊后东风微透，越梅时候。一枝芳信到江南，来报先春秀。　　宿醉频拈轻嗅，堪醒残酒。笛声容易莫相催，留待纤纤手。

一箩金

此调本名《鹊踏枝》。《鹊踏枝》为唐教坊曲名。因宋晏殊词有“蝶恋花”之句，又名《蝶恋花》。此调别名甚多，因词中之句或词意，又名《金缕曲》、《卷珠帘》、《明月生南浦》、《细雨吹池沼》、《凤栖梧》、《鱼水同欢》、《转调蝶恋花》等别称。以冯延巳词为正体。属双调、仄韵，共六十字。上下阕各五句、五十字，亦皆于第一、二、四、五句用韵。参阅《鹊踏枝》、《蝶恋花》、《卷珠帘》、《鱼水同欢》等词调。另一体上阕四句、二十四字，下阕四句，每句五字。

李石才　　　**一箩金·武陵春色浓如酒**

武陵春色浓如酒，游冶才郎，初试花间手。绛蜡烛残人静后，眉峰便作伤春皱。　　一霎风狂和雨骤，柳嫩花柔，浑不禁僝僽。明日余香知在否，粉罗犹有残红透。

无名氏　　**一箩金·甥寿舅公　十月十一**

按调当作《重叠金》，即《菩萨蛮》也

新冬十叶蓂添一，良辰喜是翁生日。金鸭爇沉香，祥烟绕画堂。　　遐龄方五十，厚福犹千百。看取小甥孙，年年捧寿樽。

二色宫桃

此调为僻调，用者甚少。今传无名氏之作。调见《梅苑》。词属双调、仄韵，五十六字。上下阕均四句、二十八字，皆于第一、二、四句用韵。此调与《柳摇金》、《思归乐》极相似，只是句式略有不同，或为一调。

无名氏　　二色宫桃·镂玉香苞酥点萼

镂玉香苞酥点萼，正万木、园林萧索。惟有一枝雪里开，江南有信凭谁托。　　前年记赏登高阁，叹年来、旧欢如昨。听取乐天一句云，花开处、且须行乐。

二 色 莲

此调见《松隐集》，曹勋题为“咏题”，乃咏调名本意即两色莲花。其词中有“凤沼湛碧，莲影明洁”之句，故名为《二色莲》。属双调、仄韵，共九十五字。上阕九句、四十七字，于第三、五、七、九句用韵；下阕十句、四十八字，第二、三、五、七、十句用韵。

曹　勋　　二色莲·咏题

凤沼湛碧，莲影明洁，清泛波面。素肌鉴玉，烟脸晕红深浅。占得薰风弄色，照醉眼、梅妆相间。堤上柳垂轻帐，飞尘尽教遮断。　　重重翠荷净，列向横塘暖，争映芳草岸。画船未桨，清晓最宜遥看。似约鸳鸯并侣，又更与、春锄为伴。频宴赏，香成阵、瑶池任晚。

二 郎 神

二郎神本为神话传说中的神奇人物，能降妖伏怪。唐代用为教坊曲名，宋时本唐教坊曲名用为词牌名。首见于北宋柳永所作之词。词属双调、仄韵，共一百零四字。上阕十三

句、五十二字，于第一、三、七、十、十三句处入韵；下阕亦十三句、五十二字，于第一、三、七、十、十三句处入韵。另一体又名《十二郎》，乃宋吴文英词所命名，共一百零五字，为本调正格，作者多从之。又一体为九十八字。宋徐伸词，名《转调二郎神》。参阅《转调二郎神》。

柳　永　　　　二郎神·炎光谢

炎光谢，过暮雨、芳尘轻洒。乍露冷风清庭户，爽天如水，玉钩遥挂。应是星娥嗟久阻，叙旧约、飙轮欲驾。极目处、微云暗度，耿耿银河高泻。　　闲雅，须知此景，古今无价。运巧思、穿针楼上女，抬粉面、云鬟相亚。钿合金钗私语处，算谁在、回廊影下。愿天上人间，占得欢娱，年年今夜。

吕渭老　　　　二郎神·西池旧约

西池旧约，燕语柳梢桃萼。向紫陌、秋千影下，同绾双双凤索。过了莺花休则问，风共月、一时闲却。知谁去、唤得秋阴，满眼败垣红叶。　　飘泊，江湖载酒，十年行乐。甚近日、伤高念远，不觉风前泪落。橘熟橙黄堪一醉，断未负、晚凉池阁。只愁被、撩拨春心，烦恼怎生安著。

杨无咎　　　　二郎神·清源生辰

炎光欲谢，更几日、薰风吹雨。共说是天公，亦嘉神贶，特作澄清海宇。灌口擒龙，离堆平水，休问功超前古。当中兴、护我边陲，重使四方安堵。　　新府，祠庭占得，山川佳处。看晓汲双泉，晚除百病，奔走千门万户。岁岁生朝，勤勤称颂，可但民无灾苦。□愿得、地久天长，佐绍兴□□□。

曹　勋　　　　二郎神·半阴未雨

半阴未雨，霁晓寒、轻烟薄暮。乍过了挑青，名园深院，把酒偏宜细步。满槛梅花，绕堤溪柳，径暖迁莺相语。春澹澹，渐觉清明，相傍小桃才吐。　　凝伫，山村水馆，难堪羁旅。甚觑著花开，频惊屈指，谩写奚奴丽句。幸有家山，青鸾应报，为我整齐歌舞。一任待，醉倚群红，花沾酒污。

王十朋　　　　二郎神·深深院

深深院，夜雨过，帘栊高卷。正满槛、海棠开欲半，仍朵

朵、红深红浅。遥认三千宫女面，匀点点、胭脂未遍。更微带、春醪宿醉，袅娜香肌娇艳。　　日暖，芳心暗吐，含羞轻颤。笑繁杏夭桃争烂漫，爱容易、出墙临岸。子美当年游蜀苑，又岂是、无心眷恋。都只为、天然体态，难把诗工裁剪。

张孝祥　　二郎神·七夕

坐中客，共千里、潇湘秋色。渐万宝西成农事了，罢秬看、黄云阡陌。乔□橘洲风浪稳，岳镇耸、倚天青壁。追前事、兴亡相续，空与山川陈迹。　　南国，都会繁盛，依然似昔。聚翠羽明珠三市满，楼观涌、参差金碧。乞巧处、家家追乐事，争要做、丰年七夕。愿明年强健,百姓欢娱,还如今日。

马子严　　二郎神·日高睡起

日高睡起，又恰见、柳梢飞絮。倩说与、年年相挽，却又因他相误。南北东西何时定，看碧沼、青萍无数。念蜀郡风流，金陵年少，那寻张绪。　　应许，雪花比并，扑帘堆户。更羽缀游丝，毡铺小径，肠断鹁鸠唤雨。舞态颠狂，腰肢轻怯，散了几回重聚。空暗想，昔日长亭别酒，杜鹃催去。

赵以夫　　二郎神·次方时父送春

一江渌净，算阅尽、燕鸿来去。便系日绳长，修蟾斧妙，教驻韶华未许。白白红红多多态，问底事、东皇无语。但碧草淡烟，落花流水，不堪回伫。　　晴雨，陡寒乍热，清阴庭户。任诗卷抛荒，棋枰休务，寂寞风帘舞絮。我酌君斟，我词君唱，谁似卿卿箫史。拚酩酊，断送春归，恰好听鸠呼妇。

赵以夫　　二郎神·次陈唯道

野塘暗碧，渐点点、翠钿明镜。想昼永珠帘，人闲金屋，时倚妆台照影。睡起阑干凝思处，漫数尽、归鸦栖暝。知月下莺黄，云边蛾绿，为谁低整。　　曾倩，雁传鹊报，心期千定。奈柳絮浮云，桃花流水，长是参差不并。莫怨春归，莫愁柘老，蚕已三眠将醒。肠断句，枉费丹青，漠漠水遥烟迥。

楼　采　　二郎神·露床转玉

露床转玉，唤睡醒、绿云梳晓。正倦立银屏，新宽衣带，

生怯轻寒料峭。闷绝相思无人问，但怨入、墙阴啼鸟。嗟露屋锁春，晴风喧昼，柳轻梅小。　　人悄，日长谩忆，秋千嬉笑。帐烬冷炉薰，花深莺静，帘箔微红醉袅。带结留诗，粉痕销帕，情远窃香年少。凝恨极，尽日凭高目断，淡烟芳草。

吴　潜　　　　二郎神·小楼向晚

小楼向晚，正柳锁、一城烟雨。记十里吴山，绣帘朱户，曾学宫词内舞。浪逐东风无人管，但脉脉、岁移年度。嗟往事未尘，新愁还织，怎堪重诉。　　凝伫，问春何事，飞红飘絮。纵杜曲秦川，旧家都在，谁寄音书说与。野草凄迷，暮云深黯，浑自替人无绪。珠泪滴，应把寸肠万结，夜帷深处。

吴　潜　　　　二郎神·小亭徙倚

小亭徙倚，慢一步、立秋千影。渐夕照林梢，晚风池上，缉缉轻寒嫩冷。又是将他春僝僽，酿一种、花愁花病。空客鬓岁迁，征衫人老，倚楼看镜。　　还省，故园多少，紫殷红凝。窗外晓莺啼，拂墙金缕，烟柳慵眠乍醒。挑菜踏青，趁蜂随蝶，长负清明时景。凝伫久，蓦听棋边落子，一声声静。

吴　潜　　　　二郎神·己未自寿

古希近也，是六十五翁生日。恰就得端阳，艾人当户，朱笔书符大吉。卦气周来从新起，怕白发、苍颜难必。随见定性缘，餐饥眠困，喜无啾唧。　　盈溢，书生做到，能高官秩。况碌碌儿曹，望郎名郡，叨冒差除不一。积世主恩，满家天禄，婚嫁近来将毕。还自祝，愿早悬车里社，始为收拾。

吴　潜　　　　二郎神·再和

近时厌雨，喜午日、放开天日。不用辟兵符，从今去也，管定千祥万吉。已报甘泉新捷到，况更是、年丰堪必。任景物换来，蛙鸣蝉噪，耳边啧唧。　　洋溢，尽教愿乞，兵厨闲秩。看恰好园池，随宜亭榭，人道瀛洲压一。且恁浮沉，奈何衰悴，惟怕牧之名毕。安得去，占却三神绝顶，瑞芝同拾。

周　弼　　　　二郎神·西施浣沙碛

浪花皱石，飐夜月、欲移还定。想白苎烘晴，黄蕉摊雨，

人整斜巾照领。翦断鲛绡何人续，黯梦想、秋江风冷。空露渍藻铺，云根苔甃，指痕环影。　　重省，五湖万里，谁问烟艇。料宝像尘侵，玉瓢珠锁，羞对菱花故镜。领略鸦黄，破除螺黛，都付渚蘋汀荇。春醉醒，暮雨朝云何处，柳蹊花径。

汤　恢　　　二郎神·用徐幹臣韵

琐窗睡起，闲伫立、海棠花影。记翠楫银塘，红牙金缕，杯泛梨花冷。燕子衔来相思字，道玉瘦、不禁春病。应蝶粉半销，鸦云斜坠，暗尘侵镜。　　还省，香痕碧唾，春衫都凝。悄一似荼蘼，玉肌翠帔，消得东风唤醒。青杏单衣，杨花小扇，闲却晚春风景。最苦是、蝴蝶盈盈弄晚，一帘风静。

汤　恢　　　二郎神·碧崖倒影

碧崖倒影，浸一片、寒江如练。正岸岸柳花，村村修竹，唤醒春风笔砚。溯水舟轻轻如叶，只消得、溪风一箭。看水部雄文，太师健笔，月寒波卷。　　游倦，片云孤鹤，江湖都遍。慨金屋藏妖，绣屏包祸，欲与三郎痛辨。回首前朝，断魂残照，几度山花崖藓。无限都付窊尊，漠漠水天远。

十二时

此调名原为唐教坊曲名，后成为宋代鼓吹四曲之一，常与《六州》、《导引》、《降仙台》等构成组诗。古代把一昼夜分为十二时，唐代诗人以“十二时”入诗，表示一天一夜，如“鸟道一千里，猿啼十二时”（王维《送杨长史赴果州》）。宋人以其曲填词，遂成为词牌名。词牌《忆少年》亦称《十二时》。词属双调、仄韵，共四十六字。上阕五句、二十二字，于第三、第五句入韵；下阙四句、二十四字，于第一、二、四句入韵。另一体为四十七字，下阕第一句为八字，比正体多一字。此调又有长调，仄韵，三叠，共一百三十字。一叠十句、五十六字，二叠七句、三十七字，三叠同二叠。四十六字之《十二时》与《忆少年》为同调异名，与三叠长调之《十二时》为同名异调。参阅《忆少年》。

和　岘　　　十二时·承宝运

承宝运，驯致隆平，鸿庆被寰瀛。时清俗阜，治定功成，

遐迩咏由庚。严郊祀，文物声明，会天正、星拱奏严更。布羽仪簪缨，宸心虔洁，明德播惟馨。动苍冥，神降享精诚。燔柴半，万乘移天仗，肃銮辂旋衡。千官云拥，群后葵倾，玉帛旅明庭。韶濩荐，金奏谐声。集休亨，皇泽浃黎庶，普率洽恩荣。仰钦元后，睿圣贯三灵。万邦宁，景贶福千龄。

柳　永　　　　十二时·晚晴初

晚晴初，淡烟笼月，风透蟾光如洗。觉翠帐、凉生秋思，渐入微寒天气。败叶敲窗，西风满院，睡不成还起。更漏咽、滴破忧心，万感并生，都在离人愁耳。　　天怎知、当时一句，做得十分萦系。夜永有时，分明枕上，觑着孜孜地。烛暗时酒醒，元来又是梦里。　　睡觉来、披衣独坐，万种无憀情意。怎得伊来，重谐云雨，再整余香被。祝告天发愿，从今永无抛弃。

范祖禹　　　　十二时·转招摇

转招摇，厚陵回望，双阙起岧峣。晓日丽谯，金爵上干霄。风雨阕，夜宫闭，不重朝。奉鸾镳渐遥。玉京知何处，飞英衔恤，乱絮缠悲，春路迢迢。缥缈哀音，发龙篰凤箫。光景同，惨淡度岩邑，指河桥。马萧萧，络绎星轺。拂天容卫，江海上寒潮。万国魂销，追昔御东朝。开钿扇，垂珠箔，侍珰貂。宝香烧，散飘。开仁寿域，神孙高拱，昆仑渤澥，玉烛方调。一旦宫车晚，旋归泬寥。九载初,如梦次,功得琼瑶。

朱敦儒　　　　十二时·连云衰草

连云衰草，连天晚照，连山红叶。西风正摇落，更前溪呜咽。　　燕去鸿归音信绝，问黄花、又共谁折。征人最愁处，送寒衣时节。

洪　适　　　　十二时·庭有燎

庭有燎，叠鼓鸣鼍，更问夜如何。信星彪列，天象森罗。虞旦阙宫毕，觞清庙，浆柘尊牺继猗那。嘉颂可同科，扈圣万肩摩。饬躬三宿，泰畤缛仪多。丘泽合，岳渎从曦娥。神光烛、云车风马，芝作盖，玉为珂。奉瑄成礼，燔柴竣事，休嘉砰，隐丹阙，湛恩波。共愿乾坤隤祉，边鄙投戈。覆盂连瀚

海，洗甲挽天河。欣欣喜色，长遇六龙过。奏云和，三春荐嘉禾。

洪　迈　　　十二时·璧门双阙转苍龙

璧门双阙转苍龙。德寿俨祇宫。轩屏正坐，天子亲拜天公。仪绅笏，罗鹓鹭，粲庭中。仙家欢不尽，人世寿无穷。谁知云路，玉京成就，催返璇穹，转手万缘空。见说烟霄好处，不与下方同。尘合雾迷蒙，笙箫寥寂，楼阁玲珑。中兴大业，巍巍稽古成功。事去孤鸿，忍听宵柝晨钟。灵舆驾，素帏低，杳庞茸。浙江潮，万神护，川后滋恭。因山祇事，崔嵬禹穴，此日重逢。柏城封，愁长夜、起悲风。歌清庙、千古诵高宗。

崔敦诗　　　十二时·勋华并

勋华并、天胙昌期，圣德茂重离。英明经远，浚哲昭微，宝俭更深慈。观万国、累洽重熙，对明时。报礼秩神祇，玉帛奏华夷。雍肃显相，百辟各钦祇，奄嘉虞英璧奠华滋。　神安坐、景气澄虚，极光焰、烛长丽。展诗应律，万舞逶迟，三献洽皇仪。垂露寖庆祐来宜，礼无违。鸣鸾临帝阙，飞凤下天倪。清和寰宇，霈泽一朝驰。醇化无为，万祀巩洪基。

彭　耜　　　十二时·素馨花

素馨花、在枝无几，秋入阑干十二，那茉莉、如今已矣，只有兰英菊蕊。霜蟹年时，香橙天气，总是悲秋意。问宋玉、当日如何，对此凄凉风月，怎生存济。　还未知、幽人心事，望得眼穿心碎。青鸟不来，彩鸾何处，云锁三山翠。是碧霄有路，要归归又无计。　奈何他、水长天远，身又何曾生翼。手捻芙蓉，耳听鸿雁，怕有丹书至。纵人间富贵，一岁复一岁。此心终日绕香盘，在篆畦儿里。

无名氏　　　十二时·真宗封禅

圣明代，海县澄清，惠化洽寰瀛。时康岁足，治定功成，遐迩贺升平。嘉坛上，昭事神灵，荐明诚。报本禅云亭，俎豆列牺牲。宸心蠲洁，明德荐惟馨。纪鸿名，千载播天声。
燔柴毕，云罕回仙仗，庆銮辂还京。八神扈跸，四隩来庭，嘉气覆重城。殊常礼，旷古难行。遇文明，仁恩苏品汇，沛泽被簪缨。祥符锡祚，武库永销兵。育群生，景运保千龄。

无名氏　　十二时·奉祀太清宫

乾坤泰，帝祚遐昌，宇县乐平康。真游降格，宝诲昭彰，宸跸造仙乡。崇妙道、精意齐庄，款灵场。洁豆荐芬芳，备乐奏铿锵。犹龙垂裕，千古播休光。极褒扬，明号洽徽章。
朝修展，春豫谐民望，睹文物煌煌。言旋羽卫，肃设坛场，报本达萧芗。申严祀、礼备烝尝，答穹苍。纯禧沾品汇，庆赉浃穷荒。封人献寿，德化掩陶唐。保绵长，锡佑永无疆。

无名氏　　十二时·南郊恭谢

享嘉会，万宇欢康，圣化迈陶唐。元符锡命，天鉴昭彰，徽号奉琳房。陈缛礼、献岁惟良，耀旗章。翠辇驻仙乡，睿意极齐庄。仙衣渥采，玉册共荧煌。荐芬芳，飙驭降灵场。
回云罕，尊祖趋仙宇，金石韵锵洋。聿朝清庙，躬奠瑶觞，报本国之阳。执笾豆、列侍貂珰，对穹苍。洪恩霈夷夏，大庆浃家邦。垂衣紫极，圣寿保遐昌。集祺祥，地久与天长。

无名氏　　十二时·天禧三年南郊鼓吹歌曲

雕戈偃玉寒清明，道德洽和平。龟畴凤柙，腾实飞英，岱畎让功成。汾水上、寅辂銮声，荐精诚。仙宇玉为京，圭洁奉高明。瑶山银榜，固国本丕闳。诏公卿，绵蕝徇舆情。　稽阳位，报本郊坛畤，助祭俨簪缨。祖宗配侑，朱燎晶荧，百礼备丰盈。答天地、用厚怀生，泰黎氓。千畿先润泽，万宝尽开荣。龙沙日窟，文轨永来并。保嘉享，史册焕鸿名。

无名氏　　十二时·天圣二年南郊鼓吹歌曲

嘉亨运，璇历均调，光烈迈唐尧。珍图缘错，垂锡乾霄，封岱顺车杓。修合答、万玉来朝，瑞丕昭。构宇结瑛瑶，虚气下仙飙。钦崇道祖，舆驾动临谯。整銮镳，郊报厚黎苗。
均纯贶，渗漉咸滋液，能事播欢谣。继明缵绪，缓赋轻徭，京庾比丰饶。勤中昃、采善询荛，五风飘。授人时吏正，休马櫜兵销。良肱隆栋，助化率皇僚。德声遥，懿铄简书标。

无名氏　　十二时·籍田　明道二年

君天下，万国来王，玉帛凑梯航。五风十雨，品物蕃昌，栖垄有余粮。躬千亩、天步龙翔，化重光。举祖彝章，验晨正

农祥。东郊如砥，黛耜御游场。荐芬芳，稼穑伫丰穰。　成耨礼，三事并卿尹，执耒有经常。此仪旷绝，行自吾皇，玉振复金相。睹九色、流衍仓箱，洽欢康。虫鱼皆茂育，戈祋永韬藏。两闱至圣，辅以股肱良。祚延长，寿岳保无疆。

无名氏　十二时·庄献明肃皇后恭谢太庙　明道二年

母仪下，国祚和平，玉帛凑寰瀛。尤祥极瑞，茂实英声，两耀比皇明。昭孝飨、躬荐精诚。祥并保佑洽由庚，和乐遍怀生。柔远能迩，海宇永澄清。复曾城，宝册受鸿名。　绵龙绪，十治同齐圣，至治播欢声。止戈为武，顿纲搜英，察万物人情。损服御、不尚瑛琼。俗怀生动，修文考制，颛法上天明。地不爱宝，人不爱其诚。帝图宏，寿岳永峣峥。

无名氏　十二时·明堂　皇祐二年

真宗加上谥号册宝　庆历七年

恢皇统，宵旰勤考，正朔亶同规。留谈经幄，来谏书帷，稽古极文思。尊耀魄、宝秩神祇，礼从宜。显相协钦祗，颢气结华滋。西成献瑞，百谷满京坻。化无为，斯万卜年期。隆昌运，大报同姬成，文武绍重熙。历朝缺典，自我亲祠，容采炳葳蕤。嘉能事、秀错多仪，太平时。清风涵溥惠，浩露浃深慈。群方昭泰，保定宅华夷。拥灵禧，万叶累鸿基。

无名氏　十二时·恭谢　嘉祐元年

太宗元德皇后御容赴启圣院奉安　至和二年

金徒箭、晓漏延长，霄极烂星芒。珠旒绚采，黼衮交章，宸表寝永昂。上交合奠鬯流香，燎扬光。神锡以百祥，寿延于无疆。三时告稔，万亿满仓箱。思边防，蛮貊尽来王。

无名氏　十二时·祫享太庙　嘉祐四年

明昌世、乾统弥文，皇德揆华勋。三辰顺晷，庆霭轮囷，潜宝耀坤珍。躬祫飨、肃荐牺尊，孝仪申。助祭俨缨绅，大乐奏韶钧。阳开阴闭，幽显尽欣欣。庆霄文，思结在黎民。

无名氏　十二时·明堂　嘉祐七年

承平世，嘉祐壬寅，九月上旬辛。酒醪香旨，谷实丰珍，

宗祀敞中宸。宾延上帝五方神，以严亲。诚心通杳杳，文物盛彬彬。金声玉色，和奏翕铿纯。荡无垠，天地一洪钧。明天子、至化深仁，壹意奉精禋。感时怵惕，即事恭寅，用孝教斯民。多仪举，大恩沦，福来臻。清风动阊阖，皓气下天津。币诚玉腆，朱燎焜槱薪。积欢欣，皇历万斯春。

无名氏　十二时·治平二年南郊鼓吹歌曲

千年运，五叶升平，法扆坐中楹。天高日润，雷动风行，三万里声明。灵台偃伯仆边兵，事农耕。一气重滋萌，万宝迄登成。天生嘉谷，博硕又芳馨。馨齐精，谒款谢嘉生。　神明地，当阳定，天位来助见人情。璧珪葱璨，金石铿鈜，仪礼盛西京。灵祇喜、福禄来盈，咏夷庚。幔城班上笏，銮路趣还衡。觚棱双阙，赭案切三清。动欢声，恩泽遍寰瀛。

无名氏　十二时·元丰二年慈圣光献皇后发引　警场内

治平时，暂垂帘，佑圣子、解危疑。坐安天下逾岁，厌避万机。退处宸闱，殿开庆养，志入希夷。扶皓日，浴咸池。看神孙、抚御千载，重雍累熙。四方钦仰洪慈，阴德远，仁功积。欢养罄九域，礼无违，事难期。乘霞去，乍睹升仙，诰下九围。泣血涟如，更鸾车、动春晚，雾暗翠旗。路指嵩伊，薤歌风吹，悠飏逐风悲。珠殿悄，网尘垂，空坐湿，罔极吾皇孝思。镂玉写音徽，彤管炜，青编纪。宁更羡周雅，播声诗。

无名氏　十二时·虞主回京　警场内

望嵩邙，永昭陵畔，王气压龙冈。巩洛灵光，郁郁起嘉祥。虚彩帟，转哀仗，闷幽堂。叹仙乡路长，景霞飞松上。珠襦宵掩，细扇晨归，昆阆茫茫。满目东郊好，红葩斗芳。韶景空骀荡，对春色、倍凄凉，最情伤。从辇嫔嫱，指瑶津路，泪雨泣千行。翠珥明珰，曾忆荐琼觞。春又至，人何往，事难忘。向斜阳断肠，听钧天嘹亮。清都风细，朱栏花满，谁奏清商。紫幄重帘外，时飘宝香。环佩珊珊响，问何日、反雕房。

无名氏　十二时·八年神宗灵驾发引

珍符锡佑启真人，储思在斯民。勤劳日升万物，皆入陶钧。收威柄，更法令，鼎从新。东风吹百卉，上苑正青春。流

虹节近，衣冠玉帛，交奏严宸，万寿祝尧仁。忽听宫车晚出，但号慕，瞻云路，企龙麟。穷天英，冠古精神。杳然上僸，人空望、属车巡。虚仗星陈，画翣环拥龙輴。泉宫掩，帝乡远，邈难亲。反雕轮，飞羽盖、还渡天津。雾迷朱服，风摇细扇，触目悲辛。列嫔嫱，垂红泪，浥行尘。相将问，何日下青旻。

无名氏　　十二时·虞主回京

太平时，御华夷，躬听断破危疑。春秋鼎盛，绌声乐游嬉。日升繁机，长驾远驭垂。意在轩羲，恢六典、斥三垂。有殊尤绝迹，盛德魄周施。方将缀缉声诗，扩皇纲，明帝典，绍累圣重熙。高拱无为，事难知。春色盛，逼千秋嘉节，忽闻玉几。颁命彤闱，厌世御云归。翊翠凤，驾文螭，缥缈难追。侍臣宫女，但攀慕号悲。玉轮动，指嵩伊。龙镳日益远空游，汉庙冠衣。惟盛德巍巍，镂玉册，传青史，昭示无期。

无名氏　　十二时·高宗郊祀大礼鼓吹歌曲

日将旦、阴曀潜消，天宇扇祥飙。边陲静谧，夜熄鸣刁。文教普旁昭，兴太学、多士舒翘。奉宗祧，新庙榜宸毫，配侑享于郊。慈宁万寿，四海仰东朝。男女正，中壶至桃夭。年屡稔，漕舟衔尾夥，高廪接楹饶。庙堂自有、擎天一柱，功比汉庭萧。多少群工同德，俊乂旁招。吉祥诸福集，燮理四时调。三年郊见，六变奏咸韶。望云霄，降福与唐尧。

无名氏　　十二时·亲耕籍田

临寰宇，恭己岩廊，属意在耕桑。爱民利物，德迈陶唐，跻俗尽淳庞。开千亩、帝籍神仓，举彝章。祇祓坛场，为农事祈祥。涓辰行礼，节物值春阳。馨齐庄，明德荐馨香。宫禁邃，嫔妃并御侍，穜稑献君王。中闱表率，阴教逾光。帐殿霭煐黄，梐枑设、翠幕高张，庆云翔。樽罍陈酒醴，金石奏宫商。神灵感格，岁岁富仓箱。庆明昌，行旅不赍粮。

无名氏　　十二时·显仁皇后上仙发引

炎图景运正延鸿，文思坐深宫。慈宁大养，乐事时奏宸聪。皇龄永，恩霈下，遍寰中。君王乘彩服，嫔御上瑶钟。年年诞节，就盈吉月，交庆流虹。欢洽意方浓，不觉仙游渺邈，

但号泣苍穹。追慕念音容，诗书慈俭，配古追踪。躬行四德，谁知继、二南风。移盼俄空，宝鉴脂泽尘封。清都远，帝乡遥，杳难通。想云軿、还上瀛蓬。稽山何在，当年禹宅，万古葱葱。最难堪，潮头定，海波融。

无名氏　　十二时·安恭皇后上仙发引

皇家景运合无疆，天子坐明堂。丰年多黍，四方争报时康。酒常清，花易好，寿君王。天宫见玉女，大笑亿千场。不知何事，椒涂暗淡，瑶殿凄凉。宝镜玉台光，可奈画眉人去，脂泽散余芳。极目望潇湘，波遥草远，只见残阳。南山古阜，松柏茂，蔚苍苍。杳霭宫商，风过金殿琳琅。导歌繁，严鼓近，惨悲伤。水凝愁，山攒恨，烟淡云黄。神山何在，蟠桃已远，弱水何长。最难堪，回翟雉，返鸾凰。向芙蓉别殿、谩焚香。

无名氏　　十二时·宁宗郊祀大礼

宵景霁，河汉清夷，旷典讲明时。合祛升侑，孝德爰熙。陈祼閟宫，滫觞太室，来奏天仪。驷苍螭，玉辂驭蕤绥，觚陛展躬祠。长梢饰玉，翠羽秀金支。华始倡，雅韵出宫垂。神来下，云车风马，缤晻蔼、宴栖迟。毕觞流胙，柴烟竣事，棠梨回谒，宣室受蕃厘。盛德无心专飨，端为民祈。云恩有截，雨泽霈无涯。君王愉乐，和气溢瑶卮。寿天齐，长拥神基。

无名氏　　十二时·宁宗皇帝发引

弋绨革舄最仁贤，俭德自躬全。忧勤庶政，三十余年。金风肃，秋渐老，摄调愆。忱恂遍，群祀号泣诉旻天。缀衣将出，神凝玉几，一夜登仙，弓堕隔苍烟。七月有来同轨，引绋动灵辁，凄怆泪潸然。行号巷哭，薤露声传。东城去路，惊涛忽见江船，憔悴山川。不禁箫鼓咽，山阴处，茂林修竹芊芊。望陵宫，应弗远，金粟堆前。人徒慕恋，百神警待，盘翥驱先。戴鸿恩，空痛慕，泪珠连。千秋岁、功德寄华编。

十二时慢

《十二时》原为唐教坊曲名，宋代鼓吹四曲之一，后用

作词调名。慢，即快慢之慢，指慢曲子，因为曲子长，所以慢词的句子、字数也随着增加，多费时间，因而称作“慢”。宋人自制新声之后，有的往往借用旧词牌以便记忆，又为避免与旧词牌相混淆，就加上一个“慢”字。实际上，慢词只是借令词的原名，而与原来的令词在形式上已毫无关系。有的慢词并与同调的令词格式完全相同。此调属仄韵，三叠，共一百三十字。上阕十一句、五十六字，于第三、四、五、八、十一句用韵；中阕八句、三十七字，于第三、六、八句用韵；下阕八句、三十七字，于第三、五、六、八句用韵。此调《花草粹编》无“慢”字。但《十二时》为令词，共四十六字，与无“慢”的《十二时》当为两调。慢词又有平韵一体。参阅《十二时》。

朱　雍　　　十二时慢·粉痕轻

粉痕轻、谢池泛玉，波浸琉璃初暖。睹靓芳、尘冥春浦，水曲漪生遥岸。麝气柔、云容影淡，正日边寒浅。闲院寂，幽管声中，万感并生，心事曾陪琼宴。　　春暗南枝依旧，但得当时缱绻。昼永乱英，缤纷解佩，映人轻盈面。香暗酒醒处，年年共副良愿。

十　二　郎

此调本名《二郎神》，乃唐教坊曲名。《乐章集》注商调。徐伸词名《转调二郎神》，吴文英词名《十二郎》。有一百字、一百零三字、一百零四字、一百零五字诸体。以柳永词一百零四字者为正体，双调，仄韵。上阕八句、五十二字，于第一、二、四、六、八句用韵；下阕十句、五十二字，于第一、三、五、七、十句用韵。参阅《二郎神》。

吴文英　　　十二郎·垂虹桥

上有垂虹亭，属吴江

素天际水，浪拍碎、冻云不凝。记晓叶题霜，秋灯吟雨，曾系长桥过艇。又是宾鸿重来后，猛赋得、归期才定。嗟绣鸭解言，香鲈堪钓，尚庐人境。　　幽兴，争如共载，越娥妆镜。念倦客依前，貂裘茸帽，重向淞江照影。酹酒苍茫，倚歌平远，亭上玉虹腰冷。迎醉面，暮雪飞花，几点黛愁山暝。

十六字令

即《归字谣》，宋周玉晨词名《十六字令》，见《花草粹编》卷十。

周邦彦　　　　十六字令·眠

眠，月影穿窗白玉钱。无人弄，移过枕函边。

十 六 贤

十六贤本指十六个有才能的贤明大臣，亦称“十六族”、“十六相”，是“八元”、“八恺”的合称。据《左传·文公十八年》记载，高辛氏有才子八人，天下之民谓之“八元”。高阳氏有才子八人，称之为“八恺”。舜继为天子，举这十六个才子为十六相。宋人以上古的贤臣命为词牌名。属双调、平韵。上阕十一句、四十九字，于第三、五、六、九、十、十一句用韵；下阕十句、五十一字，于第二、四、六、七、八、十句用韵。

曹　勋　　　　十六贤·闲暇

拱皇图，御宝历，上圣垂衣，旰食亲万机，海宇熙熙。登寿域，瑞霞彩云常捧日，花阴麦垄四民齐。宫卫仗肃，阆苑瑶池，台殿倚晴晖。　当盛际，风俗美，寻胜事，人物总游嬉。太平何处，知不摇征旗摇酒旗。四方感格臻上瑞，官家闲暇宴芳菲。千万岁，嘉会明盛时。

十 月 桃

十月桃是桃子的一个品种名，开红色花，十月时果实方熟，故名。调见《乐府雅词》。宋代曾慥有词赋十月桃，遂以为词调名（今曾词已佚）。属双调、平韵，共九十九字。上阕十句、四十八字，于第三、五、七、十句用韵；下阕十

句、五十一字，于第一、三、五、七、十句用韵。另一体九十八字。此调又名《十月梅》，因黄大舆《梅苑》有无名氏用此调咏十月梅，故名。参阅《十月梅》。

李弥逊　十月桃·同富季申赋梅花之一

浮云无定，任春风万点，吹上寒枝。砌外珑璁，暗香夜透帘帏。闲情最宜酒伴，胜黄昏、冷月清溪。风流谢傅，梦到华胥，长是相随。　似凝愁、不语谁知，芳思乱微酸，已带离离。传语花神，任教横竹三吹。枝头要看如豆，趁和羹、百卉开时。十分金蕊，先与东君，一笑相期。

李弥逊　十月桃·同富季申赋梅花之二

一枝三四，弄疏英秀色，特地生寒。刻楮三年，谩夸煮石成丹。梨花带雨难并，似玉妃、寂寞微潸。瑶台空阔，露下星坠，零乱风鬟。　记前回、拥盖西园，花信被山烟，著意邀阑。盏面横斜，大家月底颓然。如今万点难缀，共苍苔、打合成班。诗翁何似，劝春莫交，粉淡香残。

张元幹　十月桃·年华催晚

年华催晚，听尊前偏唱，冲暖欺寒。乐府谁知，分付点化金丹。中原旧游何在，频入梦、老眼空潸。撩人冷蕊，浑似当时，无语低鬟。　有多情多病文园，向雪后寻春，醉里凭阑。独步群芳，此花风度天然。罗浮淡妆素质，呼翠凤、飞舞斓斑。参横月落，留恨醒来，满地香残。

张元幹　十月桃·为富枢密

蟠桃三熟，正清霜吹冷，爱日烘香。小试芳菲，时候无限风光。洛滨老人星见，□少室、云物开祥。丹青万汇，熊兆昆台，凤举朝阳。　向元枢曾辅岩廊，记名著金瓯，位入中堂。梦熟钧天，屡惊颠倒衣裳。黄发更宜补衮，归去定、军国平章。管弦珠翠，兰玉簪缨，岁岁称觞。

无名氏　十月桃·东篱菊尽

东篱菊尽，遍园林败叶，满地寒荄。露井平明，破香笼粉初开。佳人共喜芳意，呵手剪、密插鸾钗。无言有艳，不避繁

霜，变作春媒。　　问武陵溪上谁栽，分付与南园，舞榭歌台。恰似凝酥衬玉，点缀装裁。东君自是为主，先暖信、律管飞灰。从今雪里，第一番花，休话江梅。

十月梅

此调本名《十月桃》，为宋代曾慥赋十月桃而创制此调。宋代无名氏以此调咏十月梅，故又称《十月梅》(见黄大舆《梅苑》所收)。词属双调、平韵，有九十八字、九十九字两体。九十九字者，上阕十句、四十八字，下阕十句、五十一字。参阅《十月桃》。

无名氏　　　　十月梅·千林凋尽

千林凋尽，一阳未报，已绽南枝。独对霜天，冒寒先占花期。清香映月浮动，临浅水、疏影斜欹。孤标不似，绿李夭桃，取次成蹊。　　纵寿阳、妆脸偏宜，应未笑、天然雅态冰肌。寄语高楼，凭栏羌管休吹。东君自是为主，调鼎鼐、终付他时。从今点缀，百草千花，须待春归。

十拍子

此调本名《破阵子》。《破阵子》为唐教坊曲名，是根据唐大曲《破阵乐》另度新声而成。因此调在唐教坊乐曲中一唱十拍，故名为《十拍子》。“子”在唐代是乐曲的异称。词属双调、平韵，共六十二字。上、下阕句式相同，皆五句、三十一字，亦皆于第二、四、五句用韵。参阅《破阵乐》、《破阵子》。

苏　轼　　　　十拍子·暮秋

白酒新开九酝，黄花已过重阳。身外傥来都似梦，醉里无何即是乡，东坡日月长。　　玉粉旋烹茶乳，金齑新捣橙香。强染霜髭扶翠袖，莫道狂夫不解狂，狂夫老更狂。

赵善扛　　　　十拍子·上巳

柳絮飞时绿暗，荼蘼开后春酣。花外青帘迷酒思，陌上晴

光收翠岚，佳辰三月三。　　解佩人逢游女，踏青草斗宜男。醉倚画阑阑槛北，梦绕清江江水南，飞鸾与共骖。

马子严　　十拍子·点缀莫窥天巧

点缀莫窥天巧，名称却道人为。香酝蜜脾分几点，色映乌云倚一枝，遥看步赏迟。　　映水不嫌疏影，娇春也自同时。红树落残风自暖，塞管声长晓更催，此时知不知。

十 样 花

此题本为咏各种花，每首咏一种，故名《十样花》。今存李弥逊《十样花》七首，咏梅、杏、樱、桃、海棠、牡丹、红药等七种花。词属单调、仄韵，六句、二十八字，于第一、二、五、六句用韵。

李弥逊　　十样花·陌上风光浓处

陌上风光浓处，第一寒梅先吐。待得春来也，香销减，态凝伫，百花休谩妒。

陌上风光浓处，繁杏枝头春聚。艳态最娇娆，堪比并，东邻女，红梅何足数。

陌上风光浓处，日暖山樱红露。结子点朱唇，花谢后，君看取，流莺偏嘱咐。

陌上风光浓处，忘却桃源归路。洞口水流迟，香风动，红无数，吹愁何处去。

陌上风光浓处，最是海棠风措。翠袖衬轻红，盈盈泪，怨春去，黄昏微带雨。

陌上风光浓处，自有花王为主。富艳压群芳，蜂蝶戏，燕莺语，东君都付与。

陌上风光浓处，红药一番经雨。把酒绕芳丛，花解语，劝春住，莫教容易去。

丁香结

丁香结本为丁香的花蕾，结也指含苞不吐之意。唐代诗人多用来比喻愁思固结不解。如“芭蕉不展丁香结，同向春风各自愁”(李商隐《代赠》之一)。“殷勤解却丁香结，纵放繁枝散诞春”(陆龟蒙《丁香》)。又有“丁香结恨新”之句。宋代词家取唐诗中所用“丁香结”，命为词牌名。调见《清真集》。词属双调、仄韵，共九十九字。上阕十二句、五十二字，第三、四、六、九、十二句入韵；下阕十句、四十七字，第一、三、六、八、十句入韵。

周邦彦　　丁香结·苍藓沿阶

苍藓沿阶，冷萤粘屋，庭树望秋先陨。渐雨凄风迅，澹暮色、倍觉园林清润。汉姬纨扇在，重吟玩、弃掷未忍。登山临水，此恨自古，销磨不尽。　　牵引。记试酒归时，映月同看雁阵。宝幄香缨，熏炉象尺，夜寒灯晕。谁念留滞故国，旧事劳方寸。唯丹青相伴，那更尘昏蠹损。

方千里　　丁香结·烟湿高花

烟湿高花，雨藏低叶，为谁翠消红陨。叹水流波迅，抚艳景、尚有轻阴余润。乳莺啼处路，思归意、泪眼暗忍。青青榆荚满地，纵买闲愁难尽。　　勾引。正记著年时，乍怯春寒阵阵。小阁幽窗，残妆剩粉，黛眉曾晕。迢递魂梦万里，恨断柔肠寸。知何时重见，空为相思瘦损。

吴文英　　丁香结·秋日海棠

香袅红霏，影高银烛，曾纵夜游浓醉。正锦温琼腻，被燕踏、暖雪惊翻庭砌。马嘶人散后，秋风换、故园梦里。吴霜融晓，陡觉暗动偷春花意。　　还似。海雾冷仙山，唤觉环儿半睡。浅薄朱唇，娇羞艳色，自伤时背。帘外寒挂澹月，向日秋千地。怀春情不断，犹带相思旧子。

杨泽民　　丁香结·梅雨犹清

梅雨犹清，冷风乘急，遥送万丝斜陨。听水翻雷迅，冒雾湿、但觉衣裘皆润。乱山烟嶂外，轻寒透、未免强忍。崎岖危石，耸峭峻岭，都齐行尽。　指引。看负弩旌旗，漫卷空、排素阵。向晚收云，黎明见日，渐生红晕。堪叹萍泛浪迹，□事无长寸。但新来纤瘦，谁信非因病损。

陈允平　　丁香结·尘拥妆台

尘拥妆台，翠闲歌扇，金井碧梧风陨。听豆虫声小，伴寂寞、冷逼莓墙苍润。料凄凉宋玉，悲秋恨、此际怎忍。莲塘风露，渐入粉艳，红衣落尽。　勾引。记舞歇弓弯，几度柳围花阵。酒薄愁浓，霞腮泪渍，月眉香晕。空对秦镜尚缺，暗结回肠寸。念纤腰柔弱，都为相如瘦损。

七 娘 子

此调本为唐教坊曲名。宋人借用其曲制词，遂成为词调名。属双调、仄韵，共五十八字。上、下阕格式相同，均为五句、二十九字，亦皆于第一、二、四、五句用韵。

黄大临　　七娘子·画堂银烛明如昼

画堂银烛明如昼，见林宗、巾垫羞蓬首。针指花枝，线赊罗袖，须臾两带还依旧。　劝君倒戴休令后，也不须、更漉渊明酒。宝篋深藏，浓香熏透，为经十指如葱手。

贺　铸　　七娘子·□波飞

□波飞□□□向，□□□、□□□□样。拥鼻微吟，捋须遐想，□□□□□□上。　会须加数□□酿，□□□、□□□□涨。美满孤帆，轻便双桨，中分□□□□往。

谢　逸　　七娘子·风剪冰花飞零乱

风剪冰花飞零乱，映梅梢、素影摇清浅。绣幄寒轻，兰薰烟暖，艳歌催得金荷卷。　游梁已觉相如倦，忆去年、舟渡淮南岸。别后销魂，冷猿寒雁，角声只送黄昏怨。

毛　滂　　　　**七娘子·舟中早秋**

山屏雾帐玲珑碧，更绮窗、临水新凉入。雨短烟长，柳桥萧瑟，这番一日凉一日。　　离多绿鬓多时白，这离情、不似而今惜。云外长安，斜晖脉脉，西风吹梦来无迹。

毛　滂　　　**七娘子·和贺方回登月波楼**

月光波影寒相向，借团团、与做长壕样。此老南楼，风流可想，殷勤冰彩随人上。　　欲同次道倾家酿，有兵厨、玉盎金波涨。云外归鸿，烟中飞桨，五湖秋兴心先往。

向子諲　　　**七娘子·山围水绕高唐路**

山围水绕高唐路，恨密云、不下阳台雨。雾阁云窗，风亭月户，分明携手同行处。　　而今不见生尘步，但长江、无语东流去。满地落花，漫天飞絮，谁知总是离愁做。

蔡　伸　　　**七娘子·天涯触目伤离绪**

天涯触目伤离绪，登临况值秋光暮。手捻黄花，凭谁分付，雍雍雁落蒹葭浦。　　凭高目断桃溪路，屏山楼外青无数。绿水红桥，锁窗朱户，如今总是销魂处。

王　灼　　　**七娘子·花明雾暗非花雾**

花明雾暗非花雾，似春屏、短梦无凭据。夜月将来，晓灯催去，半衾余暖空留住。　　情柔意密愁千缕，想一声、鸡唱东城路。暂作行云，暂为行雨，阳台望极人何处。

史　浩　　　　**七娘子·重阳**

东篱寿菊金犹浅，对南山、把酒开新宴。绛阙丛霄，玉书丹篆，坐间俱是神仙伴。　　童颜绿发何曾变，喜婴儿姹女交相恋。寄语诗翁，茱萸重看，明年此会人人健。

陈　亮　　　**七娘子·三衢道中作**

风流家世传张绪，似灵和新种垂杨缕。绮席摛词，银台奏赋，当年梦绕蓬山路。　　卖花声断蓝桥暮，记吟鞭醉帽曾经处。蜀郡归来，荆州老去，心情零乱随风絮。

吴　申　　　　七娘子·贺人子晬

君家诸子燕山盛，去年两见门弧庆。银蜡烧花，宝香熏烬，晬盘珠玉还相映。　耳边好语凭君听，此儿不与群儿并。右执金戈，左持金印，功名当似王文正。

无名氏　　　七娘子·清香浮动到黄昏

清香浮动到黄昏，向水边、疏影梅开尽。溪畔清蕊，有如浅杏，一枝喜得东君信。　风吹只怕霜侵损，更新来、插向多情鬓。寿阳妆鉴，雪肌玉莹，岭头别后微添粉。

无名氏　　　　七娘子·寿梅太守

暖律未回春时候，向旧根、腊底红先透。玉有冷香，粉无纤垢，更饶雪里还清瘦。　琳宫拟诏风流守，任折来、深醮金杯酒。欲赏一枝，樽前为寿，愿公归作调羹手。

卜 算 子

卜算，意为计算。万树《词律》认为：唐代诗人骆宾王写诗喜欢用数字，人们称他为“卜算子”，词家就借用来作词牌名。黄山谷词中有“似扶著，卖卜算”之句，取“卜算”之义，指卖卜算命之人。此调出现当为更早，因北宋柳永、张先均有《卜算子慢》。又名《缺月挂疏桐》，取之苏轼词中之句；又名《百尺楼》，因秦湛词有“极目烟中百尺楼”之句；僧皎词有“目断楚天遥”之句，故又名《楚天遥》；无名氏词有“蹙破眉峰碧”之句，故又名《眉峰碧》。词属双调、仄韵，共四十四字。上阕四句、二十二字，于第二、四句入韵；下阕亦四句、二十二字，亦于第二、四句入韵。另有四十五字、四十六字之变体，亦名《王白石》。沈雄《古今词话·词辨》引《古今词谱》说，《卜算子》即《巫山一段云》。仄韵之《卜算子》或即《巫山一云》之所转。参阅《眉峰碧》、《巫山一段云》。

柳　永　　　　卜算子·江枫渐老

江枫渐老，汀蕙半凋，满目败红衰翠。楚客登临，正是暮

秋天气。引疏砧、断续残阳里，对晚景、伤怀念远，新愁旧恨相继。　　脉脉人千里。念两处风情，万重烟水。雨歇天高，望断翠峰十二。尽无言、谁会凭高意，纵写得、离肠万种，奈归云谁寄。

张　先　　　　卜算子·梦短寒夜长

梦短寒夜长，坐待清霜晓。临镜无人为整妆，但自学、孤鸾照。　　楼台红树杪，风月依前好。江水东流郎在西，问尺素、何由到。

欧阳修　　　　卜算子·极得醉中眠

极得醉中眠，迤逦翻成病。莫是前生负你来，今世里、教孤冷。　　言约全无定，是谁先薄幸。不惯孤眠惯成双，奈奴子、心肠硬。

杜安世　　　　卜算子·深院花铺地

深院花铺地，淡淡阴天气。水榭风亭朱明景，又别是、愁情味。　　有情奈无计，漫惹成憔悴。欲把罗巾暗传寄，细认取、斑点泪。

杜安世　　　　卜算子·尊前一曲歌

尊前一曲歌，歌里千重意。才欲歌时泪已流，恨应更、多于泪。　　试问缘何事，不语如痴醉。我亦情多不忍闻，怕和我、成憔悴。

王　观　　　　卜算子·送鲍浩然之浙东

水是眼波横，山是眉峰聚。欲问行人去那边，眉眼盈盈处。　　才始送春归，又送君归去。若到江东赶上春，千万和春住。

苏　轼　　　　卜算子·感旧

蜀客到江南，长忆吴山好。吴蜀风流自古同，归去应须早。　　还与去年人，共藉西湖草。莫惜尊前仔细看，应是容颜老。

苏　轼　　　卜算子·缺月挂疏桐

缺月挂疏桐，漏断人初静。时见幽人独往来，缥缈孤鸿影。　　惊起却回头，有恨无人省。拣尽寒枝不肯栖，枫落吴江冷。

李之仪　　　卜算子·我住长江头

我住长江头，君住长江尾。日日思君不见君，共饮长江水。　　此水几时休，此恨何时已。只愿君心似我心，定不负相思意。

琴　操　　　卜算子·欲整别离情

欲整别离情，怯对尊中酒。野梵幽幽石上飘，搴落楼头柳。　　不系黄金绶，粉黛愁成垢。春风三月有时阑，遮不尽、梨花丑。

舒　亶　　　卜算子·分题得苔

池台小雨干，门巷香轮少。谁把青钱衬落红，满地无人扫。　　何时斗草归，几度寻花了。留得佳人莲步痕，宫样鞋儿小。

黄庭坚　　　卜算子·要见不得见

要见不得见，要近不得近。试问得君多少怜，管不解、多于恨。　　禁止不得泪，忍管不得闷。天上人间有底愁，向个里、都谙尽。

晁端礼　　　卜算子·恩义重如山

恩义重如山，情意深如海。假使黄金北斗高，这一分、何由买。　　领家看取彩，莫要胡厮赖。堂印傍边更碧油，但管取、无人赛。

陈师道　　　卜算子·纤软小腰身

纤软小腰身，明秀天真面。淡画修眉小作春，中有相思怨。　　背立向人羞，颜破因谁倩。不比阳台梦里逢，亲向尊前见。

陈师道　　卜算子·送梅花与赵使君

梅岭数枝春，疏影斜临水。不借芳华只自香，娇面长如洗。　还把最繁枝，过与偏怜底。试傍鸾台仔细看，何似丹青里。

陈师道　　卜算子·摇风影似凝

摇风影似凝，带雪香如抱。开尽南枝到北枝，不道春将老。　飘飖姑射仙，谁识冰肌好。会有青绫梦觉人，可爱池塘草。

陈师道　　卜算子·绣幕罩梅花

绣幕罩梅花，莫放清香透。鉴里朱颜岁岁移，只道花依旧。　把酒问梅花，知我离情否。若合梅花知我时，料得花须瘦。

陈师道　　卜算子·雪暗岭头云

雪暗岭头云，竹冷溪边树。还似潇湘缥缈人，玉骨笼香雾。　月下幽香度，梦里香魂驻。回首南枝酒半醺，寂寞无寻处。

陈　瓘　　卜算子·身如一叶舟

身如一叶舟，万事潮头起。水长船高一任伊，来往洪涛里。　潮落又潮生，今古长如此。后夜开尊独酌时，月满人千里。

陈　瓘　　卜算子·只解劝人归

只解劝人归，都不留人住。南北东西总是家，劝我归何处。　去住总由天，天意人难阻。若得归时我自归，何必闲言语。

陈　瓘　　卜算子·黄了旧皮肤

黄了旧皮肤，最是风流处。多少纷纷陌上人，不听春鹃语。　触目是家山，到了须拈取。云散长空月满天，好个还乡路。

陈　瓘　　　卜算子·梦里不知眠

梦里不知眠，觉后眠何在。试问眠身与梦身，那个能只对。　　醉后有人醒，醒了无人醉。要识三千与大千，不在微尘外。

陈　瓘　　　卜算子·咄咄汝何人

咄咄汝何人，眼在眉毛下。明月相随万里来，何处分真假。　　问著总无言，有口番成哑。荆棘林中自在身，即是知音者。

谢　逸　　　卜算子·烟雨幂横塘

烟雨幂横塘，绀色涵清浅。谁把并州快剪刀，剪取吴江半。　　隐几岸乌巾，细葛含风软。不见柴桑避俗翁，心共孤云远。

秦　湛　　　卜算子·春情

春透水波明，寒峭花枝瘦。极目烟中百尺楼，人在楼中否。　　四和袅金凫，双陆思纤手。拟倩东风浣此情，情更浓于酒。

徐　俯　　　卜算子·心空道亦空

心空道亦空，风静林还静。卷尽浮云月自明，中有山河影。　　供养及修行，旧话成重省。豆爆生莲火里时，痛拨寒灰冷。

徐　俯　　　卜算子·天生百种愁

天生百种愁，挂在斜阳树。绿叶阴阴占得春，草满莺啼处。　　不见生尘步，空忆如簧语。柳外重重叠叠山，遮不断、愁来路。

徐　俯　　　卜算子·清池过雨凉

清池过雨凉，暗有清香度。缥缈娉婷绝代歌，翠袖风中举。　　忽敛双眉去，总是关情处。一段江山一片云，又下阳台雨。

王安中　　卜算子・往道山道中作

客舍两三花，并脸开清晓。一朵涓涓韵已高，一朵纤纤袅。　谁与插斜红，拥髻争春好。此意遥如梦已传，月落前村悄。

王安中　　卜算子・柳州作

燕尾道冠儿，蝉翼生衫子。攲枕看书卧北窗，簟展潇湘水。　团扇弄薰风，皓质添凉意。谁与文君作粉真，只此莲花是。

叶梦得　　卜算子・五月八日夜，凤凰亭纳凉

新月挂林梢，暗水鸣枯沼。时见疏星落画檐，几点流萤小。　归意已无多，故作连环绕。欲寄新声问采菱，水阔烟波渺。

叶梦得　　卜算子・晓雨洗新妆

并涧顷种木芙蓉，九月旦盛开

晓雨洗新妆，艳艳惊衰眼。不趁东风取次开，待得清霜晚。　曲港照回流，影乱微波浅。作态低昂好自持，水阔烟波远。

美　奴　　卜算子・送我出东门

送我出东门，乍别长安道。两岸垂杨锁暮烟，正是秋光老。　一曲古阳关，莫惜金尊倒。君向潇湘我向秦，鱼雁何时到。

曹　组　　卜算子・兰

松竹翠萝寒，迟日江山暮。幽径无人独自芳，此恨凭谁诉。　似共梅花语，尚有寻芳侣。著意闻时不肯香，香在无心处。

朱敦儒　　卜算子・除夕

江上见新年，年夜听春雨。有个人人领略春，粉澹红轻注。　深劝玉东西，低唱黄金缕。捻底梅花总是愁，酒尽人

归去。

朱敦儒　　卜算子·陌上雪销初

陌上雪销初，才得江梅信。剪彩盘金院落香，便觉烧灯近。　乐事眼前多，春酒今年胜。好趁迎梅接柳时，满引金杯饮。

朱敦儒　　卜算子·碧瓦小红楼

碧瓦小红楼，芳草江南岸。雨后纱窗几阵寒，零落梨花晚。　看到水如云，送尽鸦成点。南北东西处处愁，独倚阑干遍。

朱敦儒　　卜算子·古涧一枝梅

古涧一枝梅，免被园林锁。路远山深不怕寒，似共春相趓。　幽思有谁知，托契都难可。独自风流独自香，明月来寻我。

朱敦儒　　卜算子·灼灼一枝桃

灼灼一枝桃，粉艳天然好。只被春风摆撼多，颜色凋零早。　结子未为迟，悔恨随芳草。不下山来不出溪，待守刘郎老。

朱敦儒　　卜算子·旅雁向南飞

旅雁向南飞，风雨群初失。饥渴辛勤两翅垂，独下寒汀立。　鸥鹭苦难亲，矰缴忧相逼。云海茫茫无处归，谁听哀鸣急。

朱敦儒　　卜算子·山晓鹧鸪啼

山晓鹧鸪啼，云暗泷州路。榕叶阴浓荔子青，百尺桄榔树。　尽日不逢人，猛地风吹雨。惨黯蛮溪鬼峒寒，隐隐闻铜鼓。

周紫芝　　卜算子·席上送王彦猷

江北上归舟，再见江南岸。江北江南几度秋，梦里朱颜换。　人是岭头云，聚散天谁管。君似孤云何处归，我似离

群雁。

周紫芝　　　　卜算子·再和彦猷

霜叶下孤篷，船在垂杨岸。早是凄凉惜别时，更惜年华换。　　别酒解留人，拚醉君休管。醉里朱弦莫谩弹，愁入参差雁。

周紫芝　　　　卜算子·西窗见剪榴花

絮尽柳成空，春去花如扫。窗外枝枝海石榴，特为幽人好。　　密叶过疏篱，薄艳明芳草。剪得花时却倚阑，楼上人垂手。

李敦诗　　　　卜算子·南北利名人

南北利名人，常恨家居少。每到春时听子规，无不伤怀抱。　　好去向长安，细与公卿道。待得功成名遂时，不似归来早。

向子諲　　　　卜算子·临镜笑春风

临镜笑春风，生怕梅花妒。疑是西湖处士家，疏影横斜处。　　江静竹娟娟，绿绕青无数。独许幽人子细看，全胜墙东路。

向子諲　　　　卜算子·雨意挟风回

中秋欲雨还晴，惠力寺江月亭用东坡先生韵示诸禅老，寄徐师川枢密

雨意挟风回，月色兼天静。心与秋空一样清，万象森如影。　　何处一声钟，令我发深省。独立沧浪忘却归，不觉霜华冷。

向子諲　　　　卜算子·时菊碎榛丛

重阳后数日，避乱行双源山间，见菊，复用前韵。时以九江郡恳辞，未报

时菊碎榛丛，地僻柴门静。谁道村中好客稀，明月和清影。　　天地一蘧庐，梦事慵思省。若个知余懒是真，心已如灰冷。

向子諲　　　卜算子·胶胶扰扰中

督战淝水，再用前韵第三首示青草堂

胶胶扰扰中，本体元来静。一段澄明绝点埃，世事如泡影。　歇即是菩提，此语须三省。古道无人著脚行，禾黍秋风冷。

向子諲　　　卜算子·复自和赋第四首

千古一灵根，本妙元明静。道个如如已是差，莫认风番影。　枯木夜堂深，默坐时观省。月落乌鸡出户飞，万里关河冷。

向子諲　　　卜算子·竹里一枝梅

东坡先生尝作卜算子，山谷老人见之云：类不食烟火人语。芗林往岁见梅追和一首，终恨有儿女子态耳

竹里一枝梅，雨洗娟娟静。疑是佳人日暮来，绰约风前影。　新恨有谁知，往事何堪首。梦绕阳台寂寞回，沾袖余香冷。

蔡　伸　　　卜算子·风雨送春归

风雨送春归，寂寞花空委。枝上红稀地上多，万点随流水。　翠黛敛春愁，照影临清泚。应念韶华惜蕣颜，洒遍胭脂泪。

蔡　伸　　　卜算子·小阁枕清流

小阁枕清流，一霎莲塘雨。风递幽香入槛来，枕簟全无暑。　遐想似花人，阅岁音尘阻。物是人非空断肠，梦入芳洲路。

蔡　伸　　　卜算子·题扇

玉斧斫冰轮，中有乘鸾女。鬓乱钗横襟袖凉，只恐轻飞举。　青冥缥缈间，自有吹箫侣。不向巫山十二峰，朝暮为云雨。

蔡　伸　　　卜算子·前度月圆时

前度月圆时，月下相携手。今夜天边月又圆，夜色如清

昼。　　风月浑依旧，水馆空回首。明夜归来试问伊，曾解思量否。

蔡　伸　　　**卜算子·重重雪外山**

重重雪外山，渺渺烟中路。路转山横无尽愁，正是分携处。　　望极锦中书，肠断鱼中素。锦素沉沉两未期，鱼雁空相误。

蔡　伸　　　**卜算子·春事付莺花**

春事付莺花，曾是莺花主。醉拍春衫金缕衣，只向花间住。　　密意君听取，莫逐风来去。若是真心待于飞，云里千条路。

如　晦　　　**卜算子·送春**

有意送春归，无计留春住。毕竟年年用著来，何似休归去。　　目断楚天遥，不见春归路。风急桃花也似愁，点点飞红雨。

施酒监　　　**卜算子·赠乐婉，杭妓**

相逢情便深，恨不相逢早。识尽千千万万人，终不似、伊家好。　　别你登长道，转更添烦恼。楼外朱楼独倚阑，满目围芳草。

乐　婉　　　**卜算子·答施**

相思似海深，旧事如天远。泪滴千千万万行，更使人愁肠断。　　要见无因见，了拚终难拚。若是前生未有缘，待重结、来生愿。

张元幹　　　**卜算子·梅**

的皪数枝斜，冰雪萦余态。烛外尊前满眼春，风味年年在。　　老去惜花深，醉里愁多嗽。冷蕊孤芳底处愁，少个人人戴。

张元幹　　　**卜算子·凉气入熏笼**

凉气入熏笼，暗影欹花砌。紫玉谁人三弄寒，细吹断、江梅意。　　花底湿春衣，隔坐风轻递。却笑笙箫缑岭人，明月

偷垂泪。

张元幹　　卜算子·风露湿行云

风露湿行云，沙水迷归艇。卧看明河月满空，斗挂苍山顶。　万古只青天，多事悲人境。起舞闻鸡酒未醒，潮落秋江冷。

张元幹　　卜算子·芳信着寒梢

芳信着寒梢，影入花光画。玉立风前万里春，雪艳江天夜。　谁折暗香来，故把新笺泻。记得偎人并照时，鬓乱斜枝惹。

吕渭老　　卜算子·云破月高悬

云破月高悬，照我双双泪。人在朱桥转曲西，翠幕重重闭。　要见索商量，见了还无计。心似长檠一点灯，到晓清清地。

吕渭老　　卜算子·眉为占愁多

眉为占愁多，镇日长长敛。试问心中有底愁，泪早千千点。　莫唱短因缘，缘短犹伤感。谁信萧郎是路人，常有深深念。

吕渭老　　卜算子·一日抵三秋

一日抵三秋，半月如千岁。自夏经秋到雪飞，一向都无计。　续续说相思，不尽无穷意。若写幽怀一段愁，应用天为纸。

吕渭老　　卜算子·得酒解愁烦

得酒解愁烦，多病还疏酒。本是多情失意人，此味如何受。　沉醉且高歌，不饮心常有。守著残灯斗著眉，怎不腰肢瘦。

吕渭老　　卜算子·渡口看潮生

余每为歌诗，使李莲歌之，即解人深意。自去年七月，亲往华亭，□□矣，余为之辍笔。昨夜酒醒，卧不能稳，试作卜

算子以寄之

渡口看潮生，水满蒹葭浦。长记扁舟载月明，深入红云去。　　荷尽覆平池，忘了归来路。谁信南楼百尺高，不见如莲步。

王之道　　卜算子·和兴国守周少隐饯别万山堂

拄颊看西湖，屡对纶巾岸。江上相从醉万山，六见年华换。　　君唱我当酬，我醉君休管。明日醒时小艇东，莫负传书雁。

王之道　　卜算子·堂下水浮天

堂下水浮天，人指山为岸。水落寒沙只见山，暗被天偷换。　　堂上老诗翁，客至劳相管。风喘西头客自东，目送云中雁。

王之道　　卜算子·今日富川滨

今日富川滨，后夜溢江岸。千里西湖指顾间，未怕新年换。　　再见复何时，此意凭吟管。应有新诗当尺书，日望南来雁。

董　颖　　卜算子·子平席上赋

春浅借和风，吹绿庭皋树。依约屏间出紫云，入格风流处。　　便做铁心肠，也为梅花语。欲去东君更挽留，巧栈烟霞路。

杨无咎　　卜算子·婆娑月里枝

婆娑月里枝，隐约空中露。拟访嫦娥高处看，一夜心生羽。　　仙种落人间，群艳难俦侣。恼乱骚人有底香，欲赋无奇语。

杨无咎　　卜算子·平分月殿香

平分月殿香，碎点金盘露。占断秋光独自芳，端称觞飞羽。　　谢了却重开，若个花同侣。谁识灵心一点通，手捻空无语。

杨无咎　　　卜算子·李宜人生辰

昨夜月初圆，今日春才半。自是元君并旦生，岂在称遐算。　花诰看加封，玉斝休辞满。绮席来年谁与同，笑揖麻姑伴。

史　浩　　　卜算子·端午

符箓玉搔头，艾虎青丝鬓。一曲清歌倒酒莲，尚有香蒲晕。　角簟碧纱厨，挥扇消烦闷。唯有先生心地凉，不怕炎曦近。

李　石　　　卜算子·密叶蜡蜂房

密叶蜡蜂房，花下频来往。不知辛苦为谁甜，山月梅花上。　玉质紫金衣，香雪随风荡。人间唤作返魂梅，仍是蜂儿样。

康与之　　　卜算子·潮生浦口云

潮生浦口云，潮落津头树。潮本无心落又生，人自来还去。　今古短长亭，送往迎来处。老尽东西南北人，亭下潮如故。

曾　觌　　　卜算子·数尽万般花

湖州砖墙吴氏女失身于土山张氏作妾

数尽万般花，不比梅花韵。雪压风欺恁地寒，划地清香喷。　半醉折归来，插向乌云鬓。不是愁人闷带花，花带愁人闷。

黄公度　　　卜算子·寒透小窗纱

公赴召命，道过延平，郡宴有歌妓，追诵旧事，即席赋此

寒透小窗纱，漏断人初醒。翡翠屏间拾落钗，背立残缸影。　欲去更踟蹰，离恨终难整。陇首流泉不忍闻，月落双溪冷。

黄公度　　　卜算子·别士季弟之官

公之从弟童，士季其字也。以绍兴戊午同榜乙科及第。有

和章云：不忍更回头，别泪多于雨。肺腑相看四十秋，奚止朝朝暮暮。　何事值花时，又是匆匆去。过了阳关更向西，总是思兄处。

薄宦各东西，往事随风雨。先自离歌不忍闻，又何况、春将暮。　愁共落花多，人逐征鸿去。君向潇湘我向秦，后会知何处。

黄　童　　卜算子·和思宪兄韵

不忍更回头，别泪多于雨。肺腑相看四十秋，奚止朝朝暮暮。　何事值花时，又是匆匆去。过了阳关更向西，总是思兄处。

葛立方　　卜算子·赏荷以莲叶劝酒作

明镜盖红蕖，轩户临烟渚。窣窣珠帘淡淡风，香里开尊俎。　莫把碧筒弯，恐带荷心苦。唤我溪边太乙舟，潋滟盛芳醑。

葛立方　　卜算子·席间再作

袅袅水芝红，脉脉蒹葭浦。淅淅西风淡淡烟，几点疏疏雨。　草草展杯觞，对此盈盈女。叶叶红衣当酒船，细细流霞举。

魏　杞　　卜算子·夜泛镜湖

一叶鉴中来，两岸青山起。送我红蕖万柄香，疑在蓬壶里。　天地莹无尘，巾袂凉如水。白浪无声月自高，不是人间世。

洪　适　　卜算子·席上赠瞻明

修竹拂疏棂，淡月侵凉榭。四畔青山进好风，金鸭香煤灺。　宝睡粲珠玑，长袖飘兰麝。莫问更楼夜若何，且结高阳社。

洪　适　　卜算子·太守席上作

五凤望中仙，五马人间贵。舞态歌声尽出群，乌鹊巡檐喜。　昨夜值狂风，痛饮全无味。说与谯门漫打更，却怕催

归骑。

朱淑真　　　　卜算子·咏梅

竹里一枝斜，映带林逾静。雨后清奇画不成，浅水横疏影。　　吹彻小单于，心事思重省。拂拂风前度暗香，月色侵花冷。

赵彦端　　　　卜算子·集句

脉脉万重心，相望何时见。强半春寒去却来，野水差新燕。　　远负白头吟，坐惜红颜变。欲问平安无使来，日落庭花转。

李流谦　　　　卜算子·忆别

生别有相逢，死别无消息。说著从前总是愁，只是不相忆。　　月坠半窗寒，梦里分明识。却似瞋人不忆他，花露盈盈湿。

卓世清　　　　卜算子·题徐仙亭

流水一湾西，晚坐孤亭静。不见高人跨鹤归，风竹摇清影。　　往古与来今，休用重重省。十里梅花雪正晴，月挂遥山冷。

向　滈　　　　卜算子·寄内

休逞一灵心，争甚闲言语。十一年间并枕时，没个牵情处。　　四岁学言儿，七岁娇痴女。说与傍人也断肠，你自思量取。

程大昌　　　　卜算子·园丁献海棠

春产不贪春，为厌春花泛。睡到深秋梦始回，素影翻春艳。　　意赏逐时新，旧事谁能占。解转春光入酒杯，英菊谁云欠。

曹　冠　　　　卜算子·梦仙

午枕梦游仙，身到蓬莱境。何事莺声啭绿杨，刚把人惊醒。　　乘兴对琴尊，寄傲吟光景。绕舍清阴映远岑，香篆槐

堂静。

陆　游　　　　　卜算子·咏梅

驿外断桥边，寂寞开无主。已是黄昏独自愁，更著风和雨。　　无意苦争春，一任群芳妒。零落成泥碾作尘，只有香如故。

姜特立　　　　卜算子·用坡仙韵

丹桂一枝芳，陡觉秋容静。月里人间总一般，共此扶疏影。　　枕畔忽闻香，夜半还思省。争奈姮娥不嫁人，寂寞孤衾冷。

范成大　　　　卜算子·凉夜竹堂虚

凉夜竹堂虚，小睡匆匆醒。银漏无声月上阶，满地阑干影。　　何处最知秋，风在梧桐井。不惜骖鸾弄玉箫，露湿衣裳冷。

范成大　　　　卜算子·云压小桥深

云压小桥深，月到重门静。冷蕊疏枝半不禁，更著横窗影。　　回首故园春，往事难重省。半夜清香入梦来，从此熏炉冷。

游次公　　　　卜算子·风雨送人来

风雨送人来，风雨留人住。草草杯盘话别离，风雨催人去。　　泪眼不曾晴，眉黛愁还聚。明日相思莫上楼，楼上多风雨。

沈　瀛　　　　卜算子·睡觉五更钟

睡觉五更钟，正好深提省。只看如今梦几般，觉后原无影。　　明暗若从来，且道来从甚。不是空生不是根，认取真如性。

沈　瀛　　　　卜算子·那里是闲时

那里是闲时，这里何曾定。毕竟忙时恼杀人，到了还他静。　　静处又如何，莫被顽空引。一道神光总现前，受用无

穷尽。

沈　瀛　　　卜算子·只管要参禅

只管要参禅，又被禅萦绕。好笑西来老秃奴，赚了人多少。　　你待更瞒咱，咱也今知晓。只这喃喃说底人，又被傍人笑。

李　洪　　　卜算子·和宋子闲早梅

南国小春时，常是寒威浅。玉缀香苞已有梅，疏影无人见。　　愁忆故园芳，梦断扬州远。不御铅华自出尘，赛过徐妃面。

高宣教　　　卜算子·去又如何去

去又如何去，住又如何住。但得山花插满头，休问奴归处。

严　蕊　　　卜算子·不是爱风尘

不是爱风尘，似被前身误。花落花开自有时，总是东君主。　　去也终须去，住也如何住。若得山花插满头，莫问奴归处。

沈端节　　　卜算子·愁极强登临

愁极强登临，毕竟愁难避。千里江山黯淡中，总是悲秋意。　　谁插菊花枝，谁带茱萸佩。独倚阑干醉不成，日暮西风起。

沈端节　　　卜算子·梅

冷蕊伴疏枝，一笑何时共。江北江南两处愁，忍看花影动。　　旅泊怕逢春，卜睡都无梦。岁暮何郎未得归，手捻频呵冻。

沈端节　　　卜算子·踏雪探孤芳

踏雪探孤芳，只有诗人共。守定南枝待得开，不觉冰轮动。　　却月与凌风，谩说扬州梦。想见雕阑曲沼边，残雪和烟冻。

沈端节　　　卜算子·客里见梅花

客里见梅花，独赏无人共。风度精神总是伊，又是归心动。　把酒破忧端，熏被寻佳梦。梦觉香残一味寒，有泪都成冻。

沈端节　　　卜算子·烘手熨笙簧

烘手熨笙簧，呵冻匀酥面。闲向梅花树下行，拜月遥相见。　何处托春心，乐府流深怨。却捻寒窗傍绮疏，恨极东风远。

张孝祥　　　卜算子·万里去担簦

万里去担簦，谁识新丰旅。好事些儿说与郎，奴是姮娥侣。　若到广寒宫，但道奴传语。待我仙郎折桂枝，拣个高枝与。

张孝祥　　　卜算子·雪月最相宜

雪月最相宜，梅雪都清绝。去岁江南见雪时，月底梅花发。　今岁早梅开，依旧年时月。冷艳孤光照眼明，只欠些儿雪。

张孝祥　　　卜算子·风生杜若洲

风生杜若洲，日暮垂杨浦。行到田田乱叶边，不见凌波女。　独自倚危栏，欲向荷花语。无奈荷花不应人，背立啼红雨。

李处全　　　卜算子·春事忆松江

春事忆松江，江上花无数。一枕匆匆醉梦中，芳草朦庵路。　携手度虹梁，洗眼看渔具。盐豉莼羹是处无，早买扁舟去。

李处全　　卜算子·即席奉女兄寿

芍药斗新妆，杨柳飞轻雪。著意留连不放春，已向东皇说。　况是谪仙家，自有长生诀。方士呼来借玉蟾，要吸杯中月。

丘　崈　　　　卜算子·翠被怯轻寒

翠被怯轻寒，花气撩幽梦。梦蹑飞云驾彩鸾，惊觉花枝动。　宿酒未全醒，屋角闻晴哢。爱著荼蘼彻骨香，嗅了还重嗅。

吕胜己　　　　卜算子·人事几时穷

人事几时穷，我性偏宜静。世上谁无富贵心，到了须由命。　闲里且偷安，醉后休教醒。醉里高歌妙入神，妙处君须听。

吕胜己　　　　卜算子·梅蕾破香时

梅蕾破香时，雪月交光夜。何处飞来两玉娥，体态双闲雅。　纵目碧城楼，劝酒留云榭。唱底仙家古道情，分付知音者。

赵长卿　　　　卜算子·春景

春水满江南，三月多芳草。幽鸟衔将远恨来，一一都啼了。　不学鸳鸯老，回首临平道。人道长眉似远山，山不似长眉好。

赵长卿　　　　卜算子·夏日送吴主簿

执手送行人，水满荷花浦。旧恨新愁不忍论，泪压潇潇雨。　行计已匆匆，无计留伊住。一点相思万里心，谁怕关山阻。

赵长卿　　　　卜算子·四明别周德远

闲路踏花来，闲逐清和去。来去虽然总是闲，有多少伤心处。　红碧好池塘，朱绿深庭户。随分山歌社舞中，且乐陶陶趣。

赵长卿　　　　卜算子·秋深

凉夜竹堂空，小睡匆匆醒。庭院无人月上阶，满地栏干影。　何处最知秋，风在梧桐井。夜半骖鸾弄玉笙，露湿衣裳冷。

赵长卿　　　　卜算子·十载仰高明

十载仰高明，一见心相许。来日孤舟西水门，风饱征帆腹。　后夜起相思，明月清江曲。若见秋风寒雁来，能寄音书否。

廖行之　　　　卜算子·元夜观灯

云破露新晴，月上输清气。最是江城有底佳，灯火人烟沸。　行乐尽欢娱，眼界尤妍媚。多少江滨解佩人，邂逅无穷意。

王　炎　　卜算子·嘉定癸酉二月雨后到双溪

渡口唤扁舟，雨后青绡皱。轻暖相重护病躯，料峭还寒透。　老大自伤春，非为花枝瘦。那得心情似少年，双燕归时候。

王　炎　　　　卜算子·散策问芳菲

散策问芳菲，春半花犹未。蓓蕾枝头怯苦寒，恰似人憔悴。　人莫恨花迟，天自催寒去。雨意才收日气浓，玉靥红如醉。

王　炎　　　　卜算子·腻玉染深红

腻玉染深红，艳丽难常好。已是人间祓禊时，花亦随春老。　唤起曲生来，醉赏惟宜早。此去阴晴十日间，点点黏芳草。

杨冠卿　　卜算子·秋晚集杜句吊贾傅

苍生喘未苏，贾笔论孤愤。文采风流今尚存，毫发无遗恨。　凄恻近长沙，地僻秋将尽。长使英雄泪满襟，天意高难问。

辛弃疾　　　　卜算子·百郡怯登车

答晋臣，渠有方是闲、真得归二堂

百郡怯登车，千里输流马。乞得胶胶扰扰身，却笑区区者。　野水玉鸣渠，急雨珠跳瓦。一榻清风方是闲，真得归

来也。

辛弃疾　　卜算子·修竹翠罗寒

修竹翠罗寒，迟日江山暮。幽径无人独自芳，此恨知无数。　只共梅花语，懒逐游丝去。著意寻春不肯香，香在无寻处。

辛弃疾　　卜算子·欲行且起行

欲行且起行，欲坐重来坐。坐坐行行有倦时，更枕闲书卧。　病是近来身，懒是从前我。静扫瓢泉竹树阴，且恁随缘过。

辛弃疾　　卜算子·荷花

红粉靓梳妆，翠盖低风雨。占断人间六月凉，期月鸳鸯浦。　根底藕丝长，花里莲心苦。只为风流有许愁，更衬佳人步。

辛弃疾　　卜算子·饮酒败德

盗跖傥名丘，孔子还名跖。跖圣丘愚直至今，美恶无真实。　简册写虚名，蝼蚁侵枯骨。千古光阴一霎时，且进杯中物。

辛弃疾　　卜算子·饮酒成病

一个去学仙，一个去学佛。仙饮千杯醉似泥，皮骨如金石。　不饮便康强，佛寿须千百。八十余年入涅槃，且进杯中物。

辛弃疾　　卜算子·饮酒不写书

一饮动连宵，一醉长三日。废尽寒暄不写书，富贵何由得。　请看冢中人，冢似当时笔。万札千书只恁休，且进杯中物。

辛弃疾　　卜算子·齿落

刚者不坚牢，柔者难摧挫。不信张开口了看，舌在牙先堕。　已阙两边厢，又豁中间个。说与儿曹莫笑翁，狗窦从

君过。

辛弃疾　　　卜算子·用庄语

一以我为牛，一以吾为马。人与之名受不辞，善学庄周者。　江海任虚舟，风雨从飘瓦。醉者乘车坠不伤，全得于天也。

辛弃疾　　　卜算子·夜雨醉瓜庐

夜雨醉瓜庐，春水行秧马。点检田间快活人，未有如翁者。　秃尽兔毫锥，磨透铜台瓦。谁伴扬雄作解嘲，乌有先生也。

辛弃疾　　　卜算子·珠玉作泥沙

珠玉作泥沙，山谷量牛马。试上累累丘垄看，谁是强梁者。　水浸浅深檐，山压高低瓦。山水朝来笑问人，翁早归来也。

辛弃疾　　　卜算子·千古李将军

千古李将军，夺得胡儿马。李蔡为人在下中，却是封侯者。　芸草去陈根，笕竹添新瓦。万一朝家举力田，舍我其谁也。

辛弃疾　　　卜算子·万里籴浮云

万里籴浮云，一喷空凡马。叹息曹瞒老骥诗，伏枥如公者。　山鸟哢窥檐，野鼠饥翻瓦。老我痴顽合住山，此地菟裘也。

程　垓　　　卜算子·枕簟暑风消

枕簟暑风消，帘幕秋风动。月到夜来愁处明，只照团衾凤。　去意杳无凭，别语愁难送。一纸鱼笺枕底香，且做新来梦。

程　垓　　　卜算子·独自上层楼

独自上层楼，楼外青山远。望到斜阳欲尽时，不见西飞雁。　独自下层楼，楼下蛩声怨。待到黄昏月上时，依旧柔

肠断。

程　垓　　　卜算子·几日赏花天

几日赏花天，月淡荼蘼小。写尽相思唤不来，又是花飞了。　春在怕愁多，春去怜欢少。一夜安排梦不成，月堕西窗晓。

陈三聘　　　卜算子·雪后竹枝风

雪后竹枝风，醉梦风吹醒。瘦立寒阶满地春，淡月梅花影。门外辘轳寒，晓汲喧金井。长笛何人更倚楼，玉指风前冷。

陈三聘　　　卜算子·涧下水声寒

涧下水声寒，壑底松风静。时有清香度竹来，步月寻疏影。　往事属东风，试问花应省。曾是花前把酒人，别梦溪堂冷。

石孝友　　　卜算子·人自蕊宫来

人自蕊宫来，微步香云拥。小试樽前白雪歌，叶叶秋声动。　一剪艳波横，两点愁山重。收拾眉尖眼尾情，作个鸳鸯梦。

石孝友　　　卜算子·见也如何暮

见也如何暮，别也如何遽。别也应难见也难，后会难凭据。　去也如何去，住也如何住。住也应难去也难，此际难分付。

石孝友　　　卜算子·折得月中枝

折得月中枝，坐惜青春老。及至归来能几时，又踏关山道。　满眼秋光好，相见应须早。若趁重阳不到家，只怕黄花笑。

石孝友　卜算子·孟抚干岁寒三友屏风

冷蕊阏红香，瘦节攒苍玉。更著堂堂十八翁，取友三人足。　惜此岁寒姿，移向屏山曲。纸帐熏炉结胜缘，故伴仙

郎宿。

韩　玉　　　　卜算子·杨柳绿成阴

杨柳绿成阴，初过寒食节。门掩金铺独自眠，那更逢寒夜。　　强起立东风，惨惨梨花谢。何事王孙不早归，寂寞秋千月。

赵师侠　　　　卜算子·立石道中

晴日敛春泥，陌上东风软。料峭寒禁花柳闲，枉恨春工浅。　　绿涨一江深，黛泼千山远。目断平芜无际愁，数尽征鸿点。

赵师侠　　卜算子·丙午春即席和从善

杨柳褪金丝，艳杏摇红影。欲雨还晴二月天，春色浑无定。　　晓梦不堪惊，午昼新来永。一掬归心万叠愁，空惹长亭恨。

赵师侠　　卜算子·和从善筹安堂赏海棠

娇艳醉杨妃，轻袅怜飞燕。人在昭阳睡足时，初试妆深浅。　　一段锦新裁，万里来何远。高烛休教照夜寒，媚脸融春艳。

赵师侠　　卜算子·和徐师川韵赠歌者

绿暗柳藏烟，红淡花经雨。更著如花似玉人，艳态娇波注。　　纤手捧瑶卮，缓遏歌云缕。只恐莺花不解留，还逐东风去。

赵师侠　　卜算子·赴春陵和向伯元送行词

云敛峭寒轻，雨涨春波渺。旅枕无堪梦易惊，啼鴂声催晓。　　尚忆故园花，红紫为容好。世路崎岖长短亭，来往何时了。

陈　亮　　卜算子·九月十八日寿徐子才

悄静菊花天，洗尽梧桐雨。倍九周遭烂熳开，祝寿当头取。　　顶戴御袍黄，叠秀金棱吐。仙种花容晚节香，人愿争

先睹。

张　镃　卜算子·无逸寄示近作梅词，次韵回赠

常记十年前，共醉梅边路。别后频收尺素书，依旧情相与。　早愿却来看，玉照花深处。风暖还听柳际莺，休唱闲居赋。

姜　夔　卜算子·吏部梅花八咏，夔次韵

江左咏梅人，梦绕青青路。因向凌风台下看，心事还将与。　忆别庾郎时，又过林逋处。万古西湖寂寞春，惆怅谁能赋。

姜　夔　卜算子·月上海云沉

月上海云沉，鸥去吴波迥。行过西泠有一枝，竹暗人家静。　又见水沉亭，举目悲风景。花下铺毡把一杯，缓饮春风影。

姜　夔　卜算子·蘚干石斜妨

蘚干石斜妨，玉蕊松低覆。日暮冥冥一见来，略比年时瘦。　凉观酒初醒，竹阁吟才就。犹恨幽香作许悭，小迟春心透。

姜　夔　卜算子·家在马城西

家在马城西，今赋梅屏雪。梅雪相兼不见花，月影玲珑彻。　前度带愁看，一饷和愁折。若使逋仙及见之，定自成愁绝。

姜　夔　卜算子·摘蕊暝禽飞

摘蕊暝禽飞，倚树悬冰落。下竺桥边浅立时，香已漂流却。　空径晚烟平，古寺春寒恶。老子寻花第一番，常恐吴儿觉。

姜　夔　卜算子·绿萼更横枝

绿萼更横枝，多少梅花样。惆怅西村一坞春，开遍无人赏。　细草藉金舆，岁岁长吟想。枝上幺禽一两声，犹似宫

娥唱。

姜　夔　　　卜算子·象笔带香题

象笔带香题，龙笛吟春咽。杨柳娇痴未觉愁，花管人离别。　路出古昌源，石瘦冰霜洁。折得青须碧藓花，持向人间说。

姜　夔　　　卜算子·御苑接湖波

御苑接湖波，松下春风细。云绿峨峨玉万枝，别有仙风味。　长信昨来看，忆共东皇醉。此树婆娑一惘然，苔藓生春意。

汪　莘　　　卜算子·立春日赋

夏则饮红泉，冬则餐红术。一片新春入手来，不费些儿力。　春在水无痕，春在山无迹。李白桃红未吐时，好个春消息。

郭应祥　　　卜算子·春事到清明

春事到清明，过了三之二。秾李夭桃委路尘，太半成泥滓。　只有海棠花，恰似杨妃醉。折向铜壶把烛看，且莫教渠睡。

郭应祥　　　卜算子·谁把洛阳花

客有惠牡丹者，其六深红，其六浅红，贮以铜瓶，置之席间，约五客以赏之，仍呼侑尊者六辈，酒半，人簪其一，恰恰无欠余。因赋

谁把洛阳花，翦送河阳县。魏紫姚黄此地无，随分红深浅。　小插向铜瓶，一段真堪羡。十二人簪十二枝，面面交相看。

郭应祥　　　卜算子·午夜一声雷

二月二十六日夜大雷雨，枕上作

午夜一声雷，急雨如飞雹。枝上残红半点无，密叶都成幄。　苦恨簿书尘，刚把闲身缚。却忆湄湘春暮时，处处堪行乐。

郭应祥　　卜算子·城上著裴亭

二月晦，偕徐孟坚、滕审言、李季功游裴公亭作

城上著裴亭，亭下临湘水。泼黛揉蓝画不成，瞑色仍含紫。　忙里不知春，却问今余几。相与偷将半日闲，共把尘襟洗。

郭应祥　　卜算子·绿烛间红花

清明前一日，约韩耕道、卢国英、皮国材、叶南叔同赏牡丹，因点黄几叔所惠绿烛，遂赋

绿烛间红花，绝艳交相照。不分花时雨又风，折取供吟笑。　拟把插乌巾，却恨非年少。点笔舒笺领略渠，座客词俱妙。

韩　淲　　卜算子·生朝次坐客韵呈四叔

花底醉东风，好景宜同寿。海角天涯今几春，邂逅新丰酒。　内集记高阳，南渡闲回首。但愿长年饱饭休，一笑风尘表。

韩　淲　　卜算子·中秋前一日和昌甫所寄

一雨已秋深，月色寒而静。夜半披衣草树间，玉露团清影。　长笛倚楼声，听彻还重省。手启柴门倦复关，云卧衣裳冷。

韩　淲　　卜算子·初十日海棠宋十一哥家饮

烟雨海棠花，春夜沉沉酌。寒食清明数日间，人也须行乐。　不怕笛声长，只怕风儿恶。烛影红酣宝篆香，楼上黄昏角。

李廷忠　　卜算子·萧计议席上

草际雪痕消，梅上春心动。碧幕红裙簇画筵，横玉声三弄。　雅兴杂鱼龙，妙舞回鸾凤。莫道司空眼惯□，还入清宵梦。

谢　直　　　　卜算子·赠妓

双桨浪花平，夹岸青山锁。你自归家我自归，说着如何过。　　我断不思量，你莫思量我。将你从前与我心，付与他人可。

俞国宝　　　卜算子·剪烛写香笺

剪烛写香笺，拨火温寒醑。门外东风将我愁，欲作三更雨。　　夜夜玉楼心，日日长亭路。豆蔻花开信不来，尘满金钗股。

邹应龙　　　　卜算子·寿母

满二望三时，春景方明媚。又见蟠桃结子来，王母初筵启。　　无数桂林山，不尽漓江水。总入今朝祝寿杯，永保千千岁。

高观国　　卜算子·泛西湖坐间寅斋同赋

屈指数春来，弹指惊春去。檐外蛛丝网落花，也要留春住。　　几日喜春晴，几夜愁春雨。十二雕窗六曲屏，题遍伤春句。

魏了翁　　卜算子·次韵虞夔宪刚简新作巴绿亭

按调当为《霜天晓角》

江横山簇，柏箭森如束。满眼飞蓬撩乱，知几几、未膏沐。　　快意忽破竹，一奁明翠玉。千古江山只么，人都道、为君绿。

魏了翁　卜算子·李季允辜约登鄂州南楼即席次韵

携月上南楼，月已穿云去。莫照峨眉最上峰，同在峰前住。　　东望极青齐，西顾穷商许。酒到忧边总未知，犹认胡床处。

魏了翁　　　卜算子·能得几时留

李季允辜同总漕载酒□湖相送即席再和

能得几时留，王事催人去。翠荡涵空酒满船，苦要留人住。　　身世两悠悠，飘泊知何许。但得心亲志合时，都是相

逢处。

魏了翁　　卜算子·风雨满空霏

李季允曾为白芙蕖赋卜算子，至是久旱得雨，借前韵有赋

风雨满空霏，总得江山妙。洗出湖光镜似明，不受纤尘涴。　心事竟堪凭，天意真难料。呼吸丰年顷刻间，也合轩渠笑。

卢祖皋　　卜算子·续续露蛩鸣

续续露蛩鸣，索索风梧语。瘦骨从来不奈秋，一夜秋如许。　簟冷卷风漪，髻滑抛云缕。展转无人共此情，画角吹残雨。

卢祖皋　　卜算子·双鬓晚风前

双鬓晚风前，一笛秋云外。木叶飞时看好山，山亦于人耐。　意到偶题诗，饮少先成醉。笑折花枝步短檐，此意无人会。

卢祖皋　　卜算子·水仙

佩解洛波遥，弦冷湘江渺。月底盈盈误不归，独立风尘表。　窗绮护幽妍，瓶玉扶轻袅。别后知谁语素心，寂寞山寒峭。

卢祖皋　　卜算子·忆梅花

寒谷耿春姿，遥夜乘幽兴。忆得和香载月归，醉里清魂醒。　霜月解随人，不解将疏影。想见江南万斛愁，云卧衣裳冷。

洪咨夔　　卜算子·簸弄柳梢春

簸弄柳梢春，呼吸花心露。倦粉娇黄扇底风，尽向眉心度。　唤醒海棠红，约住樱桃素。上到瑶台最上层，共跨青鸾去。

洪咨夔　　卜算子·芍药打团红

芍药打团红，萱草成窝绿。帘卷疏风燕子归，依旧卢仝

屋。　　贫放麴生疏，闲到青奴熟。扫地焚香伴老仙，人胜连环玉。

吴　泳　　　卜算子·和史子威瑞梅

漠漠雨其濛，湛湛江之永。冻压溪桥不见花，安得杯中影。　　明水未登彝，饰玉先浮鼎。寄语清居山上翁，驿使催归近。

黄　机　　　卜算子·柬赵佥

忆自别郎时，数到郎归日。及至郎归郎又行，泪脸香红湿。　　残梦怕寻思，罥绣慵收拾。夏簟青青白昼长，背倚阑干立。

葛长庚　　卜算子·景泰山次韵东坡之一

云散雨初晴，蝉噪林逾静。古寺敲钟暮掩门，灯映琉璃影。　　浩气镇长存，昨梦还重省。独倚阑干啸一声，毛发萧萧冷。

葛长庚　　卜算子·景泰山次韵东坡之二

古寺枕空山，楼上昏钟静。饥鼠偷灯尾蘸油，悄悄无人影。　　长剑匣中鸣，今古深思省。此夕行藏独倚楼，风雨凄凄冷。

葛长庚　　卜算子·景泰山次韵东坡之三

渔火海边明，烟锁千山静。独坐僧窗夜未央，寂寞孤灯影。　　感慨辄兴怀，往事无人省。江汉飘浮二十年，一枕西风冷。

刘克庄　　　卜算子·惜海棠

尽是手成持，合得天饶借。风雨于花有底雠，著意相陵藉。　　做暖逼教开，做冷催教谢。不负明年花下人，只负栽花者。

刘克庄　　　卜算子·片片蝶衣轻

片片蝶衣轻，点点猩红小。道是天公不惜花，百种千般

巧。　　朝见树头繁，暮见枝头少。道是天公果惜花，雨洗风吹了。

刘克庄　　　卜算子·乱似盎中丝

乱似盎中丝，密似风中絮。行遍茫茫禹迹来，底是无愁处。　　好客挽难留，俗事推难去。惟有翻身入醉乡，愁欲来无路。

刘克庄　　　卜算子·良翁礼部生日

开阁广延贤，负扆勤求旧。应念南宫老舍人，闲袖丝纶手。　　两制必当仁，五福无过寿。且喜新年不要□，天要开元祐。

刘克庄　　卜算子·曹守生朝十二月初六日

东甽宁馨儿，南国循良守。先把炉熏祝帝尧，次祝君侯寿。　　广致米商船，多酿兵厨酒。客有须眉似盖延，许至华堂否。

刘克庄　　　卜算子·燕

已怪社愆期，尚喜巢如故。过了清明未肯来，莫被春寒误。　　常傍画檐飞，忽委空梁去。忘却王家与谢家，别有衔泥处。

刘克庄　　　卜算子·茉莉

老圃献花来，异域移根至。相对炎官火伞中，便有清凉意。　　淡薄古梳妆，娴雅仙标致。欲起涪翁再品花，压了山礬弟。

刘克庄　　　卜算子·四大因缘做

四大因缘做，苦海凭船渡。一棹清风到岸头，得上无生路。　　人叹风贫苦，我步闲闲趣。脱体全空没一文，胜似石崇富。

刘克庄　　　卜算子·自入玄门户

自入玄门户，寂寂清虚做。静里披搜四假身，勘破尘行

路。　　悟上还重悟，得得真闲趣。收住身中无价真，岂逐人情去。

刘克庄　　　卜算子·风汉闲中做

风汉闲中做，彼岸神舟渡。万里晴空无片云，月照南溪路。　　割断冤情苦，默默明玄趣。一任傍人笑我贫，肚里非常富。

刘克庄　　　卜算子·纤软小腰身

纤软小腰身，明秀天真面。淡画修眉小作春，中有相思怨。　　昔立向人羞，颜破因谁倩。不比阳台梦里逢，亲向尊前见。

刘克庄　　　卜算子·梅岭数枝春

梅岭数枝春，疏影斜临水。不借芳华只自香，娇面长如洗。　　还把最繁枝，过与偏怜底。试把鸾台子细看，何似丹青里。

吴　潜　　　卜算子·春事到西湖

春事到西湖，处处梅花笑。抖擞长安车马尘，眼底青山好。　　身世两悠悠，岁月闲中老。极目烟波万顷愁，此意谁知道。

吴　潜　　　卜算子·苕雪水能清

苕雪水能清，更有人如水。秋水横边簇远山，相对盈盈里。　　溪上有鸳鸯，艇子频惊起。何似收归碧玉池，长在阑干底。

吴文英　　　卜算子·凉挂晓云轻

凉挂晓云轻，声度西风小。井上梧桐应未知，一叶云鬟袅。　　来雁带书迟，别燕归程早。频探秋香开未开，恰似春来了。

翁　合　　　卜算子·赠陈五星

口诵百中经，手运周天数。试问薇垣一小星，谁知是、韩

王普。　知得客星来，知得贤人聚。我若乘槎犯斗牛，莫向常人语。

陈　著　　卜算子·次韵舅氏竺九成试黜

一自梦卢头，应学乘裴蹇。元是都门向上人，大用何嫌晚。　三岁事非遥，三捷功非远。管取微生共此荣，联步云程稳。

陈　著　　卜算子·寿竹窗兄

雨逗一分寒，未放晴光透。绮席春风自十分，畅饮长春酒。　花气渐薰帘，佳致归诗手。的是诗中陆地仙，左挹浮丘袖。

陈　著　　卜算子·嘲二十八兄

风急雁声高，露冷蛩吟切。枕剩衾寒不耐烦，长是伤离别。　望得眼儿穿，巴得心头热。且喜重阳节又来，黄菊花先发。

陈　著　　卜算子·寿族弟藻夫妇八十

月下百年缘，天上双星样。九秩齐开自是稀，清健那堪两。　红叶景翻新，黄菊香宜晚。笑拥眉开祝寿声，满劝鸳鸯琖。

陈　著　　卜算子·用前韵弟藻次日又设酒

喜气满清门，庆集还新样。卜醉筵开意转浓，昨日今朝两。　愧我一年多，见汝双欢晚。自觉人生此会稀，有酒宁论琖。

刘辰翁　　卜算子·元宵

不是重看灯，重见河边女。长是蛾儿作队行，路转风吹去。　十载废元宵，满耳番腔鼓。欲识尊前太守谁，起向尊前舞。

刘辰翁　　卜算子·寿郡守

早已是三年，父老依依借。愿与天公借几年，保我鸡豚

社。　　□□□□□，□□□□□。□□□□□□□，□□□□□。

黄右曹　　卜算子·寿两国夫人胡氏

清晓听麻姑，来约西王母。共取蟠桃簇玉盘，来劝摩耶酒。　　王母问摩耶，此意还知否。只为曾生我佛来，更与千千寿。

汪元量　　卜算子·河南送妓移居河西

我向河南来，伊向河西去。客里相逢只片时，无计留伊住。　　去住总由伊，莫把眉头聚。安得并州快剪刀，割断相思路。

莫　仑　　卜算子·红底过丝明

红底过丝明，绿外飞绵小。不道东风上海棠，白地春归了。　　月笛曲栏留，露舄芳池绕。争得闲情似旧时，遍索檐花笑。

仇　远　　卜算子·疏树小花风

疏树小花风，别浦残鹃雨。不是王孙忘却归，草没归来路。　　空积琐窗尘，谁按琼箫谱。暗把金钱卜远人，争敢分明语。

止禅师　　卜算子·离念

书是玉关来，泪向松江堕。梅自飘香柳自青，嘹唳征鸿过。　　沙漠暗尘飞，嵩岳愁云锁。淮上千营夜枕戈，此恨凭谁破。

张　炎　　卜算子·黄葵

一名侧金盏

雅淡浅深黄，顾影欹秋雨。碧带犹皴笋指痕，不解擎芳醑。　　休唱古阳关，如把相思铸。却忆铜盘露已干，愁在倾心处。

福建士子　　卜算子·月上小楼西

月上小楼西，鸡唱霜天晓。泪眼相看话别时，把定纤纤

手。　　伊道不忘人，伊却都忘了。我若无情似你时，瞒不得、桥头柳。

李太古　　　　卜算子·梦中作

尽道是伤春，不似悲秋怨。门外分明见远山，人不见，空肠断。　　朝来一霎晴，薄暮西风远。却忆黄花小雨声，误落下、三四点。

无名氏　　　　卜算子·曾约再来时

曾约再来时，花暗春风树。今日人来花未开，春未知人处。　　坐客有疏狂，彩笔题新语。浑为玉人颓玉山，忘了阳关路。

无名氏　　　　卜算子·烟髻绾层巅

烟髻绾层巅，云叶生寒树。斜日行人窈窕村，愁阵纵横处。　　细细写蛮笺，道寄相思语。会倩春风展柳眉，回马章台路。

无名氏　　　　卜算子·垂螺近额时

垂螺近额时，只怕莺声老。尽日贪花斗草忙，不信有闲烦恼。　　凤鬟已胜钗，恨别王孙早。若把芳心说与伊，道绿遍、池塘草。

卜算子令

“令”之取名，来自唐代的酒令。作为词中的一种形式，又称小令、令曲或令词。唐和五代的词人已多写令词，它是最早定型下来的词的格式。在通常情况下，令词的乐调短、句数少，字数当然也少。但令词也有字数多的，《胜州令》就有二百一十五字。这种词虽然仍名为“令”，但实际上已不属令词，只是词牌的通称而已。有许多词牌可以随便加上一个“令”字，成为原词牌的别名，又有许多词牌有一个带着“令”字的别名。此《卜算子令》即《卜算子》，人称唐朝的骆宾王为“卜算子”，因其写诗喜欢用数字。又名

《百尺楼》、《眉峰碧》、《楚天遥》、《王白石》、《缺月挂疏桐》等。属双调、仄韵，共四十四字。上、下阕句法相同，各四句、二十二字，亦各于第二、四句用韵。参阅《卜算子》、《百尺楼》等。

无名氏　　卜算子令·我有一枝花

先取花一枝，然后行令，唱其词，逐句指点。举动稍误，即行罚酒，后词准此

我有一枝花，斟我些儿酒。唯愿花心似我心，岁岁长相守。　满满泛金杯，重把花来嗅。不愿花枝在我旁，付与他人手。

卜算子慢

“慢”为慢词，乐调长，字数多。宋人借用词牌《卜算子》的原名，另度新曲，命为《卜算子慢》，在格式上已与原词牌毫无关系。词属双调、仄韵，共八十九字。上阕十句、四十五字，第三、五、七、十句入韵；下阕十句、四十四字，第一、三、五、七、十句入韵。另有变体为九十三字，上阕十句、四十七字，第三、五、六、八、十句入韵；下阕十一句、四十六字，第一、三、五、六、八、十一句入韵。关于《卜算子》的来历，参阅词牌《卜算子》。

张　先　　卜算子慢·溪山别意

溪山别意，烟树去程，日落采蘋春晚。欲上征鞍，更掩翠帘相眄。惜弯弯浅黛长长眼。奈画阁欢游，也学狂花乱絮轻散。　水影横池馆，对静夜无人，月高云远。一饷凝思，两袖泪痕还满，恨私书、又逐东风断。纵西北层楼万丈，望重城那见。

朱敦儒　　卜算子慢·凭高望远

凭高望远，云断路迷，山簇暮寒凄紧。兰菊如斯，燕子怎知秋尽。想闺中、锦换新翻晕。自解佩匆匆散后，鸳鸯到今难问。　只得愁成病，是悔上瑶台，误留金枕。不忍相忘，万里再寻音信。奈飘风、不许蓬莱近，又一番、涑雨凄凉，送归

鸿成阵。

八六子

此调本为唐教坊曲名，后用其乐曲制词，遂成为词调名。词属双调、平韵，有八十四字、八十八字、八十九字、九十字、九十一字诸体。柳永九十字一体，上阕九句、四十六字，于第一、三、六、九句用韵；下阕八句、四十四字，于第一、六、八句用韵。秦观《八六子》词末句为“黄鹂又啼数声”之句，故又名《感黄鹂》。

柳　永　　八六子·如花貌

如花貌，当来便约，永结同心偕老。为妙年、俊格聪明，凌厉多方怜爱。何期养成心性近，元来都不相表，渐作分飞计料。　稍觉因情难供，恁殛恼，争克罢同欢笑。已是断弦尤续，覆水难收，常向人前诵谈，空遣时传音耗。漫悔懊，此事何时坏了。

秦　观　　八六子·倚危亭

倚危亭，恨如芳草，萋萋刬尽还生。念柳外青骢别后，水边红袂分时，怆然暗惊。　无端天与娉婷，夜月一帘幽梦，春风十里柔情。怎奈向、欢娱渐随流水，素弦声断，翠绡香减，那堪片片飞花弄晚，濛濛残雨笼晴。正销凝，黄鹂又啼数声。

晁补之　　八六子·重九即事呈徐倅祖禹十六叔

喜秋晴，淡云萦缕，天高群雁南征。正露冷初减兰红，风紧潜凋柳翠，愁人漏长梦惊。　重阳景物凄清，渐老何时无事，当歌好在多情。暗自想、朱颜并游同醉，官名缰锁，世路蓬萍。难相见，赖有黄花满把，从教渌酒深倾。醉休醒，醒来旧愁旋生。

曹　冠　　八六子·九日

晚秋时，碧天澄爽，云何宋玉兴悲。对美景良辰乐事，采

萸簪菊登临，共上翠微。　　堪嗟乌兔如飞，秉烛欢游须屡，传杯到手休辞。念戏马台存，隽游安在，且开怀抱，听歌金缕。从教下客疏狂落帽，也胜龌龊东篱。醉中归，花阴月影正移。

葛长庚　　**八六子·戏改秦少游词**

倚危亭，恨如芳草，萋萋刬尽还生。念柳外青鸾去后，洞中白鹤归来，恍然暗惊。　　吾家渺在瑶京，夜月一帘花影，春风十里松鸣。奈昨梦、前尘渐随流水，凤箫歌杳，水长天远。那堪片片飞霞弄晚，丝丝细雨笼晴。正消凝，子规又啼数声。

郑熏初　　**八六子·忆南洲**

忆南洲，绀波萦绕，垂杨翠拂朱楼。念十载风流梦觉，满身花影人扶，旧曾暗游。　　无言空怆离忧，醉袖裛将红泪，吟笺写许清愁。试与问、杨琼解怜郎否，也应还是，旧家声价。而今艳质不来眼底，柔情终在心头。黯凝眸，黄昏月沉半钩。

方　岳　　**八六子·子寿父**

喜椿庭，近来强健，团栾雁序欢声。正柳絮帘栊清昼，牡丹栏槛新晴，缓飞翠觥。　　阿戎碌碌功名，但要无灾无难，何曾著公卿。且抖擞斑衣，笑供儿戏，共将乐事，细酬佳景。须知翠袖全盛绿黛，金章不换蓑青。松亭，中间顿个寿星。

李　演　　**八六子·次筼房韵**

乍鸥边、一番腴绿，流红又怨蘋花。看晚吹、约晴归路，夕阳分落渔家，轻云半遮。　　萦情芳草无涯，还报舞香一曲，玉瓢几许春华。正细柳青烟，旧时芳陌，小桃朱户，去年人面。谁知此日重来系马，东风淡墨欹鸦。黯窗纱，人归绿阴自斜。

杨　缵　　**八六子·牡丹次白云韵**

怨残红，夜来无赖，雨催春去匆匆。但暗水新流芳恨，蝶凄蜂惨，千林嫩绿迷空。　　那知国色还逢，柔弱华清扶倦，轻盈洛浦临风。细认得凝妆，点脂匀粉，露蝉耸翠，蕊金团玉

成丛。几许愁随笑解，一声歌转春融。眼朦胧，凭阑干、半醒醉中。

王沂孙　　　　八六子·扫芳林

扫芳林，几番风雨，匆匆老尽春禽。渐薄润侵衣不断，嫩凉随扇初生，晚窗自吟。　沉沉，幽径芳寻。晻霭苔香帘净，萧疏竹影庭深。谩淡却蛾眉，晨妆慵扫，宝钗虫散，绣屏鸾破。当时暗水和云泛酒，空山留月听琴。料如今，门前数重翠阴。

八节长欢

此调见《东堂词》。八节指八个节气，即立春、春分、立夏、夏至、立秋、秋分、立冬、冬至。古时也把这些重要节气作为节日。属双调、平韵，共九十八字。上阕九句、四十六字，于第一、三、五、七、九句用韵；下阕九句、五十二字，于第一、二、三、五、七、九句用韵。

毛　滂　　　　八节长欢·送孙守公素

名满人间，记黄金殿，旧赐清闲。才高鹦鹉赋，风懔惠文冠。涛波何处试蛟鳄，到白头、犹守溪山。且做龚黄样度，留与人看。　桃溪柳曲阴圆，离唱断、旌旗却卷春还。襦袴寄余温，双石畔、唯闻吏胆长寒。诗翁去，谁细绕、屈曲阑干。从今后、南来幽梦，应随月度云端。

毛　滂　　　　八节长欢·登高词

泽国秋深，绣楹天近，坐久魂清。溪山绕尊酒，云雾浥衣襟。余霞孤雁送愁眼，寄寒闺、一点离心。杜老两峰秀处，短发疏巾。　佳人为折寒英，罗袖湿、真珠露冷钿金。幽艳为谁妍，东篱下、却教醉倒渊明。君但饮，莫觑他、落日芜城。从教夜、龙山清月，端的便解留人。

八归

此调属双调，有平韵、仄韵两体。仄韵一体，见《白石词》，乃姜夔自度曲；平韵体见《竹屋痴语》，乃高观国自度曲。仄韵体一百一十字，上阕十句、五十七字，于第三、六、七、八、九、十句用韵；下阕十一句、五十三字，于第一、四、七、九、十一句用韵。仄韵一体，一百一十五字。

姜　夔　　八归·湘中送胡德华

芳莲坠粉，疏桐吹绿，庭院暗雨乍歇。无端抱影销魂处，还见筱墙萤暗，藓阶蛬切。送客重寻西去路，问水面、琵琶谁拨。最可惜、一片江山，总付与啼鴂。　长恨相从未款，而今何事，又对西风离别。渚寒烟淡，棹移人远。缥缈行舟如叶。想文君望久，倚竹愁生步罗袜。归来后、翠尊双饮，下了珠帘，玲珑闲看月。

史达祖　　八归·秋江带雨

秋江带雨，寒沙萦水，人瞰画阁愁独。烟蓑散响惊诗思，还被乱鸥飞去，秀句难续。冷眼尽归图画上，认隔岸、微茫云屋。想半属、渔市樵村，欲暮竞然竹。　须信风流未老，凭持酒、慰此凄凉心目。一鞭南陌，几篙官渡，赖有歌眉舒绿。只匆匆眺远，早觉闲愁挂乔木。应难奈，故人天际，望彻淮山，相思无雁足。

高观国　　八归·重阳前二日怀梅溪

楚峰翠冷，吴波烟远，吹袂万里西风。关河迥隔新愁外，遥怜倦客音尘，未见征鸿。雨帽风巾归梦杳，想吟思、吹入飞蓬。料恨满、幽苑离宫，正愁黯文通。　秋浓，新霜初试，重阳催近，醉红偷染江枫。瘦筇相伴，旧游回首，吹帽知与谁同。想萸囊酒戋，暂时冷落菊花丛。两凝伫，壮怀立尽，微云斜照中。

八犯玉交枝

“犯”即犯调。犯调指宫调相犯，相当于西洋音乐中所说的转调。“八犯”即一曲中有八次宫调相犯，亦即有八次转调。《玉交枝》本名《忆秦娥》，相传为李白所作。自唐以来，体式不一，调名亦颇多，或因词的内容，或因词中字句而有不同的名称，如《秦楼月》、《碧云深》、《双荷叶》、《蓬莱阁》、《花深深》等。正格为双调，仄韵，四十六字。《八犯玉交枝》即《玉交枝》转调八次。属双调，仄韵，共一百一十字。上阕十句、五十字，于第三、五、六、八、十句用韵；下阕九句、五十六字，于第二、三、四、五、六、七、九句用韵。

仇　远　　八犯玉交枝·招宝山观月上

沧岛云连，绿瀛秋入，暮景欲沉洲屿。无浪无风天地白，听得潮生人语。擎空孤柱，翠倚高阁凭虚，中流苍碧迷烟雾。惟见广寒门外，青无重数。　　遥想贝阙珠宫，琼林玉树。不知还是何处，倩谁问、凌波轻步。谩凝睇、乘鸾秦女，想庭曲、霓裳正舞。莫须长笛吹愁去，怕唤起鱼龙，三更喷作前山雨。

八声甘州

“甘州”原为唐教坊舞曲名，属大曲，唐玄宗开元年间来自西域。后用作词调名。甘州，西魏时置，在今甘肃省张掖市，因州东有甘峻山而得名。宋人借《甘州》曲名，衍为慢词，度成新声，因上下阕八韵，故在“甘州”上加“八声”为名，制成《八声甘州》的新词牌。词属双调、平韵，共九十七字。上阕九句、四十六字，于第二、五、七、九句用韵；下阙十二句、五十一字，于第三、五、九、十二句用韵。另有一体为九十五字，上阕八句、四十三字，下阕十句、四十二字。《八声甘州》属慢词，与《甘州遍》之为曲破、《甘州子》之为令词不同。又名《甘州》、《甘州歌》、《萧萧雨》、《宴瑶池》、《八声甘州慢》。

柳　永　　　　八声甘州·对潇潇

对潇潇、暮雨洒江天，一番洗清秋。渐霜风凄惨，关河冷落，残照当楼。是处红衰翠减，苒苒物华休。惟有长江水，无语东流。　　不忍登高临远，望故乡渺邈，归思难收。叹年来踪迹，何事苦淹留。想佳人、妆楼颙望，误几回、天际识归舟。争知我、倚阑干处，正恁凝愁。

陈　偕　　　　八声甘州·芰荷风

芰荷风、涤面恰麦秋，应倒著春衣。渡晓溪云湿，日流尘脚，露浣蛛丝。调翼受风雏燕，弱不解争泥。衬琅玕锦院，竹外蔷薇。　　立久阑干凭暖，看行鱼吹沫，波晕平池。藓痕斑础石，渐雨熟梅时。傍短篱、成团粉蝶，掠野花、相逐□高低。忘言处，徽弦乍拂，流水先知。

苏　轼　　　　八声甘州·寄参寥子

有情风、万里卷潮来，无情送潮归。问钱塘江上，西兴浦口，几度斜晖。不用思量今古，俯仰昔人非。谁似东坡老，白首忘机。　　记取西湖西畔，正暮山好处，空翠烟霏。算诗人相得，如我与君稀。约他年、东还海道，愿谢公、雅志莫相违。西州路，不应回首，为我沾衣。

黄　裳　　　　八声甘州·初秋

化工多事了，却收天巧，都与西风。数峰云如扫，闲垂六幕，初见秋容。昨夜烦襟顿释，一雨洗遥空。偏有银蟾好，千里人同。　　引起游人多感，为静中景色，悲思无穷。傍雕栏怀古，谁问紫元翁。也难逢、金华时候，又岂知、幽会水精宫。尘缘满，指烟霞去，多在江东。

晁补之　　八声甘州·扬州次韵和东坡钱塘作

谓东坡、未老赋归来，天未遣公归。向西湖两处，秋波一种，飞霭澄辉。又拥竹西歌吹，僧老木兰非。一笑千秋事，浮世危机。　　应倚平山栏槛，是醉翁饮处，江雨霏霏。送孤鸿相接，今古眼中稀。念平生、相从江海，任飘蓬、不遣此心

违。登临事，更何须惜，吹帽淋衣。

晁补之　　八声甘州·历下立春

谓东风、定是海东来，海上最春先。乍微阳破腊，梅心已省，柳意都还。雪后南山耸翠，平野欲生烟。记得相逢日，如上林边。　　莫叹春光易老，算今年春老，还有明年。叹人生难得，常好是朱颜。有随轩、金钗十二，为醉娇、一曲踏珠筵。功名事，算何如此，花下尊前。

叶梦得　　八声甘州·寿阳楼八公山作

故都迷岸草，望长淮、依然绕孤城。想乌衣年少，芝兰秀发，戈戟云横。坐看骄兵南渡，沸浪骇奔鲸。转盼东流水，一顾功成。　　千载八公山下，尚断崖草木，遥拥峥嵘。漫云涛吞吐，无处问豪英。信劳生、空成今古，笑我来、何事怆遗情。东山老，可堪岁晚，独听桓筝。

叶梦得　　八声甘州·正月二日作

是岁闰正月十四才立春

又新正过了，问东风、消息几时来。笑春工多思，留连底事，犹未轻回。应为瑶刀裁剪，容易惜花开。试向湖边望，几处寒梅。　　好是绿莎新径，剩安排芳意，特地重栽。便从今追赏，莫遣暂停杯。有千株、深红浅白，倩缓歌、急管与相催。凭看取，暖烟细霭，先到高台。

叶梦得　　八声甘州·问浮家泛宅

问浮家泛宅，自玄真、去后有谁来。漫烟波千顷，云峰倒影，空翠成堆。可是溪山无主，佳处且徘徊。暮雨卷晴野，落照天开。　　老去余生江海，伴远公香火，犹有宗雷。便何妨元亮，携酒间相陪。寄清谈、芒鞋筇杖，更尽驱、风月入尊罍。江村路，我歌君和，莫棹船回。

叶梦得　　八声甘州·寄知还倦鸟

甲辰承诏堂知止亭初毕工，刘无言相过

寄知还倦鸟，对飞云、无心两难齐。漫飘然欲去，悠然且

止，依旧山西。十亩荒园未遍，趁雨却锄犁。敢忘邻翁约，有酒同携。　　况是岩前新创，带小轩横绝，松桂成蹊。试凭高东望，云海与天低。送沧波、浮空千里，照断霞、明灭卷晴霓。君休笑，此生心事，老更沉迷。

向子諲　八声甘州·中秋前数夕，久雨方晴

恨中秋、多雨及晴景，追赏且探先。纵玉钩初上，冰轮未正，无奈婵娟。饮客不来自酌，对影亦清妍。任笑芗林老，雪鬓霜髯。　　好在章江西畔，有凌云玉笋，空翠相连。懒崎岖林麓，则窈窕溪边。自断此生休问，愿瓮中、长有酒如泉。人间是，更谁得似，月下尊前。

向子諲　八声甘州·丙寅中秋对月

扫长空、万里静无云，飞镜上天东。欲骑鲸与问，一株丹桂，几度秋风。取水珠宫贝阙，聊为洗尘容。莫放素娥去，清影方中。　　玄魄犹余半璧，便笙簧万籁，尊俎千峰。况十分端正，更鼓舞衰翁。恨人生、时乎不再，未转头、欢事已沉空。多酌我，风华好处，浩意无穷。

张元幹　八声甘州·陪筠翁小酌横山阁

倚凌空飞观，展营丘卧轴恍移时。渐微云点缀，参横斗转，野阔天垂。草树萦回岛屿，杳霭数峰低。共此一尊月，顾影为谁。　　俯仰乾坤今古，正嫩凉生处，浓露初霏。据胡床残夜，唯我与公知。念老去、风流未减，见向来、人物几兴衰。身长健，何妨游戏，莫问栖迟。

张元幹　八声甘州·西湖有感寄刘晞颜

记当年共饮，醉画船、摇碧罥花钗。问苍颜华发，烟蓑雨笠，何事重来。看尽人情物态，冷眼只堪咍。赖有西湖在，洗我尘埃。　　夜久波光山色，间淡妆浓抹，冰鉴云开。更潮头千丈，江海两崔嵬。晓凉生、荷香扑面，洒天边、风露逼襟怀。谁同赏，通宵无寐，斜月低回。

王之道　八声甘州·和张漕进彦

叹关河在眼、孰雌雄，兴废古犹今。问中原何处，黄尘千

里，远水平林。闻说讴谣思汉，人有望霓心。想垂髫戴白，泣涕盈襟。　　流水高山还会，意不烦挥按，如见虞琴。□逶迟周道，四牡骤骎骎。尽诹谋询度归来，聊缓辔、岁晚雪霜深。西湖好，光风迟日，同快吴吟。

仲　并　　八声甘州·木樨和韵

正西山、雨过弄晴景，竹屋贯斜晖。问谁将千斛，霏瑛落屑，吹上花枝。风外青鞋未熟，鼻观已先知。挠损江南客，诗面难肥。　　两句林边倾盖，笑化工开落，尤甚儿嬉。叹额黄人去，还是隔年期。渺飞魂、凭谁招取，赖故人、沉水煮花瓷。犹堪待，岭梅开后，一战雄雌。

李　石　　八声甘州·怀归

向吴天万里、一叶归舟，岁月尽悠悠。有清歌一曲，醉中自笑，酒醒还愁。几度春莺啭午，塞雁横秋。渔笛蓑衣底，依旧勾收。　　多谢飞来双鹤，水边林下，伴我遨游。笑老莱晨昏，色笑为亲留。有向来、素琴三尺，枕一编、周易在床头。君知否，家山梦寐，浑胜瀛洲。

袁去华　　八声甘州·正阴阴

正阴阴、夏木听黄鹂，百啭语惺松。乍钩窗意适，临池倒影，竹树青葱。翠盖红妆窈窕，香引一帘风。向晚追凉处，月挂梧桐。　　何处楼头吹笛，渐玉绳低侧，河汉横空。想调冰雪藕，清夜与谁同。贮离愁、难凭梦寄，纵遣书、何日有征鸿。房栊静，伴人孤寂，唯有鸣蛩。

朱　雍　　八声甘州·听琤琤漏永

听琤琤漏永，洗银林、梅英半寒收。正蟾辉舒粉，云容绥色，切近妆楼。人在东风伫立，悄悄独凝眸。多少横斜影，萦绕江流。　　只有清香暗度，堕髻簪珥玉，曾赋清游。认瑶车冰辙，佳致肯延留。指蓬山、青砂初转，望沧溟、羽佩一同舟。仙娥许，酒渑与我，消尽春愁。

王　质　　八声甘州·怀张安国

海茫茫、天北与天南，吾友定安归。闻濡须江上，皖公山

下，驾白云飞。莽苍空郊虚野，古路立斜晖。颜跖皆尘土，苦泪休挥。　　一代锦肠绣肺，想英魂皎皎，健口霏霏。望寒空明月，无路寄相思。叹千古、兴亡成败，满乾坤、遗恨有谁知。今何在，一川烟惨，万壑风悲。

王　质　　八声甘州·读周公瑾传

事茫茫、赤壁半帆风，四海忽三分。想苍烟金虎，碧云铜爵，恨满乾坤。郁郁秣陵王气，传到第三孙。风虎云龙会，自有其人。　　朱颜二十有四，正锦帏秋梦，玉帐春声。望吴江楚汉，明月伴英魂。浥浥小桥红浪湿，抚虚弦、何处得郎闻。雪堂老，千年一瞬，再击空明。

王　质　　八声甘州·读诸葛武侯传

过隆中、桑柘倚斜阳，禾黍战悲风。世若无徐庶，更无庞统，沉了英雄。本计东荆西益，观变取奇功。转尽青天粟，无路能通。　　他日杂耕渭上，忽一星飞堕，万事成空。使一曹三马，云雨动蛟龙。看璀璨、出师一表，照乾坤、牛斗气常冲。千年后，锦城相吊，遇草堂翁。

王　质　　八声甘州·读谢安石传

气佳哉、烟紫石头城，云碧雨花台。想东山前后，望春树绿，看晚潮回，自古英雄豪杰，无不待时来。拥鼻微吟处，山静花开。　　商皓亦尝如此，羡苍生皆有，瞻望之怀。但淝河洛涧，此事偶然谐。疑是彼、八公草木，得神明、相亮不相猜。西州泪，千年犹湿，回望兴哀。

吕胜己　　八声甘州·怀渭川作

自秋来、多病意无聊，不作渭川游。想兰菊凋疏，松筠茂密，亭馆清幽。四望遥山万叠，叠叠翠光浮。人道蓬莱岛，仿佛瀛洲。　　居士心迷丘壑，念迂疏老懒，难觅封侯。看才能成事业，且自抽头。携老稚、团栾百口，要他年、在此作菟裘。无言也，此生心事，都付东流。

辛弃疾　八声甘州·为建康胡长文留守寿

时方阅折红梅之舞，且有锡带之宠

把江山好处付公来，金陵帝王州。想今年燕子，依然认得，王谢风流。只用平时尊俎，弹压万貔貅。依旧钓天梦，玉殿东头。　　看取黄金横带，是明年准拟，丞相封侯。有红梅新唱，香阵卷温柔。且华堂、通宵一醉，待从今、更数八千秋。公知否，邦人香火，夜半才收。

辛弃疾　　八声甘州·故将军

夜读李广传，不能寐。因念晁楚老、杨民瞻约同居山间，戏用李广事赋以寄之

故将军、饮罢夜归来，长亭解雕鞍。恨灞陵醉尉，匆匆未识，桃李无言。射虎山横一骑，裂石响惊弦。落托封侯事，岁晚田间。　　谁向桑麻杜曲，要短衣匹马，移住南山。看风流慷慨，谈笑过残年。汉开边、功名万里，甚当时、健者也曾闲。纱窗外、斜风细雨，一障轻寒。

程　垓　　八声甘州·问东君

问东君、既解遣花开，不合放花飞。念春风枝上，一分花减，一半春归。忍见千红万翠，容易涨桃溪。花自随流水，无计追随。　　不忍凭高南望，记旧时行处，芳意菲菲。叹年来春减，花与故人非。总使梁园赋在，奈长卿、老去亦何为。空搔首，乱云堆里，立尽斜晖。

张　镃　八声甘州·秋夜奉怀浙东辛帅

领千岩万壑岂无人，惟欠稼轩来。正松梧秋到，旌旗风动，楼观雄开。府槛何劳一笑，瀚海荡纤埃。余事了凫鹜，闲命尊罍。　　江左风流旧话，想登临浩叹，白骨苍苔。把龙韬藏去，游戏且蓬莱。念乡关、偏怜霜鬓，爱盛名、何似展真才。怀公处，夜深凝望，云汉星回。

张　镃　八声甘州·九月末南湖对菊

对黄花犹自满庭开，那恨过重阳。凭阑干醉袖，依依晚

日，飘动寒香。自叹平生豪纵，歌笑几千场。白发欺人早，多似清霜。　　谁信心情都懒，但禅龛道室，黄卷僧床。把偎红调粉，抛掷向他方。□唤汝、东山归去，正灯明、松户竹篱旁。关门睡，尽教人道，痴钝何妨。

张　镃　　八声甘州·中秋夜作

叹流光迅景，百年间、能醉几中秋。正凄蛩响砌，惊乌翻树，烟淡蘋洲。谁唤金轮出海，不带一云浮。才上青林顶，俄转朱楼。　　人老欢情已减，料素娥信我，不为闲愁。念几番清梦，常是故乡留。倩风前、数声横管，叫玉鸾、骑向碧空游。谁能顾，黍炊荣利，蚁战仇雠。

刘　过　　八声甘州·送湖北招抚吴猎

问紫岩去后汉公卿，不知几貂蝉。谁能借留侯箸，著祖生鞭。依旧尘沙万里，河洛染腥膻。谁识道山客，衣钵曾传。　共记玉堂对策，欲先明大义，次第筹边。况重湖八桂，袖手已多年。望中原驱驰去也，拥十州、牙纛正翩翩。春风早，看东南王气，飞绕星躔。

汪　莘　　八声甘州·惜余春

惜余春、蛱蝶引春来，杜鹃趣春归。算何如桃李，浑无言说，开落忘机。多谢黄鹂旧友，相逐落花飞。芳草连天远，愁杀斜晖。　　谁向西湖南畔，问亭台在否，花木应非。看孤山山下，惟说隐君庐。想钱塘、春游依旧，到梨花、寒食隘舟车。寻常事，不须惆怅，暮雨沾衣。

魏了翁　　八声甘州·王总卿□□生日

自王家无怨住襄城，世总生贤。似谢阶兰玉，马庭梧竹，一一堪怜。富贵关人何事，且问此何缘。又踏前朝脚，领蜀山川。　　点检重关复阁，尚甘棠匝地，乔木参天。中兴规画，父老至今传。六十年、山河未改，只芳菲、不断紧相联。相将又，参陪宰席，还似当年。

魏了翁　八声甘州·偶书

被西风吹不断新愁，吾归欲安归。望秦云苍憺，蜀山渺济，楚泽平漪。鸿雁依人正急，不奈稻粱稀。独立苍茫外，数遍群飞。　多少曹苻气势，只数舟燥苇，一局枯棋。更元颜何事，花玉困重围。算眼前、未知谁恃，恃苍天、终古限华夷。还须念，人谋如旧，天意难知。

魏了翁　八声甘州·约程漕使遇孙初筵劝酒

记幡然、持节下青云，巴月几成弦。待竹枝歌彻，讼棠匝地，扉草连天。却寻当年旧梦，来使蜀东川。人物寥寥甚，禁许回旋。　愧我推挤不去，尚新官对旧，后任如前。与故人饮酒，月露写明蠲。叹书生、康时无计，谩忧思、时堕酒痕边。且只愿、早休兵甲，长见丰年。

郑梦协　八声甘州·大江流日夜

大江流日夜，客心愁、不禁晚来风。把英雄□气，兴衰余事，吹散无踪。但有山围故国，依旧夕阳中。直北神州路，几点飞鸿。　欲问周郎赤壁，叹沙沉断戟，烟锁艨艟。听波声如语，空乱荻花丛。甚云间、平安信少，到黄昏、偏映落霞红。莼鲈美，扁舟归去，相伴渔翁。

吴　泳　八声甘州·和季永弟思归

每逢人、都道早归休，何曾猛归来。有邵平瓜圃，渊明菊径，谁肯徘徊。底是无波去处，空弄一竿桅。富贵非吾事，野马浮埃。　况值清和时候，正青梅未熟，煮酒新开。共倒冠落佩，宁使别人猜。满朱檐、残花败絮，欲问君、移取石榴栽。青湖上，低低架屋，浅浅衔杯。

吴　泳　八声甘州·寿魏鹤山

又一番、泸水出牂牁，江声汹鸣鼍。正南人争望，转移虎节，弹压鲸波。未见元戎羽葆，民气已冲和。不待禁中选，李牧廉颇。　却顾边陲以北，似乘航共济，亡楫中河。纵缆头襦尾，其奈不牢何。□明公、一襟忠愤，想誓江、无日不酣歌。当津者，岂应袖手，长宴江沱。

黄　机　　八声甘州·为逌斋寿

问仙翁、底事到人间，人间足嬉游。向文边书意，诗边著语，□满南州。逸韵高情总似，野水荡孤舟。所未能忘者，药鼎茶瓯。　政恐功名相慁，便扶摇直上，龙尾螭头。想尘缘终薄，归去老菟裘。有当年、东邻西舍，办鸡豚、相与燕春秋。阶庭里，儿孙衮衮，飞度骅骝。

刘克庄　　八声甘州·雁

物微生处远，往还来、非但稻粱求。似爱长安日，怕阴山雪，善自为谋。个里幸无鸣镝，随意占沙洲。归兴何妨待，风景和柔。　昔到衡阳回去，今随阳避地，遍海南头。与西川流寓，彼此各淹留。未得云中消息，登望乡台了又登楼。江天阔，几行草字，字字含愁。

赵希迈　　八声甘州·竹西怀古

寒云飞万里，一番秋、一番搅离怀。向隋堤跃马，前时柳色，今度蒿莱。锦缆残香在否，枉被白鸥猜。千古扬州梦，一觉庭槐。　歌吹竹西难问，拚菊边醉著，吟寄天涯。任红楼踪迹，茅屋染苍苔。几伤心、桥东片月，趁夜潮、流恨入秦淮。潮回处，引西风恨，又渡江来。

李好古　　八声甘州·扬州

壮东南、飞观切云高，峻堞缭波长。望蔽空楼橹，重关警柝，跨水飞梁。百万貔貅夜筑，形胜隐金汤。坐落诸蕃胆，扁榜安江。　游子凭阑凄断，百年故国，飞鸟斜阳。恨当时肉食，一掷赌封疆。骨冷英雄何在，望荒烟、残戍触悲凉。无言处，西楼画角，风转牙樯。

李好古　　八声甘州·古扬州

古扬州、壮丽压长淮，形胜绝东南。问竹西歌吹，蜀冈何许，杨柳鬖鬖。行乐谁家年少，两两更三三。知我江南客，走马来看。　过却长亭烟树，云山点点，烟浪漫漫。料桐花飞尽，夜合绕阑干。倦绣闲庭昼永，望天涯、芳草忆征鞍。平安使，吴笺谩遣，欲寄愁难。

冯去非　　八声甘州·过松江

买扁舟、载月过长桥，回首梦耶非。问往日三高，清风万古，继者伊谁。惟有茶烟轻飏，零露湿莼丝。西子知何处，鸿怨蛩悲。　　遥想家山好在，正倚天青壁，石瘦云肥。甚抛奇弹秀，猿鹤互猜疑。归去好、散人相国，迥升沉、毕竟总尘泥。须远我，松间旧隐，竹上新诗。

吴　潜　　八声甘州·和魏鹤山韵

任渠侬、造物自儿嬉，安能止吾归。有秋来竹径，春时花坞，夏里荷漪。何事东涂西抹，空遣鬓毛稀。矫首看鸿鹄，远举高飞。　　点检人间今古，问谁为赢局，底是输棋。谩区区成败，蚁阵与蜗围。便掀天卷地勋业，怕山中、拍手笑希夷。如何是，一尊相属，万事休知。

吴　潜　　八声甘州·寿吴叔永文昌、季永侍郎

记高冈、两凤揽朝晖，翩翻万里来。向槐厅深处，松厅紧里，却立徘徊。一舸风帆烟浪，拟竖锦江桅。聊为玄晖老，共拂尘埃。　　我亦归来岩壑，正不妨散诞，笑口频开。算人间成败，何用苦惊猜。便江南、求田问舍，把岁寒、三友一圈栽。今宵酒，只消鲸吸，不要论杯。

吴　潜　　八声甘州·赓叶编修俾寿之词

向鄞江、面熟是薰风，吹燕麦凫葵。赖君王洪福，河清海晏，物阜人熙。想见搴帷使者，随处采声诗。羡高禽矰弋，离贴天飞。　　飞到苍云深处，便敛收毛羽，望暮林归。可以人不若，划地挂征衣。且招呼、麴生为友，对槐阴、时唱两三卮。今宵好，如钩佳月，放出光辉。

李曾伯　　八声甘州·庚戌重九约诸友登龙山，阻雨

拟龙山、把酒酹西风，西风苦无情。似秋容不受，骚人登眺，特地悭晴。依稀两三过雁，何处是方城。目断危楼外，山远烟轻。　　且对黄花一笑，叹浮生易老，乐事难并。唤遏云低唱，檐溜任霏铃。问何如、乌纱折角，把芳名、盖取晋参军。东篱下，阴晴不管，输与渊明。

李曾伯　　八声甘州·庚戌寿郑丞相

有庞眉、扶杖岘山来，举觞寿南山。道天怜赤子，相逢钧播，久望毡还。幸际君王神武，上宰是甘盘。少运风霆手，整顿何难。　　好个霜天时候，听雁门新雁，眺远凭阑。想经纶心上，一点炳如丹。抚舆图、真儒事了，把勋庸、留在鼎彝看。八千岁，四明洞府，一佛人间。

李曾伯　　八声甘州·壬子饯帅机沈好问

正莼鲈佳梦绕吴乡，牙樯忍轻离。向仲宣楼上，凭高举酒，几共灯棋。曾记少陵留咏，出幕合持麾。飞盖长安去，华贯平跻。　　好是倚门迎笑，恰野堂云壑，菊后梅时。庆凤雏新长，携手奉莱衣。抚孤松、绝胜细柳，念征人、徒老玉关西。归来也，幅巾藜杖，办取追随。

李曾伯　　八声甘州·壬子九日约诸幕客游龙山

领青油车骑出郊埛，来游晋龙山。喜水天澄霁，稻畦镰净，榆塞戈闲。登高谩酬佳节，一笑破苍颜。剩泛茱萸菊，杯莫留残。　　休说参军往事，意当时凝眺，不到长安。赖座间小异，豪气眇尘寰。到如今、只成佳话，记封姨、曾荐众宾欢。吾曹事，有如此酒，要共弹冠。

李曾伯　　　　八声甘州·自和

怅浮生、俯仰迹成空，依然此江山。对秋容如画，天长雁度，水阔鸥闲。追游未甘老态，凭酒借红颜。归骑斜阳外，柳老荷残。　　幸对黄花时节，喜宾朋晤语，烽火平安。仅风巾一笑，名尚满人寰。要流芳、相期千载，肯区区、徒恋片时欢。姑聊尔，招呼楚调，慰藉南冠。

李曾伯　　八声甘州·送□制参分司□□，兼摄守漕

自当年、种柳向西门，古今号名州。对风声策策，浪涛衮衮，又是新秋。暂为江山弹压，谁得似贤侯。夜观灯棋里，几共边筹。　　休效季鹰高兴，为莼羹鲈脍，遽念吴头。且安排维楫，相与济中流。看邦人、尽歌襦袴，愿紫皇、乞与福星留。令人忆，数行过雁，月在南楼。

李曾伯　八声甘州·用前韵答和史制参

续仲宣、一赋小呼鹰，声名满荆州。向宾筵游戏，毫端月露，皮里阳秋。遍历文书刁斗，何患不封侯。横槊风烟表，独占诗筹。　见说眉攒心事，在岷峨乡国，落日西头。怅英豪遗恨，都付大江流。伟平生、经纶雅志，把重弓、聊为汉关留。中秋近，何如载酒，一笑登楼。

李曾伯　八声甘州·和刘仓贺蜀捷

自六朝、用武诧荆州，襟喉重疆陲。更西风似箭，峡江如线，事势夔夔。须仗中流砥柱，天付治平谁。甚矣吾衰矣，将老东篱。　休说纷纷往梦，任阴平邓艾，骆谷姜维。向棋边聊且，官事了痴儿。雨未阴、毋忘户牖，挂长绳、系不住铜仪。空遐想，桃源春媚，安得追随。

李曾伯　八声甘州·癸丑生朝

对西风、先自念莼鲈，又还月生西。叹平生霜露，而今都在，两鬓丝丝。当年门垂蓬矢，壮岁竟奚为。磊落中心事，只有天知。　多谢君恩深厚，费丁宁温诏，犹寘驱驰。看弓刀何事，终是愧毛锥。愿今年、四郊无警，向酒边、多作数篇诗。山林下，相将见一，舍我其谁。

李曾伯　八声甘州·和韵

问秋光、乞得一宵闲，满引玉东西。喜亲朋咸集，宴酣真乐，非竹非丝。坎止流行付分，岂尽是人为。试向君平卜，还可前知。　自笑头颅如此，奈乌轮难系，驹隙如驰。慨壮图已矣，指地不须锥。任从渠、翻云覆雨，愿老于耕钓乐于诗。三军事，天家自有，大将为谁。

李曾伯　八声甘州·借八窗叔韵寿之

仿离骚、览揆度新讴，空云霭乌丝。把长庚才调，小施筹笔，犹处囊锥。鸾枳鹨滩发轫，指日问朝衣。雪片梅花外，已露南枝。　休羡汉疏晋阮，记当年楚产，同是家儿。怅岁华如许，同官复同时。引宫商、细赓郢唱，向樽前、谁为一歌之。蓬壶侣，长春不老，有美人兮。

李曾伯　　八声甘州·寿刘舍人

记当年、虏压顺昌城，直欲付靴尖。赖君家乃祖，笑麾白羽，净洗腥膻。荆州甘棠蔼蔼，浓墨字犹鲜。少出拿云手，整顿青毡。　　好个嫩凉天气，想闻鸡听雁，意气犹忺。看相将喜事，眉色已黄占。祝君龄、有如此酒，举金罍、须放十分添。还知否，封侯事业，正在华颠。

李曾伯　　八声甘州·中秋小集无月

问孀娥、僝僽厌看人，唯复厌人看。正凉宵准拟，招延素魄，慰藉苍颜。廉纤梧桐细雨，吹彻玉箫寒。仿佛山河影，只在云端。　　又似去年今夕，枉教人惆怅，立尽阑干。想菱花尘匣，憔悴女乘鸾。恨无从、一登天柱，约宾朋、随分荐清欢。持杯祝，老蟾无恙，留待明生。

李曾伯　　八声甘州·送吴峡州

问西陵、治比汉河南，若为遽东归。正峡江衮衮，中流我共，一楫杭之。倏听攀辕告语，公去袴襦谁。赖有甘棠在，人口如碑。　　百尺楼头徙倚，记绸缪桑土，几对灯棋。指鹭洲何处，心事想鸥知。向江湖、毋忘魏阙，正吾皇、当馈急贤时。经纶事，更须玩易，勿但言诗。

李曾伯　　八声甘州·登经济楼

上巍楼、指顾剑东西，依然旧江山。怅谁为荆棘，委渠天险，薄我风寒。金瓯经营几载，鸿雁尚漂残。一片迷棋局，著手良难。　　犹幸红旗破贼，有竹边新报，喜听平安。问纷纷遗事，一笑付凭栏。愿天驱、五丁壮士，挽岷峨、生意与春还。斜阳外，梦回芳草，人老萧关。

李曾伯　　八声甘州·辛酉自寿

数年来、揆度在南州，今年在家山。叹平生踪迹，荆淮岭蜀，多少间关。幸对园林花竹，一笑且团栾。莫忆西风梦，驰志楼兰。　　赢得维摩多病，奈鬓毛剥落，步武蹒跚。神仙何处，遗我以金丹。愿明时、清平无事，放老翁、长伴白鸥闲。聊相与，桂花香里，满酌开颜。

陆叡　　八声甘州·送翁时可如宛陵

问缠腰跨鹤、事如何，人生最风流。怕江边潮汐，世间歧路，只是离愁。白马青衫往事，赢得鬓先秋。目送红桥晚，几番行舟。　兰佩空余依黯，便南风吹水，人也难留。但从今别后，我亦似浮沤。敬亭上、半床琴月，记弹将、寒影落南州。秋声里，塞鸿来后，为尔登楼。

曾原郕　　八声甘州·东阳岩

问岩云朵朵为谁飞，向来读何书。道江南名宦，掉头勿顾，彩服归与。无限山中风物，今古属潜夫。渺渺辽天鹤，应费招呼。　谩说缁巾缟带，与豸冠犀剑，忧乐如何。渐桥横采石，国步已趦趄。想归来、顿成憔悴，叹季鹰、闻早忆莼鲈。丹泉冷，崖钟绝响，夕照啼乌。

吴文英　　八声甘州·陪庾幕诸公游灵岩

渺空烟四远，是何年、青天坠长星。幻苍崖云树，名娃金屋，残霸宫城。箭径酸风射眼，腻水染花腥。时靸双鸳响，廊叶秋声。　宫里吴王沉醉，倩五湖倦客，独钓醒醒。问苍波无语，华发奈山青。水涵空、阑干高处，送乱鸦、斜日落渔汀。连呼酒，上琴台去，秋与云平。

吴文英　　八声甘州·姑苏台和施芸隐韵

步晴霞倒影，洗闲愁、深杯滟风漪。望越来清浅，吴歈杳霭，江雁初飞。辇路凌空九险，粉冷濯妆池。歌舞烟霄顶，乐景沉晖。　别是青红阑槛，对女墙山色，碧澹宫眉。问当时游鹿，应笑古台非。有谁招、扁舟渔隐，但寄情、西子却题诗。闲风月，暗销磨尽，浪打鸥矶。

吴文英　　八声甘州·和梅津

记行云梦影，步凌波、仙衣翦芙蓉。念杯前烛下，十香揾袖，玉暖屏风。分种寒花旧盎，藓土蚀吴蛩。人远云槎渺，烟海沉蓬。　重访樊姬邻里，怕等闲易别，那忍相逢。试潜行幽曲，心荡□匆匆。井梧凋、铜铺低亚，映小眉、瞥见立惊

鸿。空惆怅，醉秋香畔，往事朦胧。

汤 恢　　八声甘州·摘青梅荐酒

摘青梅荐酒，甚残寒、犹怯苎萝衣。正柳腴花瘦，绿云冉冉，红雪霏霏。隔屋秦筝依约，谁品春词。回首繁华梦，流水斜晖。　寄隐孤山山下，但一瓢饮水，深掩苔扉。羡青山有思，白鹤忘机。怅年华、不禁搔首，又天涯、弹泪送春归。销魂远，千山啼鴂，十里荼蘼。

汤 恢　　八声甘州·想当年

想当年、龙舟凤艒，乐宸游、摇曳锦帆斜。伤心是，御香染处，树树栖鸦。（下缺）

周济川　　八声甘州·有乾坤

有乾坤、清气入诗脾，随龙散神仙。蘸西湖和墨，长空为纸，几度诗圆。消得宫妃捧砚，夜烛照金莲。试问隔屏坐，谁后谁先。　长是花香柳色，更风清月白，天入吟笺。自霞觞误覆，谪下玉皇边。笑随归、山中随隐，且醉拚、斗酒写新篇。天应笑，呼来时后，记上襟船。

郑子玉　　八声甘州·渐莺声近也

渐莺声近也，探年芳、河畔扼轻轮。旋东风染绿，绵绵平野，无际烟春。最苦夕阳天外，愁损倚阑人。无奈潇湘杳，留滞王孙。　冷落池塘残梦，是送君归后，南浦消魂。赖东君能客，醉卧展香茵。尽教更、行人远，也相伴、连水复连云。关山道，算无今古，客恨长新。

胡翼龙　　八声甘州·甚年年

甚年年、心事占秋多，芳洲乱芜生。正小山已桂，东篱又菊，秋为人清。肠断洞庭叶下，倚西风、谁可寄芳蘅。皋皋愁予处，欲醉还醒。　为问素娥饮否，自谪仙去后，知与谁明。耿盈盈如此，分影落瑶觥。步高台、夜深人静，有飞仙、同跨海山鲸。归来也，远游歌罢，失却秋声。

罗　椅　　八声甘州·孤山寒食

甚匆匆岁月，又人家、插柳记清明。正南北高峰，山传笑响，水泛箫声。吹散楼台烟雨，莺语碎春晴。何地无芳草，惟此青青。　谁管孤山山下，任种梅竹冷，荐菊泉清。看人情如此，沉醉不须醒。问何时、樊川归去，叹故乡、七十五长亭。君知否，洞云溪竹，笑我飘零。

陈允平　　八声甘州·曲院风荷

放船杨柳下，听鸣蝉、薰风小新堤。正烟溪露蓼，飞尘酿玉，第五桥西。遥认青罗盖底，宫女夜游池。谁在鸳鸯浦，独棹玻璃。　一片天机云锦，见凌波碧翠，照日胭脂。是西湖西子，晴抹雨妆时。便相将无情秋思，向菰蒲深处落红衣。醺醺里，半篙香梦，月转星移。

陈允平　　八声甘州·寿蔡泉宪

两台帘对卷，燕芹香、风花近清明。望春弥柳际，流红水布，暖谷天晴。谁信闲襟似水，时忆语溪耕。襟抱番江阔，云远波平。　静昼轻挥玉麈，见春扉草绿，暮冶烟青。问清华姓字，几度录虬屏。看西湖、一汀鸳鹭，正晓风、残月两三星。早归来，赴花鱼宴，宫树闻莺。

陈允平　　八声甘州·代蔡泉使寿丁丞相

帘垂鸱尾阁，桂花风、天香满黄扉。向郁罗霄汉，朝回金阙，心运璇玑。一点元台初度，八表共清辉。紫塞烟尘静，捷羽东飞。　此际钱塘江上，爱月仍夜色，潮正秋期。想波仙冰妹，同日宴瑶池。报龙楼、玉音宣劝，赐紫金、杯泛日中葵。庆千秋，醉长生酒，歌太平诗。

何梦桂　　八声甘州·寿徐信甫母夫人七秩

对芙蓉峰晓，雪初消、云□霭烟霏。是阿谁寿母，紫鸾笙里，玉液琼枝。元是云翘仙子，珥节度瑶池。手种碧莲子，长记年时。　此地神仙宫阙，几花封玉诰，金帔霞衣。但寿星堂上，七十古来稀。捧寿觞、莫辞满饮，愿年年、对鹤发蛾眉。年年有，麻姑麟脯，王母玄梨。

何梦桂　　八声甘州·送王野塘北归

东鲁王君野塘，以均房招讨经历按莅严陵，至且再期矣。夹谷按察签事行部，识拔于稠众人中，使下六邑，按问赃状，阅实以闻，自此声誉猎猎如日起。壬午秋，省台檄交至，君奉命以往，阅岁而后归，归则诸公已列剡交荐矣。旍麾载道，凡六七年间，蒙被休泽，而歌颂勋德于祖帐之下，骈肩累迹，不特如老书生一人而已。酌钓濑之泉，磨锦峰之石，固不足以形容伟绩。濡毫染茧，为赋八声甘州，姑记其际遇之私，依恋之情云尔。试使善歌者为我歌之，当使送君短长亭下者，皆为君堕泪也

对千峰未晓，听西风、吹角下谯楼。拥貔貅千骑，旌旜十里，送客芳洲。曾是灯棋月柝，赞画坐清油。折尽长亭柳，莫系行舟。　　忆昔相逢何处，看飞鸿雪迹，休更回头。百年心事，长逐水东流。愿君如游龙万里，我如云、终泊此林丘。相思梦，明年雁到，尚讯南州。

何梦桂　　八声甘州·伤春

倚阑干立尽，看东风、吹度柳绵飞。怕杜鹃啼杀，江南雁杳，游子何之。梦断扬州芍药，落尽簇红丝。歌吹今何在，一曲沾衣。　　往事不堪重省，记柳边深巷，花外幽墀。把菱花独照，脂粉总慵施。怅春归、留春未住，奈春归、不管玉颜衰。伤心事，都将分付，榆砌苔矶。

何梦桂　　八声甘州·再用韵述怀

自辽东鹤去，算何人、插得翅能飞。笑平生错铸，儒冠误识，者也焉之。谩道寒蚕冰底，瓮茧解成丝。何许丝千丈，补得龙衣。　　镜里不堪勋业，纵梦中八翼，不到天墀。看墦间富贵，妻妾笑施施。对青山、千年不老，但梅花、头白伴人衰。严陵路，年年潮水，不上渔矶。

何梦桂　　八声甘州·感兴

叹人生聊尔，便晨风、翼倦也回飞。况自骑款段，欲追骐骥，千里安之。种得玄芝瑶草，不染满头丝。一醉梅花下，笑舞青衣。　　说甚封侯万里，待朱门画戟，大第崇墀。人世何

时□足，造物任隆施。怪周公、如今不梦，意周公、政自怪吾衰。归来去，夕阳牛陇，夜月鸥矶。

何梦桂　　八声甘州·送吕总管

恨公来较晚，早归朝、骢马去难留。是朱轮华毂，联珪叠组，家世公侯。今在玉堂深处，借重护偏州。好把青毡拂，奕世勋猷。　明日东津归路，正梅花霜暖，春上枝头。看连旗列鼓，送客下江楼。对云山、千年不老，向楼前、阅尽几行舟。留名在，严陵滩下，日夜东流。

刘辰翁　　八声甘州·问海棠花下

和汪士安海棠下先归，前是观桃水东，至其乡真常观

问海棠花下，又何如、玄都观中游。叹佺巢蜀锦，常时不数，前度何稠。谁见宣华故事，歌舞簇遨头。共是西江水，不解西流。　在处繁华如梦，梦占人年少，生死堪羞。任倾城倾国，风雨一春休。醉逢君、何须有约，醉留君、系不住扁舟。空又失，花前一笑，绿尽芳洲。

刘辰翁　　八声甘州·和邓中甫中秋

看团团、一物大如杯，时复几何秋。俯天涯海角，今来古往，人物如流。想见霓裳歌罢，无物与浇愁。惟有当时树，香满琼楼。　谁念南楼老子，倚西风尘满，心事悠悠。便班姬袖里，明月一时休。叹年年、吹箫有约，又一番、鹤梦雪堂舟。池上久，满身风露，还索衣裘。

刘辰翁　　八声甘州·贺词

记前朝、鹤会又重来，攀翻第三桃。看云华授策，麻姑擘脯，嬴女吹箫。寻思曲江旧事，宫锦胜龙标。奏罢清华梦，独立春宵。　不数相州锦样，是调羹御手，重解金貂。但今年此日，疏了醉葡萄。闻老仙、衣冠皓伟，又丁宁、天语著儿招。都人望，回班赐第，赤舄飞朝。

刘辰翁　　八声甘州·和萧汝道感秋

但秋风、年又一年深，不禁长年悲。自景阳钟断，馆娃宫闭，冷落心知。千树西湖杨柳，更管别人离。看取茂陵客，一

去无归。　　都是旧时行乐，漫烟销日出，水绕山围。看人情荏苒，不似鹧鸪飞。听砧声、遥连塞外，问三衢、道上去人稀。销凝久，残阳短笛，似我歔欷。

刘辰翁　　八声甘州·送春韵

看飘飘、万里去东流，道伊去如风。便锦缆危潮，青山御宿，烟雨啼红。愁是明朝酒醒，听著返魂钟。留得春如故，了不关侬。　　春亦去人远矣，是别情何薄，归兴何浓。但江南好□，未便到芙蓉。念今夜、初程何处，有何人、垂袖舞行宫。青青柳，留君如此，如此匆匆。

刘辰翁　　八声甘州·甚花间

春雪奇丽，未能赋也，因古岩韵志喜

甚花间、儿女笑盈盈，人添雪狮成。任踏青无路，凌波有地，步步光尘。招得梅妃魂也，好似去年春。柳亦何曾絮，都是云英。　　休道东皇诞漫，到茶烟歇后，谁浊谁清。赖谢娘好语，端胜解围兵。看昨朝、天公雨粟，定大家、快活社翁平。春晴好，溶溶雨尽，听卖花声。

王　奕　　八声甘州·诵公诗

李太白大雅一赋，发少陵之所未发，惜豪狂诗酒，一死疑之。过采石赋此。千载醉魂，招之不醒，吾不信也

诵公诗、大雅久不闻，吾衰竟谁陈。自晋宋以来，隋唐而下，旁若无人。光焰文章万丈，肯媚永王璘。卓有汾阳老，拖丈人贞。　　不是沉香亭上，谩题飞燕，蹴起靴尘。安得锦袍西下，明月堕江滨。青山冢、知几番风雨，雷霆走精神。因过鲁，携一尊吊古，疑是前身。

王　奕　　八声甘州·题维扬摘星楼

问苍天、苍天阒无言，浩歌摘星楼。这茫茫禹迹，南来第一，是古扬州。当日双龙未渡，风月一家秋。中分胡越后，横断江流。　　□百年间春梦，笑槐柯蚁穴，多少王侯。谩平山堂里，棋局几边筹。是谁教、海干仙去，天地付浮沤。书生老，对琼花一笑，白发苍洲。

邓　剡　　　八声甘州·寿胡存斋

笑钗符、恰正带宜男，还将寿花簪。早风薰竹醉，松凉鹤健，午坐存庵。三十六峰玉立，隔麈听玄谈。何似人难老，三十才三。　闻得天边好语，第一流人物，偏重江南。满玻璃春绿，十载爱棠甘。青青鬓、尽堪图画，趁紫岩、年纪作枢参。却归宴、瑶池未晚，荷日红酣。

赵　文　八声甘州·和孔瞻怀信国公，因念亦周弟

是去年、春草又凄凄，尘生缕金衣。怅朱颜为土，白杨堪柱，燕子谁依。谩说漫漫六合，无地著相思。辽鹤归来后，城亦全非。　更有延平一剑，向风雷半夜，何处寻伊。怪天天何物，堪作玉弹棋。到年年、无肠堪断，向清明、独自掩荆扉。何况又、禽声杜宇，花事酴醿。

赵　文　八声甘州·胡存斋除泉府大卿

记年时、快马上青云，而今衮衣还。问公归何有，春风万斛，散满人间。闻道金銮召对，风采动朝班。宰相从来有，几个朱颜。　梅雨槐风清润，正台星一点，光照龙湾。赴经纶余暇，按行紫芝山。念江南、民生何似，把囊封、奏上九重关。须信道，济时功行，便是仙丹。

赵功可　　　八声甘州·燕山雪花

渺平沙、莽莽海风吹，一寒气崔嵬。耿长天欲压，河流不动，云湿如灰。帝敕冰花剪刻，飞瑞上燕台。马上行人笑，万玉堆瑶。　滉漾天街晴昼，料酒楼歌馆，都是春回。喜丰年有象，贺表四方来。仗下貂裘茸帽，拥千官、齐上紫金杯。明朝起，江南驿使，来进宫梅。

詹　玉　　　八声甘州·寿张尚书

从黄石容履，一编书，曾佐汉王关。甚殷勤佳约，茹芝人共，引鹤差鸾。借手便成羽翼，方略正如闲。说道赤松去，还在人间。　紫绶青春如许，是南辰尊宿，北斗天官。问沙堤早晚，喜色满长安。传宣能勾凤诏，便玉除前面领仙班。功名

了，却茶烟琴月，慢慢东山。

姚云文　　八声甘州·竞渡

卷丝丝、雨织半晴天，棹歌发清舷。甚苍虬怒跃，灵鼍急吼，雪涌平川。楼外榴裙几点，描破绿杨烟。把画罗遥指，助啸争先。　憔悴潘郎曾记，得青龙千舸，采石矶边。叹内家帖子，闲却缕金笺。觉素标、插头如许，尽风情、终不似斗赢船。人声断，虚斋半掩，月印枯禅。

黎廷瑞　　八声甘州·金陵怀古

恨巨灵、多事凿长江，消沉几英雄。恨乌江亭长，天机轻泄，说与重瞳。更恨南阳耕叟，撺掇紫髯翁。一弹金陵土，战虎争龙。　杯酒凤凰台上，对石城流水，钟阜诸峰。问六朝陵阙，何处是遗踪。后庭花、更无留响，渺春潮、残照笛声中。悲欢梦，芜城杨柳、几度春风。

仇　远　　八声甘州·敛双蛾

敛双蛾、冷雨立毡车，离思上青枫。想天阶辞辇，长门分镜，征骑西东。应被婵娟早误，谁遣出深宫。鸾袖不堪绾，前事成空。　独掩琵琶无语，恨主恩太薄，泪脸弹红。又争如汉月，深夜照帘栊。草青青、年年归梦，算北来、应自有征鸿。还堪笑，玉关何事，不锁春风。

刘将孙　　八声甘州·九日登高

不看萸、把酒对名山，无帽厌西风。渺四海故人，一尊今雨，万里长空。宇宙此山此日，今夕几人同。举世谁不醉，独属陶公。　当日白衣几许，漫凄其寄兴，落日篱东。抚停云六合，借醉托孤踪。□吊古、不须多感，□古人、那得共杯中。拚酩酊，明年此会，谁此从容。

刘将孙　　八声甘州·和人春雪词

看东风、天上放梅开，经岁又新成。笑柳眼迷青，桃腮改白，蝶舞尘惊。任是万红千紫，无力与春争。想建章鸩鹊，犹是残霙。　不比腊前憔悴，拨寒炉榾柮，茶薄烟清。快玉龙战罢，四野迥收兵。望红花、扶桑国里，玉玲珑、□□海天

平。晴窗下，疏疏花雨，滴滴春声。

刘将孙　　　八声甘州·送春

又江南、三月更明朝，便已是南风。拟强驻韶光，狂追柳絮，卧占残红。早向尊前沉醉，莫听五更钟。赢得春工笑，恼杀渠侬。　只道春风不改，□年来岁去，柳密花浓。但沈腰潘鬓，无复旧时容。春还是、多情多恨，便不教、绿满洛阳宫。只消得，无情风雨，断送匆匆。

吴编修　　　八声甘州·吴编修解任

系酒船、夜入古江楼，浑莫辨西东。叹从前眼底，一丁不识，四海曾空。老去休休莫莫，谁识旧元龙。尚解被襟去，赋大王雄。　回首演仙高处，问赤松无恙，舍子何从。便不然学稼，犹有相牛翁。小婆娑、东家故舍，也著侬、四下二之中。芗州外，溪风山月，鸥鹭盟同。

杨　守　　八声甘州·寿萧帅参　九月廿三

问梅边消息有还无，似微笑应人。道近来别有，相家一种，叶叶都新。趁得嫩寒轻暖，七日小阳春。一点和羹意，来做生辰。　锦绣香中开国，向绮霞洞里，暂寄闲身。欠朝家多少，未了底经纶。便如何、偷闲去得，也须烦、妙手略调钧。归来也，恨寻棋局，点检园椿。

林实之　　　八声甘州·客星堂下水

客星堂下水，碧浮空、烟树几重重。想故人当日，论情蓬藿，际会云龙。底事泥涂轩冕，不肯作三公。千仞钓江浒，此意谁同。　应笑赤松黄石，效痴儿成事，犹自言功。怎知他箕颍，袖手独春容。幸风月、有人料理，自家山叟与溪翁。鸣榔晚，一声长啸，相送冥鸿。

□　阳　　　八声甘州·渐纷纷

渐纷纷、木叶下亭皋，秋容际寒空。庆屏山南畔，龟游绿藻，鹤舞青松。缥缈非烟非雾，喜色有无中。帘幕金风细，香篆迷濛。　好是庭闱称寿，簇舞裙歌板，欢意重重。况芝兰满砌，行见黑头公。看升平、乌栖画戟，更重开、大国荷荣

封。人难老，年年醉赏，满院芙蓉。

此首别作无名氏词

无名氏　　八声甘州·寿国太夫人

渐纷纷、木叶下亭皋，秋容际寒空。庆屏山南畔，龟游绿藻，鹤舞青松。缥缈非烟非雾，喜色有无中。帘幕金风细，香篆濛濛。　好是庭闱称寿，簇舞裙歌板，欢意重重。况芝兰满砌，行见黑头公。看升平、乌栖画戟，更重开、大国荷荣封。人难老，年年醉赏，满院芙蓉。

此首别作□阳词

八 拍 蛮

唐代教坊曲名，为唐玄宗开元、天宝间人所作。“拍”指节奏，相当于今之拍子。“八拍”即指一首曲内有八个拍子。“蛮”指蛮歌，在唐代其含义有二：一指“蕃曲”或“蕃歌”，以西北民族的声情入曲；一指“蛮子辞”，为写南国风情的歌曲。唐教坊曲《八拍蛮》共二十八字，相当于七言绝句。宋人借用唐教坊曲名为词牌。属单调、平韵，四句，每句七字，共二十八字。第二、四句用韵。

仇　远　　八拍蛮·翠袖笼香醒宿酒

翠袖笼香醒宿酒，银瓶汲水瀹新茶。几处杜鹃啼暮雨，来禽空老一春花。

八 宝 妆

此调名为宋代陈允平所创制，其意或为采入八调合成，但不可查订。此调张炎词，名为《瑶台聚八仙》。又有《新雁过妆楼》之别名。词属双调、平韵，共九十九字。上阕九句、四十八字，于第一、二、四、六、七、九句用韵；下阕十句、五十一字，于第三、五、七、十句用韵。参阅《新雁过妆楼》、《瑶台聚八仙》。《八宝妆》有的写作《八宝装》。此调名另有五十二字及一百一十字两调，皆为名同调

异，不可混误。仇远词的《八宝妆》又名《八宝玉交枝》，属一百一十字之调。

刘　焘　　　八宝妆·门掩黄昏

门掩黄昏，画堂人寂，暮雨乍收残暑。帘卷疏星门户悄，隐隐严城钟鼓。空街烟暝半开，斜日朦胧，银河澄淡风凄楚。还是凤楼人远，桃源无路。　惆怅夜久星繁，碧空望断，玉箫声在何处。念谁伴、茜裙翠袖，共携手、瑶台归去。对修竹、森森院宇，曲屏香暖凝沉炷。问对酒当歌，情怀记得刘郎否。

陈允平　　　八宝妆·秋宵有感

望远秋平，初过雨、微茫水满烟汀。乱蒹疏柳，犹带数点残萤。待月重帘谁共倚，信鸿断续两三声。夜如何，顿凉骤觉，纨扇无情。　还思骖鸾素约，念凤箫雁瑟，取次尘生。旧日潘郎，双鬓半已星星。琴心锦意暗懒，又争奈、西风吹恨醒。屏山冷，怕梦魂、飞度蓝桥不成。

无名氏　　　八宝妆·寿节推权教

是舍人才调，犹采茅、紫芝峰。有列宿心胸，清辞太白，雅趣元龙。从他暂、无毡官冷，怡然怀抱自从容。枫陛荐章吻合，金闺仙籍名通。　暑余凉送薰风，圆桂魄、丽遥空。庆初度垂弧，莲开十丈，酒满千钟。明年称寿何处，看玉犀、人在玉堂中。藻鉴正当莲省，诸生来到蟾宫。

八 宝 装

此调名之意或为采入八调合成，今已不可查。“装”有的与“妆”混误，写成《八宝妆》，但两者属两调。此调属双调、仄韵，共五十二字。上下阕均五句、二十六字，格式相同，亦皆于第一、二、五句用韵。此调与九十九字《新雁过妆楼》之《八宝妆(装)》及一百一十字之《八宝装(妆)》属三种调式，皆为同名异调，不可误认。

张　先　　八宝装·锦屏罗幌初睡起

锦屏罗幌初睡起，花阴转、重门闭。正不寒不暖，和风细雨，困人天气。　此时无限伤春意，凭谁诉、厌厌地。这浅情薄幸，千山万水，也须来里。

八音谐

此调为宋代曹勋所创制。据《碎金词谱》云：“《松隐集》自注：以八曲声合成，故名。”但未有各曲调之名。《词律拾遗》按九宫谱细为查校分出。第一、二、三句用《春草碧》之前三句，四、五句用《望春回》的四至五句，第六句用《茅山逢》的第六句，第七句用《迎春乐》的第三句，第八句用《飞雪满群山》的第十二句；下阕的前三句用《兰陵王》的第十四句至第十六句，第四句至第七句用《孤鸾》的第十三句至第十六句，第八句至第九句用《眉妩》的末二句。属双调、仄韵，共一百字。上下阕各九句、五十字，亦各于第三、五、七、九句用韵，但两阕句法不同。

曹　勋　　八音谐·赏荷花

以八曲声合成，故名

芳景到横塘，官柳阴低覆，新过疏雨。望处藕花密，映烟汀沙渚。波静翠展琉璃，似伫立、飘飘川上女。弄晓色，正鲜妆照影，幽香潜度。　水阁薰风对万姝，共泛泛红绿，闹花深处。移棹采初开，嗅金缨留取。趁时凝赏池边，预后约、淡云低护。未饮且凭阑，更待满、荷珠露。

人月圆

由宋代王诜创制，因其词中有“年年此夜，华灯盛照，人月圆时”之语，指人团圆之时亦是月儿圆时，即以《人月圆》作为词牌名。此调多为咏元宵之夜庆团圆之情景。词属双调，有平韵、仄韵两体，共四十八字。上阕五句、二十四

字，于第二、五句用韵；下阕六句，每句四字，共二十四字，于第三、六句用韵。另一体亦四十八字，而下阕为五句，第四句为七字，第五句为五字。又名《青衫湿》，因吴激《人月圆》词中有“江州司马，青衫泪湿，同是天涯”之句而得名。又名《青衫子》、《人月圆令》。

王　诜　　　　人月圆·元夜

小桃枝上春来早，初试薄罗衣。年年此夜，华灯盛照，人月圆时。　　禁街箫鼓，寒轻夜永，纤手同携。更阑人静，千门笑语，声在帘帏。

张　纲　　人月圆·封人祝望尧云了

壬午生日，时初遇会庆节，至翌日小集

封人祝望尧云了，归路蔼欢声。何妨明日，开筵笑语，聊庆初生。　　官闲岁晚身犹健，兰玉更盈庭。持杯为寿，从教夜醉，谁怕参横。

赵　鼎　　　　人月圆·中秋

连环宝瑟深深愿，结尽一生愁。人间天上，佳期胜赏，今夜中秋。　　雅歌妍态，嫦娥见了，应羡风流。芳尊美酒，年年岁岁，月满高楼。

杨无咎　　人月圆·风和日薄余烟嫩

风和日薄余烟嫩，测测透鲛绡。相逢且喜，人圆玳席，月满丹霄。　　烂游胜赏，高低灯火，鼎沸笙箫。一年三百六十日，愿长似今宵。

杨无咎　　人月圆·月华灯影光相射

月华灯影光相射，还是元宵也。绮罗如画，笙歌递响，无限风雅。　　闹蛾斜插，轻衫乍试，闲趁尖耍。百年三万六千夜，愿长如今夜。

史　浩　　　　人月圆·元宵

夕阳影里东风软，骄马趁香车。看花妆镜，藏春绣幕，百

万人家。　　夜阑归去，星繁绛蜡，珠翠鲜华。笙歌不散，疏钟隐隐，月在梅椏。

史　浩　　　人月圆·咏圆子

骄云不向天边聚，密雪自飞空。佳人纤手，霎时造化，珠走盘中。　　六街灯市，争圆斗小，玉碗频供。香浮兰麝，寒消齿颊，粉脸生红。

陈知柔　　人月圆·鬓缘心事随时改

鬓缘心事随时改，依旧在天涯。多情惟有，篱边黄菊，到处能华。

汪梦斗　　人月圆·寻常一样窗前月

寻常一样窗前月，人只看中秋。年年今夜，争寻诗酒，共上高楼。　　一奁明镜，能圆几度，白了人头。良辰美景，赏心乐事，输少年游。

汪元量　　人月圆·钱塘江上春潮急

钱塘江上春潮急，风卷锦帆飞。不堪回首，离宫别馆，杨柳依依。　　蓟门听雨，燕台听雪，寒入宫衣。娇鬟慵理，香肌瘦损，红泪双垂。

无名氏　　人月圆·园林已有春消息

园林已有春消息，寻待岭头梅。一枝清淡，疏疏带雪，昨夜初开。　　芳心几点，东风多少，先为传来。不随红紫，纷纷闹闹，蝶妒蜂猜。

人月圆令

“人月圆”的来历参阅词牌《人月圆》。“令”之取名，来自唐代的酒令。后作为词牌名的一部分，有的已与原词无关，只成为词牌的通称而已。此《人月圆令》即《人月圆》，因宋代王诜词中有“人月圆时”之句而得名。属双调，有平韵、仄韵两体，共四十八字。上阕五句、二十四

字，于第二、五句用韵；下阕六句，每句四字，于第三、六句用韵。因吴激词中有“江州司马，青衫泪湿，同是天涯”之句，故又名《青衫湿》。参阅《人月圆》。

李持正　　人月圆令·小桃枝上春风早

小桃枝上春风早，初试薄罗衣。年年乐事，华灯竞处，人月圆时。　　禁街箫鼓，寒轻夜永，纤手重携。更阑人散，千门笑语，声在帘帏。

人南渡

此调本名《感皇恩》，贺铸词“兰芷满芳洲”，上阕末二句为“细风吹柳絮，人南渡”，故贺铸新取调名为《人南渡》。属双调、仄韵，上下阕均八句，句式、字数基本相同。惟首句上阕五字，下阕首句四字。两阕均于二、三、四、六、八句用韵。参阅《感皇恩》。

贺　铸　　人南渡·兰芷满芳洲

兰芷满芳洲，游丝横路，罗袜尘生步。迎顾，整鬟颦黛，脉脉两情难语。细风吹柳絮，人南渡。　　回首旧游，山无重数，花底深朱户。何处，半黄梅子，向晚一帘疏雨。断魂分付与，春将去。

入　塞

《入塞》本为乐府《横吹曲》名，为汉武帝时李延年所作，以写从征军人从边塞返归家乡的情景为主要内容。宋人用其曲名作为词牌。词属双调、平韵，共五十二字。上阕六句、二十五字，第一、三、五、六、七句用韵；下阕五句、二十七字，第一、三、五、六、七句用韵。

程　垓　　入塞·好思量

好思量，正秋风、半夜长。奈银缸一点，耿耿背西窗。衾又凉，枕又凉。　　露华凄凄月半床，照得人、真个断肠。窗

前谁浸木樨黄，花也香，梦也香。

九回肠

此调本名《好女儿》，贺铸词有“再三归字，□九回肠”句，故更名《九回肠》。详见《好女儿》条。

贺　铸　　**九回肠·削玉销香**

削玉销香，不喜浓妆。倚高楼、望断章台路，但垂杨永巷，落花微雨，芳草斜阳。　赖有雕梁新燕，试寻访、五陵狂。小华笺、付与西飞去，印一双愁黛，再三归字，□九回肠。

九张机

据曾慥《乐府雅词》，把此调列入“转踏”类。转踏的常用体式是用诗词组合起来的叙事歌曲。此调为无名氏所作，以抒写妇女织丝的情景为内容，写其恋爱生活，从初恋到离别，处处通过织锦抒发思念爱人的深情。自一张机写起至九张机止，一篇九首，故名。共有两体，均属单调、平韵。其一为三十字，九首中的第一句有三字，其第一字至第九字，依序为一至九，后均为“张机”。共六句，第一、二、六句用韵。其二为二十九字，前有“口号”一首，后有“遣队”二首，当中九首，共十二首。此体的第一句为三字，第一、二、六句用韵。

无名氏　　**九张机·其一**

醉留客者，乐府之旧名；九张机者，才子之新调。凭戛玉之清歌，写掷梭之春怨。章章寄恨，句句言情。恭对华筵，敢陈口号

一掷梭心一缕丝，连连织就九张机。从来巧思知多少，苦恨春风久不归。

一张机。织梭光景去如飞，兰房夜永愁无寐。呕呕轧轧，织成春恨，留著待郎归。

两张机。月明人静漏声稀，千丝万缕相萦系。织成一段，

回纹锦字，将去寄呈伊。

三张机。中心有朵耍花儿，娇红嫩绿春明媚。君须早折，一枝浓艳，莫待过芳菲。

四张机。鸳鸯织就欲双飞，可怜未老头先白。春波碧草，晓寒深处，相对浴红衣。

五张机。芳心密与巧心期，合欢树上枝连理。双头花下，两同心处，一对化生儿。

六张机。雕花铺锦半离披，兰房别有留春计。炉添小篆，日长一线，相对绣工迟。

七张机。春蚕吐尽一生丝，莫教容易裁罗绮。无端剪破，仙鸾彩凤，分作两般衣。

八张机。纤纤玉手住无时，蜀江濯尽春波媚。香遗囊麝，花房绣被，归去意迟迟。

九张机。一心长在百花枝，百花共作红堆被。都将春色，藏头裹面，不怕睡多时。

轻丝。象床玉手出新奇，千花万草光凝碧。裁缝衣著，春天歌舞，飞蝶语黄鹂。

春衣。素丝染就已堪悲，尘世昏污无颜色。应同秋扇，从兹永弃，无复奉君时。

歌声飞落画梁尘，舞罢香风卷绣茵。更欲缕成机上恨，尊前忽有断肠人。敛袂而归，相将好去。

无名氏　　九张机·其二

一张机。采桑陌上试春衣，风晴日暖慵无力。桃花枝上，啼莺言语，不肯放人归。

两张机。行人立马意迟迟，深心未忍轻分付。回头一笑，花间归去，只恐被花知。

三张机。吴蚕已老燕雏飞，东风宴罢长洲苑。轻绡催趁，馆娃宫女，要换舞时衣。

四张机。咿哑声里暗颦眉，回梭织朵垂莲子。盘花易绾，愁心难整，脉脉乱如丝。

五张机。横纹织就沈郎诗，中心一句无人会。不言愁恨，不言憔悴，只恁寄相思。

六张机。行行都是耍花儿，花间更有双蝴蝶。停梭一晌，闲窗影里，独自看多时。

七张机。鸳鸯织就又迟疑，只恐被人轻裁剪。分飞两处，一场离恨，何计再相随。

八张机。回纹知是阿谁诗，织成一片凄凉意。行行读遍，厌厌无语，不忍更寻思。

九张机。双花双叶又双枝，薄情自古多离别。从头到底，将心萦系，穿过一条丝。

三　　台

本唐教坊舞曲，有五言四句、六言四句、六言八句、七言四句四体，第一体为唐玄宗开元以前之人所作。曲名由来之说有五种：一说汉蔡邕三日之间，周历三台(为侍御史，转侍书御史，迁尚书)，乐府以邕晓音律，制《三台》曲以取悦邕(见冯鉴《续事始》)；二说以《三台》送酒，因北齐高洋毁铜雀台，筑三座高台(金凤、圣应、崇光)，宫人拍手呼上台，因以送酒，名曲为《三台》(见韦绚《刘宾客嘉话录》)；三说古天子有三台(灵台以观天文，时台以观四时施化，囿台以观鸟兽鱼鳖)，曲名本此(见郭绍孔《词谱》)；四说催酒三十拍之促曲名《三台》。“三台者，作乐时部首拍板三声，然后管色振作，乃曲名耳”(见方以智《通雅》引李涪《刊误》)；五说昔邺中有三台(曹操造铜雀、金虎、冰井三台)，石季伦常为宴游之地，乐工倦怠，造此以促饮(见李匡乂《资暇录》)。

宋人用唐教坊曲旧名，制为新声，又称《三台令》。其体有二：一为单调，平仄不拘，四句，每句六字，共二十四字。第二、四句用韵。所赋不论何事，咏宫闱者，曰《宫中三台》，又名《翠华引》，亦名《开元乐》；咏江南者，曰《江南三台》；又有《突厥三台》。宋人所制为长调，属另一体，仅袭取其名，以类相从。有三叠，仄韵，四十二句，共一百七十一字。参阅《开元乐》。

万俟咏　　　三台·清明应制

见梨花初带夜月，海棠半含朝雨。内苑春、不禁过青门，御沟涨、潜通南浦。东风静、细柳垂金缕。望凤阙、非烟非雾。好时代、朝野多欢，遍九陌、太平箫鼓。　乍莺儿百啭断续，燕子飞来飞去。近绿水、台榭映秋千，斗草聚、双双游女。饧香更、酒冷踏青路。会暗识、夭桃朱户。向晚骤、宝马

雕鞍，醉襟惹、乱花飞絮。　　正轻寒轻暖漏永，半阴半晴云暮。禁火天、已是试新妆，岁华到、三分佳处。清明看、汉宫传蜡炬，散翠烟、飞入槐府。敛兵卫、阊阖门开，住传宣、又还休务。

三台令

又名《三台》，详见《三台》条。

柳　永　　　三台令·鱼藻池边射鸭

鱼藻池边射鸭，芙蓉苑里看花。日色赭黄相似，不著红鸾扇遮。　　池北池南草绿，殿前殿后花红。天子千秋万岁，未央明月清风。

三台春曲

此调见《尊前集》。《三台》本为唐教坊曲名，宋代许棐以《三台》曲制词咏春，名为《三台春曲》。关于三台的来历，参阅词牌《三台》。《三台春曲》为单调，平韵，四句，每句六字，颇似六言绝句，于第二、四句用韵。

许　棐　　　三台春曲·昨夜微风细雨

昨夜微风细雨，今朝薄霁轻寒。檐外一声啼鸟，报知花柳平安。

许　棐　　　三台春曲·春是人间过客

春是人间过客，花随春不多时。人比花尤易老，那堪终日相思。

三犯渡江云

即《渡江云》，详见《渡江云》条。

陈允平　三犯渡江云·为竹友谢少保寿

旧平声，今改入声

风流三径远，此君淡薄，谁与伴清足。岁寒人自得，傍石锄云，闲里种苍玉。琅玕翠立，爱细雨、疏烟初沐。春昼长、秋声不断，洗红尘凡俗。　　高独，虚心共许，淡节相期，几人闲棋局。堪爱处、月明琴院，雪晴书屋。心盟更许青松结，笑四时、梅攀兰菊。庭砌晓、东风旋添新绿。

周　密　三犯渡江云·冰溪空岁晚

丁卯岁未除三日，乘兴棹雪访李商隐、周隐于余不之滨。主人喜余至，拥裘曳杖，相从于山巅水涯松云竹雪之间。酒酣，促膝笑语，尽出笈中画、囊中诗以娱客。醉归船窗，纮然夜鼓半矣。归途再雪，万山玉立相映发，冰镜晃耀，照人毛发，洒洒清入肝鬲，凛然不自支，疑行清虚府中，奇绝境也。竭来故山，恍然隔岁，慨然怀思，何异神游梦适。因窃自念人间世不乏清景，往往汩汩尘事，不暇领会，抑亦造物者故为是靳靳乎。不然，戴溪之雪，赤壁之月，非有至高难行之举，何千载之下，寥寥无继之者耶。因赋此解，以寄余怀

冰溪空岁晚，苍茫雁影，浅水落寒沙。那回乘夜兴，云雪孤舟，曾访故人家。千林未绿，芳信暖、玉照霜华。共凭高，联诗唤酒，暝色夺昏鸦。　　堪嗟，澌鸣玉佩，山护云衣，又扁舟东下。想故园、天寒倚竹，袖薄笼纱。诗筒已是经年别，早暖律、春动香葭。愁寄远，溪边自折梅花。

三　字　令

此调见《花间集》。由五代词人欧阳炯创制，因其词全调皆用三字句，故此得名。词属双调、平韵，一句三字，共四十八字。上阕八句、二十四字，于第二、五、八句用韵；下阕亦八句、二十四字，于第二、三、五、八句用韵。另有别体亦四十八字，上下阕各六句，每句六字。上下阕各于第二、四句用韵。

张 先　　　三字令·春欲尽

春欲尽，日迟迟，牡丹时。罗幌掩，绣帘垂。彩笺书，红粉泪，两心知。　　人不见，燕空归，负佳期。香烬冷，枕闲敧。月分明，花淡薄，惹相思。

向子諲　　　三字令·春尽日

春尽日，雨余时。红蔌蔌，绿漪漪。花满地，水平池。烟光里，云影上，画船移。　　纹鸳并，白鸥飞。歌韵响，酒行迟。将我意，入新诗。春欲去，留且住，莫教归。

三 段 子

唐代把乐曲又称为“子”，故“子”即指曲。宋人借前朝旧名度为新曲，亦以“子”为名。该曲共有三叠，故名“三段子”。今所传宋词中存有李弥逊所作一首《次韵苏粹中寄咏筠庄》。词属三叠、仄韵，共二十七句。第一叠十句、五十三字，于第三、五、六、七、十句用韵；第二叠八句、五十三字，于第二、四、五、六、八句用韵；第三叠九句、四十九字，于第二、四、五、六、九句用韵。

李弥逊　三段子·次韵苏粹中寄咏筠庄

层林烟霁，巨壁天半，鸿飞无路。云断处、两山之间，十万琅玕环翠羽。转秀谷、枕蘋花汀溆，短柳疏篱向暮。看卧垄牛归，横舟人去，平芜鸥鹭。　　并游不见鞭鸾侣，只僧前、松子随步。回径险、凌风遐想，小憩清泉敧茂树。正笋蕨、过如苏新雨，矶下游鱼可数。纵窈窕、云关长启，寂寂谁争子所。　　世上丹毂朱缨，春梦觉、南柯何许。况荣枯无定，中有欢离愁聚。尽笑我、诧盘中趣，为续昌黎赋。会有人，秣马膏车，相属一尊清醑。

三 姝 媚

此调以古乐府《三妇艳》得名，易其名为《三姝媚》。

调见《梅溪集》。词属双调、仄韵，共九十九字。上阕十二句、五十字，于第一、三、六、九、十二句用韵；下阕十句、四十九字，于第一、三、六、九、十句用韵。另有别体，仄韵，一百零一字。上阕十二句、五十字，于第一、三、六、九、十句用韵；下阕十二句、五十一字，于第一、三、六、九、十句用韵。

史达祖　三姝媚·烟光摇缥瓦

烟光摇缥瓦，望晴檐多风，柳花如洒。锦瑟横床，想泪痕尘影，凤弦常下。倦出犀帷，频梦见、王孙骄马。讳道相思，偷理绡裙，自惊腰衩。　惆怅南楼遥夜，记翠箔张灯，枕肩歌罢。又入铜驼，遍旧家门巷，首询声价。可惜东风，将恨与、闲花俱谢。记取崔徽模样，归来暗写。

吴文英　三姝媚·吹笙池上道

吹笙池上道，为王孙重来，旋生芳草。水石清寒，过半春犹自，燕沉莺悄。稚柳阑干，晴荡漾、禁烟残照。往事依然，争忍重听，怨红凄调。　曲榭方亭初扫，印藓迹双鸳，记穿林窈。顿隔年华，似梦回花上，露晞平晓。恨逐孤鸿，客又去、清明还到。便鞚墙头归骑，青梅已老。

吴文英　三姝媚·过都城旧居有感

湖山经醉惯，渍春衫、啼痕酒痕无限。又客长安，叹断襟零袂，涴尘谁浣。紫曲门荒，沿败井、风摇青蔓。对语东邻，犹是曾巢，谢堂双燕。　春梦人间须断，但怪得、当年梦缘能短。绣屋秦筝，傍海棠偏爱，夜深开宴。舞歇歌沉，花未减、红颜先变。伫久河桥欲去，斜阳泪满。

吴文英　三姝媚·酣春青镜里

姜石帚馆水磨方氏，会饮总宜堂，即事寄毛荷塘

酣春青镜里，照晴波明眸，暮云愁髻。半绿垂丝，正楚腰纤瘦，舞衣初试。燕客飘零，烟树冷、青骢曾系。画馆朱楼，还把清尊，慰春憔悴。　离苑幽芳深闭，恨浅薄东风，褪花销腻。彩箑翻歌，最赋情、偏在笑红颦翠。暗拍阑干，看散尽、斜阳船市。付与金衣清晓，花深未起。

薛梦桂　　三姝媚·蔷薇花谢去

蔷薇花谢去，更无情、连夜送春风雨。燕子呢喃，似念人憔悴，往来朱户。涨绿烟深，早零落、点池萍絮。暗忆年华，罗帐分钗，又惊春暮。　　芳草凄迷征路，待去也，还将画轮留住。纵使重来，怕粉容销腻，却羞郎觑。细数盟言犹在，怅青楼何处。绾尽垂杨，争似相思寸缕。

杜良臣　　三姝媚·花浮深岸树

花浮深岸树，迎新曦窗影，细触游尘。映叶青梅，记共折南枝，又及尝新。驻屐危亭，烟墅杳、风物撩人。虹外斜阳留晚，莺边落絮催春。　　心事应辜桃叶，但自把新诗，遍写修筠。恨满芳洲，倩晚风吹梦，暗逐江云。慢捻轻拢，幽思切、清音谁闻。谩有鸳鸯结带，双垂绣巾。

周　密　　三姝媚·送圣与还越

浅寒梅未绽，正潮过西陵，短亭逢雁。秉烛相看，叹俊游零落，满襟依黯。露草霜花，愁正在、废宫芜苑。明月河桥，笛外尊前，旧情消减。　　莫诉离肠深浅，恨聚散匆匆，梦随帆远。玉镜尘昏，怕赋情人老，后逢凄惋。一样归心，又唤起、故园愁眼。立尽斜阳无语，空江岁晚。

詹　玉　　三姝媚·一篷儿别苦

古卫舟，人谓此舟曾载钱塘宫人

一篷儿别苦，是谁家、花天月地儿女。紫曲藏娇，惯锦窠金翠，玉璈钟吕。绮席传宣，笑声里、龙楼三鼓。歌扇题诗，舞袖笼香，几曾尘土。　　因甚留春不住，怎知道人间，匆匆今古。金屋银屏，被西风吹换，蓼汀蘋渚。如此江山，应悔却、西湖歌舞。载取断云何处，江南烟雨。

王沂孙　　三姝媚·次周公谨故京送别韵

兰缸花半绽，正西窗凄凄，断萤新雁。别久逢稀，谩相看华发，共成销黯。总是飘零，更休赋、梨花秋苑。何况如今，离思难禁，俊才都减。　　今夜山高江浅，又月落帆空，酒醒

人远。彩袖乌纱，解愁人、惟有断歌幽婉。一信东风，再约看、红腮青眼。只恐扁舟西去，蘋花弄晚。

王沂孙　　　　三姝媚·樱桃

红缨悬翠葆，渐金铃枝深，瑶阶花少。万颗燕支，赠旧情、争奈弄珠人老。扇底清歌，还记得、樊姬娇小。几度相思，红豆都销，碧丝空袅。　　芳意荼蘼开早，正夜色瑛盘，素蟾低照。荐笋同时，叹故园春事，已无多了。赠满筠笼，偏暗触、天涯怀抱。谩想青衣初见，花阴梦好。

张　炎　　　　三姝媚·芙蓉城伴侣

海云寺千叶杏二株，奇丽可观，江南所无。越一日，过傅岩起清晏堂。见古瓶中数枝，云自海云来，名芙蓉杏。因爱玩不去，岩起索赋此曲

芙蓉城伴侣，乍卸却单衣，茜罗重护。傍水开时，细看来、浑似阮郎前度。记得小楼，听一夜、江南春雨。梦醒箫声，流水青蘋，旧游何许。　　谁剪层芳深贮，便洗尽长安，半面尘土。绝似桃根，带笑痕来伴，柳枝娇舞。莫是孤村，试与问、酒家何处。曾醉梢头双果，园林未暑。

张　炎　　　　三姝媚·送舒亦山游越

苍潭枯海树，正雪窦高寒，水声东去。古意萧闲，问结庐人远，白云谁侣。贺监犹狂，还散迹、千岩风露。抱瑟空游，都是凄凉，此愁难语。　　莫趁江湖鸥鹭，怕太乙炉荒，暗消铅虎。投老心情，未归来何事，共成羁旅。布袜青鞋，休误入、桃源深处。待得重逢却说，巴山夜雨。

三部乐

据《唐书·礼乐志》，唐玄宗把乐队分为两部：立部伎，在堂下立奏；坐部伎，在堂上坐奏。他又酷爱法曲，选坐部伎三百子弟，教于梨园，为法曲部。三部之名或出于此。此调见《东坡词》。属双调、仄韵，共九十八字。上阕十句、四十八字，于第一、三、五、八、十句用韵；下阕九句、五十字，于第三、五、六、七、九句用韵。又有九十九字诸体。

苏轼　　三部乐·情景

美人如月，乍见掩暮云，更增妍绝。算应无恨，安用阴晴圆缺。娇甚空只成愁，待下床又懒，未语先咽。数日不来，落尽一庭红叶。　今朝置酒强起，问为谁减动，一分香雪。何事散花却病，维摩无疾。却低眉、惨然不答，唱金缕、一声怨切。堪折便折，且惜取、少年花发。

周邦彦　　三部乐·梅雪

浮玉飞琼，向邃馆静轩，倍增清绝。夜窗垂练，何用交光明月。近闻道、官阁多梅，趁暗香未远，冻蕊初发。倩谁摘取，寄赠情人桃叶。　回文近传锦字，道为君瘦损，是人都说。袄知染红著手，胶梳黏发。转思量、镇长堕睫，都只为、情深意切。欲报消息，无一句、堪愈愁结。

陈亮　　三部乐·七月送丘宗卿使虏

小屈穹庐，但二满三平，共劳均佚。人中龙虎，本为明时而出。只合是、端坐王朝，看指挥整办，扫荡飘忽。也持汉节，聊过旧家宫室。　西风又还带暑，把征衫著上，有时披拂。休将看花泪眼，闻弦□骨。对遗民、有如皎日，行万里、依然故物。入奏几策，天下里、终定于一。

陈亮　　三部乐·七月廿六日寿王道甫

入脚西风，渐去去来来，早三之一。春花无数，毕竟何如秋实。不须待、名品如麻，试为君敢指，是谁层出。十朝半月，争看抟空霜鹘。　从来别真共假，任盘根错节，更饶仓卒。还他济时好手，封侯奇骨。没些儿、媻姗勃窣，也不是、峥嵘突兀。百二十岁，管做彻、元分人物。

方千里　　三部乐·帘卷窗明

帘卷窗明，听杜宇乍啼，漏声初绝。乱云收尽，天际□留残月。奈相送、行客将归，怅去程渐促，霁色催发。断魂别浦，自上孤舟如叶。　悠悠音信易隔，纵怨怀恨语，到见时难说。堪嗟水流急景，霜飞华发。想家山、路穷望睫，空倚仗、魂亲梦切。不似嫩朵，犹能替、离绪千结。

吴文英　　三部乐·赋姜石帚渔隐

黄钟商，俗名大石调

江鸮初飞，荡万里素云，际空如沐。咏情吟思，不在秦筝金屋。夜潮上、明月芦花，傍钓蓑梦远，句清敲玉。翠罂汲晓，欸乃一声秋曲。　越装片篷障雨，瘦半竿渭水，鹭汀幽宿。那知暖袍挟锦，低帘笼烛。鼓春波、载花万斛，帆鬣转、银河可掬。风定浪息，苍茫外、天浸寒绿。

杨泽民　　三部乐·榴花

浓绿丛中，露半坼芳苞，自然奇绝。水亭风槛，正是蕤宾之月。固知道、春色无多，但绛英数点，照眼先发。为君的皪，尽是重心千叶。　红巾又成半蹙，试寻双寄意，向丽人低说。但将一枝，插著翠环丝发。映秋波、艳云近睫，知厚意、深情更切。赏玩未已，看叶下、珍味还结。

三 登 乐

此调见范成大《石湖词》。据《汉书·食货志》记载，汉代实行三考黜陟，余三年食，进业叫做“登”，第二次登叫做“平”，余六年食，第三次登叫做“泰平”。二十七年间，赠予九年食，然后王德流洽，礼乐成焉。调名《三登乐》来源于此。属双调、仄韵，共七十一字。上阕七句、三十六字，于第二、三、五、七句用韵；下阕七句、三十五字，用韵同上。

范成大　　三登乐·一碧鳞鳞

一碧鳞鳞，横万里、天垂吴楚。四无人、橹声自语。向浮云、西下处，水村烟树。何处系船，暮涛涨浦。　正江南、摇落后，好山无数。尽乘流、兴来便去。对青灯、独自叹，一生羁旅。欹枕梦寒，又还夜雨。

范成大　　三登乐·路转横塘

路转横塘，风卷地、水肥帆饱。眼双明、旷怀浩渺。问菟

裘、无恙否，天教重到。木落雾收，故山更好。　　过溪门、休荡桨，恐惊鱼鸟。算年来、识翁者少。喜山林、踪迹在，何曾如扫。归鬓任霜，醉红未老。

范成大　　三登乐·今夕何朝

今夕何朝，披岫幌、云关重启。引冰壶、素空似洗。卷帘中、欹枕上，月星浮水。天镜夜明，半窗万里。　　盼庭柯、都老大，树犹如此。六年前、转头未几。唤邻翁、来话旧，同筜新蚁。秉烛夜阑，又疑梦里。

范成大　　三登乐·方帽冲寒

方帽冲寒，重检校、旧时农圃。荒三径、不知何许。但姑苏台下，有苍然平楚。人笑此翁，又来访古。　　况五湖、元自有，扁舟祖武。记沧洲、白鸥伴侣。叹年来、孤负了，一蓑烟雨。寂寞暮潮，唤回棹去。

陈三聘　　三登乐·南北相逢

南北相逢，重借问、古今齐楚。烛花红、夜阑共语。怅六朝兴废，但倚空高树。目断帝乡，梦迷雁浦。　　故人疏、梅驿断，音书有数。塞鸿归、过来又去。正春浓，依旧作、天涯行旅。伤心望极，淡烟细雨。

陈三聘　　三登乐·注望晓山

注望晓山，晴色丽、晨餐应饱。縠纹平、涨天渺渺。倚藤枝、撑艇子，昔游曾到。江山自古，水云转好。　　怅年来、心纵在，盟寒鸥鸟。故人中、黑头渐少。问几时、寻旧约，石矶重扫。一竿钓月，鬓霜任老。

陈三聘　　三登乐·久蛰群虬

久蛰群虬，犹未肆、新雷初启。鼓东风、雨膏为洗。望横塘、越溪路，石湖烟水。西接洞庭，下连甫里。　　忆当年、归计早，扁舟从此。祖清风、相门有几。圃堂高、应解笑，纷纷蜗蚁。锦囊雪月，更看醉里。

陈三聘　　　　**三登乐·一品归来**

一品归来，强健日、小园幽圃。扁舟兴、恐天未许。想当年、持汉节，众齐咻楚。丹忠此日，盛名千古。　　掞词章、师海内，纬文经武。莫寒盟、故山旧侣。到鲈乡、还又是，秋风斜雨。鸣刀鲙雪，未应便去。

罗子衎　　**三登乐·庆黄守　正月廿二**

过了元宵，见七叶蓂又飞，恰今朝、昴宿降瑞。初度果生贤，尽道丰姿绝异。翰林人物，云霄富贵。　　自栖鸾展骥，迤逦黄堂，每登要路无留滞。暂归来，访松菊，趣装行用济。增崇福禄，寿延千百岁。

于 飞 乐

"于飞"一词出自《诗经·大雅·卷阿》："凤凰于飞，刿刿其羽。""于飞"指比翼而飞，后用以比喻夫妇和好恩爱。此调本为咏夫妻恩爱之情。属双调、平韵，有七十二字、七十三字、七十六字诸体。其七十二字一体，上阕八句、三十七字，于第二、三、六、八句用韵；下阕八句、三十五字，于第三、六、八句用韵。又名《于飞乐令》，史达祖词名《鸳鸯怨曲》。

欧阳修　　　　**于飞乐·宝奁开**

宝奁开，美鉴静，一掬清蟾。新妆脸，旋学花添。蜀红衫，双绣蝶、裙缕鹣鹣。寻思前事，小屏风、仍画江南。　　怎空教、草解宜男，柔桑密、又过春蚕。正阴晴天气，更暝色相兼。佳期消息，曲房西、碎月筛帘。

此首别作张先词

晏几道　　　　**于飞乐·晓日当帘**

晓日当帘，睡痕犹占香腮，轻盈笑倚鸾台。晕残红，匀宿翠，满镜花开。娇蝉鬓畔，插一枝、淡蕊疏梅。　　每到春深，多愁饶恨，妆成懒下香阶。意中人，从别后，萦系情怀。良辰好景，相思字、唤不归来。

贺　铸　　　于飞乐·日薄云融

日薄云融，满城罗绮芳丛，一枝粉淡香浓。几销魂，偏健羡、紫蝶黄蜂。繁华梦断，酒醒来、扫地春空。　武陵原、回头何处，情随流水无穷。寄两行清泪，想几许残红。惜花人老，年年奈、依旧东风。

毛　滂　　　于飞乐·和太守曹子方

水边山，云畔水，新出烟林。送秋来、双桧寒阴。桧堂寒，香雾碧，帘箔清深。放衙隐几，谁知共、云水无心。望西园，飞盖夜，月到清尊。为诗翁、露冷风清。退红裙，云碧袖，花草争春。劝翁强饮，莫孤负、风月留人。

毛　滂　　　于飞乐·代人作别后曲

记瞢腾，浓睡里，一片行云。未多时、梦破云惊。听辘轳，声断也，井底银瓶。不如罗带，等闲便、结得同心。系画船，杨柳岸，晓月亭亭。记阳关、断韵残声。被西风，吹玉枕，酒魄还清。有些言语，独自个、说与谁听。

毛　滂　　　于飞乐·别筵赠歌妓姊妹

并梅兄，双蝶子，烟缕衫轻。凤凰钗、缭绕香云。淡梳妆，□得恁，雪腻酥匀。揉春捻就，更是他、花与精神。黛尖低，桃萼破，微笑轻颦。早做成、役梦劳魂。好风前，佳月下，莫忘行人。扁舟去也，没个事、多样离情。

李流谦　　　于飞乐·为海棠作

薄日烘晴，轻烟笼晓，春风绣出林塘。笑溪桃、并坞杏，忒煞寻常。东君处，没他后、成甚风光。　翠深深、谁教入骨，夜来过雨淋浪。这些儿颜色，已恼乱人肠。如何更道，可惜处、只是无香。

史达祖　　　于飞乐·鸳鸯怨曲

绮翼鹣鹣，问谁常借春陂，生愁近渚风微。紫山深，金殿暖，日暮同归。白头相守，情虽定、事却难期。　带恨飞来，烟埋秦草，年年枉梦红衣。旧沙间，香颈冷，合是单栖。将终怨魂，何年化、连理芳枝。

于飞乐令

此调即《于飞乐》。“令”字来源于唐代的酒令，用于词调中表明该调是令词。有时“令”字可有可无，此调即属此类。属双调、平韵，共七十二字。上阕八句、三十七字，下阕八句、三十五字。参阅《于飞乐》。

张　先　　　　**于飞乐令·宝奁开**

宝奁开，菱鉴静，一掬清蟾。新妆脸、旋学花添。蜀红衫，双绣蝶，裙缕鹈鹕。寻思前事，小屏风、巧画江南。
怎空教、草解宜男。柔桑暗、又过春蚕。正阴晴天气，更暝色相兼。幽期消息，曲房西、碎月筛帘。

此首别作欧阳修词

于 中 好

此调本名《端正好》，杨无咎词名《于中好》。“于中”，居于中间，亦端正之意。此调为双调、仄韵，共五十四字，上、下阕格式相同，皆四句、二十七字，亦句句用韵。

杨无咎　　**于中好·墙头艳杏花初试**

墙头艳杏花初试，绕珍丛、细挼红蕊。欲知占尽春明媚，诮无意、看桃李。　　持杯准拟花前醉，早一叶、两叶飞坠。晚来旋旋深无地，更听得、东风起。

杨无咎　　**于中好·溅溅不住溪流素**

溅溅不住溪流素，忆曾记、碧桃红露。别来寂寞朝朝暮，恨遮乱、当时路。　　仙家岂解空相误，嗟尘世、自难知处。而今重与春为主，尽浪蕊、浮花妒。

杨无咎　　于中好·梅花摘索穿疏竹

梅花摘索穿疏竹，荫纹禽、喜欢相逐。坐中已自清堪掬，更潇洒、人如玉。　　新声爱度周郎曲，捧霞杯、再三相嘱。无情有恨重分北，也撩得、双眉蹙。

下 水 船

此调本为唐教坊曲名。“下水船”本指顺水下驶的船，用来表示迅速。据唐王保定《摭言》，裴庭裕乾宁年间在内廷供奉，文思及成稿皆十分敏捷，号称“下水船”，调名本此。词属双调、仄韵，共七十五字。上阕七句、三十六字，于第一、二、四、五、七句用韵；下阕八句、三十九字，于第一、二、三、五、六、八句用韵。另有别体亦仄韵，七十六字。上阕七句、三十六字，于第一、二、四、五、六、七句用韵；下阕八句、四十字，于第二、三、五、六、七、八句用韵。

黄庭坚　　下水船·总领神仙侣

总领神仙侣，齐到青云岐路。丹禁风微，咫尺谛闻天语，尽荣遇。看即如龙变化，一掷灵梭风雨。　　真游处，上苑寻春去，芳草芊芊迎步。几曲笙歌，樱桃艳里欢聚。瑶觞举，回祝尧龄万万，端的君恩难负。

贺　铸　　下水船·芳草青门路

芳草青门路，还拂京尘东去。回想当年离绪，送君南浦，愁几许。尊酒流连薄暮，帘卷津楼风雨。　　凭阑语，草草蘅皋赋。分首惊鸿不驻。灯火虹桥，难寻弄波微步。漫凝伫，莫怨无情流水，明月扁舟何处。

晁补之　　下水船·和季良琼花

百紫千红翠，唯有琼花特异。便是当年，唐昌观中玉蕊。尚记得、月里仙人来赏，明日喧传都市。　　甚时又，分与扬州本，一朵冰姿难比。曾向无双亭边，半酣独倚。似梦觉，晓出瑶台十里，犹忆飞琼标致。

晁补之　　　　下水船·上客骊驹系

上客骊驹系，惊唤银屏睡起。困倚妆台，盈盈正解罗髻。凤钗垂，缭绕金盘玉指，巫山一段云委。　　半窥镜、向我横秋水，斜颔花枝交镜里。淡拂铅华，匆匆自整罗绮。敛眉翠，虽有愔愔密意，空作江边解佩。

大圣乐

此调本为佛教乐曲之名。佛家称佛或菩萨为“大圣”，后词人用其曲制词。《大圣乐》，《宋史·乐志》归入道调宫。有平韵、仄韵两体，平韵体见《草堂诗余》前集卷下宋无名氏词，仄韵体见宋周密《蘋洲渔笛谱》卷一。属双调，共一百零八字。上阕十一句、五十六字，于第三、六、八、十一句用韵；下阕九句、五十二字，于第一、二、五、七、九句用韵。别名《大圣乐令》。又名《沁园春》。

陆　游　　　　大圣乐·电转雷惊

电转雷惊，自叹浮生，四十二年。试思量往事，虚无似梦，悲欢万状，合散如烟。苦海无边，爱河无底，流浪看成百漏船。何人解，问无常火里，铁打身坚。　　须臾便是华颠，好收拾形体归自然。又何须着意，求田问舍，生须宦达，死要名传。寿夭穷通，是非荣辱，此事由来都在天。从今去，任东西南北，作个飞仙。

刘辰翁　　　　大圣乐·伤春 有序

余尝爱古词云：“休眉锁，问朱颜去也，还更来么。”音韵低黯，辞情跌宕，庶几哀而不怨，有益于幽忧憔悴者。然二语外率鄙俚，因依声仿佛反之和之。此曲少有作者，流为善歌，则或数十叠，其声皆不可考。今特以意高下，未必尽合本调，聊以纾思志感云尔

芳草如云，飞红似雨，卖花声过。况回首、洗马塍荒，更寒食、宫人斜闭，烟雨铜驼。提壶卢何所得酒，泥滑滑、行不得也哥哥。伤心处，斜阳巷陌，人唱西河。　　天下事，不如

意十常八九，无奈何。论兵忍事，对客称好，面皱如靴。广武噫嘻，东陵反覆，欢乐少兮哀怨多。休眉锁，问朱颜去也，还更来么。

周　密　　大圣乐·东园饯春即席分题

娇绿迷云，倦红颦晓，嫩晴芳树。渐午阴、帘影移香，燕语梦回，千点碧桃吹雨。冷落锦宫人归后，记前度兰桡停翠浦。凭阑久，谩凝想凤翘，慵听金缕。　留春问谁最苦，奈花自无言莺自语。对画楼残照，东风吹远，天涯何许。怕折露条愁轻别，更烟暝长亭啼杜宇。垂杨晚，但罗袖、暗沾飞絮。

周　密　　大圣乐·次施中山蒲节韵

虹雨霉风，翠萦蘋渚，锦翻葵径。正小亭、曲沼幽深，簟枕梦回，苔色槐阴清润。暗忆兰汤初洗玉，衬碧雾笼绡垂蕙领。轻妆了，袅凉花绛缕，香满鸾镜。　人闲午迟漏永，看双燕将雏穿藻井。喜玉壶无暑，凉涵荷气，波摇帘影。画舸西湖浑如旧，又菰冷蒲香惊梦醒。归舟晚，听谁家、紫箫声近。

蒋　捷　　大圣乐·陶成之生日

笙月凉边，翠翘双舞，寿仙曲破。更听得艳拍流星，慢唱寿词初了，群唱莲歌。主翁楼上披鹤氅，展一笑、微微红透涡。襟怀好，纵炎官驻伞，长是春和。　千年鼻祖事业，记曾趁雷声飞快梭。但也曾三径，抚松采菊，随分吟哦。富贵云浮，荣华风过，淡处还他滋味多。休辞饮，有碧荷贮酒，深似金荷。

张　炎　大圣乐·华春堂分韵同赵学舟赋

隐市山林，傍家池馆，顿成佳趣。是几番临水看云，就树揽香，诗满阑干横处。翠径小车行花影，听一片春声人笑语。深庭宇，对清昼渐长，闲教鹦鹉。　芳情缓寻细数，爱碧草平烟红自雨。任燕来莺去，香凝翠暖，歌酒清时钟鼓。二十四帘冰壶里，有谁在箫台犹醉舞。吹笙侣，倚高寒、半天风露。

无名氏　　大圣乐·初夏

千朵奇峰，半轩微雨，晓来初过。渐燕子、引教雏飞，菡萏

暗薰芳草，池面凉多。浅斟琼卮浮绿蚁，展湘簟双纹生细波。轻纨举，动团圆素月，仙桂婆娑。　　临风对月恣乐，便好把千金邀艳娥。幸太平无事，击壤鼓腹，携酒高歌。富贵安居，功名天赋，争奈皆由时命呵。休眉锁，问朱颜去了，还更来么。

大　有

此调见《片玉集》，为宋代周邦彦所首用。“大有”本《周易》卦名，乾下离上，“火在天上，大有”（《周易·大有》），是盛大丰有的征象。唐人用“大有”表示丰收，储光羲的《观竞渡》诗曰：“能令秋大有，鼓吹远相催。”宋人始取其“丰收”之意，度成新曲，命为《大有》。词属双调、仄韵，共九十九字。上阕十一句、五十字，于第四、六、九、十一句用韵；下阕十二句、四十九字，于第二、四、六、七、九、十一句用韵。

周邦彦　　　　大有·仙骨清羸

仙骨清羸，沈腰憔悴，见傍人、惊怪消瘦。柳无言，双眉尽日齐斗。都缘薄幸赋情浅，许多时、不成欢偶。幸自也，总由他，何须负这心口。　　令人恨、行坐儿断了更思量，没心求守。前日相逢，又早见伊仍旧。却更被温存后，都忘了、当时僝僽。便挦撮、九百身心，依前待有。

潘希白　　　　大有·九日

戏马台前，采花篱下，问岁华、还是重九。恰归来、南山翠色依旧。帘栊昨夜听风雨，都不似、登临时候。一片宋玉情怀，十分卫郎清瘦。　　红萸佩，空对酒。砧杵动微寒，暗欺罗袖。秋已无多，早是败荷衰柳。强整帽檐攲侧，曾经向、天涯搔首。几回忆、故国莼鲈，霜前雁后。

大江东去

北宋苏轼有词《念奴娇·赤壁怀古》，开篇为“大江东去，

浪淘尽、千古风流人物”，后人作词用《念奴娇》词牌，取苏词首句“大江东去”命为词牌名。此调又根据词意或词中字句名为《壶中天》、《无俗念》、《淮甸春》、《大江西上曲》、《湘月》，又因其调共一百字，故又名《百字令》、《百字谣》。苏词《念奴娇》末句为“一尊还酹江月”，故又名《酹江月》。词属双调、仄韵，共一百字。上阕十句、四十九字，于第三、五、八、十句用韵；下阕十句、五十一字，于第三、五、八、十句用韵。此调尚有两种别体。

何梦桂　　大江东去·自寿

半生习气，被风霜、销尽头颅如许。七十年来都铸错，回首邯郸何处。杜曲桑麻，柴桑松菊，归计成迟暮。一樽自寿，不妨沉醉狂舞。　　休问沧海桑田，看朱颜白发，转次全故。乌兔相催天也老，千古英雄坏土。汾水悲歌，雍江苦调，堕泪真儿女。兴亡一梦，大江依旧东注。

黎廷瑞　　大江东去·题项羽庙

鲍鱼腥断，楚将军、鞭虎驱龙而起。空费咸阳三月火，铸就金刀神器。垓下兵稀，阴陵道隘，月黑云如垒。楚歌哄发，山川都姓刘矣。　　悲泣呼醒虞姬，和伊死别，雪刃飞花髓。霸业休休骓不逝，英气乌江流水。古庙颓垣，斜阳老树，遗恨鸦声里。兴亡休问，高陵秋草空翠。

大江西上曲

此调为《念奴娇》的别名，戴复古为仿苏轼《念奴娇·赤壁怀古》的首句“大江东去”，而于首句用“大江西上”开篇，故命名为《大江西上曲》。《念奴娇》的别名甚多，有《百字令》、《百字谣》、《大江东去》、《壶中天》、《无俗念》、《淮甸春》、《湘月》、《大江西上曲》等。有关《大江西上曲》的体式，参阅词牌《念奴娇》和《大江东去》。

戴复古　　大江西上曲·大江西上

寄李实夫提刑，时郊后两相皆乞归

大江西上，郁孤台八境，人间图画。地涌千峰摇翠浪，两派

玉虹如泻。弹压江山，品题风月，四海今王谢。风流人物，如公一世雄也。　　一片忧国丹心，弹丝吹笛，未必能陶写。西北风尘方澒洞，宰相闲归绿野。月斧争鸣，风斤运巧，不用修亭榭。紫枢黄阁，要公整顿天下。

大江词

此调见《翰墨大全》丁集。苏轼的《念奴娇·赤壁怀古》，首句为“大江东去”，宋代林横舟以此调填词，更名为《大江词》。此调别名甚多，或取苏词之意，或取苏词之句，或用该词字数，或据所填词之内容。其别名有《大江东去》、《酹江月》、《酹月》、《赤壁词》、《百字令》、《百字谣》、《大江西上曲》、《壶中天慢》、《太平歌》、《寿南枝》、《古梅曲》、《大江乘》、《湘月》、《淮甸春》、《白雪词》、《无俗念》、《千秋岁》、《庆长春》、《杏花天》等，共有十二体。参阅以上各词。

林横舟　　大江词·寿仙尉　十一月初一

一蓂呈秀，近迎长佳节，拟书云物。隐隐虹桥天际下，光照梅仙丹壁。鹏路横飞，蟾宫直上，早脱麻衣雪。一时篇翰，并游俱是魁杰。　　长记怀燕良辰，华堂称庆，皓齿清歌发。自暖杯中须缓举，莫放金炉香灭。事业伊周，功名韩白，未到星星发。九天有诏，蓝田□□风月。

大江乘

此调见《翰墨大全》庚集。用此调名者仅存阮槃溪词一首。此调本名《念奴娇》，因苏轼词该调首句为“大江东去”，故取以为名。《念奴娇》一调别名有二十种之多，体式多达十余种，句式多有参差。参阅《念奴娇》、《大江词》、《大江西上曲》等。

阮槃溪　　大江乘·郭县尹美任

东阳四载，但好事、一一为民做了。谈笑半闲风月里，管

甚讼庭生草。瓯茗炉香，菜羹淡饭，此外无烦恼。问候何苦，自饥只要民饱。　　犹念甘旨相违，白云万里，不得随昏晓。暂舍苍生归定省，回首又看父老。听得乖崖，交章力荐，道此官员好。且来典宪，中书还二十四考。

大　　椿

“大椿”为树木名，其典出自《庄子·逍遥游》：“上古有大椿者，以八千岁为春，八千岁为秋。”后用其典，作为祝人长寿之语。曹勋填制祝寿之词，命为《大椿》，调见《松隐集》。属双调、仄韵，共一百字。上、下阕各九句，各于第三、五、七、九句用韵，但两阕句法不同。

曹　勋　　　　大椿·太母庆七十

梅拥繁枝，香飘翠帘，钧奏严陈华宴。诚孝感南极，老人星垂眷。东朝功崇庆远，享五福、长乐金殿。兹时寿协七旬，庆古今来稀见。　　慈颜绿发看更新，玉色粹温，体力加健。导引冲和气，觉春生酒面。龙章亲献龟台祝，与中宫、同诚欢忭。亿万斯年，当蓬莱、海波清浅。

大　　酺

唐教坊曲有《大酺乐》之曲名，为唐高宗时张文收所作，本为五言、四句、二十字。“大酺”之意乃指大众宴乐、广布酒食。《羯鼓录》有太簇商《大酺乐》。宋人借唐教坊曲《大酺乐》之旧名，另创新曲，词牌名为《大酺》，入越调。全词共一百三十三字，分上、下两阕。上阕十四句，下阕十六句。上阕第三、六、九、十二、十四句叶韵，下阕第一、三、八、十一、十三、十五、十六句叶韵。

周邦彦　　　　大酺·春雨

对宿烟收，春禽静，飞雨时鸣高屋。墙头青玉旆，洗铅霜都尽，嫩梢相触。润逼琴丝，寒侵枕障，虫网吹粘帘竹。邮亭

无人处，听檐声不断，困眠初熟。奈愁极顿惊，梦轻难记，自怜幽独。　　行人归意速，最先念、流潦妨车毂。怎奈向、兰成憔悴，卫玠清羸，等闲时、易伤心目。未怪平阳客，双泪落、笛中哀曲，况萧索、青芜国。红糁铺地，门外荆桃如菽，夜游共谁秉烛。

方千里　　　　大酺·正夕阳闲

正夕阳闲，秋光淡，鸳瓦参差华屋。高低帘幕迴，但风摇环佩，细声频触。瘦怯单衣，凉生两袖，零乱庭梧窗竹。相思谁能会，是归程客梦，路谙心熟。况时节黄昏，闲门人静，凭栏身独。

欢情何太速，岁华似、飞马驰轻毂。谩自叹、河阳青鬓，苒苒如霜，把菱花、怅然凝目。老去疏狂减，思堕策、小坊幽曲。趁游乐、繁华国。回首无绪，清泪纷于红菽，话愁更堪剪烛。

赵以夫　　　　大酺·牡丹

正绿阴浓，莺声懒，庭院寒轻烟薄。天然花富贵，逞夭红殷紫，叠葩重萼。醉艳酣春，妍姿浥露，翠羽轻明如削。檀心鸦黄嫩，似离情愁绪，万丝交错。更银烛相辉，玉瓶微浸，宛然京洛。　　朝来风雨恶，怕僝僽、低张青油幕。便好倩、佳人插帽，贵客传笺，趁良辰、赏心行乐。四美难并也，须拚醉、莫辞杯勺。被花恼、情无著。长笛何处，一笑江头高阁，极目水云漠漠。

李曾伯　　　　大酺·和陈次贾赠行韵

对剑花凝，篙叶卷，天宇尘清声肃。楼船催解处，正日戈夕照，风旗西纛。虎战龙争，人非地是，形势昔雄三国。景升今何在，怅婆娑老子，奚堪荆牧。岂自古常言，力宁斗智，智宁如福。　　西征非太速，奈臣职、难负君王嘱。嗟往事、祁山抗表，剑阁刊铭，祗成坠甑并空轴。喜听平安信，岂止为、区区一竹。蚊蟁类、笑谈逐。玉关归老，不愿封侯食肉，愿还太平旧蜀。

吴文英　　　　大酺·荷塘小隐

峭石帆收，归期差，林沼年销红碧。渔箬樵笠畔，买佳邻翻盖，浣花新宅。地凿桃阴，天澄藻镜，聊与渔郎分席。沧波

耕不碎，似蓝田初种，翠烟生璧。料情属新莲，梦惊春草，断桥相识。　　平生江海客，秀怀抱、云锦当秋织。任岁晚、陶篱菊暗，逋冢梅荒，总输玉井尝甘液。忍弃红香叶，集楚裳、西风催著，正明月、秋无极。归隐何处，门外垂杨天窄，放船五湖夜色。

杨泽民　　大酺·渐雨回春

渐雨回春，风清夏，垂柳凉生芳屋。余花犹满地，引蜂游蝶戏，慢飞轻触。院宇深沉，帘栊寂静，苍玉时敲疏竹。雕梁新来燕，恣呢喃不住，似曾相熟。但双去并来，漫萦幽恨，枕单衾独。　　仙郎去又速，料今在、何许停双毂。任梦想、频登台榭，遍倚阑干，水云千里空流目。纵遇双鱼客，难尽写、别来心曲。媚容幸倾城国。今日何事，还又难分薛萩，寸心天上可烛。

陈　著　　大酺·寿江东运使陆云西集撰

把雪冰心，钧韶手，飞上青云时早。红尘难染著，十年前曾坐，凤池鳌岛。晕锦锵环，重金压带，相去能争多少。从容何心问，到如今都领，绣春花草。算耐处光阴，淡中滋味，世人那晓。　　笺天新有稿，要归去、盘礴山阴道。便整顿、随琴霜鹤，带石秋兰，约松乔、倚风清啸。争奈俞音杳。明月棹、又还停了。但珍重、经纶料。时来须做，休管急流人笑，功名尽迟尽好。

陈　著　　大酺·寿沿江大制使观文马裕斋同知

问大江东，长淮上，缘分如何修到。轻裘还熟局，第三番又是，五年春了。菜饭工夫，露香心事，惟靠天公分晓。林泉琴书梦，算飞笺觅去，不知多少。奈雅意难酬，又还留住，口衔新诏。　　都无他嗜好，玉麟静、公事供谈笑。满眼是、风花飘忽，惟有长松，雪霜里、插天苍老。休忆家山好，安乐处、便成蓬岛。正春雨、秧畴饱。边城如画，处处绿杨芳草，青溪不妨寄傲。

陈　著　　大酺·寿王修斋枢密

自有乾坤，扶人极，宗主须还人物。今为何时节，满红尘富贵，絮花飘忽。抵障狂澜，提携正印，一柱天擎突兀。平生

分明处，是从容处□，不差毫发。把朝市山林，一般看了，无边风月。　　深衣清到骨，紫枢府、谁信曾簪笏。炊脱粟、黄鸡白酒，补菊栽梅，碧溪绕、竹篱茅屋。无限轻描貌。都说道、诏书催发。想回首、招黄鹄。微微自笑，惟有赤松衣钵，相陪对门石佛。

陈允平　　　　大酺·元夕寓京

渐入融和，金莲放、人在东风楼阁。天香吹辇路，净无云一点，桂流霜魄。雪霁梅飘，春柔柳嫩，半卷真珠帘箔。迢迢鸣鞘过，隘车钿辔玉，暗尘轻掠。拥琼管吹龙，朱弦弹凤，柳衢花陌。　　鳌山侵碧落，绛绡远，春霭浮鸡鹊。民共乐、金吾禁静，翠跸声闲，遍青门、尽停鱼钥。衩袜寒初觉。方怪失、绣鸳弓窄。误良夜、瑶台约。渐彩霞散，双阙星微烟薄，洞天共谁跨鹤。

陈允平　　　　大酺·雾幕西山

雾幕西山，珠帘卷，浓霭凄迷华屋。蒲萄新绿涨，正桃花烟浪，乱红翻触。绣阁留寒，罗衣怯润，慵理凤楼丝竹。东风垂杨恨，锁朱门深静，粉香初熟。念缓酌灯前，醉吟孤枕，顿成清独。　　伤心春去速，叹美景虚掷如飞毂。漫孤负、秋千台榭，拾翠心期，误芳菲、怨眉愁目。冷透金篝湿，空展转、画屏山曲。梦不到、华胥国。闲倚雕槛，试采青青梅菽，海棠尚堪对烛。

刘辰翁　　　　大酺·春寒

任琐窗深、重帘闭，春寒知有人处。常年笑花信，问东风情性，是娇是妒。冰柳成须，吹桃欲削，知更海棠堪否。相将燕归又，看香泥半雪，欲归还误。漫低回芳草，依稀寒食，朱门封絮。　　少年惯羁旅，乱山断，欹树唤船渡。正暗想、鸡声落月，梅影孤屏，更梦衾、千重似雾。相如倦游去，掩四壁、凄其春暮。休回首、都门路。几番行晓，个个阿娇深贮，而今断烟细雨。

颜　奎　　　　大酺·和须溪春寒

唱古荼蘼，新荷叶，谁向重帘深处。东风三十六，向园林

都过，余寒犹妒。公子狐裘，佳人翠袖，怎见此时情否。天上知音杳，怪参差律吕，世间多误。记画扇题诗，单衣试酒，梦归泥絮。　　嗟春如逆旅，送无路、远涉前无渡。回首住、凌波亭馆，待月楼台，满身花气凝香雾。度入南薰去，留燕伴、不教迟暮。但一点、芳心苦。生怕摇落，分付荷房收贮，晚妆又随过雨。

周　密　　大酺·春阴怀旧

又子规啼，荼蘼谢，寂寂春阴池阁。罗窗人病酒，奈牡丹初放，晚风还恶。燕燕归迟，莺莺声懒，闲罥秋千红索。三分春过二，尚剩寒犹凝，翠衣香薄。傍鸳径鹦笼，一池萍碎，半檐花落。　　最怜春梦弱，楚台远、空负朝云约。谩念想、清歌锦瑟，翠管瑶尊，几回沉醉东园酌。燕麦兔葵恨，倩谁访、画阑红药，况多病、腰如削。相如老去，赋笔吟笺闲却，此情怕人问著。

赵　文　　大酺·感春

正宝香残，重帘静，飞鸟时惊花铎。沉思前梦去，有当时老泪，欲弹还阁。太一宫墙，菩提寺路，谁管纷纷开落。心情浑何似，似琵琶马上，晓寒沙漠。想筝雁频移，钏金度瘦，素肌清削。　　相思无奈著，重访旧、谁遣车生角。暗记省、刘郎前度，杜牧三生，为何人、顿乖芳约。试把菱花拭，愁来处、鬓丝先觉。念幽独、成荒索。何日重见，错拟扬州骑鹤，绿阴不妨细酌。

万年欢

此调本为唐教坊曲名，咏调名本意，后用作词调名。属双调，有平韵、仄韵两体，共一百字。上阕九句、四十九字，于第三、五、六、七、九句用韵；下阕九句、五十一字，于第一、三、五、六、七、九句用韵。又名《万年欢慢》、《满朝欢》、《断湘纮》。平韵体始自王安礼，仄韵体始自晁补之。

王安礼　　万年欢·雅出群芳

雅出群芳，占春前信息，腊后风光。野岸邮亭，繁似万点

轻霜。清浅溪流倒影，更黯淡、月色笼香。浑疑是、姑射冰姿，寿阳粉面初妆。　　多情对景易感，况淮天庾岭，迢递相望。愁听清吟凄绝，画角悲凉。念昔因谁醉赏，向此际、空恼危肠。终须待结实，恁时佳味堪尝。

李之仪　　万年欢·暖律才中

暖律才中，正莺喉竞巧，燕语新成。万绿阴浓，全无一点芳尘。门巷朝来报喜，庆佳期、此日光荣。开华宴、交酌琼酥，共祝鹤算椿龄。　　须知最难得处，双双凤翼，一对和鸣。造化无私，谁教特地多情。惟愿疏封大国，彩笺上、频易佳名。从此去、贤子才孙，岁岁长捧瑶觥。

晁补之　　万年欢·梅

心忆春归，似佳人未来，香径无迹。雪里江梅，因甚早知消息。百卉芳心正寂，夜不寐、幽姿脉脉。图清晓、先作宫妆，似防人见偷得。　　真香媚情动魄，算当时寿阳，无此标格。应寄扬州，何郎旧曾相识。花似何郎鬓白，恐花笑、逢花羞摘。那堪羌管惊心，也随繁杏抛掷。

晁补之　　万年欢·次韵和季良

忆昔论心，尽青云少年，燕赵豪俊。二十南游，曾上会稽千仞。捐袂江中往岁，有骚人，兰荪遗韵。嗟管鲍、当日贫交，半成翻手难信。　　君如未遇元礼，肯抽身盛时，寻我幽隐。此事谈何容易，骥才方骋。彩舫红妆围定，笑西风、黄花班鬓。君欲问、投老生涯，醉乡歧路偏近。

晁补之　　万年欢·寄韵次膺叔

十里环溪，记当年并游，依旧风景。彩舫红妆，重泛九秋清镜。莫叹歌台蔓草，喜相逢、欢情犹胜。蘋洲畔、横玉惊鸾，半天云正愁凝。　　中秋醉魂未醒，又佳辰授衣，良会堪更。早岁功名，豪气尚凌汝颍。能致黄金一井，也莫负、鸱夷高兴。别有个、潇洒田园，醉乡天地同永。

张　纲　　万年欢·荣国生日

岁晚寒凝，正蓂舒四叶，梅吐孤芳。庆诞佳辰，开筵盛集

萱堂。合坐春回锦绣，卷帘处、花簇笙簧。除乐禁、初许闻韶，应时欢宴何妨。　　人言富贵最好，算有谁能兼，福寿康强。自是仙姿，天教占取恩光。百和重添宝炬，十分劝、频举瑶觞。仍教画、嘉庆新图，要看兰桂成行。

程大昌　　万年欢·硕人生日一

岁岁梅花，向寿尊画阁，长报春起。恰似今朝，分外香肥萼韡。杂佩珊珊就列，映蓝袂、宝薰擎跽。道这回、屋舍团栾，四时风月桃李。　　回头处、无限思，看秋前药裹，而今鼎匕。须把康强，收作玳筵欢喜。况是鬓云全绿，顶珈笄、笑陪星履。新年动、定拥新祺，有孙来捧醪醴。

程大昌　　万年欢·硕人生日二

富寿康宁，要三般齐足，方是有福。献个新词，不是越夸搀祝。七十古稀今独，花钗底、髻云堆绿。那堪更、眼力过人，彩丝穿透珠曲。　　星辰履阶庭玉，对这般景趣，乐胜笙筑。更愿孙枝衮衮，诜诜续续。解把诗书勤读，新丹桂、会生旧竹。十年外，又颂生朝，恁时别换腔局。

程大昌　　万年欢·秋后花窠

秋后花窠，放两枝三朵，来通芳信。诗眼惊观，谓是春光倒运。便即移尊就赏，更不惜、黄封赤印。何期道、青女专时，露华忽变霜阵。　　诗翁笑、但休问，那阳和有脚，骎骎日进。待得灰飞，梅畹果先骋俊。次后连天红紫，向东风、万般娇韵。恁时节，玉勒狨鞍，郊原莫论远近。

程大昌　　万年欢·丙午生日

老钝迂疏，尽世间乐事，不忺不觑。痴向韦编，根究卦爻来处。浑沌包中天地，谢东家、从头指示。便和那、八八机关，并将匙钥分付。　　行年数、六十四，把一年一卦，恰好相拟。妙道生生，既济还存未济，身愿河图比似。每演九后，重从一始。待人间、甲子何其，剩书亥字为戏。

王　质　　万年欢·有感

一轮明月，古人心万年，更寸心存。沧海化为黄土，心不

成尘。杳杳兴亡成败，满乾坤、未见知音。抚阑干、欲唤英魂，沉沉又没人膺。　　无聊欹枕搔首，梦庐中坛上，一似平生。共挽长江为酒，相对同倾。不觉霜风敲竹，睡觉来、海与愁深。拂袖去，塞北河西，红尘陌上寻人。

熊上达　　万年欢·寿熊尚友

春箓方中，正良辰余五，韶光明媚。晓见非烟佳气，满堂融溢。学语儿童喜色，庆间世、悬弧此日。休言未、结组弹冠，不劳戏傲泉石。　　生平服膺道德，看名高谷口，年齐箕翼。况有宁馨，已报月宫消息。只这谁人似得，且莫惜、高张华席。应须拚、明日扶头，尽教金盏频侧。

赵师侠　　万年欢·电绕神枢

电绕神枢，华渚流虹，诞弥良用佳辰。万宇讴歌归舞，宝历增新。四七年间盛事，皇威畅、边鄙无尘。仁恩被，华夏咸安，太平极治欢声。　　重华道隆德茂，亘古今希有，揖逊重闻。圣子三宫欢聚，两世兹亲。幸际千秋圣旦，沾镐宴、普率惟均。封人祝，亿万斯年，寿皇尊并高真。

郭应祥　　万年欢·瑞庆节

佳气葱葱，望长安日下，鸾鹤翔舞。天佑皇家，当年挺生真主。令节标名瑞庆，曾未数、电枢虹渚。人都道，福若高宗，太平赛过仁祖。　　需云燕锡广宇，有霓旌绛节，西极金母。笑捧蟠桃，更酌九霞清醑。持向两宫三殿，愿岁岁、此觞同举。南山寿、海算沙量，定应高出前古。

史达祖　　万年欢·春思

两袖梅风，谢桥边、岸痕犹带阴雪。过了匆匆灯市，草根青发。燕子春愁未醒，误几处、芳音辽绝。烟溪上、采绿人归，定应愁沁花骨。　　非干厚情易歇，奈燕台句老，难道离别。小径吹衣，曾记故里风物。多少惊心旧事，第一是、侵阶罗袜。如今但、柳发晞春，夜来和露梳月。

赵以夫　　万年欢·庆元圣节

凤历开新，正微和乍转，丽景初晓。五荚蓂舒，光映玉阶

瑶草。在在东风语笑，庆此日、虹流电绕。鲸波静，翠涌鳌山，嵩呼声动云表。　　绛节霓旌缥缈，望珠星灿烂，紫微深窈。琬液香浮，露湿蟠桃犹小。叠叠仙韶九奏，知春到、人间多少。蓬莱外，若木扶疏，万年枝上长好。

厉寺正　　万年欢·寿乔丞相

恭审特进枢使大丞相国公先生。神钟维岳，帝赉肖岩。方蓂开第一叶之初，正椿衍八千岁之始。眷隆神极，福被海隅。某夙荷陶镕，倍增喜抃，效勤一乐阕，寄调万年欢。伏乞钧慈，俯垂电览

卫武期颐，与文公福艾，俱号贤相。今我元台，齿德又居其上。玉立擎天上柱，似泰华、气凌秋壮。明良会，千载风云，长为龙衮凭仗。　　清知孔山叠嶂，有猿吟鹤舞，日俟鸠杖。无忝苍生依依，未容高尚。待整顿、乾坤了当，与蓬岛、神仙来往。摩铜狄，点检笙歌，菊浮香泛新醨。

丁察院　　万年欢·寿两国夫人胡氏

葛井丹明，西来金母，霓旌云旆。移下瑶池，竹外一壶秋水。菊瓣香留宿醉，看后夜、冰轮满桂。貂蝉映、虹玉称觞，遂初堂上佳会。　　娇孙彩衣聚戏，指明年八十，儿额先记。要比庄椿，八数更加千倍。好是皇恩锡类，许东殿、首舆扶至。君臣庆、齐侍慈颜，万年欢对尧世。

胡浩然　　万年欢·上元

灯月交光，渐轻风布暖，先到南国。罗绮娇容，十里绛纱笼烛。花艳惊郎醉目，有多少、佳人如玉。春衫袂，整整齐齐，内家新样妆束。　　欢情未足，更阑谩勾牵旧恨，萦乱心曲。怅望归期，应是紫姑频卜。暗想双眉对蹙，断弦待、鸾胶重续。休迷恋，野草闲花，凤箫人在金谷。

苏　氏　　万年欢·日暖霜红

日暖霜红，画戟门开，锦筵歌振梁尘。正是慈闱熙熙，庆诞佳辰。象服鱼轩灿烂，喜高年、福禄长新。承颜处，朱紫相将，更兼华胄诜诜。　　家声未论王谢，有禁中颇牧，江左机

云。雁字鸳行，雍容高步金门。况有子孙侍列，拥阶庭、玉洁兰薰。持芳醑，满酌瑶觞，竞祝遐寿千春。

此首别作无名氏词

无名氏　　万年欢·北陆风回

北陆风回，顿园林凋尽，庭院岑寂。潇洒寒梅，偷报艳阳消息。素澹英姿粹质，天赋与、出伦标格。一枝向、雪里初开，纤说清香寻得。　　神仙乍离姑射，更琼妆翠佩，冰莹肌骨。仿佛华清浴罢，懒匀脂泽。陇上休轰怨笛，且留取、累累成实。终须待、金鼎调羹，偏与群芳春色。

无名氏　　万年欢·天气严凝

天气严凝，乍寒梅数枝，岭上开拆。傅粉凝脂，疑是素娥妆饰。先报阳和信息，更雪月、交光一色。因追念，往日欢游，共君携手同摘。　　别来又经岁隔，奈高楼梦断，无计寻觅。冷艳寒容，啼雨恨烟愁湿，似向人前泪滴，怎不使、伊家思忆。惟只恐，寂寞空枝，又随昨夜羌笛。

无名氏　　万年欢·寿太守

南极星明，问笙歌弦管，今是何夕。竹马儿童，尽道使君生日。又见蟠桃结实，是谁向、珠宫偷得。炉烟袅，惟愿年年，使君常驻熊轼。　　那知宦游似客，任双旌五马，飘转南北。细柳甘棠，都是使君亲植。见说吾皇仄席，恐非晚、归朝宣直。功成了，却隐东山，算惟龟鹤相识。

无名氏　　万年欢·仁寿夫人生日

日暖霜融，画戟门开，锦筵欲振梁尘。正是慈闱熙熙，庆诞佳辰。象服鱼轩灿烂，喜高年、福禄长新。承颜处，朱紫满堂，华胄诜诜。　　家声未论王谢，有禁中颇牧，江左机云。雁序鸳行，雍容高步金门。更有子孙侍列，拥阶庭、玉洁兰薰。持芳醑、满酌瑶觞，意祝遐寿千春。

此首别作苏氏词

无名氏　　万年欢·寿侍郎　十一月二十

律应黄钟，蓂飞六荚，今朝是、嵩岳生申。似山堂里，氤氲瑞气先春。笙歌度曲，依然在、紫府黄庭。拥出癯仙冰玉洁，梅花个样精神。堪羡处，行藏信道，出处无心。　　莫把闲中日月，替了调元公案，袖手经纶。黄扉虚左，休顾平泉花石盟。好看来年八秩，渭川叟、故事重新。寿星与、三台齐色，政地拜生辰。

万年欢慢

此调即《万年欢》。“慢”指慢曲子，乐调长，字数多，表明该调是慢词。与原调格式相同时，可用可不用。词属双调、平韵，共一百字。上阕九句、四十九字，下阕九句、五十一字。参阅《万年欢》。但《万年欢慢》另有单调三体，今传无名氏作，其体制与《万年欢》迥异。

无名氏　　　万年欢慢·禁籞初晴

禁籞初晴，见万年枝上，工啭莺声。藻殿连云，萍曦高照檐楹。好是帘开丽景，袅金炉、香暖烟轻。传呼道、天跸来临，两行拱引簪缨。　　看看筵敞三清，洞宝玉杯中，满酌犀觥。烂熳芳葩，斜簪庆快春情。更有箫韶九奏，簇鱼龙、百戏俱呈。吾皇愿、永保洪图，四方长乐升平。

当今圣主，理化感四塞，永灭狼烟，太平朝野无征战，国内晏然。风调雨顺歌声喧。箫韶韵，九奏钧天。愿王永寿，比南山、更奏延年。

婥妁腰肢轻婀娜，学内样、深深梳果。如五凤双鸾相对舞，随要带、乍游琐。莺幕、满头花，见绿杨摸蔌。金阶献，一庭细管繁弦里，谁把擞抛过。

舞鸾双翥，香兽低。散瑞景烟微。投袂翩翩，趁拍迟迟，按曲度瑶池。　　曲遍新声，敛绣衣跪，彩袖高捧琼卮。指月中丹桂，春难老，祝仙寿维祺。

万 里 春

此调原为咏调名本意。属双调、仄韵，共四十六字。上阕四句、二十一字，下阕四句、二十四字，均于第一、二、四句用韵。

周邦彦　　　　万里春·千红万翠

千红万翠，簇定清明天气。为怜他、种种清香，好难为不醉。　　我爱深如你，我心在、个人心里。便相看、老却春风，莫无些欢意。

与 团 圆

即《喜团圆》，此调见《花草粹编》。宋代无名氏词末三句为"天还有意，不违人愿，与个团圆"，故名其调为《与团圆》。属双调、平韵，共四十九字。上阕五句、二十五字，于第三、五句用韵；下阕六句、二十四字，于第三、六句用韵，第五句叶仄韵。

无名氏　　　　与团圆·鲛绡雾縠

鲛绡雾縠，没多重数，紧拟偷怜。孜孜觑着，算前生、只结得眼因缘。　　眼是心媒，心为情本，里外勾连。天还有意，不违人愿，与个团圆。

上 平 西

此调与《上西平》当为一调。两调的句数、字数、用韵大体一致。唯上阕第八句，《上西平》为六字，《上平西》为七字；下阕第八、九句，《上西平》为四字、七字，《上平西》为七字、四字。宋代晁端礼等以此调赋魏明帝运走汉武帝所造金铜仙人捧露盘之事，故又名《金人捧露盘》。词属双调、平韵，共七十九字。上阕八句、三十八字，于第三、四、六、八句用韵；下阕九句、四十一字，于第四、

五、七、九句用韵。别名《西平曲》、《上西平》。参阅《金人捧露盘》、《上西平》等。

程　垓　　　　　上平西·惜春

爱春归，忧春去，为春忙。旋点检、雨障云妨。遮红护绿，翠帏罗幕任高张。海棠明月杏花天，更惜浓芳。　唤莺吟，招蝶拍，迎柳舞，倩桃妆。尽唤起、万籁笙簧。一觞一咏，尽教陶写绣心肠。笑他人世漫嬉游，拥翠偎香。

韩　玉　　上平西·甲申岁西度道中作

折腰劳，弹冠望，纵飞蓬。笑造化、相戏穷通。风帆浪桨，暮城寒角晓楼钟。暗惜霜雪鬓边来，惊对青铜。　萧闲好，何时遂，门横水，径穿松。有无限、杯月襟风。区区个甚，帝尧堂下足夔龙。不如闻早问溪山，高养吾慵。

上西平

此调又名《西平曲》、《上平曲》。宋代晁端礼等赋汉武帝所造金铜仙人掌擎玉杯承露盘被魏明帝取走之事，故又名《金人捧露盘》。词属双调、平韵，共七十八字。上阕八句、三十七字，于第三、四、六、八句用韵；下阕九句、四十一字，于第四、五、七、九句用韵。参阅《金人捧露盘》。此调或与《上平西》为同调异名，两调体式略同。参阅《上平西》。

张元幹　　　　　上西平·卧扁舟

卧扁舟，闻寒雨，数佳期。又还是、轻误仙姿。小楼梦冷，觉来应恨我归迟。鬓云松处，枕檀斜、露泣花枝。　名利空萦系，添憔悴，谩孤恓。得见了、说与教知。偎香倚暖，夜炉围定酒温时。任他飞雪洒江天，莫下层梯。

辛弃疾　　上西平·会稽秋风亭观雪

九衢中，杯逐马，带随车。问谁解、爱惜琼华。何如竹外，静听窣窣蟹行沙。自怜是，海山头，种玉人家。　纷如斗，娇如舞，才整整，又斜斜。要图画，还我渔蓑。冻吟应

笑，羔儿无分谩煎茶。起来极目，向弥茫、数尽归鸦。

辛弃疾　　　　上西平·送杜叔高

恨如新，新恨了，又重新。看天上、多少浮云。江南好景，落花时节又逢君。夜来风雨，春归似欲留人。　尊如海，人如玉，诗如锦，笔如神。能几字、尽殷勤。江天日暮，何时重与细论文。绿杨阴里，听阳关、门掩黄昏。

吴　泳　　　　上西平·雪词

似斜斜，才整整，又霏霏。今夜里、窗户先知。嫌春未透，故穿庭树作花飞。起来寻访剡溪人，半压桥低。　兔园册，渔江画，兰房曲，竹丘诗。怎模得、似当时。天寒堕指，问谁能解白登围。也须凭酒遣挐担，击乱鹅池。

吴　泳　　　　上西平·送陈舍人

跨征鞍，横战槊，上襄州。便匹马、蹴踏高秋。芙蓉未折，笛声吹起塞云愁。男儿若欲树功名，须向前头。　凤雏寒，龙骨朽，蛟渚暗，鹿门幽。阅人物、渺渺如沤。棋头已动，也须高著局心筹。莫将一片广长舌，博取封侯。

上西楼

此调是《相见欢》的别名。因南唐后主李煜以《相见欢》为词牌填词，其首句为“无言独上西楼”，后人作此词，有用其后三字“上西楼”命为词牌者，遂沿袭下来。词属双调、平韵，共三十六字。上阕四句、十八字，于第一、二、四句用韵；下阕五句、十八字，第一、二句换用仄韵，第三、五句用平韵。此调又名《乌夜啼》、《忆真妃》、《西楼子》、《月上瓜州》、《秋夜月》等。

陆　游　　　上西楼·江头绿暗红稀

江头绿暗红稀，燕交飞。忽到当年行处、恨依依。　洒清泪，叹人事，与心违。满酌玉壶花露、送春归。

上行杯

此调今仅存晏几道词一首，调名来历未考出。属双调、平韵。上、下阕格式相同，均四句，各句字数为七、七、四、七字。

晏几道　　上行杯·落梅著雨消残粉

落梅著雨消残粉，云重烟轻寒食近。罗幕遮香，柳外秋千出画墙。　　春山颠倒钗横凤，飞絮入帘春睡重。梦里佳期，只许庭花与月知。

上阳春

此调本为赋上阳宫之春色，故名。上阳宫是唐代宫名，在东都洛阳禁苑之东，东接皇城之西南隅，上元年间建成。又名《蓦山溪》，唐朝李贺《马诗》之十八有“只今接白草，何日蓦青山”之句，调名或即本此。词属双调、平韵，共八十二字。上、下阕格式相同，均各九句、四十一字，亦皆于第二、四、九句用韵。参阅《蓦山溪》。

蔡　伸　　上阳春·柳

好在章台杨柳，不禁春瘦。淡烟微雨麹尘丝，锁一点、眉头皱。　　忆自灞陵别后，青青依旧。万丝千缕太多情，忍攀折、行人手。

无名氏　上阳春·寿人夫妻二子同日　十月初二

两日梅开，先占阳春小。鸾凤偶雁行，飞舞画堂交绕。称觞盛旦，二老同年少。夫劝妇，弟酬兄，四喜人希有。　灵椿萱草，青翠俱长久。棠棣戏斒斓，对立齐上长生酒。有亲有序，慈孝兼恭友。登科日，未老时，共享南山寿。

无名氏　　上阳春·寿邹魁侄　十一月廿八

疏梅点白，漏泄先春信。律欲变黄钟，但两日、一阳月尽。龙头望族，挺挺振家声。窗下业，月中枝，雁塔书名

姓。　　琴堂拟步，早发梅仙轫。台阁待风生，想咫尺、天颜已近。壮行未老，便作黑头公。还未定，祝千春，看子孙昌盛。

上 林 春

“上林”本为古宫苑名。秦都咸阳时设置，秦始皇于上林苑中营建朝宫。汉武帝时收为宫苑，放养禽兽，供皇帝射猎，并建离宫、观、馆数十处。汉司马相如曾作《上林赋》，极言皇帝之侈。宋人取“上林”之典，度为新声，命曰《上林春》。词属双调、仄韵，共四十字。上阕四句、二十字，于第一、三、四句用韵；下阕五句、二十字，于第二、四句用韵。别体亦仄韵，五十三字。上阕五句、二十六字，于第一、三、六句用韵；下阕六句、二十七字，于第一、三、六句用韵。本书所收晁端礼等人之词，属双调、仄韵，共一百零四字，当为慢词。又名《上林春令》、《上林春慢》、《一落索》。

晁端礼　　上林春·霖雨成功

霖雨成功，堂称继美，旧说安阳家世。峻岳降神，长庚应梦，佳辰况当秋霁。玉函金篆，帝锡与、寿眉鲵齿。向清时、便告老，尽取貂蝉轻弃。　　把朝廷旧勋屈指，有谁人似此，能全终始。谤书顿释，先芬未泯，君王自为知己。看花临水，算已号、醉吟居士。奈苍生，尚满望、谢公重起。

晁端礼　　上林春·伊洛清波

伊洛清波，嵩山秀色，共与皇家为瑞。挺生异质，亲逢盛旦，簪缨旧传家世。雁炉烟里，罩一段、照人清气。灿金章、映紫绶，自是真官标致。　　把朝廷缙绅屈指，有谁人似得，多才多艺。片言悟主，封侯赐璧，君王自为知己。暂来卧治，况廊庙、正多虚位。看登庸，辅圣主、万年康济。

晁端礼　　上林春·相识来来

相识来来，真个为伊，尽把精神役破。谛殢性□，娇痴做处，双眉镇长愁锁。为伊恁地，便诸事、自来饶过。暂时间未觑得，又早孜煎无那。　　想从来、性气恁么，那堪更等闲，

经时抛弹。料得那里、千僝万僽，嗔我也思量我。再归见了，算应是、絮得些个。但初心、尚未改，任从摧挫。

晁补之　　　上林春·韩相生日

天惜中秋，三夜淡云，占得今宵明月。孟陬岁好，金风气爽，清时挺生贤哲。相门出相，算钟庆、自应累叶。乍归来，暂燕处，共仰赤松高辙。　　想人生、会须自悦，浮云事，笑里尊前休说。旧有衮衣，公归未晚，千岁盛明时节。命圭相印，看重赏、晋公勋业。济生灵，共富寿，海深天阔。

曾　纡　　　上林春·东苑梅繁

东苑梅繁，豪健放乐，醉倒花前狂客。靓妆微步，攀条弄粉，凌波遍寻青陌。暗香堕靥，更飘近、雾鬟蝉额。倒金荷、念流光易失，幽姿堪惜。　　惜花心、未甘鬓白，南枝上、又见寻芳消息。旧游回首，前欢如梦，谁知等闲抛掷。稠红乱蕊，漫开遍、楚江南北。独销魂，念谁寄、故园春色。

上林春令

“令”之取名，来源于唐代的酒名。作为词牌中的一个字，有的表示是小令(即令词)；有的虽标“令”字，但已不属令曲，而成为中调或长调；有的只是词牌的通称，可加可不加。本词与《上林春》及《上林春慢》句式和字数皆不同，当为两体。调见《宋史·乐志》。杨无咎词中有“同携手、上林春昼”之句，故名。属双调、仄韵，共五十三字。上阕四句、二十六字，于第一、二、四句用韵；下阕四句、二十七字，于第一、二、四句用韵。另一体三十三字。参阅《上林春》。

毛　滂　　上林春令·十一月三十日见雪

蝴蝶初翻帘绣，万玉女、齐回舞袖。落花飞絮濛濛，长忆著、灞桥别后。　　浓香斗帐自永漏，任满地、月深云厚。夜寒不近流苏，只怜他、后庭梅瘦。

杨无咎　　　上林春令·鲁师文生辰

秾李夭桃堆绣，正暖日、如熏芳袖。流莺恰恰娇啼，似为

劝、百觞进酒。　　少年未用称遐寿，愿来岁、如今时候。相将得意皇都，同携手、上林春昼。

上林春慢

“慢”标明其词为慢词。慢词乐调长，字数多。慢词与原词在格式上已毫无关系，只是借用原名而已。本词与《上林春》毫不相涉，是宋人利用旧名另度的新曲，只是字数比原词多。词属双调、仄韵，共一百零二字。上阕十三句、五十一字，于第三、六、九、十二句用韵；下阕十三句、五十一字，于第二、四、七、十、十二句用韵。

晁冲之　　　上林春慢·帽落宫花

帽落宫花，衣惹御香，凤辇晚来初过。鹤降诏飞，龙擎烛戏，端门万枝灯火。满城车马，对明月、有谁闲坐。任狂游，更许傍禁街，不扃金锁。　　玉楼人、暗中掷果。珍帘下、笑著春衫袅娜。素娥绕钗，轻蝉扑鬓，垂垂柳丝梅朵。夜阑饮散，但赢得、翠翘双亸。醉归来，又重向、晓窗梳裹。

山庄劝酒

即《霜天晓角》，此调名为宋代张辑所创制。张辑在其父生日之时，于田家酿酒以俟，并制词为寿。词中末三句为“儿拟山庄劝酒，田家酿，尽笃得”，拈取其中“山庄劝酒”四字，命为词调名。词属双调、仄韵，共四十三字。上阕五句、二十一字，第一、二句一韵，四、五句换韵；下阕五句、二十二字，第一、二句叶上阕一、二句之韵，第五句叶前第四、五句之韵。

张　辑　　　山庄劝酒·清吟湘碧

家君十一月二十九日生，癸酉冬，自长沙趋京，辑于鄱之境田家，酿酒以俟，先递词为寿

清吟湘碧，马首春风驿。闻说西湖梅早，又邀我、能诗客。　　书尺知到日，月随人合璧。儿拟山庄劝酒，田家酿，尽笃得。

山花子

本唐教坊曲名，唐、五代时即用作词牌。五代时为杂言《浣溪沙》的别名。《浣溪沙》上、下阕各三句，每句七字。《山花子》于上、下阕的结句各增添三个字，其格式为“七、七、七、三”，因为破七字为十字，故又名《摊破浣溪沙》、《添字浣溪沙》。又有称为《南唐浣溪沙》的，因为南唐李璟词中的“细雨，梦回”两句脍炙千古，故名。《高丽史·乐志》名为《感恩多令》。词属双调、平韵(亦有偶押仄韵者)，共四十八字。上下阕均四句、二十四字，亦均在第二、四句用韵。

袁去华　山花子·成支使出侍姬，次穆季渊韵

雾阁云窗别有天，丰肌秀骨净娟娟。独立含情羞不语，总妖妍。　持酒听歌心已醉，可怜白发更苍颜。红烛纱笼休点著，月中还。

许　棐　山花子·挼柳揉花旋染衣

挼柳揉花旋染衣，丝丝红翠扑春辉。罗绮丛中无此艳，小西施。　腰细最便围舞帊，袖寒时复罩香匜。误点一痕残泪粉，怕人知。

刘辰翁　山花子·春暮

东风解手即天涯，曲曲青山不可遮。如此苍茫君莫怪，是归家。　阊阖相迎悲最苦，英雄知道鬓先华。更欲徘徊春尚肯，已无花。

刘辰翁　山花子·此处情怀欲问天

此处情怀欲问天，相期相就复何年。行过章江三十里，泪依然。　早宿半程芳草路，犹寒欲雨暮春天。小小桃花三两处，得人怜。

山坡羊

此调今仅存葛长庚词四首。调名来历未考出。属单调，平韵、仄韵并用。共十四句。

葛长庚　　山坡羊·默坐寒灰清静

默坐寒灰清静，会向时中一定。金城贼返，报乐流星奔。用将须分左右军，出师交征定主宾。排的是天文地理，九宫八卦天魂阵。捉住金精也，送黄庭土釜封。神通，战罢方能见圣人。英雄，不时干戈定太平。

葛长庚　　山坡羊·不刻时阴阳交并

不刻时阴阳交并，古盆一声号令。九宫八卦，排列下拿龙阵。领金乌左右军，夺乾坤始媾精。三回九转，交战在西南境。得胜回朝也，河车不曾暂停。辛勤，曲枕昼夜行。专精，铁打方梁磨绣针。

葛长庚　　山坡羊·独坐无为宫殿

独坐无为宫殿，息息绵绵不断。我把生身父母，要使他重相见。青头郎天外玄，白衣妇海底眠。婴儿姹女，阻隔在天涯远。全仗着黄婆也，黄婆在两下缠。团圆，打破都关共一天。托延，赏罢蟾辉斗柄偏。

葛长庚　　山坡羊·圆觉金丹太极

圆觉金丹太极，这造化谁人知味。傍门小径，正理全然昧。学三峰九鼎奇，习休粮与闭饥。吃斋入定，到底成何济。耽阁了浮生也，道无缘福不齐。思知，不识阴阳莫乱为。修持，莫信愚徒妄指迷。

山亭柳

此调本为唐教坊曲，咏调名本意。山亭，建于山中的凉亭。今存词中，宋代晏殊始用平韵。属双调、平韵，共七十九字。上阕八句、三十七字，于第一、二、四、六、八句用韵；下阕八句、四十二字，第一句不用韵，其余与上阕同。另一体为仄韵，宋代杜安世始用。

晏　殊　　山亭柳·赠歌者

家住西秦，赌博艺随身。花柳上，斗尖新。偶学念奴声调，有时高遏行云。蜀锦缠头无数，不负辛勤。　数年来往咸京道，残杯冷炙谩消魂。衷肠事，托何人。若有知音见采，不辞遍唱阳春。一曲当筵落泪，重掩罗巾。

杜安世　　山亭柳·晓来风雨

晓来风雨，万花飘落。叹韶光虚过，却芳草萋萋。映楼台、淡烟漠漠。纷纷絮飞院宇，燕子过朱阁。　玉容淡妆添寂寞，檀郎孤愿太情薄。数归期，绝信约。暗添春宵恨，平康恣迷欢乐。时时闷饮绿醑，甚转转、思量著。

山亭宴

此调见《张先词集》，是宋代张先自度曲。《山亭宴慢·有美堂赠彦猷主人》，其词赋于山间亭中与友人饯别之事，起句为“宴亭永昼喧箫鼓”，又有“晓山静、数声杜宇”之句，故命其词调为《山亭宴》。属双调、仄韵，共一百零一字。上阕八句、五十一字，下阕八句、五十字，各于第一、二、四、六、八句用韵。此调又名《山亭宴慢》。

张　先　　山亭宴·湖亭宴别

碧波落日寒烟聚，望遥山、迷离红树。小艇载人来，约尊酒、商量歧路。衰柳断桥西，共携手、攀条无语。水际见鹭鸟，一对对、眠沙溆。　西陵松柏青如故，翦烟花、幽兰啼

露。油壁间花骢，那禁得、风吹细雨。饶他此后更思量，总莫似、当筵情绪。镜面绿波平，照几度、人来去。

山亭宴慢

此调即《山亭宴》。《山亭宴》为宋代张先所创制，咏山亭宴别。“慢”指慢曲子，乐调长，字数多，标明其词调为慢词。属双调、仄韵，共一百零一字。上、下阕均八句，均于第一、二、四、六、八句用韵，惟上阕五十一字，下阕五十字。参阅《山亭宴》。

张　先　　　山亭宴慢·有美堂赠彦猷主人

宴亭永昼喧箫鼓，倚青空、画阑红柱。玉莹紫微人，蔼和气、春融日煦。故宫池馆更楼台，约风月、今宵何处。湖水动鲜衣，竞拾翠、湖边路。　　落花荡漾愁空树，晓山静、数声杜宇。天意送芳菲，正黯淡、疏烟逗雨。新欢宁似旧欢长，此会散、几时还聚。试为挹飞云，问解寄、相思否。

山鬼谣

此调见《稼轩词》。辛弃疾词有小序云：“两岩有石状怪甚，取《离骚》、《九歌》名曰‘山鬼’，因赋《摸鱼儿》，改今名。”“山鬼”即山中之神。屈原《九歌》之《山鬼》一诗，全由女巫扮山鬼独唱。此调本名《摸鱼儿》，属双调、仄韵，共一百一十七字。参阅《摸鱼儿》。

辛弃疾　　　山鬼谣·问何年

两岩有石状怪甚，取离骚九歌名曰山鬼，因赋摸鱼儿，改今名

问何年，此山来此，西风落日无语。看君似是羲皇上，直作太初名汝。溪上路，算只有、红尘不到今犹古。一杯谁举。笑我醉呼君，崔嵬未起，山鸟覆杯去。　　须记取，昨夜龙湫风雨，门前石浪掀舞。四更山鬼吹灯啸，惊倒世间儿女。依约

处，还问我、清游杖屦公良苦。神交心许。待万里携君，鞭笞鸾凤，诵我远游赋。

山渐青

此调为张辑所命名，因其末句为“江南山渐青”，取后三字以名之。本名《长相思》。《长相思》本乐府古题，《古诗十九首》中亦多用“长相思”三字，唐代有《相思》、《长相思》乐调。白居易词，下阕起句为“思悠悠，恨悠悠”，即以词调名《长相思》咏其本意。又名《双红豆》，其意取之唐朝王维《相思》诗：“红豆生南国，春来发几枝。愿君多采撷，此物最相思。”红豆，又名相思子。因此调有两阕，故加“双”字。又名《忆多娇》，是“长相思”的具体化，标明相思之人。又有别名《吴山青》。此调常用体为双调、平韵，共三十六字。上、下阕格式相同，各四句、十八字，亦皆句句用韵。另有一百字和一百零五字的长调，句法与前体迥异，当为名同异调。参阅《长相思》、《忆多娇》等。

张　辑　　　山渐青·山无情

山无情，水无情。杨柳飞花春雨晴，征衫长短亭。　　拟行行，重行行。吟到江南第几程，江南山渐青。

千叶莲

此调本名《鹧鸪天》、《思越人》，贺铸词有“化出白莲千叶花”之句，故更名《千叶莲》。详见《鹧鸪天》条。

贺　铸　　千叶莲·闻你侬嗟我更嗟

闻你侬嗟我更嗟，春霜一夜扫秾华。永无清晖欺头管，赖有浓香著臂纱。　　侵海角，抵天涯，行云谁为不知家。秋风想见西湖上，化出白莲千叶花。

千年调

此调见《乐府雅词》，本为曹组所制，因《相思会》词中首二句为“人无百年人，刚作千年调”之句，辛弃疾取其后三字，名为《千年调》。曹组词七十七字，句读参差，又添衬字，故《钦定词谱》以辛词为正体。属双调、仄韵，共七十五字。上阕九句、三十八字，下阕九句、三十七字，皆于第二、四、六、九句用韵。

辛弃疾　　千年调·左手把青霓

开山径得石壁，事出望外，意天之所赐邪，喜而赋之

左手把青霓，右手挟明月。吾使丰隆前导，叫开阊阖。周游上下，径入寥天一。览县圃，万斛泉，千丈石。　钧天广乐，燕我瑶之席。帝饮予觞甚乐，赐汝苍璧。嶙峋突兀，正在一丘壑。余马怀，仆夫悲，下恍惚。

辛弃疾　　千年调·卮酒向人时

庶庵小阁名曰卮言，作此词以嘲之

卮酒向人时，和气先倾倒。最要然然可可，万事称好。滑稽坐上，更对鸱夷笑。寒与热，总随人，甘国老。　少年使酒，出口人嫌拗。此个和合道理，近日方晓。学人言语，未会十分巧。看他门，得人怜，秦吉了。

王义山　　千年调·游葛岭归有感

胜地独湖山，满堂贮风月。歌舞太平气象，雪回云遏。红鞋朱帽，隔岸唤船，芙蓉万叠。人稀到，这清绝。　因思旧事，庄敞平泉宅。莫与他人树石，对儿孙说。难全晚节，不如一丘壑。住茅屋三间，任穷达。

千秋万岁

此调原当为祝寿之词，但原创之词已失。其命词牌之意，当与《千秋岁》同。但句式、字数均与《千秋岁》、

《千秋岁引》不同。今仅存李冠所作词一首。词属双调、仄韵，共八十四字。上阕七句、三十九字，于第一、二、三、四、七句用韵；下阕八句、四十五字，于第一、二、五、八句用韵。参阅《千秋岁》、《千秋岁引》。

李　冠　　　　千秋万岁·杏花好

杏花好、子细君须辨。比早梅深、夭桃浅，把鲛绡、淡拂鲜红面。蜡融紫萼重重现，烟外悄，风中笑，香满院。　欲绽全开俱可羡，粹美妖娆无处选，除卿卿似寻常见。倚天真、艳冶轻朱粉，分明洗出胭脂面。追往事，绕芳榭，千千遍。

千秋岁

唐玄宗时有大曲《千秋子》、《千秋乐》。唐玄宗十七年八月五日他生日那一天，赐宴花萼楼下，百僚表请以每年此日为千秋节，王公以下献镜及承露囊，天下请咸令献乐。曲名据此而来。

“千秋”即千年，形容岁月长久，又用作祝寿的敬词。宋人用唐曲之意，命为词牌。《千秋岁》调见《宋史·乐志》，又名《千秋节》。词属双调、仄韵，共十六句、七十一字。上阕八句、三十五字，于第一、二、四、六、八句用韵；下阕八句、三十六字，于第一、二、四、六、八句用韵。参阅《千秋岁引》。

柳　永　　　　千秋岁·泰阶平了

泰阶平了，又见三台耀。烽火静，欃枪扫。朝堂耆硕辅，樽俎英雄表。福无艾，山河带砺人难老。　渭水当年钓，晚应飞熊兆。同一吕，今偏早。乌纱头未白，笑把金樽倒。人争羡，二十四遍中书考。

张　先　　　　千秋岁·数声鶗鴂

数声鶗鴂，又报芳菲歇。惜春更把残红折。雨轻风色暴，梅子青时节。永丰柳，无人尽日飞花雪。　莫把幺弦拨，怨极弦能说。天不老，情难绝。心似双丝网，中有千千结。夜过也，东窗未白凝残月。

欧阳修　　　　千秋岁·罗衫满袖

罗衫满袖，尽是忆伊泪。残妆粉，余香被。手把金尊酒，未饮先如醉。但向道，厌厌成病皆因你。　　离思迢迢远，一似长江水。去不断，来无际。红笺著意写，不尽相思意。为个甚，相思只在心儿里。

欧阳修　　　　千秋岁·画堂人静

画堂人静，翡翠帘前月。鸾帷凤枕虚铺设。风流难管束，一去音书歇。到而今，高梧冷落西风切。　　未语先垂泪，滴尽相思血。魂欲断，情难绝。都来些子事，更与何人说。为个甚，心头见底多离别。

欧阳修　　　　千秋岁·春恨

柳花飞尽，鱼鸟无音信。杯减量，愁添鬓。梅酸心未老，藕断丝犹嫩。欢笑地，转头都做江淹恨。　　香冷灰消印，灯暗煤生晕。空自解，谁俫问。夜长春梦短，人远天涯近。庭院晚，一帘风雨寒成阵。

苏　轼　　千秋岁·湖州暂来徐州重阳作

浅霜侵绿，发少仍新沐。冠直缝，巾横幅。美人怜我老，玉手簪黄菊。秋露重，真珠落袖沾余馥。　　坐上人如玉，花映花奴肉。蜂蝶乱，飞相逐。明年人纵健，此会应难复。须细看，晚来月上和银烛。

苏　轼　　　　千秋岁·次韵少游

岛边天外，未老身先退。珠泪溅，丹衷碎。声摇苍玉佩，色重黄金带。一万里，斜阳正与长安对。　　道远谁云会，罪大天能盖。君命重，臣节在。新恩犹可觊，旧学终难改。吾已矣，乘桴且恁浮于海。

李之仪　　　　千秋岁·深帘静昼

咏畴昔胜会和人韵，后篇喜其归

深帘静昼，绰约闺房秀。鲜衣楚制非文绣。凝脂肤理腻，削玉腰围瘦。闲舞袖，回身昵语凭肩久。　　眉压横波皱，歌

断青青柳。钗蘧擘，壶频叩。鬓凄清镜雪，泪涨芳樽酒。难再偶，沉沉梦峡云归后。

李之仪　　千秋岁·柔肠寸折

柔肠寸折，解袂留清血。蓝桥动是经年别。掩门春絮乱，欹枕秋蛩咽。檀篆灭，鸳衾半拥空床月。　　妆镜分来缺，尘污菱花洁。嘶骑远，鸣机歇。密封书锦字，巧绾香囊结。芳信绝，东风半落梅梢雪。

李之仪　　千秋岁·再和前意

万红暄昼，占尽人间秀。怎生图画如何绣。宜推萧史伴，消得东阳瘦。垂窄袖，花羊镇忆相携久。　　泪裛回纹皱，好在章台柳。洞户隔，凭谁叩。寄声虽有雁，会面难同酒。无计偶，萧萧暮雨黄昏后。

李之仪　　千秋岁·休嗟磨折

休嗟磨折，看取罗巾血。殷勤且话经年别。庭花番怅望，檐雨同呜咽。明半灭，灯光夜夜多如月。　　无复伤离缺，共保冰霜洁。不断梦，从今歇。收回书上絮，解尽眉头结。犹未绝，金徽泛处应能雪。

李之仪　　千秋岁·和人

中秋才过，又是重阳到。露乍冷，寒将报。绿香摧渚芰，黄密攒庭草。人未老，蓝桥谩促霜砧捣。　　照影兰缸晕，破户银蟾小。樽在眼，从谁倒。强铺同处被，愁卸欢时帽。须信道，狂心未歇情难老。

李之仪　　千秋岁·用秦少游韵

深秋庭院，残暑全消退。天幕迥，云容碎。地偏人罕到，风惨寒微带。初睡起，翩翩戏蝶飞成对。　　叹息谁能会，犹记逢倾盖。情暂遣，心常在。沉沉音信断，冉冉光阴改。红日晚，仙山路隔空云海。

孔平仲　　千秋岁·春风湖外

春风湖外，红杏花初退。孤馆静，愁肠碎。泪余痕在枕，

别久香销带。新睡起，小园戏蝶飞成对。　　惆怅人谁会，随处聊倾盖。情暂遣，心何在。锦书消息断，玉漏花阴改。迟日暮，仙山杳杳空云海。

黄庭坚　　千秋岁·苑边花外

苑边花外，记得同朝退。飞骑轧，鸣珂碎。齐歌云绕扇，赵舞风回带。严鼓断，杯盘狼藉犹相对。　　洒泪谁能会，醉卧藤阴盖。人已去，词空在。兔园高宴悄，虎观英游改。重感慨，波涛万顷珠沉海。

黄庭坚　　千秋岁·世间好事

世间好事，恰恁厮当对。乍夜永，凉天气。雨稀帘外滴，香篆盘中字。长入梦，如今见也分明是。　　欢极娇无力，玉软花欹坠。钗罥袖，云堆臂。灯斜明媚眼，汗浃瞢腾醉。奴奴睡，奴奴睡也奴奴睡。

晁端礼　　千秋岁·飞云骤雨

飞云骤雨，草草成暌阻。寸肠结尽千千缕。别离谁是没，惟我于中苦。最苦是，看奴未足抛奴去。　　一句临歧语，忍泪奴听取。身可舍，情难负。纵非瓶断绠，也是钗分股。再见了，知他似得如今否。

秦　观　　千秋岁·水边沙外

水边沙外，城郭春寒退。花影乱，莺声碎。飘零疏酒盏，离别宽衣带。人不见，碧云暮合空相对。　　忆昔西池会，鹓鹭同飞盖。携手处，今谁在。日边清梦断，镜里朱颜改。春去也，飞红万点愁如海。

晁补之　　千秋岁·次韵吊高邮秦少游

江头苑外，常记同朝退。飞骑轧，鸣珂碎。齐讴云绕扇，赵舞风回带。严鼓断，杯盘藉草犹相对。　　洒涕谁能会，醉卧藤阴盖。人已去，词空在。兔园高宴悄，虎观英游改。重感慨，惊涛自卷珠沉海。

晁补之　　千秋岁·玉京仙侣

玉京仙侣，同受琅函结。风雨隔，尘埃绝。霞觞翻手破，

阆苑花前别。鹏翼敛，人间泛梗无由歇。　　岂忆山中酒，还共溪边月。愁闷火，时间灭。何妨心似水，莫遣头如雪。春近也，江南雁识归时节。

晁补之　　千秋岁·叶舟容易

叶舟容易，行尽江南地。南雁断，无书至。怜君羁旅处，见我飘蓬际。如梦寐，当年阆苑曾相对。　　休说深心事，但付狂歌醉。那更话，孤帆起。水精溪绕户，云母山相砌。君莫去，只堪伴我溪山里。

谢　逸　　千秋岁·楝花飘砌

楝花飘砌，蔌蔌清香细。梅雨过，蘋风起。情随湘水远，梦绕吴峰翠。琴书倦，鹧鸪唤起南窗睡。　　密意无人寄，幽恨凭谁洗。修竹畔，疏帘里。歌余尘拂扇，舞罢风掀袂。人散后，一钩淡月天如水。

惠　洪　　千秋岁·半身屏外

半身屏外，睡觉唇红退。春思乱，芳心碎。空余簪髻玉，不见流苏带。试与问，今人秀整谁宜对。　　湘浦曾同会，手搴轻罗盖。疑是梦，今犹在。十分春易尽，一点情难改。多少事，却随恨远连云海。

叶梦得　千秋岁·次韵兵曹席孟惠廨中千叶黄梅

晓烟溪畔，曾记东风面。化工更与重裁剪。额黄明艳粉，不共妖红软。凝露脸，多情正似当时见。　　谁向沧波岸，特地移闲馆。情一缕，愁千点。烦君搜妙语，为我催清宴。须细看，纷纷乱蕊空凡艳。

叶梦得　　千秋岁·雨声萧瑟

小雨达旦，东斋独宿不能寐，有怀松江旧游

雨声萧瑟，初到梧桐响。人不寐，秋声爽。低檐灯暗淡，画幕风来往。谁共赏，依稀记得船篷上。　　拍岸浮轻浪，水阔菰蒲长。向别浦，收横网。绿蓑冲暝□，艇子摇双桨。君莫忘，此情犹是当时唱。

陈　克　　　　千秋岁·柏舟高躅

柏舟高躅，晚岁宜遐福。门户壮，疏汤沐。青袍围白发，端锦缥犀轴。仙桂长，交柯却映蟠桃熟。　　缥缈长江曲，入破笙箫逐。香雾满，飞华屋。玉钩凉月挂，冰麝芙蓉馥。千万寿，酒中倒卧南山绿。

朱敦儒　千秋岁·贯方七月五日生日为寿

占秋呈瑞，四海杨公子。蹋拖尚带蓬壶体，清新春草句，潇洒兰亭字。宦情少，眠云弄月知心事。　　此去应无滞，稳步烟霄地。鹏万里，鹤千岁。他年黄阁老，访我清溪醉。青凤舞，贻君万斛瑶花蕊。

周紫芝　　　　千秋岁·生日

小春时候，晴日吴山秀。霜尚浅，梅先透。波翻醽醁酘，雾暖芙蓉绣。持寿酒，仙娥特地回双袖。　　试问春多少，恩入芝兰厚。松不老，山长久。星占南极远，家是椒房旧。君一笑，金鸾看取人归后。

周紫芝　　　千秋岁·叶审言生日

当年文焰，蜀锦词华烂。年正少，声初远。手攀天上桂，书奏蓬莱殿。人尽道，洛阳盛事今重见。　　千尺青苍干，直节凌霄汉。天未识，应嗟晚。饮残长寿酘，归奉春皇燕。金叶满，擗麟且受麻姑劝。

周紫芝　　　千秋岁·送春归去

春欲去，二妙老人戏作长短句留之，为社中一笑

送春归去，说与愁无数。君去后，归何处。人应空懊恼，春亦无言语。寒日暮，腾腾醉梦随风絮。　　尽日间庭雨，红湿秋千柱。人恨切，莺声苦。拟倾浇闷酒，留取残红树。春去也，不成不为愁人住。

张元幹　　　　千秋岁·寿

相门出相，和气浓春酿。传家冠佩云台上。庞眉扶寿杖，绿发披仙氅。星两两，泰阶已应升平象。　　玉砌兰芽长，定

向东风赏。添彩袖，褰罗幌。丝簧俱妙手，珠翠争宫样。江海量，年年醉里翻新唱。

吕渭老　　千秋岁·宝香盈袖

宝香盈袖，约腕金条瘦。裙儿细裥如肩皱。笑多簪髻侧，语小丝簧奏。洞房晚，千金未直横波溜。　缘短欢难又，人去春如旧。枝上月，谁携手。宿云迷远梦，泪枕中残酒。怎奈向，繁阴乱叶梅如豆。

吕渭老　　千秋岁·宝蟾悬镜

宝蟾悬镜，露颗倾荷柄。飞萤点点明花径。凝愁情不展，宿酒风还醒。天似晓，银河半落星相趁。　心事都无定，才致元相称。春过了，秋将近。小窗通竹圃，野色连金井。得仗个，多情燕子分明问。

王之道　　千秋岁·伯母刘氏生日

薰风散雾，帘幕清无暑。萱草径，荷花坞。幽香浮几席，秀色侵庭庑。微雨过，绿杨枝上珠成缕。　双燕飞还语，似庆良辰遇。酾美酒，烹肥羜。何妨饮且醉，共作斑衣舞。人竞报，蟠桃已实君知否。

王之道　　千秋岁·癸亥重九舟次吴江

斜风横雨，咫尺高城路。红蓼岸，苍葭浦。滞留春色晚，栖泊邮亭暮。信杳杳，鹊声近有无凭据。　肠断家何处，又见重阳度。多少恨，从谁诉。黄鸡斟白酒，自促供搜句。归去好，人生莫被浮名误。

王之道　　千秋岁·彦时教授兄生日

金风玉宇，庭院新经雨。香有露，清无暑。溪光摇几席，岚翠横尊俎。烘笑语，佳时聊复乡人聚。　门外荷花浦，秋到花无数。红鲙鲤，青浮醑。何妨文字饮，更得江山助。从此去，蒲轮入佐中兴主。

王之道　　千秋岁·追和秦少游

山前湖外，初日浮云退。荷气馥，槐阴碎。葵花红障锦，

萱草青垂带。谁得似，黄鹂求友新成对。　　忆昔东门会，千古同倾盖。人已远，歌如在。银钩虽可漫，琬琰终难改。愁浩荡，临风令我思淮海。

王之道　　千秋岁·张文伯生日

晓霜初肃，秋色团芳菊。榴转紫，柑犹绿。昨朝吹帽会，未快登临目。须信道，兵厨准拟三千斛。　　采采香盈掬，泛泛纷浮玉。红袖捧，清歌逐。何妨倾坐客，共献长知祝。归去好，北门夜引金莲烛。

王之道　　千秋岁·郑帅清卿生日

熙熙台上，秋色增清壮。和气溢，祥烟飏。淮山供杂俎，湖水浮新酿。人共仰，貔貅坐拥诗书将。　　箫鼓声嘹亮，珠翠环相向。回妙舞，迟妍唱。竞斟长命斝，同试沧溟量。锋车往，东归遂继华原相。

曹　勋　　千秋岁·洞房秀韵

洞房秀韵，结绮临春后。都压尽，名花柳。锦堂笼翡翠，璨枕同清昼。谁似得，佳时占断长欢偶。　　我昔闻名久，欲见成消瘦。寻不遇，空回首。征涂难驻马，坐想冰姿秀。凭寄语，南归更趁酴醿酒。

史　浩　　千秋岁·戴丈夫妇庆八十

吾乡我里，偕老真无比。宴席展，欢声起。蕊宫仙子绕，玉砌莱衣戏。称贺处，眉心竞指朱书字。　　忆昔西周吕，年纪虽相似。独自个，谁为侣。如今双凤老，堪引同螺醉。彭祖寿，十分方一从头纪。

黄公度　　千秋岁·贺莆守汪待举怀忠生日

汪报政将归，因以送之

郁葱佳气，天降麒麟瑞。回首处，江城外。一麾遗爱在，万口欢声沸。人乍远，危楼目断天无际。　　五马徘徊地，春色随归旆。寿水绿，壶山翠。风轻香篆直，日暖歌喉脆。椒觞举，人人尽祝千秋岁。

洪　适　　千秋岁·代上帅宅生日

颜朱鬓绿，天与穰穰福。旄钺贵，崇汤沐。华轩鱼映锦，紫诰鸾回幅。为寿处，玻璃凿落斟醽醁。　　瑞雾蟠华屋，露浥秋兰馥。香篆起，歌裾簇。衣斑丹穴凤，色润东床玉。鸾共鹤，年年来听神仙曲。

赵彦端　　千秋岁·杏花风下

杏花风下，独立春寒夜。微雨度，疏星挂。晖晖浓艳出，袅袅繁枝亚。朱槛倚，轻罗醉里添还卸。　　寂寞情犹乍，怅望骖鸾驾。衣褪玉，香欺麝。一花拚一醉，杯重凭谁把。春去也，重帘翠幕人如画。

赵彦端　　千秋岁·外姑生日

柏舟高躅，晚岁宜遐福。门户壮，疏汤沐。青袍围白发，瑞锦缠犀轴。仙桂长，交柯却映蟠桃熟。　　缥缈长生曲，入破笙箫逐。香雾薄，菲华屋。玉钩凉月挂，水麝秋蕖馥。千万寿，酒中倒卧南山绿。

李流谦　　千秋岁·别情

玉林照坐，簌簌花微堕。春院静，烟扉锁。黛轻妆未试，红淡唇微破。清瘦也，算应都是风流过。　　把盏对横枝，尚忆年时个。人不见，愁无那。绕林霜掠袂，嚼蕊香黏唾。清梦断，更随月色禁持我。

范成大　　千秋岁·重到桃花坞

北城南埭，玉水方流汇。青樾里，红尘外。万桃春不老，双竹寒相对。回首处，满城明月曾同载。　　分散西园盖，消减东阳带。人事改，花源在。神仙虽可学，功行无过醉。新酒好，就船况有鱼堪买。

李　洪　　千秋岁·鄮峰凝瑞

四明赵制置、史开府劝乡老众宾酒

鄮峰凝瑞，鄞水浮佳气。晴景转，花光媚。碧幢森大纛，红旆纷千骑。相遇处，满城鹤发群仙萃。　　绮席张高会，鼍

鼓笙箫沸。金兽袅，檀烟翠。玉山环回座，休惜今朝醉。觞再举，清歌共引千秋岁。

丘　崈　　　千秋岁·用秦少游韵

梅妆竹外，未洗唇红退。酥脸腻，檀心碎。临溪闲自照，爱雪春犹带。沙路晓，亭亭浅立人无对。　似恨谁能会，迟见江头盖。和鼎事，终应在。落残知未免，韵胜何曾改。牵醉梦，随香欲渡三山海。

丘　崈　　　千秋岁·征鸿天外

征鸿天外，风急惊飞退。云彩重，窗声碎。初凝铺径絮，渐卷随车带。凝望处，巫山秀耸寒相对。　高卧传都会，茅屋倾冠盖。空往事，今谁在。梅梢春意动，泽国年华改。楼上好，与君浩荡浮银海。

丘　崈　　　千秋岁·窥檐窗外

窥檐窗外，酒力冲寒退。风絮乱，琼瑶碎。凌波争缭绕，点舞相萦带。应惬当，凝香燕寝佳人对。　恰与花时会，小阻寻芳盖。犹自得，春多在。日烘梅柳竞，翠入山林改。但只恐，别离恨远如云海。

廖行之　　　千秋岁·寿外姑

腊余时候，天意收寒早。梅信动，春先到。晓来湘水上，有底风光好。春有意，惯随仙仗来蓬岛。　一念到人间，依约瑶池道。心好在，慈为宝。蟠桃多岁月，不数如瓜枣。千岁也，朱颜绿鬓人难老。

辛弃疾　千秋岁·为金陵史致道留守寿

塞垣秋草，又报平安好。尊俎上，英雄表。金汤生气象，珠玉霏谭笑。春近也，梅花得似人难老。　莫惜金尊倒，凤诏看看到。留不住，江东小。从容帷幄去，整顿乾坤了。千百岁，从今尽是中书考。

陈三聘　　　千秋岁·重到桃花坞

当年渔隐，路转桃溪汇。流水下，青山外。客行花径曲，

月上松门对。撑艇子，雪中蓑笠亲曾载。　　老去谁倾盖，腰瘦频移带。人健否，花仍在。明年春更好，来向花前醉。青鬓改，恁时难拚千金买。

石孝友　　千秋岁·春工领略

春工领略，点破群花萼。对流景，伤沦落。踏青心缕懒，病酒情怀恶。无奈处，东风故故吹帘幕。　　腕玉宽金约，一去音容邈。鱼与雁，应难托。从前多少事，不忍思量著。心撩乱，斜阳影在栏干角。

杨炎正　　千秋岁·代人为寿

五云缥缈，朝退金门晓。归未稳，传宣到。龙楼陪夕宴，凤沼吟春草。人间世，谁知自有蓬莱岛。　　一杯宜劝了，换得天颜笑。人不老，春长好。从今千百岁，总是中书考。瑶池会，金盘剩荐安期枣。

吴　泳　　千秋岁·寿友人

松舟桂楫，苕霅溪头别。秋后雨，春前雪。书凭湖雁寄，手把江蓠折。人未老，相看元似来时节。　　芳草鸣鶗鴂，野菜飞黄蝶。时易去，愁难说，析波浮玉醴，换火翻银叶。拚醉也，马蹄归踏梨花月。

张　榘　　千秋岁·为壑翁母夫人寿

鹤城秋晓，又庆生朝到。人与月，年年好。黑头公相贵，膝下欢娱笑。君知否，个般福分人间少。　　塞上西风老，红入霜前枣。日日有，平安报。慈颜酡晕浅，一呷金杯小。香缭绕，寿星明处台星照。

游文仲　　千秋岁·侄庆侍郎致政

今年为寿，都道是、不比寻常时节。预庆我公年八秩，来献新词一阕。算得年时，恰当尚父，入相周西伯。亲逢盛事，宗孙也五十八。　　一门富贵荣华，盈床牙笏，何待拈来说。且上祝龟龄鹤算，从此千千百百。笑道儿时，风流丹篆，写向龙驹额。更将彩笔，十字头上添一丿。

吴　潜　　　　千秋岁·水晶宫里

水晶宫里，有客闲游戏。溪漾绿，山横翠。柳纾阴不断，荷递香能细。撑小艇，受风多处披襟睡。　　回首看朝市，名利人方醉。蜗角上，争荣悴。大都由命分，枉了劳心计。归去也，白云一片秋空外。

陈　著　　　　千秋岁·寿从母夫冯

燕前莺底，一日春犹在。香雾晓，祥云霁。烟交槐影重，风约花尘卸。当此际，桃源不是人间世。　　彩袖环庭砌，华裾纷珂佩。欢声洽，童颜醉。金丹功已到，绿发生须再。箫鼓沸，飞琼来祝千千岁。

牟　巘　　　　千秋岁·寿黄倅

平分敏手，更觉山城小。聊岸帻，时舒啸。当年湓浦月，偏照香山老。头未白，而今半百才逾九。　　共说东园好，问春余多少。红药晚，金沙早。花须风日耐，人看功名久。催洗盏，对花一笑为君寿。

赵闻礼　　　　千秋岁·莺啼晴昼

莺啼晴昼，南国春如绣。飞絮眼，凭阑袖。日长花片落，睡起眉山斗。无个事，沉烟一缕腾金兽。　　千里空回首，两地厌厌瘦。春去也，归来否。五更楼外月，双燕门前柳。人不见，秋千院落清明后。

刘辰翁　　　　千秋岁·和尚学林寿筵即席

新笋熟也，借问谁家早。梅影里，蜂儿绕。三更残月上，一夜霜天晓。溪桥小，春风有意年年到。　　当年青鸟去，落叶无人扫。铜柱仄，瑶池老。残钟长乐树，坠马咸阳道。空回首，御街人卖南京枣。

彭子翔　　　　千秋岁·寿圆北山六十

重阳来未，谁领黄花意。斟玉醑，歌金缕。云山笼瑞彩，风月熔清气。北山顶，寿星一点光无际。　　六十今朝是，甲子从头起。堂堂去，千千岁。是非华表鹤，深浅蓬莱水。翁不

管，年年先共黄花醉。

高伯达　　千秋岁·影摇波动

影摇波动，晓日浮华栋。庆麟绂，征兰梦。绿擎龟叶小，红拂莲腮重。帘幕外，半天仙驭来飞鞚。　两两骖鸾凤，□窣珠衣纵。香雾散，祥云拥。□传金母信，酒为麻姑送。休惜醉，与君更下蟠桃种。

无名氏　　千秋岁·腊残春近

腊残春近，江上梅开粉。一枝漏泄东君信。寿阳妆面靓，姑射冰姿莹。似浅杏，清香试与分明认。　只恐霜侵破，又怕风吹损。待折取，还不忍。莫将花上貌，来点多情鬓。凝睇久，行人立马成遗恨。

无名氏　　千秋岁·夫寿妻

记当初归我，似德耀、嫁梁鸿。算三十年间，艰难历遍，甘苦相同。新来有孙可抱，也添些、喜色到眉峰。今日又逢生日，不妨樽酒从容。　老翁，只是一村农。欠你孺人封。幸儿渐知耕，妇能知织，莫问穷通。君看世间富贵，比浮云、缥缈过晴空。何似大家清健，玉林岁岁春风。

无名氏　　千秋岁·寿翁文叔　三月廿三

园林翠幄，妆点青春色。犹觉蓂留七叶。嵩神今日降，产此真英杰。蟾宫客，尽推一代文章伯。　富贵何心得，积善多阴德，那管青衫白发。儿孙俱满目，诗礼传衣钵。长不老，蓝桥是个神仙宅。

无名氏　　千秋岁·四月初九

麟垂绂秀，天纵今司寇。朱明景，清和候。缙云开帝乐，括苍钟神秀。人争羡，昨生一佛今朝又。　璧水声华茂，玉殿天香袖。姑小试，陶甄手。行为黄阁老，屹立丹墀右。名不朽，斯文名脉从君寿。

无名氏　　千秋岁·寿江东帅　七月十一

金陵秋早，四日中元到。天降诞，真英表。长庚腾瑞气，

箕宿增辉耀。膺帝渥，十连镇抚民多少。　莫惜椒觞倒，祝寿称难老。分帅阃，江东小。看看飞诏下，早趣黄扉召。平章了，长生学取神仙道。

无名氏　　千秋岁·庆生日女受聘　九月十七

律调无射，月望才逾日。昴宿呈祥南极。称觞祈五福，膺聘陈双璧。彩堂上，老人婺宿光交集。　龟鹤年相敌，孔雀屏开侧。喜与寿，俱逢吉。门楣他日作，椒觞歌今日。看父子，乘龙跨鹤皆仙匹。

无名氏　　千秋岁·十二月三十

欢盈万屋，声杂当庭竹。腾宝篆，辉银烛。东君将到处，只隔邮亭宿。谁知道，此时诞个人如玉。　红叶题宫墨，流入人间曲。天香在，犹芬馥。满斟眉寿酯，共劝千龄福。情未足，来朝更把酴酥祝。

千秋岁引

此调为宋代王安石创制，源于《秋岁》。王安石在对《千秋岁》调加以添字、减字、摊破之后，而自成一体。《千秋岁》为双调、仄韵，其常格为七十一字。《千秋岁引》亦属双调、仄韵，共八十二字，上阕八句、三十八字，于第二、三、五、八句用韵；下阕八句、四十四字，于第一、二、三、五、七、八句用韵。与《千岁秋》相较，上阕第一、二句减一字，第三句添一字；下阕第一、二句各添二字，第三句添一字；上下阕第四、五句各添二字，结句各减一字，摊破作三字两句。据杜文澜《词律》注，“引”乃引申之义，字数必多于前。此说适用这两个词调。《高丽史·乐志》名《千秋岁令》，李冠词名《千秋万岁》。又名《千秋引》、《澹红绡》。参阅《千秋岁》。

王安石　　千秋岁引·秋景

别馆寒砧，孤城画角，一派秋声入寥廓。东归燕从海上去，南来雁向沙头落。楚台风，庾楼月，宛如昨。　无奈被些名利缚，无奈被他情担阁。可惜风流总闲却。当初谩留华表

语，而今误我秦楼约。梦阑时，酒醒后，思量著。

陈德武　　　千秋岁引·濯锦丰姿

濯锦丰姿，新凉台阁，懊悔巫云太轻薄。琵琶未诉衣衫湿，菱花不照胭脂落。凤凰池，鸳鸯殿，重金钥。　　春色画船何处泊，秋色丹青人难摸。可惜风流总闲却。此情不与人知道，知时只恐人挠著。碧窗前，银灯下，陪孤酌。

梅　坡　　千秋岁引·寿女人　八月初二

两叶蓂开，千年桃熟，恰近秋期十三日。寿星辉映福星现，寿山高对城山立。蕊宫仙，王母宴，瑶池客。　　齐劝芳樽斟玉液，齐唱新词翻玉笛，岁岁今朝陪燕集。荣华富贵长年出，重重锦上花添色。谢庭兰，燕山桂，登科必。

无名氏　　千秋岁引·寿徐直院　四月十二

词赋伟人，当代一英杰。信独步儒林蟾宫客，名登雁塔正青春，更不历郡县徒劳力。即趋朝，典文衡，居花掖。　　得俦词科推第一，便掌丝纶天上尺。见说庆生辰，当此日。翠蓂三四叶方新，朱明正属清和节。行作个，黑头公，专调燮。

千秋岁令

又名《千秋岁引》，是对《千秋岁》调加以添字、减字、摊破之后形成的新调。无名氏词下阕结句为“千秋岁”，故名。属双调、仄韵，共八十五字。上阕八句、三十九字，下阕九句、四十六字。李冠词又名《千秋万岁》。参阅《千秋岁》、《千秋岁引》。

无名氏　　　千秋岁令·想风流态

想风流态，种种般般媚，恨别离时大容易。香笺欲写相思意，相思泪滴香笺字。画堂深，银烛暗，重门闭。　　似当日、欢娱何日遂，愿早早相逢重设誓。美景良辰莫轻拌，鸳鸯帐里鸳鸯被，鸳鸯枕上鸳鸯睡。似恁地，长恁地，千秋岁。

千春词

唐教坊曲有《千春乐》，此调或用其曲。今只存宋代无名氏一词，为祝寿之作，与《千秋岁》命意相同。属双调、仄韵，共一百一十三字。上阕十二句、五十六字，于第一、三、六、八、九、十二句用韵；下阕十三句、五十七字，于第一、二、三、七、八、十、十三句用韵。

无名氏　　　　千春词·寿游侍郎

瞿岭云齐，建溪源远，庆衍英奇。且机乘天巧，臣贤主圣，后光同日月以为期。千载相逢，一朝盛事，自昔人夸今见之。催归诏，要领班宸殿，捧万年卮。　　嘻嘻，莫道春迟。已著梅梢第一枝。映紫荷持橐，星辰步武，黄金横带，朝夕论思。不但斯时，重恢事业，整顿乾坤弘所施。洪钧转，虽寒根雪谷，物物生辉。

个侬

“个侬”为唐宋时俗语，相当于说此人或彼人。唐朝韩偓《赠渔者》诗：“个侬居处近诛茅，枳棘篱兼用荻梢。”宋代范成大《余杭初出陆》诗：“霜毛瘦骨犹千骑，少见行人似个侬。”词调《个侬》即用此意。宋代廖莹中词的起句为“恨个侬无赖，卖娇眼、春心偷掷”，故取词中字句用为调名。词属双调、平韵，共一百五十九字。上阕十六句、八十字，于第二、五、九、十二、十四、十六句用韵；下阕十六句、七十九字，于第一、二、五、九、十一、十二、十四、十六句用韵。清代万树《词律》以为此调是《六丑》的别名，宋代杨慎以其调不雅改为《个侬》。实际上万树所收之词多与《六丑》不合，且误为杨慎所作。《六丑》仄韵，共一百四十字，上阕十四句，六十九字，下阕十二句、七十一字。可见《个侬》与《六丑》显系两调，不能视为别名。参阅《六丑》。

廖莹中　　　　个侬·恨个侬无赖

恨个侬无赖，卖娇眼、春心偷掷。苍苔花落，先印下一双

春迹。花不知名，香才闻气，似月下箜篌，蒋山倾国。半解罗襟，蕙薰微度，镇宿粉、栖香双蝶。语态眠情，感多情、轻怜细阅。休问望宋墙高，窥韩路隔。　寻寻觅觅，又暮雨凝碧。花径横烟，红扉映月，尽一刻、千金堪值。卸袜熏笼，藏灯衣桁，任裹臂金斜，搔头玉滑。更恨檀郎，恶怜深惜，尽颤袅、周旋倾侧。软玉香钩，怪无端、凤珠微脱。多少怕晓听钟，琼钗暗擘。

广寒秋

广寒即广寒宫，古人虚构出广寒虚境，后遂成为“月宫”的代称。张辑词有“天风吹送广寒秋”之句，遂取后三字命为《广寒秋》。张辑又标为“寓鹊桥仙”，《广寒秋》成为《鹊桥仙》的别名。属双调、仄韵，共五十八字。上、下阕均五句，各二十九字，亦均与第四、五句用韵。参阅《鹊桥仙》。

张　辑　　广寒秋·杯行将半

杯行将半，月来犹未，潇洒水亭无暑。清宵数客一阑秋，对冰雪、荷花似语。　雄边台上，文游台上，咫尺红云容与。天风吹送广寒秋，正画舸、湖光佳处。

小木兰花

小木兰花即小型之《木兰花》。《木兰花》本是唐教坊曲名，后用为词牌名，其格式可参阅词牌《木兰花》。《小木兰花》比《木兰花》乐调短，字数少，属小曲。该调属双调，平韵、仄韵兼用，共四十四字。上、下阕均各四句，二十二字，格式相同，皆于第一、二句用仄韵，第三、四句用平韵。

无名氏　小木兰花·寿亲戚　十二月廿七

日逢三九，相对梅花倾寿酒。次第回春，甲子从头又一新。　敬翻一曲，付与歌儿勤为祝。为问仙翁，今岁蟠桃几度红。

小冲山

“冲”同“重”，《小冲山》即《小重山》，成为《小重山》的别名，又名《小重山令》。宋人以山命为词牌名。词属双调、平韵，共五十八字。上下阕均六句、二十九字，亦均于第一、三、四、六句用韵。

李邴　　小冲山·立春

谁劝东风腊里来，不知天待雪，恼江梅。东郊寒色尚徘徊，双彩燕，飞傍鬓云堆。　玉冷晓妆台，宜春金缕字，拂香腮。红罗先绣踏青鞋，春犹浅，花信更须催。

此首别作毛滂词

宋丰之　　小冲山·花样妖娆柳样柔

花样妖娆柳样柔，眼波流不断、满眶秋。窥人佯整玉搔头，娇无力，舞罢却成羞。　无计与迟留，满怀禁不得、许多愁。一溪春水送行舟，无情月，偏照水东楼。

小抛球乐令

《抛球乐》本是唐大曲名，后用为词调名。此曲是古代酒筵中抛球为令时所唱。“抛球”相当于后世的游戏击鼓传花。“令”来源于唐代的酒令，后用于词调中表明其调为令词。“小”指小曲，是大曲的一部分。唐人诗中多咏此项活动，刘禹锡《抛球乐词》之九，有“章有抛球乐，一杯君莫辞”之句。今只存宋代无名氏词，其第二句为“缕金罗带系抛球”，即咏调名本意。属单调、平韵，共二十八字，四句，每句七字，于第一、二、四句用韵。该调形式上与七言绝句无别。

无名氏　　小抛球乐令·两行花窍占风流

两行花窍占风流，缕金罗带系抛球。玉纤高指红丝网，大家著意胜头筹。

小 重 山

此调李邴词名《小冲山》，姜夔词名《小重山令》。韩淲词有“点染烟浓柳色新”之句，故又名《柳色新》。另有别名《玉京山》、《枕屏冈》、《群玉轩》、《感皇恩》、《璧月堂》。双调，平韵，五十八字。上下阕各六句、二十九字，亦各与第一、三、四、六句用韵。参阅词牌《小冲山》。

晁端礼　　小重山·朱户深深小洞房

朱户深深小洞房，曲屏龟甲样，画潇湘。纱轻蓝嫩镂牙床，人如玉，一见已心凉。　午枕梦悠扬，流莺声唤觉，日犹长。几回烟断玉炉香，庭花影，不肯上东廊。

赵令畤　　小重山·楼上风和玉漏迟

楼上风和玉漏迟，秋千庭院静，百花飞。午窗才起暖金卮，匀面了，阑畔看春池。　何事苦颦眉，碧云春信断，尽来时。鸳鸯游戏镇相随，云雾敛，新月挂天西。

赵令畤　　小重山·雨霁风高天气清

雨霁风高天气清，玉盘浮出海，转空明。小窗帘影冷如冰，愁不寐，独自傍阶行。　情似浪头轻，一番销欲尽，一番生。无言惆怅到参横，人欲起，鹎鵊几声鸣。

贺　铸　　小重山·隔水桃花

隔水桃花□□□，□□□□□，□□□。□妆飞鹊镜台前，□□□，□□□□□。　□首已依然，断云疏雨后，更闻蝉。□□□叶付漪涟，驰寄与，人住玉溪边。

贺　铸　　小重山·花院深疑无路通

花院深疑无路通，碧纱窗影下，玉芙蓉。当时偏恨五更钟，分携处，斜月小帘栊。　楚梦冷沉踪，一双金缕枕，半床空。画桥临水凤城东，楼前柳，憔悴几秋风。

贺　铸　　小重山·玉指金徽一再弹

玉指金徽一再弹，新声传访戴，雪溪寒。两行墨妙破冰纨，牵情处，幽恨寄毫端。　　昵语强羞难，相逢真许似，镜中鸾。小梅疏影近杯盘，东风里，谁共倚阑干。

贺　铸　　小重山·帘影新妆一破颜

帘影新妆一破颜，玳筵回雪舞，小云鬟。琼枝擢秀望难攀，凝情处，千里望蓬山。　　歌断酒阑珊，画船箫鼓转，绿杨湾。坠钿残燎水堂关，斜阳里，双燕伴人闲。

贺　铸　　小重山·枕上闻门五报更

枕上闻门五报更，蜡灯香灺冷，恨天明。青蘋风转彩帆轻，樯头燕，多谢伴人行。　　临镜想倾城，两尖愁黛浅，泪波横。艳歌重记遣离情，缠绵处，翻是断肠声。

贺　铸　　小重山·月月相逢只旧圆

月月相逢只旧圆，迢迢三十夜，夜如年。伤心不照绮罗筵，孤舟里，单枕若为眠。　　茂苑想依然，花楼连苑起，压漪涟。玉人千里共婵娟，清琴怨，肠断亦如弦。

贺　铸　　小重山·一叶西风生嫩凉

一叶西风生嫩凉，彩舟旗影动，背斜阳。溪流几曲似回肠，高城远，今夜为谁长。　　正节号清狂，苎萝标韵美，倚新妆。月华歌调转清商，尊酒畔，好住伴刘郎。

贺　铸　　小重山·飘径梅英雪未融

飘径梅英雪未融，芳菲消息到，杏梢红。隔年欢事水西东，凝思久，不语坐书空。　　回想夹城中，彩山箫鼓沸，绮罗丛。钿轮珠网玉花骢，香陌上，谁与斗春风。

晁冲之　　小重山·碧水浮瓜纹簟前

碧水浮瓜纹簟前，只知闲枕手，不成眠。晚云如火雨晴天，轻云远，亭外一声蝉。　　池馆几年年，倚阑催小艇，采新莲。多情还到芰荷边，应相忆，折藕看丝牵。

祖　可　　小重山·谁向江头遗恨浓

谁向江头遗恨浓，碧波流不断，楚山重。柳烟和雨隔疏钟，黄昏后，罗幕更朦胧。　桃李小园空，阿谁犹笑语，拾残红。珠帘卷尽落花风，人不见，春在绿芜中。

毛　滂　　小重山·宴太守张公内翰作

碧瓦朱甍紫翠深，玻璃屏障里，锦为城。子胥英爽海涛横，玉堂人，于此劝春耕。　五月政当成，岩廊将去路，肯留行。江山雄胜为公倾，公惜醉，风月若为情。

毛　滂　　小重山·立春日欲雪

谁劝东风腊里来，不知天待雪，恼江梅。东郊寒色尚徘徊，双彩燕，飞傍鬓云堆。　玉冷晓妆台，宜春金缕字，拂香腮。红罗先绣踏青鞋，春犹浅，花信更须催。

此首别作李邴词

毛　滂　　小重山·春雪小醉

门外东风糁玉尘，曲房花气蔼，博山春。小槽珠滴桂椒芬，梅蕊绽，谁共醉中闻。　睡起静无人，曲屏横远翠，锦为邻。十年旧事梦如新，红蕤枕，犹暖楚峰云。

毛　滂　　小重山·家人生日

鹤舞青青雪里松，冰开龟在藻，绿蒙茸。一成不记蕊珠宫，蟠桃熟，应待几东风。　玉酒紫金钟，非烟罗幕暖，宝熏秾。赠君春色腊寒中，君留取，长伴脸边红。

此首别作吴则礼词

沈　蔚　　小重山·花过园林清阴浓

花过园林清阴浓，琅玕新脱笋，绿丛丛。雨声只在小池东，闲攲枕，直面芰荷风。　长日敞帘栊，轻尘飞不到，画堂空。一尊今夜与谁同，人如玉，相对月明中。

米友仁　　小重山·醉倚朱阑一解衣

醉倚朱阑一解衣，碧云迷望眼，断虹低。近来休说带宽

围，人千里，还是燕双飞。　　深院日初迟。绮窗帘幕静，恨生眉。不堪虚度是花时，鸿来速，争解寄相思。

米友仁　　小重山·雨过风来午暑清

雨过风来午暑清，榴花红照眼，向人明。一枝低映宝钗横，菖蒲酒，玉碗十分斟。　　引满听新声，小轩帘半卷，远山青。几人闲处见闲情，醒还醉，为趣妙难名。

王安中　　小重山·汤

重举金猊多炷香，仙方调绛雪，坐初尝。醉鬟娇捧不成行，颜如玉，玉碗共争光。　　飞盖莫催忙，歌檀临阕处，缓何妨。远山横翠为谁长，人归去，余梦绕高唐。

王安中　　小重山·椽烛乘珠清漏长

椽烛乘珠清漏长，醉痕衫袖湿，有余香。红牙双捧旋排行，将歌处，相向更催妆。　　明月映东墙，海棠花径密，迸流光。迟留春笋缓催汤，兰堂静，人已候虚廊。

王安中　　小重山·相州荣归池上作

碧藕花风入袖香，涓涓清露浥，玉肌凉。折花无语傍横塘，随折处，一寸万丝长。　　还更擘莲房，莲心真个苦，似离肠。凌波新恨尽难忘，分携也，触事著思量。

汪　藻　　小重山·月下潮生红蓼汀

月下潮生红蓼汀，浅霞都敛尽，四山青。柳梢风急堕流萤，随波处，点点乱寒星。　　别语寄丁宁，如今能间隔，几长亭。夜来秋气入银屏，梧桐雨，还恨不同听。

曹　组　　小重山·帘卷东风日射窗

帘卷东风日射窗，小山庭院静，接回廊。疏疏晴雨弄斜阳，凭栏久，墙外杏花香。　　时节好寻芳，多情怀酒伴，忆欢狂。归鸿应已度潇湘，音书杳，前事忍思量。

曹　组　　小重山·陌上花繁莺乱啼

陌上花繁莺乱啼，骅骝金络脑，锦障泥。寻芳行乐忆当

时，联镳处，飞鞚绿杨堤。　　春物又芳菲，情如风外柳，只依依。空怜佳景负归期，愁心切，惟有梦魂知。

曹　组　　小重山·深拥熏篝倏已冥

深拥熏篝倏已冥，寂寥山枕畔，梦难成。谁堪三两夜乌声，银釭炧，花影上围屏。　　犹记旧时情，帘边人似月，月如冰。从今张眼到天明，衣带缓，谁与问伶俜。

周紫芝　　小重山·溪上晴山簇翠螺

溪上晴山簇翠螺，晓来霜叶醉，小池荷。琐窗秋意苦无多，帘绣卷，黄菊两三窠。　　小睡拥香罗，起来匀醉粉，玉垂梭。只愁无奈夜长何，你去也，今夜早来么。

周紫芝　　小重山·方元相生日

碧玉山围十里湖，水云天共远，戏双凫。河阳花县锦屏铺，人不老，长日在蓬壶。　　一笑且踟蹰，会骑箕尾去，上云衢。十分深注碧琳腴，休惜醉，醉后有人扶。

赵　佶　　小重山·罗绮生香娇上春

罗绮生香娇上春，金莲开陆海，艳都城。宝舆回望翠峰青，东风鼓，吹下半天星。　　万井贺升平，行歌花满路，月随人。龙楼一点玉灯明，箫韶远，高宴在蓬瀛。

李清照　　小重山·春到长门春草青

春到长门春草青，江梅些子破，未开匀。碧云笼碾玉成尘，留晓梦，惊破一瓯春。　　花影压重门，疏帘铺淡月，好黄昏。二年三度负东君，归来也，著意过今春。

沈　晦　　小重山·湖上秋来莲荡空

湖上秋来莲荡空，年华都付与，木芙蓉。采菱舟子两相逢，双媚靥，一笑与谁浓。　　斜日落溟濛，鸳鸯飞起处，水无踪。望湖楼上两三峰，人不见，林外数声钟。

赵　鼎　　小重山·漠漠晴霓和雨收

漠漠晴霓和雨收，长波千万里，拍天流。云帆烟棹去悠

悠，西风里，归兴满沧州。　　谩道醉忘忧，荡高怀远恨，更悲秋。一眉山色为谁愁，黄昏也，独自倚危楼。

蔡　伸　　小重山·吴松浮天阁送别

楼外江山展翠屏，沉沉虹影畔，彩舟横。一尊别酒为君倾，留不住，风色太无情。　　斜日半山明，画栏重倚处，独销凝。片帆回首在青冥，人不见，千里暮云平。

蔡　伸　　小重山·澹澹秋容烟水寒

澹澹秋容烟水寒，楼高清夜永，倚阑干。玉人不见坐长叹，箫声远，明月满空山。　　遐想绿云鬟，青冥风露冷，独乘鸾。别时容易见时难，凭孤枕，聊复梦婵娟。

蔡　伸　　小重山·流水桃花小洞天

宣和甲辰，余自彭城倅沿檄燕山，取道莫间。见所谓陈懿者于州治之筹边阁，诚不负所闻。明年归，则陈已入道矣。崔守呼之至，即席赠此

流水桃花小洞天，壶中春不老，胜尘寰。霞衣鹤氅并桃冠，新装好，风韵愈飘然。　　功行满三千，婴儿并姹女，炼成丹。刘郎曾约共升仙，十个月，养个小金坛。

蔡　伸　　小重山·楼上风高翠袖寒

楼上风高翠袖寒，碧云笼淡日，照阑干。绿杨芳草恨绵绵，长亭路，何处认征鞍。　　晓镜懒重看，鬓云堆凤髻，任阑珊。鸾衾鸳枕小屏山，人如玉，忍负一春闲。

吴淑姬　　小重山·春愁

谢了荼蘼春事休，无多花片子，缀枝头。庭槐影碎被风揉，莺虽老，声尚带娇羞。　　独自倚妆楼，一川烟草浪，衬云浮。不如归去下帘钩，心儿小，难著许多愁。

李弥逊　　小重山·学士生日

鞭凤骖鸾自斗杓，老君亲抱送，下层霄。人间仙李占春饶，千秋里，松月伴吹箫。　　故国水云遥，谪仙丹荔熟，剥

红绡。南山影转卧金蕉，倾寒绿，眉寿比山高。

李弥逊　　　　小重山·同前

星斗心胸锦绣肠，厌随尘土客，逐炎凉。江山风月伴行藏，无人识，高卧水云乡。　　肘后有仙方，假饶丹未就，寿须长。儒冠多误莫思量，十分酒，菡萏小池塘。

张元干　　小重山·谁向晴窗伴素馨

谁向晴窗伴素馨，兰芽初秀发，紫檀心。国香幽艳最情深，歌白雪，只少一张琴。　　新月冷光侵，醉时花近眼，莫频斟。薛涛笺上楚妃吟，空凝睇，归去梦中寻。

吕渭老　　　小重山·七夕病中

半夜灯残鼠上檠，上窗风动竹，月微明。梦魂偏记水西亭，琅玕碧，花影弄蜻蜓。　　千里暮云平，南楼催上烛，晚来晴。酒阑人散斗西倾，天如水，团扇扑流萤。

吕渭老　　小重山·雨洗檐花湿画帘

雨洗檐花湿画帘，知他因甚地，瘦厌厌。玉人风味似冰蟾，愁不见，烟雾晓来添。　　烦恼旧时谙，新来一段事，未心甘。满怀离绪过春蚕，灯残也，谁见我眉尖。

吕渭老　　小重山·云护柔条雪压枝

云护柔条雪压枝，斜风吹绛蜡，点胭脂。蔷薇柔水麝分脐，园林晚，脉脉带斜晖。　　深阁绣帘低，宝奁匀泪粉，晚妆迟。一枝屏外对依依，清宵永，谁伴破寒卮。

王之道　　　小重山·詹德秀生日

要识长生辈赤松，朱颜和绿发，正丰茸。当年今日堕仙宫，佳气郁，香霭菊花风。　　一醉拚千钟，小槽新酿美，玉泉浓。酒酣诗思浩无穷，云烟烂，题破锦笺红。

王之道　　　小重山·彦逢弟生日

花艳嫣然照坐红，池光高下见，木芙蓉。相从款款莫匆

匆，新酿熟，浮瓮碧香浓。　　倚槛送飞鸿，登高时节近，菊披风。笑谈今喜一杯同，揉金蕊，和露入杯中。

欧阳澈　　小重山·红叶伤心月午楼

红叶伤心月午楼，袭人风细细，远烟浮。瞢腾醉眼不禁秋，追旧事，拍塞一怀愁。　　心绪两悠悠，东阳消瘦损，甚风流。拟凭仙枕梦中游，无眠久，通夕数更筹。

何大圭　　小重山·惜别

绿树莺啼春正浓，钗头青杏小，绿成丛。玉船风动酒鳞红，歌声咽，相见几时重。　　车马去匆匆，路随芳草远，恨无穷。相思只在梦魂中，今宵月，偏照小楼东。

岳　飞　　小重山·昨夜寒蛩不住鸣

昨夜寒蛩不住鸣，惊回千里梦，已三更。起来独自绕阶行，人悄悄，帘外月胧明。　　白首为功名，旧山松竹老，阻归程。欲将心事付瑶琴，知音少，弦断有谁听。

王之望　　小重山·成都上元席上用权帅许觉民韵

幂幂轻云护晓霜，银花千万朵，烂韶光。宝山金字屡更张，笙箫远，帘幕閟重廊。　　车马暗尘香，一邦如蜡日，尽豪狂。游人归路笑声长，长歌里，击壤咏陶唐。

赵彦端　　小重山·春日归来如许长

春日归来如许长，不知偿此意，几何觞。老人临酒兴犹狂，溪山主，终不道山王。　　一雨罢耕桑，平生欢喜处，是吾乡。与君花底共风光，春莫笑，花不似人香。

李流谦　　小重山·绵守白宋瑞席间作

轻暑单衣四月天，重来闲屈指，惜流年。人间何处有神仙，安排我，花底与尊前。　　争道使君贤，笔端驱万马，驻平川。长安只在日西边，空回首，乔木淡疏烟。

向　滈　　小重山·翡翠林梢青黛山

翡翠林梢青黛山，小楼新罨画，卷珠帘。碧纱窗外水挼

蓝，凭栏处，相对玉纤纤。　　人散酒阑珊，夜长都睡皱，唾花衫。一弯残月下风檐，凌波去，罗袜步蹁跹。

曹　冠　　小重山·风飐池荷雨盖翻

风飐池荷雨盖翻，明珠千万颗，碎仍圆。龟鱼浮戏皱清涟，翠光映，垂柳幂瑶烟。　　幽兴寓薰弦，俗尘飞不到，小壶天。身闲无事自超然，拚酩酊，一枕梦游仙。

赵长卿　　小重山·残春一

清晚窗前杜宇啼，游仙惊梦醉，断魂迷。起来窗下看盆池，伤春去，消瘦不胜衣。　　柳陌记年时，行云音信杳、与心违。空教攒恨入双眉，人已远，红叶莫题诗。

赵长卿　　小重山·残春二

绿树阴阴春已休，群花飘尽也，不胜愁。游丝飞絮两悠悠，迷芳草，日暖雨初收。　　深院小迟留，好香烧一炷，细烟浮。更听羯鼓打梁州，恼人处，宿酒尚扶头。

赵长卿　　小重山·杨花

枝上杨花糁玉尘，晚风扶起处，雪轻盈。扑人点点细无声，谁能惜，撩乱满江城。　　忍泪未须倾，十年追往事，叹流莺。晓来雨过转伤情，铺池绿，遣恨寄浮萍。

赵长卿　　小重山·秋雨

一夜西风响翠条，碧纱窗外雨，长凉飙。潮来绿涨水平桥，添清景，疏韵入芭蕉。　　坐久篆烟销，多情人去后，信音遥。即今消瘦沈郎腰，悲秋切，虚度可人宵。

王　炎　　小重山·日脚才添一线长

至后一日，长兴赵宰到郡，并招归安、乌程二宰及项广文同饭

日脚才添一线长，葭灰吹玉管，转新阳。老来添得鬓边霜，年华换，归思满沧浪。　　唤客对凝香，公庭凫鹭散，缓行觞。何须红袖立成行，清淡好，胜似听丝篁。

杨冠卿　　小重山·一笑回眸百媚生

一笑回眸百媚生，娇羞佯不语，艳波横。缓移莲步绕阶行，凝情久，幽怨托银筝。　些事那回曾，水晶双枕冷，簟纹平。窥人燕子苦无情，惊梦断，何处觅云行。

辛弃疾　　小重山·茉莉

倩得薰风染绿衣，国香收不起，透冰肌。略开些子未多时，窗儿外，却早被人知。　越惜越娇痴，一枝云鬓上，那人宜。莫将他去比荼蘼，分明是，他更的些儿。

辛弃疾　　小重山·席上和人韵送李子永

旋制离歌唱未成，阳关先画出，柳边亭。中年怀抱管弦声，难忘处，风月此时情。　夜雨共谁听，尽教清梦去，两三程。商量诗价重连城，相如老，汉殿旧知名。

辛弃疾　　小重山·与客游西湖

绿涨连云翠拂空，十分风月处，著衰翁。垂杨影断岸西东，君恩重，教且种芙蓉。　十里水晶宫，有时骑马去，笑儿童。殷勤却谢打头风，船儿住，且醉浪花中。

赵善扛　　小重山·别情

汲水添瓶恰换花，蜂儿争要采，打窗纱。青春谁与度年华，弦索暗，无绪几曾拿。　春思正交加，马蹄声错认，客还家。花笺欲写寄天涯，羞人见，罗袖急忙遮。

赵　蕃　　小重山·寄刘叔通

小重山一阕，传闻叔通吾兄间留建城，衔杯之际，可令歌以酹我否

何地无溪祗欠人，有翁年八十，住其滨。直钩元不事丝缗，优游尔，聊以遂吾身。　陶令赋归辰，未尝轻出入，犯风尘。江洲太守独情亲，庐山醉，谁主复谁宾。

赵师侠　小重山·农人以夜雨昼晴为夜春

乐岁农家喜夜春，朝来收宿雾，快新晴。云移日转午风轻，香罗薄，暄暖困游人。　积水满春塍，绿波翻郁郁，露秧针。幸无离绪苦牵情，烟林外，时听杜鹃声。

陈　亮　小重山·碧幕霞绡一缕红

碧幕霞绡一缕红，槐枝啼宿鸟，冷烟浓。小楼愁倚画阑东，黄昏月，一笛碧云风。　往事已成空，梦魂飞不到，楚王宫。翠绡和泪暗偷封，江南阔，无处觅征鸿。

章良能　小重山·柳暗花明春事深

柳暗花明春事深，小阑红芍药，已抽簪。雨余风软碎鸣禽，迟迟日，犹带一分阴。　往事莫沉吟，身闲时序好，且登临。旧游无处不堪寻，无寻处，惟有少年心。

卢　炳　小重山·一见情怀便雅投

一见情怀便雅投，尊前成密约，意绸缪。已成行计理归舟，空相忆，无计为伊留。　执别话离愁，萦牵滋味恶，在心头。而今无奈阻欢游，些子事，此恨两悠悠。

汪　莘　小重山·居士情怀爱小春

居士情怀爱小春，恰如重会面，旧时人。东君轻笑又轻颦，如道我，春去却伤心。　青鸟下红巾，瑶池春信早，莫因循。柳丝黄日牡丹晨，相随逐，春浅到春深。

李　壁　小重山·燕雀风轻二月天

数椽甫葺，知府载酒宠临，辄次日近环湖所赋韵为一杯寿

燕雀风轻二月天，一枝何处是家园。有花不惜是谁怜，生嫌怕，不为老人妍。　眉黛拥连娟，高情时载酒、雁湖边。略无雕饰自天然，新诗好，品第入朱弦。

韩　淲　小重山·和吴子似

云影收晴雨外明，碧溪春滟滟，落花平。莺声催我过桥行，人何在，诗酒淡心情。　闲里兴还生，锦鳞题尺素，有

谁能。草边芳径柳边城，归来也，清梦绕山屏。

韩　滤　　　　小重山·柳色新

点染烟浓柳色新，小桃红映水，日初匀。露收芳径草铺茵，凝情久，风淡起轻尘。　　梁燕已争春，折花闲伴酒，试濡唇。流莺何处语声频，阑干曲，蜂蝶更随人。

魏了翁　　小重山·养得儿男百不中

叔母生日每岁兄弟多以校试莫遂彩衣团栾之乐，今岁复尔良以缺然小词寄五兄代劝

养得儿男百不中，年年随举子，踏春风。寿觞庭院燕泥融，将雏处，长是半西东。　　移孝便为忠，儿行虽在远，母心同。若将一念答天公，归来拜，也胜橘双红。

魏了翁　　小重山·开汉江山落手中

次韵刘左史光祖和三月十八日词见贻生日

开汉江山落手中，满门花粲阑，锦蒙戎。与人和气乐融融，应怜我，留滞剑南东。　　风味两文忠，恍如畴昔夜，一尊同。如今海内几刘公，觇天意，犹在笑颜红。

魏了翁　　小重山·叔母生日同官载酒用去年词韵

风雨移春醉梦中，忽然吹信息，堕泸戎。青炜风物换朱融，吾归矣，家在月明东。　　公等人为忠，年年称母寿，一尊同。恨无佳句可酬公，相期意，滴滴小槽红。

刘学箕　　小重山·春水东流一苇杭

春水东流一苇杭，春情翦不断，汉江长。江花江草为谁芳，浑不似，沙暖睡鸳鸯。　　且道不思量，怕他知得后，痛肝肠。路遥天阔水茫茫，成病也，教我怎禁当。

黄　机　　小重山·梧竹因依山尽头

梧竹因依山尽头，潇潇疏雨后，几分秋。轻凉无数入西楼，凭栏久，满眼动离愁。　　飞鹭下汀洲，怕知鸿雁到，带

书否。诗阄酒戏一齐休，人如削，身在水边洲。

赵以夫　　小重山·红木樨次谢先辈韵

一种分香自月宫，人间清绝处，小山丛。谁将仙米掷虚空，丹砂碎，糁遍碧云中。　　好是窦家风，年年秋色里，又香浓。风流全在主人翁，青青鬓，相映脸潮红。

吴　潜　　小重山·溪上秋来晚更宜

溪上秋来晚更宜，夕阳西下处，碧云堆。谁家舟子采莲归，双白鹭。惊起背人飞。　　烟水渐凄迷，渔灯三数点，乍明时。西风一阵白蘋湄，凝伫久，心事有谁知。

吴　潜　　小重山·碧霄如水月如钲

己未六月十四日老香堂前月台玩月

碧霄如水月如钲，今宵知为我，特分明。冰壶玉界两三星，清露下，渐觉湿衣轻。　　高树点流萤，秋声还又动，客心惊。吾家水月寄昭亭，归去也，天岂太无情。

曾原一　　小重山·薄雪初消银月单

薄雪初消银月单，疏疏浮竹影、矮红阑。梅花梦事落孤山，禁人处，霜重鼓声寒。　　留取晓来看，斑帘低小阁、烛花残。一帆明月去沧湾，空相忆，雪浪月痕翻。

许　棐　　小重山·正是拈芳采艳时

正是拈芳采艳时，连朝风雨里，掩朱扉。强排春恨剪新词，词未就，莺唱缕金衣。　　云薄弄晴晖，试穿花径去，拣双枝。紫香红腻著罗衣，簪不尽，瓶里顿将归。

黄　铸　　小重山·凉入秋檐雨意长

凉入秋檐雨意长，竹深啼络纬，响虚堂。一枝灯影耿昏黄，疏帘外，风度木樨香。　　心事易成伤，燕支坡下路，语如簧。定仙螺子玉钗梁，鸳屏梦，应到旧韦郎。

章谦亨　　小重山·同仇香过汭川，道间偶成

久雨初晴天气佳，远峰犹□被，乱峰遮。更无一朵路旁

花，春归也，光景只桑麻。　　山径曲如蛇，□□□□□，□□□。薄醪邀客去程赊，都输与，鹭鹭立平沙。

李莱老　　小重山·画檐簪柳碧如城

画檐簪柳碧如城，一帘风雨里，近清明。吹箫门巷冷无声，梨花月，今夜负中庭。　　远岫敛修颦，春愁吟入谱，付莺莺。红尘没马翠埋轮，西泠曲，欢梦絮飘零。

陈　著　　小重山·次韵定海赵簿咏梅

松是交朋竹是邻，横枝临水瘦，月黄昏。冲寒香入岭头云，清到底，人共一般清。　　好句更无痕，门前无俗客，不须扃。暂将骚致答花神，从此去，题动玉堂春。

陈允平　　小重山·岸柳黄深绿渐饶

岸柳黄深绿渐饶，林塘初雨过，涨蒲萄。秋千亭榭彩旗交，莺声里，春在杏花梢。　　慵整翠云翘，眉尖愁两点，倩谁描。斜阳芳草暗魂销，东风远，犹凭赤阑桥。

何梦桂　　小重山·吹断笙箫春梦寒

吹断笙箫春梦寒，倚楼思往事，泪偷弹。别时容易见时难，相看处，惟有玉连环。　　人在万重山，近来应不似，旧时颜。重门深院柳阴间，曾携手，休去倚危阑。

程　武　　小重山·香减鲛绡添泪痕

香减鲛绡添泪痕，彩云长是恨，等闲心。玉笙犹记夜深闻，湘水杳，寂寞隔巫云。　　翠被冷重熏，做成归梦了，却销魂。垂杨浓处著朱门，依然是，风雨掩黄昏。

陈成之　　小重山·恨入眉尖熨不开

恨入眉尖熨不开，日高犹未肯，傍妆台。玉郎嘶骑不归来，梁间燕，犹自及时回。　　粉泪污香腮，纤腰成瘦损，有人猜。一春那识下香阶，春又去，花落满苍苔。

周　容　　小重山·谢了梅花恨不禁

谢了梅花恨不禁，小楼羞独倚，暮云平。夕阳微放柳梢

明，东风冷，眉岫翠寒生。　　无限远山青，重重遮不断，旧离情。伤春还上去年心，怎禁得，时节又烧灯。

蒋　捷　　　小重山·晴浦溶溶明断霞

晴浦溶溶明断霞，楼台摇影处，是谁家。银红裙裥皱宫纱，风前坐，闲斗郁金芽。　　人散树啼鸦，粉团黏不住，旧繁华。双龙尾上月痕斜，而今照，冷淡白菱花。

蒋　捷　　　小重山·曾伴芳卿锵佩环

曾伴芳卿锵佩环，西风吹梦断，堕人寰。假饶无分入雕阑，窥妆镜，也合小溪湾。　　此地有谁怜，斜阳牛卧处，牧童攀。劝花休苦恨天天，从来道，薄命是朱颜。

张　炎　　　小重山·赋云屋

清气飞来望似空，数椽何用草，膝堪容。卷将一片当帘栊，难持赠，只在此山中。　　鱼影倦随风，无心成雨意，又西东。都缘窗户自玲珑，江枫外，不隔夜深钟。

张　炎　　　小重山·题晓竹图

淡色分山晓气浮，疏林犹剩叶，不多秋。林深仿佛昔曾游，频唤酒。渔屋岸西头。　　不拟此凝眸，朦胧清影里，过扁舟。行行应到白蘋洲，烟水冷，传语旧沙鸥。

张　炎　　　小重山·烟竹图

阴过云根冷不移，古林疏又密，色依依。何须喷饭笑当时，筼筜谷，盈尺小鹅溪。　　展玩似堪疑，楚山从此去，望中迷。不知何处倚湘妃，空江晚，长笛一声吹。

黄子行　　　小重山·一点斜阳红欲滴

一点斜阳红欲滴，白鸥飞不尽，楚天碧。渔歌声断晚风急，搅芦花，飞雪满林湿。　　孤馆百忧集，家山千里远，梦难觅。江湖风月好休拾，故溪云，深处著蓑笠。

刘景翔　　　小重山·枕屏风

山翠晴岚曲曲偎，红香浮玉醉窝颓。不烦人筑避风台，潇

湘路，随意自徘徊。　　春倦怕频催，琵琶私语近、问谁来。春风那隔锦云堆，梦中蝶，飞去又飞来。

吴则礼　　小重山·鹤舞青青雪里松

鹤舞青青雪里松，冰门龟在藻，绿蒙茸。一成不见蕊珠宫，蟠桃熟，犹待几东风。　　玉酒紫金钟，非烟罗幕暖，宝□浓。赠君春色腊寒中，君留取，长伴脸边红。

此首别作毛滂词

李朝卿　　小重山·春正浓时月正圆

春正浓时月正圆，华堂初燕喜，雨真仙。霞衣相对旧貂蝉，人间少，福寿子孙贤。　　□□佳非烟，花光羞粉艳，敢争妍。笑歌声里捧金舡，深深愿，松柏永同坚。

无名氏　　小重山·竹里清香帘影明

竹里清香帘影明，一枝照水弄精神。楼头横管罢龙吟，休三弄，留为与调羹。　　紫陌与青门，溪边浮动处，绝纤尘。等闲休付寿阳人，潇洒处，月淡又黄昏。

无名氏　　小重山·不是蛾儿不是酥

不是蛾儿不是酥，化工应道也难摹。花儿清瘦影儿孤，多情处，时有暗香浮。　　试问玉肌肤，夜来霜雪重，怕寒无。一枝欲寄洞庭姝，可惜许，只有雁衔芦。

无名氏　　小重山·天际春来都为君

天际春来都为君，依稀丹萼动，泛红云。恼人天气近黄昏，霜月底，山麝斗微薰。　　标格自天真，寿阳仙骨瘦，玉无纹。芳容临鉴洗余醺，双蛾稳，花面两难分。

无名氏　　小重山·鼓报黄昏禽影歇

鼓报黄昏禽影歇，单衣犹未试，觉寒怯。尘生锦瑟可曾阅，人去也，闲过好时节。　　对景复愁绝，东风吹不散，鬓边雪。些儿心事对谁说，眠不得，一枕杏花月。

无名氏　　小重山·络纬声残织翠丝

络纬声残织翠丝，金风剪不断、雁来时。梦回缄泪寄征衣，寒到早，应怪寄衣迟。　心事有谁知，黄昏常立尽、暗萤飞。秋来无处不生悲，情脉脉，月转辘轳西。

小重山令

“令”来源于唐代的酒令，作为词牌名，表示该词属小令（即令词），但有时只是用作词牌的通称，与词的长短无关。本调是《小重山》的别名，“令”字无特殊意义。又叫《小冲山》。属双调、平韵，共五十八字。参阅《小冲山》。

姜　夔　　小重山令·赋潭州红梅

人绕湘皋月坠时，斜横花树小，浸愁漪。一春幽事有谁知，东风冷、香远茜裙归。　鸥去昔游非，遥怜花可可，梦依依。九疑云杳断魂啼，相思血，都沁绿筠枝。

姜　夔　　小重山令·寒食飞红满帝城

赵郎中谒告迎侍太夫人，将来都下，予喜，为作此曲

寒食飞红满帝城，慈乌相对立，柳青青。玉阶端笏细陈情，天恩许，春尽可还京。　鹊报倚门人，安舆扶上了，更亲擘。看花携乐缓行程，争迎处，堂下拜公卿。

小秦王

本为唐教坊曲名，是唐玄宗开元、天宝间人所作。其意为小型之《秦王破阵乐》。《秦王破阵乐》亦简称为《破阵乐》，又名《破齐阵》、《神功破阵乐》。后用为词调名，其格式参阅词牌《破阵乐》。本调属单调、平韵，共四句，每句七字，于第一、二、四句用韵,形式上与七言绝句无别。

仇　远　　小秦王·眼溜秋潢脸晕霞

眼溜秋潢脸晕霞，宝钗斜压两盘鸦。分明认得萧郎是，佯凭阑干唤卖花。

仇　远　　小秦王·水拍长堤没软沙

水拍长堤没软沙，菰蒲深处钓鱼家。罾头免得黏风絮，船尾依然带落花。

小 桃 红

以花名命为词牌名，又名《连理枝》、《灼灼花》、《红娘子》。词属双调、仄韵，共七十字。上下阕均七句、三十五字，亦均于第一、二、五、七句用韵。本为唐代词调，名为《连理枝》，但只有前半阕。宋时俱加后半阕，成为《连理枝》的又一体，《虚舟集》始名为《小桃红》。程垓词又名为《红娘子》。

程　垓　　小桃红·不恨残花妥

不恨残花妥，不恨残春破。只恨流光，一年一度，又催新火。纵青天白日系长绳，也留春得么。　　花院重教锁，春事从教过。烧笋园林，尝梅台榭，有何不可。已安排、珍簟小胡床，待日长闲坐。

刘　过　　小桃红·在襄州作

晚入纱窗静，戏弄菱花镜。翠袖轻匀，玉纤弹去，小妆红粉。画行人、愁外两青山，与尊前离恨。　　宿酒醺难醒，笑记香肩并。暖借莲腮，碧云微透，晕眉斜印。最多情、生怕外人猜，拭香津微揾。

余桂英　　小桃红·芳草连天暮

芳草连天暮，斜日明汀渚。懊恨东风，恍如春梦，匆匆又去。早知人、酒病更诗愁，镇轻随飞絮。　　宝镜空留恨，筝雁浑无据。门外当时，薄情流水，如今何处。正相思、望断碧山云，又莺啼晚雨。

小梅花

即《梅花引》，详见《梅花引》条。

贺　铸　　　　小梅花·思前别

思前别，记时节，美人颜色如花发。美人归，天一涯，娟娟姮娥，三五满还亏。翠眉蝉鬓生离诀，遥望青楼心欲绝。梦中寻，卧巫云，觉来珠泪，滴向湘水深。　　愁无已，奏绿绮，历历高山与流水。妙通神，绝知音，不知暮雨朝云、何山岑。相思无计堪相比，珠箔雕阑几千里。漏将分，月窗明，一夜梅花忽开、疑是君。

小梁州

《梁州》本为唐时曲调名。梁州古代属边界地区，唐人以边界生活为题材，写成绝句，配乐歌唱，以《梁州》为调名。《小梁州》即小型之《梁州》，其乐调比《梁州》短。宋人借用其名，作为词牌，而另度新曲。其格式为双调、平韵，共六十二字。上阕七句、三十一字，于第一二、六、七句用韵；下阕七句、三十一字，于第一、六、七句用韵。

申　纯　　小梁州·惜花长是替花愁

惜花长是替花愁，每日到西楼。如今何况，抛离去也。关山千里，目断三秋，谩回头。　　殷勤分付东园柳，好为管长条。只恐重来，绿成阴也，青梅如豆。辜负凉州，恨悠悠。

小阑干

“阑干”即栏杆。《小阑干》是《少年游》的别名。双调，平韵，自四十九字至五十二字，有多种体式。纵观各家所作，上下阕的字数、句式、用韵参差颇多。即或同一字数

者，体式亦有别。柳永的五十一字一体，上阕为六句、二十五字，于第一、三、六句用韵；下阕为六句、二十六字，于第三、六句用韵。参阅《少年游》。

卢祖皋　　　　小阑干·种桂戏成

露华深酿古香浓，一树□云丛。窗间试与，闲培秋事，聊寄幽悰。　　钩帘静对西风晚，尘外小房栊。轻阴澹日，浅寒清月，想见山中。

小楼连苑

此调本名《水龙吟》。词人根据词的内容或词中字句，多另立新名，故此调别名颇多。《小楼连苑》即属其中之一。宋人杨樵云因秦观之词起句为“小楼连苑”，故把《水龙吟》易名为《小楼连苑》。曾觌词中有“是丰年瑞”之句，故又名《丰年瑞》；吕渭老词更名为《鼓笛慢》；史达祖把《水龙吟》改名为《龙吟曲》；方味道词中有“伴庄椿岁”之句，即换名为《庄椿岁》；有人以“海天阔处”起句，故又称《海天阔处》。《词谱》收此调有二十五体之多，自一百零一字至一百零六字不等。正格为一百零二字，双调，仄韵。上阕十二句、五十二字，于第二、五、八、十二句用韵；下阕十二句、五十字，于第一、三、六、九、十二句用韵。参阅《水龙吟》等以上诸别名。

杨樵云　　　　小楼连苑·梅

一枝斜堕墙腰，向人颤袅如相媚。是谁剪取，断云零玉，轻轻妆缀。不是幽人，如何能到，水边沙际。又匆匆过了，春风半面，尽长把、重门闭。　　只管相思成梦，道无情、又关乡意。苍苔半亩，如今已是，鹿胎田地。甚欲追陪，却嫌花下，翠环解语。待何时月转，幽房醉了，不教归去。

小镇西

此调又名《镇西》。唐曲有《镇西子》、《镇西乐》，

《镇西》为唐大曲名，《小镇西》是小曲，即小型之《镇西》，是《镇西》乐曲的一部分。宋词借用唐曲为词调名。属双调、仄韵，共七十九字。上阕八句、三十八字，于第二、三、四、七、八句用韵；下阕九句、四十一字，于第一、三、四、五、八、九句用韵。另有七十一字一体，名《小镇西犯》。

柳　永　　　小镇西·意中有个人

意中有个人，芳颜二八，天然俏、自来奸黠。最奇绝，是笑时、媚靥深深，百态千娇，再三偎著，再三香滑。　久离缺，夜来魂梦里，尤花殢雪。分明似旧家时节，正欢悦。被邻鸡唤起，一场寂寥，无眠向晓，空有半窗残月。

小镇西犯

“犯”即是犯调。犯调中的一种是句法相犯，即集合两个以上词调的句法而成的一个新词调。此调即是由《小镇西》和《万年欢》两调集合而成。柳永有《小镇西犯》词，即是犯调。其词属双调、仄韵，共八十字。上阕七句、三十四字，于第二、三、四、五、七句用韵；下阕八句、三十七字，于第一、三、四、五、六、八句用韵。参阅《小镇西》。

柳　永　　　小镇西犯·水乡初禁火

水乡初禁火，青春未老，芳菲满、柳汀烟岛。波际红帏缥缈，尽杯盘小。歌祓禊，声声谐楚调。　路缭绕，野桥新市里，花秾妓好。引游人、竞来喧笑，酩酊谁家年少。信玉山倒，家何处，落日眠芳草。

飞雪满堆山

“堆”又可写作“群”，故此调又名《飞雪满群山》。宋代张榘词咏雪落堆山，故名《飞雪满堆山》。而友古词作《飞雪满群山》。而“群”字比“堆”字较好。宋代蔡伸以此调填词，下阕起句为“长记得、扁舟寻旧约”，故又名《扁舟寻旧

约》。属双调、平韵，共一百零六字。上阕十一句、五十三字，于第三、六、八、十一句用韵；下阕十句、五十三字，于第三、六、八、十句用韵。参阅《飞雪满群山》。

张　榘　　**飞雪满堆山·次赵西里耑行喜雪韵**

爱日烘晴，梅梢春动，晓窗客梦方还。江天万里，高低烟树，四望犹拥螺鬟。是谁邀滕六，酿薄暮、同云冱寒。却元来是，铃阁露熏，俄忽老青山。　　都尽道、年来须更好，无缘农事，雨涩风悭。鹅池夜半，衔枚飞渡，看樽俎折冲间。尽青油谈笑，琼花露、杯深量宽。功名做了，云台写作画图看。

飞雪满群山

此调见《友古词》，本为咏雪落群山。张榘词名曰《飞雪满堆山》。蔡伸词，下阕起句为“长记得、扁舟寻旧约”，故又名《扁舟寻旧约》。属双调、平韵，共一百零六字。参阅《飞雪满堆山》。

蔡　伸　　**飞雪满群山·冰结金壶**

冰结金壶，寒生罗幕，夜阑霜月侵门。翠筠敲竹，疏梅弄影，数声雁过南云。酒醒欹粲枕，怆犹有、残妆泪痕。绣衾孤拥，余香未减，犹是那时熏。　　长记得、扁舟寻旧约，听小窗风雨，灯火昏昏。锦茵才展，琼签报曙，宝钗又是轻分。黯然携手处，倚朱箔、愁凝黛颦。梦回云散，山遥水远空断魂。

蔡　伸　　**飞雪满群山·绝代佳人**

绝代佳人，幽居空谷，绮窗森玉猗猗。小舟双桨，重寻旧约，洞房宛是当时。夜阑红烛暗，黯相对、浑如梦里。旋烘鸳锦，尘生绣帐，香减缕金衣。　　须信有、盟言同皎日，□利牵名役，事与君违。□君已许，今生来世，两情到此奚疑。彩鸾须凤友，算何日、丹山共归。未酬深愿，绵绵此恨无尽期。

马家春慢

“慢”指慢曲子，乐调长，字数多。此调属双调、仄韵，共一百零一字。上阕九句、五十字，于第三、五、七、九句用韵；下阕十句、五十一字，于第一、三、六、八、十句用韵。此调只此一首，《钦定词谱》归入贺铸所作。

无名氏　　马家春慢·珠箔风轻

珠箔风轻，绣帘浪卷，乍入人间蓬岛。斗玉阑干，渐庭馆帘栊春晓。天许奇葩贵品，异繁杏、夭桃轻巧。命化工、倾国风流，□与一枝纤妙。　　樽前五陵年少，纵丹青异格，难别颜貌。悲露凝烟，困红娇额，微颦低笑。须信浓香易歇，更莫惜、醉攀吟绕。待舞蝶游蜂，细把芳心都告。

子夜歌

汉代有曲《子夜四时歌》，后盛于晋，变化于六朝，又传于唐。五代有词牌名《子夜歌》，调同《菩萨蛮》，故又成为《菩萨蛮》的别名。南宋亦有词牌名《子夜歌》，乃为慢词之作。旧据《宋书·乐志》及《旧唐书·音乐志》所载，认为“《子夜》，晋曲也。晋有女子名子夜，造此声，声过哀苦”。此说当不确，因为汉时已有辞。但自汉至宋，名《子夜》者，在音乐上或有传承的关系。因为曲调上皆守清商。南宋时创制的《子夜歌》为慢词，共一百一十七字，分上、下两阕，用仄韵。与又名《巫山一片云》、《重叠金》、《菩萨蛮》的令词《子夜歌》，当属两调。贺铸所名之《子夜歌》，乃《忆秦娥》之别名。属双调、仄韵，五十二字，上、下阕句式同，均与第一、二、三、五句用韵。参阅《忆秦娥》、《菩萨蛮》等。

彭元逊　　子夜歌·和尚友

视春衫、箧中半在，浥浥酒痕花露。恨桃李、如风过尽，梦里故人成雾。临颍美人，秦川公子，晚共何人语。对人家、

花草池台，回首故园咫尺，未成归去。　　昨宵听、危弦急管，酒醒不知何处。飘泊情多，衰迟感易，无限堪怜许。似尊前眼底，红颜消几寒暑。年少风流，未谙春事，追与东风赋。待他年、君老巴山，共君听雨。

女冠子

“女冠”，唐代对女道士的一种称呼。宋代又称女道士为“女黄冠”。唐代以此为名，谱成曲子，属唐教坊曲，后用为词牌。唐朝温庭筠始用其调写小令，内容多用来咏女道士。词属双调、平韵，共四十一字。上阕五句、二十三字，于第一、二句用韵，第三、五句转韵；下阕四句、十八字，于第二、四句用转韵。宋代柳永始创长调，属双调、仄韵，共一百一十字。上阕十一句、五十四字，于第一、三、五、七、八、十一句用韵；下阕十三句、五十七字，于第五、七、十、十三句用韵，此外长调尚有一百零七字、一百一十二字、一百一十四字三种别体。

柳　永　　　女冠子·断云残雨

断云残雨，洒微凉、生轩户。动清籁、萧萧庭树。银河浓淡，华星明灭，轻云时度。莎阶寂静无睹，幽蛩切切秋吟苦。疏篁一径，流萤几点，飞来飞去。　　对月临风，空恁无眠耿耿，暗想旧日牵情处。绮罗丛里，有人人、那回饮散，略曾谐鸳侣。因循忍便睽阻，相思不得长相聚。好天良夜，无端惹起，千愁万绪。

柳　永　　　女冠子·淡烟飘薄

淡烟飘薄，莺花谢、清和院落。树阴翠、密叶成幄。麦秋霁景，夏云忽变奇峰、倚寥廓。波暖银塘，涨新萍绿鱼跃。想端忧多暇，陈王是日，嫩苔生阁。　　正铄石天高，流金昼永，楚榭光风转蕙，披襟处、波翻翠幕。以文会友，沉李浮瓜忍轻诺。别馆清闲，避炎蒸、岂须河朔。但尊前随分，雅歌艳舞，尽成欢乐。

柳　永　　　女冠子·夏景

火云初布，迟迟永日炎暑，浓阴高树。黄鹂叶底，羽毛学整，方调娇语。薰风时渐动，峻阁池塘，芰荷争吐。画梁紫燕，对对衔泥，飞来又去。　想佳期、容易成辜负，共人人、同上画楼斟香醑。恨花无主，卧象床犀枕，成何情绪。有时魂梦断，半窗残月，透帘穿户。去年今夜，扇儿扇我，情人何处。

李　邴　　　女冠子·上元

帝城三五，灯光花市盈路，天街游处。此时方信，凤阙都民，奢华豪富。纱笼才过处，喝道转身，一壁小来且住。见许多、才子艳质，携手并肩低语。　东来西往谁家女，买玉梅争戴，缓步香风度。北观南顾，见画烛影里，神仙无数。引人魂似醉，不如趁早，步月归去。这一双情眼，怎生禁得，许多胡觑。

蒋　捷　　　女冠子·元夕

蕙花香也，雪晴池馆如画。春风飞到，宝钗楼上，一片笙箫，琉璃光射。而今灯漫挂，不是暗尘明月，那时元夜。况年来、心懒意怯，羞与蛾儿争耍。　江城人悄初更打，问繁华谁解，再向天公借。剔残红灺，但梦里隐隐，钿车罗帕。吴笺银粉砑，待把旧家风景，写成闲话。笑绿鬟邻女，倚窗犹唱，夕阳西下。

蒋　捷　　　女冠子·竞渡

电旆飞舞，双双还又争渡。湘漓云外，独醒何在，翠药红蘅，芳菲如故。深衷全未语，不似素车白马，卷潮起怒。但悄然、千载旧迹，时有闲人吊古。　生平惯受椒兰苦，甚魄沉寒浪，更被馋蛟妒。结琼纫璐，料贝阙隐隐，骑鲸烟雾。楚妃花倚暮，□□琼箫吹了，溯波同步。待月明洲渚，小留旌节，朗吟骚赋。

无名氏　　　女冠子·同云密布

同云密布，撒梨花、柳絮飞舞。楼台诮似玉，向红炉暖阁

院宇。深庭广排筵会，听笙歌犹未彻，渐觉轻寒，透帘穿户。乱飘僧舍，密洒歌楼，酒帘如故。　　想樵人、山径迷踪路，料渔人、收纶罢钓归南浦。路无伴侣，见孤村寂寞，招飐酒旗斜处。南轩孤雁过，呖呖声声，又无书度。见腊梅、枝上嫩蕊，两两三三微吐。

王孙信

此调别名《寻芳草》。辛弃疾名为《王孙信》，赋闺中女子盼王孙之信也。属双调、仄韵，共五十二字。上、下阕格式相同，皆四句、二十六字。上阕句句用韵，下阕除第一句不用外，同上阕。参阅《寻芳草》。

辛弃疾　　王孙信·调陈莘叟

有得许多泪，又闲却、许多鸳被。枕头儿、放处都不是，旧家时、怎生睡。　　更也没书来，那堪被、雁儿调戏。道无书、却有书中意，排几个、人人字。

开元乐

此调本唐教坊曲名，本意为咏唐玄宗开元时之事。又名《三台》、《翠华引》。此调有二体：一是单调，原有唐人所制，宋人袭之，每首四句，每句六字，共二十四字，于第二、四句用韵；二是长调，为宋人所制，仅借用唐教坊曲《三台》旧名，另度新声。有三叠，仄韵，四十二句，共一百七十一字。参阅《三台》。

沈　括　　开元乐·鹳鹊楼头日暖

鹳鹊楼头日暖，蓬莱殿里花香。草绿烟迷步辇，天高日近龙床。

沈　括　　开元乐·楼上正临宫外

楼上正临宫外，人间不见仙家。寒食轻烟薄雾，满城明月梨花。

沈　括　　　开元乐·按舞骊山影里

按舞骊山影里，回銮渭水光中。玉笛一天明月，翠华满陌东风。

沈　括　　　开元乐·殿后春旗簇仗

殿后春旗簇仗，楼前御队穿花。一片红云闹处，外人遥认官家。

云仙引

此调为宋代冯伟寿自度曲，咏调名本意，即赋云中之神仙。屈原之《九歌》有《云中君》，是祭祀云神的歌。云神名丰隆。"引"即"曲"之意。属双调、平韵，共九十八字。上阕十句、四十五字，于第三、五、七、十句用韵；下阕十一句、五十三字，于第一、二、五、八、十一句用韵。

冯伟寿　　　　云仙引·桂花

紫风台高，红鸾镜里，霏霏几度秋馨。黄金重，绿云轻。丹砂鬓边滴粟，翠叶玲珑烟剪成。含笑出帘，月香满袖，天雾萦身。　　年时花下逢迎，有游女、翩翩如五云。乱掷芳英，为簪斜朵，事事关心。长向金风，一枝在手，嗅蕊悲歌双黛颦。绕临溪树，对初弦月，露下更深。

天下乐

此调本为唐教坊曲名，谈天下太平之意。宋人杨无咎用旧曲填新词。属双调、仄韵，共五十四字。上下阕均四句、二十七字，亦句句用韵，但两阕句式不尽一样。

杨无咎　　　天下乐·雪后雨儿雨后雪

雪后雨儿雨后雪，镇日价、长不歇。今番为寒忒太切，和天地、也来厮鳖。　　睡不著、身心自暗撷，这况味、凭谁说。枕衾冷得浑似铁，只心头、些个热。

天下乐令

《天下乐》本唐教坊曲名，其曲咏调名本意。“令”原为唐代酒令，用于词调中表明该调为令词，有时可有可无。此调与《天下乐》非一调，字数与句法均与其相异。此曲属双调、仄韵，共四十五字。上阕五句、二十三字，第一、二句一韵，第三、五句换韵。下阕四句、二十二字，第一、二句一韵，第三、四句换韵。

无名氏　　天下乐令·寿星明久

寿星明久，寿曲高歌沉醉后，寿烛荧煌。手把金炉，燃一寿香。　满斟寿酒，我意殷勤来祝寿。问寿如何，寿比南山福更多。

天门谣

此调为宋代贺铸所制，本为咏天门之险。其起句为“牛渚天门险”，故名。“天门”指山之艰险。词属双调、仄韵，四十五字。上阕四句、二十字，下阕四句、二十五字，两阕均句句用韵。

贺　铸　　天门谣·牛渚天门险

牛渚天门险，限南北、七雄豪占。清雾敛，与闲人登览。
待月上潮平、波滟滟，塞管轻吹新阿滥。风满槛，历历数、西州更点。

李之仪　天门谣·次韵贺方回登采石蛾眉亭

方回词云：牛渚天门险，限南北、七雄豪占，清雾敛，与闲人登览。　待月上潮平、波滟滟，塞管轻吹新阿滥。风满槛，历历数、西州更点。

天堑休论险，尽远目、与天俱占。山水敛，称霜晴披览。
正风静云闲、平潋滟。想见高吟名不滥。频扣槛，杳杳落、沙鸥数点。

天仙子

此牌本名《万斯年》，又名《秋江碧》、《万斯年曲》，属唐教坊曲名，是唐朝李德裕所进的属龟兹(在今新疆境内)部的舞曲。唐人皇甫松词中有“懊恼天仙应有以”之句，另一首又有“刘郎此日别天仙”之句，唐朝和五代词人多以此调咏天仙、仙子，亦有用以咏仙郎的，并以《天仙子》为题，后遂作为词牌名。有单调、双调二体。单调始于唐人，双调始于宋人。单调的，平韵，六句，共三十四字，于第一、二、四、五、六句用韵。此外尚有四仄韵、五仄韵、两仄三平韵等三种体制。双调的，仄韵，共六十八句。上下阕均六句、三十四字，亦均于第一、二、四、五、六句用韵。

张　先　　天仙子·水调数声持酒听

时为嘉禾小倅，以病眠不赴府会

水调数声持酒听，午醉醒来愁未醒。送春春去几时回，临晚镜，伤流景，往事后期空记省。　沙上并禽池上暝，云破月来花弄影。重重帘幕密遮灯，风不定，人初静，明日落红应满径。

张　先　　天仙子·郑毅夫移青社

持节来时初有雁，十万人家春已满。龙标名第凤池身，堂阜远，江桥晚，一障湖山看未遍。　障扇欲收歌泪溅，亭下花空罗绮散。樯竿渐向望中疏，旗影转，鼙声断，惆怅不如船尾燕。

张　先　　天仙子·别渝州

醉笑相逢能几度，为报江头春且住。主人今日是行人，红袖舞，清歌女，凭仗东风教点取。　三月柳枝柔似缕，落絮尽飞还恋树。有情宁不忆西园，莺解语，花无数，应讶使君何处去。

张　先　　天仙子·观舞

十岁手如芽子笋，固爱弄妆偷傅粉。金蕉并为舞时空，红

脸嫩，轻衣褪，春重日浓花觉困。　　斜雁轧弦随步趁，小凤累珠光绕鬓。密教持履恐仙飞，催拍紧，惊鸿奔，风袂飘飖无定准。

张　先　　　　天仙子·公择将行

坐治吴州成乐土，诏卷风飞来圣语。亲舆乞得便藩归，瑶席主，杯休数，清夜为君歌白苎。　　花接旧枝新蕊吐，造化不知人有助。看花岁岁比甘棠，嘉月暮，东门路，只恐带将春色去。

苏　轼　　　天仙子·走马探花花发未

走马探花花发未，人与化工俱不易。千回来绕百回看，蜂作婢，莺为使，谷雨清明空屈指。　　白发卢郎情未已，一夜剪刀收玉蕊。尊前还对断肠红，人有泪，花无意，明日酒醒应满地。

赵令畤　　　天仙子·宿雨洗空台榭莹

宿雨洗空台榭莹，下尽珠帘寒未定。花开花落几番晴，春欲竟，愁未醒，池面杏花红透影。　　一纸短书言不尽，明月清风还记省。玉楼香断又添香，闲展兴，临好景，心似乱萍何处整。

沈　蔚　　　天仙子·景物因人成胜概

景物因人成胜概，满目更无尘可碍。等闲帘幕小栏干，衣未解，心先快，明月清风如有待。　　谁信门前车马隘，别是人间闲世界。坐中无物不清凉，山一带，水一派，流水白云长自在。

周紫芝　　　天仙子·雪似杨花飞不定

雪似杨花飞不定,枝上冻禽昏欲暝。寒窗相对话分飞,箫鼓静,灯炯炯,一曲阳关和泪听。　　酒入离肠愁欲凝,往事不堪重记省。劝君莫上玉楼梯,风力劲,山色暝,忍看去时楼下径。

李弥逊　　　天仙子·次富季申韵

飞盖追春春约伫，繁杏枝头红未雨。小楼翠幕不禁风，芳

草路，无尘处，明月满庭人欲去。　一醉邻翁须记取，见说新妆桃叶女。明年却对此花时，留不住，花前语，总向似花人付与。

张元幹　天仙子·楼外轻阴春澹伫

三月十二日，奉同苏子陪富文访筠翁于旧居，遂为杏花留饮。欢甚，命赋长短句，乃得天仙子，写呈两公，末章并发一笑

楼外轻阴春澹伫，数点杏梢寒食雨。少年油壁记寻芳，梁苑路，今何处，千树红云空梦去。　惊见此花须折取，明日满城传侍女。情知醉里惜花深，留春住，听莺语，一段风流天赋与。

吕渭老　天仙子·代人送希文

楼下辘轳横露井，楼上婵娟开晓镜。下楼难忘上楼时，风未定，帆不正，簌簌珍珠挥麈柄。　眉上新愁吹不醒，别酒未斟歌未忍。雪中梅下定重来，烟暝暝，肠寸寸，莫放笛声吹落尽。

冯时行　天仙子·荼蘼已凋落赋

风幸多情开得好，忍却吹教零落了。弄花衣上有余香，春已老，枝头少，况又酒醒鶗鴂晓。　一片初飞情已悄，可更如今纷不扫。年随流水去无踪，恨不了，愁不了，楼外远山眉样小。

侯　寘　天仙子·宴五侯席上作

暖日丽晴春正好，杨柳池塘风弄晓。露桃云杏一番新，花窈窕，香飘缈，玉帐靓深闻语笑。　新赐绣鞯花映照，须信浓恩春共到。汉家飞将久宣劳，迎禁诏，瞻天表，入卫帝庭常不老。

张孝祥　天仙子·三月灞桥烟共雨

三月灞桥烟共雨，拂拂依依飞到处。雪球轻飏弄精神，扑不住，留不住，常系柔肠千万缕。　只恐舞风无定据，容易著人容易去。肯将心绪向才郎，待拟处，终须与，作个罗帏收

拾取。

丘　崈　　天仙子·畏暑只嫌秋较晚

畏暑只嫌秋较晚，不道玉楼人渐远。此情那解却清凉，肠欲断，愁无限，安得冰壶还照眼。　　妙舞蹁跹歌宛转，走遍京华何处见。清眠无梦到西州，余香浅，银钩软，唯仗锦书聊自遣。

赵长卿　　天仙子·寓意

眼色媚人娇欲度，行尽巫阳云又雨。花时还复见芳姿，情几许，愁何许，莫向耳边传好语。　　往事悠悠曾记否，忍听黄鹂啼锦树。啼声惊碎百花心，分付与，谁为主，落蕊飞红知甚处。

程　垓　　天仙子·惨惨霜林冬欲尽

惨惨霜林冬欲尽，又是溪梅寒弄影。矮窗曲屋夜烧香，人已静，灯垂烬，点滴芭蕉和雨听。　　约个归期犹未定，一夜梦魂终不稳。知他勾得许多情，真个闷，无人问，说与画楼应不信。

马子严　　天仙子·白玉为台金作盏

白玉为台金作盏，香是江梅名阆苑。年时把酒对君歌，歌不断，杯无算，花月当楼人意满。　　翘戴一枝蝉影乱，乐事且随人意换。西楼回首月明中，花已绽，人何远，可惜国香天不管。

陈　亮　　天仙子·七月十五日寿内

一夜秋光先著柳，暑力平明羞失守。西风不放入帘帏，饶永昼，沉烟透，半月十朝秋定否。　　指点芙蕖凝伫久，高处成莲深处藕。百年长共月团圆，女进男，酒称寿，一点浮云人似旧。

刘　过　　天仙子·初赴省别妾

别酒醺醺容易醉，回过头来三十里。马儿只管去如飞，牵一会，坐一会，断送杀人山共水。　　是则青衫终可喜，不道

恩情拚得未。雪迷村店酒旗斜，去也是，住也是，烦恼自家烦恼你。

刘　过　　　天仙子·彩笔恹恹慵赋咏

彩笔恹恹慵赋咏，斗草闲来寻小径。西园春事只供愁，当好景，成孤另，春又那知人欲病。　　洗尽残妆临晚镜，淡玉一团浆水莹。强持檀板近芳樽，云遏定，君须听，低唱月来花弄影。

洪咨夔　　　天仙子·寿陈倅八月十五

风月分将秋一半，昨夜月明今夜满。有人笙鹤御风来，玉绳转，银河淡，凉入天孙云锦段。　　笑捻桂枝香婉娩，十字金书光照眼。看看细札促归来，漏声缓，珂声远，夜宿玉堂谁是伴。

吴　潜　　　天仙子·舟行阻风

百舌搬春春已透，长驿短亭芳草昼。家山肠断欲归人，风宿留，船津候。一夜朱颜烦恼瘦。　　不用寻思闲宇宙，倦鸟入林云返岫。小园自有四时花，铺锦绣，钟醇酎，尽胜累累悬印绶。

卫宗武　　　天仙子·寿野渡

搭宅亭园虽不大，花木成阴难论价。豪端点缀有珠玑，竹一带，梅一派，明月清风何用买。　　子子孙孙纡寿彩，家庆成图和蔼蔼。更添三岁古来稀，酒满斝，诗满架，直到耆颐年未艾。

天宁乐

此调本名《铜人捧露盘引》，贺铸另起名曰“天宁乐”，并以此为调名。

贺　铸　　　天宁乐·斗储祥

斗储祥，虹流祉，兆黄虞。未□□、□圣真符。千龄叶

应，九河清、神物出龟图。□□□□，□盛时、朝野欢娱。　　靡不覆，旋穹□，□□□，□坤舆。致万国、一变华胥。霞觞□□，□□□、□□□宸趋。五云长在，望子□、□□□。

天　　香

"天香"本指祭神礼佛用的香。北周庾信《奉和同泰寺浮屠》诗中有"天香下桂殿，仙梵入伊笙"之句，唐朝沈佺期《乐城白鹤寺》诗中有"潮声迎法鼓，雨气湿天香"之句，后用为词牌。《法苑珠林》云：天童子天香甚香。调名本此。词属双调、仄韵，共九十四字。上阕十二句、五十字，于第三、六、九、十二句用韵；下阕十句、四十四字，于第一、三、五、八、十句用韵。

王　观　　　天香·霜瓦鸳鸯

霜瓦鸳鸯，风帘翡翠，今年早是寒少。矮钉明窗，侧开朱户，断莫乱教人到。重阴未解，云共雪、商量不了。青帐垂毡要密，红炉收围宜小。　　呵梅弄妆试巧，绣罗衣、瑞云芝草。伴我语时同语，笑时同笑。已被金尊劝倒，又唱个新词故相恼。尽道穷冬，元来恁好。

毛　滂　天香·宴钱塘太守内翰张公作

进止详华，文章尔雅，金銮恩异群彦。尘断银台，天低鳌禁，最是玉皇香案。燕公视草，星斗动、昭回云汉。对罢宵分，又是金莲，烛引归院。　　年来偃藩江畔，赖湖山、慰公心眼。碧瓦千家，少借袴襦余暖。黄气珠庭渐满，望红日、长安殊不远。缓辔端门，青春未晚。

刘　镇　　天香·对梅花怀王侍御

漠漠江皋，迢迢驿路，天教为春传信。万木丛边，百花头上，不管雪飞风紧。寻交访旧，惟翠竹、寒松相认。不意牵丝动兴，何心衬妆添晕。　　孤标最甘冷落，不许蝶亲蜂近。直自从来洁白，个中清韵。尽做重闻塞管，也何害、香销粉痕尽。待到和羹，才明底蕴。

洪咨夔　　天香·寿朱尚书

云母屏开，博山炉熨，人间南极星现。酥篆千秋，灯图百子，酒浪花光照面。堂深戏彩，任父老、儿童争劝。耆艾相将潞国，精明恰如清献。　　春风飘香合殿，仗云齐、漏迟宫箭。正好簪荷入侍，帕柑传宴。日月华虫茜绚，便与试、胸中五纹线。寿域长开，洪钧长转。

赵以夫　　天香·牡丹

蜀锦移芳，巫云散彩，天孙翦取相寄。金屋看承，玉台凝盼，尚忆旧家风味。生香绝艳，说不尽、天然富贵。脸嫩浑疑看损，肌柔只愁吹起。　　花神为谁著意，把韶华、总归姝丽。可是老来心事，不成春思。却羡宫袍仙子，调曲曲清平似翻水。笑嘱东风，殷勤劝醉。

吴文英　　天香·熏衣香

珠络玲珑，罗囊闲斗，酥怀暖麝相倚。百和花须，十分风韵，半袭凤箱重绮。茜垂四角，慵未揭、流苏春睡。熏度红薇院落，烟销画屏沉水。　　温泉绛绡乍试，露华侵、透肌兰泚。漫省浅溪月夜，暗浮花气。荀令如今老矣，但未减、韩郎旧风味。远寄相思，余熏梦里。

吴文英　　天香·蜡梅

蟫叶黏霜，蝇苞缀冻，生香远带风峭。岭上寒多，溪头月冷，北枝瘦、南枝小。玉奴有姊，先占立、墙阴春早。初试宫黄澹薄，偷分寿阳纤巧。　　银烛泪深未晓，酒钟悭、贮愁多少。记得短亭归马，暮衙蜂闹。豆蔻钗梁恨袅，但怅望、天涯岁华老。远信难封，吴云雁杳。

吴文英　　天香·寿筠塘内子

碧藕藏丝，红莲并蒂，荷塘水暖香斗。窈窕文窗，深沉书幔，锦瑟岁华依旧。洞箫韵里，同跨鹤、青田碧岫。菱镜妆台挂玉，芙蓉艳褥铺绣。　　西邻障蓬澡手，共华朝、梦兰分秀。未冷绮帘犹卷，浅冬时候。秋到霜黄半亩，便准拟、携花就君酒。花酒年华，天长地久。

李彭老　　天香·宛委山房拟赋龙涎香

捣麝成尘，薰薇注露，风酣百和花气。品重云头，叶翻蕉样，共说内家新制。波浮海沫，谁唤觉、鲛人春睡。清润俱饶片脑，芬馡半是沉水。　　相逢酒边花外，火初温、翠炉烟细。不似宝珠金缕，领巾红坠。荀令如今憔悴，消未尽、当时爱香意。烬暖灯寒，秋声素被。

周　密　　天香·龙涎香

碧脑浮冰，红薇染露，骊宫玉唾谁捣。麝月双心，凤云百和，宝钏佩环争巧。浓熏浅注，疑醉度、千花春晓。金饼著衣余润，银叶透帘微袅。　　素被琼篝夜悄，酒初醒、翠屏深窈。一缕旧情，空趁断烟飞绕。罗袖余馨渐少，怅东阁、凄凉梦难到。谁念韩郎，清愁渐老。

刘　壎　　天香·次韵赋牡丹

雨秀风明，烟柔雾滑，魏家初试娇紫。翠羽低云，檀心晕粉，独冠洛京新谱。沉香醉墨，曾赋与、昭阳仙侣。尘世几经朝暮，花神岂知今古。　　愁听流莺自语，叹唐宫、草青如许。空有天边皓月，见霓裳舞。更后百年人换，又谁记、今番看花处。流水夕阳，断魂钟鼓。

汪元量　　天香·迟日侵阶

迟日侵阶，和风入户，朱弦欲奏还倦。一幅鸾笺，五云飞下，赐予内家琴苑。音随指动，犹仿佛、虞薰再见。妙处谁能解心，和平自无哀怨。　　猩罗帕封古洗，有龙涎、渗花千片。骤睹瑶台清品，眼明如电。蒸白桐窗竹儿，渐缕缕腾腾细成篆。就祝金闺，天长地远。

王沂孙　　天香·龙涎香

孤峤蟠烟，层涛蜕月，骊宫夜采铅水。讯远槎风，梦深薇露，化作断魂心字。红瓷候火，还乍识、冰环玉指。一缕萦帘翠影，依稀海天云气。　　几回殢娇半醉，剪春灯、夜寒花碎。更好故溪飞雪，小窗深闭。荀令如今顿老，总忘却、樽前旧风味。谩惜余熏，空篝素被。

王易简　　天香·宛委山房拟赋龙涎香

烟峤收痕，云沙拥沫，孤槎万里春聚。蜡杵冰尘，水研花片，带得海山风露。纤痕透晓，银镂小、初浮一缕。重剪纱窗暗烛，深垂绣帘微雨。　　余馨恼人最苦，染罗衣、少年情绪。谩省佩珠曾解，蕙羞兰妒。好是芳钿翠妩，恨素被浓熏梦无据。待剪秋云，殷勤寄与。

冯应瑞　　天香·宛委山房拟赋龙涎香

枯石流痕，残沙拥沫，骊宫夜蛰惊起。海市收时，鲛人分处，误入众芳丛里。春霖未就，都化作、凄凉云气。惟有清寒一点，消磨小窗残醉。　　当年翠篝素被，拂余薰、倦怀如水。谩惜舞红犹在，为谁重试。几片金昏字古，向故箧聊将伴憔悴。□□□□，□□□□。

唐艺孙　　天香·宛委山房拟赋龙涎香

螺甲磨星，犀株杵月，蕤英嫩压拖水。海蜃楼高，仙娥钿小，缥缈结成心字。麝煤候暖，载一朵、轻云不起。银叶初生薄晕，金猊旋翻纤指。　　芳杯恼人渐醉，碾微馨、凤团闲试。满架舞红都换，懒收珠佩。几片菱花镜里，更摘索双鬟伴秋睡。早是新凉，重薰翠被。

吕同老　　天香·宛委山房拟赋龙涎香

冰片熔肌，水沉换骨，蜿蜒梦断瀛岛。剪碎腥云，杵匀枯沫，妙手制成翻巧。金篝候火，无似有、微薰初好。帘影垂风不动，屏深护春宜小。　　残梅舞红褪了，佩珠寒、满怀清峭。几度酒余重省，旧愁多少。荀令风流未减，怎奈向飘零赋情老。待寄相思，仙山路杳。

李居仁　　天香·宛委山房拟赋龙涎香

瀛峤浮烟，沧波挂月，潜虬睡起清晓。万里槎程，一番花信，付与露薇冰脑。纤云渐暖，凝翠席、氤氲不了。银叶重调火活，珠帘日垂风悄。　　螺屏酒醒梦好，绣罗帱、依旧痕少。几度试拈心字，暗惊芳抱。隐约仙洲路杳，谩佩影玲珑护娇小。素手金篝，春情未老。

何安中　　　　**天香·南国蜚声**

南国蜚声，三鳌孕粹，中兴循吏称首。官在中都，斑参玉笋，妙简帝心应久。长材已试，名字向、金瓯先覆。貂冕冠蝉载服，鸾台凤池荣篚。　　年年桂觞介寿，正江梅、犯寒时候。料想舞僮歌女，翠鬟依旧。富贵人间罕有，任鼎沸笙箫对樽□。稳步堤沙，高攀禁柳。

无 一 事

此调名来历已不可考，《词律》及《钦定词谱》均未见，今仅存徐积一首，赋尘世扰攘、贪名逐利，不如退隐江湖之意。此或其命名之由。属单调、平韵，五句，共二十七字，为七、七、三、三、七字句，第一、二句一韵，第四、五句换韵。

徐　积　　**无一事·见说红尘罩九衢**

见说红尘罩九衢，贪名逐利各区区。论得失，问荣枯，争似侬家占五湖。

无月不登楼

此调为宋代王质自度之曲，赋春夜登楼所见月下之胜景及美女之靓妆。属双调、平韵，共九十九字。上阕十句、四十九字，于第二、五、七、九、十句用韵；下阕十一句、五十字，于第一、二、五、六、七、八、十一句用韵。

王　质　　　　**无月不登楼·种花**

池塘生春草，梦中共、水仙相识。细拨冰绡，低沉玉骨，搅动一池寒碧。吹尽杨花，糁毡消白。却有青钱，点点如积。渐成翠、亭亭如立。　　汉女江妃入夜室，擘破靓妆拥出。夜月明前，夕阳敧后，清妙世间标格。中贮琼瑶汁，才嚼破、露飞霜泣。何益，未转眼，度秋风，成陈迹。

无　闷

"无闷"即没有烦恼苦闷。此语出自《周易·乾卦》："龙德而隐者也，不易乎世，不成乎名，遁世无闷。"南朝宋谢灵运《登池上楼》诗："持操岂独古，无闷只在今。"亦咏此意。宋人反其意而用之，作为调名。见《书舟词》。属双调、仄韵，共九十九字。上阕十句、四十九字，于第三、五、七、十句用韵；下阕十句、五十字，于第一、二、四、六、八、十句用韵。周邦彦《杂赋·冬》后三句为"要无闷，除是拥炉对酒，共谭风月"，于词中隐括"无闷"二字，是其牌名之来历。

丁　注　　无闷·风急还收

风急还收，云冻又开，海阔无人翦水。算六出工夫，怎教容易。刚被郢歌楚舞，镇独向、尊前夸轻细。想谢庭诗咏，梁园赋赏，未成欢计。　　天意，是则是，便下得控持，柳梢梅蕊。又争奈、看看渐回春意。好趁东君未觉，预先把、园林都装缀。看是处、玉树琼枝，胜却万红千翠。

周邦彦　　无闷·冬

云作轻阴，风逗细寒，小溪冰冻初结。更听得、悲鸣雁度空阔。暮雀喧喧聚竹，听竹上清响风敲雪。洞户悄，时见香消翠楼，兽煤红爇。　　凄切，念旧欢聚，旧约至此，方惜轻别。又还是、离亭楚梅堪折。暗想莺时似梦，梦里又却是，似莺时节。要无闷，除是拥炉对酒，共谭风月。

吴文英　　无闷·催雪

霓节飞琼，鸾驾弄玉，杳隔平云弱水。倩皓鹤传书，卫姨呼起。莫待粉河凝晓，趁夜月、瑶笙飞环佩。正蹇驴吟影，茶烟灶冷，酒亭门闭。　　歌丽，泛碧蚁，放绣帘半钩，宝台临砌。要须借东君，灞陵春意。晓梦先迷楚蝶，早风戾、重寒侵罗被。还怕掩、深院梨花，又作故人清泪。

王沂孙　　　　无闷·雪意

阴积龙荒，寒度雁门，西北高楼独倚。怅短景无多，乱山如此。欲唤飞琼起舞，怕搅碎、纷纷银河水。冻云一片，藏花护玉，未教轻坠。　清致，悄无似，有照水一枝，已搀春意。误几度凭栏，莫愁凝睇。应是梨花梦好，未肯放、东风来人世。待翠管、吹破苍茫，看取玉壶天地。

无愁可解

此调见《东坡词》。苏轼序云：花日新作越调《解愁》，洛阳刘几伯寿闻而悦之，为作俚语诗，天下传咏，以为几于达者，龙丘子笑之。此虽免乎愁，犹有可解也者。夫游于自然，而托于不得已，人乐亦乐，人愁亦愁，彼且乌乎解哉？乃反其词，作《无愁可解》。此调实为陈慥所制之词，赋旷达之意、无忧之情，实乃自慰之语。苏轼为其作序。词中有“生来不识愁味，问愁何处来，更开解个甚底”之句。属双调、仄韵，共一百零七字。上阕九句、五十三字，于第二、三、五、六、七、九句用韵；下阕十句、五十五字，于第三、五、六、七、十句用韵。另一体一百一十二字。

陈　慥　　　　无愁可解·光景百年

国工范日新作越调解愁，洛阳刘几伯寿闻而悦之，戏作俚语之词，天下传咏，以谓几于达者。龙丘子犹笑之。此虽免乎愁，犹有所解也。若夫游于自然而托于不得已，人乐亦乐，人愁亦愁，彼且恶乎解哉。乃反其词，作无愁可解云

光景百年，看便一世。生来不识愁味。问愁何处来，更开解个甚底。万事从来风过耳，何用不著心里。你唤做、展却眉头，便是达者，也则恐未。　此理，本不通言，何曾道、欢游胜如名利。道即浑是错，不道如何即是。这里元无我与你，甚唤做、物情之外。若须待醉了、方开解时，问无酒、怎生醉。

木兰花

本唐教坊曲名，唐玄宗开元、天宝间人所作。唐、五代人取其曲名，用作词调名。有五十二字、五十四字、五十五字三体，都属双调、仄韵。五十二字者，上下阕均六句、二十六字，均于第二、三、六句用韵。五十四字者，上阕为三、三、七，三、三、七句式，共二十六字，于第二、三、六句用韵；下阕为七、七、七、七句式，共二十八字，于第一、二、四句用韵。五十五字者，上阕为七、七、三、三、七句式，共二十七字，于第一、二、五句用韵；下阕四句，均七字一句，于第一、二、四句用韵。另有五十六字两体，为七言八句，仄韵，与《玉楼春》的字数、句法、韵律相同。至宋此调成为《玉楼春》的别名。又名《春晓曲》、《惜春容》。参阅词牌《玉楼春》、《春晓曲》。

钱惟演　　木兰花·城上风光莺语乱

城上风光莺语乱，城下烟波春拍岸。绿杨芳草几时休，泪眼愁肠先已断。　情怀渐变成衰晚，鸾鉴朱颜惊暗换。昔年多病厌芳尊，今日芳尊惟恐浅。

柳　永　　木兰花·心娘自小能歌舞

心娘自小能歌舞，举意动容皆济楚。解教天上念奴羞，不怕掌中飞燕妒。　玲珑绣扇花藏语，宛转香茵云衬步。王孙若拟赠千金，只在画楼东畔住。

柳　永　　木兰花·佳娘捧板花钿簇

佳娘捧板花钿簇，唱出新声群艳伏。金鹅扇掩调累累，文杏梁高尘簌簌。　鸾吟凤啸清相续，管裂弦焦争可逐。何当夜召入连昌，飞上九天歌一曲。

柳　永　　木兰花·虫娘举措皆温润

虫娘举措皆温润，每到婆娑偏恃俊。香檀敲缓玉纤迟，画鼓声催莲步紧。　贪为顾盼夸风韵，往往曲终情未尽。坐中年少暗消魂，争问青鸾家远近。

柳　永　　　　木兰花·酥娘一搦腰肢袅

酥娘一搦腰肢袅，回雪萦尘皆尽妙。几多狎客看无厌，一辈舞童功不到。　　星眸顾指精神峭，罗袖迎风身段小。而今长大懒婆娑，只要千金酬一笑。

柳　永　　　　木兰花·杏花

翦裁用尽春工意，浅蘸朝霞千万蕊。天然淡泞好精神，洗尽严妆方见媚。　　风亭月榭闲相倚，紫玉枝梢红蜡蒂。假饶花落未消愁，煮酒杯盘催结子。

柳　永　　　　木兰花·海棠

东风催露千娇面，欲绽红深开处浅。日高梳洗甚时忺，点滴燕脂匀未偏。　　霏微雨罢残阳院，洗出都城新锦段。美人纤手摘芳枝，插在钗头和凤颤。

柳　永　　　　木兰花·柳枝

黄金万缕风牵细，寒食初头春有味。殢烟尤雨索春饶，一日三眠夸得意。　　章街隋岸欢游地，高拂楼台低映水。楚王空待学风流，饿损宫腰终不似。

张　先　　　　木兰花·邠州作

青钱贴水萍无数，临晓四湖春涨雨。泥新轻燕面前飞，风慢落花衣上住。　　红裙空引烟娥聚，云月却能随马去。明朝何处上高台，回认玉峰山下路。

张　先　　　　木兰花·西湖杨柳风流绝

西湖杨柳风流绝，满缕青春看赠别。墙头簌簌暗飞花，山外阴阴初落月。　　秦姬秾丽云梳发，持酒唱歌留晚发。骊驹应解恼人情，欲出重城嘶不歇。

张　先　　　　木兰花·楼下雪飞楼上宴

楼下雪飞楼上宴，歌咽笙簧声韵颤。尊前有个好人人，十二阑干同倚遍。　　帘重不知金屋晚，信马归来肠欲断。多情无奈苦相思，醉眼开时犹似见。

张　先　　木兰花·人意共怜花月满

人意共怜花月满，花好月圆人又散。欢情去逐远云空，往事过如幽梦断。　草树争春红影乱，一唱鸡声千万怨。任教迟日更添长，能得几时抬眼看。

张　先　　木兰花·和孙公素别安陆

相离徒有相逢梦，门外马蹄尘已动。怨歌留待醉时听，远目不堪空际送。　今宵风月知谁共，声咽琵琶槽上凤。人生无物比多情，江水不深山不重。

张　先　　木兰花·晏观文画堂席上

檀槽碎响金丝拨，露湿浔阳江上月。不知商妇为谁愁，一曲行人留晚发。　画堂花入新声别，红蕊调高弹未彻。暗将深意语胶弦，长愿弦丝无断绝。

张　先　　木兰花·送张中行

插花劝酒盐桥馆，召节促行龙阙远。吴船渐起晚潮生，蛮榼未空寒日短。　庆门奕世隆宸眷，归到月陂梅已绽。有情愿寄向南枝，图得洛阳春色看。

张　先　　木兰花·去年春入芳菲国

去春自湖归杭，忆南园花已开，有当时犹有蕊如梅之句。今岁还乡，南园花正盛，复为此词以寄意。　旧词即玉联环，在后

去年春入芳菲国，青蕊如梅终忍摘。阑边徒欲说相思，绿蜡密缄朱粉饰。　归来故苑重寻觅，花满旧枝心更惜。鸳鸯从小自相双，若不多情头不白。

张　先　　木兰花·乙卯吴兴寒食

龙头舴艋吴儿竞，笋柱秋千游女并。芳洲拾翠暮忘归，秀野踏青来不定。　行云去后遥山暝，已放笙歌池院静。中庭月色正清明，无数杨花过无影。

张　先　　木兰花·席上赠同邵二生

轻牙低掌随声听，合调破空云自凝。姝娘翠黛有人描，琼

女分鬟待谁并。　　弄妆俱学闲心性，固向鸾台同照影。双头莲子一时花，天碧秋池水如镜。

晏　殊　　木兰花·东风昨夜回梁苑

东风昨夜回梁苑，日脚依稀添一线。旋开杨柳绿蛾眉，暗拆海棠红粉面。　　无情一去云中雁，有意归来梁上燕。有情无意且休论，莫向酒杯容易散。

晏　殊　　木兰花·帘旌浪卷金泥凤

帘旌浪卷金泥凤，宿醉醒来长瞢松。海棠开后晓寒轻，柳絮飞时春睡重。　　美酒一杯谁与共，往事旧欢时节动。不如怜取眼前人，免更劳魂兼役梦。

晏　殊　　木兰花·燕鸿过后莺归去

燕鸿过后莺归去，细算浮生千万绪。长于春梦几多时，散似秋云无觅处。　　闻琴解佩神仙侣，挽断罗衣留不住。劝君莫作独醒人，烂醉花间应有数。

晏　殊　　木兰花·池塘水绿风微暖

池塘水绿风微暖，记得玉真初见面。重头歌韵响铮琮，入破舞腰红乱旋。　　玉钩阑下香阶畔，醉后不知斜日晚。当时共我赏花人，点检如今无一半。

晏　殊　　木兰花·玉楼朱阁横金锁

玉楼朱阁横金锁，寒食清明春欲破。窗间斜月两眉愁，帘外落花双泪堕。　　朝云聚散真无那，百岁相看能几个。别来将为不牵情，万转千回思想过。

晏　殊　　木兰花·朱帘半下香销印

朱帘半下香销印，二月东风催柳信。琵琶旁畔且寻思，鹦鹉前头休借问。　　惊鸿去后生离恨，红日长时添酒困。未知心在阿谁边，满眼泪珠言不尽。

晏　殊　　木兰花·杏梁归燕双回首

杏梁归燕双回首，黄蜀葵花开应候。画堂元是降生辰，玉

盏更斟长命酒。　炉中百和添香兽，帘外青蛾回舞袖。此时红粉感恩人，拜向月宫千岁寿。

晏　殊　　木兰花·紫薇朱槿繁开后

紫薇朱槿繁开后，枕簟微凉生玉漏。玳筵初启日穿帘，檀板欲开香满袖。　红衫侍女频倾酒，龟鹤仙人来献寿。欢声喜气逐时新，青鬓玉颜长似旧。

晏　殊　　木兰花·春葱指甲轻拢捻

春葱指甲轻拢捻，五彩条垂双袖卷。雪香浓透紫檀槽，胡语急随红玉腕。　当头一曲情无限，入破铮琮金凤战。百分芳酒祝长春，再拜敛容抬粉面。

晏　殊　　木兰花·红绦约束琼肌稳

红绦约束琼肌稳，拍碎香檀催急衮。垄头呜咽水声繁，叶下间关莺语近。　美人才子传芳信，明月清风伤别恨。未知何处有知音，长为此情言不尽。

晏几道　　木兰花·秋千院落重帘暮

秋千院落重帘暮，彩笔闲来题绣户。墙头丹杏雨余花，门外绿杨风后絮。　朝云信断知何处，应作襄王春梦去。紫骝认得旧游踪，嘶过画桥东畔路。

晏几道　　木兰花·小颦若解愁春暮

小颦若解愁春暮，一笑留春春也住。晚红初减谢池花，新翠已遮琼苑路。　湔裙曲水曾相遇，挽断罗巾容易去。啼珠弹尽又成行，毕竟心情无会处。

晏几道　　木兰花·小莲未解论心素

小莲未解论心素，狂似钿筝弦底柱。脸边霞散酒初醒，眉上月残人欲去。　旧时家近章台住，尽日东风吹柳絮。生憎繁杏绿阴时，正碍粉墙偷眼觑。

晏几道　　木兰花·风帘向晓寒成阵

风帘向晓寒成阵，来报东风消息近。试从梅蒂紫边寻，更

绕柳枝柔处问。　　来迟不是春无信，开晚却疑花有恨。又应添得几分愁，二十五弦弹未尽。

晏几道　　木兰花·念奴初唱离亭宴

念奴初唱离亭宴，会作离声勾别怨。当时垂泪忆西楼，湿尽罗衣歌未遍。　　难逢最是身强健，无定莫如人聚散。已拚归袖醉相扶，更恼香檀珍重劝。

晏几道　　木兰花·玉真能唱朱帘静

玉真能唱朱帘静，忆在双莲池上听。百分蕉叶醉如泥，却向断肠声里醒。　　夜凉水月铺明镜，更看娇花闲弄影。曲终人意似流波，休问心期何处定。

晏几道　　木兰花·阿茸十五腰肢好

阿茸十五腰肢好，天与怀春风味早。画眉匀脸不知愁，殢酒熏香偏称小。　　东城杨柳西城草，月会花期如意少。思量心事薄轻云，绿镜台前还自笑。

晏几道　　木兰花·初心已恨花期晚

初心已恨花期晚，别后相思长在眼。兰衾犹有旧时香，每到梦回珠泪满。　　多应不信人肠断，几夜夜寒谁共暖。欲将恩爱结来生，只恐来生缘又短。

舒　亶　　木兰花·次韵赠歌妓

十二阑干褰画箔，取次穿花成小酌。彩鸾舞罢凤孤飞，回首东风空院落。　　杳杳桃源仙路邈，晴日晓窗红薄薄。伤春还是懒梳妆，想见绿云垂鬓脚。

舒　亶　　木兰花·金丝络马青钱路

金丝络马青钱路，笑指玉皇香案去。点衣柳陌堕残红，拂面风桥吹细雨。　　晓钗压鬓头慵举，恨里歌声兼别苦。西湖一顷白菱花，惆怅行云无觅处。

舒　亶　　木兰花·蒋园口号

琉璃一片春湖面，画舫游人帘外见。水边风嫩柳低眠，花

底雨干莺细哢。　　秋千寂寂垂杨岸，芳草绿随人渐远。一番乐事又将离，金盏莫辞红袖劝。

晁端礼　　木兰花·苦春宵漏短

苦春宵漏短，梦回晚、酒醒迟。正小雨初收，余寒未放，怯试单衣。娇痴，最尤殢处，被罗襟、印了宿妆眉。潇洒春工斗巧，算来不在花枝。　　芳菲，正好踏春，携素手、暂分飞。料恨月愁花，多应瘦损，风柳腰肢。归期，况春未老，过南园、尚及牡丹时。拚却栏边醉倒，共伊插满头归。

秦　观　　木兰花·秋容老尽芙蓉院

秋容老尽芙蓉院，草上霜花匀似翦。西楼促坐酒杯深，风压绣帘香不卷。　　玉纤慵整银筝雁，红袖时笼金鸭暖。岁华一任委西风，独有春红留醉脸。

贺　铸　　木兰花·嫣然何啻千金价

嫣然何啻千金价，意远态闲难入画。更无方便只尊前，说尽牵情多少话。　　别来乐事经春罢，枉度佳春抛好夜。如今触绪易销魂，最是不堪风月下。

贺　铸　　木兰花·朝来著眼沙头认

朝来著眼沙头认，五两竿摇风色顺。佳期学取弄潮儿，人纵无情潮有信。　　纷纷花雨红成阵，冷酒青梅寒食近。漫将江水比闲愁，水尽江头愁不尽。

贺　铸　　木兰花·罗襟粉汗和香浥

罗襟粉汗和香浥，纤指留痕红一捻。离亭再卜合欢期，寻见石榴双翠叶。　　危楼欲上危肠怯，纵得鸾胶难寸接。西风燕子会来时，好付小笺封泪帖。

贺　铸　　木兰花·佩环声认腰肢软

佩环声认腰肢软，风里麝熏知近远。此身常羡玉妆台，得见晓来梳画面。　　回廊几步通深院，一桁绣衣帘不卷。酒阑歌罢欲黄昏，肠断归巢双燕燕。

贺　铸　　木兰花·银簧雁柱香檀拨

银簧雁柱香檀拨，镂板三声催细抹。舞腰轻怯绛裙长，羞按筑球花十八。　东城柳岸匆匆发，画舫一篙烟水阔。可怜单枕欲眠时，还见尊前前夜月。

晁补之　　木兰花·遐观楼

小楼新创堪临远，一带寒山都入眼。人间应未觉春归，楼上已先变柳眼。　风威自与微阳战，雪意不遮残腊换。少须文栋燕双回，来看东城花一片。

陈师道　木兰花·汝阴湖上同东坡用六一韵

湖平木落摇空阔，叶底流泉鸣复咽。酒边清漏往时同，花里朱弦纤手抹。　风光过手春冰滑，十事违人常七八。不将白发并黄花，拟下清流揽明月。

陈师道　　木兰花·阴阴云日江城晚

阴阴云日江城晚，小院回廊春已满。谁教言语似鹂黄，深闭玉笼千万怨。　蓬莱易到人难见，香火无凭空有愿。不辞歌里断人肠，只怕有肠无处断。

陈师道　　木兰花·和何大夫

荣光休气天为瑞，道祖当天传宝裔。千年昌运此时逢，四海欢声今日沸。　濛濛香雾沾衣腻，漠漠轻寒梅柳细。封人长有祝尧心，从此年年并岁岁。

周邦彦　　木兰花·暮秋饯别

郊原雨过金英秀，风扫霜威寒入袖。感君一曲断肠歌，劝我十分和泪酒。　古道尘清榆柳瘦，系马邮亭人散后。今宵灯尽酒醒时，可惜朱颜成皓首。

苏　庠　　木兰花·江云叠叠遮鸳浦

江云叠叠遮鸳浦，江水无情流薄暮。归帆初张苇边风，客梦不禁篷背雨。　渚花不解留人住，只作深愁无尽处。白沙烟树有无中，雁落沧洲何处所。

葛胜仲　　木兰花·与诸人泛溪作

木阑干外池光阔，午夜乔林迷岸樾。掠船凉吹起青蘋，萦水歌声欺白雪。　　檀郎响趁红牙节，胡语嘈嘈仍切切。人生何乐似同襟，莫待骊驹声惨咽。

葛胜仲　　木兰花·十二月二十日卢姊生辰

谈围曾蔽青绫帐，林下中年敦素尚。烟波偶趁一帆风，却锁云扃来就养。　　自从悟得空无相，身把虚空来作样。大千沙界抹为尘，未比无生真寿量。

王安中　　木兰花·送耿太尉赴阙

尧天雨露承新诏，珂马风生趋急召。玉符曾将虎牙军，金殿还升龙尾道。　　征西镇北功成早，仗钺登坛今未老。樽前休更说燕然，且听阳关三叠了。

叶梦得　　木兰花·花残却似春留恋

二月二十六日晚雨，集客湖上

花残却似春留恋，几日余香吹酒面。湿烟不隔柳条青，小雨池塘初有燕。　　波光纵使明如练，可奈落红纷似霰。解将心事诉东风，只有啼莺千种啭。

刘一止　　木兰花·饯别王元渤赴吉州

桂香台上秋风袅，鸭绿溪前离思渺。一卮芳醑细深倾，听尽阳关须醉倒。　　政成早晚传温诏，莫恋江城歌吹绕。明年身到凤池边，重看春波生故沼。

朱敦儒　　木兰花·老后人间无处去

老后人间无处去，多谢碧桃留我住。红尘回步旧烟霞，清境开扉新院宇。　　隐几日长香一缕，风散飞花红不聚。眼前寻见自家春，罢问玉霄云海路。

朱敦儒　　木兰花·探梅寄李士举

前日寻梅椒样缀，今日寻梅蜂已至。乍开绛萼欲生香，略绽粉苞先有意。　　故人今日升沉异，定是江南无驿使。自调弦管自开尊，笑把花枝花下醉。

周紫芝　　木兰花·嫦娥天上人谁识

长安狭邪中，有高自标置者，客非新科不得其门，时颇称之。予尝语人曰：相马失之肥，相士失之瘦，世亦岂可以是论人物乎！戏作此词，为花衢狭客一笑

嫦娥天上人谁识，家在蓬山烟水隔。不应著意眼前人，便是登瀛当日客。　　双眸炯炯秋波滴，也解人间青与白。檀郎未摘月边枝，枉是不教花爱惜。

周紫芝　　木兰花·江头雨后山如髻

江头雨后山如髻，催送新凉风有意。月来杨柳绿阴中，秋在梧桐疏影外。　　小窗纹簟凉如水，岁岁年年同此味。眼前不忍对西风，梦里更堪追往事。

莫　将　　木兰花·十梅　未开

一枝和露珍珠贯，月下回来寻几遍。今朝忽见数枝开，未有十分如待伴。　　新妆不比徐妃面，雪艳冰姿寒欲颤。外边多少扫春人，春信莫教容易断。

莫　将　　木兰花·十梅　晨景

梅边晓景清无比，林下诗人呵冻指。玉龙留住麝脐烟，银漏滴残龙脑水。　　晨光渐渐收寒气，昨夜遗簪犹在地。好生折赠镜中人，只恐绿窗慵未起。

莫　将　　木兰花·十梅　雪里

清姿自是生寒瘦，更在春前并腊后。谁教六出巧遮藏，争似一番先透漏。　　谢娘莫把翻衣袖，无限琼英飘玉甃。开时朵朵见天真，可奈碧溪和粉溜。

莫　将　　木兰花·十梅　晴天

寒梢雨里愁无那，林下开时宜数过。夕阳恰似过清溪，一树横斜疏影卧。　　朱唇莫比桃花破，鬓袅黄金花欲堕。剩看春雪满空来，触处是花寻那个。

莫　将　　　木兰花·十梅　风前

寻梅莫背东风路，路在花前知去处。真香破鼻蓦然闻，试问幽丛知几步。　　多情更被无寒助，万物枯时神物护。一枝和雪倚阑干，昨夜初开春信度。

莫　将　　　木兰花·十梅　月下

暗香浮动黄昏后，更是月明如白昼。看来都坐玉壶冰，折赠徐妃丹桂手。　　赏酬风景无过酒，对影成三谁左右。劝君携取董妖娆，拱得醉翁香满袖。

莫　将　　　木兰花·十梅　雨中

花时人道多风雨，梅蕊都来无几许。何须飘洒湿芳心，粉面琳琅如泪注。　　家童莫扫花阴土，留浥琼林枝上露。若教燕子早衔泥，径里余香应满户。

莫　将　　　木兰花·十梅　欲谢

眼前欲尽情何限，风外南枝无一半。东君何事莫教开，及至如今都不管。　　高楼三弄休吹趱，一片惊人肠欲断。杏花开后莫嫌衰，如豆青时君细看。

莫　将　　　木兰花·十梅　吟咏

前村雪里虽然早，争似横斜开处好。直饶隔水是江南，也恐一枝春未到。　　延宾莫恨花阴小，见说芳林今古抱。集花潇洒洞天深，永夜玉山应自倒。

莫　将　　　木兰花·十梅　望梅

少陵长被花为恼，况是梅花非草草。临歧争奈不吟诗，此度诗人宜可老。　　诗成莫惜尊罍倒，不醉花前花解笑。醒时分付两三枝，酒后忆君清梦到。

李　邴　　　木兰花·美人书字

沉吟不语晴窗畔，小字银钩题欲遍。云情散乱未成篇，花骨欹斜终带软。　　重重说尽情和怨，珍重提携常在眼。暂时得近玉纤纤，翻羡缕金红象管。

李　石　　木兰花·辘轳轭轭门前井

辘轳轭轭门前井，不道隔窗人睡醒。柔弦无力玉琴寒，残麝彻心金鸭冷。　　一莺啼破帘栊静，红日渐高槐转影。起来情绪寄游丝，飞绊翠翘风不定。

李　石　　木兰花·一春闲却花时候

一春闲却花时候，小阁幽窗长独守。晴云南浦梦还空，初月西楼眉也皱。　　马嘶何日门前柳，脉脉盈盈相见后。心头有事不难知，面上看谁真个瘦。

管　鉴　　木兰花·唐守生日

乱花飞絮，却是一年春好处。留住韶光，共醉蓬莱日月长。　　翻阶红药，天上东风传近约。绿遍庭槐，看取除书一并来。

陆　游　　木兰花·立春日作

三年流落巴山道，破尽青衫尘满帽。身如西瀼渡头云，愁抵瞿唐关上草。　　春盘春酒年年好，试戴银幡判醉倒。今朝一岁大家添，不是人间偏我老。

张孝祥　　木兰花·拥貔貅万骑

拥貔貅万骑，聚千里、铁衣寒。正玉帐连云，油幢映日，飞箭天山。锦城起方面重，对筹壶、尽日雅歌闲。休遣沙场虏骑，尚余匹马空还。　　那看，更值春残。斟绿醑、对朱颜。正宿雨催红，和风换翠，梅小香悭。牙旗渐西去也，望梁州、故垒暮云间。休使佳人敛黛，断肠低唱阳关。

程　垓　　木兰花·二江得书作

别时已有重来愿，谁料情多天不管。分明咫尺是青楼，抵死浓云遮得遍。　　寄声只倚西飞雁，雁落书回空是怨。领愁归去有谁知，水又茫茫山又断。

程　垓　　木兰花·疏枝半作窥窗老

疏枝半作窥窗老，又是一年春意早。风低小院得香迟，月傍女墙和影好。　　去年苦被离情恼，今日逢花休草草。后时

花紫尽从他，且趁先春拚醉倒。

石孝友　　木兰花·送赵判官

阳关声里催行色，马惜离群人惜别。入怀风月记衔杯，迎步溪山供散策。　　阴飙断渡江吹白，晴壑吞云天放碧。悬知诗兴满归途，三四野梅开的皪。

石孝友　　木兰花·寻春误入桃源洞

寻春误入桃源洞，草草幽欢聊与共。牢笼风月此时情，做造溪山今夜梦。　　柳蹊未放金丝弄，梅径已经香雪冻。春愁离恨重于山，不信马儿驼得动。

邹应龙　　木兰花·寿伯母太夫人上官氏

吾家二老，前有高平生癸卯。若到今辰，讵止荣华九十龄。　　共惟伯母，九十新年还又五。五五相承，好看重逢乙巳春。

方千里　　木兰花·溶溶水映娟娟秀

溶溶水映娟娟秀，浅约宫妆笼翠袖。舞余杨柳乍萦风，睡起海棠犹带酒。憔悴萧郎缘底瘦，那日花前相见后。西窗疑是故人来，费得罗笺诗几首。

锦　溪　　木兰花·和人女试晬

华堂庆晬，一岁应须千百岁。乐事如何，寿酒斟时妹拜哥。　　爹夸利市，笑道看看生舍弟。同著莱衣，玉树森森奉寿卮。

曾原郕　　木兰花·甘泉岩

断崖抛雪瀑，又潜溜、入山跟。听暗壁潺湲，山中紫雾，山下红云。当年七僧甚处，但空余、老刹靠嶙峋。底事神粮不幻，翠窝剩积香尘。　　纷纷，结社种莲人，名氏已无闻。看银书般若，金陵故国，斜敕空存。争得十虚销殒，为让皇、冤魄脱沉沦。往事犹堪一笑，岩花乱点乌巾。

杨泽民　木兰花·奇容压尽群芳秀

奇容压尽群芳秀，枕臂浓香犹在袖。自从草草为传杯，但觉厌厌长病酒。　堤上路长官柳瘦，愁在月明霜落后。须知斗帐夜寒多，早趁西风回鹢首。

陈允平　木兰花·长江浩渺山明秀

长江浩渺山明秀，宛转西风惊客袖。相逢才系柳边舟，相别又倾花下酒。　怪得新来诗骨瘦，都在秋娘相识后。一天明月照相思，芦荻汀洲霜满首。

程节斋　木兰花·寿丈母

瑶池开宴后，问甚处、赋蟠桃。有砌底芝兰，涧边蘋藻，淑德方高。闺中秀、林下气，是寻常空委蓬蒿。相映鱼轩黄绶，行膺鸾锦金罗。　自惭半子误恩多，所祝意如何。愿台星旁映，寿星齐照，乐自陶陶。芝田阆风何在，但从今、岁岁此高歌。敬上一卮为寿，神仙九酝香醪。

无名氏　木兰花·东风昨夜吹春昼

东风昨夜吹春昼，陡觉去年梅蕊旧。谁人能解把长绳，系得乌飞并兔走。　清香潋滟杯中酒，新眼苗条江上柳。尊前莫惜玉颜酡。且喜一年年入手。

无名氏　木兰花·东风昨夜归来后

东风昨夜归来后，景物便为春意候。金丝齐奏喜新春，愿介香醪千岁寿。　寻花插破桃枝臭，造化工夫先到柳。熔酥剪彩恨无香，且放真香先入酒。

无名氏　木兰花·春日述怀

小桃枝上东风转，□□草绿江南岸。绿杨学舞小蛮腰，红药惜开菩萨面。　故乡何处天涯远，黄粱梦断行云断。登楼准拟故人书，殷勤试问西归雁。

无名氏　木兰花·庆赵倅

北湖云锦，铺遍琉璃三万顷。风月诗仙，趁得花时出洞

天。　红菱碧藕，满劝一杯千岁寿。来岁看花，新筑苏堤路上沙。

无名氏　　木兰花·兄螟乃弟子

花间棠棣，匹似人间兄与弟。一种花枝，底事当年却盛衰。　中藏蜾蠃，忽遇螟蛉真类我。换叶移根，要与相辉映一门。

无名氏　　木兰花·贺人女试晬

小春良月，尧砌蓂开三数叶。瑞启三瓕，此夕人间诞女仙。　寿期百岁，今日欢娱初庆晬。喜事重重，亦有嘉祥应梦熊。

无名氏　　木兰花·庆女人　三月初五

蓂开五叶，正是瑶池逢诞节。昨夜观星，南极边头婺女明。　家邻九曲，寿比群仙何待祝。满劝金钟，但问蟠桃几度红。

无名氏　　木兰花·寿制干　三月初七

晓烟生绿树，听叶底、数声莺。正节届清明，蓂开七荚，梦叶长庚。桥门旧时冠带，念短檠、读尽夜深灯。文价乾坤推重，世纠父子同登。　莹然玉雪做精神，野鹤见长身。算婉画崇台，活人多少，自合长生。荆襄暂烦佐幕，听秋风鼓角夜连营。唤起隆中豪杰，共图盖世功名。

木兰花令

此调本名《木兰花》，原是唐教坊曲名。“令”之取名，来源于唐代的酒令。后用于词牌中的一部分，有四种意思：一、指令词，即小令；二、相当于“词牌”的通称，与原牌在格式上无关，已不属令词，而成为慢词；三、有的词牌可随意加上“令”字，成为原词牌的别名；四、有的词牌带有一个“令”的又名。此《木兰花令》为令词，即《木兰

花》。五十二字者为正格，双调，仄韵。上、下阕各六句、二十六字，亦各于第二、三、六句用韵。另有五十四字至五十六字诸体。五十六字一体，为七言八句，近似两首绝句。又名《玉楼春》、《春晓曲》、《惜春容》。参阅《木兰花》、《玉楼春》等。

柳　永　　木兰花令·有个人人真攀羡

有个人人真攀羡，问著洋洋回却面。你若无意向他人，为甚梦中频相见。　　不如闻早还却愿，免使牵人虚魂乱。风流肠肚不坚牢，只恐被伊牵引断。

贾昌朝　　木兰花令·都城水绿嬉游处

都城水绿嬉游处，仙棹往来人笑语。红随远浪泛桃花，雪散平堤飞柳絮。　　东君欲共春归去，一阵狂风和骤雨。碧油红旆锦障泥，斜日画桥芳草路。

王　观　　木兰花令·柳

铜驼陌上新正后，第一风流除是柳。勾牵春事不如梅，断送离人强似酒。　　东君有意偏挏就，惯得腰肢真个瘦。阿谁道你不思量，因甚眉头长恁皱。

苏　轼　　木兰花令·霜余已失长淮阔

霜余已失长淮阔，空听潺潺清颍咽。佳人犹唱醉翁词，四十三年如电抹。　　草头秋露流珠滑，三五盈盈还二八。与余同是识翁人，惟有西湖波底月。

苏　轼　　木兰花令·次马中玉韵

知君仙骨无寒暑，千载相逢犹旦暮。故将别语恼佳人，要看梨花枝上雨。　　落花已逐回风去，花本无心莺自诉。明朝归路下塘西，不见莺啼花落处。

苏　轼　木兰花令·宿造口闻夜雨寄子由、才叔

梧桐叶上三更雨，惊破梦魂无觅处。夜凉枕簟已知秋，更听寒蛩促机杼。　　梦中历历来时路，犹在江亭醉歌舞。尊前必有问君人，为道别来心与绪。

苏　轼　　木兰花令·元宵似是欢游好

元宵似是欢游好，何况公庭民讼少。万家游赏上春台，十里神仙迷海岛。　　平原不似高阳傲，促席雍容陪语笑。坐中有客最多情，不惜玉山拚醉倒。

苏　轼　　木兰花令·经旬未识东君信

经旬未识东君信，一夕薰风来解愠。红绡衣薄麦秋寒，绿绮韵低梅雨润。　　瓜头绿染山光嫩，弄色金桃新傅粉。日高慵卷水晶帘，犹带春醪红玉困。

苏　轼　　木兰花令·高平四面开雄垒

高平四面开雄垒，三月风光初觉媚。园中桃李使君家，城上亭台游客醉。　　歌翻杨柳金尊沸，饮散凭阑无限意。云深不见玉关遥，草细山重残照里。

黄庭坚　　木兰花令·风开水面鱼纹皱

风开水面鱼纹皱，暖入草心犀点透。乍看晴日弄柔条，忆得章台人姓柳。　　心情老大痴成就，不复淋漓沾翠袖。早梅献笑尚窥邻，小蜜窃香如遗寿。

黄庭坚　　木兰花令·东君未试雷霆手

东君未试雷霆手，洒雪开春春锁透。帝台应点万年枝，穷巷偏欺三径柳。　　峰排群玉森相就，中有摩围为领袖。凝香窗下与谁看，一曲琵琶千万寿。

黄庭坚　　木兰花令·新年何许春光漏

新年何许春光漏，小院闭门风日透。酥花入坐颇欺梅，雪絮因风全是柳。　　使君落笔春词就，应唤歌檀催舞袖。得开眉处且开眉，人世可能金石寿。

黄庭坚　　木兰花令·黄金捍拨春风手

黄金捍拨春风手，帘幕重重音韵透。梅花破萼便回春，似有黄鹂鸣翠柳。　　晓妆未惬梅添就，玉笋捧杯离钿袖。会拚千日笑尊前，他日相思空损寿。

黄庭坚　　木兰花令·黔中士女游晴昼

黔中士女游晴昼，花信轻寒罗袖透。争寻穿石道宜男，更买江鱼双贯柳。　　竹枝歌好移船就，依倚风光垂翠袖。满倾芦酒指摩围，相守与郎如许寿。

黄庭坚　　木兰花令·可怜翡翠随鸡走

可怜翡翠随鸡走，学绾双鬟年纪小。见来行待恶怜伊，心性娇痴空解笑。　　红蕖照映霜林表，杨柳舞风腰袅袅。衾余枕剩尽相容，只是老人难再少。

黄庭坚　　木兰花令·凌歊台上青青麦

当涂解印后一日，郡中置酒，呈郭功甫

凌歊台上青青麦，姑熟堂前余翰墨。暂分一印管江山，稍为诸公分皂白。　　江山依旧云空碧，昨日主人今日客。谁分宾主强惺惺，问取矶头新妇石。

黄庭坚　　木兰花令·窜易前词

翰林本是神仙谪，落帽风流倾座席。坐中还有赏音人，能岸乌纱倾大白。　　江山依旧云横碧，昨日主人今日客。谁分宾主强惺惺，问取矶头新妇石。

黄庭坚　　木兰花令·次前韵再呈功甫

青壶乃似壶中谪，万象光辉森宴席。红尘闹处便休休，不是个中无皂白。　　歌烦舞倦朱成碧，春草池塘凌谢客。共君商略老生涯，归种玉田秧白石。

黄庭坚　　木兰花令·庾郎三九常安乐

庾元镇四十兄，庭坚四十年翰墨故人。庭坚假守当涂，元镇穷，不出入州县。席上作乐府长句劝酒

庾郎三九常安乐，使有万钱无处著。徐熙小鸭水边花，明月清风都占却。　　朱颜老尽心如昨，万事休休休莫莫。樽前见在不饶人，欧舞梅歌君更酌。

黄庭坚　　木兰花令·用前韵赠郭功甫

少年得意从军乐，晚岁天教闲处著。功名富贵久寒灰，翰

墨文章新讳却。　　是非不用分今昨，云月孤高公也莫。喜欢为地醉为乡，饮客不来但自酌。

周邦彦　　木兰花令·歌时宛转饶风措

歌时宛转饶风措，莺语清圆啼玉树。断肠归去月三更，薄酒醒来愁万绪。　　孤灯翳翳昏如雾，枕上依稀闻笑语。恶嫌春梦不分明，忘了与伊相见处。

仇　远　　木兰花令·月堕觚棱寒鹊起

月堕觚棱寒鹊起，露拭秋空清似水。西风昨起过江南，红叶黄芜三四里。　　香莼先近幽人齿，断杵偏来征客耳。沧洲无路迷将归，□叠楚山青梦里。

仇　远　　木兰花令·一声啼鴂无芳草

一声啼鴂无芳草，南浦晴波云渺渺。蠹尘珠网满香车，三十六桥春悄悄。　　垂杨柳舞吹笙道，红粉台空灰蝶小。惜花心性不禁愁，莫放堕香随去鸟。

木兰花减字

即《木兰花》，详见《木兰花》条。

陈师道　　木兰花减字·赠晁无咎舞鬟

娉婷娜袅，红落东风青子小。妙舞逶迤，拍误周郎却未知。　　花前月底，谁唤分司狂御史。欲语还休，唤不回头莫著羞。

陈师道　　木兰花减字·娉娉袅袅

娉娉袅袅，芍药枝头红玉小。舞袖迟迟，心到郎边客已知。　　当筵举酒，劝我尊前松柏寿。莫莫休休，白发簪花我自羞。

陈师道　　木兰花减字·匀红点翠

匀红点翠，取次梳妆谁得似。风柳腰肢，尽日纤柔属阿

谁。　　娇娇小小，却是寻春人较老。著便休痴，付与风流幕下儿。

陈师道　　木兰花减字·和人对雪

清愁叠积，更莫迟留春酒逼。吹面和风，梅信新来一线通。　　危楼晓望，雪满群山开画障。目断瑶川，同凭阑干意几般。

陈师道　　木兰花减字·今年百五

今年百五，风日清明尘不举。紫秀红陈，三节烟花次第春。　　来舆去马，千念一空春事谢。白下门东，谁见初杨弄晚风。

木兰花慢

“慢”为慢词，起于宋仁宗年间。从音乐上说，它属于慢曲子，即长调；从用韵上说，它以一阕八韵为正，亦有延至十韵、十二韵、十六韵者；从字数上说，它多在一百字左右。慢词并不是由同调的令词增衍而成的，已与那同名的令词在格式上没有关系，只是借令词的原名而已。《木兰花》有五十二字、五十四字、五十五字、五十六字各体，而《木兰花慢》有一百零一字的两体。属双调、仄韵。其一体的上阕十二句、五十字，于第三、六、七、十、十二句用韵；下阕十二句、五十一字，于第一、二、三、六、七、十、十二句用韵。参阅《木兰花》。

柳　永　　木兰花慢·倚危楼伫立

倚危楼伫立，乍萧索、晚晴初。渐素景衰残，风砧韵响，霜树红疏。云衢，见新雁过，奈佳人自别阻音书。空遣悲秋念远，寸肠万恨萦纡。　　皇都，暗想欢游，成往事、动欷歔。念对酒当歌，低帏并枕，翻恁轻孤。归途，纵凝望处，但斜阳暮霭满平芜。赢得无言悄悄，凭阑尽日踟蹰。

柳　永　　木兰花慢·拆桐花烂漫

拆桐花烂漫，乍疏雨、洗清明。正艳杏烧林，缃桃绣野，

芳景如屏。倾城，尽寻胜去，骤雕鞍绀幰出郊埛。风暖繁弦脆管，万家竞奏新声。　盈盈，斗草踏青，人艳冶、递逢迎。向路傍往往，遗簪堕珥，珠翠纵横。欢情，对佳丽地，信金罍罄竭玉山倾。拚却明朝永日，画堂一枕春酲。

柳　永　　木兰花慢·古繁华茂苑

古繁华茂苑，是当日、帝王州。咏人物鲜明，土风细腻，曾美诗流。寻幽，近香径处，聚莲娃钓叟簇汀洲。晴景吴波练静，万家绿水朱楼。　凝旒，乃眷东南，思共理、命贤侯。继梦得文章，乐天惠爱，布政优优。鳌头，况虚位久，遇名都胜景阻淹留。赢得兰堂酝酒，画船携妓欢游。

秦　观　　木兰花慢·过秦淮旷望

过秦淮旷望，迥萧洒、绝纤尘。爱清景风蛩，吟鞭醉帽，时度疏林。秋来政情味淡，更一重烟水一重云。千古行人旧恨，尽应分付今人。　渔村，望断衡门，芦荻浦、雁先闻。对触目凄凉，红凋岸蓼，翠减汀蘋。凭高正千嶂黯，便无情到此也销魂。江月知人念远，上楼来照黄昏。

范　周　　木兰花慢·美兰堂昼永

美兰堂昼永，晏清暑、晚迎凉。控水槛风帘，千花竞拥，一朵偏双。银塘，尽倾醉眼，讶湘娥、倦倚两霓裳。依约凝情鉴里，并头宫面高妆。　莲房，露脸盈盈，无语处、恨何长。有翡翠怜红，鸳鸯妒影，俱断柔肠。凄凉，芰荷暮雨，褪娇红、换紫结秋房。堪把丹青对写，凤池归去携将。

吴则礼　　木兰花慢·雷峡道中作

尽晴春自老，乍翠巘、出清流。望杳杳飞旌，翩翩戍骑，初过边头。幽花尚欹短岸，渐鸣禽、唤友绕行辀。端有雕戈锦领，竟驰腰袅骅骝。　凝眸，雁入长天，羌管罢、陇云愁。共解鞍临水，雷惊电散，雪溅霜浮。玉觞正风味好，对幽香、堕蕊且消忧。莫以纶巾羽扇，便忘绿浦沧洲。

万俟咏　　木兰花慢·恨莺花渐老

恨莺花渐老，但芳草、绿汀洲。纵岫壁千寻，榆钱万叠，难买春留。梅花向来始别，又匆匆、结子满枝头。门外垂杨岸侧，画桥谁系兰舟。　悠悠，岁月如流，叹水覆、杳难收。凭画阑，往往抬头举眼，都是春愁。东风晚来更恶，怕飞红、拍絮入书楼。双燕归来问我，怎生不上帘钩。

朱敦儒　　木兰花慢·折芙蓉弄水

折芙蓉弄水，动玉佩、起秋风。正柳外闲云，溪头澹月，映带疏钟。人间厌谪堕久，恨霓旌未返碧楼空。且与时人度日，自怜怀抱谁同。　当时种玉五云东，露冷夜耕龙。念瑞草成畦，琼蔬未采，尘染衰容。谁知素心未已，望清都绛阙有无中。寂寞归来隐几，梦听帝乐冲融。

朱敦儒　　木兰花慢·和师厚和司马文季虏中作

指荣河峻岳，锁胡尘、几经秋。叹故苑花空，春游梦冷，万斛堆愁。簪缨散、关塞阻，恨难寻杏馆觅瓜畴。凄惨年来岁往，断鸿去燕悠悠。　拘幽，化碧海西头，剑履问谁收。但易水歌传，子山赋在，青史名留，吾曹镜中看取，且狂歌载酒古扬州。休把霜髯老眼，等闲清泪空流。

洪　皓　　木兰花慢·中秋

属三秋正半，暮云敛、月舒圆。误警鹤鸣皋，栖乌绕树，魑魅惊旋。寻常对三五夜，纵清光、皎洁未精妍。须是风高气爽，一轮绝后光前。　无偏，故园迢迢，千万里、共婵娟。但陟屺瞻驰，高楼念远，宁不凄然。天涯更新雁过，□哀嗷、出塞影联翩。空俾骚人叹羡，向隅耿耿无眠。

洪　皓　　木兰花慢·重阳

对金商暮节，此时客、意难忘。正卉木凋零，蛩螀韵切，宾雁南翔。东篱有黄蕊绽，是幽人、最爱折浮觞。须信凌霜可赏，任他落帽清狂。　茫茫，去国三年，行万里、过重阳。奈眷恋庭闱，矜怜幼稚，堕泪回肠。凭栏处空引领，望江南、不见转凄凉。羁旅登高易感，况于留滞殊方。

陈与义　　木兰花慢·北归人未老

北归人未老，喜依旧、著南冠。正雪暗滹沱，云迷芒砀，梦绕邯郸。乡心促、日行万里，幸此身、生入玉门关。多少秦烟陇雾，西湖净洗征衫。　燕山，望不见吴山，回首一归鞍。慨故宫离黍，故家乔木，那忍重看。钧天紫微何处，问瑶池、八骏几时还。谁在天津桥上，杜鹃声里阑干。

吕渭老　　木兰花慢·石榴花谢了

石榴花谢了，正荷叶、盖平池。试玛瑙杯深，琅玕簟冷，临水帘帷。知他故人甚处，晚霞明、断浦柳枝垂。唯有松风水月，向人长似当时。　依依，望断水穷，云起处、是天涯。奈燕子楼高，江南梦断，虚费相思。新愁暗生旧恨，更流萤、弄月入纱衣。除却幽花软草，此情未许人知。

吕渭老　　木兰花慢·重午

对修篁万个，更疏雨、洗琅玕。望燕外晴丝，鸥边水叶，蝴蝶成团。榴红劝人把酒，泛菖蒲、对客不成欢。金缕新番彩索，始知今岁衣宽。　年年，此日青楼，花缺处、倚阑干。记小扇清歌，蛮笺妙墨，不觉更残。可怜旧游似梦，向人人、未减一枝兰。纵有千金莫惜，大家沉醉花间。

吕渭老　　木兰花慢·七夕

桂乡云万缕，更飞雨、洗香车。念密会经年，银潢浪阻，玉露期赊。灵星瑞桥对展，散匆匆、喜色满天涯。回首丁宁晓角，未宜吹动梅花。　家家，竞赏彩茸，穿桂影、醉流霞。渐舞袖翻鸾，歌声缀凤，钗影交加。人间共饶宴乐，算天孙、怎忍遣河斜。莫惜西楼剪烛，大家同到啼鸦。

王之道　　木兰花慢·追和晁次膺

对春光淡沲，烟冉冉、日迟迟。渐红入桃溪，青回柳陌，莺刷金衣。差池，竞求友去，恼佳人、幽恨上蛾眉。应念年时追逐，妆余为带交枝。　芳菲，谁共赏游嬉，何处马如飞。□不道新来，牵肠惹肚，暗减腰肢。须知，乍寒乍暖，褪朱唇、又过海棠时。已约姚黄魏紫，留花等待伊归。

曹勋　　木兰花慢·断虹收霁雨

断虹收霁雨，卷帘幕、与风期。正燕子将雏，莺儿弄巧，日影迟迟。荼蘼，牡丹过也，但游丝、上下网晴晖。三月韶华，转头易失，密荫匀齐。　　常思，入夏景偏奇，是梅雨霏微。更乍著轻纱，凉摇素羽，翠点清池。还思，故山旧隐，想葱茏、翠竹锁窗扉。独倚西楼谩久，此怀冷淡谁知。

史浩　　木兰花慢·有序　知明州王侍郎生日

伏审帝永萝图，天开人杰。乃祖乃父，忠劳久笃于王家；维熊维罴，吉梦是生于男子。彩绚朝阳之鸑鷟，光腾天上之麒麟。岂维相阀之英，抑亦圣朝之瑞。椒花柏叶，王正初过于三朝；凤蜡星球，灯夕匪遥于十日。懿兹盛旦，宜溢欢声。恭维某官，昴宿储神，长庚孕瑞。五百年之名世，王国克生；八千岁而为春，帝心简在。繇甘泉之法从，作鄞水之民师。暂离玉立之班，聊践人生之贵。公平政教，揽回六邑之阳和；洒落文章，改观十洲之风月。萃其阴德，获是遐龄。紫府茂万福之祺，黑头伫三公之拜。某一廛受地，千指戴天。虽居原宪之贫，实感文翁之化。式逢庆诞，辄献邑歈。寄调于木兰花，侑欢于金蕉叶。仰祈青瞩，少见丹衷。干冒台严，不任愧汗

喜阳和应律，启佳气、满寰瀛。正雪洗疏梅，云浮淡月，昨夜生明。熊罴信占梦好，当年相阀再蟠英。收拾仙风道韵，萃兹一点台星。　　功名，壮岁逢真，主紫橐、耀西清。向玉笋光中，瑶林宴里，来拥双旌。青毡家旧物，看长参、鼎鼐乐升平。春醑休辞介寿，鹤书已播彤廷。

曾觌　　木兰花慢·长乐台晚望偶成

正枝头荔子，晚红皱、袅熏风。对碧瓦迷云，青山似浪，返照浮空。高台称吟眺处，□繁华、清胜两无穷。帘卷榕阴暮合，万家香霭溟濛。　　年光冉冉逐飞鸿，叹雨迹云踪。渐暑退兰房，凉生象簟，知与谁同。临鸾晚妆初罢，怨清宵、好梦不相逢。看即天涯秋也，恨随一叶梧桐。

袁去华　木兰花慢·用韩幹闻喜亭柱间韵

□中原望眼，正汉水、接天流。渐霁雨虹消，清风面旋，借我凉秋。草庐旧三顾处，但孤云、翠壁晚悠悠。唯有兰皋解佩，至今犹话离愁。　迟留，叹息此生浮，去去老沧洲。念岁月侵寻，闲中最乐，饱外何求。功名付他分定，也谁能、伴得赤松游。尊酒相逢，更莫问侬，依旧狂不。

曹　冠　木兰花慢·和旧词韵

念行藏在道，仕宦岂为谋身。自谤起营蝇，东山高卧，北海开尊。荣枯置之度外，得饶人处，谩也饶人。须信吾躬道义，巍然良贵中存。　浮名，蜗角是非蚊，过耳总休论。且啸傲幽居，清风皓月，光景常新。佩琴行吟胜景，访林泉、避暑赏烟云。谁识怀忠畎亩，此心常不忘君。

陆　游　木兰花慢·夜登青城山玉华楼

阅邯郸梦境，叹绿鬓、早霜侵。奈华岳烧丹，青谿看鹤，尚负初心。年来向浊世里，悟真诠秘诀绝幽深。养就金芝九畹，种成琪树千林。　星坛夜学步虚吟，露冷透瑶簪。对翠凤披云，青鸾溯月，宫阙萧森。琅函一封奏罢，自钧天帝所有知音。却过蓬壶啸傲，世间岁月骎骎。

范成大　木兰花慢·送郑伯昌

古人吾不见，君莫是、郑当时。更筑就山房，躬耕谷口，名动京师。诸公任他衮衮，与杜陵野老共襟期。有客至门先喜，得钱沽酒何疑。　昔年连辔柳边归，陈迹恍难追。况种桃道士，看花才子，回首皆非。相逢故人问讯，道刘郎去久无诗。把做一场春梦，觉来莫要寻思。

张孝祥　木兰花慢·送归云去雁

送归云去雁，澹寒采、满溪楼。正佩解湘腰，钗孤楚鬓，鸾鉴分收。凝情望行处路，但疏烟远树织离忧。只有楼前溪水，伴人清泪长流。　霜华夜永逼衾裯，唤谁护衣篝。念粉馆重来，芳尘未扫，争见嬉游。情知闷来殢酒，奈回肠、不醉

只添愁。脉脉无言竟日，断魂双鸳南州。

张孝祥　　木兰花慢·紫箫吹散后

紫箫吹散后，恨燕子、只空楼。念璧月长亏，玉簪中断，覆水难收。青鸾送碧云句，道霞扃雾锁不堪忧。情与文梭共织，怨随宫叶同流。　人间天上两悠悠，暗泪洒灯篝。记谷口园林，当时驿舍，梦里曾游。银屏低闻笑语，但醉时冉冉醒时愁。拟把菱花一半，试寻高价皇州。

吕胜己　　木兰花慢·残红吹尽了

残红吹尽了，换新绿、染疏林。正杜宇催归，行人贪路，天气轻阴。江亭旧游宴处，但遥山、数叠晚云深。犹忆佳人敛黛，为予别泪盈襟。　而今，旅况难禁，逢胜概、懒登临。念景熟难忘，情多易感，取次关心。平明又西去也，望关山、古道马骎骎。回首当年一梦，笑将浊酒重斟。

吕胜己　　木兰花慢·登楼观稼作

无言凭燕几，爱香袅、博山炉。正暖日辉辉，晴云淡淡，千里平芜。田家尽收刈了，见牛羊、下垄暝烟孤。闻说丰年景致，老农击壤呜呜。　狂夫，素乏良图，从上策、赋归欤。有千亩松筠，三洲风月，尽遂吾初。凭谁去西塞岸，问玄真、此意果何如。寂寞无人共乐，醉乡是我华胥。

吕胜己　　木兰花慢·思旧事有作

对轩辕古镜，照华发、短刁骚。念壮岁心情，平生志气，可笑徒劳。云中谩夸魏尚，请休论、定远说班超。总是黄粱一梦，怎如尘外逍遥。　蛮徭，洞入云霄，算无分、到仙曹。愿归隐闽山，来临渭水，葺个云巢。楼居共、真仙伴侣，又有时、混迹入渔樵。且恁随缘玩世，帝乡路觉迢迢。

吕胜己　　木兰花慢·朝天门外路

朝天门外路，路坦坦、走瑶京。悔年少狂图，争名远宦，为米孤征。星星，半凋鬓发，事千端、回首只堪惊。居士新来悟也，渭川小隐初成。　临清，巧创幽亭，真富贵、享安荣。有猿鸟清讴，松篁森卫，桧柏双旌。蛙鸣，自然鼓吹，粲

林华、前后锦围屏。须信早朝鸡唱，未如夜枕滩声。

吕胜己　　　木兰花慢·看春有感

平生花恨少，又那得、酒中愁。自禅板停参，蒲团悟罢，身世忘忧。南柯旧时太守，尽当年、富贵即时休。莫羡痴儿小子，心心念念封侯。　　优游，取次凝眸。春浩浩、思悠悠。爱万木欣荣，幽泉流注，好鸟勾舟。感生生、自然造化，玩吾心、此外复何求。应有知音共赏，定当一语相投。

京　镗　　　　木兰花慢·重九

算秋来景物，皆胜赏、况重阳。正露冷欲霜，烟轻不雨，玉宇开张。蜀人从来好事，遇良辰、不肯负时光。药市家家帘幕，酒楼处处丝簧。　　婆娑老子兴难忘，聊复与平章。也随分登高，茱萸缀席，菊蕊浮觞。明年未知谁健，笑杜陵、底事独凄凉。不道频开笑口，年年落帽何妨。

王　炎　　　木兰花慢·细桃花树下

细桃花树下，记罗袜、昔经行。至今日重来，人惟独自，花亦凋零。青鸟杳无信息，遍人间、何处觅云軿。红锦织残旧字，玉箫吹断余声。　　销凝，衣故几时更，又谁复卿卿。念镜里琴中，离鸾有恨，别鹄无情。齐眉处同笑语，但有时、梦见似平生。愁对婵娟三五，素光暂缺还盈。

王　炎　　　木兰花慢·暮春时在分宁

博山香雾冷，新雨过、怯单衣。正飞絮濛濛，平芜杳杳，家在天涯。春难住、人易老，又等闲过了踏青时。枝上红稀绿暗，杜鹃刚向人啼。　　依依，谩叹歌生弹铗，尘满弦徽。想北山猿鹤，南溪鸥鹭，怪我归迟。青云事、今已晚，倚小窗、谁与话襟期。对酒有愁可解，擘笺无怨休题。

辛弃疾　木兰花慢·席上呈张仲固帅兴元

汉中开汉业，问此地、是耶非。想剑指三秦，君王得意，一战东归。追亡事、今不见，但山川满目泪沾衣。落日胡尘未断，西风塞马空肥。　　一编书是帝王师，小试去征西。更草草离筵，匆匆去路，愁满旌旗。君思我、回首处，正江涵秋影

雁初飞。安得车轮四角，不堪带减腰围。

辛弃疾　　木兰花慢·滁州送范倅

老来情味减，对别酒、怯流年。况屈指中秋，十分好月，不照人圆。无情水、都不管，共西风、只等送归船。秋晚莼鲈江上，夜深儿女灯前。　　征衫，便好去朝天，玉殿正思贤。想夜半承明，留教视草，却遣筹边。长安故人问我，道寻常、泥酒只依然。目断秋霄落雁，醉来时向空弦。

辛弃疾　　木兰花慢·题广文克明菊隐

路傍人怪问，此隐者、姓陶不。甚黄菊如云，朝吟暮醉，唤不回头。纵无酒成怅望，只东篱、搔首亦风流。与客朝餐一笑，落英饱便归休。　　古来尧舜有巢由，江海去悠悠。待说与佳人，种成香草，莫怨灵脩。我无可无不可，意先生、出处有如丘。闻道问津人过，杀鸡为黍相留。

辛弃疾　　木兰花慢·题上饶郡圃翠微楼

旧时楼上客，爱把酒、向南山。笑白发如今，天教放浪，来往其间。登楼更谁念我，却回头、西北望层栏。云雨珠帘画栋，笙歌雾鬓云鬟。　　近来堪入画图看，父老愿公欢。甚拄笏悠然，朝来爽气，正尔相关。难忘使君后日，便一花一草报平安。与客携壶且醉，雁飞秋影江寒。

辛弃疾　　木兰花慢·可怜今夕月

中秋饮酒，将旦，客谓前人诗词有赋待月无送月者，因用天问体赋

可怜今夕月，向何处、去悠悠。是别有人间，那边才见，光影东头。是天外空汗漫，但长风、浩浩送中秋。飞镜无根谁系，嫦娥不嫁谁留。　　谓洋海底问无由，恍惚使人愁。怕万里长鲸，纵横触破，玉殿琼楼。虾蟆故堪浴水，问云何、玉兔解沉浮。若道都齐无恙，云何渐渐如钩。

程　垓　　木兰花慢·倩娇莺姹燕

倩娇莺姹燕，说不尽、此时情。正小院春阑，芳园昼锁，人去花零。凭高试回望眼，奈遥山远水隔重云。谁遣风狂雨

横，便教无计留春。　　谁知雁杳与鸿冥，自难寄丁宁。纵柳院蘩深，桃门笑在，知属何人。衣篝几回忘了，奈残香、犹有旧时熏。空使风头卷絮，为他飘荡花城。

张　镃　　　木兰花慢·七夕

喜秋回霁宇，倩凉露、洗炎飙。被鹊误仙盟，经年恨阻，银汉迢迢。牛闲更停弄杼，趁佳期、华幄傍星桥。授玉鸾骞雾霭，赠绡龙戏花娇。　　欢娱回首是明朝，未别已魂销。想翠轭珠轮，归途望断，斗转斜杓。人间易离易遇，尽胜如、天上各云霄。携去一梳水月，巧楼犹醉笙箫。

张　镃　　　木兰花慢·癸丑年生日

年年三月二，是居士、始生朝。念绿鬓功名，初心已负，难报劬劳。天留帝城胜处，汇平湖、远岫碧岧峣。竹色诗书燕几，柳阴桃杏横桥。　　西邻东舍不难招，大半是渔樵。任翁媪欢呼，儿孙歌笑，野具村醪。醉来便随鹤舞，看清风、送月过松梢。百岁因何快乐，尽从心地逍遥。

张　镃　　　木兰花慢·纪梦

驾飙车直上，绛衣惹、彩云轻。过宝树千峰，东逾绿海，宫殿峥嵘。檐楹万花灿倚，映阶层、十二总雕琼。剑佩簪裳卫肃，序班真辅仙卿。　　瑶京，谁解有神升，为秘授玄经。拜九光霞里，轮金日耀，丹篆符明。龙鸾再催羽仗，报帝皇、新御紫阳城。归路梅花弄玉，数声月冷风清。

张　镃　　　木兰花慢·清明初过后

甲寅三月中浣，邀楼大防、陈君举中书两舍人，黄文叔待制、彭子寿右史、黄子由匠监、沈应先大著过桂隐即席作

清明初过后，正空翠、霭晴鲜。念水际楼台，城隅花柳，春意无边。清时自多暇日，看连镳、飞盖拥群贤。朱邸横经满坐，紫微渊思如泉。　　高情那更属云天，语笑杂歌弦。向啼鴂声中，落红影里，忍负芳年。浮生转头是梦，恐他时、高会却难全。快意淋浪醉墨，要令海内喧传。

刘仙伦　　木兰花慢·秋日海棠

渐秋空向晚，被风雨、趱重阳。正木落疏林，海棠枝上，忽见红妆。料应妒他兰菊，任年年、独甚占秋光。故把春风娇面，向人逞艳呈芳。　　看来毕竟此花强，只是欠些香。诮一似当年，五陵公子，却厌膏粱。肯来水边竹下，与幽人、相对说凄凉。只恐夜深花睡，五更微有清霜。

高似孙　　木兰花慢·流年春梦过

孟津官舍寄钦若、钦用昆弟，并长安故人

流年春梦过，记书剑、入西州。对得意江山，十千沽酒，著处欢游。兴亡事、天也老，尽消沉、不尽古今愁。落日霸陵原上，野烟凝碧池头。　　风声习气想风流，终拟觅菟裘。待射虎南山，短衣匹马，腾踏清秋。黄尘道、何时了，料故人、应也怪迟留。只问寒沙过雁，几番王粲登楼。

高似孙　　木兰花慢·拥都门冠盖

拥都门冠盖，瑶圃秀、转春晖。怅华屋生存，丘山零落，事往人非。追随，旧家谁在，但千年、辽鹤去还归。系马凤凰楼柱，倚弓玉女窗扉。　　江头花落乱莺飞，南望重依依。渺天际归舟，云间江树，水绕山围。相期，更当何处，算古来、相接眼中稀。寄与兰成新赋，也应为我沾衣。

高似孙　　木兰花慢·赋招魂九辩

赋招魂九辩，一尊酒，与谁同。对零落栖迟，兴亡离合，此意何穷。匆匆，百年世事，意功名、都在黑头公。乔木萧萧故国，孤鸿澹澹长空。　　门前花柳又春风，醉眼眩青红。问造物何心，村箫社鼓，奔走儿童。天东，故人好在，莫生平、豪气减元龙。梦到琅邪台上，依然湖海沉雄。

高似孙　　木兰花慢·对西山摇落

对西山摇落，又匹马、过并州。恨秋雁年年，长空澹澹，事往情留。白头，几回南北，竟何人、谈笑得封侯。愁里狂歌浊酒，梦中锦带吴钩。　　严城笳鼓动高秋，万灶拥貔貅。觉

全晋山河，风声习气，未减风流。风流，故家人物，慨中宵、拊枕忆同游。不用闻鸡起舞，且须乘月登楼。

戴复古　　木兰花慢·莺啼啼不尽

莺啼啼不尽，任燕语、语难通。这一点闲愁，十年不断，恼乱春风。重来故人不见，但依然、杨柳小楼东。记得同题粉壁，而今壁破无踪。　兰皋新涨绿溶溶，流恨落花红。念著破春衫，当时送别，灯下裁缝。相思谩然自苦，算云烟、过眼总成空。落日楚天无际，凭栏目送飞鸿。

魏了翁　木兰花慢·生日谢寄居见任官载酒三十七岁

怕年来年去，渐雅志、易华颠。叹梦里青藜，间边银信，望外朱轓。十年竟成何事，虽万钟、于我曷加焉。海上潮生潮落，山头云去云还。　人生天地两仪间，只住百来年。今三纪虚过，七旬强半，四帙看看。当时只忧未见，恐如今、见得又徒然。夜静花间明露，晓凉竹外晴烟。

魏了翁　木兰花慢·许侍郎奕生日　十月二十四日

记北人骑屋，看龙首、许仲元。自拥节来归，持荷直上，谁与争先。好官到头做彻，些儿欠缺便徒然。我爱庆元龙首，当春不逐时妍。　人生天地两仪间，且住百来年。数初度庚寅，未来甲子，尽自宽闲。太平竟须公等，终不成、造物谩生贤。拓取面前路径，著身常要平宽。

魏了翁　木兰花慢·宴遂宁新进士

记薰风殿上，曾当暑、侍君王。看绛服临轩，白袍当殿，流汗翻浆。今年诏书催发，趁槐庭、初夏午阴凉。瘦马行时腊雪，叠猿啼处年光。　大科异等士之常，难得姓名香。叹陋习相承，驹辕垂耳，麟楦成行。平生学为何事，到得时、遇主忍留藏。看取杏花归路，身名浑是芬芳。

魏了翁　木兰花慢·即席和韵

问梅花月里，谁解唱、小秦王。向三叠声中，兰桡荃棹，桂酾椒浆。明朝濮渝江上，对暮云、平野北风凉。准拟八千里路，破除九十春光。　砚涵槐影漾旂常，披拂御炉香。念人

世难逢，玉阶方寸，陛楯颜行。休言举人文字，系一生、穷达与行藏。凡卉都随岁换，幽兰不为人芳。

魏了翁　　木兰花慢·孙靖州应龙生日　八月八日

恰秋光四十，箕斗外、月初弦。笑浅濑平芜，寒城小市，掌许山川。半生梦魂不到，与君侯、岁岁此周旋。鞍马空销髀肉，兜牟未换貂蝉。　　人生天地两仪间，须住百余年。数重卦三三，后天八八，来日千千。面前路头尽阔，放规模、运量十分宽。官职终还分定，儿孙也靠心传。

魏了翁　　　木兰花慢·中秋新河

正秋阴盛处，忽荡起、一冰轮。甚汉魏从前，才人胜士，断简残文。都无一词赏玩，更拟将、美色似非伦。此意谁能领会，自夸光景长新。　　得阴多处倍精神，俗眼转增明。向大第高楼，痴儿骙女，脆竹繁茵。此心到头未稳，莫古人、真不及今人。坐看两仪消长，静观千古浇淳。

卢祖皋　　　木兰花慢·汀莲凋晚艳

汀莲凋晚艳，又蘋末、起秋风。漫搔首徐吟，微云河汉，疏雨梧桐。飘零倦寻酒盏，记那回、歌管小楼中。玉果蛛丝暗卜，钿钗蝉鬓轻笼。　　吴云别后重重，凉宴几时同。纵人间信有，犀灵鹊喜，密意难通。双星分携最苦，念经年、犹有一相逢。寂莫桥边旧月，可堪频照西东。

卢祖皋　　　　木兰花慢·赋雪

洒窗声未定，怪襟袖、峭寒欺。渐邑界空明，山河表里，玉幻琼移。天边占春最早，万花中、不遣一尘飞。清想吟鞭瘦倚，醉怜歌锦红围。　　谁知，未去心期，慵酒更慵诗。算可人惟有，光浮茗碗，香浸梅枝。长安又惊岁换，笑吹来、空点发成丝。一舸沧江浩渺，几回归梦参差。

卢祖皋　　木兰花慢·别西湖两诗僧

嫩寒催客棹，载酒去、载诗归。正红叶漫山，清泉漱石，多少心期。三生溪桥话别，怅薜萝、犹惹翠云衣。不似今番醉梦，帝城几度斜晖。　　鸿飞，烟水弥弥，回首处、只君知。

念吴江鹭忆，孤山鹤怨，依旧东西。高峰梦醒云起，是瘦吟、窗底忆君时。何日还寻后约，为余先寄梅枝。

卢祖皋　　木兰花慢·寿具舍使母夫人

翠阴春昼永，乍帘幕、暖飘香。正玉节来归，斑衣戏舞，□□荧煌。椿期始开九秩，看芝兰、奕叶早传芳。都把一门瑞气，酿成九酝霞觞。　　相将，诏墨趣星郎，乐事未渠央。渐锦封鸾诰，鱼轩象服，争贲萱堂。西池献桃未熟，醉西湖、日日想偏长。紫燕黄鹂院落，牡丹红药时光。

卢祖皋　　木兰花慢·向蒲江佳处

先君买屋蒲江，半属叶氏，似之五兄方并得之。因举六秩之庆，并致贺札

向蒲江佳处，报新葺、小亭轩。有碧嶂青池，幽花瘦竹，白鹭苍烟。年华再周甲子，对黄庭、心事只翛然。都占壶天岁月，便成行地神仙。　　十年，微禄萦牵，梦绕浙东船。更吾庐才喜，藩篱尽剖，门巷初全。何时归来拜寿，尽团栾、笑语玉尊前。吟寄疏梅驿外，思随飞雁行边。

刘　镇　　木兰花慢·看纤云护月

看纤云护月，湛河汉，夜声收。正玉麈生风，银床坠露，凉叶飕飕。襟怀静吞八表，莫登山临水易惊秋。闲想多情宋玉，旧来空替人愁。　　温柔，乡解老秋不，丝竹间秦讴。向橙橘香边，持螯把酒，聊伴清游。骚人自应念远，与黄花、评泊晋风流。明日莼鲈兴动，待寻江上归舟。

岳　珂　　木兰花慢·试晨妆淡伫

试晨妆淡伫，正疏雨、过含章。早巧额回春，岭云护雪，十里清香。何人剪冰缀玉，仗化工、施巧付东皇。瘦尽绮窗寒魄，凄凉画角斜阳。　　孤山西畔水云乡，篱落亚疏篁。问多少幽姿，半归图画，半入诗囊。如今梦回帝国，尚迟迟、依约带湖光。多谢胆瓶重见，不堪三弄横羌。

黄　机　　木兰花慢·次岳总干韵

叹镜中白发，元不向、酒边栽。奈诗习未除，客愁易感，

剩要安排。浮名任他有命，怕青山、颇怪不归来。出屋长松招鹤，绕渠流水行杯。　　浪驱羸马踏江淮，幽梦苦相催。甚狭路嵚崎，雄心突兀，谁忍徘徊。此事正烦公等，笑曹刘、只合作舆台。我自人间屈曲，青云有眼休回。

黄　机　　　　木兰花慢·寿

政胡尘满野，问谁与、作坚城。有老子行年，平头六十，无限声名。向来试陈大略，便群儿、喁哳耳边鸣。争识规模先定，破羌终属营平。　　吾心惟有忠诚，羞媚妩，做逢迎。谓干戈锋镝，动关民命，此不宜轻。听渠自分勇怯，奈何他、天理若持衡，只把从前不杀，也应换得长生。

黄　机　　　　木兰花慢·次岳总干韵

问功名何处，算只合、付悠悠。怕僮仆揶揄，长年为客，楚尾吴头。春来故园渐好，似不应、不醉把春休。剩买蒌蒿荻笋，河豚已上渔舟。　　人间太半足闲愁，蓑笠梦汀洲。向桃杏花边，招邀同社，秉烛来游。连台听渠拗倒，更曲生、元不厌诛求。世事翻云覆雨，满怀何止离忧。

黄　机　　木兰花慢·为同年赵必达寿

亶文王前子，自不与、世人同。况地望既华，天资更伟，云骥行空。年少才名蜚动，泛星槎、曾到广寒宫。桂子香浓秋月，桃花浪暖春风。　　神仙之说朦胧，铅与汞、亦何功。政磐石规模，维城事业，倚重周宗。休要碧油红旆，趁黑头、时节做三公。堂上双亲未老，稳看金紫重重。

严　仁　　　　木兰花慢·社日有怀

东风吹雾雨，更吹起、夹衣寒。正莽莽丛林，潭潭伐鼓，郁郁焚兰。阑干曲、多少意，看青烟如篆绕溪湾。桑柘绿阴犹薄，杏桃红雨初翻。　　飞花片片走潺湲，问何日西还。叹扰扰人生，纷纷离合，渺渺悲欢。想云軿、何处也，对芳时、应只在人间。惆怅回纹锦字，断肠斜日云山。

张　辑　　　　木兰花慢·寿秘监

望瀛洲尺五，听海客、诧登临。记岛月分秋，天星降夕，

神璧精金。他年作霖雨手，且明光奏赋寓良箴。槐府黑头旧业，芹宫青岁雄襟。　骎骎，宝勒向东吟，戏彩看而今。更袜步黄云，琴弹碧玉，汇泽杯斟。争先长至几日，料春风多喜鹊传音。梅蕴和羹心在，线添补衮工深。

刘克庄　　　木兰花慢·寿王实之

瀛洲真学士，为底事、在红尘。为语触宫闱，沉香亭里，瞋谪仙人。为亲近君侧者，见万言策子惎刘蒉。为是尚方请剑，汉廷多惮朱云。　君言往事勿重陈，且斗酒边身。也不会区区，算他甲子，记甚庚寅。尔曹譬如朝菌，又安知、老柏与灵椿。世上荣华难保，古来名节如新。

刘克庄　　　木兰花慢·癸卯生日

病翁将耳顺，牙齿落、鬓毛疏。也惭愧君恩，放还田舍，免诣公车。儿时某丘某水，到如今、老矣可樵渔。宝马华轩无分，蹇驴破帽如初。　浮名箕斗竟成虚，磨折总因渠。帝锡余别号，江湖聱叟，山泽仙臞。樽前未宜感慨，事犹须、看岁晏何如。卫武耄年作戒，伏生九十传书。

刘克庄　　　木兰花慢·送郑伯昌

古人吾不见，君莫是、郑当时。更筑就山房，躬耕谷口，名动京师。诸公任他衮衮，与杜陵野老共襟期。有客至门先喜，得钱沽酒何疑。　昔年连辔柳边归，陈迹怳难追。况种桃道士，看花君子，回首皆非。相逢故人问讯，道刘郎、老去久无诗。把作一场春梦，觉来莫要寻思。

刘克庄　　　木兰花慢·丁未中秋

水亭凝望久，期不至、拟还差。隔翠幌银屏，新眉初画，半面犹遮。须臾淡烟薄霭，被西风扫尽不留些。失了白衣苍狗，夺回雪兔金蟆。　乘云径到玉皇家，人世鼓三挝。试自判此生，更看几度，小住为佳。何须如钩似玦，便相将、只有半菱花。莫遣素娥知道，和他发也苍华。

刘克庄　　　木兰花慢·渔父词

海滨蓑笠叟，驼背曲、鹤形臞。定不是凡人，古来贤哲，

多隐于渔。任公子、龙伯氏，思量来岛大上钩鱼。又说巨鳌吞饵，牵翻员峤方壶。　　磻溪老子雪眉须，肘后有丹书。被西伯载归，营丘茅土，牧野檀车。世间久无是事，问苔矶、痴坐待谁欤。只怕先生渴睡，钓竿拂著珊瑚。

刘克庄　　木兰花慢·赵叟生日

郡人元未识，新太守、定何如。待说向诸贤，西桥人物，个个清臞。相将下车许久，但凝香之乐一些无。残漏几筹视事，浓油一琖观书。　　旁人徒见两轮朱，玉色未尝腴。有无穷阴鹭，三农衣食，万衲钟鱼。尔侬迎新送旧，似君侯、清约更谁欤。欲举一杯寿酒，却愁破费兵厨。

刘克庄　　木兰花慢·己未生日

新来衰态见，书懒读，镜休看。笑量窄才悭，卷无警策，杯有留残。思量减些年甲，怎奈何、须与鬓难瞒。假使诏催上道，不如敕放还山。　　数年前乞挂衣冠，耄矣尚盘桓。且行歌拾穗，未应天上，解胜人间。仙家更无理会，至今传、都厕处刘安。莫怪是翁矍铄，止缘老子痴顽。

刘克庄　　木兰花慢·客赠牡丹

维摩居士室，晨有鹊、噪檐声。排闼者谁欤，冶容袨服，宝髻珠璎。疑是毗耶城里，那天魔、变作散花人。姑射神仙雪艳，开元妃子春酲。　　鄜延第一次西京，姚魏是知名。向欧九记中，思公屏上，描画难成。一自朝陵使去，赚洛阳、花鸟望升平。感慨桑榆暮景，抉挑草木微情。

周端臣　　木兰花慢·送人之官九华

霭芳阴未解，乍天气、过元宵。讶客袖犹寒，吟窗易晓，春色无聊。梅梢，尚留顾藉，滞东风、未肯雪轻飘。知道诗翁欲去，递香要送兰桡。　　清标，会上丛霄，千里阻、九华遥。料今朝别后，他时有梦，应梦今朝。河桥，柳愁未醒，赠行人、又恐越魂销。留取归来系马，翠长千缕柔条。

冯取洽　　木兰花慢·次韵奉酬玉林病中见示

叹年光婉晚，蒲柳质、易惊秋。况念远怀人，停云幂幂，

时雨飕飕。西风随来雁信，似知予、竟日倚溪楼。报道归调汤剂，不知谁护衣篝。　悠然富贵不须求，安乐万缘休。但饱饭煎茶，婆娑永日，也胜闲愁。寒花自便寂寞，怕纷纷、蝶引与蜂勾。莫问障从何起，只凭心有天游。

赵以夫　　木兰花慢·漳州元夕

玉梅吹霁雪，觉和气、满南州。更连夕晴光，一番小雨，朝霭全收。人情不知底事，但黄童白叟总追游。驾海千寻彩岫，涨空万点星球。　风流，秀色明眸，金莲步、度轻柔。任往来燕席，香风引舞，清管随讴。何曾见痴太守，已登车、去也又迟留。人似多情皓月，十分照我当楼。

张　榘　　木兰花慢·上壑翁寿

豆花轻雨霁，更七日、是中秋。记分野三台，家山双阙，孕秀名流。平生佐时大略，有忠勤、一念等伊周。十载清风楚泽，三年明月扬州。　须知万灶出貔貅，智勇迈前猷。自向来擒颖，□番平海，胆落毡裘。红旗指关定洛，看春融、喜色动宸旒。著取斑衣绣衮，揭开玉字金瓯。

张　榘　木兰花慢·次韵孙霁窗赋牡丹

渐稠红飞尽，早秾绿、遍林梢。正池馆轻寒，杨花飘絮，草色萦袍。天香夜浮院宇，看亭亭、雨槛渍春膏。趁取芳时胜赏，莫将年少轻抛。　鞭鞘，驱放马蹄高，世事一秋毫。便飞书倥偬，运筹闲暇，何害推敲。花前效颦著句，悄干镆、侧畔奏铅刀。何日重携樽酒，浮瓯细剪香苞。

李曾伯　木兰花慢·送朱子木叔归池阳

渐吾乡秋近，正莼美、更鲈肥。顾安得相从，征帆衔尾，飞盖追随。南中眼前事势，正相持、边腹一枰棋。将谓灯明月暗，笑谈共和韩诗。　谁知，催上王畿，无计可，挽留之。想翠微深处，倚楼日望，天际人归。中流江涛衮衮，藉烝徒、共楫属之谁。回首西风过雁，料君为我兴思。

方　岳　木兰花慢·吴尚书宴客涟沧观，即席用韵

慨晴江渺渺，乘风下、倚沧浪。问许大乾坤，金焦两点，曾几兴亡。平章古人安在，但青山、烟水共微茫。不道鹭嘲鸥

笑，归来鬓已苍苍。　　垂杨，舞尽斜阳，双燕语、尽渠忙。黯柔情不管，花深传漏，羽急飞觞。思量人间如梦，放半分、佯醉半佯狂。明日海棠犹旧，春风未老秋娘。

吴文英　　木兰花慢·虎丘陪仓幕游

时魏益斋已被亲擢，陈芬窟、李方庵皆将满秩

紫骝嘶冻草，晓云锁、岫眉颦。正蕙雪初销，松腰玉瘦，憔悴真真。轻藜渐穿险磴，步荒苔、犹认瘗花痕。千古兴亡旧恨，半丘残日孤云。　　开尊，重吊吴魂，岚翠冷、洗微醺。问几曾夜宿，月明起看，剑水星纹。登临总成去客，更软红、先有探芳人。回首沧波故苑，落梅烟雨黄昏。

吴文英　　木兰花慢·重游虎丘

步层丘翠莽，□□处、更春寒。渐晚色催阴，风花弄雨，愁起阑干。惊翰，带云去杳。任红尘、一片落人间。青冢麒麟有恨。卧听萧鼓游山。　　年年，叶外花前，腰艳楚、鬓成潘。叹宝奁瘗久，青萍共化，裂石空磐。尘缘，酒沾粉污，问何人、从此濯清泉。一笑掀髯付与，寒松瘦倚苍峦。

吴文英　　木兰花慢·送翁五峰游江陵

送秋云万里，算舒卷、总何心。叹路转羊肠，人营燕垒，霜满蓬簪。愁侵，庾尘满袖，便封侯、那羡汉淮阴。一醉莼丝脍玉，忍教菊老松深。　　离音，又听西风，金井树、动秋吟。向暮江目断，鸿飞渺渺，天色沉沉。沾襟，四弦夜语，问杨琼、往事到寒砧。争似湖山岁晚，静梅香底同斟。

吴文英　　木兰花慢·重泊垂虹

酹清杯问水，惯曾见、几逢迎。自越棹轻飞，秋莼归后，杞菊荒荆。孤鸣，舞鸥惯下，又渔歌、忽断晚烟生。雪浪闲销钓石，冷枫频落江汀。　　长亭，春恨何穷，目易尽、酒微醒。怅断魂西子，凌波去杳，环佩无声。阴晴，最无定处，被浮云、多翳镜华明。向晓东风霁色，绿杨楼外山青。

吴文英　　木兰花慢·饯韩似斋赴江东鹾幕

润寒梅细雨，卷灯火、暗尘香。正万里胥涛，流花涨腻，春共东江。云樯，未传燕语，过罘罳、垂柳舞鹅黄。留取行人

系马，软红深处闻莺。　　悠飏，霁月清风，凝望久、鄮山苍。又紫箫一曲，还吹别调，楚际吴旁。仙方，袖中秘宝，遣蓬莱、弱水变飞霜。寒食春城秀句，趁花飞入宫墙。

吴文英　　木兰花慢·饯赵山台

指罘罳晓月，动凉信、又催归。正玉涨松波，花穿画舫，无限红衣。青丝，傍桥浅系，问笛中、谁奏鹤南飞。西子冰绡冷处，素娥宝镜圆时。　　清奇，好借秋光，临水色、写瑶卮。向醉中织就，天孙云锦，一杼新诗。依稀，数声禁漏，又东华、尘染帽檐缁。争似西风小队，便乘鲈脍秋肥。

吴文英　　木兰花慢·几临流送远

施芸隐随绣节过浙东，作词留别，用其韵以饯

几临流送远，渐荒落、旧邮亭。念西子初来，当时望眼，啼雨难晴。娉婷，素红共载，到越吟、翻调倚吴声。得意东风去棹，怎怜会重离轻。　　云零，梦绕浮觞，流水畔、叙幽情。恨赋笔分携，江山委秀，桃李荒荆。经行，问春在否，过汀洲、暗忆百花名。莺缕争堪细折，御黄堤上重盟。

吴文英　　木兰花慢·寿秋壑

记琼林宴起，软红路、几西风。想汉影千年，荆江万顷，槎信长通。金狨，锦鞯赐马，又霜横、汉节枣仍红。细柳春阴喜色，四郊秋事年丰。　　从容，岁晚玉关，长不闭、静边鸿。访武昌旧垒，山川相缪，日费诗筒。兰宫，系书翠羽，带天香、飞下玉芙蓉。明月瑶笙奏彻，倚楼黄鹤声中。

杨子咸　　木兰花慢·雨中荼蘼

紫凋红落后，忽十丈，玉虬横。望众绿帏中，蓝田璞碎，鲛室珠倾。柔条系风无力，更不禁、连日峭寒清。空与蝶圆香梦，枉教莺诉春情。　　深深，苔径悄无人，栏槛湿香尘。叹宝髻蓬松，粉铅狼藉，谁管飘零。不愁素云易散，恨此花、开后更无春。安得胡床月夜，玉醅满蘸瑶英。

李彭老　　木兰花慢·正千门系柳

正千门系柳，赐宫烛、散青烟。看秀靥芳唇，涂妆晕色，

试尽春妍。田田，满阶榆荚，弄轻阴、浅冷似秋天。随处饧香杏暖，燕飞斜辫秋千。　　朱弦，几换华年，扶浅醉、落花前。记旧时游冶，灯楼倚扇，水院移船。吟边，梦云飞远，有题红、都在薛涛笺。听绝残箫倦笛，夜堂明月窥帘。

李彭老　　　　木兰花慢·送客

折秦淮露柳，带明月、倚归船。看佩玉纫兰，囊诗贮锦，江满吴天。吟边，唤回梦蝶，想故山、薇长已多年。草得梅花赋了，棹歌远和离舷。　　风弦，尽入吟篇，伤倦客、对秋莲。过旧经行处，渔乡水驿，一路闻蝉。留连，漫听燕语，便江湖、夜语隔灯前。潮返浔阳暗水，雁来好寄瑶笺。

李莱老　　木兰花慢·寄题荪壁山房

向烟霞堆里，著吟屋、最高层。望海日翻红，林霏散白，猿鸟幽深。双岑，倚天翠湿，看浮云、收尽雨还晴。晓色千松逗冷，照人眼底长青。　　闲情，玉麈风生，摹茧字、校鹅经。爱静翻缃帙，芸台棐几，荷制兰缨。分明，晋人旧隐，掩岩扉、月午籁沉沉。三十六梯树杪，溯空遥想登临。

卫宗武　　木兰花慢·和野渡赋菊

聚林园芳景，尽输韩圃陶篱。任雨虐风饕，露凝霜压，丛木离披。正色幽香不减，与冬兰、并秀结心知。天赋花中名节，不教桃李同时。　　清奇，秋后尤宜，浮卉尽、尚芬菲。称处士庭除，先生简册，声续吾伊。便好竹间松下，擅晚芳、长伴岁寒姿。懊恨携樽已晚，明年来把花枝。

李芸子　　　　木兰花慢·秋意

占西风早处，一番雨，一番秋。记故国斜阳，去年今日，落叶林幽。悲歌几回激烈，寄疏狂、酒令与诗筹。遗恨清商易改，多情紫燕难留。　　嗟休，触绪茧丝抽，旧事续何由。奈予怀渺渺，羁愁郁郁，归梦悠悠。生平不如老杜，便如它、飘泊也风流。寄语庭柯径竹，甚时得棹孤舟。

黄　昇　　木兰花慢·题冯云月玉连环词后

自沉香梦断，风雨外、失余春。怅袍锦淋漓，金銮论奏，四海无人。蛾眉古来见妒，奈昭阳、飞燕亦成尘。惟有空梁落

月，至今能为传神。　　神游八表跨长鲸，谁是再来身。爱云月溪头，玉环一曲，笔力千钧。人间不堪著眼，但香名、百世尚如新。乞我九霞蜚佩，梯空共上秋旻。

黄　昇　　　木兰花慢·乙巳病中

问潘郎两鬓，更禁得、几番秋。怅病骨臞臞，幽怀渺渺，短发飕飕。云边一声长笛，这风情、多属赵家楼。欹枕困寻药裹，薰衣慵讯香篝。　　悠悠，老矣复焉求，何止赋三休。念少日书癖，中年酒病，晚岁诗愁。已攀桂花作证，便从今、把笔一齐勾。只有烟霞痼疾，相陪风月交游。

黄　昇　　　木兰花慢·怀旧

问春春不语，谩新绿、满芳洲。记历历前游，看花南陌，命酒西楼。东风翠红围绕，把功名、一笑付糟丘。醉里了忘身世，吟边自负风流。　　风流，莫莫复休休，白发渐盈头。怅十载重来，略无欢意，惟有闲愁。多情向人似旧，但小桃、婀娜柳纤柔。望断残霞落日，水天拍拍飞鸥。

冯伟寿　　　木兰花慢·和答玉林韵

酒醒人世换，碧桃靓、海山春。任青鸟沉沉，紫鳞杳杳，有玉林人。宫袍掉头未爱，爱荷衣、不染市朝尘。仙样蓬莱翰墨，云间鸾凤精神。　　笑呼银汉入金鲸，琼苑自由身。羡咳唾成章，香薰花雾，音和韶钧。六丁夜来捧去，便天人、也自叹尖新。那得金笺飞洒，浩歌飞步苍旻。

张　枢　　　木兰花慢·歌尘凝燕垒

歌尘凝燕垒，又软语、在雕梁。记剪烛调弦，翻香校谱，学品伊凉。屏山梦云正暖，放东风、卷雨入巫阳。金冷红绦孔雀，翠间彩结鸳鸯。　　银缸，焰冷小兰房，夜悄怯更长。待采叶题诗，含情赠远，烟水茫茫。春妍尚如旧否，料啼痕、暗里浥红妆。须觅流莺寄语，为谁老却刘郎。

陈允平　　　木兰花慢·赋牡丹

杜鹃声渐老，过花信、几番风。爱翠幄笼晴，文梭飐暖，阑槛青红。新妆步摇未稳，捧心娇、乍入馆娃宫。消得金壶万朵，护风帘幄重重。　　匆匆，少小忆相逢，诗鬓已成翁。且持杯秉烛，天香院落，同赏芳秾。花应怕春去早，尽迟迟、待

取绿阴浓。拚却花前醉也，梦随蝴蝶西东。

陈允平　　木兰花慢·和李篔房题张寄闲家圃韵

爱吟休问瘦，为诗句、几凭阑。有可画亭台，宜春帐箔，如寄身闲。胸中四时胜景，小蓬莱、幻出五云间。一掬蘋香暗沼，半梢松影虚坛。　　相看，倦羽久知还，回首鹭盟寒。记步屧寻云，呼灯听雨，越岭吴峦。幽情未应共懒，把周郎旧曲谱新翻。帘外垂杨自舞，为君时按弓弯。

陈允平　　木兰花慢·丙辰寿叶制相

江南春信早，问谁是、百花魁。过揽桂褰蓉，纫兰采菊，独许寒梅。阳和渐回涧底，向水西、先放一枝开。潇洒纤琼瘦玉，化工月剪云裁。　　诗催，付与雪襟怀，消得暗香来。算知心惟有，青松瘦竹，白石苍苔。年年上林胜赏，捻清芳、蘸入紫金杯。须信和羹未晚，岁寒聊自徘徊。

李　珏　　木兰花慢·寄豫章故人

故人知健否，又过了、一番秋。记十载心期，苍苔茅屋，杜若芳洲。天遥梦飞不到，但滔滔、岁月水东流。南浦春波旧别，西山暮雨新愁。　　吴钩，光透黑貂裘，客思晚悠悠。更何处相逢，残更听雁，落日呼鸥。沧江白云无数，约他年、携手上扁舟。鸦阵不知人意，黄昏飞向城头。

牟　巘　　木兰花慢·饯公孙倅

山城如斗大，君肯为、两年留。问读易堂前，翛然松竹，留得君不。天边乍传消息，趁春风、归侍翠云裘。留取去思无限，江蓠香满汀洲。　　不妨无蟹有监州，臭味喜相投。怪底事朝来，骊歌催唱，唤起离愁。羡君戏衫脱却，一身轻、无事也无忧。昨夜梦随杖履，道林岳麓同游。

史　深　　木兰花慢·画楼帘半卷

画楼帘半卷，倩谁觅、凤箫音。记待月梅边，篝香酒后，私语屏阴。匆匆佩珠暗解，断归鸿、消息两沉沉。前度刘郎易老，旧时飞燕难寻。　　罗襟，薄有泪痕侵，钗股暗黄金。向宝奁密看，绫笺小字，长是惊心。登临漫劳眺远，但青山、杳隔暮云深。曾傍湾桥系马，紫骝嘶度平林。

刘辰翁　木兰花慢·别云屋席间赋

午桥清夜饮，花露重、烛光寒。约处处行歌，朝朝买酒，典却朝衫。尊前自堪一醉，但落红、枝上不堪安。归去柳阴行月，酒醒画角声残。　王官，难得似君闲，闲我见君难。记李陌看花，光阴冉冉，风雨番番。相逢故人又别，送君归、斜日万重山。江上愁思满目，离离芳草平阑。

刘辰翁　木兰花慢·和中甫李参政席上韵

自崆峒麦熟，耕犊满、桔槔闲。笑吾党清谈，长衣欘具，更进贤冠。仓皇庇公宇下，便秋风、江上不惊寒。雪夜入三城易，槐阴护一家难。　东山，零雨几时还，领客竹林间。看满座空尊，轻裘缓带，绿鬓朱颜。风流一笑余事，定碑金、无恙庾家完。又赋南烹初食，明朝餐玉何山。

尹济翁　木兰花慢·寄朱子西

渺渺怀芳意，苦对景、可怜生。记燕外莺边，柳深竹嫩，度密穿青。如今淡烟细雨，正午窗半梦酒初醒。乐事怎堪重省，起来一饷愁萦。　悠然又把酒壶倾，摆不动离情。想闲却春游，绿阴深院，芳草长亭。干愁有谁解得，傍晚来，风起碎池萍。坐待晴云四卷，依然月上疏棂。

周　密　木兰花慢·苏堤春晓

西湖十景尚矣。张成子尝赋应天长十阕夸余曰："是古今词家未能道者。"余时年少气锐，谓此人间景，余与子皆人间人，子能道，余顾不能道耶，冥搜六日而词成。成子惊赏敏妙，许放出一头地。异日霞翁见之曰："语丽矣，如律未协何。"遂相与订正，阅数月而后定。是知词不难作，而难于改；语不难工，而难于协。翁往矣，赏音寂然。姑述其概，以寄余怀云

恰芳菲梦醒，漾残月、转湘帘。正翠崦收钟，彤墀放仗，台榭轻烟。东园，夜游乍散，听金壶、逗晓歇花签。宫柳微开露眼，小莺寂妒春眠。　冰奁，黛浅红鲜，临晓鉴、竞晨妍。怕误却佳期，宿妆旋整，忙上雕軿。都缘探芳起早，看堤边、早有已开船。薇帐残香泪蜡，有人病酒恹恹。

周　密　　　木兰花慢·平湖秋月

碧霄澄暮霭，引琼驾、碾秋光。看翠阙风高，珠楼夜午，谁捣玄霜。沧茫，玉田万顷，趁仙查、咫尺接天潢。仿佛凌波步影，露浓佩冷衣凉。　明珰，净洗新妆，随皓彩、过西厢。正雾衣香润，云鬟绀湿，私语相将。鸳鸯，误惊梦晓，掠芙蓉、度影入银塘。十二阑干伫立，凤箫怨彻清商。

周　密　　　木兰花慢·断桥残雪

觅梅花信息，拥吟袖、暮鞭寒。自放鹤人归，月香水影，诗冷孤山。等闲，泮寒晛暖，看融城、御水到人间。瓦陇竹根更好，柳边小驻游鞍。　琅玕，半倚云湾，孤棹晚、载诗还。是醉魂醒处，画桥第二，奁月初三。东阑，有人步玉，怪冰泥、沁湿锦鹓斑。还见晴波涨绿，谢池梦草相关。

周　密　　　木兰花慢·雷峰落照

塔轮分断雨，倒霞影、漾新晴。看满鉴春红，轻桡占岸，叠鼓收声。帘旌，半钩待燕，料香浓、径远趱蜂程。芳陌人扶醉玉，路旁懒拾遗簪。　郊垧，未厌游情，云暮合、谩消凝。想罢歌停舞，烟花露柳，都付栖莺。重闉，已催凤钥，正钿车、绣勒入争门。银烛擎花夜暖，禁街淡月黄昏。

周　密　　　木兰花慢·曲院风荷

软尘飞不到，过微雨、锦机张。正荫绿池幽，交枝径窄，临水追凉。宫妆，盖罗障暑，泛青蘋、乱舞五云裳。迷眼红绡绛彩，翠深偷见鸳鸯。　湖光，两岸潇湘，风荐爽、扇摇香。算恼人偏是，萦丝露藕，连理秋房。涉江，采芳旧恨，怕红衣、夜冷落横塘。折得荷花忘却，棹歌唱入斜阳。

周　密　　　木兰花慢·花港观鱼

六桥春浪暖，涨桃雨、鳜初肥。正短棹轻蓑，牵筒荇带，萦网莼丝。依稀，岸红溯远，漾仙舟、误入武陵溪。何处金刀脍玉，画船傍柳频催。　芳堤，渐满斜晖，舟叶乱、浪花飞。听暮榔声合，鸥沉暗渚，鹭起烟矶。忘机，夜深浪静，任烟寒、自载月明归。三十六鳞过却，素笺不寄相思。

周　密　　木兰花慢·南屏晚钟

疏钟敲暝色，正远树、绿愔愔。看渡水僧归，投林鸟聚，烟冷秋屏。孤云，渐沉雁影，尚残箫、倦鼓别游人。宫柳栖鸦未稳，露梢已挂疏星。　重城，禁鼓催更，罗袖怯、暮寒轻。想绮疏空掩，鸾绡翳锦，鱼钥收银。兰灯，伴人夜语，怕香消、漏永著温存。犹忆回廊待月，画阑倚遍桐阴。

周　密　　木兰花慢·柳浪闻莺

晴空摇翠浪，昼禽静、霁烟收。听暗柳啼莺，新簧弄巧，如度秦讴。谁细，翠丝万缕，飏金梭、宛转织芳愁。风袅余音甚处，絮花三月宫沟。　扁舟，缆系轻柔，沙路远、倦追游。望断桥斜日，蛮腰竞舞，苏小墙头。偏忧，杜鹃唤去，镇绵蛮、竟日挽春留。啼觉琼疏午梦，翠丸惊度西楼。

周　密　　木兰花慢·三潭印月

游船人散后，正蟾影、印寒湫。看冷沁鲛眠，清宜兔浴，皓彩轻浮。扁舟，泛天镜里，溯流光、澄碧浸明眸。栖鹭空惊碧草，素鳞远避金钩。　临流，万象涵秋，怀渺渺、水悠悠。念汉皋遗佩，湘波步袜，空想仙游。风收，翠奁乍启，度飞星、倒影入芳洲。瑶瑟谁弹古怨，渚宫夜舞潜虬。

周　密　　木兰花慢·两峰插云

碧尖相对处，向烟外、挹遥岑。记舞鹫啼猿，天香桂子，曾去幽寻。轻阴，易晴易雨，看南峰、淡日北峰云。双塔秋擎露冷，乱钟晓送霜清。　登临，望眼增明，沙路白、海门青。正地幽天迥，水鸣山籁，风奏松琴。虚楹，半空聚远，倚阑干、暮色与云平。明月千岩夜午，溯风跨鹤吹笙。

王　奕　　木兰花慢·和赵莲澳金陵怀古

翠微亭上醉，搔短发、舞缤纷。问六朝五姓，王姬帝胄，今有谁存。何似乌衣故垒，尚年年、生长儿孙。今古兴亡无据，好将往史俱焚。　招魂，何处觅东山，筝泪落清樽。怅石城暗浪，秦淮旧月，东去西奔。休说清谈误国，有清谈，还有斯文。遥睇新亭一笑，漫漫天际江痕。

邓　剡　　木兰花慢·寿周耐轩府尹

步凉飔绿野，□钟鼓、□园林。有骑竹更生，扶藜未老，歌舞棠阴。金鞭半横玉带，烨神人、风度五云深。大耐自应鹤骨，活人总是天心。　　寿蒲香晚尚堪斟，梧竹对潇森。早问道燕城，衣裁绣衮，台筑黄金。天瓢正消几滴，化中原、焦土作甘霖。却伴赤松未晚，碧桃花下横琴。

郭居安　　木兰花慢·寿贾秋壑母两国胡夫人

听都人共语，又还是、岁逢庚。记金帖频催，衮衣将至，绣幰先迎。笙歌六宫齐奏，到而今、犹唱贺升平。千岁人间福本，天公著意看承。　　秋深，帘卷空明，问西子、最宜晴。喜新来多暇，玉醪龙炙，菊院花城。明年耳孙头上，更君王、亲点泥金。兜率摩耶住世，长看佛度众生。

廖莹中　　木兰花慢·寿贾师宪

请诸君著眼，来看我、福华编。记江上秋风，鲸鳌涨雪，雁徼迷烟。一时几多人物，只我公、只手护山川。争睹阶符瑞象，又扶红日中天。　　因怀下走奉櫜鞬，磨盾夜无眠。知重开宇宙，活人万万，合寿千千。凫鹥太平世也，要东还、赴上是何年。消得清时钟鼓，不妨平地神仙。

赵　文　　木兰花慢·送赵按察归洪州

鹭州江上水，望南浦、送将归。想陌上儿童，尊前父老，口口能碑。家声一琴一鹤，甚和他、琴鹤也无之。城市貔貅昼静，泮宫芹藻春迟。　　与公南北两天涯，渺再见何时。记楼月歌残，碧云句好，尽是相思。江南烧痕未补，倩春归、说与上天知。早晚洪钧一转，东风先到寒枝。

姚云文　　木兰花慢·清明后赏牡丹

笑花神较懒，似忘却、趁清明。更油幄晴悭，箬庵寒浅，湿重红云。东君似怜花透，环碧幮、遮住怕渠惊。惆怅犊车人远，绿杨深闭重城。　　香名，谁误娉婷，曾注谱、上金屏。问洛中亭馆，竹西鼓吹，人醉花醒。且莫煎酥涴却，一枝枝、封蜡付铜瓶。三十六宫春在，人间风雨无情。

仇远　　木兰花慢·远钟消断梦

远钟消断梦，又霜信、到纹窗。有六曲屏山，四垂斗帐，重锦方床。轻寒画眉尚懒，想留连、一线枕痕香。无语因谁怊快，何心重理丝簧。　　花房，空记旧周郎，指印□鸳鸯。悄不堪□□，暗尘绣陌，淡月幽坊。休凭败红寄远，怕惊波、侵字不成行。坐忆江南信息，断肠蘸甲清觞。

仇远　　木兰花慢·泥凉闲倚竹

泥凉闲倚竹，奈冉冉、碧云何。爱水槛空明，风疏画扇，雪透香罗。惺松未成楚梦，看玲珑、清影罩平坡。便有一庭秋意，碎蛩声乱寒莎。　　银河，不起纤波，天似水、月明多。算江南再有，贺方回在，空费吟哦。年年自圆自缺，恨紫箫、声断玉人歌。谩对双鸳素被，翠屏十二嵯峨。

李琳　　木兰花慢·汴京

蕊珠仙驭远，横羽葆、簇霓旌。甚鸾月流辉，风云布彩，翠绕蓬瀛。舞衣怯环佩冷，问梨园、几度沸歌声。梦里芝田八骏，禁中花漏三更。　　繁华一瞬化飞尘，辇路劫灰平。恨碧灭烟销，红凋露粉，寂寞秋城。兴亡事空陈迹，只青山、淡淡夕阳明。懒向沙鸥说得，柳风吹上旗亭。

罗志仁　　木兰花慢·禁酿

汉家糜粟诏，将不醉、饱生灵。便收拾银瓶，当垆人去，春歇旗亭。渊明权停种秫，遍人间，暂学屈原醒。天子宜呼李白，妇人却笑刘伶。　　提葫芦更有谁听，爱酒已无星。想难变春江，蒲桃酿绿，空想芳馨。温存鸬鹚鹦鹉，且茶瓯淡对晚山青。但结秋风鱼梦，赐酺依旧沉冥。

蒋捷　　木兰花慢·冰

傍池阑倚遍，问山影、是谁偷。但鹭敛琼丝，鸳藏绣羽，碍浴妨浮。寒流，暗冲片响，似犀椎、带月静敲秋。因念凉荷院宇，粉丸曾泛金瓯。　　妆楼，晓涩翠罂油，倦鬓理还休。更有何意绪，怜他半夜，瓶破梅愁。红裯，泪干万点，待穿来、寄与薄情收。只恐东风未转，误人日望归舟。

蒋 捷　　木兰花慢·再赋

渺琉璃万顷，冷光射、夕阳洲。见败柳漂枝，残芦泛叶，欲去仍留。罗帱，少年梦里，正窥帘、月浸素肌柔。谁念衰翁自老，断髭冻得成虬。　凝眸，一望绝飞鸥，宇宙正清幽。漫细敲紫砚，轻呵翠管，吟思难抽。飕飕。晚风又起，但时听、碎玉落檐头。多少梅花片脑，醉来误整香篝。

陈德武　木兰花慢·寄桂林通判叶夷仲

自淮阳别后，一回首、又穷年。叹蓬逐旋飙，叶随流水，星散维垣。南来忽闻归兴，岂苍天、故意要储贤。云慢凌司马赋，风偏动季鹰船。　梅窗夜月见修妍，骏辔忆连钱。命画桨溪流，篮舆山郭，囊锦诗篇。休辞岁寒远道，对松篁、莫慰寂寥边。尘榻谁为我下，酒杯惟待君传。

陈德武　木兰花慢·再用前韵

对江云日暮，又那更、夜如年。见霜满晴空，山衔星斗，月挂城垣。知心故人间阻，几何时、尊酒会多贤。冷落巴山夜雨，凄凉剡水寒船。　孱容羞睹镜中妍，远水与天连。怪梦有余甜，酒无好味，诗不成篇。刀圭解生毛羽，向晨风、飞傍彩云边。报道东君到也，一枝春信先传。

陈德武　木兰花慢·三用前韵

一春看又尽，问何日、是归年。望五岭重关，九嶷叠翠，满目藩垣。苍梧几时舣棹，许论文、高议仰英贤。夜立残花影月，朝盼尽柳阴船。　天台山水世间妍，天姥赤城连。好收拾兰庄，白云深处，咏卜居篇。重寻旧游莺燕，恐无心、待雁夕阳边。声迹今犹密迩，鸾笺莫厌频传。

陈德武　木兰花慢·思情

自东君别后，对花柳、愈无聊。但旅寓年年，梦添夜夜，饭减朝朝。应怜此情何似，恰梅天、风雨正潇潇。衮玉有谁暖眼，带围漫自松腰。　深沉庭院好香烧，水远玉人遥。念信阻鸾笺，调空绿绮，字满鲛绡。东君也知人意，几黄昏，天际送兰桡。锦荔堂前载酒，梧桐月下吹箫。

陈德武　　　木兰花慢·春游

值升平海宇，又春色、与俱还。向杨柳楼台，海棠庭院，红药阑干。可人好风良月，都收拾入锦囊间。心事已超尘外，天公分付人间。　世途陆海拥波澜，回首梦中看。想酒醒罗浮，云空巫峡，饭熟邯郸。从兹破琴煮鹤，猗兰不用对人弹。粗足少游衣食，何妨司马江山。

张　炎　木兰花慢·为越僧樵隐赋樵山

龟峰深处隐，岩壑静、万尘空。任一路白云，山童休扫，却似崆峒。只恐烂柯人到，怕光阴、不与世间同。旋采生枝带叶，微煎石鼎团龙。　从容，吟啸百年翁，行乐少扶筇。向镜水传心，柴桑袖手，门掩清风。如何晋人去后，好林泉、都在夕阳中。禅外更无今古，醉归明月千松。

张　炎　木兰花慢·书邓牧心东游诗卷后

采芳洲薜荔，流水外、白鸥前。度万壑千岩，晴岚暖翠，心目娟娟。山川，自今自古，怕依然、认得米家船。明月闲延夜语，落花静拥春眠。　吟边，象笔蛮笺，清绝处、小留连。正寂寂江潭，树犹如此，那更啼鹃。居廛，闭门隐几，好林泉、都在卧游边。记得当时旧事，误人却是桃源。

张　炎　木兰花慢·为静春赋

幽栖身懒动，邃庭悄、日偏长。甚不隐山林，不喧车马，不断生香。澄心淡然止水，笑东风、引得落花忙。慵对鱼翻暗藻，闲留莺管垂杨。　徜徉，净几明窗，穿窈窕、染芬芳。看白鹤无声，苍云息影，物外行藏。桃源去尘更远，问当年、何事识渔郎。争似重门昼掩，自看生意池塘。

张　炎　木兰花慢·丹谷园

万花深处隐，安一点、世尘无。步翠麓幽寻，白云自在，流水萦纡。携歌缓游细赏，倩何人、重写辋川图。迟日香生草木，淡风声和琴书。　安居，歌引巾车，童放鹤、我知鱼。看静里闲中，醒来醉后，乐意偏殊。桃源带春去远，有园林、如此更何如。回首丹光满谷，恍然却是蓬壶。

张　炎　木兰花慢·舟中有怀澄江陆起潜皆山楼昔游

水痕吹杏雨，正人在、隔江船。看燕集春芜，渔栖暗竹，湿影浮烟。余寒尚犹恋柳，怕东风、未肯擘晴绵。愁重迟教醉醒，梦长催得诗圆。　楼前，笑语当年，情款密、思留连。记白月依弦，青天堕酒，衮衮山川。垂髫至今在否，倚飞台、谁掷买花钱。不是寻春较晚，都缘听得啼鹃。

张　炎　木兰花慢·赵鹤心问余近况，书以寄之

目光牛背上，更时把、汉书看。记落叶江城，孤云海树，漂泊忘还。悬知偶然是梦，梦醒来、未必是邯郸。笑指萤灯借暖，愁怜镜雪惊寒。　投闲，寄傲怡颜，要一似、白鸥闲。且旋缉荷衣，琴尊客里，岁月人间。菟裘渐营瘦竹，任重门、近水隔花关。数亩清风自足，元来不在深山。

张　炎　木兰花慢·游天师张公洞

风雷开万象，散天影、入虚坛。看峭壁重云，奇峰献玉，光洗琅玕。青苔古痕暗裂，映参差、石乳倒悬山。那得虚无幻境，元来透彻玄关。　跻攀，竟日忘还，空翠滴、逼衣寒。想邃宇阴阴，炉存太乙，难觅飞丹。泠然洞灵去远，甚千年、都不到人间。见说寻真有路，也须容我清闲。

张　炎　木兰花慢·二分春到柳

二分春到柳，青未了，欲婆娑。甚书剑飘零，身犹是客，岁月频过。西湖故园在否，怕东风、今日落梅多。抱瑟空行古道，盟鸥顿冷清波。　知么，老子狂歌，心未歇、鬓先皤。叹敝却貂裘，驱车万里，风雪关河。灯前恍疑梦醒，好依然、只著旧渔蓑。流水桃花渐暖，酒船不去如何。

张　炎　木兰花慢·锦街穿戏鼓

元夕后，春意盎然，颇动游兴，呈雪川吟社诸公

锦街穿戏鼓，听铁马、响春冰。甚舞绣歌云，欢情未足，早已收灯。从今便须胜赏，步青青、野色一枝藤。落魄花间酒侣，温存竹里吟朋。　休憎，短发鬅鬙，游兴懒、我何曾。任蹴踏芳尘，寻蕉覆鹿，自笑无能。清狂尚如旧否，倚东风、

啸咏古兰陵。十里梅花霁雪，水边楼观先登。

张　炎　　木兰花慢·用前韵呈王信父

江南无贺老，看万壑、出清冰。想柳思周情，长歌短咏，密与传灯。山川润分秀色，称醉挥、健笔剡溪藤。一语不谈俗事，几人来结吟朋。　　堪憎，我发鬅鬙，频赋曲、旧时曾。但春蚓秋蛩，寒篱晚砌，颇叹非能。何如种瓜种秫，带一锄、归去隐东陵。野啸天风两耳，翠微深处孙登。

张　炎　木兰花慢·归隐湖山，书寄陆处梅

二分春是雨，采香径、绿阴铺。正私语晴蛙，于飞晚燕，闲掩纹疏。流光惯欺病酒，问杨花、过了有花无。啼鴂初闻院宇，钓船犹系菰蒲。　　林逋，树老山孤，浑忘却、隐西湖。叹扇底歌残，蕉间梦醒，难寄中吴。秋痕尚悬鬓影，见莼丝、依旧也思鲈。黏壁蜗涎几许，清风只在樵渔。

程节斋　　木兰花慢·八月初四

西风吹昨梦，直飞上、广寒宫。见绛节霓旌，常娥延伫，玉立双童。殷勤桂枝分付，却为言、当日有仙翁。谪堕人间几载，只今恰挂桑蓬。　　佳音未返碧楼空，青鸟耗难通。闻洞府已成，南州占断，皓月光风。前期十日佳席，倩一言、为写此清衷。三岛十洲佳致，奈何携近尘笼。

刘应雄　　木兰花慢·元夕郡侯邀赋

梅妆堪点额，觉残雪、未全消。忽春递南枝，小窗明透，渐褪寒骄。天公似怜人意，便挽回、和气做元宵。太守公家事了，何妨银烛高烧。　　旋开铁锁粲星桥，快灯市、客相邀。且同乐时平，唱弹弦索，对舞纤腰。传柑记陪佳宴，待说来、须更换金貂。只恐出关人早，鸡鸣又报趣朝。

周孚先　　木兰花慢·富州道中

访梅江路远，喜春在、剑川湄。正雁碛云深，渔村笛晚，茸帽斜攲。旧游不堪回首，更文园、多病减腰围。惟有秋娘声价，风流仍似前时。　　依稀壁粉旧曾题，烟草半凄迷。叹单父台荒，黄公垆寂，难觅佳期。谁家歌楼催雪，遣夜来、风雨紧些儿。醉后唾壶敲缺，龙光摇动晴漪。

彭子翔　　木兰花慢·贺第二娶

仙家春不老，谁说到、牡丹休。算蛮柳樊樱，怎生了得，白傅风流。枝头，摽梅实好，奈绿阴、庭户不禁愁。幸有琴中风语，能通镜里鸾求。　　锵璆，杂佩下瀛洲，宝篆紫烟浮。望兰情红盼，三生曾识，一见如羞。绸缪，从今偕老，似柳郎、无负碧云秋。莫倚回文妙手，放教远觅封侯。

卫芳华　　木兰花慢·记前朝旧事

记前朝旧事，曾此地、会神仙。向月地云阶，重携翠袖，来拾花钿。繁华总随流水，叹一场、春梦杳难圆。废港芙蕖滴露，断堤杨柳摇烟。　　两峰南北只依然，辇路草芊芊。怅别馆离宫，烟销凤盖，波没龙船。平生银屏金屋，对漆灯、无焰夜如年。落日牛羊陇上，西风燕雀林边。

李商英　　木兰花慢·喜琼筵乍启

喜琼筵乍启，似王母、宴瑶池。正珠履骈肩，群仙间坐，冰玉交辉。新词更兼旧曲，听歌声、宛转绕屏帏。一缕龙香水麝，满堂如彩云飞。　　金卮主献宾酬，无算数醉如泥。诮不管山翁，霜髯皓鬓，为插花枝。更阑带花归去，有余香、冉冉惹人衣。一枕华胥梦觉，恍然身在桃溪。

无名氏　　木兰花慢·望阳生渐布

望阳生渐布，见梅萼、暖初回。向雪里、一枝才苞，素艳已占春台。烟笼半含粉面，透清香、暗触满襟怀。可惜前村望断，魏林庾岭栽培。　　皑皑，嫩蕊清光，凝笑也恁风猥。但折取行人，途中对酒，不用尊罍。芬芳正当岁暮，谩休夸桃李苦相催。早报明年律应，又还依旧先开。

无名氏　　木兰花慢·饱经霜古树

饱经霜古树，怕春寒、趁腊引青枝。逗一点阳和，隔年信息，远报佳期。凄葩未容易吐，但凝酥半面点胭脂。山路相逢驻马，暗香微染征衣。　　风前袅袅含情，虽不语、引长思。似怨感芳姿，山高水远，折赠何迟。分明为传驿使，寄一枝春色写新词。寄语市桥官柳，此先占了芳菲。

无名氏　　木兰花慢·寿主簿　十一月初五

腊前冬至后，报春意、动南坡。见葭管浮灰，梅英缀玉，漏泄阳和。阶蓂呈瑞五叶，祥开嵩岳耸嵯峨。笑拥两行珠翠，欢腾一曲笙歌。　　试将铜狄细摩挲，问寿富如何。道寿等冈陵，富连阡陌，福禄多多。德门最堪羡处，有乔松丹桂映婆娑。管取脱身簿领，即登奕世儒科。

木 兰 香

即《减字木兰花》。宋徐介轩词名《木兰香》，见《全芳备祖》前集卷七。本为咏木兰之作。今传词中仅有徐介轩词一首。属双调、平韵，共四十四字。上、下阕格式相同，各四句、二十二字，皆于第三、四句用韵。

徐介轩　　　木兰香·一帘疏雨

一帘疏雨，道是无情还有思。坐久魂销，风动珠唇点点娇。　　生平浩气，静乐机关随处是。熏透寒衾，蝴蝶休萦万里心。

五彩结同心

此调有平韵、仄韵两体。平韵体见赵彦端《介庵词》，仄韵体见《乐府雅词·拾遗》卷上宋无名氏词。“五彩”即青、黄、赤、白、黑五色。“五彩结同心”即用五色带做成的同心结。“同心结”是用锦带制成的菱形连环回文结，表示男女恩爱之意。唐教坊曲有《同心结》曲名。宋人仿唐人之旨，制为词调。属双调，共一百一十一字。上阕九句、五十五字，下阕九句、五十六字，两阕皆于第三、五、七、九句用韵。

赵彦端　　　五彩结同心·为渊卿寿

人间尘断，雨外风回，凉波自泛仙槎。非郭还非野，闲莺燕、时傍笑语清佳。铜壶花漏长如线，金铺碎、香暖檐牙。谁知道、东园五亩，种成国艳天葩。　　主人汉家龙种，正翩翩

迴立，雪纻乌纱。歌舞承平旧，围红袖、诗兴自写春华。未知三斗朝天去，定何似、鸿宝丹砂。且一醉、朱颜相庆，共看玉井浮花。

无名氏　　五彩结同心·珠帘垂户

珠帘垂户，金索悬窗，家接浣沙溪路。相见桐阴下，一钩月、恰在凤凰栖处。素琼捻就宫腰小，花枝袅、盈盈娇步。新妆浅，满腮红雪，绰约片云欲度。　　尘寰岂能留住，唯只愁、化作彩云飞去。蝉翼衫儿，薄冰肌莹，轻罩一团香雾。彩笺巧缀相思苦，脉脉动、怜才心绪。好作个、秦楼活计，吹箫伴侣。

五福降中天

此调见《花草粹编》，一名《五福降中天慢》。调名本意为五福从天而降。“五福”是旧时所说的五种幸福。《尚书·洪范》中说：“五福：一曰寿，二曰富，三曰康宁，四曰攸好德，五曰考终命。”宋人用此意而制词，命为《五福降中天》。此调名有两种体制，属同名异调。一为本名《齐天乐》，又名《台城路》、《如此江山》，属双调、仄韵，共一百零二字。上阕十句、五十一字，于第二、五、六、八、十句用韵；下阕十一句、五十一字，于第三、六、七、九、十一句用韵。另一体制与本名《齐天乐》者无涉。属双调、平韵，八十四字。上、下阕均八句，亦均于第二、四、六、八句用韵，惟上阕四十一字、下阕四十三字。

江致和　　五福降中天·喜元宵三五

喜元宵三五，纵马御柳沟东。斜日映珠帘，瞥见芳容。秋水娇横俊眼，腻雪轻铺素胸。爱把菱花，笑匀粉面露春葱。　　徘徊步懒，奈一点、灵犀未通。怅望七香车去，慢辗春风。云情雨态，愿暂入阳台梦中。路隔烟霞，甚时还许到蓬宫。

沈端节　　五福降中天·梅

月胧烟澹霜蹊滑，孤宿暮林荒驿。绕树微吟，巡檐索笑，自分平生相得，冰池半释。正节物惊心，泪痕沾臆。流水溅溅，照影古寺满春色。　　沉叹今年未识，暗香微动处，人□初寂。酷

爱芳姿，最怜幽韵，来款禅房深密。他时恨□，怅却月凌风，信音难的。雪底幽期，为谁还露立。

不　见

此调本为《如梦令》，沈蔚以此调填词二首，于第五、六句均用“不见，不见”重叠，故新命词牌名为《不见》。属单调、仄韵，七句，共三十六字，第五、六句为叠句，于第一、二、三、五、六、七句用韵。参阅《如梦令》。

沈　蔚　　　不见·日过重帘未卷

日过重帘未卷，袅袅欲残香线。午醉却醒来，柳外一声莺啭。不见，不见，门掩落花深院。

沈　蔚　　　不见·回首芜城旧苑

回首芜城旧苑，还是绿深红浅。春意已无多，斜日满帘飞燕。不见，不见，花上雨来风转。

厅前柳

此调本为咏厅前之柳，故名。今所传之词中宋代赵师侠所作，正是咏柳之词。属双调、平韵，共五十六字。上阕六句、二十七字，于第一、三、五、六句用韵；下阕五句、二十七字，于第二、四、五句用韵。宋代朱雍词又名此调为《亭前柳》，五十八字。“亭”与“厅”音近，因传写而各异。

赵师侠　　　厅前柳·晚秋天

晚秋天，过暮雨，云容敛，月澄鲜。正风露凄清处，砌蛩喧。更黄蝶，舞翩翩。　念故里、千山云水隔，被名缰利锁萦牵。莫作悲秋意，对尊前，且同乐，太平年。

赵师侠　　　厅前柳·丹桂

景清佳，正倦客，凝秋思，浩无涯。递十里香芬馥，桂初华。向碧叶，露芳葩。　为粟粒、鹅儿情淡薄，倩西风染就

丹砂。不比黄金雨，灿余霞，送幽梦，到仙家。

太平乐

唐教坊曲名，即《瑞鹧鸪》。关注有诗一首，七言八句。第七句为“行听新声太平乐”，故用为诗名。此《太平乐》以诗题名，用作词牌名。

关　注　　　太平乐·玄衣仙子从双鬟

玄衣仙子从双鬟，缓节长歌一解颜。满引铜盆效鲸吸，低徊舞袖作弓弯。　舞留月殿春风冷，乐奏钧天晓梦还。行听新声太平乐，犹留五拍到人间。

太平年慢

又名《太平年》。此调今仅存宋无名氏词一首，赋升平景象，故名。属双调、仄韵，共四十五字。上阕四句、二十四字，下阕四句、二十一字，均句句用韵。

无名氏　　　太平年慢·皇州春满群芳丽

皇州春满群芳丽，散异香旖旎。鳌宫开宴赏佳致，举笙歌鼎沸。　永日迟迟和风媚，柳色烟凝翠。唯恐日西坠，且乐欢醉。

太平欢

即《念奴娇》。唐教坊舞曲中有唐中宗景龙年以前所作之《太平乐》，咏调名“太平”之本意。宋人作词歌咏太平之世，亦取唐教坊舞曲《太平乐》的“太平”之义，“欢”与“乐”亦同义，故命其牌曰《太平欢》。宋代姚述尧词赋圣节赐宴，词中有“蕤宾奏律，正太平无事，欢娱时节”之句，故名。属双调、仄韵，共一百字，上阕十句、四十九字，于第三、五、八、十句用韵；下阕十句、五十一字，用

韵同上。

姚述尧　　　　太平欢·圣节赐宴

蕤宾奏律，正太平无事，欢娱时节。翘首箫台南望处，两两寿星明彻。和满乾坤，春回草木，瑞霭凝金阙。钧天齐奏，嵩呼隐隐三发。　　遥想帝里繁华，庆父尧子舜，赓歌胥悦。黼座传觞仙仗里，拜舞两阶英杰。愠解薰风，恩覃湛露，玉陛笙镛咽。溥天同庆，年年沉醉花月。

太平时

此调本为宋教坊曲名，为小石调，词意本是咏太平盛世。又名《贺圣朝影》，与《贺圣朝》非一调。《钦定词谱》把此调列名《添声杨柳枝》，即在黄钟商调《杨柳枝曲》的每句下各添一个三字句。属双调、平韵，共四十字。上下阕皆四句、二十字。下阕除第一句不用韵外，各句均句句用韵。

贺　铸　　　　太平时·梦江南

九曲池头三月三，柳毵毵。香尘扑马喷金衔，涴春衫。苦笋鲥鱼乡味美，梦江南。阊门烟水晚风恬，落归帆。

陆　游　　太平时·竹里房栊一径深

竹里房栊一径深，静愔愔。乱红飞尽绿成阴，有鸣禽。临罢兰亭无一事，自修琴。铜炉袅袅海南沉，洗尘襟。

太常引

词牌中的“引”，尚无确解。杜文澜认为：“凡是有‘引’字者，乃‘引申’之义，字数必多于前。”但二者在格式上又迥别。又有人说，在唐、宋大曲中，有“引歌”之名目。所谓“引歌”，即在歌前之意。词牌中的“引”，多是截取大曲中前段部分制成。与令词相比，多数“引”的乐调长，字数多。“太常”有二义：一是旗名，古王的旌旗画

日月，称太常；一是官名，秦、汉时为九卿之一，掌礼乐郊庙社稷之事。未详此调牌之“太常”所指为何。《太常引》属双调、平韵，共四十九字。上阕四句、二十四字，于第一、二、三、五句用韵；下阕五句、二十五字，于第三、四、五、六句用韵。另一体五十字，只是上阕第二句比上一体多一字。又名《太清引》，韩淲词有“小春时候腊前梅”之句，又名《腊前梅》。

沈端节　　太常引·三三五五短长亭

三三五五短长亭，都只解、送人行。天远树冥冥，怅好梦、才成又惊。　夜堂歌罢，小楼钟断，归路已闻莺。应是困瞢腾，问心绪、而今怎生。

丘　崈　　太常引·仲履席上戏作

憎人虎豹守天关，嗟蜀道、十分难。说与沐猴冠，这富贵、于人怎谩。　忘形尊俎，能言桃李，日日在东山。不醉有余欢，唱好个、风流谢安。

辛弃疾　　太常引·寿南涧

君王著意履声间，便令押、紫宸班。今代又尊韩，道吏部、文章泰山。　一杯千岁，问公何事，早伴赤松闲。功业后来看，似江左、风流谢安。

辛弃疾　　太常引·建康中秋为吕叔潜赋

一轮秋影转金波，飞镜又重磨。把酒问姮娥，被白发、欺人奈何。　乘风好去，长空万里，直下看山河。斫去桂婆娑，人道是、清光更多。

辛弃疾　　太常引·赋十四弦

仙机似欲织纤罗，仿佛度金梭。无奈玉纤何，却弹作、清商恨多。　珠帘影里，如花半面，绝胜隔帘歌。世路苦风波，且痛饮、公无渡河。

辛弃疾　　太常引·寿赵晋臣敷文

彭溪，晋臣所居

论公耆德旧宗英，吴季子、百余龄。奉使老于行，更看舞、听歌最精。　　须同卫武，九十入相，菉竹自青青。富贵出长生，记门外、清溪姓彭。

韩　玉　　　太常引·荒山连水水连天

荒山连水水连天，忆曾上、桂江船。风雨过吴川，又却在、潇湘岸边。　　不堪追念，浪萍踪迹，虚度夜如年。风外晓钟传，尚独对、残灯未眠。

韩　玉　　　太常引·东城归路水云间

东城归路水云间，几曾放、梦魂闲。何日整归鞍，又人对、西风凭栏。　　温柔情性，系怀伤感，欲诉诉应难。愁聚两眉端，又叠起、千山万山。

宋先生　　　太常引·金丹只在自身中

金丹只在自身中，真水火、炼成功。因遇吕仙公，识返本、还元祖宗。　　阳全阴尽，神光现处，认得自真容。名姓列仙宫，已跳出、乾坤世笼。

韩　滤　　　太常引·腊前梅

小春时候腊前梅，还知道、为谁开。应绕百千回，夜色转、参横斗魁。　　十分孤静，替伊愁绝，片月共徘徊。一阵暗香来，便觉得、诗情有涯。

韩　滤　　　太常引·呈昌甫

随风和雨带烟开，更清冷、照崔巍。片片亦佳哉，细看得、花如翦裁。　　茅檐出没，水浮桥外，人自两峰来。吟到涧泉梅，问何似、山阴道回。

高观国　　　太常引·玉肌轻衬碧霞衣

玉肌轻衬碧霞衣，似争驾、翠鸾飞。羞问武陵溪，笑女伴、东风醉时。　　不飘红雨，不贪青子，冷澹却相宜　。春晚涌金池，问一片、将愁寄谁。

卢祖皋　　　太常引·趋省闻桂偶成

梦回金井卸梧桐，嘶马带疏钟。草面露痕浓，渐薄袖、清

寒暗通。　　天低绛阙，云浮碧海，残月尚朦胧。吹面桂花风，峭不似、红尘道中。

刘辰翁　　太常引·和香岩上元韵

便晴也是不曾晴，不怕金吾禁行。风雨动乡情，梦灯火、扬州化城。　　少年跌宕，谁家娇小，绕带到天明。昨夜月还生，但惊破、霓裳数声。

刘辰翁　　太常引·寿李同知

此公去暑似新秋，吏毒一句句。行县胜监州，觉甘雨、随车应求。　　鹭清为酒，螺清为寿，起舞祝君侯。急召也须留，廿四考、中书到头。

刘　壎　　太常引·送丁使君

甘棠春色满南丰，春好处、在黉宫。宫柳映墙红，对墙柳、常思耐翁。　　文章太守，词华哲匠，人与易居东。攀恋计无从，判行省、重监旧封。

王清观　　太常引·题洞宾醉桃源像

邯郸梦里武陵溪，春色醉冥迷。花压帽檐欹，谩赢得、红尘满衣。　　青蛇飞起，黄龙喝住，才是酒醒时。和露饮刀圭，待月满、长空鹤归。

汪元量　　太常引·四月初八日庆六十

广寒宫殿五云边，看天上、烛金莲。香袅御炉烟，拥彩仗、千官肃然。　　世间王母，月中仙子，花甲一周天。乐指沸华年，更福寿，千年万年。

无名氏　　太常引·行云踪迹杳无期

行云踪迹杳无期，梅梢上、又春归。不道久别离，这一度、清香为谁。　　多情嘱付，庾楼羌管，凭仗且休吹。留取两三枝，待和泪、封将寄伊。

无名氏　　太常引·江梅开似蕊珠宫

江梅开似蕊珠宫，报桃李、又春风。蓦岫看前峰，待摘

取、横斜盏中。　　魏林楚岭，素妆清绝，不与众芳同。和月映帘栊，羡几点、施朱太红。

太清舞

宋大曲名，此调为史浩所创制。“太清”是道家所谓“三清”之一，指元气之清者，无穷，无形。史浩演述道家迎神仙仪式，有歌有舞，有独唱，有众唱，故名《太清舞》。其所唱之词，即今之所见《太清舞》的句式。属双调、仄韵，共四十六字。上阕四句、二十二字，于第一、二、四字用韵；下阕四句、二十四字，于第二、四句用韵。

史　浩　　太清舞·武陵自古神仙府

后行吹道引曲子，迎五人上，对厅一直立。乐住，竹竿子勾念：洞天门阙锁烟萝，琼室瑶台瑞气多。欲识仙凡光景异，欢谣须听太平歌。

花心念：伏以兽炉缥缈喷祥烟，玳席荧煌开邃幄。谛视人间之景物，何殊洞府之风光。恭惟衮绣主人，簪缨贵客。或碧瞳漆发，或绿鬓童颜。雄辩风生，英姿玉立。曾向蕊宫贝阙，为逍遥游；俱膺丹篆玉书，作神仙伴。故今此会，式契前踪。但儿等偶到尘寰，欣逢雅宴；欲陈末艺，上助清欢。未敢自专，伏候处分。

竹竿问，念：既有清歌妙舞，何不献呈。

花心答，念：旧乐何在。

竹竿子问，念：一部俨然。

花心答，念：再韵前来。

念了，后行吹太清，众舞讫，众唱：

武陵自古神仙府，有渔人迷路。洞户迸寒泉，泛桃花容与。　　寻花迤逦见灵光，舍扁舟、飘然入去。注目渺红霞，有人家无数。

唱了，后行吹太清歌，众舞，舞讫，花心唱：

须臾却有人相顾，把肴浆来聚。礼数既雍容，更衣冠淳古。　　渔人方问此何乡，众颦眉、皆能深诉。元是避嬴秦，共携家来住。

唱了，后行吹太清歌，众舞，换坐，当花心一人唱：

当时脱得长城苦，但熙熙朝暮。上帝锡长生，任跳丸乌兔。　　种桃千万已成阴，望家乡、杳然何处。从此与凡人，隔云霄烟雨。

唱了，后行吹太清歌，众舞，换坐，当花心一人唱：

渔舟之子来何所，尽相猜相语。夜宿玉堂空，见火轮飞舞。　　凡心有虑尚依然，复归指、维舟沙浦。回首已茫茫，叹愚迷不悟。

唱了，后行吹太清歌，众舞，换坐，当花心一人唱：

我今来访烟霞侣，沸华堂箫鼓。疑是奏钧天，宴瑶池金母。　　却将桃种散阶除，俾华实、须看三度。方记古人言，信有缘相遇。

唱了，后行吹太清歌，众舞，换坐，当花心一人唱：

云軿羽幰仙风举，指丹霄烟雾。行作玉京朝，趁两班鹓鹭。　　玲珑环佩拥霓裳，却自有、箫韶随步。含笑嘱芳筵，后会须来赴。

唱了，后行吹太清歌，众舞，舞讫，竹竿子念：欣听嘉音，备详仙迹。固知玉步，欲返云程。宜少驻于香车，伫再闻于雅咏。

念了，花心念：但儿等暂离仙岛，来止洞天。属当嘉节之临，行有清都之觐。芝华羽葆，已杂遝于青冥；玉女仙童，正逢迎于黄道。既承嘉命，聊具新篇。

篇曰：仙家日月如天远，人世光阴若电飞。绝唱已闻惊列坐，他年同步太清归。

念了，众唱破子：

游尘世、到仙乡，喜君王。跻治虞唐，文德格遐荒，四裔尽来王。　　干戈偃息岁丰穰，三万里农桑，归去告穹苍。锡圣寿无疆。

唱了，后行吹步虚子，四人舞上，劝心酒，花心复劝。劝讫，众舞列作一字行。竹竿子念遣队：仙音缥缈，丽句清新。既归美于皇家，复激昂于坐客。桃源归路，鹤驭迎风。抃手阶前，相将好去。

念了，后行吹步虚子，出场。

少年心

此调见《山谷词》，又名《添字少年心》。属双调、仄韵，共六十字。上下阕各五句、三十字，皆于第一、二、四、五句用韵，第五句为叶韵。黄庭坚在另一首词上自注“添字”，亦双调、仄韵，共六十七字，上阕六句、三十五字，下阕四句、三十二字。其句式与《少年心》不同。

黄庭坚　　少年心·对景惹起愁闷

对景惹起愁闷，染相思、病成方寸。是阿谁先有意，阿谁薄幸。斗顿恁、少喜多嗔。　合下休传音问，你有我、我无你分。似合欢桃核，真堪人恨。心儿里、有两个人人。

黄庭坚　　少年心·添字

心里人人，暂不见、霎时难过。天生你要憔悴我。把心头从前鬼，著手摩挲。抖擞了、百病销磨。　见说那厮脾鳖热。大不成我便与拆破。待来时、鬲上与厮噷则个。温存著、且教推磨。

少年游

《乐府·杂曲歌辞》有《结客少年场行》，多咏少年轻生重义、任侠游乐之事。六朝及唐人多有此作，名为《少年行》。北宋晏殊词中有“长似少年时”之句，取以为词牌名。韩淲词有“明窗玉腊梅枝好”之句，故更名《玉腊梅枝》。萨都剌词名《小阑干》。词属双调、平韵，从四十九字至五十二字，有多种别体，即使同一字数者，体式亦有差别。各家所作，上下阕的字数、句法、用韵，颇有参差。其五十字者，上下阕均五句、二十字，亦均于第一、二、五句用韵，字数同为七、五、四、四、五式。

杨　亿　　少年游·江南节物

江南节物，水昏云淡，飞雪满前村。千寻翠岭，一枝芳

艳，迢递寄归人。　　寿阳妆罢，冰姿玉态，的的写天真。等闲风雨又纷纷，更忍向、笛中闻。

柳　永　　　　少年游·长安古道马迟迟

长安古道马迟迟，高柳乱蝉栖。夕阳岛外，秋风原上，目断四天垂。　　归云一去无踪迹，何处是前期。狎兴生疏，酒徒萧索，不似去年时。

柳　永　　　　少年游·参差烟树灞陵桥

参差烟树灞陵桥，风物尽前朝。衰杨古柳，几经攀折，憔悴楚宫腰。　　夕阳闲淡秋光老，离思满蘅皋。一曲阳关，断肠声尽，独自凭兰桡。

柳　永　　　　少年游·层波潋滟远山横

层波潋滟远山横，一笑一倾城。酒容红嫩，歌喉清丽，百媚坐中生。　　墙头马上初相见，不准拟、恁多情。昨夜杯阑，洞房深处，特地快逢迎。

柳　永　　　　少年游·世间尤物意中人

世间尤物意中人，轻细好腰身。香帏睡起，发妆酒酽，红脸杏花春。　　娇多爱把齐纨扇，和笑掩朱唇。心性漫柔，品流详雅，不称在风尘。

柳　永　　　　少年游·淡黄衫子郁金裙

淡黄衫子郁金裙，长忆个人人。文谈闲雅，歌喉清丽，举措好精神。　　当初为倚深深宠，无个事、爱娇嗔。想得别来，旧家模样，只是翠蛾颦。

柳　永　　　　少年游·铃斋无讼宴游频

铃斋无讼宴游频，罗绮簇簪绅。施朱傅粉，丰肌清骨，容态尽天真。　　舞茵歌扇花光里，翻回雪、驻行云。绮席阑珊，凤灯明灭，谁是意中人。

柳　永　　　　少年游·帘垂深院冷萧萧

帘垂深院冷萧萧，花外漏声遥。青灯未灭，红窗闲卧，魂

梦去迢迢。　薄情漫有归消息，鸳鸯被、半香消。试问伊家，阿谁心绪，禁得恁无憀。

柳　永　　少年游·一生赢得是凄凉

一生赢得是凄凉，追前事、暗心伤。好天良夜，深屏香被，争忍便相忘。　王孙动是经年去，贪迷恋、有何长。万种千般，把伊情分，颠倒尽猜量。

柳　永　　少年游·日高花榭懒梳头

日高花榭懒梳头，无语倚妆楼。修眉敛黛，遥山横翠，相对结春愁。　王孙走马长楸陌，贪迷恋、少年游。似恁疏狂，费人拘管，争似不风流。

柳　永　　少年游·佳人巧笑值千金

佳人巧笑值千金，当日偶情深。几回饮散，灯残香暖，好事尽鸳衾。　如今万水千山阻，魂杳杳、信沉沉。孤棹烟波，小楼风月，两处一般心。

张　先　　少年游·红叶黄花秋又老

红叶黄花秋又老，疏雨更西风。山重水远，云闲天淡，游子断肠中。　青楼薄幸何时见，细说与、这忡忡。念远离情，感时愁绪，应解与人同。

张　先　　少年游·渝州席上和韵

听歌持酒且休行，云树几程程。眼看檐牙，手搓花蕊，未必两无情。　拓夫滩上闻新雁，离袖掩盈盈。此恨无穷，远如江水，东去几时平。

张　先　　少年游·井桃

碎霞浮动晓朦胧，春意与花浓。银瓶素绠，玉泉金甃，真色浸朝红。　花枝人面难常见，青子小丛丛。韶华长在，明年依旧，相与笑春风。

张　先　　少年游·帽檐风细马蹄尘

帽檐风细马蹄尘，常记探花人。露英千样，粉香无尽，蓦

地酒初醒。　　探花人向花前老，花上旧时春。行歌声外，靓妆丛里，须贵少年身。

晏　殊　　　　少年游·重阳过后

重阳过后，西风渐紧，庭树叶纷纷。朱阑向晓，芙蓉妖艳，特地斗芳新。　　霜前月下，斜红淡蕊，明媚欲回春。莫将琼萼等闲分，留赠意中人。

晏　殊　　　　少年游·霜华满树

霜华满树，兰凋蕙惨，秋艳入芙蓉。胭脂嫩脸，金黄轻蕊，犹自怨西风。　　前欢往事，当歌对酒，无限到心中。更凭朱槛忆芳容，肠断一枝红。

晏　殊　　　　少年游·芙蓉花发去年枝

芙蓉花发去年枝，双燕欲归飞。兰堂风软，金炉香暖，新曲动帘帷。　　家人拜上千春寿，深意满琼卮。绿鬓朱颜，道家装束，长似少年时。

晏　殊　　　　少年游·谢家庭槛晓无尘

谢家庭槛晓无尘，芳宴祝良辰。风流妙舞，樱桃清唱，依约驻行云。　　榴花一盏浓香满，为寿百千春。岁岁年年，共欢同乐，嘉庆与时新。

欧阳修　　　　少年游·去年秋晚此园中

去年秋晚此园中，携手玩芳丛。拈花嗅蕊，恼烟撩雾，拚醉倚西风。　　今年重对芳丛处，追往事、又成空。敲遍阑干，向人无语，惆怅满枝红。

欧阳修　　　　少年游·肉红圆样浅心黄

肉红圆样浅心黄，枝上巧如装。雨轻烟重，无憀天气，啼破晓来妆。　　寒轻贴体风头冷，忍抛弃、向秋光。不会深心，为谁惆怅，回面恨斜阳。

欧阳修　　　　少年游·玉壶冰莹兽炉灰

玉壶冰莹兽炉灰，人起绣帘开。春丛一夜，六花开尽，不待剪刀催。　　洛阳城阙中天起，高下遍楼台。絮乱风轻，拂鞍沾袖，归路似章街。

欧阳修　少年游·绿云双亸插金翘

绿云双亸插金翘，年纪正妖饶。汉妃束素，小蛮垂柳，都占洛城腰。　锦屏春过衣初减，香雪暖凝消。试问当筵眼波恨，滴滴为谁娇。

欧阳修　少年游·阑干十二独凭春

阑干十二独凭春，晴碧远连云。千里万里，二月三月，行色苦愁人。　谢家池上，江淹浦畔，吟魄与离魂。那堪疏雨滴黄昏，更特地、忆王孙。

杜安世　少年游·小轩深院是秋时

小轩深院是秋时，风叶堕高枝。疏帘静永，薄帷清夜，暑退觉寒微。　凄凉天气离愁意，音书杳难期。多情成病不须医，更憔悴、转寻思。

杜安世　少年游·小楼归燕又黄昏

小楼归燕又黄昏，寂寞锁高门。轻风细雨，惜花天气，相次过春分。　画堂无绪，初燃绛蜡，罗帐掩余薰。多情不解怨王孙，任薄幸、一从君。

晏几道　少年游·绿勾阑畔

绿勾阑畔，黄昏淡月，携手对残红。纱窗影里，朦腾春睡，繁杏小屏风。　须愁别后，天高海阔，何处更相逢。幸有花前，一杯芳酒，欢计莫匆匆。

晏几道　少年游·西溪丹杏

西溪丹杏，波前媚脸，珠露与深匀。南楼翠柳，烟中愁黛，丝雨恼娇颦。　当年此处，闻歌殢酒，曾对可怜人。今夜相思，水长山远，闲卧送残春。

晏几道　少年游·离多最是

离多最是，东西流水，终解两相逢。浅情终似，行云无定，犹到梦魂中。　可怜人意，薄于云水，佳会更难重。细想从来，断肠多处，不与者番同。

晏几道　　少年游·西楼别后

西楼别后，风高露冷，无奈月分明。飞鸿影里，捣衣砧外，总是玉关情。　　王孙此际，山重水远，何处赋西征。金闺魂梦枉丁宁，寻尽短长亭。

晏几道　　少年游·雕梁燕去

雕梁燕去，裁诗寄远，庭院旧风流。黄花醉了，碧梧题罢，闲卧对高秋。　　繁云破后，分明素月，凉影挂金钩。有人凝澹倚西楼，新样两眉愁。

苏　轼　　少年游·玉肌铅粉傲秋霜

黄之侨人郭氏，每岁正月迎紫姑神，以箕为腹，箸为口，画灰盘中，为诗敏捷，立成。余往观之。神请余作少年游，乃以此戏之

玉肌铅粉傲秋霜，准拟凤呼凰。伶伦不见，清香未吐，且糠秕吹扬。　　到处成双君独只，空无数、烂文章。一点香檀，谁能借箸，无复似张良。

苏　轼　　少年游·端午赠黄守徐君猷

银塘朱槛麹尘波，圆绿卷新荷。兰条荐浴，菖花酿酒，天气尚清和。　　好将沉醉酬佳节，十分酒、一分歌。狱草烟深，讼庭人悄，无吝宴游过。

苏　轼　　少年游·润州作

去年相送，余杭门外，飞雪似杨花。今年春尽，杨花似雪，犹不见还家。　　对酒卷帘邀明月，风露透窗纱。恰似姮娥怜双燕，分明照、画梁斜。

晁端礼　　少年游·建溪灵草已先尝

建溪灵草已先尝，欢意尚难忘。未放笙歌，暂留簪佩，犹有紫芝汤。　　醉中纤手殷勤捧，欲去断人肠。绛蜡迎归，绣鞍扶下，笑语尽闻香。

晁端礼　　少年游·眼来眼去又无言

眼来眼去又无言，教我怎生团。又不分明，许人一句，纵

未也心安。　　是即自古常言道，色须是艰难。愿早得来，虽然容易，管不等闲看。

李　甲　　少年游·江国陆郎封寄后

江国陆郎封寄后，独自冠群芳。折时雪里，带时灯下，香面讶争光。　　而今不怕吹羌管，一任更繁霜。玳筵赏处，玉纤整后，犹胜岭头香。

晁补之　　少年游·次季良韵

庐山瑶草四时春，烟锁上宫门。记得南游，偶寻飞涧，一洗庾公尘。　　香炉高咏君家事，文彩近前人。它日骑鲸，尚怜迷路，与问众仙真。

晁补之　　少年游·如今田野谩抛春

如今田野谩抛春，红雨掩衡门，懒读诗书，欠伸扶杖，几案任生尘。　　从教便向东山老，谁知是个中人。莫怪年来，倦寻城市，嫌我性情真。

晁补之　　少年游·当年携手

按词律调名当是《忆少年》之又一体也

当年携手，是处成双，无人不羡。自间阻、五年也，一梦拥、娇娇粉面。　　柳眉轻扫，杏腮微拂，依前双靥。盛睡里、起来寻觅，却眼前不见。

晁补之　　少年游·前时相见

前时相见，楼头窗畔，尊酒望银蟾。如今间阻，银蟾又满，小阁下珠帘。　　愿得吴山山前雨，长恁晚廉纤。不见楼头婵娟月，且寂寞、闭窗眠。

陈师道　　少年游·御园果子压枝繁

御园果子压枝繁，看看分摘无缘。团沙弄雪，劳心费手，不肯暂时圆。　　赛神旧愿心儿有，终了待、几时还。芍药梢头，红红白白，一种几千般。

张　耒　　少年游·含羞倚醉不成歌

含羞倚醉不成歌，纤手掩香罗。偎花映烛，偷传深意，酒

思入横波。　　看朱成碧心迷乱，翻脉脉、敛双蛾。相见时稀隔别多，又春尽、奈愁何。

周邦彦　　　少年游·春景其一

南都石黛扫晴山，衣薄耐朝寒。一夕东风，海棠花谢，楼上卷帘看。　　而今丽日明如洗，南陌暖雕鞍。旧赏园林，喜无风雨，春鸟报平安。

周邦彦　　　少年游·春景其二

朝云漠漠散轻丝，楼阁淡春姿。柳泣花啼，九街泥重，门外燕飞迟。　　而今丽日明金屋，春色在桃枝。不似当时，小桥冲雨，幽恨两人知。

周邦彦　　　少年游·秋景

并刀如水，吴盐胜雪，纤手破新橙。锦幄初温，兽烟不断，相对坐调笙。　　低声问向谁行宿，城上已三更。马滑霜浓，不如休去，直是少人行。

周邦彦　　　少年游·楼月

檐牙缥缈小倡楼，凉月挂银钩。聒席笙歌，透帘灯火，风景似扬州。　　当时面色欺春雪，曾伴美人游。今日重来，更无人问，独自倚阑愁。

毛　滂　　　少年游·长至日席上作

遥山雪气入疏帘，罗幕晓寒添。爱日腾波，朝霞入户，一线过冰檐。　　绿尊香嫩蒲萄暖，满酌破冬严。庭下早梅，已含芳意，春近瘦枝南。

赵子发　　　少年游·晓山日薄半春阴

晓山日薄半春阴，烟暖柳拖金。满眼新晴，歌声妆影，悠荡碧云心。　　闭庭客散人归去，疏雨湿罗襟。楼阁濛濛，断虹明处，十里暮云深。

赵　鼎　　　少年游·山中送春

三月正当三十日，愁杀醉吟翁。可奈青春，太无情甚，归

去苦匆匆。　　共君今夜不须睡，尊酒且从容。说与楼头，打钟人道，休打五更钟。

向子諲　　少年游·别韩叔夏

去年同醉，酴醾花下，健笔赋新词。今年君去，酴醾欲破，谁与醉为期。　　旧曲重歌倾别酒，风露泣花枝。章水能长湘水远，流不尽、两相思。

孙道绚　少年游·葛氏侄女子告归，作少年游送之

按词律调名当为《忆少年》

雨晴云敛，烟花澹荡，遥山凝碧。驱车问征路，赏春风南陌。　　正雨后、梨花幽艳白，悔匆匆、过了寒食。归家渐春暮，探酴醾消息。

林　仰　　少年游·早行

霁霞散晓月犹明，疏木挂残星。山径人稀，翠萝深处，啼鸟两三声。　　霜华重迫驼裘冷，心共马蹄轻。十里青山，一溪流水，都做许多情。

赵师侠　　少年游·梅

玉壶冰结暮天寒，朔吹绕阑干。雪破梢头，香传花外，春信入江南。　　巡檐索笑情何限，一点已微酸。待得黄垂，冥冥烟雨，绿树袅金丸。

赵师侠　　少年游·冰霜凝冻腊残时

冰霜凝冻腊残时，暖律渐推移。彩胜罗幡，土牛春杖，和气与春回。　　花心柳眼知时节，微露向阳枝。喜入新春，称心百事，如意想都宜。

卢　炳　　少年游·用周美成韵

绣罗褑子间金丝，打扮好容仪。晓雪明肌，秋波入鬓，鞋小步行迟。　　冠儿时样都相称，花插㯃双枝。倩俏精神，风流情态，惟有粉郎知。

姜　夔　　　　少年游·戏平甫

双螺未合，双蛾先敛，家在碧云西。别母情怀，随郎滋味，桃叶渡江时。　　扁舟载了，匆匆归去，今夜泊前溪。杨柳津头，梨花墙外，心事两人知。

韩　淲　　　　少年游·玉腊梅枝

闲寻杯酒，清翻曲语，相与送残冬。天地推移，古今兴替，斯道岂雷同。　　明窗玉蜡梅枝好，人情淡、物华浓。个样风光，别般滋味，无梦听飞鸿。

高观国　　　　少年游·草

春风吹碧，春云映绿，晓梦入芳茵。软衬飞花，远连流水，一望隔香尘。　　萋萋多少江南恨，翻忆翠罗裙。冷落闲门，凄迷古道，烟雨正愁人。

方千里　　　　少年游·丹青闲展小屏山

丹青闲展小屏山，香烬一丝寒。织锦回纹，生绡红泪，不语自羞看。　　相思念远关河隔，终日望征鞍。不识单栖，忍教良夜，魂梦觅长安。

方千里　　　　少年游·东风无力飏轻丝

东风无力飏轻丝，芳草雨余姿。浅绿还池，轻黄归柳，老去愿春迟。　　栏干凭暖慵回首，闲把小花枝。怯酒情怀，恼人天气，消瘦有谁知。

方千里　　　　少年游·人如秾李

人如秾李，香濛翠缕，芳酒嫩于橙。宝烛烘香，珠帘闲夜，银字理鸾笙。　　归时醉面春风醒，花雾隔疏更。低辗雕轮，轻栊骄马，相伴月中行。

周端臣　　　　少年游·西湖

四山烟霭未分明，宿雨破新晴。万顷湖光，一堤柳色，人在画图行。　　清明过了春无几，花事已飘零。莫待斜阳，便寻归棹，家隔两重城。

杨泽民　少年游·金炉喷兽枕攲山

金炉喷兽枕攲山，衾帐不知寒。数片飞花，初临窗外，犹作堕梅看。　明年此际应东去，藤轿逐征鞍。山水屏中，莺花堆里，相与下临安。

杨泽民　少年游·三分芳髻拢青丝

三分芳髻拢青丝，花下见仙姿。殢雨情怀，沾风踪迹，相见恨欢迟。　能言艳色如桃李，曾折最先枝。冶叶丛中，闲花堆里，那有者相知。

杨泽民　少年游·鸾胎麟角

鸾胎麟角，金盘玉箸，芳果荐香橙。洛浦佳人，缑山仙子，高会共吹笙。　挥毫便扫千章曲，一字不须更。绛阙瑶台，星桥云帐，全胜少年行。

胡翼龙　少年游·晓莺声脆雨花干

晓莺声脆雨花干，倦枕梦初残。衣渍香留，窗深纸暗，把镜近檐看。　断云压损溪桥柳，花径雪阑斑。深倚屏根，闲敲诗字，酒醒倍春寒。

陈允平　少年游·寿云谷谢右司

光风怀抱玉精神，不染世间尘。香暖衣篝，歌题彩扇，清似晋时人。　柳边小驻朝天马，一笑领佳宾。帘卷湖山，花围尊俎，同醉碧桃春。

陈允平　少年游·兰屏香暖

兰屏香暖，松醪味滑，湖蟹荐香橙。雁宇秋高，凤台人远，明月自吹笙。　轻寒剪剪生襟袖，银漏渐催更。暗忆年时，桂风庭院，笑并玉肩行。

陈允平　少年游·斜阳冉冉水边楼

斜阳冉冉水边楼，珠箔水晶钩。拍点红牙，箫吹紫玉，低按小梁州。　双鸾已误青楼约，谁伴月中游。倦蝶残花，寒蛩落叶，长是替人愁。

陈允平　　少年游·画楼深映小屏山

画楼深映小屏山，帘幕护轻寒。比翼香囊，合欢罗帕，都做薄情看。　　如今已误梨花约，何处滞归鞍。待约青鸾，彩云同去，飞梦到长安。

陈允平　　少年游·翠罗裙解缕金丝

翠罗裙解缕金丝，罗扇掩芳姿。柳色凝寒，花情殢雨，生怕踏青迟。　　碧纱窗外莺声嫩，春在海棠枝。别后相思，许多憔悴，惟有落红知。

周　密　　少年游·赋泾云轩

松风兰露滴崖阴，瑶草入帘青。玉凤惊飞，翠蛟时舞，喷薄溅春云。　　冰壶不受人间暑，幽碧哢珍禽。花外琴台，竹边棋墅，处处是闲情。

周　密　　少年游·宫词拟梅溪

帘消宝篆卷宫罗，蜂蝶扑飞梭。一样东风，燕梁莺院，那处春多。　　晓妆日日随香辇，多在牡丹坡。花深深处，柳阴阴处，一片笙歌。

仇　远　　少年游·钗云垂耳未胜冠

钗云垂耳未胜冠，私语别青鸾。露帐银床，海棠睡足，偏称晚来看。　　一年一梦青楼曲，香浅被池寒。却听西风，小窗残雨，红叶满长安。

蒋　捷　　少年游·梨边风紧雪难晴

梨边风紧雪难晴，千点照溪明。吹絮窗低，唾茸窗小，人隔翠阴行。　　而今白鸟横飞处，烟树渺乡城。两袖春寒，一襟春恨，斜日淡无情。

蒋　捷　　少年游·枫林红透晚烟青

枫林红透晚烟青，客思满鸥汀。二十年来，无家种竹，犹借竹为名。　　春风未了秋风到，老去万缘轻。只把平生，闲吟闲咏，谱作棹歌声。

刘　铉　　少年游·戏友人与女客对棋

石榴花下薄罗衣，睡起却寻棋。未省高低，被伊春笋，拈了白玻璃。　　钏脱钗斜浑不省，意重子声迟。对面痴心，只愁收局，肠断欲输时。

温　镗　　少年游·东风先报上林春

东风先报上林春，枝上晓莺新。凌虹御气，鞭鸾翳凤，来辅玉晨君。　　稳步丹墀青云路，金鼎侍调羹。南极光中，五云多处，长伴老人星。

温　镗　　少年游·谢家庭槛晓无尘

谢家庭槛晓无尘，芳宴启良辰。风流妙舞，樱桃清唱，依约驻行云。　　榴花一盏浓香满，为寿百千春。岁岁年年，共同劝乐，喜庆与时新。

温　镗　　少年游·芙蓉花发去年枝

芙蓉花发去年枝，双燕欲归飞。兰堂风软，金炉香暖，新曲动帘帷。　　家人拜上千春寿，深意满琼卮。绿鬓朱颜，道家装束，长似少年时。

无名氏　　少年游·上苑莺调舌

上苑莺调舌，暖日融融媚节。秦晋新婚，人间天上真奇绝。傅粉烟霄，倾国神仙列。彼此和鸣，凤楼一处明月。
歌喉佳宴设，鸳帐炉香对爇。合卺杯深，少年相睹欢情切。罗带盘金缕，好把同心结。终取山河，誓为夫妇欢悦。

无名氏　　少年游·题锦标社疏

新竿界断一天游，万弩向云头。彩羽飞星，红心破日，胜集总名流。　　好手业中施好，利物敢轻酬。捧杆箭多，旗花钱少，快请办头筹。

少年游慢

此调见张先词，因词中有“少年得意时节”之句，遂因

以为名。“慢”为慢曲子，乐调长，字数多，与令词《少年游》、《少年游令》体制不同。参阅词牌《少年游》。此调为双调、仄韵，共八十四字。上、下阕格式同，各九句、四十二字，亦皆于第一、二、五、七、九句用韵。

张　先　　　少年游慢·春城三二月

春城三二月，禁柳飘绵未歇。仙籞生香，轻云凝紫，临层阙。歌掌明珠滑，酒脸红霞发。华省名高，少年得意时节。　画刻三题彻，梯汉同登蟾窟。玉殿初宣，银袍齐脱，生仙骨。花探都门晓，马跃芳衢阔。宴罢东风，鞭梢一行飞雪。

中 腔 令

即《端正好》。此调来源失考，今仅存宋无名氏词一首，赋宫廷盛宴，咏万世升平。属双调、平韵，共五十四字。上、下阕格式相同，各四句、二十七字，句句用韵。

无名氏　　中腔令·彤云映彩色相映

彤云映彩色相映，御座中、天簇簪缨。万花铺锦满高庭，庆敞需宴欢声。　千龄启统乐功成，同意贺、元珪丰擎。宝觞频举侠群英，万万载、乐升平。

内 家 娇

此调见《乐章集》。封建时代皇宫称作大内，所以也用“内家”指称皇宫。皇宫中宫女众多，故“内家”也用来指称宫女。唐朝薛能《吴姬》诗即用“内家”喻宫女：“身是三千第一名，内家丛里独分明。”“娇”是美好可爱之意。后有咏宫女美好可爱者，以《内家娇》命为词牌，后人沿用其曲调。此词牌属双调、平韵，共一百一十字。上阕十四句、五十九字，于第三、七、十、十三句用韵；下阕十一句、五十一字，于第三、五、九、十一句用韵。又名《风流子》，属单调、仄韵，三十四字。《内家娇》与《风流子》在调数、字数、格式等方面迥别，当为两个词牌，不宜混而为一，亦不应看作互为别体。参阅《风流子》。

柳　永　　内家娇·煦景朝升

煦景朝升，烟光昼敛，疏雨夜来新霁。垂杨艳杏，丝软霞轻，绣出芳郊明媚。处处踏青斗草，人人眷红偎翠。奈少年、自有新愁旧恨，消遣无计。　帝里，风光当此际，正好恁携佳丽。阻归程迢递，奈好景难留，旧欢顿弃。早是伤春情绪，那堪困人天气。但赢得、独立高原，断魂一饷凝睇。

刘　弇　　内家娇·绰约群芳里

绰约群芳里，阳和意，偏向一枝浓。南国骤惊，动人奇艳，未饶西洛，百本千丛。斩新弄，晓来无比格，半坼断肠红。三月洞天，又还疑是，赋情楚客，窥见墙东。　朱栏干、遍倚生愁，怕无计、奈雨禁风。别有瑞烟幕幕，时与遮笼。便纵使当日，文忠品第，赵昌模写，难更形容。应念故园桃李，羞怨春工。

刘辰翁　　内家娇·寿王城山

结客少年场，携高李、闻笛赋游梁。看汉水淮山，高楼共卧，融尊郑驿，飞盖相望。春风里，种他红与白，笑我懒中忙。供奉后来，玄都桃改，佳人好在，庾岭梅香。　何处最难忘，会稽归鬓晚，空带吴霜。赢得黄冠野服，笑傲羲皇。看花外小车，出长生洞，橘中二老，斗智琼黄。称寿堂添十字，孙认三房。

升 平 乐

“升平”即太平之意，唐玄宗开元、开宝年间有人咏盛世太平，创作曲调，名《升平乐》，又名《升平词》、《武成升平乐》，为五言八句。宋人借用唐曲旧名度为新曲。《宋史·乐志》载：教坊都知李德升作万岁升平乐曲。周密《天基节乐次》云：乐奏夹钟宫，第三盏，笙起《升平乐慢》。属双调、仄韵，共一百零三字。上阕十一句、五十一字，于第三、六、八、十一句用韵；下阕十一句、五十二字，用韵同上阕。

吴　奕　　　　升平乐·水阁层台

水阁层台，短亭深院，依稀万木笼阴。飞暑无涯，行云有势，晚来细雨回晴。庭槐转影，纱厨两两蝉鸣。幽梦断枕，金猊旋热，兰炷微薰。　　堪命俊才俦侣，对华筵坐列，朱履红裙。檀板轻敲，金樽满泛，纵交畏日西沉。金丝玉管，间歌喉、时奏清音。唐虞景，尽陶陶沉醉，且乐升平。

长 生 乐

此调见《珠玉集》。"长生"为生命长久之意。宋代晏殊咏长生之乐，其末二句云："为传王母金箓，祝千岁长生"，故命其词牌为《长生乐》，后遂沿用。此牌属双调、平韵，共七十五字。上阕八句、四十二字，于第一、二、四、八句用韵；下阕六句、三十三字，于第二、四、六句用韵。另一体亦七十五字，惟下阕第三句为六字，第四句为三字，第五句为五字，与前一体的三、四句均为七字略异。

晏　殊　　　长生乐·玉露金风月正圆

玉露金风月正圆，台榭早凉天。画堂嘉会，组绣列芳筵。洞府星辰龟鹤，来添福寿。欢声喜色，同入金炉泛浓烟。
清歌妙舞，急管繁弦。榴花满酌觥船，人尽祝、富贵又长年。莫教红日西晚，留著醉神仙。

晏　殊　　　长生乐·阆苑神仙平地见

阆苑神仙平地见，碧海架蓬瀛。洞门相向，倚金铺微明。处处天花撩乱，飘散歌声。装真筵寿，赐与流霞满瑶觥。
红鸾翠节，紫凤银笙。玉女双来近彩云，随步朝夕拜三清。为传王母金箓，祝千岁长生。

长 寿 乐

此调本为武则天长寿年间所制舞曲名，后用为词牌名。此词牌之意与调名同，即为吟咏长寿之乐。后人采用其曲，多与原意不同。调名见《宋史·乐志》和《乐章集》。此牌

属双调、仄韵，共八十三字。上阕十一句、五十六字，于第一、三、六、八、九、十一句用韵；下阕五句、二十七字，于第二、五句用韵。《词谱》另收耆卿的“繁红软翠”一首，为一百三十字，或为另一体。

柳　永　　长寿乐·尤红殢翠

尤红殢翠，近日来、陡把狂心牵系。罗绮丛中，笙歌筵上，有个人人可意。解严妆巧笑，取次言谈成娇媚。知几度、密约秦楼尽醉。仍携手，眷恋香衾绣被。　　情渐美，算好把、夕雨朝云相继。便是仙禁春深，御炉香袅，临轩亲试。对天颜咫尺，定然魁甲登高第。待恁时、等著回来贺喜，好生地，剩与我儿利市。

柳　永　　长寿乐·繁红嫩翠

繁红嫩翠，艳阳景，妆点神州明媚。是处楼台，朱门院落，弦管新声腾沸。恣游人、无限驰骤，娇马车如水。竟寻芳选胜，归来向晚，起通衢近远，香尘细细。　　太平世，少年时，忍把韶光轻弃。况有红妆，楚腰越艳，一笑千金何啻。向尊前、舞袖飘雪，歌响行云止。愿长绳、且把飞乌系，任好从容痛饮，谁能惜醉。

李清照　　长寿乐·南昌生日

微寒应候，望日边六叶，阶蓂初秀。爱景欲挂扶桑，漏残银箭，杓回摇斗。庆高闳此际，掌上一颗明珠剖。有令容淑质，归逢佳偶。到如今，昼锦满堂贵胄。　　荣耀，文步紫禁，一一金章绿绶。更值棠棣连阴，虎符熊轼，夹河分守。况青云咫尺，朝暮重入承明后。看彩衣争献，兰羞玉酎。祝千龄，借指松椿比寿。

苏　氏　　长寿乐·微寒应候

微寒应候，望日远六叶，阶蓂初秀。爱景欲挂扶桑，漏残银箭，杓回瑶斗。庆高闳此际，掌上一颗明珠剖。有令容淑德，归逢佳偶。到如今，昼锦满堂贵胄。　　荣耀，久步禁，一一金章绿绶。更值棠棣连阴，虎符熊轼，夹河分守。况青云咫尺，朝暮入承明后。看彩衣争献，兰盈玉酎。祝千龄，共指松椿比寿。

长寿仙促拍

调见宋曹勋《松隐乐府·补遗》。乐曲名有加“促拍”二字，这种做法唐代就已经有了。《乐府诗集》有“簇拍六州”，乃七言绝句。又有“簇拍相府莲”，乃五言八句诗。唐代诗人为歌曲作词，不按照乐曲的音节长短造句，故他们所撰歌词，仍是句法整齐的五言或七言诗。从这些诗句看，无法知道歌曲的节拍。

“促拍”即“簇拍”。唐人已有用“促”字的，宋人则完全不用“簇”字。最初或许是因音同而误，但“促”的意义更易于了解。“促”就是“急促”。“促拍”，就是急拍子的意思。“长寿仙促拍”，就是用急促的节奏来演奏及歌唱“长寿仙”词调，这就是所谓“急曲子”了。唐宋人都喜欢节奏急促的音乐，舞曲尤其非有急遍不可。赵虚斋词云：“听曲曲仙韶促拍，趁画舸飞空，雪浪翻激。”这也是形容节奏急促的舞姿。

“促拍”，只是乐曲节奏的改变，歌词虽然因此而有所改变，恐未必如“摊破”、“减字”等词调的明显。

曹　勋　　长寿仙促拍·太母生辰

舜德日辉光，正初冬盛期，东朝喜、诞生时。向彤闱、清净均化有，自然和气。长生久视，金殿熙熙，宴瑶池。　　袆衣俱侍、玳筵启，花如锦、耀朝晖。太平际天子，天下养、共瞻诚意。南山虔祝，亿万同岁。

曹　勋　　长寿仙促拍·贵妃生日

绛阙岧峣，正春光到时，当人日、诞芳仪。向宫壶、雅著徽誉美，懿德无亏。深被恩荣，金殿宴嬉，气融怡。　　贤均樛木，宜颂二南诗。天心喜、锦筵启。阖部奏笙箫，祝寿处、愿与山齐。年年常奉，明主禁掖。

长相思

本是乐府《杂曲歌辞》名，以写男女或朋友久别思念之情为主要内容。唐教坊曲亦沿用梁、陈乐府《长相思》之名，后词牌亦沿用其名。又名《双红豆》、《忆多娇》、《吴山青》、《山渐青》、《青山相送迎》、《长相思令》、《相思令》、《长思仙》、《琴调相思令》、《越山青》、《叶落秋窗》等。词属双调、平韵，共三十六字。上下阕均四句、十八字，亦均句句用韵。另一别体句法相同，只是上下阕换韵。敦煌曲子词中有一别体，双调，平韵，四十四字，其格律、字句与前者迥异，当属同名异调。参阅《双红豆》等。

杨　适　　　长相思·题丈亭馆

南山明，北山明。中有长亭号丈亭，沙边供送迎。　东江清，西江清。海上潮来两岸平，行人分棹行。

柳　永　　　长相思·京妓

画鼓喧街，兰灯满市，皎月初照严城。清都绛阙夜景，风传银箭，露叆金茎，巷陌纵横。过平康款辔，缓听歌声。风烛荧荧，那人家、未掩香屏。　向罗绮丛中，认得依稀旧日，雅态轻盈。娇波艳冶，巧笑依然，有意相迎。墙头马上，漫迟留、难写深诚。又岂知、名宦拘检，年来减尽风情。

张　先　　　长相思·潮沟在金陵上元之西

粉艳明，秋水盈。柳样纤柔花样轻，笑前双靥生。　寒江平，江橹鸣。谁道潮沟非远行，回头千里情。

欧阳修　　　长相思·蘋满溪

蘋满溪，柳绕堤。相送行人溪水西，回时陇月低。　烟霏霏，风凄凄。重倚朱门听马嘶，寒鸥相对飞。

欧阳修　　　长相思·花似伊

花似伊，柳似伊。花柳青春人别离，低头双泪垂。　长江东，长江西。两岸鸳鸯两处飞，相逢知几时。

欧阳修　　　　长相思·深花枝

深花枝，浅花枝。深浅花枝相并时，花枝难似伊。　玉如肌，柳如眉。爱著鹅黄金缕衣，啼妆更为谁。

欧阳修　　　　长相思·深画眉

深画眉，浅画眉。蝉鬓鬅鬙云满衣，阳台行雨回。　巫山高，巫山低。暮雨萧萧郎不归，空房独守时。

晏几道　　　　长相思·长相思

长相思，长相思。若问相思甚了期，除非相见时。　长相思，长相思。欲把相思说似谁，浅情人不知。

秦　观　　　　长相思·铁瓮城高

铁瓮城高，蒜山渡阔，干云十二层楼。开尊待月，掩箔披风，依然灯火扬州。绮陌南头，记歌名宛转，乡号温柔。曲槛俯清流，想花阴、谁系兰舟。　念凄绝秦弦，感深荆赋，相望几许凝愁。勤勤裁尺素，奈双鱼、难渡瓜洲。晓鉴堪羞，潘鬓点、吴霜渐稠。幸于飞、鸳鸯未老，不应同是悲秋。

周邦彦　　　　长相思·夜色澄明

夜色澄明，天街如水，风力微冷帘旌。幽期再偶，坐久相看才喜，欲叹还惊。醉眼重醒，映雕阑修竹，共数流萤。细语轻盈，尽银台、挂蜡潜听。　自初识伊来，便惜妖娆艳质，美眄柔情。桃溪换世，鸾驭凌空，有愿须成。游丝荡絮，任轻狂、相逐牵萦。但连环不解，流水长东，难负深盟。

周邦彦　　　　长相思·晓行

举离觞，掩洞房。箭水泠泠刻漏长，愁中看晓光。　整罗裳，脂粉香。见扫门前车上霜，相持泣路傍。

周邦彦　　　　长相思·闺怨

马如飞，归未归。谁在河桥见别离，修杨委地垂。　掩面啼，人怎知。桃李成阴莺哺儿，闲行春尽时。

周邦彦　　　　长相思·舟中作

好风浮，晚雨收。林叶阴阴映鹢舟，斜阳明倚楼。　黯凝眸，忆旧游。艇子扁舟来莫愁，石城风浪秋。

周邦彦　　　　长相思·沙棠舟

沙棠舟，小棹游。池水澄澄人影浮，锦鳞迟上钩。　烟云愁，箫鼓休。再得来时已变秋，欲归须少留。

万俟咏　　　　长相思·雨

一声声，一更更。窗外芭蕉窗里灯，此时无限情。　梦难成，恨难平。不道愁人不喜听，空阶滴到明。

万俟咏　　　　长相思·山驿

短长亭，古今情。楼外凉蟾一晕生，雨余秋更清。　暮云平，暮山横。几叶秋声和雁声，行人不要听。

朱敦儒　　　　长相思·昨日晴

昨日晴，今日阴。楼下飞花楼上云，阑干双泪痕。　江南人，江北人。一样春风两样情，晚寒潮未平。

朱敦儒　　　　长相思·海云黄

海云黄，橘洲霜。如箭滩流石似羊，溪船十丈长。　人难量，水难量。过险方知著甚忙，归休老醉乡。

吕本中　　　　长相思·要相忘

要相忘，不相忘。玉树郎君月艳娘，几回曾断肠。　欲下床，却上床。上得床来思旧乡，北风吹梦长。

向子諲　　　　长相思·绍兴戊辰闰中秋

年重月，月重光。万瓦千林白似霜，扁舟入醉乡。　山苍苍，水茫茫。严濑当时不是狂，高风引兴长。

蔡　伸　　　　长相思·我心坚

我心坚，你心坚。各自心坚石也穿，谁言相见难。　小

窗前，月婵娟。玉困花柔并枕眠，今宵人月圆。

蔡　伸　　　　长相思·锦衾香

锦衾香，玉枕双。昨夜深深小洞房，回头已断肠。　背兰缸，梦仙乡。风撼梧桐雨洒窗，今宵好夜长。

蔡　伸　　　　长相思·村姑儿

村姑儿，红袖衣。初发黄梅插稻时，双双女伴随。　长歌诗，短歌诗。歌里真情恨别离，休言伊不知。

王　灼　　　　长相思·来匆匆

来匆匆，去匆匆。短梦无凭春又空，难随郎马踪。　山重重，水重重。飞絮流云西复东，音书何处通。

孙　惔　　　　长相思·云一窝

云一窝，玉一梭。淡淡春衫薄薄罗，轻颦双黛蛾。　风声多，雨声和。窗外芭蕉三两窠，夜长人奈何。

王之道　　　　长相思·恨别

雨濛濛，日昽昽。洗出远山三四重，分明眉黛浓。　野桥西，官路东。小驿夜凉风入松，梦魂谁与同。

王之道　　　　长相思·花一枝

花一枝，酒一卮。举酒对花君莫辞，人生多别离。　行相随，坐相随。更有何人得似伊，春融蝴蝶飞。

王之道　　　　长相思·天四垂

天四垂，山四围。山色天容入坐帷，清风吹我衣。　湖水东，江水西。东去西来无尽期，不如君共伊。

王之道　　　　长相思·吴江枫

吴江枫，吴江风。索索秋声飞乱红，晚来归兴浓。　淮山西，淮山东。明月今宵何处同，相寻魂梦中。

王之道　　　　长相思·风凄凄

风凄凄，雨霏霏。风雨夜寒人别离，梦回还自疑。　蛩

声悲，漏声迟。一点青灯明更微，照人双泪垂。

王之道　　长相思·美人

桃花春，杏花春。桃杏妖娆如个人，歌声清遏云。　酒醺醺，烛荧荧。眼尾微红无限情，相逢堪断魂。

杨无咎　　长相思·急雨回风

己卯岁留淦上，同诸友泛舟，至卢家洲登小阁，追用贺方回韵，以资坐客歌笑

急雨回风，淡云障日，乘闲携客登楼。金桃带叶，玉李含朱，一尊同醉青州。福善桥头，记檀槽凄绝，春笋纤柔。窗外月西流，似浔阳、商妇邻舟。　况得意情怀，倦妆模样，寻思可奈离愁。何妨乘逸兴，甚征帆、只抵芦洲。月却花羞，重见想、欢情更稠。问何时，佳期卜夜，如今双鬓惊秋。

李　石　　长相思·暮春

花飞飞，絮飞飞。三月江南烟雨时，楼台春树迷。　双莺儿，双燕儿。桥北桥南相对啼，行人犹未归。

李　石　　长相思·重午

红藕丝，白藕丝。艾虎衫裁金缕衣，钗头双荔枝。　鬓符儿，背符儿。鬼在心头符怎知，相思十二时。

李　石　　长相思·佳人

花深红，花浅红。桃杏浅深花不同，年年吹暖风。　莺语中，燕语中。唤起碧窗春睡浓，日高花影重。

康与之　　长相思·游西湖

南高峰，北高峰。一片湖光烟霭中，春来愁杀侬。　郎意浓，妾意浓。油壁车轻郎马骢，相逢九里松。

曾　觌　　长相思·清夜长

清夜长，泛玉觞。照座江梅花正芳，风传细细香。　围艳妆，留醉乡。一曲清歌声绕梁，尊前人断肠。

洪　适　　　　**长相思·朝思归**

朝思归，暮思归。塞雁三年不见飞，断肠天一涯。　　千思归，万思归。梦到窗前拂淡眉，觉来双泪垂。

洪　适　　　　**长相思·柳青青**

柳青青，酒清清。雨脚涔涔忆渭城，一尊和泪倾。　　山青青，水清清。水阔山重不计程，愁堆长短亭。

袁去华　　　　**长相思·荷花香**

荷花香，竹风凉。万动声沉更点长，荧荧月半床。　　好思量，恶凄惶。独立西厢花拂墙，如今空断肠。

袁去华　　　　**长相思·叶舞殷红**

叶舞殷红，水摇瘦碧，隐约天际帆归。寒鸦影里，断雁声中，依然残照辉辉。立马看梅，试寻香嚼蕊，醉折繁枝。山翠扫修眉，记人人、蹙黛愁时。　　叹客里、光阴易失，霜侵短鬓，尘染征衣。阳台云归后，到如今、重见无期。流怨清商，空细写、琴心向谁。更难将、愁随梦去，相思惟有天知。

向　滈　　　　**长相思·桃花堤**

桃花堤，柳花堤。芳草桥边花满溪，而今戎马嘶。　　千山西，万山西。归雁横云落日低，登楼望欲迷。

向　滈　　　　**长相思·行相思**

行相思，坐相思。两处相思各自知，相思更为谁。　　朝相思，暮相思。一日相思十二时，相思无尽期。

陆　游　　　　**长相思·云千重**

云千重，水千重。身在千重云水中，月明收钓筒。　　头未童，耳未聋。得酒犹能双脸红，一尊谁与同。

陆　游　　　　**长相思·桥如虹**

桥如虹，水如空。一叶飘然烟雨中，天教称放翁。　　侧船篷，使江风。蟹舍参差渔市东，到时闻暮钟。

陆　游　　　　**长相思·面苍然**

面苍然，鬓皤然。满腹诗书不直钱，官闲常昼眠。　画凌烟，上甘泉。自古功名属少年，知心惟杜鹃。

陆　游　　　　**长相思·暮山青**

暮山青，暮霞明。梦笔桥头艇子横，蘋风吹酒醒。　看潮生，看潮平。小住西陵莫较程，莼丝初可烹。

陆　游　　　　**长相思·悟浮生**

悟浮生，厌浮名。回视千钟一发轻，从今心太平。　爱松声，爱泉声。写向孤桐谁解听，空江秋月明。

王　质　　　　**长相思·暮春**

红疏疏，紫疏疏。可惜飘零著地铺，春残心转孤。　莺相呼，燕相呼。楼下垂杨遮得乌，倚阑人已无。

王　质　　　　**长相思·渔父**

山青青，水青青。两岸萧萧芦荻林，水深村又深。　风泠泠，露泠泠。一叶扁舟深处横，垂杨鸥不惊。

吕胜己　　　　**长相思·体夭夭**

体夭夭，步飘飘。绶带金泥缕绛绡，珑璁趁步摇。　浅霞消，两峰遥。斜插层楼金系腰，花羞人面娇。

吕胜己　　　　**长相思·效南唐体**

展颦蛾，抹流波。并插玲珑碧玉梭，松分两髻螺。　晓霜和，冻轻呵。拍罢阳春白雪歌，偎人春意多。

吕胜己　　　　**长相思·探梅摘归**

冒寒吹，访琼姬。行到青山遇玉肌，凝情欲待谁。　出疏篱，手同携。踏月随香清夜归，乘欢拨冻醅。

张孝祥　　　　**长相思·小楼重**

小楼重，下帘栊。万点芳心绿间红，秋千图画中。　草

茸茸，柳松松。细卷玻璃水面风，春寒依旧浓。

赵长卿　　长相思·敛愁眉

敛愁眉，恨依依。肠断关情怨别离，云中过雁悲。　瘦因谁，病因谁。屈指无言忖后期，此时人怎知。

赵长卿　　长相思·春浓

花飞飞，柳依依。帘卷东风日正迟，社前双燕归。　药栏东，药栏西。记得当时素手携，弯弯月似眉。

程　垓　　长相思·对重阳

对重阳，感重阳。身在西风天一方，年年人断肠。　景凄凉，客凄凉。纵有黄花只异乡，晚云连梦长。

程　垓　　长相思·酒孤斟

酒孤斟，客孤吟。戏马台荒露草深，英雄何处寻。　爱登临，莫登临。定是愁来关客心，暮天烟水沉。

程　垓　　长相思·风敲窗

风敲窗，雨敲窗。窗外芭蕉云作幢，声声愁对床。　剔银釭，点银釭。梦采芙蓉隔一江，几时蝴蝶双。

石孝友　　长相思·你又痴

你又痴，我又迷。到此痴迷两为谁，问天天怎知。　长相思，极相思。愿得因缘未尽时，今生重共伊。

石孝友　　长相思·红依稀

红依稀，绿依稀。寒勒花梢开较迟，蝶魂空自迷。　怕人疑，使人疑。人道闲愁想未知，歌眉因甚低。

石孝友　　长相思·蝶团飞

蝶团飞，莺乱啼。陌上花开人未归，碧台歌舞稀。　月入扉，风满帷。坐到黄昏人静时，清愁君不知。

石孝友　　长相思·树槎牙

树槎牙，冰交加。冷艳疏疏瘦影斜，几枝梅放花。　天

一涯，语三叉。已是情多怨物华，那堪更忆家。

刘光祖　　长相思·别意

玉尊凉，玉人凉。若听离歌须断肠，休教成鬓霜。　画桥西，画桥东。有泪分明清涨同，如何留醉翁。

张　镃　　长相思·晴时看

晴时看，雨时看。红绿云中驾彩鸾，阳台梦未阑。　咏伊难，画伊难。服透东皇九转丹，光生玉铢颜。

刘学箕　　长相思·西湖夜醉

湖山横，湖水平。买个湖船一叶轻，傍湖随柳行。　秋风清，秋月明。谁捣秋砧烟外声，悲秋无尽情。

韩　䁥　　长相思·郎恩深

郎恩深，妾思深。只为恩深便有今，回纹辜旧吟。　云沉沉，水沉沉。一点坚如百炼金，郎应知妾心。

韩　䁥　　长相思·杜娘家

杜娘家，谢娘家。楼压官桥柳半遮，帘波漾彩霞。　拾飞花，怨飞花。望断郎来日又斜，东风吹鬓鸦。

韩　䁥　　长相思·夜萧萧

夜萧萧，梦萧萧。又趁杨花到谢桥，风沉明月箫。　来迢迢，去迢迢。枉把吟笺寄寂寥，飞鸿不受招。

黄　机　　长相思·娥眉亭

东梁山，西梁山。占断长江相对闲，古今双鬓斑。　天漫漫，水漫漫。人事如潮多往还，浅颦深恨间。

刘克庄　　长相思·惜梅

寒相催，暖相催。催了开时催谢时，丁宁花放迟。　角声吹，笛声吹。吹了南枝吹北枝，明朝成雪飞。

刘克庄　　　　　长相思·寄远

朝有时，暮有时。潮水犹知日两回，人生长别离。来有时，去有时。燕子犹知社后归，君行无定期。

刘克庄　　　　　长相思·饯别

风萧萧，雨萧萧。相送津亭折柳条，春愁不自聊。烟迢迢，水迢迢。准拟江边驻画桡，舟人频报潮。

刘克庄　　　　　长相思·烟凄凄

烟凄凄，草凄凄。野火原头烧断碑，不知名姓谁。印累累，冢累累。千万人中几个归，荣华朝露晞。

刘克庄　　　　　长相思·劝一杯

劝一杯，复一杯。短锸相随死便埋，英雄安在哉。眉不开，怀不开。幸有江边旧钓台，拂衣归去来。

吴　潜　　　　　长相思·要相逢

要相逢，恰相逢。画舫朱帘脉脉中，霎时烟霭重。怨东风，笑东风。落花飞絮两无踪，分付与眉峰。

吴　潜　　　　　长相思·燕高飞

燕高飞，燕低飞。正是黄梅青杏时，榴花开数枝。梦归期，数归期。想见画楼天四垂，有人攒黛眉。

吴　潜　　　　　长相思·上帘钩

上帘钩，下帘钩。夜半天街灯火收，有人曾倚楼。思悠悠，恨悠悠。只有西湖明月秋，知人如许悠。

陈东甫　　　　　长相思·花深深

花深深，柳阴阴。度柳穿花觅信音，君心负妾心。怨鸣琴，恨孤衾。钿誓钗盟何处寻，当初谁料今。

黄　昇　　　　　长相思·秋怀

天悠悠，水悠悠。月印金枢晓未收，笛声人倚楼。芦花秋，蓼花秋。催得吴霜点鬓稠，香笺莫寄愁。

黄　昇　　　　**长相思·秋夜**

砧声齐，杵声齐。金井栏边败叶飞，夜寒乌不栖。　风凄凄，露凄凄。影转梧桐月已西，花冠窗外啼。

黄　昇　　　　**长相思·春晚**

惜春归，爱春归。脱了罗衣著古苎，绿阴黄鸟啼。　酒醒时，梦醒时。清簟疏帘一局棋，丁东风马儿。

胡翼龙　　　　**长相思·题甘楼**

南山钟，北山钟。一听钟声百念空，古今昏晓中。　望秋风，数秋风。等得秋来等过鸿，灯前书一封。

徐　霖　　　　**长相思·听莺声**

听莺声，惜莺声。客里莺声最有情，家山何处青。　问归程，数归程。行尽长亭又短亭，征衫脱未成。

陈允平　　　　**长相思·风萧萧**

风萧萧，雨骚骚。风雨萧骚梧叶飘，潇湘江畔楼。　云迢迢，水遥遥。云水迢遥天尽头，相思心上秋。

谭宣子　　　　**长相思·去路遥**

去路遥，归路遥。灯月光中立小桥，魂萦紫玉箫。　风萧萧，雨萧萧。此夜相思空寂寥，梅花落丽谯。

谭宣子　　　　**长相思·净亭亭**

净亭亭，步盈盈。蝉影明绡傅体轻，水边无限情。　翠尊倾，翠鬓倾。归去如何睡得成，西风吹酒醒。

杨韶父　　　　**长相思·溪水清**

溪水清，溪水浑。溪上人家数亩园，垂杨深闭门。　青罗裙，白罗裙。采尽青蘩到白蘋，江南三月春。

续雪谷　　　　**长相思·心悠悠**

心悠悠，恨悠悠。谁剪青山两点愁，笙寒燕子楼。　晓

星稀，暮云飞。织就回文不下机，花飞人未归。

刘辰翁　　长相思·喜晴

上元晴，上元晴。待得晴时坐触屏，山禽三两声。　欲归城，未归城。见说城中处处灯，明年处处行。

周　密　　长相思·灯辉辉

灯辉辉，月微微。帐暖香深春漏迟，梦回闻子规。　欲成诗，未成诗。生怕春归春又归，花飞花未飞。

刘　壎　　长相思·客中　景定壬戌秋

雾隔平林，风欺败褐，十分秋满黄华。荒庭人静，声惨寒蛩，惊回羁思如麻。庾信多愁，有中宵清梦，迢递还家。楚水绕天涯，黯销魂、几度栖鸦。　对绿橘黄橙，故园在念，怅望归路犹赊。此情吟不尽，被西风、吹入胡笳。目极黄云，飞渡处、临流自嗟。又斜阳，征鸿影断，夜来空信灯花。

汪元量　　长相思·越上寄雪江

吴山深，越山深。空谷佳人金玉音，有谁知此心。　夜沉沉，漏沉沉。闲却梅花一曲琴，月高松竹林。

章丽贞　　长相思·吴山秋

吴山秋，越山秋。吴越两山相对愁，长江不尽流。　风飕飕，雨飕飕。万里归人空白头，南冠泣楚囚。

袁正真　　长相思·南高峰

南高峰，北高峰。南北高峰云淡浓，湖山图画中。　采芙蓉，赏芙蓉。小小红船西复东，相思无路通。

张　炎　　长相思·赠别笑倩

去来心，短长亭。只隔中间一片云，不知何处寻。　闷还颦，恨还瞋。同是天涯流落人，此情烟水深。

贺怜怜　　长相思·朝相思

朝相思，暮相思。朝暮相思无尽时，奉君肠断词。　生

相思，死相思。生死相思两处辞，何由得见之。

无名氏　　长相思·晴也行

晴也行，雨也行。雨也行时不似晴，天晴终快人。　名也成，利也成。利也成时不似名，名成天下惊。

无名氏　　长相思·不思量

不思量，又思量。一点寒灯耿夜光，鸳衾闲半床。　雨声长，漏声长。几阵斜风摇纸窗，如何不断肠。

无名氏　　长相思·云垂垂

云垂垂，雨霏霏。只恐今年花事迟，不然孤负伊。　燕飞飞，柳依依。有个人人倚翠扉，深攒双黛眉。

无名氏　　长相思·雨如丝

雨如丝，柳如丝。织出春来一段奇，莺梭来往飞。　酒如池，醉如泥。遮莫教人有醒时，雨晴都不知。

无名氏　　长相思·燕成双

燕成双，蝶成双。飞去飞来杨柳旁，问伊因底忙。　绿纱窗，篆炉香。午梦惊回书满床，棋声春昼长。

无名氏　　长相思·红满枝

红满枝，绿满枝。宿雨厌厌睡起迟，闲庭花影移。　忆归期，数归期。梦见虽多相见稀，相逢知几时。

无名氏　　长相思·贺生子、其弟又新婚

按词律调名似为《相思引》

潇洒江梅春早处，天然一种两般奇。开花结子，何事恰同时。　昨夜北枝开雪里，朝来青子又南枝。这般好事，消得付新词。

无名氏　　长相思·去年秋

去年秋，今年秋。湖上人家乐复忧，西湖依旧流。　吴

循州，贾循州。十五年前一转头，人生放下休。

无名氏　　　　长相思·花满枝

花满枝，柳满枝。眼底春光似旧时，燕归人未归。　　泪沾衣，酒沾衣。烦恼长多欢事稀，此情风月知。

长相思令

唐代盛行酒令，词牌中“令”之取名，即来源于此。令词在一般情况下，乐调短、句数少，字数亦少。但也有字数多的，已不属小令。参阅《卜算子令》。《长相思令》即《长相思》，属双调、平韵，共三十六字。上、下阕句法相同，各四句、十八字，亦各句句用韵。唐教坊曲有《双思子》，唱唐朝王维诗“红豆生南国，春来发几枝，愿君多采撷，此物最相思”，故又名《双红豆》、《忆多娇》。此外尚有《吴山青》、《山渐青》等别名。参阅《长相思》、《双红豆》、《吴山青》等。另一体一百零二字，上下阕各五十一字，与《长相思令》疑为同名异调，当属《长相思慢》的别体。

谭意歌　　　　长相思令·旧燕初归

旧燕初归，梨花满院，迤逦天气融和。新晴巷陌，是处轻车骏马，禊饮笙歌。旧赏人非，对佳时、一向乐少愁多。远意沉沉，幽闺独自颦蛾。　　正消黯、无言自感，凭高远意，空寄烟波。从来美事，因甚天教，两处多磨。开怀强笑，向新来、宽却衣罗。似恁他、人怪憔悴，甘心总为伊呵。

张元幹　　　　长相思令·香暖帏

香暖帏，玉暖肌。娇卧嗔人来睡迟，印残双黛眉。　　虫声低，漏声稀。惊枕初醒灯暗时，梦人归未归。

张元幹　　　　长相思令·花下愁

花下愁，月下愁。花落月明人在楼，断肠春复秋。　　从他休，任他休。如今青鸾不自由，看看天尽头。

邓　肃　　　　长相思令·一重山

一重山，两重山。山远天高烟水寒，相思枫叶丹。　菊花开，菊花残。雁已西飞人未还，一帘风月闲。

邓　肃　　　　长相思令·一重溪

一重溪，两重溪。溪转山回路欲迷，朱阑出翠微。　梅花飞，雪花飞。醉卧幽亭不掩扉，冷香寻梦归。

邓　肃　　　　长相思令·红花飞

红花飞，白花飞。郎与春风同别离，春归郎不归。　雨霏霏，雪霏霏。又是黄昏独掩扉，孤灯隔翠帏。

吴淑姬　　　　长相思令·烟霏霏

烟霏霏，雪霏霏。雪向梅花枝上堆，春从何处回。　醉眼开，睡眼开。疏影横斜安在哉，从教塞管催。

长相思慢

此调见《阳春白雪》。《长相思》本乐府《杂曲歌辞》名，后用作词调名，赋思念之情。“慢”标明其调为慢曲子。宋代奚溅词下阕末句为“算相思、一点愁赊”，故名。属双调、平韵，共一百零五字。上阕十一句、五十三字，于第三、六、九、十一句用韵；下阕九句、五十二字，于第三、五、七、九句用韵。又名《长相思令》、《望扬州》、《双红豆慢》。

奚　溅　　　　长相思慢·日折霜檐

日折霜檐，寒欺雾幕，晴枝浅弄春华。惊回绮梦，独拥绫衾，腮痕微印朝霞。倦起心情，念风移霜换，依旧天涯。雁影水云斜，算相思、一点愁赊。　问橘楚橙吴，旧香犹在，别后襟袖输他。琴心知未许，想钿钗、流落谁家。怕上高楼，归

思远、斜阳暮鸦。几多年、江湖浪识，知心只许梅花。

长亭怨

即《长亭怨慢》。此调本为赋送别之词，“长亭”是古人送别之所。属双调、仄韵，共九十七字。上阕九句、四十八字，于第一、三、五、七、九句用韵；下阕九句、四十九字，于第一、三、四、五、七、九句用韵。

王沂孙　　长亭怨·重过中庵故园

泛孤艇、东皋过遍，尚记当日，绿阴门掩。屐齿莓阶，酒痕罗袖事何限。欲寻前迹，空惆怅、成秋苑。自约赏花人，别后总、风流云散。　　水远，怎知流水外，却是乱山尤远。天涯梦短，想忘了、绮疏雕槛。望不尽、苒苒斜阳，抚乔木、年华将晚。但数点红英，犹识西园凄婉。

张　炎　　长亭怨·为任次山赋驯鹭

笑海上、白鸥盟冷，飞过前滩，又顾秋影。似我知鱼，乱蒲流水动清饮。岁华空老，犹一缕、柔丝恋顶。慵忆鸳行，想应是、朝回花径。　　人静，怅离群日暮，都把野情消尽。山中旧隐，料独树、尚悬苍暝。引残梦、直上青天，又何处、溪风吹醒。定莫负、归舟同载，烟波千顷。

张　炎　　长亭怨·记横笛

岁庚寅，会吴菊泉于燕蓟。越八年，再会于甬东。未几别去，将复之北，遂作此曲

记横笛、玉关高处，万里沙寒，雪深无路。破却貂裘，远游归后与谁谱。故人何许，浑忘了、江南旧雨。不拟重逢，应笑我、飘零如羽。　　同去，钓珊瑚海树，底事又成行旅。烟篷断浦，更几点、恋人飞絮。如今又、京洛寻春，定应被、薇花留住。且莫把孤愁，说与当时歌舞。

张　炎　　　　长亭怨·旧居有感

望花外、小桥流水，门巷愔愔，玉箫声绝。鹤去台空，佩环何处弄明月。十年前事，愁千折、心情顿别。露粉风香谁为主，都成消歇。　凄咽，晓窗分袂处，同把带鸳亲结。江空岁晚，便忘了、尊前曾说。恨西风不庇寒蝉，便扫尽、一林残叶。谢杨柳多情，还有绿阴时节。

张　炎　　　　长亭怨·别陈行之

跨匹马、东瀛烟树，转首十年，旅愁无数。此日重逢，故人犹记旧游否。雨今云古，更秉烛、浑疑梦语。衮衮登台，叹野老、白头如许。　归去，问当初鸥鹭，几度西湖霜露。漂流最苦，便一似、断蓬飞絮。情可恨、独棹扁舟，浩歌向、清风来处。有多少相思，都在一声南浦。

长亭怨慢

“慢”为慢曲子，乐调长，字数多，用于词调中标明该调为慢词。此调是宋代姜夔所创制，本为抒写长亭分别时的惆怅、幽怨之情。长亭，秦、汉时十里置亭，也叫做长亭，是行人休憩及饯别之所。属双调、仄韵，共九十七字。上、下阕皆九句，亦皆于第一、三、五、七、九句用韵，惟上阕四十八字、下阕四十九句。此调“慢”字可有可无，故又名《长亭怨》。

姜　夔　　　　长亭怨慢·渐吹尽

予颇喜自制曲，初率意为长短句，然后协以律，故前后阕多不同。桓大司马云：昔年种柳，依依汉南。今看摇落，凄怆江潭。树犹如此，人何以堪。此语予深爱之

渐吹尽、枝头香絮，是处人家，绿深门户。远浦萦回，暮帆零乱向何许。阅人多矣，谁得似、长亭树。树若有情时，不会得、青青如此。　日暮，望高城不见，只见乱山无数。韦郎去也，怎忘得、玉环分付。第一是、早早归来，怕红萼、无

人为主。算空有并刀，难翦离愁千缕。

周　密　　　　长亭怨慢·记千竹

岁丙午、丁未，先君子监州太末。时刺史杨泳斋员外、别驾牟存斋、西安令翁浩堂、郡博士洪恕斋，一时名流星聚，见为奇事。倅居据龟阜，下瞰万室，外环四山，先子作堂曰啸咏。撮登览要，蜿蜒入后圃。梅清竹臞，亏蔽风月，后俯官河，相望一水，则小蓬莱在焉。老柳高荷，吹凉竟日。诸公载酒论文，清弹豪吹，笔研琴尊之乐，盖无虚日也。余时甚少，执杖屦，供洒扫，诸老绪论般般，金石声犹在耳。后十年过之，则径草池萍，怃然葵麦之感，一时交从，水逝云飞，无人识令威矣。徘徊水竹间，怅然久之，因谱白石自制调，以寄前度刘郎之怀云

记千竹、万荷深处，绿净池台，翠凉亭宇。醉墨题香，闲箫横玉尽吟趣。胜流星聚，知几诵、燕台句。零落碧云空，叹转眼、岁华如许。　　凝伫，望涓涓一水，梦到隔花窗户。十年旧事，尽消得、庾郎愁赋。燕楼鹤表半飘零，算惟有、盟鸥堪语。谩倚遍河桥，一片凉云吹雨。

爪茉莉

今传词中，此调惟有柳永一首，见《花草粹编》。“爪茉莉”是花名，以花名作为词调名。属双调、仄韵，共八十二字。上阕八句、四十字，于第二、三、五、八句用韵；下阕八句、四十二字，于第二、三、五、六、八句用韵。

柳　永　　　　爪茉莉·秋夜

每到秋来，转添甚况味。金风动、冷清清地。残蝉噪晚，甚聒得、人心欲碎，更休道、宋玉多悲，石人、也须下泪。　　衾寒枕冷，夜迢迢、更无寐。深院静、月明风细。巴巴望晓，怎生捱、更迢递。料我儿、只在枕头根底，等人来、睡梦里。

月上瓜州

此调本名《相见欢》。《相见欢》原是唐教坊曲名，南唐后主李煜之作为正格。因李煜词起句为“无言独上西楼”，故又名《上西楼》、《西楼子》。又因李煜词中有“月如钩，寂寞梧桐深院，锁清秋”之句，故又名《清秋月》。宋人名为《乌夜啼》，康与之词名《忆真妃》。张辑词有“唯有渔竿明月上瓜州”之句，故又名《月上瓜州》。“瓜州”为地名，在今江苏省大运河入长江处，与镇江相对。《词谱》收此调有五体。正格为双调，平韵、仄韵兼用，共三十六字。上阕四句、十八字，于第一、二、四句用平韵；下阕五句、十八字，第一、二句换仄韵，三、五句叶平韵。参阅《乌夜啼》、《相见欢》等别称。

张　辑　　月上瓜洲·南徐多景楼作

江头又见新秋，几多愁。塞草连天何处、是神州。　　英雄恨，古今泪，水东流。惟有渔竿明月、上瓜洲。

月上海棠

此调为宋人所制，咏调名本意。属双调、仄韵，共七十字。上、下阕格式同，均六句、三十五字，皆于第一、二、四、六句用韵。此体见《梅苑》无名氏词。陆游词有“几曾传玉关遥信”之句，更名《玉关遥》。另有九十一字一体，见于姜夔《白石词》。曹勋词名《月上海棠慢》。

陆　游　　月上海棠·斜阳废苑朱门闭

成都城南有蜀王旧苑，尤多梅，皆二百余年古木

斜阳废苑朱门闭，吊兴亡、遗恨泪痕里。淡淡宫梅，也依然、点酥剪水。凝愁处，似忆宣华旧事。　　行人别有凄凉意，折幽香、谁与寄千里。伫立江皋，杳难逢、陇头归骑。音尘远，楚天危楼独倚。

陆　游　　月上海棠·兰房绣户厌厌病

兰房绣户厌厌病，叹春醒、和闷甚时醒。燕子空归，几曾传、玉关边信。伤心处，独展团窠瑞锦。　　熏笼消歇沉烟冷，泪痕深、展转看花影。漫拥余香，怎禁他、峭寒孤枕。西窗晓，几声银瓶玉井。

姜　夔　　月上海棠·赋题

红妆艳色，照浣花溪影，绝代姝丽。弄轻风、摇荡满林罗绮。自然富贵天姿，都不比、等闲桃李。帘栊静悄，月上正贪春睡。　　长记初开日，逞妖丽、如与人面争媚。过韶光一瞬，便成流水。对此日叹浮华，惜芳菲、易成憔悴。留无计，惟有花边尽醉。

张　侃　　月上海棠·南枝消息凭谁送

南枝消息凭谁送，北枝寒、清晓破余冻。横溪浸疏影，月黄昏、暗香浮动。真仙种，不与梨花同梦。　　洛阳姚魏争先贡，妒纷纷、红紫眩新宠。尽雪压风欺，□和羹、此时须用。烦珍重，莫作桓伊三弄。

陈允平　　月上海棠·游丝弄晚

游丝弄晚，卷帘看处，燕重来时候，正秋千亭榭，锦窠春透。梦回褪浴华清，凝温泉、绛绡微皱。芳阴底，人立东风，露华如昼。　　宜酒，啼香泪薄，醉玉痕深，与春同瘦。想当年金谷，步帷初绣。彩云影里徘徊，娇无语、夜寒归后。莺窗晓，花间重携素手。

无名氏　　月上海棠·南枝昨夜先回暖

南枝昨夜先回暖，便临寒、开花暗香远。化工忒瞧，把琼瑶、恣情裁剪。皑皑的、点缀梢头又遍。　　横斜影蘸清溪浅，似玉人、临鸾照粉面。大家休折，且迟留、对花开宴。祝东风、吹作和羹未晚。

月上海棠慢

此调与《月上海棠》七十字一体的句式、字数不同。“慢”指慢曲子，一般乐调长、字数多，标明其调为慢词。属双调，仄韵，九十一字。上阕十句、四十六字，下阕九句、四十五字。曹勋的《月上海棠慢》自注“咏题”，词中有“海棠丽烟径”，故名。

曹　勋　　　月上海棠慢·咏题

东风飏暖，渐是春半，海棠丽烟径。似蜀锦晴展，翠红交映。嫩梢万点胭脂，移西溪、浣花真景。濛濛雨，黄鹂飞上，数声宜听。　　风定，朱阑夜悄，蟾华如水，初照清影。喜浓芳满池，暗香难并。悄如彩云光中，留翔鸾、静临芳镜。携酒去、何妨花边露冷。

月 下 笛

此调始自周邦彦《片玉词》，其词中有“凉蟾莹彻，水光浮碧，谁知怨抑，静倚官桥吹笛”之句，咏月下闻笛声，故取以为名。属双调、仄韵，共九十八字。上阕十句、四十九字，于第三、四、五、七、十句用韵；下阕九句、四十九字，于第三、四、五、七、九句用韵。又名《琐窗寒》。

周邦彦　　　月下笛·小雨收尘

小雨收尘，凉蟾莹彻，水光浮璧。谁知怨抑，静倚官桥吹笛。映宫墙、风叶乱飞，品高调侧人未识。想开元旧谱，柯亭遗韵，尽传胸臆。　　阑干四绕，听折柳徘徊，数声终拍。寒灯陋馆，最感平阳孤客。夜沉沉、雁啼甚哀，片云尽卷清漏滴。黯凝魂，但觉龙吟万壑天籁息。

姜　夔　　　月下笛·与客携壶

与客携壶，梅花过了，夜来风雨。幽禽自语，啄香心、度墙去。春衣都是柔荑翦，尚沾惹、残茸半缕。怅玉钿似扫，朱

门深闭，再见无路。　　凝伫，曾游处，但系马垂杨，认郎鹦鹉。扬州梦觉，彩云飞过何许。多情须倩梁间燕，问吟袖、弓腰在否。怎知道，误了人，年少自恁虚度。

彭元逊　　月下笛·江上行人

江上行人，竹间茅屋，下临深窈。春风袅袅，翠鬟窥树犹小。遥迎近倚，归还顾、分付横枝未了。扁舟却去，中流回首，惊散飞鸟。　　重踏新亭屐齿，耿山抱孤城，月来华表。鸡声人语，隔江相半歌笑。壮游历历，同高李、未拟诗成草草。长桥外，有醒人吹笛，并在霜晓。

张　炎　　月下笛·万里孤云

孤游万竹山中，闲门落叶，愁思黯然，因动黍离之感。时寓甬东积翠山舍

万里孤云，清游渐远，故人何处。寒窗梦里，犹记经行旧时路。连昌约略无多柳，第一是、难听夜雨。谩惊回凄悄，相看烛影，拥衾谁语。　　张绪，归何暮，半零落，依依断桥鸥鹭。天涯倦旅，此时心事良苦。只愁重洒西州泪，问杜曲、人家在否。恐翠袖、正天寒，犹倚梅花那树。

张　炎　　月下笛·寄仇山村溧阳

千里行秋，支筇背锦，顿怀清友。殊乡聚首，爱吟犹自诗瘦。山人不解思猿鹤，笑问我、韦娘在否。记长堤画舫，花柔春闹，几番携手。　　别后都依旧，但靖节门前，近来无柳。盟鸥尚有，可怜西塞渔叟。断肠不恨江南老，恨落叶、飘零最久。倦游处，减羁愁，犹未消磨是酒。

曾允元　　月下笛·次韵

又老杨花，浮萍点点，一溪春色。闲寻旧迹，认溪头、浣纱碛。柔条折尽成轻别，向空外、瑶簪一掷。算无情更苦，莺巢暗叶，啼破幽寂。　　凝立，阑干侧，记露饮东园，联镳西陌。容销鬓减，相逢应自难识。东风吹得愁似海，谩点染，空阶自碧。独归晚，解说心中事，月下短笛。

月中行

此调本名《月宫春》，为唐朝毛文锡所创制，赋神话传说中嫦娥、玉兔、银蟾、桂花诸事。为双调、平韵，四十九字。宋代周邦彦更名为《月中行》，增一字，成为《月宫春》的别体。上阕四句、二十四字，句句用韵；下阕四句、二十六字，于第二、三、四句用韵。参阅《月宫春》。

周邦彦　　月中行·怨恨

蜀丝趁日染乾红，微暖面脂融。博山细篆霭房栊，静看打窗虫。　愁多胆怯疑虚幕，声不断、暮景疏钟。团团四壁小屏风，啼尽梦魂中。

吴文英　　月中行·和黄复庵

疏桐翠井早惊秋，叶叶雨声愁。灯前倦客老貂裘，燕去柳边楼。　吴宫寂寞空烟水，浑不认、旧采菱洲。秋花旋结小盘虬，蝶怨夜香留。

陈允平　　月中行·鬓云斜插映山红

鬓云斜插映山红，春重澹香融。自携纨扇出帘栊，意欲扑飞虫。　蔷薇架下偏宜酒，纤纤手、自引金钟。倦歌佯醉倚东风，愁在落花中。

月中桂

此调本为咏月中之桂花，赋传说之事。调见《赵彦端词集》。词属双调、平韵，共一百零四字。上阕十一句、五十二字，于第三、六、八、十一句用韵；下阕十句、五十二字，于第一、三、六、八、十句用韵。又名《月中仙》。

赵彦端　　月中桂·送杜仲微赴阙

露酹无情，送长歌未终，已醉离别。何如暮雨，酿一襟凉润，来留佳客。好山侵座碧，胜昨夜、疏星淡月。君欲翩

然去，人间底许，员峤问帆席。　　诗情酒病非畴昔，赖亲朋对影，且慰良夕。风流雨散，定几回肠断，能禁头白。为君烦素手，荐碧藕、轻丝细雪。去去江南路，犹应水云秋共色。

月边娇

此调为周密自度曲，咏红男绿女于花前月下欢歌漫舞，调见《蘋洲渔笛谱》。双调，仄韵，共九十七字。上、下阕均十句，于第三、六、八、十句用韵，惟上阕四十九字、下阕四十八字。

周　密　　　月边娇·元夕怀旧

酥雨烘晴，早柳盼颦娇，兰芽愁醒。九街月淡，千门夜暖，十里宝光花影。尘凝步袜，送艳笑、争夸轻俊。笙箫迎晓，翠幕卷、天香宫粉。　　少年紫曲疏狂，絮花踪迹，夜蛾心性。戏丛围锦，灯帘转玉，拚却舞勾歌引。前欢漫省，又辇路、东风吹鬓。醺醺倚醉，任夜深春冷。

月当厅

此调见《梅溪词》，是宋代史达祖自度曲，吟明月照楼。属双调、平韵，共一百零一字。上阕十句、五十字，下阕九句、五十一字。上阕于第三、五、七、十句用韵，下阕于第二、四、六、九句用韵。

史达祖　　月当厅·白璧旧带秦城梦

白璧（别作“壁”）旧带秦城梦，因谁拜下，杨柳楼心。正是夜分，鱼钥不动香深。时有露萤自照，占风裳、可喜影麸金。坐来久，都将凉意，尽付沉吟。　　残云事绪无人舍，恨匆匆、药娥归去难寻。缀取雾窗，会唱几拍清音。犹有老来印愁处，冷光应念雪翻簪。空独对、西风紧，弄一井桐阴。

月当窗

此调本名《霜天晓角》，咏秋霜满天，拂晓之时角声凄切。张辑以此调填词，赋明月照临绮窗之情景，结句为“一片月，当窗白”，故易名《月当窗》。双调，平韵，共四十三字。上、下阕皆四句，亦皆于第一、二、四句用韵，惟上阕二十一字，下阕二十二字。另有四十四字诸体。参阅《霜天晓角》。

张　辑　　　　月当窗·看朱成碧

看朱成碧，曾醉梅花侧。相遇匆匆相别，又争似、不相识。　南北，千里隔，几时重见得。最苦子规啼处，一片月、当窗白。

月先圆

此调本名《好女儿》，因贺铸词有“彩霞深闭，明月先圆”句，故更名《月先圆》。详见《好女儿》条。

贺　铸　　　　月先圆·才色相怜

才色相怜，难偶当年。屡逢迎、几许缠绵意，记秋千架底，摴蒱局上，祓禊池边。　收贮一春幽恨，细书遍、研绫笺。算蓬山、未抵屏山远，奈碧云易合，彩霞深闭，明月先圆。

月华清

又名《月华清慢》。本为咏月光花影，洪瑹词有“谁驾冰蟾，拥出桂轮天半”之句，故名。属双调、仄韵，共九十九字。上阕十句、四十九字，于第三、五、七、八、十句用韵；下阕十句、五十字，于第一、三、五、七、八、十句用韵。

马子严　　　　　月华清·忆别

瑟瑟秋声，萧萧天籁，满庭摇落空翠。数遍丹枫，不见叶间题字。人何处、千里蝉娟，愁不断、一江流水。遥睇，见征鸿几点，碧天无际。　　怅望月中仙桂，问窃药佳人，谁与同岁。把镜当空，照尽别离情意。心里恨、莫结丁香，琴上曲、休弹秋思。怕里，又悲来老却，兰台公子。

洪　瑹　　　　　月华清·春夜对月

花影摇春，虫声吟暮，九霄云幕初卷。谁驾冰蟾，拥出桂轮天半。素魄映、青琐窗前，皓彩散、画阑干畔。凝眄，见金波滉漾，分辉鹊殿。　　况是风柔夜暖，正燕子新来，海棠微绽。不似秋光，只照离人肠断。恨无奈、利锁名缰，谁为唤、舞裙歌扇。吟玩，怕铜壶催晓，玉绳低转。

月华清慢

此调本名《月华清》。“慢”指慢曲子，乐调长，字数多，用于词调中标明其词为慢词。属双调、仄韵，共九十九字。参阅《月华清》。

无名氏　　　　　月华清慢·雨洗天开

雨洗天开，风将云去，极目都无纤翳。当遇中秋夜，静月华如水。素光晃、金屋楼台，清气彻、玉壶天地。此际，比无常三五，婵娟特异。　　因念玉人千里，待尽把愁肠，分付沉醉。只恐难当漏尽，又还经岁。最堪恨、独守书帏，空对景、不成欢意。除是，问姮娥觅取，一枝仙桂。

月 花 清

此调本是《月华清》，朱淑真以此调填词，有“香浮花月”之句，故更名《月花清》。词属双调、仄韵，共九十九字。上阕十句、四十九字，下阕十句、五十字。参阅《月华清》。

朱淑真　　　　月花清·梨花

雪压庭春，香浮花月，揽衣还怯单薄。欹枕裴回，又听一声乾鹊。粉泪共、宿雨阑干，清梦与、寒云寂寞。除却，是江梅曾许，诗人吟作。　　长恨晓风漂泊，且莫遣香肌，瘦减如削。深杏夭桃，端的为谁零落。况天气、妆点清明，对美景、不妨行乐。拌著，向花时取，一杯独酌。

月底修箫谱

此调本名《祝英台》、《祝英台近》，原为赋民间传说东晋穆帝时梁山伯与祝英台的爱情故事。张辑以该调赋词，结句为“趁月底、重修箫谱”，故更名为《月底修箫谱》。后又据词中字句或词的内容，分别命《宝钗分》、《燕莺语》、《寒食词》等。据《词品》记载：宋戴石屏娶江西女子，作《惜多才》一首，所用即《祝英台》，故又名《惜多才》。此调正格为双调、仄韵，共七十七字。上阕八句、三十七字，于第三、五、八句用韵；下阕八句、四十字，于第一、三、五、八句用韵。参阅《祝英台近》、《宝钗分》、《惜多才》等。

张　辑　　　　月底修箫谱·客西湖

乙未之秋高邮朱使君钱塘北关舟中

客西湖，听夜雨，更向别离处。小小船窗，香雪照尊俎。断肠一曲秋风，行云不语，总写入、征鸿无数。　　认眉妩，唤醒岩壑风流，丹砂有奇趣。羞杀秦郎，淮海谩千古。要看自作新词，双鸾飞舞，趁月底、重修箫谱。

月城春

即《四犯翦梅花》。此调为宋代卢祖皋所创制，因全词咏唱月明之时城中春日之情景，词中又有“唤淮楚、满城春好”之句，故名《月城春》。此词全篇借用已有词调之句法，合成一首新的词调。上、下阕的前三句借用《解连

环》，四、五句借用《醉蓬莱》，六、七句借用《雪狮儿》，八、九、十句借用《醉蓬莱》。词属双调、仄韵，共九十字。上下阕皆十句，亦皆于第一、三、五、六、七、十句用韵；惟上阕四十五字、下阕四十七字。上阕第一句四字，下阕第一句六字，其余句法均同。

卢祖皋　　　月城春·寿无为赵秘书

五云腾晓，望凝香画戟，恍然蓬岛。玉露冰壶，照神仙风表。诗书坐啸，唤淮楚、满城春好。雨谷催耕，风帘戏鼓，家家欢笑。　　南湖细吟未了，看金莲夜直，丹凤飞诏。鬓影青青，办功名多少。持杯满醑，听千里、载歌难老。试问尊前，蟠桃次第，红芳犹小。

月宫春

此调为唐朝毛文锡所创制，赋月宫桂花、玉兔银蟾、嫦娥姹女之古代神话传说故事。属双调、平韵，共四十九字。上阕四句、二十四字，句句用韵；下阕四句、二十五字，于第二、四句用韵。宋代周邦彦易名为《月中行》，于下阕增一字，成为五十字，是《月宫春》的别体。参阅《月中行》。

韩　淲　　　月宫春·和吴尉

柳娇花妒燕莺喧，断肠空眼穿。一春风雨夜厌厌，不闻钟鼓传。　　香冷曲屏罗帐掩，园林谁与上秋千。忆得年时凤枕，日高犹醉眠。

月照梨花

此调本名《河传》(又写作《何传》)，原是唐大曲名，前身是隋炀帝幸江都时所制。又名《怨王孙》。因李清照词中有“人静皎月初，斜浸梨花”之句，故易名为《月照梨花》。此调有五十一字、五十三字、五十四字、五十五字、五十六字、五十八字、六十一字等多种体式。《月照梨花》一体，双调，平韵、仄韵兼用，共五十五字。上阕七句、二

十五字，于第一、二、三、五句用仄韵，六、七句换平韵；下阕六句、三十字，于第一、二句换三平韵，第三句叶仄韵，第四、五、六句四换平韵。参阅《河传》、《怨王孙》。

陆　游　　月照梨花·闺思之一

霁景风软，烟江春涨。小阁无人，绣帘半上。花外姊妹相呼，约樗蒲。　修蛾忘了章台样，细思一饷，感事添惆怅。胸酥臂玉消减，拟觅双鱼，倩传书。

陆　游　　月照梨花·闺思之二

闷已萦损，那堪多病。几曲屏山，伴人昼静。梁燕催起犹慵，换熏笼。　新愁旧恨何时尽，渐凋绿鬓，小雨知花信。芳笺寄与何处，绣阁珠栊，柳阴中。

黄　昇　　月照梨花·闺怨

昼景，方永，重帘花影。好梦犹酣，莺声唤醒。门外风絮交飞，送春归。　修蛾画了无人问，几多别恨，泪洗残妆粉。不知郎马何处嘶，烟草萋迷，鹧鸪啼。

丹凤吟

此调见《清真乐府》，以南宋周邦彦词为正体。属双调、仄韵，共一百一十四字。上阕十二句、五十六字，于第三、五、九、十二句用韵；下阕十一句、五十八字，于第二、五、七、九、十一句用韵。

周邦彦　　丹凤吟·春景

迤逦春光无赖，翠藻翻池，黄蜂游阁。朝来风暴，飞絮乱投帘幕。生憎暮景，倚墙临岸，杏靥夭斜，榆钱轻薄。昼永惟思傍枕，睡起无憀，残照犹在亭角。　况是别离气味，坐来但觉心绪恶。痛引浇愁酒，奈愁浓如酒，无计消铄。那堪昏暝，簌簌半檐花落。弄粉调朱柔素手，问何时重握。此时此意，长怕人道著。

方千里　　丹凤吟·宛转回肠离绪

宛转回肠离绪，懒倚危栏，愁登高阁。相思何处，人在绣帏罗幕。芳年艳齿，枉消虚过，会合丝轻，因缘蝉薄。暗想飞云骤雨，雾隔烟遮，相去还是天角。　　怅望不将梦到，素书谩说波浪恶。纵有青青发，渐吴霜妆点，容易凋铄。欢期何晚，忽忽坐惊摇落。顾影无言，清泪湿、但丝丝盈握。染斑客袖，归日须问著。

吴文英　　丹凤吟·赋陈宗之芸居楼

丽景长安人海，避影繁华，结庐深寂。灯窗雪户，光映夜寒东壁。心凋鬓改，镂冰刻水，缥简离离，风签索索。怕遣花虫蠹粉，自采秋芸熏架，香泛纤碧。　　更上新梯窈窕，暮山澹著城外色。旧雨江湖远，问桐阴门巷，燕曾相识。吟壶天小，不觉翠蓬云隔。桂斧月宫三万手，计元和通籍。软红满路，谁聘幽素客。

杨泽民　　丹凤吟·荏苒秋光虚度

荏苒秋光虚度，玩月池台，登高楼阁。风传霜信，遍送晓寒侵幕。凄凉细雨，洒窗飘户，漏永更长，枕单衾薄。梦里惊鸿唤起，坐对寒釭，犹听晨漏残角。　　先自宿酲似病，共愁造合滋味恶。虽有丁宁语，怕旁人多口，还类金铄。如斯情绪，戚戚怎禁牢落。纵欲凭江鱼寄往，漫霜毫频握。几时得见，诸事都记著。

陈允平　　丹凤吟·暗柳烟深何处

暗柳烟深何处，翡翠帘栊，鸳鸯楼阁。芹泥融润，飞燕竞穿珠幕。秋千倦倚，还思年少，袜步尘轻，衫裁罗薄。陡顿芳心暗老，强理新妆，离思都占眉角。　　过了几番花信，晓来划地寒意恶。可煞东风，甚把夭桃艳杏，故故凌铄。伤春憔悴，泪蠹粉腮香落。挑脱金宽双玉腕，怕人猜偷握。渐芳草，恨画阑、休傍著。

乌夜啼

此调本为南朝宋乐府名，属《清商曲辞》内《吴声歌曲》之《西曲歌》，咏调名本意即乌鸦夜间啼叫。唐教坊舞曲借用其名，为唐玄宗开元以前所作。唐有赛乌之俗，认为乌啼祝吉，相信乌能佑福。曲之风行，当于此俗相关。后用为词牌名，且每取《乌夜啼》为别名，或借用旧名，其故未详。五代词调《锦堂春》一名《乌夜啼》，但此二者属两调，不可混淆。此调本属唐腔，名为《相见欢》，而宋人则名为《乌夜啼》，欧阳修词名《圣无忧》，赵令畤词名《锦堂春》，又名《上西楼》、《秋夜月》、《忆真妃》、《西楼子》、《月上瓜州》等。词属双调，两用韵，共三十六字。上阕四句、十八字，于第一、二、四句用平韵；下阕五句、十八字，第一句换仄韵，第二句叶仄韵，第三、五句叶上阕之平韵。另有别体多种。

苏　轼　　乌夜啼·寄远

莫怪归心甚速，西湖自有蛾眉。若见故人须细说，白发倍当时。　小郑非常强记，二南依旧能诗。更有鲈鱼堪切脍，儿辈莫教知。

赵令畤　　乌夜啼·春思

楼上萦帘弱絮，墙头碍月低花。年年春事关心事，肠断欲栖鸦。　舞镜鸾衾翠减，啼珠凤蜡红斜。垂门不锁相思梦，随意绕天涯。

朱敦儒　　乌夜啼·剪胜迎春后

剪胜迎春后，和风入律频催。前回下叶飞霜处，红绽一枝梅。　正遇时调玉烛，须添酒满金杯。寻芳伴侣休闲过，排日有花开。

蒋元龙　　乌夜啼·小桃落尽残红

小桃落尽残红，夜来风。又是一番春事、不从容。　翠屏掩，芳信断，转愁浓。可惜日长闲暇、小帘栊。

赵　鼎　　　**乌夜啼·檐花点滴秋清**

檐花点滴秋清，寸心惊。香断一炉沉水、一灯青。　凉宵永，孤衾冷，梦难成。叶叶高梧敲恨、送残更。

赵　鼎　　　**乌夜啼·中秋**

雨余风露凄然，月流天。还是年时今夜、照关山。　收别泪，持杯起，问婵娟。问我扁舟流荡、几时还。

权无染　　　**乌夜啼·洗净铅华污**

洗净铅华污，玉颜自发轻红。无言雪月黄昏后，别是个丰容。　骨瘦难禁消瘦，香寒不并芳秾。与君高却看花眼，红紫谩春风。

杨无咎　　　**乌夜啼·不禁枕簟新凉**

不禁枕簟新凉，夜初长。又是惊回好梦、叶敲窗。　江南望，江北望，水茫茫。赢得一襟清泪、伴余香。

李　石　　　**乌夜啼·红软榴花脸晕**

红软榴花脸晕，绿愁杨柳眉疏。日长院宇闲消遣，荔子赌樗蒲。　莹雪凉衣乍浴，裁冰素扇新书。绣香熏被梅烟润，枕簟碧纱厨。

李　石　　　**乌夜啼·鸾镜愁添眉黛**

鸾镜愁添眉黛，罗裙瘦减腰肢。一回见了一回病，弹指误佳期。　醉里懵腾泪洗，梦中著摸魂飞。一春多少闲风雨，亭院落花时。

李　石　　　**乌夜啼·送春**

绣阁和烟飞絮，粉墙映日吹红。花花柳柳成阴处，休恨五更风。　絮点铺排绿水，红香收拾黄蜂。留春尽道能留得，长在酒杯中。

陆　游　　　**乌夜啼·金鸭余香尚暖**

金鸭余香尚暖，绿窗斜日偏明。兰膏香染云鬟腻，钗坠滑无声。　冷落秋千伴侣，阑珊打马心情。绣屏惊断潇湘梦，花外一声莺。

陆　游　　乌夜啼·檐角楠阴转日

檐角楠阴转日，楼前荔子吹花。鹧鸪声里霜天晚，叠鼓已催衙。　　乡梦时来枕上，京书不到天涯。邦人讼少文移省，闲院自煎茶。

陆　游　　乌夜啼·我校丹台玉字

我校丹台玉字，君书蕊殿云篇。锦官城里重相遇，心事两依然。　　携酒何妨处处，寻梅共约年年。细思上界多官府，且作地行仙。

陆　游　　乌夜啼·世事从来惯见

世事从来惯见，吾生更欲何之。镜湖西畔秋千顷，鸥鹭共忘机。　　一枕蘋风午醉，二升菰米晨炊。故人莫讶音书绝，钓侣是新知。

陆　游　　乌夜啼·素意幽栖物外

素意幽栖物外，尘缘浪走天涯。归来犹幸身强健，随分作山家。　　已趁余寒泥酒，还乘小雨移花。柴门尽日无人到，一径傍谿斜。

陆　游　　乌夜啼·园馆青林翠樾

园馆青林翠樾，衣巾细葛轻纨。好风吹散霏微雨，沙路喜新干。　　小燕双飞水际，流莺百啭林端。投壶声断弹棋罢，闲展道书看。

陆　游　　乌夜啼·从宦元知漫浪

从宦元知漫浪，还家更觉清真。兰亭道上多修竹，随处岸纶巾。　　泉冽偏宜雪茗，粳香雅称丝莼。翛然一饱西窗下，天地有闲人。

陆　游　　乌夜啼·纨扇婵娟素月

纨扇婵娟素月，纱巾缥渺轻烟。高槐叶长阴初合，清润雨余天。　　弄笔斜行小草，钩帘浅醉闲眠。更无一点尘埃到，枕上听新蝉。

辛弃疾　　乌夜啼·山行约范廓之不至

江头醉倒山公，月明中。记得昨宵归路、笑儿童。　　溪欲转，山已断，两三松。一段可怜风月、欠诗翁。

辛弃疾　　乌夜啼·廓之见和，复用前韵

人言我不如公，酒频中。更把平生湖海、问儿童。　　千尺蔓，云叶乱，击长松。却笑一身缠绕、似衰翁。

辛弃疾　　乌夜啼·晚花露叶风条

晚花露叶风条，燕飞高。行过长廊西畔、小红桥。　　歌再起，人再舞，酒才消。更把一杯重劝、摘樱桃。

辛弃疾　　乌夜啼·戏赠籍中人

江头三月清明，柳风轻。巴峡谁知还是、洛阳城。　　春寂寂，娇滴滴，笑盈盈。一段乌丝阑上、记多情。

程　垓　　乌夜啼·杨柳拖烟漠漠

杨柳拖烟漠漠，梨花浸月溶溶。吹香院落春还尽，憔悴立东风。　　只道芳时易见，谁知密约难通。芳园绕遍无人问，独自拾残红。

程　垓　　乌夜啼·醉枕不能寐

白酒欺人易醉，黄花笑我多愁。一年只有秋光好，独自却悲秋。　　风急常吹梦去，月迟多为人留。半黄橙子和诗卷，空自伴床头。

程　垓　　乌夜啼·绿外深深柳巷

绿外深深柳巷，红间曲曲花楼。一春想见贪游冶，不道有人愁。　　三月东风易老，几宵明月难留。酴醿白尽窗前也，还肯醉来否。

程　垓　　乌夜啼·静院槐风绿涨

静院槐风绿涨，小窗梅雨黄垂。欲看春事留连处，惟有夜寒知。　　魂梦长闲消午醉，扫花共坐风凉。归来窗北有胡床，兴在羲皇以上。

程　垓　　　乌夜啼·墙外雨肥梅子

墙外雨肥梅子，阶前水绕荷花。阴阴庭户熏风满，水纹簟、怯菱芽。　春尽难凭燕语，日长惟有蜂衙。沉香火冷珠帘暮，个人在、碧窗纱。

石孝友　　　乌夜啼·潇湘雨打船篷

潇湘雨打船篷，别离中。愁见拍天沧水、搅天风。　留不住，终须去，莫匆匆。后夜一尊何处、与谁同。

张　镃　　　乌夜啼·夜坐

月儿犹未全明，乞怜生。几片彩云来去、更风轻。　应见我，行又坐，苦凝情。卷起帘儿不睡、到三更。

张　镃　　　乌夜啼·晓来闲立回塘

晓来闲立回塘，一襟香。玉飐云松风外、数枝凉。　相并浑如私语，恼人肠。飞去方知白鹭、在花旁。

魏了翁　　　乌夜啼·西叔兄生日

不肯呈身觅举，那能随俗为官。梅花寒飐书窗月，一味漂阳酸。　梅里无边春事，书中千古遐观。邻翁不识清闲乐，惊见满堂欢。

李从周　　　乌夜啼·径藓痕沿碧甃

径藓痕沿碧甃，檐花影压红阑。今年春事浑无几，游冶懒情悭。　旧梦莺莺沁水，新愁燕燕长干。重门十二帘休卷，三月尚春寒。

卢祖皋　　　乌夜啼·几曲微风按柳

几曲微风按柳，生香暖日蒸花。鸳鸯睡足芳塘晚，新绿小窗纱。　尺素难将情绪，嫩罗还试年华。凭高无处寻残梦，春思入琵琶。

卢祖皋　　　乌夜啼·照水飞禽斗影

照水飞禽斗影，舞风小径低花。征鸿排尽相思字，音信落谁家。　系恨腰围顿减，禁愁酒力难加。楼高日暮休帘卷，芳草满天涯。

卢祖皋　　　　乌夜啼·柳色津头泫绿

柳色津头泫绿，桃花渡口啼红。一春又负西湖醉，离恨雨声中。　　客袂迢迢西塞，余寒翦翦东风。谁家拂水飞来燕，惆怅小楼东。

卢祖皋　　　　乌夜啼·西湖

漾暖纹波飐飐，吹晴丝雨濛濛。轻衫短帽西湖路，花气扑春骢。　　斗草褰衣湿翠，秋千瞥眼飞红。日长不放春醪困，立尽海棠风。

卢祖皋　　　　乌夜啼·段段寒沙浅水

段段寒沙浅水，萧萧暮雨孤篷。香罗不共征衫远，砧杵客愁中。　　别恨慵看杨柳，归期暗数芙蓉。碧梧声到纱窗晓，昨夜几秋风。

刘学箕　　　　乌夜啼·夜泊阳子江

长亭急管生愁，楚天秋。落日寒鸦飞尽、水悠悠。　　红蓼岸，白蘋散，浴轻鸥。人在碧云深处、倚高楼。

黄　机　　　　乌夜啼·云容晓色相涵

云容晓色相涵，趣征骖。碎点遥山如豆、是淮南。　　路渐远，家渐远，恨难堪。□见窗花叶底、鬓毵毵。

郑熏初　　　　乌夜啼·题月海星天观

即宋武所居故地

春江一望微茫，辨桅樯。无限青青麦里、菜花黄。　　今古恨，登临泪，几斜阳。不是寄奴住处、也凄凉。

吴文英　　乌夜啼·题赵三畏舍馆海棠

醉痕深晕潮红，睡初浓。寒食来时池馆，旧东风。　　银烛换，月西转，梦魂中。明日春和人去，绣屏空。

吴文英　　　　乌夜啼·桂花

西风先到岩扃，月笼明。金露啼珠滴翠，小银屏。　　一颗颗，一星星，是秋情。香裂碧窗烟破，醉魂醒。

潘　牥　　　乌夜啼·无端小雪廉纤

无端小雪廉纤，入平檐。金鸭旋添龙饼，莫开帘。　寻梅约，开还落，可曾忺。合作一年春恨，上眉尖。

刘辰翁　　　乌夜啼·初夏

犹疑薰透帘栊，是东风。不分榴花更胜、一春红。　新雨过，绿连空，蝶飞慵。闲过绿阴深院、小花浓。

刘辰翁　　　乌夜啼·中秋

素娥醉语曾留，又中秋。待得重圆谁妒、两悠悠。　向愁旱，今愁水，没中洲。看取明朝晴去、不须愁。

刘辰翁　　　乌夜啼·何年似永和年

何年似永和年，记湖船。如此晴天无处、望新烟。　江南女，裙四尺，合秋千。昨日老人曾见、久潸然。

陈逢辰　　　乌夜啼·月痕未到朱扉

月痕未到朱扉，送郎时。暗里一汪儿泪、没人知。　揾不住，收不聚，被风吹。吹作一天愁雨、损花枝。

赵　文　　　乌夜啼·秋兴

院静槐阴似水，雨余蝉语先秋。熟残梅子无人打，金弹满红沟。　又送行人归去，谁怜倦客淹留。画船旗鼓江南岸，人倚夕阳楼。

刘　铉　　　乌夜啼·石榴

垂杨影里残红，甚匆匆。只有榴花、全不怨东风。　暮雨急，晓鸦湿，绿玲珑。比似茜裙初染、一般同。

无名氏　　　乌夜啼·都无一点残红

都无一点残红，夜来风。底事东君归去、太匆匆。　桃花醉，梨花泪，总成空。断送一年春在、绿阴中。

无名氏　　　乌夜啼·一弯月挂危楼

一弯月挂危楼，似藏钩。醉里不知黄叶、报新秋。　征

鸿断，归云乱，远峰愁。愁见绿杨凝恨、在江头。

无名氏　　乌夜啼·西湖

水漫汀洲新绿，云开崦嶂微青。残红不见成阴后，鶗鴂寂无声。　笑傲坡诗一梦，风流杜牧三生。西湖依旧人中意，来去竟难凭。

乌啼月

即《乌夜啼》。此调为宋代贺铸所创制，其词的末二句为"城乌可是知人意，偏向月明啼"，故名《乌啼月》。词属双调、平韵，共四十七字。上阕四句、二十三字，下阕四句、二十四字，两阕均于第二、四句用韵。

贺　铸　　乌啼月·牛女相望处

牛女相望处，星桥不碍东西。重墙未抵蓬山远，却恨画楼低。　细字频传幽怨，凝缸长照单栖。城乌可是知人意，偏向月明啼。

风入松

唐代诗僧皎然有《风入松》歌，古琴曲有《风入松》，后成为唐教坊曲名。后人填词借用其名作为词牌名。词属双调、平韵，共七十二字。上阕六句、三十二字，于第一、二、四、六句用韵，每句字数分别为七、四、七、六、六、六字，下阕与上阕同。别体七十四字，上、下阕的第四句均七个字，其余皆同上体。又一体为七十六字，上、下阕的第二句均五个字，其余皆同上体。又名《风入松慢》、《松风慢》。韩淲词有"小楼春映远山横"之句，故又名《远山横》。

秦　观　　风入松·西山

崇峦雨过碧瑶光，花木递幽香。青冥杳霭无尘到，比龙宫、分外清凉。霁景一楼苍翠，薰风满壑笙簧。　不妨终日此徜徉，宇宙总俳场。石边试剑人何在，但荒烟、蔓草迷茫。好酹杯中芳酒，少留树杪斜阳。

晏几道　　风入松·柳阴庭院杏梢墙

柳阴庭院杏梢墙，依旧巫阳。凤箫已远青楼在，水沉谁、复暖前香。临镜舞鸾离照，倚筝飞雁辞行。　坠鞭人意自凄凉，泪眼回肠。断云残雨当年事，到如今、几处难忘。两袖晓风花陌，一帘夜月兰堂。

晏几道　　风入松·心心念念忆相逢

心心念念忆相逢，别恨谁浓。就中懊恼难拚处，是擘钗、分钿匆匆。却似桃源路失，落花空记前踪。　彩笺书尽浣溪红，深意难通。强欢殢酒图消遣，到醒来、愁闷还重。若是初心未改，多应此意须同。

张继先　　风入松·用王介甫韵

深耕易耨寸田中，看真个英雄。夜来犹上星台望，全不厌、水绿云红。便是清交素友，频相视、笑晴空。　玉阶瑶甃翠重重，带萱草葱葱。流霞尽饮何辞醉，更休数、尘里千钟。晓夜朝元去也，怎忍舍、大夫松。

田中行　　风入松·一宵风雨送春归

一宵风雨送春归，绿暗红稀。画楼尽日凭阑意，与谁同捻花枝。门外蔷薇开也，枝头梅子酸时。　玉人应是数归期，翠敛愁眉。塞鸿不到双鱼远，恨楼前、流水难西。新恨欲题红叶，东风满院花飞。

此首别作康与之词

周紫芝　　风入松·禁烟过后落花天

禁烟过后落花天，无奈轻寒。东风不管春归去，共残红、飞上秋千。看尽天涯芳草，春愁堆在阑干。　楚江横断夕阳边，无限青烟。旧时云去今何处，山无数、柳涨平川。与问风前回雁，甚时吹过江南。

康与之　　风入松·春晚

一宵风雨送春归，绿暗红稀。画楼整日无人到，与谁同捻

花枝。门外蔷薇开也，枝头梅子酸时。　玉人应是数归期，翠敛愁眉。塞鸿不到双鱼远，叹楼前、流水难西。新恨欲题红叶，东风满院花飞。

此首别作田中行词

康与之　　风入松・闺思

碧苔满地衬残红，绿树阴浓。晓莺啼破眉心事，旧愁新恨重重。翠黛不忺重扫，佳时每恨难同。　花开花谢任东风，此恨无穷。梦魂拟逐杨花去，殢人休下帘栊。要见只凭清梦，几时真个相逢。

康与之　　风入松・画桥流水欲平阑

画桥流水欲平阑，雨后青山。去年芳草今年恨，恨香车、不逐雕鞍。红杏墙头院落，绿杨楼外秋千。　谢娘别后忆前欢，泪滴春衫。柔荑共折香红处，劝东风、且与流连。早是相思瘦损，梅花谢了春寒。

侯　寘　　风入松・西湖戏作

少年心醉杜韦娘，曾格外疏狂。锦笺预约西湖上，共幽深、竹院松窗。愁夜黛眉颦翠，惜归罗帕分香。　重来一梦觉黄粱，空烟水微茫。如今眼底无姚魏，记旧游、凝伫凄凉。入扇柳风残酒，点衣花雨斜阳。

侯　寘　　风入松・东楼烟重暗山光

东楼烟重暗山光，春意堕微芒。小红嫩绿匀如剪，黯无言、云渡澄江。没处与人消遣，倚阑情寄斜阳。　共君今夜举清觞，投老各殊方。痴儿官事何时了，恨花时、潘鬓先霜。唤取客帆聊住，将予同下潇湘。

侯　寘　　风入松・再用韵

霏霏小雨恼春光，烟水更弥茫。昨宵把酒高歌处，任一声、鸡唱清江。憔悴杏花如许，情怀应似东阳。　宿酲犹在莫传觞，消闷苦无方。几时玉杵蓝桥路，约云英、同捣玄霜。冷落黄昏庭院，梦回家在三湘。

赵彦端　　风入松·杏花

传闻天上有星榆，历历谁居。淡烟暮拥红云暖，春寒乍有还无。作态似深又浅，多情要密还疏。　移尊环坐足相娱，醉影凭扶。江南归到虽怜晚，犹胜不见踟躇。尽拚绿阴青子，凭肩携手如初。

曹　冠　　风入松·双溪阁观水

瑶烟敛散媚晴空，云淡奇峰。澄江金斗平波面，扁舟载、蓑笠渔翁。仿佛辋川图上，依稀苕霅溪中。　春锄掠水浪花重，飞傍芦丛。绮霞斜映征鸿影，供吟毫、佳景无穷。顿起骑舠游兴，泠然欲御清风。

陆　游　　风入松·十年裘马锦江滨

十年裘马锦江滨，酒隐红尘。万金选胜莺花海，倚疏狂、驱使青春。吹笛鱼龙尽出，题诗风月俱新。　自怜华发满纱巾，犹是官身。凤楼常记当年语，问浮名、何似身亲。欲寄吴笺说与，这回真个闲人。

谢　懋　　风入松·老年常忆少年狂

老年常忆少年狂，宿粉栖香。自怜独得东君意，有三年、窥宋东墙。笑舞落花红影，醉眠芳草斜阳。　事随春梦去悠扬，休去思量。近来眼底无姚魏，有谁更、管领年芳。换得河阳衰鬓，一帘烟雨梅黄。

沈　瀛　　风入松·金榜初登

金榜初登。绮阁朱楼对娉婷。软红尘、有人相等，归来寝立功名。油盖拥著一书生，开宴处、笙歌频奏声。眼前光景，人生如意享欢荣，得酒娱情。　没事汉、清闲人，任自由、毁誉利害不上心。恣闲吟，登山玩水且闲行，来主他、风花雪月盟。相逢道友，握手闲语百事真，得酒忘情。

张孝祥　　风入松·蜡梅

玉妃孤艳照冰霜，初试道家妆。素衣嫌怕姮娥妒，染成宫样鹅黄。宫额娇涂飞燕，缕金愁立秋娘。　湘罗百濯蹙香囊，蜜露缀琼芳。蔷薇水蘸檀心紫，郁金薰染浓香。萼绿轻移

云袜，华清低舞霓裳。

韩　玉　　风入松·柳阴亭院杏梢长

柳阴亭院杏梢长，依约巫阳。凤箫已远秦楼在，水沉烟暖余香。临镜舞鸾窥沼，倚筝飞雁辞行。　醉边人去自凄凉，泪眼愁肠。断云残雨当年事，到而今、好处难忘。两袖晓风花陌，一帘夜雨兰堂。

赵师侠　风入松·戊申沿檄衡永，舟泛潇湘

溪山佳处是湘中，今古言同。平林远岫浑如画，更渔村、返照斜红。两岸荻风策策，一江秋水溶溶。　苍崖石壁景尤雄，人自西东。利名汩没黄尘里，又那知、清胜无穷。何日轻舠蓑笠，持竿独钓西风。

张　镃　　风入松·芳丛簇簇水滨生

芳丛簇簇水滨生，勾引午风清。六花大似天边雪，又几时、雪有三层。明艳射回蜂翅，净香薰透蝉声。　晚檐人共月同行，疏影动银屏。指尖轻捻都如玉，听画栏、高啭流莺。道是花枝比得，不成花也多情。

张　镃　　风入松·小樊标韵称香山

小樊标韵称香山，压尽花间。便须著个楼儿住，彩鸾看、飞舞妖闲。珠佩时因醉解，云扉常为春关。　耳边属付话儿奸，休放蛮檀。绿窗惟怕今宵梦，莺声巧、春满阑干。待把衷肠教与，却愁长远都难。

韩　淲　　　风入松·远山横

小楼春映远山横，绿遍高城。望中一片斜阳静，更萋萋、芳草还生。疏雨冷烟寒食，落花飞絮清明。　数声弦管忍重听，犹带微酲。问春何事春将老，春不语、春恨难平。莫把风流时节，都归闲淡心情。

吴礼之　　　风入松·江景

蘋汀蓼岸荻花洲，占断清秋。五湖景物供心眼，几曾有、一点闲愁。梦里翩翩蝴蝶，觉来叶叶渔舟。　谢郎随分总优游，信任沉浮。恬然云水无贪吝，笑腰缠、骑鹤扬州。只恐丹

青妙笔，写传难尽风流。

俞国宝　　风入松·一春长费买花钱

一春长费买花钱，日日醉花边。玉骢惯识西湖路，骄嘶过、沽酒垆前。红杏香中箫鼓，绿杨影里秋千。　暖风十里丽人天，花压鬓云偏。画船载取春归去，余情寄、湖水湖烟。明日重扶残醉，来寻陌上花钿。

俞国宝　　风入松·广陵元夜病中有感

东风巷陌暮寒骄，灯火闹河桥。胜游忆遍钱塘夜，青鸾远、信断难招。蕙草情随雪尽，梨花梦与云销。　客怀先自病无聊，绿酒负金蕉。下帏独拥香篝睡，春城外、玉漏声遥。可惜满街明月，更无人为吹箫。

史达祖　　风入松·茉莉花

素馨柎萼太寒生，多蒻春冰。夜深绿雾侵凉月，照晶晶、花叶分明。人卧碧纱幮净，香吹雪练衣轻。　频伽衔得堕南薰，不受纤尘。若随荔子华清去，定空埋、身外芳名。借重玉炉沉炷，起予石鼎汤声。

高观国　　风入松·卷帘日日恨春阴

卷帘日日恨春阴，寒食新晴。马蹄只向南山去，长桥爱、花柳多情。红外风娇日暖，翠边水秀山明。　杜郎歌酒过平生，到处蓬瀛。醉魂不入重城晚，秾欢寄、桃叶桃根。绣被嫩寒清晓，莺声唤醒春酲。

高观国　　风入松·闻邻女吹笛

粉娇曾隔翠帘看，横玉声寒。夜深不管柔荑冷，樱朱度、香喷云鬟。霜月摇摇吹落，梅花簌簌惊残。　萧郎且放凤箫闲，何处骖鸾。静听三弄霓裳罢，魂飞断、愁里关山。三十六宫天近，念奴却在人间。

孙居敬　　风入松·次韵代赠人

王孙去后几时归，音信全稀。绿痕染遍天涯草，更小红、已破桃枝。此恨无人共说，梦回月满楼时。　只应明月照心期，一向舒眉。若还早遂蓝桥约，更不举、玉琖东西。怎望黄

金屋贮，只图夸道于飞。

孙居敬　风入松·画梁燕子报新归

画梁燕子报新归，好语全稀。庭芳侵亚红相对，却羞见、蕊蕊枝枝。说与吹箫旧侣，痴心指望多时。　朝云暮雨失欢期，碧画谁眉。凝愁立处桐阴转，又还是、红日将西。谩道梅花纸帐，鸳鸯终待双飞。

李从周　风入松·冬至

霜风连夜做冬晴，晓日千门。香葭暖透黄钟管，正玉台、彩笔书云。竹外南枝意早，数花开对清樽。　香闺女伴笑轻盈，倦绣停针。花砖一线添红景，看从今、迤逦新春。寒食相逢何处，百单五个黄昏。

刘克庄　风入松·福清道中作之一

橐泉梦断夜初长，别馆凄凉。细思二十年前事，叹人琴、已矣俱亡。改尽潘郎鬓发，消残荀令衣香。　多年布被冷如霜，到处同床。箫声一去无消息，但回首、天海茫茫。旧日风烟草树，而今总断人肠。

刘克庄　风入松·福清道中作之二

归鞍尚欲小徘徊，逆境难排。人言酒是消忧物，奈病余、孤负金罍。萧瑟捣衣时候，凄凉鼓缶情怀。　远林摇落晚风哀，野店犹开。多情惟是灯前影，伴此翁、同去同来。逆旅主人相问，今回老似前回。

刘克庄　风入松·癸卯至石塘追和十五年前韵

残更难睚抵年长，晓月凄凉。芙蓉院落深深闭，叹芳卿、今在今亡。绝笔无求凰曲，痴心有返魂香。　起来休镊鬓边霜，半被堆床。定归兜率蓬莱去，奈人间、无路茫茫。缘断漫三弹指，忧来欲九回肠。

刘克庄　风入松·攀翻宰树暂徘徊

攀翻宰树暂徘徊，草草安排。昔人徒步陈鸡絮，愧公家、

仆马觥罍。华表旧愁满目，黄粱残梦伤怀。　　欲将庄列等欢哀，对卷慵开。凭高指点虚无路，问何年、辽鹤归来。宿酒得风渐解，小舆待月同回。

吴文英　　风入松·为友人放琴客赋

春风吴柳几番黄，欢事小蛮窗。梅花正结双头梦，被玉龙、吹散幽香。昨夜灯前歌黛，今朝陌上啼妆。　　最怜无侣伴雏莺，桃叶已春江。曲屏先暖鸳衾惯，夜寒深、都是思量。莫道蓝桥路远，行云只隔幽坊。

吴文英　　风入松·听风听雨过清明

听风听雨过清明，愁草瘗花铭。楼前绿暗分携路，一丝柳、一寸柔情。料峭春寒中酒，交加晓梦啼莺。　　西园日日扫林亭，依旧赏新晴。黄蜂频扑秋千索，有当时、纤手香凝。惆怅双鸳不到，幽阶一夜苔生。

吴文英　　风入松·桂

兰舟高荡涨波凉，愁被矮桥妨。暮烟疏雨西园路，误秋娘、浅约宫黄。还泊邮亭唤酒，旧曾送各斜阳。　　蝉声空曳别枝长，似曲不成商。御罗屏底翻歌扇，忆西湖、临水开窗。和醉重寻幽梦，残衾已断熏香。

吴文英　　风入松·麓翁园堂宴客

一番疏雨洗芙蓉，玉冷佩丁东。辘轳听带秋声转，早凉生、傍井梧桐。欢宴良宵好月，佳人修竹清风。　　临池飞阁乍青红，移酒小垂虹。贞元供奉梨园曲，称十香、深蘸琼钟。醉梦孤云晓色，笙歌一派秋空。

吴文英　　风入松·邻舟妙香

画船帘密不藏香，飞作楚云狂。傍怀半卷金炉烬，怕暖销、春日朝阳。清馥晴熏残醉，断烟无限思量。　　凭阑心事隔垂杨，楼燕锁幽妆。梅花偏恼多情月，慰溪桥、流水昏黄。哀曲霜鸿凄断，梦魂寒蝶幽飏。

吴文英　　风入松·寿梅壑

一帆江上暮潮平，骑鹤过瑶京。湘波山色青天外，红香荡、玉佩东丁。西圃仍圆夜月，南风微弄秋声。　阿咸才俊玉壶冰，王母最怜生。万年枝上千年叶，垂杨鬓、春共青青。连唤碧筒传酒，云回一曲双成。

万俟绍之　风入松·一春心事与谁同

一春心事与谁同，绿聚眉峰。小楼彻夜听鸣雨，想西园、锦绣成空。栏漾金鱼池水，钩闲紫燕帘风。　年时忻折海棠红，来比芳容。如今玉减香销似，怕轻寒、懒出房栊。尘满谢娘吟卷，从教飞絮濛濛。

利　登　风入松·断芜幽树际烟平

断芜幽树际烟平，山外又山青。天南海北知何极，年年是、匹马孤征。看尽好花成子，暗惊新笋抽林。　岁华情事苦相寻，弱雪鬓毛侵。十千斗酒悠悠醉，斜河界、白日云心。孤鹤尽边天阔，清猿咽处山深。

张　枢　风入松·春寒懒下碧云楼

春寒懒下碧云楼，花事等闲休，红绵湿透秋千索，记伴仙、曾倚娇柔。重叠黄金约臂，玲珑翠玉搔头。　薰炉谁熨暖衣篝，消遣酒醒愁。旧巢未著新来燕，任珠帘、不上琼钩。何处东风院宇，数声揭调甘州。

陈允平　风入松·寿恕斋谢待制

西清人住水云乡，心静日偏长。闲中自乐壶天趣，笑红尘、谁是羲皇。叠嶂双溪争似，西湖雨色晴光。　碧龟巢处藕花香，波影浸书床。庭前一种红兰树，薰风又、吹长瑶芳。竹外椿前舞彩，柳边槐底鸣珰。

赵闻礼　风入松·曲尘风雨乱春晴

曲尘风雨乱春晴，花重寒轻。珠帘卷上还重下，怕东风、吹散歌声。棋倦杯频昼永，粉香花艳清明。　十分无处著闲情，来觅娉婷。蔷薇误罥寻春袖，倩柔荑、为补香痕。苦恨啼鹃惊梦，何时剪烛重盟。

尹济翁　　　风入松·癸巳寿须溪

曾闻几度说京华，愁压帽檐斜。朝衣熨贴天香在，如今但、弹指兰阇。不是柴桑心远，等闲过了元嘉。　长生休说枣如瓜，壶日自无涯。河倾南纪明奎璧，长教见、寿炁成霞。但得重携溪上，年年人共梅花。

周　密　风入松·立春日即席次寄闲韵

柳梢烟软已璁珑，娇眼试东风。情丝又逐青丝乱，剩寒轻、犹恋芳栊。笋玉新裁早燕，杏钿时引晴蜂。　当时兰柱系花骢，人在小楼东。莺娇戏索迎春句，爱露笺、新染香红。未信闲情便懒，探花拚醉琼钟。

周　密　风入松·为谢省斋赋林壑清趣

枇杷花老洞云深，流水泠泠。蓝田谁种玲珑玉，土华寒、晕碧云根。佳兴秋英春草，好音夜鹤朝禽。　闲听天籁静看云，心境俱清。好风不负幽人意，送良宵、一枕松声。四友江湖泉石，二并钟鼎山林。

蒋　捷　　　风入松·戏人去妾

东风方到旧桃枝，仙梦已云迷。画阑红子撂蒲处，依然是、春昼帘垂。恨杀河东狮子，惊回海底鸥儿。　寻芳小步莫嫌迟，此去却慵移。断肠不在分襟后，元来在、襟未分时。柳岸犹携素手，兰房早掩朱扉。

张　炎　　　风入松·赋稼村

老来学圃乐年华，茅屋短篱遮。儿孙戏逐田翁去，小桥横、路转三叉。细雨一犁春意，西风万宝生涯。　携筇犹记度晴沙，流水带寒鸦。门前少得宽闲地，绕平畴、尽是桑麻。却笑牧童遥指，杏花深处人家。

张　炎　　　风入松·岫云

卷舒无意入虚玄，丘壑伴云烟。石根清气千年润，覆孤松、深护啼猿。霭霭静随仙隐，悠悠闲对僧眠。　傍花懒向小溪边，空谷覆流泉。浮踪自感今如此，已无心、万里行天。记得晋人归去，御风飞过斜川。

张　炎　　风入松·陈文卿酒边偶赋

小窗晴碧飐帘波，昼影舞飞梭。惜春休问花多少，柳成阴、春已无多。金字初寻小扇，铢衣早试轻罗。　园林未肯受清和，人醉牡丹坡。啸歌且尽平生事，问东风、毕竟如何。燕子寻常巷陌，酒边莫唱西河。

张　炎　　风入松·春游

一春不是不寻春，终是不饮人。好怀渐向中年减，对歌钟、浑没心情。短帽怕黏飞絮，轻衫厌扑游尘。　暖香十里软莺声，小舫绿杨阴。梦随蝴蝶飘零后，尚依依、花月关心。惆怅一株梨雪，明年甚处清明。

张　炎　　风入松·题澄江仙刻海山图

或云桃源图。夷坚志云：七十二女仙，正合霓裳古曲。仇仁近一诗精妙详尽，余词不能工也

危楼古镜影犹寒，倒景忽相看。桃花不识东西晋，想如今、也梦邯郸。缥缈神仙海上，飘零图画人间。　宝光丹气共回环，水弱小舟闲。秋风难老三珠树，尚依依、脆管清弹。说与霓裳莫舞，银桥不到深山。

张　炎　　风入松·听琴中弹樵歌

松风掩昼隐深清，流水自泠泠。一从柯烂归来后，爱弦声、不爱枰声。颇笑山中散木，翻怜爨下劳薪。　透云远响正丁丁，孤凤划然鸣。疑行岭上千秋雪，语高寒、相应何人。回首更无寻处，一江风雨潮生。

张　炎　　风入松·为山村赋

晴岚暖翠护烟霞，乔木晋人家。幽居只恐归图画，唤樵青、多种桑麻。门掩推敲古意，泉分冷淡生涯。　无边风月乐年华，留客可茶瓜。任他车马虽嫌僻，笑喧喧、流水寒鸦。小隐正宜深静，休栽湖上梅花。

张　炎　　风入松·赠蒋道録山堂

门前山可久长看，留住白云难。溪虚却与云相傍，对白

云、何必深山。爽气潜生树石，晴光竟入阑干。　　旧家三径竹千竿，苍雪拂衣寒。绿蓑青笠玄真子，钓风波、不是真闲。得似壶中日月，依然只在人间。

张　炎　　风入松·闰元宵

向人圆月转分明，箫鼓又逢迎。风吹不老蛾儿闹，绕玉梅、犹恋香心。报道依然放夜，何妨款曲行春。　　锦灯重见丽繁星，水影动梨云。今朝准拟花朝醉，奈今宵、别是光阴。帘底听人笑语，莫教迟了□青。

张　炎　　风入松·与王彦常游会仙亭

爱闲能有几人来，松下独徘徊。清虚冷淡神仙事，笑名场、多少尘埃。漱齿石边危坐，洗心易里舒怀。　　划然长啸白云堆，更待月明□。一瓢春水山中饮，喜无人、踏破苍苔。开了桃花半树，此游不是天台。

张　炎　　风入松·酌惠山泉

一瓢饮水曲肱眠，此乐不知年。今朝忽上龙峰顶，却元来、有此甘泉。洗却平生尘土，慵游万里山川。　　照人如鉴止如渊，古窦暗涓涓。当时桑苎今何在，想松风、吹断茶烟。著我白云堆里，安知不是神仙。

张　炎　　风入松·溪山堂竹

新篁依约佩初摇，老石润山腰。逸人未必犹酣酒，正溪头、风雨潇潇。砺齿犹随市隐，虚心肯受春招。　　从教三径入渔樵，对此觉尘消。娟枝冷叶无多子，伴明窗、书卷诗瓢。清过炎天梅蕊，淡欺雪里芭蕉。

张　炎　　风入松·满头风雪昔同游

久别曾心传，近会于竹林清话，欢未足而离歌发，情如之何，因作此解，时至大庚戌七月也

满头风雪昔同游，同载月明舟。回来又续西湖梦，绕江南、那处无愁。赢得如今老大，依然只是漂流。　　故人剪烛对花讴，不记此身浮。征衣冷落荷衣暖，径虽荒、也合归休。明□□□烟水，相思却在并州。

白君瑞　　　　**风入松·寄故人**

一冬不见雪花飞，爱日荡晴晖。腊残未解寒塘冻，东风细、已露春期。正是年时策马，相随村落寻梅。　　故人别久信音稀，排闷有新诗。雁声北去江城暖，暗舒展、花柳容仪。屈指烧灯不远，等闲休锁双眉。

李　鼐　　**风入松·翠烟笼日上花梢**

翠烟笼日上花梢，花外楼高。海犀不动帘栊静，昼长人懒莺娇。宝篆浓薰沉水，清商低按檀槽。　　画堂深处燕蟠桃，亲见仙曹。雾鬓不改朱颜好，年年长被春饶。一品疏封它日，十分沉醉今朝。

无名氏　　**风入松·寿刘倅　九月初九**

晓来凉气满芙蓉，日到竹阴东。称觞歌袖三千指，屏星畔、绕绿围红。茱糁百杯秋色，桂华十里西风。　　生朝对饮菊花丛，九日一樽同。文章歆向家声旧，便应去、黄阁从容。唤起仙翁为寿，种成千岁椿松。

风中柳

此调又名《谢池春》。《谢池春》属双调、仄韵，六十六字。《风中柳》格式与其略异，是《谢池春》的别体。此调属双调、仄韵，六十四字。上下阕均六句、三十二字，亦皆于第二、三、四、五、六句用韵。参阅《谢池春》。

孙夫人　　　　**风中柳·闺情**

销减芳容，端的为郎烦恼，鬓慵梳、宫妆草草。别离情绪，待归来都告，怕伤郎、又还休道。　　利锁名缰，几阻当年欢笑，更那堪、鳞鸿信杳。蟾枝高折，愿从今须早，莫辜负、凤帏人老。

风中柳令

调即《风中柳》，但与其句式略有参差，当为别体。“令”来自唐代酒令，用于词调中表示该调为令词，有时可有可无。属双调、仄韵，共六十二字。上下阕皆六句、三十二字，两阕格式相同，亦皆于第二、三、四、五、六句用韵。此调是《谢池春》的别体。《谢池春》六十六字。参阅《谢池春》、《风中柳》。

无名氏　　风中柳令·爱鬓云长

爱鬓云长，惜眉山，寻乍相见，一时眠起。为伊尚验，未欲将言相戏，早樽前、会人深意。　　霎时间阻，眼儿早巴巴地，便也解、封题相寄。怎生是款曲，终成连理，管胜如、旧来识底。

风光好

相传为宋代陶穀首创。据《南唐近事》所载：陶穀出使南唐，自恃为上国使者，辞色凛然不可侵犯。南唐之韩熙载就命妓女秦若兰佯装为驿卒之女，陶穀遂与其狎昵，并作《风光好》词以赠之。后在李后主席上，陶穀仍似前时一样倨傲。韩熙载乃命秦弱兰演唱此词，陶穀大窘，即日北归。沈辽《云巢编》则谓陶穀出使之国为吴越，与其相周旋者为任社娘。词为双调、平韵，共三十六字。上阕四句、十六字，句句用韵；下阕四句、二十字，第一、二句用仄韵，三、四两句叶上阕平韵。

无名氏　　风光好·柳阴阴

柳阴阴，水沉沉，风约双凫不自禁，碧波心。　　孤村桥断人迷路，舟横渡，旋买村醪浅浅斟，更微吟。

风流子

本唐教坊曲名，咏调名本意。“风流”，此指风韵，多指女子。词属单调、仄韵，八句，共三十四字。于第一、二、五、六、七、八句用韵，其句式为六、六、三、三、六、三、三、六字。另有别体为慢词，又名《内家娇》，属双调、平韵，共一百一十字。上阕十四句、五十九字，于第三、七、十、十四句用韵；下阕十一句、五十一字，于第三、五、九、十一句用韵。参阅《内家娇》。

秦　观　　风流子·东风吹碧草

东风吹碧草，年华换、行客老沧洲。见梅吐旧英，柳摇新绿，恼人春色，还上枝头。寸心乱，北随云黯黯，东逐水悠悠。斜日半山，暝烟两岸，数声横笛，一叶扁舟。　青门同携手，前欢记、浑似梦里扬州。谁念断肠南陌，回首西楼。算天长地久，有时有尽，奈何绵绵，此恨难休。拟待倩人说与，生怕人愁。

秦　观　　风流子·新阳上帘幌

新阳上帘幌，东风转，又是一年华。正驼褐寒侵，燕钗春袅，句翻词客，簪斗宫娃。堪娱处，林莺啼暖树，渚鸭睡晴沙。绣阁轻烟，剪灯时候，青旗残雪，卖酒人家。　此时，因重省，瑶台畔，曾过翠盖香车。惆怅尘缘犹在，密约还赊。念鳞鸿不见，谁传芳信，潇湘人远，空采蘋花。无奈疏梅风景，淡草天涯。

贺　铸　　风流子·何处最难忘

何处最难忘，方豪健，放乐五云乡。彩笔赋诗，禁池芳草，香鞯调马，辇路垂杨。绮筵上，扇偎歌黛浅，汗浥舞罗香。兰烛伴归，绣轮同载，闭花别馆，隔水深坊。　零落少年场，琴心漫流怨，带眼偷长。无奈占床燕月，侵鬓吴霜。念北里音尘，鱼封永断，便桥烟雨，鹤表相望。好在后庭桃李，应记刘郎。

张　耒　　　风流子·木叶亭皋下

木叶亭皋下，重阳近，又是捣衣秋。奈愁入庾肠，老侵潘鬓，谩簪黄菊，花也应羞。楚天晚，白蘋烟尽处，红蓼水边头。芳草有情，夕阳无语，雁横南浦，人倚西楼。　　玉容，知安否，香笺共锦字，两处悠悠。空恨碧云离合，青鸟沉浮。向风前懊恼，芳心一点，寸眉两叶，禁甚闲愁。情到不堪言处，分付东流。

周邦彦　　　风流子·春景

新绿小池塘，风帘动、碎影舞斜阳。羡金屋去来，旧时巢燕，土花缭绕，前度莓墙。绣阁凤帏深几许，曾听得理丝簧。欲说又休，虑乖芳信，未歌先咽，愁近清觞。　　遥知新妆了，开朱户，应自待月西厢。最苦梦魂，今宵不到伊行。问甚时说与，佳音密耗，寄将秦镜，偷换韩香。天便教人，霎时厮见何妨。

周邦彦　　　风流子·秋怨

枫林凋晚叶，关河迥，楚客惨将归。望一川暝霭，雁声哀怨，半规凉月，人影参差。酒醒后，泪花销凤蜡，风幕卷金泥。砧杵韵高，唤回残梦，绮罗香减，牵起余悲。　　亭皋分襟地，难拚处、偏是掩面牵衣。何况怨怀长结，重见无期。想寄恨书中，银钩空满，断肠声里，玉箸还垂。多少暗愁密意，唯有天知。

李坦然　　　风流子·东君虽不语

东君虽不语，年华事、今岁恰如期。向寒雨望中，晓霜清处，领些春意，开两三枝。又不是、山桃红锦烂，溪柳绿摇丝。别是一般，孤高风韵，绛裁纤萼，冰剪芳蕤。　　清香还有意，轻飘度勾引，几句新诗。须是放怀追赏，莫恁轻离。更嫦娥为爱，寒光满地，故移疏影，来伴南枝。谁道寿阳妆浅，偏入时宜。

朱敦儒　　　风流子·吴越东风起

吴越东风起，江南路，芳草绿争春。倚危楼纵目，绣帘初

卷，扇边寒减，竹外花明。看西湖、画船轻泛水，茵幄稳临津。嬉游伴侣，两两携手，醉回别浦，歌遏南云。　有客愁如海，江山异，举目暗觉伤神。空想故园池阁，卷地烟尘。但且恁、痛饮狂歌，欲把恨怀开解，转更销魂。只是皱眉弹指，冷过黄昏。

蔡　伸　　风流子·韶华惊晼晚

韶华惊晼晚，青春老、倦客惜年芳。庭樾荫浓，半藏莺语，畹兰花减，时有蜂忙。粉墙低，嫩岚滋翠葆，零露湿残妆。风暖昼长，柳绵吹尽，澹烟微雨，梅子初黄。　洛浦音容远，书空漫惆怅，往事悲凉。无奈锦鳞杳杳，不渡横塘。念蝴蝶梦回，子规声里，半窗斜月，一枕余香。拟待自宽，除非铁做心肠。

张元幹　　风流子·飞观插雕梁

政和间过延平，双溪阁落成，席上赋

飞观插雕梁，凭虚起、缥缈五云乡。对山滴翠岚，两眉浓黛，水分双派，满眼波光。曲栏干外，汀烟轻冉冉，莎草细茫茫。无数钓舟，最宜烟雨，有如图画，浑似潇湘。　使君行乐处，秦筝弄哀怨，云鬓分行。心醉一缸春色，满座疑香。有天涯倦客，尊前回首，听彻伊川，恼损柔肠。不似碧潭双剑，犹解相将。

王之道　　风流子·和桐城魏宰

扁舟南浦岸，分携处、鸣佩忆珊珊。见十里长堤，数声啼鴂，至今清泪，襟袖斓斑。谁信道，沈腰成瘦减，潘鬓就衰残。漫把酒临风，看花对月，不言拄笏，无绪凭阑。　相逢复相感，但凝情秋水，送恨春山。应念马催行色，泥溅征衫。况芳菲将过，红英婉娩，追随正乐，黄鸟间关。争得此心无著，浑似云闲。

曹　勋　　风流子·海棠

中春膏雨歇，雕阑晓，最好海棠时。正新梢吐绿，万苞凝露，暖铺云锦，香点胭脂。向枝上，绪风开秀色，桃李尽成蹊。朱唇晕酒，脸红微透，翠纱轻卷，红映丰肌。　严宸风

光主，临赏处，玉殿丽日迟迟。天与造化西蜀，浓艳芳菲。待绣帘卷起，欢奉长乐，内梱多闲，同宴椒闱。须是对花满酌，不醉无归。

康与之　　风流子·结客少年场

昔贺方回作此道都城旧游。仆谪居岭海，醉中忽有歌之者，用其声律，再赋一阕。恨方回久下世，不见此作

结客少年场，繁华梦，当日赏风光。红灯九街，买移花市，画楼十里，特地梅妆。醉魂荡，龙跳抟万字，鲸饮吸三江。娇随钿车，玉骢南陌，喜摇双桨，红袖横塘。　天涯归期阻，衡阳雁不到，路隔三湘。难见谢娘诗好，苏小歌长。漫自惜鸾胶，朱弦何在，暗藏罗结，红绶消香。歌罢泪沾宫锦，襟袖淋浪。

王之望　　风流子·范觉民生日

江国东风早，芳菲又、迤逦报寒梅。正元气孕和，小春归候，数丁千载，喜动三台。向此际，上天开景运，王国产英材。想崇岳洞天，暗书苔藓，海山烟雨，空锁楼台。　煌煌天人表，琼林与瑶树，照映庭槐。中有丽天星斗，惊世风雷。况朱颜绿发，年光鼎盛，绣裳华衮，人望归来。好对玳筵满举，眉寿觥罍。

葛立方　　风流子·夜半春阳启

夜半春阳启，东风峭、犹带去年寒。叹榆塞战尘，玉关烟燧，壮心耿耿，青鬓斑斑。又还是，一年头上到，日月信跳丸。看门帖绘鸡，历颁金凤，酒浮柏叶，人颂椒盘。　幽园，春信近，帘栊静、小宴取次追欢。聊□水沉烟袅，清唱声闲。况良辰渐有，梅舒琼蕊，柳摇金缕，巧缀新幡。莫惜醉吟亲侧，衣曳荆兰。

葛立方　　风流子·细草芳南苑

细草芳南苑，东风里、赢得一身闲。见花朵绣田，柳丝络岸，沼冰方泮，山雪初残。又还是，陇头春信动，梅蕊入征鞍。月里暗香，水边疏影，淡妆宜瘦，玉骨禁寒。　泛金溪上好，开幽户、聊面翠麓云湾。知道醉吟堪老，名利难关。算

书帏意懒，宦涂游倦，旧时习气，惟有跻攀。拟待杖藜花底，直到春阑。

毛　幵　　　风流子·新禽初弄舌

新禽初弄舌，东郊外、催尔踏青期。渐晴滟翠漪，惠风骀荡，暖蒸红雾，淑景辉迟。粉墙外，杏花无限笑，杨柳不胜垂。闲里岁华，但惊萧索，老来心赏，尤惜芳菲。　平生歌酒地，空回首，惆怅触绪沾衣。谁见素琴翻恨，青镜留悲。念千里云遥，暮天长短，十年人杳，流水东西。惟有寄情芳草，依旧萋萋。

王千秋　　　风流子·夜久烛花暗

夜久烛花暗，仙翁醉、丰颊缕红霞。正三行钿袖，一声金缕，卷茵停舞，侧火分茶。笑盈盈，溅汤温翠碗，折印启缃纱。玉笋缓摇，云头初起，竹龙停战，雨脚微斜。　清风生两腋，尘埃尽，留白雪、长黄芽。解使芝眉长秀，潘鬓休华。想竹宫异日，衮衣寒夜，小团分赐，新样金花。还记玉麟春色，曾在仙家。

王千秋　　　风流子·同云垂六幕

同云垂六幕，啼乌静、风御玉妃寒。渐声入钓蓑，色侵书幌，似花如絮，结阵成团。倦游客，一番诗思苦，无算酒肠宽。黄竹调悲，绮衾人马，岂堪梅蕊，索笑巡檐。　一杯知谁劝，空搔首、还是忆旧青毡。问素娥早晚，光射江干。待醉披鹤氅，高吟冰柱，剡溪何妨，乘兴空还。只恐橹声咿轧，栖鸟难安。

袁去华　　　风流子·吴山新摇落

吴山新摇落，湖光净、鸥鹭点涟漪。望一簇画楼，记沽酒处，几多鸣橹，争趁潮归。瑞烟外，缭墙迷远近，飞观耸参差。残日衬霞，散成锦绮，怒涛推月，辗上玻璃。　西风吹残酒，重门闭，深院露下星稀。肠断凭肩私语，织锦新诗。想翠幄香消，都成闲梦，素弦声苦，浑是相思。还恁强自开解，重数归期。

陆　游　　　**风流子·佳人多命薄**

佳人多命薄，初心慕、德耀嫁梁鸿。记绿窗睡起，静吟闲咏，句翻离合，格变玲珑。更乘兴，素纨留戏墨，纤玉抚孤桐。蟾滴夜寒，水浮微冻，凤笺春丽，花研轻红。　　人生谁能料，堪悲处、身落柳陌花丛。空羡画堂鹦鹉，深闭金笼。向宝镜鸾钗，临妆常晚，绣茵牙版，催舞还慵。肠断市桥月笛，灯院霜钟。

谢　懋　　　**风流子·行乐**

少年多行乐，方豪健、何处不嬉游。记情逐艳波，暖香斜径，醉摇鞭影，扑絮青楼。难忘是，笑歌偏婉娩，乡号得温柔。娇雨娱云，旋宽衣带，剩风残月，都在眉头。　　一成憔悴损，人惊怪，空自引镜堪羞。谁念短封难托，征雁虚浮。念夜寒灯火，懒寻前梦，满窗风雨，供断闲愁。情到不堪言处，却悔风流。

史达祖　　　**风流子·飞琼神仙客**

飞琼神仙客，因游戏、误落古桃源。藉吟笺赋笔，试融春恨，舞裙歌扇，聊应尘缘。遣人怨，乱云天一角，弱水路三千。还因秀句，意流江外，便随轻梦，身坠愁边。　　风流休相误，寻芳纵来晚，尚有它年，只为赋情不浅，弹泪风前。想雾帐吹香，独怜奇俊，露杯分酒，谁伴婵娟。好在夜轩凉月，空自团圆。

史达祖　　　**风流子·红楼横落日**

红楼横落日，萧郎去、几度碧云飞。记窗眼递香，玉台妆罢，马蹄敲月，沙路人归。如今但，流莺通信息，双燕说相思，入耳旧歌，怕听琴缕，断肠新句，羞染乌丝。　　相逢南溪上，桃花嫩、娇样浅澹罗衣。恰是怨深腮赤，愁重声迟。怅东风巷陌，草迷春恨，软尘庭户，花误幽期。多少寄来芳字，都待还伊。

李从周　　　**风流子·双燕立虹梁**

双燕立虹梁，东风外、烟雨湿流光。望芳草云连，怕经南

浦，葡萄波涨，怎博西凉。空记省，浅妆眉晕敛，罥袖唾痕香。春满绮罗，小莺捎蝶，夜留弦索，幺凤求凰。　江湖飘零久，频回首、无奈触绪难忘。谁信温柔牢落，翻坠愁乡。仗玉笺铜爵，花间陶写，宝钗金镜，月底平章。十二主家楼苑，应念萧郎。

洪咨夔　　风流子·和杨帅芍

锦幄醉荼蘼，狻猊暖、银蒜压烟霏。正韩范安边，欧苏领客，红芳庭院，绿荫窗扉。著句挽青春肯住，更判羽觞挥。金系花腰，玉匀人面，娇慵无力，娅姹相依。　繁华都能几，青油幕、好与遮护晴晖。寄语东君，莫教一片轻飞。向温馨深处，留欢卜夜，月移花影，露裛人衣。只恐明朝西垣，有诏催归。

孙惟信　　风流子·三叠古阳关

三叠古阳关，轻寒噤、清月满征鞍。记玉笋揽衣，翠囊亲赠，绣巾揾脸，金柳初攀。自回首，燕台云掩冉，风阁雨阑珊。天有尽头，水无西注，鬓难留黑，带易成宽。　啼妆，东风悄，菱花在，拟倩锦字封还。应想恨蛾凝黛，慵髻堆鬟。奈情逐事迁，心随春老，梦和香冷，欢与花残。闲煞唾茸窗阁，十二屏山。

方千里　　风流子·河梁携手别

河梁携手别，临歧语，共约踏青归。自双燕再来，断无音信，海棠开了，还又参差。料此际，笑随花便面，醉骋锦障泥。不忆故园，粉愁香怨，忍教华屋，绿惨红悲。　旧家歌舞地，生疏久，尘暗凤缕罗衣。何限可怜心事，难诉欢期。但两点愁蛾，才开重敛，几行清泪，欲制还垂。争表为郎憔悴，相见方知。

方千里　　风流子·春色遍横塘

春色遍横塘，年华巧、过雨湿残阳。正一带翠摇，嫩莎平野，万枝红滴，繁杏低墙。恼人是，燕飞盘软舞，莺语咽轻簧。还忆旧游，禁烟寒食，共追清赏，曲水流觞。　回思欢娱处，人空老，花影尚占西厢。堪惜翠眉环坐，云鬓分行。看

恋柳烟光，遮丝藏絮，妒花风雨，飘粉吹香。都为酒驱歌使，应也无妨。

刘克庄　　风流子·白莲

松桂各参天，石桥下，新种一池莲。似仙子御风，来从姑射，地灵献宝，产向蓝田。曾入先生虚白屋，不喜傅朱铅。记茂叔溪头，深衣听讲，远公社里，素衲安禅。　　山间，多红鹤，端相久，蓦地飞去蹁跹。但蝶戏鹭翘，有时偷近旁边。对月中乍可，伴娥孤另，墙头谁肯，窥玉三年。俗客浓妆，安知国艳天然。

赵以夫　　风流子·和刘随如

中秋群贤集于蜗舍，值雨作

忆昔少年日，吴江上、长啸步垂虹。看飞出玉轮，十分端正，幻成冰壑，一碧澄空。当此际，醉魂游帝所，凉袂飐秋风。桂殿凤笙，妙音何处，莼羹鲈脍，清兴谁同。　　今宵欢娱地，千钧笔、模写拟付良工。无奈云沉顾兔，雨挂痴龙。误骚客宿吟，杯仙梦醉，负他佳节，戏我衰翁。毕竟孤光长在，后夜重逢。

方君遇　　风流子·春被雨禁持

春被雨禁持，伤心事、仿佛去年时。记芳径暮归，褪妆微醉，暗帏先寝，闻笑佯痴。回首别离容易过，杨柳又依依。红烛怨歌，鬓花零落，青绫牵梦，屏影参差。　　桃源今何在，刘郎去，应念瘦损香肌。误约夜阑，从前怪我多疑。但怕收残泪,对人徐语,指弹新恨,推户潜窥。还是恹恹病也，无计怜伊。

方　岳　　风流子·和楚客维扬灯夕

小楼帘不卷，花正闹、灯火竞春宵。想旧日何郎，飞金叵罗，三生杜牧，醉董娇饶。香尘路，云松鸾髻髻，月衬马蹄骄。仿佛神仙，刘安鸡犬，分明富贵，子晋笙箫。　　人生行乐耳，君不见、迷楼春绿迢迢。二十四、经行处，旧月今桥。但索笑梅花，酒消新雪，纵情诗草，笔卷春潮。俯仰人间陈迹，莫惜金貂。

赵孟坚　　风流子·清涵万象阁

望极思悠悠，江如练、籁息浪纹收。看帆卷帆舒，往来征艇，鹭飞鹭立，远近芳洲。逝波不舍山常好，只白少年头。杜若满汀，离骚幽怨，鸱夷去国，烟浪遨游。　江南知何许，青林晚，山断处、白云浮。怀古慨今，谁人似我闲愁。叹醉生浪迹，鲈乡蟹舍，殢红怨粉，莲棹菱舟。敲遍阑干，默然竟日凝眸。

吴文英　　风流子·芍药一

金谷已空尘，薰风转、国色返春魂。半亩雪醉霜，舞低鸾翅，绛笼蜜炬，绿映龙盆。窈窕绣窗人睡起，临砌脉无言。慵整堕鬟，怨时迟暮，可怜憔悴，啼雨黄昏。　轻桡移花市，秋娘渡、飞浪溅湿行裙。二十四桥南北，罗荐香分。念碎劈芳心，萦思千缕，赠将幽素，偷翦重云。终待凤池归去，催咏红翻。

吴文英　　风流子·芍药二

温柔酣紫曲，扬州路、梦绕翠盘龙。似日长傍枕，堕妆偏髻，露浓如酒，微醉欹红。自别楚娇天正远，倾国见吴宫。银烛夜阑，暗闻香泽，翠阴秋寂，重返春风。　芳期嗟轻误，花君去、肠断妾若为容。惆怅舞衣叠损，露绮千重。料绣窗曲理，红牙拍碎，禁阶敲遍，白玉盂空。犹记弄花相谑，十二阑东。

翁元龙　　风流子·闻桂花怀西湖

天阔玉屏空，轻阴弄、淡墨画秋容。正凉挂半蟾，酒醒窗下，露催新雁，人在山中。又一片，好秋花占了，香换却西风。箫女夜归，帐栖青凤，镜娥妆冷，钗坠金虫。　西湖花深窈，闲庭砌、曾占席地歌钟。载取断云归去，几处房栊。恨小帘灯暗，粟肌消瘦，薰炉烟减，珠袖玲珑。三十六宫清梦，还与谁同。

利　登　　风流子·梨园花柳地

梨园花柳地，扶残醉、曾记问妖娆。叹惹住轻烟，柔丝未改，霏零疏雨，腻粉先飘。更低道，花无三日艳，柳有一年娇。卷翠未迟，醉红易失，共偎香影，同赏良宵。　如今知何处，三山远，云水一望迢迢。傍砌青鸾好在，谁送归飙。但

花下红云，尚通夕照，柳边白月，自落寒潮。最是无端，子规啼破寒梢。

杨泽民　　风流子·咏钱塘

佳胜古钱塘，帝居丽、金屋对昭阳。有风月九衢，凤皇双阙，万年芳树，千雉宫墙。户十万，家家堆锦绣，处处鼓笙簧。三竺胜游，两峰奇观，涌金仙舸，丰乐霞觞。　芙蓉城何似，楼台簇中禁，帘卷东厢。盈望虎貔分列，鸳鹭成行。向玉宇夜深，时闻天乐，绛霄风软，吹下炉香。惟恨小臣资浅，朝觐犹妨。

杨泽民　　风流子·行乐平生志

行乐平生志，方从事、未出已思归。叹欢宴会同，类多暌阻，冶游踪迹、还又参差。年华换，利名虚岁月，交友半云泥。休忆旧游，免成春瘦，莫怀新恨，恐惹秋悲。　惟思行乐处，几思为春困，醉枕罗衣。何事暗辜芳约，偷负佳期。念待月西厢，花阴浅浅，倚楼南陌，云意垂垂。别后顿成消黯，伊又争知。

王泳祖　　风流子·东风长是客

东风长是客，帘栊静、燕子一双飞。看花坞日高，翠阴护晓，柳塘风细，绿涨浮漪。肠断处，渭城春树远，江国暮云低。芳径听莺，暗惊心事，画檐闻鹊，试卜归期。　小楼凝伫地，疏窗小，几度对说相思。记得菱花交照，素手曾携。有新恨两眉，向谁说破，芳心一点，惟我偏知。休为多情瘦却，重有来时。

陈允平　　风流子·阑干休去倚

阑干休去倚，长亭外、烟草带愁归。正晓阴帘幕，绮罗清润，西风环佩，金玉参差。深院悄，乱蝉嘶夏木，双燕别春泥。满地残花，蝶圆凉梦，半亭落叶，蛩感秋悲。　兰屏余香在，销魂处、憔悴瘦不胜衣。谁念凤楼当日，星约云期。怅倦理鸾筝，朱弦空暗，强临鸳镜，锦带闲垂。别后两峰眉恨，千里心知。

陈允平　　风流子·残梦绕林塘

残梦绕林塘，诗添瘦、瘦不似东阳。正流水荡红，暗通幽径，嫩篁翻翠，斜映回墙。对握宝筝低度曲，销蜡靓新簧。莺懒昼长，燕闲人倦，乍亲花簟，慵引壶觞。　　帘栊深深地，歌尘静、芳草自碧空厢。十二画桥，一堤烟树成行。向杜鹃声里，绿杨庭院，共寻红豆，同结丁香。春已无多，只愁风雨相妨。

谢枋得　　风流子·骊山词

三郎年少客，风流梦，绣岭记瑶环。想娇汗生春，海棠睡暖，笑波凝媚，荔子浆寒。奈春好，曲江人不见，偃月事无端。羯鼓三声，打开蜀道，霓裳一曲，舞破潼关。　　马嵬西去路，恁牵愁不断，泪满青山。空有香囊遗恨，钿盒偷传。叹玉笛声沉，楼头月下，金钗信杳，天上人间。几度秋风渭水，落叶长安。

危西麓　　风流子·郭县尹美任

西风吹锦水，朝天路、冉冉两凫飞。看父老袅花，苦遮去辙，儿童骑竹，争问归期。帐簇马前纷蔽日，实绩起行碑。冰饮三年，从容官事，棠阴百里，悠久民思。　　圣明矜遐远，关山道，应是来骤华丝。画绣过家，莱庭彩舞斑衣。便稳奉安舆，江南向暖，早传言语，樵曲先知。重约旧临，倪耄迎候杭西。

赵必瑑　　风流子·赣上饮归用美成韵

旧梦忆钱塘，笙歌里、几度醉斜阳。曾载月一篷，眠杨柳岸，买春深巷，过杏花墙。肠恼断，香鬟盘凤髻，樱口啭莺簧。钗玉分轻，梦孤宵枕，歌纨蠹久，愁对春觞。　　司空曾见惯，相逢处，还又联步西厢。底用十分迷殢，翠阵红行。记鸳笺题情，离怀如诉，鲛绡粉湿、别泪犹香。年少抛人易去，苦也相妨。

赵必瑑　　风流子·别赣上故人用美成韵

春光才一半，春未老、谁肯放春归。问买春价数，酒边商略，寻春巷陌，鞭影参差。春无尽，春莺调巧舌，春燕垒香

泥。好趁春光，爱花惜柳，莫教春去，柳怨花悲。　春心犹未足，春帏暖，炉薰香透春衣。说与重欢后约，春以为期。记春雁回时，锦笺须寄，春山锁处，珠泪长垂。多少愁风恨雨，惟有春知。

仇　远　　风流子·红锦旧同心

红锦旧同心，西池上、曾与系青禽。记山水写情，秋桐促轸，鸳鸯萦恨，春绣停针。常叹好风妨画扇，明月坠瑶簪。短梦易残，一声长笛，新愁无限，何处孤砧。　香奁依然在，但鸾镜、孤影渺渺难寻。雨后胭脂，应想粉蚀尘侵。怅去帆渐杳，鱼鳞浪浅，远笺难寄，鸿尾云深。回首高楼，不堪烟雨平林。

罗志仁　　风流子·泛湖

歌咽翠眉低，湖船客、尊酒谩重携。正继续斋钟，高峰南北，飘零野褐，太乙东西。凄凉处，翠连松九里，僧马溅障泥。葛岭楼台，梦随烟散，吴山宫阙，恨与云齐。　灵峰飞来久，飞不去，有落日断猿啼。无限风荷废港，露柳荒畦。岳公英骨，麒麟旧冢，坡仙吟魄，莺燕长堤。欲吊梅花无句，素壁慵题。

无名氏　　风流子·淑景皇州满

淑景皇州满，和风渐、催促柳花飞。过清明骤雨，五侯台榭，青烟散入，新火开时。绣帘外、傍人飞燕子，映叶语黄鹂。秋千昼永，绮罗人散，花阴笑隔，红粉墙低。　青门多行乐，寻芳处、何计强逐轻肥。空对旧游满目，谁共开眉。遇有时系马，垂杨影下，风前伫立，惆怅佳期。回望故园桃李，应待人归。

风　蝶　令

“令”本为唐代酒令，用为词牌名。此调咏风中之蝶。“令”有时指小令(令词)，有时无义，即为词牌。《风蝶令》是《南歌子》的别名，《南歌子》为单调，有二十三字和二十六字两体。《南歌子》的又一体为双调，又名《风蝶令》、《望秦川》、《恨春宵》、《水晶帘》、《十爱词》

等名。唐宋以来词人于旧词牌互有增减，各立新名。《风蝶令》的双调为平韵，五十二字。上阕五句、二十六字，于第二、三、四句用韵；下阕五句、二十六字，于第二、五句用韵。另一体于前调字句俱同，惟用仄韵而已。参阅《南歌子》、《恨春宵》等。

朱敦儒　　风蝶令·试看何时有

试看何时有，元来总是空。丹砂只在酒杯中，看取乃公双颊、照人红。　　花外庄周蝶，松间御寇风。古人漫尔说西东，何以自家识取、卖油翁。

风瀑竹

此调的来源今未考出。《词律》、《钦定词谱》等有关词牌之书均未载。今宋代牟子才《风瀑竹·元霄》一词略述其句法、用韵。此曲属双调、仄韵，共一百一十五字。上阕九句、五十六字，于第一、三、五、六、八、九句用韵；下阕十句、五十九字，于第一、三、五、六、八、十句用韵。

牟子才　　风瀑竹·元宵

阁住杏花雨，便新晴、等闲勾引，香车成雾。璧月光中箫风远，袅袅余音如缕，诮一似、群仙府。天意乍随人意好，渐星桥、度汉珠还浦，又何啻、列千炬。　　晚来乍觉阴盘固，笑人间、玉瓶瑶瑟，锦茵雕俎。无限升平宣政曲，回首中原何处，慨鸣镝、已无宫武。扑面胡尘浑未扫，强欢讴、还肯轩昂否。萦旧恨，为谁赋。

凤归云

《乐府诗集·近代曲辞》中有唐人滕潜《凤归云》二首，皆七言绝句，为唐代教坊曲名，是玄宗开元、天宝间人所作，咏调名本意：彩凤归入云中而去，取传说中萧史与弄玉吹箫引凤故事。宋人借用其名，度成新曲，作为词牌。属双调、平韵，共一百零一字。上阕十句、四十八字，于第

二、四、七、十句用韵；下阕十二句、五十三字，于第六、九、十二句用韵。又一体为双调、仄韵，共一百一十八字。上阕十四句、五十七字，于第七、十、十二、十四句用韵；下阕十五句、五十一字，于第八、十一、十三、十五句用韵。

柳　永　　　　凤归云·恋帝里

恋帝里，金谷园林，平康巷陌，触处繁华，连日疏狂，未尝轻负，寸心双眼。况佳人、尽天外行云，掌上飞燕。向玳筵、一一皆妙选。长是因酒沉迷，被花萦绊。　　更可惜、淑景亭台，暑天枕簟。霜月夜凉，雪霰朝飞，一岁风光，尽堪随分，俊游清宴。算浮生事，瞬息光阴，锱铢名宦。正欢笑，试恁暂时分散。却是恨雨愁云，地遥天远。

柳　永　　　　凤归云·向深秋

向深秋，雨余爽气肃西郊。陌上夜阑，襟袖起凉飙。天末残星，流电未灭，闪闪隔林梢。又是晓鸡声断，阳乌光动，渐分山路迢迢。　　驱驱行役，苒苒光阴，蝇头利禄，蜗角功名，毕竟成何事，漫相高。抛掷云泉，狎玩尘土，壮节等闲消。幸有五湖烟浪，一船风月，会须归去老渔樵。

赵以夫　　　　凤归云·正愁予

正愁予，可堪去马便骈骈。拟折一枝，堤上万垂丝。离思无边，离席易散，落日照清漪。苦是禁城催鼓，虚床难寐，梦魂无路归飞。　　陡寒还热，急雨随晴，化工无准，将息偏难，更向分携处、立多时。吟鬓凋霜，世味嚼蜡，病骨怯朝衣。我有一壶风月，荔丹芝紫，约君同话心期。

凤池吟

此调见《梦窗词》。“凤池”即凤凰池，是禁苑中的池沼。魏晋南北朝设中书省于禁苑，掌管机要，接近皇帝，故称中书省为凤池或凤凰池，权重在尚书之上。唐制，宰相称同中书门下平章事，故诗文中多以凤凰池指宰相。唐朝杜甫《紫宸殿退朝口号》中有句云：“宫中每出归东省，会从夔

龙集凤池。”宋人取其意，度新曲，命为词牌。宋代吴文英的《凤池吟》即吟咏凤凰池。属双调、平韵，共九十九字。上阕十一句、五十字，于第三、六、八、十一句用韵；下阕十一句、四十九字，于第三、六、八、十一句用韵。

吴文英　　凤池吟·庆梅津自畿漕除右司郎官

万丈巍台，碧罘罳外，衮衮野马游尘。旧文书几阁，昏朝醉暮，覆雨翻云。忽变清明，紫桓敕使下星辰。经年事静，公门如水，帝甸阳春。　　长安父老相语，几百年见此，独驾冰轮。又凤鸣黄幕，玉霄平溯，鹊锦新恩。画省中书，半红梅子荐盐新。归来晚，待赓吟、殿阁南薰。

凤来朝

《尚书·益稷》说：“箫韶九成，凤凰来仪。”《传》云：“备乐九奏而致凤凰，则余鸟兽不待九而率舞。”后以凤凰来仪为祥瑞之应兆。后人取其意，吟咏盛世祥瑞，命为词牌。调见南宋周邦彦《清真词》。词属双调、仄韵，共五十一字。上阕七句、二十六字，于第一、三、五、七句用韵；下阕七句、二十五字，亦于第一、三、五、七句用韵。

周邦彦　　凤来朝·佳人

逗晓看娇面，小窗深、弄明未遍。爱残朱、宿粉云鬟乱，最好是、帐中见。　　说梦双蛾微敛，锦衾温、酒香未断。待起难舍拚，任日炙、画栏暖。

史达祖　　凤来朝·五日感事

晕粉就妆镜，掩金闺、彩丝未整。趁无人、学指鸳鸯颈，恨谁踏、藓花径。　　一梦蒲香葵冷，堕银瓶、脆绳挂井。扇底并团圆影，只此是、沈郎病。

陈允平　　凤来朝·百媚春风面

百媚春风面，凤箫催、绿幺舞遍。玉鸾钗、半溜乌云乱，悄疑是、梦中见。　　曲叹弓弯袖敛，绣芙蓉、香尘未断。买一笑、千金拚，共醉倚、画屏暖。

凤求凰

此调本名《声声慢》，因贺铸词有“金徽上，殷勤彩凤求凰”句，故更名《凤求凰》。详见《声声慢》条。

贺　铸　　　凤求凰·园林幂翠

园林幂翠，燕寝凝香，华池缭绕飞廊。坐按吴娃清丽，楚调圆长。歌阑横流美眄，乍疑生、绮席辉光。文园属意，玉觞交劝，宝瑟高张。　南薰难销幽恨，金徽上，殷勤彩凤求凰。便许卷收行雨，不恋高唐。东山胜游在眼，待纫兰、撷菊相将。双栖安稳，五云溪是故乡。

凤时春

此调不见于万树《词律》及康熙《钦定词谱》，调名来源似不可考。今据宋代王质的《凤时春·见残梅》一词，略述其句法、用韵。词属双调、仄韵，共六十一字。上阕六句、三十字，于第一、三、四、六句用韵；下阕六句、三十一字，于第三、六句用韵。

王　质　　　凤时春·见残梅

标格风流前辈，才瞥见春风，萧然无对。只有月娥心不退，依旧断桥，横在流水。　我亦共、月娥同意，肯将情移在，粗红俗翠。除丁香蔷薇酴醿外，便做花王，不是此辈。

凤孤飞

此调首见于《小山乐府》，当为晏几道所制。属双调、仄韵，共四十九字。上阕四句、二十三字，于第二、三、四句用韵；下阕四句、二十六字，句句用韵。

晏几道　　凤孤飞·一曲画楼钟动

一曲画楼钟动，宛转歌声缓。绮席飞尘满，更少待、金蕉暖。　　细雨轻寒今夜短，依前是、粉墙别馆。端的欢期应未晚，奈归云难管。

凤栖梧

此调本名《鹊踏枝》，其为唐教坊曲名。后又根据词的内容或仿《鹊踏枝》之意，创出许多别名，《凤栖梧》即是其中之一。此外尚有《蝶恋花》、《鱼水同欢》、《一箩金》、《卷珠帘》、《明月生南浦》、《细雨吹池沼》、《黄金缕》等。以五代冯延巳词为正格。属双调、仄韵，共三十字。上、下阕格式相同，均六句、三十字，亦皆于二、三、四、五、六句用韵。参阅《鹊踏枝》、《蝶恋花》、《鱼水同欢》、《卷珠帘》等词调。

丁　谓　　凤栖梧·十二层楼春色早

十二层楼春色早，三殿笙歌，九陌风光好。堤柳岸花连复道，玉梯相对开蓬岛。　　莺啭乔林鱼在藻，太液微波，绿斗王孙草。南阙万人瞻羽葆，后天祝圣天难老。

丁　谓　　凤栖梧·朱阙玉城通阆苑

朱阙玉城通阆苑，月桂星榆，春色无深浅。箫瑟篌笙仙客宴，蟠桃花满蓬莱殿。　　九色明霞裁羽扇，云雾为车，鸾鹤骖雕辇。路指瑶池归去晚，壶中日月如天远。

柳　永　　凤栖梧·帘下清歌帘外宴

帘下清歌帘外宴，虽爱新声，不见如花面。牙板数敲珠一串，梁尘暗落琉璃盏。　　桐树花深孤凤怨，渐遏遥天，不放行云散。坐上少年听不惯，玉山未倒肠先断。

柳　永　　凤栖梧·伫倚危楼风细细

伫倚危楼风细细，望极春愁，黯黯生天际。草色烟光残照

里，无言谁会凭阑意。　　拟把疏狂图一醉，对酒当歌，强乐还无味。衣带渐宽终不悔，为伊消得人憔悴。

柳　永　　凤栖梧·蜀锦地衣丝步障

蜀锦地衣丝步障，屈曲回廊，静夜闲寻访。玉砌雕阑新月上，朱扉半掩人相望。　　旋暖熏炉温斗帐，玉树琼枝，迤逦相偎傍。酒力渐浓春思荡，鸳鸯绣被翻红浪。

张　先　　凤栖梧·密宴厌厌池馆暮

密宴未休池馆暮，天汉沉沉，借得春光住。红翠斗为长袖舞，香擅拍过惊鸿翥。　　明日不知花在否，今夜圆蟾，后夜忧风雨。可惜歌云容易去，东城杨柳来时路。

杜安世　　凤栖梧·整顿云鬟初睡起

整顿云鬟初睡起，庭院无风，尽日帘垂地。画阁巢新燕声喜，杨花狂散无拘系。　　近来早是添憔悴，金缕衣宽，赛过宫腰细。苒苒光阴似流水，春残莺老人千里。

杜安世　　凤栖梧·池上新秋帘幕卷

池上新秋帘幕卷，菡萏娇红，鉴里西施面。衰柳摇风尚柔软，眠沙鸂鶒临清浅。　　新翻归翅云间燕，满地槐花，尽日蝉声乱。独倚阑干暮山远，一场寂寞无人见。

杜安世　　凤栖梧·闲上江楼初雨过

闲上江楼初雨过，满袖清风，微散谁知我。莲脸佳人颜未破，沙洲两两鸳鸯卧。　　时有渔歌相应和，叠秀危横，黛拨山千朵。一片凄凉无计那，离愁还有些些个。

杜安世　　凤栖梧·惆怅留春留不住

惆怅留春留不住，欲到清和，背我堂堂去。飞絮落花和细雨，凄凉庭院流莺度。　　更被闲愁相赚误，梦断高唐，回首桃源路。一饷沉吟无意绪，分明往事今何处。

杜安世　　凤栖梧·秋日楼台在空际

秋日楼台在空际，画角声沉，历历寒更起。深院黄昏人独

自，想伊遥共伤前事。　　懊恼当初无算计，些子欢娱，多少凄凉味。相去江山千万里，一回东望心如醉。

杜安世　　凤栖梧·任在芦花最深处

任在芦花最深处，浪静风恬，又泛轻舟去。去到滩头遇俦侣，散唱狂歌鱼未取。　　不把身心干时务，一副轮竿，莫笑闲家具。待拟观光佐明主，将甚医他民病苦。

杜安世　　凤栖梧·别浦迟留恋清浅

别浦迟留恋清浅，菱蔓荷花，尽日妨钩线。向晚澄江静如练，风送归帆飞似箭。　　鸥鹭相将是家眷，坐对云山，一任炎凉变。定是寰区又清宴，不见龙骧波上战。

杜安世　　凤栖梧·闲把浮生细思算

闲把浮生细思算，百岁光阴，梦里销除半。白首为郎休浩叹，偷安自喜身强健。　　多少英贤裨圣旦，一个非才，深谢容疏懒。席上清歌珠一串，莫教欢会轻分散。

杜安世　　凤栖梧·新月羞光影庭树

新月羞光影庭树，窗外芭蕉，数点黄昏雨。何事秋来无意绪，玉容寂寞双眉聚。　　一点银缸扃绣户，莎砌寒蛩，历历啼声苦。孤枕夜长君信否，披衣颙坐魂飞去。

卢　氏　　凤栖梧·题泥溪驿

登山临水，不费于讴吟；易羽移商，聊舒于羁思。因成凤栖梧曲子一阕，聊书于壁。后之君子览之者，毋以妇人窃弄翰墨为罪

蜀道青天烟霭翳，帝里繁华、迢递何时至。回望锦川挥粉泪，凤钗斜鞸乌云腻。　　钿带双垂金缕细，玉佩玎珰，露滴寒如水。从此鸾妆添远意，画眉学得遥山翠。

贺　铸　　凤栖梧·独立江东人婉娈

独立江东人婉娈，粉本花真，千里依稀见。闲弄彩毫濡玉砚，缠绵春思□歌扇。　　爱我竹窗新句炼，小研绫笺、偷寄西飞燕。乍可问名赊识面，十年多病风情浅。

贺　铸　　凤栖梧·挑菜踏青都过却

挑菜踏青都过却，杨柳风轻，摆动秋千索。啼鸟自惊花自落，有人同在真珠箔。　　淡净衣裳妆□薄，闲凭银筝，睡鬓慵梳掠。试问为谁添瘦弱，娇羞只把眉颦著。

贺　铸　　凤栖梧·为问宛溪桥畔柳

为问宛溪桥畔柳，拂水倡条，几赠行人手。一样叶眉偏解皱，白绵飞尽因谁瘦。　　今日离亭还对酒，唱断青青，好去休回首。美荫向人疏似旧，何须更待秋风后。

惠　洪　　凤栖梧·碧瓦笼晴烟雾绕

碧瓦笼晴烟雾绕，水殿西偏，小立闻啼鸟。风度女墙吹语笑，南枝破腊应开了。　　道骨不凡江瘴晓，春色通灵，医得花重少。爆暖酿寒空杳杳，江城画角催残照。

王庭珪　　凤栖梧·王克恭生日

琼海无边银浪卷，画戟朱楼，缥缈云间见。当日使君曾拥传，海霞光里时开宴。　　翠罼红鳞吹酒面，莫谓今朝，人在天涯远。彩凤衔书应不晚，愿公难老身长健。

张　纲　　凤栖梧·安人生日

五日小春休屈指，花发西轩，早已传春意。应为高堂催燕喜，一枝得得来呈瑞。　　绮席初开云幕邃，兰蕙腾芳，人在蓬壶里。寿酒满斟那惜醉，锦囊行拜恩封贵。

张　纲　　凤栖梧·雨洗轩庭迎晚照

雨洗轩庭迎晚照，黄菊才芳，未觉秋光老。怪底烘堂添语笑，姮娥此夜来蓬岛。　　献寿新词谁解道，满眼儿孙，著语皆争巧。潋滟金杯休惜釂，追欢不怕霜天晓。

张　纲　　凤栖梧·婺州席上

风动飞霙迎晓霁，银海光浮，宴启群仙会。骑省流芳谁可继，尊前看取连枝贵。　　华发衰翁羞晚岁，未报皇恩，尚忝专城寄。酒入愁肠应易醉，已拚一醉酬君意。

张　纲　　　凤栖梧·癸未生日

老去光阴惊掣电，生长元丰，试数今谁健。多谢天公怜岁晚，清时乞得身闲散。　　忆昔生朝叨睿眷，台馈颁恩，内酒当筵劝。今日衰残欢意鲜，举杯目断尧天远。

张　纲　　　凤栖梧·丁宅二侍儿

缓带垂红双侍女，彩凤衔来，秀色生庭户。转蕙光风香暗度，回眸绰约神仙侣。　　寡和清歌声激楚，夜饮厌厌，劝我杯频举。只恐酒阑催暮雨，凭谁约断阳台路。

蔡　枏　　　凤栖梧·寄贺司户

狂滥生涯今几许，敕赐湖天，万顷烟波主。约我小舟同老去，要前一叶风掀舞。　　邂逅同寻溪上路，淡墨题诗，正在云深处。别后作书频寄语，无忘林下萧萧雨。

李　吕　　　凤栖梧·一岁光阴寒共暑

一岁光阴寒共暑，一日光阴，只个朝还暮。有物分明能唤寤，晚钟晨角君听取。　　扰扰胶胶劳百虑，究竟思量，没个相干处。只有一般携得去，世人唤作闲家具。

曾　协　　　凤栖梧·西溪道中作

柳弄轻黄花泣露，万叠春山，不记尘寰路。日射霜林烟罩素，长空不著纤云污。　　历历远村明可数，绿涨前溪，渺渺迷津渡。客子光阴能几许，画图拟卷晴川去。

曹　冠　　　凤栖梧·牡丹

魏紫姚黄凝晓露，国艳天然，造物偏钟赋。独占风光三月暮，声名都压花无数。　　蜂蝶寻香随杖屦，睍睆莺声，似劝游人住。把酒留春春莫去，玉堂元是常春处。

曹　冠　　　凤栖梧·兰溪

桂棹悠悠分浪稳，烟幂层峦，绿水连天远。赢得锦囊诗句满，兴来豪饮挥金碗。　　飞絮撩人花照眼，天阔风微，燕外晴丝卷。翠竹谁家门可款，舣舟闲上斜阳岸。

曹　冠　　凤栖梧·昨夜西畴新足雨

会于秋香阁，适令丞有违言，赋此词劝之

昨夜西畴新足雨，玉露金飙，著意麾残暑。画阁登临凝望处，余霞晚照明烟浦。　　闲是闲非知几许，物换星移，风景都如故。耳听是非萦意绪，争如挥麈谈千古。

曹　冠　　凤栖梧·桃杏争妍韶景媚

寻芳，饮于小园。元名《蝶恋花》

桃杏争妍韶景媚，雨霁烟轻，山色挼蓝翠。绿竹青松依涧水，了无一点尘埃气。　　忙里偷闲真得计，乘兴携壶，文饮欣同志。对景挥毫聊寓意，赏花对月拚深醉。

廖行之　　凤栖梧·寿长嫂

吾母慈祥膺上寿，福庇吾家，近世真希有。丘嫂今年逾六九，康宁可嗣吾慈母。　　我愿慈闱多福厚，更祝遐龄，与母齐长久。鸾诰联翩双命妇，华堂千岁长生酒。

廖行之　　凤栖梧·寿外舅

破腊先春梅有意，管领年华，总在清香蕊。不逐浮花红与紫，岁寒来寿仙翁醉。　　衮衮诸公名又利，谁似高标，摆却人间事。长对南枝添兴致，尊前好在三千岁。

程　垓　　凤栖梧·九月江南烟雨里

客临安，连日愁霖，旅枕无寐，起作

九月江南烟雨里，客枕凄凉，到晓浑无寐。起上小楼观海气，昏昏半约渔樵市。　　断雁西边家万里，料得秋来，笑我归无计。剑在床头书在几，未甘分付黄花泪。

程　垓　　凤栖梧·有客钱塘江上住

有客钱塘江上住，十日斋居，九日愁风雨。断送一春弹指去，荷花又绕南山渡。　　湖上幽寻君已许，消息不来，望得行云暮。芳草梦魂应记取，不成忘却池塘句。

程　垓　　凤栖梧·门外飞花风约住

门外飞花风约住，消息江南，已酿黄梅雨。蜀客望乡归不

去，当时不合催南渡。　　忧国丹心曾独许，纵吐长虹，不奈斜阳暮。莫道春光难揽取，少陵辨得寻花句。

程　垓　　　凤栖梧·南窗偶题

薄薄窗油清似镜，两面疏帘，四壁文书静。小篆焚香消日永，新来识得闲中性。　　人爱人嫌都莫问，絮自沾泥，不怕东风紧。只有诗狂消不尽，夜来题破窗花影。

程　垓　　　凤栖梧·送子廉侄南下

九月重湖寒意早，目断黄云，冉冉连衰草。惨别临江愁满抱，酒尊时事都相恼。　　闻道吴天消息好，鸳鸯西池，咫尺君应到。若见故人相问劳，为言未分书舟老。

高观国　　　凤栖梧·云唤阴来鸠唤雨

云唤阴来鸠唤雨，谢了江梅，可踏江头路。拚却一番花信阻，不成日日春寒去。　　见说东风桃叶渡，岸隔青云，依旧修眉妩。归雁不如筝上柱，一行常见相思苦。

高观国　　　凤栖梧·题岩室

岩室归来非待聘，渺渺千崖，漠漠江千顷。明月清风休弄影，只愁踏破苍苔径。　　摘取香芝医鹤病，正要臞仙，相伴清闲性。朝市不闻心耳静，一声长啸烟霞冷。

高观国　　　凤栖梧·湖头即席，长翁同赋

西子湖边眉翠妩，魂冷孤山，谁是风烟主。相唤吟诗天欲雨，嫩凉不隔鸥飞处。　　移下天孙云锦渚，翠盖牵风，绰约凌波女。清约已成君记取，月明夜半鱼龙舞。

吴文英　　　凤栖梧·甲辰七夕

开过南枝花满院，新月西楼，相约同针线。高树数声蝉送晚，归家梦向斜阳断。　　夜色银河情一片，轻帐偷欢，银烛罗屏怨。陈迹晓风吹雾散，帘钩空带蛛丝卷。

吴文英　　凤栖梧·化度寺池莲一花最晚有感

湘水烟中相见早，罗盖低笼，红拂犹娇小。妆镜明星争晚

照，西风日送凌波杳。　　惆怅来迟羞窈窕，一霎留连，相伴阑干悄。今夜西池明月到，余香翠被空秋晓。

周　密　　　　凤栖梧·赋生香亭

竹窈花深连别墅，曲曲回廊，小小闲庭宇。忽地香来无觅处，杖藜闲趁游蜂去。　　老桂悬秋森玉树，涧底孤芳，苒苒吹诗句。一掬幽情知几许，钩帘半亩藤花雨。

刘天迪　　　　凤栖梧·舞酒妓

一剪晴波娇欲溜，绿怨红愁，长为春风瘦。舞罢金杯眉黛皱，背人倦倚晴窗绣。　　脸晕潮生微带酒，催唱新词，不应频摇手。闲把琵琶调未就，羞郎却又垂红袖。

林伯镇　　　　凤栖梧·施司谏冬生日

破腊星回春可数，天佑中兴，岳降神生再。造膝一言曾寤主，翱翔历遍清华路。　　盖代功名知自许，倦把州麾，小向琳宫任。早晚诏催归禁署，致身宰相双亲具。

无名氏　　　　凤栖梧·姑射仙人游汗漫

姑射仙人游汗漫，白凤翩翩，银海光凌乱。龟手儿童贪戏玩，风檐更折梅梢看。　　漠漠银沙平晚岸，笑拥寒蓑，聊作渔翁伴。横玉愁云吹不断，归舟又载蘋花满。

凤衔杯

此调为双调，五十六字者有平韵、仄韵两体。平韵体见晏殊词，仄韵体见柳永词。上阕五句、二十九字，于第一、二、三、五句用韵；下阕五句、二十七字，于第二、三、四、五句用韵。另有六十三字一体，比前体上、下阕第三句各多三字。

柳　永　　　　凤衔杯·有美瑶卿能染翰

有美瑶卿能染翰，千里寄、小诗长简。想初襞苔笺，旋挥翠管红窗畔，渐玉箸、银钩满。　　锦囊收，犀轴卷，常珍重、小斋吟玩。更宝若珠玑，置之怀袖时时看，似频见、千娇面。

柳　永　　凤衔杯·追悔当初孤深愿

追悔当初孤深愿，经年价、两成幽怨。任越水吴山，似屏如障堪游玩，奈独自、慵抬眼。　　赏烟花，听弦管，图欢笑、转加肠断。更时展丹青，强拈书信频频看，又争似、亲相见。

晏　殊　　凤衔杯·青蘋昨夜秋风起

青蘋昨夜秋风起，无限个、露莲相倚。独凭朱阑、愁望晴天际，空目断、遥山翠。　　彩笺长，锦书细，谁信道、两情难寄。可惜良辰好景、欢娱地，只恁空憔悴。

晏　殊　　凤衔杯·留花不住怨花飞

留花不住怨花飞，向南园、情绪依依。可惜倒红斜白、一枝枝，经宿雨、又离披。　　凭朱槛，把金卮，对芳丛、惆怅多时。何况旧欢新恨，阻心期，空满眼、是相思。

此首别作杜安世词

晏　殊　　凤衔杯·柳条花纇恼青春

柳条花纇恼青春，更那堪、飞絮纷纷。一曲细丝清脆、倚朱唇，斟绿酒、掩红巾。　　追往事，惜芳辰，暂时间、留住行云。端的自家心下、眼中人，到处里、觉尖新。

杜安世　　凤衔杯·人生不似月初圆

人生不似月初圆，叹分飞、容易经年。凄惨断云片雨、□□□，□□□、□□□。　　金钵小，玉槽悭，想至今、谁为相怜。多少旧欢往事、一潸然，空牵惹、病缠绵。

杜安世　　凤衔杯·留花不住怨花飞

留花不住怨花飞，向南园、情绪依依。可惜倚红斜白、一枝枝，经宿雨、暮江披。　　凭朱滥，把金卮，对芳丛、惆怅多时。何况旧欢新恨、阻心期，空满眼、是相思。

此首别作晏殊词

凤凰台上忆吹箫

传说春秋时人萧史，善吹箫，作凤鸣之声。秦穆公把女儿弄玉嫁给他为妻，给他们建造凤台居住。一夕，萧史吹箫引凤，与弄玉共升天仙去。后人取萧史故事，命为词牌。属双调、平韵，共九十五字。上阕十一句、四十七字，于第三、五、八、十一句用韵；下阕十一句、四十八字，于第一、四、六、十一句用韵。别体为九十六字，上下阕均十一句、四十八字。又一体为九十七字，上阕十一句、四十八字，下阕十一句、四十九字。此牌又名《凤凰台忆吹箫》、《忆吹箫》、《忆吹箫慢》，《高丽史·乐志》名《忆吹箫》。

晁补之　凤凰台上忆吹箫·自金乡之济至羊山迎次膺

千里相思，况无百里，何妨暮往朝还。又正是、梅初淡伫，禽未绵蛮。陌上相逢缓辔，风细细、云日斑斑。新晴好，得意未妨，行尽青山。　　应携后房小妓，来为我，盈盈对舞花间。便拚了、松醪翠满，蜜炬红残。谁信轻鞍射虎，清世里、曾有人闲。都休说，帘外夜久春寒。

晁补之　凤凰台上忆吹箫·才短官慵

才短官慵，命奇人弃，年年故里来还。记往岁、莲塘送我，远赴荆蛮。莫道风情似旧，青镜里、绿鬓新斑。佳人怪，把盏为我，微敛眉山。　　从来嗣宗高韵，独见赏，青云敻绝尘间。谩回首、平生醉语，一梦惊残。莫笑移花种柳，应备办、投老同闲。从枯槁，松桧耐得霜寒。

李清照　凤凰台上忆吹箫·香冷金猊

香冷金猊，被翻红浪，起来人未梳头。任宝奁闲掩，日上帘钩。生怕闲愁暗恨，多少事、欲说还休。今年瘦，非干病酒，不是悲秋。　　明朝，这回去也，千万遍阳关，也即难留。念武陵春晚，云锁重楼。记取楼前绿水，应念我、终日凝眸。凝眸处，从今更数，几段新愁。

权无染　凤凰台上忆吹箫·水国云乡

水国云乡，冰魂雪魄，朝来新领春还。便未怕、天暄蜂

蝶，笛转羌蛮。一树垂云似画，香暗暗、白浅红斑。东风外，清新雪月，潇洒溪山。　　应是飞琼弄玉，天不管、年年谪向人间。占芳事，铅华一洗，红叶俱残。多少烟愁雨恨，空脉脉、意远情闲。无人见，翠袖倚竹天寒。

曹　勋　　凤凰台上忆吹箫·圣节

碧玉烟塘，绛罗艳卉，朱清炎驭升旸。正应运、真人诞节，宝绪灵光。海宇均颁湛露，环佩拱、北极称觞。欢声浃，三十六宫，齐奉披香。　　芬芳，宝薰如霭，仙仗捧椒扉，秀绕嫔嫱。上万寿、双鬟妙舞，一部丝簧。花满蓬莱殿里，光照坐、尊俎生凉。南山祝，常对化日舒长。

侯　寘　凤凰台上忆吹箫·耒阳至节戏呈同官

玉管灰飞，云台珥笔，东君飙驭将还。又正是、霜花□剪，梅粉初干。窈窕红窗髻影，添一线、组绣工闲。潇湘好，雪意尚遥，绿占群山。　　应思少年壮气，贪游乐、追随玉勒雕鞍。更化日舒长，赢得觅醉谋欢。老去桑榆趁暖，任从教、潘鬓先斑。犹狂在，挥翰快写春寒。

侯　寘　凤凰台上忆吹箫·再用韵赠黄宰

尘暗双凫，菊明山径，何妨倦羽知还。最好是，诗翁醉后，瓶罄罍干。一笑东风打耳，心无竞、远与春闲。时时地，觅伴访梅，寻胜登山。　　清时俊材定用，看捧招春郊，月露濡鞍。况表识、买臣贵骨，琴瑟逾欢。好向玉堂视草，金章映、莱子衣斑。山人去，蕙帐夜雨空寒。

侯　寘　凤凰台上忆吹箫·再用韵咏梅

浴雪精神，倚风情态，百端邀勒春还。记旧隐、溪桥日暮，驿路泥干。曾伴先生蕙帐，香细细、粉瘦琼闲。伤牢落，一夜梦回，肠断家山。　　空教映溪带月，供游客无情，折满雕鞍。便忘了、明窗静几，笔研同欢。莫向高楼喷笛，花似我、蓬鬓霜斑。都休说，今夜倍觉清寒。

侯　寘　凤凰台上忆吹箫·蜡梅用前韵

浅染霓裳，轻匀汉额，巫山行雨方还。最好是、肌香蜡

莹，萼嫩红干。曾见金钟在列，钧天罢、笱虡都闲。妖饶似，晓镜乍开，绿沁眉山。　　休夸瘦枝疏影，湘裙窄、一钩龙麝随鞍。便更做、山人倦赏，畏冷无欢。争奈冰瓯彩笔，题诗处、珠琲斓斑。清宵永，相对莫放杯寒。

赵　文　　凤凰台上忆吹箫·转官球

白玉磋成，香罗捻就，为谁特地团团。羡司花神女，有此清闲。疑是弓靴蹴鞠，刚一踢、误挂花间。方信道，酴醾失色，玉蕊无颜。　　凭阑，几回淡月，怪天上冰轮，移下尘寰。奈堪同玉手，难插云鬟。人道转官球也，春去也，欲转何官。聊寄与、诗人案头，冰雪相看。

彭履道　　凤凰台上忆吹箫·秦淮夜月

劝客新楼，鸣筝上酒，夜凉人爱秋深。何似过、赏心佳处，依约湖阴。东望寒光缥缈，烟水阔、短笛销沉。阑干近，胜时种柳，清到如今。　　凌波又成误约，自佩环飞去，暗想遗音。重省江城倦客，醉拥秋衾。谁家一掬红泪，孤雁远、湿逗罗襟。石城晓，数声又递寒砧。

张　炎　　凤凰台上忆吹箫·水国浮家

赵主簿，姚江人也。风流蕴藉，放情花柳，老之将至，况味凄然。以其号孤篷，嘱余赋之

水国浮家，渔村古隐，浪游惯占花深。犹记得、琵琶半面，曾湿衫青。不道江空岁晚，桃叶渡、还叹飘零。因乘兴，醉梦醒时，却是山阴。　　投闲倦呼俦侣，竟棹入芦花，俗客难寻。风渺渺、云拖暮雪，独钓寒清。远溯流光万里，浑错认、叶竹寰瀛，元来是、天上太乙真人。

吴元可　　凤凰台上忆吹箫·秋意

更不成愁，何曾是醉，豆花雨后轻阴。似此心情自可，多了闲吟。秋在西楼西畔，秋较浅、不似情深。夜来月，为谁瘦小，尘镜羞临。　　弹筝，旧家伴侣，记雁啼秋水，下指成音。听未稳、当时自误，又况如今。那是柔肠易断，人间事、独此难禁。雕笼近，数声别似春禽。

无名氏　　凤凰台上忆吹箫·红蓓珠圆

红蓓珠圆，素蕤玉净，南荒已报春还。便迤逦，云开五岭，雪霁群蛮。喜见东君信息，应不管、潘鬓新班。凭谁寄，心萦秋水，目断春山。　　长记小桥斜渡，潇洒处，苇篱茅舍三间。肯伴我、风光赏遍，月影疑残。好为凋羹结子，玉铉冷、金鼎空闲。北枝畔，谁念嶰律犹寒。

凤凰枝令

此调名来历未考出。今存万俟咏词一首。属单调、仄韵，十句共五十四字，于第一、二、四、五、六、七、八、九、十句用韵。

万俟咏　　凤凰枝令·人间天上

景龙门，古酸枣门也。自左掖门之东为夹城南北道，北抵景龙门。自腊月十五日放灯，纵都人夜游。妇女游者，珠帘下邀往，饮以金瓯酒，有妇人饮酒毕，辄怀金瓯。左右呼之，妇人曰：妾之夫性严，今带酒容，何以自明。怀此金瓯为证耳。隔帘闻笑声曰：与之。其词曰

人间天上，端楼龙凤灯先赏。倾城粉黛月明中，春思荡，醉金瓯仙酿。　　一从鸾辂北向，旧时宝座应蛛网。游人此际客江乡，空怅望，梦连昌清唱。

凤 凰 阁

调见《花草粹编》卷七宋柳永词。此调属双调、仄韵，共六十七字。上、下阕皆六句，亦皆于第二、三、五、六句用韵。惟上阕三十三字，下阕三十四字。张炎词中有“渐数花风第一”之句，又名《数花风》。

柳　永　　凤凰阁·匆匆相见

匆匆相见，懊恼恩情太薄，霎时云雨人抛却。教我行思坐想，肌肤如削，恨只恨、相违旧约。　　相思成病，那更潇潇

雨落，断肠人在阑干角。山远水远人远，音信难托，这滋味、黄昏又恶。

赵师侠　　凤凰阁·己酉归舟衡阳作

正薰风初扇，雨细梅黄暑溽。并摇双桨去程速，那更黄流浩淼，白浪如屋。动归思、离愁万斛。　　平生奇观，颇快江山寓目。日斜云定晚风熟，白鹭飞来，点破一川明绿。展十幅、潇湘画轴。

刘克庄　　凤凰阁·元规端委

元规端委，得似幼舆丘壑，人言此辈宜高阁。几载种天随菊，采庞公药，龙尾道、难安汗脚。　　浮荣菌蕣，选甚庶官从橐，对床句、子真佳作。安用羡伊结驷，叹侬罗雀，呼便了、沽来共酌。

仇　远　　凤凰阁·晴绵欺雪

晴绵欺雪，扑扑红楼锦幄，小蜻蜓载水花泊。犹记横波浅笑，香云深约，甚可怪、匆匆忘却。　　寻芳人老，那得心情问著，雁程不到怨无托。还又月笛幽院，风镫疏箔，谩傍竹、寒笼翠薄。

无名氏　　凤凰阁·遍园林绿暗

遍园林绿暗，浑如翠幄，下无一片是花萼。可恨狂风横雨，忒煞情薄，尽底把、韶华送却。　　杨花无奈，是处穿帘透幕，岂知人意正萧索。春去也，这般愁、没处安著，怎奈向、黄昏院落。

凤鸾双舞

此调见宋汪元量《水云词》。今存宋代汪元量词一首，赋皇宫中太后圣诞，宫女献舞。词中有“双歌丽调，舞腰新束……金莲步、轻摇彩凤儿”之句，故名。属双调、仄韵，共九十六字。上阕十一句、五十六字，于第二、六、八、十一句用韵；下阕八句、四十字，于第一、二、四、六、八句用韵。

汪元量　　　　风鸾双舞·慈元殿

慈元殿、薰风宝鼎，喷香云飘坠。环立翠羽，双歌丽调，舞腰新束，舞缨新缀。金莲步、轻摇彩凤儿，翩翻作戏。便似月里仙娥谪来，人间天上，一番游戏。　　圣人乐意，任乐部、箾韶声沸。众妃欢也，渐调笑微醉。竞奉霞觞，深深愿、圣母寿如松桂。迢递，更万年千岁。

凤箫吟

“凤箫”亦称凤凰箫。据《风俗通·声音》：“《尚书》舜作箫韶九成，凤凰来仪，其形参差，象凤之仪。”后世因称箫为凤箫，即排箫，比竹为之，其形参差如凤翼。另一说，因箫有凤女台之故事。传说秦穆公把女儿弄玉嫁与善吹箫作凤鸣的萧史，并作凤台以居之。萧史于一夕吹箫引凤，与弄玉共升天仙去，秦女于雍宫内作凤女祠。后人咏其故事，命为词牌《凤箫吟》，又名《凤楼吟》。韩缜有爱姬善词，韩缜奉命出使时，姬作《蝶恋花》送之，韩作《凤箫吟》咏芳草以留别，后遂又名《芳草》。词为双调、平韵，共一百零一字。上阕十句、五十字，于第三、五、八、十句用韵；下阕十二句、五十字，于第一、三、六、九、十一句用韵。

韩　缜　　　　凤箫吟·锁离愁

锁离愁，连绵无际，来时陌上初熏。绣帏人念远，暗垂珠泪，泣送征轮。长亭长在眼，更重重、远水孤云。但望极楼高，尽日目断王孙。　　消魂，池塘别后，曾行处、绿妒轻裙。恁时携素手，乱花飞絮里，缓步香茵。朱颜空自改，向年年、芳意长新。遍绿野，嬉游醉眠，莫负青春。

晁补之　　　　凤箫吟·永嘉郡君生日

晓曈昽，雨和雨细，南园次第春融。岭梅犹妒雪，露桃云杏，已绽碧呈红。一年春正好，助人狂、飞燕游蜂。更吉梦良辰，对花忍负金钟。　　香浓，博山沉水，小楼清旦，佳气葱葱。旧游应未改，武陵花似锦，笑语相逢。蕊宫传妙诀，小金丹、同换冰容。况共有、芝田旧约，归去双峰。

王之道　　　凤箫吟·和彦时兄重九

雨溟濛，年年今日，农夫共卜新丰。登高随处好，银瓶突兀，南峙对三公。真珠泻露菊，更芙蓉、照水匀红。但华发衰颜，不堪频鉴青铜。　　相逢，行藏休借问，且徘徊、目送飞鸿。十年湖海，千里云山，几番残照凄风。蟹螯粗臂，金英碎、琥珀香浓。请细读离骚，为君一饮千钟。

曹　勋　　　凤箫吟·郊祀庆成

列旂常，中宵天净，郊丘展采圆苍。肇禋三岁礼，圣天子为民，致福穰穰。凝旒亲奠玉，粲珠联、星斗垂芒。渐月转燔柴，露重烟断坛旁。　　欢康，青霞催晓，六乐均调，响逐新阳。辇回天仗肃，庆千官抃舞，绣锦成行。鸡竿双凤阙，肆颁宣、恩动荣光。赞永御，萝图霈泽，常抚殊方。

六 幺 令

《六幺》本是唐代教坊曲之琵琶曲名，原是软舞曲名，为唐开元初人所作。“幺”是小的意思，因此羽弦最小，节奏繁急，故名。白居易《琵琶行》中用过其名：“轻拢慢捻抹复挑，初为《霓裳》后《六幺》。”“令”本为唐代酒令，后用为词牌的通称，不单指小令，慢词亦可称“令”。宋人用《六幺》作为词调，“令”是词牌的标志。此曲属双调、仄韵，共九十四字。上阕九句、四十六字，于第二、四、六、七、九句用韵；下阕九句、四十八字，用韵同上阕。又名《绿要》、《绿腰》、《录要》、《乐世》。“绿要”（“要”同“腰”）二字象征舞女美姿。“乐世”是乐逢盛世之意。长安酒家夜会，弦管铿锵，胡姬献伎，歌《乐世》，可知其为胡乐。本调只是教坊大曲之一遍。

柳　永　　　六幺令·淡烟残照

淡烟残照，摇曳溪光碧。溪边浅桃深杏，迤逦染春色。昨夜扁舟泊处，枕底当滩碛。波声渔笛，惊回好梦，梦里欲归归不得。　　展转翻成无寐，因此伤行役。思念多媚多

娇，咫尺千山隔。都为深情密爱，不忍轻离拆。好天良夕，鸳帷寂寞，算得也应暗相忆。

晏几道　　　　六幺令·绿阴春尽

绿阴春尽，飞絮绕香阁。晚来翠眉宫样，巧把远山学。一寸狂心未说，已向横波觉。画帘遮匝，新翻曲妙，暗许闲人带偷掐。　　前度书多隐语，意浅愁难答。昨夜诗有回纹，韵险还慵押。都待笙歌散了，记取留时霎。不消红蜡，闲云归后，月在庭花旧阑角。

晏几道　　　　六幺令·雪残风信

雪残风信，悠飏春消息。天涯倚楼新恨，杨柳几丝碧。还是南云雁少，锦字无端的。宝钗瑶席，彩弦声里，拚作尊前未归客。　　遥想疏梅此际，月底香英白。别后谁绕前溪，手拣繁枝摘。莫道伤高恨远，付与临风笛，尽堪愁寂。花时往事，更有多情个人忆。

晏几道　　　　六幺令·日高春睡

日高春睡，唤起懒装束。年年落花时候，惯得娇眠足。学唱宫梅便好，更暖银笙逐。黛蛾低绿，堪教人恨，却似江南旧时曲。　　常记东楼夜雪，翠幕遮红烛。还是芳酒杯中，一醉光阴促。曾笑阳台梦短，无计怜香玉，此欢难续。乞求歌罢，借取归云画堂宿。

周邦彦　　　　六幺令·重九

快风收雨，亭馆清残燠。池光静横秋影，岸柳如新沐。闻道宜城酒美，昨日新醅熟。轻镳相逐，冲泥策马，来折东篱半开菊。　　华堂花艳对列，一一惊郎目。歌韵巧共泉声，间杂琮琤玉。惆怅周郎已老，莫唱当时曲。幽欢难卜，明年谁健，更把茱萸再三嘱。

李　纲　　　　六幺令·长江千里

次韵和贺方回金陵怀古，鄱阳席上作

长江千里，烟澹水云阔。歌沉玉树，古寺空有疏钟发。六代兴亡如梦，苒苒惊时月。兵戈凌灭，豪华销尽，几见银蟾自

圆缺。　　潮落潮生波渺，江树森如发。谁念迁客归来，老大伤名节。纵使岁寒途远，此志应难夺。高楼谁设，倚阑凝望，独立渔翁满江雪。

蔡　伸　　　　六幺令·梅英飘雪

梅英飘雪，弱柳弄新绿。泠泠画桥流水，风静波如縠。长记扁舟共载，偶近旗亭宿。渺云横玉，鸳鸯枕上，听彻新翻数般曲。　　此际魂清梦冷，绣被香芬馥。因念多感情怀，触处伤心目。自是今宵独寐，怎不添愁蹙。如今心足，风前月下，赖有斯人慰幽独。

辛弃疾　　六幺令·用陆氏事，送玉山令陆德隆

酒群花队，攀得短辕折。谁怜故山归梦，千里莼羹滑。便整松江一棹，点检能言鸭。故人欢接，醉怀双橘，堕地金圆醒时觉。　　长喜刘郎马上，肯听诗书说。谁对叔子风流，直把曹刘压。更看君侯事业，不负平生学。离觞愁怯，送君归后，细写茶经煮香雪。

辛弃疾　　　　六幺令·再用前韵

倒冠一笑，华发玉簪折。阳关自来凄断，却怪歌声滑。放浪儿童归舍，莫恼比邻鸭。水连山接，看君归兴，如醉中醒、梦中觉。　　江上吴侬问我，一一烦君说。坐客尊酒频空，剩欠真珠压。手把渔竿未稳，长向沧浪学。问愁谁怯，可堪杨柳，先作东风满城雪。

方千里　　　　六幺令·照人明艳

照人明艳，肌雪消繁燠。娇云慢垂柔领，绀发浓于沐。微晕红潮一线，拂拂桃腮熟。群芳难逐，天香国艳，试比春兰共秋菊。　　当时相见恨晚，彼此萦心目。别后空忆仙姿，路隔吹箫玉。何处栏干十二，缥缈阳台曲。佳期重卜，都将离恨，拚与尊前细留嘱。

吴文英　　　　六幺令·七夕

露蛩初响，机杼还催织。婺星为情慵懒，伫立明河侧。不见津头艇子，望绝南飞翼。云梁千尺，尘缘一点，回首西风又

陈迹。　　那知天上计拙，乞巧楼南北。瓜果几度凄凉，寂寞罗池客。人事回廊缥缈，谁见金钗擘。今夕何夕，杯残月坠，但耿银河漫天碧。

杨泽民　六幺令·壬寅四月，扶病外邑催租，寄内

道骨仙风，本自无寒燠。谁教勉从人事，风雨充梳沐。酒病从来屡作，汤药宜谙熟。五穷难逐，折腰升斗，辜负当年旧松菊。　　今岁重更甲子，已是难题目。那更频陪俎宴，几度山颓玉。扶病奔驰外邑，宛转溪山曲。蛛丝应卜，音书频寄，止酒加餐不须嘱。

陈允平　　六幺令·授衣时节

授衣时节，犹未定寒燠。长空雨收云霁，湛碧秋容沐。还是鲈肥蟹美，橡栗村村熟。不堪追逐，龙山梦远，惆怅田园自黄菊。　　醉中还念倦旅，触景伤心目。羞破帽、把茱萸，更忆尊前玉。愁立梧桐影下，月转回廊曲。归期将卜，西风吹雁，懒寄斜封但相嘱。

周　密　　六幺令·次韵刘养源赋雪

痴云剪叶，檐滴夜深悄。银城飞捷翠垄，占祥丰年报。白战清吟未了，寒鹊惊枝晓。鹤迷翠表，山阴今日，醉卧何人问安道。　　交映虚窗净沼，不许游尘到。谁念絮帽茸裘，叹幼安今老。玉鉴修眉未扫，白雪词新草。冰蟾光皎，梅心香动，闲看春风上琼岛。

周　密　　六幺令·春雪再和

回风带雨，冻涩漏声悄。小窗照影虚白，几误邻鸡报。千树天花绽了，鹄立通明晓。眼空八表，宫袍带月，醉里应迷灞陵道。　　风静琼林翠沼，片片随春到。吟鞯十里新堤，怪四山青老。玉唾珠尘怕扫，句冷池塘草。白天寒皎，飞琼何在，梦觅梨云度仙岛。

刘　壎　　六幺令·云舍赵使君同赋

晓来寒角，吹起愁相触。乱云黯淡江渚，疏柳双鸦宿。锦瑟银屏何处，花雾翻香曲。柔红娇绿，魂销往梦，羞向孤梅说

幽独。　　燕支曾印素袂，绛艳收残馥。频问讯，道新来闷损纤腰束。多谢芳心惓恋，罗结文鸳蹴。前欢谁卜，云笺封蜡，就寄相思恨盈掬。

李　琳　　　　六幺令·京中清明

淡烟疏雨，香径渺啼鴂。新晴昼帘闲卷，燕外寒犹力。依约天涯芳草，染得春风碧。人间陈迹？斜阳今古，几缕游丝趁飞蝶。　　柳向尊前起舞，又觉春如客。翠袖折取嫣红，笑与簪华发。回首青山一点，檐外寒云叠。梨花淡白，柳花飞絮，梦绕阑干一株雪。

六　　丑

此牌为宋代周邦彦所始创，宋徽宗问其取"六丑"之义，周邦彦回答说：此词犯六调，皆为声之美者，然而极难歌唱，所以用高阳氏之子六人，皆有才华而丑陋者比之，故名为《六丑》(见周密《浩然斋雅谈》和《莲子居词话》)。明代杨慎因《六丑》之名不雅，即改称为《个侬》，殆未喻周邦彦之义。但《词谱》于《六丑》之外，又另收《个侬》一调，为宋代廖莹中所作之词，因首句为"恨个侬无赖"，即以《个侬》为名。此曲属双调、仄韵，一百五十九字，当与《六丑》非为一调。《六丑》为双调、仄韵，共一百四十字。上阕十五句、六十九字，于第三、五、六、九、十、十三、十五句用韵；下阕十七句、七十一字，于第一、二、四、五、七、九、十二、十四、十五句用韵。

周邦彦　　　　六丑·落花

正单衣试酒，恨客里、光阴虚掷。愿春暂留，春归如过翼，一去无迹。为问花何在，夜来风雨，葬楚宫倾国。钗钿堕处遗香泽，乱点桃蹊，轻翻柳陌。多情为谁追惜，但蜂媒蝶使，时叩窗隔。　　东园岑寂，渐蒙笼暗碧。静绕珍丛底，成叹息。长条故惹行客，似牵衣待话，别情无极。残英小、强簪巾帻。终不似一朵，钗头颤袅，向人欹侧。漂流处、莫趁潮汐。恐断红、尚有相思字，何由见得。

方千里　　六丑·看流莺度柳

看流莺度柳，似急响、金梭飞掷。护巢占泥，翩翩飞燕翼。昨梦前迹，暗数欢娱处，艳花幽草，纵冶游南国。芳心荡漾如波泽，系马青门，停车紫陌。年华转头堪惜，奈离襟别袂，容易疏隔。　　人间春寂，谩云容暮碧，远水沉双鲤、无信息。天涯渐老羁客，叹良宵漏断，独眠愁极。吴霜皎、半侵华帻。谁复省十载，匀香晕粉，髻倾鬟侧。相思意、不离潮汐。想旧家、接酒巡歌计，今难再得。

吴文英　　六丑·壬寅岁吴门元夕风雨

渐新鹅映柳，茂苑锁、东风初掣。馆娃旧游，罗襦香未灭。玉夜花节，记向留连处，看街临晚，放小帘低揭。星河潋艳春云热，笑靥欹梅，仙衣舞缬。澄澄素娥宫阙，醉西楼十二，铜漏催彻。　　红消翠歇，叹霜簪练发。过眼年光，旧情尽别。泥深厌听啼鴂，恨愁霏润沁，陌头尘袜。青鸾杳、钿车音绝，却因甚、不把欢期，付与少年华月。残梅瘦、飞趁风雪，向夜永，更说长安梦，灯花正结。

杨泽民　　六丑·叹浓欢易散

叹浓欢易散，便忍把、恩情抛掷。恁时寸心，惟思生翅翼。别后踪迹，不定如萍泛，暂抛江沔，又留连京国。芳容料见尤光泽，共赏青楼，同游绮陌。皆曾痛怜深惜，纵鳞鸿托意，云水犹隔。　　兰房深寂，映轻红淡碧，翠竹名花底、同燕息。杯盘屡肯留客，见真诚厚爱，意深情极。乌纱蓢为新冠帻，谁知道、荏苒尘埃带抹，任他倾侧。朝云信、且候潮汐，但寸心、未改伊人在，应须近得。

陈允平　　六丑·自清明过了

自清明过了，渐柳底、莺梭慵掷。万红御风，飘飘如附翼，锦绣陈迹。障地香尘暗，乱蜂似雨，漫冶游南国，兰襟缥缈辞湘泽。马迹郊原，燕泥巷陌，伤春为花深惜。叹芳菲薄幸，容易疏隔。　　庭闲人寂，空余芳草碧。梦里惊春去，如瞬息。长安市上狂客，为桃源解佩，醉浓欢极。无心整、雾襟

烟帻，惊回处，断雨残云倦倚，画阑干侧。相思恨、暗度流汐，更杜鹃、院落黄昏近，谁禁受得。

刘辰翁　　六丑·春感和彭明叔韵

看东风海底，送落日、飞空如掷。醉游暮归，怕西州堕策，归路偏失。记上元时节，千门立马，望金坡残雪，素娥推下团栾辙。塞草惊尘，河水渡楫，悠悠雨丝风拂。但相随断雁，时度荒泽。　　回头紫陌，梦归归未得。憔悴江南，秋风旧客，去年说著今日。漫故人相命，玳筵鸣瑟。愁汗漫、全林杯窄，况飘泊相遇，当时老叟，梨园歌籍。高歌为我几回阕，似子规、落月啼乌悄，傍人泪滴。

彭元逊　　六丑·杨花

似东风老大，那复有、当时风气。有情不收，江山身是寄，浩荡何世。但忆临官道，暂来不住，便出门千里，痴心指望回风坠。扇底相逢，钗头微缀。他家万条千缕，解遮亭障驿，不隔江水。　　瓜洲曾舣，等行人岁岁。日下长秋，城乌夜起，帐庐好在春睡。共飞归湖上，草青无地，愔愔雨、春心如腻。欲待化、丰乐楼前，青门都废。何人念、流落无几，点点抟作，雪绵松润，为君裛泪。

六　州

“六州”指唐代西部边陲的六个州，即伊州、梁州、甘州、石州、渭州、氐州。这些州地多是少数民族居住，“六州”也就成为少数民族歌曲。原来每州各有歌曲，后统称为《六州》。《文献通考》云：本朝(指宋朝)歌吹止有四曲：《十二时》、《导引》、《降仙台》、《六州》。每大礼宿斋或行幸，遇夜每更三奏，名为警场。政和七年皇帝下诏把《六州》改名为《崇明祀》，但天下仍称之为《六州》。《宋史·乐志》只存无名氏一首词。属双调、平韵，共一百二十九字。上阕十四句、六十四字，于第二、五、六、八、九、十、十四句用韵；下阕十五句、六十五字，于第二、五、六、七、八、十、十一、十五句用韵。

和　岘　　　　六州·严夜警

严夜警，铜莲漏迟迟。清禁肃，森陛戟，羽卫俨皇闱。角声励，钲鼓攸宜。金管成雅奏，逐吹逶迤。荐苍璧，郊祀神祇，属景运纯禧。京坻丰衍，群材乐育，诸侯述职，盛德服蛮夷。　殊祥萃，九苞丹凤来仪。膏露降，和气洽，三秀焕灵芝。鸿猷播，史册相辉。张四维，卜世永固丕基。敷玄化，荡荡无为。合尧舜文思，混并寰宇。休牛归马，销金偃革，蹈咏庆昌期。

范祖禹　　　　六州·太平功

太平功，拥佑帝尧聪。歌九德，偃五戎，寰海被祥风。车书万里文轨同，自南北西东，耕田凿井。戏垂髫华发，跻仁寿域变时雍。大明方天中，弃养东朝苦匆匆。玉座如存，永隔慈容。　恨难穷，崇庆空，飙轮仙驭无踪。超宇宙，驾云龙，祎翟掩轩宫。柏城王气长郁葱，温洛照寒嵩。光灵在上，徽音流千古，昭如日月丽层穹。太任家邦隆，彤史青编永垂鸿。清庙笙镛，奏假钦崇。

洪　迈　　　　六州·高宗梓宫发引

尧传舜，盛事千古难并。回龙驭，辞凤掖，北内别有蓬瀛。为天子父，册鸿名，万年千岁福康宁。春秋不说楚冥灵，莱衣彩戏，汉殿玉卮轻。宸游今不见，烟外落霞明。前回丁未，雾塞神京。　正同符、光武中兴，擎天独力扶倾。定宗庙，保河山，乾坤整顿庚庚。功成了，脱屣遗荣。访崆峒、容与丹庭，笑挹尘寰、不留行。吾皇哀恋，泪血洒神旌。肠断涛江渡，明日稽山暮云，东望元陵。

崔敦诗　　　　六州·商秋吉

商秋吉，嘉会协中辛。涓路寝，修禋祀，圣德昭清。端志虑，罄竭斋精。锦绣排天仗，羽卫缤纷。朝太室、返中宸，被衮接神明。时平天时俱清晏，兼丰年和气，品物达芳馨。　瞻烦座，春容娭燕三灵。奠瑶爵，荐量币，清思呦冥冥。望昆仑，嘉祥塞细组。诚殚礼洽庆休成，润泽被生民。端门肆眚，昕庭称贺，俱将景福万寿、祝双亲。

无名氏　　六州·真宗封禅

良夜永，玉漏正迟迟。丹禁肃，周庐列，羽卫绕皇闱。严鼓动，画角声齐。金管飘雅韵，远逐轻飔。荐嘉玉、躬祀神祇，祈福为黔黎。升中盛礼，增高益厚，登封检玉，时迈合周诗。　玄文锡，庆云五色相随。甘露降，醴泉涌，三秀发灵芝。皇猷播、史册光辉，受鸿禧，万年永固丕基。吾君德、荡荡巍巍，迈尧舜文思。从今寰宇，休牛归马，耕田凿井，鼓腹乐昌期。

无名氏　　六州·奉祀太清宫

千载运，宝业正遐昌。钦至道，崇明祀，盛礼迈前王。銮辂动，万骑腾骧。驰道纷彩仗，瑞日煌煌。奉秘检、玉羽群翔，非雾满康庄。躬朝真馆，齐心绎思，顺风俯拜，奠酒爇萧芗。　精衷达，飙轮降格昭彰。回羽旆，驻雕辇，旧地访睢阳。享清庙、孝德辉光，届灵场，星罗万国珪璋。陈牲币、金石锵洋，景福降穰穰。垂衣法坐，恩覃群品，庆均海宇，圣寿保无疆。

无名氏　　六州·南郊恭谢

承天统，圣主应昌辰。宝箓降，飙游至，瑞命庆惟新。崇大号，仰奉高真。献岁当初吉，天下皆春。谒秘宇、藻卫星陈，芗霭极纷纶。琼编焜燿，仙衣綷缭，垂旒俯拜，荐献礼惟寅。　芬芳备，精衷上达穹旻。尊道祖，享清庙，助祭万方臻。升泰畤、缛典弥文，侍群臣，汉庭儒雅彬彬。烟飞火举毕严禋，天地降氤氲。高临华阙，恩覃动植，庆延宗社，圣寿比灵椿。

无名氏　　六州·天禧三年南郊鼓吹歌曲

齐天宇，四海洽淳风。接宝胄，垂真检，景祚无穷。成玉牒、日观归功，冀野升方鼎，脽上由崇。钦桧井、云跸巡东，国本震为宫。乾文焕炳，真祠曲密，重祥叠瑞，琼蕴降高穹。

膺丕烈，虔心建垂鸿。询吉土，郊兆执玉荐衷。钟律应、云物迎空，乐和轮囷，嘉气葱葱。天神来降发冲融，玉烛四时

通。星回金辂雷作解，昆蚑被惠，亿载帝基隆。

无名氏　　六州·天圣二年南郊鼓吹歌曲

承皇统，天地洽清宁。熙帝载，建民极，百度推明。崇讲肄、博考儒经，游豫腾谣诵，星跸天行。留绀宇、顺拜金庭，兆庶动欢声。灵心上达，卿云成盖，祥风袭物，瑞日耀圜清。

列圣孝德被寰瀛，就阳位协吉，周正俨簪缨。交对越群灵，皇威赫奕盛仪成，徽册受鸿名。鸡竿肆赦，銮行均庆，翾飞浸泽，斯万保升平。

无名氏　　六州·明道二年　籍田

寰宇定，四海奉文思。书轨混，梯航凑，共戴昌期。稽古典、方咏京坻。耕籍丰民稼，敦本农时。陈羽卫、日月旌旗。衮冕次坛壝，帷宫宿设，梐枑相差。穆清端拱，星毕照罘罳。

良宵永，为民广洽，庞褫奏、行漏昭庭燎，铙吹鼓曾飔。百神拥卫斗东移，明发俨皇仪。手揽洪縻，丰年万亿与千斯，德泽遍华夷。回旋辂、天临双阙，四方在宥，永保鸿基。

无名氏　六州·明道二年　庄献明肃皇后恭谢太庙

炎灵永，长乐助文明。居靖懿，敷皇化，四海升平。慈是宝、万物怀生，耀德不观兵。大治欢声，金辂饬、藻卫天行。春色满皇京，登歌清庙，神祇顾飨。瑄玉纯精，亿万载持盈。

膺天贶，尤祥纷委来呈。木连芝三秀，玉烛协和平。仲春月、万杏初荣。整羽卫葱衡，亲款神明。九韶叠奏磬箫笙，上以继咸英。黄流玉瓒，殊庭肸蚃，宸仪回复，景祐遍寰瀛。

无名氏　　六州·皇祐二年　明堂

崇严配，衢室飨中宸。寻汉礼，崇唐典，袭暎情文。方宝辂、羽卫星陈，藻绣填驰路，昭烂如云。灵顾禔，德升闻。旷瑞集纷纶，承平嘉靖，收成和熟，万方歌舞，喜气满青旻。

成熙事、宣和舆物惟新，展宫寝，疑庙室，飨帝极尊亲。罄宸虑，四海骈臻，肃簪绅。斋明际，浃人神。乾元盛则属兹辰，皇业协华勋。房心正位，端居报政，三年美荐，广孝福吾民。

无名氏　　六州·嘉祐元年　恭谢

严太寝，容礼绎前经。仰苍粹，钦厚顺，式报生成。至信

洽，上格神灵。太和凝气象，霄宇澄清。　　圭币列，鼓钟铿，群品荐丰盈。熙事既备，大仪交举，百嘉允集，万福来迎。

无名氏　　六州·嘉祐四年　祫享太庙

深仁化，穹厚格成平。徇诚虑，托皇统，万宇光亨。申孝致洁飨宗祊，金驾徐徐动，容礼辉明。　　躬道祖谒款殊庭，列圣固纯诚。灵心底豫，休祥充塞，端闱肆眚，爱日灿然明。

无名氏　　六州·嘉祐七年　明堂

承景运，天子奉明堂。玉烛应，金飙动，万宝盈箱。严法驾、天路龙骧，采仗迎祥。日色动扶桑，款清庙、我诚将，回御八鸾锵。于皇仁孝，祖宗来顾，熙于四极，令问载无疆。　　躬严配、笙镛奏凤来翔。瑞烟起，浮帝衮，玉步间天香。升重宇、璧玉华光，桂流觞，神虞夕照煐黄。九霄鸣佩下清厢，齐拱太微傍。群心同愿，长临路寝，三年讲礼，显祀文王。

无名氏　　六州·治平二年南郊鼓吹歌曲

垂炎运，真主嗣瑶图。海波晏，卿云烂，日月丽皇都。年屡稔、万宝山储，广莫风生律，一气潜嘘。陈法驾、翠羽装舆，清跸下天衢。金匏六变，欻然灵顾，来车风马，拜贶紫坛初。　　奉神娱，嘉笾荐，美玉奠，照荧烛。星彩动，霜华薄，禁阁漏声疏。回龙驭、宝瑞纷敷，众心愉。钧天别奏箫竽，仙人楼上捧赦书，舞鹤更踌躕。丹徼北，穷沙漠，涵皇泽，盛德迈唐虞。

无名氏　　六州·元丰二年慈圣光献皇后发引　警场内

九龙舆，记春暮、幸蓬壶。琼囿敞，绣仗趋，年华与逝水俱。瑶京远，信息断无。宝津池面落花铺，愁晚容车来禁涂。凤箫鸾翣，西指昭陵去。旧赏蟠桃熟，又见涨海枯。应共灵真母，曳霞裾。　　宴清都，恨满山隅，春城翠柏藏乌。扃户剑，照灯鱼，人间一梦觉余。泉宫窈窕锁夜龙，银江澄澹浴仙凫。烟冷金炉玉殿虚，绿苔新长，雕辇曾行处。夜夜东朝月，似旧照锦疏，侍女盈盈泪珠。

无名氏　　六州·虞主回京　警场内

庆深恩，宝历正乾坤。前帝子，后圣孙，援立两仪轩。西

宫大母朝寝门，望椒闼常温。芳时媚景，有三千宫女，相将奉、玉辇金根。上林红英繁，缥缈钧天，奏梨园。望绝瑶池，影断桃源，恨难论。　　开禁阖，春风丹旐翩翩。飞翠盖、驾雕辒，容卫入西原。管箫动地清喧，陵上柏烟昏。残霞弄影，孤蟾浮天外，行人触目是销魂。问苍天，尘世光阴去如奔。河洛潺湲，此恨长存。

无名氏　　六州·八年神宗灵驾发引

炎图盛，六叶正，协重光。膺宝瑞，更法度，智勇超轶成汤。昭回云汉烂文章，震扬威武慑多方，生民帖泰拥殊祥。封人祝颂，万寿与天长。岂知丹鼎就，龙下五云旁。飘然真驭，游衍仙乡。　　泣彤裳，伊落洋洋，嵩峰少室相望。藏弓剑，游衣冠，俊功盛德难忘。泉台寂、鱼烛荧煌，银海深、凫雁翱翔。想像平居谩焚香，望陵人散，翠柏忽成行。犹余嵩峰月，夜夜照幽堂，千秋陈迹凄凉。

无名氏　　六州·虞主回京

承圣绪，垂意在升平。驱貔虎，策豪英，号令肃天兵。四方无复羽书征，德泽浸群生。睿谋雄俊，绌汉高狭陋，慕三皇二帝，登闳缉乐缀文明。将升岱岳告功成，玉牒金绳，腾宝飞声，事难评。　　轩鼎就、清都一梦俄顷。飞霞佩，乘龙驭，羽卫入高清。祥光浮动五色，迎鸾凤，杂箫笙。因山功就，同轨人至，铭旌画翣，行背重城。楚篰凝咽，汉仪雄盛，攀慕伤情。惟余内传，知向蓬瀛。

无名氏　　六州·高宗郊祀大礼鼓吹歌曲

双凤落，佳气蔼龙山。澄江左，清湖右，日夜海潮翻。因吉地、卜筑圜坛。宏基隆陛级，神位周环。边陲静、挂起橐鞬，奠枕海隅安。三年亲祀，一阳初动，虔修大报，高处紫烟燔。　　看鸣銮，钩陈肃，天仗转，朔风寒。孤竹管，云和瑟，乐奏彻天关。嘉笾荐、玉奠玙璠，奉神欢。九霄瑞气起祥烟，来如风马欻然。还留福，已滋繁。回龙驭，升丹阙，布皇泽，春色满人间。

无名氏　　六州·亲耕籍田

昭圣武，不战屈人兵。干戈戢，烽燧息，海宇清宁。民丰

业，歌咏升平。愿咸归畎亩，为穑为氓。经界正、东作西成，农务轸皇情。躬亲耒耜，相劝深耕，人心感悦，击壤沸欢声。　乘鸾辂，羽旗彩仗鲜明。传清跸，行黄道，缇骑出重城。仰瞻日表，映朱纮。环佩更锵鸣，百执公卿。不辞染履意专精，准拟奉粢盛。田多稼，风行遐迩，家家给足，胥庆三登。

无名氏　　六州·显仁皇后上仙发引

中兴运，孝治格升平。回骢驭，弭凤驾，册宝初上鸿名。龙楼问寝候鸡鸣，更翻莱戏彩衣轻。坤躔夜照老人星。金觞上寿，长愿燕慈宁。乘云何处去，愁断紫箫声。追思金殿，椒壁丹楹。　　又谁知、勤俭仁明，风行化被宫庭。佑圣主，底明时，阴功暗及生灵。离宫晚、花卉娉婷。甲观高、潮海峥嵘，往事回头忽飘零。空留嫔御，掩泣望霓旌。会稽山翠，永祐陵高，而今便是蓬瀛。

无名氏　　六州·安恭皇后上仙发引

娟娟月，初未缺，忽沉西。桂枝残，寒兔下，惟见露脚斜飞。六宫歌笑奉瑶墀，一朝寂寞掩袆衣。夜星不动玉鸾嘶。沉沉何处，愁雾锁金扉。　　群仙瞻道范，肃驾到蓬池。紫清逸辔，飞电奔驰。又谁知，一世柔仪，椒涂玉钮金螭。赞圣主，膺天命，功勤曾佐雍熙。瑶天隔，玉阒低迷。五云高、绛府参差，往事如今好寻思。留得香笺镂管、写新诗。但看芳猷美，宝册传徽，隆名万古昭垂。

无名氏　　六州·宁宗郊祀大礼

皇抚极，明德贯乾坤。信星列，卿云烂，辉亘紫微垣。思报贶、明诏祠宫，练时搜旷典，紫畤觚坛，昭孝德、亲御和銮，振鹭玉珊珊。精纯谒款，肯萧炉炀，黄流湛澹，百末布生兰。　　扣天阍，延飞驾，相仿佛，降云端。神光集，嘉向应，霭霭万衣冠。竣熙事清晓轻寒，恣荣观，华衣雾縠般般。乾坤并贶庆君欢，翘首圣恩宽。遵皇极，沛天泽，灵心怿，龟鼎永尊安。

无名氏　　六州·宁宗皇帝发引

明天子，昔日丕纂鸿图。躬道德，崇学问，稽古训，访群

儒。日亲广厦、论唐虞，讲求政治、想都俞。君臣一德、志交孚，外夷效顺，犹自选车徒。仁恩沾四国，固结满寰区。千年宗社，万岁规摹，重新天命出乾符。老癃策杖相扶，愿观德化遍方隅。幸无死须臾，谓宜圣寿等嵩呼。遽登云舆，上龙湖，宸居幽寂紫云孤。宸章宝画，但与日星俱。龙帷凤翣已载涂，忍听笳鼓嗟呼。

六州歌头

此调本为唐朝鼓吹曲名。唐代西部边地的伊州、梁州、甘州、石州、渭州、氐州被称为六州，每州各有歌曲，统称为《六州》。“歌头”即引歌，是乐曲最前面的部分。宋人多用此曲填词，遂演变为词调名。宋人大祀大恤，皆用此调。其调悲壮，闻其歌使人怅慨，完全不与艳词同科(见程大昌《演繁露》)。属双调，有一百四十一字至一百四十三字诸体。用韵有平仄互叶的，有只用平韵的。其一百四十三字一体，上阕十九句、七十一字，下阕二十句、七十二字。参阅《六州》。

刘　潜　　　六州歌头·项羽庙

秦亡草昧，刘项起吞并。驱龙虎，鞭寰宇，斩长鲸。扫欃枪，血染彭门战。视余耳，皆鹰犬。平祸乱，归炎汉，势奔倾，兵散月明。风急旌旗乱，刁斗三更。命虞姬相对，泣听楚歌声，玉帐魂惊。　　泪盈盈，恨花无主。凝愁绪，挥雪刃，掩泉扃。时不利，骓不逝，困阴陵。叱追兵，喑呜摧天地，望归路，忍偷生。功盖世，成闲纪，建遗灵。江静水寒烟冷，波纹细、古木凋零。遣行人到此，追念痛伤情，胜负难凭。

此首别作李冠词

李　冠　　　六州歌头·骊山

凄凉绣岭，宫殿倚山阿。明皇帝，曾游地，锁烟萝，郁嵯峨。忆昔真妃子，艳倾国，方姝丽。朝复暮，嫔嫱妒，宠偏颇。三尺玉泉新浴，莲羞吐、红浸秋波。听花奴，敲羯鼓，酣奏鸣鼍。体不胜罗，舞婆娑。　　正霓裳曳，惊烽燧。千万骑，拥雕戈。情宛转，魂空乱。蹙双蛾，奈兵何。痛惜三春

暮，委妖丽，马嵬坡。平寇乱，回宸辇，忍重过。香瘗紫囊犹有，鸿都客、钿合应讹。使行人到此，千古只伤歌，事往愁多。

李　冠　　　**六州歌头·秦亡草昧**

秦亡草昧，刘项起吞并。鞭寰宇，驱龙虎，扫欃枪。斩长鲸，血染中原战。视余耳，皆鹰犬。平祸乱，归炎汉。势奔倾，兵散月明。风急旌旗乱，刁斗三更。共虞姬相对，泣听楚歌声，玉帐魂惊。　泪盈盈，念花无主，凝愁苦。挥雪刃，掩泉扃。时不利，骓不逝，困阴陵。叱追兵，呜喑摧天地，望归路，忍偷生。功盖世，何处见遗灵。江静水寒烟冷，波纹细、古木凋零。遣行人到此，追念益伤情，胜负难凭。

此首别作刘潜词

贺　铸　　　**六州歌头·少年侠气**

少年侠气，交结五都雄。肝胆洞，毛发耸。立谈中，死生同。一诺千金重。推翘勇，矜豪纵。轻盖拥，联飞鞚，斗城东。轰饮酒垆，春色浮寒瓮，吸海垂虹。闲呼鹰嗾犬，白羽摘雕弓。狡穴俄空，乐匆匆。　似黄粱梦，辞丹凤，明月共。漾孤篷，官冗从。怀倥偬，落尘笼。簿书丛，鹖弁如云众，供粗用。忽奇功，笳鼓动。渔阳弄，思悲翁。不请长缨，系取天骄种，剑吼西风。恨登山临水，手寄七弦桐，目送归鸿。

王之道　　**六州歌头·和张安国舍人韵呈进彦**

燧珹勋业，何敢望西平。观当日，清大憝，震天声，绩其凝。追配汾阳郭，临淮李，扫妖孽，植颠仆，复疆宇，洗膻腥。堪叹中原久矣，长淮隔、胡骑纵横。问何时，风驱电扫，重见文明。宾雁宵鸣，梦初惊。　念吾君复古，修攘两尽，早晚功成。岁云暮，冰腹壮，雪花零。怅神京，谁信汉家陵阙，呵护有神兵。罄寰海，重回首，镇关情。想见皇华咨度，望淮北、心曲摇旌。愿变夷用夏，荆狄是惩膺，补弊支倾。

韩元吉　　　**六州歌头·桃花**

东风著意，先上小桃枝。红粉腻，娇如醉，倚朱扉。记年时，隐映新妆面，临水岸。春将半，云日暖，斜桥转。夹城西，草软莎平，跋马垂杨渡、玉勒争嘶。认蛾眉凝笑，脸薄拂

燕支。绣户曾窥，恨依依。　　共携手处，香如雾，红随步。怨春迟，销瘦损。凭谁问，只花知，泪空垂。旧日堂前燕，和烟雨，又双飞。人自老，春长好，梦佳期。前度刘郎，几许风流地，花也应悲。但茫茫暮霭，目断武陵溪，往事难追。

洪　适　六州歌头·隆兴二年南郊鼓吹曲

严更永，今夕是何年。玉衡正，钩陈灿，天宇起祥烟。协风应、江海安澜。重规仍叠矩，圣主乘乾。尧授舜、盛事光前，称寿玉卮边。三年亲祀，一阳回律，八乡承宇，觚陛紫为坛。　　仰天颜，斋居寂，诚心肃，礼容专。存钟石，约舆卫，五辂不求全。听金钥、虎旅无眠，俨千官，须期显，相嘉笾。一人俭德动天渊，费减大农钱。神示格，宗祧燕。人民悦，祉福正绵绵。

袁去华　　六州歌头·渊明祠

柴桑高隐，丘壑岁寒姿。北窗下，羲黄上，古人期，俗人疑。束带真难事，赋归去，吾庐好，斜川路，携筇杖，看云飞。六翮冥冥高举，青霄外、矰缴何施。且流行坎止，人世任相违，采菊东篱。　　正悠然、见南山处，无穷景，与心会，有谁知。琴中趣，杯中物，醉中诗，可忘机。一笑骑鲸去，向千载，赏音稀。嗟倦翼，瞻遗像，是吾师。门外空余衰柳，摇疏翠、斜日辉辉。遣行人到此，感叹不胜悲，物是人非。

张孝祥　　六州歌头·长淮望断

长淮望断，关塞莽然平。征尘暗，霜风劲，悄边声，黯销凝。追想当年事，殆天数，非人力，洙泗上，弦歌地，亦膻腥。隔水毡乡，落日牛羊下，区脱纵横。看名王宵猎，骑火一川明。笳鼓悲鸣，遣人惊。　　念腰间箭，匣中剑，空埃蠹，竟何成。时易失，心徒壮，岁将零，渺神京。干羽方怀远，静烽燧，且休兵。冠盖使，纷驰骛，若为情。闻道中原遗老，常南望、羽葆霓旌。使行人到此，忠愤气填膺，有泪如倾。

辛弃疾　　六州歌头·西湖万顷

西湖万顷，楼观矗千门。春风路，红堆锦，翠连云。俯层轩，风月都无际。荡空蔼，开绝境，云梦泽，饶八九，不须

吞。翡翠明珰，争上金堤去，勃窣媻姗。看贤王高会，飞盖入云烟。白鹭振振，鼓咽咽。　　记风流远，更休作，嬉游地，等闲看。君不见，韩献子，晋将军，赵孤存。千载传忠献，两定策，纪元勋。孙又子，方谈笑，整乾坤。直使长江如带，依前是、□赵须韩。伴皇家快乐，长在玉津边，只在南园。

辛弃疾　　六州歌头·晨来问疾

属得疾，暴甚，医者莫晓其状。小愈，困卧无聊，戏作以自释

晨来问疾，有鹤止庭隅。吾语汝，只三事，太愁予，病难扶。手种青松树，碍梅坞，妨花径，才数尺，如人立，却须锄。秋水堂前，曲沼明于镜，可烛眉须。被山头急雨，耕垄灌泥涂。谁使吾庐，映污渠。　　叹青山好，檐外竹，遮欲尽，有还无。删竹去，吾乍可，食无鱼，爱扶疏。又欲为山计，千百虑，累吾躯。凡病此，吾过矣，子奚如。口不能言臆对，虽扁鹊、药石难除。有要言妙道，往问北山愚，庶有瘳乎。

李　沆　六州歌头·吊武穆鄂王忠烈庙

高皇神武，善驾驭豪英。攘北狄，驱群盗，命天膺，救苍生。奈梦绕沙漠，隔温清，屈和好，召大将，归兵柄，列枢庭。公指汴京，威已振河洛，不顾身烹。失一时机会，嗟左衽吾民。痛岳家军，孰扶倾。　　久沉冤愤，七十载，还复遇，帝王真。表遗烈，锡王号，日照临，激士心。始识安刘计，宁祸己，是忠臣。我乘传，访壁垒，想精明。英气懔然若在，仍题扁、昭揭天恩。笑原头芳草，一死不能春，交怨人神。

刘　褒　　六州歌头·上广西张帅

凭深负阻，蜂午肆奔腾。龙江上，妖氛涨，鲸海外，白波惊。羽檄交飞急，玉帐静，金韬闳，恢远驭，振长缨，密分兵。细草黄沙渺渺，西关路、风袅高旌。听飞霜令肃，坚壁夜无声。鼓角何神，地中鸣。　　看追风骑，攒云槊，雷野毂，激天钲。飞箭集，旄头坠，长围掩，郭东倾。振旅观旋凯，笳鼓竞，绣旗明。刀换犊，戈藏革，士休营。黄色赤云交映，论功何止蔡州平。想环城苍玉，深刻入青冥，永诏来今。

刘　过　　　六州歌头·题岳鄂王庙

中兴诸将，谁是万人英。身草莽，人虽死，气填膺，尚如生。年少起河朔，弓两石，剑三尺，定襄汉，开虢洛，洗洞庭。北望帝京，狡兔依然在，良犬先烹。过旧时营垒，荆鄂有遗民。忆故将军，泪如倾。　说当年事，知恨苦，不奉诏，伪耶真。臣有罪，陛下圣，可鉴临，一片心。万古分茅土，终不到，旧奸臣。人世夜，白日照，忽开明。衮佩冕圭百拜，九泉下、荣感君恩。看年年三月，满地野花春，卤簿迎神。

刘　过　　　六州歌头·镇长淮

镇长淮，一都会，古扬州。升平日，珠帘十里春风、小红楼。谁知艰难去，边尘暗，胡马扰，笙歌散，衣冠渡，使人愁。屈指细思，血战成何事，万户封侯。但琼花无恙，开落几经秋。故垒荒丘，似含羞。　怅望金陵宅，丹阳郡，山不断绸缪。兴亡梦，荣枯泪，水东流，甚时休。野灶炊烟里，依然是，宿貔貅。叹灯火，今萧索，尚淹留。莫上醉翁亭，看濛濛雨、杨柳丝柔。笑书生无用，富贵拙身谋，骑鹤东游。

程　珌　　　六州歌头·送辛稼轩

向来抵掌，未必总谈空。难遍举，质三事，试从公。记当年，赋得一丘一壑，天鸢阔，渊鱼静，莫击磬，但酌酒，尽从容。一水西来他日，会从公、曳杖其中。问前回归去，已笑白发成蓬。不识如今，几西风。　蒙庄多事，论虱豕，推羊蚁，未辞终。又骤说，鱼得计，熟能通，□□□。叹如云罔罟，龙伯啖，眇难穷。凡三惑，谁使我，释然融。岂是匏瓜者，把行藏、悉付鸿蒙。且从头检校，想见迎公，湖上千松。

岳　珂　　　六州歌头·海棠开后

海棠开后，红雨洒江渍。春风路，窥杏非，剪葵榛，绕梅魂。满院禽声悄，扶醉起，初睡足，诮不似，玉奴辈，负东昏。回首曲江，多少花边卧，高冢麒麟。谩名缰利锁，何日濯尘缨。几绊浮生，遣区惊。　试从今数，春归日，留不住，掩重门。风雨遇，归阆女，战吴军，费温存。总被流莺笑，英烂熳，误间关。诗卷债，负便腹，遂吟肝。长记风光流转，问

少陵、曾与春言。便联镳相约，一醉卧红云，画角城阁。

黄　机　　六州歌头·百年忠愤

岳总干隐括上吴荆州启，以此腔歌之，因次韵

百年忠愤，无泪洒江渍。曹刘事，埋露草，锁烟榛，哭英魂。此恨谁知者，时把剑，频看镜，徒自苦，拳破裂，眼眵昏。从古时哉去速，鄹人子、反袂伤麟。望家山何在，衮衮已鞶缨。欲划还生，猛堪惊。　膏肓危病，宁有药，针匕具，献无门。荆州启，条旧画，汉将军，已不存。便合囊封去，仓庾地，尚间关。此不用，心漫有，恐无干。人世欢哀数耳，天或者、又假人言。又一番春尽，高柳暗如云，梦断重阍。

黄　机　　六州歌头·次岳总干韵

将军何日，去筑受降城。三万骑，貔貅虎，戮鲵鲸，洗沧溟。试上金山望，中原路，平于掌，百年事，心未语，泪先倾。若若累累印绶，偏安久、大义谁明。倚危栏欲遍，江水亦吞声。目断蘋汀，海门青。　停杯与问，焉用此，手虽子，积如京。波神怒，风浩浩，勃然兴，卷龙腥。似把渠忠愤，伸悬请，翠华巡。呼壮士，挽河汉，荡欃枪。长算直须先定，如细故、休苦营营。正清愁清抱，鸥鹭却多情，飞过邮亭。

刘克庄　　六州歌头·客赠牡丹

维摩病起，兀坐等枯株。清晨里，谁来问，是文殊，遣名姝。夺尽群花色，浴才出，酲初解，千万态，娇无力，困相扶。绝代佳人，不入金张室，却访吾庐。对茶铛禅榻，笑杀此翁臞。珠髻金壶，始消渠。　忆承平日，繁华事，修成谱，写成图。奇绝甚，欧公记，蔡公书，古来无。一自京华隔，问姚魏、竟何如。多应是，彩云散，劫灰余。野鹿衔将花去，休回首、河洛丘墟。漫伤春吊古，梦绕汉唐都，歌罢欷歔。

王　埜　　六州歌头·龙蟠虎踞

龙蟠虎踞，今古帝王州。水如淮，山似洛，凤来游，五云浮。宇宙无终极，千载恨，六朝事，同一梦休。更莫问闲愁，风景悠悠。得似青溪曲，著我扁舟。对残烟衰草，满目是清秋。白鹭汀洲，夕阳收。　黄旗紫盖，中兴运，钟王气，护

金瓯。驻游跸，开行殿，夹朱楼，送华辀。万里长江险，集鸿雁，列貔貅。扫关河，清海岱，志应酬。机会何常，鹤唳风声处，天意人谋。臣今虽老，未遣壮心休，击楫中流。

李曾伯　六州歌头·和陈次贾韵饯其行

桂香深处，倾盖岭之西。云南外，曾指点，是挛鞮，酌玻璃。篸带江山里，挥银笔，摛绮句，湖海气，羞蓬弱，吐虹霓。回首烟尘碌碌，公家事、自笑痴儿。盍田园归去，耕钓侣黔黎。月夕花时，恣吟题。　怅荆州路，同北望，剡谿兴，又东驰。雄边上，夸前躅，壮新基，灿宸奎。客问西陲事，公莫惜，语教知。秋城梦，笳却骑，舞闻鸡。休作中年离恨，聊拚取、一醉如泥。梅边佳致，逸兴与逋齐，人在苏堤。

刘辰翁　六州歌头·向来人道

乙亥二月，贾平章似道督师至太平州鲁港，未见敌，鸣锣而溃。后半月闻报，赋此

向来人道，真个胜周公。燕然眇，浯溪小，万世功，再建隆。十五年宇宙，宫中赝，堂中伴。翻虎鼠，搏鹯雀，覆蛇龙。鹤发庞眉，憔悴空山久，来上东封。便一朝符瑞，四十万人同。说甚东风，怕西风。　甚边尘起，渔阳惨，霓裳断，广寒宫。青楼杳，朱门悄。镜湖空，里湖通。大纛高牙去，人不见，港重重。斜阳外，芳草碧，落花红。抛尽黄金无计，方知道、前此和戎。但千年传说，夜半一声铜，何面江东。

汪元量　六州歌头·江都

绿芜城上，怀古恨依依。淮山碎，江波逝。昔人非，今人悲。惆怅隋天子，锦帆里，环朱履。丛香绮，展旌旗，荡涟漪。击鼓挝金，拥琼璈玉吹，恣意游嬉。斜日晖晖，乱莺啼。

销魂此际，君臣醉，貔貅弊。事如飞，山河坠，烟尘起。风凄凄，雨霏霏，草木皆垂泪。家国弃，竟忘归。笙歌地，欢娱地，尽荒畦。惟有当时皓月，依然挂、杨柳青枝。听堤边渔叟，一笛醉中吹，兴废谁知。

刘将孙　六州歌头·元夕和宜可

天涯倦客，如梦说今宵。承平事，车尘涨，马鸣萧，火城

朝。狂歌闲嬉笑，平康客，五陵侠，闲相待，沙河路，灞陵桥。万眼琉璃，目眩去闲买，一剪梅烧。数金蛾彩蝶，簇带那人娇。说著魂销，掩鲛绡。　波翻海，尘换世，铜仙泪，铁心娆。渺何地，跉朱履，解金貂，步宫腰。瑶池惊燕罢，瓶落井，箭篱弨。灯楼倒，吴儿老，绛都迢。点点梅梢残雪，似东风、吹恨难消。悄山村渔火，风鬓立春宵，绕寒潮。

无名氏　　六州歌头·寿徐枢密

扬休玉色，山立秉鸿枢。圣天子，方有志，会东都，得真儒。身佩安危寄，本兵柄，修军政，朝野庆，钧衡任，赖诗谟。天上麒麟挺，徐卿子，坐肃检夫。向六阳时候，佳瑞纪门弧。炳炳阶符，照蓬壶。　看兄枢使，弟元帅，真盛事，世间无。筹密边烽息，凛羌胡，玉音俞。伫正三槐位，散膏泽，福寰区。河如带，山如砺，巩皇图。金鼎调元远大，中书考，致主唐虞。想公门桃李，应不弃山樗，愿借嘘枯。

六花飞

此调本为咏雪之词。因雪花有六个角，故称雪为“六花”，今仅见曹勋《松隐集》。属双调、仄韵，共一百一十字。上阕十句、四十八字，于第三、五、八、十句用韵；下阕八句、四十七字，用韵同上。

曹　勋　　六花飞·册宝

寅杓乍正，瑞云开晓，罩紫府宫殿。圣孝虔恭，率宸庭冠剑。上徽称、天明地察，奉玉检、璇耀金辉，仰吾君，亲被衮龙，当槛俯旒冕。　中兴明天子，舜心温清，示未尝闲燕。礼无前比，出渊衷深念。赞木父金母至乐，万亿载、日月荣光俱欢忭，罗绮管弦开寿宴。

六桥行

此调名为宋代周端臣创制。浙江省杭州市的西湖，有映

波、锁谰、望山、压堤、东浦、跨虹等六座桥，为宋代苏轼始建。周端臣游西湖六桥，赋词二首，其中有“六桥徙倚”之句，据其词意，命其词调为《六桥行》。词属双调、仄韵，共九十九字。上阕十句、四十九字，于第一、三、四、六、七、八、十句用韵；下阕九句、五十字，于第三、五、七、九句用韵。

周端臣　　　　六桥行·西湖

芙蓉苑，记试酒清狂，弹鞭游遍。翠红照眼，凝芳露、洗出青霞一片。垂杨两岸，窥镜底、新妆深浅。应料似、锦帐行春，三千粉春矜艳。　　邂逅系马堤边，念玉笋轻攀，笑簪同欢。岁华暗换，西风路、几许愁肠凄断。仙城梦黯，还又是、六桥秋晚。凝望处、烟淡云寒，人归雁远。

周端臣　　　　六桥行·苏堤路

苏堤路，正密柳烘烟，嫩莎收雨。野芳竞吐，山如画、隐隐云藏山坞。六桥徙倚，喧处处、行春箫鼓。鸥影外、一片湖光，夷犹彩舟来去。　　凝想禊饮花前，爱裙幄围香，款留连步。旧踪未改，还曾记、揽结亭边芳树。愁情几许，更多似、一天飞絮。空自有、花畔黄鹂，知人笑语。

斗 百 花

南北朝时梁宗懔的《岁时荆楚记》说：“五月五日，四民并蹋百草，又有斗百草之戏。”斗百花即斗百草，是古代的一种游戏，以花草为比赛对象，或对花草名如狗耳草对鸡冠花，或斗花草的多寡、韧性等，常在端午时进行。唐人始以此风俗为内容制曲，后收入教坊，名为《斗百草》，以此曲制词，亦名为《斗百花》。杨万里认为此调“无味”，故知当时不以为佳，因而作者寥寥。柳永《斗百花》词中有“春困厌厌，抛掷斗草工夫”之句，即咏此意。词为双调、仄韵，共八十一字。上阕八句、四十五字，于第一、二、四、七句用韵；下阕七句、三十六字，于第二、四、七句用韵。又名《夏州》、《斗百花近拍》、《斗修行》，参阅其词牌。

王　琪　　　　斗百花·江行

一叶扁舟前去，经过乱峰无数。渔村返照斜阳，鸟道高悬疏雨。危坐中流，堆起雪浪如山，尽被橛头冲破，胸次廓千古。　　雁阵惊寒，乱落平沙深处。投至十里芦花，暂时修羽。低问篙师，萧萧江上何声，风触两边红树。

柳　永　　　　斗百花·飒飒霜飘鸳瓦

飒飒霜飘鸳瓦，翠幕轻寒微透，长门深锁悄悄，满庭秋色将晚。眼看菊蕊，重阳泪落如珠，长是淹残粉面，鸾辂音尘远。　　无限幽恨，寄情空殢纨扇。应是帝王，当初怪妾辞辇。陡顿今来，宫中第一妖娆，却道昭阳飞燕。

柳　永　　　　斗百花·煦色韶光明媚

煦色韶光明媚，轻霭低笼芳树。池塘浅蘸烟芜，帘幕闲垂风絮。春困厌厌，抛掷斗草工夫，冷落踏青心绪，终日扃朱户。　　远恨绵绵，淑景迟迟难度。年少傅粉，依前醉眠何处。深院无人，黄昏乍拆秋千，空锁满庭花雨。

柳　永　　　　斗百花·满搦宫腰纤细

满搦宫腰纤细，年纪方当笄岁。刚被风流沾惹，与合垂杨双髻。初学严妆，如描似削身材，怯雨羞云情意，举措多娇媚。　　争奈心性，未会先怜佳婿。长是夜深，不肯便入鸳被。与解罗裳，盈盈背立银釭，却道你但先睡。

晁补之　　　　斗百花·汶妓阎丽

小小盈盈珠翠，忆得眉长眼细。曾共映花低语，已解伤春情意。重向溪堂，临风看舞梁州，依旧照人秋水，转更添姿媚。　　与问阶上，簸钱时节，记微笑，但把纤腰，向人娇倚。不见还休，谁教见了厌厌，还是向来情味。

晁补之　　　　斗百花·汶妓褚延娘

脸色朝霞红腻，眼色秋波明媚。云度小钗浓鬓，雪透轻绮香臂。不语凝情，教人唤得回头，斜盼未知何意，百态生珠翠。　　低问石上，凿井何由及底。微向耳边，同心有缘千里。饮散西池，凉蟾正满纱窗，一语系人心里。

晁补之　　斗百花·斜日东风深院

斜日东风深院，绣幕低迷归燕。潇洒小屏娇面，仿佛灯前初见。与选筵中，银盆半拆姚黄，插向凤凰钗畔，微笑遮纨扇。　　教展香茵，看舞霓裳促遍。红飐翠翻，惊鸿乍拂秋岸。柳困花慵，盈盈自整罗巾，须劝倒金盏。

斗百花近拍

关于“斗百花”的含义、来历，参阅词牌《斗百花》。“近拍”中的“近”指一首词中用六韵为正格，亦有延之八韵者；“拍”指曲的节拍，一般两韵为一拍。此调指用《斗百花》的格式，而在节拍用韵上有所变化。今仅存仲殊词一首，属单调、仄韵，共十五句。

仲　殊　　斗百花近拍·九凤啸歌宛转

九凤啸歌宛转，鹤舞长生排遍。彩衣朱绂，醉挹绮园彭羡。香在云头，星宫寿纪重新，东斗瑞光昏见，嘉庆留西宴。酒乍醒时，便拥一封归传。雨露旧恩，长沙再膺天眷。还了宫符，前席受取丁宁，功业算来何晚。

斗 百 草

唐大曲名，最早见于《敦煌歌词总编》卷七，唐无名氏词。宋晁补之《晁氏琴趣外编》卷六习用此调。

晁补之　　斗百草·别日常多

别日常多，会时常少天难晓。正喜花开，又愁花谢，春也似人易老。惨无言、念旧日朱颜，清欢莫笑。便苒苒如云，霏霏似雨，去无音耗。　　追想墙头梅下，门里桃边，名利为伊都忘了。血写香笺，泪封罗帕，记三日、离肠恨搅。如今事，十二楼空凭谁到。此情悄，拟回船、武陵路杳。

晁补之　　　　斗百草·往事临邛

往事临邛，旧游雅态羞重忆。解赋才高，好音情慧，琴里句中暗识。正当年、似阆苑琼枝，朝朝相倚。便涤器何妨，当炉正好，镇同比翼。　　谁使褰裳佩失，推枕云归，惆怅至今遗恨积。双鲤书来，大刀诗意，纵章台、青青似昔。重寻事，前度刘郎转愁寂。谩赢得，对东风、对花叹息。

斗 鸡 回

此调见《阳春白雪》，今存宋代杜龙沙词一首，自注“夹钟商”，当是他自度曲。词中有“绣陌相将，斗鸡寒食下”之句，全词赋斗鸡后归家的情景。属双调、仄韵，共四十九字。上阕六句、二十四字，于第二、四、六句用韵；下阕六句、二十五字，用韵同上阕。

杜龙沙　　　　斗鸡回·莺啼人起

莺啼人起，花露真珠洒。白苎衫，青骢马。绣陌相将，斗鸡寒食下。　　回廊暝色愔愔，应是待、归来也。月渐高，门犹亚。闷剔银钉，漏声初入夜。

斗 婵 娟

此调今只存张炎词一首，赋春之感怀。“婵娟”，指形态美好。属双调、仄韵，共一百一十字。上阕九句、五十五字，于第一、二、四、五、六、八、九句用韵；下阕十句、五十六字，于第三、五、六、七、十句用韵。

张　炎　　　　斗婵娟·春感

旧家池沼，寻芳处、从教飞燕频绕。一湾柳护水房春，看镜鸾窥晓。晕宿酒、双蛾淡扫，罗襦飘带腰围小。尽醉方归去，又暗约明朝斗草，谁解先到。　　心绪乱若晴丝，那回游处，坠红争恋残照。近来心事渐无多，尚被莺声恼。便白发、如今纵少，情怀不似前时好。谩伫立、东风外，愁极还醒，背花一笑。

忆人人

此调咏调名本意，为思人之作。属双调、仄韵，共五十五字。上阕五句、二十九字，于第二、三、五句用韵；下阕五句、二十八字，于第三、五句用韵。

无名氏　　忆人人·密传春信

密传春信，微妆晓景，淡伫香苞欲绽。临风虽未吐芳心，奈暗露、盈盈粉面。　何人月下，一声长笛，即是飞英凌乱。凭阑无惜赏芳姿，更莫待、倾筐已满。

无名氏　　忆人人·前村深雪

前村深雪，难寻幽艳，无奈清香漏绽。烟梢霜萼出墙时，似暗妒、寿阳妆面。　幽香浮动，无缘攀赏，但只心劳魂乱。不辞他日醉琼姿，又只恐、阴成子满。

忆王孙

“王孙”本指王者之孙或后代，后用为“公子”的通称。调名用其后起之义，意为对公子的思念，写春闺之情。此调为宋人秦观创制，其词前两句为“萋萋芳草忆王孙，柳外楼高空断魂”，故名《忆王孙》。一体为单调、平韵，五句，共三十一字，句句用韵。另一体为双调、仄韵，五十四字。上下阕均六句、二十七字，亦均于第一、三、六句用韵。双调又名《怨王孙》，体式与单调迥异。单调别名颇多，梅苑词名《独脚令》，谢克家词名《忆君王》，吕渭老词名《豆叶黄》，陆游词名《画蛾眉》，张辑名《阑干万里心》。参阅以上各词牌。

赵子发　　忆王孙·日长高柳一蝉声

日长高柳一蝉声，翡翠帘深宝簟清，梦远春云不散情。晓风轻，玉楝花飞宿雨晴。

周紫芝　　　　忆王孙·绝笔

梅子生时春渐老，红满地、落花谁扫。旧年池馆不归来，又绿尽、今年草。　思量千里乡关道，山共水、几时得到。杜鹃只解怨残春，也不管、人烦恼。

蔡　伸　　忆王孙·凉生冰簟怯衣单

凉生冰簟怯衣单，明月楼高空画栏，满院啼蛩人未眠。掩重关，乌鹊南飞风露寒。

李重元　　　　忆王孙·春词

萋萋芳草忆王孙，柳外楼高空断魂，杜宇声声不忍闻。欲黄昏，雨打梨花深闭门。

李重元　　　　忆王孙·夏词

风蒲猎猎小池塘，过雨荷花满院香，沉李浮瓜冰雪凉。竹方床，针线慵拈午梦长。

李重元　　　　忆王孙·秋词

飕飕风冷荻花秋，明月斜侵独倚楼，十二珠帘不上钩。黯凝眸，一点渔灯古渡头。

李重元　　　　忆王孙·冬词

彤云风扫雪初晴，天外孤鸿三两声，独拥寒衾不忍听。月笼明，窗外梅花瘦影横。

仲　并　　　　忆王孙·秋闺

庭梧叶密未惊秋，风雨潇潇特地愁，愁绪如丝无尽头。思悠悠，怅望王孙空倚楼。

辛弃疾　　　　忆王孙·集句

登山临水送将归，悲莫悲兮生别离，不用登临怨落晖。昔人非，惟有年年秋雁飞。

程　垓　　忆王孙·萧萧梅雨断人行

萧萧梅雨断人行，门掩残春绿荫生，翠被寒灯枕自横。梦

初惊，窗外啼鹃催五更。

姜　夔　　　忆王孙·番阳彭氏小楼作

冷红叶叶下塘秋，长与行云共一舟，零落江南不自由。两绸缪，料得吟鸾夜夜愁。

刘学箕　　　　忆王孙·清明病酒

淑景韶光晴昼，帘外雨、欲无还有。流莺枝上转新声，梦初醒、厌厌病酒。　　天连碧草凝情久，思旧事、不堪搔首。怀人有恨水云深，又绿暗、桥西柳。

汪元量　　　忆王孙·汉家宫阙动高秋

集句数首，甚婉娩，情至可观

汉家宫阙动高秋，人自伤心水自流，今日晴明独上楼。恨悠悠，白尽梨园子弟头。

汪元量　　　忆王孙·吴王此地有楼台

吴王此地有楼台，风雨谁知长绿苔，半醉闲吟独自来。小徘徊，惟见江流去不回。

汪元量　　　忆王孙·长安不见使人愁

长安不见使人愁，物换星移几度秋，一自佳人坠玉楼。莫淹留，远别秦城万里游。

汪元量　　　忆王孙·阵前金甲受降时

阵前金甲受降时，园客争偷御果枝，白发宫娃不解悲。理征衣，一片春帆带雨飞。

汪元量　　　忆王孙·鹧鸪飞上越王台

鹧鸪飞上越王台，烧接黄云惨不开，有客新从赵地回。转堪哀，岩畔古碑空绿苔。

汪元量　　　忆王孙·离宫别苑草萋萋

离宫别苑草萋萋，对此如何不泪垂，满槛山川漾落晖。昔人非，惟有年年秋雁飞。

汪元量　　忆王孙·上阳宫里断肠时

上阳宫里断肠时，春半如秋意转迷，独坐纱窗刺绣迟。泪沾衣，不见人归见燕归。

汪元量　　忆王孙·华清宫树不胜秋

华清宫树不胜秋，云物凄凉拂曙流，七夕何人望斗牛。一登楼，水远山长步步愁。

汪元量　　忆王孙·五陵无树起秋风

五陵无树起秋风，千里黄云与断蓬，人物萧条市井空。思无穷，惟有青山似洛中。

汪元量　　忆王孙·神舟稳驾出沉流

神舟稳驾出沉流，明月辉辉命自周，两个先生暗点头。有来由，万劫轮回向此休。

汪元量　　忆王孙·修行谁会把心降

修行谁会把心降，赤凤驱将饮碧江，调引婴娇笑舞双。剔银釭，物物头头现晓窗。

汪元量　　忆王孙·从初得得便风流

从初得得便风流，降伏龟蛇住定州，千日丹成永永收。好因由，自在逍遥万事休。

汪元量　　忆王孙·心中无事气神和

心中无事气神和，不觉忻忻言语多，剑用衡铜磨更磨。害风哥，割了舌头赶退魔。

汪元量　　忆王孙·尘寰财色苦相萦

尘寰财色苦相萦，著爱浮华役此身，好收灵源一点真。绝贪嗔，便是逍遥到岸人。

汪元量　　忆王孙·无无无有有无无

无无无有有无无，悟得无无便不愚，日月年时损壮粗。见元初，万道霞光攒宝珠。

汪元量　　忆王孙·茫茫苦海两无边

茫茫苦海两无边，无限迷鱼戏黑渊，我掷金钩钓有缘。线儿牵，引上神州采玉莲。

张　炎　　忆王孙·谢安棋墅

争棋赌墅意欣然，心似游丝飏碧天，只为当时一著玄。笑苻坚，百万军声屐齿前。

无名氏　　忆王孙·杨柳风前旗鼓闹

杨柳风前旗鼓闹，正陌上、闲花芳草。忍将愁眼觑芳菲，人未老，春先老。　　长安比日知多少，日易见、长安难到。无情苕水不西流，渐迤逦、仙舟小。

忆少年

此调咏调名本意，又名《十二时》。《十二时》原是唐代教坊曲名，宋代演为鼓吹四曲之一。《忆少年》属双调、仄韵，共四十六字。上阕五句、二十二字，于第三、五句用韵；下阕四句、二十四字，于第一、二、四句用韵。另一体四十七字。宋代朱敦儒有“连云衰草”一首，题作《十二时》，实与《忆少年》体式无异，属异名同调。宋代柳永有词亦名《十二时》，都是长调，三叠，共一百三十字。朱词与柳词当为同名异调。万俟咏词有“上陇首凝眸天四阔”之句，又名《陇首山》，元代刘秉忠词有“恨桃花流水”之句，更名为《桃花曲》。参阅《十二时》。

晁补之　　忆少年·别历下

无穷官柳，无情画舸，无根行客。南山尚相送，只高城人隔。　　罨画园林溪绀碧，算重来、尽成陈迹。刘郎鬓如此，况桃花颜色。

曹　组　　忆少年·年时酒伴

年时酒伴，年时去处，年时春色。清明又近也，却天涯为客。　　念过眼、光阴难再得，想前欢、尽成陈迹。登临恨无

语，把阑干暗拍。

万俟咏　　　忆少年　陇首山

陇云溶泄，陇山峻秀，陇泉呜咽。行人暂驻马，已不胜愁绝。　　上陇首、凝眸天四阔，更一声、塞雁凄切。征书待寄远，有知心明月。

赵彦端　　　忆少年·逢春如酒

逢春如酒，逢花如露，逢人如玉。东风送寒去，蔚温温香縠。　　海上三山元似粟，试招来、共藏金屋。与君醉千岁，看人间新绿。

谢　懋　　　忆少年·寒食

池塘绿遍，王孙芳草，依依斜日。游丝卷晴昼，系东风无力。　　蝶趁幽香蜂酿蜜，秋千外、卧红堆碧。心情费消遣，更梨花寒食。

无名氏　　　忆少年·疏疏整整

疏疏整整，斜斜淡淡，盈盈脉脉。徒怜暗香句，笑梨花颜色。　　羁马萧萧行又急，空回首、水寒沙白。天涯倦牢落，忍一声羌笛。

忆少年令

此调与《忆少年》体制不同。“令”用于词调中标明该调为令词。《忆少年》又名《十二时》。《十二时》本为唐教坊曲名，宋代演为鼓吹四曲之一。它有令词与慢词两调。《忆少年令》属双调、平韵，共五十一字。上阕六句、二十六字，于第三、六句用韵；下阕五句、二十五字，于第二、五句用韵。参阅《忆少年》、《十二时》。

康与之　　　忆少年令·元夕应制

按词律调名当为《少年游》

双龙烛影，千门夜色，三五宴瑶台。舞蝶随香，飞蝉扑鬓，人自蕊宫来。　　太平箫鼓宸居晓，清漏玉壶催。步辇归时，绮罗生润，花上月徘徊。

忆东坡

此调见《相山居士词》，为王之道创制，其内容是对苏轼诗词、书法的赞颂。以题为调名，属双调、仄韵，共九十八字。上、下阕皆九句，亦皆于第二、四、七、九句用韵，惟上阕五十字，下阕四十八字。

王之道　　忆东坡·追和黄鲁直

雪霁柳舒容，日薄梅摇影。新岁换符来，天上初见颁桃梗。试问我酬君唱，何如博塞欢娱，百万呼卢胜。投珠报玉，须放骚人遣春兴。　诗成谈笑，写出无穷景。不妨时作颠草，驰骋张芝圣。谁念杜陵野老，心同流水必东，与物初无竞。公侯应有种哉，倾否由天命。

王之道　　忆东坡·虚堂响应声

虚堂响应声，皎月形和影。春到也须还，长红多紫啼条梗。况有光风丽日，能消积雪繁霜，青女休言胜。扶摇借便，请看天池发鹏兴。　人言强汉，治道夸文景。谁能尧舜其君，远继阿衡圣。富贵吾所自有，宰相时来则为，自不烦趋竞。欲寻文会诗盟，得酒且相命。

忆旧游

此调始自《清真乐府》。始词咏调名本意，追念旧游之地和旧游之人。词属双调、平韵，共一百零二字。上阕十一句、五十一字，于第三、六、八、十一句用韵；下阕十一句、五十一字，于第一、四、七、九、十一句用韵。又名《忆旧游慢》。

周邦彦　　忆旧游·春景

记愁横浅黛，泪洗红铅，门掩秋宵。坠叶惊离思，听寒螀夜泣，乱雨潇潇。凤钗半脱云鬓，窗影烛光摇。渐暗竹敲凉，疏萤照晚，两地魂销。　迢迢，问音信，道径底花阴，时认

鸣镳。也拟临朱户，叹因郎憔悴，羞见郎招。旧巢更有新燕，杨柳拂河桥。但满目京尘，东风竟日吹露桃。

方千里　　忆旧游·念花边玉漏

念花边玉漏，帐里鸾笙，曾款良宵。镂鸭吹香雾，更轻风动竹，韵响潇潇。画檐皓月初挂，帘幕縠纹摇。记罢曲更衣，挑灯细语，酒晕全消。　　迢迢，旧时路，纵下马铜驼，谁听扬镳。奈可怜庭院，又徘徊虚过，清梦难招。断魂暗想幽会，回首渺星桥。试仿佛仙源，重寻当日千树桃。

吴文英　　忆旧游·别黄澹翁

送人犹未苦，苦送春、随人去天涯。片红都飞尽，正阴阴润绿，暗里啼鸦。赋情顿雪双鬓，飞梦逐尘沙。叹病渴凄凉，分香瘦减，两地看花。　　西湖断桥路，想系马垂杨，依旧欹斜。葵麦迷烟处，问离巢孤燕，飞过谁家。故人为写深怨，空壁扫秋蛇。但醉上吴台，残阳草色归思赊。

杨泽民　　忆旧游·念区区远宦

念区区远宦，带月侵晨，燃烛中宵。在昔曾游遍，过三湘下浙，二水通潇。小舟暂辍兰棹，羸马复鞭摇。但旧日雄图，平生壮气，往往潜消。　　迢迢，向年事，记艳质平堤，曾共听镳。醉□游沙市，被疏狂伴侣，朝暮相招。怎知后约难再，牛女隔星桥。待远结双成，他时去窃千岁桃。

陈允平　　忆旧游·又眉峰碧聚

又眉峰碧聚，记得邮亭，人别中宵。剪烛西窗下，听林梢叶堕，雾漠烟潇。彩鸾梦逐云去，环佩入扶摇。但镜裂鸳奁，钗分燕股，粉腻香销。　　迢迢，旧游处，向柳下维舟，花底扬镳。更忆西风里，采芙蓉江上，双桨频招。怨红一叶应到，明月赤阑桥。渐泪浥琼腮，胭脂澹薄羞嫩桃。

黄廷琦　　忆旧游·乍梅黄雨过

乍梅黄雨过，遍倚层楼，时舞垂杨。暗绿知谁换，似烟浓雾薄，望眼偏妨。昔人画鹢无数，相引入横塘。纵细切香蒲，重开绛蕊，懒向清觞。　　凄凉，旧游地，谩赋减兰成，才退

周郎。总把芳辰误，念纱窗深静，冰簟流光。凤笺试写新句，青羽碧天长。又隐隐城头，随风断角斜照黄。

刘辰翁　　忆旧游·和巽吾相忆寄韵

渺山城故苑，烟横绿野，林胜青油。甚相思只在，华清泉侧，凝碧池头。故人念我何处，堕泪水西流。念寒食如君，江南似我，花絮悠悠。　　不知身南北，对断烟禁火，蹇六年留。恨听莺不见，到而今又恨，睍睆成愁。去年相携流落，回首隔芳洲。但行去行来，春风春水无过舟。

周　密　　忆旧游·落梅赋

念芳钿委路，粉浪翻空，谁补春痕。伫立伤心事，记宫檐点鬓，候馆沾襟。东君护香情薄，不管径云深。叹金谷楼危，避风台浅，消瘦飞琼。　　梨云已成梦，謾蝶恨凄凉，人怨黄昏。捻残枝重嗅，似徐娘虽老，犹有风情。不禁许多芳思，青子渐成阴。怕酒醒歌阑，空庭夜月羌管清。

周　密　　忆旧游·次韵筼房有怀东园

记花阴映烛，柳影飞梭，庭户东风。彩笔争春艳，任香迷舞袖，醉拥歌丛。画帘静掩芳昼，云剪玉璁珑。奈恨绝冰弦，尘消翠谱，别凤离鸿。　　莺笼，怨春远，但翠冷闲阶，坠粉飘红。事逐华年换，叹水流花谢，燕去楼空。绣鸳暗老薇径，残梦绕雕栊。怅宝瑟无声，愁痕沁碧，江上孤峰。

周　密　　忆旧游·寄王圣与

记移灯剪雨，换火篝香，去岁今朝。乍见翻疑梦，向梅边携手，笑挽吟桡。依依故人情味，歌舞试春娇。对婉娩年芳，漂零身世，酒趁愁消。　　天涯未归客，望锦羽沉沉，翠水迢迢。叹菊荒薇老，负故人猿鹤，旧隐谁招。疏花漫撩愁思，无句到寒梢。但梦绕西泠，空江冷月，魂断随潮。

彭元逊　　忆旧游·记新楼试酒

记新楼试酒，上客回车，初识能歌。几许怜才意，觉援琴意动，授简情多。青鸾昼下缥缈，烟雾隔轻罗。还自有人猜，素巾承汗，微影双蛾。　　西陂千树雪，欲绝世乘风，下照沧

波。怪倚春憔悴，扁舟月上，草草相过。少年翰墨相误，幽恨愧星河。谁为语伶玄，秋风并冷双燕窠。

仇远　　忆旧游·忆寒烟古驿

忆寒烟古驿，淡月孤舟，无限江山。落叶牵离思，到秋来，夜夜梦入长安。故人剪烛清话，风雨半窗寒。甚宦海漂流，客毡寂寞，忍说闲关。　　征衫，赋归去，喜故里西湖，不厌重看。莫待青春晚，趁莺花未老，觅醉寻欢。故园更有松竹，富贵不如闲。却指顾斜阳，长歌李白行路难。

仇远　　忆旧游·对庭芜黯淡

对庭芜黯淡，院柳萧疏，还又深秋。正一星灯暗，更一声雁过，一点萤流。合成一片离思，都在小红楼。想扑地阴云，人愁不尽，替与天愁。　　酸风未应□，雨簌簌潇潇，欲下还收。忆绣帏贪睡，任花梢晨影，移上帘钩。被池半卷红浪，衣冷覆熏篝。怎忘得江南，风流庾信空白头。

张炎　　忆旧游·看方壶拥翠

大都长春宫，即旧之太极宫也

看方壶拥翠，太极垂光，积雪初晴。阊阖开黄道，正绿章封事，飞上层青。古台半压琪树，引袖拂寒星。见玉冷闲坡，金明邃宇，人住深清。　　幽寻，自来去，对华表千年，天籁无声。别有长生路，看花开花落，何处无春。露台深锁丹气，隔水唤青禽。尚记得归时，鹤衣散影都是云。

张炎　　忆旧游·寄沈尧道诸公

新朋故侣，诗酒迟留，吴山苍苍，渺渺兮余怀也

记开帘过酒，隔水悬灯，款语梅边。未了清游兴，又飘然独去，何处山川。淡风暗收榆荚，吹下沈郎钱。叹客里光阴，消磨艳冶，都在尊前。　　留连，殢人处，是镜曲窥莺，兰阜围泉。醉拂珊瑚树，写百年幽恨，分付吟笺。故乡几回飞梦，江雨夜凉船。纵忘却归期，千山未必无杜鹃。

张炎　　忆旧游·叹江潭树老

余离群索居，与赵元父一别四载。癸巳春，于古杭见之，

形容憔悴，故态顿消。以余之况味，又有甚于元父者，抑重余之惜，因赋此调，且寄元父，当为余愀然而悲也

叹江潭树老，杜曲门荒，同赋飘零。乍见翻疑梦，对萧萧乱发，都是愁根。秉烛故人归后，花月锁春深。纵草带堪题，争如片叶，能寄殷勤。　　重寻，已无处，尚记得依稀，柳下芳邻。伫立香风外，抱孤愁凄惋，羞燕惭莺。俯仰十年前事，醉后醒还惊。又晓日千峰，涓涓露湿花气生。

张　炎　　忆旧游·登蓬莱阁

别本登下有"越州"二字

问蓬莱何处，风月依然，万里江清。休说神仙事，便神仙纵有，即是闲人。笑我几番醒醉，石磴扫松阴。任狂客难招，采芳难赠，且自微吟。　　俯仰成陈迹，叹百年谁在，阑槛孤凭。海日生残夜，看卧龙和梦，飞入秋冥。还听水声东去，山冷不生云。正目极空寒，萧萧汉柏愁茂陵。

张　炎　　忆旧游·过故园有感

记凝妆倚扇，笑眼窥帘，曾款芳尊。步屧交枝径，引生香不断，流水中分。忘了牡丹名字，和露拨花根。甚杜牧重来，买栽无地，都是消魂。　　空存，断肠草，伴几折眉痕，几点啼痕。镜里芙蓉老，问如今何处，绾绿梳云。怕有旧时归燕，犹自识黄昏。待说与羁愁，遥知路隔杨柳门。

张　炎　　忆旧游·寄友

记琼筵卜夜，锦槛移春，同恼莺娇。暗水流花径，正无风院落，银烛迟销。闹枝浅压髻髻，香脸泛红潮。甚如此游情，还将乐事，轻趁冰消。　　飘零又成梦，但长歌袅袅，柳色迢迢。一叶江心冷，望美人不见，隔浦难招。认得旧时鸥鹭，重过月明桥。溯万里天风，清声谩忆何处箫。

张　炎　　忆旧游·寓毗陵有怀澄江旧友

笑铭崖笔倦，访雪舟寒，觅里寻邻。半掩闲门草，看长松落荫，旧榻悬尘。自怜此来何事，不为忆鲈莼。但回首当年，芙蓉城里，胜友如云。　　思君，度遥夜，谩疑是梅花，檐下空巡。蝶与周俱梦，折一枝聊寄，古意殊真。渺然望极来雁，

传与异乡春。尚记得行歌，阳关西出无故人。

刘将孙　　忆旧游·前题分得论字

正落花时节，憔悴东风，绿满愁痕。悄客梦惊呼伴侣，断鸿有约，回泊归云。江空共道惆怅，夜雨隔篷闻。尽世外纵横，人间恩怨，细酌重论。　叹他乡异县，渺旧雨新知，历落情真。匆匆那忍别，料当君思我，我亦思君。人生自非麋鹿，无计久同群。此去重销魂，黄昏细雨人闭门。

龙端是　　忆旧游·题南楼

问南楼月色，十载相疏，何似今宵。旧雨菰蒲国，想波光雁影，远撼沅潇。拟苏堤上杨柳，烟碧为谁摇。叹庾扇尘深，胡床梦浅，翠减香销。　迢迢，谩回首，记酹酒江山，曾共金镳。暮色沉西垒，几狂朋来往，舟叶招招。浩歌拍手归去，风月两长桥。算此会何时，刘郎去后多嫩桃。

刘应几　　忆旧游·闻雁

记铜驼载酒，翠陌吹箫，曾听相呼。不尽离离意，觉柔肠如剪，立马踟蹰。人生似此苍鬓，禁得几声疏。想怨入秋深，愁随天远，满目平芜。　音书未曾寄，正人在燕台，忘却回车。奈菰蒲旧地，山空木落，霜老泉枯。月明仙掌何处，转首失栖乌。待说与云间，潇湘近日风卷湖。

彭泰翁　　忆旧游·雨中海棠

玉环扶浅醉，翠袖笼寒，香汗初融。昨夜残妆在，最难胜珠络，都沁铅红。朝云低护深约，蜂蝶不知踪。奈燕子情多，斜飞轻触，泪洒羞容。　重逢，记前度，解剪烛调笙，踏月鸣骢。风入人间远，待尘缘洗尽，飞佩凌空。丁宁为我留住，携酒寿东风。便花谱重修，高堂再赋疑梦中。

忆旧游慢

此调又名《忆旧游》，本为咏追念旧游之地和旧游之人。“慢”指慢曲子，用于词调中，表明该调为慢词。属双

调，平韵，共一百零二字。上下阕各十一句、五十一字。参阅《忆旧游》。

赵以夫　　　　　　忆旧游慢·荷花

泛东湖用方时父韵

爱东湖六月，十里香风，翡翠铺平。误入红云里，似当年太乙，约我寻盟。叶舟荡漾寒碧，分得一襟冰。渐际晚轻阴，脩蒲舞绿，倦柳梳青。　　娉婷，黯无语，想怨女三千，长日宫庭。六六阑干曲，有玉儿才貌，谁与看承。柔情一点无奈，频付酒杯行。到夜静人归，凉蟾自照鸥鹭汀。

赵以夫　　　忆旧游慢·望红渠影里

望红渠影里，冉冉斜阳，十里堤平。唤起江湖梦，向沙鸥住处，细说前盟。水乡六月无暑，寒玉散清冰。笑老去心情，也将醉眼，镇为花青。　　亭亭，步明镜，似月浸华清，人在秋庭。照夜银河落，想粉香湿露，恩泽初承。十洲缥缈何许，风引彩舟行。尚忆得西施，余情袅袅烟水汀。

忆仙姿

此调本为后唐庄宗李存勖所制，名为《忆仙姿》，意为思念仙女般姿容之嫔妃。苏轼用其曲填词，嫌其名不雅，故改为《如梦令》，因为此词中有叠句“如梦，如梦”，故名。单调，仄韵，七句，共三十三字。每句字数依次为六、六、五、六、二、二、六字。五、六两句为叠句，除第三句不用韵外，句句押韵。别一体用平韵，余皆同。又名《比梅》、《宴桃源》。参阅《如梦令》。

贺　铸　　　忆仙姿·莲叶初生南浦

莲叶初生南浦，两岸绿杨飞絮。向晚鲤鱼风，断送彩帆何处。凝伫，凝伫，楼外一江烟雨。

贺　铸　　　忆仙姿·彩舫解维官柳

彩舫解维官柳，楼上谁家红袖。团扇弄微风，如为行人招手。回首，回首，云断武陵溪口。

贺　铸　　忆仙姿·白纻春衫新制

白纻春衫新制，准拟采兰修禊。遮日走京尘，何啻分阴如岁。留滞，留滞，不似行云难系。

贺　铸　　忆仙姿·日日春风楼上

日日春风楼上，不见石城双桨。鸳枕梦回时，烛泪屏山相向。流荡，流荡，门外白蘋溪涨。

贺　铸　　忆仙姿·相见时难别易

相见时难别易，何限玉琴心意。眉黛只供愁，羞见双鸳鸯字。憔悴，憔悴，蜡烛销成红泪。

贺　铸　　忆仙姿·罗绮丛中初见

罗绮丛中初见，理鬓横波流转。半醉不胜情，帘影犹招歌扇。留恋，留恋，秋夜辞巢双燕。

贺　铸　　忆仙姿·雨后一分春减

雨后一分春减，深院落红如糁。柳外出秋千，度日彩旗风飐。销黯，销黯，门共宝奁长掩。

贺　铸　　忆仙姿·柳下玉骢双鞚

柳下玉骢双鞚，蝉鬓宝钿浮动。半醉倚迷楼，聊送斜阳三弄。豪纵，豪纵，一觉扬州春梦。

贺　铸　　忆仙姿·何处偷谐心赏

何处偷谐心赏，促坐绮罗筵上。不记下楼时，醉□月侵书幌。怀想，怀想，清丽歌声妆样。

贺　铸　　忆仙姿·江上潮回风细

江上潮回风细，红袖倚楼凝睇。天际认归舟，但见平林如荠。迢递，迢递，人更远于天际。

贺　铸　　忆仙姿·梦想山阴游冶

梦想山阴游冶，深径碧桃花谢。曲水稳流觞，暖絮芳兰堪藉。萧洒，萧洒，月棹烟蓑东下。

洪　皓　　忆仙姿·游汪德邵园池，在饶州作

试问春归何处，蜂懒蝶忙来去。婉娩倦寻芳，偶遂涉园成趣。莺语，莺语，唤起小鱼吹絮。

洪　皓　　忆仙姿·乍到园亭清处

乍到园亭清处，面面此君忘去。把酒挹幽人，仰止七贤高趣。吴语，吴语，弗见满城风絮。

洪　皓　　忆仙姿·小憩书斋胡处

小憩书斋胡处，闲取响泉调去。是事不关心，自得曲中深趣。无语，无语，回首暮云飞絮。

洪　皓　　忆仙姿·燕敞画堂深处

燕敞画堂深处，夜艾不知归去。忍醉作歌词，要引遏云奇趣。娇语，娇语，似劝老人休絮。

忆 汉 月

本是唐教坊曲名，为唐开元、天宝间人所作。古时对“汉月”有两种意向：一是咏汉元帝时王昭君与匈奴和亲途中之情绪，以汉月对胡尘兴感。如梁朝简文帝之《明君词》“秋檐照汉月，愁帐入胡风”等等。二是咏关山行役、去国日远、思乡深切之情，如庾信之《怨歌行》“胡尘几日应尽，汉月何时更圆”等等。唐教坊曲乃抒盛唐边人久戍不归、思乡怀亲之叹。宋人借其曲名为词牌。属双调、仄韵，共五十字。上阕四句、二十五字，于第一、二、四句用韵；下阕四句、二十五字，于第三、五句用韵。别亦五十字，惟此体下阕与前体略异。柳永词名《望汉月》。

欧阳修　　忆汉月·红艳几枝轻袅

红艳几枝轻袅，新被东风开了。倚烟啼露为谁娇，故惹蝶怜蜂恼。　　多情游赏处，留恋向、绿丛千绕。酒阑欢罢不成归，肠断月斜春老。

杜安世　　忆汉月·红杏一枝遥见

红杏一枝遥见，凝露粉愁香怨。吹开吹谢任春风，恨流莺、不能拘管。　曲池连夜雨，绿水上、碎红千片。直拟移来向深院，任凋零、不孤双眼。

忆江南

据唐朝段安节《乐府杂录》，此调是唐朝李德裕为悼念亡妓谢秋娘所作，本名《谢秋娘》，后因白居易词《忆江南》而改为今名。唐时皆为单调、仄韵，五句，共二十七字，于第二、四、五句用韵。宋时始有作双调者，共五十四字，下阕与上阕格式同，是单调的反复。

刘辰翁　　忆江南·花几许

二月十八日，臞轩约客，因问晏氏海棠开未，即携具至其下，已盛甚

花几许，已报八分催。却问主人何处去，且容老子个中来，花外主人回。　年时客，如今安在哉。正喜锦官城烂漫，忽惊花鸟使摧颓，世事只添杯。

忆吹箫

此牌又名《凤凰台上忆吹箫》、《凤凰台忆吹箫》。词牌命名来自传说萧史吹箫引凤、与弄玉升天仙去的故事。属双调、平韵，共九十五字，上阕十句、四十七字，下阕九句、四十八字。另一体九十七字。参阅《凤凰台上忆吹箫》。

曹　勋　　忆吹箫·七夕

烦暑衣襟，乍凉院宇，梧桐吹下新秋。望鹊羽、桥成上汉，绿雾初收。喜见西南月吐，帘尽卷、玉宇珠楼。银潢晚，应是绛河，已度牵牛。　何妨翠烟深处，佳丽拥缯筵，斗巧嬉游。是向夕、穿针竞立，香霭飞浮。别有回廊影里，应钿

合、钗股空留。江天晓，萧萧雨入潮头。

忆吹箫慢

此调即《忆吹箫》。“慢”指慢曲子，用于词调中表明该调为慢词。属双调、平韵，共九十五字。上阕十句、四十七字，下阕十句、四十八字。另一体为四十七字。又名《凤凰台上忆吹箫》、《凤凰台忆吹箫》。调名来自于萧史吹箫引凤的故事。参阅《凤凰台上忆吹箫》、《忆吹箫》。

无名氏　　忆吹箫慢·血洒霜罗

血洒霜罗，泪薄艳锦，伊方教我成行。渐望断、斜桥暮柳，曲水归云。月暗风高露冷，独自才抵孤城。江南远，今夜就中，愁损行人。　　愁人，旧香遗粉，空淡淡余暖，隐隐残痕。到这里、思量是我，忒噉无情。水更无情侣我，催画航、一日三程。休烦恼，相见定约新春。

忆闷令

此调首见《小山乐府》，当为晏几道所创制，写闺中闲情。“令”来自唐代的酒令。有时作为小令的标志，有时相当于词调的通称。此词牌指令词，属双调、仄韵，共四十五字。上阕四句、二十三字，于第一、二、四句用韵；下阕四句、二十二字，于第一、二、五句用韵。

晏几道　　忆闷令·取次临鸾匀画浅

取次临鸾匀画浅，酒醒迟来晚。多情爱惹闲愁，长黛眉低敛。　　月底相逢花下见，有深深良愿。愿期信、似月如花，须更教长远。

仇　远　　忆闷令·岸柳丝丝青尚浅

岸柳丝丝青尚浅，渐春归吴苑。缭垣不隔花屏，爱翠深红远。　　瞥地飞来何处燕，小乌衣新剪。想芹短、未出香泥，波面时时点。

忆君王

即《忆王孙》，宋谢克家词名《忆君王》，见《避戎夜话》。详见《忆王孙》条。

谢克家　　忆君王·依依宫柳拂宫墙

依依宫柳拂宫墙，楼殿无人春昼长，燕子归来依旧忙。忆君王，月破黄昏人断肠。

忆故人

此词牌来自调名本意。王诜吟唱对故人的思念，故称《忆故人》。故人，指老朋友。王诜词首句为“烛影摇红向夜阑”，故又名《烛影摇红》。属双调、仄韵，共五十字。上阕四句，句句用韵；下阕五句，于第一、二、五句用韵。参阅《烛影摇红》。

王　诜　　忆故人·烛影摇红向夜阑

烛影摇红向夜阑，乍酒醒、心情懒。尊前谁为唱阳关，离恨天涯远。　　无奈云沉雨散，凭阑干、东风泪眼。海棠开后，燕子来时，黄昏庭院。

忆帝京

此调本意为思念故都，今首见宋柳永《乐章集》。属双调、仄韵，共七十二字。上阕六句、三十三字，于第一、二、四、六句用韵；下阕七句、三十九字，于第一、二、五、七句用韵。另有七十六字一体。

柳　永　　忆帝京·薄衾小枕天气

薄衾小枕天气，乍觉别离滋味。展转数寒更，起了还重睡。毕竟不成眠，一夜长如岁。　　也拟待、却回征辔，又争

奈、已成行计。万种思量，多方开解，只恁寂寞厌厌地。系我一生心，负你千行泪。

黄庭坚　　忆帝京·黔州张倅生日

鸣鸠乳燕春闲暇，化作绿阴槐夏。寿酒舞红裳，睡鸭飘香麝。醉此洛阳人，佐郡深儒雅。　　况坐上、玉麟金马，更莫问、莺老花谢。万里相依，千金为寿，未厌玉烛传清夜。不醉欲言归，笑杀高阳社。

黄庭坚　　忆帝京·赠弹琵琶妓

薄妆小靥闲情素，抱著琵琶凝伫。慢捻复轻拢，切切如私语。转拨割朱弦，一段惊沙去。　　万里嫁、乌孙公主，对易水、明妃不渡。泪粉行行，红颜片片，指下花落狂风雨。借问本师谁，敛拨当心住。

黄庭坚　　忆帝京·私情

银烛生花如红豆，占好事、而今有。人醉曲屏深，借宝瑟、轻招手。一阵白蘋风，故灭烛、教相就。　　花带雨、冰肌香透，恨啼乌、辘轳声晓，岸柳微凉吹残酒。断肠时、至今依旧，镜中消瘦。那人知后，怕夯你来僝僽。

朱敦儒　　忆帝京·元来老子曾垂教

元来老子曾垂教，挫锐和光为妙。因甚不听他，强要争工巧。只为忒惺惺，惹尽闲烦恼。　　你但莫、多愁早老，你但且、不分不晓。第一随风便倒拖，第二君言亦大好。管取没人嫌，便总道、先生俏。

忆 秦 娥

唐朝李白有秋思之词，其中上阕是：“箫声咽，秦娥梦断秦楼月。秦楼月，年年柳色，灞陵伤别。”故以《忆秦娥》为词牌名，“秦娥本是秦宫客”（见石孝友《忆秦娥》词）；又有叠句“秦楼月”，故又名《秦楼月》。自唐以来，此牌体式不一，名亦因词而异。有《碧云深》、《双荷叶》、《秦楼月》、《玉交枝》、《蓬莱阁》、《花深深》

等名。常体为双调、仄韵，共四十六字。上阕五句、二十一字，第三句为叠句，于第一、二、三、五句用韵；下阕五句、二十五字，第三句为叠句，亦与第一、二、三、五句用韵。此外别体有三十七字、三十八字、四十字、四十一字及四十六字平韵者。参阅上列各别名词牌。

张　先　　　　忆秦娥·参差竹

参差竹，吹断相思曲。情不足，西北有楼穷远目。　　忆苕溪、寒影透清玉。秋雁南飞速，菰草绿，应下溪头沙上宿。

欧阳修　　　　忆秦娥·十五六

十五六，脱罗裳，长恁黛眉蹙。红玉暖，入人怀，春困熟。　　展香茵，帐前明画烛。眼波长，斜浸鬓云绿。看不足，苦残宵、更漏促。

秦　观　　　　忆秦娥·灞桥雪

驴背吟诗清到骨，人间别是闲勋业。云台烟阁久销沉，千载人图灞桥雪

灞桥雪，茫茫万径人踪灭。人踪灭，此时方见，乾坤空阔。　　骑驴老子真奇绝，肩山吟耸清寒冽。清寒冽，只缘不禁，梅花撩拨。

秦　观　　　　忆秦娥·曲江花

帝城东畔富韶华，满路飘香烂彩霞。多少春风年少客，马蹄踏遍曲江花

曲江花，宜春十里锦云遮。锦云遮，水边院落，山下人家。　　茸茸细草承香车，金鞍玉勒争年华。争年华，酒楼青旆，歌板红牙。

秦　观　　　　忆秦娥·庾楼月

碧天如水纤云灭，可是高人清兴发。徙倚危阑有所思，江头一片庾楼月

庾楼月，水天涵映秋澄彻。秋澄彻，凉风清露，瑶台银阙。　　桂花香满蟾蜍窟，胡床兴发霏谈雪。霏谈雪，谁家凤管，夜深吹彻。

秦　观　　　　忆秦娥·楚台风

谁将彩笔弄雌雄，长日君王在渚宫。一段潇湘凉意思，至今都入楚台风

楚台风，萧萧瑟瑟穿帘栊。穿帘栊，沧江浩渺，绮阁玲珑。　　飘飘彩笔摇长虹，泠泠仙籁鸣虚空。鸣虚空，一阑修竹，几壑疏松。

李之仪　　　　忆秦娥·用太白韵

清溪咽，霜风洗出山头月。山头月，迎得云归，还送云别。　　不知今是何时节，凌歊望断音尘绝。音尘绝，帆来帆去，天际双阙。

贺　铸　　　　忆秦娥·晓朦胧

晓朦胧，前溪百鸟啼匆匆。啼匆匆，凌波人去，拜月楼空。　　去年今日东门东，鲜妆辉映桃花红。桃花红，吹开吹落，一任东风。

贺　铸　　　　忆秦娥·风惊幕

风惊幕，灯前细雨檐花落。檐花落，玉台清镜，泪淹妆薄。　　良时不再须行乐，王孙莫负东城约。东城约，一分春色，为君留著。

贺　铸　　　　忆秦娥·著春衫

著春衫，玉鞭鞭马南城南。南城南，柔条芳草，留驻金衔。　　粉娥采叶供新蚕，蚕饥略许携纤纤。携纤纤，湔裙淇上，更待初三。

贺　铸　　　　忆秦娥·子夜歌

三更月，中庭恰照梨花雪。梨花雪，有胜凄断，杜鹃啼血。　　王孙何许音尘绝，柔桑陌上吞声别。吞声别，陇头流水，替人呜咽。

晁补之　　忆秦娥·和留守赵无媿送别

牵人意，高堂照碧临烟水。清秋至，东山时伴，谢公携妓。　　黄菊虽残堪泛蚁，乍寒犹有重阳味。应相记，坐中少

个，孟嘉狂醉。

毛　滂　　　忆秦娥·冬夜宴东堂

醉醉，醉击珊瑚碎。花花，先借春光与酒家。　夜寒我醉谁扶我，应抱瑶琴卧。清清，揽月吟风不用人。

毛　滂　　　忆秦娥·二月二十三日夜松轩作

夜夜，夜了花朝也。连忙，指点银瓶索酒尝。　明朝花落知多少，莫把残红扫。愁人，一片花飞减却春。

万俟咏　　　忆秦娥·别情

千里草，萋萋尽处遥山小。遥山小，行人远似，此山多少。　天若有情天亦老，此情说便说不了。说不了，一声唤起，又惊春晓。

万俟咏　　　忆秦娥·天如洗

天如洗，金波冷浸冰壶里。冰壶里，一年得似，此宵能几。　等闲莫把阑干倚，马蹄去便三千里。三千里，几重云岫，几重烟水。

王庭珪　　　忆秦娥·梅花发

梅花发，夜寒吹笛千山月。千山月，此时愁听，龙吟幽噎。　数枝飞尽南枝雪，风光又作年时别。年时别，江头心绪，乱丝千结。

朱敦儒　　　忆秦娥·西江碧

若无置酒朝元亭，师厚同饮作

西江碧，江亭夜燕天涯客。天涯客，一杯相属，此夕何夕。　烛残花冷歌声急，秦关汉苑无消息。无消息，戍楼吹角，故人难得。

朱敦儒　　　忆秦娥·霜风急

霜风急，江南路上梅花白。梅花白，寒溪残月，冷村深雪。　洛阳醉里曾同摘，水西竹外常相忆。常相忆，宝钗双凤，鬓边春色。

朱敦儒　　　　忆秦娥·吴船窄

吴船窄，吴江岸下长安客。长安客，惊尘心绪，转蓬踪迹。　　征鸿也是关河隔，孤飞万里谁相识。谁相识，三更月落，斗横西北。

朱敦儒　　忆秦娥·至节赴郡会，赦到

歌钟列，公堂盛会酬佳节。酬佳节，皇恩宣布，早梅争发。　　舞场椎鼓催回雪，金壶旋酒琼酥热。琼酥热，今朝不饮，几时欢悦。

李清照　　　　忆秦娥·临高阁

临高阁，乱山平野烟光薄。烟光薄，栖鸦归后，暮天闻角。　　断香残酒情怀恶，西风催衬梧桐落。梧桐落，又还秋色，又还寂寞。

房舜卿　　　　忆秦娥·与君别

与君别，相思一夜梅花发。梅花发，凄凉南浦，断桥斜月。　　盈盈微步凌波袜，东风笑倚天涯阔。天涯阔，一声羌管，暮云愁绝。

蔡　伸　　　　忆秦娥·西湖

湖光碧，春花秋月无今昔。无今昔，十年往事，尽成陈迹。　　玉箫声断云屏隔，山遥水远长相忆。长相忆，一生怀抱，为君牵役。

蔡　伸　　　　忆秦娥·花阴月

花阴月，兰堂夜宴神仙客。神仙客，江梅标韵，海棠颜色。　　良辰佳会诚难得，花前一醉君休惜。君休惜，楚台云雨，今夕何夕。

陈与义　　忆秦娥·五日移舟明山下作

鱼龙舞，湘君欲下潇湘浦。潇湘浦，兴亡离合，乱波平楚。　　独无尊酒酬端午，移舟来听明山雨。明山雨，白头孤客，洞庭怀古。

张元幹　　忆秦娥·桃花萼

桃花萼，雨肥红绽东风恶。东风恶，长亭无寐，短书难托。　征衫辜负深闺约，禁烟时候春罗薄。春罗薄，多应消瘦，可忺梳掠。

杨无咎　　忆秦娥·情难足

情难足，不堪黄帽催行速。催行速，扁舟一叶，别愁千斛。　津亭送客惊相嘱，举杯欲唱眉先蹙。眉先蹙，背人掩面，不能终曲。

孙道绚　　忆秦娥·秋寂寞

季温老友归樵阳，人来闲书，因以为寄

秋寂寞，秋风夜雨伤离索。伤离索，老怀无奈，泪珠零落。　故人一去无期约，尺书忽寄西飞鹤。西飞鹤，故人何在，水村山郭。

仲　并　　忆秦娥·木樨

隈岩侧，怪生小院香来别。香来别，嫩黄细细，商量齐发。　佳人敛笑贪先折，重新为剪斜斜叶。斜斜叶，钗头常带，一秋风月。

康与之　　忆秦娥·春寂寞

春寂寞，长安古道东风恶。东风恶，胭脂满地，杏花零落。　臂销不奈黄金约，天寒犹怯春衫薄。春衫薄，不禁珠泪，为君弹却。

曾　觌　　忆秦娥·晴空碧

晴空碧，吴山染就丹青色。丹青色，西风摇落，可堪凄恻。　世情冷暖君应识，鬓边各自侵寻白。侵寻白，江南江北，几时归得。

曾　觌　　忆秦娥·西风节

西风节，碧云卷尽秋宵月。秋宵月，关河千里，照人离别。　尊前俱是天涯客，那堪三载遥相忆。遥相忆，年光依

旧，渐成华发。

曾　觌　　　　　忆秦娥·赏雪席上

暮云蹙，小亭带雪斟醽醁。斟醽醁，一声羌管，落梅蔌蔌。　　舞衣旋趁霓裳曲，倚阑相对人如玉。人如玉，锦屏罗幌，看成不足。

曾　觌　　　　　忆秦娥·正飞雪

正飞雪，园林一样梨花白。梨花白，画堂帘卷，暖生春色。　　嵇康转轴声幽噎，新来多病娇无力。娇无力，浅红转黛，自然标格。

曾　觌　　忆秦娥·邯郸道上望从台有感

风萧瑟，邯郸古道伤行客。伤行客，繁华一瞬，不堪思忆。　　丛台歌舞无消息，金尊玉管空尘迹。空尘迹，连天草树，暮云凝碧。

朱淑真　　　忆秦娥·正月初六日夜月

弯弯曲，新年新月钩寒玉。钩寒玉，凤鞋儿小，翠眉儿蹙。　　闹蛾雪柳添妆束，烛龙火树争驰逐。争驰逐，元宵三五，不如初六。

王千秋　　　　　忆秦娥·阑干侧

阑干侧，当时我亦凝香客。凝香客，而今老大，鬓苍头白。　　扬州梦觉浑无迹，旧游英俊今南北。今南北，断鸿沉鲤，更无消息。

王千秋　　　　　忆秦娥·云破碧

云破碧，作霜天气西风急。西风急，一行征雁，数声横笛。　　挑灯试问今何夕，柔肠底事愁如织。愁如织，紫苔庭院，悄无人迹。

王千秋　　　　　忆素娥·云叶舞

云叶舞，寒林浅淡围烟雨。围烟雨，三三两两，雁投沙渚。　　征帆暂落知何所，短篷静听舟人语。舟人语，夜寒如

许，客能眠否。

袁去华　　　　忆秦娥·七夕

月照席，不知天上今何夕。今何夕，鹊桥初就，玉绳低侧。　暂时不见犹寻觅，那堪更作经年隔。经年隔，许多良夜，怎生闲得。

朱　雍　　　　忆秦娥·风萧萧

风萧萧，驿亭春信期春潮。期春潮，黄昏浮动，谁在江皋。　碧云冉冉横溪桥，琼车未至余香飘。余香飘，一帘疏影，月在花梢。

向　滈　　　　忆秦娥·秋萧索

秋萧索，别来先自情怀恶。情怀恶，日斜庭院，月明帘幕。　轻离却似于人薄，而今休更思量著。思量著，肝肠空断，水云辽邈。

姚述尧　　　　忆秦娥·珠帘深

曹季明休沐日，会同舍小酌，命爱女奏箏于帘间，索词。醉中口占

珠帘深，玉人天上传清音。传清音，云横新雁，梅落寒林。　□□□□□□□，□□□□□□□。□□□，谢家庭院，寿酒频斟。

陆　游　　　　忆秦娥·玉花骢

玉花骢，晚街金辔声璁珑。声璁珑，闲敧乌帽，又过城东。　富春巷陌花重重，千金沽酒酬春风。酬春风，笙歌围里，锦绣丛中。

杨万里　　　　忆秦娥·初春

新春早，春前十日春归了。春归了，落梅如雪，野桃红小。　老夫不管春催老，只图烂醉花前倒。花前倒，儿扶归去，醒来窗晓。

朱 熹　忆秦娥·雪、梅二阕怀张敬夫一

云垂幕，阴风惨淡天花落。天花落，千林琼玖，一空鸾鹤。　征车渺渺穿华薄，路迷迷路增离索。增离索，剡溪山水，碧湘楼阁。

朱 熹　忆秦娥·雪、梅二阕怀张敬夫二

梅花发，寒梢挂著瑶台月。瑶台月，和羹心事，履霜时节。　野桥流水声呜咽，行人立马空愁绝。空愁绝，为谁凝伫，为谁攀折。

沈端节　忆秦娥·凭阑独

凭阑独，南山影蘸杯心绿。杯心绿，悠然忽见，卧披横轴。　西风暗度钗梁玉，手香记得人簪菊。人簪菊，无穷幽韵，细看不足。

张孝祥　忆秦娥·元夕

元宵节，凤楼相对鳌山结。鳌山结，香尘随步，柳梢微月。　多情又把珠帘揭，游人不放笙歌歇。笙歌歇，晓烟轻散，帝城宫阙。

张孝祥　忆秦娥·天一角

天一角，南枝向我情如昨。情如昨，水寒烟淡，雾轻云薄。　吹花嚼蕊愁无托，年华冉冉惊离索。惊离索，倩春留住，莫教摇落。

李处全　忆秦娥·海棠

春山寂，佳人凝笑山南陌。山南陌，东风寒浅，绛罗衫窄。　阑干倚处云如幂，晚来雨过胭脂滴。胭脂滴，啼妆难劝，且须欢伯。

李处全　忆秦娥·莺花寂

莺花寂，为渠游冶长安陌。长安陌，今朝风景，酒肠宽窄。　锦茵闲把薰笼幂，嫩红倚绿娇如滴。娇如滴，古今高咏，老泉仙伯。

赵长卿　　　　　忆秦娥·初冬

寒萧索，征鸿过尽离怀恶。离怀恶，江空天迥，夜寒枫落。　有人应误刀头约，情深翻恨郎情薄。郎情薄，梦回长是，半床闲却。

王　炎　　　　　忆秦娥·甲戌赏春

胭脂点，海棠落尽青春晚。青春晚，少年游乐，而今慵懒。　春光不可无人管，花边酌酒随深浅。随深浅，牡丹红透，荼蘼香远。

王　炎　　　　　忆秦娥·头如雪

头如雪，尘缘滚滚无休歇。无休歇，买田筑屋，是何时节。　从今事事都休说，巢安寮里藏疏拙。藏疏拙，许谁为伴，溪山风月。

杨冠卿　忆秦娥·雪中拥琴对梅花寓言

东风恶，雪花乱舞穿帘幕。穿帘幕，寒侵绿绮，音断弦索。　宫梅已破香红萼，梅妆想称伊梳掠。伊梳掠，十分全似，旧时京洛。

杨冠卿　　　　　忆秦娥·云垂幕

云垂幕，江天雪似杨花落。杨花落，翠衾不暖，晓寒偏觉。　起来独倚西楼角，客怀无耐伤离索。伤离索，蛮笺欲寄，塞鸿难托。

程　垓　　　　　忆秦娥·青门深

青门深，海棠开尽春阴阴。春阴阴，万重云水，一寸归心。　玉楼深锁烟消沉，知他何日同登临。同登临，待收红泪，细说如今。

程　垓　　　　　忆秦娥·情脉脉

情脉脉，半黄橙子和香擘。和香擘，分明记得，袖香熏窄。　别来人远关山隔，见梅不忍和花摘。和花摘，有书无雁，寄谁归得。

程　垓　　　　忆秦娥·愁无语

愁无语，黄昏庭院黄梅雨。黄梅雨，新愁一寸，旧愁千缕。　　杜鹃叫断空山苦，相思欲计人何许。人何许，一重云断，一重山阻。

石孝友　　　　忆秦娥·秦楼月

秦楼月，秦娥本是秦宫客。秦宫客，梦云风韵，借仙标格。　　相从无计不如休，如今去也空相忆。空相忆，尊前欢笑，梦中寻觅。

赵师侠　　　　忆秦娥·和刘希宋

伤离索，不堪凉月穿珠箔。穿珠箔，料应别后，粉销琼削。　　无聊倚遍西楼角，枝头几误惊飞鹊。惊飞鹊，先来憔悴，更逢摇落。

汪　莘　　　　忆秦娥·村南北

村南北，夜来陡觉霜风急。霜风急，征途情绪，塞垣消息。　　佳人独倚琵琶泣，一江明月空相忆。空相忆，寒衣未絮，荻花狼藉。

韩　淲　　　　忆秦娥·茉莉

香滴滴，肌肤冰雪娇无力。娇无力，秋风凉冷，有谁消得。　　洗妆不奈云鬟侧，璧堂珠院空相忆。空相忆，轻颦浅笑，小梅标格。

高观国　　　　忆秦娥·栖乌惊

栖乌惊，隔窗月色寒于冰。寒于冰，澹移梅影，冷印疏棂。　　幽香未觉魂先清，无端勾起相思情。相思情，恼人无睡，直到天明。

高观国　　　　忆秦娥·舟中书事

歌声闲，兰舟只隔芙蓉湾。芙蓉湾，扇摇波影，风卷云鬟。　　余音袅袅留余欢，双鸳飞处传情难。传情难，曲终人去，愁寄湖山。

黄　机　　　　**忆秦娥·秋萧索**

秋萧索，梧桐落尽西风恶。西风恶，数声新雁，数声残角。　离愁不管人飘泊，年年孤负黄花约。黄花约，几重庭院，几重帘幕。

张　辑　　　　**忆秦娥·有寄**

春寂寂，画阑背倚春风立。春风立，楚山无数，暮天云碧。　琴心写遍愁何极，断肠谁与传消息。传消息，当年情墨，泪痕犹湿。

刘克庄　　　　**忆秦娥·暮春**

游人绝，绿阴满野芳菲歇。芳菲歇，养蚕天气，采茶时节。　枝头杜宇啼成血，陌头杨柳吹成雪。吹成雪，淡烟微雨，江南三月。

刘克庄　　　　**忆秦娥·上巳**

修禊节，晋人风味终然别。终然别，当时宾主，至今清绝。　等闲写就兰亭帖，岂知留与人闲说。人闲说，永和之岁，暮春之月。

刘克庄　　　　**忆秦娥·泥滑滑**

泥滑滑，一声声唤征鞍发。征鞍发，客亭杨柳，不禁攀折。　荀郎衣上香初歇，萧郎心下书难说。书难说，霎时吹散，一生愁绝。

刘克庄　　　　**忆秦娥·春醒薄**

春醒薄，梦中球马豪如昨。豪如昨，月明横笛，晓寒吹角。　古来成败难描摸，而今却悔当时错。当时错，铁衣犹在，不堪重著。

刘克庄　　　　**忆秦娥·梅谢了**

梅谢了，塞垣冻解鸿归早。鸿归早，凭伊问讯，大梁遗老。　浙河西面边声悄，淮河北去炊烟少。炊烟少，宣和宫殿，冷烟衰草。

吴　潜　　　**忆秦娥·娇滴滴**

娇滴滴，婵娟影里曾横笛。曾横笛，一声肠断，一番愁织。　　隔墙频听无消息，龙吟海底难重觅。难重觅，梅花残了，杏花消得。

翁元龙　　　**忆秦娥·三月时**

三月时，杨花飞尽无花飞。无花飞，不教春去，争得春归。　　高楼望断黄金羁，绿窗眉黛伤新离。伤新离，好将别后，长做归时。

何梦桂　　　**忆秦娥·伤离别**

伤离别，江南雁断音书绝。音书绝，两行珠泪，寸肠千结。　　伤心长记中秋节，今年还似前年月。前年月，那知今夜，月圆人缺。

刘辰翁　　　**忆秦娥·烧灯节**

中斋上元客散感旧，赋忆秦娥见属，一读凄然，随韵寄情，不觉悲甚

烧灯节，朝京道上风和雪。风和雪，江山如旧，朝京人绝。　　百年短短兴亡别，与君犹对当时月。当时月，照人烛泪，照人梅发。

刘辰翁　　　**忆秦娥·惊雷节**

昨和次，又作收灯节，未遣，早见古岩四叠，又得中斋别梅，遂并写寄

惊雷节，梅花冉冉销成雪。销成雪，一年一度，为君肠绝。　　古人长恨中年别，余年又过新正月。新正月，不堪临镜，不堪垂发。

刘辰翁　　　**忆秦娥·梅花节**

梅花节，白头卧起餐毡雪。餐毡雪，上林雁断，上林书

绝。　　伤心最是河梁别，无人共拜天边月。天边月，一尊对影，一编残发。

刘辰翁　　忆秦娥·收灯节

收灯节，霖铃又似鳌山雪。鳌山雪，今宵清绝，今宵愁绝。　　老人似少终然别，痴痴更望春三月。春三月，花如人面，自羞余发。

刘辰翁　　忆秦娥·为曹氏胭脂阁叹

春如昨，晓风吹透胭脂阁。胭脂阁，满园茅草，冷烟城郭。　　青衫泪尽楼头角，佳人梦断花间约。花间约，黄昏细雨，一枝零落。

颜　奎　　忆秦娥·水云幽

水云幽，怕黄霜竹生新愁。生新愁，如今何处，倚月明楼。　　龙吟杳杳天悠悠，腾蛟起舞鸣箜篌。鸣箜篌，听吹短气，江上无秋。

汪元量　　忆秦娥·笑盈盈

笑盈盈，晓妆扫出长眉青。长眉青，双开雉扇，六曲鸳屏。　　少年心在尚多情，酒边银甲弹长筝。弹长筝，碧桃花下，醉到三更。

汪元量　　忆秦娥·雪霏霏

雪霏霏，蓟门冷落人行稀。人行稀，秦娥渐老，着破宫衣。　　强将纤指按金徽，未成曲调心先悲。心先悲，更无言语，玉箸双垂。

汪元量　　忆秦娥·天沉沉

天沉沉，香罗拭泪行穷阴。行穷阴，左霜右雪，冷气难禁。　　几回相忆成孤斟，塞边鞞鼓愁人心。愁人心，北鱼南雁，望到而今。

汪元量　　忆秦娥·水悠悠

水悠悠，长江望断无归舟。无归舟，欲携斗酒，怕上高楼。　当年出塞拥貂裘，更听马上弹箜篌。弹箜篌，万般哀怨，一种离愁。

汪元量　　忆秦娥·风声恶

风声恶，个人蕉萃凭高阁。凭高阁，相思无尽，泪珠偷落。　锦书欲寄鸿难托，那堪更听边城角。边城角，又添烦恼，又添萧索。

汪元量　　忆秦娥·如何说

如何说，人生自古多离别。多离别，年年辜负，海棠时节。　娇娇独坐成愁绝，胡笳吹落关山月。关山月，春来秋去，几番圆缺。

汪元量　　忆秦娥·马萧萧

马萧萧，燕支山中风飘飘。风飘飘，黄昏寒雨，直是无憀。　玉人何处教吹箫，十年不见心如焦。心如焦，彩笺难寄，水远山遥。

仇　远　　忆秦娥·秋乍觉

秋乍觉，露凉顿觉罗衾薄。罗衾薄，黄昏庭院，水风帘幕。　阑干待月花时约，愁长梦短浑忘却。浑忘却，南山猿鹤，北枝乌鹊。

蒋　捷　　忆秦娥·阖闾

山无限，登山试望吴宫殿。吴宫殿，是藏深坞，是临清浅。(下缺)

陈德武　　忆秦娥·疏帘揭

疏帘揭。云端仰见娟娟月。娟娟月，不应何恨，照人离

别。　　闭门独睡空愁绝，姮娥梦里低低说。低低说，悲欢离合，阴晴圆缺。

郑文妻　　忆秦娥·花深深

花深深，一钩罗袜行花阴。行花阴，闲将柳带，细结同心。　　日边消息空沉沉，画眉楼上愁登临。愁登临，海棠开后，望到如今。

无名氏　　忆秦娥·瑶台月

瑶台月，寒光零乱蒙香雪。蒙香雪，横枝疏影，动人清彻。　　分明姑射神仙骨，冰姿雪里难埋没。难埋没，百花头上，为春先发。

无名氏　　忆秦娥·香馥馥

香馥馥，樽前有个人如玉。人如玉，翠翘金凤，内家妆束。　　娇羞爱把眉儿蹙，逢人只唱相思曲。相思曲，一声声是，怨红愁绿。

无名氏　　忆秦娥·忆别

暮云碧，佳人不见愁如织。愁如织，两行征雁，数声羌笛。　　锦书难寄西飞翼，无言只是空相忆。空相忆，纱窗人梦，梦双人只。

无名氏　　忆秦娥·娇滴滴

娇滴滴，双眉敛破春山色。春山色，为君含笑，为君愁蹙。　　多情别后无消息，此时更有谁知得。谁知得，夜深无寐，度江横笛。

无名氏　　忆秦娥·咏笛

秋寂寂，碧纱窗外人横笛。人横笛，天津桥上，旧曾听得。　　宫妆玉指无人识，龙吟水底声初息。声初息，月明江上，数峰凝碧。

无名氏　　忆秦娥·烟漠漠

烟漠漠，水天摇荡蓬莱阁。蓬莱阁，朱甍碧瓦，半浸寥

廓。　三山谩有长生药，茫茫云海风涛恶。风涛恶，仙槎不见，暮沙潮落。

无名氏　　忆秦娥·花蹊侧

花蹊侧，秦楼夜访金钗客。金钗客，江梅风韵，野棠颜色。　尊前醉倒君休惜，不成去后空相忆。空相忆，山长水远，几时来得。

忆真妃

真妃，道教女仙名号，全称为九华真妃。《新唐书·艺文志》载有《九华真妃内记》一卷，记真妃之事。后人以《相见欢》词牌填词，唱真妃之事，据其内容命为《忆真妃》。此牌以南唐后主李煜的《相见欢·无言独上西楼》为正调。这个词牌别名颇多，因李煜词首句为“无言独上西楼”，故又名为《上西楼》、《西楼子》，又因其词中有“月如钩”、“锁清秋”之句，故又名《秋夜月》。此外又有《乌夜啼》、《月上瓜州》等名。属双调、平韵，共三十六字。关于其字句格式，参阅《乌夜啼》、《上西楼》、《相见欢》、《月上瓜州》等。

康仲伯　　忆真妃·匆匆一望关河

匆匆一望关河，听离歌。艇子急催双桨、下清波。　淋浪醉，阑干泪，奈情何。明日画桥西畔、暮云多。

忆桃源

此调本取晋陶渊明《桃花源记》，期望桃源之避乱之世。今传张继先词。属双调、平韵，共四十七字。上阕四句、二十四字，句句用韵；下阕五句、二十三字，于第二、三、四、五句用韵。

张继先　　忆桃源·长生之话口相传

蔡师元款予及神翁侍宸，师元发问予如何是修炼之术，予

走笔成小词以答之

长生之话口相传，求丹金液全。混成一物作神仙，丁宁说与贤。　　休咽气，莫胡言，岂知造化玄。用铅投汞汞投铅，分明颠倒颠。

张继先　　忆桃源·白云堆里采芙蓉

以上二词按词律调名当为《醉桃源》

白云堆里采芙蓉，枝枝香艳浓。灵龟畔岸起祥风，楼高十二重。　　黄金殿，碧云笼，丹砂透顶红。神机运处鬼神通，清真达上宫。

忆萝月

此牌本名《清平乐》，相传以李白所作词为最早。张辑用《清平乐》填词，末二句为“忆著故山萝月，今宵应为谁明”，自注为“寓清平乐”，因其内容为歌唱萝月，故又称《忆萝月》。萝月，指萝藤间之月色。唐朝卢照邻始用这个词语：“萝月寡色，风泉罢泉”（见《悲昔游》）。此牌双调、平韵，共四十六字。上阕四句、二十二字，于第一、二、三、四句用韵；下阕四句、二十四字，于第一、二、四句用韵。

张　辑　　忆萝月·新凉窗户

客盱江，秋夜鼓琴，思故山作

新凉窗户，闲对琴言语。弹到无人知得处，两袖五湖烟雨。　　坐中斗转参横，珠躔碎落瑶觥。忆著故山萝月，今宵应为谁明。

忆黄梅

此调见《梅苑》。本为咏梅子黄时之情，今世传词之中有宋代王观之作。属双调、仄韵，共七十九字。上阕八句、三十八字，于第一、二、四、七句用韵；下阕八句、四十一字，于第一、三、四、五、六、八、九句用韵。

王　观　　忆黄梅·枝上叶儿未展

枝上叶儿未展，已有坠红千片。春意怎生防，怎不怨。被我安排，矮牙床斗帐，和娇艳。移在花丛里面。　请君看，惹清香，偎媚暖。爱香爱暖金杯满，问春怎管。大家拚、便做东风，总吹交零乱。犹肯自、输我鸳鸯一半。

忆瑶姬

瑶姬，神女名，也作“姚姬”。传说为赤帝之女，未行而卒，葬于巫山之阳，故曰巫山之女。楚怀王游高唐，昼寝，梦中与神女相遇，因而幸之。宋代史达祖悼念与其十年欢会的歌妓，制词命曰《忆瑶姬》。词属双调、平韵，共一百零八字。上阕十句、五十四字，于第三、六、八、十句用韵；下阕九句、五十四字，于第一、三、五、七、八、九句用韵。仄韵一体始自宋代曹组，又名《别素质》；平韵一体始自宋代万俟咏，一名《别瑶姬慢》。

曹　组　　忆瑶姬·雨细云轻

雨细云轻，花娇玉软，于中好个情性。争奈无缘相见，有分孤零。香笺细写频相问，我一句句儿都听。到如今，不得同欢，伏惟与他耐静。　此事凭谁执证，有楼前明月，窗外花影。拚了一生烦恼，为伊成病。只恐更把风流逞，便因循、误人无定。恁时节、若要眼儿厮觑，除非会圣。

蔡　伸　　忆瑶姬·南徐连沧观赏月

微雨初晴，洗瑶空万里，月挂冰轮。广寒宫阙近，望素娥缥缈，丹桂亭亭。金盘露冷，玉树风轻，倍觉秋思清。念去年，曾共吹箫侣，同赏蓬瀛。　奈此夜、旅泊江城，谩花光眩目，绿酒如渑。幽怀终有恨，恨绮窗清影，虚照娉婷。蓝桥□杳，楚馆云深。拟凭归梦去，强就枕，无奈孤衾梦易惊。

史达祖　　忆瑶姬·骑省之悼也

娇月笼烟，下楚领、春分两朵湘云。花房渐密时，弄杏笺

初会，歌里殷勤。沉沉夜久西窗，屡隔兰灯幔影昏。自彩鸾、飞入芳巢，绣屏罗荐粉光新。　　十年未始轻分，念此飞花，可怜柔脆销春。空余双泪眼，到旧家时节，漫染愁巾。神仙说道凌虚，一夜相思玉样人。但起来、梅发窗前，哽咽疑是君。

丑奴儿

此调本名《采桑子》，为唐教坊大曲。大曲是古代一种大型歌舞曲。唐、宋大曲是由同一宫调的若干“遍”组成的成套舞乐。唐大曲继承汉魏大曲的传统，仍以传统的诗篇配乐叠唱，《乐府诗集》收有残篇。此曲又名《采桑》、《杨下采桑》、《凉下采桑》，其内容是吟唱乐府《陌上桑》的罗敷故事。冯正中用此曲填词，根据其中的人物易名为《罗敷艳歌》；南唐后主李煜词易名为《采桑子令》；宋初各家词人全都沿用唐教坊大曲名《采桑子》；陈无已据其原诗的人物易名为《罗敷媚》；惟有黄山谷名为《丑奴儿》。属双调、平韵，共四十四字。上下阕均四句、二十二字，亦均于第二、三、四句用韵。参阅《采桑子》。

杜安世　　丑奴儿·微风帘幕清明近

微风帘幕清明近，花落春残。樽酒留欢，添尽罗衣怯夜寒。　　愁颜恰似烧残烛，珠泪阑干。也欲高拚，争奈相逢情万端。

杜安世　　丑奴儿·樱桃谢了梨花发

樱桃谢了梨花发，红白相催。燕子归来，几处风帘绣户开。　　人生乐事知多少，且酌金杯。管咽声哀，慢引萧娘舞一回。

晏几道　　丑奴儿·昭华凤管知名久

昭华凤管知名久，长闭帘栊。日日春慵，闲倚庭花晕脸红。　　应说金谷无人后，此会相逢。三弄临风，送得当筵玉盏空。

晏几道　　丑奴儿·日高庭院杨花转

日高庭院杨花转，闲淡春风。莺语惺忪，似笑金屏昨夜

空。　　娇慵未洗匀妆手，闲印斜红。新恨重重，都与年时旧意同。

晏几道　　丑奴儿·夜来酒醒清无梦

夜来酒醒清无梦，愁倚阑干。露滴轻寒，雨打芙蓉泪不干。　　佳人别后音尘悄，瘦尽难拚。明月无端，已过红楼十二间。

此首别作黄庭坚、秦观词

王仲甫　　丑奴儿·牡丹不好长春好

牡丹不好长春好，有个因依。一两枝儿，但是风光总属伊。　　当初只为嫦娥种，月正明时。教恁芳菲，伴著团圆十二回。

李之仪　　丑奴儿·谢人寄蜡梅

春风似有灯前约，先报佳期。点缀相宜，天气犹寒蝶未知。　　嫩黄染就蜂须巧，香压团枝。淡注仙衣，方士临门未起时。

舒　亶　　丑奴儿·次师能韵

一池秋水疏星动，寒影横斜。满坐风花，红烛纷纷透绛纱。　　江湖散诞扁舟里，到处如家。且尽流霞，莫管年来两鬓华。

黄庭坚　　丑奴儿·夜来酒醒清无梦

夜来酒醒清无梦，愁倚阑干。露滴轻寒，雨打芙蓉泪不干。　　佳人别后音尘悄，消瘦难拚。明月无端，已过红楼十二间。

此首别作晏几道、秦观词

黄庭坚　　丑奴儿·济楚好得些

济楚好得些，憔悴损、都是因它。那回得句闲言语，傍人尽道,你管又还鬼那人吵。　　得过口儿嘛，直勾得、风了自家。是即好意也毒害，你还甜杀人了，怎生申报孩儿。

晁端礼　　丑奴儿·小庭数朵寒梅放

小庭数朵寒梅放，雪缀霜棱。装点香英，玉软琼娇两未胜。　佳人皓腕争攀取，插向壶冰。素色相乘，不羡高花万万层。

晁端礼　　丑奴儿·来朝匹马萧萧去

来朝匹马萧萧去，且醉芳卮。明夜天涯，浅酌低吟欲殢谁。　归来应过重阳也，菊有残枝。纤手重携，未必秋香一夜衰。

秦　观　　丑奴儿·夜来酒醒清无梦

夜来酒醒清无梦，愁倚阑干。露滴轻寒，雨打芙蓉泪不干。　佳人别后音尘消，瘦尽难拚。明月无端，已过红楼十二间。

此首别作晏几道、黄庭坚词

米　芾　　丑奴儿·见白发

踟蹰山下濡须水，我更委佗。物阜时和，追暇相逢笑复歌。　江湖楼上凭阑久，极目沧波。天鉴如磨，偏映华簪雪一窝。

周邦彦　　丑奴儿·梅花

肌肤绰约真仙子，来伴冰霜。洗尽铅黄，素面初无一点妆。　寻花不用持银烛，暗里闻香。零落池塘，分付余妍与寿阳。

周邦彦　　丑奴儿·南枝度腊开全少

南枝度腊开全少，疏影当轩。一种宜寒，自共清蟾别有缘。　江南风味依然在，玉貌韶颜。今夜凭阑，不似钗头子细看。

周邦彦　　丑奴儿·香梅开后风传信

香梅开后风传信，绣户先知。雾湿罗衣，冷艳须攀最远枝。　高歌羌管吹遥夜，看即分披。已恨来迟，不见娉婷带雪时。

李　纲　　　　丑奴儿·木樨

幽芳不为春光发，直待秋风。直待秋风，香比余花分外浓。　　步摇金翠人如玉，吹动珑璁。吹动珑璁，恰似瑶台月下逢。

李　纲　　　丑奴儿·枝头万点妆金蕊

枝头万点妆金蕊，十里清香。十里清香，解引幽人雅思长。　　玉壶贮水花难老，净几明窗。净几明窗，褪下残英蔌蔌黄。

向子諲　　　　丑奴儿·宣和辛丑

无双亭下琼花树，玉骨云腴。倾国称姝，除却扬州是无处。　　天教红药来参乘，桃李先驱。总作花奴，翠拥红遮到玉都。

王　灼　　　丑奴儿·东风已有归来信

东风已有归来信，先返梅魂。雪斗纷纷，更引蟾光过璧门。　　绿衣小凤枝头语，我有嘉宾。急泛清尊，莫待江南烂漫春。

曾乾曜　　　　丑奴儿·蓦地厮看时

蓦地厮看时，赤怕那、迪功郎儿。气岸昂昂因权县，厅子叫道，宣教请后，有无限威仪。　　先自不相知，取奉著、划地胡挥。甚时得归京里去，两省八座，横行正任，却会嫌卑。

王之道　　　丑奴儿·对雪和彦逢弟

青腰似诧天公富，奔走风云。银界无痕，委巷穷山草木春。　　玉楼不怕歌茵湿，笑语纷纷。须放他们，醉里冰姿光照人。

王之望　　　　丑奴儿·寄齐尧佐

蒙泉秋色登临处，愁送将归。一梦经时，肠断佳人、犹唱渭城词。　　春来重醉分携地，人在天涯。别后应知，两鬓萧萧、多半已成丝。

王之望　　　丑奴儿·寄李德志

去年池馆同君醉，正是花时。隔院韶辉，桃李欣欣、如与故人期。　　相望两地今千里，还对芳菲。春色分谁，雨惨风愁、依旧可怜枝。

姚述尧　　丑奴儿·王清叔赠梅花见索

山城寂寞浑无绪，兀坐黄昏。多谢东君，先遣司花来报春。　　清标自是蓬莱客，冰玉精神。独步前村，分付仙翁作主人。

姚述尧　　　丑奴儿·寿词

晓来佳气穿帘幕，郁郁葱葱。宝鸭烟浓，戏彩庭前玉树丛。　　肌肤绰约真仙子，王母宫中。欢会曾同，笑问蟠桃几度红。

张孝祥　　丑奴儿·张仲钦母夫人寿

年年有个人生日，谁似君家。谁似君家，八十慈亲发未华。　　棠阴阁上棠阴满，满劝流霞。满劝流霞，来岁应添宰路沙。

张孝祥　　丑奴儿·张仲钦生日用前韵

伯鸾德耀贤夫妇，见说宜家。见说宜家，庭砌森森长玉华。　　天公遣注长生籍，服日餐霞。服日餐霞，寿纪应须海算沙。

张孝祥　丑奴儿·王公泽为予言查山之胜，戏赠

十年闻说查山好，何日追游。木落霜秋，梦想云溪不那愁。　　主人好事长留客，尊酒夷犹。一笑登楼，兴在西峰上上头。

张孝祥　　丑奴儿·十分济楚邦之媛

十分济楚邦之媛，此日追游。雨霁云收，梦入潇湘不那愁。　　主人白玉堂中老，曾侍凝旒。满酌琼舟，即上虚皇香案头。

张孝祥　　丑奴儿·珠灯璧月年时节

珠灯璧月年时节，纤手同携。今夕谁知，自捻梅花劝一卮。　逢人问道归来也，日日佳期。管有来时，趁得收灯也未迟。

张孝祥　　丑奴儿·无双谁似黄郎子

无双谁似黄郎子，自郤无讥。月满星稀，想见歌场夜打围。　画眉京兆风流甚，应赋蝍蛾。杨柳依依，何日文箫共驾归。

赵长卿　　丑奴儿·春残

牡丹已过酴醿谢，飞尽繁花。浓翠啼鸦，绿水桥边卖酒家。　年时携手寻春去，满引流霞。往事堪嗟，犹喜潘郎鬓未华。

廖行之　　丑奴儿·庆邓彦鳞生子

一春底事多佳气，非雾非云。郁郁氲氲，端为君家诞阿兴。　庆源衮衮由高密，福有多根。百子千孙，此是元侯嫡耳孙。

辛弃疾　　丑奴儿·博山道中效李易安体

千峰云起，骤雨一霎时价。更远树斜阳，风景怎生图画。青旗卖酒，山那畔、别有人间。只消山水光中，无事过这一夏。　午醉醒时，松窗竹户，万千潇洒。野鸟飞来，又是一般闲暇。却怪白鸥，觑着人、欲下未下。旧盟都在，新来莫是，别有说话。

辛弃疾　　丑奴儿·书博山道中壁

少年不识愁滋味，爱上层楼。爱上层楼，为赋新词强说愁。　而今识尽愁滋味，欲说还休。欲说还休，却道天凉好个秋。

辛弃疾　　丑奴儿·和陈簿

鹅湖山下长亭路，明月临关。明月临关，几阵西风落叶

干。　　新词谁解裁冰雪，笔墨生寒。笔墨生寒，会说离愁千万般。

辛弃疾　　丑奴儿·晚来云淡秋光薄

醉中有歌此诗以劝酒者，聊隐括之

晚来云淡秋光薄，落日晴天。落日晴天，堂上风斜画烛烟。　　从渠去买人间恨，字字都圆。字字都圆，肠断西风十四弦。

辛弃疾　　丑奴儿·寻常中酒扶头后

寻常中酒扶头后，歌舞支持。歌舞支持，谁把新词唤住伊。　　临岐也有旁人笑，笑己争知。笑己争知，明月楼空燕子飞。

辛弃疾　　丑奴儿·此生自断天休问

此生自断天休问，独倚危楼。独倚危楼，不信人间别有愁。　　君来正是眠时节，君且归休。君且归休，说与西风一任秋。

辛弃疾　　丑奴儿·近来愁似天来大

近来愁似天来大，谁解相怜。谁解相怜，又把愁来做个天。　　都将今古无穷事，放在愁边。放在愁边，却自移家向酒泉。

辛弃疾　　丑奴儿·年年索尽梅花笑

年年索尽梅花笑，疏影黄昏。疏影黄昏，香满东风月一痕。　　清诗冷落无人寄，雪艳冰魂。雪艳冰魂，浮玉溪头烟树村。

石孝友　　丑奴儿·次韵何文成灯下镜中桃花

菱花镜里桃花笑，清影团团。月淡风寒，深夜移灯许细观。　　武陵溪上当时事，何处飞鸾。泪纸惊澜，飘尽红英不忍看。

陈　亮　　丑奴儿·咏梅

黄昏山驿消魂处，枝亚疏篱。枝亚疏篱，酝借香风蜜打

围。　　隔篱鸡犬谁家舍，门掩斜晖。门掩斜晖，花落花开总不知。

宋先生　　**丑奴儿·真人本是凡人做**

真人本是凡人做，悟者何难。名利如山，隔断神仙路往还。　　谢师指教生死限，长在心间。长在心间，十二时中不暂闲。

宋先生　　**丑奴儿·河车怎敢停留住**

河车怎敢停留住，搬入泥丸。水火烹煎，一粒丹砂炼汞铅。　　金丹大药人人有，只要心坚。休说闲言，不走阳精便是仙。

宋先生　　**丑奴儿·因师传说朝元理**

因师传说朝元理，昼夜功勤。炼煅成真，偷得阴阳共半斤。　　壶中天地何曾夜，四季长春。洞里光阴，交我如何与世论。

宋先生　　**丑奴儿·夜来子后披衣坐**

夜来子后披衣坐，心定神清。见个真人，脸似胭脂体似银。　　垆中火焰炎炎起，紫气腾腾。一粒丹成，管取飞升上帝京。

宋先生　　**丑奴儿·金公本是乾家子**

金公本是乾家子，住在坤宫。真虎真龙，吃尽三尸及九虫。　　丹砂锻炼泥丸里，赫赫长红。一日成功，直见三清太上公。

吴礼之　　**丑奴儿·秋别**

金风颤叶，那更饯别江楼。听凄切、阳关声断，楚馆云收。去也难留，万重烟水一扁舟。锦屏罗幌，多应换得，蓼岸蘋洲。　　凝想恁时欢笑，伤今萍梗悠悠。漫回首、妖饶何处，眷恋无由。先自悲秋，眼前景物只供愁。寂寥情绪，也恨分浅，也悔风流。

方千里　　丑奴儿·凌波台畔花如剪

凌波台畔花如剪，几点吴霜。烟淡云黄，东阁何人见晚妆。　江南春近书千里，谁寄清香。别墅横塘，鼓角声中又夕阳。

黄　机　　丑奴儿·绿阴窗儿明如拭

绿阴窗儿明如拭，粉黛初匀。无限芳心，翻动牙签却殢人。　多娇爱学秋来曲，微颤朱唇。别后销魂，字底依稀记指痕。

黄　机　　丑奴儿·绮窗拨断琵琶索

绮窗拨断琵琶索，一一相思。一一相思，无限柔情说似谁。　银钩欲写回文曲，泪满乌丝。泪满乌丝，薄幸知他知不知。

杨泽民　　丑奴儿·梅花

冰姿冠绝人间世，傲雪凌霜。蕊点檀黄，更看红唇间素妆。　清芬不是先桃李，桃李无香。迥出林塘，万木丛中独秉阳。

陈允平　　丑奴儿·岁寒时节千林表

岁寒时节千林表，独耐风霜。妒粉欺黄，澹澹衣裳薄薄妆。　西湖十二阑干曲，倚遍寒香。白鹭横塘，一片孤山儿夕阳。

张　炎　　丑奴儿·子母猿

山人去后知何处，风月清虚。来往无拘，戏引儿孙乐有余。　悬崖挂树如相语，常守枯株。久与人疏，闲了当年一卷书。

丑奴儿令

即词牌《丑奴儿》。宋代黄山谷首用其名，本名《采桑子》。“令”本为唐代酒令，有时指小令，有时即作为词牌

的通称，慢词亦可用之。此指后者，《丑奴儿令》即《丑奴儿》，成为它的别名之一。“令”已无实际意义。又名《采桑子》、《采桑子令》、《罗敷艳歌》、《罗敷媚》、《丑奴儿》等。属双调、平韵，共四十四字。上下阕均四句、二十二字，亦均于第二、三、四句用韵，两阕句式均为七、四、四、七字。参阅《采桑子》、《丑奴儿》等。

康与之　　丑奴儿令·促养直赴雪夜溪堂之约

冯夷剪碎澄溪练，飞下同云。著地无痕，柳絮梅花处处春。　　山阴此夜明如昼，月满前村。莫掩溪门，恐有扁舟乘兴人。

康与之　　丑奴儿令·自岭表还临安作

红楼紫陌青春路，柳色皇州。月澹烟柔，袅袅亭亭不自由。　　旧时扶上雕鞍处，此地重游。总是新愁，柳自轻盈水自流。

丑奴儿慢

“慢”为慢曲子，乐调长，字数多，成为慢词的通称，是在原名的基础上，加长乐调，加多字数。《丑奴儿》本名《采桑子》，属双调、平韵，共四十四字。《丑奴儿慢》为双调、仄韵，共九十字。上阕九句、四十四字，于第二、四、六、九句用韵；下阕十一句、四十六字，于第三、六、八、十一句用韵。宋代潘元质用此调填词，首句为“愁春未醒”，宋代吴文英和此调(指“东风未起”一首)，用潘之首句为词牌名。《填词图谱》不知此牌即《丑奴儿慢》，遂另立一《愁春未醒》之调，时人喜填新名，故亦用之。参阅《丑奴儿》、《采桑子》、《罗敷媚》、《罗敷艳歌》。

蔡　伸　　丑奴儿慢·明眸秀色

明眸秀色，别是天真潇洒。更鬓发堆云，玉脸淡拂轻霞。醉里精神，众中标格谁能画。当时携手，花笼淡月，重门深亚。　　巫峡梦回，已成陈事，岂堪重话。漫赢得、罗襟清泪，鬓边霜华。念□伤怀，凭阑烟水渺无涯。秦源目断，碧云暮合，难认仙家。

潘　汾　　　丑奴儿慢·愁春未醒

愁春未醒，还是清和天气。对浓绿阴中庭院，燕语莺啼。数点新荷翠钿，轻泛水平池。一帘风絮，才晴又雨，梅子黄时。　忍记那回，玉人娇困，初试单衣。共携手、红窗描绣，画扇题诗。怎有如今，半床明月两天涯。章台何处，应是为我，蹙损双眉。

卢祖皋　　　丑奴儿慢·湘筠展梦

湘筠展梦，还是带恨欹枕。对千顷、风荷凉艳，水竹清阴。半掩龟纱，几回小语月华侵。娉婷何处，回首画桥，朱户沉沉。　闻道近时，题红传素，长是沾襟。想当日、冰弦弹断，总废清音。准拟归来，扇鸾钗凤巧相寻。如今无奈，七十二峰，划地云深。

吴文英　　　丑奴儿慢·麓翁飞翼楼观雪

东风未起，花上纤尘无影。峭云湿，凝酥深坞，乍洗梅清。钓卷愁丝，冷浮虹气海空明。若耶门闭，扁舟去懒，客思鸥轻。　几度问春，倡红冶翠，空媚阴晴。看真色、千岩一素，天澹无情。醒眼重开，玉钩帘外晓峰青。相扶轻醉，越王台上，更最高层。

吴文英　　　丑奴儿慢·双清楼

在钱塘门外

空濛乍敛，波影帘花晴乱。正西子、梳妆楼上，镜舞青鸾。润逼风襟，满湖山色入阑干。天虚鸣籁，云多易雨，长带秋寒。　遥望翠凹，隔江时见，越女低鬟。算堪羡、烟沙白鹭，暮往朝还。歌管重城，醉花春梦半香残。乘风邀月，持杯对影，云海人闲。

引驾行

此调本为赋帝王出行而在前头引路。属双调、仄韵，共五十二字。上阕四句、二十三字，于第二、四句用韵；下阕

五句、二十九字，于第一、二、四、五句用韵。另有一百字、一百二十五字两体。五十二字者乃一百字之上阕，一百二十五字者是就一百字词多五句。晁补之的一百字词亦名为《长春》。

柳　永　　　　引驾行·虹收残雨

虹收残雨，蝉嘶败柳长堤暮。背都门、动消黯，西风片帆轻举。愁睹，泛画鹢翩翩，灵鼍隐隐下前浦。忍回首、佳人渐远，想高城、隔烟树。　　几许，秦楼永昼，谢阁连宵奇遇。算赠笑千金，酬歌百琲，尽成轻负。南顾，念吴邦越国，风烟萧索在何处。独自个、千山万水，指天涯去。

柳　永　　　　引驾行·红尘紫陌

红尘紫陌，斜阳暮草长安道。是离人、断魂处，迢迢匹马西征。新晴，韶光明媚，轻烟淡薄和气暖。望花村、路隐映，摇鞭时过长亭。愁生，伤凤城仙子，别来千里重行行。又记得临歧，泪眼湿、莲脸盈盈。　　消凝，花朝月夕，最苦冷落银屏。想媚容、耿耿无眠，屈指已算回程。相萦，空万般思忆，争如归去睹倾城。向绣帏、深处并枕，说如此牵情。

晁补之　　　　引驾行·梅梢琼绽

梅梢琼绽，东君次第开桃李。痛年年、好风景，无事对花垂泪。园里，旧赏处、幽葩柔条，一一动芳意。恨心事，春来间阻，忆年时、把罗袂。　　雅戏，樱桃红颗，为插边明丽。又渐是，樱桃尝新，忍把旧游重记。何意，便云收雨歇，瓶沉簪折两无计。谩追悔，凭谁向说，只厌厌地。

晁补之　　　　引驾行·永嘉郡君生日

春云轻锁，春风乍扇园林晓。扫华堂，正桃李芳时，诞辰还到。年少，记绛蜡光摇，金猊香郁宝妆了。骤骏马、天街向晚，喜同车、咏窈窕。　　多少，卢家壶范，杜曲家声荣耀。庆孟光齐眉，冯唐白首，镇同欢笑。缥缈，待琅函深讨，芝田高隐去偕老。自别有、壶中永日，比人间好。

劝金船

据张先词序“流杯堂唱和翰林主人元素(姓杨名绘)自撰腔。”苏轼词序：“和元素韵，自撰腔命名。”可知此调为杨绘所创。张先词中有“何人窨得金船酒”之句，因名《劝金船》。此调属双调、仄韵，共八十八字。上、下阕格式相同，皆八句、四十四字，亦皆于第一、二、三、四、六、八句入韵。另一体九十二字。

张　先　　劝金船·流杯堂唱和翰林主人元素自撰腔

流泉宛转双开窦，带染轻纱皱。何人暗得金船酒，拥罗绮前后。绿定见花影，并照与、艳妆争秀。行尽曲名，休更再歌杨柳。　光生飞动摇琼甃，隔障笙箫奏。须知短景欢无足，又还过清昼。翰阁迟归来，传骑恨、留住难久。异日凤凰池上，为谁思旧。

苏　轼　　劝金船·和元素韵自撰腔命名

无情流水多情客，劝我如曾识。杯行到手休辞却，这公道难得。曲水池上，小字更书年月。还对茂林修竹，似永和节。

纤纤素手如霜雪，笑把秋花插。尊前莫怪歌声咽，又还是轻别。此去翱翔，遍赏玉堂金阙。欲问再来何岁，应有华发。

双双燕

此调为南宋史达祖所创制，其中首句为“过春社了”一首，咏唱双燕，即以《双双燕》命为词牌名。调见《梅溪词》。属双调、仄韵，共九十八字。上阕十句、四十八字，于第三、五、六、八、十句用韵；下阕十一句、五十字，于第一、二、四、六、七、九、十一句用韵。另一体为九十六字，南宋吴文英以此体填词，其第一、二句为“小桃谢后，双双燕飞来”，亦为咏双燕之作。别体与正体略有差别，下阕的第十句别体比正体少二字。

史达祖　　　　双双燕·咏燕

过春社了，度帘幕中间，去年尘冷。差池欲住，试入旧巢相并。还相雕梁藻井，又软语、商量不定。翩然快拂花梢，翠尾分开红影。　　芳径，芹泥雨润。爱贴地争飞，竞夸轻俊。红楼归晚，看足柳昏花暝。应是栖香正稳，便忘了、天涯芳信。愁损翠黛双蛾，日日画阑独凭。

吴文英　　　　双双燕·小桃谢后

小桃谢后，双双燕，飞来几家庭户。轻烟晓暝，湘水暮云遥度。帘外余寒未卷，共斜入、红楼深处。相将占得雕梁，似约韶光留住。　　堪举，翩翩翠羽。杨柳岸，泥香半和梅雨。落花风软，戏促乱红飞舞。多少呢喃意绪，尽日向、流莺分诉。还过短墙。谁会万千言语。

双头莲

此调本为咏并蒂而生的莲花。属双调、仄韵，共一百字。上下阕均十一句、五十字，上阕于第三、四、六、八、九、十一句用韵，下阕于第三、四、六、八、十一句用韵。另有一百零三字一体，见宋代周邦彦《片玉集》，一百字者见宋代陆游《放翁集》。此外，有《双头莲令》，四十八字，二者不是一体。

周邦彦　　　　双头莲·一抹残霞

一抹残霞，几行新雁，天染云断。红迷阵影，隐约望中，点破晚空澄碧。助秋色，门掩西风，桥横斜照，青翼未来，浓尘自起。咫尺凤帏，合有人相识。　　叹乖隔，知甚时恣与，同携欢适。度曲传觞，并鞯飞辔，绮陌画堂连夕。楼头千里，帐底三更，尽堪泪滴。怎生向，无聊但只听消息。

陆　游　　　　双头莲·呈范至能待制

华鬓星星，惊壮志成虚，此身如寄。萧条病骥，向暗里，消尽当年豪气。梦断故国山川，隔重重烟水。身万里，旧社凋零，青门俊游谁记。　　尽道锦里繁华，叹官闲昼永，柴荆添

睡，清愁自醉。念此际，付与何人心事。纵有楚柂吴樯，知何时东逝。空怅望，鲙美菰香，秋风又起。

陆　游　　　　双头莲·风卷征尘

风卷征尘，堪叹处、青骢正摇金辔。客襟贮泪，漫万点如血，凭谁持寄。伫想艳态幽情，压江南佳丽。春正媚，怎忍长亭，匆匆顿分连理。　　目断淡日平芜，望烟浓树远，微茫如荠。悲欢梦里，奈倦客、又是关河千里。最苦唱彻骊歌，重迟留无计。何限事，待与丁宁，行时已醉。

无名氏　　　　双头莲·触目庭台

触目庭台，当岁晚凋残，恁时方见。琼英细蕊，似美玉碾就，轻冰裁剪。暗想蜂蝶不知，有清香为援。深疑是，傅粉酡颜，何殊寿阳妆面。　　惟恐易落难留，仗何人巧把，名词褒羡。狂风横雨，枉坠落、细蕊纷纷千片。异日结实成阴，托称殊非浅。调鼎鼐，试作和羹，佳名方显。

双头莲令

此调是宋代赵师侠所创制，咏信丰莲开并蒂，特制此调。“令”表明该调为令词。属双调、平韵，共四十八字。两阕格式相同，上下阕皆四句、二十四字，亦皆句句用韵。此调与一百字的长调《双头莲》并非一调。

赵师侠　　　　双头莲令·信丰双莲

太平和气兆嘉祥，草木总成双。红苞翠盖出横塘，两两斗芬芳。　　干摇碧玉并青房，仙髻拥新妆。连枝不解引鸾皇，留取映鸳鸯。

双　声　子

此调原为唐曲，后用为词牌名。调见《乐章集》。属双调、平韵，共一百零四字。上、下阕均五十二字，上阕十一

句，于第三、六、八、十一句用韵；下阕十句，于第三、六、八、十句用韵。

柳　永　　　　双声子·晚天萧索

晚天萧索，断蓬踪迹，乘兴兰棹东游。三吴风景，姑苏台榭，牢落暮霭初收。夫差旧国，香径没、徒有荒丘。繁华处，悄无睹，惟闻麋鹿呦呦。　　想当年、空运筹决战，图王取霸无休。江山如画，云涛烟浪，翻输范蠡扁舟。验前经旧史，嗟漫载、当日风流。斜阳暮草茫茫，尽成万古遗愁。

双荷叶

“双荷叶”本为宋代贾收之妾的小名。苏轼《答贾耘老》之一说：“贫固诗人之常，齿落目昏，当是为双荷叶所困，未可专咎诗也。”苏轼以此为内容填词，其词中有“清光遍照双荷叶”之句，且以“双荷叶”叠句，并自注“即秦楼月”，遂名为《双荷叶》。属双调、仄韵，四十六字。上阕五句、二十一字，于第一、二、三、五句用韵；下阕五句、二十五字，亦于第一、二、三、五句用韵。上、下阕均于第三句叠上句三字。此调本名《忆秦娥》，相传为唐朝李白所创。自唐以来，体式颇多，词牌名亦因词的内容而异。其名有《秦楼月》、《碧云深》、《玉交枝》、《蓬莱阁》、《花深深》等。参阅以上各词牌别名。

苏　轼　　　　双荷叶·双溪月

双溪月，清光遍照双荷叶。双荷叶，红心未偶，绿衣偷结。　　背风迎雨流珠滑，轻舟短棹先秋折。先秋折，烟鬟未上，玉杯微缺。

双调望江南

《望江南》原是唐教坊曲名，后用作词牌。本名《谢秋娘》，因唐朝李德裕为亡妓谢秋娘所作，故名。后进入教

坊，改此名。白居易依此调制《忆江南词》，始名《忆江南》；白居易词又名《江南好》，刘禹锡词名《春去也》，温庭筠词名《忆江楼》，皇甫崧词名《梦江口》，又名《梦江南》，李煜词名《望江梅》。此调别名颇多，多据词中字句所得。唐时皆单调，二十七字，至宋时始有作双调者。双调之词即在单调之后又加一叠。制词者，不论单调、双调皆可用上列诸名，有的填双调之词，特加“双调”指明之。属平韵，五十四字，上下阕皆五句、二十七字，亦皆于第二、四、五句用韵。

刘辰翁　　双调望江南·赋所见

长欲语，欲语又蹉跎。已是厌听夷甫颂，不堪重省越人歌，孤负水云多。　　羞拂拂，懊恼自摩挲。残烛不教人径去，断云时有泪相和，恨恨欲如何。

刘辰翁　　双调望江南·寿谢寿朋

前之夕，织女渡河边。天上一朝元五日，人间小住亦千年，相合降神仙。　　当富贵，掩鼻正高眠。欲语会稽仍小待，不知文举更堪怜，蔗境在顽坚。

刘辰翁　　双调望江南·寿赵松庐

添一岁，减一岁愁眉。若待一生昏嫁了，更须采药十年迟，昏嫁已随时。　　东家者，俎豆伴儿嬉。幸自少年场屋了，谁能匊淅数还炊，千岁是灵龟。

刘辰翁　　双调望江南·胡盘居生日

盘之所，春蝶舞晴暄。溪傍野梅根种玉，墙围修竹笋生鞭，深院待回仙。　　嘉熙好，四十二年前。犹记五星丁卯聚，更迟几岁甲申连，快活共千年。

刘辰翁　　双调望江南·寿王秋水

齐眉举，彩侍紫霞卮。天上九朝凫冉冉，尊前一笑玉差差，人唱自家词。　　篱下菊，醉把一枝枝。花水乞君三十斛，秋风记我一联诗，留看晚香时。

刘辰翁　　　双调望江南·寿张粹翁

七日后，重会是星前。二月之间浑似此，余年何止万三千，日拟醉华筵。　歌白雪，除是雪儿传。看取长生瓢屡倒，眼前橘栗术何玄，自唱鹊桥仙。

双韵子

此调本为唐曲名。唐时俗语以“子”称曲。调见张先词集。属双调、仄韵，共四十九字。上阕五句、二十四字，于第一、二、五句用韵；下阕六句、二十五字，于第二、三、六句用韵。

张　先　　　双韵子·鸣鞘电过晓闹静

鸣鞘电过晓闹静，敛龙旂风定。凤楼远出霏烟，闻笑语、中天迥。　清光近，欢声竟，鸳鸯集、仙花斗影。更闻度曲瑶山，升瑞日、春宫永。

双瑞莲

此调见《虚斋集》，是宋代赵以夫所创制，其词中有“看并蒂新房，骈头双蕊，清标艳态，两两翠裳霞袂”之句，乃咏双头瑞莲并蒂而开，故名《双瑞莲》。属双调、仄韵，共九十五字。上阕十句、四十八字，于第一、三、五、七、八、十句用韵；下阕九句、四十七字，于第三、五、七、八、九句用韵。《词谱》于此调注云“近玉漏迟”。《词律》认为此调与《玉漏迟》相近，应是一体。“想赵公以《玉漏迟》调咏双头瑞莲，或自变其名，或后人因题而误也”。参阅《玉漏迟》。

赵以夫　　　双瑞莲·千机云锦里

千机云锦里，看并蒂新房，骈头芳蕊。清标艳态，两两翠裳霞袂。似是商量心事，倚绿盖、无言相对。天蘸水，彩舟过处，鸳鸯惊起。　缥缈漾影摇香，想刘阮风流，双仙姝丽。

闲情不断，犹恋人间欢会。莫待西风吹老，荐玉醴、碧筒拚醉。清露底，明月一襟归思。

双雁儿

“雁”又或写作“燕”，故又名《双燕儿》，一名《双燕子》。属双调、平韵，共五十二字。上、下阕格式相同，均六句、二十六字，亦均于第一、三、四、六句用韵。此调与《醉红妆》微近。参阅《双燕儿》。

朱敦复　双雁儿·尚志服事跛神仙

尚志服事跛神仙，辛勤了、万千般。一朝身死入黄泉，至诚地、哭皇天。　旁人苦苦叩玄言，不免得、告诸贤。禁法蝎儿不曾传，吃畜生、四十年。

杨无咎　双雁儿·除夕

穷阴急景暗推迁，减绿鬓，损朱颜。利名牵役几时闲，又还惊、一岁圆。　劝君今夕不须眠，且满满、泛觥船。大家沉醉对芳筵，愿新年、胜旧年。

杨无咎　双雁儿·休惊明日岁华新

休惊明日岁华新，且喜得、又逢春。北堂歌舞奉慈亲，愿遐龄、等大椿。　□□□□□□□，□□□、□□□。□□□□□□□，□□□、□□□。

双燕儿

此调又名《双雁儿》，“燕”或又写作“雁”。属双调、平韵，五十二字。上、下阕格式相同，皆六句、二十六字，亦皆于第一、三、四、六句用韵。参阅《双雁儿》。

张　先　双燕儿·榴花帘外飘红

榴花帘外飘红，藕丝罩、小屏风。东山别后，高唐梦短，犹喜相逢。　几时再与眠香翠，悔旧欢、何事匆匆。芳心念

我，也应那里，蹙破眉峰。

双翠羽

此调名乃宋代赵鼎所创制。本名《念奴娇》，赵鼎于小序中自注“旧名《念奴娇》”。因其词中有“竹坞无人双翠羽，飞触珊珊寒玉”之句，取“双翠羽”三字作为新名。“翠羽”指羽毛绚丽的禽鸟。属双调、仄韵，共一百字。上阕十句、四十九字，于第三、五、八、十句用韵；下阕十句、五十一字，于第三、五、八、十句用韵。

赵　鼎　双翠羽·三月十三日夜饮南园作

旧名《念奴娇》

小园曲径，度疏林深处，幽兰微馥。竹坞无人双翠羽，飞触珊珊寒玉。更欲题诗，晚来孤兴，却恐伤幽独。不如花下，一尊芳酒相属。　慨念故国风流，杨花春梦短，黄粱初熟。卷白千觞须劝我，洗此胸中荣辱。醉揖南山，一声清啸，休把离骚读。迟留归去，月明犹挂乔木。

双鸂鶒

“鸂鶒”，《集韵》作“鸂鵣”，水鸟名，形体比鸳鸯大，而色多紫，于水上偶游，故又叫作紫鸳鸯。后人取其“成双成对”之意，作词咏歌之。调见宋代朱敦儒《樵歌词》，因词中有“一对双飞鸂鶒”之句，故命为《双鸂鶒》。属双调、仄韵，共四十八字。上下阕均四句、二十四字，每句均六字，亦均句句用韵。

朱敦儒　双鸂鶒·拂破秋江烟碧

拂破秋江烟碧，一对双飞鸂鶒。应是远来无力，捎下相偎沙碛。　小艇谁吹横笛，惊起不知消息。悔不当时描得，如今何处寻觅。

水龙吟

此调名的来源有二说：一是毛先舒《填词名解》卷三所载，采自唐朝李白诗中“笛奏龙吟水”之句(按《水龙吟》或为唐时笛曲名)；二是陈元龙《片玉集注》卷十说，本于李贺诗中“雌龙怨吟寒水光”之句。此调首见于宋代柳永的咏梅之作。属双调、仄韵，字数不一，从一百零一字至一百零六字，体式颇多，《词谱》收此调有二十五体之多。常用体式为一百零二字，属正格，上阕十二句、五十二字，于第二、五、八、十二句用韵；下阕十二句、五十字，于第一、三、六、九、十二句用韵。此牌别名亦颇多，词人根据词的内容或词中的字句另起别名。宋人曾觌词中有“是丰年瑞”之句，故又名《丰年瑞》；吕渭老以此调填词，更名为《鼓笛慢》；史达祖改《水龙吟》为《龙吟曲》；秦观以此调填词，首句为“小楼连苑”，杨樵云之词即易名为《小楼连苑》；方味道词中有“伴庄椿岁”之句，即命为《庄椿岁》；有人以“海天阔处”起句，故又称《海天阔处》；又名《水龙吟令》、《水龙吟慢》。参阅以上各牌别名。

章　楶　　水龙吟·燕忙莺懒花残

燕忙莺懒花残，正堤上、柳花飘坠。轻飞点画青林，谁道全无才思。闲趁游丝，静临深院，日长门闭。傍珠帘散漫，垂垂欲下，依前被、风扶起。　兰帐玉人睡觉，怪春衣、雪沾琼缀。绣床旋满，香球无数，才圆却碎。时见蜂儿，仰粘轻粉，鱼吹池水。望章台路杳，金鞍游荡，有盈盈泪。

苏　轼　　水龙吟·古来云海茫茫

古来云海茫茫，道山绛阙知何处。人间自有，赤城居士，龙蟠凤举。清净无为，坐忘遗照，八篇奇语。向玉霄东望，蓬莱晻霭，有云驾、骖风驭。　行尽九州四海，笑纷纷、落花飞絮。临江一见，谪仙风采，无言心许。八表神游，浩然相对，酒酣箕踞。待垂天赋就，骑鲸路稳，约相将去。

苏　轼　　水龙吟·咏笛材

时太守闾丘公显已致仕居姑苏，后房懿卿者，甚有才色，

因赋此词。一云赠赵晦之

楚山修竹如云，异材秀出千林表。龙须半翦，凤膺微涨，玉肌匀绕。木落淮南，雨晴云梦，月明风袅。自中郎不见，桓伊去后，知孤负、秋多少。　　闻道岭南太守，后堂深、绿珠娇小。绮窗学弄，梁州初遍，霓裳未了。嚼徵含宫，泛商流羽，一声云杪。为使君洗尽，蛮风瘴雨，作霜天晓。

苏　轼　　水龙吟·次韵章质夫杨花词

似花还似非花，也无人惜从教坠。抛家傍路，思量却是，无情有思。萦损柔肠，困酣娇眼，欲开还闭。梦随风万里，寻郎去处，又还被、莺呼起。　　不恨此花飞尽，恨西园、落红难缀。晓来雨过，遗踪何在，一池萍碎。春色三分，二分尘土，一分流水。细看来，不是杨花点点，是离人泪。

苏　轼　　水龙吟·小舟横截春江

闾丘大夫孝直公显尝守黄州，作栖霞楼，为郡中胜绝。元丰五年，余谪居于黄。正月十七日，梦扁舟渡江，中流回望，楼中歌乐杂作。舟中人言：公显方会客也。觉而异之，乃作此词。公显时已致仕在苏州

小舟横截春江，卧看翠壁红楼起。云间笑语，使君高会，佳人半醉。危柱哀弦，艳歌余响，绕云萦水。念故人老大，风流未减，独回首、烟波里。　　推枕惘然不见，但空江、月明千里。五湖闻道，扁舟归去，仍携西子。云梦南州，武昌南岸，昔游应记。料多情梦里，端来见我，也参差是。

苏　轼　　水龙吟·小沟东接长江

小沟东接长江，柳堤苇岸连云际。烟村潇洒，人间一哄，渔樵早市。永昼端居，寸阴虚度，了成何事。但丝莼玉藕，珠粳锦鲤，相留恋、又经岁。　　因念浮丘旧侣，惯瑶池、羽觞沉醉。青鸾歌舞，铢衣摇曳，壶中天地。飘堕人间，步虚声断，露寒风细。抱素琴，独向银蟾影里，此怀难寄。

苏　轼　　水龙吟·露寒烟冷蒹葭老

露寒烟冷蒹葭老，天外征鸿寥唳。银河秋晚，长门灯悄，一声初至。应念潇湘，岸遥人静，水多菰米。□望极平田，徘

徊欲下，依前被、风惊起。　须信衡阳万里，有谁家、锦书遥寄。万重云外，斜行横阵，才疏又缀。仙掌月明，石头城下，影摇寒水。念征衣未捣，佳人拂杵，有盈盈泪。

李之仪　　水龙吟·中秋

晚来轻拂，游云尽卷，霁色寒相射。银潢半掩，秋毫欲数，分明不夜。玉琯传声，羽衣催舞，此欢难借。凛清辉，但觉圆光罩影，冰壶莹、真无价。　闻道水精宫殿，蕙炉薰、珠帘高挂。琼枝半倚，瑶觞更劝，莺娇燕姹。目断魂飞，翠萦红绕，空吟小砑。想归来醉里，鸾篦凤朵，倩何人卸。

黄　裳　　水龙吟·方外述怀

五城中锁奇书，世间睡里无人唤。家家自有，月中丹桂，朱衣仙子。能驻光阴，解留颜鬓，引君霄汉。便西归、休梦华胥国，约无限、烟霞伴。　谁是采真高士，幻中寻取元非幻。时人不为，玉峰三秀，尘缘难断。莫说英雄，万端愁绪，夕阳孤馆。到流年过尽，韶华去了，起浮生叹。

晁端礼　　水龙吟·夜来深雪前村路

夜来深雪前村路，应是早梅初绽。故人赠我，江头春信，南枝向暖。疏影横斜，暗香浮动，月明溪浅。向亭边驿畔，行人立马，频回首、空肠断。　别有玉溪仙馆，寿阳人、初匀妆面。天教占了，百花头上，和羹未晚。最是关情处，高楼上、一声羌管。仗谁人向道，何如留取，倚朱栏看。

晁端礼　　水龙吟·岭梅香雪飘零尽

岭梅香雪飘零尽，繁杏枝头犹未。小桃一种，妖娆偏占，春工用意。微喷丹砂，半含朝露，粉墙低倚。似谁家丱女，娇痴怨别，空凝睇、东风里。　好是佳人半醉，近横波、一枝争媚。玄都观里，武陵溪上，空随流水。惆怅如红雨，风不定、五更天气。念当年门里，如今陌上，洒离人泪。

晁端礼　　水龙吟·小桃零落春将半

小桃零落春将半，双燕却来池馆。名园相倚，初开繁杏，一枝遥见。竹外斜穿，柳间深映，粉愁香怨。任红敧宋玉，墙

头千里，曾牵惹、人肠断。　　常记山城斜路，喷清香、日迟风暖。春阴挫后，马前惆怅，满枝红浅。深院帘垂雨，愁人处、碎红千片。料明年更发，多应更好，约邻翁看。

晁端礼　　水龙吟·倦游京洛风尘

倦游京洛风尘，夜来病酒无人问。九衢雪小，千门月淡，元宵灯近。香散梅梢，冻消池面，一番春信。记南楼醉里，西城宴阕，都不管、人春困。　　屈指流年未几，早人惊、潘郎双鬓。当时体态，如今情绪，多应瘦损。马上墙头，纵教瞥见，也难相认。凭栏干，但有盈盈泪眼，把罗襟揾。

秦　观　　水龙吟·小楼连远横空

小楼连远横空，下窥绣毂雕鞍骤。朱帘半卷，单衣初试，清明时候。破暖轻风，弄晴微雨，欲无还有。卖花声过尽，斜阳院落，红成阵、飞鸳甃。　　玉佩丁东别后，怅佳期、参差难又。名缰利锁，天还知道，和天也瘦。花下重门，柳边深巷，不堪回首。念多情但有，当时皓月，向人依旧。

秦　观　　水龙吟·禁烟时候风和

禁烟时候风和，越罗初试春衫薄。昼长深院，梦回孤枕，风吹铃索。绮陌花香，芳郊尘软，正堪游乐。倚阑干、瘦损无人问，重重绿树围朱阁。　　对镜时时泪落，总无心、淡妆浓抹。晨窗夜帐，几番误喜，灯花檐鹊。月下琼卮，花前金盏，与谁斟酌。望王孙、甚日归来，除是车轮生角。

秦　观　　水龙吟·琐窗睡起门重闭

琐窗睡起门重闭，无奈杨花轻薄。水沉烟冷，琵琶尘掩，懒亲弦索。檀板歌莺，霓裳舞燕，当年娱乐。望天涯、万叠关山，烟草连天，远凭高阁。　　闲把菱花自照，笑春山、为谁涂抹。几时待得，信传青鸟，桥通乌鹊。梦后余情，愁边剩思，引杯孤酌。正黯然、对景销魂，墙外一声谯角。

晁补之　　水龙吟·别吴兴至松江作

水晶宫绕千家，卞山倒影双溪里。白蘋洲渚，诗成春晚，当年此地。行遍瑶台，弄英携手，月婵娟际。算多情小杜，风

流未睹，空肠断、枝间子。　　一似君恩赐与，贺家湖、千峰凝翠。黄粱未熟，红旌已远，南柯旧事。常恐重来，夜阑相对，也疑非是。向松陵回首，平芜尽处，在青山外。

晁补之　　水龙吟·次韵林圣予惜春

问春何苦匆匆，带风伴雨如驰骤。幽葩细萼，小园低槛，壅培未就。吹尽繁红，占春长久，不如垂柳。算春常不老，人愁春老，愁只是、人间有。　　春恨十常八九，忍轻辜、芳醪经口。那知自是，桃花结子，不因春瘦。世上功名，老来风味，春归时候。纵樽前痛饮，狂歌似旧，情难依旧。

晁补之　　水龙吟·叙旧

始去齐，路逢次膺叔感别

去年暑雨钩盘，夜阑睡起同征辔。今年芳草，齐河古岸，扁舟同舣。萍梗孤踪，梦魂浮世，别离常是。念当时绿鬓，狂歌痛饮，今憔悴、东风里。　　此去济南为说，道愁肠、不醒犹醉。多情北渚，两行烟柳，一湖春水。还唱新声，后人重到，应悲桃李。待归时，揽取庭前皓月，也应堪寄。

晁补之　　水龙吟·寄留守无愧丈

满湖高柳摇风，坐看骤雨来湖面。跳珠溅玉，圆荷翻倒，轻鸥惊散，堂上凉生，槛前暑退，罗裾凌乱。想东山谢守，纶巾羽扇，高歌下、青天半。　　应记狂吟司马，去年时、黄花高宴。竹枝苦怨，琵琶多泪，新年鬓换。常恐归时，眼中物是，日边人远。望隋河一带，伤心雾霭，遣离魂断。

周邦彦　　水龙吟·梨花

素肌应怯余寒，艳阳占立青芜地。樊川照日，灵关遮路，残红敛避。传火楼台，妒花风雨，长门深闭。亚帘栊半湿，一枝在手，偏勾引、黄昏泪。　　别有风前月底，布繁英、满园歌吹。朱铅退尽，潘妃却酒，昭君乍起。雪浪翻空，粉裳缟夜，不成春意。恨玉容不见，琼英谩好，与何人比。

孔　夷　　水龙吟·岁穷风雪飘零

岁穷风雪飘零，望迷万里云垂冻。红绡碎剪，凝酥繁缀，

烟深霜重。疏影沉波，暗香和月，横斜浮动。怅别来，欲把芳菲寄远，还羌管、吹三弄。寂寞玉人睡起，污残妆、不胜姣凤。盈盈山馆，纷纷客路，相思谁共。才与风流，赋称清艳，多情唯宋。算襄王，枉被梨花瘦损，又成春梦。

吴则礼　　　　水龙吟·秋兴

秋生泽国，无边落木，又作萧萧下。澄江过雨，凉飙吹面，黄花初把。苍鬓羁孤，粗营鸡黍，浊醪催贳。对斜斜露脚，寒香正好，幽人去、空惊咤。　　头上纶巾醉堕，要敧眠、水云萦舍。牵衣儿女，归来欢笑，仍邀同社。月底蓬门，一株江树，悲虫鸣夜。把茱萸细看，牛山底事，强成沾洒。

王安中　　水龙吟·游御河并过压沙寺作

魏台长乐坊西，画桥倒影烟堤远。东风与染，揉蓝春水，湾环清浅。浴鹭翘莎，戏鱼吹絮，落红漂卷。为游人盛踪，兰舟彩舫，飞轻棹、凌波面。　　乐事年来乍见，趁旌旗、谷莺娇啭。追随况有，疏帘珠袖，浓香绀幰。萧寺高亭，茂林斜照，且留芳宴。看韶华烂向，尊前放手，作梨花晚。

叶梦得　　水龙吟·三月十日西湖宴客作

对花常欲留春，恨春故遣花飞早。晓来雨过，绿阴新处，几番芳草。一片飘时，已知消减，满庭谁扫。料多情也似，愁人易感，先催趁、朱颜老。　　犹有清明未过，但狂风、匆匆难保。酒醒梦断，年年此恨，不禁相恼。只恐春应，暗留芳信，与花争好。有姚黄一朵，殷勤付与，送金杯倒。

叶梦得　　　水龙吟·舵楼横笛孤吹

八月十三日，与强少逸游道场山，放舟中流，命工吹笛舟尾迎月归作

舵楼横笛孤吹，暮云散尽天如水。人间底事，忽惊飞坠，冰壶千里。玉树风清，漫披遥卷，与空无际。料嫦娥此夜，殷勤偏照，知人在、千山里。　　常恨孤光易转，仗多情、使君料理。一杯起舞，曲终须寄，狂歌重倚。为问飘流，几逢清影，有谁同记。但尊中有酒，长追旧事，拚年年醉。

曹组　　水龙吟·牡丹

晓天谷雨晴时，翠罗护日轻烟里。酴醾径暖，柳花风淡，千葩浓丽。三月春光，上林池馆，西都花市。看轻盈隐约，何须解语，凝情处、无穷意。　金殿筠笼岁贡，最姚黄、一枝娇贵。东风既与花王，芍药须为近侍。歌舞筵中，满装归帽，斜簪云髻。有高情未已，齐烧绛蜡，向阑边醉。

朱敦儒　　水龙吟·放船千里凌波去

放船千里凌波去，略为吴山留顾。云屯水府，涛随神女，九江东注。北客翩然，壮心偏感，年华将暮。念伊嵩旧隐，巢由故友，南柯梦、遽如许。　回首妖氛未扫，问人间、英雄何处。奇谋报国，可怜无用，尘昏白羽。铁锁横江，锦帆冲浪，孙郎良苦。但愁敲桂棹，悲吟梁父，泪流如雨。

朱敦儒　　水龙吟·晓来极目同云

晓来极目同云，暖空降雪花零乱。平生尘想，老来俗状，都齐惊散。玉凤凌霄，素虬横海，一杯相劝。任霓裳学舞，梅妆作面，终不似、天裁剪。　正是年华美满。斗迎春、巧飞钗燕。冲寒醉眼，倚空长揖，群仙笑粲。说道瑶池，有人来报，西真开宴。便争回蕊佩，高驰羽驾，卷东风转。

周紫芝　　水龙吟·天中节祝圣词

黄金双阙横空，望中隐约三山眇。春皇欲降，渚烟收尽，青虹正绕。日到层霄，九枝光满，普天俱照。看海中桃熟，云幡绛节，冉冉度、沧波渺。　遥想建章宫阙，□薰风、月寒清晓。红鸾影上，云韶声里，蒙天一笑。万国朝元，百蛮款塞，太平多少。听尧云深处，人人尽祝，似天难老。

周紫芝　　水龙吟·题梦云轩

楚山千叠浮空，楚云只在巫山住。鸾飞凤舞，当时空记，梦中奇语。晓日曈昽，夕阳零乱，袅红萦素。问如今依旧，霏霏冉冉，知他为、谁朝暮。　玉佩烟鬟飞动，炯星眸、人间相遇。嫣然一笑，阳城下蔡，尽成惊顾。蕙帐春浓，兰衾日暖，未成行雨。但丁宁莫似，阳台梦断，又随风去。

周紫芝　　水龙吟·须江望九华作

楚山木落风高，暮云黯黯孤容瘦。天晴似洗，明霞消尽，玉峦排秀。九凤飞来，五云深处，一时轻矫。恨三山不见，六鳌去后，天空远、人将老。　堪笑此生如寄，信扁舟、朅来江表。望中愁眼，依稀犹认，数峰林杪。万里东南，跨江云梦，此情多少。问何时还我，千岩万壑，卧霜天晓。

李　纲　　水龙吟·光武战昆阳

汉家炎运中微，坐令闰位余分据。南阳自有，真人膺历，龙翔虎步。初起昆城，旋驱乌合，块然当路。想莽军百万，旌旗千里，应道是、探囊取。　豁达刘郎大度，对勍敌、安恬无惧。提兵夹击，声喧天壤，雷风借助。虎豹哀嗥，戈鋋委地，一时休去。早复收旧物，扫清氛祲，作中兴主。

李　纲　　水龙吟·太宗临渭上

古来夷狄难驯，射飞择肉天骄子。唐家建国，北边雄盛，无如颉利。万马崩腾，皂旗毡帐，远临清渭。向郊原驰突，凭陵仓卒，知战守、难为计。　须信君王神武，觇虏营、只从七骑。长弓大箭，据鞍诘问，单于非义。戈甲鲜明，旌麾光彩，六军随至。怅敌情震骇，鱼循鼠伏，请坚盟誓。

李　纲　水龙吟·次韵任世初送林商叟海道还闽中

际天云海无涯，径从一叶舟中渡。天容海色，浪平风稳，何尝有飓。鳞甲千山，笙镛群籁，了无遮护。笑读君佳阕，追寻往事，须信道、忘来去。　闻说钓鲸公子，为才名、鹗书交举。高怀澹泊，柏台兰省，留连莫住。万里闽山，不从海道，寄声何处。怅七年契阔，无因握手，与开怀语。

李　纲　　水龙吟·暮春清淑之初

上巳日出郊，呈知宗安抚、张参、观文汪相二首

暮春清淑之初，赏心最乐惟修禊。兰亭序饮，泛觞流咏，萧然适意。旧弼宗英，文章贤牧，肯临坰外。向碧山深处，寻花问柳，有佳气、随旌旆。　寥落幽人寓止，借僧园、缭云萦水。栽花种竹，凿池开径，渊明岂愧。美景良辰，玉颜方

老，欲留何计。对残红嫩绿，开怀笑语，且须同醉。

李　纲　　水龙吟·次韵和质夫、子瞻杨花词

晚春天气融和，乍惊密雪烟空坠。因风飘荡，千门万户，牵情惹思。青眼初开，翠眉才展，小园长闭。又谁知化作，琼花玉屑，共榆荚、漫天起。　　深院美人慵困，乱云鬟、尽从妆缀。小廊回处，氍毹重叠，轻拈却碎。飞入楼台，舞穿帘幕，总归流水。怅青春又过，年年此恨，满东风泪。

李　祁　　水龙吟·郎官湖

碧山横绕清湖，茂林秀麓波光里。南宫老大，西洲漂荡，危亭重倚。雨步云行，饵风饮雾，平生游戏。笑此中空洞，都无一物，有神妙、浩然气。　　扫尽云南梦北，看三江五湖秋水。狂歌两解，清尊一举，超然千里。江汉苍茫，故人何处，山川良是。待白蘋露下，青天月上，约骑鲸起。

向子諲　　水龙吟·绍兴甲子上元有怀京师

华灯明月光中，绮罗弦管春风路。龙如骏马，车如流水，软红成雾。太一池边，葆真宫里，玉楼珠树。见飞琼伴侣，霓裳缥缈，星回眼、莲承步。　　笑入彩云深处，更冥冥、一帘花雨。金钿半落，宝钗斜坠，乘鸾归去。醉失桃源，梦回蓬岛，满身风露。到而今江上，愁山万叠，鬓丝千缕。

向子諲　　水龙吟·梦回寒入衾裯

甲子季冬丁亥，冒雪与晁叔异、刘子驹兄弟，皆北客，同上雪台，登连辉观。梁使君遣酒，仍与北梨俱醉芗林堂上，相与联句云：西北通无路，东南偶共期。穿林行鸟路，踏雪噍鹅梨。吴大年方病起，不能同此乐。得大年水龙吟词，过之。夜归，月色如画，亦赋一首

梦回寒入衾裯，晓惊忽堕瑶林里。穿帷透隙，落花飞絮，难穷巧思。着帽披裘，挈壶呼友，倚空临水。望琼田不尽，银涛无际，浮皓色、来天地。　　遥想吴郎病起，政冷窗、微吟拥鼻。持笺赠我，新词绝唱，珠零玉碎。余兴追游，清芬坐对，高谈倾耳。晚归来，风扫停云，万里月华如洗。

蔡　伸　　　水龙吟·重过旧隐

画桥流水桃溪路，别是壶中佳致。南楼夜月，东窗疏雨，金莲共醉。人静回廊，并肩携手，玉芝香里。念紫箫声断，巫阳梦觉，人何在、花空委。　　寂寞危栏独倚，望仙乡、水云无际。芸房花院，重来空锁，苍苔满地。物是人非，小池依旧，彩鸳双戏。念当时风月，如今怀抱，有盈襟泪。

李弥逊　　　水龙吟·上巳

化工收拾芳菲，晕酥剪彩迎春禊。江山影里，泰阶星聚，重寻古意。曲水流觞，晚林张宴，竹边花外。倩飞英衬地，繁枝障日，游丝驻、羲和旆。　　云避清歌自止，放一钩、玉沉寒水。西园飞盖，东山携妓，古今无愧。闻道东君，商量花蕊，作明年计。待公归，独运丹青妙手，忆山阴醉。

胡　仔　水龙吟·以李长吉美人梳头歌填

梦寒绡帐春风晓，檀枕半堆香髻。辘轳初转，阑干鸣玉，咿哑惊起。眠鸭凝烟，舞鸾翻镜，影开秋水。解低鬟试整，牙床对立，香丝乱、云撒地。　　纤手犀梳落处，腻无声、重盘鸦翠。兰膏匀渍，冷光欲溜，鸾钗易坠。年少偏娇，髻多无力，恼人风味。理云裾下阶，含情不语，笑折花枝戏。

张元幹　　　水龙吟·周总领生朝

水晶宫映长城，藕花万顷开浮蕊。红妆翠盖，生朝时候，湖山摇曳。珠露争圆，香风不断，普熏沉水。似瑶池侍女，霞裾缓步，寿烟光里。　　霖雨已沾千里，兆丰年、十分和气。星郎绿鬓，锦波春酿，碧筒宜醉。荷橐还朝，青毡奕世，除书将至。看巢龟戏叶，蟠桃著子，祝三千岁。

吕渭老　　　水龙吟·寄竹西

五湖春水茫茫，梦魂夜逐杨花去。汀花岸草，佳人微笑，眼波横注。借问刘郎，心期则甚，一成无据。自春来泪满，挼蓝袖口，没整顿、心情处。　　闻道相如病渴，念文君、白头新句。相思两地，无穷烟水，一庭花雾。锦字藏头，织成机上，一时分付。问他年，更有微云淡月，重来兮否。

吕渭老　水龙吟·年年九月西湖

年年九月西湖，绣船继日笙箫拥。五云深处，红帘一桁，语莺歌凤。群玉峰头，影娥池畔，烟霞飞动。认蓬瀛仙子，云程路远，贪人世、瑶池梦。　要看黄尘清海，戏真珠、麻姑清纵。曲门自有，菊金芳砌，月篦浮栋。子著宫桃，舞翻官柳，霞杯纤捧。待明年更把，西风妙曲，按成新弄。

杨无咎　水龙吟·当年谁种官梅

当年谁种官梅，自开自落清无比。一朝惊见，危亭岑立，繁华丛里。知是贤侯，有难兄弟，素书时寄。纵舞携如意，吟搔短发，无从诉、心中喜。　却对斜枝冷蕊，似于人、不胜风味。冰姿斜映，朱唇浅破，欣然会意。青子垂垂，翠阴密密，尤堪频憩。待促归禁近，邦人指点，作甘棠比。

杨无咎　水龙吟·武宁瑞莲

晓来雨歇风生，素商乍入鸳鸯浦。红蕖翠盖，不知西帝，神游何处。罗绮丛中，是谁相慕，凭肩私语。似汉皋佩解，桃源人去，成思忆、空凝伫。　肯为风流令尹，把芳心、双双分付。碧纱对引，朱衣前导，应须此去。好挹清香，盛邀嘉客，杯行无数。唤瑶姬并立，如花并蒂，唱黄金缕。

杨无咎　水龙吟·西湖天下应如是

赵祖文画西湖图，名曰总相宜

西湖天下应如是，谁唤作、真西子。云凝山秀，日增波媚，宜晴宜雨。况是深秋，更当遥夜，月华如水。记词人解道，丹青妙手，应难写、真奇语。　往事输他范蠡，泛扁舟、仍携佳丽。毫端幻出，淡妆浓抹，可人风味。和靖幽居，老坡遗迹，也应堪记。更凭君画我，追随二老，游千家寺。

杨无咎　水龙吟·雪

小轩潇洒清宵午，风正紧、门深闭。藜床危坐，竹窗频听，春虫扑纸。灯烬垂红，篆烟消碧，衣轻如水。料飞花未止，堆檐已满，时摧折、琅玕尾。　骨冷魂清无寐，这身在、广寒宫里。暗怀千古，浑疑一夜，冰生肠胃。岁事峥嵘，

故园睽阻，归期犹未。向寒乡、不念丰年，只忆青天万里。

杨无咎　　水龙吟·夜来六出飞花

夜来六出飞花，又催寂寞袁门闭。幽斋无寐，寒欺衾布，明吞窗纸。起步闲庭，月华交映，长空如水。便乘风欲去，凌云直上，青冥际、骑箕尾。　　谁信团成和气，在贤侯、笑谈声里。咸惊句琢琼瑰，端是锦缠肠胃。宿麦连云，遗蝗入地，田家知未。更明年看取，东阡北陌，黄云万里。

杨无咎　　水龙吟·木樨

智琼娇额涂黄，为谁种作秋风蕊。寒香半露，绿帏深护，犹闻十里。山麝生脐，水沉削蜡，一时羞避。向钱塘江上，中秋月下，有人暗寻遗子。　　不奈书生习气，对群花、领略风味。骚人已去，欲纫幽佩，重为湘酹。天赋风流，友梅兄蕙，舆桃奴李。向明窗棐几，纤枝未老，眼明如水。

曹　勋　　水龙吟·会庆节

翠帘迟晚，龙楼丽日，海宇明新霁。枢旋大电，虹流华渚，阳春天气。出震乘乾，保民立政，垂衣裳治。诞恩均九有，功兼七制，恢图抚、四荒外。　　威动殊邻万里，拥衣冠、称觞玉陛。虞韶缓度，龙香飞下，晴云如水。行见冰天，版图来上，诸侯盟会。奉怡颜宴罢，归移宝辇，向瑶池醉。

曹　勋　　水龙吟·东宫寿词

嫩凉微袅，秋容乍肃，迥觉凉如水。重阳已近，岩华增秀，一钩天际。香动前星，气横文圃，荣光呈瑞。仰宸心密眷，行都正牧，兵民奉、神明治。　　金殿朝回燕适，肆武功、文德咸备。萧闲翰墨，惟亲书史，不寻罗绮。欢动宸严，宴开鹤禁，生朝和气。愿青宫布政，龙楼问寝，同千万岁。

曹　勋　　水龙吟·庆王诞辰

傍阶红药，新梢翠竹，榭阁薰风静。维神降岳，维熊占梦，姿仪玉骋。金殿趋庭，禁严衣彩，寝门温清。是宗藩帝子，天潢宝牒，当神武、侍明廷。　　为善先知最乐，咏诗书、存存成性。亲师讲道，摛华挥藻，水云高兴。一代荣观，

觊尧显舜，古今难并。看青华蕊简，松乔比寿，佐南风政。

曹　勋　　　水龙吟·初夏

鉴天云敛壶中，昼暖乍喜薰风永。轻纱渐试，香罗初褪，梅阴又□。广殿窗虚，翠帘卷起，一番清影。正新篁绿嫩，池光涨雨，鱼吹浪、燕飞径。　好是九重邃密，有岚光、烟溪深静。升平暇日，长廊别院，笙歌缓整。宝辇迟留，玉觞时举，何妨乘兴。况一年好处，犹寒未暖，是清和景。

曹　勋　　　水龙吟·曾相生日

海榴红暖，圆荷翠小，榭阁薰风浅。真人抚运，云龙相际，真贤载诞。鲁国元勋，相门接踵，传家非远。辅中兴大业，折冲邻壤，扶红日、上霄汉。　端是清明重见，范陶镕、咸收群彦。垂绅正笏，炉烟不动，宸廷闲燕。天地平成，父尧子舜，水膺宸眷。赐我公岁岁，恩荣锡命，向黄金殿。

曹　勋　　　水龙吟·送戴郎中漕荆襄

晓云阁雨，疏梅缀玉，麈尾闻谈吐。精忠许国，才华摛锦，尘劳释去。六印雄图，百川明辩，苏张谁数。有奇谋欲下，阴山族帐，惟英卫、可接武。　想见临戎丰度，慨然定、中原疆土。果惊一坐，折冲遐裔，嘉言循古。安拊疲民，静摧骄虏，无烦旗鼓。看功成、入辅中兴，永佐乾坤主。

曹　勋　　　水龙吟·冻云阁雨

冻云阁雨，长风送雪，万里无凝滞。斜斜整整，纯白入素，应同太始。袁巷萧条，冷光寒透，有人曾至。但圆虚上下，澄明莹洁，如□□、混元气。　时听松篁泻坠，任山川、珠联玉缀。一尘不染，一毫不现，真空妙治。祥应三白，润归多稼，已成丰岁。待收拾大翁，茶盐贺喜，兴村东醉。

史　浩　　　水龙吟·洞天

翠空缥缈虚无，算唯海上蓬瀛好。琼瑶宫阙，蕊珠台榭，玲珑缭绕。弱水沉冥，瑞云遮隔，几人曾到。四明中，自有神仙洞府，烟霞里、知多少。　堪笑当年狂客，爱休官、何须入道。婆娑绿发垂肩，著甚黄冠乌帽。花底金船，月边玉局，

尽能迟老。待丹成九转，飘然驾鹤，却游三岛。

史　浩　　水龙吟·湖山胜概金沙酴醾同架

平湖渺渺烟波，是中只许神仙住。人间空爱，夭桃繁李，雪飞红雨。谁信壶天，靓妆玉貌，春光容与。似佳人才子，青冥步稳，同携手、成欢聚。　老子时来宴赏，拥笙歌、留连尊俎。乌纱压倒，香云簪遍，知他几度。多谢东君，肯教满架，长情相处。更须拚痛饮，年年此际，作芳菲主。

史　浩　　水龙吟·次韵弥大梅词

雪中蓓蕾嫣然，美人莫恨春容少。化工消息，只须些子，阳和便了。文杏徒繁，牡丹虽贵，敢夸妍妙。看冰肌玉骨，诗家漫道，银蟾莹、白驹皎。　楼上角声催晓，是东皇、丝纶新草。青旂苍辂，欲临东阙，遣伊先到。排斥风霜，扫除氛雾，直教闻早。算功高调鼎，不如竹外，一枝斜好。

曾　觌　　水龙吟·楚天千里无云

楚天千里无云，露华洗出秋容净。银蟾台榭，玉壶天地，参差桂影。鸳瓦寒生，画檐光射，碧梧金井。听韶华半夜，江梅三弄，风袅袅、良宵永。　携手西园宴罢，下瑶台、醉魂初醒。吹箫仙子，骖鸾归路，一襟清兴。鸡鹊楼高，建章门迥，星河耿耿。看沧江潮上，丹枫叶落，浸关山冷。

葛立方　　水龙吟·游钓台作

九州雄杰溪山，遂安自古称佳处。云迷半岭，风号浅濑，轻舟斜渡。朱阁横飞，渔矶无恙，鸟啼林坞。吊高人陈迹，空瞻遗像，知英烈、垂千古。　忆昔龙飞光武，怅当年、故人何许。羊裘自贵，龙章难换，不如归去。七里溪边，鸬鹚源畔，一蓑烟雨。叹如今宕子，翻将钓手遮日，向西秦路。

曾　协　　水龙吟·别故人

楚乡菰黍初尝，马蹄偶踏扬州路。莼丝向老，江鲈堪脍，催人归去。秋气萧骚，月华如洗，一天风露。望重重烟水，吴淞万顷，曾约旧时鸥鹭。　惆怅别离无奈，整孤帆、依然回顾。玉龙节底，故人情重，欲行犹驻。敛散功多，澄清志遂，

好回高步。看归鞍稳上，文鸳班里，五云深处。

毛　幵　　　水龙吟·登吴江桥作

渺然震泽东来，太湖望极平无际。三吴风月，一江烟浪，古今绝致。羽化蓬莱，胸吞云梦，不妨如此。看垂虹千丈，斜阳万顷，尽倒影、青奁里。　　追想扁舟去后，对汀洲、白蘋风起。只今谁会，水光山色，依然西子。安得超然，相从物外，此生终矣。念素心空在，徂年易失，泪如铅水。

韩元吉　水龙吟·题三峰阁咏英华女子

雨余叠巘浮空，望中秀色仙都是。洞天未锁，人间春老，玉妃曾坠。锦瑟繁弦，凤箫清响，九霄歌吹。问分香旧事，刘郎去后，知谁伴、风前醉。　　回首暝烟千里，但纷纷、落红如泪。多情易老，青鸾何许，诗成谁寄。斗转参横，半帘花影，一溪寒水。怅飞凫路杳，行云梦断，有三峰翠。

韩元吉　　　水龙吟·寿辛侍郎

南风五月江波，使君莫袖平戎手。燕然未勒，渡泸声在，宸衷怀旧。卧占湖山，楼横百尺，诗成千首。正菖蒲叶老，芙蕖香嫩，高门瑞、人知否。　　凉夜光躔牛斗，梦初回、长庚如昼。明年看取，锋旗南下，六骡西走。功画凌烟，万钉宝带，百壶清酒。便留公剩馥，蟠桃分我，作归来寿。

韩元吉　　　水龙吟·溪中有浣衣石

乱山深处逢春，断魂更入桃源路。双双翠羽，溅溅流水，濛濛香雾。花里莺啼，水边人去，落红无数。恨刘郎鬓点，星星华发，空回首、伤春暮。　　寂寞云间洞户，问当年、佳期何处。虹桥望断，琼楼深锁，如今谁住。绿满千岩，浣衣石上，倚风凝伫。料多情好在，也应笑我，却匆匆去。

韩元吉　　　水龙吟·五溪深锁烟霞

夜宿化城，得张安国长短句，戏用其韵

五溪深锁烟霞，定知不是人间世。轩然九老，排云一笑，苍颜相对。星斗垂空，月华随步，酒醒无寐。□广寒已近，嫦娥起舞，天风动、摇丹桂。　　极目层霄如洗，正千岩、棱棱

霜气。飞泉半落，苍崖百仞，珠翻玉碎。金衲松成，葛洪丹就，如今千载。叹谪仙诗在，骑驴未远，且留君醉。

侯　寘　　　水龙吟·老人寿词

夜来霜拂帘旌，淡云丽日开清晓。香猊金暖，冰壶玉嫩，佳辰寒早。橘绿橙黄，袖红裙翠，一堂欢笑。正梅妃月姊，雪肌粉面，争妆点、潇湘好。　　莫惜芳尊屡倒，拥群仙、醉游蓬岛。东床俊选，南溟归信，一时俱到。鬓影摇春，命书纡锦，子孙环绕。看他时归去，飞觞石涧，侍甘泉老。

赵彦端　　　水龙吟·春溪漠漠如空

春溪漠漠如空，望中只与新愁去。何知尚有，烟间余怨，洛津闲赋。已瘦难丰，久离重见，好春如许。念海棠未老，荼蘼欲吐，且莫恨、风兼雨。　　休问无情水驿，载幽怀、小桡轻橹。君看睡起，平阶柳絮，入门花雾。才尽无奇，客残如扫，一尊谁举。怅行云断后，只应梦里，有澄江句。

袁去华　　　水龙吟·雪

晚来侧侧清寒，冻云万里回飞鸟。故园梦断，单于吹罢，房栊易晓。西帝神游，万妃缟袂，相看一笑。泛扁舟乘兴，蹇驴觅句，山阴曲、霸陵道。　　舞态随风窈窕，任穿帘、儿童休扫。洛阳高卧，萧条门巷，悄无人到。供断诗愁，夜窗还共，陈编相照。念寒梅映水，匀妆弄粉，与谁争好。

袁去华　　　水龙吟·次韵呈吕帅张漕

汉家经略中原，上游眷此喉衿地。风行雷动，无前伟绩，伊谁扬厉。玉帐筹边，绣衣给饷，江上增气。自武侯蜕迹，羊公缓带，功名事、更谁继。　　方□长驱万里，笑谈间、生擒元济。非熊未兆，封留终在，同功异世。刻就丰碑，万山直下，不须沉水。要追攀二雅，流传千古，属骚人记。

袁去华　　　水龙吟·九日次前韵

汉江流入苍烟，戍楼吊古临无地。清霜初肃，鹰扬隼击，青霄凌厉。新雁声中，夕阳影里，千崖秋气。念东篱采菊，龙山落帽，风流在、尚堪继。　　引满松醪径醉，诵坡仙、临漳

宵济。茱萸细看，明年谁健，空悲身世。儿辈何知，更休说似，登山临水。那纷纷毁誉，耳边风过，我何曾记。

曹　冠　　　　水龙吟·梅

自来百卉千葩，算多有、异芬清绝。此花独赋，天然标致，于中超越。月脸妆匀，碧琼枝瘦，真仙风骨。向严寒雪里，千林冻损，钟和气、先春发。　信是芳姿高洁，肯趋陪、游蜂戏蝶。玉堂静处，竹梢斜亚，凝烟媚月。一任严城上，单于奏、角声凄切。待芳心结实，和羹鼎鼐，收功须别。

管　鉴　　　　水龙吟·小舟横截西江

携家游甘泉寺，歌坡仙"小舟横截春江"之词，用韵。壮观、通幽、吸江，皆亭名

小舟横截西江，晓来风静无尘起。霜余日暖，东君见效，梅梢春醉。壮观亭高，通幽径远，吸江临水。任全抛簿领，携家访古，清泉畔、疏阴里。　楚蜀江山分处，望神京、三千余里。才高命偶，功名休羡，纷纷余子。强健身心，团栾尊酒，此游须记。便他年富贵，园林钟鼓，只如今是。

管　鉴　　　　水龙吟·夷陵雪作

晓来密雪如筛，望中莹彻还如洗。梅花过了，东风未放，满城桃李。碎翦琼英，高林低树，巧装匀缀。更江山秀发，田畴清润，满眼是、丰年意。　谁念危楼独倚，共飘零、茫茫天外。毫端句涩，杯中酒减，欢情难寄。天为凄凉，暂时遮尽，黄茅白苇。但神州目断，珠宫玉阙，缈三千里。

陆　游　　　　水龙吟·春日游摩诃池

摩诃池上追游路，红绿参差春晚。韶光妍媚，海棠如醉，桃花欲暖。挑菜初闲，禁烟将近，一城丝管。看金鞍争道，香车飞盖，争先占、新亭馆。　惆怅年华暗换，黯销魂、雨收云散。镜奁掩月，钗梁拆凤，秦筝斜雁。身在天涯，乱山孤垒，危楼飞观。叹春来只有，杨花和恨，向东风满。

陆　游　　　　水龙吟·荣南作

樽前花底寻春处，堪叹心情全减。一身萍寄，酒徒云散，

佳人天远。那更今年，瘴烟蛮雨，夜郎江畔。漫倚楼横笛，临窗看镜，时挥涕、惊流转。　　花落月明庭院，悄无言、魂消肠断。凭肩携手，当时曾效，画梁栖燕。见说新来，网萦尘暗，舞衫歌扇。料也羞憔悴，慵行芳径，怕啼莺见。

范成大　　　水龙吟·寿留守

仙翁家在丛霄，五云八景来尘表。黄扉紫闼，化钧高妙，风霆挥扫。漠北寒烟，峤南和气，笑谈都了。自玉麟归去，金牛再款，却回首、人间少。　　天与丹台旧籍，笑苍生、祝公难老。春葩秋叶，暄寒易变，壶天长好。物外新闻，凤歌鸾翥，龙蟠虎绕。想如心高会，寒霜夜永，尽横参晓。

张孝祥　　水龙吟·望九华山作

竹舆晓入青阳，细风凉月天如洗。峰回路转，云舒霞卷，了非人世。转就丹砂，铸成金鼎，碧光相倚。料天关虎守，箕畴龙负，开神秘、留兹地。　　缥缈珠幢羽卫，望蓬莱、初无弱水。仙人拍手，山头笑我，尘埃满袂。春锁瑶房，雾迷芝圃，昔游都记。怅世缘未了，匆匆又去，空凝伫、烟霄里。

张孝祥　　　水龙吟·过浯溪

平生只说浯溪，斜阳唤我归船系。月华未吐，波光不动，新凉如水。长啸一声，山鸣谷应，栖禽惊起。问元颜去后，水流花谢，当年事、凭谁记。　　须信两翁不死，驾飞车、时游兹地。漫郎宅里，中兴碑下，应留屐齿。酌我清尊，洗公孤愤，来同一醉。待相将把袂，清都归路，骑鹤去、三千岁。

阎苍舒　　水龙吟·少年闻说京华

少年闻说京华，上元景色烘晴昼。朱轮画毂，雕鞍玉勒，九衢争骤。春满鳌山，夜沉陆海，一天星斗。正红球过了，鸣鞘声断，回鸾驭、钧天奏。　　谁料此生亲到，十五年、都城如旧。而今但有，伤心烟雾，萦愁杨柳。宝箓宫前，绛霄楼下，不堪回首。愿皇图早复，端门灯火，照人还又。

丘　崈　　水龙吟·为建康史帅志道寿

蕊珠仙籍标名，绛纱覆玉云霞里。銮坡凤掖，丝绚鸣佩，

甘泉近侍。濯柳临春，饤梨照座，绝尘风味。记青蒲、夜半论兵，万人惊诵回天意。　　麟组遥临万里，谈笑处、江山增丽。遐冲坐折，风流余事，唯应燕喜。新筑沙堤，暂占熊梦，恰经长至。过佳辰献寿，双旌便好，作朝天计。

赵长卿　　水龙吟·酴醾

韶华迤逦三春暮，飞尽繁红无数。多情为与，牡丹长约，年年为主。晓露凝香，柔条千缕，轻盈清素。最堪怜，玉质冰肌婀娜，江梅谩休争妒。　　翠蔓扶疏隐映，似碧纱笼罩，越溪游女。从前爱惜娇姿，终日愁风怕雨。夜月一帘，小楼魂断，有思量处。恐因循易嫁，东风烂熳，暗随春去。

赵长卿　　水龙吟·酒潮匀颊双眸溜

江楼席上，歌姬盼盼翠鬟侑樽，酒行，弹琵琶曲，舞梁州，醉语赠之

酒潮匀颊双眸溜，美映远山横秀。风流俊雅，娇痴体态，眼前稀有。莲步弯弯，移归拍里，凌波难偶。对仙源醉眼，玉纤笼巧，拨新声、鱼纹皱。　　我自多情多病，对人前、只推伤酒。瞒他不得，诗情懒倦，沈腰销瘦。多谢东君，殷勤知我，曲翻红袖。拚来朝又是，扶头不起，江楼知不。

赵长卿　　水龙吟·梅词

烟姿玉骨尘埃外，看自有神仙格。花中越样风流，曾是名标清客。月夜香魂，雪天孤艳，可堪怜惜。向枝间且作，东风第一，和羹事、期他日。　　闻道春归未识，问伊家、却知消息。当时恼杀林逋，空绕团栾千百。横管轻吹处，余香散、阿谁偏得。寿阳宫、应有佳人，待与点、新妆额。

赵长卿　　水龙吟·李词

苇绡开得仙花，就中最有佳人似。香肌胜雪，千般揉缚，禁他风雨。缟夜精神，繁春标致，忍教孤负。怅潘郎去后，河阳满县，知他是、谁为主。　　多谢文章吏部，遇衔杯、不曾轻许。应知这底，无言情绪，难为分付。吹遍春风，耀残明月，总伤心处。待闲亭夜永，游人散后，作飞仙去。

赵长卿　　水龙吟·莺词

天教占得如簧，巧声乍啭千娇媚。金衣衬著，风流模样，于中可是。红杏香中，绿杨阴处，多应饶你。向黄昏、苦苦娇啼怨别，那堪更、东风起。　别有诗肠鼓吹，未关他、等闲俗耳。双柑斗酒，当时曾是，高人留意。南国春归，上阳花落，止添憔悴。念啼声欲碎，何人解作留春计。

赵长卿　　水龙吟·雨词

淡烟轻霭濛濛，望中乍歇凝晴昼。才惊一霎催花，还又随风过了。清带梨梢，晕含桃脸，添春多少。向海棠点点，香红染遍，分明是、胭脂透。　无奈芳心滴碎，阻游人、踏青携手。檐头线断，空中丝乱，才晴却又。帘幕闲垂处，轻风送、一番寒峭。正留君不住，潇潇更下黄昏后。

赵长卿　　水龙吟·危楼横枕清江上

仙源居士有武林之行，因与一二友携酒赏月，饮于县桥之中，乃即事为之词

危楼横枕清江上，两岸碧山如画。夕烟幂幂，晚灯点点，楼台新夜。明月当天，白沙流水，冷光连野。浸栏干万顷，琉璃软皱，打渔艇、相高下。　何处一声羌管，是谁家、倚楼人也。多情对景，无言有恨，欲歌还罢。把酒临筵，阿谁知我，此怀难写。忍思量后夜，芳容不似，暗尘随马。

赵长卿　　水龙吟·自遣

噭曾著意斟量过，天下事、无穷尽。贪荣贪富，朝思夕计，空劳方寸。蹑足封王，功名盖世，谁如韩信。更堆金积玉，石崇豪侈，当时望、倾西晋。　长乐宫中一叹，又何须累累悬印。坠楼效死，轻车东市，头膏血刃。尤物虚名，于身何补，一齐休问。遇当歌临酒，舒眉展眼，且随缘分。

赵长卿　　水龙吟·云词

先来天与精神，更因丽景添殊态。拖轻苒苒，才凝一段，还分五彩。毕竟非烟，有时为雨，惹情无奈。道无心，怎被歌声遏断，迟迟向、青天外。　宜伴先生醉卧，得饶到、和山

须买。也曾恼杀襄王，谁道依前不会。我欲乘风归去，翻怅恨、帝乡何在。念佳期未展，天长莫合，尽空相对。

赵长卿　　水龙吟·无情风掠芭蕉响

无情风掠芭蕉响，还是重门已闭。银缸独对，相思方切，教人怎睡。解叹从前事，解叹了、依前鳖气。想他家那里，知人憔悴，相应是、睡也未。　且恁和衣强寝，奈无寐、依前重起。起来思想，当初与你，忒煞容易。及至而今也，半头天眼，不存不济。最消魂苦是，黄昏前后，冷清清地。

京　镗　　水龙吟·寿王漕，是日冬至

夜来井络参躔，使星一点明如昼。谁将天上麒麟，钟作人间英秀。从橐仪刑，御屏名姓，暂烦衣绣。问西川父老，新来喜跃，缘何事、曾知否。　今代澄清妙手，为公家、忧心如疢。几年繁赋，一朝输代，恩民特厚。初度佳辰，恰逢长至，从来希有。但只将一部，欢声百万，与公为寿。

京　镗　　水龙吟·次利漕范右司韵

四年留蜀惭无补，好是求归得去。风帆百尺，烟波万里，宁辞掀舞。楚尾吴头，我家何在，西山南浦。想珠帘画栋，倚阑凝望，依然卷云飞雨。　最好九霞光处，见当时、结知明主。冰霜节操，斗星词采，羽仪朝路。邂逅开怀，等闲分手，满斟绿醑。道日边好语，相将飞下，有人知否。

京　镗　　水龙吟·次邛州赵守韵

推移随牒红尘里，试问几时肩息。家乡何在，烟迷波渺，云横山屹。分阃无功，临民有愧，袴今襦昔。想征帆万里，阳关三叠，肠空断、人谁忆。　多谢殷勤绮席，苦留连、不容浮鹢。九霞光外，五云深畔，君宜鹄立。自笑衰迟，未能轩轾，漫劳嘘吸。愿锋车趣召，吴天楚地，相逢他日。

杨冠卿　　水龙吟·金陵作

渡江天马龙飞，翠华小驻兴王地。石城钟阜，雄依天堑，鼎安神器。鸩鹊楼高，建章宫阔，玉绳低坠。望郁葱佳气，非烟非雾，方呈瑞、璇霄际。　貔虎云屯羽卫，壮金汤、更隆

国势。天骄胆落，狼烽昼熄，玉门晏闭。祇谒陵园，长安□远，中兴可冀。笑六朝旧事，空随流水，千古恨、无人记。

辛弃疾　水龙吟·为韩南涧尚书寿甲辰岁

渡江天马南来，几人真是经纶手。长安父老，新亭风景，可怜依旧。夷甫诸人，神州沉陆，几曾回首。算平戎万里，功名本是，真儒事、君知否。　况有文章山斗，对桐阴、满庭清昼。当年堕地，而今试看，风云奔走。绿野风烟，平泉草木，东山歌酒。待他年，整顿乾坤事了，为先生寿。

辛弃疾　水龙吟·玉皇殿阁微凉

次年南涧用前韵为仆寿。仆与公生日相去一日，再和以寿南涧

玉皇殿阁微凉，看公重试薰风手。高门画戟，桐阴阁道，青青如旧。兰佩空芳，蛾眉谁妒，无言搔首。甚年年却有，呼韩塞上，人争问、公安否。　金印明年如斗，向中州、锦衣行昼。依然盛事，貂蝉前后，凤麟飞走。富贵浮云，我评轩冕，不如杯酒。待从公，痛饮八千余岁，伴庄椿寿。

辛弃疾　水龙吟·登建康赏心亭

楚天千里清秋，水随天去秋无际。遥岑远目，献愁供恨，玉簪螺髻。落日楼头，断鸿声里，江南游子。把吴钩看了，栏干拍遍，无人会、登临意。　休说鲈鱼堪鲙，尽西风、季鹰归未。求田问舍，怕应羞见，刘郎才气。可惜流年，忧愁风雨，树犹如此。倩何人，唤取盈盈翠袖，揾英雄泪。

辛弃疾　水龙吟·断崖千丈孤松

盘园任帅子严安抚挂冠得请，取执政书中语，以高风名其堂，来索词，为赋水龙吟。芗林，侍郎向公告老所居，高宗皇帝御书所赐名也，与盘园相并云

断崖千丈孤松，挂冠更在松高处。平生袖手，故应休矣，功名良苦。笑指儿曹，人间醉梦，莫嗔惊汝。问黄金余几，旁人欲说，田园计、君推去。　叹息芗林旧隐，对先生、竹窗松户。一花一草，一觞一咏，风流杖屦。野马尘埃，扶摇下视，苍然如许。恨当年、九老图中，忘却画、盘园路。

辛弃疾　水龙吟·寄题京口范南伯家文官花

花先白次绿、次绯、次紫，唐会要载学士院有之

倚栏看碧成朱，等闲褪了香袍粉。上林高选，匆匆又换，紫云衣润。几许春风，朝薰暮染，为花忙损。笑旧家桃李，东涂西抹，有多少、凄凉恨。　拟倩流莺说与，记荣华、易消难整。人间得意，千红百紫，转头春尽。白发怜君，儒冠曾误，平生官冷。算风流未减，年年醉里，把花枝问。

辛弃疾　水龙吟·题雨岩

岩类今所画观音补陀，岩中有泉飞出，如风雨声

补陀大士虚空，翠岩谁记飞来处。蜂房万点，似穿如碍，玲珑窗户。石髓千年，已垂未落，嶙峋冰柱。有怒涛声远，落花香在，人疑是、桃源路。　又说春雷鼻息，是卧龙、弯环如许。不然应是，洞庭张乐，湘灵来去。我意长松，倒生阴壑，细吟风雨。竟茫茫未晓，只应白发，是开山祖。

辛弃疾　水龙吟·题瓢泉

稼轩何必长贫，放泉檐外琼珠泻。乐天知命，古来谁会，行藏用舍。人不堪忧，一瓢自乐，贤哉回也。料当年曾问，饭蔬饮水，何为是、栖栖者。　且对浮云山上，莫匆匆、去流山下。苍颜照影，故应流落，轻裘肥马。绕齿冰霜，满怀芳乳，先生饮罢。笑挂瓢风树，一鸣渠碎，问何如哑。

辛弃疾　水龙吟·听兮清佩琼瑶些

用些语再题瓢泉，歌以饮客，声韵甚谐，客为之釂

听兮清佩琼瑶些，明兮镜秋毫些。君无去此，流昏涨腻，生蓬蒿些。虎豹甘人，渴而饮汝，宁猿猱些。大而流江海，覆舟如芥，君无助、狂涛些。　路险兮、山高些，愧余独处无聊些。冬槽春盎，归来为我，制松醪些。其外芳芬，团龙片凤，煮云膏些。古人兮既往，嗟余之乐，乐箪瓢些。

辛弃疾　水龙吟·过南剑双溪楼

举头西北浮云，倚天万里须长剑。人言此地，夜深长见，

斗牛光焰。我觉山高，潭空水冷，月明星淡。待燃犀下看，凭栏却怕，风雷怒、鱼龙惨。　　峡束沧江对起，过危楼、欲飞还敛。元龙老矣，不妨高卧，冰壶凉簟。千古兴亡，百年悲笑，一时登览。问何人又卸，片帆沙岸，系斜阳缆。

辛弃疾　水龙吟·别傅倅先之，时傅有召命

只愁风雨重阳，思君不见令人老。行期定否，征车几两，去程多少。有客书来，长安却早，传闻追诏。问归来何日，君家旧事，直须待、为霖了。　　从此兰生蕙长，吾谁与、玩兹芳草。自怜拙者，功名相避，去如飞鸟。只有良朋，东阡西陌，安排似巧。到如今巧处，依前又拙，把平生笑。

辛弃疾　水龙吟·昔时曾有佳人

爱李延年歌、淳于髡语，合为词，庶几高唐、神女、洛神赋之意云

昔时曾有佳人，翩然绝世而独立。未论一顾倾城，再顾又倾人国。宁不知其，倾城倾国，佳人难得。看行云行雨，朝朝暮暮，阳台下、襄王侧。　　堂上更阑烛灭，记主人、留髡送客。合尊促坐，罗襦襟解，微闻芗泽。当此之时，止乎礼义，不淫其色。但啜其泣矣，啜其泣矣，又何嗟及。

辛弃疾　水龙吟·老来曾识渊明

老来曾识渊明，梦中一见参差是。觉来幽恨，停觞不御，欲歌还止。白发西风，折腰五斗，不应堪此。问北窗高卧，东篱自醉，应别有、归来意。　　须信此翁未死，到如今、凛然生气。吾侪心事，古今长在，高山流水。富贵他年，直饶未免，也应无味。甚东山何事，当时也道，为苍生起。

辛弃疾　水龙吟·被公惊倒瓢泉

用瓢泉韵戏陈仁和兼简诸葛元亮，且督和词

被公惊倒瓢泉，倒流三峡词源泻。长安纸贵，流传一字，千金争舍。割肉怀归，先生自笑，又何廉也。但衔杯莫问，人间岂有，如孺子、长贫者。　　谁识稼轩心事，似风乎、舞雩之下。回头落日，苍茫万里，尘埃野马。更想隆中，卧龙千

尺，高吟才罢。倩何人与问，雷鸣瓦釜，甚黄钟哑。

程　垓　　　水龙吟·夜来风雨匆匆

夜来风雨匆匆，故园定是花无几。愁多愁极，等闲孤负，一年芳意。柳困花慵，杏青梅小，对人容易。算好春长在，好花长见，元只是、人憔悴。　　回首池南旧事，恨星星、不堪重记。如今但有，看花老眼，伤时清泪。不怕逢花瘦，只愁怕、老来风味。待繁红乱处，留云借月，也须拚醉。

石孝友　　　水龙吟·旧游曾记当年

旧游曾记当年，凤城雨露开晴昼。端门发钥，御炉烟暗，宫花影覆。帝念民劳，俾乘轺传，暂临牛斗。散阳和四照，春光万井，来小试、调元手。　　职业才华竞秀，汉廷臣、无出其右。九重眷倚，频虚槐鼎，争迎衮绣。爽气西山，绿波南浦，酿成芳酒。趁锋车未到，霞觞共祝，百千长寿。

马子严　　　水龙吟·为陈坂种玉庄作

买庄为贮梅花，玉妃一万森庭户。古来词客，比方不类，可怜毫楮。谁扫尘凡，独超物表，神仙中取。是崑丘标致，射山风骨，除此外、吾谁与。　　九酝醍醐雪乳，和金盘、月边清露。寿阳骄骙，单于疏贱，不堪充数。弄玉排箫，许琼挥拍，胎禽飞舞。待先生，披著羊裘鹤氅，作园林主。

马子严　　　水龙吟·东君直是多情

东君直是多情，好花一夜都开尽。杏梢零落，药栏迟暮，不教宁静。风度秋千，日移帘幕，翠红交映。正太真浴罢，西施浓抹，都沉醉、娇相称。　　磨遍绿窗铜镜，挽春衫、不堪比并。暮云空谷，佳人何处，碧苔侵径。睡里相看，酒边凝想，许多风韵。问因何，却欠一些香味，惹傍人恨。

陈　亮　　　水龙吟·钱王霸图成时

钱王霸图成时，多应是百年遗树。羞将高古，为渠遮映，鱼盐调度。且向空山，趁时多事，四垂盘踞。算兴衰坐阅，权奇磊块，世间□、□斤斧。　　又见当天明圣，便弹丸、也难分土。一番整顿，旧家草木，新来雨露。铁石心肠，虬龙根

干，亭亭天柱。纵茯苓下结，茑萝高际，怎堪攀附。

陈 亮　　水龙吟·春恨

闹花深处层楼，画帘半卷东风软。春归翠陌，平莎茸嫩，垂杨金浅。迟日催花，淡云阁雨，轻寒轻暖。恨芳菲世界，游人未赏，都付与、莺和燕。　寂寞凭高念远，向南楼、一声归雁。金钗斗草，青丝勒马，风流云散。罗绶分香，翠绡封泪，几多幽怨。正销魂，又是疏烟淡月，子规声断。

刘 褒　　水龙吟·桂林元夕呈帅座

东风初縠池波，轻阴未放游丝堕。新春歌管，丰年笑语，六街灯火。绣毂雕鞍，飞尘卷雾，水流云过。恍扬州十里，三生梦觉，卷珠箔、映青琐。　金猊戏掣星桥锁，博山香、烟浓百和。使君行乐，绛纱万炬，雪梅千朵。羯鼓轰空，鹍弦沸晓，樱梢微破。想明年更好，传柑侍宴，醉扶狨座。

张 镃　　水龙吟·这番真个休休

夜梦行修竹林中，有道士颀然而长，风神秀异，自称见独居士。谓余曰：人间虚幻，子能毕辞荣宠，清净寡欲，当享万寿。惊觉，因赋此词，乙丑冬十二月也

这番真个休休，梦中深谢仙翁教。浮生幻境，向来识破，那堪又老。苦我身心，顺他眼耳，思量颠倒。许多时打哄，鲇鱼上竹，被人弄、知多少。　解放微官系缚，似笼槛、猿归林草。云山有约，儿孙无债，为谁烦恼。自古高贤，急流勇退，直须闻早。把忧煎换取，长伸脚睡，大开口笑。

刘 过　　水龙吟·寄陆放翁

谪仙狂客何如，看来毕竟归田好。玉堂无此，三山海上，虚无缥缈。读罢离骚，酒香犹在，觉人间小。任菜花葵麦，刘郎去后，桃开处、春多少。　一夜雪迷兰棹，傍寒溪、欲寻安道。而今纵有，新诗冰柱，有知音否。想见鸾飞，如椽健笔，檄书亲草。算平生、白傅风流，未可向、香山老。

刘 过　　水龙吟·庆流阅古无穷

庆流阅古无穷，相门又见生名世。致君事业，全如忠献，

经天纬地。十二年间，挺身为国，勋庸知几。便书之竹帛，铭之彝鼎，勤劳意、竟谁记。　　一自平章庶政，觉人心、顿然兴起。朝廷既正，乾坤交泰，华夷欢喜。行定中原，锦衣归相，分茅裂地。看貂蝉绿鬓，中书上考，过三千岁。

卢　炳　　　水龙吟·赓韵中秋

晚晴一碧天如水，风约尘埃都扫。素娥睡起，玉轮稳驾，初离海表。碾破秋云，涌成银阙，光欺南斗。想广寒宫里，风流女伴，应都把、仙歌奏。　　夜永风生悄悄，耀冰雪、寒侵重峤。今宵休道，从来此夕，阴多晴少。坐久更深，露冷襟袖，不禁清晓。更天风吹下，桂香拂袂，想蟠根老。

姜　夔　　水龙吟·夜深客子移舟处

黄庆长夜泛鉴湖，有怀归之曲，课予和之

夜深客子移舟处，两两沙禽惊起。红衣入桨，青灯摇浪，微凉意思。把酒临风，不思归去，有如此水。况茂林游倦，长干望久，芳心事、箫声里。　　屈指归期尚未，鹊南飞、有人应喜。画阑桂子，留香小待，提携影底。我已情多，十年幽梦，略曾如此。甚谢郎、也恨飘零，解道月明千里。

汪　莘　　水龙吟·当年翦彩垂髫

当年翦彩垂髫，超然便欲为仙去。世间俗状，人心狡计，不堪同住。每坐空山，独临古涧，神闲意寓。想瀛洲鸡犬，蓬莱猿鹤，应怅望，门前路。　　自昔侯王将相，几番成、落花飞絮。仰天醉眼，兴云妙手，年华迟暮。长揖烟尘，静朝日月，谁知幽素。正风清麟背，星垂海角，晓钟初寤。

吴　琚　　水龙吟·紫皇高宴萧台

紫皇高宴萧台，双成戏击琼包碎。何人为把，银河水翦，甲兵都洗。玉样乾坤，八荒同色，了无尘翳。喜冰销太液，暖融鳷鹊，端门晓、班初退。　　圣主忧民深意，转鸿钧、满天和气。太平有象，三宫二圣，万年千岁。双玉杯深，五云楼迥，不妨频醉。细看来、不是飞花，片片是、丰年瑞。

韩　淲　水龙吟·七月二十六日信守生朝　王道夫

从来江左夷吾，大名迥诸出公右。金堂玉室，瑶林琼树，

龙麟蟠走。志在神皋，气雄云梦，十吞八九。问三槐盛事，当年初度，人应羡、青毡旧。　　说与文章太守，庆千秋、好为亲寿。冰桃雪藕，霞裾月佩，莺鸾歌奏。雨熟西畴，星躔南极，宝香凝昼。趁新凉，便约乘云绕日，饮天浆酒。

李廷忠　　水龙吟·寿宁国太守王大卿　正月二日

风流最数宣城，奇山秀水神仙府。琴高台畔，花姑坛上，鸾翔凤舞。春度玉墀，月升金掌，荣分铜虎。想少陵，知有异人间出，三百载、留佳句。　　岁岁椒盘柏斝，到明朝、又还重举。阳和散作，千岩瑞雪，两溪甘雨。汲取恩波，酿成禄酒，庆公初度。有东风传报，都人已为，筑沙堤路。

危　稹　　水龙吟·庆齐年诸丈

洛阳九老图中，当时司马年犹小。争如今夕，举杯相劝，十人齐寿。已幸同庚，何分雌甲，本无多少。但有头可白，无愁可解，只如此、都羸了。　　庆礼十年还又，更十年、依前难老。尽教百岁，做人高祖，见孙白首。却要从今，探梅脚健，看山眼好。赖天公，顿得东园长在，陪歌陪酒。

程　珌　　水龙吟·寿李尚书

道家弱水蓬莱，鲸波万里谁知得。人间自有，南昌居士，仙风道骨。诗似白星，貌如聃老，风尘挺出。向谪仙家里，滕王阁畔，飘玉佩、下丹阙。　　黄发四朝元老，又谁知、重生绿发。手提一笔，活人多少，三千功积。已冠文昌，人人瞻望，玉枢躔逼。对新凉、酒颊微红，宛是一星南极。

高观国　　水龙吟·云意

旧家心绪如云，乍舒乍卷初无定。西郊载雨，东城隔雾，还开晴景。爱恼花阴，喜移月地，朦胧清影。任无心有意，溶溶曳曳，萧散处、有谁问。　　朝暮如今艰准，枉教他、惜春人恨。远峰依旧，前踪何在，有时愁凝。此兴飘然，不妨吹断，一川轻暝。待良宵，再入高唐梦里，觅巫阳信。

高观国　　水龙吟·为放翁寿

道山玉府真仙，去年再履论思地。西清禁域，眷深名重，

年高身退。玉振金声，水增川涌，德兼才贵。爱知章引去，安车稳驾，轩冕付、谈笑外。　　兰玉孙枝竞秀，奉亲欢、莱衣同戏。蓬莱东接，苎萝西顾，三山耸翠。赐杖清朝，命堂绿野，放怀高致。似太公出将，卫公入相，为苍生起。

高观国　　水龙吟·为梦庵寿

夜来曾跨青虬，海风袅袅吹襟袖。蓬莱误入，群仙争问，刘郎安否。玉麈冰壶，日庭星角，孕成奇秀。看丹分宝鼎，箓传秘箧，闻重寄、长生酒。　　归梦惊回晓漏，正长庚、辉躔南斗。祥开华旦，菊香秋杪，枨黄霜后。笔扫龙蛇，句裁螭锦，俊才谁右。看功勋绣衮，家声再振，数千龄寿。

魏了翁　　水龙吟·登白鹤山，借前韵呈同游诸丈

阑风长雨连霄，昨朝晴色随轩骤。松声花气，江烟浦树，如相迎候。山送青来，僧随麦去，山为吾有。更揸筇直上，薜萝深处，云垂幄、藓成甃。　　未至相如独后，对山尊、劝酬多又。记曾犯雪，重来已是，绿肥红瘦。好语时闻，忧端未歇，倚风搔首。谩持觞自慰，冰山安在，此山如旧。

卢祖皋　　水龙吟·赋芍药

杜鹃啼老春红，翠阴满眼愁无奈。飞来何处，风軿鸾驭，霞裾云佩。风槛娇凭，露梢慵亸，酒浓微退。念洛阳人去，香魂又返，依然是、风流在。　　银烛光摇彩翠，画堂深、莫辞沉醉。十年一觉，扬州春梦，离愁似海。浩态难留，粉香吹散，几时重会。向尊前笑折，一枝红玉，帽檐斜戴。

卢祖皋　　水龙吟·赋酴醾

荡红流水无声，暮烟细草黏天远。低回倦蝶，往来忙燕，芳期顿懒。绿雾迷墙，翠虬腾架，雪明香暖。笑依依欲挽，春风教住，还疑是、相逢晚。　　不似梅妆瘦减，占人间、丰神萧散。攀条弄蕊，天涯犹记，曲阑小院。老去情怀，酒边风味，有时重见。对枕帏空想，东床旧梦，带将离恨。

卢祖皋　　水龙吟·淮西重午

会昌湖上扁舟，几年不醉西山路。流光又是，宫衣初试，

安榴半吐。千里江山，满川烟草，薰风淮楚。念离骚恨远，独醒人去，阑干外、谁怀古。　　亦有鱼龙戏舞，艳晴川、绮罗歌鼓。乡情节意，尊前同是，天涯羁旅。涨渌池塘，翠阴庭院，归期无据。问明年此夜，一眉新月，照人何处。

卢祖皋　　水龙吟·世间谁似蓬仙

世间谁似蓬仙，坐间八秩齐眉寿。兰阶更喜，孙枝相映，红芳绿秀。鹤舞修庭，鹭飞青嶂，帘垂晴昼。向闲中时有，奚囊背锦，开松户、看云岫。　　不羡印金垂斗，笑纷纷、白云苍狗。银髯似戟，红颜如炼，风流依旧。野□晴初，陇梅花下，玉笙吹酒。怅今年又是，题笺寄远，倩传杯手。

刘　镇　　水龙吟·丙子立春怀内

三山腊雪才消，夜来谁转回寅斗。试灯帘幕，送寒幡胜，暗香携手。少日欢娱，旧游零落，异乡歌酒。到而今，生怕春来大早，空赢得、两眉皱。　　春到兰湖少住，肯殷勤、访梅寻柳。相思人远，带围宽减，粉痕消瘦。双燕无凭，尺书难表，甚时回首。想画栏、倚遍东风，闲负却、桃花咒。

刘　镇　　水龙吟·庚寅寄远

老来惯与春相识，长记伤春如故。去年今日，旧愁新恨，送将风絮。粉泪羞红，黛眉颦翠，推愁不去。任琐窗深闭，屏山半掩，还别有、愁来路。　　回首画桥烟水，念故人、匆匆何处。客情怀远，云迷北树，草连南浦。离合悲欢，去留迟速，问春无语。笑刘郎，不道无桃可种，苦留春住。

刘　镇　　水龙吟·丙戌清明和章质夫韵

弄晴台馆收烟候，时有燕泥香坠。宿酲未解，单衣初试，腾腾春思。前度桃花，去年人面，重门深闭。记彩鸾别后，青骢归去，长亭路、芳尘起。　　十二屏山遍倚，任苍苔、点红如缀。黄昏人静，暖香吹月，一帘花碎。芳意婆娑，绿阴风雨，画桥烟水。笑多情司马，留春无计，湿青衫泪。

孙惟信　　水龙吟·除夕

小童教写桃符，道人还了常年例。神前灶下，祓除清净，

献花酌水。祷告些儿，也都不是，求名求利。但吟诗写字，分数上面，略精进、尽足矣。　　饮量添教不醉，好时节、逢场作戏。驱傩爆竹，软饧酥豆，通宵不睡。四海皆兄弟，阿鹊也、同添一岁。愿家家户户，和和顺顺，乐升平世。

方千里　　水龙吟·海棠

锦城春色移根，丽姿迥压江南地。琼酥拂脸，彩云满袖，群芳羞避。双燕来时，暮寒庭院，雨藏烟闭。正□□未足，宫妆尚怯，还轻洒胭脂泪。　　长是欢游花底，怕东风、陡成怨吹。高烧银烛，梁州催按，歌声渐起。绿态多慵，红情不语，动摇人意。算吴宫独步，昭阳第一，可依稀比。

吴　泳　　水龙吟·寿李长孺

清江社雨初晴，秋香吹彻高堂晓。天然带得，酒星风骨，诗囊才调。沔水春深，屏山月淡，吟鞭俱到。算一生绕遍，瑶阶玉树，如君样、人间少。　　未放鹤归华表，伴仙翁、依然天杪。知他费几，雁边红粒，马边青草。待得清夷，彩衣花绶，哄堂一笑。且和平心事，等闲博个，千秋不老。

吴　泳　　水龙吟·六月宴双溪

修篁翠葆人家，分明水鉴光中住。就中得要，危亭瞰渌，小桥当路。一榻桃笙，半窗竹简，清凉如许。纵武陵佳丽，若耶深窈，那得似、双溪趣。　　一夜檐花落枕，想鱼天、涨痕新露。多君唤我，扫花坐晚，解衣逃暑。脍切银丝，酒招玉友，曲歌金缕。愿张郎，长与莲花相似，朝朝暮暮。

陈以庄　　水龙吟·记钱塘之恨

晚来江阔潮平，越船吴榜催人去。稽山滴翠，胥涛溅恨，一襟离绪。访柳章台，问桃仙浦，物华如故。向秋娘渡口，泰娘桥畔，依稀是、相逢处。　　窈窕青门紫曲，茜罗新、衣翻金缕。旧音恍记，轻拢慢捻，哀弦危柱。金屋难成，阿娇已远，不堪春暮。听一声杜宇，红殷绿老，雨花风絮。

王　迈　　水龙吟·寿刘无竞　十月三十

橙黄橘绿佳期，诘朝又报阳来复。笼葱瑞气，天教蟠绕，

名门乔木。上界仙人，来游西塾，骖鸾跨鹤。有如椽彩笔，笺天万字，□呈了、琅玕腹。　　不愿班行鸣玉，问君王、再分符竹。棣华辉映，庭萱春好，举杯相属。伯氏乘轺，诸公须又，安排除目。这堆床牙笏，人人道是，太夫人福。

黄　机　　水龙吟·晴江滚滚东流

晴江衮衮东流，为谁流得新愁去。新愁都在，长亭望际，扁舟行处。歌罢翻香，梦回呵酒，别来无据。恨荼蘼吹尽，樱桃过了，便只恁、成孤负。　　须信情钟易感，数良辰、佳期应误。才高自叹，彩云空咏，凌波谩赋。团扇尘生，吟笺泪渍，一觞慵举。但丁宁双燕，明年还解，寄平安否。

严　仁　　水龙吟·题连州翼然亭呈欧守

翼然新榜高亭，翰林铁画燕公手。滁阳盛事，何人重继，湟川太守。太守谓谁，文章的派，醉翁贤胄。对千峰削翠，双溪注玉，端不减、琅琊秀。　　坐啸清香画戟，听丁丁、滴花晴漏。棠阴昼寂，细赓宾客，竹枝杨柳。只恐明朝，绨封趣觐，未容借寇。尽江山识赏，盐梅事业，焕青毡旧。

严　仁　　水龙吟·题天风海涛呈潘料院

飙车飞上蓬莱，不须更跨琴高鲤，砉然长啸，天风澒洞，云涛无际。我欲乘桴，从兹浮梅，约任公子。办虹竿千丈，犗钩五十，亲点对、连鳌饵。　　谁榜佳名空翠，紫阳仙、去骑箕尾。银钩铁画，龙拿凤翥，留人间世。更忆东山，哀筝一曲，洒沾襟泪。到而今，幸有高亭遗爱，寓甘棠意。

严　仁　　水龙吟·题盱江伟观

城头杰观峥嵘，重阑下瞰苍龙脊。镂珉盘础，凋檀竦桀，玲珑金碧。华子冈头，麻源谷口，神仙窟宅。道至今清夜，月明风冷，常隐隐、闻笙笛。　　翠壁烟霞缥缈，更寒泉、飞空千尺。数峰江上，孤舟天际，夕阳红湿。抖擞征尘，浩然长啸，跨青鸾翼。向凤岗西望，遥酾斗酒，酹文章伯。

葛长庚　　水龙吟·层峦叠巘浮空

层峦叠巘浮空，断崖直下分三井。苍苔路古，鹿鸣芝涧，

猿号松岭。露浥风箫，烟迷枸杞，绿深翠冷。笑携筇一到，登高眺远，是多少、仙家景。　　长念青春易老，尚区区、枯蓬断梗。人间天上，喟然俯仰，只身孤影。世事空花，春心泥絮，此回还省。向琼台双阙，结间茅屋，坐千峰顶。

葛长庚　　水龙吟·采药径

云屏漫锁空山，寒猿啼断松枝翠。芝英安在，术苗已老，徒劳屐齿。应记洞中，凤箫锦瑟，镇常歌吹。怅苍苔路杳，石门信断，无人问、溪头事。　　回首暝烟无际，但纷纷、落花如泪。多情易老，青鸾何处，书成难寄。欲问双娥，翠蝉金凤，向谁娇媚。想分香旧恨，刘郎去后，一溪流水。

刘克庄　　水龙吟·己亥自寿二首之一

年年岁岁今朝，左弧悬罢浑无事。吾衰久矣，我辰安在，老之将至。懒写京书，怕看除目，败人佳思。把东篱掩定，北窗开了，悠然酌、颓然睡。　　客有过门投贽，道先生访华胥氏。谁能辛苦，陪他绮语，记他奇字。屈指先贤，戴花老监，岂其苗裔。待异时约取，宽夫彦国，入耆英会。

刘克庄　　水龙吟·己亥自寿二首之二

先生放逐方归，不如前辈抽身早。台郎旧秩，看来俗似，散人新号。起舞非狂，行吟非怨，高眠非傲。叹终南捷径，太行盘谷，用卿法、从吾好。　　闭了草庐长啸，后将军来时休报。床头书在，古人出处，令人非笑。制个淡词，呷些薄酒，野花簪帽。愿云台任满，又还因任，赛汾阳考。

刘克庄　　水龙吟·自和前二首

病翁一榻萧然，不知世有欢娱事。雀罗庭院，载醪客去，催租人至。报答秋光，要些酒量，要些诗思。奈长鲸罢吸，寒蛩息响，茶瓯外、惟贪睡。　　穷巷幸无干贽，或相过、莫知谁氏。柴门草户，阙人守舍，任伊题字。自和山歌，国风之变，离骚之裔。待从今向去，年年强健，插花高会。

刘克庄　　水龙吟·平生酷爱渊明

平生酷爱渊明，偶然一出归来早。题诗信意，也书甲子，

也书年号。陶侃孙儿，孟嘉甥子，疑狂疑傲。与柴桑樵牧，斜川鱼鸟，同盟后、归于好。　　除了登临吟啸，事如天、莫相谘报。田园闲静，市朝翻覆，回头堪笑。节序催人，东篱把菊，西风吹帽。做先生处士，一生一世，不论资考。

刘克庄　　水龙吟·辛亥安晚生朝

祁公一度貂蝉，先生三度貂蝉了。燔柴升辂，银蟾烛夜，金乌腾晓。喜动龙颜，瑞班虹玉，归功元老。纵擎天力倦，明农心切，先还取、中书考。　　末著留侯难办，算除非、烦他商皓。紫芝产遍，赤松待久，何时高蹈。人世无过，鱼羹饭美，布衾铭好。待角巾东路，蹇驴北阜，伴公游钓。

刘克庄　　水龙吟·癸丑生日，时再得明道祠

依然这后村翁，阿谁改换新曹号。虚名砂砾，旁观冷笑，何曾明道。吟歇后诗，说无生话，热瞒村獠。被儿童盘问，先生因甚，身顽健、年多少。　　不茹园公芝草，不曾餐、安期瓜枣。要知甲子，陈抟差大，邵雍差小。肯学痴人，据鞍求用，染髭藏老。待眉毛覆面，看千桃谢，阅三松倒。

刘克庄　　水龙吟·丙辰生日

儿童不识樗翁，挽衣借问年今几。少如彦国，大如君实，披襟高比。德业天渊，有些似处，须眉而已。愿老身无事，小车乘兴，名园内、行窝里。　　做取出关周史，莫做他、下山园绮。从人谤道，是浮丘伯，是庚桑子。背伛肩高，幅巾藜杖，敝袍穿履。向画图上面，十分似个，见端门底。

刘克庄　　水龙吟·即令七十平头

即令七十平头，岂能久作人间客。左车牙落，半分臂小，几茎须白。挟种树书，举障尘扇，著游山屐。任蛙蟆胜负，鱼龙变化，依方在、华胥国。　　岛大功名官职，眼中花、须臾无迹。小儿破贼，二郎作相，有何奇特。同辈萧疏，且留铁汉，要摩铜狄。向宝钗楼里，天津桥上，月明横笛。

刘克庄　　水龙吟·丁巳生日

不须更问旁人，劝君自拂青铜照。幅巾短褐，有些野逸，

有些村拗。两度呼来，也曾批敕，也曾还诏。笑先生此手，今堪何用，莕矶上、堪垂钓。　白雪新腔高妙，把侬家、调疏称道。六韬未试，抑诗未作，如何归老。玉带金貂，星儿快活，天来烦恼。待自笺年甲，缴还官职，换山翁号。

刘克庄　　水龙吟·行藏自决于心

徐仲晦、方蒙仲各和余去岁笛字韵为寿，戏答二君

行藏自决于心，不消谋及门前客。平生慕用，著书玄晏，挂冠贞白。帝奖孤高，别加九锡，一筇双屐。更赐之车服，胙之茅土，依稀在、槐安国。　频领竹宫清职，仰飞仙、犹龙无迹。与谁同去，挑包徐甲，负辕班特。蹉过明师，且寻狎友，杜康仪狄。笑谢公旷达，暮年垂泪，听桓郎笛。

刘克庄　　水龙吟·先生避谤山栖

方蒙仲、王景长和余丙辰、丁巳二词，走笔答之

先生避谤山栖，戒门不纳高轩客。谁欤来者，吟诗张碧，诙谐侯白。礼数由他，谢郎著帽，王郎穿屐。且问花随柳，举杯邀月，那须预、人家国。　香案旁边供职，鸟飞空、何曾留迹。臞翁铁汉，两贤安在，百夫之特。但愿王师，早俘颉利，早禽长狄。便太平无事，卖薪沽酒，骑牛腰笛。

刘克庄　　水龙吟·当年玉立清扬

当年玉立清扬，屋梁落月偏相照。而今衰飒，形骸百丑，情怀十拗。久已饰巾，尚堪扶杖，听山东诏。尽后车载汝，营丘封汝，何必在、磻溪钓。　晚悟儋书玄妙，懒从他、钟离传道。不论资望推排，也做五更三老。宋玉多悲，唐衢喜哭，好闲烦恼。问天公，扑断散人二字，赐龟蒙号。

刘克庄　　水龙吟·此翁饱阅人间

此翁饱阅人间，三生似是刘宾客。若论辈行，早陪韩柳，晚交元白。老矣安能，为人取履，与人争屐。叹酒泉郡远，醉乡路绝，今何处、堪开国。　解去冰衔华职，遍空山、难寻行迹。道旁喘月，田间卧草，也胜郊特。宰相□□，周公留召，娄公容狄。喜时平身健，三行社饮，一声樵笛。

刘克庄　　水龙吟·病夫鬓秃颜苍

病夫鬓秃颜苍，不堪持向清溪照。一生枘凿，壮夫瞋懦，通人嫌拗。让当行家，勒浯西颂，草淮南诏。幸脱离沮洳，浮游江海，悠然逝、毋吞钓。　　宴坐蒲团观妙，怪痴儿、春粮求道。古人尚齿，迎他商皓，拜他庞老。鸠杖蒲轮，把身束缚，替人愁恼。煞为僧不了，下梢犹要，紫衣师号。

刘克庄　水龙吟·林中书生日　六月十九日

麿斋不是凡人，海山仙圣知来处。清英融结，佩瑶台月，饮金茎露。翰墨流行，禁中有本，御前停箸。向弘文馆里，薰风殿上，亲属和、微凉句。　　已被昭阳人妒，更那堪、鼎成龙去。曾传宝苑，曾将玉杵，付长生兔。地覆天翻，河清海浅，朱颜常驻。算给扶朝者，临雍拜者，下梢须做。

刘克庄　　水龙吟·丁卯生日

此翁幸自偏盲，那堪右目生微翳。羽流禳谢，缁郎忏悔，天乎无罪。客曰不然，也因口腹，也因瞻视。汝夜披黄卷，日餐丹荔，贻伊戚、将谁怼。　　长智都缘更事，尽今生、十分珍卫。暮年怕杀，汗青蠹简，擘红高会。也莫贪他，君谟旧谱，子云奇字。特邀张司业，看花题竹，韩家园内。

刘克庄　　水龙吟·寿赵癯斋

昔人风调谁高，二疏盛日还乡里。公卿祖道，百城围尽，争传佳事。闻自垂车日，都门外、送车凡几。今世无工，尽置之勿道，焜煌处、独青史。　　佳甚东阳山水，是昔时、钓游某地。风流脱似，洛中耆老，一人而已。好为霞觞酾，正庭阶、彩衣荣侍。便明朝有诏，启门解说，值先生醉。

赵以夫　　水龙吟·次周月船

塞楼吹断梅花，晓风瑟瑟添凄咽。关河万里，烟尘四野，眼前都别。击楫功名，椎锋意气，是人都说。问周郎何日，小乔到手，为君赋、酹江月。　　休把愁肠暗结，又相将、鲁云书节。锦围放密，金樽任满，歌声莫歇。赢得朝朝，半醒半醉，佯痴佯劣。尽瞢腾，深入无何，管甚须鬓成雪。

赵以夫　　水龙吟·次李起翁中秋

谁家明镜飞空，海天绀碧浮秋霁。西风淡荡，纤云卷尽，小星疑坠。宇宙冰壶，襟怀玉界，飘然仙思。炯灵犀一点，蟾辉万丈，长相射、清清地。　只有桂花长好，照人间、几番荣悴。年年此夕，持杯嚼露，挥毫翻水。宝瑟凄清，玉箫缥缈，佩环声碎。唤谪仙起舞，古今同梦，不知何世。

张　榘　　水龙吟·次韵虚斋先生雨花宴

暮云低锁荒台，凭阑四望天垂地。曼花半夜，蜚香缭绕，昔人曾记。往事悠悠，物华非旧，江山仍丽。怅斜阳芳草，长安不见，谁共洒、新亭泪。　开放青峦旧址，动骚人、一番词意。青油幕里，相忘鱼鸟，水边云际。却恨清游，未能追逐，区区僚底。问何时，脱了尘埃墨绶，为虚斋醉。

张　榘　　水龙吟·寄兴

暮天丝雨轻寒，二分春色看看过。梅花谢了，苍苔万点，香残粉污。犹喜墙头，一枝娇袅，杏腮微露。算几回逗晓，朱阑独倚，悄只怕、东风大。　浮世名缰利锁，这区区、要须识破。沧波夜月，翠微云树，依然还我。重结鸥盟，细听莺语，自歌自和。问黄沙飞镞，红尘走马，又还知么。

张　榘　　水龙吟·昼长帘幕低垂

昼长帘幕低垂，时时风度杨花过。梁间燕子，芹随香嘴，频沾泥污。苦被流莺，蹴翻花影，一阑红露。看残梅飞尽，枝头微认，青青子、些儿大。　谁道洞门无锁，翠苔藓、何曾踏破。好天良夜，清风明月，正须著我。闲展蛮笺，寄情词调，唱成谁和。问晓山亭下，山茶经雨，早来开么。

张　榘　　水龙吟·顽雪欺春，葵轩兄用韵，因次

先来花较开迟，怎禁风雪摧残过。红英紫萼，从他点缀，翻成沾污。一点清香，几多秾艳，紧藏不露。伴杨花散漫，逡巡堆积，纤粟处、妆成大。　多谢东君造化，把群阴、一朝除破。千机锦绣，露浓香软，中间坐我。嚼徵含商，振金敲玉，埙篪相和。问西湖，别有一番桃李，肯同游么。

张　榘　　水龙吟·丁经之用韵咏园亭，次韵以谢

近家添得园亭，晓山时看飞云过。拥石栽梅，疏池傍竹，剪除芜污。更喜南墙，杏腮桃脸，含羞微露。算莺花世界，都来十亩，规模好、何须大。　　开放两眉上锁，把春前、新醅拨破。病酒无聊，且容觞客，无多酌我。底用歌喉，柳边自有，鸣禽相和。逗归来，折得花枝教看，似人人么。

吴　潜　　水龙吟·戊午元夕

十洲三岛蓬壶，是花锦、一团装就。轻车细辇，绮罗香里，夜光如昼。朱户笙箫，画楼帘幕，有人回首。想金莲灿烂，星球缥缈，那风景、年时旧。　　应念白头太守，怎红旗、六街穿透。铺排玳席，追陪珠履，且酾春酎。楚舞秦讴，半慵莺舌，叠翻鸳袖。把千门喜色，万家和气，祝君王寿。

黄孝迈　　水龙吟·自侧金卮

自侧金卮，临风一笑，酒容吹尽。恨东风、忙去熏桃染柳，不念淡妆人冷。（上缺）惊鸿去后，轻抛素袜，杳无音信。细看来，只怕蕊仙不肯，让梅花俊。

黄孝迈　　水龙吟·闲情小院沉吟

闲情小院沉吟，草深柳密帘空翠。风檐夜响，残灯慵剔，寒轻怯睡。店舍无烟，关山有月，梨花满地。二十年好梦，不曾圆合，而今老、都休矣。　　谁共题诗秉烛，两厌厌、天涯别袂。柔肠一寸，七分是恨，三分是泪。芳信不来，玉箫尘染，粉衣香退。待问春，怎把千红换得，一池绿水。

李曾伯　　水龙吟·甲申潼川玩月

西风吹上牛头，天涯慰此人情耳。斜阳任晚，青山全似，故人知己。迤逦归来，须臾懒去，桂华犹未。待冰轮推上，梧桐树了，更儿是、点儿几。　　满眼碧天如洗，便分明、水晶宫里。区区玩事，一觞一咏，一灯而已。欲待无眠，争如且恁，有无穷意。怕嫦娥，隔窗偷看，须下却、帐儿睡。

李曾伯　　水龙吟·甲午寿尤制使

几年野渡孤舟，萧然袖此经纶手。归来廊庙，从容进退，

祖风犹有。小队环花，轻艘漕玉，暂临金斗。把诗书帷幄，期年坐啸，尘不动、依依柳。　好是公堂称寿，正元戎、阃垣开后。旌旗才举，胡雏马上，闻风西走。一点阳春，无边德泽，淮山长久。待官军，定了长安，貂蝉侍、未央酒。

李曾伯　　水龙吟·己亥寿史督相

明堂一柱擎天，眼看黄阁空诸老。平生方寸，班班四字，诚心公道。玉帐云旗，金城露布，尚勤征讨。向淮头蜀口，一时做就，安石传、孔明表。　谈笑妖氛如扫，看整齐、乾坤都了。衮衣赤舄，归来廊庙，雍容师保。三相一门，双亲千岁，人间蓬岛。举黄封，细唱调羹，官梅上、正春早。

李曾伯　　水龙吟·庚子寿史丞相

东南一气当春，便从黄钺登台斗。紫皇举此，亨屯济泰，属之公手。淮浦烽销，未央觞献，捷传清昼。庆太平朝野，骎骎重见，昔淳化、今嘉祐。　史观年编新就，看勋庸、光前垂后。三槐鼎盛，双椿盘固，古今希有。宴侍龙颜，骦承鹤发，相期长久。问前朝，相业谁同，八九十、迈文富。

李曾伯　　水龙吟·寿游参政

岷峨寿佛东来，手移斗柄春寰宇。经纶事业，诗书流出，时为膏雨。载采三阶，炳丹一念，雍容枢辅。望岩廊风范，扬休山立，真汉相、殆天与。　国步时当如许，赖明堂、倚空一柱。苍生引领，整齐中夏，奠安西土。多士相期，直须无愧，范韩文富。且梅边一笑，春风祝公，寿介东鲁。

李曾伯　　水龙吟·举杯长揖嫦娥

丁未约诸叔父玩月，期而不至，时适台论

举杯长揖嫦娥，高情怜我霜髯白。婆娑树底，老蟾何物，千秋一色。一镜高悬，肺肝洞烛，了无尘隔。任亿千万里，同然玉界，都不管、天南北。　老子萍蓬踪迹，对西风、几番行役。平生玩事，从头细数，山川历历。明月明年，知它何处，能如今夕。惜无人共我，登楼酹古，一笑横笛。

李曾伯　　水龙吟·少年管领良宵

少年管领良宵，直须醉待东方白。而今老去，何忧何乐，

不空不色。桐影横斜，桂香摇落，仙凡奚隔。怅银桥梦断，玉箫声杳，人如在、楚天北。　　冷眼乾坤陈迹，笑英雄、等为形役。庾楼袁舫，浩歌长啸，壮游曾历。万里瑶台，乘风归去，不知何夕。对冰轮孤负，欠千钟酒，与三弄笛。

李曾伯　　水龙吟·归来袖手江湖

归来袖手江湖，不妨左右持螯白。凉宵幸对，一轮端正，娟娟秋色。万宇冰清，千林霜缟，更无云隔。对金茎露冷，铜壶漏静，梧阴转、画桥北。　　堪叹平生辙迹，算纷纷、为谁驱役。兔蟾应笑，蝇蜗累我，中年虚历，抖擞吟情，徘徊舞影，可怜佳夕。怅力微心在，梦中一曲，似黄楼笛。

李曾伯　　水龙吟·戊申寿八窗叔

归来三见梅花，年年借此花为寿。八窗轩槛，月边竹畔，数枝开又。姑射肌肤，广平风度，对人依旧。把离骚读遍，椒兰茎蕙，奚敢及、众芳首。　　幸与岁寒为友，任天公、雪僝霜僽。香名一点，西湖东阁，逊逋曾有。金鼎家毡，玉堂椽笔，倘来斯受。且巡檐、管领先春，林外事、付卮酒。

李曾伯　　水龙吟·己酉寿广西丰宪

几番南极星边，樽前常借南枝寿。今年好处，冰清汉节，与梅为友。老桧苍榕，婆娑环拱，影横香瘦。把草庭生意，蛮烟尽洗，都付与、风霜手。　　岭首小春时候，看明宵、桂轮圆又。此人此地，此花此月，宜诗宜酒。把绣归来，调羹金鼎，西湖春后。愿玉奴，岁与素娥不老，共人长久。

李曾伯　水龙吟·和丰宪题林路铃梅轴韵

小窗香雾笼葱，砚寒金井频呵冻。老坡仙去，新声犹寄，绿毛幺凤。瘦脸盈盈，不禁僝僽，雪浓霜重。赖墨池佳致，草成玄白，聊以此、当清供。　　长记月明曾共，捻虬髯、几番孤耸。春风一点，著公翠袖，撩人清梦。逋尔何如，西湖惯见，影斜芗动。要岁寒得友，岂容无竹，倩谁添种。

李曾伯　　水龙吟·辛亥和吴制参赋雪韵

元英燕罢瑶台，玉妃满地花钿委。山川幻出，剡溪梁苑，

齐宫郢里。半点瑕无，一团和就，珠圆琼碎。任谢家儿女，庭前争诧，盐空撒、絮风起。　　夜入蔡州城里，问官军、果谁堪比。饮羔烹凤，众宾一笑，直聊尔耳。寒耸玉楼，冻呵金井，属公诗史。更须持大白，浩歌黄竹，为丰年喜。

李曾伯　水龙吟·乘雪登仲宣楼，和前韵

玉龙飞下残鳞，千岩万壑皆填委。乾坤一色，不知身隔，蓬莱几里。疑是瑶英，盛开元圃，被风敲碎。倚危楼极目，长江渺处，浑错认、沙鸥起。　　依约青帘遥指，记山家、酒香无比。访梅江路，何时归唤，小苍长耳。孙案袁门，不妨高卧，足娱书史。且摩挲霜鬓，嘲吟冰箸，共荆人喜。

李曾伯　水龙吟·席间诸公有赋，再和

琅琅环佩三千，一楼玉立中端委。瑶琚碾就，襄王故国，屈平遗里。多少铅华，飞琼涂抹，一时挼碎。记少年驰逐，银杯缟带，几番被、鸡呼起。　　冷入重貂如水，鬓丝丝、叹非前比。羔儿满泛，狮儿低唱，飘风过耳。冰释边忧，春生民乐，欢形佐史。倩何人蜚奏，五云天上，助吾君喜。

李曾伯　水龙吟·癸丑二月襄阳得捷，和刘制参韵

黄旗吉语飞来，胡儿已落将军手。吾皇神武，一新城郭，断谟天授。铁骑才临，雕戈竞逐，击蛇先首。快风驱雨洗，江空谷静，淮淝上、似之否。　　此事老臣何有，想捷传、延英方昼。玉颜应笑，金瓯堪保，贺声交口。吾责免夫，吾归可矣，萧然一叟。把功名，分付诸公，聊自赏酒盈斗。

李曾伯　水龙吟·和韵

荆州咫尺神州，几番得失孙刘手。山河天险，东南牖户，钺何轻授。泪落碑存，鹤归城是，不堪回首。喜大堤草色，镇长春在，羊与陆、孰能否。　　风景依然吾有，柳营深、铁衣闲昼。摩云胜气，追戎马足，走蜚狐口。往事纷纷，付之蛮触，相忘庄叟。有人焉，中夜闻鸡，剑光正烛牛斗。

李曾伯　水龙吟·和幕府贺策应

吾皇神武中兴，直须整顿舆图旧。岂惟天顾，岷峨一角，

但西其首。遮护咽喉，扶持气脉，宁无医手。有庙谟先定，傍观何待，留侯蹑、魏侯肘。　　天眷我家仁厚，盛英才、载量车斗。中流孤艇，千钧一发，老夫何有。休对秋风，移宫换羽，吟无绝口。看福星，太乙临梁，此虏自不能久。

李曾伯　　水龙吟·送馆人管顺甫父子赴省

梅边连轡偕来，柳边先我观光去。一门椿桂，尊君孙盛，小儿文举。黄鹤联登，横翔雕鹗，健凌鹦鹉。趁霜晴春小，南宫问讯，又同奏、明光赋。　　从此青云阔步，看龙门、锦标双取。荆州时事，不妨大对，细陈当宁。久要论交，中年语别，不堪离绪。约杏园，得意归时，吾已在浙江浒。

李曾伯　　水龙吟·甲寅中秋

楚乡三载中秋，倚楼辄值萧萧雨。澄空向午，廉纤数点，又疑虚度。卷起云鬟，制开妆鉴，喜瞻眉宇。问嫦娥丰貌，间何阔矣，元不老、只如故。　　见了悄然无语，但令人、不堪怀古。老蟾应记，旧时人物，孙刘陶庾。俯仰皆空，阴晴何恨，芳樽频举。问他年，忆取今宵，人如许、月如许。

李曾伯　　水龙吟·送吴季申赴省

江头雨过黄花，片帆催向春闱去。两年共我，风舟问峡，霜砧闻楚。定远从军，慈恩策第，岂堪同语。谩咨嗟人事，分明天意，广寒阙、待平步。　　健笔凌云如许，看新年、榜登龙虎。转头却笑，弓刀塞上，粗官何取。海阔鹏抟，途穷马老，不胜离绪。过旧游，人问征夫，烦为说、戍边苦。

李曾伯　　水龙吟·再和

天涯舍我先归，还知我以何时去。浮生萍梗，南辕北旆，之吴之楚。岂偶然哉，只堪一笑，无庸多语。向临岐赋别，丁宁祝望，竿百尺、进一步。　　其奈头颅如许，更藩篱、穴犹据虎。良机一失，付之谁手，探囊堪取。君对天庭，上咨西事，历陈条绪。问相如，汉指来宣，果何益、亦何苦。

李曾伯　　水龙吟·兴安道间

西风涤尽炎歊，连朝更值天无雨。笋舆轧轧，经行三日，

碧篸无数。胜绝江山，余行天下，无如此处。任今来昔往，迎新送旧，风景在、只如许。　　谁谓阴山骄虏，去年冬、敢侵吾土。哀哀鸿雁，一番荡析，幸逢多黍。拜表出师，安南定北，岂无忠武。嗟病夫，老矣无能，促归棹、舣江渚。

李曾伯　　水龙吟·此花迥绝他花

长沙后圃荷开之久，无人领略，赋此词，具一杯招管顺甫诸公

此花迥绝他花，湘中不减吴中盛。疑从太华，分来岳麓，根荄玉并。炬列千红，盖擎万绿，织成云锦。向壶天清暑，风梳露洗，尘不染、香成阵。　　好是一番雨过，似轻鬟、晚临妆镜。阿环浴罢，珠横翠乱，芳肌犹润。载月同游，隔花共语，酒边清兴。问六郎，凝伫多时，公不饮、俗儿甚。

方　岳　　水龙吟·和朱行甫帅机瑞香

当年睡里闻香，阿谁唤做花间瑞。巾飘沉水，笼熏古锦，拥青绫被。初日酣晴，柔风逗暖，十分情致。掩窗绡，待得香融酒醒，尽消受、这春思。　　从把万红排比，想较伊、更争些子。诗仙老手，春风妙笔，要题教似。十里扬州，三生杜牧，可曾知此。趁紫唇微绽，芳心半透，与骚人醉。

方　岳　　水龙吟·和朱行父海棠

昼长庭院深深，春柔一枕流霞醉。朦松欲醒，娇羞还困，锦屏围翠。豆蔻初肥，樱桃微绽，玉阑同倚。记华清浴起，渭流波暖，红涨腻、弃脂水。　　燕子来时天气，尽韶风、与诗为地。芳丛雨歇，露痕日晒，英英仙意。莫恨无香，最怜有韵，天然情致。待问春能几，五更犹是，拌今宵睡。

祖　吴　　水龙吟·寿郑尉，集郑姓事

紫貂南北分荣，有人瑞凤池疏秀。月斧云斤，斲成三绝，辉华星斗。早岁从军，乌戎口伐，奇功立就。更题衡忠义，传家清白，人道外甥似舅。　　好看五经说后，步蟾宫、桂香盈袖。紫橐持荷，清班布武，履声依旧。回忆刊山，当年垂棒，月明烟袖。隐岩清秀，露玉风金，岁岁祝千秋寿。

李昴英　　水龙吟·癸丑江西持宪自寿

唱恭初意如何，朅来五十三年矣。犁锄颇熟，诗书粗解，簪绅聊耳。自信柴愚，真成汲戆，却无刘腻。向高秋初度，同时有菊，淡相对、风霜里。　　最癖登山临水，又何心、蜗名蝇利。俗缘未了，强教肉食，何曾知味。无事微吟，会心微笑，逢场微醉。把日生、只恁安排，领取百十二岁。

李昴英　　水龙吟·和吴宪韵，且坚郁孤同游之约

驿飞稳驾高秋，迎人满目清新景。秋还有色，芙蓉照水，晨妆对镜。雪卷寒芦，字横过雁，渡浮孤艇。是骚人行处，腔风调月，香满袖、过梅岭。　　断岸烟收人静，雨声干、桐疏枫冷。掀髯独笑，仙翁起舞，卧龙呼醒。近小阳春，为梅也合，迟迟鞭影。更郁孤、一笑追欢，料得坡翁首肯。

李昴英　　水龙吟·观竞渡

碧潭新涨浮花，柳阴稠绿波痕腻。一声雷鼓，半空雪浪，双龙惊起。气压鲸鲵，怒掀鳞鬣，擘开烟水。算战争蛮触，雌雄汉楚，总皆一场如此。　　点额许教借一，得头筹、欢呼震地。翻嗤浮世，要津搀进，奔波逐利。斗了还休，倩渠衔寄，三闾角黍。会风云、快出为霖，可但颔明珠睡。

吴文英　　水龙吟·惠山酌泉

艳阳不到青山，古阴冷翠成秋苑。吴娃点黛，江妃拥髻，空濛遮断。树密藏溪，草深迷市，峭云一片。二十年旧梦，轻鸥素约，霜丝乱、朱颜变。　　龙吻春霏玉溅，煮银瓶、羊肠车转。临泉照影，清寒沁骨，客尘都浣。鸿渐重来，夜深华表，露零鹤怨。把闲愁换与，楼前晚色，棹沧波远。

吴文英　　水龙吟·用见山韵饯别

夜分溪馆渔灯，巷声乍寂西风定。河桥径远，玉箫吹断，霜丝舞影。薄絮秋云，澹蛾山色，宦情归兴。怕烟江渡后，桃花又泛，宫沟上、春流紧。　　新句欲题还省，透香煤、重牒误隐。西园已负，林亭移酒，松泉荐茗。携手同归处，玉奴唤、绿窗春近。想骄骢、又踏西湖，二十四番花信。

吴文英　水龙吟·赋张斗墅家古松五粒

有人独立空山，翠髯未觉霜颜老。新香秀粒，浓光绿浸，千年春小。布影参旗，障空云盖，沉沉秋晓。驷苍虬万里，笙吹凤女，骖飞乘、天风袅。　般巧，霜斤不到，汉游仙、相从最早。皴鳞细雨，层阴藏月，朱弦古调。问讯东桥，故人南岭，倚天长啸。待凌霄谢了，山深岁晚，素心才表。

吴文英　水龙吟·寿嗣荣王

望中璇海波新，泛槎又匝银河转。金风细袅，龙枝声奏，钧箫秋远。南极飞仙，夜来催驾，祥光重见。紫霄承露掌，瑶池荫密，蟠桃秀、蠡莲绽。　新栋晴翚凌汉，半凉生、兰檠书卷。绣裳五色，昆台十二，香深帘卷。花萼楼高处，连清晓、千秋传宴。赐长生玉字，鸾回凤舞，下蓬莱殿。

吴文英　水龙吟·寿尹梅津

望春楼外沧波，旧年照眼青铜镜。炼成宝月，飞来天上，银河流影。绀玉钩帘处，横犀麈、天香分鼎。记殷云殿锁，裁花翦露，曲江畔、春风劲。　槐省，红尘昼静，午朝回、吟生晚兴。春霖绣笔，莺边清晓，金狨旋整。阆苑芝仙貌，生绡对、绿窗深景。弄琼英数点，宫梅信早，占年光永。

吴文英　水龙吟·送万信州

几番时事重论，座中共惜斜阳下。今朝翦柳，东风送客，功名近也。约住飞花，暂听留燕，更攀情话。问千牙过阙，一封入奏，忠孝事、都应写。　闻道兰台清暇，载鸱夷、烟江一舸。贞元旧曲，如今谁听，惟公和寡。儿骑空迎，舜瞳回盼，玉阶前借。便急回暖律，天边海上，正春寒夜。

吴文英　水龙吟·过秋壑湖上旧居寄赠

外湖北岭云多，小园暗碧莺啼处。朝回胜赏，墨池香润，吟船系雨。霓节千妃，锦帆一箭，携将春去。算归期未卜，青烟散后，春城咏、飞花句。　黄鹤楼头月午，奏玉龙、江梅解舞。薰风紫禁，严更清梦，思怀几许。秋水生时，赋情还在，南屏别墅。看章台走马，长堤种取，柔丝千树。

吴文英　　水龙吟·癸卯元夕

澹云笼月微黄，柳丝浅色东风紧。夜寒旧事，春期新恨，眉山碧远。尘陌飘香，绣帘垂户，趁时妆面。钿车催去急，珠囊袖冷，愁如海、情一线。　　犹记初来吴苑，未清霜、飞惊双鬓。嬉游是处，风光无际，舞葱歌茜。陈迹征衫，老容华镜，欢悰都尽。向残灯梦短，梅花晓角，为谁吟怨。

吴文英　　水龙吟·寿梅津

杜陵折柳狂吟，砚波尚湿红衣露。仙桃宴早，江梅春近，还催客句。宫漏传鸡，禁门嘶骑，宦情熟处。正黄编夜展，天香字暖，春葱翦、红蜜炬。　　宫帽鸾枝醉舞，思飏扬、臞仙风举。星罗万卷，云驱千阵，飞毫海雨。长寿杯深，探春腔稳，江湖同赋。又看看、便系金狨莺晓，傍西湖路。

吴文英　　水龙吟·云麓新葺北墅园池

好山都在西湖，斗城转北多流水。屋边五亩，桥通双沼，平烟蘸翠。旋叠云根，半开竹径，鸥来须避，四时长把酒，临花傍月，无一日、不春意。　　独乐当时高致，醉吟篇、如今还继。举头见日，葵心倾□，□□归计。浮碧亭□，泛红波迴，桃源人世。待天香□□，开时又胜，翠阴青子。

翁元龙　　水龙吟·画楼红湿斜阳

雪霁登吴山见沧阁，闻城中箫鼓声

画楼红湿斜阳，素妆褪出山眉翠。街声暮起，尘侵灯户，月来舞地。宫柳招莺，水荭飘雁，隔年春意。黯梨云，散作人间好梦，琼箫在、锦屏底。　　乐事轻随流水，暗兰消、作花心计。情丝万轴，因春织就，愁罗恨绮。昵枕迷香，占帘看夜，旧游经醉。任孤山，剩雪残梅，渐懒跨、东风骑。

丁　宥　　水龙吟·雁风吹裂云痕

雁风吹裂云痕，小楼一线斜阳影。残蝉抱柳，寒蛩入户，凄音忍听。愁不禁秋，梦还惊客，青灯孤枕。未要深，早是梧桐泫露，那更度、兰宵永。　　空叹银屏金井，醉乡醒、温柔乡冷。征尘倦扑，闲花谩舞，何心管领。葱指冰弦，蕙怀春锦，楚梅风韵。怅芙蓉城杳，蓝云依黯，锁巫峰暝。

潘　牥　　水龙吟·玉带悬鱼

(上缺)玉带悬鱼，黄金铸印，侯封万户。待从头，缴纳君王，觅取爱卿归去。

洪　瑹　　水龙吟·追和晁次膺

经年不见书来，后期杳杳从谁问。柳英蜡小，柳枝金嫩，艳阳春近。罗幕风柔，泛红浮绿，连朝花信。念平生多少，情条恨叶，镇长使、芳心困。　可是风流薄命，镜台前、松松蝉鬓。茜桃凝粉，薰兰涨腻，翠愁红损。纵使归来，灯前月下，恐难相认。卷重帘憔悴，残妆泪洗，把罗襟揾。

楼　枎　　水龙吟·次清真梨花韵

素娥洗尽繁妆，夜深步月秋千地。轻腮晕玉，柔肌笼粉，缁尘敛避。霁雪留香，晓云同梦，昭阳宫闭。怅仙园路杳，曲栏人寂，疏雨湿、盈盈泪。　未放游蜂叶底，怕春归、不禁狂吹。象床因倚，冰魂微醒，莺声唤起。愁对黄昏，恨催寒食，满襟离思。想千红过尽，一枝独冷，把梅花比。

卫宗武　　水龙吟·和野渡生朝

桑蓬扫尽闲愁，未应人比梅花瘦。眉峰顿展，恰如云卷，北山□九。萦锦绣肠，袖丝纶手，骎骎希有。□□□博取，巍科□□，儒冠于我何负。　初度年来年去，喜称觞、腊前还又。安时委命，金鱼玉带，倘来斯受。傍屋园林，抚松对竹，共朋三寿。且逍遥，安乐窝中，岁岁进、长生酒。

李　瓘　　水龙吟·腰刀首帕从军

腰刀首帕从军，戍楼独倚闲凝眺。中原气象，狐居兔穴，暮烟残照。投笔书怀，枕戈待旦，陇西年少。叹光阴掣电，易生髀肉，不如易腔改调。　世变沧海成田，奈群生、几番惊扰。干戈烂漫，无时休息，凭谁驱扫。眼底山河，胸中事业，一声长啸。太平时、相将近也，稳稳百年燕赵。

黄　昇　　水龙吟·赠丁南邻

少年有志封侯，弯弓欲挂扶桑外。一朝敛缩，萧然清兴，

了无拘碍。袖里阴符，枕中鸿宝，功名蝉蜕。看舌端霹雳，剧谈玄妙，人间世、疑无对。　　阆苑醉乡佳处，想当年、绿阴犹在。群仙寄语，不须点勘，鬼神功罪。碧海千寻，赤城万丈，风高浪快。待踞龟食蛤，相期汗漫，与烟霞会。

杨泽民　　水龙吟·木樨

腻金匀点繁英，好风更与花为地。梅魂蕙魄，素馨□长，酴醾请避。拍塞清香，远闻十里，如何藏闭。笑东篱嫩菊，空攒细蕊，只供得、重阳泪。　　争似青青叶底，傍西窗、时复轻吹。玉炉换骨，宝瓶熏梦，幽人睡起。管领秋光，留连佳景，几多新意。怕姮娥、不□蟾宫桂种，□高枝比。

陈景沂　　水龙吟·阶前砌下新凉

阶前砌下新凉，嫩姿弱质婆娑小。仙家甚处，凤雏飞下，化成窈窕。尖叶参差，柔枝袅娜，体将玉造。自川葵放后，堂萱谢了，是园苑、无花草。　　自恨西风太早，逞芳容、紫围绯绕。管里低昂，篦头约略，空成懊恼。圆胎结就，小铃垂下，直开临□。□凡间谪堕，不如西帝，曾关宸抱。

陈　著　水龙吟·寿江阃姚橘洲学士希得

玉麟堂上神仙，算来便合归廊庙。天教且住，堂堂裘带，舒舒旗纛。一笑谈中，遍江淮上，太平花草。待金瓯揭了，黄扉坐处，只依此、规模好。　　恰似虹流节后，庆生申、佳期还到。乾坤开泰，君臣相遇，机缘恁巧。谁信苍生，举头凝望，锋车催召。向芜湖，更有无言桃李，愿春风早。

陈　著　水龙吟·寿婺州守赵岩起右撰孟传

玉鳌头上蓬莱，十分好处饶松壑。无边风月，阴阴乔木，重重华萼。秋水门庭，淡交簪履，随宜斟酌。向西风回首，双旌缥缈，从天下、招琴鹤。　　是则阳春有脚，被金华、洞天留著。相传好语，新来初见，分明鼓角。田里相安，袴襦歌了，却来持橐。称年年，橘绿橙黄时节，与松乔约。

陈　著　　水龙吟·代寿贾秋壑

蓬莱风月神仙，却来平地为霖雨。乾坤清了，如今多是，

退行一步。寸寸归心，轻轩娱侍，竹溪花圃。奈君王眷眷，苍生恋恋，那肯放、钱塘渡。　天也知公此意，问升平、要抽身去。把些夏潦，和些秋哨，轻轻缀住。一转移来，元勋力量，他谁堪付。待汾阳、了却中书，别又商量出处。

陈　著　　水龙吟·牡丹有感

好花天也多慳，放迟留做残春主。丰肌弱骨，晴娇无奈，新妆相妒。翠幕高张，玉阑低护，怕惊风雨。记年时，多少诗朋酒伴，逢花醉、簪花舞。　那料无情光景，到如今、水流云去。残枝剩叶，依依如梦，不堪相觑。心事谁知，杜鹃饶舌，自能分诉。日西斜，烟草凄凄，望断洛阳何处。

陈　著　　水龙吟·百花开遍园林

百花开遍园林，又春归也谁为主。深黄浅紫，娇红腻白，他谁能妒。似不胜情，醉归花月，梦回云雨。又丰肌、恰被东风摇动，盈盈底、霓裳舞。　世事纷纷无据，与杨花、飞来飞去。当年斗大，知他多少，蜂窥蝶觑。金谷春移，玉华人散，此愁难诉。漫寻思，承诏沉香亭上，倚阑干处。

陈　著　　水龙吟·次韵黄蘧轩虚谷咏风花

杜鹃啼正忙时，半风半雨春慳霁。酴醿未过，樱甜初熟，梅酸微试。一种红芳，九苞真色，舞窗翻砌。自仙樊去后，无人题凤，阑干外、成孤媚。　谁信阳春妙手，锦云机、新番裁制。东君冷看，如何描摸，天然艳美。浑欲乘风，又如羞日，做双飞体。伫骖鸾，称得花前弄玉，与吟箫婿。

张绍文　　水龙吟·春晚

日迟风软花香，困人天气情怀懒。牡丹谢了，酴醿开后，红稀绿暗。慵下妆楼，倦吟鸾镜，粉轻脂淡。叹韶华迤逦，将春归去，沉思处、空肠断。　长是愁蛾不展，话春心、只凭双燕。良辰美景，可堪虚负，登临心眼。雁杳鱼沉，信音难托，水遥山远。但无言，倚遍阑干十二，对芳天晚。

姚　勉　　水龙吟·癸丑五月致政生日在京作

芰荷香雨初收，竹风槐日凉清晓。年年祝寿，今年不比，

常年时候。教子收功，五云金殿，初承亲诏。早胪传三日，寿称千岁，多应是、如公少。　　遥想寿椿堂上，饮霞觞、捧孙微笑。已见儿荣，更看孙贵，茅分蒲召。上第归来，彩衣挂绿，兰阶生耀。九霄中、一点光明，寿星高照。

陈允平　　水龙吟·奉川寔化风花

杜鹃啼老春愁，泪痕吹作胭脂雨。飞花乱点，东风枝上，红翔翠翥。丹穴鸣初，碧梧栖未，凄凉山坞。怅琼姬梦远，玉箫声断，孤鸾影、对谁舞。　　林下风光自许，算何必、玉京瑶圃。阑干醉倚，游尘香散，芳菲无主。经院僧眠，月楼钟静，欲飞还驻。待青松、化尽苍龙头角，共乘云去。

陈允平　　水龙吟·晓莺啼醒春愁

晓莺啼醒春愁，粉香独步千红地。庭闲散缟，林空剪雪，鸥惊鹤避。妒月魂凄，行云梦冷，温柔乡闭。渐黄昏院落，清明时候，东风里、无情泪。　　织翠玲珑叶底，倚阑人、玉龙休吹。残妆微洗，芳心微露，昭阳睡起。恨结连环，舞停双佩，水晶如意。倩蜂媒，聘取琼花，细与向、尊前比。

施　岳　　水龙吟·翠鳌涌出沧溟

翠鳌涌出沧溟，影横栈壁迷烟墅。楼台对起，阑干重凭，山川自古。梁苑平芜，汴堤疏柳，几番晴雨。看天低四远，江空万里，登临处、分吴楚。　　两岸花飞絮舞，度春风、满城箫鼓。英雄暗老，昏潮晓汐，归帆过橹。淮水东流，塞云北渡，夕阳西去。正凄凉望极，中原路杳，月来南浦。

何梦桂　　水龙吟·和何逢原见寿

倚窗闲嗅梅花，霜风入袖寒初透。吾年如此，年年十月，见梅如旧。白发青衫，苍头玄鹤，花前尊酒。向梅花与我，是谁瘦绝，正风雨、年时候。　　不怕参横月落，怕人生、芳盟难又。高楼何处，寒英吹落，玉龙休奏。前日花魁，后来羹鼎，总归岩岫。但逋仙流落，诗香留与，孤山同寿。

何梦桂　　水龙吟·和邵清溪咏梅见寿

分知白首天寒，千林摇落寻真隐。天工付与，冰肌雪骨，

暗香寒凝。自许贞心，肯教色界，软红尘近。怅绿衣舞断，参横梦觉，依稀旧家犹认。　　不为角声吹落，向花前、为伊悲恨。玉堂茅舍，风流随处，年年孤另。不是人间，肝肠铁石，相逢休问。算知心、只许东风，漏泄一分春信。

赵闻礼　　水龙吟·水仙花

几年埋玉蓝田，绿云翠水烘春暖。衣薰麝馥，袜罗尘沁，凌波步浅。钿碧搔头，腻黄冰脑，参差难剪。乍声沉素瑟，天风佩冷，蹁跹舞、霓裳遍。　　湘浦盈盈月满，抱相思、夜寒肠断。含香有恨，招魂无路，瑶琴写怨。幽韵凄凉，暮江空渺，数峰清远。粲迎风一笑，持花酹酒，结南枝伴。

萧元之　　水龙吟·答沈庄可

人生何必求名，身闲便是名高处。卧云衣袂，何因自染，修涂尘土。世路羊肠，人情狙赋，翻云覆雨。把从前旧梦，倚阑重省，休更错、添笺注。　　况是吾庐江上，也抵得、封侯千户。高眠闲听，邻舟渔唱，倚阑农语。休望当年，溪边俱载，隆中三顾。怕群鸥微觉，见人欲起，背人飞去。

刘辰翁　　水龙吟·寓兴和巽吾韵

何须银烛红妆，菜花总是曾留处。流觞事远，绕梁歌断，题红人去。绕蝶东墙，啼莺修竹，疏蝉高树。叹一春风雨，归来抱膝，怀往昔、自凄楚。　　遥望东门柳下，梦参差、欲归幽路。断红芳草，连空积水，凭高坠雾。水洗铜驼，天清华表，升平重遇。但相如老去，江淹才尽，有何人赋。

刘辰翁　　水龙吟·寿周耐轩

多年袖瓣心香，重新拈出为公寿。唤起老龙，如今正是，欠伸时候。弱语闻莺，轻阴转柳，弦薰未透。信江南，自有真儒未用，须待见、衮和绣。　　闻说锋车在道，更四辈、传宣来骤。蟠胸何限，天门夜对，春宫晨奏。梅子阴浓，菖蒲花老，桔槔闲后。但北关下泽，遗民社在，贺公归昼。

刘辰翁　　水龙吟·看人削树成槎

看人削树成槎，布帆海上秋风浪。白头坡老，知津水手，

倚桄榔杖。九点齐州，半生髀肉，烟尘苍莽。但北窗梦转，青阴满眼，抚陈迹、玩新涨。　　世事艰难已遍，笑而今、不堪重想。龙筋虎骨，根深伏兔，擎空千丈。礼乐文章，终须梦卜，南人为相。问凌烟生面，他时仿佛，似何人像。

刘辰翁　　水龙吟·和清江李侯士弘来寿

闲思十八年前，依稀正是公年纪。铜驼陌上，乌衣巷口，臣清如水。是处风筝，满城昼锦，儿郎俊伟。但幅巾藜杖，低垂白鬓，角与绮、问何里。　　最忆他年甘旨，也曾经、三仕三已。至今结习，余年未了，业多生绮。安得滕廛，移将近市，长薰晋鄙。望福星炯炯，西江千里，待公来社。

刘辰翁　　水龙吟·和南剑林同舍元甲远寄寿韵

多年绿幕黄帘，瓶花黯黯无谁主。荀陈迹远，燕吴路断，何人星聚。四圣楼台，水仙华表，冷烟和雨。但徘徊梦想，美人不见，空犹记、铁炉步。　　过尽凉风天末，堕华笺、行行飞翥。一端翠织，锦鲸茅屋，天吴惊舞。念我何辰，涸阴冰子，生怜金虎。恨儿痴不了，山川悠缅，共君篑宇。

刘辰翁　　水龙吟·征衫春雨纵横

巽吾赋溪南海棠，花下有相忆之句，读之不可为怀，和韵并述江东旅行

征衫春雨纵横，何曾湿得飞花透。知君念我，溪南徙倚，谁家红袖。藉草成眠，簪花倚醉，狂歌扶手。叹故人何处，闻鹃堕泪，春去也、到家否。　　说与东风情事，怕东风、似人眉皱。乱山华屋，残邻废里，不堪回首。寒食江村，牛羊丘陇，茅檐酤酒。笑周秦来往，与谁同梦，说开元旧。

刘辰翁　　水龙吟·和中甫九日

孤烟澹澹无情，角声正送层城暮。伤怀绝似，龙山罢后，骑台沉处。珠履三千，金人十二，五陵无树。叹岐王宅里，黄公垆下，空鼎鼎、记前度。　　几许英雄文武，酒不到、故人坟土。平生破帽，几番摇落，受西风侮。昨日如今，明年此会，俛然怀古。便东篱甲子，花开花谢，不堪重数。

周　密　　水龙吟·次陈君衡见寄韵

燕翎谁寄愁笺，天涯望极王孙草。新烟换柳，光风浮蕙，余寒尚峭。倚杖看云，剪灯听雨，几番诗酒。叹长安倦客，江南旧恨，飞花乱、清明后。　　堤上垂杨风骤，散香绵、轻沾吟袖。曲尘两岸，纹波十里，暖蒸香透。海阔云深，水流春远，梦魂难句。问莺边按谱，花前觅句，解相思否。

周　密　　水龙吟·次张斗南韵

舞红轻带愁飞，宝鞯暗忆章台路。吟香醉雨，吹箫门巷，飘梭院宇。立尽残阳，眼迷晴树，梦随风絮。叹江潭冷落，依依旧恨，人空老、柳如许。　　锦瑟华年暗度，赋行云、空题短句。情丝系燕，幺弦弹凤，文君更苦。烟水流红，暮山凝紫，是春归处。怅江南望远，蘋花自采，寄将愁与。

周　密　　水龙吟·白莲

素鸾飞下青冥，舞衣半惹凉云碎。蓝田种玉，绿房迎晓，一夜秋意。擎露盘深，忆君凉夜，暗倾铅水。想鸳鸯、正结梨云好梦，西风冷、还惊起。　　应是飞琼仙会，倚凉飙、碧簪斜坠。轻妆斗白，明珰照影，红衣羞避。霁月三更，粉云千点，静香十里。听湘弦奏彻，冰绡偷剪，聚相思泪。

翁溪园　　水龙吟·代寿制帅贾参政

镇淮楼下旌旗，晶明辉映云山阁。宸旒倚重，折冲千里，无逾秋壑。缓带轻裘，纶巾羽扇，从容筹略。使毡裘胆破，丁宁边吏，无生事、空沙漠。　　二十四桥风月，称迷楼、卷尽帘箔。绂麟华旦，饱吟玉蕊，款簪金药。驿骑朝驰，宝鞍赍赐，御筵宣押。更赐环促召，中书入令，作汾阳郭。

汪元量　　水龙吟·淮河舟中夜闻宫人琴声

鼓鞞惊破霓裳，海棠亭北多风雨。歌阑酒罢，玉啼金泣，此行良苦。驼背模糊，马头匼匝，朝朝暮暮。自都门燕别，龙艘锦缆，空载得、春归去。　　目断东南半壁，怅长淮、已非吾土。受降城下，草如霜白，凄凉酸楚。粉阵红围，夜深人静，谁宾谁主。对渔灯一点，羁愁一搦，谱琴中语。

王沂孙　　　　水龙吟·牡丹

晓寒慵揭珠帘，牡丹院落花开未。玉栏干畔，柳丝一把，和风半倚。国色微酣，天香乍染，扶春不起。自真妃舞罢，谪仙赋后，繁华梦、如流水。　池馆家家芳事，记当时、买栽无地。争如一朵，幽人独对，水边竹际。把酒花前，剩拚醉了，醒来还醉。怕洛中、春色匆匆，又入杜鹃声里。

王沂孙　　　　水龙吟·海棠

世间无此娉婷，玉环未破东风睡。将开半敛，似红还白，余花怎比。偏占年华，禁烟才过，夹衣初试。叹黄州一梦，燕宫绝笔，无人解、看花意。　犹记花阴同醉，小阑干、月高人起。千枝媚色，一庭芳景，清寒似水。银烛延娇，绿房留艳，夜深花底。怕明朝、小雨濛濛，便化作燕支泪。

王沂孙　　　　水龙吟·落叶

晓霜初著青林，望中故国凄凉早。萧萧渐积，纷纷犹坠，门荒径悄。渭水风生，洞庭波起，几番秋杪。想重崖半没，千峰尽出，山中路、无人到。　前度题红杳杳，溯宫沟、暗流空绕。啼螀未歇，飞鸿欲过，此时怀抱。乱影翻窗，碎声敲砌，愁人多少。望吾庐甚处，只应今夜，满庭谁扫。

王沂孙　　　　水龙吟·白莲

淡妆不扫蛾眉，为谁伫立羞明镜。真妃解语，西施净洗，娉婷顾影。薄露初匀，纤尘不染，移根玉井。想飘然一叶，飕飕短发，中流卧、浮烟艇。　可惜瑶台路迥，抱凄凉、月中难认。相逢还是，冰壶浴罢，牙床酒醒。步袜空留，舞裳微褪，粉残香冷。望海山依约，时时梦想，素波千顷。

王沂孙　　　　水龙吟·前题

翠云遥拥环妃，夜深按彻霓裳舞。铅华净洗，涓涓出浴，盈盈解语。太液荒寒，海山依约，断魂何许。甚人间，别有冰肌雪艳，娇无奈、频相顾。　三十六陂烟雨，旧凄凉、向谁堪诉。如今谩说，仙姿自洁，芳心更苦。罗袜初停，玉珰还解，早凌波去。试乘风一叶，重来月底，与修花谱。

柴元彪　　水龙吟·秋云元自无心

己卯中秋，寓玉山章泉赵石硐家，相留为延桂把菊之会

秋云元自无心，那曾系得归心住。阳关酒尽，灞桥人远，也须别去。□□□□，□□□□，□□□□。有哀雁声声，愁蛩切切，悄悄地、听人语。　　回首琵琶旧恨，叹西风、□兴如许。江左百年，风流云散，不堪重举。怎得归来，樵歌互答，自相容与，又何须□□，三五蟾光，重阳风雨。

莫　崙　　水龙吟·镜寒香歇江城路

镜寒香歇江城路，今度见春全懒。断云过雨，花前歌扇，梅边酒盏。离思相欺，万丝萦绕，一襟销黯。但年光暗换，人生易感，西归水、南飞雁。　　也儗与愁排遣，奈江山、遮拦不断。娇讹梦语，湿荧啼袖，迷心醉眼。绣毂华茵，锦屏罗荐，何时拘管。但良宵空有，亭亭霜月，作相思伴。

黎廷瑞　　水龙吟·金陵雪后西望

不知玄武湖中，一瓢春水何人借。裁冰剪雨，等闲占断，桃花春社。古阜花城，玉龙盐虎，夕阳图画。是东风吹就，明朝吹散，又还是、东风也。　　回首当时光景，渺秦淮、绿波东下。滔滔江水，依依山色，悠悠物化。璧月琼花，世间消得，几多朝夜。笑乌衣，不管春寒，只管说、兴亡话。

黎廷瑞　　水龙吟·九日登城

荒城落日西风，满街芳草无行路。楼台羽化，萤飞故苑，蛩吟残础。不减承平，半湖秋月，隔溪烟树。慨江南风景，一朝如许，教人恨、王夷甫。　　对酒强推愁去，酒醒来、愁还如故。青萍三尺，阴符一卷，土花尘蠹。试问黄花，花知余否，沉吟无语。拍阑干，空羡平沙落雁，沧波归鹭。

仇　远　　水龙吟·晓星低射疏棂

晓星低射疏棂，殢寒却枕还慵起。炊烟逗屋，隔房人语，灯前行李。霜滑平桥，雾迷衰草，时闻流水。怅雕鞍独拥，清寒满袖，入斜月、空山里。　　谩把鞭梢暗指，酒旗边、柴门又闭。分水点墨，因风欲寄，梅花万里。宝帐春慵，梦中肯

信，有人憔悴。待归来、别倚新腔，换却泪毫愁纸。

王槐建　　水龙吟·送人归武夷

武夷一片闲云，被风吹落清原顶。溪梅馥馥，飞来相傍，不嫌凄冷。瓦釜争鸣，丝桐一曲，满城倾听。奈阳春未了，骊驹已驾，桐阴底、梦魂醒。　　何限吟笺赋笔，甚乡心、分却清兴。鳌峰胜处，遥知风月，属谁管领。邂逅何时，无穷事业，有穷光景。但相期，不负初心，此外分、皆前定。

王易简　　水龙吟·浮翠山房拟赋白莲

翠裳微护冰肌，夜深暗泣瑶台露。芳容淡泞，风神萧散，凌波晚步。西子残妆，环儿初起，未须匀注。看明珰素袜，相逢憔悴，当应被、西风误。　　十里云愁雪妒，抱凄凉、盼娇无语。当时姊妹，朱颜褪酒，红衣按舞。别浦重寻，旧盟唯有，一行鸥鹭。伴玉颜月晓，盈盈冷艳，洗人间暑。

吕同老　　水龙吟·浮翠山房拟赋白莲

素肌不污天真，晓来玉立瑶池里。亭亭翠盖，盈盈素靥，时妆净洗。太液波翻，霓裳舞罢，断魂流水。甚依然，旧日浓香淡粉，花不似、人憔悴。　　欲唤凌波仙子，泛扁舟、浩波千里。只愁回首，冰奁半掩，明珰乱坠。月影凄迷，露华零落，小阑谁倚。共芳盟，犹有双栖雪鹭，夜寒惊起。

李居仁　　水龙吟·浮翠山房拟赋白莲

蕊仙群拥宸游，素肌似怯波心冷。霜裳缟夜，冰壶凝露，红尘洗尽。弄玉轻盈，飞琼绰约，淡妆临镜。更多情，一片碧云不掩，笼娇面、回清影。　　菱唱数声乍听，载名娃、藕丝萦艇。雪鸥沙鹭，夜来同梦，晓风吹醒。酒晕全消，粉痕微渍，色明香莹。问此花，盍贮瑶池，应未许、繁红并。

唐　珏　　水龙吟·浮翠山房拟赋白莲

淡妆人更婵娟，晚奁净洗铅华腻。泠泠月色，萧萧风度，娇红敛避。太液池空，霓裳舞倦，不堪重记。叹冰魂犹在，翠舆难驻，玉簪为谁轻坠。　　别有凌空一叶，泛清寒、素波千里。珠房泪湿，明珰恨远，旧游梦里。羽扇生秋，琼楼不夜，

尚遗仙意。奈香云易散，绡衣半脱，露凉如水。

赵汝钠　　水龙吟·浮翠山房拟赋白莲

露华洗尽凡妆，玉妃来侍瑶池宴。风裳水佩，冰肌雪艳，清凉不汗。解语情多，凌波步稳，酒容易散。想温泉浴罢，天然真态，浑疑是、宫妆浅。　暗忆凄愁别岸，粉痕消、香腮凝汗。雪空冰冷，此情唯许，鹭知鸥见。羽扇微摇，翠帷低拥，清凉庭院。待夜深，月上阑干，更邀取、姮娥伴。

蒋　捷　　水龙吟·效稼轩体招落梅之魂

醉兮琼瀣浮觞些，招兮遣巫阳些。君毋去此，飓风将起，天微黄些。野马尘埃，污君楚楚，白霓裳些。驾空兮云浪，茫洋东下，流君往、他方些。　月满兮西厢些，叫云兮、笛凄凉些。归来为我，重倚蛟背，寒鳞苍些。俯视春红，浩然一笑，吐山香些。翠禽兮弄晓，招君未至，我心伤些。

陈德武　　水龙吟·西湖怀古

东南第一名州，西湖自古多佳丽。临堤台榭，画船楼阁，游人歌吹。十里荷花，三秋桂子，四山晴翠。使百年南渡，一时豪杰，都忘却、平生志。　可惜天旋时异，藉何人、雪当年耻。登临形胜，感伤今古，发挥英气。力士推山，天吴移水，作农桑地。借钱塘潮汐，为君洗尽，岳将军泪。

陈德武　　水龙吟·驿楼岁暮萧条

十月二十三日阻雨，住长乐兴宁驿馆舍，寂甚。偶见窗外桃花数朵，遂成此调以寓意焉

驿楼岁暮萧条，小桃何事迎人笑。无言如诉，命睽王母，信沉青鸟。靥瘦繁霜，脂销零雨，梦寒清晓。自刘郎去后，天台路隔，知孤负、春多少。　今日玉骢来到，喜相逢、菱花孤照。清幽谁伴，黄花告谢，芙蓉云老。早趁东风，移根换叶，脱身池沼。卜佳期，前度琴心一曲，作相思调。

陈德武　　水龙吟·次韵寄别叶尹

花骢柳外频嘶，使君底事拚人去。圯桥风月，睢陵桃李，

几回良遇。我待君来，他催君去，谁留君住。想尊空北海，诗成东阁，这都是、欢娱处。　　宝月才圆又缺，况人生、会难离易。驭风无计，缩地无术，问天无语。枯海为炉，赭山为炭，尽烧愁绪。把一心天地，一家南北，此身堪寄。

陈德武　　水龙吟·和雪后过瓜洲渡韵

问津扬子江头，滔滔潮汐东流去。六朝文物，千年陈迹，几更乌兔。天限东南，水流今古，地分吴楚。喜壮游千里，桑弧蓬矢，功名事、儒生语。　　翘首石头城北，簇楼台、远连芳树。雪销天气，澄江如练，碧峰无数。银瓮春回，金山钟晓，梦闲鸥鹭。早归来，尽日风平人静，孤舟横渡。

张　炎　　水龙吟·白莲

仙人掌上芙蓉，涓涓犹湿金盘露。轻妆照水，纤裳玉立，飘飖似舞。几度消凝，满湖烟月，一汀鸥鹭。记小舟夜悄，波明香远，浑不见、花开处。　　应是浣纱人妒，褪红衣、被谁轻误。闲情淡雅，冶容清润，凭娇待语。隔浦相逢，偶然倾盖，似传心素。怕湘皋佩解，绿云十里，卷西风去。

张　炎　　水龙吟·春晚留别故人

乱红飞已无多，艳游终是如今少。一番雨过，一番春减，催人渐老。倚槛调莺，卷帘收燕，故园空杳。奈关愁不住，悠悠万里，浑恰似、天涯草。　　不拟相逢古道，才疑梦、又还惊觉。清风在柳，江摇白浪，舟行趁晓。遮莫重来，不如休去，怎堪怀抱。那知又，五柳门荒，曾听得、鹃啼了。

张　炎　　水龙吟·寄袁竹初

几番问竹平安，雁书不尽相思字。篱根半树，村深孤艇，阑干屡倚。远草兼云，冻河胶雪，此时行李。望去程无数，并州回首，还又渡、桑干水。　　笑我曾游万里，甚匆匆、便成归计。江空岁晚，栖迟犹在，吴头楚尾。疏柳经寒，断槎浮月，依然憔悴。待相逢，说与相思，想亦在、相思里。

陈恕可　　水龙吟·浮翠山房拟赋白莲

素姬初宴瑶池，佩环误落云深处。分香华井，洗妆湘渚，

天姿淡泞。碧盖吹凉，玉冠迎晓，盈盈笑语。记当时乍识，江明夜静，只愁被、婵娟误。　　几点沙边飞鹭，旧盟寒、远迷烟雨。相思未尽，纤罗曳水，清铅泣露。玉镜台空，银瓶绠绝，断魂何许。待今宵试探，中流一叶，共凌波去。

陈　深　　水龙吟·寿白兰谷

此翁疑是香山，老来愈觉才情富。天孙借与，金刀玉尺，裁云缝雾。一曲阳春，樽前惟欠，柳蛮樱素。对苍松翠竹，江空岁晚，伴明月、倾芳醑。　　深谷修兰楚楚，续离骚、载歌初度。麻姑素约，天寒相访，遣余琼露。拟借青鸾，吹笙碧落，采芝玄圃。奈玉堂催召，文园醉叟，草凌云赋。

杨樵云　　水龙吟·梦

多情不在分明，绣窗日日花阴午。依依云絮，溶溶香雪，觑他寻路。一滴东风，怎生消得，翠苞红栩。被疏钟敲断，流莺唤起，但长记、弓弯舞。　　定是相思入骨，到如今、月痕同醉。教人枉了，若还真个，匆匆如此。全未惺松，缬纹生眼，胡床犹据。算从前，总是无凭，待说与、如何寄。

黄霁宇　　水龙吟·青丝木香

丽华一握青丝，金珠粟粟香环里。春窥绮阁，新妆风舞，铢衣如碎。翠凤苍虬，骑来下界，蝶惊蜂避。甚三生富贵，垂垂晓露，犹凝满身珠翠。　　谁共那人结发，问何时、蹇修为理。对花一笑，香茸易剪，碎金难缀。半点芳心，乱愁如织，缕丝传意。倩东皇，拂拭新条，更与作、来生计。

曾允元　　水龙吟·春梦

日高深院无人，杨花扑帐春云暖。回文未就，停针不语，绣床倚遍。翠被笼香，绿鬟坠腻，伤春成怨。尽云山烟水，柔情一缕，又暗逐、金鞍远。　　鸾佩相逢甚处，似当年、刘郎仙苑。凭肩后约，画眉新巧，从来未惯。枕落钗声，帘开燕语，风流云散。甚依稀难记，人间天上，有缘重见。

程霁岩　　水龙吟·寿吴尉　七月初一

夏秋晦朔之间，伊谁为作交承主。颙昂仙伯，挺生此日，

宾凉饯暑。绛县老人，问将甲子，恰今岁数。举香山晏会，才先一载，愚深幸、获叨预。　　何以寿君初度，愿朱颜、年年如许。棘栖鸾凤，瑞浮鸂鶒，争如燕处。双桂渐香，灵椿好在，福全九五。向画堂深处，不妨重按，旧时歌舞。

赵佥判　　水龙吟·寿太守　九月初一

老人星照螺川，丽谯瑞霭笼晴昼。使君初度，满城和气，欢声盈口。篱菊浮金，茱萸泛紫，重阳时候。算年年长是，节前八日，先满□、为公寿。　　一代文章山斗，拥朱幡、暂劳分守。崇墉万堞，浮梁千丈，此恩难朽。襦袴方谣，丝纶已下，即登班首。看明年今日，开筵凤池，赐黄封酒。

静　山　　水龙吟·送人归江西

片帆天际归舟，好风动、吹来消息。浪间双桨，回头春杪，去来几日。十八滩头，水飞如舞，石巉如壁。把连樯白粲，等闲卸却，更呼取、艅艎入。　　不羡公家事了，羡二难、一番游历。江花江水，无边风月，不知行役。和郁孤词，倚崆峒剑，唤醒龙蛰。试问君，过我青原，听得几声羌笛。

曾　惇　　水龙吟·秋寿太守

去年看月诗成，援毫曾寄鄞江守。流传乐府，惭非宾客，竹枝杨柳。今岁江楼，载勤歌扇，青蛾应奏。况铃斋初驻，凉生燕寝，有香雾凝清昼。　　遥想十洲三岛，对冰轮、寒光依旧。主人来自，清都碧落，天香满袖。寄语嫦娥，剩留清照，时为公寿。恐明光诏下，翩然归去，试为霖手。

胡　寅　　水龙吟·玉梅冲腊传香

玉梅冲腊传香，瑞蓂秀荚开三四。莲花沉漏，熊罴占应，洛阳名裔。岁比甘罗，便疏同队，累棋观志。向修文寓直，仙楼侍宴，梁王宝、真难俪。　　多少襟怀未试，暂超然、壶中游戏。行看献策，归瞻旒藻，常勋旂记。歌畔巫云，舞回邹管，金钗扶醉。有阴功不乞，丹砂十纪，寿祺全畀。

赵彦端　　水龙吟·两山空翠烟霏

两山空翠烟霏，几□又入东君□。□□但见，肉红染杏，

眉黄着柳。彩燕风轻，宝灯月满，欢连清昼。是香山行处，苏仙座上，春不老、人依旧。　闻道新骑白凤，过章台、天香满袖。英姿不向，通明宫殿，人间未有。况是从来，爱留南国，名高北斗。看君恩，却与西湖涨绿，作长生酒。

真知柔　　水龙吟·春寿太守

碧霄彩旆垂铃，应南极星躔光燦。巍巍名阀，芳传汉相，貂蝉炳焕。德莹冰壶，量包沧海，神钟岩电。向宝储内阁，英摽才华，声猷著膺宸眷。　荐领名都屏翰，更循良、歌腾畿甸。峻专剧郡，荣登法从，光生尧殿。密勿论思，雍容启沃，荣华独冠。愿年年长见，兰芽玉喷，柳梢金嫩。

无名氏　　水龙吟·寿癯斋赵侍郎

昔人风调谁高，二疏盛日还乡里。公卿祖道，百城图画，争传佳事。闻自垂车日，都门外、送车凡几。今世无工画，署之勿道，焜煌处、烛青史。　佳甚东阳山水，是昔时、钓游某地。风流脱似，洛中耆老，一人而已。好为霞觞酾，正庭阶、彩衣荣侍。便明朝有诏，启门解说，值先生醉。

无名氏　　水龙吟·寿李府尹

邦人前世条缘，福星遇得长庚李。光芒初照，一声霹雳，重开天地。试问年来，民间安枕，伊谁之赐。有青天白日，和风甘雨，公如父、氏如子。　今度虎牌重到，感皇恩、欢声千里。衮归未晚，纱笼人物，御屏名字。碧嶂长春，清江不尽，棠阴堪憩。愿年年把酒，庆公初度，祝公千岁。

水龙吟令

此调即《水龙吟》，又名《丰年瑞》、《鼓笛慢》、《龙吟曲》、《小楼连苑》、《海天阔处》、《庄椿岁》等。正格为一百零二字，上阕十二句、五十二字，于第二、五、八、十二句用韵；下阕十二句、五十字，于第一、三、六、九、十二句用韵。《词谱》收此调有二十五体之多。参阅《水龙吟》、《庄椿岁》等。

无名氏　　水龙吟令·洞天景色常春

洞天景色常春，嫩红浅白开轻萼。琼筵镇起，金炉烟重，香凝锦幄。窈窕神仙，妙呈歌舞，攀花相约。彩云月转，朱丝网徐在，语笑抛球乐。　　绣袂风翻凤举，转星眸、柳腰柔弱。头筹得胜，欢声近地，光容约。满座佳宾，喜听仙乐，交传觥爵。龙吟欲罢，彩云摇曳，相将归去寥廓。

水龙吟慢

此调在今传词中只存宋无名氏所作一首，赋皇帝结婚纪念，宫庭欢乐歌舞。词属双调、仄韵，共一百一十字。上阕八句、五十字，于第二、四、五、六、八句用韵；下阕八句、五十一字，于二、四、六、八句用韵。“慢”指慢曲子。调名来源参阅《水龙吟》。

无名氏　　水龙吟慢·玉皇金阙长春

玉皇金阙长春，民仰高天欣载。年年一度定佳期，风情多感慨。绮罗竞交会，争折花枝两相对。舞袖翩翩歌声妙，掩粉面、斜窥翠黛。　　锦额门开彩架，球儿裳、先秀神仙队。融香拂席霓裳动，铿锵环佩。宝座巍巍五云密，欢呼争拜退。管弦众作欲归去，愿吾皇、万年恩爱。

水 仙 子

又名《凌波仙》、《凌波仙子》、《冯夷曲》、《湘妃怨》，本唐教坊曲名。今传词中只有宋代无名氏作此调二首。属双调、仄韵，共六十八字。上、下阕格式相同，各六句、三十四字，亦各于第一、二、五、六句用韵。

无名氏　　水仙子·贺生孙生子

晚节寒花犹带蕊，隐映老人星瑞世。绿衣初是政成归，真

盛事。谁可比，那更新来孙又子。　　烟细金炉香旖旎，想像瑶池生绿蚁。酿成佳气郁葱葱，当此际。将一醉，百岁从交今日始。

无名氏　　水仙子·寿贩米运舟人　四月廿三

浮家泛宅生涯好，聚米堆盐多积宝。烟波得趣乐江湖，宜乘兴，寻安道，不负轩辕当日造。　　初度喜逢维夏早，孔释昔曾亲送抱，下弦良日是生朝。称觞献，金樽倒，惟愿寿筵长不老。

分类新编

全宋词

第二册

四画—六画

吕树坤 吕庆业 梁国辅 刘琦 编纂

作家出版社

水调歌

“水调”本隋代曲名，相传隋炀帝开汴河成，自制《水调》。一说隋炀帝开汴河时令人制《水调》之曲，制者取材于河工之劳歌，因之声韵悲切。此曲又称《水调歌》、《水调子》。自隋起，经盛唐，迄五代，终北宋，《水调》之声经久未绝。唐人又将其演为大曲。宋人用其曲制词，仍名其调为《水调歌》，实为取大曲之歌头，亦名《水调歌头》。有多种体式，多以九十五字者为正体，双调，平韵、仄韵兼有，上阕九句、四十八字，下阕十句、四十七字。参阅《水调歌头》。

范成大　　　水调歌·人日

元日至人日，未有不阴时。新年叶气，无处人物不熙熙。万岁声从天下，一札恩随春到，光采动天鸡。寿域遍寰海，直过雪山西。　忆曾预，宣玉册，捧金卮。如今万里，魂梦空绕五云飞。想见大庭宫馆，重起三山楼观，双指赭黄衣。此会古无有，何止古来稀。

汪相如　　　水调歌·寿退休丞相

指点縠江水，遥认作琼醅。介公眉寿，年年倾入紫霞杯。寿与江流无尽，人在壶天不老，谈笑领春回。昨夜瞻南极，列宿拱中台。　补天工，取日手，济时材。不应勇退，归来绿野宴瑶台。天要先生调燮，人要先生休养，虚左待重来。再捧长生箓，依旧面三槐。

林正大　　水调歌·送敬则赴袁州教官

人笑杜陵客，短褐鬓如丝。得钱沽酒，时赴郑老同襟期。清夜沉沉春酌，歌语灯前细雨，相觅不相疑。忘形到尔汝，痛饮真吾师。　问先生，今去也，早归来。先生去后，石田茅屋恐苍苔。休怪相如涤器，莫学子云投阁，儒术亦佳哉。谁道官独冷，衮衮上兰台。

赵以夫　水调歌·次方时父癸卯五月四日

竞渡楚乡事，夸胜锦缠头。湖光渌净，转胜雪浪舞潜

虬。刚道琉璃宝苑，移作水晶珠阙，鳌顶出中流。一钓惊天地，能动此心不。　　活千年，封万户，等虚舟。渺然身世，烟水浩荡一沙鸥。听得长淮风景，唤起离骚往恨，杜若满汀洲。相对老榕下，五月已先秋。

徐宝之　　水调歌·湘阴簿新居

了却意中事，卜筑快幽情。雨帘云栋深窈，歌笑霭春生。春嶂碧溪门户，暖翠浮岚衿席，前日展湘屏。种竹看霜节，栽菊待秋英。　　九世图，闲居赋，丽人行。名碑古画，贴遍东阁与西亭。庭下森兰洁玉，天外骧龙舞凤，心迹喜双清。频瀹炊茶鼎，听我扣门声。

黎廷瑞　　水调歌·腰缠十万贯

寄奥屯竹庵察副留金陵约游扬州不果

腰缠十万贯，骑鹤上扬州。诗翁那得有此，天地一扁舟。二十四番风信，二十四桥风景，正好及春游。挂席欲东下，烟雨暗层楼。　　紫绮冠，绿玉杖，黑貂裘。沧波万里，浩荡踪迹寄浮鸥。想杀南台御史，笑杀南州孺子，何事此淹留。远思渺无极，日夜大江流。

程节斋　　水调歌·题角觝人障

养气兼养勇，岂不丈夫哉。何人刚欲斗力，谩向此间来。莫论施身文绣，看取兼人胆谅，胸次尽嵬嵬。独步登坛后，诸子尽舆台。　　笑渠侬，身贲育，伎婴孩。虚娇自恃，未识金德木鸡才。始也旁观退听，少则直前交臂，智与力俱摧。世有赏音者，为唱凯歌回。

程节斋　　水调歌·题弩社头筹簇

都尉部千弩，旧事汉材官。连拳一臂三石，夜半破阴山。曾使中有扪足，造次摧坚挫锐，分白辱宠涓。省括一机耳，人未识黄间。　　锦为标，虽有戏，技为难。疾飞两箭，兄弟齐夺姓名还。虎帐有筹第一，龙榜预占双捷，底事足荣观。未数蹶张辈，容易立朝端。

胡德芳　　水调歌·寿黄邦彦　四月初八

湛湛玉清水，矗矗炼丹山。秀环侯泮，广文分得括苍仙。

虞殿薰风初入，尧陛祥蓂七叶，此际诞真贤。学术瑞王国，声誉蔼人寰。　　绿槐宫，丹桂殿，杏花坛。英华粲发，聊将文教布龙藩。我亦执经北面，喜见发祥南斗，再拜祝长年。丹诏烂鸦墨，绿发映貂蝉。

无名氏　　水调歌·寿周相子　正月初一

雪霁万山出，和气蔼王正。平园春事竞起，梅柳冻全醒。此际朝元归路，疑有真仙呈瑞，笙鹤九霄声。东阁识风度，南极粲光明。　　看精神，秋夜月，玉壶冰。淳熙相业隆盛，家自得仪刑。闻道君王神武，捷报胡儿宵遁，玉殿正论兵。行奉紫泥诏，帷幄佐中兴。

无名氏　　水调歌·庆史守　正月初四

一札自天下，五马为民来。潜藩久须重镇，帝命出蓬莱。曾侍九重笔橐，暂剖一州符竹，人谓屈公材。儒术要扬历，玉业待规恢。　　庆三元，才四日，寿筵开。夜深仰视霄汉，南极映星台。休说石家父子，休说窦家昆季，乔木即三槐。归觐玉皇案，余事付盐梅。

无名氏　　水调歌·寿徐枢　七月十二

称彼兕觥后，三日是中元。地官较善，龙章玉佩压仙班。自是德星孕秀，直与寿星争耀，茨福正绵绵。堂已富金玉，屣踪视王官。　　趣清闲，心洒落，在花间。桃培万岁，千年仙种又栽莲。静对秋香菊耐，长共岁寒松老，生意满西园。待看椿同桂，洗馥迈燕山。

无名氏　　水调歌·寿史相　七月廿九

两只补天手，一片济时心。信道相门再相，现此宰官身。涤洗乾坤都了，填压华戎既定，治世庆升平。中外为冠冕，闻望耸簪缨。　　星昴降，蓬矢挂，属芳辰。黄阁一秋来早，明日又三旬。庭戏莱衣双桂，砌列谢兰无数，廊庙会风云。愿衍庄椿算，长沛傅岩霖。

无名氏　水调歌·庆龙图　八月十三

八月秋欲半，后夜月将圆。天潢当日流润，余派落人寰。

尘扫长淮千里，威振南蛮八郡，梓里绣衣还。芳毓燕山桂，庆衍谢庭兰。　　小山阴，长松下，白云间。壶中自有天地，闻早挂蓬冠。笑指横空丹壑，闲倚挐云竹杖，佳处日跻攀。山色既无尽，公寿亦如山。

水调歌头

相传隋炀帝开汴河时制曲《水调》，又称《水调歌》、《水调子》，唐时演为大曲。大曲分为散序、中序、入破三部分。“歌头”即中序的第一章，相当于“引歌”。宋人用《水调》大曲的歌头，另倚新声，作为词牌，故名《水调歌头》。属双调、平韵，有九十四字至九十七字各格，共八体。其九十五字者为正格，上阕九句、四十八字，于第二、八、十句用韵。宋人于上、下阕中的两个六字句，多兼押仄韵，也有句句通押同部平、仄韵的。毛滂词名《会元曲》，张榘词名《凯歌》，梦窗又名为《江南好》，姜夔又名为《花犯念奴》，又名《台城游》等。参阅《水调歌》。

刘　潜　　　水调歌头·落日塞垣路

落日塞垣路，风劲戛貂裘。翩翩数骑闲猎，深入黑山头。极目平沙千里，惟见雕弓白羽，铁面骇骅骝。隐隐望青冢，特地起闲愁。　　汉天子，方鼎盛，四百州。玉颜皓齿，深锁三十六宫秋。堂有经纶贤相，边有纵横谋将，不作翠蛾羞。戎虏和乐也，圣主永无忧。

此首别作黄庭坚词

尹　洙　　　水调歌头·和苏子美

万顷太湖上，朝暮浸寒光。吴王去后，台榭千古锁悲凉。谁信蓬山仙子，天与经纶才器，等闲厌名缰。敛翼下霄汉，雅意在沧浪。　　晚秋里，烟寂静，雨微凉。危亭好景，佳树修竹绕回塘。不用移舟酌酒，自有青山渌水，掩映似潇湘。莫问平生意，别有好思量。

苏舜钦　　　水调歌头·沧浪亭

潇洒太湖岸，淡伫洞庭山。鱼龙隐处，烟雾深锁渺弥间。

方念陶朱张翰，忽有扁舟急桨，撇浪载鲈还。落日暴风雨，归路绕汀湾。　　丈夫志，当景盛，耻疏闲。壮年何事憔悴，华发改朱颜。拟借寒潭垂钓，又恐鸥鸟相猜，不肯傍青纶。刺棹穿芦荻，无语看波澜。

苏　轼　　　水调歌头·快哉亭作

落日绣帘卷，亭下水连空。知君为我，新作窗户湿青红。长记平山堂上，欹枕江南烟雨，渺渺没孤鸿。认得醉翁语，山色有无中。　　一千顷，都镜净，倒碧峰。忽然浪起，掀舞一叶白头翁。堪笑兰台公子，未解庄生天籁，刚道有雌雄。一点浩然气，千里快哉风。

苏　轼　　　水调歌头·安石在东海

余去岁在东武，作水调歌头以寄子由。今年，子由相从彭门百余日，过中秋而去，作此曲以别余。以其语过悲，乃为和之。其意以不早退为戒，以退而相从之乐为慰云耳

安石在东海，从事鬓惊秋。中年亲友难别，丝竹缓离愁。一旦功成名遂，准拟东还海道，扶病入西州。雅志困轩冕，遗恨寄沧洲。　　岁云暮，须早计，要褐裘。故乡归去千里，佳处辄迟留。我醉歌时君和，醉倒须君扶我。惟酒可忘忧。一任刘玄德，相对卧高楼。

苏　轼　　　水调歌头·明月几时有

丙辰中秋，欢饮达旦，大醉。作此篇，兼怀子由

明月几时有，把酒问青天。不知天上宫阙，今夕是何年。我欲乘风归去，又恐琼楼玉宇，高处不胜寒。起舞弄清影，何似在人间。　　转朱阁，低绮户，照无眠。不应有恨，何事长向别时圆。人有悲欢离合，月有阴晴圆缺，此事古难全。但愿人长久，千里共婵娟。

苏　轼　　　水调歌头·昵昵儿女语

欧阳文忠公尝问余：琴诗何者最善?答以退之听颖师琴诗最善。公曰：此诗最奇丽，然非听琴，乃听琵琶也。余深然之。建安章质夫家善琵琶者，乞为歌词。余久不作，特取退之词，稍加隐括，使就声律，以遗之云

昵昵儿女语，灯火夜微明。恩冤尔汝来去，弹指泪和声。忽变轩昂勇士，一鼓填然作气，千里不留行。回首暮云远，飞絮搅青冥。　　众禽里，真彩凤，独不鸣。跻攀寸步千险，一落百寻轻。烦子指间风雨，置我肠中冰炭，起坐不能平。推手从归去，无泪与君倾。

苏　辙　　　　水调歌头·徐州中秋

离别一何久，七度过中秋。去年东武今夕，明月不胜愁。岂意彭城山下，同泛清河古汴，船上载凉州。鼓吹助清赏，鸿雁起汀洲。　　坐中客，翠羽帔，紫绮裘。素娥无赖，西去曾不为人留。今夜清尊对客，明夜孤帆水驿，依旧照离忧。但恐同王粲，相对永登楼。

黄庭坚　　　　水调歌头·游览

瑶草一何碧，春入武陵溪。溪上桃花无数，花上有黄鹂。我欲穿花寻路，直入白云深处，浩气展虹霓。只恐花深里，红露湿人衣。　　坐玉石，欹玉枕，拂金徽。谪仙何处，无人伴我白螺杯。我为灵芝仙草，不为朱唇丹脸，长啸亦何为。醉舞下山去，明月逐人归。

黄庭坚　　　　水调歌头·落日塞垣路

落日塞垣路，风劲戛貂裘。翩翩数骑闲猎，深入黑山头。极目平沙千里，惟见雕弓白羽，铁面骏骅骝。隐隐望青冢，特地起闲愁。　　汉天子，方鼎盛，四百州。玉颜皓齿，深锁三十六宫秋。堂有经纶贤相，边有纵横谋将，不减翠蛾羞。戎虏和乐也，圣主永无忧。

此首别作刘潜词

晁端礼　　　　水调歌头·忆昔红颜日

忆昔红颜日，金玉等泥沙。青楼紫陌，惟解惜月与贪花。谁信如今憔悴，尘暗金徽玉轸，藓污匣中蛇。一事都无就，双鬓只堪嗟。　　恨无情，乌与兔，送年华。不如归去，无限云水好生涯。未用轻蓑短棹，犹有青鞋黄帽，行处即吾家。回首人间世，幽意在青霞。

曾　布　　　　　水调歌头·组词

排遍第一

魏豪有冯燕，年少客幽并。击球斗鸡为戏，游侠久知名。因避仇、来东郡，元戎留属中军。直气凌貔虎，须臾叱咤风云，凛凛坐中生。　　偶乘佳兴，轻裘锦带，东风跃马，往来寻访幽胜，游冶出东城。堤上莺花撩乱，香车宝马纵横。草软平沙稳，高楼两岸春风，语笑隔帘声。

排遍第二

袖笼鞭敲镫，无语独闲行。绿杨下、人初静，烟澹夕阳明。窈窕佳人，独立瑶阶，掷果潘郎，瞥见红颜横波盼，不胜娇软倚银屏。　　曳红裳，频推朱户，半开还掩，似欲倚、咿哑声里，细说深情。因遣林间青鸟，为言彼此心期，的的深相许，窃香解佩，绸缪相顾不胜情。

排遍第三

说良人滑将张婴，从来嗜酒、还家镇长酩酊狂酲。屋上鸣鸠空妒，梁间客燕相惊。谁与花为主，兰房从此，朝云夕雨两牵萦。　　似游丝飘荡，随风无定。奈何岁华荏苒，欢计苦难凭。唯见新恩缱绻，连枝并翼，香闺日日为郎，谁知松萝托蔓，一比一毫轻。

排遍第四

一夕还家醉，开户起相迎。为郎引裾相庇，低首略潜形。情深无隐，欲郎乘间起佳兵。　　授青萍，茫然抚叹，不忍欺心。尔能负心于彼，于我必无情。熟视花钿不足，刚肠终不能平。假手迎天意，一挥霜刃，窗间粉颈断瑶琼。

排遍第五

凤凰钗、宝玉凋零。惨然怅，娇魂怨，饮泣吞声。还被凌波呼唤，相将金谷同游。想见逢迎处，揶揄羞面，妆脸泪盈盈。　　醉眠人、醒来晨起，血凝螓首，但惊喧，白邻里、骇我卒难明。思败幽囚推究，覆盆无计哀鸣。丹笔终诬服，阛门驱拥，衔冤垂首欲临刑。

排遍第六　带花遍

向红尘里，有喧呼攘臂，转声辟众，莫遣人冤滥、杀张室，忍偷生。僚吏惊呼呵叱，狂辞不变如初，投身属吏，慷慨吐丹诚。　　仿佛缧绁，自疑梦中，闻者皆惊叹，为不平。割爱无心，泣对虞姬，手戮倾城宠。翻然起死，不教仇怨负冤声。

排遍第七　攧花十八

义城元靖贤相国，喜慕英雄士，赐金缯。闻斯事，频叹赏，封章归印。请赎冯燕罪，日边紫泥封诏，阖境赦深刑。　万古三河风义在，青简上、众知名。河东注，任流水滔滔，水涸名难泯。至今乐府歌咏，流入管弦声。

米　芾　　水调歌头·中秋

砧声送风急，蟋蟀思高秋。我来对景，不学宋玉解悲愁。收拾凄凉兴况，分付尊中醽醁，倍觉不胜幽。自有多情处，明月挂南楼。　　怅襟怀，横玉笛，韵悠悠。清时良夜，借我此地倒金瓯。可爱一天风物，遍倚阑干十二，宇宙若萍浮。醉困不知醒，欹枕卧江流。

贺　铸　　水调歌头·彼美吴姝唱

彼美吴姝唱，繁会阖闾邦。千坊万井、斜桥曲水小轩窗。缥缈关山台观，罗绮云烟相半，金石压摐撞。痴信东归虏，黑自死心降。　　范夫子，高标韵，秀眉庞。功成长往、有人同载世无双。物外聊从吾好，赖尔工颦妍笑，伴醉玉连缸。尽任扁舟路，风雨卷秋江。

毛　滂　　水调歌头·元会曲

九金增宋重，八玉变秦余。千年清浸，洗净河洛出图书。一段升平光景，不但五星循轨，万点共连珠。垂衣本神圣，补衮妙工夫。　　朝元去，锵环佩，冷云衢。芝房雅奏，仪凤矫首听笙竽。天近黄麾仗晓，春早红鸾扇暖，迟日上金铺。万岁南山色，不老对唐虞。

毛　滂　水调歌头·拟饶州法曹掾作

金马空故事，方朔漫多端。三千牍在，玉殿何日赐清闲。

难恋长安钟漏，谁借青云欬唾，拂袖且东还。笑杀长缨使，复转出秦关。　　吾道在，虽不遇，面何惭。雒阳年少，高论难与绛侯谈。富贵暂饶先手，晞尽草头秋露，掩鼻出东山。且饱鲸鱼脍，风月过江南。

毛　滂　　水调歌头·登衢州双石堂呈孙八太守公素

谢安涵雅量，叔夜赋刚肠。清宵假寐，应笑长孺卧淮阳。尽彻东平屏障，不废南楼谈咏，宴寝自凝香。庭下一抔土，须避赤帷裳。　　双石健，含古色，照新堂。百年乔木阴下，僵立两蛟苍。目送千山爽气，帘卷一城风月，杖屦合彷徉。他日峨眉秀，相望隔明光。

葛胜仲　　水调歌头·夜泛南溪月

程良器嘉量别赋一阕纪泛舟之会，往返次韵

夜泛南溪月，光影冷涵空。棹飞穿碎金电，翻动水精宫。横管何妨三弄，重酹仍须一斗，知费几青铜。坐久桂花落，襟袖觉香浓。　　庾公阁，子猷舫，兴应同。从来好景良夜，我辈敢情钟。但恐仙娥川后，嫌我尘容俗状，清境不相容。击汰同情赏，赖有紫溪翁。

葛胜仲　　水调歌头·下濑惊船驶

下濑惊船驶，挥麈恐尊空。谁吹尺八寥亮，嚼徵更含宫。坐爱金波潋滟，影落蒲萄涨绿，夜漏尽移铜。回棹携红袖，一水带香浓。　　坐中客，驰隽辨，语无同。青鞋黄帽，此乐谁肯换千钟。岩壑从来无主，风月故应长在，赏不待先容。羽化寻烟客，家有左仙翁。

葛胜仲　　水调歌头·胜友欣倾盖

胜友欣倾盖，羁宦懒书空。爱君笔力清壮，名已在蟾宫。萧散英姿直上，自有练裙葛帔，岂待半通铜。长短作新语，墨纸似鸦浓。　　山吐月，溪泛艇，率君同。吾侪轰饮文字，乐不在歌钟。今夜长风万里，且倩泓澄浩荡，一为洗尘容。世上闲荣辱，都付塞边翁。

吕颐浩　　水调歌头·紫微观石牛

一片苍崖璞，孕秀自天钟。浑如暖烟堆里，乍放力犹慵。

疑是犀眠海畔，贪玩烂银光彩，精魄入蟾宫。泼墨阴云妒，蟾影淡朦胧。　　沩山颂，戴生笔，写难穷。些儿造化，凭谁细与问元工。那用牧童鞭索，不入千群万队，扣角起雷同。莫怪作诗手，偷入锦囊中。

张继先　　水调歌头·高真留妙诀

高真留妙诀，达士济群迷。心清行洁，天人凡圣尽皈依。不在搬精运气，不在飞罡蹑斗，心乱转狐疑。但要除邪妄，心地合神祇。　　悟真空，离世网，绝关机。养吾浩气，驱雷役电震天威。混合百神归一，一念通天彻地，方始了无为。叱咤生风雨，玩世挟明时。

叶梦得　　水调歌头·濠州观鱼台作

渺渺楚天阔，秋水去无穷。两淮不辨牛马，轻浪舞回风。独倚高台一笑，圉圉游鱼来往，还戏此波中。危槛对千里，落日照澄空。　　子非我，安知我，意真同。鹏飞鲲化何有，沧海漫冲融。堪笑磻溪遗老，白首直钩溪畔，岁晚忽衰翁。功业竟安在，徒自兆非熊。

叶梦得　　水调歌头·霜降碧天静

九月望日，与客习射西园，余偶病不能射

霜降碧天静，秋事促西风。寒声隐地，初听中夜入梧桐。起瞰高城回望，寥落关河千里，一醉与君同。叠鼓闹清晓，飞骑引雕弓。　　岁将晚，客争笑，问衰翁。平生豪气安在，沈领为谁雄。何似当筵虎士，挥手弦声响处，双雁落遥空。老矣真堪愧，回首望云中。

叶梦得　　水调歌头·送八舅朝请

江海渺千里，飘荡叹流年。等闲匹马相过，乘兴却翛然。十载悲欢如梦，抚掌惊呼相语，往事尽飞烟。此会真难偶，此醉且留连。　　酒方半，谁轻使，动离弦。我歌未阕公去，明日复山川。空有高城危槛，缥缈当筵清唱，余响落尊前。细雨黄花后，飞雁点遥天。

叶梦得　　水调歌头·湖光亭落成

修眉扫遥碧，清镜走回流。堤外柳烟深浅，碧瓦起朱楼。

分付平云千里，包卷骚人遗思，春色入帘钩。桃李尽无语，波影动兰舟。　　念谢公，平生志，在沧洲。登临漫怀风景，佳处每难酬。却叹从来贤士，如我与公多矣，名迹竟谁留。惟有尊前醉，何必问消忧。

叶梦得　水调歌头·次韵叔父寺丞林德祖和休官咏怀

今古几流转，身世两奔忙。那知一丘一壑，何处不堪藏。须信超然物外，容易扁舟相踵，分占水云乡。雅志真无负，来日故应长。　　问骐骥，空矫首，为谁昂。冥鸿天际，尘事分付一轻芒。认取骚人生此，但有轻篷短楫，多制芰荷裳。一笑陶彭泽，千载贺知章。

叶梦得　水调歌头·癸丑中秋

河汉下平野，香雾卷西风。倚空千嶂横起，银阙正当中。常恨年年此夜，醉倒歌呼谁和，何事偶君同。莫恨岁华晚，容易感梧桐。　　揽清影，君试与，问天公。遥知玉斧初斲，重到广寒宫。付与孤光千里，不遣微云点缀，为我洗长空。老去狂犹在，应未笑衰翁。

叶梦得　水调歌头·秋色渐将晚

秋色渐将晚，霜信报黄花。小窗低户深映，微路绕敧斜。为问山翁何事，坐看流年轻度，拚却鬓双华。徙倚望沧海，天净水明霞。　　念平昔，空飘荡，遍天涯。归来三径重扫，松竹本吾家。却恨悲风时起，冉冉云间新雁，边马怨胡笳。谁似东山老，谈笑静胡沙。

叶梦得　水调歌头·何处难忘酒

何处难忘酒，朱夏日偏长。湖山地胜潇湘，十里芰荷香。柳外新蝉惊晚，楼上疏帘垂翠，簟枕晚生凉。纨扇摇霜月，曲水泛流觞。　　流年去，今古梦，几千场。虚名浮利，输却几许好时光。幸有碧云深处，存取朱颜绿鬓，流落又何妨。莫厌人间世，频入醉中乡。

李　光　水调歌头·元亮赋归去

丞相李公伯纪寄示水调一阕，咏叹李太白，词采秀发。然

予于太白窃有恨焉，因以陶渊明为答，盖有激云耳

元亮赋归去，富贵比浮云。常于闹里，端的认得主和宾。肯羡当年轩冕，时引壶觞独酌，一笑落冠巾。园圃日成趣，桃李几番春。　揖清风，追往躅，事如新。遗编讽咏，敛衽千载友斯人。君爱谪仙风调，我恨楼船迫胁，终污永王璘。何似北窗下，寂寞可栖神。

李　光　　水调歌头·兵气暗吴楚

过桐江，经严濑，慨然有感。予方力丐宫祠，有终焉之志，因和致道水调歌头，呈子我、行简

兵气暗吴楚，江汉久凄凉。当年俊杰安在，酌酒酹严光。南顾豺狼吞噬，北望中原板荡，矫首讯穹苍。归去谢宾友，客路饱风霜。　闭柴扉，窥千载，考三皇。兰亭胜处，依旧流水绕修篁。傍有湖光千顷，时泛扁舟一叶，啸傲水云乡。寄语骑鲸客，何事返南荒。

李　光　　水调歌头·自笑客行久

清明俯近，感叹偶成，寄子贱舍人

自笑客行久，新火起新烟。园林春半风暖，花落柳飞绵。坐想稽山佳处，贺老门前湖水，欹侧钓鱼船。何事成淹泊，流转海南边。　水中影，镜中像，慢流连。此心未住，赢得忧患苦相缠。行尽荒烟蛮瘴，深入维那境界，参透祖师禅。宴坐超三际，潇洒任吾年。

李　光　　水调歌头·昌化郡长桥词

昌化郡城之北，长桥跨江，风月之夕，气象甚胜。庚午八月望夜，士友悉赴郡会。杖策独游，颇怀平生故人，作水调歌以自释。予自长年，粗闻养生之术。放逐以来，又得司马子微叙王屋山清虚洞所刻坐忘论一编，因得专意宴坐，心息相依。虽不敢仰希乔松之寿，度未即死，庶有会合之期

独步长桥上，今夕是中秋。群黎怪我何事，流转古儋州。风定潮平如练，云散月明如昼，孤兴在扁舟。笑尽一杯酒，水调杂蛮讴。　少年场，金兰契，尽白头。相望万里，悲我已是十年流。晚遇玉霄仙子，授我王屋奇书，归路指蓬丘。不用乘风御，八极可神游。

李　光　　　**水调歌头·晚渡呼舟疾**

罢政东归，十八日晚抵西兴

晚渡呼舟疾，寒日正苍茫。西兴浦口云树，真个是吾乡。闻□蜗庐好在，小圃犹存松菊，三径未全荒。收拾桑榆景，蓑笠换金章。　　珥金貂，拥珠履，在岩廊。回头万事何有，一枕梦黄粮。十载人间忧患，赢得萧萧华发，清镜照星霜。醉倒休扶我，身世永相忘。

刘一止　　**水调歌头·和李泰发尚书泊舟严陵**

千古严陵濑，清夜月荒凉。水明沙净，波面一叶弄孤光。北望旄头天际，杀气遥昏楚甸，云树失青苍。愁绝未归客，衰鬓点吴霜。　　听江边，鸣宝瑟，想英皇。骑鲸仙裔，高韵清绝胜风篁。醉入无何境界，却笑昔人底事，远慕白云乡。不见咸阳道，烟草茂陵荒。

刘一止　　　**水调歌头·缥缈青溪畔**

缥缈青溪畔，山翠欲黏天。纵云台上，揽风招月自何年。新旧今逢二妙，人地一时清绝，高并两峰寒。歌发烟霏外，人在去留间。　　著方床，容老子，醉时眠。一尊相属，高会何意此时圆。况是古今难遇，人月竹花俱妙，曾见句中传。不向今宵醉，忍负四婵娟。

朱敦儒　　　**水调歌头·淮阴作**

当年五陵下，结客占春游。红缨翠带，谈笑跋马水西头。落日经过桃叶，不管插花归去，小袖挽人留。换酒春壶碧，脱帽醉青楼。　　楚云惊，陇水散，两漂流。如今憔悴，天涯何处可销忧。长揖飞鸿旧月，不知今夕烟水，都照几人愁。有泪看芳草，无路认西州。

朱敦儒　　　**水调歌头·白日去如箭**

白日去如箭，达者惜分阴。问君何苦，长抱冰炭利名心。冀望封侯一品，侥幸升仙三岛，不死解烧金。听取百年曲，三叹有遗音。　　会良朋，逢美景，酒频斟。昔人已矣，松下泉底不如今。幸遇重阳佳节，高处红萸黄菊，好把醉乡寻。澹澹飞鸿没，千古共销魂。

朱敦儒　水调歌头·和董弥大中秋

偏赏中秋月，从古到如今。金风玉露相间，别做一般清。是处帘栊争卷，谁家管弦不动，乐世足欢情。莫指关山路，空使翠蛾颦。　水精盘，鲈鱼脍，点新橙。鹅黄酒暖，纤手传杯任频斟。须惜晓参横后，直到来年今夕，十二数亏盈。未必来年看，得似此回明。

朱敦儒　水调歌头·和海盐尉范行之

平生看明月，西北有高楼。如今羁旅，常叹茅屋暗悲秋。闻说吴淞江上，有个垂虹亭好，结友漾轻舟。记得蓬莱路，端是旧曾游。　趁黄鹄，湖影乱，海光浮。绝尘胜处，合是不数白蘋洲。何物陶朱张翰，劝汝橙齑鲈脍，交错献还酬。寄语梅仙道，来岁肯同不。

朱敦儒　水调歌头·对月有感

天宇著垂象，日月共回旋。因何明月，偏被指点古来传。浪语修成七宝，漫说霓裳九奏，阿姊最婵娟。愤激书青奏，伏愿听臣言。　诏六丁，驱狡兔，屏痴蟾。移根老桂，种在历历白榆边。深锁广寒宫殿，不许姮娥歌舞，按次守星躔。永使无亏缺，长对日团圆。

朱敦儒　水调歌头·中秋一轮月

中秋一轮月，只和旧青冥。都缘人意，须道今夕别般明。是处登临开宴，争看吴歌楚舞，沉醉倒金尊。各自心中事，悲乐几般情。　烛摧花，鹤警露，忽三更。舞茵未卷，玉绳低转便西倾。认取眼前流景，试看月归何处，因甚有亏盈。我自阖门睡，高枕笑浮生。

周紫芝　水调歌头·白发三千丈

十月六日于仆为始生之日，戏作此词为林下一笑。世固未有自作生日词者，盖自竹坡老人始也

白发三千丈，双鬓不胜垂。人间忧喜如梦，老矣更何之。蘧玉行年过了，未必如今俱是，五十九年非。拟把彭殇梦，分付与痴儿。　君莫羡，客起舞，寿琼卮。此生但愿，长遣猿

鹤共追随。金印借令如斗，富贵那能长久，不饮竟何为。莫问蓬莱路，从古少人知。

周紫芝　　水调歌头·濯锦桥边月

王次卿归自彭门，中秋步月作

濯锦桥边月，几度照中秋。年年此夜清景，伴我与君游。万里相随何处，看尽吴波越嶂，更向古徐州。应为霜髯老，西望倚黄楼。　天如水，云似扫，素魂流。不知今夕何夕，相对语羁愁。故国归来何事，记易南枝惊鹊，还对玉蟾羞。踏尽疏桐影，更复为君留。

周紫芝　　水调歌头·丙午登白鹭亭作

岁晚念行役，江阔渺风烟。六朝文物何在，回首更凄然。倚尽危楼杰观，暗想琼枝璧月，罗袜步承莲。桃叶山前鹭，无语下寒滩。　潮寂寞，浸孤垒，涨平川。莫愁艇子何处，烟树杳无边。王谢堂前双燕，空绕乌衣门巷，斜日草连天。只有台城月，千古照婵娟。

周紫芝　　水调歌头·雨后月出西湖作

落日在烟树，云水两空濛。澹霞消尽，何事依约有微红。湖上晚来风细，吹尽一天残雨，苍翠湿千峰。谁遣长空月，冷浸玉壶中。　问明月，应解笑，白头翁。不堪老去，依旧临水照衰容。良夜几横烟棹，独倚危樯西望，目断远山重。但恨故人远，此乐与谁同。

李　纲　　水调歌头·律吕自相召

同德久诸季小饮，出示所作，即席答之

律吕自相召，韶頀不难谐。致君泽物，古来何世不须才。幸可山林高卧，袖手何妨闲处，醇酒醉朋侪。千里故人驾，不怕物情猜。　秋夜永，更秉烛，且衔杯。五年离索，谁谓谈笑豁幽怀。况我早衰多病，屏迹云山深处，俗客不曾来。此日扫花径，蓬户为君开。

李　纲　　水调歌头·如意始身退

与李致远、似之、张柔直会饮

如意始身退，此事古难谐。中年醉饮，多病闲去正当才。长爱兰亭公子，弋钓溪山娱适，甘旨及朋侪。衰疾卧江海，鸥鸟莫惊猜。　　酒初熟，招我友，共一杯。碧天云卷，高挂明月照人怀。我醉欲眠君去，醉醒君如有意，依旧抱琴来。尚有一壶酒，当复为君开。

李　纲　　水调歌头·物我本虚幻

似之、申伯、叔阳皆作，再次前韵

物我本虚幻，世事若俳谐。功名富贵，当得须是个般才。幸有山林云水，造物端如有意，分付与吾侪。寄语旧猿鹤，不用苦相猜。　　醉中适，一杯尽，复一杯。坐间有客，超诣言笑可忘怀。况是清风明月，如会幽人高意，千里自飞来。共笑陶彭泽，空对菊花开。

李　纲　　水调歌头·李太白画像

太白乃吾祖，逸气薄青云。开元有道，聊复乘兴一来宾。天子呼来方醉，洒面清泉微醒，余吐拭龙巾。词翰不加点，歌阕满宫春。　　笔风雨，心锦绣，极清新。大儿中令，神契兼有坐忘人。不识将军高贵，醉里指污吾足，乃敢尚衣嗔。千载已仙去，图像耸风神。

李　纲　　水调歌头·花径不曾扫

花径不曾扫，蓬户为君开。元戎小队，清晓佳客与同来。我为衰迟多病，且恁浇花艺药，随分葺池台。多谢故人意，迂访白云隈。　　暮春月，修禊事，会兰斋。一觞一咏，何愧当日畅幽怀。况是茂林修竹，映带清流湍激，山色碧崔嵬。勿复叹陈迹，且为醉金杯。

李　纲　水调歌头·和李似之横山对月

秋杪暑方退，清若玉壶冰。高楼对月，天上宫殿不曾扃。散下凄然风露，影照江山如昼，浑觉俗缘轻。弋者欲何慕，鸿羽正冥冥。　　世间法，唯此事，最堪凭。太虚心量，聊假梨枣制颓龄。但使心安身健，静看草根泉际，吟蚓与飞萤。一坐小千劫，无念契无生。

赵鼎　水调歌头·屋下疏流水

甲辰九月十五日夜饮独乐见山台坐中作

屋下疏流水，屋上列青山。先生跨鹤何处，窈窕白云间。采药当年三径，只有长松绿竹，霜吹晚萧然。举酒高台上，仿佛揖群仙。　转银汉，飞宝鉴，溢清寒。金波万顷不动，人在玉壶宽。我唱君须起舞，要把嫦娥留住，相送一杯残。醉矣拂衣去，一笑渺人寰。

向子諲　水调歌头·赵伯山席上见梅

天公深藏巧，雪里放春回。不到闲花凡草，都付与疏梅。独立水边林下，萧萧冰容孤艳，清瘦玉腰支。触拨暗香动，风味欲愁谁。　姮娥携，青女过，夜阑时。瑶冠琼佩，粲然一笑亦何奇。剩欲举觞对饮，不怕月明霜重，寒色著人衣。只恐邻笛起，化作玉尘飞。

向子諲　水调歌头·闰余有何好

大观庚寅闰八月秋，芗林老、顾子美、江彦章、蒲庭鉴，时在诸公幕府间。从游者，洪驹父、徐师川、苏伯固父子、李商老兄弟。是夕登临，赋咏乐甚。俯仰三十九年，所存者，余与彦章耳。绍兴戊辰再闰，感时抚事，为之太息。因取旧诗中师川一二语，作是词

闰余有何好，一年两中秋。补天修月人去，千古想风流。少日南昌幕下，更得洪徐苏李，快意作清游。送日眺西岭，得月上东楼。　四十载，两人在，总白头。谁知沧海成陆，萍迹落南州。忍问神京何在，幸有芗林秋露，芳气袭衣裘。断送余生事，惟酒可忘忧。

向子諲　水调歌头·我生六十四

廛隐寄示与洛滨老人及筠翁过最乐堂醉中秋月，用鄙韵，有妙唱。复赋一首，庶异时不为堂上生客耳

我生六十四，四度闰中秋。碧天千里如水，明月更如流。照我洛滨诗伯，携手仙卿廛隐，阆苑与同游。人醉玉相倚，不肯下琼楼。　芗林老，章江上，几回头。剩欲控鹤瀛海，聊下越王州。直入白云深处，细酌仙人九酝，香雾尽侵裘。共看

一笑粲，以写我心忧。

向子諲　水调歌头·再用前韵答任令尹

飘飘任公子，爽气欲横秋。向日携诗过我，知不是凡流。筑室清江西畔，巧占一川佳处，胜士日追游。邀我出门去，柱月上新楼。　烂银盘，从树杪，出云头。好是风流从事，同醉入青州。须信人生如幻，七十古来稀有，销得几狐裘。谁似芗林老，无喜亦无忧。

蔡　伸　水调歌头·用卢赞元韵别彭城

醉击玉壶缺，恨写绿琴哀。悠悠往事谁问，离思渺难裁。绿野堂前桃李，燕子楼中歌吹，那忍首重回。唯有旧时月，远远逐人来。　小庭空，清夜永，独徘徊。伴人幽怨，一枝潇洒陇头梅。肠断云帆西去，目送烟波东注，千里接长淮。为我将双泪，好过楚王台。

蔡　伸　水调歌头·时居莆田

亭皋木叶下，原隰菊花黄。凭高满眼秋意，时节近重阳。追想彭门往岁，千骑云屯平野，高宴古球场。吊古论兴废，看剑引杯长。　感流年，思往事，重凄凉。当时坐间英俊，强半已凋亡。慨念平生豪放，自笑如今霜鬓，漂泊水云乡。已矣功名志，此意付清觞。

蔡　伸　水调歌头·相逢非草草

相逢非草草，分袂太匆匆。征裘泪痕浥遍，眸子怯酸风。天际孤帆难驻，柳外香軿望断，云雨各西东。回首重城远，楼观暮烟中。　黯销魂，思陈事，已成空。东郊胜赏，归路骑马踏残红。月下一樽芳酒，凭阑几曲清歌，别后少人同。为问桃花脸，一笑为谁容。

王　灼　水调歌头·长江飞鸟外

长江二友令狐公才、桑仲文相继徂逝。七月壬午，予送客登妙高台绝顶，望明月山二十里许，有怀美人，归作此词。山附县郭，仲文居其下，公才居亦近之。贾浪仙诗云："长江飞鸟外，主簿跨驴归。"又云："长江频雨后，明月众星中。"

予故取其语

长江飞鸟外，明月众星中。今来古往如此，人事几秋风。又对团团红树，独跨蹇驴归去，山水澹丰容。远色动愁思，不见两诗翁。　　酒如渑，谈如绮，气如虹。当时痛饮狂醉，只许赏心同。响绝光沉休问，俯仰之间陈迹，我亦老飘蓬。望久碧云晚，一雁度寒空。

李弥逊　　水调歌头·横山阁对月

清夜月当午，轩户踏层冰。楼高百尺，缥缈天阙敞云扃。万里风摇玉树，吹我衣裾零乱，寒入骨毛轻。径欲乘之去，高兴送青冥。　　神仙说，功名事，两难成。苇汀筠岫深处，端可寄余龄。身外营营姑置，对景掀髯一笑，引手接飞萤。且尽杯中物，日出事还生。

李弥逊　　水调歌头·次李伯纪韵趣开东阁

安石寓丝竹，方朔杂诙谐。昂霄气概，古来无地可容才。不见骑鲸仙伯，唾手功名事了，猿鹤与同侪。有意谢轩冕，无计避嫌猜。　　静中乐，山照座，月浮杯。忘形湛辈，一笑丘壑写高怀。只恐天催玉斧，为破烟尘昏翳，人自日边来。东阁动诗兴，莫待北枝开。

李弥逊　　水调歌头·次李伯纪春日韵

松柏渐成趣，红紫勿齐开。花神靳惜芳事，日日待公来。遥想金葵侧处，素月华灯相照，妆影满歌台。余韵写宫徵，飞落远山隈。　　逃禅客，尊中尽，厌长斋。且愁风絮，断送春色揽离怀。命驾何妨千里，只恐行云碍辙，直磴插崔嵬。手拍阳春唱，隔岸借残杯。

李弥逊　水调歌头·次向伯恭芗林见寄韵

不见隐君子，一月比三秋。惊涛如许，梦魂无路绝横流。安得如云长翮，命驾不须千里，上下逐君游。此计杳难就，注目倚江楼。　　西风里，多少恨，寄歌头。飞奴接翼，为我三度下南州。正是天寒日暮，独钓一江残雪，风猎碧莎裘。和子浩然句，一酌散千忧。

李弥逊　　水调歌头·再用前韵

不上长安道，霜鬓几惊秋。故人何在，时序欺我去如流。赏对洛滨仙伯，共说芗林佳致，魂梦与追游。更唱中秋句，得月上东楼。　　云岩底，秋香下，楚江头。十年笑傲、真是骑鹤上扬州。却忆金门联辔，晓殿催班同到，高拱翠云裘。明月今千里，何计缓离忧。

李弥逊　　水调歌头·白发闽江上

八月十五夜集长乐堂，月大明，常岁所无，众客皆欢。戏用伯恭韵作

白发闽江上，几度过中秋。阴晴相半，曾见玉塔卧寒流。不似今年三五，皎皎冰轮初上，天阙恍神游。下视人间世，万户水明楼。　　贤公子，追乐事，占鳌头。酒酣喝月，腰鼓百面打凉州。沉醉尽扶红袖，不管风摇仙掌，零露湿轻裘。但恐尊中尽，身外复何忧。

王以宁　　水调歌头·裴公亭怀古

岁晚橘州上，老叶舞愁红。西山光翠，依旧影落酒杯中。人在子亭高处，下望长沙城郭，猎猎酒帘风。远水湛寒碧，独钓绿蓑翁。　　怀往事，追昨梦，转头空。孙郎前日，豪健颐指五都雄。起拥奇才剑客，十万银戈赤帻，歌鼓壮军容。何似裴相国，谈道老圭峰。

王以宁　　水调歌头·呈汉阳使君

大别我知友，突兀起西州。十年重见，依旧秀色照清眸。常记鲒埼狂客，邀我登楼雪霁，杖策拥羊裘。山吐月千仞，残夜水明楼。　　黄粱梦，未觉枕，几经秋。与君邂逅，相逐飞步碧山头。举酒一觞今古，叹息英雄骨冷，清泪不能收。鹦鹉更谁赋，遗恨满芳洲。

张元干　水调歌头·同徐师川泛太湖舟中作

落景下青嶂，高浪卷沧洲。平生颇惯，江海掀舞木兰舟。百二山河空壮，底事中原尘涨，丧乱几时休。泽畔行吟处，天地一沙鸥。　　想元龙，犹高卧，百尺楼。临风酹酒，堪笑谈

话觅封侯。老去英雄不见，惟与渔樵为伴，回首得无忧。莫道三伏热，便是五湖秋。

张元幹　水调歌头·和芗林居士中秋

闰余有何好，一岁两中秋。滕王高阁曾醉，月涌大江流。今夜钓龙台上，还似当时逢闰，佳句记英游。看山兼看月，登阁复登楼。　别离久，今古恨，大刀头。老来长是清梦，宛在旧神州。遐想芗林风味，瓮里自倾春色，不用贯貂裘。笑我成何事，搔首谩私忧。

张元幹　水调歌头·陪福帅宴集口占以授官奴

缥缈九仙阁，壮观在人间。凉飙乍起，四围晴黛入阑干。已过中秋时候，便是菊花重九，为寿一尊欢。今古登高意，玉帐正清闲。　引三巴，连五岭，控百蛮。元戎小队，旧游曾记并龙山。闽峤尤宽南顾，闻道天边雨露，持橐诏新颁。且拥笙歌醉，廊庙更徐还。

张元幹　水调歌头·平日几经过

平日几经过，重到更留连。黄尘乌帽，觉来眼界忽醒然。坐见如云秋稼，莫问鸡虫得失，鸿鹄下翩翩。四海九州大，何地著飞仙。　吸湖光，吞蟾影，倚天圆。胸中万顷空旷，清夜炯无眠。要识世间闲处，自有尊前深趣，且唱钓鱼船。调鼎他年事，妙手看烹鲜。

张元幹　水调歌头·雨断翻惊浪

雨断翻惊浪，山暝拥归云。麦秋天气，聊泛征棹泊江村。不羡腰间金印，却爱吾庐高枕，无事闭柴门。搔首烟波上，老去任乾坤。　白纶巾，玉麈尾，一杯春。性灵陶冶，我辈犹要个中人。莫变姓名吴市，且向渔樵争席，与世共浮沉。目送飞鸿去，何用画麒麟。

张元幹　水调歌头·过后柳故居

露下菱歌远，萤傍藕花流。临溪堂上，望中依旧柳边洲。晚暑冰肌沾汗，新浴香绵扑粉，湘簟月华浮。长记开朱户，不寐待归舟。　怅重来，思往事，揽离愁。天涯何处，未应容

易此生休。莫问吴霜点鬓，细与蛮笺封恨，相见转绸缪。云雨阳台梦，河汉鹊桥秋。

张元幹　　水调歌头·癸酉虎丘中秋

万里冰轮满，千丈玉盘浮。广寒宫殿，西望湖海冷光流。扫尽长空纤翳，散乱疏林清影，风露迫人愁。徐步行歌去，危坐莫眠休。　　问孤蓬，缘底事，苦淹留。倦游回首，向来云卧两星周。此夜此生长好，明月明年何处，归兴在南州。老境一伧父，异县四中秋。

张元幹　　水调歌头·赠汪□秀才

袖手看飞雪，高卧过残冬。飘然底事春到，先我逐孤鸿。挟取笔端风雨，快写胸中丘壑，不肯下樊笼。大笑了今古，乘兴便西东。　　一尊酒，知何处，又相逢。奴星结柳，与君同送五家穷。好是橘封千户，正恐楼高百尺，湖海有元龙。目光在牛背，马耳射东风。

张元幹　　水调歌头·放浪形骸外

放浪形骸外，憔悴山泽癯。倒冠落佩，此心不待白髭须。聊复脱身鹓鹭，未暇先寻水竹，矫首汉庭疏。长夏啖丹荔，两纪傲闲居。　　忽风飘，连雨打，向西湖。藕花深处，尚能同载麹生无。听子谈天舌本，浇我书空胸次，醉卧踏冰壶。毕竟凌烟像，何似辋川图。

张元幹　　水调歌头·拄策松江上

丁丑春与钟离少翁、张元鉴登垂虹

拄策松江上，举酒酹三高。此生飘荡，往来身世两徒劳。长羡五湖烟艇，好是秋风鲈鲙，笠泽久蓬蒿。想象英灵在，千古傲云涛。　　俯沧浪，舌空旷，恍神交。解衣盘礴，政须一笑属吾曹。洗尽人间尘土，扫去胸中冰炭，痛饮读离骚。纵有垂天翼，何用钓连鳌。

张元幹　　水调歌头·今夕定何夕

今夕定何夕，秋水满东瓯。悲凉怀抱，何事还倍去年愁。万里碧空如洗，寒浸十分明月，帘卷玉波流。非是经年别，一

岁两中秋。　　坐中庭，风露下，冷飕飕。素娥无语相对，尊酒且迟留。琴罢不堪幽怨，遥想三山影外，人倚夜深楼。矫首望霄汉，云海路悠悠。

张元幹　　　水调歌头·为赵端礼作

最乐贤王子，今岁好中秋。夜深珠履，举杯相属尽名流。宿雨乍开银汉，洗出玉蟾秋色，人在广寒游。浩荡山河影，偏照岳阳楼。　　露华浓，君恩重，判扶头。霓旌星节，已随丝管下皇州。满座烛光花艳，笑冒乌巾同醉，谁问负薪裘。月转檐牙晓，高枕更无忧。

张元幹　　　水调歌头·追和

举手钓鳌客，削迹种瓜侯。重来吴会三伏，行见五湖秋。耳畔风波摇荡，身外功名飘忽，何路射旄头。孤负男儿志，怅望故园愁。　　梦中原，挥老泪，遍南州。元龙湖海豪气，百尺卧高楼。短发霜粘两鬓，清夜盆倾一雨，喜听瓦鸣沟。犹有壮心在，付与百川流。

张元幹　　水调歌头·送吕居仁召赴行在所

戎虏乱中夏，星历一周天。干戈未定，悲咤河洛尚腥膻。万里两宫无路，政仰君王神武，愿数中兴年。吾道尊洙泗，何暇议伊川。　　吕公子，三世相，在凌烟。诗名独步，焉用儿辈更毛笺。好去承明谠论，照映金狨带稳，恩与荔枝偏。回首东山路，池阁醉双莲。

王之道　　水调歌头·赵帅圣用生日

颢气遍寰宇，风露逼衣裘。中秋昨夜，明月千里满西楼。人道当年今日，海上骑鲸仙客，乘兴下瀛州。雅志在扶世，来佐紫宸游。　　庙堂上，须早计，要嘉谋。牙床锦帐，三岁江北叹淹留。好在蟹螯如臂，判取兵厨百斛，与客醉瑶舟。待得蟠桃熟，相约访浮丘。

王之道　　　水调歌头·追和东坡

湖上有佳色，黄菊傲霜秋。一尊相属，谈咏彼此得无愁。何处鲈鱼初荐，错俎金齑点鲙，令我忆东州。双鹭带斜日，飞

下白蘋洲。　　晚风劲，吹残酒，袭破裘。故人俱在，江左底事独淹留。归去草堂侵夜，一点青荧灯火，得句可忘忧。欲识无穷意，终日倚城楼。

王之道　　水调歌头·和张文伯对月词

斜阳明薄暮，暗雨霁凉秋。弱云狼藉，晚来风起，席卷更无留。天外老蟾高挂，皎皎寒光照水，金璧共沉浮。宾主一时杰，倾动庾公楼。　　渡银汉，浡玉露，势欲流。不妨吟赏，坐拥红袖舞还讴。暗祝今宵素魄，助我清才逸气，稳步上瀛洲。欲识瀛洲路，雄据六鳌头。

王之道　　水调歌头·张文伯生日

琼树挂初日，珠箔卷清霜。夜来溪上微雨，佳节过重阳。共庆当年此际，曾见天麟协梦，华阀挂蓬桑。人作鲁侯祝，俾尔寿而臧。　　保疲瘵，旌德善，致吉祥。会看报政，朝夕芝检趣征黄。不藉灵丹九转，不用蟠桃三窃，源远自流长。愿借沧溟富，斟酌荐瑶觞。

王之道　　水调歌头·用王冲之韵赠僧定渊

败屋拥破衲，惊飙漫飕飗。不离当处人见，操彗上蓝游。弹指九州四海，浪说其来云聚，其去等风休。莫作袈裟看，吾道惯聃丘。　　齐死生，同宠辱，泯春秋。高名厚利，眇若天地一蜉蝣。闲举前人公案，试问把锄空手，何似步骑牛。会得个中语，净土在阎浮。

王之道　　水调歌头·秦寿之生日

暑雨湿修竹，凉吹入高檐。鹭洲钟阜如画，霁色为秾纤。槛外藕花无数，妆点休祥嘉应，不觉有秋炎。谪仙堕人世，香雾郁重帘。　　富才艺，强记览，三万签。须信公侯有种，道义自相渐。此去腰金佩玉，回视依莲泛水，岁月亦何淹。称觞还戏彩，无惜醉厌厌。

吕渭老　　水调歌头·扁舟思独往

十月初十日，同周元发谒姚氏昆季，多不遇。因与说道小饮，出其兄进道作水调歌头一韵，几二十首，读之，殆不胜

情。次其韵作一篇，怀其人，亦以赠元发、说道

扁舟思独往，樯影划晴烟。要伴人随明月，踏破水中天。谁信骑鲸高逝，空对笔端风雨，如泛楚江船。老子穷无赖，端欲把降竿。　　白蘋汀，归老计，似高闲。平生爱我，一言相置二刘间。准拟何山松桂，折足铛能安稳，芋火对阑残。何必少林语，立雪问心安。

吕渭老　　水调歌头·江湖堪极目

明日，纯中以酒见贶，约即见过。徘徊江上，久不至，复次其韵

江湖堪极目，非雾亦非烟。故人相见，纵横高义薄云天。已具萸尊茗话，怅望云中江树，不见子猷船。日色隐林表，十里认帆竿。　　百年间，无个事，且安闲。功名两字，茫然都堕有无间。且尽身前一醉，休问古来今往，及取菊花残。仙事占无据，竹帛笑刘安。

吕渭老　　水调歌头·秋斋多梦谒

壬寅九月，谒季修，题其书室壁曰秋斋梦谒，复以进道韵续之

秋斋多梦谒，舌本欲生烟。独步一庭明月，雁字已横天。作个生涯不遂，松竹雨荒三径，却忆五湖船。小阮贫尤甚，犊鼻挂长竿。　　白鸥汀，风共水，一生闲。横琴唳鹤，要携妻子老云间。灯火荧荧深夜，高卧南窗折几，杯到不留残。莫遣江湖手，遮日向长安。

吕渭老　　水调歌头·心肝皆锦绣

壬寅十月二十四日饮少酒径醉，拥案而寝。中夜酒醒，次其韵作一篇

心肝皆锦绣，落笔尽云烟。诗狂酒兴，要骑赤鲤上青天。织女回车相劳，指点虚无征路，翻动月明船。举手谢同辈，岂复念渔竿。　　我平生，心正似，白云闲。衣冠污我，偶逢游戏到人间。常念孤云高妙，若作辘轳俯仰，谁复食君残。拜尘金谷辈，都是卧崇安。

吕渭老　　水调歌头·诗人翻水尽

哭进道：“飞桥自古双溪合，柽柳如今夹岸垂”。幺金店

别业诗

诗人翻水尽，寂寞五侯烟。醉魂何在，应骑箕尾列青天。记得平生谈笑，夹岸手栽杨柳，同泛夜深船。溪水还依旧，深浅半青竿。　　小神仙，殷七七，许闲闲。黄粱未熟，经游都在梦魂间。我厌嚣尘浊味，几欲凌云羽化，鸡犬不留残。俗事丹砂冷，且抱一枝安。

吕渭老　　水调歌头·暮云遮远眼

陈性孺不相见十年矣。今在云间，欲扑被访之。大病，遂已。次其韵而寄之

暮云遮远眼，叠叠入青烟。十年不见，醯鸡同舞瓮中天。闻道山阴回棹，相去都无百里，李郭可同船。行止皆天意，端欲自操竿。　　功名事，须早计，真安闲。高才妙手，不当留意市廛间。俄已山林长往，尘面时时拂镜，齿发甚衰残。廊庙非吾事，茅屋且安安。

吕渭老　　水调歌头·与小饮

抚床多感慨，白发困风烟。出门有碍，更堪寒暮雪飞天。君弃一盂一衲，奔走五湖清海，杯度不乘船。来访山中友，□□□□竿。　　看人间，谁得似，谪仙闲。生涯不问，留情多在酒杯间。剪烛西风谈笑，零落一尊相对，不觉已更残。回首功名事，笺记谢任安。

吕渭老　　水调歌头·送季修同希文去秀

十年禅榻畔，风雨飏茶烟。跳丸日月，未甘白发困尧天。江左风流才子，要伴江湖张翰，同泛洛阳船。酌酒情无尽，海燕绕船竿。　　逼人来，功业事，不教闲。男儿三十，定当谈笑在堂间。老子婆娑贫态，闭户长须赤脚，他日要分残。禹浪桃花影，归棹正轻安。

吕渭老　　水调歌头·解衣同一笑

解衣同一笑，聊复起厨烟。醉乡何处，与君舒啸入壶天。长怪时情狭隘，杯酒岂容我辈，不上谪仙船。雅志念湖海，小艇一丝竿。　　夜迢迢，灯烛下，几心闲。平生得处，不在内外及中间。点检春风欢计，惟有诗情宛转，余事尽疏残。彩笔

题桐叶，佳句问平安。

杨无咎　　水调歌头·次向芗林韵

闰余有何好，一岁两中秋。霁云卷尽，依旧银汉截天流。长记芗林堂上，静对小山丛桂，尊俎许从游。遥想此时兴，不减上南楼。　引玉觞，看金饼，水云头。醉听哦响，宁羡王粲赋荆州。此夕翻成愁绝，未斫广寒丹桂，犹衣敝貂裘。万事付谈笑，斗酒且宽忧。

杨无咎　　水调歌头·再用前韵为生日词

芗林有何好，花蕊不惊秋。千章云木，长见密叶翠光流。中有三朝勋旧，早岁辞荣轩冕，归伴赤松游。不羡鸳鸯侣，钟听景阳楼。　问向来，麟阁上，凤池头。有谁能继，向来解印似苏州。自是英姿绝俗，非我与时违异，何用衣羊裘。况得长生趣，千岁肯怀忧。

杨无咎　　水调歌头·徐侍郎生辰

寥亮度弦管，笑语集簪缨。又逢华旦争庆，豪杰为时生。犹对中秋月影，渐放重阳菊蕊，万宝正西成。爽气知多少，天赋满襟灵。　擅词华，追鲍谢，踵斯冰。入趋禁近，出镇藩辅早辞荣。休恋平湖佳致，好为苍生重起，归去侍宸庭。一德及元□，千载致升平。

杨无咎　　水调歌头·韩倅九月八日生辰

帝里记当日，赐第富相联。惟君家最称著，桐木老参天。三相勋庸才业，一代风流人物，继世赖君贤。自合跻清要，小屈佐平川。　下车初，逢庆旦，听欢传。冰清玉润，仁爱终始被江壖。满泛黄花称寿，细看红萸枝健，和气蔼芳筵。隔日醉重九，千岁似今年。

曹　勋　　水调歌头·江影浮空阔

江影浮空阔，江水拍天流。山藏地秘、伟观须是伟人收。闻道烟斜雨暗，还留月底风边，墨客一凝眸。阑槛随指顾，江海远生秋。　绣帘卷，开绮宴，翠香浮。邹枚宾从俱咏，韵闲出嘉谋。点点群山吴楚，历历三州灯火，潮落没沙鸥。老子

会心处，应已付南楼。

胡　寅　　水调歌头·不见严夫子

不见严夫子，寂寞富春山。空留千丈危石，高出暮云端。想象羊裘披了，一笑两忘身世，来插钓鱼竿。肯似林间翮，飞倦始知还。　中兴主，功业就，鬓毛斑。驱驰一世人物，相与济时艰。独委狂奴心事，未羡痴儿鼎足，放去任疏顽。爽气动星斗，终古照林峦。

何大圭　　水调歌头·今夕出佳月

今夕出佳月，银汉泻高寒。风缠云卷，转觉天陛玉楼宽。疑是金华仙子，又喜经年药就，倾出玉团团。收拾江河影，都向镜中蟠。　横霜笛，吹明影，到中天。要令四海瞻望，千古此轮安。何岁何年无月，唯有谪仙著语，高绝不能攀。我欲唤空起，云海路漫漫。

吴　芾　水调歌头·寿徐大参　九月二十六

九月二十六，公相纪生辰。橙黄橘绿时候、天气暖于春。奎画有堂辉焕，中著台星一点，长伴寿星明。衮衮有家庆，未羡古徐卿。　谢元枢，营绿野，避洪名。六年裁刬国事，曾费几精神。歇了傅岩霖雨，闲了孤舟野渡，旒冕合知心。吾道苟尊尚，元不在蒲轮。

仲　并　　水调歌头·华栋一何丽

赵制置见招，归用东坡中秋韵，以见微意

华栋一何丽，移下小壶天。几多曲房新户，缥缈似当年。曾是使君风度，元有胸中丘壑，六月竹风寒。一洗筝笛耳，歌舞粲筵间。　坐中客，醒复醉，听无眠。已回归梦，犹复袅袅记清圆。尚想饮中仙子，来处余香飘坐，胜韵此双全。为寄月华语，难与并婵娟。

仲　并　　水调歌头·浮远堂

静练平千顷，华栋俯中流。凌晨画戟，来看宿雨断虹收。八九胸中云梦，三千笔端风月，无处快凝眸。笑咏一堂上，挥麈气横秋。　俯危阑，红日下，暮云稠。无穷伟观，只应天

意为君谋。容我时醒时醉，独泛微烟微雨，浩荡逐轻鸥。不羡岳阳胜，丹碧耸层楼。

关　注　　　水调歌头·凤舞龙蟠处

吾乡陆永仲，博学高才。自其少时，有声场屋，今栖白鹿洞下，绝荤酒，屏世事，自放尘埃之外。行将六十，而有婴儿之色，非得道者能如是乎

凤舞龙蟠处，玉室与金堂。平生想望真境，依约在何方。谁信许君丹灶，便与吴君遗剑，只在洞天傍。若要安心地，便是远名场。　　几年来，开林麓，建山房。安眠饱馆清坐，无事可思量。洗尽人间忧患，看尽仙家风月，和气满清扬。一笑尘埃外，云水远相望。

曾　觌　　　水调歌头·书怀

溪山多胜事，诗酒辨清游。主人为我，增葺台榭足凝眸。仿佛玉壶天地，隐见瀛洲风月，千首傲王侯。谁与共登眺，公子气横秋。　　记当年，曾共醉，庾公楼。一杯此际，重话前事逐东流。多谢兼金清唱，更拟重阳佳节，挼菊任扶头。但愿身长健，浮世拚悠悠。

曾　觌　　　水调歌头·图画上麟阁

图画上麟阁，莫使鬓先秋。壮年豪气，无奈黯黯阵云浮。常记青油幕下，一矢聊城飞去，谈笑静边头。勋业出无意，非为快恩仇。　　卷龙韬，随凤诏，与时谋。朱幡皂盖南下，聊试海山州。邂逅故人相见，俯仰浮生今古，蝼蚁共王侯。万事偶然耳，风月恣嬉游。

曾　觌　　　水调歌头·和南剑薛倅

长乐富山水，杖屦足追游。故人千里，西望双剑黯回眸。多谢扁舟乘兴，慰我天涯羁思，何必羡封侯。暮雨疏帘卷，爽气飒如秋。　　送征鸿，浮大白，倚危楼。参横月落，耿耿河汉近人流。堪叹人生离合，后日征鞍西去，别语却从头。老矣江边路，清兴漫悠悠。

倪　偁　　　水调歌头·昨夜狂雷怒

昨夜狂雷怒，鞭起下山龙。怪见朝来急雨，万木偃颠风。

试看潭头落涧，一片练波飞出，河汉与天通。向晚余霏落，巾已垫林宗。　　向高岩，凭曲槛，抚孤松。为雕好句，快倾桑落玉壶空。借问庐山三峡，与此飞流溅沫，今日定谁雄。乞与丹青手，写入紫微宫。

倪　偁　　水调歌头·风卷暮云尽

风卷暮云尽，镜净一天秋。试把鹅黄新酒，细酌散闲愁。西望群山千叠，眇眇飞鸿没处，爽气与俱浮。且尽尊中绿，不用叹淹留。　　对西风，歌妙曲，意绸缪。万顷烟云奇变，所得过封侯。何事苦萦名利，便合绿蓑青笠。投绂早归休。他日君寻我，小艇钓寒流。

葛立方　　水调歌头·睡鸭凝香缕

睡鸭凝香缕，白酒泻无声。郊墟不办羊酪，照箸紫丝莼。此去青山深处，邀得白云为伴，绝意请长缨。一舸背君去，几幅布帆轻。　　帝恩重，容禄隐，吏祠庭。膝间文度安亲，得计是扬名。珍重金兰交契，共惜匆匆别去，送我几烟林。异日怀君处，凝睇乱层岑。

王　识　　水调歌头·观星

一雨洗空阁，象纬迫人清。披襟台上，坐看北斗正旋衡。知是南宫列宿，初出极星未远，龙角正分明。河汉余千里，风露已三更。　　坐未久，书帙散，酒壶倾。凉生殿阁，泠然邀我御风行。拟欲乘槎一问，但得天孙领略，安用访君平。莫笑儒生事，造化掌中生。

曾　协　　水调歌头·送史侍郎

今日复何日，欢动楚江滨。紫泥来自天上，优诏起元臣。想见傅岩梦断，记得金瓯名在，却念佩兰人。永昼通明殿，曾听话经纶。　　促归装，趋北阙，觐严宸。玉阶陈迹如故，天笑一番新。好借食间前箸，尽吐胸中奇计，指顾静烟尘。九万云霄路，飞走趁新春。

曾　协　　水调歌头·细君生日作

日永向槐夏，绕屋树扶疏。麦秋天气清润，设帨记生初。

新拜小君佳号，更过诸郎官舍，仍玩掌中珠。乐事似今少，一笑倒双壶。　　列山肴，烹野蔌，且欢娱。鹿门远引，平生此志与君俱。终向苕溪烟水，携手云庄风月，不践利名区。功业看儿辈，相对老江湖。

郑　庶　　　水调歌头·千古钓台下

千古钓台下，老尽去来人。倚空绝壁，朝暮秀色只如春。高挂瀑泉千尺，洗到云根山骨，无处著风尘。秋尽玉壶冷，别是一乾坤。　　问当日，中兴将，汉功臣。云台何在，寂寞谁复记丹青。争似先生标致，长共清风明月，不减旧精神。无限兴亡意，舒卷在丝纶。

毛　幵　　　水调歌头·襟带大江左

次韵陆务观陪太守方务德登多景楼

襟带大江左，平望见三州。凿空遗迹，千古奇胜米公楼。太守中朝耆旧，别乘当今豪逸，人物眇应刘。此地一尊酒，歌吹拥貔貅。　　楚山晓，淮月夜，海门秋。登临无尽，须信诗眼不供愁。恨我相望千里，空想一时高唱，零落几人收。妙赏频回首，谁复继风流。

毛　幵　　　水调歌头·上元郡集

春意满南国，花动雪明楼。千坊万井，此时灯火隘追游。十里寒星相照，一轮明月斜挂，缥缈映红球。共嬉不禁夜，光彩遍飞浮。　　艳神仙，轰鼓吹，引遨头。文章太守，此时宾从敌应刘。回首升平旧事，未减当年风月，一醉为君酬。明日朝天去，空复想风流。

毛　幵　　　水调歌头·和人新堂

小筑百年计，雅志几人成。乱山深处，烟雨面面对萦青。巾屦方安吾土，花木仍供真赏，邻有阮嵇生。岁月抛身外，尘事更无营。　　鸟知归，云出岫，两忘情。从渠华屋，回首烟草吊颓倾。何似生涯才足，攲枕南窗北牖，醉梦落樵声。更喜濯缨处，门外一江清。

毛　幵　　　水调歌头·送周元特

汉代李元礼，江左管夷吾。英姿雅望，凛凛玉立冠中都。

磊魄胸中千丈，不肯低回青禁，引去卧江湖。更学鸱夷子，一舸下东吴。　　送公别，杯酒尽，少踌躇。旧棠阴下，几人临路拥行车。归近云天尺五，梦想经纶贤业，谈笑取单于。为问苕溪水，留得此翁无。

毛　幵　　水调歌头·次刘若讷韵

十载刘夫子，名过庾兰成。人人争看，角犀今喜试丰盈。倾耳新诗千首，妙处端须击节，金石破虫声。此士难复得，黄口闹如虀。　　忆年少，游侠窟，戏荆卿。结交投分，驰心千里剧摇旌。我老公方豪健，傥许相从晚岁，慷慨激中情。洗眼功名会，一箭取辽城。

韩元吉　　水调歌头·席上次韵王德和

世事不须问，我老但宜仙。南溪一曲，独对苍翠与孱颜。月白风清长夏，醉里相逢林下，欲辩已忘言。无客问生死，有竹报平安。　　少年期，功名事，觅燕然。如今憔悴，萧萧华发抱尘编。万里蓬莱归路，一醉瑶台风露，因酒得天全。笑指云阶梦，今夕是何年。

韩元吉　　水调歌头·江路晓来雨

七月六日与范至能会饮垂虹。是时至能赴括苍，余以九江命造朝，至能索赋

江路晓来雨，残暑夜全消。人言天上今夕，飞鹊渐成桥。杳杳云车何处，脉脉红蕖香度，瓜果趁良宵。推枕断虹卷，抚槛白鱼跳。　　五湖客，临风露，倚兰苕。云涛四起，极目人世有烟霄。我送君舟西渡，君望我帆南浦，明日恨迢迢。且醉吴淞月，重听浙江潮。

韩元吉　　水调歌头·寄陆务观

明月照多景，一话九经年。故人何在，依约蜀道倚青天。豪气如今谁在，剩对岷峨山水，落纸起云烟。应有阳台女，来寿隐中仙。　　相如赋，王褒颂，子云玄。兰台麟阁，早晚飞诏下甘泉。梦绕神州归路，却趁鸡鸣起舞，余事勒燕然。白首待君老，同泛五湖船。

韩元吉　　水调歌头·次韵子云惠山见寄

潋潋桂华满，摇落楚江秋。去年今夜，相望千里一扁舟。满目都门风露，离别凄凉几度，霜雪渐盈头。山水最佳处，常恨不同游。　　少年约，谈笑事，取封侯。田园归晚，休问适不用吾谋。身外功名何处，屈指如今老去，无梦到金瓯。剩买五湖月，吹笛下沧洲。

韩元吉　　水调歌头·水洞

今日俄重九，莫负菊花开。试寻高处，携手蹑屐上崔嵬。放目苍岩千仞，云护晓霜成阵，知我与君来。古寺倚修竹，飞槛绝纤埃。　　笑谈间，风满座，酒盈杯。仙人跨海，休问随处是蓬莱。落日平原西望，鼓角秋深悲壮，戏马但荒台。细把茱萸看，一醉且徘徊。

韩元吉　　水调歌头·雨花台

泽国又秋晚，天际有飞鸿。中原何在，极目千里暮云重。今古长干桥下，遗恨都随流水，西去几时东。斜日动歌管，萸菊舞西风。　　江南岸，淮南渡，草连空。石城潮落，寂寞烟树锁离宫。且斗尊前酒美，莫问楼头佳丽，往事有无中。却笑东山老，拥鼻与谁同。

韩元吉　　水调歌头·和庞祐甫见寄

落日澹芳草，烟际一鸥浮。西湖好处，君去千里为谁留。坐想敬亭山下，竹映一溪寒水，飞盖共追游。况有尊前客，相对两诗流。　　笑谈间，风满座，气横秋。平生壮志，长啸起舞看吴钩。红白山花开谢，半醉半醒时节，春去子规愁。梦绕水西寺，回首谢公楼。

侯　寘　　水调歌头·题岳麓法华台

晓雾散晴渚，秋色满湘山。青鞋黄帽，忺与名士共跻攀。窈窕深林幽谷，诘曲危亭飞观，俯首视尘寰。长啸望天末，余响下云端。　　白鹤去，荒井在，汲清寒。醒然毛骨，浮丘招我御风还。拂拭苍崖苔藓，一写胸中豪气，渺渺洞庭宽。山鬼善呵护，千载照层峦。

侯 寘 水调歌头·上饶送程伯禹尚书

凉吹送溪雨，落日散汀鸥。暮天空阔无际，层巘绿蛾浮。上印初辞藩寄，拂袖欣还故里，归骑及中秋。倚杖饱山阁，回首翠微楼。 一区宅，千里客，旧从游。甘棠空有余荫，谁解挽公留。翰墨文章独步，富贵功名余事，当代仰风流。暂蜡登山屐，终作济川舟。

侯 寘 水调歌头·为郑子礼提刑寿

湘水照秋碧，衡岳际天高。绣衣玉节，清晓欢颂拥旌旄。本是紫庭梁栋，暂借云台耳目，驿传小游遨。五筦与三楚，酴爱胜春醪。 扫欃枪，苏耄倪，载弓櫜。远民流恋，须信寰海待甄陶。坐享龟龄鹤算，稳佩金鱼玉带，常近赭黄袍。岁岁秋月底，沉醉紫檀槽。

侯 寘 水调歌头·为张敬夫直阁寿

天地孕冲气，霜雪实嘉平。粹然经世材具，应为圣时生。妙处为仁受用，颠倒纵横无壅，一笑泮春冰。袖手无一语，四海已倾情。 紫岩老，游戏事，悟诚明。当年夷夏高仰，玉振更金声。家有渊骞高第，可但闻诗闻礼，衣钵要相承。周扆绚余彩，商鼎味新羹。

侯 寘 水调歌头·白鹤到时节

白鹤到时节，霜信满南州。金盘露重，银潢波浪截天流。岳渎千龄钟秀，赋出人间英气，清照洞庭秋。烈日严霜操，竹简万年留。 苏属国，二千秩，若为酬。杜园阴密，未央前席动宸旒。入践紫薇郎省，擢赞绿槐公位，指日凤池游。千顷玉芝熟，准备饭青牛。

赵彦端 水调歌头·秀州坐上作

秋色忽如许，风露皎如空。平生青鬓余地，老与故人同。忆得鲈鱼来后，杂以洞庭新橘，月堕酒杯中。宾客可人意，歌舞转春风。 坐间玉，花底扇，又从容。从容更好，无奈多病已衰翁。赖有主人风味，识我少年狂态，乞与酒颜红。一醉晓鸦起，流水任西东。

赵彦端　水调歌头·为寿

淦水定何许，楼外满晴岚。落霞蜚鸟无际，新酒为谁甘。闻道居邻玉笥，下有芝田琳苑，光景照江南。已转丹砂九，应降素云三。　忆畴昔，翻舞袖，纵剧谈。玉壶倾倒，香雾黄菊酿红柑。好在当时明月，只有炉薰一缕，缄寄可同参。剩肯南游不，蓬海试穷探。

赵彦端　水调歌头·山色望中好

山色望中好，□□□□清。连峰叠巘极目，高下与云平。玉洞沉沉何处，隐映一溪烟树，倒影碧波□。唤起骖鸾客，丹灶夜光横。　□霞卷，风露滴，月华明。佳人为我，垂手凄怨理秦筝。千载虹桥新路，依约幔亭歌舞，一醉话浮生。但得尊盈酒，莫问世间名。

王千秋　水调歌头·席上呈梁次张

笔力卷鲸海，人物冠麟台。向来朱邸千字，不省有惊雷。人似曲江风韵，刚要重来持节，不道玉堂开。草诏坐扛鼎，琐屑扫尊罍。　金错落，貂掩映，玉崔嵬。看公谈笑，长河千里静氛埃。散马昼闲榆塞，辫发春趋瑶陛，都出济川才。老子尚顽健，东阁亦时来。

王千秋　水调歌头·赵可大生日

披锦泛江客，横槊赋诗人。气吞宇宙，当拥千骑静胡尘。何事折腰执版，久在泛莲幕府，深觉负平生。踉蹡众人底，欲语复吞声。　庆垂弧，期赐杖，酒深倾。愿君大耐，碧眸丹颊百千龄。用即经纶天下，不用归谋三径，一笑友渊明。出处两俱得，鸤鹦亦鹍鹏。

王千秋　水调歌头·九日

壮日遇重九，跃马□欢游。如今何事多感，双鬓不禁秋。目断五陵台路，无复临高千骑，鼓吹簇轻裘。霜露下南国，淮汉绕神州。　钓松鲈，斟郢酒，听吴讴。壮心铄尽，今夕重见紫茱羞。月落笳鸣沙碛，烽静人耕榆塞，此志恐悠悠。拟欲堕清泪，生怕菊花愁。

王千秋　水调歌头·迟日江山好

迟日江山好，老去倦遨游。好天良夜，自恨无地可销忧。岂意绮窗朱户，深锁双双玉树，桃扇避风流。未暇泛沧海，直欲老温柔。　解檀槽，敲玉钏，泛清讴。画楼十二，梁尘惊坠彩云留。座上骑鲸仙友，笑我胸中磊魂，取酒为浇愁。一举千觞尽，来日判扶头。

李　吕　水调歌头·和伯称

山雨喜开霁，爽气涤烦襟。晚秋丹叶飘坠，篱菊散黄金。徙倚关河凝望，回首光阴轻驶，倏忽二毛侵。须信人间世，莫放酒杯深。　一星子，名与利，漫浮沉。塞翁祸福无定，此理古犹今。妙处只应亲到，外物从渠舒卷，出处我无心。袖手无新语，洗耳听清音。

黄　格　水调歌头·寿留守刘枢密

富贵不难致，名节几人全。渡江龙化，于今五十有三年。历数朝堂诸老，谁似武夷仙伯，操行老弥坚。吾道适中否，一柱独擎天。　湖南北，江左右，屡藩宣。韩公城下，烽火静、米斗三钱。人愿公归台鼎，我愿公归中隐，九老要齐肩。岁岁祝公寿，风月伴梅仙。

袁去华　水调歌头·雪

云冻鸟飞灭，春意著林峦。姮娥何事，醉撼瑞叶落人间。斜入酒楼歌处，微裙茅檐烟际，窗户漾光寒。西帝游何许，翳凤更骖鸾。　玉楼耸，银海眩，倚阑干。渔蓑江上归去，浑胜画图看。三嗅疏枝冷蕊，索共梅花一笑，相对两无言。月影黄昏里，清兴绕吴山。

袁去华　水调歌头·次黄舜举登姑苏台韵

吴门古都会，畴昔记曾游。轻帆卸处，西风吹老白蘋洲。试觅姑苏台榭，尚想吴王宫阙，陆海跨鳌头。西子竟何许，水殿漫凉秋。　画图中，烟际寺，水边楼。叫云横玉，须臾三弄不胜愁。兴废都归闲梦，俯仰已成陈迹，家在泽南州。有恨向谁说，月涌大江流。

袁去华　　水调歌头·天下最奇处

天下最奇处，绿水照朱楼。三高仙去，白头千古想风流。跨海晴虹垂饮，极目沧波无际，落日去鱼舟。蘋末西风起，橘柚洞庭秋。　　记当年，携长剑，觅封侯。而今憔悴长安，客里叹淹留。回首洪崖西畔，随分生涯可老，卒岁不知愁。做个终焉计，谁羡五湖游。

袁去华　　水调歌头·次韵别张梦卿

一叶堕金井，秋色满蟾宫。婵娟影里，玉箫吹断碧芙蓉。缭绕宫墙千雉，森耸觚棱双阙，缥缈五云中。郁郁葱葱处，佳气夜如虹。　　日华边，江海客，每从容。青钱万选，北门东观会留侬。堪叹抟沙一散，今夜扁舟何许，红蓼碧芦丛。无地寄愁绝，把酒酹西风。

袁去华　水调歌头·送杨廷秀赴国子博士用廷秀韵

笔阵万人敌，风韵玉壶冰。文章万丈光焰，论价抵连城。小试冯川三异，无数成阴桃李，寒谷自春生。奏牍三千字，晁董已销声。　　玺书下，天尺五，运千龄。长安知在何处，指点日边明。看取纶巾羽扇，静扫神州赤县，功业小良平。翻笑凌烟阁，双鬓半星星。

袁去华　　水调歌头·定王台

雄跨洞庭野，楚望古湘州。何王台殿，危基百尺自西刘。尚想霓旌千骑，依约入云歌吹，屈指几经秋。叹息繁华地，兴废两悠悠。　　登临处，乔木老，大江流。书生报国无地，空白九分头。一夜寒生关塞，万里云埋陵阙，耿耿恨难休。徙倚霜风里，落日伴人愁。

袁去华　　水调歌头·鸟影度疏木

鸟影度疏木，天势入平湖。沧波万顷，轻风落日片帆孤。渡口千章云木，苒苒炊烟一缕，人在翠微居。客里更愁绝，回首忆吾庐。　　功名事，今老矣，待何如。拂衣归去，谁道张翰为莼鲈。且就竹深荷静，坐看山高月小，剧饮与谁俱。长啸动林木，意气欲凌虚。

李流谦　　水调歌头·江上作

江涨解网雨，衣润熟梅天。高人何事，乘兴来寄五湖船。才听冬冬叠奏，呕轧橹声齐发，几别故州山。转盼青楼杪，已在碧云端。　渡头月，临晚霁，泊清湾。水空天静，高下相应总团圞。遥想吾家更好，尽唤儿曹泛扫，欣赏共婵娟。应念思归客，对此不成眠。

刘之翰　　水调歌头·献田都统

凉露洗金井，一叶下梧桐。谪仙浪游，何事华发作诗翁。乌帽萧萧一幅，坐对清泉白石，矫首抚长松。独鹤归来晚，声在碧霄中。　神仙宅，留玉节，驻金狨。黔南一道、十万貔虎控雕弓。笑折碧荷倒影，自唱采莲新曲，词句满秋风。剑佩八千岁，长入大明宫。

刘望之　　水调歌头·劝子一杯酒

劝子一杯酒，清泪不须流。人间千古，俯仰如梦说扬州。何况楚王台畔，为雨为云无限，人事付轻沤。聚散随来去，天地有虚舟。　谪仙人，解金龟，换美酒。载与君游，流水曲觞且赓酬。麾盖飞迎过霭，江滨响振歌喉，拚醉又何求。三万六千日，日日此优游。

向　滈　　水调歌头·短棹舣湍石

短棹舣湍石，华月满汀洲。应知孤客无寐，特地照离忧。谁念姮娥单枕，寂寞广寒宫殿，亦自□□□。□□□□□，□□□□□。　□怜我，尘满袖，雪盈头。两乡千里萦恨，何事不归休。遥想闺中今夜，夜久寒生玉臂，犹自倚高楼。别泪入湘水，归梦绕郿州。

程大昌　　水调歌头·绿净贯阛阓　并序

水晶宫之名，天下知之，而此邦图志，元不能主名其所。某尝思之，苕霅水清可鉴，邑屋之影入焉。而甍栋丹垩，悉能透现本象，有如水玉。故善为言者，得以裒撮其美而曰，此其宫盖水晶为之，如骚人之谓宝阙珠宫，正其类也。则岂容一地独擅此名也。兹承词见及，无以为报，辄取此意，稍加隐括，

用来况水调歌头为腔，辄以奉呈。若遂有取，可补地志之阙，不但持杯一笑也

绿净贯阛阓，夹岸是楼台。楼台分影倒卧，千丈郁崔嵬。此是化人奇变，能使山巅水底，对出两蓬莱。溪浒有仙观，苕霅信佳哉。　　水晶宫，谁著语，半嘲诙。世间那有，如许磊砢栋梁材。每遇天容全碧，仍更蘋风不动，相与夜深来。饮子以明月，净洗旧尘埃。

程大昌　　水调歌头·上巳日领客往洛阳桥

坐上羽觞釂，水际浦衣褰。适兹胜赏，风轻云薄有情天。不用船舷悲唱，真俯阑干小海，乐事可忘年。莫向歌珠里，却叹鬓霜鲜。　　送朝潮，迎夕汐，思茫然。知他禊饮，此地过了几千千。既有相催春夏，自解转成今古，谁后更谁前。堪笑兴怀客，不似咏归川。

曹　冠　　水调歌头·游三洞

我本方壶客，飘逸离凡尘。胸中万卷，谈笑挥翰墨通神。不慕巢由隐迹，不羡皋夔功业，出处两无心。坦荡灵台净，廛隐胜云林。　　念生平，喜旷达，事幽寻。登临舒啸，惟有风月是知音。雅爱金华仙洞，一派苍崖飞瀑，四序景常新。遐想赤松子，来为醒冲襟。

曹　冠　　水调歌头·红梅

造物巧钟赋，新腊报花期。江梅清瘦，只是洁白逞芳姿。我欲超群绝类，故学仙家繁杏，秾艳映横枝。朱粉腻香脸，酒晕著冰肌。　　玉堂里，山驿畔，最希奇。谁将绛蜡笼玉，香雪染胭脂。好向歌台舞榭，斗取红妆娇面，偎倚韵偏宜。羌管莫吹动，风月正相知。

曹　冠　　水调歌头·游燕赏潭洞

游燕赏潭洞，舒啸对云峰。瀑泉飞下银汉，一水净涵空。前度刘郎诗句，只咏丹青摹写，佳境未亲逢。争似我吟赏，携酒屡从容。　　濯尘缨，挥羽扇，快薰风。因思往古游者，清兴与今同。泉石因人轻重，岘首名传千古，登览赖羊公。陵谷有迁变，勋烈耀无穷。

葛郯　水调歌头·送唯斋之官回舟松江赋

年来惯行役，楚尾又吴头。餐霞吸露，何事佳处辄迟留。云听渔舟夜唱，花落牧童横笛，占尽五湖秋。胡床兴不浅，人在庾公楼。　　绣帘卷，曲阑暝，翠鬟愁。森罗万象，与渠诗里一时收。天设四桥风月，地会三州山水，邀我伴沙鸥。明朝起归梦，一枕过蘋洲。

葛郯　水调歌头·帆腹饱天际

舟回平望，久之过乌戍，值雨少憩，向晚复晴，再用韵赋二首

帆腹饱天际，树发渺云头。翠光千顷，为谁来去为谁留。疑是吴宫西子，淡扫修眉一抹，妆罢玉奁秋。中流送行客，却立望层楼。　　风色变，堤草乱，浪花愁。跳珠翻墨，轰雷掣电几时收。应是阳侯薄相，催我胸中锦绣，清唱和鸣鸥。残霞似相贷，一缕媚汀洲。

葛郯　水调歌头·青铜昏水面

青铜昏水面，乌帽裹山头。风涛如此，天公作意巧相留。常记垂虹晚渡，卧看菰蒲烟雨，屈指十三秋。恍若华胥梦，无语下西楼。　　翠翻空，寒入座，不禁愁。五弦弹尽，隐隐天末暮虹收。欲伴渔翁钓艇，欸乃一声江上，寒碧点轻鸥。无人阻归兴，直欲迈长洲。

姚述尧　水调歌头·中秋

碧落暮云卷，玉宇静无尘。宝阶露滴仙掌，秋气正平分。冷浸银河清澈，光射珠躔明灭，素女拥冰轮。今夕桂华满，疑是别乾坤。　　对清影，凌灏气，沃芳尊。凭高凝望，万里城阙尽铺银。偏照长门离恨，更揽西园诗思，何处不关情。此景年年好，莫惜醉归频。

姚述尧　水调歌头·七夕

三五半圆夜，二七素秋天。银河耿耿，中渡绛节会星軿。宝鹊喜传佳信，丹凤欢迎仙仗，瑞彩映珠躔。此意天长久，不比在人间。　　多情客，捧香饵，洁宾筵。殷勤拜舞，乞寿乞

富乞团圆。宜与人人愿足，更看家家欢洽，喜气满江山。今夕莫辞醉，后会是来年。

姚述尧　　　水调歌头·酴醾

上苑暮春好，烟雨正溟濛。桃蹊冷落无语，嫩绿翳残红。好是翠帡乍展，喜见玉英初坼，裁剪费春工。绰约更娇软，轻飐万条风。　散清馥，翻素艳，照晴空。佳人羞妒，竞把粉质斗芳容。无恨恼人风味，别有留春情韵，都付酒杯中。极目凭阑久，月影在墙东。

姚述尧　　　水调歌头·泽国正秋杪

秩满告归，曾使君饯别，席间奉呈

泽国正秋杪，微雨洒江滨。凭高一望，万里多稼总如云。芳野壤歌鼎沸，古市欢声辐凑，尽是泰平人。铃阁尽无事，桃李满公门。　恨瓜戍，趣征驭，惜芳辰。高情耿耿，重别中夜沃清尊。不为兰亭感慨，莫作楚狂醉倒，谭笑自生春。明日送行处，忍顾翠眉颦。

甄龙友　　　水调歌头·西风新叶堕

西风新叶堕，南国九秋初。周天三百六十五度、片云无。上有迢迢河汉，下有滔滔江水，横载洞庭湖。一叶放流去，人在浑仪图。　满虚空，张宝盖，缀明珠。玻璃为地，游戏乾象驾坤舆。烂醉蓬莱方丈，遍入华严法界，试问夜何如。北斗转魁柄，东海欲飞乌。

管　鉴　　　水调歌头·平生五湖兴

同张子仪诸公泛舟北渚，席间用子仪韵

平生五湖兴，梦想白蘋洲。只今何处，卷帘波影漾风钩。况值晚天新霁，菱叶荷花如拭，香翠拥行舟。却为湖山好，牵思绕皇州。　柳边堤，竹里阁，旧曾游。恍然重到，不知身世此淹留。且对碧梧修竹，领略好风凉月，大白与重浮。欲和凌云赋，佳思苦难酬。

管　鉴　　　水调歌头·凉意在何许

后十日，子仪相招游仓司后圃，舣舟堤岸，醉中再赋

凉意在何许，高柳荫汀洲。移船藕花深处，待得月如钩。一抹晚山残照，十顷醉红香绿，百棹列琼舟。浩歌激苍莽，豪气溢神州。　　泛芙蓉，依绿水，并英游。明年此会，可怜独是贾胡留。赖有瀛洲仙子，少驻云霄高步，相与慰沉浮。富贵傥来尔，有酒且相酬。

管　鉴　　　水调歌头·秋色浩无际

同子仪、韦之登舟青阁，用韦之韵

秋色浩无际，风露洗晴空。登临江山胜处，楼倚最高峰。好是夕阳低后，四野暮云齐敛，遮尽远山重。城郭参差里，烟树有无中。　　坐间客，才论斗，气如虹。挥毫万字，举双白眼送飞鸿。莫问梅仙丹灶，休觅山灵蕙帐，追忆采芝翁。便草凌云赋，归奏大明宫。

管　鉴　　　水调歌头·一雨洗烦溽

龙守沈商卿，三十年故交也，经过，为留五日。临行，以词为别，次韵以谢

一雨洗烦溽，天气爽如秋。江山佳处，眼明重见旧交游。去国三千余里，俯视朝宗一水，共笑此生浮。幸我扁舟具，归欲问菟裘。　　叹君才，方进用，岂容休。銮坡凤沼，情知不为蜀人留。便恐升沉各异，后日相逢无处，别语易成愁。记取平安使，时访荻花洲。

管　鉴　　　水调歌头·大雪登望京楼

南雪不到地，今雪瑞非常。堆檐平砌，晚来风定转飞扬。浩荡乾坤无际，洗尽蛮烟瘴雾，和气遍遐荒。满眼丰年意，民共乐时康。　　倚琼楼，临玉树，举瑶觞。高吟低唱，从他减尽少年狂。且趁明年春好，整顿雨犁风箬，归去老农桑。唤起江南梦，先到水云乡。

管　鉴　　　水调歌头·夷陵九日

举俗爱重九，秋至不须悲。登临昔贤胜地，空愧主人谁。滚滚长江不尽，叠叠青山无数，千载揖高姿。况有贤宾客，同醉此佳时。　　坐间菊，青作袂，玉为肌。香英泛酒，风流绝胜酎酴醾。莫话龙山高会，只作东篱幽想，应有故人思。北望

江南路，回首暮云披。

管　鉴　　**水调歌头·举俗爱重九**

举俗爱重九，我辈更钟情。良辰好景，赏心乐事古难并。正是朝廷闲暇，四序均调玉烛，一路庆丰登。况值循良守，酒与政俱成。　倚危亭，持玉斝，泛金英。风高日淡，一天秋色共澄清。指点云间岳镇，寿与两宫齐久，天地永成平。岁岁同民乐，持此报君恩。

陆　游　　**水调歌头·多景楼**

江左占形胜，最数古徐州。连山如画，佳处缥渺著危楼。鼓角临风悲壮，烽火连空明灭，往事忆孙刘。千里曜戈甲，万灶宿貔貅。　露沾草，风落木，岁方秋。使君宏放，谈笑洗尽古今愁。不见襄阳登览，磨灭游人无数，遗恨黯难收。叔子独千载，名与汉江流。

范成大　　**水调歌头·细数十年事**

细数十年事，十处过中秋。今年新梦，忽到黄鹤旧山头。老子个中不浅，此会天教重见，今古一南楼。星汉淡无色，玉镜独空浮。　敛秦烟，收楚雾，熨江流。关河离合、南北依旧照清愁。想见姮娥冷眼，应笑归来霜鬓，空敝黑貂裘。酾酒问蟾兔，肯去伴沧洲。

此首别作王质词

范成大　　**水调歌头·燕山九日作**

万里汉家使，双节照清秋。旧京行遍，中夜呼禹济黄流。寥落桑榆西北，无限太行紫翠，相伴过芦沟。岁晚客多病，风露冷貂裘。　对重九，须烂醉，莫牢愁。黄花为我，一笑不管鬓霜羞。袖里天书咫尺，眼底关河百二，歌罢此生浮。惟有平安信，随雁到南州。

范成大　　**水调歌头·万里筹边处**

万里筹边处，形胜压坤维。恍然旧观重见，鸳瓦拂参旗。夜夜东山衔月，日日西山横雪，白羽弄空晖。人语半霄碧，惊倒路傍儿。　分弓了，看剑罢，倚阑时。苍茫平楚无际，千

古锁烟霏。野旷岷嶓江动，天阔崤函云拥，太白暝中低。老矣汉都护，却望玉关归。

赵磻老　　水调歌头·和平湖

梅仙了无讼，拄笏看西山。山涵秋晓，水光磨荡有无间。自是灵襟空洞，更望风云吞吐，浩渺白鸥闲。高诵远游赋，独立桂香阑。　漫常谈，如观水，要观澜。物情长在，人生何用苦求难。随我一觞一咏，任彼非元非白，唯放酒杯宽。富贵倘来事，天道管知还。

王　质　　水调歌头·京口

江水去无极，无地有青天。怒涛汹涌，卷浪成雪蔽长川。一望扬州苍莽，隐见烟竿双矗，何处卷珠帘。落日瓜洲渡，鸿鹭满风前。　古战场，皆白草，更苍烟。清平犹有遗恨，久矣在江边。北固山前三杰，遥想当年意气，亹亹睨中原。上马促归去，风堕接䍦翩。

王　质　水调歌头·中秋饮南楼呈范宣抚

细数十年梦，十处过中秋。今年清梦，还在黄鹤旧楼头。老子个中不浅，此会天教重见，今古一南楼。星汉淡无色，玉锦倚空浮。　带秦烟，萦楚雾，熨江流。关河离合南北，依旧照清愁。想见姮娥冷笑，笑我归来霜鬓，空敝黑貂裘。把酒问清影，肯去伴沧洲。

此首别作范成大词

王　质　水调歌头·游银山寺和壁间张安国作

晚嶂倚斜日，秋树战悲风。一泓绀紫澄碧，中有睡蛟龙。散作清溪明玉，激上长松流水，雨电乱寒空。抛却红尘袂，飞入妙光宫。　佛国大，天溥博，地含洪。空岩乱壑递响，珠影动金容。万古碧潭空界，一点青霄明月，湧漉总无功。云散殿突兀，风动铎丁东。

王　质　　水调歌头·草蔓已多露

草蔓已多露，松竹总含风。群山左顾右盼，如虎更如龙。时见渔灯三两，知在谁家浦溆，星斗烂垂空。万有付一扫，人

世等天宫。　　秋萧瑟，林脱叶，水归洪。江湖飘泊鸿雁，洲渚肯相容。要使群生安堵，不听三更吠犬，此则是奇功。一任画麟阁，吾自老墙东。

王　质　　　　水调歌头·九日

云巘在空碧，天宇共高明。重阳易得风雨，今日不胜晴。天为两朝元老，付与四时佳节，不动一丝尘。香霭洗金戟，飞雾洒霓旌。　　山鸣叶，江动石，总欢声。剑关玉垒千载，谁见此升平。细看尊前万蕊，相映眉间一点，黄气郁骎骎。江汉下淮海，都赖一长城。

王　质　　　　水调歌头·饶风岭上见梅

花上插苍碧，花下走清湍。浓霜深覆残雪，更有月相参。似我竹溪茅屋，欲晓未明天气，扶杖绕篱看。秦楚五千里，何处是江南。　　饶风下，人不断，马相连。颇尝见有此客，相属意惓惓。欲为横吹出塞，无处可寻羌管，短策叩征鞍。策断征鞍裂，惊堕玉毵毵。

王　质　　　　水调歌头·寿查郎中

淮海一星出，分野到梁州。玉京群帝朝斗，公在列仙流。尽扫欃枪格泽，高拱紫微太乙，霞佩拂红裯。非雾非烟里，永侍绀云裘。　　日南至，月既望，寿君侯。梅花满眼，一朵聊当一千秋。半夜玉堂承诏，翼旦路朝宣册，归去作班头。风净瞿唐峡，安稳放行舟。

王　质　　　　水调歌头·庆寿

河汉湛秋碧，玉露暖瑶空。太清仙子，飘渺飞佩响玲珑。暂驭青鸾紫凤，来玩十洲三岛，旌旆卷芙蓉。身在大江表，名系绛霄宫。　　两仙客，歌驻月，舞回风。宝薰轻度帘幕，香雾结重重。已觉长安近日，会看此星朝斗，千载庆云龙。翠霭彤烟里，长侍衮衣红。

沈　瀛　　　　水调歌头·和李守

潇洒云中鹤，容与水边鸥。缑山仙客，飘然曾约此中留。更有骑鲸公子，相与翱翔八极，凛凛气横秋。明月楼头宴，樽

俎好诗流。　　思往事，增逸兴，唤仙舟。谁能拘束，尘埃堆里蹙昏眸。拟附星槎直上，十二玉京绛阙，高处且嬉游。回首视人世，天地一沙洲。

沈　瀛　　水调歌头·岁月如奔箭

岁月如奔箭，屈指又中秋。去年江上行役，常动故乡愁。容与碧云亭畔，极目江山千里，隐隐是西州，日暮天容敛，鸥雁下汀洲。　　回故棹，寻旧里，解客裘。功名前定，时到安得为淹留。幸有青编万轴，且又日长无事，莫恁做闲忧。花下常携酒，明月好登楼。

沈　瀛　　水调歌头·门外可罗雀

门外可罗雀，长者肯来寻。留君且住，听我一曲楚狂吟。枉了闲烦闲恼，莫管闲非闲是，说甚古和今。但看镜中影，双鬓已星星。　　人生世，多聚散，似浮萍。适然相会，须索有酒且同倾。说到人情真处，引入无何境界，惟酒是知音。况有好风月，相对且频斟。

杨万里　水调歌头·贺广东漕蔡定夫母生日

玉树映阶秀，玉节逐年新。年年九月，好为阿母作生辰。涧底蒲芽九节，海底银涛万顷，酿作一杯春。泛以东篱菊，寿以漆园椿。　　对西风，吹鬓雪，炷香云。郎君入奏，又迎珠幰入修门。看即金花紫诰，并举蕭常两国，册命太夫人。三点台星上，一点老人星。

陈居仁　　水调歌头·重过钓台路

重过钓台路，风物故依然。羊裘轩上，俯临清泚面孱颜。仰见先生风节，更有两公名德，冰雪照人寒。龙野方驰逐，鸿翼自孤騫。　　酹壶觞，追往昔，笑华颠。别来三纪，推排曾戴侍臣冠。惭愧君恩难答，聊复守符重绾，敢叹客途艰。少报期年政，行泛五湖船。

李　泳　　水调歌头·危楼云雨上

危楼云雨上，其下水扶天。群山四合，飞动寒翠落檐前。尽是秋清栏槛，一笑波翻涛怒，雪阵卷苍烟。炎暑去无迹，清

驶久翩翩。　　夜将阑，人欲静，月初圆。素娥弄影，光射空际绿婵娟。不用濯缨垂钓，唤取龙宫仙驾，耕此万琼田。横笛望中起，吾意已超然。

朱　熹　　水调歌头·富贵有余乐

富贵有余乐，贫贱不堪忧。谁知天路幽险，倚伏互相酬。请看东门黄犬，更听华亭清唳，千古恨难收。何似鸱夷子，散发弄扁舟。　　鸱夷子，成霸业，有余谋。致身千乘卿相，归把钓渔钩。春昼五湖烟浪，秋夜一天云月，此外尽悠悠。永弃人间事，吾道付沧洲。

朱　熹　　水调歌头·次袁仲机韵

长记与君别，丹凤九重城。归来故里，愁思怅望渺难平。今夕不知何夕，得共寒潭烟艇，一笑俯空明。有酒径须醉，无事莫关情。　　寻梅去，疏竹外，一枝横。与君吟弄风月，端不负平生。何处车尘不到，有个江天如许，争肯换浮名。只恐买山隐，却要炼丹成。

朱　熹　　水调歌头·隐括杜牧之齐山诗

江水浸云影，鸿雁欲南飞。携壶结客，何处空翠渺烟霏。尘世难逢一笑，况有紫萸黄菊，堪插满头归。风景今朝是，身世昔人非。　　酬佳节，须酩酊，莫相违。人生如寄，何事辛苦怨斜晖。无尽今来古往，多少春花秋月，那更有危机。与问牛山客，何必独沾衣。

朱　熹　　水调歌头·不见严夫子

不见严夫子，寂寞富春山。空余千丈危石，高插暮云端。想象羊裘披了，一笑两忘身世，来把钓鱼竿。不似林间翮，飞倦始知还。　　中兴主，功业就，鬓毛斑。驰驱一世豪杰，相与济时艰。独委狂奴心事，不羡痴儿鼎足，放去任疏顽。爽气动心斗，千古照林峦。

朱　熹　　水调歌头·联句问讯罗汉同张敬夫

雪月两相映，水石互悲鸣。不知岩上枯木，今夜若为情。应见尘中胶扰，便道山间空旷，与么了平生。与么平生了，

□水不流行。（熹）　　起披衣，瞻碧汉，露华清。寥寥千载，此事本分明。若向乾坤识易，便信行藏无间，处处总圆成。记取渊冰语，莫错定盘星。（栻）

张孝祥　　水调歌头·为总得居士寿

隆中三顾客，圯上一编书。英雄当日感会，余事了寰区。千载神交二子，一笑眇然兹世，却愿驾柴车。长忆淮南岸，耕钓混樵渔。　　忽扁舟，凌骇浪，到三吴。纶巾羽扇容与，争看列仙儒。不为莼鲈笠泽，便挂衣冠神武，此兴渺江湖。举酒对明月，高曳九霞裾。

张孝祥　　水调歌头·凯歌上刘恭父

猩鬼啸篁竹，玉帐夜分弓。少年荆楚剑客，突骑锦襜红。千里风飞雷厉，四校星流彗扫，萧斧铿春葱。谈笑青油幕，日奏捷书同。　　诗书帅，黄阁老，黑头公。家传鸿宝秘略，小试不言功。闻道玺书频下，看即沙堤归去，帷幄且从容。君王自神武，一举朔庭空。

张孝祥　　水调歌头·泛湘江

濯足夜滩急，晞发北风凉。吴山楚泽行遍，只欠到潇湘。买得扁舟归去，此事天公付我，六月下沧浪。蝉蜕尘埃外，蝶梦水云乡。　　制荷衣，纫兰佩，把琼芳。湘妃起舞一笑，抚瑟奏清商。唤起九歌忠愤，拂拭三闾文字，还与日争光。莫遣儿辈觉，此乐未渠央。

张孝祥　　水调歌头·金山观月

江山自雄丽，风露与高寒。寄声月姊，借我玉鉴此中看。幽壑鱼龙悲啸，倒影星辰摇动，海气夜漫漫。涌起白银阙，危驻紫金山。　　表独立，飞霞佩，切云冠。漱冰濯雪，眇视万里一毫端。回首三山何处，闻道群仙笑我，要我欲俱还。挥手从此去，翳凤更骖鸾。

张孝祥　　水调歌头·汪德邵无尽藏

淮楚襟带地，云梦泽南州。沧江翠壁佳处，突兀起红楼。凭仗使君胸次，与问老仙何在，长啸俯清秋。试遣吹箫看，骑

鹤恐来游。　　欲乘风，凌万顷，泛扁舟。山高月小，霜露既降，凛凛不能留。一吊周郎羽扇，尚想曹公横槊，兴废两悠悠。此意无尽藏，分付水东流。

张孝祥　　水调歌头·隐静山观雨

青嶂度云气，幽壑舞回风。山神助我奇观，唤起碧霄龙。电掣金蛇千丈，雷震灵鼍万叠，汹汹欲崩空。尽泻银潢水，倾入宝莲宫。　　坐中客，凌积翠，看奔洪。人间应失匕箸，此地独从容。洗了从来尘垢，润及无边焦槁，造物不言功。天宇忽开霁，日在五云东。

张孝祥　　水调歌头·桂林集句

五岭皆炎热，宜人独桂林。江南驿使未到，梅蕊破春心。繁会九衢三市，缥缈层楼杰观，雪片一冬深。自是清凉国，莫遣瘴烟侵。　　江山好，青罗带，碧玉簪。平沙细浪欲尽，陡起忽千寻。家种黄柑丹荔，户拾明珠翠羽，箫鼓夜沉沉。莫问骖鸾事，有酒且频斟。

张孝祥　　水调歌头·桂林中秋

今夕复何夕，此地过中秋。赏心亭上唤客，追忆去年游。千里江山如画，万井笙歌不夜，扶路看遨头。玉界拥银阙，珠箔卷琼钩。　　驭风去，忽吹到，岭边州。去年明月依旧，还照我登楼。楼下水明沙静，楼外参横斗转，搔首思悠悠。老子兴不浅，聊复此淹留。

张孝祥　　水调歌头·和庞佑父

雪洗虏尘静，风约楚云留。何人为写悲壮，吹角古城楼。湖海平生豪气，关塞如今风景，剪烛看吴钩。剩喜然犀处，骇浪与天浮。　　忆当年，周与谢，富春秋。小乔初嫁，香囊未解，勋业故优游。赤壁矶头落照，肥水桥边衰草，渺渺唤人愁。我欲乘风去，击楫誓中流。

张孝祥　　水调歌头·为时传之寿

云海漾空阔，风露凛高寒。仙翁鹤驾，羽节缥缈下天端。指点虚无征路，时见双凫飞舞，挥斥隘尘寰。吹笛向何处，海

上有三山。　　彩衣新，鱼服丽，更朱颜。蟠桃未熟，千岁容与且人间。早晚金泥封诏，归侍玉皇香案，踵武列仙班。玉骨自难老，未用九霞丹。

此首别作无名氏词

张孝祥　　水调歌头·为方务德侍郎寿

紫橐论思旧，碧落拜除新。内家敕使，传诏亲付玉麒麟。千里江山增丽，是处旌旗改色，佳气郁轮囷。看取连宵雪，借与万家春。　　建崇牙，开盛府，是生辰。十州老稚，都向今日祝松椿。多少活人阴德，合享无边长算，惟有我知君。来岁更今日，一气转洪钧。

张孝祥　　水调歌头·垂虹亭

舣棹太湖岸，天与水相连。垂虹亭上，五年不到故依然。洗我征尘三斗，快揖商飙千里，鸥鹭亦翩翩。身在水晶阙，真作驭风仙。　　望中秋，无五日，月还圆。倚栏清啸孤发，惊起蛰龙眠。欲酹鸱夷西子，未办当年功业，空系五湖船。不用知余事，莼鲙正芳鲜。

张孝祥　　水调歌头·送刘恭父趋朝

鳌禁辍颇牧，熊轼赖龚黄。一时林莽千险，蜂午要驱攘。金版六韬初试，烟敛山空野迥，低草见牛羊。旒纩释南顾，戈甲濯银潢。　　玉书下，褒懿绩，促曹装。帝宸天近，红旆东去带朝阳。归辅五云丹陛，回首楚楼千里，遗爱满潇湘。应记依刘客，曾此奉离觞。

张孝祥　　水调歌头·天上掌纶手

天上掌纶手，阃外折冲才。发踪指示，平荡全楚息氛埃。缓带轻裘多暇，燕寝森严兵卫，香篆几徘徊。襦袴见歌咏，桃李藉栽培。　　紫泥封，天笔润，日边来。趣装入觐，行矣归去作盐梅。祖帐不须遮道，看取眉间一点，喜气入尊罍。此去沙堤路，平步上三台。

张孝祥　　水调歌头·送谢倅之临安

客里送行客，常苦不胜情。见公秣马东去，底事却欣欣。

不为青毡俯拾，自是公家旧物，何必更关心。且喜谢安石，重起为苍生。　　圣天子，方侧席，选豪英。日边仍有知己，应刻荐章间。好把文经武略，换取碧幢红旆，谈笑扫胡尘。勋业在此举，莫厌短长亭。

张孝祥　　水调歌头·过岳阳楼作

湖海倦游客，江汉有归舟。西风千里，送我今夜岳阳楼。日落君山云气，春到沅湘草木，远思渺难收。徙倚栏杆久，缺月挂帘钩。　　雄三楚，吞七泽，隘九州。人间好处，何处更似此楼头。欲吊沉累无所，但有渔儿樵子，哀此写离忧。回首叫虞舜，杜若满芳洲。

张　栻　水调歌头·联句问讯罗汉同朱熹

雪月两相映，水石互悲鸣。不知岩上枯木，今夜若为情。应见尘中胶扰，便道山间空旷，与么了平生，与么平生了，□水不流行。（熹）　　起披衣，瞻碧汉，露华清。寥寥千载，此事本分明。若向乾坤识易，便信行藏无间，处处总圆成。记取渊冰语，莫错定盘星。（栻）

崔敦礼　　水调歌头·垂虹桥亭词

倚棹太湖畔，踏月上垂虹。银涛万顷无际，渺渺欲浮空。为问瀛洲何在，我欲骑鲸归去，挥手谢尘笼。未得世缘了，佳处且从容。　　饮湖光，披晓月，抹春风。平生豪气安用，江海兴无穷。身在冰壶千里，独倚朱栏一啸，惊起睡中龙。此乐岂多得，归去莫匆匆。

陈　造　　水调歌头·千叶红梅送史君

胜日探梅去，邂逅得奇观。南枝的皪，陡觉品俗又香悭。曾是瑶妃清瘦，帝与金丹换骨，酒韵上韶颜。百叠侈罗袂，小立耐春寒。　　凝香地，古仙伯，玉尘闲。烦公持并三友，秀色更堪餐。定笑芙蓉骚客，认作东风桃杏，醉眼自相谩。想见落诗笔，字字漱龙兰。

李处全　水调歌头·丁丑岁，吴门为外舅蒋宣卿寿

金节照南国，画戟壮陪都。严谯鼓角霜晓，雄胜压全吴。

葱茜采香古径，缥缈折梅新奏，春事早关渠。谁识使君意，行乐与民俱。　　披绣幌，薰宝篆，引琼酥。黄堂富暇，宾幕谈笑足欢娱。看取十行丹诏，遥指五云深处，归路接亨衢。玉佩映鸳缀，不老奉轩虞。

李处全　　水调歌头·送王景文

上马趣携酒，送客古朱方。秋风斜日山际，低草见牛羊。酩酊不知更漏，但见横江白露，清映月如霜。平睨广寒殿，谁说路歧长。　　醉还醒，时起舞，念吾乡。江山尔尔，回首千载几兴亡。一笑书生事业，谁信管城居士，不换碧油幢。好在中泠水，击楫奏伊凉。

李处全　　水调歌头·明月浸瑶碧

明月浸瑶碧，河汉水交流。偏来照我，知我白发不胜愁。客里山中三载，枕上人间一梦，曾忆到瀛洲。矫首蓬壶路，两腋已飕飗。　　记扁舟，浮震泽，趁中秋。垂虹亭上，与客千里快凝眸。看剑引杯狂醉，饮水曲肱高卧，鹏鷃本同游。起舞三人耳，横笛唤沙鸥。

李处全　　水调歌头·冒大风渡沙子

落日暝云合，客子意如何。定知今日，封六巽二弄干戈。四望际天空阔，一叶凌涛掀舞，壮志未消磨。为向吴儿道，听我扣舷歌。　　我常欲，利剑戟，斩蛟鼍。胡尘未扫，指挥壮士挽天河。谁料半生忧患，成就如今老态，白发逐年多。对此貌无恐，心亦畏风波。

李处全　　水调歌头·春事已如许

春事已如许，柳眼早依依。故园桃李何似，芳蕊想团枝。此地嵩高名里，信美元非吾土，清梦绕瀍涧。扶杖欲行乐，还使我心悲。　　对琴书，歌一阕，引千卮。昔曾击楫，今日投老叹吾衰。睡起推窗凝睇，失喜柔桑微绿，便拟作春衣。搔首长吟处，此意有谁知。

李处全　　水调歌头·咏梅

微雨眼明处，春信著南枝。百花头上消息，为我赴襟期。

松下凌霜古干，竹外横窗疏影，同是岁寒姿。唤取我曹赏，莫使俗流知。　　对风前，看雪后，总相宜。碧天如洗，何许羌笛月边吹。一段出群标格，合得水仙兄事，千古豫章诗。鼎鼐付佳实，终待麦秋时。

李处全　　水调歌头·飞雪已传信

前篇既出，诸君皆有属和，因自用韵

飞雪已传信，端叶未分枝。莫嫌开晚，前月曾付小春期。谁道梳风洗雨，不许调脂弄粉，容易涴天姿。眼界未多见，鼻观已先知。　　昔西湖，今北客，各从宜。要渠烂熳，趣得暖律为渠吹。犹记石亭攀折，浑似扬州观赏，清兴欲寻诗。三嗅不离手，如得和篇时。

李处全　　水调歌头·除夕

今夕定何夕，今夕岁还除。团栾儿女，尽情灯火照围炉。但惜年从节换，便觉身随日老，踪迹尚沉浮。万事古如此，聊作旧桃符。　　任东风，吹缟鬓，戏矐儒。韶颜壮齿，背人去似隙中驹。杯酌犹倾腊酒，漏箭已传春夜，何处不歌呼。惟愿长穷健，命醑且欢娱。

李处全　　水调歌头·楼观数南国

处州烟雨楼落成，欲就中秋，后值雨

楼观数南国，烟雨压东州。溪山雄胜，天开图画肖瀛洲。我破瀛洲客梦，来剖仙都符竹，乐岁又云秋。聊作幻师戏，肯遗后人愁。　　趁佳时，招我辈，共凝眸。君侯胸次丘壑，意匠付冥搜。刻日落成华栋，对月难并清景，千丈素光流。老子兴何极，小子趣觥筹。

丘　密　　水调歌头·登赏心亭怀古

一雁破空碧，秋满荻花洲。淮山淡扫，欲颦眉黛唤人愁。落日归云天外，目断清江无际，浩荡没轻鸥。有恨寄流水，无泪学羁囚。　　望石城，思东府，话西州。平芜千里，古来佳处几回秋。歌舞当年何在，罗绮一时同尽，梦幻两悠悠。杯到莫停手，唯酒可忘忧。

丘　崈　　水调歌头·为赵漕德庄寿

人物冠江左，正始有遗音。谪仙风味，洒然那受一尘侵。倚马文章天与。霏屑谈辞云委，宣室为虚襟。小驻外台节，聊屈济时心。　记长庚，曾入梦，恰而今。橙黄橘绿，可人风物是秋深。九日明朝佳节，得得天教好景，供与醉时吟。从此寿千岁，一岁一登临。

丘　崈　　水调歌头·戊戌迓客回程至松江作

小队拥龙节，三度过鲈乡。烟波万顷，縠纹轻皱湿斜阳。何处渔舟唱晚，最是芦花风断，欸乃一声长。矫首望空阔，逸兴堕微茫。　笑尘缨，何日许，濯沧浪。天随甫里，相寻无处一凄凉。会把水光山色，收入烟蓑短艇，胜世作清狂。举酒属公子，富贵未渠央。

丘　崈　　水调歌头·秋日登浮远堂作

一叶下林表，秋色满蘅皋。江风吹雨初过，天宇一何高。蜡屐径来堂上，倚杖翛然长啸，万里看云涛。逸兴浩无际。安得驾灵鳌。　叹吾生，天地里，一秋毫。江山如传，古来阅尽几英豪。回首只今何在，举目依然风景，此意属吾曹。欲去重惆怅，松径冷萧骚。

丘　崈　　水调歌头·鄂渚忆浮远

彩舰驾飞鹢，帆影漾江乡。肥梅天气，一声横玉换新阳。惊起沙汀鸥鹭，点破暮天寒碧，极目楚天长。一抹残霞外，云断水茫茫。　溯清风，歌白雪，和沧浪。枕流亭馆，昔年行处半荒凉。我欲骖风游戏，收拾烟波佳景，一一付词章。闻说洞天好，何处水中央。

邵怀英　　水调歌头·寿刘帅

香衬紫荷陌，和气满长沙。黄堂庶寝春晓，风软碧幢遮。天遣武夷仙客，来掌元戎金印，千骑拥高牙。收了绿林啸，喜动紫薇花。　青藜杖，鸿宝略，属公家。长城应与借一，天语屡褒嘉。且伴彩衣行乐，指日丝纶飞诏，归去凤池夸。千岁祝眉寿，福海浩无涯。

赵长卿　　水调歌头·中秋

今夕知何夕，秋色正平分。嫦娥此际，底事越样好精神。已是天高气肃，那更清风洒洒，万里没纤云。把酒临风饮，酒面起红鳞。　歌一曲，舞一曲，捧金樽。从他妄想，老兔憔悴正纷纷。我与桂花拚醉，明日扶头不起，颠倒白纶巾。天若知人意，夜雨莫倾盆。

赵长卿　　水调歌头·元日客宁都

离愁晚如织，托酒与消磨。奈何酒薄愁重，越醉越愁多。忍对碧天好夜，皓月流光无际，光影转庭柯。有恨空垂泪，无语但悲歌。　因凝想，从别后，蹙双蛾。春来底事，孤负紫袖与红靴。速整雕鞍归去，著意浅斟低唱，细看小婆娑。万蕊千花里，一任玉颜酡。

赵长卿　　水调歌头·遣怀

贪痴无了日，人事没休期。白驹过隙，百岁能得几多时。自古腰金结绶，著意经营辛苦，回首不胜悲。名未能安稳，身已致倾危。　空剜刻，休巧诈，莫心欺。须知天定，只见高冢与新碑。我已从头识破，赢得当歌临酒，欢笑且随宜。较甚荣和辱，争甚是和非。

赵长卿　　水调歌头·赏月

把酒相劳苦，月色耀天章。冰轮碾破寒碧，飞入酒樽凉。击节词人妙句，吸此清辉万丈，肺腑亦生光。揽袂欲仙举，逸兴共天长。　日边客，幕中俊，坐间狂。浩歌清啸，恍然云海渺茫茫。唤醒谪仙苏二，何事常愁客少，更恐被云妨。月与人长好，广大醉为乡。

罗　愿　　水调歌头·中秋和施司谏

秋宇净如水，月镜不安台。郁孤高处张乐，语笑脱氛埃。檐外白毫千丈，坐上银河万斛，心境两佳哉。俯仰共清绝，底处著风雷。　问天公，邀月姊，愧凡才。婆娑人世，羞见蓬鬓漾金罍。来岁公归何处，照耀彩衣簪橐，禁直且休催。一曲庾江上，千古继韶陔。

廖行之　　　　水调歌头·寿外舅

林梢挂弦月，江路粲寒梅。一年清绝，好是造物巧安排。今日不知何日，佳气更随喜气，满室已春回。欢事一时足，黄色两眉开。　　紫髯公，平日事，亦高哉。都将功业，分付兰玉满庭阶。慈爱浑嗤张傅，信义更高吴季，别是一襟怀。岁岁长生酒，剩□紫霞杯。

廖行之　　　　水调歌头·寿长兄

天下伟人物，荆楚号名流。幅员千里，英气磅礴岳南州。雁峤高参翼轸，石鼓下盘朱府，衮衮应公侯。常记生申旦，明日是中秋。　　挈明月，翳翔凤，驷飞虬。东南一尉，何事三载漫淹留。谈笑洞庭青草，从此阆风阊阖，高处看鳌头。更种阶庭玉，慈母念方稠。

廖行之　　　　水调歌头·寿汪监

祥起玉龙甲，庆衍紫枢垣。奎文得岁，佳气磅礴斗牛间。天意方扶兴运，贤业更看奕世，衮衮照英躔。四海具瞻久，膏泽满湘川。　　岁六月，苏大旱，作丰年。喁喁百万生齿，何处不沾恩。此是鸿钧事业，那更青毡步武，早晚即调元。混一车书了，还领赤松仙。

廖行之　　　　水调歌头·寿□守

黄色起犀表，紫绶照金章。两朝耆德，应是南国旧龚黄。曾上方壶蓬岛，万里鲸波不作，炎海赖清凉。缓造鹓鸿地，高卧水云乡。　　近新来，春色好，遍潇湘。不知今日何日，佳气拥高堂。竞把芳尊为寿，细祝遐龄难老，福禄未渠央。国栋欠元老，仙桂看诸郎。

廖行之　　　　水调歌头·寿邓彦鳞

凉吹起空阔，疏雨敛轻阴。潇湘江上秋色，佳处不胜清。拄笏西山一望，气与千崖高爽，天意属奇英。威凤下瑶阙，丹桂矗云根。　　汉元侯，流德厚，在云孙。金昆玉季，曾共接武上青云。堂上瑶池仙姥，庭下芝兰玉树，好事萃于门。剩讲经纶事，早晚自公卿。

廖行之　　水调歌头·寿欧阳景明

苍立箨龙秀，青压雨梅肥。清和天气，无限佳景属斯时。试听虞弦初理，便有薰兮入奏，风物正熙熙。此时定何日，香篆袅金猊。　　记当年，蓂两荚，应熊罴。男儿壮志，端在伊傅与皋夔。况是从容书史，养就经纶功业，早晚帝王师。但了公家事，方与赤松期。

廖行之　　水调歌头·寿武公望

韩国武中令，公望乃云孙。平生壮志，凛凛长剑倚天门。郁积胸中谋虑，慷慨尊前谈笑，袖手看风云。唾手功名事，诗句自朝昏。　　况高怀，吾所敬，果难能。千金生产，一笑推尽与诸昆。所至才成辄去，不为区区芥蒂，此意有谁论。且举杯中酒，今日是生辰。

京　镗　　水调歌头·次卢漕韵呈茶漕二使

杨卢万人杰，见我眼俱青。锦官城里胜概，在在款经行。笔底烟云飞走，胸次乾坤吐纳，议论总纵横。觉我形秽处，相并玉壶清。　　二使者，弦样直，水般平。岷峨洗净凄怆，威与惠相并。闻道东来有诏，却恐西留无计，顿使雪山轻。滚滚蜀江水，不尽是声名。

京　镗　　水调歌头·中秋

明月四时好，何事喜中秋。瑶台宝鉴，宜挂玉宇最高头。放出白毫千丈，散作太虚一色，万象入吾眸。星斗避光彩，风露助清幽。　　等闲来，天一角，岁三周。东奔西走，在处依旧若从游。照我尊前只影，催我镜中华发，蟾兔漫悠悠。连璧有佳客，乘兴且登楼。

京　镗　　水调歌头·百堞龟城北　并序

伏蒙都运都大判院以某新建驷马楼落成有日，宠赐佳词，为郡邑之光。辄勉继严韵，以谢万分

百堞龟城北，江势远连空。杠梁济涉，浑似溪涧饮长虹。覆以翚飞华宇，载以鱼浮叠石，守护有神龙。好看发源水，滚滚尽流东。　　司马氏，凌云气，盖群公。当年题柱，从此奏

赋动天容。果驾轺车使蜀，能致诸蛮臣汉，邛笮道仍通。寄语登桥者，努力继前功。

京　镗　　水调歌头·次王运使韵

身去日华远，举首望长安。四年留蜀，那复有梦到金銮。遥想将芜三径，自笑已穷五技，无语倚阑干。欲作天涯别，犹对俎尊闲。　秋意晚，风色厉，叶声干。阳关三叠缓唱，一醉且酡颜。聚散燕鸿南北，得失触蛮左右，莫较去仍还。后日相思处，烟水与云山。

京　镗　　水调歌头·次果州冯宗丞韵

衮衮长江水，策策晓霜风。求归得请，特地送我布帆东。出处何关轻重，去住不拘淹速，社燕与秋鸿。父老休相恋，四载愧无功。　谁知有，楼百尺，卧元龙。来从天上，一麾游戏斗牛中。闻道君王前席，见说从臣虚位，变化待鲲鸿。一笑同锦里，万事付金钟。

京　镗　　水调歌头·次永康白使君韵

与蜀有缘法，见我眼俱青。征车到处，弦管无限作离声。自笑四年留滞，漫说三边安静，分阃愧长城。一念天地阔，万事羽毛轻。　欲归去，诗入社，酒寻盟。骎骎双鬓，老矣只觉壮心惊。虽是东西惟命，已断行藏在己，何必问君平。举似铜梁守，怀抱好同倾。

京　镗　水调歌头·奉陪永康白使君游青城再次韵

雪岭倚空白，霜柏傲寒青。千岩万壑奇秀，禽鸟寂无声。好是群贤四集，同访宝仙九室，中有玉京城。眼底尘嚣远，胸次利名轻。　云山旁，烟水畔，肯渝盟。传呼休要喝道，方外恐猜惊。雅羡林泉胜概，倘遂田园归计，志愿足平生。此意只自解，聊复为君倾。

京　镗　　水调歌头·留别茶漕二使者

数月已办去，今日始成行。天公怜我，特地趁晓作霜晴。万里奔驰为米，四载淹留为豆，自笑太劳生。父老漫遮道，抚字愧阳城。　君有命，难俟驾，合兼程。故山心切，猿鹤应

是怨仍惊。多谢使华追路，不忍客亭分袂，已醉酒犹倾。莫久西南住，汉代急公卿。

京　镗　　水调歌头·四载分蜀阃

四载分蜀阃，万里下吴樯。老怀易感，厌听催别笛横羌。自愧谋非经远，更笑才非任剧，安得召公棠。有志但碌碌，无绩可章章。　　汉嘉守，明似月，洁如霜。邦人鼓舞，爰戴惟恐趣归忙。况是水曹宗派，仍得苏州句法，燕寝昼凝香。且趁东风去，步武近明光。

京　镗　水调歌头·次前黄州李使君见赠韵

挺挺祖风烈，再岁滞偏州。元龙豪气，宜卧百尺最高楼。万丈文章光焰，一段襟怀洒落，风露玉壶秋。乱石惊涛处，也作等闲游。　　适相逢，君去骑，我归舟。清都绛阙密迩，切莫小迟留。趁取亲庭强健，好向圣朝倾吐，事业肯悠悠。回首藩宣地，恩与大江流。

王　炎　　水调歌头·夜泛湘江

江月冷如水，江水碧于空。晚来一霎过雨，为我洗秋容。悄悄四山人静，凛凛三更露下，天阔叫孤鸿。唤醒蓬窗梦，身在水晶宫。　　揖湘妃，招月娣，御清风。素琴韵远，不觉醉眼杏花红。禹穴骑鲸仙去，东海钓鳌人远，此意与谁同。倚柁一长啸，出蛰舞鱼龙。

王　炎　　水调歌头·登石鼓合江亭

千里倦游客，老眼厌尘烟。蒸湘平远，他处无此好江山。把酒一听欸乃，过了黄花时节，水国倍生寒。输与沧浪叟，长伴白鸥闲。　　傍江亭，穷杳霭，踞巉岩。水深石冷，闻道别有洞中天。待倩灵妃调曲，唤起冯夷短舞，从此问群仙。云海渺无际，波涌缓移船。

王　炎　　水调歌头·留宰生日

爱日护轻暖，酝造小春时。桃溪云敛，一点郎星吐青辉。炼玉颜容难老，点漆精神如旧，不用摘霜髭。厌薄蓬莱景，戏踏两凫飞。　　潘花底，陶柳外，细民肥。万家喜色，融瑞气

拥牙绯。凭仗春葱洗玉，领略朱樱度曲，引满又何辞。只待琴歌毕，安步上丹墀。

王　炎　　　水调歌头·送魏倅

新涨鸭头绿，春满白蘋洲。小停画鹢，莫便折柳话离愁。缥缈舳棱在望，不用东风借便，一瞬到皇州。别酒十分酌，何惜覆瑶舟。　从此去，上华顶，入清流。人门如许，自合唾手复公侯。老我而今衰谢，梦绕故园松菊，底事更迟留。早晚挂冠去，江上狎浮鸥。

张　颉　　　水调歌头·徐高士游洞霄

雨后烟景绿，春水涨桃花。系舟溪上，笋舆十里达平沙。路转峰回胜处，无数青荧玉树，缥缈羽人家。楼观倚空碧，水竹湛清华。　纵幽寻，携蜡屐，上苍霞。古仙何在，空余药灶委岩洼。他日倘然归老，乞取一庵云卧，随分了生涯。底用更辛苦，九转炼黄芽。

杨冠卿　　　水调歌头·春日舟行

春涨一篙绿，江阔暮涛寒。龙骧万斛飞举，鲸饮酒杯宽。醉倚柁楼清啸，目送孤鸿杳霭，景意与俱闲。恍若驭风去，蓬岛旧家山。　记吾庐，环翠竹，拱苍官。碧云信杳，谁为日日报平安。桂棹桃溪归后，流水落红香寂，春事想阑珊。赖有锦囊句，写向此中看。

杨冠卿　　　水调歌头·赠维扬夏中玉

形胜访淮楚，骑鹤到扬州。春风十里帘幕，香霭小红楼。楼外长江今古，谁是济川舟楫，烟浪拍天浮。喜见紫芝宇，儒雅更风流。　气吞虹，才倚马，烂银钩。功名年少余事，雕鹗几横秋。行演丝纶天上，环倚玉皇香案，仙袂揖浮丘。落笔惊风雨，润色焕皇猷。

杨冠卿　　　水调歌头·次吴斗南登云海亭

年少青云客，怀抱百忧宽。北窗醉卧春晓，归梦趁吴帆。来访鸥夷仙迹，极目平湖烟浪，万象一毫端。云海渺空阔，咫尺是蓬山。　佩飞霞，囊古锦，几凭阑。赤城应有居士，风

举更龙蟠。待向玉霄东望，相与神游八极，身未似云闲。长剑倚天外，功业镜频看。

杨冠卿　　水调歌头·曳杖罗浮去

归自罗浮，舟过于湖，哭张安国。至采石，吊李谪仙，悼今昔二贤豪之不复见也。月夜酹酒江渍，慨然而去，作长短句

曳杖罗浮去，辽鹤正南翔。青鸾为报消息，岩壑久相望。无奈渔溪欸乃，唤起蘋洲昨梦，风雨趁归航。万里家何许，天阔水云长。　　历五湖，转湘楚，下三江。兴亡千古余恨，收拾付诗囊。重到然犀矶渚，不见骑鲸仙子，客意转凄凉。举酒酹江月，襟袖泪淋浪。

辛弃疾　　水调歌头·盟鸥

带湖吾甚爱，千丈翠奁开。先生杖屦无事，一日走千回。凡我同盟鸥鸟，今日既盟之后，来往莫相猜。白鹤在何处，尝试与偕来。　　破青萍，排翠藻，立苍苔。窥鱼笑汝痴计，不解举吾杯。废沼荒丘畴昔，明月清风此夜，人世几欢哀。东岸绿阴少，杨柳更须栽。

辛弃疾　水调歌头·汤坡见和，用韵为谢

白日射金阙，虎豹九关开。见君谏疏频上，高论挽天回。千古忠肝义胆，万里蛮烟瘴雨，往事莫惊猜。政恐不免耳，消息日边来。　　笑吾庐，门掩草，径封苔。未应两手无用，要把蟹螯杯。说剑论诗余事，醉舞狂歌欲倒，老子颇堪哀。白发宁有种，一一醒时栽。

辛弃疾　　水调歌头·折尽武昌柳

淳熙己亥，自湖北漕移湖南，周总领、王漕、赵守置酒南楼，席上留别

折尽武昌柳，挂席上潇湘。二年鱼鸟江上，笑我往来忙。富贵何时休问，离别中年堪恨，憔悴鬓成霜。丝竹陶写耳，急羽且飞觞。　　序兰亭，歌赤壁，绣衣香。使君千骑鼓吹，风采汉侯王。莫把骊驹频唱，可惜南楼佳处，风月已凄凉。在家贫亦好，此语试平章。

辛弃疾　水调歌头·九日游云洞和韩南涧韵

今日复何日，黄菊为谁开。渊明漫爱重九，胸次正崔嵬。酒亦关人何事，正自不能不尔，谁遣白衣来。醉把西风扇，随处障尘埃。　为公饮，须一日，三百杯。此山高处东望，云气见蓬莱。翳凤骖鸾公去，落佩倒冠吾事，抱病且登台。归路有明月，人影共徘徊。

辛弃疾　水调歌头·再用韵答李子永

君莫赋幽愤，一语试相开。长安车马道上，平地起崔嵬。我愧渊明久矣，独借此翁湔洗，素壁写归来。斜日透虚隙，一线万飞埃。　断吾生，左持蟹，右持杯。买山自种云树，山下劚烟莱。百炼都成绕指，万事直须称好，人世几舆台。刘郎更堪笑，刚赋看花回。

辛弃疾　水调歌头·和王正之右司吴江观雪见寄

造物故豪纵，千里玉鸾飞。等闲更把，万斛琼粉盖颇黎。好卷垂虹千丈，只放冰壶一色，云海路应迷。老子旧游处，回首梦耶非。　谪仙人，鸥鸟伴，两忘机。掀髯把酒一笑，诗在片帆西。寄语烟波旧侣，闻道莼鲈正美，休制芰荷衣。上界足官府，汗漫与君期。

辛弃疾　水调歌头·舟次扬州和人韵

落日塞尘起，胡骑猎清秋。汉家组练十万，列舰耸高楼。谁道投鞭飞渡，忆昔鸣髇血污，风雨佛狸愁。季子正年少，匹马黑貂裘。　今老矣，搔白首，过扬州。倦游欲去江上，手种橘千头。二客东南名胜，万卷诗书事业，尝试与君谋。莫射南山虎，直觅富民侯。

辛弃疾　水调歌头·和郑舜举蔗庵韵

万事到白发，日月几西东。羊肠九折歧路，老我惯经从。竹树前溪风月，鸡酒东家父老，一笑偶相逢。此乐竟谁觉，天外有冥鸿。　味平生，公与我，定无同。玉堂金马，自有佳处著诗翁。好锁云烟窗户，怕入丹青图画，飞去了无踪。此语

更痴绝，真有虎头风。

辛弃疾　　水调歌头·寿韩南涧七十

上古八千岁，才是一春秋。不应此日，刚把七十寿君侯。看取垂天云翼，九万里风在下，与造物同游。君欲计岁月，当试问庄周。　　醉淋浪，歌窈窕，舞温柔。从今杖屦南涧，白日为君留。闻道钧天帝所，频上玉卮春酒，冠佩拥龙楼。快上星辰去，名姓动金瓯。

辛弃疾　　水调歌头·寄我五云字

严子文同傅安道和盟鸥韵，和以谢之

寄我五云字，恰向酒边来。东风过尽归雁，不见客星回。闻道琐窗风月，更著诗翁杖屦，合作雪堂猜。岁旱莫留客，霖雨要渠来。　　短檠灯，长剑铗，欲生苔。雕弓挂壁无用，照影落清杯。多病关心药裹，小摘亲锄菜甲，老子正须哀。夜雨北窗竹，更倩野人栽。

辛弃疾　　水调歌头·送太守王秉

酒罢且勿起，重挽史君须。一身都是和气，别去意何如。我辈情钟休问，父老田头说尹，泪落独怜渠。秋水见毛发，千尺定无鱼。　　望清阙，左黄阁，右紫枢。东风桃李陌上，下马拜除书。屈指吾生余几，多病故人痛饮，此事正愁余。江湖有归雁，能寄草堂无。

辛弃疾　　水调歌头·我饮不须劝

淳熙丁酉，自江陵移帅隆兴，到官之二月被召。司马监、赵卿、王漕饯别。司马赋水调歌头，席间次韵。时王公明枢密薨，坐客终夕为兴门户之叹，故前章及之

我饮不须劝，正怕酒尊空。别离亦复何恨，此别恨匆匆。头上貂蝉贵客，花外麒麟高冢，人世竟谁雄。一笑出门去，千里落花风。　　孙刘辈，能使我，不为公。余发种种如是，此事付渠侬。但觉平生湖海，除了醉吟风月，此外百无功。毫发皆帝力，更乞鉴湖东。

辛弃疾　　水调歌头·送郑厚卿赴衡州

寒食不小住，千骑拥春衫。衡阳石鼓城下，记我旧停骖。

襟似潇湘桂岭，带似洞庭春草，紫盖屹东南。文字起骚雅，刀剑化耕蚕。　　看使君，于此事，定不凡。奋髯抵几堂上，尊俎自高谈。莫信君门万里，但使民歌五袴，归诏凤凰衔。君去我谁饮，明月影成三。

辛弃疾　　水调歌头·头白齿牙缺

元日投宿博山寺，见者惊叹其老

头白齿牙缺，君勿笑衰翁。无穷天地今古，人在四之中。臭腐神奇俱尽，贵贱贤愚等耳，造物也儿童。老佛更堪笑，谈妙说虚空。　　坐堆豗，行答飒，立龙钟。有时三盏两盏，淡酒醉蒙鸿。四十九年前事，一百八盘狭路，拄杖倚墙东。老境何所似，只与少年同。

辛弃疾　　水调歌头·和德和上南涧韵

上界足官府，公是地行仙。青毡剑履旧物，玉立侍天颜。莫怪新来白发，恐是当年柱下，道德五千言。南涧旧活计，猿鹤且相安。　　歌秦缶，宝康瓠，世皆然。不知清庙钟磬，零落有谁编。堪笑行藏用舍，试问山林钟鼎，底事有亏全。再拜荷公赐，双鹤一千年。

辛弃疾　　水调歌头·相公倦台鼎

送施圣与枢密帅隆兴。信之谶云："水打乌龟石，方人也大奇。"方人也实施字

相公倦台鼎，要伴赤松游。高牙千里东下，笳鼓万貔貅。试问东山风月，更著中年丝竹，留得谢公不。孺子宅边水，云影自悠悠。　　占古语，方人也，正黑头。穹龟突兀千丈，石打玉溪流。金印沙堤时节，画栋珠帘云雨，一醉早归休。贱子亲再拜，西北有神州。

辛弃疾　水调歌头·壬子被召，端仁相饯席上作

长恨复长恨，裁作短歌行。何人为我楚舞，听我楚狂声。余既滋兰九畹，又树蕙之百亩，秋菊更餐英。门外沧浪水，可以濯吾缨。　　一杯酒，问何似，身后名。人间万事，□□常重泰山轻。悲莫悲生离别，乐莫乐新相识，儿女古今情。富贵非吾事，归与白鸥盟。

辛弃疾　　水调歌头·我亦卜居者

将迁新居不成，有感戏作。时以病止酒，且遣去歌者。末章及之

我亦卜居者，岁晚望三间。昂昂千里，泛泛不作水中凫。好在书携一束，莫问家徒四壁，往日置锥无。借车载家具，家具少于车。　　舞乌有，歌亡是，饮子虚。二三子者爱我，此外故人疏。幽事欲论谁共，白鹤飞来似可，忽去复何如。众鸟欣有托，吾亦爱吾庐。

辛弃疾　　水调歌头·醉吟

四坐且勿语，听我醉中吟。池塘春草未歇，高树变鸣禽。鸿雁初飞江上，蟋蟀还来床下，时序百年心。谁要卿料理，山水有清音。　　欢多少，歌长短，酒浅深。而今已不如昔，后定不如今。闲处直须行乐，良夜更教秉烛，高会惜分阴。白发短如许，黄菊倩谁簪。

辛弃疾　水调歌头·题张晋英提举玉峰楼

木末翠楼出，诗眼巧安排。天公一夜，削出四面玉崔嵬。畴昔此山安在，应为先生见挽，万马一时来。白鸟飞不尽，却带夕阳回。　　劝公饮，左手蟹，右手杯。人间万事变灭，今古几池台。君看庄生达者，犹对山林皋壤，哀乐未忘怀。我老尚能赋，风月试追陪。

辛弃疾　水调歌头·题永丰杨少游提点一枝堂

万事几时足，日月自西东。无穷宇宙，人是一粟太仓中。一葛一裘经岁，一钵一瓶终日，老子旧家风。更著一杯酒，梦觉大槐宫。　　记当年，吓腐鼠，叹冥鸿。衣冠神武门外，惊倒几儿童。休说须弥芥子，看取鹍鹏斥鷃，小大若为同。君欲论齐物，须访一枝翁。

辛弃疾　　水调歌头·题子似瑱山经德堂

堂，陆象山所名也

唤起子陆子，经德问何如。万钟于我何有，不负古人书。闻道千章松桂，剩有四时柯叶，霜雪岁寒余。此是瑱山境，还

似象山无。　　耕也馁，学也禄，孔子徒。青衫毕竟升斗，此意正关渠。天地清宁高下，日月东西寒暑，何用著工夫。两字君勿惜，借我榜吾庐。

辛弃疾　水调歌头·题晋臣真得归、方是闲二堂

十里深窈窕，万瓦碧参差。青山屋上，流水屋下绿横溪。真得归来笑语，方是闲中风月，剩费酒边诗。点检歌舞了，琴罢更围棋。　　王家竹，陶家柳，谢家池。知君勋业未了，不是枕流时。莫向痴儿说梦，且作山人索价，颇怪鹤书迟。一事定嗔我，已办北山移。

辛弃疾　水调歌头·席上为叶仲洽赋

高马勿捶面，千里事难量。长鱼变化云雨，无使寸鳞伤。一壑一丘吾事，一斗一石皆醉，风月几千场。须作猬毛磔，笔作剑锋长。　　我怜君，痴绝似，顾长康。纶巾羽扇颠倒，又似竹林狂。解道澄江如练，准备停云堂上，千首买秋光。怨调为谁赋，一斛贮槟榔。

辛弃疾　水调歌头·我志在寥阔

赵昌父七月望日用东坡韵，叙太白东坡事见寄，过相褒借，且有秋水之约。八月十四日，余卧病博山寺中，因用韵为谢，兼简子似

我志在寥阔，畴昔梦登天。摩挲素月，人世俯仰已千年。有客骖麟并凤，云遇青山赤壁，相约上高寒。酌酒援北斗，我亦虱其间。　　少歌曰，神甚放，形则眠。鸿鹄一再高举，天地睹方圆。欲重歌兮梦觉，推枕惘然独念，人事底亏全。有美人可语，秋水隔娟娟。

辛弃疾　水调歌头·落日古城角

落日古城角，把酒劝君留。长安路远，何事风雪敝貂裘。散尽黄金身世，不管秦楼人怨，归计狎沙鸥。明夜扁舟去，和月载离愁。　　功名事，身未老，几时休。诗书万卷，致身须到古伊周。莫学班超投笔，纵得封侯万里，憔悴老边州。何处依刘客，寂寞赋登楼。

辛弃疾　　水调歌头·和赵景明知县韵

官事未易了，且向酒边来。君如无我，问君怀抱向谁开。但放平生丘壑，莫管旁人嘲骂，深蛰要惊雷。白发还自笑，何地置衰颓。　　五车书，千石饮，百篇才。新词未到，琼瑰先梦满吾怀。已过西风重九，且要黄花入手，诗兴未关梅。君要花满县，桃李趁时栽。

辛弃疾　　水调歌头·寿赵漕介庵

千里渥洼种，名动帝王家。金銮当日奏草，落笔万龙蛇。带得无边春下，等待江山都老，教看鬓方鸦。莫管钱流地，且拟醉黄花。　　唤双成，歌弄玉，舞绿华。一觞为饮千岁，江海吸流霞。闻道清都帝所，要挽银河仙浪，西北洗胡沙。回首日边去，云里认飞车。

辛弃疾　　水调歌头·再用韵呈南涧

千古老蟾口，云洞插天开。涨痕当日何事，汹涌到崔嵬。攫土抟沙儿戏，翠谷苍崖几变，风雨化人来。万里须臾耳，野马骤空埃。　　笑年来，蕉鹿梦，画蛇杯。黄花憔悴风露，野碧涨荒莱。此会明年谁健，后日犹今视昔，歌舞只空台。爱酒陶元亮，无酒正徘徊。

辛弃疾　　水调歌头·文字觑天巧

提干李君索余赋野秀、绿绕二诗。余诗寻医久矣，姑合二榜之意，赋水调歌头以遗之。然君才气不减流辈，岂求田问舍而独乐其身耶

文字觑天巧，亭榭定风流。平生丘壑，岁晚也作稻粱谋。五亩园中秀野，一水田将绿绕，穲稏不胜秋。饭饱对花竹，可是便忘忧。　　吾老矣，探禹穴，欠东游。君家风月几许，白鸟去悠悠。插架牙签万轴，射虎南山一骑，容我揽须不。更欲劝君酒，百尺卧高楼。

辛弃疾　　水调歌头·送杨民瞻

日月如磨蚁，万事且浮休。君看檐外江水，滚滚自东流。风雨瓢泉夜半，花草雪楼春到，老子已菟裘。岁晚问无恙，归

计橘千头。　　梦连环，歌弹铗，赋登楼。黄鸡白酒，君去村社一番秋。长剑倚天谁问，夷甫诸人堪笑，西北有神州。此事君自了，千古一扁舟。

辛弃疾　　水调歌头·说与西湖客

三山用赵丞相韵答帅幕王君，且有感于中秋近事，并见之末章

说与西湖客，观水更观山。淡妆浓抹西子，唤起一时观。种柳人今天上，对酒歌翻水调，醉墨卷秋澜。老子兴不浅，歌舞莫教闲。　　看尊前，轻聚散，少悲欢。城头无限今古，落日晓霜寒。谁唱黄鸡白酒，犹记红旗清夜，千骑月临关。莫说西州路，且尽一杯看。

辛弃疾　　水调歌头·万事一杯酒

即席和金华杜仲高韵，并寿诸友，惟醻乃佳耳

万事一杯酒，长叹复长歌。杜陵有客，刚赋云外筑婆娑。须信功名儿辈，谁识年来心事，古井不生波。种种看余发，积雪就中多。　　二三子，问丹桂，倩素娥。平生萤雪，男儿无奈五车何。看取长安得意，莫恨春风看尽，花柳自蹉跎。今夕且欢笑，明月镜新磨。

辛弃疾　　水调歌头·赋傅岩叟悠然阁

岁岁有黄菊，千载一东篱。悠然政须两字，长笑退之诗。自古此山元有，何事当时才见，此意有谁知。君起更斟酒，我醉不须辞。　　回首处，云正出，鸟倦飞。重来楼上，一句端的与君期。都把轩窗写遍，更使儿童诵得，归去来兮辞。万卷有时用，植杖且耘耔。

辛弃疾　　水调歌头·赋松菊堂

渊明最爱菊，三径也栽松。何人收拾，千载风味此山中。手把离骚读遍，自扫落英餐罢，杖屦晓霜浓。皎皎太独立，更插万芙蓉。　　水潺湲，云澒洞，石巃嵸。素琴浊酒唤客，端有古人风。却怪青山能巧，政尔横看成岭，转面已成峰。诗句得活法，日月有新工。

辛弃疾　水调歌头·和马叔度游月波楼

客子久不到，好景为君留。西楼著意吟赏，何必问更筹。唤起一天明月，照我满怀冰雪，浩荡百川流。鲸饮未吞海，剑气已横秋。　野光浮，天宇迥，物华幽。中州遗恨，不知今夜几人愁。谁念英雄老矣，不道功名蕞尔，决策尚悠悠。此事费分说，来日且扶头。

辛弃疾　水调歌头·巩采若寿

泰岳倚空碧，汶□卷云寒。萃兹山水奇秀，列宿下人寰。八世家传素业，一举手攀丹桂，依约笑谈间。宾幕佐储副，和气满长安。　分虎符，来近甸，自金銮。政平讼简无事，酒社与诗坛。会看沙堤归去，应使神京再复，款曲问家山。玉佩揖空阔，碧雾翳苍鸾。

辛弃疾　水调歌头·簪履竞晴昼

簪履竞晴昼，画戟插层霄。红莲幕底风定，香雾不成飘。螺髻梅妆环列，凤管檀槽交泰，回雪无纤腰。觞酒荡寒玉，冰颊醉江潮。　颂丰功，祝难老，沸民谣。晓庭梅蕊初绽，定报鼎羹调。龙衮方思勋旧，已覆金瓯名姓，行看紫泥褒。重试补天手，高插侍中貂。

赵善括　水调歌头·渡江

山险号北固，景胜冠南州。洪涛江上乱云，山里簇红楼。堪笑萍踪无定，拟泊叶舟何许，无计可依刘。金阙自帷幄，玉垒老貔貅。　问兴亡，成底事，几春秋。六朝人物，五胡妖雾不胜愁。休学楚囚垂泪，须把祖鞭先著，一鼓版图收。惟有金焦石，不逐水漂流。

赵善括　水调歌头·赵帅生日

形胜视京兆，警跸驻钱塘。光前诏后弹压，谁数汉张王。几百万家和气，五十余年创见，天下一循良。有口皆歌颂，无地不耕桑。　春过半，花锦烂，柳丝长。潭潭门卫森戟，宴寝正凝香。笑把湖山佳色，醉挹西湖晴滟，童艾祝霞觞。四海瞻华衮，千载侍吾皇。

赵善括　　水调歌头·席上作

碧云初返岫，潦水正鸣滩。兰舟容与，歌舞偏称笑中看。烛影烘寒成暖，花色照人如昼，一坐有余欢。酒滟浮金琖，香缕霭雕盘。　　碧簪横，银漏永，玉樽干。喧春鼓吹，翠袖起舞佩珊珊。记得山明水秀，何处朝云暮雨，常在梦魂间。多少难言事，都付两眉弯。

赵善括　　水调歌头·和黄舜举吴门二咏

危台枕城堞，今昔几人游。绕城碧水一带，茂苑与长洲。寂寂弹琴风外，苒苒采香径畔，横截古溪头。极目暮云合，宋玉正悲秋。　　岘山碑，帝子阁，庾公楼。当时风物，如今烟水只供愁。处处山明水秀，岁岁春花秋月，何必美南州。故国未归去，萍梗叹漂流。

赵善括　　水调歌头·雨霁彩虹卧

雨霁彩虹卧，半夜水明楼。太湖极目，四面水尽是天流。几点鲈乡荻浦，万里鲸波雪浪，掀舞小渔舟。金饼挂蟾魄，时景正中秋。　　钓纶轻，兰棹稳，笑王侯。一蓑一笠，得意何必美封留。纵使金章鼎贵，何似玉樽倾倒，一醉可消愁。玉女在何许，唤起与同游。

赵善括　　水调歌头·奉饯冠之之行

佳客志淮海，贱子设樽罍。楚江昨夜清涨，短棹已安排。休问南楼风月，且念阳台云雨，几日却重来。银烛正凝泪，画鼓且休催。　　彩云飞，黄鹤举，两徘徊。林泉归去高卧，回首笑尘埃。我唱更凭君和，君起谁同我舞，莫惜玉山颓。他日扬州路，散策愿相陪。

赵善括　　水调歌头·饯吴漕

浩叹对青史，循吏久无闻。二年江右，赖公华节布阳春。才自搴帷问俗，无复埋轮当道，一路尽澄清。多少攀辕意，不待及瓜人。　　驻膏车，迟祖帐，倒离尊。满庭桃李绿阴，何处不深恩。此去玉音应问，底事金围微减，忧国更忧民。造膝

一言语，四海入洪钧。

蔡　戡　水调歌头·南徐秋阅宴诸将，代老人作

肃霜靡衰草，骤雨洗寒空。刀弓斗力增劲，万马骤西风。细看外围合阵，忽变横斜曲直，妙在指麾中。号令肃诸将，谈笑听元戎。　坐中客，休笑我，已衰翁。十年重到，今日此会与谁同。差把龙钟鹤发，来对虎头燕颔，年少总英雄。飞镞落金碗，酣醉吸长虹。

蔡　戡　水调歌头·送赵帅镇成都

拥节出闽峤，易镇上岷山。东西崄岨，分陕初不在荣观。痛念两河未复，独作中流砥柱，屹若障狂澜。极目神京远，百万虎貔闲。　趁良时，摅豹略，勇声欢。风飞雷厉，威行逆虏胆生寒。汉寝周原如旧，一扫腥膻丑类，谈笑定三关。识取投机会，莫作等闲看。

陈三聘　水调歌头·玉鉴十分满

玉鉴十分满，清露一年秋。漂流踪迹，谁念楚尾与吴头。此夜刮明尘眼，望极好张诗胆，何处有高楼。浩荡银潢冷，缥缈白云浮。　笑劳生，难坎止，亦乘流。阑干拍碎，清夜起舞不胜愁。万里关河依旧，一寸功名乌有，清泪滴衣裘。老去心空在，归梦绕蘋洲。

陈三聘　水调歌头·燕山九日作

有客念行役，劲气凛于秋。男儿未老，衔命如虏亦风流。决定平戎方略，恢复旧燕封壤，安用割鸿沟。莫献肃霜马，好衣白狐裘。　我何人，怀壮节，但凝愁。平生未逢知己，哙伍实堪羞。金马文章何在，玉鼎勋庸何有，一笑等云浮。拚断好风月，羯鼓打梁州。

舒邦佐　水调歌头·寿衡守季国正

问讯金华伯，自是地行仙。只为朱轮画戟，句引到湘川。用个狎鸥心地，做就烹鲜时政，民化我何言。但贵衡阳纸，纸落尽云烟。　对湖天，梅索笑，月还圆。旧时岳生申甫，重

到是前缘。快洗瑶觥一醉，唤个鹤仙起舞，骑取上花砖。春秋更多少，庄木八千年。

傅大询　　水调歌头·草草三间屋

草草三间屋，爱竹旋添栽。碧纱窗户，眼前都是翠云堆。一月山翁高卧，踏雪水村清冷，木落远山开。唯有平安竹，留得伴寒梅。　　唤家童，开门看，有谁来。客来一笑，清话煮茗更传杯。有酒只愁无客，有客又愁无酒，酒熟且徘徊。明日人间事，天自有安排。

吴　镒　　水调歌头·柳州北湖

澄彻北湖水，圆镜莹青铜。客槎星汉天上，隐隐暗朝通。六月浮云落日，十顷增冰积雪，胜绝与谁同。罗袜步新月，翠袖倚凉风。　　子韩子，叫虞帝，傲祝融。御风凌雾来去，邂逅此从容。欲问骑鳞何处，试举叉鱼故事，惊起碧潭龙。乞我飞霞佩，从子广寒宫。

吴　镒　　水调歌头·三楚上游地

三楚上游地，五岭翠眉横。杜诗韩笔难尽，身到眼增明。最好流泉百道，瀌瀌绕城萦市，唯见洛阳城。化鹤三千岁，橘井尚凄清。　　阆风客，紫贝阙，白玉京。不堪天上官府，时此驻霓旌。岁晚朔云边雪，压尽蛮烟瘴雨，过雁落寒汀。况有如泉酒，细与故人倾。

林　淳　水调歌头·温陵东湖次陈休斋体仁韵

潇洒东湖上，夜雨洗清秋。朝来尘霁，凝望千里兴悠悠。山色揉蓝深染，波影青铜新铸，□冷翠光浮。蓑笠真吾事，聊整钓鱼钩。　　坐中客，凌王谢，更风流。一觞一咏，豪俊谈笑气吞牛。花月连环长好，到处名园池□，遇景且遨游。试问陶元亮，底事赋归休。

林　淳　　水调歌头·次赵帅开西湖韵

湖波涨新绿，环绕越王山。棠斋清昼余暇，赢得静中观。四面屏围碧玉，十里障开云锦，冰鉴倒晴澜。目送孤鸿远，心

与白鸥闲。　　隘游人，喧鼓吹，杂歌讙。晓天澄霁，花羞柳妒怯春寒。好在风光满眼，只恐阳春有脚，催诏下天关。剩写鹅谿幅，归去凤池看。

林　淳　　水调歌头·疏水绕城郭

疏水绕城郭，农利遍三山。使君重本，雅志初不在游观。化出玉壶境界，挥洒锦囊词翰，笔下涌波澜。天巧无余蕴，意匠自舒闲。　　拥鳌头，民同乐，颂声讙。养花天气，云柔烟腻护朝寒。桃李满城阴合，杨柳绕堤绿暗，幽鸟语间关。似诉风光好，留与后人看。

林　淳　　水调歌头·螺水亘千古

螺水亘千古，鳌顶冠三山。年丰帅阃尘静，栏槛纵遐观。四望潮登浦溆，万顷绿浮原野，堤岸溢波澜。畎浍皆沾足，日永桔槔闲。　　肆华筵，鱼鸟乐，众宾讙。良辰好景，年年莫放此盟寒。且念新湖遗爱，莫作故园遐想，到处是乡关。勋业知非晚，聊把镜频看。

石孝友　　水调歌头·送张左司

君恩九鼎重，臣命一毫轻。出身事主，刚甚须作不平鸣。老却西山薇蕨，闲损南窗松菊，羞死汉公卿。豺狼敢横道，草木要知名。　　秋已素，人又去，若为情。长沙何在，风送呜咽暮潮声。举棹却寻归路，挥麈莫谈时事，得酒且频倾。一片古时月，千里伴君行。

石孝友　　水调歌头·上清江李中生辰

清霜洗空阔，黍管吹秋灰。七蓂余翠，半月流素影徘徊。天遣蟠根仙李，世折一枝丹桂，积庆到云来。风骨峭冰玉，谈辩屑琼瑰。　　黄阁老，金闺彦，谪仙才。小分铜竹，遍洒雨露楚江隈。好把萧滩玉笥，变作嘉肴芳酒，为寿莫停杯。飞诏下霄汉，调鼎待盐梅。

石孝友　　水调歌头·赵倅生辰

萧滩韵环佩，玉笥灿玲珑。仙源积庆，当日占梦兆维熊。

学业肯先歆向，文焰已高白贺，飞步更蟾宫。秀色溢眉宇，雄辩倒心胸。　　作儿戏，为亲寿，捧霞钟。彩衣摇曳，光映怀橘堕双红。正好平分风月，且伴能言桃李，鲸吸海涛洪。行赴紫泥诏，归拜黑头公。

石孝友　　水调歌头·男儿四方志

男儿四方志，岂久困泥沙。束书匣剑，依旧旅食在京华。蹭蹬青云未遂，奔走红尘何计，敛袂且还家。草木渐黄落，风月正清嘉。　　友猿鹤，宅丘壑，乐生涯。几时雷雨，轰礚平地起龙蛇。尺箠可鞭夷狄，寸舌可盂社稷，无路踏云车。今古万千事，洒泪向黄花。

石孝友　　水调歌头·美人在何许

美人在何许，相望正悠悠。云窗雾阁，遥想宛在海中洲。空对残云冷雨，何限重山叠水，一梦到无由。遗怨写红叶，薄幸记青楼。　　金乌掷，玉蟾缺，物华休。风梧智井，一夜风露各惊秋。唯有远山无赖，淡扫一眉晴绿，特地向人愁。敛袂且归去，回首谩迟留。

石孝友　　水调歌头·高情邈云汉

高情邈云汉，长揖谢君侯。脱遗轩冕，簸弄泉石下清幽。心契匡庐猿鹤，泪染固陵松柏，一衲且蒙头。风月感平发，魂梦绕神州。　　漾一叶，横孤管，去来休。琵琶亭畔，正是枫叶荻花秋。点检诗囊酒碗，抬帖舞茵歌扇，收尽两眉愁。回望碧云合，相伴赤松游。

韩　玉　　水调歌头·上辛幼安生日

重午日过六，灵岳再生申。丰神英毅，端是天上谪仙人。夙蕴机权才略，早岁来归明圣，惊耸汉庭臣。言语妙天下，名德冠朝绅。　　绣衣节，移方面，政如神。九重隆眷倚注，伟业富经纶。闻道山东出相，行拜紫泥飞诏，归去秉洪钧。寿嘏自天锡，安用拟庄椿。

韩　玉　　水调歌头·张魏公生日

间世真贤出，吉梦兆维熊。玉麟天上谪见，帏薄贯长虹。

追念当年筹算，封魏封留勋业，千古事攸同。语云仁者寿，何必喻乔松。　　嗣天子，乘九五，驭飞龙。分麾契符阃外，凭倚定寰中。由是天才英纵，散入枢庭闲暇，谈笑抚兵戎。伫看骄虏静，金鼎篆元功。

韩　玉　　水调歌头·有美如花客

自广中出，过庐陵，赠歌姬段云卿

有美如花客，容饰尚中州。玉京杳渺天际，与别几经秋。家在金河堤畔，身寄白蘋洲末，南北两悠悠。休苦话萍梗，清泪已难收。　　玉壶酒，倾潋滟，听君讴。伫云却月，新弄一曲洗人忧。同是天涯沦落，何必平生相识，相见且迟留。明日征帆发，风月为君愁。

韩　玉　　水调歌头·月里一枝桂

月里一枝桂，不付等闲人。昔年霄汉，闻道争者尽输君。衣袖天香犹在，风度仙清难老，冰雪莹无尘。赋才三十倍，论寿八千春。　　夏庭芝，周室凤，舜郊麟。岂如今日称瑞，皇国再生申。聊借济时霖雨，来种重湖桃李，和气一番新。尚闻虚黄阁，行看秉洪钧。

刘光祖　　水调歌头·旅思

客梦一回醒，三度碧梧秋。仰看今夕天上，河汉又西流。早晚凉风过雁，惊落空阶一叶，急雨闹清沟。归计休令暮，宵露浥征裘。　　古来今，生老病，许多愁。那堪更说、无限功业镜中羞。只有青山高致，对此还论世事，举白与君浮。送我一杯酒，谁起舞凉州。

马子严　　水调歌头·寿赵提刑

万仞鹅湖顶，千岁矫苍龙。楼台一簇，仙家遥寄五云中。天上朝元佳节，人世生贤华旦，瑞气郁葱葱。六辔耀闽海，列郡喜趋风。　　记昔年，当此际，早梅红。插花饮酒，狂歌醉舞寿昌宫。零落青袍如旧，敛板绣衣庭下，欣见黑头公。王室要师保，叔父忽居东。

赵师侠　　水调歌头·龙帅宴王公明

金鼎调元手，玉殿涣恩华。宣威蜀道，曾见千骑拥高牙。凭仗元枢筹略，宽我宸旒西顾，惠泽被幽遐。为忆江城好，南浦舣仙槎。　格天心，膺帝眷，极褒嘉。琳宫香火缘在，还近玉皇家。霖雨久思贤佐，看即声传丹禁，唤仗听宣麻。衮绣公归去，宰路筑堤沙。

赵师侠　　水调歌头·春野亭送别

江亭送行客，肠断木兰舟。水高风快，满目烟树织成愁。咿轧数声柔橹，拍塞一怀离恨，指顾隔汀洲。独立苍茫外，欲去强迟留。　海山长，云水阔，思难收。小亭深院歌笑，不忍记同游。唯有当时明月，千里有情还共，后会尚悠悠。此恨无重数，和泪付东流。

赵师侠　　水调歌头·癸卯信丰送春

韶华能几许，节物叹推移。群花竞芳争艳，无奈隙驹驰。红紫随风何处，唯有抟枝新绿，暗逐雨催肥。乔木莺初啭，深院燕交飞。　渐清和，微扇暑，日迟迟。新荷泛水摇漾，萍藻弄晴漪。百岁光阴难挽，一笑欢娱易失，莫惜酒盈卮。无计留连住，还是送春归。

赵师侠　　水调歌头·万载烟雨观

江流清浅外，山色有无中。平田坡岸回曲，一目望难穷。波面轻鸥容与，沙际野航横渡，不信画图工。路入神仙宅，翠锁梵王宫。　俯晴郊，增胜概，气横空。云林城市层列，知有几重重。更上危亭高儿，徙倚栏干虚敞，象纬逼璇穹。要尽无边景，烟雨看空濛。

赵师侠　　水调歌头·人生如寄耳

戊申春陵用旧韵赋二词呈族守德远

人生如寄耳，世态逐时移。浮名薄利能几，方寸谩交驰。粗足生涯随分，到眼风光可乐，终不羡轻肥。有志但长叹，无路且卑飞。　恨年华，何去速，又来迟。绿阴浓映池沼，縠浪皱风漪。啭午莺声睍睆，滚地杨花飘荡，爱景惜芳卮。此意

谁能解，一笑任春归。

赵师侠　　水调歌头·心景两无著

心景两无著，情物岂能移。超然远览失笑，名利苦纷驰。一品官资荣显，百万金珠豪富，空自喜家肥。会得个中理，川泳与云飞。　　静中乐，闲中趣，自舒迟。心如止水，无风无自更生漪。已是都忘人我，一任吾身醒醉，有酒引连卮。万法无差别，融解即同归。

赵师侠　　水调歌头·和石林韵

世态万纷变，人事一何忙。胸中素韬奇蕴，匣剑岂能藏。不向燕然纪绩，便与渔樵争席，摆脱是非乡。要地时难得，闲处日偏长。　　志横秋，谋夺众，谩轩昂。蝇头蜗角微利，争较一毫芒。幸有乔林脩竹，随分粗衣粝食，何必计冠裳。我已乐萧散，谁与共平章。

赵师侠　　水调歌头·丁巳长沙寿王枢使

台星明翼轸，和气满潇湘。长淮胜处地灵，应产股肱良。共仰三朝元老，要识一时英杰，人物自堂堂。直气薄霄汉，德望耸岩廊。　　拥貔貅，森棨戟，镇藩方。折冲樽俎，春融花柳侑壶觞。两世麟符玉节，九郡恩风惠雨，仁者寿宜长。凤诏来丹阙，绣衮觐明光。

陈　亮　　水调歌头·送章德茂大卿使虏

不见南师久，谩说北群空。当场只手，毕竟还我万夫雄。自笑堂堂汉使，得似洋洋河水，依旧只流东。且复穹庐拜，会向藁街逢。　　尧之都，舜之壤，禹之封。于中应有，一个半个耻臣戎。万里腥膻如许，千古英灵安在，磅礴几时通。胡运何须问，赫日自当中。

陈　亮　　水调歌头·癸卯九月十五日寿朱元晦

人物从来少，篱菊为谁黄。去年今日，倚楼还是听行藏。未觉霜风无赖，好在月华如水，心事楚天长。讲论参洙泗，杯酒到虞唐。　　人未醉，歌宛转，兴悠扬。太平胸次，笑他磊魂欲成狂。且向武夷深处，坐对云烟开敛，逸思入微茫。我欲

为君寿，何许得新腔。

陈　亮　水调歌头·和吴允成游灵洞韵

人爱新来景，龙认旧时湫。不论三伏，小住便觉凛生秋。我自醉眠其上，任是水流其下，湍激若为收。世事如斯去，不去为谁留。　本无心，随所寓，触虚舟。东山始末，且向灵洞与沉浮。料得神仙窟穴，争似提封万里，大小几琉球。但有君才具，何用问时流。

陈　亮　水调歌头·和赵用锡

事业随人品，今古几麾旌。向来谋国，万事尽出汝书生。安识鲲鹏变化，九万里风在下，如许上南溟。斥鷃旁边笑，河汉一头倾。　叹世间，多少恨，几时平。霸图消歇，大家创见又成惊。邂逅汉家龙种，正尔乌纱白纻，驰骛觉身轻。樽酒从渠说，双眼为谁明。

李　沆　水调歌头·次琼山韵

足迹半天下，家说在琼川。往来无定，蓬头垢面任憎嫌。挥扫笔头万字，贯穿胸中千古，不记受生年。海角一相遇，缘契似从前。　钟离歌，吕公篆，醉张颠。恍如赤城龙凤，来过我鲸仙。笑我未离世网，不染个中尘土，饥食困来眠。拟问君家祖，兜率乐天天。

杨炎正　水调歌头·登多景楼

寒眼乱空阔，客意不胜秋。强呼斗酒，发兴特上最高楼。舒卷江山图画，应答龙鱼悲啸，不暇顾诗愁。风露巧欺客，分冷入衣裘。　忽醒然，成感慨，望神州。可怜报国无路，空白一分头。都把平生意气，只做如今憔悴，岁晚若为谋。此意仗江月，分付与沙鸥。

杨炎正　水调歌头·呈辛隆兴

杖屦觅春色，行遍大江西。访花问柳，都自无语欲成蹊。不道七州三垒，今岁五风十雨，全是太平时。征辔晚乘月，渔钓夜垂丝。　诗书帅，坐围玉，麈挥犀。兴方不浅，领袖风月过花期。只恐梅梢青子，已露调羹消息，金鼎待公归。回首

滕王阁，空对落霞飞。

杨炎正　　　水调歌头·送张史君

父老一杯酒，争劝史君留。可怜桃李千树，无语送归舟。听得拈笙玉指，都把万家遗爱，吹作许离愁。倚醉袖红湿，生怕夕阳流。　　问君侯，今几日，到东州。还家时候，次第梅已暗香浮。只恐道间驿使，先寄调羹消息，归去总无由。鼎铉功名了，徐赴赤松游。

杨炎正　　　水调歌头·呈赵总领

买得一航月，醉卧出长安。平堤千里过尽，杨柳绿阴间。依约晓莺啼处，认得南徐风物，客梦恍惊残。重到旧游所，如把画图看。　　英雄事，千古意，一凭阑。惜今老矣，无复健笔写江山。天上人间知己，赖有使星郎宿，照映此尘寰。准拟五湖去，为乞钓鱼竿。

杨炎正　　　水调歌头·把酒对斜日

把酒对斜日，无语问西风。胭脂何事，都做颜色染芙蓉。放眼暮江千顷，中有离愁万斛，无处落征鸿。天在阑干角，人倚醉醒中。　　千万里，江南北，浙西东。吾生如寄，尚想三径菊花丛。谁是中州豪杰，借我五湖舟楫，去作钓鱼翁。故国且回首，此意莫匆匆。

杨炎正　　　水调歌头·一笛起城角

一笛起城角，吹破小梅愁。东风犹未，谁遣春信到吾州。闻得东来千骑，鼓舞儿童竹马，和气与空浮。桃李未阴处，准拟种千头。　　今太守，宋人物，晋风流。政成谈笑，不妨高兴在南楼。只恐蓬莱仙伯，合侍玉皇香案，难作寇恂留。约住紫泥诏，凭轼且优游。

杨炎正　　　水调歌头·踏碎九街月

踏碎九街月，乘醉出京华。半生湖海，谁念今日老还家。独把瓦盆盛酒，自与渔樵分席，说尹政声佳。竹马望尘去，倦客亦随车。　　听熏风，清晓角，韵梅花。人家十万，说尽炎热与咨嗟。只恐棠阴未满，已有枫宸趣召，归路不容遮。回首

江边柳，空著旧栖鸦。

刘　褒　　　　水调歌头·中秋

天淡四垂幕，云细不成衣。西风扫尽纤翳，凉我鬓边丝。破匣菱花飞动，跨海清光无际，草露滴明玑。杯到莫停手，何用问来期。　　坐虚堂，揩病眼，溯流辉。云山应有幽恨，瑶瑟掩金徽。河汉无声自转，玉兔有情亦老，世事巧相违。一写谪仙怨，双泪满君颐。

熊以宁　　水调歌头·寿常德府刘守

天地有英气，钟秀在人间。流虹甫近华旦，维岳预生贤。千载明良会遇，三世勋庸忠烈，谁得似家传。高论排风俗，抗志遏狂澜。　　记年时，胡尘外，拥朱幡。洪枢紫府功业，指日复青毡。拭目泥封飞下，趁取梅花消息，去去簉朝班。骨相元不老，何必颂南山。

张　镃　　　　水调歌头·姑苏台

孤棹溯霜月，还过阖闾城。系船杨柳桥畔，吹袖晚寒轻。百尺层台重上，万事红尘一梦，回首几周星。风调信衰减，亲旧总凋零。　　认群峰，寻四塔，半烟横。平生感慨，况逢佳处辄销凝。休说当时雕辇，不见后来游鹿，斜照水空明。猛把画阑拍，飞雁两三声。

张　镃　　水调歌头·项平甫大卿索赋武昌凯歌

忠肝贯日月，浩气抉云霓。诗书名帅，谈笑果胜棘门儿。牛弩旁穿七札，虎将分行十道，先解近城围。一骑夜飞火，捷奏上天墀。　　畅皇威，宣使指，领全师。襄阳耆旧，请公直过洛之西。箪食欢呼迎处，已脱毡裘左衽，还著旧藏衣。笳鼓返京阙，风采震华夷。

刘　过　　　　水调歌头·春事能几许

春事能几许，密叶著青梅。日高花困，海棠风暖想都开。不惜春衣典尽，只怕春光归去，片片点苍苔。能得几时好，追赏莫徘徊。　　雨飘红，风换翠，苦相催。人生行乐，且须痛饮莫辞杯。坐则高谈风月，醉则恣眠芳草，醒后亦佳哉。湖上

新亭好，何事不曾来。

刘 过　　水调歌头·弓剑出榆塞

弓剑出榆塞，铅椠上蓬山。得之浑不费力，失亦匹如闲。未必古人皆是，未必今人俱错，世事沐猴冠。老子不分别，内外与中间。　酒须饮，诗可作，铗休弹。人生行乐，何自催得鬓毛斑。达则牙旗金甲，穷则蹇驴破帽，莫作两般看。世事只如此，自有识鹗鸾。

刘 过　　水调歌头·寿王汝良

文采汉机轴，人物晋风流。丈夫有此，便可谈笑觅封侯。试问湘南水石，今古阅人多矣，曾见此公不。名姓出天上，声誉塞南州。　斩楼兰，擒颉利，志须酬。青衫何事，犹在楚尾与吴头。闻道长安灞水，尽是三槐风月，好奉板舆游。此曲为君寿，为我唤歌喉。

卢 炳　　水调歌头·题蒲圻景星亭上慕容宰

华亭新伟观，胜地得高雄。凭栏徙倚要眇，万里景无穷。好是江流萦绕，那更云天舒阔，叠嶂倚晴空。眼界无尽藏，怀抱有清风。　主人贤，开绮席，泛金钟。放怀一笑，许我满酌醉颜红。只恐玺书即下，促起飞凫东去，行作黑头公。还记今朝客，曾待一杯同。

卢 炳　　水调歌头·风驭过姑射

风驭过姑射，云佩挹浮丘。丁宁月姊，为我澄霁一天秋。尽展冰奁玉鉴，要看瑶台银阙，万里冷光浮。分与世间景，好在水边楼。　想霓裳，呈妙舞，起清讴。蓝桥何处，试寻玉杵恣追游。拟待铅霜捣就，缓引琼浆沉醉，谁信是良筹。长啸跨鲸背，不必愿封留。

卢 炳　　水调歌头·上沈倅

再拜识英度，喜气觉飞浮。神清骨秀，元是蓬莱谪仙流。盍去冲摩霄汉，刚向平分风月，半刺岭南州。素蕴未施展，阔步尚淹留。　从此去，朝帝阙，侍宸旒。论思献替、要须直与古人侔。好是羽仪朝著，勒就鼎彝勋业，却伴赤松游。曳杖

太湖曲，笑傲八千秋。

卢　炳　　水调歌头·富贵本何物

富贵本何物，底用苦趋奔。都为造物娱弄，人事覆来翻。须索高抬目力，觑破只同儿戏，不必更重论。但愿吾长健，赢得日加飧。　　衣轻裘，乘驷马，驾高轩。算来荣耀，终输渔叟钓江村。休叹谋身太拙，未必折腰便是，炙手几曾温。清议不可辱，千古要长存。

姜　夔　　水调歌头·富览亭永嘉作

日落爱山紫，沙涨省潮回。平生梦犹不到，一叶眇西来。欲讯桑田成海，人世了无知者，鱼鸟两相推。天外玉笙杳，子晋只空台。　　倚阑干，二三子，总仙才。尔歌远游章句，云气入吾杯。不问王郎五马，颇忆谢生双屐，处处长青苔。东望赤城近，吾兴亦悠哉。

汪　莘　　水调歌头·听说古时月

东坡云："明月几时有，把酒问青天。"本于太白问月云："青天有月来几时。"太白云："今人不见古时月。"本于抱朴子云："今月不及古月之朗。"抱朴子所言，非绮语也。深思而得之，诚有此理。嘉定元年中秋日，因赋水调，其夜无月

听说古时月，皎洁胜今时。今人但见今月，也道似琉璃。君看少年眸子，那比婴儿神彩，投老又堪悲。明月不再盛，玉斧亦何为。　　约东坡，招太白，试寻思。凭谁斫却，里面桂影数千枝。忆在无怀天上，仍向有虞宫殿，看月到陈隋。别有一轮月，万古没成亏。

汪　莘　　水调歌头·寄语山阿子

寄语山阿子，何日出幽篁。兰衣蕙带，为我独立万寻冈。头上青天荡荡，足下白云霭霭，和气自悠扬。一阵东风至，灵雨过南塘。　　招山鬼，吊河伯，俟东皇。朱宫紫阙，何事宛在水中央。长望龙辀雷驾，凭仗箫钟交鼓，宾日出扶桑。我乃援北斗，子亦射天狼。

汪　莘　　　水调歌头·谁与玩芳草

谁与玩芳草，公子未西归。天然脱去雕饰，秋水落芙蕖。发轫朝兮东壁，弭节夕兮西极，故国入踌躇。梦里不知路，南斗正扶疏。　　鸩不好，凤不利，忆三闾。算来何事，苦道岁晏孰华余。首拜东皇太乙，复次云君司命，高曳九霞裾。山鬼正含睇，慕我欲何如。

汪　莘　　　水调歌头·尧舜去已远

尧舜去已远，稷契不重来。周流天上地下，我马亦悠哉。君向云中独立，知与何人相俟，孔盖逐风回。长忆目成处，却苦别离催。　　被明月，佩宝璐，冠崔嵬。可怜幼好奇服，年老在尘埃。天地与吾同性，日月与吾同命，何事有余哀。故国空乔木，野鹿上高台。

汪　莘　　　水调歌头·怀吴中诸友

孔孟化尘土，秦汉共丘墟。人间美恶如梦，试看几张书。还是天一地二，做出朝三暮四，堪笑又堪悲。谁忆陶元亮，春酒解饥劬。　　老将至，岁既晏，念春归。停云亲友南北，何以慰离居。半郭半村佳处，一竹一花生意，吾亦爱吾庐。时访前村酒，旋买小溪鱼。

汪　莘　　　水调歌头·志可洞金石

客有言持志者，未知其用，因赋

志可洞金石，气可塞堪舆。问君所志安在，富贵胜人乎。看取首阳二子，叩住孟津匹马，天讨不枝梧。特立浮云外，大块可齐驱。　　铁可折，玉可碎，海可枯。不论穷达生死，直节贯殊途。立处孤峰万仞，袖里青蛇三尺，用舍付河图。睎汝阳阿上，濯汝洞庭湖。

汪　莘　　　水调歌头·欲觅存心法

客有言存心者，未得其序，因赋

欲觅存心法，当自尽心求。此心尽处，豁地知性与天侔。行尽武陵溪路，忽见桃源洞口，渔子舍渔舟。输与逃秦侣，绝境几春秋。　　举全体，既尽得，要敛收。勿忘勿助之际，玄

牝一丝头。君看天高地下，中有鸢飞鱼跃，妙用正周流。可与知者道，莫语俗人休。

汪　莘　　水调歌头·酿秫小春月

雪中筥酒，恰得三十六壶，乃酹黄山之神，而歌以侑之

酿秫小春月，取酒雪花晨。漏壶插破浮蚁，涌起碧鳞鳞。谁觉东风密至，更带梅香潜入，瓮里净无尘。一见酒之面，便得酒之心。　这番酒，□□□，未及宾。黄山图就，旧日境界喜重新。三十六峰云嶂，三十六溪烟水，三十六壶春。寄语黄山道，我是境中人。

汪　莘　　水调歌头·岁暮书怀

草木自成岁，禽鸟已春声。仰观俯察，多少宇宙古今情。遐想炎黄以上，逮至汉唐而下，几个费经营。巢许有真意，无责自身轻。　富与贵，贫与贱，死还生。方壶岁晚，深感梅蕊向人倾。造物元来无物，有物还应自造，人意几曾平。天际识归路，野鹤忽长鸣。

崔与之　　水调歌头·题剑阁

万里云间戍，立马剑门关，乱山极目无际，直北是长安。人苦百年涂炭，鬼哭三边锋镝，天道久应还。手写留屯奏，炯炯寸心丹。　对青灯，搔白发，漏声残。老来勋业未就，妨却一身闲。梅岭绿阴青子，蒲涧清泉白石，怪我旧盟寒。烽火平安夜，归梦到家山。

张　祥　　水调歌头·为爱龙山胜

为爱龙山胜，小队一登临。冯仙洞府安在，抉石试幽寻。商略生平事业，摆脱人间尘土，欲与劚丝苓。泉响似相答，未可启归心。　中原地，禾黍茂，犬羊腥。君王梦想豪杰，有待扫妖氛。缚虎正须人手，跨鹤缓酬夙志，行矣勿因循。夜半遣雷雨，助我作秋成。

韩　淲　　水调歌头·明月到花影

晁子应三十八丈见过，因□张德广对木犀小饮，次德广韵

明月到花影，把酒对香红。此情飘洒，但觉清景满帘栊。

人被好花相恼，花亦知人幽韵，佳处本同风。挥手谢尘网，举袂步蟾宫。　　秋已半，幽涧侧，乱山中。故人过我，终夕乘兴可千钟。赖有曲江才子，坐上平章花月，不管老英雄。心事将何寄，醉语又匆匆。

韩　淲　　　水调歌头·清明严濑

今古钓台下，行客系扁舟。扁舟何似，云山千叠亦东游。我欲停桡一醉，与写平生幽愤，横管更清讴。小上客星阁，短鬓独搔头。　　风乍起，烟未敛，雨初收。一年花事，数声鶗鴂欲春休。吊古怀贤情味，只有浮名如故，谁复识羊裘。赖得玄英隐，相望此溪流。

韩　淲　　　水调歌头·次韵载叔

一枕暑风外，事事且随缘。随缘何处琴剑。闲泊此层巅。日绕九天楼殿，烟抹四山林薄，尘土市声前。老眼醉还醒，犹得到诗边。　　桥南院，双桂隐，有名言。江湖人物，好在收拾付书帘。回首吾庐无恙，寄卧僧窗何事，鸿鹄本高骞。水调赋明月，谁道更超然。

韩　淲　　　水调歌头·次宋倅韵

嘉节已吹帽，谁复见南山。南山佳处，台上云绕一溪环。犹记使君同醉，化鹤千年何在，今古自应悭。胜事漫陈迹，风物只高寒。　　都莫问，归酒畔，集毫端。等闲吟笑而已，赖有孔融尊。伟矣广平心致，赢得相遭淡泊，感旧唱酬闲。且看小斋菊，抵掌共凭阑。

韩　淲　　　水调歌头·新月已如许

坐间有伤仲至，且怀昌甫，因呈张宰

新月已如许，我问带湖梅。人间题句，赢得浮潋酒盈杯。落拓豪英满坐，烂漫风骚连纸，天外凤凰来。只怕轻孤负，莫待巧安排。　　空翠滴，寒爽矣，晚佳哉。为君绝倒，折尽千树玉蓓堆。渺渺章泉好在，寂寂卢泉仙去，今古付尊罍。拍手见花木，放眼记莓苔。

韩　淲　　　水调歌头·次韵倅车寿守

一曲笙歌外，四座笑谈清。使君秋霁领客，别乘更宗英。

想像亲闱称寿，写就通家情分，相与庆恩荣。欢动桂花发，香雾扑帘旌。　　功名事，台阁路，好同登。只今报政归诏，舆论正蜚声。以我文章学术，与国和平安靖，冠剑入明庭。应顾棠阴下，野老鬓星星。

韩　淲　　水调歌头·和石倅寿汤守

玉水灵山地，燕寝亦书功。邦人耆老，诞弥佳节以词通。尔岂知吾恺悌，我乃因君谈笑，祝寿酒杯同。箫鼓少人会，歌舞为谁容。　　观坐客，惊野老，笔如风。个般酬唱，诏回应上玉华东。多少家传经济，留与孙谋持守，出处信何穷。唤起千年调，分付一车公。

李廷忠　　水调歌头·武昌南楼落成，次王漕韵

抚景几今古，遗恨此江山。百年形胜，但见幽草杂枯菅。多少名流登览，赖有神扶坏栋，诗墨尚斑斑。风月要磨洗，顾我已衰颜。　　擎天手，携玉斧，到江干。一新奇观，领客觞咏有余闲。烟草半川开霁，城郭两州相望，都在画屏间。便拟骑黄鹄，直上扣云关。

易　祓　　水调歌头·自古清胜地

祓奉陪判府府判诸丈为淡岩之游，回视融之仙岩，全之砻岩，殆相长雄。使祓向不以罪斥，则安知天下有此清胜。谨以小词纪其实。祓皇恐再拜

自古清胜地，江带与山篸。夸娥擘此石罅，不独岭之南。初见仙岩第一，再见砻岩第二，今见淡岩三。邱壑皆有分，品第不须谈。　　望前驱，陪后乘，破晴岚。出城一舍而近，峭壁与天参。不使尘埃涴脚，忽觉烟云对面，鹤驭可同骖。杖屦从归去，此乐□湘潭。

章斯才　　水调歌头·寿提刑

帝念重湖远，使者选清强。关西夫子人杰，揽辔出鸳行。熊楚一天坐镇，虎节三台更历，号令肃秋霜。褰帷间风俗，原隰总生光。　　瞻南极，朝北斗，酌霞觞。潢池息浪奏凯，筹饷属萧张。一点眉间多□，一札日边有诏，香案侍东皇。岁岁蓬壶宴，好景对柘黄。

章斯才　　水调歌头·寿杨宪

秋老楚天阔，光粲极南星。郁葱瑞霭浮动，湘水舞湘灵。方启流虹华旦，恰值绂麟弥月，嘉会庆千龄。维岳降神处，玉印注长生。　衣衮绣，袍练鹊，纽双綦。民气和乐，雁到回地作欢声。楚观连天境界，四景撩人风物，身世自蓬瀛。剩酌金貂醁，飞诏到临蒸。

徐冲渊　　水调歌头·怀山中

穷达付天命，生死见交情。人今老矣，□□狗苟与蝇营。赢得一头霜雪，闲却五湖风月，鸥鸟负前盟。颜厚已如甲，太息误平生。　想箕山，怀颍水，挹余清。只今归去，沧浪深处濯吾缨。笑抚山中泉石，细说人间荆棘，有道苦难行。好补青萝屋，且占白云耕。

程　準　　水调歌头·船系钓台下

船系钓台下，身寄碧云端。胸中千古风月，笔下助波澜。唤起羊裘仙魄，来伴蝉冠清影，星阁倚阑干。上想中兴事，名节重于山。　濯沧浪，开玉鉴，照朱颜。平生多少英气，直欲斩楼兰。尽道诗书元帅，好作经纶上衮，勋业秉华丹。霄汉展鸾翼，雷雨震龙蟠。

彭叔夏　　水调歌头·寿赵宰母

铜章纡墨绶，茜服佩银鱼。慈闱一笑，全胜莱子彩衣裾。好是柿红萱草，长伴朱颜绿发，荣贵更谁如。轴锦装鸾诰，帘绣窣藤舆。　龙为炙，麟作脯，倒琼壶。寿筵今年，邀请金母伴麻姑。缥渺飞琼舞罢，宛转双成歌彻，何物奉亲娱。探支长命缕，预借角蟾蜍。

汪　晫　　水调歌头·次韵荷净亭小集

落日水亭静，藕叶胜花香。时贤飞盖，松间喝道挟胡床。暑气林深不受，山色晚来逾好，顿觉酒尊凉。妙语发天籁，幽眇亦张皇。　射者中，弈者胜，兴悠长。佳人雪藕，更调冰水赛寒浆。惊饵游鱼深逝，带箭山禽高举，此话要商量。溪上采菱女，三五傍垂杨。

程　珌　　水调歌头·玉女扫天净

昏发乌江，朝至湖阴，月正午，舟中作

玉女扫天净，雍观掠江宽。问君何事底急，夜半挟舟还。三岛眠龙惊觉，万顷明琼碾破，凉月照东南。碧气正吞吐，满挹漱膺肝。　　烟篷上，乘云象，瞰天关。人间已梦，我独危坐玩漫汗。螭殿黄昏未锁，鹤氅翩跹蜚下，共吸酒壶干。兴罢吹笙去，风露五更寒。

程　珌　　水调歌头·电阙驱神骏

壬子五月二十三日，流杯玉泉，雨忽大作，连赋水调二章，一书于壁，一怀以归

电阙驱神骏，铁棰起痴蛟。木鸣山裂盛夏，白昼野魑号。急上瑶庭深处，为问龙君何怒，抉破古天河。日华开绚采，雨意属诗豪。　　与君来，蜚玉佩，斩觚瓢。纤流沉羽，借我万斛沸银涛。醉拍满缸香雪，写竭一池浓墨，逸气正飘飖。何事谪仙子，归去续松醪。

程　珌　　水调歌头·日觳金钲赤

日觳金钲赤，雪窦水晶寒。支机石下翻浪，喷薄出层关。半夜雌龙惊走，明日灵蛇张甲，蜚上石盘桓。多谢山君护，未放醉翁闲。　　安得醉，风泚泚，露珊珊。翠云老子，邀我瑶佩驾红鸾。一勺流觞何有，万石横缸如注，虹气饮溪干。忽梦坐银井，长啸俯清湍。

程　珌　　水调歌头·登甘露寺多景楼望淮有感

天地本无际，南北竟谁分。楼前多景，中原一恨杳难论。却似长江万里，忽有孤山两点，点破水晶盆。为借鞭霆力，驱去附崑仑。　　望淮阴，兵冶处，俨然存。看来天意，止欠士雅与刘琨。三拊当时顽石，唤醒隆中一老，细与酌芳尊。孟夏正须雨，一洗北尘昏。

程　珌　　水调歌头·戊戌自寿

渤澥东南界，西北倚崑仑。当时推步，但知宇内有乾坤。午夜风轮微转，驾我浮空泛景，一息过天垠。俯视人间世，渺渺聚沤尘。　　挽天吴，摩海若，吐还吞。宁用计年，八十阳

九又三阴。要自白榆星外，直至黑流沙底，山与泽俱平。不论初末度，一色界如银。

戴复古　　水调歌头·送竹隐知郢州

雕鹗上云汉，虎豹守天关。一官游戏，笑向古郢试朱幡。天下封疆几郡，尽得公为太守，奉诏仰天宽。万物一吐气，千里贺平安。　　雪楼高，三百尺，玉栏干。政成无事，时复把酒对江山。问讯莫愁安在，见说风流宋玉，犹有屋三间。请和阳春曲，留与世人看。

戴复古　水调歌头·题李季允侍郎鄂州吞云楼

轮奂半天上，胜概压南楼。筹边独坐，岂欲登览快双眸。浪说胸吞云梦，直把气吞残虏，西北望神州。百载一机会，人事恨悠悠。　　骑黄鹤，赋鹦鹉，谩风流。岳王祠畔，杨柳烟锁古今愁。整顿乾坤手段，指授英雄方略，雅志若为酬。杯酒不在手，双鬓恐惊秋。

陈　楠　　水调歌头·赠九霞子鞠九思

夺取天机妙，夜半看辰杓。一些珠露，阿谁运倒稻花头。便向此时采取，宛如碧莲合蕊，滴破玉池秋。万籁风初起，明月一沙鸥。　　紫河车，乘赤凤，入琼楼。谓之玉汞，与铅与土正相投。五气三花聚顶，吹著自然真火，炼得似红榴。十月胎仙出，雷电送金虬。

徐鹿卿　　水调歌头·快阁上绣使萧大著

廊庙补天手，夷夏想威名。上前张胆明目，倾倒汉公卿。二百年来章贡，前赵后萧相□，今古两豪英。四海望霖雨，可但总祥刑。　　自儿时，文字里，已心倾。魁躔邈在霄汉，薄宦偶趋承。山见崆峒秀丽，水见玉虹清绝，犹愿见先生。寄语二三子，洙泗在江城。

徐鹿卿　　水调歌头·贺史宰受荐

五剡乃脱选，通籍入金闺。祖宗立法初意，正欲猎英奇。近世流风薄矣，强者立跻霄汉，弱者困尘泥。流水伯牙操，底处有钟期。　　公为政，民不扰，吏无欺。春风桃李满县，当

路几人知。五马宏开公道，一鹗首旌治最，迟乃速之基。不枉受人荐，更看荐人时。

徐鹿卿　　水调歌头·寿林府判

别驾映旋轸，父老绕称觥。西风底事于役，造物岂无情。知道神生崧岳，大庾岭边和气，未足助欢声。小试活人手，详谳命公行。　　赣滩石，青原雨，快阁晴。西江一带风物，尽把祝长生。福与此江无尽，寿与此江俱远，名与此江清。江水直到海，公亦上蓬瀛。

徐鹿卿　　水调歌头·饯提举陈秘丞

岭峤转和气，英荡挟新凉。登车揽辔慷慨，风采肃台纲。第一澄清官府，次第咨询民瘼，余事到囷仓。谨勿养稂莠，莠盛稻苗伤。　　金芝秀，蒲涧碧，荔枝香。此中风味不恶，暂借使星光。毋薄炎荒瘴海，曾著广平李勉，归去□平章。唤起昔贤梦，千载续遗芳。

李　刘　　水调歌头·寿赵茶马

万里碧鸡使，叱驭问邛崃。枪旗有烨，川秦奔走送龙媒。好在灵均初度，唤起长庚佳梦，霜月照金罍。寿似武侯柏，香在草堂梅。　　舞娉婷，斟凿落，沃崔嵬。神尧孙子，向来八九上三台。挂了桑弧蓬矢，便恐彤弓秬瓒，分宝下天阶。归赋梁园雪，试唤长卿来。

李　刘　　水调歌头·寿丘漕　九月初三

端正九秋月，今夜始生明。扬辉毓秀，飘然海上跨长鲸。认得灵均初度，直用望舒为御，重耀紫枢庭。何事乘槎使，尚藉执珪卿。　　合东西，瞻使节，镜中行。腾腾渐渐，绕枝乌鹊不须惊。太白擒胡了未，即墨降城安否，玉斧杖修成。圆却山河影，捣药兔长生。

魏了翁　　水调歌头·江水自石纽

虞永康，刚简，所筑美功堂于城南以端午落成，唐涪州赋水调歌即席次韵

江水自石纽，灌口怒腾辉。便如黑水北出，迤逦到三危。

百尺长虹夭矫，两岸苍龙偃蹇，翠碧互因依。古树百夫长，修竹万竿旗。　　画堂开，风与月，巧相随。史君领客行乐，旌纛立披披。慨想二江遗迹，更起三闾忠愤，此日最为宜。推本美功意，禹甸六章诗。

魏了翁　水调歌头·张茶马□□生日　六月十八日

轻露湔残暑，蟾影插高寒。团团只似前夕，持向老莱看。九秩元开父算，六甲更逢儿换，梧竹拥檀栾。都把方寸地，散作万云烟。　　锦边城，云间戍，雪中山。风流老监在此，忧顾赖渠宽。天上玉颜合笑，堂上酡颜如酒，家国两平安。又恐玉川子，茗碗送飞翰。

魏了翁　　水调歌头·杨崇庆熹生日

风露浸秋色，烟雨媚湖弦。旌旗十里小队，拟约醮坛仙。身在黄旗朱邸，名在玉皇香案，底事个人传。正恐未免耳，惊搅日高眠。　　虎分符，龙握节，鹿御轓。于君本亦余事，所乐不存焉。一点春风和气，无限蓝田种子，渺渺玉生烟。富贵谁不有，借问此何缘。

魏了翁　　水调歌头·赵运判师岩生日

万里蜀山险，难似上青天。谁知间有、人心之险甚山川。赖得皇华星使，满载春风和气，来自鉴湖边。要识方寸地，四十万云烟。　　佩珑璁，冠昱爚，组蝉联。眼前富贵余事，所乐不存焉。闻道汉家子政，博考兰台载籍，胸次著千年。会有太一老，同结海山缘。

魏了翁　　水调歌头·吴制置猎生日

世界要扶助，人物载耆英。茫茫四海，谁识今代有厖臣。万顷青湖佳气，一片紫岩心事，天付与斯人。耸耸铁冠吏，表表白云卿。　　海沮漳，城汉郢，宅峨岷。规摹妙处，胸次纳纳几沧瀛。未说令公二纪，先看武公百岁，年与学俱新。星弁百僚准，天宇四时春。

魏了翁　　水调歌头·张致政□□生日

冬至子之半，玉筦罅微阳。壶中别有天地，转觉日增长。

一样金章紫服，一样朱颜绿发，翁季俨相望。翁是修何行，未已且方将。　　玉生烟，兰竞秀，彩成行。翁无他智，只把一念答苍苍。今日列城桃李，他日八荒雨露，都是乃翁庄。要数义方训，不说窦家郎。

魏了翁　　水调歌头·曾向君王说

妇生朝，李倅□同其女载酒为寿，用韵谢之

曾向君王说，臣愿守嘉州。风流别乘初届，元在越王楼。湖上龟鱼何事，桥上雁犀谁使，争挽海山舟。便遣旧姻娅，解后作斯游。　　晚风清，初暑涨，暮云收。公堂高会，恍疑仙女下罗浮。好是中郎有女，况是史君有妇，同对藕花洲。拟把鹤山月，换却鉴湖秋。

魏了翁　　水调歌头·赵运判师岃生日四月十一日

有匪碧岩使，满腹鉴湖秋。不居上界官府，来作散仙游。长佩高冠人伟，组练锦袍官贵，清献旧风流。杓柄长多少，洗尽蜀民愁。　　鹓鸡冠，貂尾案，鹭鸶辀。时来正恐不免，留滞剑南州。帘卷西州风雨，庭伫百城歌鼓，桃李翠云绸。谁谓蜀山远，只在殿山头。

魏了翁　　水调歌头·管待李参政壁劝酒

落日下平楚，秋色到方塘。人间袢暑难耐，独有此清凉。龙卷八荒霖雨，鹤阏十州风露，回薄水云乡。欲识千里润，记取玉流芳。　　石兰衣，江蓠佩，芰荷裳。个中自有服媚，何必锦名堂。吸取玻璃清涨，唤起逍遥旧梦，人物俨相望。矫首望归路，三十六虚皇。

魏了翁　　水调歌头·李提刑冲佑埑生日

洿露浸秋色，零雨濯湖弦。做成特地风月，管领老臞仙。雁落村间杯影，鱼识桥边柱杖，虑澹境长偏。只恐未免耳，惊搅日高眠。　　龙握节，貂插案，鹿衔辎。于公元只余事，所乐不存焉。手植蓝田种子，无数阶庭成树，郁郁紫生烟。富贵姑勿道，借问此何缘。

魏了翁　　水调歌头·王总领□□生日　八月六日

轻露瀹残暑，哉魄拟初弦。天台万八千丈，中有紫霞仙。

正理中枢旧武，却忆邻环昨梦，重上蜀青天。只守伯禽法，驷野万云烟。　　锦川星，郎位宿，又移躔。为无结辈十数，踏遍蜀山川。人识绍兴奉使，家有显谟科约，慧命得公传。从此造朝去，两地亦青毡。

魏了翁　　水调歌头·利路杨宪熹生日

岁岁为公寿，著语不能新。自公持节北去，我亦有遐征。坐我碧瑶洞府，被我石楠嘉荫，冰柱向人清。待屈西风指，王事有期程。　　我尝闻，由汉水，达河津。痴牛騃女会处，应有泛槎人。便向汉川东畔，直透银河左界，去上白云京。袖有传婿研，我欲丐余芬。

魏了翁　　水调歌头·安大使丙生日

人物正寥阔，有美万夫望。七年填拊方面，帷幄自金汤。千尺玉龙衔诏，六尺宝靮照路，载绩满旆常。富贵姑勿道，难得此芬芳。　　尝试看，今古梦，几千场。人情但较目睫，谁解识方将。霜落南山秋实，风卷北邻夜燎，世事正匆忙。海内知公者，只愿寿而臧。

魏了翁　　水调歌头·李参政壁生日　十一月二十四日

曾记武林日，岁上德星堂。相君襟度夷雅，容我少年狂。辇路升平风月，禁陌清时钟鼓，嗺送紫霞觞。回首十年事，解后衮衣乡。　　古今梦，元一辙，谩千场。纷纷间较目睫，谁解识方将。霜落南山秋实，风卷北邻夜燎，世事正匆忙。天意那句问，只愿善人昌。

魏了翁　　水调歌头·杨提刑子谟生日

有匪碧岩使，长佩奏琅球。门前初暑才涨，一室淡于秋。帘卷峨眉烟雨，袖挟西川风露，满眼绿阴稠。人物眇然甚，得似此风流。　　此何时，公犹滞，剑南州。分明忧在目睫，只凭付悠悠。未问人谋当否，须信天生贤哲，不只等闲休。努力崇明德，巨浸要平舟。

魏了翁　　水调歌头·燕甲戌进士归自都城

古说士夫郡，犹欠殿头魁。记曾分付公等，行矣勉之哉。

世事奕棋无定，甲子循还复尔，不免且低回。人物价自定，万事付衔杯。　　试与公，同握手，上春台。繁红丽紫何限，转首便尘埃。欲识化工定处，须向报秋时节，未用较先开。休道屋犹矮，卿相个中来。

魏了翁　　水调歌头·李彭州埑生日

促织谁遣汝，唧唧不能休。揽衣起观，四顾河汉淡如油。露下南山荟蔚，风抹西湖菱芰，客感浩悠悠。尚此推不去，岁寿两公侯。　　自侯归，闲日月，几春秋。东方千骑，何事白首去为州。会有葛公清侣，携上神仙官府，玉案侍前旒。却袖经纶手，归伴赤松游。

魏了翁　　水调歌头·贺许侍郎奕得孙

三十作龙首，四十珥貂蝉。幡然携取名节，锦绣蜀山川。揽辔扶桑初晓，饮马咸池未旰，来日尽宽闲。兹事亦云足，所乐不存焉。　　女垂髫，儿分鼎，妇供鲜。尊章青鬓未改，和气玉生烟。造物犹嫌缺陷，要启公侯衮衮，又畀贾嘉贤。公更厚封植，自古有丰年。

魏了翁　水调歌头·次韵西叔詹叔兄嘉甫弟惠生日□词

昨梦鹤山去，风景逐时新。藕花拍满栏槛，松竹被池频。尽日兄酥弟酪，触处言鲭义牒，相对只翁卿。梦觉帝乡远，有酒为谁倾。　　忽飞来，天外句，梦中人。自怜何事，强把麋鹿裹朝绅。坐看九衢车马，鞭策长安日月，檐阁太玄经。只说来时节，金气已高明。

魏了翁　　水调歌头·次韵黄叙州□□

烟雨敛江色，江水大于杯。篷窗一枕霄梦，忽忽到无怀。苦被江头新涨，推起天涯倦客，万里片帆开。收用到我辈，天下岂无才。　　路漫漫，行又止，信还猜。渊鱼得失有分，须载月明回。寄语鹤山亲友，若访吾庐花柳，为我扫烟埃。去去党无辱，振袂早归来。

魏了翁　　水调歌头·即席和李潼川皋韵

清燕卧霜角，月魄几回哉。一声云雁清叫，推枕赋归来。

流水落花去路，画象棠阴陈迹，霄观傍楼台。别忆入梅艳，愁色上田莱。　　记来时，惊列缺，走吴回。人间都失匕箸，老婢亦惊猜。匹马晓风鞭袖，孤堞暮烟烽柝，挥却挂蛇杯。不负此邦去，笑口也应开。

魏了翁　水调歌头·约李潼川饮即席赋

昨夜严家集，霜斗飐晴天。乾坤如许空阔，著我两人闲。醉帽三更月影，别袂一帘花气，语隽不知还。二十年间事，肝肺写明蠲。　　记相逢，一似昨，两经年。风波闹处，推出心胆至今寒。也为故人饮酒，也念邦人怀旧，姑为驻征鞍。未忍作离语，留待月华圆。

魏了翁　水调歌头·贺李潼川臯改知常德府

更尽一杯酒，春近武陵源。源头父老迎笑，人似老癯仙。检校露桃风叶，问讯渚莎江草，点检旧风烟。世界要人拄，公独卧闲边。　　叹从来，分宇宙，有山川。主宾均是寄耳，赢得鬓毛斑。最苦中年相别，更是人才难得，相劝且加餐。归为玉昆说，时寄我平安。

魏了翁　水调歌头·刘左史光祖生日庆八十

山岳会元气，初度首王春。扶持许大穹壤，全德付耆英。二万九千日力，四百八旬甲子，酿此杰魁人。玉剑卧霜斗，金锁掣天扃。　　学宗师，人气脉，国精神。不应闲处袖手，试与入经纶。磊落蟠溪感遇，迢递彭篯岁月，远到漆园椿。用舍关时运，一片老臣心。

魏了翁　水调歌头·又孙靖州应龙生日

九十九峰下，百二十年州。西风吹起客梦，月满驿南楼。影入天河左界，辰在寿星向上，还是去年秋。要和木兰曲，载酒寿君侯。　　天边信，云外步，去难留。寿觞庭院依旧，已带别离愁。离合钟情未免，行止关人何事，浪白世间头。将相时来作，身健百无忧。

魏了翁　水调歌头·范靖州良辅生日　十月二十□日

犹记端门外，鞭袖五更寒。一声天上钟柝，金锁掣重关。

君向紫宸上阁，我侍玉皇香案，都号舍人班。梦觉帝乡远，相对两苍颜。　玉围腰，金系肘，绣笼鞯。乡人衮衮严近，五马度荆山。收拾五湖气度，卷束蟠胸兵甲，春意满人间。天锡公纯嘏，气象自平宽。

魏了翁　　水调歌头·送赵阆州希异之官

冻雨洗烦浊，烈日霁威光。逸人去作太守，旗志倍精芒。莎外马蹄香湿，柳下旃阴晨润，景气踏苍苍。夹道气成雾，我独犯颜行。　对颜行，斟尾酒，点头纲。请君釂此，更伴顷刻笑谭香。为问锦屏富贵，孰与熙宁谏议，千古蔚仪章。世道正颓靡，此意傥毋忘。

魏了翁　　水调歌头·桃李眩春昼

次韵高才卿恭叔见贻生日因以为寿

桃李眩春昼，松柏傲霜时。春妍不必皆是，晚秀未为非。画斧河边瘴雾，叱驭关前险阻，马竭复人疲。胡不效侪等，趣取好官为。　居之安，于胥乐，咏而归。毡裘鴂舌成市，书史俨相围。月淡秋亭烽影，日静春斋铃索，未听杜鹃啼。美酒无深巷，莫道不吾知。

魏了翁　　水调歌头·叔母生日

人道三十九，岁暮日斜时。儿今如许，才觉三十九年非。昨被玉山楼取，今仗牛山挽住，役役不知疲。自己未能信，漫仕亦何为。　亦何为，应自叹，不如归。问归亦有何好，堂上彩成围。上下东冈南陌，来往北邻西舍，遏地看儿啼。富贵适然耳，此乐几人知。

魏了翁　　水调歌头·虞简州刚简生日

牛酒享宾客，焦烂列前荣。有人先事早计，残突伴孤星。香火家家绘象，鼙鼓村村祠宇，翦不断人情。清唳九皋鹤，唤起梦魂惺。　白蘋洲，芳草渡，玉湖亭。画帘挂起篥簌，一卷易同盟。携手锦江簃隐，觌面墨池玄叟，扶杖蜀君平。三老輾然笑，云散太空清。

魏了翁　　水调歌头·李参政壁生日

宇宙一大物，掌握付诸人。人心不满方寸，块北浩无垠。

或者寒蝉自比，不尔秃屖贻笑，齷齪竟何成。胡不引贤者，相与共弥纶。　　未如何，尝试使，问苍旻。四时迭起代谢，有屈岂无伸。昨夜伶伦声里，一气排阴直上，阳德与时新。道长自今日，持此庆生申。

魏了翁　水调歌头·叔母生日同家人劝酒

涪右金华宅，上有蔚蓝天。当年玉女何事，未摆世间缘。要把平夷心事，散作吉祥种子，春暖玉生烟。回首生处所，更欲与周旋。　　自归来，生处所，已三年。山头白鹤候我，应讶久留连。已作秋风归梦，忽递春风消息，吹我著泸川。安得且归去，绵上饱耕眠。

魏了翁　水调歌头·过凌云和张太博方

千古峨眉月，照我别离杯。故人中岁聚散，脉脉若为怀。醉帽三更风雨，别袂一帘山色，为放笑眉开。握手道旧故，抵掌论人才。　　山中人，灶间婢，亦惊猜。江头新涨催发，欲去重徘徊。世事丝丝满鬓，岁月匆匆上面，渴梦肺生埃。酒罢听客去，公亦赋归来。

魏了翁　水调歌头·舣棹汉嘉口

张太博方送别壁津楼再赋即席和

舣棹汉嘉口，更尽渭城杯。凌云山色，似为行客苦伤怀。横出半天烟雨，锁定一川风景，未放客船开。想见此楼上，阅尽蜀人才。　　山猿鹤，江鸥鹭，亦相猜。滔滔日夜东注，全璧几人回。客亦莞然成笑，多少醉生梦死，转首总成埃。信屈四时耳，寒暑往还来。

魏了翁　水调歌头·高嘉定生日和所惠韵

高氏八千石，驺哄溢街坊。庸夫俗子，夸道锦绣裹家乡。谁识书生心事，各要济时行己，肯顾利名场。用我吾所欲，不用亦何伤。　　汉嘉守，凡阅历，几麾幢。便教入从出节，都是分之常。但愿国安人寿，更只专城也好，不用较强梁。准拟耆英会，倚杖看人忙。

魏了翁　水调歌头·送蒋成父公顺

风雪锢迁客，闭户紧蒙头。一声门外剥啄，客有从予游。

直自离骚国里，行到林间屋畔，万里入双眸。世态随炎去，此意澹于秋。　　感毕逋，怀秸鞠，咏夫不。寻师学道虽乐，吾母有离忧。岁晚巫云峡雨，春日楚烟湘月，诗思满归舟。来日重过我，应记火西流。

魏了翁　　水调歌头·上巳和黄成之韵

尚记春归日，锦绣裹江城。谁推日驭西去，水认故乡痕。鱼鸟自飞自跃，红紫谁开谁落，天运渺无声。四序镇如此，当当复亭亭。　　是何年，修禊事，畅幽情。竞传元巳天气，别是一般清。便引郑郊溱洧，不道孔门沂泗，大道掌如平。待挽迷津者，都向此中行。

魏了翁　　水调歌头·堪怪两外府

江东漕使兄高瞻叔生日端平丙申五月

堪怪两外府，使传载朝缨。虽云身在江表，都号汉公卿。莫是才堪世用，莫是有人吹送，中外尔联荣。天运自消息，龙蠖不关情。　　更寻思，谁得失，孰亏成。潜鱼要向深渺，犹恐太分明。且愿时清无事，长把书生阁束，归践对床盟。强似抗尘俗，岁岁上陪京。

魏了翁　　水调歌头·建康留守陈尚书韡生日

天地一大物，扶植要人才。人才谁是，不肯随俗强追陪。与我言兮我愿，莫我知兮谁怨，全仗帝为媒。此意久寥阔，今见者留台。　　笏围腰，书创屋，骑笼街。时贤白尽须发，老子抑名斋。更取堂名淇绿，要把北山万竹，一日倚云栽。自处只如此，将相任时来。

刘学箕　　水调歌头·饮垂虹

三载役京口，十度过松江。垂虹亭下烟水，长是映篷窗。钓得锦鳞成鲙，快把双螯浩饮，豪气未能降。醉舞影零乱，心逐浪舂撞。　　景苍茫，歌欸乃，石空硿。蒹葭深处，适意鱼鸟自双双。便拟轻舟短棹，明月清风长共，与世绝纷庞。嘉遁有真隐，不羡鹿门庞。

洪咨夔　　水调歌头·送曹侍郎归永嘉

四海止斋老，百世水心翁。都将不尽事业，付与道俱东。

气脉中庸大学，体统采薇天保，几疏柘袍红，千仞倚寥碧，一点驾归鸿。　　扈江蓠，贯薜荔，制芙蓉。午桥绿野深处，心与境俱融。搏控乾坤龙马，簸弄坎离日月，苍鬓映方瞳。只恐又催诏，飞度橘花风。

洪咨夔　　水调歌头·中夏望前一夕步月

如此好明月，梅里自来无。炎云溽雾收尽，宇宙一冰壶。浅濑乍分随合，清影欲连还断。滉漾玉浮图。风物庾楼似，秋思欠菰蒲。　　醉魂醒，尘骨换，我非吾。琼箫紫凤何许，风露足清都。君看流光多处，缥缈澼洸人立，白与藕花俱。只恐姮娥妒，凉透粟生肤。

程公许　　水调歌头·和吴秀岩韵

驼褐倚禅榻，丝鬓飏茶烟。谁知老子方寸，历历著千年。试问汗青余几，一笑腰黄萦梦，我自乐天全。出处两无累，赢取日高眠。　　八千里，西望眼，断霞边。弁苍苕碧，随分风月不论钱。执手还成轻别，何日归来投社，玉海得同编。经世付时杰，觅个钓鱼船。

包　恢　　水调歌头·三月初三

羽觞随曲水，佳气溢双清。真贤瑞世，恰与真圣日同生。出侍红云一朵，出按皇华六辔，特地福吾闽。底是长生箓，八郡咏歌声。　　奏天子，倾义廪，济饥民。南州指使，青州公案一般仁。却恐紫泥有诏，社稷重臣事业，非晚觐严宸。来岁这般节，宣劝玉堂人。

岳　甫　　水调歌头·鲁口天下壮

编修楼公易镇武昌，安阳岳甫作歌头一阕，奉祖行色。甫再拜

鲁口天下壮，襟楚带三吴。山川表里营垒，屯列拱神都。鹦鹉洲前处士，黄鹤楼中仙客，拍手试招呼。莫诵昔人句，不食武昌鱼。　　望樊冈，过赤壁，想雄图。寂寥霸气，应笑当日阿瞒疏。收拾周黄策略，成就孙刘基业，未信赏音无。我醉君起舞，明日隔江湖。

王　迈　　水调歌头·寿黄殿讲母

天上一灯满，引起万灯明。不知今夕何夕，平地有蓬瀛。

西母瑶池称寿，南守锋车催觐，二美一时并。一点魁星现，长侍老人星。　心事好，天与寿，鬓长青。不将钟鼎为乐，念念在朝廷。此母宜生此子，须有医时良策，寿国福苍生。子自坐黄阁，母自课黄庭。

叶路钤　　水调歌头·寿太守黄少卿

天启黄旗运，复见汉黄香。名高黄榜，飞黄腾踏入鸳行。文彩苏黄而上，政事龚黄而右，黄纸选循良。黄见眉间色，卿月照黄堂。　调黄钟，舞黄鹤，醉鹅黄。黄云催熟，黄童老叟庆金穰。闲展黄庭一卷，自爱黄花晚节，黄阁日偏长。印佩黄金斗，黄发半苍苍。

黄　机　　水调歌头·为施少仪作

此日足可惜，心事正崔嵬。江淮踏遍，经岁相识定谁来。每向酒边长叹，更向花边长笑，意虑叵能猜。邂逅忽相遇，有客在尘埃。　脱儒冠，著武弁，太多才。笔墨争似，钩戟容易到云台。余子何须转手，便把平生胸臆，勇去莫徘徊。事业上金石，人世自欢哀。

黄　机　　水调歌头·次下洞流杯亭作

金篆锁岩穴，玉斧凿山湫。飞泉溅沫无数，六月自生秋。夭矫长松千岁，上有泠然天籁，清响眇难收。亭屋创新观，客鞅棹还留。　推名利，付飘瓦，寄虚舟。蒸羔酿秫，醅瓮戢戢蚁花浮。唤取能歌能舞，乘兴携将高处，杯酌荐崑球。径醉双股直，白眼视庸流。

严　仁　　水调歌头·惨淡望京阙

上韶州方检详，时有节制之命

惨淡望京阙，慷慨梦天山。引杯中夜看剑，壮气刷幽燕。鼍鼓满天催曙，画角连云啸月，吹断戍瓶烟。犀角赤兔马，虎帐绿熊毡。　仗汉节，伸大义，伐可汗。青冥更下斧钺，赤子要君安。铁骑千群观猎，宫样十眉环座，礔砺听鸣弦。莫厌兜鍪冷，归去又貂蝉。

葛长庚　　水调歌头·咏茶

二月一番雨，昨夜一声雷。枪旗争展，建溪春色占先魁。

采取枝头雀舌，带露和烟捣碎，炼作紫金堆。碾破香无限，飞起绿尘埃。　　汲新泉，烹活火，试将来。放下兔毫瓯子，滋味舌头回。唤醒青州从事，战退睡魔百万，梦不到阳台。两腋清风起，我欲上蓬莱。

葛长庚　　水调歌头·自述

金液还丹诀，无中养就儿。别无他术，只要神水入华池。采取天真铅汞，片晌自然交媾，一点紫金脂。十月周天火，玉鼎产琼芝。　　你休痴，今说破，莫生疑。乾坤运用，大都不过坎和离。石里缘何怀玉，因甚珠藏蚌腹，借此显天机。何况妙中妙，未易与君知。

葛长庚　　水调歌头·吃了几辛苦

吃了几辛苦，学得这些儿。蓬头赤脚，街头巷尾打无为。都没蓑衣笠子，多少风烟雨雪，便是活阿鼻。一具骷髅骨，忍尽万千饥。　　头不梳，面不洗，且憨痴。自家屋里，黄金满地有谁知。这里一声惭愧，那里一声调数，满面笑嘻嘻。白鹤青云上，记取这般时。

葛长庚　　水调歌头·有一修行法

有一修行法，不用问师传。教君只是，饥来吃饭困来眠。何必移精运气，也莫行功打坐，但去净心田。终日无思虑，便是活神仙。　　不憨痴，不狡诈，不风颠。随缘饮啄，算来命也付之天。万事不由计较，造物主张得好，凡百任天然。世味只如此，拚做几千年。

葛长庚　　水调歌头·一个清闲客

一个清闲客，无事挂心头。包巾纸袄，单瓢只笠自逍遥。只把随身风月，便做自家受用，此外复何求。倒指两三载，行过百来州。　　百来州，云渺渺，水悠悠。水流云散，于今几度蓼花秋。一任乌飞兔走，我亦不知寒暑，万事总休休。问我金丹诀，石女跨泥牛。

葛长庚　　水调歌头·不用寻神水

不用寻神水，也莫问华池。黄芽白雪，算来总是假名之。

只这坤牛乾马，便是离龙坎虎，不必更猜疑。药物无斤两，火候不须时。　　偃月炉，朱砂鼎，总皆非。真铅真汞不炼，之炼要何为。自己金公姹女，渐渐打成一块，胎息象婴儿。不信张平叔，你更问他谁。

葛长庚　　水调歌头·要做神仙去

要做神仙去，工夫譬似闲。一阳初动，玉炉起火炼还丹。捉住天魂地魄，不与龙腾虎跃，满鼎汞花乾。一任河车运，径路入泥丸。　　飞金精，采木液，过三关。金木间隔，如何上得玉京山。寻得曹溪路脉，便把华池神水，结就紫金团。免得饥寒了，天上即人间。

葛长庚　　水调歌头·草涨一湖绿

草涨一湖绿，天匳四山青。这千年里，几多兴废不容声。无分貂金佩玉，不梦歌钟食鼎，何处有车旌。便念旌阳剑，枉自染蛟腥。　　生诸葛，少马援，尚云萍。醉乡日月，飘然身世付刘伶。知道东门黄犬，不似西山白鹭，风月了平生。起来忽清啸，惊落夜潭星。

葛长庚　　水调歌头·杜宇伤春去

杜宇伤春去，蝴蝶喜风清。一犁梅雨，前村布谷正催耕。天际银蟾映水，谷口锦云横野，柳外乱蝉鸣。人在斜阳里，几点晚鸦声。　　采杨梅，摘卢橘，饤朱樱。奉陪诸友，今宵烂饮过三更。同入醉中天地，松竹森森翠幄，酣睡绿苔茵。起舞弄明月，天籁奏箫笙。

葛长庚　　水调歌头·一个江湖客

一个江湖客，万里水云身。鸟啼春去，烟光树色正黄昏。洞口寒泉漱石，岭外孤猿啸月，四顾寂无人。梦魂归碧落，泪眼看红尘。　　烟濛濛，风惨惨，暗消魂。南中诸友，而今何处问浮萍。青鸟不来松老，黄鹤何之石烂，叹世一伤神。回首南柯梦，静对北山云。

葛长庚　　水调歌头·昔在虚皇府

昔在虚皇府，被谪下人间。笑骑白鹤，醉吹铁笛落星湾。

十二玉楼无梦，三十六天夜静，花雨洒琅玕。瑶台归未得，忍听洞中猿。　　也休休，无情绪，炼金丹。从来天上，神仙官府更严难。翻忆三千神女，齐唱霓裳一曲，月里舞青鸾。此恨凭谁诉，云满武夷山。

葛长庚　　水调歌头·和懒翁

昔在虚皇府，啸咏紫云中。不知何事，误蒙天谪与公同。偶到金华洞口，忽见懒翁老子，挺挺众中龙。握手归仙隐，谈笑起天风。　　忽相逢，一转瞬，酒杯空。几时再会，唱赓词翰倒金钟。只恐武夷山里，千古猿啼鹤唳，未便蹑飞虹。公欲归仙去，我欲继公踪。

葛长庚　　水调歌头·误触紫清帝

误触紫清帝，谪下汉山川。既来尘世，奇奇怪怪被人嫌。懒去蓬莱三岛，且看江南风月，一住数千年。天风自霄汉，吹到剑峰前。　　做些诗，吃些酒，放些颠。木精石怪，时时唤作地行仙。朝隐四山猿鹤，夜枕一天星斗，纸被裹云眠。梦为蝴蝶去，依约在三天。

葛长庚　水调歌头·丙子中元后风雨有感

一叶飞何处，天地起西风。夜来酒醒，月华千顷浸帘栊。塞外宾鸿来也，十里碧莲香满，泽国蓼花红。万象正萧爽，秋雨滴梧桐。　　钓台边，人把钓，兴何浓。吴江波上，烟寒水冷翦丹枫。光景暗中催去，览镜朱颜犹在，回首鹭巢空。铁笛一声晓，唤起玉渊龙。

葛长庚　　水调歌头·江上春山远

江上春山远，山下暮云长。相留相送，时见双燕语风樯。满目飞花万点，回首故人千里，把酒沃愁肠。回雁峰前路，烟树正苍苍。　　漏声残，灯焰短，马蹄香。浮云飞絮，一身将影向潇湘。多少风前月下，迤逦天涯海角，魂梦亦凄凉。又是春将暮，无语对斜阳。

葛长庚　　水调歌头·石知院生辰

两鬓青丝发，双眼黑方瞳。人皆道是，昭庆一个老仙翁。

暂别蓬莱弱水，自把星冠月帔，玉佩舞薰风。醉入桃源路，归去不知踪。　　举云璈，鸣铁笛，抚丝桐。满前剑弁森列，稽首捧金钟。挺挺松形鹤貌，任待桑田变海，宝鼎粒丹红。玉帝下明诏，独骑上瑶空。

葛长庚　　水调歌头·土釜温温火

土釜温温火，橐籥动春雷。三田升降，一条径路属灵台。自有真龙真虎，和合天然铅汞，赤子结真胎。水里捉明月，心地觉花开。　　一转功，三十日，九旬来。抽添气候，炼成白血换骷骸。四象五形聚会，只在一方凝结，方寸绝纤埃。人在泥丸上，归路入蓬莱。

葛长庚　　水调歌头·一个奇男子

一个奇男子，万象落心胸。学书学剑，两般都没个成功。要去披缁学佛，首下一拳轻快，打破太虚空。末后生华发，再拜玉清翁。　　二十年，空挫过，只飘蓬。这回归去，武夷山下第三峰。住我旧时庵子，碗水把柴升米，活火煮教浓。笑指归时路，弱水海之东。

葛长庚　　水调歌头·自述

苦苦谁知苦，难难也是难。寻思访道，不知行过几重山。吃尽风僝雨僽，那见霜凝雪冻，饥了又添寒。满眼无人问，何处扣玄关。　　好因缘，传口诀，炼金丹。街头巷尾，无言暗地自生欢。虽是蓬头垢面，今已九旬来地，尚且是童颜。未下飞升诏，且受这清闲。

葛长庚　　水调歌头·天下云游客

天下云游客，气味偶相投。暂时相聚，忽然云散水空流。饱饫闽中风月，又爱浙间山水，杖屦且逍遥。太上包中下，只得个无忧。　　是和非，名与利，一时休。自家醒了，不成得恁地埋头。任是南州北郡，不问大张小李，过此便相留。且吃随缘饭，莫作俗人愁。

葛长庚　　水调歌头·未遇明师者

未遇明师者，日夜苦忧惊。及乎遇了，得些口诀又忘情。

可惜蹉跎过了，不念精衰气竭，碌碌度平生。何不回头看，下手采来烹。　　天下人，知得者，不能行。可怜埋没，如何恁地不惺惺。只见口头说著，方寸都无些子，只管看丹经。地狱门开了，急急办前程。

葛长庚　　水调歌头·堪笑廛中客

堪笑廛中客，都总是迷流。冤家缠缚，算来不是你风流。不解去寻活路，只是担枷负锁，不肯放教休。三万六千日，受尽百年忧。　　得人身，休蹉过，急须修。乌飞兔走刹那，又是死临头。只这眼前快乐，难免无常两字，何似出尘囚。炼就金丹去，万劫自逍遥。

刘克庄　　水调歌头·游蒲涧追和崔菊坡韵

余顷为仪真督邮，白事维扬，崔公锐欲罗致。属先受制置使李公之辟，崔公始聘洪公舜俞入幕。后二十五年，奉使岭外，拜公祠像，俯仰今昔，辄和公所作水调歌头以寓悲慨云

敕使竟空反，公不出梅关。当年玉座记忆，仄席问平安。羽扇尉佗城上，野服仙游阁下，辽鹤几时还。赖有蜀耆旧，健笔与书丹。　　青油士，珠履客，各凋残。四方蹙蹙靡骋，独此尚宽闲。丞相祠堂何处，太傅石碑堕泪，木老瀑泉寒。往者不可作，置酒且登山。

刘克庄　　水调歌头·喜归

遣作岭头使，似戍玉门关。来时送者，举酒珍重祝身安。街畔小儿拍笑，马上是翁矍铄，头与璧俱还。何处得仙诀，发白颊犹丹。　　屋茅破，篱菊瘦，架签残。老夫自计甚审，忙定不如闲。客难扬雄拓落，友笑王良来往，面汗背芒寒。再拜谢不敏，早晚乞还山。

刘克庄　　水调歌头·解印有期戏作

老子颇更事，打透利名关。百年扰扰于役，何异入槐安。梦里偶然得意，醒后才堪发笑，蚁穴驾车还。恰佩南柯印，仿佛毂曾丹。　　客未散，日初昳，酒犹残。向来幻境安在，回首总成闲。莫问浮云起灭，且跨刚风游戏，露冷玉箫寒。寄语抱朴子，候我石楼山。

刘克庄　水调歌头·八月上浣解印别同官席上赋

半世惯歧路，不怕唱阳关。朝来印绶解去，今夕枕初安。莫是散场优孟，又似下棚傀儡，脱了戏衫还。老去事多忘，公莫笑师丹。　笔端花，胸中锦，两消残。江湖水草空旷，何必养天闲。久苦诸君共事，更尽一杯别酒，风露夜深寒。回首行乐地，明日隔云山。

刘克庄　水调歌头·客散循堤步月而作

落日几呼渡，佳夕每留关。有时来照清浅，鬓雪似潘安。一曲亲蒙君赐，两岸更无人迹，惟见鹭飞还。隙地欠栽接，蕉荔杂黄丹。　柳全疏，松尚幼，怕摧残。旁人笑我痴计，管钥费防闲。翁意在乎林壑，客亦知夫水月，满腹贮清寒。赋咏差有愧，赤壁与滁山。

刘克庄　水调歌头·羯虏问周鼎

次夕，觞客湖上，赋葛仙事

羯虏问周鼎，柱史出秦关。苦求句漏，何意身世远差安。不见跕鸢堕水，时有飞鸿遵渚，乐此久忘还。采药寓言耳，胸次有灵丹。　钓游处，榕叶暗，荻花残。自翁仙后千载，输与水鸥闲。我读内篇未竟，忽被急符驱去，洞闭白云寒。回首愧幽子，隐约海中山。

刘克庄　水调歌头·怪事广寒殿

十三夜，同官载酒相别，不见月作

怪事广寒殿，此夕不开关。林间乌鹊相贺，暂得一枝安。只在浮云深处，谁驾长风挟取，明镜忽飞还。玉兔呼不应，难觅臼中丹。　酒行深，歌听彻，笛吹残。嫦娥老去孤另，离别匹如闲。待得银盘擎出，只怕玉峰醉倒，衰病不禁寒。卿去我欲睡，孤负此湖山。

刘克庄　水调歌头·癸卯中秋作

老年有奇事，天放两中秋。使君飞榭千尺，缥缈见麟洲。景物东徐城上，岁月北征诗里，圆缺几时休。俯仰慨今昔，惟

酒可浇愁。　　风露高，河汉澹，素光流。贾胡野老相庆，四海十分收。竞看姮娥金镜，争信仙人玉斧，费了一番修。衰晚笔无力，谁伴赋黄楼。

刘克庄　　水调歌头·和仓部弟寿词

岁晚太玄草，深悔赋长杨。向来户外之屦，已饱各飞扬。阁上青藜安在，院里金莲去矣，且爱短檠光。衰懒倦宾客，谁访老任棠。　　叹时人，怜黠小，笑鲐黄。汝曹变灭臭腐，依底愈芬香。苦羡阿龙则甚，学取幼安亦可，坐穴几藜床。零落雁行小，敢不举君觞。

刘克庄　水调歌头·和西外判宗湖楼韵

君看郭西景，浑不减孤山。飞楼突兀百尺，轮奂侈前观。绝唱新词寡和，堕泪旧碑无恙，往事付惊澜。不见辽鹤返，惟对水鸥闲。　　又何必，珠翠盛，管弦欢。唾壶麈尾潇洒，领客上高寒。丞相功存宗庙，祭酒义兼家国，世事尚相关。风月寓意耳，莫作晋人看。

刘克庄　　　水调歌头·寿胡详定

风露洗玉宇，星斗灿银潢。云间笙鹤来下，人世变凄凉。九转金丹成后，一朵红云深处，玉立侍虚皇。却笑跨夺子，草草梦黄粱。　　君记否，齐桓寝，鲁灵光。中原公案未了，直下欠人当。试问玉门关外，何似金銮殿上，此段及平章。富贵倘来耳，万代姓名香。

冯取洽　　水调歌头·林叶润而密

四月四日自寿，用玉林韵，兼效其体

林叶润而密，莺语老犹娇。懒翁那记生日，兀兀度昏朝。勘破富贫贵贱，参透死生寿夭，至竟本同条。胸次绝疑碍，物外自超遥。　　又何尝，贪七贵，慕三乔。溪山吾所自有，宜钓更堪樵。窃笑傍门小法，休觅驻颜大药，揠长只伤苗。造化大炉耳，愚智一齐销。

冯取洽　　水调歌头·雪霁春已半

社后三日，诸少邀登北山之巅，把酒展眺，异趣同乐，又

奚可不可之有。因赋是词付何琮，俾歌之以侑一醉

雪霁春已半，露重午方暄。一筇拄上高绝，便觉眼前宽。指点数家楼阁，检校一村花柳，绿水接青烟。峦岫竞围绕，风日更清妍。　闹媒蜂，纷使蝶，菜花繁。少年正尔行乐，谁复顾华颠。自有此丘此坂，那得游人箫鼓，暖响出中天。归步不妨晚，恰则月初弦。

刘克逊　　水调歌头·解变西昆体

同黄主簿登清风峡刘魁读书岩赋水调歌头调

解变西昆体，一赋冠群英。清风峡畔，至今堂已读书名。富贵轻于尘土，孝义高于山岳，惜不大其成。陵谷纵迁改，草木亦光荣。　与仇香，穿阮屐，试同登。石龛虽窄，可容一几短檠灯。千仞苍崖如削，四面翠屏不断，云雾镇长生。最爱岩前水，犹作诵弦声。

吴　渊　　水调歌头·太白已仙去

太白已仙去，诗骨此山藏。胸中锦绣如屋，都乞与东皇。碎翦杏花千树，浓抹胭脂万点，妖艳断人肠。晓露沐春色，晴日涨风光。　孤村路，逢休暇，共徜徉。酒旗斜处，□□一簇几红妆。暂息江头烽火，无奈鬓边霜雪，聊复放疏狂。倚俟玉壶竭，未肯宝鞭扬。

刘清夫　　水调歌头·残腊卷愁去

残腊卷愁去，春至莫闲愁。荣枯会有成说，无处著机谋。身世石中敲火，富贵草头垂露，何用苦贪求。三尺布衣剑，千载赤松游。　忆亲朋，方丱角，总白头。羊肠世路巇崄，莫莫且休休。选甚范侯高爵，遮莫陶公巨产，争似五湖舟。万事付蜗角，止坎谩乘流。

李好古　　水调歌头·和金焦

历历江南树，半在水云间。不须回首，且来著眼向淮山。过尽金山晕碧，望断焦山空翠，杨柳绕江边。此意无人会，独自久凭阑。　夜吹箫，朝问法，记坡仙。只今何许，当时三峡倒词源。水调翻成新唱，高压风流前辈，使我百忧宽。有酒更如海，容我醉时眠。

夏元鼎　　水调歌头·三三乾妙画

三月三日，佑圣降诞。胡节干季辙，捧香设醴，愿以今日闻穷理尽性之道。顾方为世唾弃，曷能明子贡不传之旨。荷来诚既切，竟以诞圣于北方壬癸之位，为水调一词以谢，并呈乡人赵抚干季清、周提干达道，幸反求之，有余师矣

三三乾妙画，佑圣诞弥辰。北方壬癸，水生于坎产元精。一数先天有象，元始化生相应，灵气属阳神。寿永齐天地，万物尽回春。　说龟蛇，名黑杀，蕴深仁。阴中阳长，要知害里却生恩。此意宜参造化，正是金丹大道，不在咽精津。富贵公方逼，肯问出人伦。

夏元鼎　　水调歌头·人身藏宇宙

甲申灯夕，云水唐介然来谒，愿问金丹大道，且举张平叔、薛道光诸丹经以质难。意初未释，凡辨问数十条，乃噤不语，垂首怅然而去。后忽具信香誓状，谓历江、淮、闽、浙，拜师几百，不识向上玄关，觉今是而昨非。不知其所觉何事，谬赠以水调一词。有天台郭应昌、仪真胡尧咨、徐勋、金陵赵拱、湖湘唐纯素预焉

人身藏宇宙，乌兔走西东。昼舒夜卷，不拘春夏与秋冬。存想非心非肾，吐纳非精非气，子午谩行功。一点真灵宝，混合自回风。　感婴儿，交姹女，爱丁公。黄婆匹配，一时辰内上仙宫。恍惚无中有象，阳火阴符密契，大道属鸿蒙。火候能调理，天地与无穷。

夏元鼎　　水调歌头·采取铅须密

天台元漠子王枞，炷香问道，初意未降。后以子午寅申之说，破其胎息注想之迷，因与酬唱水调歌头于后

采取铅须密，诚意辨妍媸。休教错认，夺来鼎内及其时。二物分明真伪，一得还君永得，此事契天机。记取元阳动，妙用在虚危。　法寅申，行子午，总皆非。自然时节，梦里也教知。不属精津气血，不是肺肝心肾，真土亦非脾。言下泄多矣，凡辈奈无知。

夏元鼎　　水调歌头·要识刀圭诀

要识刀圭诀，一味水银铅。驴名马字，九三四八万千般。

愚底转生分别，划地唤爷作父，荆棘满心田。去道日以远，至老昧蹄筌。　　譬如人，归故国，上轻帆。顺风得路，夜里也行船。岂问经州过县，管取投明须到，舟子自能牵。悟道亦如此，半句不相干。

夏元鼎　　水调歌头·耳目身之宝

耳目身之宝，固塞勿飞扬。存无守有，中间无念以为常。把定玄关一窍，视听尽收归里，坎兑互堤防。瘖痖神依抱，形气两相忘。　　圆陀陀，光烁烁，貌堂堂。分明真我，罔象里全彰。此即非空非色，自是本来面目，阴鼎炼元阳。出世真如佛，余二莫思量。

夏元鼎　　水调歌头·真一北方气

真一北方气，玄武产先天。自然感合，蛇儿却把黑龟缠。便是蟾乌遇朔，亲见虎龙吞啖，顷刻过昆仑。赤黑达表里，炼就水银铅。　　有中无，无中有，两玄玄。生身来处，逆顺圣凡分。下士闻之大笑，不笑不足为道，难为俗人论。土塞命门了，去住管由君。

夏元鼎　　水调歌头·律应黄钟候

律应黄钟候，天地尚胚浑。腾腾一气，家园平地一枝春。下手依时急采，莫放中宫芽溢，害里却生恩。火候精勤处，加减武和文。　　定浮沉，明主客，别疏亲。真铅留汞，造化合乾坤。此是身中灵宝，谁信龙从火出，二八共成斤。些子希夷法，只在弄精魂。

夏元鼎　　水调歌头·擒得铅归舍

擒得铅归舍，进火莫教迟。抽添沐浴，临炉一意且防危。只为婴儿未壮，全藉黄婆养育，丁老共扶持。火力频加减，外药亦如之。　　汞生芽，铅作祖，土刀圭。火生于木，炎盛汞还飞。要得水银真死，须待阴浮阳伏，杂类降灰池。用铅终不用，古语岂吾欺。

夏元鼎　　水调歌头·要蹑天仙步

要蹑天仙步，金丹是法身。不知谓气，须还识后自然真。

大道从花孕子，点出个中阴魄，乌兔合阳魂。北斗随罡转，天地正氤氲。　　采依时，炼依法，莫辞勤。立跻圣域，从此脱沉沦。夜气正当过半，龙虎自然蛰动，势欲撼乾坤。片饷工夫耳，庄算八千春。

夏元鼎　　水调歌头·神气精三药

神气精三药，举世没人知。气随精化，镇常神逐气无归。心地不明天巧，业识更缠地网，背却上天梯。今古多豪杰，生死醉如泥。　　树头珠，潭底日，显金机。两般识破，性命更何疑。活捉金精入木，炼就当初真一，方表丈夫儿。信取玄中趣，端的世间稀。

夏元鼎　　水调歌头·闻道不嫌晚

闻道不嫌晚，悟了莫悠悠。遇时不炼，今生乌兔恐难留。些子乾坤简易，不问在朝居市，达者尽堪修。火候无斤两，大药本非遥。　　守旁门，囚冷屋，望升超。迷迷相授，生死不相饶。未识先天一气，孰辨五行生克，不向眼前求。试道工夫易，福薄又难消。

夏元鼎　　水调歌头·我有一竿竹

我有一竿竹，偏会取根源。从来汲水桔槔，直挈上西天。不许常人著手，管定竿头先折，提桶落寒泉。拨得机关转，北斗向南看。　　仗回风，乘偃月，勿波澜。麻姑此日，西北见张骞。选佛妙高峰顶，饮罢醍醐似醉，独坐玩婵娟。水湛月明处，太极更无前。

哀长吉　　水调歌头·贺人新娶，集曲名

紫陌风光好，绣阁绮罗香。相将人月圆夜，早庆贺新郎。先自少年心意，为惜殢人娇态，久俟愿成双。此夕于飞乐，共学燕归梁。　　索酒子，迎仙客，醉红妆。诉衷情处，些儿好语意难忘。但愿千秋岁里，结取万年欢会，恩爱应天长。行喜长春宅，兰玉满庭芳。

戴　翼　　水调歌头·寿陈仓使

某共审：瑞启福星，祥开诞月。江左两三年兵火，暂烦一

出于虚危；部内几万户生灵，喜遇再来之父子。欢均列郡，喜溢崇台。某忝出师门，幸依化治。忻逢华旦，上南丰一瓣之香；敬缉斐章，祝东道千龄之算。退惭下俚，上渎清都。敢冀熏慈，俯垂采览

嵩岳周王佐，昴宿汉宗臣。从来间世英杰，出则致升平。况我皇华直指，元是福星出现，来此活生灵。五百岁初度，十一郡欢忻。　挽西江，苏涸辙，洗尘埃。笑谈顷刻间宜，宇宙变为春。泽满赣川无限，福与崆峒齐耸，颂咏几多人。潋滟一卮寿，愿早秉洪钧。

戴　翼　　水调歌头·寿彭守

某共审：某官，瑞启福星，祥开诞月。横浦十万家生齿，焚一瓣香；章江五十里附庸，上千岁寿。万诚芜句，申庆椒觞。仰冀熏慈，俯垂采览

渤海卖刀剑，河汉洗戎兵。千金六月一雨，万陇稼云横。时节可人如许，天意开祥有在，申月岳生申。五百岁初度，千万户欢声。　栋梁材，霖雨手，庙堂身。日边褒玺已到，岂久试鱼城。快上承明步武，展尽玉堂事业，再使旧毡青。公寿更天远，鼻祖等长生。

徐经孙　　水调歌头·致仕得请

客问矩山老，何事得优游。追数平生出处，为客赋歌头。三十五时侥幸，四十三年仕宦，七十□归休。顶踵皆君赐，天地德难酬。　书数册，棋两局，酒三瓯。此是日中受用，谁劣又谁优。寒则拥炉曝背，暖则寻花问柳，乘兴狎沙鸥。知足又知止，客亦许之不。

吴　潜　　水调歌头·焦山

铁瓮古形势，相对立金焦。长江万里东注，晓吹卷惊涛。天际孤云来去，水际孤帆上下，天共水相邀。远岫忽明晦，好景画难描。　混隋陈，分宋魏，战孙曹。回头千载陈迹，痴绝倚亭皋。惟有汀边鸥鹭，不管人间兴废，一抹度青霄。安得身飞去，举手谢尘嚣。

吴　潜　　水调歌头·雪川溪亭

皎月亦常有，今夜独娟娟。浮云万里收尽，人在水晶奁。

矫首银河澄澈，搔首金风浩荡，毛发亦泠然。宇宙能空阔，磨蚁正回旋。　　倩渔翁，撑舴艋，柳阴边。垂纶下饵，须臾钓得两三鲜。唤客烹鱼酾酒，伴我高吟长啸，烂醉即佳眠。何用骖鸾去，已是地行仙。

吴　潜　　　水调歌头·送赵文仲龙学

宛水才停棹，一舸又澄江。岩花篱蕊开遍，时节正重阳。唤起沙汀渔父，揽取一天秋色，无处不潇湘。有酒时鲸吸，醉里是吾乡。　　济时心，忧国志，问穹苍。是非得失，成败何用苦论量。年事飞乌奔兔，世事崩崖惊浪，此别意茫茫。但愿身强健，努力报君王。

吴　潜　　　水调歌头·送叔永文昌

才惜季方去，又更别元方。惊心天上双凤，接翅下高冈。万里瞿塘烟浪，一片昭亭云月，渺渺正相望。夜雨连风蛩，此意独凄凉。　　杜鹃声，犹不住，搅离肠。黄鸡白酒，吾亦归兴动江乡。人事纷纷难料，世事悠悠难说，何处问穹苍。肯落儿曹泪，一笑付沧浪。

吴　潜　　　水调歌头·江淮一览

勋业竟何许，日日倚危楼。天风吹动襟袖，身世一轻鸥。山际云收云合，沙际舟来舟去，野意已先秋。很石痴顽甚，不省古今愁。　　郗兵强，韩舰整，说徐州。但怜吾衰久矣，此事恐悠悠。欲破诸公磊块，且倩一杯浇酹，休要问更筹。星斗阑干角，手摘莫惊不。

吴　潜　　　水调歌头·每怀天下士

每怀天下士，要与共艰危。谁知暗里摸索，得此世间奇。却笑当年坡老，过眼翻迷五色，遇合古难之。访我鸳湖上，真足慰心期。　　醉谈兵，愁论世，夜阑时。自怜磊块，近来鬓底两三丝。目送云帆西去，肠断风尘北起，老泪欲垂垂。骐骥思长坂，好鸟择高枝。

吴　潜　　　水调歌头·闻子规

榆塞脱忧责，兰径遂游嬉。吾年逾六望七，休退已称迟。

日日登山临水，夜夜早眠晏起，岂得不便宜。有酒数杯酒，无事一枰棋。　休更□，世途恶，宦久羁。□深林密，去处人物两忘机。昨日既盟鸥鹭，今日又盟猿鹤，终久以为期。蜀魄不知我，犹道不如归。

吴　潜　　水调歌头·题烟雨楼

有客抱幽独，高立万人头。东湖千顷烟雨，占断几春秋。自有茂林修竹，不用买花沽酒，此乐若为酬。秋到天空阔，浩气与云浮。　叹吾曹，缘五斗，尚迟留。练江亭下，长忆闲了钓鱼舟。矧更飘摇身世，又更奔腾岁月，辛苦复何求。咫尺桃源隔，他日拟重游。

吴　潜　　水调歌头·出郊玩水

小队旌旗出，画鹢倚篙行。青秧白水无际，中有一犁耕。听得田翁相语，今岁时年恰好，眨眼是秋成。老守何能解，持此报皇明。　望家山，千里外，楚云平。良田二顷，非村非郭枕柴扃。况有蓊林香透，更有杨堤阴合，魂梦每宵征。巴得西风起，吾亦问前程。

吴　潜　　水调歌头·小憩袁氏园用前韵

老圃无关锁，放客意中行。颇欣天地开阔，烟钓与云耕。荷长亭亭翠盖，竹长森森翠葆，景致闹装成。几树榴花发，映水色偏明。　绮楼空，金屋静，恨难平。鼓笙箫笛，谁怜冷落暗尘扃。回首百年人事，转眼几番今古，日迈月俱征。且尽一杯酒，退步是前程。

吴　潜　　水调歌头·过了中秋后

夜来月佳甚，呈景回、自昭二兄。戊午八月十八日

过了中秋后，今夜月方佳。看来前夜圆满，才自阙些些。扫尽乌云黑雾，放出青霄碧落，恰似我情怀。把酒自斟酌，脱略到形骸。　问渠侬，分玉镜，断金钗。少年心事，不知容易鬓边华。千古天同此月，千古人同此兴，不是旋安排。安得高飞去，长以月为家。

吴　潜　　水调歌头·重九先三日

戊午九月，偕同官延庆阁过碧沚

重九先三日，领客上危楼。满城风雨都住，天亦相邀头。右手持杯满泛，左手持螯大嚼，萸菊互相酬。徙倚阑干角，一笑与云浮。　　望平畴，千万顷，稻粱收。江澄海晏无事，赢得小迟留。但恨流光抹电，假使年华七十，只有六番秋。戏马台休问，破帽已飕飕。

吴　潜　　　水调歌头·再用前韵

天宇正高爽，更蹑最高楼。长风为我驱驾，极目海山头。不用牛山孟浩，不用齐山杜牧，人景自堪酬。举酒酹空阔，汗漫与为游。　　捻黄花，怜白首，恨难收。颓龄使汝能制，何待更封留。眼底朱甍画栋，往往人非物是，蟋蟀自鸣秋。万里一搔首，无处著萧飕。

吴　潜　　　水调歌头·喜晴赋

屯结海云阵，奋击藉雷公。忽然天宇轩豁，杲日正当空。照出榴花丹艳，映出栀花玉色，生意与人同。闭纵一翻手，造化不言功。　　想平畴，禾穟穟，黍芃芃。老农拍手相问，相劳笑声中。办取黄鸡白酒，演了山歌村舞，等得庆年丰。此际莼鲈客，倚楫待西风。

吴　潜　　　水调歌头·己未中秋无月

今岁月和桂，不肯作中秋。一年惟此佳节，底事白教休。我已侵寻七秩，况复轮囷万感，合恨更分愁。先自无聊赖，雨意得能稠。　　天柱峰，知何处，老难游。痴云如妒，不知弦管可吹不。安得风姨扫荡，推出团圆月姊，便遣桂香浮。世事十常九，不使展眉头。

吴　潜　　　水调歌头·已是三堪乐

和梅翁韵预赋山中乐，己未中秋中浣书于老香堂

已是三堪乐，更是百无忧。山朋溪友呼酒，互劝复争酬。钓水肥鲜鳊鳜，采树甘鲜梨栗，穲稏一齐收。树底飞轻盖，溪上放轻舟。　　笑鸱夷，名已谢，利还谋。蜗蝇些小头角，何事被渠钩。春际鹭翻蝶舞，秋际猿啼鹤唳，物我共悠悠。倚棹明当发，归梦落三洲。

吴　潜　　水调歌头·老子百般足

老子百般足，无事可闲忧。几年思返林壑，今日愿方酬。潦倒戏衫舞袖，郎讲门槌拍板，端的这回收。日月两浮彀，身世一虚舟。　想鹪鹩，与鸿鹄，不相谋。惊鳞万里深逝，谁肯更吞钩。醉则北窗高卧，醒则南园行乐，莫莫更悠悠。云在山中谷，月在水中洲。

吴　潜　　水调歌头·若说故园景

若说故园景，何止可消忧。买邻谁欲来住，须把万金酬。屋外泓澄是水，水外阴森是竹，风月尽兜收。柳径荷漪畔，灯火系渔舟。　且东皋，田二顷，稻粱谋。竹篱茅舍，窗户不用玉为钩。新擘黄鸡肉嫩，新斫紫螯膏美，一醉自悠悠。巴得春来到，芦笋长沙洲。

吴　潜　　水调歌头·且尽一杯酒

且尽一杯酒，莫问百年忧。胸中多少磊块，老去已难酬。见说旄头星落，半夜天骄陨坠，玉垒阵云收。世运回如此，稳泛辋川舟。　鸥鹭侣，猿鹤伴，为吾谋。主人归也，正是重九月如钩。便把三程为两，更趱两程为一，尚恐是悠悠。旁有渔翁道，肯负白蘋洲。

吴　潜　　水调歌头·处处羊肠路

处处羊肠路，归路是安便。从头点检身世，今日岂非天。未论分封邦国，未论分符乡国，晚节且圆全。但觉君恩重，老泪忽潸然。　谢东山，裴绿野，李平泉。从今许我，攀附诸老与齐肩。更得十年安乐，便了百年光景，不是谩归田。谨勿伤离别，聊共醉觥船。

吴　潜　水调歌头·开庆己未秋社维舟逸老堂口占

倚舵秋江浒，明日片帆轻。从头点检身世，百事已圆成。及第曾攀龙首，仕宦曾居鸥阁，衣锦更光荣。若又不知止，天道恐亏盈。　借称呼，遮俗眼，便归耕。但余心愿，朝暮香火告神明。一愿君王万寿，次愿干戈永息，三愿岁丰登。四愿老安乐，疾病免相萦。

吴　潜　　　水调歌头·奉别诸同官

便作阳关别，烟雨暗孤汀。浮屠三宿桑下，犹自不忘情。何况情钟我辈，聚散匆匆草草，真个是云萍。上下四方客，后会渺难凭。　　愿诸公，皆衮衮，喜通津。老夫从此归隐，耕钓了余生。若见江南苍舸，更遇江东黄耳，莫惜寄音声。强阁儿女泪，有酒且频倾。

吴千能　　　水调歌头·澹氏人安在

澹氏人安在，缥缈九霄间。我来唯有石屋，周览百寻宽。一曲中分夷险，两牖空光平布，满洞贮清寒。高歌自堪仰，何必论金丹。　　周贤士，知此意，薄秦官。一床一枕，依然犹伴白云闲。门外俗尘如海，门里道心如水，谈笑足回澜。此事无今古，不信叩嵛山。

张友仁　　　水调歌头·石屋势平旷

石屋势平旷，峭壁几巉岩。妙哉天造地设，谁复谓神剜。畴昔涪翁题品，曾说人寰稀有，岂特冠湘南。趁取脚轻健，相与上高寒。　　避秦者，君莫问，意其间。祖龙文密，至今草木尚愁颜。赢得功成丹鼎，久矣乘风而去，跨鹤与骖鸾。犹有白雪在，镇日绕禅关。

江万里　　　水调歌头·寿二亲

生日重重见，余闰有新春。为吾母寿，富贵外物总休论。且说家怀旧话，教学也曾菽水，亲意尽欣欣。只此是真乐，乐岂在邦君。　　吾二老，常说与，要廉勤。庐陵几千万户，休戚属儿身。三瑞堂中绿醑，酿就满城和气，端又属人伦。吾亦老吾老，谁不敬其亲。

李曾伯　　　水调歌头·一段太清境

甲申春利州漕廨玩月闻琴和周晒仲韵

一段太清境，谁幻出阶坳。不知身住何处，爽气逼霜袍。但见人间一样，似夜又还非夜，栖鸟不安巢。认得在尘世，禁鼓二更敲。　　最忺看，来竹底，上梅梢。几家朱户，不如儿女醉蓬茅。谁把琴声三弄，不管骚人幽趣，似向曲中嘲。长啸

赋赤壁，有酒更无肴。

李曾伯　　水调歌头·再和

夜永厌银烛，移步下堂坳。秋风昨梦少年，高兴鹄成袍。世上痴儿睡去，历历江山细数，孤鹘啸危巢。地静未容去，门掩不妨敲。　转巍阑，低画桷，落寒梢。南楼老子争似，短笛一椽茅。无色界间长啸，不夜城中高卧，随意弄诗嘲。洗斝要更酌，为我问佳肴。

李曾伯　　水调歌头·丙戌寿蜀阃

千一载英杰，百二国山河。提封几半宇宙，万里仗天戈。十乘晋军旗鼓，三岁秦关扃锁，地利属人和。位次功第一，未数酂侯何。　建青油，持紫荷，听黄麻。乾坤整顿都了，玉殿侍羲娥。且醉东湖花柳，却泛西湖舟楫，留不住岷峨。谁为语儒馆，浓墨被诗歌。

李曾伯　　水调歌头·代寿昌州守叔祖

三蜀最佳处，昌是海棠州。清香燕寝闲暇，人与地风流。十万人家寿域，六七十翁儿状，眉寿祝公侯。谁为语廊庙，且许寇恂留。　过书云，才几日，纪千秋。祖孙卮酒相贺，庆事袭箕裘。自有诗书万卷，安用田园千顷，松菊足优游。持以寿公者，梅萼伴清修。

李曾伯　　水调歌头·丁亥重阳登益昌二郎庙楼

老子世北客，家本住吴头。登临聊复尔耳，佳节懒为酬。刚被西风断送，又为黄花牵帅，草创作斯游。目力眇无际，更上一层楼。　对长江，流不尽，古今愁。凭栏正拟一笑，襟抱怯于秋。高处令人心悸，放旷舒怀何暇，好趁醒时休。留取江湖量，归去醉中州。

李曾伯　　水调歌头·丁亥送方子南出蜀

行客送行客，况又值新秋。莼乡此去万里，先我上扁舟。三载乌奴聚首，异县乡情对语，乘月几登楼。去去远蜀口，日日望吴头。　丹青手，描不就，此离愁。半生萍梗江汉，别恨最绸缪。远水长空一色，风顺波平如掌，雁序际天游。故旧

有相问，犹滞剑南州。

李曾伯　水调歌头·丁未沿檄过颖寿

骤雨送行色，把剑渡长淮。西风咄咄怪事，吹不散烟霾。才是橙黄时候，早似梅边天气，寒意已相催。老子尚顽耐，仆马苦虺隤。　叹平生，身客路，半天涯。飞鸢跕跕曾见，底事又重来。回首白云何处，目送孤鸿千里，去影为徘徊。篱菊渐秋色，杜瓮有新醅。

李曾伯　水调歌头·和吴鹤林舍人送杨帅韵

万里长淮北，青是汉时山。几年壁垒相望，高枕度春闲。不道草庐豪杰，手袖伊吾长剑，驰志在楼兰。钟鼓令秋肃，毡罽胆冰寒。　诗书帅，金横带，玉为鞍。天生如结数辈，虏岂易江南。京索成皋此际，东郭韩卢俱困，故老正争看。琳檄未能草，冯铗直空弹。

李曾伯　水调歌头·庚子寿制阃别尚书

岘山羊叔子，江左管夷吾。勋名掀揭宇宙，金匮侈丹书。两载风寒卧护，一柱狂澜屹立，形势壮陪都。功业笑儿辈，别有大规模。　看东归，游凤沼，转鸿枢。不应廊庙人物，犹佩玉麟符。好是茅峰仙客，更与钟山佛子，同日庆垂弧。一饮共千岁，永永辅皇图。

李曾伯　水调歌头·庚子送周昞仲赴江东幕

簪履盛元幕，领袖属英游。登车揽辔余事，何止客诸侯。看尽巫云岷雪，却访庐峰湓浦，砥柱赞中流。百叠青山路，一片白蘋洲。　今日事，风涛上，一虚舟。长江万顷寒碧，犹谓马能浮。况是眼前局面，心腹忧如边角，胜著赖帷筹。谈笑济时了，勋业迈前修。

李曾伯　水调歌头·辛丑送胡子安赴远安

风卷江湖浪，举足是羊肠。峡山知在何处，榛莽更凄凉。不为渊明五斗，直为班超万里，雅志未能忘。耿耿富襟抱，行计有诗囊。　溯吴头，逾楚尾，界瞿塘。从它昵昵燕语，留不住征樯。芳草天涯弥望，着我飞凫来去，在在可徜徉。持此

见刘表，抵掌与谈王。

李曾伯　水调歌头·甲辰中秋和傅山父韵

幻出广寒境，罗袜净无尘。素娥风格分明，玉骨水为神。手揽清光盈掬，眼看山河一色，阅尽古今人。对影且长啸，一酌瓮头春。　千万顷，琉璃色，楚天清。庾楼袁舫何事，汩汩主和宾。但见老蟾无恙，不管镜圆钩阙，寒暑任相更。此夕幸无雨，何惜放颜醺。

李曾伯　水调歌头·幕府有和，再用韵

碾就一轮玉，扫尽四边尘。白乎不涅不磷，千古此丰神。领略常娥体态，寂寞谪仙材调，四海岂无人。安得金丹诀，长驻玉颜春。　镜圆明，冰样洁，水来清。良宵难值如许，何惜且留宾。拟唤桓伊三弄，影转画檐西畔，钟鼓趣残更，肺腑尽霜雪，麴蘖不能醺。

李曾伯　水调歌头·再和

久欲乘槎去，间阔几仙尘。乾坤炯炯不夜，造化抑何神。谁道二分无赖，到处一轮都满，天未始私人。今夕果何夕，非夏亦非春。　风露下，明作哲，圣之清。纷纷浮世代谢，燕客与鸿宾。欢恨离愁尽扫，谢赋鲍诗高束，一枕听严更。尔自屋梁落，吾已醉醺醺。

李曾伯　水调歌头·送制参向君玉归里

薄酒长亭别，饱饭故园归。两年婉婉席上，甘苦每同之。騄骥群中独步，麋鹿兴前不瞬，孰可与争驰。力挽不能寸，健翮遽斜飞。　经营事，艰难状，老天知。区区塞马得失，一笑付观棋。用则风云万里，不用烟霞一壑，两鬓未应丝。回首乌樯外，鸥鸟自忘机。

李曾伯　水调歌头·壁垒壮西塞

乙巳九月寿城获捷，和傅山父凯歌韵

壁垒壮西塞，形势古州来。九重庙算经远，边隙肯轻开。整顿金城千仞，遮护风寒数处，蛇豕敢当哉。惆怅倚长剑，扫未尽烟埃。　骑连营，桥列栅，木成排。老酋鱼釜视我，孰

与障吾淮。横槊冲围四出，北府牢之何勇，新进喜多才。老子可归矣，击壤乐春台。

李曾伯　水调歌头·幕府有和，再用韵

枣颊上秋色，朔漠寇南来。斧螗锋蜎棼集，腥雾扫难开。细看眼前局面，惊落人间匕箸，砥柱者谁哉。熊虎贾余勇，狐兔等轻埃。　炮雷轰，戈日耀，阵云排。不图风定波息，谈笑静长淮。休诧穿杨妙手，乘早闹篮抽脚，谁拙又谁才。束起楼兰剑，归钓子陵台。

李曾伯　水调歌头·戊申和八窗叔为寿韵

壮志小鹏背，万里欲乘风。马瘏裘敝，老来无复旧游重。楚尾吴头蜀口，三十载间陈迹，衮衮水之东。休说射雕手，且学钓鱼翁。　奚为者，聊尔耳，此山中。壶觞自引，不妨换羽与移宫。蓬矢桑弧何事，朝菌大椿皆分，识破色俱空。掬润弄明月，长啸倚青松。

李曾伯　水调歌头·再和

鸿雁未应到，可怪此番风。木犀天气，何事爽逼夹衣重。长记呼韩塞下，每向飞廉声里，占见马蹄东。今且闭门睡，都不管山翁。　李北平，班定远，魏云中。纷纷成败，任取勋业纪南宫。幸得明朝无雨，定是中宵有月，莫放酒尊空。起舞弄庭叶，清影伴岩松。

李曾伯　水调歌头·招八窗叔托疾再和

一番蓼花雨，几阵桂枝风。杖藜多暇，准拟同醉小山重。底事阮郎清致，苦托休文瘦损，咫尺阻西东。秋色浩如许，岂可欠诗翁。　门前事，都莫问，付杯中。纷纷蛮触等耳，富贵大槐宫。何惜振衣而起，相与凭栏一笑，抵掌共谈空。佳客倘不至，推枕卧云松。

李曾伯　水调歌头·戊申送厉守赴濡须漕

缔好恨不早，觌面雅相知。璿星楼上，一见天产此英奇。功在淮梁砥柱，政蔼汉扶襦袴，仅借寇恂期。懊恼剑花冷，手欲鲙鲸鲵。　濡须坞，咽喉地，腹心谁。公其揽辔凭轼，勋

业笑谈为。贯索旄头息焰，斗极泰阶动色，归佐太平基。客有问仆者，只说在渔矶。

李曾伯　水调歌头·己酉宿樟原驿得雨

之子问行役，火伞正当天。酷哉几可炙手，流汗满襟沾。仆仆长亭古道，人在竹舆何似，甑釜受蒸煎。帝悯苍生热，敕下九龙渊。　命丰隆，驱屏翳，起蜚廉。神工一炊黍顷，爽气遍垓埏。洗涤山河尘土，转作清凉境界，物类举醒然。稽首谢天赐，伸脚快宵眠。

李曾伯　水调歌头·题临江驿和徐意一韵

君莫厌行役，易尔此非难。人情无已，久阴忧潦霁忧乾。借得庭轩一榻，忘却征涂炎暑，小驻沦龙团。世路任渠险，襟抱五湖宽。　叹平生，环辙迹，已苍颜。梅花雪片万里、奚又絷南冠。应是江山好处，犹待推排老眼，天未许休官。莫忆故园竹，日日报平安。

李曾伯　水调歌头·庚戌寿静斋叔

乔木老盘谷，仙李盛峨岷。参横井转，月边犹赖有长庚。传得丹溪正派，更是平庵宅相，夷路早蜚英。十载星沙幕，一片玉壶冰。　题舆了，千万里，尽云津。渚宫小驻，不妨谈笑对秋城。西去凭熊驾驷，东下握兰持橐，衮衮看峥嵘。愿借鹫峰桂，岁以寿金觥。

李曾伯　水调歌头·辛亥中秋和陈次贾，用坡仙韵

万里净无翳，一镜独当天。老蟾痴兔顽甚，阅世几何年。任尔炎凉千变，不改山河一色，爽气逼人寒。何必乘槎去，直到斗牛间。　叹常娥，元不嫁，只孤眠。古今遗恨，不能长似此宵圆。我有竹溪茅舍，办取金风玉露，一笑四并全。细和坡仙句，低唱教婵娟。

李曾伯　水调歌头·甲寅寿刘舍人

序正象占虢，吉叶梦维熊。身随金粟出世，香满小山丛。铁券丹书家世，朱阁青毡步武，名字在尧聪。雕鹗健云翮，聊尔待西风。　功名事，书剑里，笑谈中。江涛衮衮如此，天

岂老英雄。先我甲庚三日，伴子春秋千岁，何幸举樽同。歌以寿南涧，愿学稼轩翁。

李曾伯　　水调歌头·再赋

可爱十分月，都无一点云。清光是处皆有，浑不许人分。独是大江深处，一片水晶世界，仿佛有微痕。坐到夜深际，万籁寂无闻。　与诸君，同一笑，举芳樽。素娥自有佳约，何必命红裙。顷刻参横斗转，归去华胥一觉，玩事任纷纷。我袖有玉斧，当为整乾坤。

李曾伯　　水调歌头·暑中得雨

今岁渝州热，过似岭南州。火流石铄如鳌，尤更炽于秋。竟日襟常沾汗，中夕箑无停手，几至欲焦头。世岂乏凉境，老向此山囚。　赖苍灵，怜赤子，起龙湫。刹那顷耳，天瓢倾下足西畴。荡涤两间炎酷，苏醒一番枯槁，民瘼庶其瘳。清入诗脾里，一笑解吾忧。

李曾伯　　水调歌头·两岁是六秩

蒲制帅以喜雨韵为寿，和以谢之

两岁是六秩，万里客他州。一眉新月西挂，又报桂花秋。想见吴中稚子，已办秫田数顷，更种橘千头。堪笑新亭酒，空效楚人囚。　饭甘粗，衣任恶，屋从湫。世缘道眼看破，闻早问先畴。这服清凉散子，多在病坊弗悟，美疢甚时瘳。膏秣归盘去，无乐亦无忧。

李曾伯　水调歌头·送印德远经略入广

宵旰轸先虑，岭海屈真儒。金城素有奇略，不待至才图。春满洲鹦楼鹤，天付簪山带水，驷马驾轻车。六月正炎热，吾肯缓吾驱。　越蓬婆，逾邛笮，彼穹庐。其能涉我烟瘴，载籍以来无。联络五溪百粤，托柱南方半壁，中外保无虞。了此经营事，归去位钧枢。

李曾伯　水调歌头·长沙中秋约客赏月

洞庭千古月，湘水一天秋。凉宵将傍三五，玩事若为酬。人立梧桐影下，身在桂花香里，疑是玉为州。宇宙大圆镜，沆

澄际空浮。　　傍谯城，瞻岳麓，有巍楼。不妨举酒，相与一笑作遨头。人已星星华发，月只团团素魄，几对老蟾羞。回首海天阔，心与水东流。

李曾伯　　水调歌头·自和

佳月四时有，举世重中秋。金明水秀竞爽，亘古景难酬。爝火繁星退敛，桂海冰天洞照，清影遍神州。万象自妍丑，一鉴碧虚浮。　　昔苏张，夸玉界，赋琼楼。素娥阅人多矣，不怕雪添头。只恐参横斗转　，还又酒阑歌散，醉态醒堪羞。安得真仙术，兔魄驻西流。

李曾伯　　水调歌头·幕府诸公有和，再用韵谢之

敢问辽天月，历几亿春秋。老娥盍相刮目，无一语相酬。似讶经年间阔，类笑衰翁潦倒，岁岁客他州。清照五湖阔，倦影一萍浮。　　任渠侬，琴当户，酒当楼。人生适意，封君何似橘千头。月正圆时固好，人欲闲时须早，毋作陇西羞。多谢锦囊句，椽笔富清流。

李曾伯　　水调歌头·戊午初度自寿

问讯中秋月，瞥见一眉弯。婆娑桂影，今年又向桂林看。蓬矢桑弧初度，罗带玉簪旧识，俯仰十年间。记得老坡语，颓景薄西山。　　碧虚人，应笑我，已苍颜。岁寒耿耿，不改惟有寸心丹。目断风涛万里，梦绕烟霞一壑，老矣甚时闲。不愿酒泉郡，愿入玉门关。

李曾伯　水调歌头·庚申十六夜月简陈次贾

昨夜虽三五，宝鉴未纯全。今宵既望，兔魄才是十分圆。又得平滩系缆，冷浸玻璃千顷，表里一壶天。扶惫蓬窗下，拚却夜深眠。　　想嫦娥，应笑我，鬓苍然。平生修玩，犹记历历旧山川。安得乘槎访斗，问讯广寒宫殿，怅未了尘缘。愿赐长生药，换我骨为仙。

方　岳　　水调歌头·九日醉中

左手紫螯蟹，右手绿螺杯。古今多少遗恨，俯仰已尘埃。不共青山一笑，不与黄花一醉，怀抱向谁开。举酒属吾子，此

兴正崔嵬。　　夜何其，秋老矣，盍归来。试问先生归否，茅屋欲生苔。穷则箪瓢陋巷，达则鼎彝清庙，吾意两悠哉。寄语雪溪外，鸥鹭莫惊猜。

方　岳　　水调歌头·平山堂用东坡韵

秋雨一何碧，山色倚晴空。江南江北愁思，分付酒螺红。芦叶蓬舟千重，菰菜莼羹一梦，无语寄归鸿。醉眼渺河洛，遗恨夕阳中。　　蘋洲外，山欲暝，敛眉峰。人间俯仰陈迹，叹息两仙翁。不见当时杨柳，只是从前烟雨，磨灭几英雄。天地一孤啸，匹马又西风。

方　岳　水调歌头·九日多景楼用吴侍郎韵

醉我一壶玉，了此十分秋。江涛还此，当日击楫渡中流。问讯重阳烟雨，俯仰人间今古，此意渺沧洲。天地几今夕，举白与君浮。　　旧黄花，新白发，笑重游。满船明月犹在，何日大刀头。谁跨扬州鹤去，已怨故山猿老，借箸欲前筹。莫倚阑干北，天际是神州。

方　岳　　水调歌头·寿丘提刑

甓社有明月，夜半吐光寒。淮南草木飞动，秀出斗牛间。自有秦沙以后，试问少游而下，谁卷入毫端。补衮仲山甫，冰雪照云寰。　　霄汉近，绣衣去，锦衣还。江南且为梅醉，莫道岁将阑。三百六旬欲换，五百岁终才始，日月两循环。酌彼金错落，浇此碧琅玕。

方　岳　　水调歌头·寿吴尚书

明日又重午，搀借玉蒲香。劝君且尽杯酒，听我试平章。时事艰难甚矣，人物眇然如此，骚意满潇湘。醉问屈原子，烟水正微茫。　　溯层峦，浮叠嶂，碧云乡。眼中犹有公在，吾意亦差强。胸次甲兵百万，笔底天人三策，堪补舜衣裳。要及黑头耳，霖雨趁梅黄。

方　岳　　水调歌头·寿赵文昌

剡曲一篷月，乘兴到人间。蓬莱山在何处，鹤骨不禁寒。胸有云门禹穴，笔有禊亭晋帖，风露洗脾肝。秋入紫宸殿，磨

玉写琅玕。　　问何如，趋琐闼，系狨鞍。江涛今已如此，可奈寸心丹。我宋与天无极，公寿如春难老，王气自龙蟠。勋业付浯石，留与世人看。

方　岳　　水调歌头·别庐山题龙湖阁

宇宙一杯酒，暝色倚重湖。青山杳杳何处，烟水澙愁予。别岸风涛喷薄，半夜鱼龙悲啸，能撼我诗无。李白醉不醒，唤起问何如。　　是耶非，天莽苍，雪模糊。苍颜白发如此，空复笑今吾。寄语鹭朋鸥侣，好在风飧水宿，底处不烟芜，吾亦从此逝，从我者谁欤。

方　岳　　水调歌头·庆平交　七月十七

世不乏季子，藉甚有休声。芝兰挺秀庭砌，广厦万间新。胸次金天爽豁，风骨玉堂清彻，才器更轮囷。劲节九秋干，和气万家春。　　过中元，才两日，是生辰。瓣香西上，都向此夕颂殷勤。自有阴功天佑，合享人间长寿，不独我知君。从此见今日，丹桂伴灵椿。

方　岳　　水调歌头·癸丑生日

老子兴不浅，归矣复言归。不知归又何处，知我者何希。幸有青山一片，付与白云千载，便可乐渔矶。且尽一杯酒，春瓮晓生肥。　　倩梅花，邀涧叟，醉林扉。五年今已如此，莫倚健于飞。日月笼中双鸟，今古人间一马，五十五年非。归去不归去，未了北山薇。

方　岳　　水调歌头·和罗足赠示

醉石午阴合，高枕听松声。人间俯仰今古，一笑几亏盈。检校牛衣无恙，问讯鸥盟故在，身后底须名。甚矣吾衰矣，老气不能英。　　酒犹堪，寻逸少，对公荣。帝乡知在何处，烟水老吟情。屋后屋前青嶂，村北村南黄犊，付于短歌行。留得荷锄手，未觉负平生。

祖　吴　　水调歌头·寿建阳刘宰

佳丽东阳境，瑞炁晓笼晴。中元逾了十日，上相喜重生。四海文章宗匠，百里弦歌德化，官与水双清。恳切劝分意，赈

恤活饥氓。　　幸依刘，空颂鲁，阻称觥。遥瞻快倚楼上，一点寿星明。闻道玺书将下，看取蓬瀛直造，指日秉钧衡。大展平戎略，谈笑复神京。

李昴英　　水调歌头·题舫斋

郭外足幽胜，潮入涨溪流，舫斋小小一叶，老子日遨游。管领白蘋红蓼，披戴绿蓑青箬，直钓任沉浮。玉缕饱鲈鲙，雪阵狎沙鸥。　　个中眠，个中坐，个中讴。个中收拾诗料，觞客个中留。休羡乘槎博望，且听洞箫赤壁，乐处是瀛洲。日月荡双桨，天地一虚舟。

李昴英　水调歌头·题斗南楼和刘朔斋韵

万顷黄湾口，千仞白云头。一亭收拾，便觉炎海豁清秋。潮候朝昏来去，山色雨晴浓淡，天末送双眸。绝域远烟外，高浪舞连艘。　　风景别，胜滕阁，压黄楼。胡床老子，醉挥珠玉落南州。稳驾大鹏八极，叱起仙羊五石，飞佩过丹丘。一笑人间世，机动早惊鸥。

李昴英　　水调歌头·寿参政徐意一

地位到公辅，耆艾过稀年。几人兼此二美，而况是名贤。松柏苍然长健，姜桂老来愈辣，劲气九秋天。鲠鲠撄鳞语，不改铁心坚。　　说武夷，同此月，瑞三仙。公虽居后，瓌奇伟特却光前。续得紫阳脉络，了却西山事业，舟楫济商川。饮对黄花树，一酌岁三千。

李昴英　　水调歌头·题登春台

野趣在城市，崛起此台高。谁移蓬岛，冯夷夜半策灵鳌。十万人家甃碧，四面峰峦涌翠，远岫拍银涛。插汉笔双塔，簸两叶轻舠。　　我乘风，时一到，共嬉遨。江山无复偃蹇，弹压有诗豪。宝剑孤横星动，铁笛一声云裂，寒月冰宫袍。沧海一杯酒，世界眇鸿毛。

吴文英　　水调歌头·赋魏方泉望湖楼

屋下半流水，屋上几青山。当心千顷明镜，入座玉光寒。云起南峰未雨，云敛北峰初霁，健笔写青天。俯瞰古城堞，不

碍小阑干。　　绣鞍马，软红路，乍回班。层梯影转亭午，信手展缃编。残照游船收尽，新月画帘才卷，人在翠壶间。天际笛声起，尘世夜漫漫。

魏庭玉　　水调歌头·饮芜湖雄观亭

璧月挂银汉，冷浸一江秋。天公付我清赏，仙籍桂香浮。极目江山如画，际晚云烟凝紫，秋色豁羁愁。领看上雄观，波影动帘钩。　　雁排空，渔唱晚，楚天幽。湖阴一曲千载，成败倩谁筹。试问谪仙何处，唤起于湖同醉，小为作遨头。老子欲起舞，摆脱利名休。

虞　珏　水调歌头·和退翁赋梅为寿韵

憔悴朔家种，零落雪边枝。淡妆素艳，无桃笑面柳眉低。懒向深宫点额，甘与孤山结社，照影水之湄。不怨风霜虐，我本岁寒姿。　　谢东君，开冷蕊，弄斜晖。强颜红紫同□，皎洁性难移。只好竹篱茅舍，若话玉堂金鼎，老恐负心期。歌罢饮先醉，残月堕深卮。

章谦亨　水调歌头·同黄主簿登清风峡刘状元读书岩

解变西崑体，一赋冠群英。清风峡畔，至今堂以读书名。富贵轻于尘土，孝义重于山岳，惜不大其成。陵谷纵迁改，草木亦光荣。　　与仇香，穿阮屐，试同登。石龛虽窄，可容一几短檠灯。千仞苍崖如削，四面翠屏不断，云雾镇长生。最爱岩前水，犹作诵弦声。

曾宏正　　水调歌头·临桂水月洞

风月无尽藏，泉石有膏肓。古今桂岭奇胜，骚客费平章。不假鬼谋神运，自是地藏天作，圆魄镇相望。举首吸空翠，赤脚踏沧浪。　　惊龙卧，攀栖鹘，翳鸾凰。秋爽一天凉露，桂子更飘香。坐我水精宫阙，呼彼神仙伴侣，大杓挹琼浆。主醉客起舞，今夕是何乡。

卫宗武　　水调歌头·自适

风雨卷春去，绿紫总无余。窈窕一川芳渚，软草接新蒲。杨柳垂垂飘絮，桑柘阴阴成幄，殷绿正菶敷。迁木莺呼友，营

垒燕将雏。　　金蕉举，珠樱累，豆梅腴。寿乡歌舞，樽前暂得皱眉舒。往事南柯印绶，晚岁北山杖屦，寂寞笑今吾。幸作耆年侣，写入洛英图。

利　登　　　水调歌头·日月换飞涧

日月换飞涧，风雨老孤松。千岩万壑秋重，白气接长空。一笑掀髯徐起，苍佩腰间相照，犹自涌晴虹。桑海几番覆，人尚醉春风。　　横白石，结绿绮，送飞鸿。十年梦事消歇，长剑吼青龙。却笑人间多事，一壳蜗涎光景，颠倒死英雄。云日空濛里，玉鹤任西东。

利　登　　　水调歌头·相聚不知好

相聚不知好，相别始知愁。笋舆伊轧，穿尽斜照古平州。今夜荒风脱木，明夜山长水远，后夜已他州。转觉家山远，何计去来休。　　酒堪沽，花可买，月能留。相思酒醒，花落五更头。长记疏梅影底，一笛紫云飞动，相对大江流。此别无一月，一月一千秋。

家铉翁　　　水调歌头·题旅舍壁

瀛台居北界，觌面是重城。老龙蹲踞不动，潭影净无尘。此地高阳胜处，天付仙翁为主，那肯借闲人。暂挂西堂锡，仍同旦过宾。　　六年里，五迁舍，得比邻。儒馆豆笾于粲，弦诵有遗音。甚喜黄冠为侣，更得青衿来伴，应不叹飘零。夜宿东华榻，朝餐泮水芹。

陈　著　　　水调歌头·寿颐斋兄安世

风骨最魁岸，宇宙更宽平。□人皆道，天上南极寿星精。随意后园花木，满眼家山松竹，尽可适平生。门外底须问，好占菊轩清。　　听乡评，义方训，莫如兄。元方既玉就□，更要季方成。不使尘劳顿挫，他日功名入手，当不负椿庭。不见窦谏议，教子有余荣。

陈　著　　　水调歌头·寿陈菊坡枢密卓

身到紫枢府，一蹴凤池间。何妨到头富贵，却自恋家山。多少名缰利锁，尘满霜髯雪鬓，役役不知还。桃李竞春事，坡

菊自清闲。　绿杨边，门径小，似僧关。吟情饮兴相将，二十载优闲。无限功名事业，分付儿孙纵靶，青镜尽朱颜。一语劝公酒，天下达尊三。

王义山　　水调歌头·寿湖南胡太初

沆瀣金茎露，清洁玉壶冰。分明昨夜，光见南极老人星。山甫秀钟崧岳，傅说上符箕尾，造物为时生。一代词科伯，飞上到蓬瀛。　紫薇天，丹禁地，掌丝纶。盘洲益国，个样人物只三人。辞却翰林风月，故就湖湘霖雨，天下共为春。试看玉堂□，太半秉洪钧。

王义山　　水调歌头·乙亥春永嘉归舟

宇宙邮亭耳，游子问舟归。滩上滩下，转柁欲速□□迟。安得泛河一叶，寻见江南归处，多只是旬余。此身无地著，惊浪湿征衣。　独张翰，见风起，早知机。谁把乘舟，偏重良策济明时。夷岛人烟相接，恰在永嘉上浦，猛忆浩然诗。乡闾万余里，失路一相悲。

姚　勉　　水调歌头·寿赵宰

桃李河阳县，春又到花枝。先庚三日，鳌山晴雪放灯时。金宿争华玉婺，来入仙闺清梦，光动绣湖西。人物东都令，句法晚唐诗。　两年春，三种异，十般奇。朝天近也，紫泥催起舄凫飞。总羡童颜绿发，荣绾金鱼玉带，日侍赭黄衣。来岁传柑宴，人在赏花池。

姚　勉　　水调歌头·寿赵倅

微雪弄新霁，寒月上初弦。长庚入梦，间生采石锦袍仙。分得天孙云织，掣断麒麟金锁，来自玉皇前。丹井凭泥轼，风月兴无边。　诏书来，催入觐，占春先。柳边花底，细驺辇路骤鸣鞭。荣侍金銮殿上，更向沉香亭北，半醉拂华笺。来岁今朝里，人在八花砖。

谭方平　　水调歌头·富贵在何许

富贵在何许，五十已平头。人生得失且笑，休遣两眉愁。管甚轮云世变，管甚风波世态，沙渚且盟鸥。止即尽教止，流

即尽教流。　　田可秫，山可簌，又何求。问天只觅穷健，游戏八千秋。好对梅花如粉，细剪烛花如豆，不改旧时游。翠袖更能舞，骑鹤上扬州。

马廷鸾　水调歌头·隐括楚词答朱实甫

把酒对湘浦，独吊大夫醒。当年皇览初度，饮露更餐英。服以高冠长佩，扈以江蓠薜芷，御气独乘清。谁意椒兰辈，从臾武关盟。　　哭东门，哀郢路，悄无宁。人世纷纷起灭，遗臭与留馨。一笑远游轻举，三叹道长世短，晦朔自秋春。洗眼看物变，朝菌共灵椿。

马廷鸾　水调歌头·和洁堂韵

老子早知退，鸥鹭未盟寒。痴顽逾六望七，宁以寿为欢。风有黍离伤咽，雅有蓼莪憔悴，使我不能餐。更把南陔读，泪落广陵澜。　　踏峨峰，腾华顶，卧王官。青山与汝卒岁，紫茹可登盘。乞得白翁归处，莫学缁郎更误，危梦倚栏干。多谢长生曲，颜面怕人看。

牟　巘　水调歌头·寿洪云岩

表海归来后，眠食喜清安。身轻于鹄，上下山北与山南。何必交梨火枣，自是霜筠雪柏，岁晚越坚完。摩诘本无病，微笑指蒲团。　　天有意，留一老，殿诸贤。平生出处何似，试把二苏看。惟有黄门最贵，况是庞眉寿□，九秩阅人间。持此为公寿，即是寿元元。

牟　巘　水调歌头·寿福王

某官庆辑皇家，祥开赤社。秋乃万物所悦，揆度正中；福者百顺之名，若时并锡。天地其寿，宗祏之休。敬陈乐府之词，仰致闳宫之祝

叔父茅封贵，先帝棣华亲。平生为善最乐，夙德宛天人。玉叶金枝方茂，瑶沼丹壶如画，光景镇长新。五福一曰寿，万象总皆春。　　正秋分，记初度，绂缠麟。传宣来自绛阙，瑞采蔚轮囷。乐有钧天九奏，尊有仙家九酝，翠釜紫驼珍。笑把南山指，还以祝严宸。

郑雪岩　水调歌头·甲辰皖山寄治中秋招客

甫营亭子小，花柳斩新栽。衰翁余暇，何妨领客少徘徊。堪叹人生离合，恰似燕莺来往，光景暗中催。芦荻晚风起，明月满沙堆。　去年秋，如此夜，有谁陪。欲挽天河无路，满眼总尘埃。未了痴儿官事，行止从来难定，又趣到苏台。不作别离句，共醉十分杯。

荣樵仲　水调歌头·既难求富贵

既难求富贵，何处没溪山。不成天也，不容我去乐清闲。短褐宽裁疏葛，柱杖横拖瘦玉，著个竹皮冠。弄影碧霞里，长啸翠微间。　醉时歌，狂时舞，困时眠。翛然自得，了无一点俗相干。拟把清风明月，剪作长篇短阕，留与世人看。待倩月边女，归去借青鸾。

刘辰翁　水调歌头·寿詹天游

鹤会正阳后，又为此公来。向时圯上，不似魁梧出尘埃。少日河东赋手，醉里新丰对草，谈笑上金台。太子少灵气，马客岂仙才。　紫貂裘，骇犀剑，鹦鹉杯。龙涎沉水是浅，薄命有人猜。闻说老仙清健，想见风姿皓伟，天语快行催。凫舄看双去，槐第似亲栽。

刘辰翁　水调歌头·寿晏云心

五五复五五，二八且重重。后天先甲如此，满月喜相逢。一日须倾三百，月小又输一日，不满九千钟。但愿客常满，莫问海尊空。　赋长篇，赓短韵，剩谈丛。乱来风日自美，一橘两衰翁。几见东陵瓜好，又看西邻葵烂，半醉半醒中。偶得洞宾象，混混起相从。

刘辰翁　水调歌头·谢和溪园来寿

夫子惠收我，谓我古心徒。闲居有客无酒，有酒又无鱼。报道犀兵远坠，问讯陈人何似，陈似隔年萸。天壤亦大矣，知有孔融乎。　白雪歌，丹元赞，赫蹄书。洪崖何自过我，便作授经图。教我天根骑月，规我扶摇去意，餐我白芝符。从此须溪里，更著赤松湖。

刘辰翁　　水调歌头·寿周溪园　有序

天九积阳，月半将望。恭惟某官，嘉定间气，西江耆英。乔木南山，为人父，为众父；光风霁月，有一天，有二天。固宜十万户之民，同致八千秋之祝。某俚歌水调，上赞金丹，辄陈宗工，窃幸微眄

先生岂我辈，造物乃其徒。荷衣自放林壑，亦未弃银鱼。留得东篱晚节，笑倒龙山秃帽，一醉插茱萸。天下有大老，携手盍归乎。　　别头经，三昼梦，一编书。向之麟者止矣，且看老溪图。历遍后天既未，依约明朝三五，乾体适当符。还以奉公寿，不是讲鹅湖。

刘辰翁　　水调歌头·似似不常似

日献洞宾公像于溪园先生，报以阶庭府公耐轩寿容，曰：是类吾子。且三叠前水调以证之，于是某得自号为小耐矣。虽甚无似，不敢当。顾公所览揆如此，谊不虚辱，敢续之好歌，毋忘佳话

似似不常似，似我一生徒。画工自画龙种，忽近海飞鱼。大笑北宫称弟，遂使西河疑女，同气自椒萸。且谓杜公者，即是老君乎。　　日给华，芎䓖本，薜羊书。马师真只这是，可是躄浮图。大小卢同马异，天下使君与操，但欠虎铜符。说甚左眼痣，已过洞庭湖。

刘辰翁　　水调歌头·不成三五夜

自龙眠李氏夜过臞仙康氏，走笔和其家灯障水调，迫暮始归

不成三五夜，不放霎时晴。长街灯火三两，到此眼方明。把似每时庭院，传说个般障子，无路与君行。推手复却手，都付断肠声。漏通晓，灯收市，人下棚。中山铁马何似，遗恨杳难平。一落掺挝声愤，再见大晟舞罢，乐事总伤情。便有尘随马，也任雨霖铃。

刘辰翁　　水调歌头·中秋口占

明月几万里，与子共中秋。古今良夜如此，寂寂几时留。何处胡笳三弄，尚有南楼余兴，风起木飕飕。白石四山立，玉露下平洲。　　醉青州，歌赤壁，赋黄楼。人间安得十客，谭

笑发中流。看取横江皓彩，犹似沉河白璧，光气彻天浮。举首快哉去，灯火见神州。

刘辰翁　　水调歌头·群动各已息

癸未中秋，吉文共马德昌泛江

群动各已息，在汝梦中游。尘埃大地如水，儿女不堪愁。寂寂古人安在，冉冉吾年如此，何处有高楼。客有洞箫者，泪下不能收。　庾楼坠，秦楼渺，楚楼休。知公所恨何事，不是为封侯。自有此山此月，说甚何年何处，重泛木兰舟。起舞酹英魄，余愤海西流。

刘辰翁　　水调歌头·寂寂复寂寂

寂寂复寂寂，此月古时明。银河也变成陆，灰劫断槎横。历落英雄孺子，灭没龙光牛斗，胜败黯然平。玉笛叫空阔，终有故人情。　雁南飞，乌绕树，鹤归城。问君有酒，何不鼓瑟更吹笙。我饮呜呜起舞，我舞傲傲白发，顾影可怜生。旧日中秋客，几处几回晴。

刘辰翁　　水调歌头·此夕酹江月

丙申中秋，两道人出示四十年前濯缨楼赏月水调。臞仙和，意已尽，明日又续之

此夕酹江月，犹记濯缨秋。濯缨又去如水，安得主人留。旧日登楼长笑，此日新亭对泣，秃鬓冷飕飕。木落下极浦，渔唱发中洲。　芙蓉阙，鸳鸯阁，凤凰楼。夜深白露纷下，谁见湿萤流。自有此生有客，但恨有鱼无酒，不了一生浮。重省看潮去，今夕是杭州。

刘辰翁　　水调歌头·和马观复中秋

不饮强须饮，不饮奈何明。也曾劬秃当了，依旧滑如冰。一吸金波荡漾，再吸琼楼倾倒，吾杓亦长盈。试入壶中看，只似世间晴。　饮连江，江连月，月连城。十年离合老矣，悲喜得无情。想见凄然北望，欲说明年何处，衣露为君零。同此大圆镜，握手认环瀛。

刘辰翁　　水调歌头·和巽吾观荷

仙掌下驰道，清露滴芙蓉。无憀似酒初醒，身世笑颦中。

万朵花灯夜宴，一叶扁舟海岛，寂寂五更风。误赏明妆靓，愁思满青铜。　陂六六，三十六，渺何穷。江南曲曲烟雨，谁是醉施翁。但恨才情都老，无复风流曾梦，缥缈赋惊鸿。寄语清净社，小饮合相容。

刘辰翁　　水调歌头·甲午九日牛山作

不饮强须饮，今日是重阳。向来健者安在，世事两茫茫。叔子去人远矣，正复何关人事，堕泪忽成行。叔子泪自堕，湮没使人伤。　燕何归，鸿欲断，蝶休忙。渊明自无可奈，冷眼菊花黄。看取龙山落日，又见骑台荒草，谁弱复谁强。酒亦有何好，暂醉得相忘。

刘辰翁　　水调歌头·山水无宿约

辛巳前八月九日夜，自黄州步归，萧英甫以舟泛余舣本觉寺门外，夜深未能睡，明日为赋此寄之

山水无宿约，村暗自当还。不知有客乘兴，载我弄沧湾。酒吸明河欲尽，月落三星在下，未放水风闲。影转松起舞，扶步入林间。　恨无人，横野笛，叫关山。知君慷慨何事，惜得米阳关。看取大江东去，把酒凄然北望，说著泪潺湲。我饮自须尽，君唱有何难。

刘辰翁　　水调歌头·雨声深院里

余初入建府，触官妓于马上。后于酒边，妓自言，故赋之

雨声深院里，歌扇小楼中。当时飞燕马上，妖艳为谁容。娇颤须扶未稳，腰袅轻笼小驻，玉女最愁峰。掠鬓过车骤，回首意冲冲。　宝钗斜，云鬓乱，几曾逢。谁知去三步远，此痛与君同。玉箸残妆谁见，獭髓轻痕妙补，粉黛不须浓。重见为低诉，余恨更匆匆。

刘辰翁　　水调歌头·和王槐城自寿

未信仙都子，曾识老仙翁。卿卿少年去后，心与道人同。挥麈不须九锡，开阁苦无长物，闲日醉千钟。一笑欠伸起，儿戏大槐中。友彭聃，招园绮，傲乔松。年来多惯世事，莫莫恼司空。等得三朝好老，恰则而今虚左，梅信已先通。富贵正不免，从此学痴聋。

刘辰翁　　水调歌头·百千孙子子

百千孙子子，八十老翁翁。人间天下清福，阅世苦难同。谁叹东门猎倦，谁笑南阳舞罢，万事五更钟。但愿人长久，聊复进杯中。　故侯瓜，丞相柏，大夫松。诸公健者安在，春梦转头空。可笑先生无病，病在枕流漱石，福至自然通。聋者固多笑，一笑更治聋。

刘辰翁　　水调歌头·我有此客否

我有此客否，难作主人翁。小年自不相似，偶与大年同。见说东厢诸少，正拥家君胜会，二八舞歌钟。亦欲得公重，公在画堂中。　笑青蒿，真小草，倚长松。典衣欲作汤饼，家酿愧瓶空。公有潭州百斛，公有秫田二顷，贺客万钱通。小大不相似，但可似公聋。

刘辰翁　　水调歌头·和马观复石头渡寄韵

明月隔千里，风动帐纹开。故人锦字如梦，梦转雁初来。倚遍西山朝爽，行过石头旧渡，久别忽经怀。不得与之语，日夕独持杯。　调绿水，歌白雪，有心哉。也知尻高啄俯，无计脱尘埃。狗尾貂蝉满座，贝带鵕鸃弄粉，一舆一臣台。岁晚不如愿，谁更忿灰堆。

刘辰翁　　水调歌头·腊月二十一日可远堂索赋

落日半亭榭，山影没壶中。苍然欲不可极，迢递未归鸿。锦织家人何在，春寄故人不到，寂寞听疏钟。木末见江去，无雪著渔翁。　词春容，歌慷慨，语玲珑。岁云暮矣相见，明日是东风。远想使君台上，携手与人同乐，中夜说元龙。世事无足语，且看烛花红。

刘辰翁　　水调歌头·和彭明叔七夕

不见古时月，何似汉时秋。朱陈村里新样，新妇又骑牛。欲脱参前氐后，又说河边河鼓，此会没来由。何处设瓜果，香动帻沟娄。　郭郎老，谁为理，岂情流。人间□睡五日，五日复何悠。吾腹空虚久矣，子有满堂锦绣，犊鼻若为酬。玉友此时好，空负葛巾篘。

刘辰翁　　水调歌头·天地有中气

天地有中气，第一是中元。新秋七七，月出河汉斗牛间。正是使君初度，如见中州河岳，绿鬓又朱颜。茎露一杯酒，清彻瑞人寰。　　大暑退，潢潦净，彩云斑。三壬三甲厚重，屹不动如山。从此五风十雨，自可三年一日，香寝镇狮蛮。起舞愿公寿，未可愿公还。

刘辰翁　　水调歌头·陈平章即席赋

夜看二星度，高会列群英。苍颜白发乌帽，风入古槐清。客有羽衣来者，仍是寻常百姓，坐觉孟公惊。且勿多酌我，未厌我狂醒。　　金瓯启，银信喜，衮衣新。向来淮浙草木，隐隐有余声。闻说井阑沙语，感念石壕村事，倾耳发惊霆。举酒奉公寿，天意厚苍生。

刘辰翁　　水调歌头·和尹存吾

造物反乎覆，白首困耆英。吟风赏月石上，一笑再河清。一百八盘道路，二十四桥歌舞，身世梦堪惊。独酌未能醉，已醉蓦然醒。　　别与老，惊相见，几回新。来时燕栖未稳，满耳又蝉声。闲忆钱塘江上，两点青山欲白，血石起鞭霆。此事复安在，相对说平生。

刘辰翁　　水调歌头·坐久语寂寞

游洞岩，夜大风雨，彭明叔索赋，醉墨颠倒

坐久语寂寞，泉响忽翻空。不知龙者为雨，雨者为成龙。看取交流万壑，不数飞来千丈，高屋总淙淙。是事等恶剧，裂石敢争雄。　　敲铿訇，扪滑仄，藉蒙茸。苍浪向来半掩，厚意复谁容。欲说贞元旧事，未必玄都千树，得似洞中红。槍语亦颠倒，洗尔不平胸。

王　奕　　水调歌头·吾玄终不白

舟过桃源，适逢初度，和欧阳楚翁韵

吾玄终不白，拗出老扬雄。近日青衿绿发，转盼忽成翁。缩首杞天坠地，极力虞渊取日，直欲入冯宫。迂阔有如此，谁不笑王公。　　十年后，数椽屋，隐瑯峰。人叹乾坤许大，醯瓮老山中。于是泛淮航泗，于是沿邹过鲁，千古慕雩风。造物

既生我，斯道岂终穷。

王　奕　　水调歌头·长江衣带水

过鲁港丁家洲，乃德祐渡江之地，有感

长江衣带水，历代鼎彝功。服定衣冠礼乐，聊尔就江东。追忆金戈铁马，保以油幢玉垒，烽燧几秋风。更有当头著，全局倚元戎。　　攒万舸，开一棹，散无踪。到了书生死节，蜂蚁愧诸公。上有皇天白日，下有人心青史，未必竟朦胧。停棹抚遗迹，往恨逐冥鸿。

王　奕　　水调歌头·和陆放翁多景楼

迢迢嶓冢水，直泻到东州。不拣秦淮吴楚，明月一家楼。何代非卿非相，底事柴桑老子，偏恁不推刘。半体鹿皮服，千古晋貔貅。　　过东鲁，登北固，感春秋。抵掌嫣然一笑，莫枉少陵愁。说甚萧锅曹石，古矣苏吟米画，黑白满盘收。对水注杯酒，为我向东流。

翁溪园　　水调歌头·寿常州刘守

丹鹤结青士，玄鹿侍苍官。寿仙堂下，应伴凫舄戏莱斑。麟记当年绣绂，燕剪今朝彩胜，淑气逐椒盘。孕毓阳和粹，独占一春先。　　平淮了，勋业盛，傲东山。中原犹待经略，趣诏凤池还。更数尧阶五荚，又上华封三祝，千载圣须贤。即拜玉枝赐，长冠紫宸班。

汪宗臣　　水调歌头·冬至

候应黄钟动，吹出白葭灰。五云重压头上，潜蛰地中雷。莫道希声妙寂，嶰竹雄鸣合凤，九寸律初裁。欲识天心处，请问学颜回。　　冷中温，穷时达，信然哉。彩云山外如画，送上笔尖来。一气先通关窍，万物旋生头角，谁合又谁开。官路春光早，箫落数枝梅。

赵必瑑　　水调歌头·寿梁多竹八十

百岁人能几，七十世间稀。何况先生八十，蔗境美如饴。好与七松处士，更与梅花君子，永结岁寒知。菊节先五日，满酌紫霞卮。　　美成词，山谷字，老坡诗。三径田园如昨，久矣赋归辞。不是商山四皓，便是香山九老，红颊白须眉。九十

尚入相，绿竹颂猗猗。

胡幼黄　　水调歌头·寿段知事

时方旱，祈雨大作

有喜君初度，风雨作秋声。连旬烈日，稻畦麦垄欲扬尘。好是天瓢在手，笑把群龙呵叱，四野注如倾。勃勃生意满，翠浪涌纵横。　君知否，仁者寿，寿斯仁。自从三代而下，民命寄苍旻。满目桑麻谷粟，满目簿书期会，试说与仁人。小试作霖手，苏醒永新民。

梅　坡　水调歌头·寿马守　五月十八

五月进农黍，三叶换阶蓂。不知今夕何夕，嵩岳庆生申。莲幕泮宫小试，花县二车遍历，所至蔼芳声。一札颁明诏，千里寄专城。　席方温，边报警，塞飞尘。腹中数万兵甲，笑却狄人兵。金印明年如斗，黄阁有人引类，阔步到公卿。遥拜祝椿算，长愿侍枫宸。

钟辰翁　　水调歌头·寿何帅

某伏以天佑皇朝，龙虎叶千龄之运；时生人杰，麒麟开六月之祥。垂弧在辰，属部胥庆。共惟某官德钟清粹，气备中和。暂借鸿名，特欲重元戎之寄；伫来凤诏，促归充左辖之虚。属初度之载临，开华年而有永。某误蒙眷予，倍切欢愉。持南丰一瓣之香，归依已切；效东鲁三寿之祝，祈颂难穷。仰冀台慈，俯赐电览。某下情无任善颂之至

皓皓一何洁，更暴以秋阳。秋毫尘滓，如何涴得这肝肠。况对金风初度，酌彼银河净浴，六月凛冰霜。精白生来别，日月许争光。　清明朝，清要路，遍流芳。澄清闽峤，姑命申伯式南邦。洗得甲兵静了，去作诗书元帅，却入相吾皇。清问同天老，俾尔寿而昌。

石　麟　　水调歌头·寿

九叶仙茅秀，旬浃一阳生。中山瑞气和暖，融作玉壶春。昨夜洪临跨鹤，翌早绿华骖凤，今日岳生申。须信神仙侣，引从降蓬瀛。　文中虎，寿中鹤，酒中鲸。一门盛事相继，桥梓奋鹏程。应羡华堂燕处，许大规摹涵养，大器晚方成。醒后

宫花句，伫看赋琼林。

石　麟　水调歌头·寿致政叔，时又得孙

日暖唐宫绣，云绚鲁台观。九叶仙茅方茂，瑞气霭中山。逸老堂前戏彩，新抱玄孙弥月，红字写眉间。八十庆公寿，添撇更成千。　寿中星，人中杰，酒中仙。功名富贵，事业分付子孙贤。赢得濠梁真乐，剩有陶园佳趣，杖屦日安闲。第恐非熊兆，好事逼新年。

孙　锐　　水调歌头·玄真子吟

玄真子隐居江湖，自号烟波钓徒。肃宗赐之奴曰渔童，婢曰樵青。人问其故，曰：渔童使捧钓收纶，芦中鼓枻；樵青使苏兰薪桂，竹里煎茶。玄真既离苍波，游绮市，与群仙集于平湖。樵青，鄗女也，得随仙迹，暂至尘寰，情动于中而献之歌

渔钓有遗逸，天子宠玄真。赐之奴仆，得随妫艳下神京。几度蘋汀蓼岸，不问金钩无饵，谈笑取冰鳞。珍重主人意，名我曰樵青。　肩兰桨，萦桂棹，出波津。凌虚上□□□，□□会群真。卸下绿蓑青笠，付与渔童收管，相与□红尘。归去又□□，同赏洞中春。

陈德武　水调歌头·题杨妃夜宴醉归图

上写秦虢二夫人、贵妃抱婴于马上

日色隐花萼，清夜宴华清。梁州新曲初就，锦瑟按银筝。中坐太真妃子，列坐亲封秦虢，欢笑尽倾城。百斛金尊倒，一醉玉山倾。　扶上马，东小玉，右双成。绛纱笼烛高照，宫漏已三更。抱得禄儿归去，酒醒三郎何处，忽听鼓鼙惊。可惜马嵬恨，不得寄丹青。

陈德武　　水调歌头·咏惜花春起早

好是三春景，都在百花轩。美人眠不成梦，早已绣帘掀。分付海棠睡足，检点牡丹开未，桃李寂无言。叶露联珠络，枝月坠金盆。　树铃索，高障槛，补篱藩。丁宁莺燕蜂蝶，上下莫争翻。遥想韶光九十，只恐花飞一片，瘦减玉颜温。不惮银瓶冷，汲井沃芳根。

陈德武　　水调歌头·咏爱月夜眠迟

三五嫦娥月，夜色正婵娟。自从窃药归去，天上几千年。试问广寒高处，为甚缺多圆少，此理孰为权。弦望知天定，离合可人怜。　　典宫锦，歌水调，载楼船。谪仙居士何在，月色尚依然。遥想人生百岁，三万六千良夜，能得几时圆。莫遣金盆落，达曙照无眠。

陈德武　　水调歌头·咏掬水月在手

莲衬凌波步，笋浴影娥东。晚妆脂粉犹腻，雪洁弄春溶。恰似玉盘拈指，莫是金环脱腕，宝镜逐华容。好个明珠颗，落在掌窝中。　　可人意，拿不住，握还空。骑鲸便欲深取，恐触卧骊龙。奈玉春纤冻也，那壁团圆何处，有影却无踪。不上广寒殿，便入水晶宫。

陈德武　　水调歌头·咏弄花香满衣

梦足芙蓉曙，步入牡丹丛。试将枝叶枚数，宠紫与娇红。如诉如歌体态，轻暖轻寒天气，春色把人烘。百斛沉檀味，两腋麝兰风。　　春衫透，罗袜沁，暗回中。芳心能有多少，一点束千重。只恐游丝行露，漫惹狂蜂轻蝶，珍重惜仪容。兰蕙修芳佩，敷藻荐公宫。

张　炎　　水调歌头·寄王信父

白发已如此，岁序更骎骎。化机消息，庄生天籁雍门琴。颇笑论文说剑，休问高车驷马，衮衮□黄金。蚁在元无梦，水竟不流心。　　绝交书，招隐操，恶圆箴。世尘空扰，脱巾挂壁且松阴。谁对紫微阁下，我对白蘋洲畔，朝市与山林。不用一钱买，风月短长吟。

刘将孙　　水调歌头·败荷

摇风犹似旆，倾雨不成盘。西风未禁十日，早作背时看。寂寞六郎秋扇，牵补灵均破屋，风露半襟寒。坐感青年晚，不但翠云残。　　叹此君，深隐映，早阑珊。人间受尽炎热，暑夕几凭阑。待得良宵灏气，正是好天良月，红到绿垂干。摇落从此始，感慨不能闲。

程节斋　　水调歌头·括坡诗

秋色正潇洒，佳气夜充闾。人传好语，君家门左正垂弧。毕万从来有后，释氏果然抱送，丹穴凤生雏。未作汤饼客，先写弄獐书。　　参军妇，贤相敌，古来无。钟奇毓秀，应是积善庆之余。想见珠庭玉角，表表出群英物，我已预知渠。他日容相顾，啼看定何如。

魏顺之　　水调歌头·人世斗南瑞

人世斗南瑞，天上璧东星。谁分佳种，钟作间世玉麒麟。本是南阳相种，来应瑞龙间气，试听即英声。若问贤相敌，君去问参军。　　质金浑，标玉立，气冰清。梅花时候，结子便可鼎调金。人谓丹山苞凤，天产渥洼骏骨，德毓窦家椿。来作汤饼客，何幸厕嘉宾。

陈惟喆　　水调歌头·寿曹太守

近畿贤太守，陆地隐神仙。功高玉记，名通紫府自长年。拂拭壶中光景，游戏人间风月，富贵本青毡。十载五分牧，惠泽浸江天。　　把文章，做勋业，德才全。龟峰堂上，满城和气入歌筵。春在百花庭院，坐拥十眉珠翠，寿酒吸长川。来岁称觞处，稳向凤池边。

梁大年　　水调歌头·寿隐者　十一月初七

南极寿星现，佳气蔼庭除。谁为绛人甲子，为我一轩渠。恰喜亥成二首，还庆阳来七日，和气渐舒徐。敬为图南祝，一瓣问兴居。　　傲松筠，抚龟鹤，乐蓬壶。斑衣戏舞，春满兰玉正森如。却忆杜陵老子，因羡碧山学士，茅屋换银鱼。何似温柔地，丝竹伴琴书。

翠微翁　　水调歌头·贺赵可父　七月初六

蓂荚才开六，宝历已当千。人间收尽繁溽，凉意入琴弦。尽道荐衡交剡，更值生申时节，喜色动闾阎。终夜望银汉，文宿贯台躔。　　定燕秦，封晋魏，信当然。处处红莲开幕，曹掾岂能淹。见说玉堂飞诏，已许金闺通籍，蓬岛伴神仙，来岁寿卮酒，应醉御炉烟。

曹　遇　　水调歌头·造物巧能赋

造物巧能赋，新腊报花期。江梅清瘦，只是洁白逞芳姿。我欲超群绝类，故学仙家繁杏，秾艳映横枝。朱粉腻香脸，酒晕著冰肌。　　玉堂里，山驿畔，最希奇。谁将绛蜡笼玉，香雪染胭脂。好向歌台舞榭，斗取红妆娇面，偎依韵偏宜。羌管莫吹动，风月正相知。

白君瑞　　水调歌头·凉吹拂衣袂

凉吹拂衣袂，助我上高台。云檐风栋，窗户绝纤埃。四绕江山雄丽，万古盘龙踞虎，壮气锁崔嵬。二水中分远，艇子自归来。　　望白云，迎碧汉，俯长淮。铎声到耳，亭亭孤塔现林隈。烟惹宫城深树，日照酒楼帘幕，物象眼前排。长啸下梯径，欲去更徘徊。

贾　应　水调歌头·呈判府宣机先生乞赐笑览

晚日浴鲸海，璧月挂鳌峰。不知今夕何夕，灯火万家同。楼外芙蕖开遍，人在琉璃影里，语笑隔帘重。对景且行乐，一醉任东风。　　黄堂宴，春酒绿，艳妆红。文章太守，和气都在笑谈中。正此觥筹交错，只恐笙歌未散，温诏促追锋。来岁传柑处，侍宴自从容。

刘　灏　　水调歌头·几载沧江梦

几载沧江梦，此夕复经过。双台双峙如画，空翠滴晴波。不是先生高节，激起清风千古，汉鼎复如何。矫首望天际，烟树翠婆娑。　　危楼下，数不尽，去帆多。人人惊肉生髀，却日欲挥戈。谁识矶边泉石，别有壶中天地，烟雨一青蓑。自笑亦华发，三叹吊岩阿。

曾中思　　水调歌头·有客泛轻舸

有客泛轻舸，迤逦到桐庐。山湾水曲，个中依约是仙区。试唤清江渔父，为问来今往古，兴废事如何。笑指寒烟里，此是子陵居。　　汉光武，兴皇运，握乾符。客星侵座，方见不与故人疏。自是先生高尚，无限经纶才略，飘泛寄江湖。凛凛亘千载，风月属樵渔。

黄子功　　水调歌头·绾纤钓台下

绾纤钓台下，敛衽谒严陵。石矶封藓，一笑挟策独先登。山献修蛾几抹，江绕青罗千顷，今古富春声。行有二三子，心迹喜双清。　　吊羊裘，追往躅，尚仪型。丹青洒落三反，谁动紫垣星。重袖调元大手，归傲纶巾一线，志不在寒鲸。千载仰风节，鸿鹄自冥冥。

张嗣初　　水调歌头·名节本来重

名节本来重，轩冕亦何轻。人间儿戏，刚自指点客星明。黄屋龙旂九仞，苍石渔丝千尺，谁辱又谁荣。会得傥来意，方识古交情。　　想当时，奇男子，汉真人。龙潜豹隐，胸中同是一经纶。公办中兴事业，我向沧浪学钓，各自寄吾真。谁信往来客，千古诵清名。

沈明叔　　水调歌头·汉事正犹豫

汉事正犹豫，足迹正蹉然。严陵老子，当时底事动天颜。曾把丝纶一掷，藐视山河九鼎，高议凛人寒。竹帛非吾事，霄汉任腾骞。　　问云台，还得似，钓台巅。几年山下，使人犹识汉衣冠。寄语功名余子，今日成尘何在，百战亦多艰。一笑桐江上，来往钓名船。

万　某　　水调歌头·卷尽风和雨

九日修故事访南山，崖间有前太守所作水调歌头，率尔次韵

卷尽风和雨，晴日照清秋。南山高处回首，潇洒一扁州。且向飞霞瀹茗，还归云间书院，何幸有从游。随分了公事，同乐与同忧。　　少年事，湖海气，百尺楼。萧萧华发，归兴只念故山幽。今日聊修故事，□岁大江东去，应念我穷愁。不但莼鲈□，杜若访芳洲。

覃怀高　　水调歌头·游武夷

翠蕤插云表，初意隔仙凡。临风据案一见，邂逅似开颜。几欲挐舟九曲，便拟扪参绝顶，直下俯尘寰。聊此税吾驾，赢得片时闲。问仙人，缘底事，去不还。长风浩浩，何许清梦杳难攀。只有苍烟古木，好在清湍白石，依旧画图间。回首武夷路，杳霭没云鬟。

巴州守　水调歌头·霁色满空碧

霁色满空碧，爽气正横秋。登高行乐，□来只说古巴州。扫□尘埃来坐，携取烟云杖屦，容□□清游。坐上尽佳客，一醉破千忧。　倚虚壁，绝临□，上层楼。黄花赤叶，鸟□啼断四山幽。醉里不知归去，空有乱云衰草，落日几多愁。舞鹤在霄汉，宿鹭点汀洲。

孔德明　水调歌头·龙笛词

玉人揎皓腕，纤手映朱唇。龙吟越调孤喷，清浊最堪听。欲度宁王一曲，莫学桓伊三弄，听答兀中丁。忆昔知音客，鉴别在柯亭。　至更深，宜月朗，称疏星。天高气爽，霜重水绿与山青。幸遇良宵佳景，轰起一声蕲州，耳畔觉泠泠。裂石穿云去，万鬼尽潜形。

范学士　水调歌头·登临眺东渚

登临眺东渚，始觉太虚宽。海天相接，潮生万里一毫端。滔滔怒生雄势，宛胜玉龙戏水，尽出没波间。云浪番云脚，波卷水晶寒。　扫方涛，卷圆峤，大洋番。天垂银汉，壮观江北与江南。借问子胥何在，博望乘槎仙去，知是几时还。上界银河窄，流泻到人间。

吴叔虎　水调歌头·寿钱太尉

清澈黄河底，乙未政和年。坤珍阐瑞，运符五百间生贤。日暖曲江花柳，鼎沸韶春弦管，尺五是青天。殊宠逢熙载，吉梦送真仙。　承盛德，公故国，庆双全。行看旌钺紫泥，丹诏下苕川。多祝多男多寿，长愿长安长乐，剑履玉宸前。蕙炷紫琳馆，丹笔蕊珠篇。

张伯寿　水调歌头·天地有英气

天地有英气，盘结在名山。储精孕秀，诞生豪杰向人间。早拾巍科甲第，归作日边仙客，眷注不容间。讲道桥门暇，戏作彩衣欢。　振斯文，回巨浸，遏狂澜。玉阶三尺，好攄经济侍天颜。把取升平事业，趁取河清桃熟，十载付金銮。草却登封检，双鬓未曾斑。

马伯升　　水调歌头·瑞应杉溪县

瑞应杉溪县，光动极星宫。人间盛事此日，岳降自高嵩。庆兆三阳开泰，散作一团和气，无地不春风。眉寿八千岁，今代黑头公。　听剑履，上星辰，此行中。况金瓯姓字，当路那已达宸聪。管取凤池新命，来自虎关上阙，明日到花封。王室要师保，叔父勿居东。

马伯升　　水调歌头·和气应鼙鼓

和气应鼙鼓，喜色上辕门。貔貅万骑，争相庆主将佳晨。遥望九霄上阙，霭霭庆云澄处，一点将星明。天瑞不虚应，人杰岂虚生。　况君家，名将旧，有元勋。上方拊髀，要资颇牧作长城。管取斋坛入拜，会见凯歌归奏，振起旧家声。与国同休语，王府又重盟。

卫时敏　　水调歌头·骑鲸紫霞客

骑鲸紫霞客，来作世耆英。襟怀金玉循良，名字古无人。所至民歌遗爱，脱屣归来绿野，笑傲乐天真。不学渭滨老，公子自长生。　一杯酒，再三祝，八十春。从今细数庆集，百度似今辰。绿鬓朱颜长好，何事紫芝仙草，兰玉自诜诜。盛事有如此，谁道四难并。

徐明仲　　水调歌头·春寿太守

迟日笼晴昼，新火敛余寒。东君着意，留恋春色在人间。故遣蓬瀛仙侣，来布阳和德泽，造化寄毫端。麾节经行处，喜气满江山。　听歌谣，五袴暖，二天宽。汉朝侧席，英隽玺诏促征还。鞭算钱流粟腐，刃往剧刳烦解，启沃动龙颜。已有白麻笔，草制在金銮。

徐明仲　　水调歌头·宗社中兴佐

宗社中兴佐，廊庙黑头公。故家乔木，十年风虎会云龙。三镇上流藩翰，千里北门符钥，何许在民功。刀剑还牛犊，饥馑化登丰。　政成时，春明媚，日和融。寿觞如海，愿公一酌倒三松。移取活人心手，归作调元勋业，谈笑共平戎。还使十书老，直与古人同。

陈　旉　　　水调歌头·明月双溪上

明月双溪上，胜景号金华。当年此夕，多少鸾凤杂云霞。共拥飘飖倦伯，来作人间英杰，王谢旧名家。纶綍妙文采，帷幄富忠嘉。　　圣天子，形梦寐，眷尤加。麒麟烟上早晚，丹陛听宣麻。鼎袖无穷勋业，岁岁薰风日永，萱秀北堂花。潋滟绮筵酒，寿算等胡沙。

甄良友　　　水调歌头·直节傲山雪

直节傲山雪，偃盖咏松风。天香真色来报，春信月明中。六七日分景纬，五百年间英气，相值产维嵩。君子中庸也，天下有胡公。　　把州麾，将漕计，简渊衷。淳熙新政，往风虎，趁云龙。底用玉卮卜寿，看取天然难老，高竹与长松。更有红梅实，调鼎告成功。

郑元秀　　　水调歌头·富贵不难致

富贵不难致，名节几人全。渡江龙化，于今五十有三年。历数中兴诸老，谁似武夷仙伯，操行老弥坚。吾道方中否，一柱独擎天。　　江南北，湘左右，惠宣敷。见说韩公城下，米斗只三钱。人愿公归台鼎，我愿公归草隐，九老要齐肩。岁岁祝公寿，风月满梅川。

郑元秀　　　水调歌头·园林夸富贵

园林夸富贵，红绿簇枝头。阳和毓秀，气劘屈贾压曹刘。翰墨场中独步，洒落胸中万卷，横截百川流。邈视青云侣，俯首看瀛洲。　　到如今，萦扃务，尚淹留。庙堂应得好语，早晚觐宸旒。从此立登要路，便可羽仪台阁，指日凤池游。岁岁蟠桃会，椿算八千秋。

俞国宝　　　水调歌头·灵谷有荚气

灵谷有荚气，盘结在巴山。云蒸雨朵欲遣，奇怪出人间。不作丰城宝剑，不作渥洼灵种，不作化龙竿。生此济时杰，理乱总相关。　　入为相，出为将，两余闲。忠肝义胆，曾将鲠论破天颜。好把升平勋业，趁取河清桃熟，千岁奉金銮。草却登封检，双鬓未曾斑。

邵元实　　水调歌头·双阙步云尾

双阙步云尾，六阁上鳌头。侍臣冠庑，英英人物是君侯。闻道东皇深意，回想西清往事，早晚启金瓯。丹扆伫宏略，黄阁待名流。　　九秋天，千岁日，一樽酬。策勋黄石，相期茅土更封侯。稳扈钩陈天仗，净扫搀抢氛祲，按辔入神州。收了卢龙塞，却访赤松游。

王采高　　水调歌头·千枝蔓仙牒

千枝蔓仙牒，眉宇肖苍龙。就中天赋英杰，玉磬照金钟。满袖春风和气，散在苕溪霅水，讴颂闹儿童。好个庙堂样，貂弁马头公。烛如椽，香似雾，宴蓬瀛。我家寿酒须信，不与世间同。昨夜欢传清禁，今日黄堂歌舞，千载一相逢。来岁五云里，宣劝折黄封。

王采高　　水调歌头·今夕是何夕

今夕是何夕，南极见祥光。自天飘下佳气，五色覆黄堂。为借盐梅妙手，暂对袴襦欢颂，森戟护凝香。余事剩吟咏，金薤灿琳琅。　　眷田园，松径旧，菊畦荒。欲乘风驭归去，策杖纵相羊。物外乾坤自在，壶里无尘日月，千岁傲羲皇。天意未应许，军国要平章。

华　岳　　水调歌头·蓂荚才开六

蓂荚才开六，宝历已当千。人间收尽繁溽，凉意入虞弦。尽道荐衡交剡，更值生申佳节，喜色动闾阎。终夜望银汉，文宿贯台躔。　　定燕秦，封晋魏，信当然。处处红莲开幕，曹掾岂能淹。见说玉堂飞诏，已许金闺通籍，蓬岛伴神仙。来岁寿卮酒，应醉御炉烟。

华　岳　　水调歌头·万里楚天阔

万里楚天阔，一点寿星明。庭语以识歌舞，拍拍□秋声。会过牛郎六夕，圆欠嫦娥一夜，此际是佳辰。□□□□□，□□□□□。赉予说，□神岳，庆生申。□领仓符，□兼漕节握藩旌。但□闽山建水，无地不阳春。今日范滂刘宴，来岁周公伊尹，元化斡洪钧。北阙中书令，南极老人星。

赵希蓬　　水调歌头·熟见蟠桃儿

熟见蟠桃儿，岁阅大椿千。鞭鸾间出簇拥，仙仗蔼丝弦。落尽纨罗习气，都把诗书酝籍，忧念到闾阎。人物降嵩岳，文采焕奎躔。　　抟扶摇，游汗漫，气飘然。珠曹莲区区，州县步难淹。鹗荐交腾当路，凤诏飞来伊夕，称寿萃群仙。事业登黄阁，图绘上凌烟。

程伯春　　水调歌头·寿边守

功名果何物，天欲付英豪。请看襄汉，今日谁驾六灵鳌。阅礼崇诗元帅，大纛高牙临塞，砥柱一洪涛。百辟拱辰极，欢动赭黄袍。　　策无遗，勋益著，德弥高。定知阳报，谢庭兰玉付儿曹。秀发如君独擅，浑似当年幼度，文武素兼韬。岁岁长为寿，霞液荐蟠桃。

连久道　　水调歌头·游洞霄赋

雨后烟景绿，春水涨桃花。系舟溪上、笋舆十里踏平沙。路转峰回，好处无数，青荧玉树，缥缈羽人家。楼观倚空碧，水竹湛清华。　　纵幽寻，飞蜡屐，上苍霞。古仙何在，空余金灶委岩洼。它日倘然归老，乞取一庵云卧，随分了生涯。底用更辛苦，九转炼黄芽。

刘仲讷　　水调歌头·昨夜乘秋兴

昨夜乘秋兴，长啸驭清风。飘然玉宇虚廓，忽到广寒宫。解后姮娥相见，为问中秋诞节，奇特世难同。底事长庚梦，独占此宵中。　　呼金兔，寻玉策，检前踪。自从盘古有月，便有此仙翁。公向人间游戏，月在天衢来往，清气每相通。明月既无尽，公寿亦无穷。

蒋思恭　　水调歌头·寿张运使

紫府掣金钥，银汉夜乘槎。老仙暂驻幢节，来佐玉皇家。翠发朱颜好在，肘后有方医国，宝鼎养丹砂。谈笑功名了，身退饭胡麻。　　游物外，聚紫脑，炼青芽。星垣寓直有子，曾步八砖花。来岁称觞寿宴，衮绣彩衣交映，重荐枣如瓜。俯首拾瑶草，长啸卧烟霞。

蒋思恭　　水调歌头·风流九霞客

风流九霞客，名在五云乡。十年出入华禁，簪橐奉君王。黄伞西清日转，宝月红鸾影里，长近赭袍光。彩笔赓歌处，殿阁有余凉。　跨秋风，凌宝鼎，笑芝房。人间争识奇贵，妙帖焕名章。莫羡碧幢金印，换取玉堂清琐，翰墨看淋浪。岁岁宫壶酒，雨露带天香。

沈元实　　水调歌头·金关五云里

金关五云里，玉座太微间。凌虚新就燕间，宣唤侍臣班。丹扆坐移前席，禁漏声传高阁，喜气满龙颜。天语眷畴昔，政路稳跻攀。　酒如渑，香袅穗，寿南山。橙黄橘绿，樽前辉映菊花团。清晓凉风凝露，晴昼秋光满院，岁岁奉君。待看云台画，荣观侈人寰。

黄庭佐　　水调歌头·露着桂枝晓

露着桂枝晓，霜护菊篱秋。无尘玉宇南极，一点瑞光浮。嵩岳精英瑞世，河洛图书寓直，琳馆奉宸游。独袖功名手，谁与复神州。　带垂金，头尚黑，紫绮裘。年年今日，灵寿扶出富民侯。应为娉婷一笑，烂醉葡萄新熟，明月满西楼。西北雨峰峙，端与寿山侔。

无名氏　　水调歌头·帆落松陵浦

帆落松陵浦，枯柳缆琼艘。杖策无人独步，浪压百花桥。我挂风裳水佩，一笑波寒月白，余韵触惊涛。绝景有谁赏，雾幕闭三高。　不须臾，千古事，一萧条。鲈鱼纵有，泽荒甫里失溪桥。更吾名高业茂，终归荒田野草，且稳一枝巢。举酒酹空阔，烟远路迢迢。

无名氏　　水调歌头·平生太湖上

平生太湖上，短棹几经过。如今重到，何事愁与水云多。拟把匣中长剑，换取扁舟一叶，归去老渔蓑。银艾非吾事，丘壑已蹉跎。　脍新鲈，斟美酒，起悲歌。太平生长，岂谓今日识兵戈。欲泻三江雪浪，净洗胡尘千里，不用挽天河。回首望霄汉，双泪堕清波。

无名氏　　水调歌头·不能烦恼得

不能烦恼得，掉臂便归休。前度风樯，这回潦辙几悠悠。幸得有云一谷，更自有书万卷，著什么来由。月采混鱼目，霜口浣蝇头。　　相山中，侯醉境，将诗流。情知薄命，天样勋业也须收。辟逻世间万事，推放那边一壁，百尺卧高楼。日月草头露，天地水中沤。

无名氏　　水调歌头·寿枢密

明月双溪上，胜景号金华。当年此夕，多少鸾凰杂云霞。共拥飘飘仙伯，来作人间英杰，王谢旧名家。纶綍妙文采，帷幄富忠嘉。　　圣天子，形梦寐，眷尤加。麒麟阁上，早晚丹陛听宣麻。鼎轴无穷勋业，岁岁薰风日永，萱秀北堂花。潋滟绮筵酒，寿算等河沙。

无名氏　　水调歌头·寿真玉堂

早是玉堂客，犹著侍臣冠。便为霖去亦晚，何况此身闲。胸次光风霁月，意味满庭芳草，体用两相关。坐对粤山好，名更重于山。　　寿生申，霜肃晓，露宾寒。从教重九过了，政有菊堪餐。日绕东篱笑傲，香共秋容淡薄，晚节要人看。久不见贾谊，天已问平安。

无名氏　　水调歌头·寿刘监丞

伏以日躔娄宿，正五蓂敷荚之辰；神降嵩嵩，记六矢垂蓬之旦。祥薰宇宙，欢动里闾。恭惟某官云谷渊源，冰壶节操。霁月光风之潇洒，浑金璞玉之温纯。望重东山，起夜鹤晓猿之悲；思形宣室，开云龙风虎之机。绂麟喜际于诞辰，笼鸽想多于颂语。某阻缀凫趋之末，倍深燕贺之私。砌九十五字之芜词，寄声水调；祝万八千岁之椿算，与日川增。持献雷门，仰祈电瞩

一线添宫绣，昼景刻初还。五云旬浃不散，瑞色满乾坤。凝作山堂佳气，来庆冰壶寿旦，戏彩喜重斑。相对窦桂椿，环列谢芝兰。　　经纶事，戡定策，两才全。苍生翘首三载，霖雨报东山。已感宵衣梦寐，应录御屏姓字，光动紫微垣。一骑日边至，趣诏凤池班。

无名氏　　水调歌头·寿范帅

三楚诗书帅，人物压中州。飘飘青琐，典刑蜀国旧风流。小袖玉堂挥手，来拥元戎十乘，红旆照青油。尺一唤归去，名久在金瓯。　倚春声，赓水调，倩歌喉。登龙旧客，只回误上武陵舟。正是蟠桃开也，特向尊前为寿，一醉一千秋。携取此花去，还侍玉宸游。

无名氏　　水调歌头·寿学生

金兽袅香穗，银烛灿花枝。眼前风景殊异，酌酒庆生时。要是祖宗流庆，方有此身此日，盍亦反其思。何以上雅寿，敢用此为规。　况君家，本学业，致轻肥。牙签玉轴，全胜阡陌占东西。好把胸中一点，照破堂中万卷，五福自来宜。谨勿效雌伏，指日要雄飞。

无名氏　　水调歌头·寿丘月林

天地钟奇秀，山泽有儒仙。词锋前驱万马，三度奏捷菊花天。信是文场敏手，如把枭卢对掷，高叱便回旋。一点英雄气，四顾浩无边。　长羡君，先我著，祖生鞭。今朝尊酒持劝，岂特颂长年。要入兰宫妙选，共向集英殿里，玉陛听胪传。姓字标黄甲，香墨照人鲜。

无名氏　　水调歌头·庆东屏

来复迈七日，亨泰兆三阳。恰逢临吉中应，浸长三阳刚。天地凝成正气，岳渎钟为秀杰，玉燕纪呈祥。莹彻冰壶操，皎月映秋霜。　日星回，乾坤辟，再更张。时乘君子道长，茅茹喜生光。抱负黄钟大吕，资禀盐梅栋柏，施用在岩廊。一骑春风里，紫诏下山堂。

无名氏　　水调歌头·庆友人

何以作公寿，一纸寄讴吟。当年生申有兆，鸑鷟梦文禽。气宇虹霓万丈，胸次蟠龙七泽，锦绣萃中心。高谊薄云表，随处是知音。　人俊逸，文卓荦，气雄深。版岩合辟故隐，霖雨慰当今。且把梅花酌酒，行即桂枝入手，桑荫未移阴。珍重此时祝，何日盍朋簪。

无名氏　　　水调歌头·寿刘宰母

泽国嫩寒月，天气小阳春。萱堂今朝生日，瑞霭郁轮囷。身佩铜章墨绶，手捧霞觞玉液，献寿太夫人。且喜藤舆稳，共戏彩衣新。　　发垂鹄，瞳点漆，倍精神。麻姑来庆，笑道沧海几扬尘。伫看起居八座，更好回班百辟，异数耸朝绅。此母生此子，再拜谢宸恩。

无名氏　　　水调歌头·生日自寿

久雨忽开霁，花靥斗春娇。家人笑道，老子今日是生朝。细数平生功行，断自狂吟之外，全不犯科条。心事淡如水，天合与逍遥。　　也何须，期寿算，比松乔。但令此去清健，到处狎渔樵。说与门前鸥鹭，护我山中杞菊，日日长心苗。世事儿戏耳，尊酒百忧消。

无名氏　　　水调歌头·贺真西山

人道孰为大，尚小易咸常。厥初皇极中建，扶世有三纲。仁义阴阳道立，父母乾坤位正，六子发辉光。一日不容缓，此意久弥昌。　　杯举庆，天作合，月探囊。十年不字以正，乃字便惟良。推阐家人一卦，迤逦齐家治国，鼎鼐得姬姜。旧物中书令，玉润继汾阳。

无名氏　　　水调歌头·贺人再娶

阿谁煎凤髓，续此玉琴弦。依然音调清婉，律吕互相宣。天使彭城姝丽，来配鲁邦才子，永作地行仙。况有盈门礼，百两拥骈阗。　　更临鸾，看举案，两无偏。从此欢谐千岁，月下与花前。剩长芝兰玉树，俱作蟾宫佳客，声誉振螺川。仍看明年去，平步上青天。

无名氏　　　水调歌头·贺人生子

尧历庆良月，嶰管换新冬。玉成西爽，五云拂晓画楼东。人指谢家庭砌，眼底猗兰奕叶，特地茁新丛。不是善根种，争得占春风。　　步鹏程，名虎榜，早收功。建安衣钵，定知他日属奇童。且说而今胜事，珠履三千称贺，相对醉颜红。拜贺无他语，相庆黑头公。

无名氏　　水调歌头·和韵谢人贺生子

玉琯届良月，璇极炳明星。适当季舍，有梦应麒麟。但愧衡门深隐，偶尔玉川添累，还解振家声。乐章歌一阕，笔阵扫千军。　　羡君侯，为学富，焕文清。青云咫尺要路，曳紫更腰金。顾我荆榛虽茂，其奈栋材无用，何似八千椿。君王行赐宴，礼重敬如宾。

无名氏　　水调歌头·贺人生侄

燕分炳箕宿，鲁野照奎星。天开岳渎，储瑞重见吐书麟。人道兰庭生谢，我羡竹林得阮，中夜沸欢声。奇称符百药，童号迈终军。　　姿禀厚，骨骼异，气神清。好把一经为教，切莫诧籯金。击瓮画图休展，对日有言可听，材大等庄椿。年欲临志学，上国早充宾。

无名氏　　水调歌头·箫鼓阗街巷

箫鼓阗街巷，锦绣裹山川。夜来南极，闪闪光射泰阶躔。陡觉佳祥翕集，听得闾阎笑道，蓬岛降真仙。香满琴堂里，人在洞壶天。　　斟凿落，歌窈窕，舞蹁跹。重阳虽近，莫把萸菊玷华筵。菲礼岂能祝寿，自有仙桃满院，一实数千年。早晚朝元会，苍鬓映貂蝉。

无名氏　　水调歌头·寿平交五十

学易喜加数，富贵正当年。谁识晚成大器，信道古来然。莫叹无闻不足，官政从今艾服，知命自由天。恰合买臣愿，好著祖生鞭。　　藏学问，通今古，冠英贤。管取一名一第，行折桂枝先。未数奉书朱穆，窃笑表微拭镜，接武引群仙。生日年年庆，绛老愿齐肩。

无名氏　　水调歌头·寿赵阆州五月初五

原误作念奴娇

玉斧折丹桂，锦绣拂银河。蟠胸虹气千丈，捧砚唤宫娥。三度花攒五马，一笑毫挥万字，何处不恩波。试问老仙寿，铜狄几摩挲。舞槐龙，垂艾虎，弄清和。湖山风月，且与吟笑侧金荷。明岁端阳时节，人在薰风殿阁，凉意入赓歌。宣劝滟昌

歇，叠雪赐香罗。

无名氏　　水调歌头·六月十六

律纪林钟月，兔魄夜来圆。彩麟入梦，天教英物出人间。志气平生浩荡，欲试经纶大手，赞画向名藩。见说齐瓜熟，鹏路快扶抟。　　称寿处，歌齿皓，戏衣斑。辉联甥馆，那堪一笑共团栾。好看蜚声霹雳，使有蒲轮迎召，催入侍龙颜。却待功成后，归伴幔亭仙。

无名氏　水调歌头·寿王枢密，又得子　八月廿六

縠旦垂弧矢，兰阃梦熊罴。称觞内外相庆，同日又同时。有此重重盛事，未羡石门奋建，韦氏信名齐。珠履赴汤饼，玉果酌琼卮。　　斗枢转，金瓯覆，筑沙堤。争推是父是子，相继入黄扉。方叔歌猷元老，复见少年黄琬，前后拜丹墀。今日寿星现，再祝寿庞眉。

无名氏　　水调歌头·寿隐士　十月十八

橘记一年景，梅泄小春英。见说彭成仙隐，对此庆生辰。寿比太公欠一，年并楚丘逾九，益壮异常人。细数称觞日，信宿两弥旬。　　戏莱衣，桥梓列，桂兰荣。一门盛事难得，一子两层孙。休论若儿渠父，差胜杨椿黄琬，四代眼前亲。积善有余庆，享福百千春。

无名氏　　水调歌头·寿刘枢甥　十月廿九

今日小春月，后日是周正。瑞蔼挹仙堂上，嵩岳喜生申。文物师垣宅相，诗礼枢庭世胄，冰骨玉精神。浩气凌牛斗，胸次敻凡尘。　　郭中书，广成子，李长庚。勋业词章福寿，直上等三人。松菊亭前诗酒，梅竹园中翰墨，时复萃嘉宾。人指屏山下，双桂一灵椿。

无名氏　　水调歌头·寿王制置　十一月初六

宝历契昌运，岳渎启珍符。汾阳忠义勋阅，此际挂蓬弧。正属阳生子月，始见蓂敷六荚，宝剑出昆吾。芒射斗牛分，光彩照坤舆。　　备文武，宏器量，足谋谟。世传韬略，出专阃制誓平胡。尽护貔貅百万，仰副九重委注，指日复舆图。祝寿如山阜，进位陟洪枢。

无名氏　水调歌头·关中有萧相

寿太守傅侍郎，前三日冬至十一月十八

关中有萧相，江左见夷吾。中兴帝赉良弼，休运应乾符。百五期过一日，十万声号半夜，南极灿晴虚。嵩岳生申甫，河洛出图书。　领坡仙，陪櫜从，镇潜都。九重昨夜有梦，问到北岩无。须信建溪桃李，难驻商川舟楫，归去伴都俞。岁伴南山寿，日拱北辰居。

无名氏　水调歌头·贺新居之一

蹑足半天下，作意赋归欤。燕申经始不日，胸次出规模。千古神峰拥护，万古横江缭绕，佳致足方壶。一饮一词美，还得似君无。　十步楼，五步阁，恣安居。薰蒸和气，袭人盎盎觉春如。况是庄椿不老，那更徐鸡并秀，父子看名俱。驷马高车盖，不减汉之于。

无名氏　水调歌头·贺新居之二

三径当松竹，五亩足烟霞。个中卜宅，蓬山佳致足君家。前有书江环绕，后有横岗崒嵂，万象总森罗。轮奂翚飞处，此屋岂无华。　绿窗开，朱户敞，绣帘遮。燕闲自适，百篇斗酒是生涯。种善善根未绝，延桂桂枝可待，谁子为君夸。佳嗣一夔足，荣耀必多嘉。

无名氏　水调歌头·握虎符

握虎符，持玉节，佩金鱼。三十正当方面，此事世间无。寄语东淮父老，夺我诗书元帅，于汝抑安乎。早早归廊庙，天下尽欢娱。

无名氏　水调歌头·屏开金孔雀

屏开金孔雀，褥隐绣芙蓉。洞房花烛夜，玳筵席、蔼香风。盈耳笙歌缭绕，满眼绮罗交错，银烛影摇红。佳期今夕里，谈笑画堂中。　皓齿歌，细腰舞，乐无穷。朱帘高卷，金炉香喷瑞烟浓。仙子将临凤阁，玉女下离蓬岛，同会蕊珠宫。门阑多喜色，女婿近乘龙。

无名氏　水调歌头·昭代数人物

昭代数人物，谁似我公贤。平生礌礌磊磊，常以义为先。

广立湖中义学，盛集陕西义社，良法自家传。阴德有如此，眉寿不须言。　　圣天子，方右武，复宗文。诗书马上，看君父子共争先。伫听天山三箭，还共秋闱一举，相继凯歌旋。金印大如斗，富贵出长年。

无名氏　　水调歌头·云海漾空阔

云海漾空阔，风露凛高寒。仙翁鹤驾羽节，缥缈下天端。指点虚无征路，时见双凫飞舞，挥斥隘尘寰。吹笛向何处，海上有三山。　　彩衣新，鱼服丽，映朱颜。蟠桃未熟，千岁容与旦人间。早晚金泥封诏，归侍紫皇香案，踵武列仙班。玉骨自不老，未用九还丹。

此首别作张孝祥词

无名氏　　水调歌头·八蛮朝凤阙

八蛮朝凤阙，四境绝狼烟。太平无事，超烘聚哨效梨园。笛弄昆仑上品，筛动云阳妙选，画鼓可人怜。乱撒真珠迸，点滴雨声喧。　　韵堪听，声不俗，驻云轩。谐音节奏，分明花里遇神仙。到处朝山拜岳，长是争筹赌赛，四海把名传。幸遇知音听，一曲赞尧天。

水晶帘

此调见《花草粹编》。今只存宋无名氏词一首，当为其所自制。词中有“雨足西帘”之句，咏雨珠如水晶之帘，故名。属双调、仄韵，共九十八字。上阕十句、五十字，于第一、二、三、五、七、十句用韵；下阕九句、四十八字，于第一、三、五、七、九句用韵。

无名氏　　水晶帘·上定齐　六月廿七

谁道秋期远，正旬浃、双星相见。雨足西帘，正玉井莲开，寿筵初展。麈尾呼风袢暑净，那更著、纶巾羽扇。殢清歌，不记杯行，任深任浅。　　湖边小池苑，渐苔痕竹色，青青如染。辨橘中荷屋，晚芳自占。蜗角虚名身外事，付骰子、纷纷戏选。喜时平、公道开明，话头正转。

比　　梅

此调原名《忆仙姿》，本为后唐庄宗李存勖自制曲，宋苏轼嫌其名不雅，易名为《如梦令》，周邦彦改称为《宴桃源》。张辑以此调填词，自注曰："寓《如梦令》"，词的结句为"比著梅花谁瘦"，遂立新名为《比梅》，即成为《忆仙姿》、《如梦令》的别名。单调，仄韵，七句，共三十三字，第五句为叠句。其格式可参阅《忆仙姿》、《如梦令》。

张　辑　　　比梅·深夜沉沉尊酒

深夜沉沉尊酒，酒醒客衾寒透。城角挟霜飞，吹得月如清昼。僝僽，僝僽，比著梅花谁瘦。

玉 人 歌

此调见《西樵语业》。"玉人"古代用以喻容貌美如玉之妇人。唐元稹《莺莺传》有"拂墙花影动，疑是玉人来"之句，韦庄《秋霁晚景》诗有"玉人襟袖薄，斜凭翠栏杆"之句。宋杨炎正以《探芳信》词调填词(《词谱》误为杨炎)，所写为闺妇(即玉人)思念远行丈夫之情，她认为"凌烟图画青山约，总是浮生事"，故名《玉人歌》。双调，仄韵，八十九字。上阕十句、四十五字，于第一、三、五、七、十句用韵；下阕八句、四十四字，于第一、三、五、七、八句用韵。宋张炎有《探芳信》词，其中有"甚探芳人老，芳心相如旧"之句，故又名《探芳信》。参阅《探芳信》。

杨炎正　　　玉人歌·风西起

风西起，又老尽篱花，寒轻香细。漫题红叶，句里意谁会。长天不恨江南远，苦恨无书寄。最相思，盘橘千枚，脍鲈十尾。　　鸿雁阻归计，算愁满离肠，十分岂止。倦倚阑干，顾影在天际。凌烟图画青山约，总是浮生事。判从今，买取朝醒夕醉。

玉山枕

此调见《乐章集》，宋词中只有柳永作此词。为慢词，双调，仄韵，共一百一十三字。上、下阕皆十一句，亦皆于第一、三、七、九、十一句用韵，惟上阕五十五字，下阕五十八字。

柳　永　　　　玉山枕·骤雨新霁

骤雨新霁，荡原野、清如洗。断霞散彩，残阳倒影，天外云峰，数朵相倚。露荷烟芰满池塘，见次第、几番红翠。当是时、河朔飞觞，避炎蒸，想风流堪继。　　晚来高树清风起，动帘幕、生秋气。画楼昼寂，兰堂夜静，舞艳歌姝，渐任罗绮。讼闲时泰足风情，便争奈、雅歌都废。省教成、几阕清歌，尽新声，好尊前重理。

玉女迎春慢

此调见《凤林书院》。在现今所传词中有彭元逊之作，咏玉女迎春。“玉女”，此指容貌秀美如玉之女子。“慢”指慢曲子，乐调长，字数多。属双调、仄韵，共九十五字。上阕九句、四十八字，于第二、四、五、六、九句用韵；下阕九句、四十七字，于第三、五、六、七、九句用韵。

彭元逊　　　　玉女迎春慢·柳

浅入新年，逢人日、拂拂淡烟无雨。叶底妖禽自语，小啄幽香还吐。东风辛苦，便怕有、踏青人误。清明寒食，消得渡江，黄翠千缕。　　看临小帖宜春，填轻晕湿，碧花生雾。为说钗头袅袅，系著轻盈不住。问郎留否，似昨夜、教成鹦鹉。走马章台，忆得画眉归去。

玉女摇仙佩

此调于今传词中有柳永之作，调见《乐章集》，歌美女梳妆。“玉女”指容貌秀美如玉之女子，“仙佩”指精美的饰物。属慢词，双调，仄韵，共一百三十九字。上阕十四句、七十字，于第三、六、七、九、十一、十四句用韵；下阕十三句、六十九字，于第三、六、七、九、十一、十二、十三句用韵。又名《玉女摇仙辈》。

柳　永　　玉女摇仙佩·佳人

飞琼伴侣，偶别珠宫，未返神仙行缀。取次梳妆，寻常言语，有得几多姝丽，拟把名花比。恐旁人笑我，谈何容易。细思算、奇葩艳卉，惟是深红浅白而已。争如这多情，占得人间，千娇百媚。　　须信画堂绣阁，皓月清风，忍把光阴轻弃。自古及今，佳人才子，少得当年双美。且恁相偎倚，未消得、怜我多才多艺。愿奶奶、兰心蕙性，枕前言下，表余深意。为盟誓，今生断不孤鸳被。

晁端礼　　玉女摇仙佩·宫梅弄粉

宫梅弄粉，御柳摇金，又喜皇州春早。盛世生贤，真仙应运，当日来从三岛。车马喧青晓，看千钟赐饮，中人传诏。最好是，芝兰并砌，鸣佩腰金，彩衣相照。炉烟袅，高堂半卷珠帘，神仙缥缈。　　须信槐庭荫美，凤沼波澄，屈指十年三到。九叙重歌，元圭再锡，已把成功来告。四海瞻仪表，庆君臣会集，诗符天保。况自有、仙风道骨，玉函金篆，阴功须报。方知道，八千岁月椿难老。

此首别作黄庭坚词

黄庭坚　　玉女摇仙佩·宫梅弄粉

宫梅弄粉，御柳摇金，又喜皇州春早。盛世生贤，真仙应运，当日来从三岛。车马喧清晓，看千钟赐饮，中人传诏。最好是，芝兰并砌，鸣佩腰金，彩衣相照。炉烟袅，高堂半卷珠帘，神仙缥缈。　　须信槐庭荫美，凤沼波澄，屈指十年三到。九叙重歌，元圭永锡，已把成功来告。四海瞻仪表，庆君

臣会集，诗符天保。况自有、仙风道骨，玉函金篆，阴功须报。方知道，八千岁月椿难老。

此首别作晁端礼词

朱　雍　　　玉女摇仙佩·灰飞嶰谷

灰飞嶰谷，佩解江干，庾岭寒轻梅瘦。水面吞蟾，山光暗斗，物色盈枝依旧。凭暖危阑久，有清香旖旎，却沾襟袖。赋情□、窥人艳冷，更是殷勤，忍重回首。谁知道，春归院落，缤纷雪飞鸳甃。　　须谢化机爱惜，碎璧铺酥，肯把飞英僝僽。念念瑶珂，乘飙烟浦，送别犹携纤手。馥郁盈芳酒，临妆罢、一点眉峰伤皱。又只恐、□收梦断，管凄风怨，晓催银漏。残金兽，参横月堕归时候。

玉叶重黄

此调在今传词中仅存晁端礼一首，其调名来源未考出。属双调、仄韵，共五十二字。上下阕均四句、二十六字，亦均于第一、二、四句用韵。

晁端礼　　玉叶重黄·玉纤初稔梅花蕊

玉纤初捻梅花蕊，早忆著、上元天气。重寻旧曲声韵，收拾放灯欢计。　　况人生、百岁能几，任东风、笑我双鬓里。重来花下醉也，不减旧时风味。

玉 团 儿

此调宋周邦彦有作，调见《片玉词》。“玉团儿”指女子柔滑细腻如玉的胴体，其词中有“玉体横陈”之句，故名“玉团儿”。属双调、平韵，共五十二字。上、下阕格式相同，皆五句、二十六字，亦皆于第一、二、五句用韵。又名《大圣乐令》。

周邦彦　　　玉团儿·铅华淡伫新妆束

铅华淡伫新妆束，好风韵、天然异俗。彼此知名，虽然初见，情分先熟。　　垆烟淡淡云屏曲，睡半醒、生香透肉。赖

得相逢，若还虚过，生世不足。

周邦彦　　玉团儿·妍姿艳态腰如束

妍姿艳态腰如束，笑无限、桃粗杏俗。玉体横陈，云鬟斜坠，春睡还熟。　　夕阳斗转阑干曲，乍醉起、余霞衬肉。搦粉搓酥，剪云裁雾，比并不足。

袁去华　　玉团儿·吴江渺渺疑天接

吴江渺渺疑天接，独著我、扁舟一叶。步袜凌波，芙蓉仙子，绿盖红颊。　　登临正要诗弹压，叹老去、都忘句法。剧饮狂歌，清风明月，相应相答。

张　镃　　玉团儿·晓来一阵金风劣

香月堂古桂数十株著花，因赋

晓来一阵金风劣，把阆海、檀霞细屑。依就花儿，深藏叶底，不教人折。　　初开数朵谁知得，却又是、金风漏泄。吹起清芬，露成香露，月成香月。

卢　炳　　玉团儿·用周美成韵

绿云慢绾新梳束，这标致、诸余不俗。邂逅相逢，情怀雅合，全似深熟。　　耳边笑语论心曲，把不定、红生脸肉。若得同欢，共伊偕老，心事忒足。

玉交枝

此调本名《相思引》，房舜卿及无名氏(《永乐大典》及《钦定词谱》均误作房舜卿)词始名《玉交枝》，其存词三首，皆为咏梅之作，故名。周紫芝词名《定风波令》，赵彦端词名《琴调相思引》，《古今词话》引无名氏词名《镜中人》。属双调、平韵，共四十六字。上下阕各四句、二十三字，惟上阕于第一、二、四句用韵，下阕于第二、四句用韵。

房舜卿　　玉交枝·蕙死兰枯待返魂

蕙死兰枯待返魂，暗香梅上又重闻。粉妆额子，多少画难

真。　　竹外冰清斜倒影，江头雪里暗藏春。千钟玉酒，休更待飘零。

无名氏　　玉交枝·胆样瓶儿几点春

胆样瓶儿几点春，剪来犹带水云痕。且移孤冷，相伴最深樽。　　每为惜花无晓夜，教人甚处不销魂。为君惆怅，独自倚黄昏。

无名氏　　玉交枝·蜡梅

蕙子兰孙小样儿，化工簇就寄南枝。笑他兰蕙，虽韵带轻肥。　　香霭紫檀和雾重，色攒黄蜡界金徽。有人潇洒，插向鬓边宜。

无名氏　　玉交枝·谁道花房采蜜脾

谁道花房采蜜脾，剪成黄蜡小花儿。恶嫌朱粉，不肯肖青枝。　　檀吐暗香兰许韵，月移芳影雪生肌。不妨花蕊，羌笛尽教吹。

玉连环

此调见《云月词》，又写作《玉联环》，本是词牌《一洛索》(又写作《一落索》)的别名。词人根据词的内容，又命为《洛阳春》、《上林春》等。玉连环是一种玉制的玩饰，可以连结后再解开。宋朱敦儒《浣溪纱》词有句云："结子同心香佩带，帕儿双字玉连环。"后有人以《一洛索》调填词，名为《玉连环》。属双调、仄韵，有自四十五字至五十字六体。参阅《一落索》、《上林春》、《洛阳春》。又宋冯艾子自制曲，亦名《玉连环》，属双调、仄韵，一百零四字(见《词谱》)。此调与《一洛索》之别名的《玉连环》属两调，是同名异调。

贺　铸　　玉连环·别酒更添红粉泪

别酒更添红粉泪，促成愁醉。相逢浅笑合微吟，撩惹到、缠绵地。　　花下解携重附耳，佳期深记。青翰舟稳绣衾香，谁禁断、东流水。

王之道　　玉连环·题载安僧舍

流水细通何处，柳溪新雨。清风十里送篮舆，行不尽、山无数。　　一簇楼台窣堵，老僧常住。悬知俗客不曾来，门外苍苔如许。

曹　勋　　玉连环·天申寿词

庆云开霁，清华明昼，殿阁风度薰弦。电虹敷瑞，应炎运当千。端景命、符圣德，三阶正、万国归化，远胜文思睿藻，问寝格中天。　　深严，邃启芳筵。正花拥绛扆，瑶殿神仙。缓闻钧韶奏下，歌舞云边。宫闱馨和气，浃南山。罩翠霭、上寿烟，祝无疆御历万万年。

管　鉴　　玉连环·泊英州钟石铺

江上青山无数，绿阴深处。夕阳犹在系扁舟，为佳景、留人住。　　已办一蓑归去，江南烟雨。有情鸥鹭莫惊飞，便相约、长为侣。

冯伟寿　　玉连环·忆李谪仙

谪仙往矣，问当年、饮中俦侣，于今谁在。叹沉香醉梦，胡尘日月，流浪锦袍宫带。高吟三峡动，舞剑九州隘。玉皇归觐，半空遗下，诗囊酒佩。　　云月仰挹清芬，揽虬须、尚友千载。晋宋颓波，羲皇春梦，尊前一慨。待相将共蹑，龙肩鲸背。海山何处，五云叆叆。

玉抱肚

此调有宋杨无咎之作，调见《逃禅词》，只存词一首。属双调、仄韵，共一百四十字。上阕九句、五十字，于第一、二、四、六、八、九句用韵；下阕十五句、九十字，于第三、四、五、七、八、九、十一、十二、十三、十五句用韵。

杨无咎　　玉抱肚·同行同坐

同行同坐，同携同卧，正朝朝暮暮同欢，怎知终有抛弹。记江皋惜别，那堪被、流水无情送轻舸。有愁万种，恨未说

破，知重见、甚时可。　　见也浑闲，堪嗟处、山遥水远，音书也无个。这眉头、强展依前锁。这泪珠、强拭依前堕。我平生、不识相思，为伊烦恼忒大。你还知么，你知后、我也甘心受摧挫。又只恐你，背盟誓、似风过。共别人、忘著我。把洋澜左，都卷尽与，杀不得、这心头火。

玉京秋

此调见《蘋洲鱼笛谱》。玉京指帝都，本为咏客居帝都而悲秋之作。属双调、仄韵，共九十字。上阕十句、四十四字，于第一、三、五、七、八、十句用韵；下阕八句、四十六字，于第一、二、四、六、七、八句用韵。

贺　铸　　玉京秋·陇首霜晴

陇首霜晴，泗滨云晚，乍摇落。废榭苍苔，破台荒草，西楚霸图冥漠。记登临事，九日胜游，千载如昨。更想像，晋客□归，谢生能赋继高作。　　飘泊，尘埃倦客，风月羁心，潘鬓晓来清镜觉。蜡屐纶巾，羽觞象管，且追随、隼旟行乐。东山□，应笑个侬风味薄。念故园黄花，自有年年约。

周　密　　玉京秋·烟水阔

长安独客，又见西风，素月丹枫，凄然其为秋也，因调夹钟羽一解

烟水阔，高林弄残照，晚蜩凄切。碧砧度韵，银床飘叶。衣湿桐阴露冷，采凉花、时赋秋雪。叹轻别，一襟幽事，砌蛩能说。　　客思吟商还怯，怨歌长、琼壶暗缺。翠扇恩疏，红衣香褪，翻成消歇。玉骨西风，恨最恨、闲却新凉时节。楚箫咽，谁倚西楼淡月。

玉京谣

此调是宋代吴文英所创制。据陈世崇《随隐漫录》云：“先君号藏一，梦窗(吴文英的号)吴先生为度夷则商，犯无射宫，制《玉京谣》一篇相赠。”据《枕中书》，玉京在大

罗天之上。李白诗中有“手把芙蓉朝玉京”之句。吴文英赠陈藏一之词，咏在京都羁旅的景况，故借“玉京”作为调名。属双调、仄韵，共九十七字。上阕十句、四十九字，于第三、五、七、八、十句用韵；下阕八句、四十八字，于第一、二、四、六、七、八句用韵。

吴文英　　　玉京谣·蝶梦迷清晓

陈仲文自号藏一，盖取坡诗中“万人如海一身藏”语。为度夷则商犯无射宫腔，制此赠之

蝶梦迷清晓，万里无家，岁晚貂裘敝。载取琴书，长安闲看桃李。烂绣锦、人海花场，任客燕、飘零谁计。春风里，香泥九陌，文梁孤垒。　　微吟怕有诗声翳，镜慵看、但小楼独倚。金屋千娇，从他鸳暖秋被。蕙帐移、烟雨孤山，待对影、落梅清泚。终不似，江上翠微流水。

玉树后庭花

此调本乐府吴声歌曲，为南朝后主陈叔宝所制。陈后主酷嗜声乐，于清乐中造《玉树后庭花》等曲，又与幸臣等为其制歌词。其词绮艳，极为轻薄，男女唱和，音调甚哀。其词曰：“玉树后庭花，花开不复久。”唐玄宗开元、天宝年间入法曲，成为教坊舞曲名。此曲五代时入杂言，除同名而外，已与本调无涉。后人以此曲填词，遂成为词牌。词牌名又可省“玉树”二字，名为《后庭花》。前人解“玉树”或指槐，或指众宝所装之伪树，然与陈后主诗意皆不切。当为后宫易萎之花。属双调、仄韵，共四十四字。上下阕均四句、二十二字，亦句句用韵。别体四十六字，下阕为五句，起句五字，次句三字，第三句五字，故多二字。另一体亦四十六字，惟起句为五字，次句四字，第三句亦四字。参阅《后庭花》。

张　先　　　玉树后庭花·上元

华灯火树红相斗，往来如昼。桥河水白天青，讶别生星斗。　　落梅秾李还依旧，宝钗沽酒。晓蟾残漏心情，恨雕鞍归后。

张　先　　　**玉树后庭花·宝床香重春眠觉**

宝床香重春眠觉，魫窗难晓。新声丽色千人，歌后庭清妙。　　青骢一骑来飞鸟，靓妆难好。至今落日寒蟾，照台城秋草。

玉 珑 璁

“玉珑璁”也作“玉珑松”，是古代妇女戴在头上的一种玉制饰物。唐温庭筠《握拓词》有句云：“绣衫金騕褭，花髻玉珑璁。”词人以此度曲填词，命为《玉珑璁》。属双调、仄韵，共六十字。上、下阕格式相同，各八句、三十字，亦各于第一、二、三句用韵，四、五、七、八句换韵。此调的句式、韵律与《钗头风》均同，当是《钗头凤》的别名。又名《撷芳词》。

无名氏　　　**玉珑璁·城南路**

城南路，桥南路，玉钩帘卷香横雾。新相识，旧相识，浅颦低拍，嫩红轻碧。惜惜惜。　　刘郎去，阮郎住，为云为雨朝还暮。心相忆，空相忆，露荷心性，柳花踪迹。得得得。

玉 烛 新

此调见《清真乐府》。据《尔雅》，四时和顺，叫做“玉烛”，宋人取为调名。另一说，“玉烛”指洁白如玉的蜡烛，多用于闺阁之中。属双调、仄韵，共一百零一字。上阕九句、五十一字，于第一、三、五、七、九句用韵；下阕九句、五十字，于第三、四、五、六、七、九句用韵。

秦　观　　　**玉烛新·泰阶开景运**

泰阶开景运，见金锁绿沉，辕门春静。几年淮海，烟波境、贮此风流标韵。连天笳鼓，又催把、经纶管领。文武事，细柳长杨，从头属齐整。　　早闻横槊燕然，画图里，争传麒麟旧影。临岐笑问，谁得似、占了山林钟鼎。古来难并，才信是、人间英俊。试看取、紫绶金章，朱颜绿鬓。

周邦彦　　玉烛新·梅花

溪源新腊后，见数朵江梅，剪裁初就。晕酥砌玉芳英嫩，故把春心轻漏。前村昨夜，想弄月、黄昏时候。孤岸峭，疏影横斜，浓香暗沾襟袖。　尊前赋与多材，问岭外风光，故人知否。寿阳谩斗，终不似，照水一枝清瘦。风娇雨秀，好乱插、繁花盈首。须信道，羌管无情，看看又奏。

杨无咎　　玉烛新·荒山藏古寺

荒山藏古寺，见傍水梅开，一枝三四。兰枯蕙死，登临处慰我魂消惟此。可堪红紫，曾不解、和羹结子。高压尽、百卉千葩，因君合修花史。　韶华且莫吹残，待浅揾松煤，写教形似。此时胸次，凝冰雪、洗尽从前尘滓。吟安个字，判不寐、勾牵幽思。谁伴我，香宿蜂媒，光浮月姊。

史达祖　　玉烛新·疏云萦碧岫

疏云萦碧岫，带晚日摇光，半江寒皱。越溪近远，空频向、过雁风边回首。酸心一缕，念水北、寻芳归后。轻醉醒、堤月笼沙，鞍松宝轮飞骤。　秦楼屡约芳春，记扇背题诗，帕罗沾酒。瘦愁易就，因惊断、梦里桃源难又。临风话旧，想日暮、梅花孤瘦。还静倚、修竹相思，盈盈翠袖。

方千里　　玉烛新·海棠

海棠初雨后，似露粉妆成，肉红团就。太真帐里，春眠醒、缓蹙楼前宫漏。潮生酒晕，独自倚、阑干时候。吹鬓影、斜立东风，余寒半侵罗袖。　骊山宫殿无人，想笑问君王，艳容如否。万花竞斗，难比并、丽美巧匀丰瘦，闺房挺秀。□一顾、丹铅低首。应对羯鼓声中，清歌美奏。

赵以夫　　玉烛新·和方时父，并怀孙季蕃

寒宽一雁落，正万里相思，被渠惊觉。春风字字吹香雪，唤起西湖盟约。当时醉处，仿佛记、青楼珠箔。又不是、南国花迟，徘徊酒边慵酌。　家山月色依然，想竹外横枝，玉明冰薄。而今话昨，空对景、怅望美人天角。清尊淡薄，便翠羽、殷勤难托。休品入、三叠琴心，教人瘦却。

吴文英　　玉烛新·花穿帘隙透

花穿帘隙透，向梦里销春，酒中延昼。嫩篁细掐，相思字、堕粉轻黏练袖。章台别后，展绣络、红薦香旧。□□□，应数归舟，愁凝画阑眉柳。　　移灯夜语西窗，逗晓帐迷香，问何时又。素纨乍试，还忆是、绣懒思酸时候。兰清蕙秀，总未比、蛾眉螓首。谁诉与，惟有金笼，春簧细奏。

杨泽民　　玉烛新·梨花

梨花寒食后，被丽日和风，一时开就。濛濛雨歇，香犹嫩、渐觉芳心彰漏。墙头月下，似旧日莺莺相候。纤手为、攀折翘枝，轻盈露沾红袖。　　风流出浴杨妃，向海上何人，更询安否。百花任斗，应粉艳、未减杏粗梅瘦。肤丰肉秀，□可与群芳推首。□方待、酣饮花前，轻歌缓奏。

赵　文　　玉烛新·梅花新霁后

梅花新霁后，正锦样华堂，一时装就。洞房花烛深深处，慢转铜壶银漏。新妆未了，奈浩荡、春心相候。香篆里、簇簇笙歌，微寒半侵罗袖。　　侵晨浅捧兰汤，问堂上萱花，夜来安否。功名漫斗，漫赢得、万里相思清瘦。蓝袍俊秀，便胜却、登科龙首。春昼永、帘幕重重，箫声缓奏。

无名氏　　玉烛新·寿监岳

养高梓里，袖手珍祠，太平五福人物。自是昔年，场屋文章旧豪杰，诗书平生事业，问造物、为谁悭惜。漫眷怀、兰玉桂香，已露消息。　　尝试问、天公好事，鼎来家庆自因袭。更看绶蓝森列，映灵椿双碧。诸郎击鲜奏食，笑贾陆、一更十日。画堂上，鹤算延长，兕觥无极。

玉 梅 令

此调为宋姜夔自度曲。其词咏雪中梅花，有“有玉梅几树，背立怨东风”及“公来领客，梅花能劝”之句，故名《玉梅令》。“令”标明其词为令词，属双调、仄韵，共六

十六字。上阕七句、三十四句，于第一、二、三、七句用韵；下阕六句、三十二字，于第二、三、六句用韵。

姜　夔　　　　玉梅令·疏疏雪片

石湖家自制此声，未有语实之，命予作。石湖宅南隔河有圃，曰范村，梅开雪落，竹院深静，而石湖畏寒不出，故戏及之

疏疏雪片，散入溪南苑。春寒锁、旧家亭馆。有玉梅几树，背立怨东风，高花未吐，暗香已远。　公来领略，梅花能劝。花长好、愿公更健。便揉春为酒，翦雪作新诗，拚一日、绕花千转。

玉梅香慢

此调见《梅苑》。宋无名氏所制，咏梅花“疑散疏林残雪”，“嗟素艳有蜂蝶”。“慢”为慢曲子，乐调长，字数多，故名《玉梅香慢》。属双调、仄韵，共九十句字。上阕十一句、五十字，于第二、三、六、八、十一句用韵；下阕八句、四十五字，于第一、二、四、六、八句用韵。此调与《梅香慢》、《早梅香》、《雪梅香》不是一调。

无名氏　　　　玉梅香慢·寒色犹高

寒色犹高，春力尚怯，微律先催梅拆。晓日轻烘，清风频触，凝散数枝残雪。嫩英妒粉，嗟素艳、有蜂蝶。全似人人，向我依然，顿成离缺。　徘回寸肠万结，又因花、暗成凝咽。捻蕊怜香，不禁恨深难绝。若是芳心解语，应共把、此情细细说。泪满阑干，无言强折。

玉 堂 春

此调本为唐曲，后用作词调名。调见《珠玉词》。属双调，平韵、仄韵兼用，共六十一字。上阕七句、三十四字，第一、二句用仄韵，四、七句换平韵；下阕五句、二十七字，第二、五句叶平韵。

晏　殊　　　**玉堂春·帝城春暖**

帝城春暖，御柳暗遮空苑。海燕双双，拂飏帘栊。女伴相携、共绕林间路，折得樱桃插髻红。　　昨夜临明微雨，新英遍旧丛。宝马香车、欲傍西池看，触处杨花满袖风。

晏　殊　　　**玉堂春·后园春早**

后园春早，残雪尚濛烟草。数树寒梅，欲绽香英。小妹无端、折尽钗头朵，满把金尊细细倾。　　忆得往年同伴，沉吟无限情。恼乱东风、莫便吹零落，惜取芳菲眼下明。

晏　殊　　　**玉堂春·斗城池馆**

斗城池馆，二月风和烟暖。绣户珠帘，日影初长。玉辔金鞍、缭绕沙堤路，几处行人映绿杨。　　小槛朱阑回倚，千花浓露香。脆管清弦、欲奏新翻曲，依约林间坐夕阳。

玉 联 环

又写作《玉连环》，本是词牌《一落索》(又写作《一洛索》)的别名。双调，仄韵，有四十五字至五十字六体。词人据填词的内容或词句，又名为《上林春》、《洛阳春》。又有同名异调之《玉连环》，为宋人冯艾子所制，双调、仄韵，一百零四字。参阅《一洛索》、《玉连环》。

张　先　　　**玉联环·送临淄相公**

都人未逐风云散，愿留离宴。不须多爱洛城春，黄花讶、归来晚。　　叶落灞陵如翦，泪沾歌扇。无由重肯日边来，上马便、长安远。

张　先　　　**玉联环·南郊夜饮**

来时露裛衣香润，彩绦垂鬓。卷帘还喜月相亲，把酒更、花相近。　　西去阳关休问，未歌先恨。玉峰山下水长流，流水尽、情无尽。

张　先　　　**玉联环·南园已恨归来晚**

南园已恨归来晚，芳菲满眼。春工偏上好花多，疑不向、

空枝暖。　　惜恐红云易散，丛丛看遍。当时犹有蕊如梅，问几日上、东风绽。

玉阑干

“玉阑干”指华美如玉的栏杆，多指闺阁中的设置。此调见《寿域词》。属双调、仄韵，共五十四字。上阕五句、二十六字，第二、三、五句用韵；下阕四句、二十八字，于第一、二、四句用韵。

杜安世　　玉阑干·珠帘怕卷春残景

珠帘怕卷春残景，小雨牡丹零欲尽。庭轩悄悄燕高空，风飘絮、绿苔侵径。欲将幽恨传愁信，想后期、无个凭定。几回独睡不思量，还悠悠、梦里寻趁。

玉楼人

此调见《梅苑》，咏玉楼女子。“玉楼”指装饰华美的绣楼。属双调、仄韵，共五十五字。上、下阕均四句，亦均于第一、二、四句用韵，惟上阕二十八字，下阕二十七字。此调与《玉楼春》格式相近，疑是《玉楼春》的别体。参阅《玉楼春》。

魏了翁　　玉楼人·叔母庆七十

原误作《木兰花令》

儿前捧劝孙扶掖，共庆贺、娘娘七秩。此杯不比寻常，百年间、才是省陌。　　眼前彩绣成行立，已应是、天公偏惜。何须剩觅长年，且只消、一百二十。

无名氏　　玉楼人·去年寻处曾持酒

去年寻处曾持酒，还是向、南枝见后。宜霜宜雪精神，没些儿、风味减旧。　　先春似与群芳斗，暗度香、不待频嗅。有人笑折归来，玉纤长、尽露罗袖。

玉楼春

五代后蜀顾敻所制，他有两首词，起句分别为“柳映玉楼春日晚”、“月照玉楼春漏促”，于是取为调名。取其“华屋良辰”之意，“玉楼”指装饰华丽的楼房。欧阳炯词起句为“春早玉楼烟雨夜”，又有“日照玉楼花似锦”之句，亦为调名之来源。又名《上楼春》、《玉堂春》、《江南弄》、《呈纤曲》、《东邻妙》、《梦相亲》、《归风便》、《木兰花》、《木兰花令》、《转调木兰花》、《续渔歌》，李煜词名《惜春容》、《春晓曲》，朱希真词名《西湖曲》，康与之词名《玉楼春令》，《高丽史·乐志》名《归朝欢令》。属双调、仄韵，共五十六字。上、下阕均四句，每句七字，各二十八字，亦均于第一、二、四句用韵。此调唐词本名《木兰花》，有五十二字、五十四字、五十五字三体。至后蜀制七字八句者，始名《玉楼春》。到宋代则皆用七言，而或名之为《玉楼春》，或名之为《木兰花》，又或加“令”字，两体遂合为一。杨慎的《词品序》概括其特点为：押仄韵之七言律诗，即填词之《玉楼春》。参阅《木兰花》、《西湖曲》等。

钱惟演　　玉楼春·锦箨参差朱槛曲

锦箨参差朱槛曲，露濯文犀和粉绿。未容浓翠伴桃红，已许纤枝留凤宿。　　嫩似春荑明似玉，一寸芳心谁管束。劝君速吃莫踟蹰，看被南风吹作竹。

柳　永　　玉楼春·昭华夜醮连清曙

昭华夜醮连清曙，金殿霓旌笼瑞雾。九枝擎烛灿繁星，百和焚香抽翠缕。　　香罗荐地延真驭，万乘凝旒听秘语。卜年无用考灵龟，从此乾坤齐历数。

柳　永　　玉楼春·凤楼郁郁呈嘉瑞

凤楼郁郁呈嘉瑞，降圣覃恩延四裔。醮台清夜洞天严，公宴凌晨箫鼓沸。　　保生酒劝椒香腻，延寿带垂金缕细。几行鹓鹭望尧云，齐共南山呼万岁。

柳　永　　玉楼春·皇都今夕知何夕

皇都今夕知何夕，特地风光盈绮陌。金丝玉管咽春空，蜡炬兰灯烧晓色。　凤楼十二神仙宅，珠履三千鹓鹭客。金吾不禁六街游，狂杀云踪并雨迹。

柳　永　　玉楼春·星闱上笏金章贵

星闱上笏金章贵，重委外台疏近侍。百常天阁旧通班，九岁国储新上计。　太仓日富中邦最，宣室夜思前席对。归心怡悦酒肠宽，不泛千钟应不醉。

柳　永　　玉楼春·阆风歧路连银阙

阆风歧路连银阙，曾许金桃容易窃。乌龙未睡定惊猜，鹦鹉能言防漏泄。　匆匆纵得邻香雪，窗隔残烟帘映月。别来也拟不思量，争奈余香犹未歇。

晏　殊　　玉楼春·春恨

绿杨芳草长亭路，年少抛人容易去。楼头残梦五更钟，花底离情三月雨。　无情不似多情苦，一寸还成千万缕。天涯地角有穷时，只有相思无尽处。

宋　祁　　玉楼春·春景

东城渐觉风光好，縠皱波纹迎客棹。绿杨烟外晓寒轻，红杏枝头春意闹。　浮生长恨欢娱少，肯爱千金轻一笑。为君持酒劝斜阳，且向花间留晚照。

梅尧臣　　玉楼春·天然不比花含粉

天然不比花含粉，约月眉黄春色嫩。小桥低映欲迷人，闲倚东风无奈困。　烟姿最与章台近，冉冉千丝谁结恨。狂莺来往恋芳阴，不道风流真能尽。

欧阳修　　玉楼春·题上林后亭

风迟日媚烟光好，绿树依依芳意早。年华容易即凋零，春色只宜长恨少。　池塘隐隐惊雷晓，柳眼未开梅萼小。尊前贪爱物华新，不道物新人渐老。

欧阳修　　玉楼春·西亭饮散清歌阕

西亭饮散清歌阕，花外迟迟宫漏发。涂金烛引紫骝嘶，柳曲西头归路别。　　佳辰只恐幽期阔，密赠殷勤衣上结。翠屏魂梦莫相寻，禁断六街清夜月。

欧阳修　　玉楼春·春山敛黛低歌扇

春山敛黛低歌扇，暂解吴钩登祖宴。画楼钟动已魂销，何况马嘶芳草岸。　　青门柳色随人远，望欲断时肠已断。洛城春色待君来，莫到落花飞似霰。

欧阳修　　玉楼春·尊前拟把归期说

尊前拟把归期说，未语春容先惨咽。人生自是有情痴，此恨不关风与月。　　离歌且莫翻新阕，一曲能教肠寸结。直须看尽洛城花，始共春风容易别。

欧阳修　　玉楼春·洛阳正值芳菲节

洛阳正值芳菲节，秾艳清香相间发。游丝有意苦相萦，垂柳无端争赠别。　　杏花红处青山缺，山畔行人山下歇。今宵谁肯远相随，惟有寂寥孤馆月。

欧阳修　　玉楼春·残春一夜狂风雨

残春一夜狂风雨，断送红飞花落树。人心花意待留春，春色无情容易去。　　高楼把酒愁独语，借问春归何处所。暮云空阔不知音，惟有绿杨芳草路。

欧阳修　　玉楼春·常忆洛阳风景媚

常忆洛阳风景媚，烟暖风和添酒味。莺啼宴席似留人，花出墙头如有意。　　别来已隔千山翠，望断危楼斜日坠。关心只为牡丹红，一片春愁来梦里。

欧阳修　　玉楼春·池塘水绿春微暖

池塘水绿春微暖，记得玉真初见面。从头歌韵响铮鏦，入破舞腰红乱旋。　　玉钩帘下香阶畔，醉后不知红日晚。当时共我赏花人，点检如今无一半。

欧阳修　　玉楼春·两翁相遇逢佳节

两翁相遇逢佳节，正值柳绵飞似雪。便须豪饮敌青春，莫对新花羞白发。　　人生聚散如弦筈，老去风情尤惜别。大家金盏倒垂莲，一任西楼低晓月。

欧阳修　　玉楼春·西湖南北烟波阔

西湖南北烟波阔，风里丝簧声韵咽。舞余裙带绿双垂，酒入香腮红一抹。　　杯深不觉琉璃滑，贪看六么花十八。明朝车马各西东，惆怅画桥风与月。

欧阳修　　玉楼春·燕鸿过后春归去

燕鸿过后春归去，细算浮生千万绪。来如春梦几多时，去似朝云无觅处。　　闻琴解佩神仙侣，挽断罗衣留不住。劝君莫作独醒人，烂醉花间应有数。

欧阳修　　玉楼春·蝶飞芳草花飞路

蝶飞芳草花飞路，把酒已嗟春色暮。当时枝上落残花，今日水流何处去。　　楼前独绕鸣蝉树，忆把芳条吹暖絮。红莲绿芰亦芳菲，不奈金风兼玉露。

欧阳修　　玉楼春·别后不知君远近

别后不知君远近，触目凄凉多少闷。渐行渐远渐无书，水阔鱼沉何处问。　　夜深风竹敲秋韵，万叶千声皆是恨。故欹单枕梦中寻，梦又不成灯又烬。

欧阳修　　玉楼春·红绦约束琼肌稳

红绦约束琼肌稳，拍碎香檀催急衮。陇头呜咽水声繁，叶下间关莺语近。　　美人才子传芳信，明月清风伤别恨。未知何处有知音，常为此情留此恨。

欧阳修　　玉楼春·檀槽碎响金丝拨

檀槽碎响金丝拨，露湿浔阳江上月。不知商妇为谁愁，一曲行人留夜发。　　画堂花月新声别，红蕊调长弹未彻。暗将深意祝胶弦，唯愿弦弦无断绝。

欧阳修　　玉楼春·春葱指甲轻拢捻

春葱指甲轻拢捻，五彩垂绦双袖卷。雪香浓透紫檀槽，胡语急随红玉腕。　当头一曲情何限，入破铮锹金凤战。百分芳酒祝长春，再拜敛容抬粉面。

欧阳修　　玉楼春·金花盏面红烟透

金花盏面红烟透，舞急香茵随步皱。青春才子有新词，红粉佳人重劝酒。　也知自为伤春瘦，归骑休交银烛候。拟将沉醉为清欢，无奈醒来还感旧。

欧阳修　　玉楼春·雪云乍变春云簇

雪云乍变春云簇，渐觉年华堪送目。北枝梅蕊犯寒开，南浦波纹如酒绿。　芳菲次第还相续，不奈情多无处足。尊前百计得春归，莫为伤春歌黛蹙。

欧阳修　　玉楼春·黄金弄色轻于粉

黄金弄色轻于粉，濯濯春条如水嫩。为缘力薄未禁风，不奈多娇长似困。　腰柔乍怯人相近，眉小未知春有恨。劝君著意惜芳菲，莫待行人攀折尽。

欧阳修　　玉楼春·珠帘半下香销印

珠帘半下香销印，二月东风催柳信。琵琶傍畔且寻思，鹦鹉前头休借问。　惊鸿过后生离恨，红日长时添酒困。未知心在阿谁边，满眼泪珠言不尽。

欧阳修　　玉楼春·沉沉庭院莺吟弄

沉沉庭院莺吟弄，日暖烟和春气重。绿杨娇眼为谁回，芳草深心空自动。　倚阑无语伤离凤，一片风情无处用。寻思还有旧家心，蝴蝶时时来役梦。

欧阳修　　玉楼春·去时梅萼初凝粉

去时梅萼初凝粉，不觉小桃风力损。梨花最晚又凋零，何事归期无定准。　阑干倚遍重来凭，泪粉偷将红袖印。蜘蛛喜鹊误人多，似此无凭安足信。

欧阳修　　玉楼春·酒美春浓花世界

酒美春浓花世界，得意人人千万态。莫教辜负艳阳天，过了堆金何处买。　　已去少年无计奈，且愿芳心长恁在。闲愁一点上心来，算得东风吹不解。

欧阳修　　玉楼春·湖边柳外楼高处

湖边柳外楼高处，望断云山多少路。阑干倚遍使人愁，又是天涯初日暮。　　轻无管系狂无数，水畔花飞风里絮。算伊浑似薄情郎，去便不来来便去。

欧阳修　　玉楼春·南园粉蝶能无数

南园粉蝶能无数，度翠穿红来复去。倡条冶叶恣留连，飘荡轻于花上絮。　　朱阑夜夜风兼露，宿粉栖香无定所。多情翻却似无情，赢得百花无限妒。

欧阳修　　玉楼春·子规

江南三月春光老，月落禽啼天未晓。露和啼血染花红，恨过千家烟树杪。　　云垂玉枕屏山小，梦欲成时惊觉了。人心应不似伊心，若解思归归合早。

欧阳修　　玉楼春·东风本是开花信

东风本是开花信，及至花时风更紧。吹开吹谢苦匆匆，春意到头无处问。　　把酒临风千万恨，欲扫残红犹未忍。夜来风雨转离披，满眼凄凉愁不尽。

欧阳修　　玉楼春·阴阴树色笼晴昼

阴阴树色笼晴昼，清淡园林春过后。杏腮轻粉日催红，池面绿罗风卷皱。　　佳人向晚新妆就，圆腻歌喉珠欲溜。当筵莫放酒杯迟，乐事良辰难入手。

欧阳修　　玉楼春·芙蓉斗晕燕支浅

芙蓉斗晕燕支浅，留著晚花开小宴。画船红日晚风清，柳色溪光晴照暖。　　美人争劝梨花盏，舞困玉腰裙缕慢。莫交银烛促归期，已祝斜阳休更晚。

欧阳修　　玉楼春·艳冶风情天与措

艳冶风情天与措，清瘦肌肤冰雪妒。百年心事一宵同，愁听鸡声窗外度。　　信阻青禽云雨暮，海月空惊人两处。强将离恨倚江楼，江水不能流恨去。

欧阳修　　玉楼春·印眉

半辐霜绡亲手剪，香染青蛾和泪卷。画时横接媚霞长，印处双沾愁黛浅。　　当时付我情何限，欲使妆痕长在眼。一回忆著一拈看，便似花前重见面。

欧阳修　　玉楼春·红楼昨夜相将饮

红楼昨夜相将饮，月近珠帘花近枕。银缸照客酒方酣，玉漏催人街已禁。　　晚潮去棹浮清浸，古岸平芜萧索甚。大都薄宦足离愁，不放双鸳长恁恁。

欧阳修　　玉楼春·金雀双鬟年纪小

金雀双鬟年纪小，学画蛾眉红淡扫。尽人言语尽人怜，不解此情惟解笑。　　稳着舞衣行动俏，走向绮筵呈曲妙。刘郎大有惜花心，只恨寻花来较早。

欧阳修　　玉楼春·夜来枕上争闲事

夜来枕上争闲事，推倒屏山褰绣被。尽人求守不应人，走向碧纱窗下睡。　　直到起来由自殢，向道夜来真个醉。大家恶发大家休，毕竟到头谁不是。

杜安世　　玉楼春·玉烛光明正旦好

玉烛光明正旦好，斗柄东回春太早。岭寒犹锁去年梅，江暖新催今岁草。　　蜀国熙熙冬令杪，更喜寿阳新梦觉。玉杯齐举乐音谐，遥想金阶天仗晓。

杜安世　　玉楼春·风解池冰蝉翅薄

风解池冰蝉翅薄，庭树枝枯笼翠萼。背寒迎暖起犹慵，闲卷珠帘凭画阁。　　晴景融融烟漠漠，天际行人乖信约。病容先怯见春来，长到恁时添瘦削。

杜安世　　玉楼春·晴景融融春色浅

晴景融融春色浅，落尽梅花千万片。小池冰解水纹生，消息未闻梁上燕。　　楼倚轻寒风力软，目断孤云天自远。又还依旧去年时，寂寞病容人怪见。

杜安世　　玉楼春·三月牡丹呈艳态

三月牡丹呈艳态，壮观人间春世界。鲛绡玉槛作扃栊，淹雅洞中王母队。　　不奈风吹兼日瞰，国貌天香无物赛。直须共赏莫轻孤，回首万金何处买。

杜安世　　玉楼春·纶命忽从天上至

纶命忽从天上至，便绾兵权辞漕计。汉廷起草旧郎官，蜀部坐筹新将帅。　　红旆碧幢春色里，娇马嘶风花片坠。送行今日短亭中，恼乱故人须尽醉。

杜安世　　玉楼春·春景抛人无处问

春景抛人无处问，多谢石榴花又喷。茜罗揉出碎英繁，红蜡缕成香萼润。　　血色新裙羞莫近，密叶柔条相间衬。雨余寂寞假山傍，乡国尚遥西海信。

杜安世　　玉楼春·三月初三春渐老

三月初三春渐老，遍地残花风暗扫。命俦啸侣拥笙歌，临水泛觞游宴好。　　浮利浮名何足道，丽景芳时须笑傲。今年不似去年欢，云海路长天杳杳。

晏几道　　玉楼春·雕鞍好为莺花住

雕鞍好为莺花住，占取东城南陌路。尽教春思乱如云，莫管世情轻似絮。　　古来多被虚名误，宁负虚名身莫负。劝君频入醉乡来，此是无愁无恨处。

晏几道　　玉楼春·一尊相遇春风里

一尊相遇春风里，诗好似君人有几。吴姬十五语如弦，能唱当时楼下水。　　良辰易去如弹指，金盏十分须尽意。明朝三丈日高时，共拚醉头扶不起。

晏几道　　玉楼春·琼酥酒面风吹醒

琼酥酒面风吹醒，一缕斜红临晚镜。小颦微笑尽妖娆，浅注轻匀长淡净。　　手挼梅蕊寻香径，正是佳期期未定。春来还为个般愁，瘦损宫腰罗带剩。

晏几道　　玉楼春·清歌学得秦娥似

清歌学得秦娥似，金屋瑶台知姓字。可怜春恨一生心，长带粉痕双袖泪。　　从来懒话低眉事，今日新声谁会意。坐中应有赏音人，试问回肠曾断未。

晏几道　　玉楼春·旗亭西畔朝云住

旗亭西畔朝云住，沉水香烟长满路。柳阴分到画眉边，花片飞来垂手处。　　妆成尽任秋娘妒，袅袅盈盈当绣户。临风一曲醉朦腾，陌上行人凝恨去。

晏几道　　玉楼春·离鸾照罢尘生镜

离鸾照罢尘生镜，几点吴霜侵绿鬓。琵琶弦上语无凭，豆蔻梢头春有信。　　相思拚损朱颜尽，天若多情终欲问。雪窗休记夜来寒，桂酒已消人去恨。

晏几道　　玉楼春·东风又作无情计

东风又作无情计，艳粉娇红吹满地。碧楼帘影不遮愁，还似去年今日意。　　谁知错管春残事，到处登临曾费泪。此时金盏直须深，看尽落花能几醉。

晏几道　　玉楼春·斑骓路与阳台近

斑骓路与阳台近，前度无题初借问。暖风鞭袖尽闲垂，微月帘栊曾暗认。　　梅花未足凭芳信，弦语岂堪传素恨。翠眉饶似远山长，寄与此愁颦不尽。

晏几道　　玉楼春·红绡学舞腰肢软

红绡学舞腰肢软，旋织舞衣宫样染。织成云外雁行斜，染作江南春水浅。　　露桃宫里随歌管，一曲霓裳红日晚。归来双袖酒成痕，小字香笺无意展。

晏几道　　玉楼春·当年信道情无价

当年信道情无价，桃叶尊前论别夜。脸红心绪学梅妆，眉翠工夫如月画。　　来时醉倒旗亭下，知是阿谁扶上马。忆曾挑尽五更灯，不记临分多少话。

晏几道　　玉楼春·采莲时候慵歌舞

采莲时候慵歌舞，永日闲从花里度。暗随蘋末晓风来，直待柳梢斜月去。　　停桡共说江头路，临水楼台苏小住。细思巫峡梦回时，不减秦源肠断处。

晏几道　　玉楼春·芳年正是香英嫩

芳年正是香英嫩，天与娇波长入鬓。蕊珠宫里旧承恩，夜拂银屏朝把镜。　　云情去住终难信，花意有无休更问。醉中同尽一杯欢，归后各成孤枕恨。

晏几道　　玉楼春·轻风拂柳冰初绽

轻风拂柳冰初绽，细雨消尘云未散。红窗青镜待妆梅，绿陌高楼催送雁。　　华罗歌扇金蕉盏，记得寻芳心绪惯。凤城寒尽又飞花，岁岁春光常有限。

王　诜　　玉楼春·海棠

锦城春色花无数，排比笙歌留客住。轻寒轻暖夹衣天，乍雨乍晴寒食路。　　花虽不语莺能语，莫放韶光容易去。海棠开后月明前，纵有千金无买处。

马　瑊　　玉楼春·来时吴会犹残暑

来时吴会犹残暑，去日武林春已暮。欲知遗爱感人深，洒泪多于江上雨。　　欢情未举眉先聚，别酒多斟君莫诉。从今宁忍看西湖，抬眼尽成肠断处。

秦　观　　玉楼春·参差帘影晨光动

参差帘影晨光动，露桃雨柳矜新宠。闲愁多仗酒驱除，春思不禁花从臾。　　倚楼听彻单于弄，却忆旧欢空有梦。当时误入饮牛津，何处重寻闻犬洞。

秦　观　　**玉楼春·午窗睡起香销鸭**

午窗睡起香销鸭，斜倚妆台开镜匣。云鬟整罢却回头，屏上依稀描楚峡。　　支颐痴想眉愁压，咬损纤纤银指甲。柔肠断尽少人知，闲看花帘双蝶狎。

秦　观　　**玉楼春·集句**

狂风落尽深红色，春色恼人眠不得。泪沿红粉湿罗巾，怨入青尘愁锦瑟。　　岂知一夕秦楼客，烟树重重芳信隔。倚楼无语欲销魂，柳外飞来双羽玉。

仲　殊　　**玉楼春·飞香漠漠帘帷暖**

飞香漠漠帘帷暖，一线水沉烟未断。红楼西畔小阑干，尽日倚阑人已远。　　黄梅雨入芭蕉晚，凤尾翠摇双叶短。旧年颜色旧年心，留到如今春不管。

周邦彦　　**玉楼春·惆怅**

玉琴虚下伤心泪，只有文君知曲意。帘烘楼迥月宜人，酒暖香融春有味。　　萋萋芳草迷千里，惆怅王孙行未已。天涯回首一销魂，二十四桥歌舞地。

周邦彦　　**玉楼春·当时携手城东道**

当时携手城东道，月堕檐牙人睡了。酒边难使客愁惊，帐底不教春梦到。　　别来人事如秋草，应有吴霜侵翠葆。夕阳深锁绿苔门，一任卢郎愁里老。

周邦彦　　**玉楼春·大堤花艳惊郎目**

大堤花艳惊郎目，秀色秾华看不足。休将宝瑟写幽怀，座上有人能顾曲。　　平波落照涵赪玉，画舸亭亭浮澹渌。临分何以祝深情，只有别离三万斛。

周邦彦　　**玉楼春·玉奁收起新妆了**

玉奁收起新妆了，鬓畔斜枝红袅袅。浅颦轻笑百般宜，试著春衫犹更好。　　裁金簇翠天机巧，不称野人簪破帽。满头聊插片时狂，顿减十年尘土貌。

周邦彦　　玉楼春·桃溪不作从容住

桃溪不作从容住，秋藕绝来无续处。当时相候赤栏桥，今日独寻黄叶路。　　烟中列岫青无数，雁背夕阳红欲暮。人如风后入江云，情似雨余粘地絮。

谢　逸　　玉楼春·弄晴数点梨梢雨

弄晴数点梨梢雨，门外画桥寒食路。杜鹃飞破草间烟，蛱蝶惹残花底露。　　东君著意怜樊素，一段韶华都付与。妆成不管露桃嗔，舞罢从教风柳妒。

谢　逸　　玉楼春·王守生日一

横塘晕浅琉璃莹，绿叶阴浓庭院静。樱桃熟后麦秋凉，芍药开时槐夏永。　　蓬莱阁下红尘境，青羽扇低摇风影。庭前玉树一枝春，香雾和烟新月冷。

谢　逸　　玉楼春·王守生日二

个中怀抱谁排遣，恻恻轻寒风剪剪。细思梅蕊晚香浓，争似柳梢春色浅。　　娇吒道字歌声软，醉后微涡回笑靥。更无卓氏白头吟，只有卢郎年少恨。

谢　逸　　玉楼春·王守生日三

青钱点水圆荷绿，解箨新篁森嫩玉。轻风冉冉楝花香，小雨丝丝梅子熟。　　华堂烛烬零金粟，人在洞天三十六。昭华吹彻管声寒，声入寿觞红浪蹙。

毛　滂　　玉楼春·西风吹冷沉香篆

戊寅重阳，病中不饮，惟煎小云团一杯，荐以菊花

西风吹冷沉香篆，门掩小晴红叶院。卧看黄菊送重阳，露重烟寒花未遍。　　衰翁病怯琉璃盏，日日愁侵霜鬓短。一杯菊叶小云团，满眼萧萧松竹晚。

毛　滂　　玉楼春·泥银四壁盘蜗篆

仆前年当重九，微疾不饮，但掇菊叶煎小云团，用酬节物，戏作短句以侑茗饮。逮去年，曾登山高会。今年客东都，

依逆旅主人舍，无游从，不复出门，不知时节之变。或云今日重九，起坐空庭月下，复取云团酌一杯。盖用仆故事，以送佳节。又作俯茶一首以和韵

泥银四壁盘蜗篆，明月一庭秋满院。不知陶菊总开无，但见杜苔新雨遍。　　去年醉倒云为簟，未尽百壶惊日短。小云今夜伴牢愁，好在凤凰春未晚。

毛　滂　　玉楼春·赠孙守公素

三衢太守文章伯，七月政成如戏剧。坐中欬唾落珠玑，笔下神明飞霹雳。　　才高莫恨溪山窄，且与燕公添秀发。风流前辈渐无多，好在魏公门下客。

毛　滂　　玉楼春·己卯岁元日

一年滴尽莲花漏，碧井酴酥沉冻酒。晓寒料峭尚欺人，春态苗条先到柳。　　佳人重劝千长寿，柏叶椒花芬翠袖。醉乡深处少相知，只与东君偏故旧。

毛　滂　　玉楼春·定空寺赏梅

蕊珠宫里三千女，滴粉为春尘不住。月华冷处欲迎人，七里香风生满路。　　一枝谁寄长安去，想得韶光能几许。醉翁满眼玉玲珑，直到烟空云尽处。

毛　滂　　玉楼春·立春日

小园半夜东风转，吹皱冰池云母面。晓披阊阖见朝阳，知向碧阶添几线。　　小烟弄柳晴先暖，残雪禁梅香尚浅。殷勤洗拂旧东君，多少韶华聊借看。

毛　滂　　玉楼春·至盱眙作

长安回首空云雾，春梦觉来无觅处。冷烟寒雨又黄昏，数尽一堤杨柳树。　　楚山照眼青无数，淮口潮生催晓渡。西风吹面立苍茫，欲寄此情无雁去。

毛　滂　　玉楼春·三月三日雨夜觞客

一春花事今宵了，点检落红都已少。阿谁追路问东君，只有青青河畔草。　　尊前不信韶华老，酒意妆光相借好。檐前

暮雨亦多情，未做朝云容易晓。

毛　滂　　玉楼春·今朝何以为公寿

今朝何以为公寿，极贵长年公素有。庭阶不乏长芝兰，少翁又是廷臣右。　　三能粲粲依魁秀，八柱巍巍蟠地厚。皇家卜册万斯年，年光长转洪钧手。

此首别作吴则礼词

毛　滂　　玉楼春·我公两器兼文武

我公两器兼文武，谈笑岩廊无治古。红颜绿发已官高，赤舄绣裳今仲父。　　我欲形容无妙语，颂穆清风须吉甫。望公聊比泰山云，岁岁年年天下雨。

此首别作吴则礼词

毛　滂　　玉楼春·压玉为浆麟作脔

压玉为浆麟作脔，珠树琼葩长不谢。翠帘绣暖燕归来，宝鸭花香蜂上下。　　沙堤佩马催公驾，月白风清天不夜。重来赫赫照岩廊，不动堂堂凝太华。

毛　滂　　玉楼春·红梅

当日岭头相见处，玉骨冰肌元淡伫。近来因甚要浓妆，不管满城桃杏妒。　　酒晕脸霞春暗度，认是东皇偏管顾。生罗衣褪为谁羞，香冷熏炉都不觑。

王　寀　　玉楼春·秋闺思入江南远

秋闺思入江南远，帘幕低垂闲不卷。玉珂声断晓屏空，好梦惊回还起懒。　　风轻只觉香烟短，阴重不知天色晚。隔窗人语趁朝归，旋整宿妆匀睡脸。

王　寀　　玉楼春·绣屏晓梦鸳鸯侣

绣屏晓梦鸳鸯侣，可惜夜来欢聚取。几声低语记曾闻，一段新愁看乍觑。　　繁红洗尽胭脂雨，春被杨花勾引去。多情只有旧时香，衣上经年留得住。

王安中　　玉楼春·秋鸿只向秦筝住

秋鸿只向秦筝住，终寄青楼书不去。手因春梦有携时，眼到花开无著处。　　泥金小字蛮笺句，泪湿残妆今在否。欲寻巫峡旧时云，问取阳关西去路。

李清照　　玉楼春·红酥肯放琼苞碎

红酥肯放琼苞碎，探著南枝开遍未。不知酝藉几多香，但见包藏无限意。　　道人憔悴春窗底，闷损阑干愁不倚。要来小酌便来休，未必明朝风不起。

向子諲　玉楼春·宛丘行□□□□之园见梅对雪

记得江城春意动，两行疏梅龙脑冻。佳人不用辟寒犀，踏雪穿花云鬓重。　　真珠旋滴留人共，更爇沉香暖金凤。只今梅雪可怜时，都似绿窗前日梦。

向子諲　　玉楼春·云窗雾阁春风透

与何文缜、倪巨济、王元衷、苏叔党宴张子实家。侍人贺全真妙绝一时

云窗雾阁春风透，蝶绕蜂围花气漏。恼人风味恰如梅，倚醉腰肢全是柳。　　细传一曲情偏厚，淡扫两山缘底皱。归时好月已沉空，只有真香犹满袖。

陈与义　　玉楼春·青镇僧舍作

山人本合居岩岭，聊问支郎分半境。残年藜杖与纶巾，八尺庭中时弄影。　　呼儿汲水添茶鼎，甘胜吴山山下井。一瓯清露一炉云，偏觉平生今日永。

郭仲循　　玉楼春·靓妆才学春无价

靓妆才学春无价，腮粉额黄宫样画。妖娆闲倚曲阑边，孤净不胜微月下。　　牵情群蕊临风亚，惜恐苍苔和雨借。何如相傍玉楼人，芳酒绣筵红烛夜。

王之道　玉楼春·和令升正月五日会客

年来六十增三岁，却忆去年趋盛会。风流人物胜斜川，

灼灼有同前日事。　不知弦管催新水，但见飘飘萦舞袂。主人情厚酒行频，酩酊莫辞今夕醉。

王之道　　玉楼春·和李宜仲

少年心性消磨尽，三斗烂肠浑是闷。看书聊复强寻行，属句不妨闲趁韵。　此生自断天休问，富贵时来还有分。一卮芳酒送清歌，楼下玉人相去近。

冯时行　　玉楼春·杏花微露春犹浅

杏花微露春犹浅，春浅愁浓愁送远。山拖余翠断行踪，细雨疏烟迷望眼。　暮云浓处轻吹散，往事时时心上见。不禁慵瘦倚东风，燕子双双花片片。

欧阳澈　　玉楼春·个人风韵天然俏

个人风韵天然俏，入鬓秋波常似笑。一弯月样黛眉低，四寸鞋儿莲步小。　绝缨尝宴琼楼杪，软语清歌无限妙。归时桂影射帘旌，沉水烟消深院悄。

欧阳澈　　玉楼春·年时醉倚温温玉

年时醉倚温温玉，妒月精神疑可掬。香丝篆袅一帘秋，潋滟十分浮蚁绿。　兴来笑把朱弦促，切切含情声断续。曲中依约断人肠，除却梨园无此曲。

杨无咎　　玉楼春·许运干生辰

朱帘碧瓦干云际，占尽潇滩形势地。傍墙人唤状元家，想见华堂融瑞气。　寿杯莫惜团栾醉，跳虎转龟寻旧喜。小邦只恐久难留，异日君王重赐第。

杨无咎　　玉楼春·为童四十寿

娉婷标格神仙样，几日佩环离海上。小春只隔一旬期，菊蕊包香犹未放。　霞觞满酌摇红浪，慢引新声云际响。玉颜长与姓相宜，寿数三回排第行。

杨无咎　　玉楼春·茶

酒阑未放宾朋散，自拣冰芽教旋碾。调膏初喜玉成泥，溅

沬共惊银作线。　　已知于我情非浅，不必宁宁书碗面。满尝乞得夜无眠，要听枕边言语软。

曹　勋　　　　玉楼春·后宴词

九重盛旦薰风候，佳气氛氲横永昼。眉心烟彩拥群仙，华宴重开同圣后。　　箫韶宫殿锵金奏，香绕祥云腾宝兽。三千嫔御奉严宸，亿万斯年祈圣寿。

曹　勋　　玉楼春·佳时莫放游鞍倦

佳时莫放游鞍倦，梅润清薰随处宴。不妨一半雨兼风，况对有情莺与燕。　　琼艘百柁花千点，肯使笙歌容易转。兴来人事酒消磨，谁问蚊雷和蚁战。

曹　勋　　玉楼春·昔年曾到神清洞

昔年曾到神清洞，笑领希夷非夙梦。看时须到月边乌，养处且论铅与汞。　　土膏仍有黄芽动，神水浇香灵气种。夜深谁伴玉琴闲，鹤在九华松露重。

曹　勋　　玉楼春·晚妆初了明肌雪

晚妆初了明肌雪，春殿嫔娥鱼贯列。笙箫吹断水云闲，重按霓裳歌遍彻。　　临风谁更飘香屑，醉拍阑干情味切。归时休照烛花红，待放马蹄清夜月。

胡　铨　　玉楼春·赠李都监侍儿，是夕歌六幺

十年目断鲸波阔，万里相逢歌怨咽。髻鬟春雾翠微重，眉黛秋山烟雨抹。　　小槽旋滴真珠滑，断送一生花十八。醉中扶上木肠儿，酒醒梦回空对月。

蔡　伸　　玉楼春·碧桃溪上蓝桥路

碧桃溪上蓝桥路，寂寞朱门闲院宇。粉墙疏竹弄清蟾，玉砌红蕉宜夜雨。　　个中人是吹箫侣，花底深盟曾共语。人生乐在两知心，此意此生君记取。

蔡　伸　　玉楼春·星河风露经年别

星河风露经年别，月照离亭花似雪。宝钗鸾镜会重逢，花

里同眠今夜月。　　月华依旧当时节，细把离肠和泪说。人生只合镇长圆，休似月圆圆又缺。

曾　觌　　玉楼春·江天暝色伤心目

雪中无酒，清坐寒冷，承观使大尉与宾客酬唱谨和

江天暝色伤心目，冻鹊争投林下竹。四垂云幕一襟寒，片片飞花轻镂玉。　　美人试按新翻曲，点破舞裙春草绿。融尊侧倒也思量，清坐有人寒起粟。

葛立方　　玉楼春·雪中拥炉闻琵琶作

青女飞花浓剪水，寒气霏微度窗纸。人间那得骨为帘，护有麒麟尊有蚁。　　笙簧冻涩闲纤指，香雾暖熏罗帐底。却教试作忽雷声，往往惊开桃与李。

毛　幵　　玉楼春·日长澹澹光风转

日长澹澹光风转，小尾黄蜂随早燕。行寻香径不逢人，惟有落红千万片。　　酒成憔悴花成怨，闲杀羽觞难会面。可堪春事已无多，新笋遮墙苔满院。

毛　幵　　玉楼春·曲房小院匆匆过

曲房小院匆匆过，急鼓疏钟催又去。来如春梦几多时，去似朝云无觅处。　　金瓶落井翻相误，可惜馨香随手故。锦囊空有断肠书，彩笔不传长恨句。

侯　寘　　玉楼春·市桥灯火春星碎

市桥灯火春星碎，街鼓催归人未醉。半嗔还笑眼回波，欲去更留眉敛翠。　　归来短烛余红泪，月淡天高梅影细。北风休遣雁南来，断送不成今夜睡。

侯　寘　玉楼春·次中秋闰月表舅晁仲如韵

今秋仲月逢余闰，月姊重来风露静。未劳玉斧整蟾宫，又见冰轮浮桂影。　　寻常经岁睽佳景，阅月那知还赏咏。庾楼江阔碧天高，遥想飞觞清夜永。

袁去华　　玉楼春·垂鬟初学窥门户

垂鬟初学窥门户，妙舞妍歌俱独步。引成密约笑言间，认

得真情离别处。　　潘郎两鬓今如许，纵得相逢知认否。多时无雁寄书来，今夜倩风吹梦去。

范成大　　玉楼春·佳人无对甘幽独

佳人无对甘幽独，竹雨松风相澡浴。山深翠袖自生寒，夜久玉肌元不粟。　　却寻千树烟江曲，道骨仙风终绝俗。绛裙缟袂各朝元，只有散仙名萼绿。

范成大　　玉楼春·云横水绕芳尘陌

云横水绕芳尘陌，一万重花春拍拍。蓝桥仙路不崎岖，醉舞狂歌容倦客。　　真香解语人倾国，知是紫云谁敢觅。满蹊桃李不能言，分付仙家君莫惜。

李处全　　玉楼春·守岁

年光箭脱无留计，才过立春还守岁。要知一岁已寻侬，听打个惊人喷嚏。　　椒盘荐寿休辞醉，坐听爆竹浑无寐。明朝末后饮屠苏，白发从渠相点缀。

赵长卿　　玉楼春·春半

江村百六春强半，拍拍池塘春水满。风团柳絮舞如狂，雨压橘花香不散。　　阴阴巷陌闲庭院，小立危栏羞燕燕。不知何事未还乡，除却青春谁作伴。

张孝忠　　玉楼春·泛北湖次唐教授韵

绿波春早青烟暮，翠幕船如天上去。深杯浊酒醉贤人，隔岸幽花怜静女。　　浮云散乱流萍聚，恨满韩张离合处。欲招骑龙帝乡人，来咏叉鱼春岸句。

王　炎　　玉楼春·丙子十月生

往年餬口谋升斗，朱墨尘埃黏两袖。黄粱梦断始归来，依旧琴书当左右。　　而今藏取持螯手，林下独居闲散叉。问之何以得长年，寡欲少思安老朽。

王　炎　　玉楼春·大都四绪阴晴半

大都四绪阴晴半，天上油云舒又卷。若还心也似云闲，老

色何由来上面。　　生平辛苦今潇散，得丧荣枯皆历遍。人言不死是神仙，我但耳闻非眼见。

辛弃疾　　玉楼春·往年龙炭堂前路

席上为黄倅赋。龙炭，雨岩堂名。通判雨，当时民谣。吏垂头，亦渠摄郡时事

往年龙炭堂前路，路上人夸通判雨。去年拄杖过瓢泉，县吏垂头民笑语。　　学窥圣处文章古，清到穷时风味苦。尊前老泪不成行，明日送君天上去。

辛弃疾　　玉楼春·山行日日妨风雨

客有游山者，忘携具，以词来索酒，用韵以答。时余有事不往

山行日日妨风雨，风雨晴时君不去。墙头尘满短辕车，门外人行芳草路。　　南城东野应联句，好记琅玕题字处。也应竹里著行厨，已向瓮头防吏部。

辛弃疾　　玉楼春·再和

人间反覆成云雨，凫雁江湖来又去。十千一斗饮中仙，一百八盘天上路。　　旧时枫叶吴江句，今日锦囊无著处。看封关外水云侯，剩按山中诗酒部。

辛弃疾　　玉楼春·三三两两谁家女

三三两两谁家女，听取鸣禽枝上语。提壶沽酒已多时，婆饼焦时须早去。　　醉中忘却来时路，借问行人家住处。只寻古庙那边行，更过溪南乌桕树。

辛弃疾　　玉楼春·有无一理谁差别

乐令谓卫玠：人未尝梦捣虀、餐铁杵、乘车入鼠穴，以谓世无是事故也。余谓世无是事而有是理，乐所谓无，犹之有也。戏作数语以明之

有无一理谁差别，乐令区区浑未达。事言无处未尝无，试把所无凭理说。　　伯夷饥采西山蕨，何异捣虀餐杵铁。仲尼去卫又之陈，此是乘车入鼠穴。

辛弃疾　　　　玉楼春·隐湖戏作

客来底事逢迎晚，竹里鸣禽寻未见。日高犹苦圣贤中，门外谁酣蛮触战。　　多方为渴寻泉遍，何日成阴松种满。不辞长向水云来，只怕频烦鱼鸟倦。

辛弃疾　　　　玉楼春·戏赋云山

何人半夜推山去，四面浮云猜是汝。常时相对两三峰，走遍溪头无觅处。　　西风瞥起云横度，忽见东南天一柱。老僧拍手笑相夸，且喜青山依旧住。

辛弃疾　　玉楼春·用韵答国兴、仲洽、岩叟

青山不会乘云去，怕有愚公惊著汝。人间踏地出租钱，借使移将无著处。　　三星昨夜光移度，妙语来题桥上柱。黄花不插满头归，定倩白云遮且住。

辛弃疾　　　玉楼春·效白乐天体

少年才把笙歌醆，夏日非长秋夜短。因他老病不相饶，把好心情都做懒。　　故人别后书来劝，乍可停杯强吃饭。云何相遇酒边时，却道达人须饮满。

辛弃疾　　　玉楼春·用韵答子似

君如九酝台黏醆，我似茅柴风味短。几时秋水美人来，长恐扁舟乘兴懒。　　高怀自饮无人劝，马有青刍奴白饭。向来珠履玉簪人，颇觉斗量车载满。

辛弃疾　　　玉楼春·用韵呈仲洽

狂歌击碎村醪醆，欲舞还怜衫袖短。身如溪上钓矶闲，心似道旁官堠懒。　　山中有酒提壶劝，好语多君堪鲊饭。至今有句落人间，渭水西风黄叶满。

辛弃疾　　玉楼春·无心云自来还去

无心云自来还去，元共青山相尔汝。霎时迎雨障崔嵬，雨过却寻归路处。　　侵天翠竹何曾度，遥见屹然星砥柱。今朝不管乱云深，来伴仙翁山下住。

辛弃疾　　玉楼春·瘦筇倦作登高去

瘦筇倦作登高去，却怕黄花相尔汝。岭头拭目望龙安，更在云烟遮断处。　　思量落帽人风度，休说当年功纪柱。谢公直是爱东山，毕竟东山留不住。

辛弃疾　　玉楼春·风前欲劝春光住

风前欲劝春光住，春在城南芳草路。未随流落水边花，且作飘零泥上絮。　　镜中已觉星星误，人不负春春自负。梦回人远许多愁，只在梨花风雨处。

辛弃疾　玉楼春·寄题文山郑元英巢经楼

悠悠莫向文山去，要把襟裾牛马汝。遥知书带草边行，正在雀罗门里住。　　平生插架昌黎句，不似拾柴东野苦。侵天且拟凤凰巢，扫地从他鸜鹆舞。

辛弃疾　　玉楼春·琵琶亭畔多芳草

有自九江以石中作观音像持送者，因以词赋之

琵琶亭畔多芳草，时对香炉峰一笑。偶然重傍玉溪东，不是白头谁觉老。　　普陀大士神通妙，影入石头光了了。看来持献可无言，长似慈悲颜色好。

辛弃疾　　玉楼春·江头一带斜阳树

乙丑京口奉祠西归，将至仙人矶

江头一带斜阳树，总是六朝人住处。悠悠兴废不关心，惟有沙洲双白鹭。　　仙人矶下多风雨，好卸征帆留不住。直须抖擞尽尘埃，却趁新凉秋水去。

石孝友　　玉楼春·小桃破尽风前萼

小桃破尽风前萼，草草年华闲过却。十分清瘦有谁知，一点相思无处著。　　书凭雁字应难托，花与泪珠相对落。万红千翠尽春光，若比此情犹自薄。

石孝友　　玉楼春·春生泽国芳菲早

春生泽国芳菲早，楼外墙阴闻语笑。东君著意到西园，点

破施朱浑未了。　　楚云暮合吴天杳，天色沉沉云扰扰。洞门深闭月轮孤，不见当时张好好。

石孝友　　玉楼春·风光澹沲云容粹

风光澹沲云容粹，点染园林添况味。花间照夜簇红纱，柳外踏青摇彩旆。　　芳时不分空憔悴，抖擞愁怀赊乐事。罗衫一任涴尘泥，拚了通宵排日醉。

石孝友　　玉楼春·扁舟破浪鸣双橹

扁舟破浪鸣双橹，岁晚客心分万绪。香红漠漠落梅村，愁碧萋萋芳草渡。　　汉皋佩失诚相误，楚峡云归无觅处。一天明月缺还圆，千里伴人来又去。

石孝友　　玉楼春·井花暖处新阳动

井花暖处新阳动，节物撩人添倥偬。寒虀冰齿晕轻澌，败絮粟肌悭短梦。　　文章彻了成何用，闷拨炉灰窥饭瓮。寻思已得到春时，预把五穷连夜送。

石孝友　　玉楼春·冬日上江西漕鲁大卿

汉皇受禅新尧统，沼跃潜鱼仪舞凤。五云色备观台书，万世功成贤相用。　　江湖襟带蛮荆控，摩抚民劳输土贡。愿倾石尉望尘心，来献鲁侯难老颂。

石孝友　　玉楼春·一阳不受群阴壅

一阳不受群阴壅，残历行间冬破仲。云低吹白腊寒浓，梅小绽红春意重。　　湖山千里勤飞控，淑气冲融披水冻。笑携雨露洒民心，暗聚精神交帝梦。

石孝友　　玉楼春·黄钟应律扶炎统

黄钟应律扶炎统，舜日迎长佳节用。娟娟芳意著花梢，盎盎暖香浮酒瓮。　　寿觞唤取纤纤捧，雨歇珠帘云绕栋。兴来且伴橘中仙，归去却联池上凤。

石孝友　　玉楼春·台门瑞霭光阳动

台门瑞霭光阳动，人语鼓声沉汹汹。观风堂迥暗香飘，卷

雨楼前寒翠拥。　　锋车促入承天宠，丹诏衔来须彩凤。五丝宫线日边长，看补岩廊龙衮缝。

朱景文　　玉楼春·玉阶琼室冰壶帐

玉阶琼室冰壶帐，凭地水晶帘不上。儿家住处隔红尘，云气悠扬风淡荡。　　有时闲把兰舟放，雾鬓风鬟乘翠浪。夜深满载月明归，画破琉璃千万丈。

马子严　　玉楼春·南枝又觉芳心动

南枝又觉芳心动，慰我相思情味重。陇头何处寄将书，香发有时疑是梦。　　谁家横笛成三弄，吹到幽香和梦送。觉来知不是梅花，落寞岁寒谁与共。

汪　莘　　玉楼春·赠别孟仓使

一片江南春色晚，牡丹花谢莺声懒。问君离恨几多长，芳草连天犹觉短。　　昨夜溪头新溜满，樽前自起喷龙管。明朝飞棹下钱塘，心共白蘋香不断。

郭应祥　　玉楼春·匆匆相遇匆匆去

匆匆相遇匆匆去，恰似当初元未遇。生憎黄土岭头尘，强学章台街里絮。　　雨荒三径云迷路，总是离人堪恨处。从今对酒与当歌，空惹离情千万绪。

郭应祥　　玉楼春·丁卯四月二十三日书考会作

贤僚益友俱亲密，真个三年如一日。清尊倒处笑喧哗，彩笔吟余才俊逸。　　杯盘狼藉情真率，歌管棋枰仍间出。今朝又喜盍朋簪，何日定当抛县绂。

李子酉　　玉楼春·纱窗春睡朦胧著

纱窗春睡朦胧著，相见尚怀相别恶。梦随城上角声残，泪逐楼前花片落。　　东风不解吹愁却，明月几番乖后约。当时惟恐不多情，今日情多无处著。

黄　简　　玉楼春·龟纹晓扇堆云母

龟纹晓扇堆云母，日上彩阑新过雨。眉心犹带宝觥酲，耳

性已通银字谱。　　密奁彩索看看午，晕素分红能几许。妆成挼镜问春风，比似庭花谁解语。

史达祖　　　玉楼春·社前一日

游人等得春晴也，处处旗亭堪系马。雨前秾杏尚娉婷，风后残梅无顾藉。　　忌拈针线还逢社，斗草赢多裙欲卸。明朝双燕定归来，叮嘱重帘休放下。

史达祖　　　玉楼春·赋梨花

玉容寂寞谁为主，寒食心情愁几许。前身清澹似梅妆，遥夜依微留月住。　　香迷蝴蝶飞时路，雪在秋千来往处。黄昏著了素衣裳，深闭重门听夜雨。

高观国　　　玉楼春·拟宫词

几双海燕来金屋，春满离宫三十六。春风翦草碧纤纤，春雨浥花红扑扑。　　卫姬郑女腰如束，齐唱阳春新制曲。曲终移宴起笙箫，花下晚寒生翠縠。

高观国　　玉楼春·海棠题寅斋挂轴

燕脂染出春风锦，生怕黄昏人有恨。雨难揩泪玉环娇，烟不遮愁红袖冷。　　醉魂吹断香魂静，拂拂翠眉羞带粉。最怜新燕识风流，只为春寒消瘦损。

高观国　　玉楼春·多时不踏章台路

多时不踏章台路，依旧东风芳草渡。莺声唤起水边情，日影炙开花上雾。　　谢娘不信佳期误，认得马嘶迎绣户。今宵翠被不春寒，只恐香秾春又去。

高观国　　玉楼春·春烟澹澹生春水

春烟澹澹生春水，曾记芳洲兰棹舣。岸花香到舞衣边，汀草色分歌扇底。　　棹沉云去情千里，愁压双鸳飞不起。十年春事十年心，怕说湔裙当日事。

魏了翁　　玉楼春·射洪官酒元曾醉

同官载酒为叔母寿次韵为谢时自潼过遂

射洪官酒元曾醉，又六十八年重至。长江驿畔水如蓝，也

应似、向人重翠。　　人生岂必高官贵，愿长对、诗书习气。陶家髫子作宾筵，有如个、嘉宾也未。

徐　照　　　玉楼春·萤飞月里无光色

萤飞月里无光色，波水不摇楼影直。每怜宿粉涴啼痕，懒把旧书观字迹。　　枯荷露重时闻滴，君梦不来谁阻隔。妾身不畏浙江风，飞去飞来方瞬息。

刘　镇　　　玉楼春·东山探梅

泠泠水向桥东去，漠漠云归溪上住。疏风淡月有来时，流水行云无觅处。　　佳人独立相思苦，薄袖欺寒修竹暮。白头空负雪边春，著意问春春不语。

王武子　　　玉楼春·闻笛

红楼十二春寒恻，楼角何人吹玉笛。天津桥上旧曾听，三十六宫秋草碧。　　昭华人去无消息，江上青山空晚色。一声落尽短亭花，无数行人归未得。

方千里　　　玉楼春·华堂银烛堆红泪

华堂银烛堆红泪，解说离人多少意。恨从别后恨无穷，愁到浓时惟一味。　　江南渭北三千里，憔悴相思何日已。马蹄清晓草黏天，庭院黄昏花满地。

严　仁　　　玉楼春·春思

春风只在园西畔，荠菜花繁蝴蝶乱。冰池晴绿照还空，香径落红吹已断。　　意长翻恨游丝短，尽日相思罗带缓。宝奁明月不欺人，明日归来君试看。

刘克庄　　　玉楼春·戏林推

年年跃马长安市，客舍似家家似寄。青钱换酒日无何，红烛呼卢宵不寐。　　易挑锦妇机中字，难得玉人心下事。男儿西北有神州，莫滴水西桥畔泪。

周端臣　　　玉楼春·华堂帘幕飘香雾

华堂帘幕飘香雾，一搦楚腰轻束素。翩跹舞态燕还惊，绰

约妆容花尽妒。　　樽前谩咏高唐赋，巫峡云深留不住。重来花畔倚阑干，愁满阑干无倚处。

楼　采　　　玉楼春·东风破晓寒成阵

东风破晓寒成阵，曲锁沉香簧语嫩。凤钗敲枕玉声圆，罗袖拂屏金缕褪。　　云头雁影占来信，歌底眉尖萦浅晕。淡烟疏柳一帘春，细雨遥山千叠恨。

刘清夫　　　玉楼春·柳梢绿小眉如印

柳梢绿小眉如印，乍暖还寒犹未定。惜花长是为花愁，殢酒却嫌添酒病。　　蝇头蜗角都休竞，万古豪华同一尽。东君晓夜促归期，三十六番花递信。

刘子寰　　　玉楼春·题小竿岭

今来古往吴京道，岁岁荣枯原上草。行人几度到江滨，不觉身随风树老。　　蒲花易晚芦花早，客里光阴如过鸟。一般垂柳短长亭，去路不如归路好。

陈云厓　　　玉楼春·琼奴家与章台并

琼奴家与章台并，路远可怜归梦近。波头浪语脸红潮，镜面频思眉翠晕。　　年年花月年年病，花月无情人有恨。欲将此恨寄湘流，又恐湘流流不尽。

方　岳　　　玉楼春·秋思

木樨过了诗憔悴，只有黄花开又未。秋风也不管人愁，到处相寻吹短袂。　　露滴碧觞谁共醉，肠断向来携手地。夜寒笺与月明看，未必月明知此意。

吴文英　　　玉楼春·京市舞女

茸茸狸帽遮梅额，金蝉罗翦胡衫窄。乘肩争看小腰身，倦态强随闲鼓笛。　　问称家住城东陌，欲买千金应不惜。归来困顿殢春眠，犹梦婆娑斜趁拍。

吴文英　　　玉楼春·为故人母寿

华堂夜宴连清晓，醉里笙歌云窈袅。酿来千日酒初尝，过

却重阳秋更好。　阿儿早晚成名了，玉树阶前春满抱。天边金镜不须磨，长与妆楼悬晚照。

吴文英　　玉楼春·和吴见山韵

阑干独倚天涯客，心影暗凋风叶寂。千山秋入雨中青，一雁暮随云去急。　霜花强弄春颜色，相吊年光浇大白。海烟沉处倒残霞，一杼鲛绡和泪织。

尹词客　　玉楼春·浣花溪上风光主

浣花溪上风光主，燕集瀛洲开幕府。商岩本是作霖人，也使闲花沾雨露。　谁怜氏族传簪组，狂迹偶为风月误。愿教朱户柳藏春，免作飘零堤上絮。

吴　益　　玉楼春·寿尊长

玉楼春信梅传早，三八芳辰阳复后。称觞喜对一椿高，莱庭双桂森兰茂。　惭无好语为公寿，富贵荣华公自有。请歌诗雅祝遐龄，永如松柏如山阜。

利　登　　玉楼春·夹帘不卷重堂暮

夹帘不卷重堂暮，白骑少年何处去。云根稚藕已胜花，烟外子松今作树。　金蛑月涩知无与，宝瑟风惊犹自语。斜河一道界相思，横隔天心寒似雾。

杨泽民　　玉楼春·笔端点染相思泪

笔端点染相思泪，尽写别来无限意。只知香阁有离愁，不信长途无好味。　行轩一动须千里，王事催人难但已。床头酒熟定归来，明月一庭花满地。

陈允平　　玉楼春·东风跃马长安道

东风跃马长安道，一树樱桃花谢了。别来千里梦频归，醉里五更愁不到。　江南两岸无名草，雨遍莓苔生嫩葆。玉楼人远绿腰闲，帘幕深沉双燕老。

陈允平　　玉楼春·粉销香减红兰泪

粉销香减红兰泪，总是文君初别意。春风织就闷情怀，夜

月砌成愁况未。　　迢迢归梦频东里，堪恨洛阳花渐已。斜阳日日自相思，三十六陂芳草地。

陈允平　　玉楼春·万花丛底曾抬目

万花丛底曾抬目，澹雅梳妆娇已足。夜来鹦鹉梦中人，春去琵琶江上曲。　　双鸾碧重钗头玉，裙曳湘罗浮浅绿。东风一醉买蛾眉，为拚明珠三万斛。

陈允平　　玉楼春·西园斗结秋千了

西园斗结秋千了，日漾游丝烟外袅。小桥杨柳色初浓，别院海棠花正好。　　粉墙低度莺声巧，薄薄轻衫宜短帽。便拚日日醉芳菲，未必春风留玉貌。

陈允平　　玉楼春·柳丝挽得秋光住

柳丝挽得秋光住，肠断驿亭离别处。斜阳一片水边楼，红叶满天江上路。　　来鸿去雁知何数，欲问归期朝复暮。晚风亭院倚阑干，两岸芦花飞雪絮。

江　开　　玉楼春·风前帘幕沾飞絮

风前帘幕沾飞絮，家在垂杨深处住。倚楼无语忆郎时，恰是去年今日去。　　帝城箫鼓青春暮，应有多情游冶处。争知日日小阑干，望断斜阳芳草路。

刘辰翁　　玉楼春·霜风不动晴明好

侯仲泽约饮螺山灵泉寺，余与邓中甫候久，欲暮，归，归而侯至寺，相失

霜风不动晴明好，探梅有约城东道。桥边失却老仙期，城门落日人归早。　　野田一望迷芳草，除是腾空君后到。立马三周黛佛头，参差中路令人老。

刘辰翁　　玉楼春·乙酉九日

龙山歌舞无人道，只说先生狂落帽。秋风亦是可怜人，要令天意知人老。　　菊花不为重阳早，自爱古人诗句恼。与君郑重说□□，残年惟有重阳好。

莫　崈　　玉楼春·绿杨芳径莺声小

绿杨芳径莺声小，帘幕烘香桃杏晓。余寒犹峭雨疏疏，好梦自惊人悄悄。　凭君莫问情多少，门外江流罗带绕。直饶明日便相逢，已是一春闲过了。

蒋　捷　　玉楼春·桃花湾马迹

秦人占得桃源地，说道花深堪避世。桃花湾内岂无花，吕政马来拦不住。　明朝与子穿花去，去看霜蹄剜石处。茫茫秦事是耶非，万一问花花解语。

刘景翔　　玉楼春·落花

可怜又误江南景，雨腻风喧愁入暝。依稀碧玉水边魂，憔悴绿珠楼外影。　点点随人飞远近，薄幸相逢情怎忍。年年三月化香尘，天上人间看梦醒。

吴则礼　　玉楼春·今朝何以为公寿

今朝何以为公寿，极贵长年公素有。庭阶不乏长芝兰，少翁又是庭臣右。　三能粲粲依魁秀，八柱巍巍蟠地厚。皇家卜册万斯年，年光长转洪钧手。

此首别作毛滂词

吴则礼　　玉楼春·我公两器兼文武

我公两器兼文武，谈笑岩廊无治古。经颜绿发已官高。赤儿绣裳今仲父。　我欲形容无妙识，颂穆清风须吉甫。望公聊比太山云，岁岁年年天下雨。

此首别作毛滂词

黄人杰　　玉楼春·生申时节书云月

生申时节书云月，惊怪玉梅开不彻。犯寒那得一枝春，要与邦君供胜绝。　可轩有个词清切，解送双凫朝降阙。一声声祝一千年，试倩雪儿歌几阕。

汪元量　　玉楼春·度宗愍忌长春宫斋醮

咸淳十载聪明帝，不见宋家陵寝废。暂离绛阙九重天，飞

过黄河千丈水。　　长春宫殿仙璈沸，嘉会今辰为愍忌。小儒百拜酹霞觞，寡妇孤儿流血泪。

汪元量　　玉楼春·赋双头牡丹

帝乡春色浓于雾，谁遣双环堆绣户。金张公子总封侯，姚魏弟兄皆列土。　　碧纱窗下修花谱，交颈鸳鸯娇欲语。绛绡新结转官球，桃李仆奴何足数。

张时甫　　玉楼春·寿平江陈守

姑苏台上春光发，菊老寒轻香未歇。人言太守是龚黄，天为吾君生稷契。　　月良庆会俱良月，万岁千秋同瑞节。明朝仙领趣提鳌，十万人家齐卧辙。

张时甫　　玉楼春·蟠桃十月惊春早

蟠桃十月惊春早，春到玉梅枝上小。和羹人物应时生，天上骑鲸生凤沼。　　万家宝篆祥烟晓，竞祝史君长不老。夜来南极照元台，见说沙堤新筑了。

李朝卿　　玉楼春·谪仙暂下金銮殿

谪仙暂下金銮殿，开宴瑶池春未晚。飞琼献舞锦靴寒。弄玉吹箫银字暖。　　寿觞阿母年年劝，犹道碧桃香尚浅。花开更待几东风，应见年华千岁换。

李朝卿　　玉楼春·炉烟不断腾金兽

炉烟不断腾金兽，香雾入帘波影皱。秋堂锦席艳群仙，不惜绮罗萦舞袖。　　昼弦素管春风手，娇妙如花轻似柳。劝君须尽眼中欢，绿酒十分千秋寿。

李朝卿　　玉楼春·厌玉为浆麟作□

厌玉为浆麟作□，玉树琼葩长不谢。翠帘绣暖燕归来，宝鸭花香蜂上下。　　沙堤佩马催公驾，月白风清天不夜。重来赫赫照岩廊，不动堂堂凝泰华。

无名氏　　玉楼春·迢递前村深雪里

迢递前村深雪里，望断行云香细细。笛中宫里慕芳姿，怨

曲啼妆长见泪。　　不会同心荣落易，冷艳翻随分岭水。有谁曾念陇头人，远寄江南春日意。

无名氏　　玉楼春·萧萧海上风长起

萧萧海上风长起，也有梅花开玉蕊。爱君风措莹如冰，伴我情怀清似水。　　诗人纵复工难拟，莫把闲花容易比。浓香吹尽不须愁，细雨微风催结子。

无名氏　　玉楼春·蜡梅

腊前先报东君信，清似龙涎香得润。黄轻不肯整齐开，比着红梅仍旧韵。　　纤枝瘦绿天生嫩，可惜轻寒摧挫损。刘郎只解误桃花，怅恨今年春又尽。

无名氏　　玉楼春·铅山驿壁

东风杨柳门前路，毕竟雕鞍留不住。柔情胜似岭头云，别泪多如花上雨。　　青楼画幕无重数，听得楼边车马去。若将眉黛染情深，且到丹青难画处。

无名氏　　玉楼春·子寿母

戏彩堂高无溽暑，满座风生闻笑语。慈闱今日庆生申，歌遏行云香篆缕。　　万事从今休挂虑，儿辈行当壮门户。一杯祝寿比庄椿，愿长与、儿孙作主。

无名氏　　玉楼春·贺生双子

天上双星欢迤逦，报道一门双喜。果庆双弧矢，双桂连芳，双璧光华起。　　看取他时双彩戏，双堕号、机云才子。更带横双玉，鱼佩双金，作个无双字。

无名氏　　玉楼春·寿太守　十月十九

姑苏台上春光泄，菊老寒轻香未歇。人言太守是龚黄，天为吾君生稷契。　　明良庆会俱良月，万岁千秋同瑞节。明朝仙领趣持鳌，十万人家齐卧辙。

玉楼春令

此调即《玉楼春》。“令”标明该调为令词，原为唐教坊曲《木兰花》，有五十二字、五十四字、五十五字诸体。至五代后蜀制七言八句体，始名《玉楼春》。宋代时《木兰花》与《玉楼春》又可加“令”字，两体遂合而为一，互为别名。属双调、仄韵，五十六字。上、下阕各四句，每句七字，各二十八字，各于第一、二、四句用韵。此调别名颇多，有《木兰花》、《木兰花令》、《玉楼春》、《惜春容》、《春晓曲》、《西湖曲》、《归朝欢令》等。参阅《木兰花》、《玉楼春》等。

康与之　　玉楼春令·青笺后约无凭据

青笺后约无凭据，误我碧桃花下语。谁将消息问刘郎，怅望玉溪溪上路。　　春来无限伤情绪，拟欲题红都寄与。东风吹落一庭花，手把新愁无写处。

玉 楼 宴

此调今传词中仅存晁端礼词一首。“玉楼”指装饰华美的楼，多指女子所居。调名本为赋玉楼所设之宴。属双调、平韵，共一百零四字。上阕十句、五十一字，于第二、五、七、十句用韵；下阕十句、五十三字,于第三、六、八、十句用韵。

晁端礼　　玉楼宴·记红颜日

记红颜日、向瑶阶，得俊饮、散蓬壶。绣鞍纵骄马，故坠鞭柳径，缓辔花衢。斗帐兰釭曲，曾是振、声名上都。醉倒旗亭，更深未归，笑倩人扶。　　光阴到今二纪，算难寻前好，懒访仙居。近来似闻道，向雾关云洞，自乐清虚。月帔与星冠，不念我、华颠皓须。纵教重有相逢，似得旧时无。

玉漏迟

唐白居易诗中有“天凉玉漏迟”之句，后人取“玉漏迟”三字作为词牌名。“玉漏”指玉制的计时器。属双调、仄韵，共九十四字。上阕十一句、四十七字，于第一、三、五、七、九、十句用韵；下阕十一句、四十七字，于第三、五、八、九、十句用韵。

韩嘉彦　　玉漏迟·杏香消散尽

杏香消散尽，须知自昔，都门春早。燕子来时，绣陌乱铺芳草。蕙圃妖桃过雨，弄笑脸、红筛碧沼。深院悄，绿杨巷陌，莺声争巧。　　早是赋得多情，更遇酒临花，镇辜欢笑。数曲阑干，故国谩劳凝眺。汉外微云尽处，乱峰锁、一竿修竹。间琅玕，东风泪零多少。

葛立方　　玉漏迟·窗户明环堵

窗户明环堵，山容黛染，水光绡舞。荷盖擎烟，花映步波神女。嫩脸铅华掩素，无语向、薰风凝伫。晴又雨，征鞞隐隐，云洲沙渚。　　须臾风卷还晴，看香泄丹囊，乍飘沉炷。鱼飐荷衣，珠颗乱倾无数。休话金沙玉井，争似我、神龟□处。觞为举，何人解歌金缕。

李流谦　　玉漏迟·送官东南

东南应眷倚，当年丽绝，今其余几。云锦飘香，好在藕花十里。六月长安徂暑，只一雨、滂沱都洗。君好为，携将苏醒，三吴生齿。　　总道秦蜀讴吟，但消得雍容，笑谈而致。稍待秋风，也拟买舟东逝。收拾尘编蠹简，更饱看、江山奇伟。歌盛美，还送往趋天陛。

程垓　　玉漏迟·一春浑不见

一春浑不见，那堪又是，花飞时节。忍对危栏数曲，暮云千叠。门外星星柳眼，看还似、当时风月。愁万结，凭谁为我，殷勤低说。　　不是惯却春心，奈新燕传情，旧莺饶舌。冷篆余香，莫放等闲消歇。纵使繁红褪尽，犹有酴醿堪折。魂

梦切，如今不奈，飞来蝴蝶。

林表民　　　　玉漏迟·和赵立之

并湖游冶路，垂堤万柳，曲尘笼雾。草色将春，离思暗伤南浦。旧日愔愔坊陌，尚想得、画楼窗户。成远阻，凤笺空寄，燕梁何许。　　凄凉瘦损文园，记翠筦聊吟，玉壶通语。事逐征鸿，几度悲欢休数。莺醉乱花深里，悄难替、愁人分诉。空院宇，东风晚来吹雨。

楼　采　　　　玉漏迟·絮花寒食路

絮花寒食路，晴丝罥日，绿阴吹雾。客帽欺风，愁满画船烟浦。彩柱秋千散后，怅尘锁、燕帘莺户。从间阻，梦云无准，鬓霜如许。　　夜永绣阁藏娇，记掩扇传歌，翦灯留语。月约星期，细把花须频数。弹指一襟幽恨，谩空趁、啼鹃声诉。深院宇，黄昏杏花微雨。

刘子寰　　　　玉漏迟·夏

翠草侵园径，阴阴夏木，鸣鸠相应。纵目江天，窈窈雨昏烟暝。屋角黄梅乍熟，听落颗、时敲金井。深院静，闲阶自长，花砖苔晕。　　楼居簟枕清凉，尽永日阑干，与谁同凭。旧社鸥盟，零落断无音信。辽鹤追思旧事，向华表、空吟遗恨。萦念损，休怪暮年多病。

刘子寰　　　　玉漏迟·秋

暮天初过，雨凄清，顿觉今年秋早。夜景虚明，仿佛露华清晓。蕙草繁花竞吐，向暗里、幽香缥缈。(下缺)

吴文英　　　　玉漏迟·瓜泾度中秋夕赋

雁边风讯小，飞琼望杳，碧云先晚。露冷阑干，定怯藕丝冰腕。净洗浮空片玉，胜花影、春灯相乱。秦镜满，素娥未肯，分秋一半。　　每圆处即良宵，甚此夕偏饶，对歌临怨。万里婵娟，几许雾屏云幔。孤兔凄凉照水，晓风起、银河西转。摩泪眼，瑶台梦回人远。

陈　著　　　　玉漏迟·四时怀古冬词

故都冬亦好，风光可是，人间曾有。问雪楼台，肉阵不教

寒透。妙手挽春弄巧，唤得应、千花如绣。灯市酒，笙歌镇似，元宵时候。　　见说是事都新，但破冻潮声，去来依旧。老梦无情，不到六桥风柳。回首孤山好景，倩人问、梅花安否。应自瘦，雪霜可能僝僽。

何梦桂　　玉漏迟·和何君元寿梅

问春先开未，江南野水，得春初小。独殿群芳，却道花前开早。长苦冰霜压尽，更说甚、风标清窈。些子好，孤香冷艳，有谁知道。　　年年吹落还开，听画角楼头，送他昏晓。何处玉堂，满地苍苔不扫。谁是肝肠铁石，与共说、岁寒怀抱。花未老，无奈酒阑情好。

何梦桂　　玉漏迟·自寿

青衫华发，对风霜、倚遍危楼孤啸。恶浪平波，看尽世间多少。忘却金闺故步，都付与、野花啼鸟。只自笑，悠悠心事，无人知道。　　扰扰世路红尘，看销尽英雄，青山亦老。宇宙无穷，事业到头谁了。高楼一声画角，把千古、梦中吹觉。天欲晓，起看蕊梅春小。

何梦桂　　玉漏迟·和

自怜翠袖，向天寒、独倚孤篁吟啸。半世虚名，孤负白云多少。欲问梅翁旧约，怕误我、沙头鸥鸟。时一笑，行行且止，人间蜀道。　　休怪岁月无情，叹尘世浮生，闲忙闲老。待趁黑头，万里封侯都了。今古勋名一梦，听未彻、钧天还觉。羌管晓，楼角曙星稀小。

赵闻礼　　玉漏迟·絮花寒食路

絮花寒食路，晴丝罥日，绿阴吹雾。客帽欺风，愁满画船烟浦。彩柱秋千散后，怅尘锁、燕帘莺户。从间阻，梦云无准，鬓霜如许。　　夜永绣阁藏娇，记掩扇传歌，剪灯留语。月约星期，细把花须频数。弹指一襟幽恨，谩空倩、啼鹃声诉。深院宇，黄昏杏花微雨。

史　深　　玉漏迟·绿树深庭院

绿树深庭院，侵帘暝草，沿砌幽藓。问讯余芳，糁径碎红

千点。暗有芹香堕几，认杏栋、营巢新燕。晴思软，春光几许，费人裁剪。　　梅阴地湿无尘，但密袖薰虬，静看诗卷。半掬羁心，似翠蕉难展。花事因循过了，渐愁入、薰风团扇。屏昼掩，屏上数峰青远。

周　密　　玉漏迟·题吴梦窗霜花腴词集

老来欢意少，锦鲸仙去，紫霞声杳。怕展金奁，依旧故人怀抱。犹想乌丝醉墨，惊俊语、香红围绕。闲自笑，与君共是，承平年少。　　雨窗短梦难凭，是几番宫商，几番吟啸。泪眼东风，回首四桥烟草。载酒倦游甚处，已换却、花间啼鸟。春恨悄，天涯暮云残照。

蒋　捷　　玉漏迟·寿东轩

客窗空翠杪，前生饮惯，长生琼醥。回首红尘，换了□花蟪草。隔水神仙洞府，但只有、飞霞能到。谁信道，西风送我，还陪清啸。　　缥渺，柳侧双楼，正绣幕围春，露深烟悄。鱼尾停时，雪上鬓云犹少。醉傍芙蓉自语，愿来此、年年簪帽。青屿小，鹤立淡烟秋晓。

蒋　捷　　玉漏迟·翠鸳双穗冷

傅岩隐木如武林，纳浴堂徐氏女子于客楼。其归也，亦贮之所居楼上，而图西湖景于楼壁

翠鸳双穗冷，莺声唤转，春风芳景。花涌□香，此度徐妆偏称。水月仙人院宇，到处有、西湖如镜，烟岫暝。纤葱误指，莲峰篁岭。　　料想小阁初逢，正浪拍红傥，袖飞金饼。楼倚斜晖，暗把佳期重省。万种惺忪笑语，□一点、温柔情性。钗倦整，盈盈背灯娇影。

张　炎　　玉漏迟·登无尽上人山楼

竹多尘自扫，幽通径曲，禅房深窈。空翠吹衣，坐对闲云舒啸。寒木犹悬故叶，又过了、一番残照。经院悄，诗梦正迷，独怜衰草。　　幽趣尽属闲僧，浑未识人间，落花啼鸟。呼酒凭高，莫问四愁三笑。可惜秦山晋水，甚却向、此时登眺。清趣少，那更好游人老。

玉蝴蝶

又名《玉蝴蝶令》、《玉蝴蝶慢》。此调本为唐教坊曲名，后用作词调名。小令始于唐温庭筠。属双调、平韵，共四十一字。上阕四句、二十一字，句句用韵；下阕四句、二十字，于第二、三、四句用韵。另一体四十二字。《词律》认为此调"与张泌《蝴蝶儿》相近，决是一调"。《蝴蝶儿》双调，平韵，四十字。因其词通篇咏蝴蝶双双对对飞，起句为"蝴蝶儿，晚春时"，故名。但《蝴蝶儿》第三句为七字，而《玉蝴蝶》为五字。《玉蝴蝶》又有九十八字及九十九字两体，为慢词，与前述令词的字数、句法全异，当属两调，实为名同调异。慢词始于柳永。常用体为九十九字，属双调、平韵。上阕十句、四十九字，于第三、五、七、八、十句用韵；下阕十一句、五十字，于第一、四、六、八、九、十一句用韵。参阅《蝴蝶儿》。

柳　永　　玉蝴蝶·望处雨收云断

望处雨收云断，凭阑悄悄，目送秋光。晚景萧疏，堪动宋玉悲凉。水风轻、蘋花渐老，月露冷、梧叶飘黄。遣情伤，故人何在，烟水茫茫。　　难忘，文期酒会，几孤风月，屡变星霜。海阔山遥，未知何处是潇湘。念双燕、难凭远信，指暮天、空识归航。黯相望，断鸿声里，立尽斜阳。

柳　永　　玉蝴蝶·渐觉芳郊明媚

渐觉芳郊明媚，夜来膏雨，一洒尘埃。满目浅桃深杏，露染风裁。银塘静、鱼鳞簟展，烟岫翠、龟甲屏开。殷晴雷，云中鼓吹，游遍蓬莱。　　徘徊，隼旟前后，三千珠履，十二金钗。雅俗熙熙，下车成宴尽春台。好雍容、东山妓女，堪笑傲、北海尊罍。且追陪，凤池归去，那更重来。

柳　永　　玉蝴蝶·是处小街斜巷

是处小街斜巷，烂游花馆，连醉瑶卮。选得芳容端丽，冠绝吴姬。绛唇轻、笑歌尽雅，莲步稳、举措皆奇。出屏帏，倚风情态，约素腰肢。　　当时，绮罗丛里，知名虽久，识面何迟。见了千花万柳，比并不如伊。未同欢、寸心暗许，欲话

别、纤手重携。结前期，美人才子，合是相知。

柳　永　　　玉蝴蝶·误入平康小巷

误入平康小巷，画檐深处，珠箔微褰。罗绮丛中，偶认旧识婵娟。翠眉开、娇横远岫，绿鬓亸、浓染春烟。忆情牵，粉墙曾恁，窥宋三年。　　迁延，珊瑚筵上，亲持犀管，旋叠香笺。要索新词，殢人含笑立尊前。按新声、珠喉渐稳，想旧意、波脸增妍。苦留连，凤衾鸳枕，忍负良天。

柳　永　　　玉蝴蝶·重阳

淡荡素商行暮，远空雨歇，平野烟收。满目江山，堪助楚客冥搜。素光动、云涛涨晚，紫翠冷、霜巘横秋。景清幽，渚兰香谢，汀树红愁。　　良俦，西风吹帽，东篱携酒，共结欢游。浅酌低吟，坐中俱是饮家流。对残晖、登临休叹，赏令节、酩酊方酬。且相留，眼前尤物，盏里忘忧。

李之仪　　　玉蝴蝶·坐久灯花开尽

九月十日，将登黄山，遽为雨阻，遂饮弊止。陈君俞独不至，已而以三阕见寄，辄次其韵

坐久灯花开尽，暗惊风叶，初报霜寒。冉冉年华催暮，颜色非丹。搅回肠、蛩吟似织，留恨意、月彩如摊。惨无欢，篆烟萦素，空转雕盘。　　何难，别来几日，信沉鱼鸟，情满关山。耳边依约，常记巧语绵蛮。聚愁窠、蜂房未密，倾泪眼、海水犹悭。奄更阑，渐移银汉，低泛帘颜。

晁端礼　　　玉蝴蝶·淡淡春阳天气

淡淡春阳天气，夜来一霎，微雨初晴。向暖犹寒，时候又是清明。乱沾衣、桃花雨闹。微弄袖、杨柳风轻。晓莺声，唤回幽梦，犹困春酲。　　牵萦，伤春怀抱，东郊烟暖，南浦波平。况有良朋，载酒同放彩舟行。劝人归、啼禽有意，催棹去、烟水无情。黯销凝，暮云回首，何处高城。

晁补之　　　玉蝴蝶·暗忆少年豪气

暗忆少年豪气，烂南国、蓬岛风光。醉倚吴王宫殿，不解悲凉。舞犹慵、小腰似柳，歌尚怯、娇语如簧。好林塘，玳筵

留住，彩舫携将。　　清狂，扬州一梦，中山千日，名利都忘。细数从前，眼中欢事尽成伤。去船迷、乱花流水，遗佩悄、寒草空江。黯愁肠，暮云吟断，青鬓成霜。

晁冲之　　玉蝴蝶·目断江南千里

目断江南千里，灞桥一望，烟水微茫。尽锁重门，人去暗度流光。雨轻轻、梨花院落，风淡淡、杨柳池塘。恨偏长，佩沉湘浦，云散高唐。　　清狂，重来一梦，手搓梅子，煮酒初尝。寂寞经春，小桥依旧燕飞忙。玉钩栏、凭多渐暖，金缕枕、别久犹香。最难忘，看花南陌，待月西厢。

王安中　　玉蝴蝶·和梁才甫游园作

御水縠纹风皱，画桥横处，沙路晴时。曲坞藏春，朱户翠竹参差。过墙花、娇无限思，笼槛柳、低不胜垂。海棠枝，为东君爱，未敢离披。　　迟迟，日华融丽，悠扬丝管，掩冉旌旗。喜入繁红，坐来开尽不须吹。听莺迁、还思上苑，约凤浴、应展新池。促归期，燕飞蝶舞，特地熙熙。

李　纲　　玉蝴蝶·万古秣陵江国

万古秣陵江国，舣舟烟岸，千里云林。故垒高楼，凝望远水遥岑。景阳钟、那闻旧响，玉树唱、空有余音。感春心，六朝遗事，萧索难寻。　　甘泉法从弟兄芝玉，顾我情深。契阔相思，岂知今日共登临。对尊俎、休辞痛饮，伤志节、须且高吟。柳摇金，断霞轻霭，残照西沉。

李　邴　　玉蝴蝶·壮岁分符方面

壮岁分符方面，惠风草偃，禾稼春融。报政朝天，归去稳步鳌宫。望尧蓂、九重绛阙，颁汉诏、五色芝封。湛恩浓，锦衣槐里，重继三公。　　雍容，临歧祖帐，绮罗环列，冠盖云从。满城桃李，尽将芳意谢东风。柳烟轻、万条离恨，花露重、千点啼红。莫匆匆，且陪珠履，同醉金钟。

潘　汾　　玉蝴蝶·睡起日高莺啭

睡起日高莺啭，画帘低卷，花影重重。醉眼羞抬，娇困犹自未惺忪。绣床近、强来描翠，妆镜掩、不肯匀红。锦屏空，

对花无语，独怨春风。　　匆匆，庾郎去后，香销玉减，是事疏慵。纵蛮笺封了，何处问鳞鸿。眼中泪、万行难尽，眉上恨、一点偏浓。杳无踪，夜来惟有，幽梦相逢。

史达祖　　**玉蝴蝶·晚雨未摧宫树**

晚雨未摧宫树，可怜闲叶，犹抱凉蝉。短景归秋，吟思又接愁边。漏初长、梦魂难禁，人渐老、风月俱寒。想幽欢，土花庭甃，虫网阑干。　　无端，啼蛄搅夜，恨随团扇，苦近秋莲。一笛当楼，谢娘悬泪立风前。故园晚、强留诗酒，新雁远、不致寒暄。隔苍烟，楚香罗袖，谁伴婵娟。

葛　郯　　**玉蝴蝶·和维扬晁侍郎寄伯强**

忆昨苕溪，惯弄五亭月笛，四水烟蓑。何事毗檀门外，马驻长坡。野花中、乱红杳霭，小桥外、叠翠嵯峨。且颜酡，但存长袖，舞倒婆娑。　　云何，主盟惠政，春行五马，月皎千波。赢得宾僚，听隔墙、无事高歌。帐烟寒、瑞麟影堕，帘雾细、宝鸭香多。试蹉跎，一枰落日，又送樵柯。

陆　游　　**玉蝴蝶·王忠州家席上作**

倦客平生行处，坠鞭京洛，解佩潇湘。此夕何年，来赋宋玉高唐。绣帘开、香尘乍起，莲步稳、银烛分行。暗端相，燕羞莺妒，蝶绕蜂忙。　　难忘，芳樽频劝，峭寒新退，玉漏犹长。几许幽情，只愁歌罢月侵廊。欲归时、司空笑问，微近处、丞相嗔狂。断人肠，假饶相送，上马何妨。

赵长卿　　**玉蝴蝶·雪词**

片片空中剪水，巧妆春色，照耀江湖。渐觉花球转柳，荚阵飞榆。散银杯、时时逐马，翻缟带、一一随车。遍帘隅，寒生冰箸，光剖明珠。　　应须，浅斟低唱，毡垂红帐，兽爇金炉。更向高楼，纵观吟醉谢娘扶。静时闻、竹声岩谷，漫不见、禽影江湖。尽踌躇，歌阑宝玉，赋就相如。

辛弃疾　　**玉蝴蝶·追别杜叔高**

古道行人来去，香红满树，风雨残花。望断青山，高处都被云遮。客重来、风流觞咏，春已去、光景桑麻。苦无多，一

条垂柳，两个啼鸦。　　人家，疏疏翠竹，阴阴绿树，浅浅寒沙。醉兀篮舆，夜来豪饮太狂些。到如今、都齐醒却，只依旧、无奈愁何。试听呵，寒食近也，且住为佳。

辛弃疾　　玉蝴蝶·叔高书来戒酒用韵

贵贱偶然，浑似随风帘幌，篱落飞花。空使儿曹，马上羞面频遮。向空江、谁捐玉佩，寄离恨、应折疏麻。暮云多，佳人何处，数尽归鸦。　　侬家，生涯蜡屐，功名破甑，交友抟沙。往日曾论，渊明似胜卧龙些。记从来、人生行乐，休更问、日饮亡何。快斟呵，裁诗未稳，得酒良佳。

高观国　　玉蝴蝶·唤起一襟凉思

唤起一襟凉思，未成晚雨，先做秋阴。楚客悲残，谁解此意登临。古台荒、断霞斜照，新梦黯、微月疏砧。总难禁，尽将幽恨，分付孤斟。　　从今，倦看青镜，既迟勋业，可负烟林。断梗无凭，岁华摇落又惊心。想莼汀、水云愁凝，闲蕙帐、猿鹤悲吟。信沉沉，故园归计，休更侵寻。

吴文英　　玉蝴蝶·角断签鸣疏点

角断签鸣疏点，倦萤透隙，低弄书光。一寸悲秋，生动万种凄凉。旧衫染、唾凝花碧，别泪想、妆洗蜂黄。楚魂伤，雁汀沙冷，来信微茫。　　都忘，孤山旧赏，水沉熨露，岸锦宜霜。败叶题诗，御沟应不到流湘。数客路，又随淮月，羡故人、还买吴航。两凝望，满城风雨，催送重阳。

尹济翁　　玉蝴蝶·和刘清安

几许暮春清思，未知芍药，先拟荼蘼。老却东风，春去不与人期。似情多、何曾荀倩，便梦断、不为崔徽。且衔杯，暖风袅袅，淡日晖晖。　　怎知，怀芳心在，树花露泣，叶竹烟啼。满目青红，新愁成阵恨成围。画帘空、龙媒独倚，午阴静、燕子双飞。任春归，寻人柳下，梦句堂西。

仇　远　　玉蝴蝶·独立软红尘表

独立软红尘表，远吞翠雾，平挹纹澜。草长西垣，生怕隔断双鬟。树梢明、夕阳未冷，菱叶静、新雨初干。倚阑干，一

声鹅管，人影高寒。　　休寻王孙桂隐，白云鸡犬，曾识刘安。羽扇纶巾，不知门外有人闲。袖素手、懒招黄鹄，写碧笺、空寄青鸾。且盘桓，听风听雨，山北山南。

仇　远　　　玉蝴蝶·野树昏鸦归尽

野树昏鸦归尽，素烟如练，低罩平芜。断壁飞楼，红翠似有还无。女墙矮、月笼粉雉，娃馆静、尘暗金铺。问清都，广寒仙子，别后何如。　　愁予，十年梦境，浅歌短酒，总是欢娱。寂寞秦郎，不堪离镜照鸾孤。记曲径、共携素手，向闲窗、频捻吟须。怕西湖，少年游伴，说著当初。

陈德武　　　玉蝴蝶·雨中对紫薇

好是春光秋色，天工巧处，都上花枝。更值云情雨态，净沐芳姿。醉相扶、霓裳舞困，眠未得、宫锦淋漓。有谁知，眼空相对，心系相思。　　相思，鲛绡帕上，珠悬红泪，水洗胭脂。寂寞阑干，无言暗忆旧游时。五花骢、载将郎去，双喜鹊、报道郎归。卜佳期，梦回巫峡，春在瑶池。

陈德武　　　玉蝴蝶·七夕

金井梧桐飞报，秋期近也，乌鹊成桥。为问双星何事，长待今宵。别今年、新欢暂展，更五鼓、旧恨重摇。黯魂销，两情脉脉，一水迢迢。　　寂寥，寄言儿女，纵能多巧笑，奚暇相调。暗想离愁，人间天上古来饶。但心坚、天长地久，何意在、雨暮云朝。宝香烧，无缘驾海，有分吹箫。

张　炎　　　玉蝴蝶·赋玉绣球花

留得一团和气，此花开尽，春已规圆。虚白窗深，恍讶碧落星悬。飐芳丛、低翻雪羽，凝素艳、争簇冰蝉。向西园，几回错认，明月秋千。　　欲觅生香何处，盈盈一水，空对娟娟。待折归来，倩谁偷解玉连环。试结取、鸳鸯锦带，好移傍、鹦鹉珠帘。晚阶前，落梅无数，因甚啼鹃。

李　肃　　　玉蝴蝶·望处水寒云绕

望处水寒云绕，倚栏千里，澹荡晴晖。梦燕门阑，和气喜动帘帏。舞茵重、花明彩凤，歌扇小、香暖金猊。漏声迟，洞

天秋晓，风露霏霏。　　嘉时，谪仙高宴，华分玉蜡，艳列文姬。玉树临风，自然老月中枝。酒肠宽、胸容云梦，词源壮、笔勇助溪。且追随，伫看飞诏，稳步沙堤。

玉蹀躞

即《解蹀躞》，宋曹勋词名《玉蝶躞》，见《松隐乐府·补遗》。详见《解蹀躞》条。

曹　勋　　　玉蹀躞·从军过庐州作

红绿烟村惨淡，市井初经虏。舍馆人家，凄凄但尘土。依旧春色撩人，柳花飞处，犹听几声莺语。　　黯无绪，匹马三游西楚，行路漫怀古。可惜风月，佳时尚羁旅。归处应及荼蘼，与插云鬟，此恨醉时分付。

曹　勋　　　玉蹀躞·雨过池台秋静

雨过池台秋静，桂影凉清昼。槁叶喧空，疏黄满堤柳。风外残菊枯荷，凭阑一饷，犹喜冷香襟袖。　　少欢偶，人道消愁须酒。酒又怕醒后，这般光景，愁怀煞难受。谁念千种秋情，乍凉虽好，还恨夜长时候。

玉簟凉

此调见宋史达祖《梅溪词》。“簟”是竹席。史达祖词中有“料抱月几夜眠香”和“阑影敲凉”之句，故名。属双调、平韵，共九十七字。上阕十句、四十八字，于第一、三、五、七、十句用韵；下阕十句、四十九字，于第一、四、六、八、十句用韵。

史达祖　　　玉簟凉·秋是愁乡

秋是愁乡，自锦瑟断弦，有泪如江。平生花里活，奈旧梦难忘。蓝桥云树正绿，料抱月、几夜眠香。河汉阻，但凤音传恨，阑影敲凉。　　新妆，莲娇试晓，梅瘦破春，因甚却扇临窗。红巾衔翠翼，早弱水茫茫。柔指各自未翦，问此去、莫负王昌。芳信准，更敢寻、红杏西厢。

击梧桐

此调为唐教坊曲，后用作词调名。属双调、仄韵，共一百零八字。上、下阕皆九句，亦皆于第三、五、七、九句用韵，惟上阕五十六字，下阕五十二字。此体见宋柳永《乐章集》。另有一百一十字一体，见《乐府雅词》宋李甲词。

柳　永　　　　击梧桐·香靥深深

香靥深深，姿姿媚媚，雅格奇容天与。自识伊来，便好看承，会得妖娆心素。临歧再约同欢，定是都把、平生相许。又恐恩情，易破难成，未免千般思虑。　　近日书来，寒暄而已，苦没忉忉言语。便认得、听人教当，拟把前言轻负。见说兰台宋玉，多才多艺善词赋。试与问、朝朝暮暮，行云何处去。

李　甲　　　　击梧桐·杳杳春江阔

杳杳春江阔，收细雨、风蹙波声无歇。雁去汀洲暖，岸芜静，翠染遥山一抹。群鸥聚散，征航来去，隔水相望楚越。对此、凝情久，念往岁上国，嬉游时节。　　斗草园林，卖花巷陌，触处风光奇绝。正恁浓欢里，悄不意、顿有天涯离别。看那梅生翠实，柳飘狂絮，没个人共折。把而今、愁烦滋味，教向谁说。

李　珏　　　　击梧桐·别西湖社友

枫叶浓于染，秋正老、江上征衫寒浅。又是秦鸿过，霁烟外，写出离愁几点。年来岁去，朝生暮落，人似吴潮展转。怕听阳关曲，奈短笛唤起，天涯情远。　　双屐行春，扁舟啸晚。忆昔鸥湖莺苑。鹤帐梅花屋，霜月后、记把山扉牢掩。惆怅明朝何处，故人相望，但碧云半敛。定苏堤、重来时候，芳草如剪。

无名氏　　　　击梧桐·雪叶红凋

雪叶红凋，烟林翠减，独有寒梅难并。瑞雪香肌，碎玉奇姿，迥得佳人风韵。清标暗折芳心，又是轻泄，江南春信。最好山前水畔，幽闲自有，横斜疏影。　　尽日凭阑，寻思无语，可惜飘琼飞粉。但怅望、王孙未赏，空使清香成阵。怎得移根帝苑，开时不许众芳近。免教向、深岩暗谷，结成千万恨。

正宫导引

此调是用音乐上的宫调名作为词牌名。据宋代洪适的《正宫导引·重华天子》，此调属单调、仄韵，九句，共五十字。各句字数为四、五、五、七、五、七、五、七、五。

洪　适　　　正宫导引·重华天子

重华天子，长至奉神虞，九奏会轩朱。星晖云润东方晓，拜贶竹宫初。归来千乘护皇舆，瑞景集金铺。鸡竿高唱恩书下，惠露匝中区。

古四北洞仙歌

《洞仙歌》本为唐教坊曲名，后用作词调名。又名《洞仙歌令》、《羽仙歌》。《古四北洞仙歌》，今仅存宋无名氏三个残句，调名来历、格式、韵律皆不可考。为保存词牌名，今录之。

无名氏　　　古四北洞仙歌·银釭挑尽

银釭挑尽，纱窗未晓，独拥寒衾一半。

古　　记

此调来历未考出。今存词中只有宋无名氏所作三首。属单调、仄韵，七句，共三十三字，于第一、二、四、五、六、七句用韵。此调与《如梦令》的句法、韵律皆同，当为《如梦令》的别名。参阅《如梦令》。

无名氏　　　古记·一枕恹恹春困

一枕恹恹春困，记得小梅风韵。何处最关情，嫩蕊初传芳信。堪恨，堪恨，谁傍横斜疏影。

无名氏　　　古记·腊半雪梅初绽

腊半雪梅初绽，玉屑琼英碎剪。素艳与清香，别有风流堪

羡。苞嫩，蕊嫩，羞破寿阳人面。

无名氏　　　古记·疑是水晶宫殿

疑是水晶宫殿，云女天仙宝宴。吟赏欲黄昏，风送一声羌管。烟淡，霜淡，月在画楼西畔。

古阳关

即《阳关引》，宋晁补之词名《古阳关》，见《晁氏琴趣外篇》卷三。又见《花草粹编》卷一一引宋扬《古今词话》录无名氏词。词系唐王维《渭城曲》铺衍而成，犹保留当时歌唱之风貌。胡仔《苕溪渔引丛话·后集》卷九曰："右丞此绝句，近世人又歌入《小秦王》，更名《阳关》。"是谓时人以《小秦王》之曲调唱《渭城曲》之辞，而《渭城曲》则已更名为《阳关曲》，此曲名为《古阳关》。阳关，故址在今甘肃敦煌市西南。属双调，平韵、仄韵兼用，共一百零三字。上阕七句、三十六字，于第二句用平韵，第三、四句换二平韵，第五句叶首韵，第六句叠第三句韵，第七句叠第五句韵；下阕十二句、六十句，第一、三句换仄韵，第四、五句四换仄韵，第六句叠首句韵，第十、十二句叶上阕第二句韵。此调用韵属奇格。参见《阳关引》条。

晁补之　　古阳关·寄无斁八弟宰宝应

暮草蛩吟噎，暗柳萤飞灭。空庭雨过，西风紧，飘黄叶。卷书帷寂静，对此伤离别。重感叹、中秋数日又圆月。　沙觜樯竿上，淮水阔。有飞凫客，词珠玉，气冰雪。且莫教皓月，照影惊华发。问几时、清尊夜景共佳节。

无名氏　　　古阳关·渭城朝雨

渭城朝雨，一霎裛轻尘。更洒遍、客舍青青。弄柔凝、千缕柳色新。更洒偏，客舍青青，千缕柳色新。　休烦恼，劝君更尽一杯酒，人生会少。自古富贵功名有定分。莫遣容仪瘦损。休烦恼，劝君更尽一杯酒，只恐怕、西出阳关，旧游如梦，眼前无故人。只恐怕、西出阳关，眼前无故人。

古香慢

此调为宋代吴文英自度曲。原注：夷则商，犯无射宫。“古香”指古书画所散发的气味，宋陆游诗《小室》有“窗几穷幽致，图书发古香”之句。此调借指晚秋残花。属双调、仄韵，共九十四字。上、下阕皆九句、四十七字，亦皆于第三、五、七、九句用韵。但两阕格式不同。

吴文英　　古香慢·赋沧浪看桂

自度腔。夷则商，犯无射宫

怨娥坠柳，离佩摇葓，霜讯南圃。漫忆桥扉，倚竹袖寒日暮。还问月中游，梦飞过、金风翠羽。把残云、剩水万顷，暗熏冷麝凄苦。　　渐浩渺、凌山高处。秋澹无光，残照谁主。露粟侵肌，夜约羽林轻误。翦碎惜秋心，更肠断、珠尘藓路。怕重阳，又催近、满城细雨。

古倾杯

即《倾杯乐》，宋柳永词名《古倾杯》，见《乐章集》卷中。详见《倾杯乐》条。

柳　永　　古倾杯·冻水消痕

冻水消痕，晓风生暖，春满东郊道。迟迟淑景，烟和露润，偏绕长堤芳草。断鸿隐隐归飞，江天杳杳。遥山变色，妆眉淡扫。目极千里，闲倚危樯迥眺。　　动几许、伤春怀抱，念何处、韶阳偏早。想帝里看看，名园芳树，烂漫莺花好。追思往昔年少，继日恁、把酒听歌，量金买笑。别后暗负，光阴多少。

甘　州

甘州本地名，西魏时设置，在今甘肃省张掖市，以州东有甘峻而得名。唐代用为教坊舞曲名，属大曲，为玄宗开元

间人所作。唐代喜用边州之名为乐曲名，其词有五言八句及七言四句两体，历五代迄宋，沿用唐曲名为词牌，本调已出现了众多变体，其名亦略有不同，如《甘州曲》、《甘州子》、《甘州乐》、《甘州歌》、《甘州遍》、《八声甘州》等。此牌属双调、平韵，共九十六字。上阕九句、四十六字，于第二、五、七、九句用韵；下阕十句、五十字，于第三、五、七、十句用韵。参阅《甘州令》、《八声甘州》。

陆　叡　　　　甘州·寿贾师宪

满清平世界庆秋成，看看斗三钱。论从来活国，论功第一，无过丰年。办得闲民一饱，余事笑谈间。若问平戎策，微妙难传。　　玉帝要留公住，把西湖一曲，分入林园。有茶炉丹灶，更有钓鱼船。觉秋风、未曾吹著，但砌兰、长倚北堂萱。千千岁，上天将相，平地神仙。

周　密　　　　甘州·灯夕书寄二隐

渐萋萋、芳草绿江南，轻晖弄春容。记少年游处，箫声巷陌，灯影帘栊。月暖烘炉戏鼓，十里步香红。攲枕听新雨，往事朦胧。　　还是江春梦晓，怕等闲愁见，雁影西东。喜故人好在，水驿寄诗筒。数芳程、渐催花信，送归帆、知第几番风。空吟想，梅花千树，人在其中。

周　密　　　　甘州·题疏寮园

信山阴、道上景多奇，仙翁幻吟壶。爱一丘一壑，一花一草，窈窕扶疏。染就春云五色，更种玉千株。咳唾骚香在，四壁骊珠。　　曲折冷红幽翠，涉流花涧净，步月堂虚。羡风流鱼鸟，来往贺家湖。认秦鬟、越妆窥镜，倚斜阳、人在会稽图。图多赏，池香洗砚，山秀藏书。

沈　钦　　　　甘州·有吴僧

心传索词屡矣，久以缮金字之冗，未暇填缀。玉田生乃歌白雪之章，汴沈钦就用其韵

有吴僧、醉倒墨池边，西风暗吹芳。对苍髯冷挂，龙珠万颗，清映经窗。却似仙人黄鹤，笛里换时光。静处观生意，竹老梅荒。　　犹说当年分种，是枯槎远驾，万里途长。信留真何许，烨烨楮毫香。□前度、离宫别馆，正金铺、深掩绿苔

床。都休问，一番展卷，清昼生凉。

刘沆　　　　甘州·爱累累

余客燕山，心传曾君携日观葡萄见示，辄倚玉田甘州韵，形容墨妙之万一云

爱累累、万颗贯骊珠，特地写幽芳。想黄昏云淡，夜深人静，清影横窗。冷澹一枝两叶，笔下老秋光。参透圆明相，日观开荒。　　最是柔髭修梗，映风姿雾质，雅趣悠长。更淋漓草圣，把玩墨犹香。珍重好、卷藏归去，枕屏间、偏称道人床。江南路，后回重见，同话凄凉。

张炎　　　　甘州·记玉关

辛卯岁，沈尧道同余北归，各处杭越。逾岁，尧道来问寂寞，语笑数日，又复别去。赋此曲，并寄赵学舟

记玉关、踏雪事清游，寒气脆貂裘。傍枯林古道，长河饮马，此意悠悠。短梦依然江表，老泪洒西州。一字无题处，落叶都愁。　　载取白云归去，问谁留楚佩，弄影中洲。折芦花赠远，零落一身秋。向寻常野桥流水，待招来、不是旧沙鸥。空怀感，有斜阳处，却怕登楼。

张炎　　　　甘州·题赵药牖山居

见天地心、怡颜、小柴桑，皆其亭名

倚危楼、一笛翠屏空，万里见天心。度野光清峭，晴峰涌日，冷石生云。帘卷小亭虚院，无地不花阴。径曲知何处，春水泠泠。　　啸傲柴桑影里，且怡颜莫问，谁古谁今。任燕留鸥住，聊复慰幽情。爱吾庐、点尘难到，好林泉、都付与闲人。还知否，元来卜隐，不在山深。

张炎　　　　甘州·赋众芳所在

看涓涓、两水自东西，中有百花庄。步交枝径里，帘分昼影，窗聚青香。依约谁教鹦鹉，列屋带垂杨。方喜闲居好，翻为诗忙。　　多少周情柳思，向一丘一壑，留恋年光。又何心逐鹿，蕉梦正钱塘。且休将扇尘轻障，万山深、不是旧河阳。无人识，牡丹开处，重见韩湘。

张　炎　　　甘州·饯草窗归霅

记天风、飞佩紫霞边，顾曲万花深。甚相如情倦，少陵愁老，还叹飘零。短梦恍然今昔，故国十年心。回首三三径，松竹成阴。　　不恨片篷南浦，恨剪灯听雨，谁伴孤吟。料瘦筇归后，闲锁北山云。是几番、柳边行色，是几番、同醉古园林。烟波远，笔床茶灶，何处逢君。

张　炎　　　甘州·寄李筠房

望涓涓、一水隐芙蓉，几被暮云遮。正凭高送目，西风断雁，残月平沙。未觉丹枫尽老，摇落已堪嗟。无避秋声处，愁满天涯。　　一自盟鸥别后，甚酒瓢诗锦，轻误年华。料荷衣初暖，不忍负烟霞。记前度剪灯一笑，再相逢、知在那人家。空山远，白云休赠，只赠梅花。

张　炎　　甘州·赵文升索赋散乐妓桂卿

隔花窥半面，带天香、吹动一天秋。叹行云流水，寒枝夜鹊，杨柳湾头。浪打石城风急，难系莫愁舟。未了笙歌梦，倚棹西州。　　重省寻春乐事，奈如今老去，鬓改花羞。指斜阳巷陌，都是旧曾游。凭寄与、采芳俦侣，且不须、容易说风流。争得似、桃根桃叶，明月妆楼。

张　炎　　　甘州·记当年

赵文叔与余赋别十年余。余方东游，文叔北归，况味俱寥落。更十年观此曲，又当何如耶

记当年、紫曲戏分花，帘影最深深。听惺忪语笑，香寻古字，谱掐新声。散尽黄金歌舞，那处著春情。梦醒方知梦，梦岂无凭。　　几点别余清泪，尽化作妆楼，断雨残云。指梢头旧恨，豆蔻结愁心。都休问、北来南去，但依依、同是可怜人。还飘泊，何时尊酒，却说如今。

张　炎　　甘州·题戚五云云山图

过千岩万壑古蓬莱，招隐竟忘还。想乾坤清气，霏霏冉冉，却在阑干。洞户来时不锁，归水映花关。只可自怡悦，持寄应难。　　狂客如今何处，甚酒船去后，烟水空寒。正黄尘

没马，林下一身闲。几消凝、此图谁画，细看来、元不是终南。无心好、休教出岫，只在深山。

张　炎　　甘州·为小玉梅赋，并柬韩竹闲

见梅花、斜倚竹篱边。休道北枝寒。□□□翠袖，情随眼盼，愁接眉弯。一串歌珠清润，绾结玉连环。苏小无寻处，元在人间。　　何事凄凉蚓窍，向尊前一笑，歌倒狂澜。叹从来古雅，欲觅赏音难。有如此、和声软语，甚韩湘、风雪度蓝关。君知否，挽樱评柳，却是香山。

张　炎　　甘州·俯长江

澄江陆起潜皆山楼四景，云林远市，君山下枕江流，为群山冠冕。塔院居乎绝顶，旧有浮远堂，今废

俯长江、不占洞庭波，山拔地形高。对扶疏古木，浮图倒影，势压雄涛。门掩翠微僧院，应有月明敲。物换堂安在，断碣闲抛。　　不识庐山真面，是谁将此屋，突兀林坳。上层台回首，万境入诗豪。响天心、数声长啸，任清风、吹顶发萧骚。凭阑久，青琴何处，独立琼瑶。

张　炎　　甘州·和袁静春入杭韵

听江湖、夜雨十年灯，孤影尚中洲。对荒凉茂苑，吟情渺渺，心事悠悠。见说寒梅犹在，无处认西楼。招取楼边月，同载扁舟。　　明日琴书何处，正风前坠叶，草外闲鸥。甚消磨不尽，惟有古今愁。总休问、西湖南浦，渐春来、烟水入天流。清游好，醉招黄鹤，一啸清秋。

张　炎　　甘州·题曾心传藏温日观墨蒲萄画卷

想不劳、添竹引龙须，断梗忽传芳。记珠悬润碧，飘飖秋影，曾印禅窗。诗外片云落莫，错认是花光。无色空尘眼，雾老烟荒。　　一剪静中生意，任前看冷淡，真味深长。有清风如许，吹断万红香。且休教夜深人见，怕误他、看月上银床。凝眸久，却愁卷去，难博西凉。

甘州令

调见宋柳永《乐章集》卷下。“令”来源于唐代酒令。作为词牌名，一指令词，一指词牌的通称，不限于小令。此指后者。但此调与《甘州》的体式、字数均不同。属双调、仄韵，共七十八字。上阕十二句、四十字，下阕十一句、三十八字。参阅《甘州》、《八声甘州》。

柳　永　　　　　甘州令·冻云深

冻云深，淑气浅，寒欺绿野。轻雪伴、早梅飘谢。艳阳天，正明媚，却成潇洒。玉人歌，画楼酒，对此景、骤增高价。　　卖花巷陌，放灯台榭。好时节、怎生轻舍。赖和风，荡霁霭，廓清良夜。玉尘铺，桂华满，素光里、更堪游冶。

甘草子

“甘草”，本药草名，根茎入药，性平和味甘，能和百药。后人取其名，命为词牌《甘草子》。唐代亦称曲为“子”。属双调、仄韵，共四十七字。上阕五句、二十一字，于第一、三、五句用韵；下阕五句、二十六字，于第一、三、五句用韵。又名《天道无亲》。

寇　准　　　　　甘草子·春早

春早，柳丝无力，低拂青门道。暖日笼啼鸟，初坼桃花小。　　遥望碧天净如扫，曳一缕、轻烟缥缈。堪惜流年谢芳草，任玉壶倾倒。

柳　永　　　　　甘草子·秋暮

秋暮，乱洒衰荷，颗颗真珠雨。雨过月华生，冷彻鸳鸯浦。　　池上凭阑愁无侣，奈此个、单栖情绪。却傍金笼共鹦鹉，念粉郎言语。

柳　永　　　　　甘草子·秋尽

秋尽，叶翦红绡，砌菊遗金粉。雁字一行来，还有边庭信。　　飘散露华清风紧，动翠幕、晓寒犹嫩。中酒残妆慵整顿，聚两眉离恨。

杨无咎　　　　　甘草子·秋暮

秋暮，永夜西楼，冷月明窗户。梦破橹声中，忆在松江路。　　欹枕试寻曾游处，记历历、风光堪数。谁与浮家五湖去，尽醉眠秋雨。

甘 露 歌

"甘露"指甘美的雨露。《老子》中有"天地相合，以降雨露"之句。后为天降适时而有益于农事的雨露而歌，度曲填词，名为《甘露歌》。此调见《乐府雅词》。又名《古祝英台》。属三叠，两平韵，两仄韵，分三段，共七十二字。每段四句，各二十四字。第一、二句用仄韵，第三、四句用平韵。后两段可分别换韵。《花草粹编》把王安石之《甘露歌》的三段分为三首，则每首为一小令、二十四字。

王安石　　　甘露歌·折得一枝香在手

折得一枝香在手，人间应未有。疑是经春雪未消，今日是何朝。

王安石　　　甘露歌·尽日含毫难比兴

尽日含毫难比兴，都无色可并。万里晴天何处来，真是屑琼瑰。

王安石　　　甘露歌·天寒日暮山谷里

天寒日暮山谷里，的砾愁成水。池上渐多枝上稀，唯有故人知。

甘露滴乔松

调见《钦定词谱》卷二十四引《翰墨全书》宋无名氏词。“乔松”，高大的松树。喻良才遇皇恩。属双调、仄韵，共九十六字。上阕十句、四十八字，于第三、五、七、十句用韵；下阕九句、四十八字，于第三、五、七、九句用韵。

无名氏　　甘露滴乔松·沙堤露近

沙堤露近，喜五年相遇，朱颜依旧。尽道名世半千，公望三九。是今日、富民侯。早生聚、考堂户口。谁欤兼致，文章燕许，歌辞苏柳。　　更饶万卷图书，把藤笈芸编，遍题青镂。一经传得，旧事韦平先后。试衮衮、数英游。问好事、如今能否。曲车正满，自酌太和春酒。

石州引

石州，本州名。战国时为赵离石邑，汉时属太原郡，北周时改置石州。唐天宝年间，制乐曲每以边地为名，《石州》即是其一。唐代为商调曲名。李商隐《代赠》之二有句云：“东南日出照高楼，楼上离人唱《石州》。”宋人采用其曲调填词，命为《石州引》。“引”为引歌，即歌前的意思。唐、宋大曲中有“引歌”之名目。词中的“引”，多是截取大曲中前段部分制成。一般情况下，引词比令词乐调略长，字数亦略多。因其为慢曲子，故又名《石州慢》；又因有人吟柳色，贺铸词中有“长亭柳色才黄”句，故又名《柳色黄》。属双调、仄韵，共一百零二字。上阕十句、五十一字，于第三、五、八、十句用韵；下阕十一句、五十一字，于第一、四、六、九、十一句用韵。参阅《石州慢》、《柳色黄》。

贺　铸　　石州引·薄雨初寒

薄雨初寒，斜照弄晴，春意空阔。长亭柳色才黄，远客一枝先折。烟横水际，映带几点归鸦，东风销尽龙沙雪。还记出关来，恰而今时节。　　将发，画楼芳酒，红泪清歌，顿成轻别。已是经年，杳杳音尘多绝。欲知方寸，共有几许清愁，芭蕉不展丁香结。枉望断天涯，两厌厌风月。

谢 懋　　　石州引·别恨

日脚斜明，秋色半阴，人意凄楚。飞云特地凝愁，做弄晚来微雨。谁家别院，舞困几叶霜红，西风送客闻砧杵。鞭马出都门，正潮平洲渚。　无语，匆匆短棹，满载离愁，片帆高举。京洛红尘，因念几年羁旅。浅颦轻笑，旧时风月逢迎，别来谁画双眉妩。回首一销凝，望归鸿容与。

章谦亨　　　石州引·半角庭阴

半角庭阴，弓月映眉，珠露侵靸。花棚倒挂风枝，低罥鬓唇匎叶。凭肩笑问，甚日罢织流黄，泥人无语吟虫答。灯近悄分携，溜钗钿犀合。　一霎，莲丝易折，未稳栖鸳，陡惊弹鸭。几度空阶，宵永笛声孤靨。玉腰烟瘦，□□梨梦香消，醒来凉袖阑干压。不尽度檐云，写闲愁千叠。

石 州 词

唐代商调曲有《石州》一名，宋人用其曲填新词，《石州词》遂成为词牌名。又名《石州慢》、《石州引》，又据词的内容，易名《柳色黄》。属双调、仄韵，共一百零二字。其名称来源、体式、字句，参阅《石州引》、《石州慢》、《柳色黄》。

胡松年　　　石州词·月上疏帘

月上疏帘，风射小窗，孤馆岑寂。一杯强洗愁怀，万里堪嗟行客。乱山无数，晚秋云物苍然，何如轻抹淮山碧。喜气拂征衣，作眉间黄色。　役役，马头尘暗斜阳，陇首路回飞翼。梦里姑苏城外，钱塘江北。故人应念我，负吹帽佳时、同把金英摘。归路且加鞭，看梅花消息。

胡松年　　　石州词·歌阕阳关

歌阕阳关，肠断短亭，惟有离别。画船送我薰风，瘦马迎人飞雪。平生幽梦，岂知塞北江南，而今真叹河山阔。屈指数分携，早许多时节。　愁绝，雁行点点云垂，木叶霏霏霜

滑。正是荒城落日，空山残月。一尊谁念我，苦憔悴天涯、陡觉生华发。赖有紫枢人，共扬鞭丹阙。

石州慢

在乐调中，慢曲子称为“慢”。同急曲子相比较，慢曲子的声调延长了，慢词的句数、字数也相应增加。有时“慢”与“引”同义，故此谢懋词名《石州引》；有的只标明乐曲来历，故又名《石州词》，有的以词句命词牌，贺铸词有“长亭柳色才黄”，故又名《柳色黄》。属双调、仄韵，共一百零二字。其调名来源、体式、句韵，参阅《石州引》、《石州词》。

秦　观　　石州慢·九日

深院萧条，满地苍苔，一丛荒菊。含霜冷蕊，全无佳思，向人摇绿。客边节序，草草付与清觞，孤吟只把羁怀触。便击碎歌壶，有谁知中曲。　凝目，乡关何处，华发缁尘，年来劳碌。契阔山中松径，湖边茅屋。沉思此景，几度梦里追寻，青枫路远迷烟竹。待倩问麻姑，借秋风黄鹄。

张元幹　　石州慢·寒水依痕

寒水依痕，春意渐回，沙际烟阔。溪梅晴照生香，冷蕊数枝争发。天涯旧恨，试看几许消魂，长亭门外山重叠。不尽眼中青，是愁来时节。　情切，画楼深闭，想见东风，暗销肌雪。辜负枕前云雨，尊前花月。心期切处，更有多少凄凉，殷勤留与归时说。到得却相逢，恰经年离别。

张元幹　　石州慢·己酉秋吴兴舟中作

雨急云飞，惊散暮鸦，微弄凉月。谁家疏柳低迷，几点流萤明灭。夜帆风驶，满湖烟水苍茫，菰蒲零乱秋声咽。梦断酒醒时，倚危樯清绝。　心折，长庚光怒，群盗纵横，逆胡猖獗。欲挽天河，一洗中原膏血。两宫何处，塞垣只隔长江，唾壶空击悲歌缺。万里想龙沙，泣孤臣吴越。

王之道　　石州慢·和董令升岁除

磔攘送寒，燔烈兴岁，又颁尧历。青霭烧痕，绿浮风皱，暖回春色。地天交泰，时当倾否，五鬼休相厄。何妨笑倚东风，一饮杯三百。　长忆，苻坚入寇，功高晋室，无如安石。义概雄心，辄莫等闲抛掷。盖壤声名，鼎彝勋业。朋溪虽好，未放终闲逸。嗜嗜黄鸟，更看壶中春日。

王之道　　石州慢·天迥楼高

和赵见独书事，见独善鼓琴

天迥楼高，日长院静，琴声幽咽。昵昵恩情，切切言语，似伤离别。子期何处，漫高山流水，又逐新声彻。仿佛江上移舟，听琵琶凄切。　休说，春寒料峭，夜来花柳，弄风摇雪。大错因谁，算不翅六州铁。波下双鱼，云中乘雁，嗣音无计，空叹初谋拙。但愿相逢，同心再绾重结。

赵　文　　石州慢·京浙尘埃

京浙尘埃，闽峤风霜，不觉催老。封侯事付儿曹，懒把菱花频照。明光赋笔，那知白首山中，年年管领闲花草。叩角夜漫漫，问何时能晓。　堪笑，空有传世千篇，正似病呻饥啸。欲傲王侯，早被王侯相傲。盖棺事定，即今老子犹龙，荣枯得丧浑难料。无酒不须愁，问黄花知道。

张　炎　石州慢·书所见寄子野、公明

野色惊秋，随意散愁，踏碎黄叶。谁家篱院闲花，似语试妆娇怯。行行步影，未教背写腰肢，一搦犹立门前雪。依约镜中春，又无端轻别。　痴绝，汉皋何处，解佩何人，底须情切。空引东邻，遗恨丁香空结。十年旧梦，谩余恍惚云窗，可怜不是当时蝶。深夜醉醒来，好一庭风月。

石湖仙

南宋姜夔自度曲制词，词中有“须信石湖仙，似鸱夷翩然引去”之句，遂以《石湖仙》命为词牌。“石湖”本湖

名，在江苏省苏州市西南，界吴县、吴江间，风景优胜。西南通太湖，北通横塘。相传为范蠡入五湖之口，范蠡助勾践灭吴后，归隐江湖，自号鸱夷子。范成大居于石湖，号“石湖”，姜词为寿范成大而作，故以《石湖仙》名调。属双调、仄韵，共八十九字。上阕十二句、四十五字，于第一、三、六、九、十、十二句用韵；下阕十句、四十四字，于第三、五、七、八、九、十句用韵。

姜　夔　　**石湖仙·寿石湖居士**

松江烟浦，是千古三高，游衍佳处。须信石湖仙，似鸱夷、翩然引去。浮云安在，我自爱、绿香红舞。容与，看世间、几度今古。　卢沟旧曾驻马，为黄花、闲吟秀句。见说胡儿，也学纶巾敧雨。玉友金蕉，玉人金缕，缓移筝柱。闻好语，明年定在槐府。

平阳兴

此调本名《踏莎行》，贺铸词上阕末句为“有人高卧平阳坞”，故更名《平阳兴》。属双调、仄韵。上下阕格式相同，均五句，各句字数依次为四、四、七、七、七字，于第二、三、五句用韵。参阅《踏莎行》。

贺　铸　　**平阳兴·凉叶辞风**

凉叶辞风，流云卷雨，寥寥夜色沉钟鼓，谁调清管度新声，有人高卧平阳坞。　草暖沧洲，潮平别浦。双凫乘雁方容与，深藏华屋锁雕笼，此住乍可输鹦鹉。

平调发引

平调是乐曲的一种，以宫为主。古有《长歌行》、《短歌行》、《猛虎行》、《君子行》、《燕歌行》、《从军行》、《鞠歌行》等七曲。今存王珪词二首。属双调、平韵，共五十字。上阕五句、二十六字，于第一、三、五句用韵；下阕四句、二十四字，于第一、二、四句用韵。又名

《清平调》。

王　珪　　　平调发引·玉宸朝晚

玉宸朝晚，忽掩赭黄衣。愁雾锁金扉。蓬莱待得仙丹至，人世已成非。　　龙轩天仗转西畿，旌旆入云飞。望陵宫女垂红泪，不见翠舆归。

王　珪　　　平调发引·上林春晚

上林春晚，曾是奉宸游。水殿戏龙舟。玉箫吹断催仙驭，一去隔千秋。　　游人重到曲江头，事往涕难收。空余御幄传觞处，依旧水东流。

龙 山 会

此调见宋赵以夫《虚斋乐府》卷上，属双调、仄韵，共一百零三字。上阕十句、五十一字，于第一、三、四、五、七、十句用韵；下阕十句、五十二字，于第三、四、五、七、十句用韵。

赵以夫　　　龙山会·南丰登高

重整登高屐，群玉峰头，万里秋无极。远山青欲滴，新雁过、缥缈孤云天北。烟入小桥低，水痕退、寒流澄碧。对佳辰，惊心客里，鬓丝堪摘。　　风流晋宋诸贤，骑台龙山，俯仰皆陈迹。凭阑看落日，嗟往事、唯有黄花如昔。醉袖舞西风，任教笑、参差乌舄。但回首、东篱久负，有谁知得。

赵以夫　　　龙山会·九日无风雨

去年九日，登南涧无尽阁，野涉赋诗，仆与东溪、药窗诸友皆和。今年陪元戎游升山，诘朝始克修故事，则向之龙蛇满壁者，易以山水矣。拍阑一笑。游兄、几叟分韵得苦字，为赋商调龙山会

九日无风雨，一笑凭高，浩气横秋宇。群峰青可数，寒城小、一水萦洄如缕。西北最关情，漫遥指、东徐南楚。黯销魂，斜阳冉冉，雁声悲苦。　　今朝黄菊依然，重上南楼，草草成欢聚。诗朋休浪赋。旧题处、俯仰已随尘土。莫放酒行疏，清漏短、凉蟾当午。也全胜、白衣未至，独醒凝伫。

赵以夫　　龙山会·四明重阳泛舟月湖

佳节明朝九，彩舫凌虚，共醉西风酒。湖光蓝滴透，云浪碎、巧学波纹吹皱。碧落杳无边，但玉削、千峰寒瘦。留连久，秋容似洗，月华如昼。　　回头南楚东徐，暝霭苍烟，处处空刁斗。山公今健否，功名事、付与年时交旧。白发苦欺人，尚堪插、黄花盈首。归去也，东篱好在，觅渊明友。

吴文英　　龙山会·石径幽云冷

夷则商　陪毗陵幕府诸名胜载酒双清赏芙蓉

石径幽云冷，步障深深，艳锦青红亚。小桥和梦过，仙佩杳、烟水茫茫城下。何处不秋阴，问谁借、东风艳冶。最娇娆，愁侵醉颊，泪绡红洒。　　摇落翠莽平沙，竞挽斜阳，驻短亭车马。晓妆羞未堕。沉恨起、金谷魂飞深夜。惊雁落清歌，酹花倩、觥船快泻。去未舍，待月向井梧梢上挂。

龙吟曲

此调即《水龙吟》，取其“龙吟”二字，加“曲”以表示其为词调名。《词谱》收《水龙吟》一调多至二十五体，自一百零二字至一百零六字止。首句六、七字不一，次句七、六字不一。然多以辛弃疾之“楚天千里清秋”一首为正格，余者皆为变体。此调又因词的内容和字句，名为《小楼连苑》、《海天阔处》、《庄秋岁》。其词调来源、格式、用韵等，参阅《水龙吟》。

史达祖　　龙吟曲·问梅刘寺

夜寒幽梦飞来，小梅影下东风晓。蝶魂未冷，吾身良是，悠然一笑。竹杖敲苔，布鞋踏冻，岁常先到。傍苍林却恨，储风养月，须我辈、新诗吊。　　永以南枝为好，怕从今、逢花渐老。愁消秀句，寒回斗酒，春心多少。之子逃空，伊人遁世，又还惊觉。但归来对月，高情耿耿，寄白云杪。

史达祖　　龙吟曲·雪

梦回虚白初生，便凝冷月通窗户。不知夜久。都无人见，

玉妃起舞。银界回天，琼田易地，晃然非故。想儿童健意，生愁霁色，情频在、窥帘处。　　一片樵林钓浦，是天教、王维画取。未如授简，先将高兴，收归妙句。江路梅愁，灞陵人老，又骑驴去。过章台，记得春风乍见，倚帘吹絮。

史达祖　　龙吟曲·陪节欲行留别社友

道人越布单衣，兴高爱学苏门啸。有时也伴，四佳公子，五陵年少。歌里眠香，酒酣喝月，壮怀无挠。楚江南，每为神州未复，阑干静、慵登眺。　　今日征夫在道，敢辞劳、风沙短帽。休吟稷穗，休寻乔木，独怜遗老。同社诗囊，小窗针线，断肠秋早。看归来，几许吴霜染鬓，验愁多少。

周　密　　龙吟曲·赋宝山园表里画图

仙山非雾非烟，翠微缥缈楼台亚。江芜海树，晴光雨色，天开图画。两岸潮平，六桥烟霁，晚钩帘挂。自玄晖去后，云情雪意，丹青手、应难写。　　花底朝回多暇，倚高寒、有人潇洒。东山杖屦，西州宾客，笑谈风雅。贮月杯宽，护香屏暖，好天良夜。乐闲中日月，清时钟鼓，结春风社。

东风齐著力

此调见《草堂诗余》，为胡浩然除夕词。据《礼记·月令》，孟春之月，东风解冻。唐朝曹松除夜诗云："残腊即又尽，东风应渐闻。"胡浩然用此意，名其调为《东风齐著力》，又写作《东风齐着力》，本为咏唱春风吹荡之词。属双调、平韵，共九十二字。上阕十一句、四十五字，于第三、五、八、十句用韵；下阕十一句，于第一、三、五、八、十句用韵。

胡浩然　　东风齐著力·除夕

残腊收寒，三阳初转，已换年华。东君律管，迤逦到山家。处处笙簧鼎沸，会佳宴、坐列仙娃。花丛里，金炉满爇，龙麝烟斜。　　此景转堪夸，深意祝、寿山福海增加。玉觥满泛，且莫厌流霞。幸有迎春寿酒，银瓶浸、几朵梅花。休辞醉，园林秀色，百草萌芽。

东风第一枝

此调初为咏梅之作，宋代无名氏所作词中有“东风递暖，江南梅早先柝。一枝经晓芬芳，几处漏春信息”之句，另一首有“异众芳，独占东风，第一点装琼苑”之句，或为《东风第一枝》取名之由来。词属双调、仄韵，共一百字。上阕十一句、五十字，于第三、五、八、十一句用韵；下阕十二句、五十字，于第二、四、六、九、十二句用韵。

吕渭老　　　东风第一枝·咏梅

老树浑苔，横枝未叶，青春肯误芳约。背阴未返冰魂，阳梢已含红萼。佳人寒怯，谁惊起、晓来梳掠。是月斜窗外栖禽，霜冷竹间幽鹤。　　云澹澹、粉痕渐薄，风细细、冻香又落。叩门喜伴金尊，倚阑怕听画角。依稀梦里，半面浅窥珠箔。甚时重写鸾笺，去访旧游东阁。

王之道　　　东风第一枝·梅

玉骨冰肌，绛趺檀口，玲珑亚竹当户。嫣然照雪精神，消得东君眷与。群芳退舍，顾凡下、并伊朋侣。却自有、薝卜酴醾，次第效颦追步。　　寓心赏、还须吟醉，赴且成，便依歌舞。情钟束素无华，意在含情不语。纷纷桃李，亦何用、轻猜轻妒。觅一枝、欲寄相思，伴取个人书去。

曹　勋　　　东风第一枝·元夕

宝苑明春，青霞射晚，六幕云闲风静。茂林修竹昂霄，素月照人澄莹。梅花十顷，递暗香、琼瑶真景。散万斛金莲，崇山秀岭，尽开花径。　　真个好、月灯相映，真个乐、圣驾游幸。四部箫韶，群仙奏乐，万光耀境。玉华不夜，向洞天、暖烟回冷。好大家、酒色醺醺，任教漏移花影。

史达祖　　　东风第一枝·咏春雪

巧沁兰心，偷黏草甲，东风欲障新暖。谩凝碧瓦难留，信知暮寒轻浅。行天入镜，做弄出、轻松纤软。料故园、不卷重帘，误了乍来双燕。　　青未了、柳回白眼，红欲断、杏开素

面。旧游忆著山阴，厚盟遂妨上苑。寒炉重暖，便放慢春衫针线。恐凤靴、挑菜归来，万一灞桥相见。

史达祖　　东风第一枝·草脚愁苏

壬戌闰腊望，雨中立癸亥春，与高宾王各赋

草脚愁苏，花心梦醒，鞭香拂散牛土。旧歌空忆珠帘，彩笔倦题绣户。黏鸡贴燕，想立断、东风来处。暗惹起、一掬相思，乱若翠盘红缕。　　今夜觅、梦池秀句，明日动、探花芳绪。寄声沽酒人家，预约俊游伴侣。怜它梅柳，乍忍俊天街酥雨。待过了一月灯期，日日醉扶归去。

史达祖　　东风第一枝·灯夕清坐

或作"元夕"

酒馆歌云，灯街舞绣，笑声喧似箫鼓。太平京国多欢，大酺绮罗几处。东风不动，照花影、一天春聚。耀翠光、金缕相交，苒苒细吹香雾。　　羞醉玉、少年丰度，怀艳雪、旧家伴侣。闭门明月关心，倚窗小梅索句。吟情欲断，念娇俊、知人无据。想袖寒、珠络藏香，夜久带愁归去。

高观国　　东风第一枝·为梅溪寿

玉洁生英，冰清孕秀，一枝天地春早。素盟江国芳寒，旧约汉宫梦晓。溪桥独步，看洒落、仙人风表。似妙句、何逊扬州，最惜细吟清峭。　　香暗度、照影波渺，春暗寄、付情云杳。爱随青女横陈，更怜素娥窈窕。调羹雅意，好赞助、清时廊庙。羡韵高、只有松筠，共结岁寒难老。

高观国　　东风第一枝·烧色回青

壬戌立春日访梅溪，雨中同赋

烧色回青，冰痕绽白，娇云先酿酥雨。纵寒不压葭尘，应时已鞭黛土。东君入夜，怕预恼、诗边心绪。意转新，无奈吟魂，醉里已题春句。　　香梦醒、几花暗吐，绿睡起、几丝偷舞。酒醅清惜重斟，菜甲嫩怜细缕。玉纤彩胜，愿岁岁、春风相遇。要等得、明日新晴，第一待寻芳去。

张　辑　　东风第一枝·代寿李夫人

雨蕊方桃，晴梢渐杏，东风娇语弦管。爱香帘约余寒，唤

舞袖翻嫩暖。红颜清健，旧墨竹，扶疏手段。且碧窗、写就黄庭，画楫海山开卷。　　春自好、得花不淡，花又好、得春不浅。晓莺瑶佩秋生，月蘸翠尊波满。长逢花处，笑西母、霜娥偷换。要日边、争看貂蝉，彩侍更迎宣劝。

黄　载　　东风第一枝·探梅

迅影雕年，嫩晴贯暖，意行问讯春色。不知春在谁家，闯香幔拢玉勒。一枝竹外，似欲诉、经年相忆。奈情多、难剪愁来，寂寞水寒烟碧。　　吟正好、悲笳唤恨，酒正殢、夕阳催客。殷勤片月飞来，更随暗香细索。横斜瘦影，看尽未开时消息。为春来，还怕春多，肠断夜阑霜笛。

赵崇霄　　东风第一枝·妒雪梅苏

妒雪梅苏，迷烟柳醒，游丝轻飏新霁。卷帘看燕初归，步屧为花早起。春来犹浅，便做出、十分春意。喜风钗、才卸珠幡，早换巧梳描翠。　　著数点、催花雨腻，更一番、递香风细。小莺忺暖调声，嫩蝶试晴舞翅。清欢易失，怕轻负、年芳流水。好趁闲、共整吟鞯，日日访桃寻李。

吴文英　　东风第一枝·倾国倾城

倾国倾城，非花非雾，春风十里独步。胜如西子妖娆，更比太真澹泞。铅华不御，漫道有、巫山洛浦。似恁地、标格无双，镇锁画楼深处。　　曾被风、容易送去，曾被月、等闲留住。似花翻使花羞，似柳任从柳妒。不教歌舞。恐化作、彩云轻举。信下蔡、阳城俱迷，看取宋玉词赋。

周　密　　东风第一枝·早春赋

草梦初回，柳眠未起，新阴才试花讯。雏鸳迎晓偎香，小蝶舞晴弄影。飞梭庭院，早已觉、日迟人静。画帘轻、不隔春寒，旋减酒红香晕。　　吟欲就、远烟催暝，人欲醉、晚风吹醒。瘦肌羞怯金宽，笑靥暖融粉沁，珠歌缓引。更巧试、杏妆梅鬓。怕等闲、虚度芳期，老却翠娇红嫩。

吴则礼　　东风第一枝·经国谋猷

经国谋猷，补天气力，岳祇来佐兴运。王当华阙春融，共

仰相门地峻。清台占象，见璧月、珠星明润。对一百五日风光，二十四番花信。　　勋共德、继增篆鼎，今共古、问谁比并。广乐初出，层霄寿斝，旋颁紫叶，湘桃浓杏。映彩服、朱颜青鬓。看千岁，桀阁飞楼，燕赏太平光景。

无名氏　　东风第一枝·腊雪犹凝

腊雪犹凝，东风递暖，江南梅早先拆。一枝经晓芬芳，几处漏春信息。孤根寒艳，料化工、别施恩力。迥不与、桃李争妍，自称寿阳妆饰。　　雪烂熳、怨蝶未知，嗟燕孤、画楼绮陌。暗香空写银笺，素艳谩传妙笔。王孙轻顾，便好与、移栽京国。更免逐、羌管凋零，冷落暮山寒驿。

无名氏　　东风第一枝·溪侧风回

溪侧风回，前村雾散，寒梅一枝初绽。雪艳凝酥，冰肌莹玉，嫩条细软。歌台舞榭，似万斛、珠玑飘散。异众芳，独占东风，第一点装琼苑。　　青萼点、绛唇疏影，潇洒喷、紫檀龙麝。也知青女娇羞，寿阳懒匀粉面。江梅腊尽，武陵人、应知春晚。最苦是，皎月临风，画楼一声羌管。

东阳叹

此调本名《清商怨》，因贺铸词有“东阳销瘦带展”句，故更名《东阳叹》。详见《清商怨》条。

贺　铸　　东阳叹·流连狂乐恨景短

流连狂乐恨景短，奈夕阳送晚。醉未成欢，醒来愁满眼。
东阳销瘦带展，望日下、旧游天远。泪洒春风，春风谁复管。

东吴乐

此调本名《尉迟杯》，宋贺铸词名《东吴乐》，见《东山词》卷上。详见《尉迟杯》条。

贺　铸　　　东吴乐·胜游地

胜游地，信东吴绝景饶佳丽。平湖底，见层岚，凉月下，闻清吹。人如秾李，泛襟袂、香润蘋风起。喜凌波、素袜逢迎，领略当歌深意。　　鄂君被，双鸳绮。垂杨荫，夷犹画舲相舣。宝瑟弦调，明珠佩委。回首碧云千里，归鸿后、芳音谁寄。念怀县、青鬓今无几。枉分将、镜里华年，付与楼前流水。

东邻妙

此调本名《木兰花》。贺铸以《木兰花》填词，第五句为“倾城犹记东邻妙”，故取后三字“东邻妙”用来作为新名。此调为七言八句，共五十六字，于第一、二、四、五、六、八句用韵，在形式上如同一首仄韵的七言律诗。

贺　铸　　东邻妙·张灯结绮笼驰道

张灯结绮笼驰道，六六洞天连夜到。昭华吹断紫云回，怊怅人间新梦觉。倾城犹记东邻妙，尊酒相逢留一笑。卢郎任老也多才，不数五陵狂侠少。

东坡引

“东坡”本为地名，在湖北省黄冈县东。北宋元丰间，苏轼贬官为黄州团练副使，于此地筑室，自号东坡居士。后遂以东坡指称苏轼。宋人填词，歌咏苏轼，命为《东坡引》。“引”即是“曲”，唐代词称为曲，因而“引”也就是词，成为“令”的别名。属双调、仄调，有五十三字、五十八字、五十九字等多体。五十三字者，上阕四句、二十二字，句句用韵；下阕六句、三十一字，于二、三、四、五、六句用韵。下阕结句为五字叠句。五十八字和五十九字者，用韵同上，惟上阕结句多一五字叠句。

曹　冠　　　　东坡引·九日

凉飙生玉宇，黄花晓凝露。汀蘋岸蓼秋将暮，登高开宴俎。　　传杯兴逸，分咏得句。思戏马、长怀古。东篱候酒人何处，芳尊须送与。

袁去华　　　　东坡引·陇头梅半吐

陇头梅半吐，江南岁将暮。闲窗尽日将愁度，黄昏愁更苦。　　归期望断，双鱼尺素。念嘶骑、今到何处。残灯背壁三更鼓，斜风吹细雨。

赵长卿　　　　东坡引·茅斋无客至

茅斋无客至，冰砚冻寒泚。南枝喜入新诗里，恼人频嚼蕊，恼人频嚼蕊。　　因思去腊江头醉，倚动客兴伤春意。经年自叹人如寄，光阴如捻指，光阴如捻指。

杨冠卿　　　　东坡引·绿波芳草路

岁癸丑季秋二十六日，夜梦至一亭子，榜曰朝云，见二少年公子云："久诵公乐章，愿得从容笑语。"因举似离筵旧作，称赞久之。余谢不能。公子咈然不乐，命小吏呼姝丽十数辈至，围一方台而立，相与群唱，声甚凄楚。俄顷，歌者取金花青笺所书词展于台上。熟视字画，乃余作也。读未竟，一歌者从旁攫取词置袖中，举酒相劳苦云："钗分金半股之句，朝夕诵之，胡为念不及此耶。"公子云："左验如此，奚事多逊。"抵掌一笑而寤，恍然不晓所谓。戏用其语，缀东坡引歌之

绿波芳草路，别离记南浦。香云翦赠青丝缕，钗分金半股，钗分金半股。　　阳关一曲声凄楚，惹起离筵愁绪。梦魂拟逐征鸿去，行云无定据，行云无定据。

辛弃疾　　　　东坡引·玉纤弹旧怨

玉纤弹旧怨，还敲绣屏面。清歌目送西风雁，雁行吹字断，雁行吹字断。　　夜深拜月，琐窗西畔，但桂影、空阶满。翠帏自掩无人见，罗衣宽一半，罗衣宽一半。

辛弃疾　　　东坡引·君如梁上燕

君如梁上燕，妾如手中扇。团团青影双双伴，秋来肠欲断，秋来肠欲断。　黄昏泪眼，青山隔岸。但咫尺、如天远，病来只谢傍人劝。龙华三会愿，龙华三会愿。

辛弃疾　　　东坡引·花梢红未足

花梢红未足，条破惊新绿。重帘下遍阑干曲，有人春睡熟，有人春睡熟。　鸣禽破梦，云偏目蹙。起来香腮褪红玉，花时爱与愁相续。罗裙过半幅，罗裙过半幅。

赵师侠　　　东坡引·别周诚可

相看情未足，离觞已催促。停歌欲语眉先蹙，何期归太速。　如今去也，无计追逐。怎忍听、阳关曲，扁舟后夜滩头宿。愁随烟树簇，愁随烟树簇。

赵师侠　　　东坡引·癸巳豫章

飞花红不聚，都因夜来雨。枝头冷落情如许，东风谁是主。　看看满地，堆却香絮。但目断、章台路，残英剩蕊留春住。春归何处去，春归何处去。

赵师侠　　　东坡引·龙江赵去非席上

杯行情意密，今宵是何夕。行人此别真堪惜，愁肠空闷郁。　明朝去也，回首相忆。要留恋、如何得，无端骤雨飘何急。人来心上滴，人来心上滴。

无名氏　　　东坡引·寿余倅

人物伊周样，清政龚黄状。平分风月双溪上，红颜方少壮，红颜方少壮。　生贤令节，满觞摇漾。红袖舞，青蛾唱，我来祝寿无他望。相门重拜相，相门重拜相。

扑 蝴 蝶

又名《扑蝴蝶近》，此调或为舞曲。据周密《癸辛杂

志》，吴中有小妓，善舞扑蝴蝶。调名取此。属双调、仄韵，共七十五字。上阕七句、四十八字，于第二、四、六、七句用韵；下阕八句、四十七字，于第一、三、五、七、八句用韵。别体七十七字，上、下阕用韵同正体，惟下阕第四句为七字句，比正体多二字。

晏几道　　扑蝴蝶·风梢雨叶

风梢雨叶，绿遍江南岸。思归倦客，寻芳来最晚。酒边红日初长，陌上飞花正满。凄凉数声弦管，怨春短。　玉人应在，明月楼中画眉懒。鱼笺锦字，多时音信断。恨如去水空长，事与行云渐远。罗衾旧香余暖。

曹　组　　扑蝴蝶·人生一世

人生一世，思量争甚底。花开十日，已随尘共水。且看欲尽花枝，未厌伤多酒盏，何须细推物理。　幸容易，有人争奈，只知名与利。朝朝日日，忙忙劫劫地。待得一晌闲时，又却三春过了，何如对花沉醉。

史　浩　　扑蝴蝶·劝酒

光阴转指，百岁知能几。儿时童稚，老来将耄矣。就中些子强壮，又被浮名牵系，良辰尽成轻弃。　此何理，若有惺惺活底，必解自为计。清尊在手，且须拚烂醉。醉乡不涉风波地，睡到花阴正午，笙歌又还催起。

丘　崈　　扑蝴蝶·蜀中作

鸣鸠乳燕，春在梨花院。重门镇掩，沉沉帘不卷。纱窗红日三竿，睡鸭余香一线，佳眠悄无人唤。　谩消遣，行云无定，楚雨难凭梦魂断。清明渐近，天涯人正远。尽教闲了秋千，觑著海棠开遍，难禁旧愁新怨。

赵师侠　　扑蝴蝶·清和时候

清和时候，薰风来小院。琅玕脱箨，方塘荷翠飐。柳丝轻度流莺，画栋低飞乳燕。园林绿阴初遍，景何限。　轻纱细葛，纶巾和羽扇。披襟散发，心清尘不染。一杯洗涤无余，万事消磨去远，浮名薄利休羡。

邵叔齐　　　　扑蝴蝶·兰摧蕙折

兰摧蕙折，霜重晓风恶。长安何处，孤根谩自托。水寒断续溪桥，月破黄昏院落，相逢俨然瘦削。　　最萧索，星星蓬鬓，杳杳家山路正邈。攀枝嗅蕊，露陪清泪阁。已无蝶使蜂媒，不共莺期燕约，甘心伴人淡泊。

无名氏　　　　扑蝴蝶·烟条雨叶

烟条雨叶，绿遍江南岸。思归倦客，寻芳来较晚。岫边红日初斜，陌上飞花正满，凄凉数声羌管。　　怨春短，玉人应在，明月楼中画眉懒。蛮笺锦字，多时鱼雁断。恨随去水东流，事与行云共远，罗衾旧香犹暖。

扑蝴蝶近

“近”又称“近拍”，是宋代才开始在词牌上加上的，意思是“近于入破，将起拍也”。凡近词皆句短韵密而音长，因此近词没有短调，皆为中调。有的词牌加“近”字，比原词的字数增加了许多；有的“近”词并没有别的同名词和它相配，“近”字可有可无，只标志是一首中调词。此调即属后者。《扑蝴蝶近》与《扑蝴蝶》格式完全相同，为异调同名。属双调、仄韵，共七十五字。其句法、用韵、体式，参阅《扑蝴蝶》。

吕渭老　　　　扑蝴蝶近·分钗绾髻

分钗绾髻，洞府难分手。离觞短阕，啼痕冰舞袖。马嘶霜滑，桥横路转，人依古柳，晓色渐分星斗。　　怎分剖，心儿一似，倾入离愁万千斗。垂鞭伫立，伤心还病酒。十年梦里婵娟，二月花中豆蔻，春风为谁依旧。

吕渭老　　　　扑蝴蝶近·风荷露竹

风荷露竹，秋意侵疏鬓。微灯曲几，有帘通桂影。乍凉衣著，轻明微醉，歌声听稳，新愁殢人方寸。　　怎不闷，当初欲凭，燕翼西飞寄归信。小窗睡起，梁间都去尽。夜长旅枕先知，秋杪黄花渐近，一成为伊销损。

占春芳

此调是宋苏轼所创制，其词咏梨花，前三句为“红杏了，夭桃尽，独自占春芳”，故取后三字“占春芳”作为词调名。属双调、平韵，共四十六字。上阕五句、二十三字，于第三、五句用韵；下阕四句、二十三字，于第一、二、四句用韵。此词原失调名，《花草粹编》始名其《占春芳》。

苏　轼　　　　占春芳·红杏了

红杏了，夭桃尽，独自占春芳。不比人间兰麝，自然透骨生香。　对酒莫相忘，似佳人、兼合明光。只忧长笛吹花落，除是宁王。

归风便

此调本名《木兰花》。贺铸以《木兰花》填词，句中有“□□会有归风便”之句，于是便取后三字“归风便”作为新名。词为七言八句，共五十六字，形式上同于仄韵的七言律诗。参阅《木兰花》。

贺　铸　　归风便·津亭薄晚张离燕

津亭薄晚张离燕，红粉□歌持酒劝。歌声煎泪欲沾襟，酒色□□□□□。□□会有归风便。休道相忘秋后□。□□□抵故人心，惆怅故人心不见。

归去来

《归去来》本是东晋陶渊明所作辞赋的篇名，也称《归去来辞》、《归去来兮辞》。陶渊明不愿为五斗米折腰，辞去彭泽县令一职，返回田园，以耕耘自娱，特作《归去来》以明志。宋人柳永制词，结句有“歌筵舞，且归去”之句，又有“休惆怅，好归去”之句，命为《归去来》。然柳词写厌嬉游、歌酒而归去，与陶赋厌官还乡之命意迥别。词属双

调、仄韵，四十九字。上阕五句、二十四字，于第一、二、三、五句用韵；下阕六句、二十五字，于第一、三、四、六句用韵。另有五十二字之别体。

柳　永　　　归去来·初过元宵三五

初过元宵三五，慵困春情绪。灯月阑珊嬉游处，游人尽、厌欢聚。　凭仗如花女，持杯谢、酒朋诗侣。余酲更不禁香醑，歌筵罢、且归去。

柳　永　　　归去来·一夜狂风雨

一夜狂风雨，花英坠、碎红无数。垂杨漫结黄金缕，尽春残、萦不住。　蝶稀蜂散知何处，殢尊酒、转添愁绪。多情不惯相思苦，休惆怅、好归去。

归去来兮引

东晋陶渊明辞去彭泽令初归家时作《归去来兮辞》，写归家时的愉快心情和隐居的乐趣，其第一、二句为“归去来兮，田园将芜胡不归”。宋人杨万里以陶辞命意制词，名为《归去来兮引》。“引”本指大曲前面的部分。全词有十二叠，平韵。第一叠四句、二十四字，于第一、二、四句用韵；第二叠七句、三十八字，于第一、二、四、七句用韵；第三叠七句、三十字，于一、二、四句用韵，三、五、七句换韵。第四、五、七、八、十一、十二叠句法同一、二叠，第六、九、十二叠句法同第三叠。

杨万里　归去来兮引·侬家贫甚诉长饥

侬家贫甚诉长饥，幼稚满庭闱。正坐瓶无储粟，漫求为吏东西。　偶然彭泽近邻圻，公秫滑流匙。葛巾劝我求为酒，黄菊怨、冷落东篱。五斗折腰，谁能许事，归去来兮。

老圃半榛茨，山田欲蒺藜。念心为形役又奚悲，独惆怅前迷。不谏后方追。觉今来是了，觉昨来非。

扁舟轻飏破朝霏，风细漫吹衣。试问征夫前路，晨光小，恨熹微。　乃瞻衡宇载奔驰，迎候满荆扉。已荒三径存松菊，喜诸幼、入室相携。有酒盈尊，引觞自酌，庭树遣颜怡。

容膝易安栖，南窗寄傲睨。更小园日涉趣尤奇。尽虽设柴门，长是闭斜晖。纵遐观矫首，短策扶持。

浮云出岫岂心思，鸟倦亦归飞。翳翳流光将入，孤松抚处凄其。　息交绝友堑山溪，世与我相违。驾言复出何求者，旷千载、今欲从谁。亲戚笑谈，琴书觞咏，莫遣俗人知。

邂逅又春熙，农人欲载菑。告西畴有事要耘耔。容老子舟车，取意任委蛇。历崎岖窈窕，丘壑随宜。

欣欣花木向荣滋，泉水始流澌。万物得时如许，此生休笑吾衰。　寓形宇内几何时，岂问去留为。委心任运无多虑，顾皇皇、将欲何之。大化中间，乘流归尽，喜惧莫随伊。

富贵本危机，云乡不可期。趁良辰、孤往恣游嬉，独临水登山，舒啸更哦诗。除乐天知命，了复奚疑。

归去难

《归去难》与《满路花》同为一调，属同调异名。周邦彦有《归去难》（“佳约人未知”）一词，其句数、字数、韵律与《满路花》全同。属双调，八十三字者，有仄韵、平韵四体。其正体上下阕均九句，亦均于第二、四、六、七、九句用韵；惟上阕二十二字，下阕二十一字。另有八十六字一体，下阕起句为七字，前调则四字，故多三字。参阅《满路花》。《满路花》又名《促拍满路花》。

周邦彦　　归去难·期约

佳约人未知，背地伊先变。恶会称停事，看深浅。如今信我，委的论长远。好来无可怨，洎合教伊，因些事后分散。

密意都休，待说先肠断。此恨除非是，天相念。坚心更守，未死终相见。多少闲磨难，到得其时，知他做甚头眼。

归平谣

即《归国谣》。此调来历未考出，今仅存宋代颜奎一首词，第一句还残缺二字。属双调、仄韵，共四十一字。上阕四句，每句五字，句句用韵；下阕四句、二十一字，亦句句用韵。

颜　奎　　　归平谣·春□□拂拂

春□□拂拂，檐花双燕入。少年湖上风日，问天何处觅。湖山画屏晴碧，梦华知夙昔。东风忘了前迹，上青芜半壁。

归田乐

"归田"，古代把辞官还乡称为归田。词人制词，歌咏摆脱官府羁绊、还乡过闲适生活，命为《归田乐》。属双调、仄韵，共五十字。上下阕均四句、二十五字，亦均于第一、二、四句用韵，其每句字数皆为七、六、五、七字。别体虽亦五十字，但字句之数与前体迥别，上阕七句，字数为三、七、三、三、三、五、三字；下阕六句，字数为三、三、五、三、四、五字。另外，尚有六十八字和七十三字两体，其体式与前两体皆各异，恐非一调，当属同名异调。然《词律》未有说明。黄庭坚词名《归田乐引》。

晏几道　　　归田乐·试把花期数

试把花期数，便早有、感春情绪。看即梅花吐，愿花更不谢，春且长住。只恐花飞又春去。　　花开还不语，问此意、年年春还会否。绛唇青鬓，渐少花前语。对花又记得、旧曾游处，门外垂杨未飘絮。

晁补之　　　归田乐·东皋寓居

春又去，似别佳人幽恨积。闲庭院，翠阴满，添昼寂。一枝梅最好，至今忆。　　正梦断，炉烟袅，参差疏帘隔。为何事、年年春恨，问花应会得。

蔡　伸　　　归田乐·风生蘋末莲香细

风生蘋末莲香细，新浴晚凉天气。犹自倚朱阑，波面双双彩鸳戏。　　鸾钗委坠云堆髻，谁会此时情意。冰簟玉琴横，还是月明人千里。

仇　远　　　归田乐·略彴横溪曲

略彴横溪曲，映带短莎修竹，傍岸谁家屋。爱水护遥碧，

林拥深绿。呼布谷，东里西邻才一簇。　　社鼓初鸣春酒熟，长衫方帽，翁醉扶黄犊。断霞倦鹊，未晚先争宿，门外月明山六六。

无名氏　　　归田乐·水绕溪桥绿

水绕溪桥绿，泛蘋汀、步迷花曲。衣巾散余馥，种竹更洗竹。咏竹题竹，日暮无人伴幽独。　　光阴双转毂，可惜许、等闲愁万斛。世间种种，只是荣和辱，念足又愿足。意足心足，忘了眉头怎生蹙。

归田乐引

此调与《归田乐》句式相近，当为《归田乐》的别体。其调名来历参阅《归田乐》。“引”在词中多是截取大曲中前段部分制成，一般比令词乐调略长，字数略多。此调属双调、仄韵，共六十九字。上阕六句、三十字，于第一、三、六句用韵；下阕七句、三十九字，于第二、四、七句用韵。

黄庭坚　　　归田乐引·暮雨濛阶砌

暮雨濛阶砌，漏渐移、转添寂寞，点点心如碎。怨你又恋你，恨你惜你，毕竟教人怎生是。　　前欢算未已，奈何如今愁无计。为伊聪俊，销得人憔悴。这里诮睡里，梦里心里，一向无言但垂泪。

黄庭坚　　　归田乐引·对景还销瘦

对景还销瘦，被个人、把人调戏，我也心儿有。忆我又唤我，见我嗔我，天甚教人怎生受。　　看承幸厮勾，又是樽前眉峰皱。是人惊怪，冤我忒捌就。拚了又舍了，定是这回休了，及至相逢又依旧。

归田乐令

此调与《归田乐》体式不同，其调名来源可参阅《归田令》。“令”在此调中表明该调为令词。此调原为赋辞官归

乡的闲适之情。属单调、平韵，七句、四十六字。

黄庭坚　　　　归田乐令·引调得

引调得、甚近日心肠不恋家。宁宁地、思量他，思量他。两情各自肯，甚忙咱。意思里、莫是赚人唦。噷奴真个嘚、共人嘚。

归自谣

古词牌名，又名《风光子》、《思佳客》。与《归字谣》不是一调，属双调、仄韵，共六句、三十四字，句句用韵，各句字数为三、七、七、七、三、七。按句数、字数等体式，此调与《归国谣》当为同调异名。参阅《归国谣》。

欧阳修　　　　归自谣·何处笛

何处笛，夜深梦回情脉脉，竹风檐雨寒窗隔。　离人几岁无消息，今头白，不眠特地重相忆。

欧阳修　　　　归自谣·春艳艳

春艳艳，江上晚山三四点，柳丝如剪花如染。　香闺寂寂门半掩，愁眉敛，泪珠滴破胭脂脸。

欧阳修　　　　归自谣·寒水碧

寒水碧，水上何人吹玉笛，扁舟远送潇湘客。　芦花千里霜月白，伤行色，来朝便是关山隔。

无名氏　　　　归自谣·愁冉冉

愁冉冉，目送书空鸿数点，落霞风剪江分染。　胜处屏云犹未掩，羞娥敛，红潮怕上春风脸。

归字谣

此调名为宋代张孝祥所创。其词三首，皆以“归”字起韵，故名《归字谣》。词属单调、平韵，四句，共十六字，

于第一、二、四句用韵。蔡伸词名《苍梧谣》。因全词只有十六个字，故周玉晨词又名《十六字令》。又名《月穿窗》、《花娇女》、《苍梧谣》、《归自谣》、《归梧谣》，参阅《苍梧谣》等。

袁去华　　　　归字谣·归之一

归，目断吾庐小翠微。斜阳外，白鸟傍山飞。

袁去华　　　　归字谣·归之二

归，随分家山有蕨薇。陶元亮，千载是吾师。

归国谣

《归国谣》又写作《归国遥》，本唐教坊曲名，指回国之途遥远。冯延巳词用“谣”，教坊曲用“遥”，唐时即用为词牌，首见于《花间集》中温庭筠之词。属双调、仄韵，共四十二字。上下阕均四句，亦均句句用韵，惟上阕二十字，下阕二十二字。又一体四十三字，首句三字，比前体首句两字多一字。另外，有词牌《归自谣》，双调，仄韵，三十四字，为宋词。万树的《词律》把它列为《归国谣》之一体，并注云：“‘国’一作‘自’，‘谣’一作‘遥’。”但二者本非一调，《词谱》已分列。另有《思佳客令》一调，与此调句法、字数无异。《词律》认为应并入一调。杜文澜认为是两调。参阅《归字谣》、《思佳客令》。

姚述尧　　　　归国谣·初夏好

初夏好，雨过池塘荷盖小，绿阴庭院莺声悄。　　朱帘隐隐笙歌早，沉烟袅，玉人笑拥金尊倒。

姚述尧　　　　归国谣·春已去

春已去，墙外榴花红半吐，薰风习习生庭户。　　美人浴罢黄昏暮，愁无绪，阑干倚遍凭谁诉。

刘辰翁　　　　归国谣·暮春遣兴

初雨歇，照水绿腰裙带热，杨花不做人情雪。　　风流欲过前村蝶，羞成别，回头却恨春三月。

归朝欢

据《钦定词谱》此调见《乐章集》，以柳永词为正体。属双调、仄韵，共一百零四字。上下阕均九句、五十二字，亦均于第一、二、四、五、六、九句用韵，两阕每句的字数亦相同。辛弃疾词有“菖蒲自照清溪绿”之句，故又名《菖蒲绿》。《归朝歌》与此调格式同，或为别名。又名《归田欢》，参阅《归朝歌》。

柳　永　　归朝欢·别岸扁舟三两只

别岸扁舟三两只，葭苇萧萧风淅淅。沙汀宿雁破烟飞，溪桥残月和霜白。渐渐分曙色，路遥山远多行役。往来人，只轮双桨，尽是利名客。　一望乡关烟水隔，转觉归心生羽翼。愁云恨雨两牵萦，新春残腊相催逼。岁华都瞬息，浪萍风梗诚何益。归去来，玉楼深处，有个人相忆。

张　先　　归朝欢·声转辘轳闻露井

声转辘轳闻露井，晓引银瓶牵素绠。西园人语夜来风，丛英飘坠红成径。宝猊烟未冷，莲台香蜡残痕凝。等身金，谁能得意，买此好光景。　粉落轻妆红玉莹。月枕横钗云坠领。有情无物不双栖，文禽只合常交颈。昼长欢岂定，争如翻作春宵永。日曈昽，娇柔懒起，帘押残花影。

苏　轼　　归朝欢·我梦扁舟浮震泽

昔在九江，与苏伯固唱和，其略曰：“我梦扁舟浮震泽，雪浪横江千顷白。觉来满眼是庐山，倚天无数开青壁。”盖实梦也。然公诗复云：“扁舟震泽定何时，满眼庐山觉又非。”

我梦扁舟浮震泽，雪浪摇空千顷白。觉来满眼是庐山，倚天无数开青壁。此生长接淅，与君同是江南客。梦中游，觉来清赏，同作飞梭掷。　明日西风还挂席，唱我新词泪沾臆。灵均去后楚山空，澧阳兰芷无颜色。君才如梦得，武陵更在西南极。竹枝词，莫摇新唱，谁谓古今隔。

王之道　　归朝欢·对雪追和东坡词

透隙敲窗风撼撼，坐见广庭飞缟白。长安道上正骑驴，蔡

州城里谁坚壁。表表风尘物，瑶林琼宇三豪客。对分毫、连珠唱玉，竞把诗笺掷。　　草草杯盘还促席，痛饮狂歌话胸臆。前村昨夜访梅花，东邻休更夸容色。清欢那易得，明朝乌辔升南极。带随车、黄垆咫尺，莫作山河隔。

辛弃疾　　归朝欢·题晋臣积翠岩

我笑共工缘底怒，触断峨峨天一柱。补天又笑女娲忙，却将此石投闲处。野烟荒草路，先生拄杖来看汝。倚苍苔，摩挲试问，千古几风雨。　　长被儿童敲火苦，时有牛羊磨角去。霍然千丈翠岩屏，锵然一滴甘泉乳。结亭三四五，会相暖热携歌舞。细思量，古来寒士，不遇有时遇。

辛弃疾　　归朝欢·山下千林花太俗

齐庵菖蒲港，皆长松茂林，独野梅花一株，山上盛开，照映可爱。不数日，风雨摧败殆尽。意有感，因效介庵体为赋，且以菖蒲绿名之。丙辰岁三月三日也

山下千林花太俗，山上一枝看不足。春风正在此花边，菖蒲自蘸清溪绿。与花同草木，问谁风雨飘零速。莫怨歌，夜深岩下，惊动白云宿。　　病怯残年频自卜，老爱遗编难细读。苦无妙手画于菟，人间雕刻真成鹄。梦中人似玉，觉来更忆腰如束。许多愁，问君有酒，何不日丝竹。

辛弃疾　　归朝欢·寄题郑元英文山巢经楼

楼之侧有尚友斋，欲借书者，就斋中取读，书不借出

万里康成西走蜀，药市船归书满屋。有时光彩射星躔，何人汗简雠天禄。好之宁有足，请看良贾藏金玉。记斯文，千年未丧，四壁闻丝竹。　　试问辛勤携一束，何似牙签三万轴。古来不作借人痴，有朋只就云窗读。忆君清梦熟，觉来笑我便便腹。倚危楼，人间何处，扫地八风曲。

辛弃疾　　归朝欢·丁卯岁寄题眉山李参政石林

见说岷峨千古雪，都作岷峨山上石。君家右史老泉公，千金费尽勤收拾。一堂真石室，空庭更与添突兀。记当时，长编笔砚，日日云烟湿。　　野老时逢山鬼泣，谁夜持山去难觅。

有人依样入明光，玉阶之下岩岩立。琅玕无数碧，风流不数平原物。欲重吟，青葱玉树，须倩子云笔。

马子严　　　　　归朝欢·春游

听得提壶沽美酒，人道杏花深处有。杏花狼藉鸟啼风，十分春色今无九。麝煤销永昼，青烟飞上庭前柳。画堂深，不寒不暖，正是好时候。　　团团宝月凭纤手，暂借歌喉招舞袖。真珠滴破小槽红，香肌缩尽纤罗瘦。投分须白首，黄金散与亲和旧。且衔杯，壮心未落，风月长相守。

严　仁　　　　归朝欢·南剑双溪楼

五月人间挥汗雨，离恨一襟何处去。双溪楼下碧千寻，双溪楼上匏尊举。晚凉生绿树，渔灯几点依洲渚。莫狂歌，潭空月净，惨惨瘦蛟舞。　　变化往来无定所，求剑刻舟应笑汝。只今谁是晋司空，斗牛奕奕红光吐。我来空吊古，与君同记凭阑语。问沧波，乘槎此去，流到天河否。

严　仁　　　归朝欢·寿萧禹平知县

云表金茎珠璀璨，当日投怀惊玉燕。文章议论压西廱，风流姓字翔东观。紫皇嗟见晚，祥麟五色留金殿。大江西，铜章墨绶，暂尔烦君绾。　　十二金钗扶玉盏，锦瑟纵纵随急管。兽炉烟动彩云高，秋声拍碎红牙板。趣君归翰苑，莱衣焕烂潘舆稳。任方瞳，从今看到，弱水波清浅。

严　仁　　　　　归朝欢·别意

朱户绿窗深窈窕，闪闪华旗红干小。相逢斜柳绊轻舟，渚香不断蘋花老。西风吹梦草，题诗未了还惊觉。独伤心，凄凉故馆，月过西楼悄。　　楼外斜河低浸斗，夜已如何夜将晓。心期欲寄赤鳞鱼，秋云不动秋江渺。相思千里道，多情直被无情恼。玉台前，请君试看，华发添多少。

赵崇嶓　　归朝欢·翠羽低飞帘半揭

翠羽低飞帘半揭，宝簟牙床凉似雪。窗虚云母澹无风，隔墙花动黄昏月。玉钗鸾坠发，盈盈白露侵罗袜。记逢迎，鸿惊燕婉，灯影弄明灭。　　蜀雨巫云愁断绝，罗带同心留绾结。

交枝红豆雨中看，为君滴尽相思血。染衣香未歇，夜阑天净魂飞越。正销凝，一庭秋意，烟水浸空阔。

陈德武　　归朝欢·送前王通判惟善赴召

昨夜城头望牛斗，金气横空作龙吼。朝天尺一鹤飞书，尊前夺我龙头友。风流江左右，青毡旧物曾坚守。念侨居、淮阳九载，闲却丝纶手。　　花骢欲系无长柳，玉箸频挥翻短袖。凤凰台近月重圆，紫薇花暖香依旧。功名随分有，论交要在知心友。唱阳关、一杯别酒，先祝斯文寿。

无名氏　　归朝欢·寿监丞　四月初十

才鼓虞弦薰早入，昴日三分今恰一。清和时节天气佳，绿树莺簧巧调律。祥云舒好色，瑞气珑葱满籞室。又争知、长庚叶梦，太白生今夕。　　快上星辰听履舄，州县劳人空役役。暂辞朱皂养冲和，绿野堂延蓬岛客。华筵倾玉液，难老细听歌永锡。寿何其，松椿不数，自可齐箕翼。

归 朝 歌

此调名在今传词中仅存刘辰翁词一首。调名来历未考出。属双调、仄韵，共一百零四字。两阕格式相同，皆九句、五十二字，亦均于第一、二、四、五、六、九句用韵。此调与《归朝欢》(又名《菖蒲绿》)之句法、韵律皆同，当是《归朝欢》之别名。参阅《归朝欢》。

刘辰翁　　归朝歌·最是一人称好处

最是一人称好处，昨日小春留得住。梅花信信望东风，须待公归香满路。年时今已度，长是巴山深夜雨。宣又召，凯还簇簇，要见寿觞举。　　扫尽窝蜂闲绣斧，叠鼓春声欢岁暮。燕台剑履趣锋车，银信低低传好语。紫貂裘脱与，肘印累累映三组。但重省，西来斗水，忘却爱卿取。

且坐令

此调见《东浦集》。属双调、仄韵，共七十字。上阕七句、三十二字，于第一、二、三、四、七句用韵；下阕九句、三十八字，于第二、四、五、七、八、九句用韵。上下阕格式迥异。

韩　玉　　　　且坐令·闲院落

闲院落，误了清明约。杏花雨过胭脂绰，紧了秋千索。斗草人归，朱门悄掩，梨花寂寞。　书万纸、恨凭谁托，才封了、又揉却。冤家何处贪欢乐，引得我心儿恶。怎生全不思量著，那人人情薄。

四代好

本名《宴清都》，何籀以此调填词，上阕结句为“那更天远、山远水远人远”，后书舟仿其句法云：“那更春好、花好酒好人好。”于是命名为《四代好》。时人见《四代好》之名颇新，遂以《四代好》代《晏清都》。又名《四时好》。属双调、仄韵，共一百零二字。上阕十二句、五十二字，于第一、三、六、七、九、十二句用韵；下阕十二句、五十字，于第三、六、七、九、十二句用韵。参阅《晏清都》。

程　垓　　　　四代好·翠幕东风早

翠幕东风早，兰窗梦，又被莺声惊觉。起来空对，平阶弱絮，满庭芳草。厌厌未忺怀抱，记柳外、人家曾到。凭画阑、那更春好花好，酒好人好。　春好尚恐阑珊，花好又怕，飘零难保。直饶酒好□渑，未抵意中人好。相逢尽拚醉倒，况人与才情未老。又岂关、春去春来，花愁花恼。

四犯令

此调见侯置《懒窟词》。“犯”是乐曲用语，指词曲的移

换乐调。凡词中题名“犯”字者，有二义：一指犯调，如以宫调犯商调、角调，商调犯角调、徵调之类；一指犯他词句法，如《玲珑四犯》、《八犯玉交枝》等。《历代诗余》又云：“犯是歌时假借别调作腔”。借用别调亦差胜于自度新曲(见《词律》之《江月晃重山》的小注)。此词题名“四犯”，必犯四调，或每句犯一调，但未注明所犯何调。“令”之名称来源于唐代酒令，此处意同词牌。此牌为双调、仄韵，共五十字。上下阕均四句、二十五字，亦均句句用韵。李处全词更名《四和香》，关注词又名《桂华明》。

侯　寘　　　四犯令·月破轻云天淡注

月破轻云天淡注，夜悄花无语。莫听阳关牵离绪，拚酩酊、花深处。　　明日江郊芳草路，春逐行人去。不似酴醾开独步，能著意、留春住。

四犯翦梅花

此调见《龙州词》，为南宋刘过所创。所谓“犯”指犯调，即词曲移换乐调，如宫、商、角、徵、羽各调彼此相犯。“四犯”即一阕中四次变换乐调。刘过所制此调，上、下阕皆分为四段，均第一段注明用《解连环》，第二段注明用《醉蓬莱》，第三段注明用《雪狮儿》，第四段注明用《醉蓬莱》。因其采各曲句合成，上下阕各四段，故曰“四犯”。“翦梅花”二字是取其剪取之义而名之。秦玉笙解释此调的命名是：两用《醉蓬莱》，合《解连环》、《雪狮儿》，故曰“四犯”；所谓“翦梅花”者，梅花五瓣，四则剪去其一。“犯”者谓犯宫调。此牌双调、仄韵，共九十三字。上阕十一句、四十五字，于第三、五、六、八、十一句用韵；下阕十二句、四十八字，于第四、六、七、九、十二句用韵。上、下阕首句不押韵者用此名，押韵者名《辘轳金井》，卢祖皋词名《月城春》，又名《锦园春》，一名《三犯锦园春》。参阅《四犯令》。

刘　过　　四犯翦梅花·上建康钱大郎寿

水殿风凉，赐环归、正是梦熊华旦（解连环）。叠雪罗轻，称云章题扇（醉蓬莱）。西清侍宴，望黄伞、日华笼辇（雪狮儿）。金券三王，玉堂四世，帝恩偏眷（醉蓬莱）。

临安记、龙飞凤舞，信神明有后，竹梧阴满（解连环）。笑折花看，橐荷香红润（醉蓬莱）。功名岁晚，带河与、砺山长远（雪狮儿）。麟脯杯行，狨鞯坐稳，内家宣劝（醉蓬莱）。

四字令

《醉太平》的别名，因此调三十八字一体，上下阕的第一、二句皆为四字句而得名。此体双调、平韵，上下阕均四句、十九字，亦均句句用韵。又一体四十五字，仄韵。上阕四句、二十字，句句用韵；下阕五句、二十五字，于第一、三、四、五句用韵。参阅《醉太平》。

刘　过　　　　四字令·情深意真

情深意真，眉长鬓青。小楼明月调筝，写春风数声。思君忆君，魂牵梦萦。翠销香暖云屏，更那堪酒醒。

李彭老　　　　四字令·兰汤晚凉

兰汤晚凉，鸾钗半妆。红巾腻雪初香，擘莲房赌双。罗纨素珰，冰壶露床。月移花影西厢，数流萤过墙。

周　密　　　　四字令·访友不遇

残月半篱，残雪半枝。孤吟自款柴扉，听猿啼鸟啼。人归未归，无诗有诗。水边伫立多时，问梅花便知。

周　密　　　　四字令·拟花间

眉消睡黄，春凝泪妆。玉屏水暖微香，听蜂儿打窗。筝尘半妆，绡痕半方。愁心欲诉垂杨，奈飞红正忙。

张　炎　　　　四字令·莺吟翠屏

莺吟翠屏，帘吹絮云。东风也怕花瞋，带飞花赶春。邻娃笑迎，嬉游趁晴。明朝何处相寻，那人家柳阴。

四园竹

此调见宋周邦彦《片玉集》。周邦彦自注：“官本作西园

竹”，本为咏唱西园之竹，故名。属双调、平韵，共七十七字。上阕八句、三十七字，于第二、五、七、八句用韵；下阕八句、四十字，于第一、三、六、七、九句用韵。参见《西园竹》。

周邦彦　　　四园竹·秋景

浮云护月，未放满朱扉。鼠摇暗壁，萤度破窗，偷入书帏。秋意浓，闲伫立、庭柯影里，好风襟袖先知。　夜何其，江南路绕重山，心知谩与前期。奈向灯前堕泪，肠断萧娘，旧日书辞。犹在纸，雁信绝，清宵梦又稀。

方千里　　　四园竹·花骢纵策

花骢纵策，制泪掩斜扉。玉炉细袅，鸳被半闲，萧瑟罗帏。银漏声，那更杂、疏疏雨里，此时怀抱谁知。　恨凄其，西窗自剪寒花，沉吟暗数归期。最爱深情密意，无限当年，往复诗辞。千万纸，甚近日、人来字渐稀。

杨泽民　　　四园竹·残霞殿雨

残霞殿雨，皞气入窗扉。井梧堕叶，寒砌叫蛩，秋满屏帏。罗袖匆匆叙别，凄凉客里，异乡谁更相知。　念伊其，当时芍药同心，谁知又爽佳期。直待金风到后，红叶秋时。细写情辞，何用纸。又却恐、秋深叶渐稀。

陈允平　　　四园竹·昏昏暝色

昏昏暝色，乱叶拥云扉。渚兰风润，庭桂露凉，香动秋帏。独向闲亭步月，阑干瘦倚，此情惟有天知。　纵如其，黄花时节归来，因循已误心期。欲写相思寄与，愁拂鸾笺，粉泪盈盈先满纸。正寂寞，楼南雁过稀。

四 和 香

即《四犯令》。今据宋代李处全《四和香·立春》，略述其句式、用韵。词属双调、仄韵，共五十四字。上下阕各四句、二十五字，亦皆句句用韵。

李处全　　　　四和香·立春

香雪新苞偏胜韵，领袖催花信。华节良辰人有分，看士女、幡垂鬓。　莫向春风寻旧恨，乐事随方寸。眉寿故应天不吝，浮大白、吾无闷。

四槛花

此调在今存词中，只有《松隐乐府》中的曹勋词一首。调名来历未考出。词属双调、平韵，共九十七字。上阕十二句、四十九字，于第一、三、五、九、十二句用韵；下阕十句、四十八字，于第一、二、四、七、十句用韵。

曹　勋　　　　四槛花·鸳瓦霜浓

鸳瓦霜浓，兽炉烟冷，琐窗渐明。芙蓉红晕减，疏篁晓风清。睡觉犹眠，怯新寒，仍宿酒，尚有余醒。拥闲衾，先记早梅糁糁，流水泠泠。　须记岁月堪惊，最难管、苍华满镜生。心地常自乐，谁能问枯荣。一味情尘，揩摩尽，人间世，更没亏成。惟萧散，眠食外，且乐升平。

冉冉云

“冉冉”是慢慢地之意，形容渐进之状。此调始词为歌咏彩云缓动之貌。属双调、仄韵，共五十九字。上阕七句、三十字，于第一、三、五、七句用韵；下阕六句、二十九字，于第一、三、五、六句用韵。韩淲词有“倚遍栏杆弄花雨”之句，更名《弄花雨》。

卢　炳　　　冉冉云·雨洗千红又春晚

牡丹盛开，招同官小饮，赋此

雨洗千红又春晚，留牡丹、倚阑初绽。娇娅姹、偏赋精神君看，算费尽、工夫点染。　带露天香最清远，太真妃、院妆体段。拚对花、满把流霞频劝，怕逐东风零乱。

韩 淲　　　冉冉云·弄花雨

倚遍阑干弄花雨，卷珠帘、草迷芳树。山崦里、几许云烟来去。画不就、人家院宇。　社寒梁燕呢喃舞，小桃红、海棠初吐。谁信道、午醉醒时情绪，闲整春衫自语。

出 塞

此调本名《谒金门》，原是唐教坊曲名。宋李石用此调填词仍用乐府旧题《出塞》之名。出塞指远离边塞。属双调、仄韵，共四十五字。上、下阕各四句，亦各句句用韵，惟上阕二十一字，下阕二十四字。此调因词中字句或内容，又有许多别名：《花自落》、《空相忆》、《杨花落》、《东风吹酒面》、《不怕醉》、《醉花春》、《春早湖山》等。参阅《谒金门》、《花自落》、《东风吹酒面》等词调。

李 石　　　出塞·花树树

夜梦一女子引扇求字，为书小阕

花树树，吹碎胭脂红雨。将谓郎来推绣户，暖风摇竹坞。

睡起栏干凝伫，漠漠红楼飞絮。划踏袜儿垂手处，隔溪莺对语。

辛弃疾　　　出塞·春寒有感

莺未老，花谢东风扫。秋千人倦彩绳闲，又被清明过了。

日长减破夜长眠，别听笙箫吹晓。锦笺封与怨春诗，寄与归云缥缈。

生 查 子

本唐教坊曲名，属南吕宫，为唐玄宗开元间人所作。敦煌曲有《生查子》二首，可知其词初体，至迟应在韦庄时，可惜不传。传世作品以唐末韩偓所作为最早，故《词律》认为韩词乃初创之体。《词谱》亦云："此调创自韩偓"，实际上韩词以前已有所作。"查"同"楂"，古称"楂梨"，

即今日之山楂。《生查子》初为歌咏果实之事。清毛先舒《填词名解》认为"查"同"槎"，取海客事。又，唐代流俗语，称男女纵放不拘礼度者为"查"，可备一说。因朱希真词有"遥望楚云深"之句，故又名《楚云深》；韩滤词有"山意入春晴，都是梅和柳"之句，故又名《梅和柳》；又有"晴色入青山"之句，故又名《晴色入青山》。又名《陌上郎》、《美少年》、《荔枝红》、《梅溪渡》、《遇仙楂》、《愁风月》、《绿罗裙》、《嫩卸头》。属双调、仄韵，共四十字。上下阕均五言四句，亦均于第二、四句用韵。别体四十一字，下阕一、二句为两个三字句，故比正体多一字。又一体四十二字，上下阕的一、二句均为两个三字句，故比正体多二字。

陈 亚　　生查子·药名寄章得象陈情

朝廷数擢贤，旋占凌霄路。自是郁陶人，险难无移处。
也知没药疗饥寒，食薄何相误。大幅纸连粘，甘草归田赋。

陈 亚　　生查子·药名闺情

相思意已深，白纸书难足。字字苦参商，故要槟郎读。
分明记得约当归，远至樱桃熟。何事菊花时，犹未回乡曲。

陈 亚　　生查子·小院雨余凉

小院雨余凉，石竹风生砌。罢扇尽从容，半下纱厨睡。
起来闲坐北亭中，滴尽真珠泪。为念婿辛勤，去折蟾宫桂。

陈 亚　　生查子·浪荡去未来

浪荡去未来，踯躅花频换。可惜石榴裙，兰麝香销半。
琵琶闲抱理相思，必拨朱弦断。拟续断朱弦，待这冤家看。

张 先　　生查子·当初相见时

当初相见时，彼此心萧洒。近日见人来，却恁相谩唬。
休休休便休，美底教他且。匹似没伊时，更不思量也。

欧阳修　　生查子·去年元夜时

去年元夜时，花市灯如昼。月到柳梢头，人约黄昏后。
今年元夜时，月与灯依旧。不见去年人，泪满春衫袖。

欧阳修　生查子·含羞整翠鬟

含羞整翠鬟，得意频相顾。雁柱十三弦，一一春莺语。
娇云容易飞，梦断知何处。深院锁黄昏，阵阵芭蕉雨。

杜安世　生查子·关山魂梦长

关山魂梦长，寒雁音书少。两鬓可怜青，只为相思老。
归傍碧纱窗，说向人人道。真个别离难，不似相逢好。

此首别作晏几道、王观词

王安石　生查子·雨打江南树

雨打江南树，一夜花开无数。绿叶渐成阴，下有游人归路。　与君相逢处。不道春将暮。把酒祝东风，且莫恁、匆匆去。

晏几道　生查子·金鞭美少年

金鞭美少年，去跃青骢马。牵系玉楼人，绣被春寒夜。
消息未归来，寒食梨花谢。无处说相思，背面秋千下。

晏几道　生查子·轻匀两脸花

轻匀两脸花，淡扫双眉柳。会写锦笺时，学弄朱弦后。
今春玉钏宽，昨夜罗裙皱。无计奈情何，且醉金杯酒。

晏几道　生查子·关山魂梦长

关山魂梦长，鱼雁音尘少。两鬓可怜青，只为相思老。
归梦碧纱窗，说与人人道。真个别离难，不似相逢好。

此首别作杜安世、王观词

晏几道　生查子·坠雨已辞云

坠雨已辞云，流水难归浦。遗恨几时休，心抵秋莲苦。
忍泪不能歌，试托哀弦语。弦语愿相逢，知有相逢否。

晏几道　生查子·一分残酒霞

一分残酒霞，两点愁蛾晕。罗幕夜犹寒，玉枕春先困。

心情翦彩慵，时节烧灯近。见少别离多，还有人堪恨。

晏几道　　生查子·轻轻制舞衣

轻轻制舞衣，小小裁歌扇。三月柳浓时，又向津亭见。垂泪送行人，湿破红妆面。玉指袖中弹，一曲清商怨。

晏几道　　生查子·红尘陌上游

红尘陌上游，碧柳堤边住。才趁彩云来，又逐飞花去。深深美酒家，曲曲幽香路。风月有情时，总是相思处。

晏几道　　生查子·长恨涉江遥

长恨涉江遥，移近溪头住。闲荡木兰舟，误入双鸳浦。无端轻薄云，暗作廉纤雨。翠袖不胜寒，欲向荷花语。

晏几道　　生查子·远山眉黛长

远山眉黛长，细柳腰肢袅。妆罢立春风，一笑千金少。归去凤城时，说与青楼道。遍看颍川花，不似师师好。

晏几道　　生查子·落梅庭榭香

落梅庭榭香，芳草池塘绿。春恨最关情，日过阑干曲。几时花里闲，看得花枝足。醉后莫思家，借取师师宿。

晏几道　　生查子·狂花顷刻香

狂花顷刻香，晚蝶缠绵意。天与短因缘，聚散常容易。传唱入离声，恼乱双蛾翠。游子不堪闻，正是衷肠事。

晏几道　　生查子·官身几日闲

官身几日闲，世事何时足。君貌不长红，我鬓无重绿。榴花满盏香，金缕多情曲。且尽眼中欢，莫叹时光促。

晏几道　　生查子·春从何处归

春从何处归，试向溪边问。岸柳弄娇黄，陇麦回青润。多情美少年，屈指芳菲近。谁寄岭头梅，来报江南信。

王　观　　　**生查子·关山魂梦长**

关山魂梦长，塞雁音书少。两鬓可怜青，一夜相思老。归傍碧纱窗，说与人人道。真个别离难，不似相逢好。

别作晏几道、杜安世词

苏　轼　　　**生查子·诉别**

三度别君来，此别真迟暮。白尽老髭须，明日淮南去。酒罢月随人，泪湿花如雾。后月逐君还，梦绕湖边路。

晁补之　　　**生查子·夏日即事**

永日向人妍，百合忘忧草。午枕梦初回，远柳蝉声杳。甃井出冰泉，洗瀹烦襟了。却挂小帘钩，一缕炉烟袅。

晁补之　　　**生查子·梅**

青帝晓来风，偏傍梅梢紧。未放玉肌开，已觉龙香喷。此意比佳人，争奈非朱粉。惟有许飞琼，风味依稀近。

晁补之　　　**生查子·感旧**

宫里妒娥眉，十载辞君去。翠袖怯天寒，修竹无人处。今日近君家，望极香车驽。一水是红墙，有恨无由语。

晁补之　　　**生查子·夜饮别佳人**

夜饮别佳人，梅小犹飘雪。忍泪一春愁，过却花时节。相见话相思，重与临风月。休似那回时，无事还轻别。

毛　滂　　　**生查子·登高词**

鲈蟹正肥时，烟雨新凉日。露蕊郁金黄，云液蒲萄碧。此日古为佳，此醉君宁惜。高挂水精帘，尽放秋光入。

毛　滂　　　**生查子·春日**

日照小窗纱，风动重帘绣。宝炷暮云迷，曲沼晴漪皱。烟暖柳醒松，雪尽梅清瘦。恰是可怜时，好似花秾后。

毛　滂　　　**生查子·钗上燕犹寒**

钗上燕犹寒，胜里红偏小。恰有尔多春，不许群花笑。

酒面粉酥融，香袖金泥罩。芳意已潜通，残雪犹相照。

毛　滂　　　　生查子·富阳道中

春晚出山城，落日行江岸。人不共潮来，香亦临风散。花谢小妆残，莺困清歌断。行雨梦魂消，飞絮心情乱。

毛　滂　　　　生查子·花地锦斑残

花地锦斑残，月箔波凌乱。斗鸭玉阑旁，扑兽金炉畔。小醉奈春何，轻梦催云散。却步蕙兰中，应被鸳鸯见。

谢　薖　　　　生查子·和李商老

情亲难语离，且尽玻璃盏。双鲤有来时，莫使音书缓。征骖去若飞，不道家山远。相见小冯君，笑语迎归雁。

刘一止　　　　生查子·城头长短更

城头长短更，水调高低唱。别酒不盈斟，泪洒风烟上。明年二月时，更向城阴望。只有旧歌辞，传作风流样。

朱敦儒　　　　生查子·卧病独眠人

卧病独眠人，无月中秋节。澹照碧纱灯，冷看银屏雪。风露转萧寒，砧杵添凄切。伏枕漫书空，到晓愁难说。

周紫芝　　　　生查子·春寒入翠帷

春寒入翠帷，月淡云来去。院落半晴天，风撼梨花树。人醉掩金铺，闲倚秋千柱。满眼是相思，无说相思处。

周紫芝　　　　生查子·青丝结晓鬟

青丝结晓鬟，临镜心情懒。知为晓愁浓，画得双蛾浅。柳困玉楼空，花落红窗暖。相对语春愁，只有春闺燕。

周紫芝　　　　生查子·新欢君未成

新欢君未成，往事无人记。行雨共行云，如梦还如醉。相见又难言，欲住浑无计。眉翠莫频低，我已无多泪。

周紫芝　　　　生查子·清歌忆去年

清歌忆去年，共唱秦楼曲。门外月横波，帐里人如玉。

秋风吹彩云，梦断惊难续。别调不堪闻，红泪销残烛。

周紫芝　　生查子·金鞍欲别时

金鞍欲别时，芳草溪边渡。不忍上西楼，怕看来时路。帘幕卷东风，燕子双双语。薄幸不归来，冷落春情绪。

周紫芝　　生查子·轻云浅护霜

轻云浅护霜，晓日红生砌。烟共宝薰浓，人与山长翠。银浪酒杯浓，锦幄双鸾戏。庭下彩衣郎，共祝千千岁。

吕本中　　生查子·残春雾雨余

残春雾雨余，小院黄昏后。说道觅新词，把酒来相就。酴醾插髻云，岁岁长如旧。不是做词迟，却怕添伊瘦。

吕本中　　生查子·离思一

双双小凤斜，淡淡鸦儿稳。一曲渭城歌，柳色饶春恨。离觞洗别愁，酒尽愁难尽。宝瑟雁纵横，谁寄天涯信。

吕本中　　生查子·离思二

人分南浦春，酒把阳关盏。衣带自无情，顿为离人缓。愁随苦海深，恨逐前峰远。更听断肠猿，一似闻弦雁。

向子諲　　生查子·绍兴戊午姑苏郡斋怀归赋

我爱木中犀，不是凡花数。清似水沉香，色染蔷薇露。芗林月冷时，玉笋云深处。归梦托秋风，夜夜江头路。

向子諲　　生查子·月姊倚秋风

与客醉岩桂下，落蕊忽堕酒杯中

月姊倚秋风，香度青林杪。吹堕酒杯中，笑靥撩人小。芗林万事休，独此情未了。醉里又题诗，不觉花前老。

向子諲　　生查子·月在两山间

与王丰父、郑曼卿兄弟嵩山道中

月在两山间，人在空明里。山色碧于天，月色光于水。心闲物物幽，心动尘尘起。莫向动中来，长愿闲如此。

向子諲　　生查子·春心如杜鹃

春心如杜鹃，日夜思归切。啼尽一川花，愁落千山月。遥怜白玉人，翠被余香歇。可惯独眠寒，减动丰肌雪。

向子諲　　生查子·近似月当怀

近似月当怀，远似花藏雾。好是月明时，同醉花深处。看花不自持，对月空相顾。愿学月频圆，莫作花飞去。

向子諲　　生查子·春山和恨长

春山和恨长，秋水无言度。脉脉复盈盈，几点梨花雨。深深一段愁，寂寂无行路。推去又还来，没个遮栏处。

向子諲　　生查子·赠陈宋邻

娟娟月入眉，整整云归鬓。镜里弄妆迟，帘外花移影。斜窥秋水长，软语春莺近。无计奈情何，只有相思分。

向子諲　　生查子·相思懒下床

相思懒下床，春梦迷蝴蝶。入柳又穿花，去去轻如叶。可堪岐路长，不道关山隔。无赖是黄鹂，唤起空愁绝。

蔡　伸　　生查子·画堂初见伊

画堂初见伊，明月当窗满。今夜月如眉，话别河桥畔。重见约中秋，莫负于飞愿。免使月圆时，两处空肠断。

蔡　伸　　生查子·霜寒月满窗

霜寒月满窗，夜永人无寐。绛蜡有余情，偏照鸳鸯被。看尽旧时书，洒尽今生泪。衙鼓已三更，还是和衣睡。

蔡　伸　　生查子·金壶插玉芝

金壶插玉芝，人面交相照。花影满方床，翠叠屏山杳。风月亦多情，特地今宵好。尽道夜初长，弹指东窗晓。

蔡　伸　　生查子·几番花信风

几番花信风，数点笼丝雨。并辔踏香尘，选胜东郊路。

韶华转首空，谁解留春住。幸到绿尊前，且作莺花主。

蔡　伸　　　生查子·银缸委坠红

银缸委坠红，碧锁朦胧晓。别泪洒金徽，一曲情多少。邮亭今夜长，明月香帏悄。纵使梦相逢，何处寻蓬岛。

邓　肃　　　生查子·执手两潸然

执手两潸然，情极都无语。去马更匆匆，一息迷回顾。孤馆得村醪，一醉空离绪。酒醒却无人，帘外三更雨。

朱　翌　　　生查子·咏折叠扇

宫纱蜂趁梅，宝扇鸾开翅。数折聚清风，一捻生秋意。摇摇云母轻，袅袅琼枝细。莫解玉连环，怕作飞花坠。

杨无咎　　　生查子·秋深郎未归

秋深郎未归，月上人初静。无语意迟迟，步转梧桐影。罗衣宽莫裁，云鬓松还整。谁与问相思，立尽清宵永。

杨无咎　　　生查子·秋来愁更深

秋来愁更深，黛拂双蛾浅。翠袖怯春寒，修竹萧萧晚。此意有谁知，恨与孤鸿远。小立背西风，又是重门掩。

杨无咎　　　生查子·妖娆百种宜

妖娆百种宜，总在春风面。含笑又和嗔，莫作丹青现。问著却无言，觑了还回盼。底处奈思量，卷了还重展。

张元幹　　　生查子·天生几种香

天生几种香，风味因花见。旖旎透香肌，仿佛飞花片。雨润惜余熏，烟断犹相恋，不似薄情人，浓淡分深浅。

吕渭老　　　生查子·摊钱临小窗

摊钱临小窗，扑蝶穿斜径。醉戏晚风前，吹乱连枝影。别来秋夜长，梦到金屏近。肠断一声鸡，残月悬朝镜。

吕渭老　　　生查子·裙长步渐迟

裙长步渐迟，扇薄羞难掩。鞋褪倚郎肩，问路眉先敛。

踏青南陌回，倚醉开娇靥。今夜更同行，忍笑匀妆脸。

吕渭老　　生查子·双鬟绿发齐

双鬟绿发齐，多笑蔫红落。穿竹过西斋，问字时偷学。娇慵不惯羞，同倚阑干角。屈指数元宵，灯火堪行乐。

史　浩　　生查子·即席次韵陆务观

双蛟画鼓催，一水银蟾满。见夺锦标回，却倚花枝看。已擘冷金笺，更釂玻璃碗。归去诧乡关，不负平生眼。

李　石　　生查子·春情

小桃小杏红，和雨和烟瘦。不是点燕脂，素面偏宜酒。也是惯伤春，可惜闲时候。正要画眉人，与作双蛾斗。

李　石　　生查子·新花上苑枝

新花上苑枝，枝上娇莺语。日日抱花心，啄破燕脂雨。莺飞莺去时，谁与花为主。守等却飞来，再见花开处。

李　石　　生查子·今年花发时

今年花发时，燕子双双语。谁与卷珠帘，人在花间住。明年花发时，燕语人何处。且与寄书来，人往江南去。

李　石　　生查子·荷花人面红

荷花人面红，月影波心见。扇子倒拈来，敲落红香片。窗下剪灯花，今日眉深浅。留得镜中看，蹙破春山远。

曾　觌　　生查子·温柔乡内人

温柔乡内人，翠微阁中女。颜笑洛阳花，肌莹荆山玉。东君深有情，解与花为主。移傍楚峰居，容易为云雨。

洪　适　　生查子·碧涧有神龟

姚母寿席，以龟游莲叶杯酌酒

碧涧有神龟，千岁游莲叶。七十古来稀，寿母杯频接。绣衣牵彩衣，喜庆相重叠。龟紫看孙曾，鹤发何须镊。

洪　适　　　生查子·枕上作

贪看端木花，难办销金帐。庭下舞琼瑶，飞到须眉上。衰病不禁寒，对景频惆怅。梦寐到凌风，倚著青藜杖。

洪　适　　　生查子·收灯日次李举之韵

廉纤小雨来，噤瘆轻寒乍。丝竹送迎时，灯火阑珊夜。铜壶漏故迟，银烛花频灺。怀我独醒人，健笔方飞洒。

洪　适　　　生查子·桃疏蝶惜香

桃疏蝶惜香，柳困莺惊絮。日影过帘旌，多少愁情绪。红惨武陵溪，绿暗章台路。春色似行人，无意花间住。

洪　适　　　生查子·盘洲曲

带郭得盘洲，胜处双溪水。月榭间风亭，叠嶂横空翠。团栾情话时，三径参差是。听我一年词，对景休辞醉。

洪　适　　　生查子·正月到盘洲

正月到盘洲，解冻东风至。便有浴鸥飞，时见潜鳞起。高柳送青来，春在长林里。绿萼一枝梅，端是花中瑞。

洪　适　　　生查子·二月到盘洲

二月到盘洲，繁缬盈千萼。恰恰早莺啼，一羽黄金落。花边自在行，临水还寻壑。步步肯相随，独有苍梧鹤。

洪　适　　　生查子·三月到盘洲

三月到盘洲，九曲清波聚。修竹荫流觞，秀叶题佳句。红紫渐阑珊，恋恋莺花主。芍药拥芳蹊，未放春归去。

洪　适　　　生查子·四月到盘洲

四月到盘洲，长是黄梅雨。屐齿满莓苔，避湿开新路。极望绿阴成，不见乌飞处。云采列奇峰，绝胜看庐阜。

洪　适　　　生查子·五月到盘洲

五月到盘洲，照眼红巾蹙。句引石榴裙，一唱仙翁曲。

藕步进新船，斗楫飞云速。此际独醒难，一一金钟覆。

洪　适　　　　生查子·六月到盘洲

六月到盘洲，水阁盟鸥鹭。面面纳清风，不受人间暑。彩舫下垂杨，深入荷花去。浅笑擘莲蓬，去却中心苦。

洪　适　　　　生查子·七月到盘洲

七月到盘洲，枕簟新凉早。岸曲侧黄葵，沙际排红蓼。团团歌扇疏，整整炉烟袅。环坐待横参，要乞蛛丝巧。

洪　适　　　　生查子·八月到盘洲

八月到盘洲，柳外寒蝉懒。一掬木犀花，泛泛玻璃盏。蟾桂十分明，远近秋毫见。举酒劝嫦娥，长使清光满。

洪　适　　　　生查子·九月到盘洲

九月到盘洲，华发惊霜叶。缓步绕东篱，香蕊金重叠。橘绿又橙黄，四老相迎接。好处不宜休，莫放清尊歇。

洪　适　　　　生查子·十月到盘洲

十月到盘洲，小小阳春节。晚菊自争妍，谁管人心别。木末簇芙蓉，禁得霜如雪。心赏四时同，不与痴人说。

洪　适　　　　生查子·子月到盘洲

子月到盘洲，日影长添线。水退露溪痕，风急寒芦战。终日倚枯藤，细看浮云变。洲畔有圆沙，招尽云边雁。

洪　适　　　　生查子·腊月到盘洲

腊月到盘洲，寒重层冰结。试去探梅花，休把南枝折。顷刻暗同云，不觉红炉热。隐隐绿蓑翁，独钓寒江雪。

洪　适　　　　生查子·一岁会盘洲

一岁会盘洲，月月生查子。弟劝复兄酬，举案灯花喜。曲终人半酣，添酒留罗绮。车马不须喧，且听三更未。

朱淑真　　　　生查子·寒食不多时

寒食不多时，几日东风恶。无绪倦寻芳。闲却秋千索。

玉减翠裙交，病怯罗衣薄。不忍卷帘看，寂寞梨花落。

朱淑真　　　　生查子·年年玉镜台

年年玉镜台，梅蕊宫妆困。今岁未还家，怕见江南信。酒从别后疏。泪向愁中尽。遥想楚云深，人远天涯近。

赵彦端　　　　生查子·新月曲如眉

新月曲如眉，未有团圆意。红豆不堪看，满眼相思泪。终日擘桃穰，人在心儿里。两朵隔墙花，早晚成连理。

赵彦端　　　　生查子·翻翻别袖风

翻翻别袖风，醉眼迷残日。春色荡人魂，杨柳浑无力。不知长短亭，何处逢寒食。多少向来情，门掩梨花夕。

王千秋　　　　生查子·枝垂云碧长

枝垂云碧长，心展鹅黄嫩。无力倚阑时，扫尽漫山杏。玲珑影结阴，蕴藉香成阵。谁为祝东风，更莫催花信。

王千秋　　　　生查子·花飞锦绣香

花飞锦绣香，茗碾枪旗嫩。是处绿连云，又摘斑斑杏。愁来苦酒肠，老去闲花阵。燕子不知人，尚说行云信。

王千秋　　　　生查子·莺声恰恰娇

莺声恰恰娇，草色纤纤嫩。诗鬓已惊霜，镜叶慵拈杏。因何积恨山，著底攻愁阵。春事到荼蘼，还是无音信。

王千秋　　　　生查子·睡起髻云松

睡起髻云松，枕印香腮嫩。愁思到眉尖，齿软尝新杏。都无鱼雁书，又过莺花阵。宽尽缕金衣，说与伊争信。

王千秋　　　　生查子·春江波面浑

春江波面浑，春岸芦芽嫩。不见木兰舟，羞带骈枝杏。轻绡揾泪痕，急雨冲花阵。暗祷紫姑神，觅个巴陵信。

王千秋　　　　生查子·雄姿画麒麟

雄姿画麒麟，朽骨分蝼蚁。争似及生前，常为莺花醉。

云山静有情，天地宽无际。且放两眉开，万事非人意。

王千秋　　生查子·功名竹上鱼

功名竹上鱼，富贵槐根蚁。三万六千场，排日扶头醉。高怀隘世间，壮气横天际。常是惜春残，不会东君意。

姚　宽　　生查子·情景

郎如陌上尘，妾似堤边絮。相见两悠扬，踪迹无寻处。酒面扑春风，泪眼零秋雨。过了别离时，还解相思否。

朱　雍　　生查子·帘栊月上时

帘栊月上时，寂寞东风里。又是立黄昏，梅影临窗绮。玉梅清夜寒，梦断还无寐。晓角一声残，吹彻人千里。

管　鉴　　生查子·天教百媚生

天教百媚生，赋得多情怨。背整玉搔头，宽了黄金钏。情随歌意深，故故回娇眄。不是不相知，只为难相见。

陆　游　　生查子·还山荷主恩

还山荷主恩，聊试扶犁手。新结小茅茨，恰占清江口。风尘不化衣，邻曲常持酒。那似宦游时，折尽长亭柳。

陆　游　　生查子·梁空燕委巢

梁空燕委巢，院静鸠催雨。香润上朝衣，客少闲谈麈。鬓边千缕丝，不是吴蚕吐。孤梦泛潇湘，月落闻柔橹。

陆游妾　　生查子·只知愁上眉

只知愁上眉，不识愁来路。窗外有芭蕉，阵阵黄昏雨。逗晓理残妆，整顿教愁去。不合画春山，依旧留连住。

赵磻老　　生查子·答洪丞相谢送小冠

章甫不如人，翠绾垂杨缕。纤手送来时，罗帕缄香雾。貂蝉懒上头，渭水知何处。风月共垂竿，脱帽须亲付。

赵磻老　　生查子·洪舍人用前韵索冠答谢，并以冠往

朝路进贤归，厌听歌金缕。不恋玉堂花，豹隐南山雾。

漉酒未巾时，暑槛披风处。子夏不兼人，并与诗筒付。

赵磻老　　生查子·再和丞相

金门一免时，离绪纷如缕。想像切云高，晓日罗昏雾。峨冠补衮人，不是无心处。欲效贡公弹，衣钵知谁付。

赵磻老　　生查子·再和舍人

斜日下平川，楼角销霞缕。摆尽浊尘缨，画栋萦非雾。平生许子穷，今到知音处。约伴玉簪游，好梦从天付。

王　质　　生查子·见梅花

见汝小溪湾，修竹连疏影。林杪动风声，惊下毵毵粉。见汝大江郊，高浪摇枯本。飞雪密封枝，直到斜阳醒。

李　漳　　生查子·寿陈宰妻

家承阀阅高，人擅闺房秀。嫁得伯鸾夫，直是齐眉偶。榴花著子时，萱草宜男候。一笑捧觥船，共祝人长寿。

张孝祥　　生查子·远山眉黛横

远山眉黛横，媚柳开青眼。楼阁断霞明，帘幕春寒浅。杯延玉漏迟，烛怕金刀剪。明月忽飞来，花影和帘卷。

李处全　　生查子·拒霜花

庭户晓光中，帘幕秋光里。曲沼绮疏横，几处新妆洗。红脸露轻匀，翠袖风频倚。鸾鉴不须开，自有窗前水。

李处全　生查子·正月十六日周仲先劝酒

温柔属东南，和冷经三五。几夜德星明，果应荀陈聚。分虎屈雄姿，展骥淹遐步。除诏已涂芝，便看朝天去。

杨冠卿　　生查子·闻莺用竹坡韵

娇莺恰恰啼，过水翻回去。欲共诉芳心，故绕池边树。人去绮窗闲，弦断秦筝柱。百啭听新声，总是伤心处。

杨冠卿　生查子·忠甫持梅水仙研笺索词

消瘦不胜寒，独立江南路。罗袜暗生尘，不见凌波步。

兰佩解鸣珰，往事凭谁诉。一纸彩云笺，好寄青鸾去。

杨冠卿　　生查子·赋湘妃鼓瑟笺

湘妃泛莲叶，上有片云擎月

潇湘日暮时，倚棹蒹葭浦。不见独醒人，愁对湘妃语。璧月送归云，一叶莲舟举。宝瑟奏清商，波底鱼龙舞。

辛弃疾　　生查子·山行寄杨民瞻

昨宵醉里行，山吐三更月。不见可怜人，一夜头如雪。今宵醉里归，明月关山笛。收拾锦囊诗，要寄扬雄宅。

辛弃疾　　生查子·民瞻见和，复用前韵

谁倾沧海珠，簸弄千明月。唤取酒边来。软语裁春雪。人间无凤凰，空费穿云笛。醉倒却归来，松菊陶潜宅。

辛弃疾　　生查子·游雨岩

溪边照影行，天在清溪底。天上有行云，人在行云里。高歌谁和余，空谷清音起。非鬼亦非仙，一曲桃花水。

辛弃疾　　生查子·独游西岩

青山非不佳，未解留侬住。赤脚踏沧浪，为爱清溪故。朝来山鸟啼，劝上山高处。我意不关渠，自要寻兰去。

辛弃疾　　生查子·漫天春雪来

漫天春雪来，才抵梅花半。最爱雪边人，楚些裁成乱。雪儿偏解歌，只要金杯满。谁道雪天寒，翠袖阑干暖。

辛弃疾　　生查子·去年燕子来

去年燕子来，帘幕深深处。香径得泥归，都把琴书污。今年燕子来，谁听呢喃语。不见卷帘人，一阵黄昏雨。

辛弃疾　　生查子·独游西岩

青山招不来，偃蹇谁怜汝。岁晚太寒生，唤我溪边住。山头明月来，本在高高处。夜夜入清溪，听读离骚去。

辛弃疾　　生查子·简子似

高人千丈崖，千古储冰雪。六月火云时，一见森毛发。

俗人如盗泉，照眼都昏浊。高处挂吾瓢，不饮吾宁渴。

辛弃疾　　生查子·和夏中玉

一天霜月明，几处砧声起。客梦已难成，秋色无边际。旦夕是重阳，菊有黄花蕊。只怕又登高，未饮心先醉。

辛弃疾　　生查子·重叶梅

百花头上开，冰雪寒中见。霜月定相知，先识春风面。主人情意深，不管江妃怨。折我最繁枝，还许冰壶荐。

辛弃疾　　生查子·梅子褪花时

梅子褪花时，直与黄梅接。烟雨几曾开，一春江里活。富贵使人忙，也有闲时节。莫作路旁花，长教人看杀。

辛弃疾　　生查子·题京口郡治尘表亭

悠悠万世功，矻矻当年苦。鱼自入深渊，人自居平土。红日又西沉，白浪长东去。不是望金山，我自思量禹。

程　垓　　生查子·溪光曲曲村

溪光曲曲村，花影重重树。风物小桃源，春事还如许。情知送客来，又作寻芳去。可惜一春诗，总为闲愁赋。

程　垓　　生查子·长记别郎时

长记别郎时，月淡梅花影。梅影又横窗，不见江南信。无心换夕香，有分怜朝镜。不怕瘦棱棱，只怕梅开尽。

程　垓　　生查子·春日闺情

兰帷夜色高，绣被春寒拥。何事玉楼人，屡踏杨花梦。分明相见陈，不道幽情重。乞个好因缘，莫待来生种。

黄人杰　　生查子·烟雨不多时

烟雨不多时，肥得梅如许。早有点儿酸，诮没星儿苦。飞燕恶禁持，又待衔春去。容著水精盐，觅个调羹处。

韩　玉　　生查子·裙拖簇石榴

裙拖簇石榴，髻绾偏荷叶。头上短金钗，轻重还相压。

轻颦月入眉，浅笑花生颊。夫婿不风流，取次看承别。

赵师侠　生查子·宜春记宾亭别王希白庚

梅从陇首传，柳向邮亭折。鸳瓦晓霜浓，掠面凝寒色。相逢意便亲，欲去如何说。我亦是行人，更与行人别。

赵师侠　　生查子·萍乡阳春亭

千山拥翠屏，一水萦罗带。雨过水痕添，云散山容在。亭高景最幽，天迥风尤快。啼鸟一声闲，唤起情无奈。

赵师侠　　生查子·迟迟春昼长

迟迟春昼长，冉冉东风软。寒食乍晴天，红紫芳菲遍。前峰积翠横，新涨挼蓝远。向晚淡烟迷，一段屏山展。

赵师侠　　生查子·丙午铁炉冈回

春光不肯留，风雨催将去。红逐故园尘，绿满江南树。阴晴寒食天，寂寞西郊路。芳草织新愁，怅望人何处。

赵师侠　　生查子·庭虚任雀喧

庭虚任雀喧，院静无人到。回首十年非，赖得知几早。心随香篆销，意与梅花好。万事转头空，一笑吾身老。

杨炎正　　生查子·金莲照夜红

金莲照夜红，玉腕扶春碧。曲妙遏云行，人好欺花色。欢生酒面浓，笑染炉香湿。饮尽十玻璃，月堕东方白。

汪　莘　　生查子·忆去秋抱病过冬，因赋此

春来春色佳，秋至秋光好。无计奈春归，又看秋光老。去年飞雪时，病与梅花道。来岁雪飞时，为把金樽倒。

汪　莘　　生查子·春晴寓兴

天上不知天，洞里休寻洞。洞府天宫在眼前，春日都浮动。　我自觉来看，他在迷时梦。觉则人人总是仙，步步乘鸾凤。

郭应祥　　生查子·尊前主与宾

八月二十四日桂隐观菊，次彭孚先韵

尊前主与宾，欠一还成九。休唱木犀词，预饮黄花酒。开怀今夕同，分手明朝又。不管岁年催，且把馨香嗅。

郭应祥　　生查子·谢德操席上次卢守韵

银烛映红衫，薄暮新梳洗。一笑奉宾欢，未解东君意。回廊月转初，忆趁良宵会。喜事在明年，剧饮拚先醉。

韩　淲　　生查子·梅溪橘阁词

霜叶柳塘风，烟蕊梅溪渡。茅店问村醪，未许空归去。倚杖小徘徊，写我吟边句。醉眼复何之，落日孤鸿处。

韩　淲　　生查子·梅和柳

山意入春晴，都是梅和柳。白白与青青，日映风前酒。归去也如何，路上休回首。各自做新年，柳袅梅枝瘦。

韩　淲　　生查子·晴色入青山

晴色入青山，更见飞花晚。不是不登临，自是心情懒。试襞小红笺，与写天涯怨。杜宇一声春，楼下沧波远。

李廷忠　　生查子·玉女翠帷熏

玉女翠帷熏，香粉开妆面。不是占春迟，羞被群花见。纤手折柔条，绛雪飞千片。流入紫金卮，未许停歌扇。

吴礼之　　生查子·浙江

吴山与越山，相对磨今古。袅缆浙江亭，回首西兴渡。区区名利人，无分香闺住。匆遽促征鞍，又入临平路。

李　刘　　生查子·寿谢宪，在四川类省试院

湘江贯地维，衡岳生人杰。谁遣益州星，暂伴峨眉月。初度庆今朝，绣斧双龙节。为国罩嘉鱼，趣觐黄金阙。

李　刘　　生查子·寿魏制干　九月十九

万里彩衣远，旬日黄花后。蓬矢纪佳辰，莲幕翻新奏。更看桂枝香，归献灵椿寿。同对小蟠桃，共醉长生酒。

高观国　　生查子·咏芹

野泉春吐芽，泥湿随飞燕。碧涧一杯羹，夜韭无人翦。

玉钗和露香，鹅管随春软。野意重殷勤，持以君王献。

高观国　　生查子·芙蓉羞粉香

芙蓉羞粉香，倚竹窥烟雾。眼带楚波寒，骨艳春风醉。谁传侧帽情，想解遗鞭意。红叶可怜秋，不寄相思字。

高观国　　生查子·史辅之席上歌者赠云头香乞词

蓬莱一捻云，彻骨龙涎染。风味韵而芳，笑语柔而婉。花娇绿鬓寒，酒凝清歌怨。翠幄已烟秾，银烛重休翦。

高观国　　生查子·木香

春笼云润香，露湿青蛟瘦。偷学汉宫妆，舞彻霓裳后。酥胸紫领巾，冰翦柔荑手。有意入罗囊，不肯成春酒。

高观国　　生查子·飞花澹澹风

飞花澹澹风，破暖疏疏雨。香润玉阶尘，翠湿纱窗雾。钿筝离雁行，宝篋留钗股。惟有凤楼魂，夜夜江南路。

高观国　　生查子·梅次韵

香惊楚驿寒，瘦倚湘筠暮。一笛已黄昏，片月尤清楚。沉沉冰玉魂，漠漠烟云浦。酸泪不成弹，又向春心聚。

魏子敬　　生查子·愁盈镜里山

愁盈镜里山，心叠琴中恨。露湿玉阑秋，香伴银屏冷。云归月正圆，雁到人无信。孤损凤皇钗，立尽梧桐影。

岳　珂　　生查子·芙蓉清夜游

芙蓉清夜游，杨柳黄昏约。小院碧苔深，润透双鸳薄。暖玉惯春娇，簌簌花钿落。缺月故窥人，影转阑干角。

刘克庄　　生查子·元夕戏陈敬叟

繁灯夺霁华，戏鼓侵明发。物色旧时同，情味中年别。浅画镜中眉，深拜楼西月。人散市声收，渐入愁时节。

吴　潜　　**生查子·谁家白面郎**

谁家白面郎，画舫朱帘挂。十二列金钗，一局文楸罢。歌舞不知休，醉倒荷花下。归棹踏烟波。灯火芜城夜。

吴　潜　　**生查子·己未八月二日四明窗和韵**

坐临芳沼边，荷气侵衣湿。唧唧暗蛩鸣，点点流萤入。人生歧路中，底用杨朱泣。一笑倚阑干，颓玉当风立。

吴　潜　　**生查子·夜夜云气浮**

夜夜云气浮，带得香烟湿。万籁本无情，一一秋声入。须臾离合间，应笑儿曹泣。新雨涨鄞江，明日桅樯立。

吴文英　　**生查子·稽山对雪有感**

暮云千万重，寒梦家乡远。愁见越谿娘，镜里梅花面。醉情啼枕冰，往事分钗燕。三月灞陵桥，心翦东风乱。

吴文英　　**生查子·秋社**

当楼月半奁，曾买菱花处。愁影背阑干，素发残风露。神前鸡酒盟，歌断秋香户。泥落画梁空，梦想青春语。

李彭老　　**生查子·罗襦隐绣茸**

罗襦隐绣茸，玉合消红豆。深院落梅钿，寒峭收灯后。心事卜金钱，月上鹅黄柳。拜了夜香休，翠被听春漏。

李莱老　　**生查子·妾情歌柳枝**

妾情歌柳枝，郎意怜桃叶。罗带绾同心，谁信愁千结。楼上数残更，马上看新月。绣被怨春寒，怕学鸳鸯叠。

彭元逊　　**生查子·痴多故恼人**

痴多故恼人，妆晚翻嫌趣。只为眼波长，嗔笑娇难触。春心不肯深，春睡何曾足。莫待柳花飞，飞去无拘束。

莫　崙　　**生查子·三两信凉风**

三两信凉风，七八分圆月。愁绪到今年，又与前年别。

衾单容易寒，烛暗相将灭。欲识此时情，听取鸣蛩说。

仇　远　　　　生查子·飞尘入建章

飞尘入建章，乐事难重见。白发故宫娃，闲说沉香宴。霓裳秋梦寒，□鞁黏冰片。萤火起庭莎，犹忆轻罗扇。

仇　远　　　　生查子·钗头缀玉虫

钗头缀玉虫，耿耿东窗晓。京洛少年游，犹恨归来早。寒食正梨花，古道多芳草。今夜试青灯，依旧春花小。

无名氏　　　　生查子·朔风吹冻云

朔风吹冻云，云破天容碧。新月过溪来，隐见横云色。天与水争妍，花与月争白。一倩管城君，寄此春消息。

无名氏　　　　生查子·九月廿一

才生申十日，便小春时候。硕果已含生，一缕微阳透。贞固见天机，寿脉滋培厚。菊后早梅前，不尽长生酒。

无名氏　　　　生查子·闺情

闲倚曲屏风，试写相思字。不道极多情，却是浑无思。笑近短墙阴，抛个青梅子。苔上印钩弯，邂逅难忘此。

付金钗

此调本名《更漏子》，贺铸词有“付金钗，平斗酒，未许解携纤手”句，故更名《付金钗》。详见《更漏子》条。

贺　铸　　　　付金钗·付金钗

付金钗，平斗酒，未许解携纤手。吟警句，写清愁，浮骖为少留。　旧游赊，新梦后，月映隔窗疏柳。闲砚席，剩衾裯，今秋似去秋。

白苎

“苎”是麻布，为吴地所产，质轻细，光且白，可制袍、巾，进而为舞衣。三国吴孙皓时有《白苎歌》和《白苎舞》，古乐府有《白苎曲》，其辞之名是赞白苎之美，劝人及时行乐。至晋和南朝仍歌之甚盛。此虽南方之曲，亦流传至北朝。及隋有清商舞曲《白苎》，唐因隋曲制歌辞，别名《白苎》、《白苎曲》、《白苎歌》、《大白苎》、《香风辞》。入赵宋，始为琴曲，又依原名制词，遂成调名。其曲调，一说就音乐沿革言，仍因旧曲；一说宋人盖借旧曲名，别倚新声。属双调、仄韵，共一百二十一字。上阕十五句、六十二字，下阕十四句、五十九字。别体为一百二十五字，下阕比前体多第二句四字。另一体一百二十五字。王灼《颐堂集》云：白苎词传者至少，其正宫一阕，世以为紫姑神作。《花草粹编》认为是柳永词。

史　浩　　白苎·次韵真书记梅花

腊天寒，晓风劲，幽香频吐。精神绰约，谁羡姑射居处。江南探春独步，恨无侣。微语，又谁管、雪势霜威埋妒。且图少陵东阁作诗苦，拟烦玉纤轻拗、宁相许。　惜取，栏干遍倚，月淡黄昏，水边清浅，不放红尘染污。似名画手丹青，罢施缃素。不随艳卉，强媚韶光一瞬，飘荡无据。只恐金门，宝鼎方调，时时来觑。便把枝头，豆颗朝天去。

蒋　捷　　白苎·正春晴

正春晴，又春冷，云低欲落。琼苞未剖，早是东风作恶。旋安排、一双银蒜镇罗幕。幽壑，水生漪，皱嫩绿、潜鳞初跃。愔愔门巷，桃树红才约略。知甚时，霁华烘破青青萼。　忆昨，□□□□，引蝶花边，近来重见，身学垂杨瘦削。问小翠眉山，为谁攒却。斜阳院宇，任蛛丝罥遍，玉筝弦索。户外惟闻，放剪刀声，深在妆阁。料想裁缝，白苎春衫薄。

白 雪

此调本为《念奴娇》。米友仁在其词的小序中说："京口翟伯寿，余生平至交……以白雪词寄之，世所谓《念奴娇》也。"又在词后自注曰："旧曾写寄蔡天任，以《白雪》易其名，旧名可谓恶甚。"由上可知，米友仁以《念奴娇》填词，因恶其调名，故改称新名《白雪》。词属双调、平韵，共九十九字。上阕十一句、四十九字，下阕十一句、五十字。此调与苏轼之《念奴娇·大江东去》在句法上略有参差，当为《念奴娇》的另一体。参阅《念奴娇》。

米友仁　　白雪·洞天昼永

夜雨欲霁，晓烟既泮，则其状类此。余盖戏为潇湘写，千变万化不可名，神奇之趣，非古今画家者流也。惟是京口翟伯寿，余生平至交，昨豪夺余自秘著色袖卷，盟于天而后不复力取归。往岁挂冠神武门，居京城旧庐，以白雪词寄之，世所谓念奴娇也

洞天昼永，正中和时候，凉飙初起。羽扇纶巾，云流处，水绕山重云委。好雨新晴，绮霞明丽，全是丹青戏。豪攘横卷，楚天应解深秘。　　留滞，字学书林，折腰缘为米，无机涉世。投组归来欣自肆，目仰云霄醒醉。论少卑之，家声接武，月旦评吾子。凭高临望，桂轮徒共千里。（昨与吴傅朋蜀冷金笺上戏作一幅。比与达功相遇，知亦为此郎夺，因追省此词，跋于小卷后。旧曾写寄蔡天任，以白雪易其名，旧名可谓恶甚。懒拙道人元晖。）

杨无咎　　白雪·檐收雨脚

檐收雨脚，云乍敛、依然又满长空。纹蜡焰低，熏炉烬冷，寒衾拥尽重重。隔帘栊，听撩乱、扑漉春虫。晓来见、玉楼珠殿，恍若在蟾宫。　　长爱越水泛舟，蓝关立马，画图中。怅望几多诗思，无句可形容。谁与问、已经三白，忒是报年丰。未应真个，情多老却天公。

氐州第一

此调见《清真乐府》。“氐州”为唐边州之一，本为氐族所居之地，汉置氐道县，唐时改为州，在今甘肃省清水县西南。唐天宝间多用边地之名作为乐曲名。唐教坊曲有大曲名《氐州》。“第一”指本调乃用大曲的第一遍。氐州，一作熙州，宋改镇洮军为熙州。宋词沿用唐曲，属商调，为周邦彦所首用。属双调、仄韵，共一百零二字。上阕十二句、五十一字，于第三、六、九、十二句用韵；下阕十三句、五十一字，于第一、三、六、十、十三句用韵。又名《熙州摘遍》。

周邦彦　　氐州第一·秋景

波落寒汀，村渡向晚，遥看数点帆小。乱叶翻鸦，惊风破雁，天角孤云缥缈。官柳萧疏，甚尚挂、微微残照。景物关情，川途换目，顿来催老。　　渐解狂朋欢意少，奈犹被、思牵情绕。座上琴心，机中锦字，觉最萦怀抱。也知人、悬望久，蔷薇谢、归来一笑。欲梦高唐，未成眠、霜空又晓。

方千里　　氐州第一·朝日融怡

朝日融怡，天气艳冶，桃英杏萼犹小。燕垒初营，蜂衙乍散，池面烟光缥缈。芳草如薰，更潋滟、波光相照。锦绣萦回，丹青映发，未容春老。　　倦客自嗟清兴少，念归计、梦魂飞绕。浪阔鱼沉，云高雁阻，瞪目添愁抱。忆香闺、临丽景，无人伴、轻颦浅笑。想像消魂，怨东风、孤衾独晓。

郑熏初　　氐州第一·开遍来禽

开遍来禽，春事过也，江南倦客心苦。料理花愁，销磨酒病，还是年时意绪。寒浅香轻，早一霎、朝来微雨。柳曲闻莺，河桥信马，旋题新句。　　漫道而今无贺铸，尽肠断、满帘飞絮。说似风流，除非小杜，妙绝夸能赋。黯相逢，俱有恨，空流落、江山好处。猛拍阑干，诉天知、声声杜宇。

杨泽民　　　**氐州第一·潇潇寒庭**

潇潇寒庭，深院绣盖，佳人就中娇小。半额装成，纤腰浴罢，初著铢衣缥缈。徐整鸾钗，向凤鉴、低徊斜照。情态方浓，憨痴不管，绿稀红老。　　阆苑春回花枝少，漫微步、芳丛频绕。密意难窥，幽欢未讲，时把琵琶抱。但多才强傅粉，何须用、千金买笑。一枕春酲，笑巫阳、朝云易晓。

刘天游　　　**氐州第一·冰缩寒流**

冰缩寒流，川凝冻霭，前回鹭渚冬晚。燕阁红炉，驼峰翠釜，曾忆花柔酒软。云海沧洲，甚又寄、南来客雁。洒雪朱门，回桡剡曲，镜华霜满。　　万里银霄凝望眼，恁吟袖、画阑空暖。树带潮墟，笳鸣古戍，簇仲宣幽怨。想愁思、春近也，随宫绣、时宽一线。昨夜扁舟，梦湖山、眉横黛浅。

陈允平　　　**氐州第一·闲倚江楼**

闲倚江楼，凉生半臂，天高过雁来小。紫芡波寒，青芜烟澹，南浦云帆缥缈。潮带离愁，去冉冉，夕阳空照。寂寞东篱，白衣人远，渐黄花老。　　见说西湖鸥鹭少，孤山路、醉魂飞绕。荻蟹初肥，莼鲈更美，尽酒怀诗抱。待南枝、春信早，巡檐对梅花索笑。月落乌啼，渐霜天、钟残梦晓。

赵　文　　　**氐州第一·寿刘府教**

风雨山城，天意欲雪，梅花照影清峭。彩燕飞春，祥麟绂旦，当日文星高照。无地无情，向十载、风埃吹老。盖世科名，经邦事业，白衣苍狗。　　不是贪名求分表，漫猎较、逢场一笑。野外朝仪，城中马队，且暂淹才调。为斯文争一脉，斯文在、乾坤未了。烂醉金尊，夜何其，东方渐晓。

赵功可　　　**氐州第一·次韵送春**

杨柳楼深，推梦乍起，前山一片愁雨。嫩绿成云，飞红欲雪，天亦留春不住。借问东风，甚飘泊、天涯何许。可惜风流，三生杜牧，少年张绪。　　陌上差差携手去，怕行到、歌台旧处。落日啼鹃，断烟荒草，吟不成谁语。听西河、人唱罢，何堪把、江南重赋。敲碎琼壶，又前村、数声钟鼓。

乐　语

此调见《稼村乐府》，为宋代王义山所创制，是庆贺太后寿诞所作之词，由词和诗两部分组成。词前有两段颇长的序，分别名为“寿崇节致语”、“对厅致语”，故名《乐语》。颇似现在的诗歌联唱。由二十一首词组成，词前标以“唱”字，在“唱”之间穿插一至三首诗不等，每首诗皆冠诗名。词有的标词调，如《唱柘枝令》，有的不标词调，只冠以“唱”字。其所唱有的为《瑶台第一层》，有的为其他词调，不详述。

王义山　乐语·寿崇节致语　隆兴府

万年介寿，星辰拱文母之尊；四海蒙恩，雨露宠周臣之宴。颂声交作，协气横流。与天同心，为民立命。以圣子承承继继，九州悉臣；奉太后怡怡愉愉，亿载永久。宝册加徽称于汉典，彩衣绚瑞色于舜庭。捧金炉香，胥庆寿崇之旦；□玉卮酒，永延长乐之春。躬禀聪明，性纯爱敬。晋福介王母，三千年之桃晕新红；华封祝圣人，八九叶之蓂开并绿。耳凤韶之雅奏，身鱼藻之深仁。臣等幸囿明时，忻逢盛事。遥瞻禁卫，蔼播衢谣：东极承颜肃紫宸，恩酺湛露宴群臣。香传禁柳鸣球瑟，影颤宫花蔼缙绅。璀璨神光三殿晓，怡愉和气万年春。明朝又纪流虹瑞，更效封人祝圣人。

对厅致语

怡愉奉太后，称觞盛长乐之仪；普率皆王臣，会宴接镐京之饮。欢浮鱼藻，光射斗牛。恭惟特进大观文大丞相国公四海儒宗，两朝元老。巨川舟楫，旱岁霖雨；不有其功，清时钟鼓，胜事园林，自乐以道。暂游洛社，更筑沙堤。宫使端明相公吟遍玉堂，来寻绿野。听星辰履，久联紫殿之清；依日月光，已觉黄扉之近。宫使阁学尚书为国喉舌，同姓腹心。寄兴西山，虽喜林泉萧散；召还北阙，要推社稷经纶。观使提刑户部曾策驹驵，肯盟鸥鹭。入直天上，尚记青藜；趣起山中，便持紫橐。提刑诏使提刑部洒人寒露，厉古清风。衡岳云开，会见郎官列宿；甘泉地近，即依天子九重。观使提刑判府监丞玉

节犹香，幅巾自适。胸中宇宙，素存开济之心；足下风云，直峻清华之武。观使判府刑部老成器局，光霁襟怀。赞白云之司，早培朝望；翔紫霄之表，简在帝心。众位判府郎卿金石春鸣，琳琅映照。吟万柳阴中之句，香入诏芝；接五花影里之班，望高玉笋。及梓里满前之材俊，皆兰台向上之镃基。我知府、运使、华文、国史、秘监、侍郎，渠观联辉，节麾叠组。不知昼锦为邦家之光、闾里之荣；但喜阳春在天庭之间、湖山之外。嘉兴十一郡黎献之众，载歌万亿载慈祥之诗。寿崇方庆于坤闱，既醉共分于天禄。合星垣之宾佐，偕月乘之儒流。蓉府材能，柳营韬略。客坐联杏坛之秀，男邦蔼花县之英。笾豆肆陈，笙簧迭奏。福介于王母，幸永瞻慈极之尊；河清生圣人，更同效华封之祝。某等敷陈俚词，扬厉休期。

八叶蓂香夏气清，坤闱有庆佛同生。枫宸称寿云霄迥，苹野沾恩雨露深。祚永万年齐晋福，孝濡九有乐升平。电枢又报祥光绕，虎拜扬休天子明。

唱

金阙深深，正夏日初长禁柳青。祥烟纷簇，红云一朵，飞度彤庭。千妃随步处，觉薰风、微拂觚棱。天颜喜，向东朝长乐，献九霞觥。　　分明，西崑王母，来从光碧驾飞軿。为言今日，金仙新浴，共庆长生。捧桃上寿，天一笑、赐宴蓬瀛。沸欢声，道明朝前殿，又祝椿龄。

勾问队心

妾闻舜殿重华，薰风初奏；唐宫兴庆，寿日新逢。远方称赞效微诚，女队蹁跹呈妙舞。腰翻翠柳，步趁金莲。岂无皓齿之歌，可表丹心之祝。相携纤手，共蹑华茵。

唱柘枝令

西山元是神仙境，瑞气郁森森。彩鸾飞下五云深，急管递繁音。　　碧鬟影斜花欲颤，轻盈莲步移金。紫檀催拍莫沉吟，传入柘枝心。

花 心 唱

慈元宫殿五云开，寿献九霞杯。步随王母共徘徊，仙子下

瑶台。　　红袖引翻鸾镜媚，婆娑雪□风回。繁弦脆管莫相催，齐唱柘枝来。

四 角 唱

风吹仙袂飘飘举，底事下蓬莱。东朝遥祝万年杯，玉液泻金罍。　　天上蟠桃又熟，晕酡颜、红染芳腮。年年摘取献天阶，齐舞柘枝来。

遣　队

铜壶漏转，屡惊花影之移；桂棹风轻，已觉蓬莱之近。覆茵已蹙，雪鼓重催。歌舞既周，好去好去。

勾　队

瞻寿星于南极，瑞启东朝；移仙驭于西山，望倾北阙。式歌且舞，共祝无疆。

吴 仙 诗

一曲清歌艳彩鸾，金炉香拥气如兰。西山高与南山接，剩有当时却老丹。

唱

千年紫极锁烟萝，艳质含羞敛翠蛾。远睇慈元称寿处，不妨连臂，大家重与，楚舞更吴歌。

谌 仙 诗

冉冉飞霜缀绮裳，遥知谌母下丹阳。黄金炼就三山药，来采蒲花献寿觞。

唱

秘传玉诀自灵修，家在仙山最上头。更有仙茅香馥郁，年年今日，薰风时候，掇取献龙楼。

鹤 仙 诗

饮马池边号浴仙，仙姿化鹤古今传。金经尤有延年诀，未数庄椿寿八千。

唱

自在云间白鹤飞，晴川浴罢不胜衣。旋裁五色冰蚕锦，千花覆处，三呼声里，惹得御香归。

龙仙诗

楚尾吴头风乍薰，沧波深拥小龙君。愿朝帝母龙楼晚，来曳霞裾驾五云。

唱

闲云潭影日悠悠，暮倚朱帘更少留。龙寿本齐箕与翼，□从今日，一年一度，东极庆千秋。

柏仙诗

古柏林间小剑仙，云鬟低绾髀轻蝉。愿持天上长生箓，来祝东朝亿万年。

唱

新吴曾遇许旌阳，宝气横空一剑长。愿祝慈闱长不老，天长地久，有如此柏，万古镇苍苍。

遣队

花朝日转，睹妙舞之初停；莲步云生，学飞仙之难驻。遥瞻翠阆，已启金扃。待拟重来，不妨好去。

王母祝语

长乐宫中，永壶天之日月；蓬莱岛上，曳洞府之烟霞。不辞弱水之遥，来祝南山之寿。恭惟体坤至静，与佛同生。德比周任，知文王之所以圣；尊为太后，喜唐帝之孝于亲。和蔼一堂，庆流万宇。崑圃五城宅，幸居至治之朝；云璈九霞觞，因献长生之箓。恭惟丕丞慈训，克绍洪休。八九叶蓂开，接虹流于华渚；三千年桃熟，侑宴饮于瑶池。薰风迭奏于虞弦，湛露载沾于周泽。臣等喜游化国，适际昌辰。密依天阙之光，好诵仙家之句。

壶峤天低乐圣时，南薰初试度兰池。影飞霞佩朝金殿，曲

奏云和献玉卮。稽首万年尧历永，承颜五色舜衣垂。仙家更有蟠桃在，明日重来谒帝墀。

唱

龙楼日永，鹤禁风薰，拂晓寿星光现。无限霞裾，欣传帝母，与佛同生华旦。佳气慈闱，看龙颜欢动，玉卮亲劝。捧祝殷勤，对萱草青松，菖蒲翠软。奇香喷，阶前芍药，频繁红深紫浅。　　遥望千官鹭序，晓仗初齐，趋觐慈元宫殿。更喜明朝，虹流佳节，同听嵩山呼万。湛露重重，燕庆两宫，盛事如今亲见。齐祝愿、西崑凝碧，南山增绿，与天齐算。身长好，年年拜舞宫花颤。

勾　队

万岁山前，三呼祝寿；千花海里，一□□□。从来无日不春，况是薰风初夏。蔷薇□□，芍药翻阶。葵欲向阳，榴将喷火。正好共寻奇卉，来献芳筵。对仙李之盘根，今朝一转；庆蟠桃之结实，明日重来。上侑清欢，千花入队。

万年枝诗

百子池边景最奇，无人识是万年枝。细花密叶青青子，常得披香雨露滋。东风向晚薰风早，禁路飞花沾寿草。年年圣主寿慈闱，先献此花名字好。

唱

先献此花名字好，密叶长青，翠羽仙葆。紫禁风薰惊夏到，花飞细、□香堪扫。　　拂晓宫娃争报道，无限琼妃，缥缈来蓬岛。来向慈闱勤颂祷，万年枝□同难老。

长春花诗

东风不与世情同，多付春光向此中。叶里尽藏云外绿，枝头剩带日边红。百花能占春多少，何似春颜长自好。清和时候卷红绡，端的长春春不老。

唱

端的长春春不老，玉颊微红，酒晕精神好。多谢天工相懊

恼，花间不问春迟早。　　风外新篁摇翠葆，长乐宫边，绿荫笼驰道。此际称觞非草草，绛仙亲下蓬莱岛。

菖蒲花诗

昔年有母见花轮，富贵长年不记春。今报紫茸依碧节，献来慈极寿庄椿。汉家天子嵩山路，又见蒲仙相与语。而今帝母两怡愉，莫忘九疑山上侣。

唱

莫忘九疑山上侣，住在山中，白石清泉处。好与长年沾雨露，灵根下遣蟠虬护。　　青青九节长如许，早晚成花，教见薰风度。十二节添须记取，千年一节从头数。

萱草花诗

当年子建可诗章，绿叶丹花有晔光。为道宜男仍永世，福齐太姒炽而昌。犹记夏侯曾与赋，灼灼朱华入嘉句。紫微右极是慈闱，岁岁丹霞天近处。

唱

岁岁丹霞天近处，借问殷勤，何以逢兰杜。碧砌玉阑春不去，清香长逐薰风度。　　况是恩光新雨露，绿叶青青，葱翠长如许。端的萱花仙伴侣，年年今日阶前舞。

石榴花诗

待阙南风欲上场，阴阴稚绿绕丹墙。石榴已著干红蕾，无尽春光尽更强。不因博望来西域，安得名花出安石。朝元阁上旧风光，犹是太真亲手植。

唱

犹是太真亲手植，猩染鲜葩，岁岁如曾拭。绛节青旌光耀日，分明是个神仙匹。　　引领金扉红的的，下有仙妃，纤手轻轻摘。为道朱颜常似得，今朝摘取呈慈极。

栀子花诗

当年曾记晋华林，望气红黄栀子深。有敕诸官勤守护，花

开如玉子如金。此花端的名薝卜，千佛林中清更洁。从知帝母佛同生，移向慈元供寿佛。

唱

移向慈元供寿佛，压倒群花，端的成清绝。青萼玉包全未拆，薰风微处留香雪。　　未拆香包香已冽，沉水龙涎，不用金炉爇。花露轻轻和玉屑，金仙付与长生诀。

蔷薇花诗

碎剪红绡间绿丛，风流疑在列仙宫。朝真更欲薰香去，争掷霓衣上宝笼。忽惊锦浪洗春色，又似宫娃逞妆饰。会当一遣移花根，还比蒲桃天上植。

唱

还比蒲桃天上植，稚柳阴中，蜀锦开如织。万岁藤边娇五色，宜春馆里香寻觅。　　七十二行鲜的的，岁岁如今，早趁薰风摘。金掌露浓堪爱惜，龙涎华润凝光碧。

芍药花诗

倚竹佳人翠袖长，阿姨天上舞霓裳。娇红凝脸西施醉，青玉阑干说叠香。晚春早夏扬州路，浓妆初试鹅红妒。何如御伞掖垣中，日日传宣金掌露。

唱

日日传宣金掌露，当殿芳菲，似约春长驻。微紫深红浑谩与，淡妆偏趁泥金缕。　　拂早薰风花里度，吹送香尘，东殿称觞处。歌罢花仙归洞府，彩鸾驾雾来南浦。

宫柳花诗

御墙侧畔绿垂垂，接夏连春花点衣。好似雪茵胡旋舞，楼台帘幕燕初飞。薰风日永龙墀晓，宫妃簇仗呈千巧。就中妙舞最工奇，戏衮玉球添一笑。

唱

戏衮玉球添一笑，笑道轻狂，似恁人间少。偏倚龙池依凤沼，随风得得低回绕。　　掠面点衣夸百巧，似雪飞花，点束

梁园好。惹住金虬香篆袅，上林不放春光老。

蟠桃花诗

蕊珠仙子驾红云，来说瑶池分外春。道是当年和露种，三千花实又从新。红云元透西崑路，青鸟衔枝花颤舞。薰风初动子成初，消息一年传一度。

唱

消息一年传一度，万岁枝香，总是留春处。曾倚东风娇不语，玉阶霞袂飘飘举。　　蓬莱清浅红云路，结子新成，要荐金盘去。一实三千须记取，东朝宴罢回青羽。

众　唱

十样仙葩天也爱，留住春光，一一娇相赛。万里莺花开世界，园林点检随时采。　　照坐十眉仙体态，天与司花，舞彻歌还再。献与千官头上戴，年年万岁声中拜。

市桥柳

此调见《齐东野语》，为蜀中妓所作，其词的前三句为“欲寄意、浑无所有，折尽市桥官柳”，故名《市桥柳》。属双调、仄韵，共五十六字。上阕四句、二十七字，于第一、二、四句用韵；下阕五句、二十九字，于第一、三、五句用韵。此词又别见王质《雪山集》，调作《红窗迥》。

蜀中妓　　**市桥柳·送行**

欲寄意、浑无所有，折尽市桥官柳。看君著上征衫，又相将，放船楚江口。　　后会不知何日又，是男儿、休要镇长相守。苟富贵、无相忘，若相忘，有如此酒。

兰陵王

陵王为北齐文襄帝高澄之第四子，名长恭，一名孝瓘，才武而貌美，常戴假面以对敌。曾率五百骑兵进击周师于金

墉城下，勇冠三军。武士壮之，作歌舞以颂之，曰《兰陵王入阵曲》。舞者戴面具，作指麾击刺之姿。唐以其曲作为教坊曲，名《兰陵王》，后用为词调。属三叠二十四拍，仄韵，共一百三十字。一叠十一句、四十八字，于第一、二、五、六、七、八、十一句用韵；二叠八句、四十二字，于第一、三、四、七、八句用韵；三叠十句、四十字，于第一、二、四、七、十句用韵。

秦　观　　　　兰陵王·雨初歇

雨初歇，帘卷一钩淡月。望河汉、几点疏星，冉冉纤云度林樾。此景清更绝，谁念温柔蕴结。孤灯暗，独步华堂，蟋蟀莎阶弄时节。　　沉思恨难说，忆花底相逢，亲赠罗缬。春鸿秋雁轻离别。拟寻个锦鳞，寄将尺素，又恐烟波路隔越，歌残唾壶缺。　　凄咽，意空切。但醉损琼卮，望断瑶阙。御沟曾解流红叶，待何日重见，霓裳听彻。彩楼天远，夜夜襟袖染啼血。

周邦彦　　　　兰陵王·柳

柳阴直，烟里丝丝弄碧。隋堤上、曾见几番，拂水飘绵送行色。登临望故国，谁识，京华倦客。长亭路，年去岁来，应折柔条过千尺。　　闲寻旧踪迹，又酒趁哀弦，灯照离席。梨花榆火催寒食。愁一箭风快，半篙波暖，回头迢递便数驿。望人在天北。　　凄恻，恨堆积。渐别浦萦回，津堠岑寂。斜阳冉冉春无极，念月榭携手，露桥闻笛。沉思前事，似梦里，泪暗滴。

张元幹　　　　兰陵王·卷珠箔

卷珠箔，朝雨轻阴乍阁。阑干外，烟柳弄晴，芳草侵阶映红药。东风妒花恶，吹落，梢头嫩萼。屏山掩，沉水倦熏，中酒心情怕杯勺。　　寻思旧京洛，正年少疏狂，歌笑迷著。障泥油壁催梳掠。曾驰道同载，上林携手，灯夜初过早共约，又争信漂泊。　　寂寞，念行乐。甚粉淡衣襟，音断弦索。琼枝璧月春如昨，怅别后华表，那回双鹤。相思除是，向醉里、暂忘却。

张元幹　　兰陵王·绮霞散

绮霞散，空碧留晴向晚。东风里，天气困人，时节秋千闭深院。帘旌翠波飐，窗影残红一线。春光巧，花脸柳腰，勾引芳菲闹莺燕。　　闲愁费消遣，想娥绿轻晕，鸾鉴新怨。单衣欲试寒犹浅，羞衾风空展。塞鸿难托，谁问潜宽旧带眼，念人似天远。　　迷恋，画堂宴。看最乐王孙，浓艳争劝。兰膏宝篆春宵短，拥檀板低唱，玉杯重暖。众中先醉，谩倚槛、早梦见。

袁去华　　兰陵王·郴州作

晓阴薄，隔屋呼晴噪鹊。长烟袅、轻素望中，林表初阳照城郭。秋容自寂寞，清浅溪痕旋落。桥虹外，明嶂万重，云木千章映楼阁。　　天涯信飘泊。漫水绕郴山，尺素难托。文园多病宽衣索。最长笛声断，画阑凭暖，黄昏前后况味恶。甚良宵闲却。　　辽邈，误行乐。料恨寄徽弦，心倦梳掠。西风满院垂帘幕，对千里明月，五更悲角。归期秋尽，尚未定，怎睡著。

袁去华　　兰陵王·次周美成韵

小桥直，林表遥岑寸碧。斜阳外、霞绚晚空，一目千里总佳色。初寒遍泽国，投老依然是客。功名事，云散鸟飞，匣里青萍漫三尺。　　重来怆陈迹，又水褪沙痕。风满帆席，鲈肥莼美曾同食。听虚阁松韵，古墙竹影，参差犹记过此驿。傍溪南山北。　　悲恻，暗愁积。拥绣被焚香，谁伴孤寂。追寻恩怨无穷极，正难续幽梦，厌闻邻笛。那堪檐外，更夜雨，断又滴。

曹　冠　　兰陵王·涵碧

晚云碧，松巘飞泉翠滴。双鱼畔、疑是永和，曲水流觞旧风物。波光映山色，时见轻鸥出没。壶天邃，修竹翠阴，虚籁吟风更幽寂。　　登临兴何极，上烟际危亭，彩笔题石。山中猿鹤应相识，对远景舒啸，壮怀豪逸。刘郎何在玩石刻，感往事陈迹。　　还忆，少年日。帅旗鼓文场，轩冕京国。如今老大机心息，有陶令秫酒，谢公山屐。闲来潭洞，醉皓月，弄横笛。

葛郯　　兰陵王·和吴宣卿

乱烟簇，帘外青山渐肃。莲房静，荷盖半残，欲放清涟媚溪绿。凭高送远目，飞起沧洲雁鹜。寒窗静，茶碗未深，一枕胡床昼眠足。　闲行问松菊，今□雨谁家，空对银烛。箫声忽下瑶台曲。看鹤舞风动，乌啼云起，何须舟内怨女哭。抱琴写幽独。　情触，会相续。况节近中元，月浪翻屋。长鲸愁晓寒蟾促。要百舵倾□，万花流玉。山肴倒尽，又空腹，鲙野蔌。

辛弃疾　　兰陵王·赋一丘一壑

一丘壑，老子风流占却。茅檐上、松月桂云，脉脉石泉逗山脚。寻思前事错，恼杀晨猿夜鹤。终须是、邓禹辈人，锦绣麻霞坐黄阁。　长歌自深酌，看天阔鸢飞，渊静鱼跃。西风黄菊芗喷薄。怅日暮云合，佳人何处，纫兰结佩带杜若。入江海曾约。　遇合，事难托。莫击磬门前，荷蒉人过，仰天大笑冠簪落。待说与穷达，不须疑著。古来贤者，进亦乐，退亦乐。

辛弃疾　　兰陵王·恨之极

己未八月二十日夜，梦有人以石研屏见馕者，其色如玉，光润可爱。中有一牛，磨角作斗状，云：湘潭里中有张其姓者，多力善斗，号张难敌。一日，与人搏，偶败，忿赴河而死。居三日，其家人来视之，浮水上，则牛耳。自后，并水之山，往往有此石。或得之，里中辄不利。梦中异之，为作诗数百言，大抵皆取古之怨愤变化异物等事，觉而忘其言。后三日，赋词以识其异

恨之极，恨极销磨不得。苌弘事，人道后来，其血三年化为碧。郑人缓也泣，吾父攻儒助墨。十年梦，沉痛化余，秋柏之间既为实。　相思重相忆，被怨结中肠，潜动精魄。望夫江上岩岩立，嗟一念中变，后期长绝。君看启母愤所激，又俄顷为石。　难敌，最多力。甚一忿沉渊，精气为物。依然困斗牛磨角，便影入山骨，至今雕琢。寻思人世，只合化，梦中蝶。

张　镃　　　　兰陵王·蓼汀侧

蓼汀侧，朝霭依依弄色。知何许、湘女淡妆，羽节飞来带秋碧。轻裙素绡织，谁与明珰竞饰。无言处、相与溯洄，应有柔情正堆积。　　当年驻香鹢，记草媚罗裙，波映文席。□□□□□□摘。□□□□□，□□□□，斜阳返照暮雨湿。爱天际凉入。　　愁寂，念畴昔。谩太华峰头，幽梦寻觅。而今两鬓如花白。但一线才思，半星心力。新词奇句，便做有，怎道得。

史达祖　　　　兰陵王·汉江侧

南湖同碧莲见寄，走笔次韵

汉江侧，月弄仙人佩色。含情久，摇曳楚衣，天水空濛染娇碧。文漪簟影织，凉骨时将粉饰。谁曾见，罗袜去时，点点波间冷云积。　　相思旧飞鹢，谩想像风裳，追恨瑶席。涉江几度和愁摘。记雪映双腕，刺萦丝缕，分开绿盖素袂湿。放新句吹入。　　寂寂，意犹昔。念净社因缘，天许相觅。飘萧羽扇摇团白。屡侧卧寻梦，倚阑无力。风标公子，欲下处、似认得。

高观国　　　　兰陵王·为十年故人作

凤箫咽，花底寒轻夜月。兰堂静，香雾翠深，曾与瑶姬恨轻别。罗巾泪暗叠，情入歌声怨切。殷勤意，欲去又留，柳色和愁为重折。　　十年迥凄绝，念鬠怯瑶簪，衣褪香雪。双鳞不渡烟江阔。自春来人见，水边花外，羞倚东风翠袖怯。正愁恨时节。　　南陌，阻金勒。甚望断青禽，难倩红叶。春愁欲解丁香结。整新欢罗带，旧香宫箧。凄凉风景，待见了，尽向说。

高观国　　　　兰陵王·春雨

洒虚阁，幂幂天垂似幕。春寒峭，吹断万丝，湿影和烟暗帘箔。清愁晚来觉，佳音悄悄过却。芳郊外，莺恨燕愁，不管秋千冷红索。　　行云楚台约，念今古凝情，朝暮如昨。啼红湿翠春情薄。谩一犁江上，半篙堤外，勾引轻阴趁暮角。正孤绪寂寞。　　斑驳，止还作。听点点檐声，沉沉春酌。只愁入

夜东风恶，怕催教花放，趁将花落。冥冥烟草，梦正远，恨怎托。

陈　䉵　　　兰陵王·角声切

角声切，何处梅梢弄雪。还乡梦，玉井楼前，千朵芙蕖插空碧。邻翁问消息，为说红尘倦客。应怜笑、弓剑旌旗，度事留人未归得。　淮山旧相识，记急处笙歌，静里锋镝。隋堤杨柳犹春色。嗟十载人事，几番棋局，青油年少已鬓白。漫惆怅京国。　朱墨，困无力。似病鹤樊笼，老骥羁勒。夕阳不系栖林翼，待添竹东圃，种松西陌。功名休问，吾老矣，付俊杰。

方千里　　　兰陵王·晚烟直

晚烟直，池沼波痕皱碧。年芳为、花态柳情，挼粉揉蓝酿春色。繁华记上国，曾识，倾城幼客。风流是、联句送钩，笺绿绡红递书尺。　行云去无迹，念暖响歌台，香雾瑶席。当时谁信盟言食。知一岁离聚，几多间阻，人生如梦寄堠驿。况分散南北。　悲恻，万愁积。奈鸾凤欢疏，鱼雁音寂。天涯何处相思极，但目断芳草，恨随塞笛。那堪庭院，更听得，夜雨滴。

葛长庚　　　兰陵王·一溪碧

一溪碧，何处桃花流出。春光好，寻个□□，小小篮舆漫行适。苍苔满白石，涧底阴风凛栗。疑无路，幽壑琮琤，峡转山回入林僻。　千峰呈翠色。时亦有声声，樵唱渔笛。忽然一树樱桃白。又回头一顾，掀髯一笑，诗情酒思正豪逸。虎蹄过新迹。　羃羃，雾如织。见异草珍禽，问名不识。山灵勒驾雨来急，欲游观未已，仆言日夕。看来看去，似那里，似少室。

葛长庚　　　兰陵王·题笔架山

三峰碧，缥缈烟光树色。高寒处，上有猿啼，鹤唳天风夜萧瑟。山形似笔格，人道江南第一。游紫观，月殿星坛，积翠楼前吹铁笛。　客来访灵迹，闻王郭当年，曾此驻锡。二仙为谒浮丘伯。从骖鸾去后，云深难觅。丹炉灰冷杵声寂，依然

旧泉石。　　泉石，最幽阒。更禽静花闲，松茂竹密。清都绛阙无消息，共羽衣挥麈，感今怀昔。堪嗟人世，似梦里，驹过隙。

葛长庚　　　兰陵王·紫元席上作

桃花瘦，寒食清明前后。新燕子，禁得余寒。风雨把人苦僝僽。梅粒今如豆，减却春光多少。空自有，满树山茶，似语如愁卧晴昼。　　幽人展襟袖，惜莺花未老，江山如旧。杜鹃声里同携手。叹陌上芳草，堤边垂柳。一春十病九因酒，愁来独搔首。　　豆蔻，枝头小。应可惜年华，孤负时候。九十韶光那得久，问芍药觅醉，牡丹索笑。三万六千，能几度，君知否。

李曾伯　　　兰陵王·甚天色

甚天色，苦问桃红李白。伊祈氏，沙际才归，依约春回晓烟湿。老寒犹煞忒，景物，中年惯识。天应遣，雨洗风梳，柳睡花眠尚无力。　　名园谩他适，任黄四栽培，殷七奇特。一年好处须寒食。待花畔携酒，酒边索句，春余太半未须急。记旧隐幽寂。　　我亦，几时得。归检点苔封，评品梅格。教看林下休官一，与莺花分界，渔樵争席。抚松长啸，芳菲事，尽渠惜。

李曾伯　　兰陵王·甲寅初度和次贾韵

问梁益，天设金城铁壁。西风外，依约雁来，还报关山旧秋色。三秦听汉檄，远恨绵绵脉脉。频年事，虚掷桑阴，袆允诸人竟何策。　　彤弓误殊锡，怅活国难医。救世须佛，平生本藉毛锥力。对弧矢初度，满头白发，何堪兵卫叠画戟。咄青史陈迹。　　酒石，羡王绩。任击缶呼天，此乐何极。奚须太息惊前席，望天阍休待，梦如陶翼。柳边春后，放定远，出西域。

李昴英　　　兰陵王·燕穿幕

燕穿幕，春在深深院落。单衣试，龙沫旋薰，又怕东风晓寒薄。别来情绪恶，瘦得腰围柳弱。清明近，正似海棠，怯雨芳踪任飘泊。　　钗留去年约，恨易老娇莺，多误灵鹊。碧云

杳渺天涯各。望不断芳草，更迷香絮。回文强写字屡错，泪欲注还阁。　　孤酌，住春脚。便彩局谁饮，宝轸慵学。阶除拾取飞花嚼，是多少春恨，等闲吞却。阑干猛拍，叹命薄，悔旧诺。

杨泽民　　　　兰陵王·渔父

翠竿直，一叶扁舟漾碧。澄江上、几度啸日迎风，怡怡钓秋色。渔乡共水国，都属沧浪傲客。烟波外，风笠雨蓑，才掷丝纶便千尺。　　飘然去无迹，恣脚扣双船，帆挂轻席。盈钩香饵鱼争食。更拨棹葭岸，放篙菱浦，才过新栅又旧驿，占江南江北。　　堪恻，利名积。算纵有豪华，难比清寂。须知此乐天无极，有一斗芳酒，数声横笛。芦花深夜，半醉里、任露滴。

叶隆礼　　　　兰陵王·和清真

大堤直，袅袅游云蘸碧。兰舟上，曾记那回，拂粉涂黄弄春色。施鞶托倾国，金缕尊前劝客。阳台路，烟树万重，空有相思寄鱼尺。　　飘零叹萍迹，自懒展罗衾，羞对瑶席。折钗分镜盟难食。看桃叶迎笑，柳枝垂结，萋萋芳草暗水驿。肠断画阑北。　　寒恻，泪痕积。想柱雁尘侵，笼羽声寂。天涯流水情何极，悲沉约宽带，马融怨笛。那堪灯幌，听夜雨，镇暗滴。

刘之才　　　　兰陵王·赋胡伯雨别业

此何夕，天水空明一碧。商量赋、如此江山，几个斜阳了今昔。荒台步晚色，沙鸟依稀曾识。啼鸽外，人远未归，江阔晴虹卧千尺。　　残碑藓痕积，记当日清游，夫君题墨。碧瑶仙去苍云隔。飞一镜秋冷，列屏天远，鸡声人语半郊邑。寄情又江国。　　愁寂，怕闻笛。正怨苦溪猿，飞倦汀翼。阴阴翡翠迷津驿，慨世事尘化，吾心形役。清吟孤往，渺醉影，夜翠湿。

陈允平　　兰陵王·辛酉代寿壑翁丞相母夫人

楚天碧，秋晚尘清禁陌。朝鸡静，班退晓墀，回马金门漏犹滴。千官佩如织，来作黄扉寿客。黑头相，玉虹紫貂，亲奉

春慈拜南极。　　从萱燕堂北。正霭护犀帷，香泛鲛额。瑶池女伴驻鸾翼。拥歌袖笼翠，舞鞯铺锦，屏开家庆怎画得。想人在仙宅。　　今夕，是何夕。正月满槐厅，凉透櫄席。黄花满地弄寒色，喜蛩雨初霁，雁风又息。龙楼宣劝，万岁里、宴太液。

陈允平　　兰陵王·古堤直

古堤直，隔水轻阴飐碧。东风路，还是舞烟眠露，年年自春色。红尘遍京国，留滞高阳醉客。斜阳外，千缕翠条，仿佛流莺度金尺。　　长亭半陈迹，记曾系征鞍，频护歌席。匆匆江上又寒食。回首处应念，旧曾攀折，依然离恨遍四驿。倦游尚南北。　　恻恻，怨怀积。渐楚榭寒收，隋苑春寂。眉颦不尽相思极，想人在何处，倚楼横笛。闲情似絮，更那听，夜雨滴。

施　岳　　兰陵王·柳花白

柳花白，飞入青烟巷陌。凭高处，愁锁断桥，十里东风正无力。西湖路咫尺，犹阻仙源信息。伤心事，还似去年，中酒恹恹度寒食。　　闲窗掩春寂，但粉指留红，茸唾凝碧。歌尘不散蒙香泽。念鸾孤金镜，雁空瑶瑟，芳时凉夜尽怨忆。梦魂省难觅。　　鳞鸿，渺踪迹。纵罗帕亲题，锦字谁织。缄情欲寄重城隔，又流水斜照，倦箫残笛。楼台相望，对暮色，恨无极。

曹　邃　　兰陵王·雨中登龟溪乾元寺阁赋

杏花坼，烟柳藏鸦翠陌。苏堤上、人正踏青，嫩草茸茸衬罗袜。游丝挂晴塔，十里酣红艳白。秋千外，娇靥笑春，一片笙箫绮霞碧。　　阿香妒倾国，把镜日深奁，丝雨愁织。崇桃积李无颜色。但蝶粉香渍，燕泥芹冷，紫钱芳晕翳宝瑟。怅还近寒食。　　岑寂，恨无极。更酒驿孤烟，棋院长日。梨花满地春狼藉，望凤阙波渺，燕楼云隔。凭阑干晚，吟袖湿，但笑拍。

黄廷琦　　兰陵王·絮花弱

絮花弱，吹满斜阳院落。秋千外，无数小舟，绿水溶溶带

城郭。流光漫暗觉，辜却，莺呼燕诺。欢游地，都在梦中，双蝶翩翩度帘幕。　　恁谁问康乐，又粉过新梢，红褪残萼。阑干休倚东风恶。怜瑟韵空在，鉴容偷改，青青洲渚遍杜若。故交半寥寞。　　漂泊，镇如昨。念玉指频弹，珠泪还阁。孤灯隐隐巫云薄，奈别遽无语，恨深谁托。明朝何处，夜渐短，听画角。

刘辰翁　　兰陵王·丁丑感怀和彭明叔韵

雁归北，渺渺茫茫似客。春湖里，曾见去帆，谁遣江头絮风息。千年记当日，难得，宽闲抱膝。兴亡事，马上飞花，看取残阳照亭驿。　　哀拍，愿归骨。怅毡帐何匹，湩酪何食。相思青冢头应白。想荒坟酹酒，过车回首，香魂携手抱相泣。但青草无色。　　语绝，更愁极。漫一番青青，一番陈迹。瑶池黄竹哀离席，约八骏犹到，露桃重摘。金铜知道，忍去国，忍去国。

刘辰翁　　兰陵王·丙子送春

送春去，春去人间无路。秋千外、芳草连天，谁遣风沙暗南浦。依依甚意绪，漫忆海门飞絮。乱鸦过，斗转城荒，不见来时试灯处。　　春去，最谁苦。但箭雁沉边，梁燕无主。杜鹃声里长门暮。想玉树凋土，泪盘如露。咸阳送客屡回顾，斜日未能度。　　春去，尚来否。正江令恨别，庾信愁赋。苏堤尽日风和雨，叹神游故国，花记前度。人生流落，顾孺子，共夜语。

彭履道　　兰陵王·渭城朝雨

章台路，西出重城几步。秦楼晓、花气未明，一霎空濛洗高树。行人半倚户，飞去黄鹂自语。秋千小，不系柳条，惟有轻阴约飞絮。　　钿车暗相遇，早拂拭红巾，初放鹦鹉。闻歌犹是淋铃处。掩面鸣筝，倚垆呼酒，东风重记旧眉妩。报伊共歌舞。　　西去，屡回顾。渐客舍荒凉，嘶马先驻。玉关万里知何许，但倦拥荒泽，瓜洲难渡。将军垂老，望故国，夜寒苦。

赵必瑑　　兰陵王·赣上用美成韵

画阑直，饾饤千红万碧。无端被，怪雨狂风，僽柳僝花禁

春色。寻芳遍楚国，谁识，五陵俊客。流水远，题叶无情，雁足不来杳笺尺。　　浮生等萍迹，才卸却归鞍，坐未温席。匆匆还又京华食。叹聚少离多，漂零因甚，江南逢梅望寄驿。美人兮天北。　　悲恻，恨成积。怅钗玉尘生，猊金烟寂。绿杨芳草情何极，偏懒拨琵琶，愁听羌笛。梨花院落，黄昏后，珠泪滴。

汉宫春

此调本名《千秋岁》。唐大曲有《千秋子》、《千秋乐》，为庆贺唐玄宗开元十七年八月五日的生日而制，此调名的来源本此。唐朝诗文中多用“汉”代“唐”，故名《汉宫春》。《高丽史·乐志》名《汉宫春慢》。属双调，有仄韵、平韵两种格式。又有九十四字、九十六字、九十七字各体，均以上下阕起句用韵不用韵辨体。其九十六字一体，上阕十一句、四十七字，于第三、五、八、十句用韵；下阕十一句、四十九字，用韵处同上阕。参阅《千秋岁》。

张　先　　　　汉宫春·蜡梅

红粉苔墙，透新春消息，梅粉先芳。奇葩异卉，汉家宫额涂黄。何人斗巧，运紫檀、翦出蜂房。应为是、中央正色，东君别与清香。　　仙姿自称霓裳。更孤标俊格，非雪凌霜。黄昏院落，为谁密解罗囊。银瓶注水，浸数枝，小阁幽窗。春睡起，纤条在手，厌厌宿酒残妆。

晁冲之　　　　汉宫春·黯黯离怀

黯黯离怀，向东门系马，南浦移舟。薰风乱飞燕子，时下轻鸥。无情渭水，问谁教、日日东流。常是送、行人去后，烟波一向离愁。　　回首旧游如梦，记踏青殢饮，拾翠狂游。无端彩云易散，覆水难收。风流未老，拚千金、重入扬州。应又是、当年载酒，依前名占青楼。

晁冲之　　　　汉宫春·梅

潇洒江梅，向竹梢稀处，横两三枝。东君也不爱惜，雪压风欺。无情燕子，怕春寒、轻失佳期。惟是有、南来归雁，年

年长见开时。　　清浅小溪如练，问玉堂何似，茅舍疏篱。伤心故人去后，冷落新诗。微云淡月，对孤芳、分付他谁。空自倚，清香未减，风流不在人知。

沈　蔚　　汉宫春·别酒初醒

别酒初醒，似一番梦觉，屈指堪惊。犹疑送消寄息，遇著人听。当初唤作，据眼前、略略看承。及去了，从头想伊，心下始觉宁宁。　　黄昏画角重城。更伤高念远，怀抱何胜。良时好景，算来半为愁生。幽期暂阻，便就中、月白风清。千万计，年年断除不得，是这些情。

李　光　　汉宫春·琼台元夕次太守韵

危阁临流，渺沧波万顷，涌出冰轮。星河澹澹，天衢迥绝纤尘。琼楼玉馆，遍人间、水月精神。□□□，清江瘴海，乘流处处分身。　　邦侯盛集佳宾，有香风缥缈，和气氤氲。华灯耀添绮席，笑语烘春。窥帘映牖，看素娥、偏顾幽人。空怅望，通明观阙，遥瞻一朵红云。

周紫芝　　汉宫春·已未中秋作

秋意还深，渐银床露冷，梧叶风高。婵娟也应为我，羞照霜毛。流年老尽，漫银蟾、冷浸香醪。除尽把，平生怨感，一时分付离骚。　　伤心故人千里，问阴晴何处，还记今宵。楼高共谁同看，玉桂烟梢。南枝鹊绕，叹此生、飘转江皋。须更约，他年清照，为人常到寒霄。

周紫芝　　汉宫春·香满箱奁

别乘赵李成以山谷道人反魂梅香材见遗。明日剂成，下帏一炷，恍然如身在孤山，雪后园林、水边篱落，使人神气俱清。又明日，乃作此词歌于妙香寮中，亦仆西来一可喜事也

香满箱奁，看沉犀弄水，浓麝含薰。荀郎一时旧事，尽属王孙。残膏剩馥，须倾囊、乞与兰荪。金兽暖，云窗雾阁，为人洗尽余醺。　　依稀雪梅风味，似孤山尽处，马上烟村。从来甲煎浅俗，那忍重闻。苏台燕寝，下重帏、深闭孤云。都占得，横斜乱影，伴他月下黄昏。

李　邴　　　　汉宫春·潇洒江梅

潇洒江梅，向竹梢疏处，横两三枝。东君也不爱惜，雪压霜欺。无情燕子，怕春寒、轻失花期。却是有，年年塞雁，归来曾见开时。　　清浅小溪如练，问玉堂何似，茅舍疏篱。伤心故人去后，冷落新诗。微云淡月，对江天、分付他谁。空自忆，清香未减，风流不在人知。

王之道　　　　汉宫春·雪

欢动江城，快风声震地，云势颓山。半年不雨，玉霙来溉冬干。飘飘弱絮，杂檐花、飞上宾筵。疏林表，数行征雁，翱翔欲下清湾。　　何处梅梢点白，弄横斜疏影，竹外溪边。天寒日暮，含香脉脉无言。朱唇玉颊，映碧梧、峙鹄停鸾。最好是，携壶挈榼，相期同醉霜天。

康与之　　汉宫春·慈宁殿元夕被旨作

云海沉沉，峭寒收建章，雪残鳷鹊。华灯照夜，万井禁城行乐。春随鬓影，映参差、柳丝梅萼。丹禁杳，鳌峰对耸，三山上通寥廓。　　春衫绣罗香薄，步金莲影下，三千绰约。冰轮桂满，皓色冷浸楼阁。霓裳帝乐，奏升平、天风吹落。留凤辇、通宵宴赏，莫放漏声闲却。

程大昌　　　　汉宫春·生日词

万六千年，是仙椿日月，两度阳春。根柯不随物化，那有新陈。戏夸悠久，借时光、惊觉时人。道历管，阶蓂万换，悠然唤做逡巡。　　老我百无贪羡，羡天芳寿种，掩冉三辰。谢他流年甲子，已是重轮。人间春狭，只九旬、斗柄标寅。更拟问，椿枝倚数，十分取一为真。

曹　冠　　　　汉宫春·梅

一品天香。似蕊真仙质，宫额新妆。先春为传信息，压尽群芳。化工著意，赋阳和、欺雪凌霜。应自负，孤标介洁，岁寒独友松篁。　　因念广平曾赋，爱浮香胧月，疏影横窗。真堪玉堂对赏，琼苑依光。江城塞管，任龙吟、吹彻何妨。君看取，和羹事在，收功不负东皇。

陆　游　　汉宫春·浪迹人间

张园赏海棠作，园故蜀燕王宫也

浪迹人间，喜闻猿楚峡，学剑秦川。虚舟泛然不系，万里江天。朱颜绿鬓，作红尘、无事神仙。何妨在，莺花海里，行歌闲送流年。　　休笑放慵狂眼，看闲坊深院，多少婵娟。燕宫海棠夜宴，花覆金船。如椽画烛，酒阑时、百炬吹烟。凭寄语，京华旧侣，幅巾莫换貂蝉。

陆　游　　汉宫春·初自南郑来成都作

羽箭雕弓，忆呼鹰古垒，截虎平川。吹笳暮归，野帐雪压青毡。淋漓醉墨，看龙蛇、飞落蛮笺。人误许，诗情将略，一时才气超然。　　何事又作南来，看重阳药市，元夕灯山。花时万人乐处，欹帽垂鞭。闻歌感旧，尚时时、流涕尊前。君记取，封侯事在，功名不信由天。

丘　崈　　汉宫春·横笛吹梅

乙未正月和李汉老韵，简严子文

横笛吹梅，记南楼夜月，疏蕊纤枝。香尘软红自暖，不怕寒欺。人归梦悄，怅凭阑、密约深期。身渐老，风流纵在，逢花那似当时。　　东阁占春宜早，甚开迟也似，雪屋疏篱。须公彩毫度曲，锦帐题诗。多应见我，怪尊前、华发其谁。烦道与，巡檐共笑，元是旧日相知。

丘　崈　　汉宫春·闻说瓢泉

和辛幼安秋风亭韵，癸亥中秋前二日

闻说瓢泉，占烟霏空翠，中著精庐。旁连吹台燕榭，人境清殊。犹疑未足，称主人、胸次恢疏。天自与，相攸佳处，除今禹会应无。　　选胜卧龙东畔，望蓬莱对起，岩壑屏如。秋风夜凉弄笛，明月邀予。三英笑粲，更吴天、不隔莼鲈。新度曲，银钩照眼，争看阿素工书。

赵长卿　　汉宫春·讲柳谈花

讲柳谈花，我从来口快，忺说他家。眼前见了，无限楚女吴娃。千停万稳，较量来、终不如他。便做得，宫仪院体，歌

谈不带烟花。　　从前万事堪夸。爱拈笺弄管，锦字欹斜。新来与人臑著，不许胡巴。嚎潓漫惹，料福缘、浅似他些。谁为我，传诗递曲，殷勤题上窗纱。

京　镗　　　　汉宫春·寿李都大

看透尘寰，更禅心似水，道力如山。前身青冥跨鹄，紫府乘鸾。世缘一念，便等闲、游戏人间。须信道，云霄步武，不应权牧西南。　　此日重临初度，正绣衣辉映，彩服斓斑。人生显途易到，荣养难攀。一时庆事，问谁家、得似门阑。知未艾，百千寿算，慈闱长奉亲欢。

京　镗　　汉宫春·元宵十四夜作，是日立春

暖律初回，又烧灯市井，卖酒楼台。谁将星移万点，月满千街。轻车细马，隘通衢、蹴起香埃。今岁好，土牛作伴，挽留春色同来。　　不是天公省事，要一时壮观，特地安排。何妨彩楼鼓吹，绮席尊罍。良宵胜景，语邦人、莫惜徘徊。休笑我，痴顽不去，年年烂醉金钗。

辛弃疾　　　　汉宫春·即事

行李溪头，有钓车茶具，曲几团蒲。儿童认得，前度过者篮舆。时时照影，甚此身、遍满江湖。怅野老，行歌不住，定堪与语难呼。　　一自东篱摇落，问渊明岁晚，心赏何如。梅花正自不恶，曾有诗无。知翁止酒，待重教、莲社人沽。空怅望，风流已矣，江山特地愁予。

辛弃疾　　　　汉宫春·立春日

春已归来，看美人头上，袅袅春幡。无端风雨，未肯收尽余寒。年时燕子，料今宵、梦到西园。浑未办、黄柑荐酒，更传青韭堆盘。　　却笑东风从此，便薰梅染柳，更没些闲。闲时又来镜里，转变朱颜。清愁不断，问何人、会解连环。生怕见、花开花落，朝来塞雁先还。

辛弃疾　　汉宫春·会稽蓬莱阁观雨

秦望山头，看乱云急雨，倒立江湖。不知云者为雨，雨者云乎。长空万里，被西风、变灭须臾。回首听，月明天籁，人

间万窍号呼。　　谁向若耶溪上，倩美人西去，麋鹿姑苏。至今故国人望，一舸归欤。岁云暮矣，问何不、鼓瑟吹竽。君不见，王亭谢馆，冷烟寒树啼乌。

辛弃疾　　汉宫春·会稽秋风亭怀古

亭上秋风，记去年袅袅，曾到吾庐。山河举目虽异，风景非殊。功成者去，觉团扇、便与人疏。吹不断，斜阳依旧，茫茫禹迹都无。　　千古茂陵词在，甚风流章句，解拟相如。只今木落江冷，眇眇愁余。故人书报，莫因循、忘却莼鲈。谁念我，新凉灯火，一编太史公书。

辛弃疾　　汉宫春·答李兼善提举和章

心似孤僧，更茂林脩竹，山上精庐。维摩定自非病，谁遣文殊。白头自昔，叹相逢、语密情疏。倾盖处，论心一语，只今还有公无。　　最喜阳春妙句，被西风吹堕，金玉铿如。夜来归梦江上，父老欢予。荻花深处，唤儿童、吹火烹鲈。归去也，绝交何必，更修山巨源书。

辛弃疾　　汉宫春·答吴子似总干和章

达则青云，便玉堂金马，穷则茅庐。逍遥小大自适，鹏鷃何殊。君如星斗，灿中天、密密疏疏。荒草外，自怜萤火，清光暂有还无。　　千古季鹰犹在，向松江道我，问讯何如。白头爱山下去，翁定嗔予。人生谩尔，岂食鱼、必鲙之鲈。还自笑，君诗顿觉，胸中万卷藏书。

赵师侠　　汉宫春·壬子莆中鹿鸣宴

丹诏天飞，见皇家愿治，侧席英才。鸿儒抱负素蕴，壮志兴怀。文场战胜，便从此、脱迹蒿莱。人共羡，鹿鸣劝驾，还因计吏偕来。　　先春占早争开，是人间第一，唯有江梅。莆中旧传盛事，六亚三魁。桃花浪暖，更平地、听一声雷。蓝绶袅，芦鞭骏马，长安走遍天街。

陈　亮　　汉宫春·见早梅呈吕一郎中郑四六监岳

雪满江头，怪一枝不耐，还漏微阳。诗人越样眼浅，早自成章。群葩如绣，到那时、争爱春长。须知道，未通春信，是

谁饱试风霜。　　堪笑红炉画阁，问从来寒气，损甚容光。枝头有花恁好，映带新妆。寒窗愁绝，嗅清芬、不料饥肠。都缘是，此君小异，费他万种消详。

陈　亮　　　汉宫春·雪月相投

雪月相投，看一枝才爆，惊动香浮。微阳未放线路，说甚来由。先天一着，待辟开、多少旬头。却引取，春工入脚，争教消息停留。　　官不容针时节，做一般孤瘦，无限清幽。随缘柳绿柳白，费尽雕锼。疏林野水，任横斜、谁与妆修。猛认得，些儿合处，不堪持献君侯。

张　镃　　　汉宫春·城畔芙蓉

稼轩帅浙东，作秋风亭成，以长短句寄余，欲和久之。偶霜晴小楼登眺，因次来韵，代书奉酬

城畔芙蓉，爱吹晴映水，光照园庐。清霜乍凋岸柳，风景偏殊。登楼念远，望越山、青补林疏。人正在，秋风亭上，高情远解知无。　　江南久无豪气，看规恢意概，当代谁如。乾坤尽归妙用，何处非予。骑鲸浪海，更那须、采菊思鲈。应会得，文章事业，从来不在诗书。

卢　炳　　　汉宫春·向暖南枝

向暖南枝，最是他潇洒，先带春回。因何事、向岁晚，搀占花魁。天公著意，安排巧、特地教开。知道是，仙翁诞节，琼英要泛金杯。　　人学寿阳妆面，正梁州初按，羯鼓声催。年年此花开后，宴启蓬莱。朱颜不老，算难教、绿野徘徊。消息好，行看父子，和羹鼎鼐盐梅。

姜　夔　　　汉宫春·次韵稼轩

云曰归欤，纵垂天曳曳，终反衡庐。扬州十年一梦，俯仰差殊。秦碑越殿，悔旧游、作计全疏。分付与、高怀老尹，管弦丝竹宁无。　　知公爱山入剡，若南寻李白，问讯何如。年年雁飞波上，愁亦关予。临皋领客，向月边、携酒携鲈。今但借、秋风一榻，公歌我亦能书。

姜　夔　　　汉宫春·次韵稼轩蓬莱阁

一顾倾吴，苎萝人不见，烟杳重湖。当时事如对弈，此亦

天乎。大夫仙去，笑人间、千古须臾。有倦客、扁舟夜泛，犹疑水鸟相呼。　　秦山对楼自绿，怕越王故垒，时下樵苏。只今倚阑一笑，然则非欤。小丛解唱，倩松风、为我吹竽。更坐待、千岩月落，城头眇眇啼鸟。

汪　莘　　　汉宫春·春色平分

春色平分，甚偏他杨柳，分外风流。夭桃自适其适，一笑还休。可怜仙李，对东风、却少温柔。争奈得、海棠妆点，向人浑不知羞。　　谁觉韶华如梦，到醾醿开后，莺语供愁。天教姚黄晚出，贵与王侔。花中隐者，有春兰、秋菊俱优。须是到、溪山清冻，江梅香喷枝头。

徐鹿卿　　　汉宫春·和冯宫教咏梅，依李汉老韵

庾岭梅花，到江空岁晚，始放南枝。岂徒冰雪蹊径，不受侵欺。孤高自负，尽炎凉、变态无期。便瘴雨、蛮烟如许，淡妆也不随时。　　未肯移根上苑，且竹边院落，月下园篱。除却西湖句子，此后无诗，向□红紫，要十分、妩媚因谁。算只有、天怜清苦，纷纷蜂蝶争知。

徐鹿卿　　　汉宫春·重和

吏隐南昌，问盘根几世，长子孙枝。仙风道骨如此，信不吾欺。素姿倾国，□难昏、坐觉愆期。算好与、水仙作配，又还恨不同时。　　岁晚寻盟有几，早兰辞湘浦，竹谢东篱。自向月中弄影，雪里评诗。角声吹动，这一天、清兴关谁。刚唤起、赤松孤竹，此心惟许君知。

史达祖　　　汉宫春·花隔东垣

友人与星娘雅有旧分，别去则黄冠矣，托予寄情

花隔东垣，咏燕台秀句，结带谋欢。匆匆旧盟，有限飞梦重关。南塘夜月，照湘琴、别鹤孤鸾。天便遣、清愁易长，春衣常恁香寒。　　唐昌故宫何许，顿翦霞裁雾，摆落尘缘。一声步虚，婉婉云驻天坛。凄凉故里，想香车、不到人间。羞再见、东阳带眼，教人依旧思凡。

洪咨夔　　　汉宫春·老人庆七十

南极仙翁，占太微元盖，洞府为家。身骑若木倒景，手弄

青霞。芙蓉飞旆，映一川、新绿平沙。好与问，东风结子，几回开遍桃花。　　况是初元玉历，更循环数起，希有年华。长把清明夜气，养就丹砂。麻姑送酒，安期生、遗枣如瓜。欢醉后，呼儿烹试，头纲小凤团茶。

刘　镇　　　汉宫春·郑贺守席上怀旧

日软风柔，望暖红连岛，晴绿平川。寻芳拾蕊，胜伴陌上鲜妍。玉骢归路，记青门、曾堕吟鞭。人去后，庭花弄影，一帘香月娟娟。　　追念旧游何在，叹佳期虚度，锦瑟华年。博山夜来烬冷，谁换沉烟。屏帏半掩，奈梦云、不到愁边。春易老，相思无据，闲情分付鱼笺。

葛长庚　　　汉宫春·次韵李汉老咏梅

潇洒江梅，似玉妆珠缀，密蕊疏枝。霜风应是，不许蝶近蜂欺。嫣然自笑，与山矾、共水仙期。还亦有，青松翠竹，同今凛冽年时。　　何事向人如恨，带苍苔，半倚临水荒篱。孤山嫩寒放晓，尚忆前诗。黄昏顾影，说横斜、清浅今谁。他自是，移春手段，微云淡月应知。

刘克庄　　　汉宫春·秘书弟家赏红梅

青女初晴，向丑梢枯干，幻出妍姿。休烦苑吏剪彩，别有神司。东皇太乙，敕瑶姬、淡傅胭脂。还似得、华清汤暖，薄绡半卸冰肌。　　应笑楚宫痴绝，略施朱则个，便妒蛾眉。唐人更无籍在，浪比红儿。祥云难聚，且丁宁、铁笛轻吹。拚醉倒，花间一霎，莫教绛雪离披。

刘克庄　　　汉宫春·多谢句芒

多谢句芒，露十分春信，一种仙姿。主人领客卜夜，也唤分司。天葩国艳，几曾烦、薄粉浓脂。微似有，酒潮玉颊，更无粟起香肌。　　犹记老婆年少，爱斜簪宝髻，浅印红眉。回头笑他桃杏，太赤些儿。而今零落，更禁当、多少风吹。君看取，梢头点滴，绝胜树下纷披。

刘克庄　　　汉宫春·酷爱名花

酷爱名花，本不贪妖艳，惟赏幽姿。乌台旧案累汝，牵惹

随司。冰层雪积，独伊家、点绛凝脂。应冷笑，海棠醉睡，牡丹未免丰肌。　　舞殿歌台此际，各新涂妆额，别画宫眉。那知有人淡泊，不识虫儿。青莺去也，玉参差、分付谁吹。空传得，暗香疏影，琐窗卷了还披。

刘克庄　　　汉宫春·墙角残红

墙角残红，恍徐娘虽老，尚有丰姿。纷纶绛节导从，不要街司。随波万点，似阿房、漂出残脂。休懊恼，丹铅褪尽，本来冰雪为肌。　　老子平生心铁，被色香牵动，愁上双眉。且祝东风小缓，沥酒芒儿。道伊解冻，甚潘郎、鬓雪难吹。犹忆待，钧天广宴，万红舞袖披披。

刘克庄　　　汉宫春·呈张别驾

京辇相逢，忆茂陵临御，俱诣天官。绛纱玉斧咫尺，先引头班。桃花满观，与贞元、朝士同看。归骑晚，春城笳吹，冶游侵晓方还。　　回首龙髯何在，漫共谈前事，泪洒桥山。谁怜白头柱史，独出函关。君如春柳，到而今、也带苍颜。凭寄语，江州司马，琵琶且止休弹。

刘克庄　　　汉宫春·癸亥生日

老子今年，忽七旬加七，饱阅炎凉。夜窗犹坐书案，点勘偏旁。浮荣膜外，这些儿、感谢苍苍。试看取，名园甲第，主人几个还乡。　　淇澳磻溪二叟，向王朝抑抑，牧野洋洋。申公被蒲轮算，来议明堂。平章前哲，驾青牛、去底差强。自隐括，山歌送酒，不消假手长房。

刘克庄　　　汉宫春·吴侍郎生日

此老先生，尚不留东阁，肯博西凉。我侬争敢，来近思旷之旁。朱颜未改，绝胜如、蔡义张苍。元自有，安丹灶地，何须求白云乡。　　欲缀小词称寿，□譬如河伯，观海盱洋。遥知垂弧甲第，置酒华堂。且吟梁甫，谁管他、冶子田强。试问取，壶翁仙诀，几时传与君房。

刘克庄　　　汉宫春·丞相生日乙丑

吉语西来，已衮归行阙，册拜头厅。唐家岂可，一日轻去

玄龄。洛英蜀客，老成人、几半朝廷。但管取，三边无警，活他百万生灵。　　槐第安排敕设，有藕如船大，有枣如瓶。瑶环瑜珥绕席，个个宁馨。一般奇特，中台星、拜老人星。谁知得，眉攒万国，华筵少醉多醒。

刘克庄　　汉宫春·陈尚书生日

公似寒梅，向层冰积雪，越样清奇。仙溪前辈相望，可比方谁。百篇剀切，似君谟、又似当时。更正简，相君颛面，崇清老子庞眉。　　未可卷怀袖手，续平泉庄记，绿野堂诗。苦言譬如食榄，回味方思。嗣皇访落，怪鹤书、直恁来迟。烦借问，二童一马，几时入尉瞻仪。

刘克庄　　汉宫春·题钟肇长短句

谢病归来，便文殊相问，懒下禅床。雀罗晨有剥啄，颠倒衣裳。袖中赀卷，原夫辈、安敢争强。若不是，子期苗裔，也应通谱元常。　　村叟鸡鸣籁动，更休烦箫管，自协宫商。酒边唤回柳七，压倒秦郎。一觞一咏，老尚书、闲杀何妨。烦问讯，雪洲健否，别来莫有新腔。

赵以夫　　汉宫春·次方时父元夕见寄

投老归来，记踏青堤上，三度逢君。寒窗冷淡活计，明月空尊。红红白白，又一番、春色撩人。谁信道，闲中天地，园林几见成尘。　　今夕偶无风雨，便满城箫鼓，来往纷纷。鳌山宝灯照夜，罗绮千门。珠帘尽卷，看娉婷、水上行云。应自笑，周郎少日，风流羽扇纶巾。

吴　潜　　汉宫春·吴中齐云楼

楼观齐云，正霜明天净，一雁高飞。江南倦客徙倚，目断双溪。凭阑自语，算从来、总是儿痴。青镜里，数丝点鬓，问渠何事忘归。　　幸有三椽茅屋，更小园随分，秋实春菲。几多清风皎月，美景良时。陶贤乐圣，尽由他、歧路危机。须信道，功名富贵，大都磨蚁醯鸡。

方　岳　　汉宫春·寿王尉

云涧之癯，有诗盟未了，鸥泛江湖。一官直为仙耳，不受

尘驱。高情逸韵，自兰亭、已后都无。准拟画、剡舟夜雪，与君相对成图。　　半竹苔寒如此，问谁欤来者，鹤伴熏炉。何如贮之天上，风露冰壶。江南春早，想梅花、不肯欺吾。疑便是，孤山之北，水香月影林逋。

方　岳　　汉宫春·探梅用潇洒江梅韵

问讯何郎，怎春风未到，却月横枝。当年东阁诗兴，夫岂吾欺。云寒岁晚，便相逢、已负深期。烦说与、秋崖归也，留香更待何时。　　家住江南烟雨，想疏花开遍，野竹巴篱。遥怜水边石上，煞欠渠诗。月壶雪瓮，肯相从、舍我其谁。应自笑，生来孤峭，此心却有天知。

吴文英　　汉宫春·追和尹梅津赋俞园牡丹

花姥来时，带天香国艳，羞掩名姝。日长半娇半困，宿酒微苏。沉香槛北，比人间、风异烟殊。春恨重，盘云坠髻，碧花翻吐琼盂。　　洛苑旧移仙谱，向吴娃深馆，曾奉君娱。猩唇露红未洗，客鬓霜铺。兰词沁壁，过西园、重载双壶。休漫道，花扶人醉，醉花却要人扶。

吴文英　　汉宫春·寿梅津

名压年芳，倚竹根新影，独照清漪。千年禹梁藓碧，重发南枝。冰凝素质，遣凡桃、羞濯尘姿。寒正峭，东风似海，香浮夜雪春霏。　　练鹊锦袍仙使，有青娥传梦，月转参移。逋山傍莺系马，玉翦新辞。宫妆镜里，笑人间、花信都迟。春未了，红盐荐鼎，江南烟雨黄时。

吴文英　　汉宫春·寿王虔州

怀得银符，卷朝衣归袖，犹惹天香。星移太微几度，飞出西江。吴城驻马，趁鲈肥、腊蚁初尝。红雾底，金门候晓，争如小队春行。　　何用倚楼看镜，算橘中深趣，日月偏长。江山待吟秀句，梅靥催妆。东风水暖，弄烟娇、语燕飞樯。来岁醉，鹊楼胜处，红围舞袖歌裳。

陈允平　　汉宫春·芍药

开尽荼蘼，正桑云麦浪，天气如秋。南园露梢半拆，金粟

丝头。温香傍酒，尽多娇、不识春愁。莺院悄，轻阴弄晚，何人堪伴清游。　　偏爱紫蕤黄袅，想金壶胜赏，依旧扬州。花前夜阑醉后，斜月当楼。翻阶句好，记玄晖、此日风流。双鬓改，一枝帽底，如今应为花羞。

陈允平　　汉宫春·寿乡师范尚书

郡有苍云堂，因古柏得名

帘卷苍云，爱初翔凤尾，忽驾虬枝。青青岁寒自保，越样清奇。参天溜雨，带疏苔、密藓芳蕤。天赋与，凌霜傲雪，臞然山泽风姿。　　他年栋梁共许，记雪山巫峡，曾赋新诗。庭前可人翠幄，葱茜烟霏。高标劲节，有青松、绿竹心知。来试倚，摩挲黛色，一尊相祝齐眉。

陈允平　　汉宫春·庚午岁寿谷翁保相

春满芝田，正鹤飞空霭，龟引清涟。祥云满谷缥缈，非雾非烟。莺花燕柳，占年年、三月长安。天气好，新声暖响，东风十二雕阑。　　葱茜兽炉香袅，映金貂玉佩，绿鬓朱颜。何妨买花载酒，日日湖边。烟光万顷，恁清闲、才是神仙。芳昼永，珠帘静卷，悠然相对南山。

赵汝茪　　汉宫春·著破荷衣

著破荷衣，笑西风吹我，又落西湖。湖间旧时饮者，今与谁俱。山山映带，似携来、画卷重舒。三十里、芙蓉步障，依然红翠相扶。　　一目清无留处，任屋浮天上，身集空虚。残烧夕阳过雁，点点疏疏。故人老大，好襟怀、消减全无。慢赢得、秋声两耳，冷泉亭下骑驴。

王□□　　汉宫春·九日登丰乐楼

手捻黄花，对西风无语，双鬓萧萧。韶华暗中过眼，零落心交。登临把酒，更谁伴、破橘持螯。惟只有，湖边鸥鹭，飞来如受人招。　　往事不禁重省，料绾罗分钿，翠减香销。空向画桥古树，犹系轻桡。西兴渡口，误归帆、几信寒潮。伤情处，淡烟残照，倚阑人共秋高。

赵时奚　　汉宫春·霜皎千林

霜皎千林，正石桥人静，春满横塘。寒花自开自落，晓色

昏黄。明沙暗草，对东风、深锁闲堂。金漏短，江南路远，梦回云冷潇湘。　　重到旧时花下，按玉笙歌彻，月正西廊。亭亭爱伊素影，粉薄新妆。经年瘦损，漫谁知、心事凄凉。休更听，城头画角，一声声断人肠。

刘辰翁　　汉宫春·壬午开炉日戏作

雨入轻寒，但新筜未试，荒了东篱。朝来暗惊翠袖，重倚屏帏。明窗丽阁，为何人、冷落多时。催重顿，妆台侧畔，画堂未怕春迟。　　漫省茸香粉晕，记去年醉里，题字倾欹。红炉未深乍暖，儿女成围。茶香疏处，画残灰、自说心期。容膝好，团栾分芋，前村夜雪初归。

刘辰翁　汉宫春·岁尽得巽吾寄溪南梅相忆韵

疏影横斜，似故人安道，只在前溪。年年望雪待月，漫倚吟矶。千红万紫，到春来、也是寻思。君不见，永阳江上，残梅冷雨丝丝。　　有几情人似我，漫骑牛卧笛，乱插繁枝。市门索笑憔悴，便作新知。城楼画角，又无花、只落空悲。但传说，寿阳一片，何曾迎面看飞。

彭元逊　　汉宫春·元夕

十日春风，又一番调弄，怕暖愁阴。夜来风雨，摇得杨柳黄深。熏篝未断，梦旧寒、浅醉同衾。便是闻灯见月，看花对酒惊心。　　携手满身花影，香雾霏霏，露湿罗襟。笙歌行人归去，回首沉沉。人间此夜，误春光、一刻千金。明日问、红巾青鸟，苍苔自拾遗簪。

詹　玉　　汉宫春·题西山玉隆宫

吟发萧萧，正古槎秋入，河汉银涛。红云甚家院落，一片笙箫。晋时言语，问何人、还肯逍遥。知几度、落花啼鸟，乡歌犹在儿曹。　　游帷旧时明月，照满庭空翠，剪剪春梢。西山笑人底事，流浪宫袍。江湖近日，说神仙、多在渔樵。千古意，水沉香里，孤枫阴落重霄。

黄公绍　　汉宫春·郡圃赏白莲

身到瑶池，正□永芙蓉，跕素鸾飞。绿云淡笼波面，鸳影

差差。青冥世界，向龙宫、涌出江妃。凝望久，夜凉如水，人间惆怅芳时。　　池上方壶仙伯，是珊珊月佩，绰绰冰肌。重来碧环胜处，笑引琼卮。谁歌白雪，坐中客、赛过玄晖。醉归也，玉绳低转，晓风轻拂荷衣。

高伯达　　汉宫春·寿张安国舍人

绛阙朝元，倦飞惊控鹤，来寓人间。天教散舒和气，好与春还。蓬瀛罢宴，褪仙裳、欲冠貂蝉。应是念、潇湘胜概，来与蕃宣。　　宣室向来初见，叹不如、文帝夜半虚前。多情吊沉赋罢，莫负留连。经纶事叶，向朝廷、谁与争先。明岁好，云屏间坐，十分宣劝金船。

汪元量　　汉宫春·春苑赏牡丹

玉砌雕栏，见吴宫西子，一笑嫣然。舞困人间半辨，艳粉争妍。珠帘尽卷，看人间、金屋神仙。歌队里，霞裾袅娜，百般娇态堪怜。　　别有一枝仙种，更同心并蒂，来奉君筵。猩蜃若教解语，曲谱应传。柘黄独步，昼笼睛，锦幄张天。试剪插，金瓶千朵，醉时细看婵娟。

无名氏　　汉宫春·梅萼知春

梅萼知春，见南枝向暖，一朵初芳。冰清玉丽，自然赋得幽香。烟庭水榭，更无花、争染春光。休谩说、桃夭杏冶，年年蝶闹蜂忙。　　立马伫、凝情久，念美人自别，鳞羽茫茫。临岐记伊，尚带宿酒残妆。云疏雨阔，怎知人、千里思量。除是托、多情驿使，殷勤折寄仙乡。

无名氏　　汉宫春·雪打风摧

雪打风摧，正篱枯壁尽，却有寒梅。衰柳败蒲碍眼，喜见芳蕾。江村路曲，问青帘、与酌余醅。须凭取，东君为我，一枝先寄春来。　　寂寞槿门牛巷，有清香自倚，不怕低回。终须会逢赏目，健步移栽。孤芳素艳，敢烦他、蜂蝶相陪。偏爱有、春风靳惜，同时不放花开。

无名氏　　汉宫春·点点江梅

点点江梅，对寒威强出，一弄新奇。零珠碎玉，为谁密上

南枝。幽香冷艳，纵孤高、却遣谁知。惟只有、江头驿畔，征鞍独为迟迟。　　聊捻粉香重问，问春来甚日，春去何时。移将院落，算应未肯头低。无人共折，傍溪桥、雪压霜欺。君不见、长安陌上，只夸桃李芳菲。

无名氏　　汉宫春·江月初圆

江月初圆，正新春夜永，灯市行乐。芙蕖万朵，向晚为谁开却。层楼画阁。尽卷上、东风帘幕。罗绮拥，欢声和气，惊破柳梢梅萼。　　绰约，暗尘浮动，正鱼龙曼衍，戏车交作。高牙影里，缓控玉羁金络。铅华间错。更一部、笙歌围著。香散处，厌厌醉听，南楼画角。

无名氏　　汉宫春·玉减香销

玉减香销，被婵娟误我，临镜妆慵。无聊强开强解，蹙破眉峰。凭高望远，但断肠、残月初钟。须信道，承恩在貌，如何教妾为容。　　风暖鸟声和碎，更日高院静，花影重重。愁来待只殢酒，酒困愁浓。长门怨感，恨无金、买赋临邛。翻动念，年年女伴，越溪共采芙蓉。

无名氏　　汉宫春·庆寡妇　二月十九

四舞阶蓂，花朝节后，二月阳春。观音降诞，当年对此良辰。谁知好日，固多同、重现前身。已壮门楣全四德，富将偕老卿卿。天意不如人愿，坚柏舟节义，安富尊荣。徐君两雏，戏彩歌舞莱庭。勤教子、不厌三迁，何异轲亲。福寿麻姑伴侣，长笑傲武陵春。

无名氏　　汉宫春·横吹声沉

横吹声沉，倚危楼红日，江转天斜。黄尘边火澒洞，何处吾家。胎禽怨夜，半乘风、玄露丹霞。先生笑，飞空一剑，东风犹自天涯。　　情知道山中好，早翠嚣含隐，瑶草新芽。青溪故人信断，梦逐飙车。乾坤星火，归来兮、煮石煎砂。回首处、幅巾蒲帐，云边独笑桃花。

汉宫春慢

“慢”指慢曲子，音调长，字数多。有时在原名上加“慢”字，只标明该调为慢词，并无他意，此调即同《汉宫春》。属双调，有平韵、仄韵两体。又有九十四字、九十六字、九十七字各体。又名《千秋岁》。参阅《汉宫春》、《千秋岁》。

无名氏　　　　**汉宫春慢·春日迟迟**

春日迟迟，称游人、尽日赏燕芳菲。新荷泛水，渐入夏景云奇。炎光易息，又早是、零落风西。白露点，黄金菊蕊，朝云暮雪霏霏。　　光阴迅速如飞，邀酒朋共欢，且恁开眉。清歌妙舞，更兼玉管瑶篪。人生易老，遇太平、且乐嬉嬉。莫待解，朱颜顿觉，年来不似当时。

永 同 欢

此调今仅存宋仲殊残词七句，调名来历未考出，属仄韵。其句式、字数无法推知。

仲　殊　　　　**永同欢·绣帘卷**

绣帘卷，沉烟细。燕堂深，玳筵初启。庭下芝兰，劝金卮，有多少雍容和气。(下缺)

永 遇 乐

《永遇乐》本曲北宋周密《天基节乐次》云：乐奏夹钟宫，第五盏，觱篥起《永遇乐慢》。晁补之始用其体，并题名《消息》，自注云：“自过腔，即越调《永遇乐》。”异其腔，因即异其名，故又名《消息》。属双调、仄韵，共一百零四字。上下阕均十二句、五十二字，亦均于第三、六、九、十二句用韵。仄韵体始自北宋，首见于柳永《乐章集》。至南宋时始有平韵体，乃陈允平创为之。

柳　永　　　　永遇乐·薰风解愠

薰风解愠，昼景清和，新霁时候。火德流光，萝图荐祉，累庆金枝秀。璿枢绕电，华渚流虹，是日挺生元后。缵唐虞垂拱，千载应期，万灵敷佑。　　殊方异域，争贡琛赆，架巘航波奔凑。三殿称觞，九仪就列，韶頀锵金奏。藩侯瞻望彤庭，亲携僚吏，竞歌元首。祝尧龄、北极齐尊，南山共久。

柳　永　　　　永遇乐·天阁英游

天阁英游，内朝密侍，当世荣遇。汉守分麾，尧庭请瑞，方面凭心膂。风驰千骑，云拥双旌，向晓洞开严署。拥朱轓、喜色欢声，处处竞歌来暮。　　吴王旧国，今古江山秀异，人烟繁富。甘雨车行，仁风扇动，雅称安黎庶。棠郊成政，槐府登贤，非久定须归去。且乘闲、孙阁长开，融尊盛举。

解　昉　　　　永遇乐·春情

风暖莺娇，露浓花重，天气和煦。院落烟收，垂杨舞困，无奈堆金缕。谁家巧纵，青楼弦管，惹起梦云情绪。忆当时、纹衾粲枕，未尝暂孤鸳侣。　　芳菲易老，故人难聚。到此翻成轻误。阆苑仙遥，蛮笺纵写、何计传深诉。青山绿水，古今长在，惟有旧欢何处。空赢得、斜阳暮草，淡烟细雨。

王仲甫　　　　永遇乐·风折新英

风折新英，雨肥繁实，又还如豆。玉核初成，红腮尚浅，齿软酸透。粉墙低亚，佳人惊见，不管露沾襟袖。一枝钗子未插，应把手挼频嗅。　　相思病酒，只因思此，免使文君眉皱。入鼎调羹，攀林止渴，功业还依旧。看看飞燕，衔将春去，又将欲、黄昏时候。争如向、金盘满捧，共君王对酒。

苏　轼　　　　永遇乐·寄孙巨源

长忆别时，景疏楼上，明月如水。美酒清歌，留连不住，月随人千里。别来三度，孤光又满，冷落共谁同醉。卷珠帘，凄然顾影，共伊到明无寐。　　今朝有客，来从淮上，能道使君深意。凭仗清淮，分明到海，中有相思泪。而今何在，西垣清禁，夜永露华侵被。此时看，回廊晓月，也应暗记。

苏　轼　　　永遇乐·明月如霜

夜宿燕子楼，梦盼盼，因作此词。一云：徐州梦觉此登燕子楼作

明月如霜，好风如水，清景无限。曲港跳鱼，圆荷泻露，寂寞无人见。纨如三鼓，铿然一叶，黯黯梦云惊断。夜茫茫，重寻无处，觉来小园行遍。　　天涯倦客，山中归路，望断故园心眼。燕子楼空，佳人何在，空锁楼中燕。古今如梦，何曾梦觉，但有旧欢新怨。异时对，黄楼夜景，为余浩叹。

黄　裳　　　永遇乐·玩雪

朝霭藏晖，客袍惊暖，天巧无意。杳杳谁知，包含造化，忽作人间瑞。儿童欢笑，忙来花下，便饮九春和气。急拿舟，高人乘兴，江天助我幽思。　　缤纷似蔼，峥嵘如画，莫道冬容憔悴。恍象含空，尘无一点，疑在天宫里。酒楼酣宴，茶轩清玩，且待桂花来至。有余光，明年待看，明红暗翠。

黄　裳　　　永遇乐·冬日席上

天接重云，月临残腊，时有幽意。化作瑶池，纷纷戏蝶，一色非人世。无情征雁，乘风南向，怅望有情难寄。暖惊梅，先传芳信，夜来万宝春至。　　中齐胜境，东藩和气，自有名园佳丽。一梦休嗟，三千好客，何处寻珠履。小堂人静，尊前清昼，好惜岁华如逝。管弦中，金杯更劝，朱颜皓齿。

晁端礼　　　永遇乐·龙阁先芬

龙阁先芬，凤毛荣继，当世英妙。峻岳储灵，长庚应梦，还庆佳辰到。黄花浥露，碧瓦凝霜，香馥郡斋清晓。忆当年、青云平步，共喜骤跻华要。　　阴功厚德，玉符金篆，锡与世间难老。注意方浓，分符屡请，雅志人应少。棠阴无讼，乐府新教，正好醉山频倒。有谁莱衣游戏，萱堂寿考。

晁端礼　　　永遇乐·雪霁千岩

雪霁千岩，春回万壑，和气如许。今古稽山，风流人物，真是生申处。儿童竹马，欢迎夹道，争为使君歌舞。道当年、蓬莱朵秀，又来作蓬莱主。　　一编勋业，家传几世，自是赤松仙侣。青琐黄堂，等闲游戏，又问乘槎路。银河耿耿，使星

今夜，应与老人星聚。要知他、秋羹消息，早梅初吐。

晁补之　　永遇乐·松菊堂深

松菊堂深，芰荷池小，长夏清暑。燕引雏还，鸠呼妇往，人静郊原趣。麦天已过，薄衣轻扇，试起绕园徐步。听衡宇、欣欣童稚，共说夜来初雨。　　苍苔径里，紫葳枝上，数点幽花垂露。东里催锄，西邻助饷，相戒清晨去。斜川归兴，翛然满目，回首帝乡何处。只愁恐、轻鞭犯夜，灞陵旧路。

晁补之　　永遇乐·赠雍宅璨奴

银烛将残，玳筵初散，依旧愁绪。醉里凝眸，娇来纵体，此意难分付。怜伊只似，风前轻燕，好语暂来还去。重楼静，珠帘休下，待扫画梁留住。　　青娥皓齿，云鬟花面，见了绮罗无数。只你厌厌，教人竟日，一点无由诉。如今拚了，萦眠惹梦，没个顿身心处。深诚事，骖鸾解佩，是许未许。

叶梦得　　永遇乐·寄怀张敏叔、程致道

蘋芷芳洲，故人回首，云海何处。五亩荒田，殷勤问我，归计真成否。洞庭波冷，秋风袅袅，木叶乱随风舞。记扁舟、横斜载月，目极暮涛烟渚。　　传声试问，垂虹千顷，兰棹有谁重驻。雪溅雷翻，潮头过后，帆影欹前浦。此中高兴，何人解道，天也未应轻付。且留取、千钟痛饮，与君共赋。

叶梦得　　永遇乐·天末山横

蔡州移守颍昌，与客会别临芳观席上

天末山横，半空箫鼓，楼观高起。指点栽成，东风满院，总是新桃李。纶巾羽扇，一尊饮罢，目送断鸿千里。揽清歌、余音不断，缥缈尚萦流水。　　年来自笑无情，何事犹有，多情遗思。绿鬓朱颜，匆匆拚了，却记花前醉。明年春到，重寻幽梦，应在乱莺声里。拍阑干、斜阳转处，有谁共倚。

周紫芝　　永遇乐·五日

槐幄如云，燕泥犹湿，雨余清暑。细草摇风，小荷擎雨，时节还端午。碧罗窗底，依稀记得，闲系翠丝烟缕。到如今、前欢如梦，还对彩绦无语。　　榴花半吐，金刀犹在，往事更堪重数。艾虎钗头，菖蒲酒里，旧约浑无据。轻衫如雾，玉肌

似削，人在画楼深处。想灵符、无人共带，翠眉暗聚。

李　纲　　　　永遇乐·秋夜有感

秋色方浓，好天凉夜，风雨初霁。缺月如钩，微云半掩，的烁星河碎。爽来轩户，凉生枕簟，夜永悄然无寐。起徘徊，凭栏凝伫，片时万情千意。　　江湖倦客，年来衰病，坐叹岁华空逝。往事成尘，新愁似锁，谁是知心底。五陵萧瑟，中原杳杳，但有满襟清泪。烛兰缸，呼童取酒，且图径醉。

李清照　　　　永遇乐·落日熔金

落日熔金，暮云合璧，人在何处。染柳烟浓，吹梅笛怨，春意知几许。元宵佳节，融和天气，次第岂无风雨。来相召、香车宝马，谢他酒朋诗侣。　　中州盛日，闺门多暇，记得偏重三五。铺翠冠儿，捻金雪柳，簇带争济楚。如今憔悴，风鬟霜鬓，怕见夜间出去。不如向、帘儿底下，听人笑语。

南山居士　　　　永遇乐·梅赠客

满眼寒姿，桂蟾匀素，霜女同莹。野屋喷香，池波弄影，仿佛鸾窥镜。一枝堪寄，天涯远信，惆怅塞鸿难倩。这情怀、厌厌怎向，无人伴我孤另。　　风凄露冷，仙郎此夜，若许枕衾相并。解吐芳心，绸缪共约，学取双交颈。好天难遇，从今一去，荏苒后期无定。把柔肠、千萦万断，为伊薄幸。

南山居士　　　　永遇乐·客答梅

玉骨冰肌，野墙山径，烟雨萧索。公子豪华，贪红恋紫，谁分怜孤萼。想应窥见，潘毛相似，故把素怀相托。岂知人、年来闷损，被名利拘缚。　　当歌对酒，如痴如梦，欲笑啼痕先落。二十年前，欢娱一醉，不忍思量著。衾寒枕冷，不教孤另，不是自家情薄。枉将心、千尤万殢，算应殢著。

李弥逊　　　　永遇乐·一水如绳

学士兄筑室南山拒梗峰下，与西山相对。因生日，以词见意

一水如绳，两山如翼，绿野如绣。松院干霄，筠庄枕浪，揽尽溪山秀。水南水北，竹舆兰棹，来往月宵花昼。问人间、天上何处，更寻大围小有。　　人言拒梗，功成仙去，丹鼎夜

寒光透。唤取云英，炼成石髓，日月齐长久。烦君挟我，朝元真阙，两翼羽轻风骤。此时看，小茅峰顶，有云贯斗。

李弥逊　永遇乐·初夏独坐西山钓台新亭

曲径通幽，小亭依翠，春事才过。看笋成竿，等花著果，永昼供闲坐。苍苍晚色，临渊小立，引首暮鸥飞堕。悄无人，一溪山影，可惜被渠分破。　百年似梦，一身如寄，南北去留皆可。我自知鱼，翛然濠上，不问鱼非我。隔篱呼取，举杯对影，有唱更凭谁和。知渊明，清流临赋，得似恁么。

李弥逊　永遇乐·用前韵呈张仲宗、苏粹中

五十劳生，紫髯霜换，白日驹过。闭户推愁，缘崖避俗，壁角团蒲坐。提壶人至，竹根同卧，醉帽尽从攲堕。梦惊回，满身疏影，露滴月斜云破。　无人自酌，有邀皆去，我笑两翁多可。忍冻吟诗，典衣沽酒，二子应嗤我。两忘一笑，调同今古，谁道郢歌无和。后之人，犹今视昔，有能继么。

张元幹　永遇乐·宿鸥盟轩

月仄金盆，江萦罗带，凉飙天际。摩诘丹青，营丘平远，一望穷千里。白鸥盟在，黄粱梦破，投老此心如水。耿无眠、披衣顾影，乍闻绕阶络纬。　百年倦客，三生习气，今古到头谁是。夜色苍茫，浮云灭没，举世方熟寐。谁人著眼，放神八极，逸想寄尘寰外。独凭栏、鸡鸣日上，海山雾起。

张元幹　永遇乐·为洛滨横山作

飞观横空，众山绕甸，江面相照。曲槛披风，虚檐挂月，据尽登临要。有时巾屦，访公良夜，坐我半天林杪。揽浮丘、飘飘衣袂，相与似游蓬岛。　主人胜度，文章英妙，合住北扉西沼。何事十年，风洒露沐，不厌江山好。曲屏端有，吹箫人在，同倚暮云清晓。乘除了、人间宠辱，付之一笑。

杨无咎　永遇乐·鸳瓦霜明

鸳瓦霜明，绣帘烟暖，和气容与。云想衣裳，风清环佩，拥翠娥扶步。蓬山远别，仙班知是，有客旧同俦侣。竭来到、人间又也，爱他相门荣遇。　清秋菊在，小春梅绽，正是年

华好处。酒满瑶觞，歌翻金缕，莫放行云去。已随夫贵，仍因儿显，两国看封齐楚。此时对、生朝听我，却称寿语。

杨无咎　　永遇乐·黄叶缤纷

黄叶缤纷，碧江清浅，锦水秋暮。画鼓冬冬，高牙飐飐，离棹无由驻。波声笳韵，芦花蓼穟，翻作别离情绪。须知道、风流太守，未尝挈情来去。　那堪对此，来时单骑，去也文鸳得侣。绣被薰香，蓬窗听雨，还解知人否。一川风月，满堤杨柳，今夜酒醒何处。调疏呵、双栖正稳，慢摇去橹。

杨无咎　　永遇乐·梅子

风褪柔英，雨肥繁实，又还如豆。玉核初成，红腮尚浅，齿软酸微透。粉墙低亚，佳人惊见，不管露沾襟袖。折一枝、钗头未插，应把手挼频嗅。　相如病酒，只因思此，免使文君眉皱。入鼎调羹，攀林止渴，功业还依旧。看看飞燕，衔将春去，又是欲黄时候。争如向、金盘满捧，共君对酒。

史　浩　　永遇乐·洞天

鄞有壶天，景传图画，声著海县。四面攒峰，皆七十二，各在窗中见。祥云拥蔽，飞泉缭绕，咫尺似天涯远。如今向、仙家觅得，挈来十洲东畔。　虚无缥缈，蓬莱方丈，所喜只居隔岸。羽幰垂珠，琼车织翠，长是陪嘉宴。豺狼远迹，风波不作，日月御轮须缓。且衔杯、称贤乐圣，度兹岁晚。

史　浩　　永遇乐·桃李繁华

桃李繁华，芰荷清净，景物相继。霜后橙黄，雪中梅绽，迤逦春还至。寻思天气，寒暄凉燠，各有一时乐地。如何被，浮名牵役，此欢遂成抛弃。　如今醒也，扁舟短棹，更有篮舆胡倚。到处为家，山肴社酒，野老为宾侣。三杯之后，吴歌楚舞，忘却曳金穿履。虽逢个、清朝贵客，也须共来一醉。

史　浩　　永遇乐·夏至

日永绣工，减却一线，节临短至。幸有杯盘，随分快乐，□得醺醺醉。寻思尘世，寒来暑往，冻极又还热炽。恰如个、脾家疟疾，比著略长些子。　人生百岁，一年一发，且是不

通医治。两鬓青丝，皆伊染就，今已星星地。除非炉内，龙盘虎绕，养得大丹神水。却从他、阴阳自变，卦分泰否。

王之望　永遇乐·和钱处和上元

元夜风光，上都灯火，辉映春色。鳌冠仙山，龙衔瑞烛，银阙凌空碧。紫烟深拥，黄云孤起，人喜乍瞻天日。□云里，□□□□，侍臣□□鹄立。　雾收霞卷，珠帘开遍，翠幕娉婷争出。倾国丛中，钧天合处，忽听鸣清跸。貂裘小帽，随车信马，犹忆少年豪逸。如今对，山城皓月，但余叹息。

韩元吉　永遇乐·为张安国赋

池馆春归，帘栊昼静，清漏移箭。山下孤城，水边翠竹，鶗鴂声千转。记得年时，绮窗人去，尚有唾茸遗线。照珠箙、歌檀舞扇，寂寞旧家排遍。　青云赋客，多情多病，西掖桐阴满院。飞絮随风，马头月在，翡翠帷空卷。平湖烟远，斜桥雨暗，欲寄短书双燕。算犹忆、兰房画烛，醉时共翦。

赵彦端　永遇乐·陪程金谿跃马用其韵

杜曲桑麻，灞桥风雪，归梦无路。马健凌秋，人间玩日，聊用宽迟暮。摇摇羽扇，翩翩凫舄，胜处恍疑仙去。笑相看，风林露草，古来有谁知趣。　黄公垆下，山阴亭畔，岁月著鞭如骛。出塞功名，入关游说，纸上俱难据。论诗说剑，尊前风味，天巧却容人觑。问少陵，酣歌拓戟，为谁献赋。

赵磻老　永遇乐·寿叶枢密

香雪堆梅，绣丝蹙柳，仙馆春到。午夜华灯，烘春艳粉，月借今宵好。衮衣摇曳，簪缨闲绕，共祝大椿难老。望台躔、明星一点，冰壶表里相照。　诞弥令节，欣欣物态，共喜重生周召。八鼎勋庸，九夷姓字，策杖孤鸿杳。鸦啼鹊噪，兰馨松茂，把酒共春一笑。管如今、盐梅再梦，夜铃命诏。

赵长卿　永遇乐·霜词

宵露珠零，溅冰花薄，凝瑞偏早。月练轻翻，风刀碎剪，青女呈纤巧。微丹枫缬，低摧蕉尾，不觉半池莲倒。最好是、千林橘柚，轻黄一村封了。　佳人指冷，暗惊罗幕，一夜斜飞多少。怕倚银屏，愁看玉砌，金菊鲜鲜晓。伤嗟傅纷，佳期

还未，何处冷沾衣透。争知人、临鸾试罢，与梅共瘦。

辛弃疾　永遇乐·检校停云新种杉松戏作

时欲作亲旧报书，纸笔偶为大风吹去，末章及之

投老空山，万松手种，政尔堪叹。何日成阴，吾年有几，似见儿孙晚。古来池馆，云烟草棘，长使后人凄断。想当年、良辰已恨，夜阑酒空人散。　　停云高处，谁知老子，万事不关心眼。梦觉东窗，聊复尔耳，起欲题书简。霎时风怒，倒翻笔砚，天也只教吾懒。又何事，催诗雨急，片云斗暗。

辛弃疾　　永遇乐·送陈光宗知县

紫陌长安，看花年少，无限歌舞。白发怜君，寻芳较晚，卷地惊风雨。问君知否，鸱夷载酒，不似井瓶身误。细思量，悲欢梦里，觉来总无寻处。　　芒鞋竹杖，天教还了，千古玉溪佳句。落魄东归，风流赢得，掌上明珠去。起看清镜，南冠好在，拂了旧时尘土。向君道，云霄万里，这回稳步。

辛弃疾　　永遇乐·赋梅雪

怪底寒梅，一枝雪里，直恁愁绝。问讯无言，依稀似妒，天上飞英白。江山一夜，琼瑶万顷，此段如何妒得。细看来，风流添得，自家越样标路。　　晓来楼上，对花临镜，学作半妆宫额。著意争妍，那知却有，人妒花颜色。无情休问，许多般事，且自访梅踏雪。待行过溪桥，夜半更邀素月。

辛弃疾　　永遇乐·戏赋辛字送十二弟赴都

烈日秋霜，忠肝义胆，千载家谱。得姓何年，细参辛字，一笑君听取。艰辛做就，悲辛滋味，总是辛酸辛苦。更十分，向人辛辣，椒桂捣残堪吐。　　世间应有，芳甘浓美，不到吾家门户。比著儿曹，累累却有，金印光垂组。付君此事，从今直上，休忆对床风雨。但赢得，靴纹绉面，记余戏语。

辛弃疾　　永遇乐·京口北固亭怀古

千古江山，英雄无觅，孙仲谋处。舞榭歌台，风流总被，雨打风吹去。斜阳草树，寻常巷陌，人道寄奴曾住。想当年，金戈铁马，气吞万里如虎。　　元嘉草草，封狼居胥，赢得仓

皇北顾。四十三年，望中犹记，烽火扬州路。可堪回首，佛狸祠下，一片神鸦社鼓。凭谁问，廉颇老矣，尚能饭否。

赵师侠　　永遇乐·重明节

金昊行秋，季商回律，天气佳处。瑞应皇家，祥开圣旦，宝历绵基祚。瑶池人祝，钧天乐奏，湛露宴均寰宇。万花覆、千官尽醉，盛事顿超今古。　　中兴天统，四三传序，揖逊自归明主。黄屋非心，萝图有永，还付当今主。希夷高蹈，寿康长保，五世祖孙欢聚。尊之至，千秋令节，万年圣父。

赵师侠　永遇乐·甲午走笔和岳大用梅词韵

秋满衡皋，淡云笼月，晚来风劲。一抹残霞，数声过雁，还是黄昏近。凭高临远，倚楼凝睇，多少断愁幽兴。听渔村、鸣榔隐隐，别浦暮烟收暝。　　湘妃起舞，芳兰纫佩，约略乱峰云鬓。景物悲凉，楚天澄淡，过尽归帆影。斜阳低处，远山重叠，萧树乱鸦成阵。空无言，栏干凭暖，闷怀似困。

赵师侠　永遇乐·为卢显文家金林檎赋

日丽风暄，暗催春去，春尚留恋。香褪花梢，苔侵柳径，密幄清阴展。海棠零乱，梨花淡伫，初听闹空莺燕。有轻盈、妍姿靓态，缓步阆风仙苑。　　绿丛红萼，芳鲜柔媚，约略试妆深浅。细叶来禽，长梢戏蝶，簇簇枝头见。酡颜鬒发，春愁无力，困倚画屏娇软。只应怕、风欺雨横，落红万点。

姜　夔　　永遇乐·次稼轩北固楼词韵

云隔迷楼，苔封很石，人向何处。数骑秋烟，一篙寒汐，千古空来去。使君心在，苍崖绿嶂，苦被北门留住。有尊中酒差可饮，大旗尽绣熊虎。　　前身诸葛，来游此地，数语便酬三顾。楼外冥冥，江皋隐隐，认得征西路。中原生聚，神京耆老，南望长淮金鼓。问当时、依依种柳，至今在否。

姜　夔　　永遇乐·次韵辛克清先生

我与先生，夙期已久，人间无此。不学杨郎，南山种豆，十一征微利。云霄直上，诸公衮衮，乃作道边苦李。五千言，老来受用，肯教造物儿戏。　　东冈记得，同来胥宇，岁月几

何难计。柳老悲桓，松高对阮，未办为邻地。长干白下，青楼朱阁，往往梦中槐蚁。却不如、洼尊放满，老夫未醉。

刘仙伦　　永遇乐·春暮有怀

青幄蔽林，白毡铺径，红雨迷楚。昼阁关愁，风帘卷恨，尽日萦情绪。阳台云去，文园人病，寂寞翠尊雕俎。惜韶容、匆匆易失，芳丛对眼如雾。　巾欹润裛，衣宽凉渗，又觉渐回骄暑。解箨吹香，遗丸荐脆，小芰浮鸳浦。画栏如旧，依稀犹记，伫立一钩莲步。黯销魂，那堪又听，杜鹃更苦。

高观国　　永遇乐·次韵吊青楼

浅晕修蛾，脆痕红粉，犹记窥户。香断帘空，尘生砌冷，谁唤青鸾舞。春风花信，秋宵月约，历历此心曾许。衔芳恨、千年怨结，玉骨未应成土。　木兰艇子，莫愁何在，谩系寒江烟树。事逐云沉，情随佩冷，短梦分今古。一杯遥夜，孤光难晓，多少碎人肠处。空凄黯、西风细雨，尽吹泪去。

黄　机　　永遇乐·章史君席上

别院春深，华堂昼永，嘉燕初启。翠玉樽罍，红牙丝管，睡鸭沉烟里。弄晴云态，行空絮影，漠漠似飞如坠。最多情，紫绵团就，错落乱星流地。　史君自有，元龙豪气，唤客且休辞醉。蝶困蜂酣，燕娇莺姹，欢意浓如此。侃其笑语，止乎礼义，衣佩细纫兰芷。遥归去，残更欲尽，晓鸦又起。

葛长庚　　永遇乐·懒散家风

懒散家风，清虚活计，与君说破。淡酒三杯，浓茶一碗，静处乾坤大。倚藤临水，步屧登山，白日只随缘过。自归来，曲肱隐几，但只恁和衣卧。　柴扉草户，包巾纸袄，未必有人似我。我醉还歌，我歌且舞，一恁憨痴好。绿水青山，清风明月，自有人间仙岛。且偎随、补破遮寒，烧榾柮火。

葛长庚　　永遇乐·寄鹤林靖

银月凄凉，绮霞明灭，秋色如此。露满清襟，风生衰鬓，夜已三更矣。寻思往事，千头万绪，回首诮如梦里。指烟霄，不如归去，不知今夕何夕。　鹑衣百结，胑脂垢腻，犹是小

蛮针指。对酒逢诗，高吟大笑，四海今谁似。荷亭竹阁，共风同月，此会今生能几。君须记，去来聚散，只□底是。

赵以夫　　永遇乐·七夕和刘随如

云雁将秋，露萤照夜，凉透窗户。星网珠疏，月奁金小，清绝无点暑。天孙河鼓，东西相望，隐隐光流华渚。妆楼上，青瓜玉果，多少騃儿痴女。　金针暗度，珠丝密结，便有系人心处。经岁离思，霎时欢爱，愁绪空万缕。人间天上，一般情味，枉了锦笺嘱付。又何似，吹笙仙子，跨黄鹤去。

吴　潜　　永遇乐·己未元夕

和气熏来，这般光景，管无风雨。画栋朱甍，锦坊绣巷，娘子将嫫母。星球高挂，灯楼攒出，良夜正消增五。遨头事，牙旗铁马，且还那时鄞府。　甘泉见说，捷书频奏，渐次不烦鼙鼓。双凤云间，六鳌海上，祝赞齐手舞。三呼声里，君王万寿，岁岁传柑笑语。便都把、升平旧曲，腔儿旋补。

吴　潜　　永遇乐·再和

天上人间，这般光景，管无风雨。绣户珠帘，锦坊花巷，戏队将嫫母。月扇团圆，星球灿烂，路遍市三街五。升平事，牙旗铁马，且还旧家藩府。　三陲见说，凯歌频奏，渐次不烦鼙鼓。双凤云间，六鳌尘外，想见都人欢舞。火城春近，金莲地匝，消夜果边曾语。如今但，梅花纸帐，睡魔欠补。

吴　潜　　永遇乐·　三和

祝告天公，放灯时节，且收今雨。万户千门，六街三市，绽水晶云母。香车宝马，珠帘翠幕，不怕禁更敲五。霓裳曲，惊回好梦，误游紫宫朱府。　沉思旧日京华，风景逗晓，犹听戏鼓。分镜圆时，断钗合处，倩笑歌与舞。如今闲院，蜂残蛾褪，消夜果边自语。亏人瞅，梅花纸帐，权将睡补。

吴文英　　永遇乐·春酌沉沉

过李氏晚妆阁，见壁间旧所题词，遂再赋

春酌沉沉，晚妆的的，仙梦游惯。锦溆维舟，青门倚盖，还被笼莺唤。裴郎归后，崔娘沉恨，漫客请传芳卷。联题在，频经翠袖，胜隔绀纱尘幔。　桃根杏叶，胶黏缃缥，几回凭

阑人换。峨髻愁云，兰香腻粉，都为多情褪。离巾拭泪，征袍染醉，强作酒朋花伴。留连怕，风姨浪妒，又吹雨断。

吴文英　　永遇乐·乙巳中秋风雨

风拂尘徽，雨侵凉榻，才动秋思。缓酒销更，移灯傍影，净洗芭蕉耳。铜华沧海，愁霾重嶂，燕北雁南天外。算阴晴，浑似几番，渭城故人离会。　青楼旧日，高歌取醉，唤出玉人梳洗。红叶流光，蘋花两鬓，心事成秋水。白凝虚晓，香吹轻烬，倚窗小瓶疏桂。问深宫，姮娥正在，妒云第几。

吴文英　　永遇乐·探梅次时斋韵

阁雪云低，卷沙风急，惊雁失序。户掩寒宵，屏闲冷梦，灯飐唇似语。堪怜窗景，都闲刺绣，但续旧愁一缕。邻歌散，罗襟印粉，袖湿茜桃红露。　西湖旧日，留连清夜，爱酒几将花误。遗袜尘销，题裙墨黯，天远吹笙路。吴台直下，缃梅无限，未放野桥香度。重谋醉，揉香弄影，水清浅处。

洪　瑹　　永遇乐·送春

歌雪徘徊，梦云溶曳，欲劝春住。薄幸杨花，无端杜宇，抵死催教去。参差烟岫，千回百匝，不解禁春归路。病厌厌，那堪更听，小楼一夜风雨。　金钗斗草，玉盘行菜，往事了无凭据。合数松儿，分香帕子，总是牵情处。小桃朱户，题诗在否，尚忆去年崔护。绿阴中，莺莺燕燕，也应解语。

陈允平　　永遇乐·玉腕笼寒

旧上声韵，今移入平声

玉腕笼寒，翠阑凭晓，莺调新簧。暗水穿苔，游丝度柳，人静芳昼长。云南归雁，楼西飞燕，去来惯认炎凉。王孙远，青青草色，几回望断柔肠。　蔷薇旧约，尊前一笑，等闲孤负年光。斗草庭空，抛梭架冷，帘外风絮香。伤春情绪，惜花时候，日斜尚未成妆。闻嬉笑，谁家女伴，又还采桑。

奚　淢　　永遇乐·一雁斜阳

一雁斜阳，乱蛩衰草，天净秋远。独立西风，星星鬓影，疑被蘽霜染。蹇修何处，秋深湘水，隐约数峰青浅。想而今，亭亭皓月，共谁倚阑凄惋。　瑶箱翠袭，玉奁芸剪，暗里泪

花偷溅。一日思量，十年瘦削，春色回眸减。雕鸾好在，文箫重许，罍酒试香庭苑。正销魂，余霞散碧，暮鸦数点。

刘辰翁　　永遇乐·璧月初晴

余自乙亥上元诵李易安永遇乐，为之涕下。今三年矣，每闻此词，辄不自堪。遂依其声，又托之易安自喻。虽辞情不及，而悲苦过之

璧月初晴，黛云远澹，春事谁主。禁苑娇寒，湖堤倦暖，前度遽如许。香尘暗陌，华灯明昼，长是懒携手去。谁知道，断烟禁夜，满城似愁风雨。　宣和旧日，临安南渡，芳景犹自如故。缃帙流离，风鬟三五，能赋词最苦。江南无路，鄜州今夜，此苦又谁知否。空相对，残釭无寐，满村社鼓。

刘辰翁　　永遇乐·灯舫华星

余方痛海上元夕之习，邓中甫适和易安词至，遂以其事吊之

灯舫华星，崖山碇口，官军围处。璧月辉圆，银花焰短，春事遽如许。麟洲清浅，鳌山流播，愁似汨罗夜雨。还知道，良辰美景，当时邺下仙侣。　而今无奈，元正元夕，把似月朝十五。小庙看灯，团街转鼓，总似添恻楚。传柑袖冷，吹藜漏尽，又见岁来岁去。空犹记，弓弯一句，似虞兮语。

危复之　　永遇乐·早叶初莺

早叶初莺，晚风孤蝶，幽思何限。檐角萦云，阶痕积雨，一夜苔生遍。玉窗闲掩，瑶琴慵理，寂寞水沉烟断。悄无言、春归无觅处，卷帘见双飞燕。　风亭泉石，烟林薇蕨，梦绕旧时曾见。江上闲鸥，心盟犹在，分得眠沙半。引觞浮月，飞谈卷雾，莫管愁深欢浅。起来倚阑干，拾得残红一片。

蒋　捷　　永遇乐·绿阴

清逼池亭，润侵山阁，雪气凝聚。未有蝉前，已无蝶后，花事随逝水。西园支径，今朝重到，半碍醉筇吟袂。除非是、莺身瘦小，暗中引雏穿去。　梅檐溜滴，风来吹断，放得斜阳一缕。玉子敲枰，香绡落剪，声度深几许。层层离恨，凄迷如此，点破谩烦轻絮。应难认、争春旧馆，倚红杏处。

李太古　　永遇乐·玉砌标鲜

玉砌标鲜，雪园风致，似曾相识。蝉锦霞香，乌丝云湿，吹渴蟾蜍滴。青青白白，关关滑滑，寒损铢衣狂客。尽声声、不如归去，归也怎生归得。　含桃红小，香芹翠软，惆怅宜城山色。百折浮岚，几湾流水，那一些儿直。落花情味，露花魂梦，蒲花消息。抚纤眉，织乌西下，为君凝碧。

郭子正　　永遇乐·多积阴功

多积阴功，后蒙天报，荣贵长久。一片灵台，丹青要画，请看人间秀。慈仁雅着，延永松年，内鼎有丹方就。想除非，真的高人，五福自然兼有。　从来义方，今见公辅，量运夔龙居后。承此门风，相传世业，都是经邦手。狂歌将意，知公难老，永助庆堂尊酒。有重重，腰金孙子，继来献寿。

无名氏　　永遇乐·功名闲事

功名闲事，利禄休问，莫系心上。幸有衣食，随缘过得，著甚干劳攘。风前月下，三杯两盏，撞著即莫与放。且与个、山庄道友，退闲故人来往。　新来做得，一个宽袖布衫，著来也畅。出户迎宾，入城干事，恰似王保长。我咱忺后，神歌鬼舞，任尔万般毁谤。死来后，一家一个，那底怎向。

无名氏　永遇乐·寿族兄正月初六，与定光佛同日生

柏颂才过，梅妆方试，六秀蓂荚。恰是今朝，白花岩里，一佛生时节。前身再现，金城桃熟，千岁莲花重发。更一念、善根常在，作个在家菩萨。　活饥好事，造桥阴骘，乐施常开金穴。瑶籍儿孙，玉京夫妇，庆聚神仙窟。从今生旦，三千纪算，常对昙华优钵。华严会，彩籍庆满僧宝骨。

无名氏　　永遇乐·庆李守　正月十九

才过元宵，又经四日，门设弧矢。信道长庚，当年降瑞，缘是诞生李。葱葱佳气，今朝重见，洋溢门庭多喜。这英贤、文章冠世，取青拾芥难比。　那堪绿鬓、朱颜年少，暂试牛刀百里。迤逦黄堂，平章风月，见说清如水。彩庭兰玉，森然挺特，捧献椒觞归美。愿从今、增崇福寿，川流山峙。

无名氏　永遇乐·寄所思新第者

孤衾不暖，静闻银漏，欹枕难稳。细想多情，多才多貌，总是多愁本。而今幽会难成，佳期顿阻，只恁萦方寸。知他莫是，今生共伊，此欢无分。　寻思断肠肠断，珠泪揾了，依前重揾。终待临岐，分明说与，我这厌厌闷。得伊知后，教人成病。万种断也无限。只恐他、恁不分晓，谩劳瘦损。

无名氏　永遇乐·个个修行

个个修行，人人咽纳，谁悟真道。曲径多歧，旁门小法，误了人多少。容成岂是，神仙究竟，采药谩多炉灶。忽一朝，脱却桶底，性根坏倒。　争如内观，无为清净，学取本来庄老。匹配阴阳，抽添铅汞，八卦为端表。人生如梦，流年似箭，回首也须闻早。贪迷恋，春花秋月，何时是了。

无名氏　永遇乐·万法由心

万法由心，应观法界，一切心造。老子瞿昙，同归去揆，不离心是道。自从识得，坎离交济，炼药粗知昏晓。云腾雨飞，蟾宫兔走，丹阙更无烦恼。　气中真液，液中真气，和合不多不少。种出黄芽，炼成赤水，龙虎交围绕。七返九还，工夫到后，还我旧时年少。待三千、功圆行满，恁时是了。

无名氏　永遇乐·学道修心

学道修心，存神炼性，直要轻举。补脑还精，流水不腐，户枢终不蠹。日魂月魄，抟归炉鼎，真炁自然流聚。把心猿缚住，意马追回，迥无尘虑。　定中明有，阳龙阴火，水火透时为度。八段奇文，千口活法，向上有一路。吕公高尚，未离人世，有分也须相遇。约十洲三岛，骖鸾跨鹤，大家同去。

无名氏　永遇乐·养水养精

养水养精，养神养血，先须养气。日月阴阳，六爻八卦，细看参同契。灵躯灵宝，千言万语，不过坎离两字。向昆仑顶上，返本还元，要明终始。　一身虽小，如同天地，八万四千余里。玄牝之门，生生万化，都在冲和内。此真真外，别无真谛，方信道一而已。异时见钟吕，如有未明，请师指示。

尔汝歌

此调本名《清商怨》，贺铸词有"白眼青天，忘形相尔汝"句，故更名《尔汝歌》。详见《清商怨》条。

贺　铸　　　尔汝歌·清商怨

劳生羁宦未易处，赖醉□□□。白眼青天，忘形相尔汝。□□□□□□，□□□、送君南浦。雪暗沧江，□□□□□□。

贺　铸　　　尔汝歌·扬州商女

扬州商女□□□，□□□□□□。□寄扁舟，江南湖北道。津头龙祠屡□，□信指、半春前到。笑倚危樯，朝来风色好。

永裕陵歌

此调为宋无名氏所作，仅存词一首。其词注云：八年神宗灵驾发引。永裕陵是宋神宗的陵寝，为赋神宗发引灵驾及陵墓情景，故名《永裕陵歌》。词不分阕，共二十九句、一百一十四字。

无名氏　永裕陵歌·八年神宗灵驾发引

升龙德，当位富春秋。受天球，膺骏命，玉帛走诸侯。宝阁珠楼临上苑，百卉弄春柔。隐约瀛洲，旦旦想宸游，那知羽驾忽难留。八马入丹丘，哀仗出神州。笳声凝咽，旌旗去悠悠。碧山头，真人地，龟洛奥，凤台幽。绕伊流，嵩峰冈势结蛟虬。皇堂一闭威颜杳，寒雾带天愁。守陵嫔御，想像奉龙辀。牙盘赭案肃神休，何日觐云裘。红泪滴衣襦，那堪风点缀、柏城秋。

半死桐

此调本名《鹧鸪天》、《思越人》，贺铸词有“梧桐半死清霜后”句，故更名《半死桐》。详见《鹧鸪天》条。

贺　铸　　　半死桐·重过阊门万事非

重过阊门万事非，同来何事不同归。梧桐半死清霜后，头白鸳鸯失伴飞。　　原上草，露初晞，旧栖新垄两依依。空床卧听南窗雨，谁复挑灯夜补衣。

圣无忧

此调本唐教坊曲名，后又用作词调名。它也是《乌夜啼》的别名，南唐李后主有作；后易名《锦堂春》。北宋欧阳修以此调填词，歌咏贤圣无忧愁，“相见且欢娱”，仍用唐教坊曲旧名《圣无忧》，成为《锦堂春》的别题。双调，平声，四十七字。上阕四句、二十三字，下阕四句、二十四字，均于第二、四句用韵。另一体四十八字，上、下阕均二十四字。

欧阳修　　　圣无忧·世路风波险

世路风波险，十年一别须臾。人生聚散长如此，相见且欢娱。　　好酒能消光景，春风不染髭须。为公一醉花前倒，红袖莫来扶。

欧阳修　　　圣无忧·相别重相遇

相别重相遇，恬如一梦须臾。尊前今日欢娱事，放盏旋成虚。　　莫惜斗量珠玉，随他雪白髭须。人间长久身难得，斗在不如吾。

欧阳修　　　圣无忧·珠帘卷

珠帘卷，暮云愁，垂杨暗锁青楼。烟雨濛濛如画，轻风吹

旋收。　　香断锦屏新别，人闲玉簟初秋。多少旧欢新恨，书杳杳、梦悠悠。

台城游

此调本名《水调歌头》，贺铸词有“台城游冶”句，故更名《台城游》。详见《水调歌头》条。

贺　铸　　　台城游·南国本潇洒

南国本潇洒，六代浸豪奢。台城游冶，襞笺能赋属宫娃。云观登临清夏，璧月留连长夜，吟醉送年华。回首飞鸳瓦，却羡井中蛙。　　访乌衣，成白社，不容车。旧时王谢，堂前双燕过谁家。楼外河横斗挂，淮上潮平霜下，樯影落寒沙。商女篷窗罅，犹唱后庭花。

台城路

此调本名《齐天乐》，又名《五福降中天》、《如此江山》。其异名或据词的内容而定，或据词中的字句而取。此题以《齐天乐》填词，写台城之游，故易名《台城路》。属双调、仄韵，共一百零二字。上阕十句、五十一字，于第二、五、六、八、十句用韵；下阕十一句、五十一字，于第三、六、七、九、十一句用韵。另一体亦一百零二字，惟下阕第二、三句为四字、六字，与前体上五字、下四字不同。

李莱老　　　台城路·寄弁阳翁

半空河影流云碎，亭皋嫩凉收雨。井叶还惊，江莲乱落，弦月初生商素。堂深几许，渐爽入云帱，翠绡千缕。纨扇恩疏，晚萤光冷照窗户。　　文园憔悴顿老，又西风暗换，丝鬓无数。灯外残砧，琴边瘦枕，一一情伤迟暮。故人倦旅，料渭水长安，感时吟苦。正自多愁，砌蛩终夜语。

仇　远　　　台城路·寄子发

暮云春树江东远，十年软红尘井。雨屋酣歌，月楼醉倚，

还倩天风吹醒。青灯耿耿，算除却渊明，谁怜孤影。自卷荷衣，石床高卧翠微冷。　　山空但觉昼永，旧游花柳梦，不忍重省。燕子梁空，鸡儿巷静，休说长安风景。丹台路迥，怎见得玄都，□□芳径。共理瑶笙，凤凰花外听。

仇　远　　台城路·海棠才试春光小

海棠才试春光小，西风便吹秋去。白石粼粼，丹林点点，装缀东皋南浦，清游顿阻。谩空有园林，可无钟鼓。一曲庭花，隔江谁与问商女。　　离怀浑似梦里，碧云犹冉冉，佳人何处。越岫鸡盟，秦楼燕约，争奈年华已暮。凭高吊古，算只有梅花，伴人凄楚。极目天长，淡霞明断雨。

仇　远　　台城路·画楼西送斜阳下

画楼西送斜阳下，不随逝波东去。野旷莎长，山空木短，零落红衣南浦。游云路阻，便魂断苍梧，怨弦谁鼓。空采江蓠，□□□□吊湘女。　　迢迢千里万里，碧天空雁信，传意无处。翠袖闲笼，珠帏怨卧，几度黄昏□暮。相思自古，怅独客三吴，故人三楚。懒话巴山，剪灯同听雨。

张　炎　　台城路·十年前事翻疑梦

庚寅秋九月，之北，遇汪菊坡，一见若惊，相对如梦。回忆旧游，已十八年矣。因赋此词

十年前事翻疑梦，重逢可怜俱老。水国春空，山城岁晚，无语相看一笑，荷衣换了。任京洛尘沙，冷凝风帽。见说吟情，近来不到谢池草。　　欢游曾步翠窈，乱红迷紫曲，芳意今少。舞扇招香，歌桡唤玉，犹忆钱塘苏小。无端暗恼，又几度留连，燕昏莺晓。回首妆楼，甚时重去好。

张　炎　　台城路·春风不暖垂杨树

杭友抵越，过鉴曲渔舍会饮

春风不暖垂杨树，吹却絮云多少。燕子人家，夕阳巷陌，行人野畦深窈，筹花斗草。记小舫寻芳，断桥初晓。那日心情，几人同向近来老。　　消忧何处最好，夜深频秉烛，犹是迟了。南浦歌阑，东林社冷，赢得如今怀抱。吟惊暗恼，待醉也慵听，劝归啼鸟。怕搅离愁，乱红休去扫。

张　炎　　台城路·寄姚江太白山人陈文卿

薛涛笺上相思字，重开又还重折。载酒船空，眠波柳老，一缕离痕难折。虚沙动月，叹千里悲歌，唾壶敲缺。却说巴山，此时怀抱那时节。　　寒香深处话别，病来浑瘦损，懒赋情切。太白闲云，新丰旧雨，多少英游消歇。回潮似咽，送一点秋心，故人天末。江影沉沉，露凉鸥梦阔。

张　炎　　台城路·游北山寺

别本作雪窦寺访同野翁日东岩

云多不记山深浅，人行半天岩壑。旷野飞声，虚空倒影，松挂危峰疑落，流泉喷薄。自窈窕寻源，引瓢孤酌。倦倚高寒，少年游事老方觉。　　幽寻闲院邃阁，树凉僧坐夏，翻笑行乐。近竹惊秋，穿萝误晚，都把尘缘消却。东林似昨，待学取当年，晋人曾约。童子何知，故山空放鹤。

张　炎　　台城路·章静山别业会饮

一窗烟雨不除草。移家静藏深窈。东晋图书，南山杞菊，谁识幽居怀抱，疏阴未扫。叹乔木犹存，易分残照。慵慨悲歌，故人多向近来老。　　相逢何事欠早，爱吟心共苦，此意难表。野水无鸥，闲门断柳，不满清风一笑。荷衣制了，待寻壑经丘，溯云孤啸。学取渊明，抱琴归去好。

张　炎　　台城路·送周方山游吴

朗吟未了西湖酒，惊心又歌南浦。折柳官桥，呼船野渡，还听垂虹风雨，漂流最苦。况如此江山，此时情绪。怕有鸱夷，笑人何事载诗去。　　荒台只今在否，登临休望远，都是愁处。暗草埋沙，明波洗月，谁念天涯羁旅。荷阴未暑，快料理归程，再盟鸥鹭。只恐空山，近来无杜宇。

张　炎　　台城路·抵吴，书寄旧友

分明柳上春风眼，曾看少年人老。雁拂沙黄，天垂海白，野艇谁家昏晓，惊心梦觉。谩慷慨悲歌，赋归不早。想得相

如，此时终是倦游了。　　经行几度怨别，酒痕消未尽，空被花恼。茂苑重来，竹溪深隐，还胜飘零多少。羁怀顿扫，尚识得妆楼，那回苏小。寄语盟鸥，问春何处好。

张　炎　　台城路·饯干寿道应举

几年槐市槐花冷，天风又还吹起。故箧重寻，闲书再整，犹记灯窗滋味，浑如梦里。见说道如今，早催行李。快买扁舟，第一桥边趁流水。　　阳关须是醉酒，柳条休要折，争似攀桂。旧有家声，荣看世美，方了平生英气。琼林宴喜，带雪絮归来，满庭春意。事业方新，大鹏九万里。

张　炎　　台城路·遥岑寸碧

澄江众山外，无锡惠峰在其南，若地灵涌出，不偏不倚，处楼之正中，苍翠横陈，是斯楼之胜境也

翠屏缺处添奇观，修眉远浮孤碧。天影微茫，烟痕黯淡，不与千峰同色，凭高望极。向帘幕中间，冷光流入。料得吟僧，数株松下坐苍石。　　泉源犹是故迹。煮茶曾味古，还记游历。调水符闲，登山屐在，却倚阑干斜日。轻阴易□，看飘忽风云，晦明朝夕。为我飞来，傍江横峭壁。

张　炎　　台城路·为湖天赋

扁舟忽过芦花浦，闲情便随鸥去。水国吹箫，虹桥问月，西子如今何许，危阑谩抚。正独立苍茫，半空飞露。倒影虚明，洞庭波映广寒府。　　鱼龙吹浪自舞，渺然凌万顷，如听风雨。夜气浮山，晴晖荡日，一色无寻秋处。惊凫自语，尚记得当时，故人来否。胜景平分，此心游太古。

张　炎　　台城路·迁居

桃花零落玄都观，刘郎此情谁语。鬓发萧疏，襟怀淡薄，空赋天涯羁旅，离情万缕。第一是难招，旧鸥今雨。锦瑟年华，梦中犹记艳游处。　　依依心事最苦，片帆浑是月，独抱凄楚。屋破容秋，床空对雨，迷却青门瓜圃。初荷未暑，叹极目烟波，又歌南浦。燕忽归来，翠帘深几许。

张　炎　　台城路·清时乐事中园赋

陆义斋寿日，自澄江放舟，清游吴山水间，散怀吟眺，一任所适所之。既倦，乘月夜归。太白去后三百年无此乐耶

清时乐事中园赋，怡情楚花湘草。秀色通帘，生香聚酒，修景常留池沼，闲居自好，奈车马喧尘，未教闲了。把菊清游，冷红飞下洞庭晓。　寻泉同步翠杳，更将秋共远，书画船小。款竹谁家，盟鸥某水，白月光涵圆峤。天浮浩渺，称绿发飘飘，溯风舒啸。缓筑堤沙，渭滨人未老。

张　炎　　台城路·老枝无著秋声处

夏壶隐壁间，李仲宾写竹石、赵子昂作枯木，娟净峭拔，远返古雅，余赋词以述二妙

老枝无著秋声处，萧萧倦听风雨。暗饮春腴，欣荣晚节，不载天河人去，心存太古。喜冰雪相看，此君欲语。共倚云根，岁寒羞并岁寒所。　当年曾见汉馆，卷帘频坐对，飞梦湘楚。叹我重来，何堪如此，落叶空江无数。盘桓屡抚，似冉冉吹衣，颇疑非雾。素壁高堂，晋人清几许。

张　炎　　台城路·归杭

当年不信江湖老，如今岁华惊晚。路改家迷，花空荫落，谁识重来刘阮，殊乡顿远。甚犹带羁怀，雁凄蛩怨。梦里忘归，乱浦烟浪片帆转。　闭门休叹故苑，杖藜游冶处，萧艾都遍。雨色云西，晴光水北，一洗悠然心眼。行行渐懒，快料理幽寻，酒瓢诗卷。赖有湖边，旧时鸥数点。

西子妆慢

即《西子妆》。西子，指春秋时的西施。此词本为咏西施妆饰之美。“慢”指慢曲子，乐调长，字数多。用于原名之后，有时只是慢词的标志，属双调、仄韵，共九十七字。

吴文英　　西子妆慢·湖上清明薄游

流水麹尘，艳阳醅酒，画舸游情如雾。笑拈芳草不知名，乍凌波、断桥西堍。垂杨漫舞，总不解、将春系住。燕归来，问彩绳纤手，如今何许。　欢盟误，一箭流光，又趁寒食去。不堪衰鬓著飞花，傍绿阴、冷烟深树。玄都秀句，记前度、刘郎曾赋。最伤心、一片孤山细雨。

张　炎　　西子妆慢·白浪摇天

吴梦窗自制此曲，余喜其声调妍雅，久欲述之而未能。甲午春，寓罗江，与罗景良野游江上。绿阴芳草，景况离离，因填此解。惜旧谱零落，不能倚声而歌也

白浪摇天，青阴涨地，一片野怀幽意。杨花点点是春心，替风前、万花吹泪。遥岑寸碧，有谁识、朝来清气。自沉吟、甚流光轻掷，繁华如此。　斜阳外，隐约孤村，隔坞闲门闭。渔舟何似莫归来，想桃源、路通人世。危桥静倚，千年事、都消一醉。谩依依，愁落鹃声万里。

西平乐

此调本为唐曲名，后用作词调名。仄韵者始自柳永，平韵者始自周邦彦。该调属双调，共一百零二字。上阕八句、四十二字，于第二、五、七、八句用韵；下阕十四句、六十字，于第二、五、七、十一、十二、十四句用韵。此调在词中较为特殊，上下阕的句数、字数相差较多。《词律》、《钦定词谱》认为此调可加“慢”字，成为《西平乐》的别体。事实上，《西平乐慢》属双调、平韵，共一百三十七字，字句亦与此调迥别，当为两调，并非异名同调。参阅《西平乐慢》。

柳　永　　西平乐·尽日凭高目

尽日凭高目，脉脉春情绪。嘉景清明渐近，时节轻寒乍暖，天气才晴又雨。烟光淡荡，妆点平芜远树。黯凝伫，台榭好、莺燕语。　正是和风丽日，几许繁红嫩绿，雅称嬉游去。奈阻隔、寻芳伴侣。秦楼凤吹，楚馆云约，空怅望、在何处。寂寞韶华暗度，可堪向晚，村落声声杜宇。

晁补之　西平乐·广陵送王资政正仲赴阙

风诏传来绛阙，当宁思贤辅。淮海甘棠惠化，霖雨商岩吉梦，熊虎周郊旧卜。千秋盛际，催促朝天归去，动离绪。
空眷恋，难暂驻。新植双亭临水，风月佳名未睹，准拟金尊时举。况乐府、风流一部。妍歌妙舞，萦云回雪，亲教与，恨难诉。争欲攀辕借住，功成绣衮，重与江山作主。

周邦彦　西平乐·稚柳苏晴

元丰初，予以布衣西上，过天长道中。后四十余年，辛丑正月，避贼复游故地。感叹岁月，偶成此词

稚柳苏晴，故溪歇雨，川迥未觉春赊。驼褐寒侵，正怜初日，轻阴抵死须遮。叹事逐孤鸿尽去，身与塘蒲共晚，争知向此，征途迢递，伫立尘沙。追念朱颜翠发，曾到处、故地使人嗟。　　道连三楚，天低四野，乔木依前，临路敧斜。重慕想、东陵晦迹，彭泽归来，左右琴书自乐，松菊相依，何况风流鬓未华。多谢故人，亲驰郑驿，时倒融尊，劝此淹留，共过芳时，翻令倦客思家。

朱　雍　西平乐·用耆卿韵

夜色娟娟皎月，梅玉供春绪。不使铅华点缀，超出精神淡伫。休妒残英如雨。清香眷恋，只恐随风满路，散无数。
江亭暮，鸣佩语。正值匆匆乍别，天远瑶池缟毂，好趁飞琼去。忍孤负、瑶台伴侣。琼肌瘦尽，庾岭零落，空怅望、动情处。画角哀时暗度，参横向晓，吹入深沉院宇。

方千里　西平乐·倦踏征尘

倦踏征尘，厌驱匹马，凝望故国犹赊。孤馆今宵，乱山何许，平林漠漠烟遮。怅过眼光阴似瞬，回首欢娱异昔，流年迅景，霜风败苇惊沙。无奈轻经易别，千里意，制泪独长嗟。
绮窗人远，青门信杳，叙影何时，重见云斜。空怨忆、吹箫韵曲，旋锦回文，想像宫商蠹损，机杼生尘，谁为新装晕素华。那信自怜，悠飏梦蝶，浮没书鳞，纵有心情，尽为相思，争如傍早归家。

杨泽民　　**西平乐·圃韭畦蔬**

圃韭畦蔬，嫩鸡野腊，邻酝稚子能赊。罗幕新裁，画楼高耸，松梧柳竹交遮。应便作归休计去，万揖渊明，下视林逋，到此如何，又走风沙。都为啼号累我，思量事、未遂即咨嗟。

连年奔逐，旁州外邑，舟楫轻扬，鞭□倾斜。仍冒触、烟岚邃险，风雪纵横，每值初寒在路，炎暑登车，空向长途度岁华。消减少年，英豪气宇，潇洒襟怀，似此施为，纵解封侯，宁如便早还家。

西平乐慢

"慢"指慢词，即慢曲子，乐调长，字数增多。但它并不是由同调的令词增衍而成，只是借令词原名，在格式上已与原词毫无关系。慢词起自宋仁宗朝，往往借用旧词牌以便记忆，为免混淆而加一"慢"字。此《西平乐慢》即与《西平乐》迥别，不可混为一调。慢词往往韵疏，此调只有七韵。属双调、平韵，共一百三十七字。上阕十三句、六十七字，于第三、六、十、十三句用韵；下阕十六句、七十字，于第四、十、十六句用韵。参阅《西平乐》。

吴文英　　**西平乐慢·岸压邮亭**

过西湖先贤堂，伤今感昔，泫然出涕

岸压邮亭，路欹华表，堤树旧色依依。红索新晴，翠阴寒食，天涯倦客重归。叹废绿平烟带苑，幽渚尘香荡晚，当时燕子，无言对立斜晖。追念吟风赏月，十载事，梦惹绿杨丝。

画船为市，夭妆艳水，日落云沉，人换春移。谁更与、苔根洗石，菊井招魂，漫省连车载酒，立马临花，犹认蔫红傍路枝。歌断宴阑，荣华露草，冷落山丘，到此徘徊，细雨西城，羊昙醉后花飞。

陈允平　　**西平乐慢·泛梗飘萍**

泛梗飘萍，入山登陆，迢递雾迥烟赊。漠漠蒹葭，依依杨柳，天涯总是愁遮。叹寂寞尘埃满眼，梦逐孤云缥缈，春潮带雨，鸥迎远溆，雁别平沙。寒食梨花素约，肠断处，对景暗伤

嗟。　　晚钟烟寺，晨鸡月店，征褐萧疏，破帽攲斜。忆几度、微吟马上，长啸舟中，惯踏新丰巷陌，旧酒犹香，憔悴东风自岁华。重忆少年，樱桃渐熟，松粉初黄，短楫欢呼，日日江南，烟村八九人家。

西 江 月

此调本为唐教坊曲名，敦煌曾发现琵琶谱《西江月》，但有谱无词。后用作词调名，首见于敦煌曲辞。文人之作，首见五代欧阳炯词。此牌名来源相传取自李白诗句。李白《苏台览古》中有"只今惟有西江月，曾照吴王宫里人"之句，故取其"西江月"为名。属双调，两平韵，结句各叶一仄韵，共五十字。上、下阕各四句，均为六、六、七、六字，于第二、三、四句用韵。另一体亦五十字，上阕二平一仄；下阕换韵，亦二平一仄。王行词又名《江月令》、程珌词名《步虚词》，欧阳炯词中有"两岸蘋香暗起"之句，故又名《白蘋香》。又名《西江美人》、《晚春时候》、《壶天晓》、《醉高歌》、《双锦瑟》、《留穷词》、《玉炉三涧雪》。

柳　永　　西江月·凤额绣帘高卷

凤额绣帘高卷，兽镮朱户频摇。两竿红日上花梢，春睡厌厌难觉。　　好梦狂随飞絮，闲愁浓胜香醪。不成雨暮与云朝，又是韶光过了。

柳　永　　西江月·师师生得艳冶

师师生得艳冶，香香于我情多。安安那更久比和，四个打成一个。　　幸自苍皇未款，新词写处多磨。几回扯了又重挼，奸字中心著我。

柳　永　　西江月·腹内胎生异锦

腹内胎生异锦，笔端舌喷长江。纵教片绢字难偿，不屑与人称量。　　我不求人富贵，人须求我文章。风流才子占词场，真是白衣卿相。

张　先　　西江月·体态看来隐约

体态看来隐约，梳妆好是家常。檀槽初抱更安详，立向尊

前一行。　　小打登钩怕重，尽缠绣带由长。娇春莺舌巧如簧，飞在四条弦上。

张　先　　　西江月·泛泛春船载乐

泛泛春船载乐，溶溶湖水平桥。高鬟照影翠烟摇，白纻一声云杪。　　倦醉天然玉软，弄妆人惜花娇。风情遗恨几时消，不见卢郎年少。

张　先　　　西江月·赠寄

肃肃秺侯清慎，温温契苾知诗。能推恻隐救民饥，况乃义方教子。　　宪府两飞鹗荐，士林竞赋怀辞。天门正美可前知，入侍钧天从此。

张伯端　　　西江月·内药还同外药

内药还同外药，内通外亦须通。丹头和合类相同，温养两般作用。　　内有天然真火，炉中赫赫长红。外炉增减要勤功，妙绝无过真种。

张伯端　　　西江月·此道至神至圣

此道至神至圣，忧君分薄难消。调和铅汞不终朝，早睹玄珠形兆。　　志士若能修炼，何妨在市居朝。工夫容易药非遥，说破人须失笑。

张伯端　　　西江月·白虎首经至宝

白虎首经至宝，华池神水真金。故知上善利源深，不比寻常药品。　　若要修成九转，先须炼己持心。依时采取定浮沉，进火须防危甚。

张伯端　　　西江月·若要真铅留汞

若要真铅留汞，亲中不离家臣。木金间隔会无因，须仗媒人勾引。　　本性爱金顺义，金情恋木慈仁。相吞相陷却相亲，始觉男儿有孕。

张伯端　　　西江月·二八谁家姹女

二八谁家姹女，九三何处郎君。自称木液与金精，遇土却

成三姓。　　更假丁公锻炼，夫妻始结欢情。河车不敢暂留停，运入崑岺峰顶。

张伯端　　　西江月·七返朱砂反本

七返朱砂反本，九还金液还真。休将寅子数坤申，但要五行成准。　　本是水银一味，周流偏历诸辰。阴阳数足自通神，出入岂离玄牝。

张伯端　　　西江月·雄里内含雌质

雄里内含雌质，负阴抱却阳精。两般和合药方成，点化魄纤魂胜。　　信道金丹一粒，蛇吞立变龙形。鸡餐亦乃化鸾鹏，飞入真阳清境。

张伯端　　　西江月·天地才经否泰

天地才经否泰，朝昏好识屯蒙。辐来辏毂水朝宗，妙在抽添运用。　　得一万般皆毕，休分南北西东。损之又损慎前功，命宝不宜轻弄。

张伯端　　　西江月·冬至一阳来服

冬至一阳来服，三旬增一阳爻。月中复卦溯晨潮，望罢乾终姤兆。　　日又别为寒暑，阳生复起中宵。午时姤象一阴朝，炼药须知昏晓。

张伯端　　　西江月·不辨五行四象

不辨五行四象，那分朱汞铅银。修丹火候未曾闻，早便称呼居隐。　　不背自思己错，更将错路教人。误他永劫在迷津，似恁欺心安忍。

张伯端　　　西江月·德行修逾八百

德行修逾八百，阴功积满三千。均齐物我与亲冤，始合神仙本愿。　　虎兕刀兵不害，无常火宅难牵。宝符降后去朝天，稳驾鸾车凤辇。

张伯端　　　西江月·牛女情缘道合

牛女情缘道合，龟蛇类秉天然。蟾乌遇朔合婵娟，二气相

资运转。　　本是乾坤妙用，谁能达此深渊。阳阴否隔却成愆，怎得天长地远。

张伯端　　西江月·丹是色身至宝

丹是色身至宝，炼成变化无穷。更于性上究真宗，决了死生妙用。　　不待他身后世，现前获福神通。自从龙虎著斯功，尔后谁能继踵。

张伯端　　西江月·妄想不须强灭

妄想不须强灭，真如何必希求。本源自性佛齐修，迷悟岂拘先后。　　悟则刹那成佛，迷则万劫沦流。若能一念契真修，灭尽恒沙罪垢。

张伯端　　西江月·本自无生无灭

本自无生无灭，强将生灭区分。只如罪福亦何根，妙体何曾增损。　　我有一轮明镜，从来只为蒙分。今朝磨莹照乾坤，万象超然难隐。

张伯端　　西江月·我性入诸佛性

我性入诸佛性，诸方佛性皆然。亭亭蟾影照寒泉，一月千潭普现。　　小则毫分莫识，大时遍满三千。高低不约信方圆，说甚短长深浅。

张伯端　　西江月·法法法元无法

法法法元无法，空空空亦非空。静喧语默本来同，梦里何曾说梦。　　有用用中无用，无功功里施功。还如果熟自然红，莫问如何修种。

张伯端　　西江月·善恶一时妄念

善恶一时妄念，荣枯都不关心。晦明隐显任浮沉，随分饥餐渴饮。　　神静湛然常寂，不妨坐卧歌吟。一池秋水碧仍深，风动鱼惊尽任。

张伯端　　西江月·对镜不须强灭

对镜不须强灭，假名权立菩提。色空明暗本来齐，真妄体

分两种。　　悟则便名静土。更无天竺曹溪。谁言极乐在天西，了则弥陀出世。

张伯端　　西江月·人我众生寿者

人我众生寿者，宁分彼此高低。法身通照没吾伊，念念体分同异。　　见是何曾是是，闻非未必非非。往来诸用不相知，生死谁能碍你。

张伯端　　西江月·住想修行布施

住想修行布施，果报不离天人。恰如仰箭射浮云，坠落只缘力尽。　　争似无为实相，还须返朴归淳。境忘情性任天真，以证无生法忍。

张伯端　　西江月·鱼兔若还入手

鱼兔若还入手，自然忘却筌蹄。渡河筏子上天梯，到彼悉皆遗弃。　　未悟须凭言说，悟来言说皆非。虽然四句属无为，此等何须脱离。

张伯端　　西江月·悟了莫求寂灭

悟了莫求寂灭，随缘只接群迷。寻常邪见及提携，方便指归实际。　　五眼三身四智，六度万行修齐。圆光一颗好摩尼，利物兼能自利。

张伯端　　西江月·我见时人说性

我见时人说性，只夸口急酬机。及逢境界转痴迷，又与愚人何异。　　说得便须行得，方名言行无亏。能将慧剑斩魔魑，此号如来正智。

张伯端　　西江月·欲了无生妙道

欲了无生妙道，莫如自见真心。真心无相亦无音，清净法身只恁。　　此道非无外有，非中亦莫求寻。二边俱遣弃中心，见了名为上品。

韩　维　　西江月·席上呈子华

早岁相期林下，高年同在尊前。风花绣舞乍晴天，绿蚁新

浮酒面。　　身外虚名电转，人间急景梭传。当筵莫惜听朱弦，一品归来强健。

司马光　　西江月·宝髻松松挽就

宝髻松松挽就，铅华淡淡妆成。青烟翠雾罩轻盈，飞絮游丝无定。　　相见争如不见，有情何似无情。笙歌散后酒初醒，深院月斜人静。

王安石　　西江月·红梅

梅好惟嫌淡伫，天教薄与胭脂。真妃初出华清池，酒入琼姬半醉。　　东阁诗情易动，高楼玉管休吹。北人浑作杏花疑，惟有青枝不似。

晏几道　　西江月·愁黛颦成月浅

愁黛颦成月浅，啼妆印得花残。只消鸳枕夜来闲，晓镜心情便懒。　　醉帽檐头风细，征衫袖口香寒。绿江春水寄书难，携手佳期又晚。

晏几道　　西江月·南苑垂鞭路冷

南苑垂鞭路冷，西楼把袂人稀。庭花犹有鬓边枝，且插残红自醉。　　画幕凉催燕去，香屏晓放云归。依前青枕梦回时，试问闲愁有几。

苏　轼　　西江月·真觉赏瑞香

公子眼花乱发，老夫鼻观先通。领巾飘下瑞香风，惊起谪仙春梦。　　后土祠中玉蕊，蓬莱殿后鞓红。此花清绝更纤秾，把酒何人心动。

苏　轼　　西江月·坐客见和复次韵

小院朱阑几曲，重城画鼓三通。更看微月转光风，归去香云入梦。　　翠袖争浮大白，皂罗半插斜红。灯花零落酒花秾，妙语一时飞动。

苏　轼　　西江月·再用前韵戏曹子方

怪此花枝怨泣，托君诗句名通。凭将草木记吴风，继取相

如云梦。　　点笔袖沾醉墨，谤花面有惭红。知君却是为情秾，怕见此花撩动。

苏　轼　　　西江月·闻道双衔凤带

闻道双衔凤带，不妨单著鲛绡。夜香知与阿谁烧，怅望水沉烟袅。　　云鬓风前绿卷，玉颜醉里红潮。莫教空度可怜宵，月与佳人共僚。

苏　轼　　　西江月·重九

点点楼头细雨，重重江外平湖。当年戏马会东徐，今日凄凉南浦。　　莫恨黄花未吐，且教红粉相扶。酒阑不必看茱萸，俯仰人间今古。

苏　轼　　　西江月·茶词

龙焙今年绝品，谷帘自古珍泉。雪芽双井散神仙，苗裔来从北苑。　　汤发云腴酽白，盏浮花乳轻圆。人间谁敢更争妍，斗取红窗粉面。

苏　轼　　　西江月·别梦已随流水

别梦已随流水，泪巾犹裛香泉。相如依旧是臞仙，人在瑶台阆苑。　　花雾萦风缥缈，歌珠滴水清圆。蛾眉新作十分妍，走马归来便面。

苏　轼　　　西江月·世事一场大梦

世事一场大梦，人生几度秋凉。夜来风叶已鸣廊，看取眉头鬓上。　　酒贱常愁客少，月明多被云妨。中秋谁与共孤光，把盏凄然北望。

苏　轼　　　西江月·送钱待制

莫叹平原落落，且应去鲁迟迟。与君各记少年时，须信人生如寄。　　白发千茎相送，深杯百罚休辞。拍浮何用酒为池，我已为君德醉。

苏　轼　　　西江月·梅花

玉骨那愁瘴雾，冰姿自有仙风。海仙时遣探芳丛，倒挂绿

毛幺凤。　　素面翻嫌粉涴，洗妆不褪唇红。高情已逐晓云空，不与梨花同梦。

苏　轼　　西江月·照野弥弥浅浪

春夜蕲水中过酒家饮。酒醉，乘月至一溪桥上，解鞍曲肱少休。及觉，已晓。乱山葱茏，不谓尘世也。书此词桥柱

照野弥弥浅浪，横空暧暧微霄。障泥未解玉骢骄，我欲醉眠芳草。　　可惜一溪明月，莫教踏破琼瑶。解鞍欹枕绿杨桥，杜宇一声春晓。

苏　轼　　西江月·平山堂

三过平山堂下，半生弹指声中。十年不见老仙翁，壁上龙蛇飞动。　　欲吊文章太守，仍歌杨柳春风。休言万事转头空，未转头时皆梦。

苏　轼　　西江月·送别

昨夜扁舟京口，今朝马首长安。旧官何物与新官，只有湖山公案。　　此景百年几变，个中下语千难。使君才气卷波澜，与把新诗判断。

苏　轼　　西江月·咏梅

马趁香微路远，沙笼月淡烟斜。渡波清彻映妍华，倒绿枝寒凤挂。　　挂凤寒枝绿倒，华妍映彻清波。渡斜烟淡月笼沙，远路微香趁马。

苏　轼　　西江月·佳人

碧雾轻笼两凤，寒烟淡拂双鸦。为谁流睇不归家，错认门前过马。　　有意偷回笑眼，无言强整衣纱。刘郎一见武陵花，从此春心荡也。

李之仪　　西江月·橘

昨夜十分霜重，晓来千里书传。吴山秀处洞庭边，不夜星垂初遍。　　好事寄来禅侣，多情将送琴仙。为怜佳果称婵娟，一笑聊回媚眼。

李之仪　　西江月·醉透香浓斗帐

醉透香浓斗帐，灯深月浅回廊。当时背面两依依，何况临风怀想。　舞柳经春只瘦，游丝到地能长。鸳鸯半调已无肠，忍把么弦再上。

李之仪　　西江月·念念欲归未得

念念欲归未得，迢迢此去何求。都缘一点在心头，忘了霜朝雪后。　要见有时有梦，相思无处无愁。小窗若得再绸缪，应记如今时候。

黄庭坚　　西江月·茶

龙焙头纲春早，谷帘第一泉香。已醺浮蚁嫩鹅黄，想见翻成雪浪。　兔褐金丝宝碗，松风蟹眼新汤。无因更发次公狂，甘露来从仙掌。

黄庭坚　　西江月·断送一生惟有

老夫既戒酒不饮，遇宴集，独醒其旁。坐客欲得小词，援笔为赋

断送一生惟有，破除万事无过。远山横黛蘸秋波，不饮旁人笑我。　花病等闲瘦弱，春愁没处遮拦。杯行到手莫留残，不道月斜人散。

黄庭坚　　西江月·月侧金盆堕水

崇宁甲申，遇惠洪上人于湘中。洪作长短句见赠云："大厦吞风吐月，小舟坐水眠空。雾窗春色翠如葱，睡起云涛正拥。　往事回头笑处，此生弹指声中。玉笺佳句敏惊鸿，闻道衡阳价重。"次韵酬之。时余方谪宜阳，而洪归分宁龙安

月侧金盆堕水，雁回醉墨书空。君诗秀色雨园葱，想见衲衣寒拥。　蚁穴梦魂人世，杨花踪迹风中。莫将社燕等秋鸿，处处春山翠重。

黄庭坚　　西江月·宋玉短墙东畔

宋玉短墙东畔，桃源落日西斜。浓妆下著绣帘遮，鼓笛相催清夜。　转眄惊翻长袖，低徊细踏红靴。舞余犹颤满头

花，娇学男儿拜谢。

黄庭坚　　西江月·用惠洪韵

细细风清撼竹，迟迟日暖开花。香帏深卧醉人家，媚语娇声娅姹。　　姹娅声娇语媚，家人醉卧深帏。香花开暖日迟迟，竹撼清风细细。

晁端礼　　西江月·去路湘桃破萼

去路湘桃破萼，归时乳燕巢梁。不成一事又还乡，也是经春游荡。　　香烬重燃鸂鶒，罗衾再拂鸳鸯。今宵应解话愁肠，指点尘生绣帐。

晁端礼　　西江月·洛浦神仙流品

洛浦神仙流品，姑山冰雪肌肤。谁家池馆雨晴初，肠断风标白鹭。　　国艳枉教无语，玉颜不待施朱。采菱人散夜蟾孤，冷落西溪风露。

蔡　京　　西江月·八十一年住世

八十一年住世，四千里外无家。如今流落向天涯，梦到瑶池阙下。　　玉殿五回命相，彤庭几度宣麻。止因贪此恋荣华，便有如今事也。

苏　琼　　西江月·韩愈文章盖世

韩愈文章盖世，谢安情性风流。良辰美景在西楼，敢劝一卮芳酒。　　记得南宫高弟，弟兄争占鳌头。金炉玉殿瑞烟浮，高占甲科第九。

米　芾　　西江月·秋兴

溪面荷香粲粲，林端远岫青青。楚天秋色太多情，云卷烟收风定。　　夜静冰娥欲上，梦回醉眼初醒。玉瓶未耻有新声，一曲请君来听。

赵令畤　　西江月·人世一场大梦

人世一场大梦，我生魔了十年。明窗千古探遗编，不救饥寒一点。　　更被维摩老子，不教此处容言。炉薰清炷坐安

禅，物物头头显现。

贺　铸　　　西江月·携手看花深径

携手看花深径，扶肩待月斜廊。临分少伫已依依，此段不堪回想。　　欲寄书如天远，难销夜似年长。小窗风雨碎人肠，更在孤舟枕上。

仲　殊　　　西江月·味过华林芳蒂

味过华林芳蒂，色兼阳井沉朱。轻匀绛蜡裹团酥，不比人间甘露。　　神鼎十分火枣，龙盘三寸红珠。清含冰蜜洗云腴，只恐身轻飞去。

仲　殊　　　西江月·耐老花间的子

耐老花间的子，长生海里明珠。南天星象降真符，五福同行同住。　　秀骨养成犀顶，被人唤作龙驹。传家事业有诗书，富贵功名看取。

仲　殊　　　西江月·乙未河清九曲

乙未河清九曲，神霄瑞降群仙。唯公殊宠最华年，高侍玉皇香案。　　富贵鹏程九万，康宁鹤算三千。功成拔宅上青天，愿厕庭中鸡犬。

晁补之　　　西江月·似有如无好事

似有如无好事，多离少会幽怀。流莺过了又蝉催，肠断碧云天外。　　不寄书还可恨，全无梦也堪猜。秋风吹泪上楼台，只恐朱颜便改。

陈师道　　　西江月·咏丁香菊

浅色千重柔叶，深心一点娇黄。只消可意更须香，好个风流模样。　　玉蕊今谁攀折，诗人此日凄凉。正须蛮素作伊凉，与插钗傍鬓上。

陈师道　　　西江月·席上劝彭舍人饮

楼上风生白羽，尊前笑出青春。破红展翠恰如今，把酒如何不饮。　　绣幕灯深绿暗，画帘人语黄昏。晚云将雨不成

阴，竹月风窗弄影。

陈师道　　西江月·咏酴醿菊

点点轻黄减白，垂垂重露生鲜。肌香骨秀月中仙，雪满瑶台曳练。　　绰约却宜长见，清真不假余妍。殷勤与插小婵娟，要试尊前玉面。

陈师道　　西江月·咏榴花

叶叶枝枝绿暗，重重密密红滋。芳心应恨赏春迟，不会春工著意。　　晚照酒生娇面，新妆睡污胭脂。凭将双叶寄相思，与看钗头何似。

谢　逸　　西江月·陈倅席上

窄袖浅笼温玉，修眉淡扫遥岑。行时云雾绕衣襟，步步莲生宫锦。　　菊与秋烟共晚，酒随人意俱深。尊前有客动琴心，醉后清狂不禁。

谢　逸　　西江月·落寞寒香满院

落寞寒香满院，扶疏清影侵门。雪消平野晚烟昏，睡起懒匀檀粉。　　皎皎风前玉树，盈盈月下冰魂。南枝春信夜来温，便觉肌肤瘦损。

谢　逸　　西江月·花额上堆翠葆

花额上堆翠葆，远山横处星眸。绛宫深锁暮云浮，月破黄昏时侯。　　谁谓霞衣玉简，便孤彩凤秦楼。桃源不禁昔人游，曾是刘郎邂逅。

谢　逸　　西江月·宝柱横云雁影

宝柱横云雁影，朱弦隔叶莺声。风生玉指晚寒清，官样轻黄袖冷。　　饮罢尚留余意，曲终自有深情。归来江上数峰青，梅水横斜夜永。

谢　逸　　西江月·木末谁攀新萼

木末谁攀新萼，雪消自种前庭。莫嫌开过尚盈盈，似待诗人醉咏。　　霜后最添妍丽，风中更觉娉婷。影摇溪水一湾

清，妆罢晓临鸾镜。

谢　逸　　　西江月·密雪未知肤白

密雪未知肤白，夜寒已觉香清。振芳堂下月盈庭，踏碎横斜疏影。　　且醉杯中绿蚁，休辞笛里清声。东君催促子青青，滋味要调金鼎。

谢　逸　　　西江月·代人上许守生日

滴滴金盘露冷，萧萧玉宇风清。长庚入梦晓窗明，淡月微云耿耿。　　松竹五峰秋色，笙歌三市欢声。华堂开宴拥娉婷，天上人间共庆。

谢　逸　　　西江月·送朱泮英

青锦缠条佩剑，紫丝络辔飞骢。入关意气喜生风，年少胸吞云梦。　　金阙日高露泣，东华尘软香红。争看荀氏第三龙，春暖桃花浪涌。

谢　逸　　　西江月·木芙蓉

晓艳最便清露，晚红偏怯斜阳。移根栽近菊花傍，蜀锦翻成新样。　　坐客联挥玉麈，歌词细琢琼章。从今故事记溪堂，岁岁携壶共赏。

毛　滂　　　西江月·花下春藏五马

次韵孙使君赏花见寄，时仆武康待次

花下春藏五马，松间风落双凫。兵厨玉帐卷鄮湖，人醉碧云欲暮。　　归去聊登文石，翱翔便是天衢。雅歌谁解继投壶，桃李无言满路。

毛　滂　　　西江月·县圃小酌

烟雨半藏杨柳，风光初到桃花。玉人细细酌流霞，醉里将春留下。　　柳畔鸳鸯作伴，花边蝴蝶为家。醉翁醉里也随他，月在柳桥花榭。

毛　滂　　　西江月·雨后夹衣初冷

长安秋夜与诸君饮，分题作

雨后夹衣初冷，霜前细菊浑斑。觚棱清月绣团环，万里长安秋晚。　　槽下内家玉滴，盘中江国金丸。春容著面作微殷，烛影红摇醉眼。

毛　滂　　　　西江月·侑茶词

席上芙蓉待暖，花间骤衮还嘶。劝君不醉且无归，归去因谁惜醉。　　汤点瓶心未老，乳堆盏面初肥。留连能得几多时，两腋清风唤起。

曹希蕴　　　　西江月·灯花

零落不因春雨，吹嘘何假东风。纱窗一点自然红，费尽工夫怎种。　　有艳难寻腻粉，无香不惹游蜂。更阑人静画堂中，相伴玉人春梦。

惠　洪　　　　西江月·十指嫩抽春笋

十指嫩抽春笋，纤纤玉软红柔。人前欲展强娇羞，微露云衣霓袖。　　最好洞天春晚，黄庭卷罢清幽。凡心无计奈闲愁，试捻花枝频嗅。

惠　洪　　　　西江月·大厦吞风吐月

大厦吞风吐月，小舟坐水眠空。雾窗春晓翠如葱，睡起云涛正涌。　　往事回头笑处，此生弹指声中。玉笺佳句敏惊鸿，闻道衡阳价重。

惠　洪　　　　西江月·入骨风流国色

入骨风流国色，透尘种性真香。为谁风鬓涴新妆，半树入村春暗。　　雪压枝低篱落，月高影动池塘。高情数笔寄微茫，小寝初开雾帐。

葛胜仲　　　　西江月·羁宦新来作恶

正月十七日，与文中自邑境遍游歙黟祁门山水，十九日，在黟邑同灵观夜燕作二首

羁宦新来作恶，穷途谁肯相从。追攀十日水云中，情谊知君独重。　　寂寂回廊小院，冥冥细雨尖风。凤山香雪定应空，昨夜疏枝入梦。

葛胜仲　　西江月·山镇红桃阡陌

山镇红桃阡陌，烟迷绿水人家。尘容误到只惊嗟，骨冷玉堂今夜。　　莫对佳人锦瑟，休辞洞府流霞。峰回路转乱云遮，归去空传图画。

葛胜仲　西江月·次韵林茂南博士杞泛溪

山外半规残日，云边一缕余霞。满城飞雪散苕花，万顷溪连罨画。　　柳恽风流旧国，鹤龄潇洒人家。肯嗟流落在天涯，云水从今起价。

葛胜仲　　西江月·三月初六日席上代监酒和

晚路交游绿酒，平生志趣青霞。霜风时节近黄花，泛宅舟将鷁画。　　不分两溪明月，夜深只属渔家。今朝清赏寄情涯，肯向萦涂索价。

葛胜仲　　西江月·连水东楼燕集

艳曲醉歌金缕，朱门高耸铜镮。中天楼观共跻攀，飞絮落花春晚。　　低映绿阴朱户，斜拖素练沧湾。银钩华榜五云间，奕奕蛟龙字绾。

葛胜仲　　西江月·泛舟

鞦韆斜红带柳，琉璃涨绿平桥。人在花月见新妖，不数江南苏小。　　恨寄飞花蔌蔌，情随流水迢迢。鲤鱼风送木兰桡，回棹荒鸡报晓。

葛胜仲　　西江月·与王庭锡登燕集作

清樾已生昼寂，孤花尚表春余。象床�篁燕堂虚，初过晚凉微雨。　　珪壁新来北苑，鲈鱼未减东吴。捧觞红袖透香肤，不浥翔龙烟缕。

葛胜仲　　西江月·叔父庆八十会作

瑞兽香云轻袅，华堂绣幕低垂。人生七十尚为稀，况是钓璜新岁。　　登俎青梅的皪，明阑红药芳菲。天教眉寿过期颐，常对风光沉醉。

葛胜仲　　西江月·送卫卿弟赴定远簿

万卷旧推鸿博，一官且慰蹉跎。升平楼下赐危科，曾对颙昂黼坐。　　燕颔从来骨贵，鸾栖尚屈才多。今宵且共入无何，定远功名幺麽。

张继先　　西江月·又和前人

蓬户横开岑寂，寒窗侧映清晖。竹风偷入五香帏，还有好音相惠。　　须信毫芒可入，明珠胎里忘机。宵征夜宴是和非，月府仙人无愧。

梅　窗　　西江月·泛湖

雨过轻风弄柳，湖东映日春烟。晴芜平水远连天，隐隐飞翻舞燕。　　燕舞翻飞隐隐，天连远水平芜。晴烟春日映东湖，柳弄风轻过雨。

王庭珪　　西江月·一拂退黄衫子

一拂退黄衫子，几团嗅蕊蜂儿。西风吹下月中枝，种在寒岩影里。　　人道蜡梅相似，又传菊满东篱。饶伊颜色入时宜，安得香传九里。

薛　式　　西江月·一是金丹总数

一是金丹总数，河图象出真机。谁知罔象尽玄微，大道从兹孕起。　　斗柄璇玑正位，阴中却抱阳辉。昆仑子母著绯衣，此是乾坤真理。

薛　式　　西江月·偃月炉中金鼎

偃月炉中金鼎，三台两曜形神。尊卑简易汞中真，握固休推心肾。　　白虎长存坎户，青龙却与南邻。阴魂阳魄似窗尘，大意不离玄牝。

薛　式　　西江月·天上三清真境

天上三清真境，三皇五帝规模。瞿昙老氏仲尼徒，经史深藏妙素。　　间有真人出世，来明赤子玄珠。蟾光终日耀昏衢，满目黄芽显露。

薛　式　　西江月·内有五行相制

内有五行相制，包含一粒红铅。相生相杀自天然，此药殊无贵贱。　会向我家园里，载培一亩天田。中男小女共相连，种得黄芽满院。

薛　式　　西江月·凿破玄元三五

凿破玄元三五，拨开造化圭璋。希夷妙旨在中央，咫尺无名罔象。　片饷工夫便得，教君地久天长。蓬莱仙岛是吾乡，怎不留心信向。

薛　式　　西江月·竹破须还竹补

竹破须还竹补，人衰须假铅全。思量只是眼睛前，自是时人不见。　日月相交离坎，龙蛇产在先天。长生妙药在家园，一饷工夫便现。

薛　式　　西江月·此道至灵至圣

此道至灵至圣，无令泄漏轻为。全凭德行两相宜，言语须防避忌。　要借五行生旺，须明阳盛阴衰。三人同志谨防危，进火工夫仔细。

薛　式　　西江月·炼就光明莹玉

炼就光明莹玉，回来却入黄泉。升腾须假至三年，携养殷勤眷恋。　九九才终变化，神功岂假言宣。分明顷刻做神仙，永驾鸾车凤辇。

薛　式　　西江月·一炁初回遇朔

一炁初回遇朔，鼎中神水温温。刚柔相会气均匀，妙在无过浑沌。　八卦循回循绕，推排九窍追奔。东西沉静合朝昏，莫与常人议论。

朱敦儒　　西江月·澹澹薰风庭院

澹澹薰风庭院，青青过雨园林。铜驼陌上旧莺声，今日江边重听。　落帽酒中有趣，题桥琴里无心。香残沉水缕烟轻，花影阑干人静。

朱敦儒　　西江月·琴上金星正照

琴上金星正照，砚中鸜眼相青。闲来自觉有精神，心海风恬浪静。　　且喜面前花好，更听林外莺新。瓮头清辣洞庭春，醉里徐行路稳。

朱敦儒　　西江月·元是西都散汉

元是西都散汉，江南今日衰翁。从来颠怪更心风，做尽百般无用。　　屈指八旬将到，回头万事皆空。云间鸿雁草间虫，共我一般做梦。

朱敦儒　　西江月·穷后常如囚系

穷后常如囚系，老来半似心风。饥蚊饿蚤不相容，一夜何曾做梦。　　被我不扇不捉，廓然总是虚空。寺钟官角任西东，别弄些儿骨董。

朱敦儒　　西江月·世事短如春梦

世事短如春梦，人情薄似秋云。不须计较苦劳心。万事原来有命。　　幸遇三杯酒好，况逢一朵花新。片时欢笑且相亲，明日阴晴未定。

朱敦儒　　西江月·日日深杯酒满

日日深杯酒满，朝朝小圃花开。自歌自舞自开怀，且喜无拘无碍。　　青史几番春梦，黄泉多少奇才。不须计较与安排，领取而今现在。

朱敦儒　　西江月·正月天饶阴雨

正月天饶阴雨，江南寒在晨朝。娇莺声袅杏花梢，暗澹绿窗春晓。　　好梦空留被在，新愁不共香销。小楼帘卷路迢迢，望断天涯芳草。

朱敦儒　　西江月·石夷仲去姬复归

织素休寻往恨，攀条幸有前缘。隔河彼此事经年，且说蓬莱清浅。　　障面重新团扇，倾鬟再整花钿。歌云舞雪画堂前，长共阿郎相见。

周紫芝　　西江月·画幕灯前细雨

画幕灯前细雨，垂莲盏里清歌。玉纤持板隔香罗，不放行云飞过。　　今夜尘生洛浦，明朝雨在巫山。羞蛾且莫斗弯环，不似司空见惯。

周紫芝　　西江月·池面风翻弱絮

池面风翻弱絮，树头雨退嫣红。扑花蝴蝶杳无踪，又做一场春梦。　　便是一成去了，不成没个来时。眼前无处说相思，要说除非梦里。

周紫芝　　西江月·罗袖云轻雾薄

罗袖云轻雾薄，醉肌玉软花柔。相逢不道有春愁，只道春来微瘦。　　一点人间深意，数声柳下轻讴。带将离恨上归舟，肠断月斜时候。

周紫芝　　西江月·发白犹攲旅枕

发白犹攲旅枕，溪深未挂烟蓑。往来苕霅意如何，应有轻鸥笑我。　　细算年来活计，只消一个渔舟。金鱼无分不须求，只乞鲈鱼换酒。

周紫芝　　西江月·席上赋双荔子

连理枝头并蒂，同心带上双垂。背灯偷赠语低低，一点浓情先寄。　　翡翠钗头摘处，鸳鸯枕上醒时。酸甜红颗阿谁知，别是人间滋味。

周紫芝　　西江月·和孙子绍拒霜词

天意未教秋老，花容划地宜霜。酒肌红软玉肌香，不与梨花同样。　　来伴孙郎小宴，临风为舞霓裳。更深绿水照红妆，便是采莲船上。

周紫芝　　西江月·谁把蓝揉翡翠

谁把蓝揉翡翠，天将蜡做梅花。晚来秋水映残霞，水墨新描图画。　　纸上写将心去，眼边送却愁来。今回相见比前回，心下忡忡越瞭。

李　纲　　西江月·赠友人家侍儿名莺莺者

意态何如涎涎，轻盈只恐飞飞。华堂偏傍主人栖，好与安巢稳戏。　　揽断楼中风月，且看掌上腰支。谪仙词赋少陵诗，万语千言总记。

李　祁　　西江月·拾翠亭前水满

拾翠亭前水满，郎官湖上春回。仪龙新碾试琼杯，更觉春江有味。　　拄杖行穿翠筱，吹花醉绕江梅。故园心事老相催，此意陶潜能会。

李　祁　　西江月·云观三山清露

云观三山清露，长生万鬣青松。琼璈珠珥下秋空，一笑满天鸾凤。　　雾鬓新梳绀绿，霞衣旧佩柔红。更邀豪俊驭南风，此意平生飞动。

范智闻　　西江月·赠人博山

紫素全如玉琢，清音不假金妆。海沉时许试芬芳，仿佛云飞仙掌。　　烟缕不愁凄断，宝钗还与商量。佳人特特为翻香，图得氤氲重上。

程　邻　　西江月·阶下宝鞍罗帕

阶下宝鞍罗帕，门前绛蜡纱笼。留连佳客怅匆匆，赖有新团小凤。　　琼碎黄金碾里，乳浮紫玉瓯中。归来袭袭袖生风，齿颊余甘入梦。

张　纲　　西江月·壬午生日

易老方惊岁晚，难禁又报生朝。从他华发转萧萧，且共尊前一笑。　　为具随宜饾饤，烘堂不用笙箫。只烦欢伯散无憀，醉里追回年少。

吕本中　　西江月·渺渺风吹月上

渺渺风吹月上，濛濛雾挟霜回。百年心事老相催，人在夕阳落外。　　有梦常嫌去远，无书可恨来迟。一杯浊酒两篇诗，小槛黄花共醉。

吕本中　　西江月·熟水词

酒罢悠扬醉兴，茶烹唤起醒魂。却嫌仙剂点甘辛，冲破龙团气韵。　金鼎清泉乍泻，香沉微惜芳薰。玉人歌断恨轻分，欢意厌厌未尽。

赵　鼎　　西江月·过福唐留别故人

世态浮云易变，时光飞箭难留。五年重见海东头，只有交情似旧。　未尽别来深意，难堪老去离愁。青山迢递水悠悠，明日扁舟病酒。

向子湮　　西江月·番禺赵立之郡王席上

风响蕉林似雨，烛生粉艳如花。客星乘兴泛仙槎，误到支机石下。　欢喜地中取醉，温柔乡里为家。暖红香雾闹春华，不道风波可怕。

向子湮　　西江月·见处莫教认著

吴穆仲与法喜以禅悦为乐，寄唱酬醉蓬莱示芗林居士，有"见处即已，无心即了"之句，戏作是词答之

见处莫教认著，无心慎勿沉空。本无背面与初终，说了还同说梦。　欲识芗林居士，真成渔父家风。收丝垂钓月明中，总是神通妙用。

向子湮　　西江月·得意穿云度水

绍兴丁巳，遍走浙东诸郡，遂作天台、雁荡之游，政黄柑江鳐时，足慰平生。时拜御书芗林之赐，因成长短句，寄朱子发、范元长、陈去非翰林三学士，以资玉堂中一笑

得意穿云度水，及时斫玉分金。兹游了却未来心，怪我归迟一任。　居士何如学士，翰林休笑芗林。个中真味少知音，不是清狂太甚。

向子湮　　西江月·五柳坊中烟绿

政和间，余卜筑宛丘，手植众芗，自号芗林居士。建炎初，解六路漕事，中原俶扰，故庐不得返，卜居清江之五柳坊。绍兴癸丑，罢帅南海，即弃官不仕。乙卯起，以九江郡复

转漕江东，入为户部侍郎。辞荣避谤，出守姑苏。到郡少日，请又力焉，诏可，且赐舟曰泛宅，送之以归。己未暮春，复还旧隐。时仲舅李公休亦辞春陵郡守致仕，喜赋是词

五柳坊中烟绿，百花洲上云红。萧萧白发两衰翁，不与时人同梦。　　抛掷麟符虎节，徜徉江月林风。世间万事转头空，个里如如不动。

向子諲　　西江月·红退小园桃杏

山谷作酴醾诗，极工，所谓“露湿何郎试汤饼，日烘荀令炷炉香”。取古人语以况此花，称为著题。余三十年前，与晁之道、狄端叔诸公醉皇建院东武襄家，荼蘼甚盛，各赋长短句。独记余浣溪沙一首云：“翠羽衣裳白玉人，不将朱粉污天真，清风为伴月为邻。　　枕上解随良夜梦，壶中别是一家春，同心小绾更尖新。”真成梦事。此垞此花不殊，而心情老懒，无复当时矣，勉强作是词云

红退小园桃杏，绿生芳草池塘。谁教芍药殿春光，不似酴醾官样。　　翠盖更蒙珠幰，薰炉剩熨沉香。娟娟风露满衣裳，独步瑶台月上。

向子諲　　西江月·几见芙蓉并蒂

老妻生日，因取芗林中所产异物，作是词以侑觞

几见芙蓉并蒂，忽生三秀灵芝。千年老树出孙枝，岩桂秋来满地。　　白鹤云间翔舞，绿龟叶上游戏。齐眉偕老更何疑，个里自非尘世。

向子諲　　西江月·微步凌波尘起

微步凌波尘起，弄妆满镜花开。春心掷处眼频来，秀色著人无耐。　　旧事如风无迹，新愁似水难裁。相思日夜梦阳台，减尽沈郎衣带。

颜博文　　西江月·广帅席上

草草书传锦字，厌厌梦绕梅花。海山无计驻星槎，肠断芭蕉影下。　　缺月旧时庭院，飞云到处人家。而今赢得鬓先华，说著多情已怕。

陈　东　　　**西江月·风动一轩花竹**

风动一轩花竹，琅玕青锦薰笼。怜才自是宋墙东，更识琴心挑弄。　　暮雨乍收寒浅，朝云又起春浓。冰肌玉骨信俱融，不比巫山闲梦。

陈　东　　　**西江月·七夕**

我笑牛郎织女，一年一度相逢。欢情尽逐晓云空，愁损舞鸾歌凤。　　牛女而今笑我，七年独卧西风。西风还解过江东，为报佳期入梦。

杜安道　　　**西江月·晓镜初妆玉粉**

晓镜初妆玉粉，轻风暗递幽香。闲随月影到寒塘，忘却人间天上。　　雪意空惊春意，孤芳已断年芳。从教驿使为伊忙，乞个寿阳宫样。

蔡　伸　　　**西江月·翡翠蒙金衫子**

翡翠蒙金衫子，镂尘如意冠儿。持杯轻按遏云词，别是出尘风味。　　莫羡双星旧约，原谐明月佳期。凭肩密语两心知，一棹五湖烟水。

张元幹　　　**西江月·和苏庭藻**

小阁劣容老子，北窗仍递南风。维摩丈室久空空，不与散花同梦。　　且作大真游戏，未甘金粟龙钟。怜君病后颊颧隆，识取小儿戏弄。

邓　肃　　　**西江月·腊雪犹埋石巇**

腊雪犹埋石巇，春风已入梅梢。冷香随马上琼瑶，不与时人同到。　　拍手恐惊星斗，高歌已在烟霄。醉呼玉女解金貂，笑问何如蓬岛。

邓　肃　　　**西江月·风荐荷香剪剪**

风荐荷香剪剪，月行竹影徐徐。微闻环佩过庭除，恐是阳台行雨。　　玉笋轻笼乐句，流莺夜转诗余。酒酣风劲露凝珠，我欲骖鸾归去。

王之道　西江月·和张文伯谢曾子修送酒

黄菊正怀彭泽，白衣俄致江州。登高余醉快扶头，此贶义兼情厚。　　痛饮还须酒对，清吟况值诗流。轻投无惜万金酬，木李旧先琼玖。

王之道　西江月·和张文伯腊日席上

北陆藏冰欲竟，东风解冻非遥。一时芳意巧相撩，入眼绿娇红小。　　柳色轻摇弱线，梅英纷缀枯梢。觥筹醉里赖君饶，归去斜阳尚早。

王之道　西江月·和董令升燕宴分茶

磨急锯霏琼屑，汤鸣车转羊肠。一杯聊解水仙浆，七日狂醒顿爽。　　指点红裙劝坐，招呼岩桂分香。看花不觉酒浮觞，醉倒宁辞鼠量。

王之道　西江月·赏梅

雪后千林尚冻，城边一径微通。柳梢摇曳转东风，来看梅花应梦。　　酒面初潮蚁绿，歌唇半启樱红。冰肌绰约月朦胧，仿佛暗香浮动。

王之道　西江月·春归

春色荒荒别浦，春潮滟滟长堤。绿杨风喘客帆迟，肠断江南双鲤。　　短梦当年楚雨，扁舟后夜秦溪。一声啼鸟怨春归，人在酴醾花底。

王之道　西江月·相山集题作别思

一霎轻云过雨，半篙新绿横舟。梅花池馆暗香浮，酒入朱唇红透。　　有恨尤怜别恨，多愁不惯春愁。舞余何惜更迟留，肠断断肠更后。

王之道　西江月·一别清风北牖

一别清风北牖，几番明月西楼。断肠千里致书邮，借问近来安否。　　归路淮山过雨，归舟江水澄秋。佳人应已数程头，准拟到家时候。

杨无咎　　西江月·沙上鸥群□戏

沙上鸥群□戏，云端雁阵斜铺。殷勤特为故人书，写尽衷肠情素。　　名字纵非俦匹，夤缘自合欢娱。尽教涂抹费工夫，到底翻成吃醋。

杨无咎　　西江月·态度雪香花瘦

态度雪香花瘦，情怀雨润云温。故将淡墨写精神，记得洗妆余晕。　　只恐妖娆未似，谁云彼此难分。别来憔悴不堪论，相对无言有恨。

曹　勋　　西江月·丹桂

霞绮浓披翡翠，晨光巧上珊瑚。丹林偏许下清都，香占深岩烟雨。　　秋到九华宫殿，赭袍红借繁珠。广寒桂与世花殊，不带人间风露。

曹　勋　　西江月·西园雪后

连夜六花飞舞，清晨玉境瑶阶。湖山寒雾隐楼台，难画西园真态。　　月殿九华同到，雕舆乘兴俱来。浮春帘密锦筵开，不是山阴访戴。

曹　勋　　西江月·琵琶

弦泛龙香细拨，声回花底莺雏。低眉信手巧工夫，犹带巫烟楚雨。　　人占东风秀色，花笼宝髻真珠。锦絛金凤要人扶，只恐乘鸾飞去。

曹　勋　　西江月·贺子忱家赏瑞香

春绣东风疑早，映檐翠箔低笼。氤氲不是梦云空，叶密香繁侵冻。　　折桂广寒手段，移来点检珍丛。醉归满载紫云浓，抱膝庵中仙种。

赵　桓　　西江月·历代恢文偃武

历代恢文偃武，四方晏粲无虞。奸臣招致北匈奴，边境年年侵侮。　　一旦金汤失守，万邦不救銮舆。我今父子在穹庐，壮士忠臣何处。

赵　桓　　　西江月·塞雁嗈嗈南去

塞雁嗈嗈南去，高飞难寄音书。只应宗社已丘墟，愿有真人为主。　　岭外云藏晓日，眼前路忆平芜。寒沙风紧泪盈裾，难望燕山归路。

史　浩　　　西江月·即席答官伎得我字

红蓼千堤挺蕊，苍梧一叶辞柯。夜阑清露泻银河，洗出芙蓉半朵。　　解带初开粉面，绕梁还听珠歌。心期端的在秋波，想得今宵只我。

高　登　　　西江月·渺渺西江流水

渺渺西江流水，翩翩北客征帆。清秋月影浸人寒，云净碧天澄淡。　　飘泊道途零落，疏慵鬓发鬅鬖。从来涉世戒三缄，只好随时饮啖。

李　石　　　西江月·渔父

一脉分溪浅绿，数枝约岸欹红。小船横系碧芦丛，似我江湖春梦。　　晒网渔归别浦，举头雁度晴空。短蓑独宿月明中，醉笛一声风弄。

康与之　　　西江月·名与牡丹联谱

名与牡丹联谱，南珍独比江瑶。闽山入贡冠前朝，露叶风枝袅袅。　　香玉满苞仙液，绉红圆戚鲛绡。华清宫殿蜀山遥，一骑红尘失笑。

曾　觌　　　西江月·元夕醉中走笔

焕烂莲灯高下，参差梅影横斜。凭栏一目尽天涯，雪月交辉清夜。　　莫惜柔荑劝酒，从教醉脸红霞。烂银宫阙对仙家，一段风光如画。

曾　觌　　　西江月·桂苑旋生凉思

桂苑旋生凉思，银河左界秋高。纤尘不动湛清霄，皓月照人偏好。　　诗为情多却减，酒因愁里难销。一声羌管梦魂劳，可惜风光虚老。

曾　觌　　　**西江月·醉伴三千珠履**

醉伴三千珠履，如登十二琼楼。壶天澄爽露华秋，滟滟金波酾酒。　罗扇不随恩在，佳时须要人酬。麒麟阁画为谁留，只见浮生白首。

倪　偁　　　**西江月·四面烟鬟绕翠**

四面烟鬟绕翠，一川鸭绿摇光。危亭缥缈短松冈，把酒与君西望。　万事尽皆前定，人生底用干忙。只应醉里是家乡，且尽玉壶新酿。

葛立方　　　**西江月·开炉**

风送丹枫卷地，霜干枯苇鸣溪。兽炉重展向深闺，红入麒麟方炽。　翠箔低垂银蒜，罗帏小钉金泥。笙歌送我玉东西，谁管瑶花舞砌。

石安民　　　**西江月·叠彩山题壁**

飞阁下临无地、层峦上出重霄。重阳未到客登高，信是今年秋早。　随意烟霞笑傲，多情猿鹤招邀。山翁笑我太丰标，竹杖棕鞋桐帽。

洪　适　　　**西江月·雪中**

小室坐毡重叠，红炉兽炭交加。一卮村酒吸流霞，窗外寒威可怕。　心在盘洲种柳，眼看密雪飞花。银杯缟带不随车，江上渔蓑难画。

洪　适　　　**西江月·再作**

席上酒杯难减，鼎中药味频加。老人争得脸如霞，镜里衰容人怕。　檐溜尽成冰柱，前村变却梅花。琼瑶破碎为行车，冻雀盈枝堪画。

韩元吉　　　**西江月·闰重阳**

一度难逢佳节，今年两度重阳。菊花犹折御衣黄，莫惜危亭更上。　况有飞觞滟玉，从教醉帽吹香。兴来相与共清狂，频把新词细唱。

韩元吉　西江月·春归

山路冥冥雨暗，溪桥阵阵花飞。一年寂寂又春归，白发自惊尘世。　不惜障泥渡水，且寻团扇题诗。杜鹃休绕暮烟啼，我欲风前重醉。

朱淑真　西江月·春半

办取舞裙歌扇，赏春只怕春寒。卷帘无语对南山，已觉绿肥红浅。　去去惜花心懒，踏青闲步江干。恰如飞鸟倦知还，澹荡梨花深院。

张　抡　西江月·瑞香

剪就碧云闹叶，刻成紫玉芳心。浅春不怕峭寒侵，暖彻薰笼瑞锦。　花里清芬独步，尊前胜韵难禁。飞香直到玉杯深，消得厌厌痛饮。

张　抡　西江月·咏冬十首之一

有限光阴过隙，无情日月飞梭。春花秋月暗消磨，一岁相看又过。　逢酒须成痛饮，临风莫厌高歌。虚名微利两如何，识破方知恁么。

张　抡　西江月·咏冬十首之二

雪似琼花铺地，月如宝鉴当空。光辉上下两相通，千古谁窥妙用。　若悟珠生蚌腹，方知非异非同。阴阳相感有无中，恍惚已萌真种。

张　抡　西江月·咏冬十首之三

卷地朔风凛凛，漫天瑞雪霏霏。园林万木变枯枝，因甚松篁独翠。　只为春花竞发，却教秋叶争飞。若无荣盛便无衰，悟此方名达理。

张　抡　西江月·咏冬十首之四

密布同云万里，六飞玉糁琼铺。清歌妙舞拥红炉，犹恨寒侵尊俎。　谁念山林路险，独行跣足樵夫。莫惊苦乐□殊途，阳□皆由阴注。

张　抡　　　　西江月·咏冬十首之五

雅士常多雅□，□□□□□怀。雪溪□□□舟来，兴尽何须见戴。　　恰似□云出岫，岂拘宇内形骸。超然物外远尘埃，到此方为自在。

张　抡　　　　西江月·咏冬十首之六

冬至一阳初动，鼎炉光满帘帏。五行造化太幽微，颠倒难穷妙理。　　遇此急须进火，速修犹恐迟迟。茫茫何处问天机，要悟须凭师指。

张　抡　　　　西江月·咏冬十首之七

一梦浮生未觉，三冬短晷堪惊。天高谁解挽长绳，系住流年光景。　　须信阴阳有定，非关岁月无情。若教心地湛然清，日在壶中自永。

张　抡　　　　西江月·咏冬十首之八

四序常如转毂，百年须待春风。江梅何事向严冬，早有清香浮动。　　只为六阴极处，一阳已肇黄宫。阴阳迭用事何穷，此是乾坤妙用。

张　抡　　　　西江月·咏冬十首之九

独坐闲观瑞雪，方知造化无偏。不论林木与山川，白玉一时装遍。　　梁苑休寻赋客，山阴莫上溪船。三杯醉□意陶然，梦后瑶台阆苑。

张　抡　　　　西江月·咏冬十首之十

仙道于人不□，□□□□□□。坎离□□□无穷，不信浮生若梦。　　君看□□窖雪，寻常见睍消熔。能令新旧再相逢，此是如何作用。

侯　寘　　　西江月·金鼎香销沉麝

金鼎香销沉麝，碧梧影转阑干。可庭明月绮窗闲，帘幕低垂不卷。　　一自高唐人去，秋风几许摧残。拂檐修竹韵珊珊，梦断山长水远。

侯　寘　　西江月·赠蔡仲常侍儿初娇

豆蔻梢头年纪，芙蓉水上精神。幼云娇玉两眉春，京洛当时风韵。　　金缕深深劝客，雕梁蔌蔌飞尘。主人从得董双成，应忘瑶池宴饮。

赵彦端　　西江月·为寿

捣玉扬珠万户，朊眉高髻千峰。佳辰请寿黑头公，老稚扶携欢动。　　借问优游黄绮，何如强健夔龙。觥船一棹百分空，浇泼胸中云梦。

王千秋　　西江月·璀璨雕笼洒笔

璀璨雕笼洒笔，联翩荐鹗飞书。翻阶红药试妆梳，管取不言温树。　　容我一杯为寿，看君九万鹏图。髻鬟人小串珠玑，岁岁绿窗朱户。

王千秋　　西江月·梦幻影泡有限

梦幻影泡有限，风花雪月无涯。莫分粗俗与精华，日醉石间松下。　　菜尽邻家解与，杯空稚子能赊。通幽即步尽横斜，不问墩犹姓谢。

王千秋　　西江月·小鹿鸣

四俊乡书荐鹗，一夔漕府登贤。明年春晚柳如烟，看取胪传金殿。　　册府牙签昼阅，词垣紫诰宵传。青楼买酒定无缘，且放金杯潋滟。

王千秋　　西江月·心事几多白发

心事几多白发，客情无数青山。廉纤细雨褪余寒，正是花期酒限。　　一自瓶簪信杳，空留钿带香残。我今多病寄江干，瘦似东阳也惯。

王千秋　　西江月·老去频惊节物

老去频惊节物，乱来依旧江山。清明雨过杏花寒，红紫芳菲何限。　　春病无人消遣，芳心有酒摧残。此情拍手问阑干，为甚多愁我惯。

李流谦　　　西江月·为木樨作

色似蜡梅浑浅，香如薝卜微清。更张绿幄蔽轻盈，巧著工夫斗钉。　露叶涓涓月晓，风英点点秋晴。江南江北可经行，梦到吴王香径。

向　滈　　　西江月·流水断桥衰草

流水断桥衰草，西风落日清笳。往来赢得鬓边华，此去征鞍休跨。　烟溆绿深陂筱，霜篱红老江花。青山尽处是侬家，拟唤渔舟东下。

向　滈　　　西江月·门柳疏疏映日

门柳疏疏映日，井桐策策翻秋。萧条不似那时游，只有山光依旧。　别久犹牵去梦，怀多还惹新愁。吹箫人在雁回州，不管沈郎消瘦。

向　滈　　　西江月·竹寺青灯永夜

竹寺青灯永夜，江城黄叶高秋。当时文物尽交游，更为笛声怀旧。　牢落一生羁思，风流万斛诗愁。强邀从事到青州，酒病绵绵越瘦。

向　滈　　　西江月·抵死漫生要见

抵死漫生要见，偷方觅便求欢。十分赢得带围宽，划地如今难恋。　枕畔水沉烟尽，闲头银蜡烧残。鸳衾不觉夜深寒，记取有人肠断。

向　滈　　　西江月·别后千思万想

别后千思万想，眼前一日三秋。小街栏槛记追游，料得新妆依旧。　自笑非常蒂殢，为他无限闲愁。莫将离恨寄鄜州，闻道腰肢愈瘦。

曹　冠　　　西江月·秋香阁

仙掌初零玉露，清商乍肃金飙。回环高阁桂香飘，元自广寒移到。　绛蜡银蟾辉映，纶巾鹤氅逍遥。赏心乐事醉良宵，赢取开怀吟啸。

曹　冠　　西江月·示忠彦

秋霁姮娥二八，寒光逼散浮云。小山丛桂吐清芬，犹带蟾宫风韵。　　因念两登仙籍，恩沾雨露方新。汝今妙岁已能文，早折高枝荣奋。

曹　冠　　西江月·泛舟

一派弯溪曲港，两山松干柽萝。寻幽乘兴泛烟波，时见白鸥飞过。　　炫日浪纹金影，连云岸草青莎。陶然一醉养天和，解意歌莺劝我。

姚述尧　　西江月·次蔡仲明韵

红叶漫随风舞，黄花不畏霜凋。诗人把酒竞招招，更欲移尊藉草。　　醉里谪仙兴逸，夜深归骑声嗷。孟公投辖未相饶，不放秋光便老。

姚述尧　　西江月·嫩绿烟笼碎玉

嫩绿烟笼碎玉，繁红日护香绡。故人去后恨迢迢，独倚危楼情悄。　　脉脉望穷云杪，看看月上花梢。懒添金鸭任烟消，杜宇一声春晓。

管　鉴　　西江月·夜雨落花满地

夜雨落花满地，晓风飞絮连天。苦无春恨可萦牵，只数年华暗换。　　生意惟添白发，化工不染朱颜。老来愈觉欠清闲，梦想故园春晚。

管　鉴　　西江月·为细君寿

好个今年生日，满堂儿女团栾。歌声不似笑声喧，满捧金杯争劝。　　富贵功名任运，佳辰乐事随缘。白头相守愿年年，只恁尊前长健。

吴　儆　　西江月·竹里全无暑气

竹里全无暑气，溪边长有清风。荷花落日照酣红，雨过遥山翠重。　　老作宫祠散汉，本来田舍村翁。腰缠三万禄千钟，也是一场春梦。

吴　儆　　西江月·山色不随春老

山色不随春老，竹枝长向人新。桃蹊李径已成阴，深院莺啼人静。　　尘世白驹过隙，人情苍狗浮云。不须计较谩劳神，且恁随缘任运。

姜特立　　西江月·戊午生朝

富贵从来自有，人生最羡长年。骎骎八秩未华颠，更喜此身强健。　　金印新来如斗，丝纶御墨犹鲜。枣如瓜大藕如船，莫惜尊前满劝。

周必大　　西江月·暮春鲁氏坐上次胡邦衡韵

三月群贤毕集，二天五马生光。传觞击鼓底匆忙，画鹢将飞江上。　　鲁国方虚两社，齐人要复侵疆。延英引对上东廊，应念幽人相望。

周必大　　西江月·再赋送行

藉甚新除刺史，岿然鲁殿灵光。诏书催发棹讴忙，沙路从今稳上。　　有喜刊除戎索，无劳远抚闽疆。日高龙影转槐廊，想见清光注望。

范成大　　西江月·十月谁云春小

十月谁云春小，一年两见风娇。云英此夕度蓝桥，人意花枝都好。　　百媚朝天淡粉，六铢步月生绡。人间霜叶满庭皋，别有东风不老。

范成大　　西江月·北客开眉乐岁

北客开眉乐岁，东君著意华年。遮风藏雨晚云天，应怕杏梢红浅。　　不惜灯前放夜，从教雪后留寒。水晶帘箔万花钿，听彻南楼晓箭。

范成大　　西江月·樱笋园林绿暗

樱笋园林绿暗，槐榆院落清和。年年高会引笙歌，戏彩人随燕贺。　　一笑难逢身健，十分休惜颜酡。还将瓜枣送金荷，遍照金章满座。

王　质　　西江月·借江梅蜡梅为意寿董守

月斧修成腻玉，风斤琢碎轻冰。主人无那寿杯深，倩取花来唤醒。　　舞罢绣茵风蹙，饮阑画阁香凝。试将花蕊数层层，犹比长年不尽。

王　质　　西江月·轻蜡细凝蜂蜜

轻蜡细凝蜂蜜，薄罗深压鹅黄。玉容纵不似何郎，也在百花头上。　　试看眉间一点，全如瓶里孤芳。明年此日趁鹓行，记取今朝胜赏。

王　质　　西江月·和王道一韵促画屏

蹙蹙红中烟润，梢梢翠尾风斜。闲轩幽树少啼鸦，此处最宜君画。　　望眼不知天阔，归心常恨山遮。见君江浦到芦花，意在琵琶亭下。

王　质　　西江月·感怀

甓水桥边此客，金銮坡上何人。沙场老马事无成，泪湿青莹夹镜。　　袖手烟霏小景，回头石岭空城。乾坤遗恨渺难平，目断塞鸿孤影。

沈　瀛　　西江月·五马人生最贵

五马人生最贵，金陵自古繁华。光悬相印拥朱牙，况值边庭闲暇。　　满劝东西碧玉，高烧丽烛红葩。诏黄新湿字如鸦，明日天庭飞下。

李　洪　　西江月·送客石岊亭

渺渺长汀远壑，萧萧雨叶风枝。几回临水送将归，客里暗添憔悴。　　门枕数峰滴翠，舟横几度涟漪。绿秧深处鹭于飞，愈觉田园有味。

李　洤　　西江月·蜡梅

可是江梅开晚，从教蜡雪来迟。此花清绝胜南枝，挽过春风第一。　　蘸蜡女工斗巧，涂黄汉额偏宜。□腮相倚并开时，认取东君深意。

朱　熹　　西江月·睡处林风瑟瑟

睡处林风瑟瑟，觉来山月团团。身心无累久轻安，况有清池凉馆。　句稳翻嫌白俗，情高却笑郊寒。兰膏元自少陵残，好处金章不换。

朱　熹　　西江月·堂下水浮新绿

堂下水浮新绿，门前树长交枝。晚凉快写一篇诗，不说人间忧喜。　身老心闲益壮，形臞道胜还肥。软轮加璧未应迟，莫道前非今是。

沈端节　　西江月·一枕香消睡恼

一枕香消睡恼，十年漂泊江湖。空余清梦绕康庐，记得林间风度。　锦绣谷中旧客，襟怀未肯全疏。从今不要别人扶，醉拥紫云归去。

沈端节　　西江月·幸自心肠稳审

幸自心肠稳审，怎禁眼脑迷奚。招愁买恨带人疑，一味笑吟吟地。　闲趁莺来日下，却随燕入乌衣。阿蛮风味有谁知，认得乐天词意。

张孝祥　　西江月·问讯湖边春色

问讯湖边春色，重来又是三年。东风吹我过湖船，杨柳丝丝拂面。　世路如今已惯，此心到处悠然。寒光亭下水如天，飞起沙鸥一片。

张孝祥　　西江月·风定滩声未已

风定滩声未已，雨来篷底先知。岸边杨柳最怜伊，忆得船儿曾系。　湖雾平吞白塔，茅檐自有青旗。三杯村酒醉如泥，天色寒呵且睡。

张孝祥　　西江月·冉冉寒生碧树

冉冉寒生碧树，盈盈露湿黄花。故人玉节有光华，高会仍逢戏马。　万事只今如梦，此身到处为家。与君相遇更天涯，拚了茱萸醉把。

张孝祥　　西江月·张钦夫寿

诸老何烦荐口，先生自简渊衷。千年圣学有深功，妙处无非日用。　已授一编圯下，却须三顾隆中。鸿钧早晚转春风，我亦从君贾勇。

张孝祥　　西江月·代五三弟为老母寿

慈母行封大国，老仙早上蓬山。天怜阴德遍人间，赐与还丹七返。　莫问清都紫府，长教绿鬓朱颜。年年今日彩衣斑，兄弟同扶酒盏。

张孝祥　　西江月·不识平原太守

蕲倅李君达才，当靖康、建炎之间，以诸生起兵河东，屡摧强敌，盖未知其事，重为感叹，赋此

不识平原太守，向来水北山人。世间功业谩亏成，华发萧萧满镜。　幸有田园故里，聊分风月江城。西湖西畔晚波平，袖手时来照影。

张孝祥　　西江月·楼外疏星印水

楼外疏星印水，楼头画烛烘帘。凭高举酒恨厌厌，征路虚无指点。　酒兴因君开阔，山容向我增添。一钩新月弄纤纤，浓雾花房半敛。

张孝祥　　西江月·阻风三峰下

满载一船秋色，平铺十里湖光。波神留我看斜阳，放起鳞鳞细浪。　明日风回更好，今宵露宿何妨。水晶宫里奏霓裳，准拟岳阳楼上。

张孝祥　　西江月·桂州同僚饯别

窗户青红尚湿，主人已作归期。坐中宾客尽邹枚，盛事它年应记。　别酒深深但劝。离歌缓缓休催。扁舟明日转清溪，好月相望千里。

张孝祥　　西江月·汉铸九金神鼎

以隋索靖小字法华经及古器为老人寿

汉铸九金神鼎，隋书小字莲经。刚风劫火转青冥，护守应烦仙圣。　　昨梦归来帝所，今朝寿我亲庭。只将此宝伴长生，谈笑中原底定。

张孝祥　　西江月·饮百花亭，为武夷枢密先生作

亭望庐山双剑峰，为恶竹所蔽，是夕尽伐去

落日镕金万顷，晴岚洗剑双锋。紫枢元是黑头公，佳处因君愈重。　　分得湖光一曲，唤回庐岳千峰。清尊今夜偶然同，早晚商岩有梦。

张孝祥　　西江月·为枢密太夫人寿

畴昔通家事契，只今两镇交承。起居枢密太夫人，绿鬓斑衣相映。　　乞得神仙九酝，祝教福禄千春。台星直上寿星明，长见门阑鼎盛。

张孝祥　　西江月·十里轻红自笑

十里轻红自笑，两山浓翠相呼。意行着脚到精庐，借我绳床小住。　　解饮不妨文字，无心更狎鸥鱼。一声长啸暮烟孤，袖手西湖归去。

张孝祥　　西江月·半旧鞋儿着稳

半旧鞋儿着稳，重糊纸扇多风。隔年煮酒味偏浓，雨过樱桃色重。　　有距公鸡快斗，尾长山雉枭雄。烧残银烛焰头红，半老佳人可共。

崔敦礼　　西江月·寿词

暖日江南梅柳，春风堂上笙歌。满斟醽醁笑声哗，再拜千年寿嘏。　　清健非缘服玉，红颜不是苍霞。仙姿福禄自无涯，要看沧溟绿野。

李处全　　西江月·重阳再作

窗户风薰端午，楼台月满中秋。阴晴寒暑总无忧，几事不如重九。　　落帽何羞种种，看山都付悠悠。黄花已作醉乡游，梦觉黄花在手。

李处全　　西江月·芍药

婥婥妆楼红袖，亭亭将阃清油。东皇天巧世无俦，定有司花妙手。　十里香风晓霁，千家绮陌春游。竹西路转古扬州，歌吹只应如旧。

李处全　西江月·二月旦侍女兄游高斋

南国一分春色，东窗八面光风。女兄欢笑酒尊同，满眼儿孙群从。　但愿年逾百岁，何妨时醉千钟。朱颜绿发照青铜，要看如龙如凤。

丘　崈　　西江月·恰好轻篷短棹

恰好轻篷短棹，绝胜锦缆牙樯。一声横笛起微茫，十里红莲步障。　小待山头吐月，何妨说剑杯长。更看风露洗湖光，水底金盘滉漾。

丘　崈　　西江月·明日又还重九

明日又还重九，黄昏小雨疏风。菊英萸糁一尊同，付与今宵好梦。　寒意梧桐叶上，客愁画角声中。小楼何日却从容，千里此情应共。

吕胜己　　西江月·为内子寿

日日齐眉举案，年年劝酒持觥。今年著意寿卿卿，幼稚绵绵可庆。　官冷未尝贫贱，家肥胜似功名。所为方便合人情，管取前途更永。

梁安世　　西江月·南国秋光过二

淳熙庚子重九，梁次张拉韩廷玉、但能之、陈颖叔同游临桂栖霞洞，赋西江月词

南国秋光过二，宾鸿未带初寒。洞中驼褐已嫌单，洞口犹须挥扇。　夕照千峰互见，晴空万象都还。羡他渔艇系澄湾，欹枕玻璃一片。

赵长卿　西江月·邀蔡坚老忠孝堂观书

水满平塘过雨，洗妆红褪芙蕖。绿荷美影荫龟鱼，无限闲

中景趣。　　潇洒高堂邃馆，那堪左右图书。凌云赋得似相如，多少风流态度。

赵长卿　　　　西江月·夏日有感

稳唱巧翻新曲，灵犀密意潜通。荷花香染晚来风，相对恍然如梦。　　有恨眉尖皱碧，多情酒晕生红。此愁不是等闲浓，应为仙源倾动。

赵长卿　　西江月·雪江见红梅对酒

背日犹余残雪，向阳初绽红梅。腊寒那事更相宜，醉了还醒又醉。　　堪笑多愁早老，管他闲是闲非，对花酌酒两忘机，唱个哩啰啰哩。

张良臣　　西江月·四壁空围恨玉

四壁空围恨玉，十香浅捻啼绡。殷云度雨井桐凋，雁雁无书又到。　　别后钗分燕股，病余镜减鸾腰。蛮江豆蔻影连梢，不道参横易晓。

张孝忠　　西江月·即席次王华容韵

堂上簪缨交错，花间帘幕高张。与君一咏一飞觞，莫笑诗狂饮畅。　　满路光风转蕙，吟边宫柳斜行。新词妙绝动宫墙，紫诰黄麻天上。

廖行之　　　　西江月·舟中作

绀滑一篙春水，云横几里江山。一番烟雨洗晴岚，向晓碧天如鉴。　　客枕谩劳魂梦，心旌长系乡关。封姨悭与送归帆，愁对绿波肠断。

廖行之　　　　西江月·寿友人

试数阶蓂有几，昨朝看到今朝。南薰早动舜琴谣，端为熊罴梦兆。　　学粹昔人经制，文高古乐箫韶。天风从此上扶摇，回首不劳耕钓。

王　炎　　西江月·簌簌落红都尽

用荼蘼酿酒饮尽，因成此，谩呈继韩

簌簌落红都尽，依然见此清姝。水沉为骨玉为肤，留得春光少住。　　鸳帐巧藏翠幔，燕钗斜亸纤枝。休将往事更寻思，且为浓香一醉。

杨冠卿　　西江月·妙墨龙蛇飞动

秋晚白菊丛开，有傲视冰霜之兴。李渔社赋长短句云："若将花卉论行藏，尽在凌烟阁上。"因次其韵

妙墨龙蛇飞动，新词雪月交光。论文齿频带冰霜，凤阁从来宫样。　　寿菊丛开三径，清姿高压群芳。折花聊尔问行藏，会见横飞直上。

杨冠卿　　西江月·罗袜浪传仙子

罗袜浪传仙子，宫梅休写华光。人言寿客饱经霜，不趁凡花入样。　　万玉森罗素节，一枝有余芳。孤高肯使蝶蜂藏，特立甘泉顶上。

杨冠卿　　西江月·咏黄菊

昨梦钧天帝所，曾陪奏赋明光。玉除金蕊映秋霜，尽道宫花别样。　　娇额涂黄牢就，金莲衬步齐芳。舞鸾仪凤巧难藏，羞杀繁红陌上。

辛弃疾　　西江月·渔父词

千丈悬崖削翠，一川落日熔金。白鸥来往本无心，选甚风波一任。　　别浦鱼肥堪脍，前村酒美重斟。千年往事已沉沉，闲管兴亡则甚。

辛弃疾　　西江月·夜行黄沙道中

明月别枝惊鹊，清风半夜鸣蝉。稻花香里说丰年，听取蛙声一片。　　七八个星天外，两三点雨山前。旧时茅店社林边，路转溪桥忽见。

辛弃疾　　西江月·赋丹桂

宫粉厌涂娇额，浓妆要压秋花。西真人醉忆仙家，飞佩丹霞羽化。　　十里芬芳未足，一亭风露先加。杏腮桃脸费铅华，终惯秋蟾影下。

辛弃疾　　西江月·题可卿影像

人道偏宜歌舞，天教只入丹青。喧天画鼓要他听，把著花枝不膺。　何处娇魂瘦影，向来软语柔情。有时醉里唤卿卿，却被傍人笑问。

辛弃疾　　西江月·以家事付儿曹，示之

万事云烟忽过，一身蒲柳先衰。而今何事最相宜，宜醉宜游宜睡。　早趁催科了纳，更量出入收支。乃翁依旧管些儿，管竹管山管水。

辛弃疾　　西江月·为范南伯寿

秀骨青松不老，新词玉佩相磨。灵槎准拟泛银河，剩摘天星几个。　奠枕楼东风月，驻春亭上笙歌。留君一醉意如何，金印明年斗大。

辛弃疾　　西江月·画栋新垂帘幕

寿钱塘弟正月十六日，时新居成

画栋新垂帘幕，华灯未放笙歌。一杯潋滟泛金波，先向太夫人贺。　富贵吾应自有，功名不用渠多。只将绿鬓抵羲娥，金印须教斗大。

辛弃疾　　西江月·风月亭危致爽

正月四日和建宁陈安行舍人，时被召

风月亭危致爽，管弦声脆休催。主人只是旧时怀，锦瑟旁边须醉。　玉殿何须侬去，沙堤只要公来。看看红药又翻阶，趁取西湖春会。

辛弃疾　　西江月·三山作

贪数明朝重九，不知过了中秋。人生有得许多愁，惟有黄花如旧。　万象亭中殢酒，九江阁上扶头。城鸦唤我醉归休，细雨斜风时候。

辛弃疾　　西江月·遣兴

醉里且贪欢笑，要愁那得工夫。近来始觉古人书，信著全无是处。　昨夜松边醉倒，问松我醉何如。只疑松动要来

扶，以手推松曰去。

辛弃疾　　西江月·和晋臣登悠然阁

一柱中擎远碧，两峰旁倚高寒。横陈削就短长山，莫把一分增减。　　我望云烟目断，人言风景天悭。被公诗笔尽追还，更上层楼一览。

辛弃疾　　西江月·堂上谋臣帷幄

堂上谋臣帷幄，边头猛将干戈。天时地利与人和，燕可伐与曰可。　　此日楼台鼎鼐，他时剑履山河。都人齐和大风歌，管领群臣来贺。

辛弃疾　　西江月·用韵和李兼济提举

且对东君痛饮，莫教华发空催。琼瑰千字已盈怀，消得津头一醉。　　休唱阳关别去，只今凤诏归来。五云两两望三台，已觉精神聚会。

辛弃疾　　西江月·春晚

剩欲读书已懒，只因多病长闲。听风听雨小窗眠，过了春光太半。　　往事如寻去鸟，清愁难解连环。流莺不肯入西园，唤起画梁飞燕。

辛弃疾　　西江月·木樨

金粟如来出世，蕊宫仙子乘风。清香一袖意无穷，洗尽尘缘千种。　　长为西风作主，更居明月光中。十分秋意与玲珑，拚却今宵无梦。

辛弃疾　西江月·和赵晋臣敷文赋秋水瀑泉

八万四千偈后，更谁妙语披襟。纫兰结佩有同心，唤取诗翁来饮。　　镂玉裁冰著句，高山流水知音。胸中不受一尘侵，却怕灵均独醒。

辛弃疾　　西江月·粉面都成醉梦

粉面都成醉梦，霜髯能几春秋。来时诵我伴牢愁，一见尊前似旧。　　诗在阴何侧畔，字居罗赵前头。锦囊来往几时

休，已遣蛾眉等候。

程　垓　　　西江月·众绿初围夏荫

众绿初围夏荫，老红犹驻春妆。画帘燕子日偏长，静看新雏来往。　□□□□□□，□□□□□□。□□□□□□□，□□□□□□。

程　垓　　　西江月·汲井漫随兰炷

□□□□□□，□□□□□□。□□□□□□□，□□□□□□。　汲井漫随兰炷，心情半怯罗衣。粉香消尽无人觑，只门外、子规啼。

陈三聘　　　西江月·诗眼曾逢花面

诗眼曾逢花面，画图还识春娇。当年风格太妖饶，粉腻酥柔更好。　酒晕不温香脸，玉慵犹怯轻绡。春风别后又秋高，再见只应人老。

陈三聘　　　西江月·春事已浓多日

春事已浓多日，游人偏盛今年。梨花寒食雨余天，鸭绿含风浪浅。　翠袖半黏飞粉，罗衣尚怯轻寒。不辞归路委香钿，门外东风如箭。

石孝友　　　西江月·歌彻秋娘金缕

歌彻秋娘金缕，醉扳织女云车。而今谁复荐相如，拔剑茫然四顾。　好景凭诗断送，闲愁著酒消除。镜中丝发莫惊呼，春满珠帘绣户。

石孝友　　　西江月·脉脉无端心事

脉脉无端心事，厌厌不奈春酲。越罗衫薄峭寒轻，试问几番花信。　万点风头柳絮，数声柳外啼莺。斜阳还傍小窗明，门掩黄昏人静。

石孝友　　　西江月·拽尽风流露布

拽尽风流露布，筑成烦恼根基。早知恁地浅情时，枉了教人恁地。　惜你十分搁就，把人一味禁持。这回断了更相

思，比似人间没你。

韩　玉　　　西江月·捍拨声传酒绿

捍拨声传酒绿，蔷薇面衬宫黄。娇波斜入鬓云长，眉与春山一样。　　潇洒不禁疏瘦，低回犹似思量。换花梨叶晚阴凉，说与三年梦想。

赵师侠　　　西江月·丁巳长沙大阅

笳鼓旌旗改色，弓刀铠甲增明。攒花簇队马蹄轻，禀听元戎号令。　　羊祜轻裘临阵，亚夫细柳屯营。观瞻已耸定王城，飞虎威名日振。

赵师侠　　　西江月·淼淼澄清波面

同蔡受之、赵中甫巡城，饮于南楚楼

淼淼澄清波面，依依紫翠山光。危栏徙倚对斜阳，山影波流荡漾。　　世事一番醒醉，人生几度炎凉。高情收拾付觥觞，何止羲皇人上。

叶　适　　　西江月·和李参政

识贯事中枢纽，笔开象外精神。传观弓力异常钧，衣我六铢羞问。　　周后数茎命粒，鲁儒一点芳心。啄残栖老付谁论，谩要睡余支枕。

刘　过　　　西江月·细雨黄梅初熟

细雨黄梅初熟，微风燕子交飞。手拈团扇写新题，心事恹恹难寄。　　片月只堪供恨，双星却有重期。石榴裙子正芬菲，知为何人慵系。

刘　过　　　西江月·素面偏宜酒晕

素面偏宜酒晕，晓妆净洗啼痕。只疑身是玉梅魂，长为春风瘦损。　　冉冉烟生兰渚，娟娟月挂愁村。落花飞絮耿黄昏，又是一番新恨。

刘　过　　　西江月·武昌妓徐楚楚号问月索题

楼上佳人楚楚，天边皓月徐徐。呼童忙为卷虾须，试问中情几句。　　圆少却因底事，缺多毕竟何如。嫦娥无语谩踌

踏，飞过画栏西去。

刘　过　　西江月·堂上谋臣樽俎

堂上谋臣尊俎，边头将士干戈。天时地利与人和，燕可伐欤曰可。　　今日楼台鼎鼐，明年带砺山河。大家齐唱大风歌，不日四方来贺。

卢　炳　　西江月·残雪犹馀远岭

残雪犹余远岭，晚烟半隐寒林。溶溶春涨绿波深，时有渔人钓艇。　　倚岸野梅坠粉，蘸溪宫柳摇金。凭栏凝伫酒初醒，料得谁知此景。

汪　莘　　西江月·赋红白二梅

红白虽分两色，清香总是梅花。早春风日野人家，相对伯夷柳下。　　爱影拈将灯取，惜香放下帘遮。长安如梦只堪嗟，乐此应须贤者。

汪　莘　　西江月·赋红梅

曾把江梅入室，门人不敬红梅。清香一点入灵台，傲雪家风犹在。　　状貌妇人孺子，性情烈士奇才。自开自落有谁来，与汝上林相待。

汪　莘　　西江月·天下老松有数

张文潜诗有东海大松，序云：土人相传，三代时物。徐仲车先生和之。余意古松之散在天地间，其拄青天而蔽厚地者，可以数计周知。欲合而处之，不可得也。作问松

天下老松有数，人间不记何年。海心岳顶寺门前，我欲收成一片。　　为向此公传语，却教老子随缘。龙盘虎踞负青天，岂若吾身亲见。

郭应祥　　西江月·七夕后一日县斋小集

巧节已成昨梦，今宵重倒芳尊。主宾和气敌春温，雄辩高谈衮衮。　　剩把烛花高照，频教舞袖轻翻。笛声幽咽鼓声喧，却恨更筹苦短。

郭应祥　　西江月·鹏飞集作

锁棘方当拔士，挥毫正好摛文。词源三峡笔千军，尽出平生素蕴。　天府伫登名姓，夜窗不负辛勤。直须平步上青云，始信文章有准。

郭应祥　　西江月·十桂胜如五柳

十桂胜如五柳，九秋赛过三春。蓬蓬金粟吐奇芬，自有天然风韵。　休羡一枝高折，尽教十里遥闻。尊前若有似花人，乞与些儿插鬓。

郭应祥　　西江月·赏月儿成喜雨

乙丑中秋前二日，约李季功、孙仲远、李茂叔、郭元择预赏月。申刻雨大作，酉刻已开霁，三更月出

赏月儿成喜雨，开尊仍间围棋。令人却忆敬斋词，小饮不妨文字。　底事冰轮未放，犹教银幕低垂。休言动是隔年期，闰八看看又至。

郭应祥　　西江月·此老谁描拙状

遁斋生日，有以喜神之轴来为寿者，悬之照壁，遂作

此老谁描拙状，今朝持献生辰。一人能变作三人，说与儿曹未信。　坐者行者立者，化身报身法身。且须辨取假和真，肥瘦短长休问。

郭应祥　　西江月·寿李知丞

明日恰当人日，今年远胜常年。瓣香卮酒寿蓝田，喜色津然满面。　及成人方竞进，悬车公独高骞。身闲便是地行仙，赢得千秋强健。

郭应祥　　西江月·戊辰七月十日作

令节无过七夕，今年已隔三宵。奔驰五百里而遥，行止非人所料。　月入尊罍楚楚，风生襟袖飘飘。不须抵死殢河桥，对月临风一笑。

郭应祥　　西江月·席间次潘文叔韵

妙句春云多态，丰姿秋水为神。慕潘应有捧心颦，谁是相

看楚润。　　试问甜言软语，何如大醉高吟。杯行若怕十分深，人道对花不饮。

郭应祥　　西江月·洗眼重看十桂

洗眼重看十桂，转头已过三秋。人生遇坎与乘流，何况有花有酒。　　花若于人有意，酒能为我浇愁。试挼金蕊泛金瓯，比似菊英胜否。

郭应祥　　西江月·赋木樨次李季功韵

碎影乱筛月地，浓香时度风檐。渊明有菊径开三，不似此花雅淡。　　兰蕙芬敷可并，芙蓉浅俗堪嫌。美人妆罢笑窥帘，插鬓些儿正欠。

郭应祥　　西江月·次彭天若元夕观灯之韵

歌扇潜回暖吹，酒兵顿解寒围。红莲绛蜡两交辉，小醉何妨大醉。　　落笔君如王勃，属辞我愧周墀。明年应记盍簪时，耿耿怀人不寐。

郭应祥　　西江月·为爱脸边著晕

天祐遣饷牡丹，侑以新词，次韵为谢

为爱脸边著晕，更怜肌里生香。此花端合占年芳，两朵那堪一样。　　自叹思归陶令，忽逢好事彭郎。朋来异卉与名章，击节何妨叹赏。

郭应祥　　西江月·赋紫笑花

不但酴醾芍药，此花亦殿余春。麝囊初破酒初醺，恰有这般风韵。　　烂坼真成绝倒，半开犹带轻颦。不知抵死笑何人，待与折来细问。

郭应祥　　西江月·寿韩宰

乐事无过新岁，生辰恰占元宵。湄湘台下有欢谣，令尹风流年少。　　暂借牛刀凫舄，宜参豹尾鸡翘。政成三异合归朝，拭目天边紫诏。

郭应祥　　西江月·庆太夫人七十

头上银幡初卸，堂前玉斝重飞。人言七十古来稀，七十如

今已至。　　斑白元无一点，微黄已透双眉。一番庆寿十年期，更庆十番不啻。

郭应祥　西江月·戊辰八月一日寿赵丞，其日社

朔旦生朝同贺，寿觞社瓮齐倾。湄湘元是小东京，著个风流贰令。　　地胜岂如人胜，秋清争似官清。双瞳炯炯鬓青青，稳上华途捷径。

郭应祥　西江月·韩亨道席上次方孚若韵

送我匆匆行色，赖君衮衮名章。德星今夜聚清湘，岂羡瀛洲方丈。　　宾醉须教主醉，更长不怕杯长。凤鸣端合在朝阳，飞诏来从天上。

李　璧　西江月·和提刑昂席新赋

又送鹏程轩翥，几看驹隙推移。多端时事只天知，不饮沉忧如醉。　　白首已甘蓬艾，苍生正倚丞疑。楚台风转一帆吹，朝列问君来未。

韩　淲　西江月·走笔因宋九韵示黄六

春色著人多少，溪头桃杏舒红。杖藜相与过桥东，往事旧欢如梦。　　花底醉眠芳草，柳边嘶入骄骢。如今憔悴坐诗穷，莫问醯鸡舞瓮。

韩　淲　西江月·风暖晨光寂寂

风暖晨光寂寂，月明夜气沉沉。山间林下步轻阴，花柳飞绵布锦。　　酒病向谁能遣，春愁惟我难禁。尊前一曲断肠声，梦破晓窗欹枕。

韩　淲　西江月·四叔生朝

梅蕊小春天气，橘林良月风光。五云边近九霞觞，美景初无尽藏。　　老矣相逢湖海，年来游遍潇湘。诗情满眼兴何长，赢得烟霄直上。

韩　淲　西江月·晚春时候

闻道晚春时候，暖风是处花飘。游人争渡水南桥，多少池

塘春草。　　跃马谁联玉勒，钓鱼应泛兰桡。韶光何限不逍遥，输与溪鸥野鸟。

韩　淲　　西江月·次韵赵路分

脉脉蜂黄蝶粉，盈盈水秀山明。卖花声里听吹饧，佳丽芳华韵胜。　　下上休看舞燕，惺忪一任啼莺。枕痕屏曲梦关情，酒醒春宵漏尽。

韩　淲　西江月·十一月初六日夜偶成

日日山迷水癖，年年书恼诗痴。寻思那里要他知，试比古人犹未。　　往往眼甜口苦，常常心是身非。如何则甚破他疑，只学今人足矣。

戴复古　　西江月·宿酒才醒又醉

宿酒才醒又醉，春宵欲雨还晴。柳边花底听莺声，白发莫教临镜。　　过隙光阴易去，浮云富贵难凭。但将一笑对公卿，我是无名百姓。

戴复古　　西江月·三过武昌台下

三过武昌台下，却逢三度重阳。菊花只作旧时黄，白雪堆人头上。　　昨日将军亭馆，今朝陶令壶觞。醉来东望海茫茫，家近蓬莱方丈。

方信孺　　西江月·再游龙隐岩，追和陶商翁韵

碧洞青崖著雨，红泉白石生寒。揭来十月九湖山，人笑元郎太漫。　　绝壑偏宜叠鼓，夕阳休唤归鞍。兹游未必胜骖鸾，聊作湖南公案。

汪　晫　　西江月·次韵李明府见寿

千缕柳丝犹嫩，一星榆火初明。载将新意寿幽人，红袖持杯劝尽。　　老鹤自偏野性，沙鸥难比轻身。殷勤多谢祝长春，一笑东风夜静。

程　珌　　西江月·茶词

岁贡来从玉垒，天恩拜赐金奁。春风一朵紫云鲜，明月轻

浮盏面。　　想见清都绛阙，雍容多少神仙。归来满袖玉炉烟，愿侍年年天宴。

程　珌　　西江月·壬辰自寿

天上初秋桂子，庭前八月丹花。一年一度见仙槎，秋色分明如画。　　愿把阴功一脉，灯灯相续无涯。降祥作善岂其差，永作渔樵嘉话。

程　珌　　西江月·癸巳自寿

底事中秋无月，元来留待今宵。群仙拍手度仙桥，惊起眠龙夭矫。　　天上灵槎一度，人间八月江潮。西兴渡口几魂消，又见潮生月上。

龚大明　　西江月·书怀

我本无为野客，飘飘浪迹人间。一时被命住名山，未免随机应变。　　识破尘劳扰扰，何如乐取清闲。流霞细酌咏诗篇，且与白云为伴。

史达祖　　西江月·闺思

西月澹窥楼角，东风暗落檐牙。一灯初见影窗纱，又是重帘不下。　　幽思屡随芳草，闲愁多似杨花。杨花芳草遍天涯，绣被春寒夜夜。

史达祖　　西江月·赋木樨香数珠

三十六宫月冷，百单八颗香悬。只宜结赠散花天，金粟分身显现。　　指嫩香随甲影，颈寒秋入云边。未忘灵鹫旧因缘，赢得今生圆转。

史达祖　　西江月·一片秋香世界

一片秋香世界，几层凉雨阑干。青天不惜烂银盘，借与先生为劝。　　酒唤诗来酒外，人言身在人间。如何得似碧云闲，且共嫦娥相伴。

史达祖　　西江月·裙折绿罗芳草

舟中赵子野有词见调，即意和之

裙折绿罗芳草，冠梁白玉芙蓉。次公筵上见山公，红绶欲衔双凤。　　已向冰奁约月，更来玉界乘风。凌波袜冷一尊同，莫负彩舟凉梦。

高观国　　西江月·小舫半帘山色

小舫半帘山色，断桥两岸秋阴。芙蓉消息已愁深，红染云机翠锦。　　几度烟波共酌，半生风月关心。飞来鸥鹭是知音，一笑歌边醉醒。

魏了翁　　西江月·一段同云似练

西江月梦中作，觉后浑能省记，独欠第五句，因足成之晓起大雪

一段同云似练，更无剩幅间边。玉娥不怕五更寒，剪就飞花片片。　　酒里吟边竞爽，枝头枝底争妍。入春无物不芳鲜，只我依然颜面。

魏了翁　　西江月·即席和书院诸友

早厌人间腐鼠，要希云外飞皇。羲和不肯系朝阳，任向鬓边来往。　　出谷声中气味，编蒲册里晶光。至今心胆为渠狂，梦倚银潢天上。

魏了翁　　西江月·妇生日许侍郎奕载酒用韵为谢

曾记刘安鸡犬，误随鼎灶登仙。十年尘土涴行缠，怪见霞觞频劝。　　会合元非择地，乖逢宁得非天。妇闻风月正嬗娟，亲泼床头醅面。

卢祖皋　　西江月·燕掠晴丝袅袅

燕掠晴丝袅袅，鱼吹水叶粼粼。禁街微雨洒香尘，寒食清明相近。　　漫著宫罗试暖，闲呼社酒酬春。晚风帘幕悄无人，二十四番花讯。

孙居敬　　西江月·次韵席上作

翠幄轻寒护夜，寒妆靓暖宜春。酒筹诗令逐时新，仙佩朋簪清兴。　　风炬呈妍粟粟，水仙照座盈盈。约君策马贺升平，回首尊前风韵。

刘学箕　　西江月·世事从来无据

世事从来无据，人生自古难凭。茫如天水有云萍，聚散任他形影。　　每怪东阳瘦损，常嗤骑省多情。如今我也瘦棱棱，却喜青青两鬓。

洪咨夔　　西江月·寿章叔厚

庭下宜男萱草，墙头结子榴花。非烟非雾富平家，人物风流如画。　　宝月曾修玉斧，银河欲泛仙槎。美人睡起绿云斜，一笑扶将寿斝。

曾　揆　　西江月·檐雨轻敲夜夜

檐雨轻敲夜夜，墙云低度朝朝。日长天气已无聊，何况洞房人悄。　　眉共新荷不展，心随垂柳频摇。午眠仿佛见金翘，惊觉数声啼鸟。

黄　机　　西江月·泛洞庭青草

漠漠波浮云影，遥遥天接山痕。一声渔唱起蘋汀，名利缘渠唤醒。　　短棹拟携西子，长吟时吊湘灵。白鸥容我作同盟，占取两湖清影。

黄　机　　西江月·垂丝海棠

一名《醉美人》

捻翠低垂嫩萼，匀红倒簇繁英。秾纤消得比佳人，酒入香肌成晕。　　帘幕阴阴窗牖，阑干曲曲池亭。枝头不起梦春酲，莫遣流莺唤醒。

刘克庄　　西江月·思邈方书去失

腰痛，旧传陈复斋名方，岁久失之

思邈方书去失，休文老病来攻。新年筋力太龙钟，腰似铁猫儿重。　　雅拜怎生搢笏，徐行也要扶筇。田翁邀饮不能从，难伴诸公上雍。

冯取洽　　西江月·太岁日作

老子齐头六十，新年第一今朝。放开怀抱不须焦，万事付

之一笑。　　烟柳效颦翠敛，露桃献笑红妖。已拚行乐到元宵，尚可追随年少。

赵以夫　　西江月·次方蒙斋月夜

几点垂垂北斗，一床悄悄西风。山河天地点尘空，月殿蟾蜍欲动。　　舌本琼浆甘彻，鼻端玉蕊香通。棋边切莫笑衰翁，个里本来空洞。

张　榘　　西江月·春事三分之二

春事三分之二，落花庭院轻寒。翠屏围梦宝熏残，窗外流莺声乱。　　睡起犹支雪腕，觉来慵整云鬟。闲拈乐府凭阑干，宿酒才醒一半。

宋自逊　　西江月·何敢笑人干禄

何敢笑人干禄，自知无分弹冠。只将贫贱博清闲，留取书遮老眼。　　世上风波任险，门前路径须宽。心无妄想梦魂安，万事鹤长凫短。

包荣父　　西江月·寿游侍郎

某忝审某官瑞纪门弧，辉增从橐。适逢八秩，共庆千秋。挂神虎之冠，未酬雅志；叶非熊之卜，会有好音。某受知最深，赞喜尤剧。康宁富寿，公其五福之具全；倬耆期颐，我则一忱而有祷。谩寄西江月调，以寿似山仙人，倘蒙薰慈，特赐采瞩，某下情宠耀之至

雅意浯亭宽碧，何心禁路宽华。芝兰玉树侍臣家，一段洛滨图画。　　庆事两年亲见，今年福寿堪夸。更从头上人添些，却是八千岁也。

夏元鼎　　西江月·四十修真学道

予登龙虎山，朝神谒帝，以祈心事。夜梦神人语之曰：四十修真学道，金鱼要换金丹，龟龄鹤算不知年，子其勉之，当遇赤城人矣。后于祝融峰遇圣师，指迷金丹大道，果应存无守有，顷刻而成之妙。乃知十余年间钻冰取火，盲修瞎炼，今一得永得，实在目前。因足前梦为西江月调以纪其实并简同行林质父。质父见和，意谓有道无丹，当求画前大易，遂与酬唱十首于后

四十修真学道，金鱼要换金丹。龟龄鹤算不知年，行满身冲霄汉。　　此事希夷玄奥，功参造化难言。眼前有药耀山川，好把元阳修炼。

夏元鼎　　西江月·面目本来是道

面目本来是道，阴阳造化成丹。骑牛寻犊不知原，真是三家村汉。　　古圣立言设象，后人得象忘言。且如乾画必三川，舍此如何烹炼。

夏元鼎　　西江月·太一画前是道

太一画前是道，全凭龙虎成丹。九还七返保长年，好个消遥闲汉。　　日诣金门玉殿，青衣引赞无言。回风混合万神安，功向虚无中炼。

夏元鼎　　西江月·举世沉迷大道

举世沉迷大道，傍门小法求丹。咽津纳气等成仙，真个无知痴汉。　　何异雄鸡抱卵，梦同哑子交言。阴阳非类隔天渊，总是盲修瞎炼。

夏元鼎　　西江月·不死谷神妙道

不死谷神妙道，杳冥中有还丹。坤牛乾马运无边，却是修行真汉。　　脱去名缰利锁，金童玉女传言。工夫片饷彻玄关，水火从教法炼。

夏元鼎　　西江月·大隐居尘奉道

大隐居尘奉道，衰颜能返朱丹。要须有主种三田，方免驱驰淮汉。　　天下江山第一，昆仑景胜何言。希夷妙处集真仙，默默重帘修炼。

夏元鼎　　西江月·万里担簦访道

万里担簦访道，要知一点灵丹。日乌月兔在朝元，岂在迢迢云汉。　　罔象求珠易得，离明契后难言。五金八石是虚传，争似阳修阴炼。

夏元鼎　　西江月·达磨西来说道

达磨西来说道，十年面壁安丹。争知水火不交煎，因果漫

成罗汉。　　仰箭射空力尽，依然坠地何言。虚空拶破强参禅，肯把金丹烧炼。

夏元鼎　　西江月·几载鸡窗求道

几载鸡窗求道，费他兔楮铅丹。经书子史尽蹄筌，鹿走徒嗟秦汉。　　百代兴亡瞬息，徒留纸上陈言。谁知太始道常存，乌兔仙家修炼。

夏元鼎　　西江月·行处青牛引道

行处青牛引道，飞来鹤顶呈丹。谈玄玉局在西川，此日方当龙汉。　　千载寂寥吾道，可怜平叔多言。画蛇添足悟真篇，付与谁人修炼。

夏元鼎　西江月·答王和父送□错认水酒

甘露醴泉天降，琼浆玉液仙方。一壶馥郁喷天香，麹糵人间怎酿。　　要使周天火候，不应错认风光。浮沉清浊自斟量，日醉蓬莱方丈。

夏元鼎　　西江月·送腊茶答王和父

万汇阳春吐秀，争如雀舌含英。先天一气社前升，啖出昆仑峰顶。　　要得丁公锻炼，飞成宝屑窗尘。蜜脾神用脱金形，送与仙翁体认。

哀长吉　　西江月·贺人生日生孙

百和香凝宝络，长生酒满金尊。葱葱佳气蔼庭萱，同把椿龄祝愿。　　玉树已生谢砌，孙枝复长于门。伫看百子共千孙，此去公侯衮衮。

萧廷之　　西江月·两手辟开混沌

两手辟开混沌，坦然直露丹宗。日魂月魄自西东，牢捉莫轻放纵。　　外道邪魔缩项，相将结宝中宫。九还七返片时功，皆赖黄婆相送。

萧廷之　　西江月·默运乾坤否泰

默运乾坤否泰，抽添妙在屯蒙。起于复卦剥于终，温养两

般作用。　　沐浴要防危险，吹嘘全藉离风。工夫还返入坤宫，火足不宜轻弄。

萧廷之　　西江月·要识真铅真汞

要识真铅真汞，都来只一根源。烹煎火候妙中玄，不是知音难辨。　　采取莫差时日，仍分弦后弦前。玉炉一霎火烧天，无位真人出现。

萧廷之　　西江月·莫问九三二八

莫问九三二八，无过阴偶阳奇。大都离坎结夫妻，要识屯蒙既未。　　若遇一阳起复，便堪进火无迟。只因差失在毫厘，野战更宜仔细。

萧廷之　　西江月·鼎器法天象地

鼎器法天象地，坎离运用无差。夫妻相会入黄家，共说无生妙话。　　雨意云情了当，领头驾动河车。搬归顶上结三花，牢闭玉关金锁。

萧廷之　　西江月·拨动顶门关捩

拨动顶门关捩，自然虎啸龙吟。九还七返义幽深，出入不离玄牝。　　运用玉炉火候，鼎中炼就真金。强兵战胜便收心，妙在无伤无损。

萧廷之　　西江月·一二复临养火

一二复临养火，兔鸡沐浴潜藏。分明变化在中央，结就玄珠片饷。　　还返归根脱体，守城抱一堤防。黄庭来往是寻常，恍惚之中纵放。

萧廷之　　西江月·夹脊双关透顶

夹脊双关透顶，此为大道玄门。金丹只是此宗根，大要知时搬运。　　温养守城野战，华池玉液频吞，玉炉常使火温温，采药审他老嫩。

萧廷之　　西江月·调燮火工非小

调燮火工非小，差殊只在毫厘。鼎炉汞走黑铅飞，从此恐

君丧志。　　须共真师细论，无令妄动轻为。幽微玄妙最深机，言语仍须避忌。

萧廷之　　西江月·九曲江头逆浪

九曲江头逆浪，霎时冲过天心。昆仑顶上水澄澄，酝就琼浆自饮。　　便向此时采取，河车搬运无停。阴阳一炁自浮沉，锁闭玉关牢稳。

萧廷之　　西江月·药产西南坤地

药产西南坤地，金丹只此根宗。学人著意细推穷，妙绝无过真种。　　了一万般皆毕，休分南北西东。执文泥象岂能通，恰似哑人谈梦。

萧廷之　　西江月·金液还丹大道

金液还丹大道，古人万劫一传。倾心剖腹露诸篇，接引直超道岸。　　莫怪天机泄尽，此玄玄外无玄。留传后代与名贤，有目分明觑见。

李曾伯　　西江月·宜兴山间即事

不暖不寒天气，无思无虑山人。竹窗时听野禽鸣，更有松风成韵。　　竟日蒲团打坐，有时藜杖闲行。呼童开酒荐杯羹，欲睡携书就枕。

李曾伯　　西江月·再和

排遣新寒有酒，追寻旧隐无人。四山朔吹又冬鸣，吹送午钟余韵。　　过眼霜高木落，寄心月驶云行。归欤闭户饱藜羹，世事华胥一枕。

方　岳　　西江月·以两鹤寿老人

茅屋何堪翠袖，芝田自有霓裳。一双雪舞碧云乡，富贵人家以上。　　竹外山童敲臼，梅边溪友传觞。青霞道服石炉香，便是寿星模样。

方　岳　　西江月·和郑省仓韵，因以为寿

燕子催将初度，梨花指定清明。春风可是太多情，乐事良

辰一并。　　绛老从头甲子，楚骚几度庚寅。晴光不隔凤凰城，花底举头天近。

方　岳　　　西江月·蔬甲初肥雨润

蔬甲初肥雨润，茶枪小摘春明。野篱是处可诗情，打过下湖船并。　　捷报秋来旁午，贤关早晚同寅。绿杨连骑带春城，不问南山远近。

李昴英　　　西江月·小鹢载池心月

小鹢载池心月，长虹夸水中天。主人情重客留连，便欲乘风寒殿。　　霜竹且传秋信，镜蕖不作春妍。夜凉正好倒金船，朔饮而今再见。

吴文英　　西江月·赋瑶圃青梅枝上晚花

枝袅一痕雪在，叶藏几豆春浓。玉奴最晚嫁东风，来结梨花幽梦。　　香力添熏罗被，瘦肌犹怯冰绡。绿阴青子老溪桥，羞见东邻娇小。

吴文英　　　西江月·登蓬莱阁看桂

清梦重游天上，古香吹下云头。箫声三十六宫愁，高处花惊风骤。　　客路羁情不断，阑干晚色先收。千山浓绿未成秋，谁见月中人瘦。

吴文英　　　西江月·江上桃花流水

江上桃花流水，天涯芳草青山。楼台春锁碧云湾，都入行人望眼。　　一镜波平鸥去，千林日落鸦还。天风袅袅送轻帆，蓦过星槎银汉。

吴文英　　　西江月·丙午冬至

添线绣床人倦，翻香罗幕烟斜。五更箫鼓贵人家，门外晓寒嘶马。　　帽压半檐朝雪，镜开千靥春霞。小帘沽酒看梅花，梦到林逋山下。

翁元龙　　　西江月·山色低衔小苑

山色低衔小苑，春云暗宿空庭。秋千无月冷双绳，闲却画

栏人静。　　一夜海棠如梦，半窗银烛多情。好花留不到清明，日日阴晴无定。

翁元龙　　西江月·立春

画阁换黏春帖，宝筝抛学银钩。东风轻滑玉钗流，织就燕纹莺绣。　　隔帐灯花微笑，倚窗云叶低收。双鸳刺罢底尖头，剔雪闲寻豆蔻。

尹词客　　西江月·韩愈文章盖世

韩愈文章盖世，谢安才貌风流。良辰开宴在西楼，敢劝一卮芳酒。　　记得南宫高第，弟兄都占鳌头。金炉玉殿瑞香浮，名在甲科第九。

王同祖　　西江月·往事星移物换

往事星移物换，旧游雨冷云沉。真娘墓草几回青，问著寒潮不应。　　何处芙蓉别馆，依前杨柳离亭。东风吹泪入重扃，为唤香魂教醒。

李莱老　　西江月·海棠

绿染晓云冉冉，红酣晴雾冥冥。银簪悬烛锦官城，困倚墙头半影。　　雨后遍饶艳冶，燕来同作清明。更深犹唤玉靴笙，不管西池露冷。

徐俨夫　　西江月·曲折迷春院宇

曲折迷春院宇，参差近水楼台。吹箫人去燕归来，空有落梅香在。　　花底三更过雨，酒阑一枕惊雷。明朝飞梦隔天涯，肠断流莺声碎。

陈　著　　西江月·寿季父吉甫六十

宝瑟屏金深处，斑衣箫玉香中。人生二美古难逢，杏苑今朝喜共。　　一霎豆花新雨，半帘梧叶清风。年年此景绿尊同，笑指南山称颂。

陈　著　　西江月·寿吴景年

箫玉和鸣云里，彩衣娱舞风前。好从龟鹤问长年，看取蟠

桃结遍。　　事业都随分定，儿孙也靠心传。隐耕窗下腹便便，相去神仙不远。

陈　著　　西江月·答族侄圭惠扇

当此朱炎火日，恨无玉骨冰肌。问来思欲动凉飔，宝箑荷君相遗。　　如铁又添颜甲，报琼难续声诗。愿言长在奉扬时，似恁团圞到底。

陈　著　　西江月·书怀

老去坐来睡重，病多吟得诗悭。有时忽自拍阑干，一点心随天远。　　柳絮飞从何处，莺声啼破空山。春风依旧满人间，不奈双鬓闲管。

陈　著　　西江月·寿王之朝

华胄银青气脉，仙风斑白须眉。儿孙玉雪满庭帏，家庆人间难比。　　浮世事等云过，平生心有天知。举杯相约小春时，岁岁梅花里醉。

陈　著　　西江月·送公棠戎

钱影何曾过眼，笔头那肯亏心。系门瘦马影沉沉，夜柝不惊春枕。　　一去轻如蕉梦，三乡都是棠阴。等闲换取印黄金，催上云程新任。

胡翼龙　　西江月·水霁芹香燕觜

水霁芹香燕觜，林深风暖莺吭。一春心事锦机傍，忘却寻芳模样。　　柳絮池塘昼午，梨花院落昏黄。阑干曲曲是回肠，倚到西厢月上。

何梦桂　　西江月·犹记春风庭院

犹记春风庭院，柳阴深锁帘帷。东君去后雨丝丝，空认紫骝嘶处。　　梦断箫台无据，十年往事休追。忽然拈起旧来书，依旧长亭双泪。

林自然　　西江月·二十余年访道

二十余年访道，经游万水千山。明师未遇肯安闲，几度拈

香一瓣。　　幸遇至人说破，虚无妙用循环。工夫只在片时间，遍体神光灿烂。

刘辰翁　　西江月·新秋写兴

天上低昂似旧，人间儿女成狂。夜来处处试新妆，却是人间天上。　　不觉新凉似水，相思两鬓如霜。梦从海底跨枯桑，阅尽银河风浪。

刘辰翁　　西江月·忆仙

曾与回翁把手，自宜老子如龙。怀胎不敢问春冬，等待鞭鸾笞凤。　　昨夜又迟黄石，今朝重叩鸿蒙。碧桃花下醉相逢，说尽鹏游蝶梦。

刘辰翁　　西江月·玉帐传心如镜

石奇仪尝授吾奇门式局，以为兵法至要，日持扇图自卫

玉帐传心如镜，青龙绕指成轮。尘中多少白头人，乾里寻壬难认。　　世事说来都了，鬼神见也须瞋。迷槎问我是何津，向道先生昼困。

赵与仁　　西江月·夜半河痕依约

夜半河痕依约，雨余天气冥蒙。起行微月遍池东，水影浮花、花影动帘栊。　　量减难追醉白，恨长莫尽题红。雁声能到画楼中，也要玉人、知道有秋风。

陈逢辰　　西江月·杨柳雪融滞雨

杨柳雪融滞雨，酴醾玉软欺风。飞英簌簌扣雕栊，残蝶归来粉重。　　罨画扇题尘掩，绣花纱带寒笼。送春先自费啼红，更结疏云秋梦。

周　密　　西江月·波影暖浮玉甃

波影暖浮玉甃，柳阴深锁金铺。湘桃花褪燕调雏，又是一番春暮。　　碧柱情深凤怨，云屏梦浅莺呼。绣窗人倦冷熏垆，帘影摇花亭午。

周　密　　西江月·荼蘼阁春赋

花气半侵云阁，柳阴近隔春城。画阑明月按瑶筝，醉倚满

身芳影。　　翠格素虬晴雪，锦笼紫凤香云。东风吹玉满闲庭，二十四帘春靓。

周　密　　西江月·怀剡

万壑千岩剡曲，朝南暮北樵中。江潭杨柳几东风，犹忆当年手种。　　鬓雪愁侵秋绿，容华酒借春红。非非是是总成空，金谷兰亭同梦。

周　密　　西江月·延祥观拒霜拟稼轩

绿绮紫丝步障，红鸾彩凤仙城。谁将三十六陂春，换得两堤秋锦。　　眼缬醉迷朱碧，笔花俊赏丹青。斜阳展尽赵昌屏，羞死舞鸾妆镜。

周　密　　西江月·拟花翁

情缕红丝冉冉，啼花碧袖荧荧。迷香双蝶下庭心，一行愔愔帘影。　　北里红红短梦，东风雁雁前尘。称消不过牡丹情，中半伤春酒病。

王沂孙　　西江月·为赵元父赋雪梅图

褪粉轻盈琼靥，护香重叠冰绡。数枝谁带玉痕描，夜夜东风不扫。　　溪上横斜影淡，梦中落莫魂销。峭寒未肯放春娇，素被独眠清晓。

仇　远　　西江月·犹记春风庭院

犹记春风庭院，桃花初识刘郎。绿腰传得旧官腔，自向花前学唱。　　锦瑟空寻小袖，翠衾尚带余香。一番拈起一思量，又是桃花月上。

仇　远　　西江月·楚塞残星几点

楚塞残星几点，关山明月三年。长亭犹有竹如椽，可惜中郎不见。　　折柳新愁未歇，落梅旧梦谁圆。何人吹向内门前，一片鹧鸪清怨。

仇　远　　西江月·漠漠河桥柳外

漠漠河桥柳外，愔愔门巷灯初。笙歌饮散醉相扶，明月伴

人归去。　　娃馆深藏云木，女墙斜掠烟芜。水天空阔见西湖，鹤立夜寒多处。

仇　远　　**西江月·暗柳荒城叠鼓**

暗柳荒城叠鼓，小花静院深灯。年年寒食可曾晴，今夜晴犹未稳。　　豆蔻梢头二月，杜鹃枝上三更。春风知得此时情，吹动秋千红影。

仇　远　　**西江月·小立画桥西畔**

小立画桥西畔，仙车蓦送香风。多情问我太匆匆，疑是当年小宋。　　须识蓬山不远，梨云路杳无踪。觉来斜月隔帘栊，不是相逢是梦。

陈德武　　**西江月·漳州丹霞驿**

山拱罗城四面，柳营横接江东。十年前事影随风，今日宛如春梦。　　天下几多邮驿，人生到处飘蓬。丹霞楼上再相逢，横笛为君三弄。

陈德武　　**西江月·冬至**

时序去如流矢，人生宛似飞蓬。石湾江上又逢冬，且喜一阳初动。　　但见堪舆杳杳，更连山水重重。凄凉云物雨濛濛，惟足睡中归梦。

陈德武　　**西江月·题洞箫亭**

凤舞汉阳月丽，龙吟汉水波飞。行云何事驻天涯，横玉危阑四倚。　　问岳阳三度后，看尘世几番棋。鹤群何处未归来，冷落吴头楚尾。

陈德武　　**西江月·咏雪三调之一**

为问云间滕六，天工何事依违。冬前三白不时为，今日驾言春瑞。　　瘦损穷彭泽柳，禁持杀傅岩梅。仁风反掌霁天威，都做一江流水。

陈德武　　**西江月·咏雪三调之二**

疏散履穿东郭，流离马没蓝关。瓜洲谁问卧袁安，孤负新

年月半。　　铁瓮成银瓮出，金山做玉山看。无知儿女不知寒，冰箸掌中争看。

陈德武　　西江月·咏雪三调之三

压雪江山亦老，迎春草木俱新。雪销春去逐飞轮，谁识静中机运。　　浊浊坝头泥土，攘攘市上风尘。为何不住往来人，都被利名淘尽。

陈德武　　西江月·咏云

有信江头春色，无凭天上浮云。白衣苍狗又何频，岂是随风情性。　　法受三千谪路，翻成万里思亲。瓜洲中道不逢人，谁寄江南春信。

陈德武　　西江月·春暮

时序去如流水，功名冷似寒灰。尽教江庾赋多才，一刻千金难买。　　客里月圆月缺，尊前花落花开。春来何处带愁来，春去此愁还在。

张　炎　西江月·绝妙好词乃周草窗所集也

花气烘人尚暖，珠光出海犹寒。如今贺老见应难，解道江南肠断。　　谩击铜壶浩叹，空存锦瑟谁弹。庄生蝴蝶梦春还，帘外一声莺唤。

张　炎　　西江月·题墨水仙

缥缈波明洛浦，依稀玉立湘皋。独将兰蕙入离骚，不识山中瑶草。　　月照英翘楚楚，江空醉魄陶陶。犹疑颜色尚清高，一笑出门春老。

张　炎　　西江月·作墨水仙寄张伯雨

落落奇花未吐，离离瑶草偏幽。蓬山元是不知秋，却笑人间春瘦。　　潇洒寒犀麈尾，玲珑润玉搔头。半窗晴日水痕收，不怕杜鹃啼后。

陈　深　　西江月·制香

龙沫流芳旎旎，犀沉锯削霏霏。薇心玉露练香泥，压尽人

间花气。　　银叶初温火缓，金猊静袅烟微。此时清赏只心知，难向人前举似。

刘涧谷　　西江月·贺人女晬

淑质生当良月，晬辰喜遇今朝。掌心托个儒人苗，早晚夫人争叫。　　阿母神仙苗裔，阿爷宰相丰标。阿兄气宇更飘飘，阿弟看看速肖。

程梅斋　　西江月·赠造浮桥匠者簇

刻木工夫最巧，舆梁底事尤精。玉虹饮水映波明，彼此往来利济。　　真个作家手段，从今名播寰瀛。人从鳌背获安行，镇作城南景致。

曹　遇　　西江月·示彦忠

秋霁嫦娥二八，寒光逼散浮云。小山丛桂吐清芬，犹带蟾宫风韵。　　因念两登仙籍，恩沾雨露方新。汝今妙岁已能文，早折高枝荣奋。

吴淑虎　　西江月·门被五王德泽

门被五王德泽，家承七帝恩光。古今富贵迥无双，多少公卿将相。　　久蕴腾空气宇，行看平步岩廊。更祈王母寿而康，真个人间天上。

陈　克　　西江月·捣玉扬珠万户

捣玉扬珠万户，朊眉高髻千峰。佳辰清寿黑头公，老稚扶携欢动。　　借问优游黄倚，何如强健夔龙。罣舡一棹百分空，浇泼胸中云梦。

李朝卿　　西江月·盛德须知异禀

盛德须知异禀，天教占尽秋光。一轮明月照华堂，荐寿笙歌嘹亮。　　座上簪缨并列，庭前兰玉成行。只应难老胜松篁，五福人间供仰。

宋　江　　西江月·自幼曾攻经史

自幼曾攻经史，长成亦有权谋。恰如猛虎卧荒丘，潜伏爪

牙忍受。　　不幸刺文双颊，那堪配在江州。他年若得报冤仇，血染浔阳江口。

储　泳　　西江月·题邯郸吕仙翁祠堂

壁断何人旧字，炉寒隔岁残香。洞天人去海茫茫，玩世仙翁已往。　　西日长安道远，春风赵国台荒。行人谁不悟黄粱，依旧红尘陌上。

了　元　　西江月·窣地重重帘幕

窣地重重帘幕，临风小小庭轩。绿窗朱户映婵娟，忽听歌讴宛转。　　既是耳根有分，因何眼界无缘。分明咫尺遇神仙，隔个绣帘不见。

无名氏　　西江月·北岭天饶瑞雪

北岭天饶瑞雪，南枝地段红苞。朦胧霁月映寒梢，谁把玉人纱罩。　　香胜炉薰龙麝，奇过庭拥琼瑶。一杯清酒愿相招，慰我茅堂清瘦。

无名氏　　西江月·翡翠枝头晚萼

翡翠枝头晚萼，婵娟月里飘香。春兰秋蕙作寻常，不与夭桃朋党。　　笑见深红浅白，从教蝶舞蜂忙。风流标致道家妆，潇洒得来别样。

无名氏　　西江月·蜡梅

黄蜡谁将点缀，红膏不许施妆。孤根来自水云乡，风味天然酝酿。　　看取玉奴呵手，摘来珠露沾裳。翠鬟斜插一枝香，似簇蜂儿头上。

无名氏　　西江月·万木经霜冻折

万木经霜冻折，孤根独报春来。前村雪里一枝开，将缓月华光彩，　　一点唇红不褪，妆如傅粉皑皑。和羹端的禀天才，终入庖人鼎鼐。

无名氏　　西江月·灯火楼台欲下

灯火楼台欲下，笙歌院落将归。冰瓷金缕胜琉璃，春笋捧

来纤细。　　饮罢高阳人散，曲终巫峡云飞。千方修合斗新奇，须带别离滋味。

无名氏　　西江月·早岁轻衫短帽

早岁轻衫短帽，中间圆顶方袍。忽然天赐降宸毫，接引私心入道。　　可谓一身三教，如今且得逍遥。擎拳稽首拜云霄，有分长生不老。

无名氏　　西江月·梁上喃喃燕语

梁上喃喃燕语，纸间戢戢蚕生。满城风雨近清明，不道有人新病。　　春事一溪流水，杨花千点浮萍。好风一霎为吹晴，独步小园清影。

无名氏　　西江月·登城晚望

草市人归日落，荒城风急鸦翻。独携尊酒上高寒，缥缈云横楚观。　　柳外半篙绿水，烟中数笔青山。天涯流落岁将残，望断故园心眼。

无名氏　　西江月·待雪之一

扑扑云垂四野，冥冥雁下平芜。萧萧风叶乱黄芦，寒入一滩鸥鹭。　　准拟云窗水榭，装成玉树冰壶。卷帘独坐捻髭须，待看六花飞舞。

无名氏　　西江月·待雪之二

膝下红金不暖，窗前绛蜡犹然。夜深城麓走风烟，的砾还飘雪霰。　　海上正迷蝶梦，山阴未棹溪船。愿骑白凤玉为鞭，西赴瑶池芳宴。

无名氏　　西江月·风雨朝来恶甚

风雨朝来恶甚，池塘春去无多。绿杨阴里溜莺梭，枝上老红犹堕。　　酒满蚁浮金匜，烛残泪滴铜荷。更阑孤枕奈情何，只恐巫山梦破。

无名氏　　西江月·冷氏小楼春望

花下春光正好，柳边春色才多。雨声日夜长沧波，暗地芳心滴破。　　拍拍浪飞白雪，冥冥山点青螺。汀兰岸芷有情

么，还惜江城春过。

无名氏　　西江月·雪

琼沼融成沆瀣，冰檐滴尽真珠。一园草木气方苏，又学杨花飞舞。　　何必乱飘密洒，却疑细糁轻铺。谁将粉墨画成图，玉做小亭高树。

无名氏　　西江月·即席呈吴节判

剪剪轻寒雨后，曈曈晓日晴时。春风先到绿杨枝，金缕野桥山市。　　鹍鸩巧调琴筑，海棠惜吐胭脂。玉骢未解锦障泥，且挂征鞭一醉。

无名氏　　西江月·翠岭游仙梦破

翠岭游仙梦破，暖香残酒醒时。子规啼月下花枝，日涌山光照市。　　柳拂眉间黛色，桃匀脸上胭脂。萋萋芳草路无泥，脉脉归心似醉。

无名氏　　西江月·风雨余寒过了

风雨余寒过了，池塘春水生时。迁莺飞上拂云枝，春遍柳村花市。　　酒面清空似水，玉杯温莹如脂。莫教花谢涴尘泥，把住东君索醉。

无名氏　　西江月·打双陆例

幺六把门已定，二四三五成梁。须知四六做烟梁，五六单行无障。　　掷得幺三采出，填胲此处高强。到家先起妙无双，号曰金赢取赏。

无名氏　　西江月·早晚已成行色

早晚以成行色，主人莫与留延。正当春月艳阳天，去赛从前心愿。　　执状去呈仙尉，殷勤早与周旋。不辞客路往来难，暂辍舞裙歌扇。

无名氏　　西江月·庆赵宰季修

一派先天妙学，十年克己工夫。割鸡聊此宰中都，人在春台鼓舞。　　昏垫非由己溺，拊摩不异予辜。万家香火祝悬

弧，我亦无多颂语。

无名氏　　　　西江月·寿苗摆铺

一夕凉浮如水，崧高瑞世生贤。竭来闲伴幔亭仙，行副九天隆眷。　　数万范公兵甲，三千李白诗篇。兜鍪元许换貂蝉，好把平戎策献。

无名氏　　　　西江月·寿周主簿

侯绩分从东鲁，世勋来在姬公。桂枝少日冠蟾宫，枳棘暂栖鸾凤。　　报道小春来也，令辰申降高崧。功名富贵管无穷，指日经纶大用。

无名氏　　西江月·寿东屏有青在堂

几萼红搀桃径，双茎翠舞蓂阶。小春霏霭瑞蓬莱，寿旦称觞青在。　　牛斗辉腾气概，风云壮入襟怀。年年鹤发笑颜开，西爽亭前戏彩。

无名氏　　　　西江月·寿中山

一片冰霜气概，几多锦绣文章。鹏抟相踵桂枝香，盛事争夸歆向。　　岁岁蓂敷九叶，喜催一线迎长。柏松祝算奉霞觞，事业非熊吕望。

无名氏　　　　西江月·寿居士

好个马山居士，功名富贵浮云。庵儿侧傍万杉阴，烟里时横小艇。　　律中林钟将半，华堂寿斝频斟。声声齐祝百千龄，坐看云仍贵盛。

无名氏　　西江月·银烛晓催春漏

银烛晓催春漏，珠帘暮卷东风。乃翁相对玉楼中，不枉当年冰梦。　　花意似随人好，酒香难比情浓。夜深欲睡海棠红，密密骖鸾驾凤。

无名氏　　　　西江月·贺人生子

绛蜡攒宝炬，碧刍香衬金卮。东风吹下玉龙儿，融就满堂和气。　　此日兰汤新浴，他年桂苑同携。小词聊代弄璋诗，

剩与犀钱利市。

无名氏　　西江月·贺生第二子

积玉堆金闲事，惊天动地虚名。算来二足是人生，有子方为吉庆。　莫道一夔足矣，也须学著徐卿。我翁休笑又添丁，这个孩儿好命。

无名氏　　西江月·贺人女中秋日满月

八月秋中玉律，十分月满瑶台。芳姿谪下佛宫来，疑是东方世界。　黛绿旋闻香发，桃红新晕芳腮。春风满面笑容开，长似观音自在。

无名氏　　西江月·寿六十四

葭管一阳已复，蓂阶五叶还留。星瞻南极瑞光浮，知是降生时候。　算衍恰侔周卦，福多更协箕畴。绿衣戏舞捧琼舟，满劝长生寿酒。

无名氏　　西江月·寿人八十一

剧饮犹能鲸吸，细书仍作蝇头。人间八十最风流，况又今年九九。　不用蒲轮加璧，不须磻石垂钩。八千春更八千秋，但愿灵椿长寿。

无名氏　　西江月·二月廿三

蓂褪尧阶八叶，桃翻禹浪三层。欢传嵩岳挺生申，儿女团栾争庆。　名注长生仙籍，未须仰祝龟龄。芳联子舍早蜚声，富贵荣华鼎盛。

无名氏　　西江月·寿黄帅干　六月十九

隆暑正当三伏，明朝又是双旬。嵩高孕秀降生申，再捧瑶觞称庆。　督府赞猷英俊，难淹大展经纶。倚需召入秉洪钧，上佐万年明圣。

无名氏　　西江月·为妻寿　七月卅日

伴我鹿车鱼釜，从伊裙布钗荆。年年七月甫三旬，今日生朝资庆。　二女长俱麻绩，三男俱读书声。吾年五十不多

争，好事且宜少等。

无名氏　　　　西江月・十月初三

才入冬来三日，人都道小春来。生生一脉早胚胎，消息南枝大□。　好向腊前冬后，贞元接处滋培。调羹手段栋梁材，直待文明嘉会。

无名氏　西江月・寿刘公子　十月初四

良月才经四日，彭城庆诞真贤。从来斗酒百诗篇，锦绣文章灿烂。　自合宰官身现，谁知富贵由天。但教福寿喜双全，直看子孙荣显。

无名氏　　　　西江月・赠友

忆昔钱塘话别，十年社燕秋鸿。今朝忽遇暮云东，对坐旗亭说梦。　破帽手遮西日，练衣袖卷寒风。芦花江上两衰翁，消得几番相送。

无名氏　　　　西江月・邮亭壁上词

昨夜轺车宿处，乱山深锁邮亭。烟溪霜叶颤秋声，不管愁人不听。　枕冷安排难稳，衾寒重叠犹轻。凭谁说与那人人，报道衾寒枕冷。

无名氏　　　　西江月・赠画士

三级掀腾波浪，一堂庆会风云。快乘霹雳化龙门，头角人中有分。　谁状个中佳致，须还笔扫千军。是他画手亦通神，同向来春奋迅。

无名氏　　　　西江月・赠术士

身禀五行正气，此心如鉴光明。不从龟鹤问年龄，万物有衰有盛。　多谢道人著眼，我于身世常轻。任从性巧与心灵，此事从来分定。

无名氏　　　　西江月・健体安身可美

健体安身可美，喜笑化食堪夸。更言一事实为佳，肥风瘦痨都罢。　兼且时光似箭，更加景色难赊。名园等处乐奢

华，一任佳人玩耍。

无名氏　　西江月·蹴鞠场中年少

蹴鞠场中年少，秋千架上佳人。三三两两趁芳辰，玩赏风光美景。　日暖风和明媚，更加花草香馨。红颜移步出闺门，偷揭绣帘相认。

无名氏　　西江月·请知诸郡子弟

请知诸郡子弟，尽是湖海高朋。今年神首赛齐云，别是一般风韵。　来时向前参圣，然后疏上挥名。香金留下仿花人，必定气球取胜。

无名氏　　西江月·是水归于大海

是水归于大海，闲汉总入京都。三都捉事马司徒，衫褙难为作主。　盗了亲王玉带，剪除大尹金鱼。要知闲汉姓名无，小月旁边匹土。

无名氏　　西江月·白发苏堤老妪

白发苏堤老妪，不知生长何年。相随宝驾共南迁，往事能言旧汴。　前度君王游幸，一时询旧凄然。鱼羹妙制味犹鲜，双手擎来奉献。

无名氏　　西江月·年少争夸风月

年少争夸风月，场中波浪偏多。有钱无貌意难和，有貌无钱不可。　就是有钱有貌，还须著意揣摩。知情识趣俏哥哥，此道谁人赛我。

西江月慢

此调见《圣求词》。本调与《西江月》无涉，只是借用原词旧名，另度新曲。这是“慢”词常见的情况。此牌双调、仄韵，共一百零三字。上阕十三句、五十一字，于第三、六、十、十三句用韵；下阕十二句、五十二字，于第二、四、六、十、十二句用韵。关于《西江月》调名的来

源，可参阅《西江月》。

吕渭老　　　西江月慢·春风淡淡

春风淡淡，清昼永、落英千尺。桃杏散平郊，晴蜂来往，妙香飘掷。傍画桥、煮酒青帘，绿杨风外，数声长笛。记去年、紫陌朱门，花下旧相识。　　向宝帕、裁书凭燕翼，望翠阁、烟林似织。闻道春衣犹未整，过禁烟寒食。但记取、角枕情题，东窗休误，这些端的。更莫待、青子绿阴春事寂。

无名氏　　　西江月慢·烟笼细柳

烟笼细柳，映粉墙、垂丝轻袅。正岁稍暖律风和，装点后苑台沼。见乍开、桃若燕脂染，便须信、江南春早。又数枝、零乱残花，飘满地、未曾扫。　　幸到此、芳菲时渐好，恨间阻、佳期尚杳。听几声、云里悲鸿，动感怨愁多少。漫送目、层阁天涯远，甚无人、音书来到。又只恐、别有深情，盟言忘了。

西地锦

此调属双调、仄韵，共四十六字。上阕五句、二十三字，于第一、二、五句用韵；下阕四句、二十三字，于第一、二、四句用韵。另一体四十八字，上下阕均五句、二十三字，亦皆于第一、二、五句用韵。上下阕各句字数相同。

周紫芝　　　西地锦·雨细欲收还滴

雨细欲收还滴，满一庭秋色。阑干独倚，无人共说，这些愁寂。　　手把玉郎书迹，怎不教人忆。看看又是黄昏也，敛眉峰轻碧。

蔡　伸　　　西地锦·寂寞悲秋怀抱

寂寞悲秋怀抱，掩重门悄悄。清风皓月，朱阑画阁，双鸳池沼。　　不忍今宵重到，惹离愁多少。蓬山路杳，蓝桥信阻，黄花空老。

石孝友　　　西地锦·回望玉楼金阙

回望玉楼金阙，正水遮山隔。风儿又起，雨儿又煞，好愁

人天色。　　两岸荻花枫叶，争舞红吹白。中秋过也，重阳近也，作天涯行客。

无名氏　　西地锦·不与群花相续

不与群花相续，独占春光速。幽香远远散西东，惟竹篱茅屋。　　羌管谁调一曲，送月夜、犹芬馥。凭君折取向玉堂，只这些清福。

无名氏　　西地锦·岭上初消残雪

岭上初消残雪，有梅花先坼。东君造化多成翠，巧风韵奇绝。　　小院黄昏时节，暗香浮、疏影横斜。寄取和羹未晚，却免教攀折。

无名氏　　西地锦·章台留客

重过黄粱古驿，著一鞭春色。长亭细柳，青青尚浅，不禁攀折。　　且醉章台风月，莫归鞍催发。紫泥诏下，朝天去了，如何来得。

西吴曲

此调在今世传词中只有刘过所作，见《龙州集》。属双调、仄韵，共一百零五字。上阕八句、五十一字，于第一、二、四、六、八句用韵；下阕十句、五十四字，于第三、六、十句用韵。

刘　过　　西吴曲·怀襄阳

说襄阳、旧事重省，记铜驼巷陌、醉还醒。笑莺花别后，刘郎憔悴萍梗。倦客天涯，还买个、西风轻艇。便欲访、骑马山翁，问岘首、那时风景。　　楚王城里，知几度经过，摩挲故宫柳瘿。漫吊景、冷烟衰草凄迷，伤心兴废，赖有阳春古郢。乾坤谁望，陆百里路中原，空老尽英雄，肠断剑锋冷。

西　　河

此调本为采旧曲而成。据《碧鸡漫志》引《胜说》：唐大历

初，有乐工取古《西河长命女》一曲，加减节奏，颇有新声。又说："《大石调·西河慢》声犯正平，极奇古。"此调为三叠，仄韵，共一百零四字。一叠六句、三十三字，于第二、四、六句用韵；二叠七句、三十六字，于第二、三、五、七句用韵；三叠九句、三十五字，于第二、四、五、九句用韵。又一体一百零五字，其第三叠为三十六字。宋代张炎词名《西湖》，另一名《西湖三叠》，因歌咏西湖而得名。又可加"慢"字，名为《西河慢》。

周邦彦　　西河·长安道

长安道，潇洒西风时起。尘埃车马晚游行，霸陵烟水。乱鸦栖鸟夕阳中，参差霜树相倚。　到此际，愁如苇，冷落关河千里。追思唐汉昔繁华，断碑残记。未央宫阙已成灰，终南依旧浓翠。　对此景、无限愁思，绕天涯、秋蟾如水，转使客情如醉。想当时、万古雄名，尽作往来人、凄凉事。

周邦彦　　西河·金陵

佳丽地，南朝盛事谁记。山围故国绕清江，髻鬟对起。怒涛寂寞打孤城，风樯遥度天际。　断崖树，犹倒倚，莫愁艇子曾系。空余旧迹郁苍苍，雾沉半垒。夜深月过女墙来，赏心东望淮水。　酒旗戏鼓甚处市，想依稀、王谢邻里。燕子不知何世，入寻常、巷陌人家，相对如说兴亡，斜阳里。

刘一止　　西河·山驿晚

山驿晚，行人昨停征辔。白沙翠竹锁柴门，乱峰相倚。一番急雨洗天回，扫云风定还起。　念凄断，谁与寄，双鱼尺素难委。遥知洞户隔烟窗，簟横秋水。淡花明玉不胜寒，绿尊初试冰蚁。　小欢细酌任欹醉，扑流萤、应卜心事。谁记天涯憔悴，对今宵、皓月明河千里，梦越空城疏烟里。

丘　崈　　西河·清似水

饯钱漕仲耕移知婺州奏事，用幼安韵

清似水，不了眼中供泪。今宵忍听唱阳关，暮云千里。可堪客里送行人，家山空老春荠。　道别去、如许易，离合定非人意。几年回首望龙门，近才御李。也知追诏有来时，匆匆今见归骑。　整弓刀，徒御喜。举离觞、饮釂无味，端的慰

人愁悴。想天心、注倚方深应是，日日传宣公来未。

辛弃疾　　西河·送钱仲耕自江西漕赴婺州

西江水，道是西风人泪。无情却解送行人，月明千里。从今日日倚高楼，伤心烟树如荠。　　会君难，别君易，草草不如人意。十年著破绣衣茸，种成桃李。问君可是厌承明，东方鼓吹千骑。　　对梅花、更消一醉，有明年、调鼎风味，老病自怜憔悴。过吾庐、定有幽人相问，岁晚渊明归来未。

曹　豳　　　　西河·和王潜斋韵

今日事，何人弄得如此。漫漫白骨蔽川原，恨何日已。关河万里寂无烟，月明空照芦苇。　　谩哀痛，无及矣，无情莫问江水。西风落日惨新亭，几人堕泪。战和何者是良筹，扶危但看天意。　　只今寂寞薮泽里，岂无人，高卧闾里。试问安危谁寄，定相将、有诏催公起。须信前书言犹未。

方千里　　　　西河·钱塘

都会地，东南王气须记。龙盘凤舞到钱塘，瑞烟回起。画图彩笔写西湖，波光溶漾无际。　　翠栏最宜半倚，柳阴骏马谁系。鳞差观阁接飞翚，衔庐万垒。倒空碧浸软琉璃，云收天净如水。　　夕阳照晚听近市，沸笙箫、欢动闾里，比屋乐逢尧世。好相将、载酒寻歌玄对，酬答年华莺花里。

王　埜　　　　西河·天下事

天下事，问天怎忍如此。陵图谁把献君王，结愁未已。少豪气概总成尘，空余白骨黄苇。　　千古恨，吾老矣，东游曾吊淮水。绣春台上一回登，一回揾泪。醉归抚剑倚西风，江涛犹壮人意。　　只今袖手野色里，望长淮、犹二千里。纵有英心谁寄，近新来、又报胡尘起，绝域张骞归来未。

吴　潜　　　　西河·和旧韵

都会地，东南盛府堪记。蓬莱缥缈十洲中，雉城拥起，凭高一盼大江横，遥连沧海无际。　　壁衔众山翠倚，赤龙、白鹞争系。风帆指顾便青齐，势雄万垒。越栖吴沼古难凭，兴亡都付流水。　　画堂绮屋锦绣市，是洛阳、耆旧州里。富贵荣

华当世，问昔年、贺老疏狂，何事轻寄平生、烟波里。

吴文英　　**西河·陪鹤林登袁园**

春乍霁，清涟画舫融泄。螺云万叠暗凝愁，黛蛾照水。漫将西子比西湖，溪边人更多丽。　　步危径、攀艳蕊，掬霞到手红碎。青蛇细折小回廊，去天半咫。画阑日暮起东风，棋声吹下人世。　　海棠藉雨半绣地，正残寒，初御罗绮。除酒销春何计，向沙头更续，残阳一醉，双玉杯和流花洗。

黄　升　　**西河·己亥秋作**

天似洗，残秋未有寒意。何人短笛弄西风，数声壮伟。倚栏感慨展双眸，离离烟树如荠。　　少年事，成梦里，客愁付与流水。笔床茶具老空山，未妨肆志。世间富贵要时贤，深居宜有余味。　　大江东去日西坠，想悠悠千古兴废。此地阅人多矣，且挥弦寄兴、氛埃之外，目前蜚鸿归天际。

杨泽民　　**西河·岳阳**

形势地，岳阳事见图记。因山峭拔耸孤城，画楼涌起。楚吴巨泽坼东南，惊涛浮动空际。　　半天楼栏翠倚，记人凤舸难系。空余细草没章华，但存故垒。二妃祠宇隔黄陵，精魂遥接云水。　　蟹鱼橘柚渐上市，是当年、屈宋乡里，别有老仙高世。袖青蛇屡入，都无人对，唯有枯松城南里。

陈允平　　**西河·形胜地**

形胜地，西陵往事重记。溶溶王气满东南，英雄闲起。风游何处古台空，长江缥缈无际。　　石头城上试倚，吴襟楚带如系。乌衣巷陌几斜阳，燕闲旧垒。后庭玉树委歌尘，凄凉遗恨流水。　　买花问酒锦绣市，醉新亭、芳草千里。梦醒觉非今世，对三山、半落青天，数点白鹭，飞来西风里。

王　奕　　**西河·和周美成金陵怀古**

江左地，兴亡旧恨谁记。腥风不搅洛山云，怒涛怎起。泪眶历落泫新亭，碑趺犹卧江际。　　古今事，天莫倚，废兴元有时系。女墙月色自荒荒，尽平寸垒。舞台歌榭草痕深，青溪

弥望烟水。　马蹄杂遝锦绣市，认乌衣六朝，东巷西里，景物已非人世。但长干铁塔，岿然相对，檐铃嘈囋薰风里。

张　炎　　　　西河·花最盛

依史元叟绿庄赏荷，分净字韵

花最盛，西湖曾泛烟艇。闹红深处小秦筝，断桥夜饮。鸳鸯水宿不知寒，如今翻被惊醒。那时事、都倦省，阑干来此闲凭。是谁分得半机云，恍疑昼锦。想当飞燕皱裙时，舞盘微堕珠粉。　软波不剪素练净，碧盈盈、移下秋影，醉里玉书难认。且脱巾露发，飘然乘兴，一叶浮香天风冷。

西　施

此调为柳永所创。西施，春秋时越国苎萝人。传说越国于会稽败于吴国，勾践命范蠡寻得美女西施，献给吴王夫差，夫差许和。越灭吴后，西施随从范蠡游五湖而去。后用为“绝色美女”的代称。宋代柳永有词歌西施之事，首句为“苎萝妖冶世难侪”，故以西施名作为词调。属双调、平韵，七十二字。上阕七句、三十六字，于第一、二、四、七句用韵；下阕六句、三十六字，于第三、四、六句用韵。另一体七十一字，上阕十句、三十五字，下阕十一句、三十六字。

柳　永　　　　西施·苎萝妖艳世难偕

苎萝妖艳世难偕，善媚悦君怀。后庭恃宠，尽使绝嫌猜。正恁朝欢暮宴，情未足，早江上兵来。　捧心调态军前死，罗绮旋变尘埃。至今想，怨魂无主尚徘徊。夜夜姑苏城外，当时月，但空照荒台。

柳　永　　　　西施·柳街灯市好花多

柳街灯市好花多，尽让美琼娥。万娇千媚，的的在层波。取次梳妆，自有天然态，爱浅画双蛾。　断肠最是金闺客，空怜爱、奈伊何。洞房咫尺，无计枉朝珂。有意怜才，每遇行云处，幸时恁相过。

柳　永　　西施·自从回步百花桥

自从回步百花桥，便独处清宵。凤衾鸳枕，何事等闲抛。纵有余香，也似郎恩爱，向日夜潜消。　恐伊不信芳容改，将憔悴、写霜绡。更凭锦字，字字说情憀。要识愁肠，但看丁香树，渐结尽春梢。

西笑吟

此调本名《凤栖梧》，贺铸词有“每话长安，引领犹西笑”句，故更名《西笑吟》。详见《凤栖梧》条。

贺　铸　　西笑吟·桃叶园林风日好

桃叶园林风日好，曲径珍丛，处处闻啼鸟。翠珥金丸委芳草，袜罗尘动香裙扫。　片帆乘兴东流早，每话长安，引领犹西笑。离索年多故人少，江南有雁无书到。

西窗烛

唐朝李商隐之绝句《夜雨寄北》末二句为“何当共剪西窗烛，却话巴山夜雨时”，后遂用为剪烛夜话之典。谭宣子制词，写面对西窗剪烛的长夜孤寂之情，后几句为“待泪华、暗落铜盘，甚夜西窗剪烛”，并注为“自度”，遂以结句作为调名，乃自度曲。属双调、仄韵，共八十九字。上阕九句、四十三字，于第三、六、九句用韵；下阕十句、四十六字，于第一、四、七、十句用韵。

谭宣子　　西窗烛·雨霁江行自度

春江骤涨，晓陌微干，断魂如梦相逐。料应怪我频来去，似千里迢遥，伤心极目。为楚腰、惯舞东风，芳草萋萋衬绿。

燕飞独，知是谁家，箫声多事，吹咽寻常怨曲。尽教衿袖香泥涴，君不见、扬州三生杜牧。待泪华、暗落铜盘，甚夜西窗剪烛。

西 湖 月

此调为宋代黄子行所创制，其自注曰："自度商调。"词赋西湖明月，首句为"湖光冷浸玻璃"，故名。属双调、仄韵，共一百零三字。上阕十句、五十三字，于第三、六、八、十句用韵；下阕十句、五十字，用韵同上阕。

黄子行　　　西湖月·自度商调

湖光冷浸玻璃，荡一饷薰风，小舟如叶。藕花十丈，云梳雾洗，翠娇红怯。壶觞围坐处，正酒醁吹波红映颊。尚记得、玉臂生凉，不放汗香轻浃。　　殢人小摘墙榴，为碎掐猩红，细认裙褶。旧游如梦，新愁似织，泪珠盈睫。秋娘风味在，怎得对银釭生笑靥。消瘦沈约诗腰，仿佛堪捻。

黄子行　　　西湖月·探梅

初弦月挂林梢，又一番西园，探梅消息。粉墙朱户，苔枝露蕊，淡匀轻饰。玉儿应有恨，为怅望东昏相记忆。便解佩、飞入云阶，长伴此花倾国。　　诗腰瘦损刘郎，记立马攀条，倚阑横笛。少年风味，拈花弄蕊，爱香怜色。扬州何逊在，试点染吟笺留醉墨。谩赢得、疏影寒窗，夜深孤寂。

西 湖 曲

此调今仅存朱敦儒词一首。其调名来历未考出，就其内容看或为赋冬春之交的西湖，因以为名。其词调为七言八句，仄韵，于第一、二、四、五、六、八句用韵，很像一首不讲对仗的仄韵七言律诗。《木兰花》与其格式相同，当是《玉楼春》、《木兰花》的别名。参阅《木兰花》。

朱敦儒　　西湖曲·今冬寒早风光好

今冬寒早风光好，休怪搀先敧絮帽。蟹肥一个可称斤，酒美三杯真合道。　　年年闲梦垂垂了，且喜风松吹不倒。平分两月是新春，却共梅花依旧笑。

西湖明月引

此调是宋代赵白云所初赋，并以为是自度曲。细考其句式、格律，即《梅花引》，当为《梅花引》的别名。属双调、平韵，共八十七字。上阕九句、三十八字，于第一、二、三、五、九句用韵；下阕十句、四十九字，于第一、二、四、六、十句用韵。又名《明月引》。参阅《梅花引》、《明月引》。

陈允平　西湖明月引·寿云谷谢右司

朝回花底晓星明，瑞烟凝，暖风轻。修禊湔裙，时节又闻莺。绰约岸桃堤柳近，波万顷，碧琉璃，镜样平。　仙翁佩襟秋水清，渺莲舟，浮翠瀛。御楼香近，东风里、吹下青冥。鲛缬围红，春在牡丹屏。日正迟迟人正酒，画帘外，一声声，卖放生。

刘壎　西湖明月引·用白云翁韵送客游行都

江村烟雨暗萧萧，涨寒潮，送春桡。目断京尘，何日听鸾箫。金雀觚棱千里外，指天际，碧云深，魂欲飘。　薰炉炷愁烟尽销，酒孤斟、谁与招。满怀情思，任吟笺、赋笔难描。惆怅山风、吹梦老秋宵。绿漾湖心波影阔，终待到，借垂杨、月半桥。

西楼子

此调本唐腔，原名《相见欢》，薛昭蕴有一首词即名《相见欢》。南唐后主李煜以此调填词，上阕是“无言独上西楼，月如钩，寂寞梧桐深院锁清秋”，故又名《上西楼》、《西楼子》、《秋夜月》；又据词的内容，名为《忆真妃》、《月上瓜州》。南朝宋乐府《清商曲辞·吴声歌曲》有《乌夜啼》曲名，唐玄宗开元前借用其名为教坊曲名，后又借用为词牌，故又名《乌夜啼》。属双调、平韵，三十六字。共有五体。参阅《乌夜啼》、《相见欢》等。

蔡　伸　　西楼子·楼前流水悠悠

楼前流水悠悠，驻行舟。满目寒云衰草、使人愁。多少恨，多少泪，谩迟留。何似蓦然拚舍、去来休。

蔡　伸　　西楼子·红靴玉带葳蕤

红靴玉带葳蕤，翠绡衣。并辔垂鞭妆影、照清溪。长亭路，停骑处，晚凉时。空有许多明月、伴双栖。

西楼月

此调本名《春晓曲》。张元幹以此调填词，自注为“即《春晓曲》”。因朱敦儒《春晓曲》的首句是“西楼月落春声急”，故取其前三字“西楼月”命为新词名。词属单调、仄韵，共二十七字，句式为七、六、七、七。张元幹所作为另一体，第二句分为两个三字句。参阅《春晓曲》。

张元幹　　西楼月·瑶轩倚槛春风度

瑶轩倚槛春风度，柳垂烟，花带露。半闲鸳被怯余寒，燕子时来窥绣户。

百岁令

此调见《截江网》。晋时有乐调《百岁篇》，六朝至唐多为僧侣所用，迄晚唐演为舞。其内容为慨叹人生百年易老，声情凄戚，感动人心。宋人朱涣倚声制词，为丁大监祝寿，名为《百岁令》。“令”来源于唐代酒令，在词中成为词牌的别名。属双调、仄韵，共一百字。上阕十句、四十九字，于第三、五、八、十句用韵；下阕十句、五十一字，于第二、五、八、十句用韵。又名《念奴娇》。

朱　涣　　百岁令·寿丁大监

濂溪先生曰：莲，花之君子者也。我判府都运大监，则人之君子者也。以君子之生值君子花之时，静植清香，二美

辉映。某也辄假斯意，作为乐府，以祝千岁寿云

瑞芳楼下，有花中君子，群然相聚。笑把筒劖露浥，来庆黄堂初度。净植无尘，清香近远，人与花名伍。六郎那得，这般潇洒襟宇。　　运了多少兵筹，依红泛绿，向俭池容与。歌袴方腾持节去，未许制衣湘楚。紫禁荷囊，玉堂莲炬，遍历清华处。归寻太乙，轻舟一叶江渚。

百字令

此调本名《念奴娇》，属双调、仄韵，一百字。因全调共一百字，故又名《百字令》、《百字谣》；又因苏轼《念奴娇》词之起句为“大江东去”，结句为“一尊还酹江月”，故又名《大江东去》、《大江东》、《酹江月》；姜夔名为《湘月》。此外又据词的内容或字句，名为《大江西上曲》、《壶中天》、《无俗念》、《淮甸春》等。此调有三体，以苏轼的《念奴娇·大江东去》最常用。其上阕九句、四十九字，于第二、四、七、九句用韵；下阕十句、五十一字，于第三、五、八、十句用韵。此体于下阕二、三句为上五下四字，另体则上四下五字。参阅《念奴娇》。

俞处俊　　**百字令·残蝉断雁**

残蝉断雁，政西风箫索，夕阳流水。落木无边幽眺处，云拥登山屐齿。岁月如驰，古今同梦，惟有悲欢异。绿尊空对，故人相望千里。　　追念淮海当年，五云行殿，咫尺天颜喜。清晓胪传仙仗里，衣染玉龙香细。今日天涯，黄花零乱，满眼重阳泪。艰难多病，二陵无奈秋思。

韩　淲　　**百字令·寿南枝**

诏飞天上，看金狨系马，西湖风月。朝罢香烟携满袖，身在琼楼玉阙。锦绣肝肠，珠玑欬唾，绿鬓非华发。与谁经济，河山应笑吴越。　　且把春酒寻梅，年年眉寿，坐对南枝发。兵卫朱门森画戟，醉舞尘生罗袜。山面高堂，溪浮新舰，留取邦人说。等闲余事，一时如此奇绝。

韩　淲　　**百字令·杨民瞻索古梅曲，次其韵**

园居好处，是古梅飞动、欺霜凌雪。底问纷华桃李态，自

倚天姿明洁。城外灵山，桥头玉水，多少佳风月。岁寒时候，南枝尤与清绝。　几回唤酒寻诗，诗成小醉，絮帽浑攲侧。领略不辞身跌宕，一洗群儿啁哳。太始遗音，元和新样，到了都难说。草玄经在，对花何闷孤寂。

胡惠斋　　百字令·几上凝尘戏画梅一枝

小斋幽僻，久无人到此，满地狼藉。几案尘生多少憾，把玉指亲传踪迹。画出南枝，正开侧面，花蕊俱端的。可怜风韵，故人难寄消息。　非共雪月交光，这般造化，岂费东君力。只欠清香来扑鼻，亦有天然标格。不上寒窗，不随流水，应不钿宫额。不愁三弄，只愁罗袖轻拂。

李仲光　　百字令·寿冯宪

是日，宴于古羊寺桃花下

小红开也，问韶华、今年何事春早。尽道福星临照久，勾引东风仙岛。一点恩光，列城生意，万物无枯槁。圜扉深处，也应满地芳草。　却怪有脚阳春，如何移向崆峒了。父老牵衣留不住，只有攀援遮道。翠柏杯中，蟠桃花下，君看朱颜好。路人遥指，他年黄阁元老。

徐经孙　　百字令·八旬加二

八旬加二，荷君天垂佑，扶持老拙。目送新来檐外燕，手拣好花轻折。比似去年，十分强健，日看朱诗说。篇三百五，岁前尽有披阅。　天教两子供官，一男留养，左右相娱悦。五见孙枝三拜授，童冠参差袍笏。四侍鳌峰，拿舟在即，次五今圆月。曾孙淳老，想能随叔嬉劣。

陈允平　　百字令·断桥残雪

凝云冱晓，正藤花才积，荻絮初残。华表翩跹何处鹤，爱吟人在孤山。冻解苔铺，冰融沙甃，谁凭玉勾阑。茸衫毡帽，冷香吹上吟鞍。　将次柳际琼销，梅边粉瘦，添做十分寒。闲踏轻澌来荐菊，半潭新涨微澜。水北峰峦，城阴楼观，留向月中看。巘云深处，好风飞下晴湍。

刘辰翁　　百字令·少微星小

李云岩先生远记初度，手写去年赤壁歌，岁晚寄之，少贱

不敢当也。匆匆和韵，寄长须去，倘以可教则教之

少微星小，抚剑气横空，隐见林杪。夜来宋都如雨，更长得奇哉惆皎（佛以四月八生，见明星悟道曰：奇哉，即左传星陨如雨之夕也）。与汝三龄，览余初度，一语占先兆。暮年喜见，甲申聚五星照。　　堪叹亡国余民，老人孺子，尔汝霜桥晓。骑马听鸡朝寂寞，梦入南枝三绕。洛社耆英，行窝真率，著我真堪笑。与公试数，开禧嘉定宝绍（公开禧丁卯生，仆生绍定之五年壬辰，相望二十六岁云）。

刘辰翁　　百字令·寿陈静山，少吾一岁

洞房停烛，似新岁，数到上元时节。一盏屠苏千岁酒，添得新人罗列。昨日迎长，今朝献寿，赏团团佳月。永和春好，用之不竭嘉客。　　见说海上归来，有如瓜大枣，无人分得。六十二三刘梦得，输与香山乐色。菱谷二绡，杨枝春草，歌舞琵琶笛。只愁元日，玉龙催上金驿。

东　风　　百字令·戴平轩新居，予侄新婚

排云拓月，向天上移下，神仙华屋。画栋飞檐千万落，黼黼城南乔木。出谷莺迁，趋庭燕尔，袍绾登科绿。嫦娥分付，广寒今夜花烛。　　遥想高越于门，烂盈百辆，夹道争车毂。春满剡溪溪上路，一任瑶华飞六。舆奉潘慈，楼高华萼，坐享齐眉福。庭槐列戟，公侯衮衮相属。

褚　生　　百字令·半堤花雨

半堤花雨，对芳辰消遣，无奈情绪。春色尚堪描画在，万紫千红尘土。鹃促归期，莺收佞舌，燕作留人语。绕栏红药，韶华留此孤主。　　真个恨杀东风，几番过了，不似今番苦。乐事赏心磨灭尽，忽见飞书传羽。湖水湖烟，峰南峰北，总是堪伤处。新塘杨柳，小腰犹自歌舞。

邵桂子　　百字令·韩知事美任

三年幕画，是小试相业，桐阴相谱。协赞拥容心似佛，春在螺山螺浦。白玉无瑕，黄扉倚重，一府中流柱。萧然锦满，扁舟明日归去。　　此去南北才名，看青云稳驾，玉阶徐步。共说荆州老长史，宰相须还他做。沙路星明，甘棠人远，无计

攀辕住。薰香三祝，苍生正望霖雨。

陈潜心　　百字令·寿虞守　正月十二

梅峰孕秀，庆仙翁、咫尺元宵三夕。盛德温温如玉粹，多少殊勋嘉绩。两拥朱幡，独清节□，高谊真难屈。景疏堂下，台星长伴南极。　雅羡椿桂联芳，金章紫绶，拜舞欢声溢。福备宜高仁者寿，喜占人间八十。汉重申公，周登尚父，盛事今犹昔。九重注想，蒲车行聘遗逸。

无名氏　　百字令·自天钟秀

某恭审某人笃生华旦，茂衍遐龄。暂归潭府之安，行正台衡之拜。某宅身杜厦，仰德韩门。不揆芜辞，上期椿算

自天钟秀，看人物谁与、君家为比。椿桂相辉年少日，事业文章如此。玉殿诗书，金瓯姓字，简记宸衷里。有三株桂，一时归耀桑梓。　我愿寿祝南山，尊空北海，不获陪珠履。惟有瓣香心起敬，敢颂鲁侯燕喜。大厦万间，金城千里，国计如家计。日边有诏，苍生端望公起。

百字谣

此调即《念奴娇》，因全词为一百字，故又名《百字谣》、《百字令》。据苏轼《念奴娇·大江东去》中的词句，又名《大江东去》、《大江东》、《酹江月》；又据他人词中之句及内容，名为《大江西上曲》、《壶中天》、《无俗念》、《淮甸春》；姜夔以此调制词，名为《湘月》，自注曰："此曲即《念奴娇》之隔指……隔指亦调之过腔。"故又名为《湘月》。属双调、仄韵。参阅《念奴娇》、《百字令》等。

方　岳　　百字谣·寿丘郎　七月二十四日

河南灵地，信从生俊杰，皆由天佑。见说簪缨称世袭，复是青毡还旧。学海渊源，笔端锋镝，未逊谁居右。使台暂赞，直须黄阁环召。　欣遇初度良辰，中元节过，九日方称寿。好看莱衣□舞处，尽羡一门三秀。名过河东，迭居宰职，复见韦平胄。祝君遐算，南山松柏长茂。

陈德武　　百字谣·咏惜花春起早

惜花心事，不由人、蝴蝶梦魂先觉。刚纳绣鞋行掠鬓，仰见斗横林杪。昨日深红，今朝轻白，颜色殊昏晓。此中滋味，料他尘世知少。　　问二十四番风，寒梅并绛楝，始终俱好。须看未开开又谢，多少落英颠倒。彩缀隋园，鹿游唐苑，哀乐无凭祷。此音谁寄，凭阑犹把琴抱。

陈德武　　百字谣·咏爱月夜眠迟

古今明月，魄生明后，积渐圆还缺。秋解伤神春最好，衾枕几番铺设。十二瑶台，千金一刻，横竹休吹彻。绣帘高揭，戒他莫把灯爇。　　夜久谁共婵娟，掩孤帏睡去，此情尤切。梦驾彩莺何处觅，飞上玉楼琼阙。舞按霓裳，歌扬红豆，高处风光别。鸟声惊觉，冲冠怒竖吾发。

陈德武　　百字谣·咏掬水月在手

晚临湘浦，忆鲛人、曾许泪珠绡帕。盥掬空明和月待，宫锁水晶深夜。跃璧初圆，浮金不定，敌眼寒光射。水心龙镜，喜来翻不成把。　　最恨对面姮娥，舞霓裳掌上(下缺)

禅　峰　　百字谣·贺彭谦仲八月生子

中秋近也，正于门瑞气，葱葱时节。隔岁维熊占吉梦，今夕天生英杰。仙籍流芳，瑞龙毓秀，应是非凡骨。诗书勋业，妙龄行见英发。　　好是日满三朝，剩陈汤饼，投辖留宾客。玉果犀钱排绮宴，窈窕歌珠舞雪。枕玉凉时，屏山深处，好事权休说。小蛮杨柳，迩来还可攀折。

三　槐　　百字谣·寿主簿　二月廿一

武夷秀气，萃君家、春色融和时节。赏了花朝才六日，曾记挺生英杰。量吸鲸川，志吞牛渚，标格冰壶洁。台星明处，年年辉映南极。　　须信早晚横翔，云霄直上，宁久栖鸾棘。富贵荣华年正少，谢砌芝兰秀发。行及瓜期，荣趋花县，百里民怀德。交腾荐剡，褒迁大振勋业。

张　倅　　百字谣·寿叶教　三月初九

榆烟新起，正清明节过，翠蓂九叶。欣会谪仙初度日，凤

穴产真鸑鷟。心肠琅琅，文章锦绣，看镜期勋业。暂居马帐，后知有赖先觉。　　可想大器晚成，功名有志，未逊苏秦学。奈不在身先在子，果向秋风抟鹗。诗酒琴棋，风花雪月，养浩全真乐。寿觞五福，太公须遇文猎。

无名氏　　百字谣·贺人娶姑女

太真姑女，问新来、谁与欢传玉镜。莫恨无人伸好语，人在蓝桥仙境。一笑樽前，欢然相与，便胜琼浆饮。殷勤客意，耳边说与君听。　　长记旧日君家，门阑喜动，绣褥芙蓉隐。回首龙门人得意，又报凤楼芳信。只是相传，房奁中物，好事骎骎近。管教人道，一双冰玉清润。

无名氏　　百字谣·叔庆侄生子

金秋行令，恰清晨、白露初交中节。勿怪西窗传好事，生个他年英杰。吉梦既符，知如徐子，冰玉为神骨。吾家有庆，阶兰喜又新发。　　如今早已生男，清樽华宴，且好延佳客。更自承师勤问道，门外不妨立雪。抗志云霄，留心简册，听我叮咛说。骎骎月殿，桂枝取次高折。

无名氏　　百字谣·二月初四

中和节后，云翳净、向夕新蟾飞出。月姊传声，明日是，紫府神仙诞节。彩系麒麟，瑞腾嵩岳，喜气交洋溢。魁星头上，光芒仍露消息。　　好是一鹗秋风，鞭云驾雾，去作龙门客。看取长安花夹道，人在广寒宫阙。春酒千钟，秋娘一曲，大醉豪无敌。八千椿算，摩挲重见铜狄。

无名氏　　百字谣·寿张推官　十一月十二

一阳来复，正日临三四，梅英露白。玉燕当年曾入梦，瑞应果生人杰。金玉文章，圭璋闻望，早作蟾宫客。来趋莲幕，片言珍重能决。　　自知阴德居多，仕途应显，州县何劳力。况有儿孙俱挺特，管取桂枝高折。桥梓齐芳，芝兰并秀，甚盛家声籍。祝君长寿，一门荣贵无极。

百字歌

此调名为宋无名氏所用，因其词一百字，故名《百字歌》。又名《百字谣》、《百字令》，属双调、仄韵。上阕十句、四十九字，下阕十句、五十一字，用韵参差。细考此调与《念奴娇》字数相同，惟上阕每句字数有几句微殊，当为一调。参阅《念奴娇》、《百字谣》、《百字令》。

无名氏　百字歌·寿张簿　四月初三

清和天气，月方生，报道曲江生日。一点奎星腾瑞彩，降作人间英杰。曾记当时，平分玉果，今已年多历。才华拔萃，早宜仙桂高折。　自是鹗表连登，功收三箭，人羡真无敌。雁塔题名方惬意，暂作鸾栖枳棘。整顿籍书，紫泥封下，即召归西掖。寿膺五福，请君长对箕翼。

无名氏　百字歌·寿徐帅　四月廿二

清和天气，正风入舜弦，七飞蓂叶。见说蓝田曾产玉，骨骼瓌奇卓荦。志气虹霓，丰姿熊凤，文足倾三峡。皇朝伟器，济川有待舟楫。　要知发轫亲民，栖鸾展骥，五马归台阁。退省谦尊防锐进，谁识终南径捷。笑傲东山，从容南极，兰桂同欢洽。称觞未老，绛人须共年甲。

无名氏　百字歌·庆潭帅兼平寇　六月十四

庚金入伏，细推来，明日又还三五。见说帅垣佳气蔼，天降嵩神生甫。礼乐词章，甲兵韬略，素备文兼武。称觞华旦，颂声交赞台府。　好是比启元戎，剿除逋寇，不许奸偷侮。有此奇功高渤海，足慰湖湘生聚。暂统十连，折冲万里，行即驱残虏。九重环召，万年永佐天子。

无名氏　百字歌·寿张提干　六月廿三

乾坤孕秀，正人间六月，下弦时节。生此清奇潇洒客，秋水精神玉骨。才吐天芳，毫挥月颖，更彬彬文质。图南得志，抟风高展鹏翼。　好是大器难淹，暂陪庾使，赞画光原隰。

台省即须登衮衮，黄阁平章有日。崔室称觞，莱庭戏彩，中外欢声溢。祝君延寿，箕星上应南极。

无名氏　百字歌·寿父子同日　八月廿五

蓂飞十荚，觉九分秋色，六分将极。桂子风高时更好，天产英贤同日。桥梓齐芳，一慈一孝，奋建真奇特。称觞华旦，但将老少分别。　且看戏彩堂前，酒须双献，饮侍严君侧。清赏阿戎防跨灶，大小欧□相敌。疏曰贤哉，古云有是，作个家家声烈。无先无后，寿齐延应□翼。

百宝妆

此调在今传词存晁端礼和无名氏所作各一首。无名氏词不分阕，平韵，共二十二句、一百零七字，于第三、五、九、十二、十五、十七、十九、二十二句用韵。晁端礼词分上、下两阕。又名《新雁过妆楼》。

晁端礼　百宝妆·枫叶初丹

枫叶初丹，蘋花渐老，蘅皋谁系扁舟。故人思我，征棹少淹留。一尊潋滟西风里，共醉倒、同销万古愁。况今宵自有，明月照人，逼近中秋。　常爱短李家声，金闺彦士，才高沈谢何刘。片帆初卷，歌吹是扬州。此心自难拘形役，恨未能、相从烂漫游。酒醒时，路遥人远，为我频上高楼。

无名氏　百宝妆·一抹弦器

一抹弦器，初宴画堂，琵琶人把当头。髻云腰素，仍占绝风流。轻拢慢捻，生情艳态，翠眉黛颦，无愁谩似愁。变新声曲，自成获索，共听一奏梁州。弹到遍急敲颖，分明似语，争知指面纤柔。坐中无语，惟断续金虬。曲终暗会王孙意，转步莲、徐徐卸凤钩。捧瑶觞，为喜知音，劝佳人、沉醉迟留。

百宜娇

此调见《圣求词》，与《氏州第一》句法略似。属双

词、仄韵，共一百零四字。上阕十二句、五十二字，于第三、六、九、十二句用韵；下阕十三句、五十二字，于第二、四、七、十、十三句用韵。注意：《眉妩》的别名亦称《百宜娇》，与此调全异，属同名异调，不可混淆。参阅《眉妩》。《眉妩》本唐教坊曲名。

吕渭老　　　百宜娇·隙月垂篦

隙月垂篦，乱蛩催织，秋晚嫩凉房户。燕拂帘旌，鼠窥窗网，寂寂飞萤来去。金铺镇掩，谩记得、花时南浦。约重阳、萸糁菊英，小楼遥夜歌舞。　　银烛暗、佳期细数。帘幕渐西风，午窗秋雨。叶底翻红，水面皱碧，灯火裁缝砧杵。登高望极，正雾锁、官槐归路。定须相将，宝马钿车，访吹箫侣。

百媚娘

宋张先词有“百媚等应天乞与，净饰艳妆俱美”之句，歌咏春花之美，故名《百媚娘》。属双调、仄韵，共七十四字。上阕六句、三十七字，于第一、二、三、五、五句用韵；下阕句数、字数、用韵同上阕。

张　先　　　百媚娘·珠阙五云仙子

珠阙五云仙子，未省有谁能似。百媚算应天乞与，净饰艳妆俱美。取次芳华皆可意，何处比桃李。　　蜀被锦纹铺水，不放彩鸳双戏。乐事也知存后会，争奈眼前心里。绿皱小池红叠砌，花外东风起。

有有令

此调见《惜香乐府》，为赵长卿首用，其词多用口语，可为北曲的先声。“令”在此调中，不指令词，只是词牌的代称。属双调、仄韵，共八十一字。上阕十句、四十字，于第一、三、六、十句用韵；下阕十句、四十一字，于第一、二、四、六、七、八、十句用韵。

赵长卿　　　　有有令·岁残

前山减翠，疏竹度轻风，日移金影碎。还又年华暮，看看是、新春至。那更堪、有个人人，似花似玉，温柔伶俐。　准拟，恩情忔戏，拈弄上、则人难比。我也埋根竖柱，你也争些气。大家一捺头地，美中更美，厮守定、共伊百岁。

夹竹桃花

此调为曹勋创制，他自注为“咏题”，全词从多方面赋写夹竹桃花的夭姿风韵，故名。属双调、仄韵，共一百零二字。上阕十句、五十二字，于第三、五、七、十句用韵；下阕八句、五十字，于第一、二、四、六、八句用韵。

曹　勋　　　　夹竹桃花·咏题

绛彩娇春，苍筠静锁，掩映夭姿凝露。花腮藏翠，高节穿花遮护。重重蕊叶相怜，似青帔艳妆神仙侣。正武陵溪暗，淇园晓色，宜望中烟雨。　向暖景、谁见斜枝处，喜上苑韶华渐布。又似瑞霞低拥，却恐随风飞去。要留最妍丽，须且闲凭佳句。更秀容、分付徐熙，素屏画图取。

扫市舞

此调本为唐曲名。据《唐诗幻事》卷四十六云：杨虞卿醉后善歌《扫市词》；又有小妓工琵琶，虞卿死，遂辞去。乐天(白居易)作悼诗《哭师皋》哀虞卿云：“何日重闻扫市歌，谁家收得琵琶妓。”宋代潘阆用其曲调制词而成为词牌名，在贬谪信州时作《扫市舞》。属单调、仄韵，四句共十六字。句式为三、三、七、三。首句不入韵，其余三句皆用韵。

潘　阆　　　　扫市舞·出砒霜

出砒霜，价钱可。赢得拨灰兼弄火，畅杀我。

扫地花

此调又名《扫地游》、《扫花游》，皆取“扫花”之意。属双调、仄韵，共九十五字。上阕十一句、四十八字，于第三、四、六、八、九、十一句用韵；下阕十一句、四十七字，于第一、三、四、六、八、九、十一句用韵。

周邦彦　　**扫地花·春景**

晓阴翳日，正雾霭烟横，远迷平楚。暗黄万缕。听鸣禽按曲，小腰欲舞。细绕回堤，驻马河桥避雨。信流去，想一叶怨题，今在何处。　春事能几许，任占地持杯，扫花寻路。泪珠溅俎，叹将愁度日，病伤幽素。恨入金徽，见说文君更苦。黯凝伫，掩重关、遍城钟鼓。

扫地舞

此调本唐教坊曲名，词属双调、仄韵，共五十八字。上下阕各七句，均句句用韵，第一、二句为叠韵。有人认为此调是《扫市舞》的别名，但《扫市舞》为双调，字数、句式与《扫地舞》不同处较多，不能看成异名同调。

无名氏　　**扫地舞·酥点萼**

酥点萼，玉碾萼，点时碾时香雪薄。才折得，春方弱。半掩朱扉，垂绣幕，怕吹落。　捻一饷，嗅一饷，捻时嗅时宿酒忘。春争上，不忍放。待对菱花，斜插向，宝钗上。

扫花游

此调见《清真词》，又名《扫地游》、《扫地花》，双调，仄韵，共九十五字。上阕十一句、四十八字，于第三、四、六、八、九、十一句用韵；下阕十句、四十七字，于第一、三、四、六、八、九、十句用韵。周邦彦词中有“占地

持杯，扫花寻路”，因而取名《扫花游》。

杨无咎　　扫花游·乳莺啭午

乳莺啭午，好梦正初醒，小轩清楚。水沉细缕，趁游丝落絮，缓随风舞。罥起春心，又是愁云怨雨。玉人去，遍徙倚旧时，曾并肩处。　相望知几许，纵远隔云山，不遮愁路。捧杯荐俎，记低歌丽曲，共论心素。薄恨斜阳，不道离情最苦。正凝伫，向谯门、又催笳鼓。

方千里　　扫花游·野亭话别

野亭话别，恨露草芊绵，晓风酸楚。怨丝恨缕，正杨花碎玉，满城雪舞。耿耿无言，暗洒阑干泪雨。片帆去，纵百种避愁，愁早知处。　离思都几许，但渐惯征尘，斗迷归路。乱山似俎，更重江浪淼，易沉书素。瞪目销魂，自觉孤吟调苦。小留伫，隔前村、数声箫鼓。

吴文英　　扫花游·西湖寒食

冷空澹碧，带翳柳轻云，护花深雾，艳晨易午。正笙箫竞渡，绮罗争路。骤卷风埃，半掩长蛾翠妩。散红缕，渐红湿杏泥，愁燕无语。　乘盖争避处，就解佩旗亭，故人相遇，恨春太妒。溅行裙更惜，凤钩尘污。酹入梅根，万点啼痕暗树。峭寒暮，更萧萧、陇头人去。

吴文英　　扫花游·春雪

水云共色，渐断岸飞花，雨声初峭。步帐素袅，想玉人误惜，章台春老。岫敛愁蛾，半洗铅华未晓。舣轻棹，似山阴夜晴，乘兴初到。　心事春缥缈，记遍地梨花，弄月斜照，旧时斗草。恨凌波路钥，小庭深窈。冻涩琼箫，渐入东风郢调。暖回早，醉西园、乱红休扫。

吴文英　　扫花游·赠芸隐

草生梦碧，正燕子帘帏，影迟春午。倦茶荐乳，看风签乱叶，老沙昏雨。古简蟫篇，种得云根疗蠹。最清楚，带明月自锄，花外幽圃。　醒眼看醉舞，到应事无心，与闲同趣，小山有语。恨逋仙占却，暗香吟赋。暖通书床，带草春摇翠露。

未归去，正长安、软红如雾。

吴文英　　扫花游·送春古江村

水园沁碧，骤夜雨飘红，竟空林岛。艳春过了，有尘香坠钿，尚遗芳草。步绕新阴，渐觉交枝径小。醉深窈，爱绿叶翠圆，胜看花好。　　芳架雪未扫，怪翠被佳人，困迷清晓，柳丝系棹。问阊门自古，送春多少。倦蝶慵飞，故扑簪花破帽。酹残照，掩重城、暮钟不到。

吴文英　　扫花游·赋瑶圃万象皆春堂

暖波印日，倒秀影秦山，晓鬟梳洗，步帷艳绮。正梁园未雪，海棠犹睡。藉绿盛红，怕委天香到地。画船系，舞西湖暗黄，虹卧新霁。　　天梦春枕被，和凤筑东风，宴歌曲水，海宫对起。灿骊光乍湿，杏梁云气。夜色瑶台，禁蜡初传翡翠。唤春醉，问人间、几番桃李。

杨泽民　　扫花游·素秋渐老

素秋渐老，正叶落吴江，雁横南楚。暮霞散缕，听寒蝉断续，乱鸦鼓舞。客舍凄清，那更西风送雨。又东去，过野杏小桥，都在元处。　　心事天未许，似误出桃源，再寻仙路，去年燕俎。记芳腮妒李，细腰束素。事没双全，自古瓜甜蒂苦。欲停伫，奈江头、早催行鼓。

陈允平　　扫花游·雷峰落照

数峰蘸碧，记载酒甘园，柳塘花坞。最堪避暑，爱莲香送晚，翠娇红妩。欸乃菱歌乍起，兰桡竞举。日斜处，望孤骛断霞，初下芳杜。　　遥想山寺古，看倒影金轮，溯光朱户，暝烟带树。有投林鹭宿，凭楼僧语。可惜流年，付与朝钟暮鼓。漫凝伫，步长桥、月明归去。

陈允平　　扫花游·蕙风飏暖

蕙风飏暖，渐草色分吴，柳阴迷楚。寸心似缕，看窥帘燕妥，妒花蝶舞。剪剪愁红，万点轻飘泪雨。怕春去，问杜宇唤春，归去何处。　　后期重细许，倩落絮飞烟，障春归路，长亭别俎。对歌尘舞地，暗伤蛮素。算得相思，比著伤春又苦。

正凭伫，听斜阳、断桥箫鼓。

刘辰翁　　扫花游·和秋崖见寿

秋崖时谒选，留词去

春台路古，想店月潭云，鸡鸣关候。巾车尔久，记湘累降日，留词劝酒。不是行边，待与持杯论斗。算吾寿，已待得河清，万古晴昼。　京国事转手，漫宫粉堆黄，髻妆啼旧，瑶池在否。自刘郎去后，宴期重负。解事天公，道是全无又有。浯溪友，笑浯溪、至今聱叟。

周　密　　扫花游·用清真韵

柳花飏白，又火冷饧香，岁时荆楚。海棠似语，惜芳情燕掠，锦屏红舞。怕里流芳，暗水啼烟细雨。带愁去，叹寂寞东园，空想游处。　幽梦曾暗许，奈草色迷云，送春无路，翠丸荐俎。掩清尊谩忆，舞蛮歌素。怨碧飘香，料得啼鹃更苦。正愁伫，暗春阴、倦箫残鼓。

周　密　　扫花游·九日怀归

江蓠怨碧，早过了霜花，锦空洲渚。孤蛩自语，正长安乱叶，万家砧杵。尘染秋衣，谁念西风倦旅。恨无据，怅望极归舟，天际烟树。　心事曾细数，怕水叶沉红，梦云离去，情丝恨缕。倩回纹为织，那时愁句。雁字无多，写得相思几许。暗凝伫，近重阳、满城风雨。

赵　文　　扫花游·李仁山别墅

结庐胜境，似旧日曾游，玉莲佳处。万花织组，爱回廊宛转，楚腰束素。度密穿青，上有燕支万树。探梅去，正竹外一枝，春意如许。　奇绝盘谷序，更碧皱沿堤，绮霏承宇，柳桥花坞。问何人解有，玉兰能赋。老子婆娑，长与春风作主。彩衣舞，看人间、落花飞絮。

王沂孙　　扫花游·秋声

商飙乍发，渐淅淅初闻，萧萧还住。顿惊倦旅，背青灯吊影，起吟愁赋。断续无凭，试立荒庭听取，在何许。但落叶满阶，惟有高树。　迢递归梦阻，正老耳难禁，病怀凄楚，故

山院宇。想边鸿孤唳，砌蛩私语。数点相和，更著芭蕉细雨。避无处，这闲愁、夜深尤苦。

王沂孙　　扫花游·绿阴一

小庭荫碧，遇骤雨疏风，剩红如扫。翠交径小。问攀条弄蕊，有谁重到。谩说青青，比似花时更好。怎知道，□一别汉南，遗恨多少。　清昼人悄悄，任密护帘寒，暗迷窗晓，旧盟误了。又新枝嫩子，总随春老。渐隔相思，极目长亭路杳。搅怀抱。听蒙茸、数声啼鸟。

王沂孙　　扫花游·绿阴二

卷帘翠湿，过几阵残寒，几番风雨。问春住否，但匆匆暗里，换将花去。乱碧迷人，总是江南旧树。谩凝伫，念昔日采香，今更何许。　芳径携酒处。又荫得青青，嫩苔无数，故林晚步。想参差渐满，野塘山路。倦枕闲床，正好微曛院宇。送凄楚。怕凉声、又催秋暮。

王沂孙　　扫花游·绿阴三

满庭嫩碧，渐密叶迷窗，乱枝交路。断红甚处，但匆匆换得，翠痕无数。暗影沉沉，静锁清和院宇。试凝伫，怕一点旧香，犹在幽树。　浓阴知几许，且拂簟清眠，引筇闲步，杜郎老去。算寻芳较晚，倦怀难赋。纵胜花时，到了愁风怨雨。短亭暮，谩青青、怎遮春去。

张　炎　　扫花游·赋高疏寮东墅园

烟霞万壑，记曲径幽寻，霁痕初晓。绿窗窈窕，看随花甃石，就泉通沼。几日不来，一片苍云未扫。自长啸，怅乔木荒凉，都是残照。　碧天秋浩渺，听虚籁泠泠，飞下孤峭。山空翠老，步仙风，怕有采芝人到。野色闲门，芳草不除更好。境深悄，比斜川、又清多少。

张　炎　　扫花游·嫩寒禁暖

台城春饮，醉余偶赋，不知词之所以然

嫩寒禁暖，正草色侵衣，野光如洗。去城数里，绕长堤是柳，钓船深舣。小立斜阳，试数花风第几。问春意，待留取断

红，心事难寄。　　芳讯成捻指，甚远客他乡，老怀如此。醉余梦里，尚分明认得，旧时罗绮。可惜空帘，误却归来燕子。胜游地，想依然、断桥流水。

张半湖　　　扫花游·柳丝曳绿

柳丝曳绿，正豆雨初晴，水天朱夏。古榴绽也，看猩红万点，倚亭攲榭。锁闼深中，料想酒阑歌罢。日将下，是那处藕花，香胜沉麝。　　窗外风竹打，似戛玉敲金，送声潇洒。共观古画，唤石鼎烹茶，细商幽话。宝鸭烟消，天外新蟾低挂。凉无价，又丁东、数声檐马。

扬州慢

此调是南宋姜夔自度中吕宫曲。宋孝宗淳熙三年，姜夔经过扬州，入其城，四顾萧条，胸怀怆然，感慨今昔，于是创制《扬州慢》这个词调，以写扬州遭金兵蹂躏后的凄凉情景，依依有废池乔木之感。“慢”指慢词，即乐调长、字数多。属双调、平韵，共九十八字。上阕十句、五十字，于第三、五、八、十句用韵；下阕九句、四十八字，于第二、五、七、九句用韵。又一体为上下阕之结作三字一逗、四字两句的。又名《朗州慢》。

姜　夔　　　扬州慢·淮左名都

淳熙丙申至日，予过维扬。夜雪初霁，荠麦弥望。入其城，则四顾萧条，寒水自碧，暮色渐起，戍角悲吟。予怀怆然，感慨今昔，因自度此曲。千岩老人以为有黍离之悲也

淮左名都，竹西佳处，解鞍少驻初程。过春风十里，尽荠麦青青。自胡马窥江去后，废池乔木，犹厌言兵。渐黄昏，清角吹寒，都在空城。　　杜郎俊赏，算而今、重到须惊。纵豆蔻词工，青楼梦好，难赋深情。二十四桥仍在，波心荡、冷月无声。念桥边红药，年年知为谁生。

赵以夫　　　扬州慢·十里春风

琼花唯扬州后土殿前一本，比聚八仙大率相类，而不同者有三：琼花大而瓣厚，其色淡黄，聚八仙花小而瓣薄，其色微

青，不同者一也。琼花叶柔而莹泽，聚八仙叶粗而有芒，不同者二也。琼花蕊与花平，不结子而香，聚八仙蕊低于花，结子而不香，不同者三也。友人折赠数枝，云移根自鄱阳之洪氏。赋而感之，其调曰扬州慢

十里春风，二分明月，蕊仙飞下琼楼。看冰花翦翦，拥碎玉成球。想长日、云阶伫立，太真肌骨，飞燕风流。剑群芳、清丽精神，都付扬州。　雨窗数朵，梦惊回、天际香浮。似阆苑花神，怜人冷落，骑鹤来游。为问竹西风景，长空淡、烟水悠悠。又黄昏羌管，孤城吹起新愁。

赵以夫　扬州慢·梁苑吟新

诸贤咏赏琼花之次日，复得牡丹数枝，方兹溪又以词来索和，遂并为二花著语

梁苑吟新，高阳饮散，玉容寂寞妆楼。故人应念我，折赠水晶球。不须倩、东风说与，吹箫云路，解佩江流。似天涯、邂逅相逢，低问东州。　为花更醉，细挼香、酒面酥浮。记桥月同看，帘风共笑，仙枕曾游。无奈乍晴还雨，江天暮、飞絮悠悠。莫先教偷取，春归满地清愁。

郑觉斋　扬州慢·弄玉轻盈

弄玉轻盈，飞琼淡泞，袜尘步下迷楼。试新妆才了，炷沉水香球。记晓剪、春冰驰送，金瓶露湿，缇骑新流。甚天中月色，被风吹梦南州。　尊前相见，似羞人、踪迹萍浮。问弄雪飘枝，无双亭上，何日重游。我欲缠腰骑鹤，烟霄远、旧事悠悠。但凭阑无语，烟花三月春愁。

李莱老　扬州慢·琼花次韵

玉倚风轻，粉凝冰薄，土花祠冷无人。听吹箫月底，传暮草金城。笑红紫、纷纷成雨，溯空如蝶，恐堕珠尘。叹而今、杜郎还见，应赋悲春。　佩环何许，纵无情、莺燕犹惊。怅朱槛香消，绿屏梦渺，肠断瑶琼。九曲迷楼依旧，沉沉夜、想觅行云。但荒烟幽翠，东风吹作秋声。

罗志仁　扬州慢·危榭摧红

危榭摧红，断砖埋玉，定王台下园林。听槛干燕子，诉别

后惊心。尽江上、青峰好在，可怜曾是，野烧痕深。付潇湘渔笛，吹残今古销沉。　　妙奴不见，纵秦郎、谁更知音。正雁妾悲歌，雕奚醉舞，楚户停砧。化碧旧愁何处，魂归些、晚日阴阴。渺云平铁坝，凄凉天也沾襟。

吴元可　　　　扬州慢·初秋

露叶犹青，岩花迟动，幽幽未似秋阴。似梅风带溽，吹度长林。记当日、西廊共月，小屏轻扇，人语凉深。对清觞，醉笑醒颦，何似如今。　　临高欲赋，甚年来、渐减狂心。为谁倚多才，难凭易感，早付销沉。解事张郎风致，鲈鱼好、归听吴音。又夜阑闻笛，故人忽到幽襟。

夷则商国香慢

此调为南宋周密所创。“夷则商”是宫调名，标明此曲所用之乐调。《左传·宣公三年》载：“以兰有国香，人服媚之如是。”后多用“国香”称兰花，也用以称其他香花。周密此词即为歌咏兰花之作，下阕起句为“国香流落恨，正冰绡翠薄”，故名《国香慢》。“慢”指慢词，乐曲长，字数多。属双调、平韵，共九十九字。上阕十句、四十九字，于第一、三、五、七、十句用韵；下阕十句、五十字，于第三、五、七、十句用韵。又名《国香慢》，可参阅其牌。

周　密　　夷则商国香慢·赋子固凌波图

玉润金明，记曲屏小几，剪叶移根。经年汜人重见，瘦影娉婷。雨带风襟零乱，步云冷、鹅笎吹春。相逢旧京洛，素靥尘缁，仙掌霜凝。　　国香流落恨，正冰铺翠薄，谁念遗簪。水天空远，应念矾弟梅兄。渺渺鱼波望极，五十弦、愁满湘云。凄凉耿无语，梦入东风，雪尽江清。

过龙门

此调即《浪淘沙》。龙门，山名。在今河南省洛阳市南。《汉书·沟洫志》：“昔大禹治水，山陵当路者毁之，故凿龙门，辟伊阙。”宋人以《浪淘沙》填词，写经过龙门

之感，命为《过龙门》。《浪淘沙》本唐教坊曲名，唐玄宗开元间人所作，其辞为七言绝句，五代时乃有杂言体，敦煌曲内曾有调名。其正体为单调，七言四句，于第一、二、四句用韵。另一体为杂言，南唐后主李煜始制其词，为两段令词，是沿用旧曲名而另创新声。属双调，有平韵、仄韵两体，共五十四字。上下阕格式同，均五句、二十七字，亦皆于第一、二、三、五句用韵。此体又名《卖花声》，而《谢池春》之别名亦《卖花声》，此二者属同名异调，不可混淆。参阅《浪淘沙》、《卖花声》。

史达祖　　　过龙门·一带古苔墙

一带古苔墙，多听寒蛩，篋中针线早销香。燕尾宝刀窗下梦，谁翦秋裳。　宫漏莫添长，空费思量，鸳鸯难得再成双。昨夜楚山花簟里，波影先凉。

史达祖　　　过龙门·春愁

醉月小红楼，锦瑟箜篌，夜来风雨晓来收。几点落花饶柳絮，同为春愁。　寄信问晴鸥，谁在芳洲，绿波宁处有兰舟。独对旧时携手地，情思悠悠。

过秦楼

此调本名《选冠子》，又名《惜余春慢》、《苏武慢》。宋李甲以《选冠子》之调填词，结句为“双燕来时，曾过秦楼”，故易名《过秦楼》。“秦楼”，旧时指城市中吃喝玩乐之所。属双调、平韵，共一百零九字。上阕十一句、五十三字，于第三、六、七、八、十一句用韵；下阕十一句、五十六字，于第三、六、八、十一句用韵。另有仄韵诸体，以一百一十一字和一百一十三字者较常用。参阅《选冠子》、《苏武慢》。

李　甲　　　过秦楼·卖酒垆边

卖酒垆边，寻芳原上，乱花飞絮悠悠。已蝶稀莺散，便拟把长绳、系日无由。谩道草忘忧，也徒将、酒解闲愁。正江南春尽，行人千里，蘋满汀洲。　有翠红径里，盈盈似簇，芳茵禊饮，时笑时讴。当暖风迟景，任相将永日，烂熳狂游。谁

信盛狂中，有离情、忽到心头。向尊前拟问，双燕来时，曾过秦楼。

周邦彦　　过秦楼·水浴清蟾

水浴清蟾，叶喧凉吹，巷陌马声初断。闲依露井，笑扑流萤，惹破画罗轻扇。人静夜久凭阑，愁不归眠，立残更箭。叹年华一瞬，人今千里，梦沉书远。　空见说、鬓怯琼梳，容销金镜，渐懒趁时匀染。梅风地溽，虹雨苔滋，一架舞红都变。谁信无憀，为伊才减江淹，情伤荀倩。但明河影下，还看稀星数点。

方千里　　过秦楼·柳拂鹅黄

柳拂鹅黄，草揉螺黛，院落雨痕才断。蜂须雾湿，燕嘴泥融，陌上细风频扇。多少艳景关心，长苦春光，疾如飞箭。对东风忍负，西园清赏，翠深香远。　空暗忆、醉走铜驼，闲敲金镫，倦迹素衣尘染。因花瘦觉，为酒情钟，绿鬓几番催变。何况逢迎向人，眉黛供愁，娇波回倩。料相思此际，浓似飞红万点。

赵崇嶓　　过秦楼·和美成韵

隐枕轻潮，拂尘疏雨，幽梦似真还断。莺雏燕婉，依约年时，花下试翻歌扇。憔悴鬓怯春寒，慢掠轻丝，柳风如箭。甚阳台渺邈，行云无准，楚天空远。　应唤觉、当日琴心，只今诗思，惆怅客衣尘染。钗留股玉，袜袭钩罗，荏苒腻寒香变。问讯多情，别后笑巧颦娇，对谁长倩。但晚来江上，眼迷心想，越山两点。

吴文英　　过秦楼·芙蓉

藻国凄迷，麹澜澄映，怨入粉烟蓝雾。香笼麝水，腻涨红波，一镜万妆争妒。湘女归魂。佩环玉冷无声，凝情谁愬。又江空月堕，凌波尘起，彩鸳愁舞。　还暗忆、钿合兰桡，丝牵琼腕，见的更怜心苦。玲珑翠屋，轻薄冰绡，稳称锦云留住。生怕哀蝉，暗惊秋被红衰，啼珠零露。能西风老尽，羞趁东风嫁与。

邓有功　　过秦楼·燕蹴飞红

燕蹴飞红，莺迁新绿，几阵晚来风急。谢家池馆，金谷园

林，还又把春虚掷。年时恨雨愁云，物换星移，有谁曾忆。把一尊试酹，落花芳草，总成尘迹。　频自笑、流浪孤萍，沾泥弱絮，有底困春无力。银屏香暖，宝簟波寒，又负月明今夕。往事梦里，沈思惟有罗襟，泪痕犹湿。奈垂杨万缕，不系西风白日。

利　登　　过秦楼·眉黛山分

眉黛山分，靥朱星合，郁郁夜堂初见。芙蓉寄隐，豆蔻传香，便许翠鬟偷剪。迎夜易羞，欲晨先怯，风流楚楚未惯。正流苏帐掩，绿玉屏深，红香自暖。　谁信道、媚月难留，惊云易散，从此三桥路远。巢燕春归，剪花词在，难寄红题一片。料想伊家，如今羞傍琴窗，慵题花院。但碧桃影下，应对流红自叹。

陈允平　　过秦楼·寿建安使君谢右司

谷雨收寒，茶烟飏晓，又是牡丹时候。浮龟碧水，听鹤丹山，彩屋幔亭依旧。和气缥缈人间，满谷红云，德星呈秀。向东风种就，一亭兰茁，玉香初茂。　遥想曲度娇莺，舞低轻燕，二十四帘芳昼。清溪九曲，上巳风光，觞咏似山阴否。翠阁凝清，正宜瀹茗银罂，熨香金斗。看双鸾飞下，长生殿里，赐蔷薇酒。

陈允平　　过秦楼·倦听蛩砧

倦听蛩砧，初抛纨扇，隔浦乱钟催晚。湘蒲簟冷，楚竹帘稀，窗下乍闻裁剪。倦柳梳烟，枯莲蘸水，芙蓉翠深红浅。对半床灯火，虚堂凄寂，近书思遍。　夜漏永、玉宇尘收，银河光烂。梦断楚天空远，婆娑月树，缥缈仙香，身在广寒宫殿。无奈离愁乱织，藉酒销磨，倩花排遣。渐江空霜晓，黄芦漠漠，一声来雁。

陈允平　　过秦楼·翠约蘋香

翠约蘋香，绿抟槐荫，隔水晚蝉声断。壶冰避暖，钏玉欹凉，倦暑懒拈歌扇。云浪缥缈鱼鳞，新月开弦，落星沉箭。恨经年闲阔，柔笺空寄，梦随天远。　惟悴损、臂薄烟绡，腰宽霞缕，锦瑟暗尘侵染。韩香犹在，秦镜空圆，薄幸旧盟俱

变。虚蠹春华，为谁容改芳徽，魂飞娇倩。凭危楼望断，江外青山乱点。

曾　栋　　　　过秦楼·曙色开晴

曙色开晴，轻飔敷暖，日影才经檐角。倦来芳径，且倚阑干，触地新愁黏著。长日如年，可堪恨雨丝丝，梦云漠漠。见鸣禽递响，乳莺梳翅，痴愁方觉。　　凝望处，初绿呈新，陈柯拆旧，忘了一春归却。不伤花老，只怕花开，解使朱颜销铄。宝扇轻摇，乱抛花片教飞，迎风低掠。忍重携素手，骤觉一分瘦落。

周　密　　　　过秦楼·避暑次窗云韵

绀玉波宽，碧云亭小，苒苒水枫香细。鱼牵翠带，燕掠红衣，雨急万荷喧睡。临槛自采瑶房，铅粉沾襟，雪丝萦指。喜嘶蝉树远，盟鸥乡近，镜奁光里。　　帘户悄、竹色侵棋，槐阴移漏，昼永簟花铺水。清眠乍足，晚浴初慵，瘦约楚裙尺二。曲砌虚庭夜深，月透龟纱，凉生蝉翅。看银潢泻露，金井鸦渐起。

过 涧 歇

此调晁补之词名为《过涧歇》。属双调、仄韵，共八十字。上阕七句、四十一字，于第一、三、四、六、七句用韵；下阕八句、三十九字，于第二、四、八句用韵。又名《过涧歇近》。

晁补之　　　　过涧歇·东皋寓居

归去，奈故人、尚作青眼相期，未许明时归去。放怀处，买得东皋数亩，静爱园林趣。任过客、剥啄相呼昼扃户。

堪笑儿童事业，华颠向谁语。草堂人悄，圆荷过微雨。都付邯郸，一枕清风，好梦初觉，砌下槐影方停午。

过涧歇近

此调首见《乐章集》，今存柳永词二首，调名来源未考出。属双调、仄韵，共八十字。上阕七句、四十一字，于第一、三、四、六、七句用韵；下阕八句、三十九字，于第二、四、八句用韵。又名《过涧歇》。

柳　永　　　　过涧歇近·淮楚

淮楚，旷望极，千里火云烧空，尽日西郊无雨。厌行旅，数幅轻帆旋落，舣棹蒹葭浦。避畏景，两两舟人夜深语。
此际争可，便恁奔名竞利去。九衢尘里，衣冠冒炎暑。回首江乡，月观风亭，水边石上，幸有散发披襟处。

柳　永　　　　过涧歇近·酒醒

酒醒，梦才觉，小阁香炭成煤，洞户银蟾移影。人寂静，夜永清寒，翠瓦霜凝。疏帘风动，漏声隐隐，飘来转愁听。
怎向心绪，近日厌厌长似病。凤楼咫尺，佳期杳无定。展转无眠，粲枕冰冷。香虬烟断，是谁与把重衾整。

师 师 令

"师师"，指李师师，宋时汴京(今河南开封市)人，沦为娼妓，与名士周邦彦等往来，以歌舞著名京师。靖康中流落南方。一说金兵攻破汴京时，被张邦昌送往金营，宁死不屈，吞金簪自杀。张先为咏唱李师师，特制新调，"寄此情千里"，命曰《师师令》。"令"本来自唐代的酒令，此为词牌的代称。属双调、仄韵，共七十三字。上下阕均六句，亦皆句句用韵，惟上阕三十五字，下阕三十八字。

张　先　　　　师师令·香钿宝珥

香钿宝珥，拂菱花如水。学妆皆道称时宜，粉色有、天然春意。蜀彩衣长胜未起，纵乱云垂地。　　都城池苑夸桃李，问东风何似。不须回扇障清歌，唇一点、小于珠子。正是残英和月坠，寄此情千里。

早梅芳

即《喜迁莺》，此调为咏唱早梅之作。属双调、仄韵，共八十字。上阕九句、四十二字，于第二、三、五、七、九句用韵；下阕八句、三十八字，于第二、三、五、七、八句用韵。另一体八十二字，其下阕结句为八字，比前体多二字。又名《早梅芳近》、《早梅芳慢》。

柳　永　　　　早梅芳·海霞红

海霞红，山烟翠，故都风景繁华地。谯门画戟，下临万井，金碧楼台相倚。芰荷浦溆，杨柳汀洲，映虹桥倒影，兰舟飞棹，游人聚散，一片湖光里。　汉元侯，自从破虏征蛮，峻陟枢庭贵。筹帷厌久，盛年昼锦，归来吾乡我里。铃斋少讼，宴馆多欢，未周星，便恐皇家，图任勋贤，又作登庸计。

李之仪　　　　早梅芳·雪初销

雪初销，斗觉寒将变，已报梅梢暖。日边霜外，迤逦枝条自柔软。嫩苞匀点缀，绿萼轻裁剪。隐深心，未许清香散。渐融和，开欲遍，密处疑无间。天然标韵，不与群花斗深浅。夕阳波似动，曲水风犹懒。最销魂，弄影无人见。

周邦彦　　　　早梅芳·别恨

花竹深，房栊好，夜阒无人到。隔窗寒雨，向壁孤灯弄余照。泪多罗袖重，意密莺声小。正魂惊梦怯，门外已知晓。去难留，话未了，早促登长道。风披宿雾，露洗初阳射林表。乱愁迷远览，苦语萦怀抱。谩回头，更堪归路杳。

周邦彦　　　　早梅芳·牵情

缭墙深，丛竹绕，宴席临清沼。微呈纤履，故隐烘帘自嬉笑。粉香妆晕薄，带紧腰围小。看鸿惊凤翥，满座叹轻妙。酒醒时，会散了，回首城南道。河阴高转，露脚斜飞夜将晓。异乡淹岁月，醉眼迷登眺。路迢迢，恨满千里草。

陈允平　　　　早梅芳·柳初妍

柳初妍，花渐好，可恨行期到。落梅香尽，澹月朦胧影微

照。风帘银烛暗，露幕金花小。纵离歌缓唱，残角又霜晓。琐窗前，秦吉了，促上长安道。扬鞭西去，几点稀星尚云表。去程疑是梦，宿酒昏情抱。凤楼空，琼箫声渐杳。

陈允平　　早梅芳·凤钗横

凤钗横，鸾带绕，独步鸳鸯沼。阑干斜倚，自打精神对花笑。贴衣琼佩冷，衬袜金莲小。卷香茵缥缈，舞袖称纤妙。梦初成，欢未了，明日青门道，离云别雨，脉脉无情画堂晓。柳边骄马去，翠阁空凝眺。渐春风、绿愁江上草。

无名氏　　早梅芳·雪梅

冰唯清，玉唯润，清润无风韵。此花风韵，自然清润传香粉。故应春意别，不使凡英恨。到春前腊后，长是寄芳信。此情闲，此意远，一点萦方寸。风亭水馆，解与行人破离恨。广寒宫未有，姑射仙曾认。向雪中月下，吟未尽。

早梅芳近

此调又名《早梅芳》。“近”又称“近拍”，其名始于宋人，只有宋人新制的词(或更变词牌)方可称“近”。有时“近”可有可无，与原调并无区别。此调有四十七字一体，为平韵；有八十二字一体，为仄韵，格式与《早梅芳》同。属双调。参阅《早梅芳》。

李德载　　早梅芳近·深院静

深院静，小阑傍，标致不寻常。尽他桃杏占风光，谁敢斗新妆。　　玉堂中，梁苑里，休把雪来轻比。莫吹长笛巧摧残，留取月中看。

李德载　　早梅芳近·残腊里

残腊里，早梅芳，春信报新阳。晓来枝上斗寒光，轻点寿阳妆。　　雪难欺，霜莫妒，别是一般风措。望林人意正夭饶，又看长新条。

吕渭老　　早梅芳近·画帘深

画帘深，妆阁小，曲径明花草。风声约雨，暝色啼鸦暮天杳。染眉山对碧，匀脸霞相照。渐更衣对客，微坐自轻笑。
醉红明，金叶倒。恣看还新好。莹汪粉泪，滴烁波光射庭沼。犀心通密语，珠唱翻新调。佳期、定约秋了。

仇　远　　早梅芳近·碧溪湾

碧溪湾，疏竹外，正小春天气。绿珠羞涩，半吐椒红可人意。月香传瘦影，露脸凝清泪。笑倡条冶叶，怕冷尚贪睡。
马行迟，雪未霁，还忆前村里。青禽啁哳，疑是当时梦初起。旧愁归塞管，远恨潇湘水。望江南，故人家万里。

早 梅 香

此调见《梅苑》。无名氏词咏早梅飘香，其词首几句为“北帝收威，又探得早梅，漏春消息”，结句为“纷纷便是，乱飞香雪”，故取以为名。属双调、仄韵，共九十六字。上阕十一句、四十七字，于第三、六、八、十句用韵；下阕十句、四十九字，于第二、五、七、十句用韵。

无名氏　　早梅香·北帝收威

北帝收威，又探得早梅，漏春消息。粉蕊琼苞，拟将胭脂，轻染颜色。素质盈盈，终不许、雪霜欺得。奈化工偏宜赋与，寿阳妆饰。　　独自逞冰姿，比夭桃繁杏，迥然殊别。为报山翁，逢此有花，樽前且须攀折。醉赏吟恋，莫辜负、好天风月。恐笛声悲，纷纷便似，乱飞香雪。

曲 玉 管

此调见《乐章集》。《曲玉管》本为唐教坊曲名，后用作词调名。“玉管”，玉制的管，乐器名。属双调、平韵，共一百零五字。上阕十二句、五十六字，于第五、六、十

一、十二句用平韵，第三、九句叶仄韵；下阕十句，于第四、五、十句用韵。

柳　永　　　　　曲玉管·陇首云飞

陇首云飞，江边日晚，烟波满目凭阑久。立望关河萧索，千里清秋，忍凝眸。杳杳神京，盈盈仙子，别来锦字终难偶。断雁无凭，冉冉飞下汀洲，思悠悠。　　暗想当初，有多少、幽欢佳会，岂知聚散难期，翻成雨恨云愁，阻追游。每登山临水，惹起平生心事，一场消黯，永日无言，却下层楼。

曲 江 秋

此调本为咏曲江之秋景，故名。曲江有三：一指江苏扬州南长江的一段；一指钱塘江，本名浙江；一指曲江池，在今陕西西安市东南。未详此调所指为何。属双调、平韵，共一百零一字。上阕十二句、四十九字，于第一、三、六、七、九、十二句用韵；下阕十句、五十二字，于第一、二、三、六、八、十句用韵。

杨无咎　　　　　曲江秋·前山雨歇

前山雨歇，爱竹树低阴，轩窗无热。珠箔半垂，清风细绕，萧萧吹华发。珍簟粲枕设，珊瑚瘦，琉璃滑。永日欹枕，知谁是伴，旧书重揭。　　清绝，轻云淡月。梦同泛、沧波万叠。杯盘狼藉处，相扶就枕，欢笑歌翻雪。转棹小溪湾，人家灯火断明灭。正携手，无端惊回，槛外数声鶗鴂。

杨无咎　　　　　曲江秋·香消烬歇

香消烬歇。换沉水重燃，薰炉犹热。银汉坠怀，冰轮转影，冷光侵毛发。随分且宴设，小槽酒，真珠滑。渐觉夜阑，乌纱露濡，画帘风揭。　　清绝，轻纨弄月，缓歌处、眉山怨叠。持杯须我醉，香红映脸，双腕凝霜雪。饮散晚归来，花梢指点流萤灭。睡未稳，东窗渐明，远树又闻鶗鴂。

杨无咎　　　　　曲江秋·鸣鸠怨歇

鸣鸠怨歇，对急雨过云，暗风吹热。漠漠稻田，差差柳

岸，新沐青丝发。楼上素琴设，爱流水，随弦滑。深炷龙津，浓熏绛帏，博山频揭。　超绝，遥岑吐月，照苍茜、重重叠叠。恍然身在处，浑疑同泛，花舫波喷雪。滉漾醉魂醒，惊呼不是沤生灭。伫望久，空叹无才可赋，厌听鶗鴂。

韩　玉　　　曲江秋·明轩快目

明轩快目，正雨过湘溪，秋来泽国。波面鉴开，山光淀拂，竹声摇寒玉。鸥鹭戏晚日，芰荷动，香红蔌。千古兴亡意，凄凉飐□舟，望迷南北。　仿佛烟笼雾簇，认何处、当年绣毂。沉香花萼事，潇然伤□，宫殿三十六。忍听向晚菱歌，依稀犹似新番曲。试与问，如今新蒲细柳，为谁摇绿。

曲游春

此调见《蘋洲渔笛谱》，是宋周密所制，其词写春日漫游，描绘西湖春景，故名《曲游春》。属双调、仄韵，共一百零二字。上阕十一句、五十一字，于第三、六、七、八、十句用韵；下阕十二句、五十一字，于第一、二、四、七、八、十、十二句用韵。

康与之　　　曲游春·脸薄难藏泪

脸薄难藏泪，恨柳风，不与吹断行色。……但掩袖转面面啼红，无言应得。……哭得浑无气力。

施　岳　　　曲游春·清明湖上

画舸西泠路，占柳阴花影，芳意如织。小楫冲波，度曲尘扇底，粉香帘隙。岸转斜阳隔，又过尽、别船箫笛。傍断桥、翠绕红围，相对半篙晴色。　顷刻，千山暮碧。向沽酒楼前，犹系金勒。乘月归来，正梨花夜缟，海棠烟幂。院宇明寒食，醉乍醒、一庭春寂。任满身、露湿东风，欲眠未得。

周　密　　　曲游春·禁苑东风外

禁烟湖上薄游，施中山赋词甚佳，余因次其韵。盖平时游舫，至午后则尽入里湖，抵暮始出，断桥小驻而归，非习于游者不知也。故中山极击节余闲却半湖春色之句，谓能道人之所

未云

禁苑东风外，飏暖丝晴絮，春思如织。燕约莺期，恼芳情偏在，翠深红隙。漠漠香尘隔，沸十里、乱弦丛笛。看画船，尽入西泠，闲却半湖春色。　　柳陌，新烟凝碧，映帘底宫眉，堤上游勒。轻暝笼寒，怕梨云梦冷，杏香愁幂，歌管酬寒食。奈蝶怨、良宵岑寂。正满湖、碎月摇花，怎生去得。

赵功可　　　　**曲游春·次韵**

千树玲珑罩，正蒲风微过，梅雨新霁。客里幽窗，算无春可到，和愁都闭。万种人生计，应不似、午天闲睡。起来踏碎松阴，萧萧欲动疑水。　　借问归舟归未，望柳色烟光，何处明媚。抖擞人间，除离情别恨，乾坤余几。一笑晴凫起，酒醒后、阑干独倚。时见双燕飞来，斜阳满地。

吊 严 陵

此调见《乐府雅词》，宋词中只有李甲所作一首。因词中有"严光钓址空遗迹"及"离觞吊终寓目"之句，融汇其词句，取以为调名。严光，字子陵，年轻时与刘秀同游学，有高名。刘秀称帝，严光改名换姓隐遁起来。刘秀派人寻访，征召到京，授谏议大夫，严光未接受，退隐于富春山，垂钓自娱。后人称其居游之地为严陵山、严陵濑、严陵钓坛。属双调、仄韵，共一百一十九字。上阕十四句、六十七字，于第三、五、八、九、十一、十三、十四句用韵；下阕十句、五十二字，于第一、三、六、七、八、十句用韵。又名《暮云碧》。

李　甲　　　　**吊严陵·蕙兰香泛**

蕙兰香泛，孤屿潮平，惊鸥散雪。迤逦点破，澄江秋色。暝霭向敛，疏雨乍收，染出蓝峰千尺。渔舍孤烟锁寒碛。画鹢翠帆旋解，轻舣晴霞岸侧。正念往悲酸，怀乡惨切，何处引羌笛。　　追惜，当时富春佳地，严光钓址空遗迹。华星沉后，扁舟泛去，萧洒闲名图籍。离觞吊终寓目，意断魂消泪滴。渐洞天晚，回首暮云千古碧。

竹马儿

此调见《石林词》，宋叶梦得词名《竹马儿》。“竹马”，儿童游戏时当马骑的竹竿。以咏唱竹马为内容制词，故名《竹马儿》。属双调、仄韵，共一百零三字。上阕十一句、五十四字，于第二、五、八、十句用韵；下阕十句、四十九字，于第三、四、五、八、十句用韵。又名《竹马子》。

叶梦得　　竹马儿·与君记

与君记，平山堂前细柳，几回同挽。又征帆夜落，危槛依旧，遥临云巘。自笑来往匆匆，朱颜渐改，故人俱远。横笛想遗声，但寒松千丈，倾崖苍藓。　世事终何已，田阴纵在，岁阴仍晚。稽康老来尤懒。只要莼羹菰饭。却欲便买茅庐，短篷轻楫，尊酒犹能办。君能过我，水云聊为伴。

竹马子

又名《竹马儿》，原以儿童骑竹竿当马游戏为内容命词调，故名《竹马子》。属双调、仄韵，有一百零三字和一百零五字两体。参阅《竹马儿》。“子”，唐人称“曲”为子。

柳　永　　竹马子·登孤垒荒凉

登孤垒荒凉，危亭旷望，静临烟渚。对雌霓挂雨，雄风拂槛，微收烦暑。渐觉一叶惊秋，残蝉噪晚，素商时序。览景想前欢，指神京，非雾非烟深处。　向此成追感，新愁易积，故人难聚。凭高尽日凝伫，赢得消魂无语。极目霁霭霏微，暝鸦零乱，萧索江城暮。南楼画角，又送残阳去。

曹　勋　　竹马子·柳

喜韶景才回，章台向晓，官柳舒香缕。正和烟带雨，遮桃映杏，东君先与。乍引柔条萦路。娇黄照水，经渭城朝雨。翠惹丝垂，玉阑干风静，轻轻搭住。　到此曾追想，陶潜旧隐，忆隋堤津渡。三眠昼永凝露，更许黄鹂娇语。似怕日暖，飞花成絮，拟雪堆绣户。待放教婆娑，如眉处、笼歌舞。

竹香子

此调见于刘过《龙洲集》。属双调、仄韵，共五十字。上阕四句、二十四字，于第一、二、四句用韵；下阕四句、二十六字，第二、四句比上阕各多一字，用韵同上阕。杨慎有《误佳期》一首，四十六字，上阕句式、字数与《竹香子》同，或为《竹香子》的别体，成为《竹香子》的别名。

刘　过　　竹香子·同郭季端访旧不遇，有作

一琐窗儿明快，料想那人不在。熏笼脱下旧衣裳，件件香难赛。　　匆匆去得忒煞，这镜儿、也不曾盖。千朝百日不曾来，没这些儿个采。

传花枝

此调见《乐章集》，为柳永所创制。唐宋时文人雅士聚会饮酒，折花枝依次传递，作为行酒之令，类似今日之游戏“击鼓传花”。故词人取以为词牌名。词属双调、仄韵，共一百零一字。上阕十二句、五十二字，于第二、三、六、九、十一、十二句用韵；下阕九句、四十九字，于第二、五、七、九句用韵。又名《传妙道》。

柳　永　　传花枝·平生自负

平生自负，风流才调，口儿里、道知张陈赵。唱新词，改难令，总知颠倒。解刷扮，能哄嗽，表里都峭。每遇著、饮席歌筵，人人尽道。可惜许老了。　　阎罗大伯曾教来，道人生、但不须烦恼。遇良辰，当美景，追欢买笑。剩活取百十年，只恁厮好。若限满、鬼使来追，待倩个、掩通著到。

传言玉女

据《汉武内传》，汉武帝闲居承华殿，忽然看见一个女子进来说：“我是墉宫玉女王子登也。七月七日那天，王母

要到这里来。”说完就不见了。这就是尘世间所说的传言玉女。调名取此典故。词属双调、仄韵，共七十四字。上、下阕格式相同，皆八句、三十七字，亦皆于第二、四、六、八句用韵。

晁冲之　　传言玉女·一夜东风

一夜东风，吹散柳梢残雪。御楼烟暖，正鳌山对结。箫鼓向晚，凤辇初归宫阙。千门灯火，九街风月。　　绣阁人人，乍嬉游、困又歇。笑匀妆面，把朱帘半揭。娇波向人，手捻玉梅低说。相逢常是，上元时节。

袁　绹　　传言玉女·眉黛轻分

眉黛轻分，惯学玉真梳掠。艳容可画，那精神怎貌。鲛绡映玉，钿带双穿缨络。歌音清丽，舞腰柔弱。　　宴罢瑶池，御风跨皓鹤。凤凰台上，有萧郎共约。一面笑开，向月斜褰珠箔。东园无限，好花羞落。

杨无咎　　传言玉女·小院春长

许永之以水仙、瑞香、黄香梅、幽兰同坐，名生四和，即席赋此

小院春长，整整绣帘低轴。异葩幽艳，满千瓶百斛。珠钿翠佩，尘袜锦笼环簇。日烘风和，奈何芬馥。　　凤髓龙津，觉从前、气味俗。夜阑人醉，引春葱兢□。只愁飞去，暗与行云相逐。月娥好在，为歌新曲。

杨无咎　　传言玉女·王显之席上

料峭寒生，知是那番花信。算来都为，惜花人做恨。看犹未足，早觉枝头吹尽。曲栏幽榭，乱红成阵。　　釃酒花前，试停杯、与细问。褪香销粉，问东君怎忍。韶华过半，谩赢得、几场春困。厌厌空自，为花愁损。

曾　觌　　传言玉女·凤阙龙楼

凤阙龙楼，清夜月华初照。万点星球，护花梢寒峭。华胥梦里，老去欢情终少。花愁醉闷，总消除了。　　紫陌嬉游，不似少年怀抱。珠帘十里，听笙箫声杳。幽期密约，暗想浅颦轻笑。良时莫负，玉山频倒。

赵善扛　　传言玉女・上元

璧月珠星，辉映小桃秾李。化工容易，与人间富贵。东风巷陌，春在暖红温翠。人来人去，笑歌声里。　油壁青骢，第一番共燕喜。举头天上，有如人意。歌传乐府，犹是升平风味。明朝须判，醉眠花底。

石孝友　　传言玉女・雪压梅梢

雪压梅梢，金衮柳丝轻敛。锦宫春早，乍风和日暖。华国翠路，九陌绮罗香满。连空灯火，满城弦管。　月射西楼，更交光照夜宴。万人拥路，指鳌山共看。花旗翠帽，到处朱帘高卷。归时常是，漏残银箭。

郭应祥　　传言玉女・稽古堂前

五月四日，孙佥判四昆仲携具稽古堂观竞渡有作

稽古堂前，恰见四番端午。又来江上，听鸣鼍急鼓。棹歌才发，漠漠一川烟雨。轻舟摇飏，浪心掀舞。　倦客今年续命，欠□彩缕。归期渐近，划地萦心绪。何日斑衣，更看迎门儿女。百怀且付，尊前蒲黍。

黄　机　　传言玉女・次岳总干韵

日薄风柔，池面欲平还皱。纹楸玉子，碟碟敲春昼。衾绣半卷，花气浓薰香兽。小团初试，镳铲银甃。　梦断阳台，甚情怀、似病酒。风衾羞对，比年时更瘦。双燕乍归，寄与绿笺红豆。那堪又是、牡丹时候。

吴　潜　　传言玉女・己未元夕

众绿庭前，都是郁葱佳气。越姬吴媛，粲珠钿翠珥。红消粉褪，几许粗桃凡李。连珠宝炬，两行缇骑。　自笑衰翁，又行春锦绣里。禁肴宫酝，记当年宣赐。休嫌掩逗，且向画堂频醉。从今开庆，万欢千喜。

何梦桂　　传言玉女・寿何逢原母夫人九十一

阿母今朝，飞下琼楼金阙。先教玉女，为传言细说。蟠桃手种，尚记此春时节。三千春后，开花初结。　宴罢瑶池，

洗娥眉、已半雪。九旬偷度，笑韶光一映。仙翁日月，算与人间全别。从今一岁，年年三月。

汪元量　　　　传言玉女·钱塘元夕

一片风流，今夕与谁同乐。月台花馆，慨尘埃漠漠。豪华荡尽，只有青山如洛。钱塘依旧，潮生潮落。　　万点灯光，羞照舞钿歌箔。玉梅消瘦，恨东皇命薄。昭君泪流，手捻琵琶弦索。离愁聊寄，画楼哀角。

华 胥 引

即《华清引》，此调见《清真集》。“华胥”，古代寓言中的理想之国。《列子·黄帝》载：黄帝昼寝而做梦，梦中游于华胥氏之国，其国无帅长，其民无嗜欲，一切顺其自然，无夭殇，无爱憎，无利害。醒后怡然自得，又过了二十八年，天下大治，几近于华胥国。调名本于此。“引”指慢词，宋人始用。此调为双调、仄韵，共八十六字。上阕九句、四十四字，于第三、五、七、九句用韵；下阕八句、四十二字，于第二、四、六、八句用韵。

周邦彦　　　　华胥引·秋思

川原澄映，烟月冥蒙，去舟如叶。岸足沙平，蒲根水冷留雁唼。别有孤角吟秋，对晓风呜轧。红日三竿，醉头扶起还怯。　　离思相萦，渐看看、鬓丝堪镊。舞衫歌扇，何人轻怜细阅。点检从前恩爱，但凤笺盈箧。愁剪灯花，夜来和泪双叠。

方千里　　　　华胥引·长亭无数

长亭无数，羁客将归，故园换叶。乳鸭随波，轻蘋满渚时共唼。接眼春色何穷，更橹声伊轧。思忆前欢，未言心已愁怯。　　欺鬓吴霜，恨星星、又还盈镊。锦纹鱼素，那堪重翻再阅。粉指香痕依旧，在绣裳鸳箧。多少相思，皱成眉上千叠。

杨泽民　　　　华胥引·征车将动

征车将动，愁不成歌，对颦翠叶。静掩兰房，香铺卧鸭烟罢唼。别后羞看霓裳，便把筝休轧。频数更筹，乍寒孤枕偏

怯。　尝为霜髭,弄纤纤、向人轻镊。旧词新句，幽窗时时并阅。药饵衣衾，愁顿放、一番行箧。朝晚归家,又烦春笋重叠。

陈允平　　华胥引·涵空斜照

涵空斜照，掠水轻岚，满天红叶。雁泊平芜，凫依乱荻声唼唼。寂寞金井梧桐，渐辘轳伊轧。明月纱窗，夜寒孤枕应怯。　吟老西风，笑衰髩、顿疏如镊。锦笺勤重，频剔兰灯自阅。多谢征衫初寄,尚宝香熏箧。愁忆家山,梦魂飞度千叠。

奚　淢　　华胥引·中秋紫霞席上

澄空无际，一幅轻绡，素秋弄色。剪剪天风，飞飞万里，吹净遥碧。想玉杵芒寒，听佩环无迹。圆缺何心，有心偏向歌席。　多少情怀，甚年年、共怜今夕。蕊宫珠殿，还吟飘香秀笔。隐约霓裳声度,认紫霞楼笛。独鹤归来,更无清梦成觅。

丁　默　　华胥引·论交眉语

论交眉语，惜别心啼，费情不少。蕙渺溱期，蘋深泛约轻误了。几度金铸相思，又燕归鸿杳。谁料如今，被莺闲占春早。　频把愁勾，惜鸦云、娇红犹绕。浑拚如梦，争奈枕醒屏晓。欲寄芙蓉香半握,怕不禁秋恼。重是亲逢,片帆双度天杪。

赵必瑑　　华胥引·舟泊万安用美成韵

沧浪矶外，小舣兰舟，旋沽竹叶。雨过溪肥，波心荡漾鸥对唼。烟晚欸乃渔歌，和橹声咿轧。要泛五湖，只恐西施羞怯。　年少飘零，鬓未霜、底须轻镊。江南归雁，寄来鸳笺细阅。盟言誓语，满鲛绡罗箧。撩弄相思，琴心寸寸三叠。

张　炎　　华胥引·温泉浴罢

钱舜举幅纸画牡丹、梨花。牡丹名洗妆红，为赋一曲，并题二花

温泉浴罢，酣酒才苏，洗妆犹湿。落暮云深，瑶台月下逢太白。素衣初染天香，对东风倾国。惆怅东阑，炯然玉树独立。　只恐江空，顿忘却、锦袍清逸。柳迷归院，欲远花妖未得。谁写一枝淡雅，傍沉香亭北。说与莺莺，怕人错认秋色。

张 炎　　　　华胥引·赋松花

碧浮春盖，黄点秋旗，细芳泛月。露委残钗，烟梳高髻曾戏折。几度宿寄山房，□曲尘云屑。香入蜂须，蜜房风味应别。　　笃酒浮汤，爱霏霏、粉黄清绝。嫩苞新子，凭谁香歌五粒。只怕东风吹尽，长萧萧黄发。独鹤归来，满庭零乱金雪。

华 清 引

“华清”指华清宫、华清池。唐贞观十八年（644）于今陕西省临潼县骊山上下建宫，修温泉池。天宝六载，大加扩建，更名华清宫，池称华清池，成为唐玄宗携杨贵妃经常游幸之所。苏轼以唐明皇游幸华清宫、华清池为题材制词，抒古今之感慨，命名为《华清引》。“引”即曲，亦即“令”的别名。属双调、平韵，共四十五字。上阕二十二字，下阕二十三字。上下阕皆四句，亦皆于第一、二、四句用韵。又名《华胥引》。

苏 轼　　　　华清引·感旧

平时十月幸兰汤，玉甃琼梁。五家车马如水，珠玑满路旁。　　翠华一去掩方床，独留烟树苍苍。至今清夜月，依前过缭墙。

伤 春 曲

此调本为《满江红》，贺铸词下阕末二句为“向小窗、题满杏花笺，伤春作”，故名为《伤春曲》。其句式、用韵、字数，参阅《满江红》。

贺 铸　　　　伤春曲·火禁初开

火禁初开，深深院、尽重帘箔。人自起、翠衾寒梦，夜来风恶。肠断残红和泪落，半随经雨飘池角。记采兰、携手曲江游，年时约。　　芳物大，都如昨。自怨别，疏行乐。被无情双燕，短封难托。谁念东阳销瘦骨，更堪白纻衣衫薄。向小窗、题满杏花笺，伤春作。

伤情怨

此调本名《清商怨》。古乐府有《清商曲》辞，其音多哀怨，故取名为《清商怨》。宋周邦彦因晏殊《清商怨》词中有“关河秋思”之句，故又名《关河令》、《伤情怨》。属双调、仄韵，共四十二字。上阕四句、二十字，于第一、二、四句用韵；下阕四句、二十二字，于第二、四句用韵。别体四十三字，上阕同前体，下阕二十三字，第二句“豆”下为五字，比前体多一字。

周邦彦　　　　伤情怨·秋景

枝头风势渐小，看暮鸦飞了。又是黄昏，闭门收返照。
江南人去路缈，信未通、愁已先到。怕见孤灯，霜寒催睡早。

方千里　　伤情怨·闲愁眉上翠小

闲愁眉上翠小，尽春衫宽了。舞鉴孤鸾，严妆羞独照。
王孙音信尚渺，度寒食、禁烟须到。趁赏芳菲，今年春事早。

杨泽民　　伤情怨·娇痴年纪尚小

娇痴年纪尚小，试晚妆初了。自戴黄花，开奁还自照。
临岐离思浩渺，道未寒、须管来到。记取叮咛，教人归且早。

陈允平　　伤情怨·南枝春意正小

南枝春意正小，篱菊都荒了。帐底孤灯，夜来还独照。
沙洲烟翠渺渺，谢塞鸿、频带书到。笑捻梅花，今年开较早。

伊川令

即《伊州令》。伊川，又名伊河，源出河南省卢氏县东

南，东北流经嵩县、伊川、洛阳，至偃师入洛河。以咏唱伊河为内容，故名《伊川令》。属单调、仄韵，八句、四十九字，于第一、二、三、五、六、八句用韵。

花仲胤妻　　　伊川令·寄外

西风昨夜穿帘幕，闺院添消索。最是梧桐零落，迤逦秋光过却。人情音信难托，鱼雁成耽阁。教奴独自守空房，泪珠与、灯花共落。

伊州三台

伊州，地名，汉代称伊吾，是匈奴呼韩衍王庭。隋置伊吾郡，唐改置伊州，故城在今新疆哈密县。唐天宝年间常以边地作为乐曲名，《伊州》遂成为曲调名，属商调大曲，是西京节度盍嘉运所进。北齐高洋改筑三台，宫人歌唱送酒之事。唐时用为教坊曲名。宋时用其曲制词，名为《伊州三台》，南宋赵师侠、杨韶父均有词。属双调、平韵，共四十八字。上、下阕格式相同，均为四句、二十四字，各句为六、六、五、七字，句句用韵。又名《伊州三台令》。

赵师侠　　　伊州三台·丹桂

桂华移自云岩，更被灵砂染丹。清露湿酡颜，醉乘风、下临世间。　　素娥襟韵萧闲，不与群芳并看。蔌蔌绛绡单，觉身轻、梦回广寒。

伊州三台令

此调即《伊州三台》。“令”来源于唐代酒令，用于词调名中，有时即标明为词牌，可有可无。属双调、平韵，共四十八字。其词名来源、句式、用韵，参阅《伊州三台》。

杨韶父　　伊州三台令·水村月淡云低

水村月淡云低，为爱寒香晚吹。瘦马立多时，是谁家、茅舍竹篱。　　三三两两芳蕤，未放琼铺雪堆。只这一些儿，胜东风、千枝万枝。

伊州曲

此调见《岁时广记》，为宋代无名氏所作，今存词一首。伊州，唐代地名，故城在今新疆哈密县。唐时以边州作为乐曲名，至宋沿用。此调不分阕，仄韵，共二十四句、一百一十八字。调名来源《伊州三台》。

无名氏　　伊州曲·金鸡障下胡雏戏

金鸡障下胡雏戏，乐极祸来，渔阳兵起。鸾舆幸蜀，玉环缢死，马嵬坡下尘滓。夜对行宫皓月，恨最恨、春风桃李。洪都方士，念君萦系。妃子，蓬莱殿里。觅寻太真，宫中睡起。遥谢君意，泪流琼脸，梨花带雨，仿佛霓裳初试。寄钿合、共金钗，私言徒尔。在天愿为、比翼同飞，居地应为、连理双枝。天长与地久，唯此恨无已。

向湖边

此调乃宋代江纬自制词调名，有张拭和词。江纬词的上结句为“策杖携壶，向湖边柳外”，故取其中三字“向湖边”作为调名。属双调、仄韵，共一百零四字。上阕十句、四十九字，于第三、五、八、十句用韵；下阕十句、五十五字，于第二、四、六、七、八、十句用韵。万树《词律》认为此调酷似《拜星月慢》。两调皆一百零四字，格式相近。参阅《拜星月慢》。

江　纬　　向湖边·江纬读书堂

退处乡关，幽栖林薮，舍宇第须茅盖。翠巘清泉，启轩窗遥对。遇等闲、邻里过从，亲朋临顾，草草便成幽会。策杖携壶，向湖边柳外。　旋买溪鱼，便斫银丝脍。谁复欲痛饮，如长鲸吞海。共惜醺酣，恐欢娱难再。矧清风明月非钱买，休追念、金马玉堂心胆碎。且斗尊前，有阿谁身在。

张　拭　　向湖边·万里烟堤

万里烟堤，百花风榭，游女翩翩羽盖。彩挂秋千，向花梢

娇对。矧门外、森立乔松，日花争丽，犹若当年文会。廊庙夔龙，暂卜邻交外。　　共讲真率，玉糁金虀脍。同萧散寄傲，樽罍倾北海。佳处难忘，约追欢须再。况风月不用一钱买。但回首，七虎堂中心欲碎。千里相思，幸前盟犹在。

似娘儿

此调本为《摊破南乡子》，黄庭坚“得意许多时”一词，误题为《丑奴儿》，元遗山“冰麝室中香”一词又误题为《摊破丑奴儿》。赵长卿以《摊破南乡子》填词，始名《青杏儿》。《似娘儿》和《青杏儿》，此二名皆当时曲调名，在北曲为《青杏儿》，在南曲为《似娘儿》，在词为《南乡子》。属双调、平韵，共六十二字。上、下阕句式相同，均为六句、三十一字，亦皆于第一、二、六句用韵。参阅《南乡子》、《摊破南乡子》、《青杏儿》。

赵长卿　　似娘儿·残秋

橘绿与橙黄，近小春、已过重阳。晚来一霎霏微雨，单衣渐觉，西风冷也，无限情伤。　　孤馆最凄凉，天色儿、苦恁凄惶。离愁一枕灯残后，睡来不是，行行坐坐，月在回廊。

后庭花

此调又名《玉树后庭花》，本为陈后主所作，因其词中有“玉树后庭花”之句，故取以为名。唐用为教坊舞曲名，开元、天宝年间入法曲，后用为词牌名。属双调、仄韵，有四十四字和四十六字等三体。又名《海棠花》、《后庭花破子》，参阅《玉树后庭花》。

许　棐　　后庭花·一春不识西湖面

一春不识西湖面，翠羞红倦。雨窗和泪摇湘管，意长笺短。　　知心惟有雕梁燕，自来相伴。东风不管琵琶怨，落花吹遍。

后清江曲

即《清江曲》。此本非词调名，苏庠有诗一首，名《后清江曲》，刘毓盘辑石湖词，误为词，乃七言八句古体诗。今录以备考。

苏　庠　　后清江曲·层波渺渺山苍苍

层波渺渺山苍苍，轻霜陨木莲叶黄。呼儿极浦下笭箵，社瓮欲熟浮蛆香。　轻蓑淅沥鸣秋雨，日暮乘流自相语。一笛清风万事休，白鸟翩翩落烟渚。

合欢带

此调见《乐章集》。古时称结成双结的绣带为“合欢带”，已婚年轻女子用来系在腰间，表示夫妻恩爱、百年合欢。杜安世制词，吟唱闺中思妇春夜孤寂之情，词中有“被你厌厌牵系我，怪纤腰、绣带宽松”之句，故命其词调为《合欢带》。属双调、平韵，共一百零五字。上阕九句、五十一字，于第一、二、四、七、九句用韵；下阕五十四字，句数、用韵同上阕。另一体亦一百零五字，惟每句字数与前体不同。

柳　永　　合欢带·身材儿

身材儿、早是妖娆，算风措、实难描。一个肌肤浑似玉，更都来、占了千娇。妍歌艳舞，莺惭巧舌，柳妒纤腰。自相逢，便觉韩娥价减，飞燕声消。　桃花零落，溪水潺湲，重寻仙径非遥。莫道千金酬一笑，便明珠、万斛须邀。檀郎幸有，凌云词赋，掷果风标。况当年，便好相携，凤楼深处吹箫。

杜安世　　合欢带·楼台高下玲珑

楼台高下玲珑，斗芳草、绿阴浓。芍药孤栖香艳晚，见樱桃、万颗初红。巢喧乳燕，珠帘镂曳，满户香风。罩纱帏、象床屏枕，昼眠才似朦胧。　起来无语更兼慵，念分明、事成空。被你厌厌牵系我，怪纤腰、绣带宽松。春来早是，分飞两

处，长恨西东。到如今、扇移明月，簟铺寒浪与谁同。

仇　远　　　　合欢带·效柳体

令巍巍、一段风流，看情性、忒温柔。记得河桥曾识面，两凝情、欲问还羞。沉吟半晌，蝉欹舞鬓，莺涩歌喉。到黄昏饮散，□虽未语，心已相留。　纱窗低转，红袖同携，随花归去秦楼。酒力难禁花易软，聚眉峰、点点清愁。瞋人笑语，朦胧娇眼，鬓嚲扶头。醒来时、月转西厢，隔窗犹听箜篌。

合宫歌

此调为宋代周必大所创制，是他所写《明堂大礼乐章》两首中的后一首。“合宫”，相传为黄帝的明堂。以赋宋之明堂为内容，对其高唱赞歌，故命其词调为《合宫歌》。词属双调、仄韵，共一百三十三字。上阕十三句、六十六字，下阕十五句、六十七字。

赵　祯　　合宫歌·皇祐二年飨明堂

缵重明，端拱保凝命。广大孝休德，永锡四海有庆。觚坛寓礼正典名。幔室雅奏，彩仗崇制定。五位仿古甚盛，蒿宫光符辰星。高秋嘉时款芎灵，交累圣。上下来顾，寅畏歆纯诚。

三阶平，金气肃，转和景。翠葆御双观，巽风兑泽布令。脂荼划荡墨索清。远迩响附，动植咸遂性。表里穆悦，庶政醇酞，熙然胥庭。唐舜华封祝，如南山寿永。愿今广怀宁延，昌基扃。

周必大　　　　合宫歌·圣明朝

圣明朝，旷典乘秋举。大飨本仁祖，九室八牖四户。敕躬齐戒格堪舆。盛牲实俎，并侑总稽古。玉露乍肃天宇，冰轮下照金铺。燎烟嘘呼，郁尊香，云门舞。仿佛翔坐，灵心咸嘉娱。　众星俞美，光属照煩珠。清晓御丹凤，湛恩遍浃率溥。欢声雷动岳镇呼。徐命法驾，万骑花盈路。献胙慈极，寿同箕翼，事超唐虞。看平燕云，从此兴文偃武。待重会诸侯，依旧东都。

无名氏　　合宫歌·恭谢　嘉祐元年

泰阶平，勋业属全盛。旰昃焦劳，访道缵三朝仁政。大庭蒇事款上灵。服冕执圭，侑飨尊累圣。豆笾奕奕嘉靖，神光四照百礼成。回御天门，讲丕彝，敷大庆。蒙被草木，万国仰声明。

无名氏　　合宫歌·明堂　嘉祐七年

太平时，宝殿垂衣治。驭左右贤俊，万国执玉助祭。凉秋九月霜华飞。感发纯孝，五室配上帝。紫汉入夜凝霁，房心下，泛华芝。大田栖粮，岁功成，农歌沸。复道躬拜，肃迎神嬉。　漏声迟，玉磬响，递清吹。嘉荐升雕俎，柘浆屡酌几醉，云扶灵驾欻若归。天意留顾，万福如山委。便御丹阙，布为皇泽，与民熙熙。远观唐虞，未有如兹盛礼。愿常遇鸣銮，三岁亲祠。

行　香　子

"行香"，古时的一种礼佛仪式。行香之法是：主斋者手执香炉绕行道场中，或散撒香末，或自己炷香为礼，或手取香分授众僧，故亦称"传香"。词人以词命题，名为《行香子》，又名《爇心香》、《读书引》。属双调、平韵，作者多宗之体为六十六字。上下阕皆八句、三十三字，亦皆于第一、二、三、五、八句用韵。另有六十四字和六十八字两体。六十六字者亦因平仄或首句起韵分为四体。

张　先　　行香子·舞雪歌云

舞雪歌云，闲淡妆匀，蓝溪水、深染轻裙。酒香醺脸，粉色生春。更巧谈话，美情性，好精神。　江空无畔，凌波何处，月桥边、青柳朱门。断钟残角，又送黄昏。奈心中事，眼中泪，意中人。

杜安世　　行香子·黄金叶细

黄金叶细，碧玉枝纤，初暖日、当乍晴天。向武昌溪畔，于彭泽门前。陶潜影，张绪态，两相牵。　数株堤面，几树

桥边，嫩垂条、絮荡轻绵。系长江舴艋，拂深院秋千。寒食下，半和雨，半和烟。

汪辅之　　　　行香子·记恨

晚绿寒红，芳意匆匆，惜年华、今与谁同。碧云零落，数字宾鸿。看渚莲凋，宫扇旧，怨秋风。　　流波坠叶，佳期何在，想天教、离恨无穷。试将前事，闲倚梧桐。有销魂处，明月夜，锦屏空。

晏几道　　　　行香子·晚绿寒红

晚绿寒红，芳意匆匆，惜年华、今与谁同。碧云零落，数字征鸿。看渚莲凋，宫扇旧，怨秋风。　　流波坠叶，佳期何在，想天教、离恨无穷。试将前事，闲倚梧桐。有消魂处，明月夜，粉屏空。

王　诜　　　　行香子·金井先秋

金井先秋，梧叶飘黄，几回惊觉梦初长。雨微烟淡。疏雨池塘。渐蓼花明，菱花冷，藕花凉。　　幽人已惯，枕单衾冷，任商飙、催换年光。问谁相伴，终日清狂。有竹间风，尊中酒，水边床。

苏　轼　　　　行香子·茶词

绮席才终，欢意犹浓，酒阑时、高兴无穷。共夸君赐，初拆臣封。看分香饼，黄金缕，密云龙。　　斗赢一水，功敌千钟，觉凉生、两腋清风。暂留红袖，少却纱笼。放笙歌散，庭馆静，略从容。

苏　轼　　　　行香子·寓意

三入承明，四至九卿，问书生、何辱何荣。金张七叶，纨绮貂缨。无汗马事，不献赋，不明经。　　成都卜肆，寂寞君平，郑子真、岩谷躬耕。寒灰炙手，人重人轻。除竺乾学，得无念，得无名。

苏　轼　　　　行香子·述怀

清夜无尘，月色如银，酒斟时、须满十分。浮名浮利，虚

苦劳神。叹隙中驹，石中火，梦中身。　　虽抱文章，开口谁亲，且陶陶、乐尽天真。几时归去，作个闲人。对一张琴，一壶酒，一溪云。

苏　轼　　　　行香子·秋兴

昨夜霜风，先入梧桐，浑无处、回避衰容。问公何事，不语书空。但一回醉。一回病，一回慵。　　朝来庭下，光阴如箭，似无言、有意伤侬。都将万事，付与千钟。任酒花白，眼花乱，烛花红。

苏　轼　　　　行香子·冬思

携手江村，梅雪飘裙，情何限、处处消魂。故人不见，旧曲重闻。向望湖楼，孤山寺，涌金门。　　寻常行处，题诗千首，绣罗衫、与拂红尘。别来相忆，知是何人。有湖中月，江边柳，陇头云。

苏　轼　　　　行香子·过七里滩

一叶舟轻，双桨鸿惊，水天清、影湛波平。鱼翻藻鉴，鹭点烟汀。过沙溪急，霜溪冷，月溪明。　　重重似画，曲曲如屏，算当年、虚老严陵。君臣一梦，今古虚名。但远山长，云山乱，晓山青。

苏　轼　　行香子·与泗守过南山晚归作

北望平川，野水荒湾，共寻春、飞步孱颜。和风弄袖，香雾萦鬟。正酒酣时，人语笑，白云间。　　飞鸿落照，相将归去，澹娟娟、玉宇清闲。何人无事，宴坐空山。望长桥上，灯火乱，使君还。

晁端礼　　　　行香子·别恨绵绵

别恨绵绵，屈指三年，再相逢、情分依然。君初霜鬓，我已华颠。况其间有，多少恨，不堪言。　　小庭幽槛，菊蕊阑斑，近清宵、月已婵娟。莫思身外，且斗樽前。愿花长好，人长健，月长圆。

秦　观　　　　行香子·树绕村庄

树绕村庄，水满坡塘，倚东风、豪兴徜徉。小园几许，收

尽春光。有桃花红，李花白，菜花黄。　　远远围墙，隐隐茅堂，飏青旗、流水桥傍。偶然乘兴，步过东冈。正莺儿啼，燕儿舞，蝶儿忙。

晁补之　　行香子·夏日即事

前岁栽桃，今岁成蹊，更黄鹂、久住相知。微行清露，细履斜晖。对林中侣，闲中我，醉中谁。　　何妨到老，常闲常醉，任功名、生事俱非。衰颜难强，拙语多迟。但酒同行，月同坐，影同嬉。

晁补之　　行香子·遐观楼

归鸟翩翩，楼上黄昏，黯天气、残照余痕。曲栏干里，有个愁人。向不言中，千载事，一年春。　　春来似客，春归如云，付楼前、行路双轮。倾江变酒，举斛为尊。断浮生外，愁千丈，不关身。

晁补之　　行香子·梅

雪里清香，月下疏枝，更无花、比并琼姿。一年一见，千绕千回。向未开时，愁花放，恐花飞。　　芳樽移就，幽葩折取，似玉人，携手同归。扬州应记，东阁逢时。恨刘郎误，题诗句，怨桃溪。

晁补之　　行香子·赠轻盈

柳态纤柔，雪艳疏明，问人来、人道轻盈。张琵莲脸，一寸波横。比潇洒处，犹难称，此嘉名。　　花前烛下，微嚬浅笑，要题诗、盏畔低声。司空自惯，狂眼须惊。也不辞写，双罗带，恐牵情。

葛胜仲　　行香子·愁况无聊作

风物飕飕，木落沧洲，渐老人、不奈悲秋。羁怀都在，鬓上眉头。似休文瘦，文通恨，子山愁。　　庭梧影薄，篱菊香浮，强招寻、聊命朋俦。穷通皆梦，今古如流。且渊明径，子猷舫，仲宣楼。

朱敦儒　　行香子·宝篆香沉

宝篆香沉，锦瑟尘侵，日长时、懒把金针。裙腰暗减，眉

黛长颦。看梅花过，梨花谢，柳花新。　　春寒院落，灯火黄昏，悄无言、独自销魂。空弹粉泪，难托清尘。但楼前望，心中想，梦中寻。

李清照　　　　行香子·草际鸣蛩

草际鸣蛩，惊落梧桐，正人间、天上愁浓。云阶月地。关锁千重。纵浮槎来，浮槎去，不相逢。　　星桥鹊驾，经年才见，想离情、别恨难穷。牵牛织女，莫是离中。甚霎儿晴，霎儿雨，霎儿风。

赵　鼎　　　　行香子·草色芊绵

草色芊绵，雨点阑斑，糁飞花、还是春残。天涯万里，海上三年。试倚危楼，将远恨，卷帘看。　　举头见日，不见长安，谩凝眸、老泪凄然。山禽飞去，榕叶生寒。到黄昏也，独自个，尚凭阑。

蔡　伸　　　　行香子·珠露初零

珠露初零，天宇澄明，正闲阶、皎月亭亭。更阑人静，烟敛风清。更井边桐，一叶叶，做秋声。　　斗帐鸾屏。翠被华茵，梦回时、酒力初醒。绿云堆枕，红玉生春。且打叠起，龙牙簟，竹夫人。

曹　勋　　　　行香子·也爱休官

也爱休官，也爱清闲，谢神天、教我愚顽。眼前万事，都不相干。访好林峦，好洞府，好溪山。　　日月如盘，缺又还圆，自然他、虎踞龙蟠。河东上下，一撞三关。看也非悭，也非易，也非难。

高　登　　　　行香子·瘴气如云

瘴气如云，暑气如焚，病轻时、也是十分。沉疴恼客，罪罟萦人。叹槛中猿，笼中鸟，辙中鳞。　　休负文章，休说经纶，得生还、已早因循。菱花照影，筇竹随身。奈沈郎尫，潘郎老，阮郎贫。

葛立方　　　　行香子·风透纱窗

风透纱窗，叶落银床，夹缬林、吹下严霜。新笃浮蚁，班

坐飞觞。有岩中秀，篱中艳，洛中香。　　金钿放蕊，玉粒争芳，惯年年、来趁清商。不应素节，还有花王。看正封诗，龟年调，太真狂。

姚述尧　　　　行香子·茉莉花

天赋仙姿，玉骨冰肌，向炎威、独逞芳菲。轻盈雅淡，初出香闺。是水宫仙，月宫子，汉宫妃。　　清夸薝卜，韵胜酴醾，笑江梅、雪里开迟。香风轻度，翠叶柔枝。与玉郎摘，美人戴，总相宜。

沈　瀛　　　　行香子·野叟愚痴

野叟愚痴，一向昏迷，笑呵呵、前事皆非。从前业债，今尽拚离。也不能文，不能酒，不能诗。　　屏除人事，闭却门儿，于其中、别有儿戏。几般骨董，衮过年时，待参些禅，弹些曲，学些棋。

沈　瀛　　　　行香子·野叟归欤

野叟归欤，朋友来无，数无多、几个相于。问谁姓字，在底中居。云陶靖节，白居士，邵尧夫。　　时时对语，一笑轩渠，他行藏、是我规模。朝朝暮暮，相唤相呼。愿今生世，长相守，作门徒。

沈　瀛　　　　行香子·野叟长年

野叟长年，一室萧然，都齐收、万轴牙签。只留三件，三教都全。时看周易，读庄子，诵楞严。　　阙鞬会得，万语千言，得鱼儿、了后忘筌。行行坐坐，相与周旋。待将此意，寻老孔，问金仙。

沈端节　　　　行香子·烟淡回塘

烟淡回塘，月浸疏篁，一枝□、压尽群芳。翛然风度，玉质金章。有许多清，许多韵，许多香。　　中酒情怀，琢句心肠，倚屏山、子细端相。冰芽初试，柑子新尝。更绮窗前，冰壶畔，看匀妆。

赵长卿　　　　行香子·马上有感

骄马花骢，柳陌经从，小春天、十里和风。个人家住，曲

巷墙东。好轩窗，好体面，好仪容。　　烛炧歌慵，斜月朦胧，夜新寒、斗帐香浓。梦回画角，云雨匆匆。恨相逢，恨分散，恨情钟。

傅大询　行香子·寿邓宰母　二月初五

玉佩簪缨，罗袜生尘，问何时、来到湘滨。尧蓂五叶，二月阳春。一霎时风，一霎时雨，一霎时晴。　　有子鸣琴，有路登瀛，戏斑衣、温酒重斟。蟠桃难老，相伴长生。一千年花，一千年果，一千年人。

辛弃疾　行香子·归去来兮

归去来兮，行乐休迟，命由天、富贵何时。百年光景，七十者稀。奈一番愁，一番病，一番衰。　　名利奔驰，宠辱惊疑，旧家时、都有些儿。而今老矣，识破关机。算不如闲，不如醉，不如痴。

辛弃疾　行香子·福州作

好雨当春，要趁归耕，况而今、已是清明。小窗坐地，侧听檐声。恨夜来风，夜来月，夜来云。　　花絮飘零，莺燕丁宁，怕妨侬、湖上闲行。天心肯后，费甚心情。放霎时阴，霎时雨，霎时晴。

辛弃疾　行香子·山居客至

白露园蔬，碧水溪鱼，笑先生、网钓还锄。小窗高卧，风展残书。看北山移，盘谷序，辋川图。　　白饭青刍，赤脚长须，客来时、酒尽重沽。听风听雨，吾爱吾庐。笑本无心，刚自瘦，此君疏。

辛弃疾　行香子·云岩道中

云岫如簪，野涨挼蓝，向春阑、绿醒红酣。青裙缟袂，两两三三。把麴生禅，玉版句，一时参。　　拄杖弯环，过眼嵌岩，岸轻乌、白发鬖鬖。他年来种，万桂千杉。听小绵蛮，新格磔，旧呢喃。

辛弃疾　行香子·博山戏简昌父、仲止

少日尝闻，富不如贫，贵不如、贱者长存。由来至乐，总

属闲人。且饮瓢泉，弄秋水，看停云。　　岁晚情亲，老语弥真，记前时、劝我殷勤。都休殢酒，也莫论文。把相牛经，种鱼法，教儿孙。

石孝友　　　行香子·你也娇痴

你也娇痴，我也狂迷，望今生、永不分离。如何别后，三换梅枝。是好相知，不相见，只相思。　　良辰美景，赏心乐事，□□□，负我辜伊。风弦再续，鸾鉴重窥。且等些时，说些子，做些儿。

韩　玉　　　行香子·一剪梅花

一剪梅花，一见销魂，况溪桥、雪里前村。香传细蕊，春透灵根。更水清泠，云黯淡，月黄昏。　　幽过溪兰，清胜山矾，对东风、独立无言。霜寒塞垒，风净谯门。听角声悲，笛声怨，恨难论。

赵师侠　　　行香子·春日迟迟

春日迟迟，春景熙熙，渐郊原、芳草萋萋。夭桃灼灼，杨柳依依。见燕喃喃，蜂簇簇，蝶飞飞。　　闲庭寂寂，曲沼漪漪，更秋千、红索垂垂。游人队队，乐意嬉嬉。尽醉醺醺，歌缓缓，语低低。

刘　过　　　行香子·山水扇面

佛寺云边，茅舍山前，树阴中、酒旆低悬。峰峦空翠，溪水青连。只欠梅花，欠沙鸟，欠渔船。　　无限风烟，景趣天然，最宜他、隐者盘旋。何人村墅，若个林泉。恰似歙湖，似枋口，似斜川。

汪　莘　　　行香子·野店残冬

腊八日与洪仲简溪行，其夜雪作

野店残冬，绿酒春浓，念如今、此意谁同。溪光不尽，山翠无穷。有几枝梅，几竿竹，几株松。　　篮舆乘兴，薄暮疏钟，望孤村、斜日匆匆。夜窗雪阵，晓枕云峰。便拥渔蓑，顶渔笠，作渔翁。

汪莘　　行香子·雪后闲眺

策杖溪边，倚杖峰前，望琼林、玉树森然。谁家残雪，何处孤烟。向一溪桥，一茅店，一渔船。　别般天地，新样山川，唤家僮、访鹤寻猿。山深寺远，云冷钟残。喜竹间灯，梅间屋，石间泉。

戴复古　　行香子·永州为魏深甫寿

万石崔嵬，二水涟漪，此江山、天下之奇。太平气象，百姓熙熙。有文章公，经纶手，把州麾。　满斟寿酒，笑捻梅枝，管年年、长见花时。佳人休唱，浅近歌词。读浯溪颂，愚谷记，澹岩诗。

刘学箕　　行香子·鄱阳□鱼

雪白肥鳙，墨墨修鲇，柳穿腮、小大相兼。金刀批脔，鲜活甘甜。或时燻，或时煮，或时腌。　揎腕佳人，玉手纤纤，缕银丝、取意无厌。羹须澹煮，滋味重添。滴儿醯，呷儿酒，撮儿盐。

刘镇　　行香子·赠柳儿行

露叶烟条，天与多娇，算风流、张绪难消。恼人春思，政自无聊。赖敛愁眉，酣醉眼，减围腰。　风絮相邀，蝶弄莺嘲，最关情、是短长桥。解骖分袂，催上兰桡。更绿波平，红日坠，碧云遥。

葛长庚　　行香子·题罗浮

满洞苔钱，买断风烟，笑桃花流落晴川。石楼高处，夜夜啼猿。看二更云，三更月，四更天。　细草如毡，独枕空拳，与山麋、野鹿同眠。残霞未散，淡雾沉绵。是晋时人，唐时洞，汉时仙。

吴潜　　行香子·世事尘轻

开庆己未八月十夜，同官小饮逸老堂，李直翁制参出示东坡题钓台行香子，走笔和韵

世事尘轻，宠辱何惊，□不须、更问君平。一帆客棹，几

曲渔汀。正年华晚，露华瀼，月华明。　　休论烟阁，莫说云屏，算惟堪、瓜种东陵。驹阴短景，蜗角浮名。但岁难留，身难健，鬓难青。

黄孝迈　　行香子·一春花下

一春花下，幽恨重重。又愁晴，又愁雨，又愁风。

方　岳　　行香子·癸卯生日

说与樵青，紧闭柴门，道先生、检校东屯。阿戎安在，未扫愁痕。且免歌词，休载妓，莫携尊。　　梅自生春，雪立前村，道此杯、酒也须温。无穷身外，付与乾坤。谁共耕山，闲钓水，饱窥园。

洪　瑹　　行香子·代赠

楚楚精神，杨柳腰身，是风流、天上飞琼。凌波微步，罗袜生尘。有许多娇，许多韵，许多情。　　十年心事，两字眉婚，问何时、真个行云。秋衾半冷，窗月窥人。想为人愁，为人瘦，为人颦。

黄　昇　　行香子·梅

寒意方浓，暖信才通，是晴阳、暗拆花封。冰霜作骨，玉雪为容。看体清癯，香淡伫，影朦胧。　　孤城小驿，断角残钟，又无边、散与春风。芳心一点。幽恨千重。任雪霏霏，云漠漠，月溶溶。

陈　著　　行香子·次韵元春兄

吾辈幺麽，休叹蹉跎，得闲时、且逐时过。人间名利，都是浮华。但退如进，失如得，少如多。　　谁信生来，从发尖磨，到如今、方见霜涯。算天亦自，无奈吾何。是饥能忍，寒能耐，老能歌。

刘辰翁　　行香子·和北客问梅

白氏，长安人

雪履无痕，溪影传神，著坡诗、请自清温。朝朝不去，夕夕空勤。似梦中云，云外雪，雪中春。　　四野昏昏，匹马巡

巡，拣一枝、寄与芳尊。更谁兴到，于我情真。是白家宾，江南路，陇头人。

刘辰翁　　行香子·次草窗忆古心公韵

玉立风尘，光动黄银，便谈文、也到夜分。无人烛下，壁上传神。记老婆心，寒士语，道人身。　　极意形容，下语难亲，更万分、无一分真。醉翁去后，往往愁人。愿滴山泉，衔丘冢，化龙云。

刘辰翁　　行香子·叠韵

海水成尘，河水无银，恨幽明、我与公分。青山独往，回首伤神。叹魏阙心，磻石魄，汨罗身。　　除却相思，四海无亲，识风流、还贺季真。而今天上，笑谪仙人。但病伤春，愁厌雨，泪看云。

刘辰翁　　行香子·探梅

月露吾痕，雪得吾神，更荒寒、不傍人温。山人去后，车马来勤。但梦朝云，愁暮雨，怨阳春。　　说著东昏，记著南巡，泪盈盈、檀板金尊。怜君素素，念我真真。叹古来言，新样客，旧时人。

蒋　捷　　行香子·舟宿兰湾

红了樱桃，绿了芭蕉，送春归、客尚蓬飘。昨宵谷水，今夜兰皋。奈云溶溶，风淡淡，雨潇潇。　　银字笙调，心字香烧，料芳悰、乍整还凋。待将春恨，都付春潮。过窈娘堤，秋娘渡，泰娘桥。

无名氏　　行香子·天与秋光

天与秋光。转转情伤，探金英、知近重阳。薄衣初减，绿蚁初尝。渐一番风，一番雨，一番凉。　　黄昏院落，恓恓惶惶，酒醒时、往事愁肠。那堪永夜，明月空床。问砧声捣，蛩声细、漏声长。

无名氏　　行香子·清要无因

清要无因，举选艰辛，系书钱、须要十分。浮名浮利，虚

苦劳神。叹旅中愁，心中闷，部中身。　　虽抱文章，苦苦推寻，更休说、谁假谁真。不如归去，作个齐民。免一回来，一回讨，一回论。

无名氏　　　行香子·浙右华亭

浙右华亭，物价廉平，一道会、买个三升。打开瓶后，滑辣光馨。教君霎时饮，霎时醉，霎时醒。　　听得渊明，说与刘伶，这一瓶、约迭三斤。君还不信，把秤来秤。有一斤酒，一斤水，一斤瓶。

行香子慢

此调见《高丽史·乐志》宋无名氏词。“慢”指乐调长，字数多，为慢词。《行香子》属短调，《竹香子慢》属长调，为双调、平韵，共九十六字。上阕十句、四十七字，于第一、三、五、七、十句用韵；下阕十句、四十九字，于第一、二、四、六、八、十句用韵。参阅《行香子》。

无名氏　　　行香子慢·瑞景光融

瑞景光融，换中天霁烟、佳气葱葱。皇居崇壮丽，金碧辉空。彤霄外、瑶殿深处，帘卷花影重重。迎步辇、几簇真仙，贺庆寿新宫。　　方逢，圣主飞龙，正休盛大宁，朝野欢同。何妨宴赏，奉宸意慈容。韶音按、露觞将进，蕙炉飘馥香浓。长愿承颜，千秋万岁，明月清风。

行 路 难

本乐府《杂曲歌辞》篇名，据《乐府题解》，《行路难》“备言世路艰难及离别悲伤之意”。唐筝曲亦有《行路难》。词人借用乐府旧题和唐曲另度新声，用为词牌名。此调即《梅花引》一百一十四字体之《小梅花》。贺铸以篇名改易古题。属双调，共一百一十四字。上下阕、格式相同，皆十一句、五十七字，句句用韵，平韵、仄韵交替用韵。第一、二、三句用仄韵，四、五、六句换平韵，七、八句三换仄韵，九、十、十一句四换平韵。参阅《梅花引》、《小梅花》。

贺　铸　　　行路难·缚虎手

缚虎手，悬河口，车如鸡栖马如狗。白纶巾，扑黄尘，不知我辈，可是蓬蒿人。衰兰送客咸阳道，天若有情天亦老。作雷颠，不论钱，谁问旗亭，美酒斗十千。　酌大斗，更为寿，青鬓常青古无有。笑嫣然，舞翩然，当垆秦女，十五语如弦。遗音能记秋风曲，事去千年犹恨促。揽流光，系扶桑，争奈愁来，一日却为长。

负心期

此调本为《摊破浣溪纱》，贺铸以此调填词，其上阕末二句为“回首五湖乘兴地，负心期”，故取新名为《负心期》。属双调、平韵，上下阕句式相同，均为四句，每句字数分为七、七、七、三字。又名《山花子》，参阅《摊破浣溪沙》。

贺　铸　　负心期·节物侵寻迫暮迟

节物侵寻迫暮迟，可胜摇落长年悲。回首五湖乘兴地，负心期。　惊雁失行风翦翦，冷云成阵雪垂垂。不拚尊前泥样醉，个能痴。

多　丽

多丽，相传为唐张均之歌妓名，为咏唱其人而制词，故名《多丽》。又名《绿头鸭》，本是唐教坊曲；周格非词名《陇头泉》，采自乐府旧题。《多丽》和《绿头鸭》原来是两调，后来合二为一。此调属双调，有平韵、仄韵两体，字数从一百三十七字至一百四十字，有多种格式。后人多以一百三十九字者为正格，其上阕十三句、七十四字，于第一、二、四、六、九、十一、十三句用韵；下阕十一句、六十六字，于第二、四、七、九、十一句用韵。参阅《绿头鸭》。

聂冠卿　　多丽·李良定公席上赋

想人生，美景良辰堪惜。问其间、赏心乐事，就中难是并

得。况东城、凤台沙苑，泛晴波、浅照金碧。露洗华桐，烟霏丝柳，绿阴摇曳，荡春一色。画堂迥、玉簪琼佩，高会尽词客。清欢久、重然绛蜡，别就瑶席。　　有翩若轻鸿体态，暮为行雨标格。逞朱唇、缓歌妖丽，似听流莺乱花隔。慢舞萦回，娇鬟低亸，腰肢纤细困无力。忍分散、彩云归后，何处更寻觅。休辞醉，明月好花，莫谩轻掷。

柳　永　　　　　　多丽·凤凰箫

凤凰箫，新声远度兰桡。漾东风、湖光十里，参差绿盖红桥。暖云蘸、郁金衫色，晴烟抹、翡翠裙腰。罨画名园，闹红芳榭，蒲葵亭畔彩绳摇。满鸳甃、落英堪藉，犹作殢人娇。渍罗袂，莫揉痕退，生怕香销。　　忆当年、尊前扇底，多情冶叶倡条。浴兰女、隔花偷盻，修禊客、临水相招。旧约寻欢，新声换谱，三生梦里可怜宵。纵留得、楝花寒在，啼鴂已无聊。江南恨，越王台上，几度回潮。

李清照　　　　　　多丽·咏白菊

小楼寒，夜长帘幕低垂。恨萧萧、无情风雨，夜来揉损琼肌。也不似、贵妃醉脸，也不似、孙寿愁眉。韩令偷香，徐娘傅粉，莫将比拟未新奇。细看取、屈平陶令，风韵正相宜。微风起，清芬酝藉，不减酴醿。　　渐秋阑、雪清玉瘦，向人无限依依。似愁凝、汉皋解佩，似泪洒、纨扇题诗。朗月清风，浓烟暗雨，天教憔悴度芳姿。纵爱惜、不知从此，留得几多时。人情好，何须更忆，泽畔东篱。

杨无咎　　　　　　多丽·中秋

晚风清，淡云卷尽轻罗。看银蟾、初离海上，万里碧汉澄波。碾云衢、玉轮缓驾，照山影、宝镜新磨。光彻庭除，寒生绮席，无聊清兴助吟哦。共宴赏、明宵天气，晴晦又知他。无眠处，衣濡湛露，目断明河。　　念年来、青云失志，举头羞见嫦娥。且高歌、细敲檀板，拚痛饮、频倒金荷。断约他年，重挥大手，桂枝须斫最高柯。恁时节、清光比似，今夕更应多。功名事，到头须在，休用忙呵。

高　登　　　　　多丽·人间世

人间世，偶然攘臂来游。何须恁、乾坤角抵，又成冷笑俳优。且宽心、待他天命，谩鼓舌、夸吾人谋。李广不侯，刘蕡未第，千年公论合谁羞。往矣瓦飘无意，甑堕懒回头。真堪笑，真钩论议，圆枘机筹。　　幸斯道、元无得丧，壮心岂有沉浮。好温存、困中节概，莫冷落、穷里风流。酒滴真珠，饭钞云子，醉饱卧信缘休。归去也，幅巾谈笑，卒岁且优游。循环事，亡羊须在，失马何忧。

葛立方　　　　　多丽·赏梅

冷云收，小园一段瑶芳。乍春来、未回穷腊，几枝开犯严霜。傍黄昏、暗香浮动，照清浅、疏影低昂。却月幽姿，含章媚态，姮娥姑射下仙乡。倚阑看、殷勤持酒，索笑也何妨。堪怜处，东君不管，独自凄凉。　　算何人、为伊销断，古今才子篇章。有西湖，赋诗处士，□东阁、年少台郎。驿使来时，吴王醉处，几番牵动广平肠。胜宴赏、微酸如豆，又是隔年长。高楼外，莫教羌管，吹堕寒香。

葛立方　　　　　多丽·七夕游莲荡作

破波光如镜，三翼轻舟。对雨余、重岩叠嶂，何妨影堕清流。望芙蕖、渺然如海，张云锦、掩映汀洲。出水奇姿，凌波艳态，眼看□叶弄新秋。恍疑是、金沙池内，玉井认峰头。花深处，田田叶底，鱼戏龟游。　　正微凉、西风初度，一弯斜月如钩。想天津、鹊桥将驾，看宝奁、蛛网初抽。晒腹何堪，穿针无绪，不如溪上少淹留。竞笑语、追寻惟有，沉醉可忘忧。凭清唱，一声檀板，惊起沙鸥。

侯　寘　　　　　多丽·帝城春

帝城春，玉堂深处飞烟。想圣人、恩隆内职，左珰押赐传宣。彩衣明、瑶觞膝下，花昼永、锦瑟尊前。富贵从来，功名余事，鼎彝勒遍笔如椽。向中禁、琐窗偷觑，王母语当年。清平世，衣冠是谁，三世甘泉。　　记年时、翘才献寿，小诗曾涴苔笺。望三槐、云霞交映，照五彩、衮绣相鲜。当日非谀，如今方信，门人称颂是师言。况自有、两宫醄眷，卜梦亦徒

然。看指日，鼎新化炉，一气陶甄。

张孝祥　　多丽・景萧疏

景萧疏，楚江那更高秋。远连天、茫茫都是，败芦枯蓼汀洲。认炊烟、几家蜗舍，映夕照、一簇渔舟。去国虽遥，宁亲渐近，数峰青处是吾州。便乘取、波平风静，荃棹且夷犹。关情有，冥冥去雁，拍拍轻鸥。　　忽追思、当年往事，惹起无限羁愁。拄笏朝来多爽气，秉烛夜永足清游。翠袖香寒，朱弦韵悄，无情江水只东流。柂楼晚，清商哀怨，还听隔船讴。无言久，余霞散绮，烟际帆收。

张孝祥　　多丽・小庭阶

小庭阶，帘栊婀娜蓬莱。恨匆匆、归鸿度影，东风摇荡情怀。不多时、见他行过，霎儿后、依旧回来。银铤双鬟，玉丝头道，一尖生色合欢鞋。麝香粉、绣茸衫子，窄窄可身裁。偶回头，笑涡透脸，蝉影笼钗。　　忆疏狂、随车信马，那知沦落天涯。豆蔻初、可怜春早，菖蒲晚、难见花开。红叶波深，彩楼天远，浪凭青鸟信音乖。等闲是、这番迷眼，无处可安排。行云断、梦魂不到，空赋阳台。

富　掞　　多丽・寿刘帅

淡云收、晓来春满湘中。柳如烟、花枝如糁，万红千翠纤浓。照帘旌、微穿丽日，动罗幕、轻转香风。天上良辰，人间淑景，生贤和气显殊钟。映时表、南山北斗，相并两穹崇。须知道、英明罕比，文武谁同。　　奉慈亲、承颜戏彩，更闻吉梦占熊。扫蛮氛、遂清三楚，定徐方、行策元功。趣召遄归，康时佐主，指挥谈笑虏巢空。寿觞举、器舟斟海，不用水精钟。休辞醉，千龄会遇，美事重重。

石孝友　　多丽・晚山青

晚山青，一川云树冥冥。正参差、烟凝紫翠，斜阳画出南屏。馆娃归、吴台游鹿，铜仙去、汉苑飞萤。怀古情多，凭高望极，且将尊酒慰飘零。自湖上、爱梅仙远，鹤梦几时醒。空留在、六桥疏柳，孤屿危亭。　　待苏堤、歌声散尽，更须携妓西泠。藕花深、雨凉翡翠，菰蒲软、风送蜻蜓。澄碧生秋，闹红驻景，采菱新唱最堪听。一片水天无际，渔火两三星。多

情月、为人留照，未过前汀。

卢　炳　　　　**多丽·寿邵郎中**

庆佳辰，熊罴协梦生申。记当年、曾游月殿，笑谈高跃龙津。德弥高、源流孔孟，才迥出、黼黻卿云。亟步华涂，蜚英腾茂，姓名端的简枫宸。最好是、雍容兰省，直道事吾君。还知否，承明倦直，来抚斯民。　　算人生、五马最贵，朱幡画戟行春。讼庭清、祥风和畅，铃斋静、佳气氤氲。寿宴香浓，梅繁柳嫩，年年今日劝芳尊。须信道、朱颜不老，眉寿等松椿。从兹去，衮衣特立，廊庙经纶。

赵时奚　　　　**多丽·西湖**

敛吴云，翠奁推上红晴。渺澄流、鳞光寒碎，远峰螺绀低凝。杏香引、画船影湿，柳阴趁、骄马蹄轻。桥限宽平，堤横南北，去来人入绣围行。渐际晚，梅妆游困，十里曳歌声。苍烟润，飞鸦妒春，一梦催醒。　　认名园、当时宴幸，缆痕犹在危亭。露花浓、静迎直砌，雾藓冷、淡护飞甍。几对东风，留连丽景，年□□老越山青。夜深月、照人依旧，何处最关情。欢娱地，星移世换，客恨还盈。

詹　玉　　　　**多丽·念念**

晚云归，小楼又作阴凉。霎儿间，恨桐招雨，西风叶叶商量。醒时心、又还南浦，愁边句、多在斜阳。菱碗笼青，莲瓶拖艳，旋倾花水咽茶香。怨蛩有、许多言语，说动软心肠。夜沉沉，几条凉月，界破晴窗。　　共绣帘吹絮未久，却孤剑水云乡。自家书、未能成字，邻家笛、且莫吹商。好梦偏悭，闲情未了，隔墙又唱秋娘。帕绡依、旧时香折，戏封做书囊。鸳鸯字，见时千万，绣一双双。

游　慈　　**多丽·寿侍郎　十二月初七**

约梅花，年年开向华筵。借清香，飞入寿杯中，永祝英贤。才履长、便登八秩，那须要、更待来年。和气先春，祥风破腊，蓂开七荚正敷妍。君不见，太公此际，犹欲钓磻川。

争知道、副车已办，西伯来畋。驻东阳、清谈终日，种成桃李森然。向庭闱、绯衣戏彩，更孙(下缺)。

李子申　　多丽·好人人

好人人，去来欲见无因。记当时、窃香倚暖，岂期蝶散鹣分。到而今、漫劳梦想，嗟后会、惨啼痕。绣阁银屏，知他何处，一重山尽一重云。暮天杳、梗踪萍迹，还是寄孤村。寂寥月，今宵为谁，虚照黄昏。　细追思、深诚密意，黯然一饷消魂。仗游鱼、漫传尺素，望塞雁、空噎回纹。帐衾寒、香消尘满，博山沉水更谁薰。断肠也、无聊情味，惟有殢芳尊。沉吟久，移灯向壁，掩上重门。

严　仁　　多丽·记恨

最无端，官楼画角轻吹。一声来、深闺深处，把人好梦惊回。许多愁、尽教奴受，些个事、未必君知。泪滴兰衾。寒生珠幌，翠云撩乱枕频攲。窗儿上、几条残月，斜玉界罗帷。更堪听，霜摧败叶，静扣朱扉。　念别离、千里万里，问何日是归期。关情处、鱼来雁往，断肠是、兔走乌飞。美景良辰，赏心乐事，风流孤负缕金衣。谩赢得、花颜玉骨，瘦损为相思。归须早，刘郎双鬓，莫遣成丝。

吴则礼　　多丽·听新蝉

听新蝉，舜琴初弄清弦。伴薰风、葱葱佳气，钟希世英贤。正芳蓂、更余九荚，况强仕，犹待三年。笔下烟云，胸中岩壑，玉峰凛凛映人寒。公不见、清潭宝剑，九彩动星躔。浑疑是，风雷变化，落在人间。　驻东阳、清谭终日，种成桃李森然。向庭闱、彩衣有庆，更华萼、棠棣相鲜。骥足难留，牛刀暂屈，匪朝伊夕步花砖。自今往、掀天扶地，声迹寄凌烟。它时事，赤松共约，携手骖鸾。

无名氏　　多丽·杨花

日初长，宝炉一缕沉烟。绿阴新，垂杨亭榭，知谁巧擘香绵。有时共、落红零乱，有时共、芳草留连。只道无情，那知有意，几回飞过绮窗前。人争讶，艳阳三月，干雪舞晴天。游丝外，不堪燕掠，无奈蜂黏。　那小鬟、忒噉娇劣，镇日地、倚阑干。轻吹处、樱桃的的，闲拈处、笋指纤纤。爱点猩罗，装成粉缬，嗔人不许放朱帘。端相好、蓦然风起，特送上

秋千。明朝看，池塘雨过，苹翠应添。

无名氏　　　多丽·寿临江通判

近中秋，迥然玉宇澄鲜。更尧蓂、十有一叶，向人特敷妍。喜名家、世行阴德，有余庆、门拥祥烟。梦协熊罴，间生鹙鹭，妙年攀桂振青毡。横飞上，金闺粉署，小试佐临川。翩然返，一身似叶，琳馆清闲。　记榜下、曩尝附骥，浪萍还有夤缘。曳长裾、不辞远道，接漫刺、复面同年。邂逅佳辰，铺排雅席，金炉香袅欲何言。愿趣诏、入扶宗社，浩气愈纯全。长年少，龟龄共永，鹤算同坚。

庄椿岁

此调名为方味道所创。他在小序中说："音寄《水龙吟》，名为《庄椿岁》"。是用来表示祝人长寿之词。"庄"指庄子，"椿"指大椿树，其典来自《庄子·逍遥游》："上古有大椿者，以八千岁为春，八千岁为秋。"词的结句为"长是伴、庄椿岁"，故另立新名。本名《水龙吟》，又称为《龙吟曲》，秦观以此调填词，起句为"小楼连苑"，故又名《小楼连苑》，又名《海天阔处》。属双调、仄韵，《词谱》收此调多至二十五体，自一百零二字至一百零六字皆有，首句或六字或七字不一。词人多以辛弃疾《水龙吟·楚天千里清秋》为正格。参阅《水龙吟》。

方味道　　　庄椿岁·寿赵丞相

恭审某官间期淑气，特立高标。仰维岳之生贤，一朝献颂；赋缁衣而入相，四海同声。欣逢五百年之期，愿上八千岁之祝。可占耆艾，曷尽形容。音寄水龙吟，名为庄椿岁。倘蒙省览，万有荣光

纶巾少驻家山，北窗睡觉南薰起。黄庭细看，长生秘诀，神仙奇趣。奈此苍生，愿苏炎热，仰为霖雨。趁丹心未老，将整顿乾坤，手为经理。　好是今年庆事，抱奇孙、一门佳气。蓬山振佩，麟符重锡，褒纶新美。玉树参庭，桂枝分种，香浮兰芷。看他年、接武三槐，长是伴、庄椿岁。

庆千秋

此调见《花草粹编》，今存宋代无名氏词一首(别误作欧阳光祖词)。本为贺寿之词，下阕结句为“萱草茂长春不老，百千祝寿无期”，故名《庆千秋》。属双调、平韵，共九十六字。上阕九句、四十六字，于第三、五、七、九句用韵；下阕九句、五十字，用韵同上阕。又名《汉宫春》。

无名氏　　庆千秋·正月十七

点检尧蓂，自元宵过了，两荚初飞。葱葱郁郁佳气，喜溢庭闱。惟知降、月里姮娥，欣对良时。但见婺星腾瑞彩，年年辉映南箕。　　好是庭阶兰玉，伴一枝丹桂，戏舞莱衣。椒觞迭将捧献，歌曲吟诗。如王母、款对群仙，同宴瑶池。萱草茂长春不老，百千祝寿无期。

庆长春

即《念奴娇》。此调见《翰墨大全》，今存宋代铁笔翁词一首，注为“寿戴一轩”，本为贺寿之词，有“世事轮云都莫问，只要颜红鬓黑”之句，故名《庆长春》。属双调、仄韵，共九十九字。上阕十句、四十九字，于第二、五、八、十句用韵；下阕十句、五十字，用韵同上阕。

铁笔翁　　庆长春·寿戴一轩

有酒如渑，便开怀痛饮，我歌君拍。世事轮云都莫问，只要颜红鬓黑。鹂燕风清，鸳鸯水暖，打当生申节。薰风来也，几人感戴翁德。　　好是驾海胸襟，屠龙手段，一笑乾坤窄。门外尘涛三百尺，不博剡溪一雪。绿幕红围，妙歌细舞，且醉三千客。问翁年纪，广成千有二百。

庆双椿

此调名为王以宁所创制。“椿”指椿树，典出《庄子·逍遥游》：“上古有大椿者，以八千岁为春，八千岁为秋。”王以宁自注曰：“汪周佐夫妇五月六日同生。”为贺寿之词，故名《庆双椿》。其词格式与《浣溪沙》同，当为《浣溪沙》的别名。属双调、平韵，共三十六字。上、下阕各三句，每句各六字。上阕句句用韵，下阕第一句不入韵。参阅《浣溪沙》。

王以宁　　庆双椿·汪周佐夫妇五月六日同生

问政山头景气嘉，仙家绿酒荐菖芽，仙郎玉女共乘槎。
学士文章舒锦绣，夫人冠帔烂云霞，寿香来是道人家。

庆同天

“同天”意为寿与天齐。张先为祝贺皇帝圣诞，颂扬其美德，以《河传》词调填词，首句“海宇称庆，复生元圣”，结句为“何独待祝华丰，与天同”，故名《庆同天》。此调本名《河传》，又名《怨王孙》、《月照梨花》。属双调，五十二字，多次换韵。上阕六句、二十五字，一、二句用仄韵，三、五、六句换平韵；下阕六句、二十七字，一、二、三句用仄韵，五、六句换平韵。张先词，字数略有参差。参阅《河传》、《怨王孙》、《月照梨花》。

张　先　　庆同天·海宇

海宇称庆，复生元圣。风入南薰，拜恩遥阙，衣上晓色犹春，望尧云。　游钧广乐人疑梦。仙声共，日转旗光动。无疆帝算，何独待祝华封，与天同。

庆寿光

此调为晁端礼所制，其序云：叔祖母黄氏，年九十一岁，被封为寿光县太君，命族孙端礼作寿光曲，以纪一时之美。遂名其词《庆寿光》。属双调、平韵，共一百零一字。上阕十句、四十九字，于第三、五、七、十句用韵；下阕十一句、五十二字，于第四、六、八、十一句用韵。

晁端礼　　庆寿光·丹扆疏恩

叔祖母黄氏，年九十一岁。其长子尝齿仕籍。大观赦恩，例许叙封。事在可疑，有司难之。次子论列于朝，特封寿光县太君。诰词有蕴仁积善之褒，因采纶言以名所居之堂曰“积善”，日与亲旧歌酒为寿于其间，命族孙端礼作庆寿光曲，以纪一时之美。其词曰

丹扆疏恩，庆闱受命，圣朝广孝非常。大邑高封，名兼寿考辉光。闾巷相传盛事，焕丝五色成章。崇新栋，天语荣夸，共瞻积善华堂。　灵龟荐祉，紫鸾称寿，千钟泛酒，百和焚香。况有新教歌舞，妙选丝篁。余庆从今沓至，看儿孙、朱紫成行。闻说道，贤德阴功，姓名仍在仙乡。

庆灵椿

即《摊破南乡子》。《花草粹编》署名黄右曹所作《庆灵椿》一首，实为无名氏所作，其词中有“寿堂已庆灵椿老，年年岁岁，重添嫩叶”之句，为祝人长寿之语，故名其词调为《庆灵椿》。此调之命名来自《庄子》。《庄子·逍遥游》中说：“楚之南有冥灵者，以百岁为春，五百岁为秋；上古有大椿者，以八千岁为春，八千岁为秋。”“冥灵”和“椿”都是长命之树名，此调概括为“灵椿”，借指长寿之人。属双调、平韵，共六十一字。上阕七句、三十一字，于第三、七句用韵；下阕六句、三十字，于第一、二、六句用韵。

无名氏　　庆灵椿·夫人生日

瑞溪庭，满闺秋色好，帘幕低垂。一床簪笏人间盛，沉

檀影里，笙歌沸处，齐捧瑶卮。　习礼复明诗，胡氏清畏人知。寿堂已庆灵椿老，年年岁岁，重添嫩叶，频长繁枝。

庆佳节

此调原为庆贺佳节之作，来源未考出。今仅存张先词二首。属双调、平韵，共五十一字。上阕五句、二十五字，句句用韵，一、二句为叠句；下阕四句、二十六字，于第二、三、四句用韵。

张　先　　　庆佳节·莫风流

莫风流，莫风流，风流后、有闲愁。花满南园月满楼，偏使我、忆欢游。　我忆欢游无计奈，除却且醉金瓯。醉了醒来春复秋，我心事、几时休。

张　先　　　庆佳节·芳菲节

芳菲节，芳菲节，天意应不虚设。对酒高歌玉壶阙，慎莫负、狂风月。　人间万事何时歇，空赢得、鬓成雪。我有闲愁与君说，且莫用、轻离别。

庆金枝

“金枝”，古时对皇族子孙的贵称。《乐府诗集》唐《享太庙乐章》载萧仿《懿宗舞》有句云：“金枝繁茂，玉叶延长”。此调用其典，庆贺皇族子孙之寿诞。属双调、平韵，共四十八字。上阕五句、二十三字，于第一、三、五句用韵；下阕五句、二十五字，于第三、四、五句用韵。另一体五十字，上阕二十四字，下阕二十六字。《高丽史·乐志》名《庆金枝令》。

张　先　　　庆金枝·青螺添远山

青螺添远山，两娇靥、笑时圆。抱云勾雪近灯看，妍处不堪怜。　今生但愿无离别，花月下、绣屏前。双蚕成茧共缠绵，更结后生缘。

无名氏　　　庆金枝·新春入旧年

新春入旧年，绽梅萼、一枝先。陇头人待信音传，算楚岸、未香残。　　小枕风雪凭栏干，下帘幕、护轻寒。年华永占入芳筵，付尊前、渐成欢。

庆金枝令

“令”来源于唐代酒令，用于词调中有时意同词牌，与原名格式无异。此调即同《庆金枝》，成为它的别名。属双调、平韵，共四十八字。其调名来源及用韵等，参阅《庆金枝》。

无名氏　　　庆金枝令·莫惜金缕衣

莫惜金缕衣，劝君惜、少年时。花开堪折直须折，莫待折空枝。　　一朝杜宇才鸣后，便从此、歇芳菲。有花有酒且开眉，莫待满头丝。

庆 春 时

“春时”指美好的时刻，为庆赏春时，度曲制词，名为《庆春时》，调见《小山乐府》。属双调、平韵，共四十八字。上阕六句、二十五字，于第三、六句用韵；下阕五句、二十三字，于第二、五句用韵。

晏几道　　　庆春时·倚天楼殿

倚天楼殿，升平风月，彩仗春移。鸾丝凤竹，长生调里，迎得翠舆归。　　雕鞍游罢，何处还有心期。浓熏翠被，深停画烛，人约月西时。

晏几道　　　庆春时·梅梢已有

梅梢已有，春来音信，风意犹寒。南楼暮雪，无人共赏，闲却玉阑干。　　殷勤今夜，凉月还似眉弯。尊前为把，桃根丽曲，重倚四弦看。

庆春泽

此调本为咏春之作。属双调、仄韵，共六十六字。上阕七句、三十三字，于第一、三、四、六句用韵；下阕七句、三十三字，于第一、三、五、七句用韵。此体见张先词。此调或可加“慢”字，故又名《庆春泽慢》，属慢词，即《高阳台》之别名。慢词属平韵，共一百字。上、下阕均九句，亦均于第三、五、七、九句用韵，惟上阕四十九字，下阕五十一字。九十八字一体见《梅苑》词。

张　先　　　庆春泽·飞阁危桥相倚

飞阁危桥相倚，人独立东风，满衣轻絮。还记忆江南，如今天气，正白蘋花，绕堤涨流水。　寒梅落尽谁寄，方春意无穷，青空千里。愁草树依依，关城初闭。对月黄昏，角声傍烟起。

张　先　　　庆春泽·与善歌者

艳色不须妆样，风韵好天真，画毫难上。花影滟金尊，酒泉生浪。镇欲留春，傍花为春唱。　银塘玉宇空旷，冰齿映轻唇，蕊红新放。声宛转，疑随烟香悠飏。对暮林静，寥寥振清响。

刘　镇　　　庆春泽·丙子元夕

灯火烘春，楼台浸月，良宵一刻千金。锦步承莲，彩云簇仗难寻，蓬壶影动星球转，映两行、宝珥瑶簪。恣嬉游，玉漏声催，未歇芳心。　笙歌十里夸张地，记年时行乐，憔悴而今。客里情怀，伴人闲笑闲吟。小桃未静刘郎老，把相思、细写瑶琴。怕归来，红紫欺风，三径成阴。

陈　著　　　庆春泽·丙申乡人醵赏凤花

翔凤阑干，啼鹃院宇，相逢似梦才醒。谁道无情，飞红舞翠欢迎。青春绿发花前饮，醉自歌、记那时曾。到如今，心事凄凉，怕说芳盟。　追思艮岳归来后，稳依山护得，雨翩风翎。燕燕莺莺，从他巧舌饶声。翩翩一种天然艳，笑向人、不与春争。羡花花，好岁寒交，有卧云亭。

陈　著　　　　**庆春泽·春困时光**

春困时光，风流昨梦，逢花便自醒醒。回首宣和，宫莺掖燕相迎。归来只恋春山好，到上林、枉是亲曾。又谁知，自有蟠松，相与论盟。　　阑干可是妨飞去，怕惊尘涴却，翠羽红翎。舞态亭亭，浑疑暗折韶声。忺人眼处还看破，道凤来、难与真争。醉扶归，但见啼鹃，怨夕阳亭。

无名氏　　　　**庆春泽·晓风严**

晓风严，正萧然兔园，薄雾微罩。梅渐弄白，耸危苞、匀胜胭脂，半点琼瑰小。望江南、信息何杳。纵寿阳妍姿，学就新妆，暗香须少。　　幽艳满寒梢，更游蜂舞蝶，浑无飞绕。天赋品格，借东皇施巧。孤根占得春前俊，笑雪霜、谩欺容貌。况此花高强，终待和羹，肯饶芳草。

庆春宫

即《高阳台》。此调平韵体始自北宋，有周邦彦之词；仄韵体始自南宋，有王沂孙诸词。属双调、平韵，共一百零二字。上下阕皆十一句、五十一字。上阕于第三、六、八、十一句用韵，下阕于第一、三、六、八、十一句用韵。另一体与前体格式同，惟用仄韵。又名《庆宫春》。

周邦彦　　　　**庆春宫·秋景**

云接平冈，山围寒野，路回渐转孤城。衰柳啼鸦，惊风驱雁，动人一片秋声。倦途休驾，澹烟里、微茫见星。尘埃憔悴，生怕黄昏，离思牵萦。　　华堂旧日逢迎，花艳参差，香雾飘零。弦管当头，偏怜娇凤，夜深簧暖笙清。眼波传意，恨密约、匆匆未成。许多烦恼，只为当时，一饷留情。

方千里　　　　**庆春宫·宿霭笼晴**

宿霭笼晴，层云遮日，送春望断愁城。篱落堆花，帘栊飞絮，更堪远近莺声。岁华流转，似行蚁，盘旋万星。人生如寄，利锁名缰，何用萦萦。　　骎骎皓发相迎，斜照难留，朝雾多零。宜趁良辰，何妨高会，为酬月皎风清。舞台歌榭，遇

得旅、欢期易成。莫辞杯酒，天赋吾曹，特地钟情。

吴文英　　庆春宫·越中钱得闲园

春屋围花，秋池沿草，旧家锦藉川原。莲尾分津，桃边迷路，片红不到人间。乱篁苍暗，料惜把、行题共删。小晴帘卷，独占西墙，一镜清寒。　风光未老吟潘，嘶骑征尘，只付凭阑。鸣瑟传杯，辟邪翻烬，系船香斗春宽。晚林青外，乱鸦著、斜阳几山。粉消莫染，犹是秦宫，绿扰云鬟。

吴文英　　庆春宫·残叶翻浓

残叶翻浓，余香栖苦，障风怨动秋声。云影摇寒，波尘销腻，翠房人去深扃。昼成凄黯，雁飞过、垂杨转青。阑干横暮，酥印痕香，玉腕谁凭。　菱花乍失娉婷，别岸围红，千艳倾城。重洗清杯，同追深夜，豆花寒落愁灯。近欢成梦，断云隔、巫山几层。偷相怜处，熏尽金篝，销瘦云英。

杨泽民　　庆春宫·曲渚澜生

曲渚澜生，遥峰云敛，据鞍又出江城。青子垂枝，翠阴遮道，乍闻一两蝉声。素蟾犹在，但惟有、长庚殿星。征夫前路，应怪劳生，尘事相萦。　年来厌逐时迎，千里追寻，两鬓凋零。佳景良辰，无憀虚度，谁怜客里凄清。不如归去，任儿辈、功名遂成。旧欢重理，莫笑渊明，却赋闲情。

陈允平　　庆春宫·孤鹜披霞

孤鹜披霞，归鞍卸日，晚香菊自寒城。虚馆灯闲，征衫尘浣，夜深何处砧声。乱蛩催怨，月明里、依稀数星。云山迢递，犹误归期，方寸遍萦。　秋风燕送鸿迎，最怜堤柳，白露先零。倦倚楼高，恨随天远，桂风和梦俱清。故人千里，记剪烛、西窗赋成。相如憔悴，宋玉凄凉，酒恨花情。

陈德武　　庆春宫·立春

风送深冬，雪消残腊，天时人事相催。堂北迎萱，水东问柳，阿谁报道春回。土牛装罢，候葭琯、先飞律灰。宜春宝字，是处人家，罗绮筵开。　三年客里情怀，千里亲闱，一寸灵台。彩燕金钗，青丝生菜，还思纤手安排。韶光是也，可

人的、如今再来。介他眉寿，但愿年年，春酒盈杯。

张　炎　　　　庆春宫·波荡兰觞

都下寒食，游人甚盛，水边花外，多丽环集，各以柳圈祓禊而去，亦京洛旧事也

波荡兰觞，邻分杏酪，昼辉冉冉烘晴。罥索飞仙，戏船移景，薄游也自忺人。短桥虚市，听隔柳、谁家卖饧。月题争系，油壁相连，笑语逢迎。　　池亭小队秦筝，就地围香，临水湔裙。冶态飘云，醉妆扶玉，未应闲了芳情。旅怀无限，忍不住、低低问春。梨花落尽，一点新愁，曾到西泠。

张　炎　　　　庆春宫·金粟洞天

蟾窟研霜，蜂房点蜡，一枝曾伴凉宵。清气初生，丹心未折，浓艳到此都消。避风归去，贮金屋、妆成汉娇。粟肌微润，和露吹香，直与秋高。　　小山旧隐重招，记得相逢，古道迢遥。把酒长歌，插花短舞，谁在水国吹箫。余音何处，看万里、星河动摇。广庭人散，月淡天心，鹤下银桥。

庆宫春

此调名未详来历。姜夔于南宋庆元二年(1196)与友人同载诣梁溪，道经吴松，因赋此阕。词属双调、仄韵，共一百零二字。上阕十一句、五十一字，于第三、六句用一韵，五、八、十一句换韵；下阕十一句、五十一字，于第二、六叶前韵，三、八、十一句叶换韵。此调又名《庆春宫》。

姜　夔　　　　庆宫春·双桨莼波

绍熙辛亥除夕，予别石湖归吴兴，雪后夜过垂虹，尝赋诗云："笠泽茫茫雁影微。玉峰重叠护云衣。长桥寂寞春寒夜，只有诗人一舸归。"后五年冬，复与俞商卿、张平甫、铦朴翁自封禺同载诣梁溪，道经吴松。山寒天迥，云浪四合。中夕相呼步垂虹，星斗下垂，错杂渔火，朔吹凛凛，卮酒不能支。朴翁以衾自缠，犹相与行吟，因赋此阕，盖过旬涂稿乃定，朴翁咎予无益，然意所耽，不能自已也。平甫，商卿，朴翁皆工于诗，所出奇诡，予亦强追逐之。此行既归，各得五十余解

双桨莼波，一蓑松雨，暮愁渐满空阔。呼我盟鸥，翩翩欲下，背人还过木末。那回归去，荡云雪、孤舟夜发。伤心重见，依约眉山，黛痕低压。　　采香径里春寒，老子婆娑，自歌谁答。垂虹西望，飘然引去，此兴平生难遏。酒醒波远，政凝想、明珰素袜。如今安在，唯有阑干，伴人一霎。

刘　澜　　庆宫春·重登蛾眉亭感旧

春剪绿波，日明金渚，镜光尽浸寒碧。喜溢双蛾，迎风一笑，两情依旧脉脉。那时同醉，锦袍湿、乌纱欹侧。英游何在，满目青山，飞下孤白。　　片帆谁上天门，我亦明朝，是天门客。平生高兴，青莲一叶，从此飘然八极。矶头绿树，见白马、书生破敌。百年前事，欲问东风，酒醒长笛。

张　枢　　庆宫春·斜日明霞

斜日明霞，残虹分雨，软风浅掠蘋波。声冷瑶笙，情疏宝扇，酒醒无奈秋何。彩云轻散，漫敲缺、铜壶浩歌。眉痕留怨，依约远峰，学敛双蛾。　　银床露洗凉柯，屏掩香销，忍扫茵罗。楚驿梅边，吴江枫畔，庾郎从此愁多。草蛩喧砌，料催织、回文凤梭。相思遥夜，帘卷翠楼，月冷星河。

周　密　　庆宫春·送赵元父过吴

重叠云衣，微茫雁影，短篷稳载吴雪。霜叶敲寒，风灯摇晕，棹歌人语呜咽。拥衾呼酒，正百里、冰河乍合。千山换色，一镜无尘，玉龙吹裂。　　夜深醉踏长虹，表里空明，古今清绝。高台在否，登临休赋，忍见旧时明月。翠消香冷，怕空负、年芳轻别。孤山春早，一树梅花，待君同折。

王沂孙　　庆宫春·水仙花

明玉擎金，纤罗飘带，为君起舞回雪。柔影参差，幽芳零乱，翠围腰瘦一捻。岁华相误，记前度、湘皋怨别。哀弦重听，都是凄凉，未须弹彻。　　国香到此谁怜，烟冷沙昏，顿成愁绝。花恼难禁，酒销欲尽，门外冰澌初结。试招仙魄，怕今夜、瑶簪冻折。携盘独出，空想咸阳，故宫落月。

仇　远　　庆宫春·江影涵空

江影涵空，山光浮水，画楼直倚东城。落叶声稀，归鸿声

杳，晚风却递钟声。去天咫尺，只疑是、齐云摘星。阑干凝伫，愁见垂扬，烟絮蒙蒙。　　官梅冷笑相迎，□怕繁枝，容易凋零。因念□□，吟仙鹤去，断桥谁赋疏清。染云如黛，这雪意、看看做成。有谁知得，庾信闲愁，陶令闲情。

王易简　　庆宫春·谢草窗惠词卷

庭草春迟，汀蘋香老，数声佩悄苍玉。年晚江空，天寒日暮，壮怀聊寄幽独。倦游多感，更西北、高楼送目。佳人不见，慷慨悲歌，夕阳乔木。　　紫霞洞窅云深，袅袅余香，凤箫谁续。桃花赋在，竹枝词远，此恨年年相触。翠椾芳字，谩重省、当时顾曲。因君凝伫，依约吴山，半痕蛾绿。

庆 清 朝

此调见《翰墨大全》，宋代李廷忠贺楼大参得官，名为《庆清朝》。属双调，有平韵、仄韵两体，共九十七字。平韵体见曹勋词，仄韵体见李宏模词。上下阕皆十句，皆于第三、五、七、十句用韵。惟上阕四十八字，下阕四十九字。另一体亦九十七字，下阕每句字数与前体略有不同。又名《清朝慢》、《庆清朝慢》。

李清照　　庆清朝·禁幄低张

禁幄低张，彤阑巧护，就中独占残春。容华淡伫，绰约俱见天真。待得群花过后，一番风露晓妆新。妖娆艳态，妒风笑月，长殢东君。　　东城边，南陌上，正日烘池馆，竟走香轮。绮筵散日，谁人可继芳尘。更好明光宫殿，几枝先近日边匀。金尊倒，拚了尽烛，不管黄昏。

王之道　　庆清朝·追和郑毅夫及第后作

晓日彤墀，春风黄伞，天颜咫尺清光。恩袍初赐，一时玉质金相。济济满廷鹓鹭，月卿映、日尹星郎。鸣鞘绕，锦鞯归路，醉舞醒狂。　　追随宝津琼苑，看穿花帽侧，拂柳鞭长。临流夹径，参差绿荫红芳。宴罢西城向晚，歌呼笑语溢平康。休相恼，争揭疏帘，半出新妆。

曹　勋　　　　　庆清朝·牡丹

绛罗萦色，茸金丽蕊，秀格压尽群芳。人间第一娇妩，深紫轻黄。乍过夜来谷雨，盈盈明艳惹天香。春风暖，宝幄竞倚，名称花王。　　朝槛五云拥秀，护晓日、偏宜翠幕高张。秾姿露叶，临赏须趁韶光。最喜鉴鸾初试，数枝姚魏插宫妆。然绛蜡，共花拚醉，莫靳瑶觞。

史　浩　　　　　庆清朝·梅花

翠竹茎疏，碧溪流浅，绮窗为尔时开。依稀远岸，才见一点寒梅。冷定半疑是雪，因风还度暗香来。醉清兴，瘦策过桥，黄帽青鞋。　　繁枝正微雨后，似怨人知晚，泪浥冰腮。殷勤百绕，留连踏遍莓苔。报道玉人睡觉，菱花初试晓妆台。携归去，粉额殢人，比并轻抬。

李廷忠　　庆清朝·上楼大参　十一月十五

天启重光，地钟上瑞，有人起自东山。当年谢傅，几曾鹤发貂冠。不似文章隽老，重来鸣步斗枢间。洪钧转，五原草绿，太白兵闲。　　运庆今朝初度，正日添纹线，月挂冰盘。恩重御壶宣劝，喜溢天颜。听取沙堤好语，金科红篆押千官。春长在，调元鼎里，不假还丹。

史达祖　　　庆清朝·坠絮孳萍

坠絮孳萍，狂鞭孕竹，偷移红紫池亭。余花未落，似供残蝶经营。赋得送春诗了，夏帷摛断绿阴成。桑麻外，乳鸠稚燕，别样芳情。　　荀令旧香易冷，叹俊游疏懒，枉自销凝。尘侵谢屐，幽径斑驳苔生。便觉寸心尚老，故人前度谩丁宁。空相误，祓兰曲水，挑菜东城。

李宏模　　　庆清朝·木芙蓉

碧玉云深，彤绡雾薄，芳丛乱迷秋渚。重城傍水，中有吹箫俦侣。应是琼楼夜冷，月明谁伴乘鸾女。仙游处，翠帘障尘，红绮随步。　　别岸玉容伫倚，爱浅抹蜂黄，淡笼纨素。娇羞未语，脉脉悲烟泣露。彩扇何人，妙笔丹青，招得花魂住。歌声暮，梦入锦江，香里归路。

王沂孙　　庆清朝·榴花

玉局歌残，金陵句绝，年年负却薰风。西邻窈窕，独怜入户飞红。前度绿阴载酒，枝头色比舞裙同。何须拟，蜡珠作蒂，缃彩成丛。　　谁在旧家殿阁，自太真仙去，扫地春空。朱幡护取，如今应误花工。颠倒绛英满径，想无车马到山中。西风后，尚余数点，还胜春浓。

仇　远　　庆清朝·山束滩声

山束滩声，月移石影，寒江夜色空浮。丹青古壁，风幡横卧东流。小舣载云轻棹，湖痕渐落葑泥稠。津亭外，隔船吹笛，唤起眠鸥。　　非但予愁渺渺，料那人，应自有、一襟愁。霜栖露泊，容易吹白人头。漠漠荻花胜雪，拟寻静岸略移舟。留闲耳，听莺小院，听雨西楼。

张　炎　　庆清朝·浅草犹霜

韩亦颜归隐两水之滨，殆未逊王右丞茱萸沜。余从之游，盘花旋竹，散怀吟眺，一任所适。太白去后三百年，无此乐也

浅草犹霜，融泥未燕，晴梢润叶初干。闲扶短策，邻家小聚清欢。错认篱根是雪，梅花过了一番寒。风还峭，较迟芳信，恰是春残。　　此境此时此意，待移琴独去，石冷慵弹。飘飘爽气，飞鸟相与俱还。醉里不知何处，好诗尽在夕阳山。山深杳，更无人到，流水花间。

李　朴　　庆清朝·晓庭天离

晓庭天离，擎香肖紫，严瑞气满春彰。勋门旧擎，从来功在江南。二百岁中阴德去，今天府享潭潭。遵画一，记得那时，□□□□。　　且趁东风解冻，向柳梢青处，□□□□。□□听满，此夕何惜醺酣。醉挹寿卿春色，一帘花影转微蟾。千秋岁，愿祝算数，多似彭聃。

无名氏　　庆清朝·北陆严凝

北陆严凝，东郊料峭，化工争付归期。前村夜来雪里，先见纤枝。想像靓妆淡伫，钗头翡翠茧蛾儿。冰壶莹，坐间静对，姑射仙姿。　　潇洒处，非艳冶最奇，是名赋、处士新诗。尊前坐曲，忍听羌管频吹。试问占先众卉，微笑不奈苦寒

欺。何须问，定应未羡，桃李芳菲。

无名氏　　　　庆清朝·银漏花残

银漏花残，红消烛泪，九重鱼钥欢声沸。奏万乘、祥曦门外。盖圣君、恭谢灵休，谨访景明嘉礼。天意好，祥风瑞月，时正当、小春天气。　　禁街十里香中，御辇万红影里。千官花底，控绣勒、宝鞭摇曳。看万年，永庆吾皇，捻指又瞻三载。

无名氏　　庆清朝·寿章丞　二月初六

点检尧阶，蓂生六叶，春深桃杏花开。长庚入梦，重新产谪仙才。事业十年灯火，文章笔下若掀雷。果然是，两字功名，唾手拿来。　　又况当年强仕，得志青云路，足慰高怀。紫泥风诏，行须非次招徕。金马玉堂风月，从容九棘面三槐。从今看，会唐九老，它日云台。

无名氏　　庆清朝·寿知县　三月廿四

节过重三，日逢四六，真贤应昴初生。元来鼻祖，降瑞应长庚。今喜重逢旧事，固宜依旧复青毡。果然是、双雕一箭，雁塔书名。　　大器也须小试，鸾凤暂栖，荆棘若为荣。从容巨竹双松，足畅吟情。行种河阳桃李，即飞诏、入厕朝绅。从兹看、箕星上应，南极长明。

无名氏　　庆清朝·寿吴宪　六月初三

朏月生西，杓星建未，画堂昼景偏长。天生英杰，独向此炎光。超卓凡尘表物，精神秋水自清凉。真奇特，清沟挺秀，敌国传芳。　　好是少年折桂，唾手功名就，腾踏飞黄。君王眷厚，皇华绣斧还乡。士贵姜谟盛事，未容专美独夸唐。称觞处，颂闽境，遍戏公堂。

庆清朝慢

此调即《庆清朝》。“慢”字在此调名中可有可无，其作用只是标明该调为慢词，属曲子，乐调长，字数多。此调属双调、平韵，九十七字有两体。其词名来源、格式，参阅《庆清朝》。

王 观　　　庆清朝慢·踏青

调雨为酥，催冰做水，东君分付春还。何人便将轻暖，点破残寒。结伴踏青去好，平头鞋子小双鸾。烟郊外，望中秀色，如有无间。　晴则个，阴则个，饾饤得天气，有许多般。须教镂花拨柳，争要先看。不道吴绫绣袜，香泥斜沁几行斑。东风巧，尽收翠绿，吹在眉山。

詹 玉　　　庆清朝慢·红雨争妍

红雨争妍，芳尘生润，将春都揉成泥。分明蕙风薇露，持搦花枝。款款汗酥薰透，娇羞无奈湿云痴。偏厮称，霓裳霞佩，玉骨冰肌。　梅不似，兰不似，风流处，那更著意闻时。蓦地生绡金扇底，嫩凉浮动好风微。醉得浑无气力，海棠一色睡胭脂。闲滋味，殢人花气，韩寿争知。

齐天乐

周密《天基节乐次》云：乐奏夹钟宫，第一盏，觱篥起圣寿齐天乐慢。据此，此调当为宋乐曲名。本意或为天下之人皆极欢乐，用来歌颂天下太平。沈端节词名《五福降中天》，周邦彦词有“绿芜凋尽台城路”之句，故名《台城路》；张辑词有“如此江山”之句，故名《如此江山》。又名《五福丽中天》。属双调、仄韵，共一百零二字。上阕十句、五十一字，于第二、五、六、八、十句用韵；下阕十句、五十一字，于第三、六、七、九、十一句用韵。另一体一百零三字，下阕第二、三句为上四下六字，于前体上五下四不同。

周邦彦　　　齐天乐·秋思

绿芜凋尽台城路，殊乡又逢秋晚。暮雨生寒，鸣蛩劝织，深阁时闻裁剪。云窗静掩，叹重拂罗茵，顿疏花簟。尚有练囊，露萤清夜照书卷。　荆江留滞最久，故人相望处，离思何限。渭水西风，长安乱叶，空忆诗情宛转。凭高眺远，正玉液新笃，蟹螯初荐。醉倒山翁，但愁斜照敛。

吕渭老　　　齐天乐·观竞渡

香红飘没明春水，寒食万家游舫。整整斜斜，疏疏密密，

帘缬旗红相望。江波荡漾，称彩舰龙舟，绣衣霞桨。舞楫争先，歌笑箫鼓乱清唱。　　重来刘郎又老，对故园桃红春晚，尽成惆怅。泪雨难晴，愁眉又结，翻覆十年手掌。如今怎向，念舞板歌尘，远如天上。斜日回舟，醉魂空舞飏。

杨无咎　　齐天乐·和周美成韵

后堂芳树阴阴见，疏蝉又还催晚。燕守朱门，萤粘翠幕，纹蜡啼红慵剪。纱帏半掩，记云鬟瑶山，粉融珍簟。睡起援毫，戏题新句谩盈卷。　　睽离鳞雁顿阻，似闻频念我，愁绪无限。瑞鸭香销，铜壶漏永，谁惜无眠展转。蓬山恨远，想月好风清，酒登琴荐。一曲高歌，为谁眉黛敛。

杨无咎　　齐天乐·端午

疏疏数点黄梅雨，殊方又逢重五。角黍包金，菖蒲泛玉，风物依然荆楚。衫裁艾虎，更钗袅朱符，臂缠红缕。扑粉香绵，唤风绫扇小窗午。　　沉湘人去已远，劝君休对酒，感时怀古。慢啭莺喉，轻敲象板，胜读离骚章句。荷香暗度，渐引入陶陶，醉乡深处。卧听江头，画船喧叠鼓。

曹　勋　　齐天乐·中宫生辰

芙蓉凝露青霞护，朝日绮疏风细。正是中秋，时候喜逢，中宫葱葱佳气。云龙庆会，赞真主当阳，辅成天地。暇日琴书，暂闲蚕馆见贤志。　　嫔嫱衣罗乍试，尽趋椒殿，喜芳绣筵初启。酒面腾红，香烟罩碧，恩满六宫金翠。何妨绛烛，任花欹玉侧，劝教沉醉。风阙龙楼，夜色凉如水。

陆　游　　齐天乐·左绵道中

角残钟晚关山路，行人乍依孤店。塞月征尘，鞭丝帽影，常把流年虚占。藏鸦柳暗，叹轻负莺花，谩劳书剑。事往关情，悄然频动壮游念。　　孤怀谁与强遣。市垆沽酒，酒薄怎当愁酽。倚瑟妍词，调铅妙笔，那写柔情芳艳。征途自厌，况烟敛芜痕，雨稀萍点。最是眠时，枕寒门半掩。

陆　游　　齐天乐·三荣人日游龙洞作

客中随处闲消闷，来寻啸台龙岫。路敛春泥，山开翠雾，

行乐年年依旧。天工妙手，放轻绿萱牙，淡黄杨柳。笑问东君，为人能染鬓丝否。　　西州催去近也，帽檐风软，且看市楼沽酒。宛转巴歌，凄凉塞管，携客何妨频奏。征尘暗袖，漫禁得梅花，伴人疏瘦。几日东归，画船平放溜。

李寅仲　　齐天乐·寿韩郡王

摩挲阅古堂前柳，尽是世臣乔木。故国风流，中兴事业，都写南山修竹。商颜自绿，甚当日君王，浩歌鸿鹄。谁识宫中，有人先定大横卜。　　簪貂更鸣佩玉，退朝归较晚，留传黄屋。雨露无边，风云在手，宜享长生□福。神京未复，看先取鸿沟，次封函谷。岁岁初寒，小桃花下跨青鹿。

姜　夔　　齐天乐·庾郎先自吟愁赋

丙辰岁，与张功父会饮张达可之堂，闻屋壁间蟋蟀有声、功父约予同赋，以授歌者。功父先成，辞甚美。予裴回末利花间，仰见秋月，顿起幽思，寻亦得此。蟋蟀，中都呼为促织，善斗。好事者或以三二十万钱致一枚，镂象齿为楼观以贮之

庾郎先自吟愁赋，凄凄更闻私语。露湿铜铺，苔侵石井，都是曾听伊处。哀音似诉，正思妇无眠，起寻机杼。曲曲屏山，夜凉独自甚情绪。　　西窗又吹暗雨。为谁频断续，相和砧杵。候馆迎秋，离宫吊月，别有伤心无数。豳诗漫与，笑篱落呼灯，世间儿女。写入琴丝，一声声更苦。

史达祖　　齐天乐·白发

秋风早入潘郎鬓，斑斑遽惊如许。暖雪侵梳，晴丝拂领，栽满愁城深处。瑶簪谩妒，便羞插宫花，自怜衰暮。尚想春情，旧吟凄断茂陵女。　　人间公道惟此，叹朱颜也恁，容易堕去。涅了重缁，搔来更短，方悔风流相误。郎潜几缕。渐疏了铜驼，俊游俦侣，纵有黟黟，奈何诗思苦。

史达祖　　齐天乐·秋兴

阑干只在鸥飞处，年年怕吟秋兴。断浦沉云，空山挂雨，中有诗愁千顷。波声未定，望舟尾拖凉，渡头笼暝。正好登临，有人歌罢翠帘冷。　　悠然魂堕故里，奈闲情未了，还被吹醒。拜月虚檐，听蛩坏砌，谁复能怜娇俊。忧心耿耿，寄桐叶芳题，冷枫新咏。莫遣秋声，树头喧夜永。

史达祖　　齐天乐·赋橙

犀纹隐隐莺黄嫩，篱落翠深偷见。细雨重移，新霜试摘，佳处一年秋晚。荆江未远，想橘友荒凉，木奴嗟怨。就说风流，草泥来趁蟹螯健。　并刀寒映素手，醉魂沉夜饮，曾倩排遣。沆瀣含酸，金罂裹玉，蔌蔌吴盐轻点。瑶姬齿软，待惜取团圆，莫教分散。入手温存，帕罗香自满。

史达祖　　齐天乐·湖上即席分韵得羽字

鸳鸯拂破蘋花影，低低趁凉飞去。画里移舟，诗边就梦，叶叶碧云分雨。芳游自许，过柳影闲波，水花平渚。见说西风，为人吹恨上瑶树。　阑干斜照未满，杏墙应望断，春翠偷聚。浅约挼香，深盟捣月，谁是窗间青羽。孤筝几柱，问因甚参差，暂成离阻。夜色空庭，待归听俊语。

史达祖　　齐天乐·中秋宿真定驿

西风来劝凉云去，天东放开金镜。照野霜凝，入河桂湿，一一冰壶相映。殊方路永，更分破秋光，尽成悲境。有客踌躇，古庭空自吊孤影。　江南朋旧在许，也能怜天际，诗思谁领。梦断刀头，书开虿尾，别有相思随定。忧心耿耿，对风鹊残枝，露蛩荒井。斟酌姮娥，九秋宫殿冷。

高观国　　齐天乐·碧云阙处无多雨

碧云阙处无多雨，愁与去帆俱远。倒苇沙闲，枯兰溆冷，寥落寒江秋晚。楼阴纵览，正魂怯清吟，病多依黯。怕挹西风，袖罗香自去年减。　风流江左久客，旧游得意处，朱帘曾卷。载酒春情，吹箫夜约，犹忆玉娇香软。尘栖故苑，叹璧月空檐，梦云飞观。送绝征鸿，楚峰烟数点。

高观国　　齐天乐·菊

从幽一笑东篱晓，霜华又随香冷。晕色黄娇，低枝翠婉，来趁登高佳景。谁偏管领，是彭泽归来，未荒三径。最惬清觞。道家标致自风韵。　南山依旧翠倚，采花无限思，西风吹醒。万蕊金寒，三秋梦好，曾记餐英清咏。斓斑泪沁，怕节去蜂愁，雨荒烟暝。明日重阳，为谁簪短鬓。

高观国　　齐天乐·中秋夜怀梅溪

晚云知有关山念，澄霄卷开清霁。素景分中，冰盘正溢，何啻婵娟千里。危阑静倚，正玉管吹凉，翠觞留醉。记约清吟，锦袍初唤醉魂起。　孤光天地共影，浩歌谁与舞，凄凉风味。古驿烟寒，幽垣梦冷，应念秦楼十二。归心对此，想斗插天南，雁横辽水。试问姮娥，有谁能为寄。

卫元卿　　齐天乐·填温飞卿江南曲

藕花洲上芙蓉楫，羞郎故移深处。弄影萍开，搴香袖罥，瀏鹣双双飞去。垂鞭笑顾，问住否横塘，试窥帘户。妙舞妍歌，甚时相见定相许。　归来憔悴锦帐，久尘金椟幰，连娟黛眉颦妩。扇底红铅，愁痕暗渍，消得腰支如杵。鸾弦解语，镇明月西南，伴人凄楚。闷拾杨花，等闲春又负。

方千里　　齐天乐·碧纱窗外黄鹂语

碧纱窗外黄鹂语，声声似愁春晚。岸柳飘绵，庭花堕雪，惟有平芜如剪。重门尚掩，看风动疏帘，浪铺湘簟。暗想前欢，旧游心事寄诗卷。　鳞鸿音信未睹，梦魂寻访后，关山又隔无限。客馆愁思，天涯倦迹，几许良宵展转。闲情意远，记密阁深闺，绣衾罗荐。睡起无人，料应眉黛敛。

刘子寰　　齐天乐·寿史沧洲

雅歌堂下新堤路，柳外行人相语。碧藕开花，金桃结子，三见使君初度。楼台北渚，似画出西湖，水云深处。彩鹢双飞，水亭开宴近重午。　溪蒲堪荐绿醑，幔亭何惜，为曾孙留住。碧水吟哦，沧洲梦想，未放舟横野渡。维申及甫，正夹辅中兴，擎天作柱。愿祝嵩高，岁添长命缕。

哀长吉　　齐天乐·贺人入赘

青鸾海上传芳信，蓝田路入仙境。万卷书传，六奇计运，冰玉炯然清润。帷褰风锦，□镜启鸾台，烟横鸳枕。一笑相迎，一双两好恰厮称。　风流人在仙隐。更一县、陶柳春近。梦想金桃，宴分玉果，指日送尝汤饼。枌榆接畛，管此去亲盟，镇长交聘。自古朱陈，一村惟两姓。

朱　涣　　　齐天乐·游洞岩记

白云封断仙岩路，重重洞门深窈。翠竹笼烟，苍崖溅瀑，古木阴森回抱。坛空不老，锁一片莓苔，几丛莎草。试把桃源，较量风景是谁好。　　乘鸾人去已久，只今惟有，鹤飞猿啸。树拥香幢，泉敲玉佩，疑是群仙重到。尘氛可笑，久志慕丹台，梦思蓬岛。愿挹英游，细参梨与枣。

李曾伯　齐天乐·壬子和陈次贾为寿韵

少年塞上秋来早，昴街尚余芒曜。举目关河，惊心弧矢，顾我岂堪戎纛。几番风诰，愧保障何功，恩隆旒藻。笑指呼鹰，露花烟草忆刘表。　　头颅如许相与，岁寒犹赖有，白发公道。对月怀人，临风访古，往事凄凉难考。何时是了，莫驰志伊吾，贪名清庙。松菊归来，稽山招此老。

方　岳　　　齐天乐·和楚客赋芦

孤篷夜傍低丛宿，萧萧雨声悲切。一岸霜痕，半江烟色，愁到沙头枯叶。澹云没灭，黯西风吹老，满汀新雪。天岂无情，离骚点点送归客。　　归去来兮怎得，尽鹭翘鸥倚，乍寒时节。秋晚山川，夕阳浦溆，赢得别肠千结。涛翻浪叠，那得似西来，一篴横绝。搔首江南，雁衔千里月。

吴文英　　　齐天乐·与冯深居登禹陵

黄钟宫，俗名正宫

三千年事残鸦外，无言倦凭秋树。逝水移川，高陵变谷，那识当时神禹。幽云怪雨，翠萍湿空梁，夜深飞去。雁起青天，数行书似旧藏处。　　寂寥西窗久坐，故人悭会遇，同翦灯语。积藓残碑，零圭断璧，重拂人间尘土。霜红罢舞，漫山色青青，雾朝烟暮。岸锁春船，画旗喧赛鼓。

吴文英　　　齐天乐·白酒自酌有感

芙蓉心上三更露，茸香漱泉玉井。自洗银舟，徐开素酌，月落空杯无影。庭阴未暝，度一曲新蝉，韵秋堪听。瘦骨侵冰，怕惊纹簟夜深冷。　　当时湖上载酒，翠云开处共，雪面波镜。万感琼浆，千茎鬓雪，烟锁蓝桥花径。留连暮景，但偷觅孤欢，强宽秋兴。醉倚修篁，晚风吹半醒。

吴文英　　齐天乐·齐云楼

凌朝一片阳台影，飞来太空不去。栋与参横，帘钩斗曲，西北城高几许。天声似语，便阊阖轻排，虹河平溯。问几阴晴，霸吴平地漫今古。　西山横黛瞰碧，眼明应不到，烟际沉鹭。卧笛长吟，层霾乍裂，寒月溟濛千里。凭虚醉舞，梦凝白阑干，化为飞雾。净洗青红，骤飞沧海雨。

吴文英　　齐天乐·新烟初试花如梦

新烟初试花如梦，疑收楚峰残雨。茂苑人归，秦楼燕宿，同惜天涯为旅。游情最苦，早柔绿迷津，乱莎荒圃。数树梨花，晚风吹堕半汀鹭。　流红江上去远，翠尊曾共醉，云外别墅。澹月秋千，幽香巷陌，愁结伤春深处。听歌看舞，驻不得当时，柳蛮樱素。睡起恹恹，洞箫谁院宇。

吴文英　　齐天乐·毗陵两别驾招饮丁园索赋

竹深不放斜阳度，横披澹墨林沼。断莽平烟，残莎剩水，宜得秋深才好。荒亭旋扫，正著酒寒轻，弄花春小。障锦西风，半围歌袖半吟草。　独游清兴易懒，景饶人未胜，乐事长少。柳下交车，尊前岸帻，同抚云根一笑。秋香未老，渐风雨西城，暗欹客帽。背月移舟，乱鸦溪树晓。

吴文英　　齐天乐·会江湖诸友泛湖

曲尘犹沁伤心水，歌蝉暗惊春换。露藻清啼，烟萝澹碧，先结湖山秋怨。波帘翠卷，叹霞薄轻绡，泛人重见。傍柳追凉，暂疏怀袖负纨扇。　南花清斗素靥，画船应不载，坡静诗卷。泛酒芳筒，题名蠹壁，重集湘鸿江燕。平芜未翦，怕一夕西风，镜心红变。望极愁生，暮天菱唱远。

吴文英　　齐天乐·烟波桃叶西陵路

烟波桃叶西陵路，十年断魂潮尾。古柳重攀，轻鸥聚别，陈迹危亭独倚。凉飔乍起，渺烟碛飞帆，暮山横翠。但有江花，共临秋镜照憔悴。　华堂烛暗送客，眼波回盼处，芳艳流水。素骨凝冰，柔葱蘸雪，犹忆分瓜深意。清尊未洗，梦不湿行云，漫沾残泪。可惜秋宵，乱蛩疏雨里。

吴文英　　　齐天乐·寿荣王夫人

玉皇重赐瑶池宴，琼筵第二十四。万象澄秋，群裾曳玉，清澈冰壶人世。鳌峰对起，许分得钧天，凤丝龙吹。翠羽飞来，舞鸾曾赋曼桃字。　鹤胎曾梦电绕，桂根看骤长，玉干金蕊。少海波新，芳茅露滴，凉入堂阶彩戏。香霖乍洗，拥莲媛三千，羽裳风佩。圣姥朝元，炼颜银汉水。

吴文英　　　齐天乐·赠姜石帚

余香才润鸾绡汗，秋风夜来先起。雾锁林深，蓝浮野阔，一笛渔蓑鸥外。红尘万里，就中决银河，冷涵空翠。岸觜沙平，水杨阴下晚初舣。　桃溪人住最久，浪吟谁得到，兰蕙疏绮。砚色寒云，签声乱叶，蕲竹纱纹如水。笙歌醉里，步明月丁东，静传环佩。更展芳塘，种花招燕子。

翁元龙　　　齐天乐·游胡园书感

曲廊连苑吹笙道，重来暗尘都满。种石生云，移花带月，犹欠藏春庭院。年华过眼，便梅谢兰销，舞沉歌断。露井寒蛩，为谁清夜诉幽怨。　人生乐事最少，有时得意处，光阴偏短。树色凝红，山眉弄碧，不与朱颜相恋。临风念远，叹蝶梦难追，鹭盟重换。一片斜阳，送人归骑晚。

翁孟寅　　　齐天乐·幽香不受春料理

幽香不受春料理，青青尚余秋鬓。硐曲岩隈，烟梳露浴，甘与菰蒲共隐。芳标瘦迥，看缨结丁香，带萦晴荇。恨水东流，楚江憔悴乱云暝。　凄凉梦游故苑，纵妒花风暴，吹梦难醒。艳李妖桃，纡青佩紫，争似广文官冷。尘波万顷，算谁是同心，自怜孤影。收敛风流，素弦清夜永。

翁孟寅　　　齐天乐·元夕

红香十里铜驼梦，如今旧游重省。节序飘零，欢娱老大，慵立灯光蟾影。伤心对景，怕回首东风，雨晴难准。曲巷幽坊，管弦一片笑声近。　飞棚浮动翠葆，看金钗半溜，春妒红粉。凤辇鳌山，云收雾敛，迤逦铜壶漏迥。霜风渐紧，展一幅青绡，净悬孤镜。带醉扶归，晓醒春梦稳。

刘　澜　　　齐天乐·吴兴郡宴遇旧人

玉钗分向金华后，回头路迷仙苑。落翠惊风，流红逐水，谁信人间重见。花深半面，尚歌得新词，柳家三变。绿叶阴阴，可怜不似那时看。　　刘郎今度更老，雅怀都不到，书带题扇。花信风高，苕溪月冷，明日云帆天远。尘缘较短，怪一梦轻回，酒阑歌散。别鹤惊心，感时花泪溅。

储　泳　　　齐天乐·东风一夜吹寒食

东风一夜吹寒食，枝头片红犹恋。宿酒初醒，新吟未稳，凭久栏杆留暖。将春买断，恨苔径榆阶，翠钱难贯。陌上秋千，相逢谁认旧时伴。　　轻衫粉痕褪了，丝缘余梦在，良宵偏短。柳线经烟，莺梭织雾，一片旧愁新怨。慵拈象管，待寄与深情，难凭双燕。不似杨花，解随人去远。

洪　瑹　　　齐天乐·闺思

辘轳声破银床冻，霜寒又侵鸳被。皓月疏钟，悲风断漏，惊起画楼人睡。银屏十二，叹尘满丝簧，暗消金翠。可恨风流，故人迢递隔千里。　　相思情绪最苦，旧欢无续处，魂梦空费。断雁无情，离鸾有恨，空想吴山越水。花憔玉悴，但翠黛愁横，红铅泪洗。待剪江梅，倩人传此意。

利　登　　　齐天乐·淡云荒草秋汀暮

淡云荒草秋汀暮，归心又寒烟水。论槛移花，量船载酒，寂寞当年情味。孤蓬夜闭，听四壁松声，欲高还细。似近如遥，露鸿声乱楚天外。　　蓝桥人断岁久，旧家曾共赏，九华花事。艳雪初融，生香自暖，消得金莲贴地。相思破睡，谩一点琴心，暗关千里。愁怯潮生，晓帆风又起。

杨泽民　　　齐天乐·临江道中

护霜云澹兰皋暮，行人怕临昏晚。皓月明楼，梧桐雨叶，一片离愁难翦。殊乡异景，奈频易寒暄，屡更茵簟。案牍纷纭，夜深犹看两三卷。　　平川回棹未久，简书还授命，又催程限。贡浦南游，桃江西下，还是水行陆转。天寒雁远，但独拥兰衾，枕檀谁荐。再促征车，月华犹未敛。

柴　望　　齐天乐·戊申百五王野处酌别

青青杨柳丝丝雨，他乡又逢寒食。几度刘郎，当年曼倩，迢递水村烟驿。寻踪访迹，正马上相逢，杏花狼藉。惟有沙边，旧时鸥鹭似相识。　　天涯流浪最久，十年何所事，幽悰历历。换字鹅归，看梅鹤去，回首征衫泪渍。新欢旧忆，笑客处如归。归处如客，独倚危阑，乱山无数碧。

柴　望　　齐天乐·凄凄杨柳潇潇雨

凄凄杨柳潇潇雨，悄窗怎禁滴沥。思里传蛩，愁边落雁，多少东吴山色。知他恨极，料为我窗前，强鸣刀尺。竟日西风，那堪无寐更邻笛。　　黄花开遍未也，花开应笑我，年少难觅。灞上长安，河边渭水，都把韶华暗掷。何人碎璧，尚衰草连天，暮烟凝碧。怕说相思，撼枫喧夜寂。

陈允平　　齐天乐·泽国楼偶赋

湖光只在阑干外，凭虚远迷三楚。旧柳犹青，平芜自碧，几度朝昏烟雨。天涯倦旅，爱小却游鞭，共挥谈麈。顿觉尘清，宦情高下等风絮。　　芝山苍翠缥缈，黯然仙梦杳，吟思飞去。故国楼台，斜阳巷陌，回首白云何处。无心访古，对双塔栖鸦，半汀归鹭。立尽荷香，月明人笑语。

陈允平　　齐天乐·南屏晚钟

赤阑桥畔斜阳外，临江暮山凝紫。戏鼓才停，渔榔乍歇，一片芙蓉秋水。余霞散绮，正银钥停关，画船催舣。鱼板敲残，数声初入万松里。　　坡翁诗梦未老，翠微楼上月，曾共谁倚。御苑烟花，宫斜露草，几度西风弹指。黄昏尽也，有眠月闲僧，醉香游子。鹫岭啼猿，唤人吟思起。

陈允平　　齐天乐·客愁都在斜阳外

客愁都在斜阳外，凭阑桂香吹晚。乱叶蝉哀，寒汀鹭泊，离绪并刀难剪。牙屏半掩，渐尘扑冰纨，浪收云簟。露入征衣，满襟秋思付诗卷。　　还思前度问酒，凤楼人共倚，归兴无限。雁影亭皋，蛩声院落，双阙明河光转。田园梦远，叹篱菊初黄，涧莼堪荐。拄笏西风，四山烟翠敛。

马廷鸾　　齐天乐·和张龙山寿词

老夫耄矣，怪新年顿尔，□衰俱现。排闷篇诗，浇愁盏酒，自读离骚自劝。长安日远，怅旧国禾宫，故侯瓜畹。风景不殊，江涛如此世缘浅。　莫莫休休□□，□□乾坤毁，幽怀无限。弱羽填波，轻装浮海，其奈沧溟潋滟。年华婉娩，况六十平头，底须顽健。戏唱高词，作还丹九转。

奚　淢　　齐天乐·寿贾秋壑

金飙吹净人间暑，连朝弄凉新雨。万宝功成，无人解得，秋入天机深处。闲中自数，几心酌乾坤，手斟霜露。护了山河，共看元影在银兔。　而今神仙正好，向青空觅个，冲澹襟宇。帝念群生，如何便肯，从我乘风归去。夷游洞府，把月杼云机，教他儿女。水逸山明，此情天付与。

曹　邍　　齐天乐·和翁时可悼故姬

翠箫声断青鸾翼，心期破钗谁表。夜烛银屏，春风粉袖，犹记琵琶斜抱。瑶池路杳，恨巫女回云，月娥沉照。谩说蓬莱，玉环花貌梦难到。　岩花亭院乍冷，更蛩吟风碎，鸿飞烟渺。绿玉弹棋，红牙按拍，乐事欢情终少。刘郎未老，要鬓翼堆玄，腕酥凝皓。莫忘香荐，绿罗裙带草。

丁　默　　齐天乐·重游番阳

两株烟柳荒城外，依依暮帆曾驻。小扇障尘，轻舆贴岸，谁料重行吟处。流光暗度，怅兰溆春移，苇汀秋聚。可奈清愁，快呼艇子载将去。　中年怀抱易感，甚风花水叶，犹似孤旅。伴鹤幽期，随莺乐事，还是情乖意负。衣尘帽土，但杜镜堪羞，贺囊偏□。待报山灵，莫教云壑妒。

丁　默　　齐天乐·庚戌元夕都下遇赵立之

倦云休雨风还作，交相醒花苏柳。字满吟灰，痕添坐席，赢得新愁痴守。归期未有，负小院移兰，故园尝韭。谩道春来，沈腰惟觉似秋瘦。　烧灯时候是也，楚津留野艇，曾趁芳友。问月赊晴，凭春买夜，明月添香解酒。□知别久，怅帝陌论心，客尘侵首。戏鼓声中，旧情犹在否。

王月山　　齐天乐·夜来疏雨鸣金井

夜来疏雨鸣金井，一叶舞空红浅。莲渚收香，兰皋浮爽，凉思顿欺班扇。秋光苒苒，任老却芦花，西风不管。清兴难磨，几回有句到诗卷。　　长安故人别后，料征鸿声里，画阑凭徧。横竹吹商，疏砧点月，好梦又随云远。闲愁似线，甚系损柔肠，不堪裁剪。听著鸣蛩，一声声是怨。

黄廷璹　　齐天乐·十年汉上东风梦

十年汉上东风梦，依然淡烟莺晓。系马桥空，维舟岸易，谁识当时苏小。筹花斗草，任波浴斜阳，絮迷芳岛。笑底歌边，黛娥娇聚怕归早。　　京尘衣袂易染，旧游随雾散，新恨难表。燕子朱扉，梨英翠箔，留得春光多少。晴丝漫绕，料带角香销，扇阴诗杳。细倚秋千，片云天共渺。

刘辰翁　　齐天乐·端午和韵

枝头雨是青梅泪，翻作一江春水。鱼腹魂销，龙舟叫彻，不了湖亭张戏。满庭芳芷，正艾日高高，葛风细细。试比陈人，人间除我更谁似。　　浮沉君共我里。记薰廊待对，闻鸡蹴起。昨日蟾蜍，明朝蝇虎，身与渠衰更悴。老夫病已，任采绿采苓，为师为帝。但有昌阳，倩酤扶路醉。

刘辰翁　　齐天乐·海枯泣尽天吴泪

节庵和示中斋端午齐天乐词，有怀其弟海山之梦。昨亦尝和中斋此韵，感节庵此意，复不能自已，倘见中斋及之

海枯泣尽天吴泪，又涨经天河水。万古鱼龙，雷收电卷，宇宙刹那间戏。沉兰坠芷，想重整荷衣，顿惊腰细。尚有干将，冲牛射斗定何似。　　成都桥动万里。叹何时重见，鹃啼人起。孤竹双清，紫荆半落，到此吟枯神瘁。对床永已，但梦绕青神，尘昏白帝。重反离骚，众醒吾独醉。

刘辰翁　　齐天乐·蒋陵故是簪花路

戊寅登高，即席和秋崖韵

蒋陵故是簪花路，风烟奈何秋暑。候馆凋梧，宫墙断柳，

谁识当年倦旅。余怀何许，想上马人扶，翠眉愁聚。旧日方回，而今能赋断肠语。　　登高能赋最苦，叹高高难问，欲望迷处。蝶绕东篱，鸿翻上苑，那更画梁辞主。来今往古，漫湛辈同来，远公回去。我醉安归，黄花扶路舞。

周　密　　齐天乐·宫檐融暖晨妆懒

紫霞翁开宴梅边，谓客曰：梅之初绽，则轻红未消；已放，则一白呈露。古今夸赏，不出香白，顾未及此，欠事也。施中山赋之，余和之

宫檐融暖晨妆懒，轻霞未匀酥脸。倚竹娇颦，临流瘦影，依约尊前重见。盈盈笑靥，映珠络玲珑，翠绡葱茜。梦入罗浮，满衣清露暗香染。　　东风千树易老，怕红颜旋减，芳意偷变。赠远天寒，吟香夜永，多少江南新怨。琼疏静掩，任剪雪裁云，竞夸轻艳。画角黄昏，梦随春共远。

周　密　　齐天乐·东风又入江南岸

余自入冬多病，吟事尽废。小窗淡月，忽对横枝，恍然空谷之见似人也。泚笔赋情，不复作少年丹白想。或者以九方皋求我，则庶几焉

东风又入江南岸，年年汉宫春早。宝屑无痕，生香有韵，消得何郎花恼。孤山梦绕，记路隔金沙，那回曾到。夜月相思，翠尊谁共饮清醥。　　天寒空念赠远，水边凭为问，春得多少。竹外凝情，墙阴照影，谁见嫣然一笑。吟香未了，怕玉管西楼，一声霜晓。花自多情，看花人自老。

周　密　　齐天乐·清溪数点芙蓉雨

丁卯七月既望，余偕同志放舟邀凉于三汇之交，远修太白采石、坡仙赤壁数百年故事，游兴甚逸。余尝赋诗三百言以纪清适，坐客和篇交属，意殊快也。越明年秋，复寻前盟于白荷凉月间。风露浩然，毛发森爽，遂命苍头奴横小笛于舵尾，作悠扬杳渺之声，使人真有乘查飞举想也。举白尽醉，继以浩歌

清溪数点芙蓉雨，蘋飙泛凉吟艋。洗玉空明，浮珠沆瀣，人静籁沉波息。仙潢咫尺，想翠宇琼楼，有人相忆。天上人间，未知今夕是何夕。　　此生此夜此景，自仙翁去后，清致谁识。散发吟商，簪花弄水，谁伴凉宵横笛。流年暗惜，怕一

夕西风，井梧吹碧。底事闲愁，醉歌浮大白。

周　密　　　齐天乐·曲屏遮断行云梦

曲屏遮断行云梦，西楼怕听疏雨。研冻凝华，香寒散雾，呵笔慵题新句。长安倦旅，叹衣染尘痕，镜添秋缕。过尽飞鸿，锦笺谁为寄愁去。　　箫台应是怨别，晓寒梳洗懒，依旧眉妩。酒滴垆香，花围坐暖，闲却珠鞲钿柱。芳心谩语，恨柳外游缰，系情何许。暗卜归期，细将梅蕊数。

周　密　　　齐天乐·蝉

槐薰忽送清商怨，依稀正闻还歇。故苑愁深，危弦调苦，前梦蜕痕枯叶。伤情念别，是几度斜阳，几回残月。转眼西风，一襟幽恨向谁说。　　轻鬓犹记动影，翠蛾应妒我，双鬓如雪。枝冷频移，叶疏犹抱，孤负好秋时节，凄凄切切。渐迤逦黄昏，砌蛩相接。露洗余悲，暮烟声更咽。

周　密　　　齐天乐·次二隐寄梅

护春帘幕东风里，当年问花曾到。玉影孤搴，冰痕半拆，漠漠冻云迷道。临流更好，正雪意逢迎，阴光相照。梦入罗浮，古苔啁哳翠禽小。　　一枝空念赠远，溯波流不到，心事谁表。倚竹天寒，吟香夜冷，几度月昏霜晓。寻芳欠早，怕鹤怨山空，雁归书少。不恨春迟，恨春容易老。

文天祥　齐天乐·庆湖北漕知鄂州李楼峰

南楼月转银河曙，玉箫又吹梅早。鹦鹉沙晴，葡萄水暖，一缕燕香清袅。瑶池春透，想桃露霏霞，菊波沁晓。袍锦风流，御仙花带瑞虹绕。　　玉关人正未老，唤矶头黄鹤，岸巾谈笑。剑拂淮清，槊横楚黛，雨洗一川烟草。印黄似斗，看半砚蔷薇，满鞍杨柳。沙路归来，金貂蝉翼小。

文天祥　齐天乐·甲戌湘宪种德堂灯屏

夜来早得东风信，潇湘一川新绿。柳色含晴，梅心沁暖，春浅千花如束。银蟾乍浴，正沙雁将还，海鳌初矗。云拥旌旗，笑声人在画阑曲。　　星虹瑶树缥缈，佩环鸣碧落，瑞笼华屋。露耿铜虬，冰翻铁马，帘幕光摇金粟。迟迟倚竹，更为把瑶尊，满斟醽醁。回首宫莲，夜深归院烛。

方　衡　　齐天乐·寿贾使三月二十八日生

伏以皇祚中兴，笃生元哲，维岳受命，允协良辰。同禀天地之清宁，间出山河之气数。仰惟某官，身兼三杰，德盛一夔。西清学士之班，选高天下；东方诸侯之长，功冠域中。拥百万之貔貅，制三边之狼虎。克膺大任，宜受遐龄。某辱在万间，尤深鼓舞。敬裁一曲，莫尽形容。仰祈熏慈，俯加采览

皇天眷佑中兴烈，维岳共生鸿硕。镇抚精神，规恢调度，未数至言长策。中原徯望，总万里山河，尽归经画。更看旋乾转坤，烦一指麾力。　　胡尘顿消海岱，倚天长啸处，兼惠南北。宝镇还朝，圣恩如海，趁得崧高华席。星辰步峻，看丹凤飞来，趣登枢极。□寿齐天，愿齐开寿域。

詹　玉　　齐天乐·赠童瓮天兵后归杭

相逢唤醒金华梦，吴尘暗斑吟发。倚担评花，认旗沽酒，历历行歌奇迹。吹香弄碧，又坡柳风情，逋梅月色。画鼓红船，满湖春水断桥客。　　当时何限怪侣，甚花天月地，人被云隔。却载苍烟，更招白鹭，一醉修江又别。今回记得，再折柳穿鱼，赏花催雪。如此湖山，忍教人更说。

王沂孙　　齐天乐·萤

碧痕初化池塘草，荧荧野光相趁。扇薄星流，盘明露滴，零落秋原飞燐。练裳暗近，记穿柳生凉，度荷分暝。误我残编，翠囊空叹梦无准。　　楼阴时过数点，倚阑人未睡，曾赋幽恨。汉苑飘苔，秦陵坠叶，千古凄凉不尽。何人为省，但隔水余晖，傍林残影。已觉萧疏，更堪秋夜永。

王沂孙　　齐天乐·蝉之一

绿槐千树西窗悄，厌厌昼眠惊起。饮露身轻，吟风翅薄，半剪冰笺谁寄。凄凉倦耳，漫重拂琴丝，怕寻冠珥。短梦深宫，向人犹自诉憔悴。　　残虹收尽过雨，晚来频断续，都是秋意。病叶难留，纤柯易老，空忆斜阳身世。窗明月碎，甚已绝余音，尚遗枯蜕。鬓影参差，断魂青镜里。

王沂孙　　齐天乐·蝉之二

一襟余恨宫魂断，年年翠阴庭树。乍咽凉柯，还移暗叶，

重把离愁深诉。西窗过雨，怪瑶佩流空，玉筝调柱。镜暗妆残，为谁娇鬓尚如许。　　铜仙铅泪似洗，叹携盘去远，难贮零露。病翼惊秋，枯形阅世，消得斜阳几度。余音更苦，甚独抱清高，顿成凄楚。谩想薰风，柳丝千万缕。

王沂孙　　齐天乐·赠秋崖道人西归

冷烟残水山阴道，家家拥门黄叶。故里鱼肥，初寒雁落，孤艇将归时节。江南恨切，问还与何人，共歌新阕。换尽秋芳，想渠西子更愁绝。　　当时无限旧事，叹繁华似梦，如今休说。短褐临流，幽怀倚石，山色重逢都别。江云冻结，算只有梅花，尚堪攀折。寄取相思，一枝和夜雪。

王沂孙　　齐天乐·四明别友

十洲三岛曾行处，离情几番凄惋。坠叶重题，枯条旧折，萧飒那逢秋半。登临顿懒，更葵箑难留，苎衣将换。试语孤怀，岂无人与共幽怨。　　迟迟终是也别，算何如趁取，凉生江满。挂月催程，收风借泊，休忆征帆已远。山阴路畔，纵鸣壁犹蛩，过楼初雁。政恐黄花，笑人归较晚。

姚云文　　齐天乐·柳花引过横塘路

柳花引过横塘路，萦回曲蹊通圃。插槿编篱，挨梅砌石，次第海棠成坞。吟筇独拄，待寻访斜桥，水边窥户。已约青山，云深不碍客来处。　　繁华阅人无数。问旧日平原，君还知否。啼鸟窗幽，昼阴人寂，慵困不如飞絮。匆匆燕语，似迎得春来，且留春住。惜取名花，一枝堪寄与。

赵必瑑　　齐天乐·舟中和花翁韵答自村同年

东南半壁乾坤窄，渺人物、消磨尽。官爵网罗，功名钓饵，眼底纷纷蛙井。暮更朝令，扞格了多少，英雄豪俊。身事悠悠，儒冠误矣文章病。　　休休蕉鹿梦省，早牛衣无恙，鸥盟未冷。相越平吴，终成底用，不似五湖舟稳。浩歌狂饮，休说我命通。待他心肯，浮世南柯，梦邯郸一枕。

赵必瑑　　齐天乐·簿厅壁灯

红纷绿闹东风透，暖得枳花香也。雪柳捻金，玉梅铺粉，

妆点春光无价。鳌蓬如画，簇万顷芙蕖，桂华相射。艳冶逢迎，香尘满路飘兰麝。　　人生行乐聊尔，况良辰美景，好天晴夜。茧帖争先，芋郎卜巧，细说成都旧话。传觞立马，看翠阵珠围，歌朋舞社。酒尽更阑，月在蒲萄架。

仇　远　　　　齐天乐·蝉

夕阳门巷荒城曲，清音早鸣秋树。薄剪绡衣，凉生鬓影，独饮天边风露。朝朝暮暮，奈一度凄吟，一番凄楚。尚有残声，蓦然飞过别枝去。　　齐宫往事谩省，行人犹与说，当时齐女。雨歇空山，月笼古柳，仿佛旧曾听处。离情正苦，甚懒拂冰笺，倦拈琴谱。满地霜红，浅莎寻蜕羽。

董嗣杲　　齐天乐·玉山曾醉凉州梦

玉山曾醉凉州梦，图芳夐无今古。露颗虬藤，风枝蠹叶，遗墨何人收取。当时赠与，记轻别西湖，笑离南浦。万里奚囊，岂知随处助吟苦。　　归来情寄谩远，旧寻犹在望，荒亭荒圃。绀蕾攒冰，苍阴弄月，休说堆盘马乳。云梯尚阻，袖一幅秋烟，扫空尘土。静想山窗，半乘寒架雨。

王易简　　齐天乐·客长安赋

宫烟晓散春如雾，参差护晴窗户。柳色初分，饧香未冷，正是清明百五。临流笑语，映十二阑干，翠颦红妒。短帽轻鞍，倦游曾遍断桥路。　　东风为谁媚妩，岁华顿感慨，双鬓何许。前度刘郎，三生杜牧，赢得征衫尘土。心期暗数，总寂寞当年，酒筹花谱。付与春愁，小楼今夜雨。

王易简　　齐天乐·余闲书院拟赋蝉

翠云深锁齐姬恨，纤柯暗翻冰羽。锦瑟重调，绡衣乍著，聊饮人间风露。相逢甚处，记槐影初凉，柳阴新雨。听尽残声，为谁惊起又飞去。　　商量秋信最早，晚来吟未彻，却是凄楚。断韵还连，余悲似咽，欲和愁边佳句。幽期谁语，怕寒叶凋零，蜕痕尘土。古木斜晖，向人怀抱苦。

唐艺孙　　齐天乐·余闲书院拟赋蝉

柳风微扇闲池阁，深林翠阴人静。渐理琴丝，谁调金奏，

凄咽流空清韵。虹明雨润，正乍集庭柯，凭阑新听。午梦惊回，有人娇困酒初醒。　　西轩晚凉又嫩。向枝头占得，银露千顷。蜕剪花轻，羽翻纸薄，老去易惊秋信。残声送暝，恨秦树斜阳，暗催光景。淡月疏桐，半窗留鬓影。

吕同老　　齐天乐·余闲书院拟赋蝉

绿阴初蔽林塘路，凄凄乍流清韵。倦咽高槐，惊嘶别柳，还忆当时曾听。西窗梦醒，叹弦绝重调，珥空难整。绰约冰绡，夜深谁念露华冷。　　不知身世易老，一声声断续，频报秋信。坠叶山明，疏枝月小，惆怅齐姬薄幸。余音未尽，早枯翼飞仙，暗嗟残景。见洗冰奁，怕翻双翠鬓。

唐　珏　　齐天乐·余闲书院拟赋蝉

蜡痕初染仙茎露，新声又移凉影。佩玉流空，绡衣剪雾，几度槐昏柳暝。幽窗睡醒，奈欲断还连，不堪重听。怨结齐姬，故宫烟树翠阴冷。　　当时旧情在否，晚妆清镜里，犹记娇鬓。乱咽频惊，余悲渐杳，摇曳风枝未定。秋期话尽，又抱叶凄凄，暮寒山静。付与孤蛩，苦吟清夜永。

蒋　捷　　齐天乐·元夜阅梦华录

银蟾飞到觚棱外，娟娟下窥龙尾。电紫鞘轻，云红筤曲，雕玉舆穿灯底。峰缯岫绮，沸一簇人声，道随竿媚。侍女迎銮，燕娇莺姹炫珠翠。　　华胥仙梦未了，被天公澒洞，吹换尘世。淡柳湖山，浓花巷陌，惟说钱塘而已。回头汴水，望当日宸游，万□□□。但有寒芜，夜深青燐起。

陈恕可　　齐天乐·余闲书院拟赋蝉一

碧柯摇曳声何许，阴阴晚凉庭院。露湿身轻，风生翅薄，昨夜绡衣初剪。琴丝宛转，弄几曲新声，几番凄惋。过雨高槐，为渠一洗故宫怨。　　清虚襟度漫与，向人低诉处，幽思无限。败叶枯形，残阳绝响，消得西风肠断。尘情已倦，任翻鬓云寒，缀貂金浅。蜕羽难留，顿觉仙梦远。

陈恕可　　齐天乐·余闲书院拟赋蝉二

蜕仙飞佩流空远，珊珊数声林杪。薄暑眠轻，浓阴听久，

勾引凄凉多少。长吟未了，想犹怯高寒，又移深窈。与整绡衣，满身风露正清晓。　　微薰庭院昼永，那回曾记得，如诉幽抱。断响难寻，余悲独省，叶底还惊秋早。齐宫路杳，叹往事魂消，夜阑人悄。谩省轻盈，粉奁双鬓好。

陈　深　　齐天乐·八月十八日寿妇翁，号菊圃

秋涛欲涨西陵渡，江亭晓来雄观。帝子吹笙，洛妃起舞，应喜蓬宫仙诞。斗墟东畔，望缥缈星槎，来从河汉。明月楼台，绣筵重启曼桃燕。　　庄椿一树翠色，五枝芳桂长，金蕊玉干。自笑狂疏，尊前起寿，不似卫郎温润。一卮泛满，羡彭泽风流，醉巾长岸。老圃黄花，清香宜岁晚。

钟辰翁　　齐天乐·寿谢丞

南墙槐竹风摇翠，欢声为谁吹起。水秀龟神，松清鹤健，人在蓬壶深处。金猊喷雾，睹鬓雪青归，脸霞红驻。一点寿星，分明光照梅花树。　　三年冰蘖清苦，这长生富贵，天应分付。经阅黄庭，鼎烹丹井，心事澹然如水。东山霖雨，正出洗太虚，未容别墅。紫诏飞来，玉堂锵步武。

萧东父　　齐天乐·扇鸾收影惊秋晚

扇鸾收影惊秋晚，梧桐又供疏雨。翠箔凉多，绣囊香减，陡觉簟冰如许。温存谁与，更禁得荒苔，露蛩相诉。恨结愁萦，风刀难剪几千缕。　　闲思前事易远，怅旧欢无据，月堕湘浦。软玉分裯，腻云侵枕，犹忆喷兰低语。如今最苦，甚怕见灯昏，梦游间阻。怨杀娇痴，绿窗还嚏否。

龙紫蓬　　齐天乐·题滕王阁

雨帘云栋重寻处，青红半空飞去。槛影侵鸥，檐光送雁，摇荡秋容千里。歌珠舞翠，怎禁得无情，一江流水。可是西山，半眉新绿向人觑。　　千年留下剩赏，尽登临无限，须付才思。坏堞闲愁，危樯往恨，欲拍阑干无路。新碑旧记，更今古匆匆，一番兴废。立尽斜阳，共谁评半语。

刘天迪　　齐天乐·严县尹席上和李观我韵

瑞麟香软飞瑶席，吟仙笑陪欢宴。桐影吹香，梅阴弄碧，

一味微凉堪荐。停杯缓劝，记罗帕求诗，琵琶遮面。十载扬州，梦回前事楚云远。　　人生总是逆旅，但相逢一笑，如此何限。采石宫袍，沉香醉笔，何似轻衫小扇。流年暗换，甚新雨情怀，故园心眼。明日西江，斜阳帆影转。

尹公远　　　齐天乐·赠卢天隐

江湖千里秋风客，翩然白云黄鹄。石鼎烟霏，篆书红湿，随处菊香泉绿。幅巾野服，尽扫叶开门，抱琴听瀑。何事蓬壶，归来犹待海涛陆。　　卢鸿旧时隐处，想斜阳草树，水榭云屋。麈尾玄玄，笔花语语，剪尽雨窗残烛。黄庭误读，且东老留诗，采和歌曲。后日重寻，洞天三十六。

曾允元　齐天乐·次韵赵芳谷曲，有香玉之怨

碧梧枝上占秋信，微闻雨声还惬。虹影分晴，云光透晚，残日依依团箑。阑干一霎，又长笛归舟，乱鸦荒堞。两鬓西风，有人心事到红叶。　　娇莲相对欲语，奈莲茎有刺，愁不成折。天上欢期，人间巧意，今夜明河如雪。新宽带结，想宝篆频温，翠奁低揭。雾湿云鬟，浅妆深拜月。

刘学颜　　　齐天乐·寿刘畊斋

红冈小塔枫林路，曾见承平歌舞。舞罢人归，月斜影转，重见郎官星度。乡关境土，又二十余年，桑麻深露。说与闾巷，少年知得当时否。　　如今苍颜白发，问耕聊尔耳，依稀农圃。父老吾伊，深山鸡黍，谁念乱离父母。村南昼午，谩对客烹茶，笑谈今古。千岁迢迢，竹风时扫户。

赋　梅　　　齐天乐·令狐佥迁新廨

雕阑曲曲芙蓉水，天然一时潇洒。露浥冰壶，风摇玉佩，缥缈蓬莱如画。银烛欲下，照藻桷翚飞，杏梁虹架。如此规模，杜陵何止万间厦。　　明年春燕归早，卷帘应认得，旧家王谢。袖里经纶，幕中佳话，高劚云根谁写。青冥纵靶，看人在金坡，炬莲盈把。句忆湘南，渌池明月夜。

无名氏　　　齐天乐·寿刘机宜

天开图画江山秀，怪得人间希有。屏岛精神，潭溪骨格，

钟作名门华胄。满堂昼绣，甚褉集兰亭，竹修林茂。得得明朝，绂麟亲解公侯绶。　心胸剩罗列宿，便能光绍，太常勋旧。却恋槃湖，贪求精舍，日日佳篇醇酎。陶朱敌富，更沧海双珠，掌中明透。赢得年年，莲龟松鹤祝公寿。

无名氏　　齐天乐·寿碧涧　三月初一

百花香里莺声好，晴日暖风天气。诗境春融，壶天昼永，今日祥开弧矢。疏帘约翠，想歌遏行云，暖薰沉水。羽扇纶巾，寿星因甚降尘世。　那堪流觞节近，一樽相庆处，何用辞醉。　管领溪山，平章风月，从此身心无累。明年此际，愿添个孙枝，伴君娱戏。举案齐眉，更同龟鹤□。

问歌颦

此调本名《雨中花》，贺铸以此调填词，赋歌女美态娇姿，词中有“问何意、歌颦易皱”之句，故另立新名为《问歌颦》。属双调、仄韵，共五十五字。上阕五句、二十七字，于第一、二、五句用韵；下阕五句、二十八字，用韵同上阕。参《雨中花》。

贺　铸　　问歌颦·清滑京江人物秀

清滑京江人物秀，富美发、丰肌素手。宝子余妍，阿娇余韵，独步秋娘后。　奈倦客襟怀先怯酒，问何意、歌颦易皱。弱柳飞绵，繁花结子，做弄伤春瘦。

并蒂芙蓉

并蒂芙蓉是并排地长在同一个茎上的两朵莲花，常喻为祥瑞之兆。据《本事词》载：北宋政和年间，大晟乐府成立，蔡京推荐晁端礼，宋徽宗下诏，传他进宫。恰好太液池中生出并蒂莲花，晁端礼当即制词献上，歌咏此嘉莲。词中有“芙蓉同蒂”、“更结双双新莲子”之句，并名此调为《并蒂芙蓉》。属双调、仄韵，共九十八字。上下阕皆十句、四十九字，亦皆于第三、五、七、八、十句用韵。

晁端礼　　　并蒂芙蓉·太液波澄

太液波澄，向鉴中照影，芙蓉同蒂。千柄绿荷深，并丹脸争媚。天心眷临圣日，殿宇分明敞嘉瑞。弄香嗅蕊，愿君王，寿与南山齐比。　池边屡回翠辇，拥群仙醉赏，凭栏凝思。萼绿揽飞琼，共波上游戏。西风又看露下，更结双双新莲子。斗妆竞美，问鸳鸯、向谁留意。

关 河 令

此调本名《清商怨》，又名《伤情怨》，因宋晏殊以此调填词，起句为“关河愁思望处满”，故取首二字名为《关河令》。“令”在此处相当于词牌之意。属双调、仄韵，有四十二字一体、四十三字两体。晏殊所作为四十三字中之一体，上阕四句、二十一字，于第一、二、四句用韵；下阕四句、二十二字，用韵同上阕。参阅《伤情怨》、《清商怨》。

周邦彦　　　关河令·秋阴时晴向暝

秋阴时晴渐向暝，变一庭凄冷。伫听寒声，云深无雁影。

更深人去寂静，但照壁、孤灯相映。酒已都醒，如何消夜永。

赵师侠　　　关河令·清远轩晚望

亭皋霜重飞叶满，听西风断雁。闲凭危阑，斜阳红欲敛。

行人归期太晚，误仿佛、征帆几点。水远连天，愁云遮望眼。

赵师侠　　　关河令·己亥宜春舟中

江头伊轧动柔橹，渐楚天欲暮。浩荡轻鸥，波间自容与。

岸蓼汀蘋无绪，更满目、潇疏江树。此意何穷，凭谁图画取。

江月晃重山

此调今仅存旧属陆游存目词《雪》一首，首句为“芳草洲前道路”。属双调、平韵。上下阕格式相同，均为五句，字数分别为六、六、七、三、五字。此词实为刘秉忠词。

陆　游　　　　江月晃重山·雪

芳草洲前道路，夕阳楼上阑干。碧云何处望归鞍。从军客，耽乐不思还。　　洞里仙人种玉，江边楚客滋兰。鸳鸯沙暖鹡鸰寒。菱花晚，不奈鬓毛斑。

江 如 练

即《蝶恋花》，因贺铸词有“潮平月上江如练”句，故更名《江如练》。详见《蝶恋花》条。

贺　铸　　江如练·睡鸭炉寒熏麝煎

睡鸭炉寒熏麝煎，寂寂歌梁，无计留归燕。十二曲阑闲倚遍，一杯长待何人劝。　　不识当年桃叶面，吟咏佳词，想象犹曾见。两桨往来风与便，潮平月上江如练。

江 城 子

唐人乐曲多以“子”为名，“子”即“曲”之意，后遂称乐曲为“曲子”，乃教坊俗语。此调本为咏江城，故名。该调始见于《花间集》韦庄词。欧阳炯以此调填词，有“如西子镜，照江城”之句，含本意。本调以唐韦庄所作为正体，后因其词中有“水晶帘”三字，故又名《水晶帘》。唐人词多为单调、平韵，有三十五字、三十六字、三十七字三体。韦庄词三十五字、八句，于第一、二、三、五、八句用韵。宋人词增为双调，又名《江神子》、《江神子令》。有

平韵、仄韵两体，共七十字，是在单调上后加后叠而成。宋晁补之改名《江神子》，韩淲词有“腊后春前村意远”之句，故又名《村意远》。参阅《江神子》。

张　先　　　江城子·镂牙歌板齿如犀

镂牙歌板齿如犀，串珠齐，画桥西。杂花池院，风幕卷金泥。酒入四肢波入鬓，娇不尽，翠眉低。

张　先　　　江城子·小圆珠串静慵拈

小圆珠串静慵拈，夜厌厌，下重帘。曲屏斜烛，心事入眉尖。金字半开香穗小，愁不寐，恨西蟾。

魏夫人　　　　　江城子·春恨

别郎容易见郎难，几何般，懒临鸾。憔悴容仪，陡觉缕衣宽。门外红梅将谢也，谁信道、不曾看。　晓妆楼上望长安，怯轻寒，莫凭阑。嫌怕东风，吹恨上眉端。为报归期须及早，休误妾、一春闲。

苏　轼　　　江城子·前瞻马耳九仙山

前瞻马耳九仙山，碧连天，晚云闲。城上高台，真个是超然。莫使匆匆云雨散，今夜里，月婵娟。　小溪鸥鹭静联拳，去翩翩，点轻烟。人事凄凉，回首便他年。莫忘使君歌笑处，垂柳下，矮槐前。

苏　轼　　　江城子·墨云拖雨过西楼

墨云拖雨过西楼，水东流，晚烟收。柳外残阳，回照动帘钩。今夜巫山真个好，花未落，酒新篘。　美人微笑转星眸，月华羞，捧金瓯。歌扇萦风，吹散一春愁。试问江南诸伴侣，谁似我，醉扬州。

苏　轼　　　江城子·腻红匀脸衬檀唇

腻红匀脸衬檀唇，晚妆新，暗伤春。手捻花枝，谁会两眉颦。连理带头双□□，留待与、个中人。　淡烟笼月绣帘阴，画堂深，夜沉沉。谁道□□，□系得人心。一自绿窗偷见后，便憔悴、到如今。

黄庭坚　　江城子·忆别

画堂高会酒阑珊，倚栏干，霎时间。千里关山，常恨见伊难。及至而今相见了，依旧似、隔关山。　倩人传语问平安，省愁烦，泪休弹。哭损眼儿，不似旧时单。寻得石榴双叶子，凭寄与、插云鬟。

黄庭坚　　江城子·新来曾被眼奚搐

新来曾被眼奚搐，不甘伏，怎拘束。似梦还真，烦乱损心曲。见面暂时还不见，看不足，惜不足。　不成欢笑不成哭，戏人目，远山蹙。有分看伊，无分共伊宿。一贯一文跷十贯，千不足、万不足。

晁端礼　　江城子·幽香闲艳露华浓

幽香闲艳露华浓，晚妆慵，略匀红。春困厌厌，常爱鬓云松。早是自来莲步小，新样子，为谁弓。　画堂西下小栏东，醉醒中，苦匆匆。卷上珠帘，依旧半床空。香灺满炉人未寝，花弄月，竹摇风。

晁端礼　　江城子·石榴双叶忆同寻

石榴双叶忆同寻，卜郎心，向谁深。长恁娇痴，尤殢怎生禁。内样双眉新画得，还印了，在罗襟。　相思幽怨付鸣琴，望来音，久沉沉。若论当初，谁信有如今。瘦尽标容羞见也，明镜子，任尘侵。

秦　观　　江城子·西城杨柳弄春柔

西城杨柳弄春柔，动离忧，泪难收。犹记多情，曾为系归舟。碧野朱桥当日事，人不见，水空流。　韶华不为少年留，恨悠悠，几时休。飞絮落花时候、一登楼。便做春江都是泪，流不尽，许多愁。

秦　观　　江城子·南来飞燕北归鸿

南来飞燕北归鸿，偶相逢，惨愁容。绿鬓朱颜，重见两衰翁。别后悠悠君莫问，无限事，不言中。　小槽春酒滴珠红，莫匆匆，满金钟。饮散落花流水、各西东。后会不知何处

是，烟浪远，暮云重。

秦 观　　江城子·枣花金钏约柔荑

枣花金钏约柔荑，昔曾携，事难期。咫尺玉颜，和泪锁春闺。恰似小园桃与李，虽同处，不同枝。　　玉笙初度颤鸾篦，落花飞，为谁吹。月冷风高，此恨只天知。任是行人无定处，重相见，是何时。

秦 观　　江城子·清明天气醉游郎

清明天气醉游郎，莺儿狂，燕儿狂。翠盖红缨，道上往来忙。记得相逢垂柳下，雕玉佩，缕金裳。　　春光还是旧春光，桃花香，李花香。浅白深红，一一斗新妆。惆怅惜花人不见，歌一阕，泪千行。

贺 铸　　江城子·麝熏微度绣芙蓉

麝熏微度绣芙蓉，翠衾重，画堂空。前夜偷期，相见却匆匆。心事两知何处问，依约是，梦中逢。　　坐疑行听竹窗风，出帘栊，杳无踪。已过黄昏，才动寺楼钟。暮雨不来春又去，花满地，月朦胧。

晁补之　　江城子·赠次膺叔家娉娉

娉娉闻道似轻盈，好佳名，也堪称。楚观云归，重见小樊惊。豆蔻梢头春尚浅，娇未顾，已倾城。　　章台休咏旧青青，惹离情，恨难平。无事飞花，撩乱扑旗亭。不似刘郎春草小，能步步，伴人行。

葛胜仲　　江城子·呈刘无言焘

浮家重过水晶宫，五年中，事何穷。无恙山溪，鬓影落青铜。欲向旧游寻旧事，云散彩，水流东。　　苔花向我似情钟，舞霜风，雪濛濛。应怪史君，颜鬓便衰翁。赖是寻芳无素约，端不恨，绿阴重。

葛胜仲　　江城子·和无言雪词

飞身疑到广寒宫，玉花中，兴何穷。酒贵旗亭，谁是惜青铜。飘瞥三吴真妙绝，银万里，失西东。　　草堂红蜡暖歌钟，卷帘风，赏空濛。丰颊修眉，鹤氅拥仙翁。欲作氍毹花底

客，清漏永，禁城重。

叶梦得　江城子·碧潭浮影蘸红旗

碧潭浮影蘸红旗，日初迟，漾晴漪。我欲寻芳，先遣报春知。尽放百花连夜发，休更待，晓风吹。　满携尊酒弄繁枝，与佳期，伴群嬉。犹有邦人，争唱醉翁词。应笑今年狂太守，能痛饮，似当时。

叶梦得　江城子·大雪与客登极目亭

翩跹飞舞半空来，晓风催，巧萦回。野旷天遥，回望兴悠哉。欲问玉京知远近，试携手，上高台。　云涛无际卷崔嵬，敛浮埃，照琼瑰。点缀林花，真个是多才。说与化工留妙手，休尽放，一时开。

叶梦得　江城子·再送卢倅

芙蓉开过雨初晴，曲池平，画桥横。耿耿银河，遥下蘸空明。一舸吴松归未得，聊共住，小蓬瀛。　问君何事引前旌，趣归程，背高城。鱼鸟三年，谁道总无情。试遣他年歌此曲，应尚记，别时声。

叶梦得　江城子·登小吴台小饮

生涯何有但青山，小溪弯，转潺湲。投老归来，终寄此山间。茅舍半欹风雨横，荒径晚，乱榛菅。　强扶衰病上巉巅，水云闲，伴跻攀。湖海苍茫，千里在吴关。漫有一杯聊自醉，休更问，鬓毛斑。

叶梦得　江城子·次韵葛鲁卿上元

甘泉祠殿汉离宫，五云中，渺难穷。永漏通宵，壶矢转金铜。曾从钧天知帝所，孤鹤老，寄辽东。　强扶衰病步龙钟，雪花濛，打窗风。一点青灯，惆怅伴南宫。惟有史君同此恨，丹凤□，水云重。

叶梦得　江城子·湘妃鼓瑟

银涛无际卷蓬瀛，落霞明，暮云平。曾见青鸾、紫凤下层城。二十五弦弹不尽，空感慨，惜余情。　苍梧烟水断归程，卷霓旌，为谁迎。空有千行，流泪寄幽贞。舞罢鱼龙云海

晚，千古恨，入江声。

刘一止　　江城子·秋香岩下著樽罍

王元渤舍人将赴吉州，因以戏之

秋香岩下著樽罍，小徘徊，莫停杯。来岁花时，相望两悠哉。看取修眉萦度曲，真个泪，界香腮。　船头击鼓片帆开，晓风吹，首应回。景物撩人，诗思不胜催。会有江山凄惋句，凭过雁，寄侬来。

王庭珪　　江城子·吴贡道班师置酒

锦袍绣帽跃金鞍，卷旗幡，整师还。轻骑穷追，湘尾鼓声寒。千里尘清高会处，张翠幕，万人看。　藕丝衫袖捧雕盘，玉颓山，夜将阑。幸遇休兵，且尽玉壶宽。未用汉军频出塞，徒生事，斩楼兰。

王庭珪　　江城子·步月新桥呈任子严

渡头犹唱棹歌声，雨初晴，月初生。忽见飞虹，夭矫挂寒汀。两岸小儿齐拍手，今夜里，放人行。　朱栏画鹢照江亭，客来登，眼初明，如泛银河，天上跨长鲸。君是济川舟楫手，将许事，笑谈成。

王庭珪　　江城子·辰川上元

夜郎江上看元宵，斗回杓，雪初消。灯火银花，何处是星桥。哄得满城春不夜，三妓女，五溪徭。　此时回首忆行朝，太平楼，倚层霄。红蜡光中，买酒听吹箫。且就天涯聊一醉，歌一曲，望京谣。

王庭珪　　江城子·再和呈马守

天回北斗欲中宵，屡移杓，客魂消。记得皇州，灯火虹成桥。异俗西南开万里，冠带尽，百蛮徭。　卢溪太守未还朝，起朱楼，接丛霄。翠幕红妆，歌管玉为箫。民乐丰登无一事，看下诏，采风谣。

王庭珪　　江城子·楼头钟鼓变新声

楼头钟鼓变新声，晚霞晴，水云生。何处归帆，争泊蓼花汀。遥望虹桥如画里，鳌背上，著人行。　夜阑风定见危

亭，却重登，景方明。影落波心，疑是海中鲸。愿借吸川沧海量，为公寿，落桥成。

周紫芝　　江城子·夕阳低尽柳如烟

夕阳低尽柳如烟，淡平川，断肠天。今夜十分，霜月更娟娟。怎得人如天上月，虽暂缺，有时圆。　断云飞雨又经年，思凄然，泪涓涓。且做如今，要见也无缘。因甚江头来处雁，飞不到，小楼边。

周紫芝　　江城子·碧梧和露滴清秋

碧梧和露滴清秋，小庭幽，翠烟流。羞带一襟，明月上危楼。苦恨秋江风与月，偏管断，这些愁。　此情空道两绸缪，信悠悠，几时休。到得如今，划地见无由。拟待不能思想得，无限事，在心头。

李　纲　　江城子·新酒初熟

老饕嗜酒若鸱夷，拣珠玑，自蒸炊。笃尽云腴，浮蚁在瑶卮。有客相过同一醉，无客至，独中之。　麴生风味有谁知，豁心脾，展愁眉。玉颊红潮，还似少年时。醉倒不知天地大，浑忘却，是和非。

李　纲　　江城子·九日与诸季登高

客中重九共登高，逼烟霄，见秋毫。云涌群山，山外海翻涛。回首中原何处是，天似幕，碧周遭。　茱萸蕊绽菊方苞，左倾醪，右持螯。莫把闲愁，空使寸心劳。会取八荒皆我室，随节物，且游遨。

李　纲　　江城子·瀑布

琉璃滑处玉花飞，溅珠玑，喷霏微。谁遣银河，一派九天垂。昨夜白虹来涧饮，留不去，许多时。　幽人独坐石嵚嵚，赏清奇，濯涟漪。不怕深沉，潭底有蛟螭。澒洞但闻金石奏，猿鸟乐，共忘归。

李　纲　　江城子·去年九日在衡阳

去年九日在衡阳，满林霜，俯潇湘。回雁峰头，依约雁南

翔。遥想茱萸方遍插，唯少我，一枝香。　　今年佳节幸相将，陟层冈，举华觞。地暖风和，犹未菊开黄。此会明年知健否，判酩酊，醉秋光。

李　纲　　江城子·武夷山里一溪横

再游武夷，至晞真馆，与道士泛月而归

武夷山里一溪横，晚风清，断霞明。行至晞真、馆下月华生。仙迹灵踪知几许，云缥纱，石峥嵘。　　羽人向载小舟轻，玉壶倾，荐芳馨。酣饮高歌，时作步虚声。一梦游仙非偶尔，回棹远，翠烟凝。

李　纲　　江城子·池阳泛舟作

春来江上打头风，吼层空，卷飞蓬。多少云涛，雪浪暮江中。早是客情多感慨，烟漠漠，雨濛濛。　　梁溪只在太湖东，长儿童，学庞翁。谁信家书，三月不曾通。见说浙河金鼓震，何日到，羡归鸿。

李　纲　　江城子·晓来江口转南风

晓来江口转南风，静烟空，整云蓬。满眼高帆，隐映画图中。呕轧数声离岸橹，云暗淡，雪溟濛。　　扁舟归去五湖东，狎樵童，侣渔翁。不管人间，荣辱与穷通。试作五噫歌汉室，从隐遁，作梁鸿。

莫　蒙　　江城子·贺人生子

长庚入梦夜何其，月波迟，露华滋。珠襆犀帷，生此宁馨儿。天上麒麟人不识，森磥砢，骏权奇。　　文章锦绣识新机，国风诗，楚人词。銮殿蓬莱，早晚奉论思。百岁归来如魏武，从老大，好威仪。

沈与求　　江城子·华灯高宴水精宫

葛使君示书，有元夕寒厅孤坐之叹。昨日石林寄示所和长短句，辄亦次韵和呈，因以自见穷寂之态

华灯高宴水精宫，浪花中，意无穷。十载江湖，重绾汉符铜。应有青藜存往事，人缥缈，佩丁东。　　卧听萧寺响疏钟，渡溪风，转空濛。月上孤窗，邻唱有渔翁。追念使君清坐

久，歌一发，恨千重。

沈与求　　江城子·和叶左丞石林

鱼龙戏舞近幽宫，乱山中，似途穷。绿野堂深，门敞兽铺铜。无限青瑶攒峭壁，花木老，映西东。　　消磨万事酒千钟，一襟风，鬓霜濛。忧国平生，堪笑已成翁。惟有经纶心事在，承密诏，看重重。

张　纲　　江城子·和吕丞送进士赴省

宝津楼下柳阴重，画桥东，戏鱼龙。闻喜当时，开宴盛仪容。遥想新年寻故事，扶醉帽，夕阳中。　　可怜衰鬓飒霜丛，借酡红，遣愁浓。梦入长安，惊起送飞鸿。直下青冥休避路，九万里，看抟风。

蔡　伸　　江城子·秋夜观牛女星作

碧厨文簟小窗前，乍更阑，□□□。乌鹊南飞，秋意渐凄然。满院蛩吟风露下，人窕窈，月婵娟。　　双星旧约又经年，信谁传，恨绵绵。□隔明河，长作断肠仙。争似秦楼萧史伴，瑶台路，共乘鸾。

邓　肃　　江城子·酒阑携手过回廊

酒阑携手过回廊，夜初凉，月如霜。笑问木樨，何日吐天香。待插一枝归斗帐，和云雨，殢襄王。　　如今满目雨新黄，绕高堂，自芬芳。不见堂中，携手旧鸳鸯。已对秋光成感慨，更夜永，漏声长。

吕渭老　　江城子·闻君见影已堪怜

闻君见影已堪怜，短因缘，偶同筵。相见无言，分散倍依然。做梦杨花随去也，妆阁畔，绣床前。　　觉来离绪意绵绵，写蛮笺，倩谁传。鱼雁悠悠，门外水如天。欲上西楼还不忍，难著眼，望秋千。

吕渭老　　江城子·晓参垂户宿酲醒

晓参垂户宿酲醒，坐南亭，对疏星。点点萤光，偏向竹梢明。望断长空何处是，云叶乱，彩霞横。　　西楼依旧抱重

城，小银屏，此时情。鸦阵翻丛，枯柳两三声。欹枕欲寻初夜梦，鸡唱远，晓蟾倾。

王之道　　江城子·和彦时兄

新篁新上箨龙陂，绿阴稀，绿阴稀。墙外石榴，花放两三枝。裙褶绛纱还半皱，追往事，惜佳期。　流莺娇婉燕双飞，雨晴时，雨晴时。卢橘攒金，梅子更红肥。浊酒一杯从径醉，家纵远，梦中归。

王之道　　江城子·追和东坡雪

寒光凌乱六花纤，巧穿帘，不鸣檐。十里黄垆，遥望辨青帘。玉树参差何处觅，吟雪曲，捻霜髯。　坐来令我看无厌，拟名盐，试尝甜。飞入深潭，应照老蛟潜。三白频占来岁稔，良可喜，更何嫌。

史　浩　　江城子·片帆初落甬勾东

片帆初落甬勾东，碧湖空，满汀风。回首一川，银浪飐孤篷。且驾两椽烟雨里，凭曲槛，浥空濛。　闲移拄杖上晴峰，莫匆匆，伴冥鸿。笑指家山，蘋叶藕花中。脚力倦时呼小艇，归棹稳，月朦胧。

康与之　　江城子·南溪二月雨初晴

南溪二月雨初晴，四郊明，暖风轻。一雨一风，铺地落红英。枝上流莺啼劝我，春欲去，且留春。　登临行乐慰闲情，过长亭，暮潮平。四面青芜，中是越王城。信马行吟归路晚，山簇簇，柳阴阴。

毛　幵　　江城子·和德初灯夕词次叶石林韵

神仙楼观梵王宫，月当中，望难穷。坐听三通，谯鼓报笼铜。还忆当年京辇旧，车马会，五门东。　华堂歌舞间笙钟，夕香濛，度花风。翠袖传杯，争劝紫髯翁。归去不堪春梦断，烟雨晓，乱山重。

毛　幵　　江城子·倚墙高树落惊禽

倚墙高树落惊禽，小窗深，夜沉沉。酒醒灯昏，人静更愁霖。惆怅行云留不住，携手处，却分襟。　悠悠风月两关

心，拥孤衾，恨难禁。何况一春，憔悴到如今。最苦清宵无寐极，相见梦，也难寻。

洪　适　　　　江城子·饯黄魁

当年提笔上词坛，琢琅玕，涌波澜。晁董声名，一日满人间。底事远烦骐骥足，梅岭外，砚台边。　　元戎倾盖有余欢，酒杯宽，语离难。只恐江边，明日起青翰。暂去平分风与月，迎细札，步金銮。

洪　适　　　　江城子·黄宪生日代作

江如罗带抱山青，好风轻，五云横。北斗南边，烨烨使华星。两路平反多少事，培吉德，赉长生。　　当年乌府振冠缨，稔英声，起鹏程。垂上丹霄，回首志澄清。雪片深深梅著子，归路近，看和羹。

洪　适　　　　江城子·赠举之

冥冥云屿两经秋，落霞收，断烟留。小阁凉生，清馥凝金虬。乘兴开颜那草草，烦玉腕，举琼舟。　　明年此日楚江头，极层楼，望丹丘。只恐溪山，千里碍凝眸。重倚阑干相忆处，寻过雁，作书邮。

朱淑真　　　　江城子·赏春

斜风细雨作春寒，对尊前，忆前欢。曾把梨花，寂寞泪阑干。芳草断烟南浦路，和别泪，看青山。　　昨宵结得梦夤缘，水云间，悄无言。争奈醒来，愁恨又依然。展转衾裯空懊恼，天易见，见伊难。

侯　寘　　江城子·萍乡王圣俞席上作

萍蓬踪迹几时休，尽飘浮，为君留。共话当年，年少气横秋。莫叹两翁俱白发，今古事，尽悠悠。　　西风吹梦入江楼，故山幽，谩回头。又是手遮，西日望皇州。欲向西湖重载酒，君不去，与谁游。

赵彦端　　　　江城子·上张帅

春风旗鼓石头城，急麾兵，斩长鲸。缓带轻裘，乘胜讨蛮

荆。蚁聚蜂屯三十万，争面缚，向行营。　　舳舻千里大江横，凯歌声，犬羊惊。尊俎风流，谈笑酒徐倾。北望旄头今已灭，河汉淡，两台星。

此首别作张镃词

王　质　　　　江城子·席上赋

细风微揭碧鳞鳞，绣帏深，不闻声。时见推帘，笼袖玉轻轻。不似绮楼高卷幔，相指点，总分明。　　斜湾丛柳暗阴阴，且消停，莫催行。只恨夕阳，虽好近黄昏。得到钗梁容略住，无分做，小蜻蜓。

王　质　　江城子·细风吹起翠田田

细风吹起翠田田，雨和烟，入梅天。鲜润繁阴，悄悄转清圆。十顷蒲萄深贮碧，鸥共鹭，各翩翩。　　影摇香度小婵娟，竹林贤，总神仙。滴露飞霜，雪甃注冰泉。伴了芙蓉城里客，无一事，北窗眠。

王　质　　　　江城子·宴守倅

柳梢无雪受风吹，绿垂垂，乳鸦啼。直下蒲萄，春水未平堤。却似今年春气早，白团扇，已相宜。　　红巾当日鸟衔飞，曲江湄，暮春时。孔雀麒麟，交蹙绣罗衣。何似野堂陪胜客，花影外，竹阴移。

沈端节　　江城子·秋声昨夜入梧桐

秋声昨夜入梧桐，雨濛濛，洒窗风。短杵疏砧，将恨到帘栊。归梦未成心已远，云不断，水无穷。　　有人应念水之东，鬓如蓬，理妆慵。览镜沉吟，膏沐为谁容。多少相思多少事，都尽在，不言中。

崔敦礼　　　江城子·送凌静之

吴王台上雨初晴，远烟横，柳如云。门外西风，催踏马啼尘。声断阳关人去□，遮落日，向西秦。　　不教容易纵归程，语酸辛，黯消魂。且共一尊，相属莫辞频。后夜月明千里隔，君忆我，我思君。

李处全　　江城子·重阳

一番风雨一番凉，炯秋光，又重阳。潇洒东篱，浑学汉宫妆。今日且须开口笑，花露裛，鬓云香。　泼醅新取淡鹅黄，趁幽芳，趣飞觞。落帽当时，□发少年狂。万事破除惟有此，尘外客，醉中乡。

吕胜己　　江城子·盆中梅

年年腊后见冰姑，玉肌肤，点琼酥。不老花容，经岁转敷腴。向背稀稠如画里，明月下、影疏疏。　江南有客问征途，寄音书，定来无。且傍盆池，巧石倚浮图。静对北山林处士，妆点就、小西湖。

吕胜己　　江城子·一钩新月下庭西

一钩新月下庭西，绣帘低，漏声迟。小宴幽欢，依约似当时。娇盼注人都不语，眉黛蹙，鬓云攲。　街槐阴下玉骢嘶，苦相催，醉中归。可惜明朝，秋色满东篱。只恐又成轻别也，情脉脉，恨凄凄。

王　炎　　江城子·癸酉春社

清波渺渺日晖晖，柳依依，草离离。老大逢春，情绪有谁知。帘箔四垂庭院静，人独处，燕双飞。　怯寒未敢试春衣，踏青时，懒追随。野蔌山殽，村酿可从宜。不向花边拚一醉，花不语，笑人痴。

辛弃疾　　江城子·戏同官

留仙初试砑罗裙，小腰身，可怜人。江国幽香，曾向雪中闻。过尽东园桃与李，还见此，一枝春。　庾郎襟度最清真，挹芳尘，便情亲。南馆花深，清夜驻行云。拚却日高呼不起，灯半灭，酒微醺。

石孝友　　江城子·青青杨柳水边桥

青青杨柳水边桥，水迢迢，柳摇摇。缓引离觞，频驻木兰桡。我是行人君是客，俱有恨，总无聊。　冰澌波暖数琼瑶，舞晴飙，拂春潮。一片别魂，销尽遣谁招。不似严阳山上雪，魂易尽，雪难销。

石孝友　　江城子·相逢执手也踟蹰

相逢执手也踟蹰，立斯须，话区区。借问来时，曾见那人无。忍泪啼痕香不减，虽少别，忍轻辜。　霜风摇落岁将徂，景凋疏，恨萦纡。过尽行云，我在与谁居。一掬归心飞不去，层浪叠，片蟾孤。

刘光祖　　江城子·梅花

十分雪意却成霜，暮云黄，月微茫。只有梅花，依旧吐幽芳。还喜无边春信漏，疏影下，觅浮香。　才清端是紫薇郎，别鹓行，忆宫墙。夜半胡为，人与月交相。君合召归吾老矣，月随去，照西厢。

张　镃　　江城子·试霜池面浅粼粼

黄子由少监同内子慧斋奉岳母定斋相过,席间因走笔次韵。

试霜池面浅粼粼，鹊飞晴，远峰明。蓬岛群仙，来过瑞云清。龙榜当年人第一，黄叔度，是前生。　玉堂行见演丝纶，彩毫轻，思难停。醉里长鲸，翻浪吸东溟。谢女风流相称好，金母更，鬓常青。

张　镃　　江城子·凯旋

春风旗鼓石头城，急麾兵，斩长鲸。缓带轻裘，乘胜讨蛮荆。蚁聚蜂屯三十万，军面缚，赴行营。　舳舻千里大江横，凯歌声，犬羊惊。尊俎风流，谈笑酒徐倾。北望旄头今已灭，河汉淡，两台星。

此首别作赵彦端词

张　镃　　江城子·夏夜观月

飞来冰雪冷无声，可中庭，骨毛清。卧看东南，和露两三星。蓦地神游天上去，呼彩凤，驾云軿。　望舒宫殿玉峥嵘，桂千层，宝香凝。捣药仙童，邀我论长生。一笑归来人未睡，花送影，上窗棂。

刘　过　　江城子·海棠风韵玉梅春

海棠风韵玉梅春，小腰身，晓妆新。长是花时，犹系茜罗裙。一撮精神娇欲滴，说不似、画难真。　楼前江柳又江

云，隔音尘，泪沾巾。一点征帆，烟浪渺无津。万斛相思红豆子，凭寄与、个中人。

刘　过　　　江城子·淡香幽艳露华浓

淡香幽艳露华浓，晚妆慵，略匀红。春困恹恹，□□鬓云松。早是自来莲步小，新样子，为谁弓。　　画堂西畔曲栏东，醉醒中，苦匆匆。卷上珠帘，依旧半床空。香炧满炉人未寝，花弄月，竹摇风。

郭应祥　　　江城子·重阳次施尉韵

开尊拟对菊花黄，舞伊凉，掺渔阳。更有风流，妓女胜徐娘。只道难逢开口笑，争驰逐，利名场。　　玉山蓝水两茫茫，采幽香，泛清觞。橙橘堆盘，犹恨未经霜。底事□□堪喜处，丰年最，冠江乡。

韩　淲　　　江城子·天孙应为织云裳

德久同醉，子似出新置佐酒，和德久词

天孙应为织云裳，试宫妆，问刘郎。湖上波寒，依旧远山苍。自是老来心事懒，空落拓，少年场。　　挥豪闲与细端相，记严扬，陋苏张。兴到一杯，微醉亦成章。回首片帆西去也，何日更，共清狂。

韩　淲　　　江城子·雪消霜入小溪舟

雪消霜入小溪舟，试浮游，上山头。薄薄寒烟，依旧未全收。问道梅花开也未，吟不尽，一春愁。　　襟怀如此老还休，懒凝眸，转深幽。诗罢一眉，新月又如钩。腊后春前村意远，回棹稳，水西流。

汪　晫　　　江城子·咏木樨

可是东风、当日欠商量。百紫千红春富贵，无半点，似渠香。（下缺）

高观国　　　江城子·代作

绿丛篱菊点娇黄，过重阳，转愁伤。风急天高，归雁不成行。此去郎边知近远，秋水阔，碧天长。　　郎心如妾妾如郎，两离肠，一思量。春到春愁，秋色亦凄凉。近得新词知怨

妾，无处诉，泣兰房。

魏了翁　　江城子·次韵李参政壁见贻生日

水花湖荡翠连天，记年年，甚因缘。斗鸭阑干，云雾踏青妍。人似风流唐太白，披紫绮，卧青莲。　　如今别思浩如川，欲腾骞，隔风烟。月到天心，人影在长编。只有此身飞不去，翔雁侧，狎鸥边。

魏了翁　　江城子·刘左史光祖别席和韵

一襟满贮梓城春，笑声频，笔挥银。自有江山，长是管将迎。不似如今归去客，云外步，水边身。　　萧然今代杰魁人，混光尘，越精神。不把浮云，轩冕拂天真。化洽堂边应创见，人物旧，榜颜新。

魏了翁　　江城子·约刘左史光祖谢会再和

如公何地不阳春，往来频，醉倾银。闻道河阳，童稚正欢迎。移向德威堂上著，疑潞国，是前身。　　行人还又送行人，夜无尘，对丰神。自古心知，别语转情真。须信人生归去好，三径旧，四时新。

魏了翁　　江城子·西来紫马倦行春

西来紫马倦行春，上书频，阙排银。愿听臣归，子舍便将迎。又为老臣全晚节，关教化，系臣身。　　帝心终眷老成人，想音尘，倍留神。且把闲风，淡月与全真。出处如公都有数，今古梦，几番新。

魏了翁　江城子·同官酌酒相贺再和前韵

与君同醉梓州春，不辞频，漏更银。尚记梅时，出郭喜相迎。又对西风斟别酒，云过眼，月分身。　　倘来官职不关人，等微尘，苦劳神。更向中间，谩说假和真。只有交朋关分义，无久近，与陈新。

魏了翁　　江城子·次韵西叔兄访王宣干万

梦随瘦马渡晨烟，月犹弦，稻初眠。宇宙平宽，著我一人闲。梦破枇杷香满袂，应唤我，驻行鞯。　　雁声砧杵落晴川。抚流年，叹区缘。随世功名，未信果谁贤。目断孤云东北

角，离复合，断还连。

卢祖皋　　江城子·画楼帘幕卷新晴

画楼帘幕卷新晴，掩银屏，晓寒轻。坠粉飘香，日日唤愁生。暗数十年湖上路，能几度，著娉婷。　年华空自感飘零，拥春酲，对谁醒。天阔云闲，无处觅箫声。载酒买花年少事，浑不似，旧心情。

卢祖皋　　江城子·寿外姑外舅

护霜云日霭晴空，锦围中，卷香风。弄玉乘鸾，人自蕊珠宫。天遣岁寒为伴侣，还待得，谪仙翁。　等闲随处是春功，笑相从，寸心同。不羡鱼轩，蝉冕共荣封。只爱阶庭兰玉秀，梅不老，对乔松。

卢祖皋　　江城子·外舅作梅坡因寿日作此

小山初筑自天成，架危亭，与云平。面面梅花，阑槛十分清。唤得长淮春意满，香暗度，月微明。　数枝长忆傍岩扃，杖履轻，醉中行。笑问东风，何日是归程。只怕和羹消息近，天未许，遂幽情。

黄　机　　江城子·次洪如晦韵

醉来玉树倚风前，举吟鞭，指青帘。乌帽低昂，摇兀似乘船。傍路谁家妆束巧，斜映日，半窥帘。　寻欢端合趁芳年，对鹍弦，且陶然。纸上从渠，刘蹶与嬴颠。漠漠绿阴春复夏，多少事，总悬天。

李好古　　江城子·从来难翦是离愁

从来难翦是离愁，这些愁，几时休。才趁风樯，千里到扬州。见说苍茫云海外，天杳杳，水悠悠。　男儿三十敝貂裘，强追游，梦魂羞。可解筹边，谈笑觅封侯。休傍塞垣酾酒去，伤望眼，怕层楼。

李好古　　江城子·平沙浅草接天长

平沙浅草接天长，路茫茫，几兴亡。昨夜波声，洗岸骨如霜。千古英雄成底事，徒感慨，谩悲凉。　少年有意伏中行，馘名王，扫沙场。击楫中流，曾记泪沾裳。欲上治安双阙

远，空怅望，过维扬。

吴　潜　　　江城子·示表侄刘国华

家园十亩屋头边，正春妍，酿花天。杨柳多情，拂拂带轻烟。别馆闲亭随分有，时策杖，小盘旋。　　采山钓水美而鲜，饮中仙，醉中禅。闲处光阴，赢得日高眠。一品高官人道好，多少事，碎心田。

翁元龙　　　江城子·一年箫鼓又疏钟

一年箫鼓又疏钟，爱东风，恨东风。吹落灯花，移在杏梢红。玉靥翠钿无半点，空湿透，绣罗弓。　　燕魂莺梦渐惺松，月帘栊，影迷蒙。催趁年华，都在艳歌中。明日柳边春意思，便不与，夜来同。

陈　著　　　江城子·中秋早雨晚晴

中秋佳月最端圆，老痴顽，见多番。杯酒相延，今夕不应慳。残雨如何妨乐事，声淅淅，点斑斑。　　天应有意故遮阑，怕人间，等闲看。好处时光，须用著些难。直待黄昏风卷霁，金滟滟，玉团团。

陈　著　　　江城子·重阳酒边

人生难满百年心，得分阴，胜千金。吹帽风流，时节又相寻。回首赐萸休说梦，真率具，自山林。　　逢迎一笑且开襟，酒频斟，量犹禁。相劝相期，长健似如今。醉也从他儿女手，争把菊，满头簪。

陈　著　　　江城子·七夕风雨

纷纷都说会双星，鹊桥成，凤骖迎。风雨凄凉，何故锁苍冥。儿女空愁谁解意，须道我，试来听。　　人间天上不同情，最无凭，是柔盟。应怪痴人，虚妄做浮生。正值楼台多簇燕，教没兴，不开晴。

陈　著　　　江城子·元宵书怀

笼街弹压上元灯，满瑶城，簇珠星。老矣如今，谁记旧来曾。眼底相逢惟有月，空对面，若为情。　　残生消不尽齑茎，瘦棱棱，困腾腾。扶起眉间，杯酒酹寒檠。也为风光陪一笑，心下事，梦中惊。

陈　著　　　**江城子·重午书怀**

年年端午又今朝，鬓萧萧，思摇摇。应是南风，湘浦正波涛。千古独醒魂在否，无处问，有谁招。　何人帘幕倚兰皋，看飞桡，夺高标。饶把笙歌，供笑醉陶陶。孤坐小窗香一篆，弦绿绮，鼓离骚。

陈允平　　**江城子·东风吹恨上眉弯**

东风吹恨上眉弯，燕初还，杏花残。帘里春深，帘外雨声寒。拾翠芳期孤负却，空脉脉，倚阑干。　流苏香重玉连环，绕屏山，宝筝闲。泪薄鲛绡，零露湿红兰。瘦却舞腰浑可事，银蹀躞，半阑珊。

谭宣子　　**江城子·嫩黄初染绿初描**

嫩黄初染绿初描，倚春娇，索春饶。燕外莺边，想见万丝摇。便作无情终软美，天赋与，眼眉腰。　短长亭外短长桥，驻金镳，系兰桡。可爱风流，年纪可怜宵。办得重来攀折后，烟雨暗，不辞遥。

刘辰翁　　　**江城子·西湖感怀**

涌金门外上船场，湖山堂，众贤堂。到几凄凉，城角夜吹霜。谁识两峰相对语，天惨惨，水茫茫。　月移疏影傍人墙，怕昏黄，又昏黄。旧日朱门，四圣暗飘香。驿使不来春又老，南共北，断人肠。

刘辰翁　　　**江城子·春兴**

一年春事几何空，杏花红，海棠红。看取枝头，无语怨天公。幸自一晴晴太暖，三日雨，五更风。　山中长自忆城中，到城中，望水东。说尽闲情，无日不匆匆。昨日也同花下饮，终有恨，不曾浓。

刘辰翁　　**江城子·和默轩初度韵**

书题拂拂洞庭香，孕云黄，粲珠光。唤谪仙人，除是贺知章。未老得闲闲到老，无一事，和诗忙。　是中曾著老人双，送千觞，乐谁妨。世上输赢，不似烂柯长。晚入耆英年最少，空结客，少年场。

刘辰翁　　江城子·海棠花下烧烛词

红敧醉袖殢阑干，夜将阑，去难拚。烧蜜调蜂，重照锦团栾。春到洞房深处暖，方知道，月宫寒。　　枝枝红泪不曾干，背人弹，语羞檀。欲睡心情，一似梦惊残。正自朦胧花下好，银烛里，几人看。

曹良史　　江城子·夜香烧了夜寒生

夜香烧了夜寒生，掩银屏，理银筝。一曲春风，都是断肠声。杜宇欲啼杨柳外，愁似海，思如云。　　背灯暗卸乳鹅裙，酒初醒，梦初醒。兰炷香篝，谁为暖罗衾。二十四帘人悄悄，花影碎，月痕深。

周　密　　江城子·赋玉盘盂芍药寄意

玉肌多病怯残春，瘦棱棱，睡腾腾。清楚衣裳，不受一尘侵。香冷翠屏春意靓，明月淡，晓风轻。　　楼中燕子梦中云，似多情，似无情。酒醒歌阑，谁为唤真真。尽日琐窗人不到，莺意懒，蝶愁深。

周　密　　江城子·拟蒲江

罗窗晓色透花明，艳瑶笙，按瑶筝。试讯东风，能有几分春。二十四阑凭玉暖，杨柳月，海棠阴。　　依依愁翠沁双颦，爱莺声，怕鹃声。人自多情，春去自无情。把酒问花花不语，花外梦，梦中云。

张　炎　　江城子·为满春泽赋横空楼

下临无地手扪天，上云烟，俯山川。栖止危巢，不隔道林禅。坐处清高风雨隔，全万境，一壶悬。　　我来直欲挟飞仙，海为田，是何年。如此江声，啸咏白鸥前。老树无根云懵懂，凭寄语、米家船。

刘将孙　　江城子·和子昂题水仙花卷

云涛白凤贺瑶池，仗葳蕤，路芳菲。十月温汤，赐浴卸罗衣。半点檀心天一笑，琼奴弱，玉环肥。　　风流谁合婿金闺，露将晞，雪争晖。贝阙珠宫，环佩月中归。误杀洛滨狂子建，情脉脉，恨依依。

逸　民　　江城子·中秋忆举场

秀才落得甚干忙，冗中秋，闷重阳。百年三万，消得几科场。吟配十年灯火梦，新米粥，紫苏汤。　如今且说世平康，收战场，息欃枪。路断邯郸，无复梦黄粱。浪说为农今決矣，新酒熟，菊花香。

无何有翁　　江城子·和

小年底死踏槐忙，叹蝉声，早斜阳。今夕何年，白骨照沙场。天上人间都是梦，石中火。镬中汤。　人如今且免秀才康，驰大马，试长枪，说与儿门，书里有膏粱。万万古来同一月，斫不尽、广寒香。

莫　蒙　　江城子·博山香暖衬红云

博山香暖衬红云，舞飞琼，拜双成。雾鬓风鬟，不改旧时青。滟滟金船罗袖劝，齐祝寿，比松椿。　照人冰雪自天真，翠绡轻，下蓬瀛。却笑乘鸾，奔月望长生。曾侍瑶池王母宴，犹认得，佩环声。

莫　蒙　　江城子·秋堂风露月初弦

秋堂风露月初弦，望灵源，隐珠躔。曾许东皇，游戏了尘缘。四海声名收不得，麾玉节，下清关。　相逢只说好江山，紫宸班，待公还。压帽黄花，喜映两眉间。袖里春风医国手，应不惜，紫金丹。

陆汉广　　江城子·绿莺庭院燕莺啼

绿莺庭院燕莺啼，绣帘垂，瑞烟霏。一片笙箫，风过彩云低。疑是蕊宫仙子降，翻玉袖，舞瑶姬。　冰姿玉质自清奇，看孙枝，列班衣。画鼓新歌，喜映两疏眉。袖里蟠桃花露湿，应不惜，醉金卮。

方　岳　　江城子·丙辰生日

几年诗骨雪槎牙，痼烟霞，老生涯。五十八翁，堪喜亦堪嗟。忽忆香山居士语，还失笑，较争些。　荒寒梅坞月横斜，短篱遮，野人家。枝北枝南，须有两三花。紧闭竹门传语客，那得暇，尽由他。

分类新编

全宋词

第三册

六画——八画

吕树坤 吕庆业 梁国辅 刘琦 编纂

作家出版社

江城子慢

此调见《吕渭老集》，与《江城子》迥异，已与原来的令词的形式毫无关系，只是宋人自制新声之后，往往借用旧词牌以便记忆，于是加上一个“慢”字。“慢”指慢曲子，即乐调长、字数多。属双调、仄韵，共一百零九字。上阕九句、五十五字，于第一、二、三、四、六、七、九句用韵；下阕九句、五十四字，于第一、三、四、五、八、九句用韵。蔡松年词名《江神子慢》。参阅《江城子》。

吕渭老　　江城子慢·新枝媚斜日

新枝媚斜日，花径霁、晚碧泛红滴。近寒食，蜂蝶乱、点检一城春色。倦游客，门外昏鸦啼梦破，春心似、游丝飞远碧。燕子又语斜檐，行云自没消息。　当时乌丝夜语，约桃花时候，同醉瑶瑟。甚端的，看看是、榆角杨花飞掷。怎忘得，斜倚红楼回泪眼，天如水、深深连翠璧。想伊不整啼妆影帘侧。

江城梅花引

此调相传上阕用《江城子》，下阕用《梅花引》，故合名为《江城梅花引》。但此调与《江城子》、《梅花引》有相合之处，亦有不相合之处。有人题作《摊破江神子》，实应名为《摊破江城子》。《词律》认为此调乃取“江城五月落梅花”之句而命名。属双调、平韵，八十七字。上阕八句、三十八字，于第一、二、三、四、八句用韵；下阕十二句、四十九字，首句叠二字，于第一、二、三、四、七、八、十二句用韵。此调有人竟作《梅花引》，与五十七字之《梅花引》实属同名异调，不可混淆。又名《江梅引》，是《江城梅花引》的省称。陈允平又称作《西湖明月引》，乃赵白云自度曲，恰与《江城梅花引》相合。洪皓词三声叶韵者共四首，每首有一“笑”字，名《四笑江梅引》。又名《明月引》、《摊破江城子》。

王　观　江城梅花引·年年江上见寒梅

年年江上见寒梅，暗香来，为谁开。疑是月宫，仙子下瑶台。冷艳一枝春在手，故人远，相思寄与谁。　怨极恨极，嗅香蕊，念此情，家万里。暮霞散绮，楚天碧，片片轻飞。为我多情，特地点征衣。花易飘零人易老，正心碎，那堪塞管吹。

丘　密　江城梅花引·枕屏

轻煤一曲染霜纨，小屏山，有无间。宛是西湖，雪后未晴天。水外几家篱落晚，半开关，有梅花、傲峭寒。　渐看渐远，水弥漫，小舟轻，去又还。野桥断岸，隐萧寺，□出晴峦。忆得孤山，山下竹溪前。佳致不妨随处有，小窗闲，与词人、伴醉眠。

赵与洽　江城梅花引·单衾寒引画龙声

单衾寒引画龙声，雨初晴，月微明。竹外溪边，低见一枝横。濬水疏花三四点，尚春浅，早相看、似有情。　夜来袖冷，暗香凝，恨半销，酒半醒。靓妆照影，未忺整，雪艳冰清。只恐不禁，愁绝易飘零。待得南楼三弄彻，君试看，比从前、更瘦生。

吴文英　江城梅花引·赠倪梅村

江头何处带春归，玉川迷，路东西。一雁不飞，雪压冻云低。十里黄昏成晓色，竹根篱，分流水、过翠微。　带书傍月，自锄畦，苦吟诗，生鬓丝。半黄烟雨，翠禽语，似说相思。惆怅孤山，花尽草离离。半幅寒香家住远，小帘垂，玉人误、听马嘶。

刘辰翁　江城梅花引·辛巳洪都上元

几年城中无看灯，夜三更，月空明。野庙残梅，村鼓自春声。长笑儿童忙踏舞，何曾见，宣德棚、不夜城。　去年今年，又伤心，去年晴，去年曾。不似今年，闲坐处，却不曾行。忆去年人，弹烛泪纵横。想见西窗窗下月，窗下月，是无情、是有情。

刘辰翁　　江城梅花引·相思无处著春寒

相思无处著春寒，傍阑干，湿阑干。似我情怀，处处忆临安。想见夜深村鼓静，灯晕碧，为傍人、说上元。　是花是雪，无意看，雨摧残，雨摧残。探春未还，到春还，似不如闲。感恨千般，憔悴做花难。不惜与君同一醉，君不见，铜雀台、望老瞒。

刘将孙　　江城梅花引·登高

明霞回雨霁秋空，笑难逢，步城东。直上翠微，客有可人同。回首向来轻节序，筋力异，心犹在、愧鬓蓬。　悲年冉冉，江滚滚，骑台平，蒋陵冷。天高年晚，山河险，烟雾冥蒙。一幅乌纱，闲著傲西风。古往今来只如此，便潦倒，渺乾坤、醉眼中。

无名氏　　江城梅花引·和赵制机赋梅

逋仙千载独知心，别无人，泪痕深。长是自开自落自成阴。白石后来疏影句，饶绮丽，总输他、清浅吟。　伤情、伤情，角中声，夜沉沉，更捣砧。欲雪未雪，天欲老，云气昏昏。梦绕西湖，路渐不堪行。人已骑驴毡笠去，留恨也，仗梅花、说与君。

江南曲

此调本名《踏莎行》，因贺铸词有“不辞寸断九回肠，殷勤更唱江南曲”句，故更名《江南曲》。详见《踏莎行》条。

贺　铸　　江南曲·蝉韵清弦

蝉韵清弦，溪横翠縠，翩翩彩鹢帆开幅。黄帘绛幕掩香风，当筵粲粲人如玉。　浅黛凝愁，明波转瞩，兰情似怨临行促。不辞寸断九回肠，殷勤更唱江南曲。

江南好

此调本名《水调歌头》，吴文英始名《江南好》，因其词以赞赏江南丽景为内容，用白居易词《忆江南》之首句“江南好”为调名，故名。姜夔又名《花犯念奴》。属双调、平韵，共九十五字。参阅《水调歌头》、《花犯念奴》。又即《忆江南》(又名《望江南》、《梦江南》、《梦江口》、《望江梅》、《谢秋娘》、《春去也》、《满庭芳》)，亦皆别称《江南好》，但三者的字数、格式、用韵皆迥异，实为同名异调，不可混而为一。又即《满庭芳》，宋吴文英词名《江南好》。参阅《忆江南》、《满庭芳》。

叶清臣　　江南好·丞相有才裨造化

丞相有才裨造化，圣皇宽诏养疏顽，赢取十年闲。（下缺）

曾　布　　江南好·江南客

江南客，家有宁馨儿。三世文章称大手，一门兄弟独良眉，藉甚众多推。　千里足，来自渥洼池。莫倚善题鹦鹉赋，青山须待健时归，不似傲当时。

赵师侠　　江南好·天共水

天共水，水远与天连。天净水平寒月漾，水光月色两相兼，月映水中天。　人与景，人景古难全。景若佳时心自快，心还乐处景应妍，休与俗人言。

吴文英　　江南好·行锦归来

友人还中吴，密围坐客，杯深情浃，不觉沾醉。越翼日，吾侪载酒问奇字，时斋示江南好词，纪前夕之事，辄次韵

行锦归来，画眉添妩，暗尘重拂雕栊。稳瓶泉暖，花隘斗春容。围密笼香晻霭。烦纤手、亲点团龙。温柔处，垂杨亸髻，□暗豆花红。　行藏，多是客，莺边话别，橘下相逢。算江湖幽梦，频绕残钟。好结梅兄矾弟，莫轻侣、西燕南鸿。偏宜醉，寒欺酒力，帘外冻云重。

江南春

即《秋风清》，宋寇准词名《江南春》。又即《江南春慢》，此调为宋代吴文英自度曲，其自注“中吕商”。属双调、仄韵，共一百零八字。上阕十句、五十四字，下阕十一句、五十二字。

寇　准　　　　江南春·波渺渺

波渺渺，柳依依。孤村芳草远，斜日杏花飞。江南春尽离肠远，蘋满汀洲人未归。

吴文英　　江南春·赋张药翁杜衡山庄

风响牙签，云寒古砚，芳铭犹在棠笏。秋床听雨，妙谢庭、春草吟笔。城市喧鸣辙，清溪上、小山秀洁。便向此、搜松访石，葺屋营花，红尘远避风月。　　瞿塘路，随汉节。记羽扇纶巾，气凌诸葛。青天万里，料漫忆、莼丝鲈雪。车马从休歇，荣华事、醉歌耳热。天与此翁，芳芷嘉名，纫兰佩兮琼玦。

江南柳

即《忆江南》。此调今仅存张先词，其词的前三句为“隋堤远，波急路尘轻。今古柳桥多送别”之句，故名其词为《江南柳》。属双调、平韵，共五十三字。上下阕各五句、二十七字，亦皆于第二、四、五句用韵。

张　先　　　　江南柳·隋堤远

隋堤远，波急路尘轻。今古柳桥多送别，见人分袂亦愁生，何况自关情。　　斜照后，新月上西城。城上楼高重倚望，愿身能似月亭亭，千里伴君行。

江神子

本名《江城子》，又据词中之句及内容名为《水晶帘》、《春意远》。唐人词多为单调，以韦庄词之三十五字为正格，亦有添字至三十七字不等。宋人词作双调、七十字，有平韵、仄韵两体。参阅《江城子》。

欧阳修　　江神子·碧阑干外小中亭

碧阑干外小中亭，雨初晴，早莺声。飞絮落花，天气近清明。睡觉卷帘匀面了，无个事、没心情。　窄罗衫子薄罗裙，小腰身，晚妆新。每到花时，长是不宜春。早是自家无气力，更被你，恶怜人。

张舜民　江神子·癸亥陈和叔会于赏心亭

七朝文物旧江山，水如天，莫凭栏。千古斜阳，无处问长安。更隔秦淮闻旧曲，秋已半，夜将阑。　争教潘鬓不生斑，敛芳颜，抹幺弦。须记琵琶，子细说因缘。待得鸾胶肠已断，重别日，是何年。

苏　轼　　江神子·梦中了了醉中醒

陶渊明以正月五日游斜川，临流班坐，顾瞻南阜，爱曾城之独秀，乃作斜川诗，至今使人想见其处。元丰壬戌之春，余躬耕于东坡，筑雪堂居之。南挹四望亭之后丘，西控北山之微泉，慨然而叹，此亦斜川之游也

梦中了了醉中醒，只渊明，是前生。走遍人间，依旧却躬耕。昨夜东坡春雨足，乌鹊喜，报新晴。　雪堂西畔暗泉鸣，北山倾，小溪横。南望亭丘，孤秀耸曾城。都是斜川当日境，吾老矣，寄余龄。

苏　轼　　江神子·孤山竹阁送述古

翠蛾羞黛怯人看，掩霜纨，泪偷弹。且尽一尊，收泪唱阳关。漫道帝城天样远，天易见，见君难。　画堂新构近孤山，曲阑干，为谁安。飞絮落花，春色属明年。欲棹小舟寻旧

事，无处问，水连天。

苏　轼　　　　江神子·江景

凤凰山下雨初晴，水风清，晚霞明。一朵芙蕖，开过尚盈盈。何处飞来双白鹭，如有意，慕娉婷。　　忽闻江上弄哀筝，苦含情，遣谁听。烟敛云收，依约是湘灵。欲待曲终寻问取，人不见，数峰青。

苏　轼　　　　江神子·猎词

老夫聊发少年狂，左牵黄，右擎苍。锦帽貂裘，千骑卷平冈。为报倾城随太守，亲射虎，看孙郎。　　酒酣胸胆尚开张，鬓微霜，又何妨。持节云中，何日遣冯唐。会挽雕弓如满月，西北望，射天狼。

苏　轼　　　　江神子·恨别

天涯流落思无穷，既相逢，却匆匆。携手佳人，和泪折残红。为问东风余几许，春纵在，与谁同。　　隋堤三月水溶溶，背归鸿，去吴中。回首彭城，清泗与淮通。寄我相思千点泪，流不到，楚江东。

苏　轼　　　　江神子·冬景

相逢不觉又初寒，对尊前，惜流年。风紧离亭，冰结泪珠圆。雪意留君君不住，从此去，少清欢。　　转头山下转头看，路漫漫，玉花翻。银海光宽，何处是超然。知道故人相念否，携翠袖，倚朱阑。

苏　轼　　江神子·黄昏犹是雨纤纤

大雪有怀朱康叔使君，亦知使君之念我也，作江神子以寄之

黄昏犹是雨纤纤，晓开帘，欲平檐。江阔天低，无处认青帘。孤坐冻吟谁伴我，揩病目，捻衰髯。　　使君留客醉厌厌，水晶盐，为谁甜。手把梅花，东望忆陶潜。雪似故人人似雪，虽可爱，有人嫌。

苏　轼　　江神子·玉人家在凤凰山

陈直方妾嵇，钱塘人也。丐新词，为作此。钱塘人好唱陌

上花缓缓曲，余尝作数绝以纪其事矣

玉人家在凤凰山，水云间，掩门关。门外行人，立马看弓弯。十里春风谁指似，斜日映，绣帘斑。　多情好事与君还，闵新鳏，拭余潸。明月空江，香雾著云鬟。陌上花开春尽也，闻旧曲，破朱颜。

苏　轼　　江神子·十年生死两茫茫

十年生死两茫茫，不思量，自难忘。千里孤坟，无处话凄凉。纵使相逢应不识，尘满面，鬓如霜。　夜来幽梦忽还乡，小轩窗，正梳妆。相顾无言，惟有泪千行。料得年年断肠处，明月夜，短松冈。

李之仪　　江神子·恼人天气雪消时

恼人天气雪消时，落梅飞，日初迟。小阁幽窗，时节听黄鹂。新洗头来娇困甚，才试著，夹罗衣。　木梨花拂淡燕脂，翠云欹，敛双眉。月浅星深，天淡玉绳低。不道有人肠断也，浑不语，醉如痴。

李之仪　　江神子·今宵莫惜醉颜红

今宵莫惜醉颜红，十分中，且从容。须信欢情，回首似旋风。流落天涯头白也，难得是，再相逢。　十年南北感征鸿，恨应同，苦重重。休把愁怀，容易便书空。只有琴樽堪寄老，除此外，尽蒿蓬。

李之仪　　江神子·阑干掐遍等新红

阑干掐遍等新红，酒频中，恨匆匆。投得花开，还报夜来风。惆怅春光留不住，又何似，莫相逢。　月窗何处想归鸿，与谁同，意千重。婉思柔情，一旦总成空。仿佛幺弦犹在耳，应为我，首如蓬。

晁补之　　江神子·亳社观梅呈范守、秦令

去年初见早梅芳，一春忙，短红墙。马上不禁，花恼只颠狂。苏晋长斋犹好事，时唤我，举离觞。　今年春事更茫茫，浅宫妆，断人肠。一点多情，天赐骨中香。赖有飞凫贤令尹，同我过，小横塘。

晁补之　　　　江神子·集句惜春

双鸳池沼水融融，桂堂东，又春风。今日看花，花胜去年红。把酒问花花不语，携手处，遍芳丛。　留春且住莫匆匆，秉金笼，夜寒浓。沉醉插花，走马月明中。待得醒时君不见，不随水，即随风。

晁补之　　江神子·广陵送王左丞赴阙

旧山铅椠倦栖迟，叩宸闱，向淮圻。五马行春，初喜后车随。太守风流容客醉，花压帽，酒淋衣。　隋宫烟外草萋萋，菊花时，动旌旗。起舞留公，且住慰相思。王粲诗成何处寄，人北去，雁南飞。

谢　逸　　江神子·一江秋水碧湾湾

一江秋水碧湾湾，绕青山，玉连环。帘幕低垂，人在画图间。闲抱琵琶寻旧曲，弹未了，意阑珊。　飞鸿数点拂云端，倚阑看，楚天寒。拟倩东风，吹梦到长安。恰似梨花春带雨，愁满眼，泪阑干。

谢　逸　　江神子·杏花村馆酒旗风

杏花村馆酒旗风，水溶溶，飏残红。野渡舟横，杨柳绿阴浓。望断江南山色远，人不见，草连空。　夕阳楼外晚烟笼，粉香融，淡眉峰。记得年时，相见画屏中。只有关山今夜月，千里外，素光同。

谢　邁　　江神子·破瓜年纪柳腰身

破瓜年纪柳腰身，懒精神，带羞瞋。手把江梅，冰雪斗清新。不向鸦儿飞处著，留乞与，眼中人。　水精船里酒粼粼，皱香茵，驻行云。舞罢歌余，花困不胜春。问著些儿心底事，才靥笑，又眉颦。

葛胜仲　　江神子·初至休宁冬夜作

昏昏雪意惨云容，猎霜风，岁将穷。流落天涯，憔悴一衰翁。清夜小窗围兽火，倾酒绿，借颜红。　官梅疏艳小壶中，暗香浓，玉玲珑。对景忽惊，身在大江东。上国故人谁念我，晴嶂远，暮云重。

王安中　　**江神子·韦城道中寄李祖武、翟淳老**

荷花遮水水漫溪，柳低垂，乱蝉嘶。舍辔何妨，临水照征衣。一扇香风摇不尽，人念远，意凄迷。　　骑鲸仙子已相知，数归期，赋新诗。更想翟公，门外雀罗稀。陶令此襟尘几许，聊欲向，北窗披。

张继先　　**江神子·彩云楼阁瑞烟平**

彩云楼阁瑞烟平，雨初晴，月胧明。夜静天风，吹下步虚声。何处朝元归去晚，双凤小，五云轻。　　落花流水两关情，恨无凭，梦难成。倚遍阑干，依旧楚风清。露滴松梢人静也，开宝篆，诵黄庭。

郭仲宣　　**江神子·腊寒犹重见年芳**

腊寒犹重见年芳，为花忙，倚雕墙。准拟巡檐，一笑但清狂。冷蕊疏枝浑不奈，凭折取，泛清觞。　　扬州春梦两微茫，记娥妆，耿冰肠。春信全通，何用玉奁香。谁见月斜人去后，疏影乱，蘸寒塘。

虞　某　　**江神子·相逢只怕有分离**

相逢只怕有分离，许多时，暗为期。常是眉来眼去、惹猜疑。何似总休拈弄上，轻咳嗽、有人知。　　终须买个小船儿，任风吹，尽东西。假使天涯海角、也相随。纵被江神收领了，离不得，我和伊。

李弥逊　　**江神子·临安道中**

梦中北去又南来，饱风埃，鬓华衰。浮木飞蓬，踪迹为谁催。自笑自悲还自语，一杯酒，鼻如雷。　　晓舆行处觉春回，屑琼瑰，糁残灰。病眼冲寒，欲闭又还开。近水人家篱落畔，遥认得，一枝梅。

此首别作张元幹词

张元幹　　**江神子·梦中北去又南来**

梦中北去又南来，饱风埃，鬓华衰。浮木飞蓬，踪迹为谁催。自笑自悲还自语，一杯酒，鼻如雷。　　晓舆行处觉春回，屑琼瑰，糁莓苔。病眼冲寒，欲闭又还开。水近人家篱落

畔，遥认得，一枝梅。

此首别作李弥逊词

曹勋　　江神子·帝俞庚载下方壶

盌父以昔年梦诗寄为长短句，因韵叙谢

帝俞庚载下方壶，雨随车，旷时无。尽道南丰，仙骨秀而都。光照丹丘人快睹，金骎袅，玉蟾蜍。　自怜老景病仍臞，芘微躯，驻安舆。暗润赤城，风露喜踟蹰。行矣相门还入相，看惠爱，咏猗欤。

曹勋　　江神子·盌父生日

南丰诗将驻灵江，下明光，惹天香。十雨五风，连岁致丰穰。初夏清和才四日，开寿席，宴华堂。　严宸已奏二南章，眷循良，比龚黄。玉笋班联，宜冠紫微郎。从此锋车宣室召，摅相业，寿而康。

曾觌　　江神子·赠章邃道

故人情分转绸缪，小窗幽，话离愁。海阔天遥，鸿雁两悠悠。今日相逢谁较健，应怪我，鬓先秋。　功名淅米在刀头，壮心休，弊貂裘。何事留欢，不竟漾扁舟。桃李春风将近也，如后会，醉青楼。

韩元吉　　江神子·建安县戏赵德庄

十年此地看花时，醉题诗，夜弹棋。湖海相逢，曾共惜芳菲。前度刘郎今度客，嗟老矣，鬓成丝。　江梅吹尽柳桥西，雪纷飞，画船移。满眼青山，依旧带寒溪。往事如云无处问，云外月，也应知。

韩元吉　　江神子·金山会饮

金银楼阁认蓬莱，晓烟开，上崔嵬。风引孤帆，谁道却船回。鹏翼倚天鳌背稳，惊浪起，雪成堆。　翩翩黄鹤为谁来，醉持杯，共徘徊。四面江声，脚底隐晴雷。织女机头凭借问，何处更，有琼台。

曹冠　　江神子·南园

雨余乾鹊报新晴，晓风清，听莺声。飞盖南园，游赏赋闲

情。麦垄黄云堆万顷，收刈处，有人耕。　　淙琤漱玉涧泉鸣，翠峰横，碧云凝。罨画园林，缣素写难成。卢橘杨梅时正熟，随处赏，饮班荆。

葛　郯　　江神子·亭亭鹤羽戏芝田

亭亭鹤羽戏芝田，看群仙，起青涟。绿盖红幢，千乘去朝天。留得瑶姬清夜舞，人与月，斗婵娟。　　凭阑有恨不堪言，倩谁传，曲声圆。写尽清愁，香弄晚风妍。不羡山头窥玉井，花十丈，藕如船。

葛　郯　　江神子·粼粼白水护青田

粼粼白水护青田，想真仙，弄清涟。十里香风，吹下碧云天。月在草堂人未寝，松竹暗，水涓涓。　　夜阑何事悄无言，怨空传，事难圆。欲借寒光，谁与伴清妍。待得凌波人肯住，呼玉笛，劝金船。

黄　铢　　江神子·晚泊分水

秋风袅袅夕阳红，晚烟浓，暮云重。万叠青山，山外叫孤鸿。独上高楼三百尺，凭玉楯，睇层空。　　人间日月去匆匆，碧梧桐，又西风。北去南来，销尽几英雄。掷下玉尊天外去，多少事，不言中。

陈　造　　江神子·席上史君令谢芷索词作

歌筵当日小蓬瀛，晚妆明，识芳卿。挽袖新词，曾博遏云声。又侍仙翁灯夕饮，红雾底，沸箫笙。　　催人刻烛待诗成，捧雕觥，媚盈盈。不道醉魂，入夜已瞢腾。墨涴香罗回盼处，和笑道，太狂生。

赵长卿　　江神子·梅

年年长见傲寒林，压群英，有余清。曾被芳心，红日恼诗情。玉质暗香无限意，偏婉娩，尽轻盈。　　今年潇洒照岐亭，更芳馨，也峥嵘。无奈多情，终是惜飘零。谁与东君收拾取，怕风雨，挫瑶琼。

赵长卿　　江神子·忆梅花

小溪清浅照孤芳，蕊珠娘，暗传香。春染粉容，清丽傅宫

妆。金缕翠蝉曾记得，花密密，过凋墙。　而今冷落水云乡，念平康，转情伤。梦断巫云，空恨楚襄王。冰雪肌肤消瘦损，愁满地，对斜阳。

赵长卿　　江神子·夜凉对景

彩云飞尽楚天空，碧溶溶，一帘风。吹起荷花，香雾喷人浓。明月凄凉多少恨，恨难许，我情钟。　相思魂梦几时穷，洞房中，忆从容。须信别来，应也敛眉峰。好景良宵添怅望，无计与，一樽同。

赵长卿　　江神子·述情

当时得意两心齐，绮窗西，共于飞。拂掠宫妆，长与画新眉。一自别来烟水阔，愁易积，梦还稀。　相逢恰似旧家时，恨依依，语低低。多少关情，冷暖有谁知。只此定应谐素愿，但指日，约鸾栖。

辛弃疾　　江神子·和人韵

梅梅柳柳斗纤秾，乱山中，为谁容。试著春衫，依旧怯东风。何处踏青人未去，呼女伴，认骄骢。　儿家门户几重重，记相逢，画桥东。明日重来，风雨暗残红。可惜行云春不管，裙带褪，鬓云松。

辛弃疾　　江神子·和陈仁和韵之一

玉箫声远忆骖鸾，几悲欢，带罗宽。且对花前，痛饮莫留残。归去小窗明月在，云一缕，玉千竿。　吴霜应点鬓云斑，绮窗闲，梦连环。说与东风，归意有无间。芳草姑苏台下路，和泪看，小屏山。

辛弃疾　　江神子·和陈仁和韵之二

宝钗飞凤鬓惊鸾，望重欢，水云宽。肠断新来，翠被粉香残。待得来时春尽也，梅著子，笋成竿。　湘筠帘卷泪痕斑，佩声闲，玉垂环。个里温柔，容我老其间。却笑将军三羽箭，何日去，定天山。

辛弃疾　　江神子·博山道中书王氏壁

一川松竹任横斜，有人家，被云遮。雪后疏梅，时见两三

花。比著桃源溪上路，风景好，不争多。　旗亭有酒径须赊，晚寒些，怎禁他。醉里匆匆，归骑自随车。白发苍颜吾老矣，只此地，是生涯。

辛弃疾　　江神子·和人韵之一

剩云残日弄阴晴，晚山明，小溪横。枝上绵蛮，休作断肠声。但是青山山下路，春到处，总堪行。　当年彩笔赋芜城，忆平生，若为情。试取灵槎，归路问君平。花底夜深寒色重，须拚却，玉山倾。

辛弃疾　　江神子·和人韵之二

梨花著雨晚来晴，月胧明，泪纵横。绣阁香浓，深锁凤箫声。未必人知春意思，还独自，绕花行。　酒兵昨夜压愁城，太狂生，转关情。写尽胸中，磈磊未全平。却与平章珠玉价，看醉里，锦囊倾。

辛弃疾　　江神子·送元济之归豫章

乱云扰扰水潺潺，笑溪山，几时闲。更觉桃源，人去隔仙凡。万壑千岩楼外雪，琼作树，玉为栏。　倦游回首且加餐，短篷寒，画图间。见说娇颦，拥髻待君看。二月东湖湖上路，官柳嫩，野梅残。

辛弃疾　　江神子·闻蝉蛙戏作

簟铺湘竹帐垂纱，醉眠些，梦天涯。一枕惊回，水底沸鸣蛙。借问喧天成鼓吹，良自苦，为官哪。　心空喧静不争多，病维摩，意云何。扫地烧香，且看散天花。斜日绿阴枝上噪，还又问，是蝉么。

辛弃疾　江神子·侍者请先生赋词自寿

两轮屋角走如梭，太忙些，怎禁他。拟倩何人，天上劝羲娥。何似从容来小住，倾美酒，听高歌。　人生今古不须磨，积教多，似尘沙。未必坚牢，划地事堪嗟。漫道长生学不得，学得后，待如何。

辛弃疾　　江神子·别子似，末章寄潘德久

看君人物汉西都，过吾庐，笑谈初。便说公卿，元自要通

儒。一自梅花开了后，长怕说，赋归欤。　　而今别恨满江湖，怎消除，算何如。杖屦当时，闻早放教疏。今代故交新贵后，浑不寄，数行书。

辛弃疾　　江神子·赋梅寄余叔良

暗香横路雪垂垂，晚风吹，晓风吹。花意争春，先出岁寒枝。毕竟一年春事了，缘太早，却成迟。　　未应全是雪霜姿，欲开时，未开时。粉面朱唇，一半点胭脂。醉里谤花花莫恨，浑冷澹，有谁知。

辛弃疾　　江神子·和李能伯韵呈赵晋臣

五云高处望西清，玉阶升，棣华荣。筑屋溪头，楼观画难成。长夜笙歌还起问，谁放月，又西沉。　　家传鸿宝旧知名，看长生，奉严宸。且把风流，水北画耆英。咫尺西风诗酒社，石鼎句，要弥明。

汪　莘　　江神子·再赠

鹧鸪声里别江东，绿阴中，夕阳红。一点离愁，相对景重重。目断大罗天上客，朝玉帝，把芙蓉。　　紫阳山下偶相逢，醉金钟，跨苍龙。归去故山，犹带白云封。洞口桃花如恨我，飘满地，任春风。

刘仙伦　　江神子·洪守出歌姬就席口占

华堂深处出娉婷，语声轻，笑声清。燕语莺啼，一一付春情。恰似洛阳花正发，见花好，不知名。　　金瓯盛酒玉纤擎，满盈盈，劝深深。不怕主人，教你十分斟。只怕酒阑歌罢后，人不见，暮山青。

刘仙伦　　江神子·东风吹梦落巫山

东风吹梦落巫山，整云鬟，却霜纨。雪貌冰肤，曾共控双鸾。吹罢玉箫香雾湿，残月坠，乱峰寒。　　解珰回首忆前欢，见无缘，恨无端。憔悴萧郎，赢得带围宽。红叶不传天上信，空流水，到人间。

李　壁　　江神子·劝酒

露荷香泛小池台，水云堆，好风催。宝扇胡床，无事且徘

徊。帘外海榴裙一色，判共醑，两三杯。　此怀能得几番开，玉山颓，不须推。回首慈恩，前梦老堪咍。好是上林多少树，应早晚，待公来。

高似孙　　江神子·寄王德新

春风花柳日相催，浙江梅，腊前开。开遍山桃，恰到野荼蘼。商岭东来三百里，红作阵，绿成堆。　半山亭下钓鱼台，拂层崖，坐苍苔。林影湖光，佳处两三杯。恨杀玉溪王老子，忙个甚，不同来。

高似孙　　江神子·众人皆醉屈原醒

众人皆醉屈原醒，笑刘伶，酒为名。不道刘伶，久矣笑螟蛉。死葬糟丘殊不恶，缘底事，赴清泠。　醉乡千古一升平，物忘情，我忘形。相去羲皇，不到一牛鸣。若见三闾凭寄语，吾有酒，可同倾。

高似孙　　江神子·二更轰饮四更回

二更轰饮四更回，宴繁台，尽邹枚。谁念梁园，回首便成灰。今古废兴浑一梦，凭底事，寄悲哀。青天荡荡镜奁开，月光来，且徘徊。何用东生，西没苦相催。世事悠悠吾老矣，歌一曲，尽余杯。

高似孙　　江神子·寄德新丈

草堂潇洒浙江头，傍林丘，买扁舟。隔岸红尘，无路近沙鸥。枕上看书樽有酒，身外事，竟何求。　暮云归鸟仲宣楼，弊貂裘，为谁留。千古书生，那得尽封侯。好在半山亭下路，闻未老，去来休。

刘　镇　　江神子·吊方检详

思君梦里说邯郸，未成欢，已炊残。断送春归，风雨霎时间。空有生前医国手，医不到，子孙寒。　欲登诗境吊方干，倩谁看，北邙山。落落晨星，不见暮云还。莫在人间寻食客，寻见后，匹如闲。

刘　镇　　江神子·三月晦日西湖饯春

送春曾到百花洲，夕阳收，暮云留。想伴花神，骑鹤上扬

州。回首湖山情味淡，重把酒，更登楼。　　相思南浦古津头，未拿舟，已惊鸥。柳外归鸦，点点是离愁。空倚阳关三叠曲，歌不尽，水东流。

李曾伯　　江神子·白妃卷絮逐风颠

白妃卷絮逐风颠，透朱帘，向空漫。剪出冰花，偏爱腊前看。能费化工多少力，千万里，尽同天。　　歌楼清赏记当年，玉人占，绣衾寒。老去孤高，世虑肯咨煎。争似小窗梅影下，聊一笑，付无言。

方　岳　　江神子·牡丹

窗绡深隐护芳尘，翠眉颦，越精神。几雨几晴，做得这些春。切莫近前轻著语，题品错，怕渠嗔。　　碧壶谁贮玉粼粼，醉香茵，晚风频。吹得酒痕，如洗一番新。只恨谪仙浑懒却，辜负那，倚阑人。

方　岳　　江神子·发金陵

梅花吹梦过溪桥，路迢迢，雪初消。似恁天寒，诗瘦想无聊。听得草堂人有语，能几日，是生朝。　　乱云深处洗山瓢，鬓萧萧，酒红朝。回首六朝，南北黯魂销。纵使钟山青眼在，终不似，侣渔樵。

吴文英　　江神子·赋碧沼小庵

长安门外小林丘，碧壶秋，浴轻鸥。不放啼红，流水通宫沟。时有晴空云过影，华镜里，翳鱼游。　　绮罗尘满九衢头，晚香楼，夕阳收。波面琴高，仙子驾黄虬。清磬数声人定了，池上月，照虚舟。

吴文英　　江神子·喜雨上麓翁

一声玉磬下星坛，步虚阑，露华寒。平晓阿香，油壁碾青鸾。应是老鳞眠不得，云炮落，雨瓢翻。　　身闲犹耿寸心丹，炷炉烟，暗祈年。随处蛙声，鼓吹稻花田。秋水一池莲叶晚，吟喜雨，拍阑干。

吴文英　　江神子·李别驾招饮海棠花下

翠纱笼袖映红霏，冷香飞，洗凝脂。睡足娇多，还是夜深

宜。翻怕回廊花有影，移烛暗，放帘垂。　尊前不按驻云词，料花枝，妒蛾眉。丁属东风，莫送片红飞。春重锦堂人尽醉，和晓月，带花归。

吴文英　江神子·天街如水翠尘空

送桂花吴宪，时已有检详之命，未赴阙

天街如水翠尘空，建章宫，月明中。人未归来，玉树起秋风。宝粟万钉花露重，催赐带，过垂虹。　夜凉沉水绣帘栊，酒香浓，雾濛濛。钗列吴娃，骤袅带金虫。三十六宫蟾观冷，留不住，佩丁东。

吴文英　江神子·十日荷塘小隐赏桂呈朔翁

西风来晚桂开迟，月宫移，到东篱。簌簌惊尘，吹下半冰规。拟唤阿娇来小隐，金屋底，乱香飞。　重阳还是隔年期，蝶相思，客情知。吴水吴烟，愁里更多诗。一夜看承应未别，秋好处，雁来时。

吴文英　江神子·送翁五峰自鹤江还都

西风一叶送行舟，浅迟留，舣汀洲。新浴红衣，绿水带香流。应是离宫城外晚，人伫立，小帘钩。　新归重省别来愁，黛眉头，半痕秋。天上人间，斜月绣针楼。湘浪莫迷花蝶梦，江上约，负轻鸥。

万俟绍之　江神子·赠妓寄梦窗

十年心事上眉端，梦惊残，琐窗寒。云絮随风，千里度关山。琴里知音无觅处，妆粉淡，钏金宽。　瑶箱吟卷懒重看，忆前欢，泪偷弹。我已相将，飞棹过长安。为说崔徽憔悴损，须觅取，锦笺还。

仇　远　江神子·云阶步影夜凄凉

云阶步影夜凄凉，采丹房，宿芽黄。万粟千萤，风露四阑香。歌断小山枝上月，环佩冷，怯流光。　年时金屋罩琴床，忆情郎，淡梳妆。笋玉春纤，挼蕊细浮觞。愁夜满城今旧雨，分付菊，自重阳。

张　炎　　　　**江神子·两云之间**

孙虚斋作四云庵俾余赋之

奇峰相对接珠庭，乍微晴，又微阴。舍北江东，如盖自亭亭。翻笑天台连雁荡，隔一片，不逢君。　此中幽趣许谁邻，境双清，人独清。采药难寻，童子语山深。绝似醉翁游乐意，林壑静，听泉声。

无名氏　　　　**江神子·寿监镇　十一月廿七**

一阳来复气回新，对芳辰，庆生申。月满惟迟，三日又三旬。入仕致身知是早，年弱冠，正青春。　文章笔下扫千军，擢铨衡，袭簪缨。荣捧宸恩，来镇此邦民。行历华途须烜赫，添寿酒，祝椿龄。

江神子慢

《中州乐府》金蔡松年词名《江神子慢》。此调即《江城子慢》，但与《江城子》、《江神子》的令词形式全异。《江城子》短调、平韵，三十五字至三十七字；此为长调、仄韵，一百一十字。参阅《江城子》、《江城子慢》。

田　为　　　　**江神子慢·玉台挂秋月**

玉台挂秋月，铅素浅，梅花傅香雪。冰姿洁，金莲衬、小小凌波罗袜，雨初歇。楼外孤鸿声渐远，远山外、行人音信绝。此恨对语犹难，那堪更寄书说。　教人红销翠减，觉衣宽金缕，都为轻别。太情切，销魂处、画角黄昏时节，声呜咽。落尽庭花春去也，银蟾迥、无情圆又缺。恨伊不似余香，惹鸳鸯结。

江 梅 引

此调本是《江城梅花引》的省称。《江城梅花引》其调来源有二说：一是万树《词律》认为此调因“江城五月落梅花”之句而得名；二是相传此调上阕用《江城子》，下阕用《梅花引》，由二调合成新名。有人题作《摊破江神子》，实应名为《摊破江城子》。陈允平又称作《明月引》，该调

是赵白云自度曲，其句法、字数恰与《江梅引》相合，后人或看成一调。属双调、平韵，共八十七字。《梅花引》五十七字，有人竟题此调为《梅花引》，两者不是一调，当为名同调异。宋洪皓使金被留，以此调作“咏梅”四首，因其每首皆有一笑字，故又名《四笑江梅引》。参阅《江城梅花引》、《梅花引》、《明月引》。

洪　皓　　　江梅引·咏梅四笑

顷留金国，四经除馆。十有四年，复馆于燕。岁在壬戌，甫临长至，张总侍御邀饮。众宾皆退，独留少款。侍婢歌江梅引，有“念此情、家万里”之句，仆曰：此词殆为我作也。又闻本朝使命将至，感慨久之。既归，不寝，追和四章，多用古人诗赋，各有一笑字，聊以自宽。如暗香、疏影、相思等语，虽甚奇，经前人用者众，嫌其一律，故辄略之。卒押吹字，非风即笛，不可易也。此方无梅花，士人罕有知梅事者，故皆注所出

忆江梅

天涯除馆忆江梅，几枝开。使南来，还带余杭、春信到燕台。准拟寒英聊慰远，隔山水，应销落，赴诉谁。　空恁遐想笑摘蕊，断回肠，思故里。漫弹绿绮，引三弄、不觉魂飞。更听胡笳、哀怨泪沾衣。乱插繁花须异日，待孤讽，怕东风，一夜吹。

访寒梅

春还消息访寒梅，赏初开。梦吟来，映雪衔霜、清绝绕风台。可怕长洲桃李妒，度香远，惊愁眼，欲媚谁。　曾动诗兴笑冷蕊，效少陵，惭下里。万株连绮，叹金谷、人坠莺飞。引领罗浮、翠羽幻青衣。月下花神言极丽，且同醉，休先愁，玉笛吹。

怜落梅

重闺佳丽最怜梅，牖春开。学妆来，争粉翻光、何遽落梳台。笑坐雕鞍歌古曲，催玉柱，金卮满，劝阿谁。　贪为结子藏暗蕊，敛蛾眉，隔千里。旧时罗绮，已零散、沈谢双飞。不见娇姿、真悔著单衣。若作和羹休讶晚，堕烟雨，任春风，片片吹。

雪欺梅

去年湖上雪欺梅，片云开。月飞来，雪月光中、无处认楼台。今岁梅开依旧雪，人如月，对花笑，还有谁。　　一枝两枝三四蕊，想西湖，今帝里。彩笺烂绮，孤山外、目断云飞。坐久花寒、香露湿人衣。谁作叫云横短玉，三弄彻，对东风，和泪吹。

姜　夔　　　江梅引·人间离别易多时

丙辰之冬，予留梁溪，将诣淮而不得，因梦思以述志

人间离别易多时，见梅枝。忽相思，几度小窗，幽梦手同携。今夜梦中无觅处，漫徘徊，寒侵被、尚未知。　　湿红恨墨浅封题，宝筝空、无雁飞。俊游巷陌，算空有、古木斜晖。旧约扁舟，心事已成非。歌罢淮南春草赋，又萋萋。漂零客、泪满衣。

江楼令

调见宋吴则礼《北湖集》卷四。

吴则礼　　　江楼令·晚眺

凭栏试觅红楼句，听考考、城头暮鼓。数骑翩翩度孤戍，尽雕弓白羽。　　平生正被儒冠误，待闲看、将军射虎。朱槛潇潇过微雨，送斜阳西去。

安公子

隋朝即有《安公子》曲，隋炀帝幸扬州时，乐工王令言闻其子弹新翻《安公子》曲。至唐演成《安公子》大曲。宋人沿用其曲之一遍或数遍填词，仍名其词调为《安公子》，双调，仄韵，八十字。上阕八句、四十四字，于第一、四、五、八句用韵；下阕七句、三十六字，于第二、四、七句用韵。《词律》认为此体当作三叠，上阕分为两叠，每叠二十

二字。另有一百零二字、一百零四字、一百零六字三体，或属同名异调。

柳　永　　　安公子·长川波潋滟

长川波潋滟，楚乡淮岸迢递。一霎烟汀雨过，芳草青如染。驱驱携书剑。当此好天好景，自觉多愁多病，行役心情厌。　　望处旷野沉沉，暮云黯黯。行侵夜色，又是急桨投村店。认去程将近，舟子相呼，遥指渔灯一点。

柳　永　　　安公子·远岸收残雨

远岸收残雨，雨残稍觉江天暮。拾翠汀洲人寂静，立双双鸥鹭。望几点、渔灯隐映蒹葭浦，停画桡、两两舟人语。道去程今夜，遥指前村烟树。　　游宦成羁旅，短樯吟倚闲凝伫。万水千山迷远近，想乡关何处。自别后、风亭月榭孤欢聚，刚断肠、惹得离情苦。听杜宇声声，劝人不如归去。

柳　永　　　安公子·梦觉清宵半

梦觉清宵半，悄然屈指听银箭。惟有床前残泪烛，啼红相伴。暗惹起、云愁雨恨情何限，从卧来、展转千余遍。恁数重鸳被，怎向孤眠不暖。　　堪恨还堪叹，当初不合轻分散。及至厌厌独自个，却眼穿肠断。似恁地、深情密意如何拚，虽后约、的有于飞愿。奈片时难过，怎得如今便见。

杜安世　　　安公子·又是春将半

又是春将半，杏花零落闲庭院。天气有时阴淡淡，绿杨轻软。连画阁、绣帘半卷，招新燕。残黛敛、独倚阑干遍。暗思前事，月下风流，狂踪无限。　　惜恐莺花晚，更堪容易相抛远。离恨结成心上病，几时消散，空际有、断云片片。遥峰暖，闻杜宇、终日哀啼怨。暮烟芳草，写望迢迢，甚时重见。

晁端礼　　　安公子·帝里重阳好

帝里重阳好，又对短发来吹帽。满目风光还似旧，奈樽前人老。暗忆当年，伴侣同倾倒。夸俊游、争买千金笑。到如今憔悴，恰似华胥一觉。　　此恨何时了，旧游屈指愁重到。小曲深坊闲信马，掩朱扉悄悄。怎得个多情，为我传音耗，但向伊、耳边轻轻道。道近来应是，忘了卢郎年少。

晁端礼　　安公子·渐渐东风暖

渐渐东风暖，杏梢梅萼红深浅。正好花前携素手，却云飞雨散。是即是、从来好事多磨难。就中我与你才相见，便世间烦恼，受了千千万万。　回首空肠断，甚时与你同欢宴。但得人心长在了，管天须开眼。又只恐、日疏日远衷肠变，便忘了、当本深深愿。待寄封书去，更与丁宁一遍。

晁补之　　安公子·送进道四弟赴官无为

柳老荷花尽，夜来霜落平湖净。征雁横天鸥舞乱，鱼游清镜。又还是、当年我向江南兴，移画船、深渚蒹葭映。对半篙碧水，满眼青山魂凝。　一番伤华鬓，放歌狂饮犹堪逞。水驿孤帆明夜事、此欢重省。梦回处、诗塘春草愁难整，官情与、归期终朝竞。记它年相访，认取斜川三径。

晁补之　　安公子·和次膺叔

少日狂游好，阆苑花同向低帽。不恨千金轻散尽，恨花残莺老。命小辔、翩翩随处金尊倒，从市人、拍手拦街笑。镇琼楼归卧，丽日三竿未觉。　迷路桃源了，乱山沉水何由到。拨断朱弦成底事，痛知音人悄。似近日、曾教青鸟传佳耗，学凤箫、拟入烟萝道。问刘郎何计，解使红颜却少。

袁去华　　安公子·弱柳丝千缕

弱柳丝千缕，嫩黄匀遍鸦啼处。寒入罗衣春尚浅，过一番风雨。问燕子来时，绿水桥边路，曾画楼、见个人人否。料静掩云窗，尘满哀弦危柱。　庾信愁如许，为谁都著眉端聚。独立东风弹泪眼，寄烟波东去。念永昼春闲、人倦如何度，闲傍枕、百啭黄鹂语。唤觉来厌厌，残照依然花坞。

陆　游　　安公子·风雨初经社

风雨初经社，子规声里春光谢。最是无情，零落尽、蔷薇一架。况我今年，憔悴幽窗下，人尽怪、诗酒消声价。向药炉经卷，忘却莺窗柳榭。　万事收心也，粉痕犹在香罗帕。恨月愁花，争信道、如今都罢。空忆前身、便面章台马，因自来、禁得心肠怕。纵遇歌逢酒，但说京都旧话。

安 平 乐

此调本为唐曲名。又可加“慢”字，别名《安平乐慢》。属双调、平韵，共一百零三字。上阕十一句、五十三字，于第三、六、九、十、十一句用韵；下阕九句、五十一字，于第三、五、七、九句用韵。另有五十五字一体。参阅《安平乐慢》。

曹 勋　　　　安平乐·圣节

圣德如尧，圣心如舜，欣逢出震昌期。中兴继体，抚有寰瀛，三阳方是炎曦。万国朝元，奉崇严宸扆，咫尺天威。瑞色满三墀，渐嵩呼、均庆彤闱。　　正金屋妆成，翠围红绕，香霭高散狻猊。东朝移雕辇，与坤仪、同奉瑶卮。阖殿花明，亿万载、咸歌寿祺。视天民、永祈宝历，垂衣端拱无为。

无名氏　　　　安平乐·开琼筵

开琼筵，庆佳辰，彩帘当中月华明。笙歌乐、如梦幻，望丹山彩凤，飞舞邃庭。　　遐艳异、寿杯同斟，抃舞讴歌浃欢声。方今永永太平，更衍多男，共集锦昌寿恩。

安平乐慢

此调见万俟咏《大声集》，本名《安平乐》，原是唐曲名。“慢”指慢曲子，乐调长，字数多，用于词调中标明该调为慢词。属双调、平韵，共一百零三字。上阕十一句、五十三字，于第二、三、五、六、九、十、十一句用韵；下阕九句、五十一字，于第三、五、六、七、九句用韵。参阅《安平乐》。

刘 弇　　　　安平乐慢·细想劳生

细想劳生，等闲聚散，冉冉轻似秋烟。莲心暗苦，月意难圆，神京去路三千。当日风流，有妖饶枕上，软媚尊前。何计访蓬仙，断肠中、一叶晴川，　　到而今、追思往事，奈向梦也难到奴边。自恨不如兰灯，通宵尚照伊眠。恰道无缘，被人劝休莫瞒天。多应是、前生负你，今世使我偿填。

万俟咏　　安平乐慢·都门池苑应制

瑞日初迟，绪风乍暖，千花百草争香。瑶池路稳，阆苑春深，云树水殿相望。柳曲沙平，看尘随青盖，絮惹红妆。卖酒绿阴傍，无人不醉春光。　有十里笙歌，万家罗绮，身世疑在仙乡。行乐知无禁，五侯半隐少年场。舞妙歌妍，空妒得、莺娇燕忙。念芳菲、都来几日，不堪风雨疏狂。

安庆摸

此调本名《摸鱼儿》，又作《摸鱼子》，原为唐教坊曲名。别名《买陂塘》，因晁补之用此调填词，起句为“买陂塘，旋栽杨柳”，故词人取起首三字，名此调为《买陂塘》。“买”或误为“迈”字，故又名《迈陂塘》，别名《陂塘柳》。辛弃疾赋怪石之词，名为《山鬼谣》。李冶赋并蒂莲之词，其中有“请君试听双蕖怨”之句，故又名《双蕖怨》。属双调、仄韵，有一百一十四字、一百一十六字、一百一十七字诸体。其一百一十字者，上阕十一句、五十七字，于第二、四、五、七、八、十一句用韵；下阕十二句、五十九字，于第二、三、五、六、八、九、十二句用韵。参阅《摸鱼儿》。

张　榘　　安庆摸·和孙霁〔窗〕

渺长江、浩无今古，悠悠经几流景。桥家松竹知何在，寂历丹枫如锦。行阵整，想斗舰连艘，谈笑烟灰冷。寒光万顷，算只有当年，暮天霜月，惨澹照山影。　元戎队，画角梅花缓引，楼船飞渡波稳。中流击楫酬初志，此去君王高枕。应暗省，使万里尘清，谁逊周公瑾，勋名不泯。看阳蛰潜开，老龙挟雨，渊睡为民醒。

安阳好

此调名为韩琦所创制，其词的内容乃赋安阳之形胜、风物，且其首句为“安阳好”，故取以为名。属双调、平韵，

五十四字。上下阕均五句、二十七字，皆与第二、四、五句用韵。细案其句式，乃《忆江南》。又名《谢秋娘》、《江南好》，因刘禹锡词有“春去也，多谢洛城人”之句，故又名《春去也》；温庭筠词有“梳洗罢，独倚望江楼”之句，故又名《望江南》；皇甫松词有“闲梦江南梅熟日”之句，又名《梦江南》；李煜词名《望江梅》。以上皆唐词单调，至宋始为双调，张滋词名《梦仙游》，蔡真人词名《步虚声》，宋自逊词名《壶山好》，丘长春词名《望蓬来》，《太平乐府》词名《归塞北》，参阅以上各词。

韩　琦　　　安阳好·安阳好之一

安阳好，形势魏西州。曼衍山川环故国，升平歌吹沸高楼，和气镇飞浮。　　笼画陌，乔木几春秋。花外轩窗排远岫，竹间门巷带长流，风物更清幽。

此首别作王安中词

韩　琦　　　安阳好·安阳好之二

安阳好，戟户使君宫。白昼锦衣清宴处，铁楹丹槲画图中，壁记旧三公。　　棠讼悄，池馆北园通。夏夜泉声来枕簟，春来花气透帘栊，行乐兴何穷。

此首别作王安中词

王安中　　　安阳好·安阳好之一

口号破了

赋尽三都左太冲，当年偏说邺都雄。如今别唱安阳好，胜日佳时一醉同

安阳好，形胜魏西州。曼衍山河环故国，升平歌鼓沸高楼，和气镇飞浮。　　笼画陌，乔木几春秋。花外轩窗排远岫，竹间门巷带长流，风物更清幽。

此首别作韩琦词

王安中　　　安阳好·安阳好之二

安阳好，戟户府居雄。白昼锦衣清宴处，铁梁丹槲画图中，壁记旧三公。　　棠讼悄，池馆北园通。夏夜泉声来枕簟，春风花影透帘栊，行乐兴何穷。

此首别作韩琦词

王安中　　安阳好·安阳好之三

安阳好，物外占天平。叠叠挼蓝烟岫色，淙淙鸣玉晚溪声，仙路驭风行。　松路转，丹碧照飞甍。金界花开常烂熳，云根石秀小峥嵘，幽事不胜清。

王安中　　安阳好·安阳好之四

安阳好，泮水盛儒宫。金字照碑光射斗，芸香书阁势凌空，肃肃采芹风。　来劝学，乡宄首文翁。岁岁青衿多振鹭，人人彩笔竞腾虹，九万奋飞同。

王安中　　安阳好·安阳好之五

安阳好，耆旧迹依然。醉白垂杨低掠水，延松高桧老参天，曾映两貂蝉。　王谢族，兰玉秀当年。画隼朱轮人继踵，丹台碧落世多贤，簪绂看家传。

王安中　　安阳好·安阳好之六

安阳好，负郭相君园。绿野移春花自老，平泉醒酒石空存，月馆对风轩。　人选胜，幽径破苔痕。拥砌翠筠侵坐冷，穿亭玉溜落池喧，归意黯重门。

王安中　　安阳好·安阳好之七

安阳好，曲水似山阴。咽咽清泉岩溜细，弯弯碧甃篆痕深，永昼坐披襟。　红袖小，歌扇画泥金。鸭绿波随双叶转，鹅黄酒到十分斟，重听绕梁音。

王安中　　安阳好·安阳好之八

安阳好，□□又翚飞。拨垄旋栽花密密，著行重接柳依依，鸳瓦荡晴辉。　池面渺，相望是荣归。两世风流今可见，一门恩数古来稀，谁与赋缁衣。

王安中　　安阳好·安阳好之九

安阳好，千古邺台都。穗帐歌人春不见，金楼梦凤夜相呼，辇路旧萦纡。闲引望，漳水绕城隅。暗有渔樵收故物，谁将宫殿点新图，平野漫烟芜。

寻　梅

此调见《乐府雅词》和《梅苑》。本为咏调名本意。因沈蔚词中有“始朝来寻见，雪痕微破”之句，无名氏词下阕结句为“选一枝、且付玉人手”，故取以为名。属双调、仄韵，共四十六字。上、下阕格式相同，均四句、三十字，亦句句用韵。

沈　蔚　　寻梅·今年早觉花信蹉

今年早觉花信蹉，想芳心、未应误我。一月小径几回过，始朝来、寻见雪痕微破。　眼前大抵情无那，好景色、只消些个。春风烂熳却且可，是而今、枝上一朵两朵。

无名氏　　寻梅·幽香浅浅湿未透

幽香浅浅湿未透，认雪底、思来始有。剪裁尚觉琼瑶皱，苦寒中、越恁骨清肌瘦。　东风气象园林旧，又去年、而今时候。急宜小摘当尊酒，选一枝、且付玉人纤手。

导　引

“导引”原是大曲前面的序曲，通常称作“引子”。宋人施德操的《北窗炙輠录》上说：“凡歌始发声，谓之引；引者，为之导引也。”后人取大曲的序曲填词，把它称作导引。宋代鼓吹四曲皆用教坊新声，车驾出入奏《导引》。由曲名作为词牌名。属双调、平韵，共五十字。上阕五句、二十六字，于第二、三、五句用韵；下阕四句、二十四字，于第一、二、四句用韵。另一体一百字，上下阕各九句、五十字。

和　岘　　导引·气和玉烛

气和玉烛，睿化著鸿明，缇管一阳生。郊禋盛礼燔柴毕，旋轸凤凰城。森罗仪卫振华缨，载路溢欢声。皇图大业超前古，垂象泰阶平。　岁时丰衍，九土乐升平。睹寰海澄清，道高尧舜垂衣治，日月并文明。嘉禾甘露登歌荐，云物焕祥经。兢兢惕惕持谦德，未许禅云亭。

王　珪　导引·奉安真宗皇帝御容于寿星观永崇店

忆玉清景，繁盛极当时，千古事难追。汉家别庙秋风起，空出奉宸衣。　　三山浮海日晖晖，羽盖共云飞。灵宫旧是栖真处，还望玉舆归。

苏　轼　导引·奉安神宗皇帝御容赴景灵宫

帝城父老，三岁望尧心，天远玉楼深。龙颜仿佛笙箫远，肠断属车音。　　离宫春色琐瑶林，云阙海沉沉。遗居犹唱当时曲，秋雁起汾阴。

苏　轼　导引·迎奉神宗皇帝御容赴西京会圣宫应天禅院奉安

经文纬武，十有九年中，遗烈震羌戎。渭桥夹道千君长，犹是建元功。　　西瞻温洛与神崧，莲宇照琼宫。人间俯仰成今古，流泽自无穷。

范祖禹　导引·虞主回京

思齐文母，盛烈对皇天，演宝祚千年。卿云复旦治功全，厌人世登仙。　　龙舆忽掩三川，彩仗属车旋。维清象舞告英宣，入诗颂歌弦。

范祖禹　导引·虞主祔庙日

延和幄座，临御九年中，往事已成空。皇基固覆盂四海，本自太任功。　　九虞初毕下西宫，庙祏与天崇。周家盛，卜年卜世，万祀永无穷。

洪　迈　导引·高宗梓宫发引

寒日短，草露朝晞。仙鹤下，梦云归。大椿亭畔苍苍柳，怅无由、挽住天衣。　　昭阳深，暝鸦飞，愁带箭、恋恩栖。笳箫三叠奏，都人悲泪袂成帷。

周必大　导引·加上太上皇帝太上皇后尊号册宝乐章乾道六年·奉上册宝

重华真主，晨夕奉庭闱，禋祀庆成时。乾元坤载同归美，

宝册两光辉。　　斑衣何似赭黄衣，此事古今稀。都人欢乐嵩呼震，圣寿总天齐。

周必大　导引·加上太上皇帝太上皇后尊号册宝乐章
淳熙二年·奉上册宝

新阳初应，乐事起彤庭，和气满吴京。帝家来庆东皇寿，西母共长生。　　金书玉篆灿龙文，前导沸欢声。修龄无极名无尽，一岁一回增。

周必大　导引·明堂大礼乐章

淳熙六年·明堂大礼鼓吹无射宫导引　旧黄钟宫

合宫亲飨，青女肃长空，精意与天通。后皇临顾谁为侑，文祖暨神功。　　亟蒙祉福岁常丰，声教被华戎。两宫眉寿同荣乐，戬穀永来崇。

楼　钥　导引·孝宗皇帝虞主自浙江还重华宫

孝宗纯孝，前圣更何加，高蹈处重华。丹成仙去龙輴远，越岸暮山遐。　　波臣先为卷寒沙，来往护灵槎。九虞礼举神祇乐，万世佑皇家。

楼　钥　导引·孝宗皇帝神主自重华宫至太庙祔庙

吾皇尽孝，宗庙务崇尊，巨典备弥文。巍巍东向开基主，七世祔神孙。　　追思九闰整乾坤，环宇慕洪恩。从今密迩高宗室，千载事如存。

无名氏　导引·真宗封禅

民康俗阜，万国乐升平，庆海晏河清。唐尧禹舜垂衣化，讵比我皇明。九天宝命垂丕贶，云物效祥英。星罗羽卫登乔岳，亲告禅云亭。　　我皇垂拱，惠化洽文明，盛礼庆重行。登封降禅燔柴毕，天仗入神京。云雷布泽遍寰瀛，遐迩振欢声。巍巍圣寿南山固，千载贺承平。

无名氏　导引·真宗封禅·告庙

明明我后，至德合高穹，祇翼励精衷。上真紫殿回飙驭，

示圣胄延鸿。　　躬承宝训表钦崇，庆泽布寰中。告虔备物朝清庙，荷景福来同。

无名氏　　导引·奉祀太清宫

穹旻锡佑，盛德日章明，见地平天成。垂衣恭己干戈偃，亿载佑黎氓。羽旄饰驾当春候，款谒届殊庭。精衷昭感膺多福，夷夏保咸宁。　　圣君御宇，祇翼奉三灵，已偃革休兵。区中海外鸿禧浃，恭馆励虔诚。九斿七萃著声明，徯后徇舆情。丕图宝绪承繁祉，率土仰隆平。

无名氏　　导引·亳州回诣玉清昭应宫

秘文镂玉，金阁奉安时，旌盖俨仙仪。珠旒俯拜陈章奏，精意达希夷。　　卿云郁郁曜晨曦，玉羽拂华枝。灵心报贶垂繁祉，宝祚永隆熙。

无名氏　　导引·亲享太庙

躬朝太室，列圣大功宣，彩仗耀甘泉。秘文升辂空歌发，一路覆祥烟。　　珠旒荐献极精虔，列侍俨貂蝉。穰穰降福均寰宇，垂拱万斯年。

无名氏　　导引·南郊恭谢

重熙累盛，睿化畅真风，尊祖奉高穹。林棼彩仗明初日，瑞气满晴空。　　玉銮徐动出环宫，虔巩罄宸衷。礼成均庆人神悦，圣寿保无穷。

无名氏　　导引·天书·诣泰山

我皇缵位，覆焘合穹旻，秘箓示灵文。齐居紫殿膺玄贶，降宝命氤氲。奉符让德事严禋，检玉陟天孙。垂鸿纪号光前古，迈八九为君。　　灵台偃武，书轨庆同文，奄六合居尊。圆穹锡命垂真箓，清晓降金门。升中报本禅云云，严祀事惟寅。无为致治臻清净，见反朴还淳。

无名氏　　导引·天书·诣太清宫

宝图熙盛，登格圣功全，瑞命集灵篇。钦修祀典成明察，

道祖降云軿。赖乡真馆宅真仙，朝谒帝心虔。尊崇教父膺鸿福，绵亘万斯年。　　犹龙胜境，真宇俨灵姿，肃谒展皇仪。宝符先路嘉祥应，云物焕金枝。纷纭紫节间黄麾，藻卫极葳蕤。高穹报贶延休祉，仁寿协昌期。

无名氏　　导引·天书·诣玉清昭应宫

紫霄金阙，重叠降元符，亿兆祚皇图。云章焜燿传温玉，宝阁起清都。奉迎彩仗溢天衢，观者竞欢呼。明君钦翼承鸿荫，亿载御中区。　　宝符锡祚，庆寿命维新，俄降格飙轮。巍巍帝德增虔奉，懿号荐穹旻。精齐秘馆奉严禋，文物耀昌辰。升烟太一修郊报，鸿祉介烝民。

无名氏　　导引·天书·诣南郊

圣神缵绪，赫奕帝图昌，宝箓降穹苍。宸心励翼修郊报，彩仗列康庄。　　祥烟瑞霭杂天香，管磬发声长。升坛礼毕膺繁祉，睿算保无疆。

无名氏　　导引·建安军迎奉圣像　玉皇大帝

太霄玉帝，总御冠灵真，威德耸天人。宝文瑞命符皇运，绵远庆维新。　　洞开霞馆法虚晨，八景降飙轮。含生普洽□鸿福，圣寿比仙椿。

无名氏　　导引·建安军迎奉圣像　圣祖天尊

至真降鉴，飙驭下皇闱，清漏正依依。范金肖像申严奉，仙馆壮翚飞。　　万灵拱卫瑞烟披，岸柳映黄麾。九清祚圣鸿基永，尧德更巍巍。

无名氏　　导引·建安军迎奉圣像　太祖皇帝

元符锡命，祇受庆诚明，恭馆法三清。开基盛烈垂无极，金像俨天成。　　奉迎霞布甘泉仗，箫瑟振和声。灵辰协吉鸿仪毕，万国保隆平。

无名氏　　导引·建安军迎奉圣像　太宗皇帝

膺乾抚运，垂庆洽重熙，元圣嗣鸿基。发挥宝绪灵仙降，

感吉梦先期。　　良金璀璨范真仪，精意答蕃釐。闷宫神馆崇严配，万祀播葳蕤。

无名氏　　导引·玉皇大帝圣像赴玉清昭应宫

先天气祖，魄宝御中宸，列位冠高真。绿符锡瑞昭元圣，宝历亘千春。　　琳宫壮丽俯严闉，璇碧照龙津。珍金铸像灵仪睟，集福庇蒸民。

无名氏　　导引·圣祖天尊圣像赴玉清昭应宫

仙宗灵祖，御气降中宸，孚宥庆维新。国工熔范成金像，仪炳动威神。　　玉虚圣境绝纤尘，欢忭洽群伦。导迎云驾归琳馆，恭肃奉高真。

无名氏　　导引·太祖皇帝圣像赴玉清昭应宫

石文应瑞，真主御寰瀛，慈俭抚群生。巍巍威德超千古，大业保盈成。　　神皋福地开恭馆，灵贶日昭明。铸金九牧天仪睟，绀殿矗千楹。

无名氏　　导引·太宗皇帝圣像赴玉清昭应宫

乘云英圣，千载仰皇灵，垂法蔼朝经。禹金熔范肖仪刑，日角焕珠庭。　　琳宫翠殿凤文屏，迎奉庆安宁。孝思瞻谒荐惟馨，诚悫贯青冥。

无名氏　　导引·玉清昭应宫奉宝册

太霄垂佑，绵宇洽祺祥，秘检焕云章。宸心虔奉崇徽号，茂典迈前王。　　霞明藻卫列通庄，宝册奉琳房。都人震抃腾谣颂，亿载保欢康。

无名氏　　导引·景灵宫奉宝册

明明道祖，金阙冠仙真，清禁降飙轮。遥源始悟垂鸿庆，亿兆耸群伦。　　虔崇徽号盛仪陈，宝册奉良辰。邦家亿载蒙繁祉，圣寿保无垠。

无名氏　　导引·太庙奉宝册

祖宗垂佑，亨会协重熙，德泽被烝黎。虔崇尊谥陈徽册，

藻卫列葳蕤。　　宸心致孝极孜孜，展礼诏台司。祥烟瑞霭浮清庙，绵宇被纯禧。

无名氏　导引·天禧三年南郊鼓吹歌曲

皇穹锡瑞，帝业愈蕃昌，会万玉来王。名山珍馆神游接，实信降云房。卜兹显位严坛埠，奕奕睹辉光。精衷昭格灵心答，天历保无疆。　　皇家立极，炎德赫中区，执契应萝图。文章焕烂垂星斗，威略定方隅。丹扉翠巘锡灵符，瑞物纪神输。紫坛大报陈昭配，福庆降清都。

无名氏　导引·天圣二年南郊鼓吹歌曲

真人临御，实瑞集丰融，万国仰天聪。嘉禋盛礼文章焕，齐洁致清衷。笙镛六变三神格，喜备盛仪容。乾穹上达昭灵飨，庆绪蔼丕隆。　　阳郊报本，礼意弥勤禋，太一下威神。天临两观推三赦，庆祉被臣民。徽名荐册缛仪陈，盛节焕书筠。涂歌邑诵扬徽懿，鼎命协惟新。

无名氏　导引·明道二年　籍田

绵区浃宇，三万里封疆，躬稼穑重光。神宗昔举殊尤礼，今复睹吾皇。先农祀罢东郊晓，玉趾染游场。三推初毕公卿遍，从此万斯箱。　　务农敦本，自古属明王，方册布彝章。吾皇睿圣躬千亩，将欲积神仓。去年宿雪田膏极，黛耜应农祥。尧郊击壤迎归辂，解雨遍遐荒。

无名氏　导引·明道二年　庄谢明肃皇后恭谢太庙

母仪天下，圣祚保延长，声教被遐方。严恭孝飨来清庙，鸾辂历康庄。箫韶九奏凤来翔，袆翟焕祥光。惟馨蕊醴奠瑶觞，万寿永无疆。　　亲承先顾，保佑助吾皇，亿载正乾纲。宗文祖武尊邦社，天下锡蕃昌。六宫扈从亲重翟，清庙荐萧芗。礼行乐备神祇飨，四海永来王。

无名氏　导引·庆历五年　章献明肃皇后章懿皇后升祔

受遗仍几，负扆拥文明，勤翼助持盈。徽音不独流笙管，青册更峥嵘。羽軿上汉玉衣轻，隙驷去无程。宸心追远严成

配，亿世飨粢盛。　　受天明命，作汉发灵长，龙日梦休祥。真人承体应图箓，庆祚启无疆。望舒未满殒清光，舜慕极旻苍。祢宫崇祔申追养，禘祫复蒸尝。

无名氏　导引·庆历七年　三圣御容赴南京鸿庆宫

炎精凿乾，正统膺瑶历，万宇归神德。以圣继圣三后，光声明、扬典则。　　天清日润莹玉泽，华殿辉金碧。宸心思孝仙驭，三灵休、绥万意。

无名氏　导引·庆历七年　真宗加上谥号册宝

圣真下武，淳烈缉丕隆，绝瑞与天通。封山育谷声名举，仙驭邈轩龙。　　腾金篆玉显成功，业业承垂鸿。惟皇孝述光前志，保佑福来同。

无名氏　导引·皇祐二年　明堂

膺乾兴运，辰火正心房，宗祀继文王。典容希阔成昭备，彬郁亶晖光。　　因心崇孝申郊侑，内外罄斋庄。神灵欢嘉昌绵飏，受福介无疆。

无名氏　导引·皇祐五年　三圣御容万寿观奉安

万灵昭瑞，天地赞昌期，宝运协开基。巍巍烈圣无疆德，神化洽重熙。　　虔思出驾罄彰施，岁暮俨神宜。云舆迎奉依珍馆，塞外焕朝仪。

无名氏　导引·皇祐五年　三圣御容赴滁并澶州奉安

穆清冲境，金阙秘寥阳，二后侍虚皇。真人恭默钦先烈，肖象启琳房。　　岿然神物护灵光，玉色粹逾彰。虎旌龙节辉前后，馆御镇无疆。

无名氏　导引·至和二年　太祖孝明皇后御容赴太平兴国寺开先殿奉安

划除霸轨，穆穆照皇明，大统一寰瀛。穷湖绝塞人安业，武库遂销兵。　　仙游昔日上三清，极望紫云平。珠宫宝坐严崇奉，圣祚永绥宁。

无名氏　导引·至和二年　太宗元德皇后御容赴启圣院奉安

宝图全盛，端拱信巍巍，声教暨华夷。辰髦尽入英雄彀，齐筑太平基。　仙舆前指玉霄归，夹道九鸾飞。真宫秘殿严崇奉，圣治永无为。

无名氏　导引·嘉祐元年　恭谢

龙驰驾，玉辂俨宸威，天仗下端闱。华旌翠羽笼黄道，赫奕照晨晖。　大哉仁孝逾尧舜，圭瓒罄虔祇。神灵肸蚃来歆答，万寿保纯禧。

无名氏　导引·嘉祐四年　祫享太庙

天仪安豫洽无为，九域被雍熙。鸾刀亲割升圭瓒，清庙展孝思。　箫韶九变皇灵格，嘏告显深慈。精诚动感归能飨，福祚衍金枝。

无名氏　导引·嘉祐五年　宣祖昭宪皇后御容赴奉先禅院奉安

于皇祖烈，大宋启鸿名，骏命属炎灵。闷宫厚德太阴精，重华诞圣明。　轩台百世护基扃，龙驾在清冥。汉家原庙崇新饰，鼎业永安宁。

无名氏　导引·嘉祐六年　明德章德皇后御容赴普安禅院奉安

母仪天宇，彤史蔼遗芳。纡余庆气固灵长，基祚浸明昌。　重华大孝奉蒸尝，原庙閟灵光。采章褕翟严新饰，歆愿福穰穰。

无名氏　导引·嘉祐七年　明堂

帝皇盛烈，教孝谨民常，严父位明堂。管丝金石含天韵，笾豆荐芬芳。　肃然音响灵来下，容与动祥光。四方内外交欣喜，饮福万年觞。

无名氏　导引·嘉祐八年　仁宗神主祔庙

九虞初毕，黼座掩瑶觞，羽卫盛煌煌。数声清跸来天上，想像赭袍光。　新成清庙勖云堂，孝飨奉蒸尝。子孙千载承

丕绪，景福介无疆。

无名氏　　导引·治平二年　仁宗御容赴景灵宫奉安

彤霞缥缈，海上隐三山，仙去莫能攀。珠宫本是神灵宅，飙驭此来还。　　云边天日望威颜，不似在人间。当时齐鲁鸣鸾处，稽首泪潺湲。

无名氏　　导引·治平二年　南郊鼓吹歌曲

治平天子，景至肇严禋，华玉礼威神。六龙齐捧銮舆动，采仗转钩陈。　　归来瑞气满清晨，金石舜韶新。楼前山鹤衔书下，天地已为春。

无名氏　　导引·治平四年　英宗祔庙

寿原初掩，归跸九虞终，仙驭更无踪。思皇攀慕追来孝，作庙继三宗。　　旌旗居外拥千重，延望想威容。宝舆迎引归新殿，奏享备钦崇。

无名氏　导引·熙宁二年　仁宗英宗御容赴西京会圣宫应天禅院奉安

九清三境，飙驭杳难追，功烈并巍巍。洛都不及西巡到，犹识睟容归。　　三条驰道隐金椎，仙仗共逶迤。珠宫绀宇申严奉，亿载固皇基。

无名氏　　导引·章惠皇太后神主赴西京

祥符盛际，二鄗正休兵，瑞应满寰瀛。东封西祀鸣銮辂，从幸见升平。　　仙游一去上三清，庙食享隆名。寝园松柏秋风起，箫吹想平生。

无名氏　　导引·中太一宫奉安神像

九霄仙驭，四纪乐西清，游衍遍黄庭。云軿万里归真室，上应泰阶平。　　金舆玉像下瑶京，彩仗拥霓旌。天人感会千年运，福祚永昌明。

无名氏　　导引·四年英宗御容赴景灵宫奉安

鼎湖龙去，仙仗隔蓬莱，辇路已苍苔。汉家原庙临清渭，还泣玉衣来。　　凤箫鸾扇共徘徊，帐殿倚云开。春风不向天

袍动，空绕翠舆回。

无名氏　导引·元丰二年　慈圣光献皇后发引·仪仗内

驾斑龙，忽催金母转仙仗、去瑶宫。绛阙深沉杳无踪，渐尘空。　丝网琼林，花似怨东风，垂清露啼红。犹想旧春中，献万寿、宝船空。

无名氏　导引·虞主回京·仪仗内

龙舆春晚，晓日转三川，鼓吹惨寒烟。清明过后落花天，望池馆依然。　东风百宝泛楼船，共荐寿当年。如今又到苑西边，但魂断香軿。

无名氏　导引·虞主祔庙·仪仗内

轻舆小辇，曾宴玉栏秋，庆赏殿宸游。伤心处，兽香散尽，一夜入丹丘。　翠帘人静月光浮，但半卷银钩。谁知道，桂华今夜，却照鹊台幽。

无名氏　导引·五年景灵宫神御殿成奉迎

新宫翼翼，巨丽冠神京，金虬蟠绣楹。都人瞻望洪纷处，陆海涌蓬瀛。　仙舆缥缈下圆清，彩仗拥天行。煩黄珠幄承灵德，锡羡永升平。

无名氏　导引·慈孝寺彰德殿迁章献明肃皇后御容赴景灵宫衍庆殿奉安

九清云杳，飙驭邈难追，功化盛当时。保扶仁圣成嘉靖，彤管载音徽。　天都左界抗华榱，仙仗下逶迤。宝楹黼帐承神贶，万寿永无期。

无名氏　导引·八年神宗灵驾发引

金殿晚，注目望宫车，忽听受遗书。白云缥缈帝乡去，抱弓空慕龙湖。　瑶津风物胜蓬壶，春色至、望雕舆。花飞人寂寂，凄凉一梦清都。

无名氏　导引·虞主回京

上林寒早，仙仗转郊圻，笳鼓入云悲。逶迤辇路过西池，楼阁锁参差。　都人瞻望意如疑，犹想翠华归。玉京传信杳

无期，空掩赭黄衣。

无名氏　　导引·神主祔庙

岁华婉娩，侍宴玉皇宫，雕辇出房中。岂知轩后丹成去，望绝鼎湖龙。　寿原初掩九虞终，归跸五云重。惟余宝册书鸿烈，清庙配三宗。

无名氏　　导引·政和三年　追册明达皇后

来嫔初载，令德冠层城，柔范蔼徽声。熊罴梦应芳兰郁，佳气拥雕楹。　珠宫缥缈泛蓬瀛，脱屣世缘轻。空余宝册光琼玖，千古仰鸿名。

无名氏　　导引·神主祔别庙

柔容懿范，早岁蔼层闱，兰梦结芳时。秋风一夜惊罗幕，鸾扇影空回。　荣追袆翟盛威仪，遗像掩瑶扉。春来只有芭蕉叶，依旧倚晴晖。

无名氏　　导引·景灵西宫坤元殿奉安钦成皇后御容

云軿芝盖，仙路去难攀，海浪溅三山。重迎遗像临驰道，还似在人间。　西宫瑶殿指坤元，璇榜耸飞鸾。移升宝殿从新诏，盛典永流传。

无名氏　　导引·别庙

蓬莱邃馆，金碧照三山，真境胜人间。秋风又见芭蕉长，遗迹在人寰。　云轩一去杳难攀，斑竹彩舆还。深宫旧监闻箫鼓，怅望惨朱颜。

无名氏　　导引·高宗郊祀大礼鼓吹歌曲

圣皇巡狩，清跸驻三吴，十世嗣瑶图。边尘不动干戈戢，文德溥天敷。　灰飞缇室气潜嘘，郊见紫坛初。归来赦令楼前下，喜气溢寰区。

无名氏　　导引·亲耕籍田

春融日暖，四野瑞烟浮，柳菀更桑柔。土膏脉起条风扇，宿雪润田畴。金根毂转如雷动，羽卫拥貔貅。扶携老稚康衢

满，延跂望凝旒。　　斗移星转，一气又环周，六府要时修。务农重谷人胥劝，耕籍礼殊尤。坛壝岳峙文明地，黛耜驾青牛。雍容南亩三推了，玉趾更迟留。

无名氏　　导引·显仁皇后上仙发引

长乐晚彩戏莱衣，奄忽梦报仙期。帝乡渺渺乘鸾去，啼红嫔御不胜悲。　　苍梧烟水杳难追，肠断处、过江时。银涛千万叠，不知何处是瑶池。

无名氏　　导引·显仁皇后神主祔太庙·道宫

返虞长乐，犹是忆宾天，何事驾仙軿。箫笳仪卫辞宫阙，移仗入云烟。　　于皇清庙敞华筵，昭穆谨承先。千秋长奉烝尝孝，永享中兴年。

无名氏　　导引·钦宗皇帝·道宫

鼎湖龙远，九祭毕嘉觞，遥望白云乡。箫笳凄咽离天阙，千仗俨成行。　　圣神昭穆盛重光，宝室万年藏。皇心追慕思无极，孝飨奉烝尝。

无名氏　　导引·安穆皇后

凤箫声断，缥缈溯丹丘，犹是忆河洲。荧煌宝册来天上，何处访仙游。　　葱葱郁郁瑞光浮，嘉酌侑芳羞。雕舆绣幰归新庙，百世与千秋。

无名氏　　导引·景灵宫奉安神御·徽宗皇帝

中兴复古，孝治日昭鸿，原庙饰瑰宫。金壁千门磻万礀，楹桷竞穹崇。　　亭童芝盖拥旌龙，列圣俨相从。共锡神孙千万寿，龟鼎亘衡嵩。

无名氏　　导引·景灵宫奉安神御·显仁皇后

坤仪厚载，遗德满寰中，归御广寒宫。玉容如在飙舆远，长乐起悲风。　　霓旌绛节下层空，云阙晓曈昽。真游千载安原庙，圣孝与天通。

无名氏　　导引·景灵宫奉安神御·钦宗皇帝

深仁厚德，流泽自无穷，仙驭倏宾空。衣冠未返苍梧远，遥望鼎湖龙。　　人间仿佛认天容，缥缈五云中。帝城犹有遗民在，垂泪向西风。

无名氏　　导引·安恭皇后上仙发引

金殿晚，愁结坤宁，天下母、忽仙升。云山浩浩归何处，但闻空际彩鸾声。　　紫箫断后无踪迹，烟霭霭，夜澄澄。晓梦到瑶城，当时花木正冥冥。

无名氏　　导引·神主祔庙道宫

紫鸾飞去，玉殿锁坤宁，珠箔俨银屏。仙家不似人间世，无处觅云軿。　　金铺肃肃湛严扃，天册下彤庭。嘉觞好在新宫荐，万世妥神灵。

无名氏　　导引·庄文太子薨

秋月冷，秋鹤无声，清禁晓、动皇情。玉笙忽断今何在，不知谁报玉楼成。　　七星授辔骖鸾种，人不见、恨难平。何以返霓旌，一天风露苦凄清。

无名氏　　导引·加上太上皇帝太上皇后册宝

皇家多庆，亲寿与天长，德业播辉光。焜煌宝册来清禁，玉篆映金相。　　庭闱尊奉会明昌，佳气溢康庄。洪禧申辑名增衍，亿载颂无疆。

无名氏　　导引·虞主赴德寿宫

上皇天大，华旦焕尧文，鸿福浩无垠。羽龙俄驾灵輴去，空锁鼎湖云。　　稽山翠拥浙江濆，归旆卷缤纷。仙游指日严升祔，万载颂高勋。

无名氏　　导引·祔庙

虞觞奉主，仙驭返皇宫，礼典极钦崇。云旗前导开清庙，龙管咽薰风。　　巍巍尧父告神功，追慕孝诚通。千秋万岁中兴统，宗祀与天同。

无名氏　导引·淳熙十六年高宗神御奉安

中兴揖逊，功德仰兼隆，仁泽被华戎。鼎湖俄痛遗弓堕，日日想威容。　　柔仪懿范与尧同，飙驭俨相从。灵宫真馆偕来燕，垂裕永无穷。

无名氏　导引·恭上寿圣皇太后至尊寿圣皇帝寿成皇后尊号册宝

皇家盛事，三殿庆重重，圣主极推崇。瑶编宝列相辉映，归美意何穷。　　钧韶九奏度春风，彩仗焕仪容。欢声和气弥寰宇，皇寿与天同。

无名氏　导引·加上寿圣皇太后尊号册宝

重亲万寿，八帙衍新元，礼典备文孙。温温和气迎长日，宝册焕瑶琨。　　徽音显号自尧门，德行已该存。更期昌算齐箕翼，愈久愈崇尊。

无名氏　导引·庆元六年光宗皇帝发引

笳鼓发，云惨寒空，丹旐去、卷悲风。忧勤六载亲几务，有巍巍、圣德仁功。　　褰裳尊处大安宫，荆鼎就、遽遗弓。仙游攀不及，臣民号恸诉苍穹。

无名氏　导引·神御奉安

龟书畀姒，历数在皇躬，揖逊仰高风。鼎湖龙去遗弓堕，冠剑锁深宫。　　涂山齐德翊成功，仙魄早宾空。珍台闲馆栖神地，献飨永无穷。

无名氏　导引·嘉泰二年加上寿成太皇太后册宝

思齐文母，盛德比姜任，拥佑极恩深。汤孙归美熙鸿号，镂玉更绳金。　　虞庭万辟萃华簪，法仗俨天临。展闱庆典年年举，千古播徽音。

无名氏　导引·景献太子薨

霜月苦，宫鼓冬冬，霓旐启、鹤闱空。洞箫声断知何处，海山依约五云东。　　玉符龙节参神阏，昭圣眷、惨天容。千古恨无穷，遍山松柏撼悲风。

无名氏　　**导引·宁宗皇帝发引**

三弄晓，云黯天低，攀六引、转悲凄。俭慈孝哲钟天性，深仁厚泽遍群黎。　　东西南北傒商霓，功甫就、别宸闱。臣民千古恨，几时羽卫带潮归。

无名氏　　**导引·神主祔庙**

中兴四叶，休德继昭清，王度日熙平。气调玉烛金穰应，八表颂声腾。　　中原图籍入宸廷，列圣慰真灵。衮龙登庙游仙阙，亿万载尊承。

无名氏　**导引·宝庆三年奉上宁宗徽号**

中兴五叶，天子肇明禋，一德格高旻。宁皇至圣功超古，万国慕深仁。　　徽称显号又还新，功德粲雕珉。乾坤绘画终难尽，遗泽在斯民。

阮郎归

唐教坊曲名。其题以刘晨、阮肇成仙而复归之事得名。相传东汉永平年间，剡县人刘晨、阮肇同入天台山采药，遇二女子，邀刘、阮至其家，留居半年，其地气候、草木常如春，及二人归乡之时，其子孙已历七世(见刘义庆《幽明录》)。宋丁持正词有“碧桃春昼长”之句，故又名《碧桃春》；李祁词名《醉桃源》，曹冠词名《宴桃源》；韩淲词有“濯缨一曲可流行”之句，故又名《濯缨曲》。又名《好溪山》、《道成归》、《碧云春》、《忆桃源》、《鹤冲天》、《摊破诉衷情》。属双调、平韵，四十七字。上阕四句、二十四字，句句用韵；下阕五句、二十三字，除首句不叶韵外，亦句句用韵。又，此调之别名《宴桃源》与《如梦令》之别名《宴桃源》属两调，为同名异调，万不可混淆。此为双调，《如梦令》为单调，三十三字。参阅《碧桃春》、《宴桃源》、《如梦令》。

欧阳修　　**阮郎归·刘郎何日是来时**

刘郎何日是来时，无心云胜伊。行云犹解傍山飞，郎行去不归。　　强匀画，又芳菲，春深轻薄衣。桃花无语伴相思，

阴阴月上时。

欧阳修　　阮郎归·落花浮水树临池

落花浮水树临池，年前心眼期。见来无事去还思，而今花又飞。　　浅螺黛，淡燕脂，闲妆取次宜。隔帘风雨闭门时，此情风月知。

欧阳修　　阮郎归·浓香搓粉细腰肢

浓香搓粉细腰肢，青螺深画眉。玉钗撩乱挽人衣，娇多常睡迟。　　绣帘角，月痕低，仙郎东路归。泪红满面湿胭脂，兰房怨别离。

欧阳修　　阮郎归·去年今日落花时

去年今日落花时，依前又见伊。淡匀双脸浅匀眉，青衫透玉肌。　　才会面，便相思，相思无尽期。这回相见好相知，相知已是迟。

欧阳修　　阮郎归·玉肌花脸柳腰肢

玉肌花脸柳腰肢，红妆浅黛眉。翠鬟斜亸语声低，娇羞云雨时。　　伊怜我，我怜伊，心儿与眼儿。绣屏深处说深期，幽情谁得知。

欧阳修　　阮郎归·雪霜林际见依稀

雪霜林际见依稀，清香已暗期。前村已遍倚南枝，群花犹未知。　　情似旧，赏休迟，看看陇上吹。便从今日赏芳菲，韶华取次归。

欧阳修　　阮郎归·南园春早踏青时

南园春早踏青时，风和闻马嘶。青梅如豆柳如眉，日长蝴蝶飞。　　花露重，草烟低，人家帘幕垂。秋千慵困解罗衣，画梁双燕栖。

欧阳修　　阮郎归·角声吹断陇梅枝

角声吹断陇梅枝，孤窗月影低。塞鸿无限欲惊飞，城乌休夜啼。　　寻断梦，掩深闺，行人去路迷。门前杨柳绿阴齐，何时闻马嘶。

司马光　　阮郎归·渔舟容易入春山

渔舟容易入春山，仙家日月闲。绮窗纱幌映朱颜，相逢醉梦间。　　松露冷，海霞殷，匆匆整棹还。落花寂寂水潺潺，重寻此路难。

俞紫芝　　阮郎归·钓鱼船上谢三郎

按词律当作《诉衷情》

钓鱼船上谢三郎，双鬓已苍苍。蓑衣未必清贵，不肯换金章。　　汀草畔，浦花旁，静鸣榔。自来好个，渔父家风，一片潇湘。

晏几道　　阮郎归·粉痕闲印玉尖纤

粉痕闲印玉尖纤，啼红傍晚奁。旧寒新暖尚相兼，梅疏待雪添。　　春冉冉，恨恹恹，章台对卷帘。个人鞭影弄凉蟾，楼前侧帽檐。

晏几道　　阮郎归·来时红日弄窗纱

来时红日弄窗纱，春红入睡霞。去时庭树欲栖鸦，香屏掩月斜。　　收翠羽，整妆华，青骊信又差。玉笙犹恋碧桃花，今宵未忆家。

晏几道　　阮郎归·旧香残粉似当初

旧香残粉似当初，人情恨不如。一春犹有数行书，秋来书更疏。　　衾凤冷，枕鸳孤，愁肠待酒舒。梦魂纵有也成虚，那堪和梦无。

晏几道　　阮郎归·天边金掌露成霜

天边金掌露成霜，云随雁字长。绿杯红袖趁重阳，人情似故乡。　　兰佩紫，菊簪黄，殷勤理旧狂。欲将沉醉换悲凉，清歌莫断肠。

晏几道　　阮郎归·晚妆长趁景阳钟

晚妆长趁景阳钟，双蛾著意浓。舞腰浮动绿云浓，樱桃半点红。　　怜美景，惜芳容，沉思暗记中。春寒帘幕几重重，杨花尽日风。

魏夫人　　阮郎归·夕阳楼外落花飞

夕阳楼外落花飞，晴空碧四垂。去帆回首已天涯，孤烟卷翠微。　　楼上客，鬓成丝，归来未有期。断魂不忍下危梯，桐阴月影移。

苏　轼　　阮郎归·初夏

绿槐高柳咽新蝉，薰风初入弦。碧纱窗下水沉烟，棋声惊昼眠。　　微雨过，小荷翻，榴花开欲然。玉盆纤手弄清泉，琼珠碎却圆。

苏　轼　　阮郎归·梅词

暗香浮动月黄昏，堂前一树春。东风何事入西邻，儿家常闭门。　　雪肌冷，玉容真，香腮粉未匀。折花欲寄岭头人，江南日暮云。

苏　轼　　阮郎归·苏州席上作

一年三度过苏台，清尊长是开。佳人相问苦相猜，这回来不来。　　情未尽，老先催，人生真可咍。他年桃李阿谁栽，刘郎双鬓衰。

苏　轼　　阮郎归·歌停檀板舞停鸾

歌停檀板舞停鸾，高阳饮兴阑。兽烟喷尽玉壶干，香分小凤团。　　雪浪浅，露珠圆，捧瓯春笋寒。绛纱笼下跃金鞍，归时人倚栏。

此首别作黄庭坚词

李之仪　　阮郎归·朱唇玉羽下蓬莱

朱唇玉羽下蓬莱，佳时近早梅。惜花情味久安排，枝头开未开。　　魂欲断，恨难裁，香心休见猜。果知何逊是仙才，何妨入梦来。

黄庭坚　　阮郎归·黔中桃李可寻芳

黔中桃李可寻芳，摘茶人自忙。月团犀胯斗圆方，研膏入焙香。　　青箬裹，绛纱囊，品高闻外江。酒阑传碗舞红裳，都濡春味长。

黄庭坚　阮郎归·效福唐独木桥体作茶词

烹茶留客驻金鞍，月斜窗外山。别郎容易见郎难，有人思远山。　归去后，忆前欢，画屏金博山。一杯春露莫留残，与郎扶玉山。

黄庭坚　阮郎归·盈盈娇女似罗敷

曾荨文既眄陈湘，歌舞便出其类，学书亦进。来求小楷，作阮郎归词付之

盈盈娇女似罗敷，湘江明月珠。起来绾髻又重梳，弄妆仍学书。　歌调态，舞工夫，湖南都不如。它年未厌白髭须，同舟归五湖。

黄庭坚　阮郎归·茶词之一

歌停檀板舞停鸾，高阳余兴阑。兽烟喷尽玉壶干，香分小凤团。　雪浪浅，露花圆，捧瓯春笋寒。绛纱笼下跃金鞍，归时人倚阑。

此首别作苏轼词

黄庭坚　阮郎归·茶词之二

摘山初制小龙团，色和香味全。碾声初断夜将阑，烹时鹤避烟。　消滞思，解尘烦，金瓯雪浪翻。只愁啜罢水流天，余清搅夜眠。

黄庭坚　阮郎归·退红衫子乱蜂儿

退红衫子乱蜂儿，衣宽只为伊。为伊去得忒多时，教人直是疑。　长睡晚，理妆迟，愁多懒画眉。夜来算得有归期，灯花则甚知。

黄庭坚　阮郎归·贫家春到也骚骚

贫家春到也骚骚，琼浆注小槽。老夫不出长蓬蒿，邻墙开碧桃。　木芍药，品题高，一枝烦剪刀。传杯犹似少年豪，醉红浸雪毛。

秦　观　阮郎归·退花新绿渐团枝

退花新绿渐团枝，扑人风絮飞。秋千未拆水平堤，落红成

地衣。　　游蝶困，乳莺啼，怨春春怎知。日长早被酒禁持，那堪更别离。

秦　观　　　阮郎归·宫腰袅袅翠鬟松

宫腰袅袅翠鬟松，夜堂深处逢。无端银烛殒秋风，灵犀得暗通。　　身有恨，恨无穷，星河沉晓空。陇头流水各西东，佳期如梦中。

秦　观　　　阮郎归·潇湘门外水平铺

潇湘门外水平铺，月寒征棹孤。红妆饮罢少踟蹰，有人偷向隅。　　挥玉箸，洒真珠，梨花春雨余。人人尽道断肠初，那堪肠已无。

秦　观　　　阮郎归·湘天风雨破寒初

湘天风雨破寒初，深沉庭院虚。丽谯吹罢小单于，迢迢清夜徂。　　乡梦断，旅魂孤，峥嵘岁又除。衡阳犹有雁传书，郴阳和雁无。

米　芾　　阮郎归·海岱楼与客酌别作

双双鸳鹭戏蘋洲，几行烟柳柔。一声长笛咽清秋，碧云生暮愁。　　钩月挂，绮霞收，浦南人泛舟。娟娟何处烛明眸，相望徒倚楼。

晁补之　　　阮郎归·遐观楼

小楼独上暮钟时，红霞楼外飞。烟中远鸟一双归，城门灯火微。　　横短吹，傍危梯，冰轮涌海迟。天涯幽恨有谁知，凉风时动衣。

晁补之　　阮郎归·同十二叔泛济州环溪

西城北渚旧追随，荒台今是非。白蘋无主绿蒲迷，停舟忆旧时。　　双鸭戏，乱鸥飞，人家烟雨西。不成携手折芳菲，兰桡惆怅归。

晁补之　　阮郎归·一濠秋水净涟漪

一濠秋水净涟漪，红妆照水嬉。攀条寻藕怯船移，浮萍湿

绣衣。　　临好景，惜轻归，夕阳洲渚迷。城门灯火簇轮蹄，沙鸥飞去时。

晁补之　　阮郎归·儿童嬉戏杏花堤

儿童嬉戏杏花堤，春归不解悲。重来草露湿人衣，无花空绕枝。　　曾学道，久忘机，一尊甘若饴。平生鱼鸟与同归，临风心自知。

陈　瓘　　阮郎归·从来多唱杜鹃辞

从来多唱杜鹃辞，如今真个归。健帆笑里落湖西，回看江浪飞。　　说情话，复何疑，临流应赋诗。引觞自酌更何之，心闲光景迟。

苏　庠　　阮郎归·西园风暖落花时

西园风暖落花时，绿阴莺乱啼。倚阑无语惜芳菲，絮飞蝴蝶飞。　　缘底事，减腰围，遣愁愁著眉。波连春渚暮天垂，燕归人未归。

毛　滂　　阮郎归·惜春

映阶芳草净无尘，新晴隔柳阴。绿丝步障碧茸茵，遮藏欲尽春。　　寒未了，酒须深，残花无处寻。年来陪尽惜春心，闲愁渐不禁。

毛　滂　　阮郎归·雨余烟草弄春柔

雨余烟草弄春柔，芳郊翠欲流。暖风时转柳花球，晴光烂不收。　　红尽处，绿新稠，秾华只暂留。却应留下等闲愁，令人双鬓秋。

廖　刚　　阮郎归·乙未云间舟中

草堂王生以妄想天降玉牌为实事，使有司求之，既又托以梦。因戏作云

月桥风槛水边居，画楼三鼓初。草堂收拾读闲书，起看清夜徂。　　闲想像，尽踌躇，玉牌金字铺。梦魂纵有也成虚，那堪和梦无。

米友仁　　**阮郎归·小舟载酒向平湖**

小舟载酒向平湖，新凉生晓初。乱山烟外有还无，王维真画图。　　风遽起，动襟裾，雨来荷溅珠。一尊相对喜君俱，醉归红袖扶。

米友仁　　**阮郎归·碧溪风动满文漪**

碧溪风动满文漪，雨余山更奇。淡烟横处柳行低，鸳鸯来去飞。　　人似玉，醉如泥，一枝随鬓攲。夷犹双桨月平西，幽寻归路迷。

赵子发　　**阮郎归·马蹄踏月响空山**

马蹄踏月响空山，梅生烟壑寒。水妃去后泪痕干，天风吹佩兰。　　纫香久，怕花残，与君聊据鞍。一枝欲寄北人看，如今行路难。

梅　窗　　**阮郎归·元夕**

皇州新景媚晴春，春晴媚景新。万家明月醉风清，清风醉月明。　　人游乐，乐游人，游人乐太平。御楼神圣喜都民，民都喜圣神。

曹　组　　**阮郎归·檐头风佩响丁东**

檐头风佩响丁东，帘疏烛影红。秋千人散月溶溶，楼台花气中。　　春酒醒，夜寒浓，绣衾谁与同。只愁梦短不相逢，觉来罗帐空。

朱敦儒　　**阮郎归·柳花陌上捻明珰**

柳花陌上捻明珰，娇红新样妆。匆匆曾贮一襟香，月痕金缕凉。　　分泪扇，掩离觞，春残人断肠。锦书难寄雁飞忙，池塘芳草长。

周紫芝　　**阮郎归·酴醾花谢日迟迟**

酴醾花谢日迟迟，杨花无数飞。章台侧畔尽风吹，飘零无定期。　　烟漠漠，草萋萋，江南春尽时。可怜踪迹尚东西，

故园何日归。

周紫芝　　阮郎归·月棂疏影照婵娟

月棂疏影照婵娟，闲临小玉盘。枣花金钏出纤纤，棋声敲夜寒。　飞雹冷，水精圆，夜深人未眠。笑催炉兽暖衾鸳，莫教银漏残。

周紫芝　　阮郎归·西湖摘杨梅作

西湖山下水潺潺，满山风雨寒。枝头红日晓斓斑，越梅催晓丹。　连翠叶，拥金盘，玉池生乳泉。此生三度试甘酸，欲归归尚难。

李　祁　　阮郎归·校书学士小蓬山

校书学士小蓬山，新参玉笋班。买花归去五湖间，浣花龙尾湾。(下缺)

蒋元龙　　阮郎归·春雨

小池芳草绿初匀，柳寒眉尚颦。东风吹雨细于尘，一庭花脸皴。　莺共蝶，怨还嗔，眼前无好春。这般天气煞愁人，人愁旋旋新。

向子諲　阮郎归·绍兴乙卯大雪行鄱阳道中

江南江北雪漫漫，遥知易水寒。同云深处望三关，断肠山又山。　天可老，海能翻，消除此恨难。频闻遣使问平安，几时鸾辂还。

蔡　伸　　阮郎归·烟笼寒水暝禽栖

烟笼寒水暝禽栖，满庭红叶飞。兰堂寂寂画帘垂，霜浓更漏迟。　鸳被冷，麝香微，强欹单枕时。西窗看尽月痕移，此情君怎知。

杨端臣　　阮郎归·□□今日那人家

□□今日那人家，琐窗红影斜。髻云散乱不胜花，偷匀残脸霞。　梁燕老，石榴花，佳期今已差。凭阑思想入天涯，暮云重叠遮。

李弥逊　　阮郎归·硕人生日

黄花犹未拆霜枝，今年秋较迟。六幺催泛玉东西，登高庆诞时。　　神仙事，古来稀，且为千岁期。戏莱堂上两庞眉，何妨举案齐。

王之道　　阮郎归·和广济王宰之一

玉绳低转斗阑干，欠温春酒寒。夜长风劲怯衣单，有人哦二山。　　蟾欲满，雁初还，桃花微破颜。枕痕犹带断红残，无言心自闲。

王之道　　阮郎归·和广济王宰之二

长杨风软弄腰肢，日长蝴蝶飞。雨余新绿细通池，玉钩悬妓衣。　　鸿雁远，子规啼，此情谁得知。一尊聊与故人持，醉来悲别离。

陈康伯　　阮郎归·闲来溪上有云飞

闲来溪上有云飞，溪光接翠微。江南三月落花时，春波去棹迟。　　寻竹路，破林扉，苍台旧钓矶。欲归回首未成归，黄尘满素衣。

曹　勋　　阮郎归·谁将春信到长安

谁将春信到长安，江南腊向残。玉妃何事在人间，冰肌莹素颜。　　新月上，怯轻寒，香心破紫檀。数枝斜傍小亭闲，黄昏人倚阑。

曹　勋　　阮郎归·玉宸赐得水云身

玉宸赐得水云身，初欣不佩绅。烟霞一任著衣巾，朝中散祖人。　　湖水静，了无尘，语兼天上春。道人相见肯情亲，银钩墨尚新。

高　登　　阮郎归·武仙花县谒凫仙

过武仙县，谒许宰不遇，作此寄之

武仙花县谒凫仙，急招横渡船。重门昼掩讼庭闲，虚檐群雀喧。　　金屋畔，玉阑边，新春桃李妍。主人情重客无缘，

销魂空黯然。

曾　觌　　阮郎归·柳阴庭馆占风光

上苑初夏侍宴，池上双飞新燕掠水而去，得旨赋之

柳阴庭馆占风光，呢喃清昼长。碧波新涨小池塘，双双蹴水忙。　萍散漫，絮飘飏，轻盈体态狂。为怜流去落红香，衔将归画梁。

洪　适　　阮郎归·澄清阁下藕如船

澄清阁下藕如船，扁舟曾采莲。向来辛苦叠青钱，而今知几年。　人去也，客凄然，酒泉添泪泉。一杯今夜且留连，断肠芳草边。

张　抡　　阮郎归·咏夏十首之一

亭亭槐柳午阴圆，熏风拂舜弦。一轮红日贴中天，乾坤如火然。　观上象，想丹田，阳精色正鲜。□从炼得体纯全，朱颜无岁年。

张　抡　　阮郎归·咏夏十首之二

欲如臭腐化神奇，当观蝉蜕时。脱然飞上绿槐枝，炎炎昼景□。　□□□，□如斯，□□□□迷。灵躯一旦脱□□，□□□□归。

张　抡　　阮郎归·咏夏十首之三

深亭邃馆锁清风，榴花芳艳浓。阳光染就欲烧空，谁能窥化工。　观物外，喻身中，灵砂别有功。若将一粒比花容，金丹色又红。

张　抡　　阮郎归·咏夏十首之四

炎天何处可登临，须于物外寻。松风涧水杂清音，空山如弄琴。　宜散发，称披襟，都无烦暑侵。莫将城市比山林，山林兴味深。

张　抡　　阮郎归·咏夏十首之五

豪家大厦敞千楹，风摇玉柄轻。金盆弄水复敲冰，热从何处生。　低草舍，小茅亭，如何安此身。元来一念静无尘，

萧然心自清。

张　抡　　　阮郎归·咏夏十首之六

金乌玉兔最无情，驱驰不暂停。春光才去又朱明，年华只暗惊。　　须省悟，莫劳神，朱颜不再新。灭除妄想养天真，管无寒暑侵。

张　抡　　　阮郎归·咏夏十首之七

动时思静暑思寒，尘劳扰扰间。翻云覆雨百千般，几时心地闲。　　□□□，□□难，将□□□然。自然寒暑不相□，□□□地仙。

张　抡　　　阮郎归·咏夏十首之八

谁言无处避炎光，山中有草堂。安然一枕即仙乡，竹风穿户凉。　　名不恋，利都忘，心闲日自长。不须辛苦觅琼浆，华池神水香。

张　抡　　　阮郎归·咏夏十首之九

炎炎畯日正当中，澄潭忽此逢。金丹乍浴表深功，通明照水红。　　丹浴罢，乐无穷，怡然百体融。人间何处不清风，此怀谁与同。

张　抡　　　阮郎归·咏夏十首之十

寒来暑往几时休，光阴逐水流。浮云身世两悠悠，何劳身外求。　　天上月，水边楼，须将一醉酬。陶然无喜亦无忧，人生且自由。

侯　寘　　　阮郎归·和邢公昭

莫欺骑省鬓边华，曾眠苏小家。彩丝萦腕剪轻霞，菖蒲酒更嘉。　　人别后，叹飞花，云山和梦遮。吴笺小字写流沙，几行秋雁斜。

侯　寘　　　阮郎归·为邢鲁仲小鬟赋

美人小字称春娇，云鬟玉步摇。淡妆浓态楚宫腰，梅枝雪未消。　　拚恼乱，尽妖娆，微窝生脸潮。算来虚度可怜宵，

醉魂谁与招。

侯　寘　　　阮郎归·为张丞寿

薰风吹尽不多云，晓天如水清。哦松庭院忽闻笙，帘疏香篆明。　　兰玉盛，凤和鸣，家声留汉庭。狨鞍长傍九重城，年年双鬓青。

赵彦端　　阮郎归·岁寒堂下两株梅

岁寒堂下两株梅，商量先后开。春前日绕一千回，花来春未来。　　冰可断，玉堪裁，寒空无暖埃。为君翻动腊前醅，酒醒香满怀。

赵彦端　　阮郎归·一春种得牡丹成

一春种得牡丹成，那知君遽行。东君也自没心情，夜来风雨声。　　追间阔，数清明，不应歌渭城。只愁河畔草青青，却须离绪生。

赵彦端　　阮郎归·余干留别人家

三年何许竞芳辰，君家千树春。如今欲去复逡巡，好花留住人。　　红蕊乱，绿阴匀，彩云新又新。只应小阕记情亲，动君梁上尘。

向　滈　　阮郎归·隔篱疏影照横塘

隔篱疏影照横塘，东风吹暗香。陇头归路指苍茫，江南春兴长。　　扃小院，静回廊，有人凭短墙。角声惊梦月横窗，此时能断肠。

向　滈　　阮郎归·湘南楼上好凭栏

湘南楼上好凭栏，西风吹鼻酸。宦游何处不惊湍，白鸥盟已寒。　　空饮恨，废追欢，沈郎衣带宽。故人休放酒杯干，而今行路难。

姚述尧　　　阮郎归·寿词

江村昨夜一枝梅，先传春信回。非烟非雾下瑶台，香风拂面来。　　云幕卷，日华开，祥光映上台。安舆从此步天街，

君王赐寿杯。

管　鉴　　　　阮郎归·以红酒为马倅寿

浅寒天气雨催冬，梅梢糁嫩红。天教来寿黑头公，和羹信已通。　　斟滟滟，劝重重，新篘琥珀浓。他年赐酒拆黄封，还思此会同。

姜特立　　　　阮郎归·寄人

绿阴庭院记年时，家人捧寿卮。乐声催拍送腰支，香风匝地衣。　　清梦断，彩云飞，刘郎今鬓丝。强将杯酒破愁眉，如今触事非。

赵　春　　　　阮郎归·选德殿作和赵志忠

留连春意晚花稠，云疏雨未收。新荷池面叶齐抽，凉天醉碧楼。　　能达理，有何愁，心宽万事休。人生还似水中沤，金樽尽更酬。

李处全　　　　阮郎归·寮生朝

佳人偏爱菊花天，玉钗金附蝉。歌声缥缈紫云边，博山沉水烟。　　须斗酒，泛觥船，乃翁能百篇。高堂此会看年年，夜深人醉眠。

赵长卿　　　　阮郎归·咏春

和风暖日小层楼，人闲春事幽。杏花深处一声鸠，花飞水自流。　　寻旧梦，续扬州，眉山相对愁。忆曾和泪送行舟，清江古渡头。

赵长卿　　　　阮郎归·送别有感，因咏莺作

东城沙软马蹄轻，清和雨乍晴。柳阴曲径泣流莺，凄凉不忍听。　　休苦怨，莫悲鸣，何须雨泪倾。但将巧语写心诚，东君肯薄情。

赵长卿　　　　阮郎归·客中见梅

年年为客遍天涯，梦迟归路赊。无端星月浸窗纱，一枝寒影斜。　　肠未断，鬓先华，新来瘦转加。角声吹彻小梅花，

夜长人忆家。

王　炎　　　阮郎归·落花时节近清明

落花时节近清明，南园芳草青。东风料峭雨难晴，那堪中宿醒。　　回首处，自销凝，谁知人瘦生。倚阑无语不禁情，杜鹃啼数声。

王　炎　　　阮郎归·雪川作

几回幽梦绕家山，怯闻梅弄残。潇潇黄落客毡寒，不禁衣带宽。　　身外事，意阑珊，人间行路难。寻思百计不如闲，休贪朱两幡。

辛弃疾　　　阮郎归·耒阳道中

山前风雨欲黄昏，山头来去雪。鹧鸪声里数家村，潇湘逢故人。　　挥羽扇，整纶巾，少年鞍马尘。如今憔悴赋招魂，儒冠多误身。

徐似道　　　阮郎归·茶寮山上一头陀

茶寮山上一头陀，新来学者么。蝤蛑螃蟹与乌螺，知他放几多。　　有一物，是蜂窝，姓牙名老婆。虽然无奈得它何，如何放得它。

石孝友　　　阮郎归·烛花吹尽篆烟青

烛花吹尽篆烟青，长波拍枕鸣。西风吹断雁鸿声，离人梦暗惊。　　乡思动，旅愁生，谁知此夜情。乱山重叠拥孤城，空江月自明。

马子严　　　阮郎归·西湖春暮

清明寒食不多时，香红渐渐稀。番腾妆束闹苏堤，留春春怎知。　　花褪雨，絮沾泥，凌波寸不移。三三两两叫船儿，人归春也归。

陈　亮　　　阮郎归·重午寿外舅

波光渺渺浸晴陂，有亭湖岸西。芰荷香拂柳丝垂，升堂献寿卮。　　红约腕，绿侵衣，愿祝届期颐。花间妙语欲无诗，一年歌一词。

宋先生　　阮郎归·一轮明月照三峰

一轮明月照三峰，彩霞飞满空。分明见我主人公，明珠透上宫。　丹药炼，鼎中红，频频要用功。功成定是出樊笼，闲游仙洞中。

姜　夔　　阮郎归·为张平甫寿

是日同宿湖西定香寺

红云低压碧玻璃，惺憁花上啼。静看楼角拂长枝，朝寒吹翠眉。　休涉笔，且裁诗，年年风絮时。绣衣夜半草符移，月中双桨归。

姜　夔　　阮郎归·旌阳宫殿昔徘徊

旌阳宫殿昔徘徊，一坛云叶垂。与君闲看壁间题，夜凉笙鹤期。　茅店酒，寿君时，老枫临路岐。年年强健得追随，名山游遍归。

李　壁　　阮郎归·劝袁制机酒

苏台一别费三年，锦书凭雁传。风姿重见阆江边，玉壶秋井泉。　翻短舞，趁幺弦，篆香同夕烟。多情莫惜为留连，落花中酒天。

韩　淲　　阮郎归·客有举词者，因以其韵赋之

小楼秋霁碧阑干，中人初薄寒。霜风吹我到湖山，平林斜照残。　空阔里，有无间，牵萝翠袖闲。篮舆兴尽却愁还，断肠歌未阑。

史达祖　　阮郎归·龙香吹袖白藤鞭

龙香吹袖白藤鞭，帽檐冲柳烟。一春几度画桥边，东风听管弦。　花活计，酒因缘，从人嘲少年。直须吟就绿杨篇，湾头寄小怜。

史达祖　　阮郎归·月下感事

旧时明月旧时身，旧时梅萼新。旧时月底似梅人，梅春人不春。　香入梦，粉成尘，情多多断魂。芙蓉孔雀夜温温，愁痕即泪痕。

魏了翁　　阮郎归·送赵监丞□□赴利路提刑

西风吹信趣征鞍，日高鸿雁寒。稻粱啄尽不留残，依归阿那边。　　无倚著，只苍天，将心何处安。长教子骏满人间，犹令侬意宽。

魏了翁　　阮郎归·送客归来道中再得数语

原误作《浣溪沙》

骊驹未撤客乘鞍，征鞭摇晚寒。雁边醒梦角惊残，关山斜日边。　　求道地，托恩天，人情久亦安。转移都在笑颦间，鄙夫应也宽。

徐　照　　阮郎归·绿杨庭户静沉沉

绿杨庭户静沉沉，杨花吹满襟。晚来闲向水边寻，惊飞双浴禽。　　分别后，忍登临，暮寒天气阴。妾心移得在君心，方知人恨深。

刘　镇　　阮郎归·寒阴漠漠夜来霜

寒阴漠漠夜来霜，阶庭风叶黄。归鸦数点带斜阳，谁家砧杵忙。　　灯弄幌，月侵廊，熏笼添宝香。小屏低枕怯更长，和云入醉乡。

刘　镇　　阮郎归·丹桂

金茎浥露未成霜，西风只旧凉。蕊仙何事换霞妆，恼人秋思长。　　香世界，锦文章，花神不覆藏。小山骚客政清狂，同花入醉乡。

孙惟信　　阮郎归·满阶红影月昏黄

满阶红影月昏黄，玉炉催换香。碧窗娇困懒梳妆，粉沾金缕裳。　　鸾髻耸，黛眉长，烛光分两行。许谁骑鹤上维扬，温柔和醉乡。

严　仁　　阮郎归·春思

鳃花轻拂紫绵香，琼杯初暖妆。贪凭凋槛看鸳鸯，无心上绣床。　　风絮乱，恣轻狂，恼人依旧忙。梦随残雨下高唐，

悠悠春梦长。

葛长庚　　　阮郎归·舟行即事

淡烟凝翠锁寒芜，斜阳挂碧梧。沙头三两雁相呼，萧萧风卷芦。　　何处笛，一声孤，岸边人钓鱼。快帆一夜泊桐庐，问人沽酒无。

刘子寰　　阮郎归·长条袅袅串红绡

长条袅袅串红绡，无风时自摇。十分妖艳更苗条，殢春情态娇。　　风影舞，露痕潮，买来和蝶饶。故园愁绝楚宫腰，相逢恨怎销。

吴　潜　　阮郎归·软风轻霭弄晴晖

软风轻霭弄晴晖，鹁鸠相应啼。画堂人静画帘垂，阑干独倚时。　　闲拾句，困寻棋，沉吟心是非。荼蘼开遍柳花飞，惜春春不知。

翁孟寅　　阮郎归·月高楼外柳花明

月高楼外柳花明，单衣怯露零。小桥灯影落残星，寒烟蘸水萍。　　歌袖窄，舞鬟轻，梨花梦满城。落红啼鸟两无情，春愁添晓酲。

洪　瑹　　阮郎归·壬辰邵武试灯夕

东风吹破藻池冰，晴光开五云。绿情红意两逢迎，扶春来远林。　　花艳艳，玉英英，罗衣金缕明。闹蛾儿簇小蜻蜓，相呼看试灯。

王同祖　　阮郎归·一帘疏雨细于尘

一帘疏雨细于尘，春寒愁杀人。桐花庭院近清明，新烟浮旧城。　　寻蝶梦，怯莺声，柳丝如妾情。丙丁帖子画教成，妆台求晚晴。

黄　昇　　　阮郎归·效姜尧章体

粉香吹暖透单衣，金泥双凤飞。闲来花下立多时，春风酒醒迟。　　桃叶曲，柳枝词，芳心空自知。湘皋月冷佩声微，

雁归人不归。

宋德广　　阮郎归·好风吹月过楼西

好风吹月过楼西，楼前人影稀。杜鹃啼断绿杨枝，行人知不知。　红叶字，断肠诗，从今懒再题。后园零落淡胭脂，似君初去时。

赵　文　　阮郎归·梨花

冰肌玉骨淡裳衣，素云生翠枝。一生不晓谪仙诗，雪香应自知。　微雨后，禁烟时，洗妆君莫迟。东风不解惜妍姿，吹成蝴蝶飞。

赵　文　　阮郎归·惜春

舞红一架欲生衣，残英辞旧枝。雨声自唱惜春词，行人应未知。　新火后，薄罗时，君归何太迟。镜中失却少年姿，年随花共飞。

詹　玉　　阮郎归·闺情

斜河一道界相思，好秋都上眉。鸾笺象管写心啼，搦愁题做诗。　添别恨，卜欢期，灯花红几时。看看月上小窗儿，夜香今夜迟。

仇　远　　阮郎归·教他双燕意循循

教他双燕意循循，隔湖杨柳深。芹香泥滑趁新晴，差池来往频。　春浪暖，绿无痕，醒人也醉人。断桥日落水云昏，归舟个个轻。

仇　远　　阮郎归·桃花坊陌散香红

桃花坊陌散香红，捎鞭骤玉骢。官河柳带结春风，高楼小燕空。　山晻霭，草蒙茸，江南春正浓。王孙家在画桥东，相寻无路通。

蒋　捷　　阮郎归·客中思马迹山

雪飞灯背雁声低，寒生红被池。小屏风畔立多时，闲看番马儿。　新搵泪，旧题诗，一般罗带垂。琼箫夜夜挟愁吹，

梅花知不知。

张　炎　　　阮郎归·有怀北游

钿车骄马锦相连，香尘逐管弦。瞥然飞过水秋千，清明寒食天。　　花贴贴，柳悬悬，莺房几醉眠。醉中不信有啼鹃，江南二十年。

刘将孙　　　阮郎归·舟中作

斜阳江路柳青青，传杯那放停。上船不记送人行，南风吹酒醒。　　江曲曲，路萦萦，月明潮水生。送将残梦作浮萍，角声何处城。

王从叔　　阮郎归·风中柳絮水中萍

风中柳絮水中萍，聚散两无情。斜阳路上短长亭，今朝第几程。　　何限事，可怜生，能消几度春。别时言语总伤心，何曾一字真。

胡文卿　　阮郎归·良辰佳景列华筵

良辰佳景列华筵，笙歌奏管弦。位居荣显子孙贤，功名事双全。　　庆祝寿，拜尊前，重重福禄坚。愿如彭祖寿齐年，金杯劝寿仙。

胡文卿　　阮郎归·谢娘诗礼有家风

谢娘诗礼有家风，吹窗清昼同。笑言偕老与梁鸿，闺门喜气融。　　来月殿，下珠宫，人间春意浓。一尊仙酝祝芳容，蟠桃千岁红。

胡文卿　　阮郎归·薰风吹尽不多云

薰风吹尽不多云，晓天如水清。哦松庭院忽闻笙，帘疏香篆明。　　兰玉盛，凤和鸣，家声留汉庭。狨鞍长傍九重城，年年双鬓青。

无名氏　　阮郎归·山池芳草绿初匀

山池芳草绿初匀，柳寒眉尚颦。东风吹雨细如尘，一庭花脸皴。　　莺共蝶，怨还嗔，眼前无好春。这番天气杀愁人，人愁旋旋新。

无名氏　　阮郎归·春风吹雨绕残枝

春风吹雨绕残枝，落花无可飞。小池寒渌欲生漪，雨晴还日西。　　帘半卷，燕双归，讳愁无奈眉。翻身整顿著残棋，沉吟应劫迟。

无名氏　　阮郎归·端五之一

及妆时结薄衫儿，蒙金艾虎儿。画罗领抹褫裙儿，盆莲小景儿。　　香袋子，搐钱儿，胸前一对儿。绣帘妆罢出来时，问人宜不宜。

无名氏　　阮郎归·端五之二

门儿高挂艾人儿，鹅儿粉扑儿。结儿缀着小符儿，蛇儿百索儿。　　纱帕子，玉环儿，孩儿画扇儿。奴儿自是豆娘儿，今朝正及时。

无名氏　　阮郎归·薄罗生色画酴醾

薄罗生色画酴醾，酴醾满架时。隔池贪看燕争泥，坠双红荔支。　　销金字，晚唐诗，夹纱团扇儿。自遮微雨傍花归，个情天得知。

阳台怨

此调在今所传之词中有仇远之作，咏闺中少女不得欢会之情。词中有“疑是碧瑶台，不放彩鸾飞出”之句，故名。“阳台”，古时借指男女合欢之所，典出战国宋玉《高唐赋》：“妾在巫山之阳，高山之阻，旦为朝云，暮为行雨，朝朝暮暮，阳台之下。”词属双调、仄韵，共四十六字，上下阕皆四句、二十三字，上阕于第一、二、四句用韵，下阕于第二、三、四句用韵。

仇　远　　阳台怨·月明如白日

月明如白日，遮径花阴密密。未见黄云衬袜来，空伴花阴立。　　疑是碧瑶台，不放彩鸾飞出。隐隐隔花清漏急，一巾红露湿。

阳台梦

本后唐庄宗李存勖自度曲名，因其词结句为“楚天云雨却相和，又入阳台梦”，取其末三字为词调名。“阳台”，本是传说中的台名，出自宋玉《高唐赋》：“妾在巫山之阳，高丘之阻，旦为朝云，暮为行雨，朝朝暮暮，阳台之下。”后亦称男女合欢之所为阳台。属双调、仄韵，共四十九字。上下阕皆四句，亦皆于第二、四句用韵，惟上阕二十六字，下阕二十三字。另有五十七字者，为宋代解昉所制，亦赋阳台梦，但两调截然不同，当为同名异调。解昉之《阳台梦》亦赋《高唐赋》之内容，其中有“至今狂客到阳台”之句，故名。

解　昉　　　　阳台梦·仙姿本寓

仙姿本寓，十二峰前住，千里行云行雨。偶因鹤驭过巫阳，邂逅他、楚襄王。　　无端宋玉夸才赋，诬诞人心素。至今狂客到阳台，也有疾心，望妾入、梦中来。

阳台路

此调又写作《阳台露》，调见柳永《乐章集》。“阳台”本为传说中之台名，出自战国楚之宋玉《高唐赋》：“妾在巫山之阳，高丘之阻，旦为朝云，暮为行雨，朝朝暮暮，阳台之下。”后阳台亦被称为男女合欢之所。柳永制词，有“楚天晚”、“前欢云雨分散”、“算暗锁、路歧无限”之句，故名《阳台路》。属双调、仄韵，共九十七字。上阕十句、五十字，于第一、三、五、七、八、十句用韵；下阕八句、四十七字，于第二、四、六、八句用韵。

柳　永　　　　阳台路·楚天晚

楚天晚，坠冷枫败叶，疏红零乱。冒征尘、匹马驱驱，愁见水遥山远。追念少年时，正恁凤帏，倚香偎暖。嬉游惯，又岂知、前欢云雨分散。　　此际空劳回首，望帝里、难收泪眼。暮烟衰草，算暗锁、路歧无限。今宵又、依前寄宿，甚处苇村山馆。寒灯畔，夜厌厌、凭何消遣。

阳关三叠

本唐代曲调名，原名《渭城曲》，因为唐王维《送元二使安西》诗所度之曲而得名：“渭城朝雨浥轻尘，客舍青青柳色新。劝君更进一杯酒，西出阳关无故人。”阳关，在今敦煌市西南。此曲后入乐府，以为送别曲，反复咏唱，故谓之《阳关三叠》。关于“三叠”，解说纷纭，按白居易、苏轼之说一般指首句不叠，即唱一遍，而二、三、四句各唱两遍，谓之“三叠”。宋人用为词调名，因其唱法有三叠句，很突出，乃改称《阳关》、《阳关曲》、《阳关三叠》，从而夺《渭城曲》之原名，并与《小秦王》调相混。参阅《阳关曲》、《小秦王》。作为词，有三段。

柴　望　　阳关三叠·庚戌送何师可之维扬

西风吹鬓，残发早星星。叹故国斜阳，断桥流水，荣悴本无凭。但朝朝、才雨又晴，人生飘聚等浮萍。谁知桃叶，千古是离情。　正无奈、黯黯离情，渡头烟暝，愁杀渡江人。伤情处，送君且待江头月，人共月、千里难并。笳鼓发，戍云平。　此夜思君，肠断不禁，尽思君送君。立尽江头月，奈此去、君出阳关，纵有明月，无酒酌故人。奈此去、君出阳关，明朝无故人。

阳关引

又名《古阳关》，因唐王维《送元二使安西》诗入乐而得名。“引”即是“曲”，唐代称词为“曲”，因此“引”也就是词，或即为“令”的别名。此调由宋代寇准创制，本是概括王维《阳关曲》而作，故名。属双调、仄韵，共七十八字。上阕七句、四十字，于第一、二、五、七、八句用韵；下阕七句、三十八字，于第二、五、七、八句用韵。

寇　准　　阳关引·塞草烟光阔

塞草烟光阔，渭水波声咽。春朝雨霁轻尘歇。征鞍发，指

青青杨柳，又是轻攀折。动黯然、知有后会甚时节。　　更尽一杯酒，歌一阕。叹人生，最难欢聚易离别。且莫辞沉醉，听取阳关彻。念故人、千里自此共明月。

阳关曲

此调本唐时曲调名，以王维《送元二使安西》之诗入乐后而得名，因其诗中有“渭城朝雨浥轻尘”之句，又名《渭城曲》；诗中又有“西出阳关无故人”之句，故又名《阳关曲》。阳关在今甘肃敦煌市西南。属单调、平韵，七言四句，二十八字，形同绝句，于第一、二、四句用韵。唐教坊曲有《小秦王》，即小型之《秦王破阵乐》，亦七言、四句，二十八字，三平韵。北宋时文人把《小秦王》同《渭城曲》（《阳关曲》），除苏轼外，多混用为一调。两者实为二调，声情不同，只是句数、字数相同而已。《小秦王》从《秦王破阵乐》来，属凯歌；《阳关曲》则是骊歌，不可不辨。参阅《阳关三叠》、《小秦王》。

苏　轼　　　　阳关曲·中秋作

本名《小秦王》，入腔即《阳关曲》

暮云收尽溢清寒，银汉无声转玉盘。此生此夜不长好，明月明年何处看。

苏　轼　　　　阳关曲·军中

受降城下紫髯郎，戏马台南旧战场。恨君不取契丹首，金甲牙旗归故乡。

苏　轼　　　　阳关曲·李公择

济南春好雪初晴，才到龙山马足轻。使君莫忘霅溪女，还作阳关肠断声。

阳　　春

阳春，指温暖的春天。词人为讴歌阳春而度曲制词，名为《阳春》。属双调、仄韵，共一百零四字。上阕九句、五

十一字，于第三、五、六、七、九句用韵；下阕八句、五十三字，于第二、四、五、六、八句用韵。又名《阳春曲》。

杨无咎　　　　阳春·蕙风轻

蕙风轻，莺语巧，应喜乍离幽谷。飞过北窗前，递晴晓、丽日明透翠帏縠。篆台芬馥，初睡起、横斜簪玉。因甚自觉腰肢瘦，新来又宽裙幅。　对清镜、无心忺梳裹，谁问著、余酲带宿。寻思前欢往事，似惊回、好梦难续。花亭遍倚槛曲，厌满眼、争春凡木。尽憔悴、过了清明候，愁红惨绿。

阳春曲

又名《阳春》、《喜春来》，为歌温暖的春天而制词，故名《阳春曲》。属双调、仄韵，共一百零四字。参阅《阳春》。

史达祖　　　　阳春曲·杏花烟

杏花烟，梨花雨，谁与晕开春色。坊巷晓愔愔，东风断、旧火销处近寒食。少年踪迹，愁暗隔、水南山北。还是宝络雕鞍，被莺声、唤来香陌。　记飞盖西园，寒犹凝结。惊醉耳、谁家夜笛。灯前重帘不挂，殢华裾、粉泪曾拭。如今故里信息，赖海燕、年时相识。奈芳草、正锁江南，梦春衫怨碧。

阳羡歌

此调本名《踏莎行》，因贺铸词写退居阳羡之生活，故更名《阳羡歌》。阳羡，古县名，故城在今江苏省宜兴南。参阅《踏莎行》。

贺　铸　　　　阳羡歌·山秀芙蓉

山秀芙蓉，溪明罨画，真游洞穴沧波下。临风慨想斩蛟灵，长桥千载犹横跨。　解组投簪，求田问舍，黄鸡白酒渔樵社。元龙非复少时豪，耳根清净功名话。

如此江山

此调本名《齐天乐》，又名《五福降中天》、《台城路》。张辑以此调填词，因词中有“如此江山”之句，故又名《如此江山》。属双调、仄韵，有一百零二字和一百零三字两体。参阅《齐天乐》、《五福降中天》。

张　辑　　如此江山·西风扬子江头路

西风扬子江头路，扁舟雨晴呼渡。岸隔瓜洲，津横蒜石，摇尽波声千古。诗仙一去，但对峙金焦，断矶青树。欲下斜阳，长淮渺渺正愁予。　　中流笑与客语，把貂裘为浣，半生尘土。品水烹茶，看碑忆鹤，恍似旧曾游处。聊凭陆谞，问八极神游，肯重来否。如此江山，更苍烟白露。

如鱼水

此调本咏鱼水相欢。为僻调，传词中有柳永之作，调见《乐章集》。属双调、仄韵，共九十三句。上阕九句、四十八字，于第三、四、五、六、七、九句用韵；下阕九句、四十五字，于第二、三、四、五、六、七、九句用韵。

柳　永　　如鱼水·轻霭浮空

轻霭浮空，乱峰倒影，潋滟十里银塘。绕岸垂杨，红楼朱阁相望。芰荷香，双双戏、鸂鶒鸳鸯。乍雨过、兰芷汀洲，望中依约似潇湘。　　风淡淡，水茫茫，动一片晴光。画舫相将，盈盈红粉清商。紫薇郎，修禊饮、且乐仙乡。更归去、遍历銮坡凤沼，此景也难忘。

柳　永　　如鱼水·帝里疏散

帝里疏散，数载酒萦花系，九陌狂游。良景对珍筵恼，佳人自有风流。劝琼瓯，绛唇启、歌发清幽。被举措、艺足才高，在处别得艳姬留。　　浮名利，拟拚休，是非莫挂心头。富贵岂由人，时会高志须酬。莫闲愁，共绿蚁、红粉相尤。向

绣幄、醉倚芳姿睡，算除此外何求。

如梦令

本后唐庄宗李存勖自制曲，原名《忆仙姿》，后苏轼嫌其名不雅，因唐庄宗词中有“如梦，如梦，残月落花烟重”句，故改为《如梦令》。宋周邦彦又据庄宗词“曾宴桃源深洞”，易名为《宴桃源》。又名《比梅》、《不见》、《古记》、《如意令》、《玩华胥》、《无梦令》。共六句，三十三字，单调。第五句是个叠句。第三句不用韵，其他各句押仄声韵。第一、二、四、六句格式相同。魏泰复加一叠成为双调，名为《如意令》。参阅《忆仙姿》、《如梦令》。

柳　永　　如梦令·郊外绿阴千里

郊外绿阴千里，掩映红裙十队。惜别语方长，车马催人速去。偷泪、偷泪，那得分身应你。

苏　轼　　如梦令·水垢何曾相受

元丰七年十二月十八日，浴泗州雍熙塔下，戏作如梦令阕。此曲本唐庄宗制，名忆仙姿，嫌其名不雅，故改为如梦令。盖庄宗作此词，卒章云：“如梦如梦，和泪出门相送。”因取以为名云

水垢何曾相受，细看两俱无有。寄语揩背人，尽日劳君挥肘。轻手、轻手，居士本来无垢。

苏　轼　　如梦令·自净方能净彼

自净方能净彼，我自汗流呀气。寄语澡浴人，且共肉身游戏。但洗、但洗，俯为人间一切。

苏　轼　　如梦令·有寄

为向东坡传语，人在玉堂深处。别后有谁来，雪压小桥无路。归去、归去，江上一犁春雨。

苏　轼　　　　如梦令·春思

手种堂前桃李，无限绿阴青子。帘外百舌儿，惊起五更春睡。居士、居士，莫忘小桥流水。

苏　轼　　　　如梦令·题淮山楼

城上层楼叠巘，城下清淮古汴。举手揖吴云，人与暮天俱远。魂断、魂断，后夜松江月满。

苏　轼　　　　如梦令·曾宴桃源深洞

曾宴桃源深洞，一曲舞鸾歌凤。长记欲别时，和泪出门相送。如梦、如梦，残月落花烟重。

李之仪　　　　如梦令·回首芜城旧苑

回首芜城旧苑，还是翠深红浅。春意已无多，斜日满帘飞燕。不见、不见，门掩落花庭院。

了　元　　　　如梦令·记得去年时节

记得去年时节，春色湖光晴彻。杨柳绿依依，因甚行人□折。听说、听说，已属他人风月。

秦　观　　　　如梦令·门外鸦啼杨柳

门外鸦啼杨柳，春色著人如酒。睡起熨沉香，玉腕不胜金斗。消瘦、消瘦，还是褪花时候。

秦　观　　　　如梦令·遥夜沉沉如水

遥夜沉沉如水，风紧驿亭深闭。梦破鼠窥灯，霜送晓寒侵被。无寐、无寐，门外马嘶人起。

秦　观　　　　如梦令·幽梦匆匆破后

幽梦匆匆破后，妆粉乱痕沾袖。遥想酒醒来，无奈玉销花瘦。回首、回首，绕岸夕阳疏柳。

秦　观　　　　如梦令·楼外残阳红满

楼外残阳红满，春入柳条将半。桃李不禁风，回首落英无限。肠断、肠断，人共楚天俱远。

秦　观　　　**如梦令·池上春归何处**

池上春归何处，满目落花飞絮。孤馆悄无人，梦断月堤归路。无绪、无绪，帘外五更风雨。

秦　观　　　**如梦令·传与东坡尊舅**

传与东坡尊舅，欲作栏干护佑。心性慢些儿，先著他人机构。虚谬、虚谬，这段姻缘生受。

周邦彦　　　**如梦令·思情之一**

尘满一絣文绣，泪湿领巾红皱。初暖绮罗轻，腰胜武昌官柳。长昼、长昼，困卧午窗中酒。

周邦彦　　　**如梦令·思情之二**

门外迢迢行路，谁送郎边尺素。巷陌雨余风，当面湿花飞去。无绪、无绪，闲处偷垂玉箸。

谢　逸　　　**如梦令·花落莺啼春暮**

花落莺啼春暮，陌上绿杨飞絮。金鸭晚香寒，人在洞房深处。无语、无语，叶上数声疏雨。

谢　逸　　　**如梦令·门外落花流水**

门外落花流水，日暖杜鹃声碎。蕃马小屏风，一枕画堂春睡。如醉、如醉，正是困人天气。

晁冲之　　　**如梦令·帘外新来双燕**

帘外新来双燕，珠阁琼楼穿遍。香径得泥归，飞蹙池塘波面。谁见、谁见，春晚昭阳宫殿。

晁冲之　　　**如梦令·墙外辘轳金井**

墙外辘轳金井，惊梦瞢腾初省。深院闭斜阳，燕入阴阴帘影。人静、人静，花落鸟啼风定。

晁冲之　　　**如梦令·门在垂杨阴里**

门在垂杨阴里，楼枕曲江春水。一阵牡丹风，香压满园花气。沉醉、沉醉，不记绿窗先睡。

苏　庠　　　**如梦令·雪中作**

叠嶂晓埋烟雨，忽作飞花无数。整整复斜斜，来伴南枝清苦。日暮、日暮，何许云林烟树。

毛　滂　　　**如梦令·深苑重调弦管**

深苑重调弦管，不觉银台烛短。相对有金波，天畔楼中都满。人远、人远，醉倚阑干玉冷。

谢　薖　　　**如梦令·陈虚中席上作，赠李商老**

人似已圆孤月，心似丁香百结。不见谪仙人，孤负梅花时节。愁绝、愁绝，江上落英如雪。

美　奴　　　**如梦令·日暮马嘶人去**

日暮马嘶人去，船逐清波东注。后夜最高楼，还肯思量人否。无绪、无绪，生怕黄昏疏雨。

曹　组　　　**如梦令·门外绿阴千顷**

门外绿阴千顷，两两黄鹂相应。睡起不胜情，行到碧梧金井。人静、人静，风动一枝花影。

朱敦儒　　　**如梦令·一夜新秋风雨**

一夜新秋风雨，客恨客愁无数。我是卧云人，悔到红尘深处。难住、难住，拂袖青山归去。

朱敦儒　　　**如梦令·好个中秋时节**

好个中秋时节，莫恨今宵无月。岩壑一灯青，寒浸水香留客。留客、留客，相对无言无说。

朱敦儒　　　**如梦令·盏底一盘金凤**

盏底一盘金凤，满泛酒光浮动。引我上烟霞，智力一时无用。无用、无用，蹋破十洲三洞。

朱敦儒　　　**如梦令·真个先生爱睡**

真个先生爱睡，睡里百般滋味。转面又翻身，随意十方游

戏。游戏、游戏，到了元无一事。

朱敦儒　　如梦令·莫恨中秋无月之一

莫恨中秋无月，月又不甜不辣。幸有瓮头春，闲坐暖云香雪。香雪、香雪，满引水晶蕉叶。

朱敦儒　　如梦令·莫恨中秋无月之二

莫恨中秋无月，多点金钉红蜡。取酒拥丝簧，迎取轻盈桃叶。桃叶、桃叶，唱我新歌白雪。

朱敦儒　　如梦令·一夜蟠桃吹坼

一夜蟠桃吹坼，刚道有人偷折。幸自没踪由，无奈蝶蜂胡说。胡说、胡说，方朔不须耳热。

朱敦儒　　如梦令·好笑山翁年纪

好笑山翁年纪，不觉七十有四。生日近元宵，占早烧灯欢会。欢会、欢会，坐上人人千岁。

李　祁　　如梦令·春水湖塘深处

春水湖塘深处，竹暗沙洲无路。闲伴落花来，却信东风归去。且住、且住，细看两山烟雨。

李　祁　　如梦令·不见玉人清晓

不见玉人清晓，长啸一声云杪。碧水满阑塘，竹外一枝风袅。奇妙、奇妙，半夜山空月皎。

李清照　　如梦令·常记溪亭日暮

常记溪亭日暮，沉醉不知归路。兴尽晚回舟，误入藕花深处。争渡、争渡，惊起一滩鸥鹭。

李清照　　如梦令·昨夜雨疏风骤

昨夜雨疏风骤，浓睡不消残酒。试问卷帘人，却道海棠依旧。知否、知否，应是绿肥红瘦。

吕本中　　如梦令·忆旧

海雁桥边春苦，几见落花飞絮。重到柳行西，懒问画楼何

处。凝伫、凝伫，十顷荷花风雨。

赵　鼎　　　　如梦令·建康作

烟雨满江风细，江上危楼独倚。歌罢楚云空，楼下依前流水。迢递、迢递，目送孤鸿千里。

向子諲　　　　如梦令·欲问芗林秋露

余以岩桂为炉薰，杂以龙麝，或谓未尽其妙。有一道人授取桂华真水之法，乃神仙术也。其香着人不灭，名曰芗林秋露。李长吉诗亦云："山头老桂吹古香"。戏作二阕，以贻好事者

欲问芗林秋露，来自广寒深处。海上说蔷薇，何似桂华风度。高古、高古，不著世间尘污。

向子諲　　　　如梦令·谁识芗林秋露

谁识芗林秋露，胜却诸天花雨。休更觅曹溪，自有个中玄路。参取、参取，滴滴要知落处。

向子諲　　　　如梦令·午夜凉生翠幔

午夜凉生翠幔，帘外行云撩乱。可恨白蘋风，欲雨又还吹散。肠断、肠断，楚梦惊残一半。

蔡　伸　　　　如梦令·人静重门深亚

人静重门深亚，朱阁画帘高挂。人与月俱圆，月色波光相射。潇洒、潇洒，人月长长今夜。

蔡　伸　　　　如梦令·今夜行云何处

今夜行云何处，还是月华当午。倚遍曲阑桥，望断锦屏归路。空去、空去，梦到绿窗朱户。

张元幹　　　　如梦令·七夕

雨洗青冥风露，云外双星初度。乞巧夜楼空，月妒回廊私语。凝伫、凝伫，不似去年情绪。

张元幹　　　　如梦令·潮退江南晚渡

潮退江南晚渡，山暗水西烟雨。天气十分凉，断送一年残暑。归去、归去，香雾曲屏深处。

张元幹　　如梦令·卧看西湖烟渚

卧看西湖烟渚，绿盖红妆无数。帘卷曲栏风，拂面荷香吹雨。归去、归去，笑损花边鸥鹭。

吕渭老　　如梦令·百和宝钗香佩

百和宝钗香佩，短短同心霞带。清镜照新妆，巧画一双眉黛。多态、多态，偷觑榴花窗外。

吕渭老　　如梦令·珠阁雨帘高卷

珠阁雨帘高卷，望断碧梧墙院。知梦有幽寻，晓枕一峰云乱。谁见、谁见，风散菊英千片。

吕渭老　　如梦令·多谢西池桃李

多谢西池桃李，伴我一春沉醉。能有几多香，陪了一江来泪。憔悴、憔悴，又是落花铺地。

吕渭老　　如梦令·花趁清明争展

花趁清明争展，白白红红满院。莫怪泪痕多，爱底不能得见。凝恋、凝恋，门外雨飞帘卷。

王之道　　如梦令·和张文伯芍药

绰约一枝红怨，疏雨淡烟池馆。梅子欲黄时，日倚朱阑几遍。争看、争看，人在沉香亭畔。

王之道　　如梦令·和张文伯木樨

叶底芳蕤如缀，坐对广庭忘味。娇呆最怜伊，乱糁舞余风袂。贪喜、贪喜，不觉宝钗斜坠。

王之道　　如梦令·江上对雨

一饷凝情无语，手捻梅花何处。倚竹不胜愁，暗想江头归路。东去、东去，短艇淡烟疏雨。

胡　铨　　如梦令·谁念新州人老

谁念新州人老，几度斜阳芳草。眼雨欲晴时，梅雨故来相恼。休恼、休恼，今岁荔枝能好。

孙道绚　　　　如梦令·宫词

翠柏红蕉影乱，月上朱栏一半。风自碧空来，吹落歌珠一串。不见、不见，人被绣帘遮断。

史　浩　　　　如梦令·酴醾金沙同架

小院春风不老，鹊碧霓裳缥缈。雪脸间朱颜，各自一般轻妙。忒掉、忒掉，真个一双两好。

史　浩　　　　如梦令·饮妇人酒

摘索衣裳宫样，生得脸儿福相。容止忒精神，一似观音形像。归向、归向，见者擎拳合掌。

史　浩　　　　如梦令·粉脸霞生一缕

粉脸霞生一缕，掩映绿云秋水。言语更雍容，具足十分娇美。无比、无比，要比除非镜里。

史　浩　　　　如梦令·红杏白梨肌理

红杏白梨肌理，时样新妆淡伫。真个是观音，少个杨枝净水。欢喜、欢喜，尽此一钟醇美。

史　浩　　　　如梦令·罗袜半钩新月

罗袜半钩新月，更把凤鞋珠结。步步著金莲，行得轻轻瞥瞥。难说、难说，真是世间奇绝。

史　浩　　　　如梦令·试把珠帘低卷

试把珠帘低卷，宛见梅妆粉面。绿绕更红围，齐捧瑶卮来劝。堪羡、堪羡，此是神仙阆苑。

史　浩　　　　如梦令·一笑尊前相语

一笑尊前相语，莫遣良辰虚度。饮兴正浓时，兔碗聊分春露。留住、留住，催办后筵歌舞。

李　石　　　　如梦令·桥上水光浮雪

桥上水光浮雪，桥下柳阴遮月。梦里去寻香，露冷五更时节。蝴蝶、蝴蝶，飞过闲红千叶。

李　石　　　　如梦令·忆别

忆被金尊劝倒，灯下红香围绕。别后有谁怜，一任春残莺老。烦恼、烦恼，肠断绿杨芳草。

陈祖安　　　　如梦令·湖光亭

月直金波潋滟，此去水仙不远。霜重夜风清，骨冷□□□□。谁见、谁见，醉眼参横斗转。

赵彦端　　　　如梦令·酥花

鸳瓦初凝霜粟，冰笋旋裁春玉。巧思化东风，唤省蕊红枝绿。清淑、清淑，会有蜂栖蝶宿。

赵彦端　　　　如梦令·嫩柳眉梢轻蹙

嫩柳眉梢轻蹙，细草烟凝堪掬。争似小桃秾，酒入香肌红玉。清馥、清馥，不觉花阑漏促。

张仲宇　　　　如梦令·秋怀

送过雕梁旧燕，听到妆楼新雁。菊讯一何迟，倒尽清樽谁伴。魂断、魂断，人与暮云俱远。

李流谦　　　　如梦令·灵泉重阳作

老插黄花不称，节物撩人且任。破帽略遮阑，嫌见星星越甚。不饮、不饮，和取蜂愁蝶恨。

朱　雍　　　　如梦令·池上数枝开遍

池上数枝开遍，临水幽香清浅。楼上欲黄昏，吹彻一声晴管。零乱、零乱，衣上残英都满。

向　滈　　　　如梦令·道人书郡楼

旧恨新愁无际，近水远山都是。西北有高楼，正为行藏独倚。留滞、留滞，家在吴头楚尾。

向　滈　　　　如梦令·次韵子文邢丈

梦断绿窗莺语，消遣客愁无处。小槛俯青郊，恨满楚江南路。归去、归去，花落一川烟雨。

向　滈　　如梦令·书百方观音寺壁

直面雨轻风峭，极目水空烟渺。家在武陵溪，无限壑讥峰诮。归好、归好，睡足一江春晓。

向　滈　　如梦令·书弋阳楼

楼上千峰翠巘，楼下一湾清浅。宝簟酒醒时，枕上月华如练。留恋、留恋，明日水村烟岸。

向　滈　　如梦令·杨柳千丝万缕

杨柳千丝万缕，特地织成愁绪。休更唱阳关，便是渭城西路。归去、归去，红杏一腮春雨。

向　滈　　如梦令·野店几杯空酒

野店几杯空酒，醉里两眉长皱。已自不成眠，那更酒醒时候。知否、知否，直是为他消瘦。

向　滈　　如梦令·谁伴明窗独坐

谁伴明窗独坐，和我影儿两个。灯烬欲眠时，影也把人抛躲。无那、无那，好个恓惶的我。

向　滈　　如梦令·厮守许多时价

厮守许多时价，谁信一筹不画。相送到砚园，赢得泪珠如泻。挥洒、挥洒，将底江州司马。

姚述尧　　如梦令·水仙　用雪堂韵

绰约冰姿无语，高步广寒深处。香露浥檀心，拟到素娥云路。仙去、仙去，莫学朝云暮雨。

姚述尧　　如梦令·雅淡轻盈如语

雅淡轻盈如语，碧玉枝头娇处。钩月衬凌波，仿佛湘江烟路。凝伫、凝伫，不似梨花带雨。

姚述尧　　如梦令·寿茶

龙焙初分丹阙，玉果轻翻琼屑。彩仗挹香风，搅起一瓯春

雪。清绝、清绝，更把兽烟频爇。

陆　游　　　　**如梦令·闺思**

独倚博山峰小，翠雾满身飞绕。只恐学行云，去作阳台春晓。春晓、春晓，满院绿杨芳草。

范成大　　　**如梦令·罨画屏中客住**

罨画屏中客住，水色山光无数。斜日满江声，何处撑来小渡。休去、休去，惊散一洲鸥鹭。

范成大　　　**如梦令·两两莺啼何许**

两两莺啼何许，寻遍绿阴浓处。天气润罗衣，病起却忺微暑。休雨、休雨，明日榴花端午。

沈　瀛　　　**如梦令·才听笛声三弄**

才听笛声三弄，关捩一时都动。收拾去来休，三脚驴儿相送。珍重、珍重，归去好生做梦。

严　蕊　　　**如梦令·道是梨花不是**

道是梨花不是，道是杏花不是。白白与红红，别是东风情味。曾记、曾记，人在武陵微醉。

沈端节　　　**如梦令·雨后轻寒天气**

雨后轻寒天气，玉酒中人小醉。乍报一番秋，晚簟清凉如水。忺睡、忺睡，窗在芭蕉叶底。

张孝祥　　　　**如梦令·木樨**

花叶相遮相映，雨过翠明金润，折得一枝归，满路清香成阵。风韵、风韵，寄赠绮窗云鬓。

丘　崈　　　**如梦令·元宵席上口占**

门外绮罗如绣，堂上华灯如昼。领略一番春，共醉连宵歌酒。今后、今后，如此遨头少有。

丘　崈　　　**如梦令·小小峰峦对起**

小小峰峦对起，芳树重重相倚。清溜绕阶除，聊备一池春水。游戏、游戏，适意随缘足矣。

吕胜己　　　如梦令·花上娇莺哑咤

花上娇莺哑咤，著色江南图画。可惜好春风，有酒无人同把。拚舍、拚舍，独醉好天良夜。

吕胜己　　　如梦令·同官新得故官故姬

王谢堂前旧燕，毕竟情高意远。只恐宠恩深，后会不教人见。深劝、深劝，不枉追欢一遍。

吕胜己　　　如梦令·催梅雪

梅雪渐当时候，访问全无消耗。凭仗小阳春，催取南枝先到。然后、然后，雪月交光同照。

赵长卿　　　如梦令·汉上晚步

何处一声鸣橹，惊起满川寒鹭。一著画难成，雪霁乱山无数。且住、且住，数遍溪南烟树。

赵长卿　　　如梦令·竹外半窥娇面

竹外半窥娇面，真个出尘体段。没处可偷怜，空恁眼穿肠断。休恋、休恋，只是与伊分浅。

赵长卿　　　如梦令·居士年来懒散

居士年来懒散，凡事只从宽简。身外更无求，只要夏凉冬暖。美满、美满，得过何须积趱。

赵长卿　　　如梦令·寄蔡坚老

居士年来病酒，肉食百不宜口。蒲合与波蓤，更着同蒿葱韭。亲手、亲手，分送卧龙诗友。

赵长卿　　　如梦令·别恨眉尖无数

别恨眉尖无数，后夜王孙何处。歌馆与妆楼，目断行云凝伫。凝伫、凝伫，忆泪千行红雨。

廖行之　　　如梦令·记梦

雨歇凉生枕簟，不梦大槐宫殿。惟对谪仙人，一笑高情眷眷。离恨、离恨，无奈晓窗鸡唤。

廖行之　　如梦令·咏梅

应是南枝向暖，那更青春未晚。竹外见红腮，芳意与香撩乱。肠断、肠断，无奈东风独占。

杨冠卿　　如梦令·满院落花春寂

满院落花春寂，风絮一帘斜日。翠钿晓寒轻，独倚秋千无力。无力、无力，蹙破远山愁碧。

辛弃疾　　如梦令·赠歌者

韵胜仙风缥缈，的皪娇波宜笑。串玉一声歌，占断多情风调。清妙、清妙，留住飞云多少。

辛弃疾　　如梦令·赋梁燕

燕子几曾归去，只在翠岩深处。重到画梁间，谁与旧巢为主。深许、深许，闻道凤凰来住。

程　垓　　如梦令·风入藕花翻动

风入藕花翻动，夜气与香俱纵。月又带风来，凉意一襟谁共。情重、情重，可惜短宵无梦。

陈三聘　　如梦令·红紫不将春住

红紫不将春住，风定更飘无数。溪涨绿含风，短艇晚横沙渡。归去、归去，肯念西池鸳鹭。

陈三聘　　如梦令·珍重故人相许

珍重故人相许，来向水亭幽处。文字间金钗，消尽晚天微暑。无雨、无雨，不比寻常端午。

石孝友　　如梦令·照水粉梅开尽

照水粉梅开尽，春残峭寒犹甚。秋气著人衣，斗帐玉儿生晕。那更、那更，帘外月斜风横。

石孝友　　如梦令·风猎乱香如扫

风猎乱香如扫，又是粉梅开了。庭户锁残寒，梦断池塘春草。情悄、情悄，帘外数声啼鸟。

石孝友　　如梦令·折寄陇头春信

折寄陇头春信，香浅绿柔红嫩。插向鬓云边，添得几多风韵。但问、但问，管与玉容相称。

张　镃　　如梦令·雪

人在骖鸾深院，误认落梅疏片。零乱舞东风，云淡水平天远。帘卷、帘卷，飞上绣茵不见。

张　镃　　如梦令·野菊亭亭争秀

野菊亭亭争秀，闲伴露荷风柳。浅碧小开花，谁摘谁看谁嗅。知否、知否，不入东篱杯酒。

汪　晫　　如梦令·次韵吴郎子信残春

几点弄晴微雨，翳日薄云来去。断送一番春，满径杨花飞絮。无语、无语，还是旧时院宇。

汪　晫　　如梦令·属纩遗语

一只船儿没赛，七十六年装载。把舵更须牢，风饱蒲帆轻快。无碍、无碍，匹似子猷访戴。

李仲虺　　如梦令·石门岩

门外数峰围绕，帖石路儿弯小。花老不禁风，委地乱红多少。人悄、人悄，隔叶数声啼鸟。

冯　镕　　如梦令·题龙脊石

素养浩然之气，铁石心肠谁拟。蒿目县前江，不逐队鱼游戏。藏器、藏器，只等时乘奋起。

吴　潜　　如梦令·插遍门前杨柳

插遍门前杨柳，又是清明时候。岁月不饶人，鬓影星星知否。知否、知否，且尽一杯春酒。

吴　潜　　如梦令·昨日春衫初试

昨日春衫初试，今日春寒犹殢。待得晚风收，独上危楼闲倚。闲倚、闲倚，目断半空烟水。

吴　潜　　如梦令·江上绿杨芳草

江上绿杨芳草，想见故园春好。一树海棠花，昨夜梦魂飞绕。惊晓、惊晓，窗外一声啼鸟。

吴　潜　　如梦令·楼外残阳将暮

楼外残阳将暮，江上孤帆何处。搔首立东风，又是少年情绪。凝伫、凝伫，一抹淡烟轻雾。

吴　潜　　如梦令·枝上蝶纷蜂闹

枝上蝶纷蜂闹，几树杏花残了。幽鸟亦多情，片片衔归芳草。休扫、休扫，管甚落英还好。

吴　潜　　如梦令·镇日春阴漠漠

镇日春阴漠漠，新燕乍穿帘幕。睡起不胜情，闲拾瑞香花萼。寂寞、寂寞，没个人人如昨。

吴　潜　　如梦令·庭院深深春寂

庭院深深春寂，还是他乡寒食。闲利与闲名，谩把光阴虚掷。虚掷、虚掷，知道几时归得。

吴　潜　　如梦令·闲向园林点检

闲向园林点检，又见小桃开遍。切莫便飘零，且为春光留恋。留恋、留恋，待我持杯深劝。

吴　潜　　如梦令·一饷园林绿就

一饷园林绿就，柳外莺声初透。轻暖与轻寒，又是牡丹花候。花候、花候，岁岁年年人瘦。

吴　潜　　如梦令·雨过远山如洗

雨过远山如洗，云散落霞如绮。嫩绿与残红，又是一般春意。春意、春意，只怕杜鹃催里。

赵崇嶓　　如梦令·日日酒围花阵

日日酒围花阵，画阁红楼相近。残月醉归来，长是雨羞云困。低问、低问，独自绣帏睡稳。

赵崇嶓　　　如梦令·窗外燕娇莺妒

窗外燕娇莺妒，窗下梦魂无据。梦好却频惊，不到彩云深处。无绪、无绪，红重一帘花雨。

方　岳　　　如梦令·春思

知是谁家燕子，直恁惺松言语。深入绣帘来，无奈落花飞絮。春去、春去，且道干卿何事。

方　岳　　　如梦令·海棠

雨洗海棠如雪，又是清明时节。燕子几时来，只了为花愁绝。愁绝、愁绝，枉与春风分说。

吴文英　　　如梦令·春在绿窗杨柳

春在绿窗杨柳，人与流莺俱瘦。眉底暮寒生，帘额时翻波皱。风骤、风骤，花径啼红满袖。

吴文英　　　如梦令·秋千争闹粉墙

秋千争闹粉墙，闲看燕紫莺黄。啼到绿阴处，唤回浪子闲忙。春光、春光，正是拾翠寻芳。

陈　著　　　如梦令·西湖道中

家在明山南住，身在明山西路。回首碧云端，自笑不如飞鹭。飞去、飞去，飞入明山深入。

陈　著　　　如梦令·舟泊咸池

晚泊江湾平处，楚楚蘋花自舞。风翦雨丝轻，江上潮生船去。看取、看取，湿橹不惊鸥鹭。

赵汝茪　　　如梦令·小砑红绫笺纸

小砑红绫笺纸，一字一行春泪。封了更亲题，题了又还拆起。归未、归未，好个瘦人天气。

杨韶父　　　如梦令·凉月薄阴犹殢

凉月薄阴犹殢，红豆一枝秋思。门外几重山，山外行人千里。归未、归未，又是菊花天气。

王师锡　　如梦令·竹上一楼岚翠

竹上一楼岚翠，竹下一渠春水。中有隐人居，破屋数间而已。无事、无事，静夜月明千里。

刘辰翁　　如梦令·题四美人画之一

比似寻芳娇困，不是弓弯拍衮。无物倚春慵，三寸袜痕新紧。羞褪、羞褪，忽忽心情未稳。（褪履）

刘辰翁　　如梦令·题四美人画之二

寂历柳风斜倚，错莫梦云难记。花影为谁重，一握鲛人丝泪。何事、何事，历历脸潮羞起。（托腮）

刘辰翁　　如梦令·题四美人画之三

睡眼青阴欲午，当户小风轻暑。倦近碧阑干，斜影却扶人去。无绪、无绪，落落一襟轻举。（欠伸）

刘辰翁　　如梦令·题四美人画之四

落叶西风满地，独宿琼楼丹桂。孤影抱蟾寒，寄与月明千里。休寄、休寄，粟粟蕊珠心碎。（折桂）

彭元逊　　如梦令·今夜故人独宿

今夜故人独宿，小雨梨花当屋。犹有未残枝，轻脆不堪人触。休触、休触，憔悴怕惊郎目。

王沂孙　　如梦令·妾似春蚕抽缕

妾似春蚕抽缕，君似筝弦移柱。无语结同心，满地落花飞絮。归去、归去，遥指乱云遮处。

姚云文　　如梦令·昨夜佳人凭酒

昨夜佳人凭酒，隔著罗衾厮守。听彻五更钟，陡觉霜飞寒逗。却又、却又，陪笑倩人温手。

仇　远　　如梦令·特特问花消息

特特问花消息，结果剩红残白。芍药可人怜，相约荼蘼留客。消得、消得，犹有一分春色。

仇　远　　　**如梦令·听尽西窗风雨**

听尽西窗风雨，又听东邻砧杵。犹自立危阑，阑外青山无语。何处、何处，一树乱鸦啼暮。

蒋　捷　　　**如梦令·夜月溪篁鸾影**

夜月溪篁鸾影，晓露岩花鹤顶。半世踏红尘，到底输他村景。村景、村景，樵斧耕蓑渔艇。

张　炎　　　**如梦令·隐隐烟痕轻注**

处梅列芍药于几上酌余，不觉醉酒，陶然有感

隐隐烟痕轻注，拂拂脂香微度。十二小红楼，人与玉箫何处。归去、归去，醉插一枝风露。

张　炎　　　**如梦令·题渔乐图**

不是潇湘风雨，不是洞庭烟树。醉倒古乾坤，人在孤篷来处。休去、休去，见说桃源无路。

张　炎　　　**如梦令·渊明行径**

苔径独行清昼，瑟瑟松风如旧。出岫本无心，迟种门前杨柳。回首、回首，篱下白衣来否。

刘景翔　　　**如梦令·独立荷汀烟渚**

独立荷汀烟渚，一霎锦云香雨。似为我无情，惊起鸳鸯飞去。飞去、飞去，却在绿杨深处。

刘南翁　　　**如梦令·春晚**

没计断春归路，借问春归何处。莺燕也含愁，总对落花无语。春去、春去，门掩一庭疏雨。

无名氏　　　**如梦令·今夜荼蘼风起**

今夜荼蘼风起，应是玉消琼碎。淡荡满城春，恼破愁人春睡。须醉、须醉，莫待梅黄雨细。

无名氏　　　**如梦令·留客**

试问春归何处，红入小桃花树。同访古章台，把盏重听金

缕。休去、休去，应被好山留住。

无名氏　　　如梦令·莺嘴啄花红溜

莺嘴啄花红溜，燕尾点波绿皱。指冷玉笙寒，吹彻小梅春透。依旧、依旧，人与绿杨俱瘦。

无名氏　　　　如梦令·佳人

韵似江梅标致，美似江梅多丽。清似腊梅香，白似雪梅香腻。非是、非是，我道梅花似你。

如意令

此调是宋无名氏把单调《如梦令》复加一叠而构成双调，命名为《如意令》。属仄韵，共六十六字，两阕格式相同。上下阕各六句、三十三字，第三句不用韵，第五句是二字构成的叠句。《如梦令》本名《忆仙姿》，又名《比梅》、《宴桃源》。参阅上述诸调。

无名氏　　如意令·寿新恩人　六月廿二

炎暑尚余八日，火老金柔时节。闻道间生贤，储秀降神嵩极。无敌、无敌，当代人伦准的。　　射策当为第一，高跃龙门三级。荣著绿袍新，帝渥必加宠锡。良弼、良弼，真个国家柱石。

无名氏　　如意令·寿王学老　八月廿一

久羡庞眉鹤发，闻望孔堂烜赫。信得彭乔仙，秘授长生真诀。奇特、奇特，吕望师周时节。　　才过中秋六日，对此称觞欣怿。双凤戏莱衣，金缕轻调莺舌。难得、难得，九九算犹千百。

好女儿

“好女儿”即美女子之意，原为咏唱美女之词，故名。属双调、平韵，共四十五字。上阕四句、二十一字，于第

一、二、四句用韵；下阕五句、二十四字，于第一、二、五句用韵。此调另有六十二字一体，为黄庭坚所作。又名《相思儿令》、《绣带儿》、《绣带子》、《好女儿令》。贺铸词又据词意，命名为《国门东》、《九回肠》、《月先圆》、《绮筵张》、《画眉郎》。参阅《绣带儿》条。

晏几道　　好女儿·绿遍西池

绿遍西池，梅子青时。尽无端、尽日东风恶。更霏微细雨，恼人离恨，满路春泥。　应是行云归路，有闲泪、洒相思。想旗亭、望断黄昏月。又依前误了，红笺香信，翠袖欢期。

晏几道　　好女儿·酌酒殷勤

酌酒殷勤，尽更留春。忍无情、便赋余花落。待花前细把、一春心事，问个人人。　莫似花开还谢，愿芳意、且长新，倚娇红、待得欢期定。向水沉烟底，金莲影下，睡过佳辰。

黄庭坚　　好女儿·春去几时还

春去几时还，问桃李无言。燕子归栖风劲，梨雪乱西园。

唯有月婵娟，似人人、难近如天。愿教清影常相见，更乞取团圆。

黄庭坚　　好女儿·粉泪一行行

粉泪一行行，啼破晓来妆。懒击酥胸罗带，羞见绣鸳鸯。

拟待不思量，怎奈向、目下恓惶。假饶来后，教人见了，却去何妨。

仇　远　　好女儿·恨结眉峰

恨结眉峰，两抹青浓，不忺人、昨夜曾中酒。甚小蛮绿困，太真红醉，肯嫁东风。　无奈游丝堕蕊，尽日□逐飞蓬，把西园、斗草芳期阻。怕明朝微雨，庭莎翠滑，湿透莲弓。

好女儿令

即《好女儿》。“令”可有可无，加在原名之后，只标明其调为令词。属双调、平韵，有四十五字和六十二字等诸体。又名《绣带儿》、《绣带子》。参阅《好女儿》条。

欧阳修　　　好女儿令·眼细眉长

眼细眉长，宫样梳妆。靸鞋儿走向花下立著，一身绣出，两同心字，浅浅金黄。　　早是肌肤轻渺，抱著了、暖仍香。姿姿媚媚端正好，怎教人别后，从头仔细，断得思量。

好事近

又名《倚秋千》、《秦刷子》。此调首见于王益、宋祁、张先等人的词。《历代诗余》卷十二录王益《好事近》一词，其词题作“催妆”，或为此调之本意。“好事”即美事，“近”又称“近拍”。“近”之名始于宋人，近词多数比慢词短。此调又因张辑词中有“百年心事，恰钓船横笛”之句，又名《钓船笛》；因韩淲词中有“吟到翠圆枝上”之句，故又名《翠圆枝》。属双调、仄韵，共四十五字。上阕二十二字，下阕二十三字，上、下阕均四句，亦皆于二、四句用韵。

张　先　　　好事近·和毅夫内翰梅花

月色透横枝，短叶小花无力。北客一声长笛，怨江南先得。　　谁教强半腊前开，多情为春忆。留取大家沉醉，正雨休风息。

张　先　　　好事近·灯烛上山堂

灯烛上山堂，香雾暖生寒夕。前夜雪清梅瘦，已不禁轻摘。　　双歌声断宝杯空，妆光艳瑶席。相趁笑声归去，有随人月色。

宋　祁　　　好事近·睡起玉屏风

睡起玉屏风，吹去乱红犹落。天气骤生轻暖，衬沉香帷箔。　　珠帘约住海棠风，愁拖两眉角。昨夜一庭明月，冷秋千红索。

蔡　襄　　　好事近·瑞雪满京都

瑞雪满京都，宫殿尽成银阙。常对素光遥望，是江梅时节。　　如今江上见寒梅，幽香自清绝。重看落英残艳，想飘零如雪。

郑　獬　　　　好事近·初春

江上探春回，正值早梅时节。两行小槽双凤，按凉州初彻。　　谢娘扶下绣鞍来，红靴踏残雪。归去不须银烛，有山头明月。

郑　獬　　　　好事近·把酒对江梅

把酒对江梅，花小未禁风力。何计不教零落，为青春留得。　　故人莫问在天涯，尊前苦相忆。好把素香收取，寄江南消息。

魏夫人　　　　好事近·雨后晓寒轻

雨后晓寒轻，花外早莺啼歇。愁听隔溪残漏，正一声凄咽。　　不堪西望去程赊，离肠万回结。不似海棠阴下，按凉州时节。

苏　轼　　　　好事近·送君猷

红粉莫悲啼，俯仰半年离别。看取雪堂坡下，老农夫凄切。　　明年春水漾桃花，柳岸隘舟楫。从此满城歌吹，看黄州阗咽。

苏　轼　　　　好事近·湖上

湖上雨晴时，秋水半篙初没。朱槛俯窥寒鉴，照衰颜华发。　　醉中吹堕白纶巾，溪风漾流月。独棹小舟归去，任烟波飘兀。

苏　轼　　　　好事近·烟外倚危楼

烟外倚危楼，初见远灯明灭。却跨玉虹归去，看洞天星月。　　当时张范风流在，况一尊浮雪。莫问世间何事，与剑头微吷。

李之仪　　　　好事近·相见两无言

与黄鲁直于当涂花园石洞听杨姝弹履霜操，鲁直有词，因次韵。鲁直词云：一弄醒心弦，情在两山斜叠。弹到古人愁处，有真珠承睫。　　使君来去本无心，休泪界红颊。自恨老

来憎酒，负十分蕉叶

相见两无言，愁恨又还千叠。别有恼人深处，在懵腾双睫。　　七弦虽妙不须弹，惟愿醉香颊。只恐近来情绪，似风前秋叶。

李之仪　　好事近·春到雨初晴

春到雨初晴，正是小楼时节。柳眼向人微笑，傍阑干堪折。　　暮山浓淡锁烟霏，梅杏半明灭。玉斝莫辞沉醉，待归时斜月。

李之仪　　好事近·再和

上尽玉梯云，还见一番佳节。惆怅旧时行处，把青青轻折。　　倚阑人醉欲黄昏，飞鸟望中灭。天面碧琉璃上，印弯弯新月。

舒　亶　　好事近·箫鼓却微寒

箫鼓却微寒，犹是芳菲时节。分付塞鸿归后，剩一钩寒月。　　双垂锦幄谢残枝，余香恋衣结。又被鸟声呼醒，似征鞍催发。

黄庭坚　　好事近·汤词

歌罢酒阑时，潇洒座中风色。主礼到君须尽，奈宾朋南北。　　暂时分散总寻常，难堪久离拆。不似建溪春草，解留连佳客。

黄庭坚　　好事近·太平州小妓杨姝弹琴送酒

一弄醒心弦，情在两山斜叠。弹到古人愁处，有真珠承睫。　　使君来去本无心，休泪界红颊。自恨老来憎酒，负十分金叶。

黄庭坚　　好事近·不见片时霎

不见片时霎，魂梦镇相随著。因甚近新无据，误窃香深约。　　思量模样忔憎儿，恶又怎生恶。终待共伊相见，与佯佯奚落。

黄庭坚　　　　好事近·橄榄

潇洒荐冰盘，满坐暗惊香集。久后一般风味，问几人知得。　画堂饮散已归来，清润转更惜。留取酒醒时候，助茗瓯春色。

曾　肇　　好事近·亳州秩满归江南别诸僚旧

岁晚凤山阴，看尽楚天冰雪。不待牡丹时候，又使人轻别。　如今归去老江南，扁舟载风月。不似画梁双燕，有重来时节。

秦　观　　　　好事近·梦中作

春路雨添花，花动一山春色。行到小溪深处，有黄鹂千百。　飞云当面化龙蛇，夭矫转空碧。醉卧古藤阴下，了不知南北。

赵令畤　　　好事近·急雨涨溪浑

急雨涨溪浑，小树带山秋色。轻棹暮天归路，袅芙蓉烟白。　酒醒香冷梦回时，虫声正凄绝。只觉小窗风月，与昨宵都别。

晁补之　　好事近·中秋不见月，重阳不见菊

风雨过中秋，愁对画帘银烛。那更气迟节晚，负重阳金菊。　月期花信尚参差，功名更难卜。何事四时俱好，□一杯一曲。

晁补之　　　好事近·南都寄历下人

丝管闹南湖，湖上醉游时晚。独看小桥官柳，泪无言偷满。　坐中谁唱解愁辞，红妆劝金盏。物是奈人非是，负东风心眼。

晁补之　　　好事近·归路苦无多

归路苦无多，正值早秋时节。应是画帘灵鹊，把归期先说。　就中风送马蹄轻，人意渐欢悦。此夜醉眠无梦，任西楼斜月。

谢　逸　　　好事近·疏雨洗烟波

疏雨洗烟波，雨过满江秋色。风起白鸥零乱，破岚光深碧。　　荻花枫叶只供愁，清吟写岑寂。吟罢倚阑无语，听一声羌笛。

赵士暕　　　好事近·蜡梅

雪里晓寒浓，已见蜡梅初折。应是月娥仙挂，与娇魂香魄。　　玉人挨鬓一枝斜，不忍更多摘。酒面暗沉疏影，照鹅儿颜色。

赵士暕　　　好事近·潇洒点疏丛

潇洒点疏丛，浑似蜜房雕刻。不爱艳妆浓粉，借娇黄一拂。　　有情常恁早相逢，须信做尤物。已是恼人风韵，更芝兰香骨。

赵士暕　　　好事近·造化有深功

造化有深功，缀就梢头黄蜡。剪刻翻成新样，与江梅殊别。　　半开微露紫檀心，潇洒对风月。素手偏宜折取，向乌云斜插。

赵士暕　　　好事近·剪蜡缀寒条

剪蜡缀寒条，标韵自然奇绝。不待陇头春信，喜一枝先折。　　寿阳妆鉴晓初开，残枊若飞雪。何似嫩黄新蕊，映眉心娇月。

曹　组　　　好事近·茅舍竹篱边

茅舍竹篱边，雀噪晚枝时节。一阵暗香飘处，已难禁愁绝。　　江南得地故先开，不待有飞雪。肠断几回山路，恨无人攀折。

王庭珪　　　好事近·茶

宴罢莫匆匆，聊驻玉鞍金勒。闻道建溪新焙，尽龙蟠苍璧。　　黄金碾入碧花瓯，瓯翻素涛色。今夜酒醒归去，觉风生两腋。

陈　克　　　**好事近·寻遍石亭春**

寻遍石亭春，黯黯暮山明灭。竹外小溪深处，倚一枝寒月。　　淡云疏雨苦无情，得折便须折。醉帽风鬟归去，有余香愁绝。

朱敦儒　　　**好事近·春雨细如尘**

春雨细如尘，楼外柳丝黄湿。风约绣帘斜去，透窗纱寒碧。　　美人慵剪上元灯，弹泪倚瑶瑟。却上紫姑香火，问辽东消息。

朱敦儒　　　**好事近·春雨挠元宵**

春雨挠元宵，花绽柳眠无力。风峭画堂帘幕，卷金泥红湿。　　王孙开宴聚娇饶，越山洗愁碧。休说凤凰城里，少年时踪迹。

朱敦儒　　**好事近·子权携酒与弟侄相访作**

惊见老仙来，触目琳琅奇绝。打酒道人林下，奏醉翁三叠。　　接罳倾倒海云飞，物色又催别。回棹晚江春雨，胜剡溪风雪。

朱敦儒　　**好事近·清明百七日洛川小饮和驹父**

春去尚堪寻，莫恨老来难却。且趁禁烟百七，醉残英余萼。　　坐间玉润赋妍辞，情语见真乐。引满瘿杯竹盏，胜黄金凿落。

朱敦儒　　　　**好事近·渔父词**

摇首出红尘，醒醉更无时节。活计绿蓑青笠，惯披霜冲雪。　　晚来风定钓丝闲，上下是新月。千里水天一色，看孤鸿明灭。

朱敦儒　　　**好事近·眼里数闲人**

眼里数闲人，只有钓翁潇洒。已佩水仙宫印，恶风波不怕。　　此心那许世人知，名姓是虚假。一棹五湖三岛，任船儿尖耍。

朱敦儒　　好事近·渔父长身来

渔父长身来，只共钓竿相识。随意转船回棹，似飞空无迹。　芦花开落任浮生，长醉是良策。昨夜一江风雨，都不曾听得。

朱敦儒　　好事近·拨转钓鱼船

拨转钓鱼船，江海尽为吾宅。恰向洞庭沽酒，却钱塘横笛。　醉颜禁冷更添红，潮落下前碛。经过子陵滩畔，得梅花消息。

朱敦儒　　好事近·短棹钓船轻

短棹钓船轻，江上晚烟笼碧。塞雁海鸥分路，占江天秋色。　锦鳞拨刺满篮鱼，取酒价相敌。风顺片帆归去，有何人留得。

朱敦儒　　好事近·猛向这边来

猛向这边来，得个信音端的。天与一轮钓线，领烟波千亿。　红尘今古转船头，鸥鹭已陈迹。不受世间拘束，任东西南北。

朱敦儒　　好事近·绿泛一瓯云

绿泛一瓯云，留住欲飞蝴蝶。相对夜深花下，洗萧萧风月。　从容言笑醉还醒，争忍便轻别。只愿主人留客，更重斟金叶。

朱敦儒　　好事近·失却故山云

失却故山云，索手指空为客。莼菜鲈鱼留我，住鸳鸯湖侧。　偶然添酒旧壶卢，小醉度朝夕。吹笛月波楼下，有何人相识。

朱敦儒　　好事近·深住小溪春

深住小溪春，好在柳枝桃叶。风澹水轩人静，数双飞蝴蝶。　日长时有一莺啼，兰佩为谁结。销散旧愁新恨，泛琴心三叠。

朱敦儒　　好事近·我不是神仙

我不是神仙，不会炼丹烧药。只是爱闲耽酒，畏浮名拘缚。　种成桃李一园花，真处怕人觉。受用现前活计，且行歌行乐。

周紫芝　　好事近·青阳道中见梅花

是日微风，花已有落者

江路绕青山，山翠扑衣轻湿。谁酿晚来云意，做一天愁色。　竹溪斜度尽篮舆，疏梅暗香入。何处最关心事，恨落梅风急。

周紫芝　　好事近·谢人分似蜡梅一枝

香蜡染宫黄，不属世间风月。分我照寒金蕊，伴小窗愁绝。　高标独步本无双，一枝为谁折。压尽半春桃李，任满山如雪。

周紫芝　　好事近·帘外一声歌

帘外一声歌，倾尽满城风月。看到酒阑羞处，想多情难说。　周郎元是个中人，如今鬓如雪。自恨老来肠肚，诮不堪摧折。

周紫芝　　好事近·雨后欲斜阳

雨后欲斜阳，红满井梧风叶。还是夜来时候，共小轩明月。　不关纤手与调冰，消除这些热。自是月娥肌骨，似玉壶香雪。

周紫芝　　好事近·海棠

春似酒杯浓，醉得海棠无力。谁染玉肌丰脸，做燕支颜色。　送春风雨最无情，吹残也堪惜。何似且留花住，唤小鬟催拍。

周紫芝　　好事近·秋意总关愁

秋意总关愁，那更与君轻别。从此共谁同醉，恨老来风月。　遥知手板笑看云，江边醉时节。应为老人回首，记白头如雪。

蒋元龙　　　好事近·叶暗乳鸦啼

叶暗乳鸦啼，风定老红犹落。蝴蝶不随春去，入薰风池阁。　休歌金缕劝金卮，酒病煞如昨。帘卷日长人静，任杨花飘泊。

廖世美　　　　好事近·夕景

落日水熔金，天淡暮烟凝碧。楼上谁家红袖，靠阑干无力。　鸳鸯相对浴红衣，短棹弄长笛。惊起一双飞去，听波声拍拍。

张　纲　　　　好事近·梅柳

梅柳约东风，迎腊暗传消息。粉面翠眉偷笑，似欣逢佳客。　晚来歌管破余寒，沉烟袅轻碧。老去不禁卮酒，奈尊前春色。

李清照　　　好事近·风定落花深

风定落花深，帘外拥红堆雪。长记海棠开后，正是伤春时节。　酒阑歌罢玉尊空，青缸暗明灭。魂梦不堪幽怨，更一声啼鴂。

毕良史　　　好事近·席上赋

高会罢飞觞，方锦再移珍席。雷鼎乍烹甘液，试问侯苍璧。　翠虬宝钏捧殷勤，明灭粲金碧。宾主放怀谈笑，满华堂春色。

赵　鼎　好事近·倅车还阙，分得茶词

兰烛画堂深，歌吹已终瑶席。碾破密云金缕，送蓬莱归客。　看看宣诏未央宫，草诏侍宸极。拜赐一杯甘露，泛天边春色。

赵　鼎　　　　好事近·杭州作

杨柳曲江头，曾记彩舟良夕。一枕楚台残梦，似行云无迹。　青山迢递水悠悠，何处问消息。还是一年春暮，倚东风独立。

赵　鼎　　好事近·雪中携酒过元长

春色遍天涯，寒谷未知消息。且共一尊芳酒，看东风飞雪。　　太平遗老洞霄翁，相对两华发。一任醉魂飞去，访琼瑶宫阙。

赵　鼎　　好事近·羁旅转飞蓬

羁旅转飞蓬，投老未知休息。却念故园春事，舞残红飞雪。　　危楼高处望天涯，云海寄穷发。只有旧时凉月，照清伊双阙。

赵　鼎　　好事近·一炷鼻端香

一炷鼻端香，方寸浪平风息。汲取玉池春水，点红炉微雪。　　年来都以酒相妨，进退只毫发。却道醉乡深处，是三山神阙。

赵　鼎　　好事近·烟雾锁青冥

烟雾锁青冥，直上九关一息。姑射有人相挽，莹肌肤冰雪。　　骑鲸却下大荒来，天风乱吹发。慨念故人非是，漫尘埃城阙。

向子諲　　好事近·绍兴辛未病起见梅

多病卧江干，过尽春花秋叶。又见横斜疏影，弄阶前明月。　　呼儿取酒据胡床，尚喜知时节。宜与老夫情厚，有鬓边残雪。

向子諲　　好事近·用前韵答邓端友使君

风劲入平林，扫尽一林黄叶。惟有长松千丈，挂娟娟霜月。　　使君和气动江城，疑是芳菲节。忽到小园游戏，见南枝如雪。

向子諲　　好事近·中秋前一日为寿

小雨度微云，快染一天新碧。恰到中秋佳处，是芳年华日。　　冰轮莫做九分看，天意在今夕。先占广寒风露，怕姮娥偏得。

向子諲　　好事近·怀安郡王席上

初上舞茵时，争看袜罗弓窄。恰似晚霞零乱，衬一钩新月。　折旋多态小腰身，分明是回雪。生怕因风飞去，放真珠帘隔。

蔡　伸　　好事近·花露滴香红

花露滴香红，花底漏声初歇。人似一枝梅瘦，照冰壶清彻。　翠蛾云鬓为谁容，虫丝宝奁结。可惜一春憔悴，负满怀风月。

蔡　伸　　好事近·十幅健帆风

十幅健帆风，天意巧催行客。极目五湖云浪，泛满空秋色。　玉人应怪误佳期，凝恨正脉脉。锦鳞为传尺素，报兰舟消息。

王　灼　　好事近·小砑碧霞笺

小砑碧霞笺，不见近来消息。玉骨瘦无一把，又不成空忆。　炉熏歇尽烛花残，佳梦了难得。二十五声秋点，最知人端的。

李弥逊　　好事近·次韵李伯纪桃花

春苑杂花芳，诗老胜夸梅格。谁道武陵深处，便不如姑射。　莫分红浅与红深，点点是春色。生怕一番风雨，半飘零江国。

王以宁　　好事近·诗客少微家

诗客少微家，世有斗南人杰。一段素襟清韵，似玉壶冰雪。　怀中卿相饱经纶，况是好时节。我有太平歌颂，待形容贤业。

王以宁　　好事近·白石读书房

白石读书房，世有斗南人杰。一段素襟清韵，似玉壶冰雪。　仙家赤酒荐交梨，道眼况超越。来往十洲三岛，跨一轮新月。

王　昂　　　　好事近·催妆词

喜气拥朱门，光动绮罗香陌。行到紫薇花下，悟身非凡客。　　不须脂粉涴天真，嫌怕太红白。留取黛眉浅处，画章台春色。

张元幹　　　　好事近·老去更思归

老去更思归，芳草正薰南陌。上巳又逢寒食，叹三年为客。　　吹花小雨湿秋千，闲却好春色。天甚不怜人老，早教人归得。

张元幹　　　　好事近·梅润乍晴天

梅润乍晴天，帘卷画堂风月。珠翠共迷香雾，是长年时节。　　瑶池清夜宴群仙，鸾笙未吹彻。西母醉中微笑，看蟠桃初结。

张元幹　　　　好事近·春色到花房

春色到花房，芳信一枝偏好。勾引万红千翠，为化工呈巧。　　花姑玉貌笑东风，今朝放春早。看取鬓边幡胜，永宜春难老。

张元幹　　　　好事近·斗帐炷炉熏

斗帐炷炉熏，花露裛成芗泽。萦透雪儿金缕，醉玉壶春色。　　非烟非雾锁窗中，王孙倦留客。不道粉墙南畔，也有人闻得。

张元幹　　　　好事近·华烛炯离觞

华烛炯离觞，山吐四更寒月。公子唾花枝玉，尽一时豪杰。　　三冬兰若读书灯，想见太清绝。纸帐地炉香暖，傲一窗风月。

吕渭老　　　　好事近·别酒带愁酸

别酒带愁酸，千里失群黄鹄。行到小桥梯下，便飞云南北。　　不妨垂手小徘徊，日影转阑曲。从此贺囊佳制，有新奇题目。

吕渭老　好事近·飞雪过江来

飞雪过江来，船在赤栏桥侧。惹报布帆无恙，著两行亲札。　从今日日在南楼，鬓自此时白。一咏一觞谁共，负平生书册。

吕渭老　好事近·年少万函书

年少万函书，朱紫只应低拾。更赖主人明眼，作青云梯级。　归来应是印累累，笳鼓闹乡邑。若访老人生计，贩谢郎蓑笠。

吕渭老　好事近·云影护梅枝

云影护梅枝，短短未禁飞雪。彩幅自题新句，作催妆佳阕。　西楼昨夜五更寒，恐一枝先发。元是素娥无寐，驾半轮明月。

吕渭老　好事近·小饮破清寒

小饮破清寒，坐久困花颓玉。两行艳衣明粉，听阿谁拘束。　丽华百媚坐来生，仙韵动群目。一曲凤箫同去，倦人间丝竹。

吕渭老　好事近·心事已成空

心事已成空，春尽百花零落。谁见黄鹂百啭，索东君评泊。　晓来枝上语绵蛮，应悔向来错。看则绿阴青子，却恓惶无托。

吕渭老　好事近·世事莫牵萦

世事莫牵萦，乐取这闲时节。且恁醉来醒去，免光阴虚设。　有则有个泼心儿，不敢被利名啜。却待两手分付，与风花雪月。

吕渭老　好事近·长记十年前

长记十年前，彼此玉颜云发。尊酒几番相对，乐春花秋月。　而今各自困飘零，憔悴几年别。说著大家烦恼，且大家休说。

王之道　好事近·何希渊生日

春色到梅梢，人在东风清嚏。曾见少微初降，蔼龙泉佳气。　功名富贵属多才，如子已无几。造物恰同予意，放骅骝千里。

王之道　好事近·程继诚生日

霞影入瑶觞，酒与余霞同色。人共昌朝方永，过觥筹三百。　一枝红皱石榴裙，帘卷篆烟碧。约我他年湖上，看九华终日。

王之道　好事近·彦逢弟生日

秋色到东篱，金散菊团香馥。预借浮觞高会，为作长年祝。　蟹螯如臂酒如渑，橙橘半黄绿。唱我新词一釂，听尊前丝竹。

王之道　好事近·王昭美生日

花影到酴醾，风过玉卮摇碧。坐上酒豪诗敌，尽骑鲸仙客。　主人名姓在金瓯，归去定前席。要见碧桃千岁，看壶中春日。

王之道　好事近·董令升生日

春色到酴醾，人在酴醾花底。花扑尊罍香透，远胜烧沉水。　一杯聊复对东风，为祝千千岁。作楫和羹事了，归去骑箕尾。

杨无咎　好事近·黄琼

花里爱姚黄，琼苑旧曾相识。不道风流种在，又一枝倾国。　拟图遮断倚阑人，休教妄攀摘。其奈老来情减，负十分春色。

曹　勋　好事近·花动两山春

花动两山春，绿绕翠围时节。雨涨晓来湖面，际天光清彻。　移尊兰棹压深波，歌吹与尘绝。应向断云浓淡，见湖山真色。

曹　勋　　好事近·密密偃蜂房

密密偃蜂房，香远未应时霎。薇露紫烟浥尽，任风欺雪压。　老人曾饮百川空，相对肯微呷。揽取占先风度，醉高烧红蜡。

曹　勋　　好事近·潮尽海波平

潮尽海波平，赏尽绿烟凉月。罗袂乍迎风快，悄喜欢不彻。　一年好处记如今，朝暮更无热。庭院晚来些雨，是开尊时节。

史　浩　　好事近·梅花

欹枕不成眠，得句十分清绝。一夜酸风阁花，酝江天飞雪。　晓来的皪看枝头，老蚌剖明月。帝所待调金鼎，莫教人轻折。

史　浩　　好事近·次韵弥大梅花

对竹擘吟笺，正是赏梅时节。便把这些清致，作东湖三绝。　帝家金鼎待调羹，何似且休折。却爱玉楼清弄，褪霏霏香雪。

仲　并　　好事近·宴客七首之一

时留平江，俾侍儿歌以侑觞

二陆起云间，千载风流人物。未似一门三凤，向层霄联翼。　贞元朝士苦无多，公今未华发。重向紫宸朝路，立鹓鸾前列。

仲　并　　好事近·宴客七首之二

今古满胸中，韬略一时人杰。高卧溪山好处，迟十年斋钺。　朱轓休傍武陵溪，梅花记曾别。早晚殿前归侍，总周庐千列。

仲　并　　好事近·宴客七首之三

淮上五分符，名在图书东壁。坐对书成多暇，写青箱千帙。　一杯先为祝东风，丹诏来朝夕。何处称公挥翰，定北扉西掖。

仲　并　　好事近·宴客七首之四

阀阅盛中州，冠冕共推华族。耐久松筠交契，更襟怀金玉。　诸儒皆自愧卢前，小试暂符竹。行看世官入践，继西枢前躅。

仲　并　　好事近·宴客七首之五

分手又三秋，犹记花时歌别。每念征帆归晚，误五湖风月。　清江休望使君来，指日趋天阙。婿玉翁冰相映，看紫薇花发。

仲　并　　好事近·宴客七首之六

襟韵绝纤尘，炯炯夜光明月。合是紫荷持橐，侍丹墀清切。　暗香疏影想公家，人与梅超绝。酒罢帝城早去，占百花先发。

仲　并　　好事近·宴客七首之七

今雨几人来，冰霰更凝寒色。门外车多长者，顿光生蓬荜。　缤纷飞雪更初梅，特特为留客。惟恨坐无华馔，只平时真率。

高　登　　好事近·黄义卿画带霜竹

潇洒带霜枝，独向岁寒时节。触目千林憔悴，更幽姿清绝。　多才应赋得天真，落笔惊风叶。从此绿窗深处，有一梢秋月。

高　登　　好事近·再和饯别

送客过江村，况值重阳佳节。向晚西风萧瑟，正离人愁绝。　尊前相顾惜参商，引十分蕉叶。回首高阳人散，负西楼风月。

高　登　　好事近·又和纪别

饮兴正阑珊，正是挥毫时节。霜干银钩锦句，看壁间三绝。　西风特地飒秋声，楼外触残叶。匹马翩然归去，向征鞍敲月。

高　登　　　好事近·富贵本无心

富贵本无心，何事故乡轻别。空惹猿惊鹤怨，误松萝风月。　　囊锥刚强出头来，不道甚时节。欲命巾车归去，恐豺狼当辙。

曾　觌　　　好事近·仰赓圣制

摇飏杏花风，迟日淡阴双阙。丝管缓随檀板，看舞腰回雪。　　龙舟闲舣画桥边，须趁好花折。频劝御杯宜满，正清歌初阕。

曾　觌　　　好事近·严陵柳守席上

一梦别长安，山路雨斜风细。行到子陵滩畔，谢主人深意。　　多情低唱下梁尘，拚十分沉醉。去也为伊消瘦，悄不禁思忆。

曾　觌　　　好事近·霁雪好风光

霁雪好风光，恰是相逢时节。酒量不禁频劝，便醉倒人侧。　　严城更漏夜厌厌，应有断肠客。莫问落梅三弄，喜一枝曾折。

黄公度　　　好事近·湖上送残春

湖上送残春，已负别时归约。好在故园桃李，为谁开谁落。　　还家应是荔支天，浮蚁要人酌。莫把舞裙歌扇，便等闲抛却。

王之望　　　好事近·和侯监丞

五载复相逢，俱被一官驱役。惊我雪髯霜鬓，只声香相识。　　翠帷珍重出笙歌，醉迟迟春日。亲到鹊桥津畔，见天机停织。

王之望　　　好事近·彩舰载娉婷

彩舰载娉婷，宛在玉楼琼宇。人欲御风仙去，觉衣裳飘举。　　玉京咫尺是蓝桥，一见已心许。梦解汉皋珠佩，但茫茫烟浦。

王之望　　好事近·和荣大监

缓带抚雄边，一面灭烽休役。歌舞后堂高宴，喜倾城初识。　　红绫小砑写新词，佳句丽星日。从此锦城机杼，把回文休织。

王之望　　好事近·清唱动梁尘

清唱动梁尘，窈窕夜深庭宇。一笑满斟芳酒，看霞觞争举。　　弓靴三寸坐中倾，惊叹小如许。子建向来能赋，过凌波仙浦。

王之望　　好事近·成都赏山茶，用路漕韵

萧寺两株红，欲共晓霞争色。独占岁寒天气，正群芳休息。　　坐中清唱并阳春，写物妙诗格。霜鬓自羞簪帽，叹如何抛得。

葛立方　　好事近·归有期作

几骑汉旌回，喜动满川花木。遥睇清淮古岸，散离愁千斛。　　烟笼沙嘴定连艘，鹊脚蘸波绿。归话隔年心事，秉夜阑银烛。

葛立方　　好事近·和子直惜春

归日指清明，肯把话言轻食。已是飞花时候，赖东风无力。　　青帘沽酒送春归，莫惜万金掷。屈指明年春事，有红梅消息。

毛　幵　　好事近·次韵叶梦锡陈天予南园作

飞盖满南园，想见八仙遥集。几树海棠开遍，正新晴天色。　　休辞一醉任扶还，衣上酒痕湿。便恐岁华催去，听秋虫相泣。

洪　适　　好事近·席上用景裴咏黄海棠韵

睡足淡梳妆，喜见诗人元白。不学艳红妖紫，坏花仙标格。　　须知玉骨本天然，不是借人力。准拟小春重看，望秋灰无射。

洪　适　　　好事近·春意渐盈盈

春意渐盈盈，窗外小桃堪折。若问得人怜处，是轻鞾时节。　　主人特地出红妆，不要云心月。三径虽然冷淡，有采莲舟楫。

洪　适　好事近·东湖席上次曾守韵，时幕曹同集

风细晚轩凉，妙句初挥新墨。绿水池中宾佐，对嫩荷擎绿。　　坐看微月上云头，清臂映寒玉。只恐朝来酒醒，有文书羁束。

洪　适　　　好事近·小阁过重阳

小阁过重阳，愁对轻篁团色。喜得蛮笺新唱，似夜光明月。　　荚房菊蕊定相怜，酩酊误蕉叶。犹记去年今夜，听歌声清切。

洪　适　　　好事近·为钱处和寿

缥酒颂青春，不减宜城桑落。楼下玉人凝笑，散万英千萼。　　绣衣当日帝王州，横飞看雕鹗。闻道赐环书下，向金门持橐。

洪　适　　　好事近·别傅丈

柳岸碧漪深，底事催人行色。无计曲留情话，只别愁如织。　　小蛮樊素两倾城，几度醉狂客。明日扁舟西去，听歌声不得。

洪　适　　　好事近·烂漫海棠花

烂漫海棠花，多谢东君留得。眉寿堂边风景，与蓬瀛咫尺。　　桃红李白竞争妍，绿野尽春色。只欠樱唇清唱，怕行云南北。

韩元吉　　　好事近·辛幼安席上

华屋翠云深，云外晚山千叠。眼底无穷春事，对杨枝桃叶。　　老来沉醉为花狂，霜鬓未须镊。几许夜阑清梦，任翻成蝴蝶。

韩元吉　　好事近·郑德与家留饮

秋意满芙蓉，红映小园丛竹。风里凤箫声飏，有新妆明玉。　　诗翁相对两悠然，一醉绕黄菊。目尽晚山横处，共修眉争绿。

韩元吉　好事近·汴京赐宴闻教坊乐有感

凝碧旧池头，一听管弦凄切。多少梨园声在，总不堪华发。　　杏花无处避春愁，也傍野烟发。惟有御沟声断，似知人呜咽。

赵彦端　　好事近·乘风亭作

君莫厌江乡，也有茂林修竹。竹外有些亭榭，置酒尊棋局。　　棋神酒圣各成欢，欢长更烧烛。寄语故人鹏鹖，任倾金围玉。

赵彦端　　好事近·送林主簿

君到共黄花，君去早梅将发。君不待梅归去，问与谁同折。　　白头潘令一年秋，有酒恨无客。莫忘道山堂上，话清音风月。

赵彦端　　好事近·卢佥判席上

草草复匆匆，相见也还相忆。记取梦魂诗思，似水光山色。　　清音堂下一扁舟，谁主又谁客。休厌一杯相劝，看梅梢将白。

赵彦端　　好事近·晚集后园

寻得一枝春，惊动小园花月。把酒放歌添烛，看连林争发。　　从今日日有花开，野水酿春碧。旧日爱闲陶令，作江南狂客。

赵彦端　　好事近·白云亭

风露入新亭，看尽楚天秋色。行到暮霞明处，有金华仙刻。　　孤城乔木堕荒凉，白云带溪碧。唤取小舟同醉，话江湖归日。

赵彦端　　好事近·蜡梅

一种岁前春，谁辨额黄腮白。风意只吟群木，与此花修别。　此花佳处似佳人，高情带诗格。君与岁寒相许，有芳心难结。

赵彦端　　好事近·朱户闭东风

朱户闭东风，春在小红纤雪。门外未寒犹暖，怪有花堪折。　梨花菊蕊不相饶，娇黄带轻白。莫厌醉歌相恼，是中原乡客。

赵彦端　　好事近·日日念江东

日日念江东，何有旧人重说。二妙一时相遇，怪尊前头白。　山城无物为君欢，薄酒待寒月。草草数歌休笑，似主人衰拙。

赵彦端　　好事近·一沮寄江干

一沮寄江干，十载山青水碧。山水大无余意，有故情难识。　故情难识有谁知，衣残更头白。别后是人安稳，只楚吴行客。

王千秋　　好事近·寿黄仲符

人物又无双，余事锦机闲织。□就两都新赋，笑一生联缉。　来年秋色起鹏程，一举上晴碧。须洗玉荷为寿，助穿杨飞的。

王千秋　　好事近·和李清宇

六幕冻云凝，谁翦玉花为雪。寒入竹窗茅舍，听琴弦声绝。　从他拂面去寻梅，香吐是时节。归晚楚天不夜，抹墙腰横日。

王千秋　　好事近·明日发骊驹

明日发骊驹，共起为传杯绿。十岁女儿娇小，倚琵琶翻曲。　绝怜啄木欲飞时，弦响颤鸣玉。虽是未知离恨，亦晴峰微蹙。

朱　雍　　　好事近·春事为谁来

春事为谁来，枝上半留残雪。恰近小园香径，对霜林寒月。　　危阑凄断笛声长，吹到偏呜咽。最好短亭归路，有行人先折。

向　滈　　　好事近·清晓渡横江

清晓渡横江，江上月寒霜白。寂寞断桥南畔，有一枝春色。　　玉肌孤瘦恰如伊，此际转相忆。且道这些烦恼，看几时休得。

程大昌　　　好事近·生日词

日绎五千言，未说年龄可续。且得襟期萧散，远氛嚣宠辱。　　鬓须白尽秀眉生，来伴老眸绿。人道雪霜林里，有翠松鲜竹。

程大昌　　　好事近·硕人生日

绿鬓又红颜，谁道年周甲子。两婿□□蓝绶，那一儿何虑。　　只今卜筑水晶宫，归安好名义。金紫珈笄偕老，备长生福贵。

程大昌　　　好事近·白屋到横金

白屋到横金，已是蟠桃结子。更向仕途贪恋，是痴人呆虑。　　水晶宫里饭莼鲈，中菰第一义。留得鬓须迟白，是本来真贵。

程大昌　　　好事近·会娄彦发

桃柳旧根株，春到红蔫绿茁。一似老年垂白，带少容黳发。　　浮家泛宅在他乡，难得会瓜葛。幸对此番乐饮，任宵分明发。

程大昌　　　好事近·生日

盥水结冰花，老眼于今重见。一似琢成水玉，向冻盆游泛。　　天公作事有何难，要花花便现。且把重春留住，变苍黎容面。

程大昌　　好事近·腊月做生朝

腊月做生朝，只有南枝梅玉。此外后生桃李，未舒英吐馥。　后园别自出神奇，现双松双竹。报道前堂琴瑟，俱长生厚福。

程大昌　　好事近·同日即事

岁岁做生朝，只是儿孙捧酒。今岁丝纶茶药，有使人双授。　圣君作事与天通，道有便真有。老去不能宣力，只民编分寿。

程大昌　　好事近·我里比侨居

我里比侨居，不欠山青水绿。只恨风冲雁序，使分飞限澳。　只今一苇视苕溪，见天伦雍睦。此去春浓絮起，应翻成新曲。

程大昌　　好事近·生朝纪梦

自涉希寿来，疑道无多岁月。昨夜风吹好梦，报前途康吉。　石桥坚壮跨黄河，不用资舟楫。管取身心安泰，阅椿龄千百。

曹　冠　　好事近·岩桂

蟾苑桂飘香，雅称姮娥珍惜。吹下一丛仙种，伴秋光岑寂。　金风玉露嫩凉天，造化有消息。醉赏绿云金粟，媚枝头月色。

曹　冠　　好事近·己丑重阳游雷峰

商素肃金飙，吹帽又逢佳节。乘兴登临舒啸，玩云林清绝。　高歌横剑志平戎，酒量与天阔。更待醉归开宴，赏东篱明月。

曹　冠　　好事近·灯花

良月戒微寒，清夜祥烟馥郁。来报天庭喜事，现灯花金粟。　芝书奎画下层霄，宣召想来促。它日玉堂挥翰，赐金莲花烛。

姚述尧　　好事近·赠王清叔

水阁弄清风，黯黯满园肥绿。茶罢竹间携手，有佳人如玉。　　渊明三径已催归，名利几时足。遥想五云多处，奏南风一曲。

姚述尧　　好事近·重午前三日

梅子欲黄时，霖雨晚来初歇。谁在绿窗深处，把彩丝双结。　　浅斟低唱笑相偎，映一团香雪。□指墙头榴火，倩玉郎轻折。

管　鉴　　好事近·张子仪席上

风扫暮云空，依旧四山环碧。珍重主人情意，放梅梢春色。　　靓妆清唱两无尘，莲步绣鞋窄。莫怪十分沉醉，为教人消得。

管　鉴　　好事近·列炬照梅花

列炬照梅花，仰看满空春雪。翠幕沉沉天净，挂一钩新月。　　微风不动暖光融，金杯堕琼屑。仿佛暗香吹梦，醉广寒宫阙。

管　鉴　　好事近·为妻寿

鸳瓦晓霜浓，酒力渐消寒力。好是一堂和气，胜十分春色。　　髯翁笑领彩衣郎，同祝寿千百。看取明年欢宴，更强如今日。

管　鉴　　好事近·楚观落成初

七月十八日，移具宪司，为楚观落成。潘德鄜举前岁私第方毕工有湖北之召

楚观落成初，还是诏书催发。却似爱山堂上，拜新除时节。　　要知君自栋梁材，开藩暂南越。早建明堂一柱，去扶持天阙。

陆　游　　好事近·寄张真甫

羁雁未成归，肠断宝筝零落。那更冻醪无力，似故人情

薄。　　瘴云蛮雨暗孤城，身在楚山角。烦问剑南消息，怕还成疏索。

陆　游　　好事近·风露九霄寒

风露九霄寒，侍宴玉华宫阙。亲向紫皇香案，见金芝千叶。　　碧壶仙露酝初成，香味两奇绝。醉后却骑丹凤，看蓬莱春色。

陆　游　　好事近·次宇文卷臣韵

客路苦思归，愁似茧丝千绪。梦里镜湖烟雨，看山无重数。　　尊前消尽少年狂，慵著送春语。花落燕飞庭户，叹年光如许。

陆　游　　好事近·岁晚喜东归

岁晚喜东归，扫尽市朝陈迹。拣得乱山环处，钓一潭澄碧。　　卖鱼沽酒醉还醒，心事付横笛。家在万重云外，有沙鸥相识。

陆　游　　好事近·华表又千年

华表又千年，谁记驾云孤鹤。回首旧曾游处，但山川城郭。　　纷纷车马满人间，尘土污芒屩。且访葛仙丹井，看岩花开落。

陆　游　　好事近·挥袖别人间

挥袖别人间，飞蹑峭崖苍壁。寻见古仙丹灶，有白云成积。　　心如潭水静无风，一坐数千息。夜半忽惊奇事，看鲸波暾日。

陆　游　　好事近·湓口放船归

湓口放船归，薄暮散花洲宿。两岸白蘋红蓼，映一蓑新绿。　　有沽酒处便为家，菱芡四时足。明日又乘风去，任江南江北。

陆　游　　好事近·登梅仙山绝顶望海

挥袖上西峰，孤绝去天无尺。拄杖下临鲸海，数烟帆历

历。　　贪看云气舞青鸾，归路已将夕。多谢半山松吹，解殷勤留客。

陆　游　　　好事近·小倦带余酲

小倦带余酲，澹澹数棂斜日。驱退睡魔十万，有双龙苍璧。　　少年莫笑老人衰，风味似平昔。扶杖冻云深处，探溪梅消息。

陆　游　　　好事近·觅个有缘人

觅个有缘人，分付玉壶灵药。谁向市尘深处，识辽天孤鹤。　　月中吹笛下巴陵，条华赴前约。今古废兴何限，叹山川如昨。

陆　游　　　好事近·平旦出秦关

平旦出秦关，雪色驾车双鹿。借问此行安往，赏清伊修竹。　　汉家宫殿劫灰中，春草几回绿。君看变迁如许，况纷纷荣辱。

陆　游　　　好事近·秋晓上莲峰

秋晓上莲峰，高蹑倚天青壁。谁与放翁为伴，有天坛轻策。　　铿然忽变赤龙飞，雷雨四山黑。谈笑做成丰岁，笑禅龛榔栗。

陆　游　　　好事近·混迹寄人间

混迹寄人间，夜夜画楼银烛。谁见五云丹灶，养黄芽初熟。　　春风归从紫皇游，东海宴旸谷。进罢碧桃花赋，赐玉尘千斛。

范成大　　　好事近·云幕暗千山

云幕暗千山，肠断玉楼金阙。应是高唐小妇，妒姮娥清绝。　　夜凉不放酒杯寒，醉眼渐生缬。何待桂华相照，有人人如月。

范成大　　　好事近·昨夜报春来

昨夜报春来，的皪岭梅开雪。携手玉人同赏。比看谁奇

绝。　　阑干倚遍忆多情，怕角声呜咽。与折一枝斜戴，衬鬓云梳月。

杨万里　好事近·七月十三日夜登万花川谷望月作

月未到诚斋，先到万花川谷。不是诚斋无月，隔一林修竹。　　如今才是十三夜，月色已如玉。未是秋光奇绝，看十五十六。

朱　熹　好事近·春色欲来时

春色欲来时，先散满天风雪。坐使七闽松竹，变珠幢玉节。　　中原佳气郁葱葱，河山壮宫阙。丞相功成千载，映黄流清澈。

张孝祥　好事近·木樨

一朵木樨花，珍重玉纤新摘。插向远山深处，占十分秋色。　　满园桃李闹春风，漫红红白白。争似淡妆娇面，伴蓬莱仙客。

张孝祥　好事近·冰花

万瓦雪花浮，应是化工融结。仍看牡丹初绽，有层层千叶。　　镂冰剪水更鲜明，说道真奇绝。来报主人佳兆，庆我公还阙。

李处全　好事近·荼蘼

香雪弄春妍，柳外黄昏池阁。要看月华相映，卷东风帘幕。　　更倾壶酒伴芳姿，名字胜桑落。直与岭梅兄弟，是醍醐酥酪。

丘　崈　好事近·留幹家咏方响

空涧落鸣泉，千骑雨霖衣铁。金奏欲终人醉，有玉声清越。　　夜深纤手怯轻寒，余韵寄愁绝。玉树梦回何处，但满庭霜月。

丘　崈　好事近·辛酉二月望日雨中作

整整一冬晴，雨后不论朝夕。麦陇救得一半，莫妨他寒食。　　试看天气定乘除，宽更待三日。桃李且须宁耐，有无

边春色。

吕胜己　　好事近·和人题渭川钓渔图韵

风景好樵川，郭外三洲烟渚。过尽古今清逸，奈天公不与。　　地灵人意会符同，留待烟霞侣。一棹轻舟开岸，弄滩声风雨。

吕胜己　　好事近·宿面浅匀妆

宿面浅匀妆，梅粉旋生春色。绣草冠儿宫样，系丁香新缬。　　凤檀槽上四条弦，轻□□□撷。恰似浔阳江畔，话长安时节。

赵长卿　　好事近·雨过对景

山路乱蝉吟，声隐茂林修竹。恰值快风收雨，递荷香芬馥。　　破除愁虑酒宜多，把酒再三嘱。遥想溪亭潇洒，称晚凉新浴。

赵长卿　　好事近·秋残

初过菊花天，饯送月宫仙客。丹桂拒霜浓淡，映眉间黄色。　　红裙歌夜饮离觞，努力赴劲敌。惟愿捷书来到，道一声都得。

赵长卿　　好事近·秋晚

淅淅蓼花风，怪道晓来凄恻。翻见密云抛雨，动一山秋色。　　从前多感为伤时，无处顿然寂。个事已寒前约，只晚阴凝碧。

赵长卿　　好事近·饯赵知丞席上作

去路马蹄轻，正是小春时节。爱日暖烘江树，缀梅梢新雪。　　范滂揽辔正澄清，知我公明洁。分此仁风恺悌，济邻邦欢悦。

赵长卿　　好事近·江上一江楼

江上一江楼，楼上远山横翠。还更腰金骑鹤，引竹西歌吹。　　寿君春酒遣双壶，满引见深意。肯向龟荷香里，唤依

来同醉。

赵长卿　　好事近·剑水霭欢声

剑水霭欢声，喜庆间生人杰。一段葱葱佳气，扇熏风时节。　　今朝银艾佐琴堂，争把寿香爇。去去凤皇池上，见龟巢连叶。

赵长卿　　好事近·齿颊带余香

齿颊带余香，謦欬总成珠玉。剪碎袖罗花片，点金觥春绿。　　玉鱼花露自清凉，涓涓在郎腹。犹胜望梅消渴，对文君眉蹙。

赵长卿　　好事近·贺德远

不羡八千椿，不羡三偷桃客。也不羡他龟鹤，一总为凡物。　　羡君恰似老人星，长明无休息。好与中兴贤主，立维城勋绩。

京　镗　　好事近·次卢漕国华七夕韵

急雨逐骄阳，洗出长空新月。更对银河风露，觉今宵都别。　　不须乞巧拜中庭，枉共天孙说。且信平生拙极，耐岁寒霜雪。

京　镗　　好事近·同茶漕二使者登大慈寺楼，次前韵

杰阁耸层霄，几度晓风残月。同是鹓行旧侣，慰十年离别。　　一杯相属莫留残，试倚阑干说。趁取簪花绿鬓，未鬖鬖如雪。

王　炎　　好事近·早梅

玉颊映红绡，搀报东风消息。虽则清臞如许，有生香真色。　　相看动是隔年期，忍不饮涓滴。莫待轻飞一片，却说花堪惜。

王　炎　　好事近·吴宰生日

时节近元宵，天意人情都好。烟柳露桃枝上，觉今年春早。　　遏云一曲凤将雏，疑是在蓬岛。玉笋扶杯潋滟，愿黑

头难老。

王　炎　　好事近·闲日似年长

闲日似年长，又在他乡春暮。柳外一声鶗鴂，怨落花飞絮。　苎罗只似旧时村，佳人在何处。试问鸱夷因甚，载轻轚同去。

杨冠卿　　好事近·代人书扇

晚起倦梳妆，斜压翠鬟云鬓。手捻花枝辄笑，问青鸾音信。　绣帘慵卷玉钩垂，风篁奏余韵。灯火黄昏院落，报雕鞍人近。

杨冠卿　　好事近·细雨落檐花

细雨落檐花，帘卷金泥红湿。楼外远山横翠，染修眉愁碧。　旧游春梦了无痕，香尘暗瑶瑟。凭仗青鸾飞去，问新来消息。

辛弃疾　　好事近·元夕立春

彩胜斗华灯，平地东风吹却。唤取雪中明月，伴使君行乐。　红旗铁马响春冰，老去此情薄。惟有前村梅在，倩一枝随著。

辛弃疾　　好事近·和泪唱阳关

和泪唱阳关，依旧字娇声稳。回首长安何处，怕行人归晚。　垂杨折尽只啼鸦，把离愁勾引。却笑远山无数，被行云低损。

辛弃疾　　好事近·中秋席上和王路钤

明月到今宵，长是不如人约。想见广寒宫殿，正云梳风掠。　夜深休更唤笙歌，檐头雨声恶。不是小山词就，这一场寥索。

辛弃疾　　好事近·和城中诸友韵

云气上林梢，毕竟非空非色。风景不随人去，到而今留得。　老无情味到篇章，诗债怕人索。却笑近来林下，有许

多词客。

辛弃疾　　好事近·春日郊游

春动酒旗风，野店芳醪留客。系马水边幽寺，有梨花如雪。　山僧欲看醉魂醒，茗碗泛香白。微记碧苔归路，袅一鞭春色。

辛弃疾　　好事近·花月赏心天

花月赏心天，抬举多情诗客。取次锦袍须贳，爱春醅浮雪。　黄鹂何处故飞来，点破野云白。一点暗红犹在，正不禁风色。

辛弃疾　　好事近·春意满西湖

春意满西湖，湖上柳黄时节。濒水雾窗云户，贮楚宫人物。　一年管领好花枝，东风共披拂。已约醉骑双凤，玩三山风月。

辛弃疾　　好事近·医者索酬劳

医者索酬劳，那得许多钱物。只有一个整整，也盒盘盛得。　下官歌舞转凄惶，剩得几枝笛。觑著这般火色，告妈妈将息。

辛弃疾　　好事近·西湖

日日过西湖，冷浸一天寒玉。山色虽言如画，想画时难邈。　前弦后管夹歌钟，才断又重续。相次藕花开也，几兰舟飞逐。

赵善扛　　好事近·风动一川花

风动一川花，摇漾影迷红碧。人立杏花阴下，泛光风袅袅。　琼枝碧月互相辉，春容浤将夕。罗盖暗承花雾，渍鲛绡香湿。

赵善括　　好事近·怀归

月色透窗寒，一夜素衾霜湿。无寐起来搔首，天参横人寂。　此心重省已回肠，何况是行役。欲弃利名归去，奈楚

天云隔。

赵善括　　好事近·春暮

风雨做春愁，桃杏一时零落。是处绿肥红瘦，怨东君情薄。　行藏独倚望江楼，双燕度帘幕。回首故园应在，误秋千人约。

赵善括　　好事近·月岩

新月巧穿山，桂树影高群木。任使云遮烟锁，自春辉秋绿。　我来折得最高枝，踏破一轮玉。宝斧修教圆样，放十分光足。

程　垓　　好事近·资中道上无双堠感怀作

别梦记春前，春尽苦无归日。想见鹊声庭院，误几回消息。　万重离恨万重山，无处说思忆。只有路傍双堠，也随人孤只。

程　垓　　好事近·待月不至

天淡一帘秋，明月几时来得。何事桂底香近，把清光邀勒。　人间明晦总由天，何必问通塞。且为人如月好，醉莫分南北。

程　垓　　好事近·烟尽成楼空

烟尽成楼空，又是一帘佳月。何事山城留滞，负好花时节。　烧灯翦彩没心情，应有翠娥说。欲借好风吹恨，奈乱云愁叠。

程　垓　　好事近·急雨闹冰荷

急雨闹冰荷，销尽一襟烦暑。趁取晚凉幽会，近翠阴浓处。　风梢危滴撼珠玑，洒面得新句。莫怪玉壶倾尽，待月明归去。

陈三聘　　好事近·我欲御天风

我欲御天风，飞上广寒宫阙。撼动一轮秋桂，照人间愁绝。　归来须著酒消磨，玉面点红缬。起舞为君狂醉，更何

须邀月。

陈三聘　　好事近·枝上几多春

枝上几多春，数点不融香雪。纵有笔头千字，也难夸清绝。　艳桃秾李敢争妍，清怨笛中咽。试策短筇溪上，看影浮波月。

石孝友　　好事近·幸自得人情

幸自得人情，只是有些脾鳖。引杀俺时直甚，损我儿阴德。　情知守定没干休，干休冤俺急。今夜这回除是，有翅儿飞得。

石孝友　　好事近·微雨洒芳尘

微雨洒芳尘，酝造可人春色。闻道梦云楼外，正小桃花发。　殷勤留取最繁枝，樽前待闲折。准拟乱红深处，化一双蝴蝶。

赵师侠　　好事近·垂丝海棠

红杏已香残，唯有海棠堪惜。天气著花如酒，醉娇红无力。　娉娉袅袅倚东风，柔媚忍轻摘。凭仗暮寒要住，赛锦川春色。

赵师侠　　好事近·癸巳催妆

云度鹊成桥，青翼已传消息。彩仗蕊宫初下，应人间佳夕。　龙烟缥缈散妆楼，香雾拥瑶席。准拟洞房披扇，看仙家春色。

陈　亮　　好事近·篱菊吐寒花

篱菊吐寒花，香弄小园秋色。携手画阑西畔，忆去年同摘。　小亭依旧锁西风，往事已无迹。懒向碧云深处，问征鸿消息。

陈　亮　　好事近·横玉叫清宵

横玉叫清宵，帘外月侵残烛。人在画楼高处，倚阑干几曲。　穿云裂石韵悠扬，风细断还续。惊落小梅香粉，点一

庭苔绿。

陈　亮　　　　**好事近·咏梅**

的皪两三枝，点破暮烟苍碧。好在屋檐斜入，傍玉奴横笛。　　月华如水过林塘，花阴弄苔石。欲向梦中飞蝶，恐幽香难觅。

张　镃　　**好事近·拥绣堂看天花**

手种满阑花，瑞露一枝先坼。拄个杖儿来看，两三人门客。　　今朝欢笑且衔杯，休更问明日。此意悠然谁会，有湖边风月。

刘　过　　　　**好事近·咏茶筅**

谁斫碧琅玕，影撼半庭风月。尚有岁寒心在，留得数茎华发。　　龙孙戏弄碧波涛，随手清风发。滚到浪花深处，起一窝香雪。

蔡幼学　　　　**好事近·送春**

日日惜春残，春去更无明日。拟把醉同春住，又醒来岑寂。　　明年不怕不逢春，娇春怕无力。待向灯前休睡，与留连今夕。

卢　炳　　**好事近·庭院欲昏黄**

庭院欲昏黄，秋思恼人情乱。宝瑟试弹新曲，更与谁同伴。　　阳台魂梦杳无踪，奴住巫山畔。不似楚襄云雨，俏输他一半。

姜　夔　　　　**好事近·赋茉莉**

凉夜摘花钿，苒苒动摇云绿。金络一团香露，正纱厨人独。　　朝来碧缕放长穿，钗头罣层玉。记得如今时候，正荔枝初熟。

汪　莘　　**好事近·风日未全春**

春有三变，曰：孟、仲、季。天分四象，曰：晓、夕、昼、夜。自是而出，有不可胜言者矣。约而赋之，凡七篇

风日未全春，又是春来风日。不出方壶门户，见东皇消

息。　　此时春事苦无多，春意最端的。却被草牙引去，向柳梢收得。（孟春）

汪　莘　　　好事近·春早不知春

春早不知春，春晚又还无味。一点日中星鸟，想尧民如醉。　　不寒不暖杏花天，花到半开处。正是太平风景，为人间留住。（仲春）

汪　莘　　　好事近·风雨打黄昏

风雨打黄昏，啼杀满山杜宇。到得人间春去，问英雄何处。　　桃红李白竞春光，谁共残妆语。最是梨花一树，照谁家庭户。（季春）

汪　莘　　　好事近·阆苑梦回时

阆苑梦回时，窗外数声啼鸟。觉我床前天气，便清明多少。　　诗人门户约花开，宿蝶误飞了。一段山青水绿，作洞庭春晓。（春晓）

汪　莘　　　好事近·夹岸隘桃花

夹岸隘桃花，花下苍苔如积。蓦地轻寒一阵，上桃花颜色。　　东邻西舍绝经过，新月是相识。白玉阑干斜倚，作蓬山春夕。（春夕）

汪　莘　　　好事近·天宇绿无云

天宇绿无云，迟日江山如绣。是日轻衫团扇，笑折花相授。　　南山之北北山南，星鸟尚依旧。谁在松风高卧，作嵩阳春昼。（春昼）

汪　莘　　　好事近·月落画桥西

月落画桥西，花影柳阴相亚。把住常娥问道，是谁家亭榭。　　天边处士少微星，正在杏花下。斜卓参旗一片，作草堂春夜。（春夜）

汪　莘　　好事近·嘉定二年正月二日大雪

堂上挂黄山，辉映庭前春雪。记得山中雪境，恰一般清

绝。　　须知天锡与方壶，比似镜湖别。好得镜湖狂客，伴方壶欢伯。

汪　莘　　好事近·雪后金叔润相挽溪行

挽我过溪桥，请与春风权摄。推出雪峰千丈，照碧溪春色。　　别来三度见梅花，今日共君说。只这溪山十里，剩几多风月。

刘　翰　　好事近·花底一声莺

花底一声莺，花上半钩斜月。月落乌啼何处，点飞英如雪。　　东风吹尽去年愁，解放丁香结。惊动小亭红雨，舞双双金蝶。

刘仙伦　　好事近·庆祝司理

春事恰平分，南极夜来星瑞。闻道都曹初度，拥万红千翠。　　长才杰出应时须，一郡赖纲纪。看即诏还入觐，上鸳行班里。

刘仙伦　　好事近·二月十八日

桃李绿阴浓，屈指中和三六。恰是仙翁初度，霭瑞烟芬馥。　　歌喉宛转绕华堂，总是长生曲。他日临清亭上，看儿孙朝服。

郭应祥　　好事近·二月十日作

春事日相催，红尽浅桃深杏。可惜窥园无暇，任绿苔封径。　　凭谁说与雨和风，休要太狂横。等待禁烟予告，要选幽寻胜。

郭应祥　　好事近·丙寅重阳

今日十分晴，好个重阳天气。又向银山高处，为黄花一醉。　　泉江风物饱相谙，瞥眼过三岁。但得明年强健，任举杯何地。

郭应祥　　好事近·丁卯元夕

今岁度元宵，随分点些灯火。不比旧家繁盛，有红莲千

朵。　　客来草草办杯盘，饾饤杂蔬果。休羡暗尘随马，与银花铁锁。

郭应祥　　好事近·家人生日

今岁庆生朝，迟似迎长十日。试向彩衣堂下，听欢声洋溢。　　小孙能笑长能歌，已自堪娱膝。管取婆犹未老，见满床堆笏。

李　璧　　好事近·饯交代劝酒

莫惜一樽留，共醉锦屏山色。多少飞花悠飏，送征轮南陌。　　曲湖归去未多时，还捧诏黄湿。生怕别来凄断，看满园行迹。

韩　淲　　好事近·红梅

春色入芳梢，点缀万枝红玉。莫道怕愁贪睡，倚新妆如束。　　纷纷桃李太妖娆，相对夜阑烛。记取疏花横处，有暗香飘馥。

韩　淲　　好事近·郑倅生朝

腊雪映江梅，冰玉更分风月。衮衮紫枢家世，庆诞弥时节。　　烘堂赢得戏莱衣，春酒宝杯凸。籍籍郑庄人物，要汉廷勋业。

韩　淲　　好事近·翠圆枝

一涧水南山，腊尽春生梅雪。行过小桥深处，带疏钟横月。　　征衫闲著指东吴，休怕与人别。吟到翠圆枝上，是归来时节。

韩　淲　　好事近·同仲至和探梅

湖上有孤山，合把探梅词刻。清浅黄昏时候，冷疏枝寒色。　　窗前忽到又如何，一夜足相忆。信道收香藏白，报春风消息。

韩　淲　　好事近·次韵昌甫一

北客过江来，赢得家家都老。屈指中兴人物，到如今谁

好。　散庵常是爱山林，健笔胜挥扫。我则临风三叹，信儿曹惊倒。

韩　淲　　好事近·次韵昌甫二

梅雨快晴风，苔竹定翻新箨。相望得寻幽调，把陈言都略。　大江东去更飞云，心事共回薄。仿佛散庵佳处，一声声猿鹤。

韩　淲　　好事近·次韵昌甫三

黄发享颐期，兄弟此时宜告。见说对床夜雨，世间尘都扫。　青毡堂外瑞峰高，云气拂晴昊。老大中原人物，在江湖乡保。

韩　淲　　好事近·次韵昌甫四

三叠古藤阴，自笑无能为役。千载和陶新曲，了非仙非释。　影徒随我月徘徊，风叶露华湿。瓮下是成真逸，醉令人思毕。

吴礼之　　好事近·秋日席上

金菊间芙蓉，秋意未为萧索。临水见山庭院，伴玉人杯酌。　携炉终日袅沉烟，氤氲篆文□。可惜被风吹散，把袖儿笼著。

孙居敬　　好事近·渔村即事

买断一川云，团结樵歌渔笛。莫向此中轻说，污天然寒碧。　短篷穿菊更移枨，香满不须摘。搔首断霞夕影，散银原千尺。

洪咨夔　　好事近·次曹提管春行

二十四番风，才见一番花鸟。已是有人春瘦，正远山横峭。　踏青底用十分晴，半阴晴方好。深院日长睡起，又海棠开了。

卓　田　　好事近·三衢买舟

奏赋谒金门，行尽云山无数。尚有江天一半，买扁舟东

去。　　波神眼底识英雄，阁住半空雨。唤起一帆风力，去青天尺五。

黄　机　　好事近·鸿雁几时来

鸿雁几时来，目断暮山凝碧。别后故园无恙，定芙蓉堪折。　　休文多病废吟诗，有酒怕浮白。不是孤他诗酒，更孤他风月。

严　仁　　好事近·舟行

晓色未分明，敲动月边鼍鼓。卯酒一杯径醉，又别君南浦。　　春江如席照晴空，大舶夹双橹。肠断斜阳渡口，正落红如雨。

葛长庚　　好事近·赠赵制机

行到竹林头，探得梅花消息。冷蕊疏英如许，更无人知得。　　冰枯雪老岁年徂，俯仰自嗟惜。醉卧梅花影里，有何人相识。

葛长庚　　好事近·何事雁来迟

何事雁来迟，独步秋园默默。莫恨桂花开尽，有菊花堪惜。　　回头顾影背斜阳，听西风萧瑟。无限诗情酒思，那早梅知得。

刘克庄　　好事近·壬戌生日和居厚弟

老不计生朝，惭愧阿连书尺。雪鬓霜髭不管，管眼腰黄赤。　　待将心事自笺天，莫费子公力。乞赐先生处士，换一张黄敕。

张　榘　　好事近·九日登平山和王帅干应奎

素壁走龙蛇，难觅醉翁真迹。惟有断岗衰草，是几番经历。　　紫萸黄菊又西风，同作携壶客。清兴未阑归去，负晴空明月。

楼　采　　好事近·人去玉屏闲

人去玉屏闲，逗晓柳丝风急。帘外杏花细雨，罥春红愁湿。　　单衣初试麴尘罗，中酒病无力。应是绣床慵困，倚秋

千斜立。

此首别作赵闻礼词

雷应春　　好事近·梅片作团飞

梅片作团飞，雨外柳丝金湿。客子短篷无据，倚长风挂席。　　回头流水小桥东，烟扫画楼出。楼上有人凝伫，似旧家曾识。

刘子寰　　好事近·秋色到东篱

秋色到东篱，一种露红先占。应念金英冷淡，摘胭脂浓染。　　依稀十月小桃花，霜蕊破霞脸。何事渊明风致，却十分妖艳。

李曾伯　　好事近·甲申春益昌作

春在粉墙西，墙里不知春色。惟有桃花一树，似故园曾识。　　晚来携客上南楼，山外又山隔。准拟清明何处，问东风知得。

赵孟坚　　好事近·客中感春

春早峭寒天，客里倦怀尤恶。待起冷清清地，又孤眠不著。　　重温卯酒整瓶花，总待自霍索。忽听海棠初卖，买一枝添却。

吴文英　　好事近·僧房听琴

翠冷石床云，海上偷传新曲。弹作一檐风雨，碎芭蕉寒绿。　　冰泉轻泻翠筒香，林果荐红玉。早是一分秋意，到临窗修竹。

吴文英　　好事近·秋饮

雁外雨丝丝，将恨和愁都织。玉骨西风添瘦，减尊前歌力。　　袖香曾枕醉红腮，依约唾痕碧。花下凌波入梦，引春雏双鹈。

吴文英　　好事近·飞露洒银床

飞露洒银床，叶叶怨梧啼碧。蕲竹粉连香汗，是秋来陈迹。　　藕丝空缆宿湖船，梦阔水云窄。还系鸳鸯不住，老红

香月白。

赵闻礼　　　好事近·人去绿屏闲

人去绿屏闲，逗晓柳丝风急。帘外杏花微雨，罥春红愁湿。　单衣催赐麴尘罗，中酒病无力。应是绣床慵困，倚秋千斜立。

此首别作楼采词

赵闻礼　　　好事近·小枕梦催闲

小枕梦催闲，飞雨时鸣高屋。挂起西窗人静，听春禽声续。　鸭塘溪绿涨轻痕，烟柳媚新绿。谁伴瘦筇尊酒，弄岩泉飞瀑。

曾晞颜　　　好事近·以梅为寿

昨夜探寒梅，先报一阳消息。天遣花神妆点，衬贤侯清白。　试将玉蕊比修龄，算枝头千百。更有不凡风味，付调羹仙客。

刘辰翁　　　好事近·□后百年闲

中斋惠念，赐词俾寿，不胜岁寒兄弟之意

□后百年闲，元度自伤来暮。打破虚空无碍，共乘龙飞去。　更参末后句如何，此事未能付。前遇小桥风雪，是君诗成处。

赵与仁　　　好事近·春色醉荼蘼

春色醉荼蘼，昼永篆烟初绝。临水杨花千树，尽一时飞雪。　穿帘度竹弄轻盈，东风老犹劣。睡起凭阑无绪，听几声啼鴂。

周　密　　　好事近·秋水浸芙蓉

秋水浸芙蓉，清晓绮窗临镜。柳弱不胜愁重，染兰膏微沁。　下阶笑折紫玫瑰，蜂蝶扑云鬓。回首见郎羞走，罥绣裙微褪。

周　密　　　好事近·次梅溪寄别韵

轻剪楚台云，玉影半分秋月。一饷凄凉无语，对残花幺

蝶。　　碧天愁雁不成书，郎意似秋叶。闲展鸳绡残谱，卷泪花双叠。

周　密　　　好事近·拟东泽

新雨洗花尘，扑扑小庭香湿。早是垂杨烟老，渐嫩黄成碧。　　晚帘都卷看青山，山外更山色。一色梨花新月，伴夜窗吹笛。

邓　剡　　　好事近·寿刘须溪

桃脸破初寒，笑问刘郎前度。为说贞元朝上，缥缈午桥午。　　百年方半日来多，且醉且吟去。须信剑南万首，胜侯封千户。

汪元量　　　好事近·浙江楼闻笛

独倚浙江楼，满耳怨笳哀笛。犹有梨园声在，念那人天北。　　海棠憔悴怯春寒，风雨怎禁得。回首华清池畔，渺露芜烟荻。

张　炎　　　好事近·赠笑倩

葱茜满身云，酒晕浅融香颊。水调数声娴雅，把芳心偷说。　　风吹裙带下阶迟，惊散双蝴蝶。佯捻花枝微笑，溜晴波一瞥。

吴　氏　　　好事近·妻寿夫

腊近渐知春，已有早梅堪折。况是诞辰佳宴，拥笙簧罗列。　　玉杯休惜十分斟，金炉更频爇。连理愿同千岁，看蟠桃重结。

江史君　　　好事近·寿六十

耳顺恰当年，甲子方周一数。绛县老人曾记，四百四十五。　　孙弘博士适遭逢，马援击蛮未遇。五福祝君全备，更尊荣安富。

无名氏　　　好事近·潇洒小楼东

潇洒小楼东，斜亚一枝梅雪。若在玉溪仙馆，更风流奇

绝。　　花神应为护芳心，付与何人折。行客几回搔首，认暗香浮月。

无名氏　　好事近·小院看酴醾

小院看酴醾，正是盛开时节。莫惜大家沉醉，有春醅初泼。　　花前月下细看来，无物比清绝。若问此花何似，似一堆香雪。

无名氏　　好事近·咏梅

篱落晓来霜，花嫩不禁寒力。脉脉自摇疏影，印一奁空碧。　　天生潇洒谢夫人，绝世有谁识。何必嫣然一笑，已倾城倾国。

无名氏　　好事近·寿郭宪

春信到梅梢，欲雪又还晴早。趁得绣衣初度，作霜天清晓。　　乡来事直有天知，行拜玉皇诏。稳上神仙官府，听履声云杪。

无名氏　　好事近·寿章宰　四月十六

记紫极真人，前日是他生日。颍水有兹风骨，弥诞当今夕。　　等闲来现宰官身，任凫飞双舄。治狱阴功多少，是长生妙术。

无名氏　好事近·庆母寿子中举　八月二十

王母庆生辰，方过中秋五日。子舍文场鏖战，想功名来逼。　　看看喜德捷音传，果信名登桂籍。行拜君恩爵赏，寿萱堂永锡。

好溪山

此调名为宋代张辑所创制。其词下阕末二句为“西窗仍见好溪山，几年谁倚栏”，张辑拈取其中“好溪山”三字，命为词调名。见《东泽绮语》。此调实为《阮郎归》。张辑于其词下小序中已注明“寓阮郎归词”。参阅《阮郎归》。

张　辑　　好溪山·孤鸿遥下夕阳寒

别盱之胡正臣已数秋，复会于盱馆，圃菊正芳，因留小醉

孤鸿遥下夕阳寒，秋清怀抱宽。篱根香满菊金团，客中邀客看。　呼浊酒，共清欢，五弦随意弹。西窗仍见好溪山，几年谁倚栏。

买陂塘

此调本名《摸鱼儿》，又作《摸鱼子》，原为唐教坊曲名。宋晁补之以此调填词，起句为“买陂塘旋栽杨柳”，后人取其首三字，名为《买陂塘》。“买”又误写为“迈”字，故又名《迈陂塘》。别名《陂塘柳》。辛弃疾以此调赋怪石之词，名为《山鬼谣》。李冶以此调赋并蒂芙蓉之词，其中有“请君试听双蕖怨”之句，又取后三字，名为《双蕖怨》。又有《安庆摸》之别名。属双调、仄韵，有一百一十四字、一百一十六字、一百一十七字诸体。参阅《安庆摸》、《摸鱼儿》。

赵癯斋　　买陂塘·寿监丞吴芹庵

闻掀髯、岭头长啸，梅花一夜香吐。正看鸣凤朝阳影，何事惊鸿翩举。来又去，但赢得、儿童拍手笑无据。人间何处，有九曲栽芹，一峰横砚，江上听春雨。　功名事，不信朝鳞暮羽，九关虎豹如许。午桥见有闲风月，正自不妨嘉趣。君记取，人尽道、东山安石难留住。伏龙三顾，待报了君恩，勋铭彝鼎，归作子期侣。

刘　澜　　买陂塘·游天台雁荡东湖

御风来、翠乡深处，连天云锦平运。卧游已动蓬舟兴，那在芙蓉城畔。巾懒岸，任压顶嵯峨、满鬓丝零乱。飞吟水殿，载十丈青青，随波弄粉，菰雨泪如霰。　斜阳外，也有新妆半面，无言应对花怨。西湖千顷腥尘暗，更忆鉴湖一片。何日见，试折藕占丝，丝与肠俱断。遐征渐倦，当颍尾湖头，绿波彩笔，相伴老坡健。

刘　壎　　**买陂塘·与沈润宇、邓元实同赋**

暮云沉、凄凄花陌，荒苔青润鸳甃。娇红一捻不胜春，苦雨酸雨僝僽。从别后，但暗忆娉婷，几把垂杨蹂。香销韩袖，念莺燕悲吟，凤鸾仙去，空负摘花手。　铜铺掩，窥见文窗依旧，筝琶尘暗弦绉。欲圆春梦今犹未，怪得西飞太骤。凝伫久，拟待倩、鸿都羽客寻仙偶。青衫湿透，叹玉骨沉埋，芳魂缥缈，何处酹尊酒。

刘　壎　　**买陂塘·兵后过旧游**

倚楼西、西风惊鬓，吹回尘思萧瑟。碧桃花下骖鸾梦，十载雨沉云隔。空自忆，漫红蜡香笺，难写旧凄恻。烟村水国，欲闲却琴心，蠹残箧面，老尽看花客。　河桥侧，曾试雕鞍玉勒，如今已忘南北。人间纵有垂杨在，欲挽一丝无力。君莫拍，浑不似、年时爱听酒边笛。湘帘巷陌，但斜照断烟，淡萤衰草，零落旧春色。

无名氏　　**买陂塘·和李玉田韵**

喜西风、朝来如约，新凉一雨初霁。家山望断知何处，渺渺长天秋水。空眼底，叹雁杳鱼沉，尺纸无人寄。芸窗草砌，渐影颤疏桐，声敲落叶，孤枕怎成睡。　逢场戏，遮莫悲秋憔悴，今朝有酒须醉。尊前待唤佳人道，为雪藕丝轻脆。闲省记，便笑口频开，一岁知能几。归期尚未，且蜡屐兰桡，湖山深处，同赏月中桂。

红芍药

此调本为赋红芍药花之作，作者甚少。今存王观词一首。属双调、仄韵，共八十九字。上下阕各八句、五仄韵。

王　观　　**红芍药·人生百岁**

人生百岁，七十稀少。更除十年孩童小，又十年昏老。都来五十载，一半被、睡魔分了。那二十五载之中，宁无些个烦恼。　仔细思量，好追欢及早。遇酒追朋笑傲，任玉山摧倒。沉醉且沉醉，人生似、露垂芳草。幸新来、有酒如渑，结

千秋歌笑。

红罗袄

此调本为唐教坊曲名，题意已无考。后又用作词调名。属双调、平韵，共五十三字。上阕六句、二十七字，于第二、六句用韵；下阕四句、二十六字，句句用韵。

周邦彦　　红罗袄·秋悲

画烛寻欢去，羸马载愁归。念取酒东垆，尊罍虽近，采花南浦，蜂蝶须知。　自分袂、天阔鸿稀，空怀梦约心期。楚客忆江蓠，算宋玉、未必为秋悲。

陈允平　　红罗袄·别来书渐少

别来书渐少，家远梦徒归。念去燕来鸿，愁随秋到，旧盟新约，心与天知。　楚江上、木落林稀，西风尚隔心期。水阔草离离，更皓月照影自伤悲。

红林檎近

林檎，即沙果，也称花红、来禽、文林郎果。古人认为此果味道甘甜，果林能招来众禽鸟，故有来禽、林檎之名。宋人吟唱红林檎果，度曲制词，名为《红林檎近》。“近”又称“近拍”。一般说，“近”词比“令”词短些。属双调、平韵，共七十九字。上阕八句、四十三字，于第二、四、六、七、八句用韵；下阕七句、三十六字，于第二、四、七句用韵。

周邦彦　　红林檎近·高柳春才软

高柳春才软，冻梅寒更香。暮雪助清峭，玉尘散林塘。那堪飘风递冷，故遣度幕穿窗。似欲料理新妆，呵手弄丝簧。

冷落词赋客，萧索水云乡。援毫授简，风流犹忆东梁。望虚檐徐转，回廊未扫，夜长莫惜空酒觞。

周邦彦　　红林檎近·风雪惊初霁

风雪惊初霁，水乡增暮寒。树杪堕飞羽，檐牙挂琅玕。才喜门堆巷积，可惜迤逦销残。渐看低竹翩翻，清池涨微澜。
步屧晴正好，宴席晚方欢。梅花耐冷，亭亭来入冰盘。对前山横素，愁云变色，放杯同觅高处看。

袁去华　　红林檎近·森木蝉初噪

森木蝉初噪，淡烟梅半黄。睡起傍檐隙，墙梢挂斜阳。鱼跃浮萍破处，碎影颠倒垂杨。晚庭谁与追凉，清风散荷香。
望极霞散绮，坐待月侵廊。调冰荐饮，全胜河朔飞觞。渐参横斗转，怀人未寝，别来偏觉今夜长。

方千里　　红林檎近·花幕高烧烛

花幕高烧烛，兽炉深炷香。寒色上楼阁，春威遍池塘。多情天孙罢织，故与玉女穿窗。素脸浅约宫装，风韵胜笙簧。
游冶寻旧侣，尊酒老吾乡。清歌度曲，何妨尘落雕梁。任瑶阶平尺，珠帘人报，剩拚酩酊飞羽觞。

方千里　　红林檎近·晓起山光惨

晓起山光惨，晚来花意寒。映月衣纤缟，因风佩琅玕。三弄江梅听彻，几点岸柳飘残。宛然舞曲初翻，帘影卷波澜。
把酒同唤醒，促膝小留欢。清狂痛饮，能消多少杯盘。况人生如寄，相逢半老，岁华休作容易看。

杨泽民　　红林檎近·雪之一

轻有鹅毛体，白如龙脑香。琼笋缀飞桷，冰壶鉴方塘。浑如瑶台阆苑，更无茅舍蓬窗。画阁自有梅装，贪耍罢弹簧。
鼓舞沽酒市，蓑笠钓鱼乡。遐观自乐，吾心何必濠梁。待乔木都冻，千山尽老，更烦玉指劝羽觞。

杨泽民　　红林檎近·雪之二

梅信初回暖，风棱犹壮寒。禾稼响圭璧，帘旌隐琅玕。门外群山尚满，窗前数片余残。冻底潜有鱼翻，东风渐生澜。
杖策扶半醉，燕寝有余欢。儿童自捧，皑皑调蜜盈盘。兆丰穰和气，来呈美瑞，莫同轻薄飞絮看。

陈允平　　红林檎近·飞絮迷芳意

飞絮迷芳意，落梅销暗香。皓鹤唳空碧，白鸥避寒塘。妨它踏青斗草，便放晓日东窗。先自懒弄晨妆，谁奈靓笙簧。
望帘寻酒市，看钓认渔乡。控持紫燕，芹泥未上雕梁。想梁园谢馆，群花较晚，但陪玉树频举觞。

陈允平　　红林檎近·三万六千顷

三万六千顷，玉壶天地寒。庾岭封的皪，淇园折琅玕。漠漠梨花烂漫，纷纷柳絮飞残。直疑潢潦惊翻，斜风泝狂澜。
对此频胜赏，一醉饱清欢。呼童剪韭，和冰先荐春盘。怕东风吹散，留尊待月，倚阑莫惜今夜看。

红娘子

此调本为唐教坊曲名，题意已无考。后用作词调名。别名《连理枝》。《连理枝》是唐时曲调名，相传李白曾用此调填词，为单调、仄韵，共三十五字。至宋程垓以此调填词，加后叠，仍用唐教坊曲旧名《红娘子》。唐时乐曲亦称《红娘》。唐元稹《病闻幕中征乐》诗中有“《红娘》留醉打，觥使及醒差差”之句，自注云：“舞引《红娘抛打》，曲名。”唐代乐曲多称“子”。刘过词称其名为《小桃红》，又名《灼灼花》。宋词由单调变为双调，仄韵，共七十字。上下阕皆七句、三十五字，亦皆于第一、二、五、七句用韵。又有七十二字的变格体。参阅《连理枝》、《小桃红》。

程　垓　　红娘子·小小闲窗底

小小闲窗底，曲曲深屏里。一枕新凉，半床明月，留人欢意。奈梅花引里唤人行，苦随他无计。　　几点清觞泪，数曲乌丝纸。见少离多，心长分短，如何得是。到如今、留下许多愁，枉教人憔悴。

红　　情

此调本名《暗香》，为咏唱梅花之作。唐人有诗云："遥知不是雪，为有暗香来。"姜夔借用唐人诗意，自度曲创制此调。后张炎用《暗香》填词，咏荷花，遂易名《红情》。属双调、仄韵，共九十七字。上阕九句、四十九字，于第一、三、五、七、九句用韵；下阕十句、四十八字，于第一、二、四、五、六、八、十句用韵。参阅《暗香》。

张　炎　　　　红情·无边香色

疏影、暗香，姜白石为梅著语，因易之曰红情、绿意，以荷花荷叶咏之

无边香色，记涉江自采，锦机云密。剪剪红衣，学舞波心旧曾识。一见依然似语，流水远、几回空忆。看□□、倒影窥妆，玉润露痕湿。　　闲立，翠屏侧，爱向人弄芳，背酣斜日。料应太液，三十六宫土花碧。清兴凌风更爽，无数满汀洲如昔。泛片叶、烟浪里，卧横紫笛。

红窗听

此调本名《红窗睡》，指情侣同睡于华美的绮窗之下。宋晏殊首制此词。后"睡"误为"听"，《红窗听》遂成为别名。此调属双调、仄韵，共五十三字。上阕四句、二十六字，于第一、二、四句用韵；下阕五句、二十七字，于第一、三、五句用韵。

柳　永　　红窗听·如削肌肤红玉莹

如削肌肤红玉莹，举措有、许多端正。二年三岁同鸳寝，表温柔心性。　　别后无非良夜永，如何向、名牵利役，归期未定。算伊心里，却冤成薄幸。

晏　殊　　红窗听·淡薄梳妆轻结束

淡薄梳妆轻结束，天意与、脸红眉绿。断环书素传情久，

许双飞同宿。　　一饷无端分比目，谁知道、风前月底，相看未足。此心终拟，觅鸾弦重续。

晏　殊　　红窗听·记得香闺临别语

记得香闺临别语，彼此有、万重心诉。淡云轻霭知多少，隔桃源无处。　　梦觉相思天欲曙，依前是、银屏画烛，宵长岁暮。此时何计，托鸳鸯飞去。

红窗迥

又名《红窗影》、《红窗月》、《虹窗迥》、《清心镜》，咏落红花影映窗。因宋代周邦彦词中有“不知道、窗外乱红，已深半指。花影被风摇碎”之句，故名。属双调、仄韵，共五十八字。上阕五句、二十三字，于第二、四、五句用韵；下阕七句、三十五字，于第一、五、六、七句用韵。

柳　永　　红窗迥·小园东

小园东，花共柳，红紫又一齐开了。引将蜂蝶燕和莺，成阵价、忙忙走。　　花心偏向蜂儿有，莺共燕、吃他拖逗。蜂儿却入、花里藏身，蝴蝶儿、你且退后。

周邦彦　　红窗迥·几日来

几日来、真个醉，不知道、窗外乱红，已深半指。花影被风摇碎，拥春酲乍起。　　有个人人，生得济楚，来向耳畔，问道今朝醒未。情性儿、慢腾腾地，恼得人又醉。

曹　豳　　红窗迥·春闱期近也

春闱期近也，望帝乡迢迢，犹在天际。懊恨这一双脚底，一日厮赶上五六十里。　　争气，扶持我去，转得官归，恁时赏你。穿对朝靴，安排你在轿儿里。更选个、宫样鞋，夜间伴你。

无名氏　　红窗迥·河可挽

河可挽，石可转，那一个愁字，却难驱遣。眉向酒边暂展，酒后依旧见。　　枫叶满阶红万片，待拾来、一一题写教遍。却倩霜风吹卷，直到沙岛远。

无名氏　　　　　红窗迥·富春坊

富春坊，好景致，两岸尽是、歌姬舞妓。引调得、上界神仙，把凡心都起。　　内有丙丁并壬癸，这两尊神、为你争些口气。火星道，我待逞些神通，不怕你是水。

红窗怨

此调为宋王质所创制，其词题为《送邵倅》。借女子送夫远行之词，写送别之情，故名《红窗怨》。属双调、仄韵，共五十五字。上阕六句、二十八字，于第二、四、六句用韵；下阕五句、二十七字，于第一、二、五句用韵。据《齐东野语》，此词为蜀妓送人词，调名为《市桥柳》，字句微异。参阅《市桥柳》。

王　质　　　　　红窗怨·送邵倅

欲寄意，都无有。且须折赠，市桥官柳。看君著上征衣，也寻思、榜舟楚江口。　　此会未知何时又，恨男儿、不长相守。苟富贵、毋相忘，若相忘，有如此酒。

王　质　　　　　红窗怨·即事

帘不卷，人难见。缥缈歌声，暗随香转。记与三五少年，在杭州、曾听得几遍。　　唱到生绡白团扇，晚凉初、桐阴满院。待要图入丹青，奈无缘识如花面。

红楼慢

"红楼"，古时称华美的楼房，也常指富贵人家女子的住处。韦庄《长安春》诗有"长安春色本无主，古来尽属红楼女"之句。宋人歌吟红楼之女，度曲制词，名为《红楼慢》。"慢"指慢词，乐调长，字数多。此调属双调、仄韵，共一百零二字。上阕九句、五十一字，于第三、五、七、九句用韵；下阕十句、五十一字，于第二、四、六、八、十句用韵。

吴则礼　　红楼慢·赠太守杨太尉

声慑燕然，势压横山，镇西名重榆塞。干霄百雉朱阑下，极目长河如带。玉垒凉生过雨，帘卷晴岚凝黛。有城头、钟鼓连云，殷春雷天外。　长啸，畴昔驰边骑，听陇底鸣笳，风褰双旆。霜髯飞将曾百战，欲掳名王朝帝。锦带吴钩未解，谁识凭栏深意。空沙场，牧马萧萧晚无际。

寿星明

此调本名《沁园春》。寿星，星名，即南极老人星，古人认为寿星出现则天下安定，所以人们祭祀它以求福寿，并把它看作长寿老人的象征，后又借以比喻长寿之人。词人以《沁园春》填词，祝人长寿，易名为《寿星明》。属双调、平韵，有一百一十二字至一百一十六字诸体，以一百一十四字为正格。晁端礼词中有"天外老人星现"之句，故名曰《寿星明》，但其词格式、句数与《沁园春》迥异，不是《沁园春》的别体。虽名为《寿星明》，但与《沁园春》别名的《寿星明》为同名异调。参阅《沁园春》。

晁端礼　　寿星明·露湿晴花

露湿晴花，散红香清影，建章宫殿。玉宇风来，银河云敛，天外老人星现。向晓千官入，称庆山呼鳌抃。凤髓香飘，龙墀翡翠，帘栊高卷。　朝罢仗卫再整，肃鸣鞘，又向瑶池高宴。海宇承平，君臣相悦，乐奏徵招初遍。治极将何报，检玉泥金封禅。见说山中居民，待看雕辇。

莫　蒙　　寿星明·翠樾阴浓

翠樾阴浓，见嵩山洛水，紫薇光聚。鸾雏华飞，黄驹骏天下，夜擎香露，奋身许玉斧，来作明堂一柱。试看人间，谁能具此，神峰眉宇。　烟缕摇曳暗雾，想高正簇清歌妍舞。黑蚌生珠，蟠桃结了，从此几回相遇。去天无尺五，人望城南韦杜，画戟衣翻，门施行马，行看开府。

无名氏　　寿星明·庆黄宰秩满　八月廿七

玉露迎寒，金风荐冷，正兰桂香。觉秋光过半，日临三九，葱葱佳气，蔼蔼琴堂。见说当年，申生谷旦，梦叶长庚天降祥。文章伯，英声早著，腾踏飞黄。　双凫暂驻东阳，已种得春阴千种棠。有无边风月，几多事业，安排青琐，入与平章。百里民歌，一樽春酒，争劝殷勤称寿觞。愿此去，龟龄难老，长侍君王。

寿楼春

此调见《梅溪词》，是宋代史达祖所自度曲，本为歌吟春时客居的乡愁，故名为《寿楼春》。属双调、平韵，共一百零一字。上阕十一句、五十一字，于第一、三、五、七、八、十一句用韵；下阕十一句、五十字，于第二、四、六、九、十一句用韵。

史达祖　　寿楼春·寻春服感念

裁春衫寻芳，记金刀素手，同在晴窗。几度因风残絮，照花斜阳。谁念我，今无肠，自少年、消磨疏狂。但听雨挑灯，欹床病酒，多梦睡时妆。　飞花去，良宵长，有丝阑旧曲，金谱新腔。最恨湘云人散，楚兰魂伤。身是客，愁为乡。算玉箫、犹逢韦郎。近寒食人家，相思未忘蘋藻香。

弄珠英

此调本名《蓦山溪》，贺铸以《蓦山溪》填词，上阕有“弄珠英、因风委坠”之句，故更名《弄珠英》。属双调、仄韵，上下阕格式相同，各九句。参阅《蓦山溪》。

贺　铸　　弄珠英·楚乡新岁

楚乡新岁，不放残寒退。月晓桂娥闲，弄珠英、因风委坠。清淮铺练，十二玉峰前，上帘栊，招佳丽，置酒成高会。
江南芳信，目断何人寄。应占镜边春，想晨妆、膏浓压

翠。此时乘兴，半道忍回棹，五云溪，门深闭，璧月长相对。

远朝归

此调见《梅苑》词，属双调、仄韵，共八十九字。上阕九句、四十三字，于第二、四、六、七、九句用韵；下阕九句、四十六字，于第三、五、七、八、九句用韵。又有九十二字一体，上阕十句、五仄韵，下阕九句、五仄韵。

赵耆孙　　远朝归·金谷先春

金谷先春，见乍开江梅，晶明玉腻。珠帘院落，人静雨疏烟细。横斜带月，又别是、一般风味。金尊里，任遗英乱点，残粉低坠。　惆怅杜陇当年，念水远天长，故人难寄。山城倦眼，无绪更看桃李。当时醉魄，算依旧、裴回花底。斜阳外，谩回首、画楼十二。

无名氏　　远朝归·新律才交

新律才交，早旧梢南枝，朱污粉腻。烟笼淡妆，恰值雨膏初细。而今看了，记他日、酸甜滋味。多应是，伴玉簪风钗，低挜斜坠。　迤逦，对酒当歌，眷恋得芳心，竟日何际。春光付与，尤是见欺桃李。叮咛寄语，且莫负、尊前花底。拚沉醉，尽铜壶、漏传三二。

声声令

此调今存章粢词，此词在洪武本《草堂诗余》前集卷上，又作无名氏词；类编《草堂诗余》卷二又作俞克诚词，不知孰是。“令”来源于唐代的酒令，用于词调中有时与词牌同义。此调即是。属双调、平韵，共六十六字。上阕七句、三十二字，于第二、三、六、七句用韵；下阕八句、三十四字，于第一、三、四、七、八句用韵。曹勋词名《胜胜令》，可参阅。

章　粢　　声声令·帘移碎影

帘移碎影，香褪衣襟，旧家庭院嫩苔侵。东风过尽，暮云

锁，绿窗深，怕对人、闲枕剩衾。　　楼底轻阴，春信断、怯登临，断肠魂梦两沉沉。花飞水远，便从今、莫追寻，又怎禁、蓦地上心。

此首别作无名氏词

无名氏　　　声声令·帘移碎影

帘移碎影，香褪衣襟，旧家庭院嫩苔侵。东风过尽，暮云锁、绿窗深，怕对人、闲枕剩衾。　　楼底轻阴，春信断、怯登临。断肠魂梦两沉沉。花飞水远，便从今、莫追寻，又怎禁、蓦地上心。

此首别作章粢词

声声慢

又名《胜胜慢》、《梧桐雨》、《寒松叹》、《凤求凰》、《神光灿》。宋吴文英词有“人在小楼”之句，故又名《人在楼上》。属双调，平韵、仄韵皆有，字数不一，有九十五字，以高观国词为正格，例用入声。各家通用之体为吴文英九十七字之体，其上阕十句、四十七字，于第三、五、七、十句用韵；下阕十句、五十字，用韵同上阕。

张　阁　　　声声慢·长天霞散

长天霞散，远浦潮平，危阑注目江皋。长记年年荣遇，同是今朝。金銮两回命相，对清光、频许挥毫。雍容久，正茶杯初赐，香袖时飘。　　归去玉堂深夜，泥封罢，金莲一寸才烧。帝语丁宁，曾被华衮亲褒。如今谩劳梦想，叹尘踪、杳隔仙鳌。无聊意，强当歌对酒怎消。

吴则礼　　　声声慢·凤林园词

林塘朱夏，雨过斑斑，绿苔绕地初遍。叶底雏莺，犹记日斜春晚。芙蕖靓妆红粉，傍高荷、闲倚歌扇。轻风起，縠纹滟滟，翠生波面。　　可是追凉月下，清坐久，微云屡遮星汉。露湿纶巾，遥望玉清台殿。白头共论胜事，须偿五湖深愿。南枝好，有南飞乌鹊，绕枝低转。

曹　组　　声声慢·重檐飞峻

重檐飞峻，丽彩横空，繁华壮观都城。云母屏开八面，人在青冥。凭阑瑞烟深处，望皇居、遥识蓬瀛。回环阁道，五花相斗，压尽旗亭。　歌酒长春不夜，金翠照罗绮，笑语盈盈。陆海人山辐辏，万国欢声。登临四时总好，况花朝、月白风清。丰年乐，岁熙熙、且醉太平。

赵　佶　　声声慢·春

宫梅粉淡，岸柳金匀，皇州乍庆春回。凤阙端门，棚山彩建蓬莱。沉沉洞天向晚，宝舆还、花满钧台。轻烟里，算谁将金莲，陆地齐开。　触处笙歌鼎沸，香鞯趁，雕轮隐隐轻雷。万家帘幕，千步锦绣相挨。银蟾皓月如昼，共乘欢、争忍归来。疏钟断，听行歌、犹在禁街。

赵　佶　　声声慢·梅

欺寒冲暖，占早争春，江梅已破南枝。向晚阴凝，偏宜映月临池。天然莹肌秀骨，笑等闲、桃李芳菲。劳梦想，似玉人羞懒，弄粉妆迟。　长记行歌声断，犹堪恨，无情塞管频吹。寄远丁宁，折赠陇首相思。前村夜来雪里，殢东君、须索饶伊。烂漫也，算百花、犹自未知。

李清照　　声声慢·寻寻觅觅

寻寻觅觅，冷冷清清，凄凄惨惨戚戚。乍暖还寒时候，最难将息。三杯两盏淡酒，怎敌他、晓来风急。雁过也，正伤心，却是旧时相识。　满地黄花堆积，憔悴损，如今有谁忺摘。守著窗儿，独自怎生得黑。梧桐更兼细雨，到黄昏、点点滴滴。这次第，怎一个、愁字了得。

李弥逊　　声声慢·木樨

龙涎染就，沉水薰成，分明乱屑琼瑰。一朵才开，人家十里须知。花儿大则不大，有许多、潇洒清奇。较量尽，消胜如末利，赛过酴醿。　更被秋光断送，微放些月照，著阵风吹。恼杀多情，猛拚沉醉酬伊。朝朝暮暮守定，尽忙时、也不分离。睡梦里，胆瓶儿、枕畔数枝。

史　浩　　　　　声声慢·喜雪锡宴

风收淅沥，雾隐森罗。群山万玉嵯峨。禁街车马，银杯缟带相过。胥涛晚来息怒，练光浮、都不扬波。最好处，是渔翁归去，鼓棹披蓑。　　况是东堂锡宴，龙墀骤，貂珰宣劝金荷。庆此嘉瑞，明岁黍稌应多。天家预知混一，把琼瑶、铺遍山河。这宴饮，罄华戎、同醉泰和。

姜特立　　　　　声声慢·岩桂

云迷越岫，枫冷吴江，天香忽到人寰。满额涂黄，别更一种施丹。天教素秋独步，笑同时、霜菊秋兰。最好处，向水阶月地，把酒相看。　　应有骚人雅韵，将胆瓶�管，簇向屏山。野店云房，争待结屋中间。无奈猖狂老子，架巢卧、风露清闲。待早晚，约姮娥、同住广寒。

赵长卿　　　　　声声慢·府判生辰

金风玉露，绿橘黄橙，商秋爽气飘逸。南斗腾光，应是间生贤出。照人紫芝眉宇，更仙风、谁能俦匹。细屈指，到小春时候，恰则三日。　　莫论早年富贵，也休问文章，有如椽笔。尧舜逢君，启沃定知多术。而今且张锦幄，麝煤泛、暖香郁郁。华堂里，听瑶琴轻弄，水仙新律。

辛弃疾　　　　　声声慢·旅次登楼作

征埃成阵，行客相逢，都道幻出层楼。指点檐牙高处，浪拥云浮。今年太平万里，罢长淮、千骑临秋。凭栏望，有东南佳气，西北神州。　　千古怀嵩人去，应笑我、身在楚尾吴头。看取弓刀，陌上车马如流。从今赏心乐事，剩安排、酒令诗筹。华胥梦，愿年年、人似旧游。

辛弃疾　　　　　声声慢·隐括渊明停云诗

停云霭霭，八表同昏，尽日时雨濛濛。搔首良朋，门前平陆成江。春醪湛湛独抚，限弥襟、闲饮东窗。空延伫，恨舟车南北，欲往何从。　　叹息东园佳树，列初荣枝叶，再竞春风。日月于征，安得促席从容。翩翩何处飞鸟，息庭树、好语和同。当年事，问几人、亲友似翁。

辛弃疾　　声声慢·送上饶黄倅职满赴调

东南形胜，人物风流，白头见君恨晚。便觉君家叔度，去人未远。长怜士元骥足，道直须、别驾方展。问个里，待怎生销杀，胸中万卷。　况有星辰剑履，是传家合在，玉皇香案。零落新诗，我欠可人消遣。留君再三不住，便直饶、万家泪眼。怎抵得，这眉间、黄色一点。

辛弃疾　　声声慢·赋红木樨

余儿时尝入京师禁中凝碧池，因书当时所见

开元盛日，天上栽花，月殿桂影重重。十里芬芳，一枝金粟玲珑。管弦凝碧池上，记当时、风月愁侬。翠华远，但江南草木，烟锁深宫。　只为天姿冷澹，被西风酝酿，彻骨香浓。枉学丹蕉，叶展偷染妖红。道人取次装束，是自家、香底家风。又怕是，为凄凉、长在醉中。

高观国　　声声慢·元夕

壶天不夜，宝炷生香，光风荡摇金碧。月滟冰痕，花外峭寒无力。歌传翠帘尽卷，误惊回、瑶台仙迹。禁漏促，拚千金一刻，未酬佳夕。　卷地香尘不断，最得意、输他五陵狂客。楚柳吴梅，无限眼边春色。鲛绡暗中寄与，待重寻、行云消息。乍醉醒，怕南楼、吹断晓笛。

吴　潜　　声声慢·和吴梦窗赋梅

挨晴拶暖，载酒呼朋，夷犹东圃西园。绿萼枝头，两三初破轻寒。平生自甘寂寞，占冷妆、不为人妍。林逋去，问影疏香暗，谁赋其间。　空想故山奇事，正烟横岭曲，月浸溪湾。杏错桃讹，那时青子都圆。惟饶梦窗知处，对翠禽、依约神仙。休引角，怕征人、泪落塞边。

李曾伯　　声声慢·赋红梅

红绡剪就，绛蜡镕成，天然一种仙姿。竹外家风，凄凉俭薄为宜。东君苦怜消瘦，强教伊、傅粉匀脂。较量尽，胜夭桃轻俗，繁杏粗肥。　好是新妆雅态，对疏蟾淡淡，薄雾霏霏。迥出红尘，轻盈玉骨冰肌。犹嫌污人颜色，谁云似、虢国

娥眉。香韵别，怕满园、蜂蝶未知。

李曾伯　　声声慢·和韵赋江梅

修洁孤高，凌霜傲雪，潇然尘外丰姿。一白无瑕，玉堂茅舍俱宜。飘飘羽衣缟袂，都不染、富贵膏脂。调羹事，看水边清瘦，雨后红肥。　偏爱春工尚浅，向南枝信透，东阁香霏。翠袖犹寒，不禁弱质柔肌。浑如故人邂逅，聊相与、一笑开眉。归去晚，任帘栊、深闭未知。

史可堂　　声声慢·和陆景思黄木香

羞朱妒粉，染雾裁云，淡然苍佩仙裳。半额蜂妆，莫道梳洗家常。碧罗乱萦小带，翠虬寒、一架清香。春思苦，倚晴娇无力，如待韩郎。　密幄笼芳吟夜，任露沾轻袖，月轻空梁。弱骨柔姿，偏解勾引诗狂。遗钿碎金满地，恨无情、风送韶光。闲昼永，看青青、垂蔓过墙。

吴文英　　声声慢·咏桂花

蓝云笼晓，玉树悬秋，交加金钏霞枝。人起昭阳，禁寒粉粟生肌。浓香最无著处，渐冷香、风露成霏。绣茵展，怕空阶惊坠，化作萤飞。　三十六宫愁重，问谁持金锸，和月都移。掣锁西厢，清尊素手重携。秋来鬓华多少，任乌纱、醉压花低。正摇落，叹淹留、客又未归。

吴文英　　声声慢·云深山坞

友人以梅、兰、瑞香、水仙供客，曰四香，分韵得风字

云深山坞，烟冷江皋，人生未易相逢。一笑灯前，钗行两两春容。清芳夜争真态，引生香、撩乱东风。探花手，与安排金屋，懊恼司空。　憔悴敧翘委佩，恨玉奴销瘦，飞趁轻鸿。试问知心，尊前谁最情浓。连呼紫云伴醉，小丁香、才吐微红。还解语，待携归、行雨梦中。

吴文英　　声声慢·檀栾金碧

陪幕中饯孙无怀于郭希道池亭，闰重九前一日

檀栾金碧，婀娜蓬莱，游云不蘸芳洲。露柳霜莲，十分点缀成秋。新弯画眉未稳，似含羞、低护墙头。愁送远，驻西台

车马，共惜临流。　　知道池亭多宴，掩庭花、长是惊落秦讴。腻粉阑干，犹闻凭袖香留。输他翠涟拍甃，瞰新妆、时浸明眸。帘半卷，带黄花、人在小楼。

吴文英　　声声慢·饮时贵家，即席三姬求词

春星当户，眉月分心，罗屏绣幕围香。歌缓□□，轻尘暗簌文梁。秋桐泛商丝雨，恨未回、飘雪垂杨。连宝镜，更一家姊妹，曾入昭阳。　　莺燕堂深谁到，为殷勤、须放醉客疏狂。量减离怀，孤负蘸甲清觞。曲中倚娇佯误，算只图、一顾周郎。花镇好，驻年华、长在琐窗。

吴文英　　声声慢·寒筲惊坠

宏庵宴席，客有持桐子侑俎者，自云其姬亲剥之

寒筲惊坠，香豆初收，银床一夜霜深。乱泻明珠，金盘来荐清斟。绿窗细剥檀皱，料水晶、微损春簪。风韵处，惹手香酥润，樱口脂侵。　　重省追凉前事，正风吟莎井，月碎苔阴。颗颗相思，无情漫搅秋心。银台翦花杯散，梦阿娇、金屋沉沉。甚时见，露十香、钗燕坠金。

吴文英　　声声慢·畿漕廨建新楼，上尹梅津

清漪衔苑，御水分流，阿阶西北青红。朱栱浮云，碧窗宿雾濛濛。璇题净横秋影，笑南飞、不过新鸿。延桂影，见素娥梳洗，微步琼空。　　城外湖山十里，想无时长敞，罨画帘栊。暗柳回堤，何须系马金狨。莺花翰林千首，彩毫飞、海雨天风。风池上，又相思、春夜梦中。

吴文英　　声声慢·赠藕花洲尼

六铢衣细，一叶舟轻，黄芦堪笑浮槎。何处汀洲，云澜锦浪无涯。秋姿澹凝水色，艳真香、不染春华。笑归去，傍金波开户，翠屋为家。　　回施红妆青镜，与一川平绿，五月晴霞。赪玉杯中，西风不到窗纱。端的旧莲深薏，料采菱、新曲羞夸。秋潋滟，对年年、人胜似花。

吴文英　　声声慢·寿魏方泉

莺团橙径，鲈跃莼波，重来两过中秋。酒市渔乡，西风胜

似春柔。宿春去年村墅，看黄云、还委西畴。凤池去，信吴人有分，借与迟留。　　应是香山续梦，又凝香追咏，重到苏州。青鬓江山，足成千岁风流。围腰御仙花底，衬月中、金粟香浮。夜宴久，揽秋云、平倚画楼。

吴文英　　声声慢·饯魏绣使泊吴江，为友人赋

旋移轻鹢，浅傍垂虹，还因送客迟留。泪雨横波，遥山眉上新愁。行人倚阑心事，问谁知、只有沙鸥。念聚散，几枫丹霜渚，莼绿春洲。　　渐近香菰炊黍，想红丝织字，未远青楼。寂寞渔乡，争如连醉温柔。西窗夜深翦烛，梦频生、不放云收。共怅望，认孤烟、起处是州。

吴文英　　声声慢·和沈时斋八日登高韵

凭高入梦，摇落关情，寒香吹尽空岩。坠叶消红，欲题秋讯难缄。重阳正隔残照，趁西风、不响云尖。乘半暝、看残山濯翠，剩水开奁。　　暗省长安年少，几传杯吊甫，把菊招潜。身老江湖，心随飞雁天南。乌纱倩谁重整，映风林、钩玉纤纤。漏声起，乱星河、入影画檐。

李　演　　声声慢·轻鞯绣谷

轻鞯绣谷，柔屐烟堤，六年遗赏新续。小舫重来，惟有寒沙鸥熟。徘徊旧情易冷，但溶溶、翠波如縠。愁望远，甚云销月老，暮山自绿。　　嚬笑人生悲乐，且听我尊前，渔歌樵曲。旧阁尘封，长得树阴如屋。凄凉五桥归路，载寒秀、一枝疏玉。翠袖薄，晚无言、空倚修竹。

陈　郁　　声声慢·应制赋芙蓉、木樨

澄空初霁，暑退银塘，冰壶雁程寥寞。天阙清芬，何事早飘岩壑。花神更裁丽质，涨红波、一奁梳掠。凉影里，算素娥仙队，似曾相约。　　闲把两花商略，开时候、羞趁观桃阶药。绿幕黄帘，好顿胆瓶儿著。年年粟金万斛，拒严霜、绵丝围幄。秋富贵，又何妨、与民同乐。

陈　著　　声声慢·次韵黄子羽咏凤花

珍丛凤舞，曾是宣和，春风送归禁幄。翠浅红深，婉娩步

空金落。腥尘未飞动处，是先知、早辞华萼。好在□，四并难多少，怨怀无托。　　猛拍阑干谁会，浮世事、悠悠白云黄鹤。有酒当花，休得是今非昨。花犹百年宁耐，算人生、能几欢乐。又匆匆，醉梦里、春去不觉。

刘之才　　声声慢·五日

湘云织玉，楚葛篝香，澡兰帘幕风静。怨抑难招，沉魄当年独醒。莫唱江南古调，念天涯、深情谁省。时暗换，最秦楼惆望，归期无定。　　曾是榴裙误写，怕照眼枝头，绛绡花并。巧篆盘丝，午镜绿窗闹影。香蒲也应细剪，但年年、断云愁冷。迎醉面，看银蟾、飞浴露井。

姚　勉　　声声慢·和徐同年梅

江涵石瘦，雪压桥低，森森万木寒僵。不是争魁，百花谁敢先芳。冰姿皎然玉立，笑儿曹、粉面何郎。调羹鼎，只此花余事，说甚宫妆。　　松竹岁寒三友，恨竹污晋士，松涴秦皇。雪魄冰魂，回首世上无香。西湖有人觅句，但知渠、清浅昏黄。奇绝处，五更初、横月带霜。

何梦桂　　声声慢·寿何思院母夫人

人间六月，好是王母瑶池，吹下冰雪。一片清凉，仙界蕊宫珠阙。金猊水沉未冷，看瑶阶、九开蓂荚。尚记得，那年时手种，蟠桃千叶。　　庭下阿儿痴绝，争戏舞、绿袍环玦。笑捧金卮，满砌兰芽初茁。七十古来稀有，且高歌、万事休说。天未老，尚看他、儿辈事业。

奚　淢　　声声慢·秋声淅沥

秋声淅沥，楚棹吴鞭，相逢易老颜色。桐竹鸣骚音韵，水云空觅。炎凉自今自古，信浮生、有谁禁得。漫回首，问黄花还念，故人犹客。　　莫管红香狼藉，兰蕙冷，偏他露知霜识。木落山空心事，对秋明白。征衣暗尘易染，算江湖、随人宽窄。正无据，看寒蟾、飞上暮碧。

刘辰翁　　声声慢·西风坠绿

九日泛湖游寿乐园赏菊，时海棠花开，即席命赋

西风坠绿，唤起春娇，嫣然困倚修竹。落帽人来，花艳乍惊郎目。相思尚带旧子，甚凄凉、未忺妆束。吟鬓底，伴寒香一朵，并簪黄菊。　　却待金盘华屋，园林静、多情怎禁幽独。蛱蝶应愁，明日落红难触。那堪雁霜渐重，怕黄昏、欲睡未足。翠袖冷，且莫辞、花下秉烛。

尹济翁　　声声慢·禁酿

雕鞍芳径，翠管长亭，春酲不负妍华。几丈闲愁，寄风吹落天涯。深深小帘朱户，是何人、重整香车。愁未醒，记竹西歌吹，柳下人家。　　眉锁何曾舒展，看行人都是，醉眼横斜。寄语高阳，从今休唤流霞。残春又能几许，但相从、评水观茶。清梦远，怕东风、犹在杏花。

周　密　　声声慢·瑶台月冷

逃禅作梅、瑞香、水仙，字之曰三香

瑶台月冷，佩渚烟深，相逢共话凄凉。曳雪牵云，一般淡雅梳妆。樊姬岁寒旧约，喜玉儿、不负萧郎。临水镜，看清铅素靥，真态生香。　　长记湘皋春晓，仙路迥，冰钿翠带交相。满引台杯，休待怨笛吟商。凌波又归甚处，问兰昌、何似唐昌。春梦好，倩东风、留驻琐窗。

周　密　　声声慢·妆额黄轻

逃禅作菊、桂、秋荷，目之曰三逸

妆额黄轻，舞衣红浅，西风又到人间。小雨新霜，苹池藓径生寒。输它汉宫姊妹，粲星钿、霞佩珊珊。凉意早，正金盘露洁，翠盖香残。　　三十六宫秋好，看扶疏仙影，伴月长闲。宝络风流，何如细蕊堪餐。幽香未应便减，傲清霜、正自宜看。吟思远，负东篱、还赋小山。

周　密　　声声慢·九日松涧席

橙香小院，桂冷闲庭，西风雁影涵秋。凤拨龙槽，新声小按梁州。莺吭夜深啭巧，凝凉云、应为歌留。慵顾曲，叹周郎老去，鬓改花羞。　　何事登临感慨，倩金蕉一洗，千古清愁。屡舞高歌，作成陶谢风流。人生最难一笑，拚尊前、醉倒方休。待醉也，带黄花、须带满头。

周　密　　　声声慢·柳花咏

燕泥沾粉，鱼浪吹香，芳堤十里新晴。静惹游丝，花边袅袅扶春。多情最怜飘泊，记章台、曾绾青青。堪爱处，是扑帘娇软，随马轻盈。　　长是河桥三月，做一番晴雪，恼乱诗魂。带雨沾衣，罗襟点点离痕。休缀潘郎鬓影，怕绿窗、年少人惊。卷春去，剪东风、千缕碎云。

周　密　　　声声慢·送王圣与次韵

琼壶歌月，白发簪花，十年一梦扬州。恨入琵琶，小怜重见湾头。尊前漫题金缕，奈芳情、已逐东流。还送远，甚长安乱叶，都是闲愁。　　次第重阳近也，看黄花绿酒，也合迟留。脆柳无情，不堪重系行舟。百年正消几别，对西风、休赋登楼。怎去得，怕凄凉时节，团扇悲秋。

郭居安　　　声声慢·寿贾师宪

捷书连昼，甘澍通宵，新来喜沁尧眉。许大担当，人间佛力须弥。年年八月八日，长记他、三月三时。平生事，想只和天语，不遣人知。　　一片闲心鹤外，被乾坤系定，虹玉腰围。闾阖云边，西风万籁吹齐。归舟更归何处，是天教、家在苏堤。千千岁，比周公、多个彩衣。

赵功可　　　声声慢·残梦和儿韵

情痴倦极，天阔归迟，吟魂无力随风。月落墙阴，一屏睡睫濛濛。邯郸平生难记，记花前、犹醉金钟。留连处，忽一声山外，吹度晴钟。　　觉来重重追忆，似游尘飞去，那拾遗踪。寄谢芳卿，向来曾主芙蓉。人间兴亡万感，看千年、与梦皆空。披衣起，倚阑干、人在笑中。

王沂孙　　　声声慢·催雪

风声从臾，云意商量，连朝滕六迟疑。茸帽貂裘，兔园准拟吟诗。红炉旋添兽炭，办金船、羔酒熔脂。问剪水，恁工夫犹未，还待何时。　　休被梅花争白，好夸奇斗巧，早遍琼枝。彩索金铃，佳人等塑狮儿。怕寒绣帏慵起，梦梨云、说与春知。莫误了，约王猷、船过剡溪。

王沂孙　　声声慢·啼螀门静

啼螀门静，落叶阶深，秋声又入吾庐。一枕新凉，西窗晚雨疏疏。旧香旧色换却，但满川、残柳荒蒲。茂陵远，任岁华苒苒，老尽相如。　　昨夜西风初起，想莼边呼棹，橘后思书。短景凄然，残歌空叩铜壶。当时送行共约，雁归时、人赋归欤。雁归也，问人归、如雁也无。

王沂孙　　声声慢·高寒户牖

高寒户牖，虚白尊罍，千山尽入孤光。玉影如空，天葩暗落清香。平生此兴不浅，记当年、独据胡床。怎知道，是岁华换却，处处堪伤。　　已是南楼曲断，纵疏花淡月，也只凄凉。冷雨斜风，何况独掩西窗。天涯故人总老，谩相思、永夜相望。断梦远，趁秋声、一片渡江。

王沂孙　　声声慢·迎门高髻

迎门高髻，倚扇清吭，娉婷未数西州。浅拂朱铅，春风二月梢头。相逢靓妆俊语，有旧家、京洛风流。断肠句，试重拈彩笔，与赋闲愁。　　犹记凌波欲去，问明珰罗袜，却为谁留。枉梦相思，几回南浦行舟。莫辞玉樽起舞，怕重来、燕子空楼。谩惆怅，抱琵琶、闲过此秋。

仇　远　　声声慢·藏莺院静

藏莺院静，浮鸭池荒，绿阴不减红芳。高卧虚堂，南风时送微凉。游鞯践香未遍，怪青春、别我堂堂。闲里好，有故书盈箧，新酒盈缸。　　只怕吴霜侵鬓，叹春深铜雀，空老周郎。弱絮沾泥，如今梦冷平康。翻思旧游踪迹，认断云、低度横塘。离恨满，甚月明、偏照小窗。

蒋　捷　　声声慢·秋声

黄花深巷，红叶低窗，凄凉一片秋声。豆雨声来，中间夹带风声。疏疏二十五点，丽谯门、不锁更声。故人远，问谁摇玉佩，檐底铃声。　　彩角声吹月堕，渐连营马动，四起笳声。闪烁邻灯，灯前尚有砧声。知他诉愁到晓，碎哝哝、多少蛩声。诉未了，把一半、分与雁声。

张　炎　　声声慢·都下与沈尧道同赋

平沙催晓，野水惊寒，遥岑寸碧烟空。万里冰霜，一夜换却西风。晴梢渐无坠叶，撼秋声、都是梧桐。情正远，奈吟湘赋楚，近日偏慵。　　客里依然清事，爱窗深帐暖，戏拣香筒。片霎归程，无奈梦与心同。空教故林怨鹤，掩闲门、明月山中。春又小，甚梅花、犹自未逢。

张　炎　　声声慢·为高菊墅赋

寒花清事，老圃闲人，相看秋色霏霏。带叶分根，空翠半湿荷衣。沅湘旧愁未减，有黄金、难铸相思。但醉里，把苔笺重谱，不许春知。　　聊慰幽怀古意，且频簪短帽，休怨斜晖。采摘无多，一笑竟日忘归。从教护香径小，似东山、还似东篱。待去隐，怕如今、不是晋时。

张　炎　　声声慢·送琴友季静轩还杭

荷衣消翠，蕙带余香，灯前共语生平。苦竹黄芦，都是梦里游情。西湖几番夜雨，怕如今、冷却鸥盟。倩寄远，见故人说道，杜老飘零。　　难挽清风飞佩，有相思都在，断柳长汀。此别何如，一笑写入瑶琴。天空水云变色，任愔愔、山鬼愁听。兴未已，更何妨、弹到广陵。

张　炎　　声声慢·赋渔隐

门当竹径，鹭管苔矶，烟波自有闲人。棹入孤村，落照正满寒汀。桃花远迷洞口，想如今、方信无秦。醉梦醒，向沧浪容与，净濯兰缨。　　欸乃一声归去，对笔床茶灶，寄傲幽情。雨笠风蓑，古意谩说玄真。知鱼淡然自乐，钓清名、空在丝纶。笑未已，笑严陵、还笑渭滨。

张　炎　　声声慢·别四明诸友归杭

山风古道，海国轻车，相逢只在东瀛。淡薄秋光，恰似此日游情。休嗟鬓丝断雪，喜闲身、重渡西泠。又溯远，趁回潮拍岸，断浦扬舲。　　莫向长亭折柳，正纷纷落叶，同是飘零。旧隐新招，知住第几层云。疏篱尚存晋菊，想依然、认得渊明。待去也，最愁人、犹恋故人。

张　炎　　声声慢·题吴梦窗遗笔

烟堤小舫，雨屋深灯，春衫惯染京尘。舞柳歌桃，心事暗恼东邻。浑疑夜窗梦蝶，到如今、犹宿花阴。待唤起，甚江蓠摇落，化作秋声。　　回首曲终人远，黯消魂、忍看朵朵芳云。润墨空题，惆怅醉魄难醒。独怜水楼赋笔，有斜阳、还怕登临。愁未了，听残莺、啼过柳阴。

张　炎　　声声慢·穿花省路

己亥岁，自台回杭。雁旅数月，复起远兴。余冉冉老矣，谁能重写旧游编否

穿花省路，傍竹寻邻，如何故隐都荒。问取堤边，因甚减却垂杨。消磨纵然未尽，满烟波、添了斜阳。空叹息，又翻成无限，杜老凄凉。　　一舸清风何处，把秦山晋水，分贮诗囊。发已飘飘，休问岁晚空江。松陵试招旧隐，怕白鸥、犹识清狂。渐溯远，望并州、却是故乡。

张　炎　　声声慢·西湖

王戢隐吹箫，余倚歌而和。天阔秋高，光景奇绝，与姜白石垂虹夜游，同一清致也。别本作与王碧山泛舟鉴曲

晴光转树，晓气分岚，何人野渡横舟。断柳枯蝉，凉意正满西州。匆匆载花载酒，便无情、也自风流。芳昼短，奈不堪深夜，秉烛来游。　　谁识山中朝暮，向白云一笑，今古无愁。散发吟商，此兴万里悠悠。清狂未应似我，倚高寒、隔水呼鸥。须待月，许多清、都付与秋。

张　炎　　声声慢·和韩竹闲韵

赠歌者关关，在两水居

鬟丝湿雾，扇锦翻桃，尊前乍识欧苏。赋笔吟笺，光动万颗骊珠。英英岁华未老，怨歌长、空击铜壶。细看取，有飘然清气，自与尘疏。　　两水犹存三径，叹绿窗窈窕，谩长新蒲。茂苑扁舟，底事夜雨江湖。当年柳枝放却，又不知、樊素何如。向醉里，暗传香、还记也无。

张　炎　　声声慢·中吴感旧

因风整帽，借柳维舟，休登故苑荒台。去岁何年，游处半

入苍苔。白鸥旧盟未冷，但寒沙、空与愁堆。谩叹息，问西门洒泪，不忍徘徊。　　眼底江山犹在，把冰弦弹断，苦忆颜回。一点归心，分付布袜青鞋。相寻已期到老，那知人、如此情怀。怅望久，海棠开、依旧燕来。

张　炎　　　　声声慢·重过垂虹

□声短棹，柳色长条，无花但觉风香。万境天开，逸兴纵我清狂。白鸥更闲似我，趁平芜、飞过斜阳。重叹息，却如何不□，梦里黄粱。　　一自三高非旧，把诗囊酒具，千古凄凉。近日烟波，乐事尽逐渔忙。山横洞庭夜月，似潇湘、不似潇湘。归未得，数清游、多在水乡。

张　炎　　　　声声慢·寄叶书隐

百花洲畔，十里湖边，沙鸥未许盟寒。旧隐琴书，犹记渭水长安。苍云数千万叠，却依然、一笑人间。似梦里，对清尊白发，秉烛更阑。　　渺渺烟波无际，唤扁舟欲去，且与凭阑。此别何如，能消几度阳关。江南又听夜雨，怕梅花、零落孤山。归最好，甚闲人、犹自未闲。

彭子翔　　　　声声慢·寿六十一

萸房初荐，橙子新搓，菊松图下捧金荷。看翁将息，后生似、去年些，更眼前、稚子又多。　　鬓绿颜酡，对花醉、把花歌，熙宁安乐好行窝。佳辰虽异，翁此兴、不输他。更如何、欢喜也呵。

赵　宰　　　声声慢·寿吴宪　四月十三

洞宾仙客，诞节明朝，方斋今日称觞。为有金丹，希年近也康强。平生铁石肺腑，肯依阿、贪恋朝行。芹溪上，把等闲出处，付与沧浪。　　花竹午桥葱倩，身退静、功名大耐偏长。济世经纶，暂时收敛何妨。黄扉有分须到，况玉皇、久待平章。康时了，万千年、姓字弥香。

无名氏　　　　声声慢·梅黄金重

梅黄金重，雨细丝轻，园林雾烟如织。殿阁风微，帘外燕喧莺寂。池塘彩鸳戏水，雾荷翻、千点珠滴。闲昼永，称潇湘

竿叟，烂柯仙客。　　日午槐阴低转，茶瓯罢、清风顿生双腋。碾玉盘深，朱李静沉寒碧。朋侪闲歌白雪，卸巾纱、樽俎狼藉。有皓月、照黄昏，眠又未得。

杜韦娘

杜韦娘是唐代歌女，唐教坊曲遂以其名制为曲调。刘禹锡有赠李绅歌妓诗《赠李司空妓》："鬟髻梳头宫样妆，春风一曲《杜韦娘》。"宋人借唐旧曲名，另创新声，词调仍名《杜韦娘》。今传以杜安世用此调为最早。属双调、仄韵，共一百零九字。上阕九句、五十三字，于第二、四、七、九句用韵；下阕十句、五十六字，于一、三、五、八、十句用韵。

杜安世　　杜韦娘·暮春天气

暮春天气，莺老燕子忙如织。间嫩叶题诗哨梅小，乍遍水、新萍圆碧。初牡丹谢了，秋千搭起，垂杨暗锁深深陌。暖风轻，尽日闲把、榆钱乱掷。　　恨寂寂，芳容衰减，顿欹玳枕困无力。为少年、狂荡恩情薄，尚未有、归来消息。想当初、凤侣鸳俦，唤作平生，更不轻离拆。倚朱扉，泪眼滴损、红绡数尺。

无名氏　　杜韦娘·华堂深院

华堂深院，霜笼月采生寒晕。度翠幄、风触梅香喷。渐岁晚、春光将近。惹离恨万种，多情易感，欢难聚少愁成阵。拥红炉，凤枕慵欹，银灯挑尽。　　当此际，争忍前期后约，度岁无凭准。对好景、空积相思恨。但自觉、恹恹方寸。拟蛮笺象管，丹青好手，写出寄与伊教信。尽千工万巧，唯有心期难问。

杨柳枝

又名《折杨柳》、《柳枝》、《杨枝》、《新添声杨枝》、《寿杯司》。此调原为汉横吹曲辞，至隋时始为宫词。白居易以前朝旧曲为本，翻为新调。其《杨柳枝词》之

一："古歌旧曲君休听，听取新翻《杨柳枝》。"其曲名原为咏调名本意，即以咏杨柳抒怀。后入唐教坊舞曲。属单调、平韵，七言四句，二十八字，类似绝句，于第一、二、四句用韵。另有双调，分四十字、四十四字诸体。四十四字一体，上、下阕于结句各用"柳枝"二字用作和声。又，唐韩翃有《章台柳》词，单调，仄韵，二十七字，第一、二句各为三字，其柳姬答词，起句为"杨柳枝"，后遂以《杨柳枝》为词调名。此调与白居易词格式不同，当为同名异调，不可混淆。参阅《柳枝》、《章台柳》。

晁补之　　杨柳枝·素色清薰出俗华

素色清薰出俗华，腊前花。轩前爱日扫云遮，几枝斜。月淡纱窗香暗透，白于纱。幽人独酌对芳葩，兴无涯。

赵子发　　杨柳枝·淅淅西风生暮寒

淅淅西风生暮寒，绣衣单。碧梧叶落藕花残，恨前欢。月镂虚棂烟逗竹，梦千山。玉箫清夜忆孤鸾，镇长闲。

张元幹　　杨柳枝·席上次韵曾颖士

深院今宵枕簟凉，烛花光。更筹何事促行觞，恼刚肠。老去一蓑烟雨里，钓沧浪。看君鸣凤向朝阳，且腰黄。

王　质　　杨柳枝·淡月

惯得娇云赶不开，去还来。淡光无可照楼台，且停杯。薄雨疏疏时几点，洒浮埃。卖花未上担儿抬，听他催。

张孝祥　　杨柳枝·碧玉簪冠金缕衣

碧玉簪冠金缕衣，雪如肌。从今休去说西施，怎如伊。杏脸桃腮不傅粉，貌相宜。好对眉儿共眼儿，觑人迟。

张　镃　　杨柳枝·绿蜡芽疏雪一包

绿蜡芽疏雪一包，绽云梢。清香却暑置堂坳，晚风飘。冰雹无声栖碧叶，笑仍娇。相随茉莉展轻绡，伴凉宵。

葛长庚　　杨柳枝·挼碎梅花一断肠

挼碎梅花一断肠，送斜阳。风烟缥缈月微茫，又昏黄。

平野寒芜何处断，接天长。短篱浅水橘青黄，度清香。

无名氏　　杨柳枝·簌簌花飞一雨残

簌簌花飞一雨残，乍衣单。屏风数幅画江山，水云闲。别易会难无计那，泪潸潸。夕阳楼上凭栏干，望长安。

杨柳陌

此调本名《减字浣溪沙》，因贺铸词有“袚禊归□杨柳陌”句，故更名《杨柳陌》。详见《减字浣溪沙》条。

贺　铸　　杨柳陌·兴庆宫池整月开

兴庆宫池整月开，□□□□缕金鞋，后庭芳草绿缘阶。袚禊归□杨柳陌，□□□落凤凰钗，细风抛絮入人怀。

极相思

又名《极相思令》。据宋彭乘《墨客挥犀》记载：宋仁宗朝，皇族中有一位太尉的夫人，有一天，到皇宫中向仁宗皇帝拜告说：“妾之夫很不幸，被侍婢所诱惑，望陛下为妾做主。”仁宗闻之大怒，把侍婢流放于千里之外；太尉夫人亦因此得罪，谪居瑶华宫；太尉被罚俸，不得入朝。一年之后，正值暮春时节，太尉夫人度曲制词，名为《极相思》。这就是此调的来源。属双调、平韵，共四十九字。上阕五句、二十三字，于第一、二、五句用韵；下阕五句、二十六字，用韵同上阕。

蔡　伸　　极相思·碧檐鸣玉玎珰

碧檐鸣玉玎珰，金锁小兰房。楼高夜永，飞霜满院，璧月沉缸。　　云雨不成巫峡梦，望仙乡、烟水茫茫。风前月底，登高念远，无限凄凉。

蔡　伸　　极相思·相思情味堪伤

相思情味堪伤，谁与话衷肠。明朝见也，桃花人面，碧藓回廊。　　别后相逢唯有梦，梦回时、展转思量。不如早睡，今宵魂梦，先到伊行。

李　氏　　**极相思·赠张浩**

日红疏翠密晴暄，初夏困人天。风流滋味，伤怀尽在，花下风前。　后约已知君定，这心绪、尽日悬悬。鸳鸯两处，清宵最苦，月甚先圆。

吕渭老　　**极相思·拂墙花影飘红**

拂墙花影飘红，微月辨帘栊。香风满袖，金莲印步，狭径迎逢。　笑靥乍开还敛翠，正花时、却恁西东。别房初睡，斜门未锁，且更从容。

吕渭老　　**极相思·西园斗草归迟**

西园斗草归迟，隔叶啭黄鹂。阑干醉倚，秋千背立，数遍佳期。　寒食清明都过了，趁如今、芍药蔷薇。衩衣吟露，归舟缆月，方解开眉。

陆　游　　**极相思·江头疏雨轻烟**

江头疏雨轻烟，寒食落花天。翻红坠素，残霞暗锦，一段凄然。　惆怅东君堪恨处，也不念、冷落尊前。那堪更看，漫空相趁，柳絮榆钱。

吴文英　　**极相思·题陈藏一水月梅扇**

玉纤风透秋痕，凉与素怀分。乘鸾归后，生绡净翦，一片冰云。　心事孤山春梦在，到思量、犹断诗魂。水清月冷，香消影瘦，人立黄昏。

仇　远　　**极相思·云头灰冷**

云头灰冷，金彝熏透茜罗衫。可人犹带，紫陌青门，珠泪斑斑。　自恨移根无宿土，红姿减、绿意阑珊。有谁知我，花明眼暗，如雾中看。

极相思令

即《极相思》。“令”本来源于唐代酒令，用于词调中

只表明其调为令词，这种情况“令”字可有可无。此调即成为《极相思》的别名。属双调、平韵，共四十九字。关于其调名来源、用韵等，参阅《极相思》。

太尉夫人　　极相思令·柳烟霁色方春

柳烟霁色方春，花露逼金茎。秋千院落，海棠渐老，才过清明。　嫩玉腕托香脂脸，相傅粉、更与谁情。秋波绽处，相思泪迸，天阻深诚。

谭意哥　　极相思令·湘东最是得春先

湘东最是得春先，和气暖如绵。清明过了，残花巷陌，犹见秋千。　对景感时情绪乱，这密意、翠羽空传。风前月下，花时永昼，洒泪何言。

赤枣子

此调本为唐教坊曲名，后用来作为词调名。“赤枣”即秋天成熟后的红枣。“子”是唐代用作乐曲之名，后俗语遂有“曲子”之称。作为乐调名本为吟咏赤枣，借以抒怀。属单调、仄韵，二十七字，五句为三、三、七、七、七句式，于第二、三、五句用韵。此调与《捣练子》、《桂殿秋》、《解红》等的字数、句数、用韵皆同，但句中平仄有异，不能混为一调，实属体近调异之词。

游九言　　赤枣子·华阳洞

河汉澈，碧霄晴，九华仙子到凡尘。凉夜山头吹玉笛，纤云卷尽月分明。

游九言　　赤枣子·香露湿

香露湿，草晶荧，起看大地粲瑶琼。下界千门人寂寂，空山夜静海波声。

游九言　　赤枣子·仙子去

仙子去，眇云程，天香杳杳佩环清。回望九州烟雾日，千山月落影纵横。

赤壁词

即《念奴娇》。此调名为宋代陆游所创制，见《渭南文集》卷四十九。陆游《赤壁词·招韩无咎游金山》，上阕末二句为“人生难料，一尊此地相属”，化用苏轼《念奴娇·赤壁怀古》中“人生如梦，一樽还酹江月”之句意，故名《赤壁词》。此调当是《念奴娇》的别体。词属双调、仄韵，共一百字。上阕十句、四十九字，于第二、三、四、五、八、十句用韵；下阕十句、五十一字，于第三、五、八、十句用韵。参阅《念奴娇》、《大江东去》。

陆　游　　赤壁词·招韩无咎游金山

禁门钟晓，忆君来朝路，初翔鸾鹄。西府中台推独步，行对金莲宫烛。鼈绣华鞯，仙葩宝带，看即飞腾速。人生难料，一尊此地相属。　　回首紫陌青门，西湖闲院，锁千梢修竹。素壁栖鸦应好在，残梦不堪重续。岁月惊心，功名看镜，短鬓无多绿。一欢休惜，与君同醉浮玉。

芙蓉月

此调是宋赵以夫所创制，为其自度曲，调见《虚斋集》。咏调名本意：月光下之芙蓉。词中有“残月淡”之句，名为《芙蓉月》。属双调、仄韵，共九十四字。上阕九句、四十八字，于第二、四、六、九句用韵；下阕十句、四十六字，于第一、二、四、六、七、十句用韵。

赵以夫　　芙蓉月·黄叶舞碧空

黄叶舞碧空，临水处、照眼红苞齐吐。柔情媚态，伫立西风如诉。遥想仙家城阙，十万绿衣童女。云缥缈，玉娉婷，隐隐彩鸾飞舞。　　樽前更风度，记天香国色，曾占春暮。依然好在，还伴清霜凉露。一曲阑干敲遍，悄无语，空相顾。残月淡，酒阑时、满城钟鼓。

芰荷香

此调本为唐教坊曲名，其题咏调名本意，后用作词调名。调见《大声集》。芰，菱角。两角的称菱，四角的称芰。宋万俟咏以歌吟芰菱荷花为内容，抒发情怀，以《芰荷香》之题入词。词中有“浥浥清香”之句，故名。属双调、平韵，有九十七字和九十八字两体。九十八字一体为正格，其上阕十句、四十八字，于第一、三、五、七、九、十句用韵；下阕十句、五十字，于第三、五、七、八、十句用韵。

万俟咏　　芰荷香·小潇湘

小潇湘，正天影倒碧，波面容光。水仙朝罢，间列绿盖红幢。吹风细雨，荡十顷、浥浥清香。人在水精中央，霜绡雾縠，襟袂收凉。　款放轻舟闹红里，有蜻蜓点水，交颈鸳鸯。翠阴密处，曾觅相并青房。晚霞散绮，泛远净、一叶鸣榔。拟去尽促雕觞，歌云未断，月上飞梁。

朱敦儒　　芰荷香·金陵

远寻花，正风亭霁雨，烟浦移沙。缓提金勒，路拥桃叶香车。凭高帐饮，照羽觞、晚日横斜。六朝浪语繁华，山围故国，绮散余霞。　无奈尊前万里客，叹人今何在，身老天涯。壮心零落，怕听叠鼓掺挝。江浮醉眼，望浩渺、空想灵槎。曲终泪湿琵琶，谁扶上马，不省还家。

曹　勋　　芰荷香·太母诞辰

彩云间，正西瑶阿母，初驻非烟。晓空吹静，暑气清度薰弦。母仪万国，配帝德、直切天垣。阴化从此俱宣，六宫内壶，欣拜新班。　况是关雎咏懿美，奉东朝晨夕，甘旨芳鲜。上膺慈训，下齐海宇均欢。坤宁暇日，庆盛旦、且款芳筵。永赞二圣当天，雍和化洽，亿万斯年。

史　浩　　芰荷香·中秋

过横塘，见红妆翠盖，柄柄擎香。月娥有意，暮霭收尽银潢。一轮高挂，且放同、千里清光。秋中气爽天凉，露凝玉

臂，风拂云裳。　　老子通宵不忍睡，把青尊小酌，仍更思量。自家活计，幸有无限珍藏。大千世界，静极后、普现十方。圆明不损毫芒，精神会处，独坐胡床。

仲　并　　芰荷香·醉凝眸

中秋在毗陵，不见月，作数语未成。后一日来澄江，途中先寄赵智夫

醉凝眸，正行云遮断，澄练江头。皓月今宵何处，不管中秋。朱阑倚遍，又微雨、催下危楼。秋风空响更筹。不将好梦，吹过南州。　　浮远轩窗异日到，山空云净，江远天浮。别去客怀，无赖准拟开愁。冰轮好在，解随我、天际归舟。何须舞袂歌喉，一觞一咏，谈笑风流。

赵彦端　芰荷香·席上用韵送程德远罢金谿

燕初归，正春阴暗淡，客意凄迷。玉觞无味，晚花雨退凝脂。多情细柳，对沉腰、浑不胜垂。别袖忍见离披，江南陌上，强半红飞。　　乐事从今一梦散，纵锦囊空在，金碗谁挥。舞裙歌扇，故应闲琐幽闺。练江诗就，算舣舟、宁不相思。肠断莫诉离杯，青云路稳，白首心期。

赵以夫　　芰荷香·端午和黄玉泉韵

倚晴空，爱湖光潋滟，楼影青红。彩丝金黍，水边还又相逢。怀沙人问，二千年、犹带酸风。骚人洒墨香浓，幽情要眇，雅调惺松。　　天上菖蒲五色，倩掺掺素手，分入雕钟。新欢往恨，一时付与歌童。斜阳正好，且留连、休要匆匆。应须倒尽郫筒，归鞭笑指，月挂苍龙。

花上月令

此调为宋代吴文英自度曲，吟花咏月，有“庭竹不收帘影去，人睡起，月空明”之句，故名其词为《花上月令》。“令”于此为词牌的通称。属双调、平韵，共五十八字。上阕七句、二十九字，于第一、三、五、七句用韵；下阕亦七句、二十九字，于第三、五、七句用韵。

吴文英　　花上月令·文园消渴爱江清

文园消渴爱江清，酒肠怯，怕深觥。玉舟曾洗芙蓉水，泻清冰。秋梦浅，醉云轻。　　庭竹不收帘影去，人睡起，月空明。瓦瓶汲井和秋叶，荐吟醒。夜深重，怨遥更。

花心动

此调名来历未详。又名《梅梢月》。属双调、仄韵，共一百零四字。上下阕均九句、五十二字。上阕于第二、五、七、九句用韵，下阕于第一、三、六、八、九句用韵。曹勋词名《好心动》，曹冠词名《桂飘香》，《鸣鹤余音词》名《上升花》，《高丽史·乐志》词名《花心动慢》。共有八体，多以史达祖词为正体。

阮逸女　　花心动·春词

仙苑春浓，小桃开，枝枝已堪攀折。乍雨乍晴，轻暖轻寒，渐近赏花时节。柳摇台榭东风软，帘栊静、幽禽调舌。断魂远、闲寻翠径，顿成愁结。　　此恨无人共说，还立尽黄昏，寸心空切。强整绣衾，独掩朱扉，簟枕为谁铺设。夜长更漏传声远，纱窗映、银缸明灭。梦回处，梅梢半笼淡月。

王　诜　　花心动·蜡梅

春欲来时，看雪里、新梅品流珍绝。气韵楚江，颜色中央，数朵巧熔香蜡。嫩苞珠泪圆金烛，娇腮润、蜂房微缺。画栏悄，佳人道妆，醉吟风月。　　淡白轻红谩说，算何事、东君用心偏别。赋与异姿，添与清香，堪向苦寒时节。但教开后金尊满，休惆怅、落时歌阕。断肠也，繁枝为谁赠折。

贺　铸　　花心动·西郭园林

西郭园林，远尘烦，门临绿杨堤路。画□簟长，水馆帘空，竟日素襟销暑。小湾红芰清香里，深隐映、风标鸳鹭。指□□，相将故故，背人飞去。　　翻念多情自苦，当置酒征歌，梦云难驻。醉眼渐迷，花拂墙低，误认宋邻偷顾。彩阑倚

遍平桥晚，空相望、凌波仙步。断魂处，黄昏翠荷□雨。

周邦彦　　花心动·帘卷青楼

帘卷青楼，东风暖，杨花乱飘晴昼。兰袂褪香，罗帐褰红，绣枕旋移相就。海棠花谢春融暖，偎人恁、娇波频溜。象床稳，鸳衾谩展，浪翻红绉。　一夜情浓似酒，香汗渍鲛绡，几番微透。鸾困凤慵，娅姹双眉，画也画应难就。问伊可煞□人厚。梅萼露、胭脂檀口。从此后、纤腰为郎管瘦。

谢　逸　　花心动·闺情

风里杨花，轻薄性，银烛高烧心热。香饵悬钩，鱼不轻吞，辜负钓儿虚设。桑蚕到老丝长绊，针刺眼、泪流成血。思量起，拈枝花朵，果儿难结。　海样情深忍撇，似梦里相逢，不胜欢悦。出水双莲，摘取一枝，可惜并头分折。猛期月满会姮娥，谁知是、初生新月。折翼鸟，甚是于飞时节。

刘　焘　　花心动·偏忆江南

偏忆江南，有尘表丰神，世外标格。低傍小桥，斜出疏篱，似向陇头曾识。暗香孤韵冰雪里，初不怕、春寒要勒。问桃杏贤瞒，怎生向前争得。　省共萧娘笑摘，玉纤映琼枝，照人一色。澹粉晕酥，多少工夫，到得寿阳宫额。再三留待东君看，管都将、别花不惜。但只恐、南楼又三弄笛。

赵　鼎　　花心动·偶居杭州七宝山国清寺冬夜作

江月初升，听悲风、萧瑟满山零叶。夜久酒阑，火冷灯青，奈此愁怀千结。绿琴三叹朱弦绝，与谁唱、阳春白雪。但遐想、穷年坐对，断编遗册。　西北欃枪未灭，千万乡关，梦遥吴越。慨念少年，横槊风流，醉胆海涵天阔。老来身世疏篷底，忍憔悴、看人颜色。更何似、归欤枕流漱石。

潘　汾　　花心动·啼鸟惊心

啼鸟惊心，怨年华，羞看杏梢桃萼。映柳小桥，芳草闲庭，处处旧游如昨。断肠人在东风里，遮不尽、几重帘幕。旧巢稳，呢喃燕子，笑人漂泊。　应是素肌瘦削，空望断天涯，信音难托。半污泪痕，重整余香，夜夜翠衾寒薄。倦游只

怕春归去，怎忍见、水流花落。梦魂远，韶华又还过却。

李弥逊　　　　花心动·七夕

水馆风亭，晚香浓、一番荷芰经雨。簟枕乍闲，襟裾初试，散尽满轩袢暑。断云却送轻雷去，疏林外、玉钩微吐。夜未阑，秋生败叶，暗摧庭树。　　天上佳期久阻，星河畔，仙车缥缈云路。旧恨未平，幽欢难驻，洒落半天风露。绮罗人散金猊冷，醉魂到、华胥深处。洞户悄，南楼画角自语。

李弥逊　　　　花心动·夫人生日

红日当楼，绣屏开、风茵舞花随步。绛拂佩兰，香染妆梅，仿佛紫烟真侣。雪消池馆年年会，玻璃泛、小槽新注。弄箫语，云璈未彻，暖回芳树。　　瑶检曾敂寿缕，好系日萦春，驭鸾深驻。桂殿影寒，蓬山波阔，未似彩衣庭户。坐看鹤鬓云来戏，重重拜、天阶雨露。纵游处，人间遍寻洞府。

张元幹　　　　花心动·七夕

水馆风亭，晚香浓、一番芰荷新雨。簟枕乍闲，襟裾初试，散尽满天袢暑。断云却送轻雷去，疏林外、玉钩微吐。夜渐永，秋惊败叶，凉生亭户。　　天上佳期久阻，银河畔、仙车缥缈云路。旧怨未平，幽欢驻，恨入半天风露。绮罗人散金猊冷，醉魂到、华胥深处。洞户悄、南楼画角自语。

曹　勋　　　　花心动·太母庆七十

椒柏称觞，抚寰瀛佳辰，正临端月。瑞应屡臻，宫籞多祥，气候暖回微冽。圣母七旬寿，夐无前、天心昭格。溥庆处，坤珍效祉，宴开清切。　　金殿箫韶备设，锵钧奏留云，舞容回雪。赭袍绣拥，祎翟同诚，递捧玉杯欢悦。愿将亿万喜，祝亿万、从兹无缺。太平主，永隆圣孝风阙。

曹　勋　　　　花心动·芍药

密幄阴阴，正嘉花嘉木，尽成新翠。蕙圃过雨，牡丹初歇，怎见浅深相倚。好称花王侍，秀层台、重楼明丽。九重晓，狂香浩态，暖风轻细。　　堪想诗人赠意，喜芳艳卿云，嫩苞金蕊。要看秀色，收拾韶华，自做殿春天气。与持青梅

酒，趁凝伫、晚妆相对。且频醉，芳菲向阑可惜。

曹勋　　花心动·瑞香

玉井生寒，正枫落吴江，冷侵罗幕。翠云剪叶，紫锦攒花，暗香遍熏珠阁。瑞非兰麝比，氤氲清彻寥廓。向燕寝，团团秀色，巧宜围却。　宝槛浓开对列，蜂共蝶多情，未知花萼。爱玩置向窗儿，时时更碾，建春浇著。最是关情处，惊梦回、酒醒初觉。楚梅早，前村任他暗落。

曹勋　　花心动·绿结阴浓

绿结阴浓，渐南风初到、旧家庭院。细麦落花，圆荷浮叶，翠径受风新燕。乍晴还雨香罗怯，惜柳絮、已将春远。最好处，清和气暖，喜拈轻扇。　好对层轩邃馆，供极目晴云，晓江横练。煮酒试尝，梅子团青，草草也休辞劝。待等闲暇寻胜去，又闲事、有时萦绊。且趁取良辰，醉后莫管。

史浩　　花心动·竞渡

迟日轻阴，雨初收，花枝湿红犹滴。玉镫绣鞯，才得新晴，柳岸往来如织。画楼几处珠帘卷，风光遍、神仙瑶席。萃佳景，分明管领，一陂澄碧。　忽见波涛喂激，苍烟际、双龙起为勍敌。桂楫拨云，鼍鼓轰雷，竞夺锦标千尺。恁时彩舰虹桥畔，春容引、宝觥霞液。兴浓处，笙歌又还竟夕。

史浩　　花心动·端午

槐夏阴浓，笋成竿、红榴正堪攀折。菖歜碎琼，角黍堆金，又赏一年佳节。宝觥交劝殷勤愿，把玉腕、彩丝双结。最好是，龙舟竞夺，锦标方彻。　此意凭谁向说，纷两岸，游人强生区别。胜负既分，些个悲欢，过眼尽归休歇。到头都是强阳气，初不悟、本无生灭。见破底，何须更求指诀。

赵长卿　　花心动·客中见梅寄暖香书院

风软寒轻，暗香飘、扑面无限清楚。乍淡乍浓，应想前村，定是早梅初吐。马儿行过坡儿下，危桥外、竹梢疏处。半斜露，花花蕊蕊，灿然满树。　一饷看花凝伫，因念我西园，玉英真素。最是系心，婉娩精神，伴得水云仙侣。断肠没

奈人千里，无计向、钗头频觑。泪如雨，那堪又还日暮。

赵长卿　　　　花心动·荷花

绿水平湖，浸芙蕖烂锦，艳胜倾国。半敛半开，斜立斜欹，好似困娇无力。水仙应赴瑶池宴，醉归去、美人扶策。驻香驾、拥波心媚容，倩妆颜色。　　曾见苕川澄碧，匀粉面、溪头旧时相识。翠被绣茵，彩扇香篝，度岁杳无消息。露痕滴尽风前泪，追往恨、悠悠踪迹。动怨忆，多情自家赋得。

马子严　　　　花心动·雨洗胭脂

雨洗胭脂，被年时、桃花杏花占了。独惜野梅，风骨非凡，品格胜如多少。探春常恨无颜色，试浓抹、当场微笑。趁时节，千般冶艳，是谁偏好。　　直与岁寒共保，问单于、如今几分娇小。莫怪山人，不识南枝，横玉自来同调。岂须摘叶分明认，又何必、枯枝比较。恐桃李、开时妒他太早。

史达祖　　　　花心动·风约帘波

风约帘波，锦机寒、难遮海棠烟雨。夜酒未苏，春枕犹欹，曾是误成歌舞。半褰薇帐云头散，奈愁味、不随香去。尽沉静、文园更渴，有人知否。　　懒记温柔旧处，偏只怕、临风见他桃树。绣户锁尘，锦瑟空弦，无复画眉心绪。待拈银管书春恨，被双燕、替人言语。意不尽，垂杨几千万里。

高观国　　　　花心动·梅意

碧藓封枝，点寒英、疏疏玉清冰洁。梦忆旧家，春与新恩，曾映寿阳妆额。绿裙青袂南邻伴，应怪我、精神都别。恨衰晚，春风意思，顿成羞怯。　　犹念横斜性格，恼和靖吟魂，自来清绝。斜傍劲松，偷倚修篁，总是岁寒相识。绿阴结子当时意，到如今、芳心消歇。小桥夜，清愁倦陪澹月。

刘　镇　　　　花心动·临安新亭

鸠雨催晴，遍园林、一番绿娇红媚。柳外金衣，花底香须，消得艳阳天气。障泥步锦寻芳路，称来往、纵横珠翠。笑携手，旗亭问酒，更酬春思。　　还记东山乐事，向歌雪香中，伴春沉醉。粉袖殢人，彩笔题诗，陶写老来风味。夜深银

烛明如昼，待归去、看承花睡。梦云散，屏山半熏沉水。

方　岳　　　花心动·和楚客忆梅

雪带边寒，渺愁予、雪中谁抱奇节。逊在扬州，逋老孤山，芳信顿成消歇。江南茅屋今安在，疏影瘦、只堪叹息。归来未，沙头立尽，暮天云碧。　　自笑梁园赋客，倚旧日鞍鞯，春风巾帻。问讯横枝，暖热新花，无处访寻诗阁。几年不见冰霜面，知谁共、批风支月。归来也，鸥盟不妨再结。

赵孟坚　　　花心动·庭院深深

外祖中司常公春日词曰："庭院深深春日迟，百花落尽蜂蝶稀。柳絮随风不拘管，飞入洞房人不知。画堂绣幕垂朱户，玉炉销尽沉香炷。半褰斗帐曲屏山，尽日梁间双燕语。美人睡起敛翠眉，强临鸾鉴不胜衣。门外秋千一笑发，马上行人肠断归。"近日风雅遗音多谱前贤名作，因效颦云

庭院深深，正花飞零乱，蝶懒蜂稀。柳絮狂踪，轻入房栊，悄悄可有人知。画堂镇日闲晴昼，金炉冷、绣幕低垂。梁间燕，双双并翅，对舞高低。　　兰幌玉人睡起，情脉脉、无言暗敛双眉。斗帐半褰，六曲屏山，憔悴似不胜衣。一声笑语谁家女，秋千映、红粉墙西。断肠处，行人马上醉归。

吴文英　　　花心动·郭清华新轩

入眼青红，小玲珑、飞檐度云微湿。绣槛展春，金屋宽花，谁管采菱波狭。翠深知是深多少，不都放、夕阳红入。待装缀，新漪涨翠，小圆荷叶。　　此去春风满箧，应时锁蛛丝，浅虚尘榻。夜雨试灯，晴雪吹梅，趁取玳簪重盍。卷帘不解招新燕，春须笑、酒悭歌涩。半窗掩，日长困生翠睫。

吴文英　　　花心动·柳

十里东风，袅垂杨、长似舞时腰瘦。翠馆朱楼，紫陌青门，处处燕莺晴昼。乍看摇曳金丝细，春浅映、鹅黄如酒。嫩阴里，烟滋露染，翠娇红溜。　　此际雕鞍去久，空追念邮亭，短枝盈首。海角天涯，寒食清明，泪点絮花沾袖。去年折赠行人远，今年恨、依然纤手。断肠也，羞眉画应未就。

史　深　　**花心动·泊舟四圣观**

肌雪浮香，见梅花清姿，漫劳凝伫。淡粉最娇，羞把春□，长记寿阳眉妩。绿苔深径寻幽地，谁相伴、凌波微步。翠鸳冷，芳尘路杳，旧游何处。　　不信重城间阻，终没个因由，寄声传语。宝炬凝珠，彩笔呵冰，密写断肠新句。月寒烟暝孤山下，羞吟□、断桥边去。遮愁绪，丹青怎生画取。

仇　远　　**花心动·醒眼明霞**

醒眼明霞，问染成、晴堤几分秋色。腻困未醒，欲语还羞，掩映雾笼烟幂。艳姿相亚柔枝妥，恁娇倚、西风无力。只疑是、彩云散影，误留仙魄。　　不见芳卿信息，但晓沁嫣红，雨湿轻白。落日光中，窥影横塘，恰似试妆脉脉。芳心空有韶华想，忍拚与、清霜狼藉。雁声里、丹枫伴人泪滴。

蒋　捷　　**花心动·南塘元夕**

春入南塘，粉梅花、盈盈倚风微笑。虹晕贯帘，星球攒巷，遍地宝光交照。涌金门外楼台影，参差浸、西湖波渺。暮天远，芙蓉万朵，是谁移到。　　鬟鬓双仙未老，陪玳席佳宾，暖香云绕。翠簴叩冰，银管嘘霜，瑞露满钟频酹。醉归深院重歌舞，雕盘转、珍珠红小。风洲柳，丝丝淡烟弄晓。

黄子行　　**花心动·落梅**

谁倚青楼，把谪仙长笛，数声吹裂。一片乍零，千点还飞，正是雨晴时节。水晶帘外东风起，卷不尽、满庭香雪。画阑小，斜铺乱贴，翠苔成缬。　　袅袅余香未歇，空怅望音尘，两眉愁切。翠袖泪干，粉额妆寒，此恨有谁同说。江南春信无痕迹，余情在、冷烟残月。梦魂远，兰灯伴人易灭。

无名氏　　**花心动·连昌宫有感**

碧瓦朱甍，锁千门沉沉，丽日初旭。画栋暗尘，锦瑟空弦，窈窕故窗红绿。御柳宫花依然好，春不管、为谁妆束。翠华远，风光尽属，野樵夷牧。　　指似行人恸哭，尚能道、先朝圣游不足。凤辇路荒，龙沼波干，犹有弃珠遗玉。禁廊人静风琴响，只疑是、霓裳遗曲。断魂晚，寒鸦又啼古木。

无名氏　　　　花心动·粉堞云齐

得于江西歌者，而不知名氏

粉堞云齐，度清笳、愁入暮烟林杪。素艳透春，玉骨凄凉，勾带月痕生早。江天苍莽黄昏后，依然是、粉寒香瘦。动追感、西园嫩约，夜深人悄。　　记得东风窈窕，曾夜踏横斜，醉携娇小。惆怅旧欢，回首俱非，忍看绿笺红豆。香销纸帐人孤寝，相思恨、花还知否。梦回处，霜飞翠楼已晓。

花心动慢

即《花心动》，因其乐调长、字数多，属慢词，故又加“慢”字。属双调、仄韵，共一百零四字。其调名来源、用韵等可参阅《花心动》。

无名氏　　　　花心动慢·暑逼芳襟

暑逼芳襟，甚全无因依，便教人恶。赖有枕溪百尺，朱楼映日，数重香箔。驮冰围定犹嫌暖，红日绽、雨收残脚。漫试取，红绡弄雪，碎琼推削。　　妆罢低云未稼，叶叶地仙衣，剪轻裁薄。汗洒泪珠，急捧金盘，向前颗颗盛却。凤凰双扇相交扇，越捆就、越腰肢弱。待做个、青纱罩儿罩著。

花　犯

此调始自《清真乐府》。“犯”指犯调。古代在词的乐调的创调上，必须依据宫调来定律。所谓犯调，就是宫调的移转，或宫商相犯，或商羽相犯。相犯即相当于西乐中的转调。此调意为咏花而犯调。属双调、仄韵，共一百零二字。上阕十句、四十九字，于第三、四、六、七、八、十句用韵；下阕九句、五十三字，于第二、五、七、九句用韵。周密词又名《绣鸾凤花犯》。

周邦彦　　　　花犯·梅花

粉墙低，梅花照眼，依然旧风味。露痕轻缀，疑净洗铅

华，无限佳丽。去年胜赏曾孤倚，冰盘同宴喜。更可惜，雪中高树，香篝熏素被。　　今年对花最匆匆，相逢似有恨，依依愁悴。吟望久，青苔上、旋看飞坠。相将见、脆丸荐酒，人正在、空江烟浪里。但梦想、一枝潇洒，黄昏斜照水。

方千里　　　　花犯·荷花

渚风低，芙蓉万朵，清妍赋情味。雾绡红缀，看曼立分行，闲淡佳丽。靓姿艳冶相扶倚，高低纷愠喜。正晓色、懒窥妆面，娇眠欹翠被。　　秋光为花且徘徊，朱颜迎缟露，还应憔悴。腰肢小，腮痕嫩、更堪飘坠。风流事、旧宫暗锁，谁复见、尘生香步里。谩叹息、玉儿何许，繁华空逝水。

吴文英　　花犯·谢黄复庵除夜寄古梅枝

翦横枝，清溪分影，翛然镜空晓。小窗春到，怜夜冷孀娥，相伴孤照。古苔泪锁霜千点，苍华人共老。料浅雪、黄昏驿路，飞香遗冻草。　　行云梦中认琼娘，冰肌瘦，窈窕风前纤缟。残醉醒，屏山外、翠禽声小。寒泉贮、绀壶渐暖，年事对、青灯惊换了。但恐舞、一帘蝴蝶，玉龙吹又杳。

吴文英　　花犯·郭希道送水仙索赋

小娉婷，清铅素靥，蜂黄暗偷晕。翠翘欹鬓，昨夜冷中庭，月下相认。睡浓更苦凄风紧，惊回心未稳。送晓色、一壶葱茜，才知花梦准。　　湘娥化作此幽芳，凌波路，古岸云沙遗恨。临砌影，寒香乱、冻梅藏韵。熏炉畔、旋移傍枕，还又见、玉人垂绀鬒。料唤赏、清华池馆，台杯须满引。

杨泽民　　　　花犯·桃花

百花中，夭桃秀色，堪餐作珍味。武陵溪上，□宋玉墙头，全胜姝丽。去年此日佳人倚，凝情心暗喜。恨未得、合欢鸳帐，归来犹半被。　　寻春记前约因□，题诗算怎耐、相思憔悴。攀玩对、东君道，莫教轻坠。尖纤向、鬓边戴秀，芳艳在、多情云翠里。看媚脸、与花争好，休夸空觅水。

陈允平　　　　花犯·报南枝

报南枝、东风试暖，萧萧甚情味。乱琼雕缀，幻姑射精神，玉蕊佳丽。寿阳宴罢妆台倚，眉颦羞鹊喜。念误却、何郎

归去，清香空翠被。　　溪松径竹素知心，青青岁寒友，甘同憔悴。渐画角，严城上、雁霜惊坠。烟江暮、佩环未解，愁不到、独醒人梦里。但恨绕、六桥明月，孤山云畔水。

刘辰翁　　　　花犯·海山昏

旧催雪词，苦不甚佳，因复作此

海山昏，寒云欲下，低低压吹帽。平沙浩浩，想关塞无烟，时动衰草。苏郎卧处愁难扫，江南春不到。但怅望、雪花夜白，人间憔悴好。　　谁知广寒梦无憀，丁宁白玉炼，不关怀抱。看清浅、桑田外，尘生热恼。待说与、天公知道。期腊尽春来事宜早。更几日、银河信断，梅花容易老。

刘辰翁　　　　花犯·再和中甫

甚天花、纷纷坠也，偏偏著余帽。乾坤清皓，任海角荒荒，都变瑶草。落梅天上无人扫，角吹吹不到。想特为、东皇开宴，琼林依旧好。　　看儿贪要不知寒，须塑就玉狮，置儿怀抱。奈转眼、今何在，泪痕成恼。白发翁翁向儿道，那曲巷袁安爱晴早。便把似、一年春看，惜花花自老。

赵　文　　　　花犯·贺后溪刘再娶

绣帘深，刘郎一笑，风流胜前度。戟香门户，还别有祥云，檐外飞舞。洞底烛下应低语，晨妆须带曙。待献了、堂前罗袜，双双交祝付。　　从前茜桃与杨枝，如今便、合逊梅花为主。行乐处，西溪上、柳汀花屿。封侯事、看人漫苦，谁能向、黄河风雪路。且对取、锦屏金幕，双蛾新样妩。

王沂孙　　　　花犯·苔梅

古婵娟，苍鬟素靥，盈盈瞰流水。断魂十里，叹绀缕飘零，难系离思。故山岁晚谁堪寄，琅玕聊自倚。谩记我、绿蓑冲雪，孤舟寒浪里。　　三花两蕊破蒙茸，依依似有恨，明珠轻委。云卧稳，蓝衣正、护春憔悴。罗浮梦、半蟾挂晓，幺凤冷、山中人乍起。又唤取、玉奴归去，余香空翠被。

黄公绍　　　　花犯·木芙蓉

翠夜空、红鸾蘸影，嫣然弄妆晚。雾鬟低颤，飞嫩藕仙

裳，清思无限。象床试锦新翻样，金屏连绣展。最好似、阿环娇困，云酣春帐暖。　　寻思水边赋娟娟，新霜□旧约，西风庭院。肠断处，秋江上、彩云轻散。凭谁向、一筝过雁，细说与、眉心杨柳怨。且趁此、菊花天气，年年寻醉伴。

花发状元红慢

此调为宋代刘几自度曲。“状元红”是洛阳牡丹花中的上品。据宋代叶梦得《避暑录话》记载，刘几在神宗时于范蜀公重定大乐。秘书监致仕刘伯焘精音律，在熙宁年间，一日春暮，恰值牡丹盛开，刘几携能为新声的乐工范日新，到以色艺著称的汴妓部懿处赏花欢饮，因制此调填词以赠之。因词中有“与紫鸳鸯素蛱蝶，自清旦往往连夕”之句，故又名《素蛱蝶》。属双调、仄韵，共一百零二字。上阕十一句、五十字，于第三、六、八、十一句用韵；下阕十句、五十二字，于第三、五、七、十句用韵。

刘　几　　　　花发状元红慢·三春向暮

三春向暮，万卉成阴，有嘉艳方坼。娇姿嫩质，冠群品，共赏倾城倾国。上苑晴昼暄，千素万红尤奇特。绮筵开，会咏歌才子，压倒元白。　　别有芳幽苞小，步障华丝，绮轩油壁。与紫鸳鸯、素蛱蝶，自清旦、往往连夕。巧莺喧翠管，娇燕语雕梁留客。武陵人，念梦役意浓，堪遣情溺。

花发沁园春

又名《暮花天》。此调见《花庵绝妙词选》，有平韵、仄韵两种体式。“沁园”本是园林名，为东汉明帝之女沁水公主所有，建初二年被大将军窦宪夺去。后沁园遂成为“公主园林”的代称，唐人诗多有吟咏。宋代度曲制词，歌唱园林，取沁水公主园林之名，称为《沁园春》。后有人咏园中百花盛开、姹紫嫣红，名其调为《花发沁园春》。属双调、平韵，共一百一十五字。上阕十句、五十二字，于第三、六、七、八、十句用韵；下阕十句、五十三字，于第一、三、六、七、八、十句用韵。此调与《沁园春》迥别，《沁

园春》为古调，此为新声。参阅《沁园春》。

王　诜　　　花发沁园春·帝里春归

帝里春归，早先妆点，皇家池馆园林。雏莺未迁，燕子乍归，时节戏弄晴阴。琼楼珠阁，恰正在、柳曲花心。翠袖艳、衣凭阑干，惯闻弦管新音。　　此际相携宴赏，纵行乐随处，芳树遥岑。桃腮杏脸，嫩英万叶，千枝绿浅红深。轻风终日，泛暗香、长满衣襟。洞户醉、归访笙歌，晚来云海沉沉。

刘子寰　　　花发沁园春·呈史沧洲

换谱伊凉，选歌燕赵，一番乐事重起。花新笑靥，柳软纤腰，济楚众芳围里。年年佳会，长是傍、清明天气。正魏紫衣染天香，蜀妆红破春睡。　　一簇猩罗凤翠，遍东园西城，点检芳事。铃斋吏散，昼馆人稀，几阕管弦清脆。人生适意，流转共、风光游戏。到遇景、取次成欢，怎教良夜休醉。

黄　昇　　　花发沁园春·芍药会上

晓燕传情，午莺喧梦，起来检校芳事。荼蘼褪雪，杨柳吹绵，迤逦麦秋天气。翻阶傍砌，看芍药、新妆娇媚。正风紫匀染绡裳，猩红轻透罗袂。　　昼暖朱阑困倚，是天姿妖娆，不减姚魏。随蜂惹粉，趁蝶栖香，引动少年情味。花浓酒美，人正在、翠红围里。问谁是、第一风流，折花簪向云髻。

花 自 落

此调本名《谒金门》，原是唐教坊曲名。词人以此调填词，就据词中的字句，另起新名。张辑词中有“无风花自落”之句，因名《花自落》；又有“楼外垂杨如此碧”之句，因名《垂杨碧》；五代前蜀韦庄词起句为“空相忆，无计得消息”，因名《空相忆》；宋李清臣词中有“杨花落”之句，因名《杨花落》；宋李石用乐府旧题名《出塞》；宋韩淲词有“东风吹酒面”之句，因名《东风吹酒面》；又有“不怕醉，记取吟边滋味”之句，因名《不怕醉》；又有“人已醉，溪北溪南春意，击鼓吹箫花落未”之句，因名《醉花春》；又有“春尚早，春入湖山渐好”之句，因名《春早湖山》。属双调、仄韵，共四十五字。上阕四句、二十一字，句句用韵；下阕四句、二十四字，亦句句用韵。

张　辑　　　　**花自落·春寂寞**

春寂寞，帘底蕙炉烟薄。听尽归鸿书怎托，相思天一角。象笔鸾笺闲却，秀句与谁商略。睡起愁怀何处著，无风花自落。

花前饮

此调名为宋无名氏所首用，今存其词一首。上阕末二句为“告你休看书，共我花前饮”，故拈取后三字作为词调名。属双调、仄韵，共四十九字。上阕四句、二十四字，于第一、二、四句用韵；下阕四句、二十五字，用韵同上阕。

无名氏　　**花前饮·雨余天色渐寒渗**

雨余天色渐寒渗，海棠绽、胭脂如锦。告你休看书，共我花前饮。　皓月穿帘未成寝，篆香透、鸳衾双枕。似恁天色时，你道是、好做甚。

花酒令

此调见《事林广记》，为宋无名氏所制词，赋把花行酒，首句为“花酒”，结句为“且戴花饮酒”，故名《花酒令》。属单调、仄韵，共八句、四十七字。除第三句外，句句用韵。

无名氏　　　　**花酒令·花酒**

花酒，是我平生结底亲朋友。十朵五枝花，三杯两盏酒。休问南辰共北斗，任从他乌飞兔走。酒满金卮花在手，且戴花饮酒。

花想容

此调本名《武陵春》，因贺铸词有“云想衣裳花想容”句，故更名《花想容》。详见《武陵春》条。

贺　铸　　　　花想容·武陵春

南国佳人推阿秀，歌醉几相逢。云想衣裳花想容，春未抵情浓。　　津亭回首青楼远，帘箔更重重。今夜扁舟泪不供，犹听隔江钟。

花幕暗

此调名乃贺铸创制，本名《太平时》，《太平时》原为唐曲名，后用作词牌名。贺铸以该调填词，因词中有“月转参横花幕暗，夜初分”之句，故用“花幕暗”三字更为新名。又名《钓船归》。属双调、平韵，共四十字。上阕四句、二十字，句句用韵；下阕四句、二十字，首句不入韵。两阕句式相同，皆为七、三、七、三字。又名《添声杨柳枝》。参阅《太平时》、《钓船归》、《添声杨柳枝》。

贺　铸　　　花幕暗·绿绮新声隔坐闻

绿绮新声隔坐闻，认殷勤。尊前为舞郁金裙，酒微醺。月转参横花幕暗，夜初分。阳台拚作不归云，任郎瞋。

花　　舞

此调名为宋史浩所创制，写了一个完整的歌舞表演形式：歌舞伎在宾客面前边歌边念边唱边舞，还不断地换花瓶，故名《花舞》。其所念乃诗，其所唱则是词。所用词调为《蝶恋花》、《三台》等。

史　浩　　　花舞·贵客之名从此有

两人对厅立，自勾，念：伏以骚赋九章，灵草喻如君子；诗人十咏，奇花命以佳名。因其有香，尊之为客。欲知标格，请观一字之褒；爰藉品题，遂作群英之冠。适当丽景，用集仙姿。玉质轻盈，共庆一时之会；金尊潋滟，式均四坐之欢。女伴相将，折花入队。

念了，后行吹折花三台。舞，取花瓶。又舞上，对客放

瓶，念牡丹花诗：花是牡丹推上首。天家侍宴为宾友。料应雨露久承恩，贵客之名从此有。

念了，舞，唱蝶恋花，侍女持酒果上，劝客饮酒。

贵客之名从此有，多谢风流，飞驭陪尊酒。持此一卮同劝后，愿花长在人长寿。

舞唱了，后行吹三台，舞转，换花瓶。又舞上，次对客放瓶，念瑞香花诗：花是瑞香初擢秀。达人鼻观通庐阜。遂令声价满寰区，嘉客之名从此有。

念了，舞，唱蝶恋花，侍女持酒果上，劝客饮酒。

嘉客之名从此有，多谢风流，飞驭陪尊酒。持此一卮同劝后，愿花长在人长寿。

舞唱了，后行吹三台。舞转，换花瓶。又舞上，次对客放瓶，念丁香花诗：花是丁香花未剖，青枝碧叶藏琼玖。如居翠幄道家妆，素客之名从此有。

念了，舞，唱蝶恋花，侍女持酒果上，劝客饮酒。

素客之名从此有，多谢风流，飞驭陪尊酒。持此一卮同劝后，愿花长在人长寿。

舞唱了，后行吹三台，舞转，换花瓶。又舞上，次对客放瓶，念春兰花诗：花是春兰栖远岫，竹风松露为交旧。仙家剑佩羽霓裳，幽客之名从此有。

念了，舞，唱蝶恋花，侍女持酒果上，劝客饮酒。

幽客之名从此有，多谢风流，飞驭陪尊酒。持此一卮同劝后，愿花长在人长寿。

舞唱了，后行吹三台。舞转，换花瓶。又舞上，次对客放瓶。念蔷薇花诗：花是蔷薇如绮绣，春风满架晖晴昼。为多规刺少拘挛，野客之名从此有。

念了，舞，唱蝶恋花，侍女持酒果上，劝客饮酒。

野客之名从此有，多谢风流，飞驭陪尊酒。持此一卮同劝后，愿花长在人长寿。

舞唱了，后行吹三台。舞转，换花瓶。又舞上，次对客放瓶，念酴醾花诗：花是酴醾纡翠袖，酿泉曾入真珠溜。更无尘气到杯盘，雅客之名从此有。

念了，舞，唱蝶恋花。侍女持酒果上，劝客饮酒。

雅客之名从此有，多谢风流，飞驭陪尊酒。持此一卮同劝后，愿花长在人长寿。

舞唱了，后行吹三台。舞转，换花瓶。又舞上，次对客放瓶，念荷花诗：花是芙蕖冰玉潄。人间暑气何曾受。本来泥滓不相关，净客之名从此有。

念了，舞，唱蝶恋花，侍女持酒果上，劝客饮酒。

净客之名从此有，多谢风流，飞驭陪尊酒。持此一卮同劝后，愿花长在人长寿。

舞唱了，后行吹三台。舞转，换花瓶。又舞上，次对客放瓶，念秋香花诗：花是秋香偏郁茂，姮娥月里亲栽就。一枝平地合登瀛，仙客之名从此有。

念了，舞，唱蝶恋花，侍女持酒果上，劝客饮酒。

仙客之名从此有，多谢风流，飞驭陪尊酒。持此一卮同劝后，愿花长在人长寿。

舞唱了，后行吹三台。舞转，换花瓶。又舞上，次对客放瓶，念菊花诗：花是菊英真耐久，长年只有临风嗅。东篱况是见南山，寿客之名从此有。

念了，舞，唱蝶恋花，侍女持酒果上，劝客饮酒。

寿客之名从此有，多谢风流，飞驭陪尊酒。持此一卮同劝后，愿花长在人长寿。

舞唱了，后行吹三台。舞转，换花瓶。又舞上，次对客放瓶，念梅花诗：花是寒梅先节候。调羹须待青如豆。为于雪底倍精神，清客之名从此有。

念了，舞，唱蝶恋花，侍女持酒果上，劝客饮酒。

清客之名从此有，多谢风流，飞驭陪尊酒。持此一卮同劝后，愿花长在人长寿。

舞唱了，后行吹三台。舞转，换花瓶。又舞上，次对客放瓶，念芍药花诗：芍药来陪群客后，矜其未至当居右。奇姿独许侍花王，近客之名从此有。

念了，舞，唱蝶恋花，侍女持酒果上，劝客饮酒。

近客之名从此有。多谢风流，飞驭陪尊酒。持此一卮同劝后，愿花长在人长寿。

舞唱了，后行吹三台。舞转，换花瓶。又舞上花茵，背花对坐，唱折花三台：

算仙家，真巧数，能使众芳长绣组。羽軿芝葆，曾到世间，谁共凡花为伍。　　桃李漫夸艳阳，百卉又无香可取。岁岁年年长是春，何用芳菲分四序。

又唱：

对芳辰，成良聚，珠服龙妆环宴俎。我御清风。来此纵观，还须折枝归去。　　归去蕊珠绕头，一一是东君为主。隐隐青冥怯路遥，且向台中寻伴侣。

唱了，起舞，后行吹折花三台一遍。舞讫，相对坐，取盆中花插头上，又唱：

叹尘寰，乌兔走，花谢花开能几许。十分春色，一半遣愁，那堪飘零风雨。　　争似此花自然，悄不待、根生下土。花既无凋春又长，好带花枝倾寿醑。

又唱：

是非场，名利海，得丧炎凉徒自苦。至乐陶陶，唯有醉乡，谁向此间知趣。　　花下一杯一杯，且莫把、光阴虚度。八极神游长寿仙，蜾蠃螟蛉休更觑。

唱了，侍女持酒果置茵上，舞相对自饮。饮讫，起舞三台一遍，自念遣队：伏以仙家日月，物外烟霞，能令四季之奇葩，会作一筵之重客。莫不香浮绮席，影覆瑶阶。森然群玉之林，宛在列真之府。相逢今日，不醉何时。敢持万斛之流霞，用介千春之眉寿。欢腾丝竹，喜溢湖山。观者虽多，叹未曾有。更愿九重万寿。四海一家。屡臻年谷之丰登，永锡田庐之快乐。于时花骢嘶晚，绛蜡迎宵。饮散瑶池，春在乌纱帽上；醉归蕊馆，香分白玉钗头。式因天上之芳容，流作人间之佳话。尚期再集，益侈遐龄。歌舞既终，相将好去。

念了，后行吹三台出队。

苍梧谣

此调又名《十六字令》，因全词只有十六个字而得名。苍梧，山名，又名九疑山，在今宁远县境。相传虞舜南巡而薨，葬于苍梧之野。宋人或咏虞舜之德，而名其词为《苍梧谣》。今传词中以宋代蔡伸之词为首用其调。宋袁去华、张孝祥均有以此调第一字用“归”字起韵的词，故又名《归字谣》。属单调、平韵，四句、十六字，句式为一、七、三、五字，于第一、三、四句用韵。参阅《十六字令》、《归字谣》。

蔡　伸　　　　**苍梧谣·天**

天，休使圆蟾照客眠。人何在，桂影自婵娟。

张孝祥　　　　**苍梧谣·饯刘恭父之一**

归，十万人家儿样啼。公归去，何日是来时。

张孝祥　　　　**苍梧谣·饯刘恭父之二**

归，猎猎薰风飐绣旗。拦教住，重举送行杯。

张孝祥　　　　**苍梧谣·饯刘恭父之三**

归，数得宣麻拜相时。秋前后，公衮更莱衣。

芳心苦

此调本名《踏莎行》。贺铸以《踏莎行》填词，上阕末句为“红衣脱尽芳心苦”，故取《芳心苦》作为调名。双调、仄韵，上下阕格式相同，均五句，各句字数依次为四、四、七、七、七字，分别于第二、三、五句用韵。

贺　铸　　　　**芳心苦·杨柳回塘**

杨柳回塘，鸳鸯别浦，绿萍涨断莲舟路。断无蜂蝶慕幽香，红衣脱尽芳心苦。　返照迎潮，行云带雨，依依似与骚人语。当年不肯嫁春风，无端却被秋风误。

芳　草

又名《凤箫吟》、《凤箫曲》、《凤楼吟》。据《乐府纪闻》，相传宋韩缜有爱姬，善作词。韩缜奉使远行时，其姬作《蝶恋花》为其送别，韩缜作《凤箫吟》回赠，吟咏芳草，依依惜别，其中有“恁时携素手，乱花飞絮里，缓步香茵”之句，遂以《芳草》为调名。调见《绝妙好词》卷四宋奚溅词。属双调、平韵，共一百零一字。上阕八句、五十字，于第二、四、六、八句用韵；下阕十句、五十一字，于

第一、三、六、八、十句用韵。参阅《凤箫吟》、《凤楼吟》。

奚 淢　　　　芳草·南屏晚钟

笑湖山、纷纷歌舞，花边如梦如薰。响烟惊落日，长桥芳草外，客愁醒。天风送远，向两山、唤醒痴云。犹自有、迷林去鸟，不信黄昏。　　销凝，油车归后，一眉新月，独印湖心。蕊宫相答处，空岩虚谷应，猿语香林。正酣红紫梦，便市朝、有耳谁听。怪玉兔、金乌不换，只换愁人。

芳 草 渡

此调本为唐曲，冯延巳有词作，原是咏芳草遍生的渡口，故名。令词始自欧阳修，慢词始自周邦彦。属双调，五十五字，上阕用平韵，下阕平仄间用。上阕八句、二十八字，于第二、四、五、八句用平韵；下阕八句、二十七字，于第一、二、三、六、七句用仄韵，于第五、八句叶上阕平韵。另一体八十九字，仄韵，与前体迥别。上阕十句、四十四字，于第三、五、六、七、十句用韵；下阕九句、四十五字，于第一、三、五、九句用韵。两体或为名同调异。

张 先　　　　芳草渡·双门晓锁响朱扉

双门晓锁响朱扉，千骑拥、万人随。风乌弄影画船移。歌时泪，和别怨，作秋悲。　　寒潮小，渡淮迟。吴越路、渐天涯，宋王台上为相思。江云下，日西尽，雁南飞。

张 先　　　　芳草渡·主人宴客玉楼西

主人宴客玉楼西，风飘雪、忽雰霏。唐昌花蕊渐平枝。浮光里，寒声聚，队禽栖。　　惊晓日，喜春迟。野桥时伴梅飞，山明日远霁云披。溪上月，堂下水，并春晖。

欧阳修　　　　芳草渡·梧桐落

梧桐落，蓼花秋。烟初冷，雨才收。萧条风物正堪愁。人去后，多少恨，在心头。　　燕鸿远，羌笛怨，渺渺澄波一片。山如黛，月如钩。笙歌散，梦魂断，倚高楼。

贺　铸　　　　芳草渡·留征辔

留征辔，送离杯。羞泪下，捻青梅。低声问道几时回。秦筝雁促，此夜为谁排。　　君去也，远蓬莱。千里地，信音乖。相思成病底情怀。和烦恼，寻个便，送将来。

周邦彦　　　　芳草渡·别恨

昨夜里，又再宿桃源，醉邀仙侣。听碧窗风快，珠帘半卷疏雨。多少离恨苦，方留连啼诉。凤帐晓，又是匆匆，独自归去。　　愁睹，满怀泪粉，瘦马冲泥寻去路。谩回首、烟迷望眼，依稀见朱户。似痴似醉，暗恼损、凭阑情绪。澹暮色，看尽栖鸦乱舞。

陈允平　　　　芳草渡·芳草渡

芳草渡，渐迤逦分飞，鸳俦凤侣。洒一枝香泪，梨花寂寞春雨。惜别情思苦，匆匆深盟诉。翠浪远，六幅蒲帆，缥缈东去。　　还顾，夕阳冉冉，恨逐潮回南浦路。漫空念、归来燕子，双栖旧庭户。市桥细柳，尚不减、少年张绪。渐瘦损，懒照秦鸾对舞。

芳洲泊

此调本名《踏莎行》。贺铸以《踏莎行》填词，下阕有“兰桡明夜芳洲泊”之句，故取《芳洲泊》为调名。见《贺方回词》卷二。属双调、仄韵，上下阕格式相同，均五句，各句字数依次为四、四、七、七、七字，分别于第二、三、五句用韵。

贺　铸　　　　芳洲泊·露叶栖萤

露叶栖萤，风枝袅鹊，水堂离燕褰珠箔。一声横玉吹流云，厌厌凉月西南落。　　江际吴边，山侵楚角，兰桡明夜芳洲泊。殷勤留语采香人，清尊不负黄花约。

芭 蕉 雨

此调咏调名本意。调见宋程垓《书舟词》。属双调、仄韵，共六十五字。上阕六句、三十字，于第一、二、三、五句用韵；下阕六句、三十五字，于第一、二、三、六句用韵。

程 垓　　芭蕉雨·雨过凉生藕叶

雨过凉生藕叶，晚庭消尽暑，浑无热。枕簟不胜香滑，争奈宝帐情生，金尊意惬。　玉人何处梦蝶，思一见冰雪。须写个帖儿、丁宁说。试问道、肯来么，今夜小院无人，重楼有月。

苏 武 令

调见《云麓漫钞》卷十四，此调今仅存李纲词一首。属双调、仄韵，共八十六字。上阕八句、四十二字，于第二、三、六、八句用韵；下阕九句、四十四字，于第三、六、九句用韵。此调与《苏武慢》有相近之处，但字数少。《苏武慢》又名《选冠子》、《惜余春慢》，可参阅。

李 纲　　苏武令·塞上风高

塞上风高，渔阳秋早，惆怅翠华音杳。驿使空驰，征鸿归尽，不寄双龙消耗。念白衣、金殿除恩，归黄阁、未成图报。

谁信我、致主丹衷，伤时多故，未作救民方召。调鼎为霖，登坛作将，燕然即须平扫。拥精兵十万，横行沙漠，奉迎天表。

苏 武 慢

苏武，汉武帝天汉元年以中郎将出使匈奴，被扣留，拒不投降，被徙至北海，持汉节牧羊十九年。汉昭帝即位，与匈奴和亲，苏武始得归，拜典属国。词人吟咏苏武之坚贞气

节，名其词为《苏武慢》。“慢”指慢词，乐调长，字数多。属双调、仄韵，共一百零七字。上阕十二句、五十三字，于第三、六、九、十二句用韵；下阕十一句、五十四字，于第三、六、九、十一句用韵。又有一百一十字、一百一十三字等十余体。本名《选冠子》，一名《选官子》，曹勋词名《转调选冠子》，鲁逸仲词又名《惜余春慢》，一名《仄韵过秦楼》，可参阅。

朱敦儒　　　苏武慢·枕海山横

枕海山横，陵江潮去，雉堞秋风残照。闲寻桂子，试听菱歌，湖上晚来凉好。几处兰舟，采莲游女，归去隔花相恼。奈长安不见，刘郎已老，暗伤怀抱。　　谁信得、旧日风流，如今憔悴，换却五陵年少。逢花倒趓，遇酒坚辞，常是懒歌慵笑。除奉天威，扫平狂虏，整顿乾坤都了。共赤松携手，重骑明月，再游蓬岛。

蔡　伸　　　苏武慢·雁落平沙

雁落平沙，烟笼寒水，古垒鸣笳声断。青山隐隐，败叶萧萧，天际暝鸦零乱。楼上黄昏，片帆千里归程，年华将晚。望碧云空暮，佳人何处，梦魂俱远。　　忆旧游、邃馆朱扉，小园香径，尚想桃花人面。书盈锦轴，恨满金徽，难写寸心幽怨。两地离愁，一尊芳酒，凄凉危栏倚遍。尽迟留，凭仗西风，吹干泪眼。

侯　寘　　　苏武慢·湖州赵守席上作

暗雨收梅，晴波摇柳，万顷水精宫冷。桥森画栋，岸列红楼，两岸翠帘交映。天上行舟，鉴中开户，人在蕊珠仙境。况吟烟啸月，弹丝吹竹，太平歌咏。　　人尽说、铜虎分贤，银潢储秀，巩固行都藩屏。棠阴散暑，鼎篆凝香，永日一庭虚静。红袖持觞，彩笺挥翰，适意酒豪诗俊。看飞云丹诏，行沙金勒，待公归觐。

陆　游　　　苏武慢·唐安西湖

澹霭空濛，轻阴清润，绮陌细尘初静。平桥系马，画阁移舟，湖水倒空如镜。掠岸飞花，傍檐新燕，都似学人无定。叹连年戎帐，经春边垒，暗凋颜鬓。　　空记忆、杜曲池台，新

丰歌管，怎得故人音信。羁怀易感，老伴无多，谈麈久闲犀柄。惟有翛然，笔床茶灶，自适笋舆烟艇。待绿荷遮岸，红蕖浮水，更乘幽兴。

辛弃疾　　　　苏武慢·雪

帐暖金丝，杯干云液，战退夜□飕飗。障泥系马，扫路迎宾，先借落花春色。歌竹传觞，探梅得句，人在玉楼琼室。唤吴姬学舞，风流轻转，弄娇无力。　尘世换、老尽青山，铺成明月，瑞物已深三尺。丰登意绪，婉娩光阴，都作暮寒堆积。回首驱羊旧节，入蔡奇兵，等闲陈迹。总无如现在，尊前一笑，坐中赢得。

苏幕遮

又名《古调歌》、《鬓云松》、《云雾敛》。苏幕遮，梵语，也作“飒摩遮”，“幕”也作“莫”、“摩”。苏幕遮是唐代自西域龟兹传入的乐曲名，唐教坊采入其曲，成为教坊曲名。曲辞原七言绝句体，以配合《浑脱舞》。此曲在唐玄宗之前即已流传。后作为词调名，衍为长短句。敦煌曲子词中有《苏幕遮》，双调，六十二字，宋人即沿用此体。一说宋人借旧名另谱新声。此说割断了音乐上的联系，似误。周邦彦以此调制词，因词中有“鬓云松，眉叶聚”句，故又名《鬓云松令》。属双调、仄韵，共六十二字。上下阕均七句、三十一字，亦皆于第二、四、五、七句用韵。

范仲淹　　　　苏幕遮·怀旧

碧云天，黄叶地，秋色连波，波上寒烟翠。山映斜阳天接水，芳草无情，更在斜阳外。　黯乡魂，追旅思，夜夜除非，好梦留人睡。明月楼高休独倚，酒入愁肠，化作相思泪。

张　先　　　　苏幕遮·柳飞绵

柳飞绵，花实少，镂板音清，浅发江南调。斜日两竿留碧□，马足重重，又近青门道。　去尘浓，人散了，回首旗亭，渐渐红裳小。莫讶安仁头白早，天若有情，天也终须老。

梅尧臣　　苏幕遮·露堤平

露堤平，烟墅杳，乱碧萋萋，雨后江天晓。独有庾郎年最少，窣地春袍，嫩色宜相照。　接长亭，迷远道，堪怨王孙，不记归期早。落尽梨花春又了，满地残阳，翠色和烟老。

杜安世　　苏幕遮·尽思量

尽思量，还叵耐，因甚当初，故故相招买。早是幽欢多障碍，更遣分飞，脉脉如天外。　有心怜，无计奈，两处厌厌，一点虚恩爱。独上高楼临暮霭，凭暖朱阑，这意无人会。

俞紫芝　　苏幕遮·地钟灵

地钟灵，天应瑞，簇簇香苞，团作真珠蕊。玉宇瑶台分十二，要伴姮娥，月里双双睡。　月如花，花似月，花月生香，添此真奇异。不许扬州夸间气，昨夜春风，唤醒琼琼醉。

苏　轼　　苏幕遮·咏选仙图

暑笼晴，风解愠，雨后余清，暗袭衣裾润。一局选仙逃暑困，笑指尊前，谁向青霄近。　整金盆，轮玉笋，凤驾鸾车，谁敢争先进。重五休言升最紧，纵有碧油，到了输堂印。

晁端礼　　苏幕遮·碧桃花

碧桃花，春婉娩，未断尘缘，暂别瑶池宴。谪限迢迢应未满，乘月骖鸾，曾有深深愿。　帝城赊，凤楼远，长寿杯深，此际谁人劝。闷倚屏山凝泪眼，百和烟中，细想千娇面。

周邦彦　　苏幕遮·燎沉香

燎沉香，消溽暑，鸟雀呼晴，侵晓窥檐语。叶上初阳干宿雨，水面清圆，一一风荷举。　故乡遥，何日去，家住吴门，久作长安旅。五月渔郎相忆否，小楫轻舟，梦入芙蓉浦。

净　端　　苏幕遮·遇荒年

遇荒年，每常见，就中今年，洪水皆淹遍。父母分离无可恋，幸望豪民，救取庄家汉。　最堪伤，何忍见，古寺禅林，翻作悲田院。日夜烧香频□□，祷告皇天，救护开方便。

张继先　　苏幕遮·用伍先生韵和元规

先天生，后天久，道有真诠，谛听当时受。恰是迷天迷望斗，只恐微躯，薄幸随枯朽。(下缺)

张继先　　苏幕遮·抱孤琴

抱孤琴，弹小操，独坐幽轩，尽日无人到。惟乐烟霞长啸傲，明月清风，今古长为道。　识乾坤，知牝牡，懒共尘劳，汩汩争奔走。爱杀高眠消白昼，一任他家，玉兔金乌走。

朱敦儒　　苏幕遮·瘦仙人

瘦仙人，穷活计，不养丹砂，不肯参同契。两顿家餐三觉睡，闭著门儿，不管人间事。　又经年，知几岁，老屋穿空，幸有天遮蔽。不饮香醪常似醉，白鹤飞来，笑我颠颠地。

朱敦儒　　苏幕遮·酒壶空

酒壶空，歌扇去，独倚危楼，无限伤心处。芳草连天云薄暮，故国山河，一阵黄梅雨。　有奇才，无用处，壮节飘零，受尽人间苦。欲指虚无问征路，回首风云，未忍辞明主。

周紫芝　　苏幕遮·水傍边

水傍边，山尽处，唤取云来，共我山头住。分得一江风共雨，满院芙蓉，更听红妆舞。　趁霜晴，闲独步，那里烟村，有个梅花树。小径斜穿来又去，醉后知他，有甚青云路。

周紫芝　　苏幕遮·老相邀

老相邀，山作伴，千里西来，始识庐山面。爱酒扬雄浑不管，天与邻翁，来慰穷愁眼。　似惊鸿，吹又散，画舸横江，望断江南岸。地角天涯无近远，一阕清歌，且放梨花满。

王　质　　苏幕遮·守倅移厨

孟夏上浣，使君通守不以荒寒肯临。老杜所谓“尽日淹留佳客坐，百年粗粝腐儒餐”者也。两辞极道湖山云月之趣，因以记相与之意云

水风轻，吹不皱，上下浮光，两镜光相就。云锦摇香吹散

酒，细听清谈，玉屑津津嗽。　　明月前，斜阳后，竹露秋声，拂拂寒生袖。掇取湖山聊入手，紫阁黄扉，到了终须有。

王　质　　　苏幕遮·送张删定赴召

驿尘飞，天意紧，香雪芝封，犹带吴泥润。昨夜宝夜开玉镜，一点西风，便觉寒秋近。　　白蘋洲，红蓼径，风露凄清，快促黄金镫。叠叠重重听好信，掷了碧油幢，更掷双堂印。

王　质　　　苏幕遮·闻鹃啼

眼将穿，肠欲裂，声声似向春风说。春色飘零，自是人间客。　　不成泪，都成血，朝朝暮暮何曾歇。叫彻斜阳，又见空山月。

王　质　　　苏幕遮·夜茫茫

夜茫茫，春寂寂，寒烟叫裂空山石。吸尽东风，化作垂红滴。　　漏将阑，情转极，月明绕树声声急。无数闲花，尽染啼痕湿。

韩仙姑　　　苏幕遮·不忧贫

不忧贫，不恋富，大悟之人，开著波罗铺。内有真如无价宝，欲识真如，正照菩提路。　　贪爱心，须除去，清净法身，直是堪凭据。忍辱波罗为妙药，服了一圆，万病都新愈。

马子严　　　苏幕遮·地偏灵

地偏灵，天应瑞，簇簇银花，团绕真珠蕊。金阙玉楼分十二，要伴姮娥，与月循环睡。　　月如花，花表岁，人道闰年，添个真奇异。不许扬州夸间气，昨夜春风，吹送柴门里。

宋先生　　　苏幕遮·气随神

气随神，神随气，神气相随，透入泥丸里。长把金关牢锁闭，捉得金晶，暗地添欢喜。　　下辛勤，须发志，十二时中，莫把工夫弃。阴尽阳全神出体，功行成时，名列神仙位。

方千里　　　苏幕遮·扇留风

扇留风，冰却暑，夏木阴阴，相对黄鹂语。薄晚轻阴还阁

雨，远岸烟深，仿佛菱歌举。　　燕归来，花落去，几度逢迎，几度伤羁旅。油壁西陵人识否，好约追凉，小舣蒹葭浦。

杨泽民　　　　苏幕遮·日烘晴

日烘晴，风却暑，帘幕中间，紫燕呢喃语。嫩竹新荷初沐雨，曲槛幽轩，四面明窗举。　　夏初临，春又去，不愿封侯，只怕为羁旅。溪上故人无恙否，欲唱菱歌，发棹归南浦。

赵　文　　　　苏幕遮·春情

绿秧平，烟树远，村落声喧，皂雁归来晚。自倚阑干舒困眼，一架葡萄，青得池塘满。　　饮先愁，吟又懒，几许闲情，百计难消遣。客路不如归梦短，何况啼鹃，怎不教肠断。

柴元彪　　　　苏幕遮·客中独坐

晚晴初，斜照里，远水连天，天外帆千里。百尺高楼谁独倚，滴落梧桐，一片相思泪。　　马又嘶，风又起，断续寒砧，又送黄昏至。明月照人人不睡，愁雁声声，更切愁人耳。

赵必瑑　　苏幕遮·钱塘避暑忆旧用美成韵

远迎风，回避暑，人似荷花，笑隔荷花语。无限情云并意雨，惊散鸳鸯，兰棹波心举。　　约重游，轻别去，断桥风月，梦断飘蓬旅。旧日秋娘犹在否，雁足不来，声断衡阳浦。

史佐尧　　　　苏幕遮·柳垂金

柳垂金，梅褪玉，峁宿呈祥，符应生公族。盖世功名夸九牧，黼衮褒扬，庆阀辉南北。　　赐宫醪，分笃耨，天与长生，谩把仙椿祝。好继平阳腾茂躅，富贵千秋，饮听瑶池曲。

陶　氏　　　　苏幕遮·闺怨

与君别，情易许，执手相将，永远成鸳侣。一去音书千万里，望断阳关，泪滴如秋雨。　　到如今，成间阻，等候郎来，细把相思诉。看著梅花花不语，花已成梅，结就心中苦。

无名氏　　　　苏幕遮·陇云沉

陇云沉，新月小，杨柳梢头，能有春多少。试著罗裳寒尚

峭，帘卷青楼，占得东风早。　　翠屏深，香篆袅，流水落花，不管刘郎到。三叠阳关声渐杳，断雨残云，只怕巫山晓。

无名氏　　　苏幕遮·水中金

水中金，冲牛斗，玉锁金关，护法灵童守。赤水丹台龙虎走，万象森罗，勃勃投珠口。　　饮灵源，明火候，太乙炉开，丹熟神光透。浮名浮利终不久，下手速修，穷取无中有。

杏花天

又名《杏花风》、《于中好》。此调本宋人为吟咏杏花烂熳之春景所制的词调，故名。属双调、仄韵，五十四字。上下阕皆四句、二十七字，亦句句用韵。又有五十五字一体，其上阕结句为七字，比前体多一字。又有五十六字一体，其上、下阕结句皆为七字，比正体多二字。辛弃疾词名《杏花风》。又名《念奴娇》，《翰墨大全》宋无名氏词名《杏花天》。无名氏《杏花天·寿侄姑》一首，当属慢词。

朱敦儒　　　杏花天·挂帘等月阑干曲

挂帘等月阑干曲，厌永昼、劳烟倦局。单衣汗透鲛绡缩，脱帽梳犀枕玉。　　移床就、碧梧翠竹，寄语倩、姮娥伴宿。轻风澹露清凉足，云缀银河断续。

朱敦儒　　　杏花天·听蝉剪叶迎秋燕

听蝉剪叶迎秋燕，画戟散、金铺开遍。清风占住秦筝怨，楼上衙牌易晚。　　飞雨过、绣幕尽卷，借水沉、龙涎旋碾。金盆弄水停歌扇，凉在冰肌粉面。

朱敦儒　　　杏花天·残春庭院东风晓

残春庭院东风晓，细雨打、鸳鸯寒峭。花尖望见秋千了，无路踏青斗草。　　人别后、碧云信杳，对好景、愁多欢少。等他燕子传音耗，红杏开也未到。

史　浩　　　杏花天·梦魂飞过屏山曲

梦魂飞过屏山曲，见依旧、如花似玉。天寒翠袖依修竹，

两点春山斗绿。　　披衣起、闲愁万斛，正月澹、梅花照屋。重温绣被薰清馥，不管明烧画烛。

康与之　　杏花天·慈宁殿春晚出游

帝城柳色藏春絮，嫩绿满、游人归路。残红剩蕊留春住，无奈霏微细雨。　　南陌上、玉辔钿车，怅紫陌、青门日暮。黄昏院落人归去，犹有流莺对语。

侯　寘　　杏花天·豫章重午

宝钗整鬓双鸾斗，睡未醒、熏风襟袖。彩丝皓腕宜清昼，更艾虎、衫儿新就。　　玉杯共饮菖蒲酒，愿耐夏、宜春厮守。榴花故意红添皱，映得人来越瘦。

赵彦端　　杏花天·风韶雨润催花候

风韶雨润催花候，叹春恨、年年常有。桃蹊杏陌相期久，一为东君试手。　　匆匆去、那人信否，襟泪渍、粉香依旧。单衣煮酒重来后，好与看承人瘦。

赵彦端　　杏花天·当时众里闻新曲

当时众里闻新曲，拚一醉、移舟换烛。清波快送仙帆幅，十里披烟泛玉。　　谁知度、春寒夜独，常记恨、花阑漏促。西风渡口莲堪束，一枕新凉会足。

陆　游　　杏花天·老来驹隙骎骎度

老来驹隙骎骎度，算只合、狂歌醉舞。金杯到手君休诉，看著春光又暮。　　谁为倩、柳条系住，且莫遣、城笳催去。残红转眼无寻处，尽属蜂房燕户。

谢　懋　　杏花天·春思

海棠枝上东风软，荡霁色、烟光弄暖。双双燕子归来晚，零落红香过半。　　琵琶泪揾青衫浅，念事与、危肠易断。余酲未解扶头懒，屏里潇湘梦远。

吕胜己　　杏花天·当年悔我抛生计

当年悔我抛生计，趁升斗、蛮乡远地。谁知事向无心起，

回首邯郸梦里。　风雪满□□□□，最好处、吴头楚尾。青山本是强人意，更时见、梅花助美。

赵长卿　　杏花天·乍凉淅淅风生幕

乍凉淅淅风生幕，人独在、朱栏翠阁。吹箫信杳炉香薄，眉上新愁又觉。　从前事、拟将拚却，梦不断、花梢柳萼。一杯睡起谁同酌，斜日阴阴转角。

张孝忠　杏花天·刘司法喜咏北湖次其韵

爱寻水竹添情况，任云卧、溪边石上。衔杯乐圣成游荡，不为弓弯舞样。　北湖迴、风飘彩舫，□笑击、冯夷薄相。致身福地何萧爽，莫道居夷太枉。

张孝忠　　杏花天·看花随柳湖边去

看花随柳湖边去，似邂逅、水晶宫住。刘郎笔落惊风雨，酒社诗盟心许。　玉关外、不辞马武，便好展、云霄稳步。郴江自绕郴山路，欲问功名何处。

辛弃疾　　　杏花天·无题

病来自是于春懒，但别院、笙歌一片。蛛丝网遍玻璃盏，更问舞裙歌扇。　有多少、莺愁蝶怨，甚梦里、春归不管。杨花也笑人情浅，故故沾衣扑面。

辛弃疾　　　杏花天·嘲牡丹

牡丹比得谁颜色，似宫中、太真第一。渔阳鼙鼓边风急，人在沉香亭北。　买栽池馆多何益，莫虚把、千金抛掷。若教解语倾人国，一个西施也得。

辛弃疾　　杏花天·牡丹昨夜方开遍

牡丹昨夜方开遍，毕竟是、今年春晚。荼蘼付与薰风管，燕子忙时莺懒。　多病起、日长人倦，不待得、酒阑歌散。副能得见茶瓯面，却早安排肠断。

石孝友　杏花天·借朱希真韵送司马德远

把杯莫唱阳关曲，行客去、居人恨蹋。屏山似展江如簇，

不见尊前醉玉。　　鹃啼处、怨声裂竹，问后夜、兰舟那宿。帛书早系征鸿足，肠断弦孤怎续。

卢　炳　　　杏花天·镂冰翦玉工夫费

镂冰翦玉工夫费，做六出、飞花乱坠。舞风情态谁相似，算只有、江梅可比。　　极目处、瑺瑶万里，海天阔、清寒似水。从教高卷珠帘起，看三白、年丰瑞气。

姜　夔　　　杏花天·绿丝低拂鸳鸯浦

丙午之冬，发沔口。丁未正月二日，道金陵。北望淮楚，风日清淑，小舟挂席，容与波上

绿丝低拂鸳鸯浦，想桃叶、当时唤渡。又将愁眼与春风，待去，倚兰桡、更少驻。　　金陵路，莺吟燕舞，算潮水、知人最苦。满汀芳草不成归，日暮，更移舟、向甚处。

汪　莘　　　杏花天·寄天台刘允叔

残雪林塘春意浅，倚碧玉、阑干日晚。天涯五色明如翦，上有新蟾占断。　　从别后、水遥山远，倩说与、天台刘阮。方壶只有梅花伴，不似桃花庭院。

汪　莘　　　杏花天·有感

美人家在江南住，每惆恨、江南日暮。白蘋洲畔花无数，还忆潇湘风度。　　幸自是、断肠无处，怎强作、莺声燕语。东风占断纂筝柱，也逐落花归去。

吴礼之　　　杏花天·春思

闷来凭得阑干暖，自手引、朱帘高卷。桃花半露胭脂面，芳草如茵乍展。　　烟光散、湖光潋滟，映绿柳、黄鹂巧啭。遥山好似宫眉浅，人比遥山更远。

史达祖　　　杏花天·清明

软波拖碧蒲芽短，画桥外、花晴柳暖。今年自是清明晚，便觉芳情较懒。　　春衫瘦、东风翦翦，过花坞、香吹醉面。归来立马斜阳岸，隔岸歌声一片。

史达祖　　**杏花天·古城官道花如霰**

古城官道花如霰，便恰限、花间再见。双眉最现愁深浅，隔雨春山两点。　　回头但、垂杨带苑，想今夜、铜驼梦远。行人去了莺声怨，此度关心未免。

史达祖　　**杏花天·细风微月垂杨院**

细风微月垂杨院，记年少、春愁一点。栖莺未觉花梢颤，踏损残红几片。　　长安共、日边近远，况老去、芳情渐减。屏山几夜春寒浅，却将因而梦见。

史达祖　　**杏花天·扇香曾靠腮边粉**

扇香曾靠腮边粉，旧尘埋、月轮有晕。南风未似愁来近，前事临窗隐隐。　　凉花畔、云歌露饮，梦断了、终难再问。鸳鸯带上三生恨，将泪揩磨不尽。

高观国　　**杏花天·霁烟消处寒犹嫩**

霁烟消处寒犹嫩，乍门巷、愔愔昼永。池塘芳草魂初醒，秀句吟春未稳。　　仙源阻、春风瘦损，又燕子、来无芳信。小桃也自知人恨，满面羞红难问。

高观国　　**杏花天·远山学得修眉翠**

远山学得修眉翠，看眉展、春愁无际。雨痕半湿东风外，不管梨花有泪。　　西园路、青鞋暗记，怕行人、秋千径里。一春多少相思意，说与新来燕子。

高观国　　**杏花天·题杏花春禽扇面挂轴**

花凝露湿燕脂透，是彩笔、丹青染就。粉绡帕入班姬手，舒卷清寒时候。　　春禽静、来窥晴昼，问冷落、芳心知否。不愁院宇东风骤，日日娇红如旧。

高观国　　**杏花天·杏花**

玉坛消息春寒浅，露红玉、娇生靓艳。小怜鬓湿燕脂染，只隔粉墙相见。　　花阴外、故宫梦远，想未识、莺莺燕燕。飘零翠径红千点，桃李春风已晚。

吴文英　　　　杏花天·咏汤

蛮姜豆蔻相思味，算却在、春风舌底。江清爱与消残醉，悴憔文园病起。　　停嘶骑、歌眉送意，记晓色、东城梦里。紫檀晕浅香波细，肠断垂杨小市。

吴文英　　杏花天·鬓棱初翦玉纤弱

鬓棱初翦玉纤弱，早春入、屏山四角。少年买困成欢谑，人在浓香绣幄。　　霜丝换、梅残梦觉，夜寒重、长安紫陌。东风入户先情薄，吹老灯花半萼。

吴文英　　　　杏花天·重午

幽欢一梦成炊黍，知绿暗、汀菰几度。竹西歌断芳尘去，宽尽经年臂缕。　　梅黄后、林梢更雨，小池面、啼红怨暮。当时明月重生处，楼上宫眉在否。

李莱老　　杏花天·年时中酒风流病

年时中酒风流病，正雨暗、蘼芜深径。人家寒食烟初禁，狼藉梨花雪影。　　西湖梦、红沉翠冷，记舞板、歌裙厮趁。斜阳苦与黄昏近，生怕画船归尽。

江　开　　杏花天·谢娘庭院通芳径

谢娘庭院通芳径，四无人、花梢转影。几番心事无凭准，等得青春过尽。　　秋千下、佳期又近，算毕竟、沉吟未稳。不成又是教人恨，待倩杨花去问。

周　密　　　　杏花天·赋莫愁

瑞云盘翠侵妆额，眉柳嫩、不禁愁积。返魂谁染东风笔，写出郢中春色。　　人去后、垂杨自碧，歌舞梦、欲寻无迹。愁随两桨江南北，日暮石城风急。

周　密　　　　杏花天·赋昭君

汉宫乍出慵梳掠，关月冷、玉沙飞幕。飞香拨重春葱弱，一曲哀弦谩托。　　君恩厚、空怜命薄，青冢远、几番花落。丹青自是难描摸，不是当时画错。

周　密　　杏花天·金池琼苑曾经醉

金池琼苑曾经醉，是多少、红情绿意。东风一枕游仙睡，换却莺花人世。　渐暮色、鹃声四起，正愁满、香沟御水。一色柳烟三十里，为问春归那里。

张　炎　　杏花天·赋疏杏

湘罗几剪黏新巧，似过雨、胭脂全少。不教枝上春痕闹，都被海棠分了。　带柳色、愁眉暗恼，谩遥指、孤村自好。深巷明朝休起早，空等卖花人到。

无名氏　　杏花天·贺人三兄弟皆娶赵氏

弟兄旧说河东凤，怎得似、君家伯仲。一双白璧殷勤种，齐向金屏选中。　乘龙去、门阑喜动，管取早叶、熊罴吉梦。儿孙不与尘埃共，总是龙驹凤种。

无名氏　　杏花天·贺人女晬

画堂帘幕香风细，郁郁南阳佳气。欢传吉梦占蛇虺，此日还当一岁。　华筵外、初随彩戏，早已似、文姬聪慧。伫看色动门阑喜，便有乘龙佳婿。

无名氏　　杏花天·侄寿姑　三月廿七

婺星呈瑞，对春余几许，日临三九。正属我姑初度旦，帨设当年门右。绿鬓犹新，红颜未改，真月宫仙友。柏舟节义，富而荣贵长守。　况有诜桂青春，潜心黄卷，指日功名就。女郎乘龙全四德，未老得闲仁寿。天命方知，岁饥常赈，阴德还多有。麻姑王母，年年同宴春酒。

杏花天慢

此调见《松隐集》，本是宋代曹勋赋春日盛景，题名《杏花》，词中有“桃蕊初谢，双燕来后，枝上嫩苞时节”之句，故名《杏花天慢》。属双调、仄韵，共一百零三字。上阕九句、五十二字，于第三、五、六、七、九句用韵；下

阕九句、五十一字，用韵同上阕。

曹　勋　　　　杏花天慢·杏花

桃蕊初谢，双燕来后，枝上嫩苞时节。绛萼滋浩露，照晓景、裁剪冰绡标格。烟传靓质，似淡拂、妆成香颊。看暖日、催吐繁英，占断上林风月。　　坛边曾见数枝，算应是真仙，故留春色。顿觉偏造化，且任他、桃李成蹊谁说。晴霁易雪，待对饮、清赏无歇。更爱惜、留引鹇禽，未须再折。

杏梁燕

此调名为宋代张辑所创制。其词之下阕末二句为“把千种旧愁，付与杏梁语燕”，故以《杏梁燕》命其调。此调实为《解连环》。宋张辑于《杏梁燕》题下即注为“寓解连环”。词属双调、仄韵，上阕十一句，下阕十句，上下阕皆五十三字。参阅《解连环》。

张　辑　　　　杏梁燕·小楼春浅

小楼春浅，记钩帘看雪，袖沾芳片。似不似、柳絮因风，更细与品题，屡呵冰砚。宛转吟情，纵真草、凤笺都遍。到灯前笑谑，酒祓峭寒，移尽更箭。　　而今柳阴满院，知花空雪似，人隔春远。叹万事、流水斜阳，谩赢得前诗，醉污团扇。脉脉重来，算惟有、画阑曾见。把千种旧愁，付与杏梁语燕。

巫山一段云

即《巫山一片云》、《金鼎一溪云》。本唐教坊曲名，原为咏巫山神女事。战国楚人宋玉《高唐赋》记载：楚襄王游云梦台馆，望高唐宫观，言先王(怀王)梦妇人自称巫山神女，并与之相会。神女辞别时说：“妾在巫山之阳，高丘之阴。旦为朝云，暮为行雨。朝朝暮暮，阳台之下。”后用“巫山一段云”形容女子美丽的鬓发或柔媚的身段；“裙拖六幅湘江水，鬓耸巫山一段云”(唐李群立《同郑相并歌姬小饮戏赠》)，“想得横陈，全是巫山一段云”(宋向子諲《减

字木兰花》)。后人以此制词，用唐教坊曲，亦名《巫山一段云》。属双调、平韵，亦有用两仄韵者，有四十四字及四十六字诸体。四十四字者，上阕四句、二十二字，于第二、四句用韵；下阕四句、二十二字，于第二、三、四句用韵。

柳　永　　巫山一段云·六六真游洞

六六真游洞，三三物外天。九班麟稳破非烟，何处按云轩。　昨夜麻姑陪宴，又话蓬莱清浅。几回山脚弄云涛，仿佛见金鳌。

柳　永　　巫山一段云·琪树罗三殿

琪树罗三殿，金龙抱九关。上清真籍总群仙，朝拜五云间。　昨夜紫微诏下，急唤天书使者。令赍瑶检降彤霞，重到汉皇家。

柳　永　　巫山一段云·清旦朝金母

清旦朝金母，斜阳醉玉龟。天风摇曳六铢衣，鹤背觉孤危。　贪看海蟾狂戏，不道九关齐闭。相将何处寄良宵，还去访三茅。

柳　永　　巫山一段云·阆苑年华永

阆苑年华永，嬉游别是情。人间三度见河清，一番碧桃成。　金母忍将轻摘，留宴鳌峰真客。红狵闲卧吠斜阳，方朔敢偷尝。

柳　永　　巫山一段云·萧氏贤夫妇

萧氏贤夫妇，茅家好弟兄。羽轮飙驾赴层城，高会尽仙卿。　一曲云谣为寿，倒尽金壶碧酒。醺酣争撼白榆花，踏碎九光霞。

杜安世　　巫山一段云·笑拟条风戏

笑拟条风戏，装迟谷雨催。彩云飞下柳楼台，千朵一时开。　惜恐尘埃染，惊疑紫府来。有时香喷入人怀，魂断客徘徊。

仇　远　　　　巫山一段云·王氏楼

酒力欺愁薄，轻红晕脸微。双鸳谁袖出青闺，刬袜步东西。　　倦蝶栖香懒，雏莺调语低。钗盟惟有烛花知，半醉欲归时。

更漏子

又名《付金钗》、《更漏长》、《独倚楼》、《翻翠袖》、《无漏子》。更漏，古代用滴漏计时，夜间视刻漏以报更，故称刻漏为更漏，也常用来指夜晚的时间。子，唐代称乐曲为“子”，故唐俗语有“曲子”一说。晚唐温庭筠填词，词中多吟咏更漏，抒寂寞之怀，故名其词调为《更漏子》。一说，唐教坊曲有《更漏长》，《更漏子》或即其曲。属双调，共四十六字，上阕两仄韵、两平韵，下阕三仄韵、两平韵。上阕六句、二十三字，于第一、二句用仄韵，于第四、五句用平韵；下阕六句、二十三字，于第一、二、三句用仄韵，于第四、五句用平韵。另有四十五字、四十九字、一百零四字诸体。其后一体已与唐腔迥别。

张　先　　　　更漏子·锦筵红

锦筵红，罗幕翠，侍宴美人姝丽。十五六，解怜才，劝人深酒杯。　　黛眉长，檀口小，耳畔向人轻道。柳阴曲，是儿家，门前红杏花。

张　先　　　　更漏子·流杯堂席上作

相君家，宾宴集，秋叶晓霜红湿。帘额动，水纹浮，缬花相对流。　　薄霞衣，酣酒面，重抱琵琶轻按。回画拨，抹幺弦，一声飞露蝉。

张　先　　　　更漏子·杜陵春

杜陵春，秦树晚，伤别更堪临远。南去信，欲凭谁，归鸿多北归。　　小桃枝，红蓓发，今夜昔时风月。休苦意，说相思，少情人不知。

张　先　　　　更漏子·星斗稀

星斗稀，钟鼓歇，帘外晓莺残月。兰露重，柳风斜，满庭

阶落花。　　虚阁上，倚阑望，还似去年惆怅。春欲暮，思无穷，旧欢如梦中。

晏　殊　　　　　　更漏子·蕣华浓

蕣华浓，山翠浅，一寸秋波如剪。红日永，绮筵开，暗随仙驭来。　　遏云声，回雪袖，占断晓莺春柳。才送目，又颦眉，此情谁得知。

晏　殊　　　　　　更漏子·塞鸿高

塞鸿高，仙露满，秋入银河清浅。逢好客，且开眉，盛年能几时。　　宝筝调，罗袖软，拍碎画堂檀板。须尽醉，莫推辞，人生多别离。

晏　殊　　　　　　更漏子·雪藏梅

雪藏梅，烟著柳，依约上春时候。初送雁，欲闻莺，绿池波浪生。　　探花开，留客醉，忆得去年情味。金盏酒，玉炉香，任他红日长。

晏　殊　　　　　　更漏子·菊花残

菊花残，梨叶堕，可惜良辰虚过。新酒熟，绮筵开，不辞红玉杯。　　蜀弦高，羌管脆，慢飐舞娥香袂。君莫笑，醉乡人，熙熙长似春。

欧阳修　　　　　　更漏子·风带寒

风带寒，枝正好，兰蕙无端先老。情悄悄，梦依依，离人殊未归。　　褰罗幕，凭朱阁，不独堪悲摇落。月东出，雁南飞，谁家夜捣衣。

杜安世　　　　　　更漏子·雪肌轻

雪肌轻，花脸薄，愁困不忺梳掠。眉翠袅，眼波长，偎人言语香。　　看难厌，怜不足，苦恨别离何速。珠树远，彩鸾孤，今生重见无。

杜安世　　　　　　更漏子·脸如花

脸如花，花不笑，双脸胜花能笑。肌似玉，玉非温，肌温胜玉温。　　既相逢，情不重，何似当初休共。情既重，却分

飞，争如不见伊。

杜安世　　　　更漏子·镂金环

镂金环，连玉珥，颗颗蚌蛤相缀。假粉面，映莲腮，露浓花正开。　　冷光凝，员影重，几度偷期摇动。山枕上，恐人知，摘嫌纤手迟。

杜安世　　　　更漏子·庭远途程

庭远途程，算万山千水，路入神京。暖日春郊，绿柳红杏，香径舞燕流莺。客馆悄悄闲庭，堪惹旧恨深。有多少驱驱，蓦岭涉水，枉费身心。　　思想厚利高名，谩惹得忧烦，枉度浮生。幸有青松，白云深洞，清闲且乐升平。长是宦游羁思，别离泪满襟。望江乡踪迹，旧游题书，尚自分明。

苏　氏　　　　更漏子·寄季玉妹

小阑干，深院宇，依旧当时别处。朱户锁，玉楼空，一帘霜日红。　　弄珠江，何处是，望断碧云无际。凝泪眼，出重城，隔溪羌笛声。

晏几道　　　　更漏子·槛花稀

槛花稀，池草遍，冷落吹笙庭院。人去日，燕西飞，燕归人未归。　　数书期，寻梦意，弹指一年春事。新怅望，旧悲凉，不堪红日长。

晏几道　　　　更漏子·柳间眠

柳间眠，花里醉，不惜绣裙铺地。钗燕重，鬓蝉轻，一双梅子青。　　粉笺书，罗袖泪，还有可怜新意。遮闷绿，掩羞红，晚来团扇风。

晏几道　　　　更漏子·柳丝长

柳丝长，桃叶小，深院断无人到。红日淡，绿烟晴，流莺三两声。　　雪香浓，檀晕少，枕上卧枝花好。春思重，晓妆迟，寻思残梦时。

晏几道　　　　更漏子·露华高

露华高，风信远，宿醉画帘低卷。梳洗倦，冶游慵，绿窗

春睡浓。　　彩条轻，金缕重，昨日小桥相送。芳草恨，落花愁，去年同倚楼。

晏几道　　　更漏子·出墙花

出墙花，当路柳，借问芳心谁有。红解笑，绿能颦，千般恼乱春。　　北来人，南去客，朝暮等闲攀折。怜晚秀，惜残阳，情知枉断肠。

晏几道　　　更漏子·欲论心

欲论心，先掩泪，零落去年风味。闲卧处，不言时，愁多只自知。　　到情深，俱是怨，惟有梦中相见。犹似旧，奈人禁，偎人说寸心。

苏　轼　　　更漏子·送孙巨源

水涵空，山照市，西汉二疏乡里。新白发，旧黄金，故人恩义深。　　海东头，山尽处，自古客槎来去。槎有信，赴秋期，使君行不归。

苏　轼　　　更漏子·柳丝长

柳丝长，春雨细，花外漏声迢递。惊塞雁，起城乌，画屏金鹧鸪。　　香雾薄，透帘幕，惆怅谢家池阁。红烛背，绣帘垂，梦长君不知。

苏　轼　　　更漏子·春夜阑

春夜阑，更漏促，金烬暗挑残烛。惊梦断，锦屏深，两乡明月心。　　闺草碧，望归客，还是不知消息。孤负我，悔怜君，告天天不闻。

李之仪　　　更漏子·借陈君俞韵

暑方烦，人似愠，怅望林泉幽峻。情会处，景偏长，心清闻妙香。　　宝幢低，金锁碎，竹影桐阴窗外。新事旧，旧愁新，空嗟不见人。

黄庭坚　　　更漏子·余甘汤

庵摩勒，西土果，霜后明珠颗颗。凭玉兔，捣香尘，称为

席上珍。　　号余甘，争奈苦，临上马时分付。管回味，却思量，忠言君试尝。

黄庭坚　　更漏子·体妖娆

体妖娆，鬟婀娜，玉甲银筝照座。危柱促，曲声残，王孙带笑看。　　休休休，莫莫莫，愁拨个丝中索。了了了，玄玄玄，山僧无碗禅。

贺　铸　　更漏子·芳草斜曛

芳草斜曛，映画桥□□，翠阁临津。数阕清歌，两行红粉，厌厌别酒初醺。芳意赠我殷勤，罗巾双黛痕。便兰舟独上，洞府人闲，素手轻分。　　十里绮陌香尘，望紫云车远，已掩青门。迤逦黄昏，景阳钟动，临风隐隐犹闻。明朝水馆渔村，凭谁招断魂。恨不如今夜，明月多情，应待归云。

贺　铸　　更漏子·酒三行

酒三行，琴再弄，宛是和鸣双凤。罗斗帐，绣屏风，浓香夜夜同。　　去年欢，今夕梦，怊怅晓钟初动。休道梦，觉来空，当时亦梦中。

毛　滂　　更漏子·熏香曲

玉狻猊，金叶暖，馥馥香云不断。长下著，绣帘重，怕随花信风。　　傍蔷薇，摇露点，衣润得香长远。双枕凤，一衾鸾，柳烟花雾间。

毛　滂　　更漏子·初秋雨后闻鹤唳

绿窗寒，清漏短，帐底沉香火暖。残烛暗，小屏弯，云峰遮梦还。　　那些愁，推不去，分付一檐寒雨。檐外竹，试秋声，空庭鹤唤人。

毛　滂　更漏子·和孙公素泛舟观竞渡

柳藏烟，云漏日，寒满雕盘玉食。风卷旆，水摇天，鱼龙挟彩船。　　水边人，波面乐，太守与民同乐。春好处，总随轩，花中谁状元。

张继先　　更漏子·和元规天和堂

固元精，收听视，物外身无此地。接子谬，季真非，无为翻有为。　但心虚，教腹实，密与寥天为一。华阳洞，广寒宫，人人方寸中。

张继先　　更漏子·用于真人韵

是和非，双打过，免共相魔生火。谈有相，损顽空，斋居看望中。　圣贤风，行处在，巧智争如休卖。诗与酒，且乘闲，随缘发笑颜。

张继先　　更漏子·再次韵于真人

诵真经，期万过，未灭无明心火。宜回首，探真空，融怡淡漠中。　自古人，何处在，谩记声名沽卖。抛尘累，养清闲，琼浆自驻颜。

向子禋　　更漏子·雪中韩叔夏席上

小窗前，疏影下，鸾镜弄妆初罢。梅似雪，雪如人，都无一点尘。　暮江寒，人响绝，更着朦胧微月。山似玉，玉如君，相看一笑温。

向子禋　　更漏子·题赵伯山青白轩

时王丰父、刘长因同赋

竹孤青，梅醲白，更着使君清绝。梅似竹，竹如君，须知德有邻。　月同高，风同调，月底风前一笑。翻碎影，度微香，与人风味长。

向子禋　　更漏子·鹊桥边

鹊桥边，牛渚上，翠节红旌相向。承玉露，御金风，年年岁岁同。　懒飞梭，停弄杼，遥想彩云深处。人咫尺，事关山，无聊独倚栏。

赵长卿　　更漏子·暮春

日彤彤，风荡荡，帘外柳花飞飏。红有限，绿无穷，雨晴芳径中。　肠寸结，萦离别，还是去年时节。春暮也，子规啼，伤春三月时。

赵长卿　　更漏子·烛消红

烛消红，窗送白，冷落一衾寒色。鸦唤起，马跪行，月来衣上明。　酒香唇，妆印臂，忆共人人睡。魂蝶乱，梦鸾孤，知他睡也无。

此首别作石孝友词

石孝友　　更漏子·鞞吟鞭

鞞吟鞭，敧醉帽，行尽关山古道。霜满地，水平田，雁儿声在天。　北沙门，南浦岸，望得眼穿肠断。桐树巷，梦云楼，玉儿应也愁。

石孝友　　更漏子·烛销红

烛销红，窗送白，冷落一衾寒色。鸡唤起，马骑行，月昏衣上明。　酒香唇，妆印臂，竟夜人人共睡。魂蝶乱，梦鸾孤，知他睡稳无。

此首别作赵长卿词

郭应祥　　更漏子·与黄儿叔然烛赏木樨

儿叔归而有作，遂次其韵

月蟠根，天雨粟，宜贮阿娇金屋。心欲醉，眼偏明，无穷佳思生。　焰银釭，纷宝罼，倒著接䍦花下。人已散，梦初回，渴心犹望梅。

高观国　　更漏子·玉箫闲

玉箫闲，清韵咽，人倚画阑愁绝。云恼月，月羞云，半溪梅影昏。　恨春风，萧散后，夜夜数残更漏。情悄悄，思依依，天寒一雁飞。

卢祖皋　　更漏子·玉钩裁

玉钩裁，罗袜浅，心事漫拈针线。钗半鞞，鬓慵梳，新来消瘦无。　江南路，花无数，春梦不知何处。帘影转，暝禽西，看看眉黛低。

卢祖皋　　更漏子·蓼花繁

蓼花繁，桐叶下，寂寂梦回凉夜。城角断，砌蛩悲，月高

风起时。　　衣上泪，谁堪寄，一寸妾心千里。人北去，雁南征，满庭秋草生。

洪咨夔　　更漏子·次黄宰夜闻桂香

眼生花，灯缀粟，人在黄金列屋。金缕细，道冠明，胆瓶凉意生。　　缓歌弦，停酒斝，待得香风吹下。斜月转，断云回，风流不让梅。

黄　机　　更漏子·秋点长

秋点长，秋梦短，怕见黄昏庭院。风窸窣，雨萧骚，倚窗魂欲销。　　候蛛丝，占鹊喜，依旧浓愁一纸。红袖黦，翠钿蔫，泪痕犹未干。

吴　潜　　更漏子·柳初眠

柳初眠，花正好，又被雨催风恼。红满地，绿垂堤，杜鹃和恨啼。　　对残春，消永昼，乍暖乍寒时候。人独自，倚危楼，夕阳多少愁。

赵崇嶓　　更漏子·玉搔头

玉搔头，金约臂，娇重不胜残醉。留粉黛，晕胭脂，浅寒生玉肌。　　待归来，浑未准，疑杀那回书信。春又好，思无穷，卷帘花露浓。

许　棐　　更漏子·泪淹红

泪淹红，腮褪粉，等得玉销花损。羞阮凤，怯筝鸾，指寒无好弹。　　一庭雪，半窗月，又是独眠时节。孤枕怨，小屏愁，天涯梦里游。

罗　椅　　更漏子·晚潮生

晚潮生，凉月细，一抹远山无蒂。收越棹，起吴樯，人间何限忙。　　石头城，西北角，杳杳天低鹘落。浑不似，此波光，清歌催夕阳。

王大简　　更漏子·梦期疏

梦期疏，书约误，肠断夜窗风雨。灯晕冷，漏声遥，酒消

愁未消。　想天涯，芳草碧，人与芳春俱客。凭杜宇，向江城，好啼三两声。

陈达叟　　更漏子·妾倚门

妾倚门，君上马，残月晓星犹挂。眉黛敛，泪珠凝，别离多少情。　翠翘横，云鬓乱，复入绮衾犹暖。人独自，枕成双，争教不断肠。

王沂孙　　更漏子·日衔山

日衔山，山带雪，笛弄晚风残月。湘梦断，楚魂迷，金河秋雁飞。　别离心，思忆泪，锦带已伤憔悴。蛩韵急，杵声寒，征衣不用宽。

仇　远　　更漏子·楝花风

楝花风，都过了，冷落绿阴池沼。春草草，草离离，离人归未归。　暗魂消，频梦见，依约旧时庭院。红笑浅，绿颦深，东风不自禁。

张淑芳　　更漏子·秋

墨痕香，红蜡泪，点点愁人离思。桐叶落，蓼花残，雁声天外寒。　五云岭，九溪坞，待到秋来更苦。风淅淅，水淙淙，不教蓬径通。

无名氏　　更漏子·宝香瓶

宝香瓶，桐叶卷，荡水痕微还远。思乡信，觉春迟，野梅初见时。　上潮风，临晚渡，人欲过西江去。吹寒管，陇云低，江南花未知。

无名氏　　更漏子·绛纱笼

绛纱笼，金叶盏，向晓灯花犹在。冰未结，小琉璃，陇梅香满枝。　雪无香，花有意，不是江南新寄。霜月尽，碧天寒，玉楼人倚阑。

无名氏　　更漏子·画楼深

画楼深，春昼永，帘幕东风微冷。莺啭罢，燕归来，佳人

午梦回。　　鬓钗横，眉黛浅，一捻楚腰纤软。推绣户，倚雕阑，无言看牡丹。

无名氏　　　　更漏子·鬓慵梳

鬓慵梳，眉懒画，独自行来花下。情脉脉，泪垂垂，此情知为谁。　　雨初晴，帘半卷，两两衔泥新燕。人比燕，不成双，枉教人断肠。

无名氏　　　　更漏子·粉墙低

粉墙低，蓬户小，一点尘埃不到。眠纱帐，坐蒲团，道人随分安。　　笋芽新，蔬甲嫩，日日家常羹饭。羹饭罢，怎消闲，携筇出看山。

无名氏　　　　更漏子·解语花

解语花，断肠草，谙尽风流烦恼。欢会少，别离多，此情无奈何。　　帐前灯，窗间月，记得那□时节。绣被剩，画屏空，如今在梦中。

豆 叶 黄

此调本名《忆王孙》，因宋秦观词有"萋萋芳草忆王孙"之句，遂以后三字用为词调名。此调别名颇多，或据词的格式，或据词的内容，或据词中字句而命名。梅苑之词名为《独脚令》，谢克家之词名为《忆君王》，吕渭老之词名为《豆叶黄》，陆游之词名为《画蛾眉》，张辑词名为《阑干万里心》。有单调、双调两体。单调、平韵者，三十一字，五句。句式为七、七、七、三、七字，句句用韵。双调、仄韵者，共五十四字。上下阕皆四句、二十七字，皆于第一、二、四句用韵。参阅《忆王孙》、《阑干万里心》等别名。

陈　克　　　　豆叶黄·粉墙丹柱柳丝中

粉墙丹柱柳丝中，帘箔轻明花影重，午醉醒来一面风。绿匆匆，几颗樱桃叶底红。

此首别作赵彦端词

陈　克　　豆叶黄·树头初日鹁鸠鸣

树头初日鹁鸠鸣，野店山桥新雨晴，短褐无泥竹杖轻。水泠泠，梅片飞时春草青。

陈　克　　豆叶黄·秋千人散小庭空

秋千人散小庭空，麝冷灯昏愁杀侬，独有闲阶两袖风。月胧胧，一树梨花细雨中。

张元幹　　豆叶黄·冰溪疏影竹边春

唐腔也，为伯南赋早梅，复和韵

冰溪疏影竹边春，翠袖天寒炯暮云，雪里精神澹伫人。隔重门，宝粟生香玉半温。

张元幹　　豆叶黄·疏枝冷蕊忽惊春

疏枝冷蕊忽惊春，一点芳心入鬓云，风韵情知似玉人。笑迎门，香暖红炉酒未温。

吕渭老　　豆叶黄·芰荷香外一声蝉

芰荷香外一声蝉，风撼琅玕惊昼眠，刻烛题诗花满笺。小神仙，对倚阑干月正圆。

吕渭老　　豆叶黄·晚妆新试碧衫凉

晚妆新试碧衫凉，金鸭犹残昨夜香，柳际风来月满廊。一双双，人对鸳鸯浴小塘。

吕渭老　　豆叶黄·轻罗团扇掩微羞

轻罗团扇掩微羞，酒满玻璃花满头，小板齐声唱石州。月如钩，一寸横波入鬓流。

吕渭老　　豆叶黄·林花著雨褪胭脂

林花著雨褪胭脂，叶底双桃结子迟，对镜凭郎略皱眉。笑微微，燕子羞人必懒归。

吕渭老　　豆叶黄·玉箫风外一声清

玉箫风外一声清，粉面婵娟月对明，紫府楼台夜不扃。羽

衣轻，稳驾双鸾谒帝庭。

赵彦端　　豆叶黄·粉墙丹柱柳丝中

粉墙丹柱柳丝中，帘箔轻明花影重，午醉醒来一面风。绿葱葱，几颗樱桃叶底红。

此首别作陈克词

陆　游　　豆叶黄·春风楼上柳腰肢

春风楼上柳腰肢，初试花前金缕衣，袅袅娉娉不自持。晓妆迟，画得蛾眉胜旧时。

陆　游　　豆叶黄·一春常是雨和风

一春常是雨和风，风雨晴时春已空，谁惜泥沙万点红。恨难穷，恰似衰翁一世中。

两同心

又名《仙源拾翠》。此调属双调、平韵，共六十八字。上阕六句、三十三字，于第二、四、七句用韵；下阕七句、三十五字，于第一、二、四、七句用韵。仄韵者乃柳永创制，平韵为晏几道创制，三声叶韵者为杜安世创制。

柳　永　　两同心·嫩脸修蛾

嫩脸修蛾，淡匀轻扫。最爱学、宫体梳妆，偏能做、文人谈笑。绮筵前、舞燕歌云，别有轻妙。　饮散玉炉烟袅，洞房悄悄。锦帐里、低语偏浓，银烛下、细看俱好。那人人，昨夜分明，许伊偕老。

柳　永　　两同心·伫立东风

伫立东风，断魂南国。花光媚、春醉琼楼，蟾彩迥、夜游香陌。忆当时、酒恋花迷，役损词客。　别有眼长腰搦，痛怜深惜。鸳会阻、夕雨凄飞，锦书断、暮云凝碧。想别来，好景良时，也应相忆。

杜安世　　两同心·巍巍剑外

巍巍剑外，寒霜覆林枝。望衰柳、尚色依依。暮天静、雁阵高飞，入碧云际。江山秋色，遣客心悲。　蜀道巇崄行迟，瞻京都迢递。听巴峡、数声猿啼，惟独个、未有归计。谩空怅望，每每无言，独对斜晖。

晏几道　　两同心·楚乡春晚

楚乡春晚，似入仙源。拾翠处、闲随流水，踏青路、暗惹香尘。心心在，柳外青帘，花下朱门。　对景且醉芳尊，莫话消魂。好意思、曾同明月，恶滋味、最是黄昏。相思处，一纸红笺，无限啼痕。

黄庭坚　　两同心·巧笑眉颦

巧笑眉颦，行步精神。隐隐似、朝云行雨，弓弓样、罗袜生尘。樽前见，玉槛雕笼，堪爱难亲。　自言家住天津，生小从人。恐舞罢、随风飞去，顾阿母、教窣珠裙。从今去，唯愿银缸，莫照离尊。

黄庭坚　　两同心·一笑千金

一笑千金，越样情深。曾共结、合欢罗带，终愿效、比翼纹禽。许多时，灵利惺惺，蓦地昏沉。　自从官不容针，直至而今。你共人、女边著子，争知我、门里挑心。记携手，小院回廊，月影花阴。

黄庭坚　　两同心·秋水遥岑

秋水遥岑，妆淡情深。尽道教、心坚穿石，更说甚、官不容针。霎时间，雨散云归，无处追寻。　小楼朱阁沉沉，一笑千金。你共人、女边著子，争知我、门里挑心。最难忘，小院回廊，月影花阴。

杨无咎　　两同心·行看不足

行看不足，坐看不足。柳条短、斜倚春风，海棠睡、醉欹红玉。清堪掬，桃李漫山，真成粗俗。　遥夜几番相属，暗魂飞逐。深酌酒、低唱新声，密传意、解回娇目。知谁福，得

似风流，可伊心曲。

杨无咎　　两同心·秋水明眸

秋水明眸，翠螺堆发。却扇坐、羞落庭花，凌波步、尘生罗袜。芳心发，分付春风，恰当时节。　渐解愁花怨月，忒贪娇劣。宁宁地、情态于人，惺惺处、语言低说。相思切，不见须臾，可堪离别。

杨无咎　　两同心·月可中庭

月可中庭，夜凉初燕。见个人人、越格风流，饶济济、入时打扮。小从容，不似前回，匆匆得见。　坐上不禁肠断，捧杯深劝。争敢望、白雪新声，唯啜得、秋波一眄。告从今，休要教人，千呼万唤。

杨无咎　　两同心·梦牛楚

枕簟凉生秋早，梦魂忒好。见玉人、且喜且悲，挨琼脸、厮偎厮抱。信言多磨，刚被山禽，一声催晓。　觉来满船清悄，愁恨多少。知是我、怜你心微，知是你、与我情厚。谢殷勤，不易山遥水远寻到。

仇　远　　两同心·踏青归后

踏青归后，小步西园。翠袖薄、新篁难倚，绿窗润、弱絮轻黏。春风急，暮雨凄然，早听啼鹃。　忆昔几度湖边，款曲花前。约俊客、同倾凿落，看游女、同上秋千。春无主，落日低烟，芳草年年。

还 京 乐

此调本为唐教坊曲名。唐玄宗初自潞州还京师，举兵夜半诛韦后，特制《还京乐曲》。抒写返还京城时的胜利欢悦之情，故名《还京乐》。后用为词调名。属双调、仄韵，共一百零三字。上阕九句、四十八字，于第二、五、六、七、九句用韵；下阕十句、五十三字，于第一、四、六、八、十句用韵。

周邦彦　　　　还京乐·春景

禁烟近触处，浮香秀色相料理。正泥花时候，奈何客里，光阴虚费。望箭波无际，迎风漾日黄云委。任去远，中有万点，相思清泪。　　到长淮底，过当时楼下，殷勤为说，春来羁旅况味。堪嗟误约乖期，向天涯、自看桃李。想而今、应恨墨盈笺，愁妆照水。怎得青鸾翼，飞归教见憔悴。

方千里　　　　还京乐·岁华惯

岁华惯，每到和风丽日欢再理。为妙歌新调，粲然一曲，千金轻费。记夜阑沉醉，更衣换酒珠玑委。帐画烛摇影，易积银盘红泪。　　向笙歌底，问何人、能道平生，聚合欢娱，离别兴味。谁怜露浥烟笼，尽栽培、艳桃秾李。谩萦牵、空坐隔千山，情遥万水。纵有丹青笔，应难摹画憔悴。

吴文英　　　　还京乐·宴兰溆

友人泛湖，命乐工以筝、笙、琵琶、方响迭奏

宴兰溆，促奏丝萦管裂飞繁响。似汉宫人去，夜深独语，胡沙凄哽。对雁斜玫柱，琼琼弄月临秋影。风吹远，河汉去杳，天风飘冷。　　泛清商竟，转铜壶敲漏，瑶床二八青娥，环佩再整。菱歌四碧无声，变须臾、翠翳红暝。叹梨园、今调绝音希，愁深未醒。桂楫轻如翼，归霞时点清镜。

杨泽民　　　　还京乐·春光至

春光至，欲访清歌妙舞重为理。念莺轻燕怯媚容，百斛明珠须费。算枕前盟誓，深诚密约堪凭委。意正美，娇眼又洒，梨花春泪。　　记罗帷底，向鸳衾、灯畔相偎，共把前回，词语咏味。无端浪迹萍蓬，奈区区、又催行李。忍重看、小岸柳梳风，江梅鉴水。待学鹣鹣翼，从他名利荣悴。

陈允平　　　　还京乐·彩鸾去

彩鸾去，适怨清和，锦瑟谁共理。奈春光渐老，万金难买，榆钱空费。岸草烟无际，落花满地芳尘委。翠袖里，红粉溅溅，东风吹泪。　　任鸳帏底，宝香寒、金兽慵熏绣被，依

依离别意味，琼钗暗画心期，倩啼鹃、为催行李。黯销魂、但梦逐巫山，情牵渭水。待得归来后，灯前深诉憔悴。

张 炎　　还京乐·送陈行之归吴

醉吟处，多是琴尊，竟日松下语。有笔床茶灶，瘦筇相引，逢花须住。正翠阴迷路，年光荏苒成孤旅。待趁燕樯，休忘了、玄都前度。　渐烟波远，怕五湖凄冷，佳人袖薄，修竹依依日暮。知他甚处重逢，便匆匆、背潮归去。莫因循、误了幽期，应孤旧雨。伫立山风晚，月明摇碎江树。

还 宫 乐

此调名为宋无名氏所首用，赋神仙驾临皇宫，故名《还宫乐》。属单调、平韵，共九句、五十三字，于第三、四、五、七、九句用韵。

无名氏　　还宫乐·喜贺我皇

喜贺我皇，有感蓬莱，尽降神仙。到乘鸾驾鹤御楼前，来献长寿仙丹。玉殿阶前排筵会，今宵秋日到神仙。笙歌寥亮呈玉庭，为报圣寿万年。

折 丹 桂

此调名为宋代王之道所创制。为送人赴省试而填词，其词中有“预知仙籍桂香浮”之句，故名。丹桂是桂树之一种，传说月宫中有桂树，古人以“折桂”喻考试得中。古代以科举中第为“折丹桂”，亦称“折桂”。程大昌因其小孙端复以近制得官，“为词以歌之”，故名其调为《折丹桂》，词中有“桂是蟾宫种”之句。词属双调、仄韵，共五十字。上下阕格式相同，各四句、二十五字，亦各于第一、二、四句用韵。《步蟾宫》别名《折丹桂》，与此为同名异调。

王之道　折丹桂·送蘧、著、迈三子庚辰年省试

照人何处双瞳碧，欲去江城北。过江风顺莫迟留，快雁序、飞联翼。　西湖花柳传消息，知是东君客。家书须办写泥金，报科名、题淡墨。

王之道　折丹桂·用前韵送彦开弟省试

风漪欲皱春江碧，予寄江城北。子今东去赴春官，挽不住、逻风翼。　修程应过天池息，何处堪留客。预知仙籍桂香浮，语祝史、休占墨。

王之道　折丹桂·用前韵送赵彦翔省试

雪晴山色分遥碧，辉映江南北。子今东去步蟾宫，看少展、垂天翼。　晚来江上西风息，算不是新丰客。明年三月见君时，庆章绶、纡铜墨。

程大昌　折丹桂·端复受官　并序

通奉尝欲为先硕人篆帔，命为诗语，某献语曰："诗礼为家庆，貂蝉七叶余。庭闱称寿处，童稚亦金鱼。"通奉喜，自为小篆，缀珠其上。今此小孙端复以近制奏官，感记旧事，为词以歌之，曼往为弟侄一笑

童年未晓君恩重，教得能趋拱。重亲带笑酌天杯，听祝语、殷勤捧。　青衫得挂尤光宠，桂是蟾宫种。诗书浓处便生枝，但只要、频浇壅。

张　镃　折丹桂·中秋南湖赏月

玉为楼观银为地，秋到中分际。淡金光衬水晶球，上碧虚、千万里。　香风浩荡吹蟾桂，影落澄波底。揭天箫鼓要诗成，任惊觉、鱼龙睡。

温　镗　折丹桂·秋风秋露清秋节

秋风秋露清秋节，秋雨过、秋香初发。二仙生值好秋天，气却与、秋霜争烈。　秋霄开宴群仙列，秋娘唱、秋云低遏。寿杯双劝祝千秋，镇长对、中秋皓月。

无名氏　　　　折丹桂·七月廿八

初秋两两留蓂荚，算恰是、生申佳节。祝君寿阅八千秋，岁岁对、长空皓月。　　威宣比部推刚决，气凛凛、秋霜争烈。滩头双鹈看飞来，便有诏、催归天阙。

折 红 英

此调本名《撷芳词》，因北宋徽宗政和间有撷芳园，词人吟咏其园林，故名《撷芳词》。撷芳，意为采摘香花。“红英”即红花，故仿“撷芳”之意，又名《折红英》、《摘红英》。陆游因无名氏《撷芳词》中有“可怜孤似钗头凤”之句，故取其后三字，易名为《钗头凤》。后人又据《钗头凤》之名，改题为《惜分钗》、《玉珑璁》。宋程垓词名《折红英》，见《书舟词》。属双调、仄韵。署《撷芳词》之名者，五十四字，上下阕皆七句、二十七字。上阕一、二、三句用仄韵，四、五、七句换仄韵；下阕一、二、三句叶首韵，四、五、七句叶二韵。名《惜分钗》者，五十八字，在上、下阕末句各加两叠字。名《钗头凤》者，六十字，在上、下阕末句各加三叠字，陆游之词即用此格。又，据毛子晋《圣求词》跋云：《惜分钗》乃吕渭老自制新谱，较陆放翁《钗头凤》更有别韵。参阅《钗头凤》、《撷芳词》。

程　垓　　　　折红英·桃花暖

桃花暖，杨花乱，可怜朱户春强半。长记忆，探芳日，笑凭郎肩，殢红偎碧，惜惜惜。　　春宵短，离肠断，泪痕长向东风满。凭青翼，问消息，花谢春归，几时来得，忆忆忆。

折 红 梅

此调见《寿域词》，是宋吴感(传为杜安世)度曲制词，其内容为吟咏梅花初绽与“繁杏夭桃，品流终别”，劝人们及时折取。其词中有“夜来陡觉红梅，数枝争发”之句，结句为“闻有花堪折，劝君须折”，遂名其词调为《折红

梅》。属双调、仄韵，共一百零七字。上阕十句、五十四字，于第二、五、七、十句用韵；下阕十句、五十三字，于第一、三、五、六、七、十句用韵。另一体一百零八字。

吴　感　　折红梅·梅花馆小鬟

喜冰澌初泮，微和渐入、东郊时节。春消息，夜来顿觉，红梅数枝争发。玉溪仙馆，不是个、寻常标格。化工别与、一种风情，似匀点胭脂，染成香雪。　　重吟细阅，比繁杏夭桃，品格真别。只愁共、彩云易散，冷落谢池风月。凭谁向说，三弄处、龙吟休咽。大家留取，时倚阑干，闻有花堪折，劝君须折。

无名氏　　折红梅·陇上消残雪

陇上消残雪，曲水流断，淑气潜通。群花冷未吐，夜来梅萼，数枝繁红。光夺化工，发艳色、不染东风。信凭晓风，难压精神，占青春未上，别是标容。　　天香渐杳，似蓬阙玉妃，酒困娇慵。只愁恐、上阳爱惜，和种移向瑶宫。西归驿使，折赠处、庾岭溪东。又须寄与，多感多情，道此花开早，未识游蜂。

无名氏　　折红梅·倚花阑清晓

倚花阑清晓，徘回探得，南枝初绽。通春意、漏巧斗奇，东君首先回暖。盈盈素面，刚强点、胭脂深浅。是他自有，标格清香，恣千种妖饶，万般闲雅。　　移时细看，算浓雪严霜，怎生拘管。也拟是、小桃未蕊，依约杏添清伴。笛声休怨，怕恐使、群芳零乱。待须把酒，守著花枝，愿期与花枝，久长相见。

无名氏　　折红梅·忆笙歌筵上

忆笙歌筵上，匆匆见了，□□相别。红炉暖、画帘绣阁，曾共鬓边斜插。南枝向暖，北槛里、春风犹怯。也应别后，不减芳菲，念咫尺阑干，甚时重折。　　清风间发，如天与浓香，粉匀檀颊。纱窗影、故人凝处，冷落暮天残雪。一轩明月，怅望花争清切。便教尽放，都不思量，也须有，蓦然上心时节。

无名氏　　　折红梅·睹南翔征雁

睹南翔征雁，疏林败叶，凋霜零乱。独红梅、自守岁寒，天教最后开绽。盈盈水畔，疏影蘸、横斜清浅。化工似把，深色胭脂，怪姑射冰姿，剩与红间。　　谁人宠眷，待金锁不开，凭阑先看。曾飞落、寿阳粉额，妆成汉宫传遍。江南风暖，春信喜、一枝清远。对酒便好，折取奇苞，捻清香重嗅，举杯重劝。

折新荷引

此调今仅存赵抃词一首。其第二句为“圆荷嫩绿新抽”，故名《折新荷》。属双调、平韵，共八十二字，上下阕各八句、四十一字，各于第二、四、六、八句用韵。两阕句式相同。因其词中有“画桡稳泛兰舟”之句，又名《泛兰舟》。但与仄韵的《泛兰舟》格式迥异，属同调异名，此调本名《新荷叶》。

赵　抃　　　折新荷引·雨过回廊

雨过回廊，圆荷嫩绿新抽。越女轻盈，画桡稳泛兰舟。芳容艳粉，红香透、脉脉娇羞。菱歌隐隐渐遥，依约回眸。堤上郎心，波间妆影迟留。不觉归时，淡天碧衬蟾钩。风蝉噪晚，余霞际、几点沙鸥。渔笛、不道有人，独倚危楼。

抛 球 乐

本唐教坊抛打曲名。其意为酒筵中抛球为令，其时所唱之歌。此调传词，以刘禹锡之作为最早，其中有“幸有抛球乐，一杯君莫辞”之句，并点出了词调名。本调为唐人酒令中所用之抛打曲，所抛者为球，其令曰“香球”。球上蹙金花，垂绣带，抛传于全席之间，周转不停。一面抛球，一面传花，在抛传中确定分数，完成觞政。唐代为五言六句体，平韵，于第一、二、四、六句用韵。本调至五代，已有杂言体，单调，平韵，六句、四十字，除第五句六字外，余皆七

字，于第一、二、四、六句用韵。宋柳永有慢词，属双调、仄韵，共一百八十七字。又名《莫思归》。

柳　永　　抛球乐·晓来天气浓淡

晓来天气浓淡，微雨轻洒。近清明，风絮巷陌，烟草池塘，尽堪图画。艳杏暖、妆脸匀开，弱柳困、宫腰低亚。是处丽质盈盈，巧笑嬉嬉，手簇秋千架。戏彩球罗绶，金鸡芥羽，少年驰骋，芳郊绿野。占断五陵游，奏脆管、繁弦声和雅。

向名园深处，争泥画轮，竞羁宝马。取次罗列杯盘，就芳树、绿阴红影下。舞婆娑，歌宛转，仿佛莺娇燕姹。寸珠片玉，争似此、浓欢无价。任他美酒，十千一斗，饮竭仍解金貂贳。恣幕天席地，陶陶尽醉太平，且乐唐虞景化。须信艳阳天，看未足、已觉莺花谢。对绿蚁翠蛾，怎忍轻舍。

李从周　　抛球乐·风罥蔫红雨易晴

风罥蔫红雨易晴，病花中酒过清明。绮窗幽梦乱于柳，罗袖泪痕凝似饧。冷地思量著，春色三停早二停。

无名氏　　抛球乐·组曲

折花令 三台词

翠幕华筵，相将正是多欢宴。举舞袖、回旋遍。罗绮簇宫商，共歌清羡。　　当琼浆泛泛满金尊，莫惜沉醉。莫惜沉醉，永日长游衍。愿乐嘉宾，嘉宾式燕。

水龙吟令

洞天景色常春，嫩红浅白开轻萼。琼筵镇起，金炉烟重，香凝锦幄。窈窕神仙，妙呈歌舞，攀花相约。彩云月转，朱丝网徐在，语笑抛球乐。　　绣袂风翻凤举，转星眸、柳腰柔弱。头筹得胜，欢声近地，光容约。满座佳宾，喜听仙乐，交传觥爵。龙吟欲罢，彩云摇曳，相将归去寥廓。

小抛球乐令

两行花窍占风流，缕金罗带系抛球。玉纤高指红丝网，大家著意胜头筹。

清平令破子

满庭罗绮流粲，清朝画楼开宴。似初发芙蓉正烂熳，金尊

莫惜频劝。　　近看柳腰似折，更看舞回流雪。是欢乐、宴游时节，且莫催、欢歌声阕。

连理枝

唐时曲调名。“连理枝”指两棵树之枝连生在一起。相传唐李白曾以此调填词。《词律》所收李白词为单调、平韵，七句、三十五字，于第一、二、五、七句用韵。而宋词则俱加后叠，七十字，成为双调。《词谱》则认为只有双调、七十字之体，并补足李白词之上阕。双调有几个别名，宋代程垓词名《红娘子》，刘过词名《小桃红》、《灼灼花》。又名《昭阳怨》、《连理一枝花》。《尊前集》注此调为黄钟宫，《宋史·乐志·琵琶曲》指为蕤宾调。此调以李白词为正格。另有七十二字一体。参阅《小桃红》等。

晏　殊　　连理枝·玉宇秋风至

玉宇秋风至，帘幕生凉气。朱槿犹开，红莲尚拆，芙蓉含蕊。送旧巢归燕拂高檐，见梧桐叶坠。　　嘉宴凌晨启，金鸭飘香细。凤竹鸾丝，清歌妙舞，尽呈游艺。愿百千遐寿比神仙，有年年岁岁。

晏　殊　　连理枝·绿树莺声老

绿树莺声老，金井生秋早。不寒不暖，裁衣按曲，天时正好。况兰堂逢著寿筵开，见炉香缥缈。　　组绣呈纤巧，歌舞夸妍妙。玉酒频倾，朱弦翠管，移宫易调。献金杯重叠祝长生，永逍遥奉道。

贺　铸　　连理枝·绣幌闲眠晓

绣幌闲眠晓，处处闻啼鸟。枕上无情，斜风横雨，落花多少。想灞桥、春色老于人，恁江南梦杳。　　往事今何道，聊咏池塘草。怀县年来，萧萧壮发，可堪频照。赖醉乡、佳境许徜徉，惜归欤不早。

邵叔齐　　连理枝·淡泊疏篱隔

淡泊疏篱隔，寂寞官桥侧。绿萼青枝风尘外，别是一般姿

质。念天涯、憔悴各飘零，记初曾相识。　　雪里清寒逼，月下幽香袭。不似薄情无凭准，一去音书难得。看年年、时候不逾期，报阳和消息。

步　月

此调平韵体见宋代史达祖《梅溪词》，仄韵体见宋代施岳《梅川词》。史达祖吟咏才子佳人“醉中携手初归”，徜徉月下，相偎香帘，故名其词调为《步月》。属双调、平韵，共九十六字。上阕十句、四十九字，于第三、五、七、十句用韵；下阕十句、四十七字，于第一、四、六、八、十句用韵。另一体九十四字，为变格。此调与《满庭芳》相似，但平仄不同。参阅《满庭芳》。

史达祖　　步月·翦柳章台

翦柳章台，问梅东阁，醉中携手初归。逗香帘下，璀璨镂金衣。正依约、冰丝射眼，更荏苒、蟾玉西飞。轻尘外，双鸳细蹙，谁赋洛滨妃。　　霏霏，红雾绕，步摇共鬓影，吹入花围。管弦将散，人静烛笼稀。泥私语、香樱乍破，怕夜寒、罗袜先知。归来也，相偎未肯入重帏。

施　岳　　步月·茉莉

玉宇薰风，宝阶明月，翠丛万点晴雪。炼霜不就，散广寒霏屑。采珠蓓、绿萼露滋，嗔银艳、小莲冰洁。花痕在，纤指嫩痕，素英重结。　　枝头香未绝，还是过中秋，丹桂时节。醉乡冷境，怕翻成消歇。玩芳味、春焙旋熏，贮秾韵、水沉频爇。堪怜处，输与夜凉睡蝶。

步 花 间

此调本名《诉衷情》，因贺铸词有“凭陵残醉步花间”句，故更名《步花间》。详见《诉衷情》条。

贺　铸　　步花间·凭陵残醉步花间

凭陵残醉步花间，风绰佩珊珊。踏青解红人散，不耐日长

闲。　纤手指，小金环，拥云鬟。一声水调，两点春愁，先占眉山。

步虚子令

此调见《高丽史·乐志》，本为唐乐曲。该词属双调、平韵，共五十七字。上阕五句、二十八字，于第一、二、四、五句用韵；下阕五句、二十九字，于第二、四、五句用韵。

无名氏　步虚子令·碧烟笼晓海波闲

碧烟笼晓海波闲，江上数峰寒。佩环声里，异香飘落人间，弭绛节、五云端。　宛然共指嘉禾瑞，开一笑、破朱颜。九重峣阙，望中三祝高天，万万载、对南山。

步虚词

此调本名《西江月》，原为唐教坊曲名。《步虚词》原是乐府《杂曲歌辞》，属道家曲，备言众神众仙缥缈轻妙之美。词人借旧题抒新意。属双调、仄韵，共五十字。唐五代词本为平仄韵异部间叶，宋以后词则上、下阕各用两平韵，末转仄韵，例须同部。上下阕皆四句、二十五字，各句为六、六、七、六字，亦皆于第二、三句用平韵，第四句换仄韵。另有五十六字一体，上下阕皆五句、二十八字，四、五句各为四、五字，比正体各多三字。又名《江月令》。此《步虚词》已与《西江月》格式迥异，当属同名异调。参阅《西江月》。

范成大　步虚词·白玉楼六首　并序

赵从善示余玉楼图，其前玉阶一道，横跨绿霄中。琪树垂珠网，夹阶两旁。绿霄之外，周以玉阑，阑外方是碧落。阶所接亦玉池，中间涌起玉楼三重，千门万户，无非连璐重璧。屋覆金瓦，屋山缀红牙垂珰。四檐黄帘皆卷，楼中帝座，依约可望。红云自东来，云中虚皇乘玉辂，驾两金龙。侍卫可见者：灵官法服骑而夹侍二人，力士黄麾前导二人，仪剑四人，金围子四人，夹辂黄幡二人，五色戟带二人，珠幢二人，金龙旗四

人，负纳陛而后从二人。云头下垂，将至玉阶，楼前仙官冠帔出迎，方下阶，双舞鹤行前。云驾之旁，又有红云二：其一，仙官立幢节间；其二，女乐并奏。玉楼之后，又有小玉楼六，其制如前，宝光祥云，前后蔽亏，或隐或现。小案之前，独为金地，亦有仙官自金地下迎。傍小楼最高处，有飞桥直瑶台，仙人度桥登台以望。名数可纪者，大略如此。若其景趣高妙、碧落浮黎、青冥风露之境，则览者可以神会，不能述于笔端。此画运思超绝，必梦游帝所者仿佛得之，非世间俗史意匠可到。明窗净几，尽卷展玩，恍然便觉身在九霄三景之上，奇事不可以不识。简斋有水府法驾导引歌词，乃倚其体，作步虚词六章，以遗从善。羽人有不俗者，使歌之于清风明月之下，虽未得仙，亦足以豪矣

其一

珠霄境，却似化人宫。梵气弥罗融万象，玉楼十二倚清空，一片宝光中。

其二

浮黎路，依约太微间。雪色宝阶千万丈，人间遥作白虹看，幢节度高寒。

其三

罡风起，背负玉虚廷。九素烟中寒一色，扶阑四面是青冥，环拱万珠星。

其四

流铃响，龙驭筞云来。夹道骞华笼彩仗，红云扶辂辗天街，迎驾鹤毰毸。

其五

钧天奏，流韵满空明。琪树玲珑珠网碎，仙风吹作步虚声，相和八鸾鸣。

其六

楼阑外，辇道插非烟。闲上郁萧台上看，空歌来自始青天，扬袂揖飞仙。

程　珌　　　　**步虚词·寿张门司**

休怪频年司钥，仙官长守仙宫。东风未肯到凡红，先舞云

韶彩凤。　都是一团和气，故教上苑春浓。群仙拍手过江东，高唱紫芝新颂。

步 蟾 宫

此调是宋汪存创制，其中有“姮娥剪就绿云裳，待来步蟾宫与换”之句，故取其中三字“步蟾宫”作为词调名。蟾宫，即月宫的代称，古代神话传说月中有蟾蜍。后亦用来比喻科举中式。韩淲词名《钓台词》，刘拟词名《折丹桂》。属双调、仄韵，共五十六字。上阕四句、二十八字，于第一、二、四句用韵，每句七字。二、四句中各有三字逗，下阕同。另有五十七字、五十八字两体。参阅《折丹桂》。

黄庭坚　　步蟾宫·妓女

虫儿真个忒灵利，恼乱得、道人眼起。醉归来、恰似出桃源，但目送、落花流水。　何妨随我归云际，共作个、住山活计。照清溪，匀粉面，插山花，也须胜、风尘气味。

晁端礼　　步蟾宫·昨宵争个甚闲事

昨宵争个甚闲事，又不道、被谁调戏。任孜孜、求告不回头，消满眼、汪汪地泪。　奴哥一向不赌是，算谁敢、共他争气。且偎随、须有喜欢时，待款款、说些道理。

汪　存　　步蟾宫·玉京此去春犹浅

玉京此去春犹浅，正雪絮、马头零乱。姮娥剪就绿云裳，待来步蟾宫与换。　明年二月桃花岸，棹双桨、浪平烟暖。扬州十里小红楼，尽卷上珠帘一半。

杨无咎　　步蟾宫·桂花馥郁清无寐

九月二十六夜宿周师从家。睡觉，风雨起，有怀木樨

桂花馥郁清无寐，觉身在、广寒宫里。忆吾家、妃子旧游，瑞龙脑、暗藏叶底。　不堪午夜西风起，更飐飐、万丝斜坠。向晓来、却是给孤园，乍惊见、黄金布地。

杨无咎　　步蟾宫·一斑两点从初起

一斑两点从初起，这手脚、渐不灵利。背人只待暗搔爬，

腥臭气、薰天炙地。　　下梢管取好脓水，要洁净、怎生堪洗。自身作坏匹如闲，更和傍人带累。

韩　淲　　　　步蟾宫·钓台词

三年重到严滩路，叹须鬓、衣冠尘土。倚孤篷、闲自濯清风，见一片、飞鸿归去。　　人间何用论今古，漫赢得、个般情绪。雨吹来云、乱处水东流，但只有、青山如故。

章谦亨　　　　步蟾宫·守岁

团圞小酌醺醺醉，厮捱著、没人肯睡。呼卢直到五更头，便铺了妆台梳洗。　　庭前鼓吹喧人耳，蓦忽地、又添一岁。休嫌不足少年时，有多少、老如我底。

章耐轩　　　　步蟾宫·未开大如木樨蕊

未开大如木樨蕊，开后是、梅花小底。翛然只欲住山林，肯容易、结根城市。　　叶儿又与冬青比，算何止、香闻七里。不因山谷品题来，谁知道、是水仙兄弟。

钟　过　　　　步蟾宫·东风又送酴醾信

东风又送酴醾信，早吹得、愁成潘鬓。花开犹似十年前，人不似、十年前俊。　　水边珠翠香成阵，也消得、燕窥莺认。归来沉醉月朦胧，觉花气、满襟犹润。

蒋　捷　　　　步蟾宫·木樨

绿华剪碎娇云瘦，剩妆点、菊前蓉后。娟娟月也染成香，又何况、纤罗襟袖。秋窗一夜西风骤，翠奁锁、琼珠花镂。人间富贵总腥膻，且和露、攀花三嗅。

蒋　捷　　　　步蟾宫·春景

玉窗掣锁香云涨，唤绿袖、低敲方响。流苏拂处字微讹，但斜倚、红梅一饷。濛濛在帘衣上，做池馆、春阴模样。春阴模样不如晴，这催雪、曲儿休唱。

蒋　捷　　　　步蟾宫·中秋

去年云掩冰轮皎，喜今岁、微阴俱扫。乾坤一片玉琉璃，

怎算得、清光多少。　　无歌无酒痴顽老，对愁影、翻嫌分晓。天公元不负中秋，我自把、中秋误了。

仲　殊　　步蟾宫·仙郎心似长江阔

仙郎心似长江阔，妾意如、波间明月。相随定、一带向东流，共宴乐、无时暂歇。　　长生只在长欢悦，除此外、总应虚设。笙歌里、身住几何年，十字儿、头边下撇。

仲　殊　　步蟾宫·笙歌喜庆争催晓

笙歌喜庆争催晓，篆烟舞、龙鸾缥缈。香罗上、不尽寿仙人，献一段、长生寿草。　　一心一意同欢笑，两心事、卒难得了。教传语、天上太白星，剩借取、几千年好。

仲　殊　　步蟾宫·凤帘舞带花铺绣

凤帘舞带花铺绣，水沉暖、祥烟迷昼。凤衔灯照蕊珠筵，韵双琯、钧声已奏。　　绮罗人劝千秋寿，吉祥满、十分芳酒。愿人间、嘉庆一千年，共南极、东华长久。

仲　殊　　步蟾宫·长庚星驭重来日

长庚星驭重来日，结灵秀、东阳清骨。过中秋，两夜月犹圆，五福降、先宫第一。　　鹤书新自金门出，乍受得、王宫缨绂。更登仙、箓上与长年，倩东斗、真人按笔。

无名氏　步蟾宫·庆正月二十一日生又二十一岁及第

垂弧门左当今日，恰过了、元宵六夕。喜妙龄秀发步蟾宫，信富贵、荣华莫敌。　　纪年甲子才三七，即翰苑、从容西掖。便从兹、谈笑觅封侯，更管取、寿延千亿。

无名氏　　步蟾宫·庆友人　四月初四

蓂开四叶祥光发，又还是、清和时节。昴星呈瑞夜来明，庆此日、挺生英杰。　　少年玉树神清澈，未说到、龟龄鹤发。愿言鹗荐早蜚声，任丹桂、一枝高折。

无名氏　　步蟾宫·徐卿二子文章妙

徐卿二子文章妙，秋风来应兴贤诏。双双折取桂枝归，乡

间自此增荣耀。　　浪暖三月春来绕，番身并跳龙门晓。绿衣共立彩莱衣，那更是、双亲年少。

呈纤手

此调本名《木兰花》，贺铸以该调填词，首句为“秦弦络络呈纤手”，取后字“呈纤手”命为新名。词属双调，上、下阕各四句，每句七字，共五十六字。该调像两首仄韵的七言绝句。参阅《木兰花》。

贺　铸　　呈纤手·秦弦络络呈纤手

秦弦络络呈纤手，宝雁斜飞三十九。徽韶新谱日边来，倾耳吴娃惊未有。　　文园老令难堪酒，蜜炬垂花知夜久。更须妩媚做腰肢，细学永丰坊畔柳。

吴山青

此调本名《长相思》，原为唐教坊曲名，因梁、陈乐府《长相思》而得名，又名《双红豆》、《忆多娇》、《山渐青》。属双调、平韵，共三十六字。上下阕皆四句、十八字，句句用韵，一、二句为两叠韵。敦煌曲子词中有双调、平韵、四十四字一体，格律、字句与常体迥异，实为同名异调。宋人演为长调，或名《长相思慢》，双调、平韵，有一百字或一百零三字及一百零四字诸体。

赵　溍　　吴山青·水仙

金璞明，玉璞明，小小杯柈翠袖擎，满将春色盛。　　仙佩鸣，玉佩鸣，雪月花中过洞庭，此时人独清。

周　密　　吴山青·赋无心处茅亭

山青青，水泠泠，养得风烟数亩成，乾坤一草亭。　　云无心，竹无心，我亦无心似竹云，岁寒同此盟。

吴门柳

此调本名《渔家傲》，又名《游仙咏》，贺铸另立调名《吴门柳》。详见《渔家傲》条。

贺　铸　　吴门柳·窈窕盘门西转路

窈窕盘门西转路，残阳映带青山暮。最是长杨攀折苦，堪怜许，清霜翦断和烟缕。　春水归期端不负，依依照影临南浦。留取木兰舟少住，无风雨，黄昏月上潮平去。

贺　铸　　吴门柳·啸度万松千步岭

啸度万松千步岭，钱湖门外非尘境。见底碧漪如眼净，岚光映，镜屏百曲新磨莹。　好月为人重破暝，云头艳艳开金饼。传语桂娥应耐静，堪乘兴，尊前听我游仙咏。

吴音子

即《拥鼻吟》。此调仅存宋晁端礼词一首和无名氏二残句。属双调、平韵，共一百零二字。上阕八句、五十一字，于第二、三、四、六、八句用韵；下阕九句、五十一字，于第二、三、七、九句用韵。

晁端礼　　吴音子·细想当初事

细想当初事，又非是、取次相知。一年来、觑著尚迟，疑□时、取共些儿。似恁秤停期克了，便一成望不相离。却何期、恩情陡变，中路分飞。　都缘我自心肠软，润就得、转转娇痴。如今未中再偎随。选不甚，且从待他疏狂心性。足变堆垛，更吃禁持。管取你回心，却有投奔人时。

别　　怨

此调见《惜香乐府》，为宋赵长卿度曲制词，吟唱妻子

送别丈夫远行时的惆怅之情，叮咛早日归来。词中有“凤帷私语处，翻成离怨不胜悲”之句，遂以为调名，并咏本意。属双调、平韵，共六十三字。上阕五句、三十字，于第一、二、四、五句用韵；下阕六句、三十三字，于第二、四、六句用韵。

赵长卿　　　　别怨·霜寒

娇马频嘶，晓霜浓、寒色侵衣。凤帷私语处，翻成离怨不胜悲，更与叮咛祝后期。　素约谐心事，重来了、比看相思。如何见得，明年春事浓时。稳乘金腰衮，来烂醉、玉东西。

别素质

此调本名《忆瑶姬》，王质始名《别素质》。属双调、仄韵，共一百零四字。上阕九句、五十二字，于第二、三、五、六、七、九句用韵；下阕十句、五十二字，于第一、三句换韵，五、六句再换韵，七、十句叶上阕韵。仄韵一体始自曹组，平韵一体始自万俟咏，一名《别瑶姬慢》。共有三体。参阅《忆瑶姬》。

王　质　　别素质·请浙江僧嗣宗住庵

一个茅庵，三间七架，两畔更添两厦。倒坐双亭平分，扶阑两下。门前数十丘稏稏，塍外更百十株桑柘。一溪活水长流，余波及、蔬畦菜把。　便是招提与兰若，时钞疏乡园，看经村社。随分斗米相酬，镮钱相谢。便阙少亦堪借借，常收些、笋干蕨鲊。好年岁，更无兵无火，快活杀也。

别瑶姬慢

此调本名《忆瑶姬》，万俟咏始名《别瑶姬慢》。“慢”表明其为慢词。王质名《别素质》。此调有仄韵、平韵两体。《别瑶姬慢》为双调、平韵，共一百零五字。上阕十一句、五十二字，于一、三、六、九、十一句用韵；下阕

十句、五十三字，于第三、六、九、十句用韵。参见《别素质》。

万俟咏　　　别瑶姬慢·可惜香红

可惜香红，又一番骤雨，几阵狂风。霎时留不住，便夜来和月，飞过帘栊。离愁未了，酒病相仍，便堪此恨中。片片随、流水斜阳去，各自西东。　又还是、九十春光，误双飞戏蝶，并采游蜂。人生能几许，细算来何物，得似情浓。沈腰暗减，潘鬓先秋，寸心不易供。望暮云、千里沉沉障翠峰。

吹柳絮

此调本名《鹧鸪词》。贺铸以《鹧鸪词》填词，下阕第三句为“闲倚绣帘吹柳絮”，取“吹柳絮”三字为调名。属双调、平韵。上下阕格式相同，均四句，每句七字，分别于第二、四句用韵。

贺　铸　　　吹柳絮·月痕依约到西厢

月痕依约到西厢，曾羡花枝拂短墙。初未识愁那得泪，每浑凝梦奈余香。　歌逢袅处眉先妩，酒半酣时眼更狂。闲倚绣帘吹柳絮，问何人似冶游郎。

何满子

又名《河满子》、《断肠词》、《鹦鹉舌》，本唐教坊曲名，玄宗开元间何满子作。何满子乃蜀中乐工，将就刑，献此曲，而不免。唐教坊曲为五言句，或有叠句，别名《断肠词》。六言六句体，始见于后晋和凝词。宋代“何”多作“河”，误。属双调、平韵，共七十二字。上、下阕皆六句，每句六字，只上下阕第三句为七字，各于第二、四、六句用韵。参阅《河满子》。

秦　观　　　何满子·天际江流东注

天际江流东注，云中塞雁南翔。衰草寒烟无意思，向人只会凄凉。吟断炉香袅袅，望穷海月茫茫。　莺梦春风锦幄，

蛩声夜雨蓬窗。谙尽悲欢多少味，酒杯付与疏狂。无奈供愁秋色，时时递入柔肠。

仇　远　　　何满子·舞裀行云衬步

舞裀行云衬步，歌纨片月生怀。歌残舞罢花困软，凝情犹小徘徊。鬌滑频扶堕珥，裙低略露弓鞋。　当日凝香清燕，惯听八拍三台。谢娘荀令都□老，匆匆好梦惊回。闲指青衫旧泪，空连半股鸾钗。

伴云来

此调本名《天香》，因贺铸词有“好伴云来，还将梦去”句，故更名《伴云来》。详见《天香》条。

贺　铸　　　伴云来·天香

烟络横林，山沉远照，逦迤黄昏钟鼓。烛映帘栊，蛩催机杼，共苦清秋风露。不眠思妇，齐应和、几声砧杵。惊动天涯倦宦，骎骎岁华行暮。　当年酒狂自负，谓东君、以春相付。流浪征骖北道，客樯南浦。幽恨无人晤语，赖明月曾知旧游处。好伴云来，还将梦去。

伴登临

此调本名《丑奴儿》，又名《采桑子》。贺铸以此调填词，有“月榭风襟，且伴登临”之句，故取后三字，命为新名《伴登临》。属双调、平韵，共四十八字。上下阕均四句、二十四字，亦均于第二、三、四句用韵，两阕句式相同。参阅《丑奴儿》。

贺　铸　　　伴登临·中吴茂苑繁华地

中吴茂苑繁华地，冠盖如林，桃李成阴。若个芳心、真个会琴心。　高秋霁色清于水，月榭风襟。且伴登临，留与他年、尊酒话而今。

皂罗特髻

此调是宋苏轼创制，吟咏采菱拾翠，其中有“更罗裙、满把珍珠结……正髻鬟初合”之句，因以为名。属双调、仄韵，共八十一字。上阕九句、四十六字，于第三、五、七、九句用韵；下阕六句、三十五字，于第二、四、六句用韵。此词叠用“采菱拾翠”四字，凡七句，格式较特殊。

苏　轼　　　皂罗特髻·采菱拾翠

采菱拾翠，算似此佳名，阿谁消得。采菱拾翠，称使君知客。千金买、采菱拾翠，更罗裙、满把珍珠结。采菱拾翠，正髻鬟初合。　真个、采菱拾翠，但深怜轻拍。一双手、采菱拾翠，绣衾下、抱著俱香滑。采菱拾翠，待到京寻觅。

角　招

此调本古乐章名。角，五声之一。招，同“韶”。《孟子·梁惠王》下：“(齐景公)招大师曰：‘为我作君臣相说(悦)之乐。’盖《徵招》、《角招》是也。”宋姜夔借古乐章《角招》旧名，自度新曲。宋赵以夫《角招》词自注：“姜夔制《徵招》、《角招》两曲，余以《角招》赋梅，古乐府有《大小梅花》，皆角声也。”属双调、仄韵，共一百零八字。上阕十一句、五十四字，于第一、二、三、四、六、七、九、十一句用韵；下阕十二句、五十四字，于第一、二、四、五、七、八、九、十、十二句用韵。

姜　夔　　　角招·为春瘦

黄钟角。甲寅春，予与俞商卿燕游西湖，观梅于孤山之西村。玉雪照映，吹香薄人。已而商卿归吴兴，予独来，则山横春烟，新柳被水，游人容与飞花中。怅然有怀，作此寄之。商卿善歌声，稍以儒雅缘饰。予每自度曲，吟洞箫，商卿辄歌而和之，极有山林缥缈之思。今予离忧，商卿一行作吏，殆无复此乐矣

为春瘦，何堪更绕西湖，尽是垂柳。自看烟外岫，记得与君，湖上携手，君归未久。早乱落、香红千亩，一叶凌波缥缈。过三十六离宫，遣游人回首。　犹有，画船障袖，青楼倚扇，相映人争秀。翠翘光欲溜，爱著宫黄，而今时候，伤春似旧。荡一点、春心如酒，写入吴丝自奏。问谁识，曲中心、花前友。

赵以夫　　角招·晓风薄

姜白石制角招、徵招二曲，仆赋梅花，以角招歌之。盖古乐府有大小梅花，皆角声也

晓风薄，苔枝上、剪成万点冰萼，暗香无处著。立马断魂，晴雪篱落，横溪略彴。恨寄驿、音书辽邈，梦绕扬州东阁。风流旧日何郎，想依然林壑。　离索，引杯自酌，相看冷淡，一笑人如削。水云寒漠漠，底处群仙，飞来霜鹤，芳姿绰约。正月满、瑶台珠箔，徙倚阑干寂寞。尽分付，许多愁，城头角。

饮马歌

此调源于金兵营中，南宋曹勋首用。其题下自注曰：此腔传自金中，饮牛马即横笛吹，不鼓不拍。闻兀术每对阵吹此，则鏖战无还期。曹勋以此调咏边塞之情。属单调，平韵、仄韵互用，八句，共三十四字。第一、二、三、四句用仄韵，各五字；五、六句换平韵，各三字；七、八句叶仄韵，分别为五、三字。

曹　勋　　饮马歌·边头春未到

此腔自虏中传至边，饮牛马即横笛吹之，不鼓不拍，声甚凄断。闻兀术每遇对阵之际，吹此则鏖战无还期也

边头春未到，雪满交河道。暮沙明残照，塞烽云间小。断鸿悲，陇月低。泪湿征衣悄，岁华老。

迎仙客

此调本为唐教坊曲名，题意已无考，后用作词调名。今存词中仅见史浩一首，名曰《洞天》，赋远离尘世之居。属双调、仄韵，共五十六字。上下阕各七句、二十八字，除第六句不用韵外，句句用韵，两阕句式相同。

史　浩　　迎仙客·洞天

瑞云绕，四窗好，何须隔水寻蓬岛。日常晓，春不老。玉蕊楼台，果是无尘到。　没智巧，没华妙，个中只喜风波少。清尊倒，朱颜笑。回首行人，犹在长安道。

迎春乐

又名《迎春乐令》、《辟寒金》、《舞迎春》、《辨弦声》、《攀鞍态》，本为古代迎春时演奏的乐曲。迎春，古代于立春之日，帝王率百官到东郊迎春；地方官于立春前一日，率绅耆吏役，演奏鼓乐，出迎春神芒牛于东郊。后以此乐制词，谓之《迎春乐》。属双调、仄韵，五十一字。上阕四句、二十六字，句句用韵；下阕四句、二十五字，于第一、二、四句用韵。另有五十二字、五十三字两体。

柳　永　　迎春乐·近来憔悴人惊怪

近来憔悴人惊怪，为别后、相思煞。我前生、负你愁烦债，便苦恁难开解。　良夜永、牵情无计奈，锦被里、余香犹在。怎得依前灯下，恣意怜娇态。

张　先　　迎春乐·城头画角催夕宴

城头画角催夕宴，忆前时、小楼晚。残虹数尺云中断，愁送目、天涯远。　枕清风、停画扇，逗蛮篁、碧纱零乱。怎生得伊来，今夜里、银蟾满。

晏　殊　　　迎春乐·长安紫陌春归早

长安紫陌春归早，亸垂杨、染芳草。被啼莺语燕催清晓，正好梦、频惊觉。　　当此际、青楼临大道，幽会处、两情多少。莫惜明珠百琲，占取长年少。

欧阳修　　　迎春乐·薄纱衫子裙腰匝

薄纱衫子裙腰匝，步轻轻、小罗靸。人前爱把眼儿劄，香汗透、胭脂蜡。　　良夜永、幽期欢则洽，约重会、玉纤频插。执手临归，犹且更待留时霎。

秦　观　　　迎春乐·菖蒲叶叶知多少

菖蒲叶叶知多少，惟有个、蜂儿妙。雨晴红粉齐开了，露一点、娇黄小。　　早是被、晓风力暴，更春共、斜阳俱老。怎得香香深处，作个蜂儿抱。

周邦彦　　　迎春乐·清池小圃开云屋

清池小圃开云屋，结春伴、往来熟。忆年时、纵酒杯行速，看月上、归禽宿。　　墙里修篁森似束，记名字、曾刊新绿。见说别来长，沿翠藓、封寒玉。

周邦彦　　　迎春乐·桃蹊柳曲闲踪迹

桃蹊柳曲闲踪迹，俱曾是、大堤客。解春衣、贳酒城南陌，频醉卧、胡姬侧。　　鬓点吴霜嗟早白，更谁念、玉溪消息。他日水云身，相望处、无南北。

周邦彦　　　　迎春乐·携妓

人人花艳明春柳，忆筵上、偷携手。趁歌停、舞罢来相就，醒醒个、无些酒。　　比目香囊新刺绣，连隔座、一时薰透。为甚月中归，长是他、随车后。

杨无咎　　　迎春乐·新来特特更门地

新来特特更门地，都收拾、山和水。看明年、事事都如

意，迎福禄、俱来至。　　莫管明朝添一岁，尽同向、尊前沉醉。且唱迎春乐，祝慈母、千秋岁。

方千里　　迎春乐·参差风铎鸣高屋

参差风铎鸣高屋，渐惊觉、清眠熟。看夕阳倒影花阴速，双燕子、归来宿。　　几曲危肠愁易束，问雪鬓、何时重绿。料想此情同，应暗损、香肌玉。

方千里　　迎春乐·红深绿暗春无迹

红深绿暗春无迹，芳心荡、冶游客。记摇鞭跋马铜驼陌，凝睇认、珠帘侧。　　絮满愁城风卷白，递多少、相思消息。何处约欢期，芳草外、高楼北。

杨泽民　　迎春乐·池边刺竹初成屋

池边刺竹初成屋，拨芳瓮、酒初熟。奈巾车秣马催人速，还又伴、孤云宿。　　蜗角蝇头相窘束，满眼地、水青山绿。要解别来愁，除是再偎香玉。

杨泽民　　迎春乐·沉吟暗想狂踪迹

沉吟暗想狂踪迹，亲曾作、燕堂客。赏春风、共醉垂杨陌，云鬓亸、金钗侧。　　对酒何曾辞大白，十年后、音尘俱息。今日走江西，空怅望、荆湖北。

陈允平　　迎春乐·垂杨影下黄金屋

垂杨影下黄金屋，东风渐、粉香熟。恨当年、有约骖鸾速，误一枕、红云宿。　　带眼宽移腰似束，怪何事、褪红销绿。背面立秋千，羞人问、连环玉。

陈允平　　迎春乐·江湖十载疏狂迹

江湖十载疏狂迹，红尘里、倦游客。驻雕鞍、问柳东风陌，花底帽、任欹侧。　　斗酒百篇呼太白，傲人世、醉中一息。何日归赋来，水之南、云之北。

陈允平　　迎春乐·依依一树多情柳

依依一树多情柳，都未识行人手。对青青、共结同心就，更共饮、旗亭酒。　　褥上芙蓉铺软绣，香不散、彩云春透。今岁又相逢，是燕子、归来后。

迎春乐令

此调本名《迎春乐》，宋无名氏词名《迎春乐令》。“令”只标明该调为令词，可有可无。属双调、仄韵，共五十一字。上阕四句、二十六字，于第一、二、四句用韵；下阕四句、二十五字，用韵同上。参阅《迎春乐》。

无名氏　　迎春乐令·神州丽景春先到

神州丽景春先到，看看是、韶光早。园林深处东风过，红杏里、莺声好。　　漠漠青烟远远道，触目是、绿杨芳草。莫惜醉重游，逡巡又、年华老。

迎新春

调见《乐章集》。此调为北宋柳永所制，吟咏元宵佳节，千门万户遍九陌，赏月观灯的喜庆景象。词中有“庆嘉节、当三五(正月十五)”之句，故名为《迎新春》。属双调、仄韵，共一百零四字。上阕八句、五十字，于第二、三、四、五、六、七、八句用韵；下阕九句、五十五字，于第二、三、五、六、七、九句用韵。

柳　永　　迎新春·嶰管变青律

嶰管变青律，帝里阳和新布，晴景回轻煦。庆嘉节、当三五，列华灯、千门万户。遍九陌、罗绮香风微度。十里然绛树，鳌山耸、喧天箫鼓。　　渐天如水，素月当午。香径里、绝缨掷果无数。更阑烛影花阴下，少年人、往往奇遇。太平时、朝野多欢民康阜，随分良聚。堪对此景，争忍独醒归去。

系裙腰

又名《芳草渡》、《系云腰》，调见《张子野词》。欧阳修词中有“起来意懒含羞态，汗香融。系裙腰，映酥胸”之句，取其中“系裙腰”三字命为词牌名。共有三体，张先词为正体，属双调、平韵，共六十一字。上阕五句、三十字，于第一、二、四、五句用韵；下阕五句、三十一字，于第二、四、五句用韵。参阅《芳草渡》。

张　先　　　系裙腰·惜霜蟾照夜云天

惜霜蟾照夜云天，朦胧影、画勾阑。人情纵似长情月，算一年年，又能得、几番圆。　　欲寄西江题叶字，流不到、五亭前。东池始有荷新绿，尚小如钱，问何日藕、几时莲。

欧阳修　　　系裙腰·水轩檐幕透薰风

水轩檐幕透薰风，银塘外、柳烟浓。方床遍展鱼鳞簟，碧纱笼，小墀面、对芙蓉。　　玉人共处双鸳枕，和娇困、睡朦胧。起来意懒含羞态，汗香融。系裙腰，映酥胸。

魏夫人　　　系裙腰·灯花耿耿漏迟迟

灯花耿耿漏迟迟，人别后、夜凉时。西风潇洒梦初回，谁念我，就单枕、皱双眉。　　锦屏绣幌与秋期，肠欲断、泪偷垂。月明还到小窗西。我恨你，我忆你，你争知。

刘仙伦　　　系裙腰·愁别

山儿矗矗水儿清，船儿似叶儿轻，风儿更没人情。月儿明，厮合造、送人行。　　眼儿蔌蔌泪儿倾，灯儿更冷清清。遭逢著雁儿，又没前程。一声声，怎生得、梦儿成。

应天长

又名《应天长令》、《应天长慢》、《应天歌》、《驻

马听》、《秋夜别思》。此调本为唐曲名，后用作词调名。“应天”一词意为适应天命，典出《周易·革卦》。此调名之意为适应天命、顺从人心者，国运长久。此调分为令词和慢词。令词始于韦庄，唐词多为五十字，宋词多为四十九字。四十九字一体，双调、仄韵，上阕五句、二十七字，下阕四句、二十二字。两阕皆句句入韵。慢词始于柳永，以九十八字者为正格，双调、仄韵。上阕十句、四十九字，于第三、五、七、八、十句用韵；下阕十一句、四十九字，于第三、五、七、八、十句用韵。另一体九十四字。

柳　永　　　　　应天长·残蝉渐绝

残蝉渐绝，傍碧砌修梧，败叶微脱。风露凄清，正是登高时节。东篱霜乍结，绽金蕊、嫩香堪折。聚宴处，落帽风流，未饶前哲。　　把酒与君说，恁好景佳辰，怎忍虚设。休效牛山，空对江天凝咽。尘劳无暂歇，遇良会、剩偷欢悦，歌声阕。杯兴方浓，莫便中辍。

欧阳修　　　应天长·一弯初月临鸾镜

一弯初月临鸾镜，云鬓凤钗慵不整。珠帘净，重楼迥，惆怅落花风不定。　　绿烟低柳径，何处辘轳金井。昨夜更阑酒醒，春愁胜却病。

欧阳修　　　应天长·石城山下桃花绽

石城山下桃花绽，宿雨初晴云未散。南去棹，北飞雁，水阔山遥肠欲断。　　倚楼情绪懒，惆怅春心无限。燕度蒹葭风晚，欲归愁满面。

欧阳修　　　应天长·绿槐阴里黄莺语

绿槐阴里黄莺语，深院无人日正午。绣帘垂，金凤舞，寂寞小屏香一炷。　　碧云凝合处，空役梦魂来去。昨夜绿窗风雨，问君知也否。

周邦彦　　　　应天长·条风布暖

条风布暖，霏雾弄晴，池塘遍满春色。正是夜堂无月，沉沉暗寒食。梁间燕，前社客，似笑我、闭门愁寂。乱花过，隔院芸香，满地狼藉。　　长记那回时，邂逅相逢，郊外驻油

壁。又见汉宫传烛，飞烟五侯宅。青青草，迷路陌，强带酒、细寻前迹。市桥远，柳下人家，犹自相识。

叶梦得　　应天长·自颍上县欲还吴作

松陵秋已老，正柳岸田家，酒醅初熟。鲈脍莼羹，万里水天相续。扁舟凌浩渺，寄一叶、暮涛吞沃。青箬笠，西塞山前，自翻新曲。　　来往未应足。便细雨斜风，有谁拘束。陶写中年，何待更须丝竹。鸱夷千古意，算入手、比来尤速。最好是，千点云峰，半篙澄绿。

康与之　　应天长·闺思

管弦绣陌，灯火画桥，尘香旧时归路。肠断萧娘，旧日风帘映朱户。莺能舞，花解语，念后约、顿成轻负。缓雕辔、独自归来，凭栏情绪。　　楚岫在何处，香梦悠悠，花月更谁主。惆怅后期，空有鳞鸿寄纨素。枕前泪，窗外雨，翠幕冷、夜凉虚度。未应信、此度相思，寸肠千缕。

方千里　　应天长·嫩黄上柳

嫩黄上柳，新绿涨池，东风艳冶天色。又见乍晴还雨，年华傍寒食。春依旧，身是客，对丽景、易伤岑寂。怅凝望、一带平芜，剪就茵藉。　　前度少年场，醉记旗亭，联句遍窗壁。调笑映墙红粉，参差水边宅。芦鞭懒过故陌，恨未老、渐成尘迹。漫无语，立尽斜阳，怀抱谁识。

许　棐　　应天长·溅紫飘红风又雨

溅紫飘红风又雨，一刻韶芳留不住。燕吞声，莺谇语，待得晴来人已去。　　怯新歌，怜旧舞，冷落艳腔芳谱。要识此时情绪，豆梅酸更苦。

吴文英　　应天长·吴门元夕

丽花斗靥，清麝溅尘，春声遍满芳陌。竟路障空云幕，冰壶浸霞色。芙蓉镜，词赋客，竞绣笔、醉嫌天窄。素娥下，小驻轻镳，眼乱红碧。　　前事顿非昔，故苑年光，浑与世相隔。向暮巷空人绝，残灯耿尘壁。凌波恨，帘户寂，听怨写、堕梅哀笛。伫立久，雨暗河桥，谯漏疏滴。

杨泽民　　应天长·夭桃弄粉

夭桃弄粉，繁杏透香，依然旧日颜色。奈彼妒花风雨，连阴过寒食。金钗试寻妙客，正昼永、院深人寂。善歌更解舞，传闻触处声藉。　当日俊游时，屡向平康，吟咏共题壁。自后纵经回曲，难寻阿姨宅。芳华苑，罗绮陌，怎断得、怪踪狂迹。惯来往，柳外花间，莺燕都识。

张　矩　　应天长·苏堤春晓

曙林带暝，晴霭弄霏，莺花未认游客。草色旧迎雕辇，蒙茸暗香陌。秋千架，闲晓索，正露洗、绣鸳痕窄。费人省，隔夜浓欢，醒处先觉。　重过涌金楼，画舫红旌，催向段桥泊。又怕晚天无准，东风妒芳约。垂杨岸，今胜昨，水院近、占先春酌。恁时候，不道归来，香断灯落。

张　矩　　应天长·平湖秋月

候蛩探暝，书雁寄寒，西风暗剪绡织。报道凤城催钥，笙歌散无迹。冰轮驾，天纬逼，渐款引、素娥游历。夜妆靓，独展菱花，淡绚秋色。　人在涌金楼，漏迥绳低，光重袖香滴。笑语又惊栖鹊，南飞傍林阒。孤山影，波共碧，向此际、隐逋如识。梦仙游，倚遍霓裳，何处闻笛。

张　矩　　应天长·断桥残雪

甃澌沍晓，篙水涨漪，孤山渐卷云簇。又见岸容舒腊，菱花照新沐。横斜树，香未北，倩点缀、数梢疏玉。断肠处，日影轻消，休怨霜竹。　帘上涌金楼，酒滟酥融，金缕试春曲。最好半残鸡鹊，登临快心目。瑶台梦，春未足，更看取、洒窗填屋。灞桥外，柳下吟鞭，归趁游烛。

张　矩　　应天长·雷峰夕照

磬圆树杪，舟乱柳津，斜阳又满东角。可是暮情堪剪，平分付烟郭。西风影，吹易薄，认满眼、脆红先落。算惟有，塔起金轮，千载如昨。　谁信涌金楼，此际凭阑，人共楚天约。准拟换樽陪月，缯空卷尘幕。飞鸿倦，低未泊，斗倒指、数来还错。笑声里，立尽黄昏，刚道秋恶。

张　矩　　　应天长·曲院荷风

换桥度舫，添柳护堤，坡仙题欠今续。四面水窗如染，香波酿春曲。田田处，成暗绿，正万羽、背风斜矗。乱鸥去，不信双鸳，午睡犹熟。　　还记涌金楼，共抚雕阑，低度浣沙曲。自与故人轻别，荣枯换凉燠。亭亭影，惊艳目，忍到手、又成轻触。悄无语，独捻花须，心事曾卜。

张　矩　　　应天长·花港观鱼

岸容浣锦，波影堕红，纤鳞巧避凫唼。禹浪未成头角，吞舟胆犹怯。湖山外，江海匝，怕自有、暗泉流接。楚天远，尺素无期，枉误停楫。　　四望涌金楼，带草帘烟，缥缈际城堞。渐见暮榔敲月，轻舫乱如叶。濠梁兴，归未惬，记旧伴、袖携留摺。指鱼水，总是心期，休怨三叠。

张　矩　　　应天长·南屏晚钟

翠屏对晚，鸟榜占堤，钟声又敛春色。几度半空敲月，山南应山北。欢娱地，空浪迹，谩记省、五更闻得。洞天晓，夹柳桥疏，稳纵香勒。　　前度涌金楼，笑傲东风，鸥鹭半相识。暗数院僧归尽，长虹卧深碧。花间恨，犹记忆，正素手、暗携轻拆。夜深后，不道人来，灯细窗隙。

张　矩　　　应天长·柳浪闻莺

翠迷倦舞，红驻老妆，流莺怕与春别。过了禁烟寒食，东风颤镮铁。游人恨，柔带结，更唤醒、羽喉宫舌。画桥远，不认绵蛮，晚棹空歇。　　争似涌金楼，燕燕归来，钩转暮帘揭。对语画梁消息，香泥砌花屑。昆明事，休更说，费梦绕、建章宫阙。晓啼处，稳系金狨，双灯笼月。

张　矩　　　应天长·三潭印月

桂轮逼采，菱沼漾金，潜虬暗动鲛室。水路乍疑霜雪，明眸洗春色。年时事，还记忆，对万顷、葑痕龟坼。旧游处，不认三潭，此际曾识。　　今度涌金楼，素练萦窗，频照庾侯席。自与影娥人约，移舟弄空碧。宵风悄，签漏滴，早未许、睡魂相觅。有时恨，月被云妨，天也拚得。

张　矩　　　　应天长·两峰插云

暮屏翠冷，秋树赭疏，双峰对起南北。好与霁天相接，浮图现西极。岧峣处，云共碧，漫费尽、少年游屐。故乡近，一望空遥，水断烟隔。　　闲凭涌金楼，潋滟波心，如洗梦淹笔。唤醒睡龙苍角，盘空壮商翼。西湖路，成倦客，待倩写、素缣千尺。便归去，酒底花边，犹自看得。

陈允平　　　　应天长·流莺唤梦

流莺唤梦，芳草带愁，东风料峭寒色。又见杏浆饧粥，家家禁烟食。江湖几年倦客，曾惯识、凄凉岑寂。苦吟瘦，萧索诗肠，空愧郊籍。　　春事正溪山，柳雾花尘，深映翠萝壁。更谢多情双燕，归来旧庭宅。情丝乱游巷陌，怅容易、万红陈迹。酒旗直，绿水桥边，犹记曾识。

王沂孙　　　　应天长·疏帘蝶粉

疏帘蝶粉，幽径燕泥，花间小雨初足。又是禁城寒食，轻舟泛晴渌。寻芳地，来去熟，尚仿佛、大堤南北。望杨柳、一片阴阴，摇曳新绿。　　重访艳歌人，听取春声，犹是杜郎曲。荡漾去年春色，深深杏花屋。东风曾共宿，记小刻、近窗新竹。旧游远，沉醉归来，满院银烛。

蒋　捷　　　　应天长·次清真韵

柳湖载酒，梅墅赊棋，东风袖里寒色。转眼翠笼池阁，含樱荐莺食。匆匆过、春是客，弄细雨、昼阴生寂。似琼花、谪下红裳，再返仙籍。　　无限倚阑愁，梦断云箫，鹃叫度青壁。漫有戏龙盘□，盈盈住花宅。骄骢马、嘶巷陌，户半掩、堕鞭无迹。但追想，白苎裁缝，灯下初识。

无名氏　　应天长·庆新恩母　八月三十

萱堂积庆，桂苑流芳，于门瑞蔼佳气。正属仲秋弥月，称觞对此际。西王母、来人世，拥佩从、尽皆珠翠。彩庭下，急看蓝袍，衬煸斓戏。　　富贵有谁同，四德躬全，五福由来备。况善断机迁教，轲亲实无异。看看仕无淹滞，即召入、佐君经济。愿延寿，鸾轴金花，年年加赐。

应天长令

即《应天长》。“应天长”本为唐曲名，后借为词调名。“应天”一语出自《周易·革卦》，意为适应天命。此调分为令词和慢词。填令词者，有加“令”字者，亦可不加，“令”是词的别名，有时可有可无。《全宋词》中仅毛幵用为《应天长令》。属双调、仄韵，共四十九字。上阕五句、二十七字，于第一、二、四、五句用韵；下阕四句、二十二字，句句用韵。详见《应天长》条。

毛　幵　　应天长令·曲栏十二闲亭沼

曲栏十二闲亭沼，履迹双沉人悄悄。被池寒，香烬小，梦短女墙莺唤晓。　柳风轻袅袅，门外落花多少。日日离愁萦绕，不知春过了。

快活年近拍

此调今仅存万俟咏词一首，赋皇家盛世，颂君王千秋。《快活年》的调名来历，未考出。“近拍”一般指一首词中有六个韵脚，但也不固定如一。属双调、仄韵，共七十七字。上阕八句、三十八字，于第二、四、八句用韵；下阕九句、三十九字，于一、三、五、九句用韵。

万俟咏　　快活年近拍·千秋万岁君

千秋万岁君，五帝三王世。观风重令节，与民乐盛际。蕊宫长春，洞天不老，花艳蝉辉，十里照春珠翠。　闹罗绮，遥望太极，一簇通明里。钧台奏寿，蓬山呈妙戏。六宫人来，五云楼迥，风送歌声，依约睿思圣制。

沙头雨

此调本名《点绛唇》。南朝梁江淹《咏美人春游》诗中有“白雪凝琼貌，明珠点绛唇”之句，取其后三字为词调名。此调别名颇多，根据词的内容和字句，又名《点樱

桃》、《十八香》、《南浦月》、《寻瑶草》。属双调、仄韵，四十一字。上阕四句、二十字，第一句不用韵；下阕五句、二十一字，亦第一句不用韵。另有四十二字、四十三字两体。

张　辑　　　　**沙头雨·带醉归时**

带醉归时，月华犹在吹箫处。晚愁情绪，忘却匆匆语。　客里风霜，诗鬓空如许。江南去，岸花迎舻，遥隔沙头雨。

沙塞子

此调本为唐教坊曲名，原为咏沙碛横陈的边塞。“子”在唐代用来代称“曲”，其时有“曲子”之俗语。属双调、平韵，四十八字。上阕四句、二十三字，于第一、二、四句用韵；下阕四句、二十五字，用韵同上阕。又有四十九字、五十字诸体。又名《沙碛子》。

朱敦儒　　　　**沙塞子·万里飘零南越**

万里飘零南越，山引泪，酒添愁。不见凤楼龙阙、又惊秋。　九日江亭闲望，蛮树绕，瘴云浮。肠断红蕉花晚、水西流。

朱敦儒　　　　**沙塞子·大悲再作**

蛮径寻春春早，千点雪，已飞梅。席地插花传酒、日西催。　莫作楚囚相泣，倾银汉，洗瑶池。看尽人间桃李、拂衣归。

周紫芝　　　　**沙塞子·中秋无月**

秋云微淡月微羞，云黯黯、月彩难留。只应是、嫦娥心里，也似人愁。　几时回步玉移钩，人共月、同上南楼。却重听、画阑西角，月下轻讴。

周紫芝　　**沙塞子·席上送赵戒叔，时东南方扰**

玉溪秋月浸寒波，忍持酒、重听骊歌。不堪对、绿阴飞阁，月下羞蛾。　夜深惊鹊转南柯，惨别意、无奈愁何。他年事、不须重问，转更愁多。

葛立方　　　　沙塞子·咏梅

天生玉骨冰肌，瘦损也、知他为谁。□寒底、傲霜凌雪，不教春知。　高楼横笛试轻吹，要一片、花飞酒卮。拚沉醉、帽帘斜插，折取南枝。

赵彦端　　　沙塞子·春水绿波南浦

春水绿波南浦，渐理棹、行人欲去。黯消魂、柳上轻烟，花梢微雨。　长亭放盏无计住，但芳草、迷人去路。忍回头、断云残日，长安何处。

泛兰舟

此调本唐教坊曲名，后来用作词牌名。调见《梅苑》。“兰舟”，用木兰所造之舟，后用以指华美的游船。为咏唱乘兰舟泛游，故名。属双调、仄韵，共八十二字。上阕八句、四十字，于第二、四、八句用韵；下阕八句、四十二字，于第二、四、五、七、八句用韵。《新荷叶》别名《泛兰舟》，为平韵，与此是同名异调。

王　质　　　泛兰舟·谯天授画像

萧萧乌帽黄衫，烟水拍云岩。风清月白，一双碧眼莹秋潭。四海九州，茫茫东北，渺渺西南，松霜杉露毵毵。　龙门隔如参井，青城佳气与天参。蔽山充野，牡丹红外茯苓甘。鹤顶凝丹，隙驹蹀躞，尽百年闲，乾坤云海风帆。

无名氏　　　泛兰舟·霜月亭亭时节

霜月亭亭时节，野溪开冰灼。故人信付江南，归也仗谁托。寒影低横，轻香暗度，疏篱幽院何在，秦楼朱阁，称帘幕。　携酒共看，依依承醉更堪作。雅淡一种天然，如雪缀烟薄。肠断相逢，手捻嫩枝，追思浑似，那人浅妆梳掠。

泛清苕

此调本名《感皇恩慢》，与正调《感皇恩》无涉。宋张先以此调填词，咏唱秘馆词臣与吴娃韩娥在吴兴乘舟泛游，

欢饮嬉戏，其中有“绿净无痕，过晓霁清苕，镜里游人。红柱巧，彩船稳”之句，故名词调为《泛清苕》。又因其词中有“学为行雨，傍画桨，从教水溅罗裙”之句，又取其后三字，名为《溅罗裙》。属双调、平韵，共一百零七字。上阕十一句、五十三字，于第一、三、五、六、八、十一句用韵；下阕十一句、五十四字，用韵同上。

张　先　　　**泛清苕·绿净无痕**

正月十四日与公择吴兴泛舟

绿净无痕，过晓霁清苕，镜里游人。红柱巧，彩船稳，当筵主、秘馆词臣。吴娃劝饮韩娥唱，竞艳容、左右皆春。学为行雨，傍画桨，从教水溅罗裙。　　溪烟混月黄昏，渐楼台上下，火影星分。飞槛倚，斗牛近，响箫鼓、远破重云。归轩未至千家待，掩半妆、翠箔朱门。衣香拂面，扶醉卸簪花，满袖余煴。

泛清波摘遍

泛清波，原指在清流中泛舟游赏。唐大曲(即大型歌舞曲)抒唱其情境，用以为乐曲名。宋乐曲继承之。“摘遍”，即摘取某大曲的一遍。大曲由许多乐曲组成，不易全部演唱，取其一段或几段单独演唱，后逐渐演化为相对独立的词调。此调即《泛清波》之一遍。属双调、仄韵，共一百零五字。上阕十一句、五十五字，于第一、三、五、六、九、十一句用韵；下阕十句、五十字，于第一、三、五、六、八、十句用韵。

晏几道　　　**泛清波摘遍·催花雨小**

催花雨小，著柳风柔，都似去年时候好。露红烟绿，尽有狂情斗春早，长安道。秋千影里，丝管声中，谁放艳阳轻过了。倦客登临，暗惜光阴恨多少。　　楚天渺，归思正如乱云，短梦未成芳草。空把吴霜鬓华，自悲清晓。帝城杳，双凤旧约渐虚，孤鸿后期难到。且趁朝花夜月，翠尊频倒。

沁园春

又名《大圣乐》、《千春词》、《念离群》、《东仙》、《洞庭春色》、《寿星明》。沁园，汉明帝之女沁水公主所拥有的园林。建初二年，大将军窦宪之妹立为皇后，他仗恃宫掖声势，请夺沁水公主园。后来“沁园”成为“公主园林”的泛称。李义府《长宁公主东庄诗》云：“平阳馆外有仙家，沁水园中好物华。”《沁园春》取名于沁水公主之沁园，原为歌咏园林之春色佳景，以抒赏春之情怀。《能改斋漫录》卷一六云：“今世乐府，传沁园春词。”《词律》卷一九、《词谱》卷三六皆列此调，体格纷繁。苏轼“孤馆灯青”一词为正体，属双调、平韵，有一百一十二字至一百一十六字诸体，以一百一十四字为正格。其上阕十三句、五十六字，于第三、七、十、十三句用韵；下阕十三句、五十八字，于第一、二、三、七、十、十三句用韵。又因以祝寿为内容，易名《寿星明》。

张　先　　沁园春·寄都城赵阅道

心膂良臣，帷幄元勋，左右万几。暂武林分阃，东南外翰，锦衣乡社，未满瓜时。易镇梧台，宣条期岁，又西指夷桥千骑移。珠滩上，喜甘棠翠荫，依旧春晖。　　须知，系国安危，料节召、还趋浴凤池。且代工施化，持钧播泽，置盂天下，此外何思。素卷书名，赤松游道，飙驭云軿仙可期。湖山美，有啼猿唳鹤，相望东归。

韦　骧　　沁园春·廷评拜官

林叶阴浓，海云峰耸，夏景渐分。称画堂开宴，雍雍笑语。高年耆德，初拜君恩。汉相家声，一经传训，赏典今朝归庆门。清和昼，见香飘百和，乐按长春。　　休论，万事纷纭，算寿考、乡闾能几人。况凤书才降，龟龄正永，莫辞金盏，一醉醺醺。萱草忘忧，榴花含笑，庭院风光如再新。成欢颂，愿齐坚桧柏，频奉丝纶。

苏 轼　　　沁园春·孤馆灯青

孤馆灯青，野店鸡号，旅枕梦残。渐月华收练，晨霜耿耿，云山摛锦，朝露漙漙。世路无穷，劳生有限，似此区区长鲜欢。微吟罢，凭征鞍无语，往事千端。　当时共客长安，似二陆初来俱少年。有笔头千字，胸中万卷，致君尧舜，此事何难。用舍由时，行藏在我，袖手何妨闲处看。身长健，但优游卒岁，且斗尊前。

苏 轼　　　沁园春·情若连环

情若连环，恨如流水，甚时是休。也不须惊怪，沈郎易瘦。也不须惊怪，潘鬓先愁。总是难禁，许多魔难，奈好事教人不自由。空追想，念前欢杳杳，后会悠悠。　凝眸，悔上层楼，谩惹起、新愁压旧愁。向彩笺写遍，相思字了，重重封卷，密寄书邮。料到伊行，时时开看，一看一回和泪收。须知道，□这般病染，两处心头。

陈 睦　　　沁园春·小雪初晴

小雪初晴，画舫明月，强饮未眠。念翠鬟双耸，舞衣半卷。琵琶催拍，促管危弦。密意虽具，欢期难偶，遣我离情愁绪牵。追思处、奈溪桥道窄，无计留连。　天天，莫是前缘，自别后、深诚谁为传。想玉篦偷付，珠囊暗解，两心长在，须合金钿。浅淡精神，温柔情性，记我疏狂应痛怜。空肠断，奈衾寒漏永，终夜如年。

黄庭坚　　　沁园春·把我身心

把我身心，为伊烦恼，算天便知。恨一回相见，百方做计，未能偎倚，早觅东西。镜里拈花，水中捉月，觑著无由得近伊。添憔悴，镇花销翠减，玉瘦香肌。　奴儿，又有行期，你去即无妨我共谁。向眼前常见，心犹未足，怎生禁得，真个分离。地角天涯，我随君去，掘井为盟无改移。君须是，做些儿相度，莫待临时。

晁端礼　　　沁园春·络纬催凉

络纬催凉，断虹收雨，庭梧报秋。绕郡城、千顷烟波绿，

正鱼肥酒美，名冠东州。芰荷风细，蒹葭烟淡，宛在潇湘南岸头。凝望处，似桃源洞口，初泛兰舟。　贤侯，酝藉风流，向庭讼闲时多宴游。有信陵家世，梁园客右，才华高掩，沈谢何刘。政声朝奏，除书夕至，即看归趋丹凤楼。须眷恋，况新堂莹澈，好共迟留。

秦　观　　沁园春·宿霭迷空

宿霭迷空，腻云笼日，昼景渐长。正兰皋泥润，谁家燕喜，蜜脾香少，触处蜂忙。尽日无人帘幕挂，更风递游丝时过墙。微雨后，有桃愁杏怨，红泪淋浪。　风流寸心易感，但依依伫立，回尽柔肠。念小奁瑶鉴，重匀绛蜡，玉笼金斗，时熨沉香。柳下相将游冶处，便回首青楼成异乡。相忆事，纵蛮笺万叠，难写微茫。

秦　观　　沁园春·锦里繁华

锦里繁华，峨眉佳丽，远客初来。忆那处园林，旧家桃李，知他别后，几度花开。月下金罍，花间玉佩，都化相思一寸灰。愁绝处，又香销宝鸭，灯晕兰煤。　东风杜宇声哀，叹万里、何由便得回。但日日登高，眼穿剑阁，时时怀古，泪洒琴台。尽素书沉，偷香人远，驿使何时为寄梅。对落日，因凝思此意，立遍苍苔。

秦　观　　沁园春·暖日高城

暖日高城，东风旧侣，共约寻芳。正南浦春回，东冈寒退，粼粼鸭绿，袅袅鹅黄。柳下观鱼，沙边听鸟，坐久时生杜若香。绮陌上，见踏青挑菜，游女成行。　人间今古堪伤，春草春花梦几场。忆淮海当年，英豪满座，词翻鲍谢，字压钟王。今日重来，昔人何在，把笔兰皋思欲狂。对丽景，且莫思往事，一醉斜阳。

毛　滂　　沁园春·左元仙伯

左元仙伯，旧从当日，太一下生。念道尊德贵，体隆貌重，盖天勋业，出世才名。父子一时，君臣千载，侍宴通宵留太清。衣冠盛事，满床象简，隔坐云屏。　年年此夜寒轻，正在东风□，不夜城。看御杯重劝，宸章屡赐，盛传歌舞，高

会簪缨。桃李玉姬，芝兰子舍，尽向三台瞻寿星。从今去，愿千春献祝，午夜观灯。

毛　滂　　　　沁园春·秀禀元精

秀禀元精，灵钟嵩岳，命世大贤。自飞英任路，承流百里，郎官星彩，辉映经躔。劲柏凌霜，香梅娇雪，珪月弯弯新上弦。垂弧节庆，麒麟古梦，此夜初圆。　罗川，父老欣然，算善政、古来谁与肩。念桃阴浓密，瓜期咫尺，双凫难驻，便欲朝天。争把丹青，绘成芝宇，立作生祠千载传。仍知道，看它时画像，别有凌烟。

张继先　　　　沁园春·降魔立治

劫运将新，天书降恩，圣师命魔。正阴阳错忤，鬼神淆混，依凭城市，绵亘山河。杀气闭空，阴容夺昼，万姓罹殃日已多。青城上，见琉璃高座，忽起巍峨。　群妖忿怒扬戈，竞奔走、攻山若舞梭。感神光一瞬，龙摧虎陷，威音一动，电掣霆呵。立活化民，摄邪归正，生息熙熙享太和。风云静，见天连碧汉，月浸澄波。

张继先　　　　沁园春·真一长存

真一长存，太虚同体，妙门自开。既混元初判，两仪布景，复还根本，全借灵台。浩气冲开，谷神滋化，渐觉神光空际来。幽绝处，听龙吟虎啸，蓦地风雷。　奇哉，妙道难猜，鲜点化、愚迷成大材。试与君说破，分明状似，蚌含渊月，秋兔怀胎。壮志男儿，当年高士，莫把身心惹世埃。功成后，任身居紫府，名列仙阶。

张继先　　　　沁园春·急急修行

急急修行，细算人生，能有几时。任万般千种风流好，奈一朝身死，不免抛离。蓦地思量，死生事大，使我心如刀剑挥。难留住，那金乌箭疾，玉兔梭飞。　早觉悟、莫教迟，我清净、谁能婚少妻。便假饶月里，姮娥见在，从他越国，有貌西施。此个风流，更无心恋，且放宽怀免是非。蓬莱路，仗三千行满，独跨鸾归。

张继先　　沁园春·用伍先生韵呈元规

况有夷途，正透元关，众所共传。愿万魔披散，诸尘荡尽，琴心和雅，天性清圆。未信凡流，可回高步，留恋形声情更延。真消息，定如何唤醒，聊证言诠。　　虽由宿命因缘，达士何曾无慨然。算尽专为妙，闲多乐少，一成潇洒，永绝忧煎。影照澄潭，声流虚谷，业火消亡睹瑞莲。安平泰，看坚完如地，长久如天。

衣白山人　　沁园春·一粒金丹

一粒金丹，大如黍米，定中降胎。运阴阳根本，东龙西虎，结凝金水，择地深栽。九载无亏，三田功满，卦气周圆炉鼎开。偷元化，用自然宗祖，全在灵台。　　真才，休恋尘埃，况颖悟明堂婴未孩。幸淮滨相遇，灵丹付了，亲留玄旨，期进仙阶。此去何时，水云高会，更上烟霞岐路哉。人间世，任王侯贵显，同委蒿莱。

朱敦儒　　沁园春·七十衰翁

七十衰翁，告老归来，放怀纵心。念聚星高宴，围红盛集，如何著得，华发陈人。勉意追随，强颜陪奉，费力劳神恐未真。君休怪，近频辞雅会，不是无情。　　岩扃，旧菊犹存，更松偃、梅疏新种成。爱静窗明几，焚香宴坐，闲调绿绮，默诵黄庭。莲社轻舆，雪溪小棹，有兴何妨寻弟兄。如今且，趁花迷酒困，心迹双清。

李弥逊　　沁园春·寄张仲宗

攲枕深轩，散帙虚堂，晷景屡移。渐披襟临水，揞床就月，莲香拂面，竹色侵衣。压玉为醪，折荷当盏，卧看银潢星四垂。人归后，伴饥蝉自语，宿鸟相依。　　痴儿，莫蹈危机，悟四十九年都尽非。任纡朱拖紫，围金佩玉，青钱流地，白璧如坻。富贵浮云，身名零露，事事无心归便归。秋风动，正吴淞月冷，莼长鲈肥。

此首别作张元幹词

张元幹　　沁园春·神水华池

绍兴丁巳五月六夜，梦与一道人对歌数曲，遂成此词

神水华池，汞铅凝结，虎龙往来。问子前午后，阳销阴长，自然炉鼎，何用安排。灵宝玄门，烟萝真境，三日庚生兑户开。泥丸透，尽周天火候，平步仙阶。　　蓬莱，直上瑶台，看海变桑田飞暮埃。念尘劳良苦，流光易度，明珠谁得，白骨成堆。位极人臣，功高今古，总蹈危机吞祸胎。争知我，办青鞋布袜，雁荡天台。

张元幹　　　　沁园春·欹枕深轩

欹枕深轩，散帙虚堂，晷景屡移。渐披襟临水，揞床就月，莲香拂面，竹色侵衣。压玉为醪，折荷当盏，卧看银潢星四垂。人归后，任饥蝉自啸，宿鸟相依。　　痴儿，莫蹈危机，悟三十九年都尽非。任纡朱拖紫，围金佩玉，青钱流地，白璧如坻。富贵浮云，身名零露，事事无心归便归。秋风动，正吴松月冷，莼长鲈肥。

此首别作李弥逊词

吕渭老　　　　沁园春·复把元宵

复把元宵，等闲过了，算来告谁。整二年三岁，尊前笑处，知他陪了，多少歌诗。岂信如今，不成些事，还是无聊空皱眉。争知道，冤家误我，日许多时。　　心儿，转更痴迷，又疑道、清明得共伊。但自家晚夜，多方遣免，不须烦恼，雨月为期。用破身心，博些欢爱，有后不成人便知。从来是，这风流伴侣，有分双飞。

王之道　　　　沁园春·和彦时兄

城郭萧条，风雨霏微，酝造春愁。况鸷群雕鹗，未谐荐祢，棘栖鸾凤，犹叹栖仇。世路如棋，人情似纸，厚薄高低何日休。逢殷浩，会披云对月，同赋南楼。　　堪嗟日月如流，甚首夏、竭来今半秋。纵荻花枫叶，强撩归思，有莼羹菰饭，归更何忧。三板松舟，一篙秋水，百里淮山无暂留。何须问，蘧蘧栩栩，孰是庄周。

曹　勋　　　　沁园春·早春

春点烟红，露晞新绿，土膏渐香。散懒慵情性，寻幽选静，一筇烟雨，几处松篁。恨我求闲，已成迟暮，石浅泉甘难

屡尝。犹堪去，向清风皓月，南涧东冈。　如今雁断三湘，念酒伴、不来梅自芳。幸隐居药馆，孙登啸咏，从容云水，无负年光。且共山间，琴书朋旧，时饮无何游醉乡。归常是，趁前村桑柘，犹挂残阳。

曹　勋　　沁园春·赠清虚先生

五老横峰，二林云衲，自古洞天。喷玉龙飞，下三峡水，望香炉暗霭，如起非烟。有个真人，拨云峰下，宴坐修真不记年。明廷诏，看龙翔凤翥，宸制奎篇。　君臣际会诚难，耸翠阁、频颁宝墨鲜。众妙门皆向，微言显启，两朝天德，甘涌神泉。道化承平，应稽升举，且向人间寻有缘。掀髯笑，做庐山隐逸，大宋神仙。

曹　勋　　沁园春·浓绿交阴

浓绿交阴，脆圆经雨，夏景正新。遽紫泥封检，红幢建钺，飘然吹起，一片闲云。禁殿趋班，玉音亲诏，并遣皇华通宝邻。凌歊去，任重霄温暑，万里风薰。　炎曦正斡天钧，更午气均齐天地根。运至精感化，千和万合，涤除旁说，必自成真。已约归期，秋风前后，梨枣黄花满地匀。阊阖晚，待朝元紫府，上达明君。

曾　觌　　沁园春·初冬夜坐闻淮上捷音次韵

更漏迢迢，乍寒天气，画烛对床。正井梧飘砌，边鸿度月，故人何处，水远山长。老去功名，年来情绪，宽尽寒衣销旧香。除非是，仗蛮笺象管，时伴吟窗。　词章，莫话行藏，且喜见、捷书来帝乡。看锐师云合，妖氛电扫，随堤宫柳，依旧成行。梦绕他年，青门紫陌，对酒花前歌正当。空成恨，奈潘郎两鬓，新点吴霜。

王千秋　　沁园春·晁共道侍郎生日

豆蔻娇春，烟花羞暖，物华渐嘉。也不须莺怨，桃封绛萼。也不须蜂恨，兰郁金芽。料是东君，都将和气，分付清丰诗礼家。充闾庆，有青毡事业，丹凤才华。　乘槎，早上云霞，侍祠甘泉瞻羽车。试笑凭熊轼，嘉禾合穗，进思鱼钥，菡萏骈花。萧寇勋名，龚黄模样，入拜行趋堤上沙。今宵里，且

觥船满棹，醉帽攲斜。

李　吕　　　　　沁园春·叹老

射虎南山，断蛟北海，恍如梦中。念少年豪气，霜寒一剑，清时功业，月满雕弓。年去年来成底事，已一半消磨成老翁。那堪更，病为城绕，愁作兵攻。　　无悰，慵语西风，正独倚危阑送塞鸿。道酒能消遣，酒因病减，歌能消遣，歌为愁浓。大造不将炉冶去，□万卷诗书宁愤穷。都休问，且试弹绿绮，闲和秋虫。

陆　游　　　沁园春·三荣横溪阁小宴

粉破梅梢，绿动萱丛，春意已深。渐珠帘低卷，筇枝微步，冰开跃鲤，林暖鸣禽。荔子扶疏，竹枝哀怨，浊酒一尊和泪斟。凭栏久，叹山川冉冉，岁月骎骎。　　当时岂料如今，漫一事无成霜鬓侵。看故人强半，沙堤黄阁，鱼悬带玉，貂映蝉金。许国虽坚，朝天无路，万里凄凉谁寄音。东风里，有灞桥烟柳，知我归心。

陆　游　　　　沁园春·一别秦楼

一别秦楼，转眼新春，又近放灯。忆盈盈倩笑，纤纤柔握，玉香花语，雪暖酥凝。念远愁肠，伤春病思，自怪平生殊未曾。君知否，渐香消蜀锦，泪渍吴绫。　　难求系日长绳，况倦客飘零少旧朋。但江郊雁起，渔村笛怨，寒釭委烬，孤砚生冰。水绕山围，烟昏云惨，纵有高台常怯登。消魂处，是鱼笺不到，兰梦无凭。

陆　游　　　　沁园春·孤鹤归飞

孤鹤归飞，再过辽天，换尽旧人。念累累枯冢，茫茫梦境，王侯蝼蚁，毕竟成尘。载酒园林，寻花巷陌，当日何曾轻负春。流年改，叹围腰带剩，点鬓霜新。　　交亲，散落如云，又岂料、如今余此身。幸眼明身健，茶甘饭软，非惟我老，更有人贫。躲尽危机，消残壮志，短艇湖中闲采莼。吾何恨，有渔翁共醉，谿友为邻。

王　质　　　　沁园春·闲居

二百年间，十二时中，悲欢往来。但盖头一把，容身方丈，无多缘饰，莫遣尘埃。屈曲成幽，萧条生净，野草闲花都妙哉。家无力，虽然咫尺，强作萦回。　　竹斋，向背松斋，须次第、春兰秋菊开。在竹篱虚处，密栽甘橘，荆桥斜畔，疏种香梅。山芋毛羹，地黄酿粥，冬后春前皆可栽。门通水，荷汀蓼渚，足可徘徊。

丘　密　　　　沁园春·雨趣轻寒

景明告行，颇动怀归之念。得帅卿词，因次其韵。前阕奉送，后阕以自见云

雨趣轻寒，风作秋声，燕归雁来。动天涯羁思，登山临水，惊心节物，极目烟埃。客里逢君，才同一笑，何遽言归如此哉。别离久，算不应兴尽，却棹船回。　　主人下榻高斋，更点检笙歌频宴开。便留连不到，迎春见柳，也须小驻，度腊观梅。花上盈盈，闺中脉脉，应念胡麻正好栽。从教去，正危阑望断，小倚徘徊。

丘　密　　　　沁园春·匏系弥年

匏系弥年，江北江南，羡君去来。笑山横南浦，朝来爽致，文书堆案，胸次生埃。放旷如君，拘縻如我，试问人生谁乐哉。真难学，是得留且住，欲去须回。　　何时竹屋茅斋，去相傍为邻三径开。撰小窗临水，危亭当巘，随宜有竹，著处须梅。坐读黄庭，手援紫藟，一寸丹田时自栽。当余暇，更与君来往，林下徘徊。

吕胜己　　　　沁园春·月晃虚窗

月晃虚窗，风掀斗帐，晓来梦回。见满川惊鹭，长空瑞鹤，联翩来下，翔舞徘徊。旋放金盘承积块，更轻撼琼壶撩冻澌。毡帏小，近宝炉兽炭，沉水兰煤。　　寒威，酒力相欺，荐绿蚁霜螯左右持。问岁岁祯祥，如何中断，年年梅月，因甚愆期。上绀碧楼，城高百尺，看白玉虬龙奔四围。纷争罢，正残鳞败甲，天上交飞。

廖行之　　沁园春·和苏宣教韵

直下承当，本来能解，莫遣干休。算如今蹉过，峥嵘岁月，分阴可惜，一日三秋。闹里偷声，日中逃影，用尽机关无少留。争知道，是沤生即水，水外无沤。　世人等是悠悠，谁著个工夫向里求。但掩耳窃钟，将泥洗块，觅花空里，舐蜜刀头。何以忙中，尻舆浸假，邀取三彭同载游。真如界，向毗卢顶上，荐取无忧。

辛弃疾　　沁园春·叠嶂西驰

灵山齐庵赋，时筑偃湖未成

叠嶂西驰，万马回旋，众山欲东。正惊湍直下，跳珠倒溅，小桥横截，缺月初弓。老合投闲，天教多事，检校长身十万松。吾庐小，在龙蛇影外，风雨声中。　争先见面重重，看爽气朝来三数峰。似谢家子弟，衣冠磊落，相如庭户，车骑雍容。我觉其间，雄深雅健，如对文章太史公。新堤路，问偃湖何日，烟水濛濛。

辛弃疾　　沁园春·甲子相高

寿赵茂嘉郎中，时以制置兼济仓振济里中，除直秘阁

甲子相高，亥首曾疑，绛县老人。看长身玉立，鹤般风度，方颐须磔，虎样精神。文烂卿云，诗凌鲍谢，笔势骎骎更右军。浑余事，羡仙都梦觉，金阙名存。　门前父老忻忻，焕奎阁新褒诏语温。记他年帷幄，须依日月，只今剑履，快上星辰。人道阴功，天教多寿，看到貂蝉七叶孙。君家里，是几枝丹桂，几树灵椿。

辛弃疾　　沁园春·老子平生

戊申岁，奏邸忽腾报，谓余以病挂冠，因赋此

老子平生，笑尽人间，儿女怨恩。况白头能几，定应独往，青云得意，见说长存。抖擞衣冠，怜渠无恙，合挂当年神武门。都如梦，算能争几许，鸡晓钟昏。　此心无有新冤，况抱瓮年来自灌园。但凄凉顾影，频悲往事，殷勤对佛，欲问前因。却怕青山，也妨贤路，休斗尊前见在身。山中友，试高吟楚些，重与招魂。

辛弃疾　　沁园春·有美人兮

期思旧呼奇狮，或云棋师，皆非也。余考之荀卿书云：孙叔敖，期思之鄙人也。期思属弋阳郡，此地旧属弋阳县。虽古之弋阳、期思，见之图记者不同，然有弋阳则有期思也。桥坏复成，父老请余赋，作沁园春以证之

有美人兮，玉佩琼琚，吾梦见之。问斜阳犹照，渔樵故里，长桥谁记，今古期思。物化苍茫，神游仿佛，春与猿吟秋鹤飞。还惊笑，向晴波忽见，千丈虹霓。　觉来西望崔嵬，更上有青枫下有溪。待空山自荐，寒泉秋菊，中流却送，桂棹兰旗。万事长嗟，百年双鬓，吾非斯人谁与归。凭阑久，正清愁未了，醉墨休题。

辛弃疾　　沁园春·答余叔良

我试评君，君定何如，玉川似之。记李花初发，乘云共语，梅花开后，对月相思。白发重来，画桥一望，秋水长天孤鹜飞。同吟处，看佩摇明月，衣卷青霓。　相君高节崔嵬，是此处耕岩与钓溪。被西风吹尽，村箫社鼓，青山留得，松盖云旗。吊古愁浓，怀人日暮，一片心从天外归。新词好，似凄凉楚些，字字堪题。

辛弃疾　　沁园春·答杨世长

我醉狂吟，君作新声，倚歌和之。算芬芳定向，梅间得意，轻清多是，雪里寻思。朱雀桥边，何人会道，野草斜阳春燕飞。都休问，甚元无霁雨，却有晴霓。　诗坛千丈崔嵬，更有笔如山墨作溪。看君才未数，曹刘敌手，风骚合受，屈宋降旗。谁识相如，平生自许，慷慨须乘驷马归。长安路，问垂虹千柱，何处曾题。

辛弃疾　　沁园春·带湖新居将成

三径初成，鹤怨猿惊，稼轩未来。甚云山自许，平生意气，衣冠人笑，抵死尘埃。意倦须还，身闲贵早，岂为莼羹鲈鲙哉。秋江上，看惊弦雁避，骇浪船回。　东冈更葺茅斋，好都把轩窗临水开。要小舟行钓，先应种柳，疏篱护竹，莫碍观梅。秋菊堪餐，春兰可佩，留待先生手自栽。沉吟久，怕君恩未许，此意徘徊。

辛弃疾　　沁园春·送赵江陵东归　再用前韵

伫立潇湘，黄鹄高飞，望君不来。被东风吹堕，西江对语，急呼斗酒，旋拂征埃。却怪英姿，有如君者，犹欠封侯万里哉。空赢得，道江南佳句，只有方回。　　锦帆画舫行斋，怅雪浪黏天江影开。记我行南浦，送君折柳，君逢驿使，为我攀梅。落帽山前，呼鹰台下，人道花须满县栽。都休问，看云霄高处，鹏翼徘徊。

辛弃疾　　沁园春·弄溪赋

有酒忘杯，有笔忘诗，弄溪奈何。看纵横斗转，龙蛇起陆，崩腾决去，雪练倾河。袅袅东风，悠悠倒景，摇动云山水又波。还知否，欠菖蒲攒港，绿竹缘坡。　　长松谁剪嵯峨，笑野老来耘山上禾。算只因鱼鸟，天然自乐，非关风月，闲处偏多。芳草春深，佳人日暮，濯发沧浪独浩歌。徘徊久，问人间谁似，老子婆娑。

辛弃疾　　沁园春·再到期思卜筑

一水西来，千丈晴虹，十里翠屏。喜草堂经岁，重来杜老，斜川好景，不负渊明。老鹤高飞，一枝投宿，长笑蜗牛戴屋行。平章了，待十分佳处，著个茅亭。　　青山意气峥嵘，似为我归来妩媚生。解频教花鸟，前歌后舞，更催云水，暮送朝迎。酒圣诗豪，可能无势，我乃而今驾驭卿。清溪上，被山灵却笑，白发归耕。

辛弃疾　　沁园春·和吴尉子似

我见君来，顿觉吾庐，溪山美哉。怅平生肝胆，都成楚越，只今胶漆，谁是陈雷。搔首踟蹰，爱而不见，要得诗来渴望梅。还知否，快清风入手，日看千回。　　直须抖擞尘埃，人怪我柴门今始开。向松间乍可，从他喝道，庭中且莫，踏破苍苔。岂有文章，谩劳车马，待唤青刍白饭来。君非我，任功名意气，莫恁徘徊。

辛弃疾　沁园春·将止酒、戒酒杯使勿近

杯汝来前，老子今朝，点检形骸。甚长年抱渴，咽如焦釜，于今喜睡，气似奔雷。汝说刘伶，古今达者，醉后何妨死

便埋。浑如此，叹汝于知己，真少恩哉。　　更凭歌舞为媒，算合作平居鸩毒猜。况怨无大小，生于所爱，物无美恶，过则为灾。与汝成言，勿留亟退，吾力犹能肆汝杯。杯再拜，道麾之即去，招则须来。

辛弃疾　　沁园春·杯汝知乎

城中诸公载酒入山，余不得以止酒为解，遂破戒一醉，再用韵

杯汝知乎，酒泉罢侯，鸱夷乞骸。更高阳入谒，都称虀臼，杜康初筮，正得云雷。细数从前，不堪余恨，岁月都将麴糵埋。君诗好，似提壶却劝，沽酒何哉。　　君言病岂无媒，似壁上雕弓蛇暗猜。记醉眠陶令，终全至乐，独醒屈子，未免沉灾。欲听公言，惭非勇者，司马家儿解覆杯。还堪笑，借今宵一醉，为故人来。

赵善括　　沁园春·和辛帅

虎啸风生，龙跃云飞，时不再来。试凭高望远，长淮清浅，伤今怀古，故国氛埃。壮志求伸，匈奴未灭，早以家为何谓哉。多应是，待著鞭事了，税驾方回。　　稼轩聊尔名斋，笑学请樊迟心未开。似南阳高卧，莘郊自乐，磻溪韬略，傅野盐梅。植杖亭前，集山楼下，五桂三槐次第栽。功名遂，向急流勇退，肯恁徘徊。

赵善括　　沁园春·问舍东湖

问舍东湖，招隐西山，惠然肯来。有闷香兰桂，无穷幽趣，隔溪车马，何处轻埃。微利虚名，朝荣暮辱，笑尔焉能浼我哉。闲欹枕，被幽禽唤觉，午梦惊回。　　无言独坐南斋，好唤取芳尊相对开。待醒时重醉，疏帘透月，醉时还醒，画角吹梅。无用千金，休悬六印，荆棘谁能满地栽。人间世，任游鹍独运，斥鷃低徊。

赵善括　　沁园春·千里风湍

千里风湍，万叠云峰，自相送迎。叹扁舟如叶，漂流如梗，片帆如箭，聚散如萍。家在东湖，身来西浙，非为区区利与名。堪怜处，为雏饥犊暮，狗苟蝇营。　　平生，何辱何

荣，且一任三才和五行。有鹗飞鹏奋，鹤长凫短，朱颜富贵，白发公卿。印漫累累，绶何若若，休羡行歌朱买臣。归来好，向严滩垂钓，谷口躬耕。

黄人杰　　　　沁园春·金虎鸣秋

金虎鸣秋，玉龙嘶月，天气正凉。应梦熊时候，叶丹苔碧，栖鸾亭馆，橘绿橙黄。人在兰台公子上，更身寄风流屈宋卿。登赏处，记含情纾思，曾赋高唐。　春明旧家不远，算蝉嫣袭庆，都付仇香。况鹍弦初续，和生角徵，鄂书频下，名厕循良。但得西风吹峡水，尽倒卷波澜添寿觞。功业事，有朱颜领略，未许称量。

游九言　　　　沁园春·五十五自述

五十五年，满簪华发，俨然遂良。又何曾戚戚，荜门圭窦，何曾汲汲，玉带金章。困后高眠，饥来饱□，老矣狂夫老更狂。空回首，叹世间名利，傀儡开场。　幸临晚节安康，又两日、三秋催肃霜。叹生朝亦是，贺宾踵至，龙钟矍铄，何足称觞。喜对诸贤，笑谈世事，相会亲朋醉玉觞。谁如我，素乐天知命，不事侯王。

刘光祖　　　　沁园春·寿晁帅七十

画戟如霜，绮疏如水，篆香渐微。向莺花多处，青山衮衮，鹭凫散后，落屑霏霏。曾是鸾台金马客，一场梦觉来人事非。多少话，付无心云叶，自在闲飞。　想看燕鸿易感，□几度春往秋又归。见黄余露点，东坡菊赋，清传雪片，处士梅诗。向此年年开寿斝，算今古人生七十稀。歌啸外，作皇朝遗老，名字辉辉。

赵师侠　沁园春·和伍子严避暑二首之一

雨接梅霖，风袪槐暑，麦天已秋。正榴燃红炬，枝头色艳，荷翻绿盖，池面香浮。心景俱清，身名何有，且向忙中早转头。尘劳事，枉朝思夕计，细虑深谋。　悠悠，不复徼求，但安分、随缘休便休。纵官居极品，徒为美玩，家称巨富，未免闲愁。遇酒开颜，逢欢乐意，有似木人骑土牛。从他笑，看一朝解悟，八极遨游。

赵师侠　沁园春·和伍子严避暑二首之二

羊角飘尘，金乌烁石，雨凉念秋。有虚堂临水，披襟散发，纱帱雾卷，湘簟波浮。远列云峰，近参荷气，卧看文书琴枕头。蝉声寂，向庄周梦里，栩栩无谋。　茶瓯，醒困堪求，粗饱饭安居可以休。算翛闲静胜，吾能自乐，荣华纷扰，人谩多愁。习懒非痴，觉迷是病，一力那能胜九牛。俱休问，且追寻觞咏，知友从游。

宋先生　沁园春·速速修行

速速修行，惜取身中，无价□珍。把金乌玉兔，垆中炼用，阴阳造化，养就阳神。虎啸龙吟丹田里，顶内时时仙乐声。泥丸里，烹煎水火，铅汞成真。　夜来端坐澄心神，见真人颜貌新。用河车搬载，充开牛斗，星辰洁皎，光射分明。服了刀圭功成后，自知道、仙班有姓名。诸仙请，待玉皇宣至，朝拜三清。

刘　过　沁园春·御阅还上郭殿帅

玉带猩袍，遥望翠华，马去似龙。拥貂蝉争出，千官鳞集，貔貅不断，万骑云从。细柳营开，团花袍窄，人指汾阳郭令公。山西将，算韬钤有种，五世元戎。　旌旗蔽满寒空，鱼阵整、从容虎帐中。想刀明似雪，纵横脱鞘，箭飞如雨，霹雳鸣弓。威撼边城，气吞胡虏，惨淡尘沙吹北风。中兴事，看君王神武，驾驭英雄。

刘　过　沁园春·题黄尚书夫人书壁后

缓辔徐驱，儿童聚观，神仙画图。正芹塘雨过，泥融路软，金莲自策，小小篮舆。傍柳题诗，穿花劝酒，嗅蕊攀条得自如。经行处，有苍松夹道，不用传呼。　清泉怪石盘纡，信风景江淮各异殊。记东坡赋就，纱笼素壁，西山句好，帘卷晴珠。白玉堂深，黄金印大，无此文君载后车。挥毫罢，看淋漓雪壁，真草行书。

刘　过　沁园春·寄辛稼轩

古岂无人，可以似吾，稼轩者谁。拥七州都督，虽然陶

侃，机明神鉴，未必能诗。常衮何如，羊公聊尔，千骑东方侯会稽。中原事，纵匈奴未灭，毕竟男儿。　　平生出处天知，算整顿乾坤终有时。问湖南宾客，侵寻老矣，江西户口，流落何之。尽日楼台，四边屏幛，目断江山魂欲飞。长安道，奈世无刘表，王粲畴依。

刘　过　　沁园春·寄孙竹湖

问讯竹湖，竹如之何，如何未归。道吴山越水，无非佳处，来无定止，去亦何之。莫是秋来，未能忘耳，心与孤云相伴飞。愁无奈，但北窗寄傲，南涧题诗。　　人生万事成痴，算世上久无公是非。恨云台突兀，无君子者，雪堂寥落，有美人兮。疏雨梧桐，微云河汉，钟鼎山林无限悲。阳山县，是昌黎误汝，汝误昌黎。

刘　过　　沁园春·卢蒲江席上，时有新第宗室

一剑横空，飞过洞庭，又为此来。有汝阳琎者，唱名殿陛，玉川公子，开宴尊罍。四举无成，十年不调，大宋神仙刘秀才。如何好，将百千万事，付两三杯。　　未尝戚戚于怀，问自古英雄安在哉。任钱塘江上，潮生潮落，姑苏台畔，花谢花开。盗号书生，强名举子，未老雪从头上催。谁羡汝，拥三千珠履，十二金钗。

刘　过　　沁园春·寿

玉带金鱼，绿鬓朱颜，神仙画图。把擎天柱石，空留绿野，济川舟楫，闲舣西湖。天欲安刘，公归重赵，许大元勋谁得如。平章处，看人如伊吕，世似唐虞。　　不须别样规模，但收揽人才多用儒。况自昔军中，胆能寒虏，而今胸次，气欲吞胡。紫府真人，黑头元宰，收敛神功寂似无。归来好，正芝香枣熟，鹤瘦松臞。

刘　过　　沁园春·寄稼轩承旨

斗酒彘肩，风雨渡江，岂不快哉。被香山居士，约林和靖，与东坡老，驾勒吾回。坡谓西湖，正如西子，浓抹淡妆临镜台。二公者，皆掉头不顾，只管衔杯。　　白云天竺飞来，图画里、峥嵘楼观开。爱东西双涧，纵横水绕，两峰南北，高下云堆。逋曰不然，暗香浮动，争似孤山先探梅。须晴去，访

稼轩未晚，且此徘徊。

刘 过 沁园春·柳思花情

柳思花情，湖山应怪，先生又来。想旧时谈舌，依然解使，六丁奔走，驱斥风雷。翠袖传觞，金貂换酒，痛饮何妨三百杯。人间世，算谪仙去后，谁是天才。 碧窗画鼓船斋，胸次与乾坤一样开。试云间招手，下呼余子，逡巡去矣，但觉尘埃。若是花时，无风无雨，一日须来一百回。教人道，看玉山自倒，不用相推。

刘 过 沁园春·张路分秋阅

万马不嘶，一声寒角，令行柳营。见秋原如掌，枪刀突出，星驰铁骑，阵势纵横。人在油幢，戎韬总制，羽扇从容裘带轻。君知否，是山西将种，曾系诗盟。 龙蛇纸上飞腾，看落笔四筵风雨惊。便尘沙出塞，封侯万里，印金如斗，未惬平生。拂拭腰间，吹毛剑在，不斩楼兰心不平。归来晚，听随军鼓吹，已带边声。

刘 过 沁园春·观竞渡

画鹢凌风，红旗翻雪，灵鼍震雷。叹沉湘去国，怀沙吊古，江山凝恨，父老兴哀。正直难留，灵修已化，三户真能存楚哉。空江上，但烟波渺渺，岁月洄洄。 持杯，西眺徘徊，些千载忠魂来不来。谩争标夺胜，鱼龙喷薄，呼声贾勇，地裂山摧。香黍缠丝，宝符插艾，犹有樽前儿女怀。兴亡事，付浮云一笑，身在天涯。

刘 过 沁园春·赠王禹锡

自注铜瓶，作梅花供，尊前数枝。说边头旧话，人生消得，几番行役，问我何之。小队红旗，黄金大印，直待封侯知几时。杯行处，且淋漓一醉，明日东西。 如椽健笔鸾飞，还为写春风陌上词。便平生豪气，销磨酒里，依然此乐，儿辈争知。霜重貂裘，夜寒如水，饮到月斜犹未归。仙山路，有笙簧度曲，声到琴丝。

刘 过 沁园春·送王玉良

万里湖南，江山历历，皆吾旧游。看飞凫仙子，张帆直

上，周郎赤壁，鹦鹉汀洲。吸尽西江，醉中横笛，人在岳阳楼上头。波涛静，泛洞庭青草，重整兰舟。　　长沙会府风流，有万户娉婷帘玉钩。恨楚城春晚，岸花樯燕，还将客送，不与人留。且唤阳城，更招元结，摩抚之余歌咏休。心期处，算世间真有，骑鹤扬州。

刘　过　　　　　　沁园春·咏别

一别三年，一日三秋，庶几见之。念丹霞秋冷，风巾雾屦，五湖春暖，雨笠烟蓑。山水光中，要人携手，独欠金华俞紫芝。谁知道，向酴醾香里，杯酒同持。　　油然川泳云飞，但口不能言心自知。便狂敲铜斗，我歌君和，醉拈如意，我舞君随。风韵如君，岂堪言别，别后如之何勿思。须金玉，再相逢莫负，芷约兰期。

刘　过　　沁园春·王汝良自长沙归

一笛横风，稳转船头，系楫大江。还有人争说，鸣琴手段，教侬重吐，锦绣肝肠。不复少年，插花捶鼓，雅意在乎云水乡。阳关泪，笑琼姬犹恋，奇俊王郎。　　谈兵齿颊冰霜，有万户侯封何用忙。借烟霞且作，诗中队仗，鹭鹓已是，归日班行。收敛平生，筹边胸次，以酒浇之书传香。消凝处，怕三更枕上，疏雨潇湘。

刘　过　　　　沁园春·美人指甲

销薄春冰，碾轻寒玉，渐长渐弯。见凤鞋泥污，偎人强剔，龙涎香断，拨火轻翻。学抚瑶琴，时时欲剪，更掬水鱼鳞波底寒。纤柔处，试摘花香满，镂枣成班。　　时将粉泪偷弹，记绾玉曾教柳傅看。算恩情相著，搔便玉体，归期暗数，画遍阑干。每到相思，沉吟静处，斜倚朱唇皓齿间。风流甚，把仙郎暗掐，莫放春闲。

刘　过　　　　　沁园春·美人足

洛浦凌波，为谁微步，轻尘暗生。记踏花芳径，乱红不损，步苔幽砌，嫩绿无痕。衬玉罗悭，销金样窄，载不起、盈盈一段春。嬉游倦，笑教人款捻，微褪些跟。　　有时自度歌声，悄不觉、微尖点拍频。忆金莲移换，文鸳得侣，绣茵催

衮，舞风轻分。懊恨深遮，牵情半露，出没风前烟缕裙。知何似，似一钩新月，浅碧笼云。

刘　过　　沁园春·送辛幼安弟赴桂林官

天下稼轩，文章有弟，看来未迟。正三齐盗起，两河民散，势倾似土，国泛如杯。猛士云飞，狂胡灰灭，机会之来人共知。何为者，望桂林西去，一骑星驰。　离筵不用多悲，唤红袖佳人分藕丝。种黄柑千户，梅花万里，等闲游戏，毕竟男儿。入幕来南，筹边如北，翻覆手高来去棋。公余且，画玉簪珠履，倩米元晖。

汪　莘　　沁园春·自题方壶

春至伤春，秋至悲秋，谁在华胥。叹谪仙才气，飞扬跋扈，渊明何事，慷慨欷歔。自我少年，如今晚境，行半人间真有余。都休问，且一觞一咏，吾爱吾庐。　南皋境界何如，舍明月清风谁与居。望蓬山路杳，万株翠桧，方壶门掩，四面红蕖。中有佳人，绰如姑射，一炷清香满太虚。尘寰外，被鸣鸾报客，飞鹤传书。

汪　莘　　沁园春·忆黄山

三十六峰，三十六溪，长锁清秋。对孤峰绝顶，云烟竞秀，悬崖峭壁，瀑布争流。洞里桃花，仙家芝草，雪后春正取次游。亲曾见，是龙潭白昼，海涌潮头。　当年黄帝浮丘，有玉枕玉床还在不。向天都月夜，遥闻风管，翠微霜晓，仰盼龙楼。砂穴长红，丹炉已冷，安得灵方闻早修。谁知此，问原头白鹿，水畔青牛。

汪　莘　　沁园春·家在柳塘

挂黄山图十二轴，恰满一室，觉此身真在黄山中也，赋此词寄天都峰下王道者

家在柳塘，榜挂方壶，图挂黄山。觉仙峰六六，满堂峭峻，仙溪六六，绕屋潺湲。行到水穷，坐看云起，只在吾庐寻丈间。非人世，但鹤飞深谷，猿啸高岩。　如今老疾蹒跚，向画里嬉游卧里看。甚花开花落，悄无人见，山南山北，谁似余闲。住个庵儿，了些活计，月白风清人倚阑。山中友，类先

秦气貌，后晋衣冠。

汪莘　　沁园春·流水小桥

余自总角好性命之说。其一身之中，自黄庭之所已言，烟萝子之所未备，搜寻剖□，斯已勤矣。闲从人求其法，高者如捕影，卑者不足为。嘉泰二年冬夜，坐一榻，知思所及，随手骇目。尔后凡七载，时时为之，自知非深根固蒂之道，亦可谓世外之妙观矣。太上云笈有四规一镜之方，存形立影之法，十五年前，未知此也。偶自有得，后乃见之。乃叹曰：太上立法，令人造此，余以无法造，顾岂妄想哉。及观楞严宾主离合之义，又知十五年前所谓，正佛之所诃，故并赋之，以示同志，足以知余之不欺也

流水小桥，茅屋竹窗，纸帐蒲团。把坎宫闭了，虎龙吟啸，离宫锁定，日月回环。万点星飞，两轮电转，五色圆光天样宽。□奇处，渐冥冥杳杳，有个鸦翻。　当时筑著机关，后常把空华戏弄看。更有些可笑，寐中清境，有些可怪，镜里清颜。太上留魂，老君炼魄，又被瞿昙都扫残。如何好，只单修见性，双炼还丹。

刘仙伦　　沁园春·庆彭司户

闻道参军，今日垂弧，胜如去年。正新颁蓝绶，天香芬馥，初开黄牒，御墨新鲜。鼻祖登科，已逾百载，衣钵于今喜再传。图南事，看抟风九万，击水三千。　官曹小试民编，有奕世甘棠在道边。向樽前有兴，细斟清醥，琴中得趣，缓拂朱弦。东观雠书，西垣草制，此去掀腾好着鞭。应难老，信君家眉寿，自有钱山。

刘仙伦　　沁园春·寿共大卿恕斋治易

周易一书，更三圣人，深切著明。凡变通动静，有形有象，盈虚消息，时止时行。天相名卿，日探妙趣，往古来今无两心。褰帷暇，手韦编不置，聊以娱情。　如今祝寿殷勤，请得以推评理致新。看九重有命，晋侯锡马，三公论道，鼎足承君。同厥震男，拔乎泰茹，玉笋班中联步什。贤奋建，定丰亨豫大，扬夬王庭。

李廷忠　　沁园春·幕府增辉

刘总干会饮同寮，出示新词，席上用韵

幕府增辉，前度刘郎，又还到来。看芙蓉池畔，神凝秋水，绮罗丛里，欢动春雷。彩笔新题，金钗半醉，当日英雄安在哉。开筵处，是真仙福地，不著纤埃。　堪怜倦客情怀，听吹竹弹丝金奏谐。有黄花插鬓，何妨欹帽，绿橙醒酒，莫惜空罍。坐上疏狂，帘间姝丽，应想横波一笑回。停杯久，待娇歌缓劝，归骑休催。

危　稹　　沁园春·寿许贰车

籍甚声名，门阑相种，文章世科。算当年瑞世，正当夏五，仙家毓德，全是春和。底事屏星，著之海峤，奈此腾骧骥足何。君知否，看飞来丹诏，径上鸾坡。　殷勤携酒相过，要滟滟浮君金叵罗。叹同心相契，古来难觅，二年同处，意总无它。如此平分，更教添个，也自清风明月多。拚沉醉，任光浮绿鬓，笑满红涡。

王居安　　沁园春·敬次白真人韵

湖海襟期，烟霞气宇，天下星郎。有灵方肘后，年年却老，神锋耳底，夜夜腾光。万卷蟠胸，千钟蘸甲，衮衮词源三峡滂。功成处，见须弥日月，河岳星霜。　兴来引笔千行，看举世何人是智囊。任纵横万变，难瞒道眼，优游自乐，不识愁肠。闹市丛中，密林静处，鼻观常闻三界香。天书到，听笙箫竞奏，幢盖班行。

汪　晫　　沁园春·次韵李明府劝农

民吾同胞，剖破藩篱，元是大家。故见之诰诏，视如子弟，谆勤恳切，悃愊无华。孝悌力田，职当劝相，起早非干为看花。亲酌酒，老农唯诺，句句仁芽。　晓来犹觉寒些，看雨湿风吹旗□斜。笑吾生八十，尽谙农事，公筵既彻，更共烹茶。高唱豳风，敬酬令尹，王道桑麻乐有涯。春务急，见溪头杨柳，已可藏鸦。

程　珌　　沁园春·别陈总帅

玉局仙人，轻帆万里，送入三吴。怪一舟如叶，元无浊

物，依然姑射，满载冰壶。昔日文君，千言成诵，不识如今记得无。新来也，喜都将分付，一颗骊珠。　　向来田赋蠲输，散多少、春风巴与渝。算公家粗了，莼鲈而已，何妨西子，白发江湖。印铸黄金，时来须佩，毕竟人生万卷书。离情处，正秦淮岁晚，雪意横糊。

程　珌　　　　沁园春·寿王运使

公有仙姿，苍松野鹤，落落昂昂。论法主长生，仍须极贵，云台绛阙，都许尚羊。更忆当年，而今时候，一念功名下帝旁。天分付，使人间草木，尽有春香。　　人知相法奇庞，又那识、阴功事更长。算毗陵荒政，江东风采，忠文典则，凛凛生光。再岁秦淮，觚棱入梦，帷幄从来在庙堂。公归去，好平心献替，人望时康。

程　珌　　　　沁园春·寿李通判

那用招秋，休言推暑，风自薰兮。问谁解当初，识公来处，月明碧落，旆卷青霓。千丈长松，起人生意，冻芋寒瓜空满畦。还堪怪，怪诸公衮衮，我尚凭泥。　　须教一举崔嵬，算人世、功名各有梯。更何须炼鼎，玄霜绛雪，只烦煮茗，水饼冰虀。紫府多仙，招来满座，公自长生角亢齐。何曾也，有玉麟行地，老凤梧栖。

程　珌　　沁园春·谢刘小山频寄所作

君有新词，何妨为我，时遣奚奴。看此山大小，风流晋宋，眼中余子，苦自侏儒。九曲清溪，千枝杨柳，还记新条更有无。春将好，欲从君商略，君意何如。　　佳人玉佩琼琚，更胸中、浇灌有诗书。把古人行处，从头检点，今人说底，却不须渠。更上石头，重登钟阜，画作金陵考古图。频相见，怕薰风早晚，便隔天隅。

程　珌　　沁园春·庚午三月望日赋椿堂牡丹

消得雕栏，也不枉教，车马如狂。怪元和一事，韩公子者，归来劚去，玉毁崑冈。为解花嘲，朝来试看，采佩殷霞浥露香。君休怪，算只缘太艳，俗障难降。　　诗人未易平章，向百卉、凋零独后装。看洪炉大器，从来成晚，只须这著，也

做花王。况是月坡，花围一尺，压尽纷纷琐细芳。还堪笑，笑龙钟老凤，方入都堂。

程　珌　　　沁园春·读史记有感

试课阳坡，春后添栽，多少杉松。正桃坞昼浓，云溪风软，从容延叩，太史丞公。底事越人，见垣一壁，比过秦关遽失瞳。江神吏，灵能脱罟，不发卫平蒙。　　休言唐举无功，更休笑、丘轲自厄穷。算汨罗醒处，元来醉里，真敖假孟，毕竟谁封。太史亡言，床头酿熟，人在晴岚杳霭中。新堤路，喜樛枝鳞角，夭矫苍龙。

戴复古　　　沁园春·一曲狂歌

一曲狂歌，有百余言，说尽一生。费十年灯火，读书读史，四方奔走，求利求名。蹭蹬归来，闭门独坐，赢得穷吟诗句清。夫诗者，皆吾侬平日，愁叹之声。　　空余豪气峥嵘，安得良田二顷耕。向临邛涤器，可怜司马，成都卖卜，谁识君平。分则宜然，吾何敢怨，蝼蚁逍遥戴粒行。开怀抱，有青梅荐酒，绿树啼莺。

戴复古　　　沁园春·请赋林堂

请赋林堂，林堂未成，吾何赋哉。想胸中丘壑，山中风月，亭台几所，花木千栽。应接光阴，品题胜概，须待堂成我再来。听分付，是经行去处，莫放苍苔。　　吾曹不堕尘埃，要胸次长随笑口开。任江湖浪迹，鸥盟雁序，功名到手，凤阁鸾台。它日相寻，有逾此约，酌水浮君三百杯。闻斯语，有冠山突兀，袍岭崔嵬。

戴复古　　沁园春·送姚雪篷之贬所

访衡山之顶，雪鸿渺渺，湘江之上，梅竹娟娟。寄语波臣，传言鸥鹭，稳护渠侬书画船。（下缺）

魏了翁　　沁园春·许侍郎奕生日

惠我田畴，拯民水火，春满蜀东。更山连睥睨，长蛇隐雾，红移略约，睢霓横空。人卧流苏行席上，公心事夕阑晨枕中。长自苦，算无人识得，只有天公。　　天教百般如愿，也

应是、天眼惺憁。看田间泥饮，门无夜打，水滨庐处，户有朝春。拟上公堂，称兕爵酒，未抵人间春意浓。无可愿，愿城池永与，公寿无穷。

卢祖皋　　　沁园春·双溪狎鸥

几叶凋枫，半篙寒日，傍桥系船。爱洞门深锁，人间福地，双溪分占，天上星躔。破帽敧寒，短鞭敲月，此地经行知几年。空赢得，似沈郎消瘦，还欠诗篇。　　沙鸥伴我愁眠，向水驿风亭红蓼边。有村醪可饮，且须同醉，溪鱼堪鲙，切莫论钱。笠泽波头，垂虹桥上，橙蟹肥时霜满天。相随否，算江南江北，惟有君闲。

卢祖皋　　　沁园春·戊辰岁寿攻媿舅

台色齐辉，一点长庚，夜来更明。渐日添宫线，功催补衮，春回梅萼，香趁调羹。鹤禁班高，槐庭恩重，八秩骎骎人共荣。谁知道，纵身居公辅，心似书生。　　东楼见说初成，有帘卷江山万里横。想高情长羡，碧云出处，清时未计，绿野经营。东阁郎君，南宫进士，管领孙枝扶寿觥。齐眉醉，笑尊前乐事，真个全并。

范　炎　　　沁园春·庆杨平

襟韵何如，文雅风流，王谢辈人。问传家何物，多书插架，放怀无可，有酒盈樽。一咏一谈，悠然高致，似醉当年曲水春。还知否，壮胸中万卷，笔下千军。　　门前我有佳宾，但明月、清风更此君。喜西庐息驾，心间胜日，东皇倚杖，目送行云。闻道君王，玉堂佳处，欲诏长杨奏赋孙。功名看，一枝丹桂，两树灵椿。

刘学箕　　　沁园春·叹世

浮利虚名，算来何用，蜗角蝇头。笑劳生一梦，两轮催逼，脆如朝露，轻若春沤。有限精神，无穷世路，劫劫忙忙谁肯休。堪惊叹，叹痴人未悟，终日营求。　　百年光景云浮，把意马心猿须早收。有真仙秘诀，飧霞导引，丹砂铅汞，早与身谋。闲是闲非，他强我弱，一任从教风马牛。还知道，上蓬莱稳路，八表神游。

洪咨夔　　沁园春·寿俞紫薇

诗不云乎，蒹葭苍苍，白露为霜。看高山乔木，青云老干，英华滋液，亦敛而藏。匠石操斤游林下，便一举采之充栋梁。须知道，是天将大任，翕处还张。　薇郎玉佩丁当，问何事午桥花竹庄。又星回岁换，腊残春浅，锦熏笼紫，栗玉杯黄。唤起东风，吹醒宿酒，把甲子从头重数将。明朝去，趁传柑宴近，满袖天香。

洪咨夔　　沁园春·次黄宰韵

归去来兮，杜宇声声，道不如归。正新烟百五，雨留酒病，落红一尺，风妒花期。睡起绿窗，销残香篆，手板榰颐还倒持。无人解，自追游仙梦，作送春诗。　风流不似年时，把别墅江山供弈棋。空一川芳草，半池晴絮，歌翻长恨，赋续怀离。桃叶渡头，沉香亭北，往事悠悠难重思。徘徊处，看鸣鸠唤妇，乳燕将儿。

洪咨夔　　沁园春·寿淮东制置

饮马咸池，总辔崑岑，横骛九州。庆中兴机会，天生山甫，非常事业，天授留侯。左搏龙蛇，右驯虎兕，万里中原谈笑收。功名早，便貂蝉猎猎，飞出兜牟。　新氓无限欢讴，尽卖剑卖刀归买牛。正麦摇熏吹，黄迷断垄，秧涵朝雨，绿遍平畴。眼底太平，不图再见，罗拜焚香青海头。从今去，愿君王万岁，元帅千秋。

洪咨夔　　沁园春·用周潜夫韵

秋气悲哉，薄寒中人，皇皇何之。更黄花吹雨，苍苔滑屐，栏空斗鸭，床老支龟。静里跫音，明边眉睫，蹴踏星河天脱靰。清谈久，顿两忘妍丑，嫫姆西施。　濂溪家住江湄，爱出水芙蓉清绝姿。好光风霁月，一团和气，尸居龙见，神动天随。著察工夫，诚存体段，个里语言文字非。君家事，莫空将太极，散打图碑。

刘　镇　　沁园春·和刘潜夫送孙花翁韵

谁似花翁，长年湖海，蹇驴弊裘。想红尘醉帽，青楼歌

扇，挥金谈笑，惜玉风流。吴下阿蒙，江南老贺，肯为良田二顷谋。人间世，算到头一梦，蝼蚁王侯。　悠悠，吾道何求，况白首相逢说旧游。记疏风淡月，寒灯古寺，平章诗境，分付糟丘。聚散抟沙，炎凉转烛，归去来兮万事休。无何有，问从前那个，骑鹤扬州。

刘　镇　　　沁园春·题西宗云山楼

爽气西来，玉削群峰，千杉万松。望疏林清旷，晴烟紫翠，雪边回棹，柳外闻钟。夜月琼田，夕阳金界，倒影楼台表里空。桥阴曲，是旧来忠定，手种芙蓉。　仙翁，心事谁同，付鱼鸟相望一笑中。向月梅香底，招邀和靖，云山高处，问讯梁公。物象搜奇，风流怀古，消得文章万丈虹。沉吟久，想依依春树，人在江东。

卓　田　　　沁园春·庆友人陈碧山

才大文豪，朱衣暗里，今须点头。奈兰宫一跌，槐黄时候。银袍逐浪，韦带随流。过尽鹤书，阅周鹗表，必竟都无名字留。空长恨，赍终不第，齿且先侯。　休愁，有路堪由，最喜徐卿百不忧。正椿松未老，芝兰竞秀，奇毛雏凤，骍角犁牛。汉殿少年，新丰逆旅，岂肯卑微名位休。行将见，长沙召贾，御史除周。

吴　泳　　　沁园春·生日自述

鶗鴂鸣兮，卉木萋止，维暮之春。笑憨翁渐老，年加三豆，呆郎多事，诗记三星。六十有三，高吟勇退，只有尧夫范景仁。从今去，且亭前放鹤，溪上垂纶。　交亲，散落如云，仅留得尊前康健身。有一编书传，一囊诗稿，一枰棋谱，一卷茶经。红杏尚书，碧桃学士，看了虚名都赚人。成何事，独青山有趣，白发无情。

吴　泳　　　沁园春·生日和蓬莱仙降词

春事阑斑，桐花烂漫，不堪风栖。叹交枰世道，容容是福，危航宦海，了了成痴。邵子豪情，乐天狂态，六十六年才觉非。溪山畔，要看承风月，舍我其谁。　文章高下随时，料织锦应须用锦机。愧老无健笔，高凌月胁，病无佳句，下解

人颐。君昔东坡，我今韩愈，造化一炉如小儿。都休管，看龟翻荷露，燕落芹泥。

吴　泳　　　沁园春·夸说洪都

洪都病中，闻计浣章成父读示刘潜夫往岁辞建宁初命之词而壮之，因和一首寄呈

夸说洪都，西滕王阁，北豫章台。对雨帘半卷，江横如旧，沟亭敧压，梯上无媒。但有江山，更无豪杰，拔脚风尘外一杯。题千墨，须杜陵老手，太白天才。　力能笔走风雷，人道是闽乡老万回。把崇天普地，层胸荡出，横今竖古，信手拈来。使翰墨场，著伏波老，上马犹堪矍铄哉。今耄矣，独莼鲈在梦，泉石萦怀。

程公许　　沁园春·用履斋多景楼韵

万里飘萍，送江入海，过古润州。正羁怀无奈，凭高纵览，濛濛烟雨，簇簇渔舟。南北区分，江山形胜，忧愤令人扶上楼。沉凝久，任斜飞雪片，急洒貂裘。　英风追想孙刘，似黑白两奁棋未收。把烟霞饶与，坡仙米老，丹青难觅，摩诘营丘。斗野号风，海门残照，长与人间管领愁。凭谁问，借天河一挽，洗甲兵休。

王　迈　　沁园春·寿史君黄少卿

一笑樽前，数雄甲辰，几位上台。有唐裴相，徜徉绿野，我朝富老，游戏崑台。淮蔡功成，惊天动地，似胜单车和虏回。谁知道，活流民数万，赛过平淮。　君侯初度奇哉，五百岁、三贤前后来。任朱幡西向，不妨为富，义旗北指，也解为裴。将相功名，时来便做，且醉红蕖三百杯。相期处，要千年汗竹，名节崔嵬。

王　迈　　沁园春·人物渺然

尹和靖，宣政间，不为权臣诎，隐于洛中。及兵起，全家受祸，老先生独以身免。贤者之不出如此。杨龟山屡出，不合又去，未几又出。靖康之变，以谏议大夫从驾入金营。贤者之出，竟如此。谨详二先生出处之节，求质正于西山真先生，遂成此词以呈

人物渺然，蕙兰椒艾，孰臭孰香。昔尹公和靖，与龟山老，虽同名节，却异行藏。尹在当年，深居养道，亲见兵戈兴洛阳。杨虽出，又何畀于蔡，何救于章。　　公今为尹为杨，这一著须平心较量。正南洲潢弄，西淮鼎沸，廷绅噤舌，举国如狂。招鹤亭前，居然高卧，许大乾坤谁主张。公须起，要擎天一柱，支架明堂。

王　迈　　沁园春·迎方右史德润

首尾四年，台省好官，都做一回。便前头更有，合当做底，何妨且恁，猛省归来。甲第新成，开尊行乐，脆管繁弦十二钗。回头笑，这狂生无用，削尽官阶。　　狂生真个狂哉，泼性气年来全未灰。有龙鳞凤翼，不能攀附，牛衣渔具，早已安排。烂煮园蔬，熟煨山芋，白发苍颜穷秀才。官休做，莫狂无处著，送去琼崖。

王　迈　　沁园春·凤山出二宠姬歌余词

夜来斗庵，左顾绿云，右盼素娥。好态浓意远，随宜梳洗，轻轻莲步，艳艳秋波。妒宠争妍，娇痴无际，齐劝诗翁金叵罗。翁微笑、□一时饮尽，谁少谁多。　　月娥，唱后颜酡，莫也怕、浮云妒月么。问苏州刺史，旧欢如梦，江州司马，衫湿如何。翠幕空垂，唾花无迹，忍听樽前飞燕歌。销凝处，正潇潇烟雨，偏恼东坡。

王　迈　　沁园春·孟守美任

臞老今朝，载酒渡江，送孟吉州。遇舟之人士，来前问政，此公官去，莫也宜留。老子曰嘻，我游宦海，几度遭他风打头。君休问，但正因遇坎，行则乘流。　　江皋一叶惊秋，雁过也、严明白鹭洲。笑如今休顾，从前堕甑，无心相逐，等是虚舟。啄黍鸡肥，新篘酒熟，且作山中万户侯。林泉好，却输公一著，先我归休。

黄　机　　沁园春·奉柬章史君再游西园

问讯西园，一春几何，君今再游。记流觞亭北，偷拈酒戏，凌云台上，暗度诗阄。略略花痕，差差柳意，十日不来红绿稠。须重醉，便功名了后，白发争休。　　定谁骑鹤扬州，

任书放床头盏瓮头。况殷勤莺燕，能歌更舞，轻狂蜂蝶，欲去还留。岁月易忘，姓名须载，笔势翩翩回万牛。归来晚，有烛明金剪，香暖珠篝。

黄　机　　　沁园春·寿之一

六月云初，人争议公，公无阻伤。记传飞急羽，舟还海道，弥漫白水，路入沙场。万姓三军，倚公为命，法有逗遛公自当。君还信，似崔嵬砥柱，屹立瞿塘。　　此行阴德难量，到论定才知滋味长。看鱼肥蟹健，妻孥共乐，酒馀稻熟，翁媪相将。何以报公，祝公千岁，多少人家烧夜香。凌烟上，更声名凛凛，冠剑堂堂。

黄　机　　　沁园春·寿之二

问讯梅梢，小春近也，花应渐开。记华堂此日，红牙丝竹，欢声昨夜，翠玉樽罍。雾节童童，金旃曳曳，人自阆风玄圃来。嬉游处，任沧波变陆，劫火成灰。　　行天看取龙媒，笑卫霍当年如此哉。有笔头文字，何妨挥洒，胸中兵甲，解洗氛埃。见说君王，防秋才了，便著芝泥封诏催。功名事，付孱颜燕石，突兀云台。

黄　机　　　沁园春·次岳总干韵

日过西窗，客枕梦回，庭空放衙。记海棠洞里，泥金宝斝，酴醾架下，油壁钿车。醉墨题诗，蔷薇露重，满壁飞鸦行整斜。争知道，向如今漂泊，望断天涯。　　小桃一半蒸霞，更两岸垂杨浑未花。便解貂贳酒，消磨春恨，量珠买笑，酬答年华。对面青山，招之不至，说与浮云休苦遮。山深处，见炊烟又起，知有人家。

黄　机　　　沁园春·廖总干席上

暑风清微，梅腮渐红，麦须未黄。恨牡丹多病，医治费巧。酴醾易老，点缀无方。客里光阴，愁中意绪，想美人兮山水长。销凝处，有龙丝坠简，来唤持觞。　　华堂，剩贮春光，粲一行珠玑时样妆。更燕留轻态，词翻古调，莺娇欲啭，曲度新腔。玉漏声沉，银潢影泻，殢酒犹烧心字香。归来也，判明虬永日，瑞锦鸳鸯。

黄　机　　　沁园春·为潘郴州寿

问讯仙翁，殷勤为底，来万山中。想橘边丹井，鹤寻旧约，松间碧洞，鹿养新茸。雾节亭亭，星旓曳曳，导以浮丘双玉童。嬉游处，尽祥烟瑞雨，霁月光风。　欢声已与天通，更日夜郴江流向东。定催归有谓，泥香芝检，留行无计，路熟花骢。入侍严凝，密陪清燕，吴水欢然相会逢。年年里，对春如酒好，酒似春浓。

黄　机　　沁园春·送徐孟坚秩满还朝

人物眇然，落落晓星，如君几何。有飘摇长袖，工持月斧，寂寥遗韵，妙鼓云和。政事文章，特其余事，英气横空时浩歌。还堪笑，似龙文古鼎，谁复摩挲。　青丝系马庭柯，为小驻寿君金叵罗。说一时伟望，齐高岳麓，二年遗爱，拍满湘波。世事多端，细凭商略，痛处不须言语多。从今去，好经从乌府，躐上銮坡。

黄　机　　沁园春·送赵运使之江西

有美一人，昔在何居，今方见之。俨琼缨翠弁，气清芬只，珠幢绛节，光陆离兮。吾道非耶，世情复尔，天骥昂藏不受羁。还知否，定曲高寡和，才大难施。　行吟湘水之湄，看云卷云舒无定姿。想粲然长笑，物皆有用，时哉易失，我亦奚为。袖手旁观，何如小试，欲脱囊中失利锥。君休叹，正梅花将发，尘满征衣。

严　羽　　沁园春·为董叔宏赋溪庄

问讯溪庄，景如之何，吾为平章。自月湖不见，江山零落，骊塘去后，烟月凄凉。有老先生，如梅峰者，健笔纵横为发扬。还添得，石屏诗句，一段风光。　主人雅兴徜徉，每携客临流泛羽觞。想归来松菊，小烦管领，同盟鸥鹭，未许相忘。我道其间，如斯人物，只合盛之白玉堂。还须把，扁舟借我，散发沧浪。

严　参　　　沁园春·自适

曰归去来，归去来兮，吾将安归。但有东篱菊，有西园

桂，有南溪月，有北山薇。蜂则有房，鱼还有穴，蚁有楼台兽有依。吾应有、云中旧隐，竹里柴扉。　　人间征路熹微，看处处丹枫白露晞。况寒原衰草，牛羊来下，淡烟秋水，鲈鳜初肥。自笑平生，颓然骨相，只合持竿坐钓矶。都休也，对西风无语，落日斜晖。

严　参　　沁园春·题吴明仲竹坡

竹焉美哉，爱竹者谁，曰君子欤。向佳山水处，筑宫一亩，好风烟里，种玉千余。朝引轻霏，夕延凉月，此外尘埃一点无。须知道，有乐其乐者，吾爱吾庐。　　竹之清也何如，应料得诗人清矣乎。况满庭秀色，对拈彩笔，半窗凉影，伴读残书。休说龙吟，莫言凤啸，且道高标谁胜渠。君试看，正绕坡云气，似渭川图。

张　辑　　沁园春·东泽先生

予顷游庐山，爱之，归结屋马蹄山中，以庐山书堂为扁。包日庵作记，见称庐山道人，盖援涪翁山谷例。黄叔豹谓予居鄱，不应舍近取远，为更东泽。黄鲁庵诗帖往来，于东泽下加以诗仙二字。近与冯可迁遇于京师，又能节文，号予东仙，自是诗盟遂以为定号。十年之间，习隐事业，略无可记，而江湖之号凡四迁。视人间朝除夕缴者，真可付一笑。对酒而为之歌曰

东泽先生，谁说能诗，兴到偶然。但平生心事，落花啼鸟，多年盟好，白石清泉。家近宫亭，眼中庐阜，九叠屏开云锦边。出门去，且掀髯大笑，有钓鱼船。　　一丝风里婵娟，爱月在沧波上下天。更丛书观遍，笔床静昼，篷窗睡起，茶灶疏烟。黄鹤来迟，丹砂成未，何日风流葛稚川。人间世，听江湖诗友，号我东仙。

葛长庚　　沁园春·嫩雨如尘

嫩雨如尘，娇云似织，未肯便晴。见海棠花下，飞来双燕，垂杨深处，啼断孤莺。绿砌苔香，红桥水暖，笔捻吟髭行复行。幽寻懒、就半窗残睡，一枕初醒。　　消凝，次第清明，渺南北东西草又青。念镜中勋业，韶光冉冉，尊前今古，银发星星。青鸟无凭，丹霄有约，独倚东风无限情。谁知有，这春山万点，杜宇千声。

葛长庚　　沁园春·暂聚如萍

暂聚如萍，忽散似云，无可奈何。向天涯海角，两行别泪，风前月下，一片离骚。啼罢栖乌，望穷芳草，此恨与之谁较多。昏黄后，对青灯感慨，白酒悲歌。　梦中作梦知么，忆往事落花流水呵。更凭高□远，沈腰不瘦，怅今怀昔，潘鬓须皤。去燕来鸿，寻梅问柳，寸念从他寒暑熬。消魂处，但烟光缥渺，山色周遭。

葛长庚　　沁园春·送王侍郎帅三山

锦绣文章，圭璋闻望，碧落侍郎。昨履声渐近，星辰避次，竹符重剖，湖海生光。委羽天空，石桥水冷，每为众生时雨滂。君知否，是民心襦袴，吏胆冰霜。　少须召入鹓行，也不念无人荷紫囊。有本朝曾旦，移春手段，旧家羲献，补月心肠。此去三山，却登八座，已准金瓯姓氏香。还朝处，双凫作对，五马成行。

葛长庚　　沁园春·大丈夫儿

大丈夫儿，冰肝玉胆，砺山带河。算此身此世，无过驹隙，一名一利，未值鸿毛。相府如潭，侯门似海，那得烟霄尔许高。当初我，是乘云御气，几百千遭。　此生勋业无多，也手种梅花三百窠。又底曾嗅著，庙堂钟鼎，底曾拈得，帷幄弓刀。玉帝遥知，金书何晚，时有鹤鸣于九皋。如今且，向风前浪舞，月下高歌。

葛长庚　　沁园春·寄鹤林

三径就荒，松菊犹存，归去来兮。叹折腰为米，弃家因酒，往之不谏，来者堪追。形役奚悲，途迷未远，今是还知悟昨非。舟轻飏，问征夫前路，晨色熹微。　欢迎童稚嘻嘻，羡出岫云闲鸟倦飞。有南窗寄傲，东皋舒啸，西畴春事，植杖耘耔。矫首遐观，壶觞自酌，寻壑临流聊赋诗。琴书外，且乐天知命，复用何疑。

葛长庚　　沁园春·乍雨还晴

乍雨还晴，似寒而暖，春事已深。是妇鸠乳燕，说教鱼

跃，豪蜂醉蝶，撩得莺吟。斗茗分香，脱禅衣袂，回首清明上已临。芳菲处，在梨花金屋，杨柳琼林。　如今，诗酒心襟，对好景良辰似有妊。念恨如芳草，知他多少，梦和飞絮，何处追寻。病酒时光，困人天气，早有秋秧吐嫩针。兰亭路，渐流觞曲水，修禊山阴。

葛长庚　　沁园春·吹面无寒

吹面无寒，沾衣不湿，岂不快哉。正杏花雨嫩，红飞香砌，柳枝风软，绿映芳台。燕似谈禅，莺如演史，犹有海棠连夜开。清明也，尚阴晴莫准，蜂蝶休猜。　朝来，应问苍苔，甚几日都成锦绣堆。念四方宾友，不堪渭树，一年春事，已属庭槐。宿酒难醒，多情易老，争奈传杯不放杯。如何好，看秋千戏剧，蹴鞠恢谐。

葛长庚　　沁园春·赞吕公

渭水秋深，溢江春老，洞庭一湖。问城南古树，如今在否，洛中狂客，还更来无。独上君山，渺观岩石，八百里鲸波泛巨区。何曾错，有茶中上灶，酒里仙姑。　终须，度了肩吾，稽首终南钟大夫。自太平寺里，题诗去后，东林沈宅，大醉归欤。天上筵多，人间到少，更不向庐山索鳜鱼。如何好，好借君黄鹤，上我清都。

葛长庚　　沁园春·题罗浮山

且说罗浮，自从石洞，水帘以还。是向时景泰，初来卓锡，旧家勾漏，曾此修丹。药院空存，铁桥如故，上更有朱仙朝斗坛。飞云顶，在石桥高处，杳霭之间。　山前，拾得清闲，也分我烟霞数亩宽。自竹桥人去，青莲馥郁，柴门闭了，绿柳回环。白酒初筜，清风徐至，有桃李时新饤几盘。仙家好，这许多快活，做甚时官。

葛长庚　　沁园春·赠胡葆元

要做神仙，炼丹工夫，亦有何难。向雷声震处，一阳来复，玉炉火炽，金鼎烟寒。姹女乘龙，金公跨虎，片晌之间结大还。丹田里，有白鸦一个，飞入泥丸。　河车运入崑山，

全不动纤毫过玉关。把龟蛇乌兔，生擒活捉，霎时云雨，一点成丹。白雪漫天，黄芽满地，服此刀圭永驻颜。常温养，使脱胎换骨，身在云端。

葛长庚　　　**沁园春·岁去年来**

岁去年来，思量人生，空自沉埋。既这回冬至，一阳来复，便须修炼，更莫疑猜。好个鼎炉，见成铅汞，片晌工夫结圣胎。人身里，三千世界，十二楼台。　周年造化安排，只在这些些真妙哉。要先擒日月，后攒星斗，黄庭中畔，化作琼瑰。谁会天机，分明说破，恰似江头雪里梅。丹成后，做些功行，归去蓬莱。

葛长庚　　　**沁园春·题桃源万寿宫**

黄鹤楼前，吹笛之时，先生朗吟。想剑光飞过，朝游南岳，墨篮放下，夜醉东邻。铛煮山川，粟藏世界，有明月清风知此音。呵呵笑，知酿成白酒，散尽黄金。　知音，自有相寻，休踏破葫芦折断琴。唱白蘋红蓼，庐山日暮，西风黄叶，渭水秋深。三入岳阳，再游溢浦，自一去优游直至今。桃源路，尽不妨来往，时共登临。

葛长庚　　　**沁园春·题湖头岭庵**

客里家山，记踏来时，水曲山崖。被滩声喧枕，鸡声破晓，匆匆惊觉，依旧天涯。抖擞征衣，寒欺晓袂，回首银河西未斜。尘埃债，叹有如此发，空为伊华。　古为客况堪嗟，尽贫也输他□在家。料驿舍旁边，月痕白处，暗香微度，应是梅花。拣折一枝，路逢南雁，和两字平安寄与他。教知道，有长亭短堠，五饭三茶。

葛长庚　　　**沁园春·要做神仙**

要做神仙，炼丹工夫，譬之似闲。但姹女乘龙，金公御虎，玉炉火炽，土釜灰寒。铅里藏银，砂中取汞，神水华池上下间。山田内，有一条径路，直透泥丸。　一声雷震昆山，真槖籥、飞冲夹脊关。见白雪漫天，黄芽满地，龟蛇缭绕，乌兔掀翻。自古乾坤，这些离坎，九转烹煎结大还。灵丹就，未

飞升上阙，且在人寰。

刘克庄　　沁园春·梦孚若

何处相逢，登宝钗楼，访铜雀台。唤厨人斫就，东溟鲸脍，圉人呈罢，西极龙媒。天下英雄，使君与操，余子谁堪共酒杯。车千两，载燕南赵北，剑客奇才。　饮酣画鼓如雷，谁信被晨鸡轻唤回。叹年光过尽，功名未立，书生老去，机会方来。使李将军，遇高皇帝，万户侯何足道哉。披衣起，但凄凉感旧，慷慨生哀。

刘克庄　　沁园春·送孙季蕃吊方漕西归

岁暮天寒，一剑飘然，幅巾布裘。尽缘云鸟道，跻攀绝顶，拍天鲸浸，笑傲中流。畴昔奇君，紫髯铁面，生子当如孙仲谋。争知道，向中年犹未，建节封侯。　南来万里何求，因感慨桥公成远游。叹名姬骏马，都成昨梦，只鸡斗酒，谁吊新丘。天地无情，功名有命，千古英雄只么休。平生客，独羊昙一个，洒泪西州。

刘克庄　　沁园春·送包尉

我羡君归，一路秋风，芙蓉木犀。想慈颜望久，灵乌乍噪，新眉画就，郎马频嘶。忙脱征衫，快呼斗酒，细为家人说建谿。争知道，这中年怀抱，最怕分携。　丈夫南北东西，应笑杀离筵粉泪啼。怅佳人来未，碧云冉冉，王孙去后，芳草萋萋。明日相思，山重水复，古道人稀茅店鸡。元龙老，有高楼百尺，谁共登梯。

刘克庄　　沁园春·答九华叶贤良之一

一卷阴符，二石硬弓，百斤宝刀。更玉花骢喷，鸣鞭电抹，乌丝阑展，醉墨龙跳。牛角书生，虬髯豪客，谈笑皆堪折简招。依稀记，曾请缨系粤，草檄征辽。　当年目视云霄，谁信道凄凉今折腰。怅燕然未勒，南归草草，长安不见，北望迢迢。老去胸中，有些磊块，歌罢犹须著酒浇。休休也，但帽边鬓改，镜里颜凋。

刘克庄　　沁园春·答九华叶贤良之二

我梦见君，戴飞霞冠，著宫锦袍。与牧之高会，齐山诗

酒，谪仙同载，采石风涛。万卷星罗，千篇电扫，肯学穷儿事楚骚。掀髯啸，有鱼龙鼓舞，狐兔悲嗥。　　英雄埋没蓬蒿，谁摸索当年刘与曹。叹事机易失，功名难偶，诛茅西崦，种秫东皋。栅有鸡豚，庭无羔雁，道是先生索价高。人间窄，待相期海上，共摘蟠桃。

刘克庄　　沁园春·有个头陀

癸卯佛生翼日，将晓，梦中有作。既醒，但易数字

有个头陀，形等枯株，心犹死灰。幸春山笋贱，无人争吃，夜炉芋美，与客同煨。何处幡花，忽相导引，莫是天宫迎赴斋。又疑道，向毗耶城里，讲席初开。　　这边尚自徘徊，笑那里纷纷早见猜。有尊神奋杵，拳粗似钵，名缁竖拂，喝猛如雷。老子无能，山僧不会，谁误檀那举请哉。山中去，便百千亿劫，休下山来。

刘克庄　　沁园春·和吴尚书叔永

我所思兮，延陵季子，别来九春。笑是非浮论，白衣苍狗，文章定价，秋月华星。独步岷峨，后身坡颍，何必荀家有二仁。中朝里，看叔兮衮斧，伯也丝纶。　　洛中曾识机云，记玉立堂堂九尺身。叹苕溪渔艇，幽人孤往，雁山马鬣，吊客谁经。宣室厘残，玄都花谢，回首旧游存几人。新腔美，堪洗空恩怨，唤起交情。

刘克庄　　沁园春·吴叔永尚书和余旧作，再答

莫羡渠侬，白玉成楼，黄金筑台。也不消颠怪，骑驎被发，谁能委曲，令鸩为媒。鬓有二毛，袖闲双手，只了持螯与把杯。公过矣，赏陈登豪气，杜牧粗才。　　便烦问讯张雷，甚斗宿无光剑不回。想阁中鸣佩，时携客去，壁间悬榻，近有谁来。撤我虎皮，让君牛耳，谁道两贤相厄哉。中年后，向歌阑易感，乐极生哀。

刘克庄　　沁园春·维扬作

辽鹤重来，不见繁华，只见凋残。甚都无人诵，何郎诗句，也无人报，书记平安。闾里俱非，江山略是，纵有高楼莫倚栏。沉吟处，但萤飞草际，雁起芦间。　　不辞露宿风餐，

怕万里归来双鬓斑。算这边赢得，黑貂裘敝，那边输了，翡翠衾寒。檄草流传，吟笺倚阁，开到琼花亦懒看。君记取，向中州差乐，塞地无欢。

刘克庄　　沁园春·答陈上舍应祥

华发萧萧，归碧鸡坊，出金马门。把一枝色笔，掷还郭璞，些儿残锦，回乞天孙。永免朝参，更无宣锁，送老三家水竹村。休休也，任巫阳来下，未易招魂。　茅檐安得庖阍，倩便了沽来酒满樽。叹角巾东路，吾寻初服，上书北阙，子漫危言。漏院霜靴，火城雪辔，得似先生败絮温。安危事，付布衣融泰，鼎足膺蕃。

刘克庄　　沁园春·平章生日丁卯

某兹者恭审某官，笃生名世，光辅新朝。昴储精、岳降神，方启中兴之运；河如带、山若砺，未酬再造之功。某逾望三台，敬熏一瓣。短衣饭牛而至旦，业已归耕；播笏笼鸽以放生，未由旅贺

载籍以来，于宇宙间，有功者谁。自唐尧咨禹，水行由地，宗周微管，夏变为夷。谢傅棋边，莱公骰畔，淝水澶渊送捷旗。天不偶，生堂堂国老，真太平基。　雅怀厌倦台司，新天子殷勤留帝师。向朝堂衮绣，万羊非泰，湖山绦褐，两鹤相随。寿过磻溪，德如淇澳，进了丹书作抑诗。蒯缑客，愿年年岁岁，来献新词。

刘克庄　　沁园春·二鹿

驯于蹇驴，清于赐驹，我行尔从。幸柴车堪驾，何惭韩众，药苗可采，长伴庞公。野涧泉甘，阳坡草暖，有柏叶松枝充短供。休梦想，去游灵囿沼，入望夷宫。　与夸夺子争雄，生与死未知谁手中。况嗾獒者众，放麑人少，大将触网，小亦伤弓。风月和柔，山林深密，折角何如且养茸。二虫喜，各衔花拜跪，来寿樗翁。

刘克庄　　沁园春·剥啄谁欤

剥啄谁欤，户外一宾，布衣麻鞋。有舌端雄辨，机锋破的，袖中行卷，锦绣成堆。阍启上宾，依观诸老，个主人公喜

挽推。怎奈向，今十分衰飒，非昔形骸。　　阍言宾怒如雷，因底事朱门晏未开。假使汝主公，做他将相，懒迎揖客，紧闭翘材。病叟惭惶，尊官宁耐，待铁拐先生旋出来。宾性急，怀生毛名纸，兴尽而回。

刘克庄　　　　沁园春·寄竹溪

老子衰颓，晚与亲朋，约法三章。有谈除目者，勒回车马，谈时事者，麾出门墙。已挂衣冠，怕言轩冕，犯令先当举罚觞。书尺里，但平安二字，多少深长。　　溪翁苦未相忘，我今有双鱼烦寄将。道荒芜羞对，宫中莲烛，昏花难映，阁上藜光。闻庙瑟音，识关雎乱，诗学专门尽不妨。百年后，尚庶几申白，不数韦康。

刘克庄　　　　沁园春·梦中作梅词

天造梅花，有许孤高，有许芬芳。似湘娥凝望，敛君山黛，明妃远嫁，作汉宫妆。冷艳谁知，素标难亵，又似夷齐饿首阳。幽雅意，纵写之缣楮，未得毫芒。　　曾经诸老平章，只一个孤山说影香。便诏书存问，漫招处士，节旄落尽，早屈中郎。日暮天寒，山空月堕，茅舍清于白玉堂。宁淡杀，不敢凭羌笛，告诉凄凉。

刘克庄　　　　沁园春·和林卿韵

畴昔遭逢，薰殿之琴，清庙之璋。谢锦袍打扮，佯狂太白，黄冠结裹，老大知章。种杏仙人，看桃君子，得似篱边嗅晚香。从人笑，笑安车迎晚，只履归忙。　　后身定作班扬，彼撼树蚍蜉不自量。偶有时戏笔，官奴藏去，有时醉坠，宗武扶将。永别鹓鸾，已盟猿鹤，肯学周颙出草堂。从人笑，我韩公齿豁，张镐眉苍。

刘克庄　　　　沁园春·再和

惭愧清朝，罢贡包茅，住发牙璋。便羊裘归去，难留严子，牛衣病卧，肯泣王章。畴昔忧天，如今怀土，田舍鸡肥社酒香。甘雨足，且免扶锄苦，免踏车忙。　　先生少拟荀扬，晚自觉才衰可斗量。甚都无白凤，飞来玄草，亦无紫气，下烛干将。待得新亭，倒持手版，何似抽还政事堂。荣与辱，算到

头由我，不属苍苍。

刘克庄　　　　沁园春·三和

吉梦维何，男子之祥，载弄之璋。嗟我辰安在，斯文后死，力侔元气，手抉天章。学稼田荒，炼丹灶坏，稽首南华一瓣香。休休也，免王良友笑，屑往来忙。　浮名斗挹箕扬，世岂有明珠百斛量。叹种来瑶草，年深未熟，挑成锦字，道远难将。迁转不行，形容尽变，盍改称呼号瞎堂。遗弓远，怆帝乡云白，禹会山苍。

刘克庄　　　　沁园春·四和

余少之时，赋如仲宣，檄如孔璋。也曾观万舞，铺陈商颂，曾闻九奏，制作尧章。抖擞空囊，存留谏笏，犹带虚皇案畔香。今归矣，省听鸡骑马，趁早朝忙。　榻前密启明扬，宰物者方持玉尺量。元未尝弃汝，自云耄及，无宁寿我，或者天将。富有图书，贫无钗泽，不似安昌列后堂。新腔好，任伊川看见，非亵穹苍。

刘克庄　　　　沁园春·五和

韵狭不可复和，偶读孔明传，戏成

昔卧龙公，北走曹瞒，西克刘璋。看沙头八阵，百神呵护，渭滨一表，三代文章。绝笑渠侬，平生奸伪，死未忘情履与香。筹笔处，遣子丹引去，仲达奔忙。　纷纷跋扈飞扬，这老子高深未易量。但纶巾指授，关河震动，灵旗征讨，夷汉宾将。到得市朝，变为陵谷，千载烝尝丞相堂。锦城外，有啅鹂音好，古柏皮苍。

刘克庄　　　　沁园春·六和

少工艺文，朱丝练弦，黄流在璋。值虞廷戛击，箫韶之乐，周王寿考，追琢其章。汾水雁飞，鼎湖龙远，魂返今无异域香。浮生短，更两轮屋角，来去荒忙。　人言八十鹰扬，笑千岁如何尺捶量。但负图龟马，藏之为宝，舐丹鸡犬，去不能将。友鲁申公，师浮丘伯，尚可教书村学堂。投老泪，瞻越山紫翠，陵树青苍。

刘克庄　　沁园春·七和

安得奇材，颈系单于，首提子璋。便做些功业，胜穷措大，聚萤武子，吞凤君章。笑杀竖儒，错翻故纸，屈马何曾有艳香。榆塞外，恰枣红时候，想羽书忙。　腰钱骑鹤维扬，分表事谁能预测量。叹防身一剑，壮图濩落，建侯万里，老境相将。读枕函书，宝家藏笏，免使他人笑弗堂。吾衰矣，虽尚存右臂，不解擎苍。

刘克庄　　沁园春·八和

景定壬戌，经筵读唐鉴彻章，余忝劝诵，蒙恩赐赉内墨二笏。后四年发箧见之，有感

帝赐玄圭，臣妾潘衡，奴隶侯璋。因封还除目，见瞋鬼质，窜涂贽卷，取怨奇章。肯比寒儒，自夸秘宝，十袭庭邽寸许香。下岩石，要朝朝磨试，不论闲忙。　何须狗监揄扬，这衡尺曾经圣手量。纵埋之地下，居然光怪，栖之梁上，亦恐偷将。蓬户无人，花村有犬，添几重茅覆野堂。交游少，约文房四友，泛浩摩苍。

刘克庄　　沁园春·九和

历事三朝，觐而执圭，祭而祼璋。更宫莲引入，视淮南草，御屏录了，露会稽章。贪膜外荣，遗身后臭，晔也平生漫传香。颜发改，独丹基无恙，事在休忙。　曹丘生莫游扬，这瞎汉还曾自酌量。已化为蝴蝶，穿花栩栩，懒陪鹓鹭，佩玉锵锵。机蹉面前，钟闻饭后，我上堂时众下堂。从前错，欲区区手援，天下黔苍。

刘克庄　　沁园春·十和　林卿得女

莫信人言，虺不如熊，瓦不如璋。为孟坚补史，班昭才学，中郎传业，蔡琰词章。尽洗铅华，亦无璎珞，犹带栴檀国里香。笑贫女，尚寒机轧轧，催嫁衣忙。　好逑不数潘杨，占梦者曾言大秤量。待银河浪静，金针穿了，蓝桥路近，玉杵携将。倩似凝之，媲如道韫，帘卷燕飞王谢堂。恁时节，看孙皆朱紫，翁未皤苍。

程正同　　沁园春·为友人寿

富敌陶猗，才卑贾马，气吞曹刘。更妓娱安石，东山名胜，樽盈文举，北海风流。事冷千年，身兼八子，豪举伊谁与匹俦。应还笑，为天将降任，未欲东周。　优游，宁久淹留，管蓬矢桑弧志早酬。有棠棣联芳，庭萱不老，砌兰擢秀，蟾桂传秋。要颂椿龄，若将柏叶，婢膝奴颜应合羞。直须是，功名期会，同跨鳌头。

赵福元　　沁园春·庆赵运斡

一剑凌风，跨六鳌头，登群玉峰。听金童宣敕，琼胎掇送，大唐进士，圣宋仙翁。琪树玲珑，宝花散漫，香霭天枝绕绛空。后五日，有竹湖公相，梦叶非熊。　峥嵘得子如龙，傲南墅脩篁皓鹤中。似银瓶碾月，一清彻底，玉虹贯斗，千丈蟠胸。洛殿催班，燃灯赐对，九万鹏程瞬息通。蟠桃宴，与蟾宫双桂，长伴乔松。

赵福元　　沁园春·寿朱漕　正月初八

斗柄御寅，序启苍涂，气转洪钧。正乾坤交泰，圣贤相遇，风生虎啸，雾滃龙兴。华渚流虹，璇枢绕电，期迈三朝嵩降申。真希有，庆吾皇万岁，重臣千春。　枫震宠数来频，绾叠组累累辉楚城。看袍将赐锦，带仍佩玉，十行丹诏，单骑红尘。入赞中兴，泰阶上宰，寿域八荒歌太平。运化笔，管烘□桃李，又一番新。

赵福元　　沁园春·寿黄虚庵　三月廿九

珠斗阑干，银河清浅，梦笭帝关。见六丁拥道，一声传跸，翠幢舞凤，彩扇交鸾。寿祝天齐，神夸岳降，报道明朝重整班。璇星烂，有赤松黄石，雾凑苍坛。　仙风绿鬓朱颜，才奏罢呼麟游海山。命飞琼步月，瑶台凝净，云英捣雪，玉杵光寒。鹤立芝庭，龟迎荷□，鼎看翩翩彩袖翻。留春醉，醉何须归去，常在人寰。

冯取洽　沁园春·次韵四友吴会卿次子西上

我爱□君，结屋并山，友松竹梅。有倦游孤剑，暂悬素

壁，醉吟行屐，时印苍苔。得失不惊，知恬交养，浩浩胸中何壮哉。须知道，似骅骝万里，道路方开。　　相期湖上舒怀，莫放过花枝与酒杯。况上天已办，河东新赋，圜桥乐得，海内英才。矍铄溪翁，据鞍一笑，画饼功名赋倘来。长堤上，正柳花荷气，尽可追陪。

冯取洽　　沁园春·次玉林惠示韵

二月三日，诸少载酒邀往遗蜕观桃。半酣，追省昨游，因诵雅词"从此一春须一到"之句，竟堕渺茫，为之黯然。辄用惠示元日沁园春韵，写此怀思，一酹桃花也

人事好乖，云散风流，暗思去年。记竹舆伊轧，报临村里，筇枝颠倒，忙返溪边。翦韭新炊，寻桃小酌，取次欢谣俱可编。难忘处，是阳春一曲，群唱尊前。　　新晴又放花天，况家酿堪携不用钱。想有人如玉，已过南市，无人伴我，重醉西阡。旧约难凭，新词堪赋，乐事赏心那得全。归来也，命儿将此意，写以朱弦。

冯取洽　沁园春·用定轩雨余有感韵写山中之趣

一雨霈然，六合全清，空无点埃。喜秋容新沐，为谁媚妩，凉蟾留照，正尔徘徊。蜡屐清游，渔蓑淡话，富贵于予何有哉。双溪上，总旧盟鸥鹭，来往无猜。　　烟霞竹石松梅，更无数幽花陆续开。渐黄鸡啄黍，肥堪一箸，浮蛆拍瓮，美可三杯。儿解膺门，翁方索句，俗客来时莫放来。青山好，尽从今日日，闼不妨排。

冯取洽　　沁园春·用前韵谢魏菊庄

举世纷纷，风靡波流，名氛利埃。有幽人嘉遁，长年修洁，寒花作伴，竟日徘徊。餐荐夕英，杯迎朝露，世味何如此味哉。扬扬蝶，尽弄芳来往，我又奚猜。　　双溪约玉林梅，拟真到庄门一扣开。奈衢山风急，勒教回驾，横塘水弱，未许浮杯。恨结停云，神驰落月，白雪风前忽堕来。教儿唱，侑衰翁一醉，无闷堪排。

冯取洽　　沁园春·和答吕柳溪

问讯柳溪，溪上柳容，胡为带埃。叹阳春陡变，孰为披

拂，赏音难遇，谁与徘徊。好在湖山，吾容不辱，寄径垂条岂偶哉。休摇荡，且深根宁极，免俗人猜。　　何妨傍竹依梅，待青眼春回一笑开。尽攀丝弄叶，效颦施黛，笼鞯拂帽，藉荫传杯。未碍飞绵，一高千丈，风力微时稳下来。天难问，便陶门汉苑，一任安排。

冯取洽　　沁园春·二月二日寿玉林

禀气之中，具圣之和，生逢令辰。算三春仲月，方才破二，百年大齐，恰则平分。立玉林深，散花庵小，中有翛然自在身。诗何似，似苏州闲远，庾府清新。　　青鞋布袜乌巾，试勇往蓉溪一问津。有心香一瓣，心声一阕，更携阿艾，同寿灵椿。劫劫长存，生生不息，宁极深根秋又春。聊添我，作风流二老，岁岁寻盟。

冯取洽　　沁园春·赠锦江歌者何琮

有孤竹君，音节拂云，谥曰洞箫。纵柳郎填就，周郎顾罢，欠伊品藻，律也难调。惭愧何郎，呜呜袅袅，翻入龉唇齿舌喉。谁知道，是郭郎亲授，共贯同条。　　后来一辈枵枵，甚声响都如鹦鹉娇。叹秦青已往，嘉荣何在，念奴骨朽，李八魂消。试向尊前，听君一曲，前辈风流未觉凋。冯郎老，但点头咽唾，拚解金貂。

赵以夫　　沁园春·次刘后村

秋入书帏，漏箭初长，熏炉未灰。向酒边陶写，韩情杜思，案头料理，汉蠹秦煨。天有高情，世无慧眼，刚道先生是不斋。人都笑，这当行铺席，又不成开。　　忘怀，物外徘徊，与鸥鹭同盟两莫猜。似琉璃匣里，光涵牛斗，凤皇台上，声挟风雷。宝汞一钱，冰衔三字，浮利浮名安在哉。太平也，要泥金镂玉，除是公来。

赵以夫　　沁园春·自鄞归赋

客问吾年，吾将老矣，今五十三。似北海先生，过之又过，善财童子，参到无参。官路太行，世情沧海，何止嵇康七不堪。归来也，是休官令尹，有发瞿昙。　　千岩，秀色如

蓝，新著个楼儿恰对南。看浮云自在，百般态度，长江无际，一碧虚涵。荔子江珧，莼羹鲈鲙，一曲春风酒半酣。凭阑处，正空流皓月，光满寒潭。

赵以夫　　沁园春·次方时父

自笑生来，骨相无奇，壬三甲三。觉紫宸班里，都忘故步，维摩室内，添个新参。壮也不如，老之将至，今日将军战岂堪。江湖客，况诗肥贾岛，笔瘦王昙。　纷纷纡紫拖蓝，送水北山人又水南。喜支离得佚，散材可寿，一丘自足，万象中涵。脍炙功名，膏肓富贵，举世黄粱梦正酣。知谁健，且茹芝商岭，饮菊胡潭。

张　榘　　沁园春·为壑相寿

思昔买臣，怀绶会稽，年犹五旬。算初无功用，维持国事，但将富贵，夸耀时人。未若先生，方当强仕，掌握长淮百万军。难摹写，是擎天拄地，纬武经文。　河滨，胡马嘶春，便密运机筹出万全。拥熊旗指授，鹰扬虓啖，毡裘胆落，鼠逸狐奔。褒诏飞来，威句加盛，从此不须关玉门。归朝也，看云台画像，金鼎调元。

张　榘　　沁园春·为赵孏窝寿

静寿先生，笑傲四并，醉眠孏窝。甚一枰棋壤，掉头不顾，同舟风紧，袖手高歌。太白词华，更生忠愤，为问山林老得么。须知道，有淮碑未作，浯石当磨。　年来君子无多，试屈指、如公能几何。况刍荛公论，新曾推许，冕旒异眷，行见搜罗。泽润生民，洗清兵甲，待挽钱塘江上波。功名就，访蟠桃把玩，铜狄摩挲。

张　榘　沁园春·代人上吴履斋集贤寿

绿野归来，筇杖角巾，岂不快哉。有清泉白石，东西岩岫，翠阴红影，高下楼台。况是蕤宾，槐庭暑薄，照眼葵榴次第开。轻熏里，蔼香蒲为寿，一笑传杯。　栽培，多少英材，更霖雨、看看遍九垓。算支撑厦屋，正资梁栋，调和钧鼎，须用盐梅。旒冕兴思，搢绅颙望，应有天边丹诏催。依还是，为苍生一起，重位元台。

宋自逊　　沁园春·送戴石屏

归去来兮，田园将芜，云胡不归。既有诗千首，如斯者少，行年七十，从古来稀。地阙东南，天倾西北，人事何缘有足时。江湖上，转不如前日，步步危机。　石屏自有柴扉，占海岸、潮头岸一矶。唤彩衣孙子，携壶挈榼，白头翁媪，举案齐眉。身外声名，世间梦幻，万事一醒无是非。书来往，都不须长语，直写心期。

吴　渊　　沁园春·寿弟相国

喜我新归，逢戎初度，关情更深。正昼掩柴扉，□寻隐遁，□舒槐府，戎正经纶。白石清泉，紫枢黄阁，□□□□□□□。□□□，□弟为宰相，兄作闲人。　南国借我登临，都不怕近前丞相瞋。但曳履扶筇，堪怜独步，携壶载酒，每叹孤斟。七秩开颜，六旬屈指，风雨对床频上心。殷勤祝，道何时回首，及早抽身。

吴　渊　　沁园春·梅

十月江南，一番春信，怕凭玉栏。正地连边塞，角声三弄，人思乡国，愁绪千般。草草村墟，疏疏篱落，犹记花间曾卓庵。茶瓯罢，问几回吟绕，冷淡相看。　堪怜，影落溪南，又月午无人更漏三。虽虚林幽壑，数枝偏瘦，已存鼎鼐，一点微酸。松竹交盟，雪霜心事，断是平生不肯寒。林逋在，倩诗人此去，为语湖山。

曾寓轩　　沁园春·寿制帅吴退庵

运在东南，千古金陵，帝王旧州。看地雄江左，蟠龙踞虎，事专阃外，缓带轻裘。惟断乃成，非贤罔任，真是富韩文范俦。难兄弟，久齐名天壤，谁劣谁优。　冕旒，似欲兼收，命四辈传宣难借留。记适遵昆季，迭行沙路，育充伯仲，并在金瓯。或后或先，相推相逊，等是延陵德泽流。称觞了，便促装西上，同奉宸游。

雷应春　　沁园春·官满作

问讯故园，今如之何，还胜昔无。想旧耘兰蕙，依然葱

茜，新栽杨柳，亦已扶疏。韭本千畦，芋根一亩，雨老烟荒谁为锄。难忘者，是竹吾爱甚，梅妆知乎。　　茅亭低压平湖，有狎鹭驯鸥尚可呼。把绛纱准拟，新官到也，寒毡收拾，贱子归欤。略整柴门，更芟草径，惟有幽人解枉车。丁宁著，与做添棋局，砌换茶垆。

刘清夫　　沁园春·浅碧芙蓉

咏刘篁嵲碧莲，时内子将诞

浅碧芙蓉，素艳亭亭，前身阿娇，记湘滨露冷，酥容倍洁，华清水滑，酒晕全消。瑶剪丰肥，云翻碎萼，白羽鲜明时自摇。风流处，是古香幽韵，时度鲜飙。　　琼枝璧月清标，对千朵婵娟倾翠瓢。况水晶台榭，低迷净绿，冰霜词调，隐约轻桡。细认金房，钟奇孕秀，已觉青衿横素腰。西风晚，看花开十丈，玉井非遥。

祝　穆　　沁园春·寿宋通判

自有东阳，锦水城山，几千百年。记往时仅说，拥麾刻郡，而今创见，持橐甘泉。地脉方兴，天荒欲破，还为盐梅生巨贤。清和候，正风薰日永，作地行仙。　　题舆小驻樵川，常只恐祖生先著鞭。算谁从井落，重新疆理，谁从襄岘，一洗腥膻。幕府归来，未应袖手，行有诏书来九天。勋名就，使吾乡夸诧，盛事流传。

刘子寰　　沁园春·庆叶镇　五月初八

长寿真人，玉佩琼裾，霞衣月裳。趁桃迎初度，千年方熟，蒲经端午，三日留春。兰杜绥旌，芙蓉搴盖，飞下清源云水乡。摛烟雾，引天机织组，官样文章。　　丁年璧水横翔，余剩馥残膏沾四方。仰平生声望，九霄星斗，方来事业，万里风樯。经世规模，出尘丰骨，须合盛之白玉堂。轩腾去，看雍容槐棘，福艾耆庞。

刘子寰　　沁园春·西岩三涧

云壑泉泓，小者如杯，大者如罂。更石筵平莹，宽容数客，淙流回激，环绕飞觥。三涧交流，两崖悬瀑，捣雪飞霜落翠屏。经行处，有丹荑碧草，古木苍藤。　　徘徊却倚山楹，

笑山水娱人若有情。见傍回侧转，峰峦叠叠，欲穷还有，岩谷层层。仰视云间，茅茨鸡犬，疑是仙家来避秦。青林表，望烟霞缥缈，隐隐鸾笙。

夏元鼎　　　沁园春·和吕洞宾

大道无名，金丹有验，工夫片时。似婴儿娇俊，不离门户，盈盈姹女，缓步深帏。二八当年，黄婆匹配，隔碍潜通势似危。须臾见，见灵明宝藏，一点星飞。　其时，似执躬圭，深保护阴阳造化儿。转南辰北斗，回风混合，雷轰雨骤，只许天知。梦幻浮生，天长地久，云路著鞭休要迟。金不坏，合朋合德，三教同归。

夏元鼎　　　沁园春·和张虚靖

太极才分，鸿蒙凿破，云收雾开。见曦魂蟾魄，升沉昼夜，光含万象，机应丹台。火里栽莲，水中捉月，两个人人暗去来。鹊桥畔，任传神送气，巽户轰雷。　微哉，火候休猜，无师授徒劳颜闵材。问从头下手，收因结果，争魂夺命，何处胚胎。小法旁门，幸勤一世，谩道修真不惹埃。争如我，水晶宫里，独步琼阶。

夏元鼎　　　沁园春·天下江山

李将使访道有年，近得旁径。予憩其后圃，且问光透帘帏之秘，不敢隐默，不敢戏传，始以小词，庸谢雅意

天下江山，无如甘露，多景楼前。有谪仙公子，依山傍水，结茅筑圃，花竹森然。四季风光，一生乐事，真个壶中别有天。亭台巧，一琴一鹤，泥絮心田。　不须块坐参禅，也不要区区学挂冠。但对境无心，山林钟鼎，流行坎止，闹里偷闲。向上玄关，南辰北斗，昼夜璇玑炼火还。分明见，本来面目，不是游魂。

王　埜　　　沁园春·子寿母

月地云阶，碧山丹水，春满北园。正慈闱初度，酡颜绿发，黄堂称寿，画戟朱幡。戏彩斓斑，安舆游衍，未数当时莱与潘。今朝好，把一家和气，散在千门。　潜藩，误玷君恩，人尚说、淳熙前状元。幸物情如旧，亲年未老，且开玉

帐，共祝金樽。罗绮飘香，管弦度曲，晚岁欢娱谁与论。亭峰宴，似仙家大姥，尽见曾孙。

黄师参　　沁园春·饯郑金部去国

谷口高人，偶溯明河，近尺五天。见紫霄宫阙，空中突兀，玉皇姬侍，云里翩跹。滴露研朱，披肝作纸，细写灵均孤愤篇。排云叫，奈大钧不管，沙界三千。　语高天上惊传，早斥去人间伴谪仙。念赤城丹籍，香名空在，蓬莱弱水，欲到无缘。还倚枯槎，飘然归去，回首清都若个边。家山好，有一湾风月，小小渔船。

吴　潜　　沁园春·多景楼

第一江山，无边境界，压四百州。正天低云冻，山寒木落，萧条楚塞，寂寞吴舟。白鸟孤飞，暮鸦群注，烟霭微茫锁戍楼。凭阑久，问匈奴未灭，底事菟裘。　回头，祖敬何刘，曾解把功名谈笑收。算当时多少，英雄气概，到今惟有，废垄荒丘。梦里光阴，眼前风景，一片今愁共古愁。人间事，尽悠悠且且，莫莫休休。

吴　潜　　沁园春·江西道中

落雁横空，乱鸦投树，孤村暮烟。有渔翁拖网，牧儿戴笠，行从水畔，唱过山前。雨阁还垂，云低欲堕，何处行人唤渡船。萧萧处，更柴门草店，竹外松边。　凄然，倚马停鞭，叹客袂征衫岁月迁。既不缘富贵，功名系绊，非因妻子，田宅萦牵。只有寸心，难忘斯世，磊块轮囷知者天。愁无奈，且三杯浊酒，一枕酣眠。

吴　潜　　沁园春·丙辰十月十日

夜雨三更，有人欹枕，晓檐报晴。算顽云痴雾，不难扫荡，青天白日，元自分明。权植油幢，聊张皂纛，坐听前驺鼓角鸣。君休诧，岂宣申南翰，成旦东征。　鸿冥，哽噎秋声，正万里榆关未罢兵。幸扬州上督，为吾石友，荆州元帅，是我梅兄。约束鲸鲵，奠安鼪鼠，更使嵎夷海晏清。连宵看，怕天狼隐耀，太白沉枪。

吴　潜　　　沁园春·戊午自寿

笑指颓龄，循环雌甲，卦数已圆。叹蜀公高洁，休官去岁，温公耆旧，入社今年。底事崎岖，苍颜白发，犹拥貔貅护海壖。君恩重，算何能报国，未许归田。　遥怜，宛句山前，正水涨溪肥系钓船。纵葵榴花闹，菖蒲酒美，都成客里，争似家边。寄语儿曹，若为翁寿，只把鸥盟更要坚。翁还祝，愿欃枪日静，稆秬云连。

吴　潜　　　沁园春·己未翠山劝农

二十年前，君王东顾，诏牧此州。念昔时豪杰，犹难辟阖，如今老大，却更迟留。四载相望，三春又半，邂逅劭农得纵游。田畴事，是桑条正长，麦含初抽。　悠悠，身世何求，算七十迎头合罢休。谩绕堤旌纛，牵连鹢棹，喧天鼓吹，断送龙舟。翠巘层边，碧云堆处，一担担来天外愁。如何好，且同斟绿醑，自课清讴。

李曾伯　　　沁园春·形胜风流

丁酉春陪制垣齐安郡圃曲水之集

形胜风流，乐事良辰，一时四并。正榆更新火，觞浮曲水，那堪上巳，又是清明。赤壁功名，东坡文字，俯仰人间无古今。诗书帅，对烽烟静昼，俎豆添春。　水边天气催人，便须认杨花雪样生。慨英风满席，思旌绵上，清谈束阁，肯记兰亭。安得长绳，高悬碧落，系住画檐红日阴。柔桑外，听鸣鸠唤雨，全胜流莺。

李曾伯　　　沁园春·庚寅为亲庭寿

鸿禧主人，一闲半年，未尝厌闲。谓有溪可钓，有田可秫，有兰堪佩，有菊堪餐。羽檄秋风，胡笳夜月，多少勋名留汉关。如今且，效樽罍北海，歌舞东山。　门前，咫尺长安，但只恐纶音催禁班。把鹭鬓数茎，更因民白，鸥心一片，犹为君丹。蓝绶儿痴，彩衣家庆，倦羽伶俜江汉还。春光小，看庭闱岁岁，一笑梅间。

李曾伯　　　沁园春·代为亲庭寿

轩冕傥来，功名杯水，行藏倚楼。把方略评梅，工夫课

柳，精神伴鹤，谈笑盟鸥。草檄寻樵，移文问钓，任江上东南风未休。君知否，问如今绿野，胜似青油。　　从伊万户封留，算得似团栾歌笑不。怕魏阙兴思，高车驷马，江湖难著，缓带轻裘。雪意何如，新醪熟未，乐事良辰聊献酬。后今去，更八千椿算，才一春秋。

李曾伯　　沁园春·代寿直院陈文昌

今代清流，北斗以南，文昌一星。对露门进读，銮坡演翰，琐闱批敕，宝牒成文。笔下权衡，胸中律度，礼乐人才俱讨论。鸳行里，羡才高片玉，辉映条冰。　　几年简在吾君，便须把诗书开太平。笑诸公炙手，昔成何事，一贤冷眼，今独修名。花底退朝，槐边听制，一武商岩霖雨新。金罍举，对春风九十，岁岁平分。

李曾伯　　沁园春·乙未代寿尤制帅

天下中庸，千载一灯，传之自公。有涵洪雅量，陂澄千顷，坚凝定力，壁立孤峰。佐鼎调梅，参帷借箸，略试斯文经济功。听淮鹤，暂素丝揽辔，玉帐分弓。　　朝来鼓角声雄，庆元帅新除初度逢。任西风局面，人皆澒洞，福星堂上，我独从容。草檄传燕，开门释蔡，了却中原公衮东。归廊庙，把格天勋业，与宋无穷。

李曾伯　　沁园春·壬寅饯余宣谕入蜀

画舸呼风，长剑倚天，壮哉此行。指洞庭彭蠡，遍观吴楚，瞿塘滟滪，直上峨岷。帝语春温，军声秋肃，手济时屯开泰平。天应是，念蚕丛父老，公为更生。　　眼看四海无人，今天下英雄惟使君。想驰情忠武，将兴王业，抚膺司马，忍咎吾民。净洗甲兵，归来鼎辅，定使八荒同一云。经营事，比京河形势，更近函秦。

李曾伯　沁园春·庚子登凤凰台，和壁间韵

漫浪江头，三听秋砧，一登故台。望烟芜莽苍，令人目断，风樯掀舞，何日眉开。把酒新亭，围棋别墅，老气当时何壮哉。江东事，百年无恙，全是时才。　　纷然竞付轻埃，还水绕赏心东向淮。叹阿奴侪辈，因人碌碌，乃翁材略，余地恢

恢。凤阙天高，鹭洲潮落，约取白鸥归去来。阑干外，英雄陈迹，一醁琼杯。

李曾伯　　　　沁园春·再和

绮阁香销，玉砌梦残，凄凉旧台。对御沟红叶，一番木落，宫墙黄菊，几度花开。水溯岷源，山联吴会，目送征鸿安往哉。都休问，六朝人物，谁拙谁才。　平生衮衮烟埃，记匹马当年荆蜀淮。叹凋零殆尽，词源已竭，消磨未去，酒量犹恢。八跪蟹肥，四腮鲈美，客有可人招不来。油幢暇，凭栏一笑，相与传杯。

李曾伯　沁园春·和广文叔有季秋既望之约不及赴

目断长空，手拍危栏，高兴酒浓。拟招呼短艇，追陪飞盖，一餐湘菊，共赋芙蓉。雁字沉秋，雅林噪晚，几阵萧萧雨更风。空凝伫，不如一鹤，随意西东。　堪嗟乐事难逢，愧元伯、巨卿千里从。望文星聚彩，交辉吴分，天飙吹翅，独隔昆蓬。野墅荒烟，败荷衰草，人在可怜憔悴中。还相念，愿持觥薄罚，别许从容。

李曾伯　　　　沁园春·自和即事

雨抹晴妆，脩眉镜清，寸碧翠浓。对蒹葭尽处，丛丛烟树，池塘侧畔，面面芙蓉。千百栖乌，两三过雁，时有婆娑一笛风。斜阳里，更青帘半卷，在小桥东。　佳人何日重逢，问还肯扁舟载酒从。笑平生劲概，寸心如铁，中年老态，两鬓成蓬。荷锸栽蔬，腰镰刈稻，且寄西郊图画中。空回首，望五湖鸥鹭，心事容容。

李曾伯　　　　沁园春·再和

秋岂悲人，人不悲秋，比春更浓。有蕙兰丰度，尚存芳菊，牡丹文献，犹在芙蓉。举蟹持醪，得鲈作鲙，晋宋间人有此风。休轻笑，彼柴桑傲吏，龌龊篱东。　携壶与客还逢，愿时许先生杖屦从。叹尘踪如寄，鸥凫江海，性真聊适，蜩鷃蒿蓬。刮眼青天，惊心黄叶，立尽梧桐月正中。凄然久，看物情终竟，不似春容。

李曾伯　沁园春·甲辰饯尤木石赴九江帅

大江之西，康庐之阴，壮哉此州。有舳舻千里，旌旗百万，襟喉上国，屏翰中流。弹压鲸波，指麾虎渡，著此商川万斛舟。青毡旧，看崇诗说礼，缓带轻裘。　　十年泉石优游，久高卧元龙百尺楼。正九重侧席，相期岩弼，一贤砥柱，聊试边筹。了却分弓，归来调鼎，得见茂洪何复忧。谈兵暇，问琵琶歌曲，无恙还不。

李曾伯　　沁园春·甲辰寿王总侍

北固台端，南渡后来，无此伟人。自从容佐鼎，光华揽辔，几年中外，属目经纶。万灶炊烟，千艘漕雪，手整江淮如掌平。诗书效，看马腾士饱，酒好兵精。　　平生，余事功名，岂管葛诸人能拟伦。暂牙筹游戏，小淹帷月，金瓯注想，便合为霖。沆瀣一襟，风流八咏，秋入诗坛如许清。为公寿，有黄花不老，长伴香名。

李曾伯　　沁园春·饯邓季谦赴班

揽秀岷峨，著鞭江淮，诸公所奇。对塞垣烟淡，相随弓剑，城楼月落，几共灯棋。驿柳摇黄，溪桃涨绿，稳趁春风度玉墀。亨衢去，看紫微红药，太乙青藜。　　孤山若放梅时，莫忘却扬州曾有诗。怅英游难驻，堪怜只影，中年易感，只付双眉。珍重交情，勉旃时用，回首岫云从此归。能相忆，有好音遗我，在水之湄。

李曾伯　　沁园春·饯税巽甫

唐人以处士辟幕府如石温辈甚多。税君巽甫以命士来淮幕三年矣，略不能挽之以寸。巽甫虽安之，如某歉何。临别，赋沁园春以饯

水北洛南，未尝无人，不同者时。赖交情兰臭，绸缪相好，宦情云薄，得失何知。夜观论兵，春原吊古，慷慨事功千载期。萧如也，料行囊如水，只有新诗。　　归兮，归去来兮，我亦办征帆非晚归。正姑苏台畔，米廉酒好，吴松江上，莼嫩鱼肥。我住孤村，相连一水，载月不妨时过之。长亭路，又何须回首，折柳依依。

李曾伯　沁园春·丙午登多景楼和吴履斋韵

天下奇观，江浮两山，地雄一州。对晴烟抹翠，怒涛翻雪，离离塞草，拍拍风舟。春去春来，潮生潮落，几度斜阳人倚楼。堪怜处，恨英雄白发，空敝貂裘。　淮头，虏尚虔刘，谁为把中原一战收。问只今人物，岂无安石，且容老子，还访浮丘。鸥鹭眠沙，渔樵唱晚，不管人间半点愁。危栏外，渺沧波无极，去去归休。

李曾伯　沁园春·丙午和淮安朱赞府韵

以同在丙寅安陆围中,朱八十余矣

紫金山前，铁骑围中，惟公尚知。怅当时丱角，鱼犹同队，如今缟鬓，鸥已忘机。故垒荒榛，群贤拱木，畴记官军夜战时。不图见，独岁寒不改，老气犹奇。　嗟哉月驶舟移，四十载光阴昨梦非。叹荷蕲弗克，只惭弓冶，扃柴却扫，绝望簪圭。菌短椿长，鷃微鹏巨，天分当然何足疑。闻公里，有磻溪堪钓，盍亦云归。

李曾伯　沁园春·丙午寿常丞叔

大疏归来，小阮适闲，喜同此时。问垂弧历载，几番遥祝，举觞华旦，相会良希。颂以松椿，酌之椒柏，预卜明年百事宜。春犹浅，趁雪晴梅放，且和新诗。　公虽厌直兰闱，如正色朝端当宁知。看大廷诸老，争推前席，吾家五祖，自有传衣。暖律初回，要津立上，卿相时来皆可为。祈公寿，与东君不老，南极齐辉。

李曾伯　沁园春·庚戌初度自赋

弧矢四方，江汉一萍，少年壮游。叹而今老矣，只宜野服，欲何为者，还著轻裘。匹马萧萧，孤鸾杳杳，城郭重来空白头。西风里，对一番新月，又荻花秋。　依然千古荆州，问刘表诸人还在不。向亭前举酒，不堪北顾，船头击楫，忍负中流。远水长天，淡烟衰草，还是当时王粲楼。何如且，倩吴歌楚舞，一洗新愁。

李曾伯　沁园春·月夜自和

嗟矍铄翁，对婵娟月，怀汗漫游。怅江湖幸有，季鹰鲈

鲙，田园忍负，晏子狐裘。丹桂开时，青蘋渺处，家在三吴天尽头。庭皋静，又一番叶落，天下皆秋。　　少年弓剑边州，惊转首黄粱还梦不。叹悠悠千载，关山无恙，滔滔一水，岁月俱流。镜老菱花，笳悲芦叶，新雁数行人倚楼。君知否，把眉峰蹙破，岂为身愁。

李曾伯　沁园春·中秋约僚佐观击圆，登怀远，用前韵

唤麯生来，与常娥约，从太守游。把玉箫声寄，萧关短笛，霓裳曲换，清塞重裘。桂影飘摇，桐阴立尽，多少征人霜满头。油幢暇，不掀髯一笑，辜负中秋。　　斗杓矗处中州，还有解闻鸡起舞不。看鸣弦中鹄，穿杨电激，飞球戏马，策篲星流。绣帽归军，玳簪环客，薄晚同登庾亮楼。浮生事，是几番玩月，何苦多愁。

李曾伯　沁园春·以雨不克登楼，用前韵

麯生来言，素娥寄声，偶阆苑游。问去年今夕，逢余桂岭，前年今夕，见子菟裘。何事尘劳，启人厌倦，痴兔老蟾因缩头。宜珍重，要相期后会，直待来秋。　　休休，莫舞凉州，岂巫女风姨相妒不。枉停歌准拟，冰轮东上，持杯顾恋，银汉西流。一笑天悭，四并时少，应负珠帘十二楼。呼蕉叶，且与生酹古，排遣牢愁。

李曾伯　　沁园春·饯总干陈公储

百尺楼头，奇哉此翁，元龙后身。当壮年襟度，百川鲸吸，平生出处，一片鸥轻。冷淡逋梅，淋漓旭草，但见风雷笔下生。荆州幕，觉坐间小异，乃有斯人。　　牙樯喜色津津，正江影涵秋无点尘。对白蘋黄苇，且供诗卷，紫薇红药，却演丝纶。举酒延蟾，倚栏闻雁，应念征人归尚春。君王问，尽不妨细说，万里戎情。

李曾伯　　沁园春·饯余蜀帅

天顾坤维，持橐秉旄，屈公此行。正地雷观象，一阳将复，天星验数，五福初临。汉指才宣，蜀民相贺，百万耄倪犹更生。先声布，便胆寒西贼，关塞无尘。　　休嗟往事营营，要清献、乖崖相拟伦。看作新精采，叶符气运，转旋机括，元

在人心。奖率三军，扫清万里，从此西南开太平。功成后，却归来廊庙，细展经纶。

李曾伯　沁园春·和邓季谦通判为寿韵

老子家山，近古苏州，有监本呆，叹长途荷担，斯宜已矣，急湍鼓枻，岂不危哉。我爱陶潜，休官彭泽，为三径荒芜归去来。君恩重，奈边戈未偃，阃毂犹推。　东南休运将回，幸天日清明公道开。把孤忠自许，我心匪石，一真难灭，人口如碑。青眼旧交，黑头新贵，快九万里风鹏背培。诗筒寄，正多情未已，聊解君颐。

李曾伯　沁园春·赋静斋叔溪堂

我爱临川，簪绂丛林，有宅一区。记谢墩名字，百年犹在，平泉孙子，三世重居。皂盖新营，青毡旧识，此复古春秋宜大书。奇哉事，信当时种子，下到工夫。　笑渠，驷马门间，是几往过之凡几墟。喜尚存遗爱，甘棠在在，无穷生意，茂草如如。载酒寻盟，论诗结社，想田可秫兮园可蔬。应须念，古郄亭乔木，无恙还无。

李曾伯　沁园春·乙卯初度和程都大韵

雪山有缘，白首重来，信不偶然。怅怆凄未洗，平戎何策，英灵不绝，赖蜀多贤。耆旧二三，甲兵百万，力障狂澜回巨川。秋声静，共巍楼把酒，自足筹边。　何人为我笺天，焉用此客星留井躔。正柴桑栗里，稻肥蟹健，松江笠泽，莼美鲈鲜。百计求闲，一未得，便得归闲能几年。持公赋，待后堂新唱，夸语彭宣。

李曾伯　沁园春·乙卯咏桂

晚出千林，中立三秋，清哉此花。自鹫峰移下，碎成玉屑，蟾宫分到，缀作金葩。粟许来微，薰天声价，较楚蕙庾梅还韵些。真奇处，但餐沆瀣，不染繁华。　酒边一笑婆娑，疑香醉山中尊者家。怅尘埃俗状，强颜羞对，风骚墨客，乐事堪夸。月照才清，露浓尤馥，饮待夜深应更佳。姑容我，胆瓶斜插，卧看窗纱。

李曾伯　　　　沁园春·自和

一种孤芗，四出清芬，半秋始花。只些儿肌骨，才逾一芥，许多韵度，迥压群葩。得雨相催，随风所到，较七里山樊尤远些。纷纷辈，笑渠依桃李，徒竞春华。　试容老子婆娑，恍身在广寒仙子家。任殷勤唤酒，恣从君赏，徘徊待月，剩向人夸。我有家林，旧栽岩壑，得归去相延方是佳。姑先约，拚共横船玉，教堕巾纱。

李曾伯　　　　沁园春·送乔宾王

二十年前，黄州竹楼，共酬好春。记淮堧江表，群贤毕集，清明上巳，二美相并。一枕黄粱，满头白发，屈指旧游能几人。堪嗟处，怅光阴易老，犹困西尘。　今朝又值良辰，空想象、长安天气新。问兰亭癸丑，雪堂壬戌，倏成畴昔，将似来今。觞泛流泉，茗烹新火，领略韶华聊啸吟。鹦洲去，有故人相问，为语归音。

李曾伯　　沁园春·乔宾王有和，再用韵

咄咄衰翁，向羽书中，又过一春。正老怀梦想，扁舟访剡，壮图惭负，万里城并。溟翼上之，冀群空矣，自此阳关无故人。岷江路，忆一番风浪，三月烟尘。　美哉乐事良辰，正好趁东门官柳新。且舒晴慷慨，何须感旧，转头解后，未必犹今。问讯南楼，劳还西戍，君为楚歌侬越吟。眉黄近，怕洛涯催出，便有佳音。

李曾伯　　沁园春·丙辰归里和八窗叔韵

万里戍边，八载去家，始遂一归。帐中年早历，虎头兵幕，平生屡建，豹尾神旗。乞得闲身，毋庸多议，感荷九重渊听知。当时事，似狂澜欲倒，孰障东之。　天教狂虏灰飞，更莫问儿郎存血衣。把雪裘霜帽，绝交楚徼，雨蓑风笠，投老吴矶。径与松荒，人同鹤在，交友晓天星样稀。从今去，共麹生相约，愿乐清时。

李曾伯　　　　沁园春·送章澧赴诏

极目江涛，不有人焉，其能国乎。伟故家风烈，激扬手

段，平生践履，精密工夫。冰漕功成，月卿召入，小却犹当登从涂。斯行也，非纪纲省闼，定尹京都。　猗欤，愿疾其驱，弹指顷暑收秋又初。向玉阶方寸，亲承温问，金城十二，细述嘉谟。苕霅船边，藕花香里，念人在洞庭青草湖。它年事，约携东老酒，附洛英图。

李曾伯　　沁园春·送洪漕使宪闽

天目山房，洪崖老仙，亲授一灯。自檄草参筹，宾筵领袖，鼎梅助味，省闼权衡。华国文章，立朝风力，犹有老成人典刑。如公梓，盍夜趋宣室，昼对延英。　乘轺惠我湘民，作翼轸中间一福星。正千艘漕玉，张颐西峤，单车把绣，将指南闽。过阙留中，历阶而上，方值汉朝更化新。南中事，若君王问及，老弗能胜。

李曾伯　　沁园春·己未初度

六十衰翁，更加二龄，此何等时。不退寻岩壑，相安耕钓，重来岭峤，犹事驱驰。绝类文渊，当年矍铄，上马据鞍奚所为。偏怜处，是难堪潦雾，水际鸢飞。　云台铜柱空题，奈床下伊人心素疑。自古来如此，只须付酒，风光纵好，勿复言诗。莼菜美时，桂花香里，所愿少须臾乐之。西风外，喜羽书夜静，即是归期。

赵崇嶓　　沁园春·紫陌芳尘

紫陌芳尘，烟缕收寒，雨丝过云。羡交阴桃叶，窗前曲槛，认巢燕子，柳底朱门。回首年时，雾鬟风袖，袅袅娉娉娇上春。逢迎处，尽芳华缱绻，玉佩殷勤。　谁知此际销魂，漫隐约人前笑语温。记掌中纤细，真成一梦，花时怨忆，应为双文。载酒心情，教眉诗句，空悔风流曾误人。凭谁去，待寄将恨事，两处平分。

方　岳　　沁园春·赋子规

尽为春愁，尽劝春归，直恁恨深。况雨急黄昏，寒欺客路，月明夜半，人梦家林。店舍无烟，楚乡寒食，一片花飞那可禁。小凝伫，黯红蔫翠老，江树阴阴。　汀洲杜若谁寻，想朝鹤怨兮猿夜吟。甚连天芳草，凄迷离恨，拂帘香絮，撩乱

深心。汝亦知乎，吾今倦矣，瓮有余春可共斟。归来也，问渊明而后，谁是知音。

方　岳　　沁园春·隐括兰亭序

汪彊仲大卿禊饮水西，令妓歌兰亭，皆不能，乃为以平仄度此曲，俾歌之

岁在永和，癸丑暮春，修禊兰亭。有崇山峻岭，茂林修竹，清流湍激，映带山阴。曲水流觞，群贤毕至，是日风和天气清。亦足以，供一觞一咏，畅叙幽情。　悲夫一世之人，或放浪形骸遇所欣。虽快然自足，终期于尽，老之将至，后视犹今。随事情迁，所之既倦，俯仰之间迹已陈。兴怀也，将后之览者，有感斯文。

方　岳　　沁园春·用梁权郡韵饯春

莺带春来，鹃唤春归，春总不知。恨杨花多事，杏花无赖，半随残梦，半惹晴丝。立尽碧云，寒江欲暮，怕过清明燕子时。春且住，待新笋熟了，却问行期。　问春春竟何之，看紫态红情难语离。想芳韶犹剩，牡丹知处，也须些个，付与荼蘼。唤取娉婷，劝教春醉，不道五更花漏迟。愁一饷，笑车轮生角，早已天涯。

方　岳　　沁园春·寿赵尚书

蠢彼鼪鼯，嗟尔何为，敢瞰长淮。遣诗书元帅，又劳指画，神仙寿日，不放襟怀。略已三年，可曾一笑，天岂悭吾老子哉。诸人者，且携将雅颂，留待磨崖。　我姑酌彼金罍，便小醉、宁辞鹦鹉杯。问今何时也，子其休矣，有如此酒，奚取吾侪。帝曰不然，政须卿辈，作我长城惟汝谐。凝望处，见红尘飞骑，捷羽东来。

方　岳　　沁园春·和宋知县致苔梅

有美人兮，铁石心肠，寄春一枝。喜藓生龙甲，那因雪瘦，月横鹤膝，不受寒欺。云卧空山，梦回孤驿，生怕渠嗔未敢诗。江头路，问销魂几许，索笑何时。　赋成字字明珠，君莫倚、家风旧解题。叹水曹安在，飘然欲去，逋仙已矣，其与谁归。烟雨愁予，江山老我，毕竟岁寒然后知。微酸在，尽

危谯斜倚，残角孤吹。

方　岳　　　沁园春·和赵司户红药

把酒问花，茧栗梢头，春今几何。笑身居近侍，阶翻万玉，面匀菩萨，髻拥千螺。一一牙签，英英碧字，占定花间甲乙科。归来也，傍紫薇吟处，揉作阳和。　只今花事无多，看几许风烟付与他。待围将翡翠，怕蜂粘粉。织成云锦，遣凤衔梭。谁翦并刀，赠之燕玉，莫负双娥娇溜波。花应道，尽花强人面，底用能歌。

方　岳　　　沁园春·和林教授

子盍观夫，商丘之木，有樗不才。纵斧斤睥睨，何妨雪立，风烟傲兀，怎问春回。老子似之，倦游久矣，归晒渔蓑羹芋魁。村钮外，闻韭今有子，芥已生台。　天于我辈悠哉，纵作赋问天天亦猜。且醉无何有，酒徒陶陆，与二三子，诗友陈雷。正尔眠云，阿谁敲月，不是我曹不肯来。君且住，怕口生荆棘，胸有尘埃。

方　岳　　　沁园春·和赵尉重九

渺渺西风，独立空山，吾亦快哉。尽两蓬霜雪，竹深藏径，半畦烟水，菘晚生台。看作么生，管他谁子，紧闭柴门不要开。且容卧，夕阳袯襫，秋雨蒿莱。　一筇两屐徘徊，也不问白衣来不来。莫向黄花，谈身外事。已将白日，付掌中杯。金屑琵琶，银街叱拨，毕竟面横三尺埃。之人者，断无诗问柳，有暇寻梅。

方　岳　　　沁园春·再和韵

客有谓予，野眺何如，予曰可哉。乃携酒与鱼，共寻秋径，乘风化鹤，感慨荒台。能几重阳，已无老子，人世何妨笑口开。苍崖下，有二犁膏雨，十亩汗莱。　掉头只么低回，彼轩冕时来自倘来。夜半饭牛，无心扣角，霜前擘蟹，有手持杯。野屋云深，帝城书断，坚卧三年一砚埃。赢得底是，唐诗晋帖，潜菊逋梅。

方　岳　　　沁园春·和赵尉

冰雪之崖，云日之溪，有黄冠师。问北里南邻，谁家有

酒。东冈西埯，何处无诗。骨相猿猱，心情鸥鹭，着在空山亦不辞。君知不，那贫犹易忍，懒最难医。　　谓予何许人斯，也自恐梅花未必知。笑白日贯虹，于今老矣，青山骑犊，何相如之。许大乾坤，亡无今古，不奈人生七十稀。谁与者，其天台种秫，地脉耘芝。

方　岳　　　　　沁园春·再和

五字其城，百斛其兵，吾能进师。笑半世虚名，虚逃乎酒。一双闲手，聊寄于诗。老去离支，兴来硉兀，犹解高歌与楚辞。终未肯，放陶巾入务，阮屐寻医。　　问君何取于斯，语鸥鹭莫令儿辈知。尽空谷烟寒，适堪高卧，前村雨暗，子欲何之。休上青冥，且烹黄犊，此味人间知者稀。吾与汝，是方干后叶，赵子灵芝。

方　岳　　　　　沁园春·春感

花汝知乎，风雨一春，岛瘦郊寒。笑红杏村庄，久孤山屐，缘杨溪寺，未识吟鞍。才有相携，径须醉去，何必年时素所欢。且住持，荼蘼芍药，并与题看。　　癯仙露吸风餐，尽雪白髭须颜渥丹。方唤觳觫，耕云半岛，号沉冥子，卧月三间。衮衮诸人，悠悠千古，老眼观之匹似闲。苍崖外，但留些诗，付与方干。

徐宝之　　　　　沁园春·春寒

水榭春寒，梅雪漫阶，竹云堕墙。数花时近也，采芳香径，旧情著处，看月西窗。十二楼中，玉妃卧冷，懒掬胭脂放海棠。层堤外，渺归鸿无数，江树苍苍。　　席藑夜礼东皇，剪蕙叶为笺当绿章。道杏晴三月，等莺啼晓，草烟万里，待鴂鸣芳。九十日春，三千丈发，如此愁来白更长。江南岸，正柳边无路，沙雨微茫。

周　申　　沁园春·寿楚阳赵宰　四月初二

瑞应柯山，昴宿储祥，嵩岳降神。羡堂堂玉莹，汪汪陂量，一襟风月，满腹经纶。试问丹砂，聊乘凫舄，来种锦江桃李春。弦歌地，看吏能绰著，荐墨争新。　　从兹大振家声，待京国来归专秉钧。想宸恩初拜，北门学士，都人尽道，东阁郎君。雨细丝轻，梅黄金重，两荚宝阶呈瑞蓂。称觞庆，愿莱

衣衮衮，长照庄椿。

赵汝腾　　沁园春·寿高运使

人道耻堂，直声劲气，胜如鹤山。记殿庭叱禹，风生九陛，都亭劾冀，影摄群奸。海内英豪，如公有几，此地相逢同左官。丹青阁，望烟云缥缈，曾共凭栏。　忧时空见眉端，叹西事何由圣虑宽。使蜀居诸葛，兵屯自肃，朝留一范，贼胆须寒。天欲兴唐，昴应相汉，立取勋名久远看。秋香耐，笑菊潭胡广，污简何颜。

赵孟坚　　沁园春·过天下第一江山呈何守

许大江山，镇临弹压，岂小任哉。从嶓冢导漾，东倾注海，截然限止，南北天开。试向中流，回观铁瓮，万石层棱攒剑堆。金焦峙，号紫金浮玉，卷雪轰雷。　君侯文武兼才，天有为生才南国来。□历二十年，筹边给饷，上流襟要，几为安排。今此雄藩，精明笳鼓，又唤金汤气象回。长淮北，望中原非远，更展恢规。

赵孟坚　　沁园春·赏春

晓上画楼，望里笑惊，春到那家。便从臾闲情，安排醉事，寻芳唤友，行过平沙。最是堪怜，花枝清瘦，欲笑还羞寒尚遮。浓欢赏，待繁英春透，后会犹赊。　归时月挂檐牙，见花影重重浸宝阶。□铜壶催箭，兽环横钉，浓斟玉醑，芳漱琼芽。步绕曲廊，倦回芳帐，梦遍江南山水涯。谁知我，有墙头桂影，窗上梅花。

国学生　　沁园春·挽徐元杰

三学上书，冤乎天哉，哲人已萎。自纲常一疏，为时太息，典刑诸老，尽力扶持。方哭南床，继伤右揆，死到先生事可知。伤心处，笑寒梅冷落，血泪淋漓。　人心公论难欺，愿君父、明明悟此机。昔九龄疏谏，禄山必叛，更生累奏，王氏为危。变起范阳，祸成新室，说著当年人噬脐。君知否，但皇天祚宋，此事无之。

李昴英　　沁园春·监司元宵招饮不赴

才到中年，节物浑闲，赏心顿轻。据随分东风，瓶簪柳

雪，应时灯夜，棚缀莲星。自一家春，也三杯酒，巧茧堆香笑语声。又何须，听那西楼弦管，南陌箫笙。　平生，黄卷青灯，肯珠翠奢华八尺檠。欲趁队闲嬉，雕鞍宝马，回头猛忆，破案囊萤。邻曲渔歌，庭除鹤舞，尘外冰轮彻骨清。人闲处，这炯然方寸，一点长明。

吴文英　　沁园春·澄碧西湖

冰漕凿方泉，宾客请以名斋，邀赋

澄碧西湖，软红南陌，银河地穿。见华星影里，仙棋局静，清风行处，瑞玉圭寒。斜谷山深，望春楼远，无此峥嵘小渭川。一泓地，解新波不涸，独障狂澜。　老苏而后坡仙，继菊井嘉名相与传。试摩挲劲石，无令角折，丁宁明月，莫涴规圆。漫结鸥盟，那知鱼乐，心止中流别有天。无尘夜，听吾伊正在，秋水阑干。

吴文英　　沁园春·送翁宾旸游鄂渚

情如之何，暮涂为客，忍堪送君。便江湖天远，中宵同月，关河秋近，何日清尘。玉麈生风，貂裘明雪，幕府英雄今几人。行须早，料刚肠肯殢，泪眼离颦。　平生秀句清尊，到帐动风开自有神。听夜鸣黄鹤，楼高百尺，朝驰白马，笔扫千军。贾傅才高，岳家军在，好勒燕然石上文。松江上，念故人老矣，甘卧闲云。

刘子实　　沁园春·寿太守　十二月十三日

腊后寒收，柳眼青归，梅花笑生。正阳和有脚，日边送暖，洪钧换轴，天上回星。试巧春盘，介眉春酒，生意从头乐意新。须知道，是东风近也，玉燕逢辰。　举头阊阖开明，便稳驾轻车熟路行。向玉堂青琐，从容洒翰，长淮赤壁，谈笑麾兵。周洛犹尘，商岩未雨，天下苍生望太平。休槃涧，任清溪九曲，不放舟横。

楼　枎　　沁园春·登候涛山

开辟以来，便有此山，独当怒涛。正秋空万里，寒催雁信，尘寰一簇，轻等鸿毛。小可诗情，寻常酒量，到此应须分外豪。难为水，算平生未有，此番登高。　飘飘，身踏金

鳌，笑终日风波无限劳。看樯乌缥缈，帆归远浦，廛鱼杂沓，网带余潮。待约诗人，相将月夜，取次携杯持蟹螯。乘桴意，问谁人领解，空立亭皋。

吴景伯　　沁园春·登凤凰台

再上高台，访谪仙兮，仙何所之。但石城西踞，潮平白鹭，浮图南峙，云淡乌衣。凤鸟不来，长安何处，惟有碧梧三数枝。兴亡事，对江山休说，谁是谁非。　庭花飘尽胭脂，算结绮、繁华能几时。问何人重向，新亭挥泪，何人更到，别墅围棋。笑拍阑干，功名未了，宁肯绿蓑寻钓矶。深深饮，任玉山醉倒，明月扶归。

李敬则　　沁园春·寿徐知院

南渡盛时，壬寅之秋，生此伟人。是皇家柱石，端平君子，吾儒宗主，意一先生。自起丹山，晋登紫府，天下欣然望太平。至夷狄，亦慕吾中国，司马声名。　愿君为尧舜之君，举一世民皆尧舜民。羡当年三渐，直声已著，近来四蜀，先虑尤深。事验平凉，眷隆当宁，指日须还公秉钧。愿公寿，以寿吾国脉，以寿斯文。

吴势卿　　沁园春·寿董宪使

碧瓦霜融，绣阁寒经，春浮寿杯。羡华年七衮，人生稀有，新阳七日，天意安排。丹凤门开，黄麾仗立，此际应须召促回。人道是，却暂时绣斧，索笑盐梅。　盱江假守非才，犹记得当时传庾台。算良机再会，抠衣来久，归鞭何速，祝寿方才。应与邦人，传为佳话，只为先生诞日来。明年看，是侬方九曲，公已三台。

赵希汰　　沁园春·寿处州吴雨岩

持节浙东，六十年前，紫阳老师。看粟移七郡，功深到处，棠阴一道，民尚思之。心印亲传，雨岩来括，寅岁幸无庚子饥。仁同视，更备存先具，仓积千斯。　青州阴德天知，只此事堪为嵩岳祈。与太夫人寿，相看华发，转中书令，长著斑衣。岁岁梅花，樽前索笑，霜月先圆两夜规。称觞了，报春

风千里，班觐龙墀。

陈草阁　　　　沁园春·霜剥枯崖

霜剥枯崖，何处邮亭，玉龙夜呼。唤经年幽梦，悠然独觉，参横璇汉，漏彻铜壶。漠漠风烟，昏昏水月，醉耸诗肩骑瘦驴。孤吟处，更寻香吊影，搔首踟蹰。　　古心落落如予，悄独立高寒凌万夫。对荒烟野草，浅溪沙路，班荆三嗅，此意谁如。高卧南阳，归来彭泽，借问风光还似无。难穷处，待凭将妙手，作岁寒图。

王云焕　　　　沁园春·四十君王

四十君王，三百载间，兴亡一家。叹幕府峰高，生涯社燕，胭脂井暗，富贵飞花。山骨呈羞，江声带恨，磨尽英雄岁月赊。君知否，是枋头灞上，著数全差。　　倚空长剑吁嗟，奈争战年来似乱麻。但苍陵古冢，白杨啼鴂，荒园废沼，青草鸣蛙。旗盖东南，风涛天堑，难比兴亡隙地些。休凝伫，望长安路杳，夕照愁鸦。

陈　著　　　　沁园春·潇洒书斋

单景山雪中以学佛自夸，因次韵戏抑之

潇洒书斋，香清缕直，灯冷晕圆。忽惊窗鸣瓦，霰如筛下，裁冰翦玉，片似花鲜。深怕妨梅，也愁折竹，才作还休亦偶然。更深也，漫题窗记瑞，诗思绵绵。　　闻君礼佛日千，浪说道繁华不值钱。想鸳衾底下，都将命乞，蒲龛里畔，未必心安。兜率天宫，清凉境界，总是由心不是缘。雪山上，自有人坐了，不到君边。

陈　著　　　沁园春·丁未春补游西湖

出禁城西，湖光自别，唤醒两瞳。有画桥几处，通人南北，绿堤十里，分水西东。问柳旗亭，簇山梵所，空翠烟飞半淡浓。偏奇处，看笙歌千舫，泛绮罗宫。　　从容，莫问城中，是则是繁华九市通。奈一番雨过，沾衣泥黑，三竿日上，扑面尘红。那壁喧嚣，这边清丽，咫尺中间夐不同。休归去，便舣舟荷外，梦月眠风。

陈　著　　　沁园春·寿吴竹溪

潇洒纶巾，风流野服，红尘外身。向南窗听雨，澜翻墨客，北亭恋月，笔走诗神。倚竹听琴，逢花倒榼，更得放晴游冠春。清闲好，算东洲人物，难得如君。　华堂瑞气如云，西风到帘帷才一分。喜星桥鹊语，佳传依旧，缑山鹤舞，仙样翻新。箫玉香中，烛花影里，听取捧觞低祝人。千千岁，看功名事业，都在儿孙。

陈　著　　　沁园春·寿六二叔父德光

月旦评中，有如公者，更谁与俦。看纷纷仁意，春风和气，堂堂义事，砥柱中流。己重物轻，身穷道泰，却占人间第一筹。回头笑，彼纷纷名利，过影浮沤。　夷犹，庭户清幽，算此境神仙别一洲。但烧香挂画，呼童扫地，对山揖水，共客登楼。付与儿孙，只将方寸，此外无求百不忧。宜多寿，自今开八秩，到八千秋。

陈　著　　　沁园春·□竹窗纸枕屏

小枕屏儿，面儿素净，吾自爱之。向春晴欲晓，低斜半展，夜寒如水，屈曲深围。消得题诗，不须作画，潇洒风流未易涯。人间世，但此身安处，是十分奇。　笑他富贵家儿，这长物何为著意□。便绮罗六扇，何如玉洁，丹青万状，都是钱痴。假托伊来，遮阑便了，免得惊风侵梦时。何须泥，要物常随我，不物之随。

陈　著　　　沁园春·寿应茸芷参政繇

运在东南，温厚气钟，吾茸芷翁。羡檠窗学问，迂斋正印，玉堂词翰，攻愧流风。制胜枢庭，参谋政府，一片平心扶大中。黄扉近，却翻然东顾，归宴方蓬。　潘舆日奉从容，全胜□貂蝉趋汉宫。如名山镇静，出云相望，大川渟蓄，有水皆宗。吾道胚腪，诸贤命脉，阴受春风和气浓。宜多寿，与瑶图同庆，绿竹歌公。

陈　著　　　沁园春·寿竹窗兄

吾竹窗兄，吾能评者，只将竹看。是丹山佳气，胚腪茂

直，嵩溪润脉，滋养清坚。雪虐霜凌，风饕雨恶，撼顿侵期今几年。元无损，这虚心实节，却自依然。　　人间，输此君贤，可曾向红尘里著鞭。称翩翩侣凤，舞依翡翠，昂昂雏鹤，立倚琅玕。动处非情，静中自韵，全得生来潇洒天。须长在，在月窗窗北，石涧东边。

陈　著　　沁园春·寿陈菊坡枢密卓

吾菊坡兄，细观花□，元来一般。是郧山佳气，胚腪长茂，鄞江润脉，滋养清妍。移傍云霄，浓沾雨露，曾亚百花头上班。谁知道，待芬香透了，收敛东边。　　笑他红紫纷然，算眼底何曾长久看。这秋芳自韵，不争春艳，霜根难老，偏耐风寒。占得清名，尊为寿客，晚节谁能如此全。千千岁，把黄金正色，照映人间。

陈　著　　沁园春·次韵弟茝雪中见寄

天盖西倾，地轴东翻，两年以来。那关中形势，已归勃勃，江南人马，都是回回。咄咄书空，栖栖问路，岁晚山空风雪催。如何得，与浑家踏遍，雪顶岩隈。　　谁知有客敲推，把世变心烦都说开。道严霜不杀，不成葭苇，沍寒惯耐，方是松梅。万事过前，一场梦里，分付茅柴三两杯。犹痴望，有太平时节，游戏春台。

陈　著　　沁园春·旗盖运迁

旗盖运迁，衣冠事乖，岂非命来。自黄粱枕觉，分明看破，翠蓬舟近，及早抽回。谁料山深，也同鼎沸，步步危机忙里催。愁无奈，过青山万叠，碧水千隈。　　此愁何计能推，算何日天教眉锁开。记六桥花舫，晴边访柳，孤山草酌，雪后评梅。回首西湖，伤心前事，覆水如何收上杯。东风好，问如今吹入，谁处楼台。

陈　著　　沁园春·次韵刘改之

人生功名，在醉梦中，早须掉头。自南宫一券，尘泥偶脱，前程双毂，日月如流。蕙帐真盟，莱羹余味，江上归舟谁得留。谁知道，有邵平瓜圃，何日封侯。　　天天又不人由，奈危世山林也有忧。况青冈不助，晋家风鹤，黑云直卷，吴分

星牛。分寸残生，万千魔障，他事如今都罢休。关心处，是离离禾黍，故国宗周。

陈　著　　沁园春·次韵侄演自遣

无价韶华，一笑相酬，青钱似苔。奈东风轻劣，催红雨去，西园次第，放绿阴回。老后时光，眉间心事，恰似怕酸人著梅。须知道，有谁能百岁，日日开怀。　从教世变轮推，也莫问人间春去来。看渊明归了，有形谁役，少陵醉里，无闷堪排。贫贱何妨，风流自别，不是沉沉浊世杯。层霄上，与大鹏盘礴，下视浮埃。

陈　著　　沁园春·和元春兄自寿

人生几何，如何不自，珍重此生。向蠹残字上，甘心抛掷，蜗尖争处，著意丁宁。箭过时光，剑炊世界，谁带经锄谁笔耕。分明似，满一锅汤沸，无处清□。　输兄，炼得闲成，□无辱无忧无惧惊。但菜羹粝饭，不求他味，芒鞵竹杖，足畅幽情。八十年来，万千看破，胸次春风秋月明。梅花帐，称困眠醒起，无打门声。

陈　著　　沁园春·示诸儿

信书成痴，捱到如今，无生可谋。奈浑家梦饭，谷难虚贷，长年断肉，菜亦悭搜。风雨潇潇，江山落落，死又还生春复秋。八十岁，是这般多活，堪吊堪羞。　休休，盍自回头，要铁汉须从穷处求。那袁安闭户，恬然僵卧，少陵任妇，长是贫愁。一等清风，千年佳话，蚁蚋看他金谷楼。是是是，笑出门天阔，一片云浮。

陈　著　　沁园春·代人送阎戎

莲叶山前，戎帐宏开，轰然最称。羡铺心如水，肯教尘涴，为民乞雨，唤得天膺。紫逻□锋，绿林扫影，夜户都开无犬声。三乡里，笑嬉嬉度日，歌舞清平。　溪头载月舟□，□□帐花旗忍送行。算浮云自在，初无著相，薰风正好，却问归程。折柳依依，憩棠□□，□□□春无尽情。趋朝去，看青冥玉钺，金辔红缨。

陈若水　　　　沁园春·寿游侍郎

某恭审某官受天异禀，间世笃生。光辅三朝，伟甚忠清之节；退安一壑，粹然恬淡之风。帝眷耆英，神绥福祉。某不量寸朽，切庇万间。心之所祈，姑寄沁园春之赋；仁者必寿，愿同庄椿岁之多。俯伏露忱，仰祈电盼

拂袖归来，懒踏前回，京华软尘。算宦游虽好，何如生处，急流勇退，赢得闲人。身羡仙翁，萧然野服，笑咏东溪溪上亭。头犹黑、甚丰姿鹤瘦，标致梅清。　今年转觉精神，便次第平头八十人。肯又抛渭钓，似周尚父，且来洛社，作宋耆英。报答明恩，一时分付，贤子贤孙事业新。丹心在，尚瓣香岁岁，遥祝尧龄。

张绍文　　沁园春·为叔父云溪主人寿

数遍时贤，谁似云溪，未老得闲。自抽身州县，归休旧隐，灰心名利，跳出尘寰。卸却朝衣，笑拈拄杖，日在花阴竹径间。身轻健，任高眠晏起，渴饮饥餐。　垂弧猛省当年，且约住春风开寿筵。况园亭池馆，新奇佳丽，弟兄子侄，歌笑团栾。绿鬓朱颜，纶巾羽扇，做个人间长寿仙。霞觞举，愿年年今日，长对南山。

陈人杰　　　　沁园春·不恨穷途

予以为古今词人抱负所有，妍媸长短，虽已自信，亦必当世名巨为之印可，然后人信以传。昔刘叉未有显称，及以雪车、冰柱二篇为韩文公所赏，一日之名，遂埒张孟。予尝得叉遗集，观其余作，多不称是。而流传至今，未就泯灭者，以韩公所赏题品尔。今才士满世，所负当不止叉如，然而奖借后进，竟未有如韩公者。才难，不其然，有亦未易识。诵山谷之诗，不觉喟然。因作思古人一曲。他时倘遇知己，无妨反骚

不恨穷途，所恨吾生，不见古人。似道傍郭泰，品题季伟，舟中谢尚，赏识袁宏。又似元之，与苏和仲，汲引孙丁晁李秦。今安在，但高风凛凛，坟草青青。　江东无我无卿，政自要胸中分渭泾。叹今人荣贵，只修边幅，斯文寂寞，终欠宗盟。面蹉长江，目迷东野，却笑韩公接后生。知音者，恨黄金难铸，清泪如倾。

陈人杰　　沁园春·天问

我梦登天，尽把不平，问之化工。似桂花开日，秋高露冷，梅花开日，岁老霜浓。如此清标，依然香性，长在凄凉索寞中。何为者，只纷纷桃李，占断春风。　一时列鼎分封，岂猿臂将军无寸功。想世间成败，不关工拙，男儿济否，只系遭逢。天曰果然，事皆偶尔，凿井得铜奴得翁。君归去，但力行好事，休问穷通。

陈人杰　　沁园春·留春

春为谁来，谁遣之归，挽之不还。纵小桃秾李，大都寂寞，紫薇红药，未到阑珊。毕竟须归，何妨小驻，容我一尊烟雨间。春无语，只游丝舞蝶，懒上杯盘。　故园，风物班班，奈声利羁留身未闲。望归鸿影尽，白云万里，啼鹃声切，落日千山。春却笑人，年来何事，要得一归如许难。君知否，百八盘世路，尽在长安。

陈人杰　　沁园春·守岁

太岁茫茫，犹有归时，我胡不归。为桂枝关约，十年阙下，梅花梦想，半夜天涯。婪尾三杯，胶牙一柝，节物依然心事非。长安市，只喧喧箫鼓，催老男儿。　篝灯自理征衣，正历乱愁肠千万丝。想椒盘寂寞，空传旧颂，桃符冷落，谁撰新诗。世事干忙，人生寡遂，何限春风抛路歧。身安处，且开眉一笑，何以家为。

陈人杰　　沁园春·问杜鹃

为问杜鹃，抵死催归，汝胡不归。似辽东白鹤，尚寻华表，海中玄鸟，犹记乌衣。吴蜀非遥，羽毛自好，合趁东风飞向西。何为者，却身羁荒树，血洒芳枝。　兴亡常事休悲，算人世荣华都几时。看锦江好在，卧龙已矣，玉山无恙，跃马何之。不解自宽，徒然相劝，我辈行藏君岂知。闽山路，待封侯事了，归去非迟。

陈人杰　　沁园春·春事方浓

卢仝有诗云："大岁只游桃李径，春风肯管岁寒枝。"予

每三复斯言，以为叹息。偶因庭竹有感，因作此词

春事方浓，寂寞此君，谁相品题。到僝桃僽李，鸠边雨急，埋薇瘗药，燕外泥肥。鸟影舒炎，黄埃涨暑，又过绿阴青子时。夫然后，向猷家载酒，诩室题诗。　风标如此清奇，叹世俗炎凉真可悲。看眼空凡木，云霄直上，心交古干，霜雪相依。弹压溪山，留连风月，红紫纷纷谁似之。人间世，这滄中风味，儿辈争知。

陈人杰　沁园春·诗不穷人

诗不穷人，人道得诗，胜如得官。有山川草木，纵横纸上，虫鱼鸟兽，飞动毫端。水到渠成，风来帆速，廿四中书考不难。惟诗也，是乾坤清气，造物须悭。　金张许史浑闲，未必有功名久后看。算南朝将相，到今几姓，西湖名胜，只说孤山。象笏堆床，蝉冠满座，无此新诗传世间。杜陵老，向年时也自，井冻衣寒。

陈人杰　沁园春·记上层楼

予弱冠之年，随牒江东漕闱，尝与友人暇日命酒层楼。不惟钟阜、石城之胜，班班在目，而平淮如席，亦横陈樽俎间。既而北历淮山，自齐安溯江泛湖，薄游巴陵，又得登岳阳楼，以尽荆州之伟观，孙刘虎视遗迹依然，山川草木，差强人意。洎回京师，日诣丰乐楼以观西湖。因诵友人“东南妩媚，雌了男儿”之句，叹息者久之。酒酣，大书东壁，以写胸中之勃郁。时嘉熙庚子秋季下浣也

记上层楼，与岳阳楼，酾酒赋诗。望长山远水，荆州形胜，夕阳枯木，六代兴衰。扶起仲谋，唤回玄德，笑杀景升豚犬儿。归来也，对西湖叹息，是梦耶非。　诸君傅粉涂脂，问南北战争都不知。恨孤山霜重，梅凋老叶，平堤雨急，柳泣残丝。玉垒腾烟，珠淮飞浪，万里腥风吹鼓鼙。原夫辈，算事今如此，安用毛锥。

陈人杰　沁园春·丁酉岁感事

谁使神州，百年陆沉，青毡未还。怅晨星残月，北州豪杰，西风斜日，东帝江山。刘表坐谈，深源轻进，机会失之弹指间。伤心事，是年年冰合，在在风寒。　说和说战都难，

算未必江沱堪宴安。叹封侯心在，鳣鲸失水，平戎策就，虎豹当关。渠自无谋，事犹可做，更剔残灯抽剑看。麒麟阁，岂中兴人物，不画儒冠。

陈人杰　　沁园春·吴兴怀古

落日都门，买得扁舟，乘兴而东。正苕川半夜，月寒似水，蘋洲一路，秋老多风。携妓溪山，寻春岁月，往事黄粱昨梦中。高楼上，问何人怀古，湖海元龙。　诸君解后相逢，更休问奚奴金错空。向琐窗看镜，鬓无霜白，玉舠挥酒，脸有潮红。莼美鲈肥，橙香蟹壮，风味不如归兴浓。明朝去，有西门一水，直与天通。

陈人杰　　沁园春·同前韵再会君鼎饮，因以为别

此去长安，说似交游，我来自东。向蒹葭极浦，吟篷泊雨，梧桐孤店，醉帻欹风。青市生涯，白洲活计，都在水乡鱼稻中。邮亭上，俯清流长啸，惊起虬龙。　雪山面面迎逢，便回首旧游云水空。有连天秋草，寒烟借碧，满城霜叶，落照争红。六代蜂窠，七贤蝶梦，勾引客愁如酒浓。人间世，只醉乡堪向，休问穷通。

陈人杰　　沁园春·吴门怀古

草满姑苏，问讯夫差，今安在哉。望虎丘苍莽，愁随月上，蠡湖浩渺，兴逐潮来。自古男儿，可人心事，惆怅要离招不回。离之后，似舞阳几个，成甚人才。　西风斜照徘徊，比旧日江南尤可哀。叹茫茫马腹，黄尘如许，纷纷牛背，青眼难开。应物香销，乐天句杳，无限风情成死灰。都休问，向客边解后，只好拈杯。

陈人杰　　沁园春·浙江观澜

日薄风狞，万里空江，隐隐有声。旋千旗万棹，一时东指，青山断处，白浪成层。渐近渐高，可惊可喜，欻作雪峰楼外横。教人讶，是鲸掀鳌抃，蛟斗龙争。　属镂忠恨腾腾，要句践城台都荡平。奈岸身不动，潮头自落，又如飞剑，斫倒鼍城。若到夜深，更和月看，组练分明十万兵。尤奇特，有稼轩一曲，真野狐精。

陈人杰　　沁园春·赠陈用明

把酒西湖，花月三年，不见家山。想荆州座上，消磨岁月，唐风集里，收卷波澜。鹤邑朝帆，鲈乡夕棹，来往菰蒲何处间。应思我，似骑驴杜甫，长在长安。　相逢依旧开颜，听玉屑霏霏当暑寒。笑髯生如许，尚夸年少，心忙未了，浪说身闲。尘梦无凭，菟裘堪老，付子声名吾欲还。斜阳外，把平生心事，同倚阑干。

陈人杰　　沁园春·送陈起莘归长乐

过了梅花，纵有春风，不如早还。正燕泥日暖，草绵别路，莺朝烟澹，柳拂征鞍。黎岭天高，建溪雷吼，归好不知行路难。龟山下，渐青梅初熟，卢橘犹酸。　名场老我闲关，分岁晚诛茅湖上山。叹龙舒君去，尚留破砚，鱼轩人老，长把连环。镜影霜侵，衣痕尘暗，赢得狂名传世间。君归日，见家林旧竹，为报平安。

陈人杰　　沁园春·送高君绍游霅川

斗酒律亭，方送月芗，夫君又行。正夕阳枯木，低回征路，寒烟衰草，迤逦离情。京洛风尘，吴兴山水，等是东西南北人。思君处，只梅花解后，心目开明。　江湖夜雨青灯，曾说尽百年闲废兴。叹屠龙事业，依然汗漫，歌鱼岁月，政尔峥嵘。但使豫州，堪容玄德，何必区区依景升。需时耳，算不应长是，竖子成名。

陈人杰　沁园春·送郑通父之吴门谒宋使君

塞外江山，如此萧条，可堪别离。纵虹桥烟浪，要君怀古，凤城风雨，奈我相思。玉茧挥诗，金鲸泻酒，件件清狂分付谁。长安市，有几多心事，岁老相期。　春风渐到梅枝，算我辈荣枯应似之。莫提携剑铗，悲歌一曲，摩挲髀肉，清泪双垂。话到辛酸，居然慷慨，跃马岁年心自知。君行矣，有广平东阁，堪著男儿。

陈人杰　　沁园春·庚子岁自寿

未省吾生，石室云林，金门玉堂。但吕公来说，风神清怪，甘公来说，寿禄高强。果若人言，自应年少，曳紫鸣珂游

帝乡。何为者，更风尘牢落，歧路回皇。　替人缝嫁衣裳，奈未遇良媒空自伤。岂平生犹欠，阴功活蚁，从前未卜，吉地眠羊。岁晏何如，时来便做，但恐鬓毛容易霜。今休问，且揆予初度，满引金觞。

陈人杰　　沁园春·辛丑岁自寿

五彩云中，群玉峰头，是吾故乡。为瑶池侍宴，偶违酒令，玉皇降敕，谪作诗狂。桧柏风姿，山林气象，未到中年先老苍。西湖路，尽留连光景，傲睨冰霜。　东窗，剪烛焚香，剩满引梅花进寿觞。梦群仙相庆，烹炮麟凤，十洲同往，骖翳鸾凰。约向人间，尽偿吟债，依旧乘风来帝旁。如今未，且百年管领，橘绿橙黄。

陈人杰　　沁园春·赠人

如此男儿，可是疏狂，才大兴浓。看曹瞒事业，雀台夜月，建封气概，燕子春风。叱咤生雷，肝肠似石，才到尊前都不同。人间世，只婵娟一剑，磨尽英雄。　半生书剑无功，漫赢得闲情如二公。向紫云歌畔，玉舠最满，红桃笑里，金错长空。驼陌三年，牛腰几束，半在兰香巾笥中。君知否，是扬州景物，消得司封。

陈人杰　　沁园春·送宗人景召游姑苏

世路如秋，万里萧条，君何所之。想鲈乡烟水，尚堪垂钓，虎丘泉石，尽可题诗。橙弄霜黄，芦飘雪白，何处西风无酒旗。经行地，有会心之事，好吐胸奇。　一丘封了要离，问世上男儿今有谁。但一尊相属，居然感慨，扁舟独往，可是嵚崎。齐邸歌鱼，扬州跨鹤，风味浅深君自知。匆匆去，算梅边春动，又是归期。

陈人杰　　沁春园·次韵林南金赋愁

抚剑悲歌，纵有杜康，可能解忧。为修名不立，此身易老，古心自许，与世多尤。平子诗中，庾生赋里，满目江山无限愁。关情处，是闻鸡半夜，击楫中流。　澹烟衰草连秋，听鸣鴂声声相应酬。叹霸才重耳，泥涂在楚，雄心玄德，岁月依刘。梦落莼边，神游菊外，已分他年专一丘。长安道，且身

如王粲，时复登楼。

陈人杰　　沁春园·我自无忧

南金又赋无愁。予曰：丈夫涉世，非心木石，安得无愁时，顾所愁何如尔。杜子美平生困踬不偶，而叹老羞卑之言少，爱君忧国之意多，可谓知所愁矣。若于著衣吃饭，一一未能忘情，此为不知命者。故用韵以反骚

我自无忧，何用攒眉，今忧古忧。叹风寒楚蜀，百年受病，江分南北，千载归尤。洛下铜驼，昭陵石马，物不自愁人替愁。兴亡事，向西风把剑，清泪双流。　边头，依旧防秋，问诸将君恩酬未酬。怅书生浪说，皇王帝霸，功名已属，韩岳张刘。不许请缨，犹堪草檄，谁肯种瓜归故丘。江中蜃，识平生许事，吐气成楼。

陈人杰　　沁春园·送马正君归东嘉

尽典春衣，换酒津亭，送君此行。叹清朝有道，何曾逐客，有司议法，忍及书生。归去来兮，噫其甚矣，见说江涛也不平。君之友，岂都无义士，剖胆相明。　挑诗行李如冰，正趁得越山桃李春。把从前豪举，著些老气，不应造物，到底无情。雁荡烟霞，凤城风雨，两地相思魂梦清，重来否，算海波未窄，犹可骑鲸。

陈人杰　　沁园春·咏西湖酒楼

南北战争，惟有西湖，长如太平。看高楼倚郭，云边矗栋，小亭连苑，波上飞甍。太守风流，游人欢畅，气象迩来都斩新。秋千外，剩钗骈玉燕，酒列金鲸。　人生，乐事良辰，况莺燕声中长是晴。正风嘶宝马，软红不动，烟分采鹢，澄碧无声。倚柳分题，借花传令，满眼繁华无限情。谁知道，有种梅处士，贫里看春。

陈人杰　　沁园春·万法皆空

同林义倩游惠觉寺，衲子差可与语，因作葛藤语示之

万法皆空，空即是空，佛安在哉。有云名妙净，可遮热恼，海名圆觉，堪洗尘埃。翠竹真如，黄花般若，心上种来心上开。教参熟，是菩提无树，明镜非台。　偷闲来此徘徊，

把人世黄粱都唤回。算五陵豪客，百年荣贵，何如衲子，一钵生涯。俯仰溪山，婆娑松桧，两腋清风茶一杯。拿舟去，更扫尘东壁，聊记曾来。

陈人杰　　沁园春·壬寅春寓东林山中有感而作

懒学冯君，弹铗歌鱼，如今五年。为西湖西子，费人料理，东林东老，特地留连。坐注虫鱼，行吟雌霓，竟负逍遥第一篇。过从少，但赤髭白足，时复谈禅。　倚门白水平田，看数点青山无尽天。叹春风心事，已成待兔，夕阳时节，又听啼鹃。如此凄凉，若为排遣，不是诗边即酒边。中宵梦，有逋梅吹雪，坡柳摇烟。

陈人杰　　沁园春·饶镜游吴中

易得仲宣，难得世间，有刘景升。叹男儿未到，鸣珂谒帝，此身那免，弹铗依人。橘自盈洲，莸难共器，一榻相看如越秦。元龙者，独门前有客，胸次无尘。　君今重莅诗盟，载弄玉飞琼车后行。过鸱夷西子，曾游处所，水云应喜，重见娉婷。张禹堂深，马融帐暖，吟罢不妨丝竹声。松江上，约扁舟棹雪，同看梅春。

陈人杰　　沁园春·道骨仙风

淳祐壬寅黄钟之月，连日风雨。陈月潭以上浣三日举神霄将吏之祀，登坛焚篆，忽云开晴，作沁园春歌之

道骨仙风，自天上来，月潭主人。把玉清宝印，按行川岳，神霄铁尺，鞭叱雷霆。雨部收晴，日君腾照，一寸灵章飞杳冥。幡旗外，觉阴风肃肃，奔走神兵。　登坛沥酒刑牲，有法馔如山饱万灵。想乖龙惊起，碧潭无底，妖蟆戮尽，珪月长明。行比旌阳，功高李靖，玉府丹台登姓名。平生志，合为霖为雨，大慰苍生。

陈人杰　　沁园春·禁鼓蓬蓬

姑苏新邑有善为计然之术者，家用以肥。既而作堂佚老，扁曰闲贵，盖取唐人“白衣闲亦贵，何必谒天阶”之句。友人池袭父邀予同赋，因作长短句遗之

禁鼓蓬蓬，忙杀公侯，穴城影中。正花前豪士，宿酲未

解，松间逋客，清梦才浓。龙尾危机，犀围长物，何必飞书交子公。人间世，只闲之一字，受用无穷。　　主人窗户玲珑，悟富贵荣华回首空。向竹梧侧畔，聚先秦录，兰荪里许，吟晚唐风。琴外鸿归，棋边鹭静，天把一丘荣此翁。孙刘辈，枉百年争战，一昧雌雄。

姚　勉　　沁园春·太学补试归途作

锦水双龙，鞭风驾霆，来游璧池。有一龙跃出，精神电烨，一龙战退，鳞甲天飞。一样轩拿，殊途升蛰，造化真同戏小儿。时人眼，总羡他腾踏，笑我卑栖。　　促装且恁西归，信自古功名各有时。但而今莫问，谁强谁弱，只争些时节，来速来迟。无地楼台，有官鼎鼐，命到亨通事事宜。三年里，看龙头独露，雁塔同题。

姚　勉　　沁园春·送友人补太学

一部周官，学问渊源，山斋得来。最雄姿直气，不涂脂粉，仙风道骨，不涴尘埃。万里青云，相期阔步，底事向天门折翼回。君知否，这白衣御史，卿相胚胎。　　时人休用惊猜，机会到功名节节催。看蒲质易凋，何如松茂，菊花已老，须是梅开。万事何难，时来得做，且信天工次第排。从今去，愿径游璧水，直上兰台。

姚　勉　　沁园春·寿同年陈探花

忆昔东坡，秀夺眉山，生丙子年。盖丙离子坎，四方中气，宜当此岁，间出英贤。河岳重灵，星辰再孕，来自赤城中洞天。　新秋霁，萃一襟爽气，风露澄鲜。　　玉阶同听胪传，伴宝马如龙丝袅鞭。正椿庭未老，同跻荣路，萼楼争耀，相照魁躔。即似坡公，金莲夜对，身作玉堂云雾仙。怜同岁，但乞如梦得，分买山钱。

姚　勉　　沁园春·寿婺州陈可斋九月九日

四海中间，第一清流，惟有可斋。看平生践履，真如冰玉，雄文光焰，不涴尘埃。元祐诸贤，纷纷台省，惟有景仁招不来。狂澜倒，独中流砥柱，屹立崔嵬。　　挂冠有请高哉，

但清庙正需梁栋材。便撑舟野水，出航巨海，有官鼎鼐，无地楼台。制菊龄高，看萸人健，万顷秋江入寿杯。经纶了，却驭风骑气，阆苑蓬莱。

姚　勉　　　沁园春·寿张府判夫人

梅笑东风，只两日间，又新岁华。有玉龟阿母，献三蟠实，蕊宫仙子，飞七香车。春满虾帘，雪晴鸳瓦，窗户非烟笼翠纱。萱堂上，看衣翻戏彩，觞捧流霞。　君家，元是仙家。几度看菖蒲九节花。来剑池丹井，平分风月，一溪流水，犹泛胡麻，寿庆千秋，荣封两国，绿鬓犹深杨柳鸦。长生药，在蓬莱顶上，不必丹砂。

姚　勉　　　沁园春·送权倅许张幹

万里清风，吹送锦帆，入南浦云。看拂天旌旆，攀留不住，迷津舸舰，歌舞相迎。二许家声，三洪地望，今代风流第一人。蜚英早，合词林视草，书阁翻芸。　飞刍远饷三军，特借作红莲入幕宾。把西山暮雨，暂时收卷，荷山明月，小试平分。苏醒枯鱼，剔除深蠹，个是人间有脚春。难淹久，看诏催入侍，香案麒麟。

姚　勉　　　沁园春·七月朔寿卢守

一叶新凉，又是西风，吹转素商。揽玉壶英气，钟为人物，银河精采，融作文章。司巧天公，搀先七夕，分付天孙云锦裳。骑龙凤，自九霄飞至，万丈光芒。　早年奏赋长杨，饱挹尽瀛洲风露香。问石渠天禄，借将班马，荷山锦水，暂作龚黄。药省春风，薇垣夜月，合佩仙花侍玉皇。明年里，饮寿椒何处，宣劝持觞。

姚　勉　　　沁园春·寿陶守

鹤发鸦鬟，欢捧霞觞，酌丹井泉。庆湘山峰顶，飞来古佛，剑池洞里，活底神仙。春雨悭时，千金斗粟，民仰使君为食天。公知否，只活人阴德，合寿千年。　宝猊香喷沉烟，环艳翠明红拥寿筵。最一般奇特，凤雏新贵，斑衣绿绶，光彩相鲜。帝命师臣，钦哉有子，飞诏看看又月边。黄封酒，到明年今日，中使传宣。

姚　勉　　沁园春·寿王高安　七月二十八日

超逸天才，文如三松，诗如卢溪。自白莲赋就，已高声价，梅花句出，远见襟期。玉麈精神，瑶林风韵，雪里神仙小氅衣。緱山夕，已再经旬浃，戏鹤重归。　　花间凫舄轻飞，便一似元规报十奇。最风流膝上，双亲未老，三槐手种，分付佳儿。人想夷吾，帝思王某，钧轴舍人知未迟。长生药，在玉盘麟脯，琼苑蟾芝。

姚　勉　　沁园春·寿杨帅参十月生，次日子之官

摘玉蕊梅，泛金叶蕉，祝公寿龄。算是今年比似，常年更别，翠烟红雾，香霭门屏。风诏云霄，龙光牛斗，辉射南州孺子亭。看看是，伴元戎小队，花柳郊坰。　　传家有子明经，浑不要黄金遗满籯。向月中传与，一枝仙桂，斓斑衣上，更著袍青。明日瓜期，今朝椿寿，好醉芝兰玉树庭。公知否，老人星一点，映泰阶星。

姚　勉　　沁园春·寿程丞相

嵩岳降神，昴宿宣精，挺生伟人。整淳祐乾坤，浸如嘉祐，太平事业，了却端平。扶日中天，拱辰北极，一洒甘霖埃雾清。春寰海，听农歌载路，边柝沉声。　　旗常万世勋铭，便与国无穷垂令名。似青山流水，涑川贤相，黄花晚节，魏国元臣。五纬芒寒，六符色正，辉映老人南极星。苍生福，开八荒寿域，一气洪钧。

姚　勉　　沁园春·寿贾丞相

章武中兴，淮蔡欲平，晋公已生。信天生英杰，正为国计，擎天著柱，要自支撑。万里长江，古称天险，去岁里风涛忽震惊。公谈笑，把云腥霓翳，一日都清。　　归来奠枕于京，有辉焕明堂前一星。称衮衣廊庙，枫宸眷宠，彩衣公府，萱砌春荣。著片公心，辨双明眼，长与群贤扶太平。无它愿，植万年宗社，万古功名。

姚　勉　　沁园春·寿陈中书

湖海元龙，逸气飘然，可百尺楼。爱文光万丈，星辰绚

彩，爽襟一掬，风露澄秋。衔字冰清，班心玉立，海内而今第一流。翻书子，紫薇花浸月，夜揽词头。　著身已是瀛洲，问更有长生别药不。是生来已带，神仙道骨，毫端自有，富贵封侯。拜赐黄封，承恩青琐，见说香名又覆瓯。从今去，了福公事业，从赤松游。

姚　勉　　沁园春·寿赵倅

道骨仙风，海上骑鲸，端是后身。把银河天巧，钟为文采，剑津宝气，融作精神。壶玉储冰，掌金擎露，胸次全无一点尘。年年里，早花朝六日，长庆生申。　箳篁濯锦江滨，人尽道如公清最真。合沉香亭北，金笺奏曲，恩披兽锦，醉拭龙巾。泥紫颁来，渠黄飞去，自是八花砖上人。从后看，大钧播物，万象皆春。

姚　勉　　沁园春·饯张倅

明月扁舟，轻逐江鸥，翩然赋归。任颠风掀舞，涛山浪屋，少顷平定，一碧琉璃。柳絮浮云，有无根蒂，到底不磨真是非。呵呵笑，笑人情似纸，世事如棋。　宜堂事事皆宜，把杯酒论文更有谁。记风云满席，吟情浩荡，龙蛇满壁，醉墨淋漓。别后相思，有书寄否，春在梅花第一枝。重相见，约柳堤撑舫，竹阁寻诗。

姚　勉　　沁园春·送友人归蜀

拂剑整装，光射紫霄，斗牛色寒。大丈夫不作，儿曹离别，何须更唱，三叠阳关。昼锦还乡，油幢佐幕，谁道青天行路难。从今去，听声名焰焰，飞动岷山。　征途少饮加餐，要做取功名久远看。卷长风吹醒，剑关云气，更须砥柱，三峡惊湍。闻道槐庭，已登安石，此去须弹贡禹冠。明年里，踏梅花有分，相见长安。

马廷鸾　　沁园春·为洁堂寿

杨柳依依，我生之辰，与公共之。叹袅娜章台，歌翻轻吹，飘零灞岸，影弄斜晖。花萼楼深，灵和殿古，人自凄凉柳自垂。相逢处，记吾侬堕地，嘉定明时。　何须梦得君知，便稳道人生七十稀。笑桓大将军，枝条如此，陶潜处士，门巷

归兮。几阵花飞，一池萍碎，又向先生把寿卮。年年好，祝东风万缕，老翠云齐。

谢枋得　　沁园春·寒食郓州道中

十五年来，逢寒食节，皆在天涯。叹雨濡露润，还思宰柏，风柔日媚，羞看飞花。麦饭纸钱，只鸡斗酒，几误林间噪喜鸦。天笑道，此不由乎我，也不由他。　鼎中炼熟丹砂，把紫府清都作一家。想前人鹤驭，常游绛阙，浮生蝉蜕，岂恋黄沙。帝命守坟，王令修墓，男子正当如是耶。又何必，待过家上冢，昼锦荣华。

何梦桂　　沁园春·寿夹谷书隐

光岳储精，宇宙呈祥，钟英俊材。想春秋夹谷，前生夫子，婆娑南赡，见在如来。龙角标辰，蟾胎熇丙，好是生朝华宴开。笙歌里，看儿童拜舞，春满行台。　重重好事相催，便对把黄封酌寿罍。更愿公殿上，早纡衮绣，愿公堂下，长戏衣莱。昨夜瑶池，亲逢阿母，欲寄蟠桃桃始栽。三千岁，待开花结子，岁岁衔杯。

何梦桂　　沁园春·衮衣绣裳

江淮等处行尚书省参知政事高公，以至元二十七年庚寅春提兵繇歙之淳，入长乐境，平诸盗、越两旬肃清，八月朔师还。山人何某谨拜手歌沁园春持献，以尾凯歌之后尘。词曰

衮衣绣裳，彤弓卢矢，山西将门。自雪岭蓬婆，夷成坦道，炎州蜑獠，划去连营。吴越儿童，江淮草木，七见元戎识姓名。争知道，这一隅斗大，尚借麾旌。　西风吹下天声，看万骑貔貅入井陉。彼山棚魍魉，雷霆震击，海濒赤子，天日开明。事业方来，乾坤无尽，千古英雄不偶生。从兹去，看云台翼轸，麟阁丹青。

何梦桂　　沁园春·和何逢原见寿

老去无心，看尽青山，山前暮云。问重来海燕，乌衣安在，乍归辽鹤，华表空存。世路悠悠，风尘渺渺，白发相催乌兔频。浮生事，算天涯海角，谁是闲人。　几番甲子庚申，看青草年年秋又春。笑武陵源上，桃花未实，崑㟝山下，瑶树

长新。霓羽飘零，蛾眉萧飒，欲觅神仙隔两尘。草堂在，但休教山鬼，夜半移文。

何梦桂　沁园春·寿毅斋思院五十二岁

尚书当年，蓬矢桑弧，初度佳期。是词林老虎，文场威凤，人中祥瑞，天下英奇。太守买臣，中书坡老，五十二年回首非。人间事，且开眉一笑，醉倒金卮。　阿婆还忆年时，也曾趁鸿胪拜玉墀。念青衫荷叶，嫁衣尚在，青铜菱影，破镜犹遗。半席寒毡，一官俯首，造物还应戏小儿。问天道，看是他谁戏我，我戏他谁。

何梦桂　沁园春·寿何逢原北堂

孔盖霓旌，月佩云裳，人间女仙。问韶光九十，何如今待，明朝最处，好是明年。戏舞称觞，一堂家庆，眼见儿孙曾又玄。奇绝处，看菱花白发，不改朱颜。　当年手种红莲，笑几度桑田沧海干。想蟾胎炼就，紫皇灵药，龙髯飞堕，玉女云軿。青鸟重来，红霞俨在，一曲云和犹未闲。羞尘世，把蛾眉蝉鬓，空为谁妍。

陈坦之　沁园春·睡起闻莺

睡起闻莺，卷帘微雨，黄昏递愁。正青翰音断，离怀几折，碧云暮合，千里双眸。思发花前，人归雁后，误记归帆天际舟。浑无据，但余香绕梦，频到西楼。　风流，翻是花仇，谩长遣眉山翠不流。想哀筝绕指，鸿移凤咽，残灯背泣，玉沁春柔。夜月精神，朝阳微艳，何处瑶台轻驻留。愁无际，被东风吹去，绿黯芳洲。

施翠岩　沁园春·夜登白鹭亭

披紫菟裘，上白鹭亭，看吹洞箫。望长庚鲸过，江横素练，回仙鹤度，月在青霄。依约淮山，清泠风露，如到瀛洲听海涛。浮图近，更玉铃金铎，初奏琅璈。　人间梦境寥寥，问故国繁华能几朝。有千年枯井，龙沉凤怨，数丘黄壤，兔走猿嗥。莫问荣华，不如归去，短棹孤篷乘夜潮。翠岩下，耕白云二顷，剩种仙苗。

刘辰翁　　沁园春·和槐城自寿

六十一翁，垂银带鱼，插四角轮。把百个今朝，重排花甲，十年前事，似臼齑辛。骰选功名，酒中富贵，管取当筵满劝旬。槐知道，待二郎做甚，父子封申。　便应际会昌辰，怕林下相逢未是真。看焚芰裂荷，起钟山笑，卖田僦马，堕贡生贫。后六十年，有无穷事，是宰官身是报身。年来好，莫做他宰相，便是全人。

刘辰翁　　沁园春·再和槐城自寿韵

刘子生时，当月下弦，输大半轮。记孤馆望云，朝饥讽午，寒炉拥雪，岁晚盘辛。比似先生，两壬相望，岂止参差一二旬。明年好，算乞浆得酒，酉胜如申。　吾辰，定是雌辰，听穷鬼揶揄数得真。但鹤唳华亭，贵何似贱，珠沉金谷，富不如贫。明月清风，晴春暖日，出入千重云水身。吾老矣，叹臣之少也，已不如人。

刘辰翁　　沁园春·和槐城见寿

成佛生天，自是两途，任祖生先。看二三大老，依稀吾榜，几多新进，少小齐年。紫陌相逢，青山独往，倚杖鹤鸣听布泉。百年里，但儿时难得，老后依然。　吾牛已不耕田，更雨滑泥深自在鞭。叹十年波浪，悠悠何补，三生石上，种种无缘。白发来呵，朱颜去也，一曲狂歌落酒边。谁似我，似官奴出籍，散圣安禅。

刘辰翁　　沁园春·闻歌

十八年间，黄公垆下，崔九堂前。叹人生何似，飘花陌上，妾身难托，卖镜桥边。隔幔云深，绕梁声彻，不负杨枝旧日传。主人好，但留髡一石，空恼彭宣。　不因浩叹明年，也不为青衫怆四筵。念故人何在，旧游如梦，清风明月，野草荒田。俯仰无情，高歌有恨，四壁萧条久绝弦。秋江晚，但一声河满，我自潸然。

刘辰翁　　沁园春·和刘仲简九日韵

九日黄花，渊明之后，谁当汝俦。记龙山昨夜，寒泉九

井，帽轻似叶，须戟如虬。庾扇西风，孔林落照，银海横波十二楼。闲笑道，那华亭上蔡，再见何由。　　人生似我何求，算惟有高人高处游。笑如今别驾，前时方外，尘埃半百，岁月如流。如此连墙，今年不见，一首犹胜万户侯。偷闲好，便明朝有约，莫莫休休。

刘辰翁　　沁园春·送春

春汝归欤，风雨蔽江，烟尘暗天。况雁门厄塞，龙沙渺莽，东连吴会，西至秦川。芳草迷津，飞花拥道，小为蓬壶借百年。江南好，问夫君何事，不少留连。　　江南正是堪怜，但满眼杨花化白毡。看兔葵燕麦，华清宫里，蜂黄蝶粉，凝碧池边。我已无家，君归何里，中路徘徊七宝鞭。风回处，寄一声珍重，两地潸然。

刘辰翁　　沁园春·笑贡生狂

笑贡生狂，日日弹冠，西望王阳。待泥封屡下，蒲轮不至，卖琅玡产，办舍人装。厚禄故人，黄金有术，何不分伊肘后方。他年老，三千里外，八十思乡。　　何如吾寿华堂，在丞相东山旧第旁。任王人亲至，不妨高枕，吾州盛事，更短邻墙。我学希夷，邀公共坐，游戏壶中日月长。山僧道，成仙未晚，救火须忙。

王　奕　　沁园春·和赵莲澳提举遣怀

耳目肺肠，不由我乎，更由乎谁。也不必君平，不消詹尹，不疑何卜，不卜何疑。三径归来，一时有见，岂为黄初与义熙。天下事，但行其可，自合乎宜。　　大哉用易乘时，纵乌喙那能食子皮。叹失若塞翁，失为得本，赢如刘毅，赢乃输基。大黠小痴，有余不足，谁必彭殇早与迟。眼前物，纵铜山金屋，一瞑全非。

王　奕　　沁园春·过彭泽发明靖节归来之本心

八十日官，浩然归去，知心者希。谓诗有招魂，姑言其概，注其述酒，亦特其微。不事小儿，惟书甲子，皆是先生杜德机。看时运，与夫荣木，始识真归。　　黄唐邈不可追，慨四十无闻昨已非。故怀彼仙师，策夫名骥，志夫童冠，寤寐交

挥。人表何时，谁生过鲁，愿企高风慕浴沂。兹行也，尚庶几短葛，不负公衣。

王　奕　　沁园春·题新州醉白楼

唐李太白，访贺知章，浩歌此楼。想斗酒百篇，眼花落井，一时豪杰，千古风流。白骨青山，美人黄土，醉魄吟魂安在否。江南客，因来游胜践，稽首前修。　悠悠，往事俱休，更莫遣兴亡狂白头。也莫论高皇、莫论项羽，谁为黄帝，谁为蚩尤。拶破愁城，吸干酒海，袖拂安梁舞暮秋。题未了，又笑骑白鹤，飞下扬州。

王　奕　沁园春·客山阳偕诸公游杜康庄刘伶台醉吟

醉面挟风，携杜康洒，酹刘伶台。问漂母矶头，韩侯安在，钵山池下，乔鹊曾回。孝说仲车，忠传祖逖，忠孝如今亦可哀。清河口，但潮生潮落，帆去帆来。　休呆，且饮三杯，莫枉教、东乌西兔催。更谁可百年，脱身不化，谁能五日，笑口长开。痛饮高歌，胡涂乱抹，快活斗山王秀才。今天下，曰利而已，何以平哉。

王　奕　　沁园春·见王肯堂

吾祖文中，曾于夫子，受罔极恩。有宇宙以来，春秋而后，三纲所系，万古常存。列国何时，东吴何地，十哲之中尚有言。况今也、与圣贤邦域，同一乾坤。　卑飞难傍天阍，但勃窣衔香拜圣门。要水看黄河，山登岱岳，鲁求君子，学究中原。虽有他人，不如同姓，仰止文星出禁垣。又安得，借蒙庄大瓢，酌泗水之源。

文天祥　　沁园春·题潮阳张许二公庙

为子死孝，为臣死忠，死又何妨。自光岳气分，士无全节，君臣义缺，谁负刚肠。骂贼睢阳，爱君许远，留得声名万古香。后来者，无二公之操，百炼之钢。　人生翕欻云亡，好烈烈轰轰做一场。使当时卖国，甘心降虏，受人唾骂，安得留芳。古庙幽沉，仪容俨雅，枯木寒鸦几夕阳。邮亭下，有奸雄过此，仔细思量。

翁溪园　　沁园春·代寿宗室

记得花筵，巧夕星河，初度女牛。更四双蓂荚，十分桂魄，中元佳致，妆点初秋。蔼蔼非烟，濛濛如雾，锦水郁葱佳气浮。人人道，是王孙帝胄，今日生朝。　银潢万叶源流，见一点长庚辉绛霄。似东平为善，河间献雅，风流酝藉，西汉诸刘。恰遇称觞，蓬壶歌缓，满酌蒲萄双玉舟。椿松等算，年年醉傲，花马金裘。

萧　某　　沁园春·讥陈伯大御史

士籍令行，伯仲分明，逐一排连。问子孙何习，父兄何业，明经词赋，右具如前。最是中间，娶妻某氏，试问于妻何与焉。乡保举，那当著押，开口论钱。　祖宗立法于前，又何必更张万万千。算行关改会，限田放籴，生民凋瘵，膏血既朘。只有士心，仅存一脉，今又艰难最可怜。谁作俑，陈坚伯大，附势专权。

赵必瑑　　沁园春·归田作

看做官来，只似儿时，掷选官图。如琼崖儋岸，浑么便去，翰林给舍，喝采曾除。都一掷间，许多般样，输了还赢赢了输。回头看，这浮云富贵，到底花虚。　吾生谁毁谁誉，任荆棘丛丛满仕途。叹塞翁失马，祸也福也，蕉间得鹿，真欤梦欤。何怨何尤，自歌自笑，天要吾侪更读书。归去也，向竹松深处，结个茅庐。

熊　禾　　沁园春·自寿

自笑生身，历事以来，垂六十年。今浮沉闾里，半非识面，交游朋友，各已华颠。富贵不来，少年已去，空见悠悠岁月迁。虽然是，壮心一点，犹自依然。　新阳又长天边，人指似山间诗酒仙。算胸次崔嵬，不胜百榼，笔端枯槁，难足千篇。隐几杖藜，相耕听诵，聊看诸郎相后先。余何事，但读书煮茗，日晏高眠。

刘　氏　　沁园春·我生不辰

我生不辰，逢此百罹，况乎乱离。奈恶因缘到，不夫不

主，被擒捉去，为妾为妻。父母公姑，弟兄姊妹，流落不知东与西。心中事，把家书写下，分付伊谁。　　越人北向燕支，回首望、雁峰天一涯。奈翠鬟云软，笠儿怎带，柳腰春细，马性难骑。缺月疏桐，淡烟衰草，对此如何不泪垂。君知否，我生于何处，死亦魂归。

蒋　捷　　沁园春·为老人书南堂壁

老子平生，辛勤几年，始有此庐。也学那陶潜，篱栽些菊，依他杜甫，园种些蔬。除了雕梁，肯容紫燕，谁管门前长者车。怪近日，把一庭明月，却借伊渠。　　鬓边白发纷如，又何苦招宾约客欤。但夏榻宵眠，面风欹枕，冬檐昼短，背日观书。若有人寻，只教僮道，这屋主人今自居。休羡彼，有摇金宝髻，织翠华裾。

蒋　捷　　沁园春·次强云卿韵

结算平生，风流债负，请一笔句。盖攻性之兵，花围锦阵，毒身之鸩，笑齿歌喉。岂识吾儒，道中乐地，绝胜珠帘十里楼。迷因底，叹晴干不去，待雨淋头。　　休休，著甚来由，硬铁汉从来气食牛。但只有千篇，好诗好曲，都无半点，闲闷闲愁。自古娇波，溺人多矣，试问还能溺我不。高抬眼，看牵丝傀儡，谁弄谁收。

蒋　捷　　沁园春·寿岳君举

昔裴晋公，生甲辰岁，秉唐相钧。向东都治第，才娱老眼，北门建节，又绊闲身。燠馆花浓，凉台月淡，不记弓刀千骑尘。谁堪羡，羡南塘居士，做散仙人。　　南塘水向晴云，三百树风洲杨柳春。有绿衣奏曲，金斜小雁，彩衣劝酒，玉跪双麟。前后同年，逸劳异趣，中立翻成雌甲辰。斯言也，是梅花说与，竹里山民。

陈德武　　沁园春·舟中夜雨

冬夜如年，客枕无眠，怎到天明。待数残二十五、寒更点，听余一百八、晓钟声。雨脚敲篷，滩头激缆，总与离人诉不平。遍闻得，我浚深恨海，砌起愁城。　　问君何事牵萦，想最苦人间是别情。念千山万水，沉鱼阻雁，一身两地，爝燕

煎莺。绣枕痕多，锦衾香冷，意有巫山梦不成。怎撇下，这两字相思，万里虚名。

陈德武　　沁园春·送春

飞雨一番，杜宇数声，东君又回。对花垂粉泪，舟移洛浦，柳眉颦黛，马走章台。南架海棠，北窗红药，都是当年手自栽。伤离别，想今朝去也，明日重来。　轩车且莫相催，待细把衷肠诉此怀。这画阑六曲，懒和月倚，朱帘十二，不与风开。青杏园林，朱樱酪酒，争似和羹雪后梅。那时节，好都将心事，分付多才。

韩信同　　沁园春·寿南窗叶知录

望紫云翁，启明在东，长庚在西。但空有寸心，荆州江汉，未能百里，弱水沙黎。菊底秋深，樵边信至，一曲阳春草木知。长吟咏，觉声如韩操，骨似陶诗。　不应鬓发能稀，七十寿强如六十耆。想高谈倾坐，风斯下矣，微辞漱物，清且涟漪。谩说磻翁，休夸淇叟，用舍行藏各有时。真修养，有近思家学，字字参芝。

王炎午　　沁园春·又是年时

又是年时，杏红欲脸，柳绿初芽。奈寻春步远，马嘶湖曲，卖花声过，人唱窗纱。暖日晴烟，轻衣罗扇，看遍王孙七宝车。谁知道，十年魂梦，风雨天涯。　休休何必伤嗟，谩赢得、青青两鬓华。且不知门外，桃花何代，不知江左，燕子谁家。世事无情，天公有意，岁岁东风岁岁花。拚一笑，且醒来杯酒，醉后杯茶。

刘将孙　　沁园春·壬戌之秋

近见旧词，有隐括前后赤壁赋者，殊不佳。长日无所用心，漫填沁园春二阕，不能如公哨遍之变化，又局于韵字，不能效公用陶诗之精整，姑就本语，捃拾排比，粗以自遣云

壬戌之秋，七夕既望，苏子泛舟。正赤壁风清，举杯属客，东山月上，遗世乘流。桂棹叩舷，洞箫倚和，何事呜呜怨泣幽。悄危坐，抚苍苍东望，渺渺荆州。　客云天地蜉蝣，记千里舳舻旗帜浮。叹孟德周郎，英雄安在，武昌夏口，山水

相缪。客亦知夫，盈虚如彼，山月江风有尽不。喜更酌，任东方既白，与子遨游。

刘将孙　　沁园春·十月雪堂

十月雪堂，将归临皋，二客从坡。适薄暮得鱼，细鳞巨口，新霜脱叶，月步行歌。有客无肴，有肴无酒，如此风清月白何。归谋妇，得旧藏斗酒，生载婆娑。　登虬踞虎嵯峨，更凭醉攀翻栖鹘窠。曾岁月几何，江流断岸，山川非昔，夜啸扪萝。孤鹤横江，羽衣入梦，应悟飞鸣昔我过。开户视，但寂寥四顾，万顷烟波。

刘将孙　　沁园春·流水断桥

大桥名清江桥，在樟镇十里许，有无闻翁赋沁园春、满庭芳二阕，书避乱所见女子，末有埋冤姐姐、衔恨婆婆语，极俚。后有螺川杨氏和二首，又自序生杨嫁罗，丙子暮春，自涪翁亭下舟行，追骑迫，间逃入山，卒不免于驱掠。行三日，经此桥，睹无闻二词，以为特未见其苦，乃和于壁。复云，观者毋谓弄笔墨非好人家儿女，此词虽俚，谅当近情，而首及权奸误国。又云，便归去、懒东涂西抹，学少年婆。又云，错应谁铸。皆追记往日之事，甚可哀也。因念南北之交，若此何限，心常痛之，适触于目，因其调为赋一词，悉叙其意，辞不足而情有余悲矣

流水断桥，坏壁春风，一曲韦娘。记宰相开元，弄权疮痏，全家骆谷，追骑仓皇。彩凤随鸦，琼奴失意，可似人间白面郎。知他是，燕南牧马，塞北驱羊。　啼痕自诉衷肠，尚把笔低徊愧下堂。叹国手无棋，危涂何策，书窗如梦，世路方长。青冢琵琶，穹庐笳拍，未比渠侬泪万行。二十载，竟何时委玉，何地埋香。

陈　深　　沁园春·次白兰谷韵

浪迹烟霞，有酒千钟，有书五车。任从来萧散，闲心似水，何堪妩媚，笑面如花。濯发沧浪，放歌江海，肯被红尘半点遮。谁知道，抱无名巨璞，重价难赊。　嘻嗟，大泽龙蛇，且蟠屈、深潜得计些。看淋漓醉墨，神情自足，摩挲雄剑，肝胆无邪。渭水烟蓑，营丘绣衮，出处何尝有异耶。今何

在，但素蟾东出，红日西斜。

陈彦章妻　　沁园春·记得爷爷

记得爷爷，说与奴奴，陈郎俊哉。笑世人无眼，老夫得法，官人易聘，国士难媒。印信乘龙，夤缘叶凤，选似扬鞭选得来。果然是，西雍人物，京样官坯。　　送郎上马三杯，莫把离愁恼别怀。那孤灯只砚，郎君珍重，离愁别恨，奴自推排。白发夫妻，青衫事业，两句微吟当折梅。彦章去，早归则个，免待相催。

萧仲芮　　沁园春·寿舂陵史君叔

五马南来，一骑东驰，诏黄已催。正寻幽择胜，闲边点检，吟风弄月，忙处徘徊。玉井莲房，碧筒酒熟，趁得长年千岁杯。杯浮处，正芒寒南极，色映三台。　　明光殿北屏门，记御笔亲题名姓来。看河东召入，韩侯归觐，通班玉笋，稳上鸾台。作汉元功，继唐八叶，绿鬓依然昼绣回。安排了，待秋风先看，双桂联魁。

陈士豪　　沁园春·寿胡守

把酒西湖，问梅一笑，为谁试花。有淡庵人品，精忠许国，文昌地位，清白传家。鸾检封芝，麟符剖竹，立马嘶风催戍瓜。从今好，听夜郎江上，谯鼓喧挝。　　雌堂玉暖吴娃，向燕寝香中早放衙。但一麾十里，风清画戟，五溪六诏、云拥高牙。褒玺疏荣，锋车趣召，万寿杯中色翠霞。何须更，问武陵玉屑，勾漏丹砂。

赵通判　　沁园春·寿太守李宗丞

贺白文章，英卫规模，簪缨世家。更襟怀，芳润光风霁月，笔端奇伟，春藻天葩。课最严城，升班清禁，蔽芾棠阴人竞夸。争知道，富恩波衮衮，万顷无涯。　　清辉庭桂方花，映潋滟仙杯浮紫霞。庆云龙风虎，明良际会，鸿勋骏业，重叠辉华。寿挹南峰，福迎庐水，未羡还丹九转砂。从此去，看腰黄眼赤，迤逦堤沙。

萧仲昺　　沁园春·庆宁乡令

笑问鸥盟，所不同心，有如大江。念渊明漫仕，虽轻斗

粟，弦歌有得，难慕柴桑。相业流芳，元枢新躅，拈作先生一瓣香。长生酒，仗西风桂子，吹到河阳。　　湘江，笑绾铜章，便好筑绵州六一堂。看千年辽鹤，重归故里，一船明月，又上潇湘。橐紫翻荷，官黄书诏，不待阴成蔽芾棠。中书考，更侯封鄚国，汤沐宁乡。

程和仲　　沁园春·寿竹林亭长

呼伯雅来，满进松精，致寿于公。况富矣锦囊，吟边得句，森然武库，书里称雄。亭长新封，亩宫雅趣，一笑侯王名位穹。闲官守，任平章批抹，明月清风。　　年年申庆桑蓬，幸至节今晨恰又逢。想霭霭其祥，瑞云阊兆，绵绵之算，线日增红。一段文章，三千功行，名在长生宝箓中。人间窄，待骖鸾驾鹤，上祝融峰。

程节斋　　沁园春·贺新冠

髧彼两髦，未几见兮，突而弁兮。记昔年犀玉，奇资秀质，今朝簪佩，丰颊修眉。满面春风，一团和气，发露胸中书与诗。人都羡，是君家驹子，天上麟儿。　　画堂人物熙熙，会簪履雍容举庆宜。看筮日礼宾，陈钟列俎，三加致祝，一献成仪。绿鬓貂蝉，朱颜豸角，早有君臣庆会期。荣冠带，看绶悬若若，印佩累累。

程节斋　　沁园春·庆舍弟生子

自古人言，庆在子孙，端有由来。看长庚孕李，昴星佐汉，福从人召，瑞自天开。曾忆当年，乃翁熊梦，岂在区区春祀禖。只凭个、仁心积累，厚德栽培。　　天工信巧安排，试说与君当一笑哉。记年时此际，嗷嗷万口，俾之粒食，活及婴孩。岁始星周，事还好在，故遣麒麟出此胎。何须问，是兴宗必矣，业广基恢。

程节斋　沁园春·寿许宰　二月初一

三百篇诗，三十六篇，以祈寿言。惟上天所佑，锡之君子，中心岂弟，盖有仁存。允矣我公，韦平世胄，学问于兹有本原。临民处，看精神秋彻，气宇春温。　　由来淑景中分，第一日桑弧挂左门。是赋受不凡，仁而宜寿，笑渠谄子，徒费

辞繁。命匪在天，算非由数，我只把公心地论。从今去，管亟登槐棘，福遍乾坤。

竹林亭长　　沁园春·自寿

自笑生身，历事以来，垂六十年。今浮湛闾里，半非识面，交游朋友，各色华颠。富贵不来，少年已去，空见悠悠岁月迁。虽然是，只壮心一点，犹自依然。　　新阳又长天边，人指似山间诗酒仙。算胸次崔嵬，不胜百榼，笔端枯槁，难足千篇。隐几杖藜，相耕听诵，聊看诸郎相后先。余何□，但读书煮茗，日晏高眠。

朱元夫　　沁园春·从臾还亲

心上浮香，轩前度影，约久传梅。奈月意风情，枝南枝北，云婚雨嫁，年去年来。几望溪桥，屡肥芳信，历尽冰霜春自回。朝来报，报梢头儿女，并蒂花开。　　佩环飞下妆台，喜今度佳期不用催。羡行李三千，金屏翠幄，仙姿第一，玉骨琼腮。雌蝶纷纷，雄蜂逐逐，争道工为使与媒。翁知么，有西楼过雁，暗为徘徊。

邵桂子　　沁园春·李娶塘东曾

知是今年，一冬较暖，开遍梅花。有一朵妖娆，塘之东畔，东君爱惜，云幕低遮。小萼微红，香腮傅粉，把寿阳妆取自夸。谁知道，忽移来秀水，深处人家。　　清香扑透窗纱，渐仙李秾华无等差。这冰姿一样，玉颜双好，月明静夜，疏影横斜。传语曹林，须将止渴，结子今番早早些。梅自笑，嗔贺新郎曲，待拍红牙。

李团湖　　沁园春·六桂传家

六桂传家，三槐植庭，箕裘大儒。甚二郎意气，拟同稷契，一时庆会，致主唐虞。百揆登庸，双亲未老，此乐人间还有无。那堪更、有棣华韡韡，听履亨衢。　　朝来天上传呼，便写作、衣冠盛事图。有声容备乐，传宣锡劝，充庭牲饩，簇拥欢娱。整顿乾坤，巩安宗社，亦有臣功如此乎。中书考，愿年年此日，春满蓬壶。

立　斋　　沁园春·寿白侍从八十

表表耆英，松柏贞刚，冰霜洁清。正持囊紫禁，急流勇退，步角巾绿野，闲处安身。里社鸡豚，家山猿鹤，物我相忘法从荣。东溪畔，似非熊尚父，在渭之滨。　闲来袖手梅亭，似桃李纷纷谷自春。算高风难进，缙绅楷式，颓波屹立，乡曲仪刑。厚德清名，疏星碧落，屈指如公今几人。无他祝，但似山难老，镇压嚣尘。

程东湾　　沁园春·二月廿七

毓德婺虚，联辉魁宿，天启儒英。正仲春蓂阶，三留叶秀，晓来蓬矢，六挂门荣。星昴诞萧，神嵩降甫，怎似今朝记始生。当此际，有满城和气，万井欢声。　龚黄政事勋名，镜里文书吏胆惊。况百年经界，于今修复，四贤道学，至此彰明。月对艳阳，日逢初度，紫诏行催觐玉京。黄堂上、寿觞称处，介福邦民。

李慧之　　沁园春·寿韦轩八十一岁　九月初二

八九十翁，似婴儿戏，汉司马迁。记渭川垂钓，一年之长，龙山吹帽，七日之前。口角春风，襟期秋月，万事从来只任缘。随渠道，更登天富贵，陆地神仙。　儿孙绿绶青编，看鼓舞云霄高刺天。但阶移花影，闲寻棋局，风斜竹径，缓起茶烟。心迹逾清，精神越健，不用金丹资节宣。洪崖老，笑将眉寿，祝我老人轩。

任翔龙　　沁园春·赠谈命许丈

客有问余，号曰汝水，逸民者谁。是胸罗星斗，熟知天命，口分造化，妙泄天机。百十日前，再三地说，端的秋来攀桂枝。那时节，果鳌头高跨，鹗首横飞。　君休说是谈非，是则是干支带得来。也要他有个、读书种子，一丁不识，富贵何为。报道长安，梅边春色，早趁东风掠马蹄。重逢处，办一封好纸，觅状元诗。

刘省斋　　沁园春·赠较弓会诸友

男子才生，桑弧蓬矢，志期古同。况平生慷慨，胸襟磊

落，弛张洞晓，经艺该通，笔扫云烟，腹储兵甲，志气天边万丈虹。行藏事，笑不侯李广，射石夸雄。　仰天一问穷通，叹风虎云龙时未逢。羡傅岩版筑，终符求象，渭滨渔钓，果兆非熊。白额未除，长鲸未脍，臂健何嫌二石弓。天山定，任扶桑高挂，凌阁图功。

李君行　　沁园春·刘山春新居

三岛十洲，移掇者谁，玉城稚仙。解运诗之巧，裁山剪水，用诗之力，斡地回天。大笑宋初，秀才屋子，著不得官家十万钱。又谁说，李膺豪放，门号龙门。　我家呼喝山川，道今日山春莺已迁。汝南山顶上，虎毋久卧，秀溪底下，龙莫长眠。打起精神，护持诗府，推出诗城障山边。山川道，如稚仙肯出，当拜君言。

杨元亨　　沁园春·无为灯夕上陆史君

一棹横江，问讯盟鸥，太守谓谁。道皇华使者，光风洒落。元宵三五，乐与民俱。宝榼金鞯，玉梅钗燕，斗鸭阑干花影嬉。人迎笑，似玉京春浅，长是灯时。　风流不减人知，算岳牧词人谁似之。把南楼风月，渚宫丘壑，竹西歌舞，行乐濡须。万斛金莲，满城开遍，朵朵留迎学士归。明年宴，看柑传天上，月在云西。

崔　中　　沁园春·自己阳生

自己阳生，正是中虚，静极动时。默地雷微震，冲开玉户，天心朗彻，放下帘帏。真火冲融，灵泉复凑，不昧谷神何险危。自然妙，若三川龙跃，九万鹏飞。　中中二土成圭，意眷恋浓如母护儿。这恍惚真容，不空不色，窈冥妙象，无识无知。命住丹圆，全真体道，奋志精修休自迟。收功了，把三才全理，一贯全归。

傅伯达　　沁园春·白帝司权

白帝司权，炎宫回驭，一叶报秋。正银河高泻，金风乍扇，冰轮将满，火伞初收。吴越传芳，斗牛钟秀，间世生贤谁与俦。那堪更负，过人才气，济世谋猷。　风流花县优游，

有善政廉名达郡侯。鹗书朝荐，泥封暮召，荣登闺籍，平步瀛洲。歌驻行云，舞翻回雪，寿酒深倾碧玉瓯。从今愿，愿龄齐鼻祖，名在丹丘。

无名氏　　沁园春·小阁深沉

小阁深沉，寸心怀感，暗忆旧时。念母兄贫窘，姻亲劝诱，一身权作，七岁为期。及到门阑，小君猜忌，如履轻冰愁过违。多磨难，是房中诟骂，堂上鞭笞。　堪悲，命运乖衰，甚长个孩儿朝夜啼。叹此生缘业，两餐淡薄，无时无泪，如醉如痴。暗里相逢，低声说与，此个恩情休谩为。须知道，联难为夏竦，不易张祁。

无名氏　　沁园春·山驿萧疏

山驿萧疏，水亭清楚，仙姿太幽。望一枝颖脱，寒流林外，为传春信，风定香浮。断送光阴，还同昨夜，叶落从知天下秋。凭阑处，对冰肌玉骨，姑射来游。　无端品笛悠悠，似怨感长门人泪流。奈微酸已寄，青青杪，助当年太液，调鼎和羹。樵岭渔桥，依稀精彩，又何藉纷纷俗士求。孤标在，想繁红闹紫，应与包羞。

无名氏　　沁园春·国步多艰

国步多艰，民心靡定，诚吾隐忧。叹浙民转徙，怨寒嗟暑，荆襄死守，阅岁经秋。虏未易支，人将相食，识者深为社稷羞。当今亟，出陈大谏，箸借留侯。　□□迂阔为谋，天下士如何可籍收。况君能尧舜，臣皆稷契，世逢汤武，业比伊周。政不必新，贯仍宜旧，莫与秀才做尽休。吾元老，广四门贤路，一柱中流。

无名氏　　沁园春·未开梅

我善观梅，识梅妙处，舍我其谁。待裁冰剪雪，已无足道，凝酥弄粉，愈不为奇。枉费心神，巡檐索笑，点检南枝并北枝。梅应道，似这般题品，未是相知。　分明有个端倪，遮莫把人间凡眼窥。那精神全在，半含蕊处，风流全在，未有香时。万木丛边，两三点白，此是生生化化机。花开也，又怎

生消得，个样词儿。

无名氏　　沁园春·寿游侍郎

兹审某官秀毓全闽，龄开八秩。一身高卲，为天下之达尊；两字康宁，享福中之至贵。绂麟呈瑞，厦燕倾诚。某适以事拘，后于躬贺。望宫墙之仞，誓坚雅志之依刘；歌眉寿之章，愿效诗人之颂鲁。倘蒙电眄，无任眷荣

五岳三光，孕秀精神，时生俊髦。看出匣锋铓，备施盘错，济川力量，历试风涛。直卷经纶，十征不就，争羡先生出处高。徜徉处，有晋公绿野，陶令东皋。　精神翰墨游遨，无一点风霜上鬓毛。不访蓬莱，遍搜仙药，不登阆苑，三摘蟠桃。洒洒丰姿，棱棱标致，长对梅花雪里梢。青如许，与老松苍竹，定岁寒交。

无名氏　　沁园春·寿郭宪使

阊阖初开，羽葆来从，斗畔天南。看长身玉立，精神耿耿，风姿冰冷，琼佩珊珊。政数龚黄，才称屈宋，君合居其伯仲间。犹堪庆，早恩沾令子，新著朝冠。　东园，未即开藩，且乡曲吾曹共往还。向棋边几见，烂柯樵客，琴中时写，流水高山。野鹤立阶，灵龟支坐，修竹梅花伴岁寒。荣华事，有传家从橐，立上清班。

无名氏　　沁园春·寿王倅

天遣东皇，来庆诞辰，和气先回。趁未将风月，平分八桂，且垂弧矢，相映三槐。歌遏行云，舞萦回雪，不比常年寿宴开。有贤守，送三千乐指，环侍金罍。　文章政事奇哉，曾飞舄双凫天外来。便合除之六察，少旌最绩，何为别驾，暂屈长才。尚亿传家，行将跨灶，岂但侯藩与外台。称觞看，灵龟支坐，老鹤眠阶。

无名氏　　沁园春·寿刘提干

学富总龟，英蜚漕鹗，正当少年。向山阴发轫，从容莲幕，结知当路，翠刻争先。万斛龙骧，湖襄飞饷，赏秩新纶来日边。重重庆，又金鱼新渥，玉树芝兰。　今朝好语欢传，

正南极真人生世天。是紫囊阴骘，朱幡美德，平山钟秀，嵩岳生贤。事业惊人，行魁胪唱，展庆公庭云母间。称觞祝，对今宵明月，千古团圆。

无名氏　　沁园春·寿刘宰

天下知名，今日刘郎，胜如旧时。记当年幕府，元戎高会，万花围席，争看题诗。尽道坡仙，再生尘世，有制宜烦立马挥。东阳小，岂容久驻，凫舄暂双飞。　诸公荐墨交驰，要推上青云百丈梯。况平生慷慨，闻鸡起舞，中原事业，不付公谁。生记今朝，频将指数，较莱公争半月期。功名事，不输前辈，行即诏封泥。

无名氏　　沁园春·寿东屏

奏捷淮壖，勒功燕石，鼓吹凯旋。正归班玉笋，花袍方卸，彩衣亟著，忠孝双全。清德独高，皇心简注，燕寝凝香朱两幡。君王问，录屏风姓字，趣对金銮。　平山，蹑履绥冠，竞来庆嘉平五日间。是炎刘昴宿，光至再现，绛人甲子，四百新颁。碧麦称觞，玉枝等算，长对梅花开岁寒。春回也，报调羹时候，梅子微酸。

无名氏　　沁园春·寿长斋友人

眼底高年，如老曾仙，斗南一人。能持斋守戒，香山居士，乐天知命，康节先生。满眼儿孙，满堂金玉，多宝如来现后身。真堪羡，有许多福力，越见精神。　庆公今日生申，喜渐近中秋对月明。这平生积善，三千功行，前程享福，八百椿龄。见说寿筵，大开佛事，煮鹤炮龙烙凤麟。从今后，愿年年长健，事事如心。

无名氏　　沁园春·侄寿叔又调官

某共审某官，门弧纪瑞，朝旆生辉。寿年固等于南山，宠命行膺于北阙。既有联翩之喜，可无祝祷之忱。某兰砌幼元，竹林小阮。夙蒙矜诲，倍切欣愉。敬缀沁园之词，用侈庄椿之祝。三熏三献，一盼为荣

长至阳生，律转黄钟，门左弧垂。记当年瑞世，梦传玉

燕，今朝诞节，香爇金猊。南极星明，北山堂邃，松桧苍苍龟鹤随。况蟠桃下熟，仙童来献，喜介双眉。　平生谋画多奇，算收拾功名须有时。曾指麾万骑，刍飞粟挽，折冲千里，彗扫星驰。荐口澜翻，宸恩鼎至，此去须还衣锦归。人都道，黑头卿相，慷慨男儿。

无名氏　　沁园春·自寿

甲子一周，织乌相催，又还十年。但诗狂酒圣，坐常有客，书痴传癖，囊不留钱。拍手浩歌，出门长笑，谁是知心有老天。犹多事，更时游艺圃，日耨情田。　细思世事无边，只好把清樽对眼前。看槐国功名，有如戏剧，竹林宴赏，便似神仙。富贵危机，荣华作梦，早已输人一著先。从今去、莫将醉趣，与醒人传。

无名氏　　沁园春·冬至日娶

姑射琼仙，论人间世，学宫样妆。费精神刺绣，裁成云锦，今朝喜遇，弱线添长。收拾云情，铺张雨态，来嫁朱门趁一阳。真还是，两情鱼水，并颈鸳鸯。　登科人道无双，问小底何如大底强。幸洞房花烛，得吹箫侣，短檠灯火，伴读书郎。办苦工夫，求生富贵，要折丹枝天上香。来秋也，看载膺鹗荐，载弄之璋。

无名氏　　沁园春·柳眼偷金

柳眼偷金，梅肌晕玉，春信已催。正浅寒天气，嫩晴日色，雨收巫峡，烟卷蓬莱。青鸟衔音，彩鸾迎驾，白昼传呼王母来。屏帏里，看合欢杯尽，连理花开。　笙歌上下楼台，更罗绮丛中薰麝煤。想雪香酥暖，粉娇翠软，风流乐事，慰惬情怀。花帽兰袍，皂鞋槐简，谁似何郎年少才。人偕老，类鸳鸯匹偶，鸾凤和谐。

无名氏　　沁园春·萱草阑干

萱草阑干，杨花庭院，夜景澄虚。望庚星昴宿，荧荧照室，祥烟瑞霭，郁郁充闾。白鹿入胎，黄龟献梦，果应君家生凤雏。真英物，似昆山片玉，沧海明珠。　玳筵丝竹□□，

有多少犀钱分座隅。念谢堂冷落，久无神语，淮淝骚扰，谁定边谟。天产英雄，地钟秀气，振起家声今有余。□□□，看宫袍加鹄，玉带悬鱼。

无名氏　　沁园春·贺生第二子之一

蛮柳眠风，妃棠醉日，春意方浓。怪凌晨乾鹊，欢声啧啧，充闾瑞霭，佳气葱葱。白鹿效灵，黄龟献梦，还应君生第二龙。兰房里，想犀帷晕翠，锦褓裁红。　五峰，秀气攸钟，更头玉硗硗天性聪。自谪仙芳歇，久尘赋颂，江西派冷，谁嗣宗风。骨脉尤香，云仍载诞，衮衮公侯从此封。三朝满，好平分犀玉，满泛金钟。

无名氏　　沁园春·贺生第二子之二

明月呈规，祥烟非雾，载符梦铃。记前时已庆，人间鸑鷟，今番再见，天上麒麟。知是于门，功标紫府，夜半仙官敕五丁。亲送与，向君家作个，难弟难兄。　绝奇不数徐卿，看他日名登千佛经。正翁翁矍铄，婆婆老福，薰修觉海，结果初成。自愧空词，不酬杯水，汤饼难充堂上宾。无功也，这犀钱玉果，敢望平分。

无名氏　　沁园春·贺生孙

喜见于门，子月阳生，子舍春回。想释丘抱送，绝奇神骨，皙参授受，忠恕胚胎。跨灶参先，撞楼踵后，鼎样一门三秀才。应不数，那窦家五桂，王氏三槐。　南丰门户奇哉，他日一声平地雷。若非是河东，名传三凤，也应天上，光映三台。莫道后时，方为贺客，且把犀钱玉果来。却还取，这长生一曲，富贵三杯。

无名氏　　沁园春·衮绣堂前

衮绣堂前，福星开度，寿星入垣。有建隆臣普，上天宰辅，绍兴臣鼎，平地神仙。入秉钧衡，出分藩屏，托住东南半壁天。年来好，甚烽消万里，尘静三边。　紫宸几度传宣，刚不肯归班押讲筵。纵云台勋业，已登盟府，金城筹策，犹念中原。好袖山河，更扶日月，色正三台第一躔。王韩去，愿齐

休社稷，于万斯年。

无名氏　　沁园春·寿黄守

皂盖朱幡，玉节虎符，宏开大藩。把济川舟楫，试横碧水，擎天柱石，小驻丹山。麦秀两歧，棠芾千里，治最当今黄颍川。平章看、文词坡谷，人品欧韩。　　揭来游戏人间，况雅量汪汪海样宽。适弧垂门外，香凝燕寝，□星对照，两地交欢。自有青州，活民阴德，不用延年九转丹。人皆祝，愿黑头黄阁，绿鬓朱颜。

无名氏　　沁园春·寿赵宰

快阁春边，倚阑干外，东西晚晴。有银潢公子，摩挲石刻，金华仙伯，主掌鸥盟。陶柳清新，潘花红嫩，早有丰年笑语声。还知道，是街头父老，竞说升平。　　怪来昨夜长庚，与一道澄江月共明。但寿烟起处，千山天远，寿杯满后，千尺泉清。兴庆宫中，长生殿里，早踏金鳌背上行。明年好，望紫云楼上，一点台星。

无名氏　　沁园春·寿冰壶刘监丞，以竹为寿

径竹扶疏，直上青霄，玉立万竿。似冰壶潇洒，虚心直节，清标贞干，风月无边。清荫盈庭，细香满座，凡款公门皆七贤。称觞旦，与松梅并祝，辞表南山。　　绵延，龙种儿孙，列砌森庭栖凤鸾。况节楼辟命，管城草檄，计台琐试，玉笋联班。盛事重重，荐腾楛茧，渡蚁阴功须状元。燕山乐，又使符踵至，趣赴淇园。

无名氏　　沁园春·寿朱佥判，以鹤为寿

有鹤东来，鸣而向余，借篇寿词。道临皋亭下，坡仙曾梦，锦宫城里，清献常携。山斗才名，冰霜节操，苏赵如今重见之。生申旦，正菊花开后，橙子黄时。　　自从枳棘鸾栖，何尚泛芙蓉绿水池。便来归西掖，坐看红药，也应天禄，书照青藜。顾我鸡群，来陪燕贺，且祝千年寿与齐。樽前鹤，乃翩跹起舞，来上瑶卮。

无名氏　　沁园春·寿闽帅　正月初二

意一仙翁，自紫府中，出游戏身。看脊梁铁铸，担当社稷，精神玉炼，照映乾坤。谏省伏蒲，紫垣直笔，硬语曾惊天上人。福身去，建红牙兼纛，南海之滨。　天公偏福吾闽，遣夜锦开藩为帅臣。记前回散了，几多饭碗，如今积了，千万禾囷。心与天通，阴功无量，直待时来秉化钧。年年宴，在人正次日，寿庆千春。

无名氏　　沁园春·寿庄寺丞　四月十一

申伯嵩神，李白长庚，萧何昴精。恰先公三日，金仙氏降，后公三日，吕洞宾生。五百仙班，一千佛号，喜听胪声传集英。君恩重，早升华监寺，扬历朝廷。　金瓯已覆香名，正天上苍生须太平。看黄麻一命，难留五马，蟠桃三熟，会庆千龄。一尉凄凉，有官守者，莫到公堂称寿觥。三熏沐，但焚香清夜，遥拜台星。

无名氏　　沁园春·寿冰壑　十月十七

冰壑平生，如伯伦狂，似希乐豪。喜观书不用、菊茶明眼，登山不倩、藜杖扶腰。豆粥萍齑，鲙羹鳞脯，湖海人常折简招。谁云老，有满怀风月，藏在诗瓢。　凌晨向鹄冲霄，道昴宿于今又应萧。记垂弧令节，恰当后日，下元好景，正属前朝。冷胆如天，刚肠如剑，须把千杯寿酒浇。那堪更，是梅花时月，烂熳溪桥。

无名氏　沁园春·寿刘常州　十二月廿九

淮海知名，今日刘郎，胜如旧时。记当年幕府，从容赞画，云从万骑，电掣千麾。威震新塘，气吞涟楚，涤扫妖氛但指期。论功处，载骖鸾鹤，衣锦赋荣归。　九重诏已封泥，看稳上青云万丈梯。况平生慷慨，闻鸡起舞，中原事业，不付公谁。昨夜颁春，明朝献岁，且对椒盘奉寿卮。功名事，不输前辈，行到凤凰池。

无名氏　　　沁园春·庆云山创屋

法从西清，雅志山东，超然燕怡。笑洛城卢老，贫来屋

破，花溪杜叟，雨里床移。晚乃经营，欢言结架，夭矫晴虹朝已跻。开山了，一灯灯相续，第一宗师。　　乘闲小隐幽栖，天与人谋应此时。算春霆震响，不教龙蛰，甘霖布润，待倩云飞。宥密思贤，明谟经远，共指神州克复归。归来也，更身名烜赫，锦绣光辉。

无名氏　　　　沁园春·道过江南

道过江南，泥墙粉壁，石具在前。述某州某县，某乡某里，住何人地，佃何人田。气象萧条，生灵憔悴，经略从来未必然。惟何甚，为官为己，不把人怜。　　思量几许山川，况土地分张又百年。正西蜀巉岩，云迷鸟道，两淮清野，日警狼烟。宰相弄权，奸人罔上，谁念干戈未息肩。掌大地，何须经理，万取千焉。

诉 衷 情

唐教坊曲名，本为诉说内心的深情。后用其曲调填词，遂成为词牌名。唐毛文锡词中有“桃花流水漾纵横”之句，故取其首三字，易名《桃花水》。又名《一丝风》、《步花间》、《花间诉衷情》、《偶相逢》、《试周郎》、《画楼空》。有单调、双调两体。单调者，十一句，三十三字，平韵、仄韵混用。第一、二、三句用仄韵，四、七、八、九、十换平韵，五、六两句换仄韵，间于其中。单调又有三十七字一体。双调者，平韵，四十四字。上阕四句、二十三字，于第一、二、四句用韵；下阕六句、二十一字，句句用韵。双调又有四十一字、四十五字诸体。参阅《一丝风》等。

柳　永　　诉衷情·一声画角日西曛

一声画角日西曛，催促掩朱门。不堪更倚危阑，肠断已消魂。　　年渐晚，雁空频，问无因。思心欲碎，愁泪难收，又是黄昏。

张　先　　诉衷情·花前月下暂相逢

花前月下暂相逢，苦恨阻从容。何况酒醒梦断，花谢月朦胧。　　花不尽，月无穷，两心同。此时愿作，杨柳千丝，绊

惹春风。

张　先　　诉衷情·数枝金菊对芙蓉

数枝金菊对芙蓉，零落意忡忡。不知多少幽怨，和泪泣东风。　人散后，月明中，夜寒浓。谢娘愁卧，潘令闲眠，往事何穷。

此首别作晏殊词

晏　殊　　诉衷情·青梅煮酒斗时新

青梅煮酒斗时新，天气欲残春。东城南陌花下，逢著意中人。　回绣袂，展香茵，叙情亲。此情拚作，千尺游丝，惹住朝云。

晏　殊　　诉衷情·东风杨柳欲青青

东风杨柳欲青青，烟淡雨初晴。恼他香阁浓睡，撩乱有啼莺。　眉叶细，舞腰轻，宿妆成。一春芳意，三月和风，牵系人情。

晏　殊　　诉衷情·芙蓉金菊斗馨香

芙蓉金菊斗馨香，天气欲重阳。远村秋色如画，红树间疏黄。　流水淡，碧天长，路茫茫。凭高目断，鸿雁来时，无限思量。

晏　殊　　诉衷情·数枝金菊对芙蓉

数枝金菊对芙蓉，摇落意重重。不知多少幽怨，和露泣西风。　人散后，月明中，夜寒浓。谢娘愁卧，潘令闲眠，心事无穷。

此首别作张先词

晏　殊　　诉衷情·秋风吹绽北池莲

秋风吹绽北池莲，曙云楼阁鲜。画堂今日嘉会，齐拜玉炉烟。　斟美酒，祝芳筵，奉觥船。宜春耐夏，多福庄严，富贵长年。

晏　殊　　诉衷情·露莲双脸远山眉

露莲双脸远山眉，偏与淡妆宜。小庭帘幕春晚，闲共柳丝

垂。　　人别后，月圆时，信迟迟。心心念念，说尽无凭，只是相思。

晏　殊　　诉衷情·世间荣贵月中人

世间荣贵月中人，嘉庆在今辰。兰堂帘幕高卷，清唱遏行云。　　持玉盏，敛红巾，祝千春。榴花寿酒，金鸭炉香，岁岁长新。

晏　殊　　诉衷情·海棠珠缀一重重

海棠珠缀一重重，清晓近帘栊。胭脂谁与匀淡，偏向脸边浓。　　看叶嫩，惜花红，意无穷。如花似叶，岁岁年年，共占春风。

晏　殊　　诉衷情·寿

幕天席地斗豪奢，歌妓捧红牙。从他醉醒醒醉，斜插满头花。　　车载酒，解貂贳，尽繁华。儿孙贤俊，家道荣昌，祝寿无涯。

晏　殊　　诉衷情·喧天丝竹韵融融

喧天丝竹韵融融，歌唱画堂中。玲女世间希有，烛影夜摇红。　　一同笑，饮千钟，兴何穷。功成名遂，富足年康，祝寿如松。

王　益　　诉衷情·烧残绛蜡泪成痕

烧残绛蜡泪成痕，街鼓报黄昏。碧云又阻来信，廊上月侵门。　　愁永夜，拂香茵，待谁温。梦兰憔悴，掷果凄凉，两处销魂。

此首别作杜安世词

谢　绛　　诉衷情·宫怨

银缸夜永影长孤，香草续残炉。倚屏脉脉无语，粉泪不成珠。　　双綮枕，百娇壶，忆当初。君恩莫似，秋叶无情，欲向人疏。

欧阳修　　诉衷情·眉意

清晨帘幕卷轻霜，呵手试梅妆。都缘自有离恨，故画作远

山长。　　思往事，惜流芳，易成伤。拟歌先敛，欲笑还颦，最断人肠。

欧阳修　　诉衷情·歌时眉黛舞时腰

歌时眉黛舞时腰，无处不娇饶。初剪菊，欲登高，天气怯鲛绡。　　紫丝障，绿杨桥，路迢迢。酒阑歌罢，一度归时，一度魂消。

此首别作杜安世词

欧阳修　　诉衷情·离怀酒病两忡忡

离怀酒病两忡忡，欹枕梦无踪。可怜有人今夜，胆小怯房空。　　杨柳绿，杏梢红，负春风。迢迢别恨，脉脉归心，付与征鸿。

杜安世　　诉衷情·烧残绛蜡泪成痕

烧残绛蜡泪成痕，街鼓报黄昏。碧云又阻来信，廊上月侵门。　　愁永夜，拂香茵，待谁温。梦兰憔悴，掷果凄凉，两处消魂。

此首别作王益词

王安石　　诉衷情·和俞秀老鹤词

常时黄色见眉间，松桂我同攀。每言天上辛苦，不肯饵金丹。　　怜水静，爱云闲，便忘还。高歌一曲，岩谷迤逦，宛似商山。

王安石　　诉衷情·练巾藜杖白云间

练巾藜杖白云间，有兴即跻攀。追思往昔如梦，华毂也曾丹。　　尘自扰，性长闲，更无还。达如周召，穷似丘轲，只个山山。

王安石　　诉衷情·茫然不肯住林间

茫然不肯住林间，有处即追攀。将他死语图度，怎得离真丹。　　浆水价，匹如闲，也须还。何如直截，踢倒军持，赢取沩山。

王安石　　诉衷情·营巢燕子逞翱翔

营巢燕子逞翱翔，微志在雕梁。碧云举翮千里，其奈有鸾

皇。　　临济处，德山行，果承当。自时降住，一切天魔，扫地焚香。

王安石　　诉衷情·又和秀老

莫言普化只颠狂，真解作津梁。蓦然打个斤斗，直跳过羲皇。　　临济处，德山行，果承当。将他建立，认作心诚，也是寻香。

晏几道　　诉衷情·种花人自蕊宫来

种花人自蕊宫来，牵衣问小梅。今年芳意何似，应向旧枝开。　　凭寄语，谢瑶台，客无才。粉香传信，玉盏开筵，莫待春回。

晏几道　　诉衷情·净揩妆脸浅匀眉

净揩妆脸浅匀眉，衫子素梅儿。苦无心绪梳洗，闲淡也相宜。　　云态度，柳腰肢，入相思。夜来月底，今日尊前，未当佳期。

晏几道　　诉衷情·渚莲霜晓坠残红

渚莲霜晓坠残红，依约旧秋同。玉人团扇恩浅，一意恨西风。　　云去住，月朦胧，夜寒浓。此时还是，泪墨书成，未有归鸿。

晏几道　　诉衷情·凭觞静忆去年秋

凭觞静忆去年秋，桐落故溪头。诗成自写红叶，和恨寄东流。　　人脉脉，水悠悠，几多愁。雁书不到，蝶梦无凭，漫倚高楼。

晏几道　　诉衷情·小梅风韵最妖娆

小梅风韵最妖娆，开处雪初消。南枝欲附春信，长恨陇人遥。　　闲记忆，旧江皋，路迢迢。暗香浮动，疏影横斜，几处溪桥。

晏几道　　诉衷情·长因蕙草记罗裙

长因蕙草记罗裙，绿腰沉水熏。阑干曲处人静，曾共倚黄

昏。　　风有韵，月无痕，暗消魂。拟将幽恨，试写残花，寄与朝云。

晏几道　　诉衷情·御纱新制石榴裙

御纱新制石榴裙，沉香慢火熏。越罗双带宫样，飞鹭碧波纹。　　随锦字，叠香痕，寄文君。系来花下，解向尊前，谁伴朝云。

晏几道　　诉衷情·都人离恨满歌筵

都人离恨满歌筵，清唱倚危弦。星屏别后千里，更见是何年。　　骢骑稳，绣衣鲜，欲朝天。北人欢笑，南国悲凉，迎送金鞭。

苏　轼　　诉衷情·送述古迓元素

钱塘风景古来奇，太守例能诗。先驱负弩何在，心已誓江西。　　花尽后，叶飞时，雨凄凄。若为情绪，更问新官，向旧官啼。

苏　轼　　诉衷情·海棠

海棠珠缀一重重，清晓近帘栊。胭脂谁与匀淡，偏向脸边浓。　　看叶嫩，惜花红，意无穷。如花似叶，岁岁年年，共占春风。

苏　轼　　诉衷情·琵琶女

小莲初上琵琶弦，弹破碧云天。分明绣阁幽恨，都向曲中传。　　肤莹玉，鬓梳蝉，绮窗前。素娥今夜，故故随人，似斗婵娟。

黄庭坚　　诉衷情·小桃灼灼柳鬖鬖

小桃灼灼柳鬖鬖，春色满江南。雨晴风暖烟淡，天气正醺酣。　　山泼黛，水挼蓝，翠相搀。歌楼酒旆，故故招人，权典青衫。

黄庭坚　　诉衷情·旋揎玉指著红靴

旋揎玉指著红靴，宛宛斗弯讹。天然自有殊态，供愁黛、

不须多。　分远岫，压横波，妙难过。自欹枕处，独倚阑时，不奈颦何。

黄庭坚　诉衷情·珠帘绣幕卷轻霜

珠帘绣幕卷轻霜，呵手试梅妆。都缘自有离恨，故画作、远山长。　思往事，惜流光，恨难忘。未歌先敛，欲笑还颦，最断人肠。

黄庭坚　诉衷情·一波才动万波随

在戎州登临胜景，未尝不歌渔父家风，以谢江山。门生请问：先生家风如何?为拟金华道人作此章

一波才动万波随，蓑笠一钩丝。锦鳞正在深处，千尺也须垂。　吞又吐，信还疑，上钩迟。水寒江静，满目青山，载月明归。

晁端礼　诉衷情·红窗小艇雨余天

红窗小艇雨余天，李郭未神仙。片时篷底幽梦，即是五湖船。　追往事，惜流年，恨风烟。向人依旧，两行垂杨，一片新蝉。

晁端礼　诉衷情·吴宫绝艳楚宫腰

吴宫绝艳楚宫腰，怯挂紫檀槽。纤纤玉笋轻捻，莺语弄春娇。　松钿带，獭金翘，暗香飘。红牙拍碎，绛蜡烧残，月淡天高。

晁端礼　诉衷情·金盆水冷又重煨

金盆水冷又重煨，不肯傍妆台。从教髻鬟松慢，斜獭卷云钗。　莲步稳，黛眉开，后园回。手挼柳带，鬓插梅梢，探得春来。

米　芾　诉衷情·献汲公相国寿

薰风吹动满池莲，晓云楼阁鲜。绣阁华堂嘉会，齐拜玉炉烟。　斟美酒，奉觥船，祝芳筵。宜春耐夏，多福庄严，富贵长年。

米　芾　　　　诉衷情·思归

劳生奔走困粗官，揽镜鬓毛斑。物外平生萧散，微宦兴阑珊。　奇胜处，每凭阑，定忘还。好山如画，水绕云萦，无计成闲。

贺　铸　　诉衷情·不堪回首卧云乡

不堪回首卧云乡，羁宦负清狂。年来镜湖风月，鱼鸟两相忘。　秦塞险，楚山苍，更斜阳。画桥流水，曾见扁舟，几度刘郎。

贺　铸　　诉衷情·半销檀粉睡痕新

半销檀粉睡痕新，背镜照樱唇。临风再歌团扇。深意属何人。　轻调笑，浅凝颦，认情亲。最难堪酒，似不胜情，依样伤春。

仲　殊　　　　诉衷情·春情

楚江南岸小青楼，楼前人舣舟。别来后庭花晚，花上梦悠悠。　山不断，水空流，谩凝眸。建康宫殿，燕子来时，多少闲愁。

仲　殊　　　　诉衷情·建康

钟山影里看楼台，江烟晚翠开。六朝旧时明月，清夜满秦淮。　寂寞处，两潮回，黯愁怀。汀花雨细，水树风闲，又是秋来。

仲　殊　　　诉衷情·宝月山作

清波门外拥轻衣，杨花相送飞。西湖又还春晚，水树乱莺啼。　闲院宇，小帘帏，晚初归。钟声已过，篆香才点，月到门时。

仲　殊　　　　诉衷情·春词

长桥春水拍堤沙，疏雨带残霞。几声脆管何处，桥下有人家。　宫树绿，晚烟斜，噪闲鸦。山光无尽，水风长在，满面杨花。

仲　殊　　　　**诉衷情·寒食**

涌金门外小瀛洲，寒食更风流。红船满湖歌吹，花外有高楼。　　晴日暖，淡烟浮，恣嬉游。三千粉黛，十二阑干，一片云头。

晁补之　　**诉衷情·东皋寓居　送春**

东城南陌路歧斜，芳草遍藏遮。黄鹂自是来晚，莫恨海棠花。　　惊雪絮，满天涯，送春赊。问春莫是，忆著东君，自去还家。

晁补之　　　　**诉衷情·东皋寓居**

小园过午，便觉凉生翠柏。戎葵闲出墙红，萱草静依径绿。还是去年，浮瓜沉李，追凉故绕池边竹，小筵促。　　忽忆杨梅正熟，下山南畔，画舸笙歌逐。愁凝目，使君彩笔，佳人锦字，断弦怎续。尽日栏干曲。

周邦彦　　**诉衷情·当时选舞万人长**

当时选舞万人长，玉带小排方。喧传京国声价，年少最无量。　　花阁迥，酒筵香，想难忘。而今何事，佯向人前，不认周郎。

周邦彦　　　　**诉衷情·夏景**

出林杏子落金盘，齿软怕尝酸。可惜半残青紫，犹有小唇丹。　　南陌上，落花间，雨斑斑。不言不语，一段伤春，都在眉间。

周邦彦　　　　**诉衷情·秋景**

堤前亭午未融霜，风紧雁无行。重寻旧日岐路，茸帽北游装。　　期信杳，别离长，远情伤。风翻酒幔，寒凝茶烟，又是何乡。

苏　庠　　**诉衷情·渔父家风、醉中赠韦道士**

杖头挑得布囊行，活计有谁争。不肯侯家五鼎，碧涧一杯羹。　　溪上月，岭头云，不劳耕。瓮中春色，枕上华胥，便

是长生。

苏　庠　　诉衷情·倦投林樾当诛茅

倦投林樾当诛茅，鸿雁响寒郊。溪上晚来杨柳，月露洗烟梢。　霜后渚，水分槽，尚平桥。客床归梦，何必江南，门接云涛。

毛　滂　　诉衷情·三月八日仲存席上见吴家歌舞

花阴柳影映帘栊，罗幕绣重重。行云自随语燕，回雪趁惊鸿。　银字歇，玉杯空，蕙烟中。桃花髻暖，杏叶眉弯，一片春风。

毛　滂　　诉衷情·七夕

短疏萦绿象床低，玉鸭度香迟。微云淡著河汉，凉过碧梧枝。　秋韵起，月阴移，下帘时。人间天上，一样风光，我与君知。

沈　蔚　　诉衷情·深深院宇小池塘

深深院宇小池塘，一径碧梧长。青春又归何处，新笋绿成行。　多少事，恼人肠，懒思量。香消一炷，睡起霎时，日过东窗。

唐　庚　　诉衷情·旅愁

平生不会敛眉头，诸事等闲休。元来却到愁处，须著与他愁。　残照外，大江流，去悠悠。风悲兰杜，烟淡沧浪，何处扁舟。

葛胜仲　　诉衷情·友人生日

清明寒食景暄妍，花映碧罗天。参差捍拨齐奏，丰颊拥芳筵。　逢诞日，揖真仙，托炉烟。朱颜长似，头上花枝，岁岁年年。

米友仁　　诉衷情·渊明诗

结庐人境羡陶潜，车马不来喧。胜处自多真趣，飞鸟日相还。　心既远，地仍偏，见南山。手持菊颖，山气常佳，欲

辨忘言。

万俟咏　　　　诉衷情·送春

一鞭清晓喜还家，宿醉困流霞。夜来小雨新霁，双燕舞风斜。　　山不尽，水无涯，望中赊。送春滋味，念远情怀，分付杨花。

朱敦儒　　诉衷情·青垂柳线水平池

青垂柳线水平池，芳径燕初飞。日长事少人静，山茧换单衣。　　箫鼓远，篆香迟，卷帘低。半床花影，一枕松风，午醉醒时。

朱敦儒　　诉衷情·老人无复少年欢

老人无复少年欢，嫌酒倦吹弹。黄昏又是风雨，楼外角声残。　　悲故国，念尘寰，事难言。下了纸帐，曳上青毡，一任霜寒。

朱敦儒　　诉衷情·青旗彩胜又迎春

青旗彩胜又迎春，暖律应祥云。金盘内家生菜，宫院遍承恩。　　时节好，管弦新，度升平。惠风迟日，柳眼梅心，任醉芳尊。

朱敦儒　　诉衷情·月中玉兔日中鸦

月中玉兔日中鸦，随我度年华。不管寒暄风雨，饱饭热煎茶。　　居士竹，故侯瓜，老生涯。自然天地，本分云山，到处为家。

李清照　　诉衷情·夜来沉醉卸妆迟

夜来沉醉卸妆迟，梅萼插残枝。酒醒熏破春睡，梦远不成归。　　人悄悄，月依依，翠帘垂。更挼残蕊，更捻余香，更得些时。

蔡　伸　　诉衷情·亭亭秋水玉芙蓉

亭亭秋水玉芙蓉，天际水浮空。碧云望中空暮，人在广寒宫。　　双缕枕，曲屏风，小房栊。可怜今夜，明月清风，无

计君同。

李弥逊　　诉衷情·次韵李伯纪桃花

小桃初破两三花，深浅散余霞。东君也解人意，次第到山家。　临水岸，一枝斜，照笼纱。可怜何事，苦爱施朱，减尽容华。

张元幹　　诉衷情·儿时初未识方红

予儿时不知有荔子，自呼为红蕊，父母赏其名新，昔所未闻，殊尽形似之美。久欲记之而因循。比与诸公和长短句，故及之以诉衷情。盖里中推星球红、鹤顶红，皆佳品。海舶便风，数日可到

儿时初未识方红，学语问西东。对客呼为红蕊，此兴已偏浓。　嗟白首，抗尘容，费牢笼。星球何在，鹤顶长丹，谁寄南风。

邓　肃　　诉衷情·送李状元之一

乘鸾缥缈过三山，游戏下人间。金尊不辞频倒，春色上朱颜。　依暖玉，掠风鬟，语关关。惟愁漏短，雨散云飞，骑月空还。

邓　肃　　诉衷情·送李状元之二

龙头一语定闽山，黄色上眉间。诏书促归金阙，玉带侍天颜。　拢象板，亸宫鬟，唱阳关。从容禁闼，若念林泉，应寄书还。

邓　肃　　诉衷情·送李状元之三

从来云雨过巫山，只托梦魂间。何如醉逢倾国，春到一瓢颜。　歌窈窕，舞双鬟，掩云关。重城五鼓，月下西楼，不忍轻还。

曾　惇　　诉衷情·别意

鄞江云气近蓬莱，花柳满城隈。风流谢守相遇，应覆故人杯。　烟浪暖，锦帆回，莫徘徊。玉霄亭下，芍药荼蘼，都望归来。

曹　勋　　　诉衷情·宫中牡丹

西都花市锦云同，谷雨贡黄封。天心故偏雨露，名品满深宫。　开国艳，正春融，露香中。绮罗金殿，醉赏浓春，贵紫娇红。

曹　勋　　诉衷情·人情世态饱经过

人情世态饱经过，眼也见来多。忙中掉得便去，不是有人唆。　云似舞，水如歌，笑呵呵。这回还我，半世偎绥，一味磨跎。

曹　勋　　诉衷情·得抽头处好抽头

得抽头处好抽头，等待几时休。贤且广张四至，我早已优游。　黄道服，布钱绉，煞风流。往来熟后，也没惊怕，也没忧愁。

曾　觌　　诉衷情·夜直殿庐，晚雪，因作

建章宫殿晚生寒，飞雪点朱阑。舞腰缓随檀板，轻絮殢春闲。　愁思乱，酒肠悭，漏将残。玉人今夜，滴粉搓酥，应敛眉山。

曾　觌　　诉衷情·半钩珠箔小扬州

赵德大还延平，因语旧游，作此以赠之

半钩珠箔小扬州，春色在重楼。曾醉玳筵歌舞，楚梦苦难留。　情脉脉，恨悠悠，几时休。大都人世，会少离多，总是闲愁。

曾　觌　　诉衷情·晚妆初试蕊珠宫

晚妆初试蕊珠宫，随步异香浓。檀槽缓垂鸾带，纤指捻春葱。　莺语巧，上林中，正娇慵。暂教花下，帘影微开，多谢东风。

曾　觌　　诉衷情·史丞相宴曲水席上作

兰亭曲水擅风流，移宴向清秋。黄花未应憔悴，盏面尚堪浮。　围艳质，发歌喉，细相酬。明年此会，主人还是，在

凤池上。

曾　觌　　　诉衷情·闲窗静院漏声长

闲窗静院漏声长，金鸭冷残香。几番梦回枕上，飞絮恨悠扬。　身在此，意伊行，瞰思量。不言不语，几许闲情，月上回廊。

韩元吉　　　诉衷情·木樨

疏疏密密未开时，装点最繁枝。分明占断秋思，一任晓风吹。　金缕细，翠绡垂，画阑西。嫦娥也道，一种幽香，几处相宜。

张　抡　　　诉衷情·咏闲十首之一

闲中一卷圣贤书，耽玩意□□。潜心要游阃奥，须是下工夫。　今何异，古何殊，本同途。若明性理，一点灵台，万事都无。

张　抡　　　诉衷情·咏闲十首之二

闲中一片□□□，□□□□□。□□□澄秋水，明月夜□□。　□□□，□□□，□□□。鹤长凫短，前定难□，□□□□。

张　抡　　　诉衷情·咏闲十首之三

闲中一亩小□□，临水对遥岑。茅茨□□低小，竹径要幽深。　逢酒醉，遇花吟，日登临。四时无限，好景良辰，莫负光阴。

张　抡　　　诉衷情·咏闲十首之四

闲中一篆百花香，袅袅翠□□。低回宛转何似，行路绕羊肠。　深竹户，小山房，雅相当。清心默坐，燕寝无风，永日芬芳。

张　抡　　　诉衷情·咏闲十首之五

闲中一盏瓮头春，养气又颐神。莫教大段沉醉，只好带微醺。　心自适，体还淳，乐吾真。此怀何似，兀兀陶陶，太

古天民。

张　抡　　诉衷情·咏闲十首之六

闲中一盏建溪茶，香嫩雨前芽。砖炉最宜石铫，装点野人家。　三昧手，不须夸，满瓯花。睡魔何处，两腋清风，兴满烟霞。

张　抡　　诉衷情·咏闲十首之七

闲中一弄七弦琴，此曲少知音。多因淡然无味，不比郑声淫。　松院静，竹林深，夜沉沉。清风拂轸，明月当轩，谁会幽心。

张　抡　　诉衷情·咏闲十首之八

闲中一叶小渔舟，无线也无钩。□□□云深处，适性自遨游。　波渺渺，兴悠悠，意休休。一船明月，一棹清风，换了封侯。

张　抡　　诉衷情·咏闲十首之九

闲中一觉日高眠，都没利□□。黑甜自来无比，百计总输先。　花转影，篆凝烟，意悠然。华胥何处，蝶化逍遥，此意谁传。

张　抡　　诉衷情·咏闲十首之十

闲中一首醉时歌，此乐信无过。阳春自来寡和，谁与乐天和。　言不尽，意何多，且蹉跎。功名莫问，富贵休言，到底如何。

赵彦端　诉衷情·雨中会饮赏梅，烧烛花杪

洗妆傲舞傍清尊，霏雨澹黄昏。殷勤与花为地，烧烛助微温。　松半岭，竹当门，意如村。明朝酒醒，桃李漫山，心事谁论。

赵彦端　　诉衷情·江梅初试两三花

江梅初试两三花，人意竞年华。春工未取轻放，深院拥吴娃。　翻酒戏，醉人家，旧生涯。而今且趁，便面斜阳，莫

照红纱。

王千秋　　　诉衷情·登雨华台

二分浓绿一分红，春事若为穷。醉袖罥香沾粉，公挽我、我扶公。　　欹短帽，吐长虹，拟凌风。布金堆里，叠翠屏中，云月轻笼。

袁去华　　诉衷情·荷花风细竹娟娟

荷花风细竹娟娟，新浴晚凉天。钩帘坐期素月，相对理朱弦。　　歌扇底，舞裙边，旧因缘。忔憎模样，别没包弹，只欠心坚。

袁去华　　诉衷情·晓来犹自雨冥冥

中秋微雨，入夜开霁，吕履谦座上赋此

晓来犹自雨冥冥，投晚却能晴。姮娥为谁著意，洗得十分明。　　人自老，兔长生，酒徐倾。杯行到手，休更推辞，转眼参横。

陆　游　　诉衷情·当年万里觅封侯

当年万里觅封侯，匹马戍梁州。关河梦断何处，尘暗旧貂裘。　　胡未灭，鬓先秋，泪空流。此生谁料，心在天山，身老沧洲。

陆　游　　诉衷情·青衫初入九重城

青衫初入九重城，结友尽豪英。蜡封夜半传檄，驰骑谕幽并。　　时易失，志难成，鬓丝生。平章风月，弹压江山，别是功名。

张孝祥　　　诉衷情·中秋不见月

晚烟斜日思悠悠，西北有高楼。十分准拟明月，还似去年游。　　飞玉斝，卷琼钩，唤新愁。姮娥贪共，暮雨朝云，忘了中秋。

张孝祥　　　　诉衷情·牡丹

乱红深紫过群芳，初欲减春光。花王自有标格，尘外锁韶

阳。　　留国艳，问仙乡，自天香。翠帷遮日，红烛通宵，与醉千场。

陈　造　　诉衷情·西湖

今朝人自藕州来，花意尚迟回。几时画船同载，云锦照樽罍。　　铃斋外，已全开，是谁催。诗仙住处，和气回春，羯鼓如雷。

李处全　　诉衷情·疏烟明淡雨膏如

疏烟明淡雨膏如，青入烧痕初。开到无言桃李，春事喜敷腴。　　随杖履，有琴书，酒盈壶。风前花下，睡起醒时，著我篮舆。

丘　密　　诉衷情·癸未团司归舟中作

东风罨岸进船难，酒醒篆香残。不堪客里无绪，那更晚来寒。　　思往事，耿无眠，掩屏山。夜深人静，何处一声，月子弯弯。

丘　密　　诉衷情·丙申中秋

素衣苍狗不成妍，何意妒婵娟。不知高处难掩，终自十分圆。　　涵万象，独当天，照无边。乾坤呈露，何况人间，大地山川。

丘　密　　诉衷情·荆南重湖作

芙蓉深径小肩舆，相并语徐徐。红妆著处迎笑，遮路索踟蹰。　　锦步障，绣储胥，绕重湖。更添月照，人面花枝，疑在蓬壶。

丘　密　　诉衷情·因见早梅作

十分风味似诗人，有些子太清生。只应最嫌俗子，消瘦却盈盈。　　风乍静，雪初晴，月微明。泊然疏淡，莫是无情，作个关情。

赵长卿　　诉衷情·重台梅

檀心刻玉几千重，开处对房栊。黄昏淡月笼艳，香与酒争

浓。　　宜轻素，鄙轻红，思无穷。化工著意，南南北北，一种东风。

赵长卿　　诉衷情·花前月下会鸳鸯

花前月下会鸳鸯，分散两情伤。临行祝付真意，臂间皓齿留香。　　还更毒，又何妨，尽成疮。疮儿可后，痕儿见在，见后思量。

赵师侠　　诉衷情·鉴止初夏

清和时候雨初晴，密树翠阴成。新篁嫩摇碧玉，芳径绿苔深。　　雏燕语，乳莺声，暑风轻。帘旌微动，沉篆烟消，千枕余清。

赵师侠　　诉衷情·莆中酌献白湖灵惠妃三首之一

神功圣德妙难量，灵应著莆阳。湄州自昔仙境，宛在水中央。　　孚惠爱，备祈禳，降嘉祥。云车风马，肸蚃来歆，桂酒椒浆。

赵师侠　　诉衷情·莆中酌献白湖灵惠妃三首之二

茫茫云海浩无边，天与水相连。舳舻万里来往，有祷必安全。　　专掌握，雨旸权，属丰年。琼卮玉醴，飨此精诚，福庆绵绵。

赵师侠　　诉衷情·莆中酌献白湖灵惠妃三首之三

威灵千里护封圻，十万户归依。白湖宫殿云耸，香火尽虔祈。　　倾寿酒，诵声诗，谅遥知。民康俗阜，雨润风滋，功与天齐。

陈　亮　　诉衷情·独凭江槛思悠悠

独凭江槛思悠悠，斜日堕林丘。鸳鸯属玉飞处，急桨荡轻舟。　　红蓼岸，白蘋洲，夜来秋。数声渔父，一曲水仙，歌断还愁。

杨炎正　　诉衷情·露珠点点欲团霜

露珠点点欲团霜，分冷与纱窗。锦书不到肠断，烟水隔茫

茫。　　征燕尽，塞鸿翔，睇风樯。阑干曲处，又是一番，倚尽斜阳。

张　镃　　诉衷情·�

装。　　淮水阔，楚山长，暗悲伤。重阳天气，杯酒黄花，还寄他乡。

方千里　　诉衷情·远山重叠乱山盘

远山重叠乱山盘，江上晚风酸。秋容更兼残日，枫叶照人丹。　　书未到，梦犹闲，鬓先斑。凭高无语，征雁知愁，声断云间。

黄　机　　诉衷情·宿琴圻江上

子规声老又残春，犹作未归人。天意不能怜客，何事苦教贫。　　归去也，莫逡巡，好从今。秧田车水，麦陇腰镰，总是关心。

严　仁　　诉衷情·章贡别怀

一声水调解兰舟，人间无此愁。无情江水东流去，与我泪争流。　　人已远，更回头，苦凝眸。断魂何处，梅花岸曲，小小红楼。

吴　潜　　诉衷情·几回相见见还休

几回相见见还休，说著泪双流。又听画角呜咽，都和作、一团愁。　　云似絮，月如钩，忆凭楼。蕙兰情性，梅竹精神，长在心头。

吴　潜　　诉衷情·和韵

今宵分破鹘沦秋，孤客兴何悠。要向云中邀月，真个是呆头。　　风阵紧，电光流，雨声飕。嫦娥应道，未卜明年，是乐还愁。

吴文英　　诉衷情·阴阴绿润暗啼鸦

阴阴绿润暗啼鸦，陌上断香车。红云深处春在，飞出建章花。　　春此去，那天涯，几烟沙。忍教芳草，狼藉斜阳，人未归家。

吴文英　　诉衷情·柳腰空舞翠裙烟

柳腰空舞翠裙烟，尽日不成眠。花尘浪卷清昼，渐变晚阴

天。　　吴社水，系游船，又经年。东风不管，燕子初来，一夜春寒。

吴文英　　诉衷情·片云载雨过江鸥

片云载雨过江鸥，水色澹汀洲。小莲玉惨红怨，翠被又经秋。　　凉意思，到南楼，小帘钩。半窗灯晕，几叶芭蕉，客梦床头。

吴文英　　诉衷情·七夕

西风吹鹤到人间，凉月满缑山。银河万里秋浪，重载客槎还。　　河汉女，巧云鬟，夜阑干。钗头新约，针眼娇颦，楼上秋寒。

杨泽民　　诉衷情·眼前时果漫堆盘

眼前时果漫堆盘，莫是又贪酸。因何近来销减，微褪脸霞丹。　　还只为，枕衾闲，泪痕斑。我能医疗，一服收功，只霎时间。

杨泽民　　诉衷情·侵晨呵手怯清霜

侵晨呵手怯清霜，闲写两三行。都将旧游新恨，收拾入行装。　　人乍别，路尤长，漫嗟伤。不如归去，只者温柔，便是仙乡。

陈允平　　诉衷情·绿云凤髻不忺盘

绿云凤髻不忺盘，情味胜思酸。晓色露桃烟杏，空照脸霞丹。　　花渐老，径苔闲，锦斓斑。怨红一叶，流水东风，好去人间。

陈允平　　诉衷情·嫩寒侵帐弄微霜

嫩寒侵帐弄微霜，客泪不成行。料得黄花憔悴，何日赋归装。　　楼独倚，漏声长，暗情伤。凄凉况味，一半悲秋，一半思乡。

王　苍　　诉衷情·补成团扇绣残工

补成团扇绣残工，并蒂瑞芙蓉。花心欲就针折，赪玉唾残

茸。　　寻断绪，怨西风，寂寥中。两般时候，旧月新霜，晓角昏钟。

郑　楷　　诉衷情·酒旗摇曳柳花天

酒旗摇曳柳花天，莺语软于绵。碎绿未盈芳沼，倒影蘸秋千。　　奁玉燕，套金蝉，负华年。试问归期，是酴醿后，是牡丹前。

黎廷瑞　　诉衷情·濡溪悼旧

曲屏深院赴幽期，心事梦云知。佩环零乱何处，江上草离离。　　日平西，天似幕，月如眉。依稀还记，两岸杨花，送上船时。

仇　远　　诉衷情·渚莲香贮一房秋

渚莲香贮一房秋，秋叶上人头。年光鬓影偷换，堪叹不堪留。　　人渺渺，事休休，恨悠悠。莼鲈不梦，也□归舟，家住沧州。

播台寺僧　　诉衷情·知伊夫婿上边回

知伊夫婿上边回，懊恼碎情怀。络索镮儿一对，简子与金钗。　　伊收取，莫疑猜，且开怀。自从别后，孤帏冷落，独守书斋。

无名氏　　诉衷情·碧天明月晃金波

碧天明月晃金波，清浅滞星河。深深院宇人静，独自问姮娥。　　圆夜少，缺时多，事因何。嫦娥莫是，也有别离，一似人么。

诉衷情令

"令"来源于唐代酒令，用于词调中，成为词牌的通称。有许多词牌可以随意加一个"令"字，与原词格式完全相同。此调即是《诉衷情》的别名。原为唐教坊曲名。此调有单调、双调两体。单调有三十三字、三十七字诸体；双调有

四十一字、四十四字、四十五字诸体。参阅《诉衷情》、《一丝风》、《桃花水》。

康与之　　诉衷情令·郁孤台上立多时

登郁孤台，与施德初同读坡诗作

郁孤台上立多时，烟晚暮云低。山川城郭良是，回首昔人非。　今古事，只堪悲，此心知。一尊芳酒，慷慨悲歌，月堕人归。

康与之　　诉衷情令·长安怀古

阿房废址汉荒丘，狐兔又群游。豪华尽成春梦，留下古今愁。　君莫上，古原头，泪难收。夕阳西下，塞雁南飞，渭水东流。

诉衷情近

此调见柳永《乐章集》。“近”又称“近拍”，凡称“近”的词没有短调。词牌加“近”字的，比原词的字数增加了许多。《诉衷情》单调三十三字或三十七字，双调四十一字或四十五字。而《诉衷情近》，双调，仄韵，共七十五字。上阕七句、三十七字，于第四、七句用韵；下阕九句、三十八字，于第一、二、四、五、八、九句用韵。二者格式迥异。《诉衷情》本唐教坊曲名。此调与《诉衷情令》非一调。参阅《诉衷情》。

柳　永　　诉衷情近·雨晴气爽

雨晴气爽，伫立江楼望处。澄明远水生光，重叠暮山耸翠。遥认断桥幽径，隐隐渔村，向晚孤烟起。　残阳里，脉脉朱阑静倚。黯然情绪，未饮先如醉，愁无际。暮云过了，秋光老尽，故人千里，竟日空凝睇。

柳　永　　诉衷情近·景阑昼永

景阑昼永，渐入清和气序。榆钱飘满闲阶，莲叶嫩生翠沼。遥望水边幽径，山崦孤村，是处园林好。　闲情悄，绮陌游人渐少。少年风韵，自觉随春老，追前好。帝城信阻，天涯目断，暮云芳草，伫立空残照。

君不悟

此调本名《渔歌子》，乃唐朝张志和所创制。和凝词名《渔父》；徐积词名《渔父乐》，又名《君不悟》。徐积深感尘世多是非、忧患大，而人们竟不悟，故更名《君不悟》。见《节孝先生文集》卷十四。词属单调、平韵，五句、二十七字，句式为七、七、三、三、七，于第一、二、四、五句用韵。至宋代又有双调、二十八字诸体。参阅《渔歌子》。

徐　积　　君不悟·一酌村醪一曲歌

一酌村醪一曲歌，回看尘世足风波。忧患大，是非多，纵得荣华有几何。

君看取

此调本名《渔歌子》，乃唐张志和所创制，和凝词更名为《渔父》。徐积以此调填词，赋归隐江湖之闲散自在，用以警告世人，故立新名为《君看取》。他又有《君不悟》词，从反面写世人不悟尘世风波，亦用《渔歌子》词牌。此词单调、平韵，五句、二十七字，除第三句不用韵外，句句入韵。宋时有双调诸体出现，单调亦有三体。参阅《渔歌子》、《君不悟》。

徐　积　　君看取·管得江湖占得山

管得江湖占得山，白云同散学云闲。清旦出，夕阳还，不知身在画屏间。

尾　犯

又名《碧芙蓉》，调见柳永《乐章集》。“犯”即犯调，指宫、调相犯，或宫、商相犯，或商、角相犯等，意即转调。“尾犯”指结尾几句犯调。属双调、仄韵，有九十四

字、九十五字、九十八字、九十九字诸体。其中以九十四字一体较常用，其上阕十句、四十九字，于第三、五、七、十句用韵;下阕八句、四十五字，于第二、四、六、八句用韵。

柳　永　　　　　尾犯·夜雨滴空阶

夜雨滴空阶，孤馆梦回，情绪萧索。一片闲愁，想丹青难貌。秋渐老、蛩声正苦，夜将阑、灯花旋落。最无端处，总把良宵，只恁孤眠却。　　佳人应怪我，别后寡信轻诺。记得当初，翦香云为约。甚时向、幽闺深处，按新词、流霞共酌。再同欢笑，肯把金玉珠珍博。

柳　永　　　　　尾犯·晴烟幂幂

晴烟幂幂，渐东郊芳草，染成轻碧。野塘风暖，游鱼动触，冰澌微坼。几行断雁，旋次第、归霜碛。咏新诗，手捻江梅，故人赠我春色。　　似此光阴催逼，念浮生、不满百。虽照人轩冕，润屋珠金，于身何益。一种劳心力，图利禄，殆非长策。除是恁、点检笙歌，访寻罗绮消得。

晁补之　　　　　尾犯·庐山

庐山小隐，渐年来疏懒，浸浓归兴。彩桥飞过，深溪地底，奔雷余韵。香炉照日，望处与、青霄近。想群仙、呼我应还，怪来须丝垂镜。　　海上云车回轫，少姑传、金母信。森翠裾琼佩，落日初霞，纷纭相映。谁见壶中景，花洞里、杳然渔艇。别是个、潇洒乾坤，世情尘土休问。

曹　勋　　　　　尾犯·中秋

秋空过雨静，晚景澄明，天淡如水。渐看蟾彩，东山旋升，金饼上云际。轻烟散尽，莹皓色、消尘翳。倚琼楼，皎若瑶台阆风，翠阑十二。　　正好登临无外，满斟与、清光对。虽桂华飘下，玉轮移影，归兴犹未。待继日同宴赏，听秘乐、广寒宫里。惟怕却，明月阴晴未定，且宜欢醉。

赵以夫　　　　　尾犯·重九和刘随如

长啸蹑高寒，回首万山，空翠零乱。渺渺清秋，与斜阳天远。引光禄、清吟兴动，忆龙山、旧游梦断。夹衣初试，破帽

多情，自笑霜蓬短。　　黄花长好在，一俯仰、节物惊换。紫蟹青橙，觅东篱幽伴。感今古、风凄霜冷，想关河、烟昏月淡。举杯相属，殷勤更把茱萸看。

吴文英　　尾犯·赠陈浪翁重客吴门

翠被落红妆，流水腻香，犹共吴越。十载江枫，冷霜波成缬。灯院静、凉花乍翦，桂园深、幽香旋折。醉云吹散，晚树细蝉，时替离歌咽。　　长亭曾送客，为偷赋、锦雁留别。泪接孤城，渺平芜烟阔。半菱镜、青门重售，采香堤、秋兰共结。故人憔悴，远梦越来溪畔月。

吴文英　　尾犯·甲辰中秋

绀海掣微云，金井暮凉，梧韵风急。何处楼高，想清光先得。江汜冷、冰绡乍洗，素娥忺，菱花再拭。影留人去，忍向夜深，帘户照陈迹。　　竹房苔径小，对日暮、数尽烟碧。露蓼香泾，记年时相识。二十五、声声秋点，梦不认、屏山路窄。醉魂幽飏，满地桂阴无人惜。

仇　远　　尾犯·雪中

宝蜡夜笼花，不碍画楼，无限清景。病叶分秋，剪愁桐金井。银汉外，尘飞不到，暮云收、琉璃万顷。弁山横翠，好倩西风，送上江心镜。　　霓裳空楚楚，钧天旧梦难省。最忆婵娟，□钗钿香冷。欲高跨、娇鸾归去，又还愁、乌啼酒醒。独思前事，夜永谁问相如病。

蒋　捷　　尾犯·寒夜

夜倚读书床，敲碎唾壶，灯晕明灭。多事西风，把斋铃频掣。人共语、温温芋火，雁孤飞、萧萧桧雪。遍阑干外，万顷鱼天，未了予愁绝。　　鸡边长剑舞，念不到、此样豪杰。瘦骨棱棱，但凄其衾铁。是非梦、无痕堪记，似双瞳、缤纷翠缬。浩然心在，我逢著、梅花便说。

张　炎　　尾犯·一白受春知

山庵有梅古甚，老僧云：此树近百年矣。余盘礴花下，竟

日忘归，因有感于孤山，为赋此调

一白受春知，独爱老来，疏瘦偏宜。古月黄昏，许松竹相依。晕藓枯槎半折，影浮波、渴龙倒窥。岁华凋谢，水边篱落，雪后忽横枝。　百花头上立，且休问、向北开迟。老了何郎，不成便无诗。惟只有、西州倦客，怕说著、西湖旧时。难忘处，放鹤山空人未归。

无名氏　　尾犯·轻风淅淅

轻风淅淅，正园林萧索，未回暖律。岭头昨夜，寒梅初发，一枝消息。香苞渐拆，天不许、雪霜欺得。望东吴，驿使西来，为谁折赠春色。　玉莹冰清容质，迥不同、群花品格。如晓妆匀罢，寿阳香脸，徐妃粉额。好把琼英摘，频醉赏、舞筵歌席。休待听，呜咽临风，数声月下羌笛。

陇头泉

即《绿头鸭》。汉代乐府有横吹曲《陇头水》，此调本《陇头水》之名。陇头即陇坻，亦名陇山，是六盘山南段的别称，古为边塞之地。周格非始用《陇头泉》之名，本名《多丽》，有平韵、仄韵两体，在句式、字数、平仄使用上，又有九体之多。宋张元幹之《陇头泉》，属双调、平韵，共一百三十九字。上阕十五句、七十四字，于第二、四、六、九、十二、十五句用韵；下阕十二句、六十五字，于第二、五、七、九、十、十二句用韵。参阅《多丽》。

张元幹　　陇头泉·少年时

少年时，壮怀谁与重论。视文章、真成小技，要知吾道称尊。奏公车、治安秘计，乐油幕、谈笑从军。百镒黄金，一双白璧，坐看同辈上青云。事大谬，转头流落，徒走出修门。三十载，黄粱未熟，沧海扬尘。　念向来、浩歌独往，故园松菊犹存。送飞鸿、五弦寓目，望爽气、西山忘言。整顿乾坤，廓清宇宙，男儿此志会须伸。更有几、渭川垂钓，投老策奇勋。天难问，何妨袖手，且作闲人。

阿那曲

又名《鸡叫子》。此调今仅存朱淑真词一首。单调，仄韵，七言四句，类似古诗。

朱淑真　　阿那曲·梦回酒醒春愁怯

梦回酒醒春愁怯，宝鸭烟销香未歇。薄衾无奈五更寒，杜鹃叫落西楼月。

忍泪吟

此调本名《丑奴儿》，贺铸以该调填词，其中有“当时玉管朱弦句，忍泪重吟”之句，故另立新名《忍泪吟》。见《东山词》卷上。属双调、平韵，共四十四字。上下阕各四句、二十二字，亦各于第二、三、四句用韵，两阕句式相同。参阅《丑奴儿》。

贺　铸　　忍泪吟·十年一觉扬州梦

十年一觉扬州梦，雨散云沉。隔水登临，扬子湾西夕照深。　　当时玉管朱弦句，忍泪重吟。办取沾襟，饾饤西风□□□。

鸡叫子

即《阿那曲》，宋张耒词名《鸡叫子》。此调形同七言绝句，本唐曲名。单调，仄韵，四句，每句七字，于第一、二、四句用韵。此调今仅存杜衍（残词）、张耒词一首。

张　耒　　鸡叫子·荷花

平池碧玉秋波莹，绿云拥扇青摇柄。水宫仙子斗红妆，轻步凌波踏明镜。

奉禋歌

"奉禋"指对天神的祭祀。把祭神的牺牲之体和玉帛置于柴上，烧柴生烟升于空中，表示告天。用于祭祀方面的填词，称为《奉禋歌》。此调有两体：一体为双调、平韵，共一百三十八字，上阕十五句、五十七字，下阕十九句、八十一字；另一体不分阕，共二十九句、一百一十五字。不论分阕不分阕，各体的句数、字数亦略有参差。

洪　适　　奉禋歌·吹葭缇篇气潜分

吹葭缇篇气潜分，云采宜书壤效珍。长日至，一阳新，四时玉烛和匀。物欣欣，造化转洪钧。郊之祭，孤竹管，六变舞云门，自古严禋。牺牲具，粢盛洁，豆笾陈。衮龙陟降，币玉纷纶，彻高阍。灵之斿，神哉沛，排历昆仑。九歌毕，盈郊瞻櫄燎，斗转参横将旦，天开地辟如春。清跸移轮，阗然鼓吹相闻。笨祥云，欢胪八陛，厘逆三神。圣矣吾君。华封祝、慈宫万寿，椒掖多男，六合同文。

无名氏　　奉禋歌·籍田 明道二年

六龙承驭，紫坛平、瑞蔼葱笼拥神都。肃环卫、严貔虎，鸡人行漏传呼。灵景霁、星斗临帝居，旷天宇。微风来、翠幄绕相乌，对越方初。笳鼓震，铙箫举。阳律才动协气舒，氛祲交祛。　　物昭苏，抚瑶图。柴类精诚，当契唐虞。思前古，泰平承多佑。包戈偃革，柔远咏皇谟，称文武。四表覆盂，端冕出、从路车。兵帅谨储胥，唯奏凯、乐康衢，朝野欢娱。歌帝烈，扬盛节，圜丘礼大洽，霈泽绵区。

无名氏　　奉禋歌·祫享太庙 嘉祐四年

皇泽均普，群生遂。万宇和祔，讲天津、合祭圣宗神祖，八音钧奏谐节。堂上荐鸣球，琴瑟击。越布濩、霜空静，月华凝、光景蔼蔼，纷纷晓霞披。和铃作、鸾舆回。天人共睹，庆无疆、祚崇明祀。五辂驾、腾黄纯驷，旗常扈跸严环卫。公卿奉引，虚徐驰道，祲容藿靡。葱葱郁郁，祥风瑞霭。发天光旖旎。锡羡丰融，漏泉该浃，上恩遐被。群心豫，颂声作，皇德

至，侔乾贶，浩浩霈。

无名氏　　奉禋歌·治平二年南郊鼓吹歌曲

皇天眷命集珍符，上圣膺期起天衢。环紫极鸿枢，此时朝野欢娱。乐于于，似住华胥。和气至，嘉生遂，豆实正芬敷，礼与诚俱。风飘洒，灵来下，喜怡愉。斗随车转，月上坛觚。奉禋初，至诚孚。如山岳、福委祥储。车旋轨、云间双阙峙，百尺朱绳到地。两行雉扇排虚，仙鹤衔书。珍袍上笏相趋，共欢呼。号令崇朝，遍满寰区。阳动春嘘。躬盛事，受多祉，千万祀，天长地久皇图。

无名氏　　奉禋歌·高宗郊祀大礼鼓吹歌曲

苍苍天色是还非，视下应疑。亦若斯，统元气，覆无私。四时寒暑推移。物蕃滋，造化有谁知。严大报，反本始，礼重祀神祇。律管灰吹，黄宫动，阳来复，景长时。车陈法驾，仗列黄麾。帝心祗，紫霄霁，霜华薄，星烂明垂。祥烟起，纷敷浮衮冕，六变笙镛迭奏，一诚币玉交持。宫漏声迟，千官显相多仪。百神嬉，风马云车，来止来绥。诞降纯禧，受神策、万年无极。歌颂昊天，成命周诗。

无名氏　　奉禋歌·亲耕籍田

吾皇端立太平基，奉祀肃雍、格神祇。抚御耦，降嘉种何辞。手览洪縻，命太史视日，祗告前期。验穹象，天田入望更光辉。掌礼陈仪。搜巨典，迎春令，颁宣温诏遍九围。人尽熙熙，仰明时，俨垂衣，佳气氤氲表庞禧。丰年屡，大田生异粟，含滋吐秀，九种传图，尽来丹阙，瑞应昌时。亨运正当摄提。伫见咏京坻。躬稼穑，重耘耔。盛礼兴行先百姓，崇本业，忧勤如禹稷，播在声诗。

无名氏　　奉禋歌·宁宗郊祀大礼

葭飞璇籥，孕初阳。云绝清台、荐景祥。风应律，日重光。岁功顺，底金穰，寿而康。庭壶乐无疆。皇展报，新礼乐，觚陛咏宾乡。珠幄煐黄。登瑞缫，陈俎豆，瀹嘉觞。衮衣辉焕，宝佩琳琅，奠椒浆。庆阴阴，神来下，凤翥龙骧。灵燕喜，锡符仍降嘏，镛管琳琅。欢亮神之出，被兰堂。辇路天

香。轻烟半袅旗常。祉滂洋。受厘宣室，返驭斋房。恩与风翔。华封祝、皇来有庆，八荒同寿，宝历无疆。

青山远

即《彩鸾归令》，调见《袁宣卿词》。此调于全宋词中仅存袁去华《青山远·题王见几侍儿真》一首，调名已无考。词属双调、平韵，共四十五字。上阕四句、二十一字，句句用韵；下阕四句、二十四字，亦句句用韵。

袁去华　　青山远·题王见几侍儿真

花竹亭轩，曲径通幽小洞天。翠帏苒苒隔轻烟，锁婵娟。　画图初试春风面，消得东君著意怜。到伊歌扇舞裙边，要前缘。

青门引

又名《玉溪清》。“青门”，西汉都城长安城的东南门，本名霸城门，因门为青色，俗呼为“青门”。后用以泛指京城城门。唐代以咏青门为内容制曲，名《青门》，遂成为唐曲名。李贺《黄头郎》诗：“玉瑟调青门，石云湿黄葛。”宋人运用唐曲《青门》填词，名为《青门引》。“引”即是“曲”，也就是词，可作为“令”的别名。调见《乐府雅词》、《天机余锦》。此调属双调、仄韵，共五十二字。上阕五句、二十七字，于第一、二、三、五句用韵；下阕四句、二十五字，于第一、二、四句用韵。

张　先　　青门引·春思

乍暖还轻冷，风雨晚来方定。庭轩寂寞近清明，残花中酒，又是去年病。　楼头画角风吹醒，入夜重门静。那堪更被明月，隔墙送过秋千影。

黄　裳　　青门引·社日游云门

鸿落寒滨，燕辞幽馆，西成万室，颦眉人少。自古云阶，

洞门何处，南望数峰秋晓。千骑旌麾远，去寻真、忙中心了。佩声盘入，烟霞绝顶，谁闻欢笑。　当候青童相报，因待访仙人，长生微妙。置俎争来，四乡宴社，且看翠围红绕。似可扪青汉，到北扉、两城斜照。醉翁回首，丹台梦觉，钧天声杳。

张　纲　　青门引·京师送王敏求归乡

疏柳飘零，暮鸦寒集，都门送客，斜阳影里。野色沉沉，翠微隐隐，遥指故乡云外。聚久交情厚，对西风、争忍分袂。饮散宾朋，画船去也，平芜千里。　因记，小轩无寐。观夜月凭阑，共论深契。绛帐清闲，杏坛优暇，当念宴游同醉。南北烟波远，愿无忘、音书频寄。未知名宦拘人，异日相逢何地。

王　质　　青门引·寻梅

寻遍江南麓，只有斑斑野菊。梅花不遇我心悲，一枝得见，便是一年足。　微香来自横冈竹，飞度寒溪曲。落路寻人借问，谢他指向深深谷。

马子严　　青门引·手种团团玉

手种团团玉，香趁日晴初熟。金刀错落晓霜寒，十分风味，独向暑天足。　唐君去后云空谷，异事传流俗。刀圭倘是神仙药，地皮卷尽犹飞肉。

青门饮

又名《青门引》、《菱花怨》。此调见《淮海词》。曹组词中有“岁岁青门饮”之句，咏调名本意。宋代黄裳词又名《青门引》。属双调、仄韵，共一百零七字。上阕十二句、五十四字，于第四、七、九、十二句用韵；下阕十一句、五十三字，于第一、三、六、八、十一句用韵。另有一百零五字、一百零六字两体。《青门引》又有令词，五十二字，与慢词《青门引》属同名异调。

时　彦　　　　　青门饮·寄宠人

胡马嘶风，汉旗翻雪，彤云又吐，一竿残照。古木连空，乱山无数，行尽暮沙衰草。星斗横幽馆，夜无眠、灯花空老。雾浓香鸭，冰凝泪烛，霜天难晓。　　长记小妆才了，一杯未尽，离怀多少。醉里秋波，梦中朝雨，都是醒时烦恼。料有牵情处，忍思量、耳边曾道。甚时跃马归来，认得迎门轻笑。

秦　观　　　　　青门饮·风起云间

风起云间，雁横天末，严城画角，梅花三奏。塞草西风，冻云笼月，窗外晓寒轻透。人去香犹在，孤衾长闲余绣。恨与宵长，一夜薰炉，添尽香兽。　　前事空劳回首，虽梦断春归，相思依旧。湘瑟声沉，庾梅信断，谁念画眉人瘦。一句难忘处，怎忍辜、耳边轻咒。任人攀折，可怜又学，章台杨柳。

曹　组　　　　　青门饮·山静烟沉

山静烟沉，岸空潮落，晴天万里，飞鸿南渡。冉冉黄花，翠翘金钿，还是倚风凝露。岁岁青门饮，尽龙山、高阳俦侣。旧赏成空，回首旧游，人在何处。　　此际谁怜萍泛，空自感光阴，暗伤羁旅。醉里悲歌，夜深惊梦，无奈觉来情绪。孤馆昏还晓，厌时闻、南楼钟鼓。泪眼临风，肠断望中归路。

青门怨

即《河传》。此调见《阳春白雪》，今存无名氏《月痃烟景》一首。“青门”，本唐曲名。李贺《黄头郎》诗云：“玉瑟调青门，石云湿黄葛。”宋词调名本此。属双调，平仄兼用，共五十三字。上阕六句、二十五字，于第一、二、三句用仄韵，五、六句用平韵；下阕六句、二十八字，第一、二、三句用仄韵，五、六句换平韵。

无名氏　　　　　青门怨·月痃烟景

月痃烟景，远思孤影。旧梦云飞，离魂冰冷。脉脉恨满东风，对孤鸿。　　翠珠尘冷香如雾，人何许，心逐章台絮。夜深酒醒烛暗，独倚危楼，为谁愁。

青玉案

又名《一年春》、《西湖路》、《青莲池上客》、《带马行》、《客中忆横塘路》、《谢师恩》。调见《东坡词》。青玉案是古代贵重的食器。案，承杯箸之盘。一说，“案”为古“碗”字。汉张衡《四愁诗》之四，有“美人赠我锦绣缎，何以报之青玉案”之句，词人取后三字，作为词调名。宋贺铸用其调填词，其中起句为“凌波不过横塘路”，故取其后三字名为《横塘路》。宋韩淲以其调填词，有“苏公堤上西湖路”之句，故又取其后三字名为《西湖路》。属双调、仄韵，有六十六字至六十八字诸体。常用体为六十七字，上下阕皆六句，亦皆于第一、二、三、五、六句用韵。上阕六十三字，下阕六十四字。参阅《西湖路》。

苏　轼　青玉案·和贺方回韵送伯固归吴中故居

三年枕上吴中路，遣黄耳、随君去。若到松江呼小渡，莫惊鸥鹭，四桥尽是，老子经行处。　　辋川图上看春暮，常记高人右丞句。作个归期天已许，春衫犹是，小蛮针线，曾湿西湖雨。

此首别作蒋璨、姚述尧词

李之仪　青玉案·用贺方回韵，有所祷而作

小篷又泛曾行路，这身世、如何去。去了还来知几度，多情山色，有情江水，笑我归无处。　　夕阳杳杳还催暮，练净空吟谢郎句。试祷波神应见许，帆开风转，事谐心遂，直到明年雨。

黄大临　青玉案·行人欲上来时路

行人欲上来时路，破晓雾、轻寒去。隔叶子规声暗度，十分酒满，舞裀歌袖，沾夜无寻处。　　故人近送旌旗暮，但听阳关第三句。欲断离肠余几许，满天星月，看人憔悴，烛泪垂如雨。

黄大临　青玉案·和贺方回韵，送山谷弟贬宜州

千峰百嶂宜州路，天黯淡、知人去。晓别吾家黄叔度，弟

兄华发，远山修水，异日同归处。　　樽罍饮散长亭暮，别语缠绵不成句。已断离肠能几许，水村山馆，夜阑无寐，听尽空阶雨。

黄庭坚　　青玉案·至宜州次韵上酬七兄

烟中一线来时路，极目送、归鸿去。第四阳关云不度，山胡新啭，子规言语，正在人愁处。　　忧能损性休朝暮，忆我当年醉时句。渡水穿云心已许，暮年光景，小轩南浦，同卷西山雨。

晁补之　　青玉案·三年宋玉墙东畔

三年宋玉墙东畔，怪相见、常低面。一曲文君芳心乱，匆匆依旧吹散，月淡梨花馆。　　秋娘苦妒浮金盏，漏些子堪猜是娇盼。归去相思肠应断，五更无寐，一怀好事，依旧蓝桥远。

晁补之　　青玉案·十年不向都门道

十年不向都门道，信匹马、羞重到。玉府骖鸾犹年少，宫花头上，御炉烟底，常日朝回早。　　霞觞翻手群仙笑，恨尘土人间易春老。白发愁占彤庭杳，红墙天阻，碧濠烟锁，细雨迷芳草。

晁补之　　青玉案·伤娉娉

彩云易散琉璃脆，念往事、心将碎。只合人间十三岁，百花开尽，丁香独自，结恨春风里。　　小园幽槛经行地，恨春草佳名谩抛弃。簇蝶罗裙休将施，香残烛烬，微风触幔，仿佛娇嚬是。

周邦彦　　青玉案·良夜灯光簇如豆

良夜灯光簇如豆，占好事、今宵有。酒罢歌阑人散后，琵琶轻放，语声低颤，灭烛来相就。　　玉体偎人情何厚，轻惜轻怜转唧嗻。雨散云收眉儿皱，只愁彰露。那人知后，把我来僝僽。

陈　瓘　　青玉案·碧空黯淡同云绕

碧空黯淡同云绕，渐枕上、风声峭。明透纱窗天欲晓，珠

帘才卷，美人惊报，一夜青山老。　　使君留客金尊倒，正千里、琼瑶未经扫。欺压梅花春信早，十分农事，满城和气，管取明年好。

谢　逸　　　青玉案·芦花飘雪迷洲渚

芦花飘雪迷洲渚，送秋水、连天去。一叶小舟横别浦，数声鸿雁，两行鸥鹭，天淡潇湘暮。　　蓬窗醉梦惊箫鼓，回首青楼在何处。柳岸风轻吹残暑，菊开青蕊，叶飞红树，江上潇潇雨。

毛　滂　　　　　青玉案·新凉

芙蕖花上濛濛雨，又冷落、池塘暮。何处风来摇碧户，卷帘凝望，淡烟疏柳，翡翠穿花去。　　玉京人去无由驻，恁独坐、凭阑处。试问绿窗秋到否，可人今夜，新凉一枕，无计相分付。

毛　滂　　　　青玉案·竹间戏作

玉婴初有排云分，向晚色、娟娟静。秋入风枝清不尽，月和粉露，徘徊孤映，独夜扶疏影。　　子猷风调全相称，是彼此、无凡韵。玉勒前头花柳近，水边石上，冷依烟雨，时有幽人问。

毛　滂　　　　青玉案·戏赠醉妓

玉人为我殷勤醉，向醉里、添姿媚。偏著冠儿钗欲坠，桃花气暖，露浓烟重，不自禁春意。　　绿榆阴下东行水，渐渐近、凄凉地。明月侵床愁不睡，眉儿吃皱，为谁无语，阁住阳关泪。

毛　滂　　　青玉案·今宵月好来同看

今宵月好来同看，月未落、人还散。把手留连帘儿畔，含羞和恨转娇盼，恁花映春风面。　　相思不用宽金钏，也不用、多情似玉燕。问取婵娟学长远，不必清光夜夜见，但莫负、团圆愿。

惠　洪　　　青玉案·绿槐烟柳长亭路

绿槐烟柳长亭路，恨取次、分离去。日永如年愁难度，高

城回首，暮云遮尽，目断人何处。　　解鞍旅舍天将暮，暗忆丁宁千万句。一寸柔肠情几许，薄衾孤枕，梦回人静，彻晓潇潇雨。

惠　洪　　青玉案·凝祥宴罢闻歌吹

凝祥宴罢闻歌吹，画毂走，香尘起。冠压花枝驰万骑，马行灯闹，凤楼帘卷，陆海鳌山对。　　当年曾看天颜醉，御杯举，欢声沸。时节虽同悲乐异，海风吹梦，岭猿啼月，一枕思归泪。

刘一止　　青玉案·小山遮断蓝桥路

小山遮断蓝桥路，恨短梦、难飞去。长记修眉萦曲度，约花开槛，映风招袖，总是怜渠处。　追欢我已伤迟暮，犹有多情旧时句。极目高楼千尺许，竹枝三唱，为君凄断，东日西边雨。

刘一止　　青玉案·马头双鹊飞来喜

马头双鹊飞来喜，惜凝望、音书至。一掬离怀千万事，绿窗深夜、短笺封就，应也寻人寄。　　春风鬓畔疏梅蕊，映妆艳、清如洗。苦恨眼边常记忆，楚宫行路，倚桥攀驿，供尽梅花泪。

曹　组　　青玉案·碧山锦树明秋霁

碧山锦树明秋霁，路转陡、疑无地。忽有人家临曲水，竹篱茅舍、酒旗沙岸，一簇成村市。　　凄凉只恐乡心起，凤楼远、回头谩凝睇。何处今宵孤馆里，一声征雁，半窗残月，总是离人泪。

曹　组　　青玉案·田园有计归须早

田园有计归须早，在家纵贫亦好。南来北去何日了，光阴送尽，可怜青鬓，暗逐流年老。　　寂寥孤馆残灯照，乡思惊时梦初觉。落月苍苍关河晓，一声鸡唱，马嘶人起，又上长安道。

朱敦儒　　青玉案·坐上和赵智夫瑞香

芝房并蒂空称瑞，几曾见、香旎旎。也不论兰休比蕙，王

孙高韵，说得的当，不减唐诸李。　　今朝影落琼杯里，共才子佳人斗高致。莫道衰翁都无意，为他丰韵，为他情味，销得真个醉。

周紫芝　青玉案·凌歊台怀姑溪老人李端叔

青鞋忍踏江沙路，恨人已、骑鲸去。笔底骅骝谁与度，西州重到，可怜不见，华屋生存处。　　秋江渺渺高台暮，满壁栖鸦醉时句。飞上金鸾人漫许，清歌低唱，小蛮犹在，空湿梨花雨。

周紫芝　青玉案·梅花落尽人谁管

梅花落尽人谁管，暗凄断、伤春眼。雪后平芜春尚浅，一簪华发，满襟离恨，羞做东风伴。　　斗花小斛兰芽短，犹是当时旧庭院。拟把新愁凭酒遣，春衫重看，酒痕犹在，忍放金杯满。

李　祁　青玉案·绿琐窗纱明月透

绿琐窗纱明月透，正清梦、莺啼柳。碧井银瓶鸣玉甃，翔鸾妆样，粲花衫绣，分付春风手。　　喜入秋波娇欲溜，脉脉青山两眉秀。玉枕春寒郎知否，归来留取，御香襟袖，同饮酴醿酒。

蒋　璨　青玉案·三年枕上吴中路

三年枕上吴中路，遣黄耳、随君去。欲过松江呼小渡，莫惊鸥鹭，四桥都是，老子经行处。　　辋川图上看春暮，长忆高人右丞句。作个归期天未许，春衫犹是，小蛮针线，曾湿西湖雨。

此首别作苏轼、姚述尧词

蔡　伸　青玉案·和贺方回韵

参差弱柳长堤路，柳外征帆去。皓齿明眸娇态度，回头一梦，断肠千里，不到相逢地。　　来时约略春将暮，幽恨空余锦中句。小院重门深几许，桃花依旧，出墙临水，乱落如红雨。

蔡　伸　　青玉案·鸾凰本是和鸣友

鸾凰本是和鸣友，奈无计、长相守。云雨匆匆分袂后，彩舟东去，橹声呕轧，目断长堤柳。　涓涓清泪轻绡透，残粉余香尚依旧。独上南楼空回首，夜来明月，怎知今夜，少个人携手。

李弥逊　　青玉案·杨花尽做难拘管

杨花尽做难拘管，也解趁、飞红伴。骢马无情人渐远，沙平浅渡，雨湿孤村，何处长亭晚。　欲凭桃叶传春怨，算不似、斜风倩双燕。纵得书来春又换，只将心事，分付眉尖，寂寞梨花院。

张元幹　　青玉案·燕赵端礼堂成

华裾玉辔青丝鞚，记年少、金吾从。花底朝回珠翠拥，晓钟初断，宿醒犹带，绿锁窗中梦。　天涯相遇鞭鸾凤，老去堂成更情重。月转檐牙云绕栋，凉吹香雾，酒迷歌扇，春笋传杯送。

张元幹　　青玉案·再和

王孙陌上春风鞚，蕊珠宴、云軿从。归去笙歌常醉拥，蜡残花炬，月侵冰簟，惯作凉堂梦。　玉人劝客钗斜凤，条脱擎杯腕嫌重。燕子入帘飞画栋，雨余深院，漏催清夜，更轧秦筝送。

张元幹　　青玉案·生朝一

花王独占春风远，看百卉、芳菲遍。五福长随今日宴，粉光生艳，宝香飘雾，方响流苏颤。　寿祺堂上修篁畔，乳燕双双贺新院。玉斝明年何处劝，旌幢满路，貂蝉宜面，归觐黄金殿。

张元幹　　青玉案·生朝二

银潢露洗冰轮皎，谪仙下、蓬莱岛。帘卷横山珠翠绕，生朝香雾，玳筵丝管，长醉壶天晓。　金銮夜锁麻新草，入辅明光拜元老。看取明年人总道，中兴贤相，太平时世，分外风

光好。

张元幹　　青玉案·筠翁生朝

水芝香远摇红影，泛瑞霭、横山顶。缥缈笙歌云不定，玉钩斜挂，素蟾初满，醉惬浮瓜冷。　　庭兰戏彩传金鼎，小袖青衫更辉映。谁道筠溪归计近，秋风催去，凤池难老，长把中书印。

张元幹　　青玉案·月华冷沁花梢露

月华冷沁花梢露，芳意恋、香肌住。心字龙涎饶济楚，素馨风味，碎琼流品，别有天然处。　　围炉屈曲宜深炷，留取春光向朱户。绿绮声中谁暗许，小窗归去，梦回犹记，金鼎分云缕。

张元幹　　青玉案·平生百绕垂虹路

贺方回所作，世间和韵者多矣。余经行松江，何啻百回，念欲下一转语，了无好怀。此来偶有得，当与吾宗椿老子载酒浩歌西湖南山间，写我滞思，二公不可不入社也

平生百绕垂虹路，看万顷、翻云去。山澹夕晖帆影度，菱歌风断，袜罗尘散，总是关情处。　　少年陈迹今迟暮，走笔犹能醉时句。花底目成心暗许，旧家春事，觉来客恨，分付疏篷雨。

此首别作苏轼、蒋璨词

姚述尧　　青玉案·三年枕上吴中路

三年枕上吴中路，遣黄耳、随君去。君到松江呼小渡，莫惊鸥鹭，四桥尽是，老子经行处。　　辋川图上看春暮，长记高人右丞句。作个归期天已许，春衫犹是，小蛮针线，曾湿西湖雨。

此首别作苏轼、蒋璨词

吕渭老　　青玉案·一尊聊对西风醉

一尊聊对西风醉，况九日、明朝是。曾与茱萸论子细，江天虚旷，暮林横远，人隔银河水。　　碧云渐展天无际，吹不断、黄昏泪。若作欢期须早计，如何得似，鬓边新菊，双结黄

金蕊。

王之道　青玉案·对雪追和谢幼槃

金尊照坐红裙绕，怪一饷、歌声悄。乱扑珠帘风絮晓，香薰笑语，酒烘颜色，莫逐流年老。　诗涛入笔悬河倒，快万里、云天为君扫。检点春容何处早，柳条青眼，梅梢粉面，得恁于人好。

王之道　青玉案·送无为守张文伯还朝

逢人借问钱塘路，我亦欲、西湖去。目送兰桡知几度，鳌峰浮玉，鲸波飞雪，正是潮来处。　海棠花下春将暮，缓唱新词味佳句。见说东君曾梦许，柏台冠豸，金銮视草，便作商岩雨。

王之道　青玉案·有怀轩车山旧隐

半年不踏轩车路，仿佛过、长桥去。贴水行云风送度，两行高柳，一坡修竹，是我尝游处。　黄鹂休叹青春暮，出谷迁乔旧家句。天意从人还许诉，凝寒和气，沉阴霁色，大旱滂沱雨。

冯时行　青玉案·和贺方回青玉案寄果山诸公

年时江上垂杨路，信拄杖、穿云去。碧涧步虚声里度，疏林小寺，远山孤渚，独倚阑干处。　别来无几春还暮，空记当时锦囊句。南北东西知几许，相思难寄，野航蓑笠，独钓巴江雨。

杨无咎　青玉案·徐侍郎生辰

芝兰桃李环围著，拥和气、浮帘幕。寿斝交飞争满酌，一声珠弗，数敲牙板，应有梁尘落。　腰金虽重何曾觉，更看悬鱼上麟阁。不用祖洲寻灵药，平时阴德，几人今日，额手称安乐。

杨无咎　青玉案·南州独数多名士

南州独数多名士，谁富贵、归桑梓。昼锦如公难比似，傍湖开径，雨帘云栋，平地居仙子。　行须勋业超青史，再侍

宸帏任非次。醉袖尽教春酒渍，明年此会，寿觞欲举，百拜君王赐。

杨无咎　　青玉案·次了翁韵

奇葩珍树丛丛绕，望仙隐、蓬莱小。前枕湖光秋色晓，荷花今岁，也如人意，不逐西风老。　霞觞献寿频频倒，瑞霭浮空凝不扫。定自日边飞诏早，芝庭呈秀，桂宫得意，更看明年好。

杨无咎　　青玉案·次贺方回韵

五云楼阁蓬瀛路，空相望、无由去。弱水渺茫谁可渡，君家徐福，荡舟寻访，却是曾知处。　群仙应问来何暮，说与荣归锦封句。句里丁宁天已许，要教强健，召还廊庙，永作商岩雨。

曹勋　　青玉案·东风冉冉迟芳昼

东风冉冉迟芳昼，渐黄缀、疏疏柳。为惜春来通安否，可能相就，径须图醉，莫问伤春瘦。　陶然共酌新醅酒，咏好句、须还凤楼手。唱了新词归来后，琐窗香暗，语声和笑，喜入灯花秀。

曹勋　　青玉案·尘埃踏遍长安道

尘埃踏遍长安道，念云水、归来好。趁得梅花先春到，冷云疏雨，暗香寒艳，万玉明清晓。　青鞋黄帽从渠笑，粲十里、冰姿步时绕。正怕和风都过了，已输高士，锦囊翻句，醉后先倾倒。

胡铨　　青玉案·乙酉重九葛守坐上作

宜霜开尽秋光老，感节物、愁多少。尘世难逢开口笑，满林风雨，一江烟水，飒爽惊吹帽。　玉堂金马何须道，且斗取、尊前玉山倒。燕寝香清官事了，紫萸黄菊，皂罗红袂，花与人俱好。

史浩　　青玉案·生日

玉姬曾向瑶池舞，轻掷霓裳忤王母。从此烟霄飞鹤驭，一来人世，有缘相遇，得得为鸳侣。　年年此际霞觞举，彩笔

香笺染新句。休饵灵砂奔月去，齐眉不老，直须携手，同上青冥路。

史　浩　　青玉案·用贺方回韵

涌金斜转青云路，溯衮衮、红尘去。春色勾牵知几度，月帘风幌，有人应在，唾线余香处。　　年来不梦巫山暮，但苦忆、江南断肠句。一笑匆匆何尔许，客情无奈，夜阑归去，簌簌花空雨。

史　浩　　青玉案·为戴昌言歌姬作

年来减却风情大，百样收心待不作。恰恨仙翁停画舸，雪中把酒，美人频为，浅破樱桃颗。　　清歌谁许阳春和，悄不放、遥空片云过。惊落梁尘浑可可，一声啭处，故园春近，桃李还知么。

史　浩　　青玉案·入梅 用贺方回韵

银涛渐溢江南路，泛短棹、轻帆去。破块跳珠知几度，竹窗新粉，藕池香碧，应在云深处。　　萧萧鹤发虽云暮，曾得神仙悟真句。久视长生亲见语，离愁扫尽，更无慵困，怕甚黄梅雨。

史　浩　　青玉案·劝酒

闲忙两字无多子，叹举世、皆由此。逐利争名忙者事，塵中得丧，仕中宠辱，无限非和是。　　谁人解识闲中味，雪月烟云自能致。世态只如风过耳，三杯两盏，眼朦胧地，长向花前醉。

曾　觌　　青玉案·蒲葵佳节初经雨

蒲葵佳节初经雨，正栏槛、薰风度。满泛香蒲斟醁醑，故人情厚，艳歌娇舞，总是留宾处。　　榴花照眼江天暮，醉里春情荡轻絮。岂止卷帘通一顾，今宵酒醒，一襟风露，梦指高唐去。

曾　觌　　青玉案·乘鸾影里冰轮度

乘鸾影里冰轮度，秋空净、南楼暮。皋皋天风吹玉兔，今

宵只在，旧时圆处，往事难重数。　天涯几见新霜露，怎得朱颜旧如故。对酒临风慵作赋，蓝桥烟浪，故人千里，梦也无由做。

黄公度　青玉案·邻鸡不管离怀苦

邻鸡不管离怀苦，又还是、催人去。回首高城音信阻，霜桥月馆，水村烟市，总是思君处。　裛残别袖燕支雨，谩留得、愁千缕。欲倩归鸿分付与，鸿飞不住，倚栏无语，独立长天暮。

侯　寘　青玉案·东园饯母舅晁阁学镇临川

东风一夜吹晴雨，小园里、春如许。桃李无言情难诉，阳关车马，灞桥风月，移入江天暮。　双旌明日留难住，今夕清觞且频举。咫尺清明三月暮，寻芳宾客，对花杯酌，回首西江路。

侯　寘　青玉案·为外大父林下老人寿

年年寓屋称觞处，陪彩绶、尊前舞。牢落潇湘归去未，腊梅开遍，冰蟾圆后，梦断灵溪路。　长年厚福天分付，算四海、今独步。涧竹岩花如旧否，与翁相伴，岁寒庭户，尽占闲中趣。

侯　寘　青玉案·戏用贺方回韵饯别朱少章

三年牢落荒江路，忍明日、轻帆去。冉冉年光真暗度，江山无助，风波有险，不是留君处。　梅花万里伤迟暮，驿使来时望佳句。我拚归休心已许，短篷孤棹，绿蓑青笠，稳泛潇湘雨。

赵彦端　青玉案·赠勉道琵琶人

当年万里龙沙路，载多少、离愁去。冷压层帘云不度，芙蓉双带，垂杨娇髻，弦索初调处。　花凝玉立东风暮，曾记江边丽人句。异县相逢能几许，多情谁料，琵琶洲畔，同醉清明雨。

王千秋　青玉案·鸣鼍欲引鱼龙戏

鸣鼍欲引鱼龙戏，先自作、长江擂。头管一声天外起，群

仙俱上，有人殊丽，认得分明是。　　欲相问劳来无计，但隔炉烟屡凝睇。掷我胸前方寸纸，拥翘欲去，颦蛾还住，不尽徘徊意。

王千秋　　青玉案·送人赴黄冈令

雪堂不远临皋路，怅仙伯、骑鲸去。燕麦桃花更几度，横桥虽在，种松无有，谁是关心处。　　解鞍君到冬虽暮，传语无忘晒蓑句。起手栽花花定许，艺香披翠，灌红疏绿，趁取清明雨。

李　吕　　青玉案·春夜怀故人

参横月落闻街鼓，指杨柳、天边路。冷澹梨花啼玉箸，五云芝检，八花砖影，稳上鳌头去。　　吹箫台冷秦云暮，玉勒嘶风弄娇步。四雁峰前凭尺素，壁尘香減，绮窗风静，记得题诗处。

李流谦　青玉案·和雅守蹇少刘席上韵

相知元早来何暮，社燕送、秋鸿去。春草春波愁目注，酒香花韵，绮谭妍唱，怎不思量住。　　虚无指点骑鲸路，个是骚人不凡处。画栋云飞帘卷雨，风流千古，一时人物，好记尊前语。

向　滈　　青玉案·别时拉泪花无语

别时拉泪花无语，但一味、教郎住。此日扁舟游远浦，雨晴云树，月斜烟树，目断家何许。　　红笺不寄相思句，人在潇湘雁回处。屈指归期秋已暮，万千里路，两三头绪，恨不飞将去。

向　滈　　青玉案·多情赋得相思分

多情赋得相思分，便揽断、愁和闷。万种千般说不尽，吃他圈横，被他拖逗，便佛也、须教恨。　　传消寄息无凭信，水远山遥怎生奔。梦也而今难得近，伊还知道，为伊成病，便死也、谁能问。

曹　冠　　青玉案·烟村茂樾湾溪畔

烟村茂樾湾溪畔，似远景、摹轻练。细草平沙骑款段，渔

翁欸乃，却惊鸥鹭，飞起澄波面。　　班荆对饮垂杨岸，枝上莺歌如解劝。山映斜阳霞绮散，醉吟乘兴，锦囊诗满，爱月归来晚。

管　鉴　　青玉案·相逢何处梅花好

永春夜宴张叔信后堂，席上用韵

相逢何处梅花好，深院宇、笙歌绕。春入侯门长不老，罗帏绣幕，护香藏粉，却许行人到。　　遏云清唱倾城笑，玉面花光互相照。银烛频更尊屡倒，明年应是，对花相忆，君已班清要。

陆　游　　青玉案·与朱景参会北岭

西风挟雨声翻浪，恰洗尽、黄茅瘴。老惯人间齐得丧，千岩高卧，五湖归棹，替却凌烟像。　　故人小驻平戎帐，白羽腰间气何壮。我老渔樵君将相，小槽红酒，晚香丹荔，记取蛮江上。

王　质　　青玉案·木樨

中央自有仙风度，散入千林去。万点秋芳洒飞露，舜裳赭色，尧眉黄彩，化作花无数。　　层层翠葆鸾旗舞，吹下天香遍瑶宇。万岁千秋奉明主，桂华月苑，蕊珠宝殿，长听黄金缕。

王　质　　青玉案·池亭

浮萍不碍鱼行路，细数鱼来去。静倚溪阴深觅句，碧鲜清润，影摇香度，易觉阑干暮。　　凫雏深傍蘋根住，浴罢红衣褪残缕。一寸江湖无可付，渚兰汀草，卧烟欹雨，荒了垂纶处。

朱　熹　　青玉案·雪消春水东风猛

雪消春水东风猛，帘半卷、犹嫌冷。怪是春来常不醒，杨柳堤边，杏花村里，醉了重相请。　　而今白发羞垂领，静里时将旧游省。记得孤山山畔景，一湾流水，半痕新月，画作梅花影。

沈端节　　青玉案·史君标韵如徐庾

史君标韵如徐庾，更名节、高千古。卧治姑溪才小驻，闲云无定，阳春有脚，又作南昌去。　兴来亭上清歌度，尽能唱、公诗句。记取诸生临别语，从容占对，天颜应喜，千万留王所。

张孝祥　　青玉案·饯别刘恭父

红尘冉冉长安路，看风度、凝然去。唱彻阳关留不住，甘棠庭院，芰荷香渚，尽是相思处。　龟鱼从此谁为主，好记江湖断肠句。万斛离愁休更诉，洞庭烟棹，楚楼风露，去作为霖雨。

张孝祥　　青玉案·送频统辖行

相春堂上闻莺语，正花柳、芳菲处。有底尊前欢且舞，满堂宾客，紫泥丹诏，衮衮烟霄路。　君王天纵资仁武，要尺箠、平骄虏。思得英雄亲驾驭。将军行矣，九重虚宁，谈笑清寰宇。

赵长卿　　青玉案·春暮

天涯目断江南路，见芳草、迷风絮。绿暗花梢春几许，小桃寂寞，海棠零乱，飞尽胭脂雨。　子规声里山城暮，月挂西南梦回处。满抱离愁推不去，双眉百皱，寸肠千缕，若事凭鳞羽。

赵长卿　　青玉案·社日客居

去年社日东风里，向三径、开桃李。脆管危弦随意起，绿阴红影，暖香繁蕊，伴我醺醺醉。　今年社日空垂泪，客舍看花甚情意。江上危楼愁独倚，欲将心事，巧凭来燕，说与人憔悴。

赵长卿　　青玉案·残春

梅黄又见纤纤雨，客里情怀两眉聚。何处烟村啼杜宇，劝人归去，早思家转，听得声声苦。　利名萦绊何时住，恼乱愁肠成万缕。满眼兴亡知几许，不如寻个，老松石畔，作个柴门户。

赵长卿　　青玉案·压波觞客

结堂雄占云烟表，万象争呈巧。老木参天溪四绕，乱山横秀，一湖澄照，天付阴晴好。　夜空唤客清樽倒，明月飞来上林杪。凉满九霄风露浩，酒慵起舞，一声清啸，平压波声小。

赵长卿　　青玉案·恍如辽鹤归华表

恍如辽鹤归华表，阅尽人间巧。天乞一堂山对绕，微波不动，岸巾时照，照见星星好。　舞风荷盖从欹倒，碧树生凉自天杪。谁识元龙胸次浩，骑鲸欲去，引杯独啸，醉眼青天小。

赵长卿　　青玉案·德远归越因作此饯行

东门杨柳空盈路，系得征鞍能驻不。暗绿枝头新过雨，柔丝千尺，乳莺百啭，似怨行人去。　行人去后知何处，去向天边篷鹓鹭。瑶管琼台多雅趣，花砖稳上，玉阶阔步，肯念人尘土。

廖行之　　青玉案·书七里桥店

片帆稳送扁舟去，又还踏、江湖路。回首京城旧游处，断魂南浦，满怀装恨，别后凭谁诉。　长歌击剑论心素，有志功名未应暮。自诵百僚端复许，归来犹记，东坡诗语，但草凌云赋。

廖行之　　青玉案·重九忆罗舜举

家山此去无多路，久没个、音书去。一别而今佳节度，黄花开未，白衣到否，篱落荒凉处。　峥嵘岁月还秋暮，空腹便便无好句。菊意悠期浑未许，那堪惹恨，年来此日，长是潇潇雨。

王　炎　　青玉案·深红数点吹花絮

深红数点吹花絮，又燕子、飞来语。远水平芜春欲暮，年年长是，清明时候，故遣人憔悴。　竹鸡啼罢山村雨，正寥落、无情绪。猛省从前多少事，绿杨堤上，楼台如画，此景今何处。

刘清之　　青玉案·子寿父

江南十月春风早，见枝上、梅英小。爱日初升清雾晓，绣筵中启，星图高挂，膝下斑衣绕。　今年献寿多欢笑，弄玉新将二雏好。此曲尊前何所祷，十分康乐，十分强健，一树庄椿老。

辛弃疾　　青玉案·元夕

东风夜放花千树，更吹落、星如雨。宝马雕车香满路，凤箫声动，玉壶光转，一夜鱼龙舞。　蛾儿雪柳黄金缕，笑语盈盈暗香去。众里寻他千百度，蓦然回首，那人却在，灯火阑珊处。

赵善扛　　青玉案·春暮

一年陌上寻芳意，想人在、东风里。褪粉销红春有几，青翰飞去，紫云凝伫，往事如流水。　烟横极浦山无际，暗解明珰问谁寄。乡在温柔何处是，轮困香雾，静深庭院，帘影参差翠。

程　垓　　青玉案·用贺方回韵

宝林岩畔凌云路，记藉草、寻梅去。咏绿书红知几度，行云归后，碧云遮断，寂寞人何处。　一声长笛江天暮，别后谁吟倚楼句。匀面照溪心已许，欲凭锦字，写人愁去，生怕梨花雨。

石孝友　　青玉案·征鸿过尽秋容谢

征鸿过尽秋容谢，卷离恨、还东下。剪剪霜风落平野，溪山掩映，水烟摇曳，几簇渔樵舍。　芙蓉城里人如画，春伴春游夜转夜。别后知他如何也，心随云乱，眼随天断，泪逐长江泻。

陈　亮　　青玉案·武陵溪上桃花路

武陵溪上桃花路，见征骑、匆匆去。嘶入斜阳芳草渡，读书窗下，弹琴石上，留得销魂处。　落花冉冉春将暮，空写池塘梦中句。黄犬书来何日许，辋川轻舸，杜陵尊酒，半夜灯前雨。

韩　淲　　　　青玉案·西湖路

苏公堤上西湖路，柳外跃、青骢去。多少韶华惊暗度，南山游遍，北山归后，总是题诗处。　　如今老矣伤春暮，泽畔行吟漫寻句。落拓情怀空自许，小园芳草，短篱修竹，点点飞花雨。

史达祖　　青玉案·蕙花老尽离骚句

蕙花老尽离骚句，绿染遍、江头树。日午酒消听骤雨，青榆钱小，碧苔钱古，难买东君住。　　官河不碍遗鞭路，被芳草、将愁去。多定红楼帘影暮，兰灯初上，夜香初炷，犹自听鹦鹉。

高观国　　青玉案·平生似欠西湖债

平生似欠西湖债，每拚了、金貂解。妩媚烟云多变态，雕鞍来处，画船归去，花柳春风隘。　　玉京相接蓬壶界，入画遥山翠分黛。苏小不来时节改，一堤风月，六桥烟水，鹭约鸥盟在。

魏了翁　青玉案·次西叔兄送南叔兄赴钤干见寄韵

中年怕踏长亭路，便自有、离愁苦。一自送君趋幕府，惺憁莺舌，呢喃燕觜，那解春无语。　　三年山月移朝暮，独倚松风等闲度。到得除书萦绊住，却愁不似，当时皓月，长伴君来去。

吴　泳　　　青玉案·寿季永弟

杏花时候匆匆别，又欲迫、黄花节。过了三年经八月，骊驹声里，青鸿头畔，几见刀头折。　　诸生立尽门前雪，半偈重翻为渠说。且莫从头烹瓠叶，已呼童稚，多藏酒秫，共醉陶彭泽。

吴　泳　　青玉案·送张伯修赴宣府

玉骢已向关头路，待携取、功名去。慷慨不歌桃叶渡，囊书犹在，剑花未落，富有经纶处。　　从军缅想当年赋，纵局局翻新只如许。但恐归来秋色暮，薰炉茗碗，葵根瓠叶，落莫灯前雨。

赵以夫　青玉案·荷花 赣州巢龟亭为曾提管赋

水亭横枕荷花浦，觉水面、香来去。亭上佳人云态度，天然娇韵，十分捎就，唱尽黄金缕。　耳边低道清无暑，我欲卿卿卿且住。自笑风情衰几许，一床明月，五更残梦，不到阳台路。

张　榘　青玉案·和何使君次了翁韵之一

严城寂寞山缭绕，觉寒透、貂裘峭。云压江天风破晓，飞琼万顷，看来浑似，泽国芦花老。　玉山不怕频频倒，要笔阵、纵横快挥扫。见说今年梅较早，笑将名胜，千钟万字，谁似邦侯好。

张　榘　青玉案·和何使君次了翁韵之二

少时贪看琼林绕，任马上、寒威峭。昨暮六花飞逗晓，拥衾慵起，鬓丝笼帽，顿觉年来老。　朱阑翠竹枝枝倒，把玉甃、棱层趁风扫。楼上一樽须放早，同云收尽，红轮初上，对面狼峰好。

张　榘　青玉案·和何使君次了翁韵之三

龙香熏被罗屏绕，任窗外、风儿峭。鸳枕梦回鸡唱晓，丫鬟惊笑，琼枝低亚，错认梅花老。　红炉兽炭装还倒，强梳洗、忙将黛眉扫。贪趁清欢争怕早，弓靴微湿，玉纤频袖，塑出狮儿好。

张　榘　青玉案·被檄出郊，题陈氏山居

西风乱叶溪桥树，秋在黄花羞涩处。满袖尘埃推不去，马蹄浓露，鸡声淡月，寂历荒村路。　身名多被儒冠误，十载重来漫如许。且尽清樽公莫舞，六朝旧事，一江流水，万感天涯暮。

吴　潜　青玉案·黄昏先自无情绪

黄昏先自无情绪，更几阵、风和雨。闲把楼头更点数，挑残灯烬，装成香缕，此际凭谁诉。　新词旧曲歌还住，欲说相思渺无处。围定寒炉人不语，暗蛩啾唧，征鸿嘹唳，憔悴都如许。

吴　潜　　青玉案·和刘长翁右司韵

人生南北如岐路，惆怅方回断肠句。四野碧云秋日暮，苇汀芦岸，落霞残照，时有鸥来去。　一杯渺渺怀今古，万事悠悠付寒暑。青箬绿蓑便野处，有山堪采，有溪堪钓，归计聊如许。

吴　潜　　青玉案·十年三过苏台路

十年三过苏台路，还又是、匆匆去。迅景流光容易度，鹭洲鸥渚，苇汀芦岸，总是消魂处。　苍烟欲合斜阳暮，付与愁人砌愁句。为问新愁愁底许，酒边成醉，醉边成梦，梦断前山雨。

吴　潜　　青玉案·已未三月六日四明窗会客

流芳只怕春无几，拚夜饮、更才二。不用追他欢乐事，绮窗朱户，燕帏莺馆，多少人憔悴。　踏歌梦想江南市，管春尽、扁舟放行李。寒食休倾游子泪，归去来兮，不如归去，铁定知今是。

李曾伯　　青玉案·癸未道间

栖鸦啼破烟林暝，把旅梦、俄惊醒。猛拍征鞍登小岭，峰回路转，月明人静，幻出清凉境。　马啼踏碎琼瑶影，任露压巾纱未恔整。贪看前山云隐隐，翠微深处，有人家否，试击柴扃问。

李曾伯　　青玉案·丁未寿八窗叔

去年曾借梅为寿，转眼垂弧小春又。一笑巡檐清影瘦，雪边聊且，收香藏白，少俟融和透。　新来东阁高吟就，金鼎家声自依旧。唤取玉妃重举酒，百花头上，一枝芳信，终属东君手。

薛　泳　　青玉案·守岁

一盘消夜江南果，吃果看书只清坐。罪过梅花料理我，一年心事，半生牢落，尽向今宵过。　此身本是山中个，才出山来便希差。手种青松应是大，缚茅深处，抱琴归去，又是明年话。

吴文英　　青玉案·重游谿葵园

东风客雁谿边道，带春去、随春到。认得踏青香径小，伤高怀远，乱云深处，目断湖山杳。　梅花似惜行人老，不忍轻飞送残照。一曲秦娥春态少，幽香谁采，旧寒犹在，归梦啼莺晓。

吴文英　　青玉案·短亭芳草长亭柳

短亭芳草长亭柳，记桃叶，烟江口。今日江村重载酒，残杯不到，乱红青冢，满地闲春绣。　翠阴曾摘梅枝嗅，还忆秋千玉葱手。红索倦将春去后，蔷薇花落，故园蝴蝶，粉薄残香瘦。

吴文英　　青玉案·新腔一唱双金斗

新腔一唱双金斗，正霜落、分甘手。已是红窗人倦绣，春词裁烛，夜香温被，怕减银壶漏。　吴天雁晓云飞后，百感情怀顿疏酒。彩扇何时翻翠袖，歌边拌取，醉魂和梦，化作梅边瘦。

李彭老　　青玉案·楚峰十二阳台路

楚峰十二阳台路，算只有、飞红去。玉合香囊曾暗度，榴裙翻酒，杏帘吹粉，不识愁来处。　燕忙莺懒青春暮，蕙带空留断肠句。草色天涯情几许，荼蘼开尽，旧家池馆，门掩风和雨。

李莱老　　青玉案·题草窗词卷

吟情老尽江南句，几千万、垂丝缕。花冷絮飞寒食路，渔烟鸥雨，燕昏莺晓，总入昭华谱。　红衣妆靓凉生渚，环碧斜阳旧时树。拈叶分题觞咏处，荀香犹在，庾愁何许，云冷西湖赋。

陈　著　　青玉案·次韵戴时芳

钱塘江上潮来去，花落花开六桥路。三竺三茅钟晓暮，当年梦境，如今故国，不忍回头处。　他谁做得愁如许，平地波涛挟风雨。往事凄凄都有据，月堂笑里，夕亭话后，自是无人悟。

陈 著　　**青玉案·青山流水迢迢去**

青山流水迢迢去，总是东风往回路。送得春来春又暮，莺如何诉，燕如何语，只有春知处。　　时光渐渐春如许，何用怜春怕红雨。到处空飞无实据，花开也好，花飞也好，此意须双悟。

陈允平　　**青玉案·采莲女**

凉亭背倚斜阳树，过几阵、菰蒲雨。自棹轻舟穿柳去，绿裙红袂，与花相似，撑入花深处。　　妾家住在鸳鸯浦，妾貌如花被花妒。折得花归娇厮觑，花心多怨，妾心多恨，胜似莲心苦。

刘辰翁　　**青玉案·稠塘旧是花千树**

微晴渡观桃，非复前日弥望之盛，独可十数树耳。盖以此间人摘实之苦，自伐去也。归涂悄然念之，作此以示同行

稠塘旧是花千树，曾泛入、溪深误。前度刘郎重唤渡，漫山寂寂，年时花下，往往无寻处。　　一年一度相思苦，恨不抛人过江去。及至来时春未暮，兔葵燕麦，冷风斜雨，长恨稠塘路。

刘辰翁　　**青玉案·用辛稼轩元夕韵**

雪销未尽残梅树，又风送、黄昏雨。长记小红楼畔路，杵歌串串，鼓声叠叠，预赏元宵舞。　　天涯客鬓愁成缕，海上传柑梦中去。今夜上元何处度，乱山茅屋，寒炉败壁，渔火青荧处。

刘辰翁　　**青玉案·里中上大人谁大**

寿老登八十六岁，戊午六月十七日

里中上大人谁大，人上大、仁难作。八十六翁闲处坐，小生懒惰，近来高卧，忘却今朝贺。　　甲申还是连珠么，剩有老人星一个。白发朱颜堪婆娑，灵光殿火，昆明劫过，角绮园黄我。

刘辰翁　　**青玉案·暮春旅怀**

无肠可断听花雨，沉沉已是三更许。如此残红那得住，一

春情绪，半生羁旅，寂寞空山语。　　霖铃不是相思阻，四十平分犹过五。渐远不知何杜宇，不如归去，不如归去，人在江南路。

黎廷瑞　　青玉案·泛大江

巨舟双橹鸣鹅鹳，千万顷、玻璃面。宇宙浮萍堪永叹，黄唐开辟，秦隋争战，不把江山换。　　芦花新雪秋撩乱，何处渔舟起孤笼。一片古愁萦不断，平沙矮树，溪烟荒岸，落日西风雁。

张　炎　　青玉案·闲居

万红梅里幽深处，甚杖屦、来何暮。草带湘香穿水树，尘留不住，云留却住，壶内藏今古。　　独清懒入终南去，有忙事、修花谱。骑省不须重作赋，园中成趣，琴中得趣，酒醒听风雨。

谈元范　　青玉案·虾须帘上银钩小

虾须帘上银钩小，筵内轻寒绕。红叶征香侵语笑，金钗珠履，凤箫龟鼓，疑是蓬莱岛。　　萱堂日日春生貌，嫩绿休然鬓边好。赋得修龄应不少，年年长见，画梁双燕，楼外青袍草。

倪翼周　　青玉案·烟浓水淡荷香浅

烟浓水淡荷香浅，近翠幕、闻弦管。逸气棱层冲碧汉，绝无凡骨，炼成铅鼎，未许童颜换。　　长门深锁文君院，前度蛮笺泪痕满。为问乘槎人不远，只消丹桂，一枝分付，早早随伊愿。

倪翼周　　青玉案·四时令节惟重九

四时令节惟重九，况此日、逢佳偶。金菊已花杯有酒，瑶池宴罢，一枝斜插，好作渊明友。　　翠眉淡淡匀宫柳，比似年时更清瘦。双绾带儿新结就，长情恩爱，随家俭约，素与君同寿。

倪翼周　　青玉案·薰风解尽吾民愠

薰风解尽吾民愠，正蓬渚芳遍。昨夜商周生伊旦，从来仁

者，仲尼称寿，更捧金杯劝。　　我有诗词三百卷，待留取、频频献。且看明年秋欲半，紫薇花下，绿槐阴外，天语颁新宴。

倪翼周　　青玉案·熙春堂下花无数

熙春堂下花无数，红紫映、桃溪路。蝶往蜂来知几许，翠筠亭外，绿阳堤畔，时听娇莺语。　　绮筵罗列开樽俎，况总是、神仙侣。竞举笙歌持玉醑，介公眉寿，年年此日，常与花为主。

无名氏　　青玉案·咏举子赴省

钉鞋踏破祥符路，似白鹭、纷纷去。试盏袱头谁与度，八厢儿事，两员直殿，怀挟无藏处。　　时辰报尽天将暮，把笔胡填备员句。试问闲愁知几许，两条脂烛，半盂馊饭，一阵黄昏雨。

无名氏　　青玉案·年年社日停针线

年年社日停针线。怎忍见、双飞燕。今日江城春已半，一身犹在，乱山深处，寂寞溪桥畔。　　春衫著破谁针线，点点行行泪痕满。落日解鞍芳草岸，花无人戴，酒无人劝，醉也无人管。

无名氏　　青玉案·一年春事都来几

一年春事都来几，早过了、三之二。绿暗红嫣浑可事，绿杨庭院，暖风帘幕，有个人憔悴。　　买花载酒长安市，又争似家山见桃李。不枉东风吹客泪，相思难表，梦魂无据，惟有归来是。

无名氏　　青玉案·人生南北如岐路

人生南北如岐路，世事悠悠等风絮。造化小儿无定据，翻来覆去，倒横直竖，眼见都如许。　　伊周功业何须慕，不学渊明便归去。坎止流行随所寓，玉堂金马，竹篱茅舍，总是无心处。

无名氏　　青玉案·送刘置宠

青螺江上梅花暮，有姑射、神仙侣。剩把明珠倾满斛，老

仙源委，玉妃风韵，真是欺蛮素。　彩鸾齐跨山中去，浑似天台旧时路。试问风流春几许，芳心嫩叶，如今时候，好景才三五。

无名氏　青玉案·寿赵宰母　二月十四

柳阴花底春将半，吹不断、祥烟散。何处绮罗丝竹乱，天孙星里，老人星畔，昨夜光芒现。　绿衣好把斑衣换，照新渥、金花满。酌斗深深频祝愿，凤池它日，莺花此景，春酒年年劝。

无名氏　青玉案·二月十五

红娇绿软芳菲遍，正荏苒、春方半。帘幕任垂花影乱，年年此日，月娥仙子，来赴瑶池宴。　绮罗暗帘成行满，尽酌金樽十分劝。愿指松椿为寿算，北堂深处，朱颜绿鬓，赢得此身强健。

无名氏　青玉案·送别

征鞍不见邯郸路，莫便匆匆去，秋风萧条何以度。明窗小酌，暗灯清话，最好留连处。　相逢各自伤迟暮，犹把新诗诵奇句。盐絮家风人所许，如今憔悴，但余衰泪，一似黄梅雨。

青房并蒂莲

此调本为咏并蒂而开的莲花。调见《阳春白雪》卷四宋王沂孙词。属双调、平韵，共一百零三字。上阕九句、四十九字，于第一、三、五、七、九句用韵；下阕九句、五十四字，于第三、五、七、九句用韵。

周邦彦　青房并蒂莲·维扬怀古

醉凝眸，正楚天秋晚，远岸云收。草绿莲红，□映小汀洲。芰荷香里鸳鸯浦，恨菱歌、惊起眠鸥。望去帆、一派湖光，棹声咿哑橹声柔。　愁窥汴堤细柳，曾舞送莺时，锦缆

龙舟。拥倾国、纤腰皓齿，笑倚迷楼。空令五湖夜月，也羞照三十六宫秋。正浪吟、不觉回桡，水花风叶两悠悠。

此首别作王沂孙词

王沂孙　　青房并蒂莲·醉凝眸

醉凝眸，是楚天秋晓，湘岸云收。草绿兰红，浅浅小汀洲。芰荷香里鸳鸯浦，恨菱歌、惊起眠鸥。望去帆，一片孤光，棹声伊轧橹声柔。　　愁窥汴堤翠柳，曾舞送当时，锦缆龙舟。拥倾国、纤腰皓齿，笑倚迷楼。空令五湖夜月，也羞照、三十六宫秋。正朗吟，不觉回桡，水花枫叶两悠悠。

此首别作周邦彦词

武林春

此调本名《武陵春》，宋无名氏词《武林春》。“武林”是“武陵”的误写。武陵，郡名，汉高祖时置，在今湖南省常德市。东晋陶潜撰《桃花源记》，称晋太元中武陵渔人进入桃花源，俨然另一世界。后亦泛指清净幽美、隐世避居之地。贺铸词中有“云想衣裳花想容”之句，故又命名为《花想容》。以此为内容度曲制词，名为《武陵春》。属双调、平韵，四十八字。上下阕均四句、二十四字，皆于第二、三、四句用韵。另一体四十九字，下阕结句为六字，皆比前体多一字。参见《武陵春》。

无名氏　　武林春·昨夜前村深雪里

昨夜前村深雪里，春信为谁传。风送清香满座间，不用热沉檀。　　竹外一枝斜更好，偏称玉人攀。休放游蜂去又还，嫌怕损芳颜。

武陵春

歌咏武陵春色，抒发归隐之情，命其词调曰《武陵春》。武陵本汉高祖刘邦割黔中郡所置之郡名，在今湖南省

常德市。东晋陶渊明撰《桃花源记》并诗，称武陵渔人沿溪进入桃花源，发现其中居民乃避秦时乱而徙来，生活安定，怡然自乐，俨然别一世界。后泛指清净幽美、隐世避居之地。贺铸词中有“云想衣裳花想容”之句，故又命名为《花想容》。属双调、平韵，共四十八字。上、下阕格式同，均四句、二十四字，亦皆于第二、三、四句用韵。又一体四十九字，下阕结句为六字，比前体多一字。参阅《武林春》。

张　先　　武陵春·秋染青溪天外水

秋染青溪天外水，风棹采菱还。波上逢郎密意传，语近隔丛莲。　相看忘却归来路，遮日小荷圆。菱蔓虽多不上船，心眼在郎边。

张　先　　武陵春·每见韶娘梳鬓好

每见韶娘梳鬓好，钗燕傍云飞。谁掬彤霞露染衣，□玉透柔肌。　梅花瘦雪梨花雨，心眼未芳菲。看著娇妆听柳枝，人意觉春归。

欧阳修　　武陵春·宝幄华灯相见夜

宝幄华灯相见夜，妆脸小桃红。斗帐香檀翡翠笼，携手恨匆匆。　金泥双结同心带，留与记情浓。却望行云十二峰，肠断月斜钟。

晏几道　　武陵春·绿蕙红兰芳信歇

绿蕙红兰芳信歇，金蕊正风流。应为诗人多怨秋，花意与消愁。　梁王苑路香英密，长记旧嬉游。曾看飞琼戴满头，浮动舞梁州。

晏几道　　武陵春·九日黄花如有意

九日黄花如有意，依旧满珍丛。谁似龙山秋兴浓，吹帽落西风。　年年岁岁登高节，欢事旋成空。几处佳人此会同，今在泪痕中。

晏几道　　武陵春·烟柳长堤知几曲

烟柳长堤知几曲，一曲一魂消。秋水无情天共遥，愁送木兰桡。　熏香绣被心情懒，期信转迢迢。记得来时倚画桥，

红泪满鲛绡。

魏夫人　　武陵春·小院无人帘半卷

小院无人帘半卷，独自倚阑时。宽尽春来金缕衣，憔悴有谁知。　　玉人近日书来少，应是怨来迟。梦里长安早晚归，和泪立斜晖。

晁端礼　　武陵春·湖上风光寒食近

湖上风光寒食近，准拟醉花枝。不忍东风烂熳时，红泪湿胭脂。　　情知今后游从少，鸾镜懒重窥。金凤衔花旧绣衣，憔悴舞腰肢。

谢　逸　　武陵春·茶

画烛笼纱红影乱，门外紫骝嘶。分破云团月影亏，雪浪皱清漪。　　捧碗纤纤春笋瘦，乳雾泛冰瓷。两袖清风拂袖飞，归去酒醒时。

谢　逸　　武陵春·送任民望归丰城

拍岸蒲萄江水碧，柳带挽归艎。破闷琴风绕袖凉，蔌蔌楝花香。　　淡烟疏雨随宜好，何处不潇湘。愿作双飞老凤皇，莫学野鸳鸯。

毛　滂　　武陵春·维岳分公英特气

维岳分公英特气，万丈拂长虹。丙魏萧曹总下风，千载友夔龙。　　宝熏袅翠昏帘绣，嘉颂佩绅同。不用黄精扫鬓中，元是黑头翁。

毛　滂　　武陵春·迎得春来闻好语

迎得春来闻好语，贺燕立帘钩。转蕙风光柳弄柔，喜气与春游。　　万钱珍鼎期公饭，天自寿留侯。文物升平速置邮，江左属风流。

毛　滂　　武陵春·银浦流云初度月

银浦流云初度月，空碧挂团团。照夜珠胎贝阙寒，光彩满长安。　　春风为拂新沙路，珂马款天关。篆印金窠红屈盘，

鬼簠押千官。

毛　滂　　武陵春·城上落梅风料峭

正月二日，天寒欲雪，孙使君置酒作乐，宾客插花剧饮，明日当立春

城上落梅风料峭，寒馥逼清尊。爽兴天教属使君，雪意压歌云。　插帽殷罗金缕细，燕燕早随人。留取笙歌直到明，莲漏已催春。

毛　滂　　武陵春·风过冰檐环佩响

正月十四日夜孙使君席上观雪，继而月复明

风过冰檐环佩响，宿雾在华茵。剩落瑶花衬月明，嫌怕有纤尘。　凤口衔灯金炫转，人醉觉寒轻。但得清光解照人，不负五更春。

毛　滂　　武陵春·春在前村梅雪里

正月七日，武都雪霁立春

春在前村梅雪里，一夜到千门。玉佩琼琚下冷云，银界见东君。　桃花髻暖双飞燕，金字巧宜春。寂寞溪桥柳弄晴，老也探花人。

李　光　　武陵春·漠漠春阴人似雾

陈逢时置酒宾宴堂，仍携爱姬。晚值雨作，见示佳词，辄次韵

漠漠春阴人似雾，那用绣帘垂。不道持杯是阿谁，须拚倒金罍。　人世浑如天上月，离合比盈亏。冒雨须来带雨归，神女解相随。

万俟咏　　武陵春·燕子飞来花在否

燕子飞来花在否，微雨退、掩重门。正满院梨花雪照人，独自个、怯黄昏。　轻风淡月总消魂，罗衣暗惹啼痕。谩觑著、秋千腰褪裙，可曒是、不宜春。

李清照　　武陵春·春晚

风住尘香花已尽，日晚倦梳头。物是人非事事休，欲语泪先流。　闻说双溪春尚好，也拟泛轻舟。只恐双溪舴艋舟，

载不动、许多愁。

曹勋　　武陵春·禁中元夕

元夕晴和中禁好，梅影玉阑干。峭窄春衫试嫩寒，金翠会群仙。　移下一天星斗璨，喜色动宸颜。行乐风光莫放闲，月在凤凰山。

曹勋　　武陵春·重阳

今岁重阳经闰早，金蕊粲繁枝。玉殿珠楼步辇随，高兴在东篱。　且泛金英同潋滟，休与傲霜期。只恐秋香一夜衰，须插满头归。

曹勋　　武陵春·玉露金风寻胜去

玉露金风寻胜去，一月看三州。红叶黄花满意秋，真是巧装愁。　我在天台山下住，松菊占深幽。归趁梅花映小楼，应问久迟留。

曹勋　　武陵春·惨惨江云浑不动

惨惨江云浑不动，玉雪耿孤芳。萼绿仙人带暗香，风韵冷尤长。　陇信不来寒日晚，疏影照澄江。肯借横斜伴酒觞，应共月商量。

曹勋　　武陵春·春到小园春草绿

春到小园春草绿，烟雨湿云山。池上梅花已半残，无奈晚来寒。　不怕醉多只怕醒，花影上阑干。人在东风缥缈间，谁与伴幽闲。

史浩　　武陵春·戴昌言家姬供春盘

报道东皇初弭节，芳思满凌晨。争看钗头彩胜新，金字写宜春。　四坐行盘堆白玉，纤手自和匀。恰似蟾宫妙丽人，将月出浮云。

仲并　　武陵春·元若虚总管席上

门巷乌衣应好在，风韵尚依然。知是蓬瀛第几仙，秀色粲当筵。　索句濡毫云阁里，清坐袅炉烟。谁赋回文第二篇，

除是见娟娟。

李流谦　　武陵春·德茂乃翁生朝作

晓日帘栊初破睡，宝鸭宿薰浓。笑指图中鹤发翁，仙骨宛然同。　　万里郎官遥上寿，五马茜衫红。待插华貂酒满钟，仍是黑头公。

向　滈　　武陵春·藤州江月楼

长记酒醒人散后，风月满江楼。楼外烟波万顷秋，高槛冷飕飕。　　想见云鬟香雾湿，斜坠玉搔头。两处相思一样愁，休更照鄜州。

谢　懋　　武陵春·惜别

门掩东风人去后，愁损燕莺心。一朵梅花淡有春，粉黛不忺匀。　　我亦青楼成倦客，风月强追寻。莫把恩情做弄成，容易学行云。

杨万里　　武陵春·长铗归乎逾十暑

老夫茗饮小过，遂得气疾，终夕越吟，而长孺子有书至，答以武陵春，因呈子西

长铗归乎逾十暑，不著鵔鸃冠。道是今年胜去年，特地减清欢。　　旧赐龙团新作祟，频啜得中寒。瘦骨如柴痛又酸，儿信问平安。

赵长卿　　武陵春·上马宰

又是新逢三五夜，瑞气霭氤氲。万点灯和月色新，桃李倍添春。　　花县主人情思好，行乐逐良辰。满引千钟酒又醇，歌韵动梁尘。

赵长卿　　武陵春·落了丹枫残了菊

落了丹枫残了菊，秋色苦无多。谁唤西风泣泪罗，吹恨入星河。　　碧枝头金粟闹，曾揷翠云窝。重揉檀英忆两娥。无奈冷香何。

辛弃疾　　武陵春·桃李风前多妩媚

桃李风前多妩媚，杨柳更温柔。唤取笙歌烂漫游，且莫管

闲愁。　　好趁春晴连夜赏，雨便一春休。草草杯盘不要收，才晓便扶头。

辛弃疾　　武陵春·走去走来三百里

走去走来三百里，五日以为期。六日归时已是疑，应是望多时。　　鞭个马儿归去也，心急马行迟。不免相烦喜鹊儿，先报那人知。

此首别作石孝友词

石孝友　　武陵春·走去走来三百里

走去走来三百里，五日以为期。六日归时已是疑，应是望归时。　　鞭个马儿归去也，心急马行迟。不免相烦喜鹊儿，先报那人知。

此首别作辛弃疾词

赵师侠　　武陵春·和王叔度桃花

一阵晓风花信早，先到小桃枝。冉冉红云映翠微，开宴忆瑶池。　　零乱分飞贪结子，芳径自成蹊。消得刘郎去路迷，肠断武陵溪。

赵师侠　　武陵春·信丰揖翠阁

乍雨笼晴云不定，芳草绿纤柔。燕语莺啼小院幽，春色二分休。　　试凭危栏凝远目，山与水光浮。滚滚闲愁逐水流，流不尽、许多愁。

宋先生　　武陵春·七返还丹人怎晓

七返还丹人怎晓，晓后有何难。夜静存神向内观，神水满泥丸。　　搬运金精无夜昼，呼吸不曾闲。功行成时出世寰，名姓列仙班。

宋先生　　武陵春·虎绕龙蟠功最妙

虎绕龙蟠功最妙，交会在丹田。垆鼎烹煎火自然，日月炼为先。　　认取坎离为造化，真气要还源。向已澄静坐内观，九转炼成丹。

宋先生　　武陵春·七返阳全阴去尽

七返阳全阴去尽，精髓满三田。修道无为必自然，论甚后和先。　　认取五行真水火，须要识根源。自己丹砂著意看，何用外寻丹。

卢　炳　　武陵春·赓何显夫小舟有景

红荻黄芦秋已老，妆点楚江头。更有吴姬拨小桡，来往自妖娆。　　款款舣舟临别岸，短缆系花梢。料得前身是莫愁，依旧有风流。

卢　炳　　武陵春·常记江南春欲到

舟行三衢间，江干梅盛开，为风雨所妒，赋此以惜之

常记江南春欲到，消息付南枝。疏影横斜照水时，月淡暗香迟。　　可惜江头千树玉，雨暗更风欺。传语东君管领伊，憔悴有谁知。

吴　潜　　武陵春·惨惨凄凄秋渐紧

惨惨凄凄秋渐紧，风雨更潇潇。强把炉薰寄寂寥，无语立亭皋。　　客路十年成底事，水国更停桡。苍鸟横飞过野桥，人不似、汝逍遥。

苗 而 秀

此调本名《丑奴儿》，贺铸以该调填词，赋吴都美女的燕样腰身，善歌能舞，其首句为“吴都佳丽苗而秀”，取其后三字，作为词牌的新名《苗而秀》。属双调、平韵，共四十八字。上下阕各四句、二十四字，均于第二、三、四句用韵，两阕句式相同。参阅《丑奴儿》。

贺　铸　　苗而秀·吴都佳丽苗而秀

吴都佳丽苗而秀，燕样腰身。按舞华茵，促遍凉州、罗袜未生尘。　　□□□□□□透，歌怨眉颦。张燕宜频，□□□□、□□□□□。

林钟商小品

此调见《曲律》引《乐府浑成》。“林钟”是十二律之一，“商”是五音之一，用来标明其乐调。今存宋无名氏所作两首，皆为单调。其一，平韵，四句，十九字，各句分别为五、三、七、四字，于第三、四句用韵；其二，平韵，五句，除第四句为五字外，各为四字，于第一、四、五句用韵。

无名氏　　林钟商小品·正天气凄凉

正天气凄凉，鸣幽砌，向枕畔、偏恼愁心，尽夜苦吟。

无名氏　　林钟商小品·戴花殢酒

戴花殢酒，酒泛金樽，花枝满帽。笑歌醉拍手，戴花殢酒。

杵 声 齐

此调本名《古捣练子》，贺铸词有“砧面莹，杵声齐”句，故更名《杵声齐》。详见《古捣练子》条。

贺　铸　　杵声齐·砧面莹

砧面莹，杵声齐，捣就征衣泪墨题。寄到玉关应万里，戍人犹在玉关西。

松江哨遍

此调本为咏唱松江之词，故以“松江”冠其首。松江，水名，即吴淞江，古称笠泽，一名松陵江，是太湖支流三江之一。《哨遍》又写作《稍遍》。其意取之乐曲。曲有大遍、小遍。元稹诗：“逡巡大遍凉州彻”。所谓大遍者，有序、引、歌、哨、催、衮、破、行、中腔、踏歌之类，凡数十解(解即章)。因其乐曲太长，常常裁截用之，谓之“摘遍”。此《哨遍》即截摘大遍中之“哨”章，故谓之《哨

遍》。属双调，平仄通叶，各有定位，常用为二百零三字。上阕十八句、八十七字，下阕二十句、一百一十六字。另有一百一十六字、一百九十七字、二百字、二百零二字、二百零四字诸体。参阅《哨遍》。

刘学箕　　　松江哨遍·木叶尽凋

长桥，天下绝景也。松江太湖，举目千里，风涛不作，水面砥平。归帆征棹，相望于黄芦烟草之际。去来乎桥之左右者，若非人世，极画工之巧所莫能形容。每来维舟，未尝即去，徜徉延伫，意尽然后行。至欲作数语以状风景胜概，辞不意逮，笔随句阁，良可慨叹。己未冬，自云阳归闽。腊月望后一日，漏下二鼓，舣舟桥西，披衣登垂虹。时夜将半，雪月交辉。水天一色，顾影长啸，不知身之寄于旅。返而登舟，谓偕行者周生曰：佳哉斯景也，讵可无乐乎?于是相与破霜蟹，斫细鳞，持两螯，举大白，歌赤壁之赋。酒酣乐甚。周生请曰：今日之事，安可无一言以识之?余曰：然。遂隐括坡仙之语，为哨遍一阕，词成而歌之。生笑曰：以公之才，岂不能自寓意数语，而乃缀缉古人之词章，得不为名文疵乎?余曰：不然。昔坡仙盖尝以靖节之词寄声乎此曲矣，人莫有非之者。余虽不敏，不敢自亚于昔人。然捧心效颦，不自知丑，盖有之矣。而寓意于言之所乐，则虽贤不肖抑何异哉?今取其言之足以寄吾意者，而为之歌，知所以自乐耳，子何哂焉

木叶尽凋，湖色接天，雪月明江水。凌万顷、一苇纵所之，若凭虚驭风仙子。听洞箫、绵延不绝如缕，余音袅袅游丝曳。乃举酒赋诗，玉鳞霜蟹，是中风味偏美。任满头堆絮雪花飞，更月澹篷窗冻云垂。山郁苍苍，桥卧沉沉，夜鹊惊起。

噫!倚兰桨兮，我今恍惚遗身世。渔樵甘放浪，蜉蝣然、寄天地。叹富贵何时，功名浪语，人生寓乐虽情尔。知逝者如斯，盈虚如彼，则知变者如是。且物生宇宙各有司，非已有纤毫莫得之。委吾心、耳目所寄，用之而不竭，取则不吾禁，自色自声，本非有意。望东来孤鹤缟其衣，快乘之、从此仙矣。

松 梢 月

此调见曹勋《松隐集》，为其自度曲。其词咏夜月松

影，上阕有“喜揖蟾华当松顶，照榭阁、细影纵横”之句，故取以为调名。属双调、平韵，共九十八字。上阕八句、四十九字，于第一、二、四、五、六、八句用韵；下阕九句、四十九字，于第一、三、五、七、九句用韵。

曹　勋　　　　　松梢月·院静无声

院静无声，天边正、皓月初上重城。群木摇落，松路径暖风轻。喜揖蟾华当松顶，照榭阁、细影纵横。杖策徐步空明里，但襟袖皆清。　　恍若如临异境，漾风沼岸阔，波净鱼惊。气入层汉，疑有素鹤飞鸣。夜色徘徊迟宫漏，渐坐久、露湿金茎。未忍归去，闻何处、重吹笙。

枕屏儿

此调本为咏枕席前的屏风。又名《枕屏子》，调见《梅苑》。今存词中有无名氏之作。属双调、仄韵，共七十四字。上下阕格式、句法相同，各九句、三十七字，亦均于第二、五、八、九句用韵。

无名氏　　　　　枕屏儿·江国春来

江国春来，留得素英肯住。月笼香，风弄粉，诗人尽许。酥蕊嫩，檀心小，不禁风雨，须东君、与他做主。　　繁杏夭桃，颜色浅深难驻。奈芳容，全不称，冰姿伴侣。水亭边，山驿畔，一枝风措，十分似、那人淡伫。

画眉郎

此调本名《好女儿》，因贺铸词有“似题桥贵客，栽花潘令，真画眉郎”句，故更名《画眉郎》。详见《好女儿》条。

贺　铸　　　　　画眉郎·雪絮雕章

雪絮雕章，梅粉华妆。小芒台、榧机罗缃素，古铜蟾砚滴，金雕琴荐，玉燕钗梁。　　五马徘徊长路，漫非意、凤求

凰。认兰情、自有怜才处，似题桥贵客，栽花潘令，真画眉郎。

画堂春

又名《画堂春令》、《画楼春》、《万峰攒翠》。“画堂”，有画饰的厅堂。词人咏画堂春色，遂以《画堂春》名其词调。属双调、平韵，共四十七字。上阕四句、二十四字，句句用韵；下阕四句、二十三字，于第二、三、四句用韵。另有变格，有四十六字、四十八字、四十九字诸体。

张先　　画堂春·外潮莲子长参差

外潮莲子长参差，霁山青处鸥飞。水天溶漾画桡迟，人影鉴中移。　桃叶浅声双唱，杏红深色轻衣。小荷障面避斜晖，分得翠阴归。

苏轼　　画堂春·寄子由

柳花飞处麦摇波，晚湖净鉴新磨。小舟飞棹去如梭，齐唱采菱歌。　平野水云溶漾，小楼风日晴和。济南何在暮云多，归去奈愁何。

黄庭坚　　画堂春·年十六作

东风吹柳日初长，雨余芳草斜阳。杏花零乱燕泥香，睡损红妆。　宝篆烟消龙凤，画屏云锁潇湘。夜寒微透薄罗裳，无限思量。

此首别作秦观词

黄庭坚　　画堂春·东堂西畔有池塘

东堂西畔有池塘，使君棐几明窗。日西人吏散东廊，蒲苇送轻凉。　翠管细通岩溜，小峰重叠山光。近池催置琵琶床，衣带水风香。

黄庭坚　　画堂春·摩围小隐枕蛮江

摩围小隐枕蛮江，蛛丝闲锁晴窗。水风山影上修廊，不到晚来凉。　相伴蝶穿花径，独飞鸥舞春光。不因送客下绳

床，添火炷炉香。

秦　观　　**画堂春·落红铺径水平池**

落红铺径水平池，弄晴小雨霏霏。杏园憔悴杜鹃啼，无奈春归。　　柳外画楼独上，凭阑手捻花枝。放花无语对斜晖，此恨谁知。

秦　观　　**画堂春·春情**

东风吹柳日初长，雨余芳草斜阳。杏花零落燕泥香，睡损红妆。　　香篆暗消鸾凤，画屏萦绕潇湘。暮寒轻透薄罗裳，无限思量。

此首别作黄庭坚词

赵　鼎　　**画堂春·春日**

空笼帘影隔垂杨，梦回芳草池塘。杏花枝上蝶双双，春昼初长。　　强理云鬟临照，暗弹粉泪沾裳。自怜容艳惜流光，无限思量。

王　灼　　**画堂春·春思**

暖风和雨暗楼台，余寒巧作愁媒。半春怀抱向谁开，忍泪千回。　　断梦已随烟篆，醉魂空殢琼杯。小窗瞥见一枝梅，疑误君来。

史　浩　　**画堂春·茶词**

小槽春酿香红，良辰飞盖相从。主人着意在金钟，茗碗作先容。　　欲到醉乡深处，应须仗、两腋香风。献酬高兴渺无穷，归骑莫匆匆。

仲　并　　**画堂春·和秦少游韵**

春波浅碧涨方池，池台深锁烟霏。缓歌争胜早莺啼，客忍轻归。　　合坐香凝宿雾，垫巾梅插寒枝。渐西蟾影漾余辉，醉倒谁知。

仲　并　　**画堂春·即席**

溪边风物已春分，画堂烟雨黄昏。水沉一缕袅炉薰，尽醉芳尊。　　舞袖飘摇回雪，歌喉宛转留云。人间能得几回闻，

丞相休嗔。

毛　幵　　画堂春·华灯收尽雪初残

华灯收尽雪初残，踏青还尔游盘。落梅强半已飞翻，划地春寒。　　多病故人日远，几时双燕来还。可怜楼上一凭栏，不见长安。

赵彦端　　画堂春·饮赵渊卿容光堂

倡条繁蒂绿层层，解衫扶醉同登。暝云无树亦崚嶒，红袖深凭。　　病思去春饶睡，醉魂因酒思冰。夜凉星斗挂修甍，歌尽香凝。

赵彦端　　画堂春·满城风雨近重阳

满城风雨近重阳，夹衫清润生香。好辞赓尽楚天长，唤得花黄。　　客胜不知门陋，酒新如趁春狂。故人相见等相忘，一语千觞。

姜特立　　画堂春·故园二月正芳菲

故园二月正芳菲，红紫团枝。一番草绿谢郎池，人醉如泥。　　底事江乡风物，年年独殿芳时。无情燕子背人飞，似愧春迟。

谢　懋　　画堂春·秋思

西风庭院雨垂垂，黄花秋闰迟。已凉天气未寒时，才褪单衣。　　睡起枕痕犹在，鬓松钗压云低。玉奁重拂淡胭脂，情入双眉。

沈　瀛　　画堂春·风中荷花

荷花含笑调薰风，两情著意尤浓。水精栏槛四玲珑，照见妆容。　　醉里偷开盏面，晓来暗拆香风。不知何事苦匆匆，飘落残红。

张孝祥　　画堂春·上老母寿

蟠桃一熟九千年，仙家春色无边。画堂日暖卷非烟，昼永风妍。　　看取疏封汤沐，何妨频棹觥船。方瞳绿发对儒仙，

岁岁尊前。

赵长卿　　画堂春·长新亭小饮

小亭烟柳水溶溶，野花白白红红。恼人池上晚来风，吹损春容。　又是清明天气，记当年、小院相逢。凭栏幽思几千重，残杏香中。

赵长卿　　画堂春·赏海棠

夜来暖趁海棠时，脸边匀透胭脂。乱红娇影困垂垂，睡损杨妃。　多少肉温香润，朱唇绿鬓相偎。晚风何苦过台西，断送春归。

赵长卿　　画堂春·辇下游西湖有感

湖光乘雨碧连天，绕堤映、草色芊芊。舞风杨柳欲撕绵，依依起翠烟。　还是春风客路，对花时、空负婵娟。暮寒楼阁碧云间，罗袖成斑。

赵长卿　　画堂春·当时巧笑记相逢

当时巧笑记相逢，玉梅枝上玲珑。酒杯流处已愁浓，寒雁横空。　去程无记更从容，到归来好事匆匆。一时分付不言中，此恨难穷。

石孝友　　画堂春·寒蛩切切响空帷

寒蛩切切响空帷，断肠风叶霜枝。凤楼何处雁书迟，空数归期。　□□沈腰春瘦，却成宋玉秋悲。又还辜负菊花时，没个人知。

赵师侠　　画堂春·梅

西真仙子宴瑶池，素裳琼艳冰肌。瑞笼香雾扑铢衣，凤翥鸾飞。　玉骨解凌风露，铅华不涴凝脂。戍楼羌管正孤吹，月淡烟低。

卢　炳　　画堂春·轻红桃杏斗娇妍

轻红桃杏斗娇妍，晓来葱茜祥烟。霓旌绛节下云天，行地神仙。　盛事频封锦诰，歌声齐劝金莲。教从沧海变桑田，

富贵长年。

郑　域　　　　　画堂春·春思

东风吹雨破花悭，客毡晓梦生寒。有人斜倚小屏山，蹙损眉弯。　　合是一钗双燕，却成两镜孤鸾。暮云修竹泪留残，翠袖凝斑。

卢祖皋　　画堂春·玉屏回梦月平阑

玉屏回梦月平阑，元来香冷衣单。柳风特地更将寒，吹上眉端。　　云羽未回征雁，镜花空舞双鸾。去年芳径又斓斑，门掩春闲。

卢祖皋　　画堂春·柳黄移上袂罗单

柳黄移上袂罗单，酒醒娇亸风鬟。茗瓯才试鹧鸪斑，沉炷熏残。　　夜雨可无归梦，晓风何处征鞍。海棠开了尚凭阑，划地春寒。

卢祖皋　　画堂春·柳塘风紧絮交飞

柳塘风紧絮交飞，漾花一水平池。暖香飘径日迟迟，何处酴醾。　　蝴蝶梦中寒浅，杜鹃声里春归。镜容不似旧家时，羞对清溪。

许　棐　　画堂春·一绡香暖看灯衣

一绡香暖看灯衣，领珠襟翠争辉。金球斜亸雪梅枝，著带都宜。　　桃艳妆成醉脸，柳娇移上歌眉。一轮蟾玉堕花西，携手同归。

章谦亨　　画堂春·上县后春登台

连朝檐溜几曾干，韶华一似衰颜。牡丹开尽木香残，忆家山，愁倚危阑。

朱　埴　　画堂春·绿窗睡起小妆残

绿窗睡起小妆残，玉钗低堕云鬟。回纹枉寄见伊难，心绪阑珊。　　翠袖两行珠泪，画楼十二阑干。销磨今古霎时间，恨杀青山。

龚　端　　**画堂春·正月十六日夜宴幕属因赋**

云残鸡鹊有无间，烧灯为破春寒。琉璃影里转春盘，十二阑干。　　翠袖满扶春冻□，玉梅斜倚香鬟。旋裁歌曲教新番，且莫留残。

张　抡　　**画堂春·月娥来自广寒宫**

月娥来自广寒宫，步摇环佩丁东。戏鸾双舞驾天风，雪满云空。　　一剪玉梅花小，九霞琼醴杯浓。凤箫千载莫匆匆，且醉壶中。

郝子直　　**画堂春·华堂当日诞今辰**

华堂当日诞今辰，庆门人降西真。一杯千岁祝遐龄，莫厌频斟。　　不愿头白还黑，不愿齿落重生。但容艳只如今，寿等松椿。

画堂春令

此调本名《画堂春》。“令”字可有可无，在此调中仅标明其调为令词。属双调、平韵，有四十六字至四十九字诸体。其调名来源、用韵，参阅《画堂春》。

王　诜　　**画堂春令·画堂霜重晓寒消**

画堂霜重晓寒消，南枝红雪妆成。卷帘疑是弄妆人，粉面带春酲。　　最爱北江临岸，含娇浅淡精神。微风不动水纹平，倒影斗轻盈。

画 楼 空

此调本名《诉衷情》，因贺铸词有“不堪回首，双板桥东，罨画楼空”句，故更名《画楼空》。详见《诉衷情》条。

贺 铸　　画楼空·吴门春水雪初融

吴门春水雪初融，触处小桡通。满城弄黄杨柳，著意恼春风。　弦管闹，绮罗丛，月明中。不堪回首，双板桥东，罨画楼空。

画 蛾 眉

即《忆王孙》，此调见《花草粹编》。“蛾眉”，比喻女子长而美的眼眉，用蚕蛾弯曲而细的触须作比。宋代张辑词有“晓起梳头对玉台”之句，因闺中女子梳妆，故名《画蛾眉》。此调本名《豆叶黄》。属单调、平韵，共五句、三十一字，分别为七、七、七、三、七字，句句用韵。参阅《豆叶黄》。

张 辑　　画蛾眉·清明小院杏花开

清明小院杏花开，半启朱扉燕子来。晓起梳头对玉台，照香腮，羞睹惊鸿瘦影回。

雨 中 花

此调写词牌名本意，咏唱雨中之花。其正格属双调、仄韵，五十一字。上阕四句、二十四字，下阕四句、二十七字，上下阕均于第一、二、四句用韵。又有五十二字、五十四字、五十六字诸体。其中五十六字一体，或加“令”字，名为《雨中花令》，又名《明月棹孤舟》、《夜行船》、《促拍满路花》。参阅《雨中花令》。

晏 殊　　雨中花·剪翠妆红欲就

剪翠妆红欲就，折得清香满袖。一对鸳鸯眠未足，叶下长相守。　莫傍细条寻嫩藕，怕绿刺、罥衣伤手。可惜许、月明风露好，恰在人归后。

欧阳修　　雨中花·千古都门行路

千古都门行路，能使离歌声苦。送尽行人，花残春晚，又

到君东去。　　醉藉落花吹暖絮，多少曲堤芳树。且携手留连，良辰美景，留作相思处。

沈　唐　　　　雨中花·有谁念我

有谁念我、如今霜鬓，远赴边堠。……身在碧云西畔，情随陇水东流。

张才翁　　　　雨中花·万缕青青

万缕青青，初眠官柳，向人犹未成阴。据雕鞍马上，拥鼻微吟。远宦情怀谁问，空嗟壮志销沉。正好花时节，山城留滞、忍负归心。　　别离万里，飘蓬无定，谁念会合难凭。相聚里、休辞金盏，酒浅还深。欲把春愁抖擞，春愁转更难禁。乱山高处，凭阑垂袖，聊寄登临。

苏　轼　　　　雨中花·今岁花时深院

今岁花时深院，尽日东风，荡飏茶烟。但有绿苔芳草，柳絮榆钱。闻道城西，长廊古寺，甲第名园。有国艳带酒，天香染袂，为我留连。　　清明过了，残红无处，对此泪洒尊前。秋向晚、一枝何事，向我依然。高会聊追短景，清商不暇余妍。不如留取，十分春态，付与明年。

黄庭坚　　　　雨中花·送彭文思使君

政乐中和，夷夏宴喜，官梅乍传消息。待作新年欢计，断送春色。桃李成阴，甘棠少讼，又移旌戟。念画楼朱阁，风流高会，顿冷谈席。　　西州纵有，舞裙歌板，谁共茗邀棋敌。归来未得，先沾离袖，管弦催滴。乐事赏心易散，良辰美景难得。会须醉倒，玉山扶起，更倾春碧。

晁端礼　　　　雨中花·倦貮文昌

倦貮文昌，乐请左符，双旌去指东藩。有腰金新宠，昼锦荣观。独步文章，家传素业，世宝青毡。动欢声和气，里巷初惊，侍从衣冠。　　朱门映柳，绮窗临水，盛游应记当年。端解道、香留罗袜，墨在蛮笺。惆怅江边侧帽，寻思花底遗鞭。不如沉醉，莫思身外，且斗樽前。

晁端礼　　雨中花·豆蔻梢头

豆蔻梢头，鸳鸯帐里，扬州一梦初惊。忆当时相见，双眼偏明。南浦绿波，西城杨柳，痛悔多情。望征鞍不见，况是并州，自古高城。　　几多映月，凭肩私语，傍花和泪深盟。争信道、三年虚负，一事无成。瑶佩空传好好，秦筝闻说琼琼。此心在了，半边明镜，终遇今生。

晁端礼　　雨中花·流水知音

流水知音，轻裘共敝，相逢才换星霜。多少风亭棋酒，画阁丝簧。纤指声犹余响，红粉泪已成行。怅绿波浦上，芳草堤边，又整归航。　　新移槛竹，手种庭花，未容烂熳飞觞。归去也、重趋丹禁，密侍清光。醉帽斜萦御柳，朝衣浓惹天香。帝城春好，多应不念，水郭渔乡。

晁端礼　　雨中花·小小中庭

小小中庭，深深洞户，谁人笑里相迎。有三年窥宋，一顾倾城。舞态方浓，箫声未阕，又黯离情。怎奈向、赢得多情怀抱，薄幸声名。　　良宵记得，醉中携手，画楼月皎风清。难忘处、凭肩私语，和泪深盟。假使钗分金股，休论井引银瓶。但知记取，此心常在，好事须成。

秦　观　　雨中花·指点虚无征路

指点虚无征路，醉乘斑虬，远访西极。正天风吹落，满空寒白。玉女明星迎笑，何苦自淹尘域。正火轮飞上，雾卷烟开，洞观金碧。　　重重观阁，横枕鳌峰，水面倒衔苍石。随处有、奇香幽火，杳然难测。好是蟠桃熟后，阿环偷报消息。在青天碧海，一枝难遇，占取春色。

贺　铸　　雨中花·回首扬州

回首扬州，猖狂十载，依然一梦归来。但觉安仁愁鬓，几点尘埃。醉墨碧纱犹锁，春衫白纻新裁。认鸣珂曲里，旧日朱扉，闲闭青苔。　　人非物是，半晌鸾肠易断，宝勒空回。徒怅望、碧云销散，明月徘徊。忍过阳台折柳，难凭陇驿传梅。一番桃李，迎风无语，谁是怜才。

毛　滂　　　　雨中花·下汴月夜

寒侵东倾不定，更奈橹声催紧。堤树胧明孤月上，暗淡移船影。　　旧事十年愁未醒，渐老可禁离恨。今夜谁知风露里，目断云空尽。

毛　滂　　　　雨中花·武康秋雨池上

池上山寒欲雾，竹暗小窗低户。数点秋声侵短梦，檐下芭蕉雨。　　白酒浮蛆鸡啄黍，问陶令、几时归去。溪月岭云红蓼岸，总是思量处。

朱敦儒　　　　雨中花·岭南作

故国当年得意，射麋上苑，走马长楸。对葱葱佳气，赤县神州。好景何曾虚过，胜友是处相留。向伊川雪夜，洛浦花朝，占断狂游。　　胡尘卷地，南走炎荒，曳裾强学应刘。空漫说、螭蟠龙卧，谁取封侯。塞雁年年北去，蛮江日日西流。此生老矣，除非春梦，重到东周。

杨无咎　　　　雨中花·海宇澄明

海宇澄明，天气宴温，人情物态昭苏。喜分付揽辔，来与春俱。潇洒兰亭醉墨，丁宁黄石传书。到如今几载，不坠风流，世有名儒。　　山川瑞色，樵牧欢声，尽随弦管虚徐。判醉笑、频挥玉麈，共挈金壶。湔袚聊勤大手，谋谟宜佐皇图。定知朝暮，未容温席，已促锋车。

杨无咎　　　　雨中花·七夕

漠漠云轻，涓涓露重，西风特地飕飕。觉良宵初永，袢暑微收。乘鹤缑山，浮槎银汉，尚想风流。笑人间儿戏，瓜果堆盘，缯彩为楼。　　广庭净扫，露坐披衣，细看新月如钩。谁道是、嫦娥不嫁，独守清秋。雅有骚人伴侣，长交清影夷犹。举杯相属，却应羞杀，呆女痴牛。

杨无咎　　　　雨中花·中秋

雨霁云收，风高露冷，银河万里波澄。正冰轮初见，玉斧修成。还是一年，凭栏望处，对景愁生。想姮娥应念，待久西厢，为可中庭。　　翻思皓彩，未如微暗，向人多少深情。长

记得、墙阴密语，花底潜行。饮散频羞烛影，梦余常怯窗明。此时此意，有谁曾问，月白风清。

陆凝之　　雨中花·三百年间

三百年间，青史几多人物，俱委埃尘。独先生斯世，炼气成神。将我一支丹桂，换他千载青春。岳阳楼上，纱巾羽扇，谁识天人。　　千山短褐，掬水擎花，为君增祝灵椿。遥想望、吹笙坐殿，奏舞鸾茵。凤驭云軿不散，碧桃紫李长新。愿分余沥，九霞光里，相继朝真。

葛立方　　雨中花·睢阳途中小雨见桃李盛开作

以下奉使途中作

壮岁嬉游，乐事几经，青门紫陌芳春。未见廉纤，膏雨浥花尘。濯锦宝丝增艳，洗妆玉颊尤新。向韶光浓处，点染芳菲，总是东君。　　苏州老子，经雨南园，为谁一扫花林。谁信道、佳声著处，肌润香匀。晓试何郎汤饼，暮留巫女行云。寄言游子，也须留眄，小驻蹄轮。

葛立方　　雨中花·和

寄径濉阳，陌上忽看，夭桃秾李争春。又见楚宫，行雨洗芳尘。红艳霞光夕照，素华琼树朝新。为奇姿芳润，拟倩游丝，留住东君。　　拾遗杜老，犹爱南塘，寄情萝薜山林。争似此、花如姝丽，獭髓轻匀。不数江陵玉杖，休夸花岛红云。和须澄霁，一番清影，更待冰轮。

袁去华　　雨中花·江上西风晚

江上西风晚，野水兼天远。云衣拖翠缕，易零乱。见柳叶满梢，秀色惊秋变。百岁今强半，两鬓青青，尽著吴霜偷换。

向老来、功名心事懒，客里愁难遣，乍飘泊、有谁管。对照壁孤灯，相与秋虫叹。人间事，经了万千，这寂寞、几时曾见。

张孝祥　　雨中花·一舸凌风

一舸凌风，斗酒酹江，翩然乘兴东游。欲吐平生孤愤，壮气横秋。浩荡锦囊诗卷，从容玉帐兵筹。有当时桥下，取履仙翁，谈笑同舟。　　先贤济世，偶耳功名，事成岂为封留。何

况我、君恩深重，欲报无由。长望东南气王，从教西北云浮。断鸿万里，不堪回首，赤县神州。

京　镗　　　　雨中花·重阳

玉局祠前，铜壶阁畔，锦城药市争奇。正紫萸缀席，黄菊浮卮。巷陌联镳并辔，楼台吹竹弹丝。登高望远，一年好景，九日佳期。　　自怜行客，犹对佳宾，留连岂是贪痴。谁会得、心驰北阙，兴寄东篱。惜别未催鷁首，追欢且醉蛾眉。明年此会，他乡今日，总是相思。

京　镗　　　　雨中花·次阎侍郎韵

跨鹤仙姿，掣鲸老手，从来眼赤腰黄。更词源峡水，才刃干将。处处欢谣载路，时时秀句盈囊。牛头山畔，烦公敛惠，许我分光。　　逢迎锦里，话旧从容，谁知各整行装。况正好、登高怀古，择胜寻芳。少缓红莲开幕，何妨黄菊浮觞。等闲分首，征尘去后，目断斜阳。

吴礼之　　　　雨中花·眷浓恩重

眷浓恩重，长离永别，凭谁为返香魂。忆湘裙霞袖，杏脸樱唇。眉扫春山淡淡，眼裁秋水盈盈。便如何忘得，温柔情态，恬静天真。　　凭栏念及，夕阳西下，暮烟四起江村。渐入夜、疏星映柳，新月笼云。酝造一生清瘦，能消几个黄昏。断肠时候，帘垂深院，人掩重门。

高观国　　　　雨中花·旆拂西风

旆拂西风，客应星汉，行参玉节征鞍。缓带轻裘，争看盛世衣冠。吟倦西湖风月，去看北塞关山。过离宫禾黍，故垒烟尘，有泪应弹。　　文章俊伟，颖露囊锥，名动万里呼韩。知素有、平戎手段，小试何难。情寄吴梅香冷，梦随陇雁霜寒。立勋未晚，归来依旧，酒社诗坛。

苏　泂　　　　雨中花·十载尊前

余往时忆刘改之，作摸鱼儿，颇为朋友间所喜，然改之尚未之见也。数日前，忽闻改之去世，怅惘殆不胜言。因忆改之每聚首，爱歌雨中花，悲壮激烈，令人鼓舞。辄倚此声，以寓

余思。凡未忘吾改之者，幸为我和之

十载尊前，放歌起舞，人间酒户诗流。尽期君凌厉，羽翮高秋。世事儿如人意，儒冠还负身谋。叹天生李广，才气无双，不得封侯。　榆关万里，一去飘然，片云甚处神州。应怅望、家人父子，重见无由。陇水寂寥传恨，淮山宛转供愁。这回休也，燕鸿南北，长隔英游。

百　兰　　雨中花·贺欧文建楼与桥

钉斗云山，挨排烟水，六丁午夜文移。道滁翁孙子，欲寄游嬉。高趁鹜霞舒啸，低群鸥鹭忘机。牢笼两下，楼乘汗漫，桥枕清漪。　灞陵吟畅，岳阳登览，百色都副襟期。还好是、行天马渡，探月人归。倚柱荷香扑面，凭栏桂影侵衣。索梅无便，春风不碍，容我追随。

无名氏　　雨中花·梦破江南春信

梦破江南春信，渐入江梅，暗香初发。乞与横斜疏影，为伶清绝。梁苑相如，平生有赋，未甘华发。便广寒争遣，韶华惊怨，讵妨轻折。　扬州二十四桥歌吹，不道画楼声歇。生怕有、江边一树，要堆轻雪。老去苦无欢事，凌波空有纤袜。恨无好语，何郎风味，定教谁说。

无名氏　　雨中花·改冯相三愿词

我有五重深深愿，第一愿、且图久远。二愿恰如雕梁双燕，岁岁后、长相见。　三愿薄情相顾恋，第四愿、永不分散。五愿奴留收园结果，做个人宅院。

雨中花令

此调即《雨中花》之五十六字一体。《雨中花》的正格为五十一字，又有五十二字、五十四字、五十六字各体。其五十六字一体，可加“令”字，名为《雨中花令》，亦可不加，仍名《雨中花》。属双调、仄韵，上下阕各五句、二十八字，亦皆于第一、二、五句用韵。此调又有五十二字、五十三字、五十四字、五十五字、五十八字诸体。又名《明月棹孤舟》、《问歌颦》，王观词名《送将归》。此调与《夜行船》易混，实为两调。参阅《雨中花》。

张　先　　　雨中花令·赠胡楚草

近鬓彩钿云雁细，好客艳、花枝争媚。学双燕、同栖还并翅，我合著、你难分离。　这佛面、前生应布施，你更看、蛾眉下秋水。似赛九底、见他三五二，正闷里、也须欢喜。

王　观　　　雨中花令·夏词

百尺清泉声陆续，映潇洒、碧梧翠竹。面千步回廊，重重帘幕，小枕攲寒玉。　试展鲛绡看画轴，见一片、潇湘凝绿。待玉漏穿花，银河垂地，月上栏干曲。

李之仪　　雨中花令·休把身心搁就

休把身心搁就，著便醉人如酒。富贵功名虽有味，毕竟因谁守。　看取刀头切藕，厚薄都随他手。趁取日中归去好，□非待、黄昏后。

李之仪　雨中花令·王德循东斋瑞香花

点缀叶间如绣，开傍小春时候。莫把幽兰容易比，都占尽、人间秀。　信是眼前稀有，消得千钟美酒。只有些儿堪恨处，管不似、人长久。

周紫芝　　　雨中花令·山雨细

吴兴道中，颇厌行役，作此曲寄武林交旧

山雨细、泉生幽谷，水满平田。雪茧红蚕熟后，黄云陇麦秋间。武陵烟暖，数声鸡犬，别是山川。　嗟老去、倦游踪迹，长恨华颠。行尽吴头楚尾，空惭万壑千岩。不如休也，一庵归去，依旧云山。

杨无咎　　雨中花令·惆怅红尘千里

惆怅红尘千里，恨死拨、浮名浮利。欠我温存，少伊搁就，两处恳恳地。　拟待归来伏不是，更与问、孤眠子细。月照纱窗，晓灯残梦，可噉恶滋味。

杨无咎　　雨中花令·已是花魁柳冠

已是花魁柳冠，更绝唱、不容同伴。画鼓低敲，红牙随应，著个人勾唤。　慢引莺喉千样转，听过处、几多娇怨。

换羽移宫，偷声减字，不顾人肠断。

杨无咎　　雨中花令·自是云温雨润

自是云温雨润，诮不解、佯嗔偷闷。倾坐精神，忺人情性，眉际生春晕。　　语带京华清更韵，听娅姹、莺喉娇稳。别后相思，心头欲见，觅个灯花信。

赵长卿　　雨中花令·初夏远思

绿锁窗纱梧叶底，麦秋时、晓寒慵起。宿酒厌厌，残香冉冉，浑似那时天气。　　别日不堪频屈指，回头早、一年不啻。搔首无言，栏干十二，倚了又还重倚。

程　垓　　雨中花令·闻说海棠开尽了

闻说海棠开尽了，怎生得、夜来一笑。颦绿枝头，落红点里，问有愁多少。　　小园闭门春悄悄，禁不得、瘦腰如袅。豆蔻浓时，酴醾香处，试把菱花照。

程　垓　　雨中花令·旧日爱花心未了

旧日爱花心未了，紧消得、花时一笑。几日春寒，连宵雨闷，不道幽欢少。　　记得去年深院悄，□梁畔，一枝香袅。说与西楼，后来明月，莫把菱花照。

程　垓　　雨中花令·卷地芳春都过了

卷地芳春都过了，花不语、对人含笑。花与人期，人怜花病，瘦似人多少。　　闻道重门深悄悄，愁不尽、露啼烟袅。断得相思，除非明月，不把花枝照。

雨中花慢

此调借用《雨中花》旧名，另度新腔，其格式已与《雨中花》迥异。属双调，平韵、仄韵皆有，字数不等，有自九十六字至一百字诸体。句数亦不等，有上、下阕各十句者，亦有上阕十句、下阕十一句者，或上阕十一句、下阕十句者。平韵体始自苏轼，其所作九十七字一体，上阕十一句、四十八字，于第三、五、八、十一句用韵；下阕十一句、四

十九字，于第三、六、八、十一句用韵。仄韵体始自秦观。参阅《雨中花》。

苏　轼　　雨中花慢·邃院重帘何处

邃院重帘何处，惹得多情，愁对风光。睡起酒阑花谢，蝶乱蜂忙。今夜何人，吹笙北岭，待月西厢。空怅望处，一株红杏，斜倚低墙。　羞颜易变，傍人先觉，到处被著猜防。谁信道、些儿恩爱，无限凄凉。好事若无间阻，幽欢却是寻常。一般滋味，就中香美，除是偷尝。

苏　轼　　雨中花慢·嫩脸羞蛾

嫩脸羞蛾，因甚化作行云，却返巫阳。但有寒灯孤枕，皓月空床。长记当初，乍谐云雨，便学鸾凰。又岂料、正好三春桃李，一夜风霜。　丹青□画，无言无笑，看了漫结愁肠。襟袖上、犹存残黛，渐减余香。一自醉中忘了，奈何酒后思量。算应负你，枕前珠泪，万点千行。

叶梦得　　雨中花慢·痛饮狂歌

寒食前一日小雨，牡丹已将开，与客置酒坐中戏作

痛饮狂歌，百计强留，风光无奈春归。春去也，应知相赏，未忍相违。卷地风惊，争催春暮雨，顿回寒威。对黄昏萧瑟，冰肤洗尽，犹覆霞衣。　多情断了，为花狂恼，故飘万点霏微。低粉面、妆台酒散，泪颗频挥。可是盈盈有意，只应真惜分飞。拚令吹尽，明朝酒醒，忍对红稀。

张　生　　雨中花慢·事往人离

事往人离，还似暮峡归云，陇上流泉。奈强分圆镜，枉断哀弦。常记酒阑歌畔，难忘月底花前。旧携手处，层楼朱户，触目依然。　从来惯向，绣帏罗帐，镇效比翼纹鸳。谁念我、而今清夜，常是孤眠。入户不如飞絮，傍怀争及炉烟。这回休也，一生心事，为尔萦牵。

此首别作任昉词

蔡　伸　　雨中花慢·寓目伤怀

寓目伤怀，逢欢感旧，年来事事疏慵。叹身心业重，赋得情浓。况是离多会少，难忘雨迹云踪。断无锦字，双鳞杳杳，

新雁雍雍。　　良宵孤枕，人远天涯，除非梦里相逢。相逢处、愁红敛黛，还又匆匆。回首绿窗朱户，可怜明月清风。断肠风月，关河有尽，此恨无穷。

任　昉　　　雨中花慢·事往人离

事往人离，还似暮峡归云，陇上流泉。奈向分罗带，已断幺弦。长记歌时酒畔，难忘月夕花前。相携手处，琼楼珠户，触目依然。　　从来惯共，锦衾屏枕，长效比翼文鸳。谁念我、而今清夜，常是孤眠。入户不如飞絮，傍怀争及炉烟。这回休也，一生心性，为你萦牵。

此词别作张生词

李　石　　雨中花慢·次宇文吏部赠黄如圭韵

潋滟云霞，空濛雾雨，长堤柳色如茵。问西湖何似，粉面初匀。尽道软红香土，东华风月俱新。旧游如梦，尘缘未断，几度逢春。　　蓬莱阁上，风流二老，相携把酒论文。最好是、四娘桃李，约近东邻。别后使君须鬓，十分白了三分。是人笑道，醉中文字，更要红裙。

张孝祥　　　雨中花慢·一叶凌波

一叶凌波，十里驭风，烟鬟雾鬓萧萧。认得兰皋琼佩，水馆冰绡。秋霁明霞乍吐，曙凉宿霭初消。恨微颦不语，少进还收，伫立超遥。　　神交冉冉，愁思盈盈，断魂欲遣谁招。犹自待、青鸾传信，乌鹊成桥。怅望胎仙琴叠，忍看翡翠兰苕。梦回人远，红云一片，天际笙箫。

赵长卿　　　雨中花慢·春雨

宿霭凝阴，天气未晴，峭寒勒住群葩。倚栏无语，羞辜负年华。柳媚梢头翠眼，桃蒸原上红霞。可堪那、尽日狂风荡荡，细雨斜斜。　　东君底事，无赖薄幸，著意残害莺花。惟是我、惜春情重，说奈咨嗟。故与殷勤索酒，更将油幕高遮。对花欢笑，从教风雨，著醉酬他。

赵长卿　　　雨中花慢·帊子分香

帊子分香，罗巾试泪，别来时、未觅凄惶。上得船儿来了，划地凄凉。可惜花前月里，却成水远山长。做成恩爱，如今赢得，万里千乡。　　情知这场寂寞，不干你事，伤我穷

忙。不道是、久长活路，终要称量。我则匆匆归去，知你且、种种随娘。下梢睚彻，有时共你风光。

辛弃疾　　雨中花慢·旧雨常来

登新楼有怀昌甫、斯远、仲止、子似、民瞻

旧雨常来，今日不来，佳人偃蹇谁留。幸山中芋栗，今岁全收。贫贱交情落落，古今吾道悠悠。怪新来却见，文反离骚，诗发秦州。　功名只道，无之不乐，那知有更堪忧。怎奈向、儿曹抵死，唤不回头。石卧山前认虎，蚁喧床下闻牛。为谁西望，凭栏一饷，却下层楼。

辛弃疾　雨中花慢·子似见和，再用韵为别

马上三年，醉帽吟鞭，锦囊诗卷长留。怅溪山旧管，风月新收。明便关河杳杳，去应日月悠悠。笑千篇索价，未抵蒲萄，五斗凉州。　停云老子，有酒盈尊，琴书端可消忧。浑未办、倾身一饱，淅米矛头。心似伤弓塞雁，身如喘月吴牛。晚天凉也，月明谁伴，吹笛南楼。

刘　褒　　雨中花慢·春日旅况

缥蒂缃枝，玉叶翡英，百梢争赴春忙。正雨后、蜂黏落絮，燕扑晴香。遗策谁家荡子，唾花何处新妆。想流红有恨，拾翠无心，往事凄凉。　春愁如海，客思翻空，带围只看东阳。更那堪、玉笙度曲，翠羽传觞。红泪不胜闺怨，白云应老他乡。梦回羁枕，风惊庭树，月在西厢。

无名氏　　雨中花慢·宴阕倚栏郊外

宴阕倚栏郊外，乍别芳姿，醉登长陌。渐觉联绵离绪，淡薄秋色。宝马频嘶，寒蝉晚、正伤行客。念少年踪迹，风流声价，泪珠偷滴。　从前与、酒朋花侣，镇赏画楼瑶席。今夜里、清风明月，水村山驿。往事悠悠似梦，新愁苒苒如织。断肠望极，重逢何处，暮云凝碧。

雨淋铃

此调即《雨霖铃》。“淋”当作“霖”。本唐教坊曲

名，相传为唐玄宗避安史之乱，至蜀道中所作。后又由唐教坊曲演化为词调名。属双调、仄韵，共一百零一字。又名《雨霖铃慢》。参阅《雨霖铃》。

杜龙沙　　雨淋铃·窗影珑璁

窗影珑璁，画楼平晓，翳柳啼鸦。门巷渐有新烟，东风定、人扫桐花。峭寒斗减，看旅雁、争起蒹葭。溯断云、多少悲鸣，数行又下远汀沙。　　应是故园桃李谢，送清江、一曲阑干下。染翰为赋春羁，嗟双鬓、客舍成华。绣鞭绮陌，强携酒、来觅吴娃。听扇底、凄惋新声，醉里翻念家。

雨霖铃

此调也写作《雨淋铃》。本唐教坊曲名，相传为唐玄宗创制。唐玄宗李隆基为避安史之乱，奔向蜀中，初至斜谷，霖雨涉旬，于栈道中闻铃声与山谷相应，于是悼念于马嵬坡缢死的杨贵妃，遂采其声制《雨霖铃》曲以寄恨。当时梨园弟子中惟张野狐善觱篥(状似胡笳，以竹为管，以芦为首)，于是吹奏此曲。后为教坊采入，遂传于世。又由教坊曲演化为词调名，亦名《雨霖铃慢》。《钦定词谱》认为此调是宋人利用旧名，另倚新声。属双调、仄韵，共一百零三字。上阕十句、五十字，于第一、三、八、十句用韵；下阕九句、五十三字，于一、二、五、七、九句用韵。

柳　永　　雨霖铃·寒蝉凄切

寒蝉凄切，对长亭晚，骤雨初歇。都门帐饮无绪，留恋处、兰舟催发。执手相看泪眼，竟无语凝噎。念去去、千里烟波，暮霭沉沉楚天阔。　　多情自古伤离别，更那堪、冷落清秋节。今宵酒醒何处，杨柳岸、晓风残月。此去经年，应是良辰、好景虚设。便纵有、千种风情，更与何人说。

王安石　　雨霖铃·孜孜矻矻

孜孜矻矻，向无明里、强作窠窟。浮名浮利何济，堪留恋处，轮回仓猝。幸有明空妙觉，可弹指超出。缘底事、抛了全潮，认一浮沤作瀛渤。　　本源自性天真佛，只些些、妄想中

埋没。贪他眼花阳艳，谁信道、本来无物。一旦茫然，终被阎罗老子相屈。便纵有、千种机筹，怎免伊唐突。

黄　裳　　　雨霖铃·送客还浙东

天南游客，甚而今、却送君南国。薰风万里无限，吟蝉暗续，离情如织。秣马脂车，去即去、多少人惜。为惠爱、烟惨云山，送两城愁作行色。　飞帆过、浙西封域，到秋深、且舣荷花泽。就船买得鲈鳜，新谷破、雪堆香粒。此兴谁同，须记东秦，有客相忆。愿听了、一阕歌声，醉倒拚今日。

晁端礼　　　雨霖铃·槐阴添绿

槐阴添绿，雨余花落，酒病相续。闲寻双杏凝伫，池塘暖、鸳鸯浴。却向窗昼卧，正春睡难足。叹好梦、一一无凭，帐掩金花坐凝目。　当时共赏移红烛，向花间、小饮杯盘促。蔷微花下曾记，双凤带、索题诗曲。别后厌厌，应是香肌，瘦减罗幅。问燕子、不肯传情，甚入华堂宿。

王庭珪　　　雨霖铃·雪

琼楼玉宇，满人寰似、海边洲渚。蓬莱又还水浅，鲸涛静见，银宫如许。紫极鸣筲声断，望霓舟何处。待夜深、重倚层霄，认得瑶池广寒路。　郢中旧曲谁能度，恨歌声、响入青云去。西湖近时绝唱，总不道、月梅盐絮。暗想当年宾从，毫端有惊人句。谩说枚叟邹生，共作梁园赋。

李　纲　　　雨霖铃·明皇幸西蜀

蛾眉修绿，正君王恩宠，曼舞丝竹。华清赐浴瑶甃，五家会处，花盈山谷。百里遗簪堕珥，尽宝钿珠玉。听突骑、鼙鼓声喧，寂寞霓裳羽衣曲。　金舆远幸匆匆速，奈六军不发人争目。明眸皓齿难恋，肠断处、绣囊犹馥。剑阁峥嵘，何况铃声，带雨相续。谩留与、千古伤神，尽入生绡幅。

卖花声

此调本名《浪淘沙令》。《浪淘沙》原为唐教坊曲名，

创自唐刘禹锡、白居易。刘禹锡词有“春风吹浪正淘沙”之句，白居易词有“却到帝都正富贵，请君莫忘浪淘沙”之句，故名。属单调，四句、二十八字，三平韵，实为七言古诗。至南唐后主李煜，始制两段令词，仍名《浪淘沙》，只是另创新腔。宋人依其调，加“令”字，名为《浪淘沙令》。属双调、平韵，有五十二字至五十五字诸体，而以李煜的五十四字为正体。上下阕皆五句、二十七字，皆于第一、二、三、五句用韵。宋人以此调填词，又据其内容和字句，另立新名。贺铸词名《曲入冥》，李清照词名《卖花声》，史达祖词名《过龙门》，马钰词名《炼丹砂》。又，《卖花声》是《谢池春》的别名，其曲属双调、仄韵，六十六字。两《卖花声》为同名异调，不可混淆。

张舜民　　卖花声·题岳阳楼

木叶下君山，空水漫漫。十分斟酒敛芳颜。不是渭城西去客，休唱阳关。　醉袖抚危栏，天淡云闲。何人此路得生还。回首夕阳红尽处，应是长安。

张舜民　　卖花声·楼上久踟躇

楼上久踟躇，地远身孤。拟将憔悴吊三闾。自是长安日下影，流落江湖。　烂醉且消除，不醉何如。又看暝色满平芜。试问寒沙新到雁，应有来书。

黄　裳　　卖花声·本意

人过天街，晓色担头红紫。满筠筐、浮花浪蕊。画楼睡醒，正眼横秋水，听新腔、一声催起。　吟红叫白，报道蜂儿知未。隔东西、余音软美。迎门争买，早斜簪云髻，助春娇、粉香帘底。

康与之　　卖花声·闺思之一

蹙损远山眉，幽怨谁知。罗衾滴尽泪胭脂。夜过春寒愁未起，门外鸦啼。　惆怅阻佳期，人在天涯。东风频动小桃枝。正是销魂时候也，撩乱花飞。

康与之　　卖花声·闺思之二

愁捻断钗金，远信沉沉。秦筝调怨不成音。郎马不知何处也，楼外春深。　好梦已难寻，夜夜余衾。目穷千里正伤

心。记得当初郎去路，绿树阴阴。

黄　昇　　　卖花声·己亥三月一日

莺蝶太匆匆，恼杀衰翁。牡丹开尽状元红。俯仰之间增感慨，花事成空。　　垂柳绿阴中，粉絮濛濛。多情多病转疏慵。不是东风孤负我，我负东风。

黄　昇　　　卖花声·忆旧

秋色满层霄，剪剪寒飙。一襟残照两无聊。数尽归鸦人不见，落木萧萧。　　往事欲魂消，梦想风标。春江绿涨水平桥。侧帽停鞭沽酒处，柳软莺娇。

陈　著　　　卖花声·立春酒边

残梦腾腾，好鸟一声呼醒，小窗明、萧萧鬓影。当年头上，惯曾簪幡胜，到如今、有谁怀省。　　东风著面，却自依然相认，哄痴儿、忺声弄景。盘蔬杯酒，强教人欢领，也微酣、带些春兴。

萧汉杰　　　卖花声·春雨

湿逗晚香残，春浅春寒。洒窗填户著幽兰。惨惨凄凄仍滴滴，做出多般。　　和霰撒珠盘，枕上更阑。芭蕉怨曲带愁弹。绿遍阶前苔一片，晓起谁看。

拥 鼻 吟

此调本名《吴音子》，贺铸以该调填词，其中有“拥鼻微吟，断肠新句”之句，故取其中三字，立为新词牌名《拥鼻吟》，并自注为《吴音子》。属双调、仄韵，共七十九字。上阕八句、三十八字，于第二、四、六、八句用韵；下阕十句、四十一字，于第一、二、四、六、八、十句用韵。参阅《吴音子》。

贺　铸　　　拥鼻吟·别酒初销

别酒初销，怃然弭棹蒹葭浦。回首不见高城，青楼更何许。大艑轲峨，越商巴贾。万恨龙钟，篷下对语。　　指征

路，山缺处，孤烟起，历历闻津鼓。江豚吹浪，晚来风转夜深雨。拥鼻微吟，断肠新句。粉碧罗笺，封泪寄与。

拂霓裳

此调本唐教坊曲名，后用作词调名。相传唐玄宗制霓裳羽衣曲十二遍。“霓裳”，以霓为裳。主虹为虹，副虹为霓。霓位于主虹外侧。以咏霓裳为内容，故名《拂霓裳》。属双调、平韵，共八十二字，上阕八句、四十一字，于第一、二、四、六、七、八句用韵；下阕九句、四十一字，于第三、五、七、八、九句用韵。另一体八十三字，上阕第二句比前体多一字。

晏　殊　　　拂霓裳·庆生辰

庆生辰，庆生辰是百千春。开雅宴，画堂高会有诸亲。钿函封大国，玉色受丝纶。感皇恩，望九重、天上拜尧云。
今朝祝寿，祝寿数，比松椿。斟美酒，至心如对月中人。一声檀板动，一炷蕙香焚。祷仙真，愿年年今日、喜长新。

晏　殊　　　拂霓裳·喜秋成

喜秋成，见千门万户乐升平。金风细，玉池波浪縠文生。宿露沾罗幕，微凉入画屏。张绮宴，傍熏炉蕙炷、和新声。

神仙雅会，会此日，象蓬瀛。管弦清，旋翻红袖学飞琼。光阴无暂住，欢醉有闲情。祝辰星，愿百千为寿、献瑶觥。

晏　殊　　　拂霓裳·乐秋天

乐秋天，晚荷花缀露珠圆。风日好，数行新雁贴寒烟。银簧调脆管，琼柱拨清弦。捧觥船，一声声、齐唱太平年。

人生百岁，离别易，会逢难。无事日，剩呼宾友启芳筵。星霜催绿鬓，风露损朱颜。惜清欢，又何妨、沉醉玉尊前。

拨棹子

此调本为唐教坊曲名，后用作词调名。唐时称乐曲为

“子”，俗语有“曲子”之称。“拨棹”即为划桨之意。此曲本为咏棹舟游赏。宋人借唐曲填词，遂成为词牌名。属双调、仄韵，共六十字。上阕六句、二十九字，于第一、二、三、四、六句用韵；下阕五句、三十一字，于第一、二、三、五句用韵。另一体六十一字，上阕三十字，比前体多一字。

黄庭坚　　　　拨棹子·退居

归去来，归去来，携手旧山归去来。有人共、月对尊罍，横一琴，甚处不逍遥自在。　　闲世界，无利害，何必向、世间甘幻爱。与君钓、晚烟寒濑，蒸白鱼稻饭，溪童供笋菜。

无名氏　　　　拨棹子·烟姿媚

烟姿媚，冰容薄，芳蕖嫩、隐映新萍池阁。撷英人去后，清香微绽，透真珠帘幕。　　似无语含情垂彩佩，戏芳阴，渐许纤鲜相托。西风直须爱惜，看看浓艳，伴秋光零落。

转声虞美人

张先受李煜《虞美人》影响，创自度曲《转声虞美人》，欧阳修仿效该谱创作《桃园忆故人》，属同体同调。又叫《虞美人影》、《胡捣练》、《醉桃园》、《杏花风》。

张　先　　转声虞美人·雪上送唐彦猷

使君欲醉离亭酒，酒醒离愁转有。紫禁多时虚右，苕霅留难久。　　一声歌掩双罗袖，日落乱山春后。犹有东城烟柳，青荫长依旧。

转调二郎神

转调，指在原有词调的基础上进行增损，而转换成一个新的词调。它与西乐中所说的“转调”不是一回事。转调后的词，同原词比，有的用韵不同，即或由仄韵转为平韵，或

由平韵转为仄韵；有的句数、字数不同，有的则无大别。此调与《二郎神》无别，只是不同作者的不同命名罢了。《二郎神》原是唐教坊曲名，宋人借为词牌名。属双调、仄韵，一百零五字者为正格。上阕十句、五十三字，于第二、五、七、十句用韵；下阕十二句、五十二字，于第一、三、六、九、十二句用韵。另有九十八字、一百零四字各体。宋徐伸词名《转调二郎神》，宋吴文英词名《十二郎》。参阅《二郎神》、《十二郎》。

徐　伸　　转调二郎神·闷来弹雀

闷来弹雀，又搅破、一帘花影。谩试著春衫，还思纤手，薰彻金炉烬冷。动是愁多如何向，但怪得、新来多病。想旧日沈腰，而今潘鬓，不堪临镜。　重省，别来泪滴，罗衣犹凝。料为我厌厌，日高慵起，长托春酲未醒。雁翼不来，马蹄轻驻，门闭一庭芳景。空伫立，尽日阑干倚遍，昼长人静。

张孝祥　　转调二郎神·闷来无那

闷来无那，暗数尽、残更不寐。念楚馆香车，吴溪兰棹，多少愁云恨水。阵阵回风吹雪霰，更旅雁、一声沙际。想静拥孤衾，频挑寒灺，数行珠泪。　凝睇，傍人笑我，终朝如醉。便锦织回鸾，素传双鲤，难写衷肠密意。绿鬓点霜，玉肌消雪，两处十分憔悴。争忍见，旧时娟娟素月，照人千里。

刘克庄　　转调二郎神·抽还手版

余生日，林农卿赠此词，终篇押一韵，效嚬一首

抽还手版，受用处、十分轻省。便衣蒻家机，饭炊躬稼，且免支移系省。帝悯龙钟躐朝谒，予长假、毋烦申省。笑木石虚斋，暮年忺做，端明提省。　闲冷，橐金散尽，书筒来省。有小小楼儿，看山待月，绝胜崔公望省。两鹤随轩，一奴负锸，此外诸余从省。把一身本末，绿章奏过，泰玄都省。

刘克庄　　转调二郎神·再和

黄粱梦觉，忽跳出、北扉西省。今似得何人，老僧退院，秀才下省。罢草河西淮南诏，没一字、谘尚书省。已交侣樵渔，免教人道，弥封官省。　多幸，条冰解去，新衔全省。笑杀太师光，赐灵寿杖，有诏扶他入省。死谥醉侯，生封诗

伯，此事不关朝省。便茅屋、送老云边，也胜倚金华省。

刘克庄　　　　转调二郎神·三和

一筇两屦，导从比、在京差省。更不草白麻，不批黄敕，稍觉心清力省。幸有善和书堪读，何必然藜芸省。且阁起庄骚，专看老易，课程尤省。　梦境，槐阴禁苑，药翻纶省。纸裹里，有青铜钱三百，送与酒家展省。吊李白坟，挂徐君剑，零落端平同省。仅留得、老子婆娑，怎不拂衣华省。

刘克庄　　　　转调二郎神·四和

近来塞上，喜蜡弹、羽书清省。更万灶分屯，百年和籴，惭愧而今半省。蒙鞑残兵骑猪遁，永绝生獠侵省。做个太平民，戴花身健，催租符省。　何幸，行人来密，佥军抽省。但进有都俞，退无科琐，不用依时出省。子厚南宫，仲舒西掖，又报岑参东省。趁此际、纳禄悬车，亦为大司农省。

刘克庄　　　　转调二郎神·五和

人言官冗，老病底、法当先省。况行则蹒跚，立时跛倚，幸免做他两省。客怕逢迎书慵答，得省处、而今姑省。笑落尽桃花，仆家梦得，重来郎省。　凉冷，练衣差薄，蒲葵堪省。叹三纪单栖，二毛纯白，情味似潘骑省。鬻马遣姬，惟书与画，点检依然难省。也不用、畜犬防偷，老去睡眠常省。

转调丑奴儿

转调，指在原有词调的基础上有所增损，而转换成一个新的词调。有的转调与原调并无大别，只是在平仄上略有不同而已。此调即属此类。《丑奴儿》原是唐教坊大曲，一名《采桑》，一名《杨下采桑》，《全唐诗》作《采桑子》。冯正中词名《罗敷艳歌》，南唐后主李煜词名《采桑子令》，宋初之词皆名《采桑子》，陈无已词名《罗敷媚》，惟黄山谷词名《丑奴儿》。属双调、平韵，共四十四字。上下阕皆四句、二十二字，亦皆于第二、三、四句用韵。

黄庭坚　　转调丑奴儿·得意许多时

得意许多时，长醉赏、月影花枝。暴风狂雨年年有，金笼锁定，莺雏燕友，不被鸡欺。　红旆转逶迤，悔无计、千里追随。再来应绾泸南印，而今目下，凄惶怎向，日永春迟。

转调定风波

《定风波》本唐教坊曲名。后人用其乐曲制词，仍用其名。李珣词，首名《定风波》。张先词，易名为《定风波令》。属双调、平韵，有六十字、六十二字、六十三字诸体，又有九十九字、一百字、一百零四字诸变体。以五代后蜀欧阳炯六十二字体为正格。其上阕五句、三十字，第一、二、五句用平韵，三、四句换仄韵；下阕六句、三十二字，第一、二句三换仄韵，三、六句叶平韵，四、五句四换仄韵。“转调”，指在原有词调的基础上有所增损，而转换成一个新的词调。但此调与原调《定风波》只在平仄上略有变化。参阅《定风波》。

胡　铨　转调定风波·和答海南统领陈康时

从古将军自有真，引杯看剑坐生春。扰扰介鳞何足扫，谈笑，纶巾羽扇典刑新。　试问天山何日定，伫听，雅歌长啸静烟尘。解道汾阳是人杰，见说，如今也有谪仙人。

转调贺圣朝

《贺圣朝》本唐曲，后用作词牌名。属双调、仄韵，有四十七字、四十八字、四十九字诸体。其四十七字一体，上阕四句、二十二字，于第一、二、四句用韵；下阕五句、二十五字，于第三、五句用韵。“转调”，指在原有词调的基础上进行增损，而转换成一个新的词调。有时两调只是平仄略有不同而已，此调即属此类。参阅《贺圣朝》。

无名氏　　转调贺圣朝·渐觉一日

渐觉一日，浓如一日，不比寻常。若知人、为伊瘦损，成

病又何妨。　　相思到了，不成模样，收泪千行。把从前泪，来做水流，也流到伊行。

转调满庭芳

即《满庭芳》，详见《满庭芳》条。

刘　焘　　转调满庭芳·风急霜浓

风急霜浓，天低云淡，过来孤雁声切。雁儿且住，略听自家说。你是离群到此，我共那人才相别。松江岸，黄芦影里，天更待飞雪。　　声声肠欲断，和我也、泪珠点点成血。一江流水，流也呜咽。告你高飞远举，前程事、永没磨折。须知道、飘零聚散，终有见时节。

李清照　　转调满庭芳·芳草池塘

芳草池塘，绿阴庭院，晚晴寒透窗纱。□□金锁，管是客来唦。寂寞尊前席上，惟□、海角天涯。能留否，酴醾落尽，犹赖有□□。　　当年，曾胜赏，生香薰袖，活火分茶。□□□龙骄马，流水轻车。不怕风狂雨骤，恰才称、煮酒残花。如今也，不成怀抱，得似旧时那。

转调蝶恋花

此调即《蝶恋花》，原名《鹊踏枝》。《鹊踏枝》本是唐教坊曲名。因宋晏殊词咏蝶恋花，改名为《蝶恋花》。又因词的内容及字句，又名《一箩金》、《黄金缕》、《凤栖梧》、《明月生南浦》、《卷珠帘》、《鱼水同欢》、《细雨吹池沼》、《转调蝶恋花》等。“转调”本指在原词调的基础上进行增损，转换成一个新的词调。有时“转调”与原词只是在平仄上略有差别，成为原调的别体。属双调、仄韵，共六十字。以冯延巳词为正格。上下阕皆五句、三十字，亦皆于第一、三、四、五句用韵。参阅《蝶恋花》、《一箩金》、《鹊踏枝》等。

沈　蔚　　转调蝶恋花·溪上清明初过雨

溪上清明初过雨，春色无多，叶底花如许。轻暖时闻燕双语，等闲飞入谁家去。　短墙东畔新朱户，前日花前，把酒人何处。仿佛桥边船上路，绿杨风里黄昏鼓。

沈　蔚　　转调蝶恋花·渐近朱门香夹道

渐近朱门香夹道，一片笙歌，依约楼台杪。野色和烟满芳草，溪光曲曲山回抱。　物华不逐人间老，日日春风，在处花枝好。莫恨云深路难到，刘郎可惜归来早。

转调踏莎行

《踏莎行》，词调名，根据唐韩翃诗中的“踏莎行草遇春溪”之句的前三字而得名。又有《喜朝天》、《柳长春》、《踏雪行》等别名。属双调、仄韵，共五十八字。“转调”指在原调的基础上增损字句，而转换成一个新的词调。此调属双调、仄韵，有六十四字、六十五字、六十六字三体。其六十五字者，上阕六句、三十三字，第二、三、五、六句用韵；下阕六句、三十二字，于第二、三、五、六句用韵。

赵彦端　　转调踏莎行·路宜人生日

宿雨才收，余寒尚力，牡丹将绽也、近寒食。人间好景，算仙家也惜，因循尽扫断、蓬莱迹。　旧日天涯，如今咫尺。一月五番价、共欢集。些儿寿酒，且莫留半滴。一百二十个、好生日。

陈　亮　　转调踏莎行·上巳道中作

洛浦尘生，巫山梦断，旗亭烟草里、春深浅。梨花落尽，酴醿又绽，天气也似、寻常庭院。　向晚情怀，十分恼乱。水边佳丽地，近前细看。娉婷笑语，流觞美满。意思不到，夕阳孤馆。

轮台子

此调为宋柳永首用，取唐曲旧名填词。唐代称乐曲为“子”。“轮台”，地名，土名玉古尔，或作布古尔。汉武帝时曾遣戍屯田于此。唐贞观中置县。治所在今新疆米泉县。唐岑参《白雪歌送武判官归京》有句云：“轮台东门送君去，去时雪满天山路。”此调属双调、仄韵，有一百一十四字和一百四十字两体。一百一十四字者，上阕十句、六十四字，于第二、四、六、八、十句用韵；下阕十句、五十字，于第三、五、六、七、八、十句用韵。

柳　永　　　轮台子·一枕清宵好梦

一枕清宵好梦，可惜被、邻鸡唤觉。匆匆策马登途，满目淡烟衰草。前驱风触鸣珂，过霜林、渐觉惊栖鸟。冒征尘远况，自古凄凉长安道。行行又历孤村，楚天阔、望中未晓。　念劳生，惜芳年壮岁，离多欢少。叹断梗难停，暮云渐杳。但黯黯魂消，寸肠凭谁表。恁驱驱、何时是了。又争似、却返瑶京，重买千金笑。

柳　永　　　轮台子·雾敛澄江

雾敛澄江，烟消蓝光碧。彤霞衬遥天，掩映断续，半空残月。孤村望处人寂寞，闻钓叟、甚处一声羌笛。九疑山畔才雨过，斑竹作、血痕添色。感行客，翻思故国，恨因循阻隔，路久沉消息。　　正老松枯柏情如织，闻野猿啼，愁听得。见钓舟初出，芙蓉渡头，鸳鸯滩侧。干名利禄终无益。念岁岁间阻，迢迢紫陌。翠蛾娇艳，从别后经今，花开柳拆伤魂魄。利名牵役，又争忍、把光景抛掷。

卓牌儿

此调又名《卓牌子》，本唐教坊曲名。唐代称乐曲为“子”。五十六字一体始自杨无咎，一名《卓牌子令》。属双调、仄韵，共五十六字。上下阕格式、句法相同，皆五

句、二十八字，亦皆于第一、二、五句用韵。此调又一体为慢词，始自万俟咏，故又名《卓牌子慢》，“慢”字亦可不加。此慢词属双调、仄韵，共九十七字。上阕十一句、五十七字，下阕八句、四十字。参阅《卓牌子慢》。

万俟咏　　　　卓牌儿·春晚

东风绿杨天，如画出、清明院宇。玉艳淡泊，梨花带月，胭脂零落，海棠经雨。单衣怯黄昏，人正在、珠帘笑语。相并戏蹴秋千，共携手、同倚阑干，暗香时度。　翠窗绣户，路缭绕、潜通幽处。断魂凝伫，嗟不似飞絮。闲闷闲愁，难消遣、此日年年意绪。无据，奈酒醒春去。

无名氏　　　　卓牌儿·当年早梅芳

当年早梅芳，曾邂逅、飞琼侣。肌云莹玉，颜开嫩桃，腰支轻袅，未胜金缕。佯羞整云鬟，频向人、娇波寄语。湘佩笑解，韩香暗传，幽欢后期欢诉。　梦魂顿阻，似一枕、高唐云雨。蕙心兰态，知何计重遇。试问春蚕丝多少，未抵离愁半缕。凝伫，望凤楼何处。

卓牌子近

此调见《袁宣卿集》。《卓牌子》本为唐曲名，又名《卓牌儿》，后用作词调名。“近”，又称“近拍”。凡称“近”的词皆句短、韵密而音长，没有短调。此调比令词《卓牌子》在字数上增加了。《卓牌子》五十六字，此调七十一字。属双调、仄韵。上阕八句、三十九字，于第二、三、五、七、八句用韵；下阕六句、三十二字，于第一、三、五、六句用韵。此调与《卓牌子》、《卓牌子慢》的句法俱异，可互为参阅。

袁去华　　　　卓牌子近·曲沼朱阑

曲沼朱阑，缭墙翠竹晴昼，金万缕、摇摇风柳。还是燕子归时，花信来后。看淡净洗妆态，梅样瘦，春初透。　尽日明窗相守，闲共我焚香，伴伊刺绣。睡眼腾腾，今朝早是病酒，那堪更、困人时候。

卓牌子慢

《卓牌子》又名《卓牌儿》，本为唐曲名。此调属双调、仄韵，五十六字。又可加"慢"字，称为《卓牌子慢》。不过《卓牌子慢》与《卓牌子》的格式已迥异，字数已增加了许多，不应再称其为《卓牌子》的别体。"慢"即慢曲子，乐调长，字数多。此调有称其为三叠的，《词律》仍把它划为双调，仄韵，九十七字。上阕十一句、五十七字，于第二、六、八、十一句用韵；下阕八句、四十字，于第一、二、三、四、六、七、八句用韵。杨无咎词不属慢词。参阅《卓牌儿》。

杨无咎　　卓牌子慢·中秋次田不伐韵

西楼天将晚，流素月、寒光正满。楼上笑揖姮娥，似看罗袜尘生，鬓云风乱。　　珠帘终夕卷，判不寐、阑干凭暖。好在影落清尊，冷侵香幄，欢余未教人散。

国门东

此调本名《好女儿》，贺铸词有"车马匆匆，会国门东"句，故更名《国门东》。详见《好女儿》条。

贺　铸　　国门东·车马匆匆

车马匆匆，会国门东。信人间、自古销魂处，指红尘北道，碧波南浦，黄叶西风。　　堠馆娟娟新月，从今夜、与谁同。想深闺、独守空床思，但频占镜鹊，悔分钗燕，长望书鸿。

国　香

此调本为咏花。"国香"指极香的花。根据《左传·宣公三年》："以兰有国香，人服媚之如是"的词句，后人称

兰花为国香，后也泛称其他的花。宋代张炎就有一首《国香》词，题为“赋兰”。属双调、平韵，共九十九字。上阕十句、四十九字，于第一、三、五、七、十句用韵；下阕十句、五十字，于第三、五、七、十句用韵。又名《国香慢》。

曹　勋　　　　国香·太母诞辰

十月新阳，喜桃杏秀发，宫殿春香。宝历开图，文母协应时康。诞庆欣逢令旦，向花闱、罄列嫔嫱。欢荣是九五，侍膳芳筵，翠扆龙章。　天心人共喜，拱三钗瑞彩，同捧瑶觞。禁中和气，都入法部丝簧。一片神仙锦绣，正珠帘、高卷云光。遐龄祝亿载，永奉慈颜，地久天长。

曹　勋　　　　国香·中宫生辰

红染芙蓉，似晓霞丽日，秋满珠宫。瑞彩朝来，都做和气葱葱。共庆龟台降祉，化均凤历同风。升平助阴化，奉养余闲，翰墨鸾龙。　群仙移彩仗，尽红妆玉带，乐震霜空。响入千岩，芳桂香散房栊。劝寿天颜有喜，奉觞雁序雍容。蟠桃待从此，岁岁今朝，荐酒瑶钟。

张　炎　　　　国香·莺柳烟堤

沈梅娇，杭妓也，忽于京都见之。把酒相劳苦，犹能歌周清真意难忘、台城路二曲，因嘱余记其事。词成，以罗帕书之

莺柳烟堤，记未吟青子，曾比红儿。娴娇弄春微透，鬟翠双垂。不道留仙不住，便无梦、吹到南枝。相看两流落，掩面凝羞，怕说当时。　凄凉歌楚调，袅余音不放，一朵云飞。丁香枝上，几度款语深期。拜了花梢淡月，最难忘、弄影牵衣。无端动人处，过了黄昏，犹道休归。

张　炎　　　　国香·赋兰

空谷幽人，曳冰簪雾带，古色生春。结根未同萧艾，独抱孤贞。自分生涯淡薄，隐蓬蒿、甘老山林。风烟伴憔悴，冷落吴宫，草暗花深。　霁痕消蕙雪，向崖阴饮露，应是知心。所思何处，愁满楚水湘云。肯信遗芳千古，尚依依、泽畔行吟。香痕已成梦，短操谁弹，月冷瑶琴。

明月引

此调本为唐琴曲，有卢照邻《明月引》，后用作词调名。宋陈允平在其词下自注“和赵白云自度曲”，周文英亦有和词，题云“赵白云初赋此调”。实际上此调即《梅花引》，又名《江城梅花引》、《江梅引》。所谓赵白云自度曲，恰好与《梅花引》的格律、句数、字数相合，故有同调异名之说。相传《江城梅花引》前阕用《江城子》，后阕用《梅花引》，故合名为《江城梅花引》。盖取“江城五月落梅花”之句也。此调八十七字者有三体。作为《江城梅花引》的另一体八十六字，又名《明月引》，属双调、平韵，上阕九句、三十八字，于第一、二、三、四、五、九句用韵；下阕十一句、四十八字，于第一、三、五、六、七、十一句用韵。参阅《江城梅花引》。

陈允平　　明月引·和白云赵宗簿自度曲

雨余芳草碧萧萧，暗春潮，荡双桡。紫凤青鸾，旧梦带文箫。绰约佩环风不定，云欲堕，六铢香，天外飘。　相思为谁兰恨销，渺湘魂，无处招。素纨犹在，真真意、还倩谁描。舞镜空圆，羞对月明宵。镜里心心心里月，君去矣，旧东风，新画桥。

周　密　　明月引·舞红愁碧晚萧萧

赵白云初赋此词，以为自度腔，其实即梅花引也。陈君衡、刘养源皆再和之。会余有西州之恨，因用韵以写幽怀

舞红愁碧晚萧萧，溯回潮，伫仙桡。风露高寒，飞下紫霞箫。一雁远将千万恨，怀渺渺，剪愁云，风外飘。　酒醒未醒香旋消，采江蓠，吟楚招。清徽芳笔，梅魂冷、月影空描。锦瑟瑶尊，闲度可怜宵。二十四阑愁倚遍，空怅望，短长亭，长短桥。

周　密　　明月引·养源再赋，余亦载赓

雁霜苔雪冷飘萧，断魂潮，送轻桡。翠袖珠楼，清夜梦琼箫。江北江南云自碧，人不见，泪花寒，随雨飘。　愁多病多腰素消，倚清琴，调大招。江空年晚，凄凉句、远意难描。

月冷花阴，心事负春宵。几度问春春不语，春又到，到西湖，第几桥。

明月逐人来

又名《寿仙翁》。据《能改斋漫录》，此调为宋人李持正所撰。因词中有“皓月随人近远”之句，故名。后人遂用来填词。属双调、仄韵，共六十二字。上阕六句、三十字，于第一、二、三、五、六句用韵；下阕六句、三十二字，于第一、二、三、五、六句用韵。

李持正　　明月逐人来·星河明淡

星河明淡，春来深浅，红莲正、满城开遍。禁街行乐，暗尘香拂面，皓月随人近远。　　天半鳌山，光动凤楼两观。东风静、珠帘不卷。玉辇待归，云外闻弦管，认得宫花影转。

张元幹　明月逐人来·灯夕赵端礼席上

花迷珠翠，香飘罗绮，帘旌外、月华如水。暖红影里，谁会王孙意，最乐升平景致。　　长记宫中五夜，春风鼓吹，游仙梦、轻寒半醉。凤帏未暖，归去熏浓被，更问阴晴天气。

史　浩　　明月逐人来·寿仙翁

莫嫌春浅，寒威俱敛，阳和至此时方见。木君敷令，把雪霜扫断，要集德星胜伴。　　为有仙翁，正尔名喧蕃汉，眉寿比、聃彭更远。兼资勋业，已中双雕箭，清步槐庭影满。

明月棹孤舟

此调即《夜行船》，是以“明月”代“夜”字，“棹”代“行”字，“孤舟”代“船”字，故名《明月棹孤舟》。黄在轩有《明月棹孤舟》词。此调本名《雨中花》。《雨中花》有五十一字、五十二字、五十四字、五十六字诸体。其中五十六字一体，又名《雨中花令》、《夜行船》、《明月棹孤舟》。属双调、仄韵，上下阕均五句、二十八字，亦皆于第一、二、五句用韵。两阕的格式相同。参阅《雨中花》。

韩　淲　明月棹孤舟·逢子似清河坊市中客楼小饮

忽得相逢惊似旧，问山中、酒徒诗友。闲倚晴楼，长安市人，华发为君搔首。　绿竹疏梅今在否，对西湖、夕阳烟岫。鸿雁声中，人间今古，还是醉醒时候。

黄公绍　　明月棹孤舟·木樨

雁带愁来寒事早，西风把鬓华吹老。猛省中秋，都来几日，先自木樨开了。　浍浍轻阴天弄晓，平白地、被花相恼。一枕云闲，半窗秋晓，时有阵香吹到。

明月照高楼慢

此调今仅见万俟咏词一首，自注为“中秋应制”，其词描写月明之景，有“楼观壮丽”之句，故名为《明月照高楼慢》。词属双调、平韵，共九十七字。上阕十句、五十字，于第一、三、四、六、八、十句用韵；下阕十一句、五十一字，于第一、二、四、五、七、九、十一句用韵。

万俟咏　　明月照高楼慢·中秋应制

平分素商，四垂翠幕，斜界银潢。颢气通建章，正烟澄练色，露洗水光。明映波融太液，影随帘挂披香。楼观壮丽，附霁云、耀绀碧相望。　宫妆，三千从赭黄。万年世代，一部笙簧，夜宴花漏长。乍莺歌断续，燕舞回翔。玉座频燃绛蜡，素娥重按霓裳。还是共唱御制词，送御觞。

鸣　　梭

此调为谭宣子所创制，因其词中的起句为“织绡机上度鸣梭”，故取其末二字“鸣梭”作为词调名。“鸣梭”指纺织机上飞动而发出响声的织梭。此调属双调、平韵，共八十八字。上、下阕格式相同，皆八句、四十四字，亦皆于第一、二、四、六、七、八句用韵。通体平仄如一，是僻调中最谨严者。

谭宣子　　**鸣梭·自度**

织绡机上度鸣梭，年光容易过。萦萦情绪，似水烟山雾两相和。谩道当时何事，流盼动层波。巫影嵯峨，翠屏牵薜萝。

不须微醉自颜酡，如今难恁么。烛花销艳，但替人、垂泪满铜荷。赋罢西城残梦，犹问夜如何。星耿斜河，候虫声更多。

罗敷媚

此调本为唐教坊大曲，名为《采桑子》，别名《采桑》、《采桑老》，其名来源于乐府诗《陌上桑》所写之故事。唐教坊曲所传之词为五言八句。唐曲又有《杨下采桑》，但已翻为胡乐，与本调之属清商已不同。采桑故事出于秦罗敷，罗敷所居，传有敷水，在今陕西华阴县，唐人多咏之。后用其曲填词，遂成为词调名。冯正中词名《罗敷艳歌》，南唐后主李煜词名为《采桑子令》，宋初皆名为《采桑子》，陈无已词名为《罗敷媚》，黄山谷词名为《丑奴儿》。属双调、平韵，共四十四字，上下阕均四句、二十二字，亦均于第二、三、四句用韵。两阕格式相同。参阅《丑奴儿》、《采桑子》。

陈师道　　**罗敷媚·和何大夫酴醾菊之一**

春风吹尽秋光照，瘦减初黄。改样新妆，特地相逢只认香。　　南台九日登临处，不共飞觞。镜里伊傍，独秀钗头殿众芳。

陈师道　　**罗敷媚·和何大夫酴醾菊之二**

芙蓉不借韶华助，故著缃黄。宿面留妆，不出寒花只暂香。　　伤春不尽悲秋苦，落蕊浮觞。知在谁傍，一笑盈盈百种芳。

罗敷歌

罗敷，乐府诗《陌上桑》中的主要人物，唐人多咏其采桑

故事，唐教坊演为大曲，本名《采桑子》，又名《采桑老》、《采桑》。后用其曲制词，遂成为词调名。南唐后主李煜词，易名为《采桑子令》；冯正中词，易名为《罗敷艳歌》；贺铸词称为《罗敷歌》；宋初人填词，多仍唐曲名《采桑子》；陈无已词，易名为《罗敷媚》；黄山谷词，更名为《丑奴儿》。属双调、平韵，共四十四字。上下阕句法相同，皆四句、二十二字，亦皆于第二、三、四句用韵。参阅《采桑子》、《丑奴儿》、《罗敷媚》。

贺　铸　　罗敷歌·东山未办终焉计

东山未办终焉计，聊尔西来。花苑平台，倦客登临第几回。　　连延复道通驰道，十二门开。车马尘埃，怅望江南雪后梅。

贺　铸　　罗敷歌·高楼帘卷秋风里

高楼帘卷秋风里，目送斜阳。衾枕遗香，今夜还如昨夜长。　　玉人望月销凝处，应在西厢。半掩兰堂，惟有纱灯伴绣床。

贺　铸　　罗敷歌·河阳官罢文园病

河阳官罢文园病，触绪萧然。犀麈流连，喜见清蟾似旧圆。　　人生聚散浮云似，回首明年。何处尊前，怅望星河共一天。

贺　铸　　罗敷歌·东南自古繁华地

东南自古繁华地，歌吹扬州。十二青楼，最数秦娘第一流。　　季鹰久负鲈鱼兴，不住今秋。已办归舟，伴我江湖作胜游。

贺　铸　　罗敷歌·自怜楚客悲秋里

自怜楚客悲秋思，难写丝桐。目断书鸿，平淡江山落照中。　　谁家水调声声怨，黄叶西风。罨画桥东，十二玉楼空更空。

贺　铸　　罗敷歌·东亭南馆逢迎地

东亭南馆逢迎地，几醉红裙。凄怨临分，四叠阳关忍泪

闻。　　谁怜今夜篷窗雨，何处渔村。酒冷灯昏，不许愁人不断魂。

凯　　歌

即《水调歌头》。此调本为唐大曲中几支曲子的总称，是大征伐有功时凯旋所奏，后用作词调名。此调见《芸窗词》，宋张榘词名《凯歌》。属双调、平韵，共九十五字。上阕九句、四十八字，于第二、四、七、九句用韵；下阕十句、四十七字，于第三、五、八、十句用韵。

张　榘　　　　凯歌·为壑相寿

双阁护仙境，万壑渺清秋。台躔光动银汉，神秀孕公侯。胸次千崖灏气，笔底三江流水，姓字桂香浮。十载洞庭月，今喜照扬州。　　捧丹诏，升紫殿，建碧油。胡儿深避沙漠，铃阁飏轻裘。点检召棠遗爱，酝酿潘舆喜色，英裔蔚文彪。整顿乾坤定，千岁侍宸旒。

钓船归

此调名乃贺铸所创，本名《太平时》。《太平时》原为唐曲名，贺铸以该调填词，咏垂钓之乐，因词中有“夕阳长送钓船归，鳜鱼肥”之句，故更名《钓船归》。词属双调、平韵，共四十字。上阕四句、二十字，句句用韵；下阕四句、二十字，于第二、三、四句用韵。两阕句式相同，皆为七、三、七、三字。参阅《太平时》。

贺　铸　　　钓船归·绿净春深好染衣

绿净春深好染衣，际柴扉。溶溶漾漾白鸥飞，两忘机。南去北来徒自老，故人稀。夕阳长送钓船归，鳜鱼肥。

钓船笛

此调本名《好事近》，张辑词取词中之字句“恰钓船横

笛”，名为《钓船笛》，并于题下自注“寓好事近”。后来为词作图谱之人好奇，删旧易新，只取其《钓船笛》为词调名。此调又名《翠园枝》。词属双调、仄韵，共四十五字。上阕四句、二十二字，下阕四句、二十三字，上下阕皆于第二、四句用韵。参阅《好事近》。

张　辑　　　　钓船笛·载酒岳阳楼

载酒岳阳楼，秋入洞庭深碧。极目水天无际，正白蘋风急。　　月明不见宿鸥惊，醉把玉阑拍。谁解百年心事，恰钓船横笛。

钗头凤

此调本名《撷芳词》，因北宋徽宗政和间宫中有撷芳园，故名。南宋陆游以此调填词，因无名氏《撷芳词》中有“可怜孤似钗头凤”之句，故取其后三字，改名为《钗头凤》。《撷芳词》又名《摘红英》，属双调、仄韵，五十四字。上下阕皆七句、二十七字。上下阕皆第一、二、三句用平韵，第四、五、七句换仄韵。后之作者，有在上、下阕末句各加两叠字者，则全词为五十八字。有在上、下阕末句各加三叠字者，则全词为六十字。陆游之词即属此格。此格又名《玉珑璁》、《折红英》。参阅《撷芳词》、《玉珑璁》等。

秦　观　　　　钗头凤·别武昌

临丹壑，凭高阁，闲吹玉笛招黄鹤。空江暮，重回顾，一洲烟草，满川云树。住住住。　　江风作，波涛恶，汀兰寂寞岩花落。长亭路，尘如雾，青山虽好，朱颜难驻。去去去。

曹　觌　　　　钗头凤·华灯闹

华灯闹，银蟾照，万家罗幕香风透。金尊侧，花颜色，醉里人人，向人情极。惜惜惜。　　春寒峭，腰肢小，鬓云斜亸蛾儿袅。清宵寂，香闺隔，好梦难寻，雨踪云迹。忆忆忆。

陆　游　　　　钗头凤·红酥手

红酥手，黄縢酒，满城春色宫墙柳。东风恶，欢情薄，一

怀愁绪，几年离索。错错错。　　春如旧，人空瘦，泪痕红浥鲛绡透。桃花落，闲池阁，山盟虽在，锦书难托。莫莫莫。

唐　婉　　　　钗头凤·世情薄

世情薄，人情恶，雨送黄昏花易落。晓风干，泪痕残，欲笺心事，独语斜阑。难难难。　　人成各，今非昨，病魂尝似秋千索。角声寒，夜阑珊，怕人寻问，咽泪装欢。瞒瞒瞒。

史达祖　　　　钗头凤·寒食饮绿亭

春愁远，春梦乱，凤钗一股轻尘满。江烟白，江波碧，柳户清明，燕帘寒食。忆忆忆。　　莺声晓，箫声短，落花不许春拘管。新相识，休相失，翠陌吹衣，画楼横笛。得得得。

垂丝钓

此调又名《垂丝调》、《垂丝钓近》，原为抒垂纶钓鱼之闲情。宋周邦彦之《清真词》、吴文英之《梦窗词》皆有此调。属双调、仄韵，共六十六字。上阕七句、二十九字，于第一、二、四、五、六、七、八句用韵；下阕八句、三十七字，于第一、二、三、四、五、六、七、八句用韵。另有六十七字一体。

周邦彦　　　　垂丝钓·春景

缕金翠羽，妆成才见眉妩。倦倚绣帘，看舞风絮。愁几许，寄风丝雁柱。　　春将暮，向层城苑路。钿车似水，时时花径相遇。旧游伴侣，还到曾来处。门掩风和雨，梁间燕语，问那人在否。

杨无咎　　　　垂丝钓·燕将旧侣

燕将旧侣，呢喃终日相语。似惜别离情，知几许，谁与度。为向人代诉，空朝暮。　　谩千言百句，怎生会得，争如作个青羽。又闻院宇，不在当时住。飞去无寻处，肠万缕，寄暴风横雨。

杨无咎　　垂丝钓·邓端友席上赠吕倩倩

玉纤半露，香檀低应鼍鼓。逸调响穿空，云不度，情几

许。看两眉碧聚，为谁诉。　　听敲冰戛玉，恨云怨雨，声声总在愁处。放杯未举，倾坐惊相顾。应也肠千缕，人欲去，更画檐细雨。

赵彦端　　垂丝钓·干越亭路彦捷置酒同别富南叔

短篷醉舣，江南秋意如水。露草星明，风柳丝委。危槛倚，为故人宴喜。　　欢无几，念青鞋紫绮。论诗载酒，犹胜心寄双鲤，倦游晚矣。云路非吾事，湖海从君意。沙雁起，记夜阑隐几。

赵彦端　　垂丝钓·莫愁有信

莫愁有信，全胜春梦无准。篆缕欲销，衣粉堪认。残梦醒，枕夜凉满鬓。　　想香径，正垂垂美荫。晚花在否，朱阑谁与同凭，断云怨冷。青鸟无凭问，红叶翻成恨。三五近，试预占破镜。

袁去华　　垂丝钓·江枫秋老

江枫秋老，晚来红叶如扫。暮雨生寒，正北风低草。宾鸿早，乱半川残照，伤怀抱。　　记西园饮处，微云弄月，梅花人面争好。路长信杳，度日房栊悄，还是黄昏到。归梦少，纵梦归易觉。

丘　密　　垂丝钓·戊戌迓客

自入淮南，多所感怆作

夕烽戍鼓，悲凉江岸淮浦。雾隐孤城，水荒沙聚，人共语。尽向来胜处，谩怀古。　　问柳津花渡，露桥夜月，吹箫人在何许。缭墙禁籞，粉黛成黄土，惟有江东注。都无虏，似旧时得否。

杨冠卿　　垂丝钓·翠帘昼卷

翠帘昼卷，庭花日影初转。酒力未醒，眉黛还敛。停歌扇，背画阑倚遍。情无限，怅韶华又晚。　　锦鞯去后，愁宽珠袖金钏。碧云信远，难托西楼雁。空写银筝怨，肠欲断，更落红万点。

陈　亮　　垂丝钓·九月七日自寿

菊花细雨，萧萧红蓼汀渚。景物渐幽，风致如许。秋未暮，又值吾初度。　看天宇，正澄清欲往。登高未也，红尘当面飞舞。几人吊古，乌帽牢收取。短发还羞觑，遐寿身、近五云深处。

方千里　　垂丝钓·锦鳞绣羽

锦鳞绣羽，难传愁态颦妩。岸草际天，云影垂絮。人何许，谩并栏倚柱。　烟光暮，怅榆钱满路。送春殢酒，欢期幽会希遇。彩箫凤侣，回首分携处。双脸吹愁雨，无限语，再见时记否。

陈允平　　垂丝钓·鬓蝉似羽

鬓蝉似羽，轻纨低映娇妩。凭阑看花，仰蜂黏絮。春未许，宝筝闲玉柱，东风暮。　武陵溪上路，娉婷婀娜，刘郎依约曾遇。鸳俦凤侣，重记相逢处。云隔阳台雨，花解语，旧梦还记否。

垂丝钓近

此调又名《垂丝钓》，亦写作《垂丝调》。原为写垂钓之闲情。“近”亦称“近拍”，标明其为近词。属双调、仄韵，共六十六字。上阕八句、三十四字，于第二、三、四、五、六、七、八句用韵；下阕七句、三十二字，于第二、三、四、五、七句用韵。参阅《垂丝钓》。

吴文英　　垂丝钓近·听风听雨

夷则商，云麓先生以画舫载洛花宴客

听风听雨，春残花落门掩。乍倚玉阑，旋翦夭艳。携醉靥，放溯溪游缆。波光撼，映烛花黯澹。　碎霞澄水，吴宫初试菱鉴。旧情顿减，孤负深杯滟，衣露天香染。通夜饮，问漏移几点。

垂　杨

此调见宋陈允平《日湖渔唱》。原为赋杨柳垂枝，即以为名。属双调、仄韵，共一百字。上下阕各九句、五十字，亦皆于第一、三、五、六、七、九句用韵。两阕句法略有不同。

陈允平　　　　**垂杨·银屏梦觉**

银屏梦觉，渐浅黄嫩绿，一声莺小。细雨轻尘，建章初闭东风悄。依然千树长安道，翠云锁、玉窗深窈。断桥人、空倚斜阳，带旧愁多少。　　还是清明过了，任烟缕露条，碧纤青袅。恨隔天涯，几回惆怅苏堤晓。飞花满地谁为扫，甚薄幸、随波缥缈。纵啼鹃、不唤春归，人自老。

垂杨碧

此调本名《谒金门》。原为唐教坊曲名，后用作词调名。因词中字句或内容，又有许多别名。又名《空相忆》，因五代前蜀韦庄词的起句为“空相忆，无计得消息”，故取前三字为名；又名《花自落》，因张辑词中有“无风花自落”之句而得名；又名《垂杨碧》，因张辑词中有“楼外垂杨如此碧”之句，故汇聚其中三字为名；张辑词于题下自注“寓谒金门”；又名《杨花落》，因宋李清臣词中有“杨花落”之句；宋李石词名《出塞》；又名《东风吹酒面》，因宋韩淲词中有“东风吹酒面”之句而得名；又名《不怕醉》，因其词中有“不怕醉，记取吟边滋味”之句而得名；又名《醉花春》，因其词中有“人已醉，溪北溪南春意，击鼓吹箫花落未”之句而得名；又名《春早湖山》，因其词中有“春尚早，春入湖山渐好”之句而得名。属双调、仄韵，共四十五字。上、下阕皆四句，亦皆句句用韵，惟上阕二十一字，下阕二十四字。另一体四十六字。参阅《谒金门》、《出塞》等。

张　辑　　　　垂杨碧·花半湿

花半湿，睡起一窗晴色。千里江南真咫尺，醉中归梦直。　前度兰舟送客，双鲤沉沉消息。楼外垂杨如此碧，问春来几日。

佳人醉

此调本为咏佳人之醉。属双调、仄韵，共七十一字。上阕八句、三十九字，于第一、二、五、七、八句用韵；下阕七句、三十二字，于第一、五、六、八句用韵。另有七十二字一体。

柳　永　　　佳人醉·暮景萧萧雨霁

暮景萧萧雨霁，云淡天高风细。正月华如水，金波银汉，潋滟无际。冷浸书帷梦断，却披衣重起，临轩砌。　素光遥指，因念翠蛾，杳隔音尘何处，相望同千里。尽凝睇，厌厌无寐，渐晓雕阑独倚。

刘　弇　　　佳人醉·元宵上太守

月到楼台第几，十里金虫成缀。袅琅玕、争胃绛球起。试新妆、嬉春粉黛，盈盈暗香，结谁家秾李。　拥缇骑，箫鼓沸三市。别指春风画隼，归度鳌山影里。闲红翠，挥觞不待、游人分袂，悄朱帘十二。

侍香金童

此调来源于唐天宝时王元宝之典故。据五代王仁裕《开元天宝遗事》天宝下《床畔金童》所载：王元宝常于寝帐床前，雕矮童二人，捧七宝博山炉，自暝焚香彻晓。调名即由此而来。宋曾慥集《乐府雅词》，收缺名词，即吟咏此事。词属双调、仄韵，共六十四字，上阕六句、三十二字，于第二、三、四、六句用韵；下阕五句、三十二字，于第一、二、三、五句用韵。另有六十五字一体。

贺　铸　　　　侍香金童·楚梦方回

楚梦方回，翠被寒如水。尚想见、扬州桃李，姿秀韵闲何物比。玉管秋风，漫声流美。　　燕堂开、双按秦弦呈素指。宝雁参差飞不起，三五彩蟾明夜是。屈曲阑干，断肠千里。

蔡　伸　　　　侍香金童·宝马行春

宝马行春，缓辔随油壁。念一瞬、韶光堪重惜，还是去年同醉日。客里情怀，倍添凄恻。　　记南城、锦径名园曾遍历，更柳下、人家似织，此际凭阑愁脉脉。满目江山，暮云空碧。

赵长卿　　　　侍香金童·一种春光

一种春光，占断东君惜。算秾李、昭华争并得，粉腻酥融娇欲滴。端的尊前，旧曾相识。　　向夜阑、酒醒霜浓寒又力，但只与、冰姿添夜色，绣幕银屏人寂寂。只许刘郎，暗传消息。

无名氏　　　　侍香金童·宝台蒙绣

宝台蒙绣，瑞兽高三尺。玉殿无风烟自直，迤逦传杯盈绮席。苒苒菲菲，断处凝碧。　　是龙涎凤髓，恼人情意极。想韩寿、风流应暗识，去似彩云无处觅。惟有多情，袖中留得。

无名氏　　　　侍香金童·喜叶之地

喜叶之地，手把怀儿摸。甚恰恨、出题厮撞著。内臣过得不住脚，忙里只是，看得斑驳。　　骇这一身冷汗，都如云雾薄。比似年时头势恶，待检又还猛想度。只恐根底，有人寻着。

使 牛 子

此调首见曹冠《燕喜词》。唐时称乐曲为“子”，俗语称为“曲子”。此调本为咏农夫使牛之事。词属双调、仄韵，共五十字。上下阕皆四句、二十五字，亦皆于第一、二、四句用韵。

曹　冠　　使牛子·晚天雨霁横雌霓

晚天雨霁横雌霓，帘卷一轩月色。纹簟坐苔茵，乘兴高歌饮琼液。　翠瓜冷浸冰壶碧，茶罢风生两腋。四座沸欢声，喜我投壶全中的。

侧　犯

“犯”指犯调，即宫调相犯，相当于西洋音乐中所说的转调。姜夔词注云：唐人乐书以宫犯羽者为“侧犯”。宋人周邦彦创制此调，其名或本于此。属双调、仄韵，有六十六字、六十七字、七十七字诸体。宋方千里的七十七字一体，上阕九句、四十一字，于第二、三、四、六、七、九句用韵；下阕九句、三十六字，于第二、三、五、七、八、九句用韵。

周邦彦　　侧犯·夏景

暮霞霁雨，小莲出水红妆靓。风定，看步袜江妃照明镜。飞萤度暗草，秉烛游花径。人静，携艳质、追凉就槐影。　金环皓腕，雪藕清泉莹。谁念省，满身香、犹是旧荀令。见说胡姬，酒垆寂静。烟锁漠漠，藻池苔井。

袁去华　　侧犯·篆销余馥

篆销余馥，烛堆残蜡房栊晓。寒峭，看杏脸羞红、尚娇小。游蜂静院落，绿水摇池沼。闲绕，翠树底、搘颐听啼鸟。　愁风怕雨，弹指春光了。音信杳，最堪恨、归雁过多少。困倚孤眠，昼长人悄。睡起依然，半窗残照。

姜　夔　　侧犯·咏芍药

恨春易去，甚春却向扬州住。微雨，正茧栗梢头弄诗句。红桥二十四，总是行云处。无语，渐半脱宫衣笑相顾。　金壶细叶，千朵围歌舞。谁念我、鬓成丝，来此共尊俎。后日西园，绿阴无数。寂寞刘郎，自修花谱。

方千里　　侧犯·四山翠合

四山翠合，一溪碧绕秋容靓。波定，见鹭立鱼跳动平镜。

修林散步屧，古木通幽径。风静，烟雾直，池塘倒晴影。
流年旧事，老矣尘心莹。还暗省，点吴霜，憔悴愧潘令。梦忆江南，小园路迴。愁听，叶落辘轳金井。

杨泽民　　　侧犯·九衢艳质

九衢艳质，看来怎比他闲靓。清韵，似照水横斜暮临镜。林间顿画阁，花底藏芳径。幽静，将绛烛、高烧照双影。
琼瑶皓素，未及肌肤莹。伊试省，我从今、还肯再孤另。记取兰房，夜深人迥。窗外月照，一方天井。

陈允平　　　侧犯·晚凉倦浴

晚凉倦浴，素妆薄试铅华靓。凝定，似一朵芙蓉泛清镜。轻纨笑自捻，扑蝶鸳鸯径。娇懒，金凤亸、斜欹翠蝉影。
冰肌玉骨，衬体红绡莹。还暗省，记青青、双鬓旧潘令。梦想鸾筝，后堂深静。何日西风，碧梧金井。

谭宣子　　　侧犯·素秋渐爽

素秋渐爽，倚香曲枕情依旧。怀袖，浸数尺湘漪、簟纹皱。悲欢尽梦里，玉骨从消瘦。空又，思太液芙蓉未央柳。
翔凤何在，乐府传孤奏。人病酒，有鸳鸯双字倩谁绣。拜月西楼，几声滴漏。应恐纨洁，已疏郎手。

赵　文　　　侧犯·夜饮海棠下

恨花开尽，夜深自敛胭脂颗。雨过，绕曲曲花蓬锦围裹。浮空烧蜜炬，香雾霏霏堕。无那，倚滴滴娇红笑相亸。　　歌俦饮伴，花底围春坐。念满眼、少年人，谁更老于我。岁岁花时，洞门无锁。莫负东君，酒盟诗课。

金人捧露盘

此调名为宋人晁端礼等所首用，咏唱汉武帝时之典故，故名《金人捧露盘》。据《三辅黄图·台榭》引《汉武故事》云：汉武帝时祭太乙，升登天台，以等待神灵。上有承露盘，仙人掌擎玉杯，以承云表之露。唐李贺《金铜仙人辞汉歌·序》云：魏明帝青龙九年八月，诏宫官牵车西取汉孝

武帝捧露盘仙人，欲立置殿前。晁端礼等咏此事，作《金人捧露盘》词，并以此为词调名。词属双调、平韵，共七十九字。上阕八句、三十八字，于第三、四、六、八句用韵；下阕九句、四十一字，于第三、四、五、七、九句用韵。又有一百三十七字一体。又名《西平曲》、《金人捧玉盘》，张元幹词名《上西平》，程垓词名《上平曲》，刘昂词名《上平南》。参阅《上西平》。

晁端礼　金人捧露盘·天锡禹圭尧瑞

天锡禹圭尧瑞，君王受厘，未央宫殿。三五庆元宵，扫春寒、花外蕙风轻扇。龙阙前瞻，凤楼背耸，中有鳌峰见。渐紫宙、星河晚，放桂华浮动，金莲开遍。御帘卷，须臾万乐喧天，群仙扶辇。　云间，都人望天表，正仙葩竞插，异香飘散。春宵苦长短，指花阴，愁听漏传银箭。京国繁华，太平盛事，野老何因见。但时效华封祝，愿岁岁闻道，金舆游宴。暗魂断，天涯望极长安远。

曾　觌　金人捧露盘·庚寅岁春奉使过京师感怀作

记神京，繁华地，旧游踪。正御沟、春水溶溶。平康巷陌，绣鞍金勒跃青骢。解衣沽酒，醉弦管、柳绿花红。　到如今，余霜鬓，嗟前事，梦魂中。但寒烟、满目飞蓬，雕栏玉砌，空锁三十六离宫。塞笳惊起暮天雁，寂寞东风。

高似孙　金人捧露盘·送范东叔给事帅维扬

下明光，违宣曲，上扬州。玉帐暖、十万貔貅。梅花照雪，月随歌吹到江头。牙樯锦缆，听雁声、夜宿瓜州。　南山客，东山妓，蒲萄酒，鹔鹴裘。占何逊、杜牧风流，琼花红药，做珠帘、十里遨头。竹西歌吹，理新曲、人在春楼。

高观国　金人捧露盘·水仙花

梦湘云，吟湘月，吊湘灵。有谁见、罗袜尘生，凌波步弱，背人羞整六铢轻。娉娉袅袅，晕娇黄、玉色轻明。　香心静，波心冷，琴心怨，客心惊。怕佩解、却返瑶京，杯擎清露，醉春兰友与梅兄。苍烟万顷，断肠是、雪冷江清。

高观国　金人捧露盘·梅花

念瑶姬，翻瑶佩，下瑶池。冷香梦、吹上南枝，罗浮梦

杳，忆曾清晓见仙姿。天寒翠袖，可怜是、倚竹依依。　溪痕浅，云痕冻，月痕澹，粉痕微。江楼怨、一笛休吹，芳音待客，玉堂烟驿两凄迷。新愁万斛，为春瘦、却怕春知。

高观国　　金人捧露盘·楚宫闲

楚宫闲，金成屋，玉为阑。断云梦、容易惊残，骊歌几叠，至今愁思怯阳关。清音恨阻，抱哀筝、知为谁弹。　年华晚，月华冷，霜华重，鬓华斑。也须念、闲损雕鞍，斜缄小字，锦江三十六鳞寒。此情天阔，正梅信、笛里关山。

汪元量　　金人捧露盘·越州越王台

越山云，越江水，越王台。个中景、尽可徘徊，凌高放目，使人胸次共崔嵬。黄鹂紫燕，报春晚、劝我衔杯。　古时事，今时泪，前人喜，后人哀。正醉里、歌管成灰，新愁旧恨，一时分付与潮回。鹧鸪啼歇夕阳去，满地风埃。

罗志仁　　金人捧露盘·丙午钱塘

湿苔青，妖血碧，坏垣红。怕精灵、来往相逢，荒烟瓦砾，宝钗零乱隐鸾龙。吴峰越巘，翠颦锁、苦为谁容。　浮屠换，昭阳殿，僧磬改，景阳钟。兴亡事、泪老金铜，骊山废尽，更无宫女说玄宗。角声起，海涛落，满眼秋风。

金凤钩

此调本为咏凤形金钩，故名。调名见晁补之《琴趣外篇》。属双调、仄韵，共五十五字。上阕五句、二十七字，于第二、三、五句用韵；下阕五句、二十八字，于第一、二、四、五句用韵。

贺　铸　　金凤钩·江南又叹流寓

江南又叹流寓，指芳物、伴人迟暮。揽晴风絮，弄寒烟雨，春去更无寻处。　石城楼观青霞举，想艇子、寄谁容与。断云荆渚，限潮溢浦，不见莫愁归路。

晁补之　　金凤钩·东皋寓居　送春之一

春辞我向何处，怪草草、夜来风雨。一簪华发，少欢饶恨，无计殢春且住。　　春回常恨寻无路，试向我、小园徐步。一阑红药，倚风含露，春自未曾归去。

晁补之　　金凤钩·东皋寓居　送春之二

雪消闲步花畔，试屈指、早春将半。樱桃枝上最先到，却恨小梅芳浅。　　忽惊拂水双来燕，暗自忆、故人犹远。一分风雨占春愁，一来又对花肠断。

金明池

此调见《淮海集》，为宋代秦观赋金明池之事，写下《金明池》词，开篇三句为“琼苑金池，青门紫陌，似雪杨花满路”。“金池”即金明池，就以《金明池》作为词调名。金明池是古池名，在北宋京城开封的西郑门西北，周围约九里，池西直径七里左右。五代时周世宗欲伐南唐，始凿池以演习水战。宋徽宗时于池周围建殿宇，有宝津楼、宴殿、射殿等。金兵侵入汴京，殿宇尽毁于兵火中。词属双调、仄韵，共一百二十字。上阕十句、五十九字，于第三、五、七、十句用韵；下阕十一句、六十一字，于第一、三、五、八、十一句用韵。李弥逊词名《昆明池》，僧挥词名《夏云峰》，又名《金明春》。

赵崇嶓　　金明池·素馨

桂海云蒸，瘴山雾暖，片雪何曾到地。羡长日、岛仙清暑，自学得、剪冰裁□。把岁寒、五出工夫，别妆点薰风，尽成清致。尽虹雨翻晴，暮霞焦土，一种凄凉如洗。　　酝藉丰标浑无比，应似惜、潇湘蕙疏兰弃。纵未入、众芳题品，终自倚、一涯风味。待等闲、留取遗芬，伴薝卜芳菲，蔷薇清沘。看佩贯胡绳，心灰宝燎，到了未输兰蕙。

无名氏　　金明池·春游

琼苑金池，青门紫陌，似雪杨花满路。云日淡、天低昼

永，过三点、两点细雨。好花枝、半出墙头，似怅望、芳草王孙何处。更水绕人家，桥当门巷，燕燕莺莺飞舞。　　怎得东君长为主，把绿鬓朱颜，一时留住。佳人唱、金衣莫惜，才子倒、玉山休诉。况春来、倍觉伤心，念故国情多，新年愁苦。纵宝马嘶风，红尘拂面，也则寻芳归去。

金明春

“金明”指金明池。五代时周世宗欲伐南唐，凿池以习水战。宋徽宗时广建殿宇于池之周围。池在北宋汴京(今河南开封市)西郑门之西北。金兵犯汴京，殿宇尽毁于战火中。宋秦观有《金明池》词，上阕起三句为“琼苑金池，青门紫陌，似雪杨花满路”，咏金明池之春色；又刘弇词的结句为“共赏金明春意”，故又名为《金明春》。

刘　弇　　　　金明春·宝历延洪

宝历延洪，昌辰开泰，嵩岳储灵特异。贤才并、□时间出，尽一一惊人绝艺。捧乡书、气格飘飘，似阆苑神仙，参差相继。纵子墨文章，相如才调，骤觉雷声平地。　　太守宾兴当此际，正瑞霭寒轻，虚堂风细。舞腰旋、飞尘仿佛，歌管递、清声嘹唳。况相将、桂籍荣登，对酒面鳞红，何妨沉醉。但管取明年，宫花重戴，共赏金明春意。

金盏子

此调本为唐曲名，后用作词调名。作者虽少，但人各一体。双调，有仄韵、平韵两体，共一百零三字。上阕十句、五十一字，于第三、六、八、十句用韵；下阕九句、五十二字，于第一、二、三、五、七、九句用韵。仄韵体见《梅溪词》和《梦窗词》，平韵体见《高丽史·乐志》。又名《金盏子慢》，可参阅。

晁端礼　　　　金盏子·断魂凝睇

断魂凝睇，望故国迢迢，倦摇征辔。恨满西风，有千里云山，万重烟水。遥夜枕冷衾寒，数更筹无寐。想伊家、应也背

著孤灯，暗弹珠泪。　　屈指，重算归期，知他是何时见去里。翻思绣阁旧时，无一事，只管爱争闲气。及至恁地单栖，却千般追悔。从今后，彼此记取，厌厌况味。

史达祖　　金盏子·奖绿催红

奖绿催红，仰一番膏雨，始张春色。未踏画桥烟，江南岸、应是草秾花密。尚忆溅裙蘋溪，觉诗愁相觅。光风外，除是倩莺烦燕，谩通消息。　　梨花夜来白，相思梦、空阑一林月。深深柳枝巷陌，难重遇、弓弯两袖云碧。见说倦理秦筝，怯春葱无力。空遣恨，当时留秀句，苍苔蠹壁。

赵以夫　　金盏子·水仙

得水能仙，似汉皋遗佩，碧波涵月。蓝玉暖生烟，称缟袂黄冠，素姿芳洁。亭亭独立风前，照冰壶澄彻。当时事，琴心妙处谁传，顿成愁绝。　　六出自天然，更一味清香浑胜雪。西湖秋菊寒泉，似坡老风流，至今人说。殷勤折伴梅边，听玉龙吹裂。丁宁道，百年兄弟，相看晚节。

吴文英　　金盏子·赋秋壑西湖小筑

卜筑西湖，种翠萝犹傍，软红尘里。来往载清吟，为偏爱吾庐，画船频繁。笑携雨色晴光，入春明朝市。石桥锁，烟霞五百名仙，第一人是。　　临酒论深意，流光转、莺花任乱委。冷然九秋肺腑，应多梦、岩扃冷云空翠。漱流枕石幽情，写猗兰绿绮。专城处，他山小队登临，待西风起。

吴文英　　金盏子·赏月梧园

吴城连日赏桂，一夕风雨，悉已零落。独寓窗晚花方作小蕾，未及见开，有新邑之役。竭来西馆，篱落间嫣然一枝可爱，见似人而喜，为赋此解

赏月梧园，恨广寒宫树，晓风摇落。莓砌扫珠尘，空肠断、熏炉烬销残萼。殿秋尚有余花，锁烟窗云幄。新雁又、无端送人江上，短亭初泊。　　篱角，梦依约，人一笑、惺忪翠袖薄。悠然醉魂唤醒，幽丛畔、凄香雾雨漠漠。晚吹乍颤秋声，早屏空金雀。明朝想，犹有数点蜂黄，伴我斟酌。

陈　著　　　**金盏子·四时怀古秋词**

眼底时光，奈老来、如何奈得秋何。黄叶最多情，天分付、凉意一声先做。是处著露莎蛩，也酸吟相和。新雁想，飞到故都徘徊，未忍轻过。　往事是堪唾，红枣信、烽折尽任他。湖山桂香自好，笙歌舫、沉沉醉也谁拖。可怜瘦月凄凉，把兴亡看破。如今□，但留下满块□，西风悲些。

王沂孙　　　**金盏子·雨叶吟蝉**

雨叶吟蝉，露草流萤，岁华将晚。对静夜无眠，稀星散、时度绛河清浅。甚处画角凄凉，引轻寒催燕。画楼外，斜月未沉，风急雁行吹断。　此际怎消遣，要相见、除非待梦见。盈盈洞房泪眼，看人似、冷落过秋纨扇。痛惜小院桐阴，空啼鸦零乱。厌厌地，终日为伊，香愁粉怨。

蒋　捷　　　**金盏子·练月萦窗**

练月萦窗，梦乍醒、黄花翠竹庭馆。心字夜香消，人孤另、双鹣被池羞看。拟待告诉天公，减秋声一半。无情雁，正用恁时飞来，叫云寻伴。　犹记杏栊暖，银烛下、纤影卸佩款。春涡晕，红豆小，莺衣嫩，珠痕淡印芳汗。自从信误青骊，想笼莺停唤。风刀快，剪尽画檐梧桐，怎剪愁断。

金盏子令

《金盏子》本唐曲名。“令”标明其为令词。属双调、平韵，共四十六字。上阕五句、二十四字，于第二、五句用韵；下阕五句、二十三字，于第三、五句用韵。参阅《金盏子》。

无名氏　　　**金盏子令·嗺子**

东风报暖，到头嘉气渐融怡。巍峨凤阙，起鳌山万仞，争耸云涯。　梨园弟子，齐奏新曲，半是埙篪。见满筵、簪绅醉饱，颂鹿鸣诗。

金盏子慢

此调又名《金盏子》。《金盏子》本是唐曲名，后用作词调名。“慢”指慢曲子，乐调长，字数多。用于词调中标明该调为慢词。属双调、仄韵，共一百零三字。上阕十一句、五十字，于第三、六、八、十一句用韵；下阕十一句、五十二字，于第一、二、三、四、六、八、十一句用韵。参阅《金盏子》。

无名氏　　金盏子慢·丽日舒长

丽日舒长，正葱葱瑞气，遍满神京。九重天上，五云开处，丹楼碧阁峥嵘。盛宴初开，锦帐绣幕交横。应上元佳节，君臣际会，共乐升平。　　广庭，罗绮纷盈，动一部、笙歌尽新声。蓬莱宫殿神仙景，浩荡春光，迤逦王城。烟收雨歇，天色夜更澄清。又千寻火树，灯山参差，带月鲜明。

金盏倒垂莲

即《金盏倒垂帘》。“倒垂莲”是金盏的形状，即如金卷荷叶。竹山的《糖多令》有句云“金盏倒垂莲，歌摇香雾鬟”，晁端礼词有“痛饮狂歌，金盏倒垂莲”之句，故名。词属双调、平韵，共九十二字。上阕九句、四十五字，于第二、三、五、七、九句用韵；下阕九句、四十七字，用韵同上阕。平韵者见晁端礼《闲斋琴趣外篇》和《梅苑》。又有仄韵一体，见曹勋《松隐词》。参阅《糖多令》。

晁端礼　　金盏倒垂莲·流水漂花

流水漂花，记同寻阆苑，曾宴桃源。痛饮狂歌，金盏倒垂莲。未省负、佳时良夜，烂游风月三年。别后空抱瑶琴，谁听朱弦。　　风流少年儒将，有威名震虏，谈笑安边。寄我新诗，何事赋归田。想歌酒、情怀如旧，后房应也依然。此外莫问升沉，且斗樽前。

晁补之　　金盏倒垂莲·依韵和次膺寄杨仲谋观察

诸阮英游，尽千钟饮量，百丈词源。对舞春风，螺髻小双莲。念两处、登高临远，又伤芳物新年。此泪不待，桓伊危柱哀弦。　　身闲未应无事，趁栽梅径里，插柳池边。野鹤飘飖，幽兴在青田。也莫话、书生豪气，更铭功业燕然。毕竟得意，何如月下花前。

晁补之　　金盏倒垂莲·次韵同寄霸师杨仲谋安抚

休说将军，解弯弓掠地，崑岭河源。彩笔题诗，绿水映红莲。算总是、风流余事，会须行乐□年。况有一部，随轩脆管繁弦。　　多情旧游尚忆，寄秋风万里，鸿雁天边。未学元龙，豪气笑求田。也莫为、庭槐兴叹，便伤摇落凄然。后会一笑，犹堪醉倒花前。

曹　勋　　金盏倒垂莲·牡丹

谷雨初晴，对晓霞乍敛，暖风凝露。翠云低映，捧花王留住。满阑嫩红贵紫，道尽得、韶光分付。禁籞浩荡，天香巧随天步。　　群仙倚春似语，遮丽日、更著轻罗深护。半开微吐，隐非烟非雾。正宜夜阑秉烛，况更有、姚黄娇妒。徘徊纵赏，任放濛濛柳絮。

无名氏　　金盏倒垂莲·依约疏林

依约疏林，见盈盈春意，几点霜蕤。应是东君，试手作芳菲。粉面倚、天风微笑，是日暖、雪已晴时。人静幺凤翩翩，踏碎残枝。　　幽香浑无著处，甚一般雨露，独占清奇。淡月疏云，何处不相宜。陌上报春来也，但绿暗、青子离离。桃杏应仗先容，次第追随。

金莲绕凤楼

此调为宋徽宗赵佶所创制，其词咏元宵观灯胜景，写“万金光射龙轩莹”，故以《金莲绕凤楼》作为词调名。调见《花草粹编》。“金莲”指金色的莲花，借喻灯火辉煌；“凤楼”指皇宫内的楼阁。词属双调、仄韵，共五十五字。

上阕四句、二十八字，下阕四句、二十七字。上、下阕皆句句用韵。

赵　佶　　　金莲绕凤楼·绛烛朱笼相随映

绛烛朱笼相随映，驰绣毂、尘清香衬。万金光射龙轩莹，绕端门、瑞雷轻振。　　元宵为开圣景，严敷坐、观灯锡庆。帝家华英乘春兴，搴珠帘、望尧瞻舜。

金 钱 子

此调本为唐教坊曲名。属双调、仄韵，共七十五字。上阕七句、三十七字，于第二、三、五、七句用韵；下阕七句、三十八字，用韵同上阕。调见宋无名氏词。

无名氏　　　金钱子·昨夜金风

昨夜金风，黄叶乱飘阶下，听窗前、芭蕉雨打。触处池塘，睹风荷凋谢。景色凄凉，总闲却、舞台歌榭。　　独倚阑干，惟有木樨幽雅，吐清香、胜如兰麝。似金垒妆成，想丹青难画。纤手折来，胆瓶中、一枝潇洒。

金菊对芙蓉

即《忆楚宫》，调见《草堂诗余》。此调本为咏菊花与芙蓉之作。词属双调、平韵，共九十九字。上阕十句、四十九字，于第三、五、七、十句用韵；下阕十句、五十字，于第一、三、五、七、十句用韵。

康与之　　　金菊对芙蓉·秋怨

梧叶飘黄，万山空翠，断霞流水争辉。正金风西起，海燕东归。凭栏不见南来雁，望故人、消息迟迟。木樨开后，不应误我，好景良时。　　只念独守孤帏，把枕前嘱付，一旦分飞。上秦楼游赏，酒殢花迷。谁知别后相思苦，悄为伊、瘦损香肌。花前月下，黄昏院落，珠泪偷垂。

辛弃疾　　　**金菊对芙蓉·重阳**

远水生光，遥山耸翠，霁烟深锁梧桐。正零瀼玉露，淡荡金风。东篱菊有黄花吐，对映水、几簇芙蓉。重阳佳致，可堪此景，酒酽花浓。　　追念景物无穷，叹少年胸襟，忒煞英雄。把黄英红萼，甚物堪同。除非腰佩黄金印，座中拥、红粉娇容。此时方称情怀，尽拚一饮千钟。

冯取洽　　　**金菊对芙蓉·宝镜缘空**

奉同刘篁嵲、魏菊庄、冯竹溪、吕柳溪、道士王溪云，赏西渚荷花，醉中走笔用篁嵲韵。庚寅

宝镜缘空，玉簪点水，荡摇千顷寒光。正江妃月姊，斗理明妆。扶阑一笑开诗眼，少容我、吟讽其旁。一川风露，满怀冰雪，云海弥茫。　　不妨倚醉乘狂，问天公觅取，几曲渔乡。听小楼哀管，偷弄初凉。夜深欢极忘归去，锦江酿透碧筒香。对花无语，花应笑我，不似张郎。

刘清夫　**金菊对芙蓉·沙邑宰绾琴妓，用旧韵戏之**

浅拂春山，慢横秋水，玉纤闲理丝桐。按清泠繁露，淡伫悲风。素弦瑶轸调新韵，颤翠翘、金簇芙蓉。叠鐲重锁，轻挑慢摘，特地情浓。　　泛商刻羽无穷，似和鸣鸾凤，律应雌雄。问高山流水，此意谁同。个中只许知音听，有茂陵、车马雍容。画帘人静，琴心三叠，时倒金钟。

无名氏　　　**金菊对芙蓉·花则一名**

花则一名，种分三色，嫩红妖白娇黄。正清秋佳景，雨霁风凉。郊墟十里飘兰麝，潇洒处、旖旎非常。自然风韵，开时不惹，蝶乱蜂狂。　　携酒独揖蟾光，问花神何属，离兑中央。引骚人乘兴，广赋诗章。几多才子争攀折，嫦娥道、三种深香。状元红是，黄为榜眼，白探花郎。

金 缕 曲

此调又名《贺新郎》、《贺新凉》。金缕，指饰以金缕

的舞衣。《金缕曲》本唐教坊曲名，后又用作词调名，因宋苏轼诗《台头寺送宋希元》中有“日夜更歌金缕曲，他时莫忘角弓篇”之句而得名。又名《金缕歌》，因宋叶梦得有唱“金缕歌”之句而得名。又名《乳燕飞》，因苏轼词有“乳燕飞华屋”之句，故取其前三字为名。又因词中有“貂裘换酒”之句，故又名《貂裘换酒》。词属双调、仄韵，共一百一十六字。上阕十句、五十七字，于第一、三、五、六、八、十句用韵；下阕十句、五十九字，用韵同上阕。参阅《贺新郎》、《乳燕飞》。

张　榘　　金缕曲·次韵拙逸刘直孺见寄言志

枌社新相识，恍瞻君、丰神气貌，飘然仙白。笔底三江鲸浪注，胸次一瓯冰雪，怎不做、龙门上客。坎止流行元无定，敢一朝、挨却尘泥迹。且剩把，锦云织。　　试看自古贤侯伯，一时间、失虽暂失，得还终得。儋石空无君家事，百万付之一掷，渐养就、抟风鹏翼。任你祖鞭先著了，占鸥天、浩荡观浮没。挈富贵，等儿剧。

卫宗武　　金缕曲·寿南塘八月生朝

强半秋澄穆，半月弦、南极躔高，寿星明煜。今岁户庭殊旧岁，洗尽闲愁千斛，沸春夏、欢声相续。兰已种成香满砌，更蕣华、得偶颜如玉。双捧劝，寿齐祝。　　郗枝芳映庄椿绿，觉这番、初度称觞，桂增芬馥。生子生孙从此始，剩有人传祖笏，看八座、青毡须复。两两闺中俱秀质，待子平、婚嫁人人足。碧桃下，跨青鹿。

刘辰翁　　金缕曲·代贺丞相　有序

恭审天开历甲，旦应生申。钟三光五岳之英，五百年生名世；处前古当今之会，千万世开太平。某阶望门墙，伏深赞颂；积忱依永，奏伎小词，上犯钧严，不胜悚恐庆抃之至

晓殿龙光起，御香浓、新诗写就，云飞相第。一自骑箕承帝赉，千载君臣鱼水，端不负、当年弧矢。赤壁周郎神游处，料羞看、故垒斜阳里。今共看，更无比。　　尊前若说平生事，叹长江、几番风浪，几人胆碎。数载太平丰年瑞，三百年间又几，想皇揆、初心应喜。渐近中秋团团月，算人间天上、俱清美。祝千岁，似甲子。

刘辰翁　　　金缕曲·寿缪守

秋老寒香圃，自春来、桔槔闲了，去天尺五。陌上踏歌来何暮，收得黄云如土，但稽首、福星初度。不是使君人间佛，甚今朝、欲雨今朝雨。持寿酒，为公舞。　　虎头画手谁堪许，写天人、方瞳红颊，共宾笑语。卫戟连营三千士，簇簇满城箫鼓，早恐是、留公不住。飞去翩翩嫌白鹭，算年来、稀姓多登府。祝千岁，奉明主。

刘辰翁　　　金缕曲·奇番总管周耐轩生日

春入番江雨，满湖山、莺啼燕语，前歌后舞。闻道行骢行且止，却听谯楼更鼓，正未卜、阴晴同否。老子胸中高小范，这精神、堪更开封府。新治足，旧民苦。　　扁舟浩荡乘风去，看莱衣、思贤堂上，寿觞朝举。六十二三前度者，敢望香山老傅，又过了、午年端午。采采菖蒲二三节，寄我公、矫矫扶天路。重归衮，到相圃。

刘辰翁　　　金缕曲·寿李公谨同知

我误留公住，看人间、犹是重阳，满城风雨。父老棠阴携孺子，记得元宵歌舞，但稽首、乌乌无语。我有桓筝千年恨，为谢公、目送还云抚。公不乐，尚何苦。　　吾侬心事凭谁诉，有谁知、闭户穷愁，欲从之去。闻道明朝生申也，满酌一杯螺浦，又知复、明年何处。天若有情西江者，便使君、骢马来当路。香瓣起，胜金缕。

刘辰翁　金缕曲·和同姓草叔曲本胡端逸见寿韵并谢

忘却来时路，恨苍苍、寒冰弃我，江南闲处。世事早知今如此，何不老农老圃，更种个、梅花深住。涑雨前朝浯溪石，对苍苔、堕泪怜臣甫。山似我，两眉聚。　　岁云暮矣如何度，但多情、寂寥相念，二三君子。越石暮年扶风赋，犹解闻鸡起舞，恨不减、二三十岁。一曲相思碧云合，醉凭君、为我歌如缕。君念我，似同祖。

刘辰翁　　　金缕曲·寿陈静山

昨醉君家酒，从今十万八千场，未疏老友。人道水仙标格

俊，不许梅花殿后，但赢得、一年年瘦。迤逦聚星楼上雪，待天风、浩荡重携手。酌君酒，献君寿。　　年前春入燕台柳，看联翩、四辈金鞭，长楸承受。岂有中朝瓯覆久，更落闽山海口，端自有、玉堂金斗。我喜明年申又酉，但乞浆、所得皆醇酎。拚醉里，送行昼。

刘辰翁　　金缕曲·寿朱氏老人七十三岁

七十三年矣，记小人、四百四十五番甲子。看到蓬莱水清浅，休说树犹如此，但梦梦、昨非今是。一曲尊前离鸾操，抚铜仙、清泪如铅水。歌未断，我先醉。　　新来画得耆英似，似灞桥、风雪吟肩，水仙梅弟。里巷依稀灵光在，飞过劫灰如洗，笑少伴、乌衣余几。老子平生何曾默，暮年诗、句句皆成史。个亥字，甲申起。

刘辰翁　　金缕曲·和潭东劝饮寿觞

拍瓮春醅动，洞庭霜、压绿堆黄，林苞堪贡。况有老人潭边菊，摇落赏心入梦，数百岁、半来许中。儿女牵衣团栾处，绕公公、愿献生申颂。公性涩，待重风。　　人生一笑何时重，奈今朝、有客无鱼，有鱼留冻。何似尊前斑斓起，低唱浅斟齐奉，也不待、烹龙炰凤。此会明年知谁健，说边愁、望断先生宋。醒最苦，醉聊共。

刘辰翁　　金缕曲·绝北寒声动

绝北寒声动，渺黄昏、叶满长安，云迷章贡。最苦周公千年后，正与莽新同梦，五十国、纷纷入中。摇飏都人歌郿坞，问何如、昨日嵩高颂。胪九锡，竟谁风。　　当初共道擎天重，奈天教、垓下风寒，滹沱兵冻。寂寞放翁南园记，带得园柑进奉，怅回首、何人修凤。寄语权门趋炎者，这朝廷、不是邦昌宋。真与赝，可能共。

刘辰翁　　金缕曲·吾鬓如霜蕊

杜叟陈君，风谊动人，岁一介寿我，辞华蔚然。至谓我黑漆，则久不相见故耳，为此发歌

吾鬓如霜蕊，自江南、西风尘起，倒骑秃尾。旧日汾阳中

书令，何限门生儿子，到今也、陆沉草昧。醉里不行西州路，但斗间、看望成龙气。聊寂寞，自相慰。　　夫君自是人间瑞，叹生儿、当如异日，孙仲谋耳。健笔风云蛟龙起，人物山川形势，犹有封、狼居胥意。伐木嘤嘤出幽谷，问天之将丧斯文未。吾待子，望如岁。

刘辰翁　　金缕曲·和龚竹卿客中韵

何处从头说，但倾尊、淋漓醉墨，疏疏密密。看取两轮东西者，也是樊笼中物，这光景、年来都别。白发道人隆中像，笑相逢、对拥炉边雪。又过了，上元节。　　纸窗旋补寒穿穴，柳黏窗、青青过雨，劝君休折。睡不成酣酒先醒，花底东风又别，夜复夜、吟魂飞越。典却西湖东湖住，十三年不出今朝出。容易得，二三月。

刘辰翁　　金缕曲·贺赵松庐

岁事峥嵘甚，是当年、爆竹驱傩，插金幡胜。忽晓阑街儿童语，不为上元灯近，但笑拣、梅簪公鬓。莫恨青青如今白，愿年年、语取东君信。巾未堕，笑重整。　　他年不信东风冷，鼓连天、银烛花光，柳芽催迸。漫说沉香亭羯鼓，自著锦袍吟凭，待吹彻、玉箫人醒。不带汝阳天人福，便不教、百又余年剩。歌此曲，休辞饮。

刘辰翁　　金缕曲·壬午五日

叶叶跳珠雨，里湖通、十里红香，画桡齐举。昨梦天风高黄鹄，下俯人间何许，但动地、潮声如鼓。竹阁楼台青青草，问木棉、羁客魂归否。盘泣露，寺钟语。　　梦回酷似灵均苦，叹神游、前度都非，明朝重五。满眼离骚无人赋，忘却君愁吊古，任醉里、乌乌缕缕。渺渺茂陵安期叟，共鄗池、夜别还于楚。采涧绿，久延伫。

刘辰翁　　金缕曲·叠韵

襟泪涔涔雨，料骚魂、水解千年，依然轻举。还看吴儿胥涛上，高出浪花几许，绝倒是、东南旗鼓。风雨蛟龙争何事，问彩丝、香粽犹存否。溪女伴，采莲语。　　古人不似今人苦，漫追谈、少日风流，三三五五。谁似鄱阳鸱夷者，相望怀

沙终古，待唤醒、重听金缕。尚有远游当年恨，恨南公、不见秦为楚。天又暮，黯凝伫。

刘辰翁　　金缕曲·五日和韵

锦岸吴船鼓，问沙鸥、当日沉湘，是何端午。长恨青青朱门艾，结束腰身似虎，空泪落、婵媛嬃女。我醉招累清醒否，算平生、清又醒还误。累笑我，醉中语。　黄头舞棹临江处，向人间、独竞南风，叫云激楚。笑倒两崖人如蚁，不管颓波千屦，忽惊抱、汨罗无柱。欸乃渔歌斜阳外，几书生、能办投湘赋。歌此恨，泪如缕。

刘辰翁　金缕曲·古岩和去年九日约登高韵，再用前韵

破帽吹愁去，绕郊墟、残灰败壁，冷烟斜雨。舞马梦惊城乌起，散作童妖灶语，漫说与、谢仙一句。犹记醉归西州路，问行人、望望骊烽误。几未失，丧公屦。　高高况是兴亡处，望平沙、落日湖光，暗淮沉楚。寂寞西陵歌又舞，疑冢嵯峨新土，黯牛笛、参差归路。试问文君容赊否，待东篱、更就黄花浦。拚酩酊，涴蓝缕。

刘辰翁　　金缕曲·丙戌九日

风雨东篱晚，渺人间、南北东西，平芜烟远。旧日携壶吹帽处，一色沉冥何限，天不遣、魂销肠断。不是苦无看山分，料青山、也自羞人面。秋后瘦，老来倦。　惊回昨梦青山转，恨一林、金粟都空，静无人见。默默黄花明朝有，只待插花寻伴，又谁笑、今朝蝶怨。潦倒玉山休重醉，到簪萸、忍待人频劝。今又惜，几人健。

刘辰翁　　金缕曲·九日即事

与客携壶去，望高高、半山失却，满城风雨。何许白衣人邂逅，小立东篱共语，未怪是、催租断句。寂寞午鸡啼三四，悄老人、桥上前期误。卿且去，整吾屦。　寒空旧是题诗处，莽云烟、缠蛟舞凤，东吴西楚。千古新亭英雄梦，泪湿神州块土，叹落日、鸿沟无路。一片沙场君不去，空平生、恨恨王夷甫。凭半醉，付金缕。

刘辰翁　金缕曲·登高华盖岭和同游韵

携手登高赋，望前山、山色如烟，烟光如雨。少日凭阑峰南北，谁料美人迟暮，漫回首、残基冷绪。长恨中原无人问，到而今、总是经行处。书易就，雁难付。　斜阳日日长亭路，倚秋风、洞庭一剑，故人何许。寂寞柴桑寒花外，还有白衣来否，但哨遍、长歌归去。尚有孔明英英者，怅孔明、自是英英误。歌未断，鬓成缕。

刘辰翁　金缕曲·绝江观桃，座间和韵

问何年种植，独成蹊、秾华烂漫，锦开千步。花下老人犹记我，不似那回赏处，并吹却、道边谢墅。黄四娘家今何在，也飘零、假向前村住。千万恨，寄红雨。　携壶藉草行歌暮，记前宵、深盟止酒，况堪扶路。破手一杯花浮面，不觉二三四五，更竹里、颠狂崔护。试语看花诸君子，但如今、俯仰成前度。君不见，曲江树。

刘辰翁　金缕曲·闻杜鹃

少日都门路，听长亭、青山落日，不如归去。十八年间来往断，白首人间今古，又惊绝、五更一句。道是流离蜀天子，甚当初、一似吴儿语。臣再拜，泪如雨。　画堂客馆真无数，记画桥、黄竹歌声，桃花前度。风雨断魂苏季子，春梦家山何处，谁不愿、封侯万户。寂寞江南轮四角，问长安、道上无人住。啼尽血，向谁诉。

刘辰翁　金缕曲·一笑披衣起

古岩取后村和韵示余，如韵答之

一笑披衣起，笑昨宵、东风似梦，韩张卢李。白发红云溪上叟，不记儿孙年齿，但回首、秦亡汉驶。苦苦渔郎留不住，约扁舟、后日重来此。吾已老，尚能俟。　少年未解留人意，恍出山、红尘吹断，落花流水。天上玉堂人间改，漫欸乃声千里，更说似、玄都君子。闻道酿桃堪为酒，待酿桃、千石成千醉。春有尽，瓮无底。

刘辰翁　金缕曲·灯共墙檠语

乡校张灯，赋者迫和，勉强趁韵

灯共墙檠语，记昨朝、芒鞋蓑笠，冷风斜雨。月入宫槐槐影滃，化作槐花无数，恍不记、鳌头压处。不恨扬州吾不梦，恨梦中、不醉琼花露。空耿耿，吊终古。　　千蜂万蝶春为主，怅何人、老忆江南，北朝开府。看取当年风景在，不待花奴催鼓，且未说、春丁分俎。一曲沧浪邀吾和，笑先生、尚是邯郸步。如秉爇，续残炬。

刘辰翁　　金缕曲·送五峰归九江

世事如何说，似举鞍、回头笑问，并州儿葛。手障尘埃黄花路，千里龙沙如雪，著破帽、萧萧余发。行过故人柴桑里，抚长松、老倒山间月。聊共舞，命湘瑟。　　春风五老多年别，看使君、神交意气，依然晚合。袖有玉龙提携去，满眼黄金台骨，说不尽、古人痴绝。我醉看天天看我，听秋风，吹动檐间铁。长啸起，两山裂。

汪梦斗　　金缕曲·满目飞明镜

月夕赋首词，书毕，怆然有感，再赋此

满目飞明镜，忆年时、呼朋楼上，畅怀觞咏。圆到今宵依前好，诗酒不成佳兴，身恰在、燕台天近。一段凄凉心中事，被秋光、照破无余蕴。却不是，诉贫病。　　宫庭花草埋幽径，想夜深、女墙还有，过来蟾影。千古词人伤情处，旧说石城形胜，今又说、断桥风韵。客里婵娟都相似，只后朝、不见潮来信。且喜得，四边静。

仇　远　　金缕曲·仙骨清无暑

仙骨清无暑，爱兰桡、撑入鸳波，锦云深处。休唱采莲双桨曲，老却鸥朋鹭侣，算只有、青山如故。旧雨初晴新水涨，画桥低、杳霭迷苍渚。头戴笠，日亭午。　　独醒耿耿空怀楚，渺愁予、岸芷江蓠，尚青青否。锦瑟谩弹斑竹恨，难写湘妃怨语，怅谁与、孤芳为主。流水无声云不动，向渔郎、欲觅桃源路。船尾带，落花去。

刘将孙　　金缕曲·用稼轩韵作

我老无能矣，叹人生、得开笑口，一年闲几。去景悠悠如有待，白发已非春事，便一笑、何曾是喜。我本渔樵孟诸野，

向举家、尽叹今如是。空自苦，有谁似。　　堆堆独坐文书里，是无能、爱闲爱静，清时有味。出处古今无真是，往往君言有理，看攘臂、后来锋起。汉晋唐虞一杯水，只鲁连、犹未知之耳。况碌碌，共余子。

蔡士裕　　　　金缕曲·怪得梅开早

罗帛剪梅缀枯枝，与真无异作

怪得梅开早，被何人、香罗剪就，天工奇巧。茅舍竹篱容不得，移向华堂深悄，别一样、风流格调。玉质冰姿依然在，算暗中、只欠香频到。著些子，更奇妙。　　有时来伴金尊倒，几徘徊、认成真后，又还误了。费尽东君回护力，空把芳心萦绕，竟不解、索他一笑。夜月纱窗黄昏后，为爱花、翻被花情恼。个恩爱，负多少。

陶上舍　　　　金缕曲·梦觉黄粱熟

梦觉黄粱熟，怪人间、曲吹别调，棋翻新局。一片残山并剩水，几度英雄争鹿，算到了、谁荣谁辱。白发书生差耐久，向林间、啸傲山间宿，耕绿野、饭黄犊。　　市朝迁变成陵谷，问东风、旧家燕子，飞归谁屋。前度刘郎今尚在，不带看花之福，但燕麦兔葵盈目。羊胛光阴容易过，叹浮生、待足何时足。樽有酒，且相属。

金 缕 衣

即《贺新郎》，此调见《翰墨大全》。金缕衣，指饰以金缕的舞衣。唐教坊曲有《金缕曲》，以此曲制词，故又名《金缕衣》。属双调、仄韵，共一百一十六字。上阕十句、五十七字，于第一、三、五、六、八、十句用韵；下阕十句、五十九字，用韵同上阕。此调句法、格律与《金缕曲》基本相同，当是《金缕曲》的另一体。参阅《金缕曲》。

无名氏　　　　金缕衣·贺云溪建楼

帝遣司花女，炯琼琚瑶佩，新来满空飞舞。飞到水晶宫阙处，还被六丁迎住，唤月娣、天孙说与。道是云溪新洞府，粲玉虹、拥出神仙宇。齐星汉，切云雾。　　朝来细把虹梁举，

命日兄、催上金鸦，高高腾翥。云母卷帘三万数，不碍风斤月斧，真个是、去天尺五。恰则紫皇香案近，那砖花、院柳宜年少。双鬓绿，朝天去。

金 缕 词

此调又名《金缕曲》、《金缕衣》、《金缕歌》、《乳燕飞》、《貂裘换酒》、《贺新郎》、《贺新凉》等，宋无名氏词名《金缕词》。属双调、仄韵，共一百一十六字。参阅《金缕曲》、《贺新郎》等。

石 麟　　　　金缕词·寿南楼

欲上南楼寿，记当年、祥占玉燕，一阳生候。今数书云犹七日，宫线未添刺绣，便草就、寿词盈袖。合捧金荷称鹤算，想华堂、剩醉眉春酒。惭斐句，为觞侑。　　功名八稚年方少，自归来、陶庐蒋径，菊松为友。轩筑易安栽花药，不坠家声五柳，况满砌、芝兰争秀。岁岁斑斓衣戏处，老人星、一点辉南斗。顾对此，共长久。

无名氏　　　　金缕词·寿宁化刘宰

瑞气重闽宇，小春余、璇霜避暖，敛威青女。一点阳和钟英气，嵩岳今朝诞甫，正两荚、尚留蓂舞。应想宁川称寿处，听金笼、放鸽儿童语。愿千岁，祝慈父。　　君家自有安民谱，袖良规、时宽辔策，夜闲桴鼓。直赖汀南为保障，无复鼪鼯啸聚，果峻秩、升朝褒叙。治最行将书第一，去思碑、拟颂歌明府。飞诏趣，缀鸳鹭。

金 缕 歌

此调又名《金缕曲》。《金缕曲》本是唐教坊曲名。因宋叶梦得有唱“金缕歌”之句，故又名《金缕歌》。“金缕”指饰以金缕的舞衣。苏轼以此调填词，有“乳燕飞华屋”之句，故又名《乳燕飞》。词属双调、仄韵，共一百一十六字。上阕十句、五十七字，下阕十句、五十九字，上下

阕皆于第一、三、五、六、八、十句用韵。此调又名《贺新郎》、《贺新凉》、《貂裘换酒》。参阅《金缕曲》、《贺新郎》、《乳燕飞》。

王广文　　金缕歌·辜负东风约

辜负东风约，忆曾将、淮南草木，笔端笼络。后土祠中明月夜，忽有瑶姬跨鹤，迥不比、水仙低弱。天上人间惟一本，倒千钟、琼露花前酌。追往事，怎忘却。　　移根应费仙家药，漫回头、关山信断，堡城笳作。问讯而今平安否，莫遣玉箫惊落，但画卷、依稀描著。白发愧无渡江曲，与吾家、子敬相酬酢。新旧恨，两交错。

吴文英　　金缕歌·陪履斋先生沧浪看梅

乔木生云气，访中兴、英雄陈迹，暗追前事。战舰东风悭借便，梦断神州故里，旋小筑、吴宫闲地。华表月明归夜鹤，叹当时、花竹今如此。枝上露，溅清泪。　　遨头小簇行春队，步苍苔、寻幽别坞，问梅开未。重唱梅边新度曲，催发寒梢冻蕊，此心与、东君同意。后不如今今非昔，两无言、相对沧浪水。怀此恨，寄残醉。

金殿乐慢

《金殿乐》本为唐曲名，题义已无考，后用作词调名。“慢”指慢曲子，乐调长，字数多，标明该调为慢词。属双调、平韵，共四十八字。上阕四句、二十一字，于第二、四句用韵；下阕四句、二十七字，用韵同上阕。调见《高丽史·乐志》宋无名氏词。

无名氏　　金殿乐慢·踏歌唱

驾紫鸾輧，乘风缥缈游仙。红霓蘸影，近瑶池、鹤戏芝田。　　临蕙圃、饮琼泉，上萧台、遥瞻九天。对真人蕊书亲授，已向南宫住长年。

金蕉叶

又名《定风波令》，调见柳永《乐章集》。“金蕉叶”在宋代诗词中常被用来指酒杯，也单称“金蕉”。此调始自宋柳永，其词中的下阕有“金蕉叶泛金波齐，未更阑、已尽狂醉”之句，取前三字作为词牌名。此词属双调、仄韵，共六十二字。上下阕均五句、三十一字，亦皆于第一、二、四、五句用韵。另一体四十六字，与前体迥异。上阕四句、二十二字,下阕四句、二十四字，皆于第一、二、四句用韵。

柳　永　　　金蕉叶·厌厌夜饮平阳第

厌厌夜饮平阳第，添银烛、旋呼佳丽。巧笑难禁，艳歌无间声相继，准拟幕天席地。　　金蕉叶泛金波齐，未更阑、已尽狂醉。就中有个风流，暗向灯光底，恼遍两行珠翠。

晁端礼　　　金蕉叶·楼头已报冬冬鼓

楼头已报冬冬鼓，华堂渐、停杯投箸。更闻急管频催，凤口香销炷，花映玉山倾处。　　主人无计留宾住，溪泉泛、越瓯春乳。醉魂一啜都醒，绛蜡迎归去，更看后房歌舞。

仲　殊　　　金蕉叶·从霄逸韵祥烟渺

从霄逸韵祥烟渺，摇金翠、玲珑三岛。地控全吴，山横旧楚春来早，千里断云芳草。　　六朝遗恨连江表，都分付、倚楼吟啸。铁瓮城头，一声画角吹残照，带夜潮来到。

袁去华　　　金蕉叶·涛翻浪溢

涛翻浪溢，调停得、似饧似蜜。试一饮、风生两腋，更烦襟顿失。　　雾縠衫儿袖窄，出纤纤、自传坐客。觑得他、烘地面赤，怎得来痛惜。

袁去华　　　金蕉叶·行思坐忆

行思坐忆，知他是、怎生过日。烦恼无、千万亿，诮将做饭吃。　　旧日轻怜痛惜，却如今、怨深恨极。不觉长吁叹息，便直恁下得。

袁去华　　金蕉叶·江枫半赤

江枫半赤，雨初晴、雁空绀碧。爱篱落、黄花秀色，带零露旋摘。　向晚西风淡日，发萧萧、任从帽侧。更莫把、茱萸叹息，且更持大白。

袁去华　　金蕉叶·沉烟篆曲

沉烟篆曲，可庭轩、翠梧荫绿。挂晚景、寒林数幅，对冰盘莹玉。　印枕娇红透肉，眼偷垂、睡犹未足。试纤手、清泉戏掬，看风动槛竹。

蒋　捷　　金蕉叶·秋夜不寐

云褰翠幕，满天星碎珠迸索。孤蟾阑外，照我看看过转角。　酒醒寒砧正作，待眠来、梦魂怕恶。枕屏那更，画了平沙断雁落。

征部乐

此调本为唐曲名，后用为词调。调见柳永《乐章集》。属双调、仄韵，共一百零五字。上阕八句、五十一字，于第二、三、四、五、六、八句用韵；下阕十句、五十四字，于第三、六、七、八、十句用韵。

柳　永　　征部乐·雅欢幽会

雅欢幽会，良辰可惜虚抛掷。每追念、狂踪旧迹，长只恁、愁闷朝夕。凭谁去、花衢觅，细说此中端的。道向我、转觉厌厌，役梦劳魂苦相忆。　须知最有，风前月下，心事始终难得。但愿我、虫虫心下，把人看待，长似初相识。况渐逢春色，便是有、举场消息。待这回、好好怜伊，更不轻离拆。

分类新编

全宋词

第四册

八画—九画

吕树坤　吕庆业　梁国辅　刘琦　编纂

作家出版社

念奴娇

“念奴”，唐天宝年间著名的歌女，元稹《连昌宫词》中有句云：“力士传呼觅念奴，念奴潜伴诸郎宿。”因其音调高亢，遂取为词调名。因为此调恰好一百字，故又名《百字令》、《百字谣》。宋词中以苏轼填此调之《赤壁怀古》最为有名，因其词中起句为“大江东去”，结句为“一尊还酹江月”，故又名《大江东去》、《酹江月》。姜夔词名《湘月》。曾觌词名《壶中天慢》。此外又名《大江西上曲》、《无俗念》、《淮甸春》等。词属双调，平韵、仄韵均有。其体式、字句、平仄略有差别。苏轼之《赤壁怀古》一体，上阕九句、四十九字，于第二、四、七、九句用韵；下阕十句、五十一字，于第三、五、八、十一句用韵。参阅《百字谣》、《大江东去》等。

沈　唐　　　　念奴娇·杏花过雨

杏花过雨，渐残红零落，胭脂颜色。流水飘香人渐远，难托春心脉脉。恨别王孙，墙阴目断，手把青梅摘。金鞍何处，绿杨依旧南陌。　　消散云雨须臾，多情因甚，有轻离轻拆。燕语千般，争解说、些子伊家消息。厚约深盟，除非重见，见了方端的。而今无奈，寸肠千恨堆积。

苏　轼　　　　念奴娇·赤壁怀古

大江东去，浪淘尽、千古风流人物。故垒西边，人道是、三国周郎赤壁。乱石穿空，惊涛拍岸，卷起千堆雪。江山如画，一时多少豪杰。　　遥想公瑾当年，小乔初嫁了，雄姿英发。羽扇纶巾，谈笑间、强虏灰飞烟灭。故国神游，多情应笑我，早生华发。人间如梦，一尊还酹江月。

苏　轼　　　　念奴娇·中秋

凭高眺远，见长空万里，云无留迹。桂魄飞来光射处，冷浸一天秋碧。玉宇琼楼，乘鸾来去，人在清凉国。江山如画，望中烟树历历。　　我醉拍手狂歌，举杯邀月，对影成三客。起舞徘徊风露下，今夕不知何夕。便欲乘风，翻然归去，何用骑鹏翼。水晶宫里，一声吹断横笛。

黄庭坚　　念奴娇·断虹霁雨

八月十七日，同诸甥步自永安城楼，过张宽夫园待月。偶有名酒，因以金荷酌众客。客有孙彦立，善吹笛。援笔作乐府长短句，文不加点

断虹霁雨，净秋空，山染修眉新绿。桂影扶疏，谁便道、今夕清辉不足。万里青天，姮娥何处，驾此一轮玉。寒光零乱，为谁偏照醽醁。　　年少从我追游，晚凉幽径，绕张园森木。共倒金荷家万里，难得尊前相属。老子平生，江南江北，最爱临风曲。孙郎微笑，坐来声喷霜竹。

秦　观　　念奴娇·千门明月

千门明月，天如水，正是人间佳节。开尽小梅春气透，花烛家家罗列。来往绮罗，喧阗箫鼓，达旦何曾歇。少年当此，风光真是殊绝。　　遥想二十年前，此时此夜，共绾同心结。窗外冰轮依旧在，玉貌已成长别。旧著罗衣，不堪触目，洒泪都成血。细思往事，只添镜里华发。

秦　观　　念奴娇·赤壁舟中咏雪

中流鼓楫，浪花舞，正见江天飞雪。远水长空连一色，使我吟怀逸发。寒峭千峰，光摇万象，四野人踪灭。孤舟垂钓，渔蓑真个清绝。　　遥想溪上风流，悠然乘兴，独棹山阴月。争似楚江帆影净，一曲浩歌空阔。禁体词成，过眉酒热，把唾壶敲缺。冯夷惊道，坡翁无此赤壁。

秦　观　　念奴娇·画桥东过

画桥东过，朱门下，一水闲萦花草。独驾一舟千里去，心与长天共渺。乍暖扶春，轻寒弄晓，是处人踪少。黯然望极，酒旗茅屋斜袅。　　少年无限风流，有谁念我，此际情难表。遥想蓝桥何日到，暗把心期自祷。柳陌轻飔，沙汀残雪，一路风烟好。携壶自饮，闲听山畔啼鸟。

秦　观　　念奴娇·朝来佳气

朝来佳气，郁葱葱，报道悬弧良节。绿水朱华秋色嫩，景比蓬莱更别。万缕银须，一枝铁杖，信是人中杰。此翁八十，

怪来精彩殊绝。　　闻道久种阴功，杏林橘井，此辈都休说。一点心通南极老，锡与长生仙牒。乱舞斑衣，齐倾寿酒，满座笙歌咽。年年今日，华堂醉倒明月。

秦　观　　　　念奴娇·咏柳

纤腰袅袅，东风里、逞尽娉婷态度。应是青皇偏著意，尽把韶华付与。月榭花台，珠帘画槛，几处堆金缕。不胜风韵，陌头又过朝雨。　　闻说灞水桥边，年年春暮，满地飘香絮。掩映夕阳千万树，不道离情正苦。上苑风和，琐窗昼静，调弄娇莺语。伤春人瘦，倚阑半饷延伫。

秦　观　　　　念奴娇·过小孤山

长江滚滚，东流去，激浪飞珠溅雪。独见一峰青崒嵂，当住中流万折。应是天公，恐他澜倒，特向江心设。屹然今古，舟郎指点争说。　　岸边无数青山，萦回紫翠，掩映云千叠。都让洪涛恣汹涌，却把此峰孤绝。薄暮烟扉，高空日焕，谙历阴晴彻。行人过此，为君几度击楫。

秦　观　　　　念奴娇·满天风雪

满天风雪，向行人、做出征途模样。回首家山才咫尺，便有许多离况。少岁交游，当时风景，喜得重相傍。一樽谈旧，骊驹门外休唱。　　自笑二十年来，扁舟来往，惭愧湖头浪。献策彤庭身渐老，惟有丹心增壮。玉洞花光，金城柳眼，何用生凄怆。为君起舞，惊看豪气千丈。

秦　观　　　　念奴娇·夜凉湖上

夜凉湖上，酌芳尊，对此一轮皓月。岁月匆匆人老大，又近中秋时节。夜气沆瀣，湖光旷邈，风舞萧萧叶。水天一色，坐来肌骨清彻。　　自念尘满征衫，无人为浣，洒泪今成血。玉兔银蟾休道远，不识愁人情切。绣帐香销，画屏烛冷，此意凭谁说。天青海碧，枉教望断瑶阙。

仲　殊　　　　念奴娇·寿吴书监

延陵福绪，蔼遗芳余庆，直至如今。帝锡朋龟曾献策，早揖丹桂华簪。一代荣名，三州遗爱，留入歌吟。归来湖山付

得，依旧闲心。　　延赏报德推封，名迁书监，喜天恩垂临。拜舞龙香还注想，丹阙拖紫垂金。酒满霞觞，期君眉寿，千岁与披衿。年年风月，两行门外桐阴。

仲　殊　　　念奴娇·水枫叶下

水枫叶下，乍湖光清浅，凉生商素。西帝宸游罗翠盖，拥出三千宫女。绛彩娇春，铅华掩昼，占断鸳鸯浦。歌声摇曳，浣纱人在何处。　　别岸孤袅一枝，广寒宫殿，冷落栖愁苦。雪艳冰肌羞淡泊，偷把胭脂匀注。媚脸笼霞，芳心泣露，不肯为云雨。金波影里，为谁长恁凝伫。

仲　殊　　　念奴娇·夏日避暑

故园避暑，爱繁阴翳日，流霞供酌。竹影筛金泉漱玉，红映薇花帘箔。素质生风，香肌无汗，绣扇长闲却。双鸾栖处，绿筠时下风箨。　　吹断舞影歌声，阳台人去，有当年池阁。佩结兰英凝念久，言语精神依约。燕别雕梁，鸿归紫塞，音信凭谁托。争知好景，为君长是萧索。

周邦彦　　　念奴娇·醉魂乍醒

醉魂乍醒，听一声啼鸟，幽斋岑寂。淡日朦胧初破晓，满眼娇晴天色。最惜香梅，凌寒偷绽，漏泄春消息。池塘芳草，又还淑景催逼。　　因念旧日芳菲，桃花永巷，恰似初相识。荏苒时光，因惯却、觅雨寻云踪迹。奈有离拆，瑶台月下，回首频思忆。重愁叠恨，万般都在胸臆。

赵鼎臣　　　念奴娇·旧游何处

旧游何处，记金汤形胜，蓬瀛佳丽。渌水芙蓉，元帅与宾僚，风流济济。万柳庭边，雅歌堂上，醉倒春风里。十年一梦，觉来烟水千里。　　惆怅送子重游，南楼依旧不，朱阑谁倚。要识当时，惟是有明月，曾陪珠履。量减杯中，雪添头上，甚矣吾衰矣。酒徒相问，为言憔悴如此。

赵鼎臣　　　念奴娇·嫦娥伴侣

嫦娥伴侣，降人世，天与长生仙箓。五色云开浮瑞霭，中有西真眉目。贤德家风，艳容天赋，占尽人间福。长庚明月，

誓同千古相逐。　开宴香蔼华堂，金杯休诉，好醉蟠桃熟。子子孙孙同上寿，有个人人同祝。雨鬓春风，一钗香雾，长与瑶池绿。更祈眉寿，愿如南山松竹。

谢　邁　　念奴娇·海棠

绿云影里，把明霞、织就千重文绣。紫腻红娇扶不起，好是未开时候。半怯新寒，半宜晴色，养得胭脂透。小亭人静，嫩莺啼破清昼。　犹记携手芳阴，一支斜带艳，娇波双秀。小语轻怜花总见，争得似花长久。醉浅休归，夜深同睡，明月还相守。免教春去，断肠空叹诗瘦。

米友仁　　念奴娇·村居九日

九秋气爽，正溪山雨过，茅檐清暇。篱菊妍英，知是为，佳节重阳开也。色妙香殊，匀浮瓯面，俗状卑金斝。歌狂饮俊，满簪还更盈把。　村外草草杯盘，边尘不动，欲买应无价。端使晴霄风露冷，云卷烟收平野。向晚婵娟，半轮斜照，想见成清夜。玉山颓处，要看敧帽如画。

米友仁　念奴娇·裁成渊明归去来辞

阑干倚处，戏裁成、彭泽当年奇语。三径荒凉怀旧里，我欲扁舟归去。鸟倦知还，寓形宇内，今已年如许。小窗容膝，要寻情话亲侣。　郭外粗有西畴，故园松菊，日涉方成趣。流水涓涓千涧上，云绕奇峰无数。窈窕经丘，风清月瞭，时看烟中雨。萧然巾岸，引觞寄傲衡宇。

曾　纡　　念奴娇·片帆暮落

片帆暮落，正前村梅蕊，愁人如雪。东陌西溪，长记得、疏影横斜时节。六出冰姿，玉人微步，笑里轻轻折。兰房沉醉，暗香曾共私窃。　回头万水千山，一枝重见处，离肠千结。料想临鸾消瘦损，时把啼红偷浥。怎得伊来，许多幽恨，共捻青梢说。如今千里，断魂空对明月。

曾　纡　　念奴娇·江城春晚

江城春晚，正海棠临水，嫣然幽独。秀色天姿真富贵，何必金盘华屋。月下无人，雨中有泪，绝艳仍清淑。丰肌得酒，

嫩红微透轻縠。　　晓日雾霭林深，佳人春睡思，朦胧初足。笑出疏篱，端可厌、桃李漫山粗俗。衔子飞来，鸿鹄何在，千里移西蜀。明朝酒醒，乱红那忍轻触。

徐　俯　　　念奴娇·素光练静

素光练静，照青山隐隐，修眉横绿。鳷鹊楼高天似水，碧瓦寒生银粟。万丈辉光，奔云涌雾，飞过卢鸿屋。更无尘翳，皓然冷浸梧竹。　　因念鹤发仙翁，当时曾共赏，紫岩飞瀑。对影三人聊痛饮，一洗闲愁千斛。斗转参移，翻然归去，万里骑黄鹄。一川霜晓，叫云吹断横玉。

叶梦得　　念奴娇·南归渡扬子作，杂用渊明语

故山渐近，念渊明归意，翛然谁论。归去来兮秋已老，松菊三径犹存。稚子欢迎，飘飘风袂，依约旧衡门。琴书萧散，更欣有酒盈尊。　　惆怅萍梗无根，天涯行已遍，空负田园。去矣何之窗户小，容膝聊倚南轩。倦鸟知还，晚云遥映，山气欲黄昏。此还真意，故应欲辨忘言。

叶梦得　念奴娇·中秋宴客，有怀壬午岁吴江长桥

洞庭波冷，望冰轮初转，沧海沉沉。万顷孤光云阵卷，长笛吹破层阴。汹涌三江，银涛无际，遥带五湖深。酒阑歌罢，至今鼍怒龙吟。　　回首江海平生，漂流容易散，佳期难寻。缥缈高城风露爽，独倚危槛重临。醉倒清尊，姮娥应笑，犹有向来心。广寒宫殿，为予聊借琼林。

叶梦得　　念奴娇·云峰横起

云峰横起，障吴关三面，真成尤物。倒卷回潮目尽处，秋水黏天无壁。绿鬓人归，如今虽在，空有千茎雪。追寻如梦，温余诗句犹杰。　　闻道尊酒登临，孙郎终古恨，长歌时发。万里云屯瓜步晚，落日旌旗明灭。鼓吹风高，画船遥想，一笑吞穷发。当时曾照，更谁重问山月。

李　光　　念奴娇·榕林叶暗

符昌言写寄朱胡梅词，酬唱语皆不凡，因次其韵

榕林叶暗，见一枝独放，霜华争白。写我精神惟赖有，潇

洒西湖词客。玉骨清羸，冰容冷落，似恨关山隔。蛮烟侵妒，未应减动肌雪。　　幽梦时绕芳枝，夜寒谁见我，身为蝴蝶。抱蕊窥丛惊睡觉，窗影横斜和月。谢馆池边，松风亭下，忍使香消歇。多情饶恨，算应天解磨折。

刘一止　　念奴娇·和曾宏父九日见贻

江边故国，望南云缥缈，连山修木。远忆渊明束带见，乡里儿曹何辱。世味熏人，折腰从事，俯仰何时足。可怜菊下，醉吟谁共征逐。　　我爱九日佳名，飘然归思，想当年丘谷。梦绕篱边犹眷恋，满把清尊余馥。援笔洪都，如君英妙，满座方倾属。月台挥袖，叫云声断横玉。

刘一止　　念奴娇·故山秋晚

故山秋晚，叹萧萧华发，霜林同色。崖谷题诗追旧赏，往往苍苔绿壁。二士权奇，一翁衰病，努力攀筇屐。佛香吹过，了知境是空寂。　　别后风月佳时，拄颐何事，想东林遥碧。小研蛮笺惊秀句，天巧何曾雕刻。倚马雄才，凌云逸气，路觉丹霄直。三千牍就，看君归奏文石。

刘一止　　念奴娇·和陈元载中秋小集

燕台暮集，对秋容凄紧，松阴幂幂。徙倚阑边临翠壑，千顷风烟横出。坐待冰轮，天空云散，一色如苍璧。姮娥有意，为谁来赴今夕。　　身世如许飘流，佳时轻过了，他年空忆。我辈情钟端未愧，昔日兰亭陈迹。坐上何人，骊歌凄断，语别还应惜。有心红烛，替人珠泪频滴。

刘一止　　念奴娇·中秋后一夕泊舟城外

水烟收尽，望汀蘋千顷，银光如幂。霜镜无痕清夜久，惟有惊鱼跳出。月在杯中，我疑天赐，欢饮仍如璧。姮娥应为，后期偿赛今夕。　　遥想当日同盟，山斋孤讽，有新诗相忆。聚散难常空怅望，萍梗飘流踪迹。明月明年，此身此夜，知与谁同惜。参横河侧，短篷清露时滴。

刘一止　　念奴娇·小舟漂兀

小舟漂兀，犯溪烟深入，无穷寒碧。路绕莲塘浑乱眼，千

顷朱朱白白。闻说高情，寻盟鸥鹭，爱此风标客。掀髯一笑，顿忘身世形迹。　　我爱古邑风流，碧峰争秀峙，相持如掖。制锦才雄应未怕，百里文书堆积。吏散庭空，举觞邀月，饮兴何妨剧。却怜宣子，杖头才挂钱百。

田　为　　　　念奴娇·嫩冰未白

嫩冰未白，被霜风换却，满院秋色。小阁深沉围坐促，初拥红炉宜窄。帘密收香，窗明迟夜，砚冷凝新滴。无人知道，个中多少岑寂。　　翻念一枕高唐，当年仙梦觉，难寻消息。睡起微醒衣袖重，不管腰支犹索。旋暖银簧，时添酥字，笋玉寒无力。如今肠断，暮云依旧凝碧。

王庭珪　　　　念奴娇·上元

少年时节，见皇州灯火，衣冠朝市。天汉桥边瞻凤辇，帘幕千家垂地。人似神仙，身游佛国，谪堕红尘里。如今憔悴，渐无往岁欢味。　　此夜帝里喧传，太平祥瑞，有街头人醉。更值端门新又起，楼阙千兵严卫。朝野多欢，边庭初静，歌舞方腾沸。良宵好景，异时多少遗事。

朱敦儒　　　　念奴娇·见梅惊笑

见梅惊笑，问经年何处，收香藏白。似语如愁，却问我、何苦红尘久客。观里栽桃，仙家种杏，到处成疏隔。千林无伴，澹然独傲霜雪。　　且与管领春回，孤标争肯接、雄蜂雌蝶。岂是无情，知受了、多少凄凉风月。寄驿人遥，和羹心在，忍使芳尘歇。东风寂寞，可怜谁为攀折。

朱敦儒　　　　念奴娇·插天翠柳

插天翠柳，被何人、推上一轮明月。照我藤床凉似水，飞入瑶台琼阙。雾冷笙箫，风轻环佩，玉锁无人掣。闲云收尽，海光天影相接。　　谁信有药长生，素娥新炼就、飞霜凝雪。打碎珊瑚，争似看、仙桂扶疏横绝。洗尽凡心，满身清露，冷浸萧萧发。明朝尘世，记取休向人说。

朱敦儒　　　　念奴娇·晚凉可爱

晚凉可爱，是黄昏人静，风生蘋叶。谁做秋声穿细柳，初

听寒蝉凄切。旋采芙蓉，重熏沉水，暗里香交彻。拂开冰簟，小床独卧明月。　老来应免多情，还因风景好，愁肠重结。可惜良宵人不见，角枕兰衾虚设。宛转无眠，起来闲步，露草时明灭。银河西去，画楼残角呜咽。

朱敦儒　　念奴娇·老来可喜

老来可喜，是历遍人间，谙知物外。看透虚空，将恨海愁山，一时挼碎。免被花迷，不为酒困，到处惺惺地。饱来觅睡，睡起逢场作戏。　休说古往今来，乃翁心里，没许多般事。也不蕲仙不佞佛，不学栖栖孔子。懒共贤争，从教他笑，如此只如此。杂剧打了，戏衫脱与呆底。

朱敦儒　　念奴娇·素秋天气

约友中秋游长桥，魏倅邦式不预，作念奴娇，和其韵

素秋天气，是登山临水，昔人悲处。我遇清时无个事，好约莺迁鸿翥。旋整兰舟，多携芳酝，笑里轻帆举。松江缆月，望云飞棹延伫。　别乘文雅风流，新词光万丈，珠连锦聚。恨不同游，指浩渺、玉宇琼楼相付。桂子收香，蟾辉采露，暂辍尊前舞。丝囊封寄，倩他双翠衔去。

朱敦儒　　念奴娇·杨子安侍郎寿

腊回春近，正日添宫线，香传梅驿。玉律冰壶此际显，天与奇才英识。贯日孤忠，凌云独志，曾展回天力。功名由命，等闲却铩鸾翮。　谁信夫子如今，眠云情意稳，风尘机息。邂逅初心得计处，伊水鸥闲波碧。但恐天教，经纶缘在，未遂紫烟客。君王图旧，看公归觐京国。

朱敦儒　　念奴娇·垂虹亭

放船纵棹，趁吴江风露，平分秋色。帆卷垂虹波面冷，初落萧萧枫叶。万顷琉璃，一轮金鉴，与我成三客。碧空寥廓，瑞星银汉争白。　深夜悄悄鱼龙，灵旗收暮霭，天光相接。莹澈乾坤，全放出、叠玉层冰宫阙。洗尽凡心，相忘尘世，梦想都销歇。胸中云海，浩然犹浸明月。

朱敦儒　　念奴娇·别离情绪

别离情绪，奈一番好景，一番悲戚。燕语莺啼人乍远，还

是他乡寒食。桃李无言，不堪攀折，总是风流客。东君也自，怪人冷淡踪迹。　　花艳草草春工，酒随花意薄，疏狂何益。除却清风并皓月，脉脉此情谁识。料得文君，重帘不卷，且等闲消息。不如归去，受他真个怜惜。

邵　博　　念奴娇·天然潇洒

天然潇洒，尽人间、无物堪齐标格。只与姮娥为伴侣，方显一家颜色。好是多情，一年一度，首作东君客。竹篱茅舍，典刑别是清白。　　惆怅玉杵无凭，蓝桥人去，空锁神仙宅。今日天涯凭马上，忽见轻盈冰魄。恰似当年，温柔乡里，晓看新妆额。临风三嗅，挽条不忍空摘。

赵　佶　　念奴娇·御制

雅怀素态，向闲中、天与风流标格。绿锁窗前湘簟展，终日风清人寂。玉子声乾，纹楸色净，星点连还直。跳丸日月，算应局上销得。　　全似落浦斜晖，寒鸦游鹭，乱点沙汀碛。妙算神机，须信道、国手都无勍敌。玳席欢余，芸堂香暖，赢取专良夕。桃源归路，烂柯应笑凡客。

李　纲　　念奴娇·汉武巡朔方

茂陵仙客，算真是、天与雄才宏略。猎取天骄驰卫霍，如使鹰鹯驱雀。鏖战皋兰，犁庭龙碛，饮至行勋爵。中华强盛，坐令夷狄衰弱。　　追想当日巡行，勒兵十万骑，横临边朔。亲总貔貅谈笑看，黠虏心惊胆落。寄语单于，两君相见，何苦逃沙漠。英风如在，卓然千古高著。

李　纲　　念奴娇·宪宗平淮西

晚唐姑息，有多少方镇，飞扬跋扈。淮蔡雄藩联四郡，千里公然旅拒。同恶相资，潜伤宰辅，谁敢分明语。媕婀群议，共云旄节应付。　　於穆天子英明，不疑不贰处，登庸裴度。往督全师威令使，擒贼功名归诉。半夜衔枚，满城深雪，忽已亡悬瓠。明堂坐治，中兴高映千古。

李　纲　　念奴娇·中秋独坐

暮云四卷，淡星河、天影茫茫垂碧。皓月浮空，人尽道、

端的清圆如璧。丹桂扶疏，银蟾依约，千古佳今夕。寒光委照，有人独坐秋色。　　怅念老子平生，粗令婚嫁了，超然闲适。误缚簪缨遭世故，空有当时胸臆。苒苒流年，春鸿秋燕，来往终何益。云山深处，这回真是休息。

张　纲　　念奴娇·次韵张仲远

是日醉甚，逃席

论思厌久，动莼鲈清兴，轻辞丹极。佩玉腰金归故里，光照湖山秋色。八座仪刑，九重尊宠，才大今词伯。汉家豪俊，一时谁是勍敌。　　三径旧日家声，华堂深稳处，频开瑶席。春在壶中真自有，一境珠宫仙掖。谭麈挥风，罚筹如猬，数困尊前客。故应元放，举杯狂醉轻掷。

张　纲　　念奴娇·次韵李公显木樨

多情宋玉，值西风摇落，悲秋时节。赖有幽芳深解意，的皪枝头争发。欲语含羞，敛容微笑，心事如何说。暗香时度，卷帘留伴霜月。　　谁为赋写仙姿，挥毫落纸，有尊前词客。独倚阑干须信道，消得孤吟愁绝。补阙骚经，拾遗香传，顿许居前列。品题多谢，一枝当为君折。

李清照　　念奴娇·春情

萧条庭院，又斜风细雨，重门须闭。宠柳娇花寒食近，种种恼人天气。险韵诗成，扶头酒醒，别是闲滋味。征鸿过尽，万千心事难寄。　　楼上几日春寒，帘垂四面，玉阑干慵倚。被冷香消新梦觉，不许愁人不起。清露晨流，新桐初引，多少游春意。日高烟敛，更看今日晴未。

李　邴　　念奴娇·素光练净

素光练净，映秋山、隐隐修眉横绿。鸡鹊楼高天似水，碧瓦寒生银粟。千丈斜晖，奔云涌雾，飞过卢仝屋。更无尘气，满庭风碎梧竹。　　谁念鹤发仙翁，当年曾共赏，紫岩飞瀑。对影三人聊痛饮，一洗离愁千斛。斗转参横，翩然归去，万里骑黄鹄。满川霜晓，叫云吹断横玉。

韩　驹　　念奴娇·月

海天向晚，渐霞收余绮，波澄微绿。木落山高真个是，一

雨秋容新沐。唤起嫦娥，撩云拨雾，驾此一轮玉。桂华疏淡，广寒谁伴幽独。　　不见弄玉吹箫，尊前空对此，清光堪掬。雾鬓风鬟何处问，云雨巫山六六。珠斗斓斒，银河清浅，影转西楼曲。此情谁会，倚风三弄横竹。

姚孝宁　　念奴娇·咏月

素娥睡起，驾冰轮碾破，一天秋绿。醉倚高楼风露下，凛凛寒生肌粟。横管孤吹，龙吟风劲，雪浪翻银屋。壮游回首，会稽何限修竹。　　今夜对月依然，尊前须快泻，山头鸣瀑。吸此清光倾肺腑，洗我明珠千斛。只恐婵娟，明年依旧，衰鬓先成鹄。举杯相劝，为予且挂团玉。

宋　江　　念奴娇·天南地北

天南地北，问乾坤何处，可容狂客。借得山东烟水寨，来买凤城春色。翠袖围香，鲛绡笼玉，一笑千金值。神仙体态，薄幸如何销得。　　回想芦叶滩头，蓼花汀畔，皓月空凝碧。六六雁行连八九，只待金鸡消息。义胆包天，忠肝盖地，四海无人识。闲愁万种，醉乡一夜头白。

连仲宣　　念奴娇·暗黄著柳

暗黄著柳，渐寒威收敛，日和风细。□□端门初锡宴，郁郁葱葱佳气。太一行春，青藜照夜，夜色明如水。鳌山彩结，恍然移在平地。　　曲盖初展湘罗，玉皇香案，近雕阑十二。夹道红帘齐卷上，两行绝新珠翠。清跸声干，传柑宴罢，闪闪星球坠。下楼归去，觚棱月衔龙尾。

蔡　柟　　念奴娇·寄仙岩辛承旨

碧梧转影，正露冷天高，凉生襟袖。此夕清辉，谁信道、夜色居然如昼。玉斧重修，宝奁初启，万里寒光透。将军高会，翠鬟争劝尊酒。　　遥想地近仙丘，碧山高处，引手攀星斗。醉嘱姮娥，惟但愿、月与佳人长久。罗覆银鞍，雨抛金甲，赢得诗千首。掀髯一笑，此怀人解知否。

李久善　　念奴娇·东君试手

东君试手，向南枝著意，争先时节。纵有丹青谁便忍，轻

点肌肤冰雪。色借琼瑰，香分兰麝，元自标孤洁。冲寒独秀，误他多少蜂蝶。　　缟练不染缁尘，算来□合是，广寒宫阙。未问阳和先占取，前村一溪风月。留取清芬，主张真态，驿使休轻折。梢头青子，异时风味甚别。

苏仲及　　念奴娇·问梅何事

问梅何事，对岩东微笑，暗中轻馥。韵绝姿高直下视，红紫端如童仆。绕树千回，临风三嗅，待与论心曲。何人还解，为伊特地青目。　　潇洒些个精神，谁怜孤瘦，正无语幽独。不许春知应自负，一生风月心足。傲雪难陪，欺霜无伴，耿耿横修竹。纷纷桃李，□□□□□□。

蔡　仲　　念奴娇·凌空宝观

凌空宝观，乍登临、多少伤离情味。淼淼烟波吴会远，极目江淮无际。槛外长江，楼中红袖，淡荡秋光里。一声横吹，半滩鸥鹭惊起。　　因念邃馆香闺，玉肌花貌，有盈盈仙子。弄水题红传密意，宝墨银钩曾寄。泪粉香销，碧云□杳，脉脉人千里。一弯新月，断肠危栏独倚。

蔡　仲　　念奴娇·岁华晼晚

岁华晼晚，念羁怀多感，佳会难卜。草草杯盘聊话旧，同剪西窗寒烛。翠袖笼香，双蛾敛恨，低按新翻曲。无情风雨，断肠更漏催促。　　匆匆归骑难留，鸾屏鸳被，忍良宵孤宿。回首幽欢成梦境，唯觉衣襟芬馥。海约山盟，云情雨意，何日教心足。不如不见，为君一味愁蹙。

蔡　仲　　念奴娇·画堂宴阕

画堂宴阕，望重帘不卷，轻哑朱户。悄悄回廊，惊渐闻、蟋蟀凌波微步。酒力融春，香风暗度，携手偎金缕。低低笑问，睡得直个稳否。　　因念隔阔经年，除非魂梦里，有时相遇。天意怜人心在了，岂信关山遐阻。晓色朦胧，柔情眷恋，后约叮咛语。休教肠断，楚台朝暮云雨。

蔡　仲　　念奴娇·当年豪放

当年豪放，况朋侪俱是，一时英杰。逸气凌云，佳丽地、

独占春花秋月。冶叶倡条，寻芳选胜，是处曾攀折。昔游如梦，镜中空叹华发。　　邂逅萍梗相逢，十年往事，忍尊前重说。茂绿成阴春又晚，谁解丁香千结。宝瑟弹愁，玉壶敲怨，触目堪愁绝。酒阑人静，为君肠断时节。

蔡　伸　　念奴娇·轻雷骤雨

轻雷骤雨，洗千岩浓翠，层峦森列。衣袂凉生，从竹外、时有飞萤明灭。云浪鳞鳞，兰舟泛泛，共载一轮月。五湖当日，未应此段奇绝。　　归路横玉惊鸾，叫云清似水，悠飏天末。玉宇琼林凝望处，依约广寒宫阙。老去情钟，此心仍在，未肯甘华发。清欢留作，异时嘉话重说。

李弥逊　　念奴娇·瑶池倒影

瑶池倒影，露华浓、群玉峰峦如洗。明镜平铺秋水净，寒锁一天空翠。荷芰风摇，蘋蘩波动，惊起鱼龙戏。扶疏桂影，十分光照人世。　　谁似，老子痴顽，胡床危坐，自引壶觞醉。斗转参横歌未彻，屋角乌飞星坠。对影三人，停杯一问，谁会骑鲸意。金牛何处，玉楼高耸十二。

李弥逊　　念奴娇·坐上次王伯开韵

风帘弄景，正闲堂永昼，香销人寂。轧轧邻机芳思乱，愁入回文新织。燕蹴巢泥，莺喧庭柳，好梦无踪迹。那堪春事，背人何计留得。　　谁似爱酒南邻，岸巾坦腹，醉踏西山碧。彩笔阳春传雁足，催我飞觞浮白。老去情怀，凭君试看，鬓上秋霜色。故园千里，月华空照相忆。

李弥逊　　念奴娇·癸卯亲老生辰寄武昌

楚天木落，际平芜千里，寒霜凝碧。鄂渚波横何处是，当日孙郎赤壁。黄耳音稀，白云望远，又见春消息。嘉辰长记，谢池梅蕊初摘。　　遥想黄鹤楼高，兰阶丝管沸，传觞如织。倦客心驰归路绕，不及南飞双翼。固著斑衣，重翻锦字，寄远供新拍。明年欢侍，寿期应献千百。

王以宁　　念奴娇·淮上雪

天工何意，碎琼珰玉佩，书空千尺。箬笠蓑衫扁舟下，淮

口烟林如织。飞观嶙峋，子亭突兀，影浸澄淮碧。纶巾鹤氅，是谁独笑携策。　　遥想易水燕山，有人方醉赏，六花如席。云重天低酣歌罢，胆壮乾坤犹窄。射雉归来，铁鳞十万，踏碎千山白。紫箫声断，唤回春满南陌。

王以宁　　念奴娇·云收天碧

云收天碧，渐风高露冷，群喧初寂。远浦归舟荒渡口，搴篷横棹堤侧。一带澄江，十分蟾影，千里寒光白。襟怀迎爽，有人独步携策。　　遥想帘卷琼楼，凭阑凝望，此意知何极。声断秦箫双凤驾，凌厉飞仙同籍。问汉乘槎，采珠临海，往事空踪迹。莫辞吟赏，终宵清景难得。

王以宁　　念奴娇·晚烟凝碧

晚烟凝碧，渐渔村山市，人归寂寂。有客飞舟还顾访，应讶纶巾攲侧。得意忘年，推诚投分，高论追元白。英标逸气，笑予穷抱真策。　　兴尽又复言归，秋风分袂，浩荡思无极。咫尺昭山明翠壁，那知中隐咸籍。说梦难听，闭门寻梦，肯念栖萍迹。浪吟狂醉，几时还共重得。

张元幹　　念奴娇·江天雨霁

江天雨霁，正露荷擎翠，风槐摇绿。试问秦楼今夜里，愁到阑干几曲。笑捻黄花，重题红叶，无奈归期促。暮云千里，桂华初绽寒玉。　　有谁伴我凄凉，除非分付与，杯中醽醁。水本无情山又远，回首烟波云木。梦绕西园，魂飞南浦，自古情难足。旧游何处，落霞空映孤鹜。

张元幹　　念奴娇·蕊香深处

丁卯上巳，燕集叶尚书蕊香堂赏海棠，即席赋之

蕊香深处，逢上巳、生怕花飞红雨。万点胭脂遮翠袖，谁识黄昏凝伫。烧烛呈妆，传杯绕槛，莫放春归去。垂丝无语，见人浑似羞妒。　　修禊当日兰亭，群贤弦管里，英姿如许。宝靥罗衣，应未有、许多阳台神女。气涌三山，醉听五鼓，休更分今古。壶中天地，大家著意留住。

张元幹　　念奴娇·代洛滨次石林韵

吴松初冷，记垂虹南望，残日西沈。秋入青冥三万顷，蟾

影吞尽湖阴。玉斧为谁，冰轮如许，宫阙想寒深。人间奇观，古今豪士悲吟。　　苍弁丹颊仙翁，淮山风露底，曾赋幽寻。老去专城仍好客，时拥歌吹登临。坐揖龙江，举杯相属，桂子落波心。一声猿啸，醉来虚籁千林。

张元幹　　念奴娇·题徐明叔海月吟笛图

秋风万里，湛银潢清影，冰轮寒色。八月灵槎乘兴去，织女机边为客。山拥鸡林，江澄鸭绿，四顾沧溟窄。醉来横吹，数声悲愤谁测。　　飘荡贝阙珠宫，群龙惊睡起，冯夷波激。云气苍茫吟啸处，鼍吼鲸奔天黑。回首当时，蓬莱方丈，好个归消息。而今图画，谩教千古传得。

张元幹　　念奴娇·寒绡素壁

寒绡素壁，露华浓、群玉峰峦如洗。明镜池开秋水净，冷浸一天空翠。荷芰波生，菰蒲风动，惊起鱼龙戏。山河影里，十分光照人世。　　谁似老子痴顽，胡床欹坐，自引壶觞醉。醉里悲歌歌未彻，屋角乌飞星坠。对影三人，停杯一问，谁解骑鲸意。玉京何处，翠楼空锁十二。

张元幹　念奴娇·己卯中秋和陈丈少卿韵

垂虹望极，扫太虚纤翳，明河翻雪。一碧天光波万顷，涌出广寒宫阙。好事浮家，不辞百里，俱载如花颊。琴高双鲤，鼎来同醉孤绝。　　浩荡今夕风烟，人间天上，别似寻常月。陶冶三高千古恨，赏我中秋清节。八十仙翁，雅宜图画，写取横江楫。平生奇观，梦回犹竦毛发。

吕渭老　　念奴娇·赠希文宠姬

暮云收尽，霁霞明、高拥一轮寒玉。帘影横斜房户静，小立啼红蔌蔌。素鲤频传，蕉心微展，双蕊明红烛。开门疑是，故人敲撼窗竹。　　长记那里西楼，小寒窗静，尽掩风筝鸣屋。泪眼灯光情未尽，尽觉语长更促。短短霞杯，温温罗帕，妙语书裙幅。五湖何日，小舟同泛春绿。

王之道　　念奴娇·和鲁如晦中秋

碧天无际，乍雨清烟霭，风开云月。人在南楼，剧谈胜

咏，拥碧油旌节。银阙腾辉，冰轮驾彩，颢气资高洁。大星不见，更容萤火明灭。　　须烦翠杓琼杯，华笺象管，与我酬清绝。谁使琵琶声到耳，轻赋荻花枫叶。露脚斜飞，河阴低转，香篆环三杰。莫辞终日，舞腰重看回雪。

王之道　　念奴娇·和张文伯重阳前雨

黄花照眼，对西风庭槛，为渠凝伫。准拟登高酬一醉，底事晚来微雨。蟋蟀声中，芭蕉叶上，怎得争如许。龙山何处，无言暗想烟树。　　须知天意随人，重阳晴未晚，不须频诉。幸有兵厨三万斛，足助赏心欢趣。千里江山，两行珠翠，端为骚人付。层楼飞观，应容老子追步。

曾　惇　　念奴娇·送淮漕钱处和

绣衣直指，问凌风一笑，翩然何许。诏出层霄持汉节，千里秋风淮浦。鉴远江山，竹西歌吹，曾被腥膻污。须君椽笔，为渠一洗尘土。　　休厌共倒金荷，翠眉重为唱，渭城朝雨。看即扬鞭归骑稳，还指郁葱深处。宝带兼金，华鞯新绣，直上云霄去。回头莫忘，玉霄今夜风露。

杨无咎　　念奴娇·单于吹罢

单于吹罢，望西山乞得，斜阳收脚。素魄旋升，听桂子、风里时时飘落。莹彻杯盘，冷侵毛发，浑不胜衣著。天公有意，为人掀尽云幕。　　童稚犹也多情，广庭扫净草，不容纤恶。步绕周遭，疑便是、踏雪当年东郭。慢引歌声。响穿云际，直使姮娥觉。一尊重酹，为言千载同约。

曹　勋　　念奴娇·林檎

禁烟过也，正东风浓拂，来禽奇绝。翠叶修条千万点，轻染微红香雪。霁景烘云，暖梢吹绽，浩荡春容阔。棠阴已静，此花标韵终别。　　犹记宝帖开缄，如何青李，与佳名齐列。秀实甘芳莫待看，叶底匀圆堪折。且赏琼苞，繁英插鬓，淡伫留风月。宜将图画，有时凝想重阅。

曹　勋　　念奴娇·送李士举

公家世德，建凌烟勋业，中兴长策。三十年来，皆帝扆殊

选，金瓯名迹。眷倚江南，澄清一道，遴柬惟公得。西清严秘，龙光高动奎壁。　　深殿衣惹天香，皇华原野，接萧萧秋色。六筦均输行奏课，唐室家声皆识。老我相逢，萍蓬飘转，晚景俱头白。西山南浦，溯风衰泪横臆。

曹　勋　　念奴娇·瑑冰铸雪

瑑冰铸雪，赋神情天壤，无伦香泽。月女霜娥，直是有如许，清明姿色。细玉钗梁，温琼环佩，语好新音发。相逢一笑，桂宫连夜寒彻。　　应是第一瑶台，水晶宫殿里，飞升仙列。小谪尘寰缘契合，同饮银浆凝结。醉里归来，魂清骨醒，乍向层城别。晓风吹袂，冷香犹带残月。

曹　勋　　念奴娇·持节道京城中秋日

五门照日，是真人膺箓，炎图家国。二百年来，抚四海安乐，六服承德。虎旅横江，胡尘眯眼，恨有中原隔。宫城缺处，望来消尽金碧。　　征辔暂款神州，期宽北顾，且驰驱朝夕。皓彩流天宁忍见，双阙笼秋月色。欲饮无憀，还成长叹，清泪空横臆。请缨无路，异时林下犹忆。

曹　勋　　念奴娇·烘帘昼暖

烘帘昼暖，正飞花堆锦，风迟烟暮。绿叶成阴春又老，甲子谁能重数。梅已青圆，雪深犹记，曾捻疏枝否。须知物外，这些光景常驻。　　闻道江水东头，同门相过，不作儿女语。醉墨凌波歌数阕，心迹都忘逆旅。胸次扶遥，壶中光景，肯与人同趣。栖尘功就，浩然俱待飞去。

曹　勋　　念奴娇·半阴未雨

半阴未雨，洞房深、门掩清润芳晨。古鼎金炉，烟细细、飞起一缕轻云。罗绮娇春，争拢翠袖，笑语惹兰芬。歌筵初罢，最宜斗帐黄昏。　　楼上念远佳人，心随沉水，学兰炧俱焚。事与人非，争似此、些子香气常存。记得临分，罗巾余赠，尽日把浓熏。一回开看，一回肠断重闻。

陆凝之　　念奴娇·远山一带

远山一带，溯晴空、极目天涯浮白。枫落鸦翻谈笑处，不

觉云涛横席。酒病方苏，睡魔犹殢，一扫无留迹。吴帆越棹，恍然飞上空碧。　　长记草赋梁园，凌云笔势，倒三江秋色。对此惊心空怅望，老作红尘闲客。别浦烟平，小楼人散，回首千波寂。西风归路，为君重喷霜笛。

史　浩　　念奴娇·中秋

碧天似水，看常娥摩出，一轮寒璧。桂魄扶疏光照耀，尘界都成银色。万象森罗，羞明卷彩，黯淡唯今夕。风高露重，井梧湿翠时滴。　　谁信鹤发婆娑，鄮峰真隐，对影为三益。虎绕龙蟠丹就后，一颗清辉的国。不养银蟾，不关玉兔，到处无亏蚀。三千行满，也能飞上璇极。

史　浩　　念奴娇·次韵商筑叟秋香

银潢耿耿，正露零仙掌，尘空天幕。碧玉扶疏□万朵，偏称水村山郭。巧酝檀英，密包金粟，只待清秋著。三春桃李，自应束在高阁。　　好是月窟奇标，东堂幽韵，不管西风恶。独立盈盈回首笑，白苇丹枫索索。折向冰壶，莫教纱帽，醉里轻簪却。浓芳长在，□疑身在雪壑。

史　浩　　念奴娇·枝头蓓蕾

亲情拾得一婢，名念奴，雪中来归

枝头蓓蕾，褪红绡微露，江南春色。多谢东风吹半朵，来入骚人瑶席。粉脸轻红，芳心羞吐，别有真消息。妆台帘卷，寿阳著意留得。　　好是雪满群山，玉纤频捻，泛清波文鹢。深院相逢人尽道，标格都从天锡。梦蝶徒劳，霜禽休妒，争奈伊怜惜。高楼谁倚，寄言休为横笛。

史　浩　　念奴娇·次韵楼友观潮

银塘江上，展鲛绡初见，长天一色。风拭菱花光照眼，谁许红尘轻积。转盼冯夷，奔云起电，两岸惊涛拍。振空破地，水龙争喷吟笛。　　客有步屧江干，胸吞奇观，寄英词元白。素壁淋浪翻醉墨，飘洒神仙踪迹。好待波匀，横飞小艇，快引香筒碧。烟消月出，不眠拚了通夕。

仲　并　　念奴娇·冬至夜作

灰飞嶰竹，庆群阴消尽，新阳来复。云物呈祥连瑞霭，烟气纷纷馥馥。紫陌香衢，朱檐影里，罗绮花成簇。岭梅惊暖，数枝争绽寒玉。　　有人袅袅盈盈，今朝特地，为我新妆束。娇倚银床添绣线，长喜修眉舒绿。不道多情，锦屏罗幌，难得欢生足。谁知今夜，玉壶银漏催促。

仲　并　　念奴娇·和耿时举赋雪韵

江南春早，尚余寒门巷，杨花飘逐。一色初梅开尽也，不数芳园红绿。珍重骚人，幽怀分寄，高韵歌黄竹。六花羞避，满笺凌乱琼玉。　　应念有客长安，履穿东郭，无与怜穷独。鼓棹前溪非兴尽，寒怯水栖岩宿。咫尺君家，瑶田无径，冰柱排银屋。瓮头春到，唤回晚梦清熟。

仲　并　　念奴娇·王守生辰

金縢事业，庆丹青千载，勋在王室。圣主英明平万国，天产非常人物。岳渎分灵，熊罴符梦，五百年方出。致君尧舜，要须纯用经术。　　须信凤阁仙人，风流文采，蔼家声如昔。献纳司存持禁橐，合历三台清秩。倦宿承明，乞麾临郡，暂辍金闺直。五云深处，一星今在南极。

仲　并　　念奴娇·浮远堂

练江风静，卧冰奁百尺，朱阑飞入。江远浮天天在水，水满半天云湿。白鸟明边，青山断处，眼冷江头立。月明潮上，苇间渔唱声急。　　几度吹老蘋花，野香无数，欲寄应难及。天借诗人供醉眼，尊俎一时收拾。竹里行厨，花间步障，风雨生呼吸。酒阑歌罢，钓船先具蓑笠。

曾　觌　　念奴娇·霁天湛碧

霁天湛碧，正新凉风露，冰壶清彻。河汉无声□□□，涌出银蟾孤绝。岩桂香飘，井梧影转，冷浸宫袍洁。西厢往事，一帘幽梦凄切。　　肠断楚峡云归，尊前无绪，只有愁如发。此夕姮娥应也恨，冷落琼楼金阙。禁漏迢迢，边鸿杳杳，密意凭谁说。阑干星汉，落梅三弄初阕。

曾 觌　　念奴娇·席上赋林檎花

群花渐老，向晓来微雨，芳心初拆。拂掠娇红香旖旎，浑欲不胜春色。淡月梨花，新晴繁杏，装点成标格。风光都在，半开深院人寂。　刚要买断东风，袅栾枝低映，舞茵歌席。记得当时曾共赏，玉人纤手轻摘。醉里妖饶，醒时风韵，比并堪端的。谁知憔悴，对花空恁思忆。

曾 觌　　念奴娇·赏芍药

人生行乐，算一春欢赏，都来几日。绿暗红稀春已去，赢得星星头白。醉里狂歌，花前起舞，拚罚金杯百。淋漓宫锦，忍辜妖艳姿色。　须信殿得韶光，只愁花谢，又作经年别。嫩紫娇红还解语，应为主人留客。月落乌啼，酒阑烛暗，离绪伤吴越。竹西歌吹，不堪老去重忆。

曾 觌　　念奴娇·媚容素态

余年十八寓符离，临行，作此词

媚容素态，比群花、赢了风流颜色。昵枕低帏销受得，□□轻怜深惜。怎望如今，瓶沉簪折，蓦地成疏隔。□□夕雨，甚时重见踪迹。　门外暂泊兰舟，一行霜树，□一重山碧。泪眼相看争忍望，天际孤村寒驿。汴水无情，催人东去，去也添愁寂。鳞鸿方便，为人传个消息。

倪 偁　　念奴娇·和李汉老词

八月十三夜，与宋卿对月赏桂花于光远庵

素秋向晚，正洞庭木落，疏林凋绿。惟有岩前双桂树，翠叶香浮金粟。皓月飞来，徘徊树杪，光射林间屋。夜深人静，好风忽起庭竹。　俄顷万籁号鸣，清寒疑乍，听高岩悬瀑。起看碧天澄似洗，应费明河千斛。细酌鹅黄，宴搜奇句，逸气凌鸿鹄。浩歌归去，却愁踏碎琼玉。

王之望　　念奴娇·坐上和何司户

堂堂七尺，懔一时人物，孤映三蜀。闲雅风流豪醉后，犹有临邛遗俗。十载虞庠，一官楚塞，雅操凌寒玉。江山千里，惠然来慰幽独。　落笔妙语如神，两章入手，不觉珠盈掬。

从此西归荣耀处，宁假华旌高纛。乐府新声，郢都余唱，应纪阳春曲。老夫一醉，故人高义堪服。

王之望　　念奴娇·蒙泉岁晚

荆门军宋签判、陶教授许尉同坐

蒙泉岁晚，偶扁舟、同泛一池寒渌。四者难并谁信道，草草幽欢能足。美景良辰，常心乐事，更有人如玉。今宵此会，陋邦惊破衰俗。　　豪俊傅粉诸孙，几年分袂，一笑还相逐。痛饮厌厌清夜永，那管更深催促。宋玉词章，陶潜风概，况继前贤躅。故人未至，座中仍对梅福。

王之望　　念奴娇·别妓

柳花飞絮，又还是、清明寂寞时节。洞府人间嗟素手，今日匆匆分拆。巧笑难成，含情谁解，顾影无颜色。风流满面，却成春恨凄恻。　　云鬓从亸金蝉，纷纷红泪，千点胭脂湿。聚调轻盈离调惨，声入低空愁碧。祖帐将收，骊驹欲驾，去也劳相忆。伤心南浦，断肠芳草如积。

毛　幵　　念奴娇·陪张子公登览辉亭

层栏飞栋，压孤城临瞰，并吞空阔。千古吴京佳丽地，一览江山奇绝。天际归舟，云中行树，鹭点汀洲雪。三山无际，眇然相望溟渤。　　凤幺遗响悲凉，故台今不见，苍烟芜没。千骑重来初起废，缅想六朝人物。岘首他年，羊公终在，笑几人磨灭。一时尊俎，且须同赋风月。

毛　幵　　念奴娇·次韵寄陆务观、韩无咎

少年奇志，笑功名画虎，文章刻鹄。永夜漫漫悲昼短，难挽苍龙衔烛。飞藿飘零，浮云迁变，过眼邮传速。昔人真意，眇然千载谁属。　　犹喜二子当年，诸公籍甚，赏云和孤竹。翰墨流传知几许，遗响宫商相续。梦里京华，不须惊叹，春草年年绿。赤霄归去，更看奔电喷玉。

毛　幵　　念奴娇·暮秋登石桥追和祝子权韵

十年湖海，叹潘郎憔悴，无心云阁。强起登临惊暮序，目极清霜摇落。散发层阿，振衣千仞，浩荡穷林壑。泬寥无际，

镜天收尽云脚。　　长啸声落悲风，想沧洲万里，当年归约。回首区中无限事，此意谁同商略。欲驾飞鸿，翩然独往，汗漫期相诺。滞留何事，坐令双鬓如鹤。

毛　幵　　念奴娇·次韵施德初席上

丽谯春晚，望东南千里，湖山佳色。画戟门前清似水，时节初过灯夕。封井年登，京华日近，每报平安驿。满城花柳，正须千骑寻觅。　　忆我年少追游，叨兔园客右，多惭英识。今日怀人无限意，老泪尊前重滴。赋咏空传，雄豪谁在，鬓点吴霜白。招呼一醉，幸公时慰愁寂。

毛　幵　　念奴娇·记梦

阿环家住阆风顶，绛阙瑶台相接。翳凤乘鸾人不见，隐隐霓裳云衱。秀骨贞风，长眉翠浅，映白咽红颊。非烟深处，渺然云浪千叠。　　一笑徐福扁舟，春风空老尽，当时童妾。骨冷魂清惊梦到，同看碧桃千叶。寄语青童，何时丹就，为我留琼笈。天鸡催晓，却愁吹堕尘劫。

毛　幵　　念奴娇·中秋夕

素秋新霁，风露洗寥廓，珠宫琼阙。帘幕生寒人未定，鹊羽惊飞林樾。河汉无声，微云收尽，相映寒光发。三千银界，一时无此奇绝。　　正是老子南楼，多情孤负了，十分佳节。起舞徘徊谁为我，倾倒杯中明月。欲揽姮娥，扁舟沧海，戏濯凌波袜。漏残钟断，坐愁人世超忽。

毛　幵　　念奴娇·追和张巨山牡丹词

倚风含露，似轻颦微笑，盈盈脉脉。染素匀红，知费尽、多少东君心力。国艳酣晴，天香融暖，画手争传得。绿窗朱户，晓妆谁见凝寂。　　独占三月芳菲，千花百卉，算难争春色。欲寄朝云无限意，回首京尘犹隔。舞破霓裳，一枝浑似，醉倚香亭北。旧欢如梦，老怀那更追惜。

毛　幵　　念奴娇·题曾氏溪堂

王孙老去，算无地倾倒，胸中豪逸。小筑三间便席卷，多少江山风月。万壑回流，千峰输秀，人境成三绝。登临佳处，

鸟飞不尽空阔。　　追念辋水斜川，有风流千载，渊明摩诘。何必斯人聊一笑，俯仰今犹前日。只恐东州，催成棠荫，又作三年别。赏心难继，莫教孤负华发。

韩元吉　　念奴娇·寄怀子云兄

中秋携儿辈步月至极目亭

去年秋半，正都门结束，相将离别。潋潋双溪新雁过，重见当时明月。步转高楼，凄凉看镜，绿鬓纷成雪。晚晴烟树，傍人飞下红叶。　　还记江浦潮生，云涛天际，涌金波一色。千里相望浑似梦，极目空山围碧。醉拍朱阑，满簪丹桂，细与姮娥说。倚风孤啸，恍然身在瑶阙。

韩元吉　　念奴娇·再用韵答韩子师

定交最早，叹西津几度，匆匆论别。世事浮云山万变，只有沧江横月。长忆追随，湖山好处，醉帽欹风雪。竹阴花径，兴来题尽桐叶。　　谁忆此地相逢，鬓毛君未白，眉添黄色。屈指烟霄归诏近，路入龙楼金碧。千载功名，一尊欢笑，会作他年说。倚天长剑，夜寒光透银阙。

韩元吉　　念奴娇·次陆务观见贻念奴娇韵

湖山泥影，弄晴丝、目送天涯鸿鹄。春水移船花似雾，醉里题诗刻烛。离别经年，相逢犹健，底恨光阴速。壮怀浑在，浩然起舞相属。　　长记入洛声名，风流觞咏，有兰亭修竹。绝唱人间知不知，零落金貂谁续。北固烟钟，西州雪岸，且共杯中绿。紫台青琐，看君归上群玉。

韩元吉　　念奴娇·次韵

春来离思，正楼台灯火、香凝金戟。扬子江头嘶骑拥，杨柳花飞留客。枚乘声名，谪仙风韵，更赋长相忆。酒阑相顾，起看月堕寒壁。　　尊前谁唱新词，平林真有恨、寒烟如织。燕雁横空梅蕊乱，醉里隔江闻笛。白发逢春，湖山好在，一笑千金直。待君归诏，买船重话畴昔。

朱淑真　　念奴娇·催雪

冬晴无雪，是天心未肯，化工非拙。不放玉花飞堕地，留

在广寒宫阙。云欲同时，霰将集处，红日三竿揭。六花翦就，不知何处施设。　　应念陇首寒梅，花开无伴，对景真愁绝。待出和羹金鼎手，为把玉盐飘撒。沟壑皆平，乾坤如画，更吐冰轮洁。梁园燕客，夜明不怕灯灭。

朱淑真　　念奴娇·鹅毛细剪

鹅毛细剪，是琼珠密洒，一时堆积。斜倚东风浑漫漫，顷刻也须盈尺。玉作楼台，铅镕天地，不见遥岑碧。佳人作戏，碎揉些子抛掷。　　争奈好景难留，风僝雨僽，打碎光凝色。总有十分轻妙态，谁似旧时怜惜。担阁梁吟，寂寥楚舞，笑捏狮儿只。梅花依旧，岁寒松竹三益。

侯　寘　　念奴娇·和王圣俞

沧浪万顷，厌尘缨、手掬清流频洗。落日孤云烟渚净，鸥没澄波心里。一舸横秋，两桡开浪，霜竹醒烦耳。萧萧风露，梦回月照船尾。　　须信闲少忙多，壶觞并赋咏，莫辜云水。乘兴前溪溪转□，隐约归帆天际。红蓼丹枫，黄芦白竹，总胜春桃李。浮丘何在，与君共跨琴鲤。

侯　寘　　念奴娇·竞春台榭

竞春台榭，媚东风、迤逦繁红成簇。方霁溪南帘绣卷，和气充盈华屋。金暖香彝，玉鸣舞佩，春笋调丝竹。乌衣宴会，远追王谢高躅。　　籍甚四海声名，林泉活计，未许翁知足。日日江边沙露静，人徯东来雕毂。八锦行持，五禽游戏，已受长生箓。衮衣蝉冕，最宜双鬓凝绿。

侯　寘　　念奴娇·探梅

衰翁憨甚，向尊前、手捻一枝寒玉。想见梅台花更好，一片琼田栖绿。短辔轻舆，大家同去，取酒偿醽醁。元来春晚，万包空间黄竹。　　休恨雪小云娇，出群风韵，已觉桃花俗。羯鼓声高回笑脸，怎得天公来促。江上风平，岭南人远，谁度单于曲。明朝酒醒，但余诗兴天北。

赵彦端　　念奴娇·雨斜风横

雨斜风横，正诗人闲倦，淮山清绝。弹压秋光江万顷，只欠凌波罗袜。好事幽人，怜予止酒，著意温琼雪。翠帷低卷，

怪来飞堕初月。　　凉夜华宇无尘，舞裙香渐暖，锦茵声阕。不分金莲随步步，谁遣芙蓉争发。赖得高情，湘歌洛赋，称作西风客。为君留住，不然飘去云阙。

赵彦端　　念奴娇·建安饯交代沈公雅

棠阴绿遍，正金菊芙蓉，争放时节。满路歌谣民五袴，底事逢车催发。结彩成门，攀辕卧辙，何计留连得。故园花柳，尽成憔悴难说。　　今夜祖席邮亭，主人来日，已是朝天客。旌旆匆匆从此去，□赏□湖风月。眷恋无因，笑啼不敢，那忍伤轻别。清□难驻，一杯聊送行色。

赵彦端　　念奴娇·中秋

姮娥万古，算清光常共、水清山绿。我欲蓬莱风露顶，眇视寰瀛一粟。携手群仙，广寒游戏，玉砌琉璃屋。归来一笑，葛陂还访骑竹。　　此夕纵饮清欢，吸寒辉万丈、快如飞瀑。倾倒银河斟斗杓，莫问人间荣辱。独倚阑干，浩歌长啸，惊堕云飞鹄。乱呼蟾兔，捣霜为驻颜玉。

王千秋　　念奴娇·水仙

开花借水，信天姿高胜，都无俗格。玉陇娟娟黄点小，依约西湖清魄。绿带垂腰，碧簪篸髻，索句撩元白。西清微笑，为渠模写香色。　　常记月底风前，水沉肌骨，瘦不禁怜惜。生怕因循纷委地，仙去难寻踪迹。缥槛深栽，彤帏密护，不肯轻抛释。等差休问，未容梅品悬隔。

王千秋　　念奴娇·荷叶浦雪中作

扁舟东下，正岁华将晚，江湖清绝。万点寒鸦高下舞，凝住一天云叶。映筱渔村，衡茅酒舍，淅沥鸣飞雪。壮怀兴感，悔将钗凤轻别。　　遥望杰阁层楼，明眸秾艳，许把同心结。东畎西倾浑未定，终恐前盟虚设。爇兽炉温，分霞酒满，此夕欢应狎。多情言语，又还知共谁说。

袁去华　　念奴娇·梅

蕊珠宫女弄幽妍，初著春心娇小。自白真香，浑胜似、姑射冰肌窈窕。带雪茅檐，临溪篱落，占却春多少。天寒日暮，

有人愁绝行绕。　　长记流水桥边，雨晴烟淡，袅一枝清晓。梦想经年开病眼，把酒风前一笑。花骨娇多，不禁人觑，只怕轻飞了。无端羌管，夜阑声入云杪。

袁去华　　念奴娇·和人韵

水边篱落独横枝，苒苒风烟岑寂。踏雪寻芳村路永，竹屋西头遥识。蕙草香销，小桃红未，醉眼惊春色。罗浮何处，断肠无限陈迹。　　憔悴素脸朱唇，天寒日暮，倚琅玕无力。岁晚天涯驿使远，难寄江南消息。自笑平生，怜清惜淡，故国曾亲植。百花虽好，问还有恁标格。

袁去华　　念奴娇·竹阴窗户荐微凉

竹阴窗户荐微凉，积雨郊墟新霁。万里飞云都过尽，天阙星河如洗。檐隙风来，流萤飘堕，苒苒还飞起。魂清骨冷，坐来衣润空翠。　　堪笑丘壑闲身，儒冠相误，著青衫朝市。功业君看清镜里，两鬓于今如此。身外纷纷，傥来适去，到了成何事。人生一世，种瓜何处无地。

袁去华　　念奴娇·次郢州张推韵

满城风雨近重阳，云卷天空垂幕。林表初阳光似洗，屋角呼晴双鹊。香泽方熏，烘帘初下，森森霜华薄。发妆酒暖，殢人须要同酌。　　老手为拂春山，休夸京兆扫，宫眉难学。客里清欢随分有，争似还家时乐。料得厌厌，云窗深锁，宽尽黄金约。不堪重省，泪和灯烬偷落。

袁去华　　念奴娇·九日

一番雨过一番凉，秋入苍崖青壁。昼日多阴，还又是、重九飘零江国。瘦水鳞鳞，长烟袅袅，枫叶千林赤。南山入望，为谁依旧佳色。　　随分绿酒黄花，联镳飞盖，总龙山豪客。人世高歌狂笑外，扰扰于身何得。短发萧萧，风吹乌帽，醉里从攲侧。明年虽健，未知何处相忆。

黄中辅　　念奴娇·炎精中否

炎精中否，叹人材委靡，都无英物。胡马长驱三犯阙，谁作长城坚壁。万国奔腾，两宫幽陷，此恨何时雪。草庐三顾，

岂无高卧贤杰。　　天意眷我中兴，吾皇神武，踵曾孙周发。河海封疆俱效顺，狂虏何劳灰灭。翠羽南巡，叩阍无路，徒有冲冠发。孤忠耿耿，剑铓冷浸秋月。

陆　淞　　　　念奴娇·和李汉老

黄橙紫蟹，映金壶潋滟，新醅浮绿。共赏西楼今夜月，极目云无一粟。挥麈高谈，倚栏长啸，下视鳞鳞屋。轰然何处，瑞龙声喷蕲竹。　　何况露白风清，银河澈汉，仿佛如悬瀑。此景古今如有价，岂惜明珠千斛。灏气盈襟，冷风入袖，只欲骑鸿鹄。广寒宫殿，看人颜似冰玉。

向　滈　　　　念奴娇·木樨

霜威凄紧，正悲风摇落，千山群木。十里清香方盛赏，岩桂娇黄姹绿。九畹衰丛，东篱落蕊，到此成粗俗。孤标高远，淡然还媚幽独。　　憔悴诗老多情，问佳人底事，幽居空谷。日暮天寒垂翠袖，愁倚萧萧修竹。林下神情，月边风露，不向雕栏曲。殷勤惟有，篆烟留得余馥。

程大昌　　　　念奴娇·呈苏季真提举

冰容玉格，笑桃杏、非是闺帏装束。待要舒华那更管，朔气凝波僵木。五鬣山松，万年宫树，仅仅存余绿。一枝寄赠，教渠知道春复。　　宁解车马成蹊，高标宜雪月，仍便溪谷。纵有知闻，谁办得、驾野凌寒秉烛。尽更荒闲，终难掩抑，风里香千斛。林垧兴尽，此时鼎味翻足。

程大昌　　　　念奴娇·海角怀人

彝卿国录不闲僻远，特为一来。则既幸佳词叙旧，谦褒交厚，不容虚辱，次韵为谢

海角怀人，长误喜、簌簌敲帘风竹。命驾翩然，谁信道、不怕溪山回曲。榻拂凝麈，香笼清宴，麈柄从挥玉。好音闻耳，慰心何啻跫足。　　犹记一桂专秋，创开殊选，倒峡余词力。往事茫茫十换岁，却共天涯醽醁。已分成翁，翘观赐带，上拥通仙录。休贪泉石，贤台闻用金筑。

曹　冠　　　　念奴娇·蜀川三峡

宋玉高唐赋述楚怀王遇神女事，后世信之。愚独以为不

然，因赋念奴娇，洗千载之诬蔑，以祛流俗之惑

蜀川三峡，有高唐奇观，神仙幽处。巨石巉岩临积水，波浪轰天声怒。十二灵峰，云阶月地，中有巫山女。须臾变化，阳台朝暮云雨。　　堪笑楚国怀襄，分当严父子，胡然无度。幻梦俱迷，应感逢魑魅，虚言冥遇。仙女耻求媒，况神清直，岂可轻诬污。逢君之恶，鄙哉宋玉词赋。

曹　冠　　念奴娇·县圃达观赏岩桂

金飙替暑，觉庭梧湘簟，凉生秋意。玉露宵零仙掌洁，云卷碧天如水。银汉波澄，蟾光练静，依约山横翠。清商佳景，笑它宋玉憔悴。　　堪笑利锁名缰，向蜗牛角上，所争何事。四者难并人易老，惟有修真得计。荣悴循环，功名由命，达观明深旨。桂花同赏，莫辞通夕欢醉。

曹　冠　　念奴娇·述怀和赵宰通甫韵

天津仙客，话平蔡、曾把龙钟调戏。茅舍云林方隐迹，日日琴樽适意。鹏激天池，扶摇未便，尚敛摩云翅。经纶万卷，个中真负豪气。　　喜遇良友知心，登临酬唱，堪作词林瑞。况是韶华将近也，待约连宵春醉。对客挥毫，如虹浩饮，争涌如泉思。同寅他日，誓坚忠义相济。

曹　冠　　念奴娇·咏中秋月

碧天如水，湛银潢清浅，金波澄澈。疑是姮娥将宝鉴，高挂广寒宫阙。林叶吟秋，帘栊如画，丹桂香风发。年年今夕，庾楼此兴清绝。　　因念重折高枝，壮心犹郁，已觉生华发。好向林泉招隐处，时讲清游真率。乘兴歌欢，熙然朝野，何日非佳节。百杯千首，醉吟长对风月。

葛　郯　　念奴娇·和人之一

冯夷微怒，被鲛人水府，织成绡縠。何处飞来双白鹭，点破一溪寒玉。岸柳烟迷，海棠酒困，赢得春眠足。凭栏搔首，为谁消遣愁目。　　遥想居士床头，竹渠新雨，溜瓮中春醁。不惜千钟为客寿，倒卧南山新绿。晚月催归，春风留住，费尽纱笼烛。恍疑仙洞，梦游天柱林屋。

葛　郯　　　念奴娇·和人之二

阳关西路，看垂杨客舍，嫩浮波縠。宝马嘶风人渐远，隐隐歌声戛玉。踏遍春山，归来高卧，笑濯沧浪足。孤鸿天际，断霞摇曳心目。　　香露飞入壶中，仙家九酝，酿百花醽醁。一朵巫阳休怅望，且看家山眉绿。歌罢风生，舞余花颤，凤髓飘红烛。瑶台月冷，夜归斗挂银屋。

葛　郯　　　念奴娇·年来衰懒

年来衰懒，渐无心赏遍，目前佳趣。寂寂墙阴春荠老，不到先生鼎俎。诗卷寻医，禅林结局，酒入昏田务。山头云气，为谁来往朝暮。　　犹有筇杖多情，扪萝踏石，堕半岩花雨。更向葭丛摇短艇，惊起飞鸿烟渚。横玉凄清，焦桐古淡，一笑忘千虑。更阑人静，此声今在何处。

葛　郯　念奴娇·再和咏杜庵高君忻聚画屏

蓬莱一岛，卧长烟千柳，西溪幽趣。苜蓿盘中初日上，不把蔵臑充俎，和月栽松，饶云买石，只此为家务。倚楹清啸，断霞斜倚天暮。　　闻道块磊浇胸，槎枒肝肺，动笔端风雨。壁上潇湘秋一帧，影落荻花洲渚。暗浦潮生，寒矶雪化，无复风尘虑。此时渔父，短蓑合在何处。

姚述尧　　　念奴娇·次刘周翰韵

山城秋早，听画角吟风，晓来声咽。梦断华胥人乍起，冷浸一天霜月。灏气参横，尘埃洗尽，玉管濡冰雪。兴来吟咏，灵均谁谓今绝。　　闻道潇洒王孙，对黄花清赏，喜延佳客。一坐簪缨谭笑处，全胜东篱山色。酒兴云浓，诗肠雷隐，饮罢须臾设。醉归凝伫，此怀还与谁说。

姚述尧　　念奴娇·冬日赏菊次前韵

霜风初过，正仙吏微吟，诗喉清咽。静对南山真赏处，秋后一亭花月。翠簇香茵，光摇金胜，玉女肌凝雪。寒城无伴，烂然还自奇绝。　　况有凫舄朋来，拚金钱都罄，晚酣留客。应笑陶潜孤负了，多少傲霜余色。鲸饮方豪，龙吟未已，更著雕胡设。清欢无限，醉归犹记前说。

姚述尧　　念奴娇·九日作

山城秋好，正西风淅淅，登高时候。杖倚徘徊凝望处，翠叠万山如绣。云绕禾场，烽沉戎马，田野欢声凑。琴堂无事，何妨同泛香溜。　况有庭下黄花，遍河阳、尽把金钱铺就。一坐簪缨谭笑里，尘脱风生清昼。饮罢龙山，诗成彭泽，灏气森星斗。醉归凝伫，美人时炷金兽。

姚述尧　　念奴娇·江山清绝

重九前二日登西塔观县治，用前韵

江山清绝，正箫台花县，霜秋时候。寻胜登高环望处，碧瓦参差铺绣。五岫藏云，两溪吞月，古市渔盐凑。青帘斜飐，家家香泛丹溜。　况是东鲁风流，看儒冠济济，垂天赋就。陶令从容官事了，把菊高吟闲昼。草鞠圜扉，香凝燕寝，豪饮挥金斗。公庭无事，珍祥休问驯兽。

姚述尧　　念奴娇·瑞香

芸堂春早，正芳苞紫萼　笼烟调雨。隐隐朝阳歌宴罢，拥出三千宫女。醉面匀红，香囊暗惹，鹊尾烟频炷。庐山佳致，依然都在庭宇。　因念一种天香，当年岩谷下，相难俦侣。一旦呈祥都占断，阆苑琼林歌舞。瑞彩扶疏，锦笼绰约，兰蕙应羞妒。明朝胜赏，有谁同唱金缕。

姚述尧　　念奴娇·梅词　厉主簿为梅溪先生寿

早春时候，占百花头上，天香芳馥。寥廓寒分和气到，知是花神全毓。独步前林，挽回春色，素节辉冰玉。翛然一笑，便应扫尽粗俗。　最爱潇洒溪头，孤标凛凛，不与凡华逐。自是玉堂深处客，聊寄疏篱茅屋。已报君王，为调金鼎，直与人间足。更看难老，岁寒长友松竹。

范端臣　　念奴娇·寻常三五

寻常三五，问今夕何夕，婵娟都胜。天豁云收崩浪净，深碧琉璃千顷。银汉无声，冰轮直上，桂湿扶疏影。纶巾玉麈，庾楼无限清兴。　谁念江海飘零，不堪回首，惊鹊南枝冷。万点苍山何处是，修竹吾庐三径。香雾云鬟，清辉玉臂，醉了愁重醒。参横斗转，辘轳声断金井。

范端臣　　　念奴娇·上太守月词

玉楼绛气，卷霞绡云浪，飞空蟾魄。人世江山惊照耀，烟霭鳌峰千尺。陆海蓬壶，银葩星晕，点破琉璃碧。有人吟笑，紫荷香满晴陌。　　况是东府君侯，西清别骑，樽俎开华席。迤逦飞轮催杖履，入对青藜仙客。襦袴歌谣，升平风露，拚取金莲侧。梅花吹动，满城依旧春色。

管　鉴　　　念奴娇·登高作赋

癸巳重九，同陈汉卿、张叔信、王任道登金石台作

登高作赋，叹老来笔力，都非年少。古观重游秋色里，冷怯西风吹帽。千里江山，一时人物，迥出尘埃表。危阑同凭，皎然玉树相照。　　惆怅紫菊红萸，年年簪发、应笑人空老。北阙西江君赐远，难得一枝来到。莫话升沉，且乘闲暇，赢得清尊倒。饮酣归暮，浩歌声振林杪。

管　鉴　　　念奴娇·楚山万叠

夷陵九日忆去岁金石之游，用旧韵寄汉卿、叔信。盖尝归饮任道家，故有徐娘及悲欢之句

楚山万叠，怅高情、不比当年嵩少。官况全如秋淡薄，枉却尘侵乌帽。菊蕊犹青，茱萸未紫，节意凭谁表。故园何处，暮云低尽残照。　　追念往昔佳辰，尊前绝唱，未觉徐娘老。聚散悲欢回首异，今岁古台谁到。藉甚声名，难忘风味，何日重倾倒。交情好在，雁书频寄云杪。

管　鉴　　　念奴娇·寒梢冰破

丙申十二月六日赏梅，闻岑守得祠、下政将赴，代归有日，喜见于辞

寒梢冰破，问何人远寄、江南春色。似是天怜为客久，报我春归消息。茅舍疏篱，故园开处，两岁关山隔。天涯重见，向人风味如昔。　　谁念月底风前，当时青鬓、渐与花颜白。不恨一番花落早，恨把年华虚掷。嚼蕊含香，攀条觅句，拚醉禁愁得。酒醒还是，梦魂数遍归驿。

管　鉴　　　念奴娇·两鬓娇小

移节岭表，宋子渊置酒后堂饯别，出词付二姬歌以侑觞，

席间和

两鬟娇小，向尊前、未省修蛾攒碧。唱得主人英妙句，气压三江七泽。病怯遐征，老添离抱，我是愁堆积。故园归梦，等闲吹堕南国。　　况是耐久交情，经年方幸，接从容辞色。告别匆匆聊共醉，惜此分阴如璧。锦瑟华堂，明朝回望，暮霭迷空隙。相思何处，风林月挂纤魄。

吴　儆　　念奴娇·寿程致政

凉生秋早，正梧桐院落，风清月白。帘卷香凝人笑喜，应是瀛洲仙谪。云绕画梁，花明彩服，中有人华发。恩袍蓝绿，高年况已逾百。　　最是有子宜家，兰阶方竞，珠履延佳客。好唤凌波来洛浦，醉促霓裳仙拍。玉井开莲，金茎承露，莫惜金尊侧。试占弧兆，祥光已映南极。

吴　儆　　念奴娇·寿陈尚书母夫人

东风着意，正群芳未放，蟠桃初缀。王母当年亲手种，来作人间上瑞。婺女星躔，金华福地，聊驻千千岁。恰才八十，百分未及一二。　　况是间生英贤，名高日月，未说文昌贵。今日凝香称寿斝，来岁衮衣当发。黄贴天香，太白珍膳，押赐传中旨。戏拈金果，宫娥应是争取。

吴　儆　　念奴娇·寿吴宰

延州积庆，到如今千载，芳传遗绪。世袭簪缨来旧治，依约棠阴如故。百里休声，三年遗爱，若迹高今古。邑人尽道，郎君福过渠父。　　州县岂久徒劳，汉家密令，须作三公去。今入花城称寿处，他日荣归禁路。黄贴天有，上尊名酒，押赐传天语。朱颜绿鬓，腰黄䌷蹙金缕。

吴　儆　　念奴娇·相逢恨晚

相逢恨晚，人谁道、早有轻离轻折。不是无情，都只为、离合因缘难测。秋去云鸿，春深花絮，风雨随南北。絮飞鸿散，问谁解舀得得。　　君自举远高飞，知他此去、萍梗何时息。雅阁幽窗欢笑处，回首翻成陈迹。小楷缄题，细行针线，一一重收拾。风花雪月，此生长是思忆。

姜特立　　念奴娇·庚申生朝

官途巇崄，问急流勇退，几人闻早。自别修门今正是，一纪生朝还到。绿野风光，平泉草木，争似梅山好，园林如画，芰荷香泛芳沼。　早晚玉节来临，君恩踵至，金印应如斗。好是华堂开宴处，歌舞管弦声奏。海上蟠桃，山中仙杏，共劝长生酒。莫辞沉醉，年年此会依旧。

范成大　　念奴娇·双峰叠障

双峰叠障，过天风海雨，无边空碧。月姊年年应好在，玉阙琼宫愁寂。谁唤痴云，一杯未尽，夜气寒无色。碧城凝望，高楼缥缈西北。　肠断桂冷蟾孤，佳期如梦，又把阑干拍。雾鬓风鬟相借问，浮世几回今夕。圆缺晴阴，古今同恨，我更长为客。婵娟明夜，尊前谁念南陌。

范成大　　念奴娇·十年旧事

十年旧事，醉京花蜀酒，万葩千萼。一棹归来吴下看，俯仰心情今昨。强倚雕阑，羞簪雪鬓，老恐花枝觉。揩摩愁眼，雾中相对依约。　闻道家宴团栾，光风转夜，月傍西楼落。打彻梁州春自远，不饮何时欢乐。沾惹天香，留连国艳，莫散灯前酌。袜尘生处，为君重赋河洛。

范成大　　念奴娇·吴波浮动

吴波浮动，看中流翻月，半江金碧。醉舞空明三万顷，不管姮娥愁寂。指点琼楼，凭虚有路，鲸背横东极。水云飘荡，阑干千丈无力。　家世回首沧洲，烟波渔钓，有鸱夷仙迹。一笑闲身游物外，来访扁舟消息。天上今宵，人间此地，我是风前客。涛生残夜，鱼龙惊听横笛。

范成大　　念奴娇·水乡霜落

水乡霜落，望西山一寸，修眉横碧。南浦潮生帆影去，日落天青江白。万里浮云，被风吹散，又被风吹积。尊前歌罢，满空凝淡寒色。　人世会少离多，都来名利，似蝇头蝉翼。赢得长亭车马路，千古羁愁如织。我辈情钟，匆匆相见，一笑真难得。明年谁健，梦魂飘荡南北。

范成大　　**念奴娇·和徐尉游石湖**

湖山如画，系孤篷柳岸，莫惊鱼鸟。料峭春寒花未遍，先共疏梅索笑。一梦三年，松风依旧，萝月何曾老。邻家相问，这回真个归到。　　绿鬓新点吴霜，尊前强健，不怕衰翁号。赖有风流车马客，来觅香云花岛。似我粗豪，不通姓字，只要银瓶倒。奔名逐利，乱帆谁在天表。

赵磻老　　**念奴娇·中秋垂虹和韵**

冰蟾驾月，荡寒光、不见层波层碧。几岁中秋争得似，云卷秋声寂寂。多谢星郎，来陪贤令，快赏鳌峰极。广寒宫近，素娥不靳余力。　　夜久露落琼浆，神京归路，有云翘前迹。当日仙人曾驭气，只学神交龟息。今夜清尊，一齐分付，稳是乘槎客。天津重到，霓裳何似闻笛。

谢　懋　　**念奴娇·中秋呈徐叔至**

霁天湛碧，正新凉风露，冰壶清彻。河汉无声光练练，涌出银蟾孤绝。岩桂香飘，井梧影转，冷浸官袍洁。西厢往事，一帘轻梦凄切。　　肠断楚峡云归，尊前无绪，知有愁如发。此夕嫦娥应也恨，冷落琼楼金阙。禁漏迢迢，边鸿杳杳，幽意凭谁决。阑干星斗，落梅三弄初阕。

沈　瀛　　**念奴娇·郊原浩荡**

郊原浩荡，正夺目花光，动人春色。白下长干佳丽最，寒食嬉游人物。雾卷香轮，风嘶宝骑，云表歌声遏。归来灯火，不知斗柄西揭。　　六代当日繁华，幕天席地，醉拍江流窄。游女人人争唱道，缓缓踏青阡陌。乐事何穷，赏心无限，惟惜年光迫。须臾聚散，人生真信如客。

沈　瀛　　**念奴娇·梧桐响雨**

梧桐响雨，忆空江寒浪，渔舟冲雪。横卧云峰千叠嶂，风旆槽香新压。网跃银刀，纶收钩线，倚棹清歌发。征鸿嘹亮，助予闲奏音节。　　天上桂子阴成，月中香旧，几度人间别。玉斧匣中常夜吼，可惜光阴虚设。唤下云梯，直攀金户，打透重门铁。姮娥念旧，料应重许人折。

沈　瀛　　念奴娇·春来腊去

春来腊去，一番新风景，为君开设。试忆前时花雨坠，只少梅花清绝。两个难逢，一分才欠，巧杀终如拙。玉梅人唤，雪儿来对时节。　应更付属楼头，丁宁笛伴，莫把声声彻。玉女行春娇渡马，休是鹊桥轻别。对我三人，与君一醉，醉了樽重设。清歌未放，更须天上呼月。

沈　瀛　　念奴娇·赏心佳处

赏心佳处，登临地、千古人人都说。何况江天来雪望，添得十分奇绝。倚遍栏干，下窥寒镜，照我容颜拙。举头惊笑，问天今是何节。　天外矗矗琼山，溶溶银海，上下光相接。年去岁来频览为，何事今朝浑别。坐蹴云茵，横牵绡幕，玉女来铺设。公余多暇，正堪同此风月。

沈　瀛　　念奴娇·阳春布暖

阳春布暖，又还见、光景如梭催逼。帝里皇都人共道，好个前时春色。默默喑沉，含颦不语，此意谁人识。何如索笑，放开说尽端的。　须信漏泄风光，百花头上，报一枝消息。多少园林应次第，迤逦排红骈白。金鼎芳滋，玉堂璀璨，趁取佳时节。东君归后，绿阴依旧南陌。

沈　瀛　　念奴娇·万般照破

万般照破，无一点闲愁，萦系心目。种柳栽花园数亩，不觉吾庐幽独。闲上高台，溪光山色，一洗襟尘俗。小庵深处，萧然无限修竹。　尽日闭却柴门，故人相问，扣户来车毂。相对围棋看胜负，更听弹琴一曲。尔汝忘形，高谈剧论，莫遣人来促。村歌社舞，为予倒尽千斛。

沈　瀛　　念奴娇·光阴转毂

光阴转毂，况生死事大，无常迅速。学道参禅，要识取、自家本来面目。闹里提撕，静中打坐，闲看传灯录。话头记取，要须生处教熟。　一日十二时中，莫教间断，念念来相续。唤作竹篦还则背，不唤竹篦则触。斩却猫儿，问他狗子，

更去参尊宿。忽然瞥地，碧潭冷浸寒玉。

杨万里　　念奴娇·老夫归去

上章乞休致，戏作念奴娇以自贺

老夫归去，有三径、足可长拖衫袖。一道官衔清彻骨，别有监临主守。主守清风，监临明月，兼管栽花柳。登山临水，作诗三首两首。　休说白日升天，莫夸金印，斗大悬双肘。且说庐陵传盛事，三个闲人眉寿。拣罢军员，归农押录，致政诚斋叟。只愁醉杀，螺江门外私酒。

李　洪　　念奴娇·晓起观落梅

丽谯吹角，渐疏星明澹，帘筛残月。袅袅霜飙欺翠袖，飞下一庭香雪。半面妆新，回风舞困，此况真奇绝。桄榔林里，苏仙偏感华发。　休怨时暂飘零，玉堂清梦，不惹闲蜂蝶。好似王家丛竹畔，乘兴山阴时节。剪水无情，阆风归去，忍使芳心歇。和羹有待，恁时身到天阙。

朱　熹　　念奴娇·用傅安道和朱希真梅词韵

临风一笑，问群芳谁是，真香纯白。独立无朋，算只有、姑射山头仙客。绝艳谁怜，真心自保，邈与尘缘隔。天然殊胜，不关风露冰雪。　应笑俗李粗桃，无言翻引得，狂蜂轻蝶。争似黄昏闲弄影，清浅一溪霜月。画角吹残，瑶台梦断，直下成休歇。绿阴青子，莫教容易披折。

沈端节　　念奴娇·灯宵渐近

灯宵渐近，更兵尘初息，韶华偏早。太守风流张宴乐，不管江城寒峭。发底蜂儿，钗头梅蕊，一一夸新巧。笙歌鼎沸，万人争看标表。　应记革履雍容，天香满袖，侍宴游三岛。圣主中兴思用旧，尊礼先朝元老。烛赐金莲，柑传罗帕，行即趋严道。深杯休诉，任教银漏催晓。

沈端节　　念奴娇·重阳恁好

重阳恁好，正秋清天色，水容如泻。野阔风高香雾满，采菊无人同把。堪笑渊明，蓬头曳杖，吟赏东篱下。孤风远韵，

至今犹作佳话。　　争似太守才贤，慈祥恺悌，赋政多闲暇。千里江山供胜践，尊俎延登儒雅。只恐相将，吹花春宴，不许斯民借。花嘲便坐，尚怀方外司马。

沈端节　　念奴娇·嫩凉清晓

嫩凉清晓，淡秋容、横写鲛绡十幅。山水光中参意味，不管人间荣辱。藜杖棕鞋，纶巾鹤氅，宾主俱遗俗。倚阑舒啸，一樽花下相属。　　云际有药千年，琼瑶争秀发，龙蛇新劚。富贵功名元自有，且乐无穷真福。莲社风流，醉乡跌宕，时奏长生曲。月娥同听，好风徐韵松竹。

沈端节　　念奴娇·洛妃汉女

洛妃汉女，护春寒、不惜鲛绡重叠。拾翠江边烟澹澹，交影参差胧月。秦虢相将，英娥接武，同宴瑶池雪。层冰连璧，个中谁敢优劣。　　著意晕粉饶酥，韵多香剩，都与群花别。娟秀敷腴索笑处，玉脸微生娇靥。羞损南枝，映翻绿萼，不数黄千叶。形容不尽，细看一倍清绝。

沈端节　　念奴娇·湖山照影

湖山照影，正日长娇困，不烦匀扫。絮满长洲春澹沲，开遍吴宫花草。嫩绿葱葱，轻红蔌蔌，渐觉枝头少。余芳难并，破愁惟有馨醥。　　应是留得东君，海棠方待折，玉环娇小。雾薄阴轻初睡足，宝幄画屏香袅。醉态天真，半羞微敛，未肯都开了。嫣然一笑，此时风度尤好。

沈端节　　念奴娇·寻幽览胜

寻幽览胜，凭危栏、极目风烟平楚。自笑飘零惊岁晚，欲挂衣冠神武。芳甸时巡，醉乡日化，庭实名花旅。阆风蓬顶，自来不见烽戍。　　宴罢玉宇琼楼，醉中都忘却，瑶池归路。俯瞰尘寰千万落，渺渺峰端栖雾。群玉图书，广寒宫殿，一一经行处。相羊物外，旷怀高视千古。

张孝祥　　念奴娇·过洞庭

洞庭青草，近中秋、更无一点风色。玉鉴琼田三万顷，著我扁舟一叶。素月分辉，明河共影，表里俱澄澈。悠然心会，

妙处难与君说。　　应念岭海经年，孤光自照，肝肺皆冰雪。短发萧骚襟袖冷，稳泛沧浪空阔。尽吸西江，细斟北斗，万象为宾客。扣舷独笑，不知今夕何夕。

张孝祥　　念奴娇·张仲钦提刑行边

弓刀陌上，净蛮烟瘴雨，朔云边雪。幕府横驱三万里，一把平安遥接。方丈三韩，西山八诏，慕义羞椎结。梯航入贡，路经头痛身热。　　今代文武通人，青霄不上，却把南州节。虏马秋肥雕力健，应看名王宵猎。壮士长歌，故人一笑，趁得梅花月。王春奏计，便须平步清切。

张孝祥　　念奴娇·欲雪呈朱漕元顺

朔风吹雨，送凄凉天气，垂垂欲雪。万里南荒云雾满，弱水蓬莱相接。冻合龙冈，寒侵铜柱，碧海冰澌结。凭高一笑，问君何处炎热。　　家在楚尾吴头，归期犹未，对此惊时节。忆得年时貂帽暖，铁马千群观猎。狐兔成车，笙歌震地，归踏层城月。持杯且醉，不须北望凄切。

张孝祥　　念奴娇·再和

绣衣使者，度郢中绝唱，阳春白雪。人物应须天上去，一日君恩三接。粉省香浓，宫床锦重，更把丝绚结。臣心如水，不教炙手成热。　　还记岭海相从，长松千丈，映我秋竿节。忍冻推敲清兴满，风里乌巾猎猎。只要东归，归心入梦，梦泛寒江月。不因莼鲙，白头亲望真切。

张孝祥　　念奴娇·星沙初下

星沙初下，望重湖远水，长云漠漠。一叶扁舟谁念我，今日天涯飘泊。平楚南来，大江东去，处处风波恶。吴中何地，满怀俱是离索。　　常记送我行时，绿波亭上，泣透青罗薄。樯燕低飞人去后，依旧湘城帘幕。不尽山川，无穷烟浪，辜负秦楼约。渔歌声断，为君双泪倾落。

张孝祥　　念奴娇·海云四敛

海云四敛，太清楼、极目一天秋色。明月飞来云雾尽，城郭山川历历。良夜悠悠，西风袅袅，银汉冰轮侧。云霓三弄，

广寒宫殿长笛。　　偏照紫府瑶台，香笼玉座，翠霭迷南北。天上人间凝望处，应有乘风归客。露滴金盘，凉生玉宇，满地新霜白。壶中清赏，画檐高挂虚碧。

张孝祥　　　念奴娇·风帆更起

风帆更起，望一天秋色，离愁无数。明日重阳尊酒里，谁与黄花为主。别岸风烟，孤舟灯火，今夕知何处。不如江月，照伊清夜同去。　　船过采石江边，望夫山下，酌水应怀古。德耀归来虽富贵，忍弃平生荆布。默想音容，遥怜儿女，独立衡皋暮。桐乡君子，念予憔悴如许。

郭世模　　　念奴娇·光风转蕙

光风转蕙，泛崇兰、漠漠满城飞絮。金谷楼危山共远，几点亭亭烟树。枝上残花，胭脂满地，乱落如红雨。青春将暮，玉箫声在何处。　　无端天与娉婷，帘钩鹦鹉，梦断闻残语。玉骨瘦来无一把，手挹罗衣看取。江北江南，灵均去后，谁采蘋花与。香销云散，断魂分付潮去。

黄　谈　　　念奴娇·过西湖

午风清暑，过西湖隐约，曾游堤路。云径烟扉人境绝，真是珠宫玄圃。倦倚阑干，笑呼艇子，同入荷花去。一杯相属，恍然身在何许。　　休怪梦入巫云，凌波罗袜，我在迷湘浦。缥缈惊鸿飞燕举，却怨严城钟鼓。百斛明珠，千金骏马，豪气今犹故。归来清晓，幅巾犹带香露。

阎苍舒　　　念奴娇·疏眉秀目

疏眉秀目，向尊前、依旧宣和妆束。贵气盈盈风韵爽，举止知非凡俗。宋室宗姬，陈王爱女，曾嫁貂蝉族。干戈浩荡，事随天地翻覆。　　珠泪揾了偷弹，劝人饮尽，愁怕吹笙竹。流落天涯俱是客，何必平生相熟。旧日繁华，如今憔悴，付与杯中醁。兴亡休问，为予且嚼船玉。

崔敦礼　　　念奴娇·和徐尉

吴松江畔，对烟波浩渺，相忘鸥鸟。日日篮舆湖上路，十里珠帘惊笑。高下楼台，浅深溪坞，著此香山老。辋川图上，

好风吹梦曾到。　　不用金谷繁华，碧城修竹，自比封君号。万壑千岩天付与，一洗寒酸郊岛。霖雨方思，烟尘未扫，合挽三江倒。功成名遂，却来依旧华表。

王自中　　　念奴娇·题钓台

扁舟夜泛，向子陵台下，偃帆收橹。水阔风摇舟不定，依约月华新吐。细酌清泉，痛浇尘臆，唤起先生语。当年纶钓，为谁高卧烟渚。　　还念古往今来，功名可共，能几人光武。一旦星文惊四海，从此故人何许。到底轩裳，不如蓑笠，久矣心相与。天低云淡，浩然吾欲高举。

李处全　　念奴娇·京口上元雪夜招唐元明

一天春意，趁东皇幽赏，重飞端叶。造物有心成伟观，来伴红蕖开彻。桂魄初圆，梅腮全放，节物俱奇绝。冷官门巷，望中北固楼堞。　　遐想篷底高人，拥衾无寐，九曲肠增结。我亦低窗翻蠹纸，失喜瑶花盈尺。拥鼻孤吟，搔头危坐，所欠惟佳客。须君来此，脸纹相对生缬。

丘　密　　　念奴娇·烛花渐暗

烛花渐暗，似梦来非梦，今夕何夕。帘幕生香人醉里，家住深深密密。送客难为，独留无计，此意谁知得。相看无语，可怜心绪如织。　　缓辔踏月归来，空余襟袖，有多情脂泽。浅笑轻颦追想处，眼底如今历历。著意新词，于人好语，过后应难必。今宵酒醒，断肠人正愁寂。

赵长卿　　　念奴娇·夜寒有感

据炉肃坐，听瓶笙、别有天然宫徵。纸帐屏山浑不俗，写出江南烟水。檠短灯青，灰闲香软，所欠惟梅矣。风飞无定，数声时颤窗纸。　　试问夜已何其，呼童起看，月上东墙未。天外忽闻征雁过，还把音书来寄。短笠埋烟，轻蓑鸣雨，已办征船计。放教归去，故乡江上鱼美。

赵长卿　　念奴娇·客豫章秋雨怀归

江城向晓，被西风揉碎，一天丝雨。乱织离愁千万缕，多少关心情绪。促织鸣时，木犀开后，秋色还如许。那堪飘泊，

异乡千里孤旅。　　应想帘幕闲垂，西楼东院，齐把归期数。记得临岐收泪眼，执手叮咛言语。白酒红萸，黄花绿橘，莫等闲辜负。朱笼归骑，甚时先报鹦鹉。

赵长卿　　念奴娇·秋日牡丹

花王有意，念三秋寂寞，凄凉天气。木落烟深山雾冷，不比寻常风味。勒驾闲来，柳蒲憔悴，无限惊心事。仙容香艳，俨然春盛标致。　　雅态出格天姿，风流酝藉，羞杀岩前桂。寄语芙蓉临水际，莫骋芳颜妖丽。一朵凭栏，千花退避，恼得骚人醉。等闲风雨，更休孱僽容易。

赵长卿　　念奴娇·梅之一

小春时候，见早梅吐玉，裁琼妆白。点点枝头光照眼，恼损柔肠情客。暗里芳心，出群标致，经岁成疏隔。如今风韵，何人依旧冰雪。　　冷艳潇洒天然，香姿肯易许，游蜂狂蝶。夜半黄昏担带了，多少清风明月。宋玉虽悲，元超虽恨，见了千愁歇。东君还许，有情取次攀折。

赵长卿　　念奴娇·梅之二

兰枯菊槁，是返魂香入，江南春早。谷静林幽人不见，梦与梨花颠倒。雪刻檀心，玉匀丰颊，妆趁严钟晓。海仙幺凤，绿衣何处飞绕。　　竹外孤袅一枝，古今解道，只有东坡老。莫倚广平心似铁，闲把珠玑挥扫。桃李舆台，冰霜宾客，月地还凄悄。暗香消尽，和羹心事谁表。

赵长卿　　念奴娇·梅之三

水边篱落独横枝，冉冉风烟岑寂。踏雪寻芳村路永，竹屋西头遥识。蕙草香销，小桃红未，醉眼惊春色。离愁何处，断肠无限陈迹。　　憔悴素脸朱唇，天寒日暮，倚阑干无力。岁晚天涯驿使远，难寄江南消息。自笑平生，怜清惜淡，故园曾亲植。百花虽好，问还有恁标格。

赵长卿　　念奴娇·梅影

银蟾光满，弄余辉、冷浸江梅无力。缓引柔条浮素蕊，横在闲窗虚壁。染纸挥毫，粉涂墨晕，不似今端的。天然造化，

别是一般，清瘦踪迹。　　今夜翠葆堂深，梦回风定，因月才相识。先自离愁，那更被、晓角残更催逼。曙色将分，轻阴移尽，过眼难寻觅。江南图上，画工应为描得。

赵长卿　　　　念奴娇·落梅

玉龙声杳，正瑶台曲舞，香山初彻。褪粉掐酥千万颗，满地平铺银雪。草褥香茵，苔钱买住，留待黄昏月。有人妆罢，对花凝伫愁绝。　　休更恨落羞开，东君情分，自古多离别。好把芳心收拾取，与个和羹人说。摆脱风尘，消停酸苦，终有成时节。浮花浪蕊，到头不是生活。

赵长卿　　　　念奴娇·碧含笑

晚妆才罢，见栊丝匀玉，一团娇秀。趁得年光，长是向、金谷无花时候。不比莺莺，不关燕燕，不似章台柳。清凉无汗，雪肌潇洒难偶。　　好是斜月黄昏，瑶阶钿砌，百媚初含酒。恼杀多情香喷喷，双靥盈盈回首。倾国倾城，千金莫惜，兰蕙应难友。沈郎拚了，为花一味销瘦。

赵长卿　　　　念奴娇·小饮江亭有作

夕阳低尽，望楚天空阔，稀星帘幕。暮霭横江烟万缕，照水参差楼阁。两两三三，楼前归鹭，飞过栏干角。霜风何事，绕檐吹动寂寞。　　消散我已忘机，而今百念，灰了心头火。对酒当歌浑冷淡，一任他嗔嗔恶。松竹园林，柳梧庭院，自有人间乐。闲云休问，去来本是无著。

赵长卿　　　　念奴娇·席上即事

精神俊雅，更那堪、天与风流标格。罗绮丛中偏艳冶，偷处教人怜惜。目剪秋波，指纤春笋，新样冠儿直。高唐云雨，甚人有分消得。　　忔戏笑里含羞，回眸低盼，此意谁能识。密约幽欢空怅望，何日能谐端的。玳席歌余，兰堂香散，此际愁如织。人归空对，晚阴庭树横碧。

赵长卿　　　　念奴娇·上张南丰生日

桂华蟾魄，到中秋、只有人闻一六。浩渺清风因唤起，千里吹飞鸿鹄。碧落翻花，瑶空隐瑞，声节琅玕筑。板怀玉燕，

此时嘉梦重育。　　始信名在丹台，瞳方八百，子已三千熟。麟脯灵瓜那更有，琼斝神仙醽醁。秋水春山，柳腰花面，一醉霓裳曲。长生清净，自然何用辟谷。

傅大询　　　念奴娇·江梅破腊

江梅破腊，把一枝来报，□春消息。锦帐银瓶龙麝暖，画烛光摇金碧。两径桃花，一溪流水，路入神仙宅。云裳羽佩，洞天相会今夕。　　堂下乐问灵鼍，玉人清唱，舞袖低回雪。富贵风流须道是，天上人间难得。玉镜台边，琼浆盏畔，共说春心切。百年偕老，凤凰楼上风月。

廖行之　　　念奴娇·寿四十叔

薰风庭院，报槐阴拥翠，池波凝绿。瑞气葱葱浮燕寝，羽仗霓旌相属。鹫鹭开祥，长庚入梦，诧列仙图箓。林泉高迈，肯应轩冕尘俗。　　好是妙舞清歌，浮瓜沉李，荐杯中醽醁。鹊尾炉生香篆细，又作如何祈祝。试问蓬莱，丹崖胜处，几摘蟠桃熟。东方何在，凛然能继高躅。

京　镗　　　念奴娇·扪参历井

七夕，是年七月九日方立秋

扪参历井，恰匆匆三见，西州七夕。怪得骄阳回避晚，犹去新秋两日。天上良宵，人间佳节，初不分今昔。夜来急雨，洗成风露清绝。　　因念万里飘零，君平何在，谁识乘槎客。插竹剖瓜休妄想，巧处那容人乞。院宇初凉，楼台不夜，漫说经年隔。引杯长啸，醉看天地空阔。

京　镗　　　念奴娇·上巳日游北湖

锦城城北，有平湖、仿佛西湖西畔。载酒郊垌修禊事，雅称兰舟同泛。麦垄黄轻，桤林绿重，莫厌春光晚。棹歌声发，飞来鸥鹭惊散。　　好是水涨弥漫，山围周匝，不尽青青岸。除却钱塘门外见，只说此间奇观。句引游人，追陪佳客，三载成留恋。古今陈迹，从教分付弦管。

京　镗　　　念奴娇·次宇文总领游北湖韵，并引

伏蒙宫使总领郎中再宠赓郚句为贶，愈出愈奇。辄复赋一

首以谢万分，并述所怀

郎闱夙望，问何因袖手，双流溪畔。忆昔班行曾接武，今喜一尊同泛。骥枥难淹，鹏程方远，大器成须晚。等闲访我，又惊云雨分散。最是游子悲乡，小人怀土，梦绕江南岸。楚尾吴头家住处，满目山川遐观。归兴虽浓，俞音尚閟，此地非贪恋。东西惟命，去留迟速休管。

京　镗　　念奴娇·并引

某丐归得请，有旨候代者入境方许其去。适修浣花故事，因成长短句，呈都运都大判院，伏冀一噱

绣天锦地，浣花溪风物，尤为奇绝。无限兰舟相荡漾，增彩重重装结。冀国遗踪，杜陵陈迹，疑信俱休说。笙歌丛里，旌旗光映林樾。　　自笑与蜀缘多，沧浪亭下，饱看烟波阔。屡疏求归才请得，知我家山心切。已是行人，犹陪佳客，莫放回船发。来年今日，相思惟共明月。

京　镗　　念奴娇·次洋州王郎中韵

文章太守，问何事、犹带天庭黄色。上界一时官府足，聊下神仙宫阙。剖竹新游，握兰旧梦，此意谁人识。千军笔阵，争先曾夺矛槊。　　好是万里相逢，一尊同醉，倾吐平边策。聚散人生浑惯见，莫为分襟呜咽。借箸机筹，著鞭功业，只合从君说。明朝回首，天涯何处风月。

王　炎　　念奴娇·菊

小妆朱槛，护秋英千点，金钿如簇。黄叶白蘋朝露冷，只有孤芳幽馥。华发苍头，宦情羁思，来伴花幽独。巡檐无语，清愁何啻千斛。　　因念爱酒渊明，东篱雅意，千载无人续。身在花边须一醉，小覆杯中醽醁。过了重阳，捻枝嗅蕊，休叹年华速。明年春到，陈根更有新绿。

王　炎　　念奴娇·海棠时过江潭

晓来雨过，正海棠枝上，胭脂如滴。桃杏不堪来比似，信是倾城倾国。藏韵收香，谁能描貌，阁尽诗人笔。从教睡去，为留银烛终夕。　　不待过了清明，绿阴结子，无处寻春色。簌簌轻红飞一片，便觉临风凄恻。莫道无情，嫣然一笑，也似

曾相识。惜花无主，自怜身是行客。

辛弃疾　　念奴娇·和南涧载酒见过雪楼观雪

兔园旧赏，怅遗踪、飞鸟千山都绝。缟带银杯江上路，惟有南枝香别。万事新奇，青山一夜，对我头先白。倚岩千树，玉龙飞上琼阙。　　莫惜雾鬓风鬟，试教骑鹤，去约尊前月。自与诗翁磨冻砚，看扫幽兰新阕。便拟明年，人间挥汗，留取层冰洁。此君何事，晚来还易腰折。

辛弃疾　　念奴娇·赋白牡丹和范廓之韵

对花何似，似吴宫初教，翠围红阵。欲笑还愁羞不语，惟有倾城娇韵。翠盖风流，牙签名字，旧赏那堪省。天香染露，晓来衣润谁整。　　最爱弄玉团酥，就中一朵，曾入扬州咏。华屋金盘人未醒，燕子飞来春尽。最忆当年，沉香亭北，无限春风恨。醉中休问，夜深花睡香冷。

辛弃疾　　念奴娇·登建康赏心亭呈史致道留守

我来吊古，上危楼、赢得闲愁千斛。虎踞龙蟠何处是，只有兴亡满目。柳外斜阳，水边归鸟，陇上吹乔木。片帆西去，一声谁喷霜竹。　　却忆安石风流，东山岁晚，泪落哀筝曲。儿辈功名都付与，长日惟消棋局。宝镜难寻，碧云将暮，谁劝杯中绿。江头风怒，朝来波浪翻屋。

辛弃疾　　念奴娇·书东流村壁

野棠花落，又匆匆、过了清明时节。刬地东风欺客梦，一夜云屏寒怯。曲岸持觞，垂杨系马，此地曾轻别。楼空人去，旧游飞燕能说。　　闻道绮陌东头，行人长见，帘底纤纤月。旧恨春江流未断，新恨云山千叠。料得明朝，尊前重见，镜里花难折。也应惊问，近来多少华发。

辛弃疾　　念奴娇·西湖和人韵

晚风吹雨，战新荷、声乱明珠苍璧。谁把香奁收宝镜，云锦红涵湖碧。飞鸟翻空，游鱼吹浪，惯趁笙歌席。坐中豪气，看公一饮千石。　　遥想处士风流，鹤随人去，老作飞仙伯。茅舍疏篱今在否，松竹已非畴昔。欲说当年，望湖楼下，水与

云宽窄。醉中休问，断肠桃叶消息。

辛弃疾　　　念奴娇·赋雨岩

近来何处有吾愁，何处还知吾乐。一点凄凉千古意，独倚西风寥廓。并竹寻泉，和云种树，唤做真闲客。此心闲处，不应长藉丘壑。　休说往事皆非，而今云是，且把清尊酌。醉里不知谁是我，非月非云非鹤。露冷风高，松梢桂子，醉了还醒却。北窗高卧，莫教啼鸟惊著。

辛弃疾　　　念奴娇·双陆和坐客韵

少年握槊，气凭陵、酒圣诗豪余事。缩手旁观初未识，两两三三而已。变化须臾，鸥飞石镜，鹊抵星桥□。捣残秋练，玉砧犹想纤指。　堪笑千古争心，等闲一胜，拚了光阴费。老了忘机浑谩与，鸿鹄飞来天际。武媚宫中，韦娘局上，休把兴亡记。布衣百万，看君一笑沉醉。

辛弃疾　　　念奴娇·用东坡赤壁韵

倘来轩冕，问还是、今古人间何物。旧日重城愁万里，风月而今坚壁。药笼功名，酒垆身世，可惜蒙头雪。浩歌一曲，坐中人物之杰。　堪叹黄菊凋零，孤标应也有，梅花争发。醉里重揩西望眼，惟有孤鸿明灭。世事从教，浮云来去，枉了冲冠发。故人何在，长歌应伴残月。

辛弃疾　　　念奴娇·用前韵和丹桂

道人元是，道家风、来作烟霞中物。翠幰裁犀遮不定，红透玲珑油壁。借得春工，惹将秋露，薰做江梅雪。我评花谱，便应推此为杰。　憔悴何处芳枝，十郎手种，看明年花发。坐对虚空香色界，不怕西风起灭。别驾风流，多情更要，簪满姮娥发。等闲折尽，玉斧重倩修月。

辛弃疾　　　念奴娇·赠妓善作墨梅

江南尽处，堕玉京仙子，绝尘英秀。彩笔风流，偏解写、姑射冰姿清瘦。笑杀春工，细窥天巧，妙绝应难有。丹青图画，一时都愧凡陋。　还似篱落孤山，嫩寒清晓，只欠香沾袖。淡伫轻盈，谁付与、弄粉调朱纤手。疑是花神，踢来人

世，占得佳名久。松篁佳韵，倩君添做三友。

辛弃疾　　　　念奴娇·梅

疏疏淡淡，问阿谁、堪比天真颜色。笑杀东君虚占断，多少朱朱白白。雪里温柔，水边明秀，不借春工力。骨清香嫩，迥然天与奇绝。尝记宝籞寒轻，琐窗人睡起，玉纤轻摘。漂泊天涯空瘦损，犹有当年标格。万里风烟，一溪霜月，未怕欺他得。不如归去，阆苑有个人忆。

辛弃疾　　　　念奴娇·赋梅花

未须草草，赋梅花，多少骚人词客。总被西湖林处士，不肯分留风月。疏影横斜，暗香浮动，把动春消息。尚余花品，未忝今古人物。　看取香月堂前，岁寒相对，楚两龚之洁。自与诗家成一种，不系南昌仙籍。怕是当年，香山老子，姓白来江国。谪仙人，字太白、还又名白。

辛弃疾　　　　念奴娇·和赵录国兴韵

为沽美酒，过溪来、谁道幽人难致。更觉元龙楼百尺，湖海平生豪气。自叹年来，看花索句，老不如人意。东风归路，一川松竹如醉。　怎得身似庄周，梦中蝴蝶，花底人间世。记取江头三月暮，风雨不为春计。万斛愁来，金貂头上，不抵银瓶贵。无多笑我，此篇聊当宾戏。

辛弃疾　　　　念奴娇·看公风骨

晋臣十月望生日，自赋词，属余和韵

看公风骨，似长松磊落，多生奇节。世上儿曹都蓄缩，冻芋旁堆秋瓞。结屋溪头，境随人胜，不是江山别。紫云如阵，妙歌争唱新阕。　尊酒一笑相逢，与公臭味，菊茂兰须悦。天上四时调玉烛，万事宜询黄发。看取东归，周家叔父，手把元龟说。祝公长似，十分今夜明月。

辛弃疾　　　　念奴娇·重九席上

龙山何处，记当年高会，重阳佳节。谁与老兵供一笑，落帽参军华发。莫倚忘怀，西风也会，点检尊前客。凄凉今古，眼中三两飞蝶。　须信采菊东篱，高情千载，只有陶彭泽。

爱说琴中如得趣，弦上何劳声切。试把空杯，翁还肯道，何必杯中物。临风一笑，请翁同醉今夕。

辛弃疾　　念奴娇·用韵答傅先之

君诗好处，似邹鲁儒家，还有奇节。下笔如神强压韵，遗恨都无毫发。炙手炎来，掉头冷去，无限长安客。丁宁黄菊，未消勾引蜂蝶。　天上绛阙清都，听君归去，我自癯山泽。人道君才刚百炼，美玉都成泥切。我爱风流，醉中颠倒，丘壑胸中物。一杯相属，莫孤风月今夕。

辛弃疾　　念奴娇·和信守王道夫席上韵

风狂雨横，是邀勒园林，几多桃李。待上层楼无气力，尘满栏干谁倚。就火添衣，移香傍枕，莫卷朱帘起。元宵过也，春寒犹自如此。　为问几日新晴，鸠鸣屋上，鹊报檐前喜。揩拭老来诗句眼，要看拍堤春水。月下凭肩，花边系马，此兴今休矣。溪南酒贱，光阴只在弹指。

辛弃疾　　念奴娇·洞庭春晚

洞庭春晚，旧传恐是，人间尤物。收拾瑶池倾国艳，来向朱栏一壁。透户龙香，隔帘莺语，料得肌如雪。月妖真态，是谁教避人杰。　酒罢归对寒窗，相留昨夜，应是梅花发。赋了高唐犹想像，不管孤灯明灭。半面难期，多情易感，愁点星星发。绕梁声在，为伊忘味三月。

辛弃疾　　念奴娇·是谁调护

余既为傅岩叟两梅赋词，傅君用席上有请云：家有四古梅，今百年矣，未有以品题，乞援香月堂例。欣然许之，且用前篇体制戏赋

是谁调护，岁寒枝、都把苍苔封了。茅舍疏篱江上路，清夜月高山小。摸索应知，曹刘沈谢，何况霜天晓。芬芳一世，料君长被花恼。　惆怅立马行人，一枝最爱，竹外横斜好。我向东邻曾醉里，唤起诗家二老。拄杖而今，婆娑雪里，又识商山皓。请君置酒，看渠与我倾倒。

辛弃疾　　念奴娇·谢王广文双姬词

西真姊妹，料凡心忽起，共辞瑶阙。燕燕莺莺相并比，的

当两团儿雪。合韵歌喉，同茵舞袖，举措□□别。江梅影里，迥然双蕊奇绝。　　还听别院笙歌，仓皇走报，笑语浑重叠。拾翠洲边携手处，疑是桃根桃叶。并蒂芳莲，双头红药，不意俱攀折。今宵鸳帐，有同对影明月。

辛弃疾　念奴娇·三友同饮，借赤壁韵

论心论相，便择术满眼，纷纷何物。踏碎铁鞋三百緉，不在危峰绝壁。龙友相逢，洼樽缓举，议论敲冰雪。何妨人道，圣时同见三杰。　　自是不日同舟，平戎破虏，岂由言轻发。任使穷通相鼓弄，恐是真□难灭。寄食王孙，丧家公子，谁握周公发。冰□皎皎，照人不下霜月。

辛弃疾　念奴娇·赠夏成玉

妙龄秀发，湛灵台一点，天然奇绝。万壑千岩归健笔，扫尽平山风月。雪里疏梅，霜头寒菊，迥与余花别。识人青眼，慨然怜我疏拙。　　遐想后日蛾眉，两山横黛，谈笑风生颊。握手论文情极处，冰玉一时清洁。扫断尘劳，招呼萧散，满酌金蕉叶。醉乡深处，不知天地空阔。

赵善括　念奴娇·扬辉壁月

重阳前二日，风雨中，携儿曹访菊，赋酹江月。后再携妻子，待月于岚光亭。思恭蒋丈宠和寄示，醉中操笔，对月再用前韵

扬辉壁月，照层台缥缈，蓬莱云气。玉宇清明仙语近，多少怨红愁翠。问我殷勤，几年尘土，依旧高标致。广寒别后，与谁曾共幽会。　　一日失脚人间，十常八九，底事如人意。狗苟蝇营真可笑，何乃比余于是。风月佳时，江山好处，无复怀愁悴。倚栏舒啸，六经时自心醉。

赵善括　念奴娇·吕汉卿席上

晓来膏雨，报一犁丰信，几枝娇色。岸草河沙明似镜，不到尘埃花陌。急管繁弦，香车宝勒，正阻寻春客。东风特起，半空微露晴碧。　　何况主意深勤，冰清才藻，玉润真珪璧。翠麓华堂横枕水，波底斜阳红湿。莲社风流，桃溪标致，便觉凡心息。玉尊倾尽，笑中归步钩月。

赵善括　　　　念奴娇·江南到处

江南到处，被波光云影，留人行色。昔我来时春正好，舞絮□飞南陌。今日登临，读书斋上，重作凭栏客。清溪縠细，夜来微涨新碧。　　两岸蘸水浓阴，断虹横障，一带连环璧。林外青山千万叠，雨歇半空犹湿。已倩双鳞，更须灵鹊，先报归消息。归来征袖，尽携千里风月。

程　垓　　　　念奴娇·秋风秋雨

秋风秋雨，正黄昏、供断一窗愁绝。带减衣宽谁念我，难忍重城离别。转枕褰帷，挑灯整被，总是相思切。知他别后，负人多少风月。　　不是怨极愁浓，只愁重见了，相思难说。料得新来魂梦里，不管飞来蝴蝶。排闷人间，寄愁天上，终有归时节。如今无奈，乱云依旧千叠。

黄人杰　　　　念奴娇·寿暨提干

挽红留翠，为东皇、那住二分春色。燕舞回风莺度曲，晴昼光生瑶席。天女擎香，长庚入梦，还有飞仙谪。方瞳方颊，玉壶清浸胸臆。　　休问辟谷延年，介君眉寿，自有阴功□。膝下雛雏俱擢秀，争奋摩天云翼。白雪声中，黄流影里，且放琼舟侧。醉乡深处，兴来时拊金伏。

黄人杰　　　　念奴娇·游西湖

西湖胜绝，有栖云楼观，蟠空丘壑。玉鉴光中天不老，人在蓬壶行乐。画舫藏春，垂杨系马，幽处笙箫作。京华狂客，也忘身世飘泊。　　行待载酒寻芳，湖湾堤曲，放浪红尘脚。借景留欢排日醉，不负莺花盟约。忍缓东风，耐烦迟日，休恁匆匆著。温存桃李，莫教一顿开却。

黄人杰　　　　念奴娇·菊黄萸紫

菊黄萸紫，近重阳、天气秋光如泼。怀燕占熊，还又应、嵩岳生申时节。玉女擎香，金仙持送，锦里欢声彻。照人风度，满怀俱是冰雪。　　那更千里江城，政成人化，比春生秋杀。双凤云间御诏墨，将下十行新札。黄阁亨衢，碧油重幕，稳复清毡物。策勋归去，蟠桃犹许三窃。

黄人杰　　　念奴娇·山光堂下

山光堂下，恰催花雨过，韶华将半。蝶舞回风莺度曲，暖响笙箫庭院。泥轼仙翁，当时此夕，正梦投怀燕。紫髯黄发，到今如此清健。　　岂但风月平分，海沂千里，流得欢声遍。屈宋江山，还助说，莫惜金荷频卷。问寿何如，凤池三到，却放壶天晚。赤松应待，挂冠归伴萧散。

陈三聘　　　念奴娇·浮云吹尽

浮云吹尽，卷长空、千顷都凝寒碧。兔杵无声风露冷，天也应怜人寂。故遣姮娥，驾蟾飞上，玉宇元同色。天津何事，此时偏界南北。　　不但对影三人，我歌君和，我舞君须拍。涤洗胸中愁万斛，莫问今宵何夕。老矣休论，著鞭安用，一笑真狂客。夜深归去，烂然溪上阡陌。

陈三聘　　　念奴娇·晴风丽日

晴风丽日，算东君、坼遍梅心桃萼。独有名花开殿后，一笑嫣然如昨。黄袂层肤，霞冠高拥，多态春才觉。雨巾风帽，故人来趁花约。　　好是罗绮添春，香风环坐，半醉金钗落。老去心情难似旧，手捻花枝为乐。麝馥萦愁，妆花凝恨，莫惜金荷酌。酒阑花睡，梦魂重到京洛。

陈三聘　　　念奴娇·水空高下

水空高下，望沉沉一色，浑然苍碧。天籁不鸣凉有露，金气横秋寂寂。玉宇琼楼，望中何处，月到天中极。御风归去，不愁衣袂无力。　　此夜飘泊孤篷，短歌谁和，自笑狂踪迹。咫尺蓝桥仙路远，窅窅云英消息。疏影婆娑，恍然身世，我是尊前客。一声凄怨，倚楼谁弄长笛。

陈三聘　　　念奴娇·余霞飞绮

余霞飞绮，望长天、顷刻云容凝碧。今夕江皋风力软，明日波心头白。客舸东流，语离深夜，遣我新愁积。春融花丽，定知天相行色。　　别后一纸乡书，故人相问，好趁秋鸿翼。空有佳人千点泪，锦字机中曾织。利锁名缰，古今同是，谁失知谁得。来朝愁望，旧楼何处西北。

陈三聘　　念奴娇·和徐尉游石湖

扁舟此计，问当年、谁与寻盟鸥鸟。许国勋名彝鼎在，风月不妨吟笑。碧草台边，红云溪上，寿杖扶诗老。水浮天处，未应俗驾曾到。　　盛事埒美知章，鉴湖君赐，宸翰今题号。指点飞烟轻霭外，有路直通仙岛。蓑笠渔船，琴书客坐，清夜尊罍倒。未须归去，片蟾初上林表。

石孝友　　念奴娇·半千宝运

上洪帅王予道生辰正月十六日，用东坡韵

半千宝运，瑞清朝、诞育人间英物。暖律吹灰春到也，迟日光腾东壁。婺女双溪，沈郎八咏，辉映皆冰雪。储精毓秀，几年一个人杰。　　须信和气随人，粉梅欺黛柳，娇春争发。翠幕重重称寿处，莲炬蕙烟明灭。鼎席犹虚，九重频念此，衮衣华发。明年今夜，凤池应醉花月。

石孝友　　念奴娇·闷红颦翠

闷红颦翠，惜流年、忍对艳阳时节。白玉楼成人去后，两地音尘都绝。鸾鉴分飞，梦云零乱，欢意今衰飒。墨痕红淡，忆曾题遍红叶。　　须信后约难凭，臂啮鬟剪，也只成虚说。满眼凄凉无限事，付与丁香愁结。欲语情酸，临岐步懒，怅望兰舟发。出门谁伴，泪昏一片孤月。

石孝友　　念奴娇·平湖阁上之一

平湖阁上，正残虹挂雨，微云擎月。万顷琉璃秋向冷，忍便翠销红歇。北海樽罍，西园游宴，兴逸湖山发。飞尘不到，坐移蓬岛珠阙。　　莫厌笑口频开，少年行乐事，转头胡越。公子多情真爱客，敢惮深杯百罚。太一舟轻，芙蓉城锁，醉指神仙窟。乘风归去，尽教吹乱华发。

石孝友　　念奴娇·平湖阁上之二

平湖阁上，正雌霓将卷，雄风初发。醉倚危栏吟眺处，月在蓬莱溟渤。蓬叶香浮，桂华光放，翻动蛟鼍窟。踏轮谁信，宓妃曾借尘袜。　　人世景物堪悲，等闲都换了，朱颜云发。遥想广寒秋到早，闲著几多空阔。太白诗魂，玉川风腋，自有

飞仙骨。嫦娥为伴，夜深同驾霜月。

石孝友　　念奴娇·上德安王文甫生辰

麦秋天气，正玉杓斡暑，熏弦鸣律。浴佛生朝初过也，还数佳辰三日。筮水呈祥，梦熊叶庆，宝运符千一。太平朝野，异人端为时出。　　须信家世蝉联，乃翁遗范在，子孙逢吉。雾隐巢云聊寄傲，行矣飞英腾实。瀑布泉清，炉峰气秀，光映霞觞溢。萱堂争看，彩衣红堕双橘。

韩　玉　　念奴娇·吴东清胜

吴东清胜，是吴山苍翠，吴江澄渌。灵秀钟人文物盛，历历皆非凡俗。而况君家，风流遗世，犹寄山阴曲。继承才业，算来真是名族。　　聊恁驻节重湖，惠歌仁咏，蔼丰年图录。行看登庸归去后，谁展高才相续。寿日称觞，一杯千岁，应见蟠桃熟。祝君难老，为君还更再祝。

陈　亮　　念奴娇·至金陵

江南春色，算来是、多少胜游清赏。妖冶廉纤，只做得、飞鸟向人偎傍。地辟天开，精神朗慧，到底还京样。人家小语，一声声近清唱。　　因念旧日山城，个人如画，已作中州想。邓禹笑人无限也，冷落不堪惆怅。秋水双明，高山一弄，著我些悲壮。南徐好住，片帆有分来往。

陈　亮　　念奴娇·登多景楼

危楼还望，叹此意、今古几人曾会。鬼设神施，浑认作、天限南疆北界。一水横陈，连岗三面，做出争雄势。六朝何事，只成门户私计。　　因笑王谢诸人，登高怀远，也学英雄涕。凭却长江管不到，河洛腥膻无际。正好长驱，不须反顾，寻取中流誓。小儿破贼，势成宁问强对。

陈　亮　　念奴娇·送戴少望参选

西风带暑，又还是、长途利牵名役。我已无心，君因甚、更把青衫为客。邂逅卑飞，几时高举，不露真消息。大家行处，到头须管行得。　　何处寻取狂徒，可能著意，更问渠侬骨。天上人间，最好是、闹里一般岑寂。瀛海无波，玉堂有

路，隐著青霄翼。归来何事，眼光依旧生碧。

杨炎正　　念奴娇·汉天云静

汉天云静，望一星飞过，湘南湘北。当是郴山猿鹤梦，唤起日边消息。羽扇纶巾，浩然乘兴，此意无人识。扁舟千里，但闻清夜横笛。　　记得天上人间，去年今日，曾作称觞客。明月风烟依旧似，只觉蓬莱悬隔。更恐明朝，诏黄飞下，趣驾冲霄翼。衮衣剑履，望公长在南极。

杨炎正　　念奴娇·杏花杨柳

杏花杨柳，对东风染尽、一年春色。弹压烟光三万顷，谁识清都仙伯。夜泛银潢，手移星纬，飞堕从天阙。御风乘兴，偶然身到乡国。　　二年人乐升平，舞台歌榭，处处红牙拍。寿酒千觞斟不尽，一醉何妨今夕。更约明年，凤皇池上，去作称觞客。梅花折得，赠君调鼎消息。

张　镃　　念奴娇·东吴名胜

登平江齐云楼，夜饮双瑞堂，呈雷吏部

东吴名胜，有高楼直在，浮云齐处。十二阑干邀远望，历历斜阳烟树。香径人稀，屧廊山绕，往事今何许。一天和气，为谁吹散疏雨。　　知是兰省星郎，朱轮森戟，与风光为主。暇日登携多雅致，容我追随临赋。小宴重开，晚寒初劲，还下危梯去。烛花红坠，瑞堂犹按歌舞。

张　镃　　念奴娇·宜雨亭咏千叶海棠

绿云影里，把明霞织就，千重文绣。紫腻红娇扶不起，好是未开时候。半怯春寒，半便晴色，养得胭脂透。小亭人静，嫩莺啼破清昼。　　犹记携手芳阴，一枝斜戴，娇艳波双秀。小语轻怜花总见，争得似花长久。醉浅休归，夜深同睡，明日还相守。免教春去，断肠空叹诗瘦。

刘　过　　念奴娇·留别辛稼轩

知音者少，算乾坤许大，著身何处。直待功成方肯退，何日可寻归路。多景楼前，垂虹亭下，一枕眠秋雨。虚名相误，十年枉费辛苦。　　不是奏赋明光，上书北阙，无惊人之语。我自匆忙天未许，赢得衣裾尘土。白璧追欢，黄金买笑，付与

君为主。莼鲈江上，浩然明日归去。

刘　过　　　　念奴娇·七夕

并肩楼上，小阑干、独记年时凭处。百岁光阴弹指过，消得几番寒暑。鹊去桥空，燕飞钗在，不见穿针女。老怀凄断，夜凉知共谁诉。　　不管天上人间，秋期月影，两处相思苦。闲揭纱窗人未寝，泪眼不曾晴雨。花落莲汀，叶喧梧井，孤雁应为侣。浩歌而已，一杯长记时序。

卢　炳　　　　念奴娇·晚天清楚

晚天清楚，扫太虚纤翳，凉生江曲。四顾青冥天地阔，惟有残霞孤鹜。山气凝蓝，汀烟引素，竦竦浮群木。白蘋风定，波澄万顷寒玉。　　时有一叶渔舟，收纶垂钓，来往何幽独。短发萧萧襟袖冷，便觉都无袢溽。曳杖归来，夜深人悄，月照鳞鳞屋。藤床一枕，迥然清梦无俗。

卢　炳　　念奴娇·白莲呈罗教、黄法

凿开方沼，问何人种玉、工夫奇绝。幻了瀛州有□□，十万水仙罗列。风曳璚琚，露零珠佩，天上人装结。君看炎夏，堕来何处冰雪。　　我来对此凉生，红尘飞尽，却笑凌波袜。最爱幽姿能雅淡，自蓄芳馨孤洁。挹取天浆，唤将空籁，齐作清歌发。不知尘世，晃然身在瑶阙。

卢　炳　　　　念奴娇·碧池如染

碧池如染，把玻璃甃就，纤埃都绝。西国夫人空里坠，圆盖亭亭排列。莹质无瑕，尘心不染，远社堪重结。当时盛事，虎溪茗碗翻雪。　　千载此意谁论，人争买笑，醉眼看罗袜。坐上如今皆我辈，素蕴从来蠲洁。击节临风，停杯对月，浩气俱英发。两翁仙举，玉堂正在金阙。

卢　炳　　　　念奴娇·好风明月

好风明月，共芙蕖、占作人间三绝。试问千花还□□，敢与英姿同列。一曲千钟，凌云长啸，舒放愁肠结。人生易老，莫教双鬓添雪。　　回首蝇利蜗名，微官多误，自笑尘生袜。争似玉人真妩媚，表里冰壶明洁。露下寒生，参横斗转，又听

胡笳发。夜阑人静，一声清透云阙。

卢　炳　　　　念奴娇·快风收雨

上巳太守待同官曲水园，因成

快风收雨，正江城初霁，物华如许。丽日融和春思好，是处莺啼燕语。嫩绿成阴，落红堆绣，只恐春将暮。园林清昼，看看又见飞絮。　　太守无限风流，铃斋多暇，载酒郊原路。几队旌旗光闪烁，鼓吹更翻新谱。曲水流觞，兰亭修禊，俯仰成今古。为君一醉，归时楼上初鼓。

姜　夔　　　　念奴娇·闹红一舸

予客武陵，湖北宪治在焉。古城野水，乔木参天。予与二三友日荡舟其间，薄荷花而饮。意象幽闲，不类人境。秋水且涸，荷叶出地寻丈，因列坐其下。上不见日，清风徐来，绿云自动。间于疏处窥见游人画船，亦一乐也。朅来吴兴，数得相羊荷花中。又夜泛西湖，光景奇绝。故以此句写之

闹红一舸，记来时、尝与鸳鸯为侣。三十六陂人未到，水佩风裳无数。翠叶吹凉，玉容销酒，更洒菰蒲雨。嫣然摇动，冷香飞上诗句。　　日暮青盖亭亭，情人不见，争忍凌波去。只恐舞衣寒易落，愁入西风南浦。高柳垂阴，老鱼吹浪，留我花间住。田田多少，几回沙际归路。

姜　夔　　　　念奴娇·谢人惠竹榻

楚山修竹，自娟娟、不受人间袢暑。我醉欲眠伊伴我，一枕凉生如许。象齿为材，花藤作面，终是无真趣。梅风吹溽，此君直恁清苦。　　须信下榻殷勤，翛然成梦，梦与秋相遇。翠袖佳人来共看，漠漠风烟千亩。蕉叶窗纱，荷花池馆，别有留人处。此时归去，为君听尽秋雨。

姜　夔　　　　念奴娇·毁舍后作

昔游未远，记湘皋闻瑟，澧浦捐褋。因觅孤山林处士，来踏梅根残雪。獠女供花，伧儿行酒，卧看青门辙。一丘吾老，可怜情事空切。　　曾见海作桑田，仙人云表，笑汝真痴绝。说与依依王谢燕，应有凉风时节。越只青山，吴惟芳草，万古

皆沉灭。绕枝三匝，白头歌尽明月。

汪　莘　　　　念奴娇·寄孟使君

龙山高会，忆当时宾主，风流云散。今日紫阳峰顶上，人望旌旗天半。万叠红蕖，千层黄菊，照耀成飞观。西风浩荡，碧天斜去双雁。　　遥想健笔淋漓，龙蛇落纸，妙句高张翰。笼日轻霞横数抹，绿水金波相间。目寄宣平，神追师道，归棹摇星汉。城中万户，烛光香雾交贯。

吴　琚　　　　念奴娇·题浮玉石簰山

我来浮玉，似凭陵沧海，蹑金鳌背。又若骑鲸游汗漫，飞入八荒之外。钟鼓传声，楼台倒影，不类人间世。徘徊吟眺，恨无陶谢酬对。　　今古潮落潮生，问英雄多少，与江俱逝。直欲乘风归阆苑，疑是三生习气。未办鱼蓑，先盟鸥鹭，奈卜邻无地。从今清夜，梦魂应绕空翠。

刘仙伦　　念奴娇·送张明之赴京西幕

艅艎东下，望西江千里，苍茫烟水。试问襄州何处是，雉堞连云天际。叔子残碑，卧龙陈迹，遗恨斜阳里。后来人物，如君瑰伟能几。　　其肯为我来耶，河阳下士，正自强人意。勿谓时平无事也，便以言兵为讳。眼底山河，楼头鼓角，都是英雄泪。功名机会，要须闲暇先备。

刘仙伦　　　念奴娇·感怀呈洪守

吴山青处，恨长安路断，黄尘如雾。荆楚西来行堑远，北过淮堧严扈。九塞貔貅，三关虎豹，空作陪京固。天高难叫，若为得诉忠语。　　追念江左英雄，中兴事业，枉被奸臣误。不见翠华移跸处，枉负吾皇神武。击楫凭谁，问筹无计，何日宽忧顾。倚筇长叹，满怀清泪如雨。

刘仙伦　　　念奴娇·长沙赵帅席上作

西风何事，为行人扫荡，烦襟如洗。垂涨蒸澜都卷尽，一片潇湘清泚。酒病惊秋，诗愁入鬓，对景人千里。楚宫故事，一时分付流水。　　江上买取扁舟，排云涌浪，直过金沙尾。归去江南丘壑处，不用来寻月姊。风露杯深，芙蓉裳冷，笑傲

烟霞里。草庐如旧，卧龙知为谁起。

刘仙伦　　念奴娇·寿尚倅　三月初一

一番春事，到芗林、更两日重三节。百品名花饶笑处，喜遇诞弥佳月。巢叶灵龟，舞琴野鹤，总是千年物。来为公寿，纶巾长映华发。　　平生圣处工夫，道□深味，胸次真冰雪。高蹈丘园还谢了，杖叟蒲轮朝谒。时上篮舆，相随孙子，庆满床簪笏。南丰道价，敬持一瓣香爇。

俞国宝　　念奴娇·云收雾敛

云收雾敛，过一番疏雨，秋容新沐。月满巴山天似水，满眼祥云飞扑。一点长庚，瑞腾光彩，独照梅仙屋。十洲三岛，有人初降凡俗。　　长怪李白疏狂，骑鲸一去，千载无人逐。也解重来应尚欠，多少人间传曲。只怨君王，促归批诏，夜对金莲烛。蓬仙日醉，不知海岛桃熟。

郭应祥　　念奴娇·次贾子济韵

琼苞玉屑，问天公、底事乱抛轻坠。城郭山川都一样，那得个般清气。谢女才情，如何只道，柳絮因风起。比梅差可，但无绿萼红蕊。　　坐上十客雄豪，颓然一老，草具相邀致。驱尽寒威凭酒力，买笑千金须费。谁办佳词，洛阳年少，笔下生新意。待添几琖，共君今夕同醉。

高惟月　　念奴娇·岩扃不锁

三山高惟月以庆元戊午校秋试于零陵竣事，尝游淡岩，观山谷留题。后廿九事，竭来分符，暮秋复游。睹景物之依然，叹岁月之逾迈。归兴翩翩，赋念奴娇一阕

岩扃不锁，算空洞深窈，是谁初凿。帝遣六丁持月斧，乱把云根镵劚。骇目奇观。恍如崩浪，汹涌从天落。谪仙何处，翠珉佳句如昨。　　惆怅白首重游，多情还似，与青山有约。且对清尊酬胜赏，休想舞衣歌乐。景物依然，头颅如许，何事嗟漂泊。翩翩归兴，故山无限林壑。

汪　晫　　念奴娇·清明

谁家野菜饭炊香，正是江南寒食。试问春光今几许，犹有

三分之一。枝上花稀，柳间莺老，是处春狼藉。新来燕子，尚传晋苑消息。　　应记往日西湖，万家罗绮，见满城争出。急管繁弦嘈杂处，宝马香车如织。猛省狂游，恍如昨梦，何日重寻觅。杜鹃声里，桂轮挂上空碧。

汪　晫　　　念奴娇·相逢草草

汪平叔、王季雄、戴適之环谷夜酌，即席借东坡先生大江东去词韵就饯平叔赴任南陵尉

相逢草草，共吟诗、同醉杯中之物。评论三王讥五霸，谈辩喧哗邻壁。敲缺唾壶，击残如意，妙语飞华雪。无能为也，如何对此三杰。　　看取东野诗成，南昌书就，奈征车催发。后夜山深何处宿，红豆寒灯明灭。一老堪怜，两生未起，应念星星发。风传佳话，花村无犬惊月。

程　珌　　念奴娇·忆先庐春山之胜

归来一笑，尚看看趁得，人间寒食。阿寿牵衣仍问我，双鬓新来添白。忍见庭前，去年芳草，依旧青青色。西湖雨后，绿波两岸平拍。　　天教断送流年，三之一矣，又是成疏隔。燕子春寒浑未到，谁说江南消息。玉树熏香，冰桃翻浪，好个山间景物。这回归去，松风深处横笛。

程　珌　　　念奴娇·初见海棠花

嫣然一笑，向烛花光下，经年才见。欲语还羞如有恨，方得东君一盼。天意无情，更教微雨，香泪流丹脸。今朝霁色，笙歌初沸庭院。　　因是思入东屏，当年手植，遍桃源低岸。失脚东来春七度，辜负芳丛无限。问讯园丁，宁如归去，细与从头看。东风独立，白云遮断双眼。

郑　域　　　念奴娇·水晶宫殿

水晶宫殿，放三千龙女，凌波浮浴。花里凋房分洞户，隐隐钉头齐簇。处子娇羞，碧裙无袖，密护圆瑳玉。堤头微露，半身犹掩金绿。　　知是紫府筵开，□随纤指，出玲珑窗屋。倩剥霓裳轻手搔，掏损些些香玉。端的中心，密藏芳意，苦苦何时足。巴城憔悴，采歌犹闻新曲。

郑　域　　　　念奴娇·素肌莹净

素肌莹净，隔鲛绡贴衬，猩红妆束。火伞飞空熔不透，一块玲珑冰玉。破暑当筵，褪衣剥带，微露真珠肉。中心些子，向人何大焦缩。　　应恨旧日杨妃，尘埃走遍，向南闽西蜀。困入筠笼消黯揽，香色精神愁蹙。赖有君谟，为传家谱，不弃青黄绿。到头甜口，是人都要圜熟。

郑　域　　　　念奴娇·蕊宫仙子

蕊宫仙子，爱痴儿、不禁三偷家果。弃核成根传汉苑，依旧风烟难□。老养丹砂，长留红脸，点透胭脂颗。金盘盛处，恍然天上新堕。　　莫厌对此飞觞，千年一熟，异人间梨枣。刘阮尘缘犹未断，却向花间飞过。争似莲枝，摘来满把，莺嘴平分破。餐霞嚼露，镇长歌醉蓬岛。

郑　域　　　　念奴娇·东陵美景

东陵美景，有轻烟和月，斜风吹雨。一体龙须随地转，不学松萝儿女。结就员青，收来掌握，犹带金盘露。拍浮金井，水花零乱飞舞。　　谁信六月飘霜，破开落刃，散银丝金缕。冷碧凄香萦齿颊，洗我尘襟烦暑。杜老吟诗，巳公留客，此兴无今古。安期非诞，世间有枣如许。

郑　域　　　　念奴娇·戊午生日作

嗟来咄去，被天公、把做小儿调戏。蹀雪龙庭归未久，还促炎州行李。不半年间，北胡南越，一万三千里。征衫著破，著衫人、可知矣。　　休问海角天涯，黄蕉丹荔，自足供甘旨。泛绿依红无个事，时舞斑衣而已。救蚁藤桥，养鱼盆沼，是亦经纶耳。伊周安在，且须学老莱子。

郑清之　　　　念奴娇·菊

楚天霜晓，看老来秋圃，寒花犹在。金阙栽培端正色，全胜东篱风采。雅韵清虚，幽香淡泊，惟有陶家爱。由他尘世，落红愁处如海。　　多少风雨飘摇，夫君何素，晚节应难改。休道三闾曾旧识，轻把木兰相对。延桂同盟，索梅为友，不复娇春态。年年秋后，笑观芳草萧艾。

魏了翁　念奴娇·绵州表兄生日　绍定壬辰五月

按调当为《木兰花慢》

被东风吹送，都看尽、蜀三川。向涪水西来，东山右去，剑阁南旋。家家露餐风宿，数旬间、浑不见炊烟。踏遍王孙草畔，眼明帝子城边。　万家赤子日高眠，丝管夜喧阗。自梓遂而东，岷峨向里，汉益从前。人人里歌涂咏，愿君侯、长与作蕃宣。我愿时清无事，早归相伴华颠。

魏了翁　念奴娇·广汉士民送别用韩推官韵为谢

万人遮道，拨不断、争挽房湖逐客。臣罪既盈应九死，全荷君王矜恻。况是当年，曾将愚技，十字街头立。恩波浩荡，孤忠未报涓滴。　世事应若穿杨，一弦不到，前发皆虚的。自判此生元有分，不管筮违龟食。靴帽丛中，渔樵席上，无入非吾得。倚湖一笑，夜深群动皆息。

魏了翁　念奴娇·鲜于安抚□□劝酒

固陵江上，暮云急、一夜打头风雨。催送春江船上水，笑指□山归去。靴帽丛中，渔樵席上，总是安行处。惟余旧话，为公今日拈取。　见说家近岷山，翠云平楚，万古青如故。要把平生三万轴，唤取山灵分付。庐阜嵩高，睢阳岳麓，会与岷为伍。及时须做，鬓边应未迟暮。

魏了翁　念奴娇·送简池宋倅□□之官即席赋

修娉人物，元如许、谁把屏星留却。弄破峨眉山月影，似作平分消息。卷雾名谭，翳云长袖，未称三池客。且然袖手，人间烦暑方剧。　分手未见前期，风前耿耿，目断斜阳角。亦欲乘风归去也，问讯故山猿鹤。犹鼓催鸡，挥弦送雁，转首成乖各。愿加餐饭，书来频寄新作。

魏了翁　念奴娇·刘左史光祖生日

岸容山意，随春好、人在春风独立。立尽闲云来又去，目断一天红日。岂不怀归，于焉信宿，此意无人识。只看鬓发，丝丝都为人白。　风露正满人间，齁齁睡息，浑不知南北。要上南山披荟蔚，谁是同心相觅。天运无穷，事机难料，只有

储才急。愿公寿考，养成元祐人物。

魏了翁　　念奴娇·复用韵谢之

叔母生日刘左史光祖以余春时所与为寿词韵见贶

梦中犹记，来时路、五马踟蹰攒立。江北城南春澹沲，山锁一天晴日。伊轧征车，徊徨去意，只有东风识。如今远在，谁人伴我浮白。　天外一曲阳春，依然有脚，来到萱堂北。不是奇情双照亮，肯寄鳞鸿相觅。酒引曹醇，歌翻楚调，触拨归心急。醉魂时绕，莺花世界风物。

魏了翁　念奴娇·刘左史光祖夫人生日

刘郎初度随春到，尚记彩衣春立。又上夫人千岁寿，相望不争旬日。琴瑟仪刑，山河态度，长是春风识。都将和气，蒸成满院红白。　我被五斗红陈，三升官酒，驱到郪城北。解后相逢同一笑，此会几年难觅。宝蜡烧春，花光缟夜，未放觥筹急。天然真乐，倘来知是疣物。

刘学箕　念奴娇·次韵范正之柳絮

水轩沙岸，午风轻、飘动一天晴雪。日色晶荧光眩眼，细逐游丝明灭。帘幕中间，楼台侧畔，浑是瑶瑛积。缀松黏竹，恍然如对三绝。　遥认仿佛飞花，花非还似，恼乱多情客。点染春衫无定度，又转沉香亭北。密密疏疏，斜斜整整，似雪难分别。坡仙不见，后人有口何说。

刘学箕　念奴娇·次人韵

断虹开霁，净秋容、点点初收微雨。夕下生阴山影澹，缥渺烟云吞吐。乌帽风偏，青鞋沙软，误入桃溪坞。多情鸥鹭，偶来忽又飞去。　日暮修竹佳人，雾绡琼佩，绰约疑仙侣。愧我禅心春尽絮，不逐东风飞舞。红叶题诗，紫云传恨，密意渠能诉。此情疏隔，不关楼外烟树。

洪咨夔　念奴娇·香山老矣

老人用僧仲殊韵咏荷花横披，谨和

香山老矣，正商量不下，去留蛮素。独立踌躇肠欲断，一段若耶溪女。水底新妆，空中香袖，斜日疏风浦。向人欲语，

垂杨清荫多处。　　便好花里唤船，碧筒白酒，微吸荷心苦。佳月一钩天四碧，隐约明波横注。雪藕逢丝，擘莲见薏，枕簟凉如雨。一双宿鹭，伴人永夜翘伫。

洪咨夔　　念奴娇·敬借老人灯韵为寿

光风霁月，信行窝到处，人间天上。一笑唤回新造化，满眼翠舒红放。脑后功名，脚跟富贵，梦断春旗仗。辐巾萧散，任他虮虱龙象。　　正是杨柳初眠，海棠半睡，锦绣天开障。鹤骨松筋年望八，得醉不妨澜浪。节过烧灯，时催修禊，迎面韶华荡。宗文扶著，问翁马首何向。

刘　镇　　念奴娇·调冰弄雪

调冰弄雪，想花神清梦，徘徊南土。一夏天香收不起，付与蕊仙无语。秀入精神，凉生肌骨，销尽人间暑。稼轩愁绝，惜花还胜儿女。　　长记歌酒阑珊，开时向晚，笑浥金茎露。月浸栏干天似水，谁伴秋娘窗户。困殢云鬟，醉欹风帽，总是牵情处。返魂何在，玉川风味如许。

程公许　　念奴娇·晓凉散策

中秋玩月，忆山谷“共倒金荷家万里，难得尊前相属”之句，怅然有怀，借韵作一首

晓凉散策，恨西风不贷，一池残绿。谁与冰轮抛玉斧，恰好今宵圆足。树杪翻光，莎庭转影，零乱崑台玉。荡胸清露，闲须浇下醽醁。　　休问湖海飘零，老人心事，似倚岩枯木。万里亲知应健否，脉脉此情谁属。世虑难平，天高难问，倚遍阑干曲。不妨随寓，买园催种松竹。

王　迈　　念奴娇·熙春台宴同官

层台云外，阅古今、多少兴衰成败。老木千章，若个是、南国甘棠遗爱。群籁号风，繁阴蔽日，有此清凉界。宾朋在坐，朗然心目明快。　　更向会景亭前，登高吊古，此景何人会。岁岁春来春又去，独有灵台春在。早稻炊香，晚禾摇穗，管取三登泰。酿成春酒，把杯行乐须再。

王　迈　　念奴娇·寿洪运管　五月初五

见山堂上，画帘卷、犹是清和天气。绿水红莲，雅称得、

瑶碧冰壶标致。名在丹台，籍通紫府，游戏人间世。三洪华阀，自应生此人瑞。　　好是佳旦称觞，斑衣拜舞，有鹓雏相对。后院婵娟争劝酒，端竿彩丝双系。管取来年，雪罗风葛，荣被君恩赐。黑头公相，直须眉寿千岁。

张　辑　　　　念奴娇·嫩凉生晓

嫩凉生晓，怪今朝湖上，秋风无迹。古寺桂香山色外，肠断幽丛金碧。骤雨俄来，苍烟不见，苔径孤吟屐。系船高柳，晚蝉嘶破愁寂。　　且约携酒高歌，与鸥相好，分坐渔矶石。算只藕花知我意，犹把红芳留客。楼阁空濛，管弦清润，一水盈盈隔。不如休去，月悬良夜千尺。

葛长庚　　　　念奴娇·咏雪

广寒宫里，散天花、点点空中柳絮。是处楼台皆似玉，半夜风声不住。万里盐城，千家珠瓦，无认蓬莱处。但呼童，且去探梅花，攀那树。　　垂帘未敢掀开，狮儿初捏就，佳人偷觑。溪畔渔翁蓑又重，几点沙鸥无语。竹折庭前，松僵路畔，满目都如许。问要晴，更待积痕消，须无雨。

刘克庄　　　　念奴娇·木樨

绕篱寻菊，菊犹迟、舍北芙蓉浑未。却是小山丛桂里，一夜天香飘坠。约束奴兵，丁宁稚子，莫扫青苔砌。风高露冷，倚栏疑匪人世。　　客有载酒过余，朗吟招隐，洗尽悲秋意。白发长官穷似虱，刚被天公调戏。遍地堆金，满空雨粟，不济渊明事。残英剩馥，明朝犹可同醉。

刘克庄　　　　念奴娇·菊

老夫白首，尚儿嬉、废圃一番料理。餐饮落英并坠露，重把离骚拈起。野艳幽香，深黄浅白，占断西风里。飞来双蝶，绕丛欲去还止。　　尝试诠次群芳，梅花差可，伯仲之间耳。佛说诸天金色界，未必庄严如此。尚友灵均，定交元亮，结好天随子。篱边坡下，一杯聊泛霜蕊。

刘克庄　　　　念奴娇·壬寅生日

比如去岁前年，今朝差觉门庭静。玉轴锦标无一首，知道

先生远佞。假使文殊，携诸菩萨，来问维摩病。无花堪散，亦无香积斋衬。　　回首雪浪惊心，黄茅过顶，瘴毒如炊甑。山鬼海神俱长者，饶得书生穷命。不慕飞仙，不贪成佛，不要钻天令。年年今日，白头母子家庆。

刘克庄　　　念奴娇·寿方德润

卯君来处，与眉州仙子，依稀同日。一自前朝龚蔡后，颇觉壶山岑寂。谁料端平，继居遗补，复有斯人出。幅巾林下，姓名玉座长忆。　　须信谄语尤甘，忠言最苦，橄榄何如蜜。诸老萧疏星欲晓，留取南都铁壁。洛社自佳，镜湖虽好，莫问君王乞。年年岁岁，大家同做真率。

刘克庄　　　念奴娇·丙午郑少师生日

禁中张宴，苦留公、未许归寻初服。千载君臣鱼有水，不比严光文叔。火德中天，客星一夕，草草聊同宿。重来凝碧，依然赓载相属。　　过眼夸夺纷纷，浮云野马，几度棋翻局。客话凤池三入事，洗耳湖光一曲。伯始泉荒，稚珪圃冷，占断西风菊。年年岁岁，金英常泛芳醁。

刘克庄　　　念奴娇·居厚弟生日

素馨茉莉，向炎天、别有一般标致。淡妆绰约堪□□，导引海山大士。从者谁欤，青藜阁下，汉卯金之子。云阶月地，夜深凉意如水。　　客又疑这仙翁，唐玄都观里，咏桃花底。且赌樽前身见在，休管汉唐时事。坡颍归迟，机云发早，得似侬兄弟。屦来户外，但言二叟犹醉。

刘克庄　　　念奴娇·天风浩动

七月望夕观月，昔方孚若每以是夕泛湖觞客，云脩坡公故事

天风浩动，扫残暑、推上一轮圆魄。爱举眉山公旧话，与客泛舟赤壁。一自奎星，去朝帝所，叹洞箫声息。空余二赋，至今凄动金石。　　长记诗境平生，诗豪酒圣，亦自仙中谪。畴昔停桡追欢处，忍听邻人吹笛。董相林荒，贺公湖在，俯仰成陈迹。两翁已矣，年年孤负今夕。

刘克庄　　　念奴娇·少时独步词场

少时独步词场，引弦百发无虚矢。岁晚却蒙崑体力，世业

工脩鞋底。曾裂白麻，曾涂墨敕，谪堕俄征起。鼎湖龙去，老臣何以堪此。　　回首当日遭逢，譬如春梦，误入华胥里。推枕黄粱犹未熟，封拜几王侯矣。似瓮中蛇，似蕉中鹿，又似槐中蚁。先人书在，尚堪追补遗史。

刘克庄　　念奴娇·和诚斋休致韵

此翁双手，顿闲处、且把香篝笼袖。西掖北门辞不要，肯要南柯太守。小小亭台，些些竹木，何必灵和柳。地行仙里，合推侬做班首。　　取次著绝交书，续归田录，谁掣先生肘。莫遣朝衣梅醭了，留祝南山之寿。苍妓上厅，老僧封院，得似樗庵叟。虚名身后，生前且一杯酒。

刘克庄　　念奴娇·再和

梦中忘却，已闲退、谏草犹藏怀袖。文不会、铺张粉饰，武又安能战守。秃似葫芦，辣于姜桂，衰飒同蒲柳。没安顿处，不如归去丘首。　　岁晚筋力都非，任空花眩眼，枯杨生肘。客举前脩三数个，待与刘君为寿。或号憨郎，或称钝汉，或自呼聱叟。一篇齐物，读时咽以卮酒。

刘克庄　　念奴娇·三和

戏衫抛了，下棚去、谁笑郭郎长袖。小小草庵无宝贝，何必神呵鬼守。黄奶篝灯，青奴拂榻，莫要他桃柳。客来问字，此翁高卧摇首。　　仿佛曾子当年，商歌满屋，衣不完衿肘。混沌若教休凿窍，巧历安知其寿。文叔故人，仲华几个，输与羊裘叟。浮生如寄，切身之物惟酒。

刘克庄　　念奴娇·丙寅生日

老逢初度，小儿女、盘问翁翁年纪。屈指先贤，仿佛似、当日申公归邸。跛子形骸，瞎堂顶相，更折当门齿。麒麟阁上，定无人物如此。　　追忆太白知章，自骑鲸去后，酒徒无几。恶客相寻，道先生、清晓中酲慵起。不袖青蛇，不骑黄鹤，混迹红尘里。彭聃安在，吾师淇澳君子。

刘克庄　　念奴娇·二和

并游英俊，从头数、富贵消磨谁纪。道眼看来，叹人生如寄，家如旅邸。教婢羹藜，课奴种韭，聊诳残牙齿。草堂绵

莼，百年栖托于此。　　岁晚笔秃无花，探怀中残锦，翦裁余儿。腰脚顽麻，赐他灵寿杖，也难扶起。离绝交游，变更名姓，日暮空山里。老僧复出，不知谁氏之子。

刘克庄　　　　念奴娇·三和

四朝遗老，须眉白、巧历不知其纪。真唤九重为座主，肯谒侯门王邸。晚会耆英，未论爵德，乡曲无如齿。酒酣度曲，妙音久不闻此。　　堪叹化鹤重来，但累累华表，旧人存几。散尽黄金，留箧中团扇，怕秋风起。结绮歌阑，披香宴悄，放出深宫里。颠毛虽秃，尚堪封管城子。

刘克庄　　　　念奴娇·四和

太丘晚节，把家事、一切传他谌记。业已休休，又谁解露绶，会稽郡邸。张丈殷兄，阮生朱老，相与为唇齿。酒楼犹记，谪仙尝醉于此。　　一二耆旧贻书，新来强健否，问年今几。谢傅当时，却因个甚，抛了东山起。对局含嚬，闻筝堕泪，围在愁城里。吾评晋士，不如归去来子。

刘克庄　　　　念奴娇·五和

隆乾间事，两翁有、手泽遗编曾纪。余掌兰台脩纂到，景定初开忠邸。坏起复麻，奋涂归笔，嚼碎张巡齿。德音犹在，非卿何足语此。　　老来兹事都休，问门前宾客，今朝来几。达汝空函，投伊大瓮内，谁曾提起。丹汞灰飞，黄粱炊熟，跳出槐宫里。儿童不识，秃翁定是谁子。

刘克庄　　　　念奴娇·六和

轮云世故，千万态、过眼谁能殚纪。只履携归消许急，日暮行人问邸。麝以脐灾，狨为尾累，焚象都因齿。后之览者，亦将有感于此。　　检点洛下同盟，萧疏甚，白发戴花人几。一觉齁齁，笑仆家越石，闻鸡而起。颜发俱非，头皮犹在，胜捉来官里。俗间俚耳，未曾闻这腔子。

刘克庄　　　　念奴娇·自填曲子

自填曲子，自歌之、岂是行家官样。眼瞎背驼方引去，羞杀陈抟种放。折起残编，寄声太乙，不必烦藜杖。陈人束阁，

让他来者居上。　安乐值几多钱，且幅巾绦褐，准云台象。长扇矮壶山南北，忘却晓随天仗。六逸七贤，五更三老，元不论资望。香山误矣，渔翁何减为相。

刘克庄　念奴娇·丁卯生朝

小孙盘问翁翁，今朝怎不陈弧矢。翁道暮年惟只眼，不比六根全底。常日谈玄，余龄守黑，赤眚从何起。鬓须雪白，可堪委顿如此。　心知病有根苗，短檠吹了，世界朦胧里。纵有金篦能去翳，不敢复囊萤矣。但愿从今，疾行如鹿，更细书如蚁。都无用处，留他教传麟史。

阳　枋　念奴娇·丁卯中元作示儿

白尽蒹葭，衰从蒲柳，我只松筠节。君民尧舜，老翁揩眼勋业。

李　亿　念奴娇·镜鸾分影

镜鸾分影，望天涯肠断，悄无红叶。几度秋风吹翠被，一缕幽香难灭。燕卜新梁，花移别槛，回首春如客。欢情何在，绿杨空锁愁色。　可是今古风流，小乔姝丽，只许周郎得。金谷珠帘空百尺，不碍梦魂飞入。钗股盟深，旧缘未断，月有重圆日。蓝桥路近，乘云先问消息。

冯取洽　念奴娇·次韵玉林寄示

高堂素壁，漫生绡十幅，图张消暑。不奈火云烧六合，逃也略无逃处。小派秋声，巨簏凉点，吸欻来何许。故人词翰，此时飞落蓬户。　何幸一笑掀髯，停杯浩唱，三叹遗音古。雪碗冰瓯无表里，更贮三危鲜露。咀咽生香，清寒入梦，展转忘宵曙。对床误喜，与君同听风雨。

赵以夫　念奴娇·寒食次卢野涉并怀孙季蕃

重门翠锁，笑侯鲭断绝，又逢寒食。社瓮初开春浩荡，荠蕨漫山谁摘。榆火传新，柳绵吹老，愁绪空千亿。百花过了，游蜂将次成蜜。　追思共醉西湖，诗朋余几，俯仰成悲恻。月射波心光万丈，犹想当时颜色。黄鹄翩翩，白驹皎皎，莫待山灵勒。金貂箬笠，问渠还肯相易。

赵以夫　　念奴娇·次朱制参送其行

尊前一笑，问梅花消息，几枝开遍。咳唾随风人似玉，寒夜春生酒面。故里天遥，殊乡岁晚，忍对骊驹宴。无情潮汐，可能为我留恋。　　目断雪棹烟帆，匆匆轻别，岂是如鸿燕。要趁盘椒供燕喜，舞袖斓斑双旋。屈指重来，扬鞭催去，想在金銮殿。云萍无据，莫辞蘸甲深劝。

赵以夫　　念奴娇·梅花度曲

梅花度曲，被多情勾引，枝枝看遍。暗忆孤山今夜月，疏影横斜镜面。萼绿凌风，云英怯冷，未放瑶池宴。人间蜂蝶，也知无计迷恋。　　闻道管领多才，清词好句，泥落空梁燕。好唤蕊珠供彩笔，莫待随风面旋。千岁蟠虬，双栖幺凤，咫尺蓬莱殿。湖边春暗，料应日日酬劝。

郑觉斋　　念奴娇·卷帘酒醒

卷帘酒醒，怕无言、慵理残妆啼粉。记绾同心双绣带，珠箔青楼花满。琢玉传情，断金订约，总是愁根本。谁知薄幸，肯于长处寻短。　　旧日掌上芙蓉，新来成刺，变却风流眼。自信华年风度在，未怕香红春晚。恩不相酬，怨难重合，往事冰澌泮。分明诀绝，股钗还我一半。

张　榘　　念奴娇·重午次丁广文韵

楚湘旧俗，记包黍沉流，缅怀忠节。谁挽汨罗千丈雪，一洗些魂离别。赢得儿童，红丝缠臂，佳话年年说。龙舟争渡，搴旗捶鼓骄劣。　　谁念词客风流，菖蒲桃柳，忆闺门铺设。嚼徵含商陶雅兴，争似年时娱悦。青杏园林，一樽煮酒，当为浇凄切。南薰应解，把君愁袂吹裂。

张　榘　　念奴娇·三闾何在

三闾何在，把离骚细读，几番击节。蓠蕙椒兰纷江渚，较以艾萧终别。清浊同流，醉醒一梦，此恨谁能说。忠魂耿耿，只凭天辨优劣。　　须信千古湘流，彩丝缠黍，端为英雄设。堪笑儿童浮昌歜，悲愤翻为嬉悦。三叹灵均，竟罹谗网，我独中情切。薰风窗户，榴花知为谁裂。

吴 渊　　念奴娇·我来牛渚

我来牛渚，聊登眺、客里襟怀如豁。谁著危亭当此处，占断古今愁绝。江势鲸奔，山形虎踞，天险非人设。向来舟舰，曾扫百万胡羯。　　追念照水然犀，男儿当似此，英雄豪杰。岁月匆匆留不住，鬓已星星堪镊。云暗江天，烟昏淮地，是断魂时节。栏干捶碎，酒狂忠愤俱发。

刘清夫　　念奴娇·武夷咏梅

乱山深处，见寒梅一朵，皎然如雪。的皪妍姿羞半吐，斜映小窗幽绝。玉染香腮，酥凝冷艳，容态天然别。故人虽远，对花谁肯轻折。　　疑是姑射神仙，幔亭宴罢，迤逦停瑶节。爱此溪山供秀润，饱玩洞天风月。万石丛中，百花头上，谁与争高洁。粗桃俗李，不须连夜催发。

周文谟　　念奴娇·棋声特地

棋声特地，把十年心事，恍然惊觉。杨柳楼头歌舞地，长记一枝纤弱。破镜重圆，玉环犹在，鹦鹉言如昨。秦筝别后，知他几换弦索。　　谁念顾曲周郎，樽前重见，千种愁难著。犹胜玄都人去后，空怨残红零落。绿叶成阴，桃花结子，枉恨东风恶。盈盈泪眼，见人欲下还阁。

王 澜　　念奴娇·避地溢江书于新亭

凭高远望，见家乡、只在白云深处。镇日思归归未得，孤负殷勤杜宇。故国伤心，新亭泪眼，更洒潇潇雨。长江万里，难将此恨流去。　　遥想江口依然，鸟啼花谢，今日谁为主。燕子归来，雕梁何处，底事呢喃语。最苦金沙，十万户尽，作血流漂杵。横空剑气，要当一洗残虏。

吴 潜　　念奴娇·咏白莲用宝月韵

一般妙质，笑乐天、夸诧小蛮樊素。万柄参差罗翠扇，全队西方靓女。不假施朱，也非涂碧，所乐惟幽浦。神仙姑射，算来合共游处。　　一任冶妓秾姬，采莲歌里，尽是相思苦。花气荷馨清入骨，长傍银河东注。月澹风轻，雾晞烟细，忽洒霏微雨。此时心事，美人泽畔停伫。

吴　潜　　念奴娇·再和

为嫌涂抹，向万红丛里，澹然凝素。非粉非酥能样别，只是凌波仙女。隋沼浓妆，汉池冶态，争似沧浪浦。净鸥洁鹭，有时飞到佳处。　梦绕太华峰巅，与天一笑，不觉跻攀苦。十丈藕船游汗漫，何惜浮生孤注。午鼓惊回，依然尘世，扑簌疏窗雨。起来寂寞，倚阑一饷愁伫。

吴　潜　　念奴娇·三和

白蘋影里，向何人可话，平生心素。月魄冰魂凝结就，犹薄湘妃洛女。吴沼芙蓉，陈陂菡萏，散入玄珠浦。采花蜂蝶，雾深都忘归去。　堪笑并蒂霞冠，双头酡脸，只为多情苦。空遣隔江游冶子，撩乱心飞目注。同出泥涂，独标玉质，不是曼陀雨。风清露冷，有人长自迟伫。

吴　潜　　念奴娇·四和

天然皓质，想当年此种，来从太素，一点红尘都不染，罗列蟾宫玉女。色压薝林，香欺兰畹，肯向闻筝浦。灵龟千岁，有时游漾其处。　应念社结庐山，翻嗤靖节，底事攒眉苦。纽叶为盘花当盏，有酒何妨频注。太液波边，昆明池上，岂必沾金雨。从教同辈，为他嫩嫩凝伫。

吴　潜　　念奴娇·戏和仲殊　己未四月二十七日

午飙褪暑，向绿阴深处，引杯孤酌。啼鸟一声庭院悄，日影偷移朱箔。杏落金丸，荷抽碧筒，景物挨排却。虚檐长啸，世缘菌蕈箕箨。　休问雪藕丝蒲，佩兰锄艾，旧梦都高阁。惟有流莺当此际，舌弄笙簧如约。短棹双溪，幺锄三径，归计犹难托。料应猿鹤，近来多怨离索。

李曾伯　　念奴娇·壬午徽州道间

黄梅过雨，望隔林、一缕长烟浮碧。亟拥征鞍寻午梦，卧看青山排闼。扫户风清，拂檐云淡，爽气生萧发。黄粱惊觉，子规枝上啼彻。　堪羡麦熟蚕成，酒香鸡嫩，风味农家别。幸有住山供活计，何苦江湖南北。菊老陶园，瓜荒邵圃，空负干时策。洛阳三顷，胜如金印六国。

李曾伯　　念奴娇·见郑文昌于上柏

平生宦海，是几番风雨，几番霜雪。绿野来归身强健，镜里微添华发。剑束床头，书寻架上，富贵轻于叶。南坡石竹，年来尤更清绝。　　好是梅坞松关，对湘溪一曲，翠屏千叠。柱杖篮舆诗卷里，尚小东山勋业。只恐鸥盟，难忘鹤怨，未是闲时节。片云收却，照人依旧明月。

李曾伯　念奴娇·丙午和朱希真老来可喜韵

云胡不喜，得抽脚篮中，安身局外。世路风涛都历遍，几度眉攒心碎。八尺藤床，二升粟饭，方寸恢余地。翻云覆雨，从伊造物见戏。　　不见刻木牵丝，鸡皮鹤发，弄罢寂无事。随分风光堪领略，聊放疏狂些子。刘项雌雄，跖颜修短，无彼亦无此。茅檐高卧，不知春到花底。

李曾伯　　念奴娇·己酉振鹭驿和黄茶坡韵

浮生如寄，叹征尘驱我，担簦西去。烟嶂云屏相迎送，几幅鹅溪缣素。挥汗流金，饮冰漱玉，桃叶呼前渡。若将有意，道傍一鹭延伫。　　细读壁上龙蛇，太丘笔在，更著茶坡句。樽酒十年今白发，不改江流东注。胜概难逢，旅怀易动，信美非吾土。恨无六翮，长风万里高举。

李昴英　　　念奴娇·寿王守母

瑶池高会，见云香凤背，风柔鹤膝。天遣月卿来拜舞，新拜玺书增秩。有母能贤，生儿如此，总是前身佛。孙曾戏彩，慈颜一笑闲逸。　　曾向滓尺轩中，共评今古，手写王言绰。个里乃翁棠荫在，映得梅仙山碧。人爱黄堂，祝萱堂寿，拍拍欢声溢。明年宣劝，蟠桃火枣庭实。

李昴英　　　念奴娇·麦秋时候

宝祐丁巳闰四月，偕十友避暑白云寺

麦秋时候，薄阴罩炎日，山行乘兴。筇屐追随多胜侣，青佩黄冠方领。坐石谈玄，听泉濯暑，直上千山顶。倚风长啸，籁鸣林谷相应。　　忽涌云气漫空，海吹急雨，觉冰练微冷。洗尽人间名利障，便是蓬莱仙境。半日偷闲，一生清福，岂在荣钟鼎。青灯深夜，陶然独妙清圣。

吴文英　　念奴娇·赋德清县圃明秀亭

思生晚眺，岸乌纱平步，春云层绿。罨画屏风开四面，各样莺花结束。寒欲残时，香无著处，千树风前玉。游蜂飞过，隔墙疑是金谷。　　偏称晚色横烟，愁凝峨髻，澹生绡裙幅。缥缈孤山南畔路，相对花房竹屋。溪足沙明，岩阴石秀，梦冷吟亭宿。松风古涧，高调月夜清曲。

刘子实　　念奴娇·寿仓使

一门相种，剩河英岳粹，共扶昌箓。夹辅正宜资鲁卫，左右秉持钧轴。缓驾轻车，任回虎节，何事劳山国。东民欲靖，作新少借康叔。　　况是鹭鹭佳辰，雪霜深处，季孕椿松绿。天意特教荣晚节，挺挺世臣乔木。绣斧功成，衮衣促觐，莫恨公归速。一陶和气，要令天下蒙福。

章谦亨　　念奴娇·垂杨得地

垂杨得地，在楼台侧畔，无人攀折。不似津亭舟系处，只伴客愁离别。丝过摇金，带铺新翠，雅称莺调舌。芳筵相映，最宜斜挂残月。　　却得连日春寒，未教轻滚，一片庭前雪。应恨张郎今老去，难比风流时节。醉眼浑醒，愁眉都展，舞困腰肢怯。有时微笑，把伊绾个双结。

章谦亨　　念奴娇·画楼侧畔

同官相招西湖观梅，用东坡大江东去韵

画楼侧畔，试与君、管领南枝风物。影浸西湖清浅水，旁倚云崖烟壁。艾纳全披，檀心俱露，一片前村雪。碧松修竹，岁寒真是三杰。　　长向酒欲冰时，魁英相放，不待阳和发。一任无情风又雨，毕竟清香难灭。幻玉精神，添酥标致，羞上萧萧发。脆圆可爱，更看春二三月。

黄应武　　念奴娇·乾坤开辟

乾坤开辟，桂林有、元气自来融结。石磴盘空行木杪，天柱屹然中立。窟宅幽深，泉源清远，不是灵神擘。潜通后洞，张刘万古遗迹。　　输我长剑凌虚，六尘尽扫，银海秋波碧。志气飘飘游物外，惟有清风知得。唤起白龙，护持飙驭，稽首朝金阙。山灵欣喜，紫云已在诗壁。（淳祐换号五月一日，黄

应武景行同刘子真、侯时举、廖彦植、吴汉卿、谭谦夫、简衡甫、郭温夫、霍庆昌、霍元善游白龙洞。景行赋词，子真命工刻于石。）

游子西　　念奴娇·暑尘收尽

暑尘收尽，快晚来急雨，一番初过。是处凉飙回爽气，直把残云吹破。星律飞流，银河摇荡，只恐冰轮堕。云梯稳上，琼楼今夜无锁。　便觉浮世卑沉，回翔偃薄，似蚁空旋磨。想得九天高绝处，不比人间更火。独立乾坤，浩歌春雪，可惜无人和。广寒宫里，有谁潇洒如我。

陈　郁　　念奴娇·没巴没鼻

没巴没鼻，霎时间、做出漫天漫地。不论高低并上下，平白都教一例。鼓动滕六，招邀巽二，一任张威势。识他不破，只今道是祥瑞。　却恨鹅鸭池边，三更半夜，误了吴元济。东郭先生都不管，关上门儿稳睡。一夜东风，三竿暖日，万事随流水。东皇笑道，山河原是我底。

松　洲　　念奴娇·题钟山楼

麦场桑陇，道都是、六代宫城遗迹。梦里江山经几觉，还似堠旁征驿。燕去燕来，花开花谢，那个成端的。人烟牢落，晚风何处羌笛。　堪叹挥泪新亭，算兴亡莫补、万分之一。到我凭阑，休更向酒畔、是今非昔。击楫誓清，闻鸡起舞，毕竟英雄得。伤心残照，塔尖遥露秋碧。

柴　望　　念奴娇·丙辰寄钱若洲

匆匆别去，算别来、又是几番春暮。酒债不偿还似可，负了若干吟句。渭北春天，江南夜雨，总是伤情处。黯然消歇，绿杨一阵莺语。　空记十载嬉游，如今蓦地，两处成离阻。纵是相逢天涯路，难觅年时欢侣。寄语东君，岁华不驻，谁为留春住。小楼昨夜，东风依旧飞絮。

柴　望　　念奴娇·山河

登高回首，叹山河国破，于今何有。台上金仙空已去，零落浦梅苏柳。双塔飞云，六桥流水，风景还依旧。凤笙龙管，

何人肠断重奏。　　闻道凝碧池边，宫槐叶落，舞马衔杯酒。旧恨春风吹不断，新恨重重还又。燕子楼高，乐昌镜远，人比花枝瘦。伤情万感，暗沾啼血襟袖。

柴　望　　　　念奴娇·春来多困

春来多困，正日移帘影，银屏深闭。唤梦幽禽烟柳外，惊断巫山十二。宿酒初醒，新愁半解，恼得成憔悴。鬓松云鬓，不忺鸾镜梳洗。　　门外满地香风，残梅零乱，玉糁苍苔碎。乍暖乍寒浑莫拟，欲试罗衣犹未。斗草雕阑，买花深院，做踏青天气。晴鸠鸣处，一池昨夜春水。

家铉翁　　　　念奴娇·中秋纪梦

神仙何处，人尽道、我州三神之一。为问何年飞到此，拔地倚天无迹。缥缈琼宫，溟茫朱户，不与尘寰隔。翩然鹤下，时传云外消息。　　露冷风清夜阑，梦高人过我，欢如畴昔。道骨仙风谁得似，谈笑云生几席。共踏银虬，迫随绛节，恍遇群仙集。云韶九奏，不类人间金石。

家铉翁　　　　念奴娇·送陈正言

南来数骑，问征尘、正是江头风恶。耿耿孤忠磨不尽，惟有老天知得。短棹浮淮，轻毡渡汉，回首觚棱泣。缄书欲上，惊传天外清跸。　　路人指示荒台，昔汉家使者，曾留行迹。我节君袍雪样明，俯仰都无愧色。送子先归，慈颜未老，三径有余乐。逢人问我，为说肝肠如昨。

陈　著　　　　念奴娇·咏牡丹

洛阳地脉，是谁人、缩到海涯天角。绿树成阴芳雾底，得见当年台阁。园杏贵客，海棠姬侍，拥入青油幕。人间那有，风流天上标格。　　如困如懒如羞，夜来应梦入，西瑶仙宅。为你闲风轻过去，□□不教妨却。娇不能行，笑还无语，惟把香狼藉。花花听取，年年无负春约。

陈　著　　念奴娇·献再一兄成室大任

轻衫短旆，几年来、游遍江南江北。扰扰浮生争富贵，金碧楼台满目。厦屋千间，夜床八尺，此理谁能烛。翩然归去，

家山是事都足。　　笑指旧隐逍遥，分猿鹤地，云顶栽花竹。乘兴生涯随处好，卜市心□新筑。山色窥帘，杏阴依户，门外从尘俗。朱颜雪鬓，清闲十二分福。

陈　著　　　念奴娇·夏夜流萤照窗

暑天向晚，最相宜、一簇凉生新竹。潇洒轩窗还此景，此景真非凡俗。猿鹤相随，烟霞自在，与我交情熟。人生如梦，个中堪把心卜。　　休叹乌兔如飞，功名富贵，有分终须足。不管他非非是是，不管他荣和辱。净几明窗，残编断简，且恁闲劳碌。流萤过去，文章如在吾目。

陈　著　　　念奴娇·寿姚橘州

紧头上立，问如何、犹向清溪盘礴。应为春防须熟局，且借轻裘弹压。野聚晴炊，烟波暖唱，尽出江南北。从容归衮，三年功满棋柝。　　真个福比南山，谁无富贵，无此团圞乐。锦瑟瑶琴清对处，青紫诸郎参错。楚楚孙枝，温温婿玉，帘幕欢声拍。抠衣小子，寿公也趁龟鹤。

陈　著　　　念奴娇·代人寿外舅

翠云弄晓，芰荷香、微透凉飔帘箔。彩袂蹁跹欢舞处，勾引衔桃双鹤。骤马风前，奔鲸浪里，独有壶天乐。如何不醉，放教杯量宽著。　　消得寿八千春，百分才一，更童颜如渥。听取飞琼含笑道，堪学孩儿书额。舄令骖凫，瑶仙跨凤，喜聚家人醵。心香遥上，也随风过蓬弱。

陈　著　　　念奴娇·留范景山处有感

晓村深处，记当年、轻被东风吹别。重得相看春雨屋，心事从头细说。深院灯寒，流苏帐暖，曾梦梅花月。如今何在，消凝分付啼鴂。　　亭馆飞入腥烟，残香惟有，数朵酴醾雪。旧燕寻巢来又去，也觉双飞声咽。泛梗生涯，空花世界，且做杯中活。可人兰玉，风光还有时节。

陈　著　　　念奴娇·次韵弟茝

百年光景，算山中、多占人间分数。一片清风梅是主，弹压粗花俗树。小小鱼池，深深莺谷，曲曲香云路。堪诗堪画，

是天分付闲处。　　闻要跨鹤西游，家林自好，且何妨留驻。趁取酴醾新煮酒，烧笋煎花为具。万事皆空，千金一刻，底用闲愁苦。无情杜宇，笑他催我归去。

陈　著　　　念奴娇·端午酒边

雨帘高卷，见榴花、应怪风流人老。是则年年佳节在，无奈闲心悄悄。巧扇风轻，香罗雪湿，梦里曾看了。如今溪上，欢盟分付年少。　　遍是眉好相宜，呼儿扶著，把菖蒲迎笑。说道浮生饶百岁，能有时光多少。幸自清贫，何妨乐趣，谱入瑶琴调。杯杯酒满，这般滋味谁晓。

王义山　　　念奴娇·题临湖阁

阁在东阳，向巨源所创，洪容斋作记，旧赘漕幕居其下

南昌奇观，最东湖、好景重重叠叠。谁瞰湖光新佳阁，横挹翠峰巀嶭。十里芙蓉，海神捧出，一镜何明彻。鸢鱼飞跃，活机触处泼泼。　　容斋巨笔如椽，迎来一记，赢得芳名独。猛忆泛莲前日事，诗社杯盘频设。倚看斜阳，檐头燕子，如把兴亡说。谁迎谁送，一川无限风月。

姚　勉　　　念奴娇·和尹司门与蔡侯咏雪

雕裘夜冷，怪地炉煨酒，经时难热。晓起盘风天舞絮，拍手儿童欢悦。客里新吟，天葩剪巧，思与梅争发。使君属和，雪花同是三绝。　　未说赋就梁园，阳春拍调，压倒唐元白。早晚聊镳花底去，共看朝霞银阙。朝退归来，清虚堂里，醉洒淋漓墨。而今且对，聚星堂上宾客。

牟　巘　　　念奴娇·寿洪云岩

山之天目，蔚岧峣、第一最佳泉石。见说老龙高卧处，正拥深深寒碧。独闷云扉，人思霖雨，未许无心出。苍崖赤子，而今谁为苏息。　　昨夜凉透西风，玉绳晚澹，喜见归鸿入。十二虚皇凝伫久，飞下陆离宸画。绣卣使名，洪枢衔位，催缀新班立。旂常婀娜，要陪沙路清跸。

吴季子　　　念奴娇·寿朋友

雪罗初试，过赐衣时节，才三四日。记得延陵公子宅，麟

角当年新绂。半刺名家，一经奥学，是青云人物。如何华发，蒲轮未聘遗逸。　　问讯怨鹤惊猿，不妨俱隐，且逍遥丈室。有子传家经可教，况有东皋种秫。醉里乾坤，闲中日月，便是长生术。瑶池宴后，剩看几度桃实。

奚　淢　　　　念奴娇·四圣观凉堂

踏破秋痕，向虚堂、细问新凉踪迹。野客从来无管领，独鹤自还空碧。红日重开，翠华曾到，应恨湖光窄。游龙别后，两山依旧南北。　　无语野草闲花，似嗔人问，万事今非昔。古木苍烟无限意，只有吟魂知得。歌舞百年，是非一醉，未必西风识。浩歌归去，满船风雨凄恻。

程　武　　　　念奴娇·题马嵬图

蜀江城远，想连云危栈，接天穷处。惆怅烟尘回首地，双阙觚棱犹故。龙扆星联，羽林风肃，未放鸾骖去。不堪掩面，泪沾宸袖如雨。　　底事当日昭阳，吹羌鸣羯，浣却霓裳舞。三十六宫春满眼，曾把色嗔香妒。芳草埋情，飞花陨怨，翻被蛾眉误。画图惊见，黯然魂断今古。

续雪谷　　　　念奴娇·砌红慵扫

砌红慵扫，问东风、应念西园寥落。帘卷垂杨莺哢巧，才见还因飞却。捻指光阴，关心节序，总在秋千索。翩翩双蝶，傍人争趁行乐。　　曾记步月归来，秦筝弹遍，共倚阑干角。别后池亭谁斗草，多少芳游担阁。世事升沉，人生聚散，俯仰空如昨。余香犹在，绣帏清晓寒薄。

刘辰翁　　　　念奴娇·先生自寿

槐城赋以自寿，又和韵见寿，三和谢之

先生自寿，拥衾寒、重赋凌云游意。我有大儿孔文举，弱冠骎骎暮齿。桃已三偷，树犹如此，前度花开几。蓬莱可塞，还童却老无计。　　为此援笔翩翩，大江东去，好似歌头起。寄与两家孙又子，长看以文为戏。某所某公，同年同月，谁剪招魂纸。前三例好，不须举后三例。

刘辰翁　　　　念奴娇·枯寒生晚

枯寒生晚，复何似、张绪少年时意。薄命不逢何至此，满

眼啼妆龋齿。城是城非，年来年去，万八千能几。半痴半了，更痴儿计孙计。　　回首仕已半生，仕何如已，已矣羞拈起。幸有橘丸丸日大，且复从公围戏。若论弹文，更书谤箧，吾历无余纸。多年致仕，大都有甚恩例。

刘辰翁　　念奴娇·吾年如此

吾年如此，更梦里、犹作狼居胥意。千首新诗千斛酒，管甚侯何侯齿。员峤波翻，瀛洲尘败，吾屐能销几。经丘寻壑，是他早计迟计。　　犹记辰巳嗟嗟，故人贺我，且勉呼君起。五十不来来过二，方悟人言都戏。以我情怀，借公篇韵，恨不天为纸。余生一笑，不须郕曼容例。

刘辰翁　　念奴娇·和臞山用槐城韵见寿

沧洲一叶，待借君、回我炉亭春意。突兀灵光无立壁，八面江风寒齿。响屧廊深，笼门槛赤，数月今才几。千年未论，岂无数十年计。　　我本高卧墙东，何知人事，推枕为君起。憔悴庚寅何足记，不觉联翩宾戏。白雪阳春，黄鸡唱日，绝少澄心纸。我歌草草，和章有例还例。

刘辰翁　　念奴娇·酬王城山

两丸日月，细看来、也是樊笼中物。点点山河经过了，拔帜几番残壁。白是沙堤，苍然吴楚，一片成毡雪。此时把酒，旧词还是坡杰。　　歌罢公瑾当年，天长地久，柳与梅都发。几许闲愁斜照里，掌上沤生沤灭。沧海桑枯，东陵瓜远，总不关渠发。簪花起舞，可怜今夕无月。

文天祥　　念奴娇·冰澌

琮琤何处，响空濛、却似鸣榔声沸。望里平江横雪岭，驾断虹梁渔市。若有神驱，如遵帝遣，瞬息层峦峙。南阳龙奋，滹沱凝合犹此。　　遥想苏武穷边，霜鸿夜渡，蒿目吟寒视。铁骑衔枚还疾走，瑟瑟风摇旗帜。月白沙明，云凝地裂，四野悲笳至。羁魂牢落，我身今在何世。

文天祥　　念奴娇·雪霁

同云笼覆，遍郊原、一望苍茫无际。是处青山皆改色，姑

射琼台初启。渔艇迷烟，樵柯失径，妆点风霜厉。子猷短棹，三高祠畔堪系。　　江城梦幻罗浮，踽步豪吟，东郭先生履。欲伴袁安营土室，高卧六花堆里。此是冰天，谁言水国，千古孤臣涕。芦苇首白，浑疑缟素刘季。

邓　剡　　　　念奴娇·驿中言别

水天空阔，恨东风不惜、世间英物。蜀鸟吴花残照里，忍见荒城颓壁。铜雀春情，金人秋泪，此恨凭谁雪。堂堂剑气，斗牛空认奇杰。　　那信江海余生，南行万里，不放扁舟发。正为鸥盟留醉眼，细看涛生云灭。睨柱吞嬴，回旗走懿，千古冲冠发。伴人无寐，秦淮应是孤月。

黄公绍　　　　念奴娇·月

山围宽碧，月十分圆满，十分春暮。匹似涌金门外看，添得绿阴佳树。野阔星垂，天高云敛，不受红尘污。徘徊水影，闲中自有佳处。　　乘兴著我扁舟，山阴夜色，渺渺流光溯。望美人兮天一角，我欲凌风飞去。世事浮沉，人生圆缺，得似烟波趣。兴怀赤壁，大江千古东注。

梁　栋　　　　念奴娇·春梦

一场春梦，待从头、说与傍人听著。罨画溪山红锦障，舞燕歌莺台阁。碧海倾春，黄金买夜，犹道看承薄。雕香剪玉，今生今世盟约。　　须信欢乐过情，闲嗔冷妒，一阵东风恶。韵白娇红消瘦尽，江北江南零落。骨朽心存，恩深缘浅，忍把罗衣著。蓬莱何处，云涛天际冥漠。

赵必瑑　　念奴娇·和云谷九日游星岩

一时四美，对重阳、那更无风无雨。尘世难逢开口笑，不饮黄花有语。云谷春生，星岩秋好，引领群仙去。满襟霁月，山中一洗尘雾。　　濂翁旧说犹存，渊明独爱菊，风流千古。拄杖笑谈卿与我，不减晋人风度。破帽欹风，空尊眠月，也有悠然趣。秋容未老，晚香尤有佳处。

赵必瑑　　　念奴娇·贺陈新渌再娶

烧灯过也，倩东风、又翦芙蕖千朵。翠阵珠围依然是，旧

日笙歌社火。一曲乘鸾，万钱骑鹤，仙子来蓬岛。金尊满酌，不妨斜戴花帽。　　人生能几欢娱，趁良辰美景，绿娇红小。洞里桃花应笑道，前度刘郎未老。眼雨眉云，情香粉态，恨不相逢早。明年今夕，犀钱玉果分我。

赵必瑑　　念奴娇·饯朱沧洲

中年怕别，唱阳关未了，情怀先恶。回首西湖十年梦，几夜檐花清酌。人世如萍，客愁似海，吟鬓俱非昨。风涛如许，只应高卧林壑。　　菊松尽可归欤，叹折腰为米，渊明已错。相越平吴，终成底事，一舸五湖差乐。细和陶诗，径寻坡隐，时访峰头鹤。罗浮咫尺，春风寄我梅萼。

陈　纪　　念奴娇·梅花

断桥流水，见横斜清浅，一枝孤袅。清气乾坤能有几，都被梅花占了，玉质生香，冰肌不粟，韵在霜天晓。林间姑射，高情迥出尘表。　　除是孤竹夷齐，商山四皓，与尔方同调。世上纷纷巡檐者，尔辈何堪一笑。风雨忧愁，年来何逊，孤负渠多少。参横月落，有怀付与青鸟。

陈　纪　　念奴娇·钓鳌台用东坡赤壁韵

台在亭头海滨

凭高眺远，见凄凉海国，高秋云物。岛屿沉洋萍几点，漠漠天垂四壁。粟粒太虚，蜉蝣天地，怀抱皆冰雪。清风明月，坐中看我三杰。　　为爱暮色苍寒，天光上下，舣棹须明发。一片玻璃秋万顷，天外去帆明灭。招手仙人，拍肩居士，散我骑鲸发。钓鳌台上，叫云吹断残月。

王梦应　　念奴娇·欲霜更雨

欲霜更雨，记青云篱落，东风前此。帘外客秋人共老，雁与愁飞千里。水郭烟明，竹陂波小，万叶寒声起。凭高那更，九嶷吹尽云气。　　婉娩空复多情，年年晋梦，花与柴桑是。谁解意消风日晚，短笛孤舟林水。江蟹笼新，露荚斟浅，浇得乡关思。平芜天远，一痕黄抹秋霁。

蒋　捷　　念奴娇·寿薛稼堂

稼翁居士，有几多抱负，几多声价。玉立绣衣霄汉表，曾

览八州风化。进退行藏，此时正要，一著高天下。黄埃扑面，不成也控羸马。　　人道云出无心，才离山后，岂是无心者。自古达官酣富贵，往往遭人描画。只有青门，种瓜闲客，千载传佳话。稼翁一笑，吾今亦爱吾稼。

蒋　捷　　念奴娇·梦有奏方响而舞者

夜深清梦，到丛花深处，满襟冰雪。人在琼云方响乐，杳杳冲牙清绝。翠簨翔龙，金枞跃凤，不是蕤宾铁。凄锵仙调，风敲珠树新折。　　中有五色光开，参差帔影，对舞山香彻。雾阁云窗归去也，笑拥灵君旌节。六曲阑干，一声鹦鹉，霍地空花灭。梦回孤馆，秋笳霜外呜咽。

赵汝愉　　念奴娇·寿萧守

萧守六月九日生。其时购得石曼卿书寿字碑，挂于厅壁，乃景祐五年六月九日书，月日恰同，用以为意

金塘瑞溢，爱琉璃十顷，风漪摇碧。玉女三千擎翠盖，簇拥芙蓉仙伯。鸾鹤回翔，龙蛇飞动，醉墨挥仙笔。磨崖书寿，分明知是今日。　　应为今日生申，银钩照坐，光满图书壁。竹马儿童传好语，小住湖山开国。玉玺成文，金莲赐对，剑履登玄石。丹砂九转，功成依旧头黑。

高子芳　　念奴娇·庆朱察推

葱葱佳气，人都道、今日垂弧令旦。怪得欢声如鼎沸，准拟华堂开宴。三虎容仪，二乔态度，争捧金杯劝。瑶池王母，何妨引领仙眷。　　况有道骨仙风，灵丹秘诀，钟鼎何心恋。却笑玉阶轩冕客，难脱功名羁绊。萧散陶篱，徜徉裴野，风月堪为伴。拳拳祝颂，寿龄期等龟算。

赵龙图　　念奴娇·吾今老矣

吾今老矣，好归来、了取青山活计。甲子一周余半纪，谙尽人间物理。婚嫁随缘，田舍粗给，知足生惭愧。心田安逸，自然绰有余地。　　还是初度来临，葛巾野服，不减貂蝉贵。门外风波烟浪恶，我已收心无累。弟劝兄酬，儿歌女舞，落得醺醺醉。满堂一笑，大家百二十岁。

刘景翔　　念奴娇·瑞香

甚情幻化，似流酥围暖，酣春娇寐。不数锦篝烘古篆，沁入屏山沉水。笑吐丁香，紫绡衬粉，房列还同蒂。翠球移影，媚人清晓风细。　　依约玉骨盈盈，小春暖逗，开到灯宵际。疑是九华仙梦冷，误落人间游戏。比雪情多，评梅香浅，三白还堪瑞。尘缘洗尽，醒来还又葱翠。

彭泰翁　　念奴娇·秋日牡丹

九华惊觉，又偷承雨露，羞匀春色。岸蓼汀蘋成色界，未必天香人识。粉涴脂凝，霜销雾薄，娇颤浑无力。黄昏月掩，山城那更闻笛。　　应是未了尘缘，重来迟暮，草草西风客。莺燕无情庭院悄，愁满阑干苔积。宫锦尊前，霓裳月下，梦亦无消息。嫣然一笑，江南如此风日。

白君瑞　　念奴娇·寄临安友

江干蹭蹬，镇寻常、怀想京城春色。静倚山亭凝望处，惟见鸟飞云幂。拂面埃尘，跳□□□，老却风流格。年来却有，短蓑轻棹胸臆。　　闻与俊逸嬉游，笙歌丛里，眷恋中华国。况是韶阳将近也，应办青骢金勒。丰乐阑干，西湖烟水，遍赏苏堤侧。举觞须酹，天隅羁渚孤客。

宝　月　　念奴娇·寿吴书监

延陵福绪，蔼遗芳余庆，直至如今。帝锡朋龟曾献策，早揖丹桂华簪。一代荣名，三州遗爱，留入歌吟。归来湖山付得，依旧闲心。　　延赏报德推封，名迁书监，喜天恩重临。拜舞龙香还注想，丹阙拖紫垂金。酒满霞觞，期君眉寿，千岁与披衿。年年风月，两行门外桐阴。

芮　烨　　念奴娇·化工着意

化工着意，向柳稍梅萼，偷回春色。蓂叶双飞政天上，一点文星初谪。发藻儒林，当年荣耀，四海声名白。谪仙飞貌，澹然物外踪迹。　　且与笑傲瀛洲，风流词翰，自是西垣客。异日功成辞富贵，却与赤松游剧。一曲清歌，三千珠履，不愧非潘璧。满斟芳醑，仰称遐寿千百。

刘季裴　　念奴娇·三光五岳

三光五岳，震乾坤英彩，非金非玉。赫赫岩岩真相种，来跨横空仙鹄。十万儿童，和丰堂下，齐把梅山祝。黑头难老，岁寒苍桧修竹。　　须信自有家传，中庸一卷，是长生真箓。借问河阳公去后，几度桃开桃熟。十九年间，梦回天上，又见棠阴绿。看看促觐，喜传沙路新筑。

卫时敏　　念奴娇·春风桃李

春风桃李，问耐寒何似，霜松雪柏。珍重拨烦京兆手，早岁声名霹雳。收卷经论，摆遗荣利，物外多间适。熊经龟咽，真传秘诀消息。　　寿秩初满华严，韶颜转映，绿鬓方瞳碧。况□□云供宴儿，静对凫翁鹤客。只恐日边，蒲轮催动，密侍钧天席。上玉卮尧殿，长生倍注仙籍。

陈之贤　　念奴娇·炎精昌运

炎精昌运，庆天为笃生，中兴人杰。横臆甲兵三百万，要扫群胡妖孽。抚弱怜贫，排奸击暴，所至人推服。飘飘志气，伟哉一代英特。　　预信衮衮公侯，名闻英胄，素有阴功积。腾踏从天上去，笑作龙头奇客。相印重封，将符再绾，尽履青毡物。寿杯满泛，年年长醉正月。

赵师律　　念奴娇·镜天露洗

镜天露洗，荡仁风、满县正开桃李。无讼堂深晴画永，帘卷鹅山浓翠。吏散棠阴，鸟啼花散，箫鼓弦歌地。印封碧藓，笑谈无限清致。　　佳会正属悬弧，十分蕉叶，共祝千秋岁。道骨仙风元自有，功业人间游戏。名覆金瓯，班联玉笋，行庆风云会。莲舟容与，此时归继仙裔。

赵师律　　念奴娇·暮春寿太守

楚天春晚，尽替了、残红点成层碧。蝴蝶蜂儿娇未足，舞破游丝千尺。一夜风高，满天清露，冷浸琼楼彻。遮鸾绕凤，使君不是凡骨。　　游戏偶尔人间，铃斋谈笑，好作龚黄匹。火急功成天上去，却问蓬莱消息。酒泻鹅儿，十分金盏，染就眉间色。满城争看，一封鹗荐飞入。

钱处仁　　念奴娇·勋门积庆

勋门积庆，为皇家此日，重生贤辅。嵩岳储神须信道，非特当年申甫。清白传芳，高明驰誉，材更兼文武。黑头年少，风云还会龙虎。　天为指日垂弧，张旜持节，不遣穹庐去。中使传宣，颁赐锡赉，清晓欢声旁午。两世光华，一门荣耀，盛事夸今古。祝公千岁，庙堂长佐贤主。

王　涣　　念奴娇·水沉香霭

水沉香霭，满钱塘千里，秋烟如织。万井欢声瞻宝钱，遥指明星南极。辇路看花，神旗垂彩，名冠金门籍。平阳家世，凌烟都减颜色。　须信勋业风流，阳春有脚，到处开桃李。洊拥油幢宸眷重，吴越江南江北。认取疏梅，东君深意，遣调羹消息。凤书飞下，绿槐元自相识。

王孝严　　念奴娇·昨宵灰动

昨宵灰动，有阶前萱草，侵凌春雪。碧玉堂前为寿处，齐祝遐龄千百。夜冷笙箫，庭深灯火，应照梅妆额。容华依旧，向来姑射标格。　独恨绾系日边，东风回首，还有溪山隔。怅望云飞，凝伫久，空使怀英心折。遥折一枝，饱斟花露，再拜瞻南极。愿言来岁，凤池同看春色。

华　岳　　念奴娇·倚藤临水

倚藤临水，照丰姿自笑，天然丘壑。利鞅名缰成底事，空把此身缠缚。李杜文章，良平事业，且束之高阁。浩然归去，暮霞残照零落。　闻道西北埃尘，东南形胜，次第清河岳。此等功名尘世事，与我初无关约。十里松萝，一蓑烟雨，说甚扬州鹤。倚栏长啸，玉轮飞上天角。

赵希蓬　　念奴娇·功名富贵

功名富贵，算到头、怎免委沟填壑。曳钓抱琴秋水畔，肯与微官空缚。五亩苍阴，一丘寒碧，说甚凌烟阁。静观物理，从他荣悴开落。　任待入谷鸣雏，不须歆艳，免使朝南岳。修竹长松常与伴，更有寒梅堪约。夜且三更，西风万籁，入耳悲猿鹤。从头洗去，更无一点圭角。

郑达可　　　念奴娇·嫩凉如水

嫩凉如水，正一天风露，秋容如沐。明日中秋今夜月，千里清辉光足。周室姬公，唐家元轨，来享人间福。老人星瑞，光芒南照檐曲。　　行看裂土分茅，朱颜青鬓，好称腰横玉。便挽银河斟北斗，倾作千钟醽醁。子舍荣华，孙枝赫奕，茂盛同松竹。尊前欢笑，竞将椿算为祝。

无名氏　　　念奴娇·雨肥红绽

雨肥红绽，把芳心轻吐，香喷清绝。日暮天寒，独自倚修竹，冰清玉洁。待得春来，百花若见，掩面应羞杀。当风抵雨，犯寒则怕吹霎。　　潇潇爱出墙东，途中遥望，已慰人心渴。斗压阑干，人面共花面，难分优劣。嚼蕊寻香，凌波微步，雪沁吴绫袜。玉纤折了，殢人须要斜插。

无名氏　　　念奴娇·岁华渐杪

岁华渐杪，又还是春也，难禁愁寂。欲探疏梅，独自个、寻访山村水驿。路转溪斜，竹低墙短，应是瑶姬宅。玉蕤不动，月轮寒浸国色。　　回首故国风光，只因清好，重作江南客。堪笑广平，争解我、羁旅芳心脉脉。不借铅华，枝头雪霁，愈见香肌白。高楼且住，恁渠一弄羌笛。

无名氏　　　念奴娇·兰枯蕙死

兰枯蕙死，向竹斋深处，谁传消息。霜雪丛中浑似个，缥缈吴人标格。绛萼微深，琼苞不露，自与尘凡隔。黄昏遥见，一枝烟淡笼白。　　曾记雾阁云窗，轻飞香篆，佳句应难得。道韫能文，终未胜、潇洒风流姿质。待到春来，满城桃李，相并无颜色。殷勤祝付，画楼休品长笛。

无名氏　　　念奴娇·寿宪幕

原误作《满江红》

长风送月，近中秋、更无一点尘俗。绛阙真仙来瑞世，昨夜翔鸾飞鹄。奕世登科，诸昆竞秀，名盖天南北。持心恬退，更能韫椟藏玉。　　须信宪幕平反，据经议狱，全活阴功足。川泳云飞宾主意，荐剡新翻浓墨。一路欢声，几多和气，吹作

长生曲。赐环促召，清班两鬓长绿。

无名氏　　　念奴娇·沁园秋早

沁园秋早，对亭台冷落，荒凉池沼。西帝晨游无异胜，都把仙花开了。金粟玲珑，鹅黄娇嫩，不管霜风悄。清香入梦，梦魂惟怕天晓。　乘兴折取一枝，满身兰麝，不减蟾宫好。赠与佳人，因笑道、休学姮娥空老。待约明朝，金英满地，莫遣儿童扫。相将花上，醉眠尤胜芳草。

无名氏　　　念奴娇·寿侍郎

今年秋早，似常年、人世光阴如电。君看老仙风度别，绿发芳瞳长健。细数平生，三千功行，一一修持遍。通明殿上，钧天张乐高燕。　应似六一先生，神清之洞，万仞苍苔藓。少待中原开霁了，一片闲云舒卷。姹女炼成，婴儿养就，坐阅蓬莱浅。青霄笙鹤，也应回顾鸡犬。

无名氏　　　念奴娇·寿陈运使

素娥不老，才胜赏中秋、无边月色。又报仙翁来桂苑，连庆生申佳节。玉宇无尘，金茎有露，对景成三绝。重阳近也，黄花香入瑶席。　尽说湖海元龙，裕民堂上，几度吟梅雪。满眼阴阴甘棠树，消得寿同南极。八桂难留，九芝促觐，早露真消息。星辰听履，好看明岁今日。

无名氏　　　念奴娇·二月廿三

池塘风暖，算流觞盛集，恰迟旬日。晓听儿童传好语，瑞气华堂充溢。天产英雄，封侯骨相，才气千人敌。暂游尘世，妙名已上仙籍。　争羡金紫盈门，灵椿正茂，荣庆谁能及。会展龙韬并豹略，重把山河开辟。鼻祖汾阳，佐唐勋业，管取今犹昔。名垂彝鼎，寿龄更比箕翼。

无名氏　　念奴娇·寿司户　四月廿六

绿云霁雨，倚晴空千尺，长江澄縠。十里薰低，绣幕四叶，其余华屋。怪得清都，奔云拥鹤，环佩声相续。朝来无是，有人初降仙箓。　且与小试民曹，梅花岭外，雪片三冬

足。眼底承家人物在，楚楚珪璋兰玉。雾阁云窗，翠眉红颊，解唱长生曲。壶中难老，定应两鬓长绿。

无名氏　　念奴娇·侄庆叔　五月十七

垂弧纪节，正尧天日永，蓂飞双绿。岳渎钟灵来瑞世，孕出精神冰玉。九曲溪山，一船烟雨，物外谁拘束。钓头香饵，只愁牵动周卜。　　好是红藕池边，双房毓秀，瑞霭浮昆轴。记得君家流庆远，几见祥开陆续。来岁花时，西湖十里，叶映恩袍绿。竹林小阮，不妨傍借余馥。

无名氏　　念奴娇·六月廿六

神钟峻极，节庆诞弥。来天上之麒麟，生人间之鹙鹭。涂歌谒谒，岳颂洋洋。某辄撰芜辞，仰祝椿算。得蒙览掷，尤切欣荣

先秋四月，正祥开弧矢，生申佳节。天上彩麟曾入梦，钟作人间英杰。袭庆盘坡，流芳星渚，家世绵簪绂。昨宵凝眺，老人星现天阙。　　鼎创庭馆连云，宴仙停棹，咫尺尘凡隔。好把蟠桃庭外种，坐看花开花结。秀长孙枝，辉联子舍，蟾桂行攀折。它年称寿，满堂朱紫罗列。

无名氏　　念奴娇·咏剪花词

晓来雨过，见三点两点，催花开却。满目园林如锦绣，低亚阑干西角。魏紫风流，姚黄妖艳，桃李皆粗俗。金刀剪下，燕莺窥妒惊愕。　　雅称似玉人人，淡妆才罢，粉衬胭脂薄。蝉翼轻笼云鬓巧，斜插一枝红萼。睡足杨妃，醉沉西子，娇困铅华落。多情风蝶，晚来犹更随著。

无名氏　　念奴娇·温州平阳灵峰摩崖词

我眷兹石，嵯峨天然。爰赋斯作，与山俱传

天工谬巧，恁平地、推出崚嶒岩壁。虎跃龙骧飞凤翥，疑道补天余石。洞壑穿云，来今往古，知是谁开辟。千年兰若，林峦隐映金碧。　　我兴丘壑尤长，朅来此境，惯蹑登山屐。适意人生随处好，何必岘南阳峄。谢傅东山，裴公绿野，俯仰俱陈迹。何如轻举，廓寥云外横笛。

念良游

此调本名《满江红》。贺铸以《满江红》填词，抒写往日行乐之事，吟“访旧游、人与物俱非”，感慨良多，因名其调为《念良游》。其词牌格式参阅《满江红》。

贺　铸　　　　念良游·山缭平湖

山缭平湖，寒飙飏、六英纷泊。清镜晓、倚岩琪树，挠云珠阁。窈窕缯窗褰翠幕，尊前皓齿歌梅落。信醉乡、绝境待名流，供行乐。　　时易失，今犹昨。欢莫再，情何薄。扁舟幸不系，会寻佳约。想见徘徊华表下，个身似是辽东鹤。访旧游、人与物俱非，空城郭。

念离群

此调本名《沁园春》，贺铸词有“离群，客臣漳滨，但惊见、来鸿归燕频”句，故更名《念离群》。详见《沁园春》条。

贺　铸　　　　念离群·宫烛分烟

宫烛分烟，禁池开钥，凤城暮春。向落花香里，澄波影外，笙歌迟日，罗绮芳尘。载酒追游，联镳归晚，灯火平康寻梦云。逢迎处，最多才自负，巧笑相亲。　　离群，客臣漳滨，但惊见、来鸿归燕频。念日边消耗，天涯怅望，楼台清晓，帘幕黄昏。无限悲凉，不胜憔悴，断尽危肠销尽魂。方年少，恨浮名误我，乐事输人。

念彩云

此调本名《夜游宫》，又名《蕊珠宫》。贺铸以该调填词，其中有“可怜许、彩云漂泊”之句，故更为新名《念彩云》。贺铸另一首以该调所填之词，有“江北江南新念别”之

句，故又立新名为《新念别》。共有两体，属双调、仄韵，共五十七字。上、下阕各六句，亦各于第一、二、三、五、六句用韵。但两阕句式不同，上阕二十九字，下阕二十八字。

贺　铸　　　念彩云·流水苍山带郭

流水苍山带郭，寻尘迹、宛然如昨。犹记黄花携手约，误重来，小庭花，空自落。　　不怨兰情薄，可怜许、彩云漂泊。紫燕西飞书漫托，碧城中，几青楼，垂画幕。

采明珠

曹植《洛神赋》有句云："或采明珠"。调名来源于此。《宋史·乐志》有此曲云：曲破中吕调，采明珠。属双调、仄韵，共九十七字。上阕十句、四十九字，于第三、四、五、六、十句用韵；下阕十一句、四十八字，于第一、二、三、四、六、七、十一句用韵。

杜安世　　　采明珠·雨乍收

雨乍收，小院尘消，云淡天高露冷。坐看月华生，射玉楼清莹，蟋蟀鸣金井。下帘帏、悄悄空阶，败叶坠风，惹动闲愁，千端万绪难整。　　秋夜永，凉天迥，可不念光景，嗟薄命。倏忽少年，忍交孤令，灯闪红窗影。步回廊、懒入香闺，暗落泪珠满面。谁人知我，为伊成病。

采　　莲

此调本为唐教坊曲名，别名《采莲子》、《采莲曲》，原为七言、四句。至赵宋时此调已有众多演变，大曲有《采莲》，其词牌仍名《采莲》，大曲属组曲，其中的每一支单曲的曲调不同，用来填词的句数、每句的字数也不尽一致。今存史浩词就是组词。另有《采莲令》、《采红莲》等名。词属双调、仄韵，共九十一字。上阕七句、四十四字，于第一、二、四、七句用韵；下阕八句、四十七字，于第二、三、五、八句用韵。参阅《采莲令》、《采莲舞》。

史 浩　　采莲·寿乡词

延遍

霞霄上，有寿乡广袤无际。东极沧海，缥缈虚无，蓬莱弱水。风生屋浪，鼓楫扬旌，不许凡人得至，甚幽邃。　试右望金枢外，西母楼阁，玉阙瑶池，万顷琉璃。双成倩巧，方朔诙谐。来往徜徉，霓裳飘摇宝砌，更希奇。

攧遍

南邻幄丹宫，赤伏显符记。朱陵曜绮绣，箕翼炯、瑞光腾起。每岁秋分老人见，表皇家、袭庆迎祺。　天子当膺，无疆万岁。北窥玄冥，魁杓拥佳气。长拱极、终古无移，论南北东西。相直何啻千万里，信难计。

入破

璇穹层云上覆，光景如梭逝。惟此过隙缓征辔，垂象森列昭回。碧落卓然躔度，炳曜更腾辉。　永永清光晔炜，绵四野、金璧为地。蕊珠馆，琼玖室，俱高峙。千种奇葩，松椿可比。暗香幽馥，岁岁长春，阳乌何曾西委。

衮遍

遍此境，人乐康，挟难老术，悟长生理。尽阿僧祇劫，赤松王令安期。彭篯盛矣，尚为婴稚。　鹤算龟龄，绛老休夸甲子。鲐背耸、黄发垂髫，更童颜，长鼓腹、同游戏，真是华胥。行有歌，坐有乐，献笑都是神仙，时见群翁启齿。

实催

露华霞液，云浆椒醑，浤玉斝金罍。交酬成雅会，拚沉醉。中山千日，未为长久，今此陶陶一饮，动经万祀。　陈果蓏，皆是奇异。似瓜如斗尽备，三千岁，一熟珍味。饤坐中，莹似玉、爽口流涎，三偷不枉，西真指议。

衮

有珍馔，时时馈，滑甘丰腻。紫芝荧煌，嫩菊秀媚，贮玛瑙琥珀精器。延年益寿莫拟，人间烹饪徒费。　休说龙肝凤髓。动妙乐、仙音鼎沸。玉箫清，瑶瑟美，龙笛脆。杂遝飞

鸾，花茵上、趁拍红牙，余韵悠扬，竟海变桑田未止。

歇拍

其间有洞天侣，思游尘世。珠葆摇曳，华表真人，清江使者，相从密议。此老遨嬉，我辈应须随侍。　　正举步、忽思同类，十八公、方耸壑，宜邀致。夙驾星言，人争图绘。竭来鄞山甬水，因此崇成，四明里第。

煞衮

吾皇喜，光宠无贰。玉带金鱼荣贵，或者疑之。岂识圣明，曾主斯乡，尝相与尽缱绻，胶漆何可相离。　　今日风云合契，此实天意。吾皇圣寿无极，享晏粲千载相逢。我翁亦昌炽，永作升平上瑞。

采莲令

齐、梁乐府有《采莲曲》、《采莲童曲》、《江南可采莲》等，另有《采莲棹歌》、《采莲讽》。唐教坊曲以前朝乐府为先声，另创新调，名《采莲》、《采莲子》、《采莲曲》，为七言、四句，咏调名本意。至赵宋时，此调作为词牌，已有较大的演变，名为《采莲令》。词属双调、仄韵，共九十一字。上阕七句、四十四字，于第一、二、四、七句用韵；下阕八句、四十七字，于第二、三、五、八句用韵。参阅《采莲》、《采莲舞》。

柳　永　　　　采莲令·月华收

月华收、云淡霜天曙，西征客、此时情苦。翠娥执手送临歧，轧轧开朱户。千娇面、盈盈伫立，无言有泪，断肠争忍回顾。　　一叶兰舟，便恁急桨凌波去，贪行色、岂知离绪。万般方寸，但饮恨、脉脉同谁语。更回首、重城不见，寒江天外，隐隐两三烟树。

采莲舞

唐及五代有采莲之舞，宋代亦有。陈旸《乐书》云："《采莲》之舞，衣红缯，短袖，晕裙，云鬟髻。乘彩船，持花。……今(指宋)教坊双调有焉。"史浩《采莲舞》，叙述了一个完整的采莲舞蹈过程，在做采莲舞动作中，有念白，有问答，有演唱，唱中又分独唱、众唱，彼此相间穿插，其所唱即是"词"，所用词牌有《采莲令》、《渔家傲》、《画堂春》、《河传》等。其格式参阅各词牌，不详述。

史　浩　　　　采莲舞·练光浮

五人一字对厅立，竹竿子勾念：伏以浓阴缓辔，化国之日舒以长；清奏当筵，治世之音安以乐。霞舒绛彩，玉照铅华。玲珑环佩之声，绰约神仙之伍。朝回金阙，宴集瑶池。将陈倚棹之歌，式侑回风之舞。宜邀胜伴，用合仙音。女伴相将，采莲入队。

勾念了，后行吹双头莲令，舞上，分作五方。竹竿子又勾念：伏以波涵碧玉，摇万顷之寒光；风动青蘋，听数声之幽韵。芝华杂遝，羽幰飘摇。疑紫府之群英，集绮筵之雅宴。更凭乐部，齐迓来音。

勾念了，后行吹采莲令，舞转作一直了，众唱采莲令：

练光浮，烟敛澄波渺。燕脂湿、靓妆初了。绿云伞上露滚滚，的皪真珠小。笼娇媚、轻盈伫眺。无言不见仙娥，凝望蓬岛。　　玉阙葱葱，镇锁佳丽春难老。银潢急、星槎飞到。暂离金砌，为爱此、极目香红绕。倚兰棹，清歌缥缈。隔花初见，楚楚风流年少。

唱了，后行吹采莲令，舞分作五方。竹竿子勾念：伏以遏云妙响，初容与于波间；回雪奇容，乍婆娑于泽畔。爱芙蕖之艳冶，有兰芷之芳馨。躞蹀凌波，洛浦未饶于独步；雍容解佩，汉皋谅得以齐驱。宜到阶前，分明只对。

花心出，念：但儿等玉京侍席，久陟仙阶；云路驰骖，乍游尘世。喜圣明之际会，臻夷夏之清宁。聊寻泽国之芳，雅寄丹台之曲。不惭鄙俚，少颂升平。未敢自专，伏候外分。

竹竿子问，念：既有清歌妙舞，何不献呈？

花心答问：旧乐何在？

竹竿子再问，念：一部俨然。

花心答，念：再韵前来。

念了，后行吹采莲曲破，五人众舞。到入破，先两人舞出，舞到茵上住，当立处讫。又二人舞，又住，当立处。然后花心舞彻。竹竿子念：伏以仙裾摇曳，拥云罗雾縠之奇；红袖翩翩，极鸾翮凤翰之妙。再呈献瑞，一洗凡容。已奏新词，更留雅咏。

念了，花心念诗：我本清都侍玉皇，乘云驭鹤到仙乡。轻舠一叶烟波阔，嗜此秋潭万斛香。

念了，后行吹渔家傲。花心舞上，折花了，唱渔家傲：

蕊沼清冷涓滴水，迢迢烟浪三千里。微孕青房包绣绮，薰风里，幽芳洗尽闲桃李。　　羽氅飘萧尘外侣，相呼短棹轻偎倚。一片清歌天际起，声尤美，双双惊起鸳鸯睡。

唱了，后行吹渔家傲。五人舞，换坐，当花心立人念诗：我昔瑶池饱宴游，朅来乐国已三秋。水晶宫里寻幽伴，菡萏香中荡小舟。

念了，后行吹渔家傲。花心舞上，折花了，唱渔家傲：

翠盖参差森玉柄，迎风浥露香无定。不著尘沙真体净，芦花径，酒侵酥脸霞相映。　　棹拨木兰烟水暝，月华如练秋空静。一曲悠扬沙鹭听，牵清兴，香红已满蒹葭艇。

唱了，后行吹渔家傲。五人舞，换坐，当花心立人念诗：我弄云和万古声，至今江上数峰青。幽泉一曲今凭棹，楚客还应著耳听。

念了，后行吹渔家傲。花心舞上，折花了，唱渔家傲：

草软沙平风掠岸，青蓑一钓烟江畔。荷叶为茵花作幔，知谁伴，醇醪只把鲈鱼换。　　盘缕银丝杯自暖，篷窗醉著无人唤。逗得醒来横脆管，清歌缓，彩鸾飞去红云乱。

唱了，后行吹渔家傲。五人舞，换坐，当花心立人念诗：我是天孙织锦工，龙梭一掷度晴空。兰桡不逐仙槎去，贪撷芙蕖万朵红。

念了，后行吹渔家傲。花心舞上，折花了，唱渔家傲：

太华峰头冰玉沼，开花十丈干云杪。风散天香闻四表，知多少，亭亭碧叶何曾老。　　试问霏烟登鸟道，丹崖步步祥光

绕。折得一枝归月峤，蓬莱岛，霞裾侍女争言好。

唱了，后行吹渔家傲。五人舞，换坐，当花心立人念诗：我入桃源避世纷，太平才出报君恩。白龟已阅千千岁，却把莲巢作酒尊。

念了，后行吹渔家傲。花心舞上，折花了，唱渔家傲：

珠露泠泠清玉宇，霞标绰约消烦暑。时驭清风之帝所，寻旧侣，三千仙仗临烟渚。　　舴艋飘摇来复去，渔翁问我居何处。笑把红蕖呼鹤驭，回头语，壶中自有朝天路。

唱了，后行吹渔家傲。五人舞，换坐如初。竹竿子勾念：伏以珍符洊至，朝廷之道格高深；年谷屡丰，郡邑之和薰遐迩。式均欢宴，用乐清时。感游女于仙衢，咏奇葩于水国。折来和月，露浥霞腮；舞处随风，香盈翠袖。既徜徉于玉砌，宜宛转于雕梁。爰有佳宾，冀闻清唱。

念了，众唱画堂春：

彤霞出水弄幽姿，娉婷玉画相宜。棹歌先得一枝枝，波上画鲸飞。　　向此画堂高会，幽馥散、堪引瑶卮。幸然逢此太平时，不醉可无归。

唱了，后行吹画堂春。众舞，舞了又唱河传：

蕊宫阆苑，听钧天帝乐，知他几遍。争似人间，一曲采莲新传。柳腰轻，莺舌啭。　　逍遥烟浪谁羁绊，无奈天阶，早已催班转。却驾彩鸾，芙蓉斜盼。愿年年，陪此宴。

唱了，后行吹河传，众舞。舞了，竹竿子念遣队：浣花一曲湄江城，雅合凫鹥醉太平，楚泽清秋余白浪，芳枝今已属飞琼。歌舞既阑，相将好去。

念了，后行吹双头莲令。五人舞转作一行，对厅杖鼓出场。

采桑子

《乐府诗集·相和歌辞》内有古辞《陌上桑》三解，引《乐府解题》曰：“又有《采桑》，亦出于此。”唐教坊大曲名有《采桑子》，别名《采桑》、《采桑老》。“子”即“曲”，唐时称乐曲为“子”。其名即由古曲《陌上桑》故事而来。五代时始用为词牌名。采桑故事出于秦罗敷，故冯正中词名《罗敷艳歌》，陈无己词名《罗敷媚》。南唐后主

李煜词名《采桑子令》，宋初皆名《采桑子》，黄山谷词名《丑奴儿》。欧阳修有词十首以《采桑子》填词，皆赞“西湖好”，故命其词为《西湖念语》。今收入《采桑子》中。词属双调，平韵，共四十四字。上下阕皆四句、二十二字，亦皆于第二、三、四句用韵。参阅《丑奴儿》、《罗敷艳歌》等。

张　先　　采桑子·水云薄薄天同色

水云薄薄天同色，竟日清辉。风影轻飞，花发瑶林春未知。　剡溪不辨沙头路，粉水平堤。姑射人归，记得歌声与舞时。

晏　殊　　采桑子·春风不负东君信

春风不负东君信，遍折群芳。燕子双双，依旧衔泥入杏梁。　须知一盏花前酒，占得韶光。莫话匆忙，梦里浮生足断肠。

晏　殊　　采桑子·红英一树春来早

红英一树春来早，独占芳时。我有心期，把酒攀条惜绛蕤。　无端一夜狂风雨，暗落繁枝。蝶怨莺悲，满眼春愁说向谁。

晏　殊　　采桑子·阳和二月芳菲遍

阳和二月芳菲遍，暖景溶溶。戏蝶游蜂，深入千花粉艳中。　何人解系天边日，占取春风。免使繁红，一片西飞一片东。

晏　殊　　采桑子·樱桃谢了梨花发

樱桃谢了梨花发，红白相催。燕子归来，几处风帘绣户开。　人生乐事知多少，且酌金杯。管咽弦哀，慢引萧娘舞袖回。

晏　殊　　采桑子·石竹

古罗衣上金针样，绣出芳妍。玉砌朱阑，紫艳红英照日

鲜。　　佳人画阁新妆了，对立丛边。试摘婵娟，贴向眉心学翠钿。

晏　殊　　采桑子·时光只解催人老

时光只解催人老，不信多情。长恨离亭，泪滴春衫酒易醒。　　梧桐昨夜西风急，淡月胧明。好梦频惊，何处高楼雁一声。

晏　殊　　采桑子·林间摘遍双双叶

林间摘遍双双叶，寄与相思。朱槿开时，尚有山榴一两枝。　　荷花欲绽金莲子，半落红衣。晚雨微微，待得空梁宿燕归。

欧阳修　　采桑子·西湖念语

昔者王子猷之爱竹，造门不问于主人；陶渊明之卧舆，遇酒便留于道上。况西湖之胜概，擅东颍之佳名。虽美景良辰，固多于高会；而清风明月，幸属于闲人。并游或结于良朋，乘兴有时而独往。鸣蛙暂听，安问属官而属私；曲水临流，自可一觞而一咏。至欢然而会意，亦傍若于无人。乃知偶来常胜于特来，前言可信；所有虽非于己有，其得已多。因翻旧阕之辞，写以新声之调，敢陈薄伎，聊佐清欢。

轻舟短棹西湖好

轻舟短棹西湖好，绿水逶迤。芳草长堤，隐隐笙歌处处随。　　无风水面琉璃滑，不觉船移。微动涟漪，惊起沙禽掠岸飞。

春深雨过西湖好

春深雨过西湖好，百卉争妍。蝶乱蜂喧，晴日催花暖欲然。　　兰桡画舸悠悠去，疑是神仙。返照波间，水阔风高飏管弦。

画船载酒西湖好

画船载酒西湖好，急管繁弦。玉盏催传，稳泛平波任醉眠。　　行云却在行舟下，空水澄鲜。俯仰留连，疑是湖中别有天。

群芳过后西湖好

群芳过后西湖好，狼籍残红。飞絮濛濛，垂柳阑干尽日风。　　笙歌散尽游人去，始觉春空。垂下帘栊，双燕归来细雨中。

何人解赏西湖好

何人解赏西湖好，佳景无时。飞盖相追，贪向花间醉玉卮。　　谁知闲凭阑干处，芳草斜晖。水远烟微，一点沧洲白鹭飞。

清明上巳西湖好

清明上巳西湖好，满目繁华。争道谁家，绿柳朱轮走钿车。　　游人日暮相将去，醒醉喧哗。路转堤斜，直到城头总是花。

荷花开后西湖好

荷花开后西湖好，载酒来时。不用旌旗，前后红幢绿盖随。　　画船撑入花深处，香泛金卮。烟雨微微，一片笙歌醉里归。

天容水色西湖好

天容水色西湖好，云物俱鲜。鸥鹭闲眠，应惯寻常听管弦。　　风清月白偏宜夜，一片琼田。谁羡骖鸾，人在舟中便是仙。

残霞夕照西湖好

残霞夕照西湖好，花坞蘋汀。十顷波平，野岸无人舟自横。　　西南月上浮云散，轩槛凉生。莲芰香清，水面风来酒面醒。

平生为爱西湖好

平生为爱西湖好，来拥朱轮。富贵浮云，俯仰流年二十春。　　归来恰似辽东鹤，城郭人民。触目皆新，谁识当年旧主人。

画楼钟动君休唱

画楼钟动君休唱，往事无踪。聚散匆匆，今日欢娱几客

同。　　去年绿鬓今年白，不觉衰容。明月清风，把酒何人忆谢公。

十年一别流光速

十年一别流光速，白首相逢。莫话衰翁，但斗尊前语笑同。　　劝君满酌君须醉，尽日从容。画鹢牵风，即去朝天沃舜聪。

十年前是尊前客

十年前是尊前客，月白风清。忧患凋零，老去光阴速可惊。　　鬓华虽改心无改，试把金觥。旧曲重听，犹似当年醉里声。

晏几道　　采桑子·秋千散后朦胧月

秋千散后朦胧月，满院人闲。几处雕阑，一夜风吹杏粉残。　　昭阳殿里春衣就，金缕初干。莫信朝寒，明日花前试舞看。

晏几道　　采桑子·花前独占春风早

花前独占春风早，长爱江梅。秀艳清杯，芳意先愁风管催。　　寻香已落闲人后，此恨难裁。更晚须来，却恐初开胜未开。

晏几道　　采桑子·芦鞭坠遍杨花陌

芦鞭坠遍杨花陌，晚见珍珍。疑是朝云，来作高唐梦里人。　　应怜醉落楼中帽，长带歌尘。试拂香茵，留解金鞍睡过春。

晏几道　　采桑子·日高庭院杨花转

日高庭院杨花转，闲淡春风。昨夜匆匆，颦入遥山翠黛中。　　金盆水冷菱花净，满面残红。欲洗犹慵，弦上啼乌此夜同。

晏几道　　采桑子·征人去日殷勤嘱

征人去日殷勤嘱，莫负心期。寒雁来时，第一传书慰别离。　　轻春织就机中素，泪墨题诗。欲寄相思，日日高楼看

雁飞。

晏几道　　采桑子·花时恼得琼枝瘦

花时恼得琼枝瘦，半被残香。睡损梅妆，红泪今春第一行。　风流笑伴相逢处，白马游缰。共折垂杨，手捻芳条说夜长。

晏几道　　采桑子·春风不负年年信

春风不负年年信，长趁花期。小锦堂西，红杏初开第一枝。　碧箫度曲留人醉，昨夜归迟。短恨凭谁，莺语殷勤月落时。

晏几道　　采桑子·秋来更觉消魂苦

秋来更觉消魂苦，小字还稀。坐想行思，怎得相看似旧时。　南楼把手凭看处，风月应知。别后除非，梦里时时得见伊。

晏几道　　采桑子·谁将一点凄凉意

谁将一点凄凉意，送入低眉。画箔闲垂，多是今宵得睡迟。　夜痕记尽窗间月，曾误心期。准拟相思，还是窗间记月时。

晏几道　　采桑子·宜春苑外楼堪倚

宜春苑外楼堪倚，雪意方浓。雁影冥蒙，正共银屏小景同。　可无人解相思处，昨夜东风。梅蕊应红，知在谁家锦字中。

晏几道　　采桑子·白莲池上当时月

白莲池上当时月，今夜重圆。曲水兰船，忆伴飞琼看月眠。　黄花绿酒分携后，泪湿吟笺。旧事年年，时节南湖又采莲。

晏几道　　采桑子·高吟烂醉淮西月

高吟烂醉淮西月，诗酒相留。明日归舟，碧藕花中醉过秋。　文姬赠别双团扇，自写银钩。散尽离愁，携得清风出

画楼。

晏几道　　采桑子·前欢几处笙歌地

前欢几处笙歌地，长负登临。月幌风襟，犹忆西楼著意深。　　莺花见尽当时事，应笑如今。一寸愁心，日日寒蝉夜夜砧。

晏几道　　采桑子·无端恼破桃源梦

无端恼破桃源梦，明日青楼。玉腻花柔，不学行云易去留。　　应嫌衫袖前香冷，重傍金虬。歌扇风流，遮尽归时翠黛愁。

晏几道　　采桑子·年年此夕东城见

年年此夕东城见，欢意匆匆。明日还重，却在楼台缥缈中。　　垂螺拂黛清歌女，曾唱相逢。秋月春风，醉枕香衾一岁同。

晏几道　　采桑子·双螺未学同心绾

双螺未学同心绾，已占歌名。月白风清，长倚昭华笛里声。　　知音敲尽朱颜改，寂寞时情。一曲离亭，借与青楼忍泪听。

晏几道　　采桑子·西楼月下当时见

西楼月下当时见，泪粉偷匀。歌罢还颦，恨隔炉烟看未真。　　别来楼外垂杨缕，几换青春。倦客红尘，长记楼中粉泪人。

晏几道　　采桑子·非花非雾前时见

非花非雾前时见，满眼娇春。浅笑微颦，恨隔垂帘看未真。　　殷勤借问家何处，不在红尘。若是朝云，宜作今宵梦里人。

晏几道　　采桑子·当时月下分飞处

当时月下分飞处，依旧凄凉。也会思量，不道孤眠夜更长。　　泪痕揾遍鸳鸯枕，重绕回廊。月上东窗，长到如今欲

断肠。

晏几道　　采桑子·湘妃浦口莲开尽

湘妃浦口莲开尽，昨夜红稀。懒过前溪，闲舣扁舟看雁飞。　　去年谢女池边醉，晚雨霏微。记得归时，旋折新荷盖舞衣。

晏几道　　采桑子·别来长记西楼事

别来长记西楼事，结遍兰襟。遗恨重寻，弦断相如绿绮琴。　　何时一枕逍遥夜，细话初心。若问如今，也似当时著意深。

晏几道　　采桑子·红窗碧玉新名旧

红窗碧玉新名旧，犹绾双螺。一寸秋波，千斛明珠觉未多。　　小来竹马同游客，惯听清歌。今日蹉跎，恼乱工夫晕翠蛾。

晏几道　　采桑子·昭华凤管知名久

昭华凤管知名久，长闭帘栊。闻道春慵，方倚庭花晕脸红。　　可怜金谷无人后，此会相逢。三弄临风，送得当筵玉盏空。

晏几道　　采桑子·金风玉露初凉夜

金风玉露初凉夜，秋草窗前。浅醉闲眠，一枕江风梦不圆。　　长情短恨难凭寄，枉费红笺。试拂幺弦，却恐琴心可暗传。

晏几道　　采桑子·心期昨夜寻思遍

心期昨夜寻思遍，犹负殷勤。齐斗堆金，难买丹诚一寸真。　　须知枕上尊前意，占得长春。寄语东邻，似此相看有几人。

苏　轼　采桑子·润州多景楼与孙巨源相遇

多情多感仍多病，多景楼中。尊酒相逢，乐事回头一笑空。　　停杯且听琵琶语，细捻轻拢。醉脸春融，斜照江天一

抹红。

李之仪　　采桑子·席上送少游之金陵

相逢未几还相别，此恨难同。细雨濛濛，一片离愁醉眼中。　　明朝去路云霄外，欲见无从。满袂仙风，空托双凫作信鸿。

黄庭坚　　采桑子·赠黄中行

宗盟有妓能歌舞，宜醉尊罍。待约新醅，车上危坡尽要推。　　西邻三弄争秋月，邀勒春回。个里声催，铁树枝头花也开。

黄庭坚　　采桑子·送彭道微使君移知永康军

荔枝滩上留千骑，桃李阴繁。燕寝香残，画戟森森镇八蛮。　　永康又得风流守，管领江山。少讼多闲，烟霭楼台舞翠鬟。

黄庭坚　　采桑子·马湖来舞钗初赐

马湖来舞钗初赐，笳鼓声繁。贤将开关，威竦西山八诏蛮。　　南溪地逐名贤重，深锁群山。燕喜公闲，一斛明珠两小鬟。

黄庭坚　　采桑子·虚堂密候参同火

虚堂密候参同火，梨枣枝繁。深锁三关，不要樊姬与小蛮。　　遥知风雨更阑夜，犹梦巫山。浓丽清闲，晓镜新梳十二鬟。

黄庭坚　　采桑子·投荒万里无归路

投荒万里无归路，雪点鬓繁。度鬼门关，已拚儿童作楚蛮。　　黄云苦竹啼归去，绕荔枝山。蓬户身闲，歌板谁家教小鬟。

黄庭坚　　采桑子·樱桃著子如红豆

樱桃著子如红豆，不管春归。闻道开时，蜂惹香须蝶惹衣。　　楼台灯火明珠翠，酒恋歌迷。醉玉东西，少个人人暖

被携。

黄庭坚　　采桑子·城南城北看桃李

城南城北看桃李，依倚年华。杨柳藏鸦，又是无言飐落花。　　春风一面长含笑，偷顾羞遮。分付谁家，把酒花前试问他。

谢　逸　　采桑子·楚山削玉云中碧

楚山削玉云中碧，影落沙汀。秋水澄凝，一抹江天雁字横。　　金钱满地西风急，红蓼烟轻。帘外砧声，惊起青楼梦不成。

谢　逸　　采桑子·冰霜林里争先发

冰霜林里争先发，独压群花。风送清笳，更引轻烟淡淡遮。　　抱墙溪水弯环碧，月色清华。疏影横斜，恰似林逋处士家。

谢　逸　　采桑子·冷猿寒雁淮山远

冷猿寒雁淮山远，风袅青帘。飞雪廉纤，莫道空中是撒盐。　　到时乳鹊喧梧影，晓卷疏帘。彩服巡檐，索共梅花笑语添。

赵子发　　采桑子·春蚕昨夜眠方起

春蚕昨夜眠方起，闲了罗机。共采柔枝，桑柘阴阴三月时。　　背人佯笑移金钏，惆怅花期。故故留迟，独自归来雨满衣。

叶梦得　　采桑子·山蹊小路归来晚

冬至日，与许幹誉、章几道饭积善。晚归雪作，因留小饮作

山蹊小路归来晚，暮雪缤纷。尊酒殷勤，邂逅相从只有君。　　全家住处无人到，元在重云。此景谁分，万玉参差更作群。

朱敦儒　　采桑子·彭浪矶

扁舟去作江南客，旅雁孤云。万里烟尘，回首中原泪满巾。　　碧山对晚汀洲冷，枫叶芦根。日落波平，愁损辞乡去

国人。

朱敦儒　　采桑子·重阳病起饮酒连夕

天高风劲尘寰静，佳节重阳。叶下潇湘，碧海晴空一阵霜。　　安排弦管倾芳酝，报答秋光。昼短歌长，红烛黄花夜未央。

朱敦儒　　采桑子·一番海角凄凉梦

一番海角凄凉梦，却到长安。翠帐犀帘，依旧屏斜十二山。　　玉人为我调琴瑟，颦黛低鬟。云散香残，风雨蛮溪半夜寒。

周紫芝　　采桑子·雨后至玉壶轩

跳珠雨罢风初静，阑槛凭虚。绛阙清都，只在仙人碧玉壶。　　九原唤起王摩诘，画作新图。十里芙蕖，乞与知章老鉴湖。

周紫芝　　采桑子·将离武林

云踪老去浑无定，漂泊寒空。又被东风，吹过江南第几峰。　　长安市上看花眼，不到衰翁。好趁归鸿，家在西岩碧桂丛。

吕本中　　采桑子·恨君不似江楼月

恨君不似江楼月，南北东西。南北东西，只有相随无别离。　　恨君却似江楼月，暂满还亏。暂满还亏，待得团团是几时。

吕本中　　采桑子·乱红夭绿风吹尽

乱红夭绿风吹尽，小市疏楼。细雨轻鸥，总向离人恨里收。　　年年春好年年病，妾自西游。水自东流，不似残花一样愁。

向子諲　　采桑子·芗林为牧庵舅作

霜须七十期同老，云水之乡。总挂冠裳，闲里光阴一倍长。　　况逢菊靥篱边笑，风露中香。报答秋光，自有仙人九

酝觞。

向子諲　　采桑子·人如濯濯春杨柳

人如濯濯春杨柳，彻骨风流。脱体温柔，牵系多情尽未休。　最怜恰恰新眠起，云雨初收。斜倚琼楼，叶叶眉心一样愁。

蔡　伸　　采桑子·奇花不比寻常艳

孙仲益集于西斋，题侍儿作第一流，因以词谢之

奇花不比寻常艳，独步南州。往事悠悠，辽鹤重来忆梦游。　仙翁不改青青眼，一醉迟留。妙墨银钩，题作人间第一流。

何　㮚　　采桑子·百花丛里花君子

百花丛里花君子，取信东君。取信东君，名策花中第一勋。　结成宝鼎和羹味，多谢东君。多谢东君，香遍还应号令春。

张元幹　　采桑子·奉和秦楚材史君荔枝词

华堂清暑榕阴重，梦里江寒。火齐星繁，兴在冰壶玉井栏。　风枝露叶谁新采，欲饱防悭。遗恨空槃，留取香红满地看。

胡　铨　　采桑子·甲戌和陈景卫韵

山浮海上青螺远，决眦归鸿。闲倚东风，叠叠层云欲荡胸。　弄琴细写清江引，一洗愁容。木杪黄封，贤圣都堪日日中。

康与之　　采桑子·晚来一霎风兼雨

晚来一霎风兼雨，洗尽炎光。理罢笙簧，却对菱花淡淡妆。　绛绡缕薄冰肌莹，雪腻酥香。笑语檀郎，今夜纱厨枕簟凉。

曾　觌　　采桑子·清明

清明池馆晴还雨，绿涨溶溶。花里游蜂，宿粉栖香锦绣中。　玉箫声断人何处，依旧春风。万点愁红，乱逐烟波总

向东。

陆　游　　采桑子·宝钗楼上妆梳晚

宝钗楼上妆梳晚，懒上秋千。闲拨沉烟，金缕衣宽睡髻偏。　　鳞鸿不寄辽东信，又是经年。弹泪花前，愁入春风十四弦。

陆　游　　采桑子·三山山下闲居士

三山山下闲居士，巾履萧然。小醉闲眠，风引飞花落钓船。

沈端节　　采桑子·昔年曾记寻芳处

昔年曾记寻芳处，短帽冲寒。竹外江干，玉面皮儿月下观。　　而今老大风流减，百事心阑。谷底林间，坐对横枝只鼻酸。

赵长卿　　采桑子·岩桂

去年岩桂花香里，著意非常。月在东厢，酒与繁华一色黄。　　今年杯酒流连处，银烛交光。往事难忘，待把真诚问阿郎。

赵长卿　　采桑子·寓意

疏帘乍卷孜孜看，冰玉精神。体白停匀，端的于人不薄情。　　更无背约和憔燥，各表真诚。才得相亲，切莫分张向别人。

张良臣　　采桑子·佳人满劝金蕉叶

佳人满劝金蕉叶，夜玉春温。别后黄昏，燕子楼高月一痕。　　年年依旧梨花雨，粉泪空存。流水孤村，不著寒鸦也断魂。

王　炎　　采桑子·秋日丁香

一番飞次春风巧，细看工夫。点缀红酥，此际多应别处无。　　玉人不与花为主，辜负芳菲。香透帘帏，谁向钗头插

一枝。

辛弃疾　　采桑子·书博山道中壁

烟迷露麦荒池柳，洗雨烘晴。洗雨烘晴，一样春风几样青。　提壶脱袴催归去，万恨千情。万恨千情，各自无聊各自鸣。

赵师侠　　采桑子·三月晦必东馆大雨

连朝雨骤驱春去，瓦注盆倾。不记初春，润柳催花忒有情。　春光解有重来日，宁耐休争。待得秋深，听你无聊点滴声。

赵师侠　　采桑子·樱桃花

梅花谢后樱花绽，浅浅匀红。试手天工，百卉千葩一信通。　余寒未许开舒妥，怨雨愁风。结子�笼，万颗匀圆讶许同。

陈　亮　　采桑子·桃花已作东风笑

桃花已作东风笑，小蕊嫣然。春色暄妍，缓步烟霞到洞天。　一杯满泻蒲桃绿，且共留连。醉倒花前，也占红香影里眠。

郭应祥　　采桑子·老人生日

中秋过了还逢社，寿我亲闱。百里熙熙，尽道平反赖母慈。　浏川水阔吾山峻，福禄如斯。绿鬓青眉，子又生孙孙又儿。

郭应祥　　采桑子·赠丽华

饯筵绿绕红围处，只这孩儿。两泪垂垂，不忍教人遽别离。　别离不作多时计，千日为期。却恐归时，人道寻春已较迟。

韩　淲　　采桑子·又一首

萧萧两鬓吹华发，老眼全昏。徙倚衡门，岁晚寒消涧水痕。　含情更觉沧洲远，欲语谁论。窈窕孤村，细雨梅花只

断魂。

韩　淲　　　　采桑子·十四日

华灯自是年年好，月淡烟空。依旧东风，箫鼓吹香醉脸融。　　谢他诗侣还相觅，雨迹云踪。不分情浓，柳浅梅深鬓影松。

朱　藻　　采桑子·障泥油壁人归后

障泥油壁人归后，满院花阴。楼影沉沉，中有伤春一片心。　　闲穿绿树寻梅子，斜日笼明。团扇风轻，一径杨花不避人。

吴文英　　　　采桑子·瑞香

茜罗结就丁香颗，颗颗相思。犹记年时，一曲春风酒一卮。　　彩鸾依旧乘云到，不负心期。清睡浓时，香趁银屏蝴蝶飞。

吴文英　　采桑子·水亭花上三更月

水亭花上三更月，扇与人闲。弄影阑干，玉燕重抽拢坠簪。　　心期偷卜新莲子，秋入眉山。翠破红残，半簟湘波生晓寒。

张　炎　　采桑子·西园冷罥秋千索

西园冷罥秋千索，雨透花颦。雨过花皴，近觉江南无好春。　　杜郎不恨寻芳晚，梦里行云。陌上行尘，最是多愁老得人。

吴元可　　　　采桑子·春夜

江南二月春深浅，芳草青时。燕子来迟，剪剪轻寒不满衣。　　清宵欲寐还无寐，顾影颦眉。整带心思，一样东风两样吹。

胡夫人　　采桑子·与君别后愁无限

与君别后愁无限，永远团圆。间阻多方，水远山遥寸断肠。　　终朝等候郎音耗，捱过春光。烟水茫茫，梅子青青又待黄。

无名氏　　采桑子·阳和欲报春来也

阳和欲报春来也，先上南枝。桃李休疑，折遍香梢人未知。　　黄昏小院谁攀折，疏影斜欹。半掩朱扉，旋嗅清香月下归。

无名氏　　采桑子·江南春信梅先赋

江南春信梅先赋，休道春迟。映竹开时，姑射仙人雪作肌。　　青楼且莫吹羌管，留劝金卮。折取高枝，香满名园蝶未知。

无名氏　　采桑子·南枝淡伫无妖艳

南枝淡伫无妖艳，蜡蕊羞黄。争似红妆，不假施朱弄晓光。　　雪融日暖琼肌腻，酒晕生香。桃脸相当，尤笑桃花混众芳。

无名氏　　采桑子·幽芳莹白前村里

幽芳莹白前村里，岂藉春工。胜尽群红，琼捻凝酥向不同。　　一声羌管愁人处，片片西东。睹此遗踪，不怨狂风怨马融。

无名氏　　采桑子·东君有意观群卉

东君有意观群卉，故放争先。带露含烟，对月偏宜映水边。　　琼苞素蕊胭脂淡，雪后风前。堪赏堪怜，曾与歌楼佐管弦。

无名氏　　采桑子·群芳尽老园林烬

群芳尽老园林烬，独有寒梅。探得春回，昨夜前村一朵开。　　轻盈雪里孤根秀，素脸香腮。羌管休催，留取琼葩佐酒杯。

无名氏　　采桑子·霜风漏泄春消息

霜风漏泄春消息，折破孤芳。野兴彷徨，姑射神仙触处藏。　　新妆不假施朱粉，雪月交光。欲赠东皇，冷淡龙涎点点香。

无名氏　　采桑子·烟笼淡月寒宵永

烟笼淡月寒宵永，悄悄帘栊。微度香风，几点梅开小院中。　　拥衾欹枕难成寐，萧寺初钟。雁响遥空，家在青山千万重。

无名氏　　采桑子·再雪中

飞琼欲赴瑶台宴，先具威仪。云驾霓衣，从者皆骑白凤飞。　　人间尽变为银海，此景偏奇。姑射冰姿，昨夜前村见一枝。

无名氏　　采桑子·蜡梅

熔金脱得花钿小，点缀琼枝。月淡风微，露浥香肌自是奇。　　玉人呵手昂头剪，纤鬓边垂。似簇蜂儿，春入芳容不肯飞。

无名氏　　采桑子·年年才到花时候

年年才到花时候，风雨成旬。不肯开晴，误却寻花陌上人。　　今朝报道天晴也，花已成尘。寄语花神，何似当初莫做春。

采桑子慢

此调见《绝妙好词》。唐教坊大曲有《采桑子》，又名《采桑》、《采桑老》。其名来自古曲《陌上桑》故事。“慢”指慢曲子。属双调、仄韵，共九十字。上阕九句、四十四字，于第二、四、六、九句用韵；下阕十句、四十六字，于第三、五、七、十句用韵。此调与《采桑子》不同，参阅《采桑子》。

吴文英　　采桑子慢·九日

桐敲露井，残照西窗人起。怅玉手、曾携乌纱，笑整风欹。水叶沉红，翠微云冷雁慵飞。楼高莫上，魂消正在，摇落江蓠。　　走马断桥，玉台妆榭，罗帕香遗。叹人老、长安灯

外，愁换秋衣。醉把茱萸，细看清泪湿芳枝。重阳重处，寒花怨蝶，新月东篱。

采绿吟

此调名为宋代周密所创制，其词起句为“采绿鸳鸯浦”，故用首句二字为词调名。“采绿”意为水中采撷蘋草。其词为双调、平韵，共九十九字。上阕九句、四十九字，于第二、五、七、九句用韵；下阕十句、五十字，于第二、四、七、十句用韵。此调本名《塞垣春》，属双调、仄韵，有九十六字、九十八字两体。周密改为平韵，名《采绿吟》，其词下自注云：“霞翁会吟社诸友，逃暑于西湖之环碧……探题赋词，余得《塞垣春》，翁为翻谱数字，短箫按之，音极谐婉，因易今名。”参阅《塞垣春》。

周　密　　　采绿吟·采绿鸳鸯浦

甲子夏，霞翁会吟社诸友逃暑于西湖之环碧。琴尊笔研，短葛练巾，放舟于荷深柳密间。舞影歌尘，远谢耳目。酒酣，采莲叶，探题赋词。余得塞垣春，翁为翻谱数字，短箫按之，音极谐婉，因易今名云

采绿鸳鸯浦，画舸水北云西。槐薰入扇，柳阴浮桨，花露侵诗。点尘飞不到，冰壶里、绀霞浅压玻璃。想明珰、凌波远，依依心事寄谁。　　移棹舣空明，蘋风度、琼丝霜管清脆。咫尺挹幽香，怅岸隔红衣。对沧洲，心与鸥闲，吟情渺、莲叶共分题。停杯久，凉月渐生，烟合翠微。

受恩深

此调又写作《爱恩深》，本为咏恩爱之情。此调仅存宋代柳永词一首，见《乐章集》。词属双调、仄韵，共八十六字。上下阕皆八句、四十三字，上阕于第一、二、三、五、六、八句用韵，下阕于第一、三、五、六、八句用韵。

柳　永　　　受恩深·雅致装庭宇

雅致装庭宇，黄花开淡泞，细香明艳尽天与。助秀色堪

餐，向晓自有真珠露。刚被金钱妒，拟买断秋天，容易独步。　粉蝶无情蜂已去，要上金尊，惟有诗人曾许。待宴赏重阳，恁时尽把芳心吐。陶令轻回顾，免憔悴东篱，冷烟寒雨。

乳燕飞

此调本名《贺新郎》，又名《贺新凉》。因宋代苏轼以此调填词，其中有"乳燕飞华屋"之句，故取其前三字，名为《乳燕飞》。属双调、仄韵，共一百一十六字。上阕十句、五十七字，下阕十句、五十九字，均于第一、三、五、六、八、十句用韵。此调又名《金缕曲》，因苏轼诗《台头寺送宋希元》中有"日夜更歌金缕曲，他时莫忘角弓篇"之句而得名。又名《金缕歌》，因宋代叶梦得有唱"金缕歌"之句而得名。又名《貂裘换酒》，因词中有此句而得名。参阅《贺新郎》、《金缕曲》、《金缕歌》等。

汪　莘　　乳燕飞·汪子感秋，采楚词，赋此

去郢频回首，正横江、荪桡容与，兰旌悠久。怅望龙门都不见，似把长楸孤负，念往日、佳人为偶。独向芳洲相思处，采蘋花、杜若空盈手。乘赤豹，谁来后？　云中眼界穷高厚，览山川、冀州还在，陶唐何有。木叶纷纷秋风晚，缥缈潇湘左右。见帝子、冰魂厮守。应记薰弦相对日，酹一杯、太乙东皇酒。问此意，君知否。

汪　莘　　乳燕飞·寄刘阆风祭酒

晓趁西湖约，到湖头、烟消日出，波生雨脚。日挈白鱼携碧酒，要与诗人共酌，把楼上、珠帘卷却。坐对荷花三万朵，念西邻、未嫁肌如削。待折与，不堪著。　别来又见秋萧索，恨无由、将余风月，伴君云鹤。想见登山临水处，醉把茱萸槃礴。唱白雪、阳春新作。一自东篱人去后，算人间、黄菊空零落。叹作者，多命薄。

汪　莘　　乳燕飞·策杖南山去

清明日，携幼为南山之游，适为游人所先。回访落石岩，恰坐定，有石楠红叶，飘下樽俎间，小饮而归，久立碧桃花

下，即事赋之

策杖南山去，到南溪、谁家宅院，欺人先渡。羽扇徐麾僮仆退，翠柳白沙西路，帝赐我、阆风玄圃。一片飞来红叶阔，细看来、上有双鸾句。应念我，尘中住。　眼前儿女闲相语，怪人间、禁烟时节，安排樽俎。为道从来寒食好，且莫思量今古。共绿水、春风鸥鹭。望我壶天天未晚，记碧桃、花发闲庭户。归到也，对花舞。

黄　机　　乳燕飞·次岳总干韵

击碎珊瑚树，为留春、怕春欲去，驶如风雨。春不留兮君休问，付与流莺自语，但莫赋、绿波南浦。世上功名花梢露，政何如、一笑翻金缕。系白日，莫教暮。　苍头引马城西路，趁池亭、荻芽尚短，梅心未苦。小雨欲晴晴不定，漠漠云飞轻絮。算行乐、春来几度。鞭影不摇鞍小据，过横塘、试把前山数。双白鹭，忽飞去。

黄　机　　乳燕飞·次徐斯远韵寄稼轩

兴泼元同宇，唤君来、浮君大白，为君起舞。满袖斑斑功名泪，百岁风吹急雨，愁与恨、凭谁分付。醉里狂歌空漫触，且休歌、只倩琵琶诉。人不语，弦自语。　诗成更将君自赋，渺楼头、烟迷碧草，云连芳树。草树那能知人意，怅望关河梦阻。有心事、笺天天许。绣帽轻裘真男子，政何须、纸上分今古。未办得，赋归去。

黄　机　　乳燕飞·秋意今如许

秋意今如许，怪征鞍、底事匆匆，翩然难驻。斗帐屏围山六曲，怕见琐窗欲暮，倩谁伴、梧桐疏雨。路入衡阳天一角，更山环、水绕无重数。容易□，便难阻。　相思才信相思苦，省疏狂、迷歌殢酒，把人轻误。问取归期何日是，指点庭前幽树。定冷蕊、疏花将吐。此去西风吹雁过，家身心、别后安平否。聊慰我，至诚处。

刘克庄　　乳燕飞·寿干官

按调当为《念奴娇》

风流八十，是人间妆点，孩儿眉额。再著三星添上面，又是一般奇特。且置零头，举将成数，算起君须记。从今十倍，

恰当彭祖八百。　　更把百倍添来，庄椿身世，又十头添撇。况迈非熊年纪在，管取方来勋业。子既生孙，孙还又子，堆几床牙笏。瑶池会宴，饱看几度桃实。

徐经孙　　乳燕飞·一雨炎□洗

一雨炎□洗，似天知、溪山佳处，玳筵珠履。六十年前今朝庆，门左桑孤蓬矢，也似恁、郁葱佳气。绿鬓童颜春未老，问寿星、模样君真是。新甲子，从头起。　　应门有子能承志，总人间、皱眉底事，不关君耳。看不日孙枝毓秀，衮衮教人满意，更又报、门阑多喜。饱受人生真富贵，便蟠桃、三熟堪弹指。知几个，千秋岁。

刘辰翁　　乳燕飞·赤壁之游乐

王朋益佥事夜坐文江之上，屡称赤壁之游乐，酒余索赋，因取坐间语参差述之

赤壁之游乐，但古今、风清月白，更无坡作。矫首中洲公何许，共我横江孤鹤，把手笑、孙刘寂寞。颇有使君如今否，看青山、似我多前却。几见我、伴清酌。　　江心旧岂非城郭，抚千年、桑田海水，神游非昨。对影三人成六客，更倚归舟夜泊，尚听得、江城愁角。渺渺美人兮南浦，耿余怀、感泪伤离索。天正北，绕飞鹊。

刘辰翁　　乳燕飞·寿周耐轩

曾授茅山记，共当年、二百七十，又三甲子。昨上云台占云物，占得景风南至，又恰是、封侯千岁。行遍神州河洛外，早归来、庭下槐阴翠。春万户，共生意。　　溪翁图是参同契，想金丹、圆成功行，活人相似。顾我尊前歌赤壁，生子当如此耳，笑华发、东坡年几。弟不如人今老矣，看龙头、霄汉雌龙尾。呼白石，为公起。

刘辰翁　　乳燕飞·过雨城西路

饮海棠花下，说放翁记剑南宣华园日报开及几分，闻五分亟往。因美放翁记此，足为后人开游赏之趣。盖花开三日色变，五日则后半开者盛，先半开者落矣。歌述此意，使观者有省

过雨城西路，看轻云、弄日花间，微寒如雾。谁是宣华门守者，报我十分开五，便痛饮、能销几度。寄语后来看花客，待看花、莫待开成树。成树也，半为土。　　佺巢蜀锦今何许，记西湖、聚景村庄，王亭谢墅。冷落柯丘二三子，更问何园韩圃，悄一笑、回车竹所。点点守宫包红泪，纵倾城、一顾倾城顾。家国事，正何与。

周　密　　乳燕飞·波影摇涟甃

辛未首夏，以书舫载客游苏湾。徙倚危亭，极登览之趣。所谓浮玉山、碧浪湖者，皆横陈于前，特吾几席中一物耳。遥望具区，渺如烟云；洞庭、缥缈诸峰，矗矗献状，盖王右丞、李将军著色画也。松风怒号，暝色四起，使人浩然忘归。慨然怀古，高歌举白，不知身世为何如也。溪山不老，临赏无穷，后之视今，当有契余言者。因大书山楹，以纪来游

波影摇涟甃，趁熏风、一舸来时，翠阴清昼。去郭轩楹才数里，藓磴松关云岫，快屐齿、筇枝先后。空半危亭堪聚远，看洞庭、缥缈争奇秀。人自老，景如旧。　　来帆去棹还知否，问古今、几度斜阳，几番回首。晚色一川谁管领，都付雨荷烟柳，知我者、燕朋鸥友。笑拍阑干呼范蠡，甚平吴、却倩垂纶手。吁万古，付卮酒。

无名氏　　乳燕飞·寿种春翁

指点金蕉叶，倩双成、十分为注，九天琼液。中有玉梅风露气，持寿卯金仙伯，听贱子、歌翻新阕。不作寻常儿女祝，把先生、好事从头说。须快饮，莫留滴。　　风流晋宋人物，有锦囊万首，不博小儿馆职。膝下双雏真伟器，足继传家事业，且做个、人间闲客。试问种春春几许，尽芝田万顷天来阔。天有尽，春无极。

无名氏　　乳燕飞·庆被书　五月十二

垛翠云峰远，日乌高、炎官直午，暑风微扇。二六尧蓂开秀荚，跨海冰轮待满，怪院落、笙箫如剪。太乙燃藜天际下，庆卯金仙子生华旦。依日月，近云汉。　　经时持橐明光殿，问江乡、年来有几，只君方见。入座夫人难老甚，炯炯金霞照眼，笑指点、琼觞教劝。但得调元勋业就，为江泉石磴轻轩冕。归共作，赤松伴。

鱼水同欢

此调本名《鹊踏枝》，原为唐教坊曲名。因宋代晏殊词中有“蝶恋花”之句，故又名《蝶恋花》。此调别名甚多，多据词中的字句而命名，有《黄金缕》、《卷珠帘》、《明月生南浦》、《细雨吹池沼》、《凤栖梧》、《一箩金》、《转调蝶恋花》等别称。以冯延巳词为正体。属双调、仄韵，共六十字。上下阕皆五句、三十字，亦皆于第一、三、四、五句用韵。参阅《鹊踏枝》、《蝶恋花》、《一箩金》等词调。

无名氏　　鱼水同欢·庆两子同日　十月初六

棣萼楼前佳气蔼，欣遇称觞，正斗杓移亥。三两日来连庆会，贺宾喜色增加倍。　　未逊徐雏分小大，好比晋朝，二陆休声在。更祝灵椿颜不改，三苏相继居台宰。

鱼游春水

此调为无名氏所作。据《复斋漫录》记载：政和(宋徽宗年号，自公元1101年至1119年)中，一中贵(太监)出使越州回京，于古碑上发现一首词，无名无谱，录以进呈。宋徽宗命大晟府填腔。因诗的下阕结句为“莺啭上林，鱼游春水”，故赐名《鱼游春水》。又据《古今词话》记载：东都(唐代之东都洛阳)防河卒，于汴河掘地得石，石上刻此词。这是唐人之语。据此，则此调起于此词。又据《草堂诗余》，认为此调为阮逸女所作，未审何据。词属双调、仄韵，共八十九字。上阕八句、四十四字，于第一、二、四、六、八句用韵；下阕八句、四十五字，用韵同上阕。

张元幹　　鱼游春水·芳洲生蘋芷

芳洲生蘋芷，宿雨收晴浮暖翠。烟光如洗，几片花飞点泪。清镜空余白发添，新恨谁传红绫寄。溪涨岸痕，浪吞沙尾。　　老去情怀易醉，十二栏干慵遍倚。双凫人惯风流，功名万里。梦想浓妆碧云边，目断归帆夕阳里。何时送客，更临春水。

吕胜已　　鱼游春水·林梢听布谷

林梢听布谷，郭外舒怀仍快目。平田浩荡，瀌瀌泉鸣暗谷。香稻吐芒针棘细，秀麦摇风波浪绿。山童野老，意亲情熟。　　我待休官弃禄，屏迹幽闲安退缩。渭川千亩修篁，嵾嵾绀玉。顾盼滩流萦八节，呼吸湖光穿九曲。贪求自乐，尽忘尘俗。

马子严　　鱼游春水·怨别

池塘生春草，数尽归鸿人未到。天涯目断，青鸟尚赊音耗。晓月频窥白玉堂，暮雨还湿青门道。巢燕引雏，乳莺空老。　　庭际香红倦扫，乾鹊休来枝上噪。前回准拟同他，翻成病了。欲题红叶凭谁寄，独抱孤桐无心挑。眉间翠攒，鬓边霜早。

李　刘　　鱼游春水·寿卫大参

湖南三千里，百万人家争送喜。元戎初度，和气水流山峙。荆楚中间寿域开，翼轸傍边台躔起。嵩岳降神，维箕骑尾。　　见说君王注倚，问舟楫、盐梅谁是。国人争望周公，东归几几。功名多载旂常上，福禄平分天壤里。家家弦管，年年弧矢。

卢祖皋　　鱼游春水·离愁禁不去

离愁禁不去，好梦别来无觅处。风翻征袂，触目年芳如许。软红尘里鸣鞭镫，拾翠丛中句伴侣。都负岁时，暗关情绪。　　昨夜山阴杜宇，似把归期惊倦旅。遥知楼倚东风，凝颦暗数。宝香拂拂遗鸳锦，心事悠悠寻燕语。芳草暮寒，乱花微雨。

吴　泳　　鱼游春水·神泉春日赋

东里韶光早，百舌枝头啼碎了。溪梅开尽，池水绿波还皱。种柳先生觉意阑，看花君子非年少。心似淡云，梦随芳草。　　满地松花不扫，镇日春愁萦怀抱。谁能击筑长歌，吹笳清啸。寄声玉关行人道，未报君恩难便老。鸡塞雨寒，戍楼烟渺。

赵闻礼　　鱼游春水·青楼临远水

青楼临远水，楼上东风飞燕子。玉钩珠箔，密密锁红藏

翠。剪胜裁幡春日戏，簇柳簪梅元夜醉。闲忆旧欢，暗弹新泪。　　罗帕啼痕未洗，愁见同心双凤翅。长安十日轻寒，春衫未试。过尽征鸿知几许，不寄萧娘书一纸。愁肠断也，那人知未。

无名氏　　鱼游春水·秦楼东风里

秦楼东风里，燕子还来寻旧垒。余寒微透，红日薄侵罗绮。嫩笋才抽碧玉簪，细柳轻窣黄金蕊。莺啭上林，鱼游春水。　　屈曲阑干遍倚，又是一番新桃李。佳人应念归期，梅妆淡洗。凤箫声杳沉孤雁，目断澄波无双鲤。云山万重，寸心千里。

鱼　歌　子

即《渔歌子》，详见《渔歌子》条。

李弥逊　　鱼歌子·和董端明大野渔父图

其一

一叶扁舟漾广津，无心鸥鸟远来人。频蓼岸，静投纶，危坐初无一点尘。

其二

钓艇夷犹一苇横，烟波万顷寄余生。春雨歇，暮霞明，零乱溪花堕玉英。

其三

撇棹归来起暮凉，乐哉谁复慕轩裳。横短笛，罢鸣榔，红藕花繁作阵香。

其四

木落渔村载酒过，绿波萍藻鳜鱼多。拚醉饮，尽颜酡，不负平生笠与蓑。

其五

玉树琼田莹滑清，短蓬飘洒动吟情。鱼换酒，乐升平，闻道君王日圣明。

其六

卧月眠风乐有余，蒹葭处处钓重湖。斟鲁酒，脍鲈鱼，一

片家风入画图。

夜飞鹊

此调本为咏深夜乌鹊纷飞。词属双调、平韵，共一百零六字。上阕十句、五十三字，于第二、三、五、八、十句用韵；下阕十一句、五十三字，于第三、六、八、十一句用韵。此调或加“慢”字，名《夜飞鹊慢》。

周邦彦　　夜飞鹊·别情

河桥送人处，凉夜何其，斜月远堕余辉。铜盘烛泪已流尽，霏霏凉露沾衣。相将散离会，探风前津鼓，树杪参旗。华骢会意，纵扬鞭、亦自行迟。　迢递路回清野，人语渐无闻，空带愁归。何意重红满地，遗钿不见，斜径都迷。兔葵燕麦，向残阳、欲与人齐。但徘徊班草，欷歔酹酒，极望天西。

赵以夫　　夜飞鹊·七夕和方时父韵

微云拂斜月，万籁声沉，凉露暗坠桐阴。蛾眉乞得天孙巧，愔愔楼上穿针。佳期鹊相误，到年时此夕，欢浅愁深。人间儿女，说风流、直到如今。　河汉几曾风浪，因景物牵情，自是人心。长记秋庭往事，钿花翦翠，钗股分金。道人无著，正萧然、竹枕练衾。梦回时，天淡星稀，闲弄一曲瑶琴。

吴文英　　夜飞鹊·蔡司户席上南花

金规印遥汉，庭浪无纹，清雪冷沁花薰。天街曾醉美人畔，凉枝移插乌巾。西风骤惊散，念梭悬愁结，蒂翦离痕。中郎旧恨，寄横竹、吹裂哀云。　空剩露华烟彩，人影断幽坊，深闭千门。浑似飞仙入梦，袜罗微步，流水青蘋。轻冰润□，怅今朝、不共清尊。怕云槎来晚，流红信杳，萦断秋魂。

胡翼龙　　夜飞鹊·星桥度情处

星桥度情处，地久天长，尘世无此匆忙。纤云淡荡凉蟾小，家家瓜果钱唐。愁人独无那，叹紫箫易断，青翼难将。返

魂何在，漫空留、荀令余香。　　忍记穿针儿女，篝尘想都暗，叠损衣裳。谁念才情未减，老来何逊，少日卢郎。柳风荷露，黯销凝、罗扇练囊。更银河曲曲，玉签点点，都是凄凉。

陈允平　　夜飞鹊·秋江际天阔

秋江际天阔，风雨凄其，云阴未放晴晖。归鸦乱叶更萧索，砧声几处寒衣。沙头酒初熟，尽篱边朱槿，竹外青旗。潮期尚晚，怕轻离、故故迟迟。　　何似醉中先别，容易为分襟，独抱琴归。回首征帆缥缈，津亭寂寞，衰草烟迷。虹收霁色，渐落霞孤鹜飞齐。更何时，重与论文渭北，剪烛窗西。

张　艾　　夜飞鹊·荷花

霓裳按歌地，凉影参差，还是佩解江湄。沧波正洗袜尘恨，流霞空沁铢衣。盈盈半输笑，向朱阑凝伫，欲诉心期。碧筒唤酒，恐娇娥、来下瑶池。　　未许西风吹断，环步障千重，镇护金猊。落晚文禽点镜，分香窃翠，却念幽羁。彩云惊散，暗伤情、不似芳时。待清歌招些，怜心问的，水杳舟移。

刘辰翁　　夜飞鹊·七夕

何曾见飞渡，年又年痴，今古相望犹疑。朱颜一去似流水，断桥魂梦参差。何堪更嗟迟暮，听旁人说与，此夕佳期。深深代籍，盼悠悠、北地胭脂。　　谁寄扬州破境，遍海角天涯，空待人归。自小秦楼望巧，吴机回锦，歌舞为谁。星萍耿耿，算欢娱、未省流离。但秋衾梦浅，云闲曲远，薄命同时。

张　炎　　夜飞鹊·林霏散浮暝

大德乙巳中秋，会仇山村于溧阳。酒酣兴逸，各随所赋。余作此词，为明月明年佳话云

林霏散浮暝，河汉空云，都缘水国秋清。绿房一夜迎向晓，海影飞落寒冰。蓬莱在何处，但危峰缥缈，玉籁无声。文箫素约，料相逢、依旧花阴。　　登眺尚余佳兴，零露下衣襟，欲醉还醒。明月明年此夜，颉颃万里，同此阴晴。霓裳梦断，到如今、不许人听。正婆娑桂底，谁家弄笛，风起潮生。

夜飞鹊慢

此调见《片玉词》，又名《夜飞鹊》，“慢”字可有可无。“慢”表明该词调属慢词，即乐曲长、字数多。此调属双调、平韵，共一百零七字。上阕十句、五十四字，于第二、三、五、八、十句用韵；下阕十一句、五十三字，于第三、六、八、十一句用韵。参阅《夜飞鹊》。

卢祖皋　　夜飞鹊慢·骄嘶破清晓

骄嘶破清晓，分恨临期，花下恁月明知。余光是处散离思，最怜香霭霏霏。牵衣揾弹泪，问凄风愁露，划地东西。留鞭换佩，怕匆匆、已是迟迟。　凉怯几番罗袂，还燕别文梁，萤点书帏。一自秋娘迢递，黄金对酒，争忍轻挥。新来院落，雁难寻、帘幕长垂。怕凋梧敲径，惊回旧梦，应也颦眉。

夜半乐

唐有《夜半乐曲》，是唐玄宗初自潞州还京师，夜半举兵诛韦后，特制《夜半乐》、《还京乐》二曲(见《碧鸡漫志》)。后用作词调名。宋代柳永用唐曲名制作新声乐府。今只存柳词二首。此调为三叠、仄韵，共一百四十四字。一叠十句、五十字，于第三、五、八、十句用韵；二叠九句、四十九字，于第三、四、八、九句用韵；三叠七句、四十五字，于第三、四、五、六、七句用韵。

柳　永　　夜半乐·冻云黯淡天气

冻云黯淡天气，扁舟一叶，乘兴离江渚。渡万壑千岩，越溪深处。怒涛渐息，樵风乍起，更闻商旅相呼。片帆高举，泛画鹢、翩翩过南浦。　望中酒旆闪闪，一簇烟村，数行霜树。残日下、渔人鸣榔归去。败荷零落，衰杨掩映，岸边两两三三，浣沙游女，避行客、含羞笑相语。　到此因念，绣阁轻抛，浪萍难驻。叹后约丁宁竟何据，惨离怀、空恨岁晚归期

阻。凝泪眼、杳杳神京路，断鸿声远长天暮。

柳　永　　　　夜半乐·艳阳天气

艳阳天气，烟细风暖，芳郊澄朗闲凝伫。渐妆点亭台，参差佳树。舞腰困力，垂杨绿映，浅桃秾李夭夭，嫩红无数。度绮燕、流莺斗双语。　　翠娥南陌簇簇，蹑影红阴，缓移娇步。抬粉面、韶容花光相妒。绛绡袖举，云鬟风颤，半遮檀口含羞，背人偷顾。竞斗草、金钗笑争赌。　　对此嘉景，顿觉消凝，惹成愁绪。念解佩、轻盈在何处，忍良时、孤负少年等闲度。空望极、回首斜阳暮，叹浪萍风梗知何去。

夜 厌 厌

又名《夜行船》、《雨中花》、《明月棹孤舟》。此调名乃张先所创制，其词中有“昨夜小筵欢纵……酒迷花困共厌厌”之句，故名《夜厌厌》。属双调、仄韵，共五十五字。上阕四句、二十七字，下阕四句、二十八字，亦皆于第一、二、四句用韵，两阕句式相同。

张　先　　　　夜厌厌·昨夜小筵欢纵

昨夜小筵欢纵，烛房深、舞鸾歌凤。酒迷花困共厌厌，倚朱弦、未成归弄。　　峡雨忽收寻断梦，依前是、画楼钟动。争拂雕鞍匆匆去，万千恨、不能相送。

夜 合 花

此调见宋晁补之《琴趣外编》。夜合花即合欢树。唐朝韦应物诗有“夜合花开香满庭”之句，调名来源于韦诗。此调咏调名本意。属双调、平韵，作者常用的一体为一百字。上阕十一句、四十九字，于第三、五、七、八、十一句用韵；下阕十句、五十字，于第一、三、五、七、十句用韵。另一体九十七字，上阕十句、四十八字，下阕九句、四十九字。

晁补之　　夜合花·和李浩季良牡丹

百紫千红，占春多少，共推绝世花王。西都万家俱好，不为姚黄。谩肠断巫阳，对沉香、亭北新妆。记清平调，词成进了，一梦仙乡。　　天葩秀出无双，倚朝晖，半如酣酒成狂。无言自有，檀心一点偷芳。念往事情伤，又新艳、曾说滁阳。纵归来晚，君王殿后，别是风光。

曹　勋　　夜合花·圣节

星拱尧眉，日临云幄，晓天初静炎曦。香凝翠扆，花笼禁殿风迟。彩山高与云齐，奉明主、玉斝交挥。庆天申旦，九州四海，同咏昌时。　　今年麦有双歧，别有琅玕并节，深秀联枝。丰世瑞物，嘉祥效祉熙熙。坐中莫惜沉醉，仰三圣、玉德光辉。献南山寿，严扆万载，永奉垂衣。

史　浩　　夜合花·洞天

三岛烟霞，十洲风月，四明古号仙乡。萦纡雉堞，中涵一片湖光。绕岸异卉奇芳，跨虹桥、隐映垂杨。玉楼珠阁，冰帘卷起，无限红妆。　　龙舟两两飞扬，见飘翻绣旗，歌杂笙簧。清尊满泛，休辞饮到斜阳。直须画蜡荧煌，况夜深、不阻城隍。且拚沉醉，归途便教，彻晓何妨。

丘　崈　　夜合花·雨过凉生

雨过凉生，风来香远，柳塘池馆清幽。圆荷万柄，芙蓉困倚轻柔。暮霞映，日初收，更满意、绿密红稠。是牵情处，低回照影，特地娇羞。　　惆怅好景难酬，慰家山梦绕，十顷新秋。庭空吏散，依然兴在沧洲。未容短棹轻舟，谩赢得、终日迟留。笑空归去，篮舆路转，月上西楼。

史达祖　　夜合花·赋笛

冷截龙腰，偷拿鸾爪，楚山长锁秋云。梅叶未落，年年怨入江城。千嶂碧，一声清，枉人间、儿女箫笙。共凄凉处，琵琶湓浦，长啸苏门。　　当时低度西邻，天澹阑干欲暮，曾赋高情。子期老矣，不堪滞酒重听。纤手静，七星明，有新声、应更魂惊。梦回人世，寥寥夜月，空照天津。

史达祖　　夜合花·柳锁莺魂

柳锁莺魂，花翻蝶梦，自知愁染潘郎。轻衫未揽，犹将泪点偷藏。念前事，怯流光。早春窥、酥雨池塘。向销凝里，梅开半面，情满徐妆。　风丝一寸柔肠，曾在歌边惹恨，烛底萦香。芳机瑞锦，如何未织鸳鸯。人扶醉，月依墙，是当初、谁敢疏狂。把闲言语，花房夜久，各自思量。

高观国　　夜合花·斑驳云开

斑驳云开，濛松雨过，海棠花外寒轻。湖山翠暖，东风正要新晴。又唤醒，旧游情，记年时、今日清明。隔花阴浅，香随笑语，特地逢迎。　人生好景难并，依旧秋千巷陌，花月蓬瀛。春衫抖擞，余香半染芳尘。念嫩约，杳难凭，被几声、啼鸟惊心。一庭芳草，危阑晚日，无限消凝。

孙惟信　　夜合花·风叶敲窗

风叶敲窗，露蛩吟甃，谢娘庭院秋宵。凤屏半掩，钗花映烛红摇。润玉暖，腻云娇，染芳情、香透鲛绡。断魂留梦，烟迷楚驿，月冷蓝桥。　谁念卖药文箫，望仙城路杳，莺燕迢迢。罗衫暗摺，兰痕粉迹都销。流水远，乱花飘，苦相思、宽尽春腰。几时重恁，玉骢过处，小袖轻招。

吴文英　　夜合花·自鹤江入京泊葑门外有感

柳暝河桥，莺晴台苑，短策频惹春香。当时夜泊，温柔便入深乡。词韵窄，酒杯长，翦蜡花、壶箭催忙。共追游处，凌波翠陌，连棹横塘。　十年一梦凄凉，似西湖燕去，吴馆巢荒。重来万感，依前唤酒银罂。溪雨急，岸花狂，趁残鸦、飞过苍茫。故人楼上，凭谁指与，芳草斜阳。

周　密　　夜合花·茉莉

月地无尘，珠宫不夜，翠笼谁炼铅霜。南州路杳，仙子误入唐昌。零露滴，湿微妆，逗清芬、蝶梦空忙。梨花云暖，梅花雪冷，应妒秋芳。　虚庭夜气偏凉，曾记幽丛采玉，素手相将。青蕤嫩萼，指痕犹映瑶房。风透幕，月侵床，记梦回、粉艳争香。枕屏金络，钗梁绛缕，都是思量。

夜行船

此调咏调名本意，即夜间行船。黄公绍词名《明月棹孤舟》，以“明月”代“夜”字，以“棹”代“行”字，以“孤舟”代“船”字，又可加“令”字，名为《夜行船令》。属双调、仄韵，有五十一字、五十二字、五十三字、五十四字、五十六字、五十八字等十一体。《词律》把《夜行船》混入《雨中花》。参阅《雨中花》。

谢　绛　　　　夜行船·别情

昨夜佳期初共，鬓云低、翠翘金凤。尊前和笑不成歌，意偷转、眼波微送。　　草草不容成楚梦，渐寒深、翠帘霜重。相看送到断肠时，月西斜、画楼钟动。

欧阳修　　　　夜行船·忆昔西都欢纵

忆昔西都欢纵，自别后、有谁能共。伊川山水洛川花，细寻思、旧游如梦。　　今日相逢情愈重，愁闻唱、画楼钟动。白发天涯逢此景，倒金尊、殢谁相送。

欧阳修　　　　夜行船·满眼东风飞絮

满眼东风飞絮，催行色、短亭春暮。落花流水草连云，看看是、断肠南浦。　　檀板未终人去去，扁舟在、绿杨深处。手把金尊难为别，更那听、乱莺疏雨。

欧阳修　　　　夜行船·闲把鸳衾横枕

闲把鸳衾横枕，损眉尖、泪痕红沁。花时良夜不归来，忍频听、漏移清禁。　　一饷无言都未寝，忆当初、是谁先恁。及至如今，教人成病，风流万般徒甚。

欧阳修　　　　夜行船·轻捧香腮低枕

轻捧香腮低枕，眼波媚、向人相浸。佯娇佯醉索如今，这风情、怎教人禁。　　却与和衣推未寝，低声地、告人休恁。月夕花朝，不成虚过，芳年嫁君徒甚。

孙浩然　　夜行船·何处采菱归暮

何处采菱归暮，隔宵烟、菱歌轻举。白蘋风起月华寒，影朦胧、半和梅雨。　　脉脉相逢心似许，扶兰棹、黯然凝伫。遥指前村，隐隐烟树，含情背人归去。

赵　轨　　夜行船·今夜阴云初霁

今夜阴云初霁，画帘外、月华如水。露霭晴空，风吹高树，满院中秋意。　　皎皎蟾光当此际，怎奈何、不成况味。莫近檐间，休来窗上，且放离人睡。

毛　滂　　夜行船·雨夜泊吴江，明日过垂虹亭

寒满一衾谁共，夜沉沉、醉魂朦松。雨呼烟唤付凄凉，又不成、那些好梦。　　明日烟江□暝曚，扁舟系、一行蝳蝀。季鹰生事水弥漫，过鲈船、再三目送。

毛　滂　　夜行船·余英溪泛舟

弄水余英溪畔，绮罗香、日迟风慢。桃花春浸一篙深，画桥东、柳低烟远。　　涨绿流红空满眼，倚兰桡、旧愁无限。莫把鸳鸯惊飞去，要歌时、少低檀板。

刘一止　　夜行船·十顷疏梅开半就

十顷疏梅开半就，折芳条、嫩香沾袖。今度何郎，尊前疑怪，花共那人俱瘦。　　恻恻轻寒吹散酒，高城近、怕听更漏。可惜溪桥，月明风露，长是在人归后。

杨无咎　　夜行船·白玉

不假铅华嫌太白，玉搓成、体柔腰搦。明月堂深，莲花杯软，情重自斟琼液。　　寄语碔砆休并色，信秦城、未教轻易。绛阙楼成，蓝桥药就，好吹箫共乘鸾翼。

杨无咎　　夜行船·吕倩

醉袖轻拢檀板转，听声声、晓莺初啭。花落江南，柳青客舍，多少旧愁新怨。　　我也寻常听见惯，浑不似、这翻撩乱。调少情多，语娇声咽，曲与寸肠俱断。

杨无咎　　　　夜行船·周三五

宝髻双垂烟一缕，年纪小、未周三五。压一精神，出群标格，偏向众中翘楚。　　记得谯门初见处，禁不定、乱魂飞去。掌托鞋儿，肩拖裙子，悔不做、闲男女。

杨无咎　　　　夜行船·怪被东风相误

怪被东风相误，落轻帆、暂停烟渚。桐树阴森，茅檐潇洒，元是那回来处。　　相与狂朋沽绿醑，听胡姬、隔窗言语。我既痴迷，君还留恋，明日慢移船去。

杨无咎　　　　夜行船·夹岸绮罗欢聚

夹岸绮罗欢聚，看喧喧、彩舟来去。晴放湖光，雨添山色，谁识总相宜处。　　输与骚人知胜趣，醉临流、戏评坡句。若把西湖比西子，这东湖、似东邻女。

葛立方　　　　夜行船·章甥婚席间作

百尺雕堂悬蜀绣，珠帘外、玉阑琼甃。调鼎名家，吹箫贤胄，新卜凤皇佳繇。　　银叶添香香满袖，满金杯、寿君芳酒。喜动蟾宫，祥生熊帐，应在细君归后。

韩元吉　　夜行船·再至东阳，有歌予往岁重九词者

极目高亭横远岫，拂新晴、黛蛾依旧。策马重来，秋光如画，霜满翠梧高柳。　　菊美橙香还对酒，欢情似、那时重九。楼上清风，溪头明月，不道沈郎消瘦。

王　嵎　　　　夜行船·曲水溅裙三月二

曲水溅裙三月二，马如龙、钿车如水。风飏游丝，日烘晴昼，人共海棠俱醉。　　客里光阴难可意，扫芳尘、旧游谁记。午梦醒来，小窗人静，春在卖花声里。

丘　崈　　　　夜行船·越上作

水满平湖香满路，绕重城、藕花无数。小艇红妆，疏帘青盖，烟柳画桥斜渡。　　恣乐追凉忘日暮，箫鼓动、月明人去。犹有清歌，随风迢递，声在芰荷深处。

丘　崈　　　　夜行船·和朱茶马

昨醉中说越上旧词，相与一笑，乃烦和章狎至，愧不可言，聊复戏作以谢。尘务满前，略无佳语，惟一过目，幸甚

一舸鸱夷云水路，贪游戏、悄忘尘数。明月长随，清风满载，那向急流争渡。　　邂逅占星来已暮，芝封待、却催归去。倚玉蒹葭，论文尊俎，回首笑谈何处。

丘　崈　　　　夜行船·和成都王漕巽泽

飞舄朝天云作路，长安近、更无程数。梧竹当年，丝纶奕世，咫尺凤池平渡。　　青眼相逢何太暮，眉黄透、却愁君去。官事无多，丰年有暇，莫负赏心佳处。

丘　崈　　　　夜行船·怀越中

万柄荷花红绕路，锦连空、望无层数。照水旌旗，临风鼓吹，行遍月桥烟渡。　　堪笑年华今已暮，身西上、梦魂东去。一曲亭边，五云门外，犹记最花多处。

赵长卿　　　　夜行船·送胡彦直归槐溪

泪眼江头看锦树，别离又还秋暮。细水浮浮，轻风冉冉，稳送扁舟去。　　归去江山应得助，新诗定须多赋。有雁南来，槐溪千万，寄我惊人句。

赵长卿　　　　夜行船·咏美人

龟甲炉烟轻袅，帘栊静、乳莺啼晓。拂掠新妆，时宜头面，绣草冠儿小。　　衫子揉蓝初著了，身材称、就中恰好。手捻双纨，菱花重照，带朵宜男草。

赵长卿　　　　夜行船·送张希舜归南城

绿盖红幢笼碧水，鱼跳处、浪痕匀碎。惜别殷勤，留连无计，歌声与、泪和柔脆。　　一叶扁舟烟浪里，曲滩头、此情无际。窈窕眉山，暮霞红处，雨云想、翠峰十二。

赵长卿　　　　夜行船·送胡彦直归郡醉中作

短棹轻舟排办了，歌声断、晚霞残照。红蓼坡头，绿杨堤

外，离恨知多少。　　别后莫教音信杳，叹光阴、初自来堪笑。画角谯门，槐溪归路，正是楚天清晓。

王　炎　　夜行船·贺将使叔成宝相寮

淡饭粗衣随分过，新成就、庵寮一个。静处藏身，十分自在，只恁么、有何不可。　　过眼空花都看破，红尘外、独行独坐。也没筹量，也没系绊，更觅甚、三乘四果。

石孝友　　夜行船·昨日特承传诲

昨日特承传诲，欲相见、奈何无计。这场烦恼捻著嚎，晓夜价、求天祝地。　　教俺两下不存济，你莫却、信人调戏。若还真个肯收心，厮守著、快活一世。

石孝友　　夜行船·漏永迢迢清夜

漏永迢迢清夜，露华浓、洞房寒乍。愁人早是不成眠，奈无端、月窥窗罅。　　心心念念都缘那，被相思、闷损人也。冤家你若不知人，这欢娱、自今权罢。

姜　夔　　夜行船·略彴横溪人不度

己酉岁，寓吴兴，同田几道寻梅北山沈氏圃，载雪而归

略彴横溪人不度，听流澌、佩环无数。屋角垂枝，船头生影，算唯有、春知处。　　回首江南天欲暮，折寒香、倩谁传语。玉笛无声，诗人有句，花休道、轻分付。

史达祖　夜行船·正月十八日闻卖杏花有感

不翦春衫愁意态，过收灯、有些寒在。小雨空帘，无人深巷，已早杏花先卖。　　白发潘郎宽沈带，怕看山、忆它眉黛。草色拖裙，烟光惹鬓，常记故园挑菜。

高观国　　夜行船·翦水天风吹醉醒

翦水天风吹醉醒，高楼外、冻云愁凝。袖口香寒，歌喉春暖，不管雁边寒紧。　　琼屑瑶花飞碎影，应须待、玉田千顷。小约梅英，教吟柳絮，春在绣红鸳锦。

卢祖皋　　夜行船·暖入新梢风又起

暖入新梢风又起，秋千外、雾萦丝细。鸠侣寒轻，燕泥香

重，人在杏花窗里。　　十二银屏山四倚，春醪困、共篝沉水。却说当时，柳啼花怨，魂梦为君迢递。

黄　机　　夜行船·京口南园

红溅罗裙三月二，露桃开、柳眠又起。百尺游丝，罥莺留燕，判与南园一醉。　　历历斜阳明野水，倚危阑、暮云千里。说似游人，直须烧烛，早晚绿阴青子。

黄时龙　　夜行船·十四弦声犹未断

十四弦声犹未断，星月上、西墙一半。却手休弹，含情微妒，报道春宵短。　　银烛纱笼须早办，不住地、金蕉催劝。别院人归，小窗灯静，自把花枝看。

许　棐　　夜行船·一簪东风留不住

一簪东风留不住，离歌断、日斜春暮。多事啼莺，妒情飞燕，一路送人归去。　　文君自被琴心误，却惆怅、落花飞絮。锦字机寒，玉炉烟冷，门外乱山无数。

吴文英　　夜行船·赠赵梅壑

碧甃清漪方镜小，绮疏净、半尘不到。古鬲香深，宫壶花换，留取四时春好。　　楼上眉山云窈窕，香衾梦、镇疏清晓。并蒂莲开，合欢屏暖，玉漏又催朝早。

吴文英　　夜行船·寓化度寺

鸦带斜阳归远树，无人听、数声钟暮。日与愁长，心灰香断，月冷竹房扃户。　　画扇青山吴苑路，傍怀袖、梦飞不去。忆别西池，红绡盛泪，肠断粉莲啼路。

吴文英　　夜行船·逗晓栏干沾露水

逗晓阑干沾露水，归期杳、画檐鹊喜。粉汗余香，伤秋中酒，月落桂花影里。　　屏曲巫山和梦倚，行云重、梦飞不起。红叶中庭，绿尘斜□，应是宝筝慵理。

周　密　　夜行船·蛬老无声深夜静

蛬老无声深夜静，新霜粲、一帘灯影。妒梦鸿高，烘愁月浅，萦乱恨丝难整。　　笙字娇娥谁为靓，香襟冷、怕看妆

印。绣阁藏春，海棠偷暖，还似去年风景。

周　密　　**夜行船·寒菊欹风栖小蝶**

寒菊欹风栖小蝶，帘栊静、半规凉月。梦不分明，恨无凭据，肠断锦笺盈箧。　　哀角吹霜寒正怯，倚瑶筝、暗愁谁说。宝兽频添，玉虫时剪，长记旧家时节。

倪君奭　　**夜行船·年少疏狂今已老**

年少疏狂今已老，筵席散、杂剧打了。生向空来，死从空去，有何喜、有何烦恼。　　说与无常二鬼道，福亦不作，祸亦不造。地狱阎王，天堂玉帝，看你去、那里押到。

仇　远　　**夜行船·十二阑干和露倚**

十二阑干和露倚，银潢淡、玉蟾如洗。万籁无声，纤云不染，目断楚天千里。　　自把黄花闲数蕊，空招隐、湘君山鬼。古剑埋光，孤灯倒影，咄咄树犹如此。

夜如年

此调本名《古捣练子》，贺铸词有“破除今夜夜如年”句，故更名《夜如年》。详见《古捣练子》条。

贺　铸　　**夜如年·斜月下**

斜月下，北风前，万杵千砧捣欲穿。不为捣衣勤不睡，破除今夜夜如年。

夜度娘

古乐府清商曲辞名。《乐府诗集·清商曲辞·西曲歌》有无名氏《夜度娘》一首。宋郭茂倩题解引《古今乐录》：“《夜度娘》，倚歌也。词云：夜来冒霜雪，晨去履风波。虽得叙微情，奈侬身苦何？”一说指妓女。在宋词中，调见《古今词统》卷一宋寇准词。

寇　准　　夜度娘·烟波渺渺一千里

烟波渺渺一千里，白蘋香散东风起。日暮汀洲一望时，柔情不断如春水。

夜捣衣

此调本名《古捣练子》，因贺铸词有“净拂床砧夜捣衣”句，故更名《夜捣衣》。详见《古捣练子》条。

贺　铸　　夜捣衣·收锦字

收锦字，下鸳机，净拂床砧夜捣衣。马上少年今健否，过瓜时见雁南归。

夜游宫

此调属双调、仄韵，共五十七字。上阕六句、二十九字，于第一、二、三、六句用韵；下阕六句、二十八字，用韵同上阕。贺铸词有“江北江南新念别”之句，又更名《新念别》。其另一首词有“可怜许彩云漂泊”之句，又立新名《念彩云》。参阅《新念别》、《念彩云》。

秦　观　　夜游宫·何事东君又去

何事东君又去，空满院、落花飞絮。巧燕呢喃向人语，何曾解，说伊家，些子苦。　　况是伤心绪，念个人、又成睽阻。一觉相思梦回处，连宵雨，更那堪，闻杜宇。

贺　铸　　夜游宫·江面波纹皱縠

江面波纹皱縠，江南岸、草和烟绿。初过寒食一百六，采蘋游，□香裙，鸣佩玉。　　心事偷相属，赋春恨、彩笺双幅。今夜小楼吹凤竹，谢东风，寄情人，肠断曲。

周邦彦　　夜游宫·叶下斜阳照水

叶下斜阳照水，卷轻浪、沉沉千里。桥上酸风射眸子，立

多时，看黄昏，灯火市。　　古屋寒窗底，听几片、井桐飞坠。不恋单衾再三起，有谁知，为萧娘，书一纸。

周邦彦　　夜游宫·客去车尘未敛

客去车尘未敛，古帘暗、雨苔千点。月皎风清在处见，奈今宵，照初弦，吹一箭。　　池曲河声转，念归计、眼迷魂乱。明日前村更荒远，且开尊，任红鳞，生酒面。

周邦彦　　夜游宫·一阵斜风横雨

一阵斜风横雨，薄衣润、新添金缕。不谢铅华更清素，倚筠窗，弄幺弦，娇欲语。　　小阁横香雾，正年少、小娥愁绪。莫是栽花被花妒，甚春来，病恹恹，无会处。

毛　滂　　夜游宫·长记劳君送远

仆养一鹤，去田间以属郑德俊家。今县斋新作阳春亭，旁见近山数峰，因德俊归，以此语鹤，便知仆居此不落寞也

长记劳君送远，柳烟重、桃花波暖。花外溪城望不见，古槐边，故人稀，秋鬓晚。　　我有凌霄伴，在何处、山寒云乱。何不随君弄清浅，见伊时，话阳春，山数点。

张元幹　　夜游宫·半吐寒梅未拆

半吐寒梅未拆，双鱼洗、冰澌初结。户外明帘风任揭，拥红炉，洒窗间，闻霰雪。　　比去年时节，这心事、有人忺说。斗帐重熏鸳被叠，酒微醺，管灯花，今夜别。

吕渭老　　夜游宫·生日代人献江宰

帘外繁霜未扫，楼角动、玉绳横晓。百和交焚瑞烟绕，霁霞明，画屏深，天渺渺。　　喜色连池沼，荐眉寿、玉儿娇小。早晚除书下天表，日初长，莫等闲，孤一笑。

陆凝之　　夜游宫·东风捏就腰儿细

按调当作《步蟾宫》

东风捏就腰儿细，系滴粉裙儿不起。从来只惯掌中看，怎忍在、烛花影里。　　酒红应是铅华褪，暗蹙损、眉峰双翠。夜深点鞴绣鞋儿，靠那个、屏风立地。

陆　游　　夜游宫·记梦寄师伯浑

雪晓清笳乱起，梦游处、不知何地。铁骑无声望似水，想关河，雁门西，青海际。　睡觉寒灯里，漏声断、月斜窗纸。自许封侯在万里，有谁知，鬓虽残，心未死。

陆　游　　夜游宫·宫词

独夜寒侵翠被，奈幽梦、不成还起。欲写新愁泪溅纸，忆承恩，叹余生，今至此。　蔌蔌灯花坠，问此际、报人何事。咫尺长门过万里，恨君心，似危栏，难久倚。

陆　游　　夜游宫·宴席

宴罢珠帘半卷，画檐外、蜡香人散。翠雾霏霏漏声断，倚香肩，看中庭，花影乱。　宛是高唐馆，宝奁炷、麝烟初暖。璧月何妨夜夜满，拥芳柔，恨今年，寒尚浅。

张孝祥　　夜游宫·句景亭

听话危亭句景，芳郊迥、草长川永。不待崇冈与峻岭，倚栏杆，望无穷，心已领。　万事浮云影，最旷阔、鹭闲鸥静。好是炎天烟雨醒，柳阴浓，芰荷香，风日冷。

辛弃疾　　夜游宫·苦俗客

几个相知可喜，才厮见、说山说水。颠倒烂熟只这是，怎奈向，一回说，一回美。　有个尖新底，说底话、非名即利。说得口干罪过你，且不罪，俺略起，去洗耳。

张　镃　　夜游宫·美人

鹊相庞儿谁有，兀底便、笔描不就。小邈如何敢出手，细端相，甚精神，甚洗漱。　到老长厮守，不吃饭、也须啷嚁。你待包弹怎开口，暖底雪，活底花，嫩底柳。

方千里　　夜游宫·一带垂杨蘸水

一带垂杨蘸水，映芳草、萋萋千里。跋马回堤少年子，拥

青娥，向红楼，南酒市。　　拚饮莺花底，恣欢笑、粉融香坠。不趁临分醉中起，但依稀，写柔情，留蜀纸。

方千里　　夜游宫·城上昏烟四敛

城上昏烟四敛，画楼外、陡听更点。千里相思梦中见，恨年华，逐东流，随急箭。　　帘影参差转，夜初过、水沉烟乱。剩枕余衾故人远，忆闲窗，亸云鬟，低粉面。

吴文英　　夜游宫·窗外捎溪雨响

竹窗听雨，坐久隐几就睡，既觉，见水仙娟娟于灯影中

窗外捎溪雨响，映窗里、嚼花灯冷。浑似潇湘系孤艇，见幽仙，步凌波，月边影。　　香苦欺寒劲，牵梦绕、沧涛千顷。梦觉新愁旧风景，绀云欹，玉搔斜，酒初醒。

吴文英　　夜游宫·春语莺迷翠柳

春语莺迷翠柳，烟隔断、晴波远岫。寒压重帘幔拕绣，袖炉香，倩东风，与吹透。　　花讯催时候，旧相思、偏供闲昼。春澹情浓半中酒，玉痕销，似梅花，更清瘦。

吴文英　　夜游宫·人去西楼雁杳

人去西楼雁杳，叙别梦、扬州一觉。云澹星疏楚山晓，听啼乌，立河桥，话未了。　　雨外蛩声早，细织就、霜丝多少。说与萧娘未知道，向长安，对秋灯，几人老。

杨泽民　　夜游宫·一叶飘然下水

一叶飘然下水，船头转、已行十里。冷落杯盘荐梅子，又经过，岭边村，江上市。　　那更轻帆底，一路上、翠飘红坠。深夜方眠五更起，说相思，试挥毫，还满纸。

杨泽民　　夜游宫·泪眼偎人强敛

泪眼偎人强敛，鲛绡上、尚余斑点。别后何愁不相见，只愁伊，被旁人，施暗箭。　　致得心肠转，教令得、神魂撩乱。那更日疏又日远，恁时节，想难为，看我面。

陈允平　　夜游宫·愁压眉峰成敛

愁压眉峰成敛，几回皱、落花钿点。镜里芳容自羞见，又黄昏，听南楼，度更箭。　　月引桐阴转，珠帘动、影摇花乱。雁过西风楚天远，待归来，把愁眉，印郎面。

陈允平　　夜游宫·窄索楼儿傍水

窄索楼儿傍水，渐秋到、渔村橘里。薄幸江南倦游子，恣轻狂，恋高阳，歌酒市。　　独自帘儿底，香罗带、翠闲金坠。为恼情怀怕拈起，对西风，揾啼红，印窗纸。

无名氏　　夜游宫·是处追寻侣

是处追寻侣，灯光散、九衢红雾。人在星河繁闹处，暗相逢，惹天香，飘满路。　　游困先归去，奈怨别、相思情绪。闲傍小桃□独步，月明寒，捻宜男，无一语。

无名氏　　夜游宫·因被吾皇手诏

因被吾皇手诏，把天下、寺来改了。大觉金仙也不小，德士道，却我甚头脑。　　道袍须索要，冠儿戴、恁且休笑。最是一种祥瑞好，古来少，葫芦上面生芝草。

无名氏　　夜游宫·四百四病人皆有

四百四病人皆有，只有想思难受。不疼不痛在心头，魆魆地教人瘦。　　愁逢花前月下，最怕黄昏时候。心头一阵痒将来，一两声咳嗽咳嗽。

卷春空

此调本名《定风波》，因贺铸词有“武陵流水卷春空”句，故更名《卷春空》。详见《定风波》条。

贺　铸　　卷春空·墙上夭桃簌簌红

墙上夭桃簌簌红，巧随轻絮入帘栊。自是芳心贪结子，翻使，惜花人恨五更风。　　露萼鲜浓妆脸靓，相映，隔年情事此门中。粉面不知何处在，无奈，武陵流水卷春空。

卷珠帘

此调原名《鹊踏枝》。《鹊踏枝》是唐教坊曲名。此调作者甚多，但又根据词的内容或字句而另立新名。如宋代晏殊以此调填词，其中有“蝶恋花”之句，故又名《蝶恋花》。此外尚有《转调蝶恋花》、《黄金缕》、《明月生南浦》、《细雨吹池沼》、《凤栖梧》、《一箩金》等别称。以冯延巳词为正体。属双调、仄韵，共六十字。上下阕皆五句、三字，亦皆于第一、三、四、五句用韵。参阅《鹊踏枝》、《蝶恋花》、《凤栖梧》等。

魏夫人　　卷珠帘·记得来时春未暮

记得来时春未暮，执手攀花，袖染花梢露。暗卜春心共花语，争寻双朵争先去。　多情因甚相辜负，轻拆轻离，欲向谁分诉。泪湿海棠花枝处，东君空把奴分付。

张元幹　　卷珠帘·寿

祥景飞光盈衮绣，流庆昆台，自是神仙胄。谁遣阳和放春透，化工重入丹青手。　云璈锦瑟争为寿，玉带金鱼，共愿人长久。偷取蟠桃荐芳酒，更看南极星朝斗。

此首别作徐去非词

徐去非　　卷珠帘·祥景飞光衮绣

祥景飞光衮绣，流庆昆台，自是神仙胄。谁遣阳和放春透，化工重入丹青手。　云筝锦瑟争为寿，玉带金鱼，共愿人长久。偷取蟠桃荐芳酒，更看南极星朝斗。

此首别作张元幹词

法　曲

此曲本为道观之曲，其声清而近雅，隋时已有之。唐玄宗选坐部伎子弟三百，教于梨园。文宗开成三年（838），改法曲为仙韶曲。唐法曲名目有《破阵乐》、《一戎大定

乐》、《长生乐》、《霓裳羽衣》、《献仙音》、《献天花》之类。宋人用其乐曲制词，仍名为《法曲》。今存曹勋《法曲》词十一首。不分阕，每首词的字数、句数、体式均不同。最短的六十七字，最长的一百五十二字。这十一首词是一组，写道家的清虚空灵。

曹　勋　　　　法曲·道情　散序

飞金走玉常奔驰，日上还西。自古待著长绳系，算尘心、谩劳役堪悲。盘古到此际，桑田变海，海复成陆高低。噫嘻，下土是凡质容仪。寿考能消，几日支持。念一世，真若朝荣暮落难期，幸有志、日传得神仙希夷。希夷，堪为千古人师。

曹　勋　　　　法曲·道情　歌头

柱史乘车，青牛驾軏，紫云覆顶，函关令已前知。西升稍驻，尹喜虔恭誓。求老子，亲谈道德微旨。五千余言，俱救末俗，度脱令咸归生理。体元机，人间方解道术，兼明治身，与国阶梯。更有黄庭，专分二境，内外皆举璇题。羽客见者，倾诚恳诵合彝仪。万神潜礼，密奉二经，炷香静默，心无竞，靡端倪。得失扫去，意海澄流要体。内景防愆失，外景忘疲。阆风蓬岛岂能移，念诵灵辞，指群迷。

曹　勋　　　　法曲·道情　遍第一

丽景早春时，正花漏初迟。东君出震，太和应物，恍惚中立丹基。天风卦成随象，记合成□□□□□□□必相契。三千六百火候，密运精微。蒸入肌肤，嫩红潮颊，自然旧容生辉。情志，鄙凡尘，瑶圃满眼，都看桃李。晴云万叠开异色，灵光湛湛增秀逸。与道合，真境丹房，随时沐浴，亦向朝夕。

曹　勋　　　　法曲·道情　遍第二

向虚靖晨起，朝元意达，冲漠怡怡。三天澄映，九光霁碧，如有鹤舞鸾飞。泛空际，瑶室明辉，动与真期。至理常寂，户庭无远，欣欣端比。侍宴日在瑶池，师友多闲，抱琴沽酒度曲，笑采华芝。九节倚筇时，何须钓月眠石，寻觅占渊静逸。乐修持，澹然灵府泳真谛，怡养丹光里。春已收功，自育火枣交梨。

曹　勋　　　法曲·道情　遍第三

珠星璧月，昼景夜色相催。正阳炎序火府，龙珠蕴照，冰海融澌。洞天春常好，日日琪花，琼蕊芳菲。绛景无别，惟似琉璃，平地环绕清泚。火中生莲，会成真物，更取海底龟儿。胜热涤暑风，全形莹若冰肌。常存道意，铄石流金无畏，共协混元一气。入冲极，觉自己，乾体还归。

曹　勋　　　法曲·道情　第四攧

南薰殿阁，卷窗户新翠。池沼十顷净，俯桥影横霓。龟鱼自乐，潺潺螭口，流水照碧，芰荷绿满长堤。柳烟水色，一派涟漪。松竹阴中，细风缓引凉吹。琴韵响，玉德凤轸，声转瑶徽。疏襟曳履，或行或凭几。待饮彻，玉鼎云英，怎更有炎曦。

曹　勋　　　法曲·道情　入破第一

秋容应节，渐肃景入窗扉。碧洞连翠微，商律回岩桂。金精壮盛时，拥蟾轮，生素辉。启口天为侣，是列仙行缀。心均太上，欲度世缘无亏。用定力坚持，奉真常，惟凝寂。忱诚贯斗极，赐长生，仍久视。洞达虚皇位，德寿高与天齐。

曹　勋　　　法曲·道情　入破第二

清昼静居香冷，风动万年枝。凉应兑卦体，秋色鸣轻飔，冥心运正一。御铁牛、耕寸地，都种金钱花，秀色照戊己。新霜万物凋谢，我常无为。冲起浩然气，抱冲和，人间世。登高共赏宴，泛东篱，菊尽醉。谁会，登高意表、迥出凡尘外。

曹　勋　　　法曲·道情　入破第三

光铺晓曦，云影拂霜低。空阔飞鸿过，两三行、向天际。晴景乍升，晃疏棂，蜂翅迷。密障红炉暖，香缕飘烟细。超然坐久，幽径试寻寒梅，酥点竹间稀。正疏蓓吐南枝，微阳动细蕊。任斜日、沉澹晖，惨惨寒威，晚知皓雪欲垂垂。

曹　勋　　　法曲·道情　入破第四

黄钟正严凛，飞舞屑琼瑰。清赏丰年瑞，云液喜传杯。阴爻会见复，动一阳、生浩气。谁问添宫线，炼功在金液。晴檐

试暖，表里莹如无疵。庭柳漏春信，更萱色、侵苔砌。优游岁向晚，叹人间时序疾。还捧椒觞，羽衣礼无极。

曹　勋　　　法曲·道情　第五煞

多景推移，便似风灯里。将尘寰喻，尘里白驹过隙。今世过却，来生何处觅，失时节。生死到来嗟何及，勤而行之，竞力待与、钟吕相期。三千行满，连环脱下已，驾青鸾素鹤朝太微。

法曲第二

即《法曲献仙音》。宋人用《法曲》的第二部制词，名其词调为《法曲第二》。词属双调、仄韵，共八十七字。上阕九句、四十一字，于第三、六、八、九句用韵；下阕十句、四十六字，于第三、五、七、九句用韵。参阅《法曲》。

柳　永　　　法曲第二·青翼传情

青翼传情，香径偷期，自觉当初草草。未省同衾枕，便轻许相将，平生欢笑。怎生向，人间好事到头少，漫悔懊。
细追思，恨从前容易，致得恩爱成烦恼。心下事千种，尽凭音耗。以此萦牵，等伊来、自家向道。洎相见，喜欢存问，又还忘了。

法曲献仙音

此调本为唐代法曲。宋代用法曲中的《献仙音》乐曲填词，名为《法曲献仙音》。宋代姜夔词名《越女镜心》，唐朝张籍《酬朱庆余》诗有“越女新妆出镜心”之句，姜词调名本此。周密词名《献仙音》。词属双调、仄韵，自八十七字至九十二字，共有六体。其九十二字一体，上阕八句、三十九字，于第三、六、八句用韵；下阕九句、五十三字，于第一、三、五、七、九句用韵。参阅《法曲》。

柳　永　　法曲献仙音·追想秦楼心事

追想秦楼心事，当年便约，于飞比翼。每恨临歧处，正携

手、翻成云雨离拆。念倚玉偎香，前事顿轻掷。　惯怜惜，饶心性，镇厌厌多病，柳腰花态娇无力。早是乍清减，别后忍教愁寂。记取盟言，少孜煎、剩好将息。遇佳景、临风对月，事须时恁相忆。

周邦彦　　法曲献仙音·夏景

蝉咽凉柯，燕飞尘幕，漏阁签声时度。倦脱纶巾，困便湘竹，桐阴半侵朱户。向抱影凝情处，时闻打窗雨。　耿无语，叹文园、近来多病，情绪懒，尊酒易成间阻。缥缈玉京人，想依然、京兆眉妩。翠幕深中，对徽容、空在纨素。待花前月下，见了不教归去。

姜　夔　　法曲献仙音·虚阁笼寒

俗名大石、黄钟商。张彦功官舍在铁冶岭上，即昔之教坊使宅。高斋下瞰湖山，光景奇绝。予数过之，为赋此

虚阁笼寒，小帘通月，暮色偏怜高处。树隔离宫，水平驰道，湖山尽入尊俎。奈楚客淹留久，砧声带愁去。　屡回顾，过秋风、未成归计。谁念我、重见冷枫红舞。唤起淡妆人，问逋仙、今在何许。象笔鸾笺，甚而今、不道秀句。怕平生幽恨，化作沙边烟雨。

方千里　　法曲献仙音·庭叶飘寒

庭叶飘寒，砌蛩催织，夜色迢迢难度。细剔灯花，再添香兽，凄凉洞房朱户。见凤枕、羞孤另，相思洒红雨。　有谁语，道年来、为郎憔悴，音问隔、回首后期尚阻。寂寞两愁山，锁闲情、无限颦妩。嫩雪消肌，试罗衣、宽尽腰素。问何时梦里，趁得好风飞去。

楼　采　　法曲献仙音·花匣幺弦

花匣幺弦，象奁双陆，旧日留欢情意。梦到银屏，恨裁兰烛，香篝夜阑鸳被。料燕子重来地，桐阴锁窗绮。　倦梳洗，晕芳钿、自羞鸾镜，罗袖冷、烟柳画栏半倚。浅雨压荼蘼，指东风、芳事余几。院落黄昏，怕春莺、惊笑憔悴。倩柔红约定，唤取玉箫同醉。

此首别作赵闻礼词

吴文英　　法曲献仙音·秋晚红白莲

风拍波惊，露零秋觉，断绿衰红江上。艳拂潮妆，澹凝冰靥，别翻翠池花浪。过数点斜阳雨，啼绡粉痕冷。　宛相向，指汀洲、素云飞过，清麝洗、玉井晓霞佩响。寸藕折长丝，笑何郎、心似春荡。半掬微凉，听娇蝉、声度菱唱。伴鸳鸯秋梦，酒醒月斜轻帐。

吴文英　　法曲献仙音·放琴客，和宏庵韵

落叶霞翻，败窗风咽，暮色凄凉深院。瘦不关秋，泪缘轻别，情消鬓霜千点。怅翠冷搔头燕，那能语恩怨。　紫箫远，记桃根、向随春渡，愁未洗、铅水又将恨染。粉缟涩离箱，忍重拈、灯夜裁翦。望极蓝桥，彩云飞、罗扇歌断。料莺笼玉锁，梦里隔花时见。

李彭老　　法曲献仙音·官圃赋梅，继草窗韵

云木槎枒，水蘋摇落，瘦影半临清浅。翠羽迷空，粉容羞晓，年华柱弦频换。甚何逊、风流在，相逢共寒晚。　总依黯，念当时、看花游冶，曾锦缆移舟、宝筝随辇。池苑锁荒凉，嗟事逐、鸿飞天远。香径无人，甚苍藓、黄尘自满。听鸦啼春寂，暗雨萧萧吹怨。

杨泽民　　法曲献仙音·汀蓼收红

汀蓼收红，井梧凋绿，呖呖征鸿南度。静听寒砧，闷欹孤枕，蟾光夜深窥户。露暗滴、芭蕉重，萧萧本非雨。　砌蛩语，怎知人、漏长无寐，因念游子、路修道又阻。早起懒晨妆，自秋来、眉黛谁妩。净几明窗，但无憀、空对蛮素。早知伊、别后恁久，悔教伊去。

陈允平　　法曲献仙音·寿云谷谢秘撰

风箨晴暄，昼桐阴早，燕阁新香时度。沁月楼台，带山城郭，西湖翠娇红妩。甚爱此、闲中趣，寻盟旧鸥鹭。　共容与，倚阑干、静看飞絮，吟啸里、帘卷暖烟霁雨。向一碧玻璃，几东风、呼棹来去。秀玉芳兰，伴丝簧、庭院笑语。渐梅霖清润，喜近槐扉初暑。

陈允平　　法曲献仙音·油幕收尘

油幕收尘，素纨招月，一枕雱香微度。枕玉牙床，浣冰金斛，薰风夜凉窗户。渐睡醒、明河暗，芭蕉几声雨。　对谁语，念徽容、已成憔悴，心期误、归计欲成又阻。寂寞燕楼空，想弓弯、眉黛慵妩。泪墨愁笺，纵回文、难写情素。便山遥水邈，几度梦魂飞去。

赵闻礼　　法曲献仙音·花匣幺弦

花匣幺弦，象奁双陆，旧日留欢情意。梦别银屏，恨裁兰烛，香篝夜闲鸳被。料燕子重来地，桐阴琐窗绮。　倦梳洗，晕芳钿、自羞鸳镜，罗袖冷、烟柳画阑半倚。浅雨压荼蘼，指东风、芳事余几。院落黄昏，怕春莺、惊笑憔悴。倩柔红约定，唤取玉箫同醉。

此首别作楼采词

王　奕　法曲献仙音·和朱静翁青溪词

九曲青溪，千年陈迹，往事不堪依据。老我重来，海干石烂，那复断碑残础。应讶野王当日，三弄罢、乍无语。　□□□，高牙大纛船如屋，又少甚笙歌，翠云箫鼓。流恨入寒筝，离合君臣良苦。花落几春□，无此一番风雨。是何人、尚秦淮门馆，柳桥荷浦。

王沂孙　　法曲献仙音·聚景亭梅次草窗韵

层绿峨峨，纤琼皎皎，倒压波痕清浅。过眼年华，动人幽意，相逢几番春换。记唤酒寻芳处，盈盈褪妆晚。　已销黯，况凄凉、近来离思，应忘却、明月夜深归辇。荏苒一枝春，恨东风、人似天远。纵有残花，洒征衣、铅泪都满。但殷勤折取，自遣一襟幽怨。

张　炎　法曲献仙音·席上听琵琶有感

云隐山晖，树分溪影，未放妆台帘卷。篝密笼香，镜圆窥粉，花深自然寒浅。正人在、银屏底，琵琶半遮面。　语声软，且休弹、玉关愁怨，怕唤起西湖、那时春感。杨柳古湾头，记小怜、隔水曾见。听到无声，谩赢得、情绪难剪。把一襟心事，散入落梅千点。

张　炎　　法曲献仙音·题姜子野雪溪图

梅失黄昏，雁惊白昼，脉脉斜飞云表。絮不生萍，水疑浮玉，此景正宜舒啸。记夜悄、曾乘兴，何必见安道。　系船好，想前村、未知甚处。吟思苦，谁游灞桥路杳。清饮一瓢寒，又何妨、分傍茶灶。野屋萧萧，任楼中、低唱人笑。渐东风解冻，怕有桃花流到。

法驾导引

又名《法驾导引曲》、《导引曲》。此调为宋代陈与义首用，共有三首。陈与义在词的序中说明了此调的来历："世传顷年都下市肆中，有道人携乌衣椎髻女子，买斗酒独饮。女子歌词以侑，凡九阕，皆非人世语。或记之以问一道士，道士惊曰：'此赤城韩夫人所制水府蔡真君法驾导引也。'乌衣女子疑龙云。得其三而亡其六。拟作三阕。""法驾"本指皇帝的车驾，也称法车。"导引"此指皇帝出行时走在前头引路的前驱。调属单调、平韵，六句，共三十字。起头两句三字叠用，于第三、五、六句用韵。亦有不是首句与第二句不是叠句的。另一体为双调，共六十字，上、下阕句式同。

陈与义　　法驾导引·三阕

世传顷年都下市肆中，有道人携乌衣椎髻女子，买斗酒独饮。女子歌词以侑，凡九阕，皆非人世语。或记之以问一道士，道士惊曰："此赤城韩夫人所制水府蔡真君法驾导引也，乌衣女子疑龙"云。得其三而亡其六，拟作三阕

朝元路

朝元路，朝元路，同驾玉华君。千乘载花红一色，人间遥指是祥云，回望海光新。

东风起

东风起，东风起，海上百花摇。十八风鬟云半动，飞花和雨著轻绡，归路碧迢迢。

帘漠漠

帘漠漠，帘漠漠，天澹一帘秋。自洗玉舟斟白醴，月华微

映是空舟，歌罢海西流。

刘克庄　　　法驾导引·樵柯烂

樵柯烂，丹灶熟，一跳出红尘。斗紫一双龙奋蛰，帝青九万里为程，赤脚踏层云。　鞭鸾上，骑麟下，仿佛睹昆仑。洒马鬉泉苏赤地，翻蟾滴水涨沧溟，笑杀懵仙人。

刘辰翁　　　法驾导引·寿治中之一

棠阴日，棠阴日，清美近花朝。共喜治中持福笔，春当霄汉布宽条，兰蕙雪初销。　和气满，和气满，生意到渔樵。清彻已倾螺子水，黑头宜著侍中貂，天马拟归朝。

刘辰翁　　　法驾导引·寿治中之二

蟠桃熟，蟠桃熟，一熟一千年。比似相公年正少，朱颜绿鬓锦蝉连，肉色更光鲜。　西江好，西江好，春雨碧黏天。见说内家消息近，佳人拜舞寿觞前，扶醉起金鞭。

刘辰翁　　　法驾导引·寿刘侯

儿童喜，儿童喜，献寿摘仙桃。篁峒鸣狐成鬼火，花村买犊卖蛮刀，惟有使君劳。　燕山桂，燕山桂，犹带窦家香。月殿一枝金粟满，囊中玉屑捣成霜，和露入霞觞。

刘辰翁　　　法驾导引·寿吴蒙庵

金茎露，金茎露，绝胜九霞觞。挼碎菊花如玉屑，满盘和月咽风香，不老是丹方。　六十七，六十七，七岁见端平。记得是秋除目好，近年大路到南京，楚制起诸生。

刘辰翁　　　法驾导引·寿胡潭东

春小小，春小小，梅渐著些些。未必神仙无白发，依然林下有黄花，潭影浸流霞。　冬十十，冬十十，亥字雁斜斜。不用瑶池偷碧实，不须句漏博丹砂，阴德遍人家。

刘辰翁　　法驾导引·寿城山，用寿胡潭东韵

臣尚少，臣尚少，少似此翁些。点半点斑今似雪，飞来飞去自如花，醉眼看红霞。　人间事，人间事，倒杖拄颐斜。

冷冷清清冰下水，吞吞忍忍饭中砂，选到老人家。

刘辰翁　　法驾导引·天正子

天正子，天正子，亥正较差些。床下玉灵头戴九，手中铜叶锦添花，乞汝作飞霞。　辽东鹤，辽东鹤，无语鹤头斜。尘土不知灰变缟，周遭会见顶成砂，城郭待还家。

刘辰翁　　法驾导引·寿胡盘居

盘之水，盘之水，清可濯吾缨。我与盘山疏一月，黄花满意绕荒城，怀抱向谁倾。　十之十，十之十，十十到千龄。我与盘山同一月，不占甲子后先晴，携手看升平。

刘辰翁　　法驾导引·代寿丹山

东风雨，东风雨，河汉洗蓬莱。只见丹山高万丈，不知古驿路傍埃，到海几时回。　二月八，二月八，长见醉桃腮。天上玉堂怀旧草，面前金鼎又无梅，除是老翁来。

刘辰翁　　法驾导引·寿刘仲简

五月五，五月五，细雨绿菖蒲。早是高花开九节，花堪结子节堪扶，持此揆□初。　长命缕，长命缕，儿女漫区区。何似屏星南极里，清如寒露在冰壶，一府号仙儒。

赵　文　　法驾导引·寿云岩师

云漠漠，云漠漠，云拥紫皇家。岩上神仙无一事，幅巾临水看桃花，点点是丹砂。

赵　文　　法驾导引·山中好

山中好，山中好，长日养婴儿。午夜独行金阙路，晴窗自写绿章词，闲有鹤相随。

赵　文　　法驾导引·公度我

公度我，公度我，我是汉铜仙。借我玉龙为觳觫，为公锄雨种芝田，留眼看千年。

河　　传

此调一名《水调河传》，相传是隋炀帝幸江都时所作，曲成奏之，声韵怨切。王令言闻而知其不返。今所见其词，以晚唐温庭筠所作之词为最早。调属双调，平韵、仄韵兼有，其体式有多种，字数自五十一字至六十一字不等，句式颇不一致，叶韵亦有参差。如温庭筠的“湖上闲望”词，五十五字，上、下阕皆仄韵转平韵共四换韵；孙光宪的“风飐波敛”词，五十五字，上阕仄韵，下阕仄韵、平韵兼用；张泌的“渺莽云水”词，五十一字，上、下阕皆用仄韵。此调又名《月照梨花》，因宋代李清照词中有“人静皎月初，斜漫梨花”之句而得名。此调又名《怨王孙》、《怨春郎》、《青门怨》、《秋光满目》、《红杏枝》、《唐河传》、《庆同天》。参阅《月照梨花》、《怨王孙》。

柳　永　　　　河传·翠深红浅

翠深红浅，愁蛾黛蹙，娇波刀翦。奇容妙妓，争逞舞茵歌扇，妆光生粉面。　坐中醉客风流惯，尊前见，特地惊狂眼。不似少年时节，千金争选，相逢何太晚。

柳　永　　　　河传·淮岸

淮岸向晚，圆荷向背，芙蓉深浅。仙娥画舸，露渍红芳交乱，难分花与面。　采多渐觉轻船满，呼归伴，急桨烟村远。隐隐棹歌，渐被蒹葭遮断，曲终人不见。

张　先　　　　河传·花暮春去

花暮春去，都门东路，嘶马将行。江南江北，十里五里邮亭，几程程。　高城渐远重凝睇，烟容细，晚碧空无际。今夜何处，冷落衾帏，欲眠时。

郭　讵　　　　河传·咏甘草

大官无闷，刚被傍人、竞来相问。又难为□□敷陈，且只将、甘草论。　朴消大戟并银粉，疏风紧，甘草闲相混。及至下来，转杀他人，尔甘草、有一分。

黄庭坚　　　　河传·心情老懒

有士大夫家歌秦少游“瘦杀人、天不管”之曲。以好字易瘦字，戏为之作

心情老懒，对歌对舞，犹是当时眼。巧笑靓妆，近我衰容华鬓，似扶著、卖卜算。　　思量好个当年见，催酒催更，只怕归期短。饮散灯稀，背锁落花深院，好杀人、天不管。

秦　观　　　　河传·乱花飞絮

乱花飞絮，又望空斗合，离人愁苦。那更夜来，一霎薄情风雨，暗掩将、春色去。　　篱枯壁尽因谁做，若说相思，佛也眉儿聚。莫怪为伊，底死萦肠惹肚，为没教、人恨处。

秦　观　　　　河传·恨眉醉眼

恨眉醉眼，甚轻轻觑著，神魂迷乱。常记那回，小曲阑干西畔，鬓云松、罗袜刬。　　丁香笑吐娇无限，语软声低，道我何曾惯。云雨未谐，早被东风吹散，闷损人、天不管。

贺　铸　　　　河传·华堂张燕

华堂张燕，向尊前妙选，舞裙歌扇。彼美个人，的的风流心眼，恨寻芳来晚。　　曲街灯火香尘散，犹约晨妆，一觇春风面。惆怅善和坊里，平桥南畔，小青楼、帘不卷。

贺　铸　　　　河传·华堂重厦

华堂重厦，向尊前更听，碧云新怨。玉指钿徽，总是挑人心眼，恨随红蜡短。　　彩旗影动船头转，双桨凌波，惟念人留恋。江上暮潮，隐隐山横南岸，奈离愁、分不断。

司马槱　　　　河传·银河漾漾

银河漾漾，正桐飞露井，寒生斗帐。芳草梦惊，人忆高唐惆怅，感离愁、甚情况。　　春风二月桃花浪，扁舟征棹，又过吴江上。人去雁回，千里风云相望，倚江楼、倍凄怆。

赵　鼎　　　　河传·以石曼卿诗为之

年年桃李，渺关河一梦，飞花空委。鸿去燕来，锦字参差

难寄，敛双眉、山对起。　　娇波泪落妆如洗，独倚高楼，日日春风里。江水际，天色无情，似送离怀千里。

赵　鼎　　　　**河传·秋夜旅怀**

秋光向晚，叹羁游坐见，年华将换。一纸素书，拟托南来征雁，奈雪深、天更远。　　东窗皓月今宵满，浅酌芳尊，暂倩嫦娥伴。应念夜长，旅枕孤衾不暖，便莫教、清影转。

吕渭老　　　　**河传·斜红照水**

斜红照水，似晴空万里，明霞相倚。逐伴笑歌，小立绿槐阴里，消没些、春气味。　　纷纷觑著闲桃李，浅浅深深，不满游人意。幽艳一枝，向晚重帘深闭，是青君、爱惜底。

无名氏　　　　**河传·香苞素质**

香苞素质，天赋与、倾城标格。应是晓来，暗传东君消息，把孤芳、回暖律。　　寿阳粉面增妆饰，说与高楼，休更吹羌笛。花下醉赏，留取时倚阑干，斗清香、添酒力。

河 渎 神

此调本为唐教坊曲，后来又用作词调名。“河渎神”即河神。此曲原来多用作咏鬼神祠庙。属双调，平韵、仄韵兼有，共四十九字。上阕四句、二十四字，句句用平韵；下阕四句、二十五字，句句用平韵。另一体亦四十九字，惟下阕亦用平韵，且只于第二、四句用韵。

辛弃疾　　**河渎神·女诫词效花间体**

芳草绿萋萋，断肠绝浦相思。山头人望翠云旗，蕙香佳酒君归。　　惆怅画檐双燕舞，东风吹散灵雨。香火冷残箫鼓，斜阳门外今古。

河 满 子

“河”应作“何”。何满子，唐代人名，因人名而为调名。本为唐教坊舞曲，是唐玄宗开元间人何满子所作，原为

五言四句之体。白居易《听歌六绝句》之五："世传满子是人名，临就刑时曲始成，一曲四辞歌八叠，从头便是断肠声。"自注云："开元中，有歌人何满子，临刑进此曲以赎死，上竟不免。"何满子于开元四年请徙降胡，其始徙青州、徐州，乃寄籍沧州。根据白居易诗，此曲后世又拟名《断肠词》。其词又有六言六句共三十六字之一调，始见于后晋和凝词，仍用五言四句唐调《何满子》之名。另一体六句、三十七字，单调、平韵，其第三句为七字，其余仍皆六字。别有七十四字一体，上、下阕各三十七字。

张　先　　河满子·陪杭守泛湖夜归

溪女送花随处，沙鸥避乐分行。游舸已如图障里，小屏犹画潇湘。人画新生酒艳，日痕更欲春长。　衣上交枝斗色，钗头比翼相双。片段落霞明水底，风纹时动妆光。宾从夜归无月，千灯万火河塘。

杜安世　　河满子·细雨裛开红杏

细雨裛开红杏，新妆粉面鲜明。东君何事交来早，更无绿叶同荣。独倚青楼吟赏，目前无限轻盈。　命薄不倚栏槛，□□或占郊坰。清香繁艳真堪爱，枉教寂寞凋零。相次牡丹芍药，王孙谁道多情。

杜安世　　河满子·柳嫩不禁摇动

柳嫩不禁摇动，梅残尽任飘零。雨余天气来深院，向阳纤草重青。寂寞小桃初绽，两三枝上红英。　又见云中归雁，嗈嗈断续和鸣。年年依旧无情绪，镇长冷落银屏。不语闲寻往事，微风频动帘旌。

孙　洙　　河满子·秋怨

怅望浮生急景，凄凉宝瑟余音。楚客多情偏怨别，碧山远水登临。目送连天衰草，夜阑几处疏砧。　黄叶无风自落，秋云不雨长阴。天若有情天亦老，摇摇幽恨难禁。惆怅旧欢如梦，觉来无处追寻。

晏几道　　河满子·对镜偷匀玉箸

对镜偷匀玉箸，背人学写银钩。系谁红豆罗带角，心情正

著春游。那日杨花陌上，多时杏子墙头。　　眼底关山无奈，梦中云雨空休。问看几许怜才意，两蛾藏尽离愁。难拚此回肠断，终须锁定红楼。

晏几道　　河满子·绿绮琴中心事

绿绮琴中心事，齐纨扇上时光。五陵年少浑薄幸，轻如曲水飘香。夜夜魂消梦峡，年年泪尽啼湘。　　归雁行边远字，惊鸾舞处离肠。蕙楼多少铅华在，从来错倚红妆。可羡邻姬十五，金钗早嫁王昌。

苏　轼　　河满子·湖州作

见说岷峨凄怆，旋闻江汉澄清。但觉秋来归梦好，西南自有长城。东府三人最少，西山八国初平。　　莫负花溪纵赏，何妨药市微行。试问当垆人在否，空教是处闻名。唱著子渊新曲，应须分外含情。

晁端礼　　河满子·满浦亭前杨柳

满浦亭前杨柳，一年三度攀条。瞬息光阴都几许，离情常是迢迢。须信沈腰易瘦，争教潘鬓相饶。　　不忍重寻香径，还来独立溪桥。唯有无情东去水，来时曾傍兰桡。今夜欲求好梦，望中莫遣魂消。

晁端礼　　河满子·草草时间欢笑

草草时间欢笑，厌厌别后情怀。留下一场烦恼去，今回不比前回。幸自一成休也，阿谁教你重来。　　眠梦何曾安稳，身心没处安排。今世因缘如未断，终期他日重谐。但愿人心长在，到头天眼须开。

贺　铸　　河满子·每恨相逢薄处

每恨相逢薄处，可怜欲去迟回。犹记新声团扇□，殷勤再引余杯。为问依依杨柳，秋风好住章台。　　疏雨忽随云断，斜阳却送潮回。桃叶青山长在眼，几时双楫迎来。如待碧阑红药，一年两度花开。

毛　滂　　河满子·夏曲

急雨初收珠点，云峰巉绝天半。辘轳金井卷甘冽，帘外翠

阴遮遍。波翻水精重帘，秋在琉璃双簟。　　漏永流花缓缓，未放崦嵫晼晚。红荷绿芰暮天好，小宴水亭风馆。云乱香喷宝鸭，月冷钗横玉燕。

宝鼎现

古代多以鼎为王朝相传之重器，故称为宝鼎，多用来歌咏盛世之景。此调见《顺庵乐府》。李弥逊词名《三段子》，因其词为三叠；陈合词名《宝鼎儿》。词属三叠、仄韵，共一百五十五字。一叠九句、五十三字，于第三、五、七、九句用韵；二叠八句、五十五字，于第一、二、四、六、八句用韵；三叠八句、四十七字，于第二、四、五、六、八句用韵。此调以康与之所作“夕阳西下”一词最为著名，当时元夕，必歌此曲。另有一百五十八字两体。

刘　弇　　　宝鼎现·浓阴堆积

浓阴堆积，迥野空旷，将回微煦。还是觉、早梅依旧，清艳枝枝攒晓树。弄霁影、尽脂凝香蒂，琼削纤葩竞吐。对几处园林，芳菲消息，都因传去。　　取次台榭，等闲院落，偏宜独擅芳步。长恁恐、寿阳妆面，姑射冰肤成暗妒。笑杏坞、共桃蹊夸丽，一霎狂风骤雨。又争似、年年此际，先得东皇为主。　　好似雪里精神，曾解恼、游人吟顾。想当时折赠，端的凭谁付与。荡醉目、恨同云阻，画角声将暮。想异时成实，和羹止渴，还应得路。

范　周　　　宝鼎现·夕阳西下

夕阳西下，暮霭红隘，香风罗绮。乘丽景、华灯争放，浓焰烧空连锦砌。睹皓月、浸严城如画，花影寒笼绛蕊。渐掩映、芙蓉万顷，迤逦齐开秋水。　　太守无限行歌意，拥麾幢、光动珠翠。倾万井、歌台舞榭，瞻望朱轮骈鼓吹。控宝马、耀貔貅千骑，银烛交光数里。似乱簇、寒星万点，拥入蓬壶影里。　　宴阁多才，环艳粉、瑶簪珠履。恐看看、丹诏催奉，宸游燕侍。便趁早、占通宵醉，缓引笙歌妓。任画角、吹老寒梅，月落西楼十二。

张元幹　　　宝鼎现·山庄图画

筠翁李似之作此词见招，因赋其事，使歌之者想像风味，如到山中也

山庄图画，锦囊吟咏，胸中丘壑。年少日、如虹豪气，吐凤词华浑忘却。便袖手、向岩前溪畔，种满烟梢雾箨。想别墅平泉，当时草木，风流如昨。　　瘦藤闲倚看锄药，双芒鞋、雨后常著。目送处、飞鸿灭没，谁问蓬蒿争燕雀。乍霁月、望松云南渡，短艇欹沙夜泊。正万里青冥，千林虚籁，从渠缯缴。　　携幼尚有筠丁，谁会得、人生行乐。岸帻纶巾归去，深户香迷翠幕。恐未免、上凌烟阁，好在秋天鹗。念小山丛桂，今宵狂客、不胜杯勺。

史　浩　　　宝鼎现·霞霄丹阙

昔姑苏士人系囹圄，元夕以词求免。守一见，破械延之上坐。至今乐府多传之。惜其止叙藩方宴游之盛，而不及皇都。真隐居士用韵以补其遗

霞霄丹阙，瑞霭佳气，青葱如绮。才半月、东君雨露，无限韶华生宝砌。渐向晚、放烛龙掀舞，周匝红蕖绀蕊。况对峙、鳌峰赑屃，不隔蓬莱弱水。　　圣主有乐升平意，引芝华、双辇凝翠。纷万俗、歌谣弦管，声混莺吟喧凤吹。更漏永、正冰轮掩映，光接康衢万里。似移下、一天星斗，妆点都城表里。　　清警跸、忽登楼，簇彩仗、锦襦丝履。看柑传万颗，恩浃王公近侍。散异卉覆千官醉，竞捧瑶觞起。愿岁岁、今宵宴赏，春满山河百二。

赵长卿　　　宝鼎现·上元

嚣尘尽扫，碧落辉腾，元宵三五。更漏永、迟迟停鼓，天上人间当此遇。正年少、尽香车宝马，次第追随士女。看往来、巷陌连甍，簇起星球无数。　　政简物阜清闲处，听笙歌、鼎沸频举。灯焰暖、庭帏高下，红影相交知几户。恣欢笑、道今宵景色，胜前时几度。细算来、皇都此夕，消得喧传今古。　　排备绮席成行，炉喷枭、沉檀轻缕。睹遨游彩仗，疑是神仙伴侣。欲飞去、恨难留住，渐到蓬瀛步。愿永逢、恁时恁节，且与风光为主。

石孝友　　宝鼎现·上元上江西刘枢密

雪梅清瘦，月桂圆冷，天街新霁。想帝辇、三朝薄暮，催促烛龙开扇雉。正拜舞、捧玉卮为寿，花满香铺凤髓。罄禹穴、胥涛万顷，春入南山声里。　　鼎轴元老诗书帅，体宸衷、双奉亲意。勤色养、行春惜花，夜欢宴、瑶池衣彩戏。鼓淑气、遍湖山千里，惊破悭红涩翠，笑那个痴儿无赖。　　打得金鱼坠地，休念太守当年，曾手把青藜照字。对珠帘云栋，收拾太平歌舞辍。庆母爱、小宽王事，余沥□肠。看不日、归步沙堤，又赞重华孝治。

程　珌　　宝鼎现·寿李端明

绿杨欲舞，红杏微笑，春工渐侈。试偻指、自从嘉定，数到宝庆□□里。无一岁、不书年大有，问元功谁燮理。□□□、于变雍熙，如此自当千岁。　　况是端笏蓬莱陛，但看雍容、玉立山峙。炼五色、补天无迹，扶日天衢光四被。安清祏、填群心声色，恬然如谈笑耳。更八荒、民生奠枕，此著又当千岁。　　又况善述先猷，严武备、不开边鄙。阴功遍南北，千岁未多畴祉。且说总是三千岁，此际方岐嶷。听今日、处处笙歌，何止南楼十二。

吴　潜　　宝鼎现·和韵己未元夕

晚风微动，净扫天际，云裾霞绮。将海外、银蟾推上，相映华灯辉万砌。看舞队、向梅梢然昼，丹焰玲珑玉蕊。渐陆地、金莲吐遍，恰似楼台临水。　　老子欢意随人意，引红裙、钗宝钿翠。穿夜市、珠筵玳席，多少吴讴联越吹。绣幕卷、散缤纷香雾，笼定团圆锦里。认一点、星球挂也，士女桃源洞里。　　闻说旧日京华，般百戏、灯棚如履。待端门排宴，三五传宣禁侍。愿乐事、这回重见，喜庆新开起。瞻圣主、齐寿南山，势拱东南百二。

陈　合　　宝鼎现·寿贾师宪

神鳌谁断，几千年再，乾坤初造。算当日、枰棋如许，争一著、吾其衽左。谈笑顷、又十年生聚，处处豳风葵枣。江如镜，楚氛余几，猛听甘泉捷报。　　天衣细意从头补，烂山

龙、华虫黼藻，宫漏永、千门鱼钥，截断红尘飞不到。街九轨，看千貂避路，庭院五侯深锁。好一部、太平六典，一一周公手做。　　赤舄绣裳，消得道、斑斓衣好。尽庞眉鹤发，天上千秋难老。甲子平头才一过，未说汾阳考。看金盘，露滴瑶池，龙尾放班回早。

陈　郁　　　　宝鼎现·虞弦清暑

虞弦清暑，佳气葱郁，非烟非雾。人正在、东闱堂上，分瑞祥辉腾翠渚。奉玉斝，总欢呼称颂，争羡神光葆聚。庆诞节、弥生二佛，接踵瑶池仙母。　　最好英慧由天赋，有仁慈宽厚襟宇。每留念、修身忧意，博问谦勤亲保傅。染宝翰、镇规随宸画，心授家传有素。更吟咏、形容雅颂，隐隐赓歌风度。　　恩重汉殿传觞，宣付祝、恭承天语。对南薰初试，宫院笙箫竞举。但长愿，际升平世，万载皇基因睹。问寝日，俟鸡鸣舞拜，龙楼深处。

陈　著　　宝鼎现·寿京尹曾留远侍郎渊子

玉宸凝眷，要得培□，神皋根本。天赋与、经纶好手，门外红尘谈笑遣。任草色、遍空庭交翠，月往风来自便。但纸帐、时供小憩，长理灯窗公案。　　五行俱下流光电，笔如神、毫发都见。是则是、霜严雪劲，到底春风生意满。唤得应、雨和晴恰好，旗舞杭艘百万。更社鼠城狐扫影，雁鹜惊人避箭。　　最是满腹精神，担负处、浑身皆胆。又谁知、条理元在，规模里面。天下事、又何难办，待副苍生愿。渺宇宙、多少关心，留取功名久远。

陈　著　　　　宝鼎现·寿范著林

著林仙叟，梦境炊得，才香还觉。回首渺，觚棱何处，云与商量浮计小。矮矮屋、半弓来闲地，也著三花两草。沸眼底、鞭风笠雨，不满茶边一笑。　　寿骨奇耸神清峭，散人装、游戏尘表。帘昼永、长留雅伴，吟唾宽飞潇洒料。最好是、瑟和琴同调，眉里相看耐老。更绿草、孙枝可意，谱得家传较早。　　争指画额儿儿，欢祝处、荷薰吹晓。记兰汤初试，当日风光又到。拚醽饮、任金尊倒，醉把羲娥傲。算万事、都是空花，雪柏霜松镇好。

陈　著　　宝鼎现·四时怀古春词

问今何日，旧也曾尾，东风鹓鹭。回首念，家山桃李，归去来兮闻早赋。梦境里、尽何妨疏散，时趁莺晴信步。是则是、清闲自好，一点心犹怀古。　记得平世痴儿女，自灯宵、游了三五。还次第、湖边去也，寒食清明炊未住。是处处、是丹青图画，随意狂歌醉舞。奈蓦被、烟花浪手，一掷残阳孤注。　须信乐极悲来，谁道是、曾歌琼树。夕阳亭遗流，翻得江涛似许。忍望著、□天津路，最是鹃啼苦。算世事、消把春看，还有落花飞絮。

陈　著　　宝鼎现·代邑士送韩君美经历

望京门外，怕见催发，东风行马。清到底、冰壶满了，欲借留来无计也。祖劝酒、看依依情恋，都在眉尖眼下。任万户、诗旗曲帐，有笔应难描写。　是则龟组随瓜卸，好规模、分付来者。才泛绿、依红小暇，移讲芹宫时促驾。又指点、秀宁城来脉，疏瀹春流似画。更巧为、溪山著句，留作千年佳话。　最念一邑酸寒，风雨暗、真几成假。向橐牙交处，还是儒珍旧价。便父母、又如何做，但结心香社。愿阔步、直上云霄，犹□回头奉化。

陈允平　　宝鼎现·云岩师书灯夕命赋

六鳌初驾，缥缈蓬阆，移来洲岛。还又是、梅飘冰泮，一夜青阳回海表。渐媚景、傍元宵时候，花底余寒料峭。更喜报、三边晏静，人乐清平宇宙。　画鼓簇队行春早，拥烟花、粉黛缭绕。开洞府、桃源路窈，戟外东风吹岸柳。正翠霭、映星桥月榭，十里红莲绽了。庆万家、珠帘半卷，绰约歌裙舞袖。　重锦绣幄围香，阆风管鸾丝环奏。望非烟非雾，春在壶天易晓。早隐隐、半空星斗，看取收灯后。趁风书、吹入黄扉，立马金门玉漏。

刘辰翁　　宝鼎现·春月

红妆春骑，踏月影、竿旗穿市。望不尽、楼台歌舞，习习香尘莲步底。箫声断、约彩鸾归去，未怕金吾呵醉。甚辇路、喧阗且止，听得念奴歌起。　父老犹记宣和事，抱铜仙、清

泪如水。还转盼、沙河多丽，滉漾明光连邸第。帘影冻、散红光成绮，月浸葡萄十里。看往来、神仙才子，肯把菱花扑碎。

肠断竹马儿童，空见说、三千乐指。等多时春不归来，到春时欲睡。又说向、灯前拥髻，暗滴鲛珠坠。便当日、亲见霓裳，天上人间梦里。

无名氏　　　宝鼎现·东君著意

东君著意，化工恩被，灼灼妖艳。袅嫩梢轻蓓，萦风惹露，偏早香英绽。似向人、故矜夸标致，倚阑全如顾盼。尚困怯余寒，柔情弱态，天真无限。　　断桥压柳时非浅，先百花、风光独占。当送腊初归，迎春欲至，芳姿偏婉娈。料碎剪就，缯纨辉丽，更把胭脂重染。自赋得、一般容冶，宛胜神仙妆脸。　　折送小阁幽窗，酷爱处、令亲几砚。尽孜孜观赏，不枉人称妙选。待密付、如膏雨泽，金玉仍妆点。任扰扰、百卉千花掩迹，一时羞见。

无名氏　　　宝鼎现·寿曹安抚

天高良月，瑞霭葱倩，绮霞粲浩。望宝阁、奎躔交绚，秀毓文星正佳节。九万里俱在下，礼乐三千剀切。扶兴运、魁星标瑞，曾补赭黄衮阙。盎盎一道棠阴芾，宜福星、临照南国。

岁屡稔，月沉夜柝，父老欢谣齐喜溢。庆衮衮、罗庭前兰玉，好是香连夜月。十万户深深祝，愿此寿星南极。自是天上神仙，宽宸顾、实劳耆德。辄使星入觐，又报日边消息。天为遣、梅花催雪，惟有春知得。要待列、金鼎和羹，两两台星齐色。

定 风 波

又名《破阵子》、《卷春空》、《醉琼枝》、《定风波令》、《定风波慢》、《转调定风波》、《定风流》。此调本为唐玄宗时教坊曲名，后用作词调名。今传敦煌曲子词，有《定风波》一调，其中有“问儒士，谁人敢去定风波”之句，此调取义当为平定变乱。今文人词中李珣词名为《定风流》，张先词名《定风波令》。此调的格式与《渔家傲》相同，亦或《渔家傲》之别名。双调，平韵、仄韵兼有，有六

十字、六十二字、六十三字以及九十九字、一百字、一百零四字诸体。以五代后蜀欧阳炯词六十二字为正格。上阕五句、三十字，第一、二句用平韵，三、四句换仄韵，第五句又叶平韵；下阕六句、三十二字，第一、二句三换仄韵，第三句叶平韵，四、五句四换仄韵，第六句叶平韵。

范仲淹　定风波·自前二府镇穰下营百花洲亲制

罗绮满城春欲暮，百花洲上寻芳去。浦映□花花映浦，无尽处，恍然身入桃源路。　莫怪山翁聊逸豫，功名得丧归时数。莺解新声蝶解舞，天赋与，争教我辈无欢绪。

柳　永　定风波·伫立长堤

伫立长堤，淡荡晚风起。骤雨歇、极目萧疏，塞柳万株，掩映箭波千里。走舟车向此，人人奔名竞利。念荡子、终日驱驱，争觉乡关转迢递。　何意，绣阁轻抛，锦字难逢，等闲度岁。奈泛泛旅迹，厌厌病绪，迩来谙尽，宦游滋味。此情怀、纵写香笺，凭谁与寄。算孟光、争得知我，继日添憔悴。

柳　永　定风波·自春来

自春来、惨绿愁红，芳心是事可可。日上花梢，莺穿柳带，犹压香衾卧。暖酥消，腻云亸，终日厌厌倦梳裹。无那，恨薄情一去，音书无个。　早知恁么，悔当初、不把雕鞍锁。向鸡窗、只与蛮笺象管，拘束教吟课。镇相随，莫抛躲，针线闲拈伴伊坐。和我，免使年少，光阴虚过。

张　先　定风波·素藕抽条未放莲

素藕抽条未放莲，晚蚕将茧不成眠。若比相思如乱絮，何异，两心俱被暗丝牵。　暂见欲归还是恨，莫问，有情谁信道无缘。有似中秋云外月，皎洁，不团圆待几时圆。

欧阳修　定风波·把酒花前欲问他

把酒花前欲问他，对花何吝醉颜酡。春到几人能烂赏，何况，无情风雨等闲多。　艳树香丛都几许，朝暮，惜红愁粉奈情何。好是金船浮玉浪，相向，十分深送一声歌。

欧阳修　定风波·把酒花前欲问公

把酒花前欲问公，对花何事诉金钟。为问去年春甚处，虚度，莺声撩乱一场空。　今岁春来须爱惜，难得，须知花面不长红。待得酒醒君不见，千片，不随流水即随风。

欧阳修　定风波·把酒花前欲问君

把酒花前欲问君，世间何计可留春。纵使青春留得住，虚语，无情花对有情人。　任是好花须落去，自古，红颜能得几时新。暗想浮生何时好，唯有，清歌一曲倒金尊。

欧阳修　定风波·过尽韶华不可添

过尽韶华不可添，小楼红日下层檐。春睡觉来情绪恶，寂寞，杨花缭乱拂珠帘。　早是闲愁依旧在，无奈，那堪更被宿醒兼。把酒送春惆怅甚，长恁，年年三月病厌厌。

欧阳修　定风波·对酒追欢莫负春

对酒追欢莫负春，春光归去可饶人。昨日红芳今绿树，已暮，残花飞絮两纷纷。　粉面丽姝歌窈窕，清妙，尊前信任醉醺醺。不是狂心贪燕乐，自觉，年来白发满头新。

欧阳修　定风波·把酒花前欲问伊之一

把酒花前欲问伊，忍嫌金盏负春时。红艳不能旬日看，宜算，须知开谢只相随。　蝶去蝶来犹解恋，难见，回头还是度年期。莫候饮阑花已尽，方信，无人堪与补残枝。

欧阳修　定风波·把酒花前欲问伊之二

把酒花前欲问伊，问伊还记那回时。黯淡梨花笼月影，人静，画堂东畔药阑西。　及至如今都不认，难问，有情谁道不相思。何事碧窗春睡觉，偷照，粉痕匀却湿胭脂。

王　琪　定风波·把酒花前欲问天

把酒花前欲问天，春来秋去苦茫然。风雨满枝花满地，何事，却教纤草占流年。　试把钿筝重促柱，无绪，酒阑清泪滴朱弦。赖有玉人相顾好，轻笑，却疑春色在婵娟。

吴　氏　　　定风波·待得明年重把酒

待得明年重把酒，携手，那知无雨又无风。

魏夫人　　　定风波·不是无心惜落花

不是无心惜落花，落花无意恋春华。昨日盈盈枝上笑，谁道，今朝吹去落谁家。　　把酒临风千种恨，难问，梦回云散见无涯。妙舞清歌谁是主，回顾，高城不见夕阳斜。

苏　轼　　　定风波·两两轻红半晕腮

十月九日，孟亨之置酒秋香亭，有拒霜独向君猷而开。坐客喜笑，以为非使君莫可当此花，故作是词

两两轻红半晕腮，依依独为使君回。若道使君无此意，何为，双花不向别人开。　　但看低昂烟雨里，不已，劝君休诉十分杯。更问尊前狂副使，来岁，花开时节与谁来。

苏　轼　　　定风波·莫听穿林打叶声

三月七日，沙湖道中遇雨。雨具先去，同行皆狼狈，余独不觉。已而遂晴，故作此词

莫听穿林打叶声，何妨吟啸且徐行。竹杖芒鞋轻胜马，谁怕，一蓑烟雨任平生。　　料峭春风吹酒醒，微冷，山头斜照却相迎。回首向来萧瑟处，归去，也无风雨也无晴。

苏　轼　　　定风波·重阳

与客携壶上翠微，江涵秋影雁初飞。尘世难逢开口笑，年少，菊花须插满头归。　　酩酊但酬佳节了，云峤，登临不用怨斜晖。古往今来谁不老，多少，牛山何必更沾衣。

苏　轼　　　定风波·感旧

莫怪鸳鸯绣带长，腰轻不胜舞衣裳。薄幸只贪游冶去，何处，垂杨系马恣轻狂。　　花谢絮飞春又尽，堪恨，断弦尘管伴啼妆。不信归来但自看，怕见，为郎憔悴却羞郎。

苏　轼　　　定风波·送元素

千古风流阮步兵，平生游宦爱东平。千里远来还不住，归去，空留风韵照人清。　　红粉尊前深懊恼，休道，怎生留得许多情。记得明年花絮乱，须看，泛西湖是断肠声。

苏　轼　　定风波·雨洗娟娟嫩叶光

元丰六年七月六日，王文甫家饮酿白酒，大醉。集古句作墨竹词

雨洗娟娟嫩叶光，风吹细细绿筠香。秀色乱侵书帙晚，帘卷，清阴微过酒尊凉。　　人画竹身肥拥肿，何用，先生落笔胜萧郎。记得小轩岑寂夜，廊下，月和疏影上东墙。

苏　轼　　定风波·咏红梅

好睡慵开莫厌迟，自怜冰脸不时宜。偶作小红桃杏色，闲雅，尚余孤瘦雪霜姿。　　休把闲心随物态，何事，酒生微晕沁瑶肌。诗老不知梅格在，吟咏，更看绿叶与青枝。

苏　轼　　定风波·月满苕溪照夜堂

余昔与张子野、刘孝叔、李公择、陈令举、杨元素会于吴兴。时子野作六客词，其卒章云："见说贤人聚吴分，试问，也应旁有老人星。"凡十五年，再过吴兴，而五人者皆已亡矣。时张仲谋与曹子方、刘景文、苏伯固、张秉道为坐客，仲谋请作后六客词

月满苕溪照夜堂，五星一老斗光芒。十五年间真梦里，何事，长庚对月独凄凉。　　绿鬓苍颜同一醉，还是，六人吟笑水云乡。宾主谈锋谁得似，看取，曹刘今对两苏张。

苏　轼　　定风波·南海归赠王定国侍人寓娘

常羡人间琢玉郎，天应乞与点酥娘。尽道清歌传皓齿，风起，雪飞炎海变清凉。　　万里归来颜愈少，微笑，笑时犹带岭梅香。试问岭南应不好，却道，此心安处是吾乡。

黄庭坚　　定风波·次高左藏韵

自断此生休问天，白头波上泛孤船。老去文章无气味，憔悴，不堪驱使菊花前。　　闻道使君携将吏，高会，参军吹帽晚风颠。千骑插花秋色暮，归去，翠娥扶入醉时肩。

黄庭坚　　定风波·次高左藏使君韵

万里黔中一漏天，屋居终日似乘船。及至重阳天也霁，催醉，鬼门关外蜀江前。　　莫笑老翁犹气岸，君看，几人黄菊上华颠。戏马台南追两谢，驰射，风流犹拍古人肩。

黄庭坚　　　　定风波·荔枝

晚岁监州闻荔枝，赤英垂坠压阑枝。万里来逢芳意歇，愁绝，满盘空忆去年时。　　润草山花光照坐，春过，等闲桃李又累累。辜负寒泉浸红皱，消瘦，有人花病损香肌。

黄庭坚　　定风波·准拟阶前摘荔枝

准拟阶前摘荔枝，今年歇尽去年枝。莫是春光厮料理，无比，譬如痎疟有休时。　　碧甃朱阑情不浅，何晚，来年枝上报累累。雨后园林坐清影，苏醒，红裳剥尽看香肌。

黄庭坚　　定风波·把酒花前欲问溪

把酒花前欲问溪，问溪何事晚声悲。名利往来人尽老，谁道，溪声今古有休时。　　且共玉人斟玉醑，休诉，笙歌一曲黛眉低。情似长溪长不断，君看，水声东去月轮西。

黄庭坚　　定风波·小院难图云雨期

小院难图云雨期，幽欢浑待赏花时。到得春来君却去，相误，不须言语泪双垂。　　密约尊前难嘱付，偷顾，手搓金橘敛双眉。庭榭清风明月媚，须记，归时莫待杏花飞。

黄庭坚　　定风波·上客休辞酒浅深

上客休辞酒浅深，素儿歌里细听沉。粉面不须歌扇掩，闲静，一声一字总关心。　　花外黄鹂能密语，休诉，有花能得几时斟。画作远山临碧水，明媚，梦为蝴蝶去登临。

黄庭坚　　定风波·歌舞阑珊退晚妆

客有两新鬟善歌者，请作送汤曲，因戏前二物

歌舞阑珊退晚妆，主人情重更留汤。冠帽斜欹辞醉去，邀定，玉人纤手自磨香。　　又得尊前聊笑语，如许，短歌宜舞小红裳。宝马促归朱户闭，人睡，夜来应恨月侵床。

晁端礼　　定风波·花倚东风柳弄春

花倚东风柳弄春，分明浅笑与轻嚬。更忆当时声细细，偎人，秦筝轻衬砑罗裙。　　别后此欢谁更共，春梦，只凭蝴蝶伴飞魂。独倚高楼还日暮，情绪，浮烟漠漠雨昏昏。

仲　殊　　定风波·独登多景楼

花戟云幡拥上方，画帘风细度春香。银色界前多远景，人静，铁城西面又斜阳。　山色入江流不尽，古今一梦莫思量。故里无家归去懒，伤远，年华满眼多凄凉。

晁补之　　定风波·跨鹤扬州一梦回

跨鹤扬州一梦回，东风拂面上平台。阆苑花前狂覆酒，拍手，东风骑风却教来。　谪好伯阳丹井畔，官满，平台还见片帆开。上界虽然官府好，总道，散仙无事好追陪。

周邦彦　　定风波·美情

莫倚能歌敛黛眉，此歌能有几人知。他日相逢花月底，重理，好声须记得来时。　苦恨城头更漏永，无情岂解惜分飞。休诉金尊推玉臂，从醉，明朝有酒遣谁持。

谢　邁　　定风波·七夕莫莫堂席上呈陈虚中

牛女心期与目成，弥弥脉脉得盈盈。今夕银河凭鹊度，相遇，玉钩新吐照云屏。　行旆雍容留宴语，将暮，方携珠袖到山亭。寂寞江天正云雾，回顾，不应中有少微星。

葛胜仲　　定风波·千叠云山万里流

与叶少蕴、陈经仲、彦文燕骆驼桥，少蕴作，次韵二首

千叠云山万里流，坐中碧落与鳌头。真意见嬉吾已领，烟景，不辞捧诏久汀洲。　老去一官真是漫，溪岸，独余此兴未能收。留与吴儿传胜事，长记，赤阑桥上揽清秋。

葛胜仲　　定风波·共喜新凉大火流

共喜新凉大火流，一声水调听歌头。况有修蛾兼粉领，佳景，谢公无不碍沧洲。　平昔短檠真大漫，气岸，老来都向酒杯收。云水光中修禊事，犹记，转头不觉已三秋。

叶梦得　　定风波·破萼初惊一点红

与幹誉、才卿步西园，始见青梅

破萼初惊一点红，又看青子映帘栊。冰雪肌肤谁复见，清浅，尚余疏影照晴空。　惆怅年年桃李伴，肠断，只应芳信

负东风。待得微黄春亦暮，烟雨，半和飞絮作濛濛。

叶梦得　　定风波·渺渺空波下夕阳

渺渺空波下夕阳，睡痕初破水风凉。过雨归云留不住，何处，远村烟树半微茫。　莫笑经年人老矣，归计，得迟留处也何妨。老子兴来殊不浅，帘卷，更邀明月坐胡床。

叶梦得　　定风波·千步长虹跨碧流

七月望，赵倅置酒，与鲁卿同泛舟登骆驼桥待月

千步长虹跨碧流，两山浮影转螭头。付与诗人都总领，风景，更逢仙客下瀛洲。　袅袅凉风吹汗漫，平岸，遥空新卷绛河收。却怪姮娥真好事，须记，探支明月作中秋。

叶梦得　　定风波·鲁卿见和，复答之

斜汉初看素月流，坐惊金饼出云头。华发萧然吹素领，光景，何妨分付属沧洲。　莫待霜花飘烂漫，蘋岸，更凭佳句尽拘收。解与破除消万事，犹记，一尊同得二年秋。

朱敦儒　　定风波·红药花前欲送春

红药花前欲送春，金鞭柘弹趁芳尘。故傍绣帘挼柳线，恰见，澹梳妆映瘦腰身。　闲倚金铺书闷字，尤殢，为谁憔悴减心情。放下彩毫匀粉泪，弹指，你不知人是不知人。

蔡　伸　　定风波·丙寅四月吴门西楼之集

老去情钟不自持，篸花酌酒送春归。玉貌冰姿人窈窕，一笑，清狂岂减少年时。　欲上香车俱脉脉，半帘花影月平西。待得酒醒人已去，凝伫，断云残雨尽堪悲。

蔡　伸　　定风波·一曲骊歌酒一钟

一曲骊歌酒一钟，可怜分袂太匆匆。百计留君留不住，君去，满川烟暝满帆风。　目断魂销人不见，但见，青山隐隐水浮空。拟把一襟相忆泪，试□，云笺密洒付飞鸿。

陈与义　　定风波·重阳

九日登临有故常，随晴随雨一传觞。多病题诗无好句，孤负，黄花今日十分黄。　记得眉山文翰老，曾道，四时佳节

是重阳。江海满前怀古意，谁会，阑干三抚独凄凉。

曹　勋　　定风波·雪后篱边冷未晴

雪后篱边冷未晴，江天浓淡暗还明。断续流香传玉蓓，心醉，临风嗅蕊不胜清。　　映竹幽姿深有思，何似，照溪真色更多情。待得微酸藏傅粉，黄嫩，湿云潜放雨轻轻。

曾　觌　　定风波·应制听琵琶作

捍拨金泥雅制新，紫檀槽映小腰身。娅姹雏莺相对语，欣睹，上林花底暖生春。　　飒飒胡沙飞指下，休讶，一般奇绝称精神。向道曲终多少意，须记，昭阳殿里旧承恩。

曾　觌　　定风波·赏牡丹席上走笔

上苑秾芳初雨晴，香风袅袅泛轩楹。犹记洛阳开小宴，娇面，粉光依约认倾城。　　流落江南重此会，相对，金蕉蘸甲十分倾。怕见人间春更好，向道，如今老去尚多情。

曾　觌　　定风波·题续宅江楼

极目秋光夕照开，潮头初自海门来。杳杳江天横一线，如练，疾驱千骑鼓声催。　　杰槛翠飞争徙倚，一行新雁去仍回。翠袖半空歌笑迥，低映，十分沉醉劝金杯。

曾　觌　　定风波·天语丁宁对未央

天语丁宁对未央，少摅素志向荆襄。烜赫家声今不坠，英伟，风姿飒爽紫髯郎。　　别酒一杯君莫阻，烛前粉艳俨成行。领略大堤花好处，无绪，也应回首水云乡。

曹　冠　　定风波·万个琅玕筛日影

万个琅玕筛日影，两堤杨柳蘸涟漪。鸣鸟一声林愈静，吟兴，未曾移步已成诗。旋汲清湘烹建茗，时寻野果劝金卮。况有良朋谈妙理，适意，此欢莫遣俗人知。

管　鉴　　定风波·秋入华堂一味清

张子仪将赴南宫，同官移会饯别。有举“耳边听唱状元声”调子仪侍儿，子仪命足成词，戏作

秋入华堂一味清，四山环碧眼双明。欲送主人天上去，无

绪，一尊已带别离情。　　洞府桃花常许见，□□，为谁特地惜娉婷。只待明年春醉里，偎倚，耳边听唤状元声。

陆　游　　定风波·进贤道上见梅赠王伯寿

欹帽垂鞭送客回，小桥流水一枝梅。衰病逢春都不记，谁谓，幽香却解逐人来。　　安得身闲频置酒，携手，与君看到十分开。少壮相从今雪鬓，因甚，流年羁恨两相催。

王　质　　定风波·夜赏海棠

曲曲阑干曲曲池，万红缭绕锦相围。花到黄昏思欲睡，休睡，眼前都是好相知。　　银烛转添花转好，人在，花深深处更相宜。似此好花须爱惜，休惜，鬓边消得两三枝。

王　质　　定风波·赠将

问讯山东窦长卿，苍苍云外且垂纶。流水落花都莫问，等取，榆林沙月静边尘。　　江面不如杯面阔，卷起，五湖烟浪入清尊。醉倒投床君且睡，却怕，挑灯看剑忽伤神。

王　质　　定风波·白璧黄金爵上卿

白璧黄金爵上卿，紫宸殿下拜丝纶。才出龙门开虎帐，但看，甲光如水夜无尘。　　古古今今男子事，摇动，芙蓉旗影入金尊。到得关河公事了，早去，白云堆里养精神。

李　泳　　定风波·感旧

点点行人趁落晖，摇摇烟艇出渔扉。一路水香流不断，零乱，春潮绿浸野蔷薇。　　南去北来愁几许，登临怀古欲沾衣。试问越王歌舞地，佳丽，只今惟有鹧鸪啼。

张孝祥　　定风波·铃索声干夜未央

铃索声干夜未央，曲阑花影步凄凉。莫道岭南冬更暖，君看，梅花如雪月如霜。　　见说墙西歌吹好，玉人扶坐劝飞觞。老子婆婆成独冷，谁省，自挑寒灺自添香。

丘　崈　　定风波·咏丹桂

月殿移根入帝乡，风流犹是旧时妆。猩血染成丹杏脸，浓点，郁金笼就赭衣黄。　　浪说锦城元自少，不道，只今何啻

五枝芳。试问司花谁是主，传语，且烦都与十分香。

京　镗　　定风波·次杨茶使七夕韵

何必穿针上彩楼，剖瓜插竹诉穷愁。闻道天孙相会处，银汉无津，不待泛兰舟。　动是隔年寻素约，何似，每逢清梦且嬉游。但得举杯开笑口，对月临风，总胜鹊桥秋。

京　镗　　定风波·次韵

休卧元龙百尺楼，眼高照破古今愁。若不擎天为八柱，且学鸱夷，归泛五湖舟。　万里西南天一角，骑气乘风，也作等闲游。莫道玉关人老矣，壮志凌云，依旧不惊秋。

辛弃疾　　定风波·暮春漫兴

少日春怀似酒浓，插花走马醉千钟。老去逢春如病酒，唯有，茶瓯香篆小帘栊。　卷尽残花风未定，休恨，花开元自要春风。试问春归谁得见，飞燕，来时相遇夕阳中。

辛弃疾　　定风波·用药名招马荀仲游雨岩

马善医

山路风来草木香，雨余凉意到胡床。泉石膏肓吾已甚，多病，堤防风月费篇章。　孤负寻常山简醉，独自，故应知子草玄忙。湖海早知身汗漫，谁伴，只甘松竹共凄凉。

辛弃疾　　定风波·席上送范廓之游建康

听我尊前醉后歌，人生亡奈别离何。但使情亲千里近，须信，无情对面是山河。　寄语石头城下水，居士，而今浑不怕风波。借使未如鸥鸟惯，相伴，也应学得老渔蓑。

辛弃疾　　定风波·再和前韵药名

仄月高寒水石乡，倚空青碧对禅床。白发自怜心似铁，风月，使君子细与平章。　已判生涯筇竹杖，来往，却惭沙鸟笑人忙。便好剩留黄绢句，谁赋，银钩小草晚天凉。

辛弃疾　　定风波·昨夜山公倒载归

大醉自诸葛溪亭归，窗间有题字令戒饮者，醉中戏作

昨夜山公倒载归，儿童应笑醉如泥。试与扶头浑未醒，休

问，梦魂犹在葛家溪。　　千古醉乡来往路，知处，温柔东畔白云西。起向绿窗高处看，题遍，刘伶元自有贤妻。

辛弃疾　　定风波·施枢密席上赋

春到蓬壶特地晴，神仙队里相公行。翠玉相挨呼小字，须记，笑簪花底是飞琼。　　总是倾城来一处，谁妒，谁携歌舞到园亭。柳妒腰肢花妒艳，听看，流莺直是妒歌声。

辛弃疾　　定风波·杜鹃花

百紫千红过了春，杜鹃声苦不堪闻。却解啼教春小住，风雨，空山招得海棠魂。　　一似蜀宫当日女，无数，猩猩血染赭罗巾。毕竟花开谁作主，记取，大都花属惜花人。

辛弃疾　　定风波·送卢提刑，约上元重来

少日犹堪话别离，老来怕作送行诗。极目南云无过雁，君看，梅花也解寄相思。　　无限江山行未了，父老，不须和泪看旌旗。后会丁宁何日是，须记，春风十日放灯时。

辛弃疾　　定风波·再用韵，卢置歌舞甚盛

莫望中州叹黍离，元和圣德要君诗。老去不堪谁似我，归卧，青山活计费寻思。　　谁筑诗墙高十丈，直上，看君斩将更搴旗。歌舞正浓还有语，记取，须髯不似少年时。

辛弃疾　　定风波·自和

金印累累佩陆离，河梁更赋断肠诗。莫拥旌旗真个去，何处，玉堂元自要论思。　　且约风流三学士，同醉，春风看试几枪旗。从此酒酣明月夜，耳热，那边应是说侬时。

辛弃疾　　定风波·再用韵和赵晋臣敷文

野草闲花不当春，杜鹃却是旧知闻。谩道不如归去住，梅雨，石榴花又是离魂。　　前殿群臣深殿女，赭袍一点万红巾。莫问兴亡今几主，听取，花前毛羽已羞人。

黄　机　　定风波·短策飘飘胜著鞭

短策飘飘胜著鞭，携壶与客洗愁颜。兴到为君拚剧饮，狂甚，论诗说剑口澜翻。　　画烛烧残花影褪，长鲸要使百川干。醉处不知谁氏子，只记，开窗临水便迎山。

吴文英　　定风波·密约偷香□踏青

密约偷香□踏青，小车随马过南屏。回首东风销鬓影，重省，十年心事夜船灯。　　离骨渐尘桥下水，到头难灭景中情。两岸落花残酒醒，烟冷，人家垂柳未清明。

陈允平　　定风波·慵拂妆台懒画眉

慵拂妆台懒画眉，此情惟有落花知。流水悠悠春脉脉，闲倚绣屏，犹自立多时。　　有约莫教莺解语，多愁却妒燕于飞。一笑蔷薇孤旧约，载酒寻欢，因甚懒支持。

无名氏　　定风波·又是春归烟雨村

又是春归烟雨村，一枝香雪度黄昏。竹外云低疏影亚，潇洒，水清沙浅见天真。　　瘦玉欺寒香不暖，堪羡，冰姿照夜月无痕。楼上笛声休听取，说与，江南人远易销魂。

无名氏　　定风波·一树寒梅傍小溪

一树寒梅傍小溪，夜来陡觉绽南枝。冷艳冰姿金蕊浅，堪羡，凝明因与雪霜期。　　折赠美人临宝鉴，云脸，鬓边斜插最相宜。凭仗高楼频祝付，说与，马融羌管且停吹。

无名氏　　定风波·雨雾云收望远山

雨雾云收望远山，钓竿林下恣清闲。蝉噪日斜林影转，溪岸，绿深红浅画屏间。　　对酒狂歌时鼓枻，更邀同志醉前湾。待月却寻维缆处，归来，烟萝一径接柴关。

无名氏　　定风波·咏杜甫画像

痛饮形骸骑蹇驴，葛巾不整倩人扶。笑指桃源泥样醉，三睡，诗魔长是泣穷途。　　画手也知仙骨瘦，□□，昆山玉水点银须。天地不能容此老，笑傲，一竿风月钓江湖。

定风波令

此调即《定风波》，“令”字可有可无。《定风波》本

为唐教坊曲名。李珣首用其调填词。周紫芝易名为《定风波令》。双调，有平韵、仄韵两种。有多种不同字数及韵律的体式，以五代后蜀欧阳炯之六十二字为正格。上阕四句、三十字，下阕六句、三十二字。参阅《定风波》。

张　先　　定风波令·碧玉篦扶坠髻云

碧玉篦扶坠髻云，莺黄衫子退红裙。妆样巧将花草竞，相并，要教人意胜于春。　　酒眼茸茸香拂面，□见，丹青宁似镜中真。自是有情偏小小，向道，江东谁信更无人。

张　先　　定风波令·次子瞻韵送元素内翰

浴殿词臣亦议兵，禁中颇牧党羌平。诏卷促归难自缓，溪馆，彩花千数酒泉清。　　春草未青秋叶暮，□去，一家行色万家情。可恨黄莺相识晚，望断，湖边亭上不闻声。

张　先　　定风波令·再次韵送子瞻

谈辨才疏堂上兵，画船齐岸暗潮平。万乘靴袍曾好问，须信，文章传口齿牙清。　　三百寺应游未遍，□算，湖山风物岂无情。不独渠丘歌叔度，行路，吴谣终日有余声。

张　先　　定风波令·西阁名臣奉诏行

霅溪席上，同会者六人，杨元素侍读、刘孝叔吏部、苏子瞻、李公择二学士、陈令举贤良

西阁名臣奉诏行，南床吏部锦衣荣。中有瀛仙宾与主，相遇，平津选首更神清。　　溪上玉楼同宴喜，欢醉，对堤杯叶惜秋英。尽道贤人聚吴分，试问，也应旁有老人星。

周紫芝　　定风波令·梅粉梢头雨未干

梅粉梢头雨未干，淡烟疏日带春寒。暝鸦啼处，人在小楼边。　　芳草只随春恨长，塞鸿空傍碧云还。断霞销尽，新月又婵娟。

定风波慢

《定风波》本唐教坊曲名，后用作词调名。“慢”指慢曲子。属双调、仄韵，共一百零一字。上阕十一句、五十一

字，于第二、五、七、八、九、十一句用韵；下阕十句、五十字，于第一、二、四、六、七、八、九、十句用韵。参阅《定风波》。

无名氏　　　定风波慢·漏新春

漏新春、消息前村，数枝楚梅轻绽。□雪艳精神，冰肤淡伫，姑射依稀见。冷香凝，金蕊浅。青女饶伊妒无限，堪羡，似寿阳妆阁，初匀粉面。　纤条绿染，异群葩、不似和风扇。向深冬、免使游蜂舞蝶，撩拨春心乱。水亭边，山驿畔。立马行人暗肠断，吟恋，又忍随羌管，飘零千片。

定 西 番

此调本为唐教坊曲名，原为咏平定西番之意，后用作词调名。“西番”，古代泛称我国西部各少数民族。“番”也作“蕃”。以唐朝温庭筠所作为正格。属双调、平韵，共四十一字。上阕四句、二十一字，于第三、四句用韵；下阕四句、二十字，于第二、四句用韵。

张　先　　　定西番·年少登瀛词客

年少登瀛词客，飘逸气，拂晴霓。尽带江南春色、过长淮。　一曲艳歌留别，翠蝉摇宝钗。此后吴姬难见，且徘徊。

张　先　　　定西番·秀眼谩生千媚

秀眼谩生千媚，钗玉重，髻云低。寂寂挹妆羞泪、怨分携。　鸳帐愿从今夜，梦长连晓鸡。小逐画船风月，渡江西。

张　先　　　定西番·执胡琴者九人

锃拨紫槽金衬，双秀萼，两回鸾。齐学汉宫妆样、竞婵娟。　三十六弦蝉闹，小弦蜂作团。听尽昭君幽怨，莫重弹。

定情曲

此调乃贺铸所创制，其词中末二句为“殷勤制、双凤新声，定情永为好”，故名为《定情曲》。属双调、仄韵，共一百零二字。上阕十一句、五十六字，于第三、四、六、八、十、十一句用韵；下阕八句、四十六字，于第二、三、四、六、八句用韵。

贺　铸　　定情曲·春愁

沉水浓熏，梅粉淡妆，露华鲜映春晓。浅颦轻笑，真物外，一种闲花风调。可待合欢翠被，不见忘忧芳草。拥膝浑忘羞，回身就郎抱，两点灵犀心颠倒。　念乐事稀逢，归期须早。五云闻道，星桥畔、油壁车迎苏小。引领西陵自远，携手东山偕老。殷勤制、双凤新声，定情永为好。

宜男草

此调见范成大《石湖词》。宜男草，亦简称“宜男”，是萱草的别称。古代迷信，认为孕妇佩戴萱草则生男孩，故名。古代又用“宜男”作为祝颂多子之词。属双调、仄韵，有五十八字、六十字两体。五十八字一体，上下阕皆四句、二十九字，亦皆于第一、二、四句用韵。

范成大　　宜男草·篱菊滩芦被霜后

篱菊滩芦被霜后，袅长风、万重高柳。天为谁、展尽湖光渺渺，应为我、扁舟入手。　橘中曾醉洞庭酒，辗云涛、挂帆南斗。追旧游、不减商山杳杳，犹有人、能相记否。

范成大　　宜男草·舍北烟霏舍南浪

舍北烟霏舍南浪，雪倾篱、雨荒薇涨。问小桥、别后谁过，惟有迷鸟羁雌来往。　重寻山水问无恙，扫柴荆、土花尘网。留小桃、先试光风，从此芝草琅玕日长。

陈三聘　　宜男草·摇落丹枫素秋后

摇落丹枫素秋后，舞长亭、尚余衰柳。别梦回、忆得霜柑分我，应自有、浓香噀手。　宿酲谁解三杯酒，晓山横、望中衔斗。人去也、纵得相逢似旧，问当日、红颜在否。

陈三聘　　宜男草·绿水黏天净无浪

绿水黏天净无浪，转东风、縠纹微涨。个中趣、莫遣人知，容我日日、扁舟独往。　平生书癖已无恙，解名缰、更逃羁网。春近也、梅柳频看，枝上玉蕊、金丝暗长。

宛溪柳

此调本名《六幺令》，因贺铸词有"宛溪杨柳，依旧青青为谁好"句，故更名《宛溪柳》。详见《六幺令》条。

贺　铸　　宛溪柳·梦云萧散

梦云萧散，帘卷画堂晓。残薰尽烛隐映，绮席金壶倒。尘送行鞭袅袅，醉指长安道。波平天渺，兰舟欲上，回首离愁满芳草。　已恨归期不早，枉负狂年少。无奈风月多情，此去应相笑。心记新声缥缈，翻是相思调。明年春杪，宛溪杨柳，依旧青青为谁好。

试周郎

此调本名《诉衷情》，因贺铸词有"弄丝调管，时误新声，翻试周郎"句，故更名《试周郎》。详见《诉衷情》条。

贺　铸　　试周郎·诉衷情

乔家深闭郁金堂，朝镜事梅妆。云鬟翠钿浮动，微步拥钗梁。　情尚秘，色犹庄，递瞻相。弄丝调管，时误新声，翻试周郎。

陌上郎

此调本名《生查子》，因贺铸词有“挥金陌上郎，化石山头妇”句，故更名《陌上郎》。详见《生查子》条。

贺　铸　　　陌上郎·西津海鹘舟

西津海鹘舟，径度沧江雨。双橹本无情，鸦轧如人语。挥金陌上郎，化石山头妇。何物系君心，三岁扶床女。

降仙台

宋鼓吹曲名。此调见《盘州文集》，宋代洪适赋皇帝礼毕降坛，其中有“天步下嘉坛”之句，故名《降仙台》。此调多咏祭祀之事。词有分阕与不分阙两体。不分阕者，平韵，共二十句、九十八字。分阙者，平韵，共九十六字。上阕十一句、四十八字，于第三、五、七、九、十、十一句用韵，有和声；下阕九句、四十八字，除第八句外句句用韵。

洪　适　　　降仙台·隆兴二年南郊鼓吹曲

漏残柝静鸡声远，到高燎，入层霄。云裘蟠瑞霭，天步下嘉坛，旗旆飘摇。黄麾列仗貔貅整，气压江潮。导前从后盛官僚，玉佩间金貂。望扶桑，日渐高。阴霾霜雪，底处不潜消。辇路祥飙，披拂绛纱袍。云间瑞阙仰岧峣，播春泽、喜浃黎苗。礼成大庆，鳌三抃、受昕朝。

无名氏　　　降仙台·熙宁十年南郊皇帝归青城

清都未晓，万乘并驾，煌煌拥天行。祥风散瑞霭，华盖耸，旂常建，耀层城。四列兵卫，爟火映、金支翠旌。众乐警、作充宫庭，瞰绎成。　　绀幄掀，衮冕明，妥帖坛陛霄升。振珩璜、神格至诚，云车下冥冥。储祥降嘏莫可名，御端阙、肹号敷荣。泽翔施溥，茂祉均被含生。

无名氏　　　降仙台·高宗郊祀大礼鼓吹歌曲

升烟既罢，良夜未晓，天步下神丘。锵锵鸣玉佩，炜炜照

金莲，杳蔼云裘。彩仗初转，回龙驭、旌旆悠悠。星影疏动与天流，漏尽五更筹。大明升，东海头，杲杲灵曜。倒影射旗旒，辇路具修，葱郁瑞光浮。归来双阙看御楼，有仙鹤、衔书赦囚。万方喜气，均祉福，播歌讴。

无名氏　　降仙台·宁宗郊祀大礼

星芒收采，云容放晓，羲驭渐扬明。觚坛竣事，斋风袭、衮衣轻。銮路尘清，甘泉卤簿，祲威肃、回轸旋衡。千官导从粲簪缨，钧奏间韶英。瞻龙闱，近凤城，都人云会。芬苇夹道欢迎，宸极尊荣，卮玉庆熙成。琼楼天上起和声，布春泽，洪畅寰瀛。嵩呼万岁，鳌三抃，颂升平。

孟家蝉

此调名来历未详。属双调、平韵，共九十七字。上阕十句、四十八字，于第三、五、七、八、十句用韵；下阕十一句、四十九字，于一、四、六、八、九、十一句用韵。

潘　汾　　孟家蝉·蝶

向卖花担上，落絮桥边，春思难禁。正暖日温风里，斗采遍香心。夜夜稳栖芳草，还处处、先辨春禽，满园林。梦觉南华，直到如今。　　情深，记那人小扇，扑得归来，绣在罗襟。芳意赠谁，应费万线千针。谩道滕王画得，枉谢客、多少清吟。影沉沉，舞入梨花，何处相寻。

孤馆深沉

此调今仅存权无染词一首。属双调、平韵，共五十字。上阕五句、二十五字，于第二、五句用韵；下阕四句、二十五字，于第二、四句用韵。

权无染　　孤馆深沉·琼英雪艳岭梅芳

琼英雪艳岭梅芳，天付与清香。向腊后春前，解压万花，先占东阳。　　拟待折、一枝相赠，奈水远天长。对妆面、忍听羌笛，又还空断人肠。

孤　鸾

此调原为咏调名本意，一只离群的鸾凤。属双调、仄韵，共九十八字。上阕九句、四十七字，于第一、三、五、七、九句用韵；下阕九句、五十一字，用韵同上阕。又名《丹凤吟》。

马子严　　孤鸾·早春

沙堤香软，正宿雨初收，落梅飘满。可奈东风，暗逐马蹄轻卷。湖波又还涨绿，粉墙阴、日融烟暖。蓦地刺桐枝上，有一声春唤。　任酒帘、飞动画楼晚，便指数烧灯，时节非远。陌上叫声，好是卖花行院。玉梅对妆雪柳，闹蛾儿、象生娇颤。归去争先戴取，倚宝钗双燕。

赵以夫　　孤鸾·梅

江南春早，问江上寒梅，占春多少。自照疏星冷，只许春风到。幽香不知甚处，但迢迢、满汀烟草。回首谁家竹外，有一枝斜好。　记当年、曾共花前笑，念玉雪襟期，有谁知道。唤起罗浮梦，正参横月小。凄凉更吹塞管，漫相思、鬓华惊老。待觅西湖半曲，对霜天清晓。

张　榘　　孤鸾·次虚斋先生梅词韵

塞鸿来早，正碧瓦霜轻，玉麟寒少。昨夜南枝，一点阳和先到。黄昏半窗淡月，照青青、谢池青草。此际虚斋心事，与此花俱好。　算巡檐、索共梅花笑，是千古风流，少陵曾道。争似油幢下，对一枝春小。江城惯听画角，且休教、玉关人老。好试和羹手段，向凤池春晓。

张　榘　　孤鸾·以梅花为赵孏窝寿

荆谿清晓，问昨夜南枝，几分春到。一点幽芳，不待陇头音耗。亭亭水边月下，胜人间、等闲花草。此际风流谁似，有孏窝诗老。　向虚檐、淡然索笑，任雪压霜欺，精神越好。最喜庭除，下映紫兰娇小。孤山好寻旧约，况和羹、用功宜早。移傍玉阶深处，趁天香缭绕。

黄 载　　　孤鸾·冰心孤寂

四明后圃石峰之下，小池之上，有梅花

冰心孤寂，恋儿插灵峰，半泓寒碧。骨瘦和衣薄，清绝成愁极。萧然满身是雪，怕人知、镜中消息。独向百花梦外，自一家春色。　记罗浮幽梦浑如昔，有浸眼鲸波，倚云丹壁。夜醉空山酒，叫裂横霜笛。回头洞天未晓，但迢迢、江南千驿。饮散东风落月，正海山浮碧。

无名氏　　　孤鸾·天然标格

天然标格，是小萼堆红，芳姿凝白。淡伫新妆，浅点寿阳宫额。东君相留厚意，倩年年、与传消息。昨夜前村雪里，有一枝先折。　念故人、何处水云隔，纵驿使相逢，难寄春色。试问丹青手，是怎生描得。晓来一番雨过，更那堪、数声羌笛。归去和羹未晚，劝行人休摘。

孤 雁 儿

此调本名《御街行》。程垓词抒孤身栖居客乡之情，故名为《孤雁儿》，后又省称为《孤雁》。属双调、仄韵，有七十六字、七十八字、八十二字诸体。七十八字一体较常用，上下阕皆七句、三十九字，亦皆于第一、二、四、七句用韵。参阅《御街行》。

李清照　　孤雁儿·藤床纸帐朝眠起　并序

世人作梅词，下笔便俗。予试作一篇，乃知前言不妄耳

藤床纸帐朝眠起，说不尽、无佳思。沉香断续玉炉寒，伴我情怀如水。笛里三弄，梅心惊破，多少春情意。　小风疏雨萧萧地，又催下、千行泪。吹箫人去玉楼空，肠断与谁同倚。一枝折得，人间天上，没个人堪寄。

程 垓　　孤雁儿·在家不觉穷冬好

在家不觉穷冬好，向客里、方知道。故园梅花正开时，记得清尊频倒。高烧红蜡，暖熏罗幌，一任花枝恼。　如今客里伤怀抱，忍双鬓、随花老。小窗独自对黄昏，只有月华飞到。假饶真个，雁书频寄，何似归来早。

程　垓　　　孤雁儿·双鬟乍绾横波溜

有尼从人而复出者，戏用张子野事赋此

双鬟乍绾横波溜，记当日、香心透。谁教容易逐鸡飞，输却春风先手。天公元也，管人憔悴，放出花枝瘦。　　几宵和月来相就，问何事、春山斗。只应深院锁婵娟，枉却娇花时候。何时为我，小梯横阁，试约黄昏后。

驻马听

此调今传以柳永词为最早，调见《乐章集》。属双调、平韵，共九十字。上阕十句、四十九字，于第一、二、五、六、七、十句用韵；下阕八句、五十一字，于第二、四、六、八句用韵。另一体亦双调、仄韵，共六十一字。上阕六句、三十七字，下阕四句、二十四字。此体与上体句式、字数迥异，当为同名异调。又名《应天长》。

柳　永　　　驻马听·凤枕鸾帷

凤枕鸾帷，二三载，如鱼似水相知。良天好景，深怜多爱，无非尽意依随。奈何伊，恣性灵、忒煞些儿。无事孜煎，万回千度，怎忍分离。　　而今渐行渐远，渐觉虽悔难追。漫寄消寄息，终久奚为。也拟重论缱绻，争奈翻覆思维。纵再会，只恐恩情，难似当时。

沈　瀛　　　驻马听·人都道四者难并

人都道四者难并，也由在人心。烦恼欢喜元无定，奸峭底自能称停。你待前面怎那，且随任咱分。　　自家有后自未奔，枉劳人方寸。眼前推辞怎，那知他人也心闷。

无名氏　　　驻马听·雕鞍成漫驻

雕鞍成漫驻，望断也不归，院深天暮。倚遍旧日，曾共凭肩门户。踏青何处所，想醉拍、春衫歌舞。征旆举，一步红尘，一步回顾。　　行行愁独语，想媚容、今宵怨郎不住，来为相思苦。又空将愁去，人生无定据。叹后会、不知何处，愁万缕，仗东风、和泪吹与。

春云怨

调见冯伟寿《云月词》，系冯伟寿自度曲。双调，一百零三字，上片十一句、五仄韵，下片十句、五仄韵。

冯伟寿　　　　春云怨·上巳

春风恶劣，把数枝香锦，和莺吹折。雨重柳腰娇困，燕子欲扶扶不得。软日烘烟，乾风吹雾，芍药荼蘼弄颜色。帘幕轻阴，图书清润，日永篆香绝。　　盈盈笑靥宫黄额，试红鸾小扇，丁香双结。团凤眉心倩郎贴，教洗金罍，共看西堂，醉花新月。曲水成空，丽人何处，往事暮云万叶。

春从天上来

又名《春从天外来》，双调数体。其一百零四字，上片十一句、六平韵，下片十一句、五平韵为正体；其一百零四字，上片十一句、七平韵，下片十一句、五平韵为变体；其一百零六字，上片十一句、六平韵，下片十二句、六平韵为另一变体等。

张继先　　　　春从天上来·鹤鸣奉旨

王土平平，正海息波澜，岳敛云烟。三景虚明，八表澄清，一月普照诸天。有流霞洞焕，映黍珠、徐下空玄，绝形言。见千真拱极，万气朝元。　　当时鹤鸣夜半，感真符宝篆，特地清传。碧湛龙文，红凝龟篆，绛衣舞鬣蹁跹。计功成果就，无真教、郭景飞仙，已千年。亘灯灯续焰，光朗无边。

张　炎　　　　春从天上来·海上回槎

己亥春，复回西湖，饮静传董高士楼，作此解以写我忧

海上回槎，认旧时鸥鹭，犹恋蒹葭。影散香消，水流云在，疏树十里寒沙。难问钱塘苏小，都不见、擘竹分茶。更堪嗟，似荻花江上，谁弄琵琶。　　烟霞，自延晚照，尽换了西林，窈窕纹纱。蝴蝶飞来，不知是梦，犹疑春在邻家。

一掬幽怀难写，春何处、春已天涯，减繁华。是山中杜宇，不是杨花。

周伯阳　　春从天上来·武昌秋夜

浩荡青冥，正凉露如洗，万里虚明。鼓角悲健，秋入重城。仿佛石上三生，指蓬莱云路，渺何许、月冷风清。倚南楼、一声长笛，几点残星。　西风旧年有约，听候蛩语夜，客里心惊。红树山深，翠苔门掩，想见露草疏萤。便乘风归去，阑干外、河汉西倾。笑淹留，划然孤啸，云白天青。

春风袅娜

调见冯伟寿《云月词》，系冯伟寿自度腔。双调，一百二十五字，上片十三句、五平韵，下片十五句、五平韵。此调只冯伟寿一词。

冯伟寿　　春风袅娜·春恨

被梁间双燕，话尽春愁。朝粉谢，午花柔。倚红阑故与，蝶围蜂绕，柳绵无数，飞上搔头。风管声圆，蚕房香暖，笑挽罗衫须少留。隔院兰馨趁风远，邻墙桃影伴烟收。　些子风情未减，眉头眼尾，万千事、欲说还休。蔷薇露，牡丹球。殷勤记省，前度绸缪。梦里飞红，觉来无觅，望中新绿，别后空稠。相思难偶，叹无情明月，今年已是，三度如钩。

春归怨

调见《阳春白雪》卷五宋周端臣词。双调，一百一十四字。上下片各十句、四仄韵。

周端臣　　春归怨·问春为谁来

问春为谁来、为谁去，匆匆太速。流水落花，夕阳芳草，此恨年年相触。细履名园，闲看嘉树，蔼翠阴成簇。争知也被韶华，换却诗人鬓边绿。　小花深院静，旋引清尊，自歌新曲。燕子不归来，风絮乱吹帘竹。误文姬、凝望久，心事想劳

频卜。但门掩黄昏，数声啼鸩，又唤起、相思一掬。

春光好

唐教坊曲名。《碧鸡漫志·羯鼓录》：“明皇尤爱羯鼓玉笛，为八音之领袖。时春雨始晴，景色明丽。帝曰：‘对此岂可不为判断！’命取羯鼓，临轩纵击。曲名《春光好》。”此调名即源于此。又名《鹤冲天》、《愁倚阑令》、《愁倚阑》、《倚阑令》。双调多体，有四十字，上片五句、三平韵，下片四句、两平韵；亦有四十一字，上片五句、四平韵，下片四句、两平韵；还有四十二字，上片五句、三平韵，下片四句、三平韵；还有四十八字，上下片各四句、三平韵等。又名《喜迁莺》，因冯延巳词中有“拂面春风长好”句，故又调名《春光好》。详见《喜迁莺》条。

李之仪　　春光好·霜压晓

霜压晓，月收阴，斗寒深。看尽烛花金鸭冷，卷残衾。卯酒从谁细酌，余香无计重寻。空把夜来相见梦，写文琴。

蔡　伸　　春光好·鸾屏掩

鸾屏掩，翠衾香，小兰房。回首当时云雨梦，两难忘。如今水远山长，凭鳞翼、难叙衷肠。况是教人无可恨，一味思量。

王　灼　　春光好·和醉梦

和醉梦，上峥嵘，忆娉婷。回首锦江烟一色，不分明。翻为离别牵情，娇啼外、没句丁宁。紫陌绿窗多少恨，两难平。

张元幹　　春光好·疏雨洗

疏雨洗，细风吹，淡黄时。不分小亭芳草绿，映檐低。楼下十二层梯，日长影里莺啼。倚遍阑干看尽柳，忆腰肢。

张元幹　　春光好·吴绫窄

吴绫窄，藕丝重，一钩红。翠被眠时要人暖，著怀中。

六幅裙窣轻风，见人遮尽行踪。正是踏青天气好，忆弓弓。

张元幹　　春光好·为杨聪父侍儿切鲙作

花恨雨，柳嫌风，客愁浓。坐久霜刀飞碎雪，一尊同。　劳烦玉指春葱，未放箸、金盘已空。更与个中寻尺素，两情通。

张元幹　　春光好·寒食近

寒食近，踏青时，画堂西。可是春来偏倦绣，乍生儿。　香绵轻拂胭脂，加文褓、初试班衣。诮没工夫存问我，且怜伊。

曾　觌　　春光好·侍宴苑中赏杏花

胭脂腻，粉光轻，正新晴。枝上闹红无处著，近清明。　仙娥进酒多情，向花下、相闹盈盈。不惜十分倾玉斝，惜凋零。

曾　觌　　春光好·感旧

心下事，不思量，自难忘。花底梦回春漠漠，恨偏长。　闲日多少韶光，雕阑静、芳草池塘。风急落红留不住，又斜阳。

曾　觌　　春光好·槐阴密

槐阴密，蔗浆寒，荔枝丹。珍重主人怜客意，荐雕盘。　多情翠袖凭栏，晚妆罢、谁与共欢。帘卷玉钩风细细，敛眉山。

葛立方　　春光好·立道生日作

去年曾寿生朝，正黄菊、初舒翠翘。今岁雕堂重预宴，梨雪香飘。　明年应傍丹霄，看宝胯、重重在腰。鹊尾吹香笼绣段，且醉金蕉。

葛立方　　春光好·寒食将过淮作

禁烟却酿春愁，正系马、清淮渡头。后日清明催叠鼓，应在扬州。　归时元已临流，要绮陌、芳郊恣游。三月羁怀当

一洗，莫放觥筹。

张　抡　　　　**春光好·烟澹澹**

烟澹澹，雨濛濛，水溶溶。帖水落花飞不起，小桥东。　翩翩怨蝶愁蜂，绕芳丛，恋余红。不恨无情桥下水，恨东风。

无名氏　　　**春光好·看看腊尽春回**

看看腊尽春回，消息到、江南早梅。昨夜前村深雪里，一朵花开。　　盈盈玉蕊如裁，更风细、清香暗来。空使行人肠欲断，驻马徘回。

春声碎

调见《翰墨全书》，为谭宣子自度曲。因其词上片结句为"春声碎"，故以此为调名。双调，七十七字，上片八句、三仄韵，下片七句、五仄韵。此调只谭宣子一词。

谭宣子　　　**春声碎·南浦送别自度腔**

津馆贮轻寒，脉脉离情如水。东风不管，垂杨无力，总雨鞿烟寐。栏干外，怕春燕掠天，疏鼓叠、春声碎。　　刘郎易憔悴，况是恹恹病起。蛮笺漫展，便写就新词，倩谁将寄。当此际、浑似梦峡啼湘，一寸相思千里。

春草碧

调见万俟咏《大声集》，其词即题咏春草，以题为调名。双调，九十八字，上片十句、四仄韵，下片十一句、五仄韵。此调只万俟咏一词。又名《番枪子》，因韩玉词结句为"春草碧"，故改调名为《春草碧》。详见《番枪子》条。

万俟咏　　　**春草碧·又随芳绪生**

又随芳绪生，看翠霁连空，愁遍征路。东风里，谁望断西

塞，恨迷南浦。天涯地角，意不尽、消沉万古。曾是送别长亭下，细绿暗烟雨。　　何处，乱红铺绣茵，有醉眠荡子，拾翠游女。王孙远，柳外共残照，断云无语。池塘梦生，谢公后、还能继否。独上画楼，春山暝、雁飞去。

春夏两相期

调见蒋捷《竹山词》。双调，一百字，上片九句、五仄韵，下片十句、五仄韵。此调只蒋捷一词。

蒋　捷　　　春夏两相期·寿谢令人

听深深、谢家庭馆，东风对语双燕。似说朝来，天上婺星光现。金裁花诰紫泥香，绣里藤舆红茵软。散蜡宫辉，行鳞厨品，至今人羡。　　西湖万柳如线，料月仙当此，小停飙辇。付与长年，教见海心波浅。萦云玉佩五侯门，洗雪华桐三春苑。慢拍调莺，急鼓催鸾，翠阴生院。

春晓曲

又名《西楼月》。南宋词人朱敦儒所作词有“玉人酒渴嚼春冰，晓色入帘横宝瑟”句，故以“春晓曲”为词牌名。单调，有二十八字、四句、三仄韵，亦有二十七字、五句、三仄韵。又名《玉楼春》。

朱敦儒　　　春晓曲·西楼落月鸡声急

西楼落月鸡声急，夜浸疏香寒淅沥。玉人酒渴嚼春冰，晓色入帘横宝瑟。

春雪间早梅

调见《梅苑》卷四宋无名氏词。因其词隐括了韩愈《春雪间早梅》诗，即以诗题为调名。双调，一百二十五字，上片十句、六平韵，下片十一句、五平韵。

无名氏　　春雪间早梅·梅将雪共春

梅将雪共春，彩艳灼灼不相因。逐吹霏霏能争密，排枝碎碎巧妆新。谁令香来满座，独使净敛无尘。芳意饶呈瑞，寒光助照人。玲珑次第开已遍，点缀坐来频。　　那是俱怀疑似，须知造化，两各逼天真。荧煌清影初乱眼，浩荡逸气忽迷神。未许琼花并重，将从玉树相亲。先期迎献岁，更同歌酒占兹辰。六华蜡蒂相辉映，轻盈敢自珍。

春　晴

调见宋晁端礼《闲斋琴趣外篇》卷三。双调，八十七字。上片九句、四仄韵，下片九句、五仄韵。

晁端礼　　春晴·燕子来时

燕子来时，清明过了，桃花乱飘红雨。倦客凄凉，千里云山将暮。泪眸回望，人在玉楼深处。向此多应念远，凭栏无语。　　芳菲可惜轻负，空鞭弄游丝，帽冲飞絮。恨满东风，谁识此时情绪。数声啼鸟，劝我不如归去。纵写香笺，仗谁寄与。

春　霁

即《秋霁》，宋胡浩然词名《春霁》，见《草堂诗余》后集卷上。详见《秋霁》条。

胡浩然　　春霁·春晴

迟日融和，乍雨歇东郊，嫩草凝碧。紫燕双飞，海棠相衬，妆点上林春色。黯然望极，困人天气浑无力。又听得，园苑，数声莺啭柳阴直。　　当此暗想，故国繁华，俨然游人，依旧南陌。院深沉、梨花乱落，那堪如练点衣白。酒量顿宽洪量窄，算此情景，除非殢酒狂欢，恣歌沉醉，有谁知得。

珍珠令

调见张炎《山中白云词》。系张炎自度曲。双调，五十二字，上片五句、四仄韵，下片四句、三仄韵、一叠韵。此调只张炎一词。

张　炎　　珍珠令·桃花扇底歌声杳

桃花扇底歌声杳，愁多少。便觉道花阴闲了，因甚不归来，甚归来不早。　满院飞花休要扫，待留与、薄情知道。怕一似飞花，和春都老。

珍珠帘

即《真珠帘》，详见《真珠帘》条。

葛长庚　　珍珠帘·阴阳内感相交结

阴阳内感相交结，有铅汞、分八卦罗列。金鼎炼黄芽，正一阳时节。子后午前方进火，向玉炉、烹成白雪。通彻，这玄关、深奥难轻泄。　因师指诀幽微，把金丹大药，将来分说。捉住虎龙精，自然日月。造化天机人怎晓，换俗骨、永无魔折。超越，望仙都稽首，朝元金阙。

吴文英　　珍珠帘·蜜沉烬暖萸烟袅

春日客龟溪，过贵人家，隔墙闻箫鼓声，疑是按舞，伫立久之

蜜沉烬暖萸烟袅，层帘卷、伫立行人官道。麟带压愁香，听舞箫云渺。恨缕情丝春絮远，怅梦隔、银屏难到。寒峭，有东风嫩柳，学得腰小。　还近绿水清明，叹孤身如燕，将花频绕。细雨湿黄昏，半醉归怀抱。蠹损歌纨人去久，漫泪沾、香兰如笑。书杳，念客枕幽单，看看春老。

周　密　　珍珠帘·琉璃帘

宝阶斜转春宵永，云屏敞、雾卷东风新霁。光动万星寒，

曳冷云垂地。暗省连昌游冶事，照炫转、荧煌珠翠。难比，是鲛人织就，冰绡渍泪。　　独记梦入瑶台，正玲珑透月，琼钩十二。金缕逗浓香，接翠蓬云气。缟夜梨花生暖白，浸潋滟、一池春水。沉醉，归时人在，明河影里。

蒋　捷　　**珍珠帘·寿岳君选**

书楼四面筠帘卷，微薰起、翠弄悬签丝软。楼上读书仙，对宝狻霏转。绣馆钗行云度影，滟寿觥、盈盈争劝。争劝，奈芸边事切，花中情浅。　　金奏未响昏蜩，早传言放却，舞衫歌扇。柳雨一窝凉，再展开湘卷。万颗蕖心琼珠辊，细滴与、银朱小砚。深院，待月满廊腰，玉笙又远。

玲 珑 玉

调见姚云文词，系姚云文自度曲。双调，一百字，上片九句、五平韵，下片十一句、四平韵。此调只姚云文一词。

姚云文　　**玲珑玉·半闲堂赋春雪**

开岁春迟，早赢得、一白潇潇。风窗淅簌，梦惊金帐春娇。是处貂裘透暖，任尊前回舞，红倦柔腰。今朝，亏陶家、茶鼎寂寥。　　料得东皇戏剧，怕蛾儿街柳，先斗元宵。宇宙低迷，倩谁分、浅凸深凹。休嗟空花无据，便真个、琼雕玉琢，总是虚飘。虚飘，且沉醉，趁楼头、零片未消。

玲珑四犯

又名《四犯玲珑》，调见周邦彦《清真集》。双调数体。有九十九字，上下片各九句、五仄韵；亦有九十九字，上片十一句、五仄韵，下片九句、六仄韵；还有一百字，上片九句、四仄韵，下片八句、四仄韵等。

周邦彦　　**玲珑四犯·春景**

秾李夭桃，是旧日潘郎，亲试春艳。自别河阳，长负露房烟脸。憔悴鬓点吴霜，念想梦魂飞乱。叹画阑玉砌都换，才始

有缘重见。　　夜深偷展香罗荐，暗窗前、醉眠葱茜。浮花浪蕊都相识，谁更曾抬眼。休问旧色旧香，但认取、芳心一点。又片时一阵，风雨恶，吹分散。

姜　夔　　玲珑四犯·越中岁暮闻箫鼓感怀

此曲双调，世别有大石调一曲

叠鼓夜寒，垂灯春浅，匆匆时事如许。倦游欢意少，俯仰悲今古。江淹又吟恨赋，记当时、送君南浦。万里乾坤，百年身世，唯有此情苦。　　扬州柳，垂官路。有轻盈换马，端正窥户。酒醒明月下，梦逐潮声去。文章信美知何用，漫赢得、天涯羁旅。教说与，春来要寻、花伴侣。

史达祖　　玲珑四犯·雨入愁边

雨入愁边，翠树晚，无人风叶如翦。竹尾通凉，却怕小帘低卷。孤坐便怯诗悭，念俊赏、旧曾题遍。更暗尘、偷锁鸾影，心事屡羞团扇。　　卖花门馆生秋草，怅弓弯、几时重见。前欢尽属风流梦，天共朱楼远。闻道秀骨病多，难自任、从来恩怨。料也和、前度金笼鹦鹉，说人情浅。

史达祖　　玲珑四犯·京口寄所思

阔甚吴天，顿放得、江南离绪多少。一雨为秋，凉气小窗先到。轻梦听彻风蒲，又散入、楚空清晓。问世间、愁在何处，不离澹烟衰草。　　簟纹独浸芙蓉影，想凄凄、欠郎偎抱。即今卧得云衣冷，山月仍相照。方悔翠袖，易分难聚，有玉香花笑。待雁来、先寄新词归去，且教知道。

高观国　　玲珑四犯·水外轻阴

水外轻阴，做弄得飞云，吹断晴絮。驻马桥西，还系旧时芳树。不见翠陌寻春，每问著、小桃无语。恨燕莺、不识闲情，却隔乱红飞去。　　少年曾识春风意，到如今、怨怀难诉。魂惊冉冉江南远，烟草愁如许。此意待写翠笺，奈断肠、都无新句。问甚时、舞凤歌鸾，花里再看仙侣。

李从周　　玲珑四犯·初拨琵琶

初拨琵琶，未肯信、知音真个稀少。尽日芳情，萦系玉人

怀抱。须待化作杨花，特地过、旧家池沼。想绮窗、刺绣迟了，半缕茜茸微绕。　　旧时眉妩贪相恼，到春来、为谁浓扫。新归燕子都曾识，不敢教知道。长是倦出绣幕，向梦里、重谋一笑。怎得同携手，花阶月地，把愁勾了。

方千里　　　　玲珑四犯·倾国名姝

倾国名姝，似晕雪匀酥，无限娇艳。素质闲姿，天赋淡蛾丰脸。还是睡起慵妆，顾鬓影、翠云零乱。怅平生、把鉴惊换，依约琐窗逢见。　　绣帏凝想鸳鸯荐，画屏烘、兽烟葱茜。依红傍粉怜香玉，聊慰风流眼。空叹倦客断肠，奈听彻、残更急点。仗梦魂一到，花月底、休飘散。

翁元龙　　　　玲珑四犯·窗外啼莺

窗外啼莺，报数日西园，花事都空。绣屋专房，姚魏渐邀新宠。葱翠试剪春畦，羞对酒、夜寒犹重。误暗期、绿架香洞，月黯小阶云冻。　　算春将揽邮亭鞚，柳成圈、记人迎送。蜀魂怨染岩花色，泥径红成陇。楼上半揭画帘，料看雨、玉笙寒拥。怕骤晴，无事消遣，日长清梦。

杨泽民　　　　玲珑四犯·韵胜江梅

韵胜江梅，笑杏俗桃粗，空眩妖艳。尽屏铅华，天赋翠眉丹脸。门闭昼永春长，看燕子、并飞撩乱。叹岁华若箭频换，深院有谁能见。　　夜来初得同相荐，便门阑、瑞烟葱茜。天然素质真颜色，直是惊人眼。曾向众里较量，似六个、骰儿六点。应自来恨闷，和想忆，都消散。

刘之才　　　　玲珑四犯·几叠云山

几叠云山，隔不断阑干，天外凝眺。秋与愁并，梧径雨痕先表。娇梦半握芙蓉，奈曲曲、翠屏深窈。问愁根，当年谁种，漠漠淡烟衰草。　　鸳鸯懒拂蘋花影，记眉妩、萦情多少。辘轳玉虎牵丝转，听尽秋釭晓。算谁念、卧云衣冷，香压金蟾小。写新词、先寄江鸿归去，且教知道。

陈允平　　　　玲珑四犯·金屋春深

金屋春深，似灼灼娉婷，真真娇艳。洗净铅华，依旧曲眉

丰脸。犹记舞歇凉州，渐缥缈、碧云缭乱。自玉环、宝镜偷换，别后甚时重见。　　鸾帏凤席鸳鸯荐，但空余、蕙芳兰茜。天涯柳色青青恨，不入东风眼。惆怅二十四桥，任落絮、飞花乱点。奈翠屏、一枕云雨梦，谁惊散。

曹　邃　　玲珑四犯·被召赋荼蘼

一架幽芳，自过了梅花，独占清绝。露叶檀心，香满万条晴雪。肌素净洗铅华，似弄玉、乍离瑶阙。看翠蛟、白凤飞舞，不管暮烟啼鴂。　　酒中风格天然别，记唐宫、赐樽芳冽。玉蕤唤得余春住，犹醉迷飞蝶。天气乍雨乍晴，长是伴、牡丹时节。夜散琼楼宴，金铺深掩，一庭香月。

谭宣子　　玲珑四犯·重过南楼用白石体赋

碧黯塞榆，黄销堤柳，危栏谁料重抚。才情犹未减，指点惊如许。当时共伊东顾，为辞家、怕吟鹦鹉。衮衮波光，悠悠云气，陶写几今古。　　生尘每怜微步，渺江空岁晚，知在何处。土花封玉树，恨极山阳赋。吹芗扇底余欢断，怎忘得、阴移庭午。离别苦，那堪听、敲窗冻雨。

周　密　　玲珑四犯·戏调梦窗

波暖尘香，正嫩日轻阴，摇荡清昼。几日新晴，初展绮枰纹绣。年少忍负韶华，尽占断、艳歌芳酒。看翠帘、蝶舞蜂喧，催趁禁烟时候。　　杏腮红透梅钿皱，燕将归、海棠厮句。寻芳较晚，东风约、还在刘郎后。凭问柳陌旧莺，人比似、垂杨谁瘦。倚画阑无语，春恨远、频回首。

张　炎　　玲珑四犯·杭友促归，调此寄意

流水人家，乍过了斜阳，一片苍树。怕听秋声，却是旧愁来处。因甚尚客殊乡，自笑我、被谁留住。问种桃、莫是前度，不拟桃花轻误。　　少年未识相思苦，最难禁、此时情绪。行云暗与风流散，方信别泪如雨。何况夜鹤帐空，怎奈向、如今归去。更可怜，闲里白了头，还知否。

城头月

调见《花草粹编》卷四宋马天骥词。因起句为“城头月色明如昼”，故以《城头月》为调名。双调，五十字，上下片各五句、三仄韵。

马天骥　　城头月·赠梁弥仙

城头月色明如昼，总是青霞有。酒醉茶醒，饥餐困睡，不把双眉皱。　坎离龙虎勤交媾，炼得丹将就。借问罗浮鹤侣，还似先生否。

黎道静　　城头月·阳光子夜开清昼

阳光子夜开清昼，照了无何有。弱水蓬莱，河车忽动，万项金波皱。　红铅墨汞相交媾，片饷丹成就。把握阴阳，一钟造化，此诀人知否。

李昴英　　城头月·工夫作用中宵昼

和广帅马方山韵赠斗南楼道士青霞梁弥仙

工夫作用中宵昼，点化无中有。真气长存，童颜不改，底用呵磨皱。　一身二五之精媾，积得婴儿就。试问霞翁，三田熟未，还解飞冲否。

城里钟

此调本名《菩萨蛮》，因贺铸词有“多谢五更风，犹闻城里钟”句，故更名《城里钟》。详见《菩萨蛮》条。

贺　铸　　城里钟·厌厌别酒商歌送

厌厌别酒商歌送，萧萧凉叶秋声动。小泊画桥东，孤舟月满篷。　高城遮短梦，衾藉余香拥。多谢五更风，犹闻城里钟。

荆溪咏

此调本名《渔家傲》，贺铸词名《荆溪咏》。详见《渔家傲》条。

贺　铸　　　荆溪咏·南岳去天才尺五

南岳去天才尺五，荆溪笠泽相吞吐。十日一风仍再雨，宜禾黍，秋成处处宜禾黍。　　坊市万家连岛屿，长杨□□□□□。□□□□□□□，能歌舞，刘郎不□□□□。

荐金焦

调见仇远《无弦琴谱》卷一。单调，二十八字。五句，二仄韵，二平韵。平、仄韵互换。

仇　远　　　荐金焦·梅边当日江南信

梅边当日江南信，醉语无凭准。斜阳丹叶一帘秋，燕去鸿来，相忆几时休。

茶瓶儿

调见《花庵词选》，始自北宋李元膺。双调数体。有五十六字，上片五句、四仄韵，下片五句、五仄韵；尚有五十四字，上下片各四句、四仄韵；还有五十四字，上片四句、四仄韵，下片五句、四仄韵、一叠韵。

李元膺　　　茶瓶儿·去年相逢深院宇

去年相逢深院宇，海棠下、曾歌金缕。歌罢花如雨，翠罗衫上，点点红无数。　　今岁重寻携手处，空物是、人非春暮。回首青门路，乱红飞絮，相逐东风去。

赵彦端　　　茶瓶儿·上元

澹月华灯春夜，送东风、柳烟梅麝。宝钗宫髻连娇马，似

记得、帝乡游冶。　　悦亲戚之情话，况溪山、坐中如画。凌波微步人归也，看酒醒、凤鸾谁跨。

石孝友　　茶瓶儿·相对盈盈一水

相对盈盈一水，多声价、开名得字。刚能见也还抛弃，负了万红千翠。　　留无计，来无计，□□□、成何况味。而今若没些儿事，却枉了、做人一世。

胡捣练

又名《望仙楼》、《胡捣练令》。有四十七字、四十八字、五十字数体。皆上下片各四句、三仄韵。调见宋晏殊《珠玉词》。

晏　殊　　胡捣练·小桃花与早梅花

小桃花与早梅花，尽是芳妍品格。未上东风先拆，分付春消息。　　佳人钗上玉尊前，朵朵秾香堪惜。谁把彩毫描得，免恁轻抛掷。

杜安世　　胡捣练·数枝半敛半开时

数枝半敛半开时，洞阁晓妆新注。宝香格艳姿天赋，甘被群芳妒。　　狂风横雨且相饶，又恐有彩云迎去。牵破少年心情，无计为长主。

晏几道　　胡捣练·小亭初报一枝梅

小亭初报一枝梅，惹起江南归兴。遥想玉溪风景，水漾横斜影。　　异香直到醉乡中，醉后还因香醒。好是玉容相并，人与花争莹。

胡捣练令

即《胡捣练》，宋韩维词名《胡捣练令》，见《南阳词》。详见《胡捣练》条。

韩　维　　胡捣练令·夜来风横雨飞狂

夜来风横雨飞狂，满地闲花衰草。燕子渐归春悄，帘幕垂清晓。　天将佳景与闲人，美酒宁嫌华皓。留取旧时欢笑，莫共秋光老。

荔 子 丹

调见《高丽史·乐志》宋无名氏词。双调，五十三字，上下片各四句、三平韵。此调只无名氏一词。

无名氏　　荔子丹·斗巧宫妆扫翠眉

斗巧宫妆扫翠眉，相唤折花枝。晓来深入艳芳里，红香散，露浥在罗衣。　盈盈巧笑咏新词，舞态画娇姿。袅娜文回迎宴处，簇神仙、会赴瑶池。

荔 枝 香

《唐史·乐志》："帝幸骊山，贵妃生日，命小部张乐长生殿。奏新曲，未有名。会南方进荔枝，因名荔枝香。"调见《乐章集》卷中宋柳永词。又名《荔枝香近》。双调数体。其七十六字，上下片各七句、六仄韵为正体；其七十五字，上下片各七句、四仄韵为变体；其七十三字，上片七句、三仄韵，下片七句、四仄韵为又一变体等。

柳　永　　荔枝香·甚处寻芳赏翠

甚处寻芳赏翠，归去晚。缓步罗袜生尘，来绕琼筵看。金缕霞衣轻褪，似觉春游倦。遥认，众里盈盈好身段。　拟回首，又伫立、帘帏畔。素脸红眉，时揭盖头微见。笑整金翘，一点芳心在娇眼，王孙空恁肠断。

方千里　　荔枝香·胜日登临幽趣

胜日登临幽趣，乘兴去。翠壁古木千章，林影生寒雾。空濛冷湿人衣，山路元无雨。深涧、斗泻飞泉溜甘乳。　渔唱

晚，看小棹、归前浦。笑指官桥，风飐酒旗斜举。还脱宫袍，一醉芳杯倒鹦鹉，幸有雕章蜡炬。

方千里　　　荔枝香·小园花梢雨歇

小园花梢雨歇，浪羞泫。碧瓦光霁，罗幕香浮，莺啼燕语交加，是处池馆春遍。风外、认得笙歌近远。　　醉魂半萦，夜酒吹未散。暗忆年时，正日赴、西池宴。笑携艳质，郢曲新声妙如剪，有愁容易排遣。

杨泽民　　　荔枝香·瞰水自多佳处

瞰水自多佳处，春未去。绣桷斗起凌空，隐隐笼轻雾。已飞画栋朝云，又卷西山雨。相与、共煮新茶取花乳。　　开宴处，俯北榭、临南浦。迤逦扁舟，双桨棹歌齐举。座上嘉宾，妙句无非赋鹦鹉，莫惜高烧蜡炬。

杨泽民　　荔枝香·未论离亭话别

未论离亭话别，涕先泫。旋涤瑶觯，深挹芳醪，凝愁满眼。偎人大白须卷，歌遍，三劝。记得当时送□远。　　素蟾屡明晦，彩云易散。后约难知，又却似、阳关宴。乌丝写恨，帕子分香为郎剪，愿郎安信频遣。

荔枝香近

即《荔枝香》，《片玉集》卷一宋周邦彦词名《荔枝香近》。详见《荔枝香》条。

周邦彦　　　荔枝香近·照水残红零乱

照水残红零乱，风唤去。尽日恻恻轻寒，帘底吹香雾。黄昏客枕无憀，细响当窗雨，看两两相依燕新乳。　　楼下水，渐绿遍、行舟浦。暮往朝来，心逐片帆轻举。何日迎门，小槛朱笼报鹦鹉，共剪西窗蜜炬。

周邦彦　　荔枝香近·夜来寒侵酒席

夜来寒侵酒席，露微泫。舄履初会，香泽方薰，无端暗雨

催人，但怪灯偏帘卷。回顾，始觉惊鸿去云远。　　大都世间，最苦唯聚散。到得春残，看即是、开离宴。细思别后，柳眼花须更谁剪，此怀何处消遣。

袁去华　　荔枝香近·晓来丹枫过雨

晓来丹枫过雨，净如扫。霜空横雁，寒日翻鸦，惊嗟岁月如流，更被酒迷花恼。转眼吴霜，点鬓催老。　　细思欢游旧事，还自笑。断雨残云，都总似、梦初觉。锦鳞书断，宝箧香销向谁表，尽情说似啼鸟。

赵以夫　　荔枝香近·翡翠丛中

乐府有荔支香调，似因物命题而亡其词，辄为补赋

翡翠丛中，万点星球小。怪得鼻观香清，凉馆薰风透。冰盘快剥轻红，滑凝水晶皱。风姿，姑射仙人正年少。　　红尘一骑，曾博妃子笑。休比葡萄，也尽压江瑶倒。诗情放逸，更判琼浆和月醑，细度冰霜新调。

吴文英　　荔枝香近·送人游南徐

锦带吴钩，征思横雁水。夜吟敲落霜红，船傍枫桥系。相思不管年华，唤酒吴娃市，因话、驻马新堤步秋绮。　　淮楚尾，暮云送、人千里。细雨南楼，香密锦温曾醉。花谷依然，秀靥偷春小桃李，为语梦窗憔悴。

吴文英　　荔枝香近·七夕

睡轻时闻，晚鹊噪庭树。又说今夕天津，西畔重欢遇。蛛丝暗锁红楼，燕子穿帘处，天上、未比人间更情苦。　　秋鬓改，妒月姊、长眉妩。过雨西风，数叶井梧愁舞。梦入蓝桥，几点疏星映朱户，泪湿沙边凝伫。

陈允平　　荔枝香近·杜宇声声频唤

杜宇声声频唤，春渐去。暗碧柳色依依，湖上迷青雾。残香净洗红兰，昨夜朱铅雨。金泥帐底，双虬自沉乳。　　天际，渐迤逦片帆南浦。一笑蔷薇，别后酒杯慵举。江上琵琶，莫遣东风误鹦鹉，泪拥通宵蜡炬。

陈允平　　荔枝香近·脸霞香销粉薄

脸霞香销粉薄，泪偷泫。叆叆金兽，沉水微薰，入帘绿树春阴，糁径红英风卷。芳草怨碧，王孙渐远。　锦屏梦回，恍觉云雨散。玉瑟无心理，懒醉琼花宴。宝钗翠滑，一缕青丝为君剪，别情谁更排遣。

南乡子

又名《仙乡子》、《好离乡》、《莫思乡》、《减字南乡子》、《蕉叶怨》、《画舸》、《鹧鸪啼》、《拨燕巢》，唐教坊曲名。以咏南中风物为题，故名。有单调、双调之分。单调二十七字、五句、两平韵、三仄韵，亦有二十八字、五句、两平韵、三仄韵，还有三十字、六句、两平韵、三仄韵。双调五十四字，上下片各五句、四平韵。亦有五十六字，上下片各五句、四平韵。还有五十八字，上下片各六句、四平韵。

张　先　　南乡子·何处可魂消

何处可魂消，京口终朝两信潮。不管离心千叠恨，滔滔，催促行人动去桡。　记得旧江皋，绿杨轻絮几条条。春水一篙残照阔，遥遥，有个多情立画桥。

张　先　　南乡子·中秋不见月

一作南徐中秋

潮上水清浑，棹影轻于水底云。去意徘徊无奈泪，衣巾，犹有当时粉黛痕。　海近古城昏，暮角寒沙雁队分。今夜相思应看月，无人，露冷依前独掩门。

张　先　　南乡子·相并细腰身

送客过余溪，听天隐二玉鼓胡琴

相并细腰身，时样宫妆一样新。曲项胡琴鱼尾拨，离人，入塞弦声水上闻。　天碧染衣巾，血色轻罗碎折裙。百卉已随霜女妒，东君，暗折双花借小春。

沈　唐　　南乡子·朝觐俯尧阶

朝觐俯尧阶，宠拜新恩天上回。欢动边城十万户，民怀，

荣见旌旗却再来。　　清晓敞铃齐，庭下鸣鼍绮宴开。红袖两行频捧劝，金□，利市应销十二钗。

欧阳修　　　南乡子·翠密红繁

翠密红繁，水国凉生未是寒。雨打荷花珠不定，轻翻，冷泼鸳鸯锦翅斑。　　尽日凭阑，弄蕊拈花仔细看。偷得裛蹄新铸样，无端，藏在红房艳粉间。

欧阳修　　　南乡子·雨后斜阳

雨后斜阳，细细风来细细香。风定波平花映水，休藏，照出轻盈半面妆。　　路隔秋江，莲子深深隐翠房。意在莲心无问处，难忘，泪裛红腮不记行。

欧阳修　　　南乡子·浅浅画双眉

浅浅画双眉，取次梳妆也便宜。洒着胭脂红扑面，须知，更有何人得似伊。　　宝帐烛残时，好个温柔模样儿。月里仙郎清似玉，相期，些子精神更与谁。

欧阳修　　　南乡子·好个人人

好个人人，深点唇儿淡抹腮。花下相逢，忙走怕人猜，遗下弓弓小绣鞋。　　刬袜重来，半亸乌云金凤钗。行笑行行连抱得，相挨，一向娇痴不下怀。

欧阳修　　　南乡子·细雨湿花

细雨湿花，芳草年年惹恨长。烟锁画楼无限事，茫茫，粉鉴鸳衾两断肠。　　魂梦悠扬，嚏起杨花满绣床。薄幸不来门半掩，斜阳，负你残春泪两行。

荣　谭　　　南乡子·江上野梅芳

江上野梅芳，粉色盈盈照路傍。闲折一枝和雪嗅，思量，似个人人玉体香。　　特地起愁肠，此恨谁人与寄将。山馆寂寥天欲暮，凄凉，人转迢迢路转长。

王安石　　　南乡子·嗟见世间人

嗟见世间人，但有纤毫即是尘。不住旧时无相貌，沉沦，

只为从来认识神。　　作么有疏亲，我自降魔转法轮。不是摄心除妄想，求真，幻化空身即法身。

王安石　　南乡子·自古帝王州

自古帝王州，郁郁葱葱佳气浮。四百年来成一梦，堪愁，晋代衣冠成古丘。　　绕水恣行游，上尽层城更上楼。往事悠悠君莫问，回头，槛外长江空自流。

晏几道　　南乡子·渌水带青潮

渌水带青潮，水上朱阑小渡桥。桥上女儿双笑靥，妖娆，倚著阑干弄柳条。　　月夜落花朝，减字偷声按玉箫。柳外行人回首处，迢迢，若比银河路更遥。

晏几道　　南乡子·小蕊受春风

小蕊受春风，日日宫花花树中。恰向柳绵撩乱处，相逢，笑靥旁边心字浓。　　归路草茸茸，家在秦楼更近东。醒去醉来无限事，谁同，说著西池满面红。

晏几道　　南乡子·花落未须悲

花落未须悲，红蕊明年又满枝。惟有花间人别后，无期，水阔山长雁字迟。　　今日最相思，记得攀条话别离。共说春来春去事，多时，一点愁心入翠眉。

晏几道　　南乡子·何处别时难

何处别时难，玉指偷将粉泪弹。记得来时楼上烛，初残，待得清霜满画阑。　　不惯独眠寒，自解罗衣衬枕檀。百媚也应愁不睡，更阑，恼乱心情半被闲。

晏几道　　南乡子·画鸭懒熏香

画鸭懒熏香，绣茵犹展旧鸳鸯。不似同衾愁易晓，空床，细剔银灯怨漏长。　　几夜月波凉，梦魂随月到兰房。残睡觉来人又远，难忘，便是无情也断肠。

晏几道　　南乡子·眼约也应虚

眼约也应虚，昨夜归来凤枕孤。且据如今情分里，相於，

只恐多时不似初。　　深意托双鱼，小翦蛮笺细字书。更把此情重问得，何如，共结因缘久远无。

晏几道　　南乡子·新月又如眉

新月又如眉，长笛谁教月下吹。楼倚暮云初见雁，南飞，漫道行人雁后归。　　意欲梦佳期，梦里关山路不知。却待短书来破恨，应迟，还是凉生玉枕时。

苏　轼　　南乡子·春情

晚景落琼杯，照眼云山翠作堆。认得岷峨春雪浪，初来，万顷蒲萄涨渌醅。　　暮雨暗阳台，乱洒高楼湿粉腮。一阵东风来卷地，吹回，落照江天一半开。

苏　轼　　南乡子·梅花词和杨元素

寒雀满疏篱，争抱寒柯看玉蕤。忽见客来花下坐，惊飞，蹋散芳英落酒卮。　　痛饮又能诗，坐客无毡醉不知。花尽酒阑春到也，离离，一点微酸已著枝。

苏　轼　　南乡子·席上劝李公择酒

不到谢公台，明月清风好在哉。旧日髯孙何处去，重来，短李风流更上才。　　秋色渐摧颓，满院黄英映酒杯。看取桃花春二月，争开，尽是刘郎去后栽。

苏　轼　　南乡子·重九涵辉楼呈徐君猷

霜降水痕收，浅碧鳞鳞露远洲。酒力渐消风力软，飕飕，破帽多情却恋头。　　佳节若为酬，但把清尊断送秋。万事到头都是梦，休休，明日黄花蝶也愁。

苏　轼　　南乡子·送述古

回首乱山横，不见居人只见城。谁似临平山上塔，亭亭，迎客西来送客行。　　归路晚风清，一枕初寒梦不成。今夜残灯斜照处，荧荧，秋雨晴时泪不晴。

苏　轼　　南乡子·有感

冰雪透香肌，姑射仙人不似伊。濯锦江头新样锦，非宜，

故著寻常淡薄衣。　　暖日下重帏，春睡香凝索起迟。曼倩风流缘底事，当时，爱被西真唤作儿。

苏　轼　　　　南乡子·和杨元素

东武望余杭，云海天涯两杳茫。何日功成名遂了，还乡，醉笑陪公三万场。　　不用诉离觞，痛饮从来别有肠。今夜送归灯火冷，河塘，堕泪羊公却姓杨。

苏　轼　　　　南乡子·自述

凉簟碧纱厨，一枕清风昼睡余。睡听晚衙无一事，徐徐，读尽床头几卷书。　　搔首赋归欤，自觉功名懒更疏。若问使君才与术，何如，占得人间一味愚。

苏　轼　　　　南乡子·裙带石榴红

沈强辅雯上出犀丽玉作胡琴，送元素还朝，同子野各赋一首

裙带石榴红，却水殷勤解赠侬。应许逐鸡鸡莫怕，相逢，一点灵犀必暗通。　　何处遇良工，琢刻天真半欲空。愿作龙香双凤拨，轻拢，长在环儿白雪胸。

苏　轼　　　　南乡子·赠行

旌旆满江湖，诏发楼船万舳舻。投笔将军因笑我，迂儒，帕首腰刀是丈夫。　　粉泪怨离居，喜子垂窗报捷书。试问伏波三万语，何如，一斛明珠换绿珠。

苏　轼　　　　南乡子·双荔支

天与化工知，赐得衣裳总是绯。每向华堂深处见，怜伊，两个心肠一片儿。　　自小便相随，绮席歌筵不暂离。苦恨人人分拆破，东西，怎得成双似旧时。

苏　轼　　　　南乡子·集句之一

寒玉细凝肤(吴融)，清歌一曲倒金壶(郑谷)。冶叶倡条偏相识(李商隐)，争如，豆蔻花梢二月初(杜牧)。　　年少即须臾，芳时偷得醉工夫(白居易)。罗帐细垂银烛背(韩偓)，欢娱，豁得平生俊气无(杜牧)。

苏　轼　　　　南乡子·集句之二

怅望送春杯(杜牧)，渐老逢春能几回(杜甫)。花满楚城愁远别(许浑)，伤怀，何况清丝急管催(刘禹锡)。　　吟断望乡台(李商隐)，万里归心独上来(许浑)。景物登临闲始见(杜牧)，徘徊，一寸相思一寸灰(李商隐)。

苏　轼　　　　南乡子·集句之三

何处倚阑干(杜牧)，弦管高楼月正圆(杜牧)。蝴蝶梦中家万里(崔涂)，依然，老去愁来强自宽(杜甫)。　　明镜借红颜(李商隐)，须著人间比梦间(韩愈)。蜡烛半笼金翡翠(李商隐)，更阑，绣被焚香独自眠(许浑)。

苏　轼　　　　南乡子·用韵和道辅

未倦长卿游，漫舞夭歌烂不收。不是使君能矫世，谁留，教有琼梳脱麝油。　　香粉镂金球，花艳红笺笔欲流。从此丹唇并皓齿，清柔，唱遍山东一百州。

苏　轼　　南乡子·用前韵赠田叔通家舞鬟

绣鞅玉镮游，灯晃帘疏笑却收。久立香车催欲上，还留，更且檀唇点杏油。　　花遍六幺球，面旋回风带雪流。春入腰肢金缕细，轻柔，种柳应须柳柳州。

苏　轼　　　　南乡子·宿州上元

千骑试春游，小雨如酥落便收。能使江东归老客，迟留，白酒无声滑泻油。　　飞火乱星球，浅黛横波翠欲流。不似白云乡外冷，温柔，此去淮南第一州。

李之仪　　　　南乡子·春后雨余天

春后雨余天，娅姹黄鹂胜品弦。榴叶千灯初报暑，阶前，只有茶瓯味最便。　　身世几蹁跹，自觉年来更可怜。欲问此情何所似，缘延，看取窗间坠柳绵。

李之仪　　　　南乡子·夏日作

绿水满池塘，点水蜻蜓避燕忙。杏子压枝黄半熟，邻墙，

风送荷花几阵香。　　角簟衬牙床，汗透鲛绡昼影长。点滴芭蕉疏雨过，微凉，画角悠悠送夕阳。

李之仪　　南乡子·睡起绕回塘

睡起绕回塘，不见衔泥燕子忙。前日花梢都绿遍，西墙，犹有轻风递暗香。　　步懒恰寻床，卧看游丝到地长。自恨无聊常病酒，凄凉，岂有才情似沈阳。

李之仪　　南乡子·端午

小雨湿黄昏，重午佳辰独掩门。巢燕引雏浑去尽，销魂，空向梁间觅宿痕。　　客舍宛如村，好事无人载一樽。唯有莺声知此恨，殷勤，恰似当时枕上闻。

李之仪　　南乡子·泪眼转天昏

泪眼转天昏，去路迢迢隔九门。角黍满盘无意举，凝魂，不为当时泽畔痕。　　肠断武陵村，骨冷难同月下樽。强泛菖蒲酬令节，空勤，风叶萧萧不忍闻。

李之仪　　南乡子·夜雨滴空阶

夜雨滴空阶，想见尊前赋咏才。更觉鸣蛙如鼓吹，安排，惆怅流光去不回。　　万事已成灰，只这些儿尚满怀。刚被北风吹晓角，相催，不许时间入梦来。

黄庭坚　　南乡子·招唤欲千回

今年重九，知命已向成都，感之，次韵

招唤欲千回，暂得尊前笑口开。万水千山还么去，悠哉，酒面黄花欲醉谁。　　顾影又徘徊，立到斜风细雨吹。见我未衰容易去，还来，不道年年即渐衰。

黄庭坚　　南乡子·未报贾船回

未报贾船回，三径荒锄菊卧开。想得邻船霜笛罢，沾衣，不为涪翁更为谁。　　风力裊萸枝，酒面红鳞惬细吹。莫笑插花和事老，摧颓，却向人间耐盛衰。

黄庭坚　　南乡子·黄菊满东篱

黄菊满东篱，与客携壶上翠微。已是有花兼有酒，良期，

不用登临恨落晖。　　满酌不须辞，莫待无花空折枝。寂寞酒醒人散后，堪悲，节去蜂愁蝶不知。

黄庭坚　　南乡子·卧稻雨余收

重阳日寄怀永康彭道微使君，用坡旧韵

卧稻雨余收，处处游人簇远洲。白发又扶红袖醉，戎州，乱折黄花插满头。　　青眼想风流，画出西楼一帧秋。还把去年欢意舞，梁州，塞雁西来特地愁。

黄庭坚　南乡子·重阳日宜州城楼宴集即席作

诸将说封侯，短笛长歌独倚楼。万事尽随风雨去，休休，戏马台南金络头。　　催酒莫迟留，酒味今秋似去秋。花向老人头上笑，羞羞，白发簪花不解愁。

黄叔达　　南乡子·落帽晚风回

落帽晚风回，又报黄花一番开。扶杖老人心未老，堪咍，漫有才情付与谁。　　芳意正徘徊，传与西风且慢吹。明日余尊还共倒，重来，未必秋香一夜衰。

秦　观　　南乡子·妙手写徽真

妙手写徽真，水剪双眸点绛唇。疑是昔年窥宋玉，东邻，只露墙头一半身。　　往事已酸辛，谁记当年翠黛颦。尽道有些堪恨处，无情，任是无情也动人。

秦　观　　南乡子·月色满湖村

月色满湖村，枫叶芦花共断魂。好个霜天堪把盏，芳樽，一榻凝尘空掩门。　　此意与谁论，独倚阑干看雁群。篱下黄花开遍了，东君，一向天涯信不闻。

贺　铸　　南乡子·秋半雨凉天

秋半雨凉天，望后清蟾未破圆。二十四桥游冶处，留连，携手娇娆步步莲。　　眉宇有余妍，初破瓜时正妙年。玉局弹棋无限意，缠绵，肠断吴蚕两处眠。

贺　铸　　南乡子·柳岸舣兰舟

柳岸舣兰舟，更结东山谢氏游。红泪清歌催落景，回头，

□出尊前一段愁。　　东水漫西流，谁道行云肯驻留。无限鲜飙吹芷若，汀洲，生羡鸳鸯得自由。

陈师道　　南乡子·九日用东坡韵

晴野下田收，照影寒江落雁洲。禅榻茶炉深闭阁，飕飕，横雨旁风不到头。　　登览却轻酬，剩作新诗报答秋。人意自阑花自好，休休，今日看时蝶也愁。

陈师道　　南乡子·潮落去帆收

潮落去帆收，沙涨江回旋作洲。侧帽独行斜照里，飕飕，卷地风前更掉头。　　语妙后难酬，回雁峰南未得秋。唤取佳人听旧曲，休休，瘴雨无花孰与愁。

陈师道　　南乡子·急雨打寒窗

急雨打寒窗，雨气侵灯暗壁缸。窗下有人挑锦字，行行，泪湿红绡减旧香。　　往事最难忘，更著秋声说断肠。曲渚圆沙风叶底，藏藏，谁使鸳鸯故作双。

陈师道　　南乡子·阴重雨垂垂

阴重雨垂垂，并马西郊试薄衣。红蕊未开花已过，迟迟，不见东风著意时。　　酒到更须辞，报答春光旧有期。勤苦著书妨作乐，痴痴，莫学衰翁万事非。

陈师道　　南乡子·风絮落东邻　并引

晁大夫增饰披云，务欲压黄楼，而张、马二子，皆当年尊下世所谓英英、盼盼者。盼卒，英嫁，而盼之子莹，颇有家风，而曹妓未有显者，黄楼不可胜也。作南乡子以歌之

风絮落东邻，点缀繁枝旋化尘。关锁玉楼巢燕子，冥冥，桃李摧残不见春。　　流转到如今，翡翠生儿翠作衿。花样腰身官样立，婷婷，困倚阑干一欠伸。

陈师道　　南乡子·咏棣棠菊

乱蕊压枝繁，堆积金钱闹作团。晚起涂黄仍带酒，看看，衣剩腰肢故著单。　　薄瘦却禁寒，牵引人心不放阑。拟折一枝遮老眼，难难，蝶横蜂争只倚阑。

陈师道　　南乡子·袅娜破瓜余

袅娜破瓜余，豆蔻梢头二月初。众里腰肢遥可识，应殊，暗里犹能摸得渠。　　醉侧不须扶，唤作周家行画图。背立欠伸花絮底，知无，未信丹青画得如。

周邦彦　　南乡子·晨色动妆楼

晨色动妆楼，短烛荧荧悄未收。自在开帘风不定，飕飕，池面冰澌趁水流。　　早起怯梳头，欲绾云鬟又却休。不会沉吟思底事，凝眸，两点春山满镜愁。

周邦彦　　南乡子·秋气绕城闉

秋气绕城闉，暮角寒鸦未掩门。记得佳人冲雨别，吟分，别绪多于雨后云。　　小棹碧溪津，恰似江南第一春。应是采莲闲伴侣，相寻，收取莲心与旧人。

周邦彦　　南乡子·寒夜梦初醒

寒夜梦初醒，行尽江南万里程。早是愁来无会处，时听，败叶相传细雨声。　　书信也无凭，万事由他别后情。谁信归来须及早，长亭，短帽轻衫走马迎。

周邦彦　　南乡子·咏秋夜

户外井桐飘，淡月疏星共寂寥。恐怕霜寒初索被，中宵，已觉秋声引雁高。　　罗带束纤腰，自剪灯花试彩毫。收起一封江北信，明朝，为问江头早晚潮。

周邦彦　　南乡子·拨燕巢

轻软舞时腰，初学吹笙苦未调。谁遣有情知事早，相撩，暗举罗巾远见招。　　痴騃一团娇，自折长条拨燕巢。不道有人潜看著，从教，掉下鬟心与凤翘。

周邦彦　　南乡子·秋怀

夜阔梦难收，宋玉多情我结俦。千点漏声万点泪，悠悠，霜月鸡声几段愁。　难展皱眉头，怨句哀吟送客秋。蟋蟀床前调夜曲，啾啾，又听惊人雁过楼。

谢　逸　　　南乡子·浅色染春衣

浅色染春衣，衣上双双小雁飞。袖卷藕丝寒玉瘦，弹棋，赢得尊前酒一卮。　　冰雪拂胭脂，绛蜡香融落日西。唱彻阳关人欲去，依依，醉眼横波翠黛低。

葛胜仲　南乡子·三月望日与文中诸贤泛舟南溪作

柳岸正飞绵，选胜斋轻漾碧涟。笑语忘怀机事尽，鸥边，万顷溪光上下天。　　菰苇久延缘，不觉遥峰霭暮烟。对酒莫嫌红粉陋，婵娟，自有孤高月妇仙。

葛胜仲　　南乡子·九日用玉局翁韵作呈坐上诸公

晴日乱云收，人在蘋香柳恽洲。溪上清风楼上醉，飕飕，共折黄花插满头。　　佳客献还酬，不负山城九日秋。萏碧下青供酩酊，休休，楚客当年浪自愁。

葛胜仲　　　南乡子·九日

拂槛晓云鲜，销暑楼危竦半天。曾是携宾当荐九，开筵，度水萦山奏管弦。　　黄菊映华颠，千骑重来已六年。楼下东流当日水，依然，更对周旋旧七贤。

葛胜仲　　南乡子·九日黄刚定再索席间作

秋水莹精神，靖节先生太逼真。谈麈生风霏玉屑，津津，爽气泠然欲侵人。　　一座尽生春，满引琼觞已半醺。更把黄花寿彭祖，盈盈，数阕新声又遏云。

张继先　　　南乡子·和元规

无奈这群迷，味色声中若系羁。尽任改头兼换面，何悲，不染伊时不管伊。　　春去又秋兮，莫遣空逾十二时。好把自然真妙旨，修为，尘事萦仍道甚希。

张继先　　南乡子·久不上春台

久不上春台，直待将身跨九垓。懒向人间深有谓，氛埃，难趁邪风伤圣胎。　　水槛映山斋，赏遍从容首自回。长谢故人书曲意，徽哉，赢得腰琴拂袂来。

叶梦得　　南乡子·池亭新成晚步

浅碧蘸鳞鳞，照眼全无一点尘。百草千花都过了，初新，翠竹高槐不占春。　　歌啸堕纶巾，午醉醒来尚欠伸。待得月明归去也，青蘋，更有凉风解送人。

叶梦得　　南乡子·自后圃晚步湖上

小院雨新晴，初听黄鹂第一声。满地绿阴人不到，盈盈，一点孤花尚有情。　　却傍水边行，叶底跳鱼浪自惊。日暮小舟何处去，斜横，冲破波痕久未平。

叶梦得　　南乡子·山畔小池台

癸卯，种梅于西岩，地瘦难立，石间无花开。今岁十一月，辄先开数枝，喜之，为赋

山畔小池台，曾记幽人著意栽。乱石参差春至晚，徘徊，素景冲寒却自开。　　绝艳照琼瑰，孤负芳心巧剪裁。应恐练裙惊缟夜，残杯，且放疏枝待我来。

朱敦儒　　南乡子·宫样细腰身

宫样细腰身，玉带罗衫稳试新。小底走来宣对御，催频，曲殿西厢小苑门。　　歌舞斗轻盈，不许杨花上锦茵。劝得君王真个醉，承恩，金凤红袍印粉痕。

朱敦儒　　南乡子·风雪打黄昏

风雪打黄昏，别殿无人早闭门。拜了天香罗袖冷，低颦，催灭银灯解绣裙。　　金鸭卧残薰，看破屏风数泪痕。回首昭阳天样远，销魂，又过梅花一番春。

向子諲　　南乡子·大雪韩叔夏坐中

梅与雪争姝，试问春风管得无。除去个人多样态，谁如，细把冰姿比玉肤。　　一曲倒金壶，既醉仍烦翠袖扶。同向凌风台上看，何如，且与芗林作画图。

蔡　伸　　南乡子·天外雨初收

天外雨初收，风紧云轻已变秋。邂逅故人同一笑，迟留，

聚散人生宜自谋。　　去路指南州，万顷云涛一叶舟。莫话太湖波浪险，归休，人在溪边正倚楼。

蔡　伸　　南乡子·木落雁南翔

宣和壬寅，予与向伯恭俱为大漕属官，向有词云：“凭书续断肠。”因为此词

木落雁南翔，锦鲤殷勤为渡江。泪墨银钩相忆字，成行，滴损云笺小凤皇。　　陈事费思量，回首烟波卷夕阳。尽道凭书聊破恨，难忘，及至书来更断肠。

韩世忠　　南乡子·人有几何般

人有几何般，富贵荣华总是闲。自古英雄都如梦，为官，宝玉妻男宿业缠。　　年迈衰残，鬓发苍浪骨髓干。不道山林有好处，贪欢，只恐痴迷误了贤。

花仲胤　　南乡子·顿首起情人

顿首起情人，即日恭维问好音。接得彩笺词一首，堪惊，题起词名恨转生。　　展转意多情，寄与音书不志诚。不写伊川题尹字，无心，料想伊家不要人。

张　浚　　南乡子·迟日惠风柔

迟日惠风柔，桃李成阴绿渐稠。把酒樽前逢盛旦，凝眸，十里松湖瑞气浮。　　功业古难侔，宜在凌烟更上头。已向眉间浮喜气，风流，千岁三分万户侯。

张元幹　　南乡子·寿

山寺辋川图，霜叶云林锦绣居。寿斝浮春珠翠拥，欢娱，满院流泉绕绮疏。　　道气自肤腴，几席轻尘一点无。天要耆英修相业，清都，已有泥书降玉除。

吕渭老　　南乡子·小雨阻行舟

小雨阻行舟，人在烟林古渡头。欲挈一尊相就醉，无由，谁见横波入鬓流。　　百计不迟留，明月他时独上楼。水尽又山山又水，温柔，占断江南万斛愁。

吕渭老　　　南乡子·樊子唤春归

樊子唤春归，梦逐杨花满院飞。吹过西家人不见，依依，萍点荷钱又满池。　　屈指数佳期，何日凭肩对展眉。倾尽十分应不醉，迟迟，何惜樱桃杏子时。

王之道　　　南乡子·陈南仲生日

遗爱满南州，千骑曾为万里游。琳馆归来，无责更无忧，坐听笙歌醉玉舟。　　香雾郁金虬，春入梅花助献酬。请祝遐年，长笑挹浮丘，何止莘君一百筹。

王之道　　南乡子·寄和潘教授元宾喜晴

天际彩虹垂，风起痴云快一吹。原隰畇畇，春水更弥弥，布谷期从野鸟知。　　初霁卷帘时，巷陌泥融燕子飞。午醉醒来，红日欲平西，一碗新茶乳面肥。

王之道　　南乡子·和张元助通判赋雪

出户绣帘垂，拂面从他细细吹。乘兴有谁招访戴，难为，暖帐薰炉醉不知。　　闲看逐风时，欲著梅花又却飞。雅兴佳人回舞袂，相宜，试比冰肌可煞肥。

王之道　　　南乡子·用韵赋杨花

春霁柳花垂，娇软轻狂不待吹。圆欲成球还复碎，谁为，习习和风却旧知。　　深院日长时，乱扑珠帘入坐飞。试问荻芽生也未，偏宜，出网河豚美更肥。

王之道　　　南乡子·追和东坡重九

风急断虹收，孤鹜摇摇下荻洲。醉帽尽从吹落去，飕飕，幸有黄花插满头。　　君唱我当酬，千里湖山照眼秋。不见故人思故国，休休，一阕清歌听解愁。

王之道　　　南乡子·赠何彦道侍儿

翠袖熨沉香，黛拂修蛾淡淡妆。消得多情钟傅粉，何郎，风动珠帘月半床。　　素手捧瑶觞，谁念苏州已断肠。夜雨不随歌扇歇，浪浪，归去无心赋海棠。

吴　亿　　　南乡子·江上雪初消

江上雪初消，暖日晴烟弄柳条。认得裙腰芳草路，魂消，曾折梅花过断桥。　　潘鬓为谁凋，长恨金闺闭阿娇。遥想晚妆呵手罢，天饶，更傍珠唇暖玉箫。

李　石　　　南乡子·十月海棠

十月小春天，红叶红花半雨烟。点滴红酥真耐冷，争先，夺取梅魂斗雪妍。　　坐待晓莺迁，织女机头蜀锦川。枝上绿毛幺凤子，飞仙，乞与双双作被眠。

李　石　　　南乡子·醉饮

裹帽捻吟须，我是蓬莱旧酒徒。除了茅君谁是伴，麻姑，洞里仙浆不用沽。　　弱水渺江湖，醉里笙歌醉里扶。纵饮菊潭餐菊蕊，茱萸，医得人间瘦也无。

曾　觌　　　南乡子·文叔开尊席上作

霜月晚云收，萧瑟西风满院秋。雅会难期嗟易散，迟留，把酒听歌且劝酬。　　万事拚悠悠，只有情亲意未休。后夜扁舟烟浪里，回头，叶叶丹枫总是愁。

韩元吉　　　南乡子·寿廿一弟

新笋旋成林，梅子枝头雨更深。织就彩丝犹十日，登临，人似江心百炼金。　　功业会相寻，好挹薰风和舜琴。鹤住千年丹九转，如今，门外梧桐长翠阴。

韩元吉　　　南乡子·龙眼未闻有诗词者，戏为赋之

江路木樨天，梨枣吹风树树悬。只道荔枝无驿使，依然，赢得骊珠万颗传。　　香露滴芳鲜，并蒂连枝照绮筵。惊走梧桐双睡鹊，应怜，腰底黄金作弹圆。

韩元吉　　　南乡子·中秋前一日饮赵信申家

细雨弄中秋，雨歇烟霄玉镜流。唤起佳人横玉笛，凝眸，收拾风光上小楼。　　烂醉拚扶头，明日阴晴且漫愁。二十四桥何处是，悠悠，忍对嫦娥说旧游。

赵彦端　　南乡子·同韩子东饮汪德召新楼

风露晚珊珊，洛下湘中接佩环。急把一杯相劳苦，云端，只恐冰肌亦自寒。　　二客共阑干，潋潋鲸波吸未干。待得月华移十丈，乘欢，更上层楼极处看。

赵彦端　　南乡子·浓绿暗芳洲

浓绿暗芳洲，春事都随芍药休。风雨只贪梅子熟，飕飕，却送行人一夜秋。　　新月幸如钩，三五还催玉鉴浮。一段离愁溪样远，悠悠，只是溪流浅似愁。

赵彦端　　南乡子·集句

窗户映朝光，花气浑如百和香。即遣花飞深造次，茫茫，曲渚飘成锦一张。　　相忆莫相忘，并蒂芙蓉本自双。草色连云人去住，堪伤，海上尖峰似剑铓。

林伯镇　　南乡子·弥诞秩初筵

弥诞秩初筵，催舞春雷杂管弦。惊破梅梢香喷雪，都缘，王母瑶池会列仙。　　残腊嫩寒天，恰在正朝两日前。换借椒花先献寿，新元，重数壬辰第一年。

太学诸生　　南乡子·洪迈被拘留

洪迈被拘留，稽首垂哀告彼酋。七日忍饥犹不耐，堪羞，苏武争禁十九秋。　　厥父既无谋，厥子安能解国忧。万里归来夸舌辨，村牛，好摆头时便摆头。

向　滈　　南乡子·白石铺

临水窗儿，与卷珠帘看画眉。雨浴红衣惊起后，争知，水远山长各自飞。　　受尽孤凄，极目风烟说与谁。直是为他憔悴损，寻思，怎得心肠一似伊。

姚述尧　　南乡子·九日黄删定再索席间作

秋水莹精神，靖节先生太逼真。谭麈生风霏玉屑，津津，爽气泠然欲浸人。　　一坐尽生春，满引琼觞已半醺。更把黄花寿彭祖，盈盈，数阕新声又遏云。

甄龙友　　南乡子·寿木状元　十月廿二

十月小阳春，放榜梅花作状元。重庆礼成三日后，生贤，第一龙飞不偶然。　　劝酒自弹弦，更著班衣寿老仙。见说海坛沙涨也，明年，此夜休嗔我近前。

管　鉴　　　南乡子·张子仪席上作

檐外雪纷纷，雾阁云窗气自温。谩道使台霜样峻，情亲，引到壶中别有春。　　尊酒负殷勤，病减杯中量几分。十五年间无限事，休论，说与梅花解笑人。

陆　游　　　南乡子·归梦寄吴樯

归梦寄吴樯，水驿江程去路长。想见芳洲初系缆，斜阳，烟树参差认武昌。　　愁鬓点新霜，曾是朝衣染御香。重到故乡交旧少，凄凉，却恐他乡胜故乡。

陆　游　　　南乡子·早岁入皇州

早岁入皇州，尊酒相逢尽胜流。三十年来真一梦，堪愁，客路萧萧两鬓秋。　　蓬峤偶重游，不待人嘲我自羞。看镜倚楼俱已矣，扁舟，月笛烟蓑万事休。

李　洪　　　南乡子·盐田渡

挂席泛安流，细雨斜风到渡头。万叠云鬟真似画，云州，自古诗人几个游。　　旌旆去悠悠，别驾无功愧食浮。却忆五湖烟浪里，扁舟，第四桥南云水秋。

朱　熹　　　南乡子·次张安国韵

落日照楼船，稳过澄江一片天。珍重使君留客意，依然，风月从今别一川。　　离绪悄危弦，永夜清霜透幕毡。明日回头江树远，怀贤，目断晴空雁字连。

张孝祥　　　南乡子·江上送归船

送朱元晦行，张钦夫、邢少连同集

江上送归船，风雨排空浪拍天。赖有清尊浇别恨，凄然，宝蜡烧花看吸川。　　楚舞对湘弦，暖响围春锦帐毡。坐上定

知无俗客，俱贤，便是朱张与少连。

李处全　　　南乡子·除夕又作

和气作春妍，已作寒归塞地天。岁月翩翩人老矣，华颠，胆冷更长自不眠。　　节物映椒盘，柏酒香浮白玉船。捧劝大家相祝愿，何言，但愿今年胜去年。

吕胜己　　　南乡子·斗笠棹扁舟

斗笠棹扁舟，碧水湾头放自流。尽日垂丝鱼不上，优游，更觉心松奈得愁。　　行客语沧洲，笑道渔翁太拙休。万事要求须有道，何由，教与敲针换曲钩。

吕胜己　　　南乡子·纵棹越溪船

纵棹越溪船，破浪冲涛到碧湾。种就长堤千亩竹，无边，插玉屯云满渭川。　　平日乐归田，不恋荣华不慕仙。得个容身栖隐处，宽闲，每日江边理钓竿。

赵长卿　　　南乡子·楚楚窄衣裳

楚楚窄衣裳，腰身占却，多少风光。共说春来春去事，凄凉，懒对菱花晕晓妆。　　闲立近红芳，游蜂戏蝶，误采真香。何事不归巫峡去，思量，故来尘世断人肠。

赵长卿　　　南乡子·月转水晶盘

月转水晶盘，楼上初闻一鼓残。又是去年天气好，栏干，风动梅梢玉斗寒。　　无奈壮情阑，对酒如何欲强欢。谁道破愁须仗酒，君看，酒到愁多破亦难。

王　炎　　　南乡子·甲戌正月

云淡日昽明，久雨潺潺乍得晴。社近东皋农务急，催耕，又见菖蒲出水清。　　池面縠纹平，掠水迎风燕羽轻。试出访寻春色看，相迎，巧笑花枝似有情。

辛弃疾　　　南乡子·舟中记梦

欹枕舻声边，贪听咿哑聒醉眠。变作笙歌花底去，依然，翠袖盈盈在眼前。　　别后两眉尖，欲说还休梦已阑。只记埋

冤前夜月，相看，不管人愁独自圆。

辛弃疾　　南乡子·好个主人家

好个主人家，不问因由便去嗏。病得那人妆晃了，巴巴，系上裙儿稳也哪。　别泪没些些，海誓山盟总是赊。今日新欢须记取，孩儿，更过十年也似他。

辛弃疾　　南乡子·隔户语春莺

隔户语春莺，才挂帘儿敛袂行。渐见凌波罗袜步，盈盈，随笑随颦百媚生。　著意听新声，尽是司空自教成。今夜酒肠还道窄，多情，莫放笼纱蜡炬明。

辛弃疾　　南乡子·庆周氏旌表

无处著春光，天上飞来诏十行。父老欢呼童稚舞，前江，千载周家孝义乡。　草木尽芬芳，更觉溪头水也香。我道乌头门侧畔，诸郎，准备他年昼锦堂。

辛弃疾　　南乡子·日日老莱衣

送筠州赵司户，茂中之子。茂中尝为筠州幕官，题诗甚多

日日老莱衣，更解风流蜡凤嬉。膝上放教文度去，须知，要使人看玉树枝。　剩记乃翁诗，绿水红莲觅旧题。归骑春衫花满路，相期，来岁流觞曲水时。

辛弃疾　　南乡子·登京口北固亭有怀

何处望神州，满眼风光北固楼。千古兴亡多少事，悠悠，不尽长江衮衮流。　年少万兜鍪，坐断东南战未休。天下英雄谁敌手，曹刘，生子当如孙仲谋。

程　垓　　南乡子·几日诉离尊

几日诉离尊，歌尽阳关不忍分。此度天涯真个去，销魂，相送黄花落叶村。　斜日又黄昏，萧寺无人半掩门。今夜粉香明月泪，休论，只要罗巾记旧痕。

石孝友　　南乡子·梅雪弄芳馨

梅雪弄芳馨，饯日迎辰契月蓂。争着琴堂称贺处，娉婷，

满捧霞觞璨鲤庭。　　鹤等更龟龄，八十仙翁醉复醒。好倩洛阳驰誉手，丹青，乞与人间作寿星。

赵师侠　　南乡子·尹先之索净圆子词

元夜景尤殊，万斛金莲照九衢。锤拍豉汤都卖得，争如，甘露杯中万颗珠。　　应是著工夫，脑麝浓薰费小厨。不比七夕黄蜡做，知无，要底圆儿糖上浮。

陈　亮　　南乡子·谢永嘉诸友相饯

人物满东瓯，别我江心识俊游。北尽平芜南似画，中流，谁系龙骧万斛舟。　　去去几时休，犹自潮来更上头。醉墨淋漓人感旧，离愁，一夜西风似夏不。

陈　亮　　南乡子·风雨满蘋洲

风雨满蘋洲，绣阁银屏一夜秋。当日袜尘何处去，溪楼，怎对烟波不泪流。　　天际目归舟，浪卷涛翻一叶浮。也似我侬魂不定，悠悠，宋玉方悲庾信愁。

张　镃　　南乡子·春雪

翠袖怯春寒，对雪偏宜傍彩阑。弱骨丰肌无限韵，凭肩，共看南窗玉数竿。　　羔酒莫留残，更觉娇随饮量宽。小立妖娇何所似，风前，柳絮飞时见牡丹。

汪　莘　　南乡子·茅舍起疏烟

茅舍起疏烟，家在寒溪阿那边。修竹当篱梅当户，萧然，问是尧天是葛天。　　风雨入新年，惟恐春阴咽管弦。绿酒一樽歌一曲，人传，不属天仙属散仙。

虞刚简　　南乡子·儿有掌中杯

用子和韵送玨西归就试。玨屡劝余早还家，因一致意

儿有掌中杯，但把归期苦苦催。奕世衣冠仍上第，公台，元自诗书里面来。　　秋色为渠开，先我梁山马首回。猿鹤莫轻窥蕙帐，惊猜，抬步归休亦乐哉。

高观国　　　　南乡子·赋十四弦

直柱倚冰弦，曾见胡儿马上弹。却笑琵琶风韵古，溅溅，想像湘妃水一帘。　　塞恨曲中传，两摺琴丝费玉纤。不似江南风月好，厌厌，拍手齐看舞袖边。

魏了翁　　南乡子·和黄侍郎畴若见贻生日韵

万里载浮名，忆昔从容下帝京。冉冉七年如昨梦，分明，赢得存存夜气清。　　谁使滥专城，有罪当诛尚薄刑。细数当时同省士，皆卿，落落韶阳独九龄。

魏了翁　　南乡子·上元马上□占呈应提刑懋之

连夕雨盈畴，先为农家做麦秋。更放年头晴甲子，知不，应是天公及尔游。　　随事与民求，又与随时验乐忧。民气乐时天亦好，休休，为尔簪花插满头。

洪咨夔　　南乡子·德清舟中和老人韵

霜月冷婷婷，夹岸芦花雪点成。短艇水晶宫里系，闲情，谁道芙蓉更有城。　　阿鹊数归程，人倚低窗小画屏。莫恨年华飞上鬓，堪凭，一度春风一度莺。

洪咨夔　　　南乡子·风雨过芳晨

风雨过芳晨，多少愁红恨紫尘。两点眉尖凝远碧，纷纷，又被杨花误一春。　　金凤压娇云，睡起纱窗背欠伸。心事欲言言不尽，沉沉，乳燕雏莺触拨人。

孙惟信　　　南乡子·璧月小红楼

璧月小红楼，听得吹箫忆旧游。霜冷阑干天似水，扬州，薄幸声名总是愁。　　尘暗鹔鹴裘，针线曾劳玉指柔。一梦觉来三十载，休休，空为梅花白了头。

方千里　　　南乡子·西北有高楼

西北有高楼，淡霭残烟渐渐收。几阵凉风生客袖，飕飕，心逐年华衮衮流。　　花卉满前头，老懒心情万事休。独倚栏

干无一语，回眸，鼓角声中唤起愁。

赵　葵　　　南乡子·束发领西藩

束发领西藩，百万雄兵掌握间。召到庙堂无一事，遭弹，昨日公卿今日闲。　　拂晓出长安，莫待西风割面寒。羞见钱塘江上柳，何颜，瘦仆牵驴过远山。

黄　机　　　南乡子·帘幕闷深沉

帘幕闷深沉，灯暗香销夜正深。花落画檐鸣细雨，岑岑，滴破相思万里心。　　晓色未平分，翠被寒生不自禁。待得梦成翻恶况，堪颦，飞雁新来也误人。

葛长庚　　南乡子·爱阁赋别二首之一

夜月照千峰，影满荷池静袅风。明日今宵还感慨，梧桐，叶叶随云飏碧空。　　聚散与谁同，野鹤孤云有底踪。别处要知相忆处，无穷，总在青山夕照中。

葛长庚　　南乡子·爱阁赋别二首之二

前度几相逢，此日游从乐不同。竹阁荷亭欢聚处，雍容，如在蓬莱第一宫。　　夜半月朦胧，秉烛东园风露中。明日匆匆还入浙，忡忡，却把音书寄远鸿。

吴　淇　　南乡子·寿牟国史　三月二十

十日借春留，芍药荼蘼不解愁。检点笙歌催酿酒，西州，有谪仙人烂熳游。　　白鹭自芳洲，咫尺红云最上头。万古沧江波不尽，风流，谁似监州旧姓牟。

吴　潜　　　南乡子·去岁牡丹时

去岁牡丹时，几遍西湖把酒卮。一种姚黄偏韵雅，相宜，薄薄梳妆淡淡眉。　　回首绿杨堤，依旧黄鹂紫燕飞。人在天涯春在眼，凄迷，不比巫山尚有期。

吴　潜　　南乡子·和韵，己未八月十日郊行

野思浩难收，坐看渔舟度远洲。芦苇已凋荷已败，风飕，桂子飘香八月头。　　归计这回酬，犹及家山一半秋。虽则家

山元是客，浮休，有底欢娱有底愁。

吴　潜　　　　南乡子·野景有谁收

野景有谁收，只在苍鸥白鹭洲。风树飘摇云树暗，衣飕，目断青天天际头。　　壮志世难酬，丹桂红蕖又晚秋。多少心情多少事，都休，载取江湖一片愁。

吴　潜　　　　南乡子·答和惠计院

黄耳讯初收，为说鸥汀与鹭洲。争问主人归近远，飕飕，定是登高九月头。　　有酒且相酬，莫管西风满鬓秋。今日是今明日古，休休，转首鄞江总别愁。

萧廷之　　　　南乡子·真汞与真铅

西南乃产药之地，因此故为名。十二首

真汞与真铅，产在先天与后天。大要知时勤采取，玄玄，得穴何愁不作仙。　　进火要精专，审究前弦与后弦。屯卦抽添蒙卦止，难传，毫发差殊不结丹。

萧廷之　　　　南乡子·两手擘鸿蒙

两手擘鸿蒙，慧剑飞来第一峰。外道修罗惊缩项，神通，造化元来在掌中。　　煅炼玉炉红，橐籥吹嘘藉巽风。十月脱胎吞入腹，坤宫，立见三清太上翁。

萧廷之　　　　南乡子·温养象周天

温养象周天，须要微微火力全。爱护婴儿惟藉母，三年，运用抽添象缺圆。　　牛斗会河边，拾取玄珠种玉田。定意如如行火候，精专，剖腹分明说与贤。

萧廷之　　　　南乡子·生甲更生庚

生甲更生庚，此是丹头切要明。药嫩采来归土釜，煎烹，文武刚柔次第行。　　片饷结丹成，沐浴防危更守城。到此不须行火候，持盈，火若加临必定倾。

萧廷之　　　　南乡子·木兔与金鸡

木兔与金鸡，刑德临门有偶奇。炉内丹砂宜沐浴，防危，

神水溶溶满玉池。　　年月日并时，刻里工夫一例推。著意研穷丹造次，毫厘，十月殷勤自保持。

萧廷之　　南乡子·鼎器法乾坤

鼎器法乾坤，上是天元下地元。若也更能颠倒运，交番，阖辟循环在八门。　　搬运上昆仑，龟与蛇儿自吐吞。百尺竿头牢把线，掀援，从此元神命永存。

萧廷之　　南乡子·关锁自周天

关锁自周天，升降循环三寸田。不在嘘呵并数息，天然，九转无亏火力全。　　胎息漫流传，要在阴阳不可偏。呼吸吹嘘皆赖巽，绵绵，妙在前弦与后弦。

萧廷之　　南乡子·复卦起潜龙

复卦起潜龙，戊己微调未可攻。九二见龙临卦主，神通，从此炉中次第红。　　泰卦恰相逢，猛火烧干藉巽风。炼就黄芽并白雪，奇功，还返归坤道始穷。

萧廷之　　南乡子·识得水中金

识得水中金，煅炼烹煎理更深。进退抽添须九转，浮沉，温养潜龙复与临。　　妙运自天心，托仗黄婆配丙壬。酝就醍醐山顶降，频斟，慢拨无弦一曲琴。

萧廷之　　南乡子·长子到西方

长子到西方，少女归乾变六阳。便好下功修二八，堤防，至九方知道自昌。　　牛斗共商量，巧夺天工妙莫量。离坎夫妻交媾后，难忘，始觉壶中日月长。

萧廷之　　南乡子·白雪与黄芽

白雪与黄芽，两味精华共一家。采择辨时衰与旺，堪夸，火候毫厘不可差。　　顶上结三花，驾动羊车与鹿车。乌兔往来南北面，交加，从此天河稳泛槎。

萧廷之　　南乡子·尽净露天机

尽净露天机，只恐时人自执迷。颔下藏珠当猛取，休迟，

道在身中更问谁。　　尘网忽抛离，百岁年华七十稀。莫待老来铅汞少，堪悲，业报前途难自欺。

潘　牥　　　南乡子·题南剑州妓馆

生怕倚阑干，阁下溪声阁外山。惟有旧时山共水，依然，暮雨朝云去不还。　　应是蹑飞鸾，月下时时整佩环。月又渐低霜又下，更阑，折得梅花独自看。

李　演　　　南乡子·夜宴燕子楼

芳水戏桃英，小滴燕支浸绿云。待觅琼觚藏彩信，流春，不似题红易得沉。　　天上许飞琼，吹下蓉笙染玉尘。可惜素鸾留不得，更深，误剪灯花断了心。

黄　昇　　　南乡子·夏夜

多病带围宽，未到衰年已鲜欢。梦破小楼风马响，珊珊，缺月无情转画栏。　　凉入苎衾单，起探灯花夜欲阑。书册满床空伴睡，慵观，拈得渔樵笛谱看。

黄　昇　　　南乡子·冬夜

万籁寂无声，衾铁棱棱近五更。香断灯昏吟未稳，凄清，只有霜华伴月明。　　应是夜寒凝，恼得梅花睡不成。我念梅花花念我，关情，起看清冰满玉瓶。

杨泽民　　　南乡子·宁都登楼

乘月上高楼，一片清光浩莫收。帘卷好风知客意，飕飕，山自纵横水自流。　　却绕古城头，尘事匆匆得少休。遥送征鸿千里外，明眸，消尽人间万种愁。

陈　著　　　南乡子·中秋无月

流景去难縻，浮世危如拍浪埼。才遇中秋聊对月，佳期，最怕晴明未可涯。　　人月本相依，果是今朝恰背违。孤负楼台多少醉，堪悲，何忍滂沱与毕离。

朱　埴　　　南乡子·花柳隔重扃

花柳隔重扃，送过秋千笑语声。檐鹊也嗔人起晚，天晴，

孤负东风趁踏青。　细细研红绫，小字相思写不成。心上可人云样远，寒盟，只恐恩情薄似云。

陈允平　　南乡子·归雁转西楼

归雁转西楼，薄幸音书日日收。旧恨却凭红叶去，飕飗，春水多情日夜流。　杨柳曲江头，烟里青青恨不休。九十韶光风雨半，回眸，一片花飞一片愁。

薛　燧　　南乡子·柳色锁重楼

柳色锁重楼，楼上轻寒不满钩。堆径落红深半指，悠悠，飞絮帘栊几许愁。　逐日望归舟，暖藕全宽玉臂鞲。待得君来春去也，休休，未老鸳鸯早白头。

刘辰翁　　南乡子·乙酉九日

宽处略从容，华水华山自不同。旧日诸贤携手恨，匆匆，只说明年甚处重。　几岁避辽东，茅竹秋风一并空。欲望辽东何处是，濛濛，也似秦楼一梦中。

刘辰翁　　南乡子·香雪碎团团

木樨花下，因忆永阳宣溪与故乡族子门径之盛，而其人皆适在此，感叹复赋

香雪碎团团，便合枝头带露餐。笑倒那人和玉屑，金丹，不在仙人掌上盘。　千树碧阑干，山崦朱门梦里残。花下主人都在此，谁看，天上人间一样寒。

刘辰翁　　南乡子·即席纪游

去似赏花移，处处开尊亦不辞。梨栗又空醅又尽，方知，旧日骊驹劝客归。　归路月相随，儿子门生个个迟。坐久不知无可待，堪疑，向道儿痴直是痴。

王　奕　　南乡子·和谢潜庵蒋山

搔首倚薰风，一幅画图尘土中。鹤怨猿惊人去也，潜龙，谁绞香车起蛰松。　岁月去熙丰，世味人情自淡浓。春去春来墩不竞，匆匆，蜀水吴山血又红。

王　奕　　　**南乡子·和辛稼轩多景楼**

豪杰说中州，及此见题多景楼。曹石当年徒浪耳，悠悠，岁月滔滔江自流。　　风雪老兜鍪，不混关河事不休。浪舞桃花颠又蹶，嬴刘，莫与武陵仙客谋。

潘熊飞　　　**南乡子·十日后重阳**

十日后重阳，甘菊阶前满意黄。生日无钱留贺客，何妨，尚有儿曹理寿觞。　　双鬓已沧浪，休问金门与玉堂。二仲相期三径在，徜徉，何用功成似子房。

汪梦斗　　　**南乡子·初入都门漫赋**

西北有神州，曾倚斜阳江上楼。目断淮南山一抹，何由，载泪东风洒汴流。　　何事却狂游，直驾驴车渡白沟。自古幽燕为绝塞，休愁，未是穷荒天尽头。

黎廷瑞　　　**南乡子·乌衣园**

醉罢黑瑶池，渺渺春云海峤归。画栋珠帘成昨梦，谁知，百姓人家几度非。　　相对语斜晖，肠断江城柳絮飞。再见玉郎应不认，堪悲，也被缁尘染素衣。

仇　远　　　**南乡子·急雨涨潮头**

急雨涨潮头，越树吴城势拍浮。海鹤一声苍竹裂，扁舟，轻载行云压水流。　　独倚最高楼，回首屏山叠叠秋。江上数峰人不见，沙鸥，曾识西风独客愁。

蒋　捷　　　**南乡子·泊雁小汀洲**

泊雁小汀洲，冷淡湔裙水漫秋。裙上唾花无觅处，重游，隔柳惟存月半钩。　　准拟架层楼，望得伊家见始休。还怕粉云天末起，悠悠，化作相思一片愁。

蒋　捷　　　**南乡子·塘门元宵**

翠幰夜游车，不到山边与水涯。随分纸灯三四琖，邻家，便做元宵好景夸。　　谁解倚梅花，思想灯球坠绛纱。旧说梦华犹未了，堪嗟，才百余年又梦华。

蒋　捷　　　　南乡子·黄葵

冷淡是秋花，更比秋花冷淡些。到处芙蓉供醉赏，从他，自有幽人处士夸。　　寂寞两三葩，昼日无风也带斜。一片西窗残照里，谁家，卷却湘裙薄薄纱。

张　炎　　　　南乡子·忆春

歌扇锦连枝，问著东风已不知。怪底楼前多种柳，相思，那叶浑如旧样眉。　　醉里眼都迷，遮莫东墙带笑窥。行到寻常游冶处，慵归，只道看花似向时。

张　炎　　　　南乡子·为处梅作

风月似孤山，千树斜横水一环。天与清香心独领，怡颜，冰雪中间屋数间。　　庭户隔尘寰，自有云封底用关。却笑桃源深处隐，跻攀，引得渔翁见不难。

张　炎　　　　南乡子·杜陵醉归手卷

晴野事春游，老去寻诗苦未休。一似浣花溪上路，清幽，烟草纤纤水自流。　　何处偶迟留，犹未忘情是酒筹。童子策驴人已醉，知不，醉里眉攒万国愁。

张　炎　　　　南乡子·竹居

爱此碧相依，卜筑西园隐逸时。三径成阴门可款，幽栖，苍雪纷纷冷不飞。　　青眼旧心知，瘦节终看岁晚期。人在清风来往处，吟诗，更好梅花著一枝。

张　炎　　　　南乡子·野色一桥分

野色一桥分，活水流云直到门。落叶堆篱从不扫，开尊，醉里教儿诵楚文。　　隔断马蹄痕，商鼎熏花独自闻。吟思更添清绝处，黄昏，月白枝寒雪满村。

刘将孙　　　　南乡子·重阳效东坡作

山色泛秋光，点点东篱菊又黄。岁月欺人如此去，堂堂，一事无成两鬓霜。　　佳节共持觞，无限杯供有限狂。明月明年诗句苦，茫茫，细把茱萸感慨长。

甄良友　　南乡子·十月小春天

十月小春天，放榜梅花作状元。会庆礼成三日后，生贤，第一龙飞不偶然。　　劝酒自弹弦，更着斑衣寿老仙。见说海坛沙张也，明年，此夜休嗔我近前。

无名氏　　南乡子·梅蕊露鲜妍

梅蕊露鲜妍，雪态冰姿巧耐寒。南北枝头香不断，堪观，露浥琼苞粉未干。　　画手写应难，横管休吹恐易残。留得佳人临晓际，凭栏，试把新妆比并看。

无名氏　　南乡子·把酒对江梅

把酒对江梅，个是花中第一枝。冰雪肌肤潇洒态，须知，姑射仙人正似伊。　　东阁赋新诗，惭愧当年杜拾遗。月里何人横玉笛，休吹，正是芳梢著子时。

无名氏　　南乡子·莫作俗花看

莫作俗花看，殊有清香雪太寒。拟把千钟酬国艳，林间，醉倒犹嫌酒量悭。　　欲去更重攀，送尽斜阳未忍还。争得重城休上锁，留连，借取冰轮照玉颜。

无名氏　　南乡子·醉捻一枝春

醉捻一枝春，此意谁人会得君。嫩白轻红才入手，盈盈，一似前时酒半醺。　　心眼两相亲，绝代风流恼杀人。粉蝶霜禽休怅望，叮咛，只要扬州作主盟。

无名氏　　南乡子·栏槛对幽堂

栏槛对幽堂，翠叶枝头万朵霜。檀口乍开龙麝喷，非常，体胜佳人异骨香。　　花与月争光，偏引蜂儿戏绕墙。不与群英争艳丽，芬芳，溪落东君只淡妆。

无名氏　　南乡子·凛冽苦寒时

凛冽苦寒时，万木凋枯力渐衰。昨夜前村深雪里，春回，庾岭南枝绽早梅。　　映月与清辉，驿使加鞭喜探回。风送馨香来小院，芳时，料想群花尚未知。

无名氏　　南乡子·催梅

把酒祝江梅，春到南枝早早开。人在陇头凝望久，徘徊，驿使如今尚未来。　寄语莫相催，直待东风细剪裁。只恐未能传信息，妆台，先要飞来衬粉腮。

无名氏　　南乡子·李郭共仙舟

李郭共仙舟，准拟苏台烂熳游。风雪为谁留住也，沧洲，一尺银沙未肯收。　无语只关愁，强殢金卮不计筹。想得人人梳洗懒，妆楼，只窣帘儿不上钩。

无名氏　　南乡子·晓日压重檐

晓日压重檐，斗帐犹寒起未忺。天气困人梳洗倦，眉尖，淡画春山不喜添。　闲把绣丝挦，纴得金针又怕拈。陌上行人归也未，恹恹，满院杨花不卷帘。

无名氏　　南乡子·咏双荔支

深结花工知，赐与衣裳尽是绯。曾向玉盘深处见，隈随，两个心肠一片儿。　从小便相依，酒伴歌筵不暂离。只恐被人分擘破，东西，怎得团圆似旧时。

无名氏　　南乡子·帘卷水西楼

帘卷水西楼，一曲新腔唱打油。宿雨眠云年少梦，休讴，且尽生前酒一瓯。　明日又登舟，却指今宵是旧游。同是他乡沦落客，休愁，月子弯弯照几州。

南州春色

调见元陶宗仪《辍耕录》，因词中有“管取南州春色”句，因取以为调名。双调、八十二字，上片九句、四平韵，下片八句、三平韵。

王十朋　　南州春色·清溪曲

清溪曲，一株梅。无修采，独立古墙隈。莫恨东风吹不

到，著意挽春回。一任天寒地冻，南枝香动，花傍一阳开。　更待明年首夏，酸心结子，天自栽培。金鼎调羹，仁心犹在，还种取、无限根荄。管取南州春色，都自此中来。

南柯子

即《南歌子》，详见《南歌子》条。

黄庭坚　　南柯子·郭泰曾名我

东坡过楚州，见净慈法师，作南歌子。用其韵赠郭诗翁二首

郭泰曾名我，刘翁复见谁。入廛还作和罗槌，特地干戈相待、使人疑。　秋浦横波眼，春窗远岫眉。补陀岩畔夕阳迟，何似金沙滩上、放憨时。

黄庭坚　　南柯子·万里沧江月

万里沧江月，波清说向谁。顶门须更下金槌，只恐风惊草动、又生疑。　金雁斜妆颊，青螺浅画眉。庖丁有底下刀迟，直要人牛无际、是休时。

秦　观　　南柯子·霭霭迷春态

霭霭迷春态，溶溶媚晓光。不应容易下巫阳，只恐翰林前世、是襄王。　暂为清歌驻，还因暮雨忙。瞥然飞去断人肠，空使兰台公子、赋高唐。

贺　铸　　南柯子·别恨

斗酒才供泪，扁舟只载愁。画桥青柳小朱楼，犹记出城车马、为迟留。　有恨花空委，无情水自流。河阳新鬓尽禁秋，萧散楚云巫雨、此生休。

仲　殊　　南柯子·六和塔

金甃蟠龙尾，莲开舞凤头。凉生宫殿不因秋，门外莫寻尘世，卷地江流。　霁色澄千里，潮声带两洲。月华清泛浪花浮，今夜蓬莱归梦，十二琼楼。

陈师道　　南柯子·问王立之督茶

天上云为瑞，人间睡作魔。疏帘清簟汗成河，酒醒梦回眵眼、费摩挲。　　但有寒暄问，初无凤鸟过。尘生铜碾网生罗，一诺十年犹未、意如何。

陈师道　　南柯子·贺彭舍人黄堂成

故国山河在，新堂冰雪生。万家和气贺初成，人在笙歌声里、暗生春。　　今代无双士，当年第一人。杯行到手莫辞频，明日凤池归路、隔清尘。

周邦彦　　南柯子·宝合分时果

宝合分时果，金盘弄赐冰。晓来阶下按新声，恰有一方明月、可中庭。　　露下天如水，风来夜气清。娇羞不肯傍人行，扬下扇儿拍手、引流萤。

周邦彦　　南柯子·腻颈凝酥白

腻颈凝酥白，轻衫淡粉红。碧油凉气透帘栊，指点庭花低映、云母屏风。　　恨逐瑶琴写，书劳玉指封。等闲赢得瘦仪容，何事不教云雨、略下巫峰。

田　为　　南柯子·春景

梦怕愁时断，春从醉里回。凄凉怀抱向谁开，些子清明时候、被莺催。　　柳外都成絮，栏边半是苔。多情帘燕独徘徊，依旧满身花雨、又归来。

田　为　　南柯子·春思

团玉梅梢重，香罗芰扇低。帘风不动蝶交飞，一样绿阴庭院、锁斜晖。　　对月怀歌扇，因风念舞衣。何须惆怅惜芳菲，拚却一年憔悴、待春归。

周紫芝　　南柯子·蝉薄轻梳鬓

方钱塘出侍儿，范谢州要予作此词

蝉薄轻梳鬓，螺香浅画眉。西湖人道似西施，人似西施浓淡、更相宜。　　画烛催歌板，飞花上舞衣。殷勤犹劝玉东

西，不道使君肠断、已多时。

周紫芝　　　南柯子·雾帐兰衾暖

雾帐兰衾暖，薰炉宝篆浓。眼波犹带睡朦胧，卧听晓来双燕、语春风。　　螺浅欢余黛，霞销枕处红。断云飞雨怕匆匆，欲去且留情绪、两冲冲。

周紫芝　　　南柯子·白羽传觞急

白羽传觞急，金鞍跃马迟。云间彩凤看双飞，飞上碧梧枝上、稳双栖。　　林下风流女，堂东坦腹儿。此郎标韵世间稀，好为伯鸾举案、又齐眉。

杨　适　　　南柯子·送淮漕向伯恭

怨草迷南浦，愁花傍短亭。有情歌酒莫催行，看取无情花草、也关情。　　旧日临岐曲，而今忍泪听。淮山何在暮云凝，待倩春风吹梦、过江城。

陈与义　　　南柯子·塔院僧阁

矫矫千年鹤，茫茫万里风。阑干三面看秋空，背插浮屠千尺、冷烟中。　　林坞村村暗，溪流处处通。此间何似玉霄峰，遥望蓬莱依约、晚云东。

曾　觌　　　南柯子·元夜书事

璧月窥红粉，金莲映彩山。东风丝管满长安，移下十洲三岛、在人间。　　两两人初散，厌厌夜向阑。倦妆残醉怯春寒，手捻玉梅无绪、倚阑干。

曾　觌　　　南柯子·次韵南剑赵倅

粉黛娉婷艳，芝兰笑语香。延平春色斗芬芳，不管清宵更漏、听霓裳。　　烛暗人方醉，杯传意更长。可堪羁客九回肠，萧瑟一檐风雨、过横塘。

曾　觌　　　南柯子·绿荫侵檐净

将出行，陆丈知府置酒，出姬侍，酒半索词

绿荫侵檐净，红榴照眼明。主人开宴出倾城，正是雨余天

气、暑风清。　　别酒殷勤竟，危弦要妙声。年年相见岂无情，后日暮云回首、奈乘行。

曾　觌　　　南柯子·共禀阴阳数

浩然与予同生己丑岁，月日时皆同。秋日，见席上出新词，且命小姬歌以侑觞，次韵奉酬

共禀阴阳数，谁知造化工。安闲百计总输公，掩映芙蓉花径、郡城东。　　风月三秋兴，尊罍一笑同。新词佳丽见情通，更唤雪儿、低唱慰衰容。

韩元吉　　南柯子·次韵姚提点行可席上见贻

急雨朝来过，浓云晚半收。荷香便傍酒尊浮，极目澹烟斜照、满芳洲。　　消尽人间暑，翻成一段秋。使星南楚转东瓯，只恐禁林归诏、未容留。

韩元吉　　　南柯子·广德道中遇重午

野杏逦枝熟，戎葵抱叶开。村村箫鼓画船回，客里不知时节、又相催。　　角黍堆冰碗，兵符点翠钗。去年今日共传杯，应捻榴花独立、望归来。

韩元吉　　　南柯子·五月炎州路

五月炎州路，千重扑地开。只疑标韵是江梅，不道薰风庭院、雪成堆。　　宝髻琼瑶缀，仙衣翡翠裁。一枝长伴荔枝来，付与玉人和笑、插鸾钗。

袁去华　　　南柯子·秋晚霜初肃

秋晚霜初肃，江寒雾未收。西风吹老白蘋洲，长笛一声、谁在水边楼。　　带绿枨新破，真醇酒旋篘。簪花莫怪老人羞，直是黄花、羞上老人头。

范成大　　　南柯子·槁项诗余瘦

槁项诗余瘦，愁肠酒后柔。晚凉团扇欲知秋，卧看明河银影、界天流。　　鹤警人初静，虫吟夜更幽。佳辰只合算花筹，除了一天风月、更何求。

范成大　　　南柯子·怅望梅花驿

怅望梅花驿，凝情杜若洲。香云低处有高楼，可惜高楼、不近木兰舟。　　缄素双鱼远，题红片叶秋。欲凭江水寄离愁，江已东流、那肯更西流。

范成大　　　南柯子·七夕

银渚盈盈渡，金风缓缓吹。晚香浮动五云飞，月姊妒人、颦尽一弯眉。　　短夜难留处，斜河欲淡时。半愁半喜是佳期，一度相逢、添得两相思。

赵磻老　　南柯子·和洪丞相约赏荷花

世上渊明酒，人间陆羽茶。东山无妓有莲花，隐隐仙家鸡犬、路非赊。　　积霭犹张幕，轻雷似卷车。要令长袖舞胡靴，须是檐头新霁、鹊查查。

赵磻老　　南柯子·和谢洪丞相送竹妆奁

体质娟娟静，花纹细细装。翠�初得试新忙，睡起鬓云撩乱、趣泉汤。　　多病心常捧，新词字带香。管教涂泽到云窗，办下谢君言语、巧如簧。

王　炎　　　南柯子·天末家何许

天末家何许，津头客未归。柳梢绿暗早莺啼，蝴蝶不知春去、绕园飞。　　选胜多游冶，当垆有丽姝。青翰载酒泛晴晖，不忍十分寥落、负花时。

王　炎　　　南柯子·对镜鸾休舞

秀叔娶妇不令人知，以小词为贺，因戏之

对镜鸾休舞，求凰凤自飞。珠钿翠珥密封题，中有鸾笺细字、没人知。　　环佩灯前结，辎軿月下归。笑他织女夜鸣机，空与牛郎相望、不相随。

王　炎　　　南柯子·山冥云阴重

山冥云阴重，天寒雨意浓。数枝幽艳湿啼红，莫为惜花惆怅、对东风。　　蓑笠朝朝出，沟塍处处通。人间辛苦是三

农，要得一犁水足、望年丰。

陈三聘　　南柯子·别后惊人远

别后惊人远，归心怯橹柔。晚天凉思冷于秋，冷浸一溪明月、水弥流。　醉里狂仍在，吟余趣极幽。夜深何用数更筹，别有好风吹酒、不须求。

陈三聘　　南柯子·烟树观前浦

烟树观前浦，风蘋听远洲。等闲来上水边楼，怅望天涯、何处有归舟。　香断灯花夜，歌停扇影秋。欲缄尺素说离愁，不见双鱼、空有大江流。

陈三聘　　南柯子·七夕

月傍云头吐，风将雨脚吹。夜深乌鹊向南飞，应是星娥颦恨、入双眉。　旧怨垂千古，新欢只片时。一年屈指数佳期，到得佳期别了、又相思。

苏十能　　南柯子·江水粼粼碧

江水粼粼碧，云山叠叠奇。平生心事一钩丝，便是壶中日月、更何疑。　文叔今方贵，君房素自痴。洛阳尘土涴人衣，争似归来双足、踏涟漪。

赵师侠　　南柯子·送朱辰州千方壶小隐

木落千山瘦，风微一水澄。清霜暖日快归程，唤渡沙头、款款话离情。　傍岸渔舟集，横空雁字轻。凭阑凝望眼增明，一片潇湘、真个画难成。

魏了翁　　南柯子·即席次韵张太傅方为叔母生日赋

暮雨收尘马，薰风起箨龙。夜凉人锁武成宫，却忆亲旁、寿饼荐油葱。　谁锡诗人类，应晞颖谷封。儿行虽远母心通，触拨今宵、梦逐彩云东。

曾　揆　　南柯子·桐叶凉生夜

桐叶凉生夜，藕花香满时。几多离思有谁知，遥望盈盈一水、抵天涯。　雨洒征衣泪，月颦分镜眉。相逢又是隔年

期，不似画桥归燕、解于飞。

严 仁　　南柯子·柳陌通云径

柳陌通云径，琼梳启翠楼。桃花纸薄渍冰油，记得年时诗句、为君留。　晓绿千层出，春红一半休。门前溪水泛花流，流到西州犹是、故家愁。

吴 潜　　南柯子·池水凝新碧

池水凝新碧，阑花驻老红。有人独立画桥东，手把一枝杨柳、系春风。　鹊绊游丝坠，蜂拈落蕊空。秋千庭院小帘栊，多少闲情闲绪、雨声中。

赵崇嶓　　南柯子·小姝

丝发风轻掠，酥胸冷不侵。背人小立卸瑶簪，一缕柔情、系得几人心。　曲槛花方蓓，河桥柳未阴。红羞绿困不能禁，恼乱东风、无计等春深。

赵崇嶓　　南柯子·掩笑轻抬袖

掩笑轻抬袖，慵妆浅画眉。嫩晴帘箔玉梅飞，门外寒轻、疏柳趁黄时。　绾带香罗结，交钗绿玉枝。看看又误踏青期，倚遍栏干、心事只春知。

洪 瑹　　南柯子·新月

柳浪摇晴沼，荷风度晚檐。碧天如水印新蟾，一罅清光斜露、玉纤纤。　宝镜微开匣，金钩半押帘。西楼今夜有人忺，应傍妆台低照、画眉尖。

黄 昇　　南柯子·丁酉清明

天上传新火，人间试夹衣。定巢新燕觅香泥，不为绣帘朱户、说相思。　侧帽吹飞絮，凭栏送落晖。粉痕销淡锦书稀，怕见山南山北、子规啼。

黄 昇　　南柯子·丙申重九

兰佩秋风冷，茱囊晓露新。多情多感怯芳辰，强折黄花来照、碧粼粼。　落帽参军醉，空樽靖节贫。世间那复有斯

人，目送归鸿西去、一伤神。

陈舜翁　　　南柯子·德祖家珍熟

德祖家珍熟，钱塘五月中。碧梧桐盖翠�笼，倾向水晶盘内、斗尝空。　　绛粟成团小，清甜笑蜜浓。微酸犹解惨人容，最是玉纤拈处、染轻红。

王从叔　　　南柯子·苦雨

碧树留云湿，青山似笠低。鹧鸪啼罢竹鸡啼，不晓天天何意、把梅肥。　　昨日穿新葛，今朝御夹衣。思家怀抱政难为，只恐归来憔悴、却羞归。

无名氏　　　南柯子·翠袖熏龙脑

翠袖熏龙脑，乌云映玉台。春葱一簇荐金杯，曾记西楼同醉、角声催。　　袅袅凌波浅，深深步月来。隔纱微笑恐郎猜，素艳浓香依旧、去年开。

无名氏　　　南柯子·积雪迷松径

积雪迷松径，围炉掩竹扉。床头一味有蹲鸱，软火深开香熟、已多时。　　自得陶朱法，休教懒瓒知。浪传黄独正甘肥，紫玉婴儿盈尺、更新奇。

无名氏　　　南柯子·寿赵路分

花萼清辉近，蓬莱紫气浓。濮园流庆与天同，生得名驹千里、笊秋风。　　阅武戈初偃，论文酒不空。摩挲铜狄灞桥东，看取朱衣双引、袭真封。

南　徐　好

即《忆江南》，宋仲殊词名《南徐好》，见《嘉定镇江志》。详见《忆江南》条。

仲　殊　　　南徐好·鋋城

南徐好，鼓角乱云中。金地浮山星两点，铁城横锁瓮三

重，开国旧夸雄。　　春过后，佳气荡晴空。渌水画桥沽酒市，清江晚渡落花风，千古夕阳红。

仲　殊　　南徐好·花山李卫公园亭

南徐好，城里小花山。淡薄融香松滴露，萧疏笼翠竹生烟，风月共闲闲。　　金晕暗，灯火小红莲。太尉昔年行乐地，都人今日散花天，桃李但无言。

仲　殊　　南徐好·渌水桥

南徐好，桥下渌波平。画柱千年尝有鹤，垂杨三月未闻莺，行乐过清明。　　南北岸，花市管弦声。邀客上楼双榼酒，舣舟清夜两街灯，直上月亭亭。

仲　殊　　南徐好·沈内翰宅百花堆

南徐好，溪上百花堆。宴罢歌声随水去，梦回春色入门来，芳草遍池台。　　文彩动，奎璧烂昭回。玉殿仪刑推旧德，金銮词赋少高才，丹诏起风雷。

仲　殊　　南徐好·刁学士宅藏春坞

南徐好，春坞锁池亭。山送云来长入梦，水浮花去不知名，烟草上东城。　　歌榭外，杨柳晚青青。收拾年华藏不住，暗传消息漏新声，无计奈流莺。

仲　殊　　南徐好·多景楼

南徐好，多景在楼前。京口万家寒食日，淮南千里夕阳天，天际几重山。　　莺啼处，人倚画阑干。西寨烟深晴后色，东风春减夜来寒，花满过江船。

仲　殊　　南徐好·金山寺化城阁

南徐好，浮玉旧花宫。琢破琉璃闲世界，化城楼阁在虚空，香雾锁重重。　　天共水，高下混相通。云外月轮波底见，倚阑人在一光中，此景与谁同。

仲　殊　　南徐好·陈丞相宅西楼

南徐好，樽酒上西楼。调鼎勋庸还世事，镇江旌节从仙

游，楼下水空流。　　桃李在，花月更悠悠。侍燕歌终无旧梦，画眉灯暗至今愁，香冷舞衣秋。

仲　殊　　南徐好·苏学士宅绿杨村

南徐好，桥下绿杨村。两谢风流称郡守，二苏家世作州民，文彩动星辰。　　书万卷，今日富儿孙。三径客来消永昼，百壶酒尽过芳春，江月伴开尊。

仲　殊　　南徐好·京口

南徐好，直下控淮津。山放凝云低凤翅，潮生轻浪卷龙鳞，清洗古今愁。　　天尽处，风水接西滨。锦里不传溪上信，杨花犹见渡头春，愁杀渡江人。

南　浦

唐《教坊记》有《南浦子》曲，此调名系借旧曲名另倚新声。双调数体，有仄韵、平韵之别。平韵体见孔夷词，仄韵体见周邦彦词。其一百零五字，上片九句、四仄韵，下片八句、五仄韵为正体；其一百零五字，上下片各十句、四仄韵为变体；其一百零二字，上片九句、四平韵，下片八句、四平韵为平韵正体等。

周邦彦　　南浦·浅带一帆风

浅带一帆风，向晚来、扁舟稳下南浦。迢递阻潇湘，衡皋迥，斜舣蕙兰汀渚。危樯影里，断云点点遥天暮。菡萏里风，偷送清香，时时微度。　　吾家旧有簪缨，甚顿作天涯，经岁羁旅。羌管怎知情，烟波上、黄昏万斛愁绪。无言对月，皓彩千里人何处。恨无凤翼身，只待而今，飞将归去。

孔　夷　　南浦·旅怀

风悲画角，听单于、三弄落谯门。投宿骎骎征骑，飞雪满孤村。酒市渐闲灯火，正敲窗、乱叶舞纷纷。送数声惊雁，下离烟水，嘹唳度寒云。　　好在半胧溪月，到如今、无处不销魂。故国梅花归梦，愁损绿罗裙。为问暗香闲艳，也相思、万

点付啼痕。算翠屏应是，两眉余恨倚黄昏。

史　浩　　　　南浦·四月八日

天气正清和，庆西乾、释迦如来出世。毓质向金盆，祥云布、层霄九龙喷水。东传震旦，正令此日人人记。露盘百卉拥金容，香汤争来拂洗。　谁知这个因缘，化众生令求，尘埃脱离。一点本昭昭，当须向、兹时便知瞥地。何烦费手，自然作个惺惺底。若犹未晤，且管令师僧，八丈十二。

史　浩　　　　南浦·洞天

一箭舜弦风，向晓来、轻寒初报麦秀。蝶股歇花须，韶光老，莺声倦闻呼友。池塘绿暗，数竿粉节天然瘦。对兹美景，爱清歌妙曲，千钟芳酒。　谁知别是壶中，缭画阁朱栏，烟谷云岫。三岛十洲东，青霄上、神工幻成岩窦。瑶台阆苑，翠旌羽葆频相就。世凡洗断，教乌兔从今，迟迟飞走。

程　垓　　　　南浦·金鸭懒熏香

金鸭懒熏香，向晚来春醒，一枕无绪。浓绿涨瑶窗，东风外、吹尽乱红飞絮。无言伫立，断肠惟有流莺语。碧云欲暮，空惆怅，韶华一时虚度。　追思旧日心情，记题叶西楼，吹花南浦。老去觉欢疏，伤春恨、都付断云残雨。黄昏院落，问谁犹在凭阑处。可堪杜宇，空只解声声，催他春去。

史达祖　　　　南浦·玉树晓飞香

玉树晓飞香，待倩它、和愁点破妆镜。轻嫩一天春，平白地、都护雨昏烟暝。幽花露湿，定应独把阑干凭。谢屐未蜡，安排共文鹓，重游芳径。　年来梦里扬州，怕事随歌残，情趁云冷。娇眄隔东风，无人会、莺燕暗中心性。深盟纵约，尽同晴雨全无定。海棠梦在，相思过西园，秋千红影。

王沂孙　　　　南浦·春水之一

柳下碧粼粼，认曲尘乍生，色嫩如染。清溜满银塘，东风细、参差縠纹初遍。别君南浦，翠眉曾照波痕浅。再来涨绿迷旧处，添却残红几片。　葡萄过雨新痕，正拍拍轻鸥，翩翩小燕。帘影蘸楼阴，芳流去、应有泪珠千点。沧浪一舸，断魂

重唱蘋花怨。采香幽径鸳鸯睡，谁道湔裙人远。

王沂孙　　　　南浦·春水之二

柳外碧连天，漾翠纹渐平，低蘸云影。应是雪初消，巴山路、蛾眉乍窥清镜。绿痕无际，几番漂荡江南恨。弄波素袜知甚处，空把落红流尽。　　何时橘里莼乡，泛一舸翩翩，东风归兴。孤梦绕沧浪，蘋花岸、漠漠雨昏烟暝。连筒接缕，故溪深掩柴门静。只愁双燕衔芳去，拂破蓝光千顷。

张　炎　　　　南浦·春水

波暖绿粼粼，燕飞来、好是苏堤才晓。鱼没浪痕圆，流红去、翻笑东风难扫。荒桥断浦，柳阴撑出扁舟小。回首池塘青欲遍，绝似梦中芳草。　　和云流出空山，甚年年净洗，花香不了。新渌乍生时，孤村路、犹忆那回曾到。余情渺渺，茂林觞咏如今悄。前度刘郎归去后，溪上碧桃多少。

南 浦 月

即《点绛唇》。因张辑词中有“邀月过南浦”句，故改调名为《南浦月》。详见《点绛唇》条。

张　辑　　　　南浦月·赋潇湘渔父

来蓟莼丝，江头一阵鸣蓑雨。孤篷归路，吹得蘋花暮。
短发萧萧，笑与沙鸥语。休归去，玉龙嘶处，邀月过南浦。

南 楼 令

即《唐多令》。周密因刘过词中有“二十年重过南楼”句，因而改调名为《南楼令》。详见《唐多令》条。

周　密　　　　南楼令·次陈君衡韵

桂影满空庭，秋更廿五声。一声声、都是消凝。新雁旧蛩相应和，禁不过、冷清清。　　酒与梦俱醒，病因愁做成。展

红绡、犹有余馨。暗想芙蓉城下路，花可可、雾冥冥。

周　密　　　南楼令·又次君衡韵

欹枕听西风，蛬阶月正中。弄秋声、金井孤桐。闲省十年吴下路，船几度、系江枫。　　辇路又迎逢，秋如归兴浓。叹淹留、还见新冬。湖外霜林秋似锦，一片片、认题红。

周　密　　南楼令·（再）次陈君衡韵

开了木芙蓉，一年秋已空。送新愁、千里孤鸿。摇落江蓠多少恨，吟不尽、楚云峰。　　往事夕阳红，故人江水东。翠衾寒、几夜霜浓。梦隔屏山飞不去，随夜鹊、绕疏桐。

周　密　　　南楼令·戏次赵元父韵

好梦不分明，楚云千万层。带围宽、愁损兰成。玉杵玄霜才咫尺，青羽信、便沉沉。　　水调夜楼清，清宵谁共听。研笺红、空赋倾城。几度欲吟吟不就，可煞是、没心情。

张　炎　　　南楼令·寿邵素心席间赋

一片赤城霞，无心恋海涯。远飞来、乔木人家。且向琴书深处隐，终胜似、听琵琶。　　休近七香车，年华已破瓜。怕依然、刘阮桃花。欲问长生何处好，金鼎内、转丹砂。

张　炎　　　南楼令·风雨怯殊乡

风雨怯殊乡，梧桐又小窗。甚秋声、今夜偏长。忆著旧时歌舞地，谁得似、牧之狂。　　茉莉拥钗梁，云窝一枕香。醉瞢腾、多少思量。明月半床人睡觉，听说道、夜深凉。

张　炎　　　南楼令·送黄一峰游灵隐

重整旧渔蓑，江湖风雨多。好襟怀、近日消磨。流水桃花随处有，终不似、隐烟萝。　　南浦又渔歌，挑云泛远波。想孤山、山下经过。见说梅花都老尽，凭为问、是如何。

张　炎　　南楼令·送韩竹闲归杭并写未归之意

一见又天涯，人生可叹嗟。想难忘、江上琵琶。诗酒一瓢风雨外，都莫问、是谁家。　　怜我鬓先华，何愁归路赊。向

西湖、重隐烟霞。说与山童休放鹤，最零落、是梅花。

张　炎　　　南楼令·云冷未全开

云冷未全开，檐冰雨冱苔。入花根、暖意先回。一夜绿房迎晓白，空忆遍、岭头梅。　如幻旧情怀，寻春上吹台。正泥深、十二香街。且问谢家池畔草，春必定、几时来。

张　炎　　　南楼令·有怀西湖且叹客游之漂泊

湖上景消磨，飘零有梦过。问堤边、春事如何。可是而今张绪老，见说道、柳无多。　客里醉时歌，寻思安乐窝。买扁舟、重缉渔蓑。欲趁桃花流水去，又却怕、有风波。

张　炎　　　南楼令·送杭友

聚首不多时，烟波又别离。有黄金、应铸相思。折得梅花先寄我，山正在、里湖西。　风雪脆荷衣，休教鸥鹭知。鬓丝丝、犹混尘泥。何日束书归旧隐，只恐怕、种瓜迟。

张　炎　　　南楼令·题聚仙图

曾记宴蓬壶，寻思认得无。醉归来、事已模糊。忽对画图如梦寐，又因甚、下清都。　拍手笑相呼，应书缩地符。恐人间、天上同途。隔水一声何处笛，正月满、洞庭湖。

张　炎　　　南楼令·寿月溪

天净雨初晴，秋清人更清。满吟窗、柳思周情。一片香来松桂下，长听得、读书声。　闲处卷黄庭，年年两鬓青。佩芳兰、不系尘缨。傍取溪边端正月，对玉兔、话长生。

南 歌 子

唐教坊曲名，有单调、双调之分。单调又名《春宵曲》、《水晶帘》、《碧窗梦》、《十爱词》。有二十三字、五句、三平韵，亦有二十六字、五句、三平韵。双调又名《南柯子》、《望秦川》、《风蝶令》。有五十四字，上下片各四句、三平韵；亦有五十二字，上下片各五句、三仄

韵。张衡《南都赋》：“坐南歌兮起郑舞。”此词曲调本属南音，故名《南歌子》。

张　先　　　　南歌子·醉后和衣倒

醉后和衣倒，愁来殢酒醺。困人天气近清明，尽日厌厌□脸、浅含颦。　　睡觉□□恨，依然月映门。楚天何处觅行云，唯有暗灯残漏、伴消魂。

张　先　　　　南歌子·蝉抱高高柳

蝉抱高高柳，莲开浅浅波。倚风疏叶下庭柯，况是不寒不暖、正清和。　　浮世欢会少，劳生怨别多。相逢休惜醉颜酡，赖有西园明月、照笙歌。

张　先　　　　南歌子·残照催行棹

残照催行棹，乘春拂去衣。海棠花下醉芳菲，无计少留君住、泪双垂。　　烟染春江暮，云藏阁道危。行行听取杜鹃啼，是妾此时离恨、尽呼伊。

欧阳修　　　　南歌子·凤髻金泥带

凤髻金泥带，龙纹玉掌梳。走来窗下笑相扶，爱道画眉深浅、入时无。　　弄笔偎人久，描花试手初。等闲妨了绣功夫，笑问双鸳鸯字、怎生书。

苏　轼　　　　南歌子·游赏

山与歌眉敛，波同醉眼流。游人都上十三楼，不羡竹西歌吹、古扬州。　　菰黍连昌歜，琼彝倒玉舟。谁家水调唱歌头，声绕碧山飞去、晚云留。

苏　轼　　　　南歌子·湖景

古岸开青葑，新渠走碧流。会看光满万家楼，记取他年扶路、入西州。　　佳节连梅雨，余生寄叶舟。只将菱角与鸡头，更有月明千顷、一时留。

苏　轼　　　　南歌子·寓意

雨暗初疑夜，风回忽报晴。淡云斜照著山明，细草软沙溪

路、马蹄轻。　　卯酒醒还困，仙材梦不成。蓝桥何处觅云英，只有多情流水、伴人行。

苏　轼　　　　南歌子·和前韵

日出西山雨，无晴又有晴。乱山深处过清明，不见彩绳花板、细腰轻。　　尽日行桑野，无人与目成。且将新句琢琼英，我是世间闲客、此闲行。

苏　轼　　　　南歌子·再用前韵

带酒冲山雨，和衣睡晚晴。不知钟鼓报天明，梦里栩然蝴蝶、一身轻。　　老去才都尽，归来计未成。求田问舍笑豪英，自爱湖边沙路、免泥行。

苏　轼　　　　南歌子·晚春

日薄花房绽，风和麦浪轻。夜来微雨洗郊垌，正是一年春好、近清明。　　已改煎茶火，犹调入粥饧。使君高会有余清，此乐无声无味、最难名。

苏　轼　　　　南歌子·八月十八日观潮

海上乘槎侣，仙人萼绿华。飞升元不用丹砂，住在潮头来处、渺天涯。　　雷辊夫差国，云翻海若家。坐中安得弄琴牙，写取余声归向、水仙夸。

苏　轼　　　　南歌子·再用前韵

苒苒中秋过，萧萧两鬓华。寓身化世一尘沙，笑看潮来潮去、了生涯。　　方士三山路，渔人一叶家。早知身世两聱牙，好伴骑鲸公子、赋雄夸。

苏　轼　　　　南歌子·师唱谁家曲

师唱谁家曲，宗风嗣阿谁。借君拍板与门槌，我也逢场作戏、莫相疑。　　溪女方偷眼，山僧莫眨眉。却愁弥勒下生迟，不见老婆三五、少年时。

苏　轼　　　　南歌子·别润守许仲涂

欲执河梁手，还升月旦堂。酒阑人散月侵廊，北客明朝归

去、雁南翔。　　窈窕高明玉，风流郑季庄。一时分散水云乡，惟有落花芳草、断人肠。

苏　轼　　　　南歌子·湖州作

山雨潇潇过，溪桥浏浏清。小园幽榭枕蘋汀，门外月华如水、彩舟横。　　苕岸霜花尽，江湖雪阵平。两山遥指海门青，回首水云何处、觅孤城。

苏　轼　　　　南歌子·暮春

紫陌寻春去，红尘拂面来。无人不道看花回，惟见石榴新蕊、一枝开。　　冰簟堆云髻，金尊滟玉醅。绿阴青子莫相催，留取红巾千点、照池台。

苏　轼　　南歌子·黄州腊八日饮怀民小阁

卫霍元勋后，韦平外族贤。吹笙只合在缑山，闲驾彩鸾归去、趁新年。　　烘暖烧香阁，轻寒浴佛天。他时一醉画堂前，莫忘故人憔悴、老江边。

苏　轼　　　　南歌子·有感

笑怕蔷薇罥，行忧宝瑟僵。美人依约在西厢，只恐暗中迷路、认余香。　　午夜风翻幔，三更月到床。簟纹如水玉肌凉，何物与侬归去、有残妆。

苏　轼　　　　南歌子·感旧

寸恨谁云短，绵绵岂易裁。半年眉绿未曾开，明月好风闲处、是人猜。　　春雨消残冻，温风到冷灰。尊前一曲为谁哉，留取曲终一拍、待君来。

苏　轼　　南歌子·楚守周豫出舞鬟，因作二首赠之

绀绾双蟠髻，云欹小偃巾。轻盈红脸小腰身，叠鼓忽催花拍、斗精神。　　空阔轻红歇，风和约柳春。蓬山才调最清新，胜似缠头千锦、共藏珍。

苏　轼　　　　南歌子·其二

琥珀装腰佩，龙香入领巾。只应飞燕是前身，共看剥葱纤

手、舞凝神。　柳絮风前转，梅花雪里春。鸳鸯翡翠两争新，但得周郎一顾、胜珠珍。

苏　轼　　南歌子·见说东园好

见说东园好，能消北客愁。虽非吾土且登楼，行尽江南南岸、此淹留。　短日明枫缬，清霜暗菊球。流年回首付东流，凭仗挽回潘鬓、莫教秋。

苏　轼　　南歌子·云鬓裁新绿

云鬓裁新绿，霞衣曳晓红。待歌凝立翠筵中，一朵彩云何事、下巫峰。　趁拍鸾飞镜，回身燕漾空。莫翻红袖过帘栊，怕被杨花勾引、嫁东风。

黄庭坚　　南歌子·槐绿低窗暗

槐绿低窗暗，榴红照眼明。玉人邀我少留行，无奈一帆烟雨、画船轻。　柳叶随歌皱，梨花与泪倾。别时不似见时情，今夜月明江上、酒初醒。

黄庭坚　　南歌子·诗有渊明语

诗有渊明语，歌无子夜声。论文思见老弥明，坐想罗浮山下、羽衣轻。　何处黔中郡，遥知隔晚晴。雨余风急断虹横，应梦池塘春草、若为情。

晁端礼　　南歌子·月到中秋夜

月到中秋夜，还胜别夜圆。高河瑟瑟转金盘，三十六宫深处、卷帘看。　香雾云鬟湿，清辉玉臂寒。寻常岂是不婵娟，吟赏莫辞终夕、动经年。

秦　观　　南歌子·玉漏迢迢尽

玉漏迢迢尽，银潢淡淡横。梦回宿酒未全醒，已被邻鸡催起、怕天明。　臂上妆犹在，襟间泪尚盈。水边灯火渐人行，天外一钩残月、带三星。

秦　观　　南歌子·愁鬓香云坠

愁鬓香云坠，娇眸水玉裁。月屏风幌为谁开，天外不知音

耗、百般猜。　　玉露沾庭砌，金风动琯灰。相看有似梦初回，只恐又抛人去、几时来。

秦　观　　　　南歌子·香墨弯弯画

香墨弯弯画，燕脂淡淡匀。揉蓝衫子杏黄裙，独倚玉阑无语、点檀唇。　　人去空流水，花飞半掩门。乱山何处觅行云，又是一钩新月、照黄昏。

贺　铸　　　　南歌子·绣幕深朱户

绣幕深朱户，熏炉小象床。扶肩醉被冒明珰，绣履可怜分破、两鸳鸯。　　梦枕初回雨，啼钿半□妆。一钩新月渡横塘，谁认凌波微步、袜尘香。

贺　铸　　　　南歌子·心黡黄金缕

心黡黄金缕，梢垂白玉团。孤芳不怕雪霜寒，先向百花头上、探春□。　　傍水添清韵，横墙露粉颜。夜来和月起凭阑，认得暗香微度、有无间。

贺　铸　　　　南歌子·疏雨池塘见

疏雨池塘见，微风襟袖知。阴阴夏木啭黄鹂，何处飞来白鹭、立移时。易醉扶头酒，难逢敌手棋。日长偏与睡相宜，睡起芭蕉叶上、自题诗。

仲　殊　　　　南歌子·十里青山远

十里青山远，潮平路带沙。数声啼鸟怨年华，又是凄凉时候、在天涯。　　白露收残暑，清风衬晚霞。绿杨堤畔闹荷花，记得年时沽酒、那人家。

仲　殊　　　　南歌子·解舞清平乐

解舞清平乐，如今说向谁。红炉片雪上钳锤，打就金毛狮子、也堪疑。　　木女明开眼，泥人暗皱眉。蟠桃已是著花迟，不向春风一笑、待何时。

晁补之　　　　南歌子·谯园作

霜细犹欺柳，风柔已弄梅。东园捶鼓赏新醅，唤取舞周歌

沉、探春回。　　妙舞堪千盏，长歌可百杯。笑人将恨上春台，劝我十分一举、两眉开。

晁补之　　南歌子·睡起临窗坐

睡起临窗坐，妆成傍砌闲。春来莫卷绣帘看，嫌怕东风吹恨、在眉间。　　鹦鹉花前弄，琵琶月下弹。蓦然收袖倚阑干，一向思量何事、点云鬟。

谢　逸　　南歌子·雨洗溪光净

雨洗溪光净，风掀柳带斜。画楼朱户玉人家，帘外一眉新月、浸梨花。　　金鸭香凝袖，铜荷烛映纱。风盘宫锦小屏遮，夜静寒生春笋、理琵琶。

毛　滂　　南歌子·正月二十八日定空寺赏梅

暮霰寒依树，娇云冷傍人。江南谁寄一枝春，何似珑璁十里、更无尘。　　雨萼胭脂淡，香须蝶子轻。碧山归路小桥横，谁见暗香今夜、月胧明。

毛　滂　　南歌子·东堂小酌赋秋月

庭下新生月，凭君把酒看。不须直待素团团，恰似那人眉样、秀弯环。　　冷射鸳鸯瓦，清欺翡翠帘。数枝烟竹小桥寒，渐见风吹疏影、过阑干。

毛　滂　　南歌子·席上和衢守李师文

绿暗藏城市，清香扑酒尊。淡烟疏雨冷黄昏，零落酴醿花片、损春痕。　　润入笙箫腻，春余笑语温。更深不锁醉乡门，先遣歌声留住、欲归云。

米友仁　　南歌子·遇酒词先举

遇酒词先举，逢山眼暂明。一川风雨纵留人，不道此郎归兴、欲兼程。　　客久情深□，寻欢恨不能。绳床顿睡梦纵横，赖□□□□□、□□□。

赵子发　　南歌子·天末疑无路

天末疑无路，波翻欲御风。此身忽在玉壶中，醉倒不知、

南北与西东。　　猎猎遥鸣草，飕飕静打篷。与君回棹碧云浓，不是思归、只为酒船空。

赵子发　　　南歌子·人有纫兰佩

人有纫兰佩，云无出岫心。扁舟来入碧涛深，坐见楚咻、儿女变齐音。　　但醉双瓶玉，从渠六印金。此时何处可幽寻，风定津头、白日照平林。

徐　俯　　　南歌子·山樊

细蕊黄金嫩，繁花白雪香。共谁连璧向河阳，自是不须汤饼、试何郎。　　婀娜鬅松髻，轻盈淡薄妆。莫令韩寿在伊傍，便逐游蜂惊蝶、过东墙。

叶梦得　　南歌子·四月二十六日集客临芳观

麦陇深初转，桃溪曲渐成。绿槐重叠午阴清，更有榴花一朵、照人明。　　画栋清微暑，疏帘入晚晴。请君坐待縠纹平，看取红幢翠盖、引前旌。

叶梦得　　　南歌子·次刘无言韵

是日微雨，过午而霁，晚遂月出

雨惜山容敛，云矜棹影开。忽看霁色射林隈，为问湖亭清影、为谁来。　　尽洗归时路，重倾醉后杯。未应霜雪遽相催，留得佳期犹在、共徘徊。

李　光　　　南歌子·重九日宴琼台

佳节多离恨，难逢笑口开。使君携客上层台，不用篱边凝望、白衣来。　　且看花经眼，休辞酒满杯。玉人低唱管弦催，归去琐窗无梦、月徘徊。

李　光　　　南歌子·南圃秋香过

民先兄寄野花数枝，状似蓼而丛生。夜置几案，幽香袭人，戏成一阕

南圃秋香过，东篱菊未英。蓼花无数满寒汀，中有一枝纤软、吐微馨。　　被冷沉烟细，灯青梦不成。皎如明月入窗棂，天女维摩相对、两忘情。

万俟咏　　　南歌子·梅夏暗丝雨

梅夏暗丝雨，麦秋扇浪风。香芦结黍趁天中，五日凄凉今古、与谁同。(下缺)

陈　克　　　南歌子·毛翰林席上

午夜添红蜡，分曹立翠娥。觥筹寂寂断经过，谁料绮丛香里、是银河。　　老去空髯戟，愁来奈脸波。一杯如此断肠何，枉杀两人心事、只闻歌。

陈　克　　　南歌子·献鲤荣今日

献鲤荣今日，凭熊瑞此邦。年年寿酒乐城隍，共道使君椿树、似甘棠。　　歌舞重城晓，从容燕席凉。不须苏合与都梁，风外荷花无数、是炉香。

陈　克　　　南歌子·北固烟中寺

北固烟中寺，西津雨后山。看公英气两眉间，如在林霏、江月袭人寒。　　展骥声名久，占熊福艾全。风流不是地行仙，好去鞭笞鸾凤、紫微天。

陈　克　　　南歌子·云里千山暖

云里千山暖，溪头八月凉。华簪霭霭待萱堂，羡子怀中双橘、半青黄。　　老去齐眉案，闲来坦腹床。相如何日从长杨，惭愧年年高会、索槟榔。

陈　克　　　南歌子·胜日萱庭小

胜日萱庭小，西风橘柚长。天怜扇枕彩衣郎，乞与淡云纤月、十分凉。　　潋滟三危雾，氤氲百濯香。年来椿树更苍苍，不用蓝桥辛苦、捣玄霜。

陈　克　　　南歌子·画幛经梅润

画幛经梅润，罗衣尚麦寒。古苔苍石绿勾栏，帘外映花新竹、两三竿。　　蠢蠢吴蚕卧，娉娉楚女闲。红阴角子共尝酸，肠断个侬憨态、小眉弯。

陈　克　　　南歌子·看月凭肩枨

看月凭肩枨，娇春枕臂眠。不禁花絮夜来寒，帐底浓香残梦、更缠绵。　　起晚笼莺怪，妆迟绣伴牵。声声催唤药栏边，整髻收裙无力、上秋千。

陈　克　　　南歌子·凤斝飞醇酎

凤斝飞醇酎，龙筵喷异香。义还仁还祝延长，正对金风玉露、爽秋光。　　一种庄椿老，五枝仙桂芳。当年天产窦家郎，须信来春同此、赋高唐。

陈　克　　　南歌子·爱日烘晴昼

爱日烘晴昼，轻寒护晓霜。小春庭院绕天香，仙风珊珊来自、五云乡。　　庭下芝兰秀，壶中日月长。要看发绿与瞳方，一笑人间千岁、饮淋浪。

朱敦儒　　　南歌子·沈蕙乞词

住近沉香浦，门前蕙草春。鸳鸯飞下柘枝新，见弄青梅初著、翠罗裙。　　怕唤拈歌扇，嫌催上舞茵。几时微步不生尘，来作维摩方丈、散花人。

李　祁　　　南歌子·袅袅秋风起

袅袅秋风起，萧萧败叶声。岳阳楼上听哀筝，楼下凄凉江月、为谁明。　　雾雨沉云梦，烟波渺洞庭。可怜无处问湘灵，只有无情江水、绕孤城。

李清照　　　南歌子·天上星河转

天上星河转，人间帘幕垂。凉生枕簟泪痕滋，起解罗衣、聊问夜何其。　　翠贴莲蓬小，金销藕叶稀。旧时天气旧时衣，只有情怀、不似旧家时。

吕本中　　　南歌子·驿路侵斜月

驿路侵斜月，溪桥度晓霜。短篱残菊一枝黄，正是乱山深处、过重阳。　　旅枕元无梦，寒更每自长。只言江左好风光，不道中原归思、转凄凉。

向子諲　　南歌子·柳眼风前动

柳眼风前动，梅心雪后寒。年光浑似雾中看，报答风光无处、可为欢。　一曲聊收泪，三杯强自宽。新愁不耐上眉端，怕见长安归路、懒凭栏。

向子諲　　南歌子·江左称岩桂

江左称岩桂，吴中说木樨。水沉为骨郁金衣，却恨疏梅恼我、得香迟。　叶借山光润，花蒙水色奇。年年勾引赋新诗，应笑芗林冷淡、独心知。

向子諲　　南歌子·绍兴辛酉病起

病著连三月，谁能慰老夫。萧萧短发不胜梳，风里支离欲倒、要人扶。　秋月明如水，岩花忽起予。旋篘白酒入盘盂，报答风光不醉、更何如。

向子諲　　南歌子·我入三摩地

韩公圭近有提举广东市舶之命，假道清江，执别年余，忽尔相逢，喜甚，因赋是词云

我入三摩地，人疑小有天。君王送老白云边，不用丹青图画、上凌烟。　喜揽澄清辔，能同载酒船。相逢忽谩别经年，好是两身强健、在尊前。

向子諲　　南歌子·代张仲宗赋

碧落飞明镜，晴烟幂远山。扁舟夜下广陵滩，照我白蘋红蓼、一杯残。　初望同盘饮，如何两处看。遥知香雾湿云鬟，凭暖琼楼十二、玉栏干。

向子諲　　南歌子·郭小娘道装

缥缈云间质，轻盈波上身。瑶林玉树出风尘，不是野花凡草、等闲春。　翠羽双垂珥，乌纱巧制巾。经珠不动两眉颦，须信铅华销尽、见天真。

向子諲　　南歌子·梁苑千花乱

梁苑千花乱，隋堤一水长。眼前风物总悲凉，何况眉头心

上、不相忘。　　因梦聊携手，凭书续断肠。已惊蝴蝶过东墙，更被风吹鸿雁、不成行。

向子谭　　　　南歌子·雨过林峦静

雨过林峦静，风回池阁凉。窥人双燕语雕梁，笑看小荷翻处、戏鸳鸯。　　共饮菖蒲细，同分彩线长。今朝真不负风光，绝胜几年飞梦、绕高唐。

权无染　　　　南歌子·照水金莲小

照水金莲小，披风宝麝浮。雪中开占百花头，一味潇潇洒洒、自风流。　　病态含春瘦，芳魂傍月愁。轻烟微雨更清幽，遮莫姚黄相并、也应羞。

权无染　　　　南歌子·一点檀心紫

一点檀心紫，千重粉翅光。蔷薇水浸淡鹅黄，别是一般风韵、断人肠。　　有艳难欺雪，无花可比香。寻思无计与幽芳，除是玉人清瘦、道家妆。

蔡　伸　　　　南歌子·萧寺疏钟断

萧寺疏钟断，虚堂夜气清。凉蟾偏向小窗明，露井碧梧寒叶、颤秋声。　　幽恨人谁问，孤衾泪独横。此时风月此时情，拟倩蓝桥归梦、见云英。

蔡　伸　　　　南歌子·远水澄明绿

远水澄明绿，孤云黯淡愁。白蘋红蓼满汀洲，肠断圆蟾空照、木兰舟。　　节物伤羁旅，归程叹滞留。佳期已误小红楼，赖得今年犹有、闰中秋。

蔡　伸　　　　南歌子·恨入眉峰翠

恨入眉峰翠，寒生酒晕红。临期凝泪洒西风，须信世间无物、似情浓。　　玉蹬敲霜月，金钲伴晓钟。凄凉古驿乱山重，今夜拥衾无寐、与君同。

王　灼　　　　南歌子·早春感怀

命啸无人啸，含娇何处娇。江南烟水太迢迢，璧月琼枝空

想、夜和朝。　　目断肠随断，魂销骨更销。琐窗风雨不相饶，犹似西湖一枕、听寒潮。

王以宁　　　南歌子·李左司生日

未折江南柳，先开陇上梅。绿情红意到根荄，昨夜春随和气、已归来。　　忠力扶昌运，冲和保圣胎。阳功阴德好栽培，他日骑鲸仙路、指蓬莱。

张元幹　　　南歌子·中秋

凉月今宵满，晴空万里宽。素娥应念老夫闲，特地中秋著意、照人间。　　香雾云鬟湿，清辉玉臂寒。休教凝伫向更阑，飘下桂华闻早、大家看。

张元幹　　　南歌子·远树留残雪

远树留残雪，寒江照晚晴。分明江上数峰青，倚槛旧愁新恨、一时生。　　春意来无际，归舟去有程。道人元自没心情，楚梦只因沉醉、等闲成。

张元幹　　　南歌子·玉露团寒菊

玉露团寒菊，秋风入败荷。缭墙南畔曲池涡，天迥遥岑倒影、落层波。　　月转檐牙短，更传漏箭多。醉来归去意如何，只为地偏心远、惯弦歌。

张元幹　　　南歌子·桂魄分余晕

桂魄分余晕，檀香破紫心。高鬟松绾鬓云侵，又被兰膏香染、色沉沉。　　指印纤纤粉，钗横隐隐金。更阑云雨凤帏深，长是枕前不见、殢人寻。

张元幹　　　南歌子·玉斧修圆了

玉斧修圆了，冰轮分外清。共看星向绣衣明，元是生朝为寿、对难兄。　　鸿雁翻秋影，埙篪和笑声。他年中令彩衣荣，记取今宵丹荔、醉瑶觥。

邓　肃　　　南歌子·竹影窥灯暗

竹影窥灯暗，泉声语夜长。小窗无梦到高唐，独引三杯长

啸、步修廊。　　月午衣衫冷，莲开风露香。阑干西角下银潢，我欲乘槎天上、泛寒光。

邓　肃　　　　南歌子·皓月明腮雪

皓月明腮雪，泠风乱鬓云。高楼帘幕夜生春，半醉依人秋水、欲斜倾。　　晓雨双溪涨，归舟一叶轻。杳无青翼寄殷勤，目断烟波渔火、又黄昏。

邓　肃　　　　南歌子·云绕风前鬓

云绕风前鬓，春开槛里妆。凤屏清昼蔼龙香，浅画娥眉新样、远山长。　　比翼曾同梦，双鱼隔异乡。玉楼依旧暗垂杨，楼下落花流水、自斜阳。

邓　肃　　　　南歌子·驿畔争挦草

驿畔争挦草，车前自喂牛。凤城一别几经秋，身在天涯海角、忍回头。　　旅梦惊残月，劳生寄小舟。都人应也望宸游，早晚葱葱佳气、满皇州。

吕渭老　　　　南歌子·策杖穿荒圃

策杖穿荒圃，登临笑晚风。无穷秋色蔽晴空，遥见夕阳江上、卷飞蓬。　　雁过菰蒲远，山遥梦寐通。一林枫叶堕愁红，归去暮烟深处、听疏钟。

吕渭老　　　　南歌子·远色连朱阁

远色连朱阁，寒鸦噪夕阳。小炉温手酌鹅黄，掩乱一枝清影、在寒窗。　　念远歌声小，嗔归泪眼长。纤腰今属冶游郎，朝暮楚宫云雨、恨茫茫。

吕渭老　　　　南歌子·片片云藏雨

片片云藏雨，重重雾隐山。可怜新月似眉弯，今夜断肠凝望、小楼寒。　　梦断云房远，书长蜡炬残。夜妆应罢短屏间，都把一春心事、付梅酸。

王之道　　　　南歌子·戊午重九

朱实盈盈露，黄花细细风。龙山胜集古今同，断送一年秋

色、酒杯中。　　鸭脚供柔白，鸡头荐嫩红。量吞云梦正能容，试问具区何处、浙江东。

王之道　　**南歌子·和陈勉仲**

老懒诗才退，春融醉眼昏。青山终日对柴门，柳外断桥流水、几家村。　　桃李添新意，池塘失旧痕。一尊聊复为君温，倾倒年来酬唱、细论文。

王之道　　**南歌子·赵叔全生日**

扇里薰风细，壶中化日长。榴花高下照红妆，花外飞云馥郁、水沉香。　　新竹轻储粉，流莺巧弄簧。不知何处是华阳，应有千年白李、荐霞觞。

王之道　　**南歌子·安丰守章彦辅生日**

玉露澄天宇，金风净月华。满庭秋色木樨花，记得谪仙初下、五云车。　　才业追前辈，人门属当家。寿觞无惜醉流霞，闻说姓名潜护、有笼纱。

王之道　　**南歌子·端午二首之一**

角簟横龟枕，兰房挂艾人。一尊菖歜泛清醇，好在佳人如玉、映长春。　　冰彻杯盘莹，香和笑语薰。莲花衫子入时新，挂起南窗一榻、晚风清。

王之道　　**南歌子·端午二首之二**

玉斝浮菖虎，金盘馈鯮鱼。研丹聊作厌兵符，何必城头一女、当千夫。　　雨过山如洗，风来草似梳。佳人不惯手谈输，却道如今重赌、选官图。

王之道　　**南歌子·书所见**

露竹舒新绿，风荷递暗香。谁家池馆睡鸳鸯，还有玉人相对、坐传觞。　　角簟清冰滑，纱厨薄雾凉。晚来行雨过巫阳，强整罗衣临镜、学宫妆。

杨无咎　　**南歌子·露宠妆成态**

露宠妆成态，风扶醉里身。谩劳驿使走征尘，岭外陇头何

处、不知春。　　诗思清如水，毫端妙入神。可怜徒效越娘颦，为问吟哦摹写、几曾真。

杨无咎　　南歌子·次东坡端午韵

小雨疏疏过，长江滚滚流。落霞残照晚明楼，又是一番重午，身寄南州。　　罗绮纷香陌，鱼龙漾彩舟。不堪回首凤池头，谁道于今霜鬓，犹自淹留。

杨无咎　　南歌子·己未和韵

波静明如染，山光翠欲流。晚来乘兴上章楼，楼外谁歌新唱，知有黄州。　　拟泛银河浪，聊乘藕叶舟。蓬山应自隐鳌头，借问谪仙何在，今为谁留。

杨无咎　　南歌子·笛喷风前曲

笛喷风前曲，歌翻意外声。年来老子厌风情，可是于君一见、眼双明。　　枕臂听残漏，停杯对短檠。直教笔底有文星，欲状此时情味、若为成。

杨无咎　　南歌子·巾染乌烟碧

巾染乌烟碧，衣掩晓露鲜。盈盈风骨小神仙，特地勾牵处士、梦巫山。　　星宿罗胸次，牙签弄指端。凭君为算小行年，试问与伊结得、几生缘。

杨无咎　　南歌子·彩缕牵肠断

彩缕牵肠断，明珠暗滴圆。从头颗颗手亲穿，寄与仙卿同结、此生缘。　　和串拢瑜臂，连云坠雪肩。循环密数对沉烟，似我真情不断、永相联。

刘子翚　　南歌子·和章潮洲二首之一

卜夜容三献，微欢极一时。风流太守未庞眉，放出笔头光焰、压金闺。　　藻丽花骈蕊，清高雪亚枝。曼声恰与贯珠宜，听此直教拚得、醉翻卮。

刘子翚　　南歌子·和章潮洲二首之二

伎俩无多子，逍遥自许时。闲愁且莫著双眉，恰有梅香一

点、到幽闺。　　宠辱棋翻局，光阴鸟度枝。颓然径醉是便宜，拟倩潭风吹绿、涨瑶卮。

史　浩　　　　南歌子·熟水

藻涧蟾光动，松风蟹眼鸣。浓熏沉麝入金瓶，泻出温温一盏、涤烦膺。　　爽继云龙饼，香无芝术名。主人襟韵有余清，不向今宵忘了、淡交情。

高　登　　　　南歌子·菊捻黄金嫩

菊捻黄金嫩，杯倾琥珀浓。良辰何处寄萍踪，短艇飘摇一叶、浪花中。　　凤阙游娃馆，幽坡赏梵宫。当年乐事总成空，目断天边想像、意何穷。

倪　偁　　　　南歌子·佳月当今夕

佳月当今夕，清尊尽客欢。参横斗转夜将阑，试泛小溪深处、与重看。　　野水从磨激，群山势郁盘。殷勤照我一杯残，更有谪仙奇句、斗清寒。

倪　偁　　　　南歌子·置酒临清夜

置酒临清夜，狂歌尽一欢。主人幽兴未渠阑，不负一天明月、卷帘看。　　影动黄金阙，光摇承露盘。君今双鬓未凋残，明岁玉堂兹夕、赏高寒。

倪　偁　　　　南歌子·对月中秋夜

对月中秋夜，传觞一笑欢。飘然逸兴未应阑，步向望湖桥上、倚阑看。　　松径风萧瑟，山腰路屈盘。南飞惊鹊五更残，小立水云光里、葛衣寒。

倪　偁　　　　南歌子·露下衣微湿

露下衣微湿，杯深意甚欢。西风吹暑十分阑，月满中秋、仍共故人看。　　酒好鹅黄嫩，茶珍小凤盘。醉吟不觉曙钟残，犹记归来扑面、井花寒。

倪　偁　　　　南歌子·嫩竹呈新绿

嫩竹呈新绿，幽花露浅红。一樽苍翠落杯中，更有飞泉鸣

佩、响丁东。　　乐事知难并，良辰得暂逢。晚风林下一尊同，便觉飘然身在、广寒宫。

倪　偁　　　南歌子·积水凝深碧

积水凝深碧，斜阳散满红。扁舟轻漾白蘋风，曲港孤村萦绕、路相通。　　野色浮尊净，荷香入座浓。胜游聊复五人同，恰似辋川当日、画图中。

洪　适　　　南歌子·雪中和景裴韵

闰岁饶光景，中旬始打春。拥炉看雪酒催人，梁上不曾飞落、去年尘。　　未暇巾车出，何妨举盏频。斜川日月已成陈，想得前村仙子、晚妆匀。

洪　适　　　南歌子·呈叶宪

多病都缘老，寒阴可惜春。栽桃种竹怕因循，移转篮舆藤杖、未开门。　　真率须如约，安排欲效颦。莫将筝笛损精神，自有啼莺舞鹤、解随人。

洪　适　　南歌子·示景裴弟，时叶宪明日真率

顽健输村老，嬉游付后生。七旬才有五清明，须趁良辰美景、绕园行。　　云意将飞雪，天心未肯晴。难将性命作人情，只合拥炉清坐、阅医经。

洪　适　　　南歌子·喜晴用前韵

住得如筛雪，方欣有脚春。谁云三尺不须循，若是诗僧月下、许敲门。　　巨竹多中断，残梅竞小颦。畦丁说与主林神，扫洒板桥前径、待吾人。

洪　适　　　南歌子·示裴弟

强作千年调，难逾五度春。脊令继踵漫相循，休要关心药裹、也扃门。　　蕙帐银杯化，纱窗翠黛颦。烧香试问紫姑神，一岁四并三乐、几多人。

洪　适　　　南歌子·寄景庐

南浦山罗列，东湖水渺弥。主人好客过当时，斗转参横时

候、醉如泥。　　莫管莺声老，从它柳絮飞。野园春色别无奇，船上有花多酒、未须归。

洪　适　　　南歌子·童岭作

云拂山腰过，风吹雨点来。田园好处有池台，记著相逢时节、海棠开。　　蝴蝶那无梦，鸳鸯亦有媒。藏钩解佩两三杯，明日水边沙际、首空回。

侯　寘　　　南歌子·为吕圣俞寿

菊润初经雨，橙香独占秋。碧琳仙酿试新篘，内集熙熙休试、蚁浮瓯。　　家世传黄阁，功名起黑头。双凫聊傍故人舟，咫尺青云岐路、看英游。

王千秋　　　南歌子·寿广文

鹊起惊红雨，潮生涨碧澜。水晶城馆月方圆，谁唤骑鲸仙伯、下三山。　　笔势翔鸾媚，词锋射斗寒。向来文价重贤关，便合批风支月、紫薇间。

向　滈　　　南歌子·路尽湘江水

路尽湘江水，人行瘴雾间。昏昏西日度严关，天外一簪初见、岭南山。　　北雁连书断，新霜点鬓斑。此时休问几时还，准拟桂林佳处、过春残。

程大昌　　　南歌子·每月冰轮转

景仁知府郎中见示月词，特从险韵出奇丽，得拭目则已夜，不暇尽和。取最后两阕，试追元韵。地窄，但能小举袖，不容敷舒也

每月冰轮转，常疑桂影摇。封姨特地借今宵，万水一规光景、湛寒瑶。　　圆处应无恨，君胡不自聊。谁家隐隐度晴箫，莫是素娥仙玉、会从霄。

程大昌　　　南歌子·才出沧溟底

才出沧溟底，旋明紫岫腰。玉光漫漫涌层潮，上有乘流海贾、卧吹箫。　　更上云台望，翻牵旅思遥。我生何许著箪瓢，却向天涯起舞、影萧萧。

程大昌　　南歌子·韵致撩诗客

韵致撩诗客，风流出酒家。长绳为驻日车斜，且向春香玉色、占生涯。　细按歌珠串，从欹宝髻鸦。花应笑我鬓双华，偏向西阶吹馥、侑流霞。

姚述尧　　南歌子·素节秋强半

九日会黄子升、何诚夫、宋仲远、丁景之、熙叔、刘方叔、何伯明、戴子强、二赵主管及诸同舍席间作

素节秋强半，嘉名久最宜。霜风簌簌下天涯，幸有佳朋何惜、共登危。　月窟诸仙子，天宫两白眉。相逢不醉定无归，笑问黄花重约、是何时。

姚述尧　　南歌子·呈府判删定黄子升

天宇霜风净，雷封露气寒。群贤高宴胜龙山，中有仙翁绿鬓、更朱颜。　北阙心犹壮，东篱兴未阑。年年身健足清欢，后会不妨重约、醉长安。

姚述尧　　南歌子·九日次赵季益韵

人在烟云里，山横碧落旁。望中缥缈是仙乡，幸有佳朋、何惜、醉斜阳。　公子传杯速，骚人炼句忙。悠然此兴未能忘，似觉庭花、全胜去年黄。

姚述尧　　南歌子·瑞彩迎朝日

赵德全会同舍小集，屏间置山丹花红黄二枝，即席索词

瑞彩迎朝日，柔枝绕庆云。谁将仙种下天阍，却笑葵杯榴火、俗纷纷。　色映蔷薇水，光浮琥珀尊。美人浴罢近黄昏，总把淡妆浓抹、斗芳芬。

姚述尧　　南歌子·赠赵顺道

咳唾琼珠璀，精神冰玉寒。不求名利不谈玄，明月清风相对、自怡然。　潇洒真仙隐，繁华小洞天。薰风飒飒度虞弦，更拥姬姜何惜、醉华年。

姚述尧　　南歌子·圣节前三日小集于尉厅

宾宴亲尧日，薰弦动舜风。公余无事乐年丰，多谢歌姬流

盼、更情浓。　　气逼云天外，毫濡雪碗中。百篇斗酒兴何穷，却笑东山无语、醉花丛。

姚述尧　　南歌子·罗盖轻翻翠

王清叔会同舍赏莲花，席间命官奴索词

罗盖轻翻翠，冰姿巧弄红。晚来习习度香风，疑是华山仙子、下珠宫。　　柳外神仙侣，花间锦绣丛。竞将玉质比芳容，笑指壶天何惜、醉千钟。

姚述尧　　南歌子·金谷貂蝉侣

户掾陈宋鼐、法曹郑頔约新隆兴倅木蕴之同游西山，小饮于净社僧舍，席间作

金谷貂蝉侣，东山锦绣丛。管弦丝竹醉东风，漫逐流莺飞舞、乱红中。　　清赏吾人事，诗情我辈钟。藤萝欲上更搘筇，笑指壶天烟绕、斗城东。

姚述尧　　南歌子·误入红莲幕

时方自金斤会议催科，事罢即作此游

误入红莲幕，来依玉树丛。也将尘迹寄东风，忙里偷闲同到、此山中。　　迥野韶华丽，晴岚秀色钟。凭高凝望倦扶筇，喜见今年和气、满南东。

姚述尧　　南歌子·雨过云峰净

雨过云峰净，天高水镜平。望中寸碧远山横，潇洒何郎相对、挹金觥。　　朱李沉寒碧，新瓜破玉英。浩然谭笑有余情，醉舞何妨颓玉、倚飞琼。

陆　游　　南歌子·送周机宜之益昌

异县相逢晚，中年作别难。暮秋风雨客衣寒，又向朝天门外、话悲欢。　　瘦马行霜栈，轻舟下雪滩。乌奴山下一林丹，为说三年常寄、梦魂间。

李　漳　　南歌子·寿子

小子何时见，高秋此日生。阶兰岩桂正欣荣，家比杜陵犹有、彩衣轻。　　应诏须三载，传家有一经。齐禽刷羽早蜚

鸣，莫效老夫头白、好归耕。

沈端节　　南歌子·远树昏鸦闹

远树昏鸦闹，衰芦睡鸭双。雪篷烟棹炯寒光，疑是风林纤月、到船窗。　时序惊心破，江山引梦长。思量也待不思量，泪染罗巾犹带、旧时香。

张孝祥　　南歌子·仲弥性席上

曾到蕲州不，人人说使君。使君才具合经纶，小试边城、早晚上星辰。　佳节重阳近，清歌午夜新。举杯相属莫辞频，后日相思、我已是行人。

张孝祥　　南歌子·赠吴伯承

人物羲皇上，诗名沈谢间。漫郎元自谩为官，醉眼懵腾、只拟看湘山。　小隐今成趣，邻翁独往还。野堂梅柳尚春寒，且趁华灯、频泛酒船宽。

张孝祥　　南歌子·过严关

路尽湘江水，人行瘴雾间。昏昏西北度严关，天外一簪初见、岭南山。　北雁连书断，秋霜点鬓斑。此行休问几时还，唯拟桂林佳处、过春残。

张孝祥　　南歌子·俭德仁诸族

俭德仁诸族，阴功格上清。焚香扫地夜朝真，看取名花浮玉、鉴齐精。　宝篆融融满，□流细细倾。双亲俱寿八千龄，却捧紫皇飞诏、上蓬瀛。

郭世模　　南歌子·玉醆浮琼蚁

玉醆浮琼蚁，金奁吐翠虬。醉乡归路接温柔，暗卜幽期低约、笑藏阄。　索去眉先锁，将言泪已流。小窗移火更迟留，自剔灯花油涴、玉搔头。

朱晞颜　　南歌子·影落三秋月

□□桂林，过□□玉堂仙，景卢饯别野处。壁间歌姬所作

墨竹，上有同年傅景仁长短句，走笔次韵，既抵峤南，回首野处，后会之期未卜也。因锲石湘漓江上，以寓万里之思云。绍熙五年清明后二日

影落三秋月，寒生六月霜。是谁幻出玉筼筜，乞与一枝和雪、钓漓湘。　劲节依琳馆，虚心陋草堂。笔端元自有雌黄，疑是化龙蜚到、葛仙旁。

吕胜己　南歌子·湛露凉亭馆

湛露凉亭馆，香风散芰荷。晚来月色似金波，间绿围红、同伴雪儿歌。　年少风流足，情深欢会多。佳人月下拜嫦娥，不似隔年牛女、望星河。

赵长卿　南歌子·荆溪寄南徐故人

春思浓如酒，离心乱似绵。一川芳草绿生烟，客里因循重过、艳阳天。　屈指归期近，愁眉泪洒然。无端还被此情牵，为问桃源、还有再逢缘。

赵长卿　南歌子·早春

春色烘衣暖，宫梅破鼻香。尽驱和气入兰堂，又是轻云微雨、下巫阳。　酒带欢情重，醺醺气味长。晚来拂拭略梳妆，笑指一钩新月、上回廊。

赵长卿　南歌子·春暮送别

枝上红飞尽，梢头绿已匀。游丝柳絮媚青春，向晚暖风帘幕、练光新。　春已匆匆去，那堪话别情。刘郎几日便登程，告你觅些欢笑、送行人。

赵长卿　南歌子·暮春值雨

黯霭阴云覆，滂沱急雨飞。洗残枝上乱红稀，恰是褪花天气、困人时。　向晓春酲重，偎人起较迟。薄罗初见试轻衣，笑拭新妆、须要剪酴醾。

赵长卿　南歌子·道中直重九

此日知何日，他乡忆故乡。乱山深处过重阳，走马吹花、

无复少年狂。　　黄菊擎枝重，红茱湿露香。扁舟随雁过潇湘，遥想莱庭、应恨不同觞。

赵长卿　　　　南歌子·夜坐

霜结凝寒夜，星辉识晓晴。兰膏重剔且教明，为照梢头香缕、一丝轻。　　坐久看看困，新词缀未成。梅花熏得酒初醒，更向耳边低道、月三更。

赵长卿　　　　南歌子·梅萼和霜晓

梅萼和霜晓，梨花带雪春。玉肌琼艳本无尘，肯把铅华容易、污天真。　　汤饼尝初罢，罗巾拭转新。几回贪耍失黄昏，月里归来无处、觅精神。

辛弃疾　　　　南歌子·万万千千恨

万万千千恨，前前后后山。傍人道我轿儿宽，不道被他遮得、望伊难。　　今夜江头树，船儿系那边。知他热后甚时眠，万万不成眠后、有谁扇。

辛弃疾　　　　南歌子·独坐蔗庵

玄入参同契，禅依不二门。静看斜日隙中尘，始觉人间、何处不纷纷。　　病笑春先老，闲怜懒是真。百般啼鸟苦撩人，除却提壶、此外不堪闻。

辛弃疾　　　　南歌子·世事从头减

世事从头减，秋怀彻底清。夜深犹道枕边声，试问清溪底事、不能平。　　月到愁边白，鸡先远处鸣。是中无有利和名，因甚山前未晓、有人行。

辛弃疾　　　　南歌子·新开池，戏作

散发披襟处，浮瓜沉李杯。涓涓流水细侵阶，凿个池儿、唤个月儿来。　　画栋频摇动，红葵尽倒开。斗匀红粉照香腮，有个人人、把做镜儿猜。

程　垓　　　　南歌子·雨燕翻新幕

雨燕翻新幕，风鹃绕旧枝。画堂春尽日迟迟，又是一番平

绿、涨西池。　　病起尊难尽，腰宽带易垂。不堪村落子规啼，问道行人一去、几时归。

程　垓　　南歌子·杨光辅又寄示寻春

淡霭笼青琐，轻寒薄翠绡。有人憔悴带宽腰，又见东风、不忍见柔条。　　闷酒尊难寻，闲香篆易销。夜来溪雪已平桥，溪上梅魂凭仗、一相招。

程　垓　　南歌子·早春

梅坞飞香定，兰窗翠色齐。水边沙际又春归，领略东风、能有几人知。　　爱月眠须晚，寻花去未迟。谁家庭院更芳菲，费尽才情、休负一春诗。

程　垓　　南歌子·荷盖倾新绿

荷盖倾新绿，榴巾蹙旧红。水亭烟榭晚凉中，又是一钩新月、静房栊。　　丝藕清如雪，帼纱薄似空。好维今夜与谁同，唤取玉人来共、一帘风。

程　垓　　南歌子·野水寻溪路

野水寻溪路，青山踏晚春。偶来相值却钟情，一树琼瑶洗尽、客衣襟。　　曲沼通诗梦，幽窗净俗尘。何时散发伴襜裙，后夜相思生怕、月愁人。

石孝友　　南歌子·蚁酒浮明月

蚁酒浮明月，鲸波泛落星。春花秋叶几飘零，只有庐山君眼、向人青。　　明日非今日，长亭更短亭。不辞一饮尽双瓶，争奈秋风江口、酒初醒。

石孝友　　南歌子·草色裙腰展

草色裙腰展，冰容水镜开。又还春事破寒来，一夜东风吹绽、后园梅。　　糯瓮笃香酿，熏炉续麝煤。休惊节物暗相催，赢取大家沉醉、探春杯。

石孝友　　南歌子·凤髻斜分翠

凤髻斜分翠，鸳鞋小砑红。东君著意绮罗丛，最好一枝特

地、怨春风。　　懊恨无情语，娇羞忍笑容。相看疑是梦魂中，怕逐飞云归去、断行踪。

石孝友　　　南歌子·畴昔飞鸾侣

畴昔飞鸾侣，而今断雁行。西风岭外下斜阳，无赖一钩新月、挂人肠。　　双泪沾襟袖，孤灯对客床。枕余衾剩只残香，别得娇痴不睡、也思量。

石孝友　　　南歌子·春浅梅红小

春浅梅红小，山寒岚翠薄。斜风吹雨入帘幕，梦觉南楼呜咽、数声角。　　歌酒工夫懒，别离情绪恶。舞衫宽尽不堪著，若比那回相见、更消削。

石孝友　　　南歌子·乱絮飘晴雪

乱絮飘晴雪，残花绣地衣。西园歌舞骤然稀，只有多情蝴蝶、作团飞。　　旧事深琴怨，新愁减带围。倚楼凝望更依依，怕见一天风雨、卷春归。

陈　亮　　　南歌子·池草抽新碧

池草抽新碧，山桃褪小红。寻春闲过小园东，春在乱花深处、鸟声中。　　游鞚归敲月，春衫醉舞风。谁家三弄学元戎，吹起闲愁、容易上眉峰。

张　镃　　　　南歌子·山药

种玉能延命，居山易学仙。青青一亩自锄烟，雾孕云蒸、肌骨更凝坚。　　熟染蜂房蜜，清添石鼎泉。雪香酥腻老来便，煨芋炉深、却笑祖师禅。

郭应祥　　　南歌子·生世逢端午

生世逢端午，齐头五十番。一番须作一般看，又听竞船箫鼓、沸江干。　　不用丝缠臂，休将艾插门。及时蒲黍漫登盘，只恐岁华催促、鬓毛斑。

郭应祥　　　　南歌子·怀人

心下悬悬地，侬家好好儿。相怜相惜许多时，岂料一朝轻

拆、便轻离。　　要见无由见，教归不肯归。数珠懒把镜慵窥，只有新添鬓雪、减腰围。

李　壁　　南歌子·紫绶新符竹

偶与子建小酌，知府秘书惠然临顾，此一段奇也。辄成小阕，呈二使君

紫绶新符竹，叶赪老弟兄。西风吹棹过湖亭，杨柳夫渠相伴、也多情。　　况是瀛洲侣，来同酒盏倾。白沤浑不避双旌，一种风流人似、玉壶清。

史达祖　　南歌子·采绿随双桨

采绿随双桨，看山藉一筇。关南桃树几番红，昨夜诗情频在、雨声中。　　花径无云隔，苔垣只梦通。旧欢一饷可过从，试觅鸳鸯新杏、简春风。

徐　照　　南歌子·帘影筛金线

帘影筛金线，炉烟篆翠丝。菰芽新出满盆池，唤起玉瓶添水、养鱼儿。　　意取钗虫碧，慵梳髻翅垂。相思无处说相思，笑把画罗小扇、觅春词。

王　迈　　南歌子·谢送菊花糕

家里逢重九，新筜熟浊醪。弟兄乘兴共登高，右手茱杯、左手笑持螯。　　官里逢重九，归心切大刀。美人痛饮读离骚，因感秋英、饷我菊花糕。

陈　晔　　南歌子·腰下重金贵

腰下重金贵，眉间一点黄。定知从此庆非常，况有阴功宜寿、等天长。　　乞得仙家酒，来称诞日觞。乃翁阿母醉何妨，行见诸郎接武、上明光。

华　岳　　南歌子·粉絮飘琼树

粉絮飘琼树，摇花结玉池。蕊仙縢六逞瑰奇，都把银河细剪、做花飞。　　小院风声急，歌楼酒力微。闷中犹记去年

时，呵手牵人相伴、塑狮儿。

赵希蓬　　　南歌子·玉立亭亭树

玉立亭亭树，水澌小小池。园林遍地幻珍奇，战罢奇鳞无数、满天飞。　　云冻风威惨，天低月色微。红绡暖帐浅斟时，那更樽前清韵、听歌儿。

臧馀庆　　　南歌子·橘里风烟好

橘里风烟好，壶中日月长。松身鹤发自安强，应有老人呈瑞、动光芒。　　酒饮无边酒，香烧不断香。从今乞与醉为乡，更醉百年三万、六千场。

张　枢　　　南歌子·柳户朝云湿

柳户朝云湿，花窗午篆清。东风未放十分晴，留恋海棠颜色、过清明。　　垒润栖新燕，笼深锁旧莺。琵琶可是不堪听，无奈愁人把做、断肠声。

胡翼龙　　　南歌子·山枕莺声晓

山枕莺声晓，羽觞花片飞。昨朝犹道未成归，不记春衫襟上、旧题诗。　　愁眼垂杨见，苦心红烛知。翻成怕见别离时，只寄一声将息、当相思。

陈允平　　　南歌子·茉莉

素质盈盈瘦，娇姿淡淡妆。曲勾阑畔倚秋娘，一撮风流都在、晚西凉。　　彩线串层玉，金篝络细香。半钩新月浸牙床，犹记东华年少、那门相。

陈允平　　　南歌子·懒傍青鸾镜

懒傍青鸾镜，慵簪翠凤翘。玉屏春重宝香销，因甚不忺梳洗、怕登楼。　　载酒垂杨浦，停桡杜若洲。伤春情绪寄箜篌，流水残阳芳草、伴人愁。

续雪谷　　　南歌子·眼媚双波溜

眼媚双波溜，腰柔一搦纤。问伊何事放珠帘，笑道篆香销

尽、要重添。　　数日宽金钏，梳云拂翠奁。梅妆依旧落虚檐，题起一春心事、两眉尖。

刘辰翁　　南歌子·搔困麻仙爪

搔困麻仙爪，含暄忍客衣。夜长窗月露成帏，不说明朝风雨、自当归。

刘辰翁　　南歌子·笃熟双投美

笃熟双投美，香飘一缕丝。霜前雁到蟹螯持，自试小窗醉墨、作新诗。

仇　远　　南歌子·结屋依苍树

结屋依苍树，开窗对碧山。西湖不厌久长看，玉勒钿车偏在、六桥间。　　露柳凝朝润，烟花敛暮寒。才经人赏便阑残，谢柳辞花、醉策瘦筇还。

仇　远　　南歌子·细细金丝柳

细细金丝柳，重重青黛山。玉人楼上倚愁看，移得浅颦深恨、上眉间。　　泪湿红绡薄，香凝碧绮寒。多情别去未春残，归趁海棠开后、燕双还。

张　炎　　南歌子·陆义斋燕喜亭

窗密春声聚，花多水影重。只留一路过东风，围得生香不断、锦熏笼。　　月地连金屋，云楼瞰翠蓬。惺忪笑语隔帘栊，知是谁调鹦鹉、柳阴中。

李太古　　南歌子·月下秦淮海

月下秦淮海，花前晏小山。二仙仙去几时还，留得月魂花魄、在人间。　　河汉流旌节，天风袅佩环。满空香雾湿云鬟，何处一声横笛、杏花寒。

无名氏　　南歌子·席近浑如远

席近浑如远，帘高故放低。偏它能画斗头眉，戴顶烧香铺

翠、小冠儿。　　酒伴残妆在，花随秀鬓垂。薄罗小扇写新诗，解下双双罗带、要重题。

无名氏　　　南歌子·象戏红牙局

象戏红牙局，琵琶绿锦绦。小窗方簟困香醪，帘外拂檐宫柳、翠阴交。　　烟媚莺莺近，风微燕燕高。更将乳酪伴樱桃，要共那人一递、一匙抄。

无名氏　　　南歌子·小小生金屋

小小生金屋，盈盈向凤帏。斜枝石竹绣罗衣，为怕春来风日、卷帘稀。　　金殿承恩久，兰堂得梦回。薰炉空惹御香归，今夜花前还是、日平西。

无名氏　　　南歌子·阁儿虽不大

阁儿虽不大，都无半点俗。窗儿根底数竿竹，画展江南山景、两三幅。　　彝鼎烧异香，胆瓶插嫩菊。翛然无事净心目，共那人人相对、弈棋局。

无名氏　　　南歌子·风动槐龙舞

风动槐龙舞，花深禁漏传。一竿红日照花砖，走马晨晖门里、快行宣。　　百五开新火，清明尚禁烟。鱼符不请便朝天，醉里归来疑是、梦游仙。

无名氏　　　南歌子·夕露沾芳草

夕露沾芳草，斜阳带远村。几声残角起谯门，撩乱栖鸦飞舞、闹黄昏。　　天共高城远，香余绣被温。客程常是可销魂，乍向心头横著、个人人。

无名氏　　　南歌子·楼迥迷云日

楼迥迷云日，溪深涨晓沙。年来悴憔费铅华，楼上一天春思、浩无涯。　　罗带宽腰素，真珠溜脸霞。海棠开尽柳飞花，薄幸只知游荡、不思家。

无名氏　　　南歌子·玉殿分时果

玉殿分时果，金盘弄赐冰。晚来阶下按歌声，恰好一方明

月、可中庭。　露下天如水，风来夜又清。偏他不肯大家行，漾下扇儿拍手、引流萤。

无名氏　南歌子·禁苑沉沉静

禁苑沉沉静，春波漾漾行。仙姿才韵两相并，叶上题诗、千古得佳名。　墙外分明见，花间隐约声。银钩掷处眼双明，应讶昔时、不得见情人。

无名氏　南歌子·贺生孙

原误作《临江仙》

祖德绵绵盛，家声烨烨传。流光重庆子生贤，想见朝来庭户、起非烟。　对客延汤饼，呼童散彩钱。休夸骨瘦与神全，看取犀庭玉角、已朝天。

柘枝舞

宋大曲名，调见《鄮峰真隐大曲》卷一宋史浩词。单调，五十字，八句、五仄韵。

史浩　柘枝舞·大曲

五人对厅一直立，竹竿子勾念：伏以瑞日重光，清风应候。金石丝竹，闲六律以皆调；僸佅兜离，贺四夷之率伏。请翻妙舞，来奉多欢。鼓吹连催，柘枝入队。念了，后行吹引子半段入场，连吹柘枝令，分作五方舞。舞了，竹竿子又念：适见金铃错落，锦帽蹁跹。芳年玉貌之英童，翠袂红绡之丽服。雅擅西戎之舞，似非中国之人。宜到阶前，分明只对。

念了，花心出，念：但儿等名参乐府，幼习舞容。当芳宴以宏开，属雅音而合奏。敢呈末技，用赞清歌。未敢自专，伏候处分。

念了，竹竿子问，念：既有清歌妙舞，何不献呈。

花心答，念：旧乐何在。

竹竿问，念：一部俨然。

花心答，念：再韵前来。

念了，后行吹三台一遍，五人舞拜，起舞，后行再吹射雕遍连歌头。舞了，众唱歌头：

□人奉圣□□朝，□□□□主。□□□、□□留伊，得荷云戏、幸遇文明，尧阶上、太平时。□□□□何不罢岁□征舞柘枝。

唱了，后行吹朵肩遍。吹了，又吹扑蝴蝶遍，又吹画眉遍。舞转，谢酒了，众唱柘枝令：

我是柘枝娇女，□□多风措。□□□、□住深□，妙学得柘枝舞。□□头戴凤冠□，□□纤腰束素。□□遍体锦衣装，来献呈歌舞。

又唱：

回头却望尘寰去，喧画堂箫鼓。整云鬟、摇曳青绡，爱一曲柘枝舞。好趁华封盛祝笑，共指南山烟雾。蟠桃仙酒醉升平，望凤楼归路。

唱了，后行吹柘枝令，众舞了，竹竿子念遣队：雅音震作，既呈仪凤之吟；妙舞回翔，巧著飞鸾之态。已洽欢娱绮席，暂归缥缈仙都。再拜阶前，相将好去。

念了，后行吹柘枝令出队。

相见欢

唐教坊曲名。又名《秋夜月》、《上西楼》、《西楼子》、《忆真妃》、《月上瓜州》、《乌夜啼》、《何满子》、《上小楼》、《古乌夜啼》、《西楼》、《秋夜月》、《忆真娘》。双调，三十六字。有上片三句、三平韵，下片四句、两仄韵、两平韵；上片三句、三平韵，下片四句、一叶韵、一叠韵、两平韵；上片三句、三平韵，下片四句、两平韵等数体。

毛　滂　　相见欢·秋思

十年湖海扁舟，几多愁。白发青灯今夜、不宜秋。　中庭树，空阶雨，思悠悠。寂寞一生心事、五更头。

朱敦儒　　相见欢·泷州几番清秋

泷州几番清秋，许多愁。叹我等闲白了、少年头。　人间事，如何是，去来休。自是不归归去、有谁留。

朱敦儒　　相见欢·东风吹尽江梅

东风吹尽江梅，橘花开。旧日吴王宫殿、长青苔。　今古事，英雄泪，老相催。长恨夕阳西去、晚潮回。

朱敦儒　　相见欢·金陵城上西楼

金陵城上西楼，倚清秋。万里夕阳垂地、大江流。　中原乱，簪缨散，几时收。试倩悲风吹泪、过扬州。

朱敦儒　　相见欢·秋风又到人间

秋风又到人间，叶珊珊。四望烟波无尽、欠青山。　浮生事，长江水，几时闲。幸是古来如此、且开颜。

朱敦儒　　相见欢·吟蛩作尽秋声

吟蛩作尽秋声，月西沉。凄断余香残梦、下层城。　人不见，屏空掩，数残更。还自搴帷独坐、看青灯。

朱敦儒　　相见欢·当年两上蓬瀛

当年两上蓬瀛，燕殊庭。曾共群仙携手、斗吹笙。　云涛晚，霓旌散，海鸥轻。却钓松江烟月、醉还醒。

朱敦儒　　相见欢·深秋庭院初凉

深秋庭院初凉，近重阳。篱畔一枝金菊、露微黄。　鲈脍韵，橙齑品，酒新香。我是升平闲客、醉何妨。

向子諲　　相见欢·亭亭秋水芙蓉

亭亭秋水芙蓉，翠围中。又是一年风露、笑相逢。　天机畔，云锦乱，思无穷。路隔银河犹解、嫁西风。

向子諲　　相见欢·桃源深闭春风

桃源深闭春风，信难通。流水落花余恨、几时穷。　水无定，花有尽，会相逢。可是人生长在、别离中。

向子諲　　相见欢·腰肢一缕纤长

腰肢一缕纤长，是垂杨。泥泥风中衣袖、冷沉香。　花如颊，眉如叶，语如簧。微笑微颦相恼、过回廊。

王　质　　**相见欢·薄霜**

霜花零落全稀，不成飞。寒水溶溶漾漾、软琉璃。　红未涌，青已露，白都晞。□□□□沙暖、戏凫鹥。

李处全　　**相见欢·见月闻笛八月五夜**

新凉襟袂泠然，乍晴天。风送谁家羌管、月便娟。　云散尽，秋空碧，玉钩悬。洗耳时听三弄、等团圆。

杨炎正　　**相见欢·江湖万里征鸿**

江湖万里征鸿，再相逢。多少风烟摸在、笑谈中。　歌裙醉，罗巾泪，别愁浓。瘦减腰围不碍、带金重。

许　棐　　**相见欢·绣围春水锦笼山**

绣围春水锦笼山，冶游天。可惜连朝中酒、怯秋千。　妆楼暖，朱帘卷，燕斜穿。冲落两三花片、镜台边。

无名氏　　**相见欢·月明疏影林间**

月明疏影林间，水潺潺。一点浓香十里、渡关山。　且莫负，好分付，冷无眠。只怕笛声呜咽、到愁边。

相思儿令

即《好女儿》，张先词名《相思儿令》。即《相思令》，详见《相思令》条。

张　先　　**相思儿令·春去几时还**

春去几时还，问桃李无言。燕子归栖风紧，梨雪乱西园。　犹有月婵娟，似人人、难近如天。愿教清影长相见，更乞取长圆。

晏　殊　　**相思儿令·昨日探春消息**

昨日探春消息，湖上绿波平。无奈绕堤芳草，还向旧痕生。　有酒且醉瑶觥，更何妨、檀板新声。谁教杨柳千丝，就中牵系人情。

晏　殊　　　相思儿令·春色渐芳菲也

春色渐芳菲也，迟日满烟波。正好艳阳时节，争奈落花何。　　醉来拟恣狂歌，断肠中、赢得愁多。不如归傍纱窗，有人重画双蛾。

相 思 引

又名《玉交枝》、《定风波令》、《琴调相思引》、《镜中人》、《摊破浣溪沙》，调见宋袁去华《宣卿词》及《梅苑》卷六无名氏词。双调数体。有四十六字，上片四句、三平韵，下片四句、两平韵；亦有四十八字，上片五句、四仄韵，下片四句、四仄韵；还有四十九字，上片五句、四仄韵，下片四句、四仄韵。

袁去华　　　相思引·皓齿清歌绝代音

皓齿清歌绝代音，眼波斜处寄情深。东风吹散，云雨杳难寻。　　试手罗笺花样在，唾窗茸线暗尘侵。向来多事，触绪碎人心。

袁去华　　　相思引·晓鉴燕脂拂紫绵

晓鉴燕脂拂紫绵，未忺梳掠髻云偏。日高人静，沉水袅残烟。　　春老菖蒲花未著，路长鱼雁信难传。无端风絮，飞到绣床边。

无名氏　　　　相思引·笑盈盈

笑盈盈，香喷喷，姑射仙人风韵。天与肌肤常素嫩，玉面犹嫌粉。　　斜倚小楼凝远信，多少往来人恨。只恐乘云春雨困，迤逦娇容褪。

无名氏　　　　相思引·半苞红

半苞红，微露粉，潇洒早梅犹嫩。香入梦魂残酒醒，芳意相牵引。　　不畏晓霜侵手冷，欲折一枝芳信。折得却无人寄问，争信相思损。

相 思 令

即《长相思》，《乐府雅词》调名为《相思令》。宋张

先词名《相思令》，见《张子野词》卷一。又名《相思儿令》，宋晏殊词名《相思令》，见《花草粹集》卷四。双调，四十七字，上片四句、两平韵，下片四句、三平韵。详见《长相思》条。

林　逋　　　　**相思令·吴山青**

吴山青，越山青，两岸青山相对迎，争忍有离情。　君泪盈，妾泪盈，罗带同心结未成，江边潮已平。

张　先　　　　**相思令·蘋满溪**

蘋满溪，柳绕堤，相送行人溪水西，回时陇月低。　烟霏霏，风凄凄，重倚朱门听马嘶，寒鸦相对啼。

相思会

又名《千年调》、《平等会》、《思仙会》、《神仙会》，曹组词调名《相思会》。详见《千年调》条。

曹　组　　　　**相思会·人无百年人**

人无百年人，刚作千年调。待把门关铁铸，鬼见失笑。多愁早老，惹尽闲烦恼。我醒也，枉劳心，谩计较。　粗衣淡饭，赢取暖和饱。住个宅儿，只要不大不小。常教洁净，不种闲花草。据见定、乐平生，便是神仙了。

柳长春

即《踏莎行》，赵长卿词调名《柳长春》。详见《踏莎行》条。

赵长卿　　　　**柳长春·上董倅**

梅喜先春，雁惊未腊，于门瑞气浮周匝。正当月应上弦时，长庚梦与良辰合。　螺水恩浓，盱江德洽，寿杯劝处燃红蜡。明年此际祝遐龄，贺宾一一趋东阁。

柳初新

宋代周密《天基圣节乐次》："第十三盏，觱篥起《柳初新慢》。"双调。有八十一字，上下片各七句、五仄韵为正体；亦有八十二字，上下片各七句、五仄韵为变体。

柳　永　　柳初新·东郊向晓星杓亚

东郊向晓星杓亚，报帝里、春来也。柳抬烟眼，花匀露脸，渐觉绿娇红姹。妆点层台芳榭，运神功、丹青无价。
别有尧阶试罢，新郎君、成行如画。杏园风细，桃花浪暖，竞喜羽迁鳞化。遍九陌、相将游冶，骤香尘、宝鞍骄马。

晁端礼　　柳初新·些儿柄靶天来大

些儿柄靶天来大，闷损也、还知么。共伊合下，深盟厚约，比望收因结果。这好事、难成易破，到如今、彼此无那。
终日行行坐坐，未曾识、展眉则个。若还不是，前生注定，甚得许多摧挫。去你行、有甚罪过，送一场、烦恼与我。

沈　蔚　　柳初新·楚天来驾春相送

楚天来驾春相送，半醉侧、花冠重。瑶台清宴，群仙戏手，剪出彩衣犹动。谁拂瑶琴巧弄，舞丹山、三千雏凤。
艳冶轻盈放纵，倚东风、从来遍宠。桃花溪上，相思未断，愁掩五云真洞。算曾揖、飞鸾双控，等闲入、襄王春梦。

无名氏　　柳初新·千林凋谢严凝日

千林凋谢严凝日，青帝许、梅花拆。孤根回暖，前村雪里，昨夜一枝凝白。天匠与、雕琼镂玉，淡然非、人间标格。
别有神仙第宅，绣帘垂、碧纱窗隔。月明风送，清香苒苒，著摸美人词客。向晓来、芳苞乍摘，对菱花、倍添姿色。

柳　　枝

即《杨柳枝》，详见《杨柳枝》条。

朱敦儒　　　柳枝·江南岸

江南岸，江北岸，折送行人无尽时，恨分离。　酒一杯，泪双垂，君到长安百事违，几时归。

许　棐　　　柳枝·冷迫春宵一半床

冷迫春宵一半床，懒熏香。不如屏里画鸳鸯，永成双。　重叠衾罗犹未暖，红烛短。明朝春雨足池塘，落花忙。

柳垂金

即《柳摇金》，宋仲殊词名《柳垂金》。详见《柳摇金》条。

仲　殊　　　柳垂金·中春天气禁烟暖

中春天气禁烟暖，余七叶，丹蓂未卷。海岳灵辉储庆远，降非熊，运符亨旦。　宝雾香凝，非锦筵红荐。永算金尊屡满，酒里千年春烂熳。共朱颜，镇长相见。

柳梢青

又名《雨洗元宵》、《玉水明沙》、《云淡秋空》、《早春怨》、《陇头月》。此调有平韵与仄韵之别。平韵有双调四十九字，上片六句、三平韵，下片五句、三平韵；亦有五十字，上片六句、三平韵，下片五句、三平韵。仄韵有双调四十九字，上片六句、三仄韵，下片五句、两仄韵等。

仲　殊　　　柳梢青·吴中

岸草平沙，吴王故苑，柳袅烟斜。雨后寒轻，风前香软，春在梨花。　行人一棹天涯，酒醒处、残阳乱鸦。门外秋千，墙头红粉，深院谁家。

谢　逸　　　柳梢青·离别

香肩轻拍，尊前忍听，一声将息。昨夜浓欢，今朝别酒，

明日行客。　后回来则须来，便去也、如何去得。无限离情，无穷江水，无边山色。

刘一止　　柳梢青·柳汀烟暮

柳汀烟暮，常记岸帻，风流张绪。酒兴诗情，而今移向，那边佳处。　使君自乐萧闲，未肯副、岩廊虚伫。不念寒窗，老人幽梦，追寻无据。

王庭珪　　柳梢青·和张元晖清明

兰亭丝竹，高会群贤，其人如玉。曲水流觞，灯前细雨，檐花蔌蔌。　舞雩初试春衣，听咏歌、童子五六。泽畔行吟，沙汀拾翠，满江新绿。

朱敦儒　　柳梢青·狂踪怪迹

狂踪怪迹，谁料年老，天涯为客。帆展霜风，船随江月，山寒波碧。　如今著处添愁，怎忍看、参西雁北。洛浦莺花，伊川云水，何时归得。

朱敦儒　　柳梢青·松江胜集

松江胜集，中秋载酒，幽人闲客。云将迟疑，桂娥羞涩，一欢难得。　天怜我辈凄凉，借万里、晴空湛碧。浩浩烟波，堂堂风月，今夕何夕。

朱敦儒　　柳梢青·红分翠别

红分翠别，宿酒半醒，征鞍将发。楼外残钟，帐前残烛，窗边残月。　想伊绣枕无眠，记行客、如今去也。心下难拚，眼前难觅，口头难说。

朱敦儒　　柳梢青·梅蒸乍热

梅蒸乍热，无处散策，芳菲初歇。席展凉莞，帐垂黄草，天然奇绝。　披襟永昼清风，更荐枕、良宵皓月。一梦游仙，软云推倒，广寒宫阙。

朱敦儒　　柳梢青·季女生日

秋光正洁，仙家瑞草，黄花初发。物外高情，天然雅致，

清标偏别。　　仙翁笑酌金杯，庆儿女、团圆喜悦。嫁与萧郎，凤凰台上，长生风月。

朱敦儒　　　　柳梢青·水云晚照

水云晚照，浮生了了，霜风衰草。日月金梭，江山春梦，天多人少。　　赤松认得虚空，便一向、飞腾缥缈。直上蓬瀛，回看沧海，凄然长啸。

宝　月　　　　柳梢青·脉脉春心

脉脉春心，情人渐远，难托离愁。雨后寒轻，风前香软，春在梨花。　　行人倚棹天涯，酒醒处、残阳乱鸦。门外秋千，墙头红粉，深院谁家。

蔡　伸　　　　柳梢青·数声鶗鴂

数声鶗鴂，可怜又是，春归时节。满院东风，海棠铺绣，梨花飘雪。　　丁香露泣残枝，算未比、愁肠寸结。自是休文，多情多感，不干风月。

蔡　伸　　　　柳梢青·子规啼月

子规啼月，幽衾梦断，销魂时节。枕上斑斑，枝头点点，染成清血。　　凄凉断雨残云，算此恨、文君更切。老去情怀，春来况味，那禁离别。

蔡　伸　　　　柳梢青·联璧寻春

联璧寻春，踏青尚忆，年时携手。此际重来，可怜还是，年时时候。　　阴阴柳下人家，□人面、桃花似旧。但愿年年，春风有信，人心长久。

李弥逊　　　　柳梢青·赵端礼生日

寿烟笼席，采莲新按，舞腰无力。占尽风光，人间天上，今夕何夕。　　蓝袍换了莱衣，庆岁岁、君恩屡锡。连夜欢声，满城佳气，和春留得。

张元幹　　　　柳梢青·清山浮碧

清山浮碧，细风丝雨，新愁如织。慵试春衫，不禁宿酒，

天涯寒食。　归期莫数芳辰，误几度、回廊夜色。入户飞花，隔帘双燕，有谁知得。

张元幹　　柳梢青·小楼南陌

小楼南陌，翠軿金勒，谁家春色。冷雨吹花，禁烟怯柳，伤心行客。　少年百万呼卢，拥越女、吴姬共掷。被底香浓，尊前烛灭，如今消得。

吕渭老　　柳梢青·远帘笼月

远帘笼月，谁见南陌，子规啼血。萸糁菊英，整冠落帽，一时虚说。　五湖自有深期，曾指定、灯花细说。燕子巢空，秋鸿程远，音书中绝。

董德元　　柳梢青·满腹文章

满腹文章，满头霜雪，满面埃尘。直至如今，别无收拾，只有清贫。　功名已是因循，最懊恨、张巡李巡。几个明年，几番好运，只是瞒人。

杨无咎　　柳梢青·傲雪凌霜

傲雪凌霜，平欺寒力，搀借春光。步绕西湖，兴余东阁，可奈诗肠。　娟娟月转回廊，悄无处、安排暗香。一夜相思，几枝疏影，落在寒窗。

杨无咎　　柳梢青·雪艳烟痕

雪艳烟痕，又要春色，来到芳尊。却忆年时，月移清影，人立黄昏。　一番幽思谁论，但永夜、空迷梦魂。绕遍江南，缭墙深苑，水郭山村。

杨无咎　　柳梢青·茅舍疏篱

茅舍疏篱，半飘残雪，斜卧低枝。可更相宜，烟笼修竹，月在寒溪。　亭亭伫立移时，判瘦损、无妨为伊。谁赋才情，画成幽思，写入新诗。

杨无咎　　柳梢青·月堕霜飞

月堕霜飞，隔窗疏瘦，微见横枝。不道寒香，解随羌管，

吹到屏帷。　　个中风味谁知，睡乍起、乌云任攲。嚼蕊挼英，浅颦轻笑，酒半醒时。

杨无咎　　柳梢青·月转墙东

月转墙东，几枝寒影，一点香风。清不成眠，醉凭诗兴，起绕珍丛。　　平生只个情钟，渐老矣、无愁可供。最是难忘，倚楼人在，横笛声中。

杨无咎　　柳梢青·玉骨冰肌

玉骨冰肌，为谁偏好，特地相宜。一段风流，广平休赋，和靖无诗。　　绮窗睡起春迟，困无力、菱花笑窥。嚼蕊吹香，眉心贴处，鬓畔簪时。

杨无咎　　柳梢青·为爱冰姿

为爱冰姿，画看不足，吟看不足。已恨春催，可堪风里，飞英相逐。　　只应自惜高标，似羞伴、妖红媚绿。藏白收香，放他桃李，漫山粗俗。

杨无咎　　柳梢青·水曲山傍

水曲山傍，寒梢冷蕊，隐映修篁。细细吹香，疏疏沉影，恼断回肠。　　为伊驻马横塘，漫立尽、烟村夕阳。空袅吟鞭，几多诗句，不入思量。

杨无咎　　柳梢青·天付风流

天付风流，相时宜称，著处清幽。雪月光中，烟溪影里，松竹梢头。　　却憎吹笛高楼，一夜里、教人鬓秋。不道明朝，半随风远，半逐波浮。

杨无咎　　柳梢青·屋角墙隅

屋角墙隅，占宽闲处，种两三株。月夕烟朝，影侵窗牖，香彻肌肤。　　群芳欲比何如，癯儒岂、膏粱共途。因事顺心，为花修史，从记中书。

杨无咎　　柳梢青·瑞鸭烟浓

瑞鸭烟浓，晓来弦管，声在霜空。却退寒威，借回春色，

满苑香风。　　见时人下瑶宫，记千载、今朝庆逢。满捧瑶觞，芝兰丛里，锦绣光中。

杨无咎　　柳梢青·江月轩中

江月轩中，拍堤新涨，绕院薰风。深注瑶觞，低歌金缕，声在晴空。　　新词尽索无穷，断酩酊、衰颜为红。愿得年年，繁枝子满，绿叶阴浓。

杨无咎　　柳梢青·步观察生辰二首之一

槐夏风清，霁天欲晓，武曲增明。元是今朝，曾生名将，力佐中兴。　　朝家息马休兵，享逸乐、嬉游太平。忧国胸襟，平戎材略，分付瑶觥。

杨无咎　　柳梢青·步观察生辰二首之二

灼灼红榴，垂垂绿柳，庭户清和。罗绮香中，十分春酒，几叠高歌。　　遐龄欲问如何，记平日、阴功数多。千载今朝，笑看池面，龟戏青荷。

杨无咎　　柳梢青·李莹

小阁深沉，酒醺香暖，容易眠熟。梦入仙源，桃红似火，李莹如玉。　　觉来几许悲凉，记永夜、传杯换烛。绣被薰香，宝钗落枕，同论心曲。

杨无咎　　柳梢青·癸未秋社有怀故山

送雁迎鸿，未寒时节，已凉天气。针线倦拈，帘帏低卷，别般风味。　　欹眠梦到山中，共老幼、扶携笑喜。桑柘影深，鸡豚香美，家家人醉。

杨无咎　　柳梢青·暴雨生凉

暴雨生凉，做成好梦，飞到伊行。几叶芭蕉，数竿修竹，人在南窗。　　傍人笑我恓惶，算除是、铁心石肠。一自别来，百般宜处，都入思量。

杨无咎　　柳梢青·渐近青春

范端伯要余画梅四枝：一未开、一欲开、一盛开、一将

残，仍各赋词一首。画可信笔，词难命意，却之不从，勉徇其请。予旧有柳梢青十首，亦因梅所作，今再用此声调，盖近时喜唱此曲故也。端伯奕世勋臣之家，了无膏粱气味，而胸次洒落，笔端敏捷，观其好尚如许，不问可知其人也。要须亦作四篇，共夸此画，庶几衰朽之人，托以俱不泯儿。乾道元年七夕前一日癸丑，丁丑人杨无咎补之书于豫章武宁僧舍

渐近青春，试寻红壖，经年疏隔。小立风前，恍然初见，情如相识。　　为伊只欲颠狂，犹自把、芳心爱惜。传与东君，乞怜愁寂，不须要勒。

杨无咎　　柳梢青·嫩蕊商量

嫩蕊商量，无穷幽思，如对新妆。粉面微红，檀唇羞启，忍笑含香。　　休将春色包藏，抵死地、教人断肠。莫待开残，却随明月，走上回廊。

杨无咎　　柳梢青·粉墙斜搭

粉墙斜搭，被伊勾引，不忘时霎。一夜幽香，恼人无寐，可堪开匝。　　晓来起看芳丛，只怕里、危梢欲压。折向胆瓶，移归芸阁，休薰金鸭。

杨无咎　　柳梢青·目断南枝

目断南枝，几回吟绕，长怨开迟。雨浥风欺，雪侵霜妒，却恨离披。　　欲调商鼎如期，可奈向、骚人自悲。赖有毫端，幻成冰彩，长似芳时。

曾　觌　　柳梢青·侍宴禁中和张知阁应制作

梅粉轻匀，和风布暖，香径无尘。凤阁凌虚，龙池澄碧，芳意鳞鳞。　　清时酒圣花神，对内苑、风光又新。一部仙韶，九重鸾仗，天上长春。

曾　觌　　柳梢青·花柳争春

临安春会，泛舟湖中，胡帅索词，因赋

花柳争春，湖山竞秀，恰近清明。绮席从容，兰舟摇曳，稳泛波平。　　君恩许宴簪缨，密座促、仍多故情。一部清音，两行红粉，醉入严城。

曾　觌　　柳梢青·山林堂席上以主人之意解嘲

品雅风流，端端正正，堪人怜惜。因甚新来，眉儿不展，愁情如织。　倡条冶叶无情，犹为他、千思万忆。据恁当初，真心实意，如何亏得。

曾　觌　　柳梢青·咏海棠

雨过风微，温泉浴倦，妃子妆迟。翠袖牵云，朱唇得酒，脸晕胭脂。　年年海燕新归，怎奈向、黄昏恁时。倚遍琼干，烧残银烛，花又争知。

曾　觌　　柳梢青·春祺锡宴

□杏堂前，清深窗外，宛似蓬瀛。珠翠分行，笙歌争奏，音韵清新。　玉皇金母情亲，劝醁醑、更酬嗣君。地久天长，花朝月夕，天上长春。

曾　觌　　柳梢青·小宴清秋

小宴清秋，霎时见了，雨散云收。柳絮轻柔，梅花闲澹，宫院风流。　空教梦绕青楼，待说个、相思又休。无奈情何，不来眼底，常在心头。

张　抡　　柳梢青·柳色初匀

柳色初匀，轻寒似水，纤雨如尘。一阵东风，縠纹微皱，碧沼鳞鳞。　仙娥花月精神，奏凤管、鸾丝斗新。万岁声中，九霞杯里，长醉芳春。

侯　寘　　柳梢青·赠张丞

小院轻寒，酒浓香软，深沉帘幕。我辈相逢，欢然一笑，春在杯酌。　家山辜负猿鹤，轩冕意、秋云似薄。我自西风，扁舟归去，看君寥廓。

侯　寘　　柳梢青·送吕子绍守峡

楚天清绝，苇岸兰汀，素秋时节。帘卷湘鬟，香飞云篆，叵看轻别。　明朝底处关山，算总是、愁花恨月。白马江寒，黄牛峡静，小梅初彻。

赵彦端　　柳梢青·生日

衰翁自谪，堪笑忘了，山林闲适。一岁花黄，一秋酒绿，一番头白。　浮生似醉如客，问底事、归来未得。但愿长年，故人相与，春朝秋夕。

赵彦端　　柳梢青·庚寅生日铅山作

卮言日出，天上漫试，人间无术。一笑归来，身如蝉蜕，首如龟缩。　年年白酒黄花，共愿我、光风霁月。不道道人，骎骎老去，如何消得。

赵彦端　　柳梢青·酴醾过也

酴醾过也，酴醾过后，无花堪折。只有垂杨，垂杨却作，絮惊行色。　海棠半在如无，又争倩、蔷薇恋得。除是东风，随君归问，玉堂消息。

袁去华　　柳梢青·草底虫吟

草底虫吟，烟横水际，月澹松阴。荷近香浓，竹深凉早，销尽烦襟。　发稀浑不胜簪，更客里、吴霜暗侵。富贵功名，本来无意，何况如今。

此首别作张孝祥词

袁去华　　柳梢青·建康作

白鹭洲前，乌衣巷口，江上城郭。万古豪华，六朝兴废，潮生潮落。　信流一叶飘泊，叹问米、东游计错。老眼昏花，吴山何处，孤云天角。

袁去华　　柳梢青·长桥

天接沧浪，晴虹垂饮，千步修梁。万顷玻璃，洞庭之外，纯浸斜阳。　西风劝我持觞，况高栋、层轩自凉。饮罢不知，此身归处，独咏苍茫。

袁去华　　柳梢青·钓台

绍兴甲子赴试南宫登此，今三十三年矣

一水萦回，参天古木，夹岸苍崖。三十三年，客星堂上，几度曾来。　眼看变化云雷，分白首、烟波放怀。细细平章，钓台毕竟，高似云台。

曹　冠　　　柳梢青·游湖

湖岸千峰，嵌岩隐映，绿竹青松。古寺东西，楼台上下，烟雾溟濛。　波光万顷溶溶，人面与、荷光共红。拨棹归欤，一天明月，十里香风。

葛　郯　　　柳梢青·和人

谢家池阁，翠桁香浓，琐纱窗薄。夜雨灯前，秋风笔下，与谁同乐。　主人许我清狂，奈酒量、从来最弱。颠倒冠巾，淋漓衣袂，醒时方觉。

葛　郯　　　柳梢青·空中雨阁

空中雨阁，一段轻阴，翠铺林薄。橘内仙翁，棋边公子，共成清乐。　主人有井留车，看席上、云轻柳弱。斗转檐头，鸡鸣窗外，无人知觉。

管　鉴　　　柳梢青·次韵赵德庄

神仙堕谪，天为赋与，经纶才识。盖代声名，宗英惟向，翰林颂白。　黄堂一笑留客，算此处、淹留未得。且对清尊，高谈风月，厌厌今夕。

管　鉴　　　柳梢青·七夕诸公祖席

澹云微月，又是一年，新秋佳节。天上欢期，人间何事，翻成离别。　清尊欲醉还歇，怕饮散、匆匆话别。若是经年，得回相见，甘心愁绝。

陆　游　　　柳梢青·锦里繁华

故蜀燕王宫海棠之盛，为成都第一，今属张氏

锦里繁华，环宫故邸，叠萼奇花。俊客妖姬，争飞金勒，齐驻香车。　何须幕障帏遮，宝杯浸、红云瑞霞。银烛光中，清歌声里，休恨天涯。

陆　游　　柳梢青·乙巳二月西兴赠别

十载江湖，行歌沽酒，不到京华。底事翩然，长亭烟草，衰鬓风沙。　凭高目断天涯，细雨外、楼台万家。只恐明朝，一时不见，人共梅花。

沈　瀛　　柳梢青·相逢今夕

相逢今夕，故人相见，先谈踪迹。旧日书生，而今村叟，新来禅客。　跳过世界三千，特特地、人间九百。自在狂歌，□□□□，一场杂剧。

张孝祥　　柳梢青·草底蛩吟

草底蛩吟，烟横水际，月澹松阴。荷动香浓，竹深凉早，销尽烦襟。　发稀浑不胜簪，更客里、吴霜暗侵。富贵功名，本来无意，何况如今。

此首别作袁去华词

张孝祥　　柳梢青·碧云风月无多

碧云风月无多，莫被名缰利锁。白玉为车，黄金作印，不恋休呵。　争如对酒当歌，人是人非恁么。年少甘罗，老成吕望，必竟如何。

张孝祥　　柳梢青·饯别蒋德施、粟子求诸公

重阳时节，满城风雨，更催行色。陇树寒轻，海山秋老，清愁如织。　一杯莫惜留连，我亦是、天涯倦客。后夜相思，水长山远，东西南北。

张孝祥　　柳梢青·元宵何高士说京师旧事

今年元夕，探尽江梅，都无消息。草市梢头，柳庄深处，雪花如席。　一尊邻里相过，也随分、移时换节。玉辇端门，红旗夜市，凭君休说。

张孝祥　　柳梢青·探梅

溪南溪北，玉香消尽，翠娇无力。月淡黄昏，烟横清晓，都无消息。　无聊更绕空枝，断魂远、重招怎得。驿使归来，戍楼吹断，空成凄恻。

崔敦礼　　柳梢青·寿词

惊世文章，门户照人，外家衣钵。多谢温存，相期宅相，此恩难说。　今朝祝寿樽前，共拜舞、诸孙下列。但愿从今，一年强似，一年时节。

李处全　　柳梢青·茶

九天圆月，香尘碎玉，素涛翻雪。石乳香甘，松风汤嫩，一时三绝。　清宵好尽欢娱，奈明日、扶头怎说。整顿颓山，殷勤春露，余甘齿颊。

李处全　　柳梢青·汤

余甘齿颊，酒□半酣，漏声频促。月下传呼，风前掺别，无因留客。　丁宁玉笋磨香，为料理、十分醒著。后会何时，前欢未尽，明朝重约。

丘　密　　柳梢青·和胡夫人

风佩珊珊，云屏曲曲，愁绝春悭。无赖余寒，半醒宿酒，御夹成单。　深沉院落人闲，凭阑处、眉颦黛残。彩笔慵拈，新声微度，兴入云山。

吕胜己　　柳梢青·叶下云行

叶下云行，亭皋风静，凉雨丝丝。断雁孤鸣，寒蛩相应，寂寂书帏。　蒲团纸帐兰台，梦不到、邯郸便回。蚁穴荣华，人间功业，都恼人怀。

赵长卿　　柳梢青·春词

桃杏舒红，迟迟暖日，媚景芳浓。紫燕穿帘，香泥著地，未乳巢空。　千山万水重重，烟雨里、王维画中。芳草斜阳，无人江渡，蓑笠渔翁。

赵长卿　　柳梢青·过何郎石见早梅

云暗天低，枫林凋翠，寒雁声悲。茅店儿前，竹篱巴后，初见横枝。　盈盈粉面香肌，记月榭、当年见伊。有恨难传，无肠可断，立马多时。

赵长卿　　　柳梢青·东园醉作梅词

千林落叶声声悲，听凄惨、江皋雁飞。难似玉肌，总惊花貌，压倒芳菲。　　香心吐尽因谁，料调鼎、工夫易期。休唱阳关，莫歌白雪，雨泪沾衣。

赵长卿　　　柳梢青·小窗闲适

小窗闲适，云髻亸肩，香肌偎膝。玉扃无尘，明琼欲碎，春纤同掷。　　不争百万呼卢，赌今夜、鸳帷痛惜。好忍马儿，若还输了，当甚则剧。

赵长卿　　　柳梢青·甜言软语

甜言软语，长记那时，萧娘叮嘱。清管危弦，前欢难断，鳞鸿无据。　　纷纷眼底浮花，拈弄动、几多思虑。千结丁香，且须珍重，休胡分付。

赵长卿　　　柳梢青·潇洒仙源

潇洒仙源，夭桃秾李，曾对华筵。歌媚惊尘，舞弯低月，满劝金船。　　鉴湖烟水连天，政归棹、红妆斗妍。花雾香中，人询居士，切莫多传。

赵长卿　　　柳梢青·晴雪楼台

晴雪楼台，试灯帘幕，适是元宵。罗绮娇春，帝城风景，今夜应饶。　　争知我系如匏，便侳月良天任教。早闭柴门，从他箫鼓，细打轻敲。

傅大询　　　柳梢青·庆叶丞

春到江南，今年寒少，早有疏梅。相伴双松，吟哦风月，着意花开。　　天香甚处安排，便何似、调羹去来。劲节仙姿，玉堂难老，身在蓬莱。

林　淳　　　柳梢青·富贵园林

富贵园林，清虚清馆，随意登临。物外风光，云明花媚，鸟语烟深。　　徐徐缓辔微吟，迤逦度、松间柳阴。览遍幽奇，小舟归晚，月映波心。

王　炎　　柳梢青·郑宰母生日

葭管风微，莱衣香软，歌凤将雏。笑酌流霞，问人何处，别有瑶池。　相将月佩霞裾，领凫舄、归朝玉墀。管取长年，进封大国，稳住清都。

杨冠卿　　柳梢青·红药翻阶

红药翻阶，天香国艳，辉映楼台。解语浑如，三千粉黛，十二金钗。　青鞋踏破苍苔，趁舞蝶、游蜂去来。宿粉偷香，也应难似，年少情怀。

杨冠卿　　柳梢青·咏鸳鸯菊

双心而白，秋晚始开

金蕊飘残，江城秋晚，月冷霜寒。一种幽芳，雕冰镂玉，舞凤翔鸾。　悠然静对南山，笑琼沼、鸳飞翠澜。小玉惊呼，太真娇困，俯槛慵看。

杨冠卿　　柳梢青·为丁明仲纪梦

归梦迢迢，分明曾见，舞遍云韶。解道相思，愁宽金钏，瘦损宫腰。　觉来情绪无聊，正戍角、声翻丽谯。楚塞山长，巫阳人远，斗帐香消。

赵汝愚　　柳梢青·西湖

水月光中，烟霞影里，涌出楼台。空外笙箫，云间笑语，人在蓬莱。　天香暗逐风回，正十里、荷花盛开。买个扁舟，山南游遍，山北归来。

辛弃疾　　柳梢青·赋牡丹

姚魏名流，年年揽断，雨恨风愁。解释春光，剩须破费，酒令诗筹。　玉肌红粉温柔，更染尽、天香未休。今夜簪花，他年第一，玉殿东头。

辛弃疾　　柳梢青·莫炼丹难

辛酉生日前两日，梦一道士话长年之术，梦中痛以理折之，觉而赋八难之辞

莫炼丹难，黄河可塞，金可成难。休辟谷难，吸风饮露，长忍饥难。　　劝君莫远游难，何处有、西王母难。休采药难，人沉下土，我上天难。

辛弃疾　　柳梢青·三山归途代白鸥见嘲

白鸟相迎，相怜相笑，满面尘埃。华发苍颜，去时曾劝，闻早归来。　　而今岂是高怀，为千里、莼羹计哉。好把移文，从今日日，读取千回。

赵善括　　柳梢青·用万元亨送冠之韵

愁别欣逢，人间离合，自古难同。写就茶经，注成花谱，何事西东。　　一尊良夜匆匆，怎忍见、轻帆短篷。汉水无情，楚云有意，目断飞鸿。

黄人杰　　柳梢青·黄梅

恰则年时，风前雪底，初见南枝。可噉匆匆，花才清瘦，子已红肥。　　安排酒盏相随，看金弹、累累四垂。渴后情怀，鼎中风味，惟有心知。

石孝友　　柳梢青·云髻盘鸦

云髻盘鸦，眉山远翠，脸晕微霞。燕子泥香，鹅儿酒暖，曾见来那。　　秋光已著黄花，又恰恨、尊前见他。越样风流，恼人情意，真个冤家。

赵师侠　　柳梢青·祭户立春

节物推移，青阳景变，玉琯灰飞。彩仗泥牛，星球雪柳，争报春回。　　丝金缕玉幡儿，更斜袅、东风应时。宜入新春，人随春好，春与人宜。

赵师侠　　柳梢青·荼蘼屏

红紫凋零，化工特地，剪玉裁琼。碧叶丛芳，檀心点素，香雪团英。　　柔风唤起娉婷，似无力、斜欹翠屏。细细吹香，盈盈浥露，花里倾城。

赵师侠　　柳梢青·和赵显祖

漠漠轻阴，养花天气，乍暗还明。曲径风微，蜂迷红片，蝶趁游人。　平芜极目青青，谩怅望、谁招断魂。柳外愁闻，莺雏唤友，鸠妇呼晴。

赵师侠　　柳梢青·黄栀林送李粹伯

料峭余寒，元宵欲过，灯火阑珊。宿酒难醒，新愁未解，摇兀吟鞍。　深林百舌关关，更雨洗、桃红未干。野烧痕青，荒陂水满，春事何堪。

赵师侠　　柳梢青·富阳江亭

烟敛云收，夕阳斜照，暮色迟留。天接波光，水涵山影，都在扁舟。　虚名白尽人头，问来往、何时是休。潮落潮生，吴山越岭，依旧临流。

赵师侠　　柳梢青·聚八仙花

人间春足，一番红紫，水流风逐。戏蝶初闲，轻摇粉翅，高低飞扑。　雨昏烟暝增明，似积雪、枝间映绿。后土琼芳，蓬莱仙伴，蕊粉香粟。

赵师侠　　柳梢青·邵武熙春台席上呈修可叔

矫首遐观，崇台徙倚，心目俱宽。一水萦蓝，群峰耸翠，天接高寒。　平生江北江南，总未识、闽中好山。雨暗前汀，云生衣袂，身倦跻攀。

赵师侠　　柳梢青·壬子莆阳壶山阁

暑怀烦郁，危栏徙倚，凝情独立。榕叶连阴，横冈接秀，壶峰凝碧。　海山云树微茫，更无数、归帆暮集。却忆潇湘，孤村烟渚，晚风斜日。

赵师侠　　柳梢青·鉴止月下赏莲

水满方塘，菰蒲深处，戏浴鸳鸯。灿锦舒霞，红幢绿盖，时递幽香。　天弓摇挂孤光，映烟树、云间渺茫。散发披襟，都忘身世，真在仙乡。

赵师侠　　柳梢青·和张伯寿紫笑词

浓碧抟枝，柔黄衬紫，独殿春风。菡萏轻盈，甘瓜馥郁，叶萼相重。　人生一笑难同，更余韵、都藏笑中。日助清芬，酒添风味，须与从容。

陈　亮　　柳梢青·柳丝烟织

柳丝烟织，掩映小池，鳞鳞波碧。几片飞花，半檐残雨，长亭愁寂。　凭高望断江南，怅千里、疏烟淡日。斗草风流，弄梅情分，教人思忆。

杨炎正　　柳梢青·生紫衫儿

生紫衫儿，影金领子，著得偏宜。步稳金莲，香熏纨扇，舞转花枝。　捧杯更著腱膝，唱一个、新行耍词。玉骨冰肌，好天良夜，怎不怜伊。

张　镃　　柳梢青·适和轩

一望清溪，两堤翠荫，半纸新诗。凉满衣裳，香生笔砚，风动窗扉。　月明撑过船儿，载龙玉、双娥对吹。竹外山亭，花边水槛，不醉休归。

张　镃　　柳梢青·秋日感兴

烟淡波平，蓬松岸蓼，红浅红深。满院西风，连宵良月，几处清砧。　区区宦海浮沉，幸隐去、将酬素心。两鬓吴霜，一屏秦梦，谁是知音。

张　镃　　柳梢青·雨后天涯

雨后天涯，微云送晚，过尽归鸦。何处开尊，海棠亭小，飞燕风斜。　有人粲玉娇花，更翳凤、曾游帝家。长远身心，温柔情态，不枉多他。

张　镃　　柳梢青·舟泊秦淮

天远山围，龙蟠淡霭，虎踞斜晖。几度功名，几番成败，浑似鸥飞。　楼台一望凄迷，算到底、空争是非。今夜潮生，明朝风顺，且送船归。

张　镃　　　　　柳梢青·西湖

千丈风漪，霁光明处，花柳高低。箫鼓声中，宝钗遥认，兰棹交驰。　　贪呆觑著帘儿，不好价、伊家怎知。便是重来，真情厮向，难似当时。

刘　过　　　　　柳梢青·送卢梅坡

泛菊杯深，吹梅角远，同在京城。聚散匆匆，云边孤雁，水上浮萍。　　教人怎不伤情，觉几度、魂飞梦惊。后夜相思，尘随马去，月逐舟行。

卢　炳　　　　　柳梢青·兰蕙心情

兰蕙心情，海棠韵度，杨柳腰肢。步稳金莲，手纤春笋，肤似凝脂。　　歌声舞态都宜，拚著个、坚心共伊。无奈相思，带围宽尽，说与教知。

卢　炳　　　　　柳梢青·蜡梅

雅淡精神，铅黄未洗，犹带残妆。春艳一枝，鹅儿颜色，染就纤裳。　　月移影转南窗，特地送、些儿暗香。宿酒初醒，这般滋味，梦断池塘。

卢　炳　　　　　柳梢青·冬月海棠

笑菊欺梅，嫌蜂却蝶，压尽寒荄。月下精神，醉时风韵，红透香腮。　　天工造化难猜，甚怪我、愁眉未开。故遣名花，凌霜带露，先送春来。

吴　琚　　　　　柳梢青·元月立春

彩仗鞭春，鹅毛飞管，斗柄回寅。拂面东风，虽然料峭，毕竟寒轻。　　戴花折柳心情，怎捱得、元宵放灯。不是今朝，有些残雪，先去踏青。

张履信　　　　　柳梢青·雨歇桃繁

雨歇桃繁，风微柳静，日淡湖湾。寒食清明，虽然过了，未觉春闲。　　行云掩映春山，真水墨、山阴道间。燕语侵愁，花飞撩恨，人在江南。

郭应祥　　柳梢青·惜花

春事匆匆，花慵柳困，雨横风狂。寄语诗人，须烧银烛，与照红妆。　休言桃李河阳，但过眼、难寻色香。只有今宵，更无明日，且缓飞觞。

郭应祥　　柳梢青·乙丑自寿

遁斋居士，今年今日，又添一岁。鬓雪心灰，十分老懒，十分憔悴。　休言富贵长年，那个是、生涯活计。茗饮一瓯，纹楸一局，沉烟一穗。

郭应祥　　柳梢青·薄晚才晴

薄晚才晴，相邀移席，待月中庭。环坐斯须，屋山高处，忽吐微明。　云收雨止风停，人世有、琼楼玉京。一任星移，从教斗转，且缓飞觥。

郭应祥　　柳梢青·送别陈廉州于一片潇湘

合浦名邦，风流太守，紫绶金章。暂驻旌麾，来临祖席，一片潇湘。　且须缓举离觞，细看取、眉间点黄。未到还珠，已闻赐玺，归近清光。

郭应祥　　柳梢青·两令邀宾

两邑大夫鞭春之集，城南主人张澧州有词，次其韵

两令邀宾，城南佳处，饯腊迎春。步入梅林，纷然缟袂，间以红英。　遥岑寸碧增明，更酬唱、无惭昔人。一笑相欢，且斟佳醑，休羡莼羹。

韩　淲　　柳梢青·云淡秋空

云淡秋空，一江流水，烟雨濛濛。岸转溪回，野平山远，几点征鸿。　行人独倚孤篷，算此景、如图画中。莫问功名，且寻诗酒，一棹西风。

韩　淲　　柳梢青·雨洗元宵

雨洗元宵，楼台烟锁，隐隐笙箫。且插梅花，自烧银烛，沉水香飘。　软红尘里星桥，想霁色、皇都绛霄。屏掩潇湘，醉和衣倒，春梦迢迢。

韩　淲　　　柳梢青·玉水明沙

玉水明沙，峰回路转，城倚桥斜。老我登临，同谁酩酊，一望还赊。　飞鸿杳霭天涯，但拚取、心情酒家。紫菊枝枝，红茱颗颗，休问年华。

吴礼之　　　柳梢青·席上

板约红牙，歌翻白雪，杯泛流霞。苏小情多，潘郎年少，欢计生涯。　轩窗临水人家，更门掩、青春杏花。百万呼卢，十千沽酒，不负韶华。

程　珌　　　柳梢青·寿薛尚书

官已尚书，人犹寒素，仙有名言。谓是若人，法当至贵，仍主修年。　唐人四字鲜妍，堪照映、画堂彩烟。更对新凉，一声芝曲，万斛金船。

程　珌　　　柳梢青·和齐仙留春

嫩绿成堆，朝来红紫，都在莓苔。方见春来，又闻春去，暗里谁催。　人生易老何哉，春去矣、秋风又来。何似云溪，长春日月，无去无归。

戴复古　　　柳梢青·岳阳楼

袖剑飞吟，洞庭青草，秋水深深。万顷波光，岳阳楼上，一快披襟。　不须携酒登临，问有酒、何人共斟。变尽人间，君山一点，自古如今。

黄　简　　　柳梢青·病酒心情

病酒心情，唤愁无限，可奈流莺。又是一年，花惊寒食，柳认清明。　天涯翠巘层层，是多少、长亭短亭。倦倚东风，只凭好梦，飞到银屏。

高观国　　　柳梢青·柳

翠拂晴波，烟垂古岸，灞桥春色。斜带鸦啼，乱萦莺梦，愁丝如织。　为怜张绪风流，正瘦损、宫腰裙碧。绽绾同心，留连不住，天涯行客。

魏了翁　　柳梢青·郡圃新开云月湖约客试小舫

撺掇花枝，趱那天气，一半春休。未分真休，平湖新涨，稚绿初抽。　等闲作个扁舟，便都把、湖光卷收。世事元来，都缘本有，不在他求。

魏了翁　　柳梢青·记得年年

某既赋小阕为叔母寿，因复惟念昔者未尝不得与称觞之列。今迎侍不果，又以简书不克往侍缺然于怀，再遣小阕托诸兄代劝

记得年年，阿奴碌碌，常在眼前。彩舫吴天，锦轮蜀地，阅尽山川。　今年苦恋家园，便咫尺、千山万山。但想称觞，三荆树下，丛桂堂边。

魏了翁　　柳梢青·昨夕相逢

小圃牡丹盛开，旧朋毕至，小阕寓意

昨夕相逢，烟苞沁绿，月艳羞红。旭日生时，初春景里，太极光中。　别来三日东风，已非复、吴中阿蒙。须信中间，阴阳大造，雨露新功。

魏了翁　　柳梢青·汪提刑杲宜人生日

庄敏传家，文安嫡胄，文惠诸孙。两大相辉，晋秦匹国，韩姞盈门。　天风吹下双轩，恰趁得、酴醾牡丹。锦绣光中，殿春不老，阅岁长存。

洪咨夔　　柳梢青·老人生日

野服纶巾，白须红颊，无限阳春。二满三平，粗衣淡饭，钟鼎山林。　尊前喜气轮囷，道蚕麦、今朝甲申。天放新晴，人占一饱，老子宽心。

刘　镇　　柳梢青·七夕

乾鹊收声，湿萤度影，庭院秋香。步月移阴，梳云约翠，人在回廊。　醺醺宿酒残妆，待付与、温柔醉乡。却扇藏娇，牵衣索笑，今夜差凉。

刘　镇　　　**柳梢青·戏简高菊磵**

瞥眼光阴，章台旧路，杨柳春深。尚忆风流，殢人倚玉，替客挥金。　高阳醉后分襟，想妒雨、嗔云到今。消息真时，笑啼难处，方表人心。

吴　泳　　　**柳梢青·孙园赏牡丹**

元九不回，胡三不问，花说与谁。赖得东皇，调停春住，句管花飞。　庭前密打红围，想孙子、兵来出奇。似恁丰神，谁人刚道，色比明妃。

黄　机　　　**柳梢青·征路迢迢**

征路迢迢，征旗猎猎，征袖徘徊。扑簌珠泪，怕闻别语，慵举离杯。　春风花柳齐开，只唤做、愁端恨媒。一片衷肠，十分好事，等待回来。

葛长庚　　　**柳梢青·海棠**

一夜清寒，千红晓粲，春不曾知。细看如何，醉时西子，睡底杨妃。　尽皆蜀种垂丝，晴日暖、薰成锦围。说与东风，也须爱惜，且莫吹飞。

葛长庚　　　**柳梢青·寄鹤林**

鹤使南翔，词珍翰绮，谊暖情香。如在琼台，梦回初饮，月液云浆。　风吹芦叶冥茫，夕照外、山高水长。遥想东楼，琪花玉树，梅影昏黄。

葛长庚　　　**柳梢青·送温守王侍郎帅三山**

五马风流，销金帐暖，药玉船宽。放下荷囊，携来铜虎，又举熊幡。　棠阴已接三山，此列郡、彼食大藩。柳雪萦旗，东风拦马，父老争看。

刘克庄　　　**柳梢青·贺方听蛙八十**

申白苛留，绮园浪出，老不知羞。输与先生，一枝鹤膝，一领羊裘。　便教赐履营丘，争似把、渔竿到头。冷落磻溪，张皇牧野，著甚来由。

吴　潜　　　　　柳梢青·衬步花茵

衬步花茵，穿帘柳絮，堆地榆钱。乍暖仍寒，欲晴还雨，春事都圆。　　午窗睡起厌厌，屋角外、初啼杜鹃。百种凄凉，几般烦恼，没个人怜。

吴　潜　　　　　柳梢青·断续残虹

断续残虹，翩飞去鸟，别岸孤村。傍水楼台，满城钟鼓，又是黄昏。　　悠悠岁月如奔，正目断、边尘塞云。两鬓秋风，百年人事，无限消魂。

吴　潜　柳梢青·戊午十二月十五日安晚园和刘自昭

绿野平泉，古来人事，空里飞花。月榭风亭，荷漪藓石，说郑公家。　　老梅傍水茶牙，人那得、光阴似他。万种思量，百年倒断，付与残霞。

吴　潜　　　　　柳梢青·己未元夕

好把元宵，良辰美景，暮暮朝朝。万盏华灯，一轮明月，燕管秦箫。　　何人帕坠鲛绡，有玉凤、金鸾绣雕。目下欢娱，眼前烦恼，只在今宵。

周　晋　　　　　柳梢青·杨花

似雾中花，似风前雪，似雨余云。本自无情，点萍成绿，却又多情。　　西湖南陌东城，甚管定、年年送春。薄幸东风，薄情游子，薄命佳人。

李曾伯　　柳梢青·丙戌送陈仁父赴班

万里青天，西来后我，先我东归。夜月鞭筹，春风幕府，鹗荐争推。　　杯行到手休辞，道秋菊、春兰有时。若到松江，莫惊鸥鹭，记取坡词。

吴文英　　　　柳梢青·断梦游轮

与龟翁登研意观雪，怀癸卯岁腊朝断桥并马之游

断梦游轮，孤山路杳，越树阴新。流水凝酥，征衫沾泪，都是离痕。　　玉屏风冷愁人，醉烂漫、梅花翠云。傍夜船回，惜春门掩，一镜香尘。

吴文英　　柳梢青·题钱得闲四时图画

翠嶂围屏，留连迅景，花外油亭。澹色烟昏，浓光清晓，一幅闲情。　　辋川落日渔罾，写不尽、人间四并。亭上秋声，莺笼春语，难入丹青。

施　枢　　柳梢青·飞露初霜

飞露初霜，冷侵金井，响到银床。懊恨碧梧，不留一叶，月占纱窗。　　雁声做尽凄凉，又陡顿、衾寒夜长。曲曲屏山，重重客梦，无限思量。

张　杜　　柳梢青·燕里花深

燕里花深，鹭汀云澹，客梦江皋。日日言归，淮山笑我，尘锁征袍。　　几回把酒凭高，阑干外、魂飞暮涛。只有南园，一番风雨，过了樱桃。

陈　著　　柳梢青·淡淡新妆

晚凉到季父处观荷，花心已敛，遂赋此

淡淡新妆，盈盈娇态，谁道荷花。料想香肌，不禁畏日，翠盖儿遮。　　我来胜赏高歌，故敛著、芳心为何。莫是伊花，恨余来晚，欲媚晨霞。

陈　著　　柳梢青·寿吴竹溪内

缥缈瑶城，客情春小，本分寒轻。霞佩云裾，步联西母，笑倚飞琼。　　那堪四美都并，喜气与、祥云共生。自在风流，融融箫玉，楚楚兰馨。

龚日昇　　柳梢青·范县尉美任

二十年前，君家桃李，种满螺川。凛凛英风，真如小范，不数梅仙。　　薰风吹送朝天，指何物、装添去船。千首新诗，一轮明月，两字清廉。

罗　椅　　柳梢青·萼绿华身

萼绿华身，小桃花扇，安石榴裙。子野闻歌，周郎顾曲，曾恼夫君。　　悠悠羁旅愁人，似飘零、青天断云。何处销

魂，初三夜月，第四桥春。

姚　勉　　　　　柳梢青·忆西湖

长记西湖，水光山色，浓淡相宜。丰乐楼前，涌金门外，买个船儿。　而今又是春时，清梦只、孤山赋诗。绿盖芙蓉，青丝杨柳，好在苏堤。

陈允平　　　柳梢青·和逃禅四首之一

藓迹苔痕，香浮砚席，影蘸吟尊。雪正商量，同云淡淡，微月昏昏。　孤山往事谁论，但招得、逋仙断魂。客里相逢，数枝驿路，千树江村。

陈允平　　　柳梢青·和逃禅四首之二

沁月凝霜，精神好处，曾悟花光。带雪煎茶，和冰酿酒，聊润枯肠。　看花小立疏廊，道是雪、如何恁香。几度巡檐，一枝清瘦，疑在蓬窗。

陈允平　　　柳梢青·和逃禅四首之三

菊谢东篱，问梅开未，先问南枝。两蕊三花，松边傍石，竹外临溪。　尊前暗忆年时，算箇里、关情是伊。何逊风流，林逋标致，一二联诗。

陈允平　　　柳梢青·和逃禅四首之四

片片花飞，风前疏树，雪后残枝。划地多情，带将明月，来伴书帏。　岁寒心事谁知，向篱落、微斜半攲。添得闲愁，酒将阑处，吟未成时。

陈坦之　　　　柳梢青·绿弱红臞

绿弱红臞，暖云沁雨，乍有还无。破晓幽禽，平渠流水，春响庭除。　梅酸初著花跗，似滴滴、新愁未舒。几信花风，一痕青烧，万里秦吴。

刘辰翁　　　　　柳梢青·春感

铁马蒙毡，银花洒泪，春入愁城。笛里番腔，街头戏鼓，不是歌声。　那堪独坐青灯，想故国、高台月明。辇下风光，山中岁月，海上心情。

张　林　　　　柳梢青·灯花

白玉枝头，忽看蓓蕾，金粟珠垂。半颗安榴，一枝秾杏，五色蔷薇。　何须羯鼓声催，银釭里、春工四时。却笑灯蛾，学他蝴蝶，照影频飞。

赵与仁　　　　柳梢青·落桂

露冷仙梯，霓裳散舞，记曲人归。月度层霄，雨连深夜，谁管花飞。　金铺满地苔衣，似一片、斜阳未移。生怕清香，又随凉信，吹过东篱。

周　密　　　　柳梢青·约略春痕

余生平爱梅，仅一再见逃禅真迹。癸酉冬，会疏清翁孤山下，出所藏双清图，奇悟入神，绝去笔墨畦径。卷尾补之自书柳梢青四词，辞语清丽，翰札遒劲，欣然有契于心。余因戏云：不知点胸老、放鹤翁同生一时，其清风雅韵，优劣当何如哉。翁噱曰：我知画而已，安与许事，君其问诸水滨。因次韵载名于后，庶异时开卷索笑，不为生客云

约略春痕，吹香新句，照影清尊。洗尽时妆，效颦西子，不负东昏。　金沙旧事休论，尽消得、东风返魂。一段真情，风前孤驿，雪后前村。

周　密　　　　柳梢青·万雪千霜

万雪千霜，禁持不过，玉雪生光。水部情多，杜郎老去，空恼愁肠。　天寒野屿空廊，静倚竹、无人自香。一笑相逢，江南江北，竹屋山窗。

周　密　　　　柳梢青·映水穿篱

映水穿篱，新霜微月，小蕊疏枝。几许风流，一声龙竹，半幅鹅溪。　江头怅望多时，欲待折、相思寄伊。真色真香，丹青难写，今古无诗。

周　密　　　　柳梢青·夜鹤惊飞

夜鹤惊飞，香浮翠藓，玉点冰枝。古意高风，幽人空谷，静女深帏。　芳心自有天知，任醉舞、花边帽攲。最爱孤山，雪初晴后，月未残时。

赵功可　　**柳梢青·怀青山兄，时在东湖**

一健如仙，东湖烟柳，坐拥吟翁。几许功名，百年身世，相见匆匆。　别来三度秋风，怕看见、云间过鸿。酒醒灯寒，更残月落，吾美楼中。

赵功可　　**柳梢青·友人至**

客里凄凉，桐花满地，杜宇深山。幸自君来，谁教春去，剪剪轻寒。　愁怀无语相看，谩写入、徽弦自弹。小院黄昏，前村风雨，莫倚阑干。

刘　壎　　**柳梢青·哀二歌者，邓元实同赋**

青鸟西沉，彩鸾北去，月冷河桥。梦事荒凉，垂杨暗老，几度魂销。　云边音信迢迢，把楚些、凭谁为招。万叠清愁，西风横笛，吹落寒潮。

汪元量　　**柳梢青·湖上和徐雪江**

滟滟平湖，双双画桨，小小船儿。袅袅珠歌，翩翩翠舞，续续弹丝。　山南山北游□，看十里、荷花未归。缓引壶觞，个人未醉，要我吟诗。

蒋　捷　　**柳梢青·有谈旧娼潘氏**

小饮微吟，残灯断雨，静户幽窗。几度花开，几番花谢，又到昏黄。　潘娘不是潘郎，料应也、霜黏鬓旁。鹦鹉阑空，鸳鸯壶破，烟渺云茫。

蒋　捷　　**柳梢青·游女**

学唱新腔，秋千架上，钗股敲双。柳雨花风，翠松裙褶，红腻鞋帮。　归来门掩银釭，淡月里、疏钟渐撞。娇欲人扶，醉嫌人问，斜倚楼窗。

张　炎　　**柳梢青·清明夜雪**

一夜凝寒，忽成琼树，换却繁华。因甚春深，片红不到，绿水人家。　眼惊白昼天涯，空望断、尘香钿车。独立回风，东阑惆怅，莫是梨花。

张任国　　　　柳梢青·挂起招牌

挂起招牌，一声喝采，旧店新开。熟事孩儿，家怀老子，毕竟招财。　　当初合下安排，又不豪门买呆。自古道、正身替代，见任添差。

白君瑞　　　　柳梢青·曹溪英墨梅

玉骨冰姿，天然清楚，雪里曾看。物外幽人，细窥天巧，收入毫端。　　一枝影落云笺，便似觉、清风夜寒。试向松窗，等闲一展，俗虑都捐。

无名氏　　　　柳梢青·晓星明灭

晓星明灭，白露点、秋风落叶。故址颓垣，荒烟衰草，溪前宫阙。　　长安道上行客，念依旧、名深利切。改变容颜，销磨古今，垄头残月。

无名氏　　　　柳梢青·有个人人

有个人人，海棠标韵，飞燕轻盈。酒晕潮红，羞娥凝绿，一笑生春。　　为伊无限伤心，更说甚、巫山楚云。斗帐香消，纱窗月冷，著意温存。

无名氏　　　　柳梢青·寿友人

正好江南，一分春色，梨花白雪。化日迟迟，文章半刺，平分风月。　　满堂花醉三千，看妙舞、六幺十八。笑捧瑶卮，祝君归去，琼楼金阙。

无名氏　　　　柳梢青·贺陈姓娶田氏

孺子风流，孟尝门地，合下相当。俏似年时，送他织女，来嫁牛郎。　　满堂珠履飞觞，看花烛、迎归洞房。海誓山盟，从今结了，永效鸾凰。

无名氏　　　　柳梢青·贺人生女

玉宇无尘，银蟾低转，渐觉缤纷。还是仙娥，厌游天阙，来降蓬瀛。　　分明秋水精神，好嘱取、红叶殷勤。觅个檀郎，屏开金雀，玉润冰清。

无名氏　柳梢青·贺生第三女，全用三女事

家近闽南，三姑姊妹，秀揖仙岩。须女精神(中条夫人第三女)，玉卮标格(王母第三女)，谪下尘凡。　他时佳婿成双，红丝应牵第三(郭元振第三女)。倚看樽前，团栾六子，三女三男(易系辞)。

无名氏　柳梢青·庆太守　正月廿五

爆竹声收，烧灯节过，恰又经旬。闻道当年，长庚梦李，嵩岳生申。　江淮草木知名，有多少、阴功在人。只恐称觞，棠阴未徙，促觐枫宸。

无名氏　柳梢青·寿人母　五月初六

荷绽花繁，蓂开六荚，喜溢门阑。好是骖鸾，特离月殿，来驻人间。　儿童歌舞衣斑，接踵升堂视笑颜。祝颂勤拳，将何比况，只个南山。

柳摇金

又名《柳垂金》，调见《梅苑》。双调，五十六字，上片四句、四仄韵，下片四句、三仄韵。

沈　蔚　柳摇金·相将初下蕊珠殿

相将初下蕊珠殿，似醉粉、生香未遍。爱惜娇心春不管，被东风、赚开一半。　中黄宫里赐仙衣，斗浅深、妆成笑面。放出妖娆难系管，笑东君、自家肠断。

柳腰轻

调见柳永《乐章集》。因词中有“英英妙舞腰肢软，章台柳、昭阳燕”句，故取其意以为调名。双调，八十二字，上片八句、四仄韵，下片七句、四仄韵。

柳　永　柳腰轻·英英妙舞腰肢软

英英妙舞腰肢软，章台柳、昭阳燕。锦衣冠盖，绮堂筵

会，是处千金争选。顾香砌、丝管初调，倚轻风、佩环微颤。

乍入霓裳促遍，逞盈盈、渐催檀板。慢垂霞袖，急趋莲步，进退奇容千变。算何止、倾国倾城，暂回眸、万人肠断。

要销凝

此调本名《清商怨》，因贺铸词有“要自销凝，吟郎长短句”之语，故更名《要销凝》。详见《清商怨》条。

贺 铸　　要销凝·雕梁寻巢旧燕侣

雕梁寻巢旧燕侣，似向人欲语。试问来时，逢郎郎健否。

春风深闭绣户，尽便旋、一庭花絮。要自销凝，吟郎长短句。

要鼓令

调见《诗渊》宋陈晔词。此调只有陈晔一首残词。

陈 晔　　要鼓令·化日长

化日长，政莺语，峠新篁。到处园林垂绿幄，槐风细，梅雨凉。见庭户，瑞霭回翔。拥真仙，鸾驭临华堂。阗阗珠履争相庆，笙箫奏，绮筵张，捧玉觞。好深酌九霞浆，舞袖弓弯呈妙态，更……(下缺)

括一丛花

即《一丛花》，详见《一丛花》条。

林正大　　括一丛花·知章骑马似乘船

杜工部饮中八仙歌：知章骑马似乘船，眼花落井水底眠。汝阳三斗始朝天，道逢麴车口流涎，恨不移封向酒泉。左相日

兴费万钱，饮如长鲸吸百川，衔杯乐圣称世贤。宗之潇潇美少年，举觞白眼望青天，皎如玉树临风前。苏晋长斋绣佛前，醉中往往爱逃禅。李白一斗诗百篇，长安市上酒家眠。天子呼来不上船，自称臣是酒中仙。张旭三杯草圣传，脱帽露顶王公前，挥毫落纸如云烟。焦遂五斗方卓然，高谈雄辩惊四筵

知章骑马似乘船，落井眼花圆。汝阳三斗朝天去，左丞相、鲸吸长川。潇洒宗之，皎如玉树，举盏望青天。　长斋苏晋爱逃禅，李白富诗篇。三杯草圣传张旭，更焦遂、五斗惊筵。一笑相逢，衔杯乐圣，同是饮中仙。

括木兰花慢

即《木兰花慢》，详见《木兰花慢》条。

林正大　　括木兰花慢·黄河天上派

李白将进酒：君不见黄河之水天上来，奔流到海不复回。君不见高堂明镜悲白发，朝如青丝暮如雪。人生得意须尽欢，莫把金尊空对月。天生我材必有用，千金散尽还复来。烹羔宰牛且为乐，会须一饮三百杯。岑夫子、丹丘生，将进酒，杯莫停，与君歌一曲，请君为我侧耳听。钟鼎玉帛不足贵，但愿长醉不愿醒。古来贤达皆寂寞，惟有饮者留其名。陈王昔时宴平乐，斗酒十千恣欢谑。主人何为言少钱，且须沽酒对君酌。五花马、千金裘，呼儿将出换美酒，与尔同消万古愁

黄河天上派，到东海、去难收。况镜里堪悲，星星白发，早上人头。人生尽欢得意，把金尊、对月莫空休。天赋君材有用，千金散聚何忧。　请君听我一清讴。钟鼎复奚求。但烂醉春风，古来惟有，饮者名留。陈王昔时宴乐，拚十千、斗酒恣欢游。莫惜貂裘将换，与消千古闲愁。

括水调歌

即《水调歌头》，详见《水调歌头》条。

林正大　括水调歌·听说竹楼好

王禹偁黄州竹楼记：黄冈之地多竹，大者如椽，竹工破之，刳去其节，用代陶瓦，比屋皆然，以其价廉而工省也。子城西北隅，雉堞圮毁，蓁莽荒秽，因作小楼二间，与月波楼通。远吞山光，平挹江濑，幽阒辽夐，不可具状。夏宜急雨，有瀑布声；冬宜密雪，有碎玉声；宜鼓琴，琴调和畅；宜咏诗，诗韵清绝；宜围棋，子声丁丁然；宜投壶，矢声铮铮然。皆竹楼之助也。公退之暇，披鹤氅衣，戴华阳巾，手执周易一卷，焚香嘿坐，消遣世虑。江山之外，但见风帆、沙鸟、烟云、竹树而已。待其酒力醒，茶烟歇，送夕阳，迎素月，亦谪居之胜概也。彼齐云、落星，高则高矣；井干、丽谯，华则华矣，止于贮妓女，藏歌舞，非骚人之事，吾所不取。吾闻竹工云：竹之为瓦，仅支十稔；若重覆之，得二十稔。忆吾以至道乙未岁，自翰林出滁上。丙申，移广陵。丁酉，入西掖。戊戌岁除日，有齐安之命。己亥闰三月，到郡。四年之间，奔走不暇，未知明年又在何处，岂惧竹楼之易朽乎！幸后人与我同志，嗣而葺之，庶斯楼之不朽也。咸平四年月日记

听说竹楼好，佳地占黄冈。月波相接，俯临江濑挹山光。急雨檐喧瀑布，密雪瓴敲碎玉，幽阒兴尤长。琴调更虚畅，诗韵转清扬。　　公退暇，披鹤氅，戴华阳。手披周易，消磨世虑坐焚香。缥缈烟云竹树，迎送夕阳素月，胜概总难量。欲辨骚人事，瀹茗漱清觞。

林正大　括水调歌·落日岘山下

李白襄阳歌：落日欲没岘山西，倒著接䍦花下迷。襄阳小儿齐拍手，拦街争唱白铜鞮。傍人借问笑何事，笑杀山翁醉似泥。鸬鹚勺、鹦鹉杯，百年三万六千日，一日须倾三百杯。遥看汉水鸭头绿，恰似蒲萄初发醅。此江若变作春酒，垒麹便筑糟丘台。金鞍骏马换少妾，笑坐金鞍歌落梅。车傍侧挂一壶酒，凤笙龙管行相催。咸阳市上叹黄犬，何如月下倾金罍。君不见、晋朝羊公一片石，龟龙剥落生莓苔。泪亦不能为之堕，心亦不能为之哀。清风明月不用一钱买，玉山自倒非人推。舒州杓、力士铛，李白与尔同死生。襄王云雨今安在，江水东流猿夜声

落日岘山下，倒著接䍦回。傍人笑问山翁，日日醉归来。三万六千长日，一日杯倾三百，罍麹筑糟台。汉水鸭头绿，变酒入金罍。　　白铜鞮，鸬鹚勺，鹦鹉杯。轻车快马，凤笙龙筦更相催。自有清风明月，刚道不须钱买，对此玉山颓。水自东流去，猿自夜声哀。

林正大　　括水调歌·欲状巴陵胜

范文正岳阳楼记：庆历四年春，滕子京谪守巴陵。越明年，政通人和，百废俱兴。乃重修岳阳楼，增其旧制，刻唐贤今人诗赋于其上，属余作文记之。予观夫巴陵胜状，在洞庭一湖。衔远山，吞长江，浩浩荡荡，横无际涯，朝晖夕阴，气象万千，此则岳阳楼之大观也，前人之述备矣。然则北通巫峡，南极潇湘，迁客骚人，多会于此，览物之情，得无异乎！若夫霪雨霏霏，连日不开，阴风怒号，浊浪排空，日星隐耀，山岳潜形，商旅不行，樯倾楫摧，薄暮冥冥，虎啸猿啼。登斯楼也，则有去国怀乡，忧谗畏讥，满目萧然，感极而悲者矣。至若春和景明，波澜不惊，上下天光，一碧万顷，沙鸥翔集，锦鳞游泳，岸芷汀兰，郁郁青青；而或长烟一空，皓月千里，浮光耀金，静影沉璧，渔歌互答，此乐何极。登斯楼也，则有心旷神怡，宠辱皆忘，把酒临风，其喜洋洋者矣。嗟夫！予尝求古仁人之心，或异二者之为。何哉？不以物喜，不以己悲。居庙堂之高，则忧其民；处江湖之远，则忧其君。是进亦忧，退亦忧。然则何时而乐耶？其必曰：先天下之忧而忧，后天下之乐而乐欤！噫，微斯人，吾谁与归！时六年九月二十五日记

欲状巴陵胜，千古岳之阳。洞庭在目，远衔山色俯长江。浩浩横无涯际，爽气北通巫峡，南望极潇湘。骚人与迁客，览物兴尤长。　　锦鳞游，汀兰郁，水鸥翔。波澜万顷，碧色上下一天光。皓月浮金千里，把酒登楼对景，喜极自洋洋。忧乐有谁会，宠辱两俱忘。

林正大　　括水调歌·仕宦至卿相

欧阳公昼锦堂记：仕宦而至将相，富贵而归故乡，此人情之所荣，而今昔之所同也。盖士方穷时，困厄闾里，庸人孺子，皆得易而侮之，若季子不礼于其嫂，买臣见弃于其妻。一旦高车驷马，旗旄导前而骑卒拥后，夹道之人，相与骈肩累

迹，瞻望咨嗟，而所谓庸夫愚妇，奔走骇汗，羞愧俯伏，以自悔罪于车尘马足之间，而莫敢仰视。此一介之士得志于当时，而意气之盛，昔人比之衣锦之荣者也。惟大丞相魏国公则不然。公，相人也，世有令德，为时名卿。公自少时，擢高科，登显仕，海内之士，闻下风而望余光者，盖亦有年矣。所谓将相而富贵，皆公所宜素有，非如穷厄之人，侥幸得志于一时，出于庸夫庸妇之不意，以惊骇而夸耀之也。然则高牙大纛不足为公荣，桓圭衮冕不足为公贵，惟德被生民，功施社稷，勒之金石，播之声诗，以耀后世，而垂无穷，此公之志，而士亦以此望于公也，岂止夸一时而荣一乡哉！公在至和中，尝以武康之节来治于相，乃作昼锦之堂于后圃。既又刻诗于石，以遗相人。其言以快恩仇、矜名誉为可薄，盖不以昔人之所夸者为荣，而以为戒，于此见公之视富贵为如何，而其志岂易量哉！故能出入将相，勤劳王家，而夷险一节。至于临大节、决大议，垂绅正笏、不动声色，而措天下于泰山之安，可谓社稷之臣矣。其丰功盛烈，所以铭彝鼎而被弦歌者，乃邦家之光，非闾里之荣也。余虽不获登公之堂，幸尝窃诵公之诗，乐公之志有成，而喜为天下道也，于是乎书

仕宦至卿相，富贵好归乡。高车驷马，都人夹道共瞻望。意气当年尤盛，荣比昔人衣锦，昼锦以名堂。海内知名士，久矣望余光。　　大丈夫，荣与贵，视寻常。丰功令德，要将尧舜致君王。事业光施社稷，勋烈遍铭彝鼎，此志孰能量。妙语勒金石，千古一欧阳。

林正大　　括水调歌·耿耿银潢净

范文正听真上人琴歌：银河耿耿霜棱棱，西窗月色寒如冰。江上一扣朱丝绳，万籁不起秋光凝。伏羲归天忽千古，我闻遗音泪如雨。嗟嗟不及郑卫儿，北里南邻竞歌舞。竞歌舞，何时休，师襄堂上心悠悠。击浮金，戛鸣玉，老龙秋啼沧海底，幼猿暮啸寒山曲。陇头瑟瑟咽流泉，洞庭萧萧落寒木。此声感物何大灵，十二衔珠下仙鹄。为予再奏南风诗，神人和畅瞬无为。为予试弹广陵散，鬼物方哀晋方乱。乃知圣人情虑深，将治四海先治琴。兴亡哀乐不我道，坐中可见天下心。感公遗我正始音

耿耿银潢净，窗月莹如冰。朱丝一扣，万籁不起冷光凝。

千古遗音犹在，一洗淫哇郑卫，北里与南陵。孰识兴亡事，哀乐不同情。　　咽流泉，戛鸣玉，击浮金。老龙啼晓，幼猿忽复暮山吟。为我临风再奏，仙鹄翩翩十二，感物一何灵。此曲谁当听，四海有知音。

林正大　　括水调歌·华裾织翡翠

李贺高轩过：华裾织翠青如葱，金环压辔摇玲珑。马蹄隐耳声隆隆，入门下马气如虹。云是东京才子、文章巨公。二十八宿罗心胸，元精耿耿贯当中。殿前作赋声摩空，笔补造化天无功。庞眉书客感秋蓬，谁知死草生华风！我今垂翅附冥鸿，他日不羞蛇作龙

华裾织翡翠，金辔闹珑璁。宝蹄轻稳，香尘满地骤隆隆。云是东京才子，名擅文章巨伯，一世独推雄。高盖拥宾从，下马气如虹。　　运元精，钟神秀，贯当中。磊磊落落，二十八宿列心胸。前殿当年奏赋，笔补天工造化，声价欲摩空。却笑庞眉客，垂翅附冥鸿。

林正大　　括水调歌·太行有盘谷

韩文公送李愿归盘谷序：太行之阳有盘谷。盘谷之间，泉甘而土肥，草木丛茂，居民鲜少。或曰：谓其环两山之间，故曰盘。或曰：是谷也，宅幽而势阻，隐者之所盘旋。友人李愿居之。愿之言曰：人之称大丈夫者，我知之矣。利泽施于人，名声昭于时。坐于庙堂，进退百官，而佐天子出令；其在外，则树旗旄，罗弓矢，武夫前呵，从者塞途；供给之人，各执其物，夹道而疾驰。喜有赏，怒有刑，才俊满前，道古今而誉盛德，入耳而不烦；曲眉丰颊，清声而便体，秀外而慧中，飘轻裾，翳长袖，粉白黛绿者，列屋而闲居，妒宠而负势，争妍而取怜；大丈夫之遇知于天子，用力于当世者之所为也。吾非恶此而逃之，是有命焉，不可幸而致也。穷居而野处，升高而望远，坐茂树以终日，濯清泉以自洁。采于山、美可茹，钓于水、鲜可食，起居无时、惟适之安。与其有誉于前，孰若无毁于其后！与其有乐于身，孰若无忧于其心！车服不维，刀锯不加，理乱不知，黜陟不闻，大丈夫不遇于时者之所为也，我则行之。伺候于公卿之门，奔走于形势之途，足将进而越趄，口将言而嗫嚅，处污秽而不羞，触刑辟而诛戮，侥幸于万一，老

死而后止者，其为人贤不肖何如也。昌黎韩愈闻其言而壮之，与之酒而为之歌曰：“盘之中，维子之宫。盘之土，维子之稼。盘之泉，可濯可沿。盘之阻，谁争子所。窈而深，廓其有容。缭而曲，如往而复。嗟盘之乐兮，乐且无央。虎豹远迹兮，蛟龙遁藏。鬼神守护兮，呵禁不祥。饮且食兮寿而康，无不足兮奚所望。膏吾车兮秣吾马，从子于盘兮，终吾生以徜徉。”

太行有盘谷，隐者所翱翔，丈夫行世，磊磊落落信行藏。遇则声名利泽，不遇采山钓水，何似两俱忘。谁解盘中趣，与酒为歌章。　　问何如，盘之乐，乐无央。远驱虎豹，蛟龙于此亦潜藏。盘土可耕可稼，盘水可沿可濯，饮食寿而康。膏车秣吾马，从子以徜徉。

林正大　　括水调歌·庐山几千仞

欧阳公庐山高：庐山高哉，几千仞兮，盘根几百里，巀然屹立乎长江。长江西来走其下，是为杨澜左里兮，洪涛巨浪，日夕相舂撞。云消风止水镜净，泊舟登岸而远望兮，上摩青苍以晻霭，下压后土之鸿庞。试往造乎其间兮，攀缘石磴窥空谾。千岩万壑响松桧，悬崖巨石飞流淙。水声聒聒乱人耳，六月飞雪洒石矼。仙翁释子，亦往往而逢兮，吾尝恶其学幻而言哤。但见丹霞翠壁，远近映楼阁；晨钟暮鼓，杳霭罗幡幢。幽花野草，不知其名兮，风吹露湿香涧谷，时有白鹤飞来双。幽寻远去不可极，便欲绝世遗纷痝。羡君买田筑室老其下，插秧盈畴兮、酿酒盈缸。欲令浮岚暖翠千万状，坐卧常对乎轩窗。君怀磊砢有至宝，世俗不辨珉与矼。策名为吏二十载，青衫白首困一邦。宠荣声利，不可以苟屈兮，自非青云白石有深趣，其气兀硉何由降。丈夫壮节似君少，嗟我欲说，安得巨笔如长杠

庐山几千仞，屹立并长江。杨澜左里，洪涛巨浪日舂撞。风止雪消冰净，相与泊舟登岸，攀磴望空谾。岩壑响松桧，巨石激流淙。　　事幽寻，遗世俗，绝纷痝。幽花野草香满，时有鹤飞双。羡子买田筑室，欲使浮岚暖翠，坐卧对轩窗。我欲为君说，安得笔如杠。

括江神子

即《江城子》，详见《江城子》条。

林正大　　括江神子·狂胡鞍马自为家

欧阳公明妃曲：胡人以鞍马为家，射猎为俗。泉甘草美无常处，鸟惊兽骇争驰逐。谁将汉女嫁胡儿，风沙无情貌如玉。身行不见中国人，马上自作思归曲。推手为琵却手琶，胡人共听亦咨嗟。玉颜流落死天涯，琵琶却传来汉家。汉宫争按新声谱，遗恨已深声更苦。纤纤女手生洞房，学得琵琶不下堂。不识黄云出塞路，岂知此声能断肠

狂胡鞍马自为家，遣宫娃，嫁胡沙。万里风烟，行不见京华。马上思归哀怨极，推却手，奏琵琶。　　胡儿共听亦咨嗟，貌如花，落天涯。谁按新声，争向汉宫夸。纤手不知离别苦，肠欲断，恨如麻。

林正大　　括江神子·拾遗流落锦官城

山谷题杜子美浣花醉归图：拾遗流落锦宫城，故人作尹眼为青。碧鸡坊西结茅屋，百花潭水濯冠缨。故衣未补新衣绽，空蟠胸中书万卷。探道欲度羲皇前，论诗未觉国风远。干戈峥嵘暗宇县，杜陵韦曲无鸡犬。老妻稚子且眼前，弟妹漂零不相见。此公乐易真可人，园翁溪友肯卜邻。邻家有酒邀皆去，得意鱼鸟来相亲。浣花酒船散车骑，野墙无主看桃李。宗文守家宗武扶，落日蹇驴驮醉起。愿闻解兵脱兜鍪，老儒不用千户侯。中原未得平安报，醉里眉攒万国愁。生绡铺墙粉墨落，平生忠义命寂寞。儿呼不苏驴失脚，犹恐醒来有新作。常使诗人拜画图，煎胶续弦千古无

拾遗流落锦宫城，故人情，眼为青。时向百花，潭水濯冠缨。韦曲杜陵行乐地，尘土暗，叹漂零。　　园翁溪友总比邻，酒盈尊，肯相亲。落日蹇驴，扶醉两眉颦。磊落平生忠义胆，诗与酒，醉还醒。

括声声慢

即《声声慢》，详见《声声慢》条。

林正大　　括声声慢·暮春天气

杜工部丽人行：三月三日天气新，长安水边多丽人。态浓意远淑且真，肌理细腻骨肉匀。绣罗衣裳照暮春，蹙金孔雀银麒麟。头上何所有？翠微㔩叶垂鬓唇。背后何所见？珠压腰衱稳称身。就中云幕椒房亲，赐名大国虢与秦。紫驼之峰出翠釜，水精之盘行素鳞。犀筋厌饫久未下，銮刀缕切空纷纶。黄门飞鞚不动尘，御厨丝络送八珍。箫鼓哀吟感鬼神，宾从杂遝实要津。后来鞍马何逡巡，当轩下马入锦茵。杨花落雪覆白蘋，青鸟飞去衔红巾。炙手可热势绝伦，慎莫近前丞相嗔

暮春天气，争看长安，水边多丽人人。意远态浓，肌理骨肉轻匀。绣罗衣裳照映，尽蹙金、孔雀麒麟。夸荣贵，是椒房云幕，恩宠无伦。　　簇簇紫驼翠釜，间水精盘里，缕鲙纷纶。御送珍羞，夹道箫鼓横陈。后来宾从杂遝，认青鸾、飞舞红巾。扶下马，似杨花、翻入锦茵。

括沁园春

即《沁园春》，详见《沁园春》条。

林正大　　括沁园春·子陵先生

范文正严先生祠堂记：先生，汉光武之故人也，相尚以道。及帝握赤符，乘六龙，得圣人之时，臣妾亿兆，天下孰加焉，惟先生以节高之。既而动星象，归江湖，得圣人之清，泥涂轩冕，天下孰加焉，惟光武以礼下之。在蛊之上九，众方有为，而独不事王侯，高尚其志，先生以之。在屯之初九，阳德方亨，而能以贵下贱，大得民也，光武以之。盖先生之心，出乎日月之上；光武之器，包乎天地之外。微先生，不能成光武之大；微光武，岂能遂先生之高哉！而使贪夫廉、懦夫立，是

有大功于名教也。某来守是邦，始构堂而奠焉。乃复其为后者四家，以奉祠事。又从而歌曰："云山苍苍，江水泱泱。先生之风，山高水长。"

子陵先生，故人光武，以道相忘。幸炎符在握，六龙在御，臣来亿兆，阳德方刚。自是先生，独全高节，归去江湖乐未央。动星象，被羊裘傲睨，一世轩裳。　　高哉不事侯王，爱此地山高水更长。盖先生心地，超乎日月，又谁如光武，器量包荒。立懦廉顽，有功名教，万世清风更激扬。无古今，想云山郁郁，江水泱泱。

林正大　　　括沁园春·大人先生

刘伯伦酒德颂：有大人先生，以天地为一朝，万期为须臾。日月为扃牖，八荒为庭衢。行无辙迹，居无室庐。幕天席地，纵意所如。止则操卮执觚，动则挈榼提壶。维酒是务，焉知其余。有贵介公子，搢绅处士。闻吾风声，议其所以。乃奋袂攘衿，怒目切齿。陈说礼法，是非锋起。先生于是方捧罂承槽，衔杯漱醪。奋髯箕踞，枕麹藉糟。无思无虑，其乐陶陶。兀然而醉，恍然而醒。静听不闻雷霆之声，熟视不睹泰山之形。不觉寒暑之切肌，嗜欲之感情。俯观万物，扰扰焉如江汉之浮萍。二豪侍侧焉，如蜾蠃之与螟蛉

大人先生，高怀逸兴，酒肉寓名。纵幕天席地，居无庐室，以八荒为域，日月为扃。贵介时豪，搢绅处士，未解先生酒适情。徒劳尔，谩是非锋起，有耳谁听。　　先生，挈榼提罂。更箕踞衔杯枕麹生。但无思无虑，陶陶自得，任兀然而醉，恍然而醒。静听无闻，熟视无睹，以醉为乡乐性真。谁知我，彼二豪犹是，蜾蠃螟蛉。

林正大　　　括沁园春·庐阜诸峰

白乐天庐山草堂记：匡庐奇秀，甲天下大山。山北峰曰香炉，峰北寺曰遗爱寺。介峰寺间，其境胜绝，又甲庐山。元和十一年秋，太原人白乐天见而爱之，若远行客过故乡，恋恋不能去，因面峰腋寺，作为草堂。明年春，草堂成。三间两柱，二室四牖，广袤丰杀，一称心力。洞北户，来阴风，防徂暑也；敞南甍，纳阳日，虞祁寒也。木斲而已，不加丹；墙圬而已，不加白。碱阶用石，幂窗用纸，竹帘纻帏，率称是焉。堂

中设木榻四，素屏二，漆琴一张、儒道佛书各三两卷。乐天既来为主，仰观山、俯听泉，旁睨竹树云石，自辰至酉，应接不暇。俄而物诱气随，外适内和，一宿体宁，再宿心恬，三宿后颓然嗒然，不知其然而然。自问其故，答曰：是居也，前有平地，轮广十丈；中有平台，半乎地；台南有方池，倍乎台。环池多山竹野卉，池中生白莲白鱼。又南抵石涧，夹涧有古松老杉，大仅十人围，高不知几百尺，修柯戛云，低枝拂潭，如幢竖、如盖张、如龙蛇走。松下多灌丛，萝茑叶蔓骈织，承翳日月，光不到地，盛夏风气，如八九月时，下铺白石，为出入道。堂北五步，据层崖积石，嵌空垤垸，杂木异草，盖覆其上，绿阴蒙蒙，朱实离离，不识其名，四时一色。又有飞泉植茗，就以烹燀，好事者见，可以永日。堂东有瀑布，水悬三尺，泻阶隅、落石渠，昏晓如练色，夜中如环佩、琴、筑声。堂西倚北崖右址，以剖竹架空，引崖上泉，脉分线悬，自檐注砌，累累如贯珠，霏微如雨露，滴沥飘洒，随风远去。其四旁耳目杖屦可及者，春有锦绣谷花，夏有石门涧云，秋有虎溪月，冬有炉峰雪，阴晴显晦，昏旦含吐，千变万状，不可殚纪覼缕而言，故云甲庐山者。噫！凡人丰一屋，华一箦，而起居其间，尚不免有骄稳之态。今我为是物主，物至致知，各以类至，又安得不外适内和，体宁心恬哉！昔永、远、宗、雷辈十八人，同入此山，老死不返，去我千载，我知其心以是哉！矧余自思，从幼迨老，若白屋、若朱门，凡所止，虽一日二日，聊覆篑土为台，聚拳石为山，环斗水为池，其喜山水病癖如此。一旦蹇剥，来佐江郡，郡守以优容抚我，庐山以灵胜待我，是天与我时，地与我所，卒获所好，又何求焉！尚以冗员所羁，余累未尽，或往或来，未遑宁处。待余异日，弟妹婚嫁毕。司马岁秩满，出处行止，得以自遂，则必左手引妻子，右手抱琴书，终老于斯，以成就我平生之志。清泉白石，实闻此言。时三月二十七日，始居新堂。四月九日，与河南元集虚、范阳张允中、南阳张深之、东西二林长老凑公、朗、满、晦、坚等凡二十有二人，具斋施茶果以乐之，因为草堂记

庐阜诸峰，炉峰绝胜，草堂介焉。敞明窗净室，素屏虚榻，要仰观山色，俯听流泉。中有池台，旁多竹卉，夹涧杉松高刺天。堂之北，据层崖积石，绿荫浓鲜。　堂东瀑布飞悬，似雨露霏微珠贯穿。有春花秋月，夏云冬雪，阴晴显晦，

雾吐烟吞。右抱琴书，左携妻子，杖屦从容尽暮年。平生志，赖清泉白石，实听余言。

括临江仙

即《临江仙》，详见《临江仙》条。

林正大　　括临江仙·须信乾坤如逆旅

李白春夜宴诸从弟桃李园序：夫天地者，万物之逆旅；光阴者，百代之过客。而浮生若梦，为欢几何？古人秉烛夜游，良有以也。况阳春召我以烟景，大块假我以文章。会桃李之芳园，序天伦之乐事。群季俊秀，皆为惠连；吾人咏歌，独惭康乐。幽赏未已，高谈转清。开琼筵以坐花，飞羽觞而醉月。不有佳作，何伸雅怀。如诗不成，罚依金谷酒数

须信乾坤如逆旅，都来一梦浮生。夜游秉烛尽欢情。阳春烟景媚，乐事史来并。　　座上群公皆俊秀，高谈幽赏俱清。飞觞醉月莫辞频。休论金谷罚，七步看诗成。

括贺新凉

即《贺新郎》，详见《贺新郎》条。

林正大　　括贺新凉·酌以蒲城酒

山谷送王郎：酌君以蒲城桑落之酒，泛君以湘累秋菊之英，赠君以黟川点漆之墨，送君以阳关堕泪之声，酒浇胸次之磊隗，菊制短世之颓龄，墨以传万古文草之印，歌以写平时兄弟之情。江山千里头俱白，骨肉十年眼终青。连床夜语鸡戒晓，书囊无底谈未了。有功翰墨乃如此，何恨远别音书少。炊沙作糜终不饱，镂冰文章费工巧。要须心地收汗马，孔孟行世日杲杲。有弟有弟力持家，妇能养姑供珍鲑。儿大诗书女丝麻，公但读书煮春茶

酌以蒲城酒，撷湘累、秋英满泛，介君眉寿。赠君点漆黟川墨，与印文章大手，问此别、相逢难又。三叠阳关声堕泪，

写平时、兄弟情长久。离别事，古来有。　　十年骨肉情何厚，对江山千里，共期白首。夜雨连床追旧事，惟恨音书渐少，便只恐、炊沙不饱。翰墨新功收汗马，话书囊、无底何时了。欢未足，听鸡晓。

林正大　　括贺新凉·兰亭当日事

王逸少兰亭记：永和九年，岁在癸丑，暮春之初，会于会稽山阴之兰亭，修禊事也。群贤毕至，少长咸集。此地有崇山峻岭，茂林修竹，又有清流激湍，映带左右，引以为流觞曲水，列坐其次。虽无丝竹管弦之盛，一觞一咏，亦足以畅叙幽情。是日也，天朗气清，惠风和畅，仰观宇宙之大，俯察品类之盛。所以游目骋怀，足以极视听之娱，信可乐也。夫人之相与，俯仰一世。或取诸怀抱，晤言一室之内；或因寄所托，放浪形骸之外。虽取舍万殊，静躁不同，当其欣于所遇，暂得于己，怏然自足，不知老之将至。及其所之既倦，情随事迁，感慨系之矣。向之所欣，俯仰之间，已为陈迹，犹不能不以之兴怀。况修短随化，终期于尽。古人云：死生亦大矣。岂不痛哉！每览昔人兴感之由，若合一契，未尝不临文嗟悼，不能喻之于怀。固知一死生为虚诞，齐彭殇为妄作。后之视今，亦犹今之视昔，悲夫！故列叙时人，录其所述，虽世殊事异，所以兴怀，其致一也。后之览者，亦将有感于斯文

兰亭当日事，有崇山、茂林修竹，群贤毕至。湍急清流相映带，旁引流觞曲水，但畅叙、幽情而已。一咏一觞真足乐，厌管弦丝竹纷尘耳。春正暮，共修禊。　　惠风和畅新天气，骋高怀、仰观宇宙，俯察品类。俯仰之间因所寄，放浪形骸之外，曾不知、老之将至。感慨旧游成陈迹，念人生、行乐都能几。后视今，犹昔尔。

林正大　　括贺新凉·环滁皆山也

欧阳公醉翁亭记：环滁皆山也。其西南诸峰，林壑尤美，望之蔚然而深秀者，琅邪也。山行六七里，渐闻水声，潺潺而泻出于两峰之间者，酿泉也。峰回路转，有亭翼然，临于泉上者，醉公亭也。作亭者谁，山之僧智仙也。名之者谁，太守自谓也。太守与客来饮于此，饮少辄醉，而年又最高，故自号曰醉翁也。醉翁之意不在酒，在乎山水之间也。山水之乐，得之心而寓之酒也。若夫日出而林霏开，云归而岩穴暝，晦明变化

者，山间之朝暮也。野芳发而幽香，佳木秀而繁阴，风霜高洁，水涸而石出者，山间之四时也。朝而往，暮而归，四时之景不同，而乐亦无穷也。至于负者歌于涂，行者休于树，前者呼，后者应，伛偻提携，往来而不绝者，滁人之游也。临溪而渔，溪深而鱼肥，酿泉为酒，泉香而酒洌，山肴野蔌，杂然而前陈者，太守宴也。宴酣而乐，非丝非竹，射者中，弈者胜，觥筹交错，起坐而喧哗者，众宾欢也。苍颜白发，颓然乎其间者，太守醉也。已而夕阳在山，人影散乱，太守归而宾客从也。树林阴翳，鸟声上下，游人去而禽鸟乐也。然而禽鸟知山林之乐，而不知人之乐；人知从太守游而乐，不知太守之乐其乐也。醉能同其乐，醒能述以文者，太守也。太守谓谁，庐陵欧阳修也

环滁皆山也，望西南、蔚然深秀者琅邪也。泉水潺潺峰路转，上有醉翁亭也。亭、太守自名之也。试问醉翁何所乐，乐在乎山水之间也，得之心、寓酒也。　　四时之景无穷也，看林霏、日出云归，自朝暮也。交错觥筹酣宴处，肴蔌杂然陈也，知太守、游而乐也。太守醉归宾客从，拥苍颜白发颓然也。太守谁，醉翁也。

林正大　　括贺新凉·生长湖山曲

东坡书林和靖诗后：吴侬生长湖山曲，呼吸湖光饮山渌。不论世外隐君子，佣奴贩妇皆冰玉。先生可是绝俗人，神清骨冷无由俗。我不识君曾梦见，瞳子了然光可烛。遗篇妙字处处有，步绕西湖看不足。诗如东野不言寒，书似西台差少肉。平生高节已难继，将死微言犹可录。自言不作封禅书，更有悲吟白头曲。我笑吴人不好事，好作祠堂傍修竹。不然配食水仙王，一盏寒泉荐秋菊

生长湖山曲，羡吴儿、呼吸湖光，饱餐山渌。世外不须论隐逸，谁似先生冰玉，自骨冷、神清无俗。我不识君曾梦见，炯双瞳、碧色光相烛。遗妙语，看不足。　　生平高节难为续，到如今、凛凛风生，言犹可录。不作相如封禅稿，身后谁荣谁辱，争肯效、白头吟曲。好与水仙为伴侣，傍西湖、湖畔修修竹。时一酹，荐秋菊。

括清平乐

即《清平乐》，详见《清平乐》条。

林正大　　　括清平乐·若耶溪女

李白采莲曲：若耶溪旁采莲女，笑隔荷花共人语。日照新妆水底明，风飘香袖空中举。岸上谁家游冶郎，三三五五映垂杨。紫骝嘶入落花去，见此踌躇空断肠

若耶溪女，笑隔荷花语。日照新妆明楚楚，香袖风飘轻举。　　谁家白面游郎，两三遥映垂杨。醉踏落花归去，踌躇空断柔肠。

括朝中措

即《朝中措》，详见《朝中措》条。

林正大　　括朝中措·凌波仙子袜生尘

山谷水仙花：凌波仙子生尘袜，水上轻盈步微月。是谁招此断肠魂？种作寒花寄愁绝。含香体素欲倾城，山矾是弟梅是兄。坐对真成被花恼，出门一笑大江横

凌波仙子袜生尘，水上步轻盈。种作寒花愁绝，断肠谁与招魂。　　天教付与，含香体素，倾国倾城。寂寞岁寒为伴，藉他矾弟梅兄。

括摸鱼儿

即《摸鱼儿》，详见《摸鱼儿》条。

林正大　　　括摸鱼儿·醉之乡

王绩醉乡记：醉之乡，其去中国，不知其几千里也。其土旷然无涯，无丘陵阪险；其气和平一揆，无晦明寒暑；其俗大同，无邑居聚落；其人甚精，无憎爱喜怒，吸风饮露，不食五谷，其寝于于，其行徐徐，与鸟兽鱼鳖杂处，不知有舟车器械

之用。昔者黄帝氏尝获游其都，归而杳然丧其天下，以为结绳之政已薄矣。降及尧舜，作为千钟百壶之献，因姑射神人以假道，盖至其边鄙，终身太平。禹、汤立法，礼烦乐杂，数十代与醉乡隔。其臣羲和，弃甲子而逃，冀臻其乡，失路而道夭，故天下遂不宁。至乎末孙桀纣，怒而升其糟丘，阶级千仞，南向而望，卒不见醉乡。武王得志于世，乃命公旦立酒人氏之职，典司五齐，拓土七千里，仅与醉乡达焉，三十年刑措不用。下逮幽厉，迄于秦汉，中国丧乱，遂与醉乡绝。而臣下之爱道者，往往窃至。阮嗣宗、陶渊明等十数人，并游于醉乡，没身不返，死葬其壤，中国以为酒仙云。嗟乎，醉乡氏之俗，岂古华胥氏之国乎，何其淳寂也如是。余将游焉，故为之记

醉之乡、其去中国，不知其几千里。其土平旷无涯际，其气和平一揆。无寒暑，无聚落居城，无怒而无喜。昔黄帝氏，仅获造其都，归而遂悟，结绳已非矣。　　及尧舜，盖亦至其边鄙，终身太平而治。武王得志于周世，命立酒人之氏。从此后，独阮籍渊明，往往逃而至，何其淳寂。岂古华胥，将游是境，余故为之记。

林正大　　括摸鱼儿·泛松江

叶清臣松江秋泛赋：泽国秋晴，天高水平。遥山晚碧，别浦寒清。循游具区之野，纵泛吴松之濡。东瞰沧海，西瞻洞庭。槁叶微下，斜阳半明。樵风归兮自朝暮，汐溜满兮谁送迎。浩霜空兮一色，横霁景兮千名。于是积潦未收，长江无际。澄澜万顷，扁舟独诣。社橘初黄，汀葭余翠。惊鹭朋飞，别鹄孤唳。听渔榔之递响，闻牧笛之长吹。既览物以放怀，亦思人而结欷。若夫寇敌初平，霸图方盛。均忧待济，同安则病。鱼贪饵而登钩，鹿走险而忘命。一旦辞禄，扬舲高泳。功崇不居，名存斯令。达识先明，孤风孰竞。又若金耀不融，浴尘其蒙。宗城寡扞，王国争雄。拂衣洛右，振耀江东。托翠纶兮波上，脍蝉翼兮枓中。傥即时之有适，遑我后之为恫。至于著书笠泽，端居甫里。两桨汀洲，片帆烟水。夕醉酒垆，朝盘鱼市。浮游尘外之物，啸傲人间之世。富词客之多才，剧骚人之清思。缅三子之芳徽，谅随时之有宜。非才高见弃于荣路，乃道大不客于祸机。申屠临河而蹈蹇，伯夷登山而食薇。皆有谓而然尔，岂得已而用之。别有执简仙瀛，持荷帝柱。晨韬史

氏之笔，慕握使臣之斧。登览有澄清之心，临遣动光华之赋。荷从欲之流兹，尉远游之以惧。肇提封之所履，属方割之此忧。将浚疏于汇川，其拯济乎珍畴。转白鹤之新渚，据青龙之上游。濯埃垢于缁袂，刮病膜乎昏眸。左引任公之钓，右援仲由之桴。思勤官而裕民，乃善利之远猷。彼全身以远害，盖孔臧于自谋。鲜鳞在俎，真茶满瓯。少回俗士之驾，亦未可为兹江之羞

泛松江、水遥山碧，清寒微动秋浦。霜云霁色横无际，别鹄惊鸿无数。朝又暮，听牧笛长吹，隐隐渔榔度。骚人才子，既览物兴怀，浮游尘外，啸傲剧清思。　　人间世，扰扰荣途要路，瀛洲琼馆安所。轩裳何似渔蓑兴，萧散龙游鹤渚。须归去，办双桨孤帆，云月和烟雨。江湖伴侣，趁社橘初黄，汀葭余翠，成我莼鲈趣。

括虞美人

即《虞美人》，详见《虞美人》条。

林正大　　括虞美人·武昌七十庞眉叟

刘禹锡武昌老人说笛歌：武昌老人七十余，手把庾令相闻书。自言年少学吹笛，早事曹王曾赏激。往年征镇戍蕲州，楚山萧萧笛竹秋。当时买林恣搜索，典却身上乌貂裘。古苔苍苍封老节，石上孤生饱风雪。商声五音随指发，水中龙应行云绝。曾将黄鹤楼上吹，一声占尽秋江月。如今老去兴独迟，音韵高低耳不知。气力已无心尚在，时时一曲梦中吹

武昌七十庞眉叟，学笛从年少。萧萧笛竹楚山秋，当日买林、曾典黑貂裘。　　一声占尽秋江月，天外行云绝。如今老去兴犹迟，尚想时时、一曲梦中吹。

括意难忘

即《意难忘》，详见《意难忘》条。

林正大　　　括意难忘·蜀道登天

李白蜀道难：噫嘘嚱，危乎高哉，蜀道之难难于上青天！蚕丛及鱼凫，开国何茫然。尔来四万八千岁，不与秦塞通人烟。西当太白有鸟道，可以横绝峨眉巅。地崩山摧壮士死，然后天梯石栈相勾连。上有横河断海之浮云，下有冲波逆折之回川。黄鹤之飞尚不能过，猿猱欲度愁攀缘。青泥何盘盘，百步九折萦岩峦。扪参历井仰胁息，以手拊膺坐长叹。问君西游何当还，畏涂巉岩不可攀。但见悲鸟号古木，雄飞呼雌达林间。又闻子规啼夜月，愁空山。蜀道之难难于上青天，使人听此凋朱颜。连峰去天不盈尺，枯松倒挂倚绝壁。飞湍瀑流争喧豗，砯崖转石万壑雷。其险也若此，嗟尔远道之人，胡为乎来哉！剑阁峥嵘而崔嵬，一夫当关，万夫莫开。所守或匪亲，化为狼与豺。朝避猛虎，夕避长蛇。磨牙吮血，杀人如麻。锦城虽云乐，不如早还家。蜀道之难难于上青天，侧身西望长咨嗟

蜀道登天，望峨眉横绝，石栈相连。西来当鸟道，逆浪俯回川。猿与鹤，莫攀缘，九折耸岩峦。算咫尺、扪参历井，回首长叹。　　西游何日当还，听子规啼月，愁减朱颜。连峰天一握，飞瀑壑争喧。排剑阁，越天关，豺虎乱朝昏。问锦城，虽云乐土，何似家山。

林正大　　　括意难忘·汹汹松风

山谷煎茶赋：汹汹乎如涧松之发清吹，皓皓乎如春空之行白云。宾主欲眠而同味，水茗相投而不浑。苦口利病，解胶涤昏。未尝一日不放箸而策茗碗之勋者也。余尝为嗣直瀹茗，因录其涤烦破睡之功，为之甲乙。建溪如割，双井如遽。日铸如绝。其余苦则辛螫，甘则底滞。呕酸寒胃，令人失睡。亦未足与议。或曰：无甚高论，敢问其次？涪翁曰：味江之罗山，严道之蒙顶。黔阳之都濡、高株，泸川之纳溪、梅岭。夷陵之压砖，邛之火井。不得已而去于三，则六者亦可酌兔褐之瓯，瀹鱼眼之鼎者也。或者又曰：寒中瘠气，莫甚于茶。或济之盐，勾贼破家。滑窍走水，又况鸡苏之与胡麻！涪翁于是酌岐雷之醪醴，参伊圣之汤液。斮附子如博投，以熬葛仙之垩。去蓛而

用盐，去橘而用姜。不夺茗味，而佐以草石之良，所以固太仓而坚作强。于是有胡桃、松实、庵摩、鸭脚、勃贺、蘼芜、水苏、甘菊，既加臭味，亦厚宾客。前四后四，各用其一。少则美，多则恶。发挥其精神，又益于咀嚼。盖大匠无可弃之材，太平非一士之略。厥初贪味隽永，速化汤饼。乃至中夜，不眠耿耿。既作温齐，殊可屡歃。如以六经济三尺法，虽有除治，与人安乐。宾至则煎，去则就榻。不游轩后之华胥，则化庄周之蝴蝶

汹汹松风，更浮云皓皓，轻度春空。精神新发越，宾主少从容。犀箸厌，涤昏懵，茗碗珂策奇功。待试与，平章甲乙，为问涪翁。　建溪日铸争雄，笑罗山梅岭，不数严邛。胡桃添味永，甘菊助香浓。投美剂，与和同，雪满兔瓯溶。便一枕，庄周蝶梦，安乐窝中。

括满江红

即《满江红》，详见《满江红》条。

林正大　　括满江红·太一真人

韩子苍题伯时画太一真人：太一真人莲叶舟，脱巾露发寒飕飕。轻风为帆浪为楫，卧看玉宇浮中流。中流荡漾翠绡舞，稳如龙骧万斛举。不是峰头十丈花，世间那得叶如许。龙眠画手老入神，尺素幻出真天人。恍然坐我水仙府，苍烟万顷波粼粼。玉堂学士今刘向，禁直岧峣九天上。不须对此融心神，会植青藜夜相访

太一真人，莲叶向、中流荡漾。凌万顷、风为帆席，浪为轻桨。乱舞翠绡云雾薄，卧看玉宇琉璃晃。似飘然、万斛举龙骧，随波荡。　太华顶，花十丈。飘一叶，借清赏。倩龙眠老手，为渠摹仿。鳌禁岧峣谁寓直，玉堂学士今刘向。要清宵、特地杖青藜，来相访。

林正大　　括满江红·落魄高人

山谷听宋宗儒摘阮歌：翰林尚书宋公子，文采风流今尚尔。自疑耆域是前身，囊中控丸起人死。貌如千载孤松枝，落

魄酒中无定止。得钱百万送酒家，一笑不问今余几。手挥琵琶送飞鸿，促弦聒醉惊客起。寒虫促织月笼秋，独雁叫群天拍水。楚国羁臣放十年，汉宫佳人嫁千里。深闺洞房语恩怨，紫燕黄鹂韵桃李。楚狂行歌惊世人，渔父拿舟在葭苇。问君枯木著朱绳，可能道人意中事。君言此物传数姓，玄壁庚庚有横理。闭门三月传国工，身今亲见阮仲容。我有江南一丘壑，安得与君醉其中，曲肱听君写松风

落魄高人，拚百万、青铜一醉。挥素手、朱绳一抹，四筵惊起。催织寒虫秋弄月，叫群独雁天浮水。更黄鹂、紫燕对春风，争繁脆。　　悲楚国，羁臣意。怜汉女，逾千里。似深闺恩怨，共相汝尔。我有江南丘壑趣，此弦能道心中事。要曲肱、时听写松风，云窗里。

林正大　　　括满江红·为忆当时

玉川子有所思：当时我醉美人家，美人颜色娇如花。今日美人弃我去，青楼珠箔天之涯。娟娟姮娥月，三五盈又缺。翠眉蝉鬓生别离，一望不见心断绝。心断绝，几千里。梦中醉卧巫山云，觉来泪滴湘江水。湘江两岸花木深，美人不见愁人心。含愁更奏绿绮琴，调歌弦绝无知音。美人兮美人，不知为暮雨兮为朝云。相思一夜梅花发，忽到窗前疑是君

为忆当时，沉醉里、青楼弄月。闲想像、绣帏珠箔，魂飞心折。羞向姮娥谈旧事，几经三五盈还缺。望翠眉、蝉鬓一天涯，伤离别。　　寻作梦，巫云结。流别泪，湘江咽。对花深两岸，忽添悲切。试与含愁弹绿绮，知音不遇弦空绝。忽窗前、一夜寄相思，梅花发。

林正大　　　括满江红·寂寞江城

东坡海棠（寓居定惠院之东，杂花满山，有海棠一株，土人不知其贵也）：江城地瘴蕃草木，只有梅花苦幽独。嫣然一笑竹篱间，桃李漫山总粗俗。也知造物有深意，故遣佳人在空谷。自当富贵出天姿，不待金盘荐华屋。朱唇得酒晕生脸，翠袖卷纱红映肉。林深雾暗晓光迟，日暖风轻春睡足。雨中有泪亦凄惨，月下无人更清淑。先生食饱无一事，散步逍遥自扪腹。不问人家与僧舍，拄杖敲门看修竹。忽然绝艳照衰朽，叹

息无言揩病目。陋邦何处得此花，无乃好事移西蜀。寸根千里不易到，衔子飞来定鸿鹄。天涯流落俱可念，为饮一尊歌此曲。明朝酒醒还独来，雪落纷纷那忍触

寂寞江城，搀只共、梅花幽独。揩病眼、佳人何许，嫣然空谷。幻出天姿真富贵，朱唇滞酒红生肉。笑漫山、繁李与夭桃，俱粗俗。　迟日丽，春睡足。明月照，尤清淑。算移根千里，远从西蜀。流落天涯应可念，为渠剧饮仍歌曲。怕明朝、酒醒落纷纷，那忍触。

括酹江月

即《念奴娇》，详见《念奴娇》条。

林正大　括酹江月·诸公台省

杜工部醉时歌：诸公衮衮登台省，广文先生官独冷。甲第纷纷厌粱肉，广文先生饭不足。先生有道出羲皇，先生有才过屈宋。德尊一代常坎坷，名垂万古知何用。杜陵野客人更嗤，被褐短窄鬓如丝。日籴太仓五升米，时赴郑老同襟期。得钱即相觅，沽酒不复疑。忘形到尔汝，痛饮真吾师。清夜沉沉动春酌，灯前细雨檐花落。但觉高歌有鬼神，焉知饿死填沟壑。相如逸才亲涤器，子云识字终投阁。先生早赋归去来，石田茅屋荒苍苔。儒术于我何有哉，孔丘盗跖俱尘埃。不须闻此意惨怆，生前相遇且衔杯

诸公台省，问先生何事，冷官如许。甲第纷纷粱肉厌，应怪先生无此。道出羲皇，才过屈宋，空有名垂古。得钱沽酒，忘形欲到尔汝。　好是清夜沉沉，共开春酌，细听檐花雨。茅屋石田荒已久，总待先生归去。司马子云，孔丘盗跖，到了俱尘土。不须闻此，生前杯酒相遇。

林正大　括酹江月·泛舟赤壁

东坡前赤壁赋：壬戌之秋，七月既望，苏子与客，泛舟游于赤壁之下。清风徐来，水波不兴。举酒属客，诵明月之诗，歌窈窕之章。少焉，月出于东山之上，徘徊于斗牛之间。白露

横江，水光接天。纵一苇之所如，凌万顷之茫然。浩浩乎如凭虚御风，而不知其所止；飘飘乎如遗世独立，羽化而登仙。于是饮酒乐甚，扣舷而歌之。歌曰："桂棹兮兰桨，击空明兮溯流光。渺渺兮余怀，望美人兮天一方。"客有吹洞箫者，倚歌而和之，其声呜呜然，如怨如慕，如泣如诉，余音袅袅，不绝如缕。舞幽壑之潜蛟，泣孤舟之嫠妇。苏子愀然，正襟危坐，而问客曰："何为其然也？"客曰："月朗星稀，乌鹊南飞。"此非曹孟德之诗乎！西望夏口，东望武昌，山川相缪，郁乎苍苍，此非孟德之困于周郎者乎！方其破荆州，下江陵，顺流而东也，舳舻千里，旌旗蔽空，酾酒临江，横槊赋诗，固一世之雄也，而今安在哉！况我与子，渔樵于江渚之上，侣鱼虾而友麋鹿。驾一叶之扁舟，举匏樽以相属。寄蜉蝣于天地，渺沧海之一粟。哀我生之须臾，羡长江之无穷。挟飞仙以遨游，抱明月而长终。知不可乎骤得，托遗响于悲风。苏子曰：客亦知夫水与月乎！逝者如斯，而未尝往也；盈虚者如彼，而卒莫消长也。盖将自其变者而观之，则天地曾不能以一瞬；自其不变者而观之，则物与我皆无尽也，而又何羡乎。且夫天地之间，物各有主。苟非吾之所有，虽一毫而莫取。惟江上之清风，与山间之明月，耳得之而为声，目遇之而成色，取之无尽，用之不竭。是造物者之无尽藏也，而吾与子之所共适。客喜而笑，洗盏更酌。肴核既尽，杯盘狼藉。相与枕藉乎舟中，不知东方之既白

泛舟赤壁，正风徐波静，举尊属客。渺渺予怀天一望，万顷凭虚独立。桂桨空明，洞箫声彻，怨慕还凄恻。星稀月淡，江山依旧陈迹。　　因念酾酒临江，赋诗横槊，好在今安适。谩寄蜉蝣天地尔，瞬目盈虚消息。江上清风，山间明月，与子欢无极。翻然一笑，不知东方既白。

林正大　　括酹江月·雪堂闲步

东坡后赤壁赋：是岁十月之望，步自雪堂，将归于临皋。二客从予过黄泥之坂。霜露既降，草木尽脱。人影在地，仰见明月。顾而乐之，行歌相答。已而叹曰：有客无酒，有酒无肴，月白风清，如此良夜何！客曰：今者薄暮，举网得鱼，巨口细鳞，状似松江之鲈。顾安所得酒乎？归而谋诸妇。妇曰：我有斗酒，藏之久矣，以待子不时之须。于是携酒与鱼，复游

于赤壁之下。江流有声，断岸千尺，山高月小，水落石出。曾日月之几何，而江山不可复识矣！予乃摄衣而上，履巉岩，披蒙茸。踞虎豹，登虬龙。攀栖鹘之危巢，俯冯夷之幽宫。盖二客不能从焉。划然长啸，草木震动。山鸣谷应，风起水涌。予亦悄然而悲，肃然而恐，凛乎其不可留也。返而登舟，放乎中流，听其所止而休焉。时夜将半，四顾寂寥。适有孤鹤，横江东来，翅如车轮，玄裳缟衣，戛然长鸣，掠予舟而西也。须臾客去，予亦就睡。梦一道士，羽衣翩跹，过临皋之下，揖予而言曰：赤壁之游乐乎？问其姓名，俯而不答。呜呼噫嘻，我知之矣！畴昔之夜，飞鸣而过我者，非子也耶！道士顾笑，予亦惊寤，开户视之，不见其处

雪堂闲步，过临皋、霜净晚林木落。月白风清如此夜，与客行歌相答。网举松鲈，手携斗酒，赤壁重寻约。悲歌长啸，划然声动寥廓。　　试问日月几何，江流山色，今日应如昨。履遍巉岩风露冷，水面怒涛惊跃。一叶中流，听其所止，适有孤飞鹤。横江东下，问予赤壁游乐。

林正大　　括酹江月·问陶彭泽

陶渊明归去来：归去来兮，田园将芜胡不归。既自以心为形役，奚惆怅而独悲。悟已往之不谏，知来者之可追。识迷途其未远，觉今是而昨非。舟遥遥以轻飏，风飘飘而吹衣。问征夫以前途，恨晨光之熹微。乃瞻衡宇，载欣载奔。僮仆欢迎，稚子候门。三径就荒，松菊犹存。携幼入室，有酒盈尊。引壶觞以自酌，盼庭柯以怡颜。倚南窗以寄傲，审容膝之易安。园日涉以成趣，门虽设而常关。策扶老以游憩，时矫首而遐观。云无心以出岫，鸟倦飞而知还。景翳翳以将入，抚孤松而盘桓。归去来兮，请息交以绝游。世与我而相遗，复驾言兮焉求。悦亲戚之情话，乐琴书以消忧。农人告予以春及，将有事于西畴。或命巾车，或棹孤舟。既窈窕以寻壑，亦崎岖而经丘。木欣欣以向荣，泉涓涓而始流。喜万物之得时，感吾生之行休。已矣哉！寓形宇内复几时，曷不委心任去留，胡为乎遑遑欲何之！富贵非吾愿，帝乡不可期。怀良辰以孤往，或执杖而耘耔。登东皋以舒啸，临清流而赋诗。聊乘化以归尽，乐夫天命复奚疑

问陶彭泽，有田园活计，归来何晚。昨梦皆非今觉是，实

迷途其未远。松菊犹存，壶觞自酌，寄傲南窗畔。闲云出岫，更看飞鸟投倦。　　归去请息交游，驾言焉往，独把琴书玩。孤棹巾车丘壑趣，物与吾生何恨。宇内寓形，帝乡安所，富贵非吾愿。乐夫天命，聊乘化以归尽。

林正大　　　括酹江月·坐愁书室

李白送张承祖之东都序：吁咄哉！仆书室坐愁，亦已久矣。每思欲遐登蓬莱，极目四海，手弄白日，顶摩青穹，挥斥幽愤，不可得也。而金骨未变，玉颜已缁，何尝不扪松伤心，抚鹤叹息。误学书剑，薄游人间，紫禁九重，碧山万里，有才无命，甘于后时。刘表不用于祢衡，暂来江夏；贺循喜逢于张翰，且乐船中。遇达人张侯，大雅君子。统泛舟之役，在清川之湄。谈玄赋诗，连兴数月。醉尽花柳，赏穷江夏。王命有程，告以于迈。烟景晚色，惨为愁容。系飞帆于半天，泛渌水于遥海。欲去不去，更开芳尊。乐虽寰中，趣逸天外。平生酣畅，未若此时。至于清谈浩歌，雄笔丽藻，笑饮醁酒，醉挥素琴，余实不愧于古人也。扬袂远别，何时归来。想洛阳之秋风，鲙鲈鱼以相待。诗可赠远，无乃阙乎

坐愁书室，谩临风、遐想蓬莱高致。抚鹤扪松长叹息，失足误来人世。紫禁九重，碧山万里，无路鸣珂佩。江山胜处，且寻花柳倾醉。　　不堪送客清川，系帆渌水，烟景供憔悴。更举芳尊浇别恨，逸趣浮游天外。雄笔横挥，素琴轻拍，一笑成扬袂。洛阳秋早，归时同赏鲈鲙。

林正大　　　括酹江月·杏花春晚

东坡月夜与客饮杏花下：杏花飞帘散余春，明月入户寻幽人。褰衣步月踏花影，炯如流水涵青蘋。花间置酒清香发，争挽长条落香雪。山城薄酒不堪饮，劝君且吸杯中月。洞箫声断月明中，惟忧月落酒杯空。明朝卷地春风恶，但见绿叶栖残红

杏花春晚，散余芳、著处萦帘穿箔。唤起幽人明月夜，步月褰衣行乐。置酒花前，清香争发，雪挽长条落。山城薄酒，共君一笑同酌。　　且须眼底柔英，尊中清影，放待杯行数。莫遣洞箫声断处，月落杯空牢寞。只恐明朝，残红栖绿，卷地东风恶。更须来岁，花时携酒寻约。

林正大　　括酹江月·开元盛日

李白清平调辞：开元中，禁中初重木芍药，即今牡丹也。得四本：红、紫、浅红、通白者，上移植于沉香亭前。花方繁开，上乘照夜车，太真妃以步辇从。诏选梨园弟子，得乐一十六色。李龟年以歌擅一时，手持檀版，将欲歌。上曰：赏名花，对妃子，焉用旧乐？命以金花笺宣赐翰林供奉李白立进清平调辞三章。白承诏旨，宿酲犹未解，援笔赋之。

云想衣裳花想容，春风拂槛露花浓。若非群玉山头见，会向瑶台月下逢。

一枝红艳露凝香，云雨巫山枉断肠。借问汉宫谁得似，可怜飞燕舞红妆。

名花倾国两相欢，长得君王带笑看。解释春风无限恨，沉香亭北倚阑干。

辞进，促龟年歌之。太真妃持颇黎七宝杯，酌西凉州蒲萄酒，笑领歌辞，意甚厚。饮罢，敛绣巾重拜。上自是顾李白尤异于诸学士云

开元盛日，爱名花绝品，浅红深紫。云想衣裳□□映，曲槛软风微度。群玉山头，瑶台月下，一□香凝露。嫣然倾国，巫山肠断云雨。　借问标格风流，汉宫谁似，飞燕红妆舞。解释春风无限恨，博得君王笑语。七宝杯深，蒲萄酒满，胜赏今何许。沉香亭北，倚阑终日凝伫。

拾翠羽

曹植《洛神赋》有“或拾翠羽”句，此调名即源于此。双调，六十八字，上下片各七句、四仄韵。此调只张孝祥一词。

张孝祥　　拾翠羽·春入园林

春入园林，花信总诸迟速。听鸣禽、稍迁乔木。夭桃弄色，海棠芬馥。风雨霁，芳径草心频绿。　禊事才过，相次禁烟追逐。想千岁、楚人遗俗。青旗沽酒，各家炊熟。良夜游，明月胜烧花烛。

点 绛 唇

江淹诗："白雪凝琼貌，明珠点绛唇。"此调名即源于此。又名《点樱桃》、《十八香》、《南浦月》、《沙头雨》、《寻瑶草》、《一痕沙》、《万年春》。双调数体。有四十一字，上片四句、三仄韵，下片五句、四仄韵；亦有四十一字，上下片各五句、四仄韵；还有四十三字，上片四句、三仄韵，下片五句、四仄韵。

王禹偁　　点绛唇·感兴

雨恨云愁，江南依旧称佳丽。水村渔市，一缕孤烟细。天际征鸿，遥认行如缀。平生事，此时凝睇，谁会凭阑意。

寇　准　　点绛唇·水陌轻寒

水陌轻寒，社公雨足东风慢。定巢新燕，湿雨穿花转。象尺熏炉，拂晓停针线。愁蛾浅，飞红零乱，侧卧珠帘卷。

林　逋　　点绛唇·金谷年年

金谷年年，乱生春色谁为主。余花落处，满地和烟雨。又是离歌，一阕长亭暮。王孙去，萋萋无数，南北东西路。

晏　殊　　点绛唇·露下风高

露下风高，井梧宫簟生秋意。画堂筵启，一曲呈珠缀。天外行云，欲去凝香袂。炉烟起，断肠声里，敛尽双蛾翠。

韩　琦　　点绛唇·病起恹恹

病起恹恹，画堂花谢添憔悴。乱红飘砌，滴尽胭脂泪。惆怅前春，谁向花前醉。愁无际，武陵回睇，人远波空翠。

王安国　　点绛唇·秋气微凉

秋气微凉，梦回明月穿帘幕。井梧萧索，正绕南枝鹊。宝瑟尘生，金雁空零落。情无托，鬓云慵掠，不似君恩薄。

晏几道　　点绛唇·花信来时

花信来时，恨无人似花依旧。又成春瘦，折断门前柳。

天与多情，不与长相守。分飞后，泪痕和酒，占了双罗袖。

晏几道　　点绛唇·明日征鞭

明日征鞭，又将南陌垂杨折。自怜轻别，拚得音尘绝。杏子枝边，倚处阑干月。依前缺，去年时节，旧事无人说。

晏几道　　点绛唇·碧水东流

碧水东流，漫题凉叶津头寄。谢娘春意，临水颦双翠。日日骊歌，空费行人泪。成何计，未如浓醉，闲掩红楼睡。

晏几道　　点绛唇·妆席相逢

妆席相逢，旋匀红泪歌金缕。意中曾许，欲共吹花去。长爱荷香，柳色殷桥路。留人住，淡烟微雨，好个双栖处。

晏几道　　点绛唇·湖上西风

湖上西风，露花啼处秋香老。谢家春草，唱得清商好。笑倚兰舟，转尽新声了。烟波渺，暮云稀少，一点凉蟾小。

王安礼　　点绛唇·春睡腾腾

春睡腾腾，觉来鸳被堆香暖。起来慵懒，触目情何限。深院日斜，人静花阴转。柔肠断，凭高不见，芳草连天远。

魏夫人　　点绛唇·波上清风

波上清风，画船明月人归后。渐消残酒，独自凭阑久。聚散匆匆，此恨年年有。重回首，淡烟疏柳，隐隐芜城漏。

苏　轼　　点绛唇·己巳重九和苏坚

我辈情钟，古来谁似龙山宴。而今楚甸，戏马余飞观。顾谓佳人，不觉秋强半。筝声远，鬓云吹乱，愁入参差雁。

苏　轼　　点绛唇·庚午重九再用前韵

不用悲秋，今年身健还高宴。江村海甸，总作空花观。尚想横汾，兰菊纷相半。楼船远，白雪飞乱，空有年年雁。

苏　轼　　点绛唇·再和送钱公永

莫唱阳关，风流公子方终宴。秦山禹甸，缥缈真奇观。

北望平原，落日山衔半。孤帆远，我歌君乱，一送西飞雁。

苏　轼　　　　点绛唇·醉漾轻舟

醉漾轻舟，信流引到花深处。尘缘相误，无计花间住。烟水茫茫，千里斜阳暮。山无数，乱红如雨，不记来时路。

苏　轼　　　　点绛唇·离恨

月转乌啼，画堂宫徵生离恨。美人愁闷，不管罗衣褪。清泪斑斑，挥断柔肠寸。嗔人问，背灯偷揾，拭尽残妆粉。

此首别作秦观词

苏　轼　　　　点绛唇·闲倚胡床

闲倚胡床，庾公楼外峰千朵。与谁同坐，明月清风我。别乘一来，有唱应须和。还知么，自从添个，风月平分破。

苏　轼　　　　点绛唇·红杏飘香

红杏飘香，柳含烟翠拖轻缕。水边朱户，尽卷黄昏雨。烛影摇风，一枕伤春绪。归不去，凤楼何处，芳草迷归路。

舒　氏　　　　点绛唇·独自临池

独自临池，闷来强把阑干凭。旧愁新恨，耗却年时兴。鹭散鱼潜，烟敛风初定。波心静，照人如镜，少个年时影。

舒　亶　　点绛唇·周园分题得湖上闻乐

紫雾香浓，翠华风转花随辇。洞天云暖，一片笙歌远。水殿龙舟，忆侍瑶池宴。闲庭院，梦回春半，雪鬓无人见。

黄庭坚　　　　点绛唇·浊酒黄花

重九日寄怀嗣直弟，时再涪陵。用东坡余杭九日点绛唇旧韵

浊酒黄花，画檐十日无秋燕。梦中相见，起作南柯观。镜里朱颜，又减年时半。江山远，登高人健，应问西来雁。

黄庭坚　　　　点绛唇·几日无书

几日无书，举头欲问西来燕。世情梦幻，复作如斯观。自叹人生，分合常相半。戎虽远，念中相见，不托鱼和雁。

黄庭坚　　　　点绛唇·罗带双垂

罗带双垂，妙香长恁携纤手。半妆红豆，各自相思瘦。闻道伊家，终日眉儿皱。不能勾，泪珠轻溜，裛损揉蓝袖。

晁端礼　　　　点绛唇·洞户深沉

洞户深沉，起来闲绕回廊转。凤箫声远，小院杨花满。旧曲重寻，移遍秦筝雁。芳心乱，栏干凭暖，目向天涯断。

晁端礼　　　　点绛唇·我也从来

我也从来，唤做真个收拾定。据伊情性，怎到如今恁。掴就百般，终是心肠狠。应难更，是我薄命，不怨奴薄幸。

秦　观　　　　点绛唇·桃源

醉漾轻舟，信流引到花深处。尘缘相误，无计花间住。烟水茫茫，千里斜阳暮。山无数，乱红如雨，不记来时路。

秦　观　　　　点绛唇·月转乌啼

月转乌啼，画堂宫徵生离恨。美人愁闷，不管罗衣褪。清泪斑斑，挥断柔肠寸。嗔人问，背灯偷揾，拭尽残妆粉。

此首别作苏轼词

米　芾　　　　点绛唇·示儿尹仁尹智

莘野寥寥，渭宾漠漠情何限。万重堆案，懒更重经眼。儿辈休惊，头上霜华满。功名晚，水云萧散，漫就驿亭看。

贺　铸　　　　点绛唇·见面无多

见面无多，坐来百媚生余态。后庭春在，折取残红戴。小小兰舟，荡桨东风快。和愁载，缠绵难解，不似罗裙带。

贺　铸　　　　点绛唇·一幅霜绡

一幅霜绡，麝煤熏腻纹丝缕。掩妆无语，的是销凝处。薄暮兰桡，漾下蘋花渚。风留住，绿杨归路，燕子西飞去。

贺　铸　　　　点绛唇·十二层楼

十二层楼，梦回缥缈非烟里。此情何寄，赖尔荆江水。

莫谓东君，触处逢桃李。留深意，温柔乡里，自有终焉计。

仲　殊　　　　　点绛唇·题雪中梅

春遇瑶池，长空飞下残英片。素光围练，寒透笙歌院。莫把寿阳，妆信传书箭。掩香面，汉宫寻遍，月里还相见。

晁补之　　　　点绛唇·永嘉郡君生日

回雁风微，养花浓淡天容好。似春知道，吉梦佳辰到。共乐春台，携手蓬莱小。同倾祷，愿春不老，岁岁寻芳草。

晁补之　　　点绛唇·家妓荣奴既出有感

檀口星眸，艳如桃李情柔惠。据我心里，不肯相抛弃。哭怕人猜，笑又无滋味。忡忡地，系人心里，一句临歧誓。

周邦彦　　　　　点绛唇·春景

台上披襟，快风一瞬收残雨。柳丝轻举，蛛网粘飞絮。极目平芜，应是春归处。秋凝伫，楚歌声苦，村落黄昏鼓。

周邦彦　　　　　点绛唇·夏景

征骑初停，酒行莫放离歌举。柳汀莲浦，看尽江南路。苦恨斜阳，冉冉催人去。空回顾，淡烟横素，不见扬鞭处。

周邦彦　　　　　点绛唇·秋景

孤馆迢迢，暮天草露沾衣润。夜来秋近，月晕通风信。今日原头，黄叶飞成阵。知人闷，故来相趁，共结临岐恨。

周邦彦　　　　　点绛唇·伤感

辽鹤归来，故乡多少伤心地。寸书不寄，鱼浪空千里。凭仗桃根，说与凄凉意。愁无际，旧时衣袂，犹有东门泪。

谢　逸　　　　　点绛唇·九日登高

九日登高，倚楼人在秋空半。汝江如练，碧影涵云巘。醉看茱萸，定是明年健。清尊满，菊花黄浅，偏入陶潜眼。

谢　逸　　　　　点绛唇·金气秋分

金气秋分，风清露冷秋期半。凉蟾光满，桂子飘香远。

素练宽衣，仙仗明飞观。霓裳乱，银桥人散，吹彻昭华管。

苏　庠　　　　点绛唇·冰勒轻飔

冰勒轻飔，绿痕初涨回塘水。柳洲烟际，白鹭翘沙嘴。
箬笠青蓑，未减貂蝉贵。云涛里，醉眠篷底，不属人间世。

毛　滂　　　　点绛唇·月波楼中秋作

高柳横斜，冷光凌乱摇疏翠。露荷珠缀，照见鸳鸯睡。
□□□□，□□□□□。□□□，□□□□，□□□□□。

毛　滂　　　　点绛唇·家人生日之一

柏叶春醅，为君亲酌玻璃盏。玉箫牙管，人意如春暖。
鬓绿长留，不使韶华晚。春无限，碧桃花畔，笑看蓬莱浅。

毛　滂　　　　点绛唇·家人生日之二

何处君家，蟠桃花下瑶池畔。日迟烟暖，占得春长远。
几见花开，一任年光换。今年见，明年重见，春色如人面。

此词别作吴则礼词

毛　滂　　　　点绛唇·月波楼重九作

手抚归鸿，坐临烟雨帘旌润。气清天近，云日温阑楯。
压玉浮金，一醉留青鬓。风光胜，淡妆人靓，眉黛生秋晕。

毛　滂　　　　点绛唇·武都静林寺妙峰亭席上作

假山前引水，激起数尺

秀岭寒青，冷泉凌乱催秋意。佩环声里，无限真珠碎。
叹我平生，识尽闲滋味。来闲地，为君一醉，万事浮云外。

毛　滂　　　　点绛唇·醉中记游一处，复寻不果

小院重帘，那回来处花相向。迟迟一饷，记得春模样。
昨夜月明，应照芙蓉帐。空凝望，蜂劳蝶攘，谁在花枝上。

毛　滂　　　　点绛唇·惠山夜月赠鼓琴者，时作流水弄

绣岭横秋，玉螭吹暑迎凉气。碧崖流水，流入春葱指。
半倚朱弦，微辨连环珥。通深意，月明风细，分付知音耳。

苏　过　　**点绛唇·新月娟娟**

新月娟娟，夜寒江静山衔斗。起来搔首，梅影横窗瘦。好个霜天，闲却传杯手。君知否，乱鸦啼后，归兴浓如酒。

此首别作汪藻词

葛胜仲　　**点绛唇·县斋愁坐作**

秋晚寒斋，藜床香篆横轻雾。闲愁几许，梦逐芭蕉雨。云外哀鸿，似替幽人语。归不去，乱山无数，斜日荒城鼓。

米友仁　　**点绛唇·浩渺湖天**

浩渺湖天，酒浮黄菊携佳侣。澹烟疏雨，去鲁方怀土。倾盖相逢，引满哦奇语。山围处，兕觥频举，不醉君无去。

吴则礼　　**点绛唇·柏叶春醅**

柏叶春醅，为君亲酌玻璃盏。玉箫牙管，人意如春暖。绿鬓长留，不使韶华晚。春无限，碧桃花畔，笑看蓬莱浅。

吴则礼　　**点绛唇·何处君家**

何处君家，蟠桃花下瑶池畔。日迟风暖，占得春长远。几见花开，一任年光换。今年见，明年重见，春色如人面。

此首别作毛滂词

赵子发　　**点绛唇·野岸孤舟**

野岸孤舟，断桥明月穿流水。雁声嘹呖，双落行人泪。去岁吾家，曾插黄花醉。今那是，杖藜西指，看即成千里。

王安中　　**点绛唇·岘首亭空**

岘首亭空，劝君休堕羊碑泪。宦游如寄，且伴山翁醉。说与鲛人，莫解江皋佩。将归思，晕红萦翠，细织回文字。

张继先　　**点绛唇·小小葫芦**

祐陵问：所带葫芦如何不开口，对御作

小小葫芦，生来不大身材矮。子儿在内，无口如何怪。藏得乾坤，此理谁人会。腰间带，臣今偏爱，胜挂金鱼袋。

叶梦得　　点绛唇·高柳萧萧

晚出山榭，春初植兰榭侧，近复生紫芝十二本

高柳萧萧，睡余已觉西风劲。小窗人静，淅沥生秋听。底事多情，欲与流年竞。残云暝，坠巾慵整，独立芝兰径。

叶梦得　　点绛唇·绍兴乙卯登绝顶小亭

缥缈危亭，笑谈独在千峰上。与谁同赏，万里横烟浪。老去情怀，犹作天涯想。空惆怅，少年豪放，莫学衰翁样。

叶梦得　　点绛唇·山上飞泉

丙辰八月二十七日雨中与何彦亨小饮

山上飞泉，漫流山下知何处。乱云无数，留得幽人住。深闭柴门，听尽空檐雨。秋还暮，小窗低户，惟有寒蛩语。

刘一止　　点绛唇·洞户香凝

洞户香凝，宴开特地风烟好。靓妆娟妙，玉雪光相照。认是桃源，绿水红云绕。真曾到，漾舟人老，应被桃花笑。

刘一止　　点绛唇·云鬓分行

云鬓分行，照人明艳新妆就。御香窗牖，细酌鹅儿酒。铁拨鹍弦，一试春风手。龙仙奏，绛霄声透，不许人间有。

刘一止　　点绛唇·和王元渤舍人见贻

岁月飘流，故人相望如箕斗。畔愁千首，诗骨能清瘦。白日鹍弦，同看春风手。君知否，袖痕别后，犹有临歧酒。

刘一止　　点绛唇·山邑新凉

山邑新凉，夜堂爽气侵南斗。为谁骧首，月冷冰蛾瘦。八万二千，雕琢琼瑶手。君知否，待君归后，双照杯中酒。

汪　藻　　点绛唇·新月娟娟

新月娟娟，夜寒江静山衔斗。起来搔首，梅影横窗瘦。好个霜天，闲却传杯手。君知否，乱鸦啼后，归兴浓于酒。

此首别作苏过词

汪　藻　　　　点绛唇·高柳蝉嘶

高柳蝉嘶，采菱歌断秋风起。晚云如髻，湖上山横翠。帘卷西楼，过雨凉生袂。天如水，画楼十二，有个人同倚。

曹　组　　　　点绛唇·咏御射

秋劲风高，暗知斗力添弓面。靶分�干，月到天心满。白羽流星，飞上黄金碗。胡沙雁，云边惊散，压尽天山箭。

曹　组　　　　点绛唇·疏柳残蝉

疏柳残蝉，助人离思斜阳外。淡烟疏霭，节物随时改。水已无情，风更无情嗷。兰舟解，水流风快，回首人何在。

曹　组　　　　点绛唇·密炬高烧

密炬高烧，宝刀时剪金花碎。照人欢醉，也照人无睡。待得灰心，陪尽千行泪。笼纱里，夜凉如水，犹喜长成对。

曹　组　　　　点绛唇·小小朱桥

小小朱桥，柳边人过横塘路。细风时度，□浪痕痕去。草软沙平，稳衬寻幽步。□□处，乱红飞舞，回首春城暮。

曹　组　　　　点绛唇·云透斜阳

云透斜阳，半楼红影明窗户。暮山无数，归雁愁还去。十里平芜，花远重重树。空凝伫，故人何处，可惜春将暮。

曹　组　　　　点绛唇·沉醉归来

沉醉归来，洞房灯火闲相照。夜寒犹峭，信意和衣倒。春梦虽多，好梦长长少。纱窗晓，风帏人悄，花外空啼鸟。

曹　组　　　　点绛唇·水饭

霜落吴江，万畦香稻来场圃。夜村舂黍，草屋寒灯雨。玉粒长腰，沉水温温注。相留住，共抄云子，更听歌声度。

曹　组　　　　点绛唇·一片南云

一片南云，定知来做巫山雨。歌声才度，只向风中住。恼乱襄王，无限牵情处。长天暮，又还飞去，目断阳台路。

王庭珪　　　　点绛唇·花外红楼

花外红楼，当时青鬓颜如玉。淡烟残烛，醉入花间宿。
白发相逢，犹唱当时曲。当时曲，断弦难续，且尽杯中醁。

王庭珪　　点绛唇·上元鼓子词并口号

铁锁星桥，已彻通宵之禁；银鞍金勒，共追良夜之游。况逢千载一时，如在十洲三岛。有劳诸子，慢动三挝。对此芳辰，先呈口号：万家帘幕卷青烟，火炬银花耀碧天。留得江南春不夜，为传新唱落尊前

玉漏春迟，铁关金锁星桥夜。暗尘随马，明月应无价。
天半朱楼，银汉星光射。更深也，翠娥如画，犹在凉蟾下。

王庭珪　　　　点绛唇·春入西园

春入西园，数重花外红楼起。倚阑金翠，人在非烟里。
风月佳时，蓬岛开平地。笙歌沸，画桥灯市，一夜惊桃李。

陈　克　　　　点绛唇·曲陌春风

曲陌春风，谁家姊妹同墙看。映花烘暖，困入茸茸眼。
细马轻衫，倚醉偷回面。垂杨转，坠鞭挥扇，白地肝肠断。

朱敦儒　　　　点绛唇·淮海秋风

淮海秋风，冶城飞下扬州叶。画船催发，倾酒留君别。
卧倒金壶，相对天涯客。阳关彻，大江横绝，泪湿杯中月。

朱敦儒　　　　点绛唇·客梦初回

客梦初回，卧听吴语开帆索。护霜云薄，澹澹芙蓉落。
画舫无情，人去天涯角。思量著，翠蝉金雀，别后新梳掠。

朱敦儒　　　　点绛唇·至日春云

至日春云，万般祥瑞朝来奏。太平时候，乐事家家有。
玉指呵寒，酥点梅花瘦。金杯酒，与君为寿，只愿人长久。

朱敦儒　　　　点绛唇·春雨春风

春雨春风，问谁染就江南草。燕娇莺巧，只是参军老。
今古红尘，愁了人多少。尊前好，缓歌低笑，醉向花间倒。

朱敦儒　　点绛唇·绿径朱阑

绿径朱阑，暖烟晴日春来早。自家亭沼，不问人寻讨。携酒提篮，儿女相随到。风光好，醉敧纱帽，索共梅花笑。

周紫芝　　点绛唇·西池桃花落尽赋此

燕子风高，小桃枝上花无数。乱溪深处，满地飞红雨。唤得春来，又送春归去。浑无绪，刘郎前度，空记来时路。

周紫芝　　点绛唇·内子生日

人道长生，算来世上何曾有。玉尊长倒，早是人间少。四十年来，历尽闲烦恼。如今老，大家开口，赢得花前笑。

李　祁　　点绛唇·楼下清歌

楼下清歌，水流歌断春风暮。梦云烟树，依约江南路。碧水黄沙，梦到寻梅处。花无数，问花无语，明月随人去。

张　纲　　点绛唇·荣国生日之一

飞雪初晴，晓来佳气生庭户。宝薰笼雾，帘幕香风度。鹤发龟龄，堂上潘舆驻。花深处，缓歌金缕，莫惜杯频举。

张　纲　　点绛唇·荣国生日之二

罗幕重重，画堂迎腊和风转。玳筵高展，知是群仙宴。银鸭香浮，红袖翻歌扇。金杯劝，深深祝愿，争把蟠桃献。

李清照　　点绛唇·闺思

寂寞深闺，柔肠一寸愁千缕。惜春春去，几点催花雨。倚遍阑干，只是无情绪。人何处，连天衰草，望断归来路。

郭　章　　点绛唇·天圣宫

翠柏丹崖，碧云深锁神仙府。势盘龙虎，楼观雄中土。我欲停时，又恐斜阳暮。黄尘路，客怀良苦，满目西山雨。

赵　鼎　　点绛唇·春愁

香冷金炉，梦回鸳帐余香嫩。更无人问，一枕江南恨。

消瘦休文，顿觉春衫褪。清明近，杏花吹尽，薄暮东风紧。

赵　鼎　　　　点绛唇·惜别

惜别伤离，此生此念无重数。故人何处，还送春归去。
美酒一杯，谁解歌金缕。无情绪，淡烟疏雨，花落空庭暮。

向子諲　　　　点绛唇·绿水青山

芗林老人，绍兴甲寅中秋，与二三禅子对月宝林山中，戏作长短句，俗呼点绛唇

绿水青山，一轮明月林梢过。有谁同坐，妙德毗卢我。
石女高歌，古调无人和。还知么，更没别个，且莫分疏破。

向子諲　　　　点绛唇·代净众老

此夜中秋，不向光影门前过。披衣得坐，无佛众生我。
没鼓打皮，借问今几和。还知么，就中两个，鼻孔谁穿破。

向子諲　　　　点绛唇·代香严荣老

不昧本来，太虚明月流辉过。令行独坐，高下都由我。
玉轸无弦，谁对秋风和。还知么，老庞一个，识得机关破。

向子諲　　　　点绛唇·代栖隐昙老

折脚铛中，二时粥饭随缘过。东行西坐，不识而今我。
坏尽田园，终日且婆和。还知么，锥也无个，肘露衣衫破。

向子諲　　　　点绛唇·复自和

不挂一裘，世间万事如风过。忘缘兀坐，皮袋非真我。
随色摩尼，朱碧如何和。还知么，从来只个，千古扑不破。

向子諲　　　　点绛唇·别代净众

荆棘林中，浪夸好手曾穿过。不起于坐，逼塞虚空我。
问路台山，婆子随声和。还知么，石桥老个，些子平窥破。

向子諲　　　　点绛唇·别代香严

春浪桃花，禹门三尺平跳过。死生不坐，变化须归我。
山起南云，北雨声相和。还知么，点点真个，块土何曾破。

向子諲　　点绛唇·别代栖隐

脱落皮肤，故人南岳峰前过。只知闲坐，千圣难窥我。明月澄潭，谁唱复谁和。还知么，锦鳞没个，莫触清光破。

向子諲　　点绛唇·别自和

绿水池塘，笑看野鸭双飞过。正当呆坐，纫鼻须还我。尽日张弓，许久无人和。还知么，难得全个，不免须明破。

向子諲　　点绛唇·冰雪肌肤

世传水月观音词，徐师川恶其鄙俗，戏作一首似之

冰雪肌肤，靓妆喜作梅花面。寄情高远，不与凡尘染。玉立峰前，闲把经珠转。秋风便，雾收云卷，水月光中见。

向子諲　　点绛唇·重九戏用东坡先生韵

无热池南，岁寒亭上开新宴。青山芳甸，尽入真如观。举酒高歌，人在秋天半。晴空远，寒江影乱，何处飞来雁。

向子諲　　点绛唇·病卧秋风

病卧秋风，懒寻杯酒追欢宴。梦游都甸，不改当年观。故旧凋零，天下今无半。烟尘远，泪珠零乱，怕问随阳雁。

向子諲　　点绛唇·今日重阳

今日重阳，强挼青蕊聊开宴。我家几甸，试上连辉观。忆着酺池，古塔烟霄半。愁心远，情随云乱，肠断江城雁。

向子諲　　点绛唇·莫问重阳

重阳后数日，菊墩始有花。与诸友再登，赋第四首

莫问重阳，黄花满地须游宴。休论夷甸，且作江山观。百岁光阴，屈指今过半。霜天晚，眼昏花乱，不见书空雁。

向子諲　　点绛唇·春蕙秋兰

王景源使君宠示岩桂长短句，拟和一首

春蕙秋兰，断崖空谷终难近。何如逸韵，十里香成阵。倾盖论交，白首情无尽。因君问，新声玉振，更觉花清润。

向子諲　　点绛唇·再赋示王景源使君

璧月光辉，万山不隔蟾宫树。金风玉露，水国秋无数。老子情钟，欲向香中住。君王许，龙鸾飞舞，送到归休处。

向子諲　点绛唇·再次王景源使君韵，赋第三首

明月山头，古香吹堕青林底。世情无味，伴我千岩里。诗老风流，也向花留意。歌新拟，调高难比，半坐分君醉。

向子諲　　点绛唇·南昌送范帅

丹凤飞来，细传日下丝纶语。使君归去，已近沙堤路。风叶露花，秋意浓如许。江天暮，离歌轻举，愁满西山雨。

宝　月　　点绛唇·题雪中梅

春遇瑶池，长空飞下残英片。素光围练，寒透笙歌院。莫把寿阳，妆信传书箭。掩香面，汉宫寻遍，月里还相见。

洪　皓　　点绛唇·咏梅

不假施朱，鹤翎初试轻红亚。为栽堂下，更咏樵人画。绿叶青枝，辨认诗亏价。休催也，忍寒郊野，留待东坡马。

洪　皓　　点绛唇·腊梅

耐久芳馨，拟将绛蜡龙涎亚。化工裁下，风韵胜如画。鼻观先通，顿减沉檀价。思量也，梦游吴野，凭仗神为马。

蔡　伸　　点绛唇·登历阳连云观

水绕孤城，乱山深锁横江路。帆归别浦，苒苒兰皋暮。人在天涯，雁背南云去。空凝伫，凤楼何处，烟霭迷津渡。

蔡　伸　　点绛唇·和安行老韵

香雪飘零，暖风著柳笼丝雨。恼人情绪，春事还如许。宝勒朱轮，共结寻芳侣。东郊路，乱红深处，醉拍黄金缕。

蔡　伸　　点绛唇·背壁灯残

背壁灯残，卧听檐雨难成寐。井梧飘坠，历历蛩声细。数尽更筹，滴尽罗巾泪。如何睡，甫能得睡，梦到相思地。

蔡　伸　　　点绛唇·月缺花残

月缺花残，世间乐事难双美。夜来相对，把酒弹清泪。一点情钟，销尽英雄气。樊笼外，五湖烟水，好作扁舟计。

蔡　伸　　　点绛唇·玉笋持杯

玉笋持杯，敛红颦翠歌金缕。彩鸳戢羽，未免群鸡妒。我为情多，愁听多情语。君休诉，两心坚固，云里千条路。

蔡　伸　　　点绛唇·人面桃花

人面桃花，去年今日津亭见。瑶琴锦荐，一弄清商怨。今日重来，不见如花面。空肠断，乱红千片，流水天涯远。

蔡　伸　　　点绛唇·丙寅

梅雨初晴，画栏开遍忘忧草。兰堂清窈，高柳新蝉噪。枕上芙蓉，如梦还惊觉。匀妆了，背人微笑，风入玲珑罩。

蔡　伸　　　点绛唇·帐外华灯

帐外华灯，翠屏花影参差满。锦衣香暖，苦恨春宵短。画角声中，云雨还轻散。河桥畔，月华如练，回首成肠断。

蔡　伸　　　点绛唇·绿萼冰花

绿萼冰花，数枝清影横疏牖。玉肌清瘦，夜久轻寒透。忍使孤芳，攀折他人手。人归后，断肠回首，只有香盈袖。

蔡　伸　　　点绛唇·送常守陈正同应之还朝

解绂朝天，满城桃李繁阴布。彩舟难驻，忍听骊歌举。协赞中兴，圣意方倾注。从今去，五云深处，稳步沙堤路。

蔡　伸　　　点绛唇·云雨匆匆

云雨匆匆，洞房当日曾相遇。暂来还去，无计留春住。宝瑟重调，静听鸾弦语。休轻负，绮窗朱户，好做风光主。

王　灼　　　点绛唇·赋登楼

休惜余春，试来把酒留春住。问春无语，帘卷西山雨。一掬愁心，强欲登高赋。山无数，烟波无数，不放春归去。

孙　惔　　**点绛唇·烟洗风梳**

烟洗风梳，司花先放江梅吐。竹村沙路，脉脉摇寒雨。醉魄吟魂，无著清香处。愁如缕，系春不住，又折冰枝去。

李弥逊　　**点绛唇·奉酬富季申**

剪剪疏花，托根宛在长松底。蔓柯相倚，便有凌霄志。丹凤忽来，小队迎秋起。留无计，待公归侍，重与分红翠。

李弥逊　　**点绛唇·富季申生日**

花信争老，暗将春意传桃李。寿卿同醉，绿野连珠履。麟阁丹青，眷注耆英裔。眉间喜，日边飞骑，来促东山起。

陈与义　　**点绛唇·紫阳寒食**

寒食今年，紫阳山下蛮江左。竹篱烟锁，何处求新火。不解乡音，只怕人嫌我。愁无那，短歌谁和，风动梨花朵。

张元幹　　**点绛唇·丙寅秋社前一日溪光亭大雨作**

山暗秋云，暝鸦接翅啼榕树。故人何处，一夜溪亭雨。梦入新凉，只道消残暑。还知否，燕将雏去，又是流年度。

张元幹　　**点绛唇·水驿凝霜**

水驿凝霜，夜帆风驶潮生晓。酒醒寒悄，枕底波声小。好去归舟，有个人风调。君行了，此欢应少，索共梅花笑。

张元幹　　**点绛唇·春晓轻雷**

春晓轻雷，彩蘋洲上清明雨。乱云遮树，暗淡江村路。今夜归舟，绿润红香处。遥山暮，画楼何许，唤取潮回去。

张元幹　　**点绛唇·画阁深围**

画阁深围，暖红光里芳林影。暗香成阵，上下花相映。倒挂疏枝，月落参横冷。休装景，要人酒醒，除是花枝并。

张元幹　　**点绛唇·生朝**

嵩洛云烟，间生真相耆英裔。要知鲐背，难老中和气。报道玉堂，已草调元制。华夷喜，绣裳貂珥，便向东山起。

张元幹　　点绛唇·呈洛滨、筠溪二老

清夜沉沉，暗蛩啼处檐花落。乍凉帘幕，香绕屏山角。
堪恨归鸿，情似秋云薄。书难托，尽交寂寞，忘了前时约。

张元幹　　点绛唇·醉泛吴松

醉泛吴松，小舟谁怕东风大。旧时经过，曾向垂虹卧。
月淡霜天，今夜空清坐。还知么，满斟高和，只有君知我。

张元幹　　点绛唇·减塑冠儿

减塑冠儿，宝钗金缕双绥结。怎教宁帖，眼恼儿里劣。
韵底人人，天与多磨折。休分说，放灯时节，闲了花和月。

张元幹　　点绛唇·水鹈风帆

水鹈风帆，两眉只解相思皱。悄然难受，教我怎唧嚁。
待得书来，不管归时瘦。娇痴后，是事掴就，只这难依口。

张元幹　　点绛唇·小雨忺晴

小雨忺晴，坐来池上荷珠碎。倬眉浓翠，怎不交人醉。
美盼流觞，白鹭窥秋水。天然媚，大家休睡，笑倚西风里。

吕渭老　　点绛唇·圣节鼓子词

扇列红鸾，赭黄日色明金殿。御香葱茜，宝仗香风暖。
咫尺天颜，九奏朝阳管。群臣宴，醉霞凝面，午漏传宫箭。

吕渭老　　点绛唇·俊眼犀心

俊眼犀心，尊前如有乘鸾便。过愁传怨，只许灯光见。
见了重休，河汉明遮断。深深院，乱风飘霰，揉了双罗燕。

王之道　点绛唇·和鲁如晦酴醾二首之一

一撮檀心，春来还对东君吐。莫随春去，我欲花间住。
燕子衔泥，似向吾人诉。烦相语，九龄风度，流落今何处。

王之道　点绛唇·和鲁如晦酴醾二首之二

珠蕊霜蕤，晚来芬馥清香吐。流莺飞去，应上花梢住。
一曲阳春，聊对东风诉。无多语，韶光暗度，恨到分携处。

王之道　　点绛唇·和张文伯一

宿雨朝寒，芳时又过酴醾了。舞环歌绕，应恨金杯小。零乱霜蕤，点缀青青草。花间道，曾遭花恼，把酒呼晴昊。

王之道　　点绛唇·和张文伯二

竹外梅花，檀心玉颊春初透。一池风皱，妙语天生就。有个人人，袅娜灵和柳。君知否，目成心授，何日同携手。

王之道　　点绛唇·和朱希真

短棹西来，追随不及桃花宴。薰风庭院，明月裁纨扇。睡起娇慵，想见云鬟乱。双鱼远，欲凭春唤，一觇韦娘面。

王之道　　点绛唇·和张文伯除夜雪

透幕穿帘，回风舞态能轻妙。不须相恼，江上春来了。一阕清歌，唱彻琼楼晓。春工巧，柳颦梅笑，点缀芳菲早。

王之道　　点绛唇·社日雨

春意催花，片云又作朝来雨。淡匀深注，红紫纷无数。社日人家，准拟行春去。痴儿女，倚门凝伫，借问东郊路。

王之道　　点绛唇·冬日江上

古屋衰杨，淡烟疏雨江南岸。几家村疃，酒旆还相唤。短棹扁舟，风横河频转。柔肠断，寒鸦噪晚，天共蒹葭远。

冯时行　　点绛唇·十日春风

闲居十七年，或除蓬州。二月到官，三月罢归。同官置酒，为赋点绛唇作别

十日春风，吹开一岁闲桃李。南柯惊起，归踏春风尾。世事无凭，偶尔成忧喜。歌声里，落花流水，明日人千里。

冯时行　　点绛唇·江上新晴

江上新晴，闲撑小艇寻梅去。自知梅处，香满鱼家路。路尽疏篱，一树开如许。留人住，留人不住，黯淡黄昏雨。

冯时行　　　　点绛唇·眉黛低颦

眉黛低颦，一声春满流苏帐。却从檀响，渐到梅花上。
归卧孤舟，梅影舟前飏。劳心想，岸横千嶂，霜月铺寒浪。

朱　翌　　　　点绛唇·梅

流水泠泠，断桥横路梅枝亚。雪花飞下，浑似江南画。
白璧青钱，欲买春无价。归来也，西风平野，一点香随马。

曾　惇　　　　点绛唇·重九饮栖霞

九月传杯，要携佳客栖霞去。满城风雨，记得潘郎句。
紫菊红萸，何意留侬住。愁如许，暮烟一缕，正在归时路。

杨无咎　　　　点绛唇·紫苏熟水

宝勒嘶归，未教佳客轻辞去。姊夫屡鼠，笑听殊方语。
清入回肠，端助诗情苦。春风路，梦寻何处，门掩桃花雨。

杨无咎　　　　点绛唇·瓦枕藤床

瓦枕藤床，道人劝饮鸡苏水。清虽无比，何似今宵意。
红袖传持，别是般情味。歌筵起，绛纱影里，应有吟鞭坠。

杨无咎　　　　点绛唇·和向芗林木樨

借问嫦娥，当初谁种婆娑树。空中呈露，不坠凡花数。
却爱芗林，便似蟾宫住。清如许，醉看歌舞，同在高寒处。

杨无咎　　　　点绛唇·散策芗林

散策芗林，几回来绕团团树。月明风露，平地神仙数。
准拟归来，移近东家住。应相许，为君起舞，直到高寒处。

杨无咎　　　　点绛唇·赵育才席上用东坡韵赠歌者

小阁清幽，胆瓶高插梅千朵。主宾欢坐，不速还容我。
换羽移宫，绝唱谁能和。伊知么，暂听些个，已觉丝成裹。

曹　勋　　　　点绛唇·秋雨弥空

秋雨弥空，冷侵窗户琴书润。四檐成韵，孤坐无人问。壮志消沉，喜入清闲运。常安分，炷烟飘尽，更拨余香烬。

曹　勋　　　　点绛唇·惨惨春阴

惨惨春阴，画桡寒漾梅风去。冷风吹度，愁入淮山路。歌扇归期，只恐春城暮。人何处，柳汀烟渚，听尽篷窗雨。

曹　勋　　　　点绛唇·晓日浓阴

晓日浓阴，冷云遮断山无数。雁飞筝柱，都向愁边去。帘影沉沉，一缕芳香度。深庭户，且寻欢聚，雪意还成雨。

曹　勋　　　　点绛唇·昏旦交时

昏旦交时，个中已有甘香味。咽同真液，便觉温温地。八一高蟠，光动重楼外。但留意，自然和气，香满昆仑水。

曹　勋　　　　点绛唇·怯雨羞云

怯雨羞云，翠鬟初按檀槽就。赏心时候，常劝花间酒。慢捻轻拢，怨感随纤手。胡沙奏，几行红袖，都道谁家有。

曹　勋　　　　点绛唇·奉旨西湖探梅

不厌频来，探梅选胜湖山里。瑶林琼蕊，真是游方外。玉殿珠楼，不并人间世。何妨醉，都无寒意，满坐惟和气。

曹　勋　　　　点绛唇·有个庵儿

有个庵儿，做来不大元非小。阳光常照，坐卧谁知道。炼得丹砂，不是人间灶。冲和妙，鹤鸣猿啸，一任西风老。

曹　勋　　　　点绛唇·一气冲融

一气冲融，浩然识取生缘处。敛归灵府，便作真铅柱。九任玄归，行处龙先虎。山头雨，散成清露，玛瑙生玄圃。

曹　勋　　　　点绛唇·石洞清寒

石洞清寒，柳烟吹散松风静。日华光映，翠水环云径。道境多闲，不是人间景。谈清净，道师歌咏，花转云房影。

史　浩　　　　点绛唇·我为劳生

我为劳生，自怜浪迹天涯遍。如今春换，又是孤萍断。谁信年时，老子情非浅。思量见，画楼天远，花倚夕阳院。

史　浩　　　　点绛唇·千里欢谣

千里欢谣，使君美政高三辅。沸天箫鼓，笑拥锋车去。卧辙攀辕，漫拟双旌住。还知否，禁林深处，已辟金闺路。

史　浩　　　　点绛唇·翠幄园林

翠幄园林，火云方绽南薰起。玉轮天外，夜色凉如水。况有清歌，劝我尊浮蚁。拚沉醉，万花丛里，一枕朦胧睡。

史　浩　　　　点绛唇·曾到蟾宫

曾到蟾宫，玉轮乞得长随手。数声轻叩，已自锵琼玖。最好长清，浑不惊秋候。歌阑后，那回辞酒，笑把遮檀口。

仲　并　　　　点绛唇·赠外孙猷

秀出群儿，柳眉濯濯春庭院。不亲歌扇，弄笔勤书篆。翁已无能，老退惭赪面。欣同宴，坐来喜见，痛饮惊无算。

曾　觌　　　　点绛唇·庆即席上

璧月香风，万家帘幕烟如昼。闹蛾雪柳，人似梅花瘦。行乐清时，莫惜笙歌奏。更阑后，满斟金斗，且醉厌厌酒。

曾　觌　　　　点绛唇·细雨斜风

细雨斜风，上元灯火还空过。下帘孤坐，老去知因果。风月词情，冷落教谁和。今忘我，静中看破，万事空花堕。

黄公度　　　　点绛唇·嫩绿娇红

嫩绿娇红，砌成别恨千千斗。短亭回首，不是缘春瘦。一曲阳关，杯送纤纤手。还知否，凤池归后，无路陪尊酒。

王十朋　　　　点绛唇·酴醿

野态芳姿，枝头占得春长久。怕钩衣袖，不放攀花手。试问东山，花似当时否。还依旧，谪仙去后，风月今谁有。

王十朋　　点绛唇·咏十八香　异香牡丹

庭院深深，异香一片来天上。傲春迟放，百卉皆推让。忆昔西都，姚魏声名旺。堪惆怅，醉翁何往，谁与花标榜。

王十朋　　点绛唇·温香芍药

近侍盈盈，向人自笑还无语。牡丹飘雨，开作群芳主。柔美温香，剪染劳天女。青春去，花间歌舞，学个狂韩愈。

王十朋　　点绛唇·国香兰

芳友依依，结根遥向深林外。国香风递，始见殊萧艾。雅操幽姿，不怕无人采。堪纫佩，灵均千载，九畹遗芳在。

王十朋　　点绛唇·天香桂

仙友苍苍，西风吹散天香好。暗飘龙脑，金粟枝头小。谁种丹霄，造化玄功妙。真堪笑，学仙疏谬，有似西河老。

王十朋　　点绛唇·暗香梅

雪径深深，北枝贪睡南枝醒。暗香疏影，孤压群芳顶。玉艳冰姿，妆点园林景。凭阑咏，月明溪静，忆昔林和靖。

王十朋　　点绛唇·冷香菊

霜蕊鲜鲜，野人开径新栽植。冷香佳色，趁得重阳摘。预约比邻，有酒须相觅。东篱侧，为花辞职，古有陶彭泽。

王十朋　　点绛唇·韵香荼蘼

羽盖垂垂，玉英乱簇春光满。韵香清远，暖日烘庭院。露浥琼枝，脸透何郎晕。凝余恨，古人不见，谁与花公论。

王十朋　　点绛唇·妙香薝卜

毗舍遥遥，异香一炷驰名久。妙香稀有，鼻观深参透。问讯东来，知□谁先后。称仙友，十花为偶，近有江西守。

王十朋　　点绛唇·雪香梨

春色融融，东风吹散花千树。雪香飘处，寒食江村暮。左掖看花，多少词人赋。花无语，一枝春雨，惟有香山句。

王十朋　　点绛唇·细香竹

秀色娟娟，最宜雨沐风梳际。径幽香细，草滴青襟袂。一日才无，便觉生尘态。轩窗外，数竿相对，不减王猷爱。

王十朋　　点绛唇·嘉香海棠

丝蕊垂垂，嫣然一笑新妆就。锦亭前后，燕子来时候。谁恨无香，试把花枝嗅。风微透，细熏锦袖，不止嘉州有。

王十朋　　点绛唇·清香莲

十里西湖，淡妆浓抹如西子。藕花簪水，清净香无比。记得曾游，短棹红云里。聊相拟，一盆池水，十里西湖似。

王十朋　　点绛唇·艳香茉莉

畏日炎炎，梵香一炷薰亭院。鼻根充满，好利心殊浅。贝叶书名，名义谁能辨。西风远，胜鬟不见，喜见琼花面。

王十朋　　点绛唇·南香含笑

南国名花，向人无语长含笑。缘香囊小，不肯全开了。花笑何人，鹤相诗词好。须知道，一经品藻，又压前诗倒。

王十朋　　点绛唇·奇香蜡梅

蜡换梅姿，天然香韵初非俗。蝶驰蜂逐，蜜在花梢熟。岩壑深藏，几载甘幽独。因坡谷，一标题目，高价掀兰菊。

王十朋　　点绛唇·寒香水仙

清夜沉沉，携来深院柔枝小。俪兰开巧，雪里乘风袅。温室寒祛，旖旎仙姿早。看成好，花仙欢笑，不管年华老。

王十朋　　点绛唇·素香丁香

落木萧萧，琉璃叶下琼葩吐。素香柔树，雅称幽人趣。无意争先，梅蕊休相妒。含春雨，结愁千绪，似忆江南主。

王十朋　　点绛唇·瑞香

阑槛阴沉，紫云呈瑞余寒凛。卷帘欹枕，香逼幽人寝。入梦何年，庐阜闻名稔。风流甚，阿谁题品，唤作熏笼锦。

曾　协　　**点绛唇·送李粹伯赴春闱**

小驻征骖，一尊古寺留君住。六花无数，飞舞朝天路。上苑繁华，却似词章富。春将暮，玉鞭凝伫，总是经行处。

曾　协　　**点绛唇·汪汝冯置酒请赋芍药**

乱叠香罗，玉纤微把燕支污。靓妆无数，十里扬州路。怨绿啼红，总道春归去。君知否，画阑幽处，留得韶光住。

毛　幵　　**点绛唇·夜色侵霜**

夜色侵霜，萧萧络纬啼金井。梦寒初警，一倍铜壶永。无限思量，展转愁重省。熏炉冷，起来人静，窗外梧桐影。

洪　适　　**点绛唇·别帅宪**

天末相逢，醉中不讶车茵污。一声鸣橹，惊散眠沙鹭。我是行人，却送行人去。听金缕，莫辞甘醑，别泪飞寒雨。

韩元吉　　**点绛唇·十月桃花**

木落霜浓，探春只道梅花未。嫩红相倚，灼灼新妆腻。莫问仙源，且问花前事。休辞醉，想君园□，总是生春地。

朱淑真　　**点绛唇·黄鸟嘤嘤**

黄鸟嘤嘤，晓来却听丁丁木。芳心已逐，泪眼倾珠斛。见自无心，更调离情曲。鸳帏独，望休穷目，回首溪山绿。

朱淑真　　**点绛唇·冬**

风劲云浓，暮寒无奈侵罗幕。髻鬟斜掠，呵手梅妆薄。少饮清欢，银烛花频落。恁萧索，春工已觉，点破香梅萼。

张　抡　　**点绛唇·咏春十首之一**

何处春来，惠风初自东郊至。柳条花蕊，迤逦争明媚。造化难穷，谁晓幽微理。都来是，自然天地，一点冲和气。

张　抡　　**点绛唇·咏春十首之二**

昨夜东风，又还吹遍闲花草。翠轻红小，触处惊春早。草舍茅□，□□□□□。谁□□，□□丹灶，别有阳和□。

张　抡　　点绛唇·咏春十首之三

阳气初生，万花潜动根荄暖。暗藏芳艳，未许东君见。
恰似温温，铅鼎丹初转。功犹浅，九回烹炼，日月光华满。

张　抡　　点绛唇·咏春十首之四

暖日迟迟，乱莺声在垂杨里。昼眠惊起，花影闲铺地。
试问荣名，何似花前醉。陶陶地，任他门外，车驾喧朝市。

张　抡　　点绛唇·咏春十首之五

花满名园，万红千翠交相映。画阑幽径，行乐迷芳景。
惟有幽人，不与浮华竞。便幽静，兴来独饮，花下风吹醒。

张　抡　　点绛唇·咏春十首之六

春入山家，杖藜独步登岩岫。野花争秀，弄蕊香盈袖。
对景开怀，莫遣双眉皱。春难久，乱红飞后，留得韶光否。

张　抡　　点绛唇·咏春十首之七

气体冲融，四时长在阳春里。玉田琼蕊，养就灵苗异。
堪笑□□，□□□□□。□□□，□□流水，半落苍□□。

张　抡　　点绛唇·咏春十首之八

乐事难并，少年常恨春宵短。万花丛畔，只恐金杯浅。
方喜春来，又叹韶华晚。频相劝，且闻强健，莫厌花经眼。

张　抡　　点绛唇·咏春十首之九

一瞬光阴，世人常被芳菲恼。玉壶频倒，惟恨春归早。
何似逍遥，物外寻三岛。春长好，瑞芝瑶草，春又何曾老。

张　抡　　点绛唇·咏春十首之十

浮世如何，问花何事花无语。夜来风雨，已送韶华暮。
念此堪惊，得失休思虑。从今去，醉乡深处，莫管流年度。

侯　寘　　点绛唇·金陵府会鼓子词

春日迟迟，柳丝金淡东风软。绿娇红浅，帘幕飞新燕。
玉帐优游，赢得花间宴。香尘远，暂停歌扇，□醉深深院。

侯　寘　　　点绛唇·约莫香来

约莫香来，倚阑低瞰花如雪。怨深愁绝，瘦似年时节。岁一相逢，常是匆匆别。歌壶缺，又还吹彻，笛里关山月。

赵彦端　　　点绛唇·路德友席上作

山水乡中，岂知还有中原笑。醉歌倾倒，记得升平调。旧日年光，试把华灯照。心情好，有些怀抱，拟向梅花道。

赵彦端　　　点绛唇·冬至

一点青阳，早梅初识春风面。暖回琼管，斗自东方转。白马青袍，莫作铜驼恋。看宫线，但长相见，爱日如人愿。

赵彦端　　　点绛唇·瑞香

护雨烘晴，紫云缥缈来深院。晚寒谁见，红杏梢头怨。绝代佳人，万里沉香殿。光风转，梦余千片，犹恨相逢浅。

赵彦端　　　点绛唇·秋入阑干

秋入阑干，亭亭波面虹千丈。一声渔唱，画个三高样。江上风波，更泛吴松浪。寒潮涨，石鱼酒舫，漫叟知何向。

赵彦端　　　点绛唇·题西隐

好在苍苔，摩挲遗恨风还雨。一凉相与，片月生新浦。天外离居，为我荪桡举。山如许，故人来否，岁晓鲈堪煮。

赵彦端　　　点绛唇·途中逢管倅

憔悴天涯，故人相遇情如故。别难何遽，忍唱阳关句。我是行人，更送行人去。愁无据，寒蝉鸣处，回首斜阳暮。

王千秋　　　点绛唇·刘公宝生日

玉立霞升，纵谈刘尹高支许。待为霖雨，小驻红莲府。鹤健松坚，鸿宝初非误。玄都路，桃花栽取，来看千千度。

王千秋　　　点绛唇·春日之一

何处春来，试烦君向垂杨看。万条轻线，已借鹅黄染。弄日摇风，按舞知谁见。阳关远，一杯休劝，且放修眉展。

王千秋　点绛唇·春日之二

何处春来，试烦君向梅梢看。寿阳妆面，漏泄春何限。冷蕊疏枝，似恨春犹浅。收羌管，莫惊香散，留副□和愿。

王千秋　点绛唇·春日之三

何处春来，试烦君向钗头看。舞翻飞燕，已拂春风面。白玉圆钿，酌酒殷勤劝。深深愿，愿长□健，岁与春相见。

王千秋　点绛唇·春日之四

何处春来，试烦君向盘中看。韭黄犹短，玉指呵寒翦。犀箸调匀，更为双双卷。情何限，怕寒须暖，先酌黄金盏。

李　吕　点绛唇·去岁天涯

去岁天涯，一灯闲作幽窗伴。酒来须满，不待旁人劝。今岁天涯，又是年华晚。凄凉惯，问天不管，只我何曾管。

李流谦　点绛唇·德茂生朝作

一翦秋光，阿谁洗得无纤滓。冰盘彻底，人也清如此。万里归来，著个斑衣戏。慈颜喜，问君不醉，更遣何人醉。

袁去华　点绛唇·登郢州城楼

楼槛凌风，四边浑是青山绕。水空相照，天末归帆小。家在江南，三径都荒了。何时到，暗尘扑帽，应被渊明笑。

袁去华　点绛唇·徙倚虚檐

徙倚虚檐，柳阴疏处看飞鸟。水平池沼，云影闲相照。点翰舒笺，字密蝇头小。还揉了，路长山杳，寄得愁多少。

朱　雍　点绛唇·轻艳盈盈

轻艳盈盈，相逢曾向寒溪路。惜飘零处，无计禁春雨。素影参差，人在琼城步。危阑暮，年光催度，特地香风住。

向　滈　点绛唇·屈指新冬

屈指新冬，肃霜天气重阳后。授衣时候，兰菊香盈袖。此时生申，维岳钟神秀。倾名酎，篆添金兽，共祝如椿寿。

向　滈　　点绛唇·和彪德美韵赠杨伯原

蕙怨兰愁，玉台羞对啼妆面。懒匀香脸，不放眉峰展。
幽恨谁知，锦字空传远。何时见，为郎肠断，不似郎情浅。

程大昌　　点绛唇·庚戌生日

春草池塘，茸茸短碧通芳信。更饶华润，不解膏霜鬓。
池上诗翁，别带超遥韵。阳和进，香苞翠晕，物物皆沾分。

姚述尧　　点绛唇·兰花

潇洒寒林，玉丛遥映松篁底。凤簪斜倚，笑傲东风里。
一种幽芳，自有先春意。香风细，国人争媚，不数桃和李。

姚述尧　　点绛唇·双柑扇

金碧交辉，江陵千树天然富。寒林争秀，独向霜风后。
写入冰纨，两两情何厚。同携久，凉生清昼，香满佳人手。

姚述尧　　点绛唇·月夜独坐赏岩桂

夜桂飘香，西风淅淅寒窗悄。素娥相照，倍觉秋光好。
花本无情，刚被诗情恼。知音少，为花歌笑，醉向花前倒。

姚述尧　　点绛唇·玉叶金英

玉叶金英，倩谁移下蟾宫树。香风飘度，满院飞黄雨。
独倚寒林，搜尽高人句。关情处，素娥无语，的皪枝头露。

赵彦逾　　点绛唇·春到皇都

春到皇都，日边已觉风光丽。异人名世，独禀阳和粹。
福寿川增，行庆鸳行缀。笙歌重，几多珠翠，拚取今宵醉。

管　鉴　　点绛唇·拉同官赏海棠

酒困诗慵，一春拚被花枝恼。艳妆浓笑，那更花中好。
不著清尊，持底宽愁抱。须颠倒，晚风如扫，忍见枝头少。

管　鉴　　点绛唇·去岁今朝

去岁今朝，海棠桃杏开都遍。今年花晚，不恨春情浅。
旋旋花开，图得春长远。且留恋，爱花心眼，常与花为伴。

陆　游　　　　**点绛唇·采药归来**

采药归来，独寻茅店沽新酿。暮烟千嶂，处处闻渔唱。醉弄扁舟，不怕黏天浪。江湖上，遮回疏放，作个闲人样。

周必大　　　　**点绛唇·报答风光**

葛守坐上出此词，道思归之意，走笔次其韵

报答风光，满倾琼液休思睡。乱莺声碎，来往甘棠底。闻道中和，深简君王意。归舟起，到时应是，玉殿槐交翠。

周必大　　　　**点绛唇·醉上兰舟**

醉上兰舟，羡他沙暖鸳鸯睡。月波金碎，愁海深无底。太守新词，解释无穷意。高歌起，浮云闲事，浑付烟中翠。

周必大　　　　**点绛唇·踏白江梅**

赴池阳郡会，坐中见梅花赋　丁亥九月己丑

踏白江梅，大都玉斲酥凝就。雨肥霜逗，痴了闺房秀。莫待冬深，雪压风欺后。君知否，却嫌伊瘦，仍怕伊僝僽。

周必大　　　　**点绛唇·秋夜乘槎**

七夜，赵富文出家姬小琼，再赋　丁亥七月己丑

秋夜乘槎，客星容到天孙渚。眼波微注，将谓牵牛渡。见了还非，重理霓裳舞。都无误，几年一遇，莫讶周郎顾。

张孝祥　　　　**点绛唇·赠袁立道**

四到蕲州，今年更是逢重九。应时纳佑，随分开尊酒。屡舞婆娑，醉我平生友。休回首，世间何有，明月疏疏柳。

张孝祥　　　　**点绛唇·饯刘恭父**

绮燕高张，玉潭月丽玻璃满。旆霞行卷，无复长安远。夏木阴阴，路袅薰风转。空留恋，细吹银管，别意随声缓。

张孝祥　　　　**点绛唇·萱草榴花**

萱草榴花，画堂永昼风清暑。麝团菰黍，助泛菖蒲醑。兵辟神符，命续同心缕。宜欢聚，绮筵歌舞，岁岁酬端午。

张孝祥　　点绛唇·秩秩宾筵

秩秩宾筵，玉潭春涨玻璃满。旆霞风卷，可但长安远。
夏木成阴，路袅薰风转。空留恋，细吹银管，别意随声缓。

丘　崈　　点绛唇·花落花开

戊子之春，同官皆拘文，不暇游集。春暮，皆兴牢落之叹。予亦颇叹之，作此，乃三月九日也。是日，杨花甚盛，盖风云

花落花开，等闲不管流年度。旧游何处，浅立空凝伫。
惊拍阑干，忍见春将暮。凭风絮，为人飞去，散作愁无数。

吕胜己　　点绛唇·长沙送同官先归邵武

满路梅花，为谁开遍春风萼。短亭萧索，草草传杯酌。
送子先归，我羡辽东鹤。他年约，瘦藤芒屩，共子同丘壑。

吕胜己　　点绛唇·日月无根

日月无根，循环常共天难老。世间扰扰，只见闲烦恼。
满酌高吟，便是今生了。还知道，旧时官好，几个新华表。

吕胜己　　点绛唇·一叶扁舟

一叶扁舟，浮家来向江边住。这回归去，作个渔樵侣。
不挂征帆，也莫摇双橹。天涯路，云山烟渚，总是留人处。

吕胜己　　点绛唇·桂子飘香

桂子飘香，江南秋老霜风作。自怜漂泊，几度伤离索。
孤馆迢迢，满引村醪酌。情无著，好音难托，又失黄花约。

吕胜己　　点绛唇·代作，贺生子

瑞气盈门，神仙谪下看看到。已知消耗，弧矢呈祥了。
种德阴功，自有多男报。还知道，果生蓬岛，不比人间早。

赵长卿　　点绛唇·春寒

密雨随风，昨来一夜檐声溜。奈何僝僽，官路梅花瘦。
赋得多情，怕到春时候。如今一病非因酒，试问君知否。

赵长卿　　　　**点绛唇·早春**

春到垂杨，嫩黄染就金丝软。丽晴新暖，涌翠千山远。为甚年年，眉向东风展。闲消遣，欲归犹懒，渔笛天将晚。

赵长卿　　　　**点绛唇·春半**

轻暖轻寒，赏花天气春将半。柳摇金线，求友莺相唤。玉腕蛾眉，意眼频频眄。歌喉软，玉卮受劝，一醉应相拚。

赵长卿　　　　**点绛唇·春雨**

夜雨如倾，满溪添涨桃花水。落红铺地，枝上堆浓翠。去年如今，常伴酴醾醉。今年里，离家千里，独猛东风泪。

赵长卿　　　　**点绛唇·春暮**

啼鸟喃喃，恨春归去春谁管。日和风暖，绿暗闲庭院。还忆当年，绮席新相见。人已远，水流云散，空结多情怨。

赵长卿　　　　**点绛唇·梅**

开尽梅花，雪残庭户春来早。岁华偏好，只恐催人老。惟有诗情，犹被花枝恼。金樽倒，共成欢笑，终是清狂少。

赵长卿　　　　**点绛唇·蓼岸西风**

蓼岸西风，小舟江上渔歌唱。倚栏凝想，幂幂云垂帐。好事因循，寂寞闲惆怅。如何向，又来心上，空向高亭望。

赵长卿　　　　**点绛唇·瓦湿鸳鸯**

夜饮青云楼，闻更漏近，如在脚底，因思向事，追念故作

瓦湿鸳鸯，夜深霜重江风冷。月华明映，清浸梅梢粉。漏断寒浓，惹起当年恨。君休问，雁飞欲尽，没个南来信。

赵长卿　　　　**点绛唇·当日相逢**

当日相逢，枕衾清夜纱窗冷。翠梅低映，汗湿香腮粉。美满风情，结下无穷恨。凭谁问，此心难尽，说与他争信。

赵长卿　　　　**点绛唇·对景有感**

雪霁山横，翠涛拥起千重恨。砌成愁闷，那更梅花褪。凤管云笙，无不萦方寸。叮咛问，泪痕羞揾，界破香腮粉。

赵长卿　　点绛唇·月夜

离绪千重，角声偏著羁人枕。那堪酒醒，勾引愁难整。门锁黄昏，月浸梅花冷。人初静，斗垂天迥，雁落清江影。

赵长卿　　点绛唇·云辫宫鬟

云辫宫鬟，淡黄衫子轻香透。晚凉时候，睡起新妆就。冰枕生寒，玉浸纤纤手。沉吟久，眉山敛秀，爱道奴家瘦。

方有开　　点绛唇·钓台

七里滩边，江光漠漠山如戟。渔舟一叶，径入寒烟碧。笑我尘劳，羞对双台石。身如织，年年行役，鱼鸟浑相识。

廖行之　　点绛唇·和梁从善

屈指家山，匆匆又数今朝过。客情那可，愁似天来大。烟雨濛濛，细浥轻尘堕。君知么，却成甚个，春暮犹江左。

廖行之　　点绛唇·赠别李唐卿

秋兴连天，又还不分秋光老。莼鲈犹好，莫落秋归后。有底从人，上马皆东首。君知否，阳关三奏，消黯情多少。

廖行之　　点绛唇·送人归新城

音信西来，匆匆思作东归计。别怀萦系，为个人留滞。尊酒团栾，莫惜通宵醉。还来未，满期君至，只在初三四。

廖行之　　点绛唇·贺四十五舅授室四阕之一

年少清新，襟裾那受红尘污。还他礼数，莫遣衣冠粗。拟倩东风，西逐轮蹄去。泠然御，飘飘仙趣，直到骖鸾处。

廖行之　　点绛唇·贺四十五舅授室四阕之二

此去何之，骈阗车马朝来起。扬鞭西指，意气眉间是。闾里儿童，竞瞩秦萧史。归时几，快瞻行李，还看如云喜。

廖行之　　点绛唇·贺四十五舅授室四阕之三

玳席华筵，嘉宾环集三千履。兰膏芬芷，一簇红莲里。花覆玉郎，苒苒青衫媺。咸倾企，小登科第，有底新桃李。

廖行之　　点绛唇·贺四十五舅授室四阕之四

玉树芝兰，冰清况有闺房秀。画堂如昼，相对倾醇酎。合卺同牢，二姓欢佳耦。凭谁手，鬓丝同纽，共祝齐眉寿。

王　炎　　点绛唇·崇阳野次

雨湿东风，谁家燕子穿庭户。孤村薄暮，花落春归去。浪走天涯，归思萦心绪。家何处，乱山无数，不记来时路。

辛弃疾　　点绛唇·身后功名

身后功名，古来不换生前醉。青鞋自喜，不踏长安市。竹外僧归，路指霜钟寺。孤鸿起，丹青手里，剪破松江水。

辛弃疾　　点绛唇·隐隐轻雷

留博山寺，闻光风主人微恙而归，时春涨断桥

隐隐轻雷，雨声不受春回护。落梅如许，吹尽墙边去。春水无情，碍断溪南路。凭谁诉，寄声传语，没个人知处。

程　垓　　点绛唇·梅雨收黄

梅雨收黄，暑风依旧闲庭院。露荷轻颤，只有香浮面。挂起西窗，月澹无人见。幽情远，随钗低扇，好个凉方便。

蔡　戡　　点绛唇·百索

纤手工夫，采丝五色交相映。同心端正，上有双鸳并。皓腕轻缠，结就相思病。凭谁信，玉肌宽尽，却系心儿紧。

石孝友　　点绛唇·霁景澄秋

霁景澄秋，晚风吹尽朝来雨。夕阳烟树，万里山光暮。一带长川，自在流今古。人何处，月波横素，冷浸蒹葭浦。

石孝友　　点绛唇·缓解罗裳

缓解罗裳，十分鸳履低腰素。冰香微度，一罅殷红露。风折芳莲，影落盆池去。多羞处，怕人偷觑，粉面频回顾。

石孝友　　点绛唇·著意栽银

著意栽银，砌成叶叶莲花舫。醉霞摇荡，恰似凌波样。

自笑平生，鲸吸洪波量。孤心赏，不如深幌，一搦酬千想。

石孝友　　　　点绛唇·杨柳腰肢

杨柳腰肢，春来尚怯铢衣重。眼波偷送，笑把花枝弄。雨帐云屏，一枕高唐梦。春情动，殢人娇纵，困亸钗横凤。

石孝友　　　　点绛唇·醉倚危樯

醉倚危樯，望中归思生天际。山腰渚尾，几簇渔樵市。帆落西风，一段芦花水。八千里，锦书欲寄，新雁曾来未。

石孝友　　　　点绛唇·日薄风迟

日薄风迟，柳眠无力花枝妥。燕楼空锁，好梦谁惊破。寒食清明，又等闲都过。愁无那，泪珠频堕，洒尽相思颗。

赵师侠　　　　点绛唇·和翁子西

日暖风暄，殿春琼蕊依台榭。雪堆花架，不用丹青写。莹彻精神，映月唯宜夜。幪香帕，倩风扶下，碎玉残妆卸。

赵师侠　　　　点绛唇·漠漠春阴

漠漠春阴，褪花时候余寒峭。数声啼鸟，唤起帘栊晓。云鬓慵梳，淡拂春山小。情多少，乱萦愁抱，风里垂杨袅。

赵师侠　　点绛唇·同曾无玷观沈赛娘棋

袅袅娉娉，可人尤赛娘风韵。花娇玉润，一捻春期近。占路藏机，已向棋中进。俱休问，酒旗花阵，早晚争先胜。

陈　亮　　　　点绛唇·咏梅月

一夜相思，水边清浅横枝瘦。小窗如昼，情共香俱透。清入梦魂，千里人长久。君知否，雨僝云僽，格调还依旧。

陈　亮　　　　点绛唇·圣节

电绕璇枢，此时昌运生真主。庆联簪组，喜气生绵宇。宴启需云，湛露恩均布。锵韶濩，凤歌鸾舞，玉斝飞香醑。

陈　亮　　　　点绛唇·碧落蟠桃

碧落蟠桃，春风种在琼瑶苑。几回花绽，一子千年见。

香染丹霞，摘向流虹旦。深深愿，万年天算，玉颗常来献。

陈　亮　　　**点绛唇·烟雨楼台**

烟雨楼台，晓来独上无滋味。落花流水，掩映渔樵市。
酒圣诗狂，只遣愁无计。频凝睇，问人天际，曾见归舟未。

杨炎正　　　**点绛唇·邂逅开尊**

邂逅开尊，眼中有个人纤软。袖罗轻转，玉腕回春暖。
韵处无多，只恼人肠断。词将半，近前相劝，扑扑清香满。

杨炎正　　　**点绛唇·送别洪才之**

水载离怀，暮帆吹月寒欺酒。楚梅春透，忍放持杯手。
莫唱阳关，免湿盈盈袖。君行后，那人消瘦，不恼诗肠否。

俞　灏　　　**点绛唇·欲问东君**

欲问东君，为谁重到江头路。断桥薄暮，香透溪云渡。
细草平沙，愁入凌波步。今何许，怨春无语，片片随流水。

宋先生　　　**点绛唇·二气工夫**

二气工夫，河车搬入崑仑脑。世人谁晓，此是玄元道。
存得阳精，年老身不老。三田饱，行功都了，拂袖游蓬岛。

宋先生　　　**点绛唇·这个工夫**

这个工夫，因师传授知元祖。论甚子午，说甚龙和虎。
只在目前，明有神仙路。速修取，有朝归去，消了阴司簿。

卢　炳　　　**点绛唇·过眼溪山**

过眼溪山，向来都是经行处。骖鸾人去，冷落吹箫侣。
小立江亭，愁对蒹葭浦。无情绪，酒杯慵举，闲看江枫舞。

姜　夔　　　**点绛唇·丁未冬过吴松作**

燕雁无心，太湖西畔随云去。数峰清苦，商略黄昏雨。
第四桥边，拟共天随住。今何许，凭阑怀古，残柳参差舞。

姜　夔　　　**点绛唇·金谷人归**

金谷人归，绿杨低扫吹笙道。数声啼鸟，也学相思调。

月落潮生，掇送刘郎老。淮南好，甚时重到，陌上生春草。

姜　夔　　　　　点绛唇·寿

祝寿筵开，画堂深映花如绣。瑞烟喷兽，帘幕香风透。一点台星，化作人间秀。韶音奏，两行红袖，齐劝长生酒。

汪　莘　　　　　点绛唇·晓角霜天

晓角霜天，昼帘却是春天气。小园行处，双蝶相随至。恰向梅边，又向桃边觑。孜孜地，访兰寻蕙，谁会幽人意。

汪　莘　　　　　点绛唇·数朵芙蕖

数朵芙蕖，嫣然一笑凌清晓。谢家池沼，秋景偏宜少。气挟清霜，似把群花小。秋风袅，湘君来了，一曲烟波渺。

郭应祥　　　　点绛唇·王园次施尉韵

九十韶光，闲忙晴雨常相半。赏春有愿，乘兴宁论晚。纵饮筠溪，日午花阴转。杯行缓，量悭嫌浅，须索斟教满。

郭应祥　　　　　点绛唇·祇林寺劝农

小队郊垧，耄倪争看铜章吏。来宣德意，劝相遵彝制。夜雨连明，百谷应滋遂。真奇事，开禧元二，总是丰登岁。

郭应祥　　　　　点绛唇·卢守席上

五马归来，后车载得如花女。缓歌金缕，新样京华舞。主悦宾欢，一醉祛袢暑。停箫鼓，且须听取，三朵花能语。

郭应祥　　　点绛唇·庆江王之武子新居

甲第初成，持杯酌酒来相庆。棣华辉映，相对开三径。小巧规模，百事都相称。年方盛，从容啸咏，不碍青云兴。

韩　淲　　　　　点绛唇·寻瑶草

山凹春生，探梅只道今年早。暗香迎晓，入与花能好。岁岁持杯，天地同难老。须吟啸，放开怀抱，更约寻瑶草。

韩　淲　　　　　点绛唇·竹隐高深

五月二日，和昌甫所寄，并简叔通

竹隐高深，夏凉日有清风度。苎衣绳屦，鹤发空相顾。翠扑流烟，又向溪翁去。青山路，要当同住，长占无尘处。

韩　淲　　　　　点绛唇·席间和昌甫

银笔金花，断肠有句闲挥扫。又还落了，梅片阳春小。古往今来，风味须才调。山林少，这些襟抱，输与江东老。

韩　淲　　　　　点绛唇·王园

南陌柔桑，粉墙低见谁家女。燕飞莺语，依约提篮去。老觉多情，梦也无分付。君知否，楚襄何处，一段阳台雨。

高似孙　　　　　点绛唇·寄李辅之

生死论交，有情何似无情好。满前花草，更觉今年老。塞上春迟，湖上春风早。东州道，几时飞到，烂醉红云岛。

高似孙　　　　　点绛唇·十六芳年

十六芳年，锦儿娇小琼儿秀。海棠红皱，恰到愁时候。天上歌声，未省人间有。休回首，渭城烟柳，肠断离亭酒。

赵希俩　　　　　点绛唇·又是年时

又是年时，冷烟寒食梨花院。柳金拖线，一曲珠歌转。翠碧雕梁，风软帘通燕。何须劝，酒豪诗健，逸韵今重见。

史达祖　　　　　点绛唇·花落苔香

花落苔香，断无人肯行鹓鹭。晚风翻绣，吹醒东窗酒。犹卧氍毹，明月知人瘦。香消后，乱愁依旧，闲损胡酥手。

史达祖　　　　　点绛唇·山月随人

六月十四夜，与社友泛湖过西陵桥，已子夜矣

山月随人，翠蘋分破秋山影。钓船归尽，桥外诗心迥。

多少荷花，不盖鸳鸯冷。西风定，可怜潘鬓，偏浸秦台镜。

高观国　　　点绛唇·天外青鸾

天外青鸾，几时常向人间住。断歌零舞，月上桐阴暮。憔悴潘郎，不解为花主。知何处，梦云愁雨，怕向西楼去。

高观国　　　点绛唇·钓月篷闲

钓月篷闲，载诗却向旗亭醉。翠蒲阴外，莫放双鸥起。水佩仙裳，洒落烟云意。来相试，玉绡新制，要写蓬壶记。

洪咨夔　　　点绛唇·次张伯修韵

花事无多，笙歌绾取东风住。玉彝雕俎，楼外更筹屡。醉唤骊驹，催上天梯去。君知否，半边铜虎，邓艾经行路。

方千里　　　点绛唇·闲荡兰舟

闲荡兰舟，翠娥仙袂风中举。鸳鸯深浦，绿暗曾来路。留恋荷香，薄晚慵归去。还相顾，练波澄素，月上潮生处。

方千里　　　点绛唇·池馆春深

池馆春深，海棠枝上斑斑雨。酒旗斜举，风滚杨花絮。游子征衫，凭暖阑干处。空凝伫，杜鹃啼苦，还报南楼鼓。

方千里　　　点绛唇·绿叶阴阴

绿叶阴阴，满城风雨催梅润。画楼人近，朝雾来芳信。从解雕鞍，休数花吹阵。无多闷，燕催莺趁，付与春归恨。

李　铨　　　点绛唇·一朵千金

一朵千金，帝城谷雨初晴后。粉拖香透，雅称群芳首。把酒题诗，遐想欢如旧。花知否，故人清瘦，长忆同携手。

苏茂一　　　点绛唇·竹翠藏烟

竹翠藏烟，杏红流水归何处。透帘穿户，更洒黄昏雨。织锦题书，谁寄愁情去。浑无绪，绿杨千缕，不似真眉妩。

宋自道　　**点绛唇·山雨初晴**

山雨初晴，余寒犹在东风软。满庭苔藓，青子无人见。
好客不来，门外芳菲遍。难消遣，流莺声啭，坐看芭蕉展。

冯去非　　**点绛唇·秋满孤篷**

秋满孤篷，翠蒲红蓼留人住。一帘香缕，边影惊鸿度。
小据胡床，旧事新情绪。凭谁诉，蜡灯犀麈，拟共西风语。

吴　潜　　**点绛唇·禁鼓三敲**

禁鼓三敲，参旗初挂阑干角。浅屏疏箔，夜气侵衣薄。
欸乃吴歌，艇子当溪泊。休休莫，五湖烟浪，不是鸱夷错。

吴　潜　　**点绛唇·己未三月末浣木香亭赋**

岸舣扁舟，江南有个人归老。簇新亭沼，分付还他了。
凝伫晴空，一抹天边鸟。嗟潦倒，去多来少，莫问钟昏晓。

谈羲仲　　**点绛唇·冰雪神人**

冰雪神人，岁寒时节迎初诞。照溪梅绽，秀岭孤松远。
香雾氤氲，不放重帘卷。歌声缓，酒杯深劝，此会年年见。

周　晋　　**点绛唇·访牟存叟南漪钓隐**

午梦初回，卷帘尽放春愁去。昼长无侣，自对黄鹂语。
絮影蘋香，春在无人处。移舟去，未成新句，一砚梨花雨。

李曾伯　　**点绛唇·辛亥饯陈次贾归**

懒上巍楼，楚江一望天无际。漫游萍寄，莫挽东流水。
一片秋光，直到山阴里。人还记，戍边归未，更忆鲈鱼美。

吴文英　　**点绛唇·推枕南窗**

推枕南窗，楝花寒入单纱浅。雨帘不卷，空碍调雏燕。
一握柔葱，香染榴巾汗。音尘断，画罗闲扇，山色天涯远。

吴文英　　**点绛唇·时霎清明**

时霎清明，载花不过西园路。嫩阴绿树，正是春留处。
燕子重来，往事东流去。征衫贮，旧寒一缕，泪湿风帘絮。

吴文英　　　点绛唇·试灯夜初晴

卷尽愁云，素娥临夜新梳洗。暗尘不起，酥润凌波地。
辇路重来，仿佛灯前事。情如水，小楼熏被，春梦笙歌里。

吴文英　　　点绛唇·越山见梅

春未来时，酒携不到千岩路。瘦还如许，晚色天寒处。
无限新愁，难对风前语。行人去，暗消春素，横笛空山暮。

吴文英　　　点绛唇·和吴见山韵

金井空阴，枕痕历尽秋声闹。梦长难晓，月树愁鸦悄。
梅压檐梢，寒蝶寻香到。窗黏了，翠池春小，波冷鸳鸯觉。

吴文英　　　点绛唇·有怀苏州

明月茫茫，夜来应照南桥路。梦游熟处，一枕啼秋雨。
可惜人生，不向吴城住。心期误，雁将秋去，天远青山暮。

吴文英　　　点绛唇·香泛罗屏

香泛罗屏，夜寒著酒宜偎倚。翠偏红坠，唤起芙蓉睡。
一曲伊州，秋色芭蕉里。娇和醉，眼情心事，愁隔湘江水。

李莱老　　　点绛唇·绿染春波

绿染春波，袖罗金缕双鸂鶒。小桃匀碧，香衬蝉云湿。
舞带歌钿，闲傍秋千立。情何极，燕莺尘迹，芳草斜阳笛。

邓有功　　　点绛唇·卷上珠帘

卷上珠帘，晚来一阵东风恶。客怀萧索，看尽残花落。
自把银瓶。买酒成孤酌。伤漂泊，知音难托，闷倚阑干角。

应次蘧　　　点绛唇·梅

雪意娇春，腊前妆点春风面。粉痕冰片，一笑重相见。
倚竹偎松，谁道罗浮远。寒更转，楚骚为伴，韵绕香篝暖。

杨泽民　　　点绛唇·集句之一

流水泠泠，闭门时候廉纤雨。菱歌齐举，风暖飘香絮。
一叶扁舟，过尽莺啼处。空凝伫，到头辛苦，暮色闻津鼓。

杨泽民　　　　点绛唇·集句之二

雨歇方塘，清圆一一风荷举。舣舟南浦，忘却来时路。醉拍春衫，便欲随君去。犹回顾，小蛮樊素，更有留人处。

杨泽民　　　　点绛唇·岸草离离

岸草离离，暮天雨过添清润。小舟移近，怕得江头信。无奈风高，雁字难成阵。思排闷，管弦难趁，怎解心头恨。

陈景沂　　　　点绛唇·今古凡花

今古凡花，词人尚作词称庆。紫薇名盛，似得花之圣。为底时人，一曲稀流咏。花端正，花无郎病，病亦归之命。

朱　埴　　　　点绛唇·绣被鸳鸯

绣被鸳鸯，宝香熏透蔷薇水。枕边一纸，明月人千里。宿酒初醒，全不忺梳洗。抬纤指，微签玉齿，百色思量起。

吴大有　　　　点绛唇·送李琴泉

江上旗亭，送君还是逢君处。酒阑呼渡，云压沙鸥暮。漠漠萧萧，香冻梨花雨。添愁绪，断肠柔橹，相逐寒潮去。

陈允平　　　　点绛唇·眉叶颦愁

眉叶颦愁，泪痕红透兰襟润。雁声将近，须带平安信。独倚江楼，落叶风成阵。情怀闷，蝶随蜂趁，满地黄花恨。

陈允平　　　　点绛唇·别后长亭

别后长亭，翠芜寂寞分襟地。雁书空寄，归梦频东里。一曲秋风，写尽渊明意。凝情际，雨襟烟袂，都是黄花泪。

陈允平　　　　点绛唇·分袂情怀

分袂情怀，快风一箭轻帆举。暮烟云浦，芳草斜阳路。输与闲鸥，朝暮潮来去。空凝伫，小乔樊素，金屋春深处。

陈允平　　　　点绛唇·莺语愁春

莺语愁春，海棠风里胭脂雨。酒杯慵举，闲扑亭前絮。漠漠斜阳，截断愁来路。凭阑伫，满怀离苦，分付楼南鼓。

刘辰翁　　　　点绛唇·瓶梅

小阁横窗，倩谁画得梅梢远。那回半面，曾向屏间见。风雪空山，怀抱无荀倩。春堪恋，自羞片片，更逐东风转。

刘辰翁　　　　点绛唇·和访梅

一雪蹉跎，蹇驴不载吟鞭去。夜听春雨，踏雪差无苦。待得花晴，总是游人处。梅应许，小桥延伫，蜂蝶先成路。

刘辰翁　　　　点绛唇·寄情

醉里瞢腾，昨宵不记归时候。自疑中酒，耿耿还依旧。恨不能言，只是天相负。天知否，卷中人瘦，一似章台柳。

刘辰翁　　　　点绛唇·和邓中甫晚春

燕子池塘，乱红过尽秋千晚。絮飞欲倦，正是帘初卷。睡起无情，犹道天涯远。羞匀面，乍惊红浅，梦自无人见。

刘辰翁　　　　点绛唇·题画

韝指春寒，陇禽一片飞来雪。无言可说，暗啄相思结。只影年深，也作关山别。翻成拙，落花时节，倩子规声绝。

刘辰翁　　　　点绛唇·虹玉横箫

虹玉横箫，纤纤指按新声作。参差重约，昨夜梁伊错。几许闲愁，品字都忘却。沉吟觉，一声哀角，满院残花落。

王茂孙　　　　点绛唇·莲房

折断烟痕，翠蓬初离鸳鸯浦。玉纤相妒，翻被专房误。乍脱青衣，犹著轻罗护。多情处，芳心一缕，都为相思苦。

周　密　　　　点绛唇·雪霁寒轻

雪霁寒轻，兴来载酒移吟艇。玉田千顷，桥外诗情迥。重到孤山，往事和愁醒。东风紧，水边疏影，谁念梅花冷。

刘　壎　　　　点绛唇·风卷游云

风卷游云，梨云梦冷人何处。一溪烟雨，遮断垂杨路。恨入琴心，能写当时语。愁无绪，泪痕红蠹，犹带香如故。

仇　远　　　　　点绛唇·黄帽棕鞋

黄帽棕鞋，出门一步为行客。几时寒食，岸岸梨花白。马首山多，雨外青无色。谁禁得，残鹃孤驿，扑地春云黑。

仇　远　　　　　点绛唇·千里平阑

千里平阑，水天低处山无数。断城孤树，城外人来去。欲问青鸾，杳杳随烟雾。空怀古，巴山何处，自剪灯听雨。

张　炎　　　　　点绛唇·芍药

独殿春光，此花开后无花了。丹青人巧，不许芳心老。密影翻阶，曾为寻诗到。竹西好，采香歌杳，十里红楼小。

徐　瑞　　　　　点绛唇·多事春风

多事春风，年年绿遍江南草。罗裙色好，莫把相如恼。梦入瑶台，搔背麻姑爪。还惊觉，杜鹃啼早，一夜相思老。

萧允之　　　　　点绛唇·记梦

花径相逢，眼期心诺情如昨。怕人疑著，佯弄秋千索。知有而今，何似留初莫。愁难托，雨铃风铎，梦断灯花落。

刘天迪　　　　　点绛唇·书事

一笑相逢，依稀似是桃根旧。娇波频溜，悄可灵犀透。扶过危桥，轻引纤纤手。频回首，何时还又，微月黄昏后。

曾允元　　　　　点绛唇·一夜东风

一夜东风，枕边吹散愁多少。数声啼鸟，梦转纱窗晓。来是春初，去是春将老。长亭道，一般芳草，只有归时好。

寇寺丞　　　　　点绛唇·遗妓

春睡腾腾，觉来鸳被堆香暖。起来慵懒，触目情何限。深院日斜，人静花阴转。柔肠断，凭高不见，芳草连天远。

舒大成　　　　　点绛唇·祝寿筵开

祝寿筵开，华堂深映花如绣。瑞烟喷兽，帘幕香风透。一点台星，化作人间秀。韶音奏，两行红袖，争劝长生酒。

无名氏　　　　点绛唇·破萼江梅

破萼江梅，迥然标格冰肌莹。暗香疏影，月张银塘静。折取一枝，与插多情鬓。临鸾镜，粉容相并，试问谁端正。

无名氏　　　　点绛唇·烟淡黄昏

烟淡黄昏，小移疏影横斜去。暗香微度，点缀梢头雨。玉管休吹，更要留春住。人何处，对花无语，望断江南路。

无名氏　　　　点绛唇·点点江梅

点点江梅，向疏篱处香风逗。未容春透，花亦知人瘦。姑射山头，谁伴黄昏后。君知否，自然孤秀，横玉休三奏。

无名氏　　　　点绛唇·雪里芳丛

雪里芳丛，岭头还报东君信。寿阳妆靓，姑射冰肌莹。曲岸横斜，清浅波相应。风不定，暗香疏影，占断花中韵。

无名氏　　　　点绛唇·万木凋残

万木凋残，早梅独占孤根暖。前村雪满，昨夜南枝绽。堪恨倚栏，容易吹羌管。飘琼片，翠蛾争选，贴向桃花面。

无名氏　　　　点绛唇·昨夜寒梅

昨夜寒梅，一枝雪里多风措。幽香无数，不与群花语。最是凝情，月夜交光处。谁为主，待须折取，羌管休轻举。

无名氏　　　　点绛唇·春日芳心

春日芳心，暗香偏向黄昏逗。玉肌寒透，抵死添清瘦。影落横塘，月淡人归后。君知否，一枝先秀，应向东君奏。

无名氏　　　　点绛唇·赋雪归来

赋雪归来，绿窗一夜霜风紧。也知春信，消息南枝近。隐映斜阳，玉暖香成阵。西湖景，繁英有恨，只□□□□。

无名氏　　　　点绛唇·公子归来

公子归来，画堂深院丛罗绮。绿杯浮蚁，风皱红鳞起。

信马斜阳，误入桃源里。珠帘底，淡妆斜倚，一寸秋江水。

无名氏　　点绛唇·丰城南禅寺题壁

燕子依依，晓来总为谁归去。淡云生处，已觉宾鸿度。浅笑深嚬，便面机中素。乘鸾女，琐窗琼宇，会有明年暑。

无名氏　　点绛唇·晓步楚观

晓翠初分，挂藤窈窕穿深静。乌啼风径，竹舞千蛟影。又过重阳，感叹伤流景。人多病，酒杯慵问，闲却金卮柄。

无名氏　　点绛唇·春雨濛濛

春雨濛濛，淡烟深锁垂杨院。暖风轻扇，落尽桃花片。薄幸不来，前事思量遍。无由见，泪痕如线，界破残妆面。

无名氏　　点绛唇·莺踏花翻

莺踏花翻，乱红堆径无人扫。杜鹃来了，梅子枝头小。拨尽琵琶，总是相思调。知音少，暗伤怀抱，门掩青春老。

无名氏　　点绛唇·贺女人生日新笄

重午日才过，又经四日逢华旦。月娥降诞，春早桃花嫩。许字方笄，金雀屏开半。东床选，门楣壮观，偕老行如愿。

无名氏　　点绛唇·仙子仙郎

仙子仙郎，两情今是欢娱会。莲花池内，好个鸳鸯对。一自芳容，一自才华最。真佳配，荣华富贵，寿考千秋岁。

无名氏　　点绛唇·寿王宰　五月廿四

五月如秋，日临四六都无暑。列仙初度，听足商岩雨。三载都曹，利泽留南浦。崆峒路，种花无数，行对延英主。

无名氏　　点绛唇·蹴罢秋千

蹴罢秋千，起来慵整纤纤手。露浓花瘦，薄汗轻衣透。见客入来，袜刬金钗溜。和羞走，倚门回首，却把青梅嗅。

临 江 仙

唐教坊曲名。《花庵词选》："唐词多缘题所赋，《临江仙》之言水仙，亦其一也。"可见其调名系咏水仙花之意。又名《谢新恩》、《雁后归》、《画屏春》、《鸳鸯梦》、《庭院深深》、《海棠娇》、《采莲回》、《减字临江仙》、《临江仙令》、《想娉婷》、《瑞鹤仙令》。双调，有五十四字、五十六字、五十八字、五十九字、六十字、六十二字等数体。其五十四字，上下片各四句、三平韵为正体。其六十字，上下片各五句、三平韵为变体等。

柳　永　　　临江仙·梦觉小庭院

梦觉小庭院，冷风淅淅，疏雨潇潇。绮窗外，秋声败叶狂飘。心摇，奈寒漏永，孤帏悄，泪烛空烧。无端处，是绣衾鸳枕，闲过清宵。　萧条，牵情系恨，争向年少偏饶。觉新来、憔悴旧日风标。魂消，念欢娱事，烟波阻、后约方遥。还经岁，问怎生禁得，如许无聊。

柳　永　　　临江仙·鸣珂碎撼都门晓

鸣珂碎撼都门晓，旌幢拥下天人。马摇金辔破香尘。壶浆盈路，欢动一城春。　扬州曾是追游地，酒台花径仍存。凤箫依旧月中闻。荆王魂梦，应认岭头云。

张　先　　　临江仙·自古伤心惟远别

自古伤心惟远别，登山临水迟留。暮尘衰草一番秋。寻常景物，到此尽成愁。　况与佳人分凤侣，盈盈粉泪难收。高城深处是青楼。红尘远道，明日忍回头。

晏　殊　　临江仙·资善堂中三十载

资善堂中三十载，旧人多是凋零。与君相见最伤情。一尊如旧，聊且话平生。　此别要知须强饮，雪残风细长亭。待君归觐九重城。帝宸思旧，朝夕奉皇明。

滕宗谅　　临江仙·湖水连天天连水

湖水连天天连水，秋来分外澄清。君山自是小蓬瀛。气蒸云梦泽，波撼岳阳城。　　帝子有灵能鼓瑟，凄然依旧伤情。微闻兰芝动芳馨。曲终人不见，江上数峰青。

欧阳修　　临江仙·柳外轻雷池上雨

柳外轻雷池上雨，雨声滴碎荷声。小楼西角断虹明。阑干倚处，待得月华生。　　燕子飞来窥画栋，玉钩垂下帘旌。凉波不动簟纹平。水精双枕，傍有堕钗横。

欧阳修　　临江仙·记得金銮同唱第

记得金銮同唱第，春风上国繁华。如今薄宦老天涯。十年歧路，空负曲江花。　　闻说阆山通阆苑，楼高不见君家。孤城寒日等闲斜。离愁难尽，红树远连霞。

杜安世　　临江仙·太史占天云物好

太史占天云物好，初易律合黄钟。日缠南极北郊风。雪花先柳絮，飞舞透帘栊。　　圣运时和兼岁稔，歌欢处处皆同。簪声相庆晓光中。金炉红兽炭，一举寿杯空。

杜安世　　临江仙·遍地残花庭院静

遍地残花庭院静，流莺对对相过。万条风柳间婆娑。樱桃初弄色，萱草自成窠。　　早是芳菲时节晚，追游期会无多。眉山敛翠近秋波。日长初睡起，愁与病相和。

苏　氏　　临江仙·立春寄季顺妹

一夜东风穿绣户，融融暖应佳时。春来何处最先知。平明堤上柳，染遍郁金枝。　　姊妹嬉游时节近，今朝应怨来迟。凭谁说与到家期。玉钗头上胜，留待远人归。

俞紫芝　　临江仙·题清溪图

弄水亭前千万景，登临不忍空回。水轻墨澹写蓬莱。莫教世眼，容易洗尘埃。　　收去雨昏都不见，展时还似云开。先生高趣更多才。人人尽道，小杜却重来。

晏几道　　临江仙·斗草阶前初见

斗草阶前初见，穿针楼上曾逢。罗裙香露玉钗风。靓妆眉沁绿，羞脸粉生红。　流水便随春远，行云终与谁同。酒醒长恨锦屏空。相寻梦里路，飞雨落花中。

晏几道　　临江仙·身外闲愁空满

身外闲愁空满，眼中欢事常稀。明年应赋送君诗。细从今夜数，相会几多时。　浅酒欲邀谁劝，深情惟有君知。东溪春近好同归。柳垂江上影，梅谢雪中枝。

晏几道　　临江仙·淡水三年欢意

淡水三年欢意，危弦几夜离情。晓霜红叶舞归程。客情今古道，秋梦短长亭。　渌酒尊前清泪，阳关叠里离声。少陵诗思旧才名。云鸿相约处，烟雾九重城。

晏几道　　临江仙·浅浅余寒春半

浅浅余寒春半，雪消蕙草初长。烟迷柳岸旧池塘。风吹梅蕊闹，雨细杏花香。　月堕枝头欢意，从前虚梦高唐。觉来何处放思量。如今不是梦，真个到伊行。

晏几道　　临江仙·长爱碧阑干影

长爱碧阑干影，芙蓉秋水开时。脸红凝露学娇啼。霞觞熏冷艳，云髻袅纤枝。　烟雨依前时候，霜丛如旧芳菲。与谁同醉采香归。去年花下客，今似蝶分飞。

晏几道　　临江仙·旖旎仙花解语

旖旎仙花解语，轻盈春柳能眠。玉楼深处绮窗前。梦回芳草夜，歌罢落梅天。　沉水浓熏绣被，流霞浅酌金船。绿娇红小正堪怜。莫如云易散，须似月频圆。

晏几道　　临江仙·梦后楼台高锁

梦后楼台高锁，酒醒帘幕低垂。去年春恨却来时。落花人独立，微雨燕双飞。　记得小蘋初见，两重心字罗衣。琵琶弦上说相思。当时明月在，曾照彩云归。

晏几道　　临江仙·东野亡来无丽句

东野亡来无丽句，于君去后少交亲。追思往事好沾巾。白头王建在，犹见咏诗人。　　学道深山空自老，留名千载不干身。酒筵歌席莫辞频。争如南陌上，占取一年春。

王　观　　　　临江仙·离怀

别岸相逢何草草，扁舟两岸垂杨。绣屏珠箔绮香囊。酒深歌拍缓，愁入翠眉长。　　燕子归来人去也，此时无奈昏黄。桃花应是我心肠。不禁微雨，流泪湿红妆。

魏夫人　　临江仙·庭院深深深几许

庭院深深深几许，云窗雾阁春迟。为谁憔悴损芳姿。夜来清梦好，应是发南枝。　　玉瘦檀轻无限恨，南楼羌管休吹。浓香吹尽有谁知。暖风迟日也，别到杏花肥。

苏　轼　　临江仙·细马远驮双侍女

龙丘子自洛之蜀，载二侍女，戎装骏马。至溪山佳处，辄留，见者以为异人。后十年，筑室黄冈之北，号静安居士。作此记之

细马远驮双侍女，青巾玉带红靴。溪山好处便为家。谁知巴峡路，却见洛城花。　　面旋落英飞玉蕊，人间春日初斜。十年不见紫云车。龙丘新洞府，铅鼎养丹砂。

苏　轼　　　　临江仙·赠送

诗句端来磨我钝，钝锥不解生铓。欢颜为我解冰霜。酒阑清梦觉，春草满池塘。　　应念雪堂坡下老，昔年共采芸香。功成名遂早还乡。回车来过我，乔木拥千章。

苏　轼　临江仙·辛未离杭至润，别张弼秉道

我劝髯张归去好，从来自己忘情。尘心消尽道心平。江南与塞北，何处不堪行。　　俎豆庚桑真过矣，凭君说与南荣。愿闻吴越报丰登。君王如有问，结袜赖王生。

苏　轼　　　临江仙·冬日即事

自古相从休务日，何妨低唱微吟。天垂云重作春阴。坐中人半醉，帘外雪将深。　　闻道分司狂御史，紫云无路追寻。凄风寒雨是骎骎。问囚长损气，见鹤忽惊心。

苏　轼　　　临江仙·送王缄

忘却成都来十载，因君未免思量。凭将清泪洒江阳。故山知好在，孤客自悲凉。　　坐上别愁君未见，归来欲断无肠。殷勤且更尽离觞。此身如传舍，何处是吾乡。

苏　轼　　　临江仙·尊酒何人怀李白

尊酒何人怀李白，草堂遥指江东。珠帘十里卷香风。花开又花谢，离恨几千重。　　轻舸渡江连夜到，一时惊笑衰容。语音犹自带吴侬。夜阑对酒处，依旧梦魂中。

苏　轼　　　临江仙·九十日春都过了

九十日春都过了，贪忙何处追游。三分春色一分愁。雨翻榆荚阵，风转柳花球。　　阆苑先生须自责，蟠桃动是千秋。不知人世苦厌求。东皇不拘束，肯为使君留。

苏　轼　　　临江仙·风水洞作

四大从来都遍满，此间风水何疑。故应为我发新诗。幽花香涧谷，寒藻舞沦漪。　　借与玉川生两腋，天仙未必相思。还凭流水送人归。层巅余落日，草露已沾衣。

苏　轼　　　临江仙·一别都门三改火

一别都门三改火，天涯踏尽红尘。依然一笑作春温。无波真古井，有节是秋筠。　　惆怅孤帆连夜发，送行淡月微云。尊前不用翠眉颦。人生如逆旅，我亦是行人。

苏　轼　　　临江仙·疾愈登望湖楼赠项长官

多病休文都瘦损，不堪金带垂腰。望湖楼上暗香飘。和风春弄袖，明月夜闻箫。　　酒醒梦回清漏永，隐床无限更潮。佳人不见董娇饶。徘徊花上月，空度可怜宵。

苏　轼　　临江仙·夜饮东坡醒复醉

夜饮东坡醒复醉，归来仿佛三更。家童鼻息已雷鸣。敲门都不应，倚杖听江声。　　长恨此身非我有，何时忘却营营。夜阑风静縠纹平。小舟从此逝，江海寄余生。

苏　轼　　临江仙·冬夜夜寒冰合井

冬夜夜寒冰合井，画堂明月侵帏。青缸明灭照悲啼。青缸挑欲尽，粉泪裛还垂。　　未尽一尊先掩泪，歌声半带清悲。情声两尽莫相违。欲知肠断处，梁上暗尘飞。

苏　轼　　临江仙·赠王友道

谁道东阳都瘦损，凝然点漆精神。瑶林终自隔风尘。试看披鹤氅，仍是谪仙人。　　省可清言挥玉麈，真须保器全真。风流何似道家纯。不应同蜀客，惟爱卓文君。

苏　轼　　临江仙·昨夜渡江何处宿

昨夜渡江何处宿，望中疑是秦淮。月明谁起笛中哀。多情王谢女，相逐过江来。　　云雨未成还又散，思量好事难谐。凭陵急桨两相催。想伊归去后，应似我情怀。

李之仪　　临江仙·知有阆风花解语

知有阆风花解语，从来只许传闻。光明休咏汉宫新。拥身疑有月，衬步恨无云。　　莫把金樽容易劝，坐来几度销魂。不知仙骨在何人。好将千岁日，占断四时春。

李之仪　　临江仙·九十日春都过了

九十日春都过了，寻常偶到江皋。水容山态两相饶。草平天一色，风暖燕双高。　　酒病厌厌何计那，飞红更送无聊。莺声犹似耳边娇。难回巫峡梦，空恨武陵桃。

李之仪　　临江仙·登凌歊台感怀

偶向凌歊台上望，春光已过三分。江山重叠倍销魂。风花飞有态，烟絮坠无痕。　　已是年来伤感甚，那堪旧恨仍存。清愁满眼共谁论。却应台下草，不解忆王孙。

李之仪　　临江仙·景修席上再赋

难得今朝风日好，春光佳思平分。虽然公子暗招魂。其如抬眼看，都是旧时痕。　　酒到强寻欢日路，坐来谁为温存。落花流水不堪论。何时弦上意，重为拂桐孙。

李之仪　　临江仙·初破晓寒无限思

江东人得早梅,见约探题,且访梅所在,因携笺管,就赋花下

初破晓寒无限思，融融腊意全迷。春工从此被人知。不随蜂蝶，长伴玉蟾低。　　缥缈云间应好在，盈盈泪湿征衣。背人偷拗向东枝。清香满袖，犹记画堂西。

李之仪　　临江仙·病里不知春早晚

病中存之以长短句见调，因次其韵

病里不知春早晚，惊心绿暗红稀。起来初试薄罗衣。多情海燕，还傍旧梁飞。　　瘦损休文谁记得，空将销臂频围。眼前都是去年时。不堪追想，魂断画楼西。

李之仪　　临江仙·咏藏春玉

青润奇峰名韫玉，温其质并琼瑶。中分瀑布写云涛。双峦呈翠色，气象两相高。　　珍重幽人诚好事，绿窗聊助风骚。寄言俗客莫相嘲。物轻人意重，千里赠鹅毛。

许　将　　临江仙·圣主临轩亲策试

圣主临轩亲策试，集英佳气葱葱。鸣鞘声震未央宫。卷帘龙影动，挥翰御烟浓。　　上第归来何事好，迎人花面争红。蓝袍香散六街风。一鞭春色里，骄损玉花骢。

郑无党　　临江仙·不比寻常三五夜

不比寻常三五夜，万家齐望清辉。烂银盘透碧琉璃。莫辞终夕看，动是隔年期。　　试问嫦娥还记否，玉人曾折高枝。明年此夜再圆时。阁开东府宴，身在凤凰池。

舒　亶　　临江仙·送鄞令李易初

折柳门前鹦鹉绿，河梁小驻归船。不堪华发对离筵。孤村

啼鸩日，深院落花天。　文采弟兄真叠玉，赤霄去路谁先。明朝便恐各风烟。江山如有恨，桃李自无言。

晁端礼　　临江仙·今夜征帆何处落

今夜征帆何处落，烟村几点人家。莫惊双泪向风斜。渔人西塞曲，商女后庭花。　从此五湖归去好，一杯酒送生涯。多情犹解惜年华。春闺重见处，霜鬓不须嗟。

晁端礼　　临江仙·火冷灯□山驿静

火冷灯□山驿静，无人与暖香衾。阿谁教你惜人深。一成迷后，不望有如今。　枕畔耳边都悄悄，忆伊模样声音。些儿年纪正难禁。盟言虽在，只恐我痴心。

吕希纯　　临江仙·莫交闲虑到心头

□□□□□□□，□□□□□□。莫交闲虑到心头。有来忧不得，无后不须忧。　□□□□□□□，□□□□□□。万般希望不如休。无来求不得，有后不须求。

秦　观　　临江仙·千里潇湘挼蓝浦

千里潇湘挼蓝浦，兰桡昔日曾经。月高风定露华清。微波澄不动，冷浸一天星。　独倚危樯情悄悄，遥闻妃瑟泠泠。新声含尽古今情。曲终人不见，江上数峰青。

秦　观　　临江仙·髻子偎人娇不整

髻子偎人娇不整，眼儿失睡微重。寻思模样早心忪。断肠携手，何事太匆匆。　不忍残红犹在臂，翻疑梦里相逢。遥怜南埭上孤篷。夕阳流水，红满泪痕中。

秦　观　　临江仙·看花

为爱西庄花满树，朝朝来扣柴门。墙头遥见簇红云。恍然迷处所，疑入武陵源。　花外飞来寒食雨，一时留住游人。村醪随意两三巡。折花头上戴，记取一年春。

秦　观　　临江仙·十里红楼依绿水

十里红楼依绿水，当年多少风流。高楼重上使人愁。远山

将落日，依旧上帘钩。　　一曲琵琶思往事，青衫泪满江州。访邻休问杜家秋。寒烟沙外鸟，残雪渡傍舟。

秦　观　　临江仙·客路光阴浑草草

客路光阴浑草草，等闲过了元宵。村鸡啼月下林梢。鸾声惊宿鸟，霜气入重貂。　　漠漠风沙千里暗，举头一望魂消。问君何事不辞劳。平生经世意，只恐负清朝。

赵令畤　　临江仙·阿方初出

枝上粉香吹欲尽，依前庭院春风。更谁同绕摘芳丛。漏残金兽冷，信断锦屏空。　　看结灯花愁不睡，酒阑无梦相逢。凄凉长判一生中。不如云外月，永夜在房栊。

赵令畤　　临江仙·翠袖卷纱红映肉

翠袖卷纱红映肉，无风玉骨生寒。可堪新晓雨初残。颦眉谁恼著，粉泪滴阑干。　　闻道谪仙歌妙语，新妆再发愁颜。雾帘云幕荐金盘。笔间长借句，直莫放春还。

贺　铸　　临江仙·暂假临淮东道主

暂假临淮东道主，每逃歌舞华筵。经年未办买山钱。筋骸难强，久坐沐猴禅。　　行拥一舟称浪士，五湖春水如天。越人相顾足嫣然。何须绣被，来伴拥蓑眠。

晁补之　　临江仙·呈祖禹十六叔

尽说彭门新半刺，昆吾刬玉如泥。功名余事不须为。才情诗里见，风味酒边知。　　好在阿咸同老也，青云往岁心期。千钟百首兴来时。伯伦从妇劝，元亮信儿痴。

晁补之　　临江仙·十岁儿曹同砚席

十岁儿曹同砚席，华裾织翠如葱。一生心事醉吟中。相逢俱白首，无语对西风。　　莫道樽前情调减，衰颜得酒能红。可怜此会意无穷。夜阑人总睡，独绕菊花丛。

晁补之　　临江仙·用韵和韩求仁南都留别之一

曾唱牡丹留客饮，明年何处相逢。忽惊鹊起落梧桐。绿荷

多少恨，回首背西风。　　莫叹今宵身是客，一尊未晓犹同。此身应似去来鸿。江湖春水阔，归梦故园中。

晁补之　　临江仙·用韵和韩求仁南都留别之二

常记河阳花县里，恰如饭颗山逢。春城何处满丝桐。纶巾并羽扇，君有古人风。　　重向梁王台畔见，黄花绿酒谁同。新诗别后寄南鸿。回头思照碧，人在白云中。

晁补之　　临江仙·信州作

谪宦江城无屋买，残僧野寺相依。松间药臼竹间衣。水穷行到处，云起坐看时。　　一个幽禽缘底事，苦来醉耳边啼。月斜西院愈声悲。青山无限好，犹道不如归。

晁补之　　临江仙·身外闲愁空满眼

身外闲愁空满眼，就中欢事常稀。明年应赋送君诗。试从今夜数，相会几多时。　　浅酒欲邀谁共劝，深情惟有君知。东溪春近好同归。柳垂江上影，梅谢雪中枝。

晁补之　　临江仙·自古齐山重九胜

自古齐山重九胜，登临梦想依依。偶来恰值菊花时。难逢开口笑，须插满头归。　　昨夜一江风色好，平明秋浦帆飞。可怜如赴史君期。且当酬令节，不用叹斜晖。

晁补之　　临江仙·代内

马上匆匆听鹊喜，朦胧月淡黄昏。碧罗双扇拥朝云。粉光先辨脸，朱色怎分唇。　　暂别宝奁蛛网遍，春风泪污榴裙。香笺小字寄行云。纤腰非学楚，宽带为思君。

晁补之　　临江仙·离别寻常今白首

离别寻常今白首，更须竹雨萧萧。不应都占世间豪。清风居士手，杨柳洛城腰。　　文字功名真自误，从今好月良宵。只消怜取董娇饶。修门君自到，不用我词招。

此首别作陈师道词

晁补之　　临江仙·晁达州见和

君似苍崖千仞竹，一枝孤映蒿萧。箪瓢不减万钟豪。闲情

搔短发，佳句咏纤腰。　　罢酒兰舟回楚棹，相思何处今宵。淮南幽桂水云饶。他年春草恨，应有小山招。

陈师道　　临江仙·离别寻常今白首

离别寻常今白首，更须竹雨萧萧。不应都占世间豪。清风居士手，杨柳洛城腰。　　文字功名真自误，从今好月良宵。只消怜取董娇饶。修门君自到，不用我词招。

此首别作晁补之词

陈师道　　临江仙·送叠罗菊与赵使君

官样初黄过闰九，鲜妍时更宜寒。挽回人意不成阑。香罗堆叶密，芳意著心单。　　过与后房歌舞手，轻盈喜色生颜。堕钗拥髻与垂鬟。欲知谁称面，遍插一枝看。

陈师道　　临江仙·曲巷斜街信马

曲巷斜街信马，小桥流水谁家。浅妆深袖倚门斜。只缘些子意，消得百般夸。　　粉面初生明月，酒容欲退朝霞。春风还解染霜华。肯持鸳绮被，来伴杜家花。

侯　蒙　　临江仙·未遇行藏谁肯信

未遇行藏谁肯信，如今方表名踪。无端良匠画形容。当风轻借力，一举入高空。　　才得吹嘘身渐稳，只疑远赴蟾宫。雨余时候夕阳红。几人平地上，看我碧霄中。

陈　瓘　　临江仙·闻道洛阳花正好

闻道洛阳花正好，家家庭户春风。道人饮去百壶空。年年花下醉，看谢几番红。　　此别又从何处去，风萍一任西东。语声虽异笑声同。一轮深夜月，何处不相逢。

此首别作王以宁词

邹　浩　　临江仙·有个头陀修苦行

有个头陀修苦行，头上头发毵毵。身披一副醦裙衫。紧缠双脚，苦苦要游南。　　闻说度牒朝夕到，并除颔下髭髯。钵中无粥住无庵。摩登伽处，只恐却重参。

谢　逸　　临江仙·重九

木落江寒秋色晚，飕飕吹帽风清。丹枫楼外捣衣声。登高怀远，山影雁边横。　露染宫黄庭菊浅，茱萸烟拂红轻。尊前谁整醉冠倾。酒香薰脸，落日断霞明。

谢　逸　　临江仙·玉树临风宾欲散

玉树临风宾欲散，黄昏约马嘶庭。幽欢未尽有余清。琼縻方一啜，银烛已双擎。　坐久香津生齿颊，何须五斗消酲。艳歌声里醉魂醒。明年思此会，旌旆想登瀛。

晁冲之　　临江仙·双舸亭亭横晚渚

双舸亭亭横晚渚，城中飞观嵯峨。画桥灯火照清波。玉钩平浸水，金锁半沉河。　试问无情堤上柳，也应厌听离歌。人生无奈别离何。夜长嫌梦短，泪少怕愁多。

晁冲之　　临江仙·忆昔西池池上饮

忆昔西池池上饮，年年多少欢娱。别来不寄一行书。寻常相见了，犹道不如初。　安稳锦屏今夜梦，月明好渡江湖。相思休问定何如。情知春去后，管得落花无。

晁冲之　　临江仙·谩道追欢惟九日

谩道追欢惟九日，年年此恨偏浓。今朝吹帽与谁同。黄花都未拆，和泪泣西风。　应恐登临肠更断，故交烟雨迷空。为君一曲送飞鸿。谁能推毂我，深入醉乡中。

晁冲之　　临江仙·万里彤云密布

万里彤云密布，长空琼色交加。飞如柳絮落泥沙。前村归去路，舞袖拂梨花。　此际堪描何处景，江湖小艇渔家。旋斟香酝过年华。披蓑乘远兴，顶笠过溪沙。

苏　庠　　临江仙·席上赠张建康

本是白蘋洲畔客，虎符卧镇江城。归来犹得趁鸥盟。柳丝摇晓市，杜若遍芳汀。　莫惜飞觞仍堕帻，柳边依约莺声。水秋鲈熟正关情。只愁宣室召，未许钓船轻。

苏庠　　临江仙·猎猎风蒲初暑过

猎猎风蒲初暑过，萧然庭户秋清。野航渡口带烟横。晚山千万叠，别鹤两三声。　　秋水芙蓉聊荡桨，一樽同破愁城。蓼花滩上白鸥明。暮云连极浦，急雨暗长汀。

毛滂　　临江仙·宿僧舍

古寺长廊清夜美，风松烟桧萧然。石阑干外上疏帘。过云闲窈窕，斜月静婵娟。　　独自徘徊无个事，瑶琴试奏流泉。曲终谁见枕琴眠。香残虬尾细，灯暗玉虫偏。

毛滂　　临江仙·客有逢故人者，代书其情

莫恨那回容易别，不妨久远情肠。为人留下旧风光。花枝长好在，馥馥十年香。　　便是旧时帘外月，却来小槛低窗。朦胧影里淡梳妆。相看如梦寐，回首乍思量。

毛滂　　临江仙·都城元夕

闻道长安灯夜好，雕轮宝马如云。蓬莱清浅对觚棱。玉皇开碧落，银界失黄昏。　　谁见江南憔悴客，端忧懒步芳尘。小屏风畔冷香凝。酒浓春入梦，窗破月寻人。

李新　　临江仙·杨柳梢头春色重

杨柳梢头春色重，紫骝嘶入残花。香风满面日西斜。只知闲信马，不觉误随车。　　已许洞天归路晚，空劳眼惜眉怜。几回偷为掷花钿。今生应已过，重结后来缘。

欧阳阔　　临江仙·九日登碧莲峰

洞碧山红纷烂漫，烟萝远映霜枫。倚阑人在暮云东。遥天垂众壑，平地起孤峰。　　大好家山重九日，尊前切莫匆匆。黄花消息雁声中。寻芳须未晚，与客且携筇。

沈蔚　　临江仙·过尽清明三月雨

过尽清明三月雨，东风才到溪滨。画工传得已非真。青君著意处，桃李未为伦。　　倚槛盈盈如欲语，就中拈足花神。自然亭馆一番新。从今观绝品，不独洛阳人。

张伯寿　　临江仙·天上姮娥元不老

天上姮娥元不老，人间紫府长春。朱颜鹤发更清新。观音常自在，水月净无尘。　　有子飘飘麟阁像，有孙庭下诜诜。他年看取递成名。进封加上国，荣拜太夫人。

张伯寿　　临江仙·吴越家声传铁券

吴越家声传铁券，当年功指山河。公侯衮衮后来多。休符钟俊杰，气宇禀冲和。　　磊落胸襟清庙器，鹏程背可天摩。他时帝里笑鸣珂。双椿犹鹤算，二女已鸾坡。

张伯寿　　临江仙·家住清湘云外窟

家住清湘云外窟，肯随玉笋同班。竹林风味正相关。独高霜外节，微露管中斑。　　吏隐丛祠聊寄傲，胸襟半是湖山。此君端可助跻攀。支颐供鹤立，拱膝看鳌翻。

张伯寿　　临江仙·龙首凤池家鼎贵

龙首凤池家鼎贵，庆传仙李芬芳。凛然冰雪照闺房。诞弥当此日，佳气满华堂。　　锦袖新封开大国，诏书急欲征黄。莫辞沉醉九霞觞。蟠桃看子实，地久与天长。

张伯寿　　临江仙·瑞气熏城春色早

瑞气薰城春色早，光生帘幕飞浮。五陵应是产风流。冰清兼玉润，轩冕一时游。　　已得长生元妙术，庄椿不数春秋。徐卿一醉百无忧。但知从此去，衮衮出公侯。

张伯寿　　临江仙·爆竹声残天未晓

爆竹声残天未晓，金炉细爇沉烟。儿孙戏彩映芳鲜。共倾元日酒，同祝大椿年。　　我愿儿孙如我寿，高低富贵随缘。不须厚禄与多田。诗书为世业，清白是家传。

叶景山　　临江仙·清晓于门开寿宴

清晓于门开寿宴，绮罗香袅芳丛。红娇绿软媚光风。绣屏金翡翠，锦帐玉芙蓉。　　珠履争驰千岁酒，葡萄满泛金钟。人生福寿古难逢。好将家庆事，写入画图中。

叶景山　　临江仙·杨柳池塘桃李径

杨柳池塘桃李径，华堂寿宴初开。香团翠幕舞风回。东山携妓女，北海罄樽罍。　　玉笋轻敲红象板，金荷潋潋传杯。笙歌缭绕宴春台。华阳闲日月，绿野醉蓬莱。

葛胜仲　　临江仙·尉姜补之托疾卧家作

郊外黄垓端可厌，归来移病香闺。象床珍簟共委蛇。耆婆寻草尽，天女散花迟。　　小雨作寒秋意晚，檐声与梦相宜。冷侵罗幌酒烟微。试评书五朵，何似画双眉。

葛胜仲　　临江仙·燕诸部使者

自古吴兴称冷僻，菰城水浸粼粼。回星难望使车尘。如何三日饮，并有五行人。　　文似枚皋加敏速，记书易若张巡。幕中无用郄嘉宾。他年浮枣会，莫忘两溪春。

葛胜仲　　临江仙·千古乌程新酿美

千古乌程新酿美，玉觞风过粼粼。歌声未办起梁尘。九天持斧客，来作绣衣人。　　夙有辞华惊乙览，传闻献颂东巡。未应握节久宾宾。一封驰诏旨，却醉上林春。

葛胜仲　　临江仙·小梓洪河分九曲

与叶少蕴梦得上巳游法华山九曲池流杯

小梓洪河分九曲，飞泉环绕粼粼。青莲往事已成尘。羽觞浮玉甃，宝剑捧金人。　　绿绮且依流水调，蓬蓬醽鼓催巡。玉堂词客是佳宾。茂林修竹地，大胜永和春。

葛胜仲　　临江仙·倦客身同舟不系

上巳日游海昌王氏园，吴宰效及中散兄

倦客身同舟不系，轻帆来访儒仙。春风元巳艳阳天。夭桃方散锦，高柳欲飞绵。　　千古海昌佳绝地，双凫暂此留连。通宵娱客破芳尊。兰亭修禊事，梓泽醉名园。

葛胜仲　　临江仙·席上和呈中散兄及吴令

宝观岧峣飞雉堞，登临恍欲升仙。野桃官柳衬吴天。春风

寒食夜，遗恨在封绵。　　闻道东溟才二里，银涛直与天连。凭谁都卷入芳尊。赋归欢靖节，消渴解文园。

葛胜仲　　临江仙·二月二十二日锦薰阁赏花

槛外奇葩江外种，娇春未减鞓红。画楼晴日敛云峰。佛香来海岸，蜀锦荐灯笼。　　今夜那忧杀风景，酒花来斗妖浓。江梅冷淡避春风。明朝来纵赏，应醉绮罗丛。

葛胜仲　　临江仙·章圃赏瑞香二首之一

二月风光浓似酒，小楼新湿青红。碧琉璃色映群峰。更携金凿落，来赏锦薰笼。　　调客旧留□月旦，此花清软纤秾。未饶兰蕙转光风。赤兰呈雅艳，翠幕护芳丛。

葛胜仲　　临江仙·章圃赏瑞香二首之二

雪壁歌词题尚湿，春风又见轻红。一枝斜插映头峰。不辞连夜赏，银烛透纱笼。　　白发欺人今老矣，尊前羞见繁秾。清香尤嫪虎溪风。海棠须避席，佳种谩蚕丛。

米友仁　　临江仙·昨夜扁舟沙外舣

昨夜扁舟沙外舣，淮山微雨初晴。断云飞过月还明。一天风露重，人在玉壶清。　　水际不知何许是，遥林□辩微青。醉迷归梦强□凌。谁言东去雁，解寄此时情。

米友仁　　临江仙·一曲阳关肠断处

一曲阳关肠断处，临风惨对离尊。红妆揭调十分斟。古来多聚散，正似岭头云。　　昨夜晴霄千里月，向人无限多情。娟娟今夜满虚庭。一帆随浪去，却照画船轻。

米友仁　　临江仙·宝晋轩窗临望处

宝晋轩窗临望处，山围水绕林萦。不堪回首到江城。墙趺围瓦砾，鸥鹭见人惊。　　日愿太平归旧里，更无余事关情。小营茅舍倚云汀。四时风月里，还我醉腾腾。

米友仁　　临江仙·野外不堪无胜侣

野外不堪无胜侣，笑谈安得君同。四时景物一壶中。醉余

临望处，远岫数重重。　　溪上新荷初出水，花房半弄微红。晓风萧爽韵疏松。娟娟明月上，人在广寒宫。

曾　纡　　临江仙·后院短墙临绿水

后院短墙临绿水，春风急管繁弦。问谁亲按小婵娟。玉堂真学士，琳馆地行仙。　　安得此身来此处，依稀一梦梨园。江南刺史谩垂涎。据鞍肠已断，何况到尊前。

王安中　　临江仙·和梁才甫茶词

六六云从龙戏月，天颜带笑尝新。年年回首建溪春。香甘先玉食，珍宠在枫宸。　　赐品暂醒歌里醉，延和行对台臣。宫瓯浮雪乳花匀。九重清昼永，宣坐议东巡。

王安中　临江仙·贺州刘帅忠家隔帘听琵琶

风拨鹍弦鸣夜永，直疑人在浔阳。轻云薄雾隔新妆。但闻啐儿女语，倏忽变轩昂。　　且看金泥花那面，指痕微印红桑。几多余暖与真香。移船犹自可，卷箔又何妨。

张继先　　临江仙·莫怪精神都素淡

邓恒甫画六鹤于浑沦庵，请予题，遂作

莫怪精神都素淡，全谙千载松头。羽人幽意苦相投。殷勤争点写，展转动吟酬。　　况有咸阳兄弟事，教人闻见忘忧。我生曾是眷仙标。一从挥洒后，相继未能休。

张继先　　临江仙·和元规览杨义传

自古清真灵妙降，安妃来就杨君。因缘冥会异常伦。仙风聊设相，真道本无亲。　　惟有元规能访问，深将此意相闻。大家宜赏缀新文。免教尘世士，诮笑上天人。

张继先　　临江仙·和元规

蠢动含灵天赋与，逍遥性分元均。莫生异见乱吾真。只今中有主，浑与化为人。　　那更徽词清彻底，轻埃欲染无因。惟应得此便凝神。百魔咸息战，六道永停轮。

叶梦得　　临江仙·闻道今年春信早

闻道今年春信早，梅花不怕余寒。凭君先向近南看。香苞

开遍未，莫待北枝残。　　肠断陇头他日恨，江南几驿征鞍。一杯聊与尽余欢。风情何似我，老去未应阑。

叶梦得　　临江仙·雪后寄周十

梦里江南浑不记，只君幽户难忘。夜来急雪绕东堂。竹窗松径里，何处问归航。　　瓮底新醅应已熟，一尊知与谁尝。会须雄笔卷苍茫。雪涛声隐户，琼玉照颓墙。

叶梦得　　临江仙·与客湖上饮归

不见跳鱼翻曲港，湖边特地经过。萧萧疏雨乱风荷。微云吹散，凉月堕平波。　　白酒一杯还径醉，归来散发婆娑。无人能唱采莲歌。小轩欹枕，檐影挂星河。

叶梦得　　临江仙·送章长卿还姑苏兼寄程致道

碧瓦新霜侵晓梦，黄花已过清秋。风帆何处挂扁舟。故人归欲尽，残日更回头。　　乐圃桥边烦借问，有人高卧江楼。寄声聊为诉离忧。桂丛应已老，何事久淹留。

叶梦得　　临江仙·席上次韵韩文若

闻道安车来过我，百花未敢飘零。疾催弦管送杯行。五朝瞻旧老，挥麈听风生。　　凤诏远从天上落，高堂燕喜初醒。莫言白发减风情。此时谁得似，饮罢却精明。

叶梦得　　临江仙·三月莺花都过了

晁以道见和答韩文若之句，复答之，二首之一

三月莺花都过了，晓来雪片犹零。嵩阳居士记行行。西湖初水满，遥想縠纹生。　　欲为海棠传信息，如今底事长醒。不应高卧顿忘情。留春春不住，老眼若为明。

叶梦得　　临江仙·唱彻阳关分别袂

晁以道见和答韩文若之句，复答之，二首之二

唱彻阳关分别袂，佳人粉泪空零。请君重作醉歌行。一欢须痛饮，回首念平生。　　却怪老来风味减，半酣易逐愁醒。因花那更赋闲情。鬓毛今尔耳，空笑老渊明。

叶梦得　　临江仙·次韵洪思诚席上

潋滟湖光供一笑，未须醉日论千。将军曾记旧临边。野塘新水漫，烟岸藕如船。　　却怪情多春又老，回肠易逐愁煎。何如旌旆郁相连。凯歌归玉帐，锦帽碧油前。

叶梦得　　临江仙·学士园林人不到

十一月二十四日同王幼安、洪思诚过曾存之园亭

学士园林人不到，传声欲问江梅。曲阑清浅小池台。已知春意近，为我著诗催。　　急管行觞围舞袖，故人坐上三台。此欢此宴固难陪。不辞同二老，倒载习池回。

叶梦得　　临江仙·不与群芳争绝艳

次韵答幼安、思诚、存之席上梅花

不与群芳争绝艳，化工自许寒梅。一枝临晚照歌台。眼明浑未见，弦管莫惊催。　　记取刘郎归去路，千年应话天台。酒阑不惜更重陪。夜寒衣袂薄，犹有暗香回。

叶梦得　　临江仙·正月二十四日晚至湖上

三日疾风吹浩荡，绿芜未遍平沙。约回残影射明霞。水光遥泛坐，烟柳卧欹斜。　　霜鬓不堪春点检，留连又见芳华。一枝重插去年花。此身江海梦，何处定吾家。

叶梦得　　临江仙·自笑天涯无定准

熙春台与王取道、贺方回、曾公衮会别

自笑天涯无定准，飘然到处迟留。兴阑却上五湖舟。鲈莼新有味，碧树已惊秋。　　台上微凉初过雨，一尊聊记同游。寄声时为到沧洲。遥知欹枕处，万壑看交流。

叶梦得　　临江仙·癸卯次葛鲁卿法华山曲水劝酒

山半飞泉鸣玉佩，回波倒卷粼粼。解巾聊濯十年尘。青山应却怪，此段久无人。　　行乐应须贤太守，风光过眼逡巡。不辞常作坐中宾。只愁花解笑，衰鬓不宜春。

叶梦得　　临江仙·西园右春亭新成

手种千株桃李树，参差半已成阴。主人何事马骎骎。二年江海路，空负种花心。　　试向中间安小槛，此还长要追寻。

却惊摇落动悲吟。春归知早晚，为我变层林。

叶梦得　　临江仙·绝顶参差千嶂列

乙卯八月九日，南山绝顶作台新成，与客赏月作

绝顶参差千嶂列，不知空水相浮。下临湖海见三州。落霞横暮景，为客小迟留。　　卷尽微云天更阔，此行不负清秋。忽惊河汉近人流。青霄元有路，一笑倚琼楼。

叶梦得　　临江仙·明日与客复登台，再用前韵

一醉三年那易得，应须大白同浮。已知绝景是吾州。姮娥仍有意，更肯为人留。　　万籁无声遥夜永，人间未识高秋。从来我客尽风流。故知怜老子，尤胜在南楼。

叶梦得　　临江仙·卷地惊风吹雨去

明日小雨，已而风大作，复晚晴，遂见月，与客再登

卷地惊风吹雨去，却看香雾轻浮。遥知清影遍南州。万峰横玉立，谁为此山留。　　邂逅一欢须共惜，年年长记今秋。平生江海恨飘流。元龙真老懒，无意卧高楼。

叶梦得　　临江仙·诏芳亭赠坐客

去岁中秋，南山台初成，与徐敦立氏昆仲，连三日极饮其上，月色达旦无纤云。尝作临江仙三首。今岁敦立在馆中，招章几道、朱三复会诏芳亭，追怀去年之集，复用旧韵作

一醉年年今夜月，酒船聊更同浮。恨无羯鼓打梁州。遗声犹好在，风景一时留。　　老去狂歌君勿笑，已拚双鬓成秋。会须击节溯中流。一声云外笛，惊看水明楼。

叶梦得　　临江仙·草草一年真过梦

草草一年真过梦，此生不恨萍浮。且令从事到青州。已能从辟谷，那更话封留。　　好月尚寻当日约，故人何啻三秋。援琴欲写竹间流。此声谁解听，空上仲宣楼。

李　光　　临江仙·画栋朱楼凌缥缈

甲子中秋微雨，闻施君家宴，戏赠

画栋朱楼凌缥缈，全家住在层城。中秋风露助凄清。香凝燕寝，遮莫下帘旌。　　佳节喜逢今夕月，后房重按新声。姮

娥端解妒娉婷。微云点缀，不放十分明。

刘一止　临江仙·饯别王景源赴临江军

柳外双旌斜照日，匆匆去意难留。大江旁畔老诸侯。举觞仍气概，觅句更风流。　迟暮不堪容易别，溪声为写离愁。自从今日转船头。他时扶杖叟，独立向沧洲。

刘一止　临江仙·和王元渤韵

落日西风原上好，笛声谁奏伊凉。缓寻山径掇幽芳。平生真自许，江海老潜郎。　最爱杯中浮蚁闹，鹅儿破壳娇黄。使君醉里是家乡。更追修禊帖，一咏一传觞。

刘一止　临江仙·台上风光浓欲滴

台上风光浓欲滴，傍阑芳桂阴成。乱山相对长官青。琢诗能句好，举酒见心倾。　团扇不应秋后弃，几年仁惠风行。渭城柳色若为情。一尊松竹底，三唱和秋声。

曹　组　临江仙·青琐窗深红兽暖

青琐窗深红兽暖，灯前共倒金尊。数枝梅浸玉壶春。雪明浑似晓，香重欲成云。　户外马嘶催客起，席间欢意留人。从他微霰落纷纷。不妨吹酒面，归去醒余醺。

万俟咏　临江仙·寒甚正前三五日

寒甚正前三五日，风将腊雪侵寅。彩鸡缕燕已惊春。玉梅飞上苑，金柳动天津。　□□□□□□□，□□□□□□□。□□□□□□□。春盘共饤饾，绕坐庆时新。

王庭珪　临江仙·家住天门阊阖外

家住天门阊阖外，别来几度花开。近传消息到江淮。玉京知好在，金阙尚崔嵬。　流落江南山尽处，雨余苍翠成堆。暂同溪馆醉尊罍。恐随丹诏动，且任玉山颓。

王庭珪　临江仙·梅

问道春来相识否，岭头昨夜开花。水村烟坞寄生涯。月寒疏影淡，整整复斜斜。　素面玉妃嫌粉污，晨妆洗尽铅华。

香肌应只饭胡麻。年年如许瘦，知是阿谁家。

王庭珪　　临江仙·寂寞久无红袖饮

寂寞久无红袖饮，忽逢皓齿轻讴。坐令孤客洗穷愁。谁知沅水上，却似洛城游。　　闻道辰溪贤令长，深房别锁明眸。多年铅鼎养青虬。不应携妓女，骑鹤上扬州。

王庭珪　　临江仙·帘外东风吹断梦

帘外东风吹断梦，卷帘人探春还。一枝疏影动檐间。鸳鸯□瓦冷，霜月堕栏干。　　闻道寿阳如许好，晨妆洗尽微殷。可怜玉骨瘦孱孱。谁家长笛□，吹彻玉楼寒。

陈　克　　临江仙·枕帐依依残梦

枕帐依依残梦，斋房忽忽余酲。薄衣团扇绕阶行。曲阑幽树，看得绿成阴。　　檐雨为谁凝咽，林花似我飘零。微吟休作断肠声。流莺百啭，解道此时情。

陈　克　　临江仙·四海十年兵不解

四海十年兵不解，胡尘直到江城。岁华销尽客心惊。疏髯浑似雪，衰涕欲生冰。　　送老齑盐何处是，我缘应在吴兴。故人相望若为情。别愁深夜雨，孤影小窗灯。

陈　克　　临江仙·秋夜怀人

老屋风悲脱叶，枯城月破浮烟。谁人惨惨把忧端。蛮歌犯星起，重觉在天边。　　秋色巧催愁鬓，夜寒偏著诗肩。不知桂影为谁圆。何须照床里，终是一人眠。

朱敦儒　　临江仙·西子溪头春到也

西子溪头春到也，大家追趁芳菲。盘雕剪锦换障泥。花添金凿落，风展玉东西。　　先探谁家梅最早，雪儿桂子同携。别翻舞袖按新词。从今排日醉，醉过牡丹时。

朱敦儒　　临江仙·堪笑一场颠倒梦

堪笑一场颠倒梦，元来恰似浮云。尘劳何事最相亲。今朝忙到夜，过腊又逢春。　　流水滔滔无住处，飞光忽忽西沉。

世间谁是百年人。个中须著眼，认取自家身。

朱敦儒　　临江仙·直自凤凰城破后

直自凤凰城破后，擘钗破镜分飞。天涯海角信音稀。梦回辽海北，魂断玉关西。　月解重圆星解聚，如何不见人归。今春还听杜鹃啼。年年看塞雁，一十四番回。

朱敦儒　　临江仙·最好中秋秋夜月

最好中秋秋夜月，常时易雨多阴。难逢此夜更无云。玉轮飞碧落，银幕换层城。　桂子香浓凝瑞露，中兴气象分明。酒楼灯市管弦声。今宵谁肯睡，醉看晓参横。

朱敦儒　　临江仙·生长西都逢化日

生长西都逢化日，行歌不记流年。花间相过酒家眠。乘风游二室，弄雪过三川。　莫笑衰容双鬓改，自家风味依然。碧潭明月水中天。谁闲如老子，不肯作神仙。

朱敦儒　　临江仙·纱帽篮舆青织盖

纱帽篮舆青织盖，儿孙从我嬉游。绿池红径雨初收。秾桃偏会笑，细柳几曾愁。　随分盘筵供笑语，花间社酒新篘。踏歌起舞醉方休。陶潜能啸傲，贺老最风流。

朱敦儒　　临江仙·几日春愁无意绪

几日春愁无意绪，捻金剪彩慵拈。小楼终日怕凭阑。一双新泪眼，千里旧关山。　苦恨碧云音信断，只教征雁空还。早知盟约是虚言。枉裁诗字锦，悔寄泪痕笺。

朱敦儒　　临江仙·信取虚空无一物

信取虚空无一物，个中著甚商量。风头紧后白云忙。风元无去住，云自没行藏。　莫听古人闲语话，终归失马亡羊。自家肠肚自端详。一齐都打碎，放出大圆光。

周紫芝　　临江仙·水远山长何处去

水远山长何处去，欲行人似孤云。十分瘦损沈休文。忍将秋水镜，容易与君分。　试问梨花枝上雨，为谁弹满清尊。

一江风月黯离魂。平波催短棹，小立送黄昏。

周紫芝　　临江仙·送光州曾使君

记得武陵相见日，六年往事堪惊。回头双鬓已星星。谁知江上酒，还与故人倾。　　铁马红旗寒日暮，使君犹寄边城。只愁飞诏下青冥。不应霜塞晚，横槊看诗成。

赵　佶　临江仙·宣和乙巳冬幸亳州途次

过水穿山前去也，吟诗约句千余。淮波寒重雨疏疏。烟笼滩上鹭，人买就船鱼。　　古寺幽房权且住，夜深宿在僧居。梦魂惊起转嗟吁。愁牵心上虑，和泪写回书。

曾　慥　　临江仙·子后寅前东向坐

子后寅前东向坐，冥心琢齿鸣鼍。托天回顾眼光摩。张弓仍踏弩，升降辘轳多。　　三度朝元九度转，背摩双摆扳弩。虎龙交际咽元和。浴身挑甲罢，便可蹑烟萝。

张　纲　　临江仙·次韵陈少阳重九

绿蚁浮觞香泛泛，黄花共荐芳辰。清霜天宇净无尘。登高宜有赋，拈笔戏成文。　　可奈园林摇落尽，悲秋意与谁论。眼中相识几番新。龙山高会处，落帽定何人。

张　纲　　　临江仙·坚生日

追想京都全盛日，蓬弧初记生时。朝来朱绂照庭闱。谁知衰谢老，还有宁馨儿。　　休记蓝田生美玉，举杯听取歌词。年方强仕未应迟。高风轻借便，一鹗看横飞。

李清照　　　临江仙·并序

欧阳公作蝶恋花，有深深深几许之句，予酷爱之。用其语作庭院深深数阕，其声即旧临江仙也

庭院深深深几许，云窗雾阁常扃。柳梢梅萼渐分明。春归秣陵树，人客远安城。　　感月吟风多少事，如今老去无成。谁怜憔悴更凋零。试灯无意思，踏雪没心情。

李清照　　　临江仙·梅

庭院深深深几许，云窗雾阁春迟。为谁憔悴损芳姿。夜来

清梦好，应是发南枝。　　玉瘦檀轻无限恨，南楼羌管休吹。浓香吹尽有谁知。暖风迟日也，别到杏花肥。

毕良史　　临江仙·席上赋

霜月穿帘乍白，蘋风入坐偏凉。麾灯促席诧时光。桃花歌扇小，杨柳舞衫长。　　别乘平分风月，词人剩引觥觞。莫将幽恨搅刚肠。尽添金掌露，频注玉猊香。

向子諲　　临江仙·新月低垂帘额

绍兴庚申，老妻生日。幼女灵照生于是岁。女子亦有弄璋之喜

新月低垂帘额，小梅半出檐牙。高堂开燕静无哗。麟孙凤女，学语正咿哑。　　宝鼎剩熏沉水，琼彝烂醉流霞。芗林同老此生涯。一川风露，总道是仙家。

范梦龙　　临江仙·成都西园

试问前村深雪里，小梅未放云英。阳和先到锦官城。南枝初破粉，东阁有余清。　　人在高楼横怨管，寄将陇客新声。西园下晚看飞琼。春风催结子，金鼎待调羹。

洪　皓　　临江仙·怀归

冷落天涯今一纪，谁怜万里无家。三闾憔悴赋怀沙。思亲增怅望，吊影觉攲斜。　　兀坐书堂真可怪，销忧殢酒难赊。因人成事耻矜夸。何时还使节，踏雪看梅花。

蔡　伸　　临江仙·繁杏枝头蜂蝶乱

繁杏枝头蜂蝶乱，香风阖坐微闻。靓妆浓艳任东君。无情风雨，春事已平分。　　珍重主人留客意，夜阑秉烛开尊。何须歌韵遏行云。羽觞交劝，挥麈细论文。

蔡　伸　　临江仙·昨夜中秋今夕望

昨夜中秋今夕望，十分桂影团圆。玉人相对绿尊前。素娥有恨，应是妒婵娟。　　人静小庭风露冷，歌声特地清圆。醉红醺脸鬌鬟偏。翠裙轻皱，端的为留仙。

蔡　伸　　临江仙·帘幕深深清昼永

帘幕深深清昼永，玉人不耐春寒。镂牙棋子缕金圆。象盘

雅戏，相对小窗前。　　隔打直行尖曲路，教人费尽机关。局中胜负定谁偏。饶伊使幸，毕竟我赢先。

蔡　伸　　临江仙·仙品不同桃李艳

仙品不同桃李艳，移来月窟云乡。幽姿绰约道家妆。绿云堆髻，娇额半涂黄。　　可但乍凉风月下，饶伊独占秋光。雨中别有恼人香。错教萧史，肠断忆巫阳。

蔡　伸　　临江仙·琪树鸾栖花露重

琪树鸾栖花露重，依稀兰洞风光。玉人相对自生凉。翠鬟琼佩，绰约蕊珠妆。　　宝瑟声沉清梦觉，夜阑明月幽窗。可堪襟袂惹余香。断云残雨，何处认高唐。

蔡　伸　　临江仙·中秋和沈文伯

记得南楼三五夜，曾听凤管昭华。尊前此际重兴嗟。素娥端有恨，烟霭等闲遮。　　珍重主人留客意，厌厌缓引流霞。夜闲银汉淡天涯。亭亭丹桂现，耿耿玉绳斜。

蔡　伸　　临江仙·藏春石

青润奇峰名韫玉，温其质并琼瑶。中分瀑布泻云涛。双峦呈翠色，气象两相高。　　珍重幽人诚好事，绿窗聊助风骚。寄言俗客莫相嘲。物轻人意重，千里赠鹅毛。

韩世忠　　临江仙·冬看山林萧疏净

冬看山林萧疏净，春来地润花浓。少年衰老与山同。世间争名利，富贵与贫穷。　　荣贵非干长生药，清闲是不死门风。劝君识取主人公。单方只一味，尽在不言中。

李弥逊　　临江仙·次韵尚书兄送别

枝上子规催去旆，柳条偏系离情。片云留雨锁愁城。不堪明月夜，寂寞照南荣。　　莫作东山今日计，风雷已促鹏程。功成来伴赤松行。却寻鸿雁侣，尊酒会如星。

李弥逊　　临江仙·次韵富季申九月菊未开

燕去莺来昏又晓，劳生莫负心期。菊花何必待开时。十分

浮玉蚁，一拍贯珠词。　　少借笔端烟雨力，不须露染风披。芳心微露定因谁。风流今太傅，潇洒古东篱。

李弥逊　　临江仙·次李伯纪韵

多病渊明刚止酒，不禁秋蕊浮香。饮船歌板已兼忘。吴霜羞鬓改，无语对红妆。　　小捻青枝撩鼻观，绝胜娇额涂黄。独醒滋味怕新凉。归来烛影乱，攲枕听更长。

李弥逊　　临江仙·杏花

一片花飞春已减，那堪万点愁人。可能春便负闲身。细思愁不饮，却是自辜春。　　且共一尊追落蕊，犹胜陌上成尘。杯行到手莫辞频。杏花须记取，曾与此翁邻。

李弥逊　　临江仙·次韵叶少蕴惜春

试问花枝余几许，卷帘细雨随人。风光犹恋苦吟身。海棠浑怯冷，为我强留春。　　细听惜花歌白雪，不知盏面生尘。吹开吹谢漫惊频。少陵真有味，爱酒觅南邻。

王以宁　　临江仙·和子安

眼看西园红与紫，年来几度芳菲。吾生四十渐知非。只思青箬笠，江上雨霏霏。　　饮酒但知寻夏季，不须远慕安期。丹成仙去是何时。龟藏何必学，春日正迟迟。

王以宁　　临江仙·此理循环如引锯

此理循环如引锯，春来百草菲菲。道人一笑悟前非。功名真长物，夕霭与朝霏。　　梦褥清孙今禄隐，漫郎自许风期。江楼景物得旬时。平芜三百里，天阔夕阳迟。

王以宁　　临江仙·与刘拐

闻道洛阳花正好，家家遮户春风。道人饮处百壶空。年年花下醉，看尽几番红。　　此拐又从何处去，飘蓬一任西东。语声虽异笑声同。一轮清夜月，何处不相逢。

此首别作陈瓘词

陈与义　　临江仙·高咏楚词酬午日

高咏楚词酬午日，天涯节序匆匆。榴花不似舞裙红。无人

知此意，歌罢满帘风。　　万事一身伤老矣，戎葵凝笑墙东。酒杯深浅去年同。试浇桥下水，今夕到湘中。

陈与义　　临江仙·夜登小阁，忆洛中旧游

忆昔午桥桥上饮，坐中多是豪英。长沟流月去无声。杏花疏影里，吹笛到天明。　　二十余年如一梦，此身虽在堪惊。闲登小阁看新晴。古今多少事，渔唱起三更。

刘　彤　　临江仙·千里长安名利客

千里长安名利客，轻离轻散寻常。难禁三月好风光。满阶芳草绿，一片杏花香。　　记得年时临上马，看人眼泪汪汪。如今不忍更思量。恨无千日酒，空断九回肠。

张元幹　　临江仙·送王叔济

玉立清标消晚暑，胸中一段冰壶。画船归去醉歌珠。微云收未尽，残月炯如初。　　鸳鹭行间催阔步，秋来乘兴凫趋。烦君为我问西湖。不知疏影畔，许我结茅无。

张元幹　　临江仙·荼蘼有感

莺唤屏山惊睡起，娇多须要郎扶。荼蘼斗帐罢熏炉。翠穿珠落索，香泛玉流苏。　　长记枕痕销醉色，日高犹倦妆梳。一枝春瘦想如初。梦迷芳草路，望断素鳞书。

张元幹　　临江仙·十日篱边犹袖手

赵端礼重阳后一日置酒，坐上赋

十日篱边犹袖手，天教冷地藏香。王孙风味最难忘。逃禅留坐客，度曲出宫妆。　　判却为花今夜醉，大家且泛鹅黄。人心休更问炎凉。从渠簪发短，还我引杯长。

张元幹　　临江仙·送宇文德和被召赴行在所

露坐榕阴须痛饮，从渠叠鼓频催。暮山新月两徘徊。离愁秋水远，醉眼晓帆开。　　泛宅浮家游戏去，流行坎止忘怀。江边鸥鹭莫相猜。上林消息好，鸿雁已归来。

邓　肃　　临江仙·登泗州岭九首之一

带雨梨花看上马，问人底事匆匆。于飞有愿恨难从。大鹏

传九万，鹦鹉锁金笼。　　忽忽便为千里隔，危岑已接高穹。回头那忍问前踪。家留烟雨外，人在斗牛中。

邓　肃　　临江仙·登泗州岭九首之二

百尺危楼初过雨，清风凛作轻寒。一声渔笛在云端。黄昏帘幕卷，新月半阑干。　　青翼不来音信断，云窗杳隔三山。何当携手便骖鸾。今宵同胜景，玉斝不留残。

邓　肃　　临江仙·登泗州岭九首之三

春雪一瓯扶醉玉，翩翩两腋生风。柳腰无力殢云踪。陈郎投辖意，分袂忍匆匆。　　白玉琢杯龙麝泛，瀼瀼天酒争浓。何妨一饮上青骢。晴空行夜月，缓辔水晶宫。

邓　肃　　临江仙·登泗州岭九首之四

剑水泠泠行碧玉，扁舟一叶吹风。玉人招手画桥东。浩歌随月去，春在小楼中。　　帘幕低垂围笃耨，雕觞笑捧春葱。谩将雨意作云浓。单于吹未彻，门外响玲珑。

邓　肃　　临江仙·登泗州岭九首之五

雨过荼蘼春欲放，轻寒约住余芳。南园今日被朝阳。琼葩开万点，尘世满天香。　　百卉丛中红紫乱，玉肌自笑孤光。清风剪剪过纱窗。余酲空一洗，不数寿阳妆。

邓　肃　　临江仙·登泗州岭九首之六

独宿禅房清梦断，鸡声唤起晨钟。出门晓月耿寒空。小池凝翡翠，竹外跨飞虹。　　梅坞不知何处了，傍篱临水重重。啸歌都在冷香中。人间那有此，天上广寒宫。

邓　肃　　临江仙·登泗州岭九首之七

夜饮不知更漏永，余酣困染朝阳。庭前莺燕乱丝簧。醉眠犹未起，花影满晴窗。　　帘外报言天色好，水沉已染罗裳。檀郎欲起趁春狂。佳人嗔不语，劈面噀丁香。

邓　肃　　临江仙·登泗州岭九首之八

夜静黄云承宝袜，九疑人到羊家。蕊宫仙曲送流霞。东陵

分玉井，远胜隔荷花。　绰约旗亭沽一笑，众惊食枣如瓜。画桥烟柳忽翻鸦。醉鬟倾绿醑，参月共横斜。

邓　肃　　临江仙·登泗州岭九首之九

楼北楼南青不断，晴空总是春容。先来无处问郎踪。那堪风不定，雨尽一窗红。　初恨水中徒捉月，而今水月俱空。谩将雨意伴云浓。临风千点泪，不到浙江东。

王之道　　临江仙·和陈德公

红楼缥缈光风里，熙熙和气欢声。遏云余韵最关情。春山闲淡淡，秋水醉盈盈。　老去自怜心尚在，相逢殊慰劳生。纹楸聊复戏同枰。试烦歌一曲，须借酒三行。

王之道　　临江仙·追和东坡，送李公恕入浙韵

鼓棹正逢江雪霁，是行应快吴吟。透云寒日半晴阴。烟岚凝翠重，霜树溅红深。　案上文书闲展读，圣贤踪迹重寻。不堪华发故毵毵。三旌还有分，万事付无心。

王之道　　临江仙·和刘南伯

怪得举头闻鹊喜，果然都骑相过。柳阴乘月倒金荷。疏星明耿耿，银汉静无波。　总角追随今老矣，相逢无惜婆娑。夜阑余兴到狂歌。长鲸方正渴，应不厌倾河。

刘　袤　　临江仙·补李后主词

樱桃结子春归尽，蝶翻金粉双飞。子规啼月小楼西。玉钩罗幕，惆怅卷金泥。　门巷寂寥人去后，望残烟草低迷。何时重听玉骢嘶。扑帘飞絮，依约梦回时。

曹　勋　　临江仙·连夜阴云开晓景

中秋夜，禁中待月遐观，清风袭人，嘉气满坐。前夕连阴，至此顿解。少间，月出云静，瞻天容如鉴。上喜，以诗句书扇，臣谨以临江仙歌之

连夜阴云开晓景，中秋胜事偏饶。十分晴莹碧天高。台升吴岫顶，乐振海门潮。　桂影一庭香渐远，四并都向今朝。宸欢得句付风骚。围棋消白日，赏月度清宵。

曹　勋　　　　临江仙·赏芍药

嫩绿阴阴台榭映，南风初送清微。扬州花市进芳菲。丝头开万朵，玉叶衬繁枝。　　自是诗人佳赠意，花王香借余姿。翠红深展奉瑶卮。何妨沉醉赏，天与绊春晖。

胡　铨　　　　临江仙·和陈景卫忆梅

我与梅花真莫逆，别来长恐因循。几年不见岭头春。栩然蝴蝶梦，魂梦竟非真。　　浪蕊浮花空满眼，愁眉不展长颦。此君还似不羁人。月边风畔，千里淡相亲。

何蓑衣道人　　　　临江仙·在世为仙须有分

在世为仙须有分，不须素食持斋。寸丝不著挂形骸。蓑衣为伴侣，箬笠作家怀。　　行满三千□上界，奉敕宣至金台。传言问汝有何哉。人生长富贵，阴骘种将来。

史　浩　　　　临江仙·宰执得旨移庖复会报劝

衮绣蝉联三重客，朝回晓日曈昽。绿杨门巷拥花骢。喜承天上语，来作主人公。　　况值瑶林风露爽，冰轮碾上晴空。桂香和影堕金钟。莫辞通夕醉，明日是秋中。

史　浩　　　　临江仙·赠妇人写字

槛竹敲风初破睡，楚台梦雨精神。背屏斜映小腰身。山明双剪水，香满一钗云。　　炉袅金丝帘窣地，绮窗秋静无尘。半钩春笋带湘筠。兰亭初写就，愁杀卫夫人。

史　浩　　　　临江仙·倚坐

绣幕罗裙风冉冉，象床毡幄低垂。兽炉香袅锦屏围。不贪欹钿枕，偏爱倚花枝。　　软玉红绡轻暖透，温温翠袖扶持。正忺安稳坐移时。雨云忘峡梦，身境是瑶池。

史　浩　　　　临江仙·除夜

腊月正当三十夜，几人到此惺惺。一轮明月本圆明。朗然无挂碍，何用问前程。　　况有长生真秘□，岁华虽换休惊。但将歌酒乐升平。尘缘如未了，明日贺新正。

史　浩　　　临江仙·曾向泗滨浮玉质

戏彩堂立石名曰瑞雪，弥大作词，因用其韵

曾向泗滨浮玉质，也居十二峰前。飞来藓发尚如拳。郁纷因出岫，巧镂是谁镌。　　挈榼凭栏成胜赏，老夫亦自颓然。坐疑霭霭上瑶天。已为苏旱雨，却放老龙眠。

史　浩　　　临江仙·劝酒

自古圣贤皆寂寞，只教饮者留名。万花丛里酒如渑。池台仍旧贯，歌管有新声。　　欲识醉乡真乐地，全胜方丈蓬瀛。是非荣辱不关情。百杯须痛饮，一枕拚春酲。

史　浩　　　临江仙·忆昔来时双髻小

忆昔来时双髻小，如今云鬓堆鸦。绿窗冉冉度年华。秋波娇殢酒，春笋惯分茶。　　居士近来心绪懒，不堪老眼看花。画堂明月隔天涯。春风吹柳絮，知是落谁家。

史　浩　　　临江仙·题道隆观

试凭阑干春欲暮，桃花点点胭脂。故山凝望水云迷。数堆苍玉髻，千顷碧琉璃。　　我本清都闲散客，蓬莱未是幽奇。明朝归去鹤齐飞。三山乘缥缈，海运到天池。

李　石　　　临江仙·佳人

烟柳疏疏人悄悄，画楼风外吹笙。倚阑闻唤小红声。熏香临欲睡，玉漏已三更。　　坐待不来来又去，一方明月中庭。粉墙东畔小桥横。起来花影下，扇子扑飞萤。

李　石　　　临江仙·醉饮

八曲阑干垂手处，烛光花影疏疏。一尊共饮记当初。彩毫浓点，双带要人书。　　日暮不来朱户隔，碧云高挂蟾蜍。琴心密约总成虚。醉中言语，醒后忆人无。

李　石　　　临江仙·有宅一区家四壁

有宅一区家四壁，年年花柳深村。父兄随处宴鸡豚。折腰归去，何苦傍侯门。　　拟射九乌留白日，假饶立到黄昏。卧

龙老矣及三分。不如把手，堂上宴芳尊。

李　石　　临江仙·九九之年逢降庆

老母太恭人三月二十一日生，是日仍遇己卯本命，作千岁会祝寿，子孙三十八人

九九之年逢降庆，生年生日同时。金花紫诰鬓银丝。乞身香火地，日戏老莱衣。　浑舍集成千岁会，子孙三世庭闱。共将春酒祝金卮。蟠桃三月暮，莫怪看花迟。

倪　偁　　临江仙·结束征鞍临驿路

结束征鞍临驿路，长林积雪消初。天回春色到平芜。不禁杯酒罢，便与故人疏。　一曲阳关歌未彻，仆夫催驾修途。非君思我更谁欤。西风吹过雁，应有寄来书。

倪　偁　　临江仙·万里凉风收积雨

万里凉风收积雨，一天晴碧新开。暮云归尽绝纤埃。金波明静夜，玉露湿苍苔。　坐有霜髯诗酒客，平生见月衔杯。传闻丹诏日边来。莫辞通夕醉，对景且徘徊。

倪　偁　　临江仙·竹里轩窗真可爱

竹里轩窗真可爱，况当暑退新凉。檐前岩桂向人芳。清阴团翠盖，金粟淡微黄。　坐到夜深明月出，好风时度幽香。莫辞沉醉倒霞觞。一枝聊赠子，早冠绿衣郎。

倪　偁　　临江仙·木落西风秋已半

木落西风秋已半，正当璧月圆时。为登绝岭赋新诗。酒摇金凿落，波净碧琉璃。　细看冰轮还有意，要君把盏休辞。看看两鬓欲成丝。明年当此夜，千里共相思。

倪　偁　　临江仙·茅屋三间临木杪

茅屋三间临木杪，门前流水潺潺。林泉得趣喜身闲。开窗延翠竹，剪树纳青山。　行乐政须筋力健，莫令白发衰颜。与君藜杖极跻攀。岭头舒望眼，天末数烟鬟。

倪　偁　　临江仙·湖上青山千万叠

湖上青山千万叠，倏如阵马交驰。平湖百顷却逶迤。晴光

相荡激，倒影落沦漪。　　何日漾舟深碧处，细听羌笛高吹。多君起我以新诗。未能同寓目，聊复一伸眉。

倪　偁　　临江仙·鸟语朝来新雨霁

鸟语朝来新雨霁，杖藜呼我闲行。天晴腰脚上山轻。清风收积润，斜日弄新晴。　　最爱飞泉鸣野涧，清如万壑松声。回风溅沫湿冠缨。归来魂梦冷，幽响杂瑶琼。

王之望　　临江仙·赠妓

十二峰前朝复暮，忽愁望断行云。梦回江浦晓风清。远山思翠黛，蔓草记罗裙。　　锦字织成千万恨，翻成第入新声。幽期谁为反离魂。主人无浪语，狂客最钟情。

王之望　　临江仙·赠贺子忱二侍妾二首之一

霓作衣裳冰作面，铅华不涴天真。临风几待逐行云。自从留得住，不肯系仙裙。　　对客挥毫惊满座，银钩虿尾争新。数行草圣妙如神。从今王逸少，不学卫夫人。

王之望　　临江仙·赠贺子忱二侍妾二首之二

家在蓬莱山下住，乘风时到尘寰。双凫偶堕网罗间。惊容凝粉泪，愁鬓乱云鬟。　　人世风波难久驻，云霞终反仙关。虚无仙路拥归鸾。却随烟雾去，长向洞天闲。

许　庭　　临江仙·柳

不见昭阳宫内柳，黄金齐捻轻柔。东君昨夜到皇州。玉阶金井，无处不风流。　　怅望翠华春欲暮，六宫都锁春愁。暖风吹动绣帘钩。飞花委地，时转玉香球。

许　庭　　临江仙·不见隋河堤上柳

不见隋河堤上柳，绿阴流水依依。龙舟东下疾于飞。千条万叶，浓翠染旌旗。　　记得当年春去也，锦帆不见西归。故抛轻絮点人衣。如将亡国恨，说与路人知。

许　庭　　临江仙·不见陶家门外柳

不见陶家门外柳，柴扉一径遥通。闭门终日掩清风。感君

高节，绿荫向人浓。　　篱落萧疏鸡犬静，日长飞絮濛濛。先生一醉万缘空。经时高卧，不到翠阴中。

许　庭　　临江仙·不见都门亭畔柳

不见都门亭畔柳，春来绿尽长条。柳边行色马萧萧。一枝折赠，相见又何朝。　　酒尽曲终人去也，风前亦自无聊。只应于我恨偏饶。东君特地，付与沈郎腰。

许　庭　　临江仙·不见灞陵原上柳

不见灞陵原上柳，往来过尽蹄轮。朝离南楚暮西秦。不成名利，赢得鬓毛新。　　莫怪枝条憔悴损，一生唯苦征尘。两三烟树倚孤村。夕阳影里，愁杀宦游人。

洪　适　　临江仙·邓盐生日

向日鹓行瞻风彩，共期直上金銮。却来持节海云边。身兼三使者，名是一仙官。　　汉室中兴高密冠，千年苗裔蝉联。左弧嘉庆舞祥烟。橘中招四老，同醉酒如泉。

洪　适　　临江仙·会黄魁

北斗南头云送喜，人间快睹魁星。向来平步到蓬瀛。如何天上客，来佐海边城。　　方伯娱宾香作穗，风随歌扇凉生。且须滟滟引瑶觥。十年迟凤诏，万里寄鹏程。

洪　适　　临江仙·稚川生日

钓濑怀珠山韫玉，谪仙至自蓬莱。它年勋业上云台。棣华开幕府，莲沼屈英才。　　南极逢秋光烂烂，门阑香雾萦回。须将寿卉荐琼杯。篱东明日菊，借取一枝来。

洪　适　　临江仙·烟凑横岚霞抱日

烟凑横岚霞抱日，望中衰草稠稠。西风吹恨著扁舟。马卿多病后，方寸不禁秋。　　颇念银壶行绿醑，共听渔子清讴。梦魂飞过海山楼。人随秋易老，情寄水东流。

洪　适　　临江仙·傅丈生日

干吕青云垂宝露，结邻恰挂初弦。瑞光腾踊杂非烟。骑箕

瞻鼻祖，孕昴控胎仙。　　勋业子卿全汉节，壮怀久寄林泉。举觞低唱脸舒莲。寿高人七十，果熟岁三千。

洪　适　　　　临江仙·寿周材

瓜瓞绵绵储庆远，闲平代有名人。一襦五袴说朱轮。云逵鸳缀近，雷社虎符新。　　正是泗滨浮磬日，潘舆一粲欣欣。鸾歌飞起杏梁尘。巢莲龟问岁，介寿酒融春。

洪　适　　临江仙·送罗倅伟卿权新州

远驾星屏临百粤，康沂户户歌功。使君五马去乘骢。卖刀无旷土，赠扇有仁风。　　莫唱渭城朝雨曲，片帆时暂西东。促归行拜紫泥封。九霄先步武，三接未央宫。

洪　适　　　临江仙·盘洲饯汉章

两载绣衣频驻节，金莲曾印青苔。匆匆归去寿琼杯。曲终挥别泪，江上片帆开。　　记得秋宵山吐月，酒酣同上层台。杖藜何日解重来。相思凭过雁，飞送一枝梅。

韩元吉　　　临江仙·次韵子云中秋

记得年时离别夜，都门强半清秋。今年想望只邻州。星连南极动，月满大江流。　　芸阁老仙多妙语，云阶清梦曾游。屐声还认庾公楼。金波摇酒面，河影堕帘钩。

韩元吉　　　　临江仙·寄张安国

自古文章贤太守，江南只数苏州。而今太守更风流。熏香开画阁，迎月上西楼。　　见说宫妆高髻拥，司空却是遨头。五湖莫便具扁舟。玉堂红蕊在，还胜百花洲。

韩元吉　　临江仙·不恨绿阴桃李过

不恨绿阴桃李过，酴醾正向人开。一尊清夜月徘徊。花如人意好，月为此花来。　　未信人间香有许，却疑同住瑶台。纷纷残雪堕深杯。直教攀折尽，犹胜酒醒回。

张　抡　　临江仙·玉宇凉生清禁晓

玉宇凉生清禁晓，丹葩色照晴空。珊瑚敲碎小玲珑。人间

无此种，来自广寒宫。　　雕玉阑干深院静，嫣然凝笑西风。曲屏须占一枝红。且图敧醉枕，香到梦魂中。

张　抡　　临江仙·闻道彤庭森宝仗

车驾朝享景灵宫，久雨，一夕开霁

闻道彤庭森宝仗，霜风逐雨驱云。六龙扶辇下青冥。香随鸾扇远，日射赭袍明。　　帘卷天街人隘路，满城喜望清尘。欢声催起岭梅春。欲知天意好，昨夜月华新。

侯　寘　　临江仙·约同官出郊

一抹烟林屏样展，轻花岸柳无边。连朝春雨涨平川。冬冬迎社鼓，渺渺下陂船。　　同事多才饶我懒，乘闲纵饮郊园。髻花敧侧醉巾偏。时丰容卒岁，游乐更明年。

侯　寘　　临江仙·同官招饮席上作

失脚青云何所往，故山松竹应秋。痴儿官事几时休。可怜双白鬓，斗粟尚迟留。　　尊酒偷闲聊放旷，夜凉河汉西流。从教孤笛啧高楼。与君同一醉，明日旋分愁。

赵彦端　　临江仙·和洪景卢送行韵

忆著旧山归去乐，松筠岁晚参天。老来慵似柳三眠。从教官府冷，甘作地行仙。　　青琐紫微追昨梦，扁舟已具犹怜。有情如酒月如川。为君忘饮病，更拟索茶煎。

赵彦端　　临江仙·席上次元明韵

潦水似讥酒浅，秋云如妒蟾明。幽人闻雁若闻莺。更长端有意，菊晚近无情。　　诗学笑中偷换，烛花醉里频倾。罗衣迥立可怜生。五湖虽好在，客意欲登瀛。

赵彦端　　临江仙·赏芙蓉

十载长安桃李梦，年来镜净尘空。忽传彩笔小笺红。满怀秋思，倾倒为芙蓉。　　莫恨霜浓开较晚，尊前元有春风。酣娇肯为别人容。试携银烛，斜照绿波中。

王千秋　　临江仙·者也之乎真太错

者也之乎真太错，甘心吞棘吞蓬。有无俱尽见真空。炉锥

难自荐，关捩只心通。　　野鹤孤云元自在，刚论隐豹冥鸿。此身今在幻人宫。要将驴佛我，分付马牛风。

王千秋　　临江仙·柳巷莺啼春未晓

柳巷莺啼春未晓，画堂环佩珊珊。薰炉烘暖鹧鸪斑。寿杯须斗酌，舞袖正弓弯。　　未说珥貂横玉事，勋名且勒燕然。归来方卜五湖闲。年年花月夜，沉醉绮罗间。

李　吕　　临江仙·家在宋墙东畔住

家在宋墙东畔住，流莺时送芳音。窃香解佩两沉沉。都缘些子事，过却许多春。　　日上花梢初睡起，绣衣闲纵金针。错将黄晕压檀心。见人羞不语，偷把泪珠匀。

洪　迈　　临江仙·绮席流欢欢正洽

绮席流欢欢正洽，高楼佳气重重。钗头小篆烛花红。直须将喜事，来报主人公。　　桂月十分春正半，广寒宫殿葱葱。姮娥相对曲阑东。云梯知不远，平步蹑东风。

向　滈　　临江仙·再到桂林

瘦损东阳缘底事，离愁别恨难禁。夜长谁共拥孤衾。来时青鬓在，今已二毛侵。　　流水青山依旧是，兰桡往事空寻。一番风雨又春深。桃花都落尽，赢得是清阴。

向　滈　　临江仙·乱后此身何计是

乱后此身何计是，翠微深处柴扉。即今双鬓已如丝。虚名将底用，真意在鸱夷。　　治国无谋归去好，衡门犹可栖迟。不妨沉醉典春衣。人生行乐耳，须富贵何时。

程大昌　　临江仙·和正卿弟生日词三首之一

遥认埙篪相应，为传珠贯累累。紫荆同本但殊枝。直须投老日，常似有亲时。　　子姓亦闻多慧性，贪书不是痴儿。朝家世世重诗书。一登龙虎榜，许并凤凰池。

程大昌　　临江仙·和正卿弟生日词三首之二

抗步碧潭弥弥，五畬青髻累累。何年乔木倚筇枝。搜寻同

队者，追说钓游时。　　今日昂藏称壮子，向来襁褓婴儿。年周甲子又重书。岂容藏老丑，照白有清池。

程大昌　　临江仙·和正卿弟生日词三首之三

夹路传呼杳杳，垂腰印绶累累。万般荣贵出丹枝。遥知心乐处，椿畔桂当时。　　酒到芳春偏弄色，轻黄泛滟鹅儿。大为行乐使堪书。醉来花下卧，便是习家池。

曹　冠　　临江仙·明远楼

三洞烟霞多胜致，壶中别有登临。白鸥飞处晚云深。群峰罗户牖，空翠入衣襟。　　分得双溪楼上景，四时佳趣供吟。浩歌鲸饮酒频斟。莺花休恨别，风月是知音。

姚述尧　　临江仙·山县登高真胜事

山县登高真胜事，满筵当代英奇。黄花无语笑东篱。龙山真鼠辈，巴岭漫羁栖。　　醉后风流情更好，笑谭落落珠玑。莫将乌帽任风吹。动容皆是舞，出语总成诗。

姚述尧　　临江仙·呈湘川使君丁郎中仲京

佳节喜逢长久日，翩翩凫舄朋来。霜清天宇绝纤埃。遥怜巴岭月，拟上曲江台。　　怀县从容留客宴，追欢正好传杯。使君归骑莫相催。更拚明日醉，未放菊花开。

姚述尧　　临江仙·雨中观瀑泉于白鹤僧舍

云度岩扉风振谷，迅雷惊起蛟龙。天威汹汹变晴空。搅翻银汉水，倾入宝莲宫。　　雪浪奔冲凌翠麓，陇头低挂双虹。人间热恼尽消融。此流长不断，万折竟朝东。

姚述尧　　临江仙·中秋夜雨次石敦夫韵

万石家声夸第一，清材更美姿容。笑谭落落与谁同。烟分丹篆碧，香泛小槽红。　　准拟中秋圆月好，暮云忽翳晴空。共将清致敌西风。举头连玉兔，乘兴沃金钟。

姚述尧　　临江仙·材刃纵横森武库

前县尉吕次新自台城来访，酌酒为劝

材刃纵横森武库，箫台旧日梅仙。累陪簪盍醉花前。吴门

归去后，一别动经年。　　曾到赤城真隐处，飘飘风举龙蟠。勒回俗驾向长安。好将医国手，从此活人间。

姚述尧　　临江仙·九日

橘绿橙黄秋正好，霜飙洗尽炎威。园林木落望中奇。俊游方得意，楚客为谁悲。　　况有风流文字饮，何妨同醉东篱。狂歌犹记少陵诗。地偏初衣夹，山拥更登危。

姚述尧　　临江仙·一去吴山三改火

乡人王元行调永嘉盐仓，到官一岁有奇，余继至。更再冬，王先受代，过乐清，置酒为别，席间作

一去吴山三改火，我来两见寒梅。君今先向斗城回。尊前方重别，征骑莫相催。　　堪笑人生如逆旅，明年我亦言归。羡君平步到天涯。吴侬如有问，为我说归期。

姚述尧　　临江仙·送使君刘显谟归三衢

忆昨曾将明使指，轺车踏遍东城。重来游戏拥双旌。江山皆故部，英俊尽门生。　　杖策翩然归去也，送行满坐簪缨。尊前雨泪不胜情。曲终人散后，江上数峰青。

管　鉴　　临江仙·昨日武陵溪上雪

十一月二十六日，雪霁，行武陵道中，江山莹彻，不类人世

昨日武陵溪上雪，今朝特地开晴。故留佳景付行人。琼田千顷熟，琪树万株春。　　好是长松飘坠屑，天花时下缤纷。桃源何处更寻真。腰悬明月佩，直访玉华君。

管　鉴　　临江仙·三月更当三十日

三月更当三十日，留春不住春归。问春还有再来时。腊前梅蕊破，相见未为迟。　　不似人生无定据，匆匆聚散难期。水遥山远谩相思。情知难舍弃，何似莫分飞。

陆　游　　临江仙·离果州作

鸠雨催成新绿，燕泥收尽残红。春光还与美人同。论心空眷眷，分袂却匆匆。　　只道真情易写，那知怨句难工。水流云散各西东。半廊花院月，一帽柳桥风。

姜特立　　临江仙·桃李飞花春渐老

桃李飞花春渐老，海棠次第芬芳。庭前红药已成行。酴醾开未到，犹更有花王。　从此便须排日醉，莫将闲事相妨。老来不是太疏狂。尊前君看取，潘鬓已成霜。

范成大　　临江仙·羽扇纶巾风袅袅

羽扇纶巾风袅袅，东厢月到蔷薇。新声谁唤出罗帏。龙须将笛绕，雁字入筝飞。　陶写中年须个里，留连月扇云衣。周郎去后赏音稀。为君持酒听，那肯带春归。

范成大　　临江仙·万事灰心犹薄宦

万事灰心犹薄宦，尘埃未免劳形。故人相见似河清。恰逢梅柳动，高兴逐春生。　卜昼匆匆还卜夜，仍须月堕河倾。明年我去白鸥盟。金闺三玉树，好问紫霄程。

范成大　　临江仙·功行三千宜五福

功行三千宜五福，长生何假金丹。从教沧海又成田。琼枝春不老，璧月夜长妍。　上界从来官府满，何妨游戏人间。年年强健到樽前。莫辞杯潋滟，君是饮中仙。

王　质　　临江仙·和徐守圣可

缥缈青霄云一握，太清群玉光中。钧天声里拂香风。紫皇低接手，稳步上层空。　雀扇徐开鸾影转，日高舞动蛟龙。双瞻御座立昭容。回班趋复道，环佩响丁东。

王　质　　临江仙·千顷翠围遮绿净

千顷翠围遮绿净，菱花影落波中。看看红锦漾清风。此时催入觐，烟浪拍云空。　伫见觚棱栖宝爵，旌旗全仗飞龙。赭黄一点现真容。御麻宣未毕，云镜上天东。

王　质　　临江仙·宴向守簇

曲水流觞修禊事，祓除洗净春愁。举尊再拜寿君侯。只今虚鼎足，好去作班头。　自古相门还出相，春旗小驻南州。云孙将绍祖风流。他时如见忆，江汉一渔舟。

王　质　　临江仙·南楼席上寿张守

八字山头来较晚，彩云未散南楼。夕阳千丈映帘钩。君侯如欲老，江水莫教流。　扇底清歌尘不动，胡床明月清秋。天浆为浪玉为舟。酒阑君便起，归去立班头。

张孝祥　　临江仙·试问梅花何处好

试问梅花何处好，与君藉草携壶。西园清夜片尘无。一天云破碎，两树玉扶疏。　谁探昭华吹古怨，散花便满衣裾。只疑幽梦在清都。星稀河影转，霜重月华孤。

张孝祥　　临江仙·试问宜楼楼下竹

试问宜楼楼下竹，年来应长新篁。使君五岭又三湘。旧游知好在，熟处更难忘。　尚念论心舒啸否，只今湖海相望。遥怜阴过酒尊凉。举觞须酹我，门外是清江。

张孝祥　　临江仙·罨画楼前初立马

罨画楼前初立马，隔帘笑语相亲。铅华洗尽见天真。衫儿轻罩雾，髻子直梳云。　翠叶银丝簪末利，樱桃澹注香唇。见人不语解留人。数杯愁里酒，两眼醉时春。

张孝祥　　临江仙·误入蓬莱仙境

误入蓬莱仙境，松风十里凄凉。众中仙子淡梳妆。瑶琴横膝上，一曲泛宫商。　独步寂寥归去睡，月华冷淡高堂。觉来犹惜有余香。有心归洛浦，无计梦襄王。

李处全　　临江仙·木樨

畴昔方壶游戏地，群仙步履相从。明黄衫子御西风。佩环金错落，羽葆翠璁珑。　骑鹄翩然归去路，吹箫横度青峰。夜深河汉冷秋容。前驱香十里，飘堕月轮东。

丘　崈　　临江仙·天上玉卮称万寿

乙未，高宗庆七十，母氏封宜人作

天上玉卮称万寿，人间湛露初匀。种萱堂上阅青春。薰风频送喜，同日拜丝纶。　班在蕊珠仙缀立，等闲历遍燕秦。

紫皇先付与佳名。宜家更宜国，宜子又宜孙。

吕胜己　　临江仙·同王侯二公登裴公亭

忽忆裴公台上去，远空秋气棱棱。万山一水秀还明。此时三楚客，何意续骚经。　　爱竹子猷参杖屦，能诗侯喜同登。赓酬不尽古今情。清风生白麈，侧月照疏星。

赵长卿　　临江仙·杨柳

十里春风杨柳路，年年带雨披云。柔条万缕不胜情。还将无意眼，识遍有心人。　　饿损宫腰终不似，效颦总是难成。只愁秋色入高林。残蝉和落叶，此际不堪论。

赵长卿　　临江仙·赏花

忆昔去年花下饮，团栾争看酴醾。酒浓花艳两相宜。醉中尝记得，裙带写新诗。　　还是春光惊已暮，此身犹在天涯。断肠无奈苦相思。忧心徒耿耿，分付与他谁。

赵长卿　　临江仙·暮春之一

春事犹余十日，吴蚕早已三眠。多情忍对落花前。酴醾飘暖雪，荷叶媚晴天。　　香淡无心浸酒，绿浮可意邀船。时光堪恨也堪怜。单衣三月暮，歌扇一番圆。

赵长卿　　临江仙·暮春之二

过尽征鸿来尽燕，故园消息茫然。一春憔悴有谁怜。怀家寒食夜，中酒落花天。　　见说江头春浪渺，殷勤欲送归船。别来此处最萦牵。短篷南浦雨，疏柳断桥烟。

赵长卿　　临江仙·初夏

帘幕清风洒洒，园林绿荫垂垂。楝花开遍麦秋时。雨深芳草渡，蝴蝶正慵飞。　　憔悴三春心事，风流一弄金衣。韶光老尽起深思。日长庭院里，徙倚听催归。

赵长卿　　临江仙·赏兴

柳上斜阳红万缕，烘人满院荷香。晚凉初浴略梳妆。冠儿轻替枕，衫子染莺黄。　　蓄意新词轻缓唱，殷勤满捧瑶觞。

醉乡日月得能长。仙源正闲散，伴我老高唐。

赵长卿　　　　临江仙·送宜春令

万里西风吹去旆，满城无奈离情。甘棠也似戴公深。晓来风露里，叶叶做秋声。　　十载两番遗爱在，须知愁满宜春。楚天低处是归程。夕阳疏雨外，莫遣乱蝉鸣。

赵长卿　　　　临江仙·秋日有感

枫叶白蘋秋未老，晚风吹泛轻艎。青山沥沥水茫茫。情随流水远，恨逐暮山长。　　一点相思千点泪，眼前无限情伤。佳人犹自捧离觞。阳关休唱彻，唱彻断人肠。

赵长卿　　临江仙·日欲低时江景好

日暮舟中，月明，寒甚，忆暖春围炉

日欲低时江景好，暮山紫翠重重。钓筒收尽碧潭空。一船霜夜月，两岸荻花风。　　遥忆暖春新向火，黄昏下了帘栊。水村渔浦舣孤篷。单衾愁梦断，无梦转愁浓。

赵长卿　　临江仙·蕊嫩花房无限好

笙妓梦云，对居士忽有剪发齐眉修道之语

蕊嫩花房无限好，东风一样春工。百年欢笑酒樽同。笙吹雏凤语，裙染石榴红。　　且向五云深处住，锦衾绣幌从容。如何即是出樊笼。蓬莱人少到，云雨事难穷。

赵长卿　　临江仙·破靥盈盈巧笑

予买一妾，稍慧，教之写东坡字。半年，又工唱东坡词。命名文卿。元约三年，文卿不忍舍主，厥母不容与议，坚索之去。今失于一农夫，常常寄声，或片纸数字问讯。仙源有感，遂和其韵

破靥盈盈巧笑，举杯滟滟迎逢。慧心端有谢娘风。烛花香雾，娇困面微红。　　别恨彩笺虽寄，清歌浅酌难同。梦回楚馆雨云空。相思春暮，愁满绿芜中。

赵长卿　　临江仙·夜久笙箫吹彻

夜坐更深，烛尽月明，饮兴未阑，再酌，命诸姬唱一词

夜久笙箫吹彻，更深星斗还稀。醉拈裙带写新诗。锁窗风露，烛灺月明时。　　水调悠扬声美，幽情彼此心知。古香烟断彩云归。满倾蕉叶，齐唱传花枝。

赵长卿　　临江仙·人在梦云楼上别

人在梦云楼上别，残灯影里迟留。依稀绿惨更红羞。露痕双脸湿，山样两眉愁。　　几幅片帆天际去，云涛烟浪悠悠。今宵独立古江头。水腥鱼菜市，风碎荻花舟。

赵长卿　　临江仙·天外浓云云外雨

天外浓云云外雨，雨声初上檐牙。红蕖应褪洗妆花。晚凉如有意，霅霅到山家。　　为唤山童多索酒，金钟细酌流霞。晕生玉颊酒潮斜。闲中无宠辱，醉里是生涯。

赵长卿　　临江仙·上祝丞

天祐炎图生国瑞，蓝田暂屈英僚。始知文宿降璇霄。中元前五日，七夕后三朝。　　江牧风流临此政，少年潇洒奇标。行看峻擢相熙朝。功名前稷契，寿算等松乔。

赵长卿　　临江仙·远岫螺头湿翠

远岫螺头湿翠，流霞赪尾疏明。断虹斜界雨新晴。烟村灯火晚，江浦画难成。　　我向其间泛叶，终朝露渚风汀。老来心事最关情。不堪三弄笛，吹作断肠声。

廖行之　　临江仙·元宵作

春意茫茫春色里，又还几度花期。淡晴时候尽融怡。梅腮翻白后，柳眼弄晴时。　　正是江城天气好，楼台灯火星移。相逢无处不相宜。轻狂行乐处，明月夜深归。

王　炎　　临江仙·吴宰生日

欲近上元人意好，月如人意团圆。暖风催趣养花天。三山来鹤驾，万户识凫仙。　　手种河阳桃李树，暂时来看春妍。彩衣一笑棹觥船。明年当此日，人到凤池边。

王　炎　　临江仙·落梅

雪片幻成肌骨，月华借与精神。一声羌笛怨黄昏。吹香飘

缟袂，脱迹委红裙。　　枝上青青结子，子中白白藏仁。那时别是一家春。劈泥尝煮酒，拂席卧清阴。

王　炎　　临江仙·试问休官林下去

莫子章郎中买妾佐酒，魏倅以词戏之，次韵

试问休官林下去，何人得似高年。壶中不记岁时迁。吹箫新有伴，餐玉共求仙。　　有客尊前曾得见，月眉云鬓娟娟。断肠刺史独无眠。谁能闻一曲，偷向笛中传。

王　炎　　临江仙·思忆故园花又发

思忆故园花又发，等闲过了流年。休论升擢与平迁。拂衣归去好，无事即神仙。　　况是老人头雪白，羞看红粉婵娟。鸾孤凤只且随缘。莫将桃叶曲，留与世人传。

王　炎　　临江仙·和将使许过双溪

鶗鴂一声春事了，不知苦劝谁归。花梢香露染蔷薇。小梅酸著齿，酒榼正堪携。　　鸭绿一篙新雨过，远山半出修眉。仙翁理棹欲来时。绕檐乌鹊喜，报与主人知。

辛弃疾　　临江仙·探梅

老去惜花心已懒，爱梅犹绕江村。一枝先破玉溪春。更无花态度，全有雪精神。　　剩向空山餐秀色，为渠著句清新。竹根流水带溪云。醉中浑不记，归路月黄昏。

辛弃疾　　临江仙·莫向空山吹玉笛

醉宿崇福寺，寄祐之以仆醉先归

莫向空山吹玉笛，壮怀酒醒心惊。四更霜月太寒生。被翻红锦浪，酒满玉壶冰。　　小陆未须临水笑，山林我辈钟情。今宵依旧醉中行。试寻残菊处，中路侯渊明。

辛弃疾　　临江仙·和前韵

钟鼎山林都是梦，人间宠辱休惊。只消闲处过平生。酒杯秋吸露，诗句夜裁冰。　　记取小窗风雨夜，对床灯火多情。问谁千里伴君行。晚山眉样翠，秋水镜般明。

辛弃疾　　临江仙·和南涧韵

风雨催春寒食近，平原一片丹青。溪边唤渡柳边行。花飞蝴蝶乱，桑嫩野蚕生。　　绿野先生闲袖手，却寻诗酒功名。未知明日定阴晴。今宵成独醉，却笑众人醒。

辛弃疾　　临江仙·为岳母寿

住世都无菩萨行，仙家风骨精神。寿如山岳福如云。金花汤沐诰，竹马绮罗群。　　更愿升平添喜事，大家祷祝殷勤。明年此地庆佳辰。一杯千岁酒，重拜太夫人。

辛弃疾　　临江仙·一自酒情诗兴懒

侍者阿钱将行，赋钱字以赠之

一自酒情诗兴懒，舞裙歌扇阑珊。好天良夜月团团。杜陵真好事，留得一钱看。　　岁晚人欺程不识，怎教阿堵留连。杨花榆荚雪漫天。从今花影下，只看绿苔圆。

辛弃疾　　临江仙·簪花屡堕戏作

鼓子花开春烂漫，荒园无限思量。今朝拄杖过西乡。急呼桃叶渡，为看牡丹忙。　　不管昨宵风雨横，依然红紫成行。白头陪奉少年场。一枝簪不住，推道帽檐长。

辛弃疾　　临江仙·莫笑吾家苍壁小

苍壁初开，传闻过实。客有来观者，意其如积翠清风岩石玲珑之胜。既见之，乃独为是突兀而止也，大笑而去。主人戏下一转语，为苍壁解嘲

莫笑吾家苍壁小，棱层势欲摩空。相知惟有主人翁。有心雄泰华，无意巧玲珑。　　天作高山谁得料，解嘲试倩扬雄。君看当日仲尼穷。从人贤子贡，自欲学周公。

辛弃疾　　临江仙·记取年年为寿客

和王道夫信守韵，谢其为寿，时作闽宪

记取年年为寿客，只今明月相随。莫教弦管便生衣。引壶觞自酌，须富贵何时。　　入手清风词更好，细书白茧乌丝。海山问我几时归。枣瓜如可啖，直欲觅安期。

辛弃疾　　临江仙·和叶仲洽赋羊桃

忆醉三山芳树下，几曾风韵忘怀。黄金颜金五花开。味如卢橘熟，贵似荔枝来。　　闻道商山余四老，橘中自酿秋醅。试呼名品细推排。重重香腑脏，偏殢圣贤杯。

辛弃疾　临江仙·元亮席上见和，再用韵

夜语南堂新瓦响，三更急雨珊珊。交情莫作细沙团。死生贫富际，试向此中看。　　记取他年耆旧传，与君名字牵连。清风一枕晚凉天。觉来还自笑，此梦倩谁圆。

辛弃疾　　临江仙·小靥人怜都恶瘦

小靥人怜都恶瘦，曲眉天与长颦。沉思欢事惜腰身。枕添离别泪，粉落却深匀。　　翠袖盈盈浑力薄，玉笙袅袅愁新。夕阳依旧倚窗尘。叶红苔郁碧，深院断无人。

辛弃疾　　临江仙·逗晓莺啼声昵昵

逗晓莺啼声昵昵，掩关高树冥冥。小渠春浪细无声。井床听夜雨，出藓辘轳青。　　碧草旋荒金谷路，乌丝重记兰亭。强扶残醉绕云屏。一枝风露湿，花重入疏棂。

辛弃疾　　临江仙·春色饶君白发了

春色饶君白发了，不妨倚绿偎红。翠鬟催唤出房栊。垂肩金缕窄，醮甲宝杯浓。　　睡起鸳鸯飞燕子，门前沙暖泥融。画楼人把玉西东。舞低花外月，唱澈柳边风。

辛弃疾　　临江仙·金谷无烟宫树绿

金谷无烟宫树绿，嫩寒生怕春风。博山微透暖薰笼。小楼春色里，幽梦雨声中。　　别浦鲤鱼何日到，锦书封恨重重。海棠花下去年逢。也应随分瘦，忍泪觅残红。

辛弃疾　　临江仙·戏为期思詹老寿

手种门前乌桕树，而今千尺苍苍。田园只是旧耕桑。杯盘风月夜，箫鼓子孙忙。　　七十五年无事客，不妨两鬓如霜。绿窗划地调红妆。更从今日醉，三万六千场。

辛弃疾　　临江仙·手捻黄花无意绪

手捻黄花无意绪，等闲行尽回廊。卷帘芳桂散余香。枯荷难睡鸭，疏雨暗池塘。　　忆得旧时携手处，如今水远山长。罗巾浥泪别残妆。旧欢新梦里，闲处却思量。

辛弃疾　　临江仙·冷雁寒云渠有恨

冷雁寒云渠有恨，春风自满余怀。更教无日不花开。未须愁菊尽，相次有梅来。　　多病近来浑止酒，小槽空压新醅。青山却自要安排。不须连日醉，且进两三杯。

辛弃疾　　临江仙·壬戌岁生日书怀

六十三年无限事，从头悔恨难追。已知六十二年非。只应今日是，后日又寻思。　　少是多非惟有酒，何须过后方知。从今休似去年时。病中留客饮，醉里和人诗。

辛弃疾　　临江仙·窄样金杯教换了

窄样金杯教换了，房栊试听珊珊。莫教秋扇雪团团。古今悲笑事，长付后人看。　　记取桔槔春雨后，短畦菊艾相连。拙于人处巧于天。君看流水地，难得正方圆。

辛弃疾　　临江仙·醉帽吟鞭花不住

醉帽吟鞭花不住，却招花共商量。人生何必醉为乡。从教斟酒浅，休更和诗忙。　　一斗百篇风月地，饶他老子当行。从今三万六千场。青青头上发，还作柳丝长。

辛弃疾　　临江仙·只恐牡丹留不住

昨日得家报，牡丹渐开。连日少雨多晴，常年未有。仆留龙安萧寺，诸君亦不果来，岂牡丹留不住为可恨耶。因取来韵，为牡丹下一转语

只恐牡丹留不住，与春约束分明。未开微雨半开晴。要花开定准，又更与花盟。　　魏紫朝来将进酒，玉盘盂样先呈。鞓红似向舞腰横。风流人不见，锦绣夜间行。

辛弃疾　　临江仙·老去浑身无著处

老去浑身无著处，天教只住山林。百年光景百年心。更欢

须叹息，无病也呻吟。　试向浮瓜沉李处，清风散发披襟。莫嫌浅后更频斟。要他诗句好，须是酒杯深。

辛弃疾　　临江仙·停云偶作

偶向停云堂上坐，晓猿夜鹤惊猜。主人何事太尘埃。低头还说向，被召又重来。　多谢北山山下老，殷勤一语佳哉。借君竹杖与芒鞋。径须从此去，深入白云堆。

程　垓　　临江仙·合江放舟

送我南来舟一叶，谁教催动鸣榔。高城不见水茫茫。云湾才几曲，折尽九回肠。　买酒浇愁愁不尽，江烟也共凄凉。和天瘦了也何妨。只愁今夜雨，更做泪千行。

程　垓　　临江仙·浓绿锁窗闲院静

浓绿锁窗闲院静，照人明月团团。夜长幽梦见伊难。瘦从香脸薄，愁到翠眉残。　只道花时容易见，如今花尽春阑。画楼依旧五更寒。可怜红绣被，空记合时欢。

虞　俦　　临江仙·苏倅席上赋

万壑千岩秋色里，歌眉醉眼争妍。一枝娇柳趁幺弦。疑非香案吏，诏到小蓬天。　乐事便成陈迹也，依人小月娟娟。尊前空唱短因缘。引船风又起，吹过浙江边。

黄人杰　　临江仙·六月炎官收火伞

六月炎官收火伞，南薰尽洗烦蒸。十三蓂荚又争青。问知陈仲举，元是此时生。　别驾功成清暇日，题舆尚带屏星。黑头非晚至公卿。且倾浮蚁酒，来听祝龟龄。

黄人杰　　临江仙·江上小春来几许

江上小春来几许，湘桃已破微妍。开云今夕降飞仙。花神回暖律，天女炷祥烟。　见说士元方展骥，低回共应尘缘。人间更住一千年。却骑丹凤去，归到五云边。

黄人杰　　临江仙·秋色三分才过二

秋色三分才过二，江城又近重阳。翠蓂双荚为谁芳。梅仙生此日，神物自呈祥。　陶菊半黄萸斗紫，一时来共飞觞。

祝君腾踏比奇章。玉枝元不许，眉寿与天长。

黄人杰　　临江仙·解事西风真可意

解事西风真可意，秋声不到尧蓂。尚余□荚十分清。知君当此际，清梦应长庚。　　道骨仙风元不老，天开鹤算龟龄。更看宝带换红鞓。拂衣辞筦库，谈笑取功名。

陈三聘　　临江仙·夜饮只愁更漏促

夜饮只愁更漏促，留连笑罥蔷薇。歌声缭绕彻帘帏。坐中清泪落，梁上暗尘飞。　　重睹舞腰惊束素，不应更褪罗衣。别来容易见来稀。次公狂已甚，不醉亦忘归。

陈三聘　　临江仙·白首故人重会面

白首故人重会面，论交尔汝忘形。从今心迹喜双清。飞鸿追往事，为蝶笑余生。　　琥珀杯浓春正好，此怀端为君倾。旧时猿鹤敢寒盟。鸠居从拙计，鹏翼任高程。

石孝友　　临江仙·一霎狂云惊雨过

一霎狂云惊雨过，月华恰到帘帷。槛前叠石翠参差。洞房相见处，灯火乍凉时。　　睡玉眠花愁夜短，匆匆共惜佳期。风梧不动酒醒迟。好同蝴蝶梦，飞上凤凰枝。

石孝友　　临江仙·醉袖吟鞭行色里

醉袖吟鞭行色里，帽檐低处风斜。晚山一半被云遮。残阳明远水，古木集栖鸦。　　暮去朝来缘底事，不如早早还家。曲屏深幌小窗纱。翠沾眉上柳，红揾脸边花。

石孝友　　临江仙·买笑当歌何处好

买笑当歌何处好，小楼四面江山。玉梅枝上卸余寒。雨随春到急，风向晚来颠。　　任自腰围都瘦损，肯教欢意阑珊。引杯相属莫留残。花如人竞好，人与月争圆。

石孝友　　临江仙·枕上莺声初破睡

枕上莺声初破睡，峭寒轻透帘帏。起来惆怅有谁知。雨狂风转急，揉损好花枝。　　薄幸别来春又老，等闲误却佳期。

斜阳影里立多时。远山何事□，相对蹙修眉。

石孝友　　临江仙·常记梦云楼上住

常记梦云楼上住，残灯影里迟留。依稀绿惨更红羞。露痕双脸泪，山样两眉愁。　　数片轻帆天际去，云涛烟浪悠悠。今宵独宿古江头。水腥鱼菜市，风碎荻花洲。

韩　玉　　临江仙·月是银釭溪是镜

月是银釭溪是镜，云霓与作衣裳。夜寒独立竹篱傍。妆成那待粉，笑罢自生香。　　自古佳人多薄命，枉教傲雪凌霜。从来林下异闺房。何须三弄笛，方断九回肠。

刘光祖　　临江仙·春思

小院回廊春寂寂，晚来独自闲行。画帘东畔碧云生。也知无雨，空滴枕边声。　　一簇小桃开又落，低头拾取红英。东风相送忘相迎。梨花寒食，到得锦宫城。

刘光祖　　临江仙·自咏

我似万山千里外，悠然一片归云。宫衔犹自带云云。谁知前进士，已是故将军。　　闲坐闲行闲饮酒，闲拈闲字闲文。诸公留我笑纷纷。一枝簪宝髻，六幅舞罗裙。

俞国宝　　临江仙·落落江湖三岛

落落江湖三岛，才高懒住清都。手携黄石一编书。醉眠莘垄月，闲钓渭川鱼。　　见说玉阶三尺地，思君来讲唐虞。夜来南极一星孤。不知天子梦，曾到傅岩无。

俞国宝　　临江仙·春到江南江北了

春到江南江北了，东皇未试花权。直将和气入巴川。逢迎天上客，来作地行仙。　　满捧一杯听细祝，只今谁似公贤。愿推功业辅尧年。都将闲日月，来醉百花前。

马子严　　临江仙·上元

人意舒闲春事到，徐徐弄日微云。翠鬟飞绕闹蛾群。烟横沽酒市，风转落梅村。　　岁事一新人半旧，相逢际晚醺醺。

花间亭馆柳间门。克除风雨外，排日醉红裙。

陈　亮　　　临江仙·五百年间非一日

五百年间非一日，可堪只到今年。云龙欲化艳阳天。从来耆旧传，不博地行仙。　　昨夜风声何处度，典型犹在南山。自怜不结傍时缘。著鞭非我事，避路只渠贤。

宋先生　　　临江仙·说甚坎离龙共虎

说甚坎离龙共虎，休言火候周天。阳精不走自神全。双关明有路，直上至泥丸。　　牢锁金关并玉户，日魂月魄烹煎。三宫都满体牢坚。阳神朝上帝，永劫作天仙。

张　镃　　　临江仙·七个圈儿为岁数

余年三十二，岁在甲辰。尝画七圈于纸，揭之坐右，每圈横界作十眼，岁涂其一。今已过五十有二，怅然增感，戏题此词

七个圈儿为岁数，年年用墨糊涂。一圈又剩半圈余。看看云蔽月，三际等空虚。　　纵使古稀真个得，后来争免呜呼。肯闲何必更悬车。非关轻利禄，自是没工夫。

刘　过　　　临江仙·满院花香晴昼永

满院花香晴昼永，愔愔亭户无人。谁将心绪管青春。游丝知我懒，江柳也眉颦。　　近水远山都积恨，可堪芳草如茵。何曾一日不思君。无书凭朔雁，有泪在罗巾。

刘　过　　　临江仙·数叠小山亭馆静

数叠小山亭馆静，落花红雨园林。画楼风月想重临。琵琶金凤语，长笛水龙吟。　　青眼已伤前遇少，白头孤负知音。苔墙藓井夜沉沉。无聊成独坐，有恨即沾襟。

刘　过　　　临江仙·长短驿亭南北路

长短驿亭南北路，蒙茸醉拥驼裘。雪天行计欠人留。严风催酒醒，微雨替梅愁。　　自作小词呵冻写，冷金淡衬银钩。此情知得几时休。寒云迷洛浦，残梦绕秦楼。

刘　过　　　临江仙·茶词

红袖扶来聊促膝，龙团共破春温。高标终是绝尘氛。两箱

留烛影，一水试云痕。　　饮罢清风生两腋，余香齿颊犹存。离情凄咽更休论。银鞍和月载，金碾为谁分。

刘　过　　　　**临江仙·四景**

半雨半晴模样，乍寒乍热天时。榴花香逐湿风飞。绿云翻翠浪，水急转前溪。　　谁识清凉意思，珊瑚枕冷先知。秋光预若借些儿。剩催金粟闹，素魄好扬辉。

卢　炳　　　　**临江仙·寿老人**

弱水蓬莱真胜地，祥烟闪烁霓旌。瑶池欢会下云軿。康宁新喜事，淑善旧家声。　　戏彩捧觞真乐事，蟠桃献寿千春。从今更愿子孙荣。加恩封锦诰，学道诵黄庭。

郭应祥　　　　**临江仙·庆谢操生子**

忆我归舟初系岸，君家盛事先知。后房深处第三姬。熊罴符吉兆，鸑鷟产佳儿。　　衮衮庆源真未艾，谢兰还茁新枝。娇婴想见白和眉。他年贤子弟，今日小机宜。

郭应祥　　　　**临江仙·丙寅生日自作**

老子开年年五十，依前恁地痴顽。昨非今是有无间。惟惭新赤绂，不称旧苍颜。　　休羡长年并极富，休贪宝带腰镮。人生难得是清闲。急须抛县印，归去隐家山。

郭应祥　　　　**临江仙·次黄几叔韵赋酴醾**

姑射仙人肌雪莹，笑他红紫纷纷。从教藏白后庭深。虬枝才破蕾，鼻观已遥闻。　　花正繁时春又暮，年华荏苒催人。惜花心事与谁论。长哦清绝句，目断古南云。

韩　淲　　　　**临江仙·为顾致尧生日**

难老一杯春酒美，主人玉鉴清秋。九华山下共追游。朝来多爽气，都向笔端收。　　台阁功名归去好，便应衮衮公侯。未妨含笑看吴钩。当年佳梦日，和气瑞光浮。

韩　淲　　　　**临江仙·闺怨**

脆管繁弦无觅处，小楼空掩遥山。柳丝直下曲阑干。海棠

红欲褪，玉钏怯春衫。　　殢酒不成芳信断，社寒新燕呢喃。雕盘慵整宝香残。绮疏明薄暮，帘外雨潺潺。

韩　淲　　　　临江仙·画屏春

罗帐画屏新梦悄，绿窗慵起香残。重帘生怕倚阑干。春风吹玉水，春雪满灵山。　　梁燕未来归雁动，海棠才带红酣。酒愁花恨霎时间。烟云催薄暮，丝雨湿轻寒。

韩　淲　　临江仙·六月二日病差出门散适

竹树阴阴流涧水，黄鹂飞去飞还。蓬门篱落小桥湾。更无尘迹到，我自爱其闲。　　雨又随风催薄暮，轻雷时动云斑。归来凉意一窗间。病余真倦矣，睡熟簟纹宽。

韩　淲　　临江仙·和答昌甫见寄生朝

满眼春生梅柳意，山居清听风泉。又因初度说今年。华颠相望处，新曲忽来前。　　自笑一周闲甲子，何为佞佛贪仙。如翁辈行敢随肩。徒知言语妙，欢喜向谁传。

韩　淲　　　临江仙·周国正生朝

寒食清明春事好，公家霁月光风。年时犹记雨声中。州侯陈乐舞，法从酒杯同。　　坐上王杨虽自散，酴醾依旧香浓。待将诗易寿无穷。鸢飞鱼跃矣，风虎更云龙。

李廷忠　　　临江仙·寿刘子野

人物风流真罕见，何须尘外求仙。绿龟千岁稳巢莲。醉倾金凿落，笑拥玉婕娟。　　须信日边消息好，寒花也作春妍。笙歌乐地酒中天。功名无限事，都在寿觞前。

李廷忠　　　临江仙·寿帅幕

秋到三山呈瑞气，斑斑绣虎文章。早分桂殿一枝香。婉谋参幕府，华署等朝行。　　驾月姮娥来献寿，胜如昨夜辉光。十分满劝紫霞觞。年年花萼宴，相约侍君王。

高似孙　　　临江仙·寄德新丈

自笑此身无定在，北州又复南州。买田何日遂归休。向来

元落落，此去亦悠悠。　　赤日黄尘三百里，嵩丘几度登楼。故人多在玉溪头。清泉明月晓，高树乱蝉秋。

戴复古　　　　临江仙·代作

误入风尘门户，驱来花月楼台。樽前几度得徘徊。可怜容易别，不见牡丹开。　　莫恨银瓶酒尽，但将妾泪添杯。江头恰限北风回。再三相祝去，千万寄书来。

史达祖　　　临江仙·草脚青回细腻

草脚青回细腻，柳梢绿转条苗。旧游重到合魂销。棹横春水渡，人凭赤阑桥。　　归梦有时曾见，新愁未肯相饶。酒香红被夜迢迢。莫教无用月，来照可怜宵。

史达祖　　　临江仙·倦客如今老矣

倦客如今老矣，旧时不奈春何。几曾湖上不经过。看花南陌醉，驻马翠楼歌。　　远眼悉随芳草，湘裙忆著春罗。枉教装得旧时多。向来箫鼓地，犹见柳婆娑。

史达祖　　　　临江仙·闺思

愁与西风应有约，年年同赴清秋。旧游帘幕记扬州。一灯人著梦，双燕月当楼。　　罗带鸳鸯尘暗澹，更须整顿风流。天涯万一见温柔。瘦应缘此瘦，羞亦为郎羞。

高观国　　　临江仙·东越道中

俱是洛阳年少客，才华迥出天真。青衫惯拂软红尘。酒狂因月舞，诗俊为梅新。　　寄语长安风月道，莺花缓作青春。披风沐露问前津。客中春不当，归去倍还人。

高观国　　　临江仙·风月生来人世

风月生来人世，梦魂飞堕仙津。青春日日醉芳尘。一鞭花陌晓，双桨柳桥春。　　前度诗留醉袖，昨宵香浥罗巾。小姬飞燕是前身。歌随流水咽，眉学远山颦。

魏了翁　　临江仙·约李彭州垩兄弟看荔丹有赋

双荔堂前呼大撇，虬枝看取垂垂。帝怜尘土著冰姿。故教

冻雨过，浴出万红衣。　绿幄赪圆高下处，中含玉色清夷。涴人应笑太真肥。破除千古恨，须待谪仙诗。

魏了翁　临江仙·同日李提刑埜亦有词因次韵

脚踏西郊红世界，才知春意分明。不须更说锦官城。春来游冶骑，得得为渠停。　停到花眠人且去，酒杯苦欲留行。直须醉饮到参横。不因歌白雪，三日作狂酲。

魏了翁　临江仙·杜安人生日之一

九十秋光三十八，新居初度称觞。青衫彩服列郎娘。孙枝无处著，犹欠两东床。　尽是当年亲手种，如今满院芬芳。只凭方寸答苍苍。个中无尽藏，谁弱又谁强。

魏了翁　临江仙·杜安人生日之二

七夕长留河汉女，重阳又属骚人。只余八八号佳辰。中和无与拟，捧作一家春。　俗事萦人何日了，随缘女嫁男婚。却将不系自由身。闲中书日月，随处弄儿孙。

魏了翁　临江仙·送嘉甫弟赴眉山

细雨斜风驱晓瘴，绰开坦坦长途。膏车秣马问程初。梅梢迎候骑，雁影度平芜。　行己不论官小大，穷探不间精粗。只从厚处作规模。简编迂事业，屋漏拙功夫。

魏了翁　临江仙·杨子有德辅母夫人生日

尚忆去年称寿日，彩衣犹带天香。今年还见雁成行。两头娘子拜，笑领伯仁觞。　知是几年培植底，如今满院芬芳。只凭方寸答苍苍。春风来不断，点缀艳阳妆。

魏了翁　临江仙·张邛州师夔生日

腰著万钉犀玉夸，肘垂斗大金章。非关性分总寻常。要知真乐处，彩服鬓毛苍。　浩荡春风生玉树，蒸成满院芬芳。斗城无处著韶光。会归天上去，长捧伯仁觞。

魏了翁　临江仙·送袁黎州枘

晓色昽瞝云日澹，绰开坦坦长途。西宁太守问程初。梅梢

迎候骑，柳树困平芜。　　九折邛峡浑可事，不妨叱驭先驱。平平岂是策真无。抚摩迂事业，细密钝功夫。

魏了翁　　临江仙·上元放灯约束妓前灯火

怪见江乡文物地，轻豪争逐春妍。银花斜觯紫金鞭。千灯浑是泪，一笑不论钱。　　今岁遨头穷相眼，繁华不学常年。只余底事索人怜。诗书真气味，农扈老风烟。

魏了翁　　临江仙·张静甫之母夫人生日

天为西南分八使，更分四道蕃臣。争如齿宿彩衣新。亲年开百岁，又见子生孙。　　一度平反供一笑，无边桃李皆春。便归天上极恩荣。为君图寿母，更看太夫人。

魏了翁　　临江仙·再和四年前遂宁所赋韵

一点阳和浑在里，时来尔许芳妍。春风吹上醉痕边。隽欢欺浅酌，清晤失佳眠。　　聊把繁华开笑口，须臾雨送风般。因花识得自家天。炯然长不夜，活处欲生烟。

魏了翁　　临江仙·自有天然真富贵

与同官饮于海棠花下烧烛照花即席赋

自有天然真富贵，本来不为人妍。谨将醉眼著繁边。更擎高烛照，惊搅夜深眠。　　花不能言还自笑，何须有许多般。满空明月四垂天。柳边红沁露，竹外翠微烟。

魏了翁　　临江仙·次韵李参政壁见贻生日

闲放楼前千里目，天边云大如囷。秋风入帽露华新。无端忧国梦，应到守封臣。　　旧弼如今都有几，长教燕坐申申。折杨笑面背阳春。忧醒头欲雪，浊梦肺生尘。

魏了翁　　临江仙·东叔兄生日

去岁玉堂山下住，母旁后弟前哥。今年作县古松坡。静参朱祭酒，间印马头陀。　　去路更无山隔断，春风跋马经过。不妨缓辔尽婆娑。愿申临别语，长使得天多。

魏了翁　　临江仙·应提刑懋之生日

红杏花边曾共赏，天涯还是相逢。人言契分两重重。谁知

声利外，别有一般同。　　炯炯奇情双亮处，天光水色相通。磨中旋蚁渺何穷。共扶天事业，此意政须公。

魏了翁　　临江仙·范遂宁子长生日和所惠词韵报之

千里楼高人与并，个中彻地通天。秋风吹发半成宣。都将强岁月，空对旧山川。　　养就人才端有意，公今三祖差肩。偏轻偏重几番船。要公常把柂，容我老闲边。

魏了翁　　临江仙·茂叔兄生日

占断人间闲富贵，长秋应是长春。前山推月上帘旌。缓觞焊旧友，勾拍按新声。　　时倚晴空看过雁，几州明月关情。知君早已倦青冥。时来那得免，事业一窗萤。

魏了翁　　临江仙·叔母生日次韵许侍郎奕临江仙为寿

春院绣帘垂罳罽，一天风月横陈。慈亲初度纪嘉名。每从歌舞地，犹记杰魁人。　　大句忽随乌鹊至，恍如前岁逢春。只祈岁岁及兹辰。天风吹宝唾，华彩动文星。

卢祖皋　　临江仙·南馆西池迎笑处

南馆西池迎笑处，轻行不耐冰绡。粉香飞过碧阑桥。芙蕖争态度，杨柳学飘飖。　　醉里鸾飙乘月去，碧云依旧迢迢。深情谁为寄娇娆。簟纹风外展，香篆过边销。

卢祖皋　　临江仙·洞府堂深花气满

韩蕲王之曾孙市船招饮，女乐颇盛。夜深，出一小姬，曰胜胜，年十二岁。独立吹笙，声调婉抑，四座叹赏。已而再拜乞词，为赋此曲

洞府堂深花气满，娉婷绿展红围。个中年少出琼姬。双笼金约腕，独把玉参差。　　子晋台前无鹤驭，人间空有清诗。何如娇小贮帘帷。仙风知有待，凉月渐当时。

卢祖皋　　临江仙·跨鹤云间犹未久

跨鹤云间犹未久，风流全胜年时。唤回和气上梅枝。酒边春市动，琴外画帘垂。　　长是细吟攻愧寿，还歌连桂新词。早催凫舄向南飞。一官传鼎鼐，四海看埙篪。

卢祖皋　　临江仙·六鹤飞来松帐晓

六鹤飞来松帐晓，菊迟梅早年光。西池移宴到萱堂。笙箫清弄玉，环佩暖回香。　　未问诰花金五色，新来乐事难量。双添雏凤趁称觞。争书八十字，分抱彩衣旁。

孙居敬　　临江仙·西湖

触事老来情绪懒，西湖债未曾还。试呼小艇访孤山。昔年鸥鹤侣，总笑鬓斓斑。　　仙去坡翁山耐久，烟霏空翠凭阑。日斜尚觉酒肠宽。水云天共色，欸乃一声间。

孙居敬　　临江仙·摘索枝头何处玉

摘索枝头何处玉，吹来万里春风。须臾陆地遍芙蓉。珠帘和气扑，一笑夺炉红。　　文字红裙相间出，主人钟鼎仙翁。清谈隽语与香浓。太平欢意远，人在玉壶中。

刘学箕　　临江仙·富池岸下

人在空江烟浪里，叶舟轻似浮沤。此心无怨也无忧。汉江迷望眼，衮衮直东流。　　两岸荻芦青不断，四山冈岭绸缪。晚风吹袂冷飕飕。谁知三伏暑，全似菊花秋。

洪咨夔　　临江仙·万紫千红鬓上粉

万紫千红鬓上粉，聚成一撮精神。宣和宫样太清真。韶风摇斗帐，芳露湿纶巾。　　消得流莺花底滑，一声惊起梁尘。扶将芍药牡丹春。光浮金盏面，香到玉池津。

刘　镇　　临江仙·代闺怨

荡紫飘红芳信断，都无人问秾纤。吟鞭倚醉问凉蟾。香消金缕篆，尘压宝妆奁。　　梦峡朝云飞不到，一春离绪厌厌。却疑归燕碍重帘。心期花底误，眉恨柳边添。

陈　韡　　临江仙·陈守美任

三十四年台榭，八千余里江津。去时杨柳正轻颦。重来桃李少，不似旧时春。　　风扫半空烟雨，玉虹翠浪如新。可怜笳鼓送行人。白头梳上见，归梦枕边频。

黄　机　　　临江仙·上巳清明都过了

上巳清明都过了，客愁惟有心知。子规昨夜忽催归。驿程那复记，魂梦已先飞。　　回首故园花与柳，枝枝叶叶相思。归来拚得典春衣。绿阴幽远处，不管尽情啼。

黄　机　　　临江仙·凤翥鸾飞空燕子

凤翥鸾飞空燕子，宝香犹惹流苏。旧欢凄断数行书。终山方种玉，合浦忽还珠。　　午枕梦圆春寂寂，依然刻雪肌肤。觉来烟雨满平芜。客情殊索莫，肯唤一尊无。

黄　机　　　临江仙·寒食清明都过了

寒食清明都过了，客中无计留春。东风吹雨更愁人。系船芳草岸，始信是官身。　　怅望故园烟水阔，几时匹马骎骎。别肠何止似车轮。殢天天不管，转作两眉颦。

刘克庄　　　临江仙·己酉和实之灯夕

玉笛钿车当日事，东涂西抹都曾。等闲曲子压和凝。纵游非草草，已醉强惺惺。　　今向三家村送老，身如罢讲吴僧。高楼百尺不须登。半炉烧叶火，一盏勘书灯。

刘克庄　　　临江仙·县圃种花

落魄长官江海客，少豪万里寻春。而今憔悴向溪滨。断无觞咏兴，惟有簿书尘。　　手插海棠三百本，等闲妆点芳辰。他年绛雪映红云。丁宁风与月，记取种花人。

刘克庄　　　临江仙·去岁越王台上饮

庚子重阳，余以漕摄帅，会前帅唐伯玉、前漕黄成父于越王台。明年是日，寓海丰县驿作

去岁越王台上饮，席间二客如龙。凭高吊古壮怀同。马嘶千嶂暮，乐奏半天中。　　今岁三家村市里，故人各自西东。菊花时节酒樽空。可怜双雪鬓，禁得几秋风。

刘克庄　　　临江仙·潮惠道中

不见仙湖能几日，尘沙变尽形容。夜来月冷露华浓。都忘

茅屋下，但记画船中。　　两岸绿阴犹未合，更须补竹添松。最怜几树木芙蓉。手栽才数尺，别后为谁红。

张　辑　　　　临江仙·望庐山

迢递关山身历遍，烟霞胜处曾游。九江江畔系孤舟。匡庐如画里，南望插天浮。　　瀑布香炉齐五老，层层爽气陵秋。何须魂梦觅瀛洲。云松终可卜，我与谪仙俦。

张　辑　　　临江仙·寄西镛黄大闻

忆昔风流秋社里，几人冰雪襟期。凉风吹散梦参差。寒灯多少恨，长笛不堪吹。　　别去化龙潭上水，东来不寄相思。白鸥应笑太忘机。沙头重载酒，休负桂花枝。

阳　枋　　临江仙·涪州北岩玩易有感

乐意相关莺对语，春风遍满天涯。生香不断树交花。个中皆实理，何处是浮华。　　收敛回来还夜气，一轮明月千家。看梅休用隔窗纱。清光辉皎洁，疏影自横斜。

赵希囿　　临江仙·天宇泬寥山气肃

天宇泬寥山气肃，云寒树立无声。读书岩下石纵横。红尘飞不到，溪水自澄清。　　疏影暗香沙路古，何妨曳杖闲行。巢林冻雀不曾惊。晚钟穿翠霭，来共话平生。

李曾伯　　临江仙·甲寅中秋和刘舍人赏月

同此三秋端正月，地高先得光辉。分明身世玉琉璃。不妨人未老，长与月相期。　　我有芳尊供玩事，从渠魏鹊无枝。直须饮到五更时。大家眠玉界，莫羡宴瑶池。

赵　溍　　　　临江仙·西湖春泛

堤曲朱墙近远，山明碧瓦高低。好风二十四花期。骄骢穿柳去，文艖挟春飞。　　箫鼓晴雷殷殷，笑歌香雾霏霏。闲情不受酒禁持。断肠无立处，斜日欲归时。

太学士人　　临江仙·莫怪钱神容易致

莫怪钱神容易致，钱神尽是愚夫。为何此鬼却相于。只因

频展义，长是泣穷途。　　韩氏有文曾饯汝，临行慎莫踌躇。青灯双点照平湖。蕉船从此逝，相共送陶朱。

王义山　　临江仙·寿章丞相

明日中元生上相，真上相上元生。满城灯火昼三更。台星呈瑞处，一点寿星明。　　和气薰蒸开泰运，湖山万里光荣。愿推天地发生仁。八荒开寿域，一气转洪钧。

陈允平　　临江仙·寿千八兄

门外湖光清似玉，雨桐烟柳扶疏。爱闲吾亦爱吾庐。炉香心在在，杯酒乐如如。　　有子专城才四十，诸孙颗颗明珠。传家衣钵只诗书。一坡存菊意，千岁学松臞。

何梦桂　　临江仙·和毅斋见寿

十月江南风信早，梅枝早闷先春。田园剩得老来身。浪言陶处士，犹是晋朝臣。　　人道革爻居四九，谁知数在邅迍。明年五十志当伸。低头羞老妇，且结会稽盟。

刘辰翁　　临江仙·代贺丞相两国夫人生日并序

甲子之秋，九月吉日，大丞相国公寿母两国太夫人初度，谨上小词，用献为王母三千年之曲

丞相衮衣朝戏彩，年年庆事如新。尊前一笑共儿孙。人间传寿酒，天上送麒麟。　　缥缈祥烟连北阙，天颜有喜生春。蓬莱清浅海光平。今年初甲子，重试碧桃根。

刘辰翁　　临江仙·寿刘教

闻道城东鹤会，欣然一笑乘风。不知一鹤在墙东。神仙人不识，未始出吾宗。　　弟子有年于此，先生之道如龙。碧桃花子落壶中。化为三五粒，元是北边松。

刘辰翁　　临江仙·壬午七夕

天际何分南与北，五更纵又成横。夜来拾得断河星。化为一片石，持去问君平。　　老大看天一笑，儿童问我须髯。向来牛女本无名。要知天上事，亦似谤先生。

刘辰翁　　临江仙·将孙生日赋

二十年前此日，女兄庆我生儿。簪萱弄彩听孙啼。典衣沽美酒，数待冠昏时。　乱后飘零独在，紫荆墓棘风吹。尊前万事莫寻思。儿童看有子，白发故应衰。

刘辰翁　　临江仙·贺默轩

旧日诗肠论斗酒，风流怀抱如倾。几年不听渭城声。尊前无贺老，卷里少弥明。　闻说语言都好，便应步履全轻。长生第一是风僧。额前书八十，能说又能行。

刘辰翁　　临江仙·访梅

西曲罥衣迷去路，雪销断岸无痕。寻花不拟到前村。暖风初转袖，小径忽开门。　却忆临塘桥下马，暗香不是黄昏。人生南北与谁论。岭梅花树下，闲听蜜蜂喧。

刘辰翁　　临江仙·谢友人

老去尚呼张丈，醉中自惜熊儿。越王台上鹧鸪啼。三朝臣不遇，无复好文时。　情绪幽幽似结，鬓丝索索禁吹。病来魂不到相思。散人腰已散，倚杖叹吾衰。

刘辰翁　　临江仙·晓晴

海日轻红通似脸，小窗明丽新晴。满怀著甚是真情。不知春睡美，为爱晓寒轻。　说似吴山楼万叠，雪销未尽宫城。湖边柳色渐啼莺。才听朝马动，一巷卖花声。

刘辰翁　　临江仙·有感

过雁天边信息，两宫池上心情。沉思海角愤难平。山风欺客梦，耿耿到天明。　幸自不争名利，闲愁夜夜如惊。明朝鬓白两三茎。世人都不念，似汝复何成。

刘辰翁　　临江仙·睡过花阴一丈

睡过花阴一丈，愁深酒力千钟。梦魂不得似游蜂。瓶花无密约，到处自神通。　天上西湖似锦，人间骄马如龙。今年不与去年同。飘零终不恨，难与故人逢。

刘辰翁　　　　临江仙·端午

幸自不须端帖子，闲中一句如无。爱他午日午时书。惟应三五字，便是辟兵符。　　久雨石鲸未没，小风纨扇相疏。邀朋一笑共菖蒲。去年初禁酒，今日漫提壶。

刘辰翁　　　　临江仙·坐悟

我去就他甚易，他来认我良难。悟时到处是壶天。古诗寻一句，危坐看香烟。　　金玉满堂不守，菁华岁月空迁。从今饱饭更安眠。丹经都不看，闲坐一千年。

刘辰翁　　临江仙·辛巳端午和陈简斋韵

旧日采莲羞半面，至今回首匆匆。梦穿斜日水云红。痴心犹独自，等待郑公风。　　海上颓云潮不返，侧身空堕辽东。人间天上几时同。宫衣元不遇，无语醉醒中。

刘辰翁　　　临江仙·闲居感旧

昔走都门终夜雨，明朝泥淖堪惊。疏疏点点忽鸡鸣。数峰青似染，快活早来晴。　　十五年间春梦断，乱山寒食清明。无人挑菜踏青行。青鸠啼雨外，闲听寺中声。

刘辰翁　　　临江仙·过眼纷纷遥集

过眼纷纷遥集，来归往往瓶儿。草间塞口袴间啼。提携都不是，何似未生时。　　城上胡笳自怨，楼头画角休吹。谁人不动故乡思。江南秋尚可，塞外草先衰。

王　奕　　临江仙·和元遗山题扬州平山堂

二十四桥明月好，暮年方到扬州。鹤飞仙去总成休。襄阳风笛急，何事付悠悠。　　几阕平山堂上酒，夕阳还照边楼。不堪风景事回头。淮南新枣熟，应不说防秋。

彭元逊　　　临江仙·红袖乌丝失酒

红袖乌丝失酒，金钗银烛销春。柳边桃下复清晨。帽风回马旋，扇雨拂花情。　　白帝空惊旧曲，阳关只梦行人。碧云何处认芳尘。紫荆花作荚，青杏核生仁。

彭元逊　　**临江仙·自结床头麈尾**

自结床头麈尾，角巾坐枕孤松。片云承日过山东。起听荷叶雨，行受芷花风。　无客同羹莼菜，有人为剥莲蓬。东墙年少未从容。何因知我意，吹笛月明中。

赵　文　**临江仙·寿此山，有酒名如此堂**

如此中山如此酒，何须更觅蓬瀛。江湖历□记平生。诗囊都束起，只好说丹经。　家事付他儿辈，功名留待诸孙。维摩法喜鬓青青。日长深院里，时听读书声。

赵　文　　**临江仙·寿前人**

恰好菊花前二日，寿星高照秋天。堂前王母鬓方玄。怀中娇凤小，已解祝公年。　如此生涯如此屋，看看海亦成田。闲中多把酒杯传。长生无别诀，放下是神仙。

贾少卿　　**临江仙·月寺星轺尘梦断**

月寺星轺尘梦断，如今平地仙人。烟霞卷起旧精神。香焚金鹭鹭，书奏玉麒麟。　闻道枫宸求侍从，看庆命重新。且将风月剩酬身。樽中长有酒，花下不辜春。

王阜民　　**临江仙·家法从来师静治**

家法从来师静治，赵张高掩前踪。清才八斗继宗风。年年正月尾，桃李满城中。　已把长江成九酝，请将太白浮公。更移春槛向房栊。有花虽解语，莫负锦薰笼。

刘　壎　　**临江仙·和陈宪使韵**

朔雪驱将残腊去，东风放出新晴。绣衣瑞彩照岩城。江天收宿霭，湖水动春声。　要净狐嗥并鳝舞，未烦鹤怨猿惊。元龙老气正峥嵘。毫端肤寸润，野烧绿痕生。

仇　远　　**临江仙·柳**

湘水晓行无酒，楚乡客久思家。空城暗柳老愁芽。燕归才社后，人老尚天涯。　记得津头轻别，离觞愁听琵琶。东风吹泪落鸥沙。一番新雨重，飞不起杨花。

张　炎　　临江仙·太白挂巾手卷

忆得沉香歌断后，深宫客梦迢遥。研池残墨溅花妖。青山人独自，早不侣渔樵。　　石壁苍寒巾尚挂，松风顶上飘飘。神仙那肯混尘嚣。诗魂元在此，空向水中招。

张　炎　　临江仙·怀辰州教授赵学舟

一点白鸥何处去，半江潮落沙虚。淡黄柳上月痕初。遐观情悄悄，凝想步徐徐。　　每一相思千里梦，十年有此相疏。休休寄雁问何如。如何休寄雁，难写绝交书。

张　炎　　临江仙·剪剪春冰出万壑

甲寅秋，寓吴，作墨水仙为处梅吟边清玩。时余年六十有七，看花雾中，不过戏纵笔墨，观者出门一笑可也

剪剪春冰出万壑，和春带出芳丛。谁分弱水洗尘红。低回金叵罗，约略玉玲珑。　　昨夜洞庭云一片，朗吟飞过天风。戏将瑶草散虚空。灵根何处觅，只在此山中。

彭子翔　　临江仙·寿六十二

佛说波斯王此岁，衰颜羞见河流。翁今丹脸发光浮。毗卢金色界，烂熳菊花秋。　　七个明朝方九日，年年税在今朝。八千秋老又从头。明朝无尽在，蝴蝶不须愁。

易少夫人　　临江仙·咏熟水

何处甘泉来席上，嫩黄初汤银瓶。月团尝罢有余清。惠山名品在，歌舞暂留停。　　欲赏壑源新气味，不应兼进豨苓。此中端有淡交情。相如方病酒，一饮骨毛轻。

易少夫人　　临江仙·咏熟水话别

记得高堂同饮散，一杯汤罢分携。绛纱笼影簇行旗。更残银漏急，天淡玉绳低。　　只恐曲终人不见，歌声且为迟迟。如今车马各东西。画堂携手处，疑梦又疑非。

无名氏　　临江仙·漏出春光三四朵

漏出春光三四朵，冰肌玉骨偏宜。乍开应笑百花迟。将军曾止渴，画角已先知。　　素艳不容蜂蝶采，清香自有人知。而今虽被霜雪欺。和羹终待手，金鼎自逢时。

无名氏　　临江仙·陇首云收天色暮

陇首云收天色暮，寒光射月初开。昆荆山玉莫疑猜。琳琅疑此地，仙子不红腮。　　丽质霜裾真性雅，余香暗送人来。乱将碎玉缀枝排。雪中寻不见，青萼辨奇才。

无名氏　　临江仙·昨夜新阳回候馆

昨夜新阳回候馆，芳菲正满霜林。此时珍赏重千金。谁知红粉艳，还有岁寒心。　　风动霞衣香散漫，酒醺丹脸深沉。妖娆偏称美人簪。一枝无处赠，折得自孤吟。

无名氏　　临江仙·爱日新添春一线

爱日新添春一线，化工先到寒梅。不随桃李傍熙台。前村深雪里，昨夜一枝开。　　姑射仙人标格韵，凝墙粉谢香腮。数家清弄笛声哀。愁人不怨听，自向枕边来。

无名氏　　临江仙·玉貌香腮天赋与

玉貌香腮天赋与，清姿不假铅华。素芳寻在五陵家。欲知春信息，庾岭一枝斜。　　别有玲珑潇洒处，月梢淡影笼遮。休教羌笛一声嗟。宫妆犹未似，留取意无涯。

无名氏　　临江仙·闻郡守移传芗林

竹里行厨草草，花边系马匆匆。使君移传意何穷。儿童随骑火，猿鹤避歌钟。　　梅雪自欺舞态，独花先放春红。酒醒人散夜堂空。殷勤松上月，独照老仙翁。

无名氏　　临江仙·促坐重燃绛蜡

促坐重燃绛蜡，香泉细泻银瓶。一瓯月露照人明。清真无俗韵，久淡似交情。　　正味能销酒力，余甘解助茶清。琼浆一饮觉身轻。蓝桥知不远，归卧对云英。

无名氏　　临江仙·绿暗汀洲三月暮

绿暗汀洲三月暮，落花风静帆收。垂杨低映木兰舟。半篙春水滑，一段夕阳愁。　　灞水桥东回首处，美人亲上帘钩。青鸾无计入红楼。行云归楚峡，飞梦到扬州。

无名氏　　　临江仙·寿石守

良月露浓仙掌润，郁葱佳气充闾。几年重席旧师儒。大椿

同未老，灵寿不须扶。　　江左衣冠登桂籍，蝉联四世谁如。琳宫昨下凤凰书。金闺班趣缀，禁路莫踟躕。

无名氏　　临江仙·乐奏箫韶花烛夜

乐奏箫韶花烛夜，风流玉女才郎。同心结上桂枝香。如鸾如凤友，永效两双双。　　莫把画堂深处负，笙歌引入兰房。满斟玉斝醉何妨。南山堪作誓，福禄应天长。

无名氏　　临江仙·寿赵守

香雾菲微笼薄晓，帘栊爱日如春。谪仙游戏到寰瀛。金枝推独秀，宝籍著长生。　　锦轴疏恩怡寿母，朱轮光映难兄。会看家庆日增荣。雁联鸳序立，彩戏衮衣新。

无名氏　　临江仙·寿赵簿　四月廿一

结夏骎寻逾六日，蓬壶纪瑞生辰。祥烟葱郁蔼门庭。骖鸾双女侍，毓凤二雏新。　　暂尔勾稽淹大手，声名已彻枫宸。行膺当路荐章荣。璇源添喜庆，椿算祝遐龄。

无名氏　　临江仙·寿友人　六月初七

六月炎天收火伞，南薰洗尽烦蒸。尧蓂七荚又争青。问知陈仲举，元是此时生。　　别驾功名清暇日，题兴尚带屏星。黑头非晚到公卿。且倾浮蚁酒，来听祝龟龄。

无名氏　　临江仙·寿何察推　六月廿一

六月翠蓂飞六荚，流空大火将西。当年名世间生时。似光风霁月，神爽更精奇。　　三十成名登上第，芙蓉照水真犀。难淹逸步造丹墀。经纶须大手，谈笑入黄扉。

无名氏　　临江仙·寿祝丞　七月初十

天佑炎图生国瑞，蓝田暂屈英僚。始知昴宿降璇霄。中元前五日，七夕后三朝。　　江教风流临此政，少年潇洒奇标。行看峻擢相熙朝。功名前稷契，寿算等松乔。

无名氏　　临江仙·寿判府　七月十四

长记秋来多好处，清凉遍满人间。天教收拾孕真贤。何时

初度日，明日是中元。　　喜与莱公同盛旦，官居鼎鼐相传。未应此地借蕃宣。来年开宴处，人在凤池边。

无名氏　　临江仙·贺人寿有父有兄弟　十一月初三

三叶翠蓂开子月，九天降诞文星。满堂佳气蔼祥云。称觞椒有颂，介寿酒浮春。　　强仕宜为攀折客，须知富贵催人。看看雁塔即联名。一门夸盛事，棠棣对灵椿。

无名氏　　临江仙·寿妇人七十　十一月十一

鲁观书云方在候，颍川家庆非常。望前四日上椒觞。北堂人未老，南极夜增光。　　借问遐龄今几许，希年恰喜相当。愿同王母寿延长。蟠桃看屡熟，萱草镇长芳。

无名氏　　　临江仙·十一月十三

要问南枝消息早，一阳恰喜方回。望前二日验云台。祥光呈五色，瑞彩上三台。　　生机一脉何尝息，正看用世真才。调羹手段此胚胎。文明观盛会，直待六阳来。

无名氏　　临江仙·庆寿日趋朝　十一月廿三

律按黄钟余七日，左扉弧矢呈祥。好看一点上眉黄。台星还又照，相映寿星光。　　今岁生辰应迥别，趋朝已趣曹装。姓名稳稳造鸳行。来年三四月，衣锦早还乡。

无名氏　　临江仙·庆梁孺人　十二月初三

数朵寒梅方破腊，良宵新月初生。晓来闺阁庆生辰。天孙应降诞，德迈孟光贤。　　喜配伯鸾真得耦，乘龙产凤齐名。称觞岁岁祝长年。瑶池桃未熟，南极婺星明。

临江仙引

即《临江仙》，调见宋柳永《乐章集》卷下。详见《临江仙》条。

柳　永　　　临江仙引·渡口

渡口、向晚，乘瘦马、陟平冈。西郊又送秋光，对暮山横

翠，衬残叶飘黄。凭高念远，素景楚天，无处不凄凉。　香闺别来无信息，云愁雨恨难忘。指帝城归路，但烟水茫茫。凝情望断泪眼，尽日独立斜阳。

柳　永　　　　临江仙引·上国

上国、去客，停飞盖、促离筵。长安古道绵绵，见岸花啼露，对堤柳愁烟。物情人意，向此触目，无处不凄然。　醉拥征骖犹伫立，盈盈泪眼相看。况绣帏人静，更山馆春寒。今宵怎向漏永，顿成两处孤眠。

柳　永　　　　临江仙引·画舸

画舸、荡桨，随浪箭、隔岸虹。□荷占断秋容，疑水仙游泳，向别浦相逢。鲛丝雾吐渐收，细腰无力转娇慵。　罗袜凌波成旧恨，有谁更赋惊鸿。想媚魂香信，算密锁瑶宫。游人漫劳倦□，奈何不逐东风。

映山红慢

调见元绛词。双调，一百零一字，上片九句、五仄韵，下片八句、五仄韵。此调系元绛自度曲，只元绛一词。

元　绛　　　映山红慢·谷雨风前

谷雨风前，占淑景、名花独秀。露国色仙姿，品流第一，春工成就。罗帏护日金泥皱，映霞腮动檀痕溜。长记得天上，瑶池阆苑曾有。　千匝绕、红玉阑干，愁只恐、朝云难久。须款折、绣囊剩戴，细把峰须频嗅。佳人再拜抬娇面，敛红巾、捧金杯酒。献千千寿，愿长恁、天香满袖。

昭 君 怨

汉元帝时，匈奴单于入朝。元帝下诏将王嫱嫁与单于。王嫱，字昭君，称为明妃，亦作明君。临行时，元帝方知其貌美。汉代人怜她远嫁，为她作《昭君怨》一曲。此调名即源于此。又名《洛妃怨》、《宴西园》、《一痕沙》、《一叶舟》、《明妃怨》、《道无情》、《德报怨》、《添字昭

君怨》。双调数体。有四十字，上下片各四句、两仄韵、两平韵；亦有四十字，上片四句、两仄韵、两平韵，下片五句、三仄韵、两平韵；还有三十九字，上下片各四句、两仄韵、两平韵。

苏　轼　　　　　昭君怨·送别

谁作桓伊三弄，惊破绿窗幽梦。新月与愁烟，满江天。
欲去又还不去，明日落花飞絮。飞絮送行舟，水东流。

万俟咏　　　　昭君怨·春到南楼雪尽

春到南楼雪尽，惊动灯期花信。小雨一番寒，倚阑干。
莫把阑干倚，一望几重烟水。何处是京华，暮云遮。

万俟咏　　　　昭君怨·一望西山烟雨

一望西山烟雨，目断心飞何处。天外白云城，几多程。
谩记阳关句，衣上粉啼痕污。陇水一分流，此生休。

朱敦儒　　　　　昭君怨·悼亡

胧月黄昏亭榭，池上秋千初架。燕子说春寒，杏花残。
泪断愁肠难断，往事总成幽怨。幽怨几时休，泪还流。

周紫芝　　　　昭君怨·满院融融花气

满院融融花气，红绣一帘垂地。往事忆年时，只春知。
风又暖，花渐满，人似行云不见。无计奈离情，恶销凝。

程　过　　　　昭君怨·试问愁来何处

试问愁来何处，门外山无重数。芳草不知人，翠连云。
欲看不忍重看，心事只堪肠断。肠断宿孤村，雨昏昏。

韩　驹　　　　昭君怨·昨日樵村渔浦

昨日樵村渔浦，今日琼川银渚。山色卷帘看，老峰峦。
锦帐美人贪睡，不觉天孙剪水。惊问是杨花，是芦花。

蔡　伸　　　　昭君怨·一曲云和松响

一曲云和松响，多少离愁心上。寂寞掩屏帏，泪沾衣。
最是销魂处，夜夜绮窗风雨。风雨伴愁眠，夜如年。

张元幹　昭君怨·春院深深莺语

春院深深莺语，花怨一帘烟雨。禁火已销魂，更黄昏。衾暖麝灯落灺，雨过重门深夜。枕上百般猜，未归来。

侯　寘　昭君怨·晴日烘香花睡

晴日烘香花睡，花艳浮杯人醉。杨柳绿丝风，水溶溶。留恋芳丛深处，懒上锦鞯归去。待得牡丹开，更同来。

陆　游　昭君怨·昼永蝉声庭院

昼永蝉声庭院，人倦懒摇团扇。小景写潇湘，自生凉。帘外蹴花双燕，帘下有人同见。宝篆拆官黄，炷熏香。

杨万里　昭君怨·赋松上鸥

晚饮诚斋，忽有一鸥来泊松上，已而复去，感而赋之

偶听松梢扑鹿，知是沙鸥来宿。稚子莫喧哗，恐惊他。俄顷忽然飞去，飞去不知何处。我已乞归休，报沙鸥。

杨万里　昭君怨·咏荷上雨

午梦扁舟花底，香满西湖烟水。急雨打蓬声，梦初惊。却是池荷跳雨，散了真珠还聚。聚作水银窝，泻清波。

赵长卿　昭君怨·春日寓意

隔叶乳鸦声软，号断日斜影转。杨柳小腰肢，画楼西。役损风流心眼，眉上新愁无限。极目送云行，此时情。

辛弃疾　昭君怨·豫章寄张定叟

长记潇湘秋晚，歌舞橘洲人散。走马月明中，折芙蓉。今日西山南浦，画栋珠帘云雨。风景不争多，奈愁何。

辛弃疾　昭君怨·人面不如花面

人面不如花面，花到开时重见。独倚小阑干，许多山。落叶西风时候，人共青山都瘦。说道梦阳台，几曾来。

辛弃疾　　昭君怨·送晁楚老游荆门

夜雨剪残春韭，明日重斟别酒。君去问曹瞒，好公安。试看如今白发，却为中年离别。风雨正崔嵬，早归来。

刘光祖　　昭君怨·别恨

人在醉乡居住，记得旧曾来去。疏雨听芭蕉，梦魂遥。惆怅柳烟何处，目送落霞江浦。明夜月当楼，照人愁。

张　镃　　昭君怨·游池

拂晓拿舟东去，细看荷花垂露。红绿总吹香，一般凉。会享人天清福，休把两眉轻蹙。谁道做神仙，戴貂蝉。

张　镃　　昭君怨·月夜放船

船过柳湾亭曲，万叶圆荷浮绿。月照水珠明，一池星。光透玻璃香蒂，梦入藕丝中戏。却上小金台，罢归来。

张　镃　　昭君怨·园池夜泛

月在碧虚中住，人向乱荷中去。花气杂风凉，满船香。云被歌声摇动，酒被诗情掇送。醉里卧花心，拥红衾。

郭应祥　　昭君怨·醉别小妓丽华

歌舞籍中第一，情致人间第一。年纪不多儿，尽娇痴。昨夜华严阁下，今夜海棠洞下。多少别离情，泪盈盈。

郭应祥　　昭君怨·去岁银山塔上

乙丑九日前二日偕元择、茂叔、季功登高作

去岁银山塔上，今岁金山塔上。屈指到泉江，再重阳。有菊不妨同戴，有酒不妨同醉。嘉客与佳宾，两俱新。

郑　域　　昭君怨·道是花来春未

道是花来春未，道是雪来香异。竹外一枝斜，野人家。冷落竹篱茅舍，富贵玉堂琼榭。两地不同栽，一般开。

高观国　　昭君怨·题春波独载图

一棹莫愁烟艇，飞破玉壶清影。水溅粉绡寒，渺云鬟。不肯凌波微步，却载春愁归去。风澹楚魂惊，隔瑶京。

卓　田　　昭君怨·送人赴上庠

千里功名歧路，几緉英雄草屦。八座与三台，个中来。壮士寸心如铁，有泪不沾离别。剑未斩楼兰，莫空还。

刘克庄　　昭君怨·牡丹

曾看洛阳旧谱，只许姚黄独步。若比广陵花，太亏他。旧日王侯园圃，今日荆榛狐兔。君莫说中州，怕花愁。

刘克庄　　昭君怨·琼花

后土宫中标韵，天上人间一本。道号玉真妃，字琼姬。我与花曾半面，流落天涯重见。莫把玉箫吹，怕惊飞。

刘克庄　　昭君怨·一个恰雷州住

一个恰雷州住，一个又廉州去。名姓在金瓯，不如休。昨日沙堤行马，今日都门飘瓦。君莫上长竿，下来难。

吴　潜　　昭君怨·小雨霏微如线

小雨霏微如线，人在暮秋庭院。衣袂带轻寒，睡初残。脉脉此情何限，惆怅光阴偷换。身世两沉浮，泪空流。

刘辰翁　　昭君怨·玩月

月出东山之上，长忆御街人唱。恨我不能琴，有琴心。徙倚秋波平莹，渐久玉肌清冷。待更下阑干，起来看。

蒋　捷　　昭君怨·卖花人

担子挑春虽小，白白红红都好。卖过巷东家，巷西家。帘外一声声叫，帘里鸦鬟入报。问道买梅花，买桃花。

王从叔　　昭君怨·门外春风几度

门外春风几度，马上行人何处。休更卷朱帘，草连天。立尽海棠花月，飞到荼蘼香雪。莫怪梦难成，梦无凭。

思牛女

即《踏莎行》，贺铸词名《思牛女》。详见《踏莎行》条。

贺　铸　　　思牛女·楼角参横

楼角参横，庭心月午，侵阶夜色凉经雨。轻罗小扇扑流萤，微云度汉思牛女。　　拥髻柔情，扶肩昵语，可怜分破□□□。□□□□有佳期，人间底事长如许。

思归乐

又名《二色宫桃》、《柳摇金》、《惜芳时》、《惜时芳》，调见柳永《乐章集》。双调，五十六字，上下片各四句、四仄韵。此调只柳永一词。

柳　永　　　思归乐·天幕清和堪宴聚

天幕清和堪宴聚，想得尽、高阳俦侣。皓齿善歌长袖舞，渐引入、醉乡深处。　　晚岁光阴能几许，这巧宦、不须多取。共君把酒听杜宇，解再三、劝人归去。

思远人

调见晏几道《小山乐府》。因其词有“千里念行客”句，取其意以为调名。双调，五十二字，上片五句、两仄韵，下片五句、三仄韵。

晏几道　　思远人·红叶黄花秋意晚

红叶黄花秋意晚，千里念行客。飞云过尽，归鸿无信，何处寄书得。　　泪弹不尽临窗滴，就砚旋研墨。渐写到别来，此情深处，红笺为无色。

思佳客

即《归思谣》。《钦定词谱》卷二云："赵彦端词名思佳客。"又即《鹧鸪天》，宋欧阳修词名《思佳客》。详见《归思谣》、《鹧鸪天》条。

吕渭老　　思佳客·江上何人一笛横

江上何人一笛横，倚楼吹得月华生。寒风堕指倾三弄，小市收灯欲二更。　持蟹股，破霜橙，玉人水调品篓筝。细看桃李春时面，共尽玻璃酒一觥。

吕渭老　　思佳客·微点胭脂晕泪痕

微点胭脂晕泪痕，更衣整鬓立黄昏。春风搅树花如雨，夕霭迷空燕趁门。　题往事，锦回纹，春心无定似行云。深屏绣幌空愁独，明月梨花殢一尊。

吕渭老　　思佳客·深夜槐风析醒惺

深夜槐风析醒惺，露荷凉气满西庭。凭栏小语花梢月，缓步偷拈石上萤。　秋意早，暑衣轻，殢人索酒复同倾。大家沉醉还高枕，一任西楼报五更。

吕渭老　　思佳客·曾醉扬州十里楼

竹西从人去数年矣，今得归，偶以此烦全美达之

曾醉扬州十里楼，竹西歌吹至今愁。燕衔柳絮春心远，鱼入晴江水自流。　情渺渺，梦悠悠，重寻罗带认银钩。挂帆欲伴渔人去，只恐桃花误客舟。

吕渭老　　思佳客·薄薄山云欲湿花

全美久不通，偶伯禧去，间录前所赋，复作一首

薄薄山云欲湿花，双双燕子入帘斜。西楼尚记垂垂雪，酌酒犹残片片霞。　人已远，发成华，小楼疏竹宅谁家。试凭去雁通消息，仙子当乘八月槎。

吕渭老　　思佳客·梦里相逢不记时

梦里相逢不记时，断肠多在杏花西。微开笑语兜鞋急，远有灯光掠鬓迟。　辞永夜，失深期，一枝黄菊对伤悲。夜凉窗外闻裁剪，应熨沉香制舞衣。

洪　适　　思佳客·次韵蔡文同集钱漕池亭

花信今无一半风，芙蓉出水几时红。看成弱柳阴阴绿，自在迁莺巧语中。　风傍户，月留空，金尊相对醉珠栊。归鞭欲指江南去，回首霞标忆旧峰。

袁去华　　思佳客·王宰席上赠歌姬

把酒听歌始此回，流莺花底语徘徊。神仙也许人间见，腔调新翻辇下来。　银烛灺，玉山颓，谁言弱水隔蓬莱。绝胜想像高唐赋，浪作行云行雨猜。

袁去华　　思佳客·飞燕双双掌上身

飞燕双双掌上身，花光纷艳晚妆新。纤腰妙舞萦回雪，皓齿清歌遏住云。　欢卜夜，座添春，近前生怕主人嗔。主人见惯浑闲事，恼杀醒狂一个人。

袁去华　　思佳客·七夕

宝阁珠宫夜未央，嫌迟怕晚不成妆。乞求乌鹊填河汉，已早玉绳低建章。　笼月烛，闭云房，经年离恨不胜长。思量也胜姮娥在，夜夜孤眠不识双。

陈　亮　　思佳客·春感

花拂阑干柳拂空，花枝绰约柳鬟松。蝶翻淡碧低边影，莺啭浓香杪处风。　深院落，小帘栊，寻芳犹忆旧相逢。桥边携手归来路，踏皱残花几片红。

高观国　　思佳客·秋扇

入手西风意已羞，不须玉斧为重修。扑萤凉夜沉沉月，障面清歌澹澹秋。　休弃置，且迟留，可怜又向箧中收。莫教暗损乘鸾女，汉殿凄凉万古愁。

高观国　　思佳客·题太真出浴图

写出梨花雨后晴，凝脂洗尽见天真。春从翠髻堆边见，娇自红绡脱处生。　　天宝梦，马嵬尘，断魂无复到华清。恰如伫立东风里，犹听霓裳羯鼓声。

高观国　　思佳客·有约湖山却解襟

有约湖山却解襟，昼眠占得一庭深。树边风色寒滋味，愁里年华雁信音。　　惊楚梦，听瑶琴，黄花尚可伴孤斟。断云万一成疏雨，却向湖边看晚阴。

高观国　　思佳客·翦翠衫儿稳四停

翦翠衫儿稳四停，最怜一曲凤箫吟。同心罗帕轻藏素，合字香囊半影金。　　春思悄，昼窗深，谁能拘束少年心。莺来惊碎风流胆，踏动樱桃叶底铃。

高观国　　思佳客·立秋前一日西湖

不肯楼边著画船，载将诗酒入风烟。浪花溅白疑飞鹭，荷芰藏红似小莲。　　醒醉梦，唤吟仙，先秋一叶莫惊蝉。白云乡里温柔远，结得清凉世界缘。

高观国　　思佳客·中秋后一日借月意

白玉楼台知几重，夜来望断广寒宫。一分乍缺婵娟影，二八尤宜冰雪容。　　云鬓露，玉钗风，水晶帘幕正玲珑。殷勤再为天香醉，可惜清光付晓钟。

吴文英　　思佳客·赋半面女髑髅

钗燕拢云睡起时，隔墙折得杏花枝。青春半面妆如画，细雨三更花又飞。　　轻爱别，旧相知，断肠青冢几斜晖。断红一任风吹起，结习空时不点衣。

吴文英　　思佳客·闰中秋

丹桂花开第二番，东篱展却宴期宽。人间宝镜离仍合，海上仙槎去复还。　　分不尽，半凉天，可怜闲剩此婵娟。素娥未隔三秋梦，赢得今宵又倚阑。

吴文英　　　　思佳客·癸卯除夜

自唱新词送岁华，鬓丝添得老生涯。十年旧梦无寻处，几度新春不在家。　衣懒换，酒难赊，可怜此夕看梅华。隔年昨夜青灯在，无限妆楼尽醉哗。

吴文英　　　思佳客·迷蝶无踪晓梦沉

迷蝶无踪晓梦沉，寒香深闭小庭心。欲知湖上春多少，但看楼前柳浅深。　愁自遣，酒孤斟，一帘芳景燕同吟。杏花宜带斜阳看，几阵东风晚又阴。

陈允平　　　　思佳客·用晏小山韵

一曲清歌酒一钟，舞裙摇曳石榴红。宝筝弦矗冰蚕缕，珠箔香飘水麝风。　娇娅姹，笑迎逢，合欢罗带两心同。彩云不觉归来晚，月转觚棱夜气中。

陈允平　　　思佳客·压鬓钗横翠凤头

压鬓钗横翠凤头，玉柔春腻粉香流。红酣醉靥花含笑，碧剪颦眉柳弄愁。　偏婀娜，太温柔，水情云意两绸缪。佯羞不顾双飞蝶，独背秋千傍画楼。

陈允平　　　思佳客·锦幄沉沉宝篆残

锦幄沉沉宝篆残，惜春无语凭阑干。庭前芳草空惆怅，帘外飞花自往还。　金屋静，玉箫闲，一尊芳酒驻红颜。东风落尽荼蘼雪，满院清香夜不寒。

陈允平　　　思佳客·玉辔青骢去不归

玉辔青骢去不归，锦中频织断肠诗。窗凭绣日莺声婉，帘卷香云雁影回。　金缕扇，碧罗衣，蝶魂飞度画阑西。花开花落春多少，独有层楼双燕知。

陈允平　　　思佳客·曾约双琼品凤箫

曾约双琼品凤箫，玉台光映玉娇娆。银花烛冷飞罗暗，宝屑香融曲篆销。　帘影乱，漏声迢，佩云清入楚天遥。题红未托相思约，明月空归第五桥。

陈允平　　思佳客·和俞菊坡海棠韵

簇簇红云冷欲凝，东风特地唤花醒。数枝夜色当银烛，一段春娇入画屏。　如有恨，似多情，柳边莺语十分明。柳边莺语如何说，莫笑梅花太瘦生。

仇　远　　思佳客·落尽残红雨乍收

落尽残红雨乍收，新篁静院叫钩辀。柳丝轻拂阑干角，怕引闲愁懒上楼。　春淡淡，水悠悠，绮窗曾为牡丹留。转头千载真成梦，赢得春风一枕愁。

仇　远　　思佳客·日影扶花一万重

日影扶花一万重，秋香阁下又芙蓉。旧时楚楚霓裳曲，移入长杨短柳中。　文甃碧，朵墙红，金舆苍鼠玉华宫。行人忍听啼乌怨，笛里阑干落叶风。

仇　远　　思佳客·家住银塘东复东

家住银塘东复东，赤阑桥下笑相逢。春风豆蔻抽新绿，夜雨茱萸湿老红。　鸥鸟散，水天空，绮窗昨梦已无踪。月昏云淡莎汀小，帘影重重花影中。

仇　远　　思佳客·东壁谁家夜捣砧

东壁谁家夜捣砧，荆江流滞客偏闻。三三五五潇湘雁，飞尽南云入北云。　人独自，月黄昏，青灯红蕊落缤纷。野篁谩白秋萧索，无雨无风也闭门。

仇　远　　思佳客·霜醉秋花锦覆堤

霜醉秋花锦覆堤，西风一舸小桥西。闲将窗下红兰梦，写入江南白苎词。　芳绪断，旧游非，空遗香墨湿乌丝。碧云冉冉无穷恨，只有山阳短笛知。

张　炎　　思佳客·题周草窗武林旧事

梦里瞢腾说梦华，莺莺燕燕已天涯。蕉中覆处应无鹿，汉上从来不见花。　今古事，古今嗟，西湖流水响琵琶。铜驼烟雨栖芳草，休向江南问故家。

思佳客令

即《归自谣》。宋赵彦端词名《思佳客令》。双调，三十六字。上下片各三句、三仄韵。

赵彦端　　思佳客令·天似水

天似水，秋到芙蓉如乱绮，芙蓉意与黄花倚。　历历黄花矜酒美，清露委，山间有个闲人喜。

思越人

调见《花间集》。孙光宪词与张泌词，俱咏西子事，故名《思越人》。双调，五十五字，上片四句、两平韵，下片五句、四仄韵。又名《鹧鸪天》，宋赵令畤词名《思越人》。又名《品令》，宋赵长卿词名《思越人》。又名《朝天子》，五代冯延巳词名《思越人》。

赵令畤　　思越人·素玉朝来有好怀

素玉朝来有好怀，一枝梅粉照人开。晴云欲向杯中起，春色先从脸上来。　深院落，小楼台，玉盘香篆看徘徊。须知月色撩人恨，数夜春寒不下阶。

贺　铸　　思越人·京口瓜洲记梦间

京口瓜洲记梦间，朱扉犹想映花关。东风太是无情思，不许扁舟兴尽还。　春水漫，夕阳闲，乌樯几转绿杨湾。红尘十里扬州过，更上迷楼一借山。

贺　铸　　思越人·紫府东风放夜时

紫府东风放夜时，步莲秾李伴人归。五更钟动笙歌散，十里月明灯火稀。　香苒苒，梦依依，天涯寒尽减春衣。凤凰城阙知何处，寥落星河一雁飞。

贺铸　思越人·怊怅离亭断彩襟

怊怅离亭断彩襟，碧云明月两关心。几行书尾情何限，一尺裙腰瘦不禁。　遥夜半，曲房深，有时昵语话如今。侵窗冷雨灯生晕，泪湿罗笺楚调吟。

郑少微　思越人·集句

欲把长绳系日难，纷纷从此见花残。休将世事兼身事，须看人间比梦间。　红烛继，艳歌阑，等闲留客却成欢。劝君更尽一杯酒，赢得浮生半日闲。

程正同　思越人·题挟弹人簇

曾把隋珠抵鹊来，拓弓花下不虚开。醉余戏把行人弹，堪笑齐王谩筑台。　穿兔手，落雕材，狭斜衢路共徘徊。流星一点高飞处，笑坐金鞍歌落梅。

品　令

又名《思越人》、《品字令》、《海月谣》。双调，有五十一字、五十二字、五十五字、六十字、六十三字、六十四字、六十五字和六十六字等多体。其五十二字，上片四句、三仄韵，下片四句、两仄韵为正体。其六十五字，上下片各六句、四仄韵为变体等。

欧阳修　品令·渐素景

渐素景，金风劲，早是凄凉孤冷。那堪闻、蛩吟穿金井，唤愁绪难整。　懊恼人人薄幸，负云期雨信。终日望伊来，无凭准，闷损我、也不定。

黄庭坚　品令·送黔守曹伯达供备

败叶霜天晓，渐鼓吹、催行棹。栽成桃李未开，便解银章归报。去取麒麟图画，要及年少。　劝公醉倒，别语怎向醒时道。楚山千里暮云，正锁离人情抱。记取江州司马，坐中最老。

黄庭坚　　品令·茶词

凤舞团团饼，恨分破、教孤令。金渠体净，只轮慢碾，玉尘光莹。汤响松风，早减了、二分酒病。　味浓香永，醉乡路、成佳境。恰如灯下，故人万里，归来对影。口不能言，心下快活自省。

秦　观　　品令·幸自得

幸自得，一分索强，教人难吃。好好地恶了十来日，恰而今、较些不。　须管啜持教笑，又也何须胳织。衡倚赖脸儿得人惜，放软顽、道不得。

秦　观　　品令·掉又惧

掉又惧，天然个品格，于中压一。帘儿下时把鞋儿踢，语低低、笑咭咭。　每每秦楼相见，见了无限怜惜。人前强不欲相沾识，把不定、脸儿赤。

贺　铸　　品令·怀彼美

怀彼美，愁与泪，分占眉丛眼尾。求好梦、闲拥鸳鸯绮，恨啼乌、唤人起。　目断清淮楼上，心寄长洲坊里。迢迢地，七百三十里，几重山、几重水。

周邦彦　　品令·梅花

夜阑人静，月痕寄、梅梢疏影。帘外曲角栏干近，旧携手处，花发雾寒成阵。　应是不禁愁与恨，纵相逢难问。黛眉曾把春衫印，后期无定，断肠香销尽。

李　廌　　品令·唱歌须是

唱歌须是，玉人檀口，皓齿冰肤。意传心事，语娇声颤，字如贯珠。　老翁虽是解歌，无奈雪鬓霜须。大家且道，是伊模样，怎如念奴。

曾　纡　　品令·纹漪涨绿

纹漪涨绿，疏霭连孤鹜。一年春事，柳飞轻絮，笋添新

竹。寂寞幽花，独殿小园嫩绿。　　登临未足，怅游子、归期促。他年清梦千里，犹到城阴溪曲。应有凌波，时为故人凝目。

曹　组　　　　品令·乍寂寞

乍寂寞，帘栊静，夜久寒生罗幕。窗儿外、有个梧桐树，早一叶、两叶落。　　独倚屏山欲寐，月转惊飞乌鹊。促织儿、声响虽不大，敢教贤、睡不著。

周紫芝　　　　品令·西风持酒

重九前一日，飞卿携酒相过，坐中歌空青送客词，因用其韵。是日淮上贼军退舍

西风持酒，诮不做、愁时候。机云兄弟，坐中玉树，琼枝高秀。且莫劝人归去，坐来未久。　　甘泉书奏，报幽障、沉烽后。明朝重九，茱萸休恼，泪沾襟袖。怕衰黄花，也解笑人白首。

周紫芝　　　　品令·霜蓬零乱

九日寓居招提，旅中不复出，步上西庵绝顶，撷黄菊一枝，凄然有感，复作此歌

霜蓬零乱，笑绿鬓、光阴晚。紫茱时节，小楼长醉，一川平远。休说龙山佳会，此情不浅。　　黄花香满，记白苎、吴歌软。如今却向，乱山丛里，一枝重看。对著西风搔首，为谁肠断。

颜博文　　　　品令·舟次五羊

夜萧索，侧耳听、清海楼头吹角。停归棹、不觉重门闭，恨只恨、暮潮落。　　偷想红啼绿怨，道我真个情薄。纱窗外、厌厌新月上，也应则、睡不著。

吕渭老　　　　品令·绣衣未整

绣衣未整，傍窗格、临清镜。新霜薄雾，这下几日，阴晴不定。欲插黄花，心事又还记省。　　去年香径，共粉蝶、闲相趁。宝香玉佩，暗解付与，多情荀令。何日西楼，重见暮帆烟艇。

杨无咎　　　　品令·水寒江静

水寒江静，浸一抹、青山影。楼外指点渔村近，笛声谁喷，惊起宾鸿阵。　　往事总归眉际恨，这相思、情味谁问。泪痕空把罗襟印，泪应尽、争奈情无尽。

赵长卿　　　　品令·秋日感怀

情难托，离愁重、悄愁没处安著。那堪更、一叶知秋后，天色儿、渐冷落。　　马上征衫频揾泪，一半斑斑污却。别来为、思忆叮咛话，空赢得、瘦如削。

赵长卿　　　　品令·黄昏时候

黄昏时候，诮不语、心如醉。无眠凝想，别来绣阁，多应憔悴。上了灯儿，知是睡哩坐哩。　　蓦思归计，又还是重屈指。从今已后，睽离千万，且休容易。这底凄惶，你看是谁不是。

赵长卿　　　　品令·好事客

好事客，宫商内、吟得风清月白。主人幸有豪家意，后堂煞有春色。　　花压金翘俏相映，酒满玉纤无力。你若待我些儿酒，尽吃得、尽吃得。

辛弃疾　品令·族姑庆八十，来索俳语

更休说，便是个、住世观音菩萨。甚今年、容貌八十岁，见底道、才十八。　　莫献寿星香烛，莫祝灵龟椿鹤。只消得、把笔轻轻去，十字上、添一撇。

辛弃疾　　　　品令·迢迢征路

迢迢征路，又小舸、金陵去。西风黄叶，淡烟衰草，平沙将暮。回首高城，一步远如一步。　　江边朱户，忍追忆、分携处。今宵山馆，怎生禁得，许多愁绪。辛苦罗巾，揾取几行泪雨。

石孝友　　　　品令·困无力

困无力，几度偎人，翠鬟红湿。低低问、几时么，道不

远、三五日。你也自家宁耐，我也自家将息。蓦然地、烦恼一个病，教一个、怎知得。

陈　亮　　品令·咏雪梅

潇洒林塘暮，正迤逦、香风度。一番天气，又添作琼枝玉树。粉蝶无踪，疑在落花深处。　深沉庭院，也卷起、重帘否。十分春色，依约见了，水村竹坞。怎向江南，更说杏花烟雨。

卓　田　　品令·新秋

立秋十日，早露出新凉面。斜风急雨，战退炎光一半。月上纱窗，疑是广寒宫殿。　无端宋玉，撩乱生悲怨。一年好处，都被秋光占断。你且思量，今夜怎生消遣。

方千里　　品令·露晞烟静

露晞烟静，寂寥转、梧桐寒影。天际历历征鸿近，被风吹散，声断无行阵。　秋思客怀多少恨，谩厌厌谁问。晕残兰灺香消印，梦魂长定，愁伴更筹尽。

杨泽民　　品令·咏棋

日长风静，浓香在、珠帘花影。棋具对著明窗近，未排角势，鸦鹭先分阵。　双叠远山非有恨，正藏机休问。便如喝采争堂印，局番无定，有幸君须尽。

陈允平　　品令·玉壶尘静

玉壶尘静，蟾光透、一帘疏影。偏爱水月楼台近，画阑独倚，风度寒香阵。　犹记曲江烟水恨，叹凄凉谁问。夜深沙觜霜痕印，嚼花拚醉，枝上春无尽。

刘辰翁　　品令·闻莺

满庭芳草，更昨日、落红如扫。绿阴正似人怀抱，一声睍睆，春色何曾老。　幸自不须人起早，寂寞如相恼。旧时闻处青门道，禁烟时候，柳下人家好。

无名氏　　品令·山重云起

山重云起，断桥外、池塘水。晓来风定，竹枝相亚，残阳影里。多少风流，都在冷香疏蕊。　江南千里，问折得、谁能寄。几番归去，酒醒月满，阑干十二。且隐深溪，免笑等闲桃李。

无名氏　　品令·一阳生暖

一阳生暖，见庾岭、梅初绽。琼枝玉树，浑如傅粉，寿阳妆面。疏影横斜，隐隐月溪清浅。　前村雪里，向雪里、真难辨。倩谁说与，高楼人道，休吹羌管。且与从容，来岁和羹未晚。

无名氏　　品令·雪花飞坠

雪花飞坠，有人报、江南意。博山炉畔，砚屏风里，铜檠寒水。赋得幽香，疏淡数枝相倚。　绛肤黄蕊，另一种、高标致。笛中芳信，岭头春色，不传红紫。寂寞闲亭，月下夜阑影碎。

无名氏　　品令·急雨惊秋晓

急雨惊秋晓，今岁较、秋风早。一觞一咏，更须莫负、晚风残照。可惜莲花已谢，莲房尚小。　汀蘋岸草，怎称得、人情好。有些言语，也待醉折，荷花向道。道与荷花，人比去年总老。

品字令

即《品令》，详见《品令》条。

了　元　　品字令·觑著脚

觑著脚，想腰肢如削。歌罢遏云声，怎得向、掌中托。　醉眼不如归去，强罢身心虚霍。几回欲去待掀帘，犹恐主人恶。

拜星月

此调又名《拜新月》，本唐教坊曲名。《宋史·乐志》载为“般涉调”，又名《拜星月慢》。有三体，周邦彦词为正体。属双调、仄韵，共一百零四字。上阕十句、四十七字，于第三、五、八、十句用韵；下阕八句、五十五字，于第一、二、四、五、六、八句用韵。

周邦彦　　拜星月·秋思

夜色催更，清尘收露，小曲幽坊月暗。竹槛灯窗，识秋娘庭院。笑相遇，似觉琼枝玉树，暖日明霞光烂。水眄兰情，总平生稀见。　画图中、旧识春风面，谁知道、自到瑶台畔。眷恋雨润云温，苦惊风吹散。念荒寒、寄宿无人馆，重门闭、败壁秋虫叹。怎奈向、一缕相思，隔溪山不断。

拜星月慢

唐教坊曲名，又名《拜星月》、《拜新月》、《拜新月慢》。双调数体。其一百零四字，上片十句、四仄韵，下片八句、六仄韵为正体；其一百零二字，上片十句、四仄韵，下片八句、六仄韵为变体等。

吴文英　　拜星月慢·绛雪生凉

姜石帚以盆莲数十置中庭，宴客其中

绛雪生凉，碧霞笼夜，小立中庭芜地。昨梦西湖，老扁舟身世。叹游荡，暂赏、吟花酌露尊俎，冷玉红香罍洗。眼眩魂迷，古陶洲十里。　翠参差、澹月平芳砌，砖花滉、小浪鱼鳞起。雾盎浅障青罗，洗湘娥春腻。荡兰烟、麝馥浓侵醉，吹不散、绣屋重门闭。又怕便、绿减西风，泣秋檠烛外。

陈允平　　拜星月慢·漏阁闲签

漏阁闲签，琴窗倦谱，露湿宵萤欲暗。雁咽凉声，寂寞芙

蓉院。画檐外，树色惊霜渐改，澹碧云疏星烂。旧约桐阴，问何时重见。　　倚银屏、更忆秋娘面，想凌波、共立河桥畔。重念酒污罗襦，渐金篝香散。剪孤灯、伴宿西风馆，黄花梦、对发凄凉叹。但怅望、一水家山，被红尘隔断。

周　密　　　拜星月慢·腻叶阴清

癸亥春，沿檄荆溪，朱墨日宾送，忽忽不知芳事落鹃声草色间。郡僚间载酒相慰荐，长歌清醑，正尔供愁，客梦栩栩，已飞度四桥烟水外矣。醉余短弄，归日将大书之垂虹

腻叶阴清，孤花香冷，迤逦芳洲春换。薄酒孤吟，怅相如游倦。想人在、絮幕香帘凝望，误认几许，烟樯风幔。芳草天涯，负华堂双燕。　　记箫声、淡月梨花院，砑笺红、谩写东风怨。一夜落月啼鹃，唤四桥吟缆。荡归心、已过江南岸，清宵梦、远逐飞花乱。几千万缕垂杨，剪春愁不断。

彭泰翁　　　拜星月慢·祠壁宫姬控弦可念

雾罥觚棱，尘侵团扇，恨满哀弹倦理。控雨笼云，共闲情孤倚。敛娥黛、怕似流莺历历，惹得玉销琼碎。可惜阑干，但苔花沉穗。　　算天音、不入人间耳，何人谩、褭损青衫泪。不是旧谱都忘，厌新腔娇脆。多生不得丹青意，重来又、花锁长门闭。到夜永、笙鹤归时，月明天似水。

看花回

琴曲有《看花回》，此调名即源于此。此调有平韵、仄韵两体，又有中调、长调之别。中调有六十七字、六十八字两体；长调有一百零一字、一百零三字、一百零四字数体。其六十七字，上下片各六句、四平韵为正体；其一百零一字，上片九句、四仄韵，下片九句、五仄韵为慢体；其一百零四字，上片十句、六仄韵，下片九句、五仄韵为另一慢体等。平韵体见柳永《乐章集》卷上，仄韵体见黄庭坚《山谷词》。

柳　永　　　看花回·屈指劳生百岁期

屈指劳生百岁期，荣瘁相随。利牵名惹逡巡过，奈两轮、

玉走金飞。红颜成白发，极品何为。　　尘事常多雅会稀，忍不开眉。画堂歌管深深处，难忘酒盏花枝。醉乡风景好，携手同归。

柳　永　　看花回·玉墄金阶舞舜干

玉墄金阶舞舜干，朝野多欢。九衢三市风光丽，正万家、急管繁弦。凤楼临绮陌，嘉气非烟。　　雅俗熙熙物态妍，忍负芳年。笑筵歌席连昏昼，任旗亭、斗酒十千。赏心何处好，惟有尊前。

欧阳修　　看花回·晓色初透东窗

晓色初透东窗，醉魂方觉。恋恋绣衾半拥，动万感脉脉，春思无托。追想少年，何处青楼贪欢乐。当媚景，恨月愁花，算伊全妄凤帏约。　　空泪滴、真珠暗落，又被谁、连宵留著。不晓高天甚意，既付与风流，却恁情薄。细把身心自解，只与猛拚却。又及至、见来了，怎生教人恶。

黄庭坚　　看花回·茶词

夜永兰堂醺饮，半倚颓玉。烂熳坠钿堕履，是醉时风景，花暗烛残。欢意未阑，舞燕歌珠成断续。催茗饮、旋煮寒泉，露井瓶窦响飞瀑。　　纤指缓、连环动触，渐泛起、满瓯银粟。香引春风在手，似粤岭闽溪，初采盈掬。暗想当时，探春连云寻篁竹。怎归得，鬓将老，付与杯中绿。

周邦彦　　看花回·秀色芳容明眸

秀色芳容明眸，就中奇绝。细看艳波欲溜，最可惜、微重重红绡轻帖。匀朱傅粉，几为严妆时涴睫。因个甚、底死嗔人，半饷斜眄费贴燮。　　斗帐里、浓欢意惬，带困眼、似开微合。曾倚高楼望远，似指笑频睸，知他谁说。那日分飞，泪雨纵横光映颊。揾香罗，恐揉损，与他衫袖裛。

周邦彦　　看花回·蕙风初散轻暖

蕙风初散轻暖，霁景微澄洁。秀蕊乍开乍敛，带雨态烟痕，春思纡结。危弦弄响，来去惊人莺语滑。无赖处，丽日楼台，乱纷歧路思奇绝。　　何计解、粘花系月，叹冷落、顿辜佳节。犹有当时气味，挂一缕相思，不断如发。云飞帝国，人

在天边心暗折。语东风，共流转，谩作匆匆别。

蔡　伸　　　看花回·和赵智夫韵

夜久凉生，庭院漏声频促。念昔胜游旧地，对画阁层峦，雨余烟簇。新诗暗藏小字，霜刀刊翠竹。携素手、细绕回塘，芰荷香里彩鸳宿。　　别后想、香销腻玉，带围减、钏宽金粟。虽有鳞鸿锦素，奈事与心违，佳期难卜。拟解愁肠万结，唯凭尊酒绿。望天涯断魂处，醉拍阑干曲。

赵彦端　　　看花回·张守生日

注目，正江湖浩荡，烟云离属。美人衣兰佩玉，澹秋水凝神，阳春翻曲。烹鲜坐啸，清净五千言自足。横剑气、南斗光中，浩然一醉引双鹿。　　回雁到、归书未续，梦草处、旧芳重绿。谁忆潇湘岁晚，为唤起长风，吹飞黄鹄。功名异时，圯上家传谢荣辱。待封留，拜公堂下，授我长生箓。

赵彦端　　　看花回·为寿

东岩，庞蕴居也

爱日，报疏梅动意，春前呼得。画栋晓开寿域，度百和温馨，霜华无力。斑衣翠袖，人面年年照酒色。环四座、璧月琼枝，恍然江县拟乡国。　　闻道抚、东岩旧迹，又殊胜、谢家清逸。知与桃花笑了，定何似青鸟，层城消息。他年妙高峰上，优昙会堪折。拥轻轩、未妨游戏，看取朱轮十。

赵彦端　　　看花回·端有恨

端有恨，留春无计，花飞何速。槛外青青翠竹，镇高节凌云，清阴常足。春寒风袂，带雨穿窗如利镞。催处处、燕巧莺慵，几声钩辀叫云木。　　看波面、垂杨蘸绿，最好是、风梳烟沐。阴重熏帘未卷，正泛乳新芽，香飘清馥。新诗惠我，开卷醒然欣再读。叹词章、过人华丽，掷地胜如金玉。

选官子

即《选冠子》，宋杨泽民词名《选官子》。详见《选冠子》条。

杨泽民　　　　选官子·塞雁呼云

塞雁呼云，寒蝉噪晚，绕砌夜蛩凄断。迢迢玉宇，耿耿银河，明月又歌团扇。行客暮泊邮亭，孤枕难禁，一窗风箭。念松荒三径，门低五柳，故山犹远。　　堪叹处，对敌风光，题评景物，恶句斐然挥染。风埃世路，冷暖人情，一瞬几分更变。唯有芳姿为人，歌意尤深，笑容偏倩。把新词拍段，假人低唱，凤鞋轻点。

选 冠 子

又名《选官子》、《苏武慢》、《过秦楼》、《仄韵过秦楼》、《惜余春》、《惜余春慢》、《转调选冠子》。双调数体。其一百一十一字，上片十二句、四仄韵，下片十一句、四仄韵为正体；其一百一十三字，上片十一句、四仄韵，下片十二句、四仄韵为变体；其一百一十四字，上片十一句、四仄韵，下片十二句、四仄韵为另一变体。

张景修　　　　选冠子·嫩水挼蓝

嫩水挼蓝，遥堤映翠，半雨半烟桥畔。鸣禽弄舌，蔓草萦心，偏称谢家池馆。红粉墙头，柳摇金缕，纤柔舞腰低软。被和风、搭在阑干，终日绣帘谁卷。　　春易老、细叶舒眉，轻花吐絮，渐觉绿阴垂暖。章台系马，灞水维舟，追念凤城人远。惆怅阳关故国，杯酒飘零，惹人肠断。恨青青客舍，江头风笛，乱云空晚。

吕渭老　　　　选冠子·雨湿花房

雨湿花房，风斜燕子，池阁昼长春晚。檀盘战象，宝局铺棋，筹画未分还懒。谁念少年，齿怯梅酸，病疏霞盏。正青钱遮路，绿丝明水，倦寻歌扇。　　空记得、小阁题名，红笺青制，灯火夜深裁剪。明眸似水，妙语如弦，不觉晓霜鸡唤。闻道近来，筝谱慵看，金铺长掩。瘦一枝梅影，回首江南路远。

吕渭老　　　　选冠子·风约晴云

风约晴云，花干宿露，帘幕万家清晓。青帘赛酒，小坞藏

春，冶叶艳枝相照。羊驾小车，笑逐游人，远迷芳草。更红英飞舞，绣茵连接，雾台烟沼。　　年少日、细马戎鞯，红靴玉带，同指软尘西笑。珍珠戏掷，彩笔搜奇，不觉暮春莺老。谁见这回，霜点鬓衰，事萦怀抱。诉一春心事，燕子周遮来了。

杨无咎　　选冠子·许倅生辰

海上楼台，壶中日月，乍觉挈来平地。熙熙鸡犬，簇簇僮奴，亦自有登天志。知是仙官，出应亨期，因识前修风味。看纵横才美，雍容谈笑，一团和气。　　钟秀处、雪洁霜□，梅清竹瘦，占尽小春佳致。笙歌韵溢，锦绣香浓，饮少未妨欢醉。好在双椿，伫看丹桂分折，芝庭兰砌。向游惟功行，和羹勋业，共传家世。

曹　勋　　选冠子·细柳排空

淮上几坐，等待取接，因得汉使一词，他日歌之

细柳排空，高榆拥岸，乍觉楚天秋意。凉随夜雨，望极长淮，孤馆漫成留滞。天净无云，浪痕清影，窗户闲临烟水。叹驱驰尘事，殊喜萧散，暂来闲适。　　常念想、圣主垂衣，临朝北顾，泛遣聊宽忧寄。辎轩载揽，虎节严持，谈笑挂帆千里。凭仗皇威，滥陪枢筦，一语折冲遐裔。待归来，瞻对龙颜，须知有喜。

曹　勋　　选冠子·宿石门

秀木撑空，凝云藏岫，处处群山横翠。霜风冽面，酒力潜消，征辔暂指天际。红叶黄花，水光山色，常爱晓云晴霁。念尘埃眯眼，年华易老，觉远行非易。　　常自感、羽客难寻，蓬莱难到，强作林泉活计。鱼依密藻，雁过烟空，家信渐遥千里。还是关河冷落，斜阳衰草，苇村山驿。又鸡声茅店，鸦啼露井重唤起。

洪　适　　选冠子·雨脚报晴

雨脚报晴，云容呈瑞，夜雪萦盈连昼。千岩曳缟，万瓦堆琼，稍稍冷侵怀袖。鹤氅神仙，兔园宾客，高会坐移清漏。想灞陵桥畔，苦吟缓辔，耸肩寒瘦。　　向此际、色映棠阴，香传梅影，寒力更欺尊酒。左符词伯，蛮笺巧思，不道起风飞

柳。舞态弓弯，一声低唱，蛾笑绿分烟岫。任杯行潋滟，为公沉醉，莫教停手。

刘　壎　　选冠子·送歌者入闽，用月巢韵

暝霭迷红，水天笼晓，帆去野潮声急。离鸾独倚，巧燕双飞，忍向东风飘拆。尘销紫曲阑干，筝雁成声，顿成孤臆。叹舟回人远，钿花芗泽，悄无痕迹。　　憔悴损，俊赏杜郎，多情荀令，欲写别愁无力。闽星南转，江月西沉，空拟梦来今夕。古驿荒村，谁怜腻粉风侵，松蝉云湿。但断魂烟浪，痴看桥西落日。

杨太尉　　选冠子·碧眼连车

碧眼连车，黄头间座，望断故人何处。当时胜丽，旧日繁华，都变虏言胡语。万里衔冤，几年埋恨，仔细向谁分诉。对南风凝眸，眺神旌、触目泪流如雨。　　今幸会，电扫雷驱，云开雾敛，一旦青天重睹。桃林卧草，华岳嘶风，行迓太平周武。洗尽腥膻巷陌，从此追欢，酒杯频举。任笙箫声里，花朝月夕，醉中歌舞。

无名氏　　选冠子·憔悴江山

憔悴江山，凄凉古道，寒日澹烟残雪。行人立马，手折江梅，红萼素英初发。月下瑶台，弄玉飞琼，不老年年春色。被东君、唤遣娆红，高韵且饶清白。　　因动感、野水溪桥，竹篱茅舍，何似玉堂金阙。天教占了，第一枝春，何处不宜风月。休问庾岭止渴，金鼎调羹，有谁如得。傲冰霜、雅态清香，花里自称三绝。

无名氏　　选冠子·庾岭烟光

庾岭烟光，江南风景，冷落岁寒庭院。疏林万木冻折，孤根独犯，晓霜回暖。萼点胭脂，粉凝芳叶，依稀几枝初绽。上层楼、月夜凭阑，风送暗香清远。　　嗟往昔、汉妃临鸾，新妆才饰，艳绝人间金钿。东君信息，造化工夫，却笑众葩开晚。若是芳菲迅速，终与和羹，风池仙馆。愿楼头、羌笛休吹，免使为花肠断。

香 山 会

调见《花草粹编》卷七宋无名氏词。词属双调，六十四字。上、下片各六句、四仄韵。因无名氏词首句为“向神前发愿，烧香做咒”句，故名。

无名氏　　　香山会·向神前发愿

向神前发愿，烧香做咒，断了去、娼家吃酒。果子钱早是遭他毒手，更一个、瓶儿渗漏。　　才斟两盏三盏，早斟不勾，又添和、薄漓半斗。奴哥有我，奴哥道有，有我时、当面荡酒。

秋日田父词

即《渔歌子》，高翥词名《秋日田父词》。详见《渔歌子》条。

高　翥　　秋日田父词·啄黍黄鸡没骨肥

啄黍黄鸡没骨肥，绕篱绿橘缀枝垂。新酿酒，旋裁衣，正是昏男嫁女时。

高　翥　　秋日田父词·少妇挼蓝旋染裙

少妇挼蓝旋染裙，大儿敲葛自浆巾。新摘摘，笑欣欣，相唤相呼看赛神。

秋 风 叹

此调本名《燕瑶池》，即《越江吟》，因贺铸词有“琼钩褰幔，秋风叹”句，故更名《秋风叹》。详见《燕瑶池》条。

贺　铸　　　秋风叹·琼钩褰幔

琼钩褰幔，秋风叹。漫漫，白云联度河汉。长宵半，参旗

烂烂，何时旦。　命闺人、金徽重按，商歌弹。依稀广陵清散，低眉叹。危弦未断，肠先断。

秋 兰 香

调见《全芳备祖》卷十二陈亮词。双调，九十六字，上、下片各十句、五平韵。此调只陈亮一词。

陈　亮　　　　秋兰香·未老金茎

未老金茎，些子正气，东篱淡伫齐芳。分头添样白，同局几般黄。向闲处、须一一排行，浅深饶间新妆。那陶令，漉他谁酒，趁醒消详。　况是此花开后，便蝶乱无花，管甚蜂忙。你从今、采却蜜成房，秋英诚商量。多少为谁，甜得清凉。待说破，长生真诀，要饱风霜。

秋 夜 月

调见《樽前集》。因五代尹鹗词起句为“三秋佳节”，结句为“夜深，窗透数条斜月”，取其意以为调名。双调，八十二字，上片六句、四十一字，下片九句、四十一字。又名《相见欢》，因李煜词中有“无言独上西楼，月如钩”句，而改调名为《秋夜月》。

柳　永　　　　秋夜月·当初聚散

当初聚散，便唤作、无由再逢伊面。近日来、不期而会重欢宴。向尊前、闲暇里，敛著眉儿长叹，惹起旧愁无限。　盈盈泪眼，漫向我耳边，作万般幽怨。奈你自家心下，有事难见。待信真个，恁别无萦绊。不免收心，共伊长远。

秋 夜 雨

调见宋蒋捷《竹山乐府》。因其词题咏秋雨，故以“秋夜雨”为调名。双调，五十一字，上下片各四句、三仄韵。

吴　潜　　秋夜雨·和韵刘制几立秋夜观月，喜雨

不嫌天上云遮月，雨来正是双绝。雷公驱电母，尽收卷、十分袢热。　　三更又报初秋了，少待他、西风凄冽。灵悟话头莫说，且唱饮、刘郎一阕。

吴　潜　　秋夜雨·云头电掣如金索

客有道秋夜雨古词，因用其韵，而不知角之为阁也。并付一笑

云头电掣如金索，须臾天尽帏幕。一凉恩到骨，正骤雨、盆倾檐角。　　桃笙今夜难禁也，赖醉乡、情分非薄。清梦何处托，又只是、故园篱落。

吴　潜　　秋夜雨·再和

单于系颈须长索，捷书新上油幕。尽沉边柝也，更底问、悲笳哀角。　　衰翁七十迎头了，先自来、声利都薄。归计犹未托，又一叶、西风吹落。

吴　潜　　秋夜雨·己未八月二日新桃源和韵

吴翁里第还巾角，不妨天地席幕。家僮归报道，快酿酒、休教醨薄。　　相逢聚散应搔首，且趁时、一笑为乐。人世大都濩落，更莫问、是非今昨。

吴　潜　　秋夜雨·西风半入孤城角

西风半入孤城角，人生归燕巢幕。倦翁衰甚也，又不是、官卑禄薄。　　收绳卷索今番稳，尽一丘一壑足乐。还是远空雁落，报宛句、溪光犹昨。

吴　潜　　秋夜雨·晚来小雨鸣檐角

晚来小雨鸣檐角，又还烟障云幕。四明窗透荡，渐夜永、练衫轻薄。　　候虫但要吟教老，不管人、老欠欢乐。闲看烛花烬落，浮世事、转头成昨。

吴　潜　　秋夜雨·依韵戏赋傀儡

腰棚傀儡曾悬索，粗瞒凭一层幕。施呈精妙处，解幻出、蛟龙头角。　　谁知鲍老从旁笑，更郭郎、摇手消薄。歧路难准托，田稻熟、只宜村落。

蒋　捷　　　　　秋夜雨·秋夜

黄云水驿秋笳噎，吹人双鬓如雪。愁多无奈处，谩碎把、寒花轻撅。　　红云转入香心里，夜渐深、人语初歇。此际愁更别，雁落影、西窗斜月。

蒋　捷　　秋夜雨·金衣露湿莺喉噎

蒋正夫令作春夏冬各一阕，次前韵

金衣露湿莺喉噎，春情不解分雪。宝筝弦断尽，但万缕、闲愁难撅。　　长红小白谁亭馆，过禁烟、弹指芳歇。今夜休要别，且醉宿、缃桃花月。

蒋　捷　　秋夜雨·鬃车转急风如噎

鬃车转急风如噎，冰丝松藕新雪。有人凉满袖，怕汗湿、红绡犹撅。　　三更梦断敲荷雨，细听来、疏点还歇。茉莉标致别，占断了、纱厨香月。

蒋　捷　　秋夜雨·红麟不暖瓶笙噎

红麟不暖瓶笙噎，炉灰一片晴雪。醉无香嗅醒，但手把、新橙闲撅。　　更深冻损梅花也，听画堂、箫鼓方歇。想是天气别，豫借与、春风三月。

秋 波 媚

即《眼儿媚》，陆游词调名为《秋波媚》。详见《眼儿媚》条。

陆　游　　秋波媚·秋到边城角声哀

七月十六日晚登高兴亭望长安南山

秋到边城角声哀，烽火照高台。悲歌击筑，凭高酹酒，此兴悠哉。　　多情谁似南山月，特地暮云开。灞桥烟柳，曲江池馆，应待人来。

陆　游　　秋波媚·曾散天花蕊珠宫

曾散天花蕊珠宫，一念堕尘中。铅华洗尽，珠玑不御，道

骨仙风。　　东游我醉骑鲸去，君驾素鸾从。垂虹看月，天台采药，更与谁同。

秋　思

即《秋思耗》。调见《梦窗词》，系吴文英自度腔。双调，一百二十三字，上片十三句、六仄韵，下片十二句、九仄韵。此调只吴文英一词。

吴文英　　秋思·堆枕香鬟侧

荷塘为括苍名姝求赋其听雨小阁

堆枕香鬟侧，骤夜声、偏称画屏秋色。风碎串珠，润侵歌板，愁压眉窄。动罗箑清商，寸心低诉叙怨抑。映梦窗，零乱碧。待涨绿春深，落花香泛，料有断红流处，暗题相忆。　　欢酌，檐花细滴，送故人、粉黛重饰。漏侵琼瑟，丁东敲断，弄晴月白。怕一曲、霓裳未终，催去骖凤翼。叹谢客、犹未识，漫瘦却东阳，灯前无梦到得，路隔重云雁北。

秋宵吟

调见姜夔《白石词》，系姜夔自度曲。双调，九十九字。上片十句、六仄韵，下片十句、五仄韵。此调只姜夔一词。

姜　夔　　秋宵吟·自制曲

古帘空，坠月皎，坐久西窗人悄。蛩吟苦，渐漏水丁丁，箭壶催晓。引凉飔、动翠葆，露脚斜飞云表。因嗟念、似去国情怀，暮帆烟草。　　带眼销磨，为近日、愁多顿老。卫娘何在，宋玉归来，两地暗萦绕。摇落江枫早，嫩约无凭，幽梦又杳。但盈盈、泪洒单衣，今夕何夕恨未了。

秋　霁

又名《春霁》、《平湖秋月》。赋春晴词，即名《春霁》；赋秋晴词，即名《秋霁》。双调数体。其一百零五字，上片十句、六仄韵，下片十一句、四仄韵为正体；其一百零三字，上片十句、六仄韵，下片十句、四仄韵为变体等。

曾　纡　　　秋霁·木落山明

木落山明，暮江碧，楼倚太虚寥廓。素手飞觞，钗头笑取，金英满浮桑落。鬓云慢约，酒红拂破香腮薄。细细酌，帘外任教、月转画阑角。　当年快意登临，异乡节物，难禁离索。故人远、凌波何在，惟有残英共寂寞。愁到断肠无处著。寄寒香与，凭渠问讯佳时，弄粉吹花，为谁梳掠。

史达祖　　　秋霁·江水苍苍

江水苍苍，望倦柳愁荷，共感秋色。废阁先凉，古帘空暮，雁程最嫌风力。故园信息，爱渠入眼南山碧。念上国，谁是、鲙鲈江汉未归客。　还又岁晚，瘦骨临风，夜闻秋声，吹动岑寂。露蛬悲、清灯冷屋，翻书愁上鬓毛白。年少俊游浑断得。但可怜处，无奈苒苒魂惊。采香南浦，翦梅烟驿。

卢祖皋　　　秋霁·虹雨才收

虹雨才收，正抱叶残蝉，渐老云木。银汉飞星，玉壶零露，万里素秋如沐。倚鞶抱独，盼娇曾记郎心目。向艳歌偏爱，赋情多处寄衷曲。　凄凉漫有，旧月阑干，夜凉无因，重照颓玉。扇纨收、鸾孤蠹损，一番愁绪黯相触。回首寒云空雁足。露井零乱，已是负了桐阴。可堪轻误，满篱种菊。

吴　潜　　　秋霁·己未六月九日雨后赋

阶砌吟蛩，正竹外萧萧，雨骤风驶。凉浸桃笙，暑消葵扇，借伊一些秋意。枕边茉莉，满尘奁、贮香能腻。也不用，玉骨冰肌，人伴佳眠尔。　谁信此境，渐入华胥，旷然不知，庄蝶谁是。笑邯郸、羁魂客梦，贪他荣贵暂时里。飞鼠扑

灯还自坠。展转惊寤，才听禁鼓三敲，夜声寥阒，又般滋味。

吴文英　　　　秋霁·云麓园长桥

一水盈盈，汉影隔游尘，净洗寒绿。秋沐平烟，日回西照，乍惊饮虹天北。彩阑翠馥，锦云直下花成屋。试纵目，空际、醉乘风露跨黄鹄。　　追想缥缈，钓雪松江，恍然烟蓑，秋梦重续。问何如、临池脍玉，扁舟空舣洞庭宿。也胜饮湘然楚竹。夜久人悄，玉妃唤月归来，桂笙声里，水宫六六。

陈允平　　　　秋霁·平湖秋月

千顷玻璃，远送目斜阳，渐下林阒。题叶人归，采菱舟散，望中水天一色。碾空桂魄，玉绳低转云无迹。有素鸥，闲伴夜深，呼棹过环碧。　　相思万里，顿隔婵媛，几回琼台，同驻鸾翼。对西风、凭谁问取，人间那得有今夕。应笑广寒宫殿窄。露冷烟淡，还看数点残星，两行新雁，倚楼横笛。

周　密　　　　秋霁·重到西泠

乙丑秋晚，同盟载酒为水月游。商令初肃，霜风戒寒。抚人事之飘零，感岁华之摇落，不能不以之兴怀也。酒阑日暮，怃然成章

重到西泠，记芳园载酒，画船横笛。水曲芙蓉，渚边鸥鹭，依依似曾相识。年芳易失，断桥几换垂杨色。谩自惜，愁损庾郎，霜点鬓华白。　　残蛩露草，怨蝶寒花，转眼西风，又成陈迹。叹如今、才消量减，尊前孤负醉吟笔。欲寄远情秋水隔。旧游空在，凭高望极斜阳，乱山浮紫，暮云凝碧。

无名氏　　　　秋霁·秋晴

虹影侵阶，乍雨歇长空，万里凝碧。孤鹜高飞，落霞相映，远状水乡秋色。黯然望极，动人无限愁如织。又听得，云外数声，新雁正嘹呖。　　当此暗想，画阁轻抛，杳然殊无，些个消息。漏声稀、银屏冷落，那堪残月照窗白。衣带顿宽犹阻隔。算此情苦，除非宋玉风流，共怀伤感，有谁知得。

无名氏　　　　秋霁·隐括东坡前赤壁

壬戌之秋，是苏子与客，泛舟赤壁。举酒属客，月明风细，水光与天相接。扣舷唱月，桂棹兰桨堪游逸。又有客，能

吹洞箫，和声呜咽。　　追想孟德、困于周郎，到今空有，当时踪迹。算惟有、清风朗月，取之无禁用不竭。客喜洗盏还再酌。既已同醉，相与枕藉舟中，始知东方，晃然既白。

秋蕊香

又名《秋蕊香令》。双调数体，有小令与长调之别。小令四十八字，上下片各四句、四仄韵。长调九十七字，上片十句、五平韵，下片九句、五平韵。

晏　殊　　　秋蕊香·梅蕊雪残香瘦

梅蕊雪残香瘦，罗幕轻寒微透。多情只似春杨柳，占断可怜时候。　　萧娘劝我杯中酒，翻红袖。金乌玉兔长飞走，争得朱颜依旧。

晏　殊　　　秋蕊香·向晓雪花呈瑞

向晓雪花呈瑞，飞遍玉城瑶砌。何人剪碎天边桂，散作瑶田琼蕊。　　萧娘敛尽双蛾翠，回香袂。今朝有酒今朝醉，遮莫更长无睡。

晏几道　　　秋蕊香·池苑清阴欲就

池苑清阴欲就，还傍送春时候。眼中人去难欢偶，谁共一杯芳酒。　　朱阑碧砌皆如旧，记携手。有情不管别离久，情在相逢终有。

晏几道　　　秋蕊香·歌彻郎君秋草

歌彻郎君秋草，别恨远山眉小。无情莫把多情恼，第一归来须早。　　红尘自古长安道，故人少。相思不比相逢好，此别朱颜应老。

张　耒　　　秋蕊香·帘幕疏疏风透

帘幕疏疏风透，一线香飘金兽。朱阑倚遍黄昏后，廊上月华如昼。　　别离滋味浓于酒，著人瘦。此情不及墙东柳，春色年年如旧。

周邦彦　　秋蕊香·乳鸭池塘水暖

乳鸭池塘水暖，风紧柳花迎面。午妆粉指印窗眼，曲里长眉翠浅。　问知社日停针线，探新燕。宝钗落枕春梦远，帘影参差满院。

曹　勋　　秋蕊香·重阳

秋色宫庭，黄花禁籞，西风乍透罗衣。龙山意渐爽，瑶砌叶初飞。喜天宇、明洁晓晴时，翠楼都卷帘帷。奉宴赏，菊英环坐，金玉成围。　凭阑海山万里，登望处，休论戏马台池。揽幽芳、泛酒面香凝，携手与、仙姿共游嬉。从他纱帽频欹，并宝马，何妨归路，月挂天西。

史　浩　　秋蕊香·生日

玉露瀼瀼，秋色似画，东堂宴席初开。红萸泛寿斝，紫菊上妆台。倚栏见、新雁已南来，落霞孤鹜徘徊。最奇处，重阳将近，凉满襟怀。　萧洒秀眉，华发丹脸，映双瞳、的皪如孩。擘香笺、听丽句新裁。池上三回蟠桃熟，玉纤时捧琼杯。但愿得，年年此会满蓬莱。

毛　幵　　秋蕊香·荡暖花风满路

荡暖花风满路，织翠柳阴和雾。曲池斗草旧游处，忆试春衫白苎。　暗惊节意朱弦柱，送春去。晓来一阵扫花雨，惆怅蔷薇在否。

方千里　　秋蕊香·一枕盘莺锦暖

一枕盘莺锦暖，初起懒匀妆面。绿云袅娜映娇眼，酒入桃腮晕浅。　翠帘半卷香萦线，碍飞燕。画屏浅立意闲远，春锁深沉小院。

赵以夫　　秋蕊香·木樨

一夜金风，吹成万粟，枝头点点明黄。扶疏月殿影，雅澹道家装。阿谁倩、天女散浓香，十分熏透霓裳。徘徊处，玉绳低转，人静天凉。　底事小山幽咏，浑未识清妍，空自情伤。忆佳人、执手诉离湘。招蟾魄、和酒吸秋光，碧云日暮何妨。惆怅久，瑶琴微弄，一曲清商。

吴文英　　秋蕊香·和吴见山落桂

宝月惊尘堕晓，愁锁空枝斜照。古苔几点露萤小，销减秋光旋少。　佩丸尚忆春酥袅，故人老。断香忍和泪痕扫，魂返东篱梦窅。

吴文英　　秋蕊香·七夕

懒浴新凉睡早，雪靥酒红微笑。倚楼起把绣针小，月冷波光梦觉。　怕闻井叶西风到，恨多少。粉河不语堕秋晓，云雨人间未了。

赵希彭　　秋蕊香·髻稳冠宜翡翠

髻稳冠宜翡翠，压鬓彩丝金蕊。远山碧浅蘸秋水，香暖榴裙衬地。　亭亭二八余年纪，恼春意。玉云凝重步尘细，独立花阴宝砌。

杨泽民　　秋蕊香·向晓银瓶香暖

向晓银瓶香暖，宿蕊犹残娇面。风尘一缕透窗眼，恨入春山黛浅。　短书封了凭金线，系双燕。良人贪逐利名远，不忆幽花静院。

陈允平　　秋蕊香·晚酌宜城酒暖

晚酌宜城酒暖，玉软嫩红潮面。醉中窈窕度娇眼，不识愁深恨浅。　绣窗一缕香绒线，系双燕。海棠满地夕阳远，明月笙歌别院。

仇　远　　秋蕊香·三径归来秋早

三径归来秋早，门外金铺谁扫。东篱不种闲花草，恼乱西风未了。　霜华侵鬓渊明老，南山晓。啼红怨绿骎骎少，自采落英黄小。

王从叔　　秋蕊香·用清真韵

薄薄罗衣乍暖，红入酒痕潮面。絮花舞倦带娇眼，昨夜平堤水浅。　故人信断风筝线，误归燕。梦魂不怕山路远，无奈棋声隔院。

秋蕊香引

调见柳永《乐章集》，为柳永自度曲。双调，六十字，上片七句、三仄韵，下片八句、四仄韵。此调只柳永一词。

柳　永　　**秋蕊香引·留不得**

留不得，光阴催促，奈芳兰歇，好花谢，惟顷刻。彩云易散琉璃脆，验前事端的。　风月夜，几处前踪旧迹。忍思忆，这回望断，永作终天隔。向仙岛，归冥路，两无消息。

秋蕊香令

即《秋蕊香》，宋黄铸词名《秋蕊香令》。详见《秋蕊香》条。

黄　铸　　**秋蕊香令·花外数声风定**

花外数声风定，烟际一痕月净。水晶屏小欹醉枕，院静鸣蛩相应。　香销斜掩青铜镜，背灯影。寒砧夜半和雁阵，秋在刘郎绿鬓。

重叠金

即《菩萨蛮》。因温庭筠词中有“小山重叠金明灭”句，故又取调名为《重叠金》。详见《菩萨蛮》条。

赵善扛　　**重叠金·春游**

楚宫杨柳依依碧，遥山翠隐横波溢。绝艳照秾春，春光欲醉人。　纤纤芳草嫩，微步轻罗衬。花戴满头归，游蜂花上飞。

赵善扛　　**重叠金·春思**

玉关芳草黏天碧，春风万里思行客。骄马向风嘶，道归犹

未归。　　南云新有雁，望眼愁边断。膏沐为谁容，倚楼烟雨中。

赵善扛　　　　重叠金·春宵

一川花月青春夜，玉容依约花阴下。月照曲阑干，红绡挹露寒。　　袖香温素手，意铄金卮酒。香远绣帘开，画楼吹落梅。

黄　昇　　　　重叠金·壬寅立秋

西风半夜惊罗扇，蛩声入梦传幽怨。碧藕试初凉，露痕啼粉香。　　清冰凝簟竹，不许双鸳宿。又是五更钟，鸦啼金井桐。

黄　昇　　　　重叠金·冬

南山未解松梢雪，西山已挂梅梢月。说似玉林人，人间无此清。　　此身元是客，小住娱今夕。拍手凭阑干，霜风吹鬓寒。

黄　昇　　　　重叠金·除日立春

银幡彩胜参差剪，东风吹上钗头燕。一笑绕花身，小桃先报春。　　新春今日是，明日新年至。擘茧莫探官，人间行路难。

保 寿 乐

调见宋曹勋《松隐乐府》卷一。双调，九十四字。上片十句、五仄韵，下片九句、五仄韵。

曹　勋　　　保寿乐·太母庆七十

和气暖回元日，四海充庭琛贡至。仗卫俨东朝，郁郁葱葱，响传环佩。凤历无穷，庆慈闱上寿，皇情与天俱喜。念永锡难老，在昔难比。　　六宫嫔嫱罗绮，奉圣德、坤宁俱备。箫韶动钧奏，花似锦，广筵启。同祝宴赏处，从教月明风细。亿载享温凊，长生久视。

促拍丑奴儿

即《促拍采桑子》。双调，六十二字。上下片各六句、三平韵。又名《似娘儿》、《青杏儿》。

朱敦儒　　　　促拍丑奴儿·水仙

清露湿幽香，想瑶台、无语凄凉。飘然欲去，依然如梦，云度银潢。　　又是天风吹澹月，佩丁东、携手西厢。泠泠玉磬，沉沉素瑟，舞遍霓裳。

刘辰翁　　　　促拍丑奴儿·辛巳除夕

送岁可无诗，得团栾、忍不开眉。不记去年今夕梦，江东怀抱，江西信息，舍北妻儿。　　五十房廖炊，待五十、富贵成痴。百年苦乐乘除看，今年一半，明年一半，更似儿时。

刘辰翁　　　　促拍丑奴儿·有感

世事莫寻思，待说来、天也应悲。百年已是中年后，西州垂泪，东山携手，几个斜晖。　　也莫苦吟诗，苦吟诗、待有谁知。多□不是无才气，文时不遇，武时不遇，更说今时。

邓　剡　　　　促拍丑奴儿·寿孟万户

睡起怯春寒，海棠花、开未开间。莫言春色三分二，朱颜绿鬓，栽花种竹，谁似君闲。　　侯印旧家毡，早天边、飞诏催还。从今岁岁称觞处，人如玉雪，花如锦绣，福寿如山。

促拍满路花

又名《满路花》、《满园花》、《归去难》、《一枝花》、《喝马一枝花》、《雨中花》。双调数体，有平韵、仄韵两体。平韵见柳永词，仄韵见秦观词。平韵有八十一字、八十三字、八十六字、八十七字等数体。其八十三字，上下片各八句、四平韵为正体；其八十一字，上下片各八句、四平韵为变体。仄韵有八十三字、八十六字、八十八

字、九十字等数体。其八十三字，上下片各八句、六仄韵为正体；其八十三字，上下片各八句、五仄韵为变体；其八十六字，上片八句、六仄韵，下片七句、五仄韵为又一变体等。

柳　永　　　促拍满路花·香靥融春雪

香靥融春雪，翠鬓亸秋烟。楚腰纤细正笄年。凤帏夜短，偏爱日高眠。起来贪颠耍，只恁残却黛眉，不整花钿。　有时携手闲坐，偎倚绿窗前。温柔情态尽人怜。画堂春过，悄悄落花天。最是娇痴处，尤殢檀郎，未教拆了秋千。

秦　观　　　促拍满路花·露颗添花色

露颗添花色，月彩投窗隙。春思如中酒，恨无力。洞房咫尺，曾寄青鸾翼。云散无踪迹，罗帐薰残，梦回无处寻觅。　轻红腻白，步步熏兰泽。约腕金环重，宜装饰。未知安否，一向无消息。不似寻常忆，忆后教人，片时存济不得。

吕胜己　　　促拍满路花·瑞香

名花无影迹，寒气日凄凉。人间千万树，歇芬芳。紫微宫女，仙驭降霓裳。名在仙班簿，不属尘凡，洞天密锁云窗。　遗珰连宝珥，人世识天香。凝寒承雨露，傲冰霜。凌波仙子，邂逅水云乡。更约南枝友，游遍江南，共归三岛扶桑。

赵师侠　　　促拍满路花·信丰黄师尹跳珠亭

栽花春烂熳，叠石翠巑岏。小亭相对倚，数峰寒。主人寻胜，接竹引清泉。凿破苍苔地，一掬泓澄，六花疑是深渊。　向闲中、百虑翛然，情事寄鸣弦。炉香陪茗碗，可忘言。喷珠溅雪，历历听潺湲。尘世知何计，不老朱颜，静看日月跳丸。

赵师侠　　　促拍满路花·瑞荫亭赠锦屏苗道人

连枝蟠古木，瑞荫映晴空。桃江江上景，古今同。忙中取静，心地尽从容。扫尽荆榛蔽，结屋诛茅，道人一段家风。　任乌飞兔走匆匆，世事亦何穷。官闲民不扰，更年丰。箪瓢云水，时与话西东。真乐谁能识，兀坐忘言，浩然天地之中。

葛长庚　　促拍满路花·和纯阳韵

多才夸李白，美貌说潘安。一朝成万古，又徒闲。如何猛省，心地种仙蟠。堪叹人间事，泡沫风灯，阿谁肯做飞仙。
莫思量，骏马与高轩。快乐任天然，最坚似松柏、更凋残。有何凭据，谁易复谁难。长啸青云外，自嗟自笑，了无恨海愁山。

徐叔至　　促拍满路花·秋上曾两府

人间秋正好，天上月才圆。玉霄人不老，对婵娟。五龙护日，一笑着貂蝉。禁殿开金钥，宝炬宫壶，诏催移下钧天。
昴奎分秀采，箕翼与长年。华堂歌宛转，舞蹁跹。醉围红袖，妙墨起风烟。回首恩波地，身在江湖，为公一赋新篇。

无名氏　　促拍满路花·抱元能守一

抱元能守一，四大自轻安。心中须返照，几曾闲。金乌衔耀，飞入烂银盘。心心心是道，只在心心，更于何处求仙。
又何须衣冕，燕处欲超然。荣华能几日，便凋残。修真甚易，积行累功难。劝君强为善，五浊三途，便为云岛神山。

无名氏　　促拍满路花·人能常清静

人能常清静，天地悉皆归。一真含众妙，入希夷。昭文不会，气候有成亏。妄心寂灭尽，困睡饥餐，更无作用施为。
自然炉鼎就，光彩透帘帏。玉池神水涌，上生肥。如人饮水，冷暖自家知。自家性命事，自家了得，自家性命便宜。

无名氏　　促拍满路花·若论修养事

若论修养事，知有几多门。谛当归宿处，是灵根。至真至道，简易合乾坤。坎离并水火，止是筌蹄，粹然一点长存。
个中如荐得，悟了五千言。金晶飞肘后，透昆仑。清江九曲，一棹破烟昏。水击三千里，九万鹏程，化成元是冥鲲。

剑　舞

即《霜天晓角》，详见《霜天晓角》条。

史　浩　　　　剑舞·荧荧巨阙

二舞者对厅立茵上。竹竿子勾，念：伏以玳席欢浓，金尊兴逸。听歌声之融曳，思舞态之飘摇。爰有仙童，能开宝匣。佩干将莫邪之利器，擅龙泉秋水之嘉名。鼓三尺之莹莹，云间闪电；横七星之凛凛，掌上生风。宜到芳筵，同翻雅戏。

二舞者自念：伏以五行擢秀，百炼呈功。炭炽红炉，光喷星日；硎新雪刃，气贯虹霓。斗牛间紫雾浮游，波涛里苍龙缔合。久因佩服，粗习回翔。兹闻阆苑之群仙，来会瑶池之重客。辄持薄技，上侑清欢。未敢自专，伏候处分。

竹竿子问：既有清歌妙舞，何不献呈。

二舞者答：旧乐何在。

竹竿子再问：一部俨然。

二舞者答：再韵前来。

乐部唱剑器曲破，作舞一段了，二舞者同唱霜天晓角：

荧荧巨阙，左右凝霜雪。且向玉阶掀舞，终当有、用时节。　　唱彻，人尽说，宝此制无折。内使奸雄落胆，外须遣、豺狼灭。

乐部唱曲子，作舞剑器曲破一段。(舞罢，二人分立两边。别两人汉装者出，对坐，桌上设酒果。)竹竿子念：伏以断蛇大泽，逐鹿中原。佩赤帝之真符，接苍姬之正统。皇威既振，天命有归。势虽盛于重瞳，德难胜于隆准。鸿门设会，亚父输谋。徒矜起舞之雄姿，厥有解纷之壮士。想当时之贾勇，激烈飞扬；宜后世之效颦，回旋宛转。双鸾奏技，四坐腾欢。

乐部唱曲子，舞剑器曲破一段。(一人左立者上茵舞，有欲刺右汉装者之势。又一人舞进前翼蔽之。舞罢，两舞者并退，汉装者亦退。复有两人唐装出，对坐。桌上设笔砚纸，舞者一人换妇人装立茵上。)竹竿子勾，念：伏以云鬟耸苍壁，雾縠罩香肌。袖翻紫电以连轩，手握青蛇而的皪。花影下，游

龙自跃；锦茵上，跄凤来仪。轶态横生，瑰姿谲起。倾此入神之技，诚为骇目之观。巴女心惊，燕姬色沮。岂唯张长史草书大进，抑亦杜工部丽句新成。称妙一时，流芳万古。宜呈雅态，以洽浓欢。

乐部唱曲子，舞剑器曲破一段。(作龙蛇蜿蜒曼舞之势。两人唐装者起。二舞者、一男一女对舞，结剑器曲破彻。)竹竿子念：项伯有功扶帝业，大娘驰誉满文场。合兹二妙甚奇特，堪使佳宾釂一觞。霍如羿射九日落，矫如群帝骖龙翔。来如雷霆收震怒，罢如江海凝清光。歌舞既终，相将好去。

念了，二舞者出队。

剑器近

又名《剑气近》。《宋史·乐志》："教坊奏剑器曲……又有剑器舞。"此调名盖出于此。双调，九十六字，上片八句、八仄韵，下片十一句、七仄韵。

袁去华　　剑器近·夜来雨

夜来雨，赖倩得、东风吹住。海棠正妖娆处，且留取，悄庭户。试细听、莺啼燕语，分明共人愁绪，怕春去。　佳树，翠阴初转午。重帘未卷，乍睡起、寂寞看风絮。偷弹清泪寄烟波，见江头故人，为言憔悴如许。彩笺无数，去却寒暄。到了浑无定据，断肠落日千山暮。

胜胜令

又名《声声令》，调见宋曹勋《松隐乐府》卷三。双调六十六字。有上片七句、四平韵，下片八句、四平韵；亦有上片七句、四平韵，下片八句、六平韵。

曹　勋　　胜胜令·梅风吹粉

梅风吹粉，柳影摇金，渐看春意入芳林。波明草嫩，据征鞍，晚烟沉。向野馆、愁绪怎禁。　过了烧灯，醉别院，阻

同寻，琐窗还是冷瑶琴。灯花灺也，拥春寒，掩闲衾。念翠屏、应倚夜深。

胜胜慢

即《声声慢》，晁补之词调名《胜胜慢》。详见《声声慢》条。

晁补之　　胜胜慢·家妓荣奴既出有感

朱门深掩，摆荡春风，无情镇欲轻飞。断肠如雪，撩乱去点人衣。朝来半和细雨，向谁家、东馆西池。算未肯、似桃含红蕊，留待郎归。　　还记章台往事，别后纵青青，似旧时垂。灞岸行人多少，竟折柔枝。而今恨啼露叶，镇香街、抛掷因谁。又争可、妒郎夸春草，步步相随。

朱敦儒　　胜胜慢·雪

红炉围锦，翠幄盘雕，楼前万里同云。青雀窥窗，来报瑞雪纷纷。开帘放教飘洒，度华筵、飞入金尊。斗迎面，看美人呵手，旋浥罗巾。　　莫说梁园往事，休更羡、越溪访戴幽人。此日西湖真境，圣治中兴。直须听歌按舞，任留香、满酌杯深。最好是，贺丰年、天下太平。

石孝友　　胜胜慢·花前月下

花前月下，好景良辰，厮守日许多时。正美之间，何事便有轻离。无端珠泪暗簌，染征衫、点点红滋。最苦是、□殷勤密约，做造相思。　　咿哑橹声离岸，魂断处、高城隐隐天涯。万水千山，一去定失花期。东君斗来无赖，散春红、点破梅枝。病成也，到而今、著个甚医。

李商英　　胜胜慢·香浮椒柏

香浮椒柏，暖入酴酥，非烟晓生帘幕。绛阙真仙，来自五云楼阁。青霁路岐游遍，排冠归、水晶城郭。萧散处，有壶中日月，故园猿鹤。　　好是朱颜难老，嬉游处，不减少年行

乐。正好寻春，莫负燕期莺约。沉沉洞天向晚，按宫商、重调音乐。愿岁岁，听新声，笙歌院落。

李商英　　胜胜慢・笙簧缭绕

笙簧缭绕，书鼓声喧，佳人对舞绣帘前。高卷铺衬，广列华筵。人人献香祝寿，捧流霞、永庆高年。名香爇，睹重重华盖，金兽喷烟。　一愿皇恩频降，松柏对龟鹤，彭祖齐肩。二愿子子孙孙，尽贡三元，石崇富贵也休夸，陆地神仙。更三愿，愿年年佳庆，永保团圆。

王之道　　胜胜慢・鲁云书瑞

冬至日，用刘春卿韵，送彦逢弟赴官西兴

鲁云书瑞，周日迎长，晓占缇室飞灰。玉勒朝天，千门禁钥齐开。帘卷扇分雉尾，香风远、人到蓬莱。霞觞满，□万年献祝，宫殿昭回。　况有金瓯名姓，一任名园萧散，元自徘徊。门外锋车，又连凤沼相催。酒到莫辞频举，听清歌、一阕倾杯。功成日，渺五湖烟月，堪赋归来。

王之道　　胜胜慢・和刘春卿有怀金溪

凌云气节，贯日精忠，艰难未许心灰。芳酒一尊，对君聊为君开。要识治安非晚，乐得贤、新赋台莱。愁似雪，喜青天万里，晓霁春回。　须信赤绳系足，朱衣点额终在，休叹淹徊。梅实槐花，看看便是相催。座上觥筹交错，玉山峙、莫遣停杯。濡须好，倘他时富贵，犹冀重来。

王之道　　胜胜慢・和张文伯木樨

菊团封绿，莲萼凋红，萧然独见芳姿。短墙高榭，疏筠怪石偏宜。香遍秋风到处，微雨过、清露零时。花阴下，称笺毫唱和，杖屦追随。　曷似江头竹外，凌霜犯雪，岁晚争奇。夕赏朝吟，劝秋莫放离披。细看石楠玉茗，叶纵似、风韵输伊。最好处，拥新妆、临鉴碧溪。

曹　勋　　胜胜慢・素商吹景

素商吹景，西真赋巧，桂子秋借蟾光。层层翠葆，深隐幽

艳清香。占得秀岩分种，天教薇露染娇黄。珍庭晓，透肌破鼻，细细芬芳。　　应是月中倒影，喜余叶婆娑，灏色迎凉。移根上苑，雅称曲槛回廊。趁取蕊珠密缀，与收花雾著宫裳。帘栊静，好围四坐，对赏瑶觞。

赵长卿　　胜胜慢·草词

浓芳满地，秀色连天，和烟带雨萋萋。几许芳心，还解报得春晖。当时谢郎梦里，似殷勤、传与新诗。却为甚、动长门怨感，南浦伤离。　　追想天涯行客，应解拥车轮，步步相随。惆怅如丝，正是欲断肠时。凭高望中不见，路悠悠、南北东西。春去也，怨王孙、犹自未归。

赵长卿　　胜胜慢·柳词

金垂烟重，雪飏风轻，东风惯得多娇。秀色依依，偏应绿水朱楼。腰肢先来太瘦，更眉尖、惹得闲愁。牵情处，是张郎年少，一种风流。　　别后长堤目断，空记得当时，马上墙头。细雨轻烟，何处夕系扁舟。叮咛再须折赠，劝狂风、休挽长条。春未老，到成阴、终待共游。

黄人杰　　胜胜慢·莺喉娇脆

莺喉娇脆，燕体轻盈，争翻妙舞新声。元是君侯生日，爽气澄清。天应人为献寿，春着意、花也留情。恣豪饮，似流觞曲水，前度兰亭。　　况遇湖山官满，无一事、身心分外安宁。买个归舟，随鸥趁鹭长征。逢时了些事业，还未遇、月钓云耕。世尘外，看西真桃熟，南极星明。

无名氏　　胜胜慢·严凝天气

严凝天气，近腊时节，寒梅暗绽疏枝。素艳琼苞，盈盈掩映亭池。雪中欺寒探暖，替东君、先报芳菲。暗香远，把荒林幽圃，景致妆迟。　　别是一般风韵，超群卉、不待淡荡风吹。雅态仪容，特地惹起相思。折来画堂宴赏，向尊前、吟咏怜伊。渐开尽，算闲花、野草怎知。

无名氏　　　胜胜慢·寒应消尽

寒应消尽，丽日添长，百花未敢先拆。冷艳幽香，分过溪南春色。调酥旋成素蕊，向碧琼、枝头匀滴。愁肠断，怕韶华三弄，雪映溪侧。　　应是酒阑人静，香散处、惟见玉肌冰格。细细疏风，清态为谁脉脉。芳心向人似语，也相怜、风流词客。待宴赏，伴娇娥、和月共摘。

独倚楼

此调本名《更漏子》，贺铸词有“一叶落，几番秋，江南独倚楼”句，故更名《独倚楼》。详见《更漏子》条。

贺　铸　　　独倚楼·上东门

上东门，门外柳，赠别每烦纤手。一叶落，几番秋，江南独倚楼。　　曲阑干，凝伫久，薄暮更堪搔首。无际恨，见闲愁，侵寻天尽头。

独脚令

即《忆王孙》，《梅苑》词调名《独脚令》。详见《忆王孙》条。

莫　将　　　独脚令·绛唇初点粉红新

绛唇初点粉红新，凤镜临妆已逼真，苒苒钗头香趁人。惜芳晨，玉骨冰姿别是春。

史远道　　　独脚令·墙头梅蕊一枝新

墙头梅蕊一枝新，宋玉东邻算未真，折与冰姿绰约人。怯霜晨，桃李纷纷不当春。

怨三三

调见李之仪《姑溪词》，因词中上片结句为“醉重三”，取其意为此调名。双调，五十字，上片四句、四平韵，下片五句、四平韵。

李之仪　怨三三·登姑熟堂寄旧游　用贺方回韵

清溪一派泻揉蓝，岸草毵毵。记得黄鹂语画檐，唤狂里、醉重三。　春风不动垂帘，似三五、初圆素蟾。镇泪眼廉纤，何时歌舞，再和池南。

贺　铸　怨三三·玉津春水如蓝

玉津春水如蓝，宫柳毵毵。桥上东风侧帽檐，记佳节、约是重三。　飞楼十二珠帘，恨不贮、当年彩蟾。对梦雨廉纤，愁随芳草，绿遍江南。

怨王孙

即《忆王孙》，李清照词名《怨王孙》。又即《怨春郎》，调见《草堂诗余》前集卷上宋无名氏词。又即《河传》，详见《河传》条。

李清照　怨王孙·湖上风来波浩渺

湖上风来波浩渺，秋已暮、红稀香少。水光山色与人亲，说不尽、无穷好。　莲子已成荷叶老，青露洗、蘋花汀草。眠沙鸥鹭不回头，似也恨、人归早。

李清照　怨王孙·春暮

帝里春晚，重门深院。草绿阶前，暮天雁断。楼上远信谁传，恨绵绵。　多情自是多沾惹，难拚舍，又是寒食也。秋千巷陌，人静皎月初斜，浸梨花。

张元幹　　　**怨王孙·小院春昼**

小院春昼，晴窗霞透。把雨燕脂，倚风翠袖。芳意恼乱人多，暖金荷。　　多情不分群葩后，伤春瘦，浅黛眉尖秀。红潮醉脸，半掩花底重门，怨黄昏。

张元幹　　　**怨王孙·霁雨天迥**

绍兴乙丑春二月既望，李文中置酒溪阁。日暮雨过，尽得云烟变态，如对营丘著色山。坐客有歌怨王孙者，请予赋其情抱，叶子谦为作三弄，吹云裂石，旁若无人，永福前此所未见也。老子于此，兴复不浅

霁雨天迥，平林烟暝。灯闪沙汀，水生钓艇。楼外柳暗谁家，乱昏鸦。　　相思怪得今番甚，寒食近，小砑鱼笺信。屏山交掩，微醉独倚栏干，恨春寒。

姚　宽　　　**怨王孙·春情**

毵毵杨柳绿初低，澹澹梨花开未齐。楼上情人听马嘶，忆郎归，细雨春风湿酒旗。

无名氏　　　**怨王孙·梦断漏悄**

梦断漏悄，愁浓酒恼。宝枕生寒，翠屏向晓。门外谁扫残红，夜来风。　　玉箫声断人何处，春又去，忍把归期负。此情此恨此际，拟托行云，问东君。

怨春风

即《一斛珠》，张先词调名《怨春风》。又即《醉春风》，宋赵鼎词名《怨春风》。详见《一斛珠》和《醉春风》。

张　先　　　**怨春风·无由且住**

无由且住，绵绵恨似春蚕绪。见来时饷还须去，月浅灯收，多在偷期处。　　今夜掩妆花下语，明朝芳草东西路。愿

身不学相思树，但愿罗衣，化作双飞羽。

赵　鼎　　　　怨春风·闺怨

宝鉴菱花莹，孤鸾慵照影。鱼书蝶梦两浮沉，恨恨恨。结尽丁香，瘦如杨柳，雨疏云冷。　宿醉厌厌病，罗巾空泪粉。欲将远意托湘弦，闷闷闷。香絮悠悠，画帘悄悄，日长春困。

怨春郎

即《怨王孙》，宋欧阳修、王质词名《怨春郎》。详见《怨王孙》条。

欧阳修　　　　怨春郎·为伊家

为伊家，终日闷，受尽恓惶谁问。不知不觉上心头，悄一霎、身心顿也没处顿。　恼愁肠，成寸寸，已恁莫把人萦损。奈每每人前道著伊，空把相思泪眼和衣揾。

王　质　　　　怨春郎·宿池口

芦花已老，蓼花已老。江腹冲风，山头残照。暮烟不辨栖鸥，识归舟。　归舟照顾新洲阁，惊波恶，别拣深湾泊。南津北泺，水村总没人家，莽平沙。

亭前柳

即《厅前柳》，朱雍词调名《亭前柳》。详见《厅前柳》条。

朱　雍　　　　亭前柳·拜月南楼上

拜月南楼上，面婵娟、恰对新妆。谁凭阑干处，笛声长。追往事，遍凄凉。　看素质、临风消瘦尽，粉痕轻、依旧真香。潇洒春尘境，过横塘。度清影，在回廊。

朱　雍　　　亭前柳·伫立东风里

伫立东风里，放纤手、净试梅妆。眉晕轻轻画，远山长。添新恨，更凄凉。　　尝忆得、驿亭人别后，寻春去、尽是幽香。归路临清浅，在寒塘。同水月，照虚廊。

朱　雍　　　亭前柳·养就玄霜圃

养就玄霜圃，问东君、曾放瑶英。回首蓝桥路，遍琼城。横斜影，照人明。　　飘香信、玉溪仙佩晚，同新月、步入西清。冰质枝头袅，更轻盈。分春色，赠双成。

石孝友　　　亭前柳·有件伜遮

有件伜遮，算好事、大家都知。被新冤家矍索后，没别底，似别底也难为。　　识尽千千并万万，那得恁、海底猴儿。这百十钱，一个泼性命，不分付、待分付与谁。

度清霄

宋大曲名，调见宋张继先《虚靖真君词》。单调，五十六字，八句，八平韵。

张继先　　度清霄·一更一点一更初

一更一点一更初，城门半掩行人疏。茅庵潇洒一事无，孤灯相对光清虚。蒲团安稳身不拘，跏趺大坐心如如。月轮微出天东隅，空中露出无名珠。

张继先　　度清霄·二更二点二更深

二更二点二更深，宫钟声绝夜沉沉。明月满天如写金，同光共影无昏沉。起来闲操无弦琴，声高调古惊人心。琴罢独歌还独吟，松风涧水俱知音。

张继先　　度清霄·三更三点三更中

三更三点三更中，烟开雾敛静无风。月华迸入水晶宫，四方上下同一空。光明遍转华胥同，千古万古无初终。铁蛇飞舞

如流虹，倒骑白凤游崆峒。

张继先　　度清霄·四更四点四更长

四更四点四更长，迎午迸鼠心不忙。丹炉伏火生新香，群阴剥尽回真阳。金娥木父欢相当，醍醐次进无停觞。主宾倒置情不伤，更阑别去还相忘。

张继先　　度清霄·五更五点五更残

五更五点五更残，青冥风露逼人寒。扶桑推出红银盘，城门依旧声尘喧。明暗二景交相转，生来死去纷易换。道人室中天宇宽，日出三竿方启关。

张继先　　度清霄·结语

独自行兮独自坐，独自歌兮独自和。日日街头走一过，我不识吾谁识我。人间旦暮自四时，玄中消息不推移。觌面相呈知不知，知时自唱啰啰哩。

度新声

此调本名《踏莎行》，因贺铸词有“紫箫闲捻度新声”句，故更名《度新声》。详见《踏莎行》条。

贺　铸　　度新声·小苑浴兰

小苑浴兰，微波寄叶，石城回首山重沓。绮窗烟雨梦佳期，飞霞艇子雕檀楫。　楼迥披襟，廊长响屧，供愁麝月眉心帖。紫箫闲捻度新声，有人偷倚阑干掐。

帝台春

唐教坊曲名。《宋史·乐志》：“琵琶曲有《帝台春》。”此调名盖源于此。双调，九十八字，上片九句、五仄韵，下片十一句、七仄韵。此调只李甲一词。

李　甲　　　帝台春·芳草碧色

芳草碧色，萋萋遍南陌。暖絮乱红，也知人、春愁无力。忆得盈盈拾翠侣，共携赏、凤城寒食。到今来，海角逢春，天涯为客。　　愁旋释，还似织。泪暗拭，又偷滴。谩伫立、遍倚危阑，尽黄昏，也只是、暮云凝碧。拚则而今已拚了，忘则怎生便忘得。又还问鳞鸿，试重寻消息。

闺怨无闷

即《无闷》，调见宋程垓《书舟词》。双调，九十八字。上片十句、五仄韵，下片十句、七仄韵。

程　垓　　　闺怨无闷·天与多才

天与多才，不合更与，殢柳怜花情分。甚总为才情，恼人方寸。早是春残花褪，也不料、一春都成病。自失笑，因甚腰围半减，珠泪频揾。　　难省，也怨天、也自恨。怎免千般思忖。倩人说与，又却不忍。拚了一生愁闷，又只恐、愁多无人问。到这里，天也怜人，看他稳也不稳。

闻鹊喜

即《谒金门》，宋周密词名《闻鹊喜》。详见《谒金门》条。

周　密　　　闻鹊喜·吴山观涛

天水碧，染就一江秋色。鳌戴雪山龙起蛰，快风吹海立。
数点烟鬟青滴，一杼霞绡红湿。白鸟明边帆影直，隔江闻夜笛。

送入我门来

调见《草堂诗余》后集卷上宋胡浩然词。其词结句为“仗东风尽力，一齐吹送，入此门来”，取以为调名。此调系胡浩然所创。

胡浩然　　送入我门来·除夕

荼垒安扉，灵馗挂户，神傩烈竹轰雷。动念流光，四序式周回。须知今岁今宵尽，似顿觉明年明日催。向今夕，是处迎春送腊，罗绮筵开。　今古遍同此夜，贤愚共添一岁，贵贱仍偕。互祝遐龄，山海固难摧。石崇富贵篯铿寿，更潘岳仪容子建才。仗东风尽力，一齐吹送，入此门来。

送征衣

唐教坊曲名。调见柳永《乐章集》。双调，一百二十一字，上片十二句、七平韵，下片十一句、六平韵。此调只柳永一词。

柳　永　　送征衣·过韶阳

过韶阳，璿枢电绕，华渚虹流，运应千载会昌。罄寰宇、荐殊祥，吾皇，诞弥月，瑶图缵庆，玉叶腾芳。并景贶、三灵眷佑，挺英哲、掩前王。遇年年、嘉节清和，颁率土称觞。　无间要荒华夏，尽万里、走梯航。彤庭舜张大乐，禹会群方。鹓行，望上国，山呼鳌抃，遥爇炉香。竞就日、瞻云献寿，指南山、等无疆。愿巍巍、宝历鸿基，齐天地遥长。

迷仙引

双调。有中调与长调之别。中调八十三字，上片十句、四仄韵，下片七句、五仄韵；长调一百二十三字，上片十六句、九仄韵，下片十句、八仄韵。

柳　永　　　　**迷仙引·才过笄年**

才过笄年，初绾云鬟，便学歌舞。席上尊前，王孙随分相许。算等闲、酬一笑，便千金慵觑。常只恐、容易蕣华偷换，光阴虚度。　　已受君恩顾，好与花为主。万里丹霄，何妨携手同归去。永弃却、烟花伴侣，免教人见妾，朝云暮雨。

关　咏　　　　**迷仙引·春阴霁**

春阴霁，岸柳参差，袅袅金丝细。画阁昼眠莺唤起，烟光媚。燕燕双高，引愁人如醉。慵缓步，眉敛金铺倚。嘉景易失，懊恼韶光改。花空委，忍厌厌地。施朱粉，临鸾鉴，腻香销减摧桃李。　　独自个凝睇，暮云暗，遥山翠。天色无情，四远低垂淡如水，离恨托、征鸿寄。旋娇波、暗落相思泪，妆如洗。向高楼、日日春风里，悔凭阑、芳草人千里。

迷神引

调见柳永《乐章集》。双调，九十七字数体。其上片十一句、六仄韵，下片十三句、六仄韵为正体；其上片十一句、八仄韵，下片十三句、六仄韵为变体。

柳　永　　　　**迷神引·一叶扁舟轻帆卷**

一叶扁舟轻帆卷，暂泊楚江南岸。孤城暮角，引胡笳怨。水茫茫，平沙雁，旋惊散。烟敛寒林簇，画屏展。天际遥山小，黛眉浅。　　旧赏轻抛，到此成游宦。觉客程劳，年光晚。异乡风物，忍萧索、当愁眼。帝城赊，秦楼阻，旅魂乱。芳草连空阔，残照满。佳人无消息，断云远。

柳　永　　　　**迷神引·红板桥头秋光暮**

红板桥头秋光暮，淡月映烟方煦。寒溪蘸碧，绕垂杨路。重分飞，携纤手，泪如雨。波急隋堤远，片帆举。倏忽年华改，向期阻。　　时觉春残，渐渐飘花絮，好夕良天长孤负。洞房闲掩，小屏空，无心觑。指归云，仙乡杳，在何处。遥夜香衾暖，算谁与。知他深深约，记得否。

晁补之　　迷神引·贬玉溪对江山作

黯黯青山红日暮，浩浩大江东注。余霞散绮，向烟波路。使人愁，长安远，在何处。几点渔灯小，迷近坞。一片客帆低，傍前浦。　　暗想平生，自悔儒冠误。觉阮途穷，归心阻。断魂素月，一千里、伤平楚。怪竹枝歌，声声怨，为谁苦。猿鸟一时啼，惊岛屿。烛暗不成眠，听津鼓。

朱　雍　　迷神引·白玉楼高云光绕

白玉楼高云光绕，望极新蟾同照。前村暮雪，霁梅林道。涧风平，波声渺，喜登眺。疏影寒枝颤，太春早。临水凝清浅，靓妆巧。　　瘦体伤离，向此萦怀抱。觉璧华轻，冰痕小。倦听塞管，转呜咽，令人老。素光回，长亭静，无尘到。烟锁横塘暖，香径悄。飞英难拘束，任春晓。

将进酒

即《梅花引》，贺铸词名《将进酒》。详见《梅花引》条。

贺　铸　　将进酒·城下路

城下路，凄风露，今人犁田古人墓。岸头沙，带蒹葭，漫漫昔时，流水今人家。黄埃赤日长安道，倦客无浆马无草。开函关，掩函关，千古如何，不见一人闲。　　六国扰，三秦扫，初谓商山遗四老。驰单车，致缄书，裂荷焚芰，接武曳长裾。高流端得酒中趣，深入醉乡安稳处。生忘形，死忘名，谁论二豪，初不数刘伶。

恨欢迟

即《恨来迟》，宋张焘词调名为《恨欢迟》。详见《恨来迟》条。

张　泰　　　　恨欢迟·淡薄情怀

淡薄情怀，浅缀胭脂，独占江梅。最好是、严凝苦寒天气，却是开时。　　也不许、桃杏斗妍媸，也不许、雪霜相欺。又只恐、谁家一声羌笛，落尽南枝。

恨来迟

又名《恨欢迟》、《下手迟》，调见宋王灼《颐堂词》。双调数体。其五十二字，上片六句、两平韵，下片五句、三平韵为正体。其五十三字，上片五句、两平韵，下片四句、三平韵为变体。

王　灼　　　　恨来迟·柳暗汀洲

柳暗汀洲，最春深处，小宴初开。似泛宅浮家，水平风软，咫尺蓬莱。　　更劝君、吸尽紫霞杯，醉看鸾凤徘徊。正洞里桃花，盈盈一笑，依旧怜才。

恨春迟

调见宋张先《张子野词》卷一。双调，五十八字，上下片各五句、两平韵。

张　先　　　　恨春迟·好梦才成又断

好梦才成又断，日晚起、云鬟梳鬟。秀脸拂新红，酒入娇眉眼，薄衣减春寒。　　红柱溪桥波平岸，画阁外、落日西山。不分闲花并蒂，秋藕连根，何时重得双眠。

张　先　　　　恨春迟·欲借红梅荐饮

欲借红梅荐饮，望陇驿、音信沉沉。住在柳洲东岸，彼此相思，梦去难寻。　　乳燕来时花期寝，淡月坠、将晓还阴。争奈多情易感，音信无凭，如何消遣得初心。

此首别作欧阳修词

欧阳修　　恨春迟·欲借江梅荐饮

欲借江梅荐饮，望陇驿、音息沉沉。住在柳州东，彼此相思，梦回云去难寻。　归燕来时花期浸，淡月坠、将晓还阴。争奈多情易感，风信无凭，如何消遣初心。

此首别作张先词

洞天春

调见欧阳修《六一词》。其词咏院落之春景如洞天，取其意以为调名。双调，四十八字，上片四句、四仄韵，下片五句、三仄韵。

欧阳修　　洞天春·莺啼绿树声早

莺啼绿树声早，槛外残红未扫。露点真珠遍芳草，正帘帏清晓。　秋千宅院悄悄，又是清明过了。燕蝶轻狂，柳丝撩乱，春心多少。

洞仙歌

唐教坊曲名。又名《洞仙歌令》、《羽仙歌》、《洞仙词》、《洞中仙》、《洞仙歌慢》、《洞玄歌》。双调，有令词与慢词之别。令词自八十三字至九十三字，有三十余体；慢词自一百一十八字至一百二十六字数体。其八十三字，上片六句、四仄韵，下片七句、四仄韵为正体；其八十四字，上片六句、四仄韵，下片八句、三仄韵为变体；其八十五字，上片六句、三仄韵，下片八句、三仄韵为变体；其八十六字，上片六句、三仄韵，下片八句、五仄韵为变体；其八十八字，上片七句、三仄韵，下片八句、三仄韵为变体；其一百二十三字，上片十一句、四仄韵，下片十四句、八仄韵为变体；其一百二十六字，上片十句、七仄韵，下片十五句、九仄韵为变体；其一百二十三字，上片十一句、四仄韵，下片十六句、七仄韵、一叠韵为变体等。

柳 永　　洞仙歌·佳景留心惯

佳景留心惯，况少年彼此，风情非浅。有笙歌巷陌，绮罗庭院。倾城巧笑如花面，恣雅态、明眸回美盼。同心绾，算国艳仙材，翻恨相逢晚。　缱绻，洞房悄悄，绣被重重。夜永欢余，共有海约山盟，记得翠云偷翦。和鸣彩凤于飞燕，间柳径花阴携手遍。情眷恋，向其间、密约轻怜事何限。忍聚散，况已结深深愿。愿人间天上，暮云朝雨长相见。

柳 永　　洞仙歌·乘兴

乘兴，闲泛兰舟，渺渺烟波东去。淑气散幽香，满蕙兰汀渚。绿芜平畹，和风轻暖，曲岸垂杨，隐隐隔、桃花圃。芳树外，闪闪酒旗遥举。　羁旅，渐入三吴风景，水村渔市。闲思更远神京，抛掷幽会小欢何处。不堪独倚危樯，凝情西望日边，繁华地、归程阻。空自叹当时，言约无据。伤心最苦，伫立对、碧云将暮。关河远，怎奈向、此时情绪。

柳 永　　洞仙歌·嘉景

嘉景，向少年彼此，争不雨沾云惹。奈傅粉英俊，梦兰品雅，金丝帐暖银屏亚。并粲枕、轻偎轻倚，绿娇红姹。算一笑，百琲明珠非价。　闲暇，每只向、洞房深处，痛怜极宠。似觉些子轻孤，早恁背人沾洒。从来娇纵多猜讶，更对翦香云，须要深心同写。爱揾了双眉，索人重画。忍孤艳冶，断不等闲轻舍。鸳衾下，愿常恁、好天良夜。

晏几道　　洞仙歌·春残雨过

春残雨过，绿暗东池道，玉艳藏羞媚赪笑。记当时、已恨飞镜欢疏，那至此、仍苦题花信少。　连环情未已，物是人非，月下疏梅似伊好。澹秀色，黯寒香，粲若春容，何心顾、闲花凡草。但莫使、情随岁华迁，便杳隔秦源，也须能到。

苏 轼　　洞仙歌·咏柳

江南腊尽，早梅花开后，分付新春与垂柳。细腰肢、自有入格风流，仍更是、骨体清英雅秀。　永丰坊那畔，尽日无人，惟见金丝弄晴昼。断肠是，飞絮时，绿叶成阴，无个事、

一成消瘦。又莫是、东风逐君来，便吹散眉间，一点春皱。

苏　轼　　　洞仙歌·冰肌玉骨

仆七岁时见眉山老尼姓朱，忘其名，年九十余，自言：尝随其师入蜀主孟昶宫中。一日大热，蜀主与花蕊夫人夜起避暑摩诃池上，作一词。朱具能记之。今四十年，朱已死，人无知此词者。但记其首两句，暇日寻味，岂洞仙歌令乎，乃为足之

冰肌玉骨，自清凉无汗，水殿风来暗香满。绣帘开、一点明月窥人，人未寝、欹枕钗横鬓乱。　　起来携素手，庭户无声，时见疏星渡河汉。试问夜如何，夜已三更，金波淡、玉绳低转。但屈指、西风几时来，又不道、流年暗中偷换。

黄　裳　　　洞仙歌·暑中

乱蝉何事，冒暑吟如诉，断续声中为谁苦。阵云行碧落，舒卷光阴，秋意爽、俄作晴空骤雨。　　明珠无限数，都在荷花，疑是星河对庭户。莫负昼如年，况有清尊，披襟坐、水风来处。信美景良辰、自古难并，既不遇多才，岂能欢聚。

黄　裳　　　洞仙歌·杳无风色

杳无风色，肠断莲花信，水鉴云垂数峰影。向劳生辛苦，寒暑煎人，争不老、空想秋堂夜静。　　玉姬挥皓月，时送微凉，莫吝金卮为伊尽。柳下夕阳收，傍水重游，花茵上、雪回襟冷。问避暑天机、自有奇人，但且对湖光，世间谁醒。

黄　裳　　　洞仙歌·七夕

世间言笑，天上谁欢聚，河汉涵秋静无暑。望丹霄杳杳，云幄俄开，缘会远、空引时情万缕。　　彩楼人送目，今夕无双，巧在灵丝暗相许。爽气御西风，众乐难寻，乘槎看、鹊桥初度。过几刻良时、早已分飞，向月下何辞，十分芳醑。

黄庭坚　　　洞仙歌·泸守王补之生日

月中丹桂，自风霜难老，阅尽人间盛衰草。望中秋、才有几日，十分圆，霾风雨、云表常如永昼。　　不得文章力，白首防秋，谁念云中上功守。正注意，得人雄，静扫河山，应难纵、五湖归棹。问持节冯唐几时来，看再策勋名，印窠如斗。

晁端礼　　洞仙歌·年时此际

年时此际，向扁舟同载，风送征帆暮天外。对沙汀宿鹭，与波上轻鸥，双双处、相唤相呼自在。　如今重整棹，烟景依然，谁念轻分绣罗带。向蓬窗独坐，不觉徊徨，鸥与鹭、想一齐惊怪。怎生得、今宵梦还家，又譬如秉烛，夜阑相对。

晁端礼　　洞仙歌·眼来眼去

眼来眼去，未肯分明道，有意于人甚不早。谩教我、心下终日悬悬，星□事、知他何时是了。　几回猜伊意，也是难为，拟待偷怜又胆小。奈何我已狂迷，怎肯干休，情深后、不免求告。但只教、时时得些儿，便拚了一生，为伊烦恼。

李元膺　　洞仙歌·廉纤细雨

廉纤细雨，殢东风如困，萦断千丝为谁恨。向楚宫一梦，千古悲凉，无处问、愁到而今未尽。　分明都是泪，泣柳沾花，常与骚人伴孤闷。记当年、得意处，酒力方融，怯轻寒、玉炉香润。又岂识、情怀苦难禁，对点滴檐声，夜寒灯晕。

李元膺　　洞仙歌·雪云散尽

一年春物，惟梅柳间意味最深。至莺花烂熳时，则春已衰迟，使人无复新意。予作洞仙歌，使探春者歌之，无后时之悔

雪云散尽，放晓晴池院，杨柳于人便青眼。更风流多处，一点梅心，相映远、约略嚬轻笑浅。　一年春好处，不在浓芳，小艳疏香最娇软。到清明时候，百紫千红花正乱，已失春风一半。蚤占取韶光、共追游，但莫管春寒，醉红自暖。

刘　弇　　洞仙歌·凄凉楚弄

凄凉楚弄，行客肠曾断，涛卷秋容暗淮甸。去年时、还是今日孤舟，烟浪里、身与江云共远。　别来丹枕梦，几过沧洲，皓月而今为谁满。薄幸苦无端，误却婵娟，有人在、玉楼天半。最不愤、西风破帆来，甚时节，收拾望中心眼。

仲　殊　　洞仙歌·广寒晓驾

广寒晓驾，姑射寻仙侣，偷被霜华送将去。过越岭、栖息南枝，匀妆面、凝酥轻聚。爱横管、孤度陇头声，尽拚得幽

香，为君分付。　　水亭山驿，衰草斜阳，无限行人断肠处。尽为我、留得多情，何须待、春风相顾。任倒断、深思向梨花，也无奈寒食，几番春雨。

晁补之　　洞仙歌·留春

花恨月恼，更夏有凉风，冬轩雪皎。闲事不关心，算四时皆好。从来又说，春台登览，人意多同，常是惜、春过了。须痛饮，莫放欢情草草，年少。　　尚忆瑶阶，得隽寻芳，骖驔东城。适见垂鞭，酕醄南陌，又逢低帽。莺花荡眼，功名满意，无限嬉游，荣华事、如梦杳。伤富贵浮云，曾萦怀抱。为春醉倒，愿花更好，春休老。开口笑，占醉乡、莫教人到。

晁补之　　洞仙歌·填卢仝诗

当时我醉，美人颜色，如花堪悦。今日美人去，恨天涯离别。青楼朱箔，婵娟蟾桂，三五初圆，伤二八、还又缺。空伫立，一望一见心绝，心绝。　　顿成凄凉，千里音尘，一梦欢娱。推枕惊巫山远，洒泪对湘江阔。美人不见，愁人看花，心乱含愁，奏绿绮、弦清切。何处有知音，此恨难说。怨歌未阕，恐暮雨收、行云歇。窗梅发，乍似睹、芳容冰洁。

晁补之　　洞仙歌·温园赏海棠

群芳老尽，海棠花时候，雨过寒轻好清昼。最妖娆一段，全是初开，云鬟小、涂粉施朱未就。　　全开还自好，骀荡春余，百样宫罗斗繁绣。纵无语也，心应恨我来迟，恰柳絮、将春归后。醉犹倚柔柯，怯黄昏，这一点愁，须共花同瘦。

晁补之　　洞仙歌·梅

年年青眼，为江梅肠断，一句新诗思无限。向碧琼枝上，白玉葩中、春犹浅，一点龙香清远。　　谁抛倾国艳，昨夜前村，都恐东皇未曾见。正倚墙红杏，芳意浓时，惊千片。何许飘零仙馆，待冰雪丛中看奇姿，乍一笑能回，上林冬暖。

晁补之　　洞仙歌·菊

今春闰好，怪重阳菊早，满槛煌煌看霜晓。唤金钱翠雨，不称标容，潇洒意、陶潜诗中能道。　　不应夸绝艳，曾妒春

华，因甚东君意不到。又似锁，三千汉女，偏教明妃、怨西风边草。也何必、牛山苦沾衣，算只好龙山，醉狂吹帽。

晁补之　　洞仙歌·泗州中秋作

此绝笔之词也

青烟幂处，碧海飞金镜，永夜闲阶卧桂影。露凉时、零乱多少寒螿，神京远、惟有蓝桥路近。　水晶帘不下，云母屏开，冷浸佳人淡脂粉。待都将许多明，付与金尊，投晓共、流霞倾尽。更携取、胡床上南楼，看玉做人间，素秋千顷。

晁补之　　洞仙歌·江陵种橘

江陵种橘，尚比封侯贵，何况江涛转千里。带天香，含洞乳，宜入春盘，红荔子、驰驿风流仅比。　齿疏潘令老，怯咀冰霜，十颗金苞谩分遗。记觞前、须细认，别有余甘，从此去，枉却栽桃种李。想相如酒渴对文君，迥不是人间，等闲风味。

晁补之　　洞仙歌·温江异果

温江异果，惟有泥山贵，驿送江南数千里。半含霜，轻噀雾，曾怯吴姬，亲赠我，绿橘黄柑怎比。　双亲云水外，游子空怀，惆怅无人可归遗。报周郎、须念我，物少情多，春酒醉，独胜甜桃醋李。况灯火楼台近元宵，似不减年时，袖中香味。

阮　阅　　洞仙歌·赵家姊妹

赵家姊妹，合在昭阳殿，因甚人间有飞燕。见伊底，尽道独步江南，便江北、也何曾惯见。　惜伊情性好，不解嗔人，长带桃花笑时脸。向尊前酒底，得见些时，似恁地、能得几回细看。待不眨眼儿、觑著伊，将眨眼底工夫，剩看几遍。

曾　纡　　洞仙歌·相如当日

相如当日，曾奏凌云赋，落笔纵横妙风雨。记扬鞭辇路，同醉金明，穷胜赏、不管重城已暮。　旧游如梦觉，零落朋侪，遗墨淋漓尚如故。况神洲北望，今已丘墟，伤白璧、久埋黄土。但空似、灵光岿然存，怅朗月清风，更无玄度。

张继先　　洞仙歌·孤峰绝顶

孤峰绝顶，更无人能到，万里虚空没边徼。正秋高景静，雾扫云收，风露里、惟有月华高照。　浮生纷过客，好大良夜，醉舞狂歌错昏晓。有谁知、一性圆满恒河，亘万古、光明不老。竞对月、论利与谈名，全不想驹阴，暗催年少。

李商英　　洞仙歌·腊残寒峭

腊残寒峭，渐近新正际，喜溢门阑蔼佳气。遇昌辰，符吉梦，岳渎呈祥瑞，知是天诞人间奇瑞。　文章推晁董，学擅卿云，高揭声猷缙绅里，上瀛洲册府，师表宗藩，华要地，俱是宸衷注意。又何止看看便持荷，更寿为崆峒，广成同岁。

李商英　　洞仙歌·霓旌降节

霓旌降节，缥缈蓬瀛里，前是骖鸾在人世。下云衢，沾圣泽，两地疏封，须信道、不减瑶台富贵。　兰帏称寿日，朱紫盈门，碧藕蟠桃奉甘旨。更何须、求大药饵服还丹，长不老，鹤骨仙标无比。况壶天日月自延长，看几度人间，百年千岁。

严　抑　　洞仙歌·云车鹤盖

云车鹤盖，三岛朝元后，绿意红情在梅柳。想仙风从碧落次，吹得春来甘泉，喜见颜红宇秀。　承明厌直，小憩蘋洲，箫鼓行春此时候。华堂深苍筜，天女遥闻，凭细问、应得年长视久。喜苕霅邦人咏恩波，原有酒如渑，与公为寿。

赵子发　　洞仙歌·荒山明月

荒山明月，下有云来去，深夜纤毫静可数。问古今底事，留此空光，修月户、犹是当年玉斧。　思君持羽扇，来伴微吟，水佩风环饮松露。待勾漏丹成，约与轻飞，人间世、不知归处。更长啸、余声振林溪，见乱红惊飞，半岩花雨。

王安中　　洞仙歌·深庭夜寂

深庭夜寂，但凉蟾如昼，鹊起高槐露华透。听曲楼玉管，吹彻伊州，金钏响、轧轧朱扉暗扣。　迎人巧笑道，好个今

宵，怎不相寻暂携手。见淡净晚妆残，对月偏宜，多情更、越饶纤瘦。早促分飞霎时休，便恰似阳台，梦云归后。

刘一止　　洞仙歌·细风轻雾

细风轻雾，锁山城清晓，冷蕊疏枝为谁好。对斜桥孤驿，流水溅溅，无限意、清影徘徊自照。　何郎空立马，恼乱余香，绮思凭花更娟妙。肠断处，天涯路远音稀，行人怨、角声吹老。叹客里经春又三年，向月地云阶，负伊多少。

朱敦儒　　洞仙歌·今年生日

今年生日，庆一百省岁，喜趁烧灯作欢会。问先生有甚，阴德神丹，霜雪里、鹤在青松相似。　总无奇异处，只是天然，冷澹寻常旧家计。探袖弄明珠，满眼儿孙，一壶酒、□向花间长醉。且落魄、装个老人星，共野叟行歌，太平时世。

朱敦儒　　洞仙歌·赠太易

风流老峭，负不群奇表，弹指超凡怎由教。把俗儒故纸，推向一边，三界外、寻得一场好笑。　尘缘无处趓，应见宰官，苦行公心众难到。这功名富贵，有也寻常，管做得、越古超今神妙。待接得、众生总成佛，向酒肆淫房，再逞年少。

朱敦儒　　洞仙歌·何人不爱

何人不爱，是江梅红绽，雪野寒空冻云晚。照清溪绰约，粉艳先春，包绛萼、姑射冰肌自暖。　上林花万品，都借风流，国色天香任欣羡。共素娥青女，一笑相逢，人不见、悄悄霜宫月殿。想乘云、是在玉皇前，粲蕊佩明珰，侍清都燕。

周紫芝　　洞仙歌·江梅吹尽

江梅吹尽，更幽兰香度，可惜浓春为谁住。最嫌他、无数轻薄桃花，推不去，偏守定、东风一处。　病来应怕酒，□眼常醒，老去羞春似无语。准拟强追随，管领风光，人生只、欢期难预。纵留得、梨花做寒食，怎吃他朝来，这般风雨。

吕直夫　　洞仙歌·征鞍带月

征鞍带月，浓露沾襟袖，马上轻衫峭寒透。望翠峰深浅，忆着眉儿，腰肢袅、忍看风前细柳。　别时频嘱咐，早寄书来，能趁清明到家否。这言语，便梦里、也在心头，重相见、不知伊瘦我瘦。纵百卉千花、已离披，也趁得、酴醾牡丹时候。

赵　鼎　　洞仙歌·空山雨过

空山雨过，月色浮新酿，把盏无人共心赏。漫悲吟、独自捻断霜须，还就寝、秋入孤衾渐爽。　可怜窗外竹，不怕西风，一夜潇潇弄疏响。奈此九回肠，万斛清愁，人何处、邈如天样。纵陇水、秦云阻归音，便不许时闲，梦中寻访。

李　邴　　洞仙歌·一团娇软

一团娇软，是将春揉做，撩乱随风到何处。自长亭、人去后，烟草萋迷，归来了、装点离愁无数。　飘扬无个事，刚被萦牵，长是黄昏怕微雨。记那回，深院静，帘幕低垂，花阴下、霎时留住。又只恐、伊家太轻狂，蓦地和春，带将归去。

向子諲　　洞仙歌·中秋

碧天如水，一洗秋容净，何处飞来大明镜。谁道斫却桂，应更光辉，无遗照、泻出山河倒影。　人犹苦余热，肺腑生尘，移我超然到三境。问姮娥、缘底事，乃有盈亏，烦玉斧、运风重整。教夜夜、人世十分圆，待拚却长年，醉了还醒。

宝　月　　洞仙歌·广寒晓驾

广寒晓驾，姑射寻仙侣，偷被霜华送将去。过越岭、栖息南枝，匀妆面、凝酥轻聚。爱横管孤度陇头声，尽拚得幽香，为君分付。　水亭山驿，衰草斜阳，无限行人断肠处。尽为我、留得多情，何须待、春风相顾。任倒断深思向梨花，也无奈，寒食几番春雨。

蔡　伸　　洞仙歌·莺莺燕燕

莺莺燕燕，本是于飞伴，风月佳时阻幽愿。但人心坚固

后，天也怜人，相逢处、依旧桃花人面。　　绿窗携手，帘幕重重，烛影摇红夜将半。对尊前如梦，欲语魂惊，语未竟、已觉衣襟泪满。我只为、相思特特来，这度更休推，后回相见。

李弥逊　　洞仙歌·登临漳城咏梅

断桥斜路，又是春来也，仙掌挼云半开谢。尽凝酥砌粉，不似真香，分明对、冰雪肌肤姑射。　　天涯伤老大，万斛新愁，一笑端须问花借。纵广平冷淡，铁石心肠，未拚得、花里风前月下。为传语、游蜂缓经营，且留与山翁，醉吟清夜。

李弥逊　　洞仙歌·次李伯纪韵

残烟薄雾，仗东风排遣，收拾轻寒做轻暖。问墙隅屋角，多少青红，春不语、行处随人近远。　　穿帘花影乱，金鸭香温，幽梦醒时午禽哢。任抛书推枕，嚼蕊攀条，暗消了、清愁一半。且莫放、浮云蔽晴晖，怕惹起羁人，望中凝恋。

杨无咎　　洞仙歌·痴牛呆女

痴牛呆女，谩恩深情远，一岁惟能一相见。纵金风玉露，胜却人间，争奈向、雪月花时阻间。　　幽欢犹未足，催度桥归，乌鹊无端便惊散。别后欲重来，杳杳银河，空怅望、不胜凄断。最可惜、当初泛槎人，甚不问、天边这些磨难。

史　浩　　洞仙歌·茉莉花

琼肌太白，浅著鹅黄罩，金缕檀心更天巧。算同时、虽有似火红榴，争比得、淡妆伊家轻妙。　　兴来清赏处，无限真香，可惜生教生闽峤。这消息、纵使移向燕沉，终不似凭栏，披襟一笑。若归去长安诧标容，单道胜、酴醾水仙风貌。

王之望　　洞仙歌·范丞相夫人生日

玉楼玄圃，旧是神仙伴，鸣佩时朝紫皇殿。种蟠桃成树，碧柰开花，著子满、金母盘中屡献。　　飘然乘彩凤，东望蓬莱，曾共扁舟五湖泛。正珈笄未老，兰玉盈前，春欲转、喜对芳辰开宴。愿绿发朱颜镇长新，教岁岁年年，寿觞深劝。

李流谦　　洞仙歌·忆别

云窗雾阁，尘满题诗处，枝上流莺解人语。道别来、知否

瘦尽花枝，春不管、更遣何人管取。　　平生鸥鹭性，细雨疏烟，惯了江头自来去。不见鹊桥边，只为隔年，翻赢得、年年风露。便学得、无情海中潮，纵一日两回，如何凭据。

葛　郯　　　洞仙歌·壬辰六月十二日纳凉

璚楼十二，无限神仙侣，紫绂丹麾彩鸾驭。步虚声杳霭，碧落天高，微云淡、点破瑶阶白露。　　暗香来水阁，冰簟纱厨，一枕风轻自无暑。更上水精帘，斗挂阑干，银河浅、天孙将渡。终不如、归去在苕川，看千顷菰蒲，乱鸣秋雨。

葛　郯　　　洞仙歌·十三夜再赏月用前韵

藐姑仙子，天外谁为侣，八极浮游气为驭。看朝餐沆瀣，暮饮醍醐，瑶台冷、吹落九天风露。　　翠空云幕净，宝鉴无尘，碧树秋来暗消暑。残夜水明楼，影落寒溪，行人起、沙头唤渡。任角声、吹落小梅花，梦不到渔翁，一蓑烟雨。

葛　郯　　　洞仙歌·风摇丹髻

风摇丹髻，叶翦西岩树，岁律峥嵘又如许。看千峰倒影，浮动觥船，纱窗外、万幅鲛绡斗舞。　　五弦弹不尽，碧落天高，隐隐孤鸿向云度。送斜红敛尽，催上蟾钩，金风细、点破瑶阶白露。任笛声、吹残一帘秋，看人□栏□，暮云高处。

葛　郯　　　洞仙歌·橹声伊轧

橹声伊轧，影转云间树，试问扁舟在何许。正溪堂波动，沙渚蘋轻，渔翁醉、隔岸蓑衣对舞。　　归来无一事，尊酒相逢，莫把光阴更虚度。看歌云杳霭，香雾轻盈，银河转、笑浥芙蓉晓露。纵西风、黄叶满庭秋，也不碍凝眸，乱山多处。

葛　郯　　　洞仙歌·丹青明灭

丹青明灭，霜著谁家树，满眼风光向谁许。送寒鸦万点，流水孤村，归来晚、月影三人夜舞。　　金英秋已老，蜡缀寒葩，空里时闻暗香度。任一枝瓶小，数点钗寒，佳人笑、饮尽床头玉露。看纱窗、红日上三竿，把蝶影捎空，在花深处。

姚述尧　　洞仙歌·七夕

金风玉露，正清秋初霁，天上星郎夜游戏。喜鹊儿、向织女报佳期，停机杼、草草便谐欢会。　　情深悄无寤，云雨须臾，刚被鸡人早惊起。念岁岁年年，今夕之前，两下里、千山万水。到今夕、相逢又匆匆，愿地久天长，永无抛弃。

管　鉴　　洞仙歌·访郑德兴郎中留饮

悠然堂上，山色浑如画，堂下梅花未多谢。向小亭、留客处，晴雪初飞，香四面、不比茅檐低亚。　　绿窗帘尽卷，吹到眉心，点缀新妆称闲雅。缓歌喉、余舞态，云遏风回，须信道、欲买青春无价。任匆匆、归去酒醒时，镇梦绕琼梢，月寒清夜。

管　鉴　　洞仙歌·夜宴梁季全大卿赏牡丹作

化工妙手，惯与花为主，忍便摧残任风雨。翦姚黄、移魏紫，齐集梁园，春艳艳、何必尊前解语。　　绣屏深照影，帘密收香，夜久寒生费调护。宝杯翻、银烛烂，客醉忘归，共惜此、芳菲难遇。看明年、紫禁绕莺花，谩相望、春风五云深处。

范成大　　洞仙歌·碧城风物

碧城风物，有湖中天地，长笑羲娥不停轨。记蟠桃枝上，金母嗔尝，回首处、还又三千岁矣。　　料仙人拊顶，曾授长生，名在云琼赐书里。懒上郁萧台，应厌高寒，飘然下、赤城游戏。且山泽留连作臞仙，不要管、蓬莱海中尘起。

谢　懋　　洞仙歌·春雨

愁边雨细，漠漠天如醉，摇飏游丝晚风外。酿轻寒、和暝色，花柳难胜，春自老、谁管啼红敛翠。　　关情潜入夜，斜湿帘栊，几处挑灯耿无寐。念阳台、当日事，好伴云来，因个甚、不入襄王梦里。便添起、寒潮卷长江，又恐是离人，断肠清泪。

沈端节　　洞仙歌·雪肌花貌

雪肌花貌，见了千千万，眼去眉来几曾管。被今回打住，没□施程，□捺地，却悔看承较晚。　琴心传密意，唯有相如，失笑他满恁撩乱。抖下俏和娇，掩翠凌红，真个是、从前可见。据入马牢笼怎干休，但拈取真诚，试教人看。

沈端节　　洞仙歌·夜来惊怪

夜来惊怪，冷逼流苏帐，梦破初闻打窗响。向晓开帘，凌乱千里寒光，清兴发、鹤氅谁同纵赏。　江南春意动，梅竹潜通，醉帽冲风自来往。慨念故人疏，便理扁舟，须信道、吾曹清旷。待石鼎煎茶洗余醺，更依旧归来，浅斟低唱。

沈端节　　洞仙歌·重阳近也

重阳近也，渐秋光凄劲，宿雨初收好风景。正干戈耆定，禾黍丰登，人意乐、歌舞贤侯美政。　醉翁游历处，胜概依然，木落淮南见山影。有客共登临，醉里疏狂，欹乌帽、从嘲雪鬓。但目送、孤鸿傍危栏，笑问道、黄花似谁风韵。

陈　造　　洞仙歌·赵史君送红梅

蝶狂风闹，不到凝香地，谁见飞琼巧梳洗。厌孤标冷艳，不入时宜，银烛底、酒沁冰肌未睡。　东君怜索寞，分寄寒斋，闹耐残醒嗅芳蕊。费西湖东阁，多少诗愁，援彩笔、重与江梅品第。算肯容、丹杏接仙游，又却要蕊宫，侍香扶醉。

李　龏　　洞仙歌·余寒未展

余寒未展，帘幕新来燕，杨柳梢头嫩黄染。小溪山缭绕，别是风烟，春澹澹、谁道蓬莱路远。　冰姿人不老，长伴春闲，环佩声中度芳宴。宝屏开，烟袅袅，金鸭吹香，欢笑处、烛影花光共暖。便莫惜瑶觞醉如泥，占岁岁东风，舞衣歌扇。

丘　崈　　洞仙歌·为叶梦锡总领寿

一番好景，近莺花时候，才过收灯便晴昼。正熊罴、占梦日，戏彩称觞，当此际、须信人间未有。　光华分瑞节，粉署兰台，谁出如公望郎右。气如虹，才吐凤，指掌功名，余事

也、千载犹当不朽。待辟国、清边取封侯，看肘后、黄金印悬如斗。

丘　崈　洞仙歌·辛卯嘉禾元夕作

江城梅柳，惯得春先处，催趁风光上歌舞。见九衢、车马流水如龙，喧笑语、罗绮香尘载路。　　欢娱多暇日，尊俎风流，重见承平旧官府。有多少、佳丽事，堕珥遗簪，芳径里、瑟瑟珠玑翠羽。好惜取、韶华醉连宵，更莫待、收灯酒阑人去。

丘　崈　　　　洞仙歌·元宵词

□□春□，□画□□处，十里红莲照歌舞。望鳌山天际，宝篆翻空，看未了、涌出珠宫贝宇。　　锦江桥那畔，罗绮重重，曲巷深坊暗香度。玉相辉，花并艳，明月随人，归去也、零落珠玑翠羽。先如许、风光更元宵，算却好、图将风城夸去。

丘　崈　　洞仙歌·庚申乐净锦棠盛开作

花中尤物，欲赋无佳句，深染燕脂浅含露。被春寒无赖，不放全开，才半吐、翻与留连妙处。　　人间称绝色，倾国倾城，试问太真似花否。最娉婷，偏艳冶，百媚千娇，谁道许、须要能歌解舞。算费尽、春工到开时，甚却付、连宵等闲风雨。

丘　崈　　　　洞仙歌·咏金林檎

丰肌腻体，雅澹仍娇贵，不与群芳竞姝丽。向琼林珠殿，独占春风，仙仗里、曾奉三宫燕喜。　　低回如有恨，失意含羞，乐事繁华竟谁记。应怜我，空老去，无句酬伊，吟未就、不觉东风又起。镇独立、黄昏怯轻寒，这情绪、年年共花憔悴。

林　外　　　　洞仙歌·飞梁压水

飞梁压水，虹影澄清晓，橘里渔村半烟草。今来古往，物是人非，天地里、唯有江山不老。　　雨巾风帽，四海谁知我，一剑横空几番过。按玉龙、嘶未断，月冷波寒，归去也、

林屋洞天无锁。认云屏烟障是吾庐，任满地苍苔，年年不扫。

赵长卿　　　　洞仙歌·木樨

芰荷已老，菊与芙蓉未，一夜秋容上岩桂。间蘩芜、嫩黄染就琼瑰，开未足、已早香传十里。　从前分付处，明月清风，不用斜晖照佳丽。叹浮花，徒解咤，浅白深红，争似我、潇洒堆金积翠。看天阔、秋高露华清，见标致风流，更无尘意。

赵长卿　　　　洞仙歌·残秋

黄花满地，庭院重阳后，天气凄清透襟袖。动离情、最苦旅馆萧条，那堪更、风剪凋零飞柳。　临岐曾执手，祝付叮咛，知会别来念人否。为多情、生怕分离，祆知道、准拟别来消瘦。甚苦苦、促装赴归期，要趁他、橘绿橙黄时候。

赵长卿　　　　洞仙歌·广寒宫殿

东园朱去年三兄弟，同处十年，俱取乡荐，故余与之为莫逆交。园有岩桂数亩，至秋日花开月满，携壶来赏，如到广寒宫殿，因赋此

广寒宫殿，不在人间世，分付天香与岩桂。向西风、摇曳处，数十里知闻，金翠里、别有出群标致。　东园盛事，五亩浓阴芘，必以诗书取荣贵。况一门，三秀才，未足钦崇，那更是、异姓同居兄弟。更细把、繁英祝姮娥，看禹浪飞腾，定应来岁。

廖行之　　　　洞仙歌·寿老人

虞弦挥按，甫奏薰风曲，两两尧蓂长新绿。揖鳌峰、连雁峤，轇轕圆融，总里许、北郭门围全属。　年年才见夏，喜溢枌榆，龙穴霏烟霭晴谷。向氤氲和气里，岁奉瑶觞，试屈指、几阅梅林初熟。待一品官高见玄孙，算八十彩衣，更饶遐福。

京　镗　　　　洞仙歌·重九药市

三年锦里，见重阳药市，车马喧阗管弦沸。笑篱边孤寂，台上疏狂，争得似、此日西南都会。　痴儿官事了，乐与民同，况值高秋好天气。□不羞华发，不照衰颜，聊满插、黄花

一醉。道物外、高人有时来，问混杂龙蛇，个中谁是。

京　镗　　洞仙歌·次王漕邀赏海棠韵

东皇著意，妙出妆春手，点缀名花胜于绣。向鱼凫国里，琴鹤堂前，仍共赏、蜀锦堆红炫昼。　　妖娆真绝艳，尽是天然，莫恨无香欠檀口。幸今年风雨，不苦摧残，还肯为、游人再三留否。算魏紫姚黄号花王，若定价收名，未应居右。

辛弃疾　　洞仙歌·为叶丞相作

江头父老，说新来朝野，都道今年太平也。见朱颜绿鬓，玉带金鱼，相公是、旧日中朝司马。　　遥知宣劝处，东阁华灯，别赐仙韶接元夜。问天上、几多春，只似人间，但长见、精神如画。好都取、山河献君王，看父子貂蝉，玉京迎驾。

辛弃疾　　洞仙歌·飞流万壑

访泉于奇师村，得周氏泉，为赋

飞流万壑，共千岩争秀，孤负平生弄泉手。叹轻衫短帽，几许红尘，还自喜、濯发沧浪依旧。　　人生行乐耳，身后虚名，何似生前一杯酒。便此地、结吾庐，待学渊明，更手种、门前五柳。且归去、父老约重来，问如此青山，定重来否。

辛弃疾　　洞仙歌·所居徙山为仙人舞袖形

婆娑欲舞，怪青山欢喜，分得清溪半篙水。记平沙鸥鹭，落日渔樵，湘江上、风景依然如此。　　东篱多种菊，待学渊明，酒兴诗情不相似。十里涨春波，一棹归来，只做个、五湖范蠡。是则是、一般弄扁舟，争知道，他家有个西子。

辛弃疾　　洞仙歌·旧交贫贱

晋臣和李能伯韵，属余同和。赵以弟兄皆有职名为宠，词中颇叙其盛，故末章有裂土分茅之句

旧交贫贱，太半成新贵，冠盖门前几行李。看匆匆西笑，争出山来，凭谁问、小草何如远志。　　悠悠今古事，得丧乘除，暮四朝三又何异。任掀天勋业，冠古文章，有几个、笙歌晚岁。况满屋貂蝉未为荣，记裂土分茅，是公家世。

辛弃疾　　洞仙歌·松关桂岭

浮石庄，余友月湖道人何同叔之别墅也。山类罗浮，故以名。同叔尝作游山次序榜示余，且索词，为赋洞仙歌以遗之，同叔顷游罗浮，遇一老人，庞眉幅巾，语同叔云："当有晚年之契。"盖仙云

松关桂岭，望青葱无路，费尽银钩榜佳处。怅空山岁晚，窈窕谁来，须著我、醉卧石楼风雨。　仙人琼海上，握手当年，笑许君携半山去。劖叠嶂，卷飞泉，洞府凄凉，又却怪、先生多取。怕夜半、罗浮有时还，好长把云烟，再三遮住。

辛弃疾　　洞仙歌·红梅

冰姿玉骨，自是清凉□，此度浓妆为谁改。向竹篱茅舍，几误佳期，招伊怪、满脸颜红微带。　寿阳妆鉴里，应是承恩，纤手重匀异香在。怕等闲、春未到，雪里先开，风流瞰、说与群芳不解。更总做、北人未识伊，据品调，难作杏花看待。

辛弃疾　　洞仙歌·丁卯八月病中作

贤愚相去，算其间能几，差以毫厘缪千里。细思量义利，舜跖之分，孳孳者、等是鸡鸣而起。　味甘终易坏，岁晚还知，君子之交淡如水。一饷聚飞蚊，其响如雷，深自觉、昨非今是。羡安乐窝中泰和汤，更剧饮，无过半醺而已。

石孝友　　洞仙歌·芙蓉院宇

芙蓉院宇，露下秋容瘦，龟鹤仙人献长寿。问蓬山别后，几度春归，归去晚、开得蟠桃厮勾。　人间游戏好，鲸背风高，那更相将凤雏九。事蘋蘩，工翰墨，才德兼全，人总道、古今稀有。尽从他、乌兔促年华，看绿鬓朱颜，镇长依旧。

周　云　　洞仙歌·千崖滴翠

千崖滴翠，正秋高时候，橙黄橘绿又重九。有蓬壶仙子、赤鲤来游，风云会、施展经纶妙手。　去年称寿处，北斗天浆，今夜天浆挹南斗。听笙箫云里奏，月满琼楼，瑶台上、拥出嫦娥观酒。待脚踏层云倒天河，尽倾向霞觞，与君为寿。

刘光祖　　　　洞仙歌·荷花

晚风收暑，小池塘荷净，独倚胡床酒初醒。起徘徊、时有香气吹来，云藻乱、叶底游鱼动影。　　空擎承露盖，不见冰容，惆怅明妆晓鸾镜。后夜月凉时，月淡花低，幽梦觉、欲凭谁省。且应记、临流凭阑干，便遥想、江南红酣千顷。

赵师侠　　　　洞仙歌·丁巳元夕大雨

元宵三五，正好嬉游去，梅柳蛾蝉斗济楚。换鞋儿、添头面，只等黄昏，恰恨有、些子无情风雨。　　心忙腹热，没顿浑身处，急把灯台炙艾炷。做匙婆、许葱油，面灰画葫芦，更漏转，越噉不停不住。待归去、犹自意迟疑，但无语空将、眼儿厮觑。

陈　亮　　　　洞仙歌·丁未寿朱元晦

秋容一洗，不受凡尘涴，许大乾坤这回大。向上头，些子是雕鹗抟空，篱底下、只有黄花几朵。　　骑鲸汗漫，那得人同坐，赤手丹心扑不破。问唐虞、禹汤文武，多少功名，犹自是、一点浮云铲过。且烧却、一瓣海南沉，任拈取、千年陆沉奇货。

陈　亮　　　　洞仙歌·雨

琐窗秋暮，梦高唐人困，独立西风万千恨。又檐花落处，滴碎空阶，芙蓉院、无限秋容老尽。　　枯荷摧欲折，多少离声，锁断天涯诉幽闷。似蓬山去后，方士来时，挥粉泪、点点梨花香润。断送得、人间夜霖铃，更叶落梧桐，孤灯成晕。

杨炎正　　　　洞仙歌·芙蓉开了

芙蓉开了，春未江梅透，小小东风弄晴昼。把万家和气，吹入笙歌，炉熏里、都与慈闱做寿。　　黄堂今日贵，自著莱衣，捧劝金船十分酒。愿从今，江海上，日日韶华桃李径，总为人间种就。但看取、天边老人星，有一点台星，共光南斗。

杨炎正　　　　洞仙歌·寿稼轩

带湖佳处，仿佛真蓬岛，曾对金樽伴芳草。见桃花流水，

别是春风，笙歌里、谁信东君会老。　功名都莫问，总是神仙，买断风光镇长好。但如今，经国手，袖里偷闲，天不管、怎得关河事了。待貌取、精神上凌烟，却旋买扁舟，归来闻早。

姜　夔　　洞仙歌·黄木香赠辛稼轩

花中惯识，压架玲珑雪，乍见缃蕤间琅叶。恨春风将了，染额人归，留得个、袅袅垂香带月。　鹅儿真似酒，我爱幽芳，还比酴醿又娇绝。自种古松根，待看黄龙，乱飞上、苍髯五鬣。更老仙、添与笔端春，敢唤起桃花，问谁优劣。

汪　莘　　洞仙歌·春王正月

正月二日大雪，自后雨雪屡作，至三十日甲子，始晴

春王正月，雪阵联翩下，我有春风怎生卖。忽扫残夜雨，推出朝阳，天地里、玉烛一枝无价。　早春虚过了，尚有二分，是处春光好收买。也不违天性，不远人情，杨柳陌、临水夭桃亭榭。身子外、只要自家人，共酒后羲皇，花前偏霸。

韩　淲　　洞仙歌·次韵斯远所赋清溪一曲

溪山好处，赢得题新曲，待足人生甚时足。问临流情味，倚遍斜晖，应似画、小景生绡一幅。　渔舟声欸乃，岩上云飞，杳杳归鸦去鸿逐。任当年伊吕，谈笑兴王，争敌恁、闲眠野宿。待雪天、月夜我还来，醉潇洒清幽，那些儿屋。

高似孙　　洞仙歌·青钱白璧

超化蘸碧轩得饮之书，有相调之语，因代书以寄，寺有长明灯龛，即所见而言

青钱白璧，自买愁肠绕，更恨欢狂负年少。记阳关图上，尊酒流连，儿女泪、输与闲人坐钓。　茂陵多病后，懒尽琴心，无复求凰与同调。似清风古殿，风动幡摇，晴昼永，惟有龛灯静照。看蝴蝶、飞来淡无情，问墙角茂葵，为谁凝笑。

戴复古　　洞仙歌·卖花担上

卖花担上，菊蕊金初破，说着重阳怎虚过。看画城簇簇，酒肆歌楼，奈没个巧处，安排着我。　家乡煞远哩，抵死思

量，枉把眉头万千锁。一笑且开怀，小阁团栾，旋簇着、几般蔬果。把三杯两盏记时光，问有甚曲儿，好唱一个。

高观国　　　　洞仙歌·题真

轻痕浅晕，偷染春风面，恰似西施影儿现。拟新妆、临槛一段天真，闲态度、长凭香娇玉软。　从今怀袖里，不暂相离，似笑如颦任舒卷。顾芳容不老，只似如今，娇不语、无奈情深意远。便雨隔云疏暂分携，也时展丹青，见伊一见。

魏了翁　　洞仙歌·次韵许侍郎奕为叔母生日

寿觞庭户，正柳明桃炫，拟斫江鱼脍银线。被春风吹入，花锦城中，惟有梦、时到轻轩翠巘。　归来春已过，桃柳成阴，但喜庭闱镇强健。更得故人书，遗我瑰词，应重记、去年相见。望白鹤朱霞杳难攀，谩芳草如烟，青青河畔。

魏了翁　洞仙歌·和虞万州刚简所惠叔母生日词韵

人生一世，如此元如此，造化都从起时起。看庭前桃李，弄蕊开花，还又看、一度成阴结子。　母寿亲认取，叶叶枝枝，一气分来结成底。更得故人书，遗我新词，把寸心、分明指似。信过眼、浮华几何时，剩培植根心，等闲千岁。

卢祖皋　　　　洞仙歌·赋茉莉

玉肌翠袖，较似酴醾瘦，几度熏醒夜窗酒。问炎洲何事，得许清凉，尘不到、一段冰壶翦就。　晚来庭户悄，暗数流光，细拾芳英黯回首。念日暮江东，偏为魂销，人易老、幽韵清标似旧。正簟纹如水帐如烟，更奈向、月明露浓时候。

卢祖皋　　　　洞仙歌·月痕霜晕

月痕霜晕，雪染冰裁翦，车马尘中甚曾见。自扬州吟罢，踏遍西湖，堪爱处、偏是情高韵远。　冷香惊梦破，姑射人归，图画空遗旧妆面。问何事东君，先与春心，还又是、容易飞花片片。对暮寒、修竹哽无言，更画角层城，夜闻吹怨。

卢祖皋　　　　洞仙歌·东楼佳丽

辛未岁，攻愧舅氏辇石筑山于东楼之下，幽深窈窕，与十

州三岛相为胜概。攻愧辞荣念归而未获也，赋此寿之

东楼佳丽，缥缈风烟表，幻得楼山更深窈。有苍崖乔木，石磴鸣泉，尘不到、掩映十洲三岛。　平生丘壑趣，圭衮何心，自是清时重元老。想月下云根，鹤唳猿吟，人犹道、作计归游太早。待他年功退学商颜，却旋种木奴，缓寻瑶草。

卢祖皋　洞仙歌·上寿

梅窗雪屋，还赋蓬仙寿，闻说今年胜于旧。有芝书催下，竹史颁春，山好处、留待文章太守。　商霖消息近，缥缈闲云，一笑无心又出岫。纵高卧十年，八秩初开，天未许、闲向人间袖手。问西州千骑几时来，对月鹤霜猿，也教知否。

卢祖皋　洞仙歌·寿外舅

扁舟入浙，便有家山意，全胜轺车驾边地。爱官尘不到，书眼争明，称寿处、春傍梅花影里。　平生丘壑志，未老求闲，天亦徘徊就归计。想叠嶂双溪，千骑弓刀，浑不似、白石山中胜趣。怕竹屋梅窗欲成时，又飞诏东山，谢公催起。

吴　泳　洞仙歌·惜春和李元膺

翠柔香嫩，乍春风庭院，换却幽人读书眼。淡鹅黄袅袅，玉破梢头，莺未啭、绿皱池波尚浅。　王孙才别后，长负芳时，碧草萋萋绣茵软。海棠桃花雨，红湿青衫，春心荡，不省花飞减半。待持酒高堂、劝东皇，且爱惜芳菲，留春借暖。

张　辑　洞仙歌·代寿张辰川

莲舟玉字，得真人亲授，圯上家风又还有。问因何五马，踏月云台，秋色里、却赏烟霞袖手。　酒边听说剑，歌舞升平，方许君为赤松友。任浊世纷纭，海水扬尘，再相见、雪鬓依旧。且岁岁、中秋后逾旬，更半月东篱，菊花重九。

葛长庚　洞仙歌·鹤林赋梅

南枝漏泄，一点春光别，无蝶无蜂正霜雪。向竹梢疏处，瘦影横斜，真个是、潇洒冰肌玉骨。　黄昏人静，踏碎阶前月，忍冻相看惜攀折。巡檐空索笑，似笑无言，夜悄悄、香入寒风清冽。更那堪、画角恼幽人，又满地落英，愁肠万结。

刘克庄　洞仙歌·癸亥生朝和居厚弟韵，题谪仙像

上林全树，曾借君栖宿，朝过瑶台暮群玉。忽翩然、脱下宫锦袍来，□□□、却向齐州受箓。　等闲挥醉笔，欻唾千篇，长与诗家窃膏馥。身是酒星文星，刚被诗人，□唤做、禁中颇牧。便散发、骑鲸去何妨，从我者谁欤，安期徐福。

刘克庄　洞仙歌·和居厚弟韵

眇难揽镜，跛尤难穿履，赖有胡公菊潭水。信医言、断了重碧轻红，禁害杀、不遣高吟大醉。　古来稀七十，添许多年，赢得笺天致君事。莫问客去门前，金尽床头，留宝扇、御诗珍秘。畴昔慕、乖崖老尚书，到晚节依稀，有些儿似。

黄　载　洞仙歌·次潘紫岩韵

姑苏旧台在三十里外，今台在胥门上

吴宫故墅，是天开图画，缥缈层云出飞榭。隐隐楼空翠巘，水绕芜城，平畴迥、点染霜林凋谢。　越来溪上雁，声切阑干，似觅胥门怨吴霸。属镂沉，香溪断，梦散云空，千年外、等是渔樵闲话。但极目荒台、郁苍烟，衰草里、又还夕阳西下。

刘子寰　洞仙歌·寄刘令君潜夫

风餍雨足，也解为花地，收拾浮云放新霁。爱调亭小翠，点滴猩红，新妆了、妃子朝来睡起。　遥知春有主，整顿欢娱，兴在新亭锦围底。便选歌燕赵，授简邹枚，须记作他日，城山盛事。笑东君不用管杨花，任飞去天涯，在东风里。

吴　潜　洞仙歌·残句

□□□□，□□□□瘦，□□□□□□□酒。□□深，碎蕊残萼都收，归簟枕、谁道栀囊敢就。　月边偏爱惜，冰玉肌肤，应对姮娥共搔首。疑怪得中原，讹道天花，胡尘后、可堪怀旧。且海国、浮沉醉花心，喜近日烽烟，渐消亭候。

吴　潜　洞仙歌·三用韵

冠儿遍簇，那时人消瘦，玉斝琼卮劝君酒。是清凉境界，

露湿烟凝，香更重、非是沉檀合就。　　四窗花满砌，争似家山，橙蟹将肥重回首。花亦为君怜，草木禽鱼，相思处、莫如乡旧。更西风、溪莼与江鲈，想别墅樵渔，费他侦候。

吴文英　　　洞仙歌·芳辰良宴

方庵春日花胜宴客，为得雏庆。花翁赋词，俾属韵末

芳辰良宴，人日春朝并，细缕青丝裹银饼。更玉犀金彩，沾座分簪，歌围暖、梅靥桃唇斗胜。　　露房花曲折，莺入新年，添个宜男小山枕。待枝上，饱东风，结子成阴，蓝桥去、还觅琼浆一饮。料别馆、西湖最情浓，烂画舫月明，醉宫袍锦。

潘　牥　　　洞仙歌·雕檐绮户

雕檐绮户，倚晴空如画，曾是吴王旧台榭。自浣纱去后，落日平芜，行云断、几见花开花谢。　　凄凉阑干外，一簇江山，多少图王共争霸。莫闲愁、金杯潋滟，对酒当歌，欢娱地、梦中兴亡休话。渐倚遍、西风晚潮生，明月里、鹭鹚背人飞下。

利　登　　　洞仙歌·弄香吹粉

弄香吹粉，记前回酒困，绿露沉沉转花影。翠帘深，隐隐红雾依人，荷月静、新样双鸾交映。　　如今谁念省，短雨长云，曾托琵琶再三问。最苦绿屏孤，夜久星寒，无处顿、风流心性。又莫是偷香寄韩郎，到漏泄春风，一枝花信。

张　辑　　　洞仙歌·游大涤赋

花泥絮浪，殢春怀如酒，书卷炉熏梦清昼。唤玉京稳携手松乔，飞光里、笑傲白云林岫。　　仙人犹狡狯，洒雪吹冰，声落星河翠蛟走。问箬下留丹，别已千年，华表鹤、亦归来否。有洞口、桃花识刘郎，共一笑相迎，朱颜如旧。

陈　著　　　洞仙歌·次韵花蕊夫人

冰肌玉骨，自清凉无汗，云影鬅鬙翠山远。颤金莲缓步，手托珠帘，风微透、扇底荷花香满。　　归檐双飞燕，流盼消凝，微带羞红上娇面。又还黄昏近，一片闲情，天涯去、云也

遮阑不断。回首处、沉思梦时曾，对十二屏山，怕拈秦阮。

陈　著　　**洞仙歌·次韵苏子瞻**

冰肌玉骨，自清凉无汗，午梦醒来盼娇满。扇轻拈又放，浅炷兰薰，微笑处、吹著烟丝散乱。　凉亭还独步，曾是凭阑，携手心盟指云汉。碧云斜阳外，信有如今，音书杳、寸肠千转。漫伫立、无言对荷花，看转眼秋风，翠移红换。

陈　著　　**洞仙歌·寿卢竹溪**

清溪带竹，竹外山光抱，新筑浑如图画了。称闲心、管领昨夜天风，吹送□、端的琅音恰到。　谁知青云上，鸾凤翱翔，曾把功名试多少。到如今梦觉，佩著飞霞，浑家问、玉芝瑶草。试冷看、重门外如何，恁得似、壶中羽衣尘表。

胡翼龙　　**洞仙歌·半栏花雨**

半栏花雨，是夜来凭处，梦过溪桥逢柳住。乱莺声残酒醒，正是关情，山枕上、吟就回纹锦句。　归鸿应别浦，绿涨弥茫，早近湖阴唤船路。览芳菲，歌窈窕，独立莎根，剩一掬、闲情凄楚。欲待折、微馨寄相思，又生怕相思，带将春去。

何梦桂　　**洞仙歌·答何君元寿词**

天涯何处，望苍江渺渺，纵算解飞人不到。笑双丸乌兔，两鬓霜蓬，聊尔耳、那是人间三岛。　黄粱初梦觉，起看孤云，还自长歌自长啸。不记桃源何地，橘渚何年，生涯事、惟有炉烟茶灶。问先生谁友，有白石青松，共成三老。

何梦桂　　**洞仙歌·和何逢原见寿**

青衫白发，独倚江楼小，待欲题诗压崔颢。慨凤台今在否，白鹭沙洲，芳草外、剩得闲身江表。　醉来疑梦里，梦入梅花，歌彻青衣听清窈。起看飞鸿没尽，白鸟玄驹，谁能数、曹瞒袁绍。待明年、七十问何如，笑只是今朝，浣花堂老。

刘辰翁　　**洞仙歌·寿中甫**

也曾海上，啖如瓜大枣，海上归来相公老。画堂深、满引

明月清风，家山好、一笑尘生蓬岛。　　六年春易过，赢得清阴，到处持杯藉芳草。看明年此日，人在黄金台上，早整顿、乾坤事了。但细数齐年几人存，更宰相高年，几人能到。

刘辰翁　　洞仙歌·有客从余

器之高谊，取前月青山洞仙歌华余重寿，走笔谢之

有客从余，不计余无酒，袖有蟠桃为君寿。叹此桃再熟，也须年后，甚办得、转盼个偷桃手。　　菊潭三十斛，月又月添，天赋先生日更久。但黄杨长寸，闰年倒寸，似恁得到梧宫甚时候。客又道奇特是阳生，后七日相看，醉春风柳。

翁溪园　　洞仙歌·代寿李尉孺人

几番梅雨，蒲风过，端阳后。细数月轮，犹待双蓂秀。戏彩华堂宴，设帨朱门右。酌金荷，争献寿。蟠桃新熟，阿母齐长久。　　一门奋建，攀桂客、无双手。好事来春在，杏苑联蓝绶。应继琼林董，却胜燕山窦。夸盛事、真罕有。金花封诰，管取重重受。

赵　文　　洞仙歌·寿须溪

是年，其子受鹭洲山长

千年鹭渚，持作须翁酒，剩有儿孙上翁寿。向玉和堂上，樽俎从容，笑此处、惯著丝纶大手。　　金丹曾熟未，熟得金丹，头上安头甚时了。便踢翻炉鼎，抛却蒲团，直恁俊鹘梢空时候。但唤取、心斋老门生，向城北城南，傍花随柳。

刘　壎　　洞仙歌·大德壬寅秋送刘春谷学正

津亭折柳，正秋光如画，绕路黄花拥朝马。叹市槐景淡，池藻波寒，分明是、三载春风难舍。　　军峰天际碧，云隔空同，无奈相思月明夜。薇药早催人，应占先春，休如我、醉卧水边林下。待来岁、今时庆除书，绣锦映宫花，玉京随驾。

汪元量　　洞仙歌·毗陵赵府兵后僧多占作佛屋

西园春暮，乱草迷行路，风卷残花堕红雨。念旧巢燕子，飞傍谁家，斜阳外、长笛一声今古。　　繁华流水去，舞歇歌沉，忍见遗钿种香土。渐橘树方生，桑枝才长，都付与、沙门

为主。便关防、不放贵游来，又突兀梯空，楚王宫宇。

张成可　　　洞仙歌·薰风池阁

薰风池阁，八叶蓂初展，紫府当年侍香案。见蟠桃频着子，偷荐瑶觞，贪醉寐、谪向人间未满。　青禽传近信，催赴仙班，怪我尘缘未能断。爱吴中山色好，抹日批风，蓑共笠，纵有金章不换。待驾鹤遨游访蓬壶，问海水从来，几番增减。

黄公绍　　　洞仙歌·刘守之任

银菟分竹，是君王亲付，州在扶舆最清处。紫云楼、记取天语丁宁，襦袴手，好好为吾摩拊。　望公如望月，见说郴江，父老多时问来暮。旌旆试初凉，紫马西来，青丝络、秋风满路。早橘井丹成入仙班，有乔木前芳，事须公做。

姚云文　　　洞仙歌·燕窠香湿

燕窠香湿，误天涯芳信，社近阴晴未前定。听莺簧宛转，似羽疑宫，歌未断、落落旧愁都醒。　疏狂追少日，杜曲樊楼，拚把黄金买春恨。回首武陵溪，花待郎归，洞云深、未知春尽。问杨柳梢头几分青，消不得、朝来雨寒一阵。

蒋　捷　　　洞仙歌·对雨思友

世间何处，最难忘杯酒，惟是停云想亲友。此时无一琖，千种离愁，西风外、长伴枯荷衰柳。　去年深夜语，倾倒书□，窗烛心悬小红豆。记得到门时，雨正萧萧，嗟今雨、此情非旧。待与子、相期采黄花，又未卜重阳，果能晴否。

蒋　捷　　　洞仙歌·柳

枝枝叶叶，受东风调弄，便是莺穿也微动。自鹅黄千缕，数到飞绵，闲无事、谁管将春迎送。　轻柔心性在，教得游人，酒舞花吟恣狂纵。更谁家鸾镜里，贪学纤蛾，移来傍、妆楼新种。总不道、江头锁清愁，正雨渺烟茫，翠阴如梦。

张　炎　　洞仙歌·观王碧山花外词集有感

野鹃啼月，便角巾还第，轻掷诗瓢付流水。最无端、小院

寂历春空，门自掩、柳发离离如此。　可惜欢娱地，雨冷云昏，不见当时谱银字。旧曲怯重翻，总是离愁，泪痕洒、一帘花碎。梦沉沉、知道不归来，尚错问桃根，醉魂醒未。

张　炎　　洞仙歌·寄茅峰梁中砥

中峰壁立，挂飞来孤剑，苍雪纷纷堕晴藓。自当年诗酒，客里相逢，春尚好、鸥散烟波茂苑。　只今谁最老，种玉人间，消得梅花共清浅。问我入山期，但恐山深，松风把红尘吹断。望蓬莱、知隔几重云，料只隔中间，白云一片。

陈　深　　洞仙歌·银波湛碧

八月十七日寿耕参夫人，时命羽士设醮

银波湛碧，遥泛仙槎早，婺宿荧煌瑞云晓。庆芳传丹桂，欢动连枝，称寿处、一簇蓬莱翠窈。　步虚声宛转，清彻瑶坛，疑是钧霄凤音渺。正金姥、礼虚皇，天阶净，凉入绡衣风袅。想金书、秘字赐长生，进九酝霞卮，练颜长好。

熊德修　　洞仙歌·庆县宰

洪崖仙裔，接武浮丘袂，佩玉长裾下尘世。东寻山水，独抱一琴来锦里，不犯人间宫祉。　城山堂宇静，百丈楼高，湖海元龙浩然气。初度启初筵，昼永堂垂，笙鹤铿、轰出云际。问雅乐、何时献三雍，待汉殿明年，日长风细。

段宏章　　洞仙歌·荼蘼

一庭晴雪，了东风孤注，睡起浓香占窗户。对翠蛟盘雨，白凤迎风，知谁见、愁与飞红流处。　想飞琼弄玉，共驾苍烟，欲向人间挽春住。清泪满檀心，如此江山，都付与、斜阳杜宇。是曾约梅花带春来，又自共梨花，送春归去。

熊子默　　洞仙歌·寿刘帅

春逢花好，一笑长相见，令似当年徊仙苑。况歌翻桃叶，香绕莱衣，须信道、人与千秋共远。　不妨留绛节，看即沙堤，玉笋班高侍金辇。问人间、缘底事，犹欠河清，须妙手、鸿钧一转。待整顿乾坤，却归来、唤舞鹤翔云，洞天游伴。

无名氏　　　　**洞仙歌·蓬莱宫殿**

蓬莱宫殿，去人间三万，玉体仙娥有谁见。被月朋雪友，邀下琼楼，溪桥畔、相对寒光浅浅。　　一般天上格，独带真香，冰麝犹嫌未清远。似太真望幸，一饷销凝，愁未惯。消瘦难禁素练，又只恐、东风破寒来，伴神女同归，阆峰仙苑。

无名氏　　　　**洞仙歌·摧残万物**

摧残万物，不忍临轩槛，待得春来是早晚。向纷纷、雪里开，一枝见，清香满，漏泄东君先绽。　　暗香浮动，疏影横斜，只这些儿意不浅。怎禁他，澹澹地、匀粉弹红，争些儿、羞杀桃腮杏脸。为传语、东风共垂杨，奈辛苦、千丝万丝撩乱。

无名氏　　　　**洞仙歌·断云疏雨**

断云疏雨，冷落空山道，匹马駸駸又重到。望孤村，两三间、茅屋疏篱，溪水畔、一簇芦花晚照。　　寻思行乐地，事去无痕，回首湘波与天杳。叹人生几度，能醉金钗，青镜里、赢得朱颜未老。又枝头、一点破黄昏，问客路春风，为谁开早。

无名氏　　　　**洞仙歌·梳风洗雨**

梳风洗雨，兰蕙摧残后，玉蕊檀芳做霜晓。板桥平，溪岸小。月下归来，乘露冷、赢得清香满抱。　　一枝春在手，细嗅重看，风味人间自然少。拟欲问东君，妙语难寻，搜索尽、池塘春草。想不是、诗人赏幽姿，纵竹外横斜，是谁知道。

无名氏　　　　**洞仙歌·溶溶泄泄**

溶溶泄泄，似飘扬愁绪，不是因风等闲度。道无心用甚，却又情多，行未驻、还作高阳暮雨。　　襄王情尚浅，会少离多，空自朝朝又暮暮。肠断晓光中，一缕归时，销散后、不知何处。试密锁、琼楼洞房深，与遮断江皋，楚台归路。

无名氏　　**洞仙歌·寿宫教　八月初九**

桂风高处，渐近中秋节，屈指推来先六日。对芳辰、符吉

梦，知降神、嵩极应诞，主作人间英杰。　　文章逾晁董，学擅卿云，高揭声猷缙绅列。上瀛洲册府，师表宗藩，推第一、即黄扉召入。佐君王、经邦整顿乾坤，愿寿等广成，更延千百。

无名氏　　洞仙歌·寿丞相夫人　十月廿八

潭潭仙隐，婺宿光联地，喜见门阑蔼佳气。对芳辰，谓一似、王母会瑶池，又却是、夫人诞生明世。　　普陀见真相，淑德温柔，更比嫦娥又何异。小春吉月，日数推来，成七四好景，杯觞须记。况荣贵，见青紫满门，争戏舞莱衣，祝千秋岁。

洞仙歌令

即《洞仙歌》，详见《洞仙歌》条。

欧阳修　　洞仙歌令·楼前乱草

楼前乱草，是离人方寸，倚遍阑干意无尽。罗巾掩，宿粉残眉、香未减，人与天涯共远。　　香闺知人否，长是厌厌，拟写相思寄归信。未写了，泪成行、早满香笺，相思字、一时滴损。便直饶、伊家总无情，也拚了一生，为伊成病。

欧阳修　　洞仙歌令·情知须病

情知须病，奈自家先肯，天甚教伊恁端正。忆年时、兰棹独倚春风，相怜处、月影花光相映。　　别来凭谁诉，空寄香笺，拟问前欢甚时更。后约与新期，易失难寻，空肠断、损风流心性。除只把、芳尊强开颜，奈酒到愁肠，醉了还醒。

康与之　　洞仙歌令·若耶溪路

若耶溪路，别岸花无数，欲敛娇红向人语。与绿荷、相倚恨，回首西风，波淼淼、三十六陂烟雨。　　新妆明照水，汀渚生香，不嫁东风被谁误。遣踟蹰、骚客意，千里绵绵，仙浪远、何处凌波微步。想南浦、潮生画桡归，正月晓风清，断肠凝伫。

洞庭春色

即《沁园春》，宋陆游词名《洞庭春色》。详见《沁园春》条。

陆　游　　　洞庭春色·壮岁文章

壮岁文章，暮年勋业，自昔误人。算英雄成败，轩裳得失，难如人意，空丧天真。请看邯郸当日梦，待炊罢黄粱徐欠伸。方知道，许多时富贵，何处关身。　人间定无可意，怎换得、玉鲙丝莼。且钓竿渔艇，笔床茶灶，闲听荷雨，一洗衣尘。洛水秦关千古后，尚棘暗铜驼空怆神。何须更，慕封侯定远，图像麒麟。

京　镗　　　洞庭春色·次宇文总领韵

命驾访嵇，泛舟思戴，此兴甚浓。料情侔杨恽，乌乌拊缶，意轻殷浩，咄咄书空。莫讶群芳淹速异，到时序推排元自同。休怅望，任春来桃李，秋后芙蓉。　因嗟锦城四载，漫赢得、齿豁头童。叹里门密迩，易成间阔，诗筒频寄，难续新工。我已怀归今得请，念此地迟回谁似公。经济手，看鸾台凤阁，晚节收功。

程　垓　　　洞庭春色·锦字亲裁

锦字亲裁，泪巾偷裛，细说旧时。记笑桃门巷，妆窥宝靥，弄花庭前，香湿罗衣。几度相随游冶去，任月细风尖犹未归。多少事，有垂杨眼见，红烛心知。　如今事都过也，但赢得、双鬓成丝。叹半妆红豆，相思有分，两分青镜，重合难期。惆怅一春飞絮，梦悠飏教人分付谁。销魂处，又梨花雨暗，半掩重扉。

魏了翁　　　洞庭春色·花帽檐行

元夕行灯轿上赋洞庭春色呈刘左使

花帽檐行，宝钗梁畔，还是上元。看去年芳草，如今又绿，当时皓月，此夕仍圆。节序驱人人不解，道岁岁年年都一

般。看承处，有烛龙照夜，铁凤连天。　　东风不知倦客，又吹向楼阁山巅。任管弦闹处，诗豪得志，绮罗香里，侠少当权。客与溪翁无一事，但随俗簪花含笑看。无限意，更醉骑花影，饱看丰年。

魏了翁　洞庭春色·生日谢同官　六月八日

四十之年，头颅如此，岂不自知。正东家尼父，叹无闻日，鄹人孟子，不动心时。顾我未能真自信，算三十九年浑是非。随禄仕，便加齐卿相，于我何为。　　人间郁蒸难耐，谁借我五万蒲葵。上玉台百尺，天连野□，□楼千里，江射晴晖。此意分明谁与会，但时把瑶笙和月吹。吾归矣，有鸿相与和，鹤自由飞。

魏了翁　洞庭春色·再用初八日韵谢通判运管以下

安石声名，买臣富贵，我不敢知。谩扬州泛泛，浮湛随水，闾门轨轨，开阖从时。满目浮荣何与我，只赢得一场闲是非。诚知此，问不归何待，不饮胡为。　　岩松涧篁易老，应只能、采薇烹葵。看风沙漠漠，未清紫逻，烟云冉冉，时露晴晖。谁唤当年刘越石，为携取胡笳乘月吹。吾无用，但寤言独宿，奋不能飞。

吴　泳　洞庭春色·元夕

金柝声中，铁衣影里，仍旧上元。况银花辫鬓，看承春色，蜡珠照坐，暖热丰年。宝月分明无缺玷，须洗尽黄云别看天。无限意，且平开莲浦，小作桃源。　　灯花夜来有喜，捷书便驰至军前。向乐棚高处，何妨颂圣，体筵侧傍，仍与中贤。不会山人行乐意，道刚把风花作事权。言不尽，倩梅吹汉曲，莺答虞弦。

吴　泳　洞庭春色·三神泉元夕

兰切膏凝，柳沟燧落，光景乍新。正石坛人静，风清绮陌，朱筵灯闹，雨压香尘。不似潘郎花作县，且管勾江山当主人。看承处，有帘犀透月，蜡凤烧云。　　徘徊五花泉上，问谁解攻打愁城。算人生行乐，不须富贵，官居游适，必就高明。山寺归来簪花笑，笑老去犹能强作春。无限事，愿长开醉

眼，饱看升平。

无名氏　　　洞庭春色·绛萼欺寒

绛萼欺寒，暗传春信，一枝乍芳。向篱边竹外，前村雪里，青梢犹瘦，疏影溪傍。惹露和烟凝酥艳，似潇洒玉人初试妆。江南路，有多情伫立，回尽柔肠。　倚楼最难忘处，正皓月、千里流光。纵广平心劲，难思丽句，少陵诗兴，犹爱清香。休怪东君先留意，问他日和羹谁又强。还轻许，笑凌空桧影，松荫交相。

洛妃怨

即《昭君怨》，宋朱敦儒词名《洛妃怨》。详见《昭君怨》条。

朱敦儒　　　洛妃怨·拾翠当年延伫

拾翠当年延伫，解佩感君诚素。微步过南冈，献明珰。襟上泪难再会，惆怅幽兰心事。心事永难忘，寄君王。

洛阳春

即《一落索》，宋欧阳修词名《洛阳春》。体众多，字不一。详见《一落索》条。

欧阳修　　　洛阳春·红纱未晓黄鹂语

红纱未晓黄鹂语，蕙炉销兰炷。锦屏罗幕护春寒，昨夜三更雨。　绣帘闲倚吹轻絮，敛眉山无绪。看花拭泪向归鸿，问来处、逢郎否。

韦　骧　　　洛阳春·丁香花

冷艳幽香奇绝，粉金裁雪。无端又欲恨春风，恨不解、千千结。　曲槛小池清切，倚烟笼月。佳人纤手傍柔条，似不忍、轻攀折。

陈师道　　**洛阳春·酒到横波娇满**

酒到横波娇满，和香喷面。攀花落雨祝东风，诮不借、周郎便。　　背立腰肢挪捻，更须回盼。多生不作好因缘，甚只向、尊前见。

陈师道　　**洛阳春·素手拈花纤软**

素手拈花纤软，生香相乱。却须诗力与丹青，恐俗手、难成染。　　一顾教人微倩，那堪亲见。不辞紫袖拂清尘，也要识、春风面。

济 天 乐

即《齐天乐》，详见《齐天乐》条。

赵师律　　**济天乐·重阳还近秋光好**

重阳还近秋光好，银屏翠箔凉透。风髓炉温，鱼轩瑞应，天与冰壶清透。多文在手，更赖玉腰肢，唾花衫袖。旧约梅仙，为来人世作珍偶。　　虚堂帘半卷，化工何限意，妆点时昼。褒真香葵倾劝盏，都把芳心为寿。当歌对酒，愿绿发朱颜，镇长依旧。宝箓名高，已书千岁久。

宣 州 竹

即《虞美人》，宋吕本中词名《宣州竹》。详见《虞美人》条。

吕本中　　**宣州竹·墨梅**

小溪篷底湖风重，吹破凝酥动。一枝斜映庾门深，冷淡无言香泛、月华清。　　已经轻瘦谁为共，魂绕徐熙梦。耻同桃李困春容，肯向毫端开发、两云中。

宣　　清

调见柳永《乐章集》。双调，一百一十五字，上片十一句、四仄韵，下片十二句、五仄韵。此调只柳永一词。

柳　永　　　　　宣清·残月朦胧

残月朦胧，小宴阑珊，归来轻寒凛凛。背银釭、孤馆乍眠，拥重衾、醉魄犹噤。永漏频传，前欢已去，离愁一枕。暗寻思、旧追游，神京风物如锦。　　念掷果朋侪，绝缨宴会，当时曾痛饮。命舞燕翩翻，歌珠贯串，向玳筵前，尽是神仙流品。至更阑、疏狂转甚，更相将、凤帏鸳寝。玉钗乱横，任散尽高阳，这欢娱、甚时重恁。

祔陵歌

调见《宋史·乐志》宋无名氏词。歌曲体，句数、字数多变。

无名氏　　　　　祔陵歌·真人地

元丰二年慈圣光献皇后发引四首·警场内三曲之一

真人地，瑞应待圣时。巩原西，荥河会，涧洛与瀍伊。众水萦回，嵩高映抱，几叠屏帏。秀岭参差，遥山群凤随。共瞻陵寝浮佳气，非烟朝暮飞。龟筮告前期，奠收玉斝，筵卷时衣。銮辂晓驾载龙旗，路逶迟，铃歌怨、画翣引华芝。雾薄风微，真游远、闭宝阁金扉。侍女悲啼，玉阶春草滋。露桃结子灵椿翠，青车何日归。衔恨望西畿，便房一锁，夜台晓无期。

误桃源

又名《憨郭郎》，调见《明道杂志》宋无名氏词。双调，三十六字，上片四句、三平韵，下片四句、两平韵。

无名氏　　误桃源·砥柱勒铭赋

砥柱勒铭赋，本赞禹功勋。试官亲处分，赞唐文。　秀才冥子里，銮驾幸并汾。恰似郑州去，出曹门。

祝英台

即《祝英台近》，详见《祝英台近》条。

吕渭老　　祝英台·宝蟾明

宝蟾明，朱阁静，新燕近帘语。还记元宵，灯火小桥路。逢迎春笋柔微，凌波纤稳，诮不顾、斗斜三鼓。　甚无据，谁信一霎是春，莺声留不住。柳色苔痕，风雨暗花圃。细看罗带银钩，绡巾香泪，算不枉、那时分付。

曹勋　　祝英台·晚寒浓

晚寒浓，残雪重，春意在何许。萼绿仙姿，海上未飞去。粲粲玉立丰标，天寒日暮，笑东风、不曾轻付。　几凝伫，闲为写出横斜，无声断肠句。常对幽情，何事更重赋。待约他日貂裘，玉溪清夜，喷龙吟、月明徐步。

曾协　　祝英台·和翁士秀牡丹韵

放花开，催花谢，谁解东君意。要遣花王，独占花蹊邃。且看玉镜台前，霞觞新举，红玉软、晓妆慵试。　好风味，须信金屋中人，谁堪并娇媚。隐约微潮，应向尊前醉。最怜纹锦褰帷，青罗飞盖，尘土外、轻盈相倚。

赵彦端　　祝英台·兽金寒

兽金寒，帘玉润，梅雪印苔絮。春意如人，易散苦难聚。几多丝竹深情，池塘幽梦，犹倚赖、与君同住。　旧游处，谁唤别浦仙帆，风前问征路。烟雨连江，吹恨正无数。莫教紫燕归来，红云开后，空怅望、主人轻去。

丘　崈　　　**祝英台·成都牡丹会**

聚春工，开绝艳，天巧信无比。旧日京华，应也只如此。等闲一尺娇红，燕脂微点，宛然印、昭阳玉指。　最好是，乐岁台府官闲，风流剩欢意。痛饮连宵，花也为人醉。可堪银烛烧残，红妆归去，任春在、宝钗云髻。

程　垓　　　**祝英台·晚春**

坠红轻，浓绿润，深院又春晚。睡起厌厌，无语小妆懒。可堪三月风光，五更魂梦，又都被、杜鹃催攒。　怎消遣，人道愁与春归，春归愁未断。闲倚银屏，羞怕泪痕满。断肠沉水重熏，瑶琴闲理，奈依旧、夜寒人远。

黄人杰　　　**祝英台·自寿**

异乡中，行色里，随分庆初度。老子今年，五十又还五。任他坎止流行，吴头楚尾，本来是、乾坤逆旅。　贵和富，此事都付浮云，无必也无固。用即为龙，不用即为鼠。便教老却英雄，草庐烟舍，也须有、著闲人处。

吴　泳　　　**祝英台·春日感怀**

小池塘，闲院落，薄薄见山影。杨柳风来，吹彻醉魂醒。有时低按秦筝，高歌水调，落花外、纷纷人境。　猛深省，但有竹屋三间，莲田二顷。便可休官，日对漏壶永。假饶是、红杏尚书，碧桃学士，买不得、朱颜芳景。

柴　望　　**祝英台·丁巳晚春访杨西村，湖上怀旧**

小船儿，双去橹，红湿海棠雨。燕子归时，芳草暗南浦。自从翠袖香消，明珰声断，怕回首、旧寻芳处。　向谁语，可怜金屋无人，冷落凤箫谱。翠入菱花，蛾眉为谁妩。断肠明月天涯，春风海角，恨不做、杨花飞去。

蒋　捷　　　**祝英台·次韵**

柳边楼，花下馆，低卷绣帘半。帘外天丝，扰扰似情乱。知他蛾绿纤眉，鹅黄小袖，在何处、闲游闲玩。　最堪叹，筝面一寸尘深，玉柱网斜雁。谱字红蔫，剪烛记同看。几回传

语东风，将愁吹去，怎奈向、东风不管。

无名氏　　　　祝英台·海棠开

海棠开，花影下，忆得共游戏。恰似双鸾，同步彩云里。梦回雨收云散，匆匆归去，一枕乍、惊回浓睡。　甚情味，人去花亦凋零，秾芳伴憔悴。点点飞红，知是去时泪。可堪冷落黄昏，潇潇微雨，断魂处、朱阑独倚。

祝英台令

即《祝英台近》，宋辛弃疾词名《祝英台令》。详见《祝英台近》条。

辛弃疾　　　　祝英台令·晚春

宝钗分，桃叶渡，烟柳暗南浦。怕上层楼，十日九风雨。断肠片片飞红，都无人管，倩谁唤、流莺声住。　鬓边觑，试把花卜心期，才簪又重数。罗帐灯昏，呜咽梦中语。是他春带愁来，春归何处，却不解、将愁归去。

祝英台近

又名《祝英台》、《英台近》、《祝英台令》、《揉碎花笺》、《怜薄命》、《宝钗分》、《月底修箫谱》、《燕莺语》、《寒食词》。双调，七十七字数体。有上下片各八句、四仄韵；亦有上片八句、三仄韵，下片八句、四仄韵；还有上下片各八句、五仄韵等。

苏　轼　　　　祝英台近·挂轻帆

挂轻帆，飞急桨，还过钓台路。酒病无聊，欹枕听鸣橹。断肠簇簇云山，重重烟树，回首望、孤城何处。　闲离阻，谁念萦损襄王，何曾梦云雨。旧恨前欢，心事两无据。要知欲见无由，痴心犹自，倩人道、一声传语。

吴淑姬　　　　祝英台近·春恨

粉痕销，芳信断，好梦又无据。病酒无聊，攲枕听春雨。断肠曲曲屏山，温温沉水，都是旧、看承人处。　久离阻，应念一点芳心，闲愁知几许。偷照菱花，清瘦自羞觑。可堪梅子酸时，杨花飞絮，乱莺闹、催将春去。

张元幹　　　　祝英台近·枕霞红

枕霞红，钗燕坠，花露殢云髻。粉淡香残，犹带宿酲睡。画檐红日三竿，慵窥鸾鉴，长是倚、春风无力。　又经岁，玉腕条脱轻松，羞郎见憔悴。何事秋来，客易又分袂。可堪疏雨梧桐，空阶络纬，背人处、偷弹珠泪。

王　嵎　　　　祝英台近·柳烟浓

柳烟浓，花露重，合是醉时候。楼倚花梢，长记小垂手。谁教钗燕轻分，镜鸾慵舞，是孤负、几番春昼。　自别后，闻道花底花前，多是两眉皱。又说新来，比似旧时瘦。须知两意长存，相逢终有，莫谩被、春光僝僽。

赵长卿　　祝英台近·武陵寄暖红诸院

记临岐，销黯处，离恨惨歌舞。恰是江梅，开遍小春暮。断肠一曲金衣，两行玉箸，酒阑后、欲行难去。　恶情绪，因念锦幄香衾，别来负情素。冷落深闺，知解怨人否。料应宝瑟慵弹，露华懒傅，对鸾镜、终朝凝伫。

辛弃疾　　　　祝英台近·水纵横

与客饮瓢泉，客以泉声喧静为问，余未及答。或以“蝉噪林逾静”代对，意甚美矣。翌日，为赋此词褒之也

水纵横，山远近，拄杖占千顷。老眼羞将，水底看山影。试教水动山摇，吾生堪笑，似此个、青山无定。　一瓢饮，人问翁爱飞泉，来寻个中静。绕屋声喧，怎做静中境。我眠君且归休，维摩方丈，待天女、散花时问。

辛弃疾　　　　祝英台近·绿杨堤

绿杨堤，青草渡，花片水流去。百舌声中，唤起海棠睡。断肠几点愁红，啼痕犹在，多应怨、夜来风雨。　别情苦，

马蹄踏遍长亭，归期又成误。帘卷青楼，回首在何处。画梁燕子双双，能言能语，不解说、相思一句。

黄人杰　　祝英台近·绛河清

绛河清，丹阙晓，云路烛龙照。鹤发仙翁，笞凤下天眇。莹然璞玉襟怀，层冰风表，镇长住、人间三岛。　怎知道，不用九转丹砂，灵椿自难老。骥子麟儿，勋业付渠了。已持红药开时，赤松游处，寿觞对、壶天倾倒。

陈　亮　祝英台近·六月十一日送叶正则如江陵

驾扁舟，冲剧暑，千里江上去。夜宿晨兴，一一旧时路。百年忘了旬头，被人馋破，故纸里、是争雄处。　怎生诉，欲待细与分疏，其如有凭据。包裹生鱼，活底怎遭遇。相逢樽酒何时，征衫容易，君去也、自家须住。

陈　亮　祝英台近·九月一日寿俞德载

嫩寒天，金气雨，揽断一秋事。仝样霏微，还作小晴意。世间万宝都成，些儿无欠，只待与、黄花为地。　好招致，对此郁郁葱葱，新筜未成醉。翻手为云，造物等儿戏。也知富贵来时，一班呈露，便做出人中祥瑞。

张　镃　祝英台近·邀李季章直院赏玉照堂梅

暖风回，芳意动，吹破冻云凝。春到南湖，检校旧花径。手栽一色红梅，香笼十亩，忍轻负、酒肠诗兴。　小亭凭，几多月魄□□，重重乱林影。却忆年时，同醉正同咏。问公白玉堂前，何如来听，玉龙喷、碧溪烟冷。

刘　过　祝英台近·笑天涯

笑天涯，还倦客，欲起病无力。风雨春归，一日近一日。看人结束征衫，前呵骑马，腰剑上、陇西平贼。　鬓分白，只可归去家山，无田种瓜得。空抱遗书，憔悴小楼侧。杜鹃不管人愁，月明枝上，直啼到、枕边相觅。

刘　过　祝英台近·同妓游帅司东园

窄轻衫，联宝髻，花里控金勒。有底风光，都在画阑侧。日迟春暖融融，杏红深处，为花醉、一鞭春色。　对娇质，

为我歌捧瑶觞，欢声动阡陌。□似多情，飞上鬓云碧。晚来约住青骢，蹋花归去，乱红碎、一庭风月。

张 潞　　　祝英台近·木樨

宝熏浓，云幄重，琼叶丽金蕊。黛绿蜂黄，秋态未憔悴。绣帘深院黄昏，著香无处，人欲睡、为花重起。　月如水，别有天外楼台，玲珑异尘世。翠袖生寒，只欠素娥倚。何如倩取西风，吹将归去，为添在、广寒宫里。

韩 淲　　　祝英台近·寒食词

馆娃宫，采香径，范蠡五湖侧。子夜吴歌，声缓不须拍。祟桃积李花闲，芳洲绿遍，更冉冉、柳丝无力。　试思忆，老去一片身心，孤负好春色。古往今来，时序恼行客。去年今日山中，如何知得，却又在、他乡寒食。

韩 淲　　　祝英台近·燕莺语

海棠开，春已半，桃李又如许。一朵梨花，院落阑干雨。不禁中酒情怀，爱闲懊恼，都忘却、旧题诗处。　燕莺语，溪岸点点飞绵，杨柳无重数。带得愁来，莫恁空休去。断肠芳草天涯，行云荏苒，和好梦、有谁分付。

王 澡　　　祝英台近·别词

玉东西，歌宛转，未做苦离调。著上征衫，字字是愁抱。月寒鬓影刁萧，舵楼开缆，记柳暗、乳鸦啼晓。　短亭草，还是绿与春归，罗屏梦空好。燕语难凭，憔悴未渠了。可能妒柳羞花，起来浑懒，便瘦也、教春知道。

戴复古　祝英台近·别李择之诸丈后途中寄此

泛杭州，临尘水，几日共游戏。歌笑开怀，酒醒又还醉。奈何一旦分携，连宵风雨，剪不断、客愁千里。　水云际，遥望一片飞鸿，苦是失群地。满眼春风，管甚闲桃李。此行归老家山，相逢难又，但一味、相思而已。

戴复古妻　　祝英台近·惜多才

惜多才，怜薄命，无计可留汝。揉碎花笺，忍写断肠句。道傍杨柳依依，千丝万缕，抵不住、一分愁绪。　如何诉，便教缘尽今生，此身已轻许。捉月盟言，不是梦中语。后回君若重来，不相忘处，把杯酒、浇奴坟土。

史达祖　　祝英台近·柳枝愁

柳枝愁，桃叶恨，前事怕重记。红药开时，新梦又溱洧。此情老去须休，春风多事，便老去、越难回避。　阻幽会，应念偷翦酴醾，柔条暗萦系。节物移人，春暮更憔悴。可堪竹院题诗，藓阶听雨，寸心外、安愁无地。

史达祖　　祝英台近·蔷薇

绾流苏，垂锦绶，烟外红尘逗。莫倚莓墙，花气酽如酒。便愁醺醉青虬，蜿蜿无力，戏穿碎、一屏新绣。　谩怀旧，如今姚魏俱无，风标较消瘦。露点摇香，前度翦花手。见郎和笑拖裙，匆匆欲去，蓦忽地、罥留芳袖。

史达祖　　祝英台近·落花深

落花深，芳草暗，春到断肠处。金勒骄风，欲过大堤去。翠楼葛岭西边，恰如曾约，画阑映、一枝琼树。　正凝伫，芳意欺月矜春，浑欲便偷许。多少莺声，不敢寄愁与。谢郎日日西湖，如今归后，几时见、倚帘吹絮。

高观国　　祝英台近·荷花

拥红妆，翻翠盖，花影暗南浦。波面澄霞，兰艇采香去。有人水溅红裙，相招晚醉，正月上、凉生风露。　两凝伫，别后歌断云闲，娇姿黯无语。魂梦西风，端的此心苦。遥想芳脸轻颦，凌波微步，镇输与、沙边鸥鹭。

高观国　　祝英台近·一窗闲

一窗闲，孤烬冷，独自个春睡。绣被熏香，不似旧风味。静听滴滴檐声，惊愁搅梦，更不管、庾郎心碎。　念芳意，一并十日春寒，梅花煞憔悴。懒做新词，春在可怜里。几时挑

菜踏青，云沉雨断，尽分付、楚天之外。

洪咨夔　　　祝英台近·为老人寿

脸长红，眉半白，老鹤饱风露。岁换星移，禄运又交午。须知命带将来，福推不去，稳做个、荣华彭祖。　记初度，谢他紫燕黄鹂，争先送好语。春满湖山，历历旧游处。管教柳外行厨，花边步屧，长占断、好晴奇雨。

岳　珂　　　祝英台近·登多景楼

瓮城高，盘径近，十里笋舆稳。欲驾还休，风雨苦无准。古来多少英雄，平沙遗恨，又总被、长江流尽。　倩谁问，因甚衣带中分，吾家自畦畛。落日潮头，慢写属镂愤。断肠烟树扬州，兴亡休论，正愁尽、河山双鬓。

岳　珂　　　祝英台近·北固亭

澹烟横，层雾敛，胜概分雄占。月下鸣榔，风急怒涛飐。关河无限清愁，不堪临鉴，正霜鬓、秋风尘染。　漫登览，极目万里沙场，事业频看剑。古往今来，南北限天堑。倚楼谁弄新声，重城正掩，历历数、四州更点。

黄　机　　　祝英台近·试单衣

试单衣，扶短策，沙路净如洗。乍雨还晴，花柳自多丽。争知话别南楼，片帆天际，便孤了、同心连理。　镇萦系，谩有罗带香囊，殷红斗轻翠。一纸浓愁，无处倩双鲤。可堪飞梦悠悠，春风无赖，时吹过、乱莺声里。

张　辑　　　祝英台近·竹间棋

竹间棋，池上字，风日共清美。谁道春深，湘绿涨沙觜。更添杨柳无情，恨烟颦雨，却不把、扁舟偷系。　去千里，明日知几重山，后朝几重水。对酒相思，争似且留醉。奈何琴剑匆匆，而今心事，在月夜、杜鹃声里。

苏茂一　　　祝英台近·结垂杨

结垂杨，临广陌，分袂唱阳关。稳上征鞍，目极万重山。

归鸿欲到伊行，丁宁须记，写一封、书报平安。　　渐春残，是他红褪香收，绡泪点斑斑。枕上盟言，都做梦中看。销魂啼鴂声中，杨花飞处，斜阳下、愁倚阑干。

葛长庚　　　　祝英台近·月如酥

月如酥，天似玉，长啸弄孤影。十二楼台，昨梦暗寻省。自怜露满衣襟，风吹毛发，浑无寐、寒宵漏永。　　捧香鼎，翻起一片龙涎，梅花对人冷。庭户冰清，何处鹤声警。少时烛暗梧窗，烟生苔砌，晓钟动、忽然心醒。

刘克庄　　　　祝英台近·雨凄迷

雨凄迷，风料峭，情绪被花恼。白白红红，满地无人扫。可堪解佩盟寒，坠楼命薄，更杜宇、枝头闲吵。　　绿阴绕，青帝结束匆匆，转眼朱明了。怕与春辞，茗艼玉山倒。后期觉做明年，春年年好，却不道、明年人老。

张　栞　　　　祝英台近·赋牡丹

柳绵稀，桃锦淡，春事在何许。一种秾华，天香渍冰露。嫩苞叠叠湘罗，红娇紫妒，翠葆护、西真仙侣。　　试听取，更饶十日看承，霞腴污尘土。池馆轻寒，次第少风雨。好趁油幕清闲，重开芳醑，莫孤负、莺歌蝶舞。

李义山　　祝英台近·寿张路钤　四月初一

夏初临，春正满，花事在红药。一阵光风，香雾喷珠箔。画堂旧日张家，梦中玉燕，早拂晓、飞来帘幕。　　酒深酌，曾记走马长安，功名戏樊郭。螺浦如杯，豪气怎生著。直须用了圮编，封侯万户，却归共、赤松翁约。

吴　潜　　祝英台近·和吴叔永文昌韵

碧云开，红日丽，宫柳碎繁影。犹记朝回，马兀梦频醒。天教一舸江湖，数椽涧壑，渐摆脱、世间尘境。　　已深省，添买竹坞千畦，荷漪两三顷。鹤引禽伸，日月峤壶永。不须瓮里思量，隙中驰骛，也莫管、玉关风景。

吴　潜　　祝英台近·和辛稼轩"宝钗分"韵

雾霏霏，云漠漠，新绿涨幽浦。梦里家山，春透一犁雨。伤心塞雁回来，问人归未，怎知道、蜗名留住。　镜中觑，近来短发难簪，丝丝不禁数。蕙帐尘侵，凄切共谁语。被他轻暖轻寒，将人憔悴，正闷里、梅花残去。

吴　潜　　祝英台近·旋安排

旋安排，新捻合，莺谷共烟浦。好处偏悭，一向风和雨。今朝捱得晴明，拖条藜杖，一齐把、春光黏住。　且闲觑，水边行过幽亭，修竹净堪数。百舌楼罗，渐次般言语。从今排日追游，留连光景，但管取、笼灯归去。

吴文英　　祝英台近·悼得趣，赠宏庵

黯春阴，收灯后，寂寞几帘户。一片花飞，人驾彩云去。应是蛛网金徽，拍天寒水，恨声断、孤鸿洛浦。　对君诉，团扇轻委桃花，流红为谁赋。□□□□，从今醉何处。可怜憔悴文园，曲屏春到，断肠句、落梅愁雨。

吴文英　　祝英台近·饯陈少逸被仓台檄行部

问流花，寻梦草，云暖翠微路。锦雁峰前，浅约昼行处。不教嘶马飞春，一奁越境，那销尽、红吟绿赋。　送人去，长丝初染柔黄，晴和晓烟舞。心事偷占，莺漏汉宫语。趁得罗盖天香，归来时候，共留取、玉阑春住。

吴文英　　祝英台近·春日客龟溪游废园

采幽香，巡古苑，竹冷翠微路。斗草溪根，沙印小莲步。自怜两鬓清霜，一年寒食，又身在、云山深处。　昼闲度，因甚天也悭春，轻阴便成雨。绿暗长亭，归梦趁风絮。有情花影阑干，莺声门径，解留我、霎时凝伫。

吴文英　　祝英台近·上元

晚云开，朝雪霁，时节又灯市。夜约遗香，南陌少年事。笙箫一片红云，飞来海上，绣帘卷、缃桃春起。　旧游地，素蛾城阙年年，新妆趁罗绮。玉练冰轮，无尘涴流水。晓霞红

处啼鸦，良宵一梦，画堂正、日长人睡。

吴文英　　　祝英台近·除夜立春

翦红情，裁绿意，花信上钗股。残日东风，不放岁华去。有人添烛西窗，不眠侵晓，笑声转、新年莺语。　　旧尊俎，玉纤曾擘黄柑，柔香系幽素。归梦湖边，还迷镜中路。可怜千点吴霜，寒销不尽，又相对、落梅如雨。

李彭老　　　祝英台近·杏花初

杏花初，梅花过，时节又春半。帘影飞梭，轻阴小庭院。旧时月底秋千，吟香醉玉，曾细听、歌珠一串。　　忍重见，描金小字题情，生绡合欢扇。老了刘郎，天远玉箫伴。几番莺外斜阳，阑干倚遍，恨杨柳、遮愁不断。

李彭老　　　祝英台近·载轻寒

载轻寒，低鸣橹，十里杏花雨。露草迷烟，萦绿过前浦。青青陌上垂杨，绾丝摇佩，渐遮断、旧曾吟处。　　听莺语，吹笙人远天长，谁翻水西谱。浅黛凝愁，远岫带眉妩。画阑闲倚多时，不成春醉，趁几点、白鸥归去。

汤　恢　　　祝英台近·宿酲苏

宿酲苏，春梦醒，沉水冷金鸭。落尽桃花，无人扫红雪。渐催煮酒园林，单衣庭院，春又到、断肠时节。　　恨离别，长忆人立荼蘼，珠帘卷香月。几度黄昏，琼枝为谁折。都将千里芳心，十年幽梦，分付与、一声啼鴂。

汤　恢　　　祝英台近·中秋

月如冰，天似水，冷浸画阑湿。桂树风前，醲香半狼藉。此翁对此良宵，别无可恨，恨只恨、古人头白。　　洞庭窄，谁道临水楼台，清光最先得。万里乾坤，原无片云隔。不妨彩笔云笺，翠尊冰酝，自管领、一庭秋色。

李　演　　　祝英台近·次篔房韵

采芳蘋，萦去橹，归步翠微雨。柳色如波，萦恨满烟浦。东君若是多情，未应花老，心已在、绿成阴处。　　困无语，

柔被褰损梨云，间修牡丹谱。妒粉争香，双燕为谁舞。年年红紫如尘，五桥流水，知送了、几番愁去。

陈　著　　**祝英台近·次韵前人咏盘莲**

小盆池，新压藕，翠盖已擎雨。巧弄红妆，明艳便能许。自怜华发萧萧，风流无分，醉时眼、何妨偷觑。　黯然伫，回首今是何时，逢花笑还语。梦里西湖，双落泪如缕。斜阳十里烟芜，六桥风浪，有谁掉、彩莲舟去。

陈允平　　**祝英台近·待春来**

待春来，春又到，花底自徘徊。春浅花迟，携酒为春催。可堪碧小红微，黄轻紫艳，东风外、妆点池台。　且衔杯，无奈年少心情，看花能几回。春自年年，花自为春开。是他春为花愁，花因春瘦，花残后、人未归来。

向希尹　　**祝英台近·晓帘栊**

晓帘栊，晴院宇，空鸭冷沉水。翠被欺寒，娇困未忺起。厌厌两点眉峰，一痕酒晕，正人在、温柔乡里。　甚情味，羞对钗燕筝鸿，胭脂暗弹泪。欲写吴笺，无处问双鲤。倩他轻薄杨花，与愁结伴，直吹到、那人根底。

刘辰翁　　**祝英台近·水后**

昨朝晴，今朝雨，渺莽遽如许。厌听儿童，总是涨江语。是谁力挽天河，误他仙客，并失却、乘槎来路。　断肠苦，剪烛深夜巴山，酒醒听如故。勃窣荷衣，堕泪少干土。从初错铸鸥夷，不如归去，到今此、欲归何处。

刘辰翁　　**祝英台近·席间咏绣球**

看师师，成蝶蝶，蹙尽不成叠。欲试搔头，花重怎堪捻。是谁抛过东墙，今无赤凤，梦得似、那人身捷。　年时腊，曾笑梅梢和豆，去月忽如荚。便向龙门，无复钏金接。待教开到琼林，阆仙重见，又谁念、昆明前劫。

张　湼　　**祝英台近·一番风**

一番风，连夜雨，收拾做春暮。艳冷香销，莺燕惨无语。晓来绿水桥边，青门陌上，不忍见、落红无数。　怎分付，

独倚红药栏边，伤春甚情绪。若取留春，欲去去何处。也知春亦多情，依依欲住，子规道、不如归去。

周　密　　　祝英台近·烛摇花

烛摇花，香袅穗，独自奈春冷。过了收灯，才始作花信。无端雨外余酲，莺边残梦，又还动、惜芳心性。　　忍重省，几多绿意红情，吟笺倩谁整。香减春衫，老却旧荀令。小楼深闭东风，曲屏斜倚，知他是、为谁成病。

周　密　　　祝英台近·赋揽秀园

步玲珑，寻窈窕，瑶草四时碧。小小蓬莱，花气透帘隙。几回翠水荷初，苍崖梅小，绮寮掩、玉壶春色。　　柳屏窄，芳槛日日东风，几醉几吟笔。曲折花房，莺燕似相识。最怜灯影才收，歌尘初静，画楼外、一声秋笛。

周　密　祝英台近·后谿次韵日熙堂主人

殢余酲，寻旧雨，愁与病相半。绿意阴阴，丝竹静深院。绝怜事逐春移，泪随花落，似剪断、鲛房珠串。　　喜重见，为谁倦酒慵诗，篘屏掩双扇。白发潘郎，羞见看花伴。可堪好梦残时，新愁生处，烟月冷、子规声断。

黎廷瑞　　　祝英台近·闺怨

彩云空，香雨霁，一梦千年事。碧幌如烟，却扇试新睡。恁时杨柳阑干，芙蓉池馆，还只似、如今天气。　　远山翠，空相思，淡扫修眉，盈盈照秋水。落日西风，借问雁来未。只愁雁到来时，又无消息，只落得、一番憔悴。

刘应李　　　祝英台近·登武夷平林

濯沧浪，歌窈窕，云日弄微霁。屏倚曾空，鹤去几何岁。尚留洞草芊青，岩花重碧，游泳处、露中风袂。　　木兰舣，亭外冉冉斜阳，杯行尚联断。独凭危阑，解渴漱寒水。少须酒力还低，茶香不断，清与处、月明川底。

褚　生　　　祝英台近·倚危栏

倚危栏，斜日暮，蓦蓦甚情绪。稚柳娇黄，全未禁风雨。春江万里云涛，扁舟飞渡、那更听、塞鸿无数。　　叹离阻，

有恨落天涯，谁念孤旅。满目风尘，冉冉如飞雾。是何人惹愁来，那人何处，怎知道、愁来不去。

张　炎　　祝英台近·与周草窗话旧

水痕深，花信足，寂寞汉南树。转首青阴，芳事顿如许。不知多少消魂，夜来风雨，犹梦到、断红流处。　最无据，长年息影空山，愁入庾郎句。玉老田荒，心事已迟暮。几回听得啼鹃，不如归去，终不似、旧时鹦鹉。

张　炎　　祝英台近·耕云

占宽闲，锄浩渺，船舣水村悄。非雾非烟，生气覆瑶草。蒙茸数亩春阴，梦魂落寞，知踏碎、梨花多少。　听孤啸，山浅种玉人归，缥缈度晴峭。鹤下芝田，五色散微照。笑他隔浦谁家，半江疏雨，空吟断、一犁清晓。

张　炎　　祝英台近·重过西湖书所见

水西船，山北酒，多为买春去。事与云消，飞过旧时雨。谩留一掬相思，待题红叶，奈红叶、更无题处。　正延伫，乱花浑不知名，娇小未成语。短棹轻装，逢迎段桥路。那知杨柳风流，柳犹如此，更休道、少年张绪。

张　炎　　祝英台近·余老矣，赋此为猿鹤问

及春游，卜夜饮，人醉万花醒。转眼年华，白发半垂领。与鸥同一清波，风蘋月树，又何事、浮踪不定。　静中省，便须门掩柴桑，黄卷伴孤隐。一粟生涯，乐事在瓢饮。爱闲休说山深，有梅花处，更添个、暗香疏影。

张　炎　　祝英台近·寄陈直卿

路重寻，门半掩，苔老旧时树。采药云深，童子更无语。怪他流水迢迢，湖天日暮，想只在、芦花多处。　谩延伫，姓名题上芭蕉，凉夜未风雨。赋了秋声，还赋断肠句。几回独立长桥，扁舟欲唤，待招取、白鸥归去。

张　炎　　祝英台近·题陆壶天水墨兰石

带飘飘，衣楚楚，空谷饮甘露。一转花风，萧艾遽如许。细看息影云根，淡然诗思，曾□被、生香轻误。　此中趣，

能消几笔幽奇，羞掩众芳谱。薜老苔荒，山鬼竟无语。梦游忘了江南，故人何处，听一片、潇湘夜雨。

张　炎　　　祝英台近·为自得斋赋

水空流，心不竞，门掩柳阴早。芸暖书芗，声压四檐悄。断尘飞远清风，人间醒醉，任蝶梦、何时分晓。　古音少，素琴久已无弦，俗子未知道。听雨看云，依旧静中好。但教春气融融，一般意思，小窗外、不除芳草。

无名氏　　　祝英台近·客毡寒

客毡寒，兰房悄，金炉爇红兽。好个霜天，消遣正宜酒。嫩橙初截鹅肪，肌肤香透，又还记、吴姬纤手。　事难偶，墨冻空染梨笺，新词谩题就。酒薄愁浓，欹枕听寒漏。可堪霜月亭亭，照人无寐，映窗外、一枝梅瘦。

无名氏　　　祝英台近·剪酴醾

剪酴醾，移红药，深院教鹦鹉。消遣宿酲，欹枕熏沉炷。自从载酒西湖，探梅南浦，久不见、雪儿歌舞。　恨无据，因甚不展眉头，凝愁过百五。双燕见情，难寄断肠句。可怜泪湿青绡，怨题红叶，落花乱、一帘风雨。

无名氏　　　祝英台近·掩琵琶

掩琵琶，临别语，把酒泪如洗。似恁春时，仓卒去何意。牡丹恰则开园，荼蘼厮句，便下得、一帆千里。　好无谓，复道明日行呵，如何恋得你。一叶船儿，休要更沉醉。后梅子青时，杨花飞絮，侧耳听、□喜鹊哩。

昼 夜 乐

又名《真欢乐》，调见柳永《乐章集》。双调，九十八字数体。其上片八句、六仄韵，下片八句、五仄韵为正体；其上下片各八句、六仄韵为变体。

柳　永　　　昼夜乐·洞房记得初相遇

洞房记得初相遇，便只合、长相聚。何期小会幽欢，变作离情别绪。况值阑珊春色暮，对满目、乱花狂絮。直恐好风光，尽随伊归去。　　一场寂寞凭谁诉，算前言、总轻负。早知恁地难拚，悔不当时留住。其奈风流端正外，更别有、系人心处。一日不思量，也攒眉千度。

柳　永　　　昼夜乐·秀香家住桃花径

秀香家住桃花径，算神仙、才堪并。层波细翦明眸，腻玉圆搓素颈。爱把歌喉当筵逞，遏天边、乱云愁凝。言语似娇莺，一声声堪听。　　洞房饮散帘帏静，拥香衾、欢心称。金炉麝袅青烟，凤帐烛摇红影。无限狂心乘酒兴，这欢娱、渐入嘉景。犹自怨邻鸡，道秋宵不永。

黄庭坚　　　昼夜乐·夜深记得临岐语

夜深记得临岐语，说花时、归来去。教人每日思量，到处与谁分付。其奈冤家无定据，约云朝、又还雨暮。将泪入鸳衾，总不成行步。　　元来也解知思虑，一封书、深相许。情知玉帐堪欢，为向金门进取。进待腰金拖紫后，有夫人、县君相与。争奈会分疏，没嫌伊门路。

无名氏　　　昼夜乐·一阳生后风光好

一阳生后风光好，百花瘁、群木槁。南枝探暖欺寒，嘉卉争先占早。晓来风送清香杳，映园林、报春来到。素艳自超群，似姑射容貌。　　画堂开宴邀朋友，赏琼英、同欢笑。陇头寄信丁宁，楼上新妆斗巧。对景乘兴倾芳酒，挤沉醉、玉山频倒。结实用和羹，是真奇国宝。

昼锦堂

《汉书·项籍传》：“富贵不归故乡，如衣锦夜行。”后以“昼锦”为贵显还乡。宋代韩琦以武康军节度使知相州，因相州是故乡，筑堂，名“昼锦堂”。此调名即源于

此。双调，一百零二字数体。此调有平韵、仄韵之别。其上片十句、四平韵，下片十句、五平韵为正体；其上片十句、五仄韵，下片十句、七仄韵为变体等。

孙惟信　　昼锦堂·薄袖禁寒

薄袖禁寒，轻妆媚晚，落梅庭院春妍。映户盈盈，回倩笑、整花钿。柳裁云剪腰肢小，凤蟠鸦耸髻鬟偏。东风里，香步翠摇，蓝桥那日因缘。　　婵娟，留慧盼，浑当了，匆匆密爱深怜。梦过阑干，犹认冷月秋千。杏梢空闹相思眼，燕翎难系断肠笺。银屏下，争信有人，真个病也天天。

宋自逊　　昼锦堂·上李真州

荷叶龟游，庭皋鹤舞，应是秋满淮涯。昨夜将星明处，仿佛峨眉。干戈已净银河淡，尘沙不动翠烟微。邦人道，半月中秋，当歌不饮何为。　　谁知心事远，但感慨登临，白羽频挥。恨不明朝出塞，猎猎旌旗。文南一矢澶渊劲，夔门三箭武关奇。挑灯看，龙吼传家旧剑，曾斩吴曦。

黄　载　　昼锦堂·牡丹

丽景融晴，浮光起昼，玉妃信意寻春。一笑酒杯翻手，满地祥云。宝台艳蹙文绡帕，郎官娇舞郁金裙。嫣然处，况是生香微湿，腻脸余醺。　　暖烘肌欲透，愁日炙还销，风动成尘。细为品归雪调，度与朱唇。翠帏晚映真图画，金莲夜照越精神。须拚醉，回首夕阳流水，碧草如茵。

刘子寰　　昼锦堂·思纵步

（上缺）　思纵步，时自驻篮舆，策杖荒郊。为有柔荑可坐，野菜时挑。思忆家山行乐处，片心时逐野云飘。歌长铗、遥寄故人，归路赋隐辞招。

吴　潜　　昼锦堂·己未元夕

绮縠团成，珠玑搦就，极目灯火楼台。七子八仙三教，耍队相挨。管箫笙簧相间斗，远如声韵碧霄来。环千炬，宝栅绛纱，云球雾衮交加。　　千里人笑乐，游妓合、脂尘香霭笼街。尽道今宵节物，天与安排。晚来风阵全收了，夜阑还放月儿些。休辞醉，长愿每年时候，一样情怀。

吴文英　　　昼锦堂·舞影灯前

舞影灯前，箫声酒外，独鹤华表重归。旧雨残云仍在，门巷都非。愁结春情迷醉眼，老怜秋鬓倚蛾眉。难忘处，犹恨绣笼，无端误放莺飞。　　当时，征路远，欢事差，十年轻负心期。楚梦秦楼相遇，共叹相违。泪香沾湿孤山雨，瘦腰折损六桥丝。何时向，窗下翦残红烛，夜杪参移。

陈允平　　　昼锦堂·北城韩园即事

上苑寒收，西塍雨歇，东风是处花柳。步锦笼纱，依旧五陵台沼。绣帘珠箔金翠袅，琐窗雕槛青红斗。频回首，茶灶酒垆，春时几番携手。　　知否，人渐老，嗟眼为花狂，肩为诗瘦。唤醒乡心，无奈数声啼鸟。秉烛清游嫌夜短，采香新意输年少。归来好，皈趁故园池阁，绿阴芳草。

蒋　捷　　　昼锦堂·荷花

染柳烟消，敲菰雨断，历历犹寄斜阳。掩冉玉妃芳袂，拥出灵场。倩他鸳鸯来寄语，驻君舴艋亦何妨。渔榔静，独奏棹歌，邀妃试酌清觞。　　湖上云渐暝，秋浩荡，鲜风支尽蝉粮。赠我非环非佩，万斛生香。半蜗茅屋归吹影，数螺苔石压波光。鸳鸯笑，何似且留双楫，翠隐红藏。

无名氏　　　昼锦堂·雨洗桃花

雨洗桃花，风飘柳絮，日日飞满雕檐。懊恼一春幽恨，尽属眉尖。愁闻双飞新燕语，更堪孤枕宿酲忺。云鬟乱，独步画堂，轻风暗触珠帘。　　多厌，晴昼永，琼户悄，香销金兽慵添。自与萧娘别后，事事俱嫌。短歌新曲无心理，凤箫龙管不曾拈。空惆怅，长是每年三月，病酒恹恹。

眉　妩

又名《百宜娇》。双调，一百零三字数体。其上片十一句、五仄韵，下片十一句、七仄韵为正体；其上片十一句、五仄韵，下片十句、六仄韵为变体等。

姜　夔　　　　**眉妩·戏张仲远**

看垂杨连苑，杜若侵沙，愁损未归眼。信马青楼去，重帘下，娉婷人妙飞燕。翠尊共款，听艳歌、郎意先感。便携手、月地云阶里，爱良夜微暖。　　无限，风流疏散。有暗藏弓履，偷寄香翰。明日闻津鼓，湘江上，催人还解春缆。乱红万点，怅断魂、烟水遥远。又争似相携，乘一舸、镇长见。

王沂孙　　　　**眉妩·新月**

渐新痕悬柳，澹彩穿花，依约破初暝。便有团圆意，深深拜，相逢谁在香径。画眉未稳，料素娥、犹带离恨。最堪爱、一曲银钩小，宝帘挂秋冷。　　千古盈亏休问，叹慢磨玉斧，难补金镜。太液池犹在，凄凉处、何人重赋清景。故山夜永，试待他、窥户端正。看云外山河，还老尽、桂花影。

眉峰碧

即《卜算子》。因宋无名氏词中有“蹙破眉峰碧”句，改调名为《眉峰碧》。详见《卜算子》条。

无名氏　　　　**眉峰碧·蹙破眉峰碧**

蹙破眉峰碧，纤手还重执。镇日相看未足时，忍便使、鸳鸯只。　　薄暮投村驿，风雨愁通夕。窗外芭蕉窗里人，分明叶上心头滴。

分类新编

全宋词

第五册

九画—十一画

吕树坤 吕庆业 梁国辅 刘琦 编纂

作家出版社

贺圣朝

又名《转调贺圣朝》。有四十七字、四十八字、四十九字、五十字数体。其四十七字，上片五句、三仄韵，下片六句、两仄韵为正体。其五十字，上下片各六句、两平韵，为变体。

张　先　　贺圣朝·淡黄衫子浓妆了

淡黄衫子浓妆了，步缕金鞋小。爱来书幌绿窗前，半和娇笑。　　谢家姊妹，诗名空杳，何曾机巧。争如奴道，春来情思，乱如芳草。

叶清臣　　贺圣朝·留别

满斟绿醑留君住，莫匆匆归去。三分春色二分愁，更一分风雨。　　花开花谢、都来几许，且高歌休诉。不知来岁牡丹时，再相逢何处。

杜安世　　贺圣朝·东君造物无凝滞

东君造物无凝滞，芳容相替。杏花桃萼一时开，就中明媚。　　绿丛金朵，枝长叶细，称花王相待。万般堪爱，暂时见了，断肠无计。

杜安世　　贺圣朝·牡丹盛拆春将暮

牡丹盛拆春将暮，群芳羞妒。几时流落在人间，半间仙露。　　馨香艳冶，吟看醉赏，叹谁能留住。莫辞持烛夜深深，怨等闲风雨。

黄庭坚　　贺圣朝·脱霜披茜初登第

脱霜披茜初登第，名高得意。樱桃荣宴玉墀游，领群仙行缀。　　佳人何事轻相戏，道得之何济。君家声誉古无双，且均平居二。

赵　鼎　　贺圣朝·锁试府学夜坐作

断霞收尽黄昏雨，滴梧桐疏树。帘栊不卷夜沉沉，锁一庭

风露。　　天涯人远，心期梦悄，苦长宵难度。知他窗外促织儿，有许多言语。

赵　鼎　　　贺圣朝·丙辰岁生日作

花光烛影春容媚，香生和气。纷纷儿女拜翁前，劝犀尊金醴。　　凌烟图画，王侯富贵，非翁雅意。愿翁早早乞身归，对青山沉醉。

赵　鼎　　　贺圣朝·道中闻子规

征鞍南去天涯路，青山无数。更堪月下子规啼，向深山深处。　　凄然推枕，难寻新梦，忍听伊言语。更阑人静一声声，道不如归去。

韩元吉　　　贺圣朝·送天与

斜阳只向花梢驻，似愁君西去。清歌也便做阳关，更朝来风雨。　　佳人莫道，一杯须近，总眉峰偷聚。明年归诏上鸾台，记别离难处。

赵彦端　　　贺圣朝·河阳桃李开无数

河阳桃李开无数，待成春归去。小园几月忽惊飞，恨主人难驻。　　雏莺乳燕愁悲语，道留君不住。愿君随处作东风，举群花为主。

赵彦端　　　贺圣朝·一江风月同君住

一江风月同君住，了不知秋去。赏心亭下，过帆如马，堕枫如雨。　　相将莫问，兴亡旧事，举离觞谁诉。垂杨指点，但归来、有温柔佳处。

马子严　　　贺圣朝·春游

游人拾翠不知远，被子规呼转。红楼倒影背斜阳，坠几声弦管。　　荼蘼香透，海棠红浅，恰平分春半。花前一笑不须悭，待花飞休怨。

赵师侠　　　贺圣朝·和宗之梅

千林脱落群芳息，有一枝先白。孤标疏影压花丛，更清香堪惜。　　吟情无尽，赏音未已，早纷纷藉藉。想贪结子去调

羹，任叫云横笛。

吴　潜　　　　贺圣朝·己未三月六日

捷书夜半甘泉去，报天骄膏斧。摩空铜垒，闸流瞿滟，扫清云雾。　　楼兰飞馘，焉耆授首，谩夸称前古。须知开庆，太平千载，方从今数。

无名氏　　　　贺圣朝·预赏元宵

太平无事，四边宁静狼烟眇。国泰民安，谩说尧舜禹汤好。万民翘望彩都门，龙灯凤烛相照。只听得教坊杂剧欢笑，美人巧。　　宝篆宫前，咒水书符断妖。更梦近、竹林深处胜蓬岛。笙歌闹，奈吾皇、不待元宵景色来到。只恐后月，阴晴未保。

无名氏　　贺圣朝·寿主簿　六月初九

阶蓂八叶当炎赫，此际公生日。金炉香爇起祥烟，气佳哉葱郁。　　称觞兰玉真无敌，尘簪缨世袭。鸾栖枳棘暂淹留，即黄扉召入。

贺圣朝影

即《添声杨柳枝》，欧阳修词调名为《贺圣朝影》。详见《添声杨柳枝》条。

欧阳修　　贺圣朝影·白雪梨花红粉桃

白雪梨花红粉桃，露华高。垂杨慢舞绿丝绦，草如袍。
风过小池轻浪起，似江皋。千金莫惜买香醪，且陶陶。

无名氏　　　　贺圣朝影·冬

雪满长安酒价高，度寒宵。身轻不要鹔鹴袍，醉红娇。
花月暗成离别恨，梦无憀。起来春信惹梅梢，又魂消。

贺 明 朝

又名《贺熙朝》，调见《花间集》卷六五代欧阳炯词。

欧阳修　　贺明朝·忆昔花间初识面

忆昔花间初识面，红袖半遮妆脸。轻转石榴裙带，故将纤纤玉指，偷捻双凤金线。　　碧梧桐锁深深院，谁料得、两情何日教缱绻。羡春来双燕，飞到玉楼，朝暮相见。

贺新郎

又名《乳燕飞》、《金缕歌》、《风敲竹》、《风瀑竹》、《金缕曲》、《金缕词》、《金缕衣》、《唱金缕》、《贺新凉》、《貂裘换酒》、《雪夜江山夜》。双调数体。其一百一十六字，上下片各十句、六仄韵为正体；一百一十五字，上下片各十句、六仄韵为变体；一百一十七字，上下片各十句、七仄韵为另一变体等。

苏　轼　　贺新郎·夏景

乳燕飞华屋，悄无人、桐阴转午，晚凉新浴。手弄生绡白团扇，扇手一时似玉。渐困倚、孤眠清熟。帘外谁来推绣户，枉教人、梦断瑶台曲。又却是，风敲竹。　　石榴半吐红巾蹙，待浮花、浪蕊都尽，伴君幽独。秾艳一枝细看取，芳心千重似束。又恐被、秋风惊绿。若待得君来向此，花前对酒不忍触。共粉泪，两簌簌。

叶梦得　　贺新郎·睡起啼莺语

睡起啼莺语，掩青苔、房栊向晚，乱红无数。吹尽残花无人见，惟有垂杨自舞。渐暖霭、初回轻暑。宝扇重寻明月影，暗尘侵、尚有乘鸾女。惊旧恨，遽如许。　　江南梦断横江渚，浪黏天、葡萄涨绿，半空烟雨。无限楼前沧波意，谁采蘋花寄取。但怅望、兰舟容与。万里云帆何时到，送孤鸿、目断千山阻。谁为我，唱金缕。

张元幹　　贺新郎·寄李伯纪丞相

曳杖危楼去，斗垂天、沧波万顷，月流烟渚。扫尽浮云风不定，未放扁舟夜渡。宿雁落、寒芦深处。怅望关河空吊影，正人间、鼻息鸣鼍鼓。谁伴我，醉中舞。　　十年一梦扬州路，倚高寒、愁生故国，气吞骄虏。要斩楼兰三尺剑，遗恨琵

琶旧语。谩暗拭、铜华尘土。唤取谪仙平章看，过苕溪、尚许垂纶否。风浩荡，欲飞举。

张元幹　　贺新郎·送胡邦衡待制

梦绕神州路，怅秋风、连营画角，故宫离黍。底事昆仑倾砥柱，九地黄流乱注。聚万落、千村狐兔。天意从来高难问，况人情、老易悲如许。更南浦，送君去。　　凉生岸柳催残暑，耿斜河、疏星淡月，断云微度。万里江山知何处，回首对床夜语。雁不到、书成谁与。目尽青天怀今古，肯儿曹、恩怨相尔汝。举大白，听金缕。

周紫芝　　贺新郎·白首归何晚

白首归何晚，笑一椽、天教付与，楚江南岸。门外春山晚无数，只有匡庐似染。但想像、红妆不见。谁念香山当日事，漫青衫、泪湿人谁管。歌旧曲，空凄怨。　　将军未老身归汉，算功名、过了唯有，古祠尘满。谁似渊明拚得老，饱看云山万点。况此老、斜川不远。终待我他年□自，剪黄花、一酹重阳醆。君为我，休辞劝。

潘　汾　　贺新郎·篆缕销香鼎

篆缕销香鼎，翠沉沉、庭阴转午，画堂人静。芳草王孙知何处，惟有杨花糁径。正玉枕、瞢腾初醒。门外残红春已去，镇无聊、殢酒厌厌病。云髻亸，未忺整。　　江南旧事休重省，但天涯、寻消问息，断鸿难倩。月满西楼凭阑久，依旧归期未定。便只恐、瓶沉金井。嘶骑不来银烛暗，枉教人、立尽梧桐影。谁伴我，对鸾镜。

此首别作李玉词

李　玉　　贺新郎·春情

篆缕销金鼎，醉沉沉、庭阴转午，画堂人静。芳草王孙知何处，惟有杨花糁径。渐玉枕、腾腾春醒。帘外残红春已透，镇无聊、殢酒厌厌病。云鬓乱，未忺整。　　江南旧事休重省，遍天涯、寻消问息，断鸿难倩。月满西楼凭阑久，依旧归期未定。又只恐、瓶沉金井。嘶骑不来银烛暗，枉教人、立尽梧桐影。谁伴我，对鸾镜。

此首别作潘汾词

吕渭老　　贺新郎·别竹西

斜日封残雪，记别时、檀槽按舞，霓裳初彻。唱煞阳关留不住，桃花面皮似热。渐点点、珍珠承睫。门外潮平风席正，指佳期、共约花同折。情未忍，带双结，　钗金未断肠先结。下扁舟、更有暮山千叠。别后武陵无好梦，春山子规更切。但孤坐、一帘明月。蚕共茧、花同蒂，甚人生要见，底多离别。谁念我，泪如血。

王之道　　贺新郎·送郑宗承

又是春残去，倚东风、寒云淡日，堕红飘絮。燕社鸿秋人不问，尽管吴笙越鼓。但短发、星星无数。万事惟消彭泽醉，也何妨、袖卷长沙舞。身与世，只如许。　阑干拍手闲情绪，便明朝、苍烟白鹭，北山南浦。笑指午桥桥畔路，帘幕深深院宇。尚趁得、柳烟花雾。我亦故山猿鹤怨，问何时、归棹双溪渚。歌一曲，恨千缕。

刘　镇　　贺新郎·翠葆摇新竹

翠葆摇新竹，正榴花、枝头叶底，斗红争绿。谁在纱窗停针线，闲理竹西旧曲。又还是、兰汤新浴。手弄合欢双彩索，笑偎人、福寿低相祝。金凤亸，艾花矗。　龙舟噀水飞相逐，记当年、怀沙旧恨，至今遗俗。雨过平芜浮天阔，画艓凌波尽簇。沸十里、笙歌声续。好是蟾钩随归棹，任欢呼、船重成颓玉。犹未忍，罩银烛。

毛　幵　　贺新郎·风雨连朝夕

风雨连朝夕，最惊心、春光晼晚，又过寒食。落尽一番新桃李，芳草南园似积。但燕子、归来幽寂。况是单栖饶惆怅，尽无聊、有梦寒犹力。春意远，恨虚掷。　东君自是人间客，暂时来、匆匆却去，为谁留得。走马插花当年事，池畹空余旧迹。奈老去、流光堪惜。杳隔天涯人千里，念无凭、寄此长相忆。回首处，暮云碧。

王千秋　　贺新郎·石城吊古

吊古城头去，正高秋、霜晴木落，路通洲渚。欲问紫髯分鼎事，只有荒祠烟树。巫觋去、久无箫鼓。霸业荒凉遗堞坠，

但苍崖、日阅征帆渡。兴与废，几今古。　　夕阳细草空凝伫，试追思、当时子敬，用心良误。要约刘郎铜雀醉，底事遽争荆楚。遂但见、吴蜀烽举。致使五官伸脚睡，唤诸儿、昼取长陵土。遗此恨，欲谁语。

王千秋　　　贺新郎·短艇横烟渚

短艇横烟渚，梦惊回、凄凉尚记，绿蓑鸣雨。拍塞愁怀人不解，只有黄鹂能语。复拟待、乘槎重去。无奈东君刚留客，张碧油、缓按香红舞。生怕我，顿遐举。　　故溪冉冉春光度，想晚来、杨花云际，白蘋无数。竹里樵青应是怪，目断鸣榔去路。料为我、羞烦鳞羽。好趁小蛮针线在，按纶巾、归唤松江渡。重系缆，醉眠处。

袁去华　　　贺新郎·晓色明窗绮

晓色明窗绮，耿残灯、寒生翠幕，鸟啼人起。一夜西园新雨过，细草闲花似洗。漾澜影、柳塘春水。闲昼双飞归来燕，正东风、漫漫吹桃李。还是个，闷天气。　　回廊小院帘垂地，想连天、芳草萋迷，短长亭外。愁到春来依然在，旧事浑如梦里。又生怕、人惊憔悴。楼上谁家吹长笛，向曲中、说尽相思意。三弄处，寸心碎。

甄龙友　　　贺新郎·思远楼前路

思远楼前路，望平堤、十里湖光，画船无数。绿盖盈盈红粉面，叶底荷花解语。斗巧结、同心双缕。尚有经年离别恨，一丝丝、总是相思处。相见也，又重午。　　清江旧事传荆楚，叹人情、千载如新，尚沉菰黍。且尽尊前今日醉，谁肯独醒吊古。泛几盏、菖蒲绿醑。两两龙舟争竞渡，奈珠帘、暮卷西山雨。看未足，怎归去。

游次公　　　贺新郎·宫词

暖霭浮晴籞，锁垂杨、笼池罩阁，万丝千缕。池上晓光分宿雾，日近群芳易吐。寻并蒂、阑干凝伫。不信钗头飞凤去，但宝刀、被妾还留住。天一笑，万花妒。　　阿娇正好金屋贮，甚西风、易得萧疏，扇鸾尘土。一自昭阳扃玉户，墙角土花无数。况多病、情伤幽素。别殿时闻箫鼓奏，望红云、冉冉

知何处。天尺五，去无路。

游次公　　　　贺新郎·月夜

斗柄回秋律，素蟾飞、冰霜万里，满川金碧。得月偏多何处是，惟有桥南第一。正野迥、西风寒寂。丹桂婆娑疏影在，想微瑕、未累千金璧。河汉远，澹无迹。　知君有句酬佳夕，尽高歌、胡床自倚，露沽珠溢。坐到参横星欲暗，隐隐天低似笠。但络纬、悲啼催织。吟咏凄凉翻有恨，谅知音、人远空追忆。谁为置，郑庄驿。

李　泳　　　　贺新郎·门掩长安道

门掩长安道，卷重帘、垂杨散暑，嫩凉生早。午梦惊回庭阴翠，蝶舞莺吟未了。政露冷、芙蓉池沼。金雁尘昏幺弦断，理余音、尚想腰肢袅。欢渐远，思还绕。　临皋望极沧江渺，晚潮平、湘烟万顷，断虹残照。彩舫凌波分飞后，别浦菱花自老。问锦鲤、何时重到。楼迥层城看不见，对潇潇、暮雨怜芳草。幽恨阔、楚天杳。

李处全　　　　贺新郎·和俞叔夜七夕

秋意生何许，对玉钩、微云避舍，素风吹暑。银汉桥成天路稳，乾鹊声声媚妩。送仙仗、年年须度。离合悲欢多少话，想今宵、缱绻难深诉。千古恨，无新故。　聊须作意成欢绪，为佳时、金针戏把，翠觞频举。莫念匆匆轻掺袂，天上元无间阻。况好是、新凉庭户。倦客天涯嗟老大，趁珠帘、绣额高楼处。乞些巧，调儿女。

李处全　　　　贺新郎·再和

心事知谁许，政吾曹、摛辞弄翰，邀凉斶暑。节物于人俱可喜，今夕渠偏媚妩。笑曝腹、书生风度。河鼓天孙非世俗，纵惊云，急雨休轻诉。忆倾盖，便如故。　良辰欢意宽离绪，称仙家、瑶台缥缈，霓裳掀举。应想尘寰空怅望，月路谁曾隔阻。是处有、绮窗朱户。我爱五湖烟水阔，待扁舟、寻到撦机处。访婺女，共婺女。

赵长卿　　　　贺新郎·负你千行泪

负你千行泪，大都来、一寸心儿，万般萦系。似恁愁烦那

里泪，故自三年二岁。为你后、甘心憔悴。终待说、山盟海誓，这恩情、到此非容易。拚做个，久长计。　　紧要事须评议，怕人人、蓦地知时，怎生处置。毒害心肠袄知是，怕你生烦到底，便莫待、将人轻弃。不是我多疑你，被傍人、赚后失圈圆。经一事，长一智。

赵长卿　　贺新郎·世谛人多错

世谛人多错，阿谁将、虚名微利，放教轻著。万事莫非前定了，选甚微如饮酌。算徒诧、龙韬豹略。纵使龙头安尺木，更从教、豹变生三角。浑是梦，恍如昨。　　吾庐自笑常虚廓，对残编、磨穿枯砚，生涯微薄。负郭田园能有几，随分安贫守约。要不改、箪瓢颜乐。西掖北扉终须到，且嘲风咏月常相谑。更要甚，万金药。

许及之　　贺新郎·旧俗传荆楚

旧俗传荆楚，正江城、梅炎藻夏，做成重午。门艾钗符关何事，付与痴儿骏女。耳不听、湖边鼍鼓。独炷炉香薰衣润，对潇潇、翠竹都忘暑。时展卷，诵骚语。　　新愁不障西山雨，问楼头、登临倦客，有谁怀古。回首独醒人何在，空把清尊酹与。漾不到、潇湘江渚。我又相将湖南去，已安排、吊屈嘲渔父。君有语，但分付。

刘德秀　　贺新郎·西湖

雨沐秋容薄，莹湖光、琉璃千顷，浪平如削。步绕湖边佳绝处，时涌琼楼珠阁。记一一、经行皆昨。十万人家空翠里，借姮娥、玉鉴相依约。卷雾箔，飞烟幕。　　天机云锦才收却，放芙蓉、岸花十里，翠红成幄。向晚买舟撑月去，笑引银汉共酌。醉欲起、骑鲸碧落。试唤坡仙哦妙句，问淡妆、此夕如何著。只云月，是梳掠。

廖行之　　贺新郎·和狄志父秋日述怀

玉宇□蓬户，渺凉声、箾槮梧井，乱零枫浦。得得西山朝来爽，碧瘦千崖万树。清兴在、烟霞深处。拄笏风流今谁是，但闻鸡、夜半犹狂舞。试举看，渠多许。　　青云万里君夷路，肯区区、辀张兔穴，沉迷金坞。流水高山真难料，休把朱

弦浪抚。任展转、翻云覆雨。且对佳时随意乐，更从今、莫问惊人句。算万事，总天赋。

廖行之　　贺新郎·赋木樨

修月三千户，拥冰轮、同游碧落，问津牛浦。上界真仙多才思，乞与瑶阶玉树。渺万里、人间何处。云叶依依分清荫，忆当时、掩映霓裳舞。算万木，宁如许。　　年年萧爽幽岩路，倚西风、吹香金粟，超然云坞。一洗纷纷凡花尽，堪写清商对抚。为豁散、蛮烟瘴雨。脱俗高标谁能领，向骚人、正欠题新句。须大手，与君赋。

京　镗　　贺新郎·中秋

试与姮娥语，问因何、年年此夜，月明如许。万顷镕成银世界，是处玉壶风露。又岂比、寻常三五。变化乾坤同一色，觉星躔、斗柄皆回互。须要我，共分付。　　平生脚踏红尘处，漫纷纷、鸡虫厚薄，燕鸿来去。只有婵娟多情在，依旧当时雅素。空自叹、归心难住。留取清光岷江畔，照扁舟、送我章江路。频引满，莫匆遽。

杨冠卿　　贺新郎·薄暮垂虹去

秋日乘风过垂虹时，与一羽士俱，因泛言弱水蓬莱之胜。旁有溪童，具能歌张仲宗目尽青天等句，音韵洪畅，听之慨然。戏用仲宗韵呈张君量府判

薄暮垂虹去，正江天、残霞冠日，乱鸿遵渚。万顷云涛风浩荡，笑整羽轮飞渡。问弱水、神仙何处。翳凤骑麟思往事，记朝元、金殿闻钟鼓。环佩响，翠鸾舞。　　梦中失却江南路，待西风、长城饮马，朔庭张弩。目尽青天何时到，赢得儿童好语。怅未复、长陵抔土。西子五湖归去后，泛仙舟，尚许寻盟否。风袂逐，片帆举。

辛弃疾　　贺新郎·赋水仙

云卧衣裳冷，看萧然、风前月下，水边幽影。罗袜尘生凌波去，汤沐烟江万顷。爱一点、娇黄成晕。不记相逢曾解佩，甚多情、为我香成阵。待和泪，收残粉。　　灵均千古怀沙恨，记当时、匆匆忘把，此仙题品。烟雨凄迷僝僽损，翠袂摇

摇谁整。谩写入、瑶琴幽愤。弦断招魂无人赋，但金杯的皪银台润。愁殢酒，又独醒。

辛弃疾　　贺新郎·把酒长亭说

陈同父自东阳来过余，留十日，与之同游鹅湖，且会朱晦庵于紫溪，不至，飘然东归。既别之明日，余意中殊恋恋，复欲追路。至鹭鹚林，则雪深泥滑，不得前矣。独饮方村，怅然久之，颇恨挽留之不遂也。夜半，投宿泉湖吴氏四望楼，闻邻笛悲甚，为赋贺新郎以见意。又五日，同父书来索词。心所同然者如此，可发千里一笑

把酒长亭说，看渊明、风流酷似，卧龙诸葛。何处飞来林间鹊，蹙踏松梢微雪。要破帽、多添华发。剩水残山无态度，被疏梅、料理成风月。两三雁，也萧瑟。　　佳人重约还轻别，怅清江、天寒不渡，水深冰合。路断车轮生四角，此地行人销骨。问谁使、君来愁绝。铸就而今相思错，料当初、费尽人间铁。长夜笛，莫吹裂。

辛弃疾　　贺新郎·同父见和，再用前韵

老大犹堪说，似而今、元龙臭味，孟公瓜葛。我病君来高歌饮，惊散楼头飞雪。笑富贵、千钧如发。硬语盘空谁来听，记当时、只有西窗月。重进酒，唤鸣瑟。　　事无两样人心别，问渠侬、神州毕竟，几番离合。汗血盐车无人顾，千里空收骏骨。正目断、关河路绝。我最怜君中宵舞，道男儿、到死心如铁。看试手，补天裂。

辛弃疾　　贺新郎·用前韵送杜叔高

细把君诗说，怅余音、钧天浩荡，洞庭胶葛。千尺阴崖尘不到，惟有层冰积雪。乍一见、寒生毛发。自昔佳人多薄命，对古来、一片伤心月。金屋冷，夜调瑟。　　去天尺五君家别，看乘空、鱼龙惨淡，风云开合。起望衣冠神州路，白日销残战骨。叹夷甫、诸人清绝。夜半狂歌悲风起，听铮铮、阵马檐间铁。南共北，正分裂。

辛弃疾　　贺新郎·听琵琶

凤尾龙香拨，自开元、霓裳曲罢，几番风月。最苦浔阳江

头客，画舸亭亭待发。记出塞、黄云堆雪。马上离愁三万里，望昭阳、宫殿孤鸿没。弦解语，恨难说。　　辽阳驿使音尘绝，琐窗寒、轻拢慢捻，泪珠盈睫。推手含情还却手，一抹梁州哀彻。千古事、云飞烟灭。贺老定场无消息，想沉香亭北繁华歇。弹到此，为呜咽。

辛弃疾　　贺新郎·柳暗清波路

柳暗清波路，送春归、猛风暴雨，一番新绿。千里潇湘葡萄涨，人解扁舟欲去。又樯燕、留人相语。艇子飞来生尘步，唾花寒、唱我新番句。波似箭，催鸣橹。　　黄陵祠下山无数，听湘娥、泠泠曲罢，为谁情苦。行到东吴春已暮，正江阔、潮平稳渡。望金雀、觚棱翔舞。前度刘郎今重到，问玄都、千树花存否。愁为倩，幺弦诉。

辛弃疾　　贺新郎·福州游西湖

翠浪吞平野，挽天河、谁来照影，卧龙山下。烟雨偏宜晴更好，约略西施未嫁。待细把、江山图画。千顷光中堆滟滪，似扁舟、欲下瞿塘马。中有句，浩难写。　　诗人例入西湖社，记风流、重来手种，绿阴成也。陌上游人夸故国，十里水晶台榭。更复道、横空清夜。粉黛中洲歌妙曲，问当年、鱼鸟无存者。堂上燕，又长夏。

辛弃疾　　贺新郎·觅句如东野

觅句如东野，想钱塘、风流处士，水仙祠下。更隐小孤烟浪里，望断彭郎欲嫁。是一色、空濛难画。谁解胸中吞云梦，试呼来、草赋看司马。须更把，上林写。　　鸡豚旧日渔樵社，问先生、带湖春涨，几时归也。为爱琉璃三万顷，正卧水亭烟榭。对玉塔、微澜深夜。雁鹜如云休报事，被诗逢敌手皆勍者。春草梦，也宜夏。

辛弃疾　　贺新郎·别茂嘉十二弟

绿树听鹈鴂，更那堪、鹧鸪声住，杜鹃声切。啼到春归无寻处，苦恨芳菲都歇。算未抵、人间离别。马上琵琶关塞黑，更长门、翠辇辞金阙。看燕燕，送归妾。　　将军百战身名裂，向河梁、回头万里，故人长绝。易水萧萧西风冷，满座衣

冠似雪。正壮士、悲歌未彻。啼鸟还知如许恨，料不啼清泪长啼血。谁共我，醉明月。

辛弃疾　　贺新郎·甚矣吾衰矣

邑中园亭，仆皆为赋此词。一日，独坐停云，水声山色，竞来相娱，意溪山欲援例者，遂作数语，庶几仿佛渊明思亲友之意云

甚矣吾衰矣，怅平生、交游零落，只今余几。白发空垂三千丈，一笑人间万事。问何物、能令公喜。我见青山多妩媚，料青山、见我应如是。情与貌，略相似。　一尊搔首东窗里，想渊明、停云诗就，此时风味。江左沉酣求名者，岂识浊醪妙理。回首叫、云飞风起。不恨古人吾不见，恨古人、不见吾狂耳。知我者，二三子。

辛弃疾　　贺新郎·濮上看垂钓

严和之好古博雅，以严本庄姓，取蒙庄、子陵四事：曰濮濠上、曰濠梁、曰齐泽、曰严濑，为四图，属予赋词。予谓蜀君平之高，扬子云所谓虽隋和何以加诸者，班孟坚独取子云所称述为王贡诸传序引，不敢以其姓名列诸传，尊之也。故予谓和之当并图君平像，置之四图之间。庶几严氏之高节者备焉。作乳燕飞词使歌之

濮上看垂钓，更风流、羊裘泽畔，精神孤矫。楚汉黄金公卿印，比著渔竿谁小。但过眼、才堪一笑。惠子焉知濠梁乐，望桐江、千丈高台好。烟雨外，几鱼鸟。　古来如许高人少，细平章、两翁似与，巢由同调。已被尧知方洗耳，毕竟尘污人了。要名字、人间如扫。我爱蜀庄沉冥者，解门前、不使征书到。君为我，画三老。

辛弃疾　贺新郎·题赵兼善东山园小鲁亭

下马东山路，恍临风、周情孔思，悠然千古。寂寞东家丘何在，缥缈危亭小鲁。试重上、岩岩高处。更忆公归西悲日，正濛濛、陌上多零雨。嗟费却，几章句。　谢安雅志还成趣，记风流、中年怀抱，长携歌舞。政尔良难君臣事，晚听秦筝声苦。快满眼、松篁千亩。把似渠垂功名泪，算何如、且作溪山主。双白鸟，又飞去。

辛弃疾　贺新郎·和徐斯远下第谢诸公载酒相访韵

逸气轩眉宇，似王良、轻车熟路，骅骝欲舞。我觉君非池中物，咫尺蛟龙云雨。时与命、犹须天付。兰佩芳菲无人问，叹灵均、欲向重华诉。空壹郁，共谁语。　　儿曹不料扬雄赋，怪当年、甘泉误说，青葱玉树。风引船回沧溟阔，目断三山伊阻。但笑指、吾庐何许。门外苍官千百辈、尽堂堂、八尺须髯古。谁载酒，带湖去。

辛弃疾　　贺新郎·题傅岩叟悠然阁

路入门前柳，到君家、悠然细说，渊明重九。岁晚凄其无诸葛，惟有黄花入手。更风雨、东篱依旧。斗顿南山高如许，是先生、拄杖归来后。山不记，何年有。　　是中不减康庐秀，倩西风、为君唤起，翁能来否。鸟倦飞还平林去，云肯无心出岫。剩准备、新诗几首。欲辨忘言当年意，慨遥遥、我去羲农久。天下事，可无酒。

辛弃疾　　贺新郎·题君用山园

曾与东山约，为鲦鱼、从容分得，清泉一勺。堪笑高人读书处，多少松窗竹阁。甚长被、游人占却。万卷何言达时用，士方穷、早与人同乐。新种得，几花药。　　山头怪石蹲秋鹗，俯人间、尘埃野马，孤撑高攫。拄杖危亭扶未到，已觉云生两脚。更换却、朝来毛发。此地千年曾物化，莫呼猿、且自多招鹤。吾亦有，一丘壑。

辛弃疾　　贺新郎·拄杖重来约

用韵题赵晋臣敷文积翠岩、余欲令筑陂于其前

拄杖重来约，对东风、洞庭张乐，满空箫勺。巨海拔犀头角出，来向此山高阁。尚两两、三三前却。老我伤怀登临际，问何方、可以平哀乐。唯酒是，万金药。　　劝君且作横空鹗，便休论、人间腥腐，纷纷乌攫。九万里风斯在下，翻覆云头雨脚。更直上、昆仑濯发。好卧长虹陂十里，是谁言、听取双黄鹤。推翠影，浸云壑。

辛弃疾　　贺新郎·听我三章约

韩仲止判院山中见访，席上用前韵

听我三章约，有谈功、谈名者舞，谈经深酌。作赋相如亲涤器，识字子云投阁。算枉把、精神费却。此会不如公荣者，莫呼来、政尔妨人乐。医俗士，苦无药。　　当年众鸟看孤鹗，意飘然、横空直把，曹吞刘攫。老我山中谁来伴，须信穷愁有脚。似剪尽、还生僧发。自断此生天休问，倩何人、说与乘轩鹤。吾有志，在沟壑。

辛弃疾　　贺新郎·高阁临江渚

高阁临江渚，访层城、空余旧迹，黯然怀古。画栋珠帘当日事，不见朝云暮雨。但遗意、西山南浦。天宇修眉浮新绿，映悠悠、潭影长如故。空有恨，奈何许。　　王郎健笔夸翘楚，到如今、落霞孤鹜，竞传佳句。物换星移知几度，梦想珠歌翠舞。为徙倚、阑干凝伫。目断平芜苍波晚，快江风、一瞬澄襟暑。谁共饮，有诗侣。

辛弃疾　　贺新郎·赋海棠

著厌霓裳素，染胭脂、苎罗山下，浣沙溪渡。谁与流霞千古酝，引得东风相误。从臾入、吴宫深处。鬓乱钗横浑不醒，转越江、划地迷归路。烟艇小，五湖去。　　当时倩得春留住，就锦屏一曲，种种断肠风度。才是清明三月近，须要诗人妙句。笑援笔、殷勤为赋。十样蛮笺纹错绮，粲珠玑、渊掷惊风雨。重唤酒，共花语。

辛弃疾　　贺新郎·又和

碧海成桑野，笑人间，江翻平陆，水云高下。自是三山颜色好，更著雨婚烟嫁。料未必、龙眠能画。拟向诗人求幼妇，倩诸君、妙手皆谈马。须进酒，为陶写。　　回头鸥鹭瓢泉社，莫吟诗、莫抛尊酒，是吾盟也。千骑而今遮白发，忘却沧浪亭榭。但记得、灞陵呵夜。我辈从来文字饮，怕壮怀、激烈须歌者。蝉噪也，绿阴夏。

辛弃疾　　贺新郎·再用前韵

乌倦飞还矣，笑渊明、瓶中储粟，有无能几。莲社高人留翁语，我醉宁论许事。试沽酒、重斟翁喜。一见萧然音韵古，想东篱、醉卧参差是。千载下，竟谁似。　　元龙百尺高楼

里，把新诗、殷勤问我，停云情味。北夏门高从拉摺，何事须人料理。翁曾道、繁华朝起。尘土人言宁可用，顾青山、与我何如耳。歌且和，楚狂子。

辛弃疾　　贺新郎·用前韵再赋

肘后俄生柳，叹人生、不如意事，十常八九。右手淋浪才有用，闲却持螯左手。谩赢得、伤今感旧。投阁先生惟寂寞，笑是非、不了身前后。持此语，问乌有。　青山幸自重重秀，问新来，萧萧木落，颇堪秋否。总被西风都瘦损，依旧千岩万岫。把万事、无言搔首。翁比渠侬人谁好，是我常、与我周旋久。宁作我，一杯酒。

辛弃疾　　贺新郎·吉席

瑞气笼清晓，卷珠帘、次第笙歌，一时齐奏。无限神仙离蓬岛，凤驾鸾车初到。见拥个、仙娥窈窕。玉佩玎珰风缥缈，望娇姿、一似垂杨袅。天上有，世间少。　刘郎正是当年少。更那堪、天教付与，最多才貌。玉树琼枝相映耀，谁与安排忒好。有多少、风流欢笑。直待来春成名了，马如龙、绿绶欺芳草。同富贵，又偕老。

辛弃疾　　贺新郎·和吴明可给事安抚

世路风波恶，喜清时、边夫袖手，□将帷幄。正值春光二三月，两两燕穿帘幕。又怕个、江南花落。与客携壶连夜饮，任蟾光、飞上阑干角。何时唱，从军乐。　归欤已赋居岩壑，悟人世、正类春蚕，自相缠缚。眼畔昏鸦千万点，□欠归来野鹤。都不恋、黑头黄阁。一咏一觞成底事，庆康宁、天赋何须药。金盏大，为君酌。

赵善扛　　贺新郎·夏

昼永重帘卷，乍池塘、一番过雨，芰荷初展。竹引新梢半含粉，绿荫扶疏满院。过花絮、蝶稀蜂懒。窗户沉沉人不到，伴清幽、时有流莺啭。凝思久，意何限。　玉钗坠枕风鬟颤，湛虚堂、壶冰莹彻，簟波零乱。自是仙姿清无暑，月影空垂素扇。破午睡、香销余篆。一枕湖山千里梦，正白蘋烟棹归来晚。云弄碧，楚天远。

赵善括　　**贺新郎·瑞香**

绛雪堆云绿，倚朱栏、鸾飞凤舞，乱红如簇。宫锦海沉肌理秀，极目明霞孤鹜。对翠袖、天寒修竹。轻露有情添泪眼，粲精神、娇醉薰华屋。然宝篆，散清馥。　江南到处多兰菊，更海棠、贪睡未醒，漫山粗俗。欲品此花为第一，真色生香俱足。又只怕、惊人凡目。把酒对花频管领，怕狂风骤雨难拘束。拾碎玉，泛醽醁。

韩　玉　　**贺新郎·柳外莺声碎**

柳外莺声碎，晚晴天、东风力软，嫩寒初退。花底觅春春已去，时见乱红飞坠。又闲傍、阑干十二。阑外青山烟缥缈，远连空、愁与眉峰对。凝望处，两叠翠。　鸳鸯结带灵犀佩，绮屏深、香罗帐小，宝檠灯背。谁谓彩云和梦断，青翼阻寻后会。待都把、相思情缀。便做锦书难写恨，奈菱花、都见人憔悴。那更有，枕痕泪。

韩　玉　　**贺新郎·咏水仙**

绰约人如玉，试新妆、娇黄半绿，汉宫匀注。倚傍小阑闲伫立，翠带风前似舞。记洛浦、当年俦侣。罗袜尘生香冉冉，料征鸿、微步凌波女。惊梦断，楚江曲。　春工若见应为主，忍教都、闲亭邃馆，冷风凄雨。待把此花都折取，和泪连香寄与。须信道、离情如许。烟水茫茫斜照里，是骚人、九辨招魂处。千古恨，与谁语。

韩　玉　　**贺新郎·睡起帘栊静**

睡起帘栊静，□金铺、春帏半卷，宝香烟冷。门外落花风不定，糁糁乱红堆径。谁唤做、春愁如病。零乱云鬟慵梳掠，傍菱花、羞对孤鸾影。情易感，恨难醒。　沙边柳外当时景，记分携、离筵乍阕，去帆初整。尽举棹歌和泪听，云淡水寒烟暝。空怅望、楼高天迥。犹未归来何处也，日长时、不念人孤另。书谩写，雁谁倩。

马子严　　**贺新郎·客里伤春浅**

客里伤春浅，问今年梅蕊，因甚化工不管。陌上芳尘行处

满，可计天涯近远。见说道、迷楼左畔。一似江南先得暖，向何郎、庭下都寻遍。辜负了，看花眼。　　古来好物难为伴，只琼花一种，传来仙苑。独许扬州作珍产，便胜了、千千万万。又却待、东风吹绽。自昔闻名今见面，数归期、屈指家山晚。归去说，也稀罕。

陈　亮　　贺新郎·同刘元实唐与正陪叶丞相饮

倚竹更深处，映帘栊、清阴障日，坐来无暑。水激泠泠如何许，跳碎危栏玉树。都不系、人间朝暮。东阁少年今老矣，况樽中有酒嫌推去。犹著我，名流语。　　大家绿野陪容与，算等闲、过了薰风，又还商素。手弄柔条人健否，犹忆当时雅趣。恩未报、恐成辜负。举目江河休感涕，念有君如此何愁虏。歌未罢，谁来舞。

陈　亮　　贺新郎·寄辛幼安和见怀韵

老去凭谁说，看几番、神奇臭腐，夏裘冬葛。父老长安今余几，后死无仇可雪。犹未燥、当时生发。二十五弦多少恨，算世间、那有平分月。胡妇弄，汉宫瑟。　　树犹如此堪重别，只使君、从来与我，话头多合。行矣置之无足问，谁换妍皮痴骨。但莫使、伯牙弦绝。九转丹砂牢拾取，管精金、只是寻常铁。龙共虎，应声裂。

陈　亮　　贺新郎·酬辛幼安再用韵见寄

离乱从头说，爱吾民、金缯不爱，蔓藤累葛。壮气尽消人脆好，冠盖阴山观雪。亏杀我、一星星发。涕出女吴成倒转，问鲁为齐弱何年月。丘也幸，由之瑟。　　斩新换出旗麾别，把当时、一桩大义，拆开收合。据地一呼吾往矣，万里摇肢动骨。这话霸、又成痴绝。天地洪炉谁扇鞴，算于中、安得长坚铁。淝长破，关东裂。

陈　亮　　贺新郎·怀辛幼安用前韵

话杀浑闲说，不成教、齐民也解，为伊为葛。樽酒相逢成二老，却忆去年风雪。新著了、几茎华发。百世寻人犹接踵，叹只今两地三人月。写旧恨，向谁瑟。　　男儿何用伤离别，况古来、几番际会，风从云合。千里情亲长晤对，妙体本心次

骨。卧百尺、高楼斗绝。天下适安耕且老，看买犁卖剑平家铁。壮士泪，肺肝裂。

陈　亮　　贺新郎·镂刻黄金屋

人有见诳以六月六日生者，且言喜唱贺新郎，因用东坡屋字韵追寄

镂刻黄金屋，向炎天、蔷薇水洒，净瓶儿浴。湿透生绡裙微褪，谁把琉璃藉玉。更管甚、微凉生熟。磊浪星儿无著处，唤青奴、记度新翻曲。娇不尽，蕲州竹。　一泓曲水鳞鳞蹙，粉生红、香脐皓腕，藕双莲独。拂掠乌云新妆晚，无奈纤腰似束。白笃耨、霞觞浮绿。三岛十洲身在否，是天花、只怕凡心触。才乱坠，便簌簌。

陈　亮　　贺新郎·昵昵骈头语

又有实告以九月二十七日者，因和叶少蕴缕字韵并寄

昵昵骈头语，笑黄花、重阳去也，不成分数。倾国容华随时换，依旧清歌妙舞。苦未冷、都无星暑。恰好良辰花共酒，斗尊前、见在阳台女。朝共暮，定何许。　蓼红徙倚明汀渚，正萧萧、迎风夹岸，淡烟微雨。笃耨龙涎烧未也，好向儿家祝取。是有分、分工须与。以色事人能几好，愿衾裯、无缝休离阻。心一片，丝千缕。

黄人杰　　贺新郎·寿刘秘书

垛翠云蓬远，日乌高、炎官直午，暑风微扇。二六尧蓂开秀荚，跨海冰轮待满。怪院落，笙箫如剪。太乙然藜天际下，度卯金仙子，生华旦。依日月，近云汉。　经时持橐明光殿，问江乡年来有几，只君方见。入座夫人难老甚，炯炯金霞照眼。笑指点，琼舟权劝。愿得调元勋业就，为红泉石磴轻轩冕。归共作，赤松伴。

黄人杰　　贺新郎·寿中书舍人

突屼金仙屋，素秋深、长空霁雨，万山如浴。惊破元戎呼小队，来看飞泉喷玉。正晚谷，清镜圆熟。还是紫微初度至，对禅关，自奏长生曲。留杖屦，倚松竹。　汉中念远眉休蹙，问擎天拄地，个事只今谁独。看领召环回鹢首，笑把江神

要束。任碾破，澄波新绿。去了中兴台辅叶，挂貂蝉莫受风埃触。归绿野，种瑶簌。

黄人杰　　　贺新郎·三月桃花浪

三月桃花浪，涌荆红、浮光散彩，倚空千丈。杨柳阴中长堤路，一片笙歌暖响。春待晚、气清天亮。闻道君侯生此日，具虎头、飞食封侯相。风度远，襟怀爽。　　宝杯为我倾家酿，醉乡深，何妨更尽，吸川鲸量。富贵时来应自有，岂在随人俯仰。且共把、眉头开放。但得仙风长不老，又安知、不做东南将。勋业付，云台上。

黄人杰　　　贺新郎·晓色收梅雨

晓色收梅雨，玉衡高、寒杓插午，月生银浦。一片祥光横碧落，幻出新晴院宇。拥阆苑、擎香天女。簇引飞仙来瑞世，向乌衣巷陌，生文度。人物似，古怀祖。　　履声合上尧阶去，问如何低回计幕，蜀山深处。金字催还知有日，且听尊前妙语。更领略、双成歌舞。愿借流三峡水，与君侯尽作流霞注。觞百举，寿千数。

黄人杰　　　贺新郎·逗晓晴烟敛

逗晓晴烟敛，过书云、祥开五日，漏添宫线。葭管飞灰微度暖，眷着梅梢尚浅。怪深院、笙箫如剪。非雾非烟浮月观，应麟书，吐处豪英产。迟绣斧，启华宴。　　楚腰舞彻霓裳遍，拥金船，柔纤莹玉，十分争劝。醉入无何休莫问，日下长安非远。况一点、眉黄新见。掩鼻功名须办了，赋归来、却访乔松伴。应未许，王枝汗。

黄人杰　　　贺新郎·急雨收庚暑

急雨收庚暑，倚三峰、祥光万丈，晓窥临汝。金石台边人语闹，惊怪麟书夜吐。又却是、重生申甫。笔底波澜翻瀚海，更风流，不减王文度。冰共雪，是标榘。　　双凫有底人间住，为萍江，一齐洗尽，吏奸民蠹。见说玉堂新有诏，趣近尧天尺五。看紫闼黄扉平步。我有新翻长寿曲，愿淮波、滚滚长东注。波未竭，寿无数。

杨炎正　　　贺新郎·十日狂风雨

十日狂风雨，扫园林、红香万点，送春归去。独有荼蘼开

未到，留得一分春住。早杨柳、趁晴飞絮。可奈暖埃欺昼永，试薄罗衫子轻如雾。惊旧恨，到眉宇。　　东风台榭知何处，问燕莺如今，尚有春光几许。可叹一年游赏倦，放得无情露醑。为唤取、扇歌裙舞。乞得风光还两眼，待为君、满把金杯举。扶醉玉，伴挥麈。

杨炎正　　贺新郎·寄辛潭州

梦里骖鸾驭，望蓬莱不远，翩然被风吹去。吹到楚楼烟月上，不记人间何处。但疑是、蓬壶别所。缥缈霓裳天女队，奉一仙、满把流霞举。如唤我，醉中舞。　　醉醒梦觉知何许，问潇湘今日，谁与主盟樽俎。无限青春难老意，拟倩管弦寄与，待新筑沙堤稳步。万里云霄都历遍，却依前、流水桃源路。留此笔，为君赋。

张　镃　　贺新郎·看了梅花去

李颐正路分见访，留饮，即席书赠

看了梅花去，要东风、攀翻飞雪，与君同赋。海内从来天际眼，一笑平窥千古。待翦尽、烛花红吐。久矣南湖无此客，似乔松、万丈凌霄举。飞欬唾，扫尘土。　　承平气象森眉宇，想天家、骖鸾洞里，细烟冰雾。我亦秦关归未得，谁念干将醉扶。拚良夜、欹横冠屦。莫叹潇湘居尚远，拥戎轺万骑鸣笳鼓。云正锁，汴京路。

张　镃　　贺新郎·次辛稼轩韵寄呈

邂逅非专约，记当年、林堂对竹，艳歌春酌。一笑乘鸾明月影，余事丹青麟阁。待宇宙、长绳穿却。念我中原空有梦，渺风尘、万里迷长乐。愁易老，欠灵药。　　别来几度霜天鹗，厌纷纷、吞腥啄腐，狗偷乌攫。东晋风流兼慷慨，公自阳春有脚。妙悟处、不存毫发。何日相从云水去，看精神峭紧芝田鹤。书壮语，遍岩壑。

张　镃　　贺新郎·桂隐传杯处

陈退翁分教衡湘，将行，酒阑索词，漫成

桂隐传杯处，有风流、千岩韵胜，太丘遗绪。玉季金昆霄汉侣，平步鸾坡挥麈。莫便驾、飞帆烟渚。云动精神衡岳去，

向君山、帝乐锵韶濩。兰艺畹，吊湘楚。　　南湖老矣无襟度，但尊前、踉锵醉影，帽花颠仆。只恐清时专文教，犹贷阴山狂虏。卧锦帐、貔貅钲鼓。忠烈前勋赍万恨，望神都、魏阙奔狐兔。呼翠袖，为君舞。

刘　过　　　贺新郎·倦舞轮袍后

平原纳宠姬，能奏方响，席上有作

倦舞轮袍后，正鸾慵凤困，依然怨新怀旧。别有艳妆来执乐，春笋微揎罗袖。试一曲、琅璈初奏。莫放珠帘容易卷，怕人知、世有梨园手。钗玉冷，钏金瘦。　　烛花对剪明于昼，画堂深、屏山掩翠，炭红围兽。错认佩环犹未是，依约雏莺啭柳。任箭滴、铜壶银漏。一片雄心天外去，为声清、响彻云霄透。人醉也，尚呼酒。

刘　过　　　贺新郎·春思

院宇重重掩，醉沉沉、亭阴转午，绣帘高卷。金鸭香浓喷宝篆，惊起雕梁语燕。正一架、酴醿开遍。嫩萼梢头舒素脸，似月娥、初试宫妆浅。风力嫩，异香软。　　佳人无意拈针线，绕朱阑、六曲徘徊，为他留恋。试把花心轻轻数，暗卜归期近远。柰数了、依然重怨。把酒问春春不管，枉教人、只恁空肠断。肠断处，怎消遣。

刘　过　　　贺新郎·老去相如倦

老去相如倦，向文君说似，而今怎生消遣。衣袂京尘曾染处，空有香红尚软。料彼此、魂销肠断。一枕新凉眠客舍，听梧桐、疏雨秋声颤。灯晕冷，记初见。　　楼低不放珠帘卷，晚妆残、翠钿狼藉，泪痕凝面。人道愁来须殢酒，无奈愁深酒浅。但寄兴、焦琴纨扇。莫鼓琵琶江上曲，怕荻花、枫叶俱凄怨。云万叠，寸心远。

刘　过　　　贺新郎·游西湖

睡觉莺啼晓，醉西湖、两峰日日，买花簪帽。去尽酒徒无人问，唯有玉山自倒。任拍手、儿童争笑。一舸乘风翩然去，避鱼龙、不见波声悄。歌韵歇，唤苏小。　　神仙路远蓬莱岛，紫云深、参差禁树，有烟花绕。人世红尘西障日，百计不

如归好。付乐事、与他年少。费尽柳金梨雪句，问沉香亭北何时召。心未惬，鬓先老。

刘　过　　贺新郎·赠张彦功

晓印霜花步，梦半醒、扶上雕鞍，马嘶人去。岚湿青丝双辔冷，缓鞚野梅江路。听画角、吹残更鼓。悲壮寒声撩客恨，甚貂裘、重拥愁无数。霜月白，照离绪。　青楼回首家何处，早山遥、水阔天低，断肠烟树。谁念天涯牢落况，轻负暖烟浓雨。记酒醒、香销时语。客里归鞯须早发，怕天寒、风急相思苦。应为我，翠眉聚。

刘　过　　贺新郎·赠邻人朱唐卿

多病刘郎瘦，最伤心、天寒岁晚，客他乡久。大舸翩翩何许至，元是高阳旧友。便一笑、相欢携手。为问武昌城下月，定何如、扬子江头柳。追往事，两眉皱。　烛花细剪明于昼，唤青娥、小红楼上，殷勤劝酒。昵昵琵琶恩怨语，春笋轻笼翠袖。看舞彻、金钗微溜。若见故乡吾父老，道长安、市上狂如旧。重会面，几时又。

刘　过　　贺新郎·弹铗西来路

弹铗西来路，记匆匆、经行十日，几番风雨。梦里寻秋秋不见，秋在平芜远树。雁信落、家山何处。万里西风吹客鬓，把菱花、自笑人如许。留不住，少年去。　男儿事业无凭据，记当年、悲歌击楫，酒酣箕踞。腰下光铓三尺剑，时解挑灯夜语。谁更识、此时情绪。唤起杜陵风月手，写江东渭北相思句。歌此恨，慰羁旅。

刘　过　　贺新郎·水浴芙蓉净

水浴芙蓉净，护浓香、迟开半敛，靓妆临镜。长忆耶溪薰风里，年少红颜照映。夜露冷、酒随香醒。回首当时同舟侣，为相思、怕折琼瑶柄。千万缕，意难罄。　玻璃三万六千顷，洗精神、尘埃尽绝，敻然端整。浪蕊年来都慵问，爱此浓情淡性。待移种、灵根玉井。太一真人今何在，取高花、十丈供烟艇。来伴我，泛清影。

卢　炳　　贺新郎·绿遍芳郊木

绿遍芳郊木，早红褪香干，堪叹韶华瞬目。薄幸东皇缘底事，得恁匆匆去速。正永日、初长晴淑。尤忆夜来成梦处，记分明、浑似瑶台宿。人语静，燕双逐。　纱窗一炷沉烟馥，拚淋浪剧饮，高枕春酲草屋。无计留春添怅望，空写新词叠幅。算负却、照妆画烛。欲说萦心些个事，恐教人、蹙损眉峰绿。慵倚遍，画阑曲。

卢　炳　　贺新郎·池馆闲凝目

池馆闲凝目，有玉人、向晚妖娆，洗妆梳束。雅淡容仪妃子样，羞使胭脂点触。莹冰雪、精神难掬。好是月明微露下，似晚凉、初向清泉浴。好对我，笑羞缩。　好风拂面浑无俗，更撩人清兴，异香芬馥。惹起新愁无著处，细与端相未足。俏不忍、游蜂飞扑。可惜伊家娇媚态，问天公、底事教幽独。待拉向，锦屏曲。

崔与之　贺新朗·寿转运使赵公汝燧

雨过云容扫，使星明、德星高揭，福星旁照。槐屋犹暄梅正熟，最是清和景好。望金节、云间缥缈。和气如春清似水，漾恩波、沾渥天南道。晨鹊噪，有佳报。　天家黄纸除书到，便归来、升华天下，安边养浩。好是六逢初度日，碧落笙歌会早。遍西郡、欢声多少。人道菊坡新酝美，把一觞、满酌歌难老。瓜样大，安期枣。

刘仙伦　　贺新郎·翠盖笼娇面

翠盖笼娇面，记当年、沉香亭北，醉中曾见。见了风流倾国艳，红紫纷纷过眼。算好处、何嫌春晚。谁把天香和晓露，倩东君、特地匀娇脸。千万朵，开时遍。　隔花听取提壶劝，道此花过了，春归蝶愁莺怨。挽住东君须醉倒，花底不妨留恋。待唤取、笙歌一片。最爱就中红一朵，似状元、得意春风殿。还惹起，少年恨。

刘仙伦　　贺新郎·寿王侍郎简卿

某兹者共审某官道协降神，祥开诞旦。五百年而名世，允

谓间生；八千岁而为春，定膺难老。俯仰都无于愧怍，谤谗何损于忠良。却雁鹜而暂得闲身，对龟鹤而永绥眉寿。辄陈俚语，上祝台躔。狂斐是惭，览掷为幸

小队停钲鼓，向沙边、柳下维舟，庆公初度。平尽群蛮方易镇，此事多应有数。奈自古、功成人妒。君看乐羊中山役，任谤书、盈箧终无据。千载下，竟谁与。　诗中带得西山雨，指天台，雁荡归欤，寿乡深处。缓急朝廷须公出，更作中流砥柱。笑痴骙、纷纷儿女。多少人间不平事，有皇天、老眼能区处。挥玉斝，听金缕。

刘仙伦　　贺新郎·题吴江

重唤松江渡，叹垂虹亭下，销磨几番今古。依旧四桥风景在，为问坡仙甚处。但遗爱、沙边鸥鹭。天水相连苍茫外，更碧云、去尽山无数。潮正落，日还暮。　十年到此长凝伫，恨无人、与共秋风，鲙丝莼缕。小转朱弦弹九奏，拟致湘妃伴侣。俄皓月、飞来烟渚。恍若乘槎河汉上，怕客星、犯斗蛟龙怒。歌欸乃，过江去。

刘仙伦　贺新郎·赠建康郑玉脱籍

郑玉非娼女，叹尘缘未了，飘零被春留住。肠断胭脂坡下路，成甚心情意绪。生怕入、梨园歌舞。寂寞阳台云雨散，算人间、谁是吹箫侣。空买断，两眉聚。　新来镜里惊如许，暗伤怀、莺老花残，几番春暮。事逐孤鸿都已往，月落千山杜宇。念修竹、天寒何处。不念琐窗并绣户，妾从前、命薄甘荆布。谁为作，解绦主。

韩　淲　　贺新郎·万事佯休去

坐上有举昔人贺新郎一词，极壮，酒半用其韵

万事佯休去，漫栖迟、灵山起雾，玉溪流渚。击楫凄凉千古意，怅快衣冠南渡。泪暗洒、神州沉处。多少胸中经济略，气□□，郁郁愁金鼓。空自笑，听鸡舞。　天关九虎寻无路，叹都把、生民膏血，尚交胡虏。吴蜀江山元自好，形势何能尽语。但目尽、东南风土。赤壁楼船应似旧，问子瑜、公瑾今安否。割舍了，对君举。

韩　淲　　　贺新郎·病起情怀恶

病起情怀恶，小帘栊、杨花坠絮，木阴成幄。试问春光今几许，都把年华忘却。更多少、从前盟约。拟待莺边寻好语，恍残红、零乱风回薄。思往事，信如昨。　　清明寒食须行乐，算人生、何时富贵，自徒萧索。试著春衫从酒伴，乱插繁英嫩萼。信莫被、功名担阁。随分溪山供笑傲，这一身、闲处谁能缚。琴剑外，尽杯酌。

韩　淲　　　贺新郎·梅蕊依稀矣

十三日，小园梅枝微红点缀，便觉可句

梅蕊依稀矣，岁华深、翛然但把，杖藜闲倚。山绕荒林红叶下，落日孤城烟水。意兴寄、云何则是。底事疏枝横绝峭，未吹香、便与花相似。不忍折，为之喜。　　寒鸦万点霜风起，正人家、园收芋栗，小槽初美。欲醉阿谁同一饮，拟赋才成又止。老态度、浑侵发齿。摸索孤根春在否。任红红、白白皆桃李。空烂漫，岂能尔。

韩　淲　　贺新郎·次韵昌甫雪梅曲

又见年年雪，水浮桥、南岸幽处，周遭森列。横碧轩中空旧话，独钓寒江愁绝。更一段、冰霜高洁。忽得两篇强健曲，倚回风、洒急凭谁说。嗟巩洛，乃闽浙。　　何当醉酒扬雄宅，问避人避地，其如楚之舆接。览德已而歌凤去，千仞辉翔难蹑。我和句、却愁狂辄。折尽梅花伤岁暮，□撒盐、起絮分才劣。鸡犬静，涧篱闭。

汪　晫　　　贺新郎·次韵初夏小集

田舍炉头语，便如何学得、三变美成家数。村酒三杯狂兴发，拔剑偶然起舞。只么也、迎寒送暑。待草万言书上阙，似忧端、倚柱东邻女。卿相事，未易许。　　渔歌且和芙蓉渚，又何须、淫辞媟语，诃风诋雨。劝人生、且随缘分，分外一毫莫取。那富贵、由天付与。身蹈危机犹不觉，如布衣、自在都无阻。空博得，雪千缕。

汪　晫　　贺新郎·开禧丁卯端午中都借石林韵

帖子传新语，问自来、翰林学士，几多人数。或道江心空

铸镜，或道艾人如舞，或更道、冰盘消暑，或道芸香能去蠹，有宫中、斗草盈盈女。都不管，道何许。　　离骚古意盈洲渚，也莫道、龙舟吊屈，浪花吹雨。只有辟兵符子好，少有词人拈取。谁肯向、帖中道与。绝口用兵两个字，是老臣、忠爱知艰阻。写此句，绛纱缕。

汪　晫　　贺新郎·环谷秋夜独酌

夜对灯花语，且随宜、果盘草草，两三杯数。翠玉环中园五亩，自唱山歌自舞。况今夜、尊前无暑。何用食前须方丈，更后车、何用婵娟女。这闲福，自心许。　　蓼花芦叶纷江渚。有沙边、寒蛩吟透，梧桐秋雨。羡甚满堂金玉富，未可学人渔取。怕天也、未曾相与。豹遁蛟藏泉可濯，有鬼神、呵护盘之阻。鲜可食，脍银缕。

程　珌　　贺新郎·寿李端明

袖手云溪畔，看人间、纷纷饥乌腐鼠，触蛮交战。便得金鱼垂玉带，多少雌黄点勘。算此语、必非河汉。直自弹冠班八座，更青春、数到期颐算。一段玉，无纤玷。　　公难学处尤堪羡，全似□、泠泠秋水，体清形健。衮处从来高一著，那肯随人脚转。要须是、常见乾坤清晏。天意未教公猛去，要都俞、了却从公便。歌寿斝，朱帘卷。

戴复古　　贺新郎·为真玉堂寿

说与黄花道，九秋深、三光五岳，气钟英表。金马玉堂真学士，蕴藉诗书奥妙。一一是、经纶才调。斟酌古今来活国，算忠言、说论知多少。又入奏，金门晓。　　朝回问寝披萱草，对高堂长说，一片君恩难报。更待痴儿千载遇，膝下十分荣耀。趁绿鬓、朱颜不老。整顿乾坤济时了，奉板舆、拜国夫人号。可谓忠，可谓孝。

戴复古　　贺新郎·寄丰真州

忆把金罍酒，叹别来、光阴荏苒，江湖宿留。世事不堪频着眼，赢得两眉长皱。但东望、故人翘首。木落山空天远大，送飞鸿、北去伤怀久。天下事，公知否。　　钱塘风月西湖

柳，渡江来、百年机会，从前未有。唤起东山丘壑梦，莫惜风霜老手。要整顿、封疆如旧。早晚枢庭开幕府，是英雄、尽为公奔走。看金印，大如斗。

戴复古　　贺新郎·丰真州建江淮伟观楼

百尺连云起，试登临、江山人物，一时俱伟。旁挹金陵龙虎势，京岘诸峰对峙。隐隐接、扬州歌吹。雪浪舞从三峡下，乍逢迎、海若谈秋水。形胜地，有如此。　　使君一世经纶志，把风斤月斧，来此等闲游戏。见说楼成无多日，大手一何容易。笑天下、纷纷血指。酝酿春风与和气，举长江、变作香醪美。人共乐，醉桃李。

戴复古　　贺新郎·兄弟争涂田而讼，歌此词主和议

蜗角争多少，是英雄、割据乾坤，到头休了。一片泥涂荒草地，尽是鱼龙故道。新堤上、风涛难保。沧海桑田何时变，怕桑田、未变人先老。休为此，生烦恼。　　讼庭不许频频到，这官坊、翻来覆去，有何分晓。无诤人中为第一，长讼元非吉兆。但有恨、平章不早。尊酒唤回和气在，看从来、兄弟依然好。把前事，付一笑。

徐鹿卿　　贺新郎·饯郭府判趋朝

解组轻千里，趁朝来、风高气爽，波平如砥。试问余恩深几许，江阔秋清无底。看两径、棠阴舞翠。明月归艎轻似叶，只梅花、香里诗千纸。端不愧，西江水。　　谪仙才气兰亭字，更清姿雅度，修竹长松标致。官职几人曾此过，萱草春风谁似。任彩服、蹁跹娱戏。去此云霄真一握，算令公、勋业浑余事。中书考，从今始。

李　刘　　贺新郎·上赵侍郎生日

鹄立通明殿，又重逢、揆余初度，梦庚华旦。不学花奴簪红槿，且看秋香宜晚。任甲子、从新重换。天欲东都修车马，故降神生甫维周翰。歌嵩岳，咏江汉。　　明堂朝罢夷琛献，引星辰、万人共听，风尘长算。清昼山东诸将捷，席卷黄河两岸。问谁在、玉皇香案。师保万民功业别，向西京、原庙行圭瓒。定郏鄏，卜瀍涧。

史达祖　　贺新郎·花落台池静

花落台池静，自春衫闲来，老了旧香荀令。酒既相违诗亦可，此外云沉梦冷。又催唤、官河兰艇。匝岸烟霏吹不断，望楼阴、欲带朱桥影。和草色，入轻暝。　　裙边竹叶多应剩，怪南溪见后，无个再来芳信。蝴蝶一生花里活，难制窃香心性。便有段、新愁随定。落日年年宫树绿，堕新声、玉笛西风劲。谁伴我，月中听。

史达祖　　贺新郎·绿障南城树

绿障南城树，有高楼衔城，楼下芰荷无数。客自倚阑鱼亦避，恐是持竿伴侣。对别浦、扁舟容与。杨柳影间风不到，倩诗情、飞过鸳鸯浦。人正在，断肠处。　　两山带著冥冥雨，想低帘短额，谁见恨时眉妩。别为清樽眠锦瑟，怕被歌留愁住。便欲趁、采莲归去。前度刘郎虽老矣，奈年来、犹道多情句。应笑煞，旧鸥鹭。

史达祖　　贺新郎·鹊翅西风浅

鹊翅西风浅，乍疏云垂幔，近月银钩将卷。天上应闲支机石，前度芳盟谁践。便好织、回文锦献。乞得秾欢今夜里，算盈盈、一水曾何远。宁不会，暗相见。　　彩楼吹断闲针线。想幽情嫩约，别有藓庭花院。青鸟沉沉音尘绝，烟锁蓬莱宫殿。渐木杪、参旗西转。不怕天孙成间阻，怕人间、薄幸心肠变。又学得，易分散。

史达祖　　贺新郎·六月十五日夜西湖月下

同住西山下，是天地中间，爱酒能诗之社。船向少陵佳处放，尘世必无知者。暑不到、雪宫风榭。楚竹忽然呼月上，被东西，几叶云萦惹。云散去，笑声罢。　　清樽莫为婵娟泻，为狂吟醉舞，毋失晋人风雅。踏碎桥边杨柳影，不听渔樵闲话。更欲举、空杯相谢。北斗以南如此几，想吾曹、便是神仙也。问今夜，是何夜。

史达祖　　贺新郎·湖上高宾王、赵子野同赋

西子相思切，委萧萧、风裳水佩，照人清越。山染蛾眉波曼睩，聊可与之娱悦。便莫赋、湘妃罗袜。怕见绿荷相倚恨，

恨白鸥、占了凉波阔。拣凉处，放船歇。　　道人不是尘埃物，纵狂吟魂魄，吹乱一巾凉发。不觉引杯浇肺渴，正要清歌骇发。更坐上、其人冰雪。截取断虹堪作钓，待玉奁、今夜来时节。也胜钓，石城月。

高观国　　贺新郎·赋梅

月冷霜袍拥，见一枝、年华又晚，粉愁香冻。云隔溪桥人不度，的皪春心未纵。清影怕、寒波摇动。更没纤毫尘俗态，倚高情、预得春风宠。沉冻蝶，挂幺凤。　　一杯正要吴姬捧，想见那、柔酥弄白，暗香偷送。回首罗浮今在否，寂寞烟迷翠拢。又争奈、桓伊三弄。开遍西湖春意烂，算群花、正作江山梦。吟思怯，暮云重。

魏了翁　　贺新郎·荣州表兄生日

幸有天遮蔽，为西南、空虚一面，挺生男子。塞下将军支颐卧，夜半揽衣推起。扫十万、胡人如洗。见说巴山稍马退，也都因、粮运如流水。剑以北，一人耳。　　十年梦断斜阳外，恰归来、昌蒲蘸酒，祝兄千岁。入从出藩谁不是，谁是难兄难弟。正乐意、融融未已。莫趣东方千骑去，愿时平、华皓长相对。闲富贵，只如此。

魏了翁　　贺新郎·九日席上呈诸友

旧日重阳日，叹满城、阑风去雨，寂寥萧瑟。造物翻腾新机杼，不踏诗人陈迹。都扫荡、一天云物。挟客凭高西风外，暮鸢飞、不尽秋空碧。真意思，浩无极。　　糕诗酒帽茱萸席，算今朝、无谁不饮，有谁真得。子美不生渊明老，千载寥寥佳客。无限事、欲忘还忆。金气高明弓力劲，正不堪、回首南山北。谁弋雁，问消息。

魏了翁　　贺新郎·风定波纹细

生日前数日杨仲博约载酒见访即席次韵

风定波纹细，夜无尘、云迷地轴，月流天位。摇裔飞来江山鹤，犹作故乡嘹唳。清境里、伴人无睡。应叹余生舟似泛，浪涛中、几度身尝试。书有恨，剑无气。　　从渠俗耳追繁吹，抚空明、一窗寒篁，对人如砥。梦倚银河天外立，云露悭

悭满袂。看多少、人间嬉戏。要话斯心无分付，路茫茫、还有亲朋至。应为我，倒罍洗。

魏了翁　　贺新郎·霞下天垂宇

次韵费五十九丈□□题秋山阁有感时事

霞下天垂宇，倚阑干、月华都在，大明生处。扶木元高三千丈，不分闲云无数。谩转却、人间朝暮。万古兴亡心一寸，只涓涓、日夜随流注。奈与世，不同趣。　齐封冀甸今何许，百年间、欲招不住，欲推不去。闸断河流障海水，未放游鱼甫甫。叹多少、英雄尘土。挟客凭高西风外，问举头、还见南山否。花烂熳，草蕃庶。

魏了翁　　贺新郎·和许侍郎奕韵

千里楼前客，数从前、几般契分，更谁同得。尚记流莺催人去，又见莎鸡当夕。叹天运、相煎何急。幸自江山皆吾土，被南薰、吹信还相逼。临大路，控长策。　向来风月苏家笛，问天边、玉堂何似，黄冈秋色。万事无心随处好，风定一川澄碧。些个事、非公谁识。我亦年来知此意，但聪明、不及于前日。谁为我，指无极。

魏了翁　　贺新郎·管待杨伯昌子谟劝酒

独立西风里，渺无尘、明河挂斗，碧天如洗。鳷鹊楼前迎风处，吹堕乘槎星使。弄札札、机中巧思。织就天孙云锦缎，尚轻阴、朱阁留纤翳。亲为挽，天潢水。　等闲富贵浮云似，须存留、几分清论，护持元气。曾把古今兴亡事，奏向前旒十二。虽去国、言犹在耳。念我独兮谁与共，谩凝思、一日如三岁。夜耿耿，不皇寐。

魏了翁　　贺新郎·张总领□□生日

家住峨山趾，暑风轻、双泉漱玉，五坡攒翠。坡上主人归无计，梦泛沧波清泚。曾拜奏、前旒十二。愿上皇华将亲去，及翁儿、未老相扶曳。乘款段，过闾里。　玺书未报人相谓，倚西风、胡尘涨野，隐忧如猬。就似东门贤父子，只恐荣亲犹未。待洗尽、岷峨憔悴。便把手中长杓柄，为八荒，更作无边施。却上表，乞归侍。

魏了翁　　贺新郎·赵茶马师芳生日

汉使来何许，到如今、天边又是，薰弦三度。见说山深人睡稳，细雨自催茶户。向滴博、云间看取。料得权奇空却后，指浮云、万里追风去。跨燕越，抹秦楚。　不妨且为斯人驻，正年来、忧端未歇，壮怀谁吐。顷刻阴晴千万态，怎解绸缪未雨。算此事、谁宽西顾。待洗岷峨凄怆气，为八荒、更著深长虑。间两社，辅明主。

魏了翁　　贺新郎·生日谢寓公载酒

只记来时节，又三年、朱炜过了，恰如时霎。独立薰风苍凉外，笑傍环湖花月。多少事、欲拈还辍。扶木之阴三千丈，远茫茫、无计推华发。容易过，三十八。　此身待向清尊说，似江头、泛乎不系，扁舟一叶。将我东西南北去，都任长年旋折。风不定、川云如撇。惟有君恩浑未报，又故山、猿鹤催归切。将进酒，缓歌阕。

魏了翁　　贺新郎·虞万州刚简生日用所惠词韵

久向闲边著，对沧江、烟轻日淡，雨疏云薄。一片闲心无人会，独倚团团羊角。便舍瑟、铿然而作。容室中间分明见，暮鸢飞、不尽天空阔。青山外，断霞末。　看来此意无今昨，都不论、穷通得失，镇长和乐。此道舒之弥八极，卷却不盈一握。但长把、根基恢拓。将相时来皆可做，似君家、祖烈弥关洛。康国步，整戎略。

魏了翁　　贺新郎·别李参政壁

此别情何限，最关情、一林醒石，重湖宾雁。几度南楼携手上，十二阑干凭暖。肯容我、樽前疏散。底事匆匆催人去，黯西风、别恨千千万。截不断，整仍乱。　三年瞥忽如飞电，记从前，心情双亮，意词交划。千古黎苏登临意，人道于今重见。又分付、水流冰泮。满腹余疑今谁问，上牛头、净拭乾坤眼。聊尔耳，恐不免。

魏了翁　　贺新郎·许遂宁奕生日

多少龙头客，数从前、何官不做，清名难得。万里将旟归

报汉，青锁还应催当夕。又一叶、扁舟去国。许史庐前车成雾，未如公、正怕云霄逼。留不尽，二三策。　　一声千里楼前笛，遏天涯、浮云不断，镇长秋色。试上层楼分明看，无数水遥山碧。问此意、有谁曾识。独抱孤衷苍茫外，满阑干，都是长安日。终有待，佐皇极。

魏了翁　　　贺新郎·谁主谁为客

叔母生日用许侍郎奕所和去岁词韵为谢

谁主谁为客，叹人生、别离容易，会逢难得。省户高门十年梦，瞥忽浑如昨夕。风不定、乱云飞急。本自无心图富贵，也元知、富贵无缘逼。且还我，兔园策。　　谁知一曲柯亭笛，向天涯、依然解后，长安本色。怪我阿婺今老眼，已是看朱成碧。但犹记、黄裳曾识。多谢殷勤无以报，愿阿婺、长健如今日。送公去，上霄极。

卢祖皋　　　贺新郎·姑苏台观雪

十顷涵空碧，画图中、峥嵘幻玉，乱零吹璧。倚遍危阑吟不尽，把酒风前岸帻。记当日、西湖为客。谁翦吴淞江上水，笑乾坤、奇事成儿剧。还照我，夜窗白。　　崇台目断清无极，引枝筇、琼瑶步软，印登临屐。娃馆娉婷知何在，泪粉愁浓恨积。故化作、飞花狼藉。旧事悠悠浑莫问，有玉蟾、醉里曾相识。聊伴我，夜吹笛。

卢祖皋　　　贺新郎·送曹西士宰建昌

万里岷峨路，笑归来、野逸萧闲，旧时风度。玉陛金闺春引处，迟却京华步武。漫赢得、西湖佳趣。香篆琴丝帘影外，有朝云、夜月和鸥鹭。都辨我，醉中句。　　飞凫又报匡庐去，怕赤霄、班里依然，有人留取。头黑功名浑好在，漫浪从渠赋予。但爱我、襟期相遇。满把一觞为君寿，有风荷、万顷摇清暑。聊为此，酹金缕。

卢祖皋　　　贺新郎·春色元无主

春色元无主，荷东君、著意看承，等闲分付。多少无情风与浪，又那更、蝶欺蜂妒。算燕雀、眼前无数。纵便帘栊能爱护，到如今、已是成迟暮。芳草碧，遮归路。　　看看做到难

言处，怕宣郎、轻转旌旗，易歌襦裤。月满西楼弦索静，云蔽昆城阆府。便恁地、一帆轻举。独倚阑干愁拍碎，惨玉容、泪眼如红雨。去与住，两难诉。

此首别作平江妓词

卢祖皋　　贺新郎·挽住风前柳

彭传师于吴江三高堂之前作钓雪亭，盖擅渔人之窟宅，以供诗境也。赵子野约余赋之

挽住风前柳，问鸱夷、当日扁舟，近曾来否。月落潮生无限事，零乱茶烟未久。漫留得、莼鲈依旧。可是从来功名误，抚荒祠、谁继风流后。今古恨，一搔首。　江涵雁影梅花瘦，四无尘、雪飞风起，夜窗如昼。万里乾坤清绝处，付与渔翁钓叟。又恰是、题诗时候。猛拍阑干呼鸥鹭，道他年、我亦垂纶手。飞过我，共尊酒。

孙居敬　　贺新郎·次卢申之韵

风月为佳节，更湖光、平铺十里，水晶宫阙。若向孤山邀俗驾，只恐梅花凄咽。有图画、天然如揭。好着骚人冰雪句，走龙蛇、醉墨成三绝。尘世事，谩如发。　真须脚踏层冰滑，倚高寒、身疑羽化，水平天阔。目送云边双白鹭，杳杳冲烟出没。□□□、□□□□。唤醒儿曹粱甑梦，把逍遥、齐物从头说。洗夜光，弄明月。

张敬斋　　贺新郎·寿欧阳新卿

卓荦欧阳子，是江山、毓秀钟灵，异才间世。恰则韶光三月暮，蓂叶尧阶有四。正天启、悬弧盛事。金鸭亭亭书云篆，散非烟、南极真仙至。来为尔，荐嘉瑞。　神清洞府丹书字，拥笙歌、绮席高张，更罗珠翠。个里长春人不老，仙籍玉环暗记。但判取、酶酶沉醉。拟作新诗八千首，待一年、一献称俾尔。耆而艾，昌而炽。

刘学箕　　贺新郎·代黄端夫

白牡丹，京师妓李师师也。画者曲尽其妙，输棋者赋之

午睡莺惊起，鬓云偏、鬤松未整，凤钗斜坠。宿酒残妆无意绪，春恨春愁如水。谁共说、厌厌情味。手展流苏腰肢瘦，

叹黄金、两钿香消臂。心事远，仗谁寄。　　帘栊渐是槐风细，对梧桐、清阴满院，夏初天气。回首春空梨花梦，屈指从头暗记。叹薄幸、抛人容易。目断孤鸿沉双鲤，恨萧郎、不寄相思字。幽恨积，黛眉翠。

刘学箕　　　贺新郎·往事何堪说

近闻北虏衰乱，诸公未有劝上修饬内治以待外攘者。书生感愤不能已，用辛稼轩金缕词韵述怀。此词盖鹭鸶林寄陈同甫者，韵险甚。稼轩自和凡三篇，语意俱到。捧心效颦，辄不自揆，同志毋以其迂而废其言

往事何堪说，念人生、消磨寒暑，漫营裘葛。少日功名频看镜，绿鬓鬅鬙未雪。渐老矣、愁生华发。国耻家雠何年报，痛伤神、遥望关河月。悲愤积，付湘瑟。　　人生未可随时别，守忠诚、不替天意，自能符合。误国诸人今何在，回首怨深次骨。叹南北、久成离绝。中夜闻鸡狂起舞，袖青蛇、戛击光磨铁。三太息，眦空裂。

刘学箕　　　贺新郎·再韵赋梅

东阁凭诗说，对丰姿、飘然杖屦，澹然巾葛。竹外一枝斜更好，玉质冰肌粲雪。谁折向、满头宣发。水驿云窗烟庭院，更宜晴、宜雨还宜月。霜夜永，景萧瑟。　　孤芳敻与群芳别，陇程遥、攀条难寄，碧云惊合。桃李漫山空春艳，不比仙风道骨。有潇洒、清新奇绝。我被幽香相懊恼，宋广平、岂但心如铁。飞暗度，石吹裂。

刘学箕　　　贺新郎·再韵赋雪

晓听儿曹说，道前村、疏梅莫与，蔽萧缠葛。急与呼童诛翦尽，趁此江天暮雪。唤小艇、渔翁鹤发。凛冽寒风吹酒面，与何人、共泛山阴月。归浩叹，御琴瑟。　　世寰恍惚山川别，望琼楼、玉宇相映，烂银环合。冰柱雪车新句就，不疗饥肠病骨。奈野鸟、千山飞绝。我笑书生贫亦甚，诵布衾、岁久寒如铁。儿恶卧，踏里裂。

刘学箕　　　贺新郎·送郑材卿

莫向愁人说，叹人生、不如意事，十常七八。是则中年伤怀抱，客里何堪送客。又添取、一襟凄咽。岸柳凋零秋容澹，

黯消凝、怎忍轻攀折。重会面，甚时节。　　杏花丽日梅花雪，记当时、一觞一咏，楚云湘月。别后君休劳春梦，转眼江南塞北。莫漫被、闲愁萦结。且判离筵今夕醉，霎时间、便见兰舟发。空怅望，水云阔。

洪咨夔　　贺新郎·寿成都孙宰

露洗秋光透，指岷峨、无边峭碧，与君为寿。万里同随琴鹤到，只愿人情长久。尽头白、眼青如旧。从臾功名三尺剑，倚函关、风雨蛟龙吼。谈笑取，印如斗。　　从今尽展眉峰皱，看诸郎、翩翩黄甲，班班蓝绶。一簇孙枝扶膝下，翠竹碧梧争秀。便嘉庆、图中都有。花影婆娑清昼永，护新凉、更著丝簧手。欢未尽，剩添酒。

洪咨夔　　贺新郎·寿程於潜

风软帘花约，玉壶天、芙蕖欲盖，筼筜初槊。宿霭收阴晴色定，一点星明碧落。光拍满、浮鬶峠崿。银栉铁冠风物古，更秧青、麦熟蚕登箔。欢取酒，为君酌。　　华堂衮绣今如昨，长官清、水晶灯照，珊瑚钩琢。富贵功名知有样，晨起一声檐鹊，便好趁、六更宫钥。龙尾朝回长燕喜，宝香深、醉引莱衣著。吹紫凤，舞黄鹤。

洪咨夔　　贺新郎·咏梅用甄龙友韵

放了孤山鹤，向西湖、问讯水边，嫩寒篱落。试粉盈盈微见面，一点芳心先著。正日暮、烟轻云薄。欲揽清香和月咽，倩冯夷、为洗黄金杓。花向我，劝多酌。　　单于吹彻今成昨，未甘渠、琢玉为堂，把春留却。倚遍黄昏栏十二，知被儿曹先觉。更笑杀，卢仝赤脚。但得东风先手在，管绿阴、好践青青约。方寸事，两眉角。

洪咨夔　　贺新郎·谁识昂昂鹤

谁识昂昂鹤，且随缘、剩水残山，东村西落。世事几番新局面，看底却高三著，况转首、西山日薄。雪意压檐梅索笑，任柄长、柄短邻家杓。笤小瓮，动孤酌。　　见花忆得年时昨，正微醺、独步黄昏，被花迷却。冷月吹香春弄影，幺凤梢头先觉，恍梦断、罗浮山脚。欲寄心期无驿使，想凌寒、不奈腰肢约。空凭暖，画栏角。

刘镇　　贺新郎·题王守西湖书院

云淡天垂野，望晴郊、疏烟半卷，断虹低跨。老树连阴藏远景，十里湖光照夜。看不尽、真山图画。春满轩窗无著处，更银蟾、冷浸鸳鸯瓦。人共境，转幽雅。　　文章太守归来也，似当年、和靖风流，小孤山下。问讯佩兰餐菊友，曾约梅兄入社。待付与、竹臞陶写。尘外闲寻行乐地，任傍人、歌舞喧台榭。诗世界，有王谢。

吴泳　　贺新郎·游西湖和李微之校勘

一片湖光净，被游人、撑船刺破，宝菱花镜。和靖不来东坡去，欠了骚人逸韵。但翠葆、玉钗横鬓。碧藕花中人家住，恨幽香、可爱不可近。沙鹭起，晚风进。　　功名得手真奇隽，黯离怀、长堤翠柳，系愁难尽。世上浮荣一时好，人品百年论定。且牢守、文章密印。秘馆词人能度曲，更不消、檀板标苏姓。凌浩渺，纳光景。

陈以庄　　贺新郎·和刘潜夫韵

晓梦莺呼起，便安排、诗家厨传，酒家行李。点检花边新雨露，春在万家生齿。道官似、锦溪清驶。但便有人耕绿野，正不妨、鼓吹频来此。方觅句，且夷俟。　　画桥西畔多春意，记年年、曾来几度，落花流水。行到水穷云起处，依约辋川竹里。兴未属、王孙公子。料想明年端门里，有传柑宴罢黄封醉。肯回首，万杉底。

王迈　　贺新郎·出了罗浮洞

呈刘后村，时自桂林被召到莆，又遭烦言

出了罗浮洞，有多情、梅花雪片，殷勤相送。见说翛然琴鹤外，诗压牛腰较重。去管甚、群儿嘲弄。岭海三年持翠节，料无时、不作家山梦。驰玉勒，归金凤。　　一门朱紫环昆仲，看阶庭、森森兰玉，慈颜欢动。宰相时来须著做，且舞莱衣侍奉。却不信、大才难用。时事多艰人物少，便中兴、谁辨浯溪颂。为大厦，要梁栋。

王　迈　　贺新郎·丁未守邵武，宴同官

此是河清宴，觉朝来、薰风满入，生绡团扇。太守愁眉才一展，且喜街头米贱。且莫管、官租难办。绕砌苔钱无限数，更莲池、雨过珠零乱。尽买得，凌波面。　　家山乐事真堪羡，记年时、荔支新熟，荷筒齐劝。底事来寻蕉鹿梦，赢得干忙似箭。笑富贵、都如邮传。做了丰年还百姓，便莼鲈、归兴催张翰。看卿等，上霄汉。

王　迈　　贺新郎·送赵伯泳侍郎守温陵

忆昔同时召，正青山、亲提玉尺，量材廊庙。当日班行比元祐，北玉西珠照耀。一转首、宫商移调。君自乌台登骑省，觉精神、风采增清峭。数贤者，一不肖。　　酒酣耳热惟长啸，便翩翩、辍班荷橐，一麾闽峤。堪笑狂生无用处，垂老云耕月钓。这富贵、非由人要。畴昔评君如玉雪，好翛然、琴鹤风尘表。清献后，又有赵。

王　迈　　贺新郎·为后村母夫人寿

璎珞珠垂缕，看花冠、端容丽服，补陀岩主。只坐尘缘蹉一念，朱紫丛中得度。人世福、夫人兼五。银鹿诸孙来定省，对金屏、绣幕辉云母。人顶礼，柳行路。　　朝朝口诵琅函句，觉从来、寿人福善，老天无误。消得天恩封福国，锦诰鸾翔凤舞。听来岁、日边佳语。上殿肩舆帘蹙绣，遣佳儿、扶掖天应许。笑陈媪，三题柱。

王　迈　　贺新郎·寿右史　正月初七

曾侍螭头立，吐危言、婴鳞编虎，扶持鳌极。谁炼精金铸刚卯，气节毅然镇国。肯顾恋、眼前官职。碧水丹山持翠节，这福星、特为吾闽出。发义廪，无难色。　　如今世道难扶植，直还他、温公德量，魏公风力。此事又关宗社福，仍系苍生休戚。且称寿、公生人日。炼得内丹成熟后，看河车、常运方瞳碧。五百岁，作良弼。

严　仁　　贺新郎·寄上官伟长

扁舟何时下沧湾，孤剑尚客东楚，渺二千里，寄一曲歌，

睹物怀人，想见临风激烈也

兰芷湘东国，正愁予、一江红叶，水程孤驿。欲写潇湘无限意，那得如椽彩笔。但满眼、西风萧瑟。我所思兮何处所，在镡津、津上沧湾侧。谁氏子，阆风客。　阆风仙客才无敌，赋悲秋、抑扬顿挫，流离沉郁。百赋千诗朝复暮，解道波涛春力。忆共尔、乘槎吹笛。八表神游吾梦见，渺洞庭、青草烟波隔。空怅望，楚天碧。

严　仁　　贺新郎·清浪轩送春

碧浪摇春渚，浸虚檐、蒲萄滉漾，翠绡掀舞。委曲经过台下路，载取落花东去。问花亦、漂流良苦。花不能言应有恨，恨十分、都被春风误。同此恨，有飞絮。　人生聚散元无据，尽凭阑、一尊相对，蘋州春暮。嫉色冲冲空怅望，泪尽世间儿女。君不见、千金求赋。飞燕婕妤今何在，看黏云、江影伤千古。流不去，断魂处。

严　仁　　贺新郎·送杜子野赴省

说到城南杜，尽风流、至今人号，去天尺五。家世联翩苍玉佩，自有文章机杼。看鸾凤、九霄轩翥。文阵堂堂新得隽，正少年、壮气虹霓吐。拈彩笔，月城去。　出关相送梅千树，雪连空、马蹄特特，晓寒人度。帝里春浓花似海，催入明光奏赋。须快展、亨衢阔步。随世功名真漫浪，要平生、所学期无负。须记得，别时语。

张　辑　　贺新郎·代寿赵饶州

绿荫凉尊俎，映双旌、飞翻新带，日边恩露。千里湖山添鲜碧，玉宇光浮眉妩。料范老、应难独步。君亦胸中兵十万，把甘霖、小小春东楚。江上早，一犁雨。　赤城霞起连天姥，有丹经、亲曾密授，八篇奇语。道骨仙风骑鲸客，合侍红云帝所。且画戟、清香时度。散入邦人箫鼓里，恰春留、芍药从歌舞。还更诵，大鹏赋。

张　辑　　贺新郎·寿湛卢先生

鹊喜花间晓，惜凝香、低将帘卷，海棠开早。前度登楼清啸月，吹入春风不老。后五日、花朝方到。趁舞罗衣花讯暖，捻吟髭、玉勒迎东笑。留肯住，春邮小。　庐峰青里壶天

好，一千春、棋声昼永，剑光云表。绛雪骊珠看丹转，金鼎龙盘虎绕。且未可、飞仙蓬岛。河洛烟芜眠狐兔，握风雪、办此升平了。却共我，拾瑶草。

葛长庚　　贺新郎·且尽杯中酒

且尽杯中酒，问平生、湖海心期，更如君否。渭树江云多少恨，离合古今非偶。更风雨、十常八九。长铗歌弹明月堕，对萧萧、客鬓闲携手。还怕折，渡头柳。　小楼夜久微凉透，倚危阑、一池倒影，半空星斗。此会明年知何处，蘋末秋风未久。漫输与、鹭朋鸥友。已办扁舟松江去，与鲈鱼、莼菜论交旧。因念此，重回首。

葛长庚　　贺新郎·梦绕荷花国

梦绕荷花国，遍□□、橘州柳市，芙蓉巷陌。桂社兰乡白蘋里，月冷波寒之夕。有孤鹜、落霞知得。一鹤横空云漠漠，见梅梢、万粒真珠滴。犹未把，寒香惜。　画楼何处吹瑶笛，便□□、酥鑋玉笑，露松霜瘠。姑射真人游紫府，下戏三江七泽。此莫是、冰魂雪魄。半逐风飞半随水，半在枝、半落苍苔白。酒醒后，晓窗碧。

葛长庚　　贺新郎·雪

是雨还堪拾，道非花、又从帘外，受风吹入。扑落梅梢穿度竹，恐是鲛人诉泣。积至暮、萤光熠熠。色映万山迷远近，满空浮、似片应如粒。忘炼得，我双睫。　吟肩耸处飞来急，故撩人、黏衣噗袖，嫩香堪浥。细听疑无伊复有，贪看一行一立。见僧舍、茶烟飘湿。天女不知维摩事，漫三千、世界缤纷集。是蒻水，谁能及。

葛长庚　　贺新郎·咏牡丹

晓雾须收霁，牡丹花、如人半醉，抬头不起。雪炼作冰冰作水，十朵未开三四。又加以、风禁雨制。□是东吴春色盛，尽移根、换叶分黄紫。所贵者，称姚魏。　其间一种尤姝丽，似佳人、素罗裙在，碧罗衫底。中有一花边两蕊，恰似妆成小字。看不足、如何可比。白玉杯将青玉绿，据晴香、暖艳还如此。微笑道，有些是。

葛长庚　贺新郎·紫元席上作

飞尽桃花片，倚东风、高吟大啸，开怀消遣。芍药牡丹开未遍，不道韶华如电。无心向、小庭幽院。秉烛夜游虽不倦，奈一番、风雨花容变。春去也，无人见。　何处莺莺啼不断，探后园、红稀翠减，青稠绿满。蝶在花间犹死恋，早有行人摇扇。故自要、与春为饯。笑指白云归去好，对夕阳、泻酒凭谁荐。柳深处，有双燕。

葛长庚　贺新郎·肇庆府送谈金华、张月窗

谓是无情者，又如何、临歧欲别，泪珠如洒。此去兰舟双桨急，两岸秋山似画。况已是、芙蓉开也。小立西风杨柳岸，觉衣单、略说些些话。重把我，袖儿把。　小词做了和愁写，送将归、要相思处，月明今夜。客里不堪仍送客，平昔交游亦寡。况惨惨、苍梧之野。未可凄凉休哽咽，更明朝、后日才方罢。却默默，斜阳下。

葛长庚　贺新郎·再送前人

风雨今如此，问行人、如何有得，许多儿泪。为探木樨开也未，只有芙蓉而已。九十日、秋光能几。千里送人须一别，却思量、我了思量你。去则是，住则是。　归归我亦行行矣，便行行、不须回首，也休萦系。一似天边双鸣雁，一个飞从东际。那一个、又飞西际。毕竟人生都是梦，再相逢、除是青霄里。却共饮，却共醉。

葛长庚　贺新郎·隐括菊花新

露白天如洗，淡烟轻、疏林映带，远山横翠。对此情怀成甚也，云断小楼风细。独倚遍、画阑十二。花馆云窗成憔悴，听宾鸿、天外声嘹唳。但不过，闷而已。　房栊深静难成寐，夜迢迢、银台绛蜡，伴人垂泪。巴得暂时朦胧地，还又匆匆惊起。漫自展、云间锦字。往后各收千张纸，念梦劳魂役空凝睇。终不负，骖鸾志。

葛长庚　贺新郎·罗浮作

醉见千山面，晚晴初、蝉声未了，鸟声尤远。知道仙人丹

灶在，尚有陈灰犹暖。但只恐、松枯石烂。笑问年华应不换，又如何、洞里笙箫断。还念我，去归晚。　　千岩万壑猿啼遍，一思量、一回懊恨，一回泪眼。岂是自家无仙骨，尚被红尘牵绊。要分此、烟霞一半。当日朱仙和葛老，更老黄、亦合同萧散。上帝近，永容懒。

葛长庚　　　贺新郎·贺大卿生日

仙鹊梁银汉，见青原、白鹭一点，秋光犹嫩。青鸟密传云外信，王母夜临香案。与河鼓、天孙为伴。太素真人乘此景，到芗城、即嗣胡忠简。南极上，星璀璨。　　松溪居士多词翰，是神仙风骨，元自无心仕宦。人道月卿临总饷，便合机廷揆馆。还又爱、山林萧散。玉女金钟萦暖响，指灵椿、仙鹤祈遐算。公自有，青精饭。

葛长庚　　　贺新郎·送赵师之江州

倏又西风起，这一年光景，早过三分之二。燕去鸿来何日了，多少世间心事。待则甚、功成名遂。枫叶荻花动凉思，又寻思、江上琵琶泪。还感慨，劳梦寐。　　愁来长是朝朝醉，划地成、宋玉伤感，三闾憔悴。况是凄凉寸心碎，目断水苍山翠。更送客、长亭分袂。阁皂山前梧桐雨，起风樯、露舶无穷意。君此去，趁秋霁。

葛长庚　　　贺新郎·一别蓬莱馆

一别蓬莱馆，看桑田成海，又见松枯石烂。目断虚皇无极处，安得殿头宣唤。指归路、钧天早晚。此去罡风三万里，但九霞、渺渺青云远。望不极，空泪眼。　　瑶池昔会群仙宴，此秋来、荻花枫叶，令人凄惋。满面朱尘那忍见，酒病花愁何限。知几度、春莺秋雁。从此飞神腾碧落，向清都、来往应无间。丹渐熟，骨将换。

葛长庚　　　贺新郎·遥想阳明洞

遥想阳明洞，夜深时、猿啼鹤唳，露寒烟重。家在神霄归未得，十二玉楼无梦。梦里听、瑶琴三弄。醉卧长安人不识，晚秋天、此意西风共。黄金印，吾何用。　　云衢高策青鸾鞚，把天书玉篆，留与世人崇奉。垂手入廛长是醉，醉则从教

懵懂。那些子、凝然不动。一剑行空神鬼惧，金粟儿、日向丹田种。把得稳，任放纵。

葛长庚　　贺新郎·西湖作呈章判镇、留知县

万顷湖光绿，是处里、芙蓉金琖，木樨金粟。鹢御飘飘行水縠，正是蟹香橙熟。山色似、风梳雨沐。携取阿娇命豪杰，过北山、疃处南山曲。寒烟淡，晴鸦浴。　巨觥数引苍髭矗，便论诗说剑，人各有怀西北。两见西风客京国，多在红楼金屋。凝情处、落霞孤鹜。蒲柳凄凉今如许，问功名、志在何时足。更簪取，一枝菊。

葛长庚　　贺新郎·赠紫元

极目神霄路，斗柄南、丹华翠景，红霞紫雾。手折琪花今似梦，十二楼台何处。犹记得、当时伴侣。东府西台知谁主，忆当时、自泻金瓶雨。人间事，等风絮。　上皇赫赫雷霆主，我何缘、清都绛阙，遽成千古。白鹤青乌消息断，梦想鸾歌凤舞。应未得、翻身归去。业债须教还净尽，这一回、尝遍红尘苦。归举似，西王母。

葛长庚　　贺新郎·别鹤林

昔在神霄府，是上皇娇惜，便自酣歌醉舞。来此人间不知岁，仍是酒龙诗虎。做弄得、襟情如许。俯仰红尘几今古，算风灯、泡沫无凭处。即有这，烟霄路。　淮山浙岸潇湘浦，一寻思、柳亭枫驿，泪珠溅俎。此去何时又相会，离恨萦人如缕。更天也、愁人风雨。语燕啼莺莫相管，请各家、占取闲亭坞。人事尽，天上去。

葛长庚　　贺新郎·游西湖

倚剑西湖道，望弥漫、苍葭绿苇，翠芜青草。华表凄凉市朝古，极目暗伤怀抱。秋色与、芰荷俱老。桂棹兰舟聊遣兴，仗金风、吹使芙蓉破。柳阴里，堪少坐。　衷肠底事君知那，要繁弦急管，又且沉酣则个。烟水冥茫黄叶断，嘹唳数声雁过。醉归去、山寒云暮。整日消闲镇来往，问城南、老树知渠么。黄鹤氅，青纱帽。

葛长庚　　贺新郎·赋西峰

风送寒蟾影，望银河、一轮皎洁，宛如金饼。料得故人千里共，使我寸心耿耿。浑无奈，天长夜永。万树萧森猿啸罢，觉水边、林下非人境。睡不著，酒方醒。　芙蓉池馆梧桐井，悄不知、今夕何夕，寒光万顷。年少风流多感慨，况此良辰美景。须对此、大拚酩酊。满目新寒舞黄落，嗟此身、何事如萍梗。桂花下，露华冷。

葛长庚　　贺新郎·咏雪之一

俯仰天黏水，尽□□、山河大地，光涵表里。一夜春风搜万象，檐外雨声不已。到晓来、六花靡靡。瑶树琪林寒彻骨，知谁家、娇女慵梳洗。且捏个，小狮子。　琼楼架就东皇喜，□□使、玉龙战罢，柳绵飞起。千古佳人诗句在，一任如盐似米。君试看、岩头溪底。刹刹尘尘银世界，记当年、曾赴瑶池会。玉清境，还如此。

葛长庚　　贺新郎·咏雪之二

银汉千丝雨，被东风作恶，吹落满空柳絮。恰自江南消息断，才此六花飞舞。最好是、鹅毛鹤羽。万顷平田三尺玉，月明中、不见沙头鹭。苍烟里，一渔父。　鹊桥半夜寒云妒，到晓来、千岩万壑，了无认处。极目四方银世界，五凤楼前如许。应自感、伤心凝伫。人在神霄玉清府，小狮儿、捏就无佳句。骑汗漫，好归去。

葛长庚　　贺新郎·赠林紫元

月插青螺髻，柳梢头、夕阳荏苒，西风摇曳。数粒苍山黏远汉，树色烟光紫翠。飞骑气、半醒半醉。剑跨秋空磨星斗，指琼童、不得鸣金辔。恐惊动，紫清帝。　浮云飞度蓬莱水，忆山中、松寒露冷，猿啼鹤唳。家在武夷岩谷里，一亩烟霞活计。叹捻指、人生百岁。兰畹芝田几今古，洞门前、小鹿衔花戏。不知有，人间世。

葛长庚　　贺新郎·赋白芍药号为玉盘盂

静看春容瘦，未清明、荼蘼避席，蔷薇出昼。花里流莺骂

桃李，似与东风管句。怕虚度、兰亭时候。我也别来天上夕，向年时、感叹湖山旧。旧日事，君知否。　　玉皇驾出清都晓，就御前、三千神女，指麾八九。化作花神下人世，如把粉团搦就。又一似、玉盘在手。莫是蕊珠亲付属，教小心、劝我杯儿酒。也只得，为陪笑。

葛长庚　　　　贺新郎·怀仙楼

极目飙尘表，醉酣时、楼中起舞，楼前舒啸。坐见四山烟雾散，是处落花啼鸟。忽惊下、九天星斗。双鹤飞来风露爽，一声声，清唳苍松杪。奈对景，不酾酒。　　旧家三点蓬莱小，有琼台双阙，长是香花缭绕。铁笛夜吹金剑吼，恨此瀛洲路杳。知几度、琪林春老。闲倚朱阑思昨梦，对江山、感慨无人晓。但千里，月华皎。

刘克庄　　　　贺新郎·琼花

辜负东风约，忆曾将、淮南草木、笔端笼络。后土祠中明月夜，忽有瑶姬跨鹤。迥不比、水仙低弱。天上人间惟一本，倒千钟、琼露花前酌。追往事，怎忘却。　　移根应费仙家药，漫回头、关山信断，堡城笳作。问讯而今平安否，莫遣玉箫惊落。但画卷、依稀描著。白发愧无渡江曲，与君家、子敬相酬酢。新旧恨，两交错。

刘克庄　　　　贺新郎·吾少多奇节

吾少多奇节，颇揶揄、玉关定远，壶头新息。一剑防身行万里，选甚南溟北极。看塞雁、衔来秋色。不但槊棋夸妙手，管城君、亦自无勍敌。终贾辈，恐难匹。　　酒肠诗胆新来窄，向西风、登高望远，乱山斜日。安得良弓并快马，聊与诸公角力。漫醉把、栏干频拍。莫恨寒蟾离海晚，待与君、秉烛游今夕。欢易买，健难得。

刘克庄　　　　贺新郎·送陈真州子华

北望神州路，试平章、这场公事，怎生分付。记得太行山百万，曾入宗爷驾驭。今把作、握蛇骑虎。君去京东豪杰喜，想投戈、下拜真吾父。谈笑里，定齐鲁。　　两河萧瑟惟狐

兔，问当年、祖生去后，有人来否。多少新亭挥泪客，谁梦中原块土。算事业、须由人做。应笑书生心胆怯，向车中、闭置如新妇。空目送，塞鸿去。

刘克庄　　贺新郎·杜子昕凯歌

尽说番和汉，这琵琶、依稀似曲，蓦然弦断。作么一年来一度，欺得南人技短。叹几处、城危如卵。元凯后身居玉帐，报胡儿、休作寻常看。布严令，运奇算。　开门决斗雌雄判，笑中宵、奚车毡屋，兽惊禽散。个个巍冠横麈柄，谁了君王此段。也莫靠、长江能限。不论周郎并幼度，便仲尼、复起嗟微管。驰露布，筑京观。

刘克庄　　贺新郎·跋唐伯玉奏稿

宣引东华去，似当年、文皇亲擢，马周徒步。殿上风霜生白简，下殿扁舟已具。怎不与、官家留住。古有一言腰相印，谁教他、满箧婴鳞疏。还笏退，不回顾。　新来边报犹飞羽，问诸公、可无长策，少宽明主。攀槛朱云头雪白，流落如今底处。但一片、丹心如故。赖有越台堪眺望，那中原、莫已平安否。风色恶，海天暮。

刘克庄　　贺新郎·送唐伯玉还朝

驿骑联翩至，道台家、筹边方急，酒行姑止。作么携将琴鹤去，不管州人堕泪。富与贵、平生无味。可但红尘难著脚，便山林、未有安身地。搔白发，兀相对。　前身小范疑公是，忆当年、天章阁上，建明尤伟。庆历诸贤方得路，便不容他老子。须著放、延州城里。一句殷勤牢记取，在朝廷、最好图西事。何必向，玉关外。

刘克庄　　贺新郎·送黄成父还朝

飞诏从天下，道中朝、名流欲尽，君王思贾。时事只今堪痛哭，未可徐徐俟驾。好著手、扶将宗社。多少法筵龙象众，听灵山、属付些儿话。千百世，要传写。　子方行矣乘骢马，又送他、江南太史，去游毡厦。老我伴身惟有影，倚遍风轩月榭。怅玉手、何时重把。君向柳边花底问，看贞元、朝士谁存者。桃满观，几开谢。

刘克庄　　贺新郎·戊戌寿张守

南国秋容晚，晓寒轻、菊花台榭，拒霜池馆。试向壶山堂上望，万顷黄云刈遍。总吃著、君侯方寸。不要汉廷夸击断，要史家、编入循良传。春脚到，福星见。　家家香火人人愿，要还他、庆元猷座，建炎蝉冕。稳奉安舆迎两国，谁谓山遥水远。福寿比、河沙难算。来岁而今黄花节，早骖鸾、入侍瑶池宴。风浩荡，海清浅。

刘克庄　　贺新郎·端午

深院榴花吐，画帘开、練衣纨扇，午风清暑。儿女纷纷夸结束，新样钗符艾虎。早已有、游人观渡。老大逢场慵作戏，任陌头、年少争旗鼓。溪雨急，浪花舞。　灵均标致高如许，忆生平、既纫兰佩，更怀椒糈。谁信骚魂千载后，波底垂涎角黍。又说是、蛟馋龙怒。把似而今醒到了，料当年、醉死差无苦。聊一笑，吊千古。

刘克庄　　贺新郎·九日

湛湛长空黑，更那堪、斜风细雨，乱愁如织。老眼平生空四海，赖有高楼百尺。看浩荡、千崖秋色。白发书生神州泪，尽凄凉、不向牛山滴。追往事，去无迹。　少年自负凌云笔，到而今、春华落尽，满怀萧瑟。常恨世人新意少，爱说南朝狂客。把破帽、年年拈出。若对黄花孤负酒，怕黄花、也笑人岑寂。鸿北去，日西匿。

刘克庄　　贺新郎·寄题聂侍郎郁孤台

绝顶规危榭，跨高寒、鸟飞不过，云生其下。斤斸无声人按堵，翕吻青红变化。览城郭、山川如画。阁老凤楼脩造手，笑谈间、突出凌云厦。台上景，买无价。　唾壶麈尾登临暇，似当年、滁阳太守，欧阳公也。倾倒赣江供砚滴，判断雪天月夜。更唤取、邹枚司马。铜雀凌歊歌舞散，访残砖、断甓无存者。余翰墨，被风雅。

刘克庄　　贺新郎·动地东风起

动地东风起，画桥西、绕溪桑柘，漫山桃李。寂寂墙阴苍

苔径，犹印前回屐齿。惊岁月、飙驰云驶。太息攀翻长亭树，是先生、手种今如此。君不乐，欲何俟。　　傍人错会渊明意，笑斯翁、皇皇汲汲，登山临水。佳处径呼篮舆去，仿佛柴桑栗里。从我者、门生儿子。尝试平章先贤传，屈原醒、不似刘伶醉。拚酩酊，卧花底。

刘克庄　　贺新郎·宋庵访梅

鹊报千林喜，还猛省、谢家池馆，早寒天气。要与瑶姬叙离索，草草杯盘藉地。怅减尽、何郎才思。不愿玉堂并金屋，愿年年、岁岁花间醉。餐秀色，挹高致。　　西园飞盖东山妓，问何如、半山雪里，孤山烟外。管甚夜深风露冷，人与长瓶共睡。任翠羽、枝头多事。老子平生无他过，为梅花、受取风流罪。簪白发，莫教坠。

刘克庄　　贺新郎·游水东周家花园

溪上收残雨，倚画栏、薄绵乍脱，日阴亭午。闹市不知春色处，散在荒园废墅。渐小白、长红无数。客子虽非河阳令，也随缘、暂作莺花主。那可负，瓮中醑。　　碧云四合千岩暮，恨匆匆、余方有事，子姑归去。趁取群芳未摇落，暇日提鱼就煮。叹激电、光阴如许。回首明年何处在，问桃花、尚记刘郎否。公莫笑，醉中语。

刘克庄　　贺新郎·和咏荼蘼

曾与瑶姬约，恍相逢、翠裳摇曳，珠耩联络。风露青冥非人世，揽结玉龙骖鹤。爱万朵、千条纤弱。祷祝花神怜惜取，问开时、晴雨须斟酌。枝上雪，莫消却。　　恼人匹似中狂药，凭危栏、烛光交映，乐声遥作。身上春衫香薰透，看到参横月落。算茉莉、犹低一著。坐有缑山王郎子，倚玉箫、度曲难为酢。君不饮，铸成错。

刘克庄　　贺新郎·用前韵赋黄荼蘼

想赴瑶池约，向东风、名姬骏马，翠鞯金络。太液池边鹄群下，又似南楼呼鹤。画不就、秾纤娇弱。罗帕封香来天上，泻铜盘、沆瀣供清酌。春去也，被留却。　　芳魂再返应无药，似诗咏、绿衣黄里，感伤而作。爱惜尚嫌蜂采去，何况流

莺蹴落。且放下、珠帘遮著。除却江南黄九外，有何人、敢与花酬酢。君认取，莫教错。

刘克庄　　　　贺新郎·再用约字

浅把宫黄约，细端相、普陀烟里，金身珠络。萼绿华轻罗袜小，飞下祥云仙鹤。朵朵赛、蜂腰纤弱。已被色香撩病思，尽鹅儿、酒美无多酌。看不足，怕残却。　　人间难得伤春药，更枝头、流莺呼起，少年狂作。留取姚家花相伴，羞与万红同落。未肯让、蜡梅先著。乐府今无黄绢手，问斯人、清唱何人酢。休草草，认题错。

刘克庄　　　　贺新郎·客赠芍药

一梦扬州事，画堂深、金瓶万朵，元戎高会。座上祥云层层起，不减洛中姚魏。叹别后、关山迢递。国色天香何处在，想东风、犹忆狂书记。惊岁月，一弹指。　　数枝清晓烦驰骑，向小窗、依稀重见，芜城妖丽。料得花怜侬消瘦，侬亦怜花憔悴。漫怅望、竹西歌吹。老矣应无骑鹤日，但春衫、点点当时泪。那更有，旧情味。

刘克庄　　　　贺新郎·郡宴和韵

草草池亭宴，又何须、珠韝络臂，琵琶遮面。宾主一时词翰手，倏忽龙蛇满案。传写处、尘飞莺啭。但得时平鱼稻熟，这腐儒、不用青精饭。阴雾扫，霁华见。　　使君偿了丰年愿，便从今、也无敲扑，也无厨传。试拂笼纱看壁记，几个标名渠观。想九牧、闻风争羡。此老饱知民疾苦，早归来、载笔薰风殿。诗有讽，赋无劝。

刘克庄　　　　贺新郎·再和前韵

梦断钧天宴，怪人间、曲吹别调，局翻新面。不是先生喑哑了，怕杀乌台旧案。但掩耳、蝉嘶禽啭。老去把茅依地主，有瓦盆盛酒荷包饭。停造请，免朝见。　　少狂误发功名愿，苦贪他、生前死后，美官佳传。白发归来还自笑，管辖希夷古观。看一道、冰衔堪羡。妃子将军瞋未已，问匡山、何似金銮殿。休更待，杜鹃劝。

刘克庄　　贺新郎·题蒲涧寺

风露驱炎毒，记仙翁、飘然谪堕，吹笙骑鹄。历历汉初秦季事，山下瓜犹未熟。过眼见、群雄分鹿。想得拂衣游汗漫，试回头、刘项俱蛮触。斫鲸脍，脯麟肉。　越人好事因成俗，拥遨头、如云士女，山南山北。问讯先生无恙否，齐鲁干戈满目。且游戏、扶胥黄木。不是世无瓜样枣，便有来、肯饱痴儿腹。聊举酒，笑相属。

刘克庄　　贺新郎·此腹元空洞

王实之喜余出岭，命爱姬歌新词以相劳，辄次其韵

此腹元空洞，少年时、诸公过矣，上天吹送。老大被他禁害杀，身与浮名孰重。这鼓笛、休休拈弄。彩笔掷还残锦去，愿今生、来世无妖梦。且饭犊，莫吞凤。　新来喑哑如翁仲，羡王郎、骖鸾缥缈，玉箫吹动。应笑夔州村里女，炙面生愁进奉。要绝代、倾城安用。今古何人知此理，有吾家、酒德先生颂。三万卷，漫充栋。

刘克庄　　贺新郎·蒙恩主崇禧，再用前韵

主判茅君洞，有檐间、查查喜鹊，晓来传送。几度黄符披戴了，此度君恩越重。被贺监、天随调弄。做取散人千百岁，笑渠侬、一霎邯郸梦。歌而过，凤兮凤。　灌园织屦希陈仲，问先生、加齐卿相，可无心动。除却醴泉中太乙，拣个名山自奉。那捷径、输他藏用。有耳不曾闻黜陟，免教人、贬驳徂徕颂。服兰佩，结茅栋。

刘克庄　　贺新郎·三和

谪下神清洞，更遭他、揶揄黠鬼，路旁遮送。薄命书生鸡肋尔，却笑尊拳忒重。破故纸、谁教播弄。一枕茅檐春睡美，便周公、大圣何须梦。门前客，任题凤。　卜邻羊仲并求仲，愿春来、西畴雨足，土膏犁动。白发巡官占岁稔，不问京房翼奉。棒与瓮、从今无用。醉与老农同击壤，莫随人、投献嘉禾颂。在陋巷，胜华栋。

刘克庄　　　贺新郎·席上闻歌有感

妾出于微贱，小年时、朱弦弹绝，玉笙吹遍。粗识国风关雎乱，羞学流莺百啭。总不涉、闺情春怨。谁向西邻公子说，要珠鞍、迎入梨花院。身未动，意先懒。　　主家十二楼连苑，那人人、靓妆按曲，绣帘初卷。道是华堂箫管唱，笑杀鸡坊拍衮。回首望、侯门天远。我有平生离鸾操，颇哀而不愠微而婉。聊一奏，更三叹。

刘克庄　　　贺新郎·生日用实之来韵

鬓雪今千缕，更休休、痴心呆望，故人明主。晚学瞿聃无所得，不解飞升灭度。似晓鼓、冬冬挝五。散尽朝来汤饼客，且烹鸡、要饭茅容母。怕回首，太行路。　　麟台学士微云句，便樽前、周郎复出，审音无误。安得春莺雪儿辈，轻拍红牙按舞。也莫笑、侬家蛮语。老去山歌尤协律，又何须、手笔如燕许。援琴操，促筝柱。

刘克庄　　　贺新郎·再用前韵

放逐身蓝缕，被门前、群鸥戏狎，见推盟主。若把士师三黜比，老子多他两度。袖手看、名场呼五。不会车边望尘拜，免他年、青史羞潘母。句曲洞，是归路。　　平生怕道萧萧句，况新来、冠欹弁侧，醉人多误。管甚是非并礼法，顿足低昂起舞。任百鸟、喧啾春语。欲托朱弦写悲壮，这琴心、脉脉谁堪许。君按拍，我调柱。

刘克庄　　　贺新郎·实之三和有忧边之语，走笔答之

国脉微如缕，问长缨、何时入手，缚将戎主。未必人间无好汉，谁与宽些尺度。试看取、当年韩五。岂有谷城公付授，也不干、曾遇骊山母。谈笑起，两河路。　　少时棋柝曾联句，叹而今、登楼揽镜，事机频误。闻说北风吹面急，边上冲梯屡舞。君莫道、投鞭虚语。自古一贤能制难，有金汤、便可无张许。快投笔，莫题柱。

刘克庄　　　贺新郎·四用缕字韵为王实之寿

万字如针缕，忆王郎、丹墀大对，气为文主。贵近旁观俱

失色，仰止如天圣度。笑杜牧、成名居五。晚面清光犹苦谏，似封人、恳切言君母。谪尘世，错行路。　当时宜和薰风句，又那知、青云一跌，被才名误。输与灵和殿前柳，柔软随风学舞。怪两鸟、新来停语。不是先生高索价，问何时、宰相先生许。举杯祝，莫倾柱。

刘克庄　贺新郎·实之用前韵为老者寿，戏答

身畔无丝缕，但从前、练裳练帨，做他家主。甲子一周加二纪，兔走乌飞几度。赛孔子、如来三五。鹤发萧萧无可截，要一杯、留客惭陶母。门外草，欲迷路。　朗吟白雪阳春句，待夫君、骊驹不至，鹊声还误。老去聊攀莱子例，倒著斑衣戏舞。记田舍、火炉头语。肘后黄金腰下印，有高堂、未敢将身许。且扇枕，莫倚柱。

刘克庄　贺新郎·张倅生日

辇路东风里，试回头、金闺昨梦，侵寻三纪。岁晚岿然灵光殿，仆与君侯而已，漫过眼、几番桃李。珠履金钗常满座，问谁人、得似张公子。驰骥騄，佩龟紫。　宿云收尽檐声止，玳筵开、高台风月，后堂罗绮。恰近洛人修禊节，莫惜飞觞临水，怕则怕、追锋征起。此老一生江海客，愿风云、际会从今始。宁郁郁，久居此。

刘克庄　贺新郎·九日与二弟二客郊行

老去光阴驶，向西风、疏林变缬，残霞成绮。尚喜暮年腰脚健，不碍登山临水。算自古、英游能几。客与桓公俱臭腐，独流传、吹帽狂生尔。后来者，亦犹此。　篮舆伊轧柴桑里，问黄花、没些消息，空篱而已。赖有一般芙蓉月，偏照先生怀里。且觅个、栏干同倚。检点樽前谁见在，忆平生、共插茱萸底。欢未足，饮姑止。

刘克庄　贺新郎·忆昔俱年少

己未九日同季弟子侄饮仓部弟免庵，艮翁、宫教来会

忆昔俱年少，向斯晨、登高怀古，赋诗舒啸。追数樽前插花客，人物并皆佳妙。禁几度、西风残照。元子寄奴曾富贵，到而今、一一消磨了。君不乐，后人笑。　山南山北添华

表，叹归来、谢池草合，黄台瓜少。老去爱持齐物论，谁管彭殇寿夭。待细说、教天知道。不羡两苏并二宋，愿弟兄、岁岁同吹帽。杯到手，莫辞釂。

刘克庄　　贺新郎·居厚、艮翁皆和，余亦继作

何必游嵩少，屋边山、松风浩荡，虎龙吟啸。旧效楚人悲秋作，晚爱陶诗高妙。发如此、临流羞照。屈指向来夸毗子，被西风、一笔都勾了。曾不满，达人笑。　　当年玉振于江表，怅而今、老身空在，欢娱全少。假使真如彭祖寿，蒙叟犹嗤渠夭。偶落笔、不经人道。岁晚连床谈至晓，胜冈头、出没看乌帽。君举白，我频釂。

刘克庄　　贺新郎·人老难重少

人老难重少，强追陪、李侯痛饮，刘郎清啸。报答秋光无一字，虚说君房语妙。且匣起、青铜休照。赖有多情篱下菊，待西风、不肯先开了。留晚节，发孤笑。　　孔璋客绍衡依表，有谁怜、戴花翁病，插萸人少。生不逢场闲则剧，年似龚生犹夭。吃紧处、无人曾道。到得扶他迂叟出，算貂蝉、未抵深衣帽。街酒贱，更沽釂。

刘克庄　　贺新郎·四用韵

犹记臣之少，兴狂时、过陈遵饮，对孙登啸。岁晚登临多感慨，但觉齐山诗妙。任蓉月、柳风吹照。金印不来丹飞去，拟神仙、富贵都差了。空铸错，与人笑。　　九年前拜悬车表，试回看、紫桑菊老，玄都花少。周也曾言殇子寿，佛以白头为夭□□□。末后句、岩头曾道。头似秃鹙巾裹懒，最不宜、蝉冕宜僧帽。杯中物，直须釂。

刘克庄　　贺新郎·五用韵

读坡公和陶诗，其九篇为重九作，乃叙坡事而赋之

行乐尤宜少，忆坡公、洞箫听罢，划然长啸。四海共知霜鬓满，莫问近来何妙。也不记、金莲曾照。老没太官糕酒分，把茱萸、便准登高了。齐得丧，等嘻笑。　　集无韩子潮州表，数当时、南迁者众，北归人少。赤壁玉堂均一梦，此岂蛮

烟能夭。与同叔、俱尝知道。谁向进贤冠底说，画出来、不似眉山帽。秋菊盏，献公醑。

刘克庄　　贺新郎·叙谪仙为宫教兄寿

鹏赋年犹少，晚飘蓬、夜郎秋浦，渔歌猿啸。骏马名姬俱散去，参透南华微妙。敛万丈、光芒回照。妃子将军瞋个甚，老先生、拂袖金闺了。供玉齿，粲然笑。　　解骖赖有汾阳老，叹今人、布衣交薄，绨袍情少。黄祖斗筲何足算，鹦鹉才高命夭。与贺监、其归同道。脱下锦袍与呆底，谪仙人、白苎乌纱帽。邀素月，入杯醑。

刘克庄　　贺新郎·傅相生日壬戌

低局从头错，解危机、除非唤取，国棋来著。不信胡儿能胆大，南岸安他阵脚。谈笑里、乌巢空幕。西起岷峨东海岱，有捷旗、露布无宵柝。莘渭后，到秋壑。　　淮田犁遍吴田获，问台家、山河宇宙，是谁擎托。自觉怀中残锦尽，采色彰施技薄。视柳雅、韩碑瞠若。稽首鲁公黄发颂，世何人、堪继奚斯作。楚狂语，莫删却。

刘克庄　　贺新郎·癸亥九日

宿雨轻飘洒，少年时、追欢记节，同人于野。老去登临无脚力，徙倚屋东篱榭。但极目、海山如画。千古惟传吹帽汉，大将军、野马尘埃也。须彩笔，为陶写。　　鹤归旧里空悲咤，叹原头、累累高冢，洛英凋谢。留得香山病居士，却入渔翁保社。怅谁伴、先生情话。樽有葡萄簪有菊，西凉州、不似东篱下。休唤醒，利名者。

刘克庄　　贺新郎·拂袖归来也

拂袖归来也，懒追陪、竹林嵇阮，兰亭王谢。谁与此翁相暖热，赖有平生伯雅。且放意、高吟闲话。山鸟山花皆上客，又何须、胜似公荣者。胸磊块，总浇下。　　盘龙痴绝求鹅炙，这先生、黄齑瓮熟，味珍无价。酒颂一篇差要妙，庄列诸书土苴。任礼法、中人嘲骂。君特未知其趣耳，若还知、火急来投社。共秉烛，惜今夜。

刘克庄　　贺新郎·甲子端午

过眼光阴驶，忆垂髫、留连节物，逢场游戏。初试練衣弄纨扇，斗采菖蒲涧里。今发白、颜苍如此。艾子萧郎方用事，怪先生、苦死纫兰芷。君不乐，欲何俟。　头标夺得群儿喜，向溪边，旁观助噪，叹吾衰矣。欲建鼓旗无气力，唤起龙泉改委。但酒户、加封而已。晚觉醉乡差快活，那独醒、公子真呆底。聊洗净，笛筝耳。

刘克庄　　贺新郎·二鹤

家有仙禽二，早追随、先生杖屦，互乡童子。旦旦池边三薰沐，夜夜山中警睡。且伴我、人间游戏。此老生平哀大陆，到末梢、始忆华亭唳。评往事，败佳思。　古云鹤算谁能纪，叹归来、山川如故，人民非是。但愿主君高飞去，莫爱乘轩禄位。更赛过、令威千岁。假使焦山真羽化，待华阳贞逸铭方瘗。我拍手，渠展翅。

程正同　　贺新郎·寿县宰

久矣无循吏，自当年、弘宽去后，风流谁继。律令喜为鹰击勇，无复柔桑驯雉。何幸见、真儒小试。手种海棠三百本，有几多、遗爱人须记。潘岳县，未为贵。　文章政事通枫陛，看傅岩、霖雨岁旱，要须均施。玉色温其山似立，气禀新秋清厉。便好据、经纶要地。却笑庞才非百里，骤天衢、自合还天骥。卮酒祝，八千岁。

周端臣　　贺新郎·代寄

怕听黄昏雨，到黄昏、陡顿潇潇，雨声不住。香冷罗衾愁无寐，难奈凄凄楚楚。暗试把、佳期重数。楼外一行征雁过，更偏来、撩理芳心苦。心自苦，向谁诉。　菱花憔悴羞人觑，叹红低翠黯，不似旧家眉妩。目断阳台幽梦阻，孤负朝朝暮暮。怕泪落、瑶筝慵拊。手捻梅花春又近，料人间、别有安排处。云碧袖，为君舞。

冯取洽　　贺新郎·寿张宜轩

九日明朝是，问宜轩何事，今朝众宾交至。长记每年八月

八，曾庆饮仙出世。直推到、于今何意。要待千崖秋气爽，向东篱、试探花开未。挝急鼓，舞长袂。　　主人臭味花相似，笑争春、红紫低昂，转头扫地。独占西风摇落候，旋屑黄金点缀。做得个、秋花元帅。旧说东阳流菊水，饮之者、寿过百余岁。泛此酒，劝公醉。

冯取洽　　贺新郎·黄玉林为风月楼作，次韵以谢

自顾卑栖翼，似沧洲、白鸟悠悠，静依拳石。聊寄一梯云木表，俯视霁虹千尺。乐江上、山间声色。镜样清流环样绕，笑赐湖、一曲夸唐敕。尘外趣，有谁识。　　飞来妙墨痕犹湿，走盘珠流出，不火食人胸膈。三叹阳春知和寡，但觉光生虚室。何处觅、倚歌箫客。他日玉林来得否，待平分、风月供吟笔。添一友，共闲逸。

冯取洽　　贺新郎·次韵江定轩咏菊

句里思黄九，笑王郎、不奈寒芳，腰围如柳。得似江郎饶雅趣，时揽黄花诳口。吐妙语、与之争秀。闲绕珍丛吟不尽，尽风前、露下栾栾瘦。香自足，岂劳嗅。　　一樽问我能同否，叹双溪、冷落篱边，傲霜犹有。浩唱云笺金缕调，兴发小槽珠酒。待唤醒、早春梅友。独恨爱花人易老，漫一年、好景还依旧。东望处，立良久。

冯取洽　　贺新郎·送别定轩

梦折营门柳，送君归、暂戏斑衣，又拢征袖。到得皇州风景异，只有湖山似旧。把感慨、寓之杯酒。雨抹晴妆西子样，且平章、剩赋诗千首。富与贵，本来有。　　青油幕底筹攻守，拥貔貅、朝气凌云，夜锋冲斗。蜀祲淮氛犹在眼，一扫正须健帚。又何惜、驱驰奔走。快展韬钤资世用，看归来、金印悬双肘。倾玉斝，为亲寿。

冯取洽　　贺新郎·次玉林见寿韵

那得身无事，问双溪老子，而今万缘空否。正使尘劳偿未了，毕竟难昏灵府。已笑唾、功名如土。五十九年风雨过，算非非、是是何须数。垂老也，信缘度。　　绿阴朱夏回清暑，叹病来、觞怯流霞，扇闲白羽。方念生初增感慨，谁寄乐章新

语。知是我、花庵庵主。一别三年惟梦见，定何时、相对倾琼醑。惊世路，有豺虎。

冯取洽　　贺新郎·次玉林感时韵

知彼须知此，问筹边、攻守规模，云何则是。景色愔愔犹日暮，壮士无由吐气。又安得、将如廉李。燕坐江沱甘自蹙，笑腐儒、枉楦朝家紫。用与舍，徒为耳。　黄芦白苇迷千里，叹长淮、篱落空疏，仅余残垒。读父兵书宁足恃，击楫谁盟江水。有识者、知其庸矣。多少英雄沉草野，岂堂堂、吾国无君子。起诸葛，总戎事。

冯取洽　　贺新郎·问讯花庵主

花庵老子以游戏自在三昧，寓之乐府。溪翁随喜和韵以咏叹之，不知维摩燕坐次，可授散花女，俾歌之以侑茗饮否？艾子，汝为老人书以寄之

问讯花庵主，这一宗、拍板门槌，是谁亲付。逢翰墨场聊作戏，那个是真实语。算惟有、青山堪住。玉立林幽真脱洒，又何防、白石和泉煮。底用判，云游据。　朝三暮四从渠赋，且随缘、家养园收，自然成趣。此外盘蜗余一室，人我两俱无负。要参到、道心微处。尽做逃禅逃得密，也难遮、拨草来寻路。应为拨，懒残芋。

冯取洽　　贺新郎·追次玉林所赋溪楼燕集韵

二老交相访，正不妨、勃窣蹩跚，舍车而杖。忆在蓉村新雨过，门外春流浩荡。中有个、列仙臞相。把酒论诗饶胜韵，更柳边、花底同心赏。临别句，几回唱。　忽传风驭来溪上，遣儿曹、策马郊迎，老怀欣畅。争讶金华佳父子，飞下蓬莱昆阆。有四士、追随仙仗。我爱君如何次道，便令人、直欲倾家酿。歌妙曲，郑声放。

冯取洽　　贺新郎·用前韵自寿

往事休寻访，幸老来、筋力差强，未须扶杖。收脚八风波外立，一片虚空荡荡。悟寿者、本来无相。今日不知何日也，便戊申、重见何须赏。大梦曲，此时唱。　团栾儿女溪堂上，且一觞、一咏陶然，此情堪畅。漫说神仙华屋好，缥缈峤

壶蓬阆。这浮幻、也难凭仗。何似薰风来岁岁，蔼一家、和气如春酿。婚嫁了，尽闲放。

赵以夫　　贺新郎·四明送上官尉归吴

满酌蓬莱酒，最苦是、中年作恶，送人时候。一夜朔风吹石裂，惊得梅花也瘦，更衣袂、严霜寒透。卷起潮头无丈尺，甚扁舟、拍上三江口。明月冷，载归否。　　分携欲折无垂柳，但层楼徙倚，两眉空皱。海阔天高无处问，万事不堪回首。况目断、孤鸿去后。玉柈松鲈今正美，想子真、微笑还招手。且为我，饮三斗。

赵以夫　　贺新郎·次刘后村

葵扇秋来贱，阿谁知、初回轻暑，又教题遍。不是琵琶知音少，无限如簧巧啭。倩说似、长门休怨。莫把蛾眉与人妒，但疏梅、淡月深深院。临宝鉴，欲妆懒。　　少时声价倾梁苑，到中年、也曾落魄，雾收云卷。待入汉庭金马去，洒笔长江衮衮。好留取、才名久远。过眼荣华俱尘土，听关雎、盈耳离骚婉。歌不足，为嗟叹。

赵以夫　　贺新郎·送郑怡山归里

载酒阳关去，正西湖、连天烟草，满堤晴絮。采翠撷芳游冶处，应和娇弦艳鼓。看柳外、画船无数。万顷琉璃浑镜净，陡风波、汹汹鱼龙舞。谈笑里，遽如许。　　流觞满引浇离绪，便东西、斜阳立马，绿波前浦。自是莼鲈高兴动，恰值春山杜宇。漫回首、软红香雾。咫尺佳人千里隔，望空江、明月横洲渚。清梦断，恨如缕。

赵以夫　　贺新郎·草色庭前绿

芝山堂下，兰开双花，瓣外环，两心中并，有同人之义焉。瑞莲、嘉禾，歌颂多矣，此独创见，小词纪之

草色庭前绿，掩重门、国香伴我，画帘幽独。无奈薰风吹绿绮，闲理离骚旧曲。觉鼻观、微闻清馥。可是花神嫌冷淡，碧丛中、炯炯骈双玉。相对久，各欢足。　　冰姿带露如新沐，想当年、夷齐二子，独清孤竹。千古英雄尘土尽，凛凛西山云木。总付与、一樽醽醁。学得汉宫娇姊妹，便承恩、贮向

黄金屋。终不似，在空谷。

赵以夫　　贺新郎·碾破长空绿

夜来月色可人，兰香满室，再用前调

碾破长空绿，看银蟾、一轮似水，照人清独。缥缈风摇环佩碎，疑是英茎妙曲。忽散作、天花芬馥。帝子双双来洞户，炯肌肤、冰雪颜如玉。愁易老，意难足。　楚江万顷疏汤沐，想佳人、依然携手，碧云修竹。葱茜玲珑方寸许，清过千重夏木。速就我、同倾湘醁。追忆兰亭当日事，尽凄凉、也胜卢仝屋。应不到，羡金谷。

赵以夫　　贺新郎·次孙花翁乙酉

春事浑如客，趁新晴、花骢骄俊，纻衫轻窄。腊瓮初倾光欲动，笑把黄甘旋擘。更喜得、酒朋诗敌。陶写襟怀觞咏里，似风流、王谢当年集。忘尔汝，任争席。　疏帘画舫梅妆白，看斜阳、波心镜面，照伊颜色。缥缈笙歌天上谱，一刻千金莫惜。谁信道、高楼占得。柳外暝烟人去也，但月钩、冷浸阑干湿。知道了，几寒食。

祝　穆　　贺新郎·此木生林野

此木生林野，自唐家、丝纶置阁，托根其下。长伴词臣挥帝制，因号紫微堪诧。常缥缈、紫微仙驾。料想紫微垣降种。紫微郎、况是名同者。兼二美，作佳话。　一株乃肯临茅舍，肌肤薄、长身挺立，扶疏潇洒。定怯麻姑爬痒爪，只许素商陶冶。擎绛雪、柔枝低亚。我忆香山东坡老，只小诗、便为增声价。后当有，继风雅。

李好古　　贺新郎·僧如梵摘阮

人物风流远，忆当年、江东跌宕，知音南阮。惯倚胡床闲寄傲，妥腹难凭琴桉。妙制拥、银蟾光满。千古不传谁好事，忽茂陵、金碗人间见。轻擘动，思无限。　长安钗鬓春横乱，仿规模、红绦带拨，媚深情浅。安识高山流水趣，儿女空传恩怨。使得似、支郎萧散。听到三闾沉绝处，惨悲风、摇落寒江岸。不肠断，也肠断。

刘子寰　　贺新郎·登玉田峰

拄杖凌高绝，望千山隐隐，波澜动摇天末。下有白云平远壑，涌起潮头喷雪。浸绝岛、孤峰出没。赤县神州何处是，但风烟、杳杳迷空阔。呼不见，古人物。　碧松枝下青瑶石，举头看、长空湛湛，淡琉璃色。上界星辰多官府，夸父忙鞭日月。任兔走、乌飞超忽。宇宙茫茫如许大，百年间、何用争优劣。身世事，一毛发。

夏元鼎　　贺新郎·和刘宰潜夫韵

天上神仙路，问谁能、超凡入圣，平虚交付。三岛十洲无限景，稳驾鸾舆鹤驭。更驯伏、木龙金虎。造化小儿真剧戏，炼阳精、要戴乾为父。须定力，似愚鲁。　三旬一遇交乌兔，便丹成、天长地久，桑田变否。四象五行攒簇处，全藉黄婆真土。无私授、人多胡做。堪叹红尘声利客，向花朝月夕寻妆妇。应不解，乘槎去。

宋自逊　　贺新郎·题雪堂

唤起东坡老，问雪堂、几番兴废，斜阳衰草。一月有钱三十块，何苦抽身不早。又底用、北门摛藻。儋雨蛮烟添老色，和陶诗、翻被渊明恼。到底是，忘言好。　周郎英发人间少，谩依然、乌鹊南飞，山高月小。岁月堂堂留不住，此世何时是了。算不满、英雄一笑。我有丰淮千斗酒，把新愁、旧恨都倾倒。三弄笛，楚天晓。

宋自逊　　贺新郎·七夕

灵鹊桥初就，记迢迢、重湖风浪，去年时候。岁月不留人易老，万事茫茫宇宙。但独对、西风搔首。巧拙岂关今夕事，奈痴儿、骙女流传谬。添话柄，柳州柳。　道人识破灰心久，只好风、凉月佳时，疏狂如旧。休笑双星经岁别，人到中年已后。云雨梦、可曾常有。雪藕调冰花熏茗，正梧桐、雨过新凉透。且随分，一杯酒。

吴　潜　　贺新郎·送吴季永侍郎

说著成凄梦，正尘飞、岷峨滟滪，兔嗥狐舞。颇牧禁中留不住，弹压征西幕府。便一舸、月汀烟渚。四塞三关天样险，

问何人、自辟鼪鼯路。成败事，几今古。　　荼蘼芍药春将暮，最无情、飘零柳絮，搅人离绪。屈指秋风吹雁信，应忆西湖夜雨。漫岁月、消磨如许。上下四方男子志，肯临歧、昵昵儿曹语。呼大白，为君举。

吴　潜　　贺新郎·吴中韩氏沧浪亭和吴梦窗韵

扑尽征衫气，小夷犹、尊罍杖屦，踏开花事。邂逅山翁行乐处，何似乌衣旧里。叹芳草、舞台歌地。百岁光阴如梦断，算古今、兴废都如此。何用洒，儿曹泪。　　江南自有渔樵队，想家山、猿愁鹤怨，问人归未。寄语寒梅休放尽，留取三花两蕊。待老子、领些春意。皎皎风流心自许，尽何妨、瘦影横斜水。烦翠羽，伴醒醉。

吴　潜　　贺新郎·寓言

可意人如玉，小帘栊、轻匀淡泞，道家装束。长恨春归无寻处，全在波明黛绿。看冶叶、倡条浑俗。比似江梅清有韵，更临风、对月斜依竹。看不足，咏不足。　　曲屏半掩青山簇，正轻寒、夜来花睡，半欹残烛。缥缈九霞光里梦，香在衣裳剩馥。又只恐、铜壶声促。试问送人归去后，对一奁、花影垂金粟。肠易断，倩谁续。

吴　潜　　贺新郎·用赵用父左司韵送郑宗丞

又是春残去，倚东风、寒云淡日，堕红飘絮。燕社鸿秋人不问，尽管吴笙越鼓。但短发、星星无数。万事惟消彭泽醉，也何妨、袖卷长沙舞。身与世，只如许。　　阑干拍手闲情绪，便明朝、苍鸥白鹭，北山南浦。笑指午桥桥畔路，帘幕深深院宇。尚趁得、柳烟花雾。我亦故山猿鹤怨，问何时、归棹双溪渚。歌一曲，恨千缕。

吴　潜　　贺新郎·寄赵南仲端明

烟树瓜洲岸，望旌旗、猎猎摇空，故人天远。不似沙鸥飞得渡，直到雕鞍侧畔。但徙倚、危阑目断。自古钟情须我辈，况人间、万事思量遍。涛似雪，风如箭。　　扬州十里朱帘卷，想桃根桃叶，依稀旧家庭院。谁把青红吹到眼，知有醉翁局段。便回首、舟移帆转。渺渺江波愁未了，正淮山、日暮云

撩乱。阁酒盏，倚歌扇。

吴　潜　　　　贺新郎·春感

笑口开能几，把年年、芳情冶思，总抛闲里。桃杏枝头春才半，寒食清明又是。但岁月、飙飞川逝。回首秦楼双燕语，到如今、目断斜阳外。将往事，试重记。　香罗尚有相思泪，算人生、新愁易积，旧欢难继。水上流红无觅处，还隔关山万里。但赢得、新来憔悴。昨夜东风颠狂后，想余芳、尽是飘零底。词写就，倩谁寄。

吴　潜　　　　贺新郎·一笑春无语

一笑春无语，但园林、阴阴绿树，老红三数。底事东风犹自妒，片片狂飞乱舞。便燕懒、莺残初起。芍药荼蘼还又是，仗何人、说与司花女。将岁月，浪如许。　悠悠倦客停江渚，寄扁舟、浮云荡月，棹烟帆雨。留得闲言闲语在，可是卿卿记取。待尽把、愁肠说与。泛梗浮萍无定准，怕吴鳞、楚雁成离阻。歌未了，恨如缕。

吴　潜　　　　贺新郎·丁巳岁寿叔氏

未是全衰暮，但相思、昭亭数曲，水村烟墅。只比儿儿额上寿，尚有时光如许。况坎子、常交离午，须信火龙能陆战，更驱他、水虎蟠沧浦。昆仑顶，时飞度。　东皇蓦向昆仑遇，道如今、金阶玉陛，待卿阔步。犹恐荆人攀恋切，未放征帆高举。怕公去、狐狸嗥舞。江汉一时谁作者，想声声、赞祝明良聚。天下久，望霖雨。

吴　潜　　　　贺新郎·和翁处静桃源洞韵

拍手阑干外，想回头、人非物是，不知何世。万事情知都是梦，聊复推迁梦里。也幻出、云山烟水。白白红红虽褪尽，尽倡条、浪蕊皆春意。时可醉，醉扶起。　瀛洲旧说神仙地，奈江南、猿啼鹤唳，怨怀如此。三五阿婆涂抹遍，多少残樱剩李。又过雨、亭皋初霁。惭愧故人相问讯，但一回、一见苍颜耳。谁念我，鷦鷯志。

吴　潜　　　　贺新郎·再和

宇宙原无外，问当年、渠缘底事，强逃人世。争似刘郎栽

种后，长恁玄都观里。何用羡、武陵溪水。一见桃花还一笑，领春工、千古无穷意。儿女恨，且收起。　　洞中空阔多闲地，但人间、羊肠九折，未能知此。我已衰翁君渐老，那复颠张醉李。看翻覆、雨阴风霁。捱得清和时候了，舣扁舟、只待归来耳。惟处静，解吾志。

吴　潜　　　　贺新郎·三和

了却儿痴外，撰园林、亭台馆榭，谩当吾世。红楯朱桥相映带，人在百花丛里。更依约、垂杨衬水。桧柏芙蓉橙桂菊，也还须、收拾秋冬意。闲坐久，忽惊起。　　繁华寂寞千年地，便渊明、桃源记在，几人知此。双手上还银菟印，趁得东风行李。看鄮岭、鄞江澄霁。从此归欤无一欠，但君恩、天大难酬耳。嗟倦鸟，投林志。

吴　潜　　　　贺新郎·和赵丞相见寿

雪鬓难重绿，但翛然、黄庭境界，抱藏龟六。也向无何乡里去，白堕舟边漾渌。算种种、尘缘都足。争那名缰犹系绊，尽辜他、猿鹤双溪曲。时又夏，暑将溽。　　虚舟飘瓦何烦歜，奈羊肠、千歧万折，近来纯熟。怅望老仙烟水外，惟把江云送目。想裴墅、碧梧金竹。安得结庐相近傍，买闲田、数亩躬耕筑。已梦断，大槐国。

吴　潜　　　　贺新郎·燕子呢喃语

夜来梦游一所，园林台榭甚饰，数羽流在焉。余与语，相酬酢，有言诗者，有言词者。须臾，以酒见酌。中有一人举令云：各和古词一首。且目余云：相公和叶石林睡起流莺语。余素熟此词成诵，遂援笔赓之，掷笔而寤。枕上记忆，不遗一字，亦异矣。以词意详之，余三上丐归之疏，君父其从欲乎。因录呈同官诸丈，恐可为他时一段佳话云

燕子呢喃语，小园林、残红剩紫，已无三数。绿叶青枝成步障，空有蜂旋蝶舞。又宝扇、轻摇初暑。芳沼拳荷舒展尽，便回头、乱拥宫妆女。惊岁月，能多许。　　家山占断凫鸥渚，最相宜、岚烟水月，雾云霏雨。三岛十洲虽铁铸，难把归舟系取。且放我、渔樵为与。从此细斟昌歜酒，况神仙洞府无邀阻。何待结，长生缕。

吴潜 贺新郎·碧沼横梅屋

因梦中和石林贺新郎，并戏和东坡乳燕飞华屋

碧沼横梅屋，水平堤、双双翠羽，引雏偷浴。倚户无人深院静，犹忆棋敲嫩玉。还又是、朱樱初熟。手绾提炉香一炷，黯消魂、伫立阑干曲。闲转步，数修竹。　新来有个眉峰蹙，自王姚、后魏都褪，只成愁独。风带鸾钗宫样巧，争奈腰圈倦束。谩困倚、云鬟堆绿。淡月帘栊黄昏后，把灯花、印约休轻触。花烬落，泪珠簌。

吴潜 贺新郎·和刘自昭俾寿之词

宝扇驱纤暑，又凄凉、蒲觞菰黍，异乡重午。巧索从来无人系，惟对榴花自语。也何用、讴秦舞楚。生愧孟尝挽一日，叹三千、客汗挥成雨。如伯始，谩台傅。　循环浩劫无终古，但坤牛、乾马抽换，是长生谱。安得笺天天便许，归炼金翁木父。问海运、争如穴处。一笑流行还坎止，算陈陈、往事俱灰土。南墅鹤，相思主。

吴潜 贺新郎·玩月

汲水驱炎热，晚些儿、披衣露坐，待他凉月。俄顷银盘从海际，推上璇霄璧阙。尽散作、满怀冰雪。万里河潢收卷去，掩长庚、弧矢光都灭。一大片，琉璃揭。　玉兔捣药何时歇，几千年、阴晴隐现，团圆亏缺。月缺还圆人但老，重换朱颜无诀。想旧日、嫦娥心别。且吸琼浆斟北斗，尽今来、古往俱休说。香茉莉，正清绝。

吴潜 贺新郎·月绽浮云里

月绽浮云里，未须臾、长风扫荡，碧空如水。谁在冰壶玉界上，眇视征蛮战蚁。便弃掷、尘寰脱屣。绨葛清泠襟袖冷，露华浓、暗袭人肌理。和酷暑，争些气。　谯楼漏转三更二，夜沉沉、经星纬宿，换垣移市。万籁渐生秋意思，时节那堪屈指。奈投老、未酬归计。矫首高天天不应，忽林梢、睡鹊惊飞起。同一梦，我与尔。

吴潜 贺新郎·和惠检阅惜别

晚打西江渡，便抬头、严城鼓角，乱烟深处。无限珠玑双

手接，颇觉奚囊暴富。强载月、空舟回去。劝子不须忧百草，四周维、自著灵鳌柱。亘今古，只如许。　　杭州直北还乡路，想山中、猿呼鹿啸，鹭翔鸥舞。尽道翁归真个也，只怕颜容非故。愿从此、耕云钓雨。盘谷幽深空谷杳，但书来、时寄相思句。千里外，镇延伫。

平江妓　　　贺新郎·送太守

春色元无主，荷东君、著意看承，等闲分付。多少无情风与浪，又那更、蜂欺蝶妒。算燕雀、眼前无数。纵使帘栊能爱护，到如今，已是成迟暮。芳草碧，遮归路。　　看看做到难言处，怕宣郎、旌旗轻转，易歌襦袴。月满西楼弦索静，云蔽昆城阆府。便恁地、一帆轻举。独倚阑干愁拍碎，惨玉容、泪眼如红雨。去与住，两难诉。

此首别作卢祖皋词

李曾伯　贺新郎·甲申代亲庭送崔菊坡出蜀

万里归朝去，倚江亭、绿波碧色，一川晴絮。赢得威名留草木，玉垒雪山高处。未应减、平淮裴度。见说金瓯书字久，待公来、便作商岩雨。休忘却，蜀都赋。　　旌旗回首春城暮，听樯头、飞燕似把，人情低诉。两两三三鸥鹭里，拍拍船儿一羽。算惟有、清芬载取。百万人家儿样恋，恨柳风、不为留连住。离梦绕，沙堤路。

李曾伯　　贺新郎·己丑为亲庭寿

满酌荆州酒，望莱庭、斑衣拜祝，俾吾亲寿。玉水雪楼游宦地，近访甘棠依旧。逢父老、颂声盈口。争道蜀边劳数载，也真宜、略伴云横岫。小儿辈，任成否。　　东皋十月梅开后，想亲朋、团栾一笑，从容觞豆。塞上弓刀成底事，不过腰金如斗。算不直、渊明株柳。只恐鲸鲵无计取，更须烦、绿野持竿手。看勋业，国长久。

李曾伯　贺新郎·庚戌和薛制参赋雪韵

将谓霏微雨，恍朝来、虚檐生白，寒侵冒絮。拟和盐花凌谢韫，巧思翻成金注。谁寄我、雪车冰柱。酿熟羊羔炉拥兽，羡画楼、金帐调宫羽。人应共，回风舞。　　围场校猎淮云

暮，记当时、银杯缟带，网禽罝兔。老去不禁鞍马力，独对愁吟似甫。问一棹、剡溪何处。愿与铁衣春解戍，把梁园、旧话供儿语。孤梅外，梦魂度。

李曾伯　　　贺新郎·再和

才过黄花雨，问长堤、依依万柳，未春何絮。一目河山银幻出，惊诧夜光流注。巍观矗、玉为云柱。风卷寒芦迷过雁，渺沧波、莫认沙鸥羽。千万蝶，空中舞。　　霸桥寂寞前溪暮，耸诗肩、霜裘拥貉，月毫挥兔。记得梅奴曾索笑，解佩如逢交甫。今孤垒、寒烟深处。休说鹅池平蔡事，庆新年、一稔欢相语。持大白，勿虚度。

李曾伯　　贺新郎·辛亥初度自赋

幸得闲中趣，问何为、倏逾桂岭，重来荆渚。唤醒门前弧矢梦，钩月相辉初度。谩羞听、军中鼙鼓。马上弓刀成底事，仅平明、旆入襄州去。能不愧，古羊杜。　　此生何以酬明主，怅新来、鬓毛添白，衰容如许。三万貔貅齐贾勇，好为一清狐兔。看柳色、大堤如故。世事付之杯酒外，那棋边、得失都休语。来共看，雁儿舞。

李曾伯　贺新郎·送静斋堂召，和朔斋韵

岭蜀天涯路，忆前年、担簦西上，旌麾南去。谁谓潇湘还解后，重对灯前笑语。挺乔木、森森犹故。梅外柳边官事了，记牢之、曾著元戎府。聊访问，旧游处。　　酒边不用伤南浦，为郫亭、百年门户，正烦宗主。见说君王方旰食，借箸哺应为吐。这官职、二郎须做。若见时贤询小阮，愿早携、袯襫耕春雨。嗟矍铄，恐迟暮。

李曾伯　贺新郎·再用韵助静斋之入告

日近长安路，喜骖鸾、带簪游戏，弓旌招去。闻道汉朝帷幄里，要问娵隅蛮语。嗟时事、尚兹多故。办取忠谋宜入告，见石洪、曾在乌公府。须细访，风寒处。　　左荆右岭中湘浦，愿扶持、东南温厚，老天张主。翘馆钦贤人共说，一饭每勤三吐。公此去，好官须做。从臾泾舟同共济，更绸缪、桑土先阴雨。灭此虏，直朝暮。

李曾伯　　贺新郎·丁巳初度自赋

老作星沙守，问今年、平头六十，翁还知否。暑葛霜砧都历遍，还著回旋舞袖。奚所用、皤然一叟。欲觅金丹驻颜色，纵铁鞋、踏破终无有。空自诧，不龟手。　西风又近中秋候，记相将、桂华开未，月儿圆又。弧矢四方男子事，争奈灰心也久。何以报、国恩深厚。了却官痴归去好，有竹窗、蓬户生涯旧。姑一笑，付杯酒。

李曾伯　　贺新郎·自和前韵

问讯南州守，怅吾生、今非昔比，后犹今否。涉尽风涛凭个甚，一瓣心香在袖。人竞说、顽哉此叟。识破荣途皆幻境，只形骸、已累它何有。姑勉尔，应之手。　休烦太卜勤占候，怕漂零、江湖易老，光阴难又。兔魄初生人初度，期共婵娟长久。赖此月、于人犹厚。燕颔封侯非我事，早携书、归卧吾庐旧。渝此约，有如酒。

李南金　　贺新郎·感怀

流落今如许，我亦三生杜牧，为秋娘著句。先自多愁多感慨，更值江南春暮。君看取、落花飞絮。我有吹来穿绣幌，有因风、飘坠随尘土。人世事，总无据。　佳人命薄君休诉，若说与、英雄心事，一生更苦。且尽樽前今日意，休记绿窗眉妩。但春到、儿家庭户。幽恨一帘烟月晓，恐明年、雁亦无寻处。浑欲倩，莺留住。

李昴英　　贺新郎·陪广帅方右史登越台

绣谷流明帜，稳飞舆、茵柔草碧，盖欹松翠。遨首意行穷绝顶，彩榭千年胜地。远峰断、莽苍烟水。护日晴云收午暑，飒长风、振叶生秋思。笼雾炷，飘霞袂。　清明官府歌棠芾，且萧闲事外，下看玉城珠市。山色骄人逢此客，麈尾霏霏露碎。一笑又、羊衔新穗。田野欢声和气合，唤艑船、猛为鱼占喜。谁会得，醉翁意。

李昴英　　贺新郎·饯广帅马方山赴召

世羡官高大，又谁知、几多卿相，身荣名坏。我辈相逢无

愧色，彼此苍颜健在。又容易、分携越海。写出阳关离别恨，看一行、雁字斜飞界。天下宝，愿自爱。　　白衣苍狗须臾改，久冥心、鸡虫得失，鹖鹏迟快。君带貂蝉头上立，老我荷衣草带。肯此膝、向人雅拜。远饯元非趋炎者，二十年、相与形骸外。义金石，更坚耐。

李昴英　　贺新郎·谁种蓝田玉

同年顾君景冲云翼经属官舍白莲盛开，招饮水亭

谁种蓝田玉，碧云深、亭亭月上，水明溪曲。羞作时妆儿女态，冷淡冰餐露沐。出尘外、风标幽独。除了留侯无此貌，便何郎、傅粉终粗俗。意凝远，韵清淑。　　凉台向晚微风馥，讶银杯羽化，折取戏浮醽醁。安得梅花如许大，天遣辟除暑溽。浑不觉、鹭翘鸥浴。可恨妖妃污太液，只东林、社友追游熟。宜夜看，灿瑶烛。

李昴英　　贺新郎·赋菊

细与黄花说，是天教、开遇重阳，玉裁金屑。老行要寻松竹伴，雅爱山翁鬓雪。任满插、追陪节物。惟是渊明吾臭味，傍东篱、盘薄芳丛撷。便无酒，也清绝。　　芒寒色正孤标洁，惯平生、餐霜饮露，倚风迎月。不比芙蓉偏妩媚，不比茱萸太烈。似隐者、萧闲岩穴。至老枝头犹健在，笑纷纷、红紫尘沙汩。香耐久，看晚节。

李昴英　　贺新郎·饯广东吴宪燧时持节宪江西

元日除书湿，到而今、西风老矣，驾轺初入。自是龙颜深注想，孤凤翔而后集。久父老、攀留原隰。庾岭经行梅亦喜，小奚奴、背底惟诗笈。冰雪操，又谁及。　　昨来容易风云翕，便三台两地，也只等闲如拾。天马不鸣凡马喑，百步何如五十。况汹汹、波涛方急。此去一言回天力，著高高、百尺竿头立。浇磊块，快鲸吸。

李昴英　　贺新郎·再用韵饯吴宪

过雨璇空湿，浩秋香、光浮桂菊，晓风吹入。柳系牙樯应小驻，草草还成胜集。又追趁、牡车原隰。照座玉人风骨耸，想胸蟠、蕊阙琳琅笈。真作者，世难及。　　远山云雾工开

翕，共朱阑徙倚，总好锦囊收拾。老我只今才思涩，知二争如知十。戛金缕、檀敲休急。访古夷犹行八境，忆朝阳、鸣凤台端立。笔也醉，砚池吸。

李昴英　　贺新郎·丙辰自寿、游景泰小隐作

天地中间大，纵遨游、登山临水，散人一个。学易已来秋又六，肯趁名缰利锁。得日日、安闲笑过。金马玉堂也曾到，尽不妨、拍手溪头坐。风箬笠，月兰舸。　　今朝记是初生我，近小春、黄菊犹葩，早梅将朵。拔宅危巅穷胜践，指点尘寰蚁磨。看涧底、飞泉珠颗。松柏苍苍俱寿相，更千年、雪鹤鸣相和。安期老，举杯贺。

吴文英　　贺新郎·湖上有所赠

湖上芙蓉早，向北山、山深雾冷，更看花好。流水茫茫城下梦，空指游仙路杳。笑萝障、云屏亲到。雪玉肌肤春温夜，饮湖光、山渌成花貌。临涧水，弄清照。　　著愁不尽宫眉小，听一声、相思曲里，赋情多少。红日阑干鸳鸯枕，那枉裙腰褪了。算谁识、垂杨秋袅。不是秦楼无缘分，点吴霜、羞带簪花帽。但殢酒，任天晓。

吴文英　　贺新郎·为德清赵令君赋小垂虹

浪影龟纹皱，蘸平烟、青红半湿，枕溪窗牖。千尺晴霞慵卧水，万叠罗屏拥绣。漫几度、吴船回首。归雁五湖应不到，问苍茫、钓雪人知否。樵唱杳，度深秀。　　重来趁得花时候，记留连、空山夜雨，短亭春酒。桃李新栽成蹊处，尽是行人去后。但东阁、官梅清瘦。欸乃一声山水绿，燕无言、风定垂帘昼。寒正悄，䌷吟袖。

万俟绍之　　贺新郎·秣陵怀古

决眦入飞鸟，正江南、梅雨初晴，乱山浮晓。凤去台空箫声断，惟有疏林鸦噪。但空锁、吴时花草。指点中原青山外，奈征尘、迷望愁云绕。佳丽地，谩凝眺。　　清风助我舒长啸，问其中、虚帘曲槛，阅人多少。风景不殊江山在，况是英雄未老。且拚与、尊前一笑。欲说前朝兴亡事，唤谪仙、来共传清醥。归路晚，月明照。

翁　合　　　贺新郎·寿蔡参政

世事今如许，只先生、寿身寿国，尚堪撑拄。一脉宽仁忠厚意，留到如今可数。问谁是、擎天一柱。名节难全官职易，这娥眉、肯效争妍妒。几而作，色斯举。　　沧州万顷舟横渡，对和风、桃花流水，一蓑烟雨。亲得紫阳传正印，且作斯文宗主。世望皋夔伊傅。天意须酬平治愿，抚参同、一卷长生谱。平治了，仙为侣。

王　庚　　贺新郎·寿蔡久轩参政，癸丑生

满劝黄封酒，是年年、春色长绕，径花宫柳。碧水丹山添清气，岁月兰亭癸丑。看枢极、光腾台斗。细数中书堂壁记，自欧韩、富范题名后，还有似、我公否。　　好知天意生贤候，正造化安排，孕出五阳之秀。何物一阴犹踯躅，尽决还公只手。这一著、邦家之寿。宰相时来须教做，算人间、是处鱼羹有。名与节，久轩久。

黄　昇　　贺新郎·题双溪冯熙之交游风月之楼

倦整摩天翼，笑归来、点画亭台，按行泉石。落落元龙湖海气，更著高楼百尺。收揽尽、水光山色。曾驾飙车蟾宫去，几回批、借月支风敕。斯二者，惯相识。　　玲珑窗户青红湿，夜深时、寒光爽气，洗清肝膈。似此交游真洒落，判与升堂入室。有万象、来为宾客。不用笙歌轻点涴，看仙翁手搦虹霓笔。吟思远，两峰碧。

黄　昇　　　贺新郎·风送行春步

乙巳正月十月，双溪携酒遗蜕亭，桃花方开，主人浩歌酌客，欢甚，即席作此

风送行春步，渐行行、山回路转，入云深处。问讯花梢春几许，半在诗人杖屦。点点是、祥烟膏露。中有瑶池千岁种，整严妆、来作巢仙侣。相妩媚，试凝伫。　　风流座上挥谈麈，更多情、多才多调，缓歌金缕。趁取芳时同宴赏，莫惜清樽缓举。有明月、随人归去。从此一春须一到，愿东君、长与花为主。泉共石，闻斯语。

黄　昇　　　　贺新郎·菊

莫恨黄花瘦，正千林、风霜摇落，暮秋时候。晚节相看元不恶，采采东篱独秀。试揽结、幽香盈手。几劫修来方得到，与渊明、千载为知旧。同冷淡，比兰友。　柴桑心事君知否，把人间、功名富贵，付之尘垢。不肯折腰营口腹，一笑归欤五柳。怅此意、而今安有。若得风流如此老，也何妨、相对无杯酒。诗自可，了重九。

黄　昇　　　　贺新郎·梅

自扫梅花下，问梢头、冷蕊疏疏，几时开也。间者阔焉今久矣，多少幽怀欲写。有谁是、孤山流亚。香月一联真绝唱，与诗人、千载为嘉话。余兴味，付来者。　清癯不恋华亭榭，待与君、白发相亲，竹篱茅舍。喜甚今年无酒禁，溜溜小槽压蔗。已准拟、雪天霜夜。自醉自吟仍自笑，任解冠、落佩从嘲骂。书此意，寄同社。

柴　望　　　　贺新郎·满酌西湖酒

满酌西湖酒，觉湖山、依然未老，游人如旧。数过清明才六日，欲暖未晴时候。正画舫、春明波透。记得名园曾驻马，锦鞍鞯、浅映堤桥柳。寻胜赏，重回首。　不妨旋摘枝头有，喜青青、垂丸带子，脆圆如豆。想是和羹消息近，报与醉翁太守。道玉铉、有人启奏。红药当阶明似锦，觉娇莺、舞燕皆称寿。唱此曲，付红袖。

陈　著　　　　贺新郎·次韵戴时芳

北马飞江过，画图中、花城柳郭，万摧千挫。羌管直惊猿鹤梦，愁得千山翠锁。有多少、风餐雨卧。回首西湖空溅泪，醉沉沉、轻掷金瓯破。平地浪，如何弹。　君家志气从来大，舞蓝袍、牵丝幕外，肯饶他个。谁料腥埃妨阔步，孤瘦依然故我，待天有情时须可。且占雪溪清绝处，看精神、全是梅花做。嫌暖饱，耐寒饿。

王义山　　　　贺新郎·乙亥春题雁荡山

雅有登山癖，觉老来、尚可跻攀，浪游蹑屐。险怪巉峣称雁荡，争秀群山第一。更耸出、穹崖千尺。景物深藏长谷里，

最上龛，水凿时冲激。硉矹处，巨□石。　　地生天作谁能识，睹江山如故，恨无一时人物。灵运当年为太守，佳处都曾游历。独不见、此山脚迹。风月直须人管领，怎不移、石壁题岩壁。今且著，老夫笔。

王义山　　贺新郎·自贺生孙丙戌四月

自笑斟醽醁，作皤然一老，逍遥东湖湖曲。好事爆然来子舍，报道生孙新浴。算天也、从人所欲。万事足虽缘有子，见孙时、万事方为足。诗礼脉，今有续。　　吾家本是山阴族，见生来、风神稍秀，足娱吾目。吾子吾孙同此月，日月才争五六。喜听得、欢声满目。愚鲁聪明天所赋，只无灾无难为多福。且愿汝，书勤读。

刘之才　　贺新郎·忆鹤

苍藓黏溪路，帐山君、倏然羽化，梦魂何许。曾约秋云萦客袖，舞傍吟皋砚坞。矫清唳、裂穿云宇。江碧空濛无处问，问孤山、梅底人知否。烟夜永，耿心语。　　瑶华一去成幽阻，倚修篁、抱琴愁绝，天寒日暮。城郭悲歌华表恨，此事销凝千古。有招隐、小山能赋。蕙帐空兮谁夜怨，算课骚、读易俱凄楚。步深窈，堕松露。

姚　勉　　贺新郎·京学类申时作

剑吼蛟龙怒，问苍天、功名两字，几时分付。生个英雄为世用，须早青云得路。却底事、知音未遇。两度入天飞折翼，谩教人、欲叹儒冠误。竟不晓，是何故。　　休休天也无凭据，有如椽健笔，蟾宫须还高步。若使长材终困踬，社稷谁教扶助。信浅水、留龙不住。万顷洪流通大海，向波涛、阔处兴云雾。须信道，这回做。

姚　勉　　贺新郎·京学类申后作

长啸山中卧，叹从前、二十年来，因循空过。自是惺惺并了了，奈这五行尚左。遇好事、许多磨挫。浩荡醉乡狂莫检，算傍人、笑得唇焦破。谁信道，只恁么。　　从今牢把江湖舵，要做些勋业，归来则个。不见彭余朱李辈，总是白身人作。震耀得、声名许大。万一老天青眼顾，又何难、印佩黄金

颗。时来到，也还我。

姚 勉　　贺新郎·及第作

尝不喜旧词所谓“宴罢琼林，醉游花市，此时方显男儿志”，以为男儿之志，岂止在醉游花市而已哉。此说殊未然也，必志于致君泽民而后可，尝欲作数语易之而未暇。癸丑叨忝误恩，方圆前话，以为他日魁天下者之劝，非敢自炫也。夫以天子之所亲擢，苍生之所属望，当如之何而后可以无负之哉。友人潘月崖首求某书之，是其志亦不在彼而在于此矣，故书不敢辞。是年一阳来复之日，姚某书

月转宫墙曲，六更残、钥鱼声亮，纷纷袍鹄。黼坐临轩清跸奏，天仗缀行森肃。望五色、云浮黄屋。三策忠嘉亲赐擢，动龙颜、人立班头玉，胪首唱，众心服。　殿头赐宴宫花簇，写新诗、金笺竞进，绣床争蹙。御渥新沾催进谢，一点恩袍先绿。归袖惹、天香芬馥。玉勒金鞯迎夹路，九街人、尽道苍生福。争拥入，状元局。

姚 勉　　贺新郎·送杨帅参之任

唱彻阳关调，伴行人、梅拂征鞍，晓霜寒峭。金甲雕戈开玉帐，尊俎风流谈笑。看策马、从容江表。自是药阶苔砌客，卷经纶、且泛芙蓉沼。襟量阔，江面小。　允文事业从容了，要岷峨人物，后先相照。见说君王曾有问，似此人才多少。便咫尺、云霄清要。四世三公毡复旧，况蜀珍、先已登廊庙。但侧耳，听新诏。

姚 勉　　贺新郎·送易子炎运干之任

冷眼三边处，喜舍人、水滨跃马，上京西路。三国英雄千载矣，形胜依然如故。这勋业、向谁分付。袖里翰林风月手，也何妨、戮力风寒护。谈笑暇，诗吟虏。　岘山几载无人顾，幸如今、剪除荆棘，扫清氛雾。换得东南新局面，政欠十分著数。算人物、须还羊杜。玉帐筹边机会好，把规模、赶出中原去。天下事，书生做。

姚 勉　　贺新郎·忆别

薄晚收残暑，叹西风、暗换流年，又还如许。鸦背斜阳初

敛影，云淡新凉天宇。人袖手、阑干凝伫。邻笛唤将乡思动，听秋声、又入梧桐雨。秋到也，尚羁旅。　　故人只在江南渚，想应嫌、久恋东华，软红尘土。寄远裁衣知念否，新月家家砧杵。魂梦想、鹅黄金缕。雁影不来天更远，写书成、欲寄凭谁与。知客恨，两蛩语。

文及翁　　贺新郎·西湖

一勺西湖水，渡江来、百年歌舞，百年酣醉。回首洛阳花世界，烟渺黍离之地。更不复、新亭堕泪。簇乐红妆摇画艇，问中流、击楫谁人是。千古恨，几时洗。　　余生自负澄清志，更有谁、磻溪未遇，傅岩未起。国事如今谁倚仗，衣带一江而已。便都道、江神堪恃。借问孤山林处士，但掉头、笑指梅花蕊。天下事，可知矣。

牟　巘　　贺新郎·寿洪云岩

云拥油幢碧，眷蓬莱、宿缘一纪，竟须公出。上界清高仙地位，耿耿为民还切。此自是、平生愿力。雨后新飙凉如濯，喜湖山、千里皆生色。便乘此，问阊阖。　　殷勤好与摩铜狄，炯精神、依然未老，鹤标龟息。造物生贤非无意，偏近中元时节。试记取、平园莱国。况有盘洲当家样，酉年秋、拾级升枢极。继盛事，看今日。

何梦桂　　贺新郎·和邵清溪自寿

世事浑无定，问人间、翻来覆去，阿谁能忍。海怒惊涛山相拍，选甚鱼龙不任。看今古、英雄销尽。坐对青山闲白日，付长江、流送千年恨。天有意，唯何甚。　　待将洗耳泉边枕，正梅花、霜寒月白，斗回西柄。自寿一觞花前醉，醉弹彩幡金胜。笑儿辈、汾阳中令。倚遍层楼阑干曲，慨乾坤、渺渺青云影。无限事，尊前兴。

何梦桂　　贺新郎·再用韵伤春

花落风初定，倚危阑、衷情欲愬，踌躇不忍。把酒问春春无语，吹落游尘怎任。待泪雨、红妆蔫尽。不道燕衔春将去，误啼鹃、唤起年年恨。芳草路，人愁甚。　　浮生一梦黄粱枕，且不妨、狂歌醉舞，麈谈挥柄。金谷平泉俱尘土，谁是当

年豪胜。但五柳、依然陶令。千古兴亡东流水，望孤鸿、没处残阳影。无限意，伤春兴。

何梦桂　　贺新郎·三用韵寄旧宫怨

更静钟初定，卷珠帘、人人独立，怨怀难忍。欲拨金猊添沉水，病力厌厌不任。任蝶粉、蜂黄消尽。亭北海棠还开否，纵金钗、犹在成长恨。花似我，瘦应甚。　凄凉无寐闲衾枕，看夜深、紫垣华盖，低摇杠柄。重拂罗裳蹙金线，尘满双鸳花胜。孤负我、花期春令。不怕镜中羞华发，怕镜中、舞断孤鸾影。天尽处，悠悠兴。

赵闻礼　　贺新郎·萤

池馆收新雨，耿幽丛、流光几点。半侵疏户。入夜凉风吹不灭，冷焰微茫暗度。碎影落、仙盘秋露。漏断长门空照泪，袖纱寒、映竹无心顾。孤枕掩，残灯炷。　练囊不照诗人苦，夜沉沉、拍手相亲，骙儿痴女。栏外扑来罗扇小，谁在风廊笑语。竞戏踏、金钗双股。故苑荒凉悲旧赏，怅寒芜、衰草隋宫路。同磷火，遍秋圃。

曾晞颜　　贺新郎·贺耐轩周府尹　己卯

富贵人间有，就如今、秤量阴德，还公最厚。一郡鹡鸰全似旧，春满霜畴稻亩。近帐外、干将夜吼。直指禾川弄霆雷，纵山阴、鹿健那能走。都算计，怎担负。　单车曲曲穿岩窦，向迷途、分明一呼，散渠回首。夹路香花迎拜了，见说家家举酒。道公是、再生父母。活一口还添一岁，这一回、活几千千口。只此事，是公寿。

应法孙　　贺新郎·宿雾楼台湿

宿雾楼台湿，晓清初、花明柳润，燕飞莺集。旧约重来歌舞地，留得艳香娇色。又梦草、东风吹碧。午困腾腾春欲醉，对文楸、玉子无心拾。看蝶舞，傍花立。　酒痕未醒愁先入，记年时、翠楼寒浅，宝笙慵吸。想驻马河桥分别，恨轻竹风飒烟笠。早尘暗、华堂帘隙。倚尽黄昏人独自，望江南回雁归云急。凭付与，锦笺墨。

王　奕　　贺新郎·有客过东鲁

仆过鲁，自葛水买舟，至维扬，又自扬州买舟，至孔林，登泰山，复还淮楚，往复六千里，共赋此词，括尽山川所历之妙，真所谓兹行冠平生者也

有客过东鲁，自葛水、泛舟西下，帆开三楚。万里湖光磨水镜，际五老、落星烟渚。又飞过、二姑门户。彭泽柳青新旧色，望九华、依约池阳路。风雨庙，乌江羽。　　蛾眉牛渚皆如故，问缘何、鲁港汀洲，江声无语。采石书生勋业在，吊锦袍、公子魂何处。流恨下、秦淮商女。多景楼头吟北固，笑平山堂里谁为主。且烂饮，琼花露。

王　奕　　贺新郎·醉醒琼花露

醉醒琼花露，买扁舟、邵伯津头，向秦邮去。流水孤村鸦万点，忆少游、回首斜阳树。又访著、山阳酒侣。细剔留城碑藓看，上歌舞、一啸江东主。望凫峄，过邹鲁。　　孔林百拜瞻茔墓，历四阜、少皞之墟，大庭之库。竟涉汶河登泰岱，候清光，夜半开玄圃。迤逦问、东平归路。蚩冢黄花吟笑罢，下新州，醉白楼头赋。复淮楚，寻故步。

王　奕　　贺新郎·帆卸西湾侧

舟下匡庐，因感己未岁侍谢虚舟游山，江空岁晚，物换星移，如之何而不感。遂赋此呈燕五峰

帆卸西湾侧，望康庐、老峰面目，旧曾相识。岁岁滔滔江浪远，回首暮云空碧。今想见、发痕全白。眠鹿矶头茅屋烂，问草堂、谁管真泉石。还更有，青牛迹。　　老峰点首如招客，道十年、玉斗窗间，两成疏觌。赢得老夫谙阅世，不作少年太息。看雨余、依旧青山色。汶上归来重过我，最峰头、新长芝堪摘。分半席、共横笛。

王　奕　　贺新郎·金陵怀古

金陵流峙，依约洛阳，惜中兴柄国者巽，皆入床下，遂使金瓯甑堕，惜哉

决眦斜阳里，品江山、洛阳第一，金陵第二。休论六朝兴废梦，且说南浮之始。合就此、衣冠故址。底事轻抛形胜地，

把笙歌、恋定西湖水。百年内，苟而已。　纵然成败由天理，叹石城、潮落潮生，朝昏知几。可笑诸公俱铸错，回首金瓯瞥徙。漫浣了、紫云青史。老媚幽花栖断础，睇故宫、空拊英雄髀。身世蝶，侯王蚁。

王　奕　　贺新郎·惆怅秦淮路

秦淮观斗舟有感，追和思远楼

惆怅秦淮路，慨当年、商女谁家，几多年数。死去方知亡国恨，尚激起、浪花如语，应不为、黍峰蒲缕。花隔青溪胭井湿，又谁省、此时情绪。云盖拥，翠阴午。　汨罗无复灵均楚，到如今、荃蕙椒兰，尽成禾黍。疑是豨龙穿王气，遗恨六朝作古。□留与、浮歌载酺。天外长江浑不管，也无春无夏无晴雨。流岁月、滔滔去。

王　奕　　贺新郎·题扬州琼花观

试问司花女，是何年、培植琼葩，分来何谱。禁苑岂无新雨露，底事刚移不去，偏恋定、鹤城抔土。却怕杏花生眼觑，先廿年、和影无寻处。遗草木，悴风雨。　看花老我成迟暮，绕阑干、追忆沉吟，欲言难赋。根本已非枝叶异，谁把赝苗裨补。但认得、唐人旧句。明月楼前无水部，扣之梅、梅又全无语。询古柏，过东鲁。

蒲寿宬　　贺新郎·赠铁笛

铁笛穿花去，问长安、市上生涯，而今何似。破帽青衫尘满面，不识何人共语。且面壁、听风□雨。惟我虚中元识破，笑人间，日月无停杼。名与利、莫轻许。　人生穷达皆天铸，试灯前、为问灵龟，劝君休怒。心肯命通元有数，何幸知音记取。季主也、应留得住。百岁光阴弹指过，算伯夷、盗跖俱尘土。心一寸，人千古。

刘　鉴　　贺新郎·贺臞翁倅生曾孙

曾作莺迁贺，道玉皇、久敕薇垣，分君星颗。只待好年好时日，约束东风吹堕。到今日、看来真个。恰好丁年翁七十，五云间、太乙吹藜火。青一点，杉溪左。　太翁阴骘天来大，后隆山、层一层高，层层突过。簪绂蝉联孙又子，眼里人

家谁那。算只有、臞翁恁么。孙陆机云翁卫武，便履声、毡复尚书坐。拚几许，犀钱果。

刘　壎　　贺新郎·催花呈赵云舍

办著春游费，奈狂风吹寒，禁定满城花事。天暝云深时度雨，院落秦筝未试。倩谁趱、杏娇桃媚。韶色三停今过一，只淡黄杨柳装愁思。芳径滑，绣窗闭。　　玉炉闷炷香温被，忆去年、匆匆胜赏，梦沉烟水。遥望秋千新彩索，难把旧痕重系。待暖入、香红十里。别拥双鸾迎素月，教明年、不恨今憔悴。莺共燕，汝知未。

刘　壎　　贺新郎·答赵清远见寄韵

莫笑刘郎老，老刘郎平生，不是山林怀抱。梦里风云翻海岳，觉后狂歌坠帽。叹几度、荒鸡误晓。天际晴云开五色，纵今年、意气犹年少。机事远，有时到。　　凯歌檄笔凭谁道，对村中、一溪流水，半林斜照。赖有可人堪话旧，时共掀髯绝倒。也来问、衮衣茸帽。聊且问天占百岁，看乾坤、此事如何了。肠断处，春城草。

刘　壎　　贺新郎·醉里江南路

醉里江南路，问梅花、经年冷落，几番烟雨。玉骨冰肌终是别，犹带孤山瑞露。想蕴藉、和羹风度。万紫千红嫌妒早，羡仙标、岂比人间侣。聊玩弄，六花舞。　　云寒木落山城暮，忽飘来、暗香万斛，春浮江浦。茅舍竹篱词客老，拟傍东风千树。看好月、亭亭当午。流水村中清浅处，称横斜疏影相容与。时索笑，想应许。

赵必瑑　　贺新郎·和陈新渌观竞渡韵

绣口琅玕腹，美人兮、阳春一曲，华貂难续。唤醒荷花归棹梦，犹忆红尘迷目。只消得、乌飞兔逐。往事已随流水去，眇愁予、郁郁哀时俗。恨千缕，泪一掬。　　不须青史流芳馥，也不须、荣华富贵，尊前频祝。但得山中茅屋在，莫遣鹤悲猿哭。随意种、荼薇蹢躅。莼菜可羹鲈可鲙，听渔舟、晚唱清溪曲。醉又醒，唤芳醁。

赵必瑑　　　贺新郎·寿陈新渌

寿酒浮萸菊，记年年、重阳嘉节，开尊华屋。绿鬓朱颜春不改，彼美人兮如玉。有锦绣、珠玑满腹。户外红尘飞不到，受人间、倒大清闲福。数花甲，才八六。　十分秋色呈新绿，一簇儿、池馆亭台，左梅右竹。柳下系船花下饮，不减西园金谷。更橘外、安排棋局。独立小桥明月夜，唤莺莺、低唱双飞曲。有子也，万事足。

赵必瑑　　　贺新郎·低唱芙蓉菊

生朝新渌用前韵见赠，再依调答之

低唱芙蓉菊，有吟翁、坐拥红娇，宴黄金屋。恰则绂麟三日后，灿灿晬盘珠玉。不待梦、燕怀枫腹。自是嫦娥分桂种，伴灵椿、千岁延清福。回笑我，龟藏六。　归欤老圃锄春绿，吾菟裘、三径荒苔，一庭瘦竹。欲隐贫无山可买，聊尔徜徉盘谷。更管甚、云台玉局。紧闭柴门传语客，道主人、高枕南窗曲。有酒蟹，此生足。

赵必瑑　　贺新郎·用张小山韵贺小山纳妇

沙上盟鸥鹭，笑吟翁、梦今不到，草堂深处。金屋重重春睡暖，傍翠偎香步步。已自摘、蟠桃三度。旧日画眉情性在，更君房、妙绝文章语。消受得，乘鸾侣。　楼中燕燕谁家住，又从新、移根换叶，栽花千树。第一信风春事觉，莫遣绿羞红污。早早做、阑干遮护。天上姻缘千里合，喜乘槎、先入银河路。人似玉，衣金缕。

黎廷瑞　　　贺新郎·落星寺

帆影斜阳里，与芦花、分风飞过，落星遗此。瓦老苔荒钟鼓陋，斑剥残碑无几。想此处、阅人多矣。天上白榆犹落去，况人间、一瞬浮花蕊。问五老，笑而已。　仙翁当日曾挥麈，拍阑干、浩歌音响，振鱼龙耳。九十余年无人问，遗韵半江烟水。慨宇宙、风涛如许。安得六丁移此石，去横身、作个中流砥。长唱罢，冥鸿起。

李　震　　　贺新郎·题高克恭夜山图

楼据湖山背，倚高寒、尘飞不到，越山相对。老月腾辉群

动息，独坐清分沆瀣。更满听、潮声澎湃。醉里诗成神鬼泣、景苍凉、又在新诗外。浑忘却、功名债。　　凭谁妙笔能图绘，羡中郎、前身摩诘，宛然心会。拈出清宵无限意，半幅溪藤光怪。方信有、人间仙界。云淡天低奇绝处，笑僧殊、未识丹青在。留此轴，夸千载。

陈　纪　　　贺新郎·听琵琶

趁拍哀弦促，听泠泠、弦间细语，手间推覆。莺语间关花底滑，急雨斜穿梧竹。又涧底、松风簌簌。铁拨鲲弦春夜永，对金钗钟乳人如玉。敲象板，剪银烛。　　六幺声断凉州续，怅梅花、岁晚天寒，佳人空谷。有限弦声无限意，沦落天涯幽独。顿唤起、闲愁千斛。贺老定场无处问，到如今、只鼓昭君曲。呼羯鼓，泻醽醁。

曹休斋　　　贺新郎·海棠次刘草窗韵

旧事凭谁诉，记锦宫、初试秾妆，前身天女。玉辇行春娇侍夜，浴殿温泉轻注。一点点、猩红啼吐。绣幄篝香春睡足，细温存，怕遣惊风雨。春梦散，黯凝伫。　　韶华寂寞今何许，想故宫、柳亦凝愁，倚栏停舞。欲趁啼鹃归月下，可奈川回山阻。倩万里、鹄来衔子。工部无诗虽结恨，道无香、更恨痴人语。拌绝艳，付黄土。

詹无咎　　　贺新郎·端午

梅子黄时雨，对幽窗、依依抱独，几多愁绪。润逼琴丝无雅韵，难续文园旧旨。头白尽、相如谁顾。燕子楼空尘又锁，望天涯、不寄红丝缕。嗟往事，且休语。　　伤情当日斑衣舞，更宫衣、香罗乍带，九天繁露。一寸草心迎永日，更把葵心自许。怎料有、风摧雨妬。惹起灵均千古恨，转凄凉、更不成端午。拚小醉，读骚句。

曹稽孙　　　贺新郎·题江心

极目天如画，水花中、涌出莲宫，翠楹碧瓦。胜景中川金焦似，勒石□□□□。尚隔浦、风烟不跨。妖蜃自降真歇手，涨平沙、妙补乾坤罅。双寺合，万僧夏。　　东西塔影龙分挂，夜无云、点点一天，星斗相射。七十二滩声到海，括橹瓯

帆上下。泣不为、琵琶声哑。故寝荒凉成一梦，问来鸥、去鹭无知者。烟树湿，怒涛打。

蒋 捷　　贺新郎·秋晓

渺渺啼鸦了，亘鱼天、寒生峭屿，五湖秋晓。竹几一灯人做梦，嘶马谁行古道。起搔首、窥星多少。月有微黄篱无影，挂牵牛、数朵青花小。秋太淡，添红枣。　愁痕倚赖西风扫，被西风、翻催鬓鬒，与秋俱老。旧院隔霜帘不卷，金粉屏边醉倒。计无此、中年怀抱。万里江南吹箫恨，恨参差、白雁横天杪。烟未敛，楚山杳。

蒋 捷　　贺新郎·约友三月旦饮

雁屿晴岚薄，倚层屏、千树高低，粉纤红弱。云隘东风藏不尽，吹艳生香万壑。又散入、汀蘅洲药。扰扰匆匆尘土面，看歌莺、舞燕逢春乐。人共物，知谁错。　宝钗楼上围帘幕，小婵娟、双调弹筝，半霄鸾鹤。我辈中人无此分，琴思诗情当却。也胜似、愁横眉角。芳景三分才过二，便绿阴、门巷杨花落。沽斗酒，且同酌。

蒋 捷　　贺新郎·吴江

浪涌孤亭起，是当年、蓬莱顶上，海风飘坠。帝遣江神长守护，八柱蛟龙缠尾。斗吐出、寒烟寒雨。昨夜鲸翻坤轴动，卷雕翚、掷向虚空里。但留得，绛虹住。　五湖有客扁舟舣，怕群仙、重游到此，翠旌难驻。手拍阑干呼白鹭，为我殷勤寄语。奈鹭也、惊飞沙渚。星月一天云万壑，览茫茫、宇宙知何处。鼓双楫，浩歌去。

蒋 捷　　贺新郎·梦冷黄金屋

梦冷黄金屋，叹秦筝、斜鸿阵里，素弦尘扑。化作娇莺飞归去，犹认纱窗旧绿。正过雨、荆桃如菽。此恨难平君知否，似琼台、涌起弹棋局。消瘦影，嫌明烛。　鸳楼碎泻东西玉，问芳悰、何时再展，翠钗难卜。待把宫眉横云样，描上生绡画幅。怕不是、新来妆束。彩扇红牙今都在，恨无人、解听开元曲。空掩袖，倚寒竹。

蒋　捷　　贺新郎·兵后寓吴

深阁帘垂绣，记家人、软语灯边，笑涡红透。万叠城头哀怨角，吹落霜花满袖。影厮伴、东奔西走。望断乡关知何处，羡寒鸦、到著黄昏后。一点点，归杨柳。　　相看只有山如旧，叹浮云、本是无心，也成苍狗。明日枯荷包冷饭，又过前头小阜。趁未发、且尝村酒。醉探枵囊毛锥在，问邻翁、要写牛经否。翁不应，但摇手。

蒋　捷　　贺新郎·乡士以狂得罪，赋此饯行

甚矣君狂矣，想胸中、些儿磊魂，酒浇不去。据我看来何所似，一似韩家五鬼。又一似、杨家风子。怪鸟啾啾鸣未了，被天公、捉在樊笼里。这一错，铁难铸。　　濯溪雨涨荆溪水，送君归、斩蛟桥外，水光清处。世上恨无楼百尺，装著许多俊气。做弄得、栖栖如此。临别赠言朋友事，有殷勤、六字君听取。节饮食，慎言语。

蒋　捷　　贺新郎·弹琵琶者

妾有琵琶谱，抱金槽、慢捻轻抛，柳梢莺妒。羽调六幺弹遍了，花底灵犀暗度。奈敲断、玉钗纤股。低画屏深朱户掩，卷西风、满地吹尘土。芳事往，蝶空诉。　　天天把妾芳心误，小楼东、隐约谁家，凤箫鼍鼓。泪点染衫双袖翠，修竹凄其又暮。背灯影、萧条情互。捐佩洲前裙步步，渺无边、一片相思苦。春去也，乱红舞。

蒋　捷　　贺新郎·题后院画像

绿堕云垂领，背琵琶、盈盈袖手，粉闲红靓。依约春游归来倦，又似春眠未醒。滟寒泚、低迷蓉影。莺带松声飞过也，柳窗深、尚记停针听。魂浩荡，孤芳景。　　金钗断股瓶沉井，问苏城、香销卷子，倩谁题咏。灯晕青红残醉在，小院屏昏帐暝。误瞋怪、眉心慵整。人道真真招得下，任千呼万唤无言应。空对此，泪花冷。

蒋　捷　　贺新郎·隐括杜诗

绝代幽人独，掩芳姿、深居何处，乱云深谷。自说关中良

家子，零落聊依草木。世丧败、谁收骨肉。轻薄儿郎为夫婿，爱新人、窕窈颜如玉。千万事，风前烛。　　鸳鸯一旦成孤宿，最堪怜、新人欢笑，旧人哀哭。侍婢卖珠回来后，相与牵萝补屋。漫采得、柏枝盈掬。日暮山中天寒也，翠绡衣、薄甚肌生粟。空敛袖，倚修竹。

陈　深　　　贺新郎·丹凤翔云表

寿黄春谷，时自南州过浙右相宅，合卺有期，适逢寿日

丹凤翔云表，览德辉、翩然飞下，翠蓬仙岛。银汉无声天似水，昨夜新凉多少。听一曲、琼箫音渺。千尺秦台凌空峻，见一双、翠羽先飞到。披紫雾，揽瑶草。　　风流别乘当英妙，对江山、掀髯把酒，浩歌长啸。绿发公侯何足浼，自是无双才调。况槐荫、青青天杪。月殿姮娥云深处，近清秋、丹桂催开早。斟绿醑，戴花帽。

梁明夫　　贺新郎·寿吕道山四十九岁

万里朝天去，见浔阳江上，风引仙舟淮浦。到得玉阶方寸地，历历苍生辛苦。要尽活、江南一路。昼绣归来沾御渥，听邦人、箫鼓迎初度。龟与鹤，亦掀舞。　　前身定是磻溪吕，笑当时、八十始卜，非熊非虎。试数行年逢革卦，革命正逢汤武。真千载、风云会遇。拟向庐山招五老，诣道山、同献蓬莱赋。仍剪菊，荐秋露。

咏　槐　　　贺新郎·代寿东屏

绿长阶蓂九，近黄钟、薰晴爱日，渐添宫绣。乾鹊檐头声声喜，催与东屏祝寿。怪一点、星明南斗。玉燕当年储瑞气，记垂弧、共醉蓬莱酒。无杰语，为觞侑。　　英风耿耿拿云手，向青春、蟾宫已步，桂香盈袖。却要诗书成曲糵，酝酿锦心绣口。待匣里、青萍雷吼。今日功名乘机会，笑谈间、首入英雄彀。看父子，继蓝绶。

黄子行　　　贺新郎·冰箸

开遍寒梅萼，正东皇、排酥砌玉，幻成楼阁。十万琼琚仙女队，来趁春光游乐。向醉里、玉簪轻落。零乱不知何处去，甚人间、一夜东风恶。吹起在，画檐角。　　参差向晓森如

削，似吴姬、妆残粉指，向人垂著。好似西园春笋瘦，红锦绷儿乍剥。且莫遣、儿童敲却。拟办羔儿香瓮酒，唤刘叉、来醉尊前约。吟好句，再描摸。

邵桂子　　贺新郎·文总管之清江任

新雨黄花路，看清江、旌旗千骑，使君东去。万里归来城头角，吹彻家山旧处。惜洲鹭、留君不驻。白发遗民壶觞语，笑浣花邻里来襦袴。夸见早，恨来暮。　故人只在山中住，记年时、肠断相望，天风海雨。满鬓星星华发少，君鬓尚今青否。休夸说、神仙官府。玉笥平生清入梦，会有时、乘兴携吾侣。就君醉，为君舞。

彭子翔　　贺新郎·童养合卺

一点阳春小，傍妆台、梅梢粉嫩，桃花红透。合卺尊前人笑语，银烛两行红衤卜。云正暖、流苏香兽。金屋阿娇元共贮，待玄霜、杵就方成偶。□□□，□□□。　西园扑蝶春风早，看浮花、浪蕊飞尽，娟娟闺秀。柳带菖蒲堪绾结，只绾同心未就。算今夜、心都同了。待阙鸳鸯情似海，锦衾温、说到鸡声晓。头白也，镇相守。

伍梅城　　贺新郎·贺李簿生孙

甲子头春雨，知老天、净洗荆扬，十年烟雾。夜半堕中星一颗，飞下五云深处。帝亲敕、六丁呵护。须信斯人为世瑞，非人龙、定是文中虎。关世道，系天数。　此儿殊怕人惊顾，况当家、廷评为祖，大中为父。料想廷评公一笑，笑对大中共语。应自把、小程夸取。会见九州熙白日，做状元、宰相荣门户。年正少，四亲具。

伍梅城　　贺新郎·贺李廉泉螟兄月岩子为子

梦到天宫里，见长庚星颗，忽自月边飞至。直奏玉皇金阙道，臣已五年于此。今亦欲、过宫一次。福禄寿星齐赞叹，过宫时、须过廉泉位。帝首肯，从他意。　朝来鹊送檐前喜，闻廉泉、似是紫岩，螟蛉兄子。是子南轩人物样，功业行看相似。岂同祖、同闻而已。细把所闻详所梦，想天文、实应人间事。况真是，长庚李。

伍梅城　　贺新郎·刘快轩新居

上界神仙府，谁移来、登瀛堂畔，五云深处。江水一弓山万朵，竹外梅花千树。看都入、高人庭户。南北两厅相对起，要门前、便是浮岚路。依暖翠，开吟圃。　　莺迁喜奉高堂母，向销金帐下，坐看秦歌赵舞。唐宋几年名阀阅，到此步高一步。君听取，邦人庆语。多少朱门随世化，独眼前、突兀新如许。真个是，擎天柱。

丁几仲　　贺新郎·贺人妾生子

喜溢蟾宫梦，起推衣、平章窦桂，湿鸦飞动。果报佳音传络秀，丹穴雏生彩凤。想孔释、亲来抱送。不羡徐卿秋水澈，试闻声、识破真英种。培杞梓，待时用。　　当年绛帐承新宠，问何如归来，碧荷香重。都是刘郎看承处，多少温柔怂恿。会起我嘉宾钦竦。左氏公羊，从初所学，看家传、声誉今腾涌。拚醉舞，与谁共。

碧　虚　　贺新郎·寿毕府判

衮衮登台阁，问诸公、谁讲谁明，诗书礼乐。前日毕星光焰里，有一濂渠伊洛。被翠玉、江山占却。天下国家多少事，好人才、半刺东南角。当路者，欠商榷。　　寿杯端拜深深酌，把寻常、祝颂芜词，一时删削。引饮莱公同鼎轴，共定澶渊一著。二百载、无人能学。文简毕公真事业，非先生之托谁之托。龟鹤舞，蛟龙跃。

勿　翁　　贺新郎·端午　和前韵

庭外潇潇雨，对空山、再度端阳，悄无情绪。旧日文君今瘦损，寻旧曲、不成腔谱，更不周郎回顾。尚喜庭萱春未老，捧蒲觞、细细歌金缕。儿女醉，笑还语。　　醉余更作婆娑舞，又谁知、灵均心事，菊英兰露。最苦当年哀郢意，因甚夫君未许。却枉使、蛾眉见妒。荏苒章台才十载，笑关河、失报应旁午。愁读到，楚辞句。

张明中　　贺新郎·卓荦欧阳子

卓荦欧阳子，是江山、毓秀钟灵，异才间世。恰则韶光三

月暮，蓂叶尧阶有四，正天启、悬弧盛事。金鸭亭亭书云篆，散非烟、南极真仙至。来为尔，荐嘉瑞。　神清洞府丹书字，拥笙歌、绮席高张，更罗珠翠。个里长春人不老，仙籍玉环暗记。但判取、酶酶沉醉。拟作新诗八千首，待一年、一献称俾尔。耆而艾，昌而炽。

无名氏　　贺新郎·为东阃赵先生寿

天意扶炎宋，为吾皇、维衡岳孕，长沙星梦。社稷勋庸天地窄，不数智名功勇。要自有、胸中妙用。擎着东南天一柱，看边民、买犊归耕种。官职易，此身重。　黄封已见传宣送，却春来、洪钧初转，紫枢归拱。岁岁玉楼春嘿处，慧质明妆环拥。正弟劝、兄酬欢纵。一寸丹心坚似铁，待磨崖、勒就浯溪颂。龙尾道，接天踵。

无名氏　　贺新郎·隐括东坡后赤壁

步自雪堂去，望临皋、将归二客，从余遵路。木叶萧萧霜露降，仰见天高月吐。共对影、行歌频顾。月白风清如此夜，叹无肴、有酒成虚度。闻薄暮，网罾举。　归而斗酒谋诸妇，便携鳞载酒，相从旧追游处。断岸横江寻赤壁，不复江山如故，但放舟、中流容与。客去冥然方就睡，梦蹁跹、羽衣揖余语。相顾笑、遂惊寤。

无名氏　　贺新郎·寿刘宰

四海文章伯，自雪堂人老，有谁当得。余子纷纷何足数，除是壶中仙客。况夺得、秋光清彻。笔下诗成愁鬼魅，更千军、侍帐看飞檄。须信道，万人杰。　胸襟浩荡乾坤窄，向楼东吟笑，壮心谁识。直渡黄河擒颉虏，吐尽平生奇策。终不负、雄姿英发。闻说九重飞紫诏，想鸣珂、早晚朝天阙。鸿鹄举，楚天阔。

无名氏　　贺新郎·生日自寿

官职从他大，官大时、烦恼偏多，不如到我。我有数间临水屋，随分田园些个。也薄有、新蔬时果。浊酒三杯棋一局，对花前、时抱添丁坐。闲觅句，唱仍和。　年年生日人争贺，谩相期、黄扉紫闼，玉堂青琐。一日平章风月事，奉保永

无期祸。只如此、有何不可。阁箸相疑真可笑，政事堂、日里如何□。似恁地，待则么。

无名氏　　　贺新郎·赵娶温氏

路入蓝桥境，忆当年、云英来会，玄霜捣尽。争似温公风流婿，一笑欢传玉镜。便胜似、琼浆玉饮。自是振振佳公子，冰肌玉骨相辉映。一对儿，好厮称。　　夜深银烛交红影，雀屏开、凤帷拥绣，鸳衾铺锦。雨意云情应多少，梦到巫山一枕。好语向、耳边频听。但愿来春青云路，管一枝、青桂嫦娥近。闻早寄，凤楼信。

无名氏　　　贺新郎·贺鹊冰檐绕

贺鹊冰檐绕，伴华堂、两催妆束，音传青鸟。瑞气沉烟金鸭袅，脆管繁弦迭奏。拥出个、仙娥窈窕。秋水芙蓉相映照，算人间、天上真希少。肌玉润，臂金瘦。　　仙郎况是青春调，向鸳鸯、彩丝结就，同心巧。料想梅花先得了，昨夜一枝开早。无地著、许多欢笑。准拟计台魁鹗表，著青衫、跃马长安道。一百岁，一双好。

无名氏　　　贺新郎·瑞霭笼晴晓

瑞霭笼晴晓，正小春时候，和气十分缭绕。月姊精神还窈窕，甚似星郎年少。同共入、蓬莱仙岛。鸾凤锵锵风缥缈，算一双、两好真奇妙。天上有，世间少。　　桥门名姓掀张了，更那堪、榜下新婚，才名表表。便好相成勤夙夜，莫使脱簪遗笑。且早趁、青春才调。向去功名成就后，到恁时节风流好。胜今日，登科小。

无名氏　贺新郎·庆新婚又生日　四月廿七

鸾凤初成匹，想桃源、刘郎仙女，新欢稠密。昨夜文星从天降，孕作非凡器质。却正属、梅黄时日。三九良辰佳气蔼，听重重相贺欢声溢。又复见，嘉宾集。　　满堂笑语罗筵席，道称觞、宴尔双庆，有谁能及。好事鼎来惬人意，看看功名在即。况先得、凤楼消息。祈遂与君偕老愿，劝樽前且饮长生液。增福寿，至千□。

无名氏　贺新郎·庆生日子纳妇　九月十六

喜动神仙屋，正三秋、长空月满，又逾一宿。传道垂弧当此日，缘是蓝田生玉。更子舍、新归婉淑。好事重重欣逢遇，合称觞、宴席倾醽醁。拚一醉，欢娱足。　桃源庆婿歌新曲，想蓬莱、仙洞又献，长生真箓。看一点、老人照耀，牛女莱庭祝福。合长幼、芝兰满目。总向来秋高折桂，麻衣换取蓝袍绿。永遇乐，食天禄。

无名氏　贺新郎·张县尹美任

父老持杯水，叹世间、公论无情，是非易位。来饯花封贤令尹，籍籍攀辕耳语。留不住、青原抚字。蓦地风波平地起，算十常、八九乖人意。无处著，不平气。　浩然一曲歌归去，问城郭田园，曾荒尤未。亲旧过从同一笑，不羡浮云富贵。任造物、小儿厮戏。失马安知非是福，况庙庭、侑祀方思魏。天定也，诏书至。

无名氏　贺新郎·黄州赤壁

苏子秋七月，向凉宵、扁舟与客，共游赤壁。清吹徐来波不动，举酒诵诗属客。白露与、水光相接。万顷茫茫风浩浩，飘飘乎、遗世而独立。棹兰桨，溯空阔。　正襟危坐而言曰，客知夫、天地之间，久长无物。惟有清风与明月，万古用之不竭。寓耳目、为声为色。客笑欣然重酌酒，忽盘肴既尽杯狼藉。□□□，东方白。

无名氏　贺新郎·十月临皋暮

十月临皋暮，客从予、黄泥之坂，凛然霜露。相与行歌而言曰，月白风清如许。念无酒、归谋诸妇。妇曰斗酒藏之已久，可携为、赤壁之游否。江水落，出洲渚。　登龙踞虎幽宫俯，啸一声、山鸣谷应，寂寥四顾。有鹤东来西去也，梦道士、揖予而语。赤壁之游乐乎否，问其名、不答予惊悟。开户视，不知处。

贺新凉

即《贺新郎》。因苏轼词中有“晚凉新浴”句，故又名《贺新凉》。详见《贺新郎》条。

张　榘　　贺新凉·寿壑相母夫人

萸菊香凝雾，记重阳、才经三日，帨悬朱户。紫殿玉垣称寿斝，潋滟琼花清露。正万里、尘清淮浦。地宝从来标瑞应，甚新曾、秀出金芝树。正此处，诞申甫。　　人间小住千秋岁，画堂深、彩侍怡声，慈颜笑语。况是加恩封大国，锦诰鸾翔凤舞。便娱侍、鱼轩沙路。御果金泥宣晓宴，卷宫帘、争看元台母。家庆事，耀今古。

张　榘　　贺新凉·送刘澄斋制干归京口

匹马钟山路，怅年来只解，邮亭送人归去。季子貂裘尘渐满，犹是区区羁旅。谩空有、剑锋如故。髀肉未消仪舌在，向樽前、莫洒英雄泪。鞭未动，酒频举。　　西风乱叶长安树，叹离离、荒宫废苑，几番禾黍。云栈萦纡今平步，休说襄淮乐土。但衮衮江涛东注。世上岂无高卧者，奈草庐、烟锁无人顾。笺此恨，付金缕。

张　榘　　贺新凉·襟度天为侣

次拙逸刘直孺维扬客中贺新凉韵

襟度天为侣，价平生、放浪江湖，浮云行住。倒挽峡流归笔底，衮衮二并四具。何尚友、沧波鸥鹭。藻黻皇猷君能事，况贤书、两度登天府。急著手，佐明主。　　晴风一舸来瓜步，剪灯花、樽酒论诗，顿忘羁旅。逗晓蛮笺传金缕，一片瑰词绮语。甚独茧、抽成长绪。当代壑翁文章伯，定不教、弹铗轻辞去。留共济，孤舟渡。

李廷忠　　贺新凉·寿制帅董侍郎

濯锦江头路，望祥云、密拥旌幢，初开天府。冰露壶中秋玉莹，不著人间烦暑。现物表、神仙风度。回首太清宫阙杳，是鸣珂簪笔遨游处。舟万斛，却西诉。　　筹边堂上兵无数，

笑当年、蜀山谅将，夜分旗鼓。听取今朝宣阃令，洗尽蛮烟塞雾。便催唤、衮衣归去。运应河清逢岳诞，办中兴事业须申甫。看岁岁，寿觞举。

俞国宝　　贺新凉·梅

梦里骖鸾鹤，觉三山不远，依前海风吹落。浮到五湖烟月上，刚被梅香醉着。粲玉树、轻明疏薄。十万琼琚天女队，捧冰壶、玉液琉璃杓。来伴我，荐清酌。　恍然梦断浑非昨，问溪边竹外，新来为谁开却。无限冰魂招不得，拟把离骚唤觉。待抖擞、红尘双脚。万里瑶台终一到，想玉奴、不负东昏约。留此恨，寄残角。

吴　泳　　贺新凉·宣城寿季永弟

碧嶂青江路，近重阳、不寒不暖，不风不雨。杜宇花残银杏过，犹有秋英未吐。但日对、南山延伫。碧落仙人骑赤鲤，渺风烟、不上瞿塘去。来伴我，宛陵住。　西风画角高堂暮，炙银灯、疏帘影里，笑呼儿女。爷作嘉兴新太守，团拜鹗书天府。况哥共、白头相聚。天分从来钟至乐，更谁思、野鸭鸳鸯语。提大斗，酌寒露。

吴　泳　　贺新凉·送游景仁赴夔漕

额叩龙墀苦，对南宫、春风侍女，掉头不顾。烽火连营家万里，漠漠黄沙吹雾。莽关塞、白狼玄兔。如此江山俱破碎，似输棋、局满枰无路。弹血泪，迸如雨。　轻帆且问夔州戍，俯江流、桑田屡改，阵图犹故。抱此孤忠长耿耿，痛恨年华不与。但月落、荒洲绝屿。君与鹤山皆人杰，倘功名、到手还须做。平滟滪，洗石鼓。

叶路钤　　贺新凉·寿吴权郡

共审挽七日之书云，西方生妙喜佛；占四明之福地，南极现老人星。人歌海沂之康，天锡河沙之算。太守与我同理，已传趣诏之音；丈夫何以假为，伫看即真之拜。某方忻御李，幸际生申。敬翻贺新凉之腔，虔致归朝欢之祝

伛指循良吏，只吴公、传不书名，一人而已。仿佛三生来展骥，就种棠阴千里。又还是、治平为最。绣线渐添红日影，恰挽前、七日冬书至。吾道长，佛出世。　公清但酌螺川

水，屏星躔次吴头，极星先比。节谊家声香国史，中有千秋生意。宜衮衮、公侯昌炽。充育登庸元有样，况甬东、一脉山东气。珠峰畔，又呈瑞。

李曾伯　　贺新凉·巧夕雨，不饮，啜茶而散

可恨经年别，正安排、剖瓜植竹，拟酬佳节。应为犁锄机杼懒，天遣阿香磨折。翻一饷、廉纤凄切。寂寞金针红线女，枉玉箫、吹断秦楼月。清漏静，楚天阔。　　东皋且愿三农悦，任从渠、鹊桥蛛网，一番虚设。挽取天河聊为我，尽洗西风残热。休懊恼、云生巫峡。底用乞灵求太巧，看世人、弄巧多成拙。姑止酒，命茶啜。

李曾伯　　贺新凉·甲寅春闻襄寇退

晓听平安报，信荆州、古今形胜，金汤天造。落日岘山陈迹在，依旧大堤芳草。叹紫塞、黄尘未扫。水合水生来又去，赖胡雏、犹畏熊当道。薇柳戍，甚时了。　　乞身屡上笺天表，感恩深、丁宁帝语，许同方召。自愧黔驴无伎俩，桑土绸缪盍早。空手袖、剑锋懊恼。要鲙鲸鲵封京观，愿汉廷用壮臣年老。毋更取，仲华笑。

李曾伯　　贺新凉·自和酬书院诸丈

梦觉闻鸡报，问岘边、晋家城郭，旧邦新造。谁遣平明旌旆入，人说当年草草。犹幸把、腥埃俱扫。对越老苍方寸在，任酋渠、远度龙堆道。还又过，一春了。　　少年意气轻三表，到如今、名惭小范，功卑前召。赖有把茅归去是，乘此抽身须早。何苦受、天来烦恼。报国丹忠虽未泯，奈长卿已病文渊老。聊把酒，仰天笑。

方　岳　　　贺新凉·别吴侍郎

吴时闲居，数夕前梦枯梅成林，一枝独秀

霜月寒如洗，问梅花、经年何事，尚迷烟水。梦著翠霞寻好句，新雪阑干独倚。见竹外、一枝横蕊。已占百花头上了，料诗情、不但江山耳。春已逗，有佳思。　　一香吹动人间世，奈何地、丛篁低碧，巧相亏蔽。尽让春风凡草木，便做云根石底。但留取、微酸滋味。除却林逋无人识，算岁寒、只是天知己。休弄玉，怨迟暮。

方　岳　　贺新凉·戊戌生日用郑省仓韵

问讯江南客，怕秋崖、苔荒诗屋，云侵山屐。留得钓竿西日手，梦落鸥傍鹭侧。倩传语、溪翁将息。四十飞腾斜暮景，笑双篷、一懒无他画。惟饱饭，散轻策。　世间万事知何极，问乾坤、待谁整顿，岂无豪杰。水驿山村还要我，料理松风竹雪。也不学、草颠诗白。自有春蓑黄犊在，尽诸公、宝马摇金勒。容我辈，醉云液。

方　岳　　贺新凉·寄两吴尚书

雁向愁边落，渺汀洲、孤云细雨，暮天寒角。有美人兮山翠外，谁共霜桥月壑。想朋友、春猿秋鹤。竹屋一灯棋未了，问人间、局面如何著。风雨夜，更商略。　六州铁铸从头错，笑归来、冰鲈堪鲙，雪螯堪嚼。莫遣孤舟横浦溆，也怕浪狂风恶。且容把、钓纶收却。云外空山知何似，料清寒、只与梅花约。逋老句，底须作。

方　岳　　贺新凉·戊申生日

一笑君知否，笑当年、山阴道士，行歌樵叟。五十到头公老矣，只可鹭朋鸥友。便富贵、何如杯酒。好在归来苍崖底，想月明、不负携锄手。谁共酌，翦霜韭。　乾坤许大山河旧，几多人、剑倚西风，笔惊南斗。俯仰之间成陈迹，亡是子虚乌有。渺烟草、不堪回首。隔坞筑亭开野径，尽一筇、两屦山前后。春且为，催花柳。

方　岳　　贺新凉·天意然乎否

己酉生日，用戊申韵。时自康庐归，犹在道也

天意然乎否，待相携、风烟五亩，招邀迂叟。屋上青山花木野，尽可两朋三友。笑老子、只堪棋酒。似恁疏顽何为者，向人前、不解高叉手。宁学圃，种菘韭。　春猿秋鹤皆依旧，怪吾今，鬓已成丝，胆还如斗，谁与庐山麾之去，尔辈何留之有。黯离绪、暮江搔首。非我督邮犹束带，这一归、更落渊明后。君试问，长亭柳。

魏庭玉　　贺新凉·赠送行诸客

暮雨初收霁，凭阑干、一江新绿，远山凝翠。漠漠春阴添

客思，怅望天涯无际。又猛省、平生行止。楚尾吴头多少恨，付吟边、醉里消磨矣。浮世事，只如此。　　阳关三叠徒劳耳，也何须、琵琶江上，掩青衫泪。一斗百篇乘逸兴，要借青天为纸。儿辈诧、龙蛇飞起。今夜月明呼酒处，待明朝、酒醒帆千里。且为我，唱新制。

李　演　　贺新凉·多景楼落成

笛叫东风起，弄尊前、杨花小扇，燕毛初紫。万点淮峰孤角外，惊下斜阳似绮。又婉娩、一番春意。歌舞相缪愁自猛，卷长波、一洗空人世。闲热我，醉时耳。　　绿芜冷叶瓜州市，最怜予、洞箫声尽，阑干独倚。落落东南墙一角，谁护山河万里。问人在、玉关归未。老矣青山灯火客，抚佳期、漫洒新亭泪。歌哽咽，事如水。

姚　勉　　贺新凉·窗月梅花白

窗月梅花白，夜堂深、烛摇红影，绣帘垂额。半醉金钗娇应坐，寒处也留春色。深意在、四弦轻摘。香坞花行听啄木，翠微边、细落仙人屐。星盼转，趁娇拍。　　人间此手真难得，向尊前、相逢有分，底须相识。愁浅恩深千万意，惆怅故人云隔。怕立损、弓鞋红窄。换取明珠知肯否，绿窗深、长共春怜惜。休恼乱，坐中客。

陆象泽　　贺新凉·送灵山冯可久通守浔阳

笛唤春风起，向湖边、腊前折柳，问君何意。孤负梅花立晴昼，一舸凄凉雪底。但小阁、琴棋而已。佳客清明留不住，为匡庐、只在家窗里。湓浦去，两程耳。　　草堂旧日谈经地，更从容、南山北水，庾楼重倚。万卷心胸几千古，仰首骎骎紫气。正江上、风寒如此。且趁霜天鲈鱼好，把貂裘、换酒长安市。明夜去，月千里。

石　麟　　贺新凉·寿处州刘守

一骑飞来速，报平山、将颁凤检，宠分符竹。自是平淮勋名在，姓字屏风纪录。正欲革、潢池风俗。古括久思贤太守，待东山、一起苍生福。唐李段，追芳躅。　　横舟竹下凭青

鹿，庆生朝、称觞蔼蔼，履珠簪玉。争奈回溪民望切，计日带牛佩犊。便合早、秣驺脂毂。圣眷处公犹未惬，俟朱幡、才下锋车趣。符已兆，台星六。

吴编修　　　　贺新凉·自寿

出处男儿事，甚从前、说著渊明，放高头地。点检柴桑无剩粟，未肯低头为米。算此事、非难非易。三十年间如昨日，秀才瞒、撰到专城贵。饱共暖，已不翅。　　旁人问我归耶未，数痴年、平头六十，更须三岁。把似如今高一著，更好闻鸡禁市。总不似、长伸脚睡。六月荷风芗州路，北螺山、别是般滋味。今不去，视江水。

娇木笪

调见《曲律》卷四引《乐府浑成》宋无名氏词。单调，二十八字。四句、三仄韵。只无名氏一词。

无名氏　　　　娇木笪·酒入愁肠

酒入愁肠，谁信道、都做泪珠儿滴。又怎知道恁他忆，再相逢、瘦了才信得。

结带巾

双调，五十二字。上片六句、四仄韵，下片六句、三仄韵。因宋无名氏词首句为“头巾带，谁理会”句，故名。

无名氏　　　　结带巾·头巾带

头巾带，谁理会。三千贯赏钱，新行条例。不得向后长垂，与胡服相类。　　法甚严，人尽畏。便缝阔大带，向前面系。和我太学先辈，被人呼保义。

绕池游

调见《乐府雅词》。双调，七十二字，上下片各八句、

五仄韵。此调只无名氏一词。

无名氏　　绕池游·渐春工巧

渐春工巧，玉漏花深寒浅。韶景变、融晴蕙风暖。都门十二，三五银蟾光满。瑞烟葱茜，禁城阆苑。　棚山雉扇，绛蜡交辉星汉。神仙籍、梨园奏弦管。都人游玩，万井山呼欢抃。岁岁天仗，愿瞻凤辇。

绕池游慢

调见韩淲《涧泉词》。其词为题咏西湖看荷而作，故以“绕池游”为调名。双调，一百零四字，上下片各十句、四平韵。此调系韩淲自度腔，只韩淲一词。

韩　淲　　绕池游慢·荷花好处

赵倅游濠，作绕池游慢，约同赋

荷花好处，是红酣落照，翠蔼余凉。绕郭从前无此乐，空浮动、山影林篁。几度薰风晚，留望眼、立尽濠梁。谁知好事，初移画舫，特地相将。　惊起双飞属玉，萦小楫冲岸，犹带生香。莫问西湖西畔□，□九里、松下侯王。且举觞寄兴，看闲人，来伴吟章。寸折柏枝，蓬分莲实，徒系柔肠。

绕佛阁

调见周邦彦《清真乐府》。双调，一百字，上片十一句、八仄韵，下片九句、六仄韵。

周邦彦　　绕佛阁·旅情

暗尘四敛，楼观迥出，高映孤馆。清漏将短，厌闻夜久，签声动书幔。桂华又满，闲步露草，偏爱幽远。花气清婉，望中迤逦，城阴度河岸。　倦客最萧索，醉倚斜桥穿柳线。还似汴堤，虹梁横水面。看浪飐春灯，舟下如箭。此行重见，叹故友难逢，羁思空乱。两眉愁、向谁舒展。

吴文英　　　绕佛阁·夜空似水

与沈野逸东皋天街卢楼追凉小饮

夜空似水，横汉静立，银浪声杳。瑶镜奁小，素娥乍起、楼心弄孤照。絮云未巧，梧韵露井，偏借秋早。晴暗多少，怕教彻胆，蟾光见怀抱。　浪迹尚为客，恨满长安千古道。还记暗萤、穿帘街语悄。叹步影归来，人鬓花老。紫箫天渺，又露饮风前，凉坠轻帽。酒杯空、数星横晓。

吴文英　　　绕佛阁·赠郭季隐

茜霞艳锦，星媛夜织，河汉鸣杼。红翠万缕，送幽梦与、人闲绣芳句。怨宫恨羽，孤剑漫倚，无限凄楚。□□□□，赋情缥缈、东风飏花絮。　镜里半鬓雪，向老春深莺晓处。长闭翠阴、幽坊杨柳户。看故苑离离，城外禾黍。短藜青屦，笑寄隐闲追，鸡社歌舞。最风流、垫巾沾雨。

陈允平　　　绕佛阁·暮烟半敛

暮烟半敛，云护澹月，斜照楼馆。春夜偏短，一床耿耿，孤灯晃帏幔。玉壶漏满，天外渐觉，归雁声远。离思凄婉，重怀执手，东风翠蘋岸。　料想凤楼人，倦绣回文停彩线。憔悴泪积，香销娇粉面。叹暗老年光，隙驹流箭。梦中空见，漫惹起相思，芳意迷乱。锦笺重向纱窗展。

张　艾　　　绕佛阁·渚云弄湿

渚云弄湿，烟缕际晚，江国遥碧。鸿过无迹，怕闻野寺孤钟动凄恻。小桥路窄，疏袖暗拂衰草，愁听蛩语还寂。可堪过了，龟纱负瑶席。　荏苒露华白，一夜秋窗惊晓色。柳影孤危，残蝉空抱叶。想摇落关情，归梦频折。物华消歇，尽倒断寒塘，幽香先灭。怨红供、拒霜啼颊。

绛都春

双调数体。其一百字，上片十句、六仄韵，下片九句、

六仄韵为正体；其九十八字，上片十句、六仄韵，下片九句、六仄韵为变体；其九十八字，上片十句、四平韵、一叶韵，下片九句、四平韵、一叶韵为另一变体。

丁仙现　　绛都春·上元

融和又报，乍瑞霭霁色，皇州春早。翠幰竞飞，玉勒争驰都门道。鳌山彩结蓬莱岛，向晚色、双龙衔照。绛绡楼上，彤芝盖底，仰瞻天表。　缥缈，风传帝乐，庆三殿共赏，群仙同到。迤逦御香，飘满人间闻嬉笑。须臾一点星球小，渐隐隐、鸣鞘声杳。游人月下归来，洞天未晓。

毛　滂　　绛都春·太师生辰

余寒尚峭，早凤沼冻开，芝田春到。茂对诞期，天与公春向廊庙。元功开物争春妙，付与秾华多少。召还和气，拂开霁色，未妨谈笑。　缥缈，五云乱处，种凋菰向熟，碧桃犹小。雨露在门，光彩充闾乌亦好。宝熏郁雾城南道，天自锡公难老。看公身任安危，二十四考。

此首别作吴则礼词

吴则礼　　绛都春·余寒尚峭

余寒尚峭，早凤沼冻开，芝田春到。茂对诞期，天与公春向廊庙。元功开物争春妙，传与秾华多少。召还和气，拂开霁色，未妨谈笑。　缥缈，五云乱处，种凋胡自熟，蟠桃犹小。雨露在门，光彩充闾乌亦好。宝熏郁雾城西道，天自锡公难老。看公身任安危，二十四考。

此首别作毛滂词

吴则礼　　绛都春·韶华渐好

韶华渐好，报锦里又是，春风来早。昴宿降萧，嵩岳生申符英表。三朝幸望人倾祷，寿与长城俱老。碧油红旆，高牙大纛，一时荣耀。　娇娇，甘泉旧德，少年日，翰苑玉堂曾到。润饰帝谟，粉泽皇猷文章妙。主盟经济尊吾道，早晚促归岩庙。愿同海内苍生，伫看风诏。

赵彦端　　　绛都春·别张子仪

平生相遇，算未有、笑语闽山佳处。旧日文章，如今风味浑如许。眼前都是蓬莱路，但莫道、有人曾住。异时天上，种种风流，待君如故。　　此自君家旧物，看九万清风，为君掀举。举上青云，却忆梅花如旧否。故人衰病今无绪，只种得、梅花盈圃。待君一过山家，共斟露醑。

京　镗　　　绛都春·元宵

升平似旧，正锦里元夕，轻寒时候。十里轮蹄，万户帘帷香风透。火城灯市争辉照，谁撒□、满空星斗。玉箫声里，金莲影下，月明如昼。　　知否，良辰美景，□丰岁乐国，从来希有。坐上两贤，白玉为山联翩秀。笙歌一片围红袖，切莫遣、铜壶催漏。杯行且与邦人，共开笑口。

刘　镇　　　绛都春·清明

和风乍扇，又还是去年，清明重到。喜见燕子，巧说千般如人道。墙头陌上青梅小，是处有、闲花芳草。偶然思想，前欢醉赏，牡丹时候。　　当此三春媚景，好连宵恣乐，情怀歌酒。纵有珠珍，难买红颜长年少。从他乌兔茫茫走，更莫待、花残莺老。恁时欢笑，休把万金换了。

张　榘　绛都春·次韵赵西里游平山堂

平山老柳，寄多少胜游，春愁诗瘦。万叠翠屏，一抹江烟浑如旧。晴空栏槛今何有，寂寞文章身后。唤回奇事，青油上客，放怀樽酒。　　知不，全淮万里，羽书静，草绿长亭津堠。小队出郊，花底赓酬闲时候。和薰筹幕垂春昼，坐看蓉池波皱。主宾同会风云，盛名可久。

吴文英　绛都春·为郭清华内子寿

夷则羽，俗名仙吕调

香深雾暖，正人在、锦瑟华年深院。旧日汉宫，分得红兰滋吴苑。临池羞落梅花片，弄水月、初匀妆面。紫烟笼处，双鸾共跨，洞箫低按。　　歌管，红围翠袖，冻云外，似觉东风

先转。绣畔昼迟，花底天宽春无限。仙郎骄马琼林宴，待卷上、珠帘教看。更传莺入新年，宝钗梦燕。

吴文英　　绛都春·饯李太博赴括苍别驾

羁云旅雁，敛倦羽、寄栖墙阴年晚。问字翠尊，刻烛红笺悭曾展。冰滩鸣佩舟如箭，笑乌帻、临风重岸。傍邻垂柳，清霜万缕，送将人远。　　吴苑，千金未惜，买新赋、共赏文园词翰。流水翠微，明月清风平分半。梅深驿路香不断，万玉舞、罘罳东畔。料应花底春多，软红雾暖。

吴文英　　绛都春·题蓬莱阁灯屏，履翁帅越

螺屏暖翠，正雾卷暮色，星河浮霁。路幕递香，街马冲尘东风细。梅槎凌海横鳌背，倩稳载、蓬莱云气。宝阶斜转，冰娥素影，夜清如水。　　应记，千秋化鹤，旧华表、认得山川犹是。暗解绣囊，争掷金钱游人醉。笙歌晓度晴霞外，又上苑、春生一苇。便教接宴莺花，万红镜里。

吴文英　　绛都春·为李筼房量珠贺

情黏舞线，怅驻马灞桥，天寒人远。旋剪露痕，移得春娇栽琼苑。流莺常语烟中怨，恨三月、飞花零乱。艳阳归后，红藏翠掩，小坊幽院。　　谁见，新腔按彻，背灯暗、共倚筼屏葱茜。绣被梦轻，金屋妆深沉香换。梅花重洗春风面，正溪上、参横月转。并禽飞上金沙，瑞香雾暖。

吴文英　　绛都春·南楼坠燕

燕亡久矣，京□适见似人，怅怨有感

南楼坠燕，又灯晕夜凉，疏帘空卷。叶吹暮喧，花露晨晞秋光短。当时明月娉婷伴，怅客路、幽扃俱远。雾鬟依约，除非照影，镜空不见。　　别馆，秋娘乍识，似人处、最在双波凝盼。旧色旧香，闲雨闲云情终浅。丹青谁画真真面，便只作、梅花频看。更愁花变梨雯，又随梦散。

吴文英　　绛都春·春来雁渚

余往来清华池馆六年，赋咏屡矣，感昔伤今，益不堪怀，

乃复作此解

春来雁渚，弄艳冶、又入垂杨如许。困舞瘦腰，啼湿宫黄池塘雨。碧沿苍藓云根路，尚追想、凌波微步。小楼重上，凭谁为唱，旧时金缕。　凝伫，烟萝翠竹，欠罗袖、为倚天寒日暮。强醉梅边，招得花奴来尊俎。东风须惹春云住，□莫把、飞琼吹去。便教移取熏笼，夜温绣户。

翁元龙　绛都春·秋晚，海棠与黄菊盛开

花娇半面，记蜜烛夜阑，同醉深院。衣袖粉香，犹未经年如年远。玉颜不趁秋容换，但换却、春游同伴。梦回前度，邮亭倦客，又拈笺管。　慵按，梁州旧曲，怕离柱断弦，惊破金雁。霜被睡浓，不比花前良宵短。秋娘羞占东篱畔，待说与、深宫幽怨。恨他情淡陶郎，旧缘较浅。

陈　郁　绛都春·晴天媚晓

晴天媚晓，正禁苑乍暖，莺声娇小。柳拂玉阑，花映朱帘韶光早。熙朝多暇舒长昼，庆圣主、新颁飞诏。贻谋恩重，齐家有训，万邦仪表。　偏称宫闱欢笑，酿和气共结，天香缭绕。侍宴回车，韶部将迎金莲照。鸡鸣警戒丁宁了，但管取、咸常同道。东皇先报宜男，已生瑞草。

陈允平　绛都春·秋千倦倚

旧上声韵，今改平声

秋千倦倚，正海棠半坼，不耐春寒。殢雨弄晴，飞梭庭院绣帘闲。梅妆欲试芳情懒，翠颦愁入眉弯。雾蝉香冷，霞绡泪揾，恨袭湘兰。　悄悄池台步晚，任红薰杏靥，碧沁苔痕。燕子未来，东风无语又黄昏。琴心不度春云远，断肠难托啼鹃。夜深犹倚，垂杨二十四阑。

蒋　捷　绛都春·春愁怎画

春愁怎画，正莺背带雪，荼蘼花谢。细雨院深，淡月廊斜重帘挂。归时记约烧灯夜，早拆尽、秋千红架。纵然归近，风光又是，翠阴初夏。　娅姹，嚬青泫白，恨玉佩罢舞，芳尘凝榭。几拟倩人，付与兰香秋罗帕。知他坠策斜拢马，在底

处、垂杨楼下。无言暗拥娇鬟，凤钗溜也。

无名氏　　　　绛都春·东君运巧

东君运巧，向枝头点缀，琼英虽小。全是一般，风味花中最轻妙。横斜疏影当池沼，似弄粉、初临鸾照。众芳皆有，深红浅白，岂能争早。　　莫厌金樽频倒，把芳酒赏花，追陪欢笑。有愿告天，愿天多情休教老。奇花也愿休残了，免乐事、离多欢少。易老难叙衷肠，算天怎表。

无名氏　　　　绛都春·早梅

寒阴渐晓，报驿使探春，南枝开早。粉蕊弄香，芳脸凝酥琼枝小。雪天分外精神好，向白玉堂前应到。化工不管，朱门闭也，暗传音耗。　　轻渺，盈盈笑靥，称娇面、爱学宫妆新巧。几度醉吟，独倚栏干黄昏后。月笼疏影横斜照，更莫待、单于吹老。便须折取归来，胆瓶顿了。

艳声歌

即《太平时》，又名《添声杨柳枝》。贺铸词中有“纤纤持酒艳声歌”句，因更名《艳声歌》。详见《太平时》条。

贺　铸　　　　艳声歌·蜀锦尘香生袜罗

蜀锦尘香生袜罗，小婆娑。个侬无赖动人多，是横波。
楼角云开风卷幕，月侵河。纤纤持酒艳声歌，奈情何。

秦刷子

调见陈东《陈少阳先生文集》卷五。双调，四十六字。上下片各四句、四仄韵。

陈　东　　　　**秦刷子·谁斫碧琅玕**

谁斫碧琅玕，影撼半庭风月。尚有岁寒心在，留得数根华发。　龙孙受戏碧波涛，喜动清风发。到得浪花深处，□一瓯香雪。

秦楼月

即《忆秦娥》，因李白词中有“秦娥梦断秦楼月”句，因名《秦楼月》。又即《鹊桥仙》，明唐寅词名《秦楼月》。详见《忆秦娥》条。

毛　滂　　　　**秦楼月·月下观花**

蔷薇折，一怀秀影花和月。花和月，著人浓似，粉香酥色。　绿阴垂幕帘波叠，微风过竹凉吹发。凉吹发，无人分付，这些时节。

吴则礼　　　　**秦楼月·送别**

怅离阕，淮南三度梅花发。梅花发，片帆西去，落英如雪。　新秦古塞人华发，一樽别酒君听说。君听说，胡笳征雁，陇云沙月。

周紫芝　　　　**秦楼月·东风歇**

东风歇，香尘满院花如雪。花如雪，看看又是，黄昏时节。　无言独自添香鸭，相思情绪无人说。无人说，照人只有，西楼斜月。

向子諲　　　　**秦楼月·芳菲歇**

芳菲歇，故园目断伤心切。伤心切，无边烟水，无穷山色。　可堪更近乾龙节，眼中泪尽空啼血。空啼血，子规声外，晓风残月。

向子諲　　　　**秦楼月·虫声切**

虫声切，柔肠欲断伤离别。伤离别，几行清泪，界残红颊。　玉阶白露侵罗袜，下帘却望玲珑月。玲胧月，寒光凌乱，照人愁绝。

王之道　　秦楼月·和张文伯雪

云不卷，浇愁莫放金杯浅。金杯浅，新词丽句，要人裁剪。　　酒酣思致天同远，临风捉笔纶巾岸。纶巾岸，诗成归去，寒光照晚。

曾　协　　秦楼月·留别海陵诸公

清秋月，长空万里烟华白。烟华白，江云收尽，楚天一色。　　莼丝惹起思归客，清光正好伤离别。伤离别，五湖烟水，伴人愁绝。

韩元吉　　秦楼月·次韵陈子象

莺声寂，春风欲去难踪迹。难踪迹，几枝红药，万金消得。　　青铜镜里朱阑侧，照人也似倾城色。倾城色，一尊莫负，赏心良夕。

侯　寘　　秦楼月·与杨君孜月夜泛舟

天一色，玉槃冷浸潇湘碧。潇湘碧，短亭系缆，隔江闻笛。　　胡床对坐凉生腋，通宵说尽狂踪迹。狂踪迹，少年心事，老来难得。

赵彦端　　秦楼月·咏睡香

香蔌蔌，小山丛桂烘温玉。烘温玉，酒愁花暗，沈腰如束。　　烦君剩与阳春曲，为君细拂衾罗馥。衾罗馥，一春幽梦，与君相续。

赵彦端　　秦楼月·梅缀雪

梅缀雪，雪缀梅花肌肤惬。肌肤惬，丰恣浓态，莹如玉色。　　岁寒期约无相缺，祥花不减晴空月。晴空月，依前消瘦，还共清绝。

范成大　　秦楼月·窗纱薄

窗纱薄，日穿红幔催梳掠。催梳掠，新晴天气，画檐闻鹊。　　海棠逗晓都开却，小云先在阑干角。阑干角，杨花满地，夜来风恶。

范成大　　秦楼月·珠帘狭

珠帘狭，卷帘春院花围合。花围合，昼长人静，双双蝴蝶。　花前苦殢金蕉叶，瞢腾午睡扶头怯。扶头怯，闲愁无限，远山斜叠。

范成大　　秦楼月·香罗薄

香罗薄，带围宽尽无人觉。无人觉，东风日暮，一帘花落。　西园空锁秋千索，帘垂帘卷闲池阁。闲池阁，黄昏香火，画楼吹角。

范成大　　秦楼月·楼阴缺

楼阴缺，阑干影卧东厢月。东厢月，一天风露，杏花如雪。　隔烟催漏金虬咽，罗帏暗淡灯花结。灯花结，片时春梦，江南天阔。

范成大　　秦楼月·浮云集

浮云集，轻雷隐隐初惊蛰。初惊蛰，鹁鸠鸣怒，绿杨风急。　玉炉烟重香罗浥，拂墙浓杏燕支湿。燕支湿，花梢缺处，画楼人立。

范成大　　秦楼月·湘江碧

寒食日湖南提举胡元高家席上闻琴

湘江碧，故人同作湘中客。湘中客，东风回雁，杏花寒食。　温温月到蓝桥侧，醒心弦里春无极。春无极，明朝残梦，马嘶南陌。

陈三聘　　秦楼月·云衣薄

云衣薄，春晴自有东风掠。东风掠，试听枝上，几声干鹊。　曲屏心事新题却，离愁何用堆眉角。堆眉角，今朝莫是，打头风恶。

陈三聘　　秦楼月·花前狭

花前狭，翠茵围坐花阴合。花阴合，闲情不似，一双狂蝶。　春沟何处寻红叶，春寒料想罗衣怯。罗衣怯，午醺醒

未，翠衾重叠。

陈三聘　　　　　　秦楼月·光风薄

光风薄，杨花欲谢春应觉。春应觉，一庭红杏，粉花吹落。　　冶游无复飞红索，凭高独上湖边阁。湖边阁，黄昏独倚，画阑西角。

陈三聘　　　　　　秦楼月·青楼缺

青楼缺，楼心人待黄昏月。黄昏月，入帘无奈，柳绵吹雪。　　谁人弄笛声呜咽，伤春未解丁香结。丁香结，鳞鸿何处，路遥江阔。

陈三聘　　　　　　秦楼月·春膏集

春膏集，新雷忽起龙蛇蛰。龙蛇蛰，柳塘风快，水流声急。　　伤心有泪凭谁浥，尊前容易青衫湿。青衫湿，渡头人去，野船鸥立。

杨炎正　　　　　　秦楼月·东风寂

东风寂，垂杨舞困春无力。春无力，落红不管，杏花狼藉。　　断肠芳草萋萋碧，新来怪底相思极。相思极，冷烟池馆，又将寒食。

郭应祥　　　　　秦楼月·为陈倅寿

三月一，题舆恰届垂弧日。垂弧日，武安门外，欢声扬溢。　　双瞳炯炯头如漆，天公付与长生质。长生质，云霄稳坐，持荷簪笔。

张　侃　　　　　　秦楼月·冰肌削

冰肌削，水沉香透胭脂萼。胭脂萼，怕愁贪睡，等闲梳掠。　　花前莫惜添杯酌，五更嫌怕春风恶。春风恶，东君不管，此情谁托。

黄　昇　　　　　　秦楼月·秋夕

心如结，西风老尽黄花节。黄花节，塞鸿声断，冷烟凄月。　　汉朝陵庙唐宫阙，兴衰万变从谁说。从谁说，千年青

史，几人华发。

黎廷瑞　　秦楼月·梅花十阕之一

云根屋，东风四壁花如玉。花如玉，水仙伤婉，山矾伤俗。　高标懒趁时妆束，一丘一壑便幽独。便幽独，商山四皓，首阳孤竹。

黎廷瑞　　秦楼月·梅花十阕之二

罗浮暮，青松林下相逢处。相逢处，缟衣素袂，沉吟无语。　行云飞入瑶台路，梦回缥渺香风度。香风度，参横月落，几声翠羽。

黎廷瑞　　秦楼月·梅花十阕之三

叶叶里，一枝冷浸铜瓶水。铜瓶水，飞英簇簇，砚屏香几。　夜阑雪片敲窗纸，半衾芳梦相料理。相料理，梨花漠漠，江南千里。

黎廷瑞　　秦楼月·梅花十阕之四

春脉脉，含章檐下妆宫额。妆宫额，也还点画，村烟茅结。　人间天上俱清绝，风流大似东坡客。东坡客，玉堂如玉，雪堂如雪。

黎廷瑞　　秦楼月·梅花十阕之五

红苞拆，巡檐一笑风情别。风情别，广平空道，心肠如铁。　灞桥更有狂吟客，短鞭破帽貂裘窄。貂裘窄，瘦驴卓耳，一鞍风雪。

黎廷瑞　　秦楼月·梅花十阕之六

春来了，孤根矫树花开早。花开早，水村山郭，嫩红清晓。　陇头何处鳞鸿杳，一枝欲寄行人少。行人少，大江南岸，北风低草。

黎廷瑞　　秦楼月·梅花十阕之七

齐山顶，扫开残雪簪花饮。簪花饮，樽前人唱，暗香疏影。　枝南枝北迢迢恨，春风旧梦难重省。难重省，小窗斜月，薄醒残醒。

黎廷瑞　　秦楼月·梅花十阕之八

花孤冷，海棠聘与花应肯。花应肯，海棠只是，无香堪恨。　香无却有仙风韵，能争几日芳期近。芳期近，东风何事，不留花等。

黎廷瑞　　秦楼月·梅花十阕之九

醒人眼，一枝玉雪疏篱晚。疏篱晚，精神旷逸，风姿凝远。　幽香零乱无人管，依依春恨天涯满。天涯满，霜城戍角，月楼羌管。

黎廷瑞　　秦楼月·梅花十阕之十

幽香歇，玉龙吹彻花如雪。花如雪，小桥流水，不胜愁绝。　横梢剪入生绡墨，翠阴青子盈盈结。盈盈结，淡烟微雨，江南三月。

无名氏　　秦楼月·白鸥飞下屏山曲

□□□，□□□□□□□。□□□，□□□□，□□□□。　白鸥飞下屏山曲，行人点破秋郊绿。秋郊绿，细看重咏，怎生得足。

无名氏　　秦楼月·秋漠漠

秋漠漠，登临常羡东飞鹤。东飞鹤，一襟乡泪，为君双落。　明年不负黄花约，故人须我归舟泊。归舟泊，荆溪亭下，晚秋寒薄。

无名氏　　秦楼月·待雪

风淅淅，天容暗淡梅花白。梅花白，点酥凝粉，比君不得。　清歌飞下龙沙雪，绮疏休印蟾宫月。蟾宫月，婵娟虽好，有时圆缺。

盐角儿

又名《双调盐角儿令》。《碧鸡漫志》：“始教坊家人

市盐，于纸角中，得一曲谱翻之，遂以为名。”即此调名之由来。双调，五十字，上片六句、三仄韵、一叠韵，下片五句、三仄韵。

欧阳修　　　盐角儿·增之太长

增之太长，减之太短，出群风格。施朱太赤，施粉太白，倾城颜色。　慧多多，娇的的。天付与、教谁怜惜。除非我、偎著抱著，更有何人消得。

欧阳修　　　盐角儿·人生最苦

人生最苦，少年不得，鸳帏相守。西风时节，那堪话别，双蛾频皱。　暗消魂，重回首。奈心儿里、彼此皆有。后时我、两个相见，管取一双清瘦。

晁补之　　　盐角儿·亳社观梅

开时似雪，谢时似雪，花中奇绝。香非在蕊，香非在萼，骨中香彻。　占溪风，留溪月。堪羞损、山桃如血。直饶更、疏疏淡淡，终有一般情别。

壶中天

即《念奴娇》，宋程珌词名《壶中天》。详见《念奴娇》条。

程　珌　　　壶中天·寿丘枢密

日躔东井，正轮囷桂影，十分光洁。火令方中符国运，天与非常英杰。荦荦平生，眼空宇宙，绿发千寻雪。笑谈一镇，单于底事心慑。　晚岁佛地功深，人间富贵，五湖烟水阔。谁遣心期事左，须酬满、麒麟勋业。又也何妨，长生仙箓，已在黄金阙。中原恢拓，要公归任调燮。

锦　溪　　壶中天·寿陈碧山　十一月十五日

骑鲸直上，问姮娥何日，天生英杰。笑下琼楼，还报道，甫近迎长佳节。万里无云，一天如水，拥出新团月。正当此夜，文星飞下天阙。　蟾苑元有高枝，至今犹待，自是无心

折。只爱林泉供笑傲，吟出阳春白雪。冠玉精神，希夷仙种，秘受长生诀。蓬壶不老，待看兰玉英发。

翁　定　　　　壶中天·昔时彭祖

寿致政邑宰六十三，子任尉，孙领荐

昔时彭祖，闻道有、八百穹崇遐寿。屈指我公今几许，历岁才方七九。七百修龄，更三十七，犹是公之有。此逢诞节，盍须来献尊酒。　　好是子舍孙枝，居官领荐，迭复青毡旧。陶令解龟何太早，去作幔亭仙友。只恐九重，思贤梦觉，未屈调羹手。周公居左，鲁公还是居右。

周　申　　壶中天·寿妇人又良人登科　七月初二

秋来两日，因个甚、乌鹊侵晨传喜。却是嫦娥亲姊妹，降作人间佳丽。黛柳长青，官梅稳衬，镜里春明媚。花颜难老，寿杯频劝浮蚁。　　闻道潇洒才郎，天庭试罢，名挂登科记。昨夜凉风新过雁，还有音书来寄。千万楼台，三千粉黛，今在谁家醉。归来欢笑，一床真个双美。

李彭老　　　　壶中天·登寄闲吟台

素飙荡碧，喜云飞寥廓，清透凉宇。倦鹊惊翻台榭迥，叶叶秋声归树。珠斗斜河，冰轮辗雾，万里青冥路。香深屏翠，桂边满袖风露。　　烟外冷逼玻璃，渔郎歌渺，击空明归去。怨鹤知更莲漏悄，竹里筛金帘户。短发吹寒，闲情吟远，弄影花前舞。明年今夜，玉樽知醉何处。

李彭老　　　　壶中天·水西云北

水西云北，记前回同载，高阳伴侣。一色荷花香十里，偷把秋期频数。脆管排云，轻桡喷雪，不信催诗雨。碧筒呼酒，秀笺题遍新句。　　谁念病损文园，岁华摇落，事与孤鸿去。露井邀凉吹短发，梦入蘋洲菱浦。暗草飞萤，乔枝翻鹊，看月山中住。一声清唱，醉乡知有仙路。

陈景沂　　　　壶中天·江邮湘驿

江邮湘驿，问暮年何事，暮冬行役。马首摇摇经历处，多少山南溪北。冷著烟扉，孤芳云掩，瞥见如相识。相逢相劳，如痴如诉如忆。　　最是近晓霜浓，初弦月挂，傅粉金鸾侧。

冷淡生涯忧乐忘，不管冰檐雪壁。魁榜虚夸，调羹浪语，那里求真的。暗香来历，自家还要知得。

张　枢　　壶中天·月夕登绘幅堂，与筼房各赋一解

雁横迥碧，渐烟收极浦，渔唱催晚。临水楼台乘醉倚，云引吟情闲远。露脚飞凉，山眉锁暝，玉宇冰奁满。平波不动，桂华底印清浅。　　应是琼斧修成，铅霜捣就，舞霓裳曲遍。窈窕西窗谁弄影，红冷芙蓉深苑。赋雪词工，留云歌断，偏惹文箫怨。人归鹤唳，翠帘十二空卷。

张绍文　　壶中天·为兄风云水月主人寿

丹台仙伯，记踪迹当年、琼楼金阙。底事来游人世界，为爱风云水月。结屋南园，境随人胜，不是溪山别。今朝初度，碧莲千顷齐发。　　况是鸳侣新偕，凤雏才长，占人间欢悦。且书壶天终夕醉，听取妙歌千阕。待得西风，鹗书飞上，更复青毡物。功成名遂，赤松还伴高洁。

张　炎　　　壶中天·扬舲万里

夜渡古黄河，与沈尧道、曾子敬同赋

扬舲万里，笑当年底事，中分南北。须信平生无梦到，却向而今游历。老柳官河，斜阳古道，风定波犹直。野人惊问，泛槎何处狂客。　　迎面落叶萧萧，水流沙共远，都无行迹。衰草凄迷秋更绿，惟有闲鸥独立。浪挟天浮，山邀云去，银浦横空碧。扣舷歌断，海蟾飞上孤白。

张　炎　　　壶中天·养拙园夜饮

瘦筇访隐，正繁阴闲锁，一壶幽绿。乔木苍寒图画古，窈窕行人韦曲。鹤响天高，水流花净，笑语通华屋。虚堂松外，夜深凉气吹烛。　　乐事杨柳楼心，瑶台月下，有生香堪掬。谁理商声帘外悄，萧瑟悬珰鸣玉。一笑难逢，四愁休赋，任我云边宿。倚阑歌罢，露萤飞上秋竹。

张　炎　　壶中天·赋秀野园清晖堂

穿幽透密，傍园林宴乐，清时钟鼓。帘隔波纹分昼影，融得一壶春聚。篆径通花，花多迷径，难省来时路。缓寻深静，野云松下无数。　　空翠暗湿荷衣，夷犹舒啸，日涉成佳趣。

香雪因风晴更落，知是山中何树。响石横琴，悬崖拥槛，待月慵归去。忽来诗思，水田飞下白鹭。

张　炎　　　　壶中天·海山缥缈

陆性斋筑葫芦庵，结茅于上，植桃于外，扁曰小蓬壶

海山缥缈，算人间自有，移来蓬岛。一粒粟中生倒景，日月光融丹灶。玉洞分春，雪巢不夜，心寂凝虚照。鹤溪游处，肯将琴剑同调。　　休问挂树瓢空，窗前清意，赢得不除草。只恐渔郎曾误入，翻被桃花一笑。润色茶经，评量山水，如此闲方好。神仙陆地，长房应未知道。

张　炎　　　　壶中天·客中寄友

西秦倦旅，是几年不听，西湖风雨。我托长镵垂短发，心事时看天语。吟篋空随，征衣休换，薜荔犹堪补。山能招隐，一瓢闲挂烟树。　　方叹旧国人稀，花间忽见，倾盖浑如故。客里不须谈世事，野老安知今古。海上盟鸥，门深款竹，风月平分取。陶然一醉，此时愁在何处。

张　炎　　　　壶中天·咏周静镜园池

万尘自远，径松存、仿佛斜川深意。乌石冈边犹记得，竹里吟安一字。暗叶禽幽，虚阑荷近，暑薄迟花气。行行且止，枯瓢枝上闲寄。　　不恨老却流光，可怜归未得，翻恨流水。落落岭头云尚在，一笑生涯如此。树老梅荒，山孤人共，隔浦船归未。划然长啸，海风吹下空翠。

张　炎　　　　壶中天·月涌大江

西有大江，远隔淮甸，月白潮生，神爽为之飞越

长流万里，与沉沉沧海，平分一水。孤白争流蟾不没，影落潜蛟惊起。莹玉悬秋，绿房迎晓，楼观光疑洗。紫箫声袅，四檐吹下清气。　　遥睇浪击空明，古愁休问，消长盈虚理。风入芦花歌忽断，知有渔舟闲舣。露已沾衣，鸥犹栖草，一片潇湘意。人方酣梦，长翁元自如此。

张　炎　　　　壶中天·送赵寿父归庆元

奚囊谢屐，向芙蓉城下，□□游历。江上沙鸥何所似，白发飘飘行客。旷海乘风，长波垂钓，欲把珊瑚拂。近来杨柳，

却怜浑是秋色。　　日暮空想佳人，楚芳难赠，烟水分明隔。老病孤舟天地里，惟有歌声消得。故园荒城，斜阳古道，可奈花狼藉。他时一笑，似曾何处相识。

张　炎　　　　壶中天·绕枝倦鹊

绕枝倦鹊，鬓萧萧、肯信如今犹客。风雪荷衣寒叶补，一点灯花悬壁。万里舟车，十年书剑，此意青天识。泛然身世，故家休问清白。　　却笑醉倒衰翁，石床飞梦，不入槐安国。只恐溪山游未了，莫叹飘零南北。滚滚江横，呜呜歌罢，渺渺情何极。正无聊赖，天风吹下孤笛。

张　炎　　壶中天·白香岩和东坡韵赋梅

苔根抱古，透阳春、挺挺林间英物。隔水笛声那得到，斜日空明绝壁。半树篱边，一枝竹外，冷艳凌苍雪。淡然相对，万花无此清杰。　　还念庾岭幽情，江南聊折，赠行人应发。寂寂西窗闲弄影，深夜寒灯明灭。且浸芳壶，休簪短帽，照见萧萧发。几时归去，朗吟湖上香月。

张　炎　　　　壶中天·怀雪友

异乡倦旅，问扁舟东下，归期何日。琴剑空随身万里，天地谁非行客。李杜飘零，羊昙悲感，回首俱陈迹。羁怀难写，豆虫吟破孤寂。　　柳外门掩疏阴，佳人何处，溪上蘋花白。留得一方无用月，隐隐山阳闻笛。旧雨不来，风流云散，惟有长相忆。雁书休寄，寸心分付梅驿。

张　炎　　　　壶中天·寿月溪

波明昼锦，看芳莲迎晓，风弄晴碧。乔木千年长润屋，清荫图书琴瑟。龟甲屏开，虾须帘卷，瑶草秋无色。和薰兰麝，彩衣欢拥诗伯。　　溪上燕往鸥还，笔床茶灶，筇竹随游屐。闲似神仙闲最好，未必如今闲得。书染芝香，驿传梅信，次第来云北。金尊须满，月光长照歌席。

朱元夫　　　　壶中天·人生有酒

寿贺晓山五十九岁，四月十二日生，先年有横讼

人生有酒，得闲处、便合开怀随意。况对寿、龟仙鹤舞，犹直壶天一醉。蚕麦江村，梅霖院落，立夏明朝是。樽前回

首，去年四月十二。　　依旧洛里吟窝，华台书隐，心事无怀氏。偃鼠醯鸡空扰扰，海月天风谁寄。珠璧祯祥，斗牛光景，预可占斯世。先生出否，明年方六十岁。

无名氏　　　壶中天·日长晴昼

日长晴昼，厌厌地、懒向窗前绯绣。因倚屏风无意绪，□把眉儿双皱。似醉还醒，才眠又起，频捻梨花齅。看他儿女，闲寻百草来斗。　　相思能几何时，料归期不到，清和时候。生怕鸳鸯香被冷，旋爇沉檀薰透。欲把单衣，鼎新裁剪，又怕供春瘦。试看今夜，孤灯还有花否。

无名氏　　　壶中天·寿赵戎母七十

古来稀有，只闻道、是个人生七十。还遇小春梅蕊绽，对景装排绮席。云帔拖霞，朱颜晕酒，瑞气明南极。瑶池欢宴，玉杯争劝琼液。　　堪羡玉叶名郎，天潢毓秀，梧竹生标格。百万貔貅归总押，霸气豪无敌。藩屏皇家，荣封寿母，名著金闺籍。融融液液，共看桃结佳实。

无名氏　　　壶中天·寿人母八十

人生七十古称稀，何况寿年八十。试问何时逢载夙，恰在阳生七日。鹤发盈簪，朱颜晕酒，瑞象占南极。玳筵才启，欢声喜气充溢。　　好是庭下双珠，经营创置，金玉成堆积。况有孙枝争挺秀，次第飞齐鹏翼。大振家声，荣封寿母，坐看蟠桃实。年年今夕，玉杯争劝琼液。

无名氏　　　壶中天·五月十九

乘鸾驾鹤，问神仙何日，嵩高生甫。飞下琼台，因报道，恰是今年夏五。饮了蒲觞，才经半月，昴宿行初度。荣华富贵，一时都由分付。　　曾记三月春浓，花风烂熳，吹散鸳鸯侣。虽则烧香遥祝寿，争似手斟香醑。便驾云軿，去登绣阁，说个诚心语。蟠桃熟未，请伊亲问王母。

无名氏　　壶中天·庆刘孺人　七月初三

秋才三日，听画檐外，数声乌鹊。元是嫦娥迎巧夕，预驾横空仙鹤。翠鬓生云，朱颜晕酒，□□难描摸。优游渤海，玉

琴重理弦索。　　曾记乃祖刘晨，天台归后，留得长生药。兼有蟠桃三五颗，尽付女孙收著。分了仙翁，更分儿息，同作蓬莱约。年年今日，大家欢笑为乐。

无名氏　　壶中天·寿太守子　八月十一

才经四日，是中秋，次第月圆如玉。一点光浮南极上，储作人间五福。长厚慈仁，清高恬澹，爱水清山绿。溪园竹里，日来新就华屋。　　好是五马传家，芝兰挺秀，早勉群经读。将相公侯绵衮衮，重见当年符竹。富贵荣华，康宁寿考，听我殷勤祝。更祈王母，共看桃结桃熟。

无名氏　　壶中天·寿朋友　八月廿二

清凉天气，正中秋过后，恰才七日。岳降生申逢令旦，听得欢声洋溢。戏彩堂前，两行珠翠，酒劝杯浮碧。祝君遐算，寿星长对南极。　　仰羡性地宽闲，平生酷爱，占断倾城色。好展少年攀桂手，同作蟾宫□客。料想嫦娥，一枝留待，已得真消息。馨香满袖，凤楼人尽怜惜。

无名氏　　壶中天·寿伯母　十二月初六

嘉平时候，算尧阶蓂叶，才方开六。婺女当年曾降瑞，产作仙姿清淑。金玉满堂，儿孙满目，心事今都足，嘻嘻嗃嗃，一门和气可掬。　　何幸诞节称觞，湖山堂上，燕集皆亲族。犹子不能歌盛美，但借湖山为祝。福比湖深，寿齐山耸，岁岁颜如玉。好陪王母，共看几度桃熟。

壶中天慢

即《念奴娇》。曾觌词调名《壶中天慢》。详见《念奴娇》条。

曾　觌　　壶中天慢·素飙漾碧

素飙漾碧，看天衢稳送、一轮明月。翠水瀛壶人不到，比似世间秋别。玉手瑶笙，一时同色，小按霓裳叠。天津桥上，有人偷记新阕。　　当日谁幻银桥，阿瞒儿戏，一笑成痴绝。

肯信群仙高宴处，移下水晶宫阙。云海尘清，山河影满，桂冷吹香雪。何劳玉斧，金瓯千古无缺。

张　抡　　壶中天慢·洞天深处赏娇红

洞天深处赏娇红，轻玉高张云幕。国艳天香相竞秀，琼苑风光如昨。露洗妖妍，风传馥郁，云雨巫山约。春浓如酒，五云台榭楼阁。　　圣代道洽功成，一尘不动，四境无鸣柝。屡有丰年天助顺，基业增隆山岳。两世明君，千秋万岁，永享升平乐。东皇呈瑞，更无一片花落。

莫打鸭

调见《花草粹编》卷一宋梅尧臣词。

梅尧臣　　莫打鸭·莫打鸭

莫打鸭，打鸭惊鸳鸯。鸳鸯新自南洲落，不比孤洲老秃鸧。秃鸧尚有独飞去，何况鸳鸯羽翼长。

莫思归

即《抛球乐》，五代冯延巳词名《莫思归》。单调，四十字，六句、四平韵。

无名氏　　莫思归·花满名园酒满觞

花满名园酒满觞，且开笑口对秾芳。秋千风暖鸾钗嶂，绮陌春深翠袖香。莫惜黄金贵，日日须教贯酒尝。

荷叶杯

又名《月当楼》、《荷叶曲》、《画帘垂》，唐教坊曲名。苏轼《中山松醪》诗自注："唐人以荷叶为酒杯，谓之碧筒酒。"词名源于此。一说隋朝殷英童《采莲曲》有"莲叶捧成杯"句，取以为名。此词有单调、双调之分。单调二

十三字、六句、四仄韵、两平韵，三换韵，以平韵为主，两仄韵间于平韵之内。亦有二十六字、六句、两仄韵、三平韵、一叠韵。双调五十字，上下片各五句，两仄韵、三平韵。

许　棐　　　荷叶杯·鹊踏画檐双噪

鹊踏画檐双噪，书到。和笑拆封看，归程能隔几重山，远约数宵间。　准备绣轮雕辔，游戏。说与百花知，莫教枝上一红飞，留伴玉东西。

荷叶铺水面

调见《花草粹编》卷六康与之词。双调，五十七字，上片五句、三平韵，下片五句、四平韵。此调只康与之一词。

康与之　　　荷叶铺水面·春游

春光艳冶，游人踏绿苔，千红万紫竞香开。暖风拂鼻籁，蓦地暗香透满怀。　荼蘼似锦裁，娇红间绿白。只怕迅速春回，误落在尘埃，折向鬓云间、金凤钗。

荷华媚

调见《东坡词集》。因其词题咏荷花之媚好，故名。双调，六十字，上片五句、三仄韵，下片六句、两仄韵。

苏　轼　　　荷华媚·荷花

霞苞电荷碧，天然地、别是风流标格。重重青盖下，千娇照水，好红红白白。　每怅望、明月清风夜，甚低迷不语，妖邪无力。终须放、船儿去，清香深处住，看伊颜色。

莺声绕红楼

调见姜夔《白石道人歌曲》卷三。双调，五十字。上片

四句、四平韵，下片四句、三平仄。

姜　夔　　　　莺声绕红楼·十亩梅花作雪飞

甲辰春，平甫与予自越来吴，携家妓观梅于孤山之西村，命国工吹笛，妓皆以柳黄为衣

十亩梅花作雪飞，冷香下、携手多时。两年不到断桥西，长笛为予吹。　　人妒垂杨绿，春风为、染作仙衣。垂杨却又妒腰肢，近前舞丝丝。

莺啼序

又名《丰乐楼》。调见吴文英《梦窗乙稿》，系吴文英创作的大曲序乐。又名《丰乐楼》。四叠数体。其二百四十字，第一片八句、四仄韵，第二片十句、四仄韵，第三片十四句、四仄韵，第四片十四句、五仄韵为正体；其二百三十六字，第一、二片各九句、四仄韵，第三片十三句、五仄韵，第四片十句、七仄韵为变体等。

高似孙　　　莺啼序·青旗报春来了

屈原九歌东皇太一，春之神也。其词凄惋，含意无穷。略采其意，以度春曲

青旗报春来了，玉鳞鳞风旎。陈瑶席、新奏琳琅，窈窕来荐嘉祉。桂酒洗琼芳，丽景晖晖，日夜催红紫。湛青阳新沐，人声澹荡花里。　　光泛崇兰，坼遍桃李，把深心料理。共携手、蘅室兰房，奈何新恨如此。对佳时、芳情脉脉，眉黛蹙、羞搴琼珥。折微馨、聊寄相思，莫愁如水。　　青蘋再转，淑思菲菲，春又过半矣，细雨湿香尘，未晓又止。莫教一鸩无聊，群芳亹亹。伤情漠漠，泪痕轻洗，曲琼桂帐流苏暖，望美人、又是论千里。佳期杳渺，香风不肯为媒，可堪玩此芳芷。

春今渐歇，不忍零花，犹恋余绮。度美曲、造新声，乐莫乐此新知。思美人兮，有花同倚。年华做了，功成如委。天时相代何日已。怅春功、非与他时比。殷勤举酒酬春，春若能留，□还亦喜。

徐宝之　　莺啼序·荼蘼一番过雨

荼蘼一番过雨，酒残花似雪。向清晓、步入东风，细拾苔砌余靥。有数片、飞沾翠柳，萦回半著双归蝶。悄无人、共立幽禽，呢呢能说。　　因念年华，最苦易失，对春愁暗结。叹自古、曾有佳人，长门深闭修洁。寄幺弦、千言万语，闷满眼、欲弹难彻。靠珠栊，风雨微收，落花时节。　　春工渐老，绿草连天，别浦共一色。但暮霭、朝烟无际，尽日目极，江北江南，杜鹃叫裂。此时此意，危魂黯黯，渭城客舍青青树，问何人、把酒来看别。思量怎向，迟回独掩青扉，夕阳犹照南陌。　　春应记得，旧日疏狂，等受今磨折。便永谢、五湖烟艇，只有吟诗，曲坞煎茶，小窗眠月。春还自省，把融和事，长留芳昼人间世，与羁臣、恨妾销离恻。自题蕙叶回春，坐听蓬壶，漏声细咽。

吴文英　　莺啼序·丰乐楼节斋新建

天吴驾云阆海，凝春空灿绮。倒银海，蘸影西城，四碧天镜无际。彩翼曳、扶摇宛转，雩龙降尾交新霁。近玉虚高处，天风笑语吹坠。　　清濯缁尘，快展旷眼，傍危阑醉倚。面屏障、一一莺花，薜萝浮动金翠。惯朝昏、晴光雨色，燕泥动、红香流水。步新梯，藐视年华，顿非尘世。　　麟翁衮舄，领客登临，座有诵鱼美。翁笑起、离席而语，敢诧京兆，以役为功，落成奇事。明良庆会，赓歌熙载，隆都观国多闲暇，遣丹青、雅饰繁华地。平瞻太极，天街润纳璇题，露床夜沉秋纬。　　清风观阙、丽日罘罳，正午长漏迟。为洗尽、脂痕茸唾，净卷麹尘，永昼低垂，绣帘十二。高轩驷马，峨冠鸣佩，班回花底修禊饮，御炉香、分惹朝衣袂。碧桃数点飞花，涌出宫沟，溯春万里。

吴文英　　莺啼序·残寒正欺病酒

残寒正欺病酒，掩沉香绣户。燕来晚、飞入西城，似说春事迟暮。画船载、清明过却，晴烟冉冉吴宫树，念羁情游荡，随风化为轻絮。　　十载西湖，傍柳系马，趁娇尘软雾。溯红渐、招入仙溪，锦儿偷寄幽素。倚银屏、春宽梦窄，断红湿、歌纨金缕。暝堤空，轻把斜阳，总还鸥鹭。　　幽兰旋老，杜

若还生，水乡尚寄旅。别后访、六桥无信，事往花委，瘗玉埋香，几番风雨。长波妒盼，遥山羞黛，渔灯分影春江宿，记当时、短楫桃根渡。青楼仿佛，临分败壁题诗，泪墨惨澹尘土。

危亭望极，草色天涯，叹鬓侵半苎。暗点检、离痕欢唾，尚染鲛绡，亸凤迷归，破鸾慵舞。殷勤待写，书中长恨，蓝霞辽海沉过雁，漫相思、弹入哀筝柱。伤心千里江南，怨曲重招，断魂在否。

吴文英　　莺啼序·荷和赵修全韵

横塘棹穿艳锦，引鸳鸯弄水。断霞晚、笑折花归，绀纱低护灯蕊。润玉瘦、冰轻倦浴，斜拕凤股盘云坠。听银床声细，梧桐渐搅凉思。　　窗隙流光，冉冉迅羽，诉空梁燕子。误惊起、风竹敲门，故人还又不至。记琅玕、新诗细掐，早陈迹、香痕纤指。怕因循，罗扇恩疏，又生秋意。　　西湖旧日，画舸频移，叹几萦梦寐。霞佩冷，叠澜不定，麝霭飞雨，乍湿鲛绡，暗盛红泪。练单夜共，波心宿处，琼箫吹月霓裳舞，向明朝、未觉花容悴。嫣香易落，回头澹碧销烟，镜空画罗屏里。

残蝉度曲，唱彻西园，也感红怨翠。念省惯、吴宫幽憩。暗柳追凉，晓岸参斜，露零沤起。丝萦寸藕，留连欢事。桃笙平展湘浪影，有昭华、秾李冰相倚。如今鬓点凄霜，半箧秋词，恨盈蠹纸。

叶　润　　莺啼序·离骚困吟梦醒

离骚困吟梦醒，访台城旧路。问流水、东入沧溟，还解流转西否。乌衣梦、浪传故国，晴烟冉冉宫墙树。念吟魂凄断，待随燕子来去。　　回首十年，阑锦花场，趁吟云赋雨。可曾对、宝瑟知音，高轩为谁轻驻。倚东风、愁长笑短，水云深、春江日暮。伴羁怀，唯有征衫，贮寒半缕。　　高情谩赋，蕙带兰襟，蛾眉古来相妒。英雄到、江南易老，后来谁更，风景伤心，泪沾樽俎。登山宴水，横江酹酒，倾将慷慨酬形势，付兴亡、一笑翻歌舞。独醒难继山公，上马旌旗动，又还惊起鸥鹭。　　危亭恨极，落尽寒香，怕道断肠句。有多少、行星翠点，春浅寒深，孕粉藏香，蝶清蜂瘦。因孤彩笔芳笺，拟待倩取游丝，系却离绪。旋□□、写入鸣弦柱。曲高调古，更人何在，谁比和、此幽素。

刘辰翁　　莺啼序·感怀

匆匆何须惊觉，唤草庐人起。算成败利钝，非臣逆睹，至死后已。又何似、采桑八百，看蚕夜织小窗里。漫二升自苦，教人吊卧龙里。　别有佳人，追桃恨李，拥凝香绣被。争知道、壮士悲歌，萧萧正度寒水。问荆卿、田横古墓，更谁载酒为君酹。过霜桥落月，老人不见遗履。　置之勿道，逝者如斯，甚矣衰久矣。君其为吾归计，为耕计。但问某所泉甘，何乡鱼美。此生不愿多才艺。功名马上兜鍪出，莫书生、误尽了人间事。昔年种柳江潭，攀枝折条，噫嘻树犹如此。　登高一笑，把菊东篱，且复聊尔耳。试回首、龙山路断，走马台荒，渭水秋风，沙河夜市。休休莫莫，毋多酌我，我狂最喜高歌去，但高歌、不是番腔底。此时对影成三，呼娥起舞，为何人喜。

刘辰翁　　莺啼序·闷如愁红著雨

闷如愁红著雨，卷地吹不起。便故人渺渺，相逢前事，欲语还已。凝望久、荒城落日，五湖四海烟浪里。问而今何处，寄声旧时邻里。　闲说那回，海上苏李，雪深夜如被。想携手、汉天不语，叫□不应疑水。待河梁、一尊落月，生非死别君如酹。望故人阁上，依稀长剑方履。　古人已矣，垂名青史，谓当如此矣。又谁料浮沉，自得鱼计。赏心乐事，良辰美景，撞钟舞女，朱门大第。雕鞍骏马番装笠，笑虚名何与身前事。区区相望，饿死西山，悬目东门，人生何乐为此。　古人已矣，天下英雄，使君与操耳。听喔喔、鸡鸣早起，屡舞徘徊，痛饮高楼，狂歌过市。苍苍万古，羲农周孔，文章事业星辰上，到而今、枯见银河底。笑他黄纸除君，红旗报我，为君助喜。

刘辰翁　　莺啼序·愁人更堪秋日

赵宜可以余讥其韵，苦心改为之，复和之

愁人更堪秋日，长似岁难度。相携去、畹晚登高，高极正犯愁处。常是恨、古人无计，看今人痴绝如许。但东篱半醉，残灯自修菊谱。　归去来兮，怨调又苦，有寒蛩余赋。湖山外、风笛阑干，胡床夜月谁据。恨当时、青云跌宕，天路断、险艰如许。便桥边，卖镜重圆，断肠无数。　是谁玉斧，惊

堕团团，失上界楼宇。甚天误、婵娟余误。悔却初念，不合梦他，霓裳楚楚。而今安在，枫林关塞，回头忆著神仙处，漫断魂飞过湖江去。时时说与，地上群儿，青琐瑶台，阆风悬圃。

琵琶往往，凭鞍劝酒，千载能胡语。叹自古、宫花薄命，汉月无情，战地难青，故人成土。江南憔悴，荒村流落，伤心自失梨园部，渺空江、泪隔芦花雨。相逢司马风流，湿尽青衫，欲归无路。

赵　文　　　　　　莺啼序·春晚

东风何许红紫，又匆匆吹去。最堪惜、九十春光，一半情绪听雨。到昨日、看花去处，如今尽是相思树。倚斜阳脉脉，多情燕子能语。　　自怪情怀，近日顿懒，忆刘郎前度。断桥外、小院重帘，那人正柳边住。问章台、青青在否。芳信隔、□魂无据。想行人，折尽柔条，滚愁成絮。　　闲将杯酒，苦劝羲和，揽辔更少驻。怎忍把、芳菲容易委路。春还倒转归来，为君起舞。寸肠万恨，何人共说，十年暗洒铜仙泪，是当时、滴滴金盘露。思量万事成空，只有初心，英英未化为土。

浮生似客，春不怜人，人更怜春暮。君不见、青楼朱阁，舞女歌童，零落山丘，便房幽户。长门词赋，沉香乐府，悠悠谁是知音者，且绿阴多处修花谱。殷勤更倩啼莺，传语风光，后期莫误。

赵　文　　　　　　莺啼序·有感

秋风又吹华发，怪流光暗度。最可恨、木落山空，故国芳草何处。看前古、兴亡堕泪，谁知历历今如古。听吴儿唱彻，庭花又翻新谱。　　肠断江南，庾信最苦，有何人共赋。天又远，云海茫茫，鳞鸿似梦无据。怨东风、不如人意，珠履散、宝钗何许。想故人、月下沉吟，此时谁诉。　　吾生已矣，如此江山，又何怀故宇。不恨赋归迟，归计大误。当时只合云龙，飘飘平楚。男儿死耳，嘤嘤昵昵，丁宁卖履分香事，又何如、化作胥潮去。东君岂是无能，成败归来，手种瓜圃。

膏残夜久，月落山寒，相对耿无语。恨前此，燕丹计早，荆庆才疏，易水衣冠，总成尘土。斗鸡走狗，呼卢蹴鞠，平生把臂江湖旧，约何时、共话连床雨。王孙招不归来，自采黄花，醉扶山路。

赵　文　　　莺啼序·寿胡存斋

初荷一番濯雨，锦云红尚卷。隘华屋、赋客吟仙，候望南极天远。还报道、飘然紫气，山奇水胜都行遍。却归来领客，水晶庭院开宴。　　窗户青红，正似京洛，按笙歌一片。似别有、金屋佳人，桃根桃叶清婉。倚薰风、虬须正绿，人似玉手挼纨扇。算风流，只有蓬瀛，画图曾见。　　谁知老子，正自萧然，于此兴颇浅。只拟问、金砂玉蕊，兔髓乌肝，偃月炉中，七还九转。今来古往，悠悠史传，神仙本是英雄做，笑英雄、到此多留恋。看看破晓耕龙，跨海骑鲸，千年依旧丹脸。　　便教乞与，万里封侯，奈朔风如箭。又何似、广山一任，种竹栽花，棋局思量，墨池挥染。天还记得，生贤初意，乾坤正要人撑拄，便公能安隐天宁肯。待看佐汉功成，伴赤松游，恁时未晚。

汪元量　　　莺啼序·重过金陵

金陵故都最好，有朱楼迢递。嗟倦客、又此凭高，槛外已少佳致。更落尽梨花，飞尽杨花，春也成憔悴。问青山、三国英雄，六朝奇伟。　　麦甸葵丘，荒台败垒，鹿豕衔枯荠。正潮打孤城，寂寞斜阳影里。听楼头、哀笳怨角，未把酒、愁心先醉。渐夜深，月满秦淮，烟笼寒水。　　凄凄惨惨，冷冷清清，灯火渡头市。慨商女不知兴废，隔江犹唱庭花，余音亹亹。伤心千古，泪痕如洗。乌衣巷口青芜路，认依稀、王谢旧邻里。临春结绮，可怜红粉成灰，萧索白杨风起。　　因思畴昔，铁索千寻，谩沉江底。挥羽扇、障西尘，便好角巾私第。清谈到底成何事，回首新亭，风景今如此。楚囚对泣何时已，叹人间、今古真儿戏。东风岁岁还来，吹入钟山，几重苍翠。

汪元量　　　莺啼序·宫中新进黄莺

檀栾宫墙数仞，敞朱帘绣户。正春暖、飘拂和风，衮入红尘香雾。见丝柳青青，袅娜如学宫腰舞。有黄莺、恰恰飞来，一梭金羽。　　小巧身儿，锦心绣口，圆滑遽如许。避人，渐飞入琼林藏身，桃杏深处。对银屏、珠圆翠陈，隔叶底、恣歌金缕。忽群妃，拍手惊飞，奋然高举。　　晓来雨湿，花娜柳垂，误投罗网去。缓缓访、六宫寻问，玉纤争握。放入金笼，

眼娇眉妩。身如旅琐，无心求友。烟窗分影光阴里，听蛮声，似怨还如诉。　　青山隔断，红妆满眼，谁怜一匊。幽恨难吐，沉香拂拂。亭北阑干，已得君王顾。但暗忆、西湖美景，雨色晴光，入翠穿红，巧转娇语。莺莺休怨天家，已赠金衣公子。生前号这恩荣，物类将何补。娇黄白奏词臣，为尔翻成，太平乐府。

黄公绍　　　莺啼序·吴江长桥

银云卷晴缥渺，卧长龙一带。柳丝蘸、几簇柔烟，两市帘栋如画。芳草岸、弯环半玉，鳞鳞曲港双流会。看碧天连水，翻成箭样风快。　　白露横江，一苇万顷，问灵槎何在。空翠湿衣不胜寒，日华金掌沆瀣。甃花平、绿文衬步，琼田涌出神仙界。黛眉修，依约雾鬟，在秋波外。　　阁嘘青蜃，楼啄彩虹，飞盖蹴鳌背。灯火暮，相轮倒影，偷睇别浦，片片归帆，远自天际。舞蛟幽壑，栖鸦古木，有人剪取松江水，忆细鳞巨口鱼堪鲙。波涵笠泽，时见静影浮光，霏阴万貌千态。
蒹葭深处，应有闲鸥，寄语休见怪。倩洗却、香红尘面，买个扁舟，身世飘萍，名利微芥。阑干拍遍，除东曹掾，与天随子是我辈，尽胸中、著得乾坤大。亭前无限惊涛，总把遥吟，月明满载。

真珠帘

又名《珍珠衫》、《珍珠帘》，调见《放翁词》。双调，一百零一字数体。有上片九句、六仄韵，下片十句、七仄韵；亦有上下片各十句、六仄韵；还有上片九句、五仄韵、一叠韵，下片十句、四仄韵、一叠韵等。

陆　游　　真珠帘·山村水馆参差路

山村水馆参差路，感羁游、正似残春风絮。掠地穿帘，知是竟归何处。镜里新霜空自悯，问几时、鸾台鳌署。迟暮，谩凭高怀远，书空独语。　　自古，儒冠多误，悔当年、早不扁舟归去。醉下白蘋洲，看夕阳鸥鹭。菰菜鲈鱼都弃了，只换得、青衫尘土。休顾，早收身江上，一蓑烟雨。

陆　游　　真珠帘·灯前月下嬉游处

灯前月下嬉游处，向笙歌、锦绣丛中相遇。彼此知名，才见便论心愫。浅黛娇蝉风调别，最动人、时时偷顾。归去，想闲窗深院，调弦促柱。　乐府初翻新谱，漫裁红点翠，闲题金缕。燕子入帘时，又一番春暮。侧帽燕脂坡下过，料也记、前年崔护。休诉，待从今须与，好花为主。

王　质　　真珠帘·栽竹

翠虬夭矫拿苍玉，飞来到、吾庐溪湾山麓。一笑忽相逢，更解包投宿。北池之畔西墙曲，与主人、呼青吸绿。恨我，无天寒翠袖，共倚修竹。　每遇飞雪萧萧，更惊风摵摵，清标可掬。更与月同来，无半点尘俗。冬有寒梅闲相伴，春亦有、幽兰相逐。香足，才露下霜飞，又有秋菊。

陈　楠　　真珠帘·赠海南子白玉蟾

金丹大药人人有，要须是、心传口授。一片白龙肝，一盏醍醐酒。只为离无寻坎有，移却南宸回北斗。好笑，见金翁姹女，两个厮斗。　些儿铅汞调匀，观汉月海潮，抽添火候。一箭透三关，方表神仙手。兔子方来乌处住，龟儿便把蛇吞了。知否，那两个钟吕，是吾师友。

陈　著　　真珠帘·寿孙古岩

纶巾古貌尘寰表，风流处、别是英雄才调。胸次著乾坤，触影皆诗料。金碧楼台新筑就，傍翠麓、旋添花草。仙棹，更逍遥来访，十洲三岛。　遮眼富贵人多，算如公有子，人间应少。看膝下功名，共月林清皎。象简绯袍亲侍策，且胜赏、先春独笑都道。馆中书就养，云翘偕老。

陈　著　　真珠帘·代寿秋壑母

鱼轩富贵人间少，那堪更、有子雍容廊庙。衮绣当斑衣，转色难心小。手把乾坤重整顿，略□□、微生一笑。分晓，是慈闱心事，如今著到。　帘幕早是寒生，又橙黄近也，菊花香了。已劝九霞觞，春意浓于酒。玉带金鱼欢舞处，更捷骑、红尘峡□。知否，这花添锦上，年年重九。

陈　著　　真珠帘·寿元春兄八十策

如梅在壑清标格，襟怀好、又是融融春拍。鸳梦早惊飞，惯一窗岑寂。谱曲裁诗心自在，任雪月、风花需索。奇特，问生涯却道，浮云如得。　　回首门外黄尘，算何如、稳占溪光山色。八百岁为期，却十分才一。弟自高歌儿自舞，簇小小、榴花筵席。真率，镇无妨欢醉，年年今日。

陈　著　　真珠帘·四时怀古夏词

青云玉树南薰扇，京华地、别是潇湘图展。茉莉芰荷香，拍满笙箫院。雪藕盈盈歌袅处，早已带、秋声凄怨。堪叹，把时光轻靠，冰山一片。　　从古幻境如轮，问铜驼、应是多番曾见。谁把笛吹凉，总是腔新换。水枕风船空入梦，但极目、波流云远。消黯，更华林蝉咽，系人肠断。

陈　著　　真珠帘·寿内六十

闲居是念随云散，琴帘底、却自平生心满。百二十年期，笑道今才半。一味齑盐清得瘦，婉娩似、梅花香晚。相伴，老霜松宁耐，溪山寒惯。　　探借十日前春，小杯盘、也做寿筵模范。绕膝舞斑衣，有酒从他劝。但任真来浑是处，梦不到、笙歌瑶燕。双健，任旁人播尽，风流眉案。

徐　□　　真珠帘·落红几阵清明雨

落红几阵清明雨，忆花期、半被晴悭寒阻。新柳著春浓，早翠池波妒。粉雨香云消息远，漫旧日、秋千庭宇。凝伫，正春醒帘外，一声莺语。　　尘锁宝筝弦柱，自眉峰惹恨，六幺慵舞。深院不成妆，有泪弹谁与。记得踏青归去后，细共说、花阴深处。心愫，怕当时飞燕，知人分付。

朱昂孙　　真珠帘·春云做冷春知未

春云做冷春知未，春愁在、碎雨敲花声里。海燕已寻踪，到画溪沙际。院落秋千杨柳外，待天气、十分晴霁。春市，又青帘巷陌，红芳歌吹。　　须信处处东风，又何妨对此，笼香觅醉。曲尽索余情，奈夜航催离。梦满冰衾身似寄，算几度、吴乡烟水。无寐，试明朝说与，西园桃李。

张　炎　　　　**真珠帘·梨花**

绿房几夜迎清晓，光摇动、素月溶溶如水。惆怅一株寒，记东阑闲倚。近日花边无旧雨，便寂寞、何曾吹泪。烛外，谩羞得红妆，而今犹睡。　　琪树皎立风前，万尘空、独挹飘然清气。雅淡不成娇，拥玲珑春意。落寞云深诗梦浅，但一似、唐昌宫里。元是，是分明错认，当时玉蕊。

张　炎　　　　**真珠帘·近雅轩即事**

云深别有深庭宇。小帘栊、占取芳菲多处。花暗水房春，润几番酥雨。见说苏堤晴未稳，便懒趁、踏青人去。休去，且料理琴书，夷犹今古。　　谁见静里闲心，纵荷衣未葺，雪巢堪赋。醉醒一乾坤，任此情何许。茂树石床同坐久，又却被、清风留住。欲住，奈帘影妆楼，剪灯人语。

无名氏　**真珠帘·庆游讷斋以梅为寿　九月三十**

隔云一雁衔秋去，苏堤上、听得游人相语。疏影暗香中，谁与花为主。满目有山无限意，跨白鹤、云霄飞舞。飞舞，正断桥流水，苍苔生处。　　应羡地暖江南，近小春时节，南枝先吐。人似此花清，人比花尤苦。移向樽前须识取，只许与、松篁为侣。为侣，待金鼎调羹，百花红紫。

真 珠 髻

又名《珍珠髻》，调见《梅苑》卷二宋无名氏词。双调，一百零五字。上片十句、四仄韵，下片十句、五仄韵。此调只无名氏一词

无名氏　　　　**真珠髻·红梅**

重重山外，苒苒流光，又是残冬时节。小园幽径，池边楼畔，翠木嫩条春别。纤蕊轻苞，粉萼染、猩猩鲜血。乍几日，好景和风，次第一齐催发。　　天然香艳殊绝，比双成皎皎，倍增芳洁。去年因遇东归使，指远恨、意曾攀折。岂谓浮云，终不放、满枝明月。但叹息、时饮金钟，更绕丛丛繁雪。

桂华明

即《四犯令》。宋关注词调名为《桂华明》。详见《四犯令》条。

关　注　　桂华明·缥缈神京开洞府

缥缈神京开洞府，遇广寒宫女。问我双鬟梁溪舞，还记得、当时否。　　碧玉词章教仙侣，为按歌宫羽。皓月满窗人何处，声永断、瑶台路。

桂枝香

调见《乐府雅词》，又名《桂枝香慢》、《疏帘淡月》。双调数体。其一百零一字，上下片各十句、五仄韵为正体；其一百零一字，上片九句、五仄韵，下片十句、五仄韵为变体；其一百字，上下片各十句、五仄韵为另一变体等。

王安石　　桂枝香·登临送目

登临送目，正故国晚秋，天气初肃。千里澄江似练，翠峰如簇。归帆去棹残阳里，背西风、酒旗斜矗。彩舟云淡，星河鹭起，画图难足。　　念往昔、繁华竞逐。叹门外楼头，悲恨相续。千古凭高，对此谩嗟荣辱。六朝旧事随流水，但寒烟、芳草凝绿。至今商女，时时犹唱，后庭遗曲。

黄　裳　　桂枝香·延平阁闲望

人烟一簇，正寄演，客飞升，翠微麓。楼阁参差，下瞰水天红绿。腰间剑去人安在，记千年、寸阴何速。山趋三岸，潭吞二水，岁丰人足。　　是处有、雕阑送目。更无限笙歌，芳酝初熟。休诧滕王看处，落霞孤鹜。雨中尤爱烟波上，见渔舟、来去相逐。数声歌向芦花，还疑是湘灵曲。

黄　裳　　　桂枝香·插云翠壁

插云翠壁，为送目，入遥空，见山色。金鼎丹成去也，晋朝高客。百花岩下遗孙在，赋何人、离尘风骨。翠微缘近，希夷志远，洞天踪迹　　近剑有、为龙信息。怪潭上灵光，雷电相击。尤好风波乍霁，鹭汀斜日。倚栏白尽行人鬓，但沉沉、群岫凝碧。利名休事蝇头，飞舸送君南北。

黄　裳　　　桂枝香·重阳

酦醅初熟，竞看九日、西风弄寒菊。姝子新妆，向晓淡黄千簇。清香闹处君须住，掺盈头、醉乡相逐。马台欢笑，龙山纵逸，佳话重绪。　　共尽日、登临未足。更休问明年，浮世荣辱。难得良辰，鬓发见秋尤绿。且邀月照金尊上，近人寒、如对飞瀑。宴归还趁人来，茱萸佩垂红玉。

朱敦儒　　　桂枝香·南都病起

春寒未定，是欲近清明，雨斜风横。深闭朱门，尽日柳摇金井。年光自趁飞花紧，奈幽人、雪添双鬓。谢山携妓，黄垆贯酒，旧愁慵整。　　念壮节、漂零未稳。负九江风笛，五湖烟艇。起舞悲歌，泪眼自看清影。新莺又向愁时听，把人间、如梦深省。旧溪鹤在，寻云弄水，是事休问。

陈　亮　　　桂枝香·仙风透骨

仙风透骨，向夏叶丛中，春花重出。骏发天香，不是世间尤物。占些空阔闲田地，共霜轮、伴他秋实。浅非冷蕊，深非幽艳，中无倚握。　　任点取、龙涎笃耨。儿女子看承，万屈千屈。做数珠见，刻画毋盐唐突。不知几树栾团着，但口吻、非鸣云室。是耶非也，书生见识，圣贤心术。

陈　亮　　　桂枝香·观木樨有感寄吕郎中

天高气肃，正月色分明，秋容新沐。桂子初收，三十六宫都足。不辞散落人间去，怕群花、自嫌凡俗。向他秋晚，唤回春意，几曾幽独。　　是天上、余香胜馥。怪一树香风，十里相续。坐对花旁，但见色浮金粟。芙蓉只解添秋思，况东篱、凄凉黄菊。入时太浅，背时太远，爱寻高躅。

葛长庚　　桂枝香·楼前凝望

楼前凝望，见水满一溪，云满千嶂。将晚欲行无绪，欲眠无况。岩花涧草春无极，倚东风、忽然惆怅。淡烟飞过，幽禽叫断，远钟嘹亮。　为底事、沉吟一晌。念只影飘浮，寸心虚旷。无限游丝落絮，此怀难状。江湖淮海行将遍，觉诗肠、酒胆超畅。一丘一壑归来，念我旧家天上。

赵以夫　　桂枝香·四明鄞江楼九日

水天一色，正四野秋高，千古愁极。多少黄花密意，付他欢伯。楼前马戏星球过，又依稀、东徐陈迹。一时豪俊，风流济济，酒朋诗敌。　画不就、江东暮碧。想阅尽千帆，来往潮汐。烟草萋迷，此际为谁心恻。引杯抚剑凭高处，黯消魂、目断天北。至今人笑，新亭坐间，泪珠空滴。

赵以夫　　桂枝香·四明中秋

青霄望极，际万里月明，无点云色。一片冰壶世界，水乡先得。年年客里惊秋半，倚西风、鬓华吹白。觅闲无路，相逢且醉，好天凉夕。　听曲曲、仙韶促拍。趁画舸飞空，雪浪翻激。行乐风流，暗省旧时京国。插空翠巘连星麓，但波痕、浮动金碧。不如归去，扁舟五湖，钓竿渔笛。

吴　潜　　桂枝香·三年海国

三年海国，又荏苒素秋，天净如沐。凄砌寒蛩暗语，杵声相续。梧桐一叶西风里，对斜阳、好个团簇。老香堂畔，苍然古桧，无限心曲。　叹石室、棋方半局。便时换人非，光景能蹙。千古鸥夷，尚恐欠些归宿。倚空笑把轮云事，付坤牛、乾马征逐。且巴重九，昭亭句溪，杖藜巾幅。

徐宝之　　桂枝香·人间秋至

人间秋至，对暮雨满城，沉思如水。桐叶惊风，似语怨蛩齐起。南楼月冷曾多恨，怕而今、夜深横吹。那堪更听，萧萧槭槭，透窗摇睡。　问楚梦、闲云何地。但手约轻绡，省人深意。红树池塘，谁见宿妆凝睇。旧时裘马行歌事，合都归、汀蘋烟芷。思王渐老，休为明珰，沉吟洛涘。

柴　望　　　桂枝香·今宵月色

今宵月色，叹暗水流花，年事非昨。潇洒江南似画，舞枫飘柞。谁家又唱江南曲，一番听、一番离索。孤鸿飞去，残霞落尽，怨深难托。　又肠断、丁香画雀。记牡丹时候，归燕帘幕。梦里襄王，想念王孙飘泊。如今雪上萧萧鬓，更相思、连夜花发。柘枝犹在，春风那似，旧时宋玉。

陈允平　　　桂枝香·杨山甫席上赋

残蝉乍歇，又乱叶打窗，蛩韵凄切。寂寞天香院宇，露凉时节。乘鸾扇底婆娑影，幻清虚、广寒宫阙。小山秋重，千岩夜悄，举尊邀月。　甚赋得、仙标道骨。倩谁捣玄霜，犹未成屑。回首蓝桥路迥，梦魂飞越。雕阑翠甃金英满，洒西风、非雨非雪。惜花心性，输他少年，等闲攀折。

施翠岩　　　桂枝香·西风满目

西风满目，渐院落悄清，愁近银烛。多少虫书堕翠，又随波縠。姮娥半露扶疏影，向虚檐、似知幽独。浦鸿声断，枝乌漏永，芳梦难续。　记旧日、离亭细嘱。早归趁香边，频泛醽醁。谁遣而今，对景黛娥双蹙。玉鞭但共秋光远，漫空怜、如许金粟。露零襟冷，萧萧更兼，数竿修竹。

鞠华翁　　　桂枝香·丁丁起处

过溧水感羊角哀左伯桃遗事

丁丁起处，在纵牧九京，经烧残树。时见乌鸢饥噪，鸺鹠妖呼。数间老屋团荒堵，算何人、瓣香来注。淡烟斜照，闲花野草，杳杳年度，　世事几、翻云覆雨，独此道嫌人，抛弃尘土。眼里长青，谁也解如山否。三三五五骑牛伴，望前村、吹笛归去。柳青梨白，春浓月淡，蹋歌椎鼓。

刘辰翁　　　桂枝香·寄扬州马观复

时新旧侯交恶，甚思去年中秋泛月，感恨杂言

吹箫人去，但桂影徘徊，荒杯承露。东望芙蓉缥缈，寒光如注。去年夜半横江梦，倚危樯、参差曾赋。茫茫角动，回舟尽兴，未惊鸥鹭。　情知道、明年何处。漫待客黄楼，尘波

前度。二十四桥，颇有杜书记否。二三子者今如此，看使君、角巾东路。人间俯仰，悲欢何限，团圆如故。

周　密　　　桂枝香·云洞赋桂

岩霏逗绿，又凉入小山，千树幽馥。仙影悬霜粲夜，楚宫六六。明霞洞窅珊瑚冷，对清商、吟思堪掬。麝痕微沁，蜂黄浅约，数枝秋足。　别有雕阑翠屋，任满帽珠尘，拚醉香玉。瘦倚西风，谁见露侵肌粟。好秋能几花前笑，绕凉云、重唤银烛。宝屏空晓，珍丛怨月，梦回金谷。

赵功可　　　桂枝香·和詹天游就访

晓天凉露，天上玉箫吹，飞声如雨。金阙高寒，闲却一庭梅雨。漫漫八表尘埃梦，把文章、洗空千古。精神一似，风裳水佩，兰皋蘅浦。　看万里、跳龙跃虎。甚花娇英气，剑清尘妩。憔悴江南，应念小窗贫女。朱楼十二春无际，倚苍寒、青袖如故。茶香酒熟，月明风细，试教歌舞。

詹　玉　　　桂枝香·题写韵轩

紫薇花露，潇洒作凉云，点商勾羽。字字飞仙，下笔一帘风雨。江亭月观今如许，叹飘零、墨香千古。夕阳芳草，落花流水，依然南浦。　甚两两、凌风驾虎。恁天孙标致，月娥眉妩。一笑生春，那学世间儿女。笔床砚滴曾窥处，有西山、青眼如故。素笺寄与，玉箫声彻，凤鸣鸾舞。

詹　玉　　　桂枝香·丙子送李倅东归

沉云别浦，又何苦扁舟，青衫尘土。客里相逢，洒洒舌端飞雨。只今便把如伊吕，是当年、渔翁樵父。少知音者，苍烟吾社，白鸥吾侣。　是如此英雄辛苦，知从前、几个适齐去鲁。一剑西风，大海鱼龙掀舞。自来多被清谈误，把刘琨、埋没千古。扣舷一笑，夕阳西下，大江东去。

唐艺孙　　　桂枝香·天柱山房拟赋蟹

收帆渡口，认远岸夜篝，松炬如昼。还见沙痕雪涨，水纹霜后。秦宫梦到无肠断，望明河、月斜疏柳。琐窗相对，茶边

犹记，眼波频溜。　　渐嫩菊、初笃绿酒。叹风味尊前，潇洒如旧。几度金橙香雾，玉盘纤手。清愁小醉凄凉里，拚今生、容易消瘦。草心春浅，年年相忆，看灯时候。

吕同老　　桂枝香·天柱山房拟赋蟹

松江岸侧，正乱叶坠红，残浪收碧。犹记灯寒暗聚，篰疏轻入。休嫌郭索尊前笑，且开颜、共倾芳液。翠橙丝雾，玉葱浣雪，嫩黄初擘。　　自那日、新诗换得。又几度相逢，落潮秋色。常是篱边早菊，慰渠岑寂。如今谩有江山兴，更谁怜、草泥踪迹。但将身世，浮沉醉乡，旧游休忆。

唐　珏　　桂枝香·天柱山房拟赋蟹

松江舍北，正水落晚汀，霜老枯荻。还见青匡似绣，绀螯如戟。西风有恨无肠断，恨东流、几番潮汐。夜灯争聚微光，挂影误投帘隙。　　更喜荐、新笃玉液。正半壳含黄，一醉秋色。纤手香橙风味，有人相忆。江湖岁晚听飞雪，但沙痕、空记行迹。至今茶鼎，时时犹认，眼波愁碧。

张　炎　　桂枝香·送宾月叶公东归

晴江迥阔，又客里天涯，还叹轻别。万里潮生一棹，柳丝犹结。荷衣好向山中补，共飘零、几年霜雪。赋归何晚，依依径菊，弄香时节。　　料此去、清游未歇。引一片秋声，都付吟箧。落叶长安，古意对人休说。相思只在相留处，有孤芳、可怜空折。旧怀难写，山阳怨笛，夜凉吹月。

张　炎　　桂枝香·琴书半室

如心翁置酒桂下，花晚而香益清，坐客不谈俗事，惟论文。主人欢甚，余歌美成词

琴书半室，向桂边偶然，一见秋色。老树香迟，清露缀花疑滴。山翁翻笑如泥醉，笑生平、无此狂逸。晋人游处，幽情付与，酒尊吟笔。　　任萧散、披襟岸帻。叹千古犹今，休问何夕。发短霜浓，却恐浩歌消得。明年野客重来此，探枝头、几分消息。望西楼远，西湖更远，也寻梅驿。

陈恕可　　桂枝香·天柱山房拟赋蟹

西风故国，记乍免内黄，归梦溪曲。还是秦星夜映，楚霜秋足。无肠枉抱东流恨，任年年、褪匡微绿。草汀篝火，芦洲纬箔，早寒渔屋。　叙旧别、芳刍荐玉。正香擘新橙，清泛佳菊。依约行沙乱雪，误惊窗竹。江湖岁晚相思远，对寒灯、谩怀幽独。嫩汤浮眼，枯形蜕壳，断魂重续。

无名氏　　桂枝香·寿赵运管

武夷九曲，甚乐响云韶，旆走星纛。更捧琼浆九酝，蟠桃初熟。元来嵩岳生申旦，会群仙、献长生箓。岁寒堂上，冰壶影里，长跨青鹿。　记往日、堤沙旧筑。有书籥金縢，勋写歌鹄。更化和朝，半是世臣乔木。明年瑞庆才经月，侍重瞳、应奉卮玉。此时奋建联班，却将万年齐祝。

无名氏　　桂枝香·贺及第

恩袍草色，望满目青青，光动阡陌。拂拂鞭丝散漫，锦鞯玉勒。君王赐与琼林宴，玩丹桂、香浮仙籍。舜韶清雅，尧觞泛滥，欢意何极。　湛露久、需云未饰。更星使传呼，天上消息。槐幄阴移，上苑淡烟凝碧。归来渐近平康路，骤香尘、倒载连璧。马蹄轻驶，宫花半亸，艳欺斜日。

桂枝香慢

即《桂枝香》，《高丽史·乐志》宋无名氏词名《桂枝香慢》。详见《桂枝香》条。

无名氏　　桂枝香慢·暖风迟日

暖风迟日，正韶阳时节，淑景明媚。一霎雨打红桃，花落满地。□闺独坐帘高卷，困春容、懒临香砌。自从檀郎，金门献赋，不绝朱翠。　闻上国、才有书回，应贤良明庭，已擢高第。拆破香笺，离恨却成新喜。早教宴罢琼林苑，愿归来、永同连理。这回良夜，从他桂枝，香惹鸳被。

桂殿秋

又名《桂花曲》、《步虚词》。《全唐词·附词》唐李白词调名。单调，二十七字，五句，三平韵。与《捣练子》相近，唯平仄不同。

向子諲　　　　桂殿秋·秋色里

秋色里，月明中，红旌翠节下蓬宫。蟠桃已结瑶池露，桂子初开玉殿风。

刘　翰　　　　桂殿秋·寿于湖先生之一

青帝子，碧莲宫，不驾云车骑白龙。瑶池路远羽衣湿，玉佩泠泠明月中。

刘　翰　　　　桂殿秋·寿于湖先生之二

双玉节，到神京，碧杯仙露冷如冰。一声金磬千花发，洞口天风吹酒醒。

李仁本　　　　桂殿秋·题洞霄之一

飞翠盖，走篮舆，乱山千叠为先驱。洞天迎目深且窈，满耳天风吹步虚。

李仁本　　　　桂殿秋·题洞霄之二

巑兽石，错虬松，黛岚终日下天风。杖藜携我恣遥望，缥缈霓裳飞碧空。

李仁本　　　　桂殿秋·题洞霄之三

金带重，紫袍宽，到头不似羽衣闲。君王若许供香火，神武门前早挂冠。

桂飘香

即《花心动》，曹冠词调名为《桂飘香》。详见《花心动》条。

曹 冠　　桂飘香·律应清商

律应清商，嫩凉生、金风乍飘林叶。玉兔腾精，光浸楼台，宛似广寒宫阙。远山横翠烟霏敛，鹊枝绕、蛩声凄切。气萧爽，一年好处，桂花时节。　　香压群芳妙绝，记蟾窟高枝，两曾攀折。思报君亲，何事壮怀犹郁。傅岩莘野时方隐，心先定、经纶施设。赏花醉，持杯更邀皓月。

桃源忆故人

又名《桃园忆故人》、《转声虞美人》、《虞美人影》、《醉桃源》、《杏花风》。双调，有四十八字、四十九字数体，皆为上下片各四句、四仄韵。此调与《胡捣练》格极相近，故张先词或名《胡捣练》。但此调首句入韵，《胡捣练》首句不入韵。

欧阳修　桃源忆故人·梅梢弄粉香犹嫩

梅梢弄粉香犹嫩，欲寄江南春信。别后寸肠萦损，说与伊争稳。　　小炉独守寒灰烬，忍泪低头画尽。眉上万重新恨，竟日无人问。

欧阳修　桃源忆故人·莺愁燕苦春归去

莺愁燕苦春归去，寂寂花飘红雨。碧草绿杨岐路，况是长亭暮。　　少年行客情难诉，泣对东风无语。目断两三烟树，翠隔江淹浦。

欧阳修　桃源忆故人·碧纱影弄东风晓

碧纱影弄东风晓，一夜海棠开了。枝上数声啼鸟，妆点愁多少。　　妒云恨雨腰肢袅，眉黛不忺重扫。薄幸不来春老，羞带宜男草。

苏 轼 桃源忆故人·暮春

华胥梦断人何处，听得莺啼红树。几点蔷薇香雨，寂寞闲庭户。　　暖风不解留花住，片片著人无数。楼上望春归去，芳草迷归路。

黄庭坚 桃源忆故人·碧天露洗春容净

碧天露洗春容净，淡月晓收残晕。花上密烟飘尽，花底莺声嫩。　　云归楚峡厌厌困，两点遥山新恨。和泪暗弹红粉，生怕人来问。

秦 观 桃源忆故人·玉楼深锁薄情种

玉楼深锁薄情种，清夜悠悠谁共。羞见枕衾鸳凤，闷即和衣拥。　　无端画角严城动，惊破一番新梦。窗外月华霜重，听彻梅花弄。

赵子发 桃源忆故人·芳菲已有东风露

芳菲已有东风露，寒著轻罗未去。午夜鸾车鹤驭，散入千莲步。　　粉香度曲嬉游女，草草相逢无据。肠断泪零无数，洒作花梢雨。

王庭珪 桃源忆故人·催花一霎清明雨

辰州泛舟送郭景文、周子康赴行在

催花一霎清明雨，留得东风且住。两岸柳汀烟坞，未放行人去。　　人如双鹄云间举，明夜扁舟何处。只向武陵南渡，便是长安路。

王道亨 桃源忆故人·刘郎自是桃花主

刘郎自是桃花主，不许春风闲度。春色易随风去，片片伤春暮。　　返魂不用清香炷，却有梅花淡伫。从此镇长相顾，不怨飘残雨。

王之道 桃源忆故人·追和东坡韵呈曾倅子修之一

逢人借问春归处，遥指芜城烟树。收尽柳梢残雨，月闯西南户。　　游丝不解留伊住，漫惹闲愁无数。燕子为谁来去，似说江头路。

王之道　桃源忆故人·追和东坡韵呈曾倅子修之二

不知春色归何处，但见茂林芳树。庭巷落花如雨，斗乱穿窗户。　晚行溪上东风住，荷点青钱无数。蛱蝶飞来还去，错认花间路。

王之道　桃源忆故人·追和东坡韵呈曾倅子修之三

南园最是花多处，门掩绿杨千树。别后几番风雨，碧藓侵苔户。　侬家旧在郊西住，门外远山无数。谁道不如归去，咫尺长安路。

王之道　桃源忆故人·和张文伯送春之一

依依杨柳青青草，梦断画桥春晓。风里落花如扫，莫厌寻芳早。　酴醾芍药看来好，恰似江湖遗老。锦缎荷□传到，愧乏琼瑶报。

王之道　桃源忆故人·和张文伯送春之二

望中风絮迷烟草，愁结几番昏晓。花径有时亲扫，载酒应须早。　人情曷似春山好，山色不随春老。旧隐何当重到，迎得平安报。

朱敦儒　桃源忆故人·飘萧我是孤飞雁

飘萧我是孤飞雁，不共红尘结怨。几度蓬莱清浅，侧翅曾傍看。　有时飞入西真院，许趁风光流转。玉蕊绿花开遍，可惜无人见。

朱敦儒　桃源忆故人·小园雨霁秋光转

小园雨霁秋光转，天气微寒犹暖。黄菊红蕉庭院，翠径苔痕软。　眼前明快眉间展，细酌霞觞不浅。一曲广陵弹遍，目送飞鸿远。

朱敦儒　桃源忆故人·雨斜风横香成阵

雨斜风横香成阵，春去空留春恨。欢少愁多因甚，燕子浑难问。　碧尖蹙损眉慵晕，泪湿燕支红沁。可惜海棠吹尽，又是黄昏近。

朱敦儒　　桃源忆故人·西楼几日无人到

西楼几日无人到，依旧红围绿绕。楼下落花谁扫，不见长安道。　　碧云望断无音耗，倚遍阑干残照。试问泪弹多少，湿遍楼前草。

朱敦儒　　桃源忆故人·谁能留得朱颜住

谁能留得朱颜住，枉了百般辛苦。争似萧然无虑，任运随缘去。　　人人放著逍遥路，只怕君心不悟。弹指百年今古，有甚成亏处。

朱敦儒　　桃源忆故人·玉笙吹彻清商后

玉笙吹彻清商后，寂寞弓弯舞袖。巧画远山不就，只为眉长皱。　　灵犀望断星难透，立到凄凉时候。今夜月明如画，人共梅花瘦。

曾　协　　桃源忆故人·和翁士秀

野亭问柳今朝试，更访小园开未。月下山横空际，两两修眉对。　　骚人对此增高致，意入笔端清邃。投分周郎心醉，真解消人意。

赵彦端　　桃源忆故人·修檐堕玉欺窗竹

修檐堕玉欺窗竹，独坐冷云堆屋。此味与谁同宿，几寸东斋烛。　　烟鬟雾鬓春山曲，好梦浅愁相续。那慰沈腰如束，歌意灯前足。

王千秋　　桃源忆故人·移灯背月穿金缕

移灯背月穿金缕，合色鞋儿初做。却被阿谁将去，鹦鹉能言语。　　朝来半作凌波步，可惜孤鸾□侣。若念玉纤辛苦，早与成双取。

管　鉴　　桃源忆故人·寿芽初长香英嫩

郑德舆饯别元益，余亦预席。醉中诸姬索词，为赋一阕

寿芽初长香英嫩，拾翠芳洲春近。倩笑脸霞羞褪，真个都风韵。　　垂鬟小舞幺歌趁，莺语绿杨娇困。多少旧愁新恨，一醉浑消尽。

管　鉴　　桃源忆故人·小园日日狂风雨

小园日日狂风雨，几阵桃花红去。惟有绿窗朱户，春色常如许。　　歌声屡唤飞云驻，销得行人且住。倒尽玉壶春露，醉到无愁处。

陆　游　　桃源忆故人·并序

三荣郡治之西，因子城作楼观，曰高斋。下临山村，萧然如世外。予留七十日，被命参成都戎幕而去。临行，徙倚竟日，作桃源忆故人一首

斜阳寂历柴门闭，一点炊烟时起。鸡犬往来林外，俱有萧然意。　　衰翁老去疏荣利，绝爱山城无事。临去画楼频倚，何日重来此。

陆　游　　桃源忆故人·应灵道中

栏干几曲高斋路，正在重云深处。丹碧未干人去，高栋空留句。　　离离芳草长亭暮，无奈征车不住。惟有断鸿烟渚，知我频回顾。

陆　游　　桃源忆故人·一弹指顷浮生过

一弹指顷浮生过，堕甑元知当破。去去醉吟高卧，独唱何须和。　　残年还我从来我，万里江湖烟舸。脱尽利名缰锁，世界元来大。

陆　游　　桃源忆故人·城南载酒行歌路

城南载酒行歌路，冶叶倡条无数。一朵鞓红凝露，最是关心处。　　莺声无赖催春去，那更兼旬风雨。试问岁华何许，芳草连天暮。

陆　游　　桃源忆故人·题华山图

中原当日三川震，关辅回头煨烬。泪尽两河征镇，日望中兴运。　　秋风霜满青青鬓，老却新丰英俊。云外华山千仞，依旧无人问。

李　漳　　　　桃源忆故人·闺情

小楼帘卷栏干外，花下朱门半启。中有倾城佳丽，一笑西风里。　　盈盈临水情难致，尽日相看如醉。乾鹊不知人意，只管声声喜。

张孝祥　桃源忆故人·朔风弄月吹银霰

朔风弄月吹银霰，帘幕低垂三面。酒入玉肌香软，压得寒威敛。　　檀槽乍捻么丝慢，弹得相思一半。不道有人肠断，犹作声声颤。

赵长卿　　　　桃源忆故人·初春

夜来一夜东风暖，春到桃腮柳眼。对景可堪肠断，强把愁眉展。　　花期惹起归期念，前事从头忖遍。凝想水遥山远，空结相思怨。

程　垓　桃源忆故人·粉霜拂拂凝香砌

粉霜拂拂凝香砌，酝酿梅花天气。月上小窗如水，冷浸人无寐。　　平生可惯闲憔悴，担负新愁不起。消遣夜长无计，只倚熏香睡。

何　澹　桃源忆故人·拍堤芳草随人去

拍堤芳草随人去，洞口山无重数。翦朝露成树，争晚渔翁住。　　今人忍听秦人语，只有花无今古。欲饮仙家寿醑，记取桥边路。

马子严　桃源忆故人·几年闲作园林主

几年闲作园林主，未向梅花著语。雪后又开半树，风递幽香去。　　断魂不为花间女，枝上青禽□诉。我是西湖处士，长恨芳时误。

杨炎正　桃源忆故人·尊前未语眉先皱

尊前未语眉先皱，只把横波斜溜。此意问春知否，蝶困蜂儿瘦。　　瞇膎呷丁些来酒，越会把人僝僽。有个约伊时候，

梦里来相就。

宋先生　桃源忆故人·自从师指天机道

自从师指天机道，万卷仙经都晓。若会运精归脑，颜貌长不老。　　真铅真汞人知少，乌兔烹煎成宝。身外有身方了，玉帝金书召。

汪　莘　桃源忆故人·人间只解留春住

人间只解留春住，不管秋归去。一阵西窗风雨，秋也归何处。　　柴扉半掩闲庭户，黄叶青苔无数。犹把小春分付，梅蕊前村路。

韩　淲　桃源忆故人·杏花风

杏花雨里东风峭，不比寻常开了。枝上飞来多少，人与春将老。　　山城灯火笙箫杳，梦到十洲三岛。睡觉绮窗清晓，绿遍池塘草。

吴礼之　桃源忆故人·春暮

画桥流水飞花舞，柳外斜风细雨。红瘦绿肥春暮，肠断桃源路。　　欢随仙子乘鸾去，镂月裁云何处。唯有病和愁绪，肯伴刘郎住。

郑　域　桃源忆故人·春愁

东风料峭寒吹面，低下绣帘休卷。憔悴怕他春见，一任莺花怨。　　新愁不受诗排遣，尘满玉毫金砚。若问此愁深浅，天阔浮云远。

史达祖　桃源忆故人·双鸳蹩月天津近

双鸳蹩月天津近，归后嫩情常剩。灯市一年愁凝，心共梅花冷。　　网尘洞户春沉静，衰尽冶游情性。羞见素娥娇影，明似愁鸾镜。

史达祖　桃源忆故人·赋桃花

明霞烘透春机杼，春在明霞多处。我是有诗渔父，一梦秦天古。　　柳枝巷陌深朱户，墙外风流一树。十五年来凝伫，

弹尽胭脂雨。

刘学箕　桃源忆故人·暮霞散绮西溪浦

暮霞散绮西溪浦，天上晴云开絮。清绝梅花几树，恼乱春愁处。　小桥流水人来去，沙岸浴鸥飞鹭。谁画江南好处，著我闲巾屦。

吴文英　桃源忆故人·越山青断西陵浦

越山青断西陵浦，一片密阴疏雨。潮带旧愁生暮，曾折垂杨处。　桃根桃叶当时渡，呜咽风前柔橹。燕子不留春住，空寄离樯语。

周　密　桃源忆故人·流苏静掩罗屏小

流苏静掩罗屏小，春梦苦无分晓。一缕旧情谁表，暗逐余香袅。　相思谩寄流红杳，人瘦花枝多少。郎马未归春老，空怨王孙草。

仇　远　桃源忆故人·苎萝山下花藏路

苎萝山下花藏路，只许流莺来去。吹落梨花无数，香雪迷官渡。　浣纱溪浅人何许，空对碧云凝暮。归去春愁如雾，奈五更风雨。

无名氏　桃源忆故人·园林万木凋零尽

园林万木凋零尽，惟是寒梅香喷。不许雪霜欺损，迥有天然性。　南枝渐吐红苞嫩，冠绝夭桃繁杏。不记故人音信，对景成离恨。

无名氏　桃源忆故人·江天雪意云飞重

江天雪意云飞重，却倚阑干初冻。回傍小楼独拥，尽日无人共。　墙梅未落春先纵，欲寄一枝谁送。月夜暗香浮动，似作离人梦。

无名氏　桃源忆故人·蜡梅

南枝向暖清香喷，谁付骚人词咏。一种陇头春信，不借胭脂晕。　梢头谁把轻黄揾，浑似不忺施粉。疑是寿阳孤冷，

染得相思病。

无名氏　桃源忆故人·寒苞初吐黄金莹

寒苞初吐黄金莹，色染蔷薇犹嫩。枝上紫檀香喷，洒落饶风韵。　南枝一种同春信，何事不忺朱粉。自称霓裳孤冷，怨感宫腰恨。

无名氏　桃源忆故人·贺生第二子

庭槐沐雨翻新翠，叠雪香罗初试。铃响彩旗天坠，忽报徐卿二。　帘帏坐客欢声沸，脱紫须烦半臂。借问月娥知未，速长蟾宫桂。

桃源行

此调本名《凤栖梧》，贺铸词名《桃源行》。详见《凤栖梧》条。

贺　铸　桃源行·流水长烟何缥缈

流水长烟何缥缈，诘□□□，□逗渔舟小。夹岸桃花烂□□，□□□□□□□。　箫闲村落田畴好，避地移家，□□□□□。□□殷勤送归棹，闲边勿为他人道。

索　酒

调见曹勋《松隐集》。自注："四时景物须酒之意"。因以"索酒"为调名。双调，一百零四字，上片十句、四仄韵，下片九句、四仄韵。此调系曹勋自制曲。

曹　勋　索酒·四时景物须酒之意

乍喜惠风初到，上林翠红，竞开时候。四吹花香扑鼻，露裁烟染，天地如绣。渐觉南薰，总冰绡纱扇避烦昼。共游凉亭消暑，细酌轻讴须酒。　江枫装锦雁横秋，正皓月莹空，翠阑侵斗。况素商霜晓，对径菊、金玉芙蓉争秀。万里彤云，散飞霙，炉中焰红兽。便须点水傍边，最宜著酉。

鬲溪梅令

姜夔自度曲。又名《高溪梅令》、《鬲溪梅》。双调，四十八字，上下片各四句、四平韵。此调只姜夔一词。

姜　夔　　　　　鬲溪梅令·好花不与殢香人

丙辰冬自无锡归，作此寓意

好花不与殢香人，浪粼粼。又恐春风归去绿成阴，玉钿何处寻。　木兰双桨梦中云，小横陈。漫向孤山山下觅盈盈，翠禽啼一春。

夏云峰

调见柳永《乐章集》。双调，九十一字数体。其上下片各八句、五平韵为正体；上片九句、四平韵，下片九句、五平韵为变体等。又即《金明池》，仲殊词名《夏云峰》。

柳　永　　　　　夏云峰·宴堂深

宴堂深，轩楹雨，轻压暑气低沉。花洞彩舟泛斝，坐绕清浔。楚台风快，湘簟冷、永日披襟。坐久觉、疏弦脆管，时换新音。　越娥兰态蕙心，逞妖艳、昵欢邀宠难禁。筵上笑歌间发，舄履交侵。醉乡归处，须尽兴、满酌高吟。向此免、名缰利锁，虚费光阴。

仲　殊　　　　　夏云峰·伤春

天阔云高，溪横水远，晚日寒生轻晕。闲阶静、杨花渐少，朱门掩、莺声犹嫩。悔匆匆、过却清明，旋占得余芳，已成幽恨。都几日阴沉，连宵慵困，起来韶华都尽。　怨入双眉闲斗损，乍品得情怀，看承全近。深深态、无非自许，厌厌意、终羞人问。争知道、梦里蓬莱，待忘了余香，时传音信。纵留得莺花，东风不住，也则眼前愁闷。

张元幹　　夏云峰·丙寅六月为筠翁寿

涌冰轮，飞沆瀣，霄汉万里云开。南极瑞占象纬，寿应三台。锦肠珠唾，钟间气、卓荦天才。正暑，有祥光照社，玉燕投怀。　　新堂深处捧杯，乍香泛水芝，空翠风回。凉送艳歌缓舞，醉胃瑶钗。长生难老，都道是、柏叶仙阶。笑傲，且山中宰相，平地蓬莱。

曹　勋　　夏云峰·圣节

绍洪基，抚万宇，中兴宝运符千。枢电瑞绕，景命燕及云天。挺生真主，平四海、复禹山川。班列立、瞻云就日，职贡衣冠。　　欢均鳌禁鹓鸾，望花城粉黛，金兽祥烟。笙箫缓奏，化国日永留连。宝觞亲劝，须纵饮、歌舞韶妍。都是祝、南山圣寿，亿万斯年。

曹　勋　　夏云峰·端午

五云开，过夜来、初收几阵梅雨。画罗携芳扇，正喜逢重午。角黍星团，巧萦臂、龙纹轻缕。细祝降福天中，列箫韶歌舞。　　薰风凉殿开处，称绡裙雾縠，莲步俦侣。翠铺交枝艾，便手香微度。菖丝浮玉，向台榭、留连欢聚。笑语，自有冰姿消烦暑。

赵长卿　　夏云峰·初秋有作

露华清，天气爽、新秋已觉凉生。朱户小窗，坐来低按秦筝。几多妖艳，都总是、白雪余声。那更、玉肌肤韵胜，体段轻盈。　　照人双眼偏明，况周郎、自来多病多情。把酒为伊，再三著意须听。销魂无语，一任侧耳与心倾。是我不卿卿，更有谁可卿卿。

无名氏　　夏云峰·琼结苞

琼结苞，酥凝蕊，粉心轻点胭脂。疑是素娥妆罢，玉翠低垂。化工深意，巧付与、别个标仪。怎奈向，风寒景里，独是开时。　　缘何不与春期，此花又、岂肯争竞芳菲。疑雨恨烟，忍见岭畔江湄。冷烟幽艳，曾不许、霜雪相欺。只恐向，笛声怨处，吹落残枝。

夏日燕黉堂

调见《乐府雅词》。一作《夏日宴黉堂。双调，有九十八字、九十九字两体，上下片各十句、五平韵。

赵必瑑　　夏日燕黉堂·和竹硐韵寿匝峰使君

赤城中，奏鹤笙一曲，玉佩丁东。蒲节后七日，宴翠阆琼宫。年年王母来称寿，醉蟠桃、几度东风。簇花间五马，轻裘短帽，雪鬓吟翁。　　魁宿耀三雍，曾归车共载，非虎非熊。急流勇退，渊底卧骊龙。山中不用官三品，垫角巾、人慕林宗。记亳州旧事，画鸱夷子，献与恭公。

无名氏　　夏日燕黉堂·日初长

日初长，正园林换叶，瓜李飘香。帘外雨过，送一霎微凉。萍芜径，曲凝珠颗，衬汀沙、细簇蜂房。被晚风轻飐，圆荷翻水，泼觉鸳鸯。　　此景最难忘，趁芳樽泛蚁，筠簟铺湘。兰舟棹稳，倚何处垂杨。岂能文字成狂饮，更红裙、闲也何妨。任醉归明月，虾须帘筛，几线余霜。

夏初临

即《燕春台》。因黄裳有夏宴词，刘泾改调名为《夏初临》。详见《燕春台》条。

刘　泾　　夏初临·夏景

泛水新荷，舞风轻燕，园林夏日初长。庭树阴浓，雏莺学弄新簧。小桥飞入横塘，跨青蘋、绿藻幽香。朱阑斜倚，霜纨未摇，衣袂先凉。　　歌欢稀遇，怨别多同，路遥水远，烟淡梅横。轻衫短帽，相携洞府流觞。况有红妆，醉归来、宝蜡成行。拂牙床，纱厨半开，月在回廊。

曹　冠　　　夏初临·琴拂虞薰

琴拂虞薰，月裁班扇，麦秋槐夏清和。笋变琅玕，绛榴细蹙香罗。绿云初展圆荷。见金鳞、戏跃清波。山丹舒艳，葵花映日，萱草成窠。　　浮云富贵，出处无心，好天风月，如意偏多。功名事业，壮怀岂肯蹉跎。待拥雕戈，洗胡尘、须挽天河。醉挥毫，知音为我，发兴高歌。

曹　冠　　　夏初临·婺州郡圃

水榭风台，竹轩梅径，双溪新创名园。极目遐观，碧岑敛散瑶烟。柳塘风皱清涟，烂红云、花岛争妍。艳妆佳丽，相携笑歌，学弄秋千。　　遨头多暇，命友寻芳，赏心行乐，物态熙然。偎香拾翠，雅宜飞盖联翩。满劝金船，任玉山、频醉花前。且留连，赏月画阑，拟斗婵娟。

曹　冠　　　夏初临·翠入烟岚

淳熙戊戌四月既望，游涵碧，登生秋、冲霄二亭，觞咏竟日。是日也，初夏恢台，园林茂密。瀑泉镗鞳，松韵笙箫。峦翠波光，上下相映。佳山句在，我思古人，对景兴怀，视今犹昔，何异乎兰亭之感慨也。赋夏初临一阕，以纪时日

翠入烟岚，绿铺槐幄，薰风初扇微和。茂樾扶疏，绛榴花映庭柯。瀑泉飞下层坡，间新篁、夹径青莎。良辰佳景，登临隽游，清兴何多。　　流觞高会，不减兰亭，感怀书事，聊寄吟哦。升沉变化，任它造物如何。蹑磴攀萝，上冲霄、满饮高歌。醉还醒，重宴画楼，赏玩金波。

洪咨夔　　　夏初临·铁瓮栽荷

铁瓮栽荷，铜彝种菊，胆瓶萱草榴花。庭户深沉，画图低映窗纱。数枝奇石谽谺，染宣和、瑞露明霞。于菟长啸，风林未鸣，霜草先斜。　　雪丝香里，冰粉光中，兴来进酒，睡起分茶。轻雷急雨，银篁迸插檐牙。凉入琵琶，枕帏开、又送蟾华。问生涯，山林朝市，取次人家。

破子清平乐

即《清平乐》，宋王安石词名《破子清平乐》。详见《清平乐》条。

王安中　　破子清平乐·烟云千里

烟云千里，一抹西山翠。碧瓦红楼山对起，楼下飞花流水。　锦堂风月依然，后池莲叶田田。缥缈贯珠歌里，从容倒玉尊前。

破 字 令

宋赐高丽《五羊仙舞队曲》名。双调，五十字，上片四句、三仄韵，下片五句、三仄韵。调见《高丽史·乐志》宋无名氏词。

无名氏　　破字令·青春玉殿和风细

青春玉殿和风细，奏箫韶络绎。瑞绕行云飘飘曳，泛金尊、流霞艳溢。　瑞日晖晖临丹扆，广布慈德宸遐迩。愿听歌声舞缀，万万年、仰瞻宴启。

无名氏　　破字令·缥缈三山岛

缥缈三山岛，十万岁、方分昏晓。春风开遍碧桃花，为东君一笑。　祥飙暂引香尘到，祝高龄、后天难老。瑞烟散碧，归云弄暖，一声长啸。

破 阵 子

又名《十拍子》、《破队子》、《齐破阵》、《醉琼枝》，唐教坊曲名。陈旸《乐书》："唐《破阵乐》属龟兹

部，秦王所制。舞用二千人，皆画衣甲，执旗旆。外藩镇春衣犒军设乐，亦舞此曲。兼马军引入场，尤壮观也。”唐《破阵乐》为七言绝句，此调是用旧曲名另创新声。又名《十拍子》。双调，六十二字，上下片各五句、三平韵。

晏　殊　　　破阵子·春景

燕子来时新社，梨花落后清明。池上碧苔三四点，叶底黄鹂一两声，日长飞絮轻。　巧笑东邻女伴，采桑径里逢迎。疑怪昨宵春梦好，元是今朝斗草赢，笑从双脸生。

晏　殊　　　破阵子·海上蟠桃易熟

海上蟠桃易熟，人间好月长圆。惟有擘钗分钿侣，离别常多会面难，此情须问天。　蜡烛到明垂泪，熏炉尽日生烟。一点凄凉愁绝意，谩道秦筝有剩弦，何曾为细传。

晏　殊　　　破阵子·燕子欲归时节

燕子欲归时节，高楼昨夜西风。求得人间成小会，试把金尊傍菊丛，歌长粉面红。　斜日更穿帘幕，微凉渐入梧桐。多少襟怀言不尽，写向蛮笺曲调中，此情千万重。

晏　殊　　　破阵子·忆得去年今日

忆得去年今日，黄花已满东篱。曾与玉人临小槛，共折香英泛酒卮，长条插鬓垂。　人貌不应迁换，珍丛又睹芳菲。重把一尊寻旧径，所惜光阴去似飞，风飘露冷时。

晏　殊　　　破阵子·湖上西风斜日

湖上西风斜日，荷花落尽红英。金菊满丛珠颗细，海燕辞巢翅羽轻，年年岁岁情。　美酒一杯新熟，高歌数阕堪听。不向尊前同一醉，可奈光阴似水声，迢迢去未停。

晏几道　　　破阵子·柳下笙歌庭院

柳下笙歌庭院，花间姊妹秋千。记得春楼当日事，写向红窗夜月前，凭谁寄小莲。　绛蜡等闲陪泪，吴蚕到了缠绵。绿鬓能供多少恨，未肯无情比断弦，今年老去年。

贺　铸　　　破阵子·槛外雨波新涨

原误作《定风波》

槛外雨波新涨，门前烟柳浑青。寂寞文园淹卧久，推枕援琴涕自零，无人著意听。　　绪绪风披芸幌，骎骎月到萱庭。长记合欢东馆夜，与解香罗掩绣屏，琼枝半醉醒。

陆　游　　　破阵子·仕至千钟良易

仕至千钟良易，年过七十常稀。眼底荣华元是梦，身后声名不自知，营营端为谁。　　幸有旗亭沽酒，何妨茧纸题诗。幽谷云萝朝采药，静院轩窗夕对棋，不归真个痴。

陆　游　　　破阵子·看破空花尘世

看破空花尘世，放轻昨梦浮名。蜡屐登山真率饮，筇杖穿林自在行，身闲心太平。　　料峭余寒犹力，帘纤细雨初晴。苔纸闲题谿上句，菱唱遥闻烟外声，与君同醉醒。

范成大　　　破阵子·祓禊

漂泊天隅佳节，追随花下群贤。只欠山阴修禊帖，却比兰亭有管弦，舞裙香未湔。　　泪竹斑中宿雨，折桐雪里蛮烟。唤起杜陵饥客恨，人在长安曲水边，碧云千叠山。

张孝忠　　　破阵子·北湖次唐教授韵

占气中涵清淑，征诗古富篇章。杖屦闲随鱼□乐，怀抱清如湖水凉，何殊吴越乡。　　风柳春容袅袅，水花月影汪汪。且把清尊浇磊磈，莫为浮名愁肺肠，星星白发长。

辛弃疾　　　破阵子·为范南伯寿

时南伯为张南轩辟宰泸溪，南伯迟迟未行，因赋此词勉之

掷地刘郎玉斗，挂帆西子扁舟。千古风流今在此，万里功名莫放休，君王三百州。　　燕雀岂知鸿鹄，貂蝉元出兜鍪。却笑泸溪如斗大，肯把牛刀试手不，寿君双玉瓯。

辛弃疾　　　破阵子·为陈同甫赋壮语以寄

醉里挑灯看剑，梦回吹角连营。八百里分麾下炙，五十弦翻塞外声，沙场秋点兵。　　马作的卢飞快，弓如霹雳弦惊。了却君王天下事，赢得生前身后名，可怜白发生。

辛弃疾　　　破阵子·赠行

少日春风满眼，而今秋叶辞柯。便好消磨心下事，莫忆寻

常醉后歌，可怜白发多。　明日扶头颠倒，倩谁伴舞婆娑。我定思君拚瘦损，君不思兮可奈何，天寒将息呵。

辛弃疾　破阵子·硖石道中有怀子似

宿麦畦中雉鷕，柔桑陌上蚕生。骑火须防花月暗，玉唾长携彩笔行，隔墙人笑声。　莫说弓刀事业，依然诗酒功名。千载图中今古事，万石溪头长短亭，小塘风浪平。

辛弃疾　破阵子·赵晋臣敷文幼女县主觅词

菩萨丛中惠眼，硕人诗里蛾眉。天上人间真福相，画就描成好靥儿，行时娇更迟。　劝酒偏他最劣，笑时犹有些痴。更著十年君看取，两国夫人更是谁，殷勤秋水词。

程　垓　破阵子·小小红泥院宇

小小红泥院宇，深深翠色屏帏。簇定熏炉酥酒软，门外东风寒不知，恰疑三月时。　钗影半欹绿子，歌声轻度红儿。醉里不愁更漏断，更要梅花看几枝，起来霜月低。

仇　远　破阵子·柳浪六桥春碧

柳浪六桥春碧，香尘十里花风。好是烂游浓醉后，画□阑干见小红，红明绿暗中。　旧约涌金门道，纱笼毕竟相逢。只恐入城归路杂，便转头树北云东，侯门深几重。

破阵乐

唐教坊曲名。调见柳永《乐章集》。双调，一百三十三字数体。其上片十四句、五仄韵，下片十六句、五仄韵为正体；其上片十四句、四仄韵，下片十六句、五仄韵为变体等。

柳　永　破阵乐·露花倒影

露花倒影，烟芜蘸碧，灵沼波暖。金柳摇风树树，系彩舫龙舟遥岸。千步虹桥，参差雁齿，直趋水殿。绕金堤、曼衍鱼龙戏，簇娇春罗绮，喧天丝管。霁色荣光，望中似睹，蓬莱清浅。　时见，凤辇宸游，鸾觞禊饮，临翠水、开镐宴。两两

轻舠飞画楫，竞寻锦标霞烂。罄欢娱，歌鱼藻，徘徊宛转。别有盈盈游女，各委明珠，争收翠羽，相将归远。渐觉云海沉沉，洞天日晚。

张　先　　　　**破阵乐·钱塘**

四堂互映，双门并丽，龙阁开府。郡美东南第一，望故苑、楼台霏雾。垂柳池塘，流泉巷陌，吴歌处处。近黄昏，渐更宜良夜，簇簇繁星灯烛，长衢如昼，暝色韶光，几许粉面，飞甍朱户。　　和煦，雁齿桥红，裙腰草绿，云际寺、林下路。酒熟梨花宾客醉，但觉满山箫鼓。尽朋游、同民乐，芳菲有主。自此归从泥诏，去指沙堤，南屏水石，西湖风月，好作千骑行春，画图写取。

换追风

此调本名《减字浣溪沙》，贺铸词有“当时曾约换追风”句，故更名《换追风》。详见《减字浣溪沙》条。

贺　铸　　　　**换追风·掌上香罗六寸弓**

掌上香罗六寸弓，雍容胡旋一盘中，目成心许两匆匆。
别夜可怜长共月，当时曾约换追风，草生金埒画堂空。

换巢鸾凤

调见史达祖《梅溪词》，系史达祖自制曲。因其词中有“换巢鸾凤教偕老”句，取以为调名。双调，一百字，上片九句、五平韵、一叶韵，下片十一句、六叶韵。此调只史达祖一词。

史达祖　　　　**换巢鸾凤·梅意**

花庵作春情

人若梅娇，正愁横断坞，梦绕溪桥。倚风融汉粉，坐月怨秦箫。相思因甚到纤腰。定知我今，无魂可销。佳期晚，漫几

度、泪痕相照。　　人悄，天眇眇。花外语香，时透郎怀抱。暗握荑苗，乍尝樱颗，犹恨侵阶芳草。天念王昌忒多情，换巢鸾凤教偕老。温柔乡，醉芙蓉、一帐春晓。

换遍歌头

调见《岁时广记》卷十宋王诜词。双调，九十五字。上片十句、五仄韵，下片九句、六仄韵。

王　诜　　　　换遍歌头·雪霁轻尘敛

雪霁轻尘敛，好风初报柳。春寒浅、当三五。是处鳌山耸，金羁宝乘，游赏遍蓬壶。向黄昏时候，对双龙阙门前，皓月华灯射，变清昼。　　彩凤低衔天语，承宣诏传呼。飞上层霄，共陪霞觞频举。更渐阑，正回路。遥拥车佩珊珊，笼纱满香衢。指凤楼、相将醉归去。

捣练子

以咏捣练而得名，多作妻子怀念征夫之词。又名《捣练子令》、《古捣练子》、《夜如年》、《夜捣衣》、《望书归》、《翦征袍》、《杵声齐》、《深院月》、《深院花》、《深夜月》、《潇湘神》。单调二十七字、五句、三平韵；双调三十八字，上下片各五句、三平韵。

黄庭坚　　　　捣练子·梅凋粉

梅凋粉，柳摇金，微雨轻风敛陌尘。厚约深盟何处诉，除非重见那人人。

李　石　　　　捣练子·送别

斟别酒，问东君，一年一度一回新。看百花，飘舞茵。
斟别酒，问行人，莫将别泪裛罗巾。早归来，依旧春。

李　石　　　　捣练子·腰束素

腰束素，鬓垂鸦，无情笑面醉犹遮。扇儿扇，瞥见些。

双凤小，玉钗斜，芙蓉衫子藕花纱。戴一枝，薝卜花。

李　石　　　　捣练子·心自小

心自小，玉钗头，月娥飞下白蘋洲。水中仙，月下游。江汉佩，洞庭舟，香名薄幸寄青楼。问何如，打泊浮。

李　石　　　　捣练子·红粉里

红粉里，绛金裳，一卮仙酒艳晨妆。醉温柔，别有乡。清暑殿，藕风凉，鸡头擘破误君王。泣梨花，春梦长。

沈　瀛　　　　捣练子·存神词

神欲出，便收来，神返心中气自回。换丹元，朝玉台。时运水，日搬柴，寸田一点是根荄。这交梨，常种栽。

沈　瀛　　　　捣练子·神欲出

神欲出，便收来，神返心中气自回。返婴儿，成圣胎。灵液注，蕊珠开，大丹炉里响如雷。忽飞升，游九垓。

沈　瀛　　　　捣练子·放下著之一

放下著，须弥山，分明北斗面南看。没丝毫，相阻拦。休侘傺，莫颟顸，含元殿上问长安。欲归家，行路难。

沈　瀛　　　　捣练子·放下著之二

放下著，须弥山，百斛油麻水上摊。欲成团，真个难。除有累，去痴顽，无心犹是隔重关。到其中，方是安。

沈　瀛　　　　捣练子·放下著之三

放下著，须弥山，情人今日出阳关。看人间，天地宽。徒缱绻，枉汍澜，别郎容易见郎难。且还家，重整冠。

宋先生　　　　捣练子·真水火

真水火，谢师传，黑铅红汞鼎中煎。现神光，满目前。丹砂就，是神仙，金鼎捉住寿同天。待功成，玉帝宣。

陈　著　　　　**捣练子·晓起**

花影乱，晓窗明，莺弄春笙柳外声。和梦卷帘飞絮入，牡丹无语正盈盈。

无名氏　　　　**捣练子·八梅之一**

捣练子，赋梅枝，暖借东风次第吹。自是百花留不住，让教先发放春归。

无名氏　　　　**捣练子·八梅之二**

捣练子，赋梅芳，柳绿桃红谩点妆。试问仙标横竹外，敢同高节伴冰霜。

无名氏　　　　**捣练子·八梅之三**

捣练子，赋梅红，玉体凝酥半醉中。诗酒兴来须要早，忍看红雨落西东。

无名氏　　　　**捣练子·八梅之四**

捣练子，赋梅香，蕙魄兰魂又再阳。只为人间无著处，借他龙笛返仙乡。

无名氏　　　　**捣练子·八梅之五**

捣练子，赋梅英，枝上商量细细生。不是根株贪结子，被吹羌笛两三声。

无名氏　　　　**捣练子·八梅之六**

捣练子，赋梅妆，镜里佳人傅粉忙。额子画成终未是，更须插向鬓云傍。

无名氏　　　　**捣练子·八梅之七**

捣练子，赋梅音，云底江南树树深。怅望故人千里远，故将春色寄芳心。

无名氏　　捣练子·八梅之八

捣练子，赋梅青，休共檀梨取次争。叶底青青如豆小，已知金鼎待和羹。

无名氏　　捣练子·欺万木

欺万木，怯寒时，倚阑初认月宫姬。拭新妆，披素衣。孤标韵，暗香奇，冰容玉艳缀琼枝。借阳和，天付伊。

无名氏　　捣练子·偏□戏

偏□戏，最风流，斗帐金猊暖不收。一阵蜜蜂狂絮里，酒酣眠折玉搔头。

无名氏　　捣练子·初酒醒

初酒醒，乍衣单，褪著裙儿侧著冠。门外小桥寒食夜，月明人去杏花残。

无名氏　　捣练子·心耿耿

心耿耿，泪双双，皓月清风冷透窗。人去秋来宫漏永，夜深无语对银缸。

无名氏　　捣练子·春恨

云鬟乱，晚妆残，带恨眉儿远岫攒。斜托香腮春笋懒，为谁和泪倚阑干。

无名氏　　捣练子·林下路

林下路，水边亭，凉吹水面散余酲。小藤床、随意横。暗记得、旧时经，翠荷闹雨做秋声。恁时节、不怕听。

逍遥乐

调见黄庭坚《山谷词》，因其词为咏游乐而作，故取其意以为调名。双调，九十八字，上片十一句、六仄韵，下片九句、五仄韵。此调只黄庭坚一词。

黄庭坚　　逍遥乐·春意渐归芳草

春意渐归芳草，故国佳人，千里信沉音杳。雨润烟光，晚景澄明，极目危栏斜照。梦当年少，对樽前、上客邹枚，小鬟燕赵。共舞雪歌尘，醉里谈笑。　　花色枝枝争好，鬓丝年年渐老。如今遇风景，空瘦损、向谁道。东君幸赐与，天幕翠遮红绕。休休，醉乡歧路，华胥蓬岛。

剔银灯

又名《剔银灯引》。双调数体。有七十四字、七十五字、七十六字、七十八字等。其七十五字，上下片各七句、五仄韵，为正体；其七十八字，上下片各七句、四仄韵，为变体等。

范仲淹　　剔银灯·与欧阳公席上分题

昨夜因看蜀志，笑曹操、孙权、刘备。用尽机关，徒劳心力，只得三分天地。屈指细寻思，争如共、刘伶一醉。　　人世都无百岁，少痴骏、老成尫悴。只有中间，些子少年，忍把浮名牵系。一品与千金，问白发、如何回避。

沈　邈　　剔银灯·途次南京忆营妓张温卿

一夜隋河风劲，霜湿水天如镜。古柳堤长，寒烟不起，波上月无流影。那堪频听，疏星外、离鸿相应。　　须信道、情多是病，酒未到、愁肠还醒。数叠兰衾，余香未减，甚时枕鸳重并。教伊须更，将盟誓、后约言定。

沈　邈　　剔银灯·江上秋高霜早

江上秋高霜早，云静月华如扫。候雁初飞，啼螀正苦，又

是黄花衰草。等闲临照，潘郎鬓、星星易老。　　那堪更、酒醒孤棹。望千里、长安西笑。臂上妆痕，胸前泪粉，暗惹离愁多少。此情谁表，除非是、重相见了。

柳　永　　　剔银灯·何事春工用意

何事春工用意，绣画出、万红千翠。艳杏夭桃，垂杨芳草，各斗雨膏烟腻。如斯佳致，早晚是、读书天气。　　渐渐园林明媚，便好安排欢计。论槛买花，盈车载酒，百琲千金邀妓。何妨沉醉，有人伴、日高春睡。

杜安世　　　剔银灯·昨夜一场风雨

昨夜一场风雨，催促牡丹归去。孙武宫中，石崇楼下，多情怎生为主。真疑洛浦，云水算、杳无重数。　　独倚阑干凝伫，香片乱沾尘土。争似当初，不曾相见，免恁恼人肠肚。绿丛无语，空留得、宝刀剪处。

杜安世　　　剔银灯·夜永衾寒梦觉

夜永衾寒梦觉，翠屏共、绣帏灯照。就枕思量，离多会少，孤负小欢轻笑。风流争表，空惹尽、一生烦恼。　　写遍香笺，分剖鳞翼，路遥难到。泪眼愁肠，朝朝暮暮，去便不知音耗。终须拚了，别选个、如伊才调。

杜安世　　　剔银灯·好事争如不遇

好事争如不遇，可惜许、多情相误。月下风前，偷期窃会，共把衷肠分付。尤云殢雨，正缱绻、朝朝暮暮。　　无奈别离情绪，和酒病、双眉长聚。往事凄凉，佳音迢递，似此因缘谁做。洞云深处，暗回首、落花飞絮。

毛　滂　　　剔银灯·帘下风光自足

同公素赋，侑歌者以七急拍七拜劝酒

帘下风光自足，春到席间屏曲。瑶瓮酥融，羽觞蚁闹，花映鄗湖寒绿。汨罗愁独，又何似、红围翠簇。　　聚散悲欢箭速，不易一杯相属。频剔银灯，别听牙板，尚有龙膏堪续。罗熏绣馥，锦瑟畔、低迷醉玉。

关　注　　**剔银灯·小院烟凉雨细**

小院烟凉雨细，正好恹恹春睡。蓦被金枝，连推绣枕，报道皇都书至。良人得意，集英殿、首攀仙桂。　斗帐重襟惊起，斜倚屏山偷喜。宝髻慵梳，香笺折破，果见中、高高名第。秦楼十二，知他向、谁家沉醉。

无名氏　　**剔银灯·庆生第五子**

古来五子伊谁，有唐室、五王称首。窦氏五龙，柳家五马，西晋室、陶家五柳。英名不朽，更东汉、马良并秀。　君今也、五男还又，应是五星孕就。腹笥五经，身膺五福，指日继、五侯之后。个般非偶，好与醉、刘伶五斗。

晕眉山

即《踏莎行》，因贺铸词有“镜晕眉山”句，故更名为《晕眉山》。详见《踏莎行》条。

贺　铸　　**晕眉山·镜晕眉山**

镜晕眉山，囊熏水麝，凝然风度长闲暇。归来定解鹔鹴裘，换时应倍骅骝价。　殢酒伤春，添香惜夜，依稀待月西厢下。梨花庭院雪玲珑，微吟独倚秋千架。

哨　遍

又名《松江哨遍》、《稍遍》。调见苏轼《东坡乐府》卷上，双调数体。其二百零三字，上片十七句、五仄韵、四叶韵，下片二十句、五仄韵、七叶韵为正体；其二百零三字，上片十七句、六仄韵、四叶韵，下片二十一句、九仄韵、五叶韵为变体等。

苏　轼　　**哨遍·为米折腰**

陶渊明赋归去来，有其词而无其声。余治东坡，筑雪堂于上，人俱笑其陋。独鄱阳董毅夫过而悦之，有卜邻之意。乃取

归去来词，稍加隐括，使就声律，以遗毅夫。使家僮歌之，时相从于东坡，释耒而和之，扣牛角而为之节，不亦乐乎

为米折腰，因酒弃家，口体交相累。归去来，谁不遣君归。觉从前皆非今是。露未晞，征夫指予归路，门前笑语喧童稚。嗟旧菊都荒，新松暗老，吾年今已如此。但小窗容膝闭柴扉，策杖看孤云暮鸿飞。云出无心，鸟倦知还，本非有意。

噫，归去来兮，我今忘我兼忘世。亲戚无浪语，琴书中有真味。步翠麓崎岖，泛溪窈窕，涓涓暗谷流春水。观草木欣荣，幽人自感，吾生行且休矣。念寓形宇内复几时，不自觉皇皇欲何之。委吾心、去留谁计。神仙知在何处，富贵非吾志。但知临水登山啸咏，自引壶觞自醉。此生天命更何疑，且乘流、遇坎还止。

苏　轼　　　　哨遍·春词

睡起画堂，银蒜押帘，珠幕云垂地。初雨歇，洗出碧罗天，正溶溶养花天气。一霎暖风回芳草，荣光浮动，掩皱银塘水。方杏靥匀酥，花须吐绣，园林排比红翠。见乳燕捎蝶过繁枝，忽一线炉香逐游丝。昼永人闲，独立斜阳，晚来情味。

便乘兴携将佳丽，深入芳菲里。拨胡琴语，轻拢慢捻总揔利。看紧约罗裙，急趣檀板，霓裳入破惊鸿起。颦月临眉，醉霞横脸，歌声悠扬云际。任满头红雨落花飞。渐鳷鹊楼西玉蟾低。尚徘徊、未尽欢意。君看今古悠悠，浮宦人间世。这些百岁，光阴几日，三万六千而已。醉乡路稳不妨行，但人生、要适情耳。

王安中　　　　哨遍·北山移文

孔德彰作北山移文以讥周彦伦，后之托隐求达，指终南、嵩少为仕宦捷径者，读而羞之，是足为勇退者之鼓吹。阳翟蔡侯原道，恬于仕进。其内吕夫人有林下风。相与营归欤之计而未果，则嘱予以此文度曲，且朝夕使家童歌之，亦可想见泉石之胜。其词曰

世有达人，潇洒出尘，招隐青霄际。终始追，游览老山栖。藐千金、轻脱如屣。彼假容江皋，滥巾云岳，缨情好爵欺松桂。观向释谈空，寻真讲道，巢由何足相拟。待诏书来起便驺驰，席次早焚烈芰荷衣。敲朴喧喧，牒诉匆匆，抗颜自喜。

嗟明月高霞，石径幽绝谁回睇。空帐猿惊处，凄凉孤鹤嘹唳。任列壑争讥，众峰竦诮，林惭涧愧移星岁。方浪枻神京，腾装魏阙，徘徊经过留憩。致草堂灵怒蒋侯麾，扃岫幌、驱烟勒新移。忍丹崖碧岭重滓，鸣湍声断深谷，逋客归何计。信知一逐浮荣，便丧素守，身成俗士。伯鸾家有孟光妻，岂逡巡、眷恋名利。

曹　冠　　　　哨遍·壬戌孟秋

东坡采归去来词作哨遍，音调高古。双溪居士隐括赤壁赋，被之声歌，聊写达观之怀，寓超然之兴云

壬戌孟秋，苏子夜游，赤壁舟轻漾。观水光、弥渺接遥天，月出于东山之上。与客同，清欢扣舷歌咏，开怀饮酒情酣畅。如羽化登仙，乘风独立，飘然遗世高尚，客吹箫、音韵远悠飏。怨慕舞潜蛟、动凄凉。自古英雄，孟德周郎，旧踪可想。　噫，水与月兮，逝者如斯曷尝往。变化如一瞬，盈虚兮、莫消长。自不变而观，物我无尽，何须感物兴悲怅。夫天地之间，物各有主，惟同风月清赏。念江山美景岂可量，吾与子、乐之兴徜徉。听江渚、樵歌渔唱。□侣鱼虾、友麋鹿，举匏尊相劝，人生堪笑，蜉蝣一梦，且纵扁舟放浪。戏将坡赋度新声，试写高怀，自娱闲旷。

辛弃疾　　　　哨遍·秋水观

蜗角斗争，左触右蛮，一战连千里。君试思、方寸此心微。总虚空、并包无际。喻此理，何言泰山毫末，从来天地一稊米。嗟大少相形，鸠鹏自乐，之二虫又何知。记跖行仁义孔丘非，更殇乐长年老彭悲。火鼠论寒，冰蚕语热，定谁同异。

噫，贵贱随时，连城才换一羊皮。谁与齐万物，庄周吾梦见之。正商略遗篇，翩然顾笑，空堂梦觉题秋水。有客问洪河，百川灌雨，泾流不辨涯涘。于是焉河伯欣然喜，以天下之美尽在己。渺沧溟望洋东视，逡巡向若惊叹，谓我非逢子。大方达观之家，未免长见，犹然笑耳。北堂之水几何其，但清溪一曲而已。

辛弃疾　　　　哨遍·用前韵

一壑自专，五柳笑人，晚乃归田里。问谁知、几者动之微。望飞鸿、冥冥天际。论妙理，浊醪正堪长醉。从今自酿躬

耕米，嗟美恶难齐，盈虚如代，天耶何必人知。试回头五十九年非，似梦里欢娱觉来悲。夔乃怜蚿，谷亦亡羊，算来何异。

嘻，物讳穷时，丰狐文豹罪因皮。富贵非吾愿，皇皇乎欲何之。正万籁都沉，月明中夜，心弥万里清如水。却自觉神游，归来坐对，依稀淮岸江涘。看一时鱼鸟忘情喜，会我已忘机更忘己。又何曾物我相视，非会濠梁遗意，要是吾非子。但教河伯、休惭海若，大小均为水耳。世间喜愠更何其，笑先生三仕三已。

辛弃疾　　　　哨遍·池上主人

赵昌父之祖季思学士，退居郑圃，有亭名鱼计，宇文叔通为作古赋。今昌父之弟成父，于所居凿池筑亭，榜以旧名。昌父为成父作诗，属余赋词，余为赋哨遍。庄周论于蚁弃知，于鱼得计，于羊弃意，其义美矣。然上文论虱托于豕而得焚，羊肉为蚁所慕而致残，下文将并结二义，乃独置豕虱不言而遽论鱼，其义无所从起。又间于羊蚁两句之间，使羊蚁之义离不相属，何耶！其必有深意存焉，顾后人未之晓耳。或言蚁得水而死，羊得水而病，鱼得水而活，此最穿凿，不成义趣。余尝反复寻绎，终未能得。意世必有能读此书而了其义者。他日倘见之而问焉，姑先识余疑于此词云尔

池上主人，人适忘鱼，鱼适还忘水。洋洋乎，翠藻青萍里。想鱼兮、无便于此。尝试思，庄周正谈两事，一明豕虱一羊蚁。说蚁慕于膻，于蚁弃知，又说于羊弃意。甚虱焚于豕独忘之。却骤说于鱼为得计。千古遗文，我不知言，以我非子。

子固非鱼，噫，鱼之为计子焉知。河水深且广，风涛万顷堪依。有网罟如云，鹈鹕成阵，过而留泣计应非。其外海茫茫，下有龙伯，饥时一啖千里。更任公五十犗为饵，使海上人人厌腥味。似鲲鹏、变化能几，东游入海，此计直以命为嬉。古来谬算狂图，五鼎烹死，指为平地。嗟鱼欲事远游时，请三思而行可矣。

汪　莘　　　　哨遍·近腊景和

余酷喜王摩诘山中与裴迪书，因隐括其语为哨遍歌之。其用韵平侧按稼轩词

近腊景和，故山可过，足下听余述。便自往山中，憩精蓝，与僧饭讫。北涉灞川，明月华映郭，夜登华子冈头立。嗟

辋水沦涟，与月上下，寒山远火蒙笼。听林外犬类豹声雄。更村落谁家鸣夜舂。疏钟相闻，独坐此时，多思往日。　　噫，记与君同，清流仄径玉琤琮，携手赋佳什。往来萝月松风，只待仲春天，春山可望，山中卉木垂萝密。见出水轻鯈，点溪白鹭，青皋零露方湿。雉朝飞，麦陇鸣俦匹。念此去非遥莫相失，倘能从我敢相必。天机非子清者，此事非所急。是中有趣殊深，愿子无忽，不能一一。偶因驮檗附吾书，是山人王维摩诘。

陈　铧　　　　哨遍·陈抑斋乞致仕

多病倦游，在家又贫，毕竟如何是。十万钱，骑鹤更扬州，是人间几曾有底。算一生，大都能消几屐，劳神到老成何事。趁齿落已双，发丝在两，归寻闲里滋味。不见青云路有危机，金缕歌声，渐变成悲。待思大东门，忆鹤华亭，悔之晚矣。　　休，归去来兮，北山幸有闲田地。地瘠宜瓜菜，引泉凿成方沚。这仲子蔬园，三公不换，况东陵自来瓜美。间走马溪头，倚阑垂钓，解衣自濯清泚。酿山泉、时复一中之。琴横膝，古淡无弦有音徽。送归鸿、暮云千里。蓬莱自古无路，玄圃何时到，只消曲几蒲团，镇日闲庐打眭。这乾坤日月，更远游、问他王子。

刘克庄　　　　哨遍·胜处可宫

昔坡翁以盘谷序配归去来词。然陶词既隐括入律，韩序则未也。暇日，游方氏龙山别墅，试效颦为之，俾主人刻之崖石云

胜处可宫，平处可田，泉土尤甘美。深复深，路绝住人稀。有人兮、盘旋于此。送子归，是他隐居求志，是要明主媒当世。嗟此意谁论，其言甚壮，孔颜犹有遗旨。大丈夫之被遇于时，入则坐庙朝出旗麾。列屋名姬，夹道武夫，满前才子。

噫，有命存焉，吾非恶此而逃之。富贵人所欲，如之何、幸而致。向茂树堪休，清泉可濯，谷中别有闲天地。况脍细于丝，蕨甜似蜜，采于山，钓于水。大丈夫不遇之所为，唐处士、依稀是吾师。觉山林、尊如朝市。五侯门下宾客，扰扰趋形势。嗟盘之乐，谁争子所，占断千秋万岁。呼童秣马更膏车，便与君，从此逝矣。

徐经孙　　　　哨遍·江山风月

江山风月，耳目声色。取之无禁，用之不竭。造物之无尽藏，月白风清，有客有酒。踞虎登龙，放舟中流。听其所止而休焉，归去来兮，昨非今是。旧菊都荒，新松老矣，吾年今已如此。归去来兮，忘我忘世。草木欣荣，幽人感此，吾生行且休矣。

吴　潜　　　　哨遍·括兰亭记

在晋永和，癸丑暮春，初作兰亭会。集众贤，临峻岭崇山，有茂林修竹流水。畅幽情，纵无管弦丝竹，一觞一咏佳天气。于宇宙之中，游心骋目，此娱信可乐只。念人生相与放形骸，或一室晤言襟抱开。静躁虽殊，当其可欣，不知老至。

然倦复何之，情随事改悲相系。俯仰间遗迹，往往俱成陈矣。况约境变迁，终期于尽，修龄短景都能几。谩古换今移，时消物化，痛哉莫大生死。每临文吊往一兴嗟，亦自悼不能喻于怀。算彭殇、妄虚均尔。今之视昔如契，后视今犹昔。故聊叙录时人所述，概想世殊事异。后之来者览斯文，将悠然、有感于此。

李曾伯　　　　哨遍·和陈次贾为寿韵

大块赋形，皇览揆予，俾尔昌而寿。嗟壮游，岁月老征裘。向秋来、顿如蒲柳。桂开又，鲈莼蟹橙正美，故人应忆传杯手。想薜荔岩峦，梧桐庭院，当时风景依旧。对斜阳、极目倚危楼。问一舸、何时过吴头。乘下泽车，戴华阳巾，锦衣游昼。　　犹，客有名流，交情金石襟期厚。双湖烟艇里，剑锋紫气冲斗。剩妙墨淋漓，清歌发越，未应独步诗千首。待挂了衣冠，来寻杖屦，陪君此乐须有。到如今、不愿酒泉侯。愿生入、玉门早归休。任远人、从问安否。梁园宾客虽富，谁出相如右。相逢身健，时平无事，是处溪山明秀。与君举斝若为酬，有年年、人月长久。

李曾伯　　　　哨遍·天限长江

天限长江，云扰中原，一局持棋势。汉将谁，盍为扫清之。彼伎犹、黔驴而止。客亦知，何材不生斯世，丁宁屡费君王旨。向马首论诗，灯前观剑，岂无差强人意。幸崆峒麦熟且

休师，又焉用陈琳檄书飞。一笛楼头，万柳营间，从容麾帜。

嘻，代有戎夷，时贤患乏经纶志。紫岩公一出，敌当惊见花字。谩被发忧邻，汗颜笑斲，客邪终岂婴元气。待拜表笺天，移文问隐，老夫行且归矣。怕胡雏穴隙尚相窥，有淝水儿曹举兵麾。看中兴、隽烈堪继。随世样多能底，卿自为卿计。不妨老子，婆娑矍铄，从渠屦盈户外。何须岘万勒丰碑，有天知、方寸余地。

方　岳　　　　　　哨遍·问月

月亦老乎，劝尔一杯，听说平生事。吾问汝，开辟自何时。有乾坤更应有尔。年几许，鸿荒邈哉遐已。吾今断自唐虞起，繄帝曰放勋，甲辰践祚，数至今、宋嘉熙。凡三千五百二十年余，嗟雨僽风僝几盈亏。老兔奔驰，痴蟆吞吐，定应衰矣。　　嘻，月岂无悲，吾观人寿几期颐。炯炯双眸子，明清无过婴儿。但才到中年，昏然欲眊，那堪老矣知何似。试以此推之，吾言有理，不能不自疑耳。恐古时月与今时异，恨则恨今人不千岁。但见今、冰轮如洗。阿谁曾自前古，看到隋唐世。几时明洁，几时昏暗，毕竟少晴多雨。须臾月落夜何其，曰先生、寘之姑醉。

方　岳　　哨遍·用韵作月对和程申父国录

月曰不然，君亦怎知，天上从前事。吾语汝，月岂有弦时，奈人间井观乃尔。休浪许，历家缪悠而已。谁云魄死生明起。又明死魄生，循环晦朔，有老兔、自熙熙。妄相传、月溯日光余。嗟万古谁知了无亏。玉斧修成，银蟾奔去，此言荒矣。　　嘻，世已堪悲，听君歌复解人颐。桂魄何曾死，寒光不减些儿。但与日相望，对如两镜，山河大地无疑似。待既望观之，冰轮渐侧，转斜才一钩耳。论本来不与中秋异，恐天问灵均未知此。又底用、咸池重洗。乾坤一点英气，宁老人间世。飞上天来，摩挲月去，才信有晴无雨。人生圆缺几何其，且徘徊、与君同醉。

方　岳　　　　　哨遍·隐括盘谷序

盘谷者何，环以两山，隐者盘旋。吾友人，惟李愿居之。曰人生我知之矣。大丈夫，名声昭于时世，庙朝归佐吾天子。

其在外，旗旄呵前，弓矢塞途，供给如许。更争妍列屋自闲居，有长袖飘风翳轻裾。便体轻声，半颊曲眉，取怜得意。

噫，吾岂逃之，是皆有命非吾事。吾退而野处，濯清泉坐嘉树。幸钓水有鲜、采山可茹，起居惟适之安耳。尽车服不维，谁加刀锯，孰如无毁无誉。彼公卿奔走口嗫嚅，贤不肖于人又何如。乃为歌、与之姑醉。歌云：盘谷幽只。缭曲深而窈，其泉可濯可湘。清泚盘乐，乐无央只。膏我车只秣我驹，将于盘、从子游只。

唤春愁

即《太平时》，因贺铸词中有“云闲草远絮悠悠，唤春愁”句，因更名《唤春愁》。详见《太平时》条。又名《添声杨柳枝》。

贺　铸　　唤春愁·天与多情不自由

天与多情不自由，占风流。云闲草远絮悠悠，唤春愁。试作小妆窥晚镜，淡蛾羞。夕阳独倚水边楼，认归舟。

峭寒轻

调见宋曹勋《松隐乐府》卷三。双调，一百零三字。平、仄韵通叶。上片十句，一仄韵、三平韵；下片三仄韵、三平韵。

曹　勋　　峭寒轻·赏残梅

照溪流清浅，正万梅都开，峭寒天气。才过了元宵，渐昼长禁宇，迤逦佳时。断肠枝上雪，残英已、片影初飞。苒苒随风，送春到、便烂漫香迟。　　凝睇，迎芳菲至。觉欣欣桃李，嫩色依微。应是有新酸、向嫩梢定须，一点藏枝。乍晴还又冷，从尊前、自落轻细。寄语高楼，夜笛声、且缓吹。

钿带长中腔

又名《钿带长》，调见《钦定词谱》引《大声集》万俟咏词。双调，六十四字。上片七句五平韵，下片六句四平韵。

万俟咏　　钿带长中腔·簇真香

簇真香，似风前拆麝囊。嫩紫轻红，间斗异芳。风流富贵，自觉兰蕙荒，独占蕊珠春光。　绣结流苏密致，魂梦悠飏。气融液散满洞房。朝寒料峭，殢娇不易当，著意要得韩郎。

透碧霄

调见柳永《乐章集》，双调数体。其一百一十二字，上片十二句、六平韵，下片十二句、五平韵为正体；一百一十七字，上片十句、六平韵，下片十三句、六平韵为变体等。

柳　永　　透碧霄·月华边

月华边，万年芳树起祥烟。帝居壮丽，皇家熙盛，宝运当千。端门清昼，觚棱照日，双阙中天。太平时、朝野多欢。遍锦街香陌，钧天歌吹，阆苑神仙。　昔观光得意，狂游风景，再睹更精妍。傍柳阴，寻花径，空恁亸辔垂鞭。乐游雅戏，平康艳质，应也依然。仗何人、多谢婵娟。道宦途踪迹，歌酒情怀，不似当年。

查　荎　　透碧霄·舣兰舟

舣兰舟，十分端是载离愁。练波送远，屏山遮断，此去难留。相从争奈，心期久要，屡更霜秋。叹人生、杳似萍浮。又翻成轻别，都将深恨，付与东流。　想斜阳影里，寒烟明处，双桨去悠悠。爱渚梅、幽香动，须采掇、倩纤柔。艳歌粲发，谁传余韵，来说仙游。念故人、留此遐洲。但春风老后，秋月圆时，独倚西楼。

曹　勋　　　**透碧霄·太母诞辰**

阆苑喜新晴，正桂华、飘下太清。宝籥凉秋，梦祥明月，天开辅盈成。宫闱女职遵慈训，见海宇仪型。奉东朝、晨夕趋承。化内外、咸知柔顺，已看彤管赋和平。　　宴坤宁，香腾金猊，烟暖秘殿彩衣轻。六乐丝竹，绕云萦水，总按新声。天临帝幄，亲颁寿酒，恩意兼勤。雁行缀、宰府殊荣。愿万亿斯年，南山并水，坤厚赞尧明。

倚风娇近

调见周密《蘋洲渔笛谱》卷二。双调，七十字。上片八句、三仄韵，下片六句、五仄韵。因周密词有“弄娇风软、霞绡舞”句，故名。

周　密　　**倚风娇近·填霞翁谱赋大花**

云叶千重，麝尘轻染金缕。弄娇风软、霞绡舞。花国选倾城，暖玉倚银屏，绰约娉婷，浅素宫黄争妩。　　生怕春知，金屋藏娇深处。蜂蝶寻芳无据，醉眼迷花映红雾。修花谱，翠毫夜湿天香露。

倚 西 楼

调见《苕溪诗话》。因宋无名氏词中有“西楼萧有谁知”句，故调名为《倚西楼》。双调，五十八字，上片四句、三仄韵，下片四句、两仄韵。

无名氏　　**倚西楼·禁鼓初传时下打**

禁鼓初传时下打，虚过清风明月夜。眼如鱼目几曾干，心似酒旗终日挂。　　银汉低垂星斗斜，院宇空寥烛卸。西楼萧瑟有谁知，教我独自上来、独自下。

倚秋千

即《好事近》，张辑词名《倚秋千》。详见《好事近》条。

张 辑　　倚秋千·人在玉屏闲

人在玉屏闲，逗晓柳丝风急。帘外杏花微雨，罩春红愁湿。　单衣初试曲尘罗，中酒病无力。应是绣床慵困，倚秋千斜立。

倚阑人

又名《倚楼人》。调见曹勋《松隐集》，为曹勋自度曲。双调，一百零八字，上片十一句、四仄韵，下片十句、五仄韵。此调只曹勋一词。

曹 勋　　倚阑人·荼蘼

清明池馆，芳菲渐晚，晴香满架笼永昼。翠拥柔条，玉铺繁蕊，袅袅舞低襟袖。秀蓓凝浩露，疑挂六铢衣绉。檀点芳心，体薰清馥，粉容宜捻春风手。　肯与芝兰共嗅，向夜阑凝月，洞户花，别是素芳依旧。剪取长梢，青蛟喷雪，挽住晓云争秀。楼上人未去，常恐风欺雨瘦。红绡收取，举觞犹喜，窨得醺醺酒。

倚阑令

即《春光好》，详见《春光好》条。

卢祖皋　　倚阑令·惜春心

惜春心，步花阴，怕春深。风飏游丝吹落絮，满园林。　日长帘幕沉沉，朱阑畔、斜亸琼簪。笑摘梨花闲照水，贴眉心。

倒　犯

调见周邦彦《清真乐府》，又名《吉了犯》。双调，一百零二字数体。其上片九句、六仄韵，下片十一句、六仄韵为正体；其上片十句、六仄韵，下片十一句、六仄韵为变体等。

周邦彦　　倒犯·新月

霁景、对霜蟾乍升，素烟如扫。千林夜缟，徘徊处、渐移深窈。何人正弄、孤影蹁跹西窗悄。冒霜冷貂裘，玉斝邀云表。共寒光、饮清醥。　淮左旧游，记送行人，归来山路窎。驻马望素魄，印遥碧、金枢小。爱秀色、初娟好。念漂浮、绵绵思远道。料异日宵征，必定还相照，奈何人自衰老。

方千里　　倒犯·尽日

尽日、任梧桐自飞，翠阶慵扫。闲云散缟，秋容莹、暮天清窈。斜阳到地，楼阁参差帘栊悄。嫩袖舞凉飔，拂拂生林表。荡尘襟，写名醥。　携手故园，胜事寻踪，松篁幽径窎。曲沼瞰静绿，荫檐影、龟鱼小。信倦迹、归来好。倩叮咛、长安游子道。任鬓发霜侵，莫待菱花照，醉乡深处老。

吴文英　　倒犯·赠黄复庵

茂苑、共莺花醉吟，岁华如许。江湖夜雨，传书问、雁多幽阻。清溪上，惯来往扁舟、轻如羽。到兴懒归来，玉冷耕云圃。按琼箫、赋金缕。　回首词场，动地声名，春雷初启户。枕水卧漱石，数间屋，梅一坞。待共结、良朋侣。载清尊、随花追野步。要未若城南，分取溪隈住，昼长看柳舞。

杨泽民　　倒犯·蓝桥

画舫、并仙舟远窥，黛眉新扫。芳容衬缟，佳人在、翠帘深窈。逡巡遽赠诗语，因询屏帏悄。道自有、蓝桥美质诚堪表。倩纤纤、捧芳醥。　琴剑度关，望玉京人，迢迢天梓窎。下马叩靖宇，见仙女、云英小。算冠绝、人间好。饮刀圭、神丹同得道。感向日，夫人指示相垂照，寿齐天后老。

陈允平　　　　**倒犯·百尺凤凰楼**

百尺凤凰楼，碧天暮云初扫。冰华散缟，双鸾驾镜悬空窈。婆娑桂影，香满西风阑干悄。渐玉魄金辉，飞度千山表。饵玄霜、醉琼醥。　身在九霄，独步丹梯，飘飘轻雾穹。缥缈广寒殿，觉世山河小。爱十二、琼楼好。算谁知、消息盈虚道。任地久天长，今古无私照。但仙娥不老。

倒垂柳

唐教坊曲名。调见杨无咎《逃禅词》。双调，八十一字。上片八句、四仄韵，下片八句、五仄韵。

杨无咎　　　　**倒垂柳·重九**

晓来烟露重，为重阳、增胜致。记一年好处，无似此天气。东篱白衣至，南陌芳筵启。风流曾未远，登临都在眼底。

人生如寄，谩把茱萸看仔细。击节听高歌，痛饮莫辞醉。乌帽任教，颠倒风里坠。黄花明日，纵好无情味。

杨无咎　　　　**倒垂柳·南州初会遇**

南州初会遇，记惺惺、说底语。而今精神□，倾下越风措。雍门人独夜，客舍停杯处。余香应未泯，凭君重唱金缕。

移宫易羽，纵有离愁休怨诉。客里□凄凉，怕听断肠句。情山曲海，君已心相许。骖鸾乘月，正好同归去。

倾　杯

即《倾杯乐》，柳永《乐章集》词名《倾杯》。详见《倾杯乐》条。

柳　永　　　　**倾杯·离宴殷勤**

离宴殷勤，兰舟凝滞，看看送行南浦。情知道世上，难使皓月长圆，彩云镇聚。算人生、悲莫悲于轻别，最苦正欢娱，

便分鸳侣。泪流琼脸，梨花一枝春带雨。　　惨黛蛾、盈盈无绪。共黯然消魂，重携纤手，话别临行，犹自再三、问道君须去。频耳畔低语，知多少、他日深盟，平生丹素，从今尽把凭鳞羽。

柳　永　　　　倾杯·水乡天气

水乡天气，洒兼葭、露结寒生早。客馆更堪秋杪，空阶下、木叶飘零，飒飒声干，狂风乱扫。当无绪、人静酒初醒，天外征鸿，知送谁家归信，穿云悲叫。　　蛩响幽窗，鼠窥寒砚，一点银釭闲照。梦枕频惊，愁衾半拥，万里归心悄悄。往事追思多少，赢得空使方寸挠。断不成眠，此夜厌厌，就中难晓。

柳　永　　　　倾杯·金风淡荡

金风淡荡，渐秋光老、清宵永。小院新晴天气，轻烟乍敛，皓月当轩练净。对千里寒光，念幽期阻、当残景，早是多情多病。那堪细把，旧约前欢重省。　　最苦碧云信断，仙乡路杳，归鸿难倩。每高歌、强遣离怀，惨咽、翻成心耿耿。漏残露冷，空赢得、悄悄无言，愁绪终难整。又是立尽、梧桐碎影。

柳　永　　　　倾杯·鹜落霜洲

鹜落霜洲，雁横烟渚，分明画出秋色。暮雨乍歇，小楫夜泊，宿苇村山驿。何人月下临风处，起一声羌笛。离愁万绪，闻岸草、切切蛩吟如织。　　为忆，芳容别后，水遥山远，何计凭鳞翼。想绣阁深沉，争知憔悴损、天涯行客。楚峡云归，高阳人散，寂寞狂踪迹。望京国，空目断、远峰凝碧。

杨无咎　　　倾杯·上梁帅上元词

瑞日凝晖，东风解冻，峭寒犹浅。正池馆、梅英粉淡，柳梢金软，兰芽香暖。滕城谁种芙蕖满，浸银蟾影，一夜万花开遍。翠楼朱户，是处重帘竞卷。　　罗绮簇、欢声一片。看五马行春旌旆远。拥襦袴、千里歌谣，都入太平弦管。且莫厌、瑶觞屡劝。闻凤诏、催归非晚。愿岁岁今夜里，端门侍宴。

张　先　　　　　倾杯·吴兴

横塘水静，花窥影、孤城转。浮玉无尘，五亭争景，画桥对起，垂虹不断。爱溪上琼楼，凭雕阑、久□飞云远。人在虚空，月生溟海，寒渔夜泛，游鳞可辨。　　正是草长蘋老，江南地暖。汀洲日晚，更茶山、已过清明，风雨暴千岩、啼鸟怨。芳菲故苑，深红尽、绿叶阴浓，青子枝头满，史君莫放寻春缓。

张　先　　　　倾杯·碧澜堂席上有感

飞云过尽，明河浅、天无畔。草色栖萤，霜华清暑，轻飔弄袂，澄澜拍岸。宴玉麈谈宾，倚琼枝、秀挹雕觞满。午夜中秋，十分圆月，香槽拨凤，朱弦轧雁。　　正是欲醒还醉，临空怅远。壶更叠换，对东西、数里回塘，恨零落芙蓉、春不管。笼灯待散，谁知道、座有离人，目断双歌伴，烟江艇子归来晚。

沈　蔚　　　　倾杯·梅英弄粉

梅英弄粉，尚浅寒、腊雪消未尽。布彩箔、层楼高下，灯火万点，金莲相照映。香径纵横，听画鼓、声声随步紧。渐霄汉无云，月华如水，夜久露清风迅。　　轻车趁马，微尘杂雾，带晓色、绮罗生润。花阴下、瞥见仍回，但时闻、笑音中香阵阵。奈酒阑人困，残漏里、年年余恨。归来沉醉何处，一片笙歌又近。

程　珌　　　　倾杯·丁亥自寿

銮殿秋深，玉堂宵永，千门人静。问天上、西风几度，金盘光满，露浓银井。碧云飞下双鸾影，迤逦笙歌近笑语，群仙隐隐。更前问讯，堕在红尘今省。　　渐曙色、晓风清迥。更积霭沉阴、都卷尽。向窗前、引镜看来，尚喜精神炯炯。便折简、浮丘共酌，奈天也、未教酩酊。来岁却笑群仙，月寒空冷。

倾杯令

唐教坊曲有《倾杯乐》，此调名本于此。但《倾杯令》与慢词《倾杯乐》不同。双调，五十二字，上片五句、三仄韵，下片四句、三仄韵。此调只有吕渭老二词。

吕渭老　　倾杯令·枫叶飘红

枫叶飘红，莲房肥露，枕席嫩凉先到。帘外蟾华如扫，枝上啼鸦催晓。　　秋风又送潘郎老，小窗明、疏萤浅照。登高送远惆怅，白发至今未了。

吕渭老　　倾杯令·隔座藏钩

隔座藏钩，分曹射覆，烛艳渐催三鼓。筝按教坊新谱，楼外月生春浦。　　徘徊争忍忙归去，怕明朝、无情风雨。珍花美酒团坐，且作尊前笑侣。

倾杯乐

唐教坊曲名。《乐府杂录》：“《倾杯乐》，宣宗喜吹芦管，自制此曲。”又名《古倾杯》、《倾杯》。双调数体。其一百零四字，上片十句、四仄韵，下片十一句、五仄韵为正体；其一百零七字，上片十三句、四仄韵，下片九句、六仄韵为变体；其一百十六字，上片十句、六仄韵，下片九句、四仄韵为另一变体等。

柳　永　　倾杯乐·禁漏花深

禁漏花深，绣工日永，蕙风布暖。变韶景、都门十二，元宵三五，银蟾光满。连云复道凌飞观，耸皇居丽，嘉气瑞烟葱蒨。翠华宵幸，是处层城阆苑。　　龙凤烛、交光星汉，对咫尺鳌山开羽扇。会乐府两籍神仙，梨园四部弦管。向晓色、都人未散。盈万井、山呼鳌抃。愿岁岁，天仗里、常瞻凤辇。

柳　永　　倾杯乐·皓月初圆

皓月初圆，暮云飘散，分明夜色如晴昼。渐消尽、醺醺残

酒。危阁迥、凉生襟袖。追旧事、一饷凭阑久。如何媚容艳态，抵死孤欢偶。朝思暮想，自家空恁添清瘦。　算到头、谁与伸剖。向道我别来，为伊牵系，度岁经年，偷眼觑、也不忍觑花柳。可惜恁、好景良宵，未曾略展双眉暂开口。问甚时与你，深怜痛惜还依旧。

柳　永　　　　倾杯乐·楼锁轻烟

楼锁轻烟，水横斜照，遥山半隐愁碧。片帆岸远，行客路杳，簇一天寒色。楚梅映雪数枝艳，报青春消息。年华梦促，音信断、声远飞鸿南北。　算伊别来无绪，翠消红减，双带长抛掷。但泪眼沉迷，看朱成碧。惹闲愁堆积，雨意云情，酒心花态，孤负高阳客。梦难极，和梦也、多时间隔。

林季仲　　倾杯乐·宠庆主人寿，代作

璧月初圆，彩云轻护，散雪叠冰凉馆。张眉竞巧，赵瑟新成，整顿戏衫歌扇。寿酒殷勤，娇语温柔，只愁杯浅。正连山玉枕，回波瑶席，漏长更款。　良会久、细拥香肩，瑶庭闲步，共指渡河星点。今朝此日，同祝卿卿，福寿禄星齐转。但愿与君，歌舞常新，欢娱无算。看河桥鹊架，重会双星嬿婉。

曾　觌　　　　倾杯乐·席上赏雪

锦帐寒添，画檐雀噪，冻云布野。望空际、瑶峰微吐，琼花初绽，江山如画。裁冰剪水装鸳瓦，杳旗亭路，依稀管弦台榭。倚小楼佳兴，一行珠帘不下。　随缕板、歌声闲暇。傍翠袖云鬟、怜艳冶。似佯醉、不耐娇羞，浓欢旋学风雅。向暝色、双鸾舞罢。红兽暖、春生金斝。但殢饮，香雾卷、壶天不夜。

倾杯近

调见袁去华《袁宣卿词》，因其词与柳永《倾杯乐》、张先《倾杯词》句读相近，故名《倾杯近》。双调，八十四字。上片七句、四仄韵，下片八句、四仄韵。

袁去华　　　倾杯近·邃馆金铺半掩

邃馆金铺半掩，帘幕参差影。睡起槐阴转午，鸟啼人寂

静。残妆褪粉，松髻欹云慵不整。尽无言，手挼裙带绕花径。

酒醒时，梦回处，旧事何堪省。共载寻春，并坐调筝何时更。心情尽日，一似杨花飞无定。未黄昏，又先愁夜永。

倾杯序

调见《岁时广记》卷二十五宋无名氏词。三片，二百零六字。上片二十四句，九仄韵；中片十一句，七仄韵；下片十句，五仄韵。

无名氏　　倾杯序·昔有王生

昔有王生，冠世文章，尝随旧游江渚。偶尔停舟寓目，遥望江祠，依依陌上闲步。恭诣殿砌，稽首瞻仰，返回归路。遇老叟，坐于矶石，貌纯古。因语□，子非王勃是致，生惊询之，片饷方悟。子有清才，幸对滕王高阁，可作当年词赋。汝但上舟，休虑。迢迢仗清风去。到筵中、下笔华丽，如神助。

会俊侣，面如玉，大夫久坐觉生怒。报云落霞并飞孤鹜，秋水长天，一色澄素。阎公竦然，复坐华筵，次诗引序。道鸣鸾佩玉，锵锵罢歌舞。　　栋云飞过南浦，暮帘卷向西山雨。闲云潭影，淡淡悠悠，物换星移，几度寒暑。阁中帝子，悄悄垂名，在于何处。算长江、俨然自东去。

倦寻芳

又名《倦寻芳慢》，双调数体。其九十七字，上下片各十句、四仄韵为正体；其九十六字，上片十一句、四仄韵，下片十句、五仄韵为变体。

潘　汾　　倦寻芳·闺思

兽镮半掩，鸳甃无尘，庭院潇洒。树色沉沉，春尽燕娇莺姹。梦草池塘青渐满，海棠轩槛红相亚。听箫声，记秦楼夜约，彩鸾齐跨。　　渐迤逦、更催银箭，何处贪欢，犹系骄马。旋剪灯花，两点翠眉谁画。香灭羞回空帐里，月高犹在重

帘下。恨疏狂，待归来、碎揉花打。

王　质　　　　　　倦寻芳·试墨

冰壶秋月，去了潘郎，传到梁老。骑马乘船，麾斥五湖三岛。任捎云，兼拂日，拽蛟龙、鳞鬣都推倒。向尘中，分付高人胜士，把云烟扫。　　乾坤巧，自苍筠无汗，乌锥无刃，此为至宝。第一君门通表，书囊谏草。第二文章扬事业，第三编简摅怀抱。千百般，终久被他磨了。

王　质　　　　　　倦寻芳·渡口酒家

断崖树老，侧岸槎枯，倒倚斜插。脚面浅溪，掌样平洲重叠。著芒鞋，携竹杖，遇乱莎幽涧萦纡涉。那人家，有竹篱瓦缶，颇颇清冽。　　曾微呷，正斜阳淡淡，暮霭昏昏，晚风猎猎。转眼已成陈迹，不堪追蹑。试问旧醅还好在，暂停归影留时霎。待重来，细拈弄、水花山叶。

卢祖皋　　　　　　倦寻芳·香泥垒燕

香泥垒燕，密叶巢莺，春晦寒浅。花径风柔，著地舞茵红软。斗草烟欺罗袂薄，秋千影落春游倦。醉归来，记宝帐歌慵，锦屏香暖。　　别来怅、光阴容易，还又酴醾，牡丹开遍。妒恨疏狂，那更柳花迎面。鸿羽难凭芳信短，长安犹近归期远。倚危楼，但镇日、绣帘高卷。

张端义　　　　　　倦寻芳·晓听社雨

晓听社雨，犹带余寒，尚侵襟袖。插柳千门，相近禁烟时候。鬓坠搔头深旧恨，臂宽条脱添新瘦。卷重帘，看双飞燕羽，舞庭花昼。　　谁共语、春来怕酒。一段情怀，灯暗更后。罨画屏山，今夜梦魂还又。愁墨题笺鱼浪远，粉香染泪鲛绡透。待相逢，想鸳衾、凤帏依旧。

吴文英　　　　　　倦寻芳·坠瓶恨井

花翁遇旧欢吴门老妓李怜，邀分韵同赋此词

坠瓶恨井，分镜迷楼，空闭孤燕。寄别崔徽，清瘦画图春面。不约舟移杨柳系，有缘人映桃花见。叙分携，悔香瘢漫爇，绿鬟轻翦。　　听细语、琵琶幽怨。客鬓苍华，衫袖湿

遍。渐老芙蓉，犹自带霜宜看。一缕情深朱户掩，两痕愁起青山远。被西风，又惊吹、梦云分散。

吴文英　　倦寻芳·上元

海霞倒影，空雾飞香，天市催晚。暮靥宫梅，相对画楼帘卷。罗袜轻尘花笑语，宝钗争艳春心眼。乱箫声，正风柔柳弱，舞肩交燕。　念窈窕、东邻深巷，灯外歌沉，月上花浅。梦雨离云，点点漏壶清怨。珠络香销空念往，纱窗人老羞相见。渐铜壶，闭春阴、晓寒人倦。

吴文英　　倦寻芳·饯周纠定夫

暮帆挂雨，冰岸飞梅，春思零乱。送客将归，偏是故宫离苑。醉酒曾同凉月舞，寻芳还隔红尘面。去难留，怅芙蓉路窄，绿杨天远。　便系马、莺边清晓，烟草晴花，沙润香软。烂锦年华，谁念故人游倦。寒食相思堤上路，行云应在孤山畔。寄新吟，莫空回、五湖春雁。

翁元龙　　倦寻芳·燕帘挂晚

燕帘挂晚，莺槛迷晴，花思零乱。试觅娉婷，日日傍湖亭苑。掷果墙阴窥驻马，采香深径抛春扇。醉归来，任钗云半落，绣帘慵卷。　念灿锦、年华如旧，飞絮游丝，萦恨难翦。蜀羽无情，早带怨红啼断，厚约轻辞寒食夜，行云空梦梨花院。莫凭阑，正斜阳、淡烟平远。

李莱老　　倦寻芳·缭墙黏藓

缭墙黏藓，糁径飞梅，春绪无赖。绣压垂帘，骨有许多寒在。宝幄香消龙麝饼，钿车尘冷鸳鸯带。想西园，被一程风雨，群芳都碍。　逗晓色、莺啼人起，倦倚银屏，愁沁眉黛。待拚千金，却恨好晴难买。翠苑欢游孤解佩，青门佳约妨挑菜。柳初黄，罩池塘、万丝愁霭。

汤　恢　　倦寻芳·饧箫吹暖

饧箫吹暖，蜡烛分烟，春思无限。风到楝花，二十四番吹遍。烟湿浓堆杨柳色，昼长闲坠梨花片。悄帘栊，听幽禽对语，分明如翦。　记旧日、西湖行乐，载酒寻春，十里尘

软。背后腰肢，仿佛画图曾见。宿粉残香随梦冷，落花流水和天远。但如今，病厌厌、海棠池馆。

陈允平　　倦寻芳·杏檐转午

杏檐转午，清漏沉沉，春梦无据。风锦龟纱，空闭酒尘香雾。流水行云天四远，玉箫声断人何处。倦寻芳，镇情尖翠压，强拈飞絮。　记旧约、荼蘼开后，屈指心期，数了还数。误我凭阑，几度片帆南浦。燕懒莺慵春去也，落花犹是东风主。正销凝，被愁鹃、又啼烟树。

陈　纪　倦寻芳·郭颐堂寒食有无家之感，为赋

满簪霜雪，一帽尘埃，消几寒食。手捻梨花，还是年时岑寂。簌簌落红春似梦，萋萋柔绿愁如织。怪东君、太匆匆，亦是人间行客。　问几度、五侯传烛，但回首东风，吹尽尘迹。笑杜陵泪洒，金波如积。对酒且宽愁意绪，题诗与寄真消息。待归来，细温存、慰伊相忆。

倦寻芳慢

即《倦寻芳》，王雱词名《倦寻芳慢》。详见《倦寻芳》条。

王　雱　　倦寻芳慢·露晞向晚

露晞向晚，帘幕风轻，小院闲昼。翠径莺来，惊下乱红铺绣。倚危墙，登高榭，海棠经雨胭脂透。算韶华，又因循过了，清明时候。　倦游燕、风光满目，好景良辰，谁共携手。恨被榆钱，买断两眉长斗。忆高阳，人散后，落花流水仍依旧。这情怀，对东风、尽成消瘦。

爱月夜眠迟

即《爱月夜眠迟慢》，宋仇远词名《爱月夜眠迟》。双调，一百零三字。上下片各十一句、五平韵。

仇　远　　**爱月夜眠迟·小市收镫**

小市收镫，渐柝声隐隐，人语沉沉。月华如水，香街尘冷，阑干琐碎花阴。罗帏不隔婵娟，多情伴人，孤枕最分明。见屏山翠叠，遮断行云。　因记款曲西厢，趁凌波步影，笑拾遗簪。元宵相次近也，沙河箫鼓，恰是如今。行行舞袖歌裙，归还不管更深。黯无言，新愁旧月，空照黄昏。

爱月夜眠迟慢

又名《爱月夜眠迟》，调见《高丽史·乐志》宋无名氏词。其词即赋本意，结句为“爱月每夜眠迟”，因取以为调名。双调，一百零四字，上下片各十句、四平韵。此调只无名氏一词。

无名氏　　**爱月夜眠迟慢·禁鼓初敲**

禁鼓初敲，觉六街夜悄，车马人稀。暮天澄淡，云收雾卷，亭亭皎月如珪。冰轮碾出遥空，无私照临千里。最堪怜、有情风，送得丹桂香微。　唯愿素魄长圆，把流霞对饮，满泛觥卮。醉凭栏处、赏玩不忍、辜却好景良时。清歌妙舞连宵，踟蹰懒入罗帏。任佳人、尽嗔我，爱月每夜眠迟。

爱 孤 云

即《太平时》，贺铸词中有“闲爱孤云静爱僧”句，故更名为《爱孤云》。详见《太平时》条。

贺　铸　　**爱孤云·闲爱孤云静爱僧**

闲爱孤云静爱僧，得良朋。清时有味是无能，矫聋丞。
况复早年豪纵过，病婴仍。如今痴钝似寒蝇，醉懵腾。

恋芳春慢

调见万俟咏《大声集》。崇宁年间，万俟咏充任大晟府制撰，依月用律制词，多应制之作。此词自注："寒食前进。"故以"恋芳春"为调名。双调，一百零二字，上片九句、四平韵，下片十句、四平韵。此调只万俟咏一词。

万俟咏　　恋芳春慢·寒食前进

蜂蕊分香，燕泥破润，暂寒天气清新。帝里繁华，昨夜细雨初匀。万品花藏四苑，望一带、柳接重津。寒食近，蹴鞠秋千，又是无限游人。　红妆趁戏，绮罗夹道，青帘卖酒，台榭侵云。处处笙歌，不负治世良辰。共见西城路好，翠华定、将出严宸。谁知道，仁主祈祥为民，非事行春。

恋香衾

调见宋吕渭老《圣求词》。双调，九十二字，上下片各八句、四平韵。

吕渭老　　恋香衾·记得花阴同携手

记得花阴同携手，指定日、许我同欢。唤做真成，耳热心安。打叠从来不成器，待做个、平地神仙。又却不成些事，蓦地心残。　据我如今没投奔，见著你、泪早偷弹。对月临风，一味埋冤。笑则人前不妨笑，行笑里、斗觉心烦。怎生分得烦恼，两处匀摊。

恋绣衾

又名《泪珠弹》。双调，有五十四字、五十五字、五十六字数体。其五十四字，上片四句、三平韵，下片四句、两平韵为正体。

朱敦儒　　恋绣衾·木落江南感未平

木落江南感未平，雨萧萧、衰鬓到今。甚处是长安路，水连空、山锁暮云。　老人对酒今如此，一番新、残梦暗惊。又是洒黄花泪，问明年、此会怎生。

陆　游　　恋绣衾·不惜貂裘换钓篷

不惜貂裘换钓篷，嗟时人、谁识放翁。归棹借、樵风稳，数声闻、林外暮钟。　幽栖莫笑蜗庐小，有云山、烟水万重。半世向、丹青看，喜如今、身在画中。

陆　游　　恋绣衾·无方能驻脸上红

无方能驻脸上红，笑浮生、扰扰梦中。平地是、冲霄路，又何劳、千日用功。　飘然再过莲峰下，乱云深、吹下暮钟。访旧隐、依然在，但鹤巢、时有堕松。

陆　游　　恋绣衾·雨断西山晚照明

雨断西山晚照明，悄无人、幽梦自惊。说道去、多时也，到如今、真个是行。　远山已是无心画，小楼空、斜掩绣屏。你嚎早、收心呵，趁刘郎、双鬓未星。

辛弃疾　　恋绣衾·无题

长夜偏冷添被儿，枕头儿、移了又移。我自是笑别人底，却元来、当局者迷。　如今只恨因缘浅，也不曾、抵死恨伊。合手下、安排了，那筵席、须有散时。

韩　淲　　恋绣衾·晁仲一将到滁阳，新买妾

欢浓两点笑靥儿，雪初消、梅欲放时。不信道、伤春瘦，怕人猜、犹待皱眉。　香浓翠被屏山曲，把珊枕、侧过又移。试与伴、江头去，但醉翁、亭上要诗。

韩　淲　　恋绣衾·泪珠弹

溪风吹雨晚打窗，把心情、阑入醉乡。记取在、山深处，我如今、双鬓已苍。　夜阑寒影灯花淡，梦难成、清漏更长。宝瑟断、鸾胶续，泪珠弹、犹带粉香。

史达祖　　恋绣衾·吴梅初试涧谷春

吴梅初试涧谷春，夜幽幽、江雁叫云。人正在、孤窗底，被浓愁、醺破醉魂。　　雨窗只剩残灯影，伴罗衣、无限泪痕。瘦骨怕、红绵冷，说年时、斗帐夜分。

史达祖　　恋绣衾·黄花惊破九日愁

黄花惊破九日愁，正寒城、风雨怨秋。愁便是、秋心也，又随人、来到画楼。　　因缘幸自天安顿，更题红、不禁御沟。待写与、相思话，为怕奴、憔悴且休。

史达祖　　恋绣衾·席上梦锡、汉章同赋

天风入扇吹苎衣，小红楼、夜气正微。有人在、冰弦外，水精帘、花影自移。　　阳台只是虚无梦，便不成、凉夜误伊。想闲了、流离簟，就一身、明月伴归。

高观国　　恋绣衾·碧梧偷恋小窗阴

碧梧偷恋小窗阴，恨芭蕉、不展寸心。暗语近、阳台远，奈秋宵、砧断漏沉。　　月明欲教吹箫去，隔骖鸾、空留怨音。从此是、天涯阻，这一场、愁梦更深。

刘学箕　　恋绣衾·闺怨

柳絮风翻高下飞，雨笼晴、香径尚泥。女伴笑、踏青好，凤钗偏、花压鬓垂。　　乱莺双燕春情绪，搅愁心、欲诉向谁。人问道、因谁瘦，捻青梅、闲敛黛眉。

赵崇嶓　　恋绣衾·梅

江烟如雾水满汀，早梅花、偏占浅清。倚翠竹、寒无力，想潇湘、斜日暮云。　　几回梦断阳春面，问百花、犹隔几尘。趁月夜、霜风峭，约彩鸾、同载玉笙。

萧　崱　　恋绣衾·倚阑闲看燕定巢

倚阑闲看燕定巢，旧弹筝、因病久抛。画不尽、残眉黛，被东风、吹在柳梢。　　晓来暗理伤春曲，把金钗、枕畔细敲。书寄与、天涯去，并相思、红泪一包。

吴文英　　恋绣衾·频摩书眼怯细文

频摩书眼怯细文，小窗阴、天气似昏。兽炉暖、慵添困，带茶烟、微润宝薰。　　少年娇马西风冷，旧春衫、犹涴酒痕。梦不到、梨花路，断长桥、无限暮云。

翁元龙　　恋绣衾·兽炉烟重火半焦

兽炉烟重火半焦，卷帘时、雪意又销。过数点、残鸦外，想梅花、寒在灞桥。　　谢娘春恨深如柳，未东风、先遣絮飘。且莫把、冰丝剪，有灯球、红绣未描。

张　枢　　恋绣衾·屏绡裛润惹篆烟

屏绡裛润惹篆烟，小窗闲、人泥昼眠。正雪暖、荼蘼架，奈愁春、尘锁雁弦。　　杨花做了香云梦，化池萍、犹泛翠钿。自不怨、东风老，怨东风、轻信杜鹃。

陈　著　　恋绣衾·寿内子

梅窗归坐几岁寒，老生涯、寂寞自便。最喜得、双双健，与粗茶、淡饭结缘。　　眉前把酒深深劝，这时光、惟有靠天。看许大、痴儿女，且随宜、笑到百年。

林　洪　　恋绣衾·冰肌生怕雪未禁

冰肌生怕雪未禁，翠屏前、短瓶满簪。真个是、疏枝瘦，认花儿、不要浪吟。　　等闲蜂蝶都休惹，暗香来、时借水沉。既得个、厮偎伴，任风霜、尽自放心。

陈允平　　恋绣衾·缃桃红浅柳褪黄

缃桃红浅柳褪黄，燕初来、宫漏渐长。任日转、花梢也，倚兰屏、犹未试妆。　　秦鸾旧曲无心理，忆年时、相傍采桑。听绿树、娇莺啭，一声声、都是断肠。

陈允平　　恋绣衾·银鸳金凤画暗销

银鸳金凤画暗销，晓帘栊、新翠渐交。算多少、相思恨，被东风、吹上柳梢。　　罗窗夜夜梨花瘦，奈月明、香梦易消。便拟倩、题红叶，趁落花、流过谢桥。

陈允平　　恋绣衾·多情无语敛黛眉

多情无语敛黛眉，寄相思、偏仗柳枝。待折向、尊前唱，奈东风、吹做絮飞。　　归来醉抱琵琶睡，正酒醒、香尽漏移。无赖是、梨花梦，被月明、偏照帐儿。

赵汝茪　　恋绣衾·柳丝空有千万条

柳丝空有千万条，系不住、溪头画桡。想今宵、也对新月，过轻寒、何处小桥。　　玉箫台榭春多少，溜啼红、脸霞未消。怪别来、胭脂慵傅，被东风、偷在杏梢。

赵时奚　　恋绣衾·迢迢江路日又曛

迢迢江路日又曛，为春迟、长是怨春。小立马、千林下，寄寒香、归赠故人。　　相逢细说经年恨，早匆匆、吹散霁云。算惆怅、芳菲事，粉蝶知、应自断魂。

赵时奚　　恋绣衾·江南烟水几万重

江南烟水几万重，记玉人、花底旧容。待欲寄、飞鸿信，望前山、夕照冷红。　　塞笳月下声凄楚，怨百花、春事梦空。倩谁共、东君说，把阳和、分付朔风。

刘辰翁　　恋绣衾·宫中吹箫

胭脂不涴紫玉箫，认宫中、银字未销。但凤去、台空古，比落花、无第二朝。　　天涯流落哀声在，听乌乌、不似内娇。漫身似、商人妇，泣孤舟、长夜寂寥。

刘辰翁　　恋绣衾·或送肉色牡丹同赋

困如宿酒犹未销，满华堂、羞见目招。忽折向、西邻去，教旁人、看上马娇。　　肉色似花难可得，但花如、肉色妖娆。谁说汉宫飞燕，到而今、犹带脸潮。

刘辰翁　　恋绣衾·当年三五舞太平

己卯灯夕，留城中独坐，忆当涂买灯，姑苏夜舞，再集赋此

当年三五舞太平，醉归来、花影满庭。办永夜、重开宴，

笑姑苏、万眼未明。　　而今绕市歌儿马，客黄昏、细雨满城。十年事、去如水，想家人、村庙看灯。

周　密　　　恋绣衾·赋蝶

粉黄衣薄沾麝尘，作南华、春梦乍醒。活计一生花里，恨晓房、香露正深。　　芳蹊有恨时时见，趁游丝、高下弄晴。生怕被春归了，赶飞红、穿度柳阴。

刘　壎　　　恋绣衾·城南净凉亭赋

轻风吹雾月满廊，芙蕖香、飘入隔窗。记旧月、闲庭院，擘碎红、蒙幂晓妆。　　如今两鬓秋凄恻，负凌波、万顷凄凉。花若惜、刘郎老，倩藕丝、牵住夕阳。

蒋　捷　　　恋绣衾·茜金小袖花下行

茜金小袖花下行，过桥亭、倚树听莺。被柳线、低萦鬓，绀云垂、钗凤半横。　　红薇影转晴窗昼，漾兰心、未到绣绷。奈一点、春来恨，在青蛾、弯处又生。

张　炎　　　恋绣衾·代题武桂卿扇

一枝凉玉敧路尘，下瑶台、疑是梦云。怕趁取、西风去，被何人、拈住皱裙。　　温柔只在秋波里，这些儿、真个动心。再同饮、花前酒，莫都忘、今夜夜深。

李太古　　　恋绣衾·橘花风信满院香

橘花风信满院香，摘青梅、犹自怕尝。向绿密、红疏处，喜相逢、飞下一双。　　堪怜堪惜还堪爱，唤青衣、推上绣窗。暗记得、凭肩语，对菱花、啼损晚妆。

无名氏　　　恋绣衾·元宵三五酒半醺

元宵三五酒半醺，马蹄前、步步是春。闹市里、看灯去，喜金吾、不禁夜深。　　如今老大都休也，未黄昏、先闭上门。待月到、窗儿上，对梅花、如对故人。

留客住

唐教坊曲名。双调，其九十八字，上片九句、四仄韵，下片十句、五仄韵为正体；其九十四字，上片九句、三仄韵，下片九句、五仄韵为变体。

柳　永　　　　留客住·偶登眺

偶登眺，凭小阑、艳阳时节，乍晴天气，是处闲花芳草。遥山万叠云散，涨海千里，潮平波浩渺。烟村院落，是谁家绿树，数声啼鸟。　　旅情悄，远信沉沉，离魂杳杳。对景伤怀，度日无言谁表。惆怅旧欢何处，后约难凭，看看春又老。盈盈泪眼，望仙乡，隐隐断霞残照。

周邦彦　　　　留客住·嗟乌兔

嗟乌兔，正茫茫、相催无定，只恁东生西没，半均寒暑。昨见花红柳绿，处处林茂。又睹霜前篱畔，菊散余香，看看又还秋暮。　　忍思虑，念古往贤愚，终归何处。争似高堂，日夜笙歌齐举。选甚连宵彻昼，再三留住。待拟沉醉扶上马，怎生向、主人未肯交去。

留春令

又名《玉花洞》，双调数体。有五十字，上片五句、两仄韵，下片四句、三仄韵；亦有五十二字，上片五句、两仄韵，下片四句、三仄韵；还有五十四字，上下片各四句、三仄韵等。

晏几道　　　　留春令·画屏天畔

画屏天畔，梦回依约，十洲云水。手捻红笺寄人书，写无限、伤春事。　　别浦高楼曾漫倚，对江南千里。楼下分流水声中，有当日、凭高泪。

晏几道　　留春令·采莲舟上

采莲舟上，夜来陡觉，十分秋意。懊恼寒花暂时香，与情浅、人相似。　玉蕊歌清招晚醉，恋小桥风细。水湿红裙酒初消，又记得、南溪事。

晏几道　　留春令·海棠风横

海棠风横，醉中吹落，香红强半。小粉多情怨花飞，仔细把、残香看。　一抹浓檀秋水畔，缕金衣新换。鹦鹉杯深艳歌迟，更莫放、人肠断。

李之仪　　留春令·梦断难寻

梦断难寻，酒醒犹困，那堪春暮。香阁深沉，红窗翠暗，莫羡颠狂絮。　绿满当时携手路，懒见同欢处。何时却得，低帏昵枕，尽诉情千缕。

黄庭坚　　留春令·江南一雁横秋水

江南一雁横秋水，叹咫尺、断行千里。回纹机上字纵横，欲寄远、凭谁是。　谢客池塘春都未，微微动、短墙桃李。半阴才暖却清寒，是瘦损、人天气。

史达祖　　留春令·金林檎咏

秀肌丰靥，韵多香足，绿匀红注。翦取东风入金盘，断不买、临邛赋。　宫锦机中春富裕，劝玉环休妒。等得明朝酒消时，是闲滫、雍容处。

史达祖　　留春令·咏梅花

故人溪上，挂愁无奈，烟梢月树。一涓春水点黄昏，便没顿、相思处。　曾把芳心深相许，故梦劳诗苦。闻说东风亦多情，被竹外、香留住。

高观国　　留春令·淮南道中

断霞低映，小桥流水，一川平远。柳影人家起炊烟，仿佛似、江南岸。　马上东风吹醉面，问此情谁管。花里清歌酒边情，问何日、重相见。

高观国　　　　留春令·粉绡轻试

粉绡轻试，绿裙微褪，吴姬娇小。一点清香著芳魂，便添起，春怀抱。　　玉脸窥人舒浅笑，寄此情天渺。酒醒罗浮角声寒，正月挂、南枝晓。

高观国　　　　留春令·梅

玉清冰瘦，洗妆初见，春风头面。等得黄昏月溪寒，爱顾影、临清浅。　　历尽冰霜空羞怨，怨粉香消减。江北江南旧情多，奈笛里、关山远。

高观国　　　　留春令·红梅

玉妃春醉，夜寒吹堕，江南风月。一自情留馆娃宫，在竹外、尤清绝。　　贪睡开迟风韵别，向杏花休说。角冷黄昏艳歌残，怕惊落、燕脂雪。

彭　止　　　　留春令·夜来小雨三更作

夜来小雨三更作，近水处、小桃开却。玉女向晓掀朱箔，似与花枝有约。　　绿池上、柳腰纤弱。燕子过、谁家院落。春衫试着香罗薄，无奈东风太恶。

高山流水

又名《锦瑟清商引》。调见《梦窗词》，系吴文英自度曲。其词为赠丁基仲妾作。因妾善鼓琴，故以“高山流水”为调名。双调，一百一十字，上片十句、六平韵，下片十一句、六平韵。此调只吴文英一词。

吴文英　　　　高山流水·素弦一一起秋风

丁基仲侧室善丝桐赋咏，晓达音吕，备歌舞之妙

素弦一一起秋风，写柔情、都在春葱。徽外断肠声，霜霄暗落惊鸿。低颦处、翦绿裁红。仙郎伴、新制还赓旧曲，映月帘栊。似名花并蒂，日日醉春浓。　　吴中，空传有西子，应不解、换徵移宫。兰蕙满襟怀，唾碧总喷花茸。后堂深、想费春工。客愁重、时听蕉寒雨碎，泪湿琼钟。恁风流也称，金屋贮娇慵。

高阳台

又名《庆春泽》、《庆春泽慢》、《庆春宫》。双调数体。有一百字，上下片各十句、四平韵；亦有一百字，上下片各十句、五平韵等。

王　观　　高阳台·红入桃腮

红入桃腮，青回柳眼，韶华已破三分。人不归来，空教草怨王孙。平明几点催花雨，梦半阑、欹枕初闻。问东君，因甚将春，老了闲人。　　东郊十里香尘满，旋安排玉勒，整顿雕轮。趁取芳时，共寻岛上红云。朱衣引马黄金带，算到头、总是虚名。莫闲愁，一半悲秋，一半伤春。

韩　嘐　　高阳台·除夜

频听银签，重燃绛蜡，年华滚滚惊心。饯旧迎新，能消几刻光阴。老来可惯通宵饮，待不眠、还怕寒侵。掩清尊，多谢梅花，伴我微吟。　　邻娃已试春妆了，更蜂腰簇翠，燕股横金。勾引东风，也知芳思难禁。朱颜那有年年好，逞艳游、赢取如今。恣登临，残雪楼台，迟日园林。

吴文英　　高阳台·丰乐楼分韵得如字

修竹凝妆，垂杨驻马，凭阑浅画成图。山色谁题，楼前有雁斜书。东风紧送斜阳下，弄旧寒、晚酒醒余。自销凝，能几花前，顿老相如。　　伤春不在高楼上，在灯前欹枕，雨外熏炉。怕舣游船，临流可奈清臞。飞红若到西湖底，搅翠澜、总是愁鱼。莫重来，吹尽香绵，泪满平芜。

吴文英　　高阳台·落梅

宫粉雕痕，仙云堕影，无人野水荒湾。古石埋香，金沙锁骨连环。南楼不恨吹横笛，恨晓风、千里关山。半飘零，庭上黄昏，月冷阑干。　　寿阳空理愁鸾，问谁调玉髓，暗补香瘢。细雨归鸿，孤山无限春寒。离魂难倩招清些，梦缟衣、解佩溪边。最愁人，啼鸟晴明，叶底青圆。

吴文英　高阳台·送王历阳以右曹赴阙

淝水秋寒，淮堤柳色，别来几换年光。紫马行迟，才生梦草池塘。便乘丹凤天边去，禁漏催、春殿称觞。过松江，雪弄飞花，冰解鸣珰。　芳洲酒社词场，赋高台陈迹，曾醉吴王。重上逋山，诗清月瘦昏黄。春风侍女衣篝畔，早鹊袍、已暖天香。到东园，应费新题，千树苔苍。

吴文英　高阳台·寿毛荷塘

风袅垂杨，雪销蕙草，何如清润潘郎。风月襟怀，挥毫倚马成章。仙都观里桃千树，映曲尘、十里荷塘。未归来，应恋花洲，醉玉吟香。　东风晴昼浓如酒，正十分皓月，一半春光。燕子重来，明朝传梦西窗。朝寒几暖金炉烬，料洞天、日月偏长。杏园诗，应待先题，嘶马平康。

吴文英　高阳台·过种山　即越文种墓

帆落回潮，人归故国，山椒感慨重游。弓折霜寒，机心已堕沙鸥。灯前宝剑清风断，正五湖、雨笠扁舟。最无情，岩上闲花，腥染春愁。　当时白石苍松路，解勒回玉辇，雾掩山羞。木客歌阑，青春一梦荒丘。年年古苑西风到，雁怨啼、绿水萍秋。莫登临，几树残烟，西北高楼。

李彭老　高阳台·落梅

飘粉杯宽，盛香袖小，青青半掩苔痕。竹里遮寒，谁念灭尽芳云。幺凤叫晚吹晴雪，料水空、烟冷西泠。感凋零，残缕遗钿，迤逦成尘。　东园曾趁花前约，记按筝筹酒，戏挽飞琼。环佩无声，草暗台榭春深。欲倩怨笛传清谱，怕断霞、难返吟魂。转消凝，点点随波，望极江亭。

李彭老　高阳台·寄题苏壁山房

石笋埋云，风篁啸晚，翠微高处幽居。缥简云签，人间一点尘无。绿深门户啼鹃外，看堆床、宝晋图书。尽萧闲，浴砚临池，滴露研朱。　旧时曾写桃花扇，弄霏香秀笔，春满西湖。松菊依然，柴桑自爱吾庐。冰弦玉柱风流在，更秋兰、香染衣裾。照窗明，小字珠玑，重见欧虞。

李莱老　　高阳台·落梅

门掩香残，屏摇梦冷，珠钿糁缀芳尘。临水搴花，流来疑是行云。藓梢空挂凄凉月，想鹤归、犹怨黄昏。黯消凝，人老天涯，雁影沉沉。　断肠不在听横笛，在江皋解佩，翳玉飞琼。烟湿荒村，背春无限愁深。迎风点点飘寒粉，怅秋娘、燕袖啼痕。更关情，青子悬枝，绿树成阴。

刘辰翁　　高阳台·和巽吾韵

雨枕莺啼，露班烛散，御街人卖花窠。过眼无情，而今魂梦年多。百钱曳杖桥边去，问几时、重到明河。便人间，无了东风，此恨难磨。　落红点点入颓波，任归春到海，海又成涡。江上儿童，抱茅笑我重过。蓬莱不涨枯鱼泪，但荒村、败壁悬梭。对残阳，往往无成，似我蹉跎。

王亿之　　高阳台·双桨敲冰

双桨敲冰，低篷护冷，扁舟晓渡西泠。回首吴山，微茫遥带重城。堤边几树垂杨柳，早嫩黄、摇动春情。问孤鸿，何处飞来，共唤飘零。　轻帆初落沙洲暝，渐潮痕雨渍，面色风皴。旅思羁愁，偏能老大行人。姮娥不管征途苦，甚夜深、尽照孤衾。想玉楼，犹凭阑干，为我销凝。

王茂孙　　高阳台·春梦

迟日烘晴，轻烟缕昼，琐窗雕户慵开。人独春闲，金猊暖透兰煤。山屏缓倚珊瑚畔，任翠阴、移过瑶阶。悄无声，彩翅翩翩，何处飞来。　片时千里江南路，被东风误引，还近阳台。腻雨娇云，多情恰喜徘徊。无端枝上啼鸠唤，便等闲、孤枕惊回。恶情怀，一院杨花，一径苍苔。

周　密　　高阳台·送陈君衡被召

照野旌旗，朝天车马，平沙万里天低。宝带金章，尊前茸帽风欹。秦关汴水经行地，想登临、都付新诗。纵英游，叠鼓清笳，骏马名姬。　酒酣应对燕山雪，正冰河月冻，晓陇云飞。投老残年，江南谁念方回。东风渐绿西湖柳，雁已还、人未南归。最关情，折尽梅花，难寄相思。

周　密　　　　高阳台·寄越中诸友

小雨分江，残寒迷浦，春容浅入蒹葭。雪霁空城，燕归何处人家。梦魂欲渡苍茫去，怕梦轻、还被愁遮。感流年，夜汐东还，冷照西斜。　　萋萋望极王孙草，认云中烟树，鸥外春沙。白发青山，可怜相对苍华。归鸿自趁潮回去，笑倦游、犹是天涯。问东风，先到垂杨，后到梅花。

王沂孙　　　　高阳台·纸被

霜楮刳皮，冰花擘茧，满腔絮湿湘帘。抱瓮工夫，何须待吐吴蚕。水香玉色难裁剪，更绣针、茸线休拈。伴梅花，暗卷春风，斗帐孤眠。　　篝熏鹊锦熊毡，任粉融脂涴，犹怯痴寒。我睡方浓，笑他欠此清缘。揉来细软烘烘暖，尽何妨、挟纩装绵。酒魂醒，半榻梨云，起坐诗禅。

王沂孙　　　　高阳台·残萼梅酸

残萼梅酸，新沟水绿，初晴节序暄妍。独立雕栏，谁怜枉度华年。朝朝准拟清明近，料燕翎、须寄银笺。又争知、一字相思，不到吟边。　　双蛾不拂青鸾冷，任花阴寂寂，掩户闲眠。屡卜佳期，无凭却恨金钱。何人寄与天涯信，趁东风、急整归船。纵飘零，满院杨花，犹是春前。

王沂孙　　　　高阳台·驼褐轻装

陈君衡远游未还，周公谨有怀人之赋，倚歌和之

驼褐轻装，狨鞯小队，冰河夜渡流澌。朔雪平沙，飞花乱拂蛾眉。琵琶已是凄凉调，更赋情、不比当时。想如今，人在龙庭，初劝金卮。　　一枝芳信应难寄，向山边水际，独抱相思。江雁孤回，天涯人自归迟。归来依旧秦淮碧，问此愁、还有谁知。对东风，空似垂杨，零乱千丝。

王沂孙　高阳台·和周草窗寄越中诸友韵

残雪庭阴，轻寒帘影，霏霏玉管春葭。小帖金泥，不知春在谁家。相思一夜窗前梦，奈个人、水隔天遮。但凄然，满树幽香，满地横斜。　　江南自是离愁苦，况游骢古道，归雁平沙。怎得银笺，殷勤与说年华。如今处处生芳草，纵凭高、不

见天涯。更消他，几度东风，几度飞花。

柴元彪　　高阳台·怀钱塘旧游

丹碧归来，天荒地老，骎骎华发相催。见说钱塘，北高峰更崔嵬。琼林侍宴簪花处，二十年、满地苍苔。倩阿谁，为我起居，坡柳逋梅。　凄凉往事休重省，且凭阑感慨，抚景衔杯。冷暖由天，任他花谢花开。知心只有西湖月，尚依依、照我徘徊。更多情，不间朝昏，潮去潮来。

蒋　捷　　高阳台·芙蓉

霞铄帘珠，云蒸篆玉，环楼婉婉飞铃。天上王郎，飙轮此地曾停。秋香不断台隍远，溢万丛、锦艳鲜明。事成尘，鸾凤箫中，空度歌声。　臞翁一点清寒髓，惯餐英菊屿，饮露兰汀。透屋高红，新营小样花城。霜浓月淡三更梦，梦曼仙、来倚吟屏。共襟期，不是琼姬，不是芳卿。

蒋　捷　　高阳台·送翠英

燕卷晴丝，蜂黏落絮，天教绾住闲愁。闲里清明，匆匆粉涩红羞。灯摇缥晕茸窗冷，语未阑、娥影分收。好伤情，春也难留，人也难留。　芳尘满目悠悠，问萦云佩响，还绕谁楼。别酒才斟，从前心事都休。飞莺纵有风吹转，奈旧家、苑已成秋。莫思量，杨柳湾西，且棹吟舟。

蒋　捷　　高阳台·闰元宵

桥尾星沉，街心尘敛，天公还把春饶。桂月黄昏，金丝柳换星摇。相逢小曲方嫌冷，便暖薰、珠络香飘。却怜他、隔岁芳期，枉费囊绡。　人情终似娥儿舞，到嚬翻宿粉，怎比初描。认得游踪，花骢不住嘶骄。梅梢一寸残红炬，喜尚堪、移照樱桃。醉醺醺，不记元宵，只道花朝。

蒋　捷　　高阳台·江阴道中有怀

宛转怜香，徘徊顾影，临芳更倚苔身。多谢残英，飞来远远随人。回头却望晴檐下，等几番、小摘微薰。到而今、独袅鞭梢，笑不成春。　愁吟未了烟林晓，有垂杨夹路，也为轻嚬。今夜山窗，还□□绕梨云。行囊不是吴笺少，问倩谁、去

写花真。待归时，叶底红肥，细雨如尘。

张　炎　　　　高阳台·西湖春感

接叶巢莺，平波卷絮，断桥斜日归船。能几番游，看花又是明年。东风且伴蔷薇住，到蔷薇、春已堪怜。更凄然，万绿西泠，一抹荒烟。　　当年燕子知何处，但苔深韦曲，草暗斜川。见说新愁，如今也到鸥边。无心再续笙歌梦，掩重门、浅醉闲眠。莫开帘，怕见飞花，怕听啼鹃。

张　炎　　　　高阳台·古木迷鸦

庆乐园即韩平原南园。戊寅岁过之，仅存丹桂百余株，有碑记在荆榛中，故末有亦犹今之视昔之感，复叹葛岭贾相之故庐也

古木迷鸦，虚堂起燕，欢游转眼惊心。南圃东窗，酸风扫尽芳尘。鬓貂飞入平原草，最可怜、浑是秋阴。夜沉沉，不信归魂，不到花深。　　吹箫踏叶幽寻去，任船依断石，袖裹寒云。老桂悬香，珊瑚碎击无声。故园已是愁如许，抚残碑、却又伤今。更关情，秋水人家，斜照西泠。

郭郎儿近拍

又名《郭郎儿》、《郭郎儿近》，调见柳永《乐章集》。《乐府杂录》：“傀儡子戏，其引歌舞，有郭郎者，善优笑。闾里呼为郭郎，凡戏场必在俳儿之首。柳词调名，或取诸此。”双调，七十三字，上片七句、五仄韵，下片八句、四仄韵。

柳　永　　　　郭郎儿近拍·帝里

帝里，闲居小曲深坊，庭院沉沉朱户闭。新霁，畏景天气。薰风帘幕无人，永昼厌厌如度岁。　　愁悴，枕簟微凉，睡久辗转慵起。砚席尘生，新诗小阕，等闲都尽废。这些儿、寂寞情怀，何事新来常恁地。

离别难

唐教坊曲名。《花间集》薛昭蕴词中有“罗帷乍别情难”句，取以为调名。薛词系借旧曲名，另倚新声。双调，有八十七字，上片九句、四平韵、四仄韵，下片十句、四平韵、六仄韵；亦有一百十二字，上片九句、五平韵，下片十句、五平韵。又名《大郎神》、《悲切子》、《怨回鹘》、《离苦海》。

柳　永　　离别难·花谢水流倏忽

花谢水流倏忽，嗟年少光阴。有天然、蕙质兰心。美韶容、何啻值千金。便因甚、翠弱红衰，缠绵香体，都不胜任。算神仙、五色灵丹无验，中路委瓶簪。　人悄悄，夜沉沉。闭香闺、永弃鸳衾。想娇魂媚魄非远，纵洪都方士也难寻。最苦是、好景良天，尊前歌笑，空想遗音。望断处，杳杳巫峰十二，千古暮云深。

离亭宴

又名《离亭燕》。此调始于张先，因其词中有“随处是、离亭别宴”句，取以为调名。双调，有七十七字和七十二字数体。其七十七字，上下片各六句、五仄韵为正体；其七十二字，上下片各六句、四仄韵为变体。

张　先　　离亭宴·公择别吴兴

捧黄封诏卷，随处是、离亭别宴。红翠成轮歌未遍，已恨野桥风便。此去济南非久，惟有凤池鸾殿。　三月花飞几片，又减却、芳菲过半。千里恩深云海浅，民爱比、春流不断。更上玉楼西，归雁与、征帆共远。

晁补之　　离亭宴·次韵吊豫章黄鲁直

丹府黄香堪笑，章台坠鞭年少。细雨春风花落处，醉里中

人传诏。却上五湖船，悲歌楚狂同调。　　青草荆江波渺，香炉紫霄簪小。人去江山长依旧，幼妇空传辞妙。洒泪作招魂，枫林子规啼晓。

晁补之　　**离亭宴·忆吴兴寄金陵怀古声中**

忆向吴兴假守，双溪四垂高柳。仪凤桥边兰舟过，映水雕甍华牖。烛下小红妆，争看使君归后。　　携手松亭难又，题诗水轩依旧。多少绿荷相倚恨，背立西风回首。怅望采莲人，烟波万重吴岫。

离亭燕

即《离亭宴》，详见《离亭宴》条。

张　昪　　**离亭燕·一带江山如画**

一带江山如画，风物向秋潇洒。水浸碧天何处断，翠色冷光相射。蓼岸荻花中，隐映竹篱茅舍。　　天际客帆高挂，门外酒旗低迓。多少六朝兴废事，尽入渔樵闲话。怅望倚危栏，红日无言西下。

此首别作孙浩然词

孙浩然　　**离亭燕·一带江山如画**

一带江山如画，景物向秋潇洒。水浸碧天何处断，霁色冷光相谢。橘树荻花洲，掩映竹篱茅舍。　　天际客帆高挂，烟外酒旗低亚。多少六朝兴废事，尽入渔樵闲话。怅望倚层楼，红日无言西下。

此首别作张昪词

黄庭坚　　**离亭燕·次韵答廖明略见寄**

十载尊前谈笑，天禄故人年少。可是陆沈英俊地，看即锁窗批诏。此处忽相逢，潦倒秃翁同调。　　西顾郎官湖渺，事看庾楼人小。短艇绝江空怅望，寄得诗来高妙。梦去倚君傍，蝴蝶归来清晓。

唐多令

一作《糖多令》，又名《南楼令》、《箜篌曲》。双调数体。有六十字、六十一字、六十二字之分，均为上下片各五句、四平韵。

魏了翁　唐多令·淮西总领蔡少卿范生日

人物盛乾淳，东嘉最得人。费江山、几许精神。我已后时犹遍识，君子子、又相亲。　秋入塞垣新，风寒上醉痕。万百般、倚靠苍旻。只愿诸贤长寿健，容老我、看闲身。

魏了翁　唐多令·中秋

轻露濯秋风，新楼插太空。更遭逢、解事天公。为唤羲和驱六马，将杲日、挂帘栊。　日影正沉红，须臾月在东。百万家、乐意融融。民意乐时天亦好，聊与众、一尊同。

魏了翁　唐多令·朔雪上征衣

别吴毅夫、赵仲权、史敏叔、朱择善

朔雪上征衣，春风送客归。万杨华、数点榴枝。春事无多天不管，教烂熳、住离披。　开谢本同机，荣枯自一时。算天公、不遣春知。但得溶溶生意在，随冷暖、镇芳菲。

张　榘　唐多令·九日登平山和朱帅幹

斜日淡芜烟，重阳又一年。怅垂杨、几度飞绵。只把晴空山色看，多少恨、倩谁笺。　沙霭暗中原，横戈谁夜眠。尽今宵、且醉花边。准拟来秋天气好，重把菊、嗅芳妍。

尹　焕　唐多令·苕溪有牧之之感

蘋末转清商，溪声供夕凉。缓传杯、催唤红妆。慢绾乌云新浴罢，裙拂地、水沉香。　歌短旧情长，重来惊鬓霜。怅绿阴、青子成双。说著前欢佯不睬，飏莲子、打鸳鸯。

吴文英　唐多令·惜别

何处合成愁，离人心上秋。纵芭蕉、不雨也飕飕。都道晚

凉天气好，有明月、怕登楼。　　年事梦中休，花空烟水流。燕辞归、客尚淹留。垂柳不萦裙带住，漫长是、系行舟。

刘辰翁　　唐多令·明月满沧洲

丙子中秋前，闻歌此词者，即席借芦叶满汀洲韵

明月满沧洲，长江一意流。更何人、横笛危楼。天地不知兴废事，三十万、八千秋。　　落叶女墙头，铜驼无恙不。看青山、白骨堆愁。除却月宫花树下，尘块莽、欲何游。

刘辰翁　　唐多令·风露小瀛洲

风露小瀛洲，斜河倒海流。人间尘、不到琼楼。错向五陵陵上望，几回月、几回秋。　　落日太湖头，垂虹今是不。醉尊前、往往成愁。便有扁舟西子在，无汗漫、与君游。

刘辰翁　　唐多令·寒雁下荒洲

寒雁下荒洲，寒声带影流。便寄书、不到红楼。如此月明如此酒，无一事、但悲秋。　　万弩落潮头，灵胥还怒不。满湖山、犹是春愁。欲向涌金门外去，烟共草、不堪游。

刘辰翁　　唐多令·日落紫霞洲

日落紫霞洲，兰舟稳放流。玉虹仙、如在黄楼。何必锦袍吹玉笛，听欸乃、数声秋。　　赤壁舞涛头，周郎还到不。倚西风、袅袅余愁。唤起横江飞道士，来伴我、月中游。

刘辰翁　　唐多令·零露下长洲

龙洲曲已八九和，复为中斋勉强夜和，中有数语，醉枕忘之

零露下长洲，云翻海倒流。素娥深、不到西楼。忽觉断潮归去也，饮不尽、一轮秋。　　城外土馒头，人能饮恨不，古人不见使吾愁。莫有横江孤鹤过，来伴我、醉中游。

刘辰翁　　唐多令·丙申中秋

明月满河洲，星河带月流。料素娥、独倚琼楼。竟是何年何药误，魂梦冷、不禁秋。　　少日梦龙头，知君犹梦不。算虚名、不了闲愁。便有鹄袍三万辈，应不是、旧京游。

刘辰翁　　唐多令·残日下瓜洲

残日下瓜洲，平安火又流。月高高、挂古城楼。回首少年真可笑，无一事、又悲秋。　　天在海边头，天风有意不。结桂枝、袅袅余愁。不是银河无去路，先不去、后难游。

刘辰翁　　唐多令·癸未上元午晴

春雨满江城，汀洲春水生。更悲久雨似春酲。犹有一般天富贵，夜来雨、早来晴。　　年少总看灯，老来犹故情。便无灯、也自盈盈。说著春情谁不爱，今夜月、有人行。

张　林　　唐多令·金勒鞚花骢

金勒鞚花骢，故山云雾中。翠蘋洲、先有西风。可惜嫩凉时枕簟，都付与、旧山翁。　　双翠合眉峰，泪华分脸红。向尊前、何太匆匆。才是别离情便苦，都莫问、淡和浓。

王　奕　　唐多令·登淮安倚天楼

直上倚天楼，怀哉古楚州。黄河水、依旧东流。千古兴亡多少事，分付与、白头鸥。　　祖逖与留侯，二公今在不。眉尖上、莫带星愁。笑拍危阑歌短阕，翁醉矣，且归休。

邓　剡　　唐多令·雨过水明霞

雨过水明霞，潮回岸带沙。叶声寒、飞透窗纱。堪恨西风吹世换，更吹我、落天涯。　　寂寞古豪华，乌衣日又斜。说兴亡、燕入谁家。惟有南来无数雁，和明月、宿芦花。

汪元量　　唐多令·吴江中秋

莎草被长洲，吴江拍岸流。忆故家、西北高楼。十载客窗憔悴损，搔短鬓、独悲秋。　　人在塞边头，断鸿书寄不。记当年、一片闲愁。舞罢羽衣尘满面，谁伴我、广寒游。

黎廷瑞　　唐多令·回棹百花洲

乙未中秋后二日，同范见心、李思宣饮百花洲上，待月鲁公亭。呼月硐禅师不应，放棹东湖，夜色皎然。见心用龙洲少年游韵赋词，因次韵

回棹百花洲，迢迢碧玉流。听笛声、何处高楼。如此江山

无此客，虽有酒、奈何秋。　　呼月出云头，问渠能饮不。笑人间、元自无愁。可惜月翁呼不出，呼得出、载同游。

唐河传

即《河传》，宋辛弃疾词名《唐词传》。详见《河传》条。

辛弃疾　　唐河传·效花间集

春水，千里，孤舟浪起，梦携西子。觉来村巷夕阳斜，几家，短墙红杏花。　　晚云做造些儿雨，折花去，岸上谁家女。太狂颠，那岸边，柳绵，被风吹上天。

凌歊

此调本名《铜人捧露盘引》，贺铸词名《凌歊》。详见《铜人捧露盘引》条。

贺　铸　　凌歊·控沧江

控沧江，排青嶂，燕台凉。驻彩仗、乐未渠央。岩花磴蔓，妒千门、珠翠倚新妆。舞闲歌悄，恨风流、不管余香。

繁华梦，惊俄顷，佳丽地，指苍茫。寄一笑、何与兴亡。量船载酒，赖使君、相对两胡床。缓调清管，更为侬、三弄斜阳。

粉蝶儿

调见毛滂《东堂词》。因其词中有"粉蝶儿，这回共花同活"句，取以为调名。双调。有七十二字，上下片各八句、四仄韵；亦有七十二字，上下片各七句、四仄韵。

毛　滂　　粉蝶儿·雪遍梅花

雪遍梅花，素光都共奇绝。到窗前、认君时节。下重

帏，香篆冷，兰膏明灭。梦悠扬，空绕断云残月。　沈郎带宽，同心放开重结。褪罗衣、楚腰一捻。正春风，新著摸，花花叶叶。粉蝶儿，这回共花同活。

史　浩　　粉蝶儿·元宵

一箭和风，秾熏许多春意。闹蛾儿、满城都是。向深闺，争剪碎、吴绫蜀绮。点妆成，分明是、粉须香翅。
玉容似花，全胜故园桃李。最相宜、鬓云秋水。怎教他，却去与、庄周同睡。愿年年，伴星球、烂游灯市。

史　浩　　粉蝶儿·咏圆子

玉屑轻盈，鲛绡雾时铺遍。看仙娥、骋些神变。咄嗟间，如撒下、真珠一串。火方燃，汤初滚、尽浮锅面。
歌楼酒垆，今宵任伊索唤。那佳人、怎生得见。更添糖，拚折本、供他几碗。浪儿门，得我这些方便。

史　浩　　粉蝶儿·劝酒

一盏阳和，分明至珍无价。解教人、啰哩哩啰。把胸中，些磊块，一时熔化。悟从前，恁区区，总成虚假。
何妨竟夕，交酬玉觞金斝。更休辞、醉眠花下。待明朝，红日上，三竿方罢。引笙歌，拥珠玑，笑扶归马。

曹　冠　　粉蝶儿·绕舍清阴

绕舍清阴，还是暮春天气。遍苍苔、乱红堆砌。问留春不住，春怎知人意。最关情，云杪杜鹃声碎。　休怨春归，四时有花堪醉。渐红莲、艳妆依水。次芙蓉岩桂，与菊英梅蕊。称开尊，日日殢香偎翠。

辛弃疾　　粉蝶儿·和晋臣赋落花

昨日春如，十三女儿学绣。一枝枝、不教花瘦。甚无情，便下得，雨僝风僽。向园林、铺作地衣红绉。　而今春似，轻薄荡子难久。记前时、送春归后。把春波，都酿作，一江春酎。约清愁、杨柳岸边相候。

蒋　捷　　粉蝶儿·残春

啼鴂声中，春光化成春梦。问东君、仗谁诗送。燕怜晴，

莺爱暖，一窗芳哄。奈匆匆、催他柳绵狂纵。　　轻罗扇小，桐花又飞幺凤。记寒吟、沁梅霜冻。古今□，人易老，莫闲双鞚。尚堪游、荼蘼粉云香洞。

粉蝶儿慢

调见周邦彦《片玉词》。双调，九十八字，上片九句、四仄韵，下片九句、六仄韵。此调只周邦彦一词。

周邦彦　　粉蝶儿慢·宿雾藏春

宿雾藏春，余寒带雨，占得群芳开晚。艳初弄秀，倚东风娇懒。隔叶黄鹂传好音，唤入深丛中探。数枝新，比昨朝、又早红稀香浅。　　眷恋，重来倚槛。当韶华、未可轻辜双眼。赏心随分乐，有清尊檀板。每岁嬉游能几日，莫使一声歌欠。忍因循、片花飞、又成春减。

烛影摇红

原名《忆故人》，因周邦彦词下片首句为"烛影摇红"，因以此为调名。又名《归去曲》、《玉珥坠金环》、《秋色横空》等。双调数体。有四十八字，上片四句、两仄韵，下片五句、三仄韵；亦有五十字，上片五句、两仄韵，下片五句、三仄韵；还有长调九十六字，上下片各九句、五仄韵，即周邦彦"增益其词"而成。

贺　铸　　烛影摇红·波影翻帘

波影翻帘，泪痕凝蜡青山馆。故人千里念佳期，襟佩如相款。　　惆怅更长梦短，但衾枕、余芬剩暖。半窗斜月，照人肠断，啼乌不管。

周邦彦　　烛影摇红·芳脸匀红

芳脸匀红，黛眉巧画宫妆浅。风流天付与精神，全在娇波眼。早是萦心可惯，向尊前、频频顾眄。几回相见，见了还休，争如不见。　　烛影摇红，夜阑饮散春宵短。当时谁会唱

阳关，离恨天涯远。争奈云收雨散，凭阑干、东风泪满。海棠开后，燕子来时，黄昏深院。

毛　滂　　烛影摇红·松窗午梦初觉

一亩清阴，半天潇洒松窗午。床头秋色小屏山，碧帐垂烟缕。　　枕畔风摇绿户，唤人醒、不教梦去。可怜恰到，瘦石寒泉，冷云幽处。

毛　滂　　烛影摇红·送会宗

老景萧条，送君归去添凄断。赠君明月满前溪，直到西湖畔。　　门掩绿苔应遍，为黄花、频开醉眼。橘奴无恙，蝶子相迎，寒窗日短。

毛　滂　　烛影摇红·归去曲

鬓绿飘萧，漫郎已是青云晚。古槐阴外小阑干，不负看山眼。　　此意悠悠无限，有云山、知人醉懒。他年寻我，水边月底，一蓑烟短。

王　重　　烛影摇红·烟雨江城

烟雨江城，望中绿暗花枝少。惜春长待醉东风，却恨春归早。　　纵有幽情欢会，奈如今、风情渐老。凤楼何处，画阑愁倚，天涯芳草。

廖世美　　烛影摇红·题安陆浮云楼

霭霭春空，画楼森耸凌云渚。紫薇登览最关情，绝妙夸能赋。惆怅相思迟暮，记当日、朱阑共语。塞鸿难问，岸柳何穷，别愁纷絮。　　催促年光，旧来流水知何处。断肠何必更残阳，极目伤平楚。晚霁波声带雨，悄无人、舟横野渡。数峰江上，芳草天涯，参差烟树。

吴　亿　　烛影摇红·上晁共道

楼雪初消，丽谯吹罢单于晚。使君千炬起班春，歌吹香风暖。十里珠帘尽卷，正人在、蓬壶阆苑。卖薪买酒，立马传觞，升平重见。　　谁识鳌头，去年曾侍传柑宴。至今衣袖带天香，行处氤氲满。已是春宵苦短，且莫遣、欢游意懒。细听归路，璧月光中，玉箫声远。

张　抡　　　烛影摇红·上元有怀

双阙中天，凤楼十二春寒浅。去年元夜奉宸游，曾侍瑶池宴。玉殿珠帘尽卷，拥群仙、蓬壶阆苑。五云深处，万烛光中，揭天丝管。　　驰隙流年，恍如一瞬星霜换。今宵谁念泣孤臣，回首长安远。可是尘缘未断，谩惆怅、华胥梦短。满怀幽恨，数点寒灯，几声归雁。

赵长卿　　　烛影摇红·深春

梅雪飘香，杏花开艳燃春昼。铜驼烟淡晓风轻，摇曳青青柳。海燕归来未久，向雕梁、初成对偶。日长人困，绿水池塘，清明时候。　　帘幕低垂，麝煤烟喷黄金兽。天涯人去杳无凭，不念东阳瘦。眉上新愁压旧，要消遣、除非殢酒。酒醒人静，月满南楼，相思还又。

赵善扛　　　烛影摇红·盱江有怀

桃李墙头，向人都似他年意。舞丝千丈飏晴光，骀青春无际。花气薰然自醉，傍垂杨、行行缓辔。倦游无奈，回首云山，归期犹未。　　玉锁楼空，鸟啼花外东风起。少年恩怨付波流，吟望朱阑倚。冉冉尘生客袂，对尊前、高情暂寄。洞天一笑，仙驭乘空，姑峰凝翠。

张　镃　烛影摇红·灯夕玉照堂梅花正开

宿雨初干，舞梢烟瘦金丝袅。嫩云扶日破新晴，旧碧寻芳草。幽径兰芽尚小，怪今年、春归太早。柳塘花院，万朵红莲，一宵开了。　　梅雪翻空，忍教轻趁东风老。粉围香阵拥诗仙，战退春寒峭。现乐歌弹闹晓，宴亲宾、团圞同笑。醉归时候，月过珠楼，参横蓬岛。

程　珌　　　烛影摇红·元宵

青旆摇风，朱帘漏月黄昏早。蓬山万叠忽蜚来，上有千灯照。和气祥烟缭绕，映琼楼、五云缥缈。青裙缟袂，乱吹繁弦，九衢欢笑。　　元是琴堂，十分管领春光到。手移星宿下人寰，招客来仙岛。信道邦人见少，仿佛似、皇都春好。明年只恐，鳌山扈从，随班清晓。

高观国　　　烛影摇红·别浦潮平

别浦潮平，远村帆落烟江冷。征鸿相唤著行飞，不耐霜风紧。雪意垂垂未定，正惨惨、云横冻影。酒醒情绪，日晚登临，凄凉谁问。　　行乐京华，软红不断香尘喷。试将心事卜归期，终是无凭准。寥落年华将尽，误玉人、高楼凝恨。第一休负，西子湖边，江梅春信。

卢祖皋　烛影摇红·十月十四日寿藏春孟侍郎

千载风云，庆符良月先呈瑞。旧家阴郭帝恩浓，圭衮公侯地。不道蝉联鼎贵，对秋灯、依然风味。紫囊归去，绿野闲来，青毡都未。　　琴鹤相随，小山花竹便幽意。满襟和气是藏春，日觉诗名起。已动金瓯姓字，早梅□，□□□□，□□□□，□□□□，□□□□。

孙惟信　　　烛影摇红·一朵鞓红

一朵鞓红，宝钗压髻东风溜。年时也是牡丹时，相见花边酒。初试夹纱半袖，与花枝、盈盈斗秀。对花临景，为景牵情，因花感旧。　　题叶无凭，曲沟流水空回首。梦云不入小山屏，真个欢难偶。别后知他安否，软红街、清明还又。絮飞春尽，天远书沉，日长人瘦。

刘克庄　　　烛影摇红·用林卿韵

拙者平生，不曾乞得天孙巧。那回忝扈属车来，岂是齐卿小。此膝不曾屈了，更休文、腰难运掉。前贤样子，表圣宜休，申公告老。　　凉簟安眠，绝胜僕直铃声搅。集中大半是诗词，幸没潮州表。月夕花朝咏啸，叹人间、愁多乐少。蓬莱有路，办个船儿，逆风也到。

赵以夫　　　烛影摇红·乍冷还暄

乍冷还暄，小春时候今朝转。三分历日二分休，镜里清霜满。云幕低垂不展，矮窗明、红麟初暖。老来活计，浊酒三杯，黄庭一卷。　　万里关河，朔风吹到边声远。倚楼脉脉数归鸿，谁会愁深浅。最苦山寒日短，但梅花、相看岁晚。何人金屋，巧啭歌莺，慢调筝雁。

张　榘　　烛影摇红·再次虚斋先生梅词韵

春小寒轻，南枝一夜阳和转。东君先递玉麟香，冷蕊幽芳满。应把朱帘暮卷，更何须、金猊烟暖。千山月淡，万里尘清，酒樽经卷。　　楼上胡床，笑谈声里机谋远。甲兵百万出胸中，谁谓江流浅。憔悴狂胡计短，定相将、来朝悔晚。功名做了，金鼎和羹，卷藏袍雁。

方　岳　　烛影摇红·立春日柬高内翰

辇路融晴，宫云逗晓青旗报。梅边香沁彩鞭寒，初信花风到。笑语谁家帘幕，镂冰丝、红纷绿闹。髻横玉燕，鬓颤琼幡，不能知掉。　　看见春来，麹尘微涨催兰棹。娇黄拂略上柔条，等得莺眠觉。引出千花万草，喜搀先、椒盘竹爆。问谁天上，瑶帖初供，玉堂归儤。

吴文英　　烛影摇红·西子西湖

毛荷塘生日，留京不归，赋以寄意

西子西湖，赋情合载鸱夷棹。断桥直去是孤山，应为梅花到。几度吟昏醉晓，背东风、偷闲斗草。乱鸦啼后，解佩归来，春怀多少。　　千里婵娟，茂园今夜同清照。樱脂茸唾听吟诗，争似还家好。昵昵西窗语笑，凤云深、琼箫缥缈。愿春如旧，柳带同心，花枝压帽。

吴文英　　烛影摇红·麓翁夜宴园堂

新月侵阶，彩云林外笙箫透。银台双引绕花行，红坠香沾袖。不管签声转漏，更明朝、棋消永昼。静中闲看，倦羽飞还，游云出岫。　　随处春光，翠阴那只西湖柳。去年溪上牡丹时，还试长安酒。都把愁怀抖擞，笑流莺、啼春漫瘦。晓风恶尽，妒雪寒销，青梅如豆。

吴文英　　烛影摇红·饯冯深居

翼日，其初度

飞盖西园，晚秋却胜春天气。霜花开尽锦屏空，红叶新装缀。时放清杯泛水，暗凄凉、东风旧事。夜吟不绝，松影阑干，月笼寒翠。　　莫唱阳关，但凭彩袖歌千岁。秋星入梦隔

明朝，十载吴宫会。一棹回潮度苇，正西窗、灯花报喜。柳蛮樱素，试酒争怜，不教不醉。

吴文英　　烛影摇红·元夕雨

碧澹山姿，暮寒愁沁歌眉浅。障泥南陌润轻酥，灯火深深院。入夜笙歌渐暖，彩旗翻、宜男舞遍。恣游不怕，素袜尘生，行裙红溅。　　银烛笼纱，翠屏不照残梅怨。洗妆清靥湿春风，宜带啼痕看。楚梦留情未散，素娥愁、天深信远。晓窗移枕，酒困香残，春阴帘卷。

吴文英　　烛影摇红·寿嗣荣王

天桂飞香，御花簇座千秋宴。笑从王母摘仙桃，琼醴双金盏。掌上龙珠照眼，映萝图、星晖海润。浮槎远到，水浅蓬莱，秋明河汉。　　宝月将弦，晚钩斜挂西帘卷。未须十日便中秋，争看清光满。净洗红尘障面，贺朝霖、催班正殿。喜回天上，紫府开筵，瑶池宣劝。

吴文英　　烛影摇红·赋德清县圃古红梅

莓锁虹梁，稽山祠下当时见。横斜无分照溪光，珠网空凝遍。姑射青春对面，驾飞虬、罗浮路远。千年春在，新月苔池，黄昏山馆。　　花满河阳，为君羞褪晨妆茜。云根直下是银河，客老秋槎变。雨外红铅洗断，又晴霞、惊飞暮管。倚阑只怕，弄水鳞生，乘东风便。

吴文英　　烛影摇红·越上霖雨应祷

秋入灯花，夜深檐影琵琶语。越娥青镜洗红埃，山斗秦眉妩。相间金茸翠亩，认城阴、春耕旧处。晚舂相应，新稻炊香，疏烟林莽。　　清磬风前，海沉宿袅芙蓉炷。阿香秋梦起娇啼，玉女传幽素。人驾梅槎未渡，试梧桐、聊分宴俎。采菱别调，留取蓬莱，霎时云住。

翁元龙　　烛影摇红·蜀锦华堂

蜀锦华堂，宝筝频送花前酒。妖娆全在半开时，人试单衣后。花面围春竞秀，如红潮、玉腮微透。欲苏还坠，浅醉扶头，朦胧晴昼。　　金屋名姝，眼情空贮闲眉岫。世间还有此

娉婷，拚尽珠量斗。真艳可令消受，倩莺催、天香共袖。冷烟庭院，淡月梨花，空教春瘦。

翁孟寅　　　　烛影摇红·楼倚春城

楼倚春城，锁窗曾共巢春燕。人生好梦比春风，不似杨花健。旧事如天渐远，奈情缘、素丝未断。镜尘埋恨，带粉栖香，曲屏寒浅。　　环佩空归，故园羞见桃花面。轻烟残照下阑干，独自疏帘卷。一信狂风又晚，海棠花、随风满院。乱鸦归后，杜宇啼时，一声声怨。

陈　著　　　　烛影摇红·寿元实通判母

风月堂中，画屏不动香猊吐。珠翘环拥蕊宫仙，双鬓青如许。相对童颜寿侣，看庭前、绯袍拜舞。十洲三岛，柳探春时，梅欺雪处。　　甲子花周，自从今日重新数。碧瑶杯重翠涛深，笑领飞琼语。此去华筵喜聚，听传宣、云间紫府。万分如意，凤诏便蕃，香轩容与。

陈　著　　　　烛影摇红·寿族叔父衡之八十铨

吾菊山翁，鹤骖来自蓬云界。平铺心地有天知，楚楚生兰茝。膝下青衫舞拜，更参差、斑衣戏队。清闲无事，门外从他，惊尘飞隘。　　寿八千年，百分才一朱颜耐。何妨长主翠嵩春，酒约诗盟在。家庆堂前欢会，领霞卮、醺红浅带。是人说道，真吕先生，风流潇洒。

陈　著　　　　烛影摇红·寿内子

潇洒琴帘，月灯归后新谐好。青云香里共清风，消得金花诰。争奈天颠地倒，好光阴、都惊散了。更听人说，七七年时，多多烦恼。　　捱到如今，信知空挂闲怀抱。天于贫处最饶人，颦也翻成笑。牢闭柴门自好，对梅花、杯盘草草。满前儿女，耐后夫妻，齑盐偕老。

陈　著　　　　烛影摇红·寿声仲

双杏堂深，山明水秀潆洄著。稳铺心事做平生，不买颦眉错。是则苍髯白发，笑微微、朱颜自渥。一团春意，半隐风流，他谁能学。　　六十年华，又从今起新花甲。葵榴初艳芰

荷香，争赴开筵约。家庆真堪恣乐，碧瑶杯、须拚满酌。瑟琴声里，弟劝兄酬，儿歌孙拍。

刘辰翁　　烛影摇红·嘲王槐城独赏无月

老子婆娑，那回也上南楼去。素娥有恨隐云屏，元是娇痴故。鸾扇徘徊未许，耿多情、为谁堪诉。使君愁绝，独倚阑干，后期无据。　　有酒如船，片云扫尽霓裳露。他时与客更携鱼，犹记临皋路。因念南羁北旅，醉乌乌、凭君楚舞。问君不见，璧月词成，楼西沉处。

刘辰翁　　烛影摇红·丙子中秋泛月

明月如冰，乱云飞下斜河去。旋呼艇子载箫声，风景还如故。袅袅余怀何许，听尊前、呜呜似诉。近年潮信，万里阴晴，和天无据。　　有客秋风，去时留下金盘露。少年终夜奏胡笳，谁料归无路。同是江南倦旅，对婵娟、君歌我舞。醉中休问，明月明年，人在何处。

刘辰翁　　烛影摇红·立春日雪，和秋崖韵

春日江郊，素娥吹下银幡舞。东风点点乱茶烟，留到明朝否。掩袖凝寒不语，漫黏酥、枝枝缕缕。断肠何似，飞絮多时，落梅深处。　　仙掌擎来，翠眉敛半看成露。惊沙马上面帘轻，谁贵毡庐主。多少高阳伴侣，到如今、沉冥几许。乘槎相问，万里银河，欲归无路。

邓　剡　　烛影摇红·雪楼得次子，行台时治金陵

郢雪歌高，天教鹤子参鸣和。薰风旌节瑞华□，光动垂弧左。早是烟楼撞破，更明珠、重添一颗。镜容中夜，摩顶欣然，石麟天堕。　　未羡眉山，两峰儿子中峰我。推贤世世珥金貂，何况阴功大。欲写弄獐书贺，愧无功、难消玉果。摩挲老眼，曾识英雄，试啼则个。

刘　壎　　烛影摇红·月下牡丹

院落黄昏，残霞收尽廉纤雨。天香富贵洛阳城，巧费春工作。自笑平生吟苦，写不尽、此花风度。玉堂银烛，翠幄画阑，万红争妒。　　那更深宵，寒光幻出清都府。嫦娥跨影下

人间，来按红鸾舞。连夜杯行休驻，生怕化、彩云飞去。酒阑人静，月淡尘清，晓风轻露。

赵必瑑　　烛影摇红·县厅壁灯

月浸芙蕖，冰壶天地波凝碧。太平歌舞醉东风，花市人如织。桃李一城春色，玉梅娇、闹蛾无力。纷围红阵，灯火楼台，绮罗巷陌。　　乐事还同，遨头引领神仙客。高烧银烛照红妆，香雾穿瑶席。款款檀牙细拍，醉金尊、东方未白。传柑相遗，探茧争先，明年今夕。

仇　远　　烛影摇红·次韵

中酒情怀，怨春羞见桃花面。王孙别去草萋萋，十里青如染。不恨梨云梦远，恨只恨、盟深交浅。一般孤闷，两下相思，黄昏依黯。　　楼依斜阳，翠鸾不到音书远。绿窗空对绣鸳鸯，□缕凭谁剪。知在新亭旧院，杜鹃啼、东风意懒。便归来后，也过清明，花飞春减。

张　炎　　烛影摇红·舟舣鸥波

西浙冬春间，游事之盛，惟杭为然。余冉冉老矣，始复归杭。与二三友行歌云舞绣中，亦清时之可乐，以词写之

舟舣鸥波，访邻寻里愁都散。老来犹似柳风流，先露看花眼。闲把花枝试拣，笑盈盈，和香待剪。也应回首，紫曲门荒，当年游惯。　　箫鼓黄昏，动人心处情无限。锦街不甚月明多，早已骄尘满。才过风柔夜暖，渐迤逦、芳程递趱。向西湖去，那里人家，依然莺燕。

张　炎　　烛影摇红·答邵素心

隔水呼舟，采香何处追游好。一年春事二分花，犹有花多少。　　容易繁华过了，趁园林、飞红未扫。旧醒新醉，几日不来，绿阴芳草。

张　炎　　烛影摇红·隔窗闻歌

闲苑深迷，趁香随粉都行遍。隔窗花气暖扶春，只许莺莺占。烛焰晴烘醉脸，想东邻、偷窥笑眼。欲寻无处，暗掐新声，银屏斜掩。　　一片云闲，那知顾曲周郎怨。看花犹自未

分明，毕竟何时见。已信仙缘较浅，谩凝思、风帘倒卷。出门一笑，月落江横，数峰天远。

鼓　峰　　　　烛影摇红·五月初三

风入虞弦，麦秋向晚梅天润。彩丝长命斗新奇，还是端阳近。相见瑶池仙韵，对蟠桃、朱颜相映。篆飘宝鼎，酒满霞觞，黄堂深静。　　超悟真筌，风归不作登台恨。庆余有子在河图，详试龚黄政。好是棠阴清永，且游戏、壶中光景。会有飞诏，却奉轻轩，天朝归觐。

无名氏　　　　烛影摇红·点点飞香

点点飞香，见梅知道春心透。怕寒不卷玉楼帘，羞与花同瘦。手捻青枝频嗅，消冷落、蔷薇金斗。翻惊绿鬓，不似芳姿，年年依旧。　　才破凝酥，满园桃李看看又。江南幽梦了无痕，啼晕残襟袖。鸳被有谁温绣，怎敢更、十分殢酒。伴君独自，几个黄昏，月明时候。

无名氏　　　　烛影摇红·乳燕穿帘

乳燕穿帘，乱莺啼树清明近。隔帘时度柳花飞，犹觉寒成阵。长记眉峰偷隐，脸桃红、难藏酒晕。背人微笑，半弹鸾钗，轻笼蝉鬓。　　别久啼多，眼应不似当时俊。满园珠翠逞春娇，没个他风韵。若见宾鸿试问，待相将、彩笺寄恨。几时得见，斗草归来，双鸳微润。

凄 凉 犯

调见姜夔《白石词》，系姜夔自度曲。其自序：“合肥巷陌皆种柳，秋风夕起，骚骚然。余客居阖户，时闻马嘶。出城四顾，则荒烟野草，不胜凄黯，乃著此解。琴有《凄凉调》，假以为名。凡曲言犯者，谓以宫犯商、商犯宫之类……”可见此调名亦源于琴曲，又名《瑞鹤仙影》、《瑞鹤仙引》、《凄凉调》。双调，有九十三字、九十四字数体。其九十三字，上片九句、六仄韵，下片九句、四仄韵为正体；其九十四字，上片九句、五仄韵，下片九句、四仄韵为变体。

姜　夔　　　凄凉犯·绿杨巷陌

合肥巷陌皆种柳，秋风夕起骚骚然。予客居阖户，时闻马嘶。出城四顾，则荒烟野草，不胜凄黯，乃著此解。琴有凄凉调，假以为名。凡曲言犯者，谓以宫犯商、商犯宫之类。如道调宫上字住，双调亦上字住。所住字同，故道调曲中犯双调，或于双调曲中犯道调，其他准此。唐人乐书云：犯有正、旁、偏、侧。宫犯宫为正，宫犯商为旁，宫犯角为偏，宫犯羽为侧。此说非也。十二宫所住字各不同，不容相犯，十二宫特可犯商、角、羽耳。予归行都，以此曲示国工田正德，使以哑觱栗角吹之，其韵极美，亦曰瑞鹤仙影

绿杨巷陌，秋风起、边城一片离索。马嘶渐远，人归甚处，戍楼吹角。情怀正恶，更衰草寒烟淡薄。似当时、将军部曲，迤逦度沙漠。　　追念西湖上，小舫携歌，晚花行乐。旧游在否，想如今、翠凋红落。漫写羊裙，等新雁来时系著。怕匆匆、不肯寄与、误后约。

吴文英　　　凄凉犯·重台水仙

夷则羽，俗名仙吕调，犯双调

空江浪阔，清尘凝、层层刻碎冰叶。水边照影，华裾曳翠，露搔泪湿，湘烟暮合。□尘袜、凌波半涉。怕临风、□欺瘦骨，护冷素衣叠。　　樊姊玉奴恨，小钿疏唇，洗妆轻怯。汜人最苦，粉痕深、几重愁靥。花隘香浓，猛熏透、霜绡细折。倚瑶台，十二金钱晕半掐。

张　炎　　　凄凉犯·北游道中寄怀

萧疏野柳嘶寒马，芦花深、还见游猎。山势北来，甚时曾到，醉魂飞越。酸风自咽，拥吟鼻、征衣暗裂。正凄迷，天涯羁旅，不似灞桥雪。　　谁念而今老，懒赋长杨，倦怀休说。空怜断梗梦依依，岁华轻别。待击歌壶，怕如意、和冰冻折。且行行，平沙万里尽是月。

张　炎　　　凄凉犯·过邻家见故园有感

西风暗剪荷衣碎，柔丝不解重缉。荒烟断浦，晴晖历乱，半江摇碧。悠悠望极，忍独听、秋声渐急。更怜他、萧条柳

发，相与动秋色。　　老态今如此，犹自留连，醉筇游屐。不堪瘦影，渺天涯、尽成行客。因甚忘归，谩吹裂、山阳夜笛。梦三十六陂流水去未得。

浦湘曲

调见《曲阿词综》卷一宋士裕词。双调，五十八字。上片五句、四仄韵，下片六句、四仄韵。

蔡士裕　　浦湘曲·为金坛教谕干寿道考满怅词

功名早，步武青云缭绕，斯文近有成效。绛纱拍拍春风满，香动一池芹藻。　　瓜期到，便勇撤皋比，此去应光耀。立登枢要，向红药阶前紫薇阁，管不负年少。

凉州令

即《梁州令》，《六一词》中宋欧阳修词名《凉州令》。详见《梁州令》条。

欧阳修　　凉州令·东堂石榴

翠树芳条飐，的的裙腰初染。佳人携手弄芳菲，绿阴红影，共展双纹簟。插花照影窥鸾鉴，只恐芳容减。不堪零落春晚，青苔雨后深红点。　　一去门闲掩，重来却寻朱槛。离离秋实弄轻霜，娇红脉脉，似见胭脂脸。人非事往眉空敛，谁把佳期赚。芳心只愿长依旧，春风更放明年艳。

酒泉子

唐教坊曲名。应劭《地理风俗志》：“酒泉郡，其水若酒，故曰酒泉。”此调名即源于此。又名《杏花风》、《春雨打窗》、《忆余杭》。双调，有四十字、四十一字、四十二字、四十三字、四十四字等数体。其四十字，上片五句、两平韵、两仄韵，下片五句、三仄韵、一平韵。

潘　阆　　　　酒泉子·长忆钱塘其一

长忆钱塘，不是人寰是天上。万家掩映翠微间，处处水潺潺。　　异花四季当窗放，出入分明在屏障。别来隋柳几经秋，何日得重游。

潘　阆　　　　酒泉子·长忆钱塘其二

长忆钱塘，临水傍山三百寺。僧房携杖遍曾游，闲话觉忘忧。　　梅檀楼阁云霞畔，钟梵清宵彻天汉。别来遥礼祇焚香，便恐是西方。

潘　阆　　　　酒泉子·长忆西湖其一

长忆西湖，湖上春来无限景。吴姬个个是神仙，竞泛木兰船。　　楼台簇簇疑蓬岛，野人祇合其中老。别来已是二十年，东望眼将穿。

潘　阆　　　　酒泉子·长忆西湖其二

长忆西湖，尽日凭阑楼上望。三三两两钓鱼舟，岛屿正清秋。　　笛声依约芦花里，白鸟成行忽惊起。别来闲整钓鱼竿，思入水云寒。

潘　阆　　　　酒泉子·长忆孤山

长忆孤山，山在湖心如黛簇。僧房四面向湖开，轻棹去还来。　　芰荷香喷连云阁，阁上清声檐下铎。别来尘土污人衣，空役梦魂飞。

潘　阆　　　　酒泉子·长忆西山

长忆西山，灵隐寺前三竺后。冷泉亭上旧曾游，三伏似清秋。　　白猿时见攀高树，长啸一声何处去。别来几向画阑看，终是欠峰峦。

潘　阆　　　　酒泉子·长忆高峰

长忆高峰，峰上塔高尘世外。昔年独上最高层，月出见觚棱。　　举头咫尺疑天汉，星斗分明在身畔。别来无翼可飞腾，何日得重登。

潘　阆　　　　酒泉子·长忆吴山

长忆吴山，山上森森吴相庙。庙前江水怒为涛，千古恨犹高。　寒鸦日暮鸣还聚，时有阴云笼殿宇。别来有负谒灵祠，遥奠酒盈卮。

潘　阆　　　　酒泉子·长忆龙山

长忆龙山，日月宫中谁得到。宫中旦暮听潮声，台殿竹风清。　门前岁岁生灵草，人采食之多不老。别来已白数茎头，早晚却重游。

潘　阆　　　　酒泉子·长忆观潮

长忆观潮，满郭人争江上望。来疑沧海尽成空，万面鼓声中。　弄涛儿向涛头立，手把红旗旗不湿。别来几向梦中看，梦觉尚心寒。

张　先　　　　酒泉子·亭下花飞

亭下花飞，月照妆楼春欲晓。珠帘风，兰烛烬，怨空闺。

迢迢何处寄相思，玉箸零零肠断。屏帏深，更漏永，梦魂迷。

张　先　　　　酒泉子·人散更深

人散更深，堂上孤灯阶下月。早梅愁，残雪白，夜沉沉。

阑前偷唱系琼簪，前事总堪惆怅。寒风生，罗衣薄，万般心。

张　先　　　　酒泉子·春色融融

春色融融，飞燕未来莺未语。露桃寒，风柳晓，玉楼空。

天长烟远恨重重，消息燕鸿归去。枕前灯，窗外雨，闭帘栊。

张　先　　　　酒泉子·亭柳霜凋

亭柳霜凋，一夜愁人窗下睡。绣帏风，兰烛焰，梦遥遥。

金笼鹦鹉怨长宵，笼畔玉筝弦断。陇头云，桃源路，两魂消。

张　先　　　　**酒泉子·芳草长川**

芳草长川，柳映危桥堤下路。归鸿飞，行人去，碧山连。风微烟淡雨萧然，隔岸马嘶何处。九回肠，双脸泪，夕阳天。

晏　殊　　　　**酒泉子·三月暖风**

三月暖风，开却好花无限了，当年丛下落纷纷，最愁人。长安多少利名身，若有一杯香桂酒，莫辞花下醉芳茵，且留春。

晏　殊　　　　**酒泉子·春色初来**

春色初来，遍拆红芳千万树，流莺粉蝶斗翻飞，恋香枝。劝君莫惜缕金衣，把酒看花须强饮，明朝后日渐离披，惜芳时。

晁补之　　　　**酒泉子·东皋寓居**

萱草戎葵，松菊堂深犹畏暑，晚云催雨霭帘栊，满楼风。池莲翻倒小莲红，看扫鉴、天清似水，一轮明月却当空，画栏中。

王　灼　**酒泉子·送诣夫成都作　重九**

锦水花林，前度刘郎行乐处，当时桃李卧莓苔，又重来。今年菊蕊为君开，赖有诗情浑似旧，西风斜日上高台，醉千回。

曹　勋　　　　**酒泉子·连面霜风**

连面霜风，野馆山村逢至日，开怀欲殢酒杯空，与谁同。一缄来信托飞鸿，信里催归无限意，黄昏应是出房栊，夜香浓。

曹　勋　　　　**酒泉子·霜护云低**

霜护云低，竹外斜枝初璀璨，仙风吹堕玉钿新，度清芬。叹寒冰艳了无尘，不占纷纷桃李径，一庭疏影冷摇春，月黄昏。

曹 勋　　**酒泉子·爱景催暄**

爱景催暄，初向晴梢舒玉点，修筠霭霭隔婵娟，更清妍。

东风欲到冷霜天，常记孤山残雪路，一枝流水小桥边，卧疏烟。

曹 勋　　**酒泉子·惨惨西风**

惨惨西风，人与两州俱不见，一江残照落霞红，橹声中。

汀花蘋草六朝空，人向赏心增远恨，闲云犹绕建康宫，古今同。

曹 勋　　**酒泉子·帘幕闲垂**

帘幕闲垂，密密围毡红兽暖，有人陌上冷征衣，未成归。

檐间鹊语卜归期，应是疑人犹驻马，琐窗日影又还西，翠眉低。

管 鉴　　**酒泉子·春色十分**

唐德兴为海棠赋酒泉子词，而尊前无能歌者，即席用韵

春色十分，付与海棠枝上满，清尊我亦十分倾，未忘情。

阳春一曲唤愁醒，可惜无人歌此曲，须君别院恼春酲，绕梁声。

管 鉴　　**酒泉子·清夜将分**

清夜将分。有酒为谁花下满，相逢轩盖暂时倾，故人情。

海棠欲睡照教醒，烛影花光浑似锦，伴君佳句解人酲，恨无声。

辛弃疾　　**酒泉子·无题**

流水无情，潮到空城头尽白，离歌一曲怨残阳，断人肠。

东风官柳舞雕墙，三十六宫花溅泪，春声何处说兴亡，燕双双。

消　息

即《永遇乐》，晁补之词名《消息》。详见《永遇乐》条。

晁补之　　消息·东皋寓居 端午

自过腔，即越调《永遇乐》

红日葵开，映墙遮牖，小斋端午。杯展荷金，簪抽笋玉，幽事还数。绿窗纤手，朱奁轻缕。争斗彩丝艾虎。想沉江怨魄归来，空惆怅、对菰黍。　　朱颜老去，清风好在，未减佳辰欢聚。趣蜡酒深斟，菖菹细糁，围坐从儿女。还同子美，江村长夏，闲对燕飞鸥舞。算何须、楚王雄风，方消畏暑。

海月谣

即《品令》。双调，六十四字。上下片各七句、四仄韵。

贺　铸　　海月谣·楼平叠巘

楼平叠巘，瞰瀛海、波三面。碧云扫尽，桂轮滉玉，鲸波张练。化出无边宝界，是名壮观。　　追游汗漫，愿少借、长风便。麻姑相顾，□然笑指，寒潮清浅。顿觉蓬莱方丈，去人不远。

韩　淲　　海月谣·送赵永兴宰

晚秋烟渚，更舟倚、萧萧雨。水痕清汜，迤逦渐整，云帆西去。三叠阳关，留下别离情绪。　　溪南一坞，对风月，谁为主。酒徒诗社，自此冷落，胸怀尘土。目送鸿飞，莫听数声柔橹。

海棠春

宋无名氏词中结句为“试问海棠花，昨夜开多少”，故名《海棠春》。又名《海棠花》、《海棠春令》、《神清秀》。双调数体。有四十八字，上下片各四句、三仄韵；亦有四十八字，上片四句、三仄韵，下片五句、三仄韵；还有四十六字，上下片各四句、三仄韵。

马子严　　　　海棠春·春景

柳腰暗怯花风弱，红映秋千院落。归逐燕儿飞，斜撼真珠箔。　　满林翠叶胭脂萼，不忍频频觑著。护取一庭春，莫弹花间鹊。

吴　潜　　　　海棠春·郊行

天涯芳草迷征路，还又是、匆匆春去。乌兔里光阴，莺燕边情绪。　　云梢雾末，溪桥野渡，尽是春愁落处。把酒劝斜阳，小向花间驻。

吴　潜　　海棠春·己未清明对海棠有赋

海棠亭午沾疏雨，便一饷、胭脂尽吐。老去惜花心，相对花无语。　　羽书万里飞来处，报扫荡、狐嗥兔舞。濯锦古江头，飞景还如许。

吴　潜　　　　海棠春·再用韵

嫩晴还更宜轻雨，最好处、欲开未吐。一点聘梅心，千古凭谁语。　　脸霞晕锦娇人处，肯浪逐、红围翠舞。银烛莫高烧，春梦无多许。

吴　潜　　　　海棠春·三用韵

苍龙夭矫停今雨，正不待、云吞雾吐。绝笑大夫松，今古闲言语。　　清光冷艳侵人处，漏月影、婆娑自舞。拟作岁寒人，此愿天应许。

柴元彪　　　　海棠春·客中感怀

阳关可是登高路，算到底，不如归去。时节近中秋，那更黄花雨。　　酒病恹恹，羁愁缕缕，且是没人分诉。何似白云深，更向深深处。

无名氏　　海棠春·晓莺窗外啼春晓

晓莺窗外啼春晓，睡未足、把人惊觉。翠被晓寒轻，宝篆沉烟袅。　　宿酲未解，双娥报道，别院笙歌宴早。试问海棠花，昨夜开多少。

海棠春令

即《海棠春》，调见《梅溪词》。详见《海棠春》条。

史达祖　　海棠春令·似红如白含芳意

似红如白含芳意，锦宫外、烟轻雨细。燕子不知愁，惊堕黄昏泪。　　烛花偏在红帘底，想人怕、春寒正睡。梦著玉环娇，又被东风醉。

魏了翁　　海棠春令·东君惯得花无赖

同官约瞻叔兄□□饮于郡圃海棠花下遣酒代劝

东君惯得花无赖，看不尽、冶容娇态。拟傍小车来，又被轻阴绐。　　阴晴长是随人改，且特地、留花相待。荣悴故寻常，生意长如海。

浣 沙 溪

即《浣溪沙》，五代阎选词名《浣沙溪》。又即《山花子》，五代毛文锡词名《浣沙溪》。详见《浣溪沙》条。

周邦彦　　浣沙溪·争挽桐花两鬓垂

争挽桐花两鬓垂，小妆弄影照清池，出帘踏袜趁蜂儿。
跳脱添金双腕重，琵琶拨尽四弦悲，夜寒谁肯剪春衣。

周邦彦　　浣沙溪·雨过残红湿未飞

雨过残红湿未飞，珠帘一行透斜晖，游蜂酿蜜窃香归。
金屋无人风竹乱，衣篝尽日水沉微，一春须有忆人时。

周邦彦　　浣沙溪·楼上晴天碧四垂

楼上晴天碧四垂，楼前芳草接天涯，劝君莫上最高梯。
新笋已成堂下竹，落花都上燕巢泥，忍听林表杜鹃啼。

周邦彦　　浣沙溪·日射攲红蜡蒂香

日射攲红蜡蒂香，风干微汗粉襟凉，碧纱对掩簟纹光。自剪柳枝明画阁，戏抛莲菂种横塘，长亭无事好思量。

周邦彦　　浣沙溪·翠葆参差竹径成

翠葆参差竹径成，新荷跳雨泪珠倾，曲阑斜转小池亭。风约帘衣归燕急，水摇扇影戏鱼惊，柳梢残日弄微晴。

周邦彦　　浣沙溪·薄薄纱厨望似空

薄薄纱厨望似空，簟纹如水浸芙蓉，起来娇眼未惺忪。强整罗衣抬皓腕，更将纨扇掩酥胸，羞郎何事面微红。

周邦彦　　浣沙溪·宝扇轻圆浅画缯

宝扇轻圆浅画缯，象床平稳细穿藤，飞蝇不到避壶冰。翠枕面凉频忆睡，玉箫手汗错成声，日长无力要人凭。

周邦彦　　浣沙溪·日薄尘飞官路平

日薄尘飞官路平，眼前喜见汴河倾，地遥人倦莫兼程。下马先寻题壁字，出门闲记榜村名，早收灯火梦倾城。

周邦彦　　浣沙溪·贪向津亭拥去车

贪向津亭拥去车，不辞泥雨溅罗襦，泪多脂粉了无余。酒酽未须令客醉，路长终是少人扶，早教幽梦到华胥。

周邦彦　　浣沙溪·不为萧娘旧约寒

不为萧娘旧约寒，何因容易别长安，预愁衣上粉痕干。幽阁深沉灯焰喜，小炉邻近酒杯宽，为君门外脱归鞍。

赵彦端　　浣沙溪·张宜兴生日

花县双凫缥缈仙，家庭椿树正苍然，斑衣举酒大人前。袅袅凉风供扇枕，悠悠飞露湿丛萱，醉扶黄发弄曾玄。

赵彦端　　浣沙溪·水到桐江镜样清

水到桐江镜样清，有人还似水清明，尊前无语更盈盈。

翠袖舞衫何日了，白头归去几时成，老来犹有惜花情。

陆　游　　　　**浣沙溪·和无咎韵**

懒向沙头醉玉瓶，唤君同赏小窗明，夕阳吹角最关情。
忙日苦多闲日少，新愁常续旧愁生，客中无伴怕君行。

陆　游　　　　**浣沙溪·南郑席上**

浴罢华清第二汤，红绵扑粉玉肌凉，娉婷初试藕丝裳。
凤尺裁成猩血色，螭奁熏透麝脐香，水亭幽处捧霞觞。

汪　莘　　**浣沙溪·一曲清溪绕舍流**

一曲清溪绕舍流，数间茅屋正宜秋，芙蓉灼灼出墙头。
元亮气高还作令，少陵形瘦不封侯，村醪闲饮两三瓯。

汪　莘　　　　**浣沙溪·九日**

青女催人两鬓霜，自篘白酒作重阳，方壶老子莫凄凉。
天地两三蝴蝶梦，古今多少菊花香，只将破帽送秋光。

汪　莘　　**浣沙溪·白日青天蘸水开**

邦君孟侯坐上论牡丹，以为此花发于春深，禀气厚，故结花大，且属余赋词。遂以此意赋之。二月初二夜

白日青天蘸水开，落花江上玉鞭回，东君擎出牡丹来。
独占洛阳春气足，遂中天下作花魁，相知深处举离杯。

方千里　　**浣沙溪·杨柳依依窣地垂**

杨柳依依窣地垂，曲尘波影渐平池，霏微细雨出鱼儿。
先自别来容易瘦，那堪春去不胜悲，腰肢宽尽缕金衣。

方千里　　**浣沙溪·无数流莺远近飞**

无数流莺远近飞，垂杨袅袅弄晴晖，断肠声里送春归。
鬓影空思香雾湿，袜尘还想步波微，去年花下酒阑时。

方千里　　**浣沙溪·清泪斑斑著意垂**

清泪斑斑著意垂，消魂迢递一天涯，谁能万里布长梯。
先自楼台飞粉絮，可堪帘幕卷金泥，相思心上乳莺啼。

方千里　　浣沙溪·菱藕花开来路香

菱藕花开来路香，满船丝竹载西凉，波摇发彩粉生光。翡翠双飞寻密浦，鸳鸯浓睡倚回塘，闲情须与酒商量。

方千里　　浣沙溪·密约深期卒未成

密约深期卒未成，藏钩春酒坐频倾，向人娇艳夜亭亭。相顾无言情易觉，归来单枕梦犹惊，眼梢怨泪几时晴。

方千里　　浣沙溪·面面虚堂水照空

面面虚堂水照空，天然一朵玉芙蓉，千娇百媚语惺憁。未散娇云轻亸鬓，欲融轻雪乍凝胸，石榴裙衩为谁红。

方千里　　浣沙溪·刻样衣裳巧刻缯

刻样衣裳巧刻缯，彩枝环绕万年藤，生香吹透縠蚕冰。嫩水带山娇不断，湿云堆岭腻无声，香肩婀娜许谁凭。

浣 溪 沙

唐教坊曲名。“沙”或作“纱”，亦作《浣沙溪》。又名《小庭花》、《江南词》、《玩丹砂》、《玩溪沙》、《掩萧斋》、《换追风》、《最多宜》、《庆双椿》、《减字浣溪沙》、《满院春》、《东风寒》、《醉木樨》、《醉中真》、《锦缠头》、《频载酒》、《霜菊黄》、《试香罗》、《清和风》、《怨啼鹃》、《山花子》、《广寒枝》、《广寒秋》、《踏花天》、《杨柳陌》。双调数体。有四十二字，上片三句、三平韵，下片三句、两平韵；亦有四十四字，上片三句、三平韵，下片五句、两平韵；还有四十六句，上片五句、三平韵，下片五句、两平韵等。

张　先　　浣溪沙·轻屟来时不破尘

轻屟来时不破尘，石榴花映石榴裙，有情应得撞腮春。夜短更难留远梦，日高何计学行云，树深莺过静无人。

张　先　　浣溪沙·楼倚春江百尺高

楼倚春江百尺高，烟中还未见归桡，几时期信似江潮。

花片片飞风弄蝶，柳阴阴下水平桥，日长才过又今宵。

晏　殊　　　浣溪沙·阆苑瑶台风露秋

阆苑瑶台风露秋，整鬟凝思捧觥筹，欲归临别强迟留。月好谩成孤枕梦，酒阑空得两眉愁，此时情绪悔风流。

晏　殊　　　浣溪沙·三月和风满上林

三月和风满上林，牡丹妖艳直千金，恼人天气又春阴。为我转回红脸面，向谁分付紫檀心，有情须殢酒杯深。

晏　殊　　　浣溪沙·青杏园林煮酒香

青杏园林煮酒香，佳人初试薄罗裳，柳丝无力燕飞忙。乍雨乍晴花自落，闲愁闲闷日偏长，为谁消瘦减容光。

此首别作欧阳修词

晏　殊　　　浣溪沙·一曲新词酒一杯

一曲新词酒一杯，去年天气旧亭台，夕阳西下几时回。无可奈何花落去，似曾相识燕归来，小园香径独徘徊。

晏　殊　　　浣溪沙·红蓼花香夹岸稠

红蓼花香夹岸稠，绿波春水向东流，小船轻舫好追游。渔父酒醒重拨棹，鸳鸯飞去却回头，一杯销尽两眉愁。

晏　殊　　　浣溪沙·淡淡梳妆薄薄衣

淡淡梳妆薄薄衣，天仙模样好容仪，旧欢前事入颦眉。闲役梦魂孤烛暗，恨无消息画帘垂，且留双泪说相思。

晏　殊　　　浣溪沙·小阁重帘有燕过

小阁重帘有燕过，晚花红片落庭莎，曲阑干影入凉波。一霎好风生翠幕，几回疏雨滴圆荷，酒醒人散得愁多。

晏　殊　　　浣溪沙·宿酒才醒厌玉卮

宿酒才醒厌玉卮，水沉香冷懒熏衣，早梅先绽日边枝。寒雪寂寥初散后，春风悠扬欲来时，小屏闲放画帘垂。

晏　殊　　浣溪沙·绿叶红花媚晓烟

绿叶红花媚晓烟，黄蜂金蕊欲披莲，水风深处懒回船。可惜异香珠箔外，不辞清唱玉尊前，使星归觐九重天。

晏　殊　　浣溪沙·湖上西风急暮蝉

湖上西风急暮蝉，夜来清露湿红莲，少留归骑促歌筵。为别莫辞金盏酒，入朝须近玉炉烟，不知重会是何年。

晏　殊　　浣溪沙·杨柳阴中驻彩旌

杨柳阴中驻彩旌，芰荷香里劝金觥，小词流入管弦声。只有醉吟宽别恨，不须朝暮促归程，雨条烟叶系人情。

晏　殊　　浣溪沙·一向年光有限身

一向年光有限身，等闲离别易销魂，酒筵歌席莫辞频。满目山河空念远，落花风雨更伤春，不如怜取眼前人。

晏　殊　　浣溪沙·玉碗冰寒滴露华

玉碗冰寒滴露华，粉融香雪透轻纱，晚来妆面胜荷花。鬓亸欲迎眉际月，酒红初上脸边霞，一场春梦日西斜。

欧阳修　　浣溪沙·云曳香绵彩柱高

云曳香绵彩柱高，绛旗风飐出花梢，一梭红带往来抛。束素美人羞不打，却嫌裙慢褪纤腰，日斜深院影空摇。

欧阳修　　浣溪沙·堤上游人逐画船

堤上游人逐画船，拍堤春水四垂天，绿杨楼外出秋千。白发戴花君莫笑，六幺催拍盏频传，人生何处似尊前。

欧阳修　　浣溪沙·湖上朱桥响画轮

湖上朱桥响画轮，溶溶春水浸春云，碧琉璃滑净无尘。当路游丝萦醉客，隔花啼鸟唤行人，日斜归去奈何春。

欧阳修　　浣溪沙·叶底青青杏子垂

叶底青青杏子垂，枝头薄薄柳绵飞，日高深院晚莺啼。堪恨风流成薄幸，断无消息道归期，托腮无语翠眉低。

欧阳修　　浣溪沙·青杏园林煮酒香

青杏园林煮酒香，佳人初著薄罗裳，柳丝摇曳燕飞忙。乍雨乍晴花自落，闲愁闲闷昼偏长，为谁消瘦损容光。

此首别作晏殊词

欧阳修　　浣溪沙·红粉佳人白玉杯

红粉佳人白玉杯，木兰船稳棹歌催，绿荷风里笑声来。细雨轻烟笼草树，斜桥曲水绕楼台，夕阳高处画屏开。

欧阳修　　浣溪沙·翠袖娇鬟舞石州

翠袖娇鬟舞石州，两行红粉一时羞，新声难逐管弦愁。白发主人年未老，清时贤相望偏优，一尊风月为公留。

欧阳修　　浣溪沙·灯烬垂花月似霜

灯烬垂花月似霜，薄帘映月两交光，酒醺红粉自生香。双手舞余拖翠袖，一声歌已釂金觞，休回娇眼断人肠。

欧阳修　　浣溪沙·十载相逢酒一卮

十载相逢酒一卮，故人才见便开眉，老来游旧更同谁。浮世歌欢真易失，宦途离合信难期，尊前莫惜醉如泥。

欧阳修　　浣溪沙·天碧罗衣拂地垂

天碧罗衣拂地垂，美人初著更相宜，花风如舞透香肌。独坐含颦吹凤竹，园中缓步折花枝，有情无力殢人时。

杜安世　　浣溪沙·模样偏宜掌上怜

模样偏宜掌上怜，云如双鬓玉如颜，身材轻妙眼儿单。幽会未成双怅望，深情欲诉两艰难，空教魂梦到巫山。

杜安世　　浣溪沙·横画工夫想未全

横画工夫想未全，双双文彩羽仪鲜，和鸣偕老是天然。暮雨并深流细草，暖风交颈傍清涟，羡他真个好因缘。

王安石　　浣溪沙·百亩中庭半是苔

百亩中庭半是苔，门前白道水萦回，爱闲能有几人来。

小院回廊春寂寂，山桃溪杏两三栽，为谁零落为谁开。

晏几道　　浣溪沙·二月春花厌落梅

二月春花厌落梅，仙源归路碧桃催，渭城丝雨劝离杯。欢意似云真薄幸，客鞭摇柳正多才，凤楼人待锦书来。

晏几道　　浣溪沙·卧鸭池头小苑开

卧鸭池头小苑开，暄风吹尽北枝梅，柳长莎软路萦回。静避绿阴莺有意，漫随游骑絮多才，去年今日忆同来。

晏几道　　浣溪沙·二月和风到碧城

二月和风到碧城，万条千缕绿相迎，舞烟眠雨过清明。妆镜巧眉偷叶样，歌楼妍曲借枝名，晚秋霜霰莫无情。

晏几道　　浣溪沙·白纻春衫杨柳鞭

白纻春衫杨柳鞭，碧蹄骄马杏花鞯，落英飞絮冶游天。南陌暖风吹舞榭，东城凉月照歌筵，赏心多是酒中仙。

晏几道　　浣溪沙·床上银屏几点山

床上银屏几点山，鸭炉香过琐窗寒，小云双枕恨春闲。惜别漫成良夜醉，解愁时有翠笺还，那回分袂月初残。

晏几道　　浣溪沙·绿柳藏乌静掩关

绿柳藏乌静掩关，鸭炉香细琐窗闲，那回分袂月初残。惜别漫成良夜醉，解愁时有翠笺还，欲寻双叶寄情难。

晏几道　　浣溪沙·家近旗亭酒易酤

家近旗亭酒易酤，花时长得醉工夫，伴人歌笑懒妆梳。户外绿杨春系马，床前红烛夜呼卢，相逢还解有情无。

晏几道　　浣溪沙·日日双眉斗画长

日日双眉斗画长，行云飞絮共轻狂，不将心嫁冶游郎。溅酒滴残歌扇字，弄花熏得舞衣香，一春弹泪说凄凉。

晏几道　　浣溪沙·飞鹊台前晕翠蛾

飞鹊台前晕翠蛾，千金新换绛仙螺，最难加意为颦多。

几处睡痕留醉袖。一春愁思近横波，远山低尽不成歌。

晏几道　　浣溪沙·午醉西桥夕未醒

午醉西桥夕未醒，雨花凄断不堪听，归时应减鬓边青。衣化客尘今古道，柳含春意短长亭，凤楼争见路旁情。

晏几道　　浣溪沙·一样宫妆簇彩舟

一样宫妆簇彩舟，碧罗团扇自障羞，水仙人在镜中游。腰自细来多态度，脸因红处转风流，年年相遇绿江头。

晏几道　　浣溪沙·已拆秋千不奈闲

已拆秋千不奈闲，却随蝴蝶到花间，旋寻双叶插云鬟。几折湘裙烟缕细，一钩罗袜素蟾弯，绿窗红豆忆前欢。

晏几道　　浣溪沙·闲弄筝弦懒系裙

闲弄筝弦懒系裙，铅华消尽见天真，眼波低处事还新。怅恨不逢如意酒，寻思难值有情人，可怜虚度琐窗春。

晏几道　　浣溪沙·团扇初随碧簟收

团扇初随碧簟收，画檐归燕尚迟留，靥朱眉翠喜清秋。风意未应迷狭路，灯痕犹自记高楼，露花烟叶与人愁。

晏几道　　浣溪沙·翠阁朱阑倚处危

翠阁朱阑倚处危，夜凉闲捻彩箫吹，曲中双凤已分飞。绿酒细倾消别恨，红笺小写问归期，月华风意似当时。

晏几道　　浣溪沙·唱得红梅字字香

唱得红梅字字香，柳枝桃叶尽深藏，遏云声里送雕觞。才听便拚衣袖湿，欲歌先倚黛眉长，曲终敲损燕钗梁。

晏几道　　浣溪沙·小杏春声学浪仙

小杏春声学浪仙，疏梅清唱替哀弦，似花如雪绕琼筵。腮粉月痕妆罢后，脸红莲艳酒醒前，今年水调得人怜。

晏几道　　浣溪沙·铜虎分符领外台

铜虎分符领外台，五云深处彩旌来，春随红旆过长淮。

千里袴襦添旧暖，万家桃李间新栽，使星回首是三台。

晏几道　　浣溪沙·浦口莲香夜不收

浦口莲香夜不收，水边风里欲生秋，棹歌声细不惊鸥。凉月送归思往事，落英飘去起新愁，可堪题叶寄东楼。

晏几道　　浣溪沙·莫问逢春能几回

莫问逢春能几回，能歌能笑是多才，露花犹有好枝开。绿鬓旧人皆老大，红梁新燕又归来，尽须珍重掌中杯。

晏几道　　浣溪沙·楼上灯深欲闭门

楼上灯深欲闭门，梦云归去不留痕，几年芳草忆王孙。向日阑干依旧绿，试将前事倚黄昏，记曾来处易消魂。

苏　轼　　浣溪沙·新秋

风卷珠帘自上钩，萧萧乱叶报新秋，独携纤手上高楼。缺月向人舒窈窕，三星当户照绸缪，香生雾縠见纤柔。

苏　轼　　浣溪沙·游蕲水清泉寺

寺临兰溪，溪水西流

山下兰芽短浸溪，松间沙路净无泥，萧萧暮雨子规啼。谁道人生无再少，门前流水尚能西，休将白发唱黄鸡。

苏　轼　　浣溪沙·渔父

西塞山边白鹭飞，散花洲外片帆微，桃花流水鳜鱼肥。自庇一身青箬笠，相随到处绿蓑衣，斜风细雨不须归。

苏　轼　　浣溪沙·覆块青青麦未苏

十二月二日，雨后微雪，太守徐君猷携酒见过，坐上作浣溪沙三首。明日酒醒，雪大作，又作二首

覆块青青麦未苏，江南云叶暗随车，临皋烟景世间无。雨脚半收檐断线，雪林初下瓦疏珠，归来冰颗乱黏须。

苏　轼　　浣溪沙·醉梦醺醺晓未苏

醉梦醺醺晓未苏，门前辘辘使君车，扶头一盏怎生无。

废圃寒蔬挑翠羽，小槽春酒冻真珠，清香细细嚼梅须。

苏　轼　　浣溪沙·雪里餐毡例姓苏

雪里餐毡例姓苏，使君载酒为回车，天寒酒色转头无。荐士已闻飞鹗表，报恩应不用蛇珠，醉中还许揽桓须。

苏　轼　　浣溪沙·半夜银山上积苏

半夜银山上积苏，朝来九陌带随车，涛江烟渚一时无。空腹有诗衣有结，湿薪如桂米如珠，冻吟谁伴捻髭须。

苏　轼　　浣溪沙·万顷风涛不记苏

万顷风涛不记苏，雪晴江上麦千车，但令人饱我愁无。翠袖倚风萦柳絮，绛唇得酒烂樱珠，尊前呵手镊霜须。

苏　轼　　浣溪沙·九月九日二首之一

珠桧丝杉冷欲霜，山城歌舞助凄凉，且餐山色饮湖光。共挽朱轓留半日，强揉青蕊作重阳，不知明日为谁黄。

苏　轼　　浣溪沙·九月九日二首之二

霜鬓真堪插拒霜，哀弦危柱作伊凉，暂时流转为风光。未遣清尊空北海，莫因长笛赋山阳，金钗玉腕泻鹅黄。

苏　轼　　浣溪沙·有感

傅粉郎君又粉奴，莫教施粉与施朱，自然冰玉照香酥。有客能为神女赋，凭君送与雪儿书，梦魂东去觅桑榆。

苏　轼　　浣溪沙·咏橘

菊暗荷枯一夜霜，新苞绿叶照林光，竹篱茅舍出青黄。香雾噀人惊半破，清泉流齿怯初尝，吴姬三日手犹香。

苏　轼　　浣溪沙·雪颔霜髯不自惊

公守湖。辛未上元日，作会于伽蓝中，时长老法惠在坐。时有献蘑伽花彩甚奇，谓有初春之兴。因作二首，寄袁公济

雪颔霜髯不自惊，更将蘑彩发春荣，羞颜未醉已先赪。莫唱黄鸡并白发，且呼张丈唤殷兄，有人归去欲卿卿。

苏　轼　　浣溪沙·料峭东风翠幕惊

料峭东风翠幕惊，云何不饮对公荣，水晶盘莹玉鳞赪。花影莫孤三夜月，朱颜未称五年兄，翰林子墨主人卿。

苏　轼　　浣溪沙·徐门石潭谢雨道上作其一

照日深红暖见鱼，连溪绿暗晚藏乌，黄童白叟聚睢盱。麋鹿逢人虽未惯，猿猱闻鼓不须呼，归家说与采桑姑。

苏　轼　　浣溪沙·徐门石潭谢雨道上作其二

旋抹红妆看使君，三三五五棘篱门，相挨踏破茜罗裙。老幼扶携收麦社，乌鸢翔舞赛神村，道逢醉叟卧黄昏。

苏　轼　　浣溪沙·徐门石潭谢雨道上作其三

麻叶层层檾叶光，谁家煮茧一村香，隔篱娇语络丝娘。垂白杖藜抬醉眼，捋青捣麨软饥肠，问言豆叶几时黄。

苏　轼　　浣溪沙·徐门石潭谢雨道上作其四

簌簌衣巾落枣花，村南村北响缫车，牛衣古柳卖黄瓜。酒困路长惟欲睡，日高人渴漫思茶，敲门试问野人家。

苏　轼　　浣溪沙·徐门石潭谢雨道上作其五

软草平莎过雨新，轻沙走马路无尘，何时收拾耦耕身。日暖桑麻光似泼，风来蒿艾气如薰，使君元是此中人。

苏　轼　　浣溪沙·春情一

道字娇讹苦未成，未应春阁梦多情，朝来何事绿鬟倾。彩索身轻长趁燕，红窗睡重不闻莺，困人天气近清明。

苏　轼　　浣溪沙·春情二

桃李溪边驻画轮，鹧鸪声里倒清尊，夕阳虽好近黄昏。香在衣裳妆在臂，水连芳草月连云，几时归去不销魂。

苏　轼　　浣溪沙·春情三

风压轻云贴水飞，乍晴池馆燕争泥，沈郎多病不胜衣。

沙上不闻鸿雁信，竹间时听鹧鸪啼，此情惟有落花知。

苏　轼　　　　　　浣溪沙·菊节

缥缈危楼紫翠间，良辰乐事古难全，感时怀旧独凄然。
璧月琼枝空夜夜，菊花人貌自年年，不知来岁与谁看。

苏　轼　　　　　　浣溪沙·荷花

四面垂杨十里荷，问云何处最花多，画楼南畔夕阳和。
天气乍凉人寂寞，光阴须得酒消磨，且来花里听笙歌。

苏　轼　　浣溪沙·赠闾丘朝议，时还徐州

一别姑苏已四年，秋风南浦送归船，画帘重见水中仙。
霜鬓不须催我老，杏花依旧驻君颜，夜阑相对梦魂间。

苏　轼　　　　　　浣溪沙·有赠

惟见眉间一点黄，诏书催发羽书忙，从教娇泪洗红妆。
上殿云霄生羽翼，论兵齿颊带风霜，归来衫袖有天香。

苏　轼　　　　　　浣溪沙·忆旧

长记鸣琴子贱堂，朱颜绿发映垂杨，如今秋鬓数茎霜。
聚散交游如梦寐，升沉闲事莫思量，仲卿终不避桐乡。

苏　轼　　　浣溪沙·罗袜空飞洛浦尘

绍圣元年十月二十三日，与程乡令侯晋叔、归善簿谭汲同游大云寺。野饮松下，设松黄汤，作此阕

罗袜空飞洛浦尘，锦袍不见谪仙人，携壶藉草亦天真。
玉粉轻黄千岁药，雪花浮动万家春，醉归江路野梅新。

苏　轼　　　　　浣溪沙·重九旧韵

白雪清词出坐间，爱君才器两俱全，异乡风景却依然。
可恨相逢能几日，不知重会是何年，茱萸仔细更重看。

苏　轼　　　浣溪沙·细雨斜风作晓寒

元丰七年十二月二十四日，从泗州刘倩叔游南山

细雨斜风作晓寒，淡烟疏柳媚晴滩，入淮清洛渐漫漫。

雪沫乳花浮午盏，蓼茸蒿笋试春盘，人间有味是清欢。

苏　轼　　浣溪沙·送梅庭老赴潞州学官

门外东风雪洒裾，山头回首望三吴，不应弹铗为无鱼。上党从来天下脊，先生元是古之儒，时平不用鲁连书。

苏　轼　　浣溪沙·徐州藏春阁园中之一

惭愧今年二麦丰，千畦细浪舞晴空，化工余力染夭红。归去山公应倒载，阑街拍手笑儿童，甚时名作锦薰笼。

苏　轼　　浣溪沙·徐州藏春阁园中之二

芍药樱桃两斗新，名园高会送芳辰，洛阳初夏广陵春。红玉半开菩萨面，丹砂浓点柳枝唇，尊前还有个中人。

苏　轼　　浣溪沙·赠楚守田待制小鬟

学画鸦儿正妙年，阳城下蔡困嫣然，凭君莫唱短因缘。雾帐吹笙香袅袅，霜庭按舞月娟娟，曲终红袖落双缠。

苏　轼　　浣溪沙·和前韵

一梦江湖费五年，归来风物故依然，相逢一醉是前缘。迁客不应常眊矂，使君为出小婵娟，翠鬟聊著小诗缠。

苏　轼　　浣溪沙·端午一

轻汗微微透碧纨，明朝端午浴芳兰，流香涨腻满晴川。彩线轻缠红玉臂，小符斜挂绿云鬟，佳人相见一千年。

苏　轼　　浣溪沙·端午二

入袂轻风不破尘，玉簪犀璧醉佳辰，一番红粉为谁新。团扇只堪题往事，新丝那解系行人，酒阑滋味似残春。

苏　轼　　浣溪沙·感旧

徐邈能中酒圣贤，刘伶席地幕青天，潘郎白璧为谁连。无可奈何新白发，不如归去旧青山，恨无人借买山钱。

苏　轼　　浣溪沙·自适

倾盖相逢胜白头，故山空复梦松楸，此心安处是菟裘。

卖剑买牛吾欲老，乞浆得酒更何求，愿为辞社宴春秋。

苏　轼　　　　浣溪沙·寓意

炙手无人傍屋头，萧萧晚雨脱梧楸，谁怜季子敝貂裘。顾我已无当世望，似君须向古人求，岁寒松柏肯惊秋。

苏　轼　　　　浣溪沙·即事

画隼横江喜再游，老鱼跳槛识清讴，流年未肯付东流。黄菊篱边无怅望，白云乡里有温柔，挽回霜鬓莫教休。

苏　轼　　浣溪沙·几共查梨到雪霜

几共查梨到雪霜，一经题品便生光，木奴何处避雌黄。北客有来初未识，南金无价喜新尝，含滋嚼句齿牙香。

苏　轼　　浣溪沙·山色横侵蘸晕霞

山色横侵蘸晕霞，湘川风静吐寒花，远林屋散尚啼鸦。梦到故园多少路，酒醒南望隔天涯，月明千里照平沙。

苏　轼　　浣溪沙·缥缈红妆照浅溪

缥缈红妆照浅溪，薄云疏雨不成泥，送君何处古台西。废沼夜来秋水满，茂林深处晚莺啼，行人肠断草凄迷。

苏　轼　　　浣溪沙·送叶淳老

阳羡姑苏已买田，相逢谁信是前缘，莫教便唱水如天。我作洞霄君作守，白头相对故依然，西湖知有几同年。

苏　轼　　　　浣溪沙·方响

花满银塘水漫流，犀槌玉板奏凉州，顺风环佩过秦楼。远汉碧云轻漠漠，今宵人在鹊桥头，一声敲彻绛河秋。

李之仪　　　　浣溪沙·梅

剪水开头碧玉条，能令江汉客魂销，只应香信是春潮。戴了又羞缘我老，折来同嗅许谁招，凭将此意问妖娆。

李之仪　　　浣溪沙·为杨姝作

玉室金堂不动尘，林梢绿遍已无春，清和佳思一番新。

道骨仙风云外侣，烟鬟雾鬓月边人，何妨沉醉到黄昏。

李之仪　　浣溪沙·再和

依旧琅玕不染尘，霜风吹断笑时春，一簪华发为谁新。白雪幽兰犹有韵，鹊桥星渚可无人，金莲移处任尘昏。

李之仪　　浣溪沙·昨日霜风入绛帷

昨日霜风入绛帷，曲房深院绣帘垂，屏风几曲画生枝。酒韵渐浓欢渐密，罗衣初试漏初迟，已凉天气未寒时。

李之仪　　浣溪沙·和人喜雨

龟坼沟塍草压堤，三农终日望云霓，一番甘雨报佳时。闻道醉乡新占断，更开诗社互排巇，此时空恨隔云泥。

李之仪　　浣溪沙·雨暗轩窗昼易昏

雨暗轩窗昼易昏，强欹纤手浴金盆，却因凉思谢飞蚊。酒量羡君如鹊举，寒乡怜我似鸱蹲，由来同是一乾坤。

李之仪　　浣溪沙·声名自昔犹时鸟

声名自昔犹时鸟，日月何尝避覆盆，是非都付鬓边蚊。邂逅风雷终有用，低回囊槛要深蹲，酒中聊复比乾坤。

舒　亶　　浣溪沙·次权中韵

燕外青楼已禁烟，小寒犹自薄胜绵，画桥红日下秋千。惟有樽前芳意在，应须沉醉倒花前，绿窗还是五更天。

舒　亶　　浣溪沙·和葆先春晚饮会

金缕歌残红烛稀，梁州舞罢小鬟垂，酒醒还是独归时。画栋日高来语燕，绮窗风暖度游丝，几多落叶上青枝。

舒　亶　　浣溪沙·和仲闻对棋

黑白纷纷小战争，几人心手斗纵横，谁知胜处本无情。谢傅老来思别墅，杜郎闲去忆鏖兵，何妨谈笑下辽城。

舒　亶　　浣溪沙·劝酒

雨洗秋空斜日红，青葱瑶簪玉玲珑，好风吹起□江东。

且尽红裙歌一曲，莫辞白酒饮千钟，人生半在别离中。

舒　亶　　　浣溪沙·白鹭飞飞点碧塘

白鹭飞飞点碧塘，雨荷风卷绿罗裳，管弦竞奏杂鱼榔。游女谩能歌白伫，使君不学野鸳鸯，桃花空解误刘郎。

黄庭坚　　　浣溪沙·新妇滩头眉黛愁

新妇滩头眉黛愁，女儿浦口眼波秋，惊鱼错认月沉钩。青箬笠前无限事，绿蓑衣底一时休，斜风吹雨转船头。

黄庭坚　　　浣溪沙·飞鹊台前晕翠蛾

飞鹊台前晕翠蛾，千金新买帝青螺，最难如意为情多。几处泪痕留醉袖，一春愁思近横波，远山低尽不成歌。

黄庭坚　　　浣溪沙·一叶扁舟卷画帘

一叶扁舟卷画帘，老妻学饮伴清谈，人传诗句满江南。林下猿垂窥涤砚，岩前鹿卧看收帆，杜鹃声乱水如环。

晁端礼　　　浣溪沙·误入仙家小洞来

误入仙家小洞来，碧桃花落乱浮杯，满身罗绮裛香煤。醉倒任眠深径里，醒时须插满头归，更收余蕊酿新醅。

晁端礼　　　浣溪沙·紫蔓凝阴绿四垂

紫蔓凝阴绿四垂，暗香撩乱扑罗衣，醉眠惟有落花知。玉笋纤纤初嗅罢，乌云娜娜乱簪时，此般风韵雅相宜。

晁端礼　　　浣溪沙·阆苑瑶台指旧居

阆苑瑶台指旧居，当年一念别仙都，庆门曾梦得明珠。赋畀已教尘累浅，修持更与俗缘疏，慧心从此悟真如。

晁端礼　　　浣溪沙·似火山榴映翠娥

似火山榴映翠娥，依依香汗浥轻罗，恼人无奈是横波。金凿落倾欢事少，玉搔头袅闷时多，不留人住意如何。

晁端礼　　　浣溪沙·一见郎来双眼明

一见郎来双眼明，春风楼上玉箫声，谁信同心双结子、苦

难成。　瑶佩空传张好好，钿筝谁继薛琼琼，若是今生无此分、有来生。

晁端礼　　浣溪沙·清润风光雨后天

清润风光雨后天，蔷薇花谢绿窗前，碧琉璃瓦欲生烟。十里闲情凭蝶梦，一春幽怨付鲲弦，小楼今夜月重圆。

晁端礼　　浣溪沙·昼漏迟迟出建章

昼漏迟迟出建章，惊回残梦日犹长，风微歌吹度昭阳。沉水烧残金鸭冷，胭脂匀罢紫绵香，一枝花影上东廊。

晁端礼　　浣溪沙·湘簟纱厨午睡醒

湘簟纱厨午睡醒，起来庭院雨初晴，夕阳偏向柳梢明。懒炷薰炉沉水冷，罢摇纨扇晚凉生，莫将闲事恼卿卿。

李元膺　　浣溪沙·咏掠发

乞与安仁掠鬓霜，不须红线小机窗，剪刀疏下蜀罗长。纤手捻残针缕细，金钗翻过齿痕香，同心小绾寄思量。

李元膺　　浣溪沙·饮散兰堂月未中

饮散兰堂月未中，骅骝娇簇绛纱笼，玳簪促坐客从容。已醉人间千日酒，赐来天上密云龙，蓬仙清兴欲乘风。

秦　观　　浣溪沙·漠漠轻寒上小楼

漠漠轻寒上小楼，晓阴无赖似穷秋，淡烟流水画屏幽。自在飞花轻似梦，无边丝雨细如愁，宝帘闲挂小银钩。

秦　观　　浣溪沙·香靥凝羞一笑开

香靥凝羞一笑开，柳腰如醉暖相挨，日长春困下楼台。照水有情聊整鬓，倚阑无绪更兜鞋，眼边牵系懒归来。

秦　观　　浣溪沙·霜缟同心翠黛连

霜缟同心翠黛连，红绡四角缀金钱，恼人香爇是龙涎。枕上忽收疑是梦，灯前重看不成眠，又还一段恶因缘。

秦　观　　　浣溪沙·脚上鞋儿四寸罗

脚上鞋儿四寸罗，唇边朱粉一樱多，见人无语但回波。料得有心怜宋玉，只应无奈楚襄何，今生有分共伊么。

秦　观　　　浣溪沙·锦帐重重卷暮霞

锦帐重重卷暮霞，屏风曲曲斗红牙，恨人何事苦离家。枕上梦魂飞不去，觉来红日又西斜，满庭芳草衬残花。

米　芾　　　浣溪沙·野眺

日射平溪玉宇中，云横远渚岫重重，野花犹向涧边红。静看沙头鱼入网，闲支藜杖醉吟风，小春天气恼人浓。

赵令畤　　　浣溪沙·稳小弓鞋三寸罗

刘平叔出家妓八人，绝艺，乞词赠之。脚绝、歌绝、琴绝、舞绝

稳小弓鞋三寸罗，歌唇清韵一樱多，灯前秀艳总横波。指下鸣泉清杳渺，掌中回旋小婆娑，明朝归路奈情何。

赵令畤　　　浣溪沙·王晋卿筵上作

风急花飞昼掩门，一帘残雨滴黄昏，便无离恨也销魂。翠被任熏终不暖，玉杯慵举几番温，个般情事与谁论。

赵令畤　　　浣溪沙·槐柳春余绿涨天

槐柳春余绿涨天，酒旗高插夕阳边，谁家墙里笑秋千。往事不堪楼上看，新愁多向曲中传，此情销得是何年。

赵令畤　　　浣溪沙·一朵梦云惊晓鸦

一朵梦云惊晓鸦，数枝春雨带梨花，坐来残月冷窗纱。钗凤谩曾留得半，枕山犹是枕时斜，对花今日奈天涯。

赵令畤　　　浣溪沙·水满池塘花满枝

水满池塘花满枝，乱香深里语黄鹂，东风轻软弄帘帷。日正长时春梦短，燕交飞处柳烟低，玉窗红子斗棋时。

赵令畤　　浣溪沙·少日怀山老住山

少日怀山老住山，一官休务得身闲，几年食息白云间。似我乐来真是少，见人忙处不相关，养真高静出尘寰。

贺　铸　　浣溪沙·秋水斜阳演漾金

以下十五首原误作《减字浣溪沙》

秋水斜阳演漾金，远山隐隐隔平林，几家村落几声砧。记得西楼凝醉眼，昔年风物似如今，只无人与共登临。

贺　铸　　浣溪沙·三扇屏山匝象床

三扇屏山匝象床，背灯偷解素罗裳，粉肌和汗自生香。易失旧欢劳蝶梦，难禁新恨费鸾肠，今宵风月两相忘。

贺　铸　　浣溪沙·鼓动城头啼暮鸦

鼓动城头啼暮鸦，过云时送雨些些，嫩凉如水透窗纱。弄影西厢侵户月，分香东畔拂墙花，此时相望抵天涯。

贺　铸　　浣溪沙·烟柳春梢蘸晕黄

烟柳春梢蘸晕黄，井阑风绰小桃香，觉时帘幕又斜阳。望处定无千里眼，断来能有几回肠，少年禁取恁凄凉。

贺　铸　　浣溪沙·梦想西池辇路边

梦想西池辇路边，玉鞍骄马小辎軿，春风十里斗婵娟。临水登山漂泊地，落花中酒寂寥天，个般情味已三年。

贺　铸　　浣溪沙·莲烛啼痕怨漏长

莲烛啼痕怨漏长，吟蛩随月到回廊，一屏烟景画潇湘。连夜断无行雨梦，隔年犹有著人香，此情须信是难忘。

贺　铸　　浣溪沙·闲把琵琶旧谱寻

闲把琵琶旧谱寻，四弦声怨却沉吟，燕飞人静画堂深。欹枕有时成雨梦，隔帘无处说春心，一从灯夜到如今。

贺　铸　　浣溪沙·鹦鹉无言理翠襟

鹦鹉无言理翠襟，杏花零落昼阴阴，画桥流水半篙深。

芳径与谁寻斗草，绣床终日罢拈针，小笺香管写春心。

贺　铸　　　浣溪沙·鹦鹉惊人促下帘

鹦鹉惊人促下帘，碧纱如雾隔香奁，雪儿窥镜晚蛾纤。乌鹊桥边河络角，鸳鸯楼外月西南，门前嘶马弄金衔。

贺　铸　　　浣溪沙·宫锦袍熏水麝香

宫锦袍熏水麝香，越纱裙染郁金黄，薄罗依约见明妆。绣陌不逢携手伴，绿窗谁是画眉郎，春风十里断人肠。

贺　铸　　　浣溪沙·青翰舟中祓禊筵

青翰舟中祓禊筵，粉娥窥影两神仙，酒阑飞去作非烟。重访旧游人不见，雨荷风蓼夕阳天，折花临水思茫然。

贺　铸　　　浣溪沙·浮动花钗影鬓烟

浮动花钗影鬓烟，浅妆浓笑有余妍，酒醺檀点语凭肩。留不住时分钿镜，旧曾行处失金莲，碧云芳草恨年年。

贺　铸　　　浣溪沙·两点春山一寸波

两点春山一寸波，当筵娇甚不成歌，动人情态可须多。金井露寒风下叶，画桥云断月侵河，厌厌此夜奈愁何。

贺　铸　　　浣溪沙·清浅陂塘藕叶干

清浅陂塘藕叶干，细风疏雨鹭鸶寒，半垂帘幕倚阑干。惆怅窃香人不见，几回憔悴后庭兰，行云可是渡江难。

贺　铸　　　浣溪沙·楼角初销一缕霞

楼角初销一缕霞，淡黄杨柳暗栖鸦，玉人和月摘梅花。笑捻粉香归洞户，更垂帘幕护窗纱，东风寒似夜来些。

贺　铸　　　浣溪沙·翠縠参差拂水风

翠縠参差拂水风，暖云如絮扑低空，丽人波脸觉春融。缨挂宝钗初促席，檀膏微注玉杯红，芳醪何似此情浓。

贺　铸　　　浣溪沙·云母窗前歇绣针

云母窗前歇绣针，低鬟凝思坐调琴，玉纤纤按十三金。

归卧文园犹带酒，柳花飞度画堂阴，只凭双燕话春心。

贺　铸　　　浣溪沙·叠鼓新歌百样娇

叠鼓新歌百样娇，铜丸玉腕促云谣，揭帘飞瓦雹声焦。九曲池边杨柳陌，香轮轧轧马萧萧，细风妆面酒痕销。

仲　殊　　　浣溪沙·楚客才华为发扬

楚客才华为发扬，深林著意不相忘，梦成燕国正芬芳。莫把品名闲议拟，且看青凤羽毛长，十分领取面前香。

晁补之　　　浣溪沙·樱桃

雨过园亭绿暗时，樱桃红颗压枝低，绿兼红好眼中迷。荔子天教生处远，风流一种阿谁知，最红深处有黄鹂。

晁补之　　　浣溪沙·广陵被召留别

帐饮都门春浪惊，东飞身与白鸥轻，淮山一点眼初明。谁使梦回兰芷国，却将春去凤凰城，樯乌风转不胜情。

晁补之　　　浣溪沙·江上秋高风怒号

江上秋高风怒号，江声不断雁嗷嗷，别魂迢递为君销。一夜不眠孤客耳，耳边愁听雨萧萧，碧纱窗外有芭蕉。

陈师道　　　浣溪沙·暮叶朝花种种陈

暮叶朝花种种陈，三秋作意向诗人，安排云雨要新清。随意且须追去马，轻衫从使著行尘，晚窗谁念一愁新。

谢　逸　　　浣溪沙·楼阁帘垂乳燕飞

楼阁帘垂乳燕飞，圆荷细细点清溪，薰风破闷晚凉时。玉轸琴边兰思远，霜纨扇里翠眉低，揉蓝衫子闹蜂儿。

苏　庠　　　浣溪沙·书虞元翁书

水榭风微玉枕凉，牙床角簟藕花香，野塘烟雨罩鸳鸯。红蓼渡头青嶂远，绿蘋波上白鸥双，淋浪淡墨水云乡。

毛　滂　　　浣溪沙·宴太守张公内翰作

碧雾朦胧郁宝熏，和风容曳舞帘旌，花间千骑两朱轮。

金马天材文作锦，玉堂仙骨气如冰，湖山何似使君清。

毛　滂　　　浣溪沙·尉圃观梅

曾向瑶台月下逢，为谁回首矮墙东，春风吹酒退腮红。庾岭殷勤通远信，梅家潇洒有仙风，晚香都在玉杯中。

毛　滂　　　浣溪沙·谢女清吟压郢楼

新春四夜松斋小饮，微雪复止

谢女清吟压郢楼，楼前风转柳花球，学成舞态却多羞。半落琼瑶天又惜，稍侵桃李蝶应愁，酒家先当翠云裘。

毛　滂　　　浣溪沙·小圃韶光不待邀

仲冬朔日，独步花坞中，晚酌萧然，见樱桃有花

小圃韶光不待邀，早通消耗与含桃，晚来芳意半寒梢。含笑不言春淡淡，试妆未遍雨萧萧，东家小女可怜娇。

毛　滂　　　浣溪沙·家人生日

日照遮檐绣凤凰，博山金暖一帘香，尊前光景为君长。不信腊寒雕鬓影，渐匀春意上妆光，梅花长共占年芳。

毛　滂　　　浣溪沙·上元游静林寺

花市东风卷笑声，柳溪人影乱于云，梅花何处暗香闻。露湿翠云裘上月，烛摇红锦帐前春，瑶台有路渐无尘。

毛　滂　　　浣溪沙·咏梅

月样婵娟雪样清，索强先占百花春，于中烛底好精神。多恨肌肤元自瘦，半残妆粉不忺匀，十分全似那人人。

毛　滂　　　浣溪沙·水北烟寒雪似梅

初春泛舟，时北山积雪盈尺，而水南梅林盛开

水北烟寒雪似梅，水南梅闹雪千堆，月明南北两瑶台。云近恰如天上坐，魂清疑向斗边来，梅花多处载春回。

毛　滂　　　浣溪沙·寒食初晴东堂对酒

小雨初收蝶做团，和风轻拂燕泥干，秋千院落落花寒。莫对清尊追往事，更催新火续余欢，一春心绪倚阑干。

毛　滂　　浣溪沙·魏紫姚黄欲占春

寒食初晴，桃杏皆已零落，独牡丹欲开

魏紫姚黄欲占春，不教桃杏见清明，残红吹尽恰才晴。芳草池塘新涨绿，官桥杨柳半拖青，秋千院落管弦声。

毛　滂　　浣溪沙·八月十八夜东堂作

晚色寒清入四檐，梧桐冷碧到疏帘，小花未了烛花偏。瑶瓮孛堆春这里，锦屏屈曲梦谁边，熏笼香暖索衣添。

毛　滂　　浣溪沙·九月十二夜务亭作

碧浸澄沙上下天，曲堤疏柳短长烟，月明不待十分圆。凿落未空牙板闹，阑干久凭夹衣寒，婵娟薄幸冷相看。

毛　滂　　浣溪沙·武康社日

碧户朱窗小洞房，玉醅新压嫩鹅黄，半青橙子可怜香。风露满帘清似水，笙箫一片醉为乡，芙蓉绣冷夜初长。

毛　滂　　浣溪沙·松菊秋来好在无

松菊秋来好在无，寄声猿鹤莫情疏，渊明不老久踟蹰。打鼓枫林谁作社，枕溪茅屋忆吾庐，去年醉倒倩人扶。

毛　滂　　浣溪沙·本是青门学灌园

本是青门学灌园，生涯浑在乱山前，一犁春雨种瓜田。别后倩云遮鹤帐，来时和月寄渔船，旁人莫做长官看。

毛　滂　　浣溪沙·泊望仙桥月夜舟中留客

晚色轻凉入画船，云峰飞尽玉为天，疏飙自为月褰帘。细酌流霞君且住，更深风月更清妍，为谁凄断小桥边。

毛　滂　　浣溪沙·访吴中朋友

锦里无端无素书，长安秋晚忆家无，故人来此尚踟蹰。旧事殷勤休忘了，老来凄断恶消除，小楼雪夜记当初。

毛　滂　　浣溪沙·松斋夜雨留客，戏追往事

记得山翁往少年，青楼一笑万金钱，宝鞍逐月玉鞭寒。

老对冻醪留客话，醉爬短发枕书眠，伴人松雨隔疏帘。

毛　滂　　　**浣溪沙·泛舟还余英馆**

烟柳风蒲冉冉斜，小窗不用著帘遮，载将山影转湾沙。略彴断时分岸色，蜻蜓立处过汀花，此情此水共天涯。

毛　滂　　　**浣溪沙·送汤词**

蕙炷犹熏百和秾，兰膏正烂五枝红，风流云散太匆匆。仙草已添君胜爽，醉乡肯为我从容，剩风残月小庭空。

毛　滂　　　**浣溪沙·泛舟**

银字笙箫小小童，梁州吹过柳桥风，阿谁劝我玉杯空。小醉径须眠锦瑟，夜归不用照纱笼，画船帘卷月明中。

毛　滂　　　**浣溪沙·滟滟金波暖做春**

滟滟金波暖做春，疏疏烟柳瘦于人，柳边半醉不胜情。未解画船留待月，缓歌金缕细留云，将云带月入东门。

毛　滂　　　**浣溪沙·月夜对梅小酌**

蜡烛花中月满窗，楚梅初试寿阳妆，麒麟为脯玉为浆。花影烛光相动荡，抱持春色入金觞，鸭炉从冷醉魂香。

毛　滂　　　**浣溪沙·竹送秋声入小窗**

竹送秋声入小窗，香迷夜色暗牙床，小屏风掩烛花长。雁过故人无信息，酒醒残梦寄凄凉，画桥露月冷鸳鸯。

李　新　　　**浣溪沙·秋怀**

千古人生乐事稀，露浓烟重薄寒时，菊花须插两三枝。未老功名辜两鬓，悲秋情绪入双眉，茂陵多病有谁知。

李　新　　　**浣溪沙·书所见**

雨霁笼山碧破赊，小园围屋粉墙斜，朱门闲掩那人家。素腕拨香临宝砌，层波窥客擘轻纱，隔窗隐隐见簪花。

王　寀　　　**浣溪沙·雪里东风未过江**

雪里东风未过江，陇头先折一枝芳，如今疏影照溪塘。

北客乍惊无绿叶，东君应笑不红妆，玉真爱著淡衣裳。

王　宷　　　浣溪沙·扇影轻摇一线香

扇影轻摇一线香，斜红匀过晚来妆，娇多无事做凄凉。借问谁教春易老，几时能勾夜何长，旧欢新恨总思量。

王　宷　　　浣溪沙·珠箔随檐一桁垂

珠箔随檐一桁垂，绣屏遮枕四边移，春归人懒日迟迟。旧事只将云入梦，新欢重借月为期，晚来花动隔墙枝。

谢　邁　浣溪沙·陈虚中席上和李商老雪词

柳絮随风散漫飞，檐冰成柱粟生肌，力排寒气赖金卮。赋丽谁为梁苑客，调高难和郢中词，且烦呵笔写乌丝。

惠　洪　　　浣溪沙·送因觉先

南涧茶香笑语新，西州春涨小舟横，困顿人归烂熳晴。天迥游丝长百尺，日高飞絮满重城，一番花信近清明。

惠　洪　　　浣溪沙·妙高墨梅

日暮江空船自流，谁家院落近沧洲，一枝闲暇出墙头。数朵幽香和月暗，十分归意为春留，风撩片片是闲愁。

葛胜仲　　　浣溪沙·木芍药词

可惜随风面旋飘，直须烧烛看娇娆，人间花月更无妖。浓丽独将春色殿，繁华端合众芳朝，南床应为醉陶陶。

葛胜仲　　　浣溪沙·通白轻红溢万枝

通白轻红溢万枝，浓香百和透丰肌，丹山威凤势将飞。玉镜台前呈国艳，沉香亭北映朝曦，如花惟有上皇妃。

葛胜仲　　　浣溪沙·斗鸭栏边晓露沾

斗鸭栏边晓露沾，华堂醉赏轴珠帘，插花人好手纤纤。遮护轻寒施翠幄，标题仙品露牙签，词人遗恨独江淹。

葛胜仲　　　浣溪沙·今夜风光恋渚蘋

少蕴内翰同年宠速，且出后堂，并制歌词侑觞，即席和韵二首

今夜风光恋渚蘋，欲教四角出车轮，金钗离立座生春。神女恍惊巫峡梦，飞琼原是阆风人，诏封后院宠儒臣。

葛胜仲　　浣溪沙·溪岸沉深属泛蘋

溪岸沉深属泛蘋，倾城容貌此推轮，可怜虚度二年春。暮暮来时骚客赋，朝朝新处后庭人，天留花月伴羁臣。

葛胜仲　　浣溪沙·东道殷勤玉斝飞

少蕴内翰同年宠速，遣妓隐帘吹笙，因成一阕

东道殷勤玉斝飞，华灯倾国拥珠玑，玉奴嫌瘦玉环肥。缥缈幸闻缑岭曲，参差犹隔夏侯衣，放开云月出清辉。

葛胜仲　　浣溪沙·赏芍药

楼子包金照眼新，香根犹带广陵尘，翻阶不羡掖垣春。不分与花为近侍，难甘溱洧赠闲人，如羞如怨独含颦。

葛胜仲　　浣溪沙·赏梅

东阁郎官巧写真，西湖处士妙传神，嫣然一笑腊前春。斗好虽无冰骨女，相宜幸是雪髯人，且烦疏影入清尊。

葛胜仲　　浣溪沙·小饮

檠里明珠芡实香，尊前堆雪脍丝长，何妨羌管奏伊凉。翠葆重生无复日，白波不釂有如江，壁间醉墨任淋浪。

葛胜仲　　浣溪沙·赏酴醾

一夜狂风尽海棠，此花天遣殿群芳，芝兰百濯见真香。劝客淋浪灯底韵，恼人魂梦枕边囊，一枝插不□□□。

赵子发　　浣溪沙·疏荫摇摇趁岸移

疏荫摇摇趁岸移，惊鸥点点过帆飞，船分水打嫩沙回。断梦不知人去处，卷帘还有燕来时，日斜风紧转湾西。

徐　俯　　浣溪沙·章水何如颖水清

章水何如颍水清，江山明秀发诗情，七言还我是长城。小小钿花开宝靥，纤纤玉笋见云英，十千名酒十分倾。

徐俯　浣溪沙·西塞山前白鹭飞

西塞山前白鹭飞，桃花流水鳜鱼肥，一波才动万波随。黄帽岂如青箬笠，羊裘何似绿蓑衣，斜风细雨不须归。

徐俯　浣溪沙·新妇矶边秋月明

新妇矶边秋月明，女儿浦口晚潮平，沙头鹭宿戏鱼惊。青箬笠前明此事，绿蓑衣底度平生，斜风细雨小舟轻。

王安中　浣溪沙·看雪作

慵整金钗缩指尖，晓霙犹自入疏帘，绿窗清冷脸红添。妒粉尽饶花六六，回风从斗玉纤纤，不成香暖也相兼。

王安中　浣溪沙·柳州作

宫缬悭裁翡翠轻，文犀松串水晶明，飐风新样称娉婷。带笑缓摇春笋细，障羞斜映远山横，玉肌无汗暗香清。

叶梦得　浣溪沙·重阳后一日极目亭

小雨初回昨夜凉，绕篱新菊已催黄，碧空无际卷苍茫。千里断鸿供远目，十年芳草挂愁肠，缓歌聊与送瑶觞。

叶梦得　浣溪沙·睡粉轻消露脸新

睡粉轻消露脸新，醉红初破玉肌匀，尊前留得两州春。剩挽雕盘欹醉帽，重催飞骑走红尘，十年兰茝笑骚人。

叶梦得　浣溪沙·送卢倅

荷叶荷花水底天，玉壶冰酒酿新泉，一欢聊复记他年。我亦故山归去客，与君分手暂流连，佳人休唱好因缘。

叶梦得　浣溪沙·意在亭

休笑山翁不住山，二年偷向此中闲，归来赢得鬓毛斑。瓮底新醅供酩酊，城头曲槛俯淙潺，山翁老去此山间。

叶梦得　浣溪沙·许公堂席上次韵王幼安

绛蜡烧残夜未分，宝筝声缓拍初匀，斗枢光照坐生春。便恐赐环归衮绣，莫辞挥翰落烟云，凤城西去断离魂。

叶梦得　　浣溪沙·用前韵再答幼安

绿野歌欢喜见分，骤惊和气晓来匀，妙歌谁敢和阳春。梅蕊旧年迎腊雪，月华今夜破寒云，独醒争笑楚人魂。

叶梦得　　浣溪沙·次韵王幼安，曾存之园亭席上

物外光阴不属春，且留风景伴佳辰，醉归谁管断肠人。柳絮尚飘庭下雪，梨花空作梦中云，竹间篱落水边门。

叶梦得　　浣溪沙·与鲁卿酌别，席上次韵

千古风流咏白蘋，二年歌笑拥朱轮，翩翩却忆上林春。剑履便应陪北阙，袴襦那更假西人，玉堂金殿要词臣。

刘一止　　浣溪沙·午夜明蟾冷浸溪

午夜明蟾冷浸溪，姮娥应有辟寒犀，桂岩仍在曲阑西。撷蕊攀条情未已，经丘寻壑想招携，不应痴马惜障泥。

刘一止　　浣溪沙·曾向蓬莱得姓名

曾向蓬莱得姓名，坐中省识是飞琼，琵琶翻作步虚声。一自当时收拨后，世间弦索不堪听，梦回凄断月胧明。

刘一止　　浣溪沙·莫问新欢与旧愁

莫问新欢与旧愁，浅颦微笑总风流，眼波横注楚江秋。十字街头家住处，心肠四散几时休，揽风招月是朱楼。

曹　组　　浣溪沙·柳絮池台淡淡风

柳絮池台淡淡风，碧波花岫小桥通，云连丽宇倚晴空。芳草绿杨人去住，短墙幽径燕西东，攀条弄蕊得从容。

王庭珪　　浣溪沙·薄薄春衫簇绮霞

薄薄春衫簇绮霞，画檐晨起见栖鸦，宿妆仍拾落梅花。回首高楼闻笑语，倚栏红袖卷轻纱，玉肌微减旧时些。

王庭珪　　浣溪沙·次韵向芗林

九里香风动地来，寻香空绕百千回，错惊秋色上崔嵬。谁识芗林三昧手，能令花落又花开，返魂元学岭头梅。

陈　克　　浣溪沙·浅画香膏拂紫绵

浅画香膏拂紫绵，牡丹花重翠云偏，手挼梅子并郎肩。病起心情终是怯，困来模样不禁怜，旋移针线小窗前。

陈　克　　浣溪沙·香雾空濛堕彩蟾

香雾空濛堕彩蟾，倾城催映出重帘，□□银烛夜厌厌。何物与侬供醉眼，半黄梅子带红盐，粉融香润玉纤纤。

陈　克　　浣溪沙·淡墨花枝掩薄罗

淡墨花枝掩薄罗，嫩蓝裙子窣湘波，水晶新样碾风荷。问著似羞还似恶，恼来成笑不成歌，芙蓉帐里奈君何。

陈　克　　浣溪沙·短烛荧荧照碧窗

短烛荧荧照碧窗，重重帘幕护梨霜，幽欢不怕夜偏长。罗袜钿钗红粉醉，曲屏深幔绿橙香，征鸿离远断人肠。

陈　克　　浣溪沙·小院春来百草青

小院春来百草青，拂墙桃李已飘零，绝知春意总无凭。卢女嫁时终薄命，徐娘身老谩多情，洗香吹粉转娉婷。

陈　克　　浣溪沙·窗纸幽幽不肯明

窗纸幽幽不肯明，寒更忍作断肠声，背人残烛却多情。合下心期唯有梦，如今魂梦也无凭，几行闲泪莫纵横。

陈　克　　浣溪沙·罨画溪头春水生

罨画溪头春水生，铜官山外夕阳明，暖风无力小舟横。万事悠悠生处熟，三杯兀兀醉时醒，杏花杨柳更多情。

陈　克　　浣溪沙·阳羡上元

桥北桥南新雨晴，柳边花底暮寒轻，万家灯火照溪明。凫舄差池官事了，木山彩错市人惊，街头酒贱唱歌声。

朱敦儒　　浣溪沙·折桂归来懒觅官

季钦拥双妙丽，使来求长短句，为赋

折桂归来懒觅官，十年风月醉家山，有人挟瑟伴清闲。

楚畹飞香兰结佩，蓝田生暖玉连环，拥书万卷看双鸾。

朱敦儒　　浣溪沙·玄真子有渔父词，为添作

西塞山边白鹭飞，吴兴江上绿杨低，桃花流水鳜鱼肥。青箬笠将风里戴，短蓑衣向雨中披，斜风细雨不须归。

朱敦儒　　浣溪沙·银海清泉洗玉杯

银海清泉洗玉杯，恰筜白酒冷偏宜，水林檎嫩折青枝。争看使君长寿曲，旋教法部太平词，快风凉雨火云摧。

朱敦儒　　浣溪沙·碧玉阑干白玉人

碧玉阑干白玉人，倚花吹叶忍黄昏，萧郎一去又经春。眉澹翠峰愁易聚，脸残红雨泪难匀，纤腰减半绿罗裙。

朱敦儒　　浣溪沙·雨湿清明香火残

雨湿清明香火残，碧溪桥外燕泥寒，日长独自倚阑干。脱箨修篁初散绿，褪花新杏未成酸，江南春好与谁看。

朱敦儒　　浣溪沙·风落芙蓉画扇闲

风落芙蓉画扇闲，凉随春色到人间，乍垂罗幕乍飞鸾。好把深杯添绿酒，休拈明镜照苍颜，浮生难得是清欢。

朱敦儒　　浣溪沙·才子佳人相见难

才子佳人相见难，舞收歌罢又更阑，密将春恨系幽欢。结子同心香佩带，帕儿双字玉连环，酒醒灯暗忍重看。

朱敦儒　　浣溪沙·赠贲大夫歌者，其人尝在大家

晚菊花前敛翠蛾，挼花传酒缓声歌，柳枝团扇别离多。拥髻凄凉论旧事，曾随织女度银梭，当年今夕奈愁何。

孙　觌　　浣溪沙·弱骨轻肌不耐春

弱骨轻肌不耐春，一枝江路玉梅新，巡檐索笑为何人。素影徘徊波上月，醉香摇荡竹间云，酒醒人散梦仙村。

慕容嵓卿妻　　浣溪沙·满目江山忆旧游

满目江山忆旧游，汀洲花草弄春柔，长亭舣住木兰舟。

好梦易随流水去，芳心空逐晓云愁，行人莫上望京楼。

周紫芝　　浣溪沙·近腊风光一半休

今岁冬温，近腊无雪，而梅殊未放。戏作浣溪沙三叠，以望发奇秀

近腊风光一半休，南枝未动北枝愁，嫦娥莫是见人羞。幺凤不传蓬岛信，杜鹃空办鹤林秋，便须千杖打梁州。

周紫芝　　浣溪沙·欲醉江梅兴未休

欲醉江梅兴未休，待筲春瓮洗春愁，不成欢绪却成羞。天意若教花似雪，客情宁恨鬓如秋，趁他何逊在扬州。

周紫芝　　浣溪沙·无限春情不肯休

无限春情不肯休，江梅未动使人愁，东昏觑得玉奴羞。对酒情怀疑是梦，忆花天气黯如秋，唤春云梦泽南州。

周紫芝　　浣溪沙·和陈相之题烟波图

水上鸣榔不系船，醉来深闭短篷眠，潮生潮落自年年。一尺鲈鱼新活计，半蓑烟雨旧衣冠，庙堂空有画图看。

周紫芝　　浣溪沙·多病嫌秋怕上楼

多病嫌秋怕上楼，苦无情绪懒抬头，雁来不寄小银钩。一点离情深似海，万重凄恨黯如秋，怎生禁得许多愁。

周紫芝　　浣溪沙·醽醁新翻碧玉壶

醽醁新翻碧玉壶，水精钗袅绛纱符，吴姬亲手碎菖蒲。彩索系时新睡起，榴花剪处要人扶，心情还似去年无。

周紫芝　　浣溪沙·学画双蛾苦未成

学画双蛾苦未成，鬓云新结翠鬟轻，伴人歌笑已多情。飞絮乱花闲院宇，舞鸾歌凤小娉婷，阳关休唱断肠声。

莫　将　　浣溪沙·宝钏缃裙上玉梯

宝钏缃裙上玉梯，云重应恨翠楼低，愁同芳草两萋萋。

莫　将　　　浣溪沙·归梦悠飏见未真

归梦悠飏见未真，绣衾恰有暗香薰，五更分得楚台春。

曾　慥　　　浣溪沙·别样清芬扑鼻来

别样清芬扑鼻来，秋香过后却追回，博山轻雾锁崔嵬。珍重芗林三昧手，不教一日不花开，暗中错认是江梅。

张　纲　　　浣溪沙·荣国生日其一

罗绮争春拥画堂，翠帷深处按笙簧，宝奁频炷郁沉香。海上蟠桃元未老，月中仙桂看余芳，何须龟鹤颂年长。

张　纲　　　浣溪沙·荣国生日其二

腊日银罂翠管新，潘舆迎腊庆生辰，卷帘花簇锦堂春。百和宝薰笼瑞雾，一声珠唱驻行云，流霞深劝莫辞频。

张　纲　　　浣溪沙·荣国生日其三

象服华年两鬓青，喜逢生日是嘉平，何妨开宴雪初晴。酒劝十分金凿落，舞催三叠玉娉婷，满堂欢笑祝椿龄。

张　纲　　　浣溪沙·安人生日

过隙光阴还自催，生朝又送一年来，宴堂深处强追陪。眼眩岂堪花里笑，眉攒聊向酒边开，与君同醉莫辞杯。

李清照　　　浣溪沙·莫许杯深琥珀浓

莫许杯深琥珀浓，未成沉醉意先融，□□已应晚来风。瑞脑香消魂梦断，辟寒金小髻鬟松，醒时空对烛花红。

李清照　　　浣溪沙·小院闲窗春色深

小院闲窗春色深，重帘未卷影沉沉，倚楼无语理瑶琴。远岫出山催薄暮，细风吹雨弄轻阴，梨花欲谢恐难禁。

李清照　　　浣溪沙·淡荡春光寒食天

淡荡春光寒食天，玉炉沉水袅残烟，梦回山枕隐花钿。海燕未来人斗草，江梅已过柳生绵，黄昏疏雨湿秋千。

李清照　　浣溪沙·髻子伤春慵更梳

髻子伤春慵更梳，晚风庭院落梅初，淡云来往月疏疏。玉鸭熏炉闲瑞脑，朱樱斗帐掩流苏，通犀还解辟寒无。

李清照　　浣溪沙·闺情

绣面芙蓉一笑开，斜飞宝鸭衬香腮，眼波才动被人猜。一面风情深有韵，半笺娇恨寄幽怀，月移花影约重来。

吕本中　　浣溪沙·暖日温风破浅寒

暖日温风破浅寒，短青无数簇幽栏，三年春在病中看。中酒心情浑似梦，探花时候不曾闲，几年芳信隔秦关。

吕本中　　浣溪沙·共饮昏昏到暮鸦

共饮昏昏到暮鸦，不须春日念京华，迩来沉醉是生涯。不是对君犹惜醉，只嫌春病却怜他，愿为蜂采落残花。

赵　鼎　　浣溪沙·美人

艳艳春娇入眼波，劝人金盏缓声歌，不禁粉泪揾香罗。暮雨朝云相见少，落花流水别离多，寸肠争奈此情何。

向子諲　　浣溪沙·宝林山间见兰

绿玉丛中紫玉条，幽花疏淡更香饶，不将朱粉污高标。空谷佳人宜结伴，贵游公子不能招，小窗相对诵离骚。

向子諲　　浣溪沙·乐在烟波钓是闲

渔父词，张志和之兄松龄所作也，有招玄真子归隐之意。居士为姑苏郡守，浩然有归志，因广其声为浣溪沙，示姑苏诸友

乐在烟波钓是闲，草堂松桂已胜攀，梢梢新月几回弯。一碧太湖三万顷，屹然相对洞庭山，狂风浪起且须还。

向子諲　　浣溪沙·戏呈牧庵舅

进步须于百尺竿，二边休立莫中安，要知玄露没多般。花影镜中拈不起，蟾光空里撮应难，道人无事更参看。

向子諲　　浣溪沙·爆竹声中一岁除

荆公除日诗云："爆竹声中一岁除，东风送暖入屠苏。千门万户曈曈日，争插新桃换旧符。"东坡诗云："老去怕看新历日，退归拟学旧桃符。"古今绝唱也。吕居仁诗有"画角声中一岁除，平明更饮屠苏酒"之句，政用以为故事耳。芗林退居之十年，戏集两公诗，辄以鄙意足成浣溪沙，因书以遗灵照

爆竹声中一岁除，东风送暖入屠苏，曈曈晓色上林庐。
老去怕看新历日，退归拟学旧桃符，青春不染白髭须。

向子諲　　浣溪沙·醉里惊从月窟来

岩桂花开，不数日谢去，每恨不能挽留。近得海上方，可作炉薰，颇耐久

醉里惊从月窟来，睡余如梦蕊宫回，碧云时度小崔嵬。
疑是海山怜我老，不论时节遣花开，从今休数返魂梅。

向子諲　　浣溪沙·老妻生日

星头昭回自一天，疏梅池畔斗清妍，蟠桃正熟藕如船。
叶上灵龟来瑞世，林间白鹤舞胎仙，春秋不记几千年。

向子諲　　浣溪沙·瑞气氤氲拂水来

堂前岩桂犯雪开数枝，色如杏黄，适当老妻生朝，作此以侑觞

瑞气氤氲拂水来，金幢玉节下瑶台，江梅岩桂一时开。
不尽秋香凝燕寝，无边春色入尊罍，临风嗅蕊共裴回。

向子諲　　浣溪沙·绿绕红围宋玉墙

和曾吉甫韵呈宋景晋待制。宋有二小姬，小桃、小兰

绿绕红围宋玉墙，幽兰林下正芬芳，桃花气暖玉生香。
谁道广平心似铁，艳妆高韵两难忘，苏州老矣不能狂。

向子諲　　浣溪沙·再用前韵寄曾吉甫运使

霭霭停云覆短墙，夭夭临水自然芳，猗猗无处着清香。
珍重蓦山溪句好，尊前频举不相忘，濠梁梦蝶尽春狂。

向子諲　　浣溪沙·简王景源、元渤伯仲

南国风烟深更深，清江相接是庐陵，甘棠两地绿成阴。九日黄花兄弟会，中秋明月故人心，悲欢离合古犹今。

向子諲　　浣溪沙·樽俎风流意气倾

绍兴辛未中秋，王景源使君乘流下萧滩，舍舟从陆。芗林老人以长短句赠行

樽俎风流意气倾，一杯相属忍催行，离歌更作断肠声。衮衮大江前后浪，娟娟明月短长亭，水程山驿总关情。

向子諲　　浣溪沙·冰雪肌肤不受尘

冰雪肌肤不受尘，脸桃眉柳暖生春，手搓梅子笑迎人。欲语又休无限思，暂来还去不胜颦，梦随蝴蝶过东邻。

向子諲　　浣溪沙·花想仪容柳想腰

花想仪容柳想腰，融融曳曳一团娇，绮罗丛里最妖娆。歌罢碧天零影乱，舞时红袖雪花飘，几回相见为魂销。

向子諲　　浣溪沙·艳赵倾燕花里仙

赵总怜以扇头来乞词，戏有此赠。赵能著棋、写字、分茶、弹琴

艳赵倾燕花里仙，乌丝阑写永和年，有时闲弄醒心弦。茗碗分云微醉后，纹楸斜倚髻鬟偏，风流模样总堪怜。

向子諲　　浣溪沙·曾是襄王梦里仙

王称心效颦，亦有是请，再用前韵赠之

曾是襄王梦里仙，娇痴恰恰破瓜年，芳心已解品朱弦。浅浅笑时双靥媚，盈盈立处绿云偏，称人心是尽人怜。

向子諲　　浣溪沙·一夜凉飔动碧蟵

一夜凉飔动碧蟵，晓庭飞雨溅真珠，玉人睡起倚金铺。云髻作堆初未整，柳腰如醉不胜扶，天仙风调世间无。

向子諲　　浣溪沙·璧月光中玉漏清

政和壬辰正月豫章龟潭作，时徐师川、洪驹父、汪彦章携

酒来作别

璧月光中玉漏清，小梅疏影水边明，似梅人醉月西倾。梅欲黄时朝暮雨，月重圆处短长亭，旧愁新恨若为情。

向子諲　浣溪沙·连年二月二日出都门

人意天公则甚知，故教小雨作深悲，桃花浑似泪胭脂。理棹又从今日去，断肠还似去年时，经行处处是相思。

向子諲　浣溪沙·政和癸巳仪真东园作

花样风流柳样娇，雪中微步过溪桥，心期春色到梅梢。折得一枝归绿鬓，冰容玉艳不相饶，索人同去醉金蕉。

向子諲　浣溪沙·守得梅开著意看

守得梅开著意看，春风几醉玉栏干，去时犹自惜余欢。雨后重来花扫地，叶间青子已团团，凭谁寄与蹙眉山。

向子諲　浣溪沙·酴醾和狄相叔韵赠陈宋邻

翡翠衣裳白玉人，不将朱粉污天真，清风为伴月为邻。枕上解随良夜梦，壶中别是一家春，同心小绾更尖新。

向子諲　浣溪沙·两点春山入翠眉

两点春山入翠眉，一缑杨柳作腰肢，语音娇软带儿痴。犹省当来求识面，隔帘清唱倒琼彝，真成相见说当时。

向子諲　浣溪沙·姑射肌肤雪一团

姑射肌肤雪一团，掺掺玉手弄冰纨，著人情思几多般。水上月如天样远，眼前花似镜中看，见时容易近时难。

向子諲　浣溪沙·云外遥山是翠眉

云外遥山是翠眉，风前杨柳入腰肢，凌波微步袜尘飞。倚醉传歌留客处，佯嗔不语殢人时，风流态度百般宜。

向子諲　浣溪沙·许南叔席上

百斛明珠得翠蛾，风流彻骨更能歌，碧云留住劝金荷。取醉归来因一笑，恼人深处是横波，酒醒情味却知么。

沈与求　　浣溪沙·和郑庆袭雪中作

云幕垂垂不掩关，落鸿孤没有无间，雪花欺鬓一年残。欲把小梅还斗雪，冷香嫌怕乱沉檀，恼人归梦绕江干。

沈与求　　浣溪沙·花信催春入帝关

花信催春入帝关，玉霙争腊去留间，不禁风力又吹残。客舍不眠清夜冷，萦愁一缕袅梅檀，空庭月落斗阑干。

洪　皓　　浣溪沙·排闷

丧乱佳辰不易攀，四逢寒食尽投闲，踏青无处想家山。麟殿阻趋陪内宴，萱堂遥忆侍慈颜，感时双泪滴潺潺。

洪　皓　　浣溪沙·闻王侍郎复命

南北渝盟久未和，斯民涂炭死亡多，不知何日戢干戈。赖有兴王如世祖，况闻谋帅得廉颇，蔺卿全璧我蹉跎。

蔡　伸　　浣溪沙·壬寅五月西湖

双佩雷文拂手香，青纱衫子淡梳妆，冰姿绰约自生凉。虚掉玉钗惊翡翠，缓移兰棹趁鸳鸯，鬓鬟风乱绿云长。

蔡　伸　　浣溪沙·玉趾弯弯一折弓

玉趾弯弯一折弓，秋波剪碧滟双瞳，浅颦轻笑意无穷。夜静拥炉熏督褥，月明飞棹采芙蓉，别来欢事少人同。

蔡　伸　　浣溪沙·仙潭之一

蘋末风轻入夜凉，飞桥画阁跨方塘，月移花影上回廊。粲枕随钗云鬓乱，红绵扑粉玉肌香，起来携手看鸳鸯。

蔡　伸　　浣溪沙·仙潭之二

窗外疏篁对节金，画桥新绿一篙深，沉沉清夜对横参。酒晕半消红玉脸，云鬟轻制小犀簪，梦回陈迹杳难寻。

蔡　伸　　浣溪沙·昆山月华阁

沙上寒鸥接翼飞，潮生潮落水东西，征船鸣橹趁潮归。

望断碧云无锦字，谩题红叶有新诗，黄昏微雨倚阑时。

蔡　伸　　　浣溪沙·漠漠新田绿未齐

漠漠新田绿未齐，柳阴阴下水平堤，竹间时有乳鸦啼。云敛屏山横枕畔，夜阑璧月转林西，玉芝香里彩鸳栖。

蔡　伸　　　浣溪沙·紫燕双双掠水飞

紫燕双双掠水飞，廉纤小雨未成泥，篱边开尽野蔷薇。会少离多终有恨，暂来还去益堪悲，后期重约采莲时。

蔡　伸　　　浣溪沙·窄窄霜绡稳称身

窄窄霜绡稳称身，强临歌酒惨离魂，故人相遇益伤神。断雨残云千里隔，琼枝璧月四时新，为君留取镜中春。

蔡　伸　　　浣溪沙·且斗尊前见在身

且斗尊前见在身，昔游如梦可销魂，玉容依约旧精神。千里重来人事改，一杯相属意还新，韶华不减洞中春。

蔡　伸　　浣溪沙·赋向伯恭芗林木樨之一

木似文犀感月华，寸根移种自仙家，春兰秋菊浪矜夸。玉露初零秋夜永，幽香直入小窗纱，此时风月独输他。

蔡　伸　　浣溪沙·赋向伯恭芗林木樨之二

叶剪玻璃蕊糁金，清香端不数琼沉，独将高韵冠芗林。千里江山新梦后，一天风露小庭深，主人归兴已骎骎。

蔡　伸　　　浣溪沙·浅褐衫儿寿带藤

浅褐衫儿寿带藤，碾花如意枕冠轻，凤鞋弓小称娉婷。约略梳妆随事好，出尘标韵出尘清，一枝梅映玉壶冰。

蔡　伸　　　浣溪沙·窗外桃花烂熳开

窗外桃花烂熳开，年时曾伴玉人来，一枝斜插凤皇钗。今日重来人事改，花前无语独徘徊，凄凉怀抱可怜哉。

王　灼　　　浣溪沙·一样婵娟别样清

一样婵娟别样清，眼明初识董双成，香风随步过帘旌。

笑捧玉觞频劝客，浣溪沙里转新声，花间侧听有流莺。

李弥逊　　浣溪沙·小小茅茨隐翠微

小小茅茨隐翠微，桥平双手弄涟漪，好风还动去年枝。得雨疏梅肥欲展，人家次第有芳菲，惜花恰莫探春迟。

李弥逊　　浣溪沙·和蒋丞端午竞渡

箫鼓哀吟乐楚臣，牙樯锦缆簇江滨，调高彩笔逞尖新。海角逢时伤老大，莫辞卮酒话情亲，与君同是异乡人。

李弥逊　　浣溪沙·向日南枝不奈晴

向日南枝不奈晴，无风绛雪自飘零，画楼更作断肠声。小侧金荷迎落蕊，高烧银烛照残英，生愁斜月酒初醒。

王以宁　　浣溪沙·舣舟洪江步下

起看船头蜀锦张，沙汀红叶舞斜阳，杖拿惊起睡鸳鸯。木落群山凋玉□，霜和冷月浸澄江，疏篷今夜梦潇湘。

王以宁　　浣溪沙·寿赵倅

艾胜迎薰寿缕长，碧筩酒泛绿蒲香，万家喜气在都梁。小阁幽轩新料理，舞衫歌扇且传觞，看君飞步上明光。

王以宁　　浣溪沙·张金志洗儿

招福宫中第几真，餐花辟谷小夫人，天翁新与玉麒麟。我识外家西府相，玉壶冰雪照青春，小郎风骨已凌云。

王以宁　　浣溪沙·张国泰生日

快雨疏风六月凉，貂蝉人著彩衣裳，肃然心拜玉炉香。相国趣还调鼎鼐，潘舆指日下潇湘，秋来江上接归航。

陈与义　　浣溪沙·送了栖鸦复暮钟

离杭日，梁仲谋惠酒，极清而美。七月十二日晚卧小阁，已而月上，独酌数杯

送了栖鸦复暮钟，栏干生影曲屏东，卧看孤鹤驾天风。起舞一尊明月下，秋空如水酒如空，谪仙已去与谁同。

张元干　　浣溪沙·曲室明窗烛吐光

曲室明窗烛吐光，瓦炉灰暖炷瓢香，夜阑茗碗间飞觞。坐稳蒲团凭棐几，熏余纸帐掩梨床，个中风味更难忘。

张元干　　浣溪沙·一枕秋风两处凉

一枕秋风两处凉，雨声初歇漏声长，池塘零落藕花香。归梦等闲归燕去，断肠分付断云行，画屏今夜更思量。

张元干　　浣溪沙·王仲时席上赋木樨

翡翠钗头缀玉虫，秋蟾飘下广寒宫，数枝金粟露华浓。花底清歌生皓齿，烛边疏影映酥胸，恼人风味冷香中。

张元干　　浣溪沙·武林送李似表

燕掠风樯款款飞，艳桃秾李闹长堤，骑鲸人去晓莺啼。可意湖山留我住，断肠烟水送君归，三春不是别离时。

张元干　　浣溪沙·云气吞江卷夕阳

云气吞江卷夕阳，白头波上电飞忙，奔雷惊雨溅胡床。玉节故人同壮观，锦囊公子更平章，榕阴归梦十分凉。

张元干　　浣溪沙·山绕平湖波撼城

山绕平湖波撼城，湖光倒影浸山青，水晶楼下欲三更。雾柳暗时云度月，露荷翻处水流萤，萧萧散发到天明。

张元干　　浣溪沙·目送归州铁瓮城

目送归州铁瓮城，隔江想见蜀山青，风前团扇仆频更。梦里有时身化鹤，人间无数草为萤，此时山月下楼明。

张元干　　浣溪沙·蔷薇水

月转花枝清影疏，露华浓处滴真珠，天香遣恨罥花须。沐出乌云多态度，晕成娥绿费工夫，归时分付与妆梳。

张元干　　浣溪沙·笃耨香

花气天然百和芬，仙风吹过海中春，龙涎沉水总销魂。

清润巧萦金缕细，氤氲偏傍玉脂温，别来长是惜余熏。

张元幹　　浣溪沙·荼绿华家荼绿春

范才元自酿，色香玉如，直与绿荼梅同调，宛然京洛气味也，因名曰荼绿春，且作一首。谚以窃尝为吹笙云

荼绿华家荼绿春，山瓶何处下青云，浓香气味已醺人。竹叶传杯惊老眼，松醪题赋倒纶巾，须防银字暖朱唇。

张元幹　　浣溪沙·戏简宇文德和求相香

花气蒸浓古鼎烟，水沉春透露华鲜，心清无暇数龙涎。乞与病夫僧帐座，不妨公子醉茵眠，普熏三界扫腥膻。

张元幹　　浣溪沙·求年例贡余香

花气薰人百和香，少陵佳句是仙方，空教蜂蝶为花忙。和露摘来轻换骨，傍怀闻处恼回肠，去年时候入思量。

张元幹　　浣溪沙·残腊晴寒出众芳

残腊晴寒出众芳，风流勾引破春光，年年长为此花忙。夜久莫教银烛灺，酒边何似玉台妆，冰肌温处觅余香。

张元幹　　浣溪沙·棐几明窗乐未央

棐几明窗乐未央，熏炉茗碗是家常，客来长揖对胡床。蟹眼汤深轻泛乳，龙涎灰暖细烘香，为君行草写秋阳。

张元幹　　浣溪沙·书大同驿壁

榕叶桄榔驿枕溪，海风吹断瘴云低，薄寒初觉到征衣。岁晚可堪归梦远，愁深偏恨得书稀，荒庭日脚又垂西。

张元幹　　浣溪沙·咏木香

睡起中庭月未蹉，繁香随影上轻罗，多情肯放一春过。比似雪时犹带韵，不如梅处却缘多，酒边枕畔奈愁何。

邓　肃　　浣溪沙·雨入空阶滴夜长

雨入空阶滴夜长，月行云外借孤光，独将心事步长廊。深锁重门飞不去，巫山何日梦襄王，一床衾枕冷凄香。

邓　肃　　浣溪沙·傍竹柴门俯碧流

傍竹柴门俯碧流，见人无语眼横秋，鸣机轧轧弄纤柔。定有回文传窦子，何时银汉渡牵牛，归来风雨夜飕飕。

邓　肃　　浣溪沙·宿雨潜回海宇春

宿雨潜回海宇春，晓风徐散日边云，熙熙人意一番新。破睡海棠能媚客，舞风垂柳似招人，春衫归去马蹄轻。

邓　肃　　浣溪沙·阑外彤云已满空

阑外彤云已满空，帘旌不动石榴红，谁将秋色到楼中。玛瑙一泓浮翠玉，瓠犀终日凛天风，炎洲人到广寒宫。

邓　肃　　浣溪沙·高会横山酒八仙

高会横山酒八仙，烟云不减九华妍，暖风琼树倚楼前。妙唱一声尘暗落，靓妆四座玉相连，骖鸾何日共翩翩。

邓　肃　　浣溪沙·二八佳人宴九仙

二八佳人宴九仙，华堂清静斗春妍，琼枝相倚妙无前。良夜黄云来缥缈，东风碧酒意留连，花间蝶梦想翩翩。

邓　肃　　浣溪沙·半醉依人落珥簪

半醉依人落珥簪，天香不数海南沉，时倾秋水话春心。已觉吹箫归碧落，从今禊饮笑山阴，金杯休惜十分深。

邓　肃　　浣溪沙·海畔山如碧玉簪

海畔山如碧玉簪，天涯消息叹鱼沉，赖逢倾国洗愁心。莫为世情生旅况，且因乐事惜光阴，明朝红雨已春深。

吕渭老　　浣溪沙·烟柳濛濛鹊做巢

烟柳濛濛鹊做巢，青青弱草带斜桥，莺声多在杏花梢。逐伴不知春路远，见人时著小词招，阿谁有分伴吹箫。

吕渭老　　浣溪沙·彩选骰儿隔袖拈

彩选骰儿隔袖拈，整钗微见玉纤纤，夜寒窗外更垂帘。

好事灯花双作蕊，照人月影入斜檐，新愁日日座中添。

吕渭老　　浣溪沙·做得因缘不久长

做得因缘不久长，惊风枝上偶成双，归来魂梦带幽香。灯下揉花春去早，竹间影月索归忙，十年前事费思量。

吕渭老　　浣溪沙·风扫长林雪压枝

风扫长林雪压枝，纷纷冻鹊傍帘飞，一尊聊作破寒威。春意正愁梅漏泄，客情尤怕病禁持，曲阑干外日初迟。

吕渭老　　浣溪沙·微绽樱桃一颗红

微绽樱桃一颗红，断肠声里唱玲珑，轻罗小扇掩酥胸。惹鬓蛛丝新有喜，窥窗月彩旧相从，清宵一醉许谁同。

王之道　　浣溪沙·和陈德公酴醾

一样檀心半卷舒，淡黄衫子衬冰肤，细看全似那人姝。枕里芳蕤薰绣被，酒中余馥溢金壶，不须频嗅惹罗裾。

王之道　　浣溪沙·和张文伯木犀

晓日晖晖玉露光，枝头一样斗宫妆，可怜娇额半涂黄。衣与酴醾新借色，肌同薝卜更薰香，风流荀令雅相当。

王之道　　浣溪沙·和张文伯海棠

过雨花容杂笑啼，淡妆深注半开时，娇娆情态自天姿。新浴太真增艳丽，微风新燕斗清奇，绿窗朱户雅相宜。

王之道　　浣溪沙·赋春雪追和东坡韵其一

阳气初升土脉苏，东郊人散欲回车，一时春雪十年无。鱼枕蕉深浮酒蚁，鹿胎冠子粲歌珠，题诗不觉烛然须。

王之道　　浣溪沙·赋春雪追和东坡韵其二

体粟须烦鼎力苏，流涎正值麯盈车，坐来兽炭拨还无。一阕可能酬一绝，双银端不换双珠，松毛粉白老翁须。

王之道　　浣溪沙·赋春雪追和东坡韵其三

春到衡门病滞苏，力强犹可驾柴车，少年狂望一时无。

清坐不堪肌起粟，高谈还喜唾成珠，红裙痴笑雪如须。

王之道　　　　浣溪沙·赋春雪追和东坡韵其四

冻卧袁安已复苏，闭门那患出无车，似渠人物到今无。可笑昆山夸片玉，须怜沧海叹遗珠，时来应许捋君须。

王之道　　　浣溪沙·残雪笼晴作冱寒

阻风铜陵，追和东坡游泗州南山韵

残雪笼晴作冱寒，北风吹浪过前滩，远山云气尚漫漫。睡起阳乌窥破牖，坐怜香雾蔼雕盘，一尊聊佐旅中欢。

王之道　　　　　浣溪沙·代人作

玉骨冰肌软更香，一枝丹棘映青裳，相逢归去未须忙。曲里春山情不浅，尊前秋水意何长，酒醺颜色粉生光。

王之道　　　　浣溪沙·和张文伯长至

寒透珠帘怯晓霜，灰飞缇室验回阳，坐看红日上修廊。泉泻龙头深泛酒，烟凝象口暖吹香，及时歌舞意何长。

王之道　　　　　　浣溪沙·春日

水外山光淡欲无，堤边草色翠如铺，绿杨风软鸟相呼。牛蒡叶齐罗翠扇，鹿黎花小隘真珠，一声何处叫提壶。

曾　惇　　　浣溪沙·无数春山展画屏

无数春山展画屏，无穷烟柳照溪明，花枝缺处小舟横。紫禁正须红药句，清江莫与白鸥盟，主人元自是仙卿。

曹　勋　　　　　　浣溪沙·赏枨

禁籞芙蓉秋气凉，新枨岂待满林霜，旨甘初荐摘青黄。乍剖金肤藏嫩玉，吴盐兼味发清香，圣心此意与天长。

曹　勋　　　　　　浣溪沙·赏灯

春到皇居景晏温，冰轮驾玉上祥云，烛龙衔耀九重门。宫掖两仪临舜殿，金莲万斛奉尧尊，官家慈孝格乾坤。

曹勋　　浣溪沙·赏丹桂

初过西风烟雨微，霓光留景正团枝，月中新彩与增辉。
霞影分丹乘浩露，珊瑚秀色满彤墀，凉飙吹上赭红衣。

曹勋　　浣溪沙·春晓于飞彩仗明

西园赏牡丹，寿圣亲见双花，臣下皆未睹，折以劝酒，词亦继成

春晓于飞彩仗明，西园嘉瑞格和鸣，花王特地献双英。
并蒂轻黄宜淡淡，联芳竞秀巧盈盈，飞琼萼绿两倾城。

曹勋　　浣溪沙·翠袖携持婉有情

翠袖携持婉有情，湘�犀轴巧装成，声随一苇更分明。
倚竹双丝明玉细，低眉数曲语莺轻，转移新韵几多声。

曹勋　　浣溪沙·玉柱檀槽立锦筵

玉柱檀槽立锦筵，低眉信手曲初传，凤凰飞上四条弦。
杨柳已吹三叠韵，何须人在九江船，夜凉人与月婵娟。

曹勋　　浣溪沙·西苑烟光倚槛新

西苑烟光倚槛新，桃花艳艳静无尘，照溪红映一天云。
肯放落红流出水，且寻歌舞赏明春，持杯知是洞中人。

曹勋　　浣溪沙·赏梅

日上龙城散晓阴，琼芳堂下玉成林，江梅开未十分深。
随处锦亭穹帐暖，冷香邀住入衣襟，酒肠判断付频斟。

胡铨　　浣溪沙·忽忽春归没计遮

忽忽春归没计遮，百年都似散余霞，持杯聊听浣溪沙。
但觉暗添双鬓雪，不知落尽一番花，东风寒似夜来些。

史浩　　浣溪沙·翠馆银罂下紫清

翠馆银罂下紫清，内家闻说庆嘉平，柳条萱草眼偏明。
小阁数杯成酩酊，醒来不爱佩环声，为通幽梦到蓬瀛。

史　浩　　浣溪沙·即席次韵王正之觅迁哥鞋

一握钩儿能几何，弓弓珠蹙杏红罗，即时分惠谢奴哥。香压幽兰兰尚浅，样窥初月月仍多，只堪掌上怄琼波。

史　浩　　浣溪沙·夜饮咏足即席

珠履三千巧斗妍，就中弓窄只迁迁，恼伊划袜转堪怜。舞罢有香留绣褥，步余无迹在金莲，好随云雨楚峰前。

史　浩　　浣溪沙·湿翠湖山收晚烟

湿翠湖山收晚烟，月华如练水如天，兴来催上钓鱼船。青箬一尊汀草畔，霜�数曲渚花边，更于何处觅神仙。

史　浩　　浣溪沙·梁武憨痴达摩呆

梁武憨痴达摩呆，个中消息岂容猜，九年面壁口慵开。只履却寻归路止，一花原不是君栽，这回枉了一遭来。

史　浩　　浣溪沙·索得玄珠也是呆

索得玄珠也是呆，人人有分莫胡猜，顶门一眼镇长开。路断玉关无辙迹，雪埋葱岭没根栽，始称达摩不曾来。

史　浩　　浣溪沙·胜概朱楹俯碧湖

胜概朱楹俯碧湖，萧萧风月一尘无，只堪绿蚁满尊浮。况是小春天正爽，杖藜相与探梅初，半皴枝上未成珠。

史　浩　　浣溪沙·远岫数堆苍玉髻

远岫数堆苍玉髻，平湖千顷碧琉璃，笙歌催我上船时。载月有如浮玉鉴，采莲还复拥燕脂，更于何处觅瑶池。

仲　并　　浣溪沙·示孟氏女

举案家风未肯低，清心端自秀深闺，芝兰玉树宁馨儿。早岁安禅灵照女，静中经卷手常携，声名要与断机齐。

仲　并　　浣溪沙·雅称诗人美孟都

雅称诗人美孟都，清新幽韵比来无，新来学得绣工夫。经卷但知从阿母，醉来翁已要人扶，尚能把盏劝屠苏。

仲　并　　浣溪沙·和李达才韵

说似当年老季伦，君家虽富客常贫，何曾一笑任吾真。酒满罢留天下士，词新空赋坐中春，谁能绝笔更书麟。

仲　并　　浣溪沙·即席

清远湖山佳丽人，柳边花下复清晨，向前犹有几多春。祓禊秋千时节近，管弦歌舞一回新，未嗔狂客污车茵。

曾　觌　　浣溪沙·奉诏次韵张池州赏杏听琵琶

艳杏红芳透粉肌，沉香亭宴太真妃，新晴庭馆燕来迟。试抹幺弦妆半掩，满斟绿醑袖交飞，九重天上捧金卮。

曾　觌　　浣溪沙·郑相席上赠舞者

元是昭阳宫里人，惊鸿宛转掌中身，只疑飞过洞庭云。按彻凉州莲步紧，好花风袅一枝新，画堂香暖不胜春。

曾　觌　　浣溪沙·绮陌寻芳惜少年

绮陌寻芳惜少年，长楸走马著金鞭，玉楼春醉杏花前。憔悴如今谁作伴，别离还近养花天，碧云凝处忆婵娟。

曾　觌　　浣溪沙·一扇熏风入座凉

一扇熏风入座凉，轻云微雨弄晴光，绿团梅子未成黄。渐近日长愁闷处，更堪羁旅送归艎，乱山重叠水茫茫。

曾　觌　　浣溪沙·樱桃

谷雨郊园喜弄晴，满林璀璨缀繁星，筠篮新采绛珠倾。樊素扇边歌未发，葛洪炉内药初成，金盘乳酪齿流冰。

黄公度　　浣溪沙·时在西园偶成

风送清香过短墙，烟笼晚色近修篁，夕阳楼外角声长。欲去还留无限思，轻匀淡抹不成妆，一尊相对月生凉。

曾　协　　浣溪沙·咏芍药金系腰海陵席上作

昼漏新来一倍长，众宾沾醉尚传觞，浓云遮日惜红妆。应是主人归凤沼，为传芳讯到黄堂，腰围恰恰束金黄。

洪　适　　浣溪沙·举目霜林叶叶黄

景卢以米书眉间一点黄之曲饯送郑宪，因用其韵

举目霜林叶叶黄，使星归骑未须忙，烟鬟千叠弄残妆。内殿恩光承雨露，外台风力挟冰霜，应怀三径杂花香。

洪　适　　浣溪沙·席上再作

不见丹丘三十年，青山碧水想依然，自惊绿鬓已苍颜。月在柳梢曾径醉，雨荒院菊有谁怜，绣衣归与古人言。

洪　适　　浣溪沙·邦伯今推第一流

邦伯今推第一流，几因歌席负诗筹，一时文采说台州。雨脚渐收风入牖，云心初破月窥楼，翠眉相映晚山秋。

洪　适　　浣溪沙·寿方稚川

占得登高一日先，跨云来作地行仙，天将黄菊助长年。健笔已凌枚叟赋，高怀欲著祖生鞭，骎骎彯组向甘泉。

洪　适　　浣溪沙·饯范子芬行

整顿春衫欲跨鞍，一杯相属少开颜，愁眉不似旧时弯。未见两星添柳宿，忍教三叠唱阳关，相思空望会稽山。

洪　适　　浣溪沙·报道倾城出洞房

以鸳鸯梅送曾守，是日，曾守携家游南园

报道倾城出洞房，水边疏影弄清香，风流更有小鸳鸯。蝉鬓半含花下笑，蛾眉相映醉时妆，梦魂不到白云乡。

洪　适　　浣溪沙·以鸳鸯梅送钱漕

玉颊微醺怯晚寒，可怜凝笑整双翰，枝头一点为谁酸。只恐轻飞烟树里，好教斜插鬓云边，淡妆仍向醉中看。

洪　适　　浣溪沙·席中答钱漕

忆得熙春晓立班，使星曾入紫微垣，归来小饮友芝兰。投辖风流今复见，开尊礼数自来宽，更看宝唾写乌阑。

洪　适　　浣溪沙·丹桂飘香已四番

席上别王巨济。先是，两姬免冠，王夺两秩，继以章罢

丹桂飘香已四番，杖藜携手自今难，黯然离恨满江干。壁上两冠元是谶，花前双韵几时弹，中秋后夜与谁看。

韩元吉　　浣溪沙·次韵曾吉甫席上

莫惜清尊领客同，已无花伴舞衣红，强歌归去莫匆匆。细雨弄烟烟弄日，断云黏水水黏空，酴醾飞下晚来风。

朱淑真　　浣溪沙·清明

春巷夭桃吐绛英，春衣初试薄罗轻，风和烟暖燕巢成。小院湘帘闲不卷，曲房朱户闷长扃，恼人光景又清明。

朱淑真　　浣溪沙·春夜

玉体金钗一样娇，背灯初解绣裙腰，衾寒枕冷夜香消。深院重关春寂寂，落花和雨夜迢迢，恨情和梦更无聊。

张　抡　浣溪沙·和曾纯甫题谢氏小阁

筑室峥嵘占宝峰，退朝燕坐万缘空，出尘高志抗冥鸿。何日嘉招陪一笑，看君豪饮釂千钟，试凭鄙句作先容。

侯　寘　　浣溪沙·三衢陈签上作

客里匆匆梦帝州，故人相遇一杯休，疏梅些子最清幽。双绾香螺春意浅，缓歌金缕楚云留，不知妆镜若为俦。

侯　寘　　浣溪沙·次韵王子弁红梅

倚醉怀春翠黛长，肉红衫子半窥墙，兰汤浴困懒匀妆。应为长年餐绛雪，故教丹颊耐清霜，弄晴飞馥笑冯唐。

侯　寘　　浣溪沙·次韵杜唐佐秋怀

春梦惊回谢氏塘，箧中消尽旧家香，休文多病怯秋光。空对金盘承瑞露，竟无玉杵碎玄霜，醉魂飞度月宫凉。

赵彦端　　浣溪沙·题扇

冰练新裁月见羞，墨花飞作淡云浮，宜歌宜笑不妨秋。约腕半笼衫草碧，洗妆初失黛蛾愁，嫩凉轻暑奈风流。

赵彦端　　浣溪沙·过雨园林绿渐浓

过雨园林绿渐浓，晚霞明处暮云重，小桥东畔再相逢。睡起未添双鬓绿，汗融微退小妆红，几多心事不言中。

赵彦端　　浣溪沙·菊已开时梅未通

菊已开时梅未通，似寒如暖意融融，情亲语妙一杯中。歌舞欲来须更理，林泉有乐政须同，好诗多味酒无功。

赵彦端　　浣溪沙·为五叔寿，三月二十六日

渺渺东风泛酒船，月华为地玉为川，春于红药更留连。云路功名方步步，草庐松竹自年年，他时人说二疏贤。

赵彦端　　浣溪沙·花下凭肩月下迎

花下凭肩月下迎，避人私语脸霞生，画堂红烛意盈盈。病酒一春愁与睡，倚阑终日雨还晴，强移心绪作清明。

赵彦端　　浣溪沙·辛卯会黄运属席上作

人意歌声欲度春，春容温暖胜于人，劝君一醉酒如渑。梅子枝头应有恨，柳花风底不堪嚬，盖公堂下净无尘。

王千秋　　浣溪沙·殢玉偎香倚翠屏

殢玉偎香倚翠屏，当年常唤在凝春，岂知云雨散逡巡。不止恨伊唯准拟，也先伤我太因循，而今头过总休论。

王千秋　　浣溪沙·亲染柔毛擘彩笺

亲染柔毛擘彩笺，自怜探得恶因缘，一尊重许笑凭肩。往事已同花屡褪，新欢闻似月常圆，休休休更苦萦牵。

王千秋　　浣溪沙·焦油

买市宣和预赏时，流苏垂盖宝灯围，小铛烹玉鼓声随。金弹玲珑今夕是，鳌山缥缈昔游非，马行遗老想沾衣。

王千秋　　浣溪沙·科斗

灯火阑珊欲晓时，夜游人倦总思归，更须冰蛹替挼丝。玉篆古文光灿烂，花垂零露影参差，月寒烟淡最相宜。

王千秋　　浣溪沙·白纻衫子

叠雪裁霜越纻匀，美人亲翦称腰身，暑天宁数越罗春。
两臂轻笼燕玉腻，一胸斜露塞酥温，不教香汗湿歌尘。

何作善　　浣溪沙·草草杯盘访玉人

草草杯盘访玉人，灯花呈喜座添春，邀郎觅句要奇新。
黛浅波娇情脉脉，云轻柳弱意真真，从今风月属闲人。

袁去华　　浣溪沙·庭下丛萱翠欲流

庭下丛萱翠欲流，梁间双燕语相酬，日长帘底篆烟留。
金勒去遥芳草歇，玉箫吹罢紫兰秋，一年春事只供愁。

袁去华　　浣溪沙·梅

玉骨冰肌比似谁，淡妆浅笑总相宜，一枝清绝照涟漪。
客意无聊花亦老，风烟错莫雨垂垂，溪边立马断肠时。

袁去华　　浣溪沙·一夕高唐梦里狂

一夕高唐梦里狂，云情雨意两茫茫，袖间依约去年香。
乳燕鸣鸠闲院落，垂杨芳草小池塘，墙梢冉冉又斜阳。

朱　雍　　浣溪沙·残日凭阑目断霞

残日凭阑目断霞，寒林人静每归鸦，小梅春早压群花。
一槛风声清玉管，数枝月影到窗纱，隔帘时度暗香些。

李　结　　浣溪沙·花圃萦回曲径通

花圃萦回曲径通，小亭风卷绣帘重，秋千闲倚画桥东。
双蝶舞余红便旋，交莺啼处绿葱珑，远山眉黛晚来浓。

程大昌　　浣溪沙·干处缁尘湿处泥

干处缁尘湿处泥，天嫌世路净无时，皓然岩谷总凝脂。
清夜月明人访戴，玉山顶上玉舟移，一蓑渔画更能奇。

程大昌　　浣溪沙·兽炭香红漫应时

兽炭香红漫应时，遮寒姝丽自成围，销金暖帐四边垂。
报道黑风飞柳絮，齐翻白雪侑羔卮，那家斟唱□□词。

程大昌　　浣溪沙·翦水飞花也大奇

翦水飞花也大奇，熬波出素料同机，会心一笑撒盐诗。谁拥醴酏夸岁瑞，恨无坚白怨朝曦，闭门高卧有人饥。

程大昌　　浣溪沙·始待空冬岁不华

始待空冬岁不华，还教呈瑞怨贫家，若为高下总无嗟。日照华檐晴后雨，风吹飞絮腊前花，天公何事不由他。

程大昌　　浣溪沙·水递迢迢到日边

水递迢迢到日边，清甘夸说与茶便，谁知绝品了非泉。旋挹天花融湩液，净无土脉污芳鲜，乞君风腋作飞仙。

程大昌　　浣溪沙·饯万大卿

前一夜有月，此日不得用乐作

物本无情人有情，百般禽味百般声，有人闻鹊不闻莺。我璲通神君信否，酒才著璲月随生，大家吸月当箫笙。

姚述尧　　浣溪沙·呈潮阳使君宋台簿敦书

乳酒初颁菊正黄，去年高宴近清光，朝回犹带御炉香。暂向花封陪客醉，已闻芝检促归装，昌黎宁许到潮阳。

姚述尧　　浣溪沙·青田赵宰席间作

与客相从谒谢公，芝田绛节拥仙翁，数枝桃杏斗香红。醉眼斜拖春水绿，黛眉低拂远山浓，此情都在酒杯中。

姚述尧　　浣溪沙·赠王清叔县尉

两到蟾宫折桂枝，经文纬武拟康时，箫台仙隐漫游嬉。气宇棱棱吞梦泽，笑谭落落璀珠玑，何妨相对沃金卮。

姚述尧　　浣溪沙·渔父词

短棹翩翩绿一莎，碧潭深处几风波，晚来风定却高歌。千尺丝纶随卷放，数声玉笛足清和，蝇头名利奈伊何。

曹　冠　　浣溪沙·柳

翠带千条蘸碧流，多情不解系行舟，章台惜别恨悠悠。

湿雨伤春眉黛敛，倚风无力舞腰柔，丝丝烟缕织离愁。

曹　冠　　　浣溪沙·槐柳风微轩槛凉

槐柳风微轩槛凉，芙蕖绿叶映池光，几多飞盖拥红妆。泉试云龙花乳泛，袖笼宝鼎水沉香，纹楸戏战赌霞觞。

曹　冠　　　浣溪沙·雁字鳞差印碧空

雁字鳞差印碧空，淡云萦缕媚遥峰，悠飏舒卷逐西风。烟锁绿杨深院静，花前寓意劝金钟，凤箫一曲月明中。

耿时举　　　浣溪沙·露压蔷薇金井栏

露压蔷薇金井栏，辘轳声断碧丝干，辽阳无信带围宽。花落池塘春梦静，月生帘幕夜香寒，闲愁无力凭阑干。

耿时举　　　浣溪沙·独鹤山前步药苗

独鹤山前步药苗，青山只隔过溪桥，洞宫深处白云飘。碧井卧花人寂寞，画廊鸣叶雨潇潇，漫题诗句满芭蕉。

管　鉴　　　浣溪沙·金殿晨趋玉佩苍

饯别陈汉卿于张叔信后堂，席上用叔信韵

金殿晨趋玉佩苍，君才久合侍龙章，花砖学士紫薇郎。小试一麾行促诏，暂留千骑且飞觞，夜堂歌暖借春光。

管　鉴　　　浣溪沙·秾李花开雪满空

秾李花开雪满空，缟裙香袂俨春容，靓妆一笑喜相逢。拟倩清歌留白日，且扶残醉殢东风，好迟留处却匆匆。

管　鉴　　　浣溪沙·十里狂风特地晴

十里狂风特地晴，天工著意送行人，负他桃李十分春。杜宇已催归思乱，啼莺休惹客愁新，晚风溪路净无尘。

管　鉴　　　浣溪沙·寿程将

小小梅花巧耐寒，曛曛晴日醉醒间，茶瓯金缕鹧鸪斑。三寿作朋须共醉，一杯留客未应悭，酒肠如海寿如山。

吴　儆　　　　浣溪沙·题星洲寺

十里青山溯碧流，夕阳沙晚片帆收，重重烟树出层楼。人去人来芳草渡，鸥飞鸥没白蘋洲，碧梧翠竹记曾游。

吴　儆　　　　浣溪沙·次范石湖韵

歙浦钱塘一水通，闲云如幕碧重重，吴山应在碧云东。无力海棠风淡漾，困眠宫柳日葱茏，眼前春色为谁浓。

吴　儆　　　　浣溪沙·题余干传舍

画楯朱栏绕碧山，平湖徙倚水云宽，人家杨柳带汀湾。目力已随飞鸟尽，机心还逐白鸥闲，萧萧微雨晚来寒。

吴　儆　　　　浣溪沙·登镇远楼

寒日孤城特地红，瘦藤扶我上西风，一川平远画图中。江海一身真客燕，云天万里看归鸿，吴山应在白云东。

吴　儆　　　　浣溪沙·竹洲七夕

秋到郊原日夜凉，黍禾高下已垂黄，荷花犹有晚来香。天上佳期称七夕，人间好景是秋光，竹洲有月可徜徉。

吴　儆　　　　浣溪沙·风入枯藜衣袂凉

风入枯藜衣袂凉，江枫园柳半青黄，洗车飞雨带天香。世事一场真大梦，宦情都薄似秋光，竹洲有酒可徜徉。

吴　儆　　　　浣溪沙·和前镇远楼韵

斜阳波底湿微红，朱栏翠袖倚轻风，平平山色有无中。俯首微官真自缚，高飞远举羡冥鸿，何时一艇大江东。

吴　儆　　　　浣溪沙·咏梅

茅舍疏篱出素英，临风照水眩精神，娟娟新月又黄昏。削约寒枝香未透，细看频嗅独消魂，为谁消瘦不禁春。

吴　儆　　　　浣溪沙·春题别墅

暖日和风并马蹄，畦秧陇麦绿新齐，人家桑柘午阴迷。山色解随春意远，残阳还傍远山低，晚风归路杜鹃啼。

吴　儆　　浣溪沙·和前次范石湖韵

帘额风微紫燕通，楼头柳暗碧云重，玉人争劝玉西东。醉拥雕鞍金蹀躞，夜归花院玉葱茏，归心何事与山浓。

吴　儆　　浣溪沙·代作

已是青春欲暮天，酒愁离恨不禁添，尊前休说见郎难。别后要知还有意，生前莫道便无缘，雁来频寄小蛮笺。

吴　儆　　浣溪沙·戏陈子长

汗裾香红雪莹肌，装余静丽雾裁衣，晚凉新浴倚栏时。帘卷轻风斜虿发，杯深新月堕蛾眉，此时风味许谁知。

姜特立　　浣溪沙·节序回环已献裘

节序回环已献裘，不堪风叶夜鸣秋，寒蛩吟露月阶幽。蜗角虚名真误我，蝇头细字不禁愁，班超何日定封侯。

范成大　　浣溪沙·烛下海棠

倾坐东风百媚生，万红无语笑逢迎，照妆醒睡蜡烟轻。采蕺横斜春不夜，绛霞浓淡月微明，梦中重到锦官城。

范成大　　浣溪沙·催下珠帘护绮丛

催下珠帘护绮丛，花枝红里烛枝红，烛光花影夜葱茏。锦地绣天香雾里，珠星璧月彩云中，人间别有几春风。

范成大　　浣溪沙·新安驿席上留别

送尽残春更出游，风前踪迹似沙鸥，浅斟低唱小淹留。月见西楼清夜醉，雨添南浦绿波愁，有人无计恋行舟。

范成大　　浣溪沙·歙浦钱塘一水通

歙浦钱塘一水通，闲云如幕碧重重，吴山应在碧云东。无力海棠风淡荡，半眠官柳日葱茏，眼前春色为谁浓。

范成大　　浣溪沙·元夕后三日王文明席上

宝髻双双出绮丛，妆光梅影各春风，收灯时候却相逢。鱼子笺中词宛转，龙香拨上语玲珑，明朝车马莫西东。

范成大　　浣溪沙·红锦障泥杏叶鞯

红锦障泥杏叶鞯，解鞍呼渡忆当年，马骄不肯上航船。茅店竹篱开席市。绛裙青袂斸姜田，临平风物故依然。

范成大　　浣溪沙·白玉堂前绿绮疏

白玉堂前绿绮疏，烛残歌罢困相扶，问人春思肯浓无。梦里粉香浮枕簟，觉来烟月满琴书，个侬情分更何如。

范成大　　浣溪沙·江村道中

十里西畴熟稻香，槿花篱落竹丝长，垂垂山果挂青黄。浓雾知秋晨气润，薄云遮日午阴凉，不须飞盖护戎装。

赵磻老　　浣溪沙·懒画蛾眉倦整冠

懒画蛾眉倦整冠，笋苞来点镜中鬟，承恩容易报恩难。鬒发未饶青箬笠，素鳞行簇水晶盘，流觞元自不相干。

赵磻老　　浣溪沙·和洪舍人

刘氏风流设此冠，今谁将去伴珠鬟，君家兄弟二俱难。驰去请观流汗马，钓时休等烂银盘，明朝吟咏有方干。

王　质　　浣溪沙·和王通一韵简虞祖予

何药能医肠九回，榴莲不似蜀当归，却簪征帽解戎衣。泪下猿声巴峡里，眼荒鸥碛楚江涯，梦魂只傍故人飞。

王　质　　浣溪沙·梦到江南梦却回

梦到江南梦却回，梦归何处得身归，故溪渌净看凫衣。下到瞿塘春欲杪，桃花香浪渺无涯，三台回望五云飞。

王　质　　浣溪沙·征雁年来得几回

征雁年来得几回，春风无雁带书归，故应春瘦减春衣。花柳伤心经岁月，江湖无梦失津涯，到家无树不红飞。

王　质　　浣溪沙·有感

细雨萧萧变作秋，晚风杨柳冷飕飕，无言有泪洒西楼。眼共云山昏惨惨，心随烟水去悠悠，一蓑一笠任孤舟。

沈　瀛　　　**浣溪沙·雨中荷花**

雨点真珠水上鸣，更将青盖一时倾，总是江妃来堕珥，访娉婷。　不为含愁啼粉泪，只因贪爱湿行云，惟有游鱼偏得意，许成群。

李　洪　　　**浣溪沙·梅菁山遇雪**

夭矫翔鸾豁上峰，飘萧雪霰打船篷，天花凌乱水晶宫。
飞透纸窗斜取势，吹回豁面舞因风，身游水墨画图中。

李　洪　　**浣溪沙·山中清明后一日大雪**

碧涧苍崖玉四围，东君翦水散明玑，半开桃杏不胜威。
疑是群仙游阆苑，歌云舞蝶斗高飞，珠幢玉节送人归。

李　洪　　　**浣溪沙·暮春**

扫地烧香绝点尘，缘阶绿草又残春，略无闲事挠天真。
时落燕泥沾几席，乱黏飞絮上衣巾，西湖回舵少年人。

朱　熹　　　**浣溪沙·次秀野酴醾韵**

压架年来雪作堆，珍丛也是近移栽，肯令容易放春回。
却恐阴晴无定度，从教红白一时开，多情蜂蝶早飞来。

张孝祥　　　**浣溪沙·溢浦从君已十年**

溢浦从君已十年，京江仍许借归船，相逢此地有因缘。
十万貔貅环武帐，三千珠翠入歌筵，功成去作地行仙。

张孝祥　　　**浣溪沙·刘恭父席上**

卷旗直入蔡州城，只倚精忠不要兵，贼营半夜落妖星。
万旅云屯看整暇，十眉环坐却娉婷，白麻早晚下天庭。

张孝祥　　　**浣溪沙·玉节珠幢出翰林**

玉节珠幢出翰林，诗书谋帅眷方深，威声虎啸复龙吟。
我是先生门下士，相逢有酒且教斟，高山流水遇知音。

张孝祥　　　**浣溪沙·绝代佳人淑且真**

绝代佳人淑且真，雪为肌骨月为神，烛前花底不胜春。

倚竹袖长寒卷翠，凌波袜小暗生尘，十分京洛旧家人。

张孝祥　　浣溪沙·妙手何人为写真

妙手何人为写真，只难传处是精神，一枝占断洛城春。暮雨不堪巫峡梦，西风莫障庾公尘，扁舟湖海要诗人。

张孝祥　　浣溪沙·瑞香

腊后春前别一般，梅花枯淡水仙寒，翠云裘著紫霞冠。仙品只今推第一，清香元不是人间，为君更试小龙团。

张孝祥　　浣溪沙·饯郑宪

宝蜡烧春夜影红，梅花枝傍锦薰笼，曲琼低卷瑞香风。万里江山供燕几，一时宾主看谈锋，问君归计莫匆匆。

张孝祥　　浣溪沙·亲旧蕲口相访

六客西来共一舟，吴儿踏浪剪轻鸥，水光山色翠相浮。我欲吹箫明月下，略须停棹晚风头，从前五度到蕲州。

张孝祥　　浣溪沙·已是人间不系舟

已是人间不系舟，此心元自不惊鸥，卧看骇浪与天浮。对月只应频举酒，临风何必更搔头，暝烟多处是神州。

张孝祥　　浣溪沙·冉冉幽香解钿囊

冉冉幽香解钿囊，兰桡烟雨暗春江，十分清瘦为萧郎。遥忆牙樯收楚缆，应将玉箸点吴妆，有人萦断九回肠。

张孝祥　　浣溪沙·楼下西流水拍堤

楼下西流水拍堤，楼头日日望春归，雪晴风静燕来迟。留得梅花供半额，要将杨叶画新眉，莫教辜负早春时。

张孝祥　　浣溪沙·去荆州

方舡载酒下江东，箫鼓喧天浪拍空，万山紫翠映云重。拟看岳阳楼上月，不禁石首岸头风，作笺我欲问龙公。

张孝祥　　浣溪沙·次韵戏马梦山与妓作别

罗袜生尘洛浦东，美人春梦琐牕空，眉山蹙恨几千重。

海上蟠桃留结子，渥洼天马去追风，不须多怨主人公。

张孝祥　　浣溪沙·梦山未释然，再作

一片西飞一片东，高情已逐落花空，旧欢休问几时重。结习正如刀舐蜜，扫除须著絮因风，请君持此问庞公。

张孝祥　　浣溪沙·䴔䴖楼高晚雪融

䴔䴖楼高晚雪融，鸳鸯池暖暗潮通，郁金黄染柳丝风。油壁不来春草绿，阑干倚遍夕阳红，江南山色有无中。

张孝祥　　浣溪沙·妒妇滩头十八姨

妒妇滩头十八姨，颠狂无赖占佳期，唤它滕六把春欺。㦬㦗莺莺并燕燕，恓惶柳柳与梅梅，东君独自落便宜。

张孝祥　　浣溪沙·洞庭

行尽潇湘到洞庭，楚天阔处数峰青，旗梢不动晚波平。红蓼一湾纹缬乱，白鱼双尾玉刀明，夜凉船影浸疏星。

张孝祥　　浣溪沙·坐上十八客

同是瀛洲册府仙，只今聊结社中莲，胡笳按拍酒如川。唤起封姨清晚景，更将荔子荐新圆，从今三夜看婵娟。

张孝祥　　浣溪沙·用沈约之韵

细仗春风簇翠筵，烂银袍拂禁炉烟，旃书名字压宫垣。太学诸生推独步，玉堂学士合登仙，乃翁种德满心田。

张孝祥　　浣溪沙·赋微之提刑绣扇

只说闽山锦绣帏，忽从团扇得生枝，绉红衫子映丰肌。春线应怜壶漏永，夜针频见烛花摧，尘飞一骑忆来时。

张孝祥　　浣溪沙·烟水亭蔡定夫置酒

滟滟湖光绿一围，修林断处白鸥飞，天机云锦蘸空飞。乞我百弓真可老，为公一饮醉忘归，扁舟日日弄晴晖。

张孝祥　　浣溪沙·晚雨潇潇急做秋

晚雨潇潇急做秋，西风掠鬓已飕飕，烛花明夜酒花浮。

醉眼定知非妙赏，□词端为□□留，想君泾渭不同流。

张孝祥　浣溪沙·母氏生辰，老者同在舟中

稳泛仙舟上锦帆，桃花春浪舞清湾，寿星相伴到人间。黄石公传三百字，西王母授九霞丹，银潢有路接三山。

张孝祥　浣溪沙·以贡茶、沈水为扬齐伯寿

北苑春风小凤团，炎州沈水胜龙涎，殷勤送与绣衣仙。玉食乡来思苦口，芳名久合上凌烟，天教富贵出长年。

张孝祥　浣溪沙·霜日明霄水蘸空

霜日明霄水蘸空，鸣鞘声里绣旗红，澹烟衰草有无中。万里中原烽火北，一尊浊酒戍楼东，酒阑挥泪向悲风。

张孝祥　浣溪沙·宫柳垂垂碧照空

宫柳垂垂碧照空，九门深处五云红，朱衣只在殿当中。细捻丝梢龙尾北，缓携纶旨凤池东，阿婆三五笑春风。

张孝祥　浣溪沙·日暖帘帏春昼长

日暖帘帏春昼长，纤纤玉指动抨床，低头佯不顾檀郎。豆蔻枝头双蛱蝶，芙蓉花下两鸳鸯，壁间闻得唾茸香。

张孝祥　浣溪沙·侑刘恭父别酒

射策金门记昔年，又交藩翰入陶甄，不妨衣钵再三传。粉泪但能添楚竹，罗巾谁解系吴船，捧杯犹愿小留连。

张孝祥　浣溪沙·过临川席上赋此词之一

我是临川旧使君，而今欲作岭南人，重来辽鹤事犹新。去路政长仍酷暑，主公交契更情亲，横秋阁上晚风匀。

张孝祥　浣溪沙·过临川席上赋此词之二

康乐亭前种此君，重来风月苦留人，儿童竹马笑谈新。今代孟士仍好客，政成归去眷方新，十眉环坐晚妆匀。

沈端节　浣溪沙·灯夜香甘动绮筵

灯夜香甘动绮筵，明珠颗颗泛瓯圆，佳人巧意底难传。

喜见翻溪流细滑，却思信手弄轻纤，不知辛苦为谁甜。

郭世模　　浣溪沙·几点胭脂印指红

几点胭脂印指红，一双蛾绿敛眉浓，夜寒绡帐烛花融。剩炷龙涎熏骨冷，旋调银液镇心忪，整鬟羞顾半娇慵。

李处全　　浣溪沙·宋玉应当久断肠

儿辈欲九日词而尚远，用"满城风雨近重阳"填成浣溪沙

宋玉应当久断肠，满城风雨近重阳，年年戏马忆吾乡。催促东篱金蕊放，佳人更绣紫萸囊，白衣才到共飞觞。

丘　密　　浣溪沙·即席和徐守元宵

铁锁星桥永夜通，万家帘幕度香风，俊游人在笑声中。罗绮十行眉黛绿，银花千炬簇莲红，座中争看黑头公。

丘　密　　浣溪沙·迎春日作

胜子幡儿袅鬓云，钗头绝唱旧曾闻，江城喜见又班春。拂柳和风初有信，欺梅残雪已无痕，只应笑语作春温。

吕胜己　　浣溪沙·浅著铅华素净妆

浅著铅华素净妆，翩跹翠袖拂云裳，傍人作意捧金觞。曲度清悲云冉冉，花飞零乱月茫茫，梦回人去似高唐。

吕胜己　　浣溪沙·直系腰围鹤间霞

直系腰围鹤间霞，双垂项帕凤穿花，新妆全学内人家。惠性芳心谁得似，饶嗔□恶也还他，只消凡事与饶些。

赵长卿　　浣溪沙·赋梅

雪压前村曲径迷，万山寒立玉参差，孤舟独钓一蓑归。别坞时听风折竹，断桥闲看水流澌，一枝冻蕊出疏篱。

赵长卿　　浣溪沙·初冬

风卷霜林叶叶飞，雁横寒影一行低，淡烟衰草不胜诗。白酒已篘浮蚁熟，黄鸡未老藁头肥，问侬不醉待何时。

赵长卿　　浣溪沙·腊梅

忆为梅花醉不醒，断桥流水去无声，鹭翘沙嘴亦多情。

疏影卧波波不动，暗香浮月月微明，高楼羌管未须横。

赵长卿　　　　浣溪沙·早春

不愤江梅喷暗香，春前腊后正凄凉，霜风雪月忍思量。斜倚幽林如有恨，玉鳞飞后转堪伤，时人那解惜孤芳。

赵长卿　　　　浣溪沙·春深

寒食风霜最可人，梨花榆火一时新，心头眼底总宜春。薄暮归吟芳草路，落红深处鹧鸪声，东风疏雨唤愁生。

赵长卿　　　　浣溪沙·春暮

柳老抛绵春已深，夹衣初试晓寒轻，别离无奈此时情。先自愁怀容易感，不堪闻底子规声，西楼料得数回程。

赵长卿　　浣溪沙·画角声沉卷暮霞

画角声沉卷暮霞，寒生促索锦屏遮，沉檀半爇髻堆鸦。蝴蝶梦回余烛影，子规啼处隔窗纱，夜深明月浸梨花。

赵长卿　　　　浣溪沙·宠姬小春

帘卷轻风怜小春，荷枯菊悴正愁人，江梅喜见一枝新。料得主人偏爱惜，也应冰雪好精神，故园桃李莫生嗔。

赵长卿　　　　浣溪沙·夜凉小饮

露挹新荷扑鼻香，恼人更漏响浪浪，柳梳斜月上纱窗。小醉耳边私语好，五云楼阁羡刘郎，酒阑烛暗断回肠。

赵长卿　　　　浣溪沙·初夏一

雾透龟纱月映栏，麦秋天气怯衣单，楝花风软晓来寒。懒起麝煤重换火，暖香浓处敛眉山，眼波横浸绿云鬟。

赵长卿　　　　浣溪沙·初夏二

睡起风帘一派垂，失巢燕子傍人飞，日长深院委香泥。绿笋出林翻锦箨，红葵著雨褪胭脂，微风度竹入轻衣。

赵长卿　　　　浣溪沙·初夏有感

薄雾轻阴酿晓寒，起来宿酒尚酡颜，柳莺何事苦关关。

新恨旧愁俱唤起，当年紫袖看弓弯，泪和梅雨两潸潸。

赵长卿　　浣溪沙·为王参议寿

密叶阴阴翠幄深，梅黄弄雨正频频，榴花照眼一枝新。缑岭有人今毓粹，飞凫不日遶严宸，一樽敬寿太夫人。

赵长卿　　浣溪沙·呈赵状元

雨过西湖绿涨平，环湖密柳暗藏莺，麦秋天气似清明。对策有人新切直，逢春不日尽施行，扁舟未用速归程。

赵长卿　　浣溪沙·早秋

雨滴梧桐点点愁，冷催秋色上帘钩，蛩声何事早知秋。一夜凉风惊去燕，满川晴涨漾轻鸥，怀人千里思悠悠。

赵长卿　　浣溪沙·一味风流一味香

一味风流一味香，十分浓艳十分妆，自然娇态自然芳。楼上好风楼下水，雪前栏槛竹前窗，也宜单著也宜双。

赵长卿　　浣溪沙·恻恻笙竽万籁风

恻恻笙竽万籁风，阳关叠遍酒尊空，相逢草草别匆匆。满眼泪珠和雨洒，一襟愁绪抵秋浓，相思今夜五云东。

赵长卿　　浣溪沙·闲理丝簧听好音

闲理丝簧听好音，西楼剪烛夜深深，半嗔半喜此时心。暖语温存无恙语，韵开香靥笑吟吟，别来烦恼到如今。

赵长卿　　浣溪沙·金兽喷香瑞霭氛

金兽喷香瑞霭氛，夜凉如水酒醺醺，照人娇眼媚生春。我自愁多魂已断，不禁楚雨带巫云，人情又是一番新。

赵长卿　　浣溪沙·坐看销金暖帐中

坐看销金暖帐中，羔儿酒美兽煤红，浅斟低唱好家风。爱客东君多解事，晚妆新与画眉峰，便须催唤出房栊。

赵长卿　　浣溪沙·堆枕冠儿翡翠钗

堆枕冠儿翡翠钗，蒙金领子满绯鞋，于中沉净好情怀。

新浴晚凉梳洗罢，半娇微笑下堂来，莲花因甚未曾开。

林　淳　　**浣溪沙·忆西湖**

却忆西湖烂漫游，水涵山影翠光浮，轻舟短棹不惊鸥。带露精神花妩媚，依风情态柳温柔，莺歌燕语巧相留。

林　淳　　**浣溪沙·郑尚书席上再作**

冒雪休寻访戴船，红炉剩爇宝香然，阁儿煨暖两三椽。更有玉杯传素手，梅花相对两争妍，停杯听唱月娟娟。

杨冠卿　　**浣溪沙·洞口春深长薜萝**

洞口春深长薜萝，幽栖地僻少经过，一溪新绿涨晴波。惊梦觉来啼鸟近，惜春归去落花多，东风独倚奈愁何。

杨冠卿　　**浣溪沙·次韩户侍**

银叶香销暑簟清，枕鸳醉倚玉钗横，起来红日半窗明。多病情怀无可奈，惜花天气恼余酲，瑶琴谁弄晓莺声。

辛弃疾　　**浣溪沙·赠子文侍人名笑笑**

侬是嵚崎可笑人，不妨开口笑时频，有人一笑坐生春。歌欲颦时还浅笑，醉逢笑处却轻颦，宜颦宜笑越精神。

辛弃疾　　**浣溪沙·别成上人并送性禅师**

梅子熟时到几回，桃花开后不须猜，重来松竹意徘徊。惯听禽声浑可谱，饱观鱼阵已能排，晚云挟雨唤归来。

辛弃疾　　**浣溪沙·种梅菊**

百世孤芳肯自媒，直须诗句与推排，不然唤近酒边来。自有渊明方有菊，若无和靖即无梅，只今何处向人开。

辛弃疾　　**浣溪沙·漫兴作**

未到山前骑马回，风吹雨打已无梅，共谁消遣两三杯。一似旧时春意思，百无是处老形骸，也曾头上戴花来。

辛弃疾　　**浣溪沙·黄沙岭**

寸步人间百尺楼，孤城春水一沙鸥，天风吹树几时休。

突兀趁人山石狠，朦胧避路野花羞，人家平水庙东头。

辛弃疾　　浣溪沙·泉湖道中赴闽宪，别诸君

细听春山杜宇啼，一声声是送行诗，朝来白鸟背人飞。对郑子真岩石卧，趁陶元亮菊花期，而今堪诵北山移。

辛弃疾　　浣溪沙·种松竹未成

草木于人也作疏，秋来咫尺共荣枯，空山晚翠孰华余。孤竹君穷犹抱节，赤松子嫩已生须，主人相爱肯留无。

辛弃疾　　浣溪沙·新葺茅檐次第成

新葺茅檐次第成，青山恰对小窗横，去年曾共燕经营。病怯杯盘甘止酒，老依香火苦翻经，夜来依旧管弦声。

辛弃疾　　浣溪沙·偕叔高、子似宿山寺戏作

花向今朝粉面匀，柳因何事翠眉颦，东风吹雨细于尘。自笑好山如好色，只今怀树更怀人，闲愁闲恨一番新。

辛弃疾　　浣溪沙·赵景山席上用偶赋溪台和韵

台倚崩崖玉灭瘢，青山却作捧心颦，远林烟火几家村。引入沧浪鱼得计，展成寥阔鹤能言，几时高处见层轩。

辛弃疾　　浣溪沙·常山道中

北陇田高踏水频。西溪禾早已尝新。隔墙沽酒醉纤鳞。忽有微凉何处雨，更无留影霎时云，卖瓜声过竹边村。

辛弃疾　　浣溪沙·寿内子

寿酒同斟喜有余，朱颜却对白髭须，两人百岁恰乘除。婚嫁剩添儿女拜，平安频拆外家书，年年堂上寿星图。

辛弃疾　　浣溪沙·歌串如珠个个匀

歌串如珠个个匀，被花勾引笑和颦，向来惊动画梁尘。莫倚笙歌多乐事，相看红紫又抛人，旧巢还有燕泥新。

辛弃疾　　浣溪沙·父老争言雨水匀

父老争言雨水匀，眉头不似去年颦，殷勤谢却甑中尘。

啼鸟有时能劝客，小桃无赖已撩人，梨花也作白头新。

辛弃疾　　　　浣溪沙·别杜叔高

这里裁诗话别离，那边应是望归期，人言心急马行迟。去雁无凭传锦字，春泥抵死污人衣，海棠过了有荼蘼。

辛弃疾　　浣溪沙·妙手都无斧凿瘢

妙手都无斧凿瘢，饱参佳处却成颦，恰如春入浣花村。笔墨今宵光有艳，管弦从此悄无言，主人席次两眉轩。

程　垓　浣溪沙·病中有以兰花相供者，戏书

天女殷勤著意多，散花犹记病维摩，肯来丈室问云何。腰佩摘来烦玉笋，鬓香分处想秋波，不知真个有情么。

程　垓　　浣溪沙·遥想当年出凤雏

遥想当年出凤雏，王□风有未全疏，只今朱绂为谁纡。芳草池塘春梦后，粉香帘幕晓晴初，一簪华发要人梳。

程　垓　　浣溪沙·翠葆扶疏傍药阑

翠葆扶疏傍药阑，乱红飘洒满书单，清明时节又看看。小雨勒成春尾恨，东风偏作夜来寒，琴心老尽不须弹。

程　垓　　浣溪沙·薄日移影午暑空

薄日移影午暑空，一杯何事便潮红，扇纨挥尽却疏慵。早睡情怀冰枕外，夜来消息雨荷中，不须留烛眩房栊。

程　垓　　浣溪沙·闲倚前荣小扇车

闲倚前荣小扇车，晚妆无力亸云鸦，凝情香落一庭花。笑挽清风归玉枕，懒随缺月傍窗纱，羞红两脸上娇霞。

黄人杰　浣溪沙·江陵二车席次为江梅腊梅赋

的皪江梅共腊梅，剪金裁玉一时开，黄姑相伴雪儿来。别驾公余无个事，得将诗酒与栽培，为春留客小徘徊。

陈三聘　　　浣溪沙·烛下海棠

酒力先从脸晕生，粉妆新丽笑相迎，晓寒高护彩云轻。不语似愁春力浅，有情应恨烛花明，更于何处觅倾城。

陈三聘　　浣溪沙·翠幕遮笼锦一丛

翠幕遮笼锦一丛，尊前初见浅深红，淡云和月影葱茏。醉态只疑春睡里，啼妆愁听雨声中，更烧银烛醉东风。

陈三聘　　浣溪沙·新安驿席上留别

不怕春寒更出游，兰桡飞动却惊鸥，烟光佳处辄迟留。屏曲未曾歌醉梦，眉尖空只锁闲愁，从教丝柳绊行舟。

陈三聘　　浣溪沙·越浦潮来信息通

越浦潮来信息通，吴山不见暮云重，人生何事各西东。烟外好花红浅淡，雨余芳草绿葱茏，苦无欢意敌春浓。

陈三聘　浣溪沙·元夕后三日王文明席上

点检尊前花柳丛，于中偏占牡丹风，等闲言语惯迎逢。扇影不摇珠的皪，钗梁斜亸玉玲珑，梦魂长向楚江东。

陈三聘　　浣溪沙·不跃银鞍与绣鞯

不跃银鞍与绣鞯，曲筇芒跻见衰年，寻幽来立渡头船。碧涧芹羹珍下箸，红莲香饭乐归田，不妨尊酒兴悠然。

陈三聘　　浣溪沙·帘押低垂月影疏

帘押低垂月影疏，梅枝和雪玉相扶，儿家春信入来无。半坠宝钗慵览镜，任偏罗髻却拈书，琴心谁与问相如。

石孝友　　　浣溪沙·集句

宿醉离愁慢髻鬟，（韩偓）绿残红豆忆前欢（叔原），锦江春水寄书难（叔原）。　红袖时笼金鸭暖（少游），小楼吹彻玉笙寒（李璟），为谁和泪倚阑干（中行）。

石孝友　　浣溪沙·柳岸梅溪春又生

柳岸梅溪春又生，风枝斜里雪枝横，空牵归兴惹离情。灰尽寸心犹自热，泪承双睫不能晴，梦云楼隔豫章城。

石孝友　　浣溪沙·迎客西来送客行

迎客西来送客行，堆堆历历短长亭，殢人残酒不能醒。

烟染暮山浮紫翠，霜凋秋叶复丹青，凭谁图写入银屏。

石孝友　　浣溪沙·几曲屏山数幅波

几曲屏山数幅波，雁声斜带夕阳过，卸帆聊醉菊花坡。旅枕梦魂归路远，秋江风紧夜寒多，薄情还解忆人么。

赵师侠　　浣溪沙·癸巳豫章

日丽风和春昼长，杏花枝上正芬芳，无情社雨亦何狂。一洗娇红啼嫩脸，半开新绿映残妆，画梁空有燕泥香。

赵师侠　　浣溪沙·滕王阁席上赠段云轻

落日沉沉堕翠微，断云轻逐晚风归，西山南浦画屏围。一目波光明欲溜，两眉山色翠常低，须知人与景相宜。

赵师侠　　浣溪沙·鸣山驿道中

松雪纷纷落冻泥，栖禽犹困傍枝低，茅檐冰柱玉鞭垂。流水溅溅春意动，群山灿灿晓光迷，朔风寒日度云迟。

赵师侠　　浣溪沙·螺川从善席上叙别

不比阳关去路赊，使君行即返京华，清江江上是吾家。聚散有时思夜雨，留连无计劝流霞，红愁绿惨一川花。

赵师侠　　浣溪沙·鉴止宴坐

雪絮飘池点绿漪，舞风游漾燕交飞，阴阴庭院日迟迟。一缕水沉香散后，半瓯新茗味回时，翛闲万事总忘机。

赵师侠　　浣溪沙·鸳鸯红梅

本是孤根傲雪霜，肌肤不肯涴铅黄，要随尘世浅匀妆。似杏著花尤灿灿，比梅成实自双双，青枝巧缀碧鸳鸯。

陈　亮　　浣溪沙·小雨翻花落画檐

小雨翻花落画檐，兰堂香注酒重添，花枝能语出朱帘。缓步金莲移小小，持杯玉笋露纤纤，此时谁不醉厌厌。

陈　亮　　浣溪沙·南湖望中

爽气朝来卒未阑，可能着我屋千间，不须拄笏望西山。

柳外霎时征马骏，沙头尽日白鸥闲，称心容易足君欢。

杨炎正　　浣溪沙·杨柳笼烟袅嫩黄

杨柳笼烟袅嫩黄，桃花蘸水染红香，薄罗衫子日初长。饮尽东风三百盏，醉来愁断几回肠，教人独自遣风光。

杨炎正　　浣溪沙·三径闲情傲落霞

三径闲情傲落霞，五湖高兴不浮家，自斟北斗浸丹砂。闲把胸中千涧壑，撰成醉处一生涯，雪楼风月篆岗花。

张　镃　　浣溪沙·无计长留月里花

无计长留月里花，收英巧付火前茶，绿尘飞处粉芳华。午夜露浓天竺径，一秋香满玉川家，扫除残梦入云涯。

刘　过　　浣溪沙·赠妓徐楚楚

黄鹤楼前识楚卿，彩云重叠拥娉婷，席间谈笑觉风生。标格胜如张好好，情怀浓似薛琼琼，半帘花月听弹筝。

刘　过　　浣溪沙·春晚书情

墙外濛濛雨湿烟，参差小树绿阴圆，残春中酒落花前。海燕成巢终是客，鳏鱼入夜几曾眠，人间一段恶因缘。

刘　过　　浣溪沙·留别

著意寻芳已自迟，可堪容易送春归，酒阑无奈思依依。杨柳小桥人远别，梨花深巷月斜辉，此情惟我与君知。

刘　过　　浣溪沙·谁把幽香透骨薰

谁把幽香透骨薰，韵高全似玉楼人，几时劝酒不深颦。竹里绝怜闲体态，月边无限好精神，一枝斜插坐生春。

刘　过　　浣溪沙·雾鬓云鬟已懒梳

雾鬓云鬟已懒梳，君休乔木妾归欤，且来卖酒伴相如。骨细肌丰周昉画，肉多韵胜子瞻书，琵琶弦索尚能无。

卢　炳　　浣溪沙·水阁无尘午昼长

水阁无尘午昼长，薰风十里藕花香，一番疏雨酿微凉。

旋点新茶消睡思，不将醽醁恼诗肠，阑干倚遍挹湖光。

卢　炳　　**浣溪沙·常记京华昔浪游**

常记京华昔浪游，青罗买笑万金酬，醉中曾此当貂裘。自恨山翁今老矣，惜花心性谩风流，清樽独酌更何愁。

姜　夔　　**浣溪沙·著酒行行满袂风**

予女须家沔之山阳，左白湖，右云梦，春水方生，浸数千里。冬寒沙露，衰草入云。丙午之秋，予与安甥或荡舟采菱，或举火罝兔，或观鱼簺下，山行野吟，自适其适，凭虚怅望，因赋是阕

著酒行行满袂风，草枯霜鹘落晴空，销魂都在夕阳中。恨入四弦人欲老，梦寻千驿意难通，当时何似莫匆匆。

姜　夔　　**浣溪沙·春点疏梅雨后枝**

己酉岁，客吴兴，收灯夜阖户无聊，俞商卿呼之共出，因记所见

春点疏梅雨后枝，翦灯心事峭寒时，市桥携手步迟迟。蜜炬来时人更好，玉笙吹彻夜何其，东风落靥不成归。

姜　夔　　**浣溪沙·辛亥正月二十四日发合肥**

钗燕笼云晚不忺，拟将裙带系郎船，别离滋味又今年。杨柳夜寒犹自舞，鸳鸯风急不成眠，些儿闲事莫萦牵。

姜　夔　　**浣溪沙·丙辰岁不尽五日吴松作**

雁怯重云不肯啼，画船愁过石塘西，打头风浪恶禁持。春浦渐生迎棹绿。小梅应长亚门枝，一年灯火要人归。

姜　夔　　**浣溪沙·花里春风未觉时**

丙辰腊，与俞商卿、铦朴翁同寓新安溪庄舍，得腊花韵甚，赋二首

花里春风未觉时，美人呵蕊缀横枝，隔帘飞过蜜蜂儿。书寄岭头封不到，影浮杯面误人吹，寂寥惟有夜寒知。

姜　夔　　**浣溪沙·翦翦寒花小更垂**

翦翦寒花小更垂，阿琼愁里弄妆迟，东风烧烛夜深归。落蕊半黏钗上燕，露黄斜映鬓边犀，老夫无味已多时。

韩彦古　　浣溪沙·一缕金香永夜清

一缕金香永夜清，残编未掩古琴横，绣衾寒拥宝缸明。坐听竹风敲石磴，旋倾花水漱春醒，落梅和雨打帘声。

郭应祥　　浣溪沙·次李茂叔韵

仙子凌波袜有尘，翰林摛藻笔如神，此花此曲两无伦。不与妆台簪宝髻，却来书阁伴幽人，恨无佳客只空尊。

郭应祥　　浣溪沙·嗣立置酒稽古，令予坐东

屈指中秋一日期，雨余云薄月来迟，冰轮犹自欠些儿。世事孰非颠倒相，客居东位主人西，觞行莫惜醉如泥。

郭应祥　　浣溪沙·树底全无一点红

树底全无一点红，今年春事又成空，不须追恨雨和风。欲去未来多恶况，独眠无寐少欢悰，一声啼鴂五更钟。

郭应祥　　浣溪沙·赠陈惜惜、怜怜

尊俎之间著二陈，津津眉宇笑生春，清歌妙舞两无伦。叔隗轻盈饶态度，小乔妩媚足精神，风流总属一家人。

李　璧　　浣溪沙·人日过灵泉寺次韵少庄

只记梅花破腊前，恼人春色又薰然，山头井似陆公泉。上客长谣追楚些，娇娃短舞看胡旋，崇桃积李自年年。

韩　淲　　浣溪沙·戏成寄李叔谦

彩笔新题字字香，雁来时候燕空梁，芙蓉无处著秋光。人远山长言外意，曲传书恨醉时妆，倩谁闲寄水云乡。

韩　淲　　浣溪沙·清和风

买得船儿去下湖，这些天气近来无，清和风里绿阴初。酒不为渠闲放荡，诗应嫌我太粗疏，酒徒诗社复何如。

韩　淲　　浣溪沙·寄文叔生朝

江上新凉入酒杯，瑞芝堂祝寿筵开，五楼百雉更崔嵬。劳来流离施菽麦，作成丰稔到田莱，便朝天去也徘徊。

韩　淲　　　浣溪沙·徐倅生朝

留得菖蒲酒一杯，与公今日寿筵开，灵山排闼送青来。须信南州高士后，持荷持节照苏台，瑞云深处是三台。

韩　淲　　　浣溪沙·十六夜

荆楚谁言镜听词，烛花影动画檐低，烧灯天气醉为期。雨湿杏腮疑淡淡，风迷柳眼半僛僛，小山西路板桥西。

韩　淲　　　浣溪沙·怨啼鹃

锦瑟瑶琴续断弦，璧堂初过牡丹天，玉钩斜压小珠帘。睡鸭炉温吟散后，双鸳屏掩酒醒前，一番春事怨啼鹃。

韩　淲　　　浣溪沙·系得船儿柳岸头

系得船儿柳岸头，夹江灯火雨飕飕，寻诗家醉更绸缪。待腊未教寒事少，小春搀取暗香浮，夜长飞梦失清愁。

韩　淲　　　浣溪沙·至日带湖

爱日回春一线长，氛氲谁忆御炉香，孤城岁晚卧沧江。花底千官迎淑气，湖阴十里写晴光，剩拚华发醉为乡。

韩　淲　　　浣溪沙·春入疏弦调外声

春入疏弦调外声，雪云初霁带湖清，屏温香软绮窗深。山倚虚窗情淡淡，水流清浅韵泠泠，断魂醒处梦难凭。

韩　淲　　　浣溪沙·涧上昌甫有词

闲里相看两鬓秋，酒能沾醉雨能幽，吾庐何幸得翁留。世路尽教终易与，山林佳话恐难酬，人来人去亦知不。

韩　淲　　　浣溪沙·元夕

分付心情作上元，不知投老在林泉，谁将村酒劝觥船。月影静摇风柳外，霜华寒浸雪梅边，醉欹乌帽忽醒然。

韩　淲　　　浣溪沙·生朝和昌甫韵

老觉空生易得年，闲居那复问旌旃，一丘春静自回旋。翁善于人知美矣，我行于世转乖然，清词俾寿喜言传。

韩　淲　　　　浣溪沙·沙溪小饮

一抹青山拍岸溪，麦云将过笋初齐，不知何处水流西。小阁路头吾欲醉，短篷船尾客同携，酒边华发更题诗。

韩　淲　　　　浣溪沙·次韵伊一

水绕孤村客路赊，一楼风雨角巾斜，举觞无复问煎茶。夜静曲声初喷竹，酒深烛影细吹花，明朝飞鹭起圆沙。

韩　淲　　　　浣溪沙·忆把兰桡系柳堤

忆把兰桡系柳堤，斜风细雨一蓑衣，夕阳回照断霞飞。洛浦佩寒如隔日，高唐梦到又何时，背人挑□独心知。

韩　淲　　　　浣溪沙·十四日

百花丛里试新妆，不许巫山枉断肠，牡丹风飐曲声长。寒食清明闲节序，绮窗朱户少年场，燕泥香润落空梁。

韩　淲　　　　浣溪沙·秋思

宋玉悲秋合反骚，陶潜把菊任持醪，山遥遥外水萧萧。梦不到时诗自在，兴难忘处恨全消，香沉沉里蕊飘飘。

韩　淲　　　　浣溪沙·为仲如赋茉莉

滴滴琼英发翠绡，江梅标韵木香娇，乍凉时候漏声遥。欲绾鬓丝妆未了，半回身分曲初招，霓裳依约梦魂飘。

韩　淲　　　　浣溪沙·小集涧亭

雨阁云流小院秋，半醺凉意不关愁，一番相见一番休。淡伫乍持杯未浅，懒歌浑罢笑初收，主宾无处著绸缪。

韩　淲　　　　浣溪沙·过卢申之

梅叶阴阴占晚春，博山香尽玉嶙峋，茶瓯酒碗试濡唇。闲里常愁无伴侣，老来不是有情人，牡丹天气惜芳辰。

韩　淲　　　　浣溪沙·试香罗

风软湖光远荡磨，春衫初试薄香罗，踏青无计奈君何。莫笑老来多岁月，肯教闲去少诗歌，长安陌上有铜驼。

韩　淲　　　浣溪沙·夜饮仲明小轩

一曲青山映小池，林疏人静月明时，相逢杯酒也相宜。醉眼不知春事少，欢情犹得漏声迟，神仙何处梦魂飞。

韩　淲　　　浣溪沙·仲明命作艳曲

宝鸭香消酒未醒，锦衾春暖梦初惊，鬓云撩乱玉钗横。半怯夜寒褰绣幌，尚余娇困剔银灯，粉痕微褪脸霞生。

韩　淲　　　浣溪沙·小雨收晴作社寒

夜饮潘舍人家，有客携家妓来歌

小雨收晴作社寒，月桥花院篆香残，杏腮桃脸黛眉弯。歌拂燕梁牵客恨，醉临鸾镜怕人看，良宵春梦绕屏山。

韩　淲　　　浣溪沙·寿晁元默

湖海相逢更日边，槐风莲雨寿杯前，琴书图画水沉烟。共指金銮当儤直，不应彭泽尚回旋，今年初度想超然。

韩　淲　　　浣溪沙·题美人画卷

一曲霓裳舞未终，玉钗垂额鬓云松，梦回金殿月华东。燕子莺儿情脉脉，柳枝桃叶恨匆匆，罗襟空惹御香浓。

韩　淲　　　浣溪沙·满院春

芍药酴醾满院春，门前杨柳媚晴曛，重帘双燕语沉沉。花映绿娇初日嫩，叶栖红小晚烟昏，轻雷不觉送微阴。

韩　淲　　　浣溪沙·和辛卿壁间韵

只恐山灵俗驾回，海鸥飞下莫惊猜，机心消尽重徘徊。宿雨乍晴千涧落，晓云微露两山排，新苗时翼好风来。

韩　淲　　　浣溪沙·醉木樨

一曲西风醉木樨，天香吹梦入瑶池，钗横犹记未开枝。花重嫩舒红笑脸，叶稀轻拂翠颦眉，酒醒残月雁声迟。

韩　淲　　　浣溪沙·次韵昌甫之一

山气吹云宝月凉，园英承露菊花黄，吾生只合醉为乡。

怅望佳人因共赋，分明佳节是重阳，酒边犹发少年狂。

韩　淲　　　浣溪沙·次韵昌甫之二

莫问星星鬓染霜，一杯同看月昏黄，放歌渔父濯沧浪。却忆手栽双柳句，真成云汉抉天章，苏仙何在立苍茫。

韩　淲　　　浣溪沙·霜菊黄

霜后黄花尚自开，老年情绪为何哉，株株浑是手亲栽。秋际有言挥玉麈，冬来无梦绕金钗，相思一夜发窗梅。

韩　淲　　　浣溪沙·野色轩看玉色木樨

月角珠庭映伏樨，扶摇当上凤凰池，广寒曾折最高枝。壮志还同诸葛膝，清名还似紫芝眉，梅花春寿酒行迟。

韩　淲　　　浣溪沙·同昌甫饮南池

屋上青山列晚云，水边红袂映斜曛，柳阴荷气簟湘纹。酒以歌长谁乐事，诗成杯滟我离群，香消凉意有南薰。

韩　淲　　　浣溪沙·次韵昌甫

作意如何和好歌，细翻重看得长哦，晓梧吹雨露明荷。老我从他琴下爨，故人元自笛亭柯，北山烟岫郁嵯峨。

韩　淲　　　浣溪沙·鸦矫荒寒燕复低

鸦矫荒寒燕复低，门前长草与人齐，长桥南畔小桥西。安得有诗同尔句，可教无酒泛其杯，相思常苦易离携。

钟将之　　　浣溪沙·南湖席上次韵之一

鬓亸云梳月带痕，软红香里步莲轻，妖娆六幅过腰裙。不怕满堂佳客醉，只愁灭烛翠眉颦，更期疏影月黄昏。

钟将之　　　浣溪沙·南湖席上次韵之二

鬓老秋深水落痕，桂花微弄雨花轻，癯仙也解醉红裙。太白麹君愁满饮，小鸿眉黛爱低颦，尊前一洗眼花昏。

吴礼之　　　浣溪沙·橄榄

南国风流是故乡，红盐落子不因霜，于中小底最珍藏。

荐酒荐茶些子涩，透心透顶十分香，可人回味越思量。

郑　域　　　　　　浣溪沙·别恨

酒薄愁浓醉不成，夜长欹枕数残更，嫩寒时节过烧灯。已自孤鸾羞对镜，未能双凤怕闻笙，莫教吹作别离声。

戴复古　　　　浣溪沙·病起无聊倚绣床

病起无聊倚绣床，玉容清瘦懒梳妆，水沉烟冷橘花香。说个话儿方有味，吃些酒子又何妨，一声啼鸩断人肠。

赵　扩　　　　　　浣溪沙·看杏花

花似醺容上玉肌，方论时事却嫔妃，芳阴人醉漏声迟。珠箔半钩风乍暖，雕梁新语燕初飞，斜阳犹送水精卮。

李　刘　　　　　浣溪沙·庆董内机

濯锦江边玉树明，碧油幢里彩衣荣，当年此日下长庚。细酌成都千岁酒，闲看嶰谷一阳春，归听云母隔屏声。

史达祖　　　　浣溪沙·不见东山月露香

不见东山月露香，姚家借得小芬芳，乱莺随趁过宫墙。香珀碾花娇有意，绿茸绣叶涩无光，御封春酒几时尝。

高观国　　　　浣溪沙·遮坐银屏度水沉

遮坐银屏度水沉，障风罗幕皱泥金，日迟宫院静愔愔。繁杏半窥红日薄，小怜低唱绿窗深，试拈犀管写春心。

高观国　　　　浣溪沙·魂是湘云骨是兰

魂是湘云骨是兰，春风冰玉注芳颜，谁招仙子在人间。溅水裙儿香雾皱，唾花衫子碧云寒，洞箫声绝却骖鸾。

高观国　　　　浣溪沙·偷得韩香惜未烧

偷得韩香惜未烧，吹箫人在月明桥，草芳似待玉骢骄。吹絮绣帘春澹澹，隔香罗帐夜迢迢，楚魂须著楚词招。

高观国　　　　　　浣溪沙·小春

云外峰峦翠欲埋，雨沾黄叶湿青鞋，小惊春色入寒荄。

风月愁新空雁字，神仙梦冷忆鸾钗，凄凉不是好情怀。

高观国　　　　浣溪沙·题湖楼壁

一色烟云澹不消，两峰眉黛为谁娇，春寒犹占木兰桡。燕子似甘愁寂寞，海棠未肯醉妖娆，小园嫩约尚萧条。

魏了翁　　　浣溪沙·晓镜摇空髻耸丫

李参政壁领客访环湖瑞莲席间索赋

晓镜摇空髻耸丫，夜盘承露掌分叉，翠芳绰约总无华。欲往从之空怅望，潜虽伏矣莫藏遮，淤泥深处瑞莲花。

魏了翁　　　浣溪沙·一日嘉名万口传

李参政壁赋浣溪沙三首再次韵谢之

一日嘉名万口传，都凭新乐播芳鲜，非关呈瑞作人妍。地褊不妨金步稳，境幽生怕鼓声填，余尊相与重留连。

魏了翁　　　浣溪沙·密叶留香护境天

密叶留香护境天，好风时雨媚清涟，亭亭双秀倚湖弦。造化曾居公掌握，呈祥宁许百花先，聊占棣萼蒂芳连。

魏了翁　　　浣溪沙·试问伊谁若是班

试问伊谁若是班，二乔铜雀锁孱颜，千年痕露尚余潸。羞向眼前供妩媚，独于静处惬幽娴，人情多少逐河间。

魏了翁　　　浣溪沙·茂叔兄□□生日

云外群鸿逐稻粱，独乘下泽少游乡，赤心片片为人忙。俗事萦缠何日了，自身活计孰为长，闭门书卷圣贤香。

卢祖皋　　　浣溪沙·午睡醒来策瘦筇

午睡醒来策瘦筇，几痕茸绿径苔封，石榴初□舞裙红。中酒情怀滋味薄，肥梅天气带衣慵，日长门巷雨余风。

刘学箕　　　　　浣溪沙·木樨

天上仙人萼绿华，何年分种小山家，九秋风露溢窗纱。密密翠罗攒玉叶，团团黄粟刻金花，一枝归插鬓云斜。

刘学箕　　浣溪沙·送连景昭归三山

来日江头柳带香，去时篱下菊花黄，人生离别几凄凉。拂面红尘飞冉冉，背人白日去堂堂，尺书休负雁南翔。

洪咨夔　　浣溪沙·寿子有

苍鹤飞来水竹幽，初弦凉月一帘秋，木樨花底试新篘。凤味砚供无尽藏，龙飞膀占最高头，慈闱洗眼看封侯。

洪咨夔　　浣溪沙·用吴叔永韵

细雨斜风寂寞秋，黄花压鬓替人羞，归舟云树负箜篌。燕子楼寒迷楚梦，凤皇池暖惬秦讴，暮云凝碧可禁愁。

洪咨夔　　浣溪沙·寿蔡子及

小雨轻霜作嫩寒，蜡梅开尽菊花干，清香收拾贮诗肝。文武两魁前样在，功名四谏后来看，麻姑进酒斗阑干。

洪咨夔　　浣溪沙·六曲屏山似去年

六曲屏山似去年，雪花欺得怕寒肩，小窗和月照无眠。笔点轻澌心欲折，烛摇斜吹泪空煎，伴人梅影更堪怜。

刘　镇　　浣溪沙·丁亥饯元宵

帘幕收灯断续红，歌台人散彩云空，夜寒归路噤鱼龙。宿醉未消花市月，芳心已逐柳塘风，丁宁莺燕莫匆匆。

黄　机　　浣溪沙·绿锁窗前双凤衾

绿锁窗前双凤衾，调朱匀粉玉纤纤，妆成谁解尽情看。柳转光风丝袅娜，花明晴日锦斓斑，一春心事在眉尖。

黄　机　　浣溪沙·送杜仲高

绿绮空弹恨未平，可堪执手送行人，碧酒谩将珍重意，莫辞斟。　　我定忆君吟渭北，君须思我赋停云，未信高山流水曲，断知音。

黄　机　　浣溪沙·流转春光又一年

流转春光又一年，春愁尽日两眉尖，草草幽欢能几许，已

天边。　　会得音书生羽翼，免教魂梦役关山，帘卷落花千万点，雨如烟。

黄　机　　浣溪沙·日转雕栏午漏分

日转雕栏午漏分，井梧落尽小窗明，宝床丝索懒关心。愁压春山应脉脉，困凝秋水想沉沉，低头时露一湾金。

黄　机　　浣溪沙·墨绿衫儿窄窄裁

墨绿衫儿窄窄裁，翠荷斜亸领云堆，几时踪迹下阳台。歌罢樱桃和露小，舞余杨柳趁风回，唤人休诉十分杯。

黄　机　　浣溪沙·著破春衫走路尘

著破春衫走路尘，子规啼断不禁闻，功名似我却羞人。象板且须歌皓齿，衮蹄何苦惜黄金，尊前休负此生身。

张　辑　　浣溪沙·寿老母

夏果初收唤绿华，冰盘巧簇映金瓜，荷香飞上玉流霞。明月长留千岁色，蟠桃多结几番花，谁知罗带有丹砂。

李好古　　浣溪沙·为怯赪云挟暑飞

为怯赪云挟暑飞，嫩凉故故著征衣，江风吹雨过楼西。未必男儿生不遇，时来咳唾是珠玑，功名终岂壮心迟。

吴　潜　　浣溪沙·已未元夕

庆赏元宵只愿情，天公每事秤能平，管教檐溜便收声。三市海巡那惜夜，九街社火亦争名，权将歌酒作工程。

吴　潜　　浣溪沙·和谦山

春岸春风荻已芽，推排春事到芦花，只应推上鬓边华。投老未归真左计，久阴得霁且舒怀，红红白白有残葩。

吴　潜　　浣溪沙·再用韵

海棠已绽牡丹芽，犹有东君向上花，不须惆怅怨春华。装缀园林新景物，推敲风月旧情怀，也饶浪蕊与浮葩。

吴　潜　　　　　浣溪沙·三用韵

正好江乡笋蕨芽，他乡却看担头花，只将蝶梦付南华。万事纷纭都入幻，一杯邂逅且忘怀，年年秋卉与春葩。

吴　潜　　　　　浣溪沙·四用韵

雨过池塘水长芽，放开晴日正宜花，十洲三岛撰繁华。水畔丽人唐客恨，山阴佳客晋人怀，可怜云蕊与风葩。

吴　潜　　浣溪沙·己未三月二十五日赏荼蘼

最好荼蘼白间黄，消他蜂蝶采花忙，春残红粉厌梳妆。毕卓正思身夜瓮，刘章底用令秋霜，今宵帏枕十分香。

吴　潜　　　　　浣溪沙·再赋

宫额新涂一半黄，蔷薇空自效颦忙，澹然风韵道家妆。可惜今宵无皓月，尚怜向晓有繁霜，何妨手捻一枝香。

吴　潜　　　　浣溪沙·和桃源韵

半饷西风暖换凉，岩花月魄衬云裳，一杯旋擘翠橙香。旧酝不妨排日醉，新篘尚可去时尝，无何乡里是吾乡。

周　弼　　浣溪沙·朴朴精神的的香

朴朴精神的的香，荼蘼一朵晓来妆，雏莺叶底学宫商。著意劝人须尽醉，扶头中酒又何妨，绿窗花影日偏长。

黄时龙　　浣溪沙·雨歇花梢月正明

雨歇花梢月正明，映帘人静绣灯昏，鸳鸯成字便停针。笑启玉奁明酒晕，缓寻金叶熨香心，一春情绪此时深。

方　岳　　浣溪沙·赵阁学饷蝤蛑酒春螺

半壳含潮带靥香，双螯嚼雪迸脐黄，芦花洲渚夜来霜。短棹秋江清到底，长头春瓮醉为乡，风流不枉与诗尝。

方　岳　　　　　浣溪沙·寿潘宰

夜醉渊明把菊图，宿醒扶晓又冰壶，秋香留得伴双凫。并日满浮金凿落，明年初赐玉茱萸，更书欲上有除书。

方　岳　　**浣溪沙·饯腊**

太乙东皇欲转钧，玄冥连夜碾归轮，冰痕不动玉粼粼。酒气力消寒气力，梅精神是雪精神，相将好去转头春。

方　岳　　**浣溪沙·迎春**

看见娇黄拂柳芽，银幡谁辫髻蟠鸦，一帘晴色满天涯。冰缕未醒连夜酒，雪篱留得去年花，东风也肯过吾家。

方　岳　　**浣溪沙·守岁**

暖入屏炉一笑融，灯花成穗缀钗虫，醉微微莫睡匆匆。宝炷烧残银鸭暖，雪花飞起玉麟红，春风不等五更钟。

方　岳　　**浣溪沙·贺正**

晓色才分笑语喧，诏鸦飞下九重天，琼幡雪柳拜花前。最后屠苏人老大，搀先菡萏玉婵娟，一年年胜一年年。

许　棐　　**浣溪沙·欲把香缯暖缬裁**

欲把香缯暖缬裁，玉箱金锁又慵开，一杯茶罢上春台。方向柳边揉碧缕，又从花畔并红腮，不知凝待阿谁来。

李昴英　　**浣溪沙·笋玉纤纤拍扇纨**

笋玉纤纤拍扇纨，戏拈荷叶起文鸳，水亭初试小龙团。拜月深深频祝愿，花枝低压髻云偏，倩人解梦语喧喧。

吴文英　　**浣溪沙·仲冬望后，出迓履翁，舟中即兴**

新梦游仙驾紫鸿，数家灯火灞桥东，吹箫楼外冻云重。石瘦溪根船宿处，月斜梅影晓寒中，玉人无力倚东风。

吴文英　　**浣溪沙·题李中斋舟中梅屏**

冰骨清寒瘦一枝，玉人初上木兰时，懒妆斜立澹春姿。月落溪穷清影在，日长春去画帘垂，五湖水色掩西施。

吴文英　　**浣溪沙·观吴人岁旦游承天**

千盖笼花斗胜春，东风无力扫香尘，尽沿高阁步红云。闲里暗牵经岁恨，街头多认旧年人，晚钟催散又黄昏。

吴文英　　浣溪沙·琴川慧日寺蜡梅

蝶粉蜂黄大小乔，中庭寒尽雪微销，一般清瘦各无聊。窗下和香封远讯，墙头飞玉怨邻箫，夜来风雨洗春娇。

吴文英　　浣溪沙·门隔花深梦旧游

门隔花深梦旧游，夕阳无语燕归愁，玉纤香动小帘钩。落絮无声春堕泪，行云有影月含羞，东风临夜冷于秋。

吴文英　　浣溪沙·波面铜花冷不收

波面铜花冷不收，玉人垂钓理纤钩，月明池阁夜来秋。江燕话归成晓别，水花红减似春休，西风梧井叶先愁。

吴文英　　浣溪沙·题史菊屏扇

门巷深深小画楼，阑干曾识凭春愁，新蓬遮却绣鸳游。桃观日斜香掩户，蘋溪风起水东流，紫萸玉腕又逢秋。

吴文英　　浣溪沙·桂

曲角深帘隐洞房，正嫌玉骨易愁黄，好花偏占一秋香。夜气清时初傍枕，晓光分处未开窗，可怜人似月中孀。

吴文英　　浣溪沙·陈少逸席上用联句韵有赠

秦黛横愁送暮云，越波秋浅暗啼昏，空庭春草绿如裙。彩扇不歌原上酒，青门频返月中魂，花开空忆倚阑人。

吴文英　　浣溪沙·一曲鸾箫别彩云

一曲鸾箫别彩云，燕钗尘涩镜华昏，灞桥舞色褪蓝裙。湖上醉迷西子梦，江头春断倩离魂，旋缄红泪寄行人。

李彭老　　浣溪沙·题草窗词

玉雪庭心夜色空，移花小槛斗春红，轻衫短帽醉歌重。彩扇旧题烟雨外，玉箫新谱燕莺中，阑干到处是春风。

黄　昇　　浣溪沙·醮坛

钟磬泠泠夜未央，梨花庭院月如霜，步虚声里拜瑶章。紫极清都云渺渺，红尘浊世事茫茫，未知谁有返魂香。

杨泽民　　　　浣溪沙·山矾

芳蕊髯松夹道垂，珠幢玉节下瑶池，异香团就小花儿。应念裴航佳句好，休论白傅送行悲，月娥亲自送仙衣。

杨泽民　　　　浣溪沙·薝卜

原上芳华已乱飞，林间佛日却晖晖，一花六叶殿春归。身外色香空荏苒，鼻端消息正霏微，禅林曲几坐忘时。

杨泽民　　　　浣溪沙·木樨

金粟蒙茸翠叶垂，月宫仙种下天涯，儿曹攀折有云梯。枕畔幽芳醒睡思。炉中换骨脱金泥，待持金蓟怕儿啼。

杨泽民　　　　浣溪沙·素馨茉莉

南国幽花比并香，直从初夏到秋凉，素馨茉莉占时光。梅□正寒方著蕊，芙蓉过暑即空塘，个中春色最难量。

杨泽民　　　　浣溪沙·兰

一径栽培九畹成，丛生幽谷免欹倾，异芳止合在林亭。馥郁国香难可拟，纷纭俗眼不须惊，好风披拂雨初晴。

杨泽民　　　　浣溪沙·水仙

仙子何年下太空，凌波微步笑芙蓉，水风残月助惺忪。矾弟梅兄都在眼，银台金琖正当胸，为伊一醉酒颜红。

杨泽民　　　　浣溪沙·荼蘼

风递余花点素缯，日烘芳炷下萝藤，为谁雕琢碎青冰。玉蕊观中犹得誉，木樨岩下尚驰声，何如高架任伊凭。

昭顺老人　浣溪沙·的皪堪为席上珍

的皪堪为席上珍，银铛百沸麝脐熏，萧娘欲饵意中人。拈处玉纤笼蚌颗，剥时琼齿嚼香津，仙郎入口即轻身。

韩　准　　浣溪沙·潇洒梧桐几度秋

潇洒梧桐几度秋，凤凰飞去旧山幽，风景不殊人物换，恨

悠悠。　　衰草远从烟际合，夕阳空趁水西流，恰好凭楼便回首，怕生愁。

张　桂　　浣溪沙·雨压杨花路半干

雨压杨花路半干，蜂遗花粉在阑干，牡丹开尽正春寒。懒品幺弦金雁并，瘦惊双钏玉鱼宽，新愁不放翠眉间。

毛　珝　　浣溪沙·桂

绿玉枝头一粟黄，碧纱帐里梦魂香，晓风和月步新凉。吟倚画栏怀李贺，笑持玉斧恨吴刚，素娥不嫁为谁妆。

陈允平　　浣溪沙·杨柳烟深五凤楼

杨柳烟深五凤楼，绣帘风飐玉梭球，夜寒谁伴锦香篝。残月有情圆晓梦，落花无语诉春愁，宝笙偷按小梁州。

陈允平　　浣溪沙·自别萧郎锦帐寒

自别萧郎锦帐寒，凤楼日日望平安，杏花枝上露才干。眉皱但嫌钿翠堕，臂销惟觉钏金宽，薄情杨柳殢征鞍。

陈允平　　浣溪沙·一枕华胥梦不成

一枕华胥梦不成，碧筒香润玉醪倾，日长花影过池亭。雪藕臂寒鹦较怯，采菱歌发鹭频惊，白蘋洲上雨初晴。

陈允平　　浣溪沙·约臂金圆隐绛缯

约臂金圆隐绛缯，枕痕斜印曲花藤，玉肌娇软莹如冰。护日帘栊迷晓梦，舞风琼佩弄秋声，倦妆鸾鉴不忺凭。

陈允平　　浣溪沙·宝镜奁开素月空

宝镜奁开素月空，晚妆慵结绣芙蓉，殢人娇语更憁憁。倦浴金莲轻衬步，捧笙玉笋半当胸，枕痕又露一丝红。

陈允平　　浣溪沙·双倚妆楼宝髻垂

双倚妆楼宝髻垂，佩环依约下瑶池，鬓边斜插碧蝉儿。不嫁东风苏小恨，未圆明月柳娘悲，舞休愁叠缕金衣。

陈允平　　浣溪沙·斗鸭阑干燕子飞

斗鸭阑干燕子飞，一堤春水漾晴晖，女郎何处踏青归。生色鞋儿销风稳，碧罗衫子唾花微，后期应待牡丹时。

陈允平　　浣溪沙·六幅蒲帆晓渡平

六幅蒲帆晓渡平，一江星斗渐西倾，离家才是两三程。浦外野花如唤客，树头春鸟自呼名，五云深处锦官城。

陈允平　　浣溪沙·柳底征鞍花底车

柳底征鞍花底车，两行香泪湿红襦，别来莺燕已春余。梳洗楼台愁独倚，笙歌庭院醉谁扶，卷帘闲看玉储胥。

陈允平　　浣溪沙·十二珠帘绣带垂

十二珠帘绣带垂，柳烟迷暗楚江涯，自携玉笛凭丹梯。写恨鸾笺凝粉泪，踏青鸳袜溅金泥，落红深处乱莺啼。

陈允平　　浣溪沙·睡起朦腾小篆香

睡起朦腾小篆香，素纨轻度玉肌凉，竹深荷净少炎光。雨过乱蝉嘶古柳，日斜双鹭立闲塘，更将心事自商量。

薛梦桂　　浣溪沙·柳映疏帘花映林

柳映疏帘花映林，春光一半几销魂，新诗未了枕先温。燕子说将千万恨，海棠开到二三分，小窗银烛又黄昏。

何梦桂　　浣溪沙·寄刘总管

细柳连营绿荫重，暖风旗影飐蛇龙，昼闲吟思入千峰。紫绶金牌人绿发，绣鞯丝辔马青骢，会将三箭取侯封。

何梦桂　　浣溪沙·再用韵并简二千户

金紫山前山万重，山高云密下苍龙，春来好雨遍三峰。芳草郊原眠茧犊，垂杨营垒系花骢，趣归行有紫泥封。

赵汝茪　　浣溪沙·笑摘青梅傍绮疏

笑摘青梅傍绮疏，数枝花影漾前除，太湖石畔看金鱼。笋指晓寒慵出袖，翠鬟春懒不成梳，为君缝狭绣罗襦。

谭宣子　　浣溪沙·过高邮

欲展吴笺咏杜娘，为停楚棹觅秦郎，藕花三十六湖香。珠颗翠檠饶宿泪，玉痕红褪怯晨妆，小桥风月思凄凉。

曾　栋　　浣溪沙·落日蒸红山欲烧

落日蒸红山欲烧，短筇行乐过山腰，松声隐隐晚来潮。矮树依岩无败叶，梅花当路少全梢，水村时有短长桥。

江　开　　浣溪沙·手捻花枝忆小蘋

手捻花枝忆小蘋，绿窗空锁旧时春，满楼飞絮一筝尘。素约未传双燕语，离愁还入卖花声，十分春事倩行云。

王大简　　浣溪沙·拂面凉生酒半醒

拂面凉生酒半醒，廉纤小雨晚初晴，过云无定月亏盈。庭户不关春悄悄，阑干倚遍夜深深，几回风竹误人听。

刘辰翁　　浣溪沙·三月三日

高卧何须说打乖，小篱过雨翠长街，缃桃定有踏青鞋。晴日又思花处所，东风绝似柳情怀，人间安得酒如淮。

刘辰翁　　浣溪沙·壬午九日

身是去年人尚健，心知十日事如常，眼前杯酒是重阳。破帽簪萸携素手，长歌藉草慰寒香，儿童怪我老来狂。

刘辰翁　　浣溪沙·虎溪春日

春日春风掠鬓须，乱山相对拥寒炉，彩鞭金胜一时无。自缕青丝成细柳，更堆残雪当凝酥，儿童且莫唱皇都。

刘辰翁　　浣溪沙·寿陈敬之推官

身是高人欲寝冰，引年可待进豨苓，无忧无患也身轻。雪里放囚天亦喜，平安骑鹤到家庭，今年春早为长生。

刘辰翁　　浣溪沙·十日千机可复谐

十日千机可复谐，郭郎感运岂仙才，人间自是少行媒。直上扶摇须九万，满前星斗共昭回，又传贾客向曾来。

刘辰翁　　浣溪沙·暮暮相望夕甫谐

暮暮相望夕甫谐，针楼巧巧似身材，下头无数老人媒。昨夜竹林那得见，朝来乾鹊是空回，人间五日后能来。

刘辰翁　　浣溪沙·春日即事

远远游蜂不记家，数行新柳自啼鸦，寻思旧事即天涯。睡起有情和画卷，燕归无语傍人斜，晚风吹落小瓶花。

刘辰翁　　浣溪沙·感别

点点疏林欲雪天，竹篱斜闭自清妍，为伊憔悴得人怜。欲与那人携素手，粉香和泪落君前，相逢恨恨总无言。

颜　奎　　浣溪沙·梦泊游丝画影移

梦泊游丝画影移，水沉香宛紫烟微，玉笙才过画楼西。天上人间花事苦，镜中翠压四山低，又成春过据莺啼。

张　磐　　浣溪沙·习习轻风破海棠

习习轻风破海棠，秋千移影上回廊，昼长蝴蝶为谁忙。度柳早莺分暖绿，过花小燕带春香，满庭芳草又斜阳。

周　密　　浣溪沙·几点红香入玉壶

几点红香入玉壶，几枝红影上金铺，昼长人困斗樗蒱。花径日迟蜂课蜜，杏梁风软燕调雏，荼蘼开了有春无。

周　密　　浣溪沙·波影摇花碎锦铺

波影摇花碎锦铺，竹风清泛玉扶疏，画屏纹枕小纱幮。合色麝囊分翠绣，夹罗萤扇缕金书，十分凉意淡妆梳。

周　密　　浣溪沙·浅色初裁试暖衣

浅色初裁试暖衣，画帘斜日看花飞，柳摇蛾绿妒春眉。象局懒拈双陆子，宝弦愁按十三徽，试凭新燕问归期。

周　密　　浣溪沙·不下珠帘怕燕瞋

不下珠帘怕燕瞋，旋移芳槛引流莺，春光却早又中分。杏火无烟然绿暗，梨云如雪冷清明，冶游天气冶游心。

周　密　　浣溪沙·丝雨笼烟织晚晴

丝雨笼烟织晚晴，睡余春酒未全醒，翠钿轻脱隐香痕。生怕柳绵萦舞蝶，戏抛梅弹打啼莺，最难消遣是残春。

周　密　　浣溪沙·题紫清道院

竹色苔香小院深，蒲团茶鼎掩山扃，松风吹净世间尘。静养金芽文武火，时调玉轸短长清，石床闲卧看秋云。

周　密　　浣溪沙·拟梅川

蚕已三眠柳二眠，双竿初起画秋千，莺栊风响十三弦。鱼素不传新信息，鸾胶难续旧因缘，薄情明月几番圆。

刘　壎　　浣溪沙·道情

已断因缘莫更寻，寻时烦恼不如心，从今休听世间音。鸾梦渐随秋水远，鹤情甘伴野云深，隔楼花月自阴阴。

詹　玉　　浣溪沙·淡淡青山两点春

淡淡青山两点春。娇羞一点口儿樱。一梭儿玉一绢云。白藕香中见西子，玉梅花下遇昭君。不曾真个也销魂。

赵必瑑　　浣溪沙·寄小黄

只为相思怕上楼，离鸾一操恨悠悠，十二翠屏烟篆冷，晓窗秋。　绣线未拈心已懒，花笺欲寄写还羞，懊恨郎边无个信，暮云愁。

黎廷瑞　　浣溪沙·送别

一曲离愁浅黛嚬，云帆渺渺下烟津，山长水远客愁新。柳絮低迷千里梦，桃花荡漾一江春，小楼疏雨可怜人。

仇　远　　浣溪沙·鸦墨鸳茸暗小窗

鸦墨鸳茸暗小窗，栀花时递淡中香，何须华屋艳红妆。栊月凉筛金琐碎，床琴清写玉丁当，风车闲倚在回廊。

仇　远　　浣溪沙·薄薄梳妆细扫眉

薄薄梳妆细扫眉，鬟鸦双叠岭云低，对人浓笑问归期。

荀令老来香已减，谢娘别后梦应迷，一番心事只春知。

仇　远　　　浣溪沙·红紫妆林绿满池

红紫妆林绿满池，游丝飞絮两依依，正当谷雨弄晴时。射鸭矮阑苍藓滑，画眉小槛晚花迟，一年弹指又春归。

仇　远　　　浣溪沙·豆蔻枝头冷蝶飞

豆蔻枝头冷蝶飞，荼蘼花里老莺啼，懒留春住听春归。北海芳尊谁共醉，东山游屐近应稀，小窗寒草送春时。

张淑芳　　　浣溪沙·散步山前春草香

散步山前春草香，朱阑绿水绕吟廊，花枝惊堕绣衣裳。或定或摇江上柳，为鸾为凤月中篁，为谁掩抑锁芸窗。

杨舜举　　　浣溪沙·钱唐有感

残照西风一片愁，疏杨画出六桥秋，游人不上十三楼。有泪金仙还泣汉，无心玉马已朝周，平湖寂寂水空流。

陈德武　　　浣溪沙·春思

庭院深沉绝俗埃，绿苔因雨上层阶，画帘低卷燕归来。月似有情中夜入，花何无语向人开，漫劳飞梦到天台。

陈德武　　　浣溪沙·送春

月落桐梢杜宇啼，云埋芳树鹧鸪飞，夜阑分作送春诗。山上安山经几载，口中添口又何时，相思一曲诉伊谁。

张　炎　　　浣溪沙·犀押重帘水院深

犀押重帘水院深，柳绵扑帐昼愔愔，梦回孤蝶弄春阴。乍减楚衣收带眼，初匀商鼎熨香心，燕归摇动护花铃。

张　炎　　　浣溪沙·双笋

空色庄严玉版师，老斑遮护锦绷儿，只愁一夜被风吹。润处似沾篔谷雨，斫来如带渭川泥，从空托出镇帷犀。

张　炎　浣溪沙·写墨水仙二纸寄曾心传，并题其上

昨夜蓝田采玉游，向阳瑶草带花收，如今风雨不须愁。

零露依稀倾凿落，碎琼重叠缀搔头，白云黄鹤思悠悠。

张　炎　　　浣溪沙·半面妆凝镜里春

半面妆凝镜里春，同心带舞掌中身，因沾弱水褪精神。冷艳喜寻梅共笑，枯香羞与佩同纫，湘皋犹有未归人。

张　炎　　　浣溪沙·艾蒳香消火未残

艾蒳香消火未残，便能晴去不多寒，冶游天气却身闲。带雨移花浑懒看，应时插柳日须攀，最堪惆怅是东阑。

王从叔　　　　　浣溪沙·梅

水月精神玉雪胎，乾坤清气化生来，断桥流水领春回。昨夜醉眠苔上石，天香冉冉下瑶台，起来窗外见花开。

游稚仙　　　　浣溪沙·贺人女晬

晬日先联瑞日红，寿星明照寿筵中，庆门乐事正重重。明日贾逵添戏彩，异时李汉看乘龙，鱼轩玉轴定荣封。

无名氏　　　　浣溪沙·武进厅壁

倦客东归得自由，西风江上泛扁舟，夜寒霜月素光流。想得故人千里外，醉吟应上谢家楼，不多天气近中秋。

无名氏　　　浣溪沙·北固江头浪拍空

北固江头浪拍空，归帆一夜趁秋风，月明初上荻花丛。渐入三吴烟景好，此身将过浙江东，梦魂先在鉴湖中。

无名氏　　　浣溪沙·水净烟闲不染尘

水净烟闲不染尘，小山斜卧几枝春，夜寒香惹一溪云。粉淡朱轻妆未了，十分孤迥好精神，为伊清瘦却愁人。

无名氏　　　浣溪沙·苒苒飞云横画阑

苒苒飞云横画阑，黄昏烟雨满江干，小梅香浅不禁寒。楼上风轻帘不卷，酒红销尽昼妆残，玉人斜捻一枝看。

无名氏　　　浣溪沙·十月开花是子真

十月开花是子真，小春分付与精神，折来含露晓妆新。

暖意便从窗下见，粉容何待鉴中匀，宛然长似玉华清。

无名氏　　浣溪沙·梅粉初娇拟嫩腮

梅粉初娇拟嫩腮，一枝春信腊前开，玉英珠颗傍妆台。明月泛将疏影去，暗香疑是那人来，消魂独自立空阶。

无名氏　　浣溪沙·茶梅

剪碎红娘舞旧衣，汉宫妆粉满琼枝，东风来晚未曾知。颜色不同香小异，瑶台春近宴回时，宝灯相引素娥归。

无名氏　　浣溪沙·蜡梅之一

梅与为名蜡与容，寒枝遍缀小金钟，插时只恐鬓边熔。疑是佳人熏麝月，起来风味入怀浓，暗香依旧月朦胧。

无名氏　　浣溪沙·蜡梅之二

梅与称名蜡与黄，枝无袅娜色无光，掩檀欺麝冠群芳。结处定缘蜂力就，开时微带蜜脾香，风标不减寿阳妆。

无名氏　　浣溪沙·酴醾

梦入瑶台千步芳，万妃相向玉为装，同心鞶带翠罗长。浓艳只宜供枕席，醉魂长是傍壶觞，绀纱囊薄为谁香。

无名氏　　浣溪沙·白玉楼中白雪歌

白玉楼中白雪歌，更将白纻衬春罗，软红香里最幺麽。桃叶桃根随处有，江南江北见来多，风前月底奈愁何。

无名氏　　浣溪沙·春院无人花自香

春院无人花自香，飞来蜂蝶意何狂，玉钩帘卷日偏长。笑又不成愁未是，曲屏闲倚绣鸳鸯，归时应供□□妆。

无名氏　　浣溪沙·碎剪香罗浥泪痕

蔡州瓜陂铺有用篦刀刻青泥壁为词

碎剪香罗浥泪痕，鹧鸪声断不堪闻，马嘶人去近黄昏。整整斜斜杨柳陌，疏疏密密杏花村，一番风月更销魂。

无名氏　　浣溪沙·云锁柴门半掩关

云锁柴门半掩关，垂纶犹自在前湾，独乘孤棹夜方还。任使有荣居紫禁，争如无事隐青山，浮名浮利总输闲。

无名氏　　浣溪沙·一副纶竿一只船

一副纶竿一只船，蓑衣竹笠是生缘，五湖来往不知年。青嶂更无荣辱到，白头终没利名牵，芦花深处伴鸥眠。

无名氏　　浣溪沙·钓罢高歌酒一杯

钓罢高歌酒一杯，醉醒曾笑楚臣来，夕阳维缆碧江隈。蓑笠每因山雨戴，船窗多为水花开，安居流景任相催。

无名氏　　浣溪沙·雨气兼香泛芰荷

雨气兼香泛芰荷，回舟冒雨懒披蓑，夜阑风静水无波。白酒追欢常恨少，青山入望岂嫌多，人间荣辱尽从他。

无名氏　　浣溪沙·酒拍胭脂颗颗新

酒拍胭脂颗颗新，丹砂然火弃精神，暑天秋杪锦生春。香味已惊樱实淡，绛皮还笑荔枝皴，美人偏喜破朱唇。

无名氏　　浣溪沙·遍地轻阴绿满枝

遍地轻阴绿满枝，乍晴初试袷罗衣，东风院落日长时。㶉鶒池边飞燕子，海棠花里闹蜂儿，一春心事只春知。

无名氏　　浣溪沙·水涨鱼天拍柳桥

水涨鱼天拍柳桥，云鸠拖雨过江皋，一番春信入东郊。闲碾风团消短梦。静看燕子垒新巢，又移日影上花梢。

无名氏　　浣溪沙·题赠飞竿簇

谁识飞竿巧艺全，儿童群戏艳阳天，十分险处却安然。海燕舞空萦弱絮，岭猿连臂下层巅，算来真个肉飞仙。

浣溪沙慢

调见周邦彦《片玉集》。一作《浣溪纱慢》。双调，九十三字，上片九句、五仄韵，下片十句、五仄韵。

周邦彦　　浣溪沙慢·水竹旧院落

水竹旧院落，樱笋新蔬果。嫩英翠幄，红杏交榴火。心事暗卜，叶底寻双朵，深夜归青琐。灯尽酒醒时，晓窗明、钗横鬓亸。　　怎生那，被间阻时多。奈愁肠数叠，幽恨万端，好梦还惊破。可怪近来，传语也无个。莫是瞋人呵，真个若瞋人，却因何、逢人问我。

马子严　　浣溪沙慢·璧月上极浦

璧月上极浦，帆落人挝鼓。石城倒影，深夜鱼龙舞。佳气郁郁，紫阙腾云雨，回首分今古。千载是和非，夕阳中、双燕语。　　向人诉，记玉井辘轳，胭脂涨腻，几许蛾眉妒。感叹息、花好随风去，流景如羽。且共乐升平，不须后庭玉树。

浪 淘 沙

唐教坊曲名。唐人《浪淘沙》本七言绝句，至南唐李煜开始创制两段令词，实为用旧曲名另创新声。双调五十四字，上下片各五句、四平韵。又名《卖花声》、《浪涛沙》、《西入宴》、《浪淘沙令》、《浪淘沙近》、《增字浪淘沙》、《曲入冥》、《过龙门》、《过龙门令》、《炼丹砂》。

柳　永　　浪淘沙·梦觉

梦觉、透窗风一线，寒灯吹息。那堪酒醒，又闻空阶，夜雨频滴。嗟因循、久作天涯客。负佳人、几许盟言，便忍把、从前欢会，陡顿翻成忧戚。　　愁极，再三追思，洞房深处，几度饮散歌阑，香暖鸳鸯被，岂暂时疏散，费伊心力。殢云尤雨，有万般千种，相怜相惜。　　恰到如今，天长漏永，无端自家疏隔。知何时、却拥秦云态，愿低帏昵枕，轻轻细说与，江乡夜夜，数寒更思忆。

张　先　　　浪淘沙·肠断送韶华

肠断送韶华，为惜杨花，雪球摇曳逐风斜。容易著人容易去，飞过谁家。　　聚散苦咨嗟，无计留他，行人洒泪滴流霞。今日画堂歌舞地，明日天涯。

欧阳修　　　浪淘沙·把酒祝东风

把酒祝东风，且共从容，垂杨紫陌洛城东。总是当时携手处，游遍芳丛。　　聚散苦匆匆，此恨无穷，今年花胜去年红。可惜明年花更好，知与谁同。

欧阳修　　　浪淘沙·花外倒金翘

花外倒金翘，饮散无憀，柔桑蔽日柳迷条。此地年时曾一醉，还是春朝。　　今日举轻桡，帆影飘飘，长亭回首短亭遥。过尽长亭人更远，特地魂销。

欧阳修　　　浪淘沙·五岭麦秋残

五岭麦秋残，荔子初丹，绛纱囊里水晶丸。可惜天教生处远，不近长安。　　往事忆开元，妃子偏怜，一从魂散马嵬关。只有红尘无驿使，满眼骊山。

欧阳修　　　浪淘沙·万恨苦绵绵

万恨苦绵绵，旧约前欢，桃花溪畔柳阴间。几度日高春垂重，绣户深关。　　楼外夕阳闲，独自凭阑，一重水隔一重山。水阔山高人不见，有泪无言。

欧阳修　　　浪淘沙·今日北池游

今日北池游，漾漾轻舟，波光潋滟柳条柔。如此春来春又去，白了人头。　　好妓好歌喉，不醉难休，劝君满满酌金瓯。纵使花时常病酒，也是风流。

晏几道　　　浪淘沙·高阁对横塘

高阁对横塘，新燕年光，柳花残梦隔潇湘。绿浦归帆看不见，还是斜阳。　　一笑解愁肠，人会娥妆，藕丝衫袖郁金香。曳雪牵云留客醉，且伴春狂。

晏几道　　浪淘沙·小绿间长红

小绿间长红，露蕊烟丛，花开花落昔年同。惟恨花前携手处，往事成空。　山远水重重，一笑难逢，已拚长在别离中。霜鬓知他从此去，几度春风。

晏几道　　浪淘沙·丽曲醉思仙

丽曲醉思仙，十二哀弦，秾蛾叠柳脸红莲。多少雨条烟叶恨，红泪离筵。　行子惜流年，鶗鴂枝边，吴堤春水舣兰船。南去北来今渐老，难负尊前。

晏几道　　浪淘沙·翠幕绮筵张

翠幕绮筵张，淑景难忘，阳关声巧绕雕梁。美酒十分谁与共，玉指持觞。　晓枕梦高唐，略话衷肠，小山池院竹风凉。明夜月圆帘四卷，今夜思量。

王仲甫　　浪淘沙·素手水晶盘

素手水晶盘，垒起仙丸，红绡碾碎却成团。逗得安排金粟遍，何似鸡冠。　味胜玉浆寒，只被宜酸，莫将荔子一般看。色淡香消僝僽损，才到长安。

此首别作王观词

苏　轼　　浪淘沙·昨日出东城

昨日出东城，试探春情，墙头红杏暗如倾。槛内群芳芽未吐，早已回春。　绮陌敛香尘，雪霁前村，东君用意不辞辛。料想春光先到处，吹绽梅英。

黄庭坚　　浪淘沙·荔枝

忆昔谪巴蛮，荔子亲攀，冰肌照映柘枝冠。日擘轻红三百颗，一味甘寒。　重入鬼门关，也似人间，一双和叶插云鬟。赖得清湘燕玉面，同倚阑干。

杜安世　　浪淘沙·后约无凭

后约无凭，往事堪惊，秋蛩永夜绕床鸣。展转寻思求好梦，还又难成。　愁思若浮云，消尽重生，佳人何处独盈

盈。可惜一天无用月，照空为谁明。

杜安世　　　浪淘沙·又是春暮

又是春暮，落花飞絮。子规啼尽断肠声，秋千庭院，红旗彩索，淡烟疏雨。　念念相思苦，黛眉长聚。碧池惊散睡鸳鸯，当初容易分飞去，恨孤儿欢侣。

杜安世　　　浪淘沙·帘外微风

帘外微风，云雨回踪，银釭烬冷锦帏中。枕上深盟，年少心事，陡顿成空。　岭外白头翁，到没由逢，一床鸳被叠香红。明月满庭花似绣，闷不见虫虫。

韩　维　　　浪淘沙·饱食日□□

饱食日□□，□上危亭，东风昨夜入□□。□□雪晴云□□，□遍银屏。　回首叹劳生，□鼎相承，皇恩早晚□□□。□□陂边垂钓手，不负幽情。

裴　湘　　　浪淘沙·雁塞说并门

雁塞说并门，郡枕西汾，山形高下远相吞。古寺楼台依碧嶂，烟景遥分。　晋庙锁溪云，箫鼓仍存，牛羊斜日自归村。惟有故城禾黍地，前事消魂。

裴　湘　　　浪淘沙·汴州

万国仰神京，礼乐纵横，葱葱佳气锁龙城。日御明堂天子圣，朝会簪缨。　九陌六街平，万国充盈，青楼弦管酒如渑。别有隋堤烟柳暮，千古含情。

王　观　　　浪淘沙·杨梅

素手水晶盘，垒起仙丸，红绡剪碎却成团。逗得安排金粟遍，何似鸡冠。　味胜玉浆寒，只被宜酸，莫将荔子一般看。色淡香消僝僽损，才到长安。

此首别作王仲甫词

李之仪　　　浪淘沙·琴

霞卷与云舒，月淡星疏，摩徽转轸不曾虚。弹到当时留意

处，谁是相如。　　魂断酒家垆，路隔云衢，舞鸾镜里早妆初。拟学画眉张内史，略借工夫。

了　元　　　　浪淘沙·昨夜遇神仙

昨夜遇神仙，也是姻缘，分明醉里亦如然。睡觉来时浑是梦，却在身边。　　此事怎生言，岂敢相怜，不曾抚动一条弦。传与东坡苏学士，触处封全。

米　芾　　　　浪淘沙·祝寿

祝寿庆生申，德日维新，期颐眉寿寿长春。五福三灵禄永永，长寿仙人。　　遐算等庄椿，□德康宁，年年欢会笑欣欣。岁岁仰依□寿域，彭祖广成。

贺　铸　　　　浪淘沙·把酒欲歌骊

把酒欲歌骊，浓醉何辞，玉京烟柳欲黄时。明日景阳门外路，相背春归。　　敛泪复牵衣，私语迟迟，可怜谁会两心期。惟有画帘斜月见，应共人知。

贺　铸　　　　浪淘沙·一十二都门

一十二都门，梦想能频，无言桃李几经春。艳粉鲜香开自落，还为何人。　　白纻别时新，苒苒征尘，镜中销瘦老于真。赖有天涯风月在，依旧相亲。

贺　铸　　　　浪淘沙·潮涨湛芳桥

潮涨湛芳桥，难渡兰桡，卷帘红袖莫相招。十二阑干今夜月，谁伴吹箫。　　烟草接亭皋，归思迢迢，兰成老去转无憀。偏恨秋风添鬓雪，不共魂销。

贺　铸　　　　浪淘沙·雨过碧云秋

雨过碧云秋，烟草汀洲，远山相对一眉愁。可惜芳年桥畔柳，不系兰舟。　　为问木兰舟，何处淹留，相思今夜忍登楼。楼下谁家歌水调，明月扬州。

贺　铸　　　　浪淘沙·一叶忽惊秋

一叶忽惊秋，分付东流，殷勤为过白蘋洲。洲上小楼帘半

卷，应认归舟。　　回首恋朋游，迹去心留，歌尘萧散梦云收。惟有尊前曾见月，相伴人愁。

周邦彦　　浪淘沙·昼阴重

昼阴重，霜凋岸草，雾隐城堞。南陌脂车待发，东门帐饮乍阕。正拂面垂杨堪缆结，掩红泪、玉手亲折。念汉浦离鸿去何许，经时信音绝。　　情切，望中地远天阔。向露冷风清，无人处、耿耿寒漏咽。嗟万事难忘，唯是轻别。翠尊未竭，凭断云留取，西楼残月。罗带光销纹衾叠，连环解、旧香顿歇。怨歌永、琼壶敲尽缺。恨春去、不与人期，弄夜色，空余满地梨花雪。

周邦彦　　浪淘沙·万叶战

万叶战，秋声露结，雁度砂碛。细草和烟尚绿，遥山向晚更碧。见隐隐、云边新月白。映落照、帘幕千家，听数声何处倚楼笛。装点尽秋色。　　脉脉，旅情暗自消释。念珠玉、临水犹悲感，何况天涯客。忆少年歌酒，当时踪迹。岁华易老，衣带宽、懊恼心肠终窄。飞散后、风流人阻，蓝桥约、怅恨路隔。马蹄过、犹嘶旧巷陌。叹往事、一一堪伤，旷望极，凝思又把阑干拍。

谢　逸　　浪淘沙·上元

料峭小桃风，凝淡春容，宝灯山列半天中。丽服靓妆携手处，笑语匆匆。　　酒滴小槽红，一饮千钟，铜荷擎烛绛纱笼。归去笙歌喧院落，月照帘栊。

毛　滂　　浪淘沙·生日

深院绣帘垂，前日春归，画桥杨柳弄烟霏。池面东风先解冻，龟上涟漪。　　酒潋玉东西，香暖狻猊，远山郁秀入双眉。待看碧桃花烂漫，春日迟迟。

惠　洪　　浪淘沙·城里久偷闲

城里久偷闲，尘浣云衫，此身已是再眠蚕。隔岸有山归去好，万壑千岩。　　霜晓更凭阑，减尽晴岚，微云生处是茅庵。试问此生谁作伴，弥勒同龛。

惠　洪　　　浪淘沙·山径晚樵还

自南游，多崇冈，陵峻岭，略见西湖秀色，用和靖语作长短句云

山径晚樵还，深壑孱颜，孙山背后泊船看。手把遗编披白帔，剩却清闲。　篱落竹丛寒，渔业凋残，水痕无底照秋宽。好在夕阳凝睇处，数笔秋山。

葛胜仲　　　浪淘沙·十月十九夜赏菊

我爱菊花枝，浥露偏宜，旋移佳种一年期。照眼黄金三径烂，可但东篱。　秋老摘花吹，敢恨开迟，只愁一夜便香衰。待插满头年大也，且泛芳卮。

葛胜仲　　　浪淘沙·九月十八日与千里赏菊之一

又见菊花新，色浅香匀，老人衰病卧漳滨。虽是无聊仍止酒，幸有嘉宾。　不用怨萧辰，不似芳春，请看金蕊照金尊。今夜花前须醉倒，直到黎明。

葛胜仲　　　浪淘沙·九月十八日与千里赏菊之二

歌阕斗清新，檀板初匀，画堂新筑太湖滨。好是黄花开应候，聊宴亲宾。　上客即逢辰，况是青春，上林开宴锡尧尊。今夜素娥真解事，偏向人明。

葛胜仲　　　浪淘沙·九月十八日与千里赏菊之三

娱老小亭新，丹垩初匀，万枝金菊绕溪滨。折向华堂遮醉眼，聊用娱宾。　红烛夜香辰，广坐生春，月波新酿入芳尊。好向花前拚烂醉，不负承明。

葛胜仲　　　浪淘沙·将去南阳作

步屧对东风，细探春工，百花堂下牡丹丛。莫恨使君来便去，不见鞓红。　雾眼一衰翁，无意芳秾，年来结习已成空。寄语国香雕槛里，好为人容。

赵子发　　　浪淘沙·约素小腰身

约素小腰身，不奈伤春，疏梅影下晚妆新。袅袅娉娉何样

似，一缕轻云。　　歌巧动朱唇，字字娇嗔，桃花深处一通津。怅望瑶台清夜月，还送归轮。

王庭珪　　浪淘沙·翠袖卷轻纱

翠袖卷轻纱，玉腕慵遮，蕊珠宫殿倚彤霞。不愤江南梅信早，争下香车。　　月露洗凝华，艳压群葩，暗传春信到天涯。试问东风谁第一，先到人家。

朱敦儒　　浪淘沙·圆月又中秋

中秋阴雨，同显忠、椿年、谅之坐寺门作

圆月又中秋，南海西头，蛮云瘴雨晚难收。北客相逢弹泪坐，合恨分愁。　　无酒可销忧，但说皇州，天家宫阙酒家楼。今夜只应清汴水，呜咽东流。

朱敦儒　　浪淘沙·康州泊船

风约雨横江，秋满篷窗，个中物色尽凄凉。更是行人行未得，独系归艎。　　拥被换残香，黄卷堆床，开愁展恨剪思量。伊是浮云侬是梦，休问家乡。

朱敦儒　　浪淘沙·白菊好开迟

白菊好开迟，冷蝶空迷，沾风惹露也随时。何事深藏偏在后，天性难移。　　陶令最怜伊，同病相医，寒枝瘦叶更栽培。直待群芳零落后，独殿东篱。

周紫芝　　浪淘沙·己未除夜

江上送年归，还似年时，屠苏休恨到君迟。觅得醉乡无事处，莫放愁知。　　红灺一灯垂，应笑人衰，鹤长凫短怨他谁。明日江楼春到也，且醉南枝。

周紫芝　　浪淘沙·落日在阑干

落日在阑干，风满晴川，坐来高浪拥银山。白鹭欲栖飞不下，却入苍烟。　　千里水云寒，正绕烟鬟，拍浮须要酒杯宽。天与吾曹供一醉，不是人间。

李　祁　　浪淘沙·拍手趁西风

拍手趁西风，惊起乖龙，青山绿水古今同。唯有一轮山上

月，长照江中。　　一点落金钟，浑似虚空，道人不住有云峰。但是人家清酒瓮，行处相逢。

吕本中　　浪淘沙·柳色过疏篱

柳色过疏篱，花又离披，旧时心绪没人知。记得一年寒食下，独自归时。　　归后却寻伊，月上嫌迟，十分斟酒不推辞。将为老来浑忘却，因甚沾衣。

吕本中　　浪淘沙·柳塘新涨

柳塘新涨，艇子操双桨。闲倚曲楼成怅望，是处春愁一样。　　傍人几点飞花，夕阳又送栖鸦。试问画楼西畔，暮云恐近天涯。

赵　鼎　　浪淘沙·次韵史东美洛中作

归计信悠悠，归去谁留，梦随江水绕沙洲。沙上孤鸿犹笑我，萍梗飘流。　　与世且沉浮，要便归休，一杯消尽一生愁。倘有人来闲论事，我会摇头。

赵　鼎　　浪淘沙·九日会饮分得雁字

霜露日凄凉，北雁南翔，惊风吹起不成行。吊影苍波何限恨，日暮天长。　　为尔惜流光，还是重阳，故人何处舣危樯。寄我相思千点泪，直过潇湘。

赵　鼎　　浪淘沙·玉宇洗秋晴

玉宇洗秋晴，凉月亭亭，梦回孤枕琐窗明。何处飞来三弄笛，风露凄清。　　曾看玉纤横，苦爱新声，由来百虑为愁生。此夜曲中闻折柳，都是离情。

幼　卿　　浪淘沙·目送楚云空　并序

幼卿少与表兄同研席，雅有文字之好。未笄，兄欲缔姻。父兄以兄未禄，难其请，遂适武弁。明年，兄登甲科，职教洮房，而良人统兵陕右，相与邂逅于此。兄鞭马略不相顾，岂前憾未平耶。　因作浪淘沙以寄情云

目送楚云空，前事无踪，漫留遗恨锁眉峰。自是荷花开较晚，孤负东风。　　客馆叹飘蓬，聚散匆匆，扬鞭那忍骤花

骢。望断斜阳人不见，满袖啼红。

蔡　伸　　浪淘沙·楼下水潺湲

楼下水潺湲，楼外屏山，淡烟笼月晚凉天。曾共玉人携素手，同倚阑干。　云散梦难圆，幽恨绵绵，旧游重到忍重看。负你一生多少泪，月下花前。

李弥逊　　浪淘沙·把酒挽芳时

林仲和送芍药，再以词为寄，次韵谢之

把酒挽芳时，醉袖淋漓，多情楚客为秋悲。未抵香飘红褪也，独绕空枝。　天女宝刀迟，露染风披，翠云叠叠拥铢衣。知道筠溪春寂寞，来慰相思。

李弥逊　浪淘沙·连鹏举坐上次康平仲留别韵

乐事信难逢，莫放匆匆，飞红撩乱减春容。临水不禁频送客，风袖龙钟。　小阁画堂东，绮绣相重，尊前谁唱夏云峰。醒后欲寻溪上路，烟水无穷。

吕渭老　　浪淘沙·倚枕数更筹

倚枕数更筹，清夜悠悠，竹风荷露小窗秋。往事迷人浑不省，总是离愁。　无赖是横眸，济楚风流，一时搂揽著心头。调数梦魂将我去，明月重楼。

吕渭老　　浪淘沙·凉露洗秋空

凉露洗秋空，菊径鸣蛩，水晶帘外月玲珑。烛蕊双悬人似玉，簌簌啼红。　宋玉在墙东，醉袖摇风，心随月影入帘栊。戏著锦茵天样远，一段愁浓。

吕渭老　　浪淘沙·纤指捧玻璃

纤指捧玻璃，莫惜重持，自离阆苑失回期。门掩东风桃著子，帘影迟迟。　楼上正横篦，荷气沾衣，谁将名玉碾花枝。不比寻常红与紫，取次芳菲。

王之道　　浪淘沙·和鲁如晦

高髻堕香鬟，遗恨眉山，老年花似梦中看。厌浥一枝涛晓

露，珠泪阑干。　　卮酒发酡颜，休更留残，满城风雨麦秋寒。余馥尚能消酒恶，谁敢包弹。

陈康伯　　浪淘沙·云藏鹅湖山

台上凭阑干，犹怯春寒，被谁偷了最高山。将谓六丁移取去，不在人间。　　却是晓寒闲，特地遮拦，与天一样自漫漫。喜得东风收卷尽，依旧追还。

此首别作章廉亨词

曹　勋　　浪淘沙·归意逐飞鸿

归意逐飞鸿，点点书空，爱渠南去晓烟中。不似老人尘土里，一似痴聋。　　庭院晚来风，还过秋容，旧时与客绕珍丛。有酒不曾无客醉，欢与秋浓。

曹　勋　　浪淘沙·木樨开时雨

秋杪喜新凉，烟淡池塘，团团岩桂作风光。多少水云萧散意，都付芬芳。　　雨逐漏声长，小院回廊，枕边清梦几悠扬。只恐四檐声未断，洗褪幽香。

仲　并　　浪淘沙·赠妓

趁拍舞初筵，柳袅春烟，街头桃李莫争妍。家本凤楼高处住，锦瑟华年。　　不用抹繁弦，歌韵天然，天教独立百花前。但愿人如天上月，三五团圆。

仲　并　　浪淘沙·倾国与倾城

倾国与倾城，袅袅盈盈，歌喉巧作断肠声。看尽风光花不语，却是多情。　　家近董双成，三妙齐名，谁教蜂蝶漫经营。留取无双风味在，真是琼英。

仲　并　　浪淘沙·即事

草圣与诗余，清韵谁如，生绡团扇倩谁书。月湛素华天似水，深院凉初。　　人散晚钟疏，后约还虚，良宵忍放枕鸾孤。要得相逢除是梦，有梦来无。

高　登　　浪淘沙·璧月挂秋宵

王宰母生日，寓居道州，勉其来富州

璧月挂秋宵，丹桂香飘，广寒宫殿路迢迢。试问嫦娥缘底事，欲下层霄。　　兰玉自垂髫，拜命当朝，神仙会里且逍遥。分取壶中闲日月，来伴王乔。

曾　觌　　　　　浪淘沙·观潮作

一线海门来，雪喷云开，昆山移玉下瑶台。卷地西风吹不断，直到蓬莱。　　羯鼓噪春雷，鼍舞蛟回，歌楼鼓吹夕阳催。今古清愁流不尽，都一樽罍。

葛立方　　浪淘沙·子直新第落成席上作

休看辋川图，未是幽居，何如云水绕储胥。新湿青红开栋宇，雾拱风疏。　　小圃秀郊墟，花破平芜，五峰列影水平铺。只欠五城楼十二，便是蓬壶。

毛　幵　　　　浪淘沙·帘幕燕双飞

帘幕燕双飞，春共人归，东风恻恻雨霏霏。水满西池花满地，追惜芳菲。　　回首昔游非，别梦依稀，一成春瘦不胜衣。无限楼前伤远意，芳草斜晖。

韩元吉　　　　　浪淘沙·觉度寺

席地赏残红，少驻孤蓬，一春不奈雨和风。雨自无情风有恨，花片西东。　　云澹远峰浓，绿遍高桐，神仙知在此山中。万古消凝多少事，目尽晴空。

韩元吉　　　　浪淘沙·赵富文席上

倦客怕离歌，春已无多，闲愁须倩酒消磨。风雨才晴今夜月，不醉如何。　　玉笋滟金荷，情在双蛾，二年能得几经过。花满碧溪归棹远，回首烟波。

韩元吉　　　　　浪淘沙·芍药

鶗鴂怨花残，谁道春阑，多情红药待君看。浓澹晓妆新意态，独占西园。　　风叶万枝繁，犹记平山，五云楼映玉成盘。二十四桥明月下，谁凭朱阑。

侯　寘　　　　浪淘沙·晓日掠轻云

晓日掠轻云，霜瓦鳞鳞，六朝山色俨如新。家在洞庭南畔

住，身在江滨。　　华发照乌巾，无意寻春，空将两袖拂飞尘。可惜梅花开近路，恼尽行人。

赵缩手　　浪淘沙·损屋一间儿

损屋一间儿，好与支持，休教风雨等闲欺。觅个带修安稳路，休遣人知。　　须是着便宜，运转临时，袄知险里却防危。透得玄关归去路，方步云梯。

曹　冠　　浪淘沙·述怀

清介百无求，民瘼怀忧，席珍藏器效前修。自负平戎经国略，壮气横秋。　　二纪叹淹留，寻壑经丘，醉吟适意且遨游。致主丹心犹未老，天意知不。

陆　游　　浪淘沙·丹阳浮玉亭席上作

绿树暗长亭，几把离尊，阳关常恨不堪闻。何况今朝秋色里，身是行人。　　清泪浥罗巾，各自消魂，一江离恨恰平分。安得千寻横铁锁，截断烟津。

姜特立　　浪淘沙·春事有来期

春事有来期，且喜春归，问春何似去年时。报道今年春意好，随分开眉。　　往事莫伤悲，光景如飞，十分潘鬓已成丝。幸是风流犹未减，且醉芳菲。

范成大　　浪淘沙·黯淡养花天

黯淡养花天，小雨能悭，烟轻云薄有无间。官柳丝丝都绿遍，犹有春寒。　　空翠湿征鞍，马首千山，多情若是肯俱还。别有玉杯承露冷，留共君看。

谢　懋　　浪淘沙·黄道雨初干

黄道雨初干，霁霭空蟠，东风杨柳碧毵毵。燕子不归花有恨，小院春寒。　　倦客亦何堪，尘满征衫，明朝野水几重山。归梦已随芳草绿，先到江南。

张孝祥　　浪淘沙·琪树间瑶林

琪树间瑶林，春意深深，梅花还被晓寒禁。竹里一枝斜向

我，欲诉芳心。　　楼外卷重阴，玉界沉沉，何人低唱醉泥金。掠水飞来双翠碧，应寄归音。

张孝祥　　浪淘沙·溪练写寒林

溪练写寒林，云重烟深，楼高风恶酒难禁。徙倚阑干谁共语，江上愁心。　　清兴满山阴，鸿断鱼沉，一书何啻直千金。独抚瑶徽弦欲断，凭寄知音。

丘　崈　　浪淘沙·朱都大和荆州作，次韵谢之

潇洒五湖仙，踏遍尘寰，吟哦长忆两松闲。邂逅天涯还一笑，璧合珠连。　　风采照衰残，妙语泠然，妓围香暖簇金蝉。端为故人情未减，醉玉颓山。

赵长卿　　浪淘沙·帘卷露花容

帘卷露花容，几度相逢，他知我意欲相通。偏奈天教多阻间，积恨何穷。　　云雨杳无踪，愁怕东风，时闻语笑恣欢浓。惟有俺咱真分浅，往事成空。

赵长卿　　浪淘沙·窈窕绣帏深

窈窕绣帏深，窈窕娉婷，梅花初试晚妆新。那更娇痴年纪小，冰雪精神。　　举措忒轻盈，歌彻新声，柔肠魂断不堪听。但恐巫山留不住，飞作行云。

赵长卿　　浪淘沙·绿树转鸣禽

绿树转鸣禽，已是春深，杨花庭院日阴阴。帘外飞来双语燕，不寄归音。　　旧事懒追寻，空惹芳心，天涯消息远沉沉。记得年时中酒后，直至而今。

王　炎　　浪淘沙·辛未中秋与文尉达可饮

月色十分圆，风露娟娟，木樨香里凭阑干。河汉横斜天似水，玉鉴光寒。　　草草具杯盘，相对苍颜，素娥莫惜少留连。秋气平分蟾兔满，动是经年。

辛弃疾　　浪淘沙·送子似

金玉旧情怀，风月追陪，扁舟千里兴佳哉。不似子猷行半

路，却棹船回。　　来岁菊花开，记我清杯，西风雁过瑱山台。把似倩他书不到，好与同来。

辛弃疾　　浪淘沙·赋虞美人草

不肯过江东，玉帐匆匆，至今草木忆英雄。唱著虞兮当日曲，便舞春风。　　儿女此情同，往事朦胧，湘娥竹上泪痕浓。舜盖重瞳堪痛恨，羽又重瞳。

辛弃疾　　浪淘沙·山寺夜半闻钟

身世酒杯中，万事皆空，古来三五个英雄。雨打风吹何处是，汉殿秦宫。　　梦入少年丛，歌舞匆匆，老僧夜半误鸣钟。惊起西窗眠不得，卷地西风。

程　垓　　浪淘沙·山尽两溪头

山尽两溪头，水合天浮，行人莫赋大江愁。且是芙蓉城下水，还送归舟。　　鱼雁两悠悠，烟断云收，谁教此水却西流。载我相思千点泪，还与青楼。

程　垓　　浪淘沙·才合又轻离

才合又轻离，心事多违，小窗灯影记亲移。可奈酒酣花困处，不省人归。　　山翠又如眉，肠断幽期，相思有梦阿谁知。莫遣重来风絮乱，不似当时。

程　垓　　浪淘沙·老去懒寻花

老去懒寻花，独自生涯，几枝疏影浸窗纱。昨夜月来人不睡，看尽横斜。　　门外欲啼鸦，香意凌霞，从渠千树绕人家。世上一枝元也足，不要随他。

徐似道　　浪淘沙·夜泊庐山

风紧浪淘生，蛟吼鼍鸣，家人睡著怕人惊。只有一翁扪虱坐，依约三更。　　雪又打残灯，欲暗还明，有谁知我此时情。独对梅花倾一盏，还又诗成。

陈三聘　　浪淘沙·风雨晚春天

风雨晚春天，芳兴慵悭，浅红稠绿满园间。独有梨花三四

朵，留住春寒。　　年少跃金鞍，咫尺关山，倦飞如我已知还。洒向东风千点泪，衣上重看。

石孝友　　　浪淘沙·好恨这风儿

好恨这风儿，催俺分离，船儿吹得去如飞。因甚眉儿吹不展，叵耐风儿。　　不是这船儿，载起相思，船儿若念我孤恓。载取人人篷底睡，感谢风儿。

马子严　　　浪淘沙·蜡梅

娇额尚涂黄，不入时妆，十分轻脆奈风霜。几度细腰寻得蜜，错认蜂房。　　东阁久凄凉，江路悠长，休将颜色较芬芳。无奈世间真若伪，赖有幽香。

赵师侠　　　浪淘沙·杏花

绛萼衬轻红，缀簇玲珑，夭桃繁李一时同。独向枝头春意闹，娇倚东风。　　飞片入帘栊，粉淡香浓，凤箫声断月明中。只恐明朝风雨恶，燕嘴泥融。

赵师侠　　　浪淘沙·桃花

桃萼正芳菲，初占春时，蒸霞灿锦望中迷。斜出繁枝临曲沼，鸾鉴妆迟。　　蜂蝶镇相依，天气融怡，空教追忆武陵溪。片片漫随流水去，风暖烟霏。

赵师侠　　　浪淘沙·柳

摇曳万丝风，轻染烟浓，鹅黄初褪绿茸茸。雨洗云娇春向晚，雪絮空濛。　　车马灞桥中，别绪匆匆，只知攀折怨西东。不道晓风残月岸，离恨无穷。

陈　亮　　　浪淘沙·霞尾卷轻绡

霞尾卷轻绡，柳外风摇，断虹低系碧山腰。古往今来离别地，烟水迢迢。　　归雁下平桥，目断魂销，夕阳无限满江皋。杨柳杏花相对晚，各自无聊。

陈　亮　　　浪淘沙·梅

院落晓风酸，春入西园，芳英吹破玉阑干。墙外红尘飞不

到，彻骨清寒。　　清浅小堤湾，瘦竹团栾，水光疏影有无间。仿佛浣沙溪上见，波面云鬟。

宋先生　　浪淘沙·我有一张琴

我有一张琴，随坐随行，无弦胜似有弦声。欲对人前弹一曲，不遇知音。　　夜静响琤轰，神鬼俱惊，惊天动地若雷鸣。只候功成归去后，携向蓬瀛。

宋先生　　浪淘沙·师指炼金丹

师指炼金丹，牢锁金关，工夫进火莫交闲。向己澄心观内景，闪电眉间。　　妙用在泥丸，神思难看，愚迷不悟隔千山。悟即如同观返掌，出世何难。

宋先生　　浪淘沙·铅汞要加添

铅汞要加添，火候频煎，体中气足返阳全。养就婴儿并姹女，同坐同眠。　　髓实自身坚，运满三田，刀圭服了得神仙。只候功成并行满，独步朝元。

汪　莘　浪淘沙·与外甥吴晋良游落石

天末起凉风，云气匆匆，如今何处有英雄。独佩一壶溪上去，秋水澄空。　　绝壁耸云中，倒挂青松，醉歌汉殿与秦宫。日现山西留不住，目送飞鸿。

吴　琚　　浪淘沙·云叶弄轻阴

云叶弄轻阴，屋角鸠鸣，青梅著子欲生仁。冷落江天寒食雨，花事关情。　　池馆昼盈盈，人醉寒轻，一川芳草只销凝。时有入帘新燕子，明日清明。

吴　琚　　浪淘沙·岸柳可藏鸦

岸柳可藏鸦，路转溪斜，忘机鸥鹭立汀沙。咫尺钟山迷望眼，一半云遮。　　临水整乌纱，两鬓苍华，故乡心事在天涯。几日不来春便老，开尽桃花。

魏了翁　　浪淘沙·老眼静中看

刘左史光祖之生正月十日李夫人之生以十九日赋两词寄之

老眼静中看，知我其天，纷纷得失了无关。花柳乾坤春世界，著我中间。　　世念久阑珊，随寓随安，人情犹望衮衣还。我愿时清无一事，尽使公闲。

魏了翁　　　　浪淘沙·鹤外倚楼看

鹤外倚楼看，云贴晴天，天高鸡犬碍云关。掉臂双仙留不彻，还任人间。　　客佩振珊珊，来贺平安，年年直待卷灯还。似是天公偏著意，占破春闲。

高观国　　　　浪淘沙·杜鹃花

啼魄一天涯，怨入芳华，可怜零血染烟霞。记得西风秋露冷，曾浼司花。　　明月满窗纱，倦客思家，故宫春事与愁赊。冉冉断魂招不得，翠冷红斜。

方千里　　　　浪淘沙·素秋霁

素秋霁，云横旷野，浪拍孤堞。柔橹悲声顿发，骊歌恨曲未阕，念一寸回肠千缕结。柳条在、忍使攀折。但怅惘章台路多少，相思拚愁绝。　　凄切，去程浩渺空阔。奈断梗孤蓬，西风外、蔌蔌残吹咽。应暗为行人，伤念离别。泪波易竭，凝怨怀、羞睹当时明月。烟浪无穷青山叠，鱼封远、雁书渐歇。甚时合、金钗分处缺。谩飘荡、海角天涯，再见日，应怜两鬓玲珑雪。

周文璞　　　　浪淘沙·还了酒家钱

还了酒家钱，便好安眠，大槐宫里著貂蝉。行到江南知是梦，雪压渔船。　　盘礴古梅边，也信前缘，鹅黄雪白又醒然。一事最奇君听取，明日新年。

韩　嘐　　　　浪淘沙·莫上玉楼看

莫上玉楼看，花雨斑斑，四垂罗幕护朝寒。燕子不知人去也，飞认阑干。　　回首几关山，后会应难，相逢只有梦魂间。可奈梦随春漏短，不到江南。

韩　嘐　　　　浪淘沙·丰乐楼

裙色草初青，鸭绿波轻，试花霏雨湿春晴。三十六梯人不

到，独唤瑶筝。　　艇子忆逢迎，依旧多情，朱门只合锁娉婷。却逐彩鸾归去路，香陌春城。

刘克庄　　浪淘沙·丁未生日

去岁诣公车，天语勤渠，绛纱玉斧照寒儒。恰似昔人曾梦到，帝所清都。　　骨相太清臞，谪堕须臾，今年黄敕换称呼。只为此翁霜鬓秃，老不中书。

刘克庄　　浪淘沙·早岁类寒蛩

早岁类寒蛩，晚节遭逢，曾开黄卷侍重瞳。归去青藜光照牖，阶药翻红。　　出昼颇匆匆，主眷犹浓，除官全似紫阳翁。换个新衔头面改，又似包公。

刘克庄　　浪淘沙·纸帐素屏遮

纸帐素屏遮，全似僧家，无端霜月闯窗纱。唤起玉关征戍梦，几叠寒笳。　　岁晚客天涯，短发苍华，今年衰似去年些。诗酒新来俱倚阁，孤负梅花。

刘克庄　　浪淘沙·叠嶂碧周遮

叠嶂碧周遮，游子思家，掩藏白发赖乌纱。落日倚楼千万恨，社鼓城笳。　　老去淡生涯，虚掷年华，腊茶盂子太清些。待得痴儿公事毕，谢了梅花。

刘克庄　　浪淘沙·素馨

目力已茫茫，缝菊为囊，论衡何必帐中藏。却爱素馨清鼻观，采伴禅床。　　风露送新凉，山麝开房，旋吹银烛闭华堂。无奈纱厨遮不住，一地闻香。

张　榘　浪淘沙·次韵孙霁窗制参雨中海棠

春梦草茸茸，愁雨愁风，对花须拚酒频中。莫遣枝头银烛暗，辜负嫣红。　　推起簿书丛，何苦匆匆，悭吟却讶少陵公。天定为花开一笑，日上篱东。

张　榘　浪淘沙·再用前韵定出郊之约

烟缕暗蒙茸，杨柳轻风，雨声多在夜窗中。春水渐生春事

去，流尽残红。　　新笋绿丛丛，莺语匆匆，一樽同酹定林公。十里长松青未了，山北山东。

张　榘　　　浪淘沙·风色转东南

和上元王仇香猷、含山邵梅仙有焕叙别

风色转东南，翠拥层峦，杏花疏雨逗清寒。钟阜石城何处是，烟霭漫漫。　　行旆已西关，一霎时间，芳樽聊复挽余欢。明日断魂分付与，万叠云山。

张　榘　　　浪淘沙·再和

雨过暮天南，高下青峦，小楼燕子话春寒。多少夕阳芳草地，雾掩烟漫。　　别恨正相关，心上眉间，离歌一曲间悲欢。后夜月明何处梦，钟阜容山。

善　珍　　　浪淘沙·寄剑阁

相对两衰翁，身似枯蓬，分飞吹聚谢天风。零落交游无一个，五十年中。　　生客语藏锋，不答阳聋，心期难话与儿童。共结庵招猿鹤侣，烟锁云封。

善　珍　浪淘沙·九日登钓台怀思溪旧游

七十二年翁，曾客吴中，清游占断水晶宫。几度藕花归棹晚，月渚烟钟。　　追记已陈踪，回首空濛，凭高荒草夕阳同。欲问谢公歌舞地，落叶鸣蛩。

吴　潜　浪淘沙·和吴梦窗席上赠别

家在敬亭东，老桧苍枫，浮生何必寄萍蓬。得似满庭芳一曲，美酒千钟。　　万事转头空，聚散匆匆，片帆稳挂晓来风。别后平安真信息，付与飞鸿。

吴　潜　　　浪淘沙·长记去年时

长记去年时，雪满征衣，佳人携手画楼西。今日关山千里外，此恨谁知。　　想见绿窗低，依旧空闺，惜春还是惜花飞。纵有游蜂偷得去，争似帘帷。

吴　潜　浪淘沙·戊午中秋和刘自昭

望月眼穿东，云幕千重，有时推出赖他风。恰似玉环犹未

窦，得恁玲珑。　　谁在华山峰，一半天中，君逾五十我成翁。未必明年如此夜，笑口难逢。

李曾伯　　浪淘沙·昨夜雨兼风

昨夜雨兼风，断送残红，老寒犹自著帘栊。为问香篝人语道，翠被还重。　　何处有疏钟，惊起匆匆，惜春休放酒杯空。芳草天涯寒食又，归兴尤酞。

李曾伯　　浪淘沙·舟泊李家步

斜日挂汀洲，帆影悠悠，碧云合处是吴头。几片寒芦三两雁，人立清秋。　　柳外莫停舟，休问闲愁，人生江海一萍浮。世路相期如此水，万里安流。

吴文英　　浪淘沙·绿树越谿湾

有得越中故人赠杨梅者，为赋赠

绿树越谿湾，过雨云殷，西陵人去暮潮还。铅泪结成红粟颗，封寄长安。　　别味带生酸，愁忆眉山，小楼灯外楝花寒。衫袖醉痕花唾在，犹染微丹。

吴文英　　浪淘沙·九日从吴见山觅酒

山远翠眉长，高处凄凉，菊花清瘦杜秋娘。净洗绿杯牵露井，聊荐幽香。　　乌帽压吴霜，风力偏狂，一年佳节过西厢。秋色雁声愁几许，都在斜阳。

吴文英　　浪淘沙·灯火雨中船

灯火雨中船，客思绵绵，离亭春草又秋烟。似与轻鸥盟未了，来去年年。　　往事一潸然，莫过西园，凌波香断绿苔钱。燕子不知春事改，时立秋千。

洪　瑹　　浪淘沙·别意

花雾涨冥冥，欲雨还晴，薄罗衫子正宜春。无奈今宵鸳帐里，身是行人。　　别酒不须斟，难洗离情，丝鞘如电紫骝鸣。肠断画桥芳草路，月晓风清。

章谦亨　　　**浪淘沙·云藏鹅湖山**

台上凭阑干，犹怯春寒，被谁偷了最高山。将谓六丁移取去，不在人间。　　却是晓云闲，特地遮拦，与天一样白漫漫。喜得东风收卷尽，依旧追还。

此首别作陈康伯词

李彭老　　　**浪淘沙·泼火雨初晴**

泼火雨初晴，草色青青，傍檐垂柳卖春饧。画舫载花花解语，绾燕吟莺。　　箫鼓入西泠，一片轻阴，钿车罗盖竞归城。别有水窗人唤酒，弦月初生。

李莱老　　　**浪淘沙·榆火换新烟**

榆火换新烟，翠柳朱檐，东风吹得落花颠。帘影翠梭悬绣带，人倚秋千。　　犹忆十年前，西子湖边，斜阳吹入画楼船。归醉夜堂歌舞月，拚却春眠。

李莱老　　　**浪淘沙·宝押绣帘斜**

宝押绣帘斜，莺燕谁家，银筝初试合琵琶。柳色春罗裁袖小，双戴桃花。　　芳草满天涯，流水韶华，晚风杨柳绿交加。闲倚阑干无藉在，数尽归鸦。

李振祖　　　**浪淘沙·春在画桥西**

春在画桥西，画舫轻移，粉香何处度涟漪。认得一船杨柳外，帘影垂垂。　　谁倚碧阑低，酒晕双眉，鸳鸯并浴燕交飞。一片闲情春水隔，斜日人归。

洪子大　　　**浪淘沙·上苑又春残**

上苑又春残，樱颗如丹，明光宫里水晶盘。想得退朝花底散，宣赐千官。　　往事记金銮，荔子难攀，多情更有酪浆寒。蜀客筠笼相赠处，愁忆长安。

陈　著　　　**浪淘沙·与前人**

有约泛溪篷，游画图中，沙鸥引入翠重重。认取抱琴人住

处，水浅山浓。　　一笑两衰翁，莫惜从容，瓮醅灰芋雪泥菘。直到梅花飞过也，桃李春风。

陈　著　　　　浪淘沙·留城

记得去年时，采菊东篱，眉间一笑捧花枝。说道愿如花不老，交劝双卮。　　又是菊花期，客况谁知，便无风雨也凄凄。白发夫妻时节酒，堪几参差。

陈　著　　　　浪淘沙·立春日卖春困

窗影弄晴红，欢笑成丛，一声春困到衰翁。回首太平儿戏事，雨过云空。　　人世暗尘中，如梦方浓，也须留取自惺憁。试问若教都困了，谁管春风。

陈　著　　　　浪淘沙·示吴应奎

迟饭甑炊红，青蒻蔬丛，鸡声邻里狎田翁。兵后故人能有几，岁晚江空。　　谁信淡交中，依旧情浓，白头青眼转惺憁。相见莫教轻别去，负月孤风。

陈　著　　　　浪淘沙·次韵示弟观

春事紫和红，蜂蝶争丛，消磨多少看花翁。不用借他炊黍枕，何梦非空。　　茅屋菜畦中，村瓮醅浓，醉时啼鸟唤惺憁。不道白头添一岁，舞月歌风。

陈　著　　　　浪淘沙·年事夕阳红

年事夕阳红，霜满髯丛，摩挲苍藓石婆翁。能见几人曾百岁，一笑书空。　　回首棣华中，消得春浓，平生心事两惺憁。杖屦相从须放密，山月溪风。

萧汉杰　　　　浪淘沙·中秋雨

愁似晚天云，醉亦无凭，秋光此夕属何人。贫得今年无月看，留滞江城。　　夜起候檐声，似雨还晴，旧家谁信此时情。惟有桂香时入梦，勾引诗成。

金淑柔　　　　浪淘沙·丰城道中

雨溜和风铃，滴滴丁丁，酿成一枕别离情。可惜当年陶学士，孤负邮亭。　　边雁带秋声，音信难凭，花须偷数卜归程。料得到家秋正晚，菊满寒城。

向希尹　　　　浪淘沙·结客去登楼

结客去登楼，谁系兰舟，半篙清涨雨初收。把酒留春春不住，柳暗江头。　　老去怕闲愁，莫莫休休，晚来风恶下帘钩。试问落花随水去，还解西流。

刘辰翁　　　　浪淘沙·秋夜感怀

无叶著秋声，凉鬓堪惊，满城明月半窗横。惟有老人心似醉，未晓偏醒。　　起舞故无成，此恨难平，正襟危坐二三更。除却故人曹孟德，更与谁争。

刘辰翁　　　　浪淘沙·大风作

卷海海翻杯，倾动蓬莱，似嫌到处马头埃。雨洗御街流到我，吹向潮回。　　寒似雪天梅，安石榴开，绣衾重暖笑炉灰。料想东风还忆我，昨夜归来。

刘辰翁　　　　浪淘沙·有感

无谓两眉攒，风雨春寒，池塘小小水漫漫。只为柳花无一点，忘了临安。　　何许牡丹残，客倚屏看，小楼面面是春山。日暮不知春去路，一带阑干。

周　密　　　　浪淘沙·新雨洗晴空

新雨洗晴空，碧浅眉峰，翠楼西畔画桥东。柳线嫩黄才半染，眼眼东风。　　绣户掩芙蓉，帐减香筒，远烟轻霭弄春容。雁雁又归莺未到，谁寄愁红。

周　密　　　　浪淘沙·芳草碧茸茸

芳草碧茸茸，染恨无穷，一春心事雨声中。窄索宫罗寒尚峭，闲倚熏笼。　　犹记粉阑东，同醉香丛，金鞍何处骤骅骢。袅袅绿窗残梦断，红杏东风。

周　密　　　浪淘沙·柳色淡如秋

柳色淡如秋，蝶懒莺羞，十分春事九分休。开尽楝花寒尚在，怕上帘钩。　　京洛少年游，谁念淹留，东风吹雨过西楼。残梦宿酲相合就，一段新愁。

邓　剡　　　浪淘沙·疏雨洗天晴

疏雨洗天晴，枕簟凉生，井梧一叶做秋声。谁念客身轻似叶，千里飘零。　　梦断古台城，月淡潮平，便携酒访新亭。不见当时王谢宅，烟草青青。

黎廷瑞　　　浪淘沙·惜别

别易见时难，万水千山，参商烟树暮云间。料想凤凰城里梦，夜夜归鞍。　　杨柳小楼闲，倚遍阑干，东风剪剪雨珊珊。落尽桃花无可落，只管春寒。

仇　远　　　浪淘沙·芍药小纱窗

芍药小纱窗，唾碧茸长，粉香犹浣旧时妆。玉佩丁东仙步远，好处难忘。　　草草赋高唐，终是荒凉，凉蟾飞入合欢床。争得花阴重邂逅，才不思量。

蒋　捷　　　浪淘沙·人爱晓妆鲜

人爱晓妆鲜，我爱妆残，翠钗扶住欲欹鬟。印了夜香无事也，月上凉天。　　新谱学筝难，愁涌蛾弯，一床衾浪未红翻。听得人催佯不睬，去洗珠钿。

蒋　捷　　　浪淘沙·重九

明露浴疏桐，秋满帘栊，掩琴无语意忡忡。掐破东窗窥皓月，早上芙蓉。　　前事渺茫中，烟水孤鸿，一尊重九又成空。不解吹愁吹帽落，恨杀西风。

张　炎　　　浪淘沙·秋江

万里一飞篷，吟老丹枫，潮生潮落海门东。三两点鸥沙外月，闲意谁同。　　一色与天通，绝去尘红，渔歌忽断荻花风。烟水自流心不竞，长笛霜空。

张　炎　　浪淘沙·题许由掷瓢手卷

拂袖入山阿，深隐松萝，掬流洗耳厌尘多。石上一般清意味，不羡渔蓑。　　日月静中过，俗□消磨，风瓢分付与清波。却笑唐求因底事，无奈诗何。

张　炎　　浪淘沙·寒食不多时

寒食不多时，燕燕才归，杏花零落水痕肥。浅碧分山初过雨，一霎晴晖。　　闲折小桃枝，蝶也相随，晚妆不合整蛾眉。蓦忽思量张敞画，又被愁知。

张　炎　　浪淘沙·余画墨水仙并题其上

回首欲婆娑，淡扫修蛾，盈盈不语奈情何。应恨梅兄矾弟远，云隔山阿。　　弱水夜寒多，带月曾过，羽衣飞过染余波。白鹤难招归未得，天阔星河。

张　炎　　浪淘沙·题陈汝朝百鹭画卷

玉立水云乡，尔我相忘，披离寒羽庇风霜。不趁白鸥游海上，静看鱼忙。　　应笑我凄凉，客路何长，犹将孤影侣斜阳。花底鹓行无认处，却对秋塘。

张　炎　　浪淘沙·作墨水仙寄张伯雨

香雾湿云鬟，蕊佩珊珊，酒醒微步晚波寒。金鼎尚存丹已化，雪冷虚坛。　　游冶未知还，鹤怨空山，潇湘无梦绕丛兰。碧海茫茫归不去，却在人间。

吴元可　　浪淘沙·浅约未曾来

浅约未曾来，一径苍苔，缃桃无数棘花开。怪得闭门机杼静，挑菜初回。　　幽树鸟声催，欲去徘徊，□□别久易相猜。幽绪一晴无处著，戏打青梅。

赵　旭　　浪淘沙·握管泪盈眸

握管泪盈眸，欲写还休，人间情是阿谁留。千丈游丝不落地，风外悠悠。　　烟雨晚山稠，人在西楼，几行候雁下汀洲。一个思乡寒夜客，万种离愁。

无名氏　　　浪淘沙·春色入横塘

春色入横塘，变尽凄凉，青梢弄粉雪溪傍。疑是化工偏著意，欲试新妆。　　玉蓓锁春藏，占断寒芳，他时鼎鼐不须忙。泄漏清香方有思，别是春光。

无名氏　　　浪淘沙·雪里暗香浓

雪里暗香浓，乍吐琼英，横斜疏影月明中。学傅胭脂桃与杏，虚废春工。　　素艳有谁同，不并妖红，应如褒姒笑时容。绝胜梨花春带雨，旖旎春风。

无名氏　　　浪淘沙·村左小溪傍

村左小溪傍，粉黛宜芳，寒添潇洒冷添霜。清瘦几枝堪入画，竹映苔墙。　　疏影浸横塘，月暗浮香，当时曾伴寿阳妆。不似东君先倚槛，泄漏春光。

无名氏　　　浪淘沙·水饭恶冤家

水饭恶冤家，些小姜瓜，尊前正欲饮流霞。却被伊来刚打住，好闷人那。　　不免着匙爬，一似吞沙，主人若也要人夸。莫惜更搀三五盏，锦上添花。

无名氏　　　浪淘沙·帘外五更风

帘外五更风，吹梦无踪，画楼重上与谁同。记得玉钗斜拨火，宝篆成空。　　回首紫金峰，雨润烟浓，一江春浪醉醒中。留得罗襟前日泪，弹与征鸿。

浪淘沙令

即《浪淘沙》。唐人《浪淘沙》本七言绝句，至南唐李煜，始制两段令词。详见《浪淘沙》条。

柳　永　　　浪淘沙令·有个人人

有个人人，飞燕精神，急锵环佩上华茵。促拍尽随红袖举，风柳腰身。　　簌簌轻裙，妙尽尖新，曲终独立敛香尘。应是西施娇困也，眉黛双颦。

王安石　　　浪淘沙令·伊吕两衰翁

伊吕两衰翁，历遍穷通，一为钓叟一耕佣。若使当时身不遇，老了英雄。　　汤武偶相逢，风虎云龙，兴王只在笑谈中。直至如今千载后，谁与争功。

史　浩　　　浪淘沙令·祝寿

祝寿祝寿，筵开锦绣。拈起香来玉也似手，拈起盏来金也似酒，祝寿祝寿。　　命比乾坤久，长寿长寿。松椿自此碧森森底茂，乌兔从他汨辘辘底走，长寿长寿。

王　炎　　　浪淘沙令·开禧丙寅在大坂作

流水绕孤村，杨柳当门，昔年此地往来频。认得绿杨携手处，笑语如存。　　往事不堪论，强对清尊，梅花香里月黄昏。白首重来谁是伴，独自销魂。

王　炎　　　浪淘沙令·菊

秋色满东篱，露滴风吹，凭谁折取泛芳卮。长是年年重九日，苦恨开迟。　　因记得当时，共捻纤枝，而今寂寞凤孤飞。不似旧来心绪好，惟有花知。

无名氏　　　浪淘沙令·今日□筵中

今日□筵中，酒侣相逢，大家满满泛金钟。自起自斟还自饮，一笑春风。　　传与主人翁，权且饶侬，侬今沉醉眼矇眬。此酒可怜无伴饮，付与诸公。

浪淘沙近

即《浪淘沙》，宋祁词名《浪淘沙近》。详见《浪淘沙》条。

宋　祁　　　浪淘沙近·少年不管

少年不管，流光如箭，因循不觉韶光换。至如今，始惜月满、花满、酒满。　　扁舟欲解垂杨岸，尚同欢宴，日斜歌阕

将分散。倚兰桡，望水远、天远、人远。

浪淘沙慢

又名《浪淘沙》、《浪涛沙》、《浪淘沙慢》。三叠，有一百三十二字、一百三十三字数体。其一百三十三字，上片与中片各九句、六仄韵，下片六句、四仄韵为正体。

吴文英　　浪淘沙慢·赋李尚书山园

梦仙到、吹笙路杳，度巘云滑。溪谷冰绡未裂，金铺昼锁乍掣。见竹静、梅深春海阔。有新燕、帘底低说。念汉履无声跨鲸远，年年谢桥月。　　曲折，画阑尽日凭热。半蜃起玲珑楼阁畔，缥缈鸿去绝。飞絮飏东风，天外歌阕。睡红醉缬，还是催、寒食看花时节。　　花下苍苔盛罗袜，银烛短、漏壶易竭。料池柳、不攀春送别。倩玉兔、别捣秋香，更醉蹋、千山冷翠飞晴雪。

杨泽民　　浪淘沙慢·禁城外

禁城外，青青细柳，翠拂高堞。征鼓催人骤发，长亭渐觉宴阕。情绪似丁香千百结，忍重看、手简亲折。听怨举离歌寄深意，新声更清绝。　　心切，暮天塞草烟阔。正乍褭轻尘，新晴后，汩汩清渭咽。闻西度阳关，风致全别。玉杯屡竭，思故人千里，唯同明月。　　扶上雕鞍还三叠，那堪第四声未歇。念蟾魄、能圆还解缺。况人事、莫苦悲伤悴艳色，归来复见头应雪。

陈允平　　浪淘沙慢·暮烟愁

暮烟愁，鸦归古树，雁过空堞。南浦牙樯渐发，阳关歌尽半阕。便恨入回肠千万结，长亭柳、寸寸攀折。望日下长安近，莫遣鳞鸿成闲绝。　　凄切，去帆浪远江阔。怅顿解连环，西窗下，对烛频哽咽。叹百岁光阴，几度离别。翠销粉竭，信乍圆易散，彩云明月。　　浙水吴山重重叠，流苏帐、阳台梦歇。暗尘锁、孤鸾秦镜缺。羞人问、怕说相思，正满院杨花，落尽东风雪。

家山好

调见《湘山野录》卷中宋刘述词。双调，五十六字。上片六句、四平韵，下片五句、三平韵。

刘　述　　家山好·挂冠归去旧烟萝

挂冠归去旧烟萝，闲身健，养天和。功名富贵非由我，莫贪他。这歧路、足风波。　水晶宫里家山好，物外胜游多。晴溪短棹，时时醉唱里棱罗，天公奈我何。

宴山亭

即《燕山亭》，详见《燕山亭》条。

王之道　　宴山亭·海棠

微雨斑斑，晕湿海棠，渐觉燕脂红褪。迟日短垣，娇怯和风，摇曳一成春困。玉软酴酥，扶不起、晚妆慵整。愁恨，对佳时媚景，可堪重省。　曾约小桃新燕，有蜂媒蝶使，为传芳信。西蜀杜郎，东坡苏老，道也道应难尽。一朵风流，雅称且、风翘云鬓。相映，眉拂黛、梅腮弄粉。

张　镃　　宴山亭·幽梦初回

幽梦初回，重阴未开，晓色吹成疏雨。竹槛气寒，蕙畹声摇，新绿暗通南浦。未有人行，才半启、回廊朱户。无绪，空望极霓旌，锦书难据。　苔径追忆曾游，念谁伴、秋千彩绳芳柱。犀奁黛卷，凤枕云孤，应也几番凝伫。怎得伊来，花雾绕、小堂深处。留住，直到老、不教归去。

曹　邍　　宴山亭·被召赋玉绣球

香月玲珑，柔风镂刻，嫩绿枝头圆腻。绯桃院宇，絮柳池塘，独立万红尘外。戏舞千团，讶粉羽、留连春媚。非是，看滚雪抛琼，镜鸾相倚。　唐昌仙观风流，有霞洞藏花，绀鬟玉蕊。雕阑占赏，禁苑承恩，难比太平瑶卉。遍插金瓶，更移近、宝猊烟翠。堪爱。只少个、鸳鸯绣带。

宴齐云

即《南歌子》，贺铸另立词名《宴齐云》。详见《南歌子》条。

贺　铸　　宴齐云·境跨三千里

境跨三千里，楼侵尺五天。碧鸳鸯瓦昼生烟，未信西山台观、压当年。　野色分禾黍，秋声入管弦。闲挥谈麈簇吟笺，三十万家风月、共流连。

宴春台

即《燕春台》、《夏初临》、《燕春天慢》，详见《燕春台》条。

黄　裳　　宴春台·初夏宴芙蓉堂

夏景舒长，麦天清润，高低万木成阴。晓意寒轻，一声未放蝉吟。但闻莺友同音，宴华堂、绿水中心。芙蓉都没，红妆信息，终待重寻。　清冷相照，邂逅俱欢，翠娥拥我，芳酝强斟。笙歌引步，登临更向瑶岑。卧影沉沉，自风来、与客披襟。纵更深，归来洞府，红烛如林。

王之道　　宴春台·追和张子野韵赠陈德甫侍儿

翠竹扶疏，丹葵隐映，绿窗朱户萦回。帘卷虾须，清风时自南来。题舆好客筵开，俨新妆、深出云街。歌珠累贯，一时倾坐，全胜腰雷。　金猊袅碧，玉兕浮红，令传三杏，情寄双梅。楼头漏促，笼纱暗落花煤。锦里遗音，忆当年、曾赋春台。醉蓬莱，归欤无寐，想余韵徘徊。

刘辰翁　　宴春台·寿周耐轩

五十三年，韶华刚度，今年夏五十三。瑞鹤朝来，待公弥月重探。人生贵寿多男。看斓斑室，添个荷衫。□□□，亭亭八面，醉倚红酣。　承平故事，暇日清谈。云龙风虎，塞北

江南。午桥午枕，羲皇白日如惔。手种蟠桃，明年看取，实大如柑。奈何堪，天妒人睡美，趣趁朝参。

宴春台慢

即《燕春台》，宋张先词名《宴春台慢》。详见《燕春台》条。

张　先　宴春台慢·东都春日李阁使席上

丽日千门，紫烟双阙，琼林又报春回。殿阁风微，当时去燕还来。五侯池馆频开，探芳菲、走马天街。重帘人语，辚辚绣轩，远近轻雷。　雕觞霞滟，翠幕云飞，楚腰舞柳，宫面妆梅。金猊夜暖、罗衣暗裛香煤。洞府人归，放笙歌、灯火下楼台。蓬莱犹有花上月，清影徘徊。

宴桃源

即《阮郎归》，曹冠词名为《宴桃源》。详见《阮郎归》条。另，《如梦令》别名《宴桃源》，因周邦彦词首句为“宴桃源”之故。

黄庭坚　宴桃源·书赵伯充家小姬领巾

天气把人僝僽，落絮游丝时候。茶饭可曾忺，镜中赢得销瘦。生受，生受，更被养娘催绣。

晁端礼　宴桃源·又是青春将暮

原误作醉桃源

又是青春将暮，望极桃溪归路。洞户悄无人，空锁一庭红雨。凝伫，凝伫，人面不知何处。

晁补之　宴桃源·往岁真源谪去

往岁真源谪去，红泪扬州留住。饮罢一帆东，去入楚江寒雨。无绪，无绪，今夜秦淮泊处。

米友仁　　宴桃源·蝶梦初回栩栩

蝶梦初回栩栩，柳岸几声莺语。蘋末起微风，山外一川烟雨。凝顾，凝顾，人在玉壶深处。

周紫芝　　宴桃源·帘幕疏疏风透

帘幕疏疏风透，庭下月寒花瘦。宽尽沈郎衣，方寸不禁僝僽。难受，难受，灯暗月斜时候。

周紫芝　　宴桃源·林外野塘烟腻

林外野塘烟腻，衣上落梅香细。瘦马步凌兢，人在乱山丛里。憔悴，憔悴，回望小楼千里。

周紫芝　　宴桃源·绿尽小池芳草

绿尽小池芳草，门外柳垂春昼。花上雨廉纤，帘幕燕来时候。消瘦，消瘦，依约粉香襟袖。

周紫芝　　宴桃源·与孙祖恭求酴醾

旧日荼蘼时候，酒涴粉香襟袖。老去惜春心，试问孙郎知否。花瘦，花瘦，剪取一枝重嗅。

王之道　　宴桃源·和张文伯雪

飞雪舞稀还骤，高阁下临群岫。独立遂移时，归去黄昏前后。知否，知否，落笔骚人赋就。

王之道　　宴桃源·风急柳花飞骤

风急柳花飞骤，白尽千林万岫。樵担晚来归，正在栖鸦啼后。知否，知否，语到谢娘诗就。

王之道　　宴桃源·乌江路中之一

黄叶声迟风歇，龛火夜寒明灭。残月却多情，来照先生归辙。清绝，清绝，透隙飞霜似雪。

王之道　　宴桃源·乌江路中之二

遥指汤泉西路，隐约碧云天暮。宿鸟择深枝，两两相呼如语。凝伫，凝伫，今夜梦魂何处。

王之道　　　　宴桃源·海棠

水外漫山桃李，那得个中风味。一种最怜渠，酒著佳人半醉。还似，还似，惊起午窗春睡。

陈允平　　　　宴桃源·闲倚琐窗工绣

闲倚琐窗工绣，春困两眉频皱。独自下香街，攀折画桥烟柳。晴昼，晴昼，偏称玉楼歌酒。

陈允平　　　　宴桃源·何处春风归路

何处春风归路，金屋空藏樊素。零乱海棠花，愁梦欲随春去。情绪，情绪，粉溅两行冰箸。

无名氏　　　　宴桃源·落日霞消一缕

落日霞消一缕，素月棱棱微吐。何处夜归人，呕哑几声柔橹。归去，归去，家在烟波深处。

宴 清 都

又名《四代好》、《宴满都》。调见周邦彦《清真乐府》。双调数体。其一百零二字，上片十句、五仄韵，下片十句、四仄韵为正体；其一百零二字，上下片各十句、六仄韵为变体；其一百零二字，上片十二句、六仄韵、三叠韵，下片十一句、六仄韵为另一变体等。

周邦彦　　　　宴清都·秋景

地僻无钟鼓，残灯灭，夜长人倦难度。寒吹断梗，风翻暗雪，洒窗填户。宾鸿谩说传书，算过尽、千俦万侣。始信得、庾信愁多，江淹恨极须赋。　　凄凉病损文园，微弦乍拂，音韵先苦。淮山夜月，金城暮草，梦魂飞去。秋霜半入清镜，叹带眼、都移旧处。更久长、不见文君，归时认否。

何　籀　　　　宴清都·细草沿阶软

细草沿阶软，迟日薄，蕙风轻蔼微暖。春工靳惜，桃红尚小，柳芽犹短。罗帏绣幕高卷，又早是、歌慵笑懒。凭画楼，

那更天远，山远，水远，人远。　　堪叹，傅粉疏狂，窃香俊雅，无计拘管。青丝绊马，红巾寄泪，甚处迷恋。无言泪珠零乱，翠袖滴、重重渍遍。故要知、别后思量，归时觑见。

曹　勋　　宴清都·太母诞辰

画幕明新晓，晴日薄，小春微动花柳。宸闱荐祉，东朝诞育，载光坤厚。朱颜内鼎丹就，喜自得、长生妙有。奉冕旒、衣彩坤珍，同耀帕罗珠袖。　　钧奏，翠羽帘垂，三千粉色，花明如绣。歌声缓引，梁尘暗落，五云凝昼。龙香绕斟芳酒，尽夜饮、何妨禁漏。万万载、常向慈宁，俱献圣寿。

曹　勋　　宴清都·贵妃生日

风苑东风软，春容早，岁端新律初转。宫云丽晓，人日应钟，庆符闺范。元妃懿德尊显，位四圣、晋芳避辇。佐圣主、美化重宣，光被海宇弥远。　　香满，帝渥恩隆，歌珠舞雪，俱陈丝管。彤闱共悦，天颜有喜，看寿觞亲劝。今年外家华焕，拥使节、新班侍宴。愿万载、永冠椒房，常奉舜殿。

曹　勋　　宴清都·野水澄空

野水澄空，远山随眼，笋舆乘兴庐阜。天池最极，云溪最隐，翠迷归路。三峡两龙翔翥，尽半月、犹贪杖屦。闲引杯，相赏好处奇处，险处清处。　　凝伫，道友重陪，西山胜迹，玉隆风御。滕阁下临，晴峰万里，水云千古。飞觞且同豪举，喜醉客、龙吟度曲。待记成佳话，归时从头细数。

袁去华　　宴清都·暮雨消烦暑

暮雨消烦暑，房栊□、顿觉秋意如许。天高云杳，山横绀碧，桂华初吐。空庭静掩桐阴，更苒苒、流萤暗度。记那时、朱户迎风，西厢待月私语。　　佳期易失难重，余香破镜，虽在何据。如今要见，除非是梦，几时曾做。人言雁足传书，待尽写、相思寄与。又怎生、说得愁肠，千丝万缕。

赵善扛　　宴清都·饯明远兄县丞荣满赴调

疏柳无情绪，都不管、渡头行客欲去。犹依赖得，玉光万顷，为人留住。相从岁月如骛，叹回首、离歌又赋。更举目、

斜照沉沉，西风剪剪秋墅。　　君行定忆南池，歌筵舞地，花晨月午。八砖步日，三雍奏乐，送君云路。别情未抵遗爱，试听取、湖山共语。便可能、无意同倾，一尊露醑。

卢祖皋　　　宴清都·初春

春讯飞琼管，风日薄、度墙啼鸟声乱。江城次第，笙歌翠合，绮罗香暖。溶溶涧渌冰泮，醉梦里、年华暗换。料黛眉重锁隋堤，芳心还动梁苑。　　新来雁阔云音，鸾分鉴影，无计重见。啼春细雨，笼愁澹月，恁时庭院。离肠未语先断，算犹有、凭高望眼。更那堪、芳草连天，飞梅弄晚。

方千里　　　宴清都·暮色闻津鼓

暮色闻津鼓，烟波碧、数行征雁时度。轻榔聚网，长歌和楫，水村渔户。行人又落天涯，但怅望、高阳伴侣。记旧日、酒卸宫袍，马酬少妾词赋。　　如今鬓影萧然，相逢似雪，徒话愁苦。芳尘暗陌，残花遍野，岁华空去。垂杨翠拂门径，尚梦想、当时住处。纵早归、绿渐成阴，青娥在否。

吴文英　　　宴清都·饯荣王仲亨还京

夹钟羽，俗名中吕调

翠羽飞梁苑，连催发，暮樯留话江燕。尘街堕珥，瑶扉乍钥，彩绳双罥。新烟暗叶成阴，效翠妩、西陵送远。又趁得、蕊露天香，春留建章花晚。　　归来笑折仙桃，琼楼宴萼，金漏催箭。兰亭秀语，乌丝润墨，汉宫传玩。红欹醉玉天上，倩凤尾、时题画扇。问几时、重驾巫云，蓬莱路浅。

吴文英　　　宴清都·连理海棠

绣幄鸳鸯柱，红情密，腻云低护秦树。芳根兼倚，花梢钿合，锦屏人妒。东风睡足交枝，正梦枕、瑶钗燕股。障滟蜡、满照欢丛，嫠蟾冷落羞度。　　人间万感幽单，华清惯浴，春盎风露。连鬟并暖，同心共结，向承恩处。凭谁为歌长恨，暗殿锁、秋灯夜语。叙旧期、不负春盟，红朝翠暮。

吴文英　　　宴清都·寿荣王夫人

万壑蓬莱路，非烟霁，五云城阙深处。璇源媲凤，瑶池种

玉，炼颜金姹。长虹梦入仙怀，便洗日、铜华翠渚。向瑞世、独占长春，蟠桃正饱风露。　　殷勤汉殿传卮，隔江云起，暗飞青羽。南山寿石，东周宝鼎，千秋巩固。何时地拂龙衣，待迎入、玉京阆圃。看□□、剩拥湖船，三千彩御。

吴文英　　宴清都·寿秋壑

翠匝西门柳，荆州昔，未来时正春瘦。如今剩舞，西风旧色，胜东风秀。黄粱露湿秋江，转万里、云樯蔽昼。正虎落、马静晨嘶，连营夜沉刁斗。　　含章换几桐阴，千官邃幄，韶风还奏。席前夜久，天低宴密，御香盈袖。星槎信约长在，醉兴渺、银河赋就。对小弦、月挂南楼，凉浮桂酒。

吴文英　　宴清都·柳色春阴重

送马林屋赴南宫，分韵得动字

柳色春阴重，东风力，快将云雁高送。书檠细雨，吟窗乱雪，井寒笔冻。家林秀橘霜老，笑分得、蟾边桂种。应茂苑、斗转苍龙，唯潮献奇吴凤。　　玉眉暗隐华年，凌云气压，千载云梦。名笺澹墨，恩袍翠草，紫骝青鞚。飞香杏园新句，眩醉眼、春游乍纵。弄喜音、鹊绕庭花，红帘影动。

吴文英　　宴清都·万里关河眼

万里关河眼，愁凝处，渺渺残照红敛。天低远树，潮分断港，路回淮甸。吟鞭又指孤店，对玉露金风送晚。恨自古、才子佳人，此景此情多感。　　吴王故苑，别来良朋雅集，空叹蓬转。挥毫记烛，飞觞赶月，梦销香断。区区去程何限，倩片纸、丁宁过雁。寄相思，寒雨灯窗，芙蓉旧院。

吴文英　　宴清都·病渴文园久

病渴文园久，梨花月，梦残春故人旧。愁弹枕雨，衰翻帽雪，为情僝僽。千金醉跃骄骢，试问取、朱桥翠柳。痛恨不、买断斜阳，西湖酝入春酒。　　吴宫乱水斜烟，留连倦客，慵更回首。幽蛩韵苦，哀鸿叫绝，断音难偶。题红泛叶零乱，想夜冷、江枫暗瘦。付与谁、一半悲秋，行云在否。

杨泽民　　宴清都·早作听晨鼓

早作听晨鼓，征车动、画桥乘月先度。邻鸡唱晓，人家未

起，尚扃柴户。沙边塞雁声遥，料不见、当时伴侣。似怎地、满眼愁悲，秋如宋玉难赋。　　休论爱合暌离，微官系缚，期会良苦。封侯万里，金堆北斗，不如归去。欢娱渐入佳趣，算画在、屏帏邃处。仗小词、说与相思，伊还会否。

胡翼龙　　宴清都·梦雨随春远

梦雨随春远，征衫薄、短篷犹逗寒浅。裁芳付叶，书愁沁壁，水窗竹院。别来被箐梅润，暗尘积、旧题纨扇。许多时，闲了阑干，放得藓痕青满。　　谁念，杜若还生，蘋花又绿，不堪重□。山程水记，茶经砚谱，共谁闲展。湖山旧曾游遍，不怪得、近番心懒。恰今朝、水落洲平，江上楚帆风转。

陈允平　　宴清都·听彻南楼鼓

听彻南楼鼓，寒宵迥、玉壶冰漏迟度。重温锦幄，低护青毡，曲通朱户。巡檐细嚼寒梅，叹寂寞、孤山伴侣。更信有、铁石心肠，广平几度曾赋。　　寒深试拥羊裘，松醪自酌，谁伴吟苦。摩挲醉眼，阑干笑拍，白鸥惊去。梁园胜赏重约，渐玉树、琼花处处。怕柳条、未觉春风，青青在否。

黄廷玮　　宴清都·坠叶窥檐语

坠叶窥檐语，风帘薄，递来幽恨无数。牙签倦展，银釭细剔，悄然归旅。声传漏阁偏长，更奈向、潇潇乱雨。想近日，舞袖翻云，吟笺度雪谁顾。　　当时翠缕吹花，东城绣陌，双燕何许。香罗唾碧，晴纱印粉，甚缘重睹。蓝桥镇隔芳梦，念骑省、悲秋漫赋。待倚阑，或遇宾鸿，殷勤寄与。

周　密　　宴清都·登雪川图有赋

老去闲情懒，东风外、菲菲花絮零乱。轻鸥涨绿，啼鹃暗碧，一春过半。寻芳已是来迟，怕迤逦、华年暗换。应怅恨、白雪歌空，秋霜鬓冷谁管。　　凭阑自笑清狂，事随花谢，愁与春远。持杯顾曲，登楼赋笔，杜郎才减。前欢已隔残照，但耿耿、临高望眼。溯流红、一棹归时，半蟾弄晚。

赵必瑑　　宴清都·舟中思家用美成韵

远远渔村鼓，斜阳外、宾鸿三两飞度。茅檐春小，白云隐

几，青山当户。骚翁底事飘蓬，浑忘却、耕徒钓侣。何时寻、斗酒江鲈，悠悠千古坡赋。　　风流种柳渊明，折腰五斗，身为名苦。有秫田贰顷，菊松三径，不如归去。山灵休勒俗驾，容我卧、草堂深处。问故园、怨鹤啼猿，今无恙否。

宴琼林

唐教坊曲名。宋代赐宴进士于琼林苑，称“琼林宴”。此调名盖源于此。调见宋黄裳《演山先生文集》卷三十一，双调。其一百零四字，上片十句、四仄韵，下片十句、五仄韵为正体；其一百零三字，上片九句、四仄韵，下片八句、四仄韵为变体。

黄　裳　　　　宴琼林·木香

红紫趁春阑，独万簇琼英，尤未开罢。问谁共、绿幄宴群真，皓雪肌肤相亚。华堂路，小桥边，向晴阴一架。为香清、把作寒梅看，喜风来偏惹。　　莫笑因缘，见景跨春空，荣称亭榭。助巧笑、晓妆如画，有花钿堪借。新醅泛、寒冰几点，拚今日、醉尤飞斝。翠罗帏中，卧蟾光碎，何须待还舍。

黄　裳　　　　宴琼林·上元

霜月和银灯，乍送目楼台，星汉高下。爱东风、已暖绮罗香，竞走去来车马。红莲万斛，开尽处、长安一夜。少年郎、两两桃花面，有余光相借。　　因甚灵山在此，是何人、能运神化。对景便作神仙会，恐云軿且驾。思曾侍、龙楼俯览，笑声远、洞天飞斝。向东来、尤幸时如故，群芳未开谢。

黄　裳　　　　宴琼林·东湖春日

遽暖间俄寒，妙用向园林，难问春意。万般声与色，自闻雷、便作浮华人世。红娇翠软，谁顿悟、天机此理。似韶容、可驻无人会，且忘言闲醉。　　当度仙家长日，向人间、闲看佳丽。念远处有东风在，梦悠悠往事。桃溪近、幽香远远，谩凝望、落花流水。桂华中、珠佩随轩去，还从卖花市。

黄　裳　　　　　**宴琼林·牡丹**

已览遍韶容，最后有花王，芳信来报。魏妃天与色，拥姚黄、去赏十洲仙岛。东君到此，缘费尽、天机亦老。为娇多、只恐能言笑，惹风流烦恼。　　莫道两都迥出，倩多才、吟看谁好。为我惨有如花面，说良辰欲过。须勤向、雕栏秉烛，更休管、夕阳芳草。算来年、花共人何处，金尊为花倒。

宴瑶池

一为《越江吟》，宋贺铸词名《宴瑶池》，见《东山词卷上》；一为宋奚㴁词，调见《阳春白雪》卷四；一为《八声甘州》。将三类词归为同名词牌下。

欧阳修　　**宴瑶池·恋眼哝心终未改**

恋眼哝心终未改，向意间长在。都缘为、颜色殊常，见余花、尽无心爱。　　都为是风流噷，至他人、强来厮坏。从今后、若得相逢，绣帏里、痛惜娇态。

奚　㴁　　　　**宴瑶池·神仙词**

紫鸾飞舞，又东华宴罢，归步凝碧。缥渺天风吹送处，泠泠佩声清逸。青童两两，争笑捻、琪花半折。羽衣寒露香披，翠幢珠轸去云疾。　　西真还又传帝敕，霞城检校，问学仙消息。玉府高寒，有不老丹容，自然琼液。人间尘梦，应误认、烟痕雾迹。洞云依约开时，丹华飞素白。

被花恼

此调为杨缵自度曲。因词中有“年时被花恼”句，取以为调名。双调，九十七字，上下片各九句、四仄韵。此调只杨缵一词。

杨　缵　　　　　**被花恼·自度腔**

疏疏宿雨酿寒轻，帘幕静垂清晓。宝鸭微温瑞烟少。檐声

不动，春禽对语，梦怯频惊觉。攲珀枕，倚银床，半窗花影明东照。　惆怅夜来风，生怕娇香混瑶草。披衣便起，小径回廊，处处多行到。正千红万紫竞芳妍，又还似、年时被花恼。蓦忽地，省得而今双鬓老。

调　笑

宋大曲名。又名《番禺调笑》、《调笑令》、《调笑集句》、《调笑转踏》、《调笑歌》，调见宋毛滂《东堂词》。

晁补之　　调笑·七首并诗

盖闻民俗殊方，声音异好。洞庭九奏，谓踊跃于鱼龙；子夜四时，亦欣愉于儿女。欲识风谣之变，请观调笑之传。上佐清欢，深惭薄伎。

西子

西子江头自浣纱，见人不语入荷花。天然玉貌非朱粉，消得人看隘若耶。游冶谁家少年伴，三三五五垂杨岸。紫骝飞入乱红深，见此踟蹰但肠断。

肠断，越江岸，越女江头纱自浣。天然玉貌铅红浅，自弄芙蓉日晚。紫骝嘶去犹回盼，笑入荷花不见。

宋玉

楚人宋玉多微词，出游白马黄金羁。殷勤扣户主人女，上客日高无乃饥。琴弹秋思明心素，女为客歌客无语。冠缨定挂翡翠钗，心乱谁知岁将暮。

将暮，乱心素，上客风流名重楚。临街下马当窗户，饭煮雕胡留住。瑶琴促轸传深语，万曲梁尘不顾。

大堤

妾家朱户在横塘，青云作髻月为珰。常伴大堤诸女士，谁令花艳独惊郎。踏堤共唱襄阳乐，轲峨大艑帆初落。宜城酒熟持劝郎，郎今欲渡风波恶。

波恶，倚江阁，大艑轲峨帆夜落。横塘朱户多行乐，大堤花容绰约。宜城春酒郎同酌，醉倒银缸罗幕。

解佩

当年二女出江滨，容止光辉非世人。明珰戏解赠行客，意比骖鸾天汉津。恍如梦觉空江暮，云雨无踪佩何处。君非玉斧望归来，流水桃花定相误。

相误，空凝伫，郑子江头逢二女。霞衣曳玉非尘土，笑解明珰轻付。月从云堕劳相慕，自有骖鸾仙侣。

回纹

窦家少妇美朱颜，藁砧何在山复山。多才况是天机巧，象床玉手乱红间。织成锦字纵横说，万语千言皆怨别。一丝一缕几萦回，似妾思君肠寸结。

寸结，肝肠切，织锦机边音韵咽。玉琴尘暗薰炉歇，望尽床头秋月。刀裁锦断诗可灭，恨似连环难绝。

唐儿

头玉硗硗翠刷眉，杜郎生得好男儿。惟有东家娇女识，骨重神寒天妙姿。银鸾照衫马丝尾，折花正值门前戏。侬笑书空意为谁，分明唐字深心记。

心记，好心事，玉刻容颜眉刷翠。杜郎生得真男子，况是东家妖丽。眉尖春恨难凭寄，笑作空中唐字。

春草

刘郎初见小樊时，花面丫头年未笄。千金欲置名春草，图得身行步步随。郎去苏台云水国，青青满地成轻掷。闻君车马向江南，为传春草遥相忆。

相忆，顿轻掷，春草佳名惭赠璧。长洲茂苑吴王国，自有芊绵碧色。根生土长铜驼陌，纵欲随君争得。

邵伯温　　调笑·翻翻绣袖上红茵

翻翻绣袖上红茵，舞姬犹是旧精神。坐中莫怪无欢意，我与将军是故人。

毛　滂　　调笑·八首并诗

窃以绿云之音，不羞春燕；结风之袖，若翩秋鸿。勿谓花月之无情，长寄绮罗之遗恨。试为调笑，戏追风流。少延重客之余欢，聊发清尊之雅兴。

崔徽

珠树阴中翡翠儿，莫论生小被鸡欺。鹳鹊楼高荡春思，秋瓶盼碧双琉璃。御酥作肌花作骨，燕钗横玉云堆发。使梁年少断肠人，凌波袜冷重城月。

城月，冷罗袜，郎睡不知鸾帐揭。香凄翠被灯明灭，花困钗横时节。河桥杨柳催行色，愁黛有人描得。

泰娘

隼旟佩马昌门西，泰娘绀幰为追随。河桥春风弄鬟影，桃花髻暖黄蜂飞。绣茵锦荐承回雪，水犀梳斜抱明月。铜驼梦断江水长，云中月堕韩香歇。

香歇，袂红黦，记立河桥花自折。隼旟绀幰城西阙，教妾惊鸿回雪。铜驼春梦空愁绝，云破碧江流月。

盼盼

武宁节度客最贤，后车摛藻争春妍。曲眉丰颊亦能赋，惠中秀外谁争怜。花娇叶困春相逼，燕子楼头作寒食。月明空照合欢床，霓裳舞罢犹无力。

无力，倚瑶瑟，罢舞霓裳今几日。楼空雨小春寒逼，钿晕罗衫烟色。帘前归燕看人立，却趁落花飞入。

美人赋

临邛重客蜀相如，被服容冶人闲都。上宫烟娥笑迎客，绣屏六曲红氍毹。霰珠穿帘洞房晚，歌倚瑶琴半羞懒。天寒日暮可奈何，挂客冠缨玉钗冷。

钗冷，鬓云晚，罗袖拂人花气暖。风流公子来应远，半倚瑶琴羞懒。云寒日暮天微霰，无处不堪肠断。

灼灼

寒云夜卷霜倒飞，一声水调凝秋悲。锦靴玉带舞回雪，丞相筵前看柘枝。河东词客今何地，密寄软绡三尺泪。锦城春色隔瞿唐，故华灼灼今憔悴。

憔悴，何郎地，密寄软绡三尺泪。传心语眼郎应记，翠袖犹芬仙桂。愿郎学做蝴蝶子，去去来来花里。

莺莺

春风户外花萧萧，绿窗绣屏阿母娇。白玉郎君恃恩力，尊前心醉双翠翘。西厢月冷濛花雾，落霞零乱墙东树。此夜灵犀

已暗通，玉环寄恨人何处。

何处，长安路，不记墙东花拂树。瑶琴理罢霓裳谱，依旧月窗风户。薄情年少如飞絮，梦逐玉环西去。

茗子

白蘋溪边张水嬉，红莲上客心在谁。丹心鸾雏杂鸥鹭，暮云晚浪相逶迤。十年东风未应老，斗量明珠结里媪。花房著子青春深，朱轮来时但芳草。

芳草，恨春老，自是寻春来不早。落花风起红多少，记得一枝春小。绿阴青子空相恼，此恨平生怀抱。

张好好

半天高阁倚晴江，使君宴客罗纨香。一声离凤破凝碧，洞房十三春未央。沙暖鸳鸯堤下上，烟轻杨柳丝飘荡。佩瑶弃置洛城东，风流云散空相望。

相望，楚江上，萦水缭云闻妙唱。龙沙醉眼看花浪，正要风将月傍。云车瑶佩成惆怅，衰柳白须相向。

破子

酒美，从酒贵，濯锦江边花满地。鹔鹴换得文君醉，暖和一团春意。怕将醒眼看浮世，不换云芽雪水。

又

花好，怕花老，暖日和风将养到。东君须愿长年少，图不看花草草。西园一点红犹小，早被蜂儿知道。

遣队

歌长渐落杏梁尘，舞罢香风卷绣茵。更拟缘云弄清切，尊前恐有断肠人。

曾慥　　调笑·清友梅

清友，群芳右，万缟纷披兹独秀。天寒月薄黄昏后，缟袂亭亭招手。故山千树连云岫，借问如今安否。

曾慥　　调笑·净友莲

净友，如妆就，折得清香来满手。一溪湛湛无尘垢，白羽轻摇晴昼。远公保社今何有，怅望东林搔首。

曾慥　　调笑·玉友酒

玉友，平生旧，相与忘形偏耐久。醉乡径到无何有，莫问区区升斗。人生一笑难开口，为报速宜相就。

曾　慥　　　　**调笑·破子**

花好，被花恼，庭下嫣然如巧笑。曾教健步移根到，各是一般奇妙。赏心乐事知多少，乱插繁华晴昊。

曾　慥　　　　**调笑·酒美**

酒美，直无比，小瓮新醅浮玉蚁。空传乌氏并程氏，不数云安麹米。十花更互来相对，常伴先生沉醉。

调笑令

宋代大曲之一。调见《东坡乐府》苏轼词。又即《古调笑》。又即《调笑》，秦观词名《调笑令》。每片三十八字，七句、七仄韵，自拟词题。一般以八首、十首或十二首组成内容相关的曲子词。

苏　轼　　　　**调笑令·渔父**

渔父，渔父，江上微风细雨。青蓑黄箬裳衣，红酒白鱼暮归。归暮，归暮，长笛一声何处。

苏　轼　　　　**调笑令·归雁**

归雁，归雁，饮啄江南南岸。将飞却下盘桓，塞外春来苦寒。寒苦，寒苦，藻荇欲生且住。

吕南公　　　　**调笑令·效韦苏州作**

行客，行客，身世东西南北。家林迢递不归，岁时悲盛泪垂。垂泪，垂泪，两鬓与霜相似。

吕南公　　　　**调笑令·华草**

华草，华草，秀发乘春更好。深心密竹纷纷，妖韶随处动人。人动，人动，王孙公子情重。

秦　观　　　　**调笑令·十首并诗**

王昭君

诗曰：汉宫选女适单于，明妃敛袂登毡车。玉容寂寞花无主，顾影低回泣路隅。行行渐入阴山路，目送征鸿入云去。独

抱琵琶恨更深，汉宫不见空回顾。

曲子

回顾，汉宫路，杆拨檀槽鸾对舞。玉容寂寞花无主，顾影偷弹玉箸。未央宫殿知何处，目送征鸿南去。

乐昌公主

诗曰：金陵往昔帝王州，乐昌主第最风流。一朝隋兵到江上，共抱凄凄去国愁。越公万骑鸣箫鼓，剑拥玉人天上去。空携破镜望红尘，千古江枫笼辇路。

曲子

辇路，江枫古，楼上吹箫人在否。菱花半璧香尘污，往日繁华何处。旧欢新爱谁是主，啼笑两难分付。

崔徽

诗曰：蒲中有女号崔徽，轻似南山翡翠儿。使君当日最宠爱，坐中对客常拥持。一见裴郎心似醉，夜解罗衣与门吏。西门寺里乐未央，乐府至今歌翡翠。

曲子

翡翠，好容止，谁使庸奴轻点缀。裴郎一见心如醉，笑里偷传深意。罗衣中夜与门吏，暗结城西幽会。

无双

诗曰：尚书有女名无双，蛾眉如画学新妆。姊家仙客最明俊，舅母惟只呼王郎。尚书往日先曾许，数载睽违今复遇。闻说襄王二十年，当时未必轻相慕。

曲子

相慕，无双女，当日尚书先曾许。王郎明俊神仙侣，肠断别离情苦。数年睽恨今复遇，笑指襄江归去。

灼灼

诗曰：锦城春暖花欲飞，灼灼当庭舞柘枝。相君上客河东秀，自言那复旁人知。妾愿身为梁上燕，朝朝暮暮长相见。云收月堕海沉沉，泪满红绡寄肠断。

曲子

肠断，绣帘卷，妾愿身为梁上燕。朝朝暮暮长相见，莫遣恩迁情变。红绡粉泪知何限，万古空传遗怨。

盼盼

诗曰：百尺楼高燕子飞，楼上美人颦翠眉。将军一去音容远，只有年年旧燕归。春风昨夜来深院，春色依然人不见。只余明月照孤眠，唯望旧恩空恋恋。

曲子

恋恋，楼中燕，燕子楼空春色晚。将军一去音容远，空锁楼中深怨。春风重到人不见，十二阑干倚遍。

莺莺

诗曰：崔家有女名莺莺，未识春光先有情。河桥兵乱依萧寺，红愁绿惨见张生。张生一见春情重，明月拂墙花树动。夜半红娘拥抱来，脉脉惊魂若春梦。

曲子

春梦，神仙洞，冉冉拂墙花树动。西厢待月知谁共，更觉玉人情重。红娘深夜行云送，困亸钗横金凤。

采莲

诗曰：若耶溪边天气秋，采莲女儿溪岸头。笑隔荷花共人语，烟波渺渺荡轻舟。数声水调红娇晚，棹转舟回笑人远。肠断谁家游冶郎，尽日踟蹰临柳岸。

曲子

柳岸，水清浅，笑折荷花呼女伴。盈盈日照新妆面，水调空传幽怨。扁舟日暮笑声远，对此令人肠断。

烟中怨

诗曰：鉴湖楼阁与云齐，楼上女儿名阿溪。十五能为绮丽句，平生未解出幽闺。谢郎巧思诗裁翦，能使佳人动幽怨。琼枝璧月结芳期，斗帐双双成眷恋。

曲子

眷恋，西湖岸，湖面楼台侵云汉。阿溪本是飞琼伴，风月朱扉斜掩。谢郎巧思诗裁翦，能动芳怀幽怨。

离魂记

诗曰：深闺女儿娇复痴，春愁春恨那复知。舅兄唯有相拘意，暗想花心临别时。离舟欲解春江暮，冉冉香魂逐君去。重来两身复一身，梦觉春风话心素。

曲子

心素，与谁语，始信别离情最苦。兰舟欲解春江暮，精爽随君归去。异时携手重来处，梦觉春风庭户。

曾　慥　　　调笑令·并口号

五柳门前三径斜。东篱九日富贵花。岂惟此菊有佳色，上有南山日夕佳

佳友，金英矮，陶令篱边常宿留。秋风一夜摧枯朽，独艳重阳时候。剩收芳蕊浮卮酒，荐酒先生眉寿。

李　邴　　　调笑令·双绿

伏以长安丽人，杜工部水边瞥见；洛川神女，陈思王梦里相逢。虽赋咏之尽工，亦纤秾之未备。若乃吟烟吐月，镂玉雕花。众中唤做百宜娇，诗里装成十样锦。汉鬓楚腰呈妙伎，竹枝桃叶换新声。彩袖初呈，传踏来至。

睡起斜痕印枕檀，弄羞未怕指尖寒。紫绵香软红膏滑，不惜春娇对舞鸾。袅鬓细鬟金罣罳，春工只在纤纤玉。却月弯环未要深，留著伊来画双绿

双绿，淡匀拂，两脸春融光透玉。起来却怕东风触，本是一团香玉。飞鸾台上看未足，贮向阿娇金屋。

李　吕　　　调笑令·笑

掩袖低迷情不禁，背人低语两知心。烟蛾渐放愁边散，细靥从教醉里深。小梅破萼娇难似，喜色著人吹不起。莫将羽扇掩明波，滟滟光风生眼尾。

眼尾，寄深意，一点兰膏红破蕊。钿窝浅浅双痕媚，背面银床斜倚。烛花先报今宵喜，管定知人心里。

李　吕　　　调笑令·饮

摘蕊和香滴得成，更将白玉琢飞鲸。殢娇一任香罗涴，更折花枝作令行。香泛金鳞翻蕊盏，笑里桃花红近眼。粉壶琥珀为君倾，弄翠挼红归去晚。

归晚，思何限，玉坠金偏云鬓乱。伤春谁作嬉游伴，只有飞来花片。几回愁映眉山远，总被东风惊散。

李　吕　　　　**调笑令·坐**

玉笙吹遍古梁州，暗学芙蓉一样愁。倚窗重整金条脱，对槛不卸红臂鞲。浅浅绿靴双凤困，柳弱花慵敛新闷。娇多无力凭熏笼，又报杏园春意尽。

春尽，敛新闷，暗傍银屏撩绿鬓。攒眉不许旁人问，帘外冷红成阵。银釭挑尽睡未肯，肠断秦郎归信。

李　吕　　　　**调笑令·博**

绿檀屏下玉成围，唤拥金盆出注时。多情故与诸郎戏，不惜春娇两鬓垂。珠玑满斗犹慵起，玉马象盘还得意。漏冷铜乌唤不譍，更移红烛桃花底。

花底，锦铺地，绣浪琼枝光似洗。一心长在金盆里，翠袖懒遮纤指。珠玑满斗犹慵起，过尽红楼春睡。

李　吕　　　　**调笑令·歌**

贤川六叠小香檀，玉笋纤纤不奈寒。浅破朱唇促新调，红丝短瑟未须弹。锦字两行妆宝扇，扇中鸾影迷娇面。兰叶歌翻春事空，孤凤离鸾两含怨。

含怨，两颦浅，羽髻云鬟低玉燕。绿沉香底金鹅扇，隐隐花枝轻颤。当筵不放红云转，正是玉壶春满。

无名氏　　　　**调笑令·花酒**

花酒，满筵有，酒满金杯花在手。头上戴花方饮酒，饮罢了高叉手。琵琶拨尽相思调，更向当筵舞袖。

调笑转踏

即《调笑令》，详见《调笑令》条。

郑　仅　　　　**调笑转踏·归去**

良辰易失，信四者之难并；佳客相逢，实一时之盛事。用陈妙曲，上助清欢。女伴相将，调笑入队。

秦楼有女字罗敷，二十未满十五余。金镮约腕携笼去，攀枝摘叶城南隅。使君春思如飞絮，五马徘徊芳草路。东风吹鬓

不可亲，日晚蚕饥欲归去。

归去，携笼女，南陌柔桑三月暮。使君春思如飞絮，五马徘徊频驻。蚕饥日晚空留顾，笑指秦楼归去。

石城女子名莫愁，家住石城西渡头。拾翠每寻芳草路，采莲时过绿蘋洲。五陵豪客青楼上，醉倒金壶待清唱。风高江阔白浪飞，争催艇子操双桨。

双桨，小舟荡，唤取莫愁迎叠浪。五陵豪客青楼上，不道风高江广。千金难买倾城样，那听绕梁清唱。

绣户朱帘翠幕张，主人置酒宴华堂。相如年少多才调，消得文君暗断肠。断肠初认琴心挑，幺弦暗写相思调。从来万曲不关心，此度伤心何草草。

草草，最年少，绣户银屏人窈窕。瑶琴暗写相思调，一曲关心多少。临邛客舍成都道，苦恨相逢不早。

湲湲流水武陵溪，洞里春长日月迟。红英满地无人扫，此度刘郎去后迷。行行渐入清流浅，香风引到神仙馆。琼浆一饮觉身轻，玉砌云房瑞烟暖。

烟暖，武陵晚，洞里春长花烂熳。红英满地溪流浅，渐听云中鸡犬。刘郎迷路香风远，误到蓬莱仙馆。

少年锦带佩吴钩，铁马追风塞草秋。凭仗匣中三尺剑，扫平骄虏取封侯。红颜少妇桃花脸，笑倚银屏施宝靥。明眸妙齿起相迎，青楼独占阳春艳。

春艳，桃花脸，笑倚银屏施宝靥。良人少有平戎胆，归路光生弓剑。青楼春永香帏掩，独把韶华都占。

翠盖银鞍冯子都，寻芳调笑酒家胡。吴姬十五夭桃色，巧笑春风当酒垆。玉壶丝络临朱户，结就罗裙表情素。红裙不惜裂香罗，区区私爱徒相慕。

相慕，酒家女，巧笑明眸年十五。当垆春永寻芳去，门外落花飞絮。银鞍白马金吾子，多谢结裙情素。

楼上青帘映绿杨，江波千里对微茫。潮平越贾催船发，酒熟吴姬唤客尝。吴姬绰约开金盏，的的娇波流美盼。秋风一曲采菱歌，行云不度人肠断。

肠断，浙江岸，楼上青帘新酒软。吴姬绰约开金盏，的的娇波流盼。采菱歌罢行云散，望断侬家心眼。

花阴转午漏频移，宝鸭飘帘绣幕垂。眉山敛黛云堆髻，醉倚春风不自持。偷眼刘郎年最少，云情雨态知多少。花前月下恼人肠，不独钱塘有苏小。

苏小，最娇妙，几度尊前曾调笑。云情雨态知多少，悔恨相逢不早。刘郎襟韵正年少，风月今宵偏好。

金翘斜亸淡梳妆，绰约天葩自在芳。几番欲奏阳关曲，泪湿春风眼尾长。落花飞絮青门道，浓愁不散连芳草。骖鸾乘鹤上蓬莱，应笑行云空梦悄。

梦悄，翠屏晓，帐里薰炉残蜡照。赏心乐事能多少，忍听阳关声调。明朝门外长安道，怅望王孙芳草。

绰约妍姿号太真，肌肤冰雪怯轻尘。霞衣乍举红摇影，按出霓裳曲最新。舞钗斜亸乌云发，一点春心幽恨切。蓬莱虽说浪风轻，翻恨明皇此时节。

时节，白银阙，洞里春晴百和爇。兰心底事多悲切，消尽一团冰雪。明皇恩爱云山绝，谁道蓬莱安悦。

江上新晴暮霭飞，碧芦红蓼夕阳微。富贵不牵渔父目，尘劳难染钓人衣。白鸟孤飞烟柳杪，采莲越女清歌妙。腕呈金钏掉鸣榔，惊起鸳鸯归调笑。

调笑，楚江渺，粉面修眉花斗好。擎荷折柳争相调，惊起鸳鸯多少。渔歌齐唱催残照，一叶归舟轻小。

千里潮平小渡边，帘歌白纻絮飞天。苏苏不怕梅风软，空遣春心著意怜。燕钗玉股横青发，怨托琵琶恨难说。拟将幽恨诉新愁，新愁未尽弦声切。

声切，恨难说，千里潮平春浪阔。梅风不解相思结，忍送落花飞雪。多才一去芳音绝，更对珠帘新月。

放队

新词宛转递相传，振袖倾鬟风露前。月落乌啼云雨散，游童陌上拾花钿。

调笑集句

宋大曲名。即《调笑》，《乐府雅调》卷上宋无名氏词名《调笑集句》。详见《调笑》条。

无名氏　　　调笑集句·八首并序

盖闻：行乐须及良辰，钟情正在吾辈。飞觞举白，目断巫山之暮云；缀玉联珠，韵胜池塘之春草。集古人之妙句，助今日之余欢。

珠流璧合暗连文，月入千江体不分。此曲只应天上有，歌声岂合世间闻。

巫山

巫山高高十二峰，云想衣裳花想容。欲往从之不惮远，丹峰碧障深重重。楼阁玲珑五云起，美人娟娟隔秋水。江边一望楚天长，满怀明月人千里。

千里，楚江水，明月楼高愁独倚。井梧宫殿生秋意，望断巫山十二。雪肌花貌参差是，朱阁五云仙子。

桃源

渔舟容易入春山，别有天地非人间。玉颜亭亭花下立，鬓乱钗横特地寒。留君不住君须去，不知此地归何处。春来遍是桃花水，流水落花空相误。

相误，桃源路，万里苍苍烟水暮。留君不住君须去，秋月春风闲度。桃花零乱如红雨，人面不知何处。

洛浦

艳阳灼灼河洛神，态浓意远淑且真。入眼平生未曾有，缓步佯羞行玉尘。凌波不过横塘路，风吹仙袂飘飘举。来如春梦不多时，天非花艳轻非雾。

非雾，花无语，还似朝云何处去。凌波不过横塘路，燕燕莺莺飞舞。风吹仙袂飘飘举，拟倩游丝惹住。

明妃

明妃初出汉宫时，青春绣服正相宜。无端又被东风误，故著寻常淡薄衣。上马即知无返日，寒山一带伤心碧。人生憔悴生理难，好在毡城莫相忆。

相忆，无消息，目断遥天云自白。寒山一带伤心碧，风土萧疏胡国。长安不见浮云隔，纵使君来争得。

班女

九重春色醉仙桃，春娇满眼睡红绡。同辇随君侍君侧，云鬓花颜金步摇。一霎秋风惊画扇，庭院苍苔红叶遍。蕊珠宫里旧承恩，回首何时复来见。

来见，蕊宫殿，记得随班迎凤辇。余花落尽苍苔院，斜掩金铺一片。千金买笑无方便，和泪盈盈娇眼。

文君

锦城丝管日纷纷，金钗半醉坐添春。相如正应居客右，当

轩下马入锦茵。斜倚绿窗鸳鉴女，琴弹秋思明心素。心有灵犀一点通，感君绸缪逐君去。

君去，逐鸳侣，斜倚绿窗鸳鉴女。琴弹秋思明心素，一寸还成千缕。锦城春色知何许，那似远山眉妩。

吴娘

素枝琼树一枝春，丹青难写是精神。偷啼自搵残妆粉，不忍重看旧写真。佩玉鸣鸾罢歌舞，锦瑟华年谁与度。暮雨潇潇郎不归，含情欲说独无处。

无处，难轻诉，锦瑟华年谁与度。黄昏更下潇潇雨，况是青春将暮。花虽无语莺能语，来道曾逢郎否。

琵琶

十三学得琵琶成，翡翠帘开云母屏。暮雨朝来颜色故，夜半月高弦索鸣。江水江花岂终极，上下花间声转急。此恨绵绵无绝期，江州司马青衫湿。

衫湿，情何极，上下花间声转急。满船明月芦花白，秋水长天一色。芳年未老时难得，目断远空凝碧。

放队

玉炉夜起沉香烟，唤起佳人舞绣筵。去似朝云无处觅，游童陌上拾花钿。

调笑歌

即《调笑》，宋黄庭坚词名《调笑歌》。详见《调笑》条。

黄庭坚　　调笑歌·无语

诗曰：海上神仙字太真，昭阳殿里称心人。犹思一曲霓裳舞，散作中原胡马尘。方士归来说风度，梨花一枝春带雨。分钗半钿愁杀人，上皇倚阑独无语。

无语，恨如许，方士归时肠断处。梨花一枝春带雨，半钿分钗亲付。天长地久相思苦，渺渺鲸波无路。

调啸词

即《古调笑》，宋苏辙词名《调啸词》。详见《古调笑》条。

苏　辙　　　　调啸词·效韦苏州

渔父，渔父，水上微风细雨。青蓑黄箬裳衣，红酒白鱼暮归。暮归、暮归、归暮，长笛一声何处。

苏　辙　　　　调啸词·归雁

归雁，归雁，饮啄江南南岸。将飞却下盘桓，塞北春来苦寒。苦寒、苦寒、寒苦，藻荇欲生且住。

谁学得

即《渔歌子》，宋徐积词名《谁学得》。详见《渔歌子》条。

徐　积　　谁学得·饱则高歌醉即眠

饱则高歌醉即眠，只知头白不知年。江绕屋，水随船，买得风光不着钱。

绣停针

又名《成功了》、《雪夜渔舟》、《绣定针》，调见《放翁词》。双调，九十八字。上片十句、五仄韵，下片十句、六仄韵。

陆　游　　　　绣停针·叹半纪

叹半纪，跨万里秦吴，顿觉衰谢。回首鹓行，英俊并游，咫尺玉堂金马。气凌嵩华，负壮略、纵横王霸。梦经洛浦梁园，觉来泪流如泻。　　山林定去也，却自恐说著，少年时话。静院焚香，闲倚素屏，今古总成虚假。趁时婚嫁，幸自有、湖边茅舍。燕归应笑，客中又还过社。

绣带儿

即《好女儿》，也叫《绣带子》。宋曾觌词名《绣带儿》，见《海野词》。详见《好女儿》条。

曾　觌　　　绣带儿·客路见梅

潇洒陇头春，取次一枝新。还是东风来也，犹作未归人。
微月淡烟村，谩伫立、惆怅黄昏。暮寒香细，疏英几点，尽奈销魂。

绣带子

即《好女儿》。因黄庭坚词中有“懒系酥胸罗带，羞见绣鸳鸯”句，故更名为《绣带子》。详见《好女儿》条。

黄庭坚　　　绣带子·张宽夫园赏梅

小院一枝梅，冲破晓寒开。晚到芳园游戏，满袖带香回。
玉酒覆银杯，尽醉去、犹待重来，东邻何事，惊吹怨笛，雪片成堆。

绣鸾凤花犯

即《花犯》，调见《臧洲渔笛谱》卷一周密词。双调，一百零四字，上片十一句、六仄韵，下片十句、五仄韵。

周　密　　　绣鸾凤花犯·赋水仙

楚江湄，湘娥乍见，无言洒清泪。淡然春意，空独倚东风，芳思谁寄。凌波路冷秋无际，香云随步起。谩记得，汉宫仙掌，亭亭明月底。　　冰弦写怨更多情，骚人恨，枉赋芳兰幽芷。春思远，谁叹赏、国香风味。相将共、岁寒伴侣。小窗净、沉烟熏翠袂。幽梦觉，涓涓清露，一枝灯影里。

琐窗寒

调见周邦彦《片玉集》。因其词中有“静锁一庭愁雨……故人剪烛西窗雨”句，取其意以为调名。又名《锁窗寒》、《月下笛》。双调数体。其九十九字，上片十句、四仄韵，下片十句、六仄韵为正体；其九十九字，上片九句、四仄韵，下片十句、六仄韵为变体；其一百字，上片十句、五仄韵，下片十句、七仄韵为另一变体等。

杨无咎　　琐窗寒·柳暗藏鸦

柳暗藏鸦，花深见蝶，物华如绣。情多思远，又是一番清瘦。忆前回、庭榭来春，个人预约同携手。恨迟留，载酒期程，孤负踏青时候。　　搔首，双眉暗斗。况无似今年，一春晴昼。风僝雨僽，直得恁时迤逗。想闲窗、针线倦拈，寂寞细捻酴醾嗅。待还家、定自冤人，泪粉盈襟袖。

方千里　　琐窗寒·燕子池塘

燕子池塘，黄鹂院落，海棠庭户。东君暗许，借与轻风柔雨。奈春光困人正浓，画栏小立慵无语。念冶游时节，融怡天气，异乡愁旅。　　朝暮，凝情处。叹聚散悲欢，岁常十五。连飞并羽，未抵鸳朋凤侣。算章台、杨柳尚存，楚娥鬓影依旧否。再相逢、拚解雕鞍，燕乐同杯俎。

张　辑　　琐窗寒·怀旧寄林七膳部

露漏沉沉，洞房灯悄，鹊翻庭树。夜凉如水，人倚玉箫何处。澹纵横、疏星断河，点衣黄叶飞四五。向此时感旧，非关宋玉，悲秋情绪。　　追念章台路，共缓辔芳尘，妒花惹絮。旧游梦寐，总付相思新句。想风流还在匆匆，暗惊鬓底霜几缕。凭危栏、立尽归鸿，脆角凝清曙。

苏茂一　　琐窗寒·重游东湖

云浦苍寒，烟堤羃翠，旧痕新涨。春愁十里，冉冉碧丝摇荡。记登临、少年思豪，唾壶击玉歌清壮。到如今梦里，秋风鸿阵，晚波渔唱。　　惆怅，重来处。望画舫天边，辔丝原

上。山阴秀句，付与一声云响。正东湖、谁家柳下，午阴漠漠人荡桨。最堪怜、白发周郎，为江山自赏。

吴文英　　琐窗寒·玉兰

无射商，俗名越调，犯中吕宫，又犯正宫

绀缕堆云，清腮润玉，氾人初见。蛮腥未洗，海客一怀凄惋。渺征槎、去乘阆风，占香上国幽心展。□遗芳掩色，真姿凝澹，返魂骚畹。　一盼，千金换。又笑伴鸱夷，共归吴苑。离烟恨水，梦杳南天秋晚。比来时、瘦肌更销，冷薰沁骨悲乡远。最伤情、送客咸阳，佩结西风怨。

杨泽民　　琐窗寒·倦拂鸳衾

倦拂鸳衾，羞临鹊鉴，懒开窗户。韶华暗度，又过妒花风雨。掩熏炉、怕闻旧香，柳阴只有黄莺语。似向人、欲说离愁，因念未归行旅。　春暮，知何处。便不念芳年，正当三五。轻衫快马，去逐狂朋怪侣。便罗帏、香阁顿忘，枕边要语曾记否。趁芳时、即早归来，尚可殢清俎。

陈允平　　琐窗寒·禁烛飞烟

禁烛飞烟，东风插柳，万家千户。梨花院落，数点弄晴纤雨。傍秋千、红云半湿，画帘燕子商春语。数十年南北，西湖倦客，曲江行旅。　日暮，花深处。对修竹弹棋，戏评格五。携尊共约，诗酒云朋月侣。念旧游、九陌香尘，倡条冶叶还在否。踏青归，醉宿兰舟，枕藉黄金俎。

黄廷琇　　琐窗寒·驻马林塘

驻马林塘，还寻旧迹，雨收秋晚。残蕉映牖，强把碧心偷展。记相逢、画堂宴开，乱花影入帘初卷。正小池涨绿，丝纶曾试，事随鸿远。　凄断，情何限。料素扇尘深，怨娥碧浅。清宫丽羽，漫有苔笺题满。问低墙、双柳尚存，几时艳烛亲共剪。但凝眸，数点遥峰，春色青如染。

刘辰翁　　琐窗寒·和巽吾闻莺

嫩绿如新，娇莺似旧，今吾非故。空山过雨，睍睆留春春去。似尊前曲曲阳关，行人回首江南处。漫停云低黯，征衫憔

悴，酒痕犹污。　　欲语，浑未住。记匹马经行，风林烟树。家山何在，想见绿窗啼雾。又何堪满目凄凉，故园梦里能归否。但数声、惊觉行云，重省佳期误。

王沂孙　　　　琐窗寒·春思

趁酒梨花，催诗柳絮，一窗春怨。疏疏过雨，洗尽满阶芳片。数东风、二十四番，几番误了西园宴。认小帘朱户，不如飞去，旧巢双燕。　　曾见，双蛾浅。自别后，多应黛痕不展。扑蝶花阴，怕看题诗团扇。试凭他、流水寄情，溯红不到春更远。但无聊、病酒厌厌，夜月荼蘼院。

王沂孙　　　　琐窗寒·春寒

料峭东风，廉纤细雨，落梅飞尽。单衣恻恻，再整金猊香烬。误千红、试妆较迟，故园不似清明近。但满庭柳色，柔丝羞舞，淡黄犹凝。　　芳景，还重省。向薄晓窥帘，嫩阴欹枕。桐花渐老，已做一番风信。又看看、绿遍西湖，早催塞北归雁影。等归时、为带将归，并带江南恨。

王沂孙　　　　琐窗寒·出谷莺迟

出谷莺迟，踏沙雁少，殢阴庭宇。东风似水，尚掩沉香双户。恁莓阶、雪痕乍铺，那回已趁飞梅去。奈柳边占得，一庭新暝，又还留住。　　前度，西园路。记半袖争持，斗娇眉妩。琼肌暗怯，醉立千红深处。问如今、山馆水村，共谁翠幄熏蕙炷。最难禁、向晚凄凉，化作梨花雨。

赵必瑑　　　琐窗寒·春暮用美成韵

乳燕双飞，黄莺百啭，深深庭户。海棠开遍，零乱一帘红雨。绣帘低、卷起春风，香肩倦倚娇无语。叹玉堂底事，匆匆聚散，又江南旅。　　春暮，人何处。想歌馆睡浓，日高丈五。旧迷未醒，莫负孤眠凤侣。长安道、载酒寻芳，故园桃李还忆否。早归来、整过阑干，花下携春俎。

仇　远　　　　琐窗寒·小袖啼红

小袖啼红，残茸唾碧，深愁如织。闲愁不断，冉冉舞丝千尺。倚修筠、袖笼浅寒，望人在水西云北。想绿杨影里，兰舟

轻舣，赤阑桥侧。　　游剧归来，恨汗湿酥融，步悭袜窄。兰情蕙盼，付与栖鸾消息。奈无情、风雨做愁，帐灯闪闪春寂寂。梦相思、一枕巫山，更画楼吹笛。

张　炎　　琐窗寒·断碧分山

王碧山又号中仙，越人也。能文工词，琢语峭拔，有白石意度，今绝响矣。余悼之玉笥山，所谓长歌之哀，过于痛哭

断碧分山，空帘剩月，故人天外。香留酒殢，蝴蝶一生花里。想如今、醉魂未醒，夜台梦语秋声碎。自中仙去后，词笺赋笔，便无清致。　　都是，凄凉意。怅玉笥埋云，锦袍归水。形容憔悴，料应也、孤吟山鬼。那知人、弹折素弦，黄金铸出相思泪。但柳枝、门掩枯阴，候蛩愁暗苇。

张　炎　　琐窗寒·乱雨敲春

旅窗孤寂，雨意垂垂，买舟西渡未能也。赋此为钱塘故人韩竹闲问

乱雨敲春，深烟带晚，水窗慵凭。空帘谩卷，数日更无花影。怕依然、旧时燕归，定应未识江南冷。最怜他、树底蔫红，不语背人吹尽。　　清润，通幽径。待移灯剪韭，试香温鼎。分明醉里，过了几番风信。想竹间、高阁半开，小车未来犹自等。傍新晴、隔柳呼船，待教潮信稳。

曾　隶　　琐窗寒·帘下

绣额云横，银钩月小，绿杨庭院。疏明满幅，永昼未忺高卷。爱空纹、巧匀曲波，弄晴日色花阴转。任筛金影碎，轻敲檐玉，碍双飞燕。　　凝见，窗留篆影。六曲雕阑，翠深绛浅。香风暗度，不隔娇松莺啭。似无情、重雾下垂，嫩桃想像添笑脸。望瑶阶、窣地双鸳，注盼金莲远。

萧允之　　琐窗寒·细雨收尘

细雨收尘，轻寒弄日，柳丝掠道。桃边杏处，犹记玉骢曾到。对东风、回首旧游，香销艳歇无音耗。怅佳人、有约难来，绿遍满庭芳草。　　愁抱，沉吟久。翠珥金钿，为何人好。回文细字，尘暗当年纤缟。倚阑干、斜阳又西，欢期易失春易老。待何时、再觅珍丛，共把清尊倒。

彭正大　　　　琐窗寒·寿欧阳教授

千里儒流，称觞此际，梅花三度。书台最上，健羡一翁如许。问吴江、别来旧人，当时折柳凭谁语。但春在芹宫，芳滋兰畹，一帘今雨。　　凭阑、凝望处。有绿水青山，乾坤付与。百年家谱，曾是斯文宗主。世间好景相寻，墨客骚人为伴侣。待西风、桂子重开，又步青云去。

教池回

调见宋史浩《鄮峰真隐词曲》卷一。双调，九十九字，九平韵。上片十句，下片九句。

史　浩　　　　教池回·竞渡

云淡天低，疏雨乍霁，桃溪嫩绿蒙茸。珠帘映画毂，金勒耀花骢。绕湖上、罗衣隘香风。擘波双引蛟龙，寻奇处，高标锦段，各骋英雄。　　缥缈初登彩舫，箫鼓沸，群仙玉佩丁东。夕阳中、拚一饮千钟。看看见、璧月穿林杪，十洲三岛春容。醉归去，双旌摇曳，夹路金笼。

菱花怨

即《青门饮》，贺铸词名《菱花怨》。双调，一百零六字，九仄韵。上片十三句，下片十句。

贺　铸　　　　菱花怨·叠鼓嘲喧

叠鼓嘲喧，彩旗挥霍，蘋汀薄晚，兰舟催解。别浦潮平，小山云断，十幅饱帆风快。回想牵衣，愁掩啼妆，一襟香在。纨扇惊秋，菱花怨晚，谁共蛾黛。　　何处玉尊空，对松陵正美，鲈鱼莼菜。露洗凉蟾，潦吞平野，三万顷非尘界。览胜情无奈，恨难招、越人同载。会凭紫燕西飞，更约黄鹂相待。

黄河清

《铁围山丛谈》："宣和初，燕乐初成，八音告备，有曲名《黄河清》，音调极韶美。天下无问遐迩大小皆争唱之。"即《黄河清慢》，宋晁端礼词名《黄河清》。双调，九十八字，上片八句、五仄韵，下片八句、四仄韵。

晁端礼　　黄河清·晴景初升风细细

晴景初升风细细，云收天淡如洗。望外凤凰双阙，葱葱佳气。朝罢香烟满袖，近臣报、天颜有喜。夜来连得封章，奏大河、彻底清泚。　君王寿与天齐，馨香动上穹，频降嘉瑞。大晟奏功，六乐初调清徵。合殿春风乍转，万花覆、千官尽醉。内家传敕，重开宴、未央宫里。

丘　密　　黄河清·为史帅寿

鼓角清雄占云祲，喜边尘、今度还静。一线乍添，长觉皇州日永。楼外崇牙影转，拥千骑、欢声万井。太平官府人初见，梦熊三占佳景。　皇恩夜出天阍，云章粲、凤鸾飞动相映。宝带万钉，与作今朝佳庆。勋业如斯得也，况整顿、江淮大定。这回恰好，归朝去、共调金鼎。

黄金缕

即《蝶恋花》。因冯延巳词中有"杨柳风轻，展尽黄金缕"句，改调名为《黄金缕》。详见《蝶恋花》条。

司马槱　　黄金缕·家在钱塘江上住

家在钱塘江上住，花落花开，不管年华度。燕子又将春色去，纱窗一阵黄昏雨。　斜插犀梳云半吐，檀板清歌，唱彻黄金缕。望断云行无去处，梦回明月生春浦。

黄莺儿

又名《黄婴儿》、《黄莺儿令》、《水云游》，调见柳永《乐章集》。因其词为题咏黄莺儿而作，故取以为调名。双调数体。其九十六字，上片十句、四仄韵，下片十句、五仄韵为正体；其九十七字，上片九句、四仄韵，下片十句、五仄韵为变体。

柳　永　　黄莺儿·园林晴昼春谁主

园林晴昼春谁主，暖律潜催，幽谷暄和，黄鹂翩翩，乍迁芳树。观露湿缕金衣，叶映如簧语。晓来枝上绵蛮，似把芳心、深意低诉。　　无据，乍出暖烟来，又趁游蜂去。恣狂踪迹，两两相呼，终朝雾吟风舞。当上苑柳秾时，别馆花深处。此际海燕偏饶，都把韶光与。

王　诜　　黄莺儿·多情春意忆时节

多情春意忆时节，北圃人来，传道江梅，依稀芳姿，数枝新发。夸嫩脸著胭脂，腻滑凝香雪。问伊还记年时，正好相看，因甚轻别。　　情切，往事散浮云，旧恨成华发。算知空对，绮槛雕栏，孜孜望人攀折。愁未见苦思量，待见重端叠。愿与永仿高堂，云雨芳菲月。

晁补之　　黄莺儿·东皋寓居

南园佳致偏宜暑，两两三三修篁，新篁新出初齐，猗猗过檐侵户。听乱飐芰荷风，细洒梧桐雨。午余帘影参差，远林蝉声，幽梦残处。　　凝伫，既往尽成空，暂遇何曾住。算人间事、岂足追思，依依梦中情绪。观数点茗浮花，一缕香萦炷。怪来人道陶潜，做得羲皇侣。

陈允平　　黄莺儿·柳浪闻莺

六波烟黛浮空远，南陌嘤嘤，乔木初迁，纱窗无眠，画阑凭晓。看并宿暗黄深，织雾金梭小。那人携酒听时，料把春来，诗梦惊觉。　　飞绕，翠接断桥云，绿漾新堤草。数声娇啭，婉娩如愁，调簧弄歌尖巧。随燕啅软尘低，蝶妥游丝袅。最怜舞絮飞花，唤却东风老。

无名氏　　黄莺儿·香梢匀蕊先回暖

香梢匀蕊先回暖，点点胭脂轻衬。红苞隐映疏篁，红翠相间。方瑞雪乍晴时，爱日初添线。五云楼上遥看，似睹溪边，仙子妆面。　　堪羡，影转玉枝斜，艳拂朝霞浅。就中娇娆，独得芬芳，偏教容易琼苑。闻又报一阳时，不似莺声唤。肯与梅脸争春，靓笑群芳晚。

黄鹂绕碧树

调见周邦彦《清真乐府》。双调，九十七字，上片十句、四仄韵，下片八句、五仄韵。

晁端礼　　黄鹂绕碧树·鸳瓦霜轻

鸳瓦霜轻，玳帘风细，高门瑞气非烟。积厚源深，有长庚应梦，乔岳生贤。妙龄秀发，庆谢庭、兰玉争妍。名动缙绅，况文章政术，俱是家传。　　别有阴功厚德，向东州、治狱平反。玉函高篆，仙风道骨，锡与长年。最好素秋新霁，对画堂、高启宾筵。何妨纵乐笙歌、剩举觥船。

周邦彦　　黄鹂绕碧树·春情

双阙笼嘉气，寒威日晚，岁华将暮。小院闲庭，对寒梅照雪，淡烟凝素。忍当迅景，动无限、伤春情绪。犹赖是、上苑风光渐好，芳容将煦。　　草荚兰芽渐吐，且寻芳、更休思虑。这浮世、甚驱驰利禄，奔竞尘土。纵有魏珠照乘，未买得流年住。争如盛饮流霞，醉偎琼树。

黄 鹤 引

方勺《泊宅编》：“先子晚官邓州，一日秋风起，思吴中山水，尝信笔作长短句。序云：‘阮田曹所制《黄鹤引》，爱其词调清高，寄为一阕，命稚子歌之，以侑樽焉。’”双调，八十三字，上下片各八句、六仄韵。

方　资　　　　黄鹤引·生逢垂拱

予生浙东，世业农。总角失所天，稍从里闬儒者游。年十八，婺以充贡。凡八至礼部，始得一青衫。间关二十年，仕不过县令，擢才南阳教授。绍圣改元，实六十五岁矣。秋风忽起，亟告老于有司，适所愿也。谓同志曰：仕无补于上下，而退号朝士。婚姻既毕，公私无虞。将买扁舟放浪江湖中，浮家泛宅，誓以此生，非太平之幸民而何。因阅阮田曹所制黄鹤引，爱其词调清高，写为一阕，命稚子歌之，以侑尊焉

生逢垂拱，不识干戈免田陇。士林书圃终年，庸非天宠。才初阘茸，老去支离何用。浩然归弄，似黄鹤、秋风相送。　尘事塞翁心，浮世庄生梦。漾舟遥指烟波，群山森动。神闲意耸，回首利靰名鞚。此情谁共，问几斛、淋浪春瓮。

菊花新

《齐东野语》：“《菊花新》谱，教坊都管王公谨作也。”双调，有五十二字，上下片各四句、三仄韵；亦有五十二字，上片四句、四仄韵，下片四句、三仄韵。

柳　永　　　　菊花新·欲掩香帏论缱绻

欲掩香帏论缱绻，先敛双蛾愁夜短。催促少年郎，先去睡、鸳衾图暖。　须臾放了残针线，脱罗裳、恣情无限。留取帐前灯，时时待、看伊娇面。

张　先　　　　菊花新·堕髻慵妆来日暮

堕髻慵妆来日暮，家在画桥堤下住。衣缓绛绡垂，琼树袅、一枝红雾。　院深池静娇相妒，粉墙低、乐声时度。长恐舞筵空，轻化作、彩云飞去。

杜安世　　　　菊花新·怎奈花残又莺老

怎奈花残又莺老，槛里青梅数枝小。新荷长池沼，当晴昼、燕子声闹。　亭栏花绽颜色好，风雨催催等闲开了。酒醒暗思量，无个事、甚刚烦恼。

杜安世　　菊花新·坐卧双眉镇长敛

坐卧双眉镇长敛，绣户初开花满院。罗帏翠屏空，风微动、玉炉烟飐。　儿夫心肠多薄幸，百计思、难为拘捡。几回向伊言，交今后、更休抛闪。

葛长庚　　菊花新·渺渺烟霄风露冷

渺渺烟霄风露冷，夜未艾、凉蟾似水。海山外、五云散彩，三峰凝翠。一鹤横空何缥缈，见殿阁、笙歌拥罗绮。笑劳生，空如尺鷃，恋槿花篱。　于中青鸾唱美，丹鹤舞奇。有粉娥琼女，齐捧芳卮。天真皇人陈玳席，宴太姥、思之暗生悲。念如今，红尘满面，漫洒晚风泪。

葛长庚　　菊花新·十二楼台

十二楼台，但前回旧迹。想琪花似雪，忘了还思。朝暮痴痴地，只有老天知。却自省，玉阶金砌，错抛离。　梧桐声颤，窗外草蛩吟细。醉魂觉，又听秋鸿悲呖。极目寒空，叹未有紫云梯。绛阙消息子，也无一二、枉垂涕。

葛长庚　　菊花新·宝鸭温香

宝鸭温香，诉丝诚寸意。记当年事，闷本愁基。人间天上，只争得那些儿。吃禁持，却念九霄风味。　清晨雁字，一句句在天如在纸。只得向风前，默默自嗟惜。业债俱消，还未了、甚时已。一日里，滴了俺儿来泪。

葛长庚　　菊花新·念我东皇大帝儿

念我东皇大帝儿，是操觚弄翰之职。飞落尘寰，似此度，算应希。向这里，安能便、策景御气。　灰头土面、千河水，把我如何洗。纵便有铢衣，已失眉峰翠。看看皓首，瞒不过镜台儿。除是去、青松下、碧云底。

葛长庚　　菊花新·弱水去蓬莱

弱水去蓬莱，四万八千里。远漠漠，俯仰天水青无际。乌飞不到船去难，渺无依。翦锦字，云信待凭鸾翼。　青芝素瀑，草舍儿、隐隐烟霞里。向闲处，批风切月烹天地，三岛十洲，去有日，几何时。胎仙就，直待鹤书来至。

葛长庚　　菊花新·铜壶四水

铜壶四水，寒生素被。夜迢迢，烟月熹微。池浸霜荷，槛竹响，井枫飞。宝枕潭无梦，念忡忡地。　形留神往，镇日价、忘食应忘寐。省得起、都是天上仙家事。珠歌舞，酌玉液，饭云子。怎得麒麟脯，更教知味。

葛长庚　　菊花新·有个闷甚处

有个闷甚处，一向如痴醉。独倚住危阑，坐咬无名指。金鱼玉雁一从去，绝消息。念念怀天帝，密与冥契。　晴霞照水，叹细草新蒲寒萋萋。对夕照，树色烟光相紫翠。花落莺啼，把往事似川逝。光阴速，何时是伊归日。

葛长庚　　菊花新·雪牖风轩度岁

雪牖风轩度岁，时听芭蕉，雨声凄恻。情多易感，渐不觉鬓成丝。忽又成千古，诮如梦里。　西山南浦尽秋意，一望芦花飞。有一点沙鸥，点破松梢翠。凄然念起，觉两腋凉飙细。诗兴浑飞在渔乡橘里。

葛长庚　　菊花新·忽水远天长

忽水远天长，笑把玉龙嘶。一声声，吹断寒云沧波里。幽愁暗恨，弄皓月，怨白日。问太虚不尚，则成休矣。　云心鹤性，死也要冲霄，乘风去。分自有、终合仙飞。感古怀今聊把笔，落叶寒蝉悲，使人增怨抑。

菩萨蛮

唐教坊曲名。《宋史·乐志》：“女弟子舞队名。”苏鹗《杜阳杂编》：“大中初，女蛮国入贡，危髻金冠，缨络被体，号菩萨蛮队。当时倡优遂制《菩萨蛮》曲，文士亦往往声其词。”此调名即源于此。又名《一箩金》、《女王曲》、《巫山一片云》、《飞仙曲》、《城里钟》、《重头菩萨蛮》、《菩萨蛮令》、《菩萨鬘》、《减字重叠金》、《联环结》、《婆罗门引》、《重叠令》、《重叠金》、《子夜》、《子夜啼》、《子夜歌》、《花间意》、《梅花》、《花溪碧》、《晚云烘日》等。双调数体。有四十四字，上下片各四句，两仄韵、两平韵；亦有四十四字，上下片各四句，两叶韵、两平韵等。

张　先　　　菩萨蛮·忆郎还上层楼曲

忆郎还上层楼曲，楼前芳草年年绿。绿似去时袍，回头风袖飘。　郎袍应已旧，颜色非长久。惜恐镜中春，不如花草新。

张　先　　　菩萨蛮·闻人语著仙卿字

闻人语著仙卿字，瞋情恨意还须喜。何况草长时，酒前频共伊。　娇香堆宝帐，月到梨花上。心事两人知。掩灯罗幕垂。

张　先　　　菩萨蛮·夜深不至春蟾见

夜深不至春蟾见，令人更更情飞乱。翠幕动风亭，时疑响屧声。　花香闻水榭，几误飘衣麝。不忍下朱扉，绕廊重待伊。

张　先　　　菩萨蛮·簟纹衫色娇黄浅

簟纹衫色娇黄浅，钗头秋叶玲珑翦。轻怯瘦腰身，纱窗病起人。　相思魂欲绝，莫话新秋别。何处断离肠，西风昨夜凉。

张　先　　　菩萨蛮·玉人又是匆匆去

玉人又是匆匆去，马蹄何处垂杨路。残日倚楼时，断魂郎未知。　阑干移倚遍，薄幸教人怨。明月却多情，随人处处行。

张　先　　　菩萨蛮·佳人学得平阳曲

佳人学得平阳曲，纤纤玉笋横孤竹。一弄入云声，海门江月清。　髻摇金钿落，惜恐樱唇薄。听罢已依依，莫吹杨柳枝。

张　先　　　菩萨蛮·藕丝衫翦猩红窄

藕丝衫翦猩红窄，衫轻不碍琼肤白。缦鬟小横波，花楼东是家。　上湖闲荡桨，粉艳芙蓉样。湖水亦多情，照妆天底清。

张　先　　　　菩萨蛮·七夕之一

牛星织女年年别，分明不及人间物。匹鸟少孤飞，断沙犹并栖。　　洗车昏雨过，缺月云中堕。斜汉晓依依，暗蛩还促机。

张　先　　　　菩萨蛮·七夕之二

双针竞引双丝缕，家家尽道迎牛女。不见渡河时，空闻乌鹊飞。　　西南低片月，应恐云梳发。寄语问星津，谁为得巧人。

张　先　　　菩萨蛮·牡丹含露真珠颗

牡丹含露真珠颗，美人折向帘前过。含笑问檀郎，花强妾貌强。　　檀郎故相恼，刚道花枝好。花若胜如奴，花还解语无。

晏　殊　　　菩萨蛮·芳莲九蕊开新艳

芳莲九蕊开新艳，轻红淡白匀双脸。一朵近华堂，学人宫样妆。　　看时斟美酒，共祝千年寿。销得曲中夸，世间无此花。

晏　殊　　　菩萨蛮·秋花最是黄葵好

秋花最是黄葵好，天然嫩态迎秋早。染得道家衣，淡妆梳洗时。　　晓来清露滴，一一金杯侧。插向绿云鬓，便随王母仙。

晏　殊　　　菩萨蛮·人人尽道黄葵淡

人人尽道黄葵淡，侬家解说黄葵艳。可喜万般宜，不劳朱粉施。　　摘承金盏酒，劝我千长寿。擎作女真冠，试伊娇面看。

晏　殊　　　菩萨蛮·高梧叶下秋光晚

高梧叶下秋光晚，珍丛化出黄金盏。还似去年时，傍阑三两枝。　　人情须耐久，花面长依旧。莫学蜜蜂儿，等闲悠飏飞。

杜安世　　菩萨蛮·游丝欲堕还重上

游丝欲堕还重上，春残日永人相望。花共燕争飞，青梅细雨枝。　　离愁终未解，忘了依前在。拟待不寻思，刚眠梦见伊。

杜安世　　菩萨蛮·锦机织了相思字

锦机织了相思字，天涯路远无由寄。寒雁只衔芦，何曾解寄书。　　缄封和血泪，目断西江水。拟欲托双鱼，问君情有无。

杜安世　　菩萨蛮·花明月暗朦胧雾

花明月暗朦胧雾，此时欲往郎边去。刬袜下香阶，手携金缕鞋。　　药兰东畔见，执手偎人颤。奴为出来难，从君恣意怜。

谢　绛　　菩萨蛮·咏目

娟娟侵鬓妆痕浅，双眸相媚弯如翦。一瞬百般宜，无论笑与啼。　　酒阑思翠被，特故瞢腾地。生怕促归轮，微波先注人。

此首别作苏轼词

李师中　　菩萨蛮·子规啼破城楼月

子规啼破城楼月，画船晓载笙歌发。两岸荔枝红，万家烟雨中。　　佳人相对泣，泪下罗衣湿。从此信音稀，岭南无雁飞。

王安石　　菩萨蛮·数家茅屋闲临水

数家茅屋闲临水，单衫短帽垂杨里。今日是何朝，看予度石桥。　　梢梢新月偃，午醉醒来晚。何物最关情，黄鹂三两声。

王安石　　菩萨蛮·集句

海棠乱发皆临水，君知此处花何似。凉月白纷纷，香风隔岸闻。　　啭枝黄鸟近，隔岸声相应。随意坐莓苔，飘零酒一杯。

孙　洙　　　菩萨蛮·楼头上有三冬鼓

楼头上有三冬鼓，何须抵死催人去。上马苦匆匆，琵琶曲未终。　　回头肠断处，却更廉纤雨。漫道玉为堂，玉堂今夜长。

韦　骧　　　菩萨蛮·和舒信道水心寺会次韵

琼杯且尽清歌送，人生离合真如梦。瞬息又春归，回头光景非。　　香喷金兽暖，欢意愁更短。白发不须量，从教千丈长。

晏几道　　　菩萨蛮·来时杨柳东桥路

来时杨柳东桥路，曲中暗有相期处。明月好因缘，欲圆还未圆。　　却寻芳草去，画扇遮微雨。飞絮莫无情，闲花应笑人。

晏几道　　　菩萨蛮·个人轻似低飞燕

个人轻似低飞燕，春来绮陌时相见。堪恨两横波，恼人情绪多。　　长留青鬓住，莫放红颜去。占取艳阳天，且教伊少年。

晏几道　　　菩萨蛮·莺啼似作留春语

莺啼似作留春语，花飞斗学回风舞。红日又平西，画帘遮燕泥。　　烟光还自老，绿镜人空好。香在去年衣，鱼笺音信稀。

晏几道　　　菩萨蛮·春风未放花心吐

春风未放花心吐，尊前不拟分明语。酒色上来迟，绿须红杏枝。　　今朝眉黛浅，暗恨归时远。前夜月当楼，相逢南陌头。

晏几道　　　菩萨蛮·娇香淡染胭脂雪

娇香淡染胭脂雪，愁春细画弯弯月。花月镜边情，浅妆匀未成。　　佳期应有在，试倚秋千待。满地落英红，万条杨柳风。

晏几道　　菩萨蛮·香莲烛下匀丹雪

香莲烛下匀丹雪，妆成笑弄金阶月。娇面胜芙蓉，脸边天与红。　　玳筵双揭鼓，唤上华茵舞。春浅未禁寒，暗嫌罗袖宽。

晏几道　　菩萨蛮·哀筝一弄湘江曲

哀筝一弄湘江曲，声声写尽湘波绿。纤指十三弦，细将幽恨传。　　当筵秋水慢，玉柱斜飞雁。弹到断肠时，春山眉黛低。

晏几道　　菩萨蛮·江南未雪梅花白

江南未雪梅花白，忆梅人是江南客。犹记旧相逢，淡烟微月中。　　玉容长有信，一笑归来近。怀远上楼时，晚云和雁低。

晏几道　　菩萨蛮·相逢欲话相思苦

相逢欲话相思苦，浅情肯信相思否。还恐漫相思，浅情人不知。　　忆曾携手处，月满窗前路。长到月来时，不眠犹待伊。

王　观　　菩萨蛮·归思

单于吹落山头月，漫漫江上沙如雪。谁唱缕金衣，水寒船舫稀。　　芦花枫叶浦，忆抱琵琶语。身未发长沙，梦魂先到家。

魏夫人　　菩萨蛮·溪山掩映斜阳里

溪山掩映斜阳里，楼台影动鸳鸯起。隔岸两三家，出墙红杏花。　　绿杨堤下路，早晚溪边去。三见柳绵飞，离人犹未归。

魏夫人　　菩萨蛮·东风已绿瀛洲草

东风已绿瀛洲草，画楼帘卷清霜晓。清绝比湖梅，花开未满枝。　　长天音信断，又见南归雁。何处是离愁，长安明月楼。

魏夫人　　菩萨蛮·红楼斜倚连溪曲

红楼斜倚连溪曲，楼前溪水凝寒玉。荡漾木兰船，船中人少年。　　荷花娇欲语，笑入鸳鸯浦。波上暝烟低，菱歌月下归。

苏　轼　　菩萨蛮·歌妓

绣帘高卷倾城出，灯前潋滟横波溢。皓齿发清歌，春愁入翠蛾。　　凄音休怨乱，我已先肠断。遗响下清虚，累累一串珠。

苏　轼　　菩萨蛮·碧纱微露纤纤玉

碧纱微露纤纤玉，朱唇渐暖参差竹。越调变新声，龙吟彻骨清。　　夜来残酒醒，惟觉霜袍冷。不见敛眉人，胭脂觅旧痕。

苏　轼　　菩萨蛮·西湖

秋风湖上萧萧雨，使君欲去还留住。今日漫留君，明朝愁杀人。　　佳人千点泪，洒向长河水。不用敛双蛾，路人啼更多。

苏　轼　　菩萨蛮·杭妓往苏迓新守

玉童西迓浮丘伯，洞天冷落秋萧瑟。不用许飞琼，瑶台空月明。　　清香凝夜宴，借与韦郎看。莫便向姑苏，扁舟下五湖。

苏　轼　　菩萨蛮·天怜豪俊腰金晚

天怜豪俊腰金晚，故教月向松江满。清景为淹留，从君都占秋。　　身闲惟有酒，试问清游首。帝梦已遥思，匆匆归去时。

苏　轼　　菩萨蛮·述古席上

娟娟缺月西南落，相思拨断琵琶索。枕泪梦魂中，觉来眉晕重。　　华堂堆烛泪，长笛吹新水。醉客各西东，应思陈孟公。

苏轼　　菩萨蛮·感旧

玉笙不受朱唇暖，离声凄咽胸填满。遗恨几千秋，恩留人不留。　　他年京国酒，泫泪攀枯柳。莫唱短因缘，长安远似天。

苏轼　　菩萨蛮·新月

画檐初挂弯弯月，孤光未满先忧缺。遥认玉帘钩，天孙梳洗楼。　　佳人言语好，不愿求新巧。此恨固应知，愿人无别离。

苏轼　　菩萨蛮·七夕

风回仙驭云开扇，更阑月堕星河转。枕上梦魂惊，晓檐疏雨零。　　相逢虽草草，长共天难老。终不羡人间，人间日似年。

苏轼　　菩萨蛮·有寄

城隅静女何人见，先生日夜歌彤管。谁识蔡姬贤，江南顾彦先。　　先生那久困，汤沐须名郡。惟有谢夫人，从来见拟伦。

苏轼　　菩萨蛮·买田阳羡吾将老

买田阳羡吾将老，从来只为溪山好。来往一虚舟，聊随物外游。　　有书仍懒著，水调歌归去。筋力不辞诗，要须风雨时。

苏轼　　菩萨蛮·落花闲院春衫薄　回文

落花闲院春衫薄，薄衫春院闲花落。迟日恨依依，依依恨日迟。　　梦回莺舌弄，弄舌莺回梦。邮便问人羞，羞人问便邮。

苏轼　　菩萨蛮·夏景　回文

火云凝汗挥珠颗，颗珠挥汗凝云火。琼暖碧纱轻，轻纱碧暖琼。　　晕腮嫌枕印，印枕嫌腮晕。闲照晚妆残，残妆晚照闲。

苏　轼　　　菩萨蛮·峤南江浅红梅小　回文

峤南江浅红梅小，小梅红浅江南峤。窥我向疏篱，篱疏向我窥。　　老人行即到，到即行人老。离别惜残枝，枝残惜别离。

苏　轼　　　菩萨蛮·回文春闺怨

翠鬟斜幔云垂耳，耳垂云幔斜鬟翠。春晚睡昏昏，昏昏睡晚春。　　细花梨雪坠，坠雪梨花细。颦浅念谁人，人谁念浅颦。

苏　轼　　　菩萨蛮·回文夏闺怨

柳庭风静人眠昼，昼眠人静风庭柳。香汗薄衫凉，凉衫薄汗香。　　手红冰碗藕，藕碗冰红手。郎笑藕丝长，长丝藕笑郎。

苏　轼　　　菩萨蛮·回文秋闺怨

井桐双照新妆冷，冷妆新照双桐井。羞对井花愁，愁花井对羞。　　影孤怜夜永，永夜怜孤影。楼上不宜秋，秋宜不上楼。

苏　轼　　　菩萨蛮·回文冬闺怨

雪花飞暖融香颊，颊香融暖飞花雪。欺雪任单衣，衣单任雪欺。　　别时梅子结，结子梅时别。归不恨开迟，迟开恨不归。

苏　轼　　　菩萨蛮·娟娟侵鬓妆痕浅

娟娟侵鬓妆痕浅，双颦相媚弯如翦。一瞬百般宜，无论笑与啼。　　酒阑思翠被，特故腾腾地。生怕促归轮，微波先注人。

此首别作谢绛词

苏　轼　　　菩萨蛮·咏足

涂香莫惜莲承步，长愁罗袜凌波去。只见舞回风，都无行处踪。　　偷穿宫样稳，并立双趺困。纤妙说应难，须从掌上看。

苏　轼　　　菩萨蛮·玉镮坠耳黄金饰

玉镮坠耳黄金饰，轻衫罩体香罗碧。缓步困春醪，春融脸上桃。　　花钿从委地，谁与郎为意。长爱月华清，此时憎月明。

苏　轼　　　菩萨蛮·湿云不动溪桥冷

湿云不动溪桥冷，嫩寒初透东风影。桥下水声长，一枝和月香。　　人怜花似旧，花比人应瘦。莫凭小栏干，夜深花正寒。

李之仪　　　菩萨蛮·五云深处蓬山杳

五云深处蓬山杳，寒轻雾重银蟾小。枕上挹余香，春风归路长。　　雁来书不到，人静重门悄。一阵落花风，云山千万重。

李之仪　　　菩萨蛮·青梅又是花时节

青梅又是花时节，粉墙闲把青梅折。玉鞚偶逢君，春情如乱云。　　藕丝牵不断，谁信朱颜换。莫厌十分斟，酒深情更深。

王齐愈　　　菩萨蛮·戏成六首之一

玉肌香衬冰丝縠，縠丝冰衬香肌玉。纤指拂眉尖，尖眉拂指纤。　　巧裁罗袜小，小袜罗裁巧。移步看尘飞，飞尘看步移。

王齐愈　　　菩萨蛮·戏成六首之二

吼雷催雨飞沙走，走沙飞雨催雷吼。波涨泻倾河，河倾泻涨波。　　幌纱凉气爽，爽气凉纱幌。幽梦觉仙游，游仙觉梦幽。

王齐愈　　　菩萨蛮·戏成六首之三

兽喷香缕飞长昼，昼长飞缕香喷兽。迎日喜葵倾，倾葵喜日迎。　　卷帘双舞燕，燕舞双帘卷。清簟枕钗横，横钗枕簟清。

王齐愈　　菩萨蛮·戏成六首之四

远香风递莲湖满，满湖莲递风香远。光鉴试新妆，妆新试鉴光。　棹穿花处好，好处花穿棹。明月咏歌清，清歌咏月明。

王齐愈　　菩萨蛮·戏成六首之五

酒中愁说人留久，久留人说愁中酒。归梦要迟迟，迟迟要梦归。　旧衣香染袖，袖染香衣旧。封短托飞鸿，鸿飞托短封。

王齐愈　　菩萨蛮·戏成六首之六

老人愁叹惊年早，早年惊叹愁人老。霜点鬓苍苍，苍苍鬓点霜。　酒杯停欲久，久欲停杯酒。杯酒唤眉开，开眉唤酒杯。

王齐愈　　菩萨蛮·初夏

暑烦人困初时午，午时初困人烦暑。新诗得酒因，因酒得诗新。　缕金歌眉举，举眉歌金缕。人妒月圆频，频圆月妒人。

舒　亶　　菩萨蛮·三年江上风吹泪

三年江上风吹泪，夭桃艳杏无春意。今日欲开眉，那堪更别离。　莫折长亭柳，折尽愁依旧。只有醉如狂，人生空断肠。

舒　亶　　菩萨蛮·柳桥花坞南城陌

柳桥花坞南城陌，朱颜绿发长安客。雨后小池台，寻常载酒来。　马头今日路，却望城西去。斜日下汀洲，断云和泪流。

舒　亶　　菩萨蛮·画船捶鼓催君去

画船捶鼓催君去，高楼把酒留君住。去住若为情，西江潮欲平。　江潮容易得，只是人南北。今日此尊空，知君何日同。

舒亶　菩萨蛮·画檐细雨偏红烛

画檐细雨偏红烛，疏星冷落排寒玉。赌得碧云篇，金波更涉船。　樽前当日客，行色垂杨陌。天阔水悠悠，含情独倚楼。

舒亶　菩萨蛮·杜鹃啼破江南月

杜鹃啼破江南月，香风扑面吹红雪。赋就缕金笺，黄昏醉上船。　年华双短鬓，事往情何尽。明日各天涯，来春空好花。

舒亶　菩萨蛮·次刘郎中赏花韵

朱帘乍卷层烟起，露华深浅初疑洗。困倚玉阑风，绮罗知几重。　向人如有意，不醉何时醉。便得一枝红，犹胜两鬓空。

舒亶　菩萨蛮·席上送寅亮通直

小池山额垂螺碧，绿红香里眠鸂鶒。波面翠云开，仙槎天上来。　吹将红日落，懊恼严城角。风月此时情，知君华发生。

舒亶　菩萨蛮·送奉化知县秦奉议

一回别后一回老，别离易得相逢少。莫问故园花，长安君是家。　短亭秋日晚，草色随人远。欲醉又还醒，江楼暮角声。

舒亶　菩萨蛮·樽前休话人生事

樽前休话人生事，人生只合樽前醉。金盏大如船，江城风雪天。　绮窗灯自语，一夜芭蕉雨。玉漏为谁长，枕衾残酒香。

舒亶　菩萨蛮·楼前流水西江道

楼前流水西江道，江头水落芙蓉老。画鼓叠凉波，凭栏颦翠娥。　当年金马客，青鬓芦花色。把酒感秋蓬，骊歌半醉中。

舒亶　菩萨蛮·绮栊深闭桃园曲

绮栊深闭桃园曲，刘郎老向花间宿。笑脸抹流霞，心知是小琶。　纤纤垂素玉，掠鬓春云绿。弹了醉思仙，小窗红日偏。

舒亶　菩萨蛮·次张秉道韵

真珠酒滴琵琶送，行云旧识巫山梦。空得醉中归，老来心事非。　江梅含日暖，照水花枝短。密叶似商量，向人春意长。

舒亶　菩萨蛮·小亭露压风枝动

小亭露压风枝动，鹊炉火冷金瓶冻。悄悄对西窗，瘦知罗带长。　欲眠思殢酒，坐听寒更久。无赖是青灯，开花故故明。

舒亶　菩萨蛮·流年又见风沙送

流年又见风沙送，钧天回首清都梦。塞雁几时归，镜中双鬓非。　绿袍同冷暖，谁道交情短。愁斛若为量，还随一线长。

舒亶　菩萨蛮·次莹中元归韵

白蘋洲渚垂杨岸，藕花未放青蒲短。斜日画船归，背人双鹭飞。　醉眠金马客，不道风尘隔。红影上窗纱，小庭空落花。

舒亶　菩萨蛮·湖心寺席上赋茶词

金船满引人微醉，红绡笼烛催归骑。香泛雪盈杯，云龙疑梦回。　不辞风满腋，旧是仙家客。坐得夜无眠，南窗衾枕寒。

舒亶　菩萨蛮·别意

江梅未放枝头结，江楼已见山头雪。待得此花开，知君来不来。　风帆双画鹢，小雨随行色。空得郁金裙，酒痕和泪痕。

舒　亶　　　菩萨蛮·次韵

香波绿暖浮鸂鶒，黄金捍拨幺弦语。小雨落梧桐，帘栊残烛红。　　人生闲亦好，双鬓催人老。莫惜醉中归，醒来思醉时。

舒　亶　　　菩萨蛮·绿窗酒醒春如梦

绿窗酒醒春如梦，小池犹见红云动。露湿井干桐，翠阴生细风。　　雨过芳塘净，清昼闲中永。门外立双旌，隔花闻笑声。

舒　亶　　　菩萨蛮·忆曾把酒赏红翠

忆曾把酒赏红翠，舞腰柳弱歌声细。纵马杏园西，归来香满衣。　　宝车空犊驻，事逐孤鸿去。搔首立江干，春萝挂暮山。

舒　亶　　　菩萨蛮·疏英乍蕾余寒浅

疏英乍蕾余寒浅，蹋枝小鹊娇犹颤。谩炷水沉香，帘波不是湘。　　清愁支酒力，畏听江城笛。恁忍说华年，垂垂欲暮天。

黄庭坚　　　菩萨蛮·半烟半雨溪桥畔

王荆公新筑草堂于半山，引入功德水作小港，其上垒石作桥。为集句云："数间茅屋闲临水，窄衫短帽垂杨里。花是去年红，吹开一夜风。　　梢梢新月偃，午醉醒来晚。何物最关情，黄鹂三两声。"戏效荆公作

半烟半雨溪桥畔，渔翁醉著无人唤。疏懒意何长，春风花草香。　　江山如有待，此意陶潜解。问我去何之，君行到自知。

黄庭坚　　　菩萨蛮·淹泊平山堂

寒食节，固陵录事参军表弟周元固惠酒，为作此词

细腰宫外清明雨，云阳台上烟如缕。云雨暗巫山，流人殊未还。　　阿谁知此意，解遣双壶至。不是白头新，周郎旧可人。

黄庭坚　　菩萨蛮·轻风袅断沉烟炷

轻风袅断沉烟炷，霏微尽日寒塘雨。残绣没心情，鸟啼花外声。　离愁难自制，年少乖盟誓。寂寞掩朱门，罗衣空泪痕。

晁端礼　　菩萨蛮·薄衾小枕重门闭

薄衾小枕重门闭，孤灯照著人无寐。风雨夜来多，春寒可奈何。　深闺香暖处，还解怜人否。只道不来归，那知心似飞。

晁端礼　　菩萨蛮·午阴未转晴窗暖

午阴未转晴窗暖，无风著地杨花满。睡起日犹长，卷帘红杏香。　春心无处定，又作花时病。芳草伴离愁，绵绵早晚休。

晁端礼　　菩萨蛮·百花未报芳菲信

百花未报芳菲信，一枝探得春风近。只有雪争光，更无花似香。　孤标天赋与，冷艳谁能顾。庭院好深藏，莫教开路傍。

晁端礼　菩萨蛮·卷帘风入双双燕　回文

卷帘风入双双燕，燕双双入风帘卷。明月晓啼莺，莺啼晓月明。　断肠空望远，远望空肠断。楼上几多愁，愁多几上楼。

晁端礼　　菩萨蛮·远山眉映横波脸

远山眉映横波脸，脸波横映眉山远。云鬓插花新，新花插鬓云。　断魂离思远，远思离魂断。门掩未黄昏，昏黄未掩门。

李元膺　　菩萨蛮·彩旗画柱清明后

彩旗画柱清明后，花前姊妹争携手。先紧绣罗裙，轻衫束领巾。　琐绳金钏响，渐出花梢上。笑里问高低，盘云亸玉螭。

秦　观　　　菩萨蛮·虫声泣露惊秋枕

虫声泣露惊秋枕，罗帏泪湿鸳鸯锦。独卧玉肌凉，残更与恨长。　　阴风翻翠幔，雨涩灯花暗。毕竟不成眠，鸦啼金井寒。

米　芾　　　菩萨蛮·拟古

蒹葭风外烟笼柳，数叠遥山眉黛秀。微雨过江来，烦襟为一开。　　沙边临望处，紫燕双飞语。举酒送飞云，夜凉愁梦频。

赵令畤　　　菩萨蛮·轻鸥欲下春塘浴

轻鸥欲下春塘浴，双双飞破春烟绿。两岸野蔷薇，翠笼薰绣衣。　　凭船闲弄水，中有相思意。忆得去年时，水边初别离。

赵令畤　　　菩萨蛮·长淮渺渺寒烟白

长淮渺渺寒烟白，凭栏人是霜台客。诗句妙春豪，风云不啻高。　　樽前人已老，余恨连芳草。一曲酒醒时，梧桐月欲低。

赵令畤　　　菩萨蛮·春风试手先梅蕊

春风试手先梅蕊，頩姿冷艳明沙水。不受众芳知，端须月与期。　　清香闲自远，先向钗头见。雪后燕瑶池，人间第一枝。

贺　铸　　　菩萨蛮·城里钟

厌厌别酒商歌送，萧萧凉叶秋声动。小泊画桥东，孤舟月满篷。　　高城遮短梦，衾藉余香拥。多谢五更风，犹闻城里钟。

贺　铸　　　菩萨蛮·彩舟载得离愁动

彩舟载得离愁动，无端更借樵风送。波渺夕阳迟，销魂不自持。　　良宵谁与共，赖有窗间梦。可奈梦回时，一番新别离。

贺　铸　　菩萨蛮·章台游冶金龟婿

章台游冶金龟婿，归来犹带醺醺醉。花漏怯春宵，云屏无限娇。　　绛纱灯影背，玉枕钗声碎。不待宿酲销，马嘶催早朝。

贺　铸　　菩萨蛮·曲门南与鸣珂接

曲门南与鸣珂接，小园绿径飞蝴蝶。下马访婵娟，笑迎妆阁前。　　鹧鸪声几叠，滟滟金蕉叶。未许被香鞯，月生楼外天。

贺　铸　　菩萨蛮·绿窗残梦闻鶗鴂

绿窗残梦闻鶗鴂，曲屏映枕春山叠。梳□发如蝉，镜生波上莲。　　绛裙金缕摺，学舞腰肢怯。帘下小凭肩，与人双翠钿。

贺　铸　　菩萨蛮·绿杨眠后拕烟穗

绿杨眠后拕烟穗，日长扫尽青苔地。香断入帘风，炉心檀烬红。　　兰溪修祓禊，上巳明朝是。不许放春慵，景阳临晓钟。

贺　铸　　菩萨蛮·粉香映叶花羞日

粉香映叶花羞日，窗间宛转蜂寻蜜。欢罢卷帘时，玉纤匀面脂。　　舞裙金斗熨，绛襭鸳鸯密。翠带一双垂，索人题艳诗。

贺　铸　　菩萨蛮·子规啼梦罗窗晓

子规啼梦罗窗晓，开奁拂镜严妆早。彩碧画丁香，背垂裙带长。　　钿筝寻旧曲，愁结眉心绿。犹恨夜来时，酒狂归太迟。

贺　铸　　菩萨蛮·虚堂向壁青灯灭

虚堂向壁青灯灭，觉来惊见横窗月。起看月平西，城头乌夜啼。　　兰衾羞更入，欹枕偷声泣。肠断数残更，望明天未明。

贺　铸　　菩萨蛮·芭蕉衬雨秋声动

芭蕉衬雨秋声动，罗窗恼破鸳鸯梦。愁倚□帘栊，灯花落地红。　枕横衾浪拥，好夜无人共。莫道粉墙东，蓬山千万重。

贺　铸　　菩萨蛮·朱甍碧树莺声晓

朱甍碧树莺声晓，残醺残梦犹相恼。薄雨隔轻帘，寒侵白纻衫。　锦屏人起早，惟见余妆好。眉样学新蟾，春愁入翠尖。

贺　铸　　菩萨蛮·炉烟微度流苏帐

炉烟微度流苏帐，孤衾冷叠芙蓉浪。蟋蟀不离床，伴人愁夜长。　玉人飞阁上，见月还相望。相望莫相忘，应无未断肠。

晁补之　　菩萨蛮·永嘉郡君生日

百花含蘤东风里，南园小雨朱扉启。春色一年年，年年花共妍。　清谈招隐去，莫认如宾处。华发好风光，林间此味长。

晁补之　　菩萨蛮·玉京不许尘容到

玉京不许尘容到，疏慵只合疏慵老。鸥鸟共烟波，田夫与醉歌。　忘怀无物我，莫似陈惊坐。勋业付长闲，西山爽气间。

晁补之　　菩萨蛮·代歌者怨

丝篁斗好莺羞巧，红檀微映燕脂小。当□敛双蛾，曲中幽恨多。　知君怜舞袖，舞要歌成就。独舞不成妍，因歌舞可怜。

陈师道　　菩萨蛮·七夕

行云过尽星河烂，炉烟未断蛛丝满。想得两眉颦，停针忆远人。　河桥知有路，不解留郎住。天上隔年期，人间长别离。

陈师道　　菩萨蛮·东飞乌鹊西飞燕

东飞乌鹊西飞燕，盈盈一水经年见。急雨洗香车，天回河汉斜。　离愁千载上，相远长相望。终不似人间，回头万里山。

陈师道　　菩萨蛮·绮楼小小穿针女

绮楼小小穿针女，秋光点点蛛丝雨。今夕是何宵，龙车乌鹊桥。　经年谋一笑，岂解令人巧。不用问如何，人间巧更多。

陈师道　　菩萨蛮·银潢清浅填乌鹊

银潢清浅填乌鹊，画檐急雨长河落。初月未成圆，明星惜此筵。　愁来无断绝，岁岁年年别。不用泪红滋，年年岁岁期。

陈师道　　菩萨蛮·和彭舍人留别

喧喧车马西郊道，临行更觉人情好。住有一年情，去留千载名。　离歌声欲尽，只作常时听。天上玉堂东，阳春是梦中。

陈师道　　菩萨蛮·髻钗初上朝云卷

髻钗初上朝云卷，眼波翻动眉山远。一曲杜韦娘，当年枉断肠。　佳期如好月，拟满还须缺。别易见应难，长须仔细看。

陈师道　　菩萨蛮·寄赵使君

清词丽句前朝曲，使君借与灯前读。读罢已三更，寒窗雨打声。　应怜诗客老，要使情怀好。犹有解歌人，尊前未得听。

陈师道　　菩萨蛮·佳人

晓来误入桃源洞，恰见佳人春睡重。玉腕枕香腮，荷花藕上开。　一扇俄惊起，敛黛凝秋水。笑倩整金衣，问郎来几时。

周邦彦　　菩萨蛮·梅雪

银河宛转三千曲，浴凫飞鹭澄波绿。何处是归舟，夕阳江上楼。　　天憎梅浪发，故下封枝雪。深院卷帘看，应怜江上寒。

李　廌　　菩萨蛮·双松庵月下赏梅

城阴犹有松间雪，松间暗淡城头月。月下几枝梅，为谁今夜开。　　尊前簪素发，自拥繁枝折。疑是在瑶台，宝灯携手来。

谢　逸　　菩萨蛮·暄风迟日春光闹

暄风迟日春光闹，蒲萄水绿摇轻棹。两岸草烟低，青山啼子规。　　归来愁未寝，黛浅眉痕沁。花影转廊腰，红添酒面潮。

谢　逸　　菩萨蛮·縠纹波面浮鸂鶒

縠纹波面浮鸂鶒，蒲芽出水参差碧。满院落梅香，柳梢初弄黄。　　衣轻红袖皱，春困花枝瘦。睡起玉钗横，隔帘闻晓莺。

苏　庠　　菩萨蛮·宜兴作

北风振野云平屋，寒溪淅淅流冰谷。落日送归鸿，夕岚千万重。　　荒坡垂斗柄，直北乡山近。何必苦言归，石亭春满枝。

苏　庠　　菩萨蛮·自宜兴还西冈作

园林寂寂春归去，濛濛柳下飞香絮。野水接云横，绿烟啼晓莺。　　江南鹍鸠梦，山色朝来重。小艇小湾头，蘋花蘋叶洲。

苏　庠　　菩萨蛮·再在西冈兼怀后湖作

短船谁泊蒹葭渚，夜深远火明渔浦。却忆槿花篱，春声穿竹溪。　　云山如昨好，人自垂垂老。心事有谁知，月明霜满枝。

苏　庠　　　菩萨蛮·周彦达舟中作

眼中叠叠烟中树，晚云点点翻荷雨。鸥泛渚边烟，绿蒲秋满川。　　未成江海去，聊作林塘主。客恨阔无津，风斜白氎巾。

苏　庠　　　菩萨蛮·年时忆著花前醉

年时忆著花前醉，而今花落人憔悴。麦浪卷晴川，杜鹃声可怜。　　有书无雁寄，初夏槐风细。家在落霞边，愁逢江月圆。

苏　庠　　　菩萨蛮·澧阳庄

照溪梅雪和烟堕，寒林漠漠愁烟锁。客恨渺无涯，雁来人忆家。　　远山疑带雨，一线云间语。霜月又婵娟，江南若个边。

苏　庠　　　菩萨蛮·春波滟滟浮春渚

春波滟滟浮春渚，绿阴一径风兼雨。又作去年时，绿深垂蔓篱。　　故山归兴动，江北江南梦。白发故相欺，星星如有期。

祖　可　　　菩萨蛮·西风簌簌低红叶

西风簌簌低红叶，梧桐影里银河匝。梦破画帘垂，月明乌鹊飞。　　新愁知几许，欲似丝千缕。雁已不堪闻，砧声何处村。

祖　可　　　菩萨蛮·谁能画取沙边雨

谁能画取沙边雨，和烟澹扫蒹葭渚。别岸却斜晖，采莲人未归。　　鸳鸯如解语，对浴红衣去。去了更回头，教侬特地愁。

毛　滂　　　菩萨蛮·次韵秀倅送别

玉卮细酌流霞湿，金钗翠袖勤留客。行色小梅残，官桥杨柳寒。　　赐环宣室夜，看落金莲灺。人记海听康，流风秀水旁。

毛　滂　　　　菩萨蛮·代赠

端端正正人如月，孜孜媚媚花如颊。花月不如人，眉眉眼眼春。　　沉香添小炷，共挹熏炉语。香解著人衣，君心蝴蝶飞。

毛　滂　　　　菩萨蛮·定空赏梅

含章檐下眉如月，融酥和粉描疏雪。桃杏莫争春，凌风台畔人。　　如今千万树，零乱孤村雨。和雨滴瑶觞，归来肌骨香。

毛　滂　　　　菩萨蛮·重阳

淡烟疏雨东篱晓，菊团凄露真珠小。青蕊抱寒枝，因谁特故迟。　　曾是骚人盼，羞做茱萸伴。揉破郁金黄，与君些子香。

毛　滂　　　　菩萨蛮·溪山不尽知多少

溪山不尽知多少，遥峰秀叠寒波渺。携酒上高台，与君开壮怀。　　枉做悲秋赋，醉后悲何处。白发几黄花，官裘付酒家。

毛　滂　　　　菩萨蛮·富阳道中

春潮曾送离魂去，春山曾见伤离处。老去不堪愁，凭阑看水流。　　东风留不住，一夜檐前雨。明日觅春痕，红疏桃杏村。

毛　滂　　　　菩萨蛮·新城山中雨

云山沁绿残眉浅，垂杨睡起腰肢软。不见玉妆台，飞花将梦来。　　行云何事恶，雨透罗衣薄。不忍湿残春，黄莺啼向人。

毛　滂　　　　菩萨蛮·赠舞姬

当时学舞钧天部，惊鸿吹下江湖去。家住百花桥，何郎偏与娇。　　杏梁尘拂面，牙板闻莺燕。劝客玉梨花，月侵钗燕斜。

刘　焘　　菩萨蛮·四时四首回文春

小红桃脸花中笑，笑中花脸桃红小。垂柳拂帘低，低帘拂柳垂。　枭花风鬓绕，绕鬓风花枭。归路月沉西，西沉月路归。

刘　焘　　菩萨蛮·四时四首回文夏

簟纹双映冰肌艳，艳肌冰映双纹簟。窗外竹生风，风生竹外窗。　点红潮醉脸，脸醉潮红点。廊上月昏黄，黄昏月上廊。

刘　焘　　菩萨蛮·四时四首回文秋

露盘金冷初阑暑，暑阑初冷金盘露。风细引鸣蛩，蛩鸣引细风。　雨零愁远路，路远愁零雨。空醉一尊同，同尊一醉空。

刘　焘　　菩萨蛮·四时四首回文冬

屑琼霏玉堆檐雪，雪檐堆玉霏琼屑。山远对眉攒，攒眉对远山。　拆梅寒映月，月映寒梅拆。阑倚暂愁宽，宽愁暂倚阑。

刘　焘　　菩萨蛮·又四首　春

湿花春雨如珠泣，泣珠如雨春花湿。花枕并敧斜，斜敧并枕花。　织文回字密，密字回文织。嗟更数年华，华年数更嗟。

刘　焘　　菩萨蛮·又四首　夏

润肌饶汗香红沁，沁红香汗饶肌润。低槛小山围，围山小槛低。　枕横钗坠鬓，鬓坠钗横枕。归梦与郎期，期郎与梦归。

刘　焘　　菩萨蛮·又四首　秋

绿窗斜动摇风竹，竹风摇动斜窗绿。虚幌夕凉初，初凉夕幌虚。　曲眉愁翠蹙，蹙翠愁眉曲。无雁寄书来，来书寄雁无。

刘　焘　　菩萨蛮·又四首　冬

雪窗寒听孤灯灭，灭灯孤听寒窗雪。残漏惜衾闲，闲衾惜漏残。　说时常恨别，别恨常时说。还不奈宵寒，寒宵奈不还。

周　纯　　菩萨蛮·题梅扇

梅花韵似才人面，为伊写在春风扇。人面似花妍，花应不解言。　在手微风动，勾引相思梦。莫用插酴醾，酴醾羞见伊。

谢　邁　　菩萨蛮·陈虚中席上别李商老

雪消新洗寒林碧，华堂向晚开瑶席。一曲杜韦娘，有人空断肠。　谪仙同夜宴，晓即归程远。莫放酒尊空，主人陈孟公。

谢　邁　　菩萨蛮·梅

相思一夜庭花发，窗前忽认生尘袜。晓起艳寒妆，雪肌生暗香。　佳人纤手摘，手与花同色。插鬓有谁宜，惟应潘玉儿。

曾　纡　　菩萨蛮·山光冷浸清溪底

山光冷浸清溪底，溪光直到柴门里。卧对白蘋洲，敧眠数钓舟。　溪山无限好，恨不相逢早。老病独醒多，如此良夜何。

赵子发　　菩萨蛮·闲庭草色侵阶绿

闲庭草色侵阶绿，琐窗午梦人如玉。抛枕出罗帏，风吹金缕衣。　怨春风雨恶，二月桃花落。雨后纵多晴，花休春不成。

王安中　　菩萨蛮·六军阅罢，犒饮兵将官

中军玉帐旌旗绕，吴钩锦带明霜晓。铁马去追风，弓声惊塞鸿。　分兵闲细柳，金字回飞奏。犒饮上恩浓，燕然思勒功。

王安中　　菩萨蛮·寄赵伯山四首之一

雨零花昼春杯举，举杯春昼花零雨。诗令酒行迟，迟行酒令诗。　　满斟犹换醆，醆换犹斟满。天转月光圆，圆光月转天。

王安中　　菩萨蛮·寄赵伯山四首之二

绿笺长写新成曲，曲成新写长笺绿。豪句逞才高，高才逞句豪。　　美容歌皓齿，齿皓歌容美。香篆小花团，团花小篆香。

王安中　　菩萨蛮·寄赵伯山四首之三

玉纤传酒浮香菊，菊香浮酒传纤玉。弦管沸欢筵，筵欢沸管弦。　　出帘珠袖蔌，蔌袖珠帘出。眉晕浅山低，低山浅晕眉。

王安中　　菩萨蛮·寄赵伯山四首之四

浦烟迷处回莲步，步莲回处迷烟浦。罗绮媚横波，波横媚绮罗。　　细眉双拂翠，翠拂双眉细。歌意任情多，多情任意歌。

叶梦得　　菩萨蛮·已未五月十七日赠无住道人

经年不踏斜桥路，青山试问谁为主。密叶转回风，寒泉落半空。　　此间无限兴，可便荒三径。明日下扁舟，沧波莫浪游。

叶梦得　　菩萨蛮·湖光亭晚集

平波不尽蒹葭远，清霜半落沙痕浅。烟树晚微茫，孤鸿下夕阳。　　梅花消息近，试向南枝问。记得水边春，江南别后人。

赵子崧　　菩萨蛮·四时四首　春

锦如花色春残饮，饮残春色花如锦。楼上正人愁，愁人正上楼。　　晏天横阵雁，雁阵横天晏。思远寄情词，词情寄远思。

赵子崧　　菩萨蛮·四时四首　夏

雨荷惊起双飞鹭，鹭飞双起惊荷雨。浓醉一轩风，风轩一醉浓。　　午阴清散暑，暑散清阴午。斜日转窗纱，纱窗转日斜。

赵子崧　　菩萨蛮·四时四首　秋

断鸿归处飞云乱，乱云飞处归鸿断。风弄叶翻红，红翻叶弄风。　　柳残凋院后，后院凋残柳。楼外水云秋，秋云水外楼。

赵子崧　　菩萨蛮·四时四首　冬

月天遥照寒窗雪，雪窗寒照遥天月。门掩欲黄昏，昏黄欲掩门。　　锦鸳双并枕，枕并双鸳锦。云鬓整纤琼，琼纤整鬓云。

鉴　堂　菩萨蛮·答伯山四时四首　春

落花丛外风惊鹊，鹊惊风外丛花落。乡梦困时长，长时困梦乡。　　暮天江口渡，渡口江天暮。林远度栖禽，禽栖度远林。

鉴　堂　菩萨蛮·答伯山四时四首　夏

竹枝高映荷池绿，绿池荷映高枝竹。流水碧浮鸥，鸥浮碧水流。　　酒尊陪旧友，友旧陪尊酒。吟客坐时斟，斟时坐客吟。

鉴　堂　菩萨蛮·答伯山四时四首　秋

砌风鸣叶繁霜坠，坠霜繁叶鸣风砌。山外水潺潺，潺潺水外山。　　冷衾愁夜永，永夜愁衾冷。砧响更蛩吟，吟蛩更响砧。

鉴　堂　菩萨蛮·答伯山四时四首　冬

浦南回桨归庭户，户庭归桨回南浦。帘卷欲晴天，天晴欲卷帘。　　月光交映雪，雪映交光月。残漏怯宵寒，寒宵怯漏残。

梅　窗　　　　**菩萨蛮·春闺**

碧窗纱透春寒极，极寒春透纱窗碧。谁送缕金衣，衣金缕送谁。　　玉肌生嫩粟，粟嫩生肌玉。温处坐香茵，茵香坐处温。

梅　窗　　　　**菩萨蛮·咏梅**

折来初步东溪月，月溪东步初来折。香处是瑶芳，芳瑶是处香。　　藓花浮晕浅，浅晕浮花藓。清对一枝瓶，瓶枝一对清。

梅　窗　　　　**菩萨蛮·题锦机小轴**

浅红绡透春裁剪，剪裁春透绡红浅。机锦织情丝，丝情织锦机。　　意深凭远寄，寄远凭深意。波渺胜愁多，多愁胜渺波。

梅　窗　　　　**菩萨蛮·春晚二首之一**

点点花飞春恨浅，浅恨春飞花点点。莺语似多情，情多似语莺。　　恋春增酒劝，劝酒增春恋。颦损翠蛾新，新蛾翠损颦。

梅　窗　　　　**菩萨蛮·春晚二首之二**

曲屏春展山浮玉，玉浮山展春屏曲。香鸭瑞云翔，翔云瑞鸭香。　　醉深留客意，意客留深醉。凉枕怯宵长，长宵怯枕凉。

梅　窗　　　　**菩萨蛮·端午**

玉钗松鬓凝云绿，绿云凝鬓松钗玉。双翠碍枝长，长枝碍翠双。　　色丝添意密，密意添丝色。红映袖纱笼，笼纱袖映红。

王庭珪　　　　**菩萨蛮·武陵西上沅陵渡**

绍兴十九年，谪夜郎。州学诸职事，邀就孔志行家圃宴集。时初至贬所，见人物风景之美，夜久方归，恍然莫知为何

所。酒醒，作此词以记之

武陵西上沅陵渡，扁舟忘了来时路。花外有人烟，相逢疑是仙。　　清尊留夜语，醉倒知何处。归去客心惊，金鸡嘲哳鸣。

陈　克　　　菩萨蛮·柳条窣窣闲庭院

柳条窣窣闲庭院，锦波绣浪春风转。红日上阑干，晚来花更寒。　　绿檀金隐起，翠被香烟里。幽恨有谁知，空梁落燕泥。

陈　克　　　菩萨蛮·赤阑桥尽香街直

赤阑桥尽香街直，笼街细柳娇无力。金碧上青空，花晴帘影红。　　黄衫飞白马，日日青楼下。醉眼不逢人，午香吹暗尘。

陈　克　　　菩萨蛮·池塘淡淡浮鸂鶒

池塘淡淡浮鸂鶒，杏花吹尽垂杨碧。天气度清明，小园新雨晴。　　绿窗描绣罢，笑语酴醾下。围坐赌青梅，困从双脸来。

陈　克　　　菩萨蛮·绿芜墙绕青苔院

绿芜墙绕青苔院，中庭日淡芭蕉卷。蝴蝶上阶飞，烘帘自在垂。　　玉钩双语燕，宝甃杨花转。几处簸钱声，绿窗春睡轻。

陈　克　　　菩萨蛮·柳条到地莺声滑

柳条到地莺声滑，鸳鸯睡稳清沟阔。九曲转朱阑，花深人对闲。　　日长刀尺罢，试屐樱桃下。鬒髻玉钗风，云轻线脚红。

陈　克　　　菩萨蛮·绿阴寂寂樱桃下

绿阴寂寂樱桃下，盆池劣照蔷薇架。帘影假山前，映阶红叶翻。　　芭蕉笼碧砌，猧子中庭睡。香径没人来，拂墙花又开。

朱敦儒　　菩萨蛮·老人谙尽人间苦

老人谙尽人间苦，近来恰似心头悟。九九是重阳，重阳菊散芳。　出门何处去，对面谁相语。枕臂卧南窗，铜炉柏子香。

朱敦儒　　菩萨蛮·芭蕉叶上秋风碧

芭蕉叶上秋风碧，晚来小雨流苏湿。新窨木樨沉，香迟斗帐深。　无人同向夕，还是愁成忆。忆昔结同心，鸳鸯何处寻。

朱敦儒　　菩萨蛮·风流才子倾城色

风流才子倾城色，红缨翠幰长安陌。夜饮小平康，暖生银字簧。　持杯留上客，私语眉峰侧。半冷水沉香，罗帷宫漏长。

朱敦儒　　菩萨蛮·乡关散尽当年客

乡关散尽当年客，春风寂寞花无色。长日掩重门，江山眼外昏。　画图高挂壁，嵩少参差碧。想见卧云人，松黄落洞门。

朱敦儒　　菩萨蛮·芙蓉红落秋风急

芙蓉红落秋风急，夜寒纸帐霜华湿。枕畔木瓜香，晓来清兴长。　轻舟青箬笠，短棹溪光碧。去觅谢三郎，芦花何处藏。

周紫芝　　菩萨蛮·翠蛾懒画妆痕浅

翠蛾懒画妆痕浅，香肌得酒花柔软。粉汗湿吴绫，玉钗敲枕棱。　鬓丝云卸腻，罗带还重系。含笑出房栊，羞随脸上红。

周紫芝　　菩萨蛮·风头不定云来去

风头不定云来去，天教月到湖心住。遥夜一襟愁，水风浑似秋。　藕花迎露笑，暗水飞萤照。渔笛莫频吹，客愁人不知。

周紫芝　　　菩萨蛮·赋疑梅香

宝薰拂拂浓如雾，暗惊梅蕊风前度。依约似江村，余香马上闻。　　画桥风雨暮，零落知无数。收拾小窗春，金炉檀炷深。

何　籀　　　菩萨蛮·春闺

南园满地堆轻絮，愁闻一霎清明雨。雨后却斜阳，杏花零落香。　　无言匀睡脸，枕上屏山掩。时节欲黄昏，无聊独倚门。

李元卓　　　菩萨蛮·一枝绛蜡香梅软

一枝绛蜡香梅软，宜春小胜玲珑剪。拂晓上瑶钗，春从鬓底来。　　菱花频自照，粉面惊春早。淡拂晓山眉，为谁今日宜。

张　纲　　　菩萨蛮·上元

重帘卷尽楼台日，华灯万点欢声入。老病莫凭阑，一城星斗寒。　　艳妆翻舞雪，目眩红生缬。不是故无情，羞君双鬓青。

张　纲　　　菩萨蛮·南山只与溪桥隔

南山只与溪桥隔，年来厌著寻山屐。卧对曲屏风，淡烟疏雨中。　　功成投老去，拚作林塘主。万事不关心，酒杯红浪生。

李清照　　　菩萨蛮·风柔日薄春犹早

风柔日薄春犹早，夹衫乍著心情好。睡起觉微寒，梅花鬓上残。　　故乡何处是，忘了除非醉。沉水卧时烧，香消酒未消。

李清照　　　菩萨蛮·归鸿声断残云碧

归鸿声断残云碧，背窗雪落炉烟直。烛底凤钗明，钗头人胜轻。　　角声催晓漏，曙色回牛斗。春意看花难，西风留旧寒。

李清照　　　　菩萨蛮·闺情

绿云鬓上飞金雀，愁眉翠敛春烟薄。香阁掩芙蓉，画屏山几重。　　窗寒天欲曙，犹结同心苣。啼粉污罗衣，问郎归几时。

吕本中　　菩萨蛮·客愁不到西池路

客愁不到西池路，残春又逐花飞去。今日傍池行，新荷昨夜生。　　故人千虑绕，不道书来少。去住隔关河，长亭风雨多。

吕本中　　菩萨蛮·高楼只在斜阳里

高楼只在斜阳里，春风淡荡人声喜。携客不嫌频，使君如酒醇。　　花光人不会，月色须君醉。月色与花光，共成今夜长。

吕本中　　菩萨蛮·登楼一望南山雪

登楼一望南山雪，使君风味如新月。月向雪前明，主人今夜情。　　平生相与意，老病犹堪记。对酒为君欢，酒杯嫌未宽。

向子諲　　菩萨蛮·天仙醉把真珠掷

天仙醉把真珠掷，荷翻写入玻璃碧。雨过酒尊凉，红蕖苒苒香。　　飞来双白鹭，屡作僛僛舞。山鸟起清歌，晚来情更多。

向子諲　　菩萨蛮·鸳鸯翡翠同心侣

鸳鸯翡翠同心侣，惊风不得双飞去。春水绿西池，重期相见时。　　长怜心共语，梦里池边路。相见不如新，花应解笑人。

向子諲　　　菩萨蛮·政和丙申

娟娟明月如霜白，鳌山可是蓬山隔。恨不及春风，行云处处同。　　暖香红雾里，一笑谁新喜。知得远愁无，春衫有泪珠。

向子諲　　菩萨蛮·袜儿窄剪鞋儿小

袜儿窄剪鞋儿小，纹鸳并影双双好。微步巧藏人，轻飞洛浦尘。　前回深处见，欲近还相远。心事不能知，教人直是疑。

李邦献　　菩萨蛮·蜡梅

薰沉刻蜡工夫巧，蜜脾锁碎金钟小。别是一般香，解教人断肠。　冰霜相与瘦，清在江梅右。念我忍寒来，怜君特地开。

蔡　伸　　菩萨蛮·沐发

鸳鸯枕上云堆绿，兰膏微润知新沐。开帐对华灯，见郎双眼明。　锦衾香馥郁，槛竹敲寒玉。何物最无情，晓鸡咿喔声。

蔡　伸　　菩萨蛮·杏花零落清明雨

杏花零落清明雨，卷帘双燕来还去。枕上玉芙蓉，暖香堆锦红。　翠翘金钿雀，蝉鬓慵梳掠。心事一春闲，黛眉颦远山。

蔡　伸　　菩萨蛮·飞英不向枝头住

飞英不向枝头住，等闲又送春归去。云幄翠阴浮，长随日脚流。　玉箫吹凤怨，惊起楼中燕。飞去自双双，恼人空断肠。

蔡　伸　　菩萨蛮·广陵盛事

水光山影浮空碧，柳丝摇曳春无力。柳岸系行舟，吹箫忆旧游。　旧游堪更忆，望断迷南北。千古恨悠悠，长江空自流。

蔡　伸　　菩萨蛮·当时携手今千里

当时携手今千里，可堪重到相逢地。触目尽关心，流莺尚好音。　无人知我意，只有涓涓泪。寂寞到斜阳，罗衣裛旧香。

蔡　伸　　菩萨蛮·鸣笳叠鼓催双桨

鸣笳叠鼓催双桨，扁舟稳泛桃花浪。别泪洒东风，前欢如梦中。　　梦魂无定据，不到相逢处。纵使梦相逢，香闺岂解同。

蔡　伸　　菩萨蛮·金铺半掩银蟾满

金铺半掩银蟾满，个人应恨归来晚。轧轧橹声迟，那知心已飞。　　迎门一笑粲，娇困横波慢。偎倚绿窗前，今宵人月圆。

蔡　伸　　菩萨蛮·双双紫燕来华屋

双双紫燕来华屋，雨余芳草池塘绿。一夜摆花风，莺花满树红。　　杯深君莫诉，醉袖歌金缕。无奈惜花心，老来情转深。

蔡　伸　　菩萨蛮·朝来一阵狂风雨

朝来一阵狂风雨，春光已作堂堂去。茂绿满繁枝，青梅结子时。　　攀枝惊畹晚，乐事孤心眼。正是惜春归，那堪怨别离。

蔡　伸　　菩萨蛮·凝羞隔水抛红豆

凝羞隔水抛红豆，嫩桃如脸腰如柳。心事暗相期，阳台云雨迷。　　玉楼花似雪，花上朦胧月。挥泪执柔荑，匆匆话别时。

蔡　伸　　菩萨蛮·花冠鼓翼东方动

花冠鼓翼东方动，兰闺惊破辽阳梦。翠被小屏山，晓窗灯影残。　　并头双燕语，似诉横塘雨。风雨晓寒多，征人可奈何。

王　灼　　菩萨蛮·和令狐公才

风柔日薄江村路，一鞭又逐春光去。蝴蝶作团飞，竹间桃李枝。　　醉魂招不得，一半随春色。桃李□无多，其如风日何。

孙　觌　　　　菩萨蛮·落梅

一声羌管吹呜咽，玉溪夜半梅翻雪。江月正茫茫，断桥流水香。　　含章春欲暮，落日千山雨。一点著枝酸，吴姬先齿寒。

李弥逊　　菩萨蛮·管邦惠家小鬟善讴

小山娇翠低歌扇，雏莺学语春犹浅。无力响方檀，声随玉笋翻。　　垂鬟云乍染，媚靥香微点。未解作轻颦，凝情已动人。

李弥逊　　　　菩萨蛮·新秋

凉飙轻散余霞绮，疏星冷浸明河水。攲枕画檐风，秋生草际蛩。　　雁门离塞晚，不道衡阳远。归恨隔重山，楼高莫凭栏。

李弥逊　　菩萨蛮·风庭瑟瑟灯明灭

风庭瑟瑟灯明灭，碧梧枝上蝉声歇。枕冷梦魂惊，一阶寒水明。　　乌飞人未起，月露清如洗。无语听残更，愁从两鬓生。

李弥逊　　菩萨蛮·余霞收尽寒烟绿

富季申见约观月，以病不能往。夜分独卧横山阁，作此寄之

余霞收尽寒烟绿，江山一片团明玉。攲枕画楼风，愁生草际蛩。　　金茎秋未老，两鬓吴霜早。忍负广寒期，清尊对语谁。

李弥逊　　菩萨蛮·江城烽火连三月

江城烽火连三月，不堪对酒长亭别。休作断肠声，老来无泪倾。　　风高帆影疾，目送舟痕碧。锦字几时来，薰风无雁回。

陈与义　　　　菩萨蛮·荷花

南轩面对芙蓉浦，宜风宜月还宜雨。红少绿多时，帘前

光景奇。　　绳床乌木几，尽日繁香里。睡起一篇新，与花为主人。

张元幹　　菩萨蛮·天涯客里秋容晚

天涯客里秋容晚，妖红聊戏思乡眼。一朵醉深妆，羞渠照鬓霜。　　开时谁断送，不待司花共。有脚号阳春，芳菲属主人。

张元幹　　菩萨蛮·戏呈周介卿

拍堤绿涨桃花水，画船稳泛东风里。丝雨湿苔钱，浅寒生禁烟。　　江山留不住，却载笙歌去，醉倚玉搔头，几曾知旅愁。

张元幹　菩萨蛮·三月晦送春有集，坐中偶书

春来春去催人老，老夫争肯输年少。醉后少年狂，白髭殊未妨。　　插花还起舞，管领风光处。把酒共留春，莫教花笑人。

张元幹　　菩萨蛮·雨余翠袖琼肤润

雨余翠袖琼肤润，一枝想像伤春困。老眼见花时，惜花心未衰。　　酿成谁与醉，应把流苏缀。泪沁枕囊香，恼侬归梦长。

张元幹　　菩萨蛮·政和壬辰东都作

黄莺啼破纱窗晓，兰缸一点窥人小。春浅锦屏寒，麝煤金博山。　　梦回无处觅，细雨梨花湿。正是踏青时，眼前偏少伊。

张元幹　　菩萨蛮·甘林玉蕊生香雾

甘林玉蕊生香雾，游蜂争采清晨露。芳意著人浓，微烘曲室中。　　春来瀛海外，沉水迎风碎。好事富余熏，频分几缕云。

张元幹　　菩萨蛮·送友人还富沙

山城何岁无风雨，楼台底事随波去。归棹望谯门，沙痕

炯断云。　　诗成空吊古，想像经行处。陵谷有余悲，举觞浇别离。

张元幹　　菩萨蛮·微云红衬余霞绮

微云红衬余霞绮，明星碧浸银河水。欹枕画檐风，愁生草际蛩。　　雁行离塞晚，不道衡阳远。归恨隔重山，楼高莫凭栏。

邓　肃　　菩萨蛮·隔窗瑟瑟闻飞雪

隔窗瑟瑟闻飞雪，洞房半醉回春色。银烛照更长，罗屏围夜香。　　玉山幽梦晓，明日天涯杳。倚户黯芙蓉，涓涓秋露浓。

邓　肃　　菩萨蛮·萋萋欲遍池塘草

萋萋欲遍池塘草，轻寒却怕春光老。微雨湿昏黄，梨花啼晚妆。　　低垂帘四面，沉水环深院。太白困鸳鸯，天风吹梦长。

邓　肃　　菩萨蛮·飞红欲带春风去

飞红欲带春风去，柳丝却织春风住。去住任春风，只愁尊俎空。　　今朝鞭马去，又得高阳侣。半醉踏花归，霜蹄骄欲飞。

邓　肃　　菩萨蛮·帘旌不动薰余热

帘旌不动薰余热，高堂谁送能言雪。一笑下人间，天风袭坐寒。　　歌声云外去，句句苏仙语。曲罢一尊空，飘然欲驭风。

邓　肃　　菩萨蛮·廉纤细雨连天远

廉纤细雨连天远，纱窗不隔斜风冷。花柳自生春，无聊空闭门。　　双双携手处，回首烟汀暮。嬉笑在高楼，知人牢落否。

邓　肃　　菩萨蛮·垂杨袅袅腰肢软

垂杨袅袅腰肢软，寒溪练练琉璃浅。短艇卧吹风，生涯

一叶中。　　五湖须径去，何用若耶女。烟雨暝沙汀，花香唤酒醒。

邓　肃　　菩萨蛮·腰肢欲趁杨花去

腰肢欲趁杨花去，歌声能遏行云住。杯酒醉东风，羁愁一洗空。　　谪仙清饮露，意在飞琼侣。未醉即求归，新词句欲飞。

邓　肃　　菩萨蛮·归心谩逐飞云去

归心谩逐飞云去，欢情却为芳菲住。翠袖拥香风，宁辞玉斝空。　　主人承湛露，元是皋夔侣。早晚定遄归，商霖四海飞。

邓　肃　　菩萨蛮·和李状元

骑鲸好向云端去，踏花偶为狂朋住。笑语凛生风，眼高四海空。　　羊裘冲雨露，我是渔樵侣。已趁白鸥归，长江自在飞。

邓　肃　　菩萨蛮·一心唯欲南园去

一心唯欲南园去，东山著意留难住。曾惯识追风，马群今已空。　　金盘盛玉露，情绝鸳鸯侣。破贼凯还归，冲天看一飞。

谢明远　　菩萨蛮·春风春雨花经眼

春风春雨花经眼，石泉槐火春容晚。流水自无情，回波聚落英。　　问春何处去，春向天边住。举酒欲销愁，酒阑愁更愁。

王之道　　菩萨蛮·和赵见独佳人睡起

香鬟倭堕兰膏腻，睡起搔头红玉坠。秋水不胜情，盈盈横沁人。　　朱阑频徙倚，笑与花争媚。眉黛索重添，春酲意未忺。

王之道　　菩萨蛮·绿杨低映深深院

绿杨低映深深院，春风不动珠帘卷。乳燕引雏飞，流苏尽日垂。　　绮窗开小宴，娅姹莺声啭。一饷不闻声，罗衣

香汗轻。

王之道　　菩萨蛮·小庭过雨莓苔滑

小庭过雨莓苔滑，碧波滟滟池光阔。睡起□雕阑，不言神思闲。　　晚来调瑟罢，笑语秋千下。高枕绿杨风，隔帘花映红。

王之道　　菩萨蛮·晴窗睡起炉烟直

晴窗睡起炉烟直，香云堕髻娇无力。溪水碧涵空，拒霜深浅红。　　坠鞭还驻马，缥缈珠帘下。自是意中人，临风休障尘。

王之道　　菩萨蛮·采莲女

藕丝衫剪轻红窄，衫轻不碍琼肤白。缦鬓小横波，花楼东是家。　　上湖闲荡桨，粉艳芙蓉榜。湖水亦多情，照妆天底清。

张表臣　　菩萨蛮·过吴江

垂虹亭下扁舟住，松江烟雨长桥暮。白纻听吴歌，佳人泪脸波。　　劝倾金凿落，莫作思家恶。绿鸭与鲈鱼，如何可寄书。

曹　勋　　菩萨蛮·乱山影直危楼起

乱山影直危楼起，天涯日断雕阑倚。寂寞过东风，行宫烟雨中。　　长安何处日，城郭今寒食。谁待翠华归，片云天际飞。

曹　勋　　菩萨蛮·天台不是登长道

天台不是登长道，浑如弱水烟波渺。楼上指归程，春风无限情。　　石桥书不到，雁阵横空杳。愁绪比遥峰，依依千万重。

曹　勋　　菩萨蛮·和贺子忱

琴堂窗户清无暑，宫妆争捧黄金注。劝我醉秋风，难辞两脸红。　　别来三堕叶，同是修门客。十载叹萍蓬，方欣一笑同。

曹勋　　菩萨蛮·稽山鉴水无寒暑

稽山鉴水无寒暑，荷香莲露相倾注。堂拟揖樵风，山围晚照红。　　桃根随秀叶，玉麈频招客。客况不言蓬，回船逸兴同。

曹勋　　菩萨蛮·萧萧还是秋容暮

萧萧还是秋容暮，炉薰已冷氲香注。犹记踏香尘，东风满院春。　　冷烟迷望处，声断阑干雨。无计问行云，黄昏空掩门。

曹勋　　菩萨蛮·花飞零乱随风舞

花飞零乱随风舞，花梢犹带虚檐雨。帘幕映黄昏，江天日暮云。　　有人楼上望，生怕褰虚幌。冷落对炉薰，一春常怨春。

曹勋　菩萨蛮·等闲将度三春景　回文

等闲将度三春景，景春三度将闲等。愁怕更高楼，楼高更怕愁。　　弄花梅已动，动已梅花弄。梅看几年催，催年几看梅。

曹勋　　菩萨蛮·雨昏连夜催炎暑

雨昏连夜催炎暑，暑炎催夜连昏雨。长簟水波凉，凉波水簟长。　　翠鬟双倚醉，醉倚双鬟翠。香枕印红妆，妆红印枕香。

曹勋　　菩萨蛮·玉珰摇素腰如束

玉珰摇素腰如束，束如腰素摇珰玉。宜更醉春期，期春醉更宜。　　绣鸳闲永昼，昼永闲鸳绣。归念不曾稀，稀曾不念归。

胡铨　菩萨蛮·辛未七夕戏答张庆符

银河牛女年年渡，相逢未款还忧去。珠斗欲阑干，盈盈一水间。　　玉人偷拜月，苦恨匆匆别。此意愿天怜，今宵长似年。

孙道绚　　菩萨蛮·栏干六曲天围碧

栏干六曲天围碧，松风亭下梅初白。腊尽见春回，寒梢花又开。　曲琼闲不卷，沉燎看星转。凝伫小徘徊，云间征雁来。

史　浩　　菩萨蛮·清明

提壶漫欲寻芳去，桃红柳绿年年事。唯有列仙翁，清明本在躬。　何须从外讨，皮里阳秋好。堪羡个中人，无时不是春。

仲　并　　菩萨蛮·和赵有逸坐上韵

宛如姑射人冰雪，知公不负佳风月。莫放漏声残，清风生坐间。　赏春心未足，剪尽尊前烛。此乐自难忘，一觞还一觞。

闻人武子　　菩萨蛮·晴风吹暖枝头雪

晴风吹暖枝头雪，露华香沁庭中月。屏上小江南，雨昏天际帆。　翠钗香雾湿，侧鬓云松立。灯背欲眠时，晓莺还又啼。

曾　觌　　菩萨蛮·次韵龙深甫春日即事

杏花寒食佳期近，一帘烟雨琴书润。砌下水潺潺，玉笙吹暮寒。　阳台云易散，往事寻思懒。花底醉相扶，当时人在无。

曾　觌　　菩萨蛮·云烟漠漠秋容老

云烟漠漠秋容老，茅檐映水人家好。林叶未凋疏，远山横有无。　平生耕钓事，若个安身是。劝君早归来，碧香新瓮开。

黄公度　　菩萨蛮·高楼目断南来翼

高楼目断南来翼，玉人依旧无消息。愁绪促眉端，不随衣带宽。　萋萋天外草，何处春归早。无语凭栏杆，竹声生暮寒。

黄公度　　菩萨蛮·眉尖早识愁滋味

眉尖早识愁滋味，娇羞未解论心事。试问忆人不，无言但点头。　　嗔人归不早，故把金杯恼。醉看舞时腰，还如旧日娇。

王之望　　菩萨蛮·和钱处和上元

华灯的皪明金碧，玳筵剧饮杯余湿。珠翠隔房栊，微闻笑语通。　　蓬瀛知已近，青鸟仍传信。应为整云鬟，教依倒玉山。

葛立方　　菩萨蛮·侍饮赏黄花

井梧叶叶秋风晚，东篱点点金钱满。开急为重阳，日烘深院香。　　幽姿无众草，莫恨生非早。嚼蕊傍池台，寿公桑落杯。

王　炎　　菩萨蛮·江干

远风江急潮来晚，晚来潮急江风远。横岸断山青，青山断岸横。　　寄书无雁系，系雁无书寄。归梦只江西，西江只梦归。

韩元吉　　菩萨蛮·青阳道中

春残日日风和雨，烟江目断春无处。山路有黄鹂，背人相唤飞。　　解鞍宿酒醒，欹枕残香冷。梦想小亭东，蔷薇何似红。

韩元吉　　菩萨蛮·腊梅

江南雪里花如玉，风流越样新装束。恰恰缕金裳，浓熏百和香。　　分明篱菊艳，却作妆梅面。无处奈君何，一枝春更多。

韩元吉　　菩萨蛮·夜宿余家楼闻笛声

薄云卷雨凉成阵，雨晴陡觉荷香润。波影澹寒星，水边镫火明。　　白蘋洲上路，几度来还去。欹枕恨茫茫，笛声依夜长。

韩元吉　　菩萨蛮·郑舜举别席侑觞

诏书昨夜先春到，留公一共梅花笑。青琐凤凰池，十年归已迟。　灵溪霜后水，的的清无比。比似使君清，要知清更明。

韩元吉　　菩萨蛮·春归

墙根新笋看成竹，青梅老尽樱桃熟。幽墙几多花，落红成暮霞。　闭门风又雨，只道春归去。媚脸笑持杯，却惊春思回。

韩元吉　菩萨蛮·叶丞相园赏木樨，次韵子师

梧桐叶上秋萧瑟，画阑桂树攒金碧。花底最风流，相逢不上楼。　数枝添宝髻，滴滴香沾袂。杯到莫留残，雾窗疑广寒。

朱淑真　　菩萨蛮·木樨

也无梅柳新标格，也无桃李妖娆色。一味恼人香，群花争敢当。　情知天上种，飘落深岩洞。不管月宫寒，将枝比并看。

朱淑真　　菩萨蛮·咏梅

湿云不渡溪桥冷，娥寒初破东风影。溪下水声长，一枝和月香。　人怜花似旧，花不知人瘦。独自倚阑干，夜深花正寒。

张　抡　　菩萨蛮·咏酒十首之一

人间何处难忘酒，迟迟暖日群花秀。红紫斗芳菲，满园张锦机。　春光能几许，多少闲风雨。一盏此时疏，非痴即是愚。

张　抡　　菩萨蛮·咏酒十首之二

人间何处难忘酒，小舟□□□杨柳。柳影蘸湖光，薰风拂□□。　□□□□□，□□□□□。一盏此时倾，□□□□□。

张　抡　　菩萨蛮·咏酒十首之三

人间何处难忘酒，中秋皓月明如昼。银汉洗晴空，清辉万古同。　凉风生玉宇，只怕云来去。一盏此时迟，阴晴未可知。

张　抡　　菩萨蛮·咏酒十首之四

人间何处难忘酒，素秋令节逢重九。步屧绕东篱，金英烂漫时。　折来惊岁晚，心与南山远。一盏此时休，高怀何以酬。

张　抡　　菩萨蛮·咏酒十首之五

人间何处难忘酒，六花投隙琼瑶透。火满地炉红，萧萧屋角风。　飘飖飞絮乱，浩荡银涛卷。一盏此时干，清吟可那寒。

张　抡　　菩萨蛮·咏酒十首之六

人间何处难忘酒，闭门永日无交友。何以乐天真，云山发兴新。　听风松下坐，趁蝶花边过。一盏此时空，幽怀谁与同。

张　抡　　菩萨蛮·咏酒十首之七

人间何处难忘酒，□□□□□□斗。不是慕荣华，惟愁月□□。　□□□□□，□□□□□。一盏此时悭，□□□□□。

张　抡　　菩萨蛮·咏酒十首之八

人间何处难忘酒，山村野店清明后。满路野花红，一帘杨柳风。　田家春最好，箫鼓村村闹。一盏此时辞，将何乐圣时。

张　抡　　菩萨蛮·咏酒十首之九

人间何处难忘酒，兴来独步登岩岫。倚杖看云生，时闻流水声。　山花明照眼，更有提壶劝。一盏此时斟，都忘名利心。

张　抡　　　菩萨蛮·咏酒十首之十

人间何处难忘酒，水边石上逢山友。相约老山林，幽居不怕深。　　浮名心已尽，倾倒都无隐。一盏此时无，交情何以舒。

侯　寘　　　菩萨蛮·湖上即事

楼前曲浪归桡急，楼中细雨春风湿。终日倚危阑，故人湖上山。　　高情浑似旧，只枉东阳瘦。薄晚去来休，装成一段愁。

侯　寘　　菩萨蛮·小女淑君索赋晚春词

东风吹梦春酲恶，琐窗淡淡花阴薄。一夜曲池平，小窗云样明。　　绿轻眉懒晕，香浅罗衣润。未见海棠开，卷帘双燕来。

侯　寘　　　菩萨蛮·饯田莘老

江风漠漠寒山碧，孤鸿声里霜花白。画舸且停桡，有人魂欲销。　　相从能几日，总是天涯客。尺素好频裁，休言无雁来。

侯　寘　　　菩萨蛮·荼蘼

东君管尽闲花草，红红白白知多少。末后一夜香，绿庭春昼长。　　道人心似海，梦冷屏山里。莫剪最长条，从教玉步摇。

侯　寘　　菩萨蛮·东风卷尽欺花雨

东风卷尽欺花雨，月明皎纸庭前路。月底且论诗，从教露湿衣。　　明朝愁入绪，各自东归去。后夜月明中，绿尊谁与同。

侯　寘　　菩萨蛮·木樨十咏　带月

绿帷剪剪黄金碎，西风庭院清如水。月姊更多情，与人无际明。　　浓阴遮玉砌，桂影冰壶里。灭烛且徜徉，夜深应更香。

侯　寘　　　　　　菩萨蛮·披风

靓妆金翠盈盈晚，凝情有恨无人管。何处一帘风，故人天际逢。　　从教香扑鬓，只怕繁华尽。牢落正悲秋，非□谁解愁。

侯　寘　　　　　　菩萨蛮·照溪

江梅占尽江头雪，忍寒玉骨夸清绝。不似杜秋娘，婆娑秋水傍。　　波光涵晚日，照影从教密。隐隐认遥黄，隔溪十里香。

侯　寘　　　　　　菩萨蛮·浥露

黄昏曾见凌波步，无端暝色催人去。一夜露华浓，香销兰菊丛。　　缕金衣易湿，莫对西风泣。洗尽夜来妆，温泉初赐汤。

侯　寘　　　　　　菩萨蛮·命觞

休文多病疏杯酌，被花恼得心情恶。碧树又惊秋，追欢怀旧游。　　与君聊一醉，醉倒花阴里。斜日下阑干，满身金屑寒。

侯　寘　　　　　　菩萨蛮·簪髻

交刀剪碎琉璃碧，深黄一穗珑松色。玉蕊纵妖娆，恐无能样娇。　　绿窗初睡起，堕马慵梳髻。斜插紫鸾钗，香从鬓底来。

侯　寘　　　　　　菩萨蛮·熏沉

黄姑青女交相忌，眼看尘土占芳蕊。急埽满阑金，小奁熏水沉。　　博山银叶透，浓馥穿罗袖。犹欲问鸿都，太真安稳无。

侯　寘　　　　　　菩萨蛮·来梦

午庭栩栩花间蝶，翅添金粉穿琼叶。曾见羽衣黄，瑶台淡薄妆。　　醒来魂欲断，糁糁芳英满。梦里尚偷香，何堪秋夜长。

侯　寘　　　　菩萨蛮·写真

霓裳舞罢难留住，湘裙缓若轻烟去。动是隔年期，生绡傅艳姿。　　精神浑似旧，碧暗黄金瘦。永夜对西窗，何缘襟袖香。

侯　寘　　　　菩萨蛮·怨别

揉香嗅蕊朝还暮，无端却被西风误。底死欲留伊，金尘蔌蔌飞。　　茂陵头已白，新聘谁相得。耐久莫相思，年年秋与期。

赵彦端　　　菩萨蛮·雪中梅艳风前竹

同饮晁伯如家，席上和韩无咎韵

雪中梅艳风前竹，诗缘渐与情缘熟。醉眼眩成花，恼人生脸霞。　　巫云将楚雨，只恐翩然去。我有合欢杯，为君聊挽回。

赵彦端　　　菩萨蛮·雨声不断垂檐竹

雨声不断垂檐竹，清歌唤起清眠熟。洞户有余花，同倾细细霞。　　酒行如过雨，雨尽风吹去。吹去复盈杯，一春能几回。

赵彦端　　　菩萨蛮·绣罗裙上双鸳带

绣罗裙上双鸳带，年年长系春心在。梅子别时青，如今浑已成。　　美人书幅幅，中有连环玉。不是只催归，要情无断时。

赵彦端　　　菩萨蛮·倚阑闲捻生绡扇

倚阑闲捻生绡扇，新凉庭户微风转。疏雨断檐声，淡云开晚晴。　　蔗浆寒浸齿，枕簟清如水。相忆不胜愁，月来帘上钩。

赵彦端　　　　菩萨蛮·集句

青春背我堂堂去，桃花乱落如红雨。是妾断肠时，芳心空自持。　　相思君助取，脉脉如牛女。天远暮江迟，今宵

归不归。

赵彦端　　　菩萨蛮·佩环解处妆初了

佩环解处妆初了，翠娥玉面金钿小。萼绿本仙家，天香谁似他。　　芳心真耐久，度月长相守。岁晚未能忘，相期云水乡。

王千秋　　　　　菩萨蛮·荼蘼

流莺不许青春住，催得春归花亦去。何物慰侬怀，荼蘼最后开。　　青衫冰雪面，细雨斜桥见。莫浪送香来，等闲蜂蝶猜。

姚　宽　　　　　菩萨蛮·春愁

斜阳山下明金碧，画楼返照融春色。睡起揭帘旌，玉人蝉鬓轻。　　无言空伫立，花落东风急。燕子引愁来，眉心那得开。

姚　宽　　　　　菩萨蛮·别恨

梦中不记江南路，玉钗翠鬓惊春去。午醉晚来醒，暝烟花上轻。　　红绡空浥泪，锦字凭谁寄。衫薄暖香销，相思云水遥。

汤思退　　　　菩萨蛮·游水月寺

画船横绝湖波练，更上雕鞍穷翠巘。霜橘半垂黄，征衣尽日香。　　钟声云外听，金界青松映。何处是华山，峰峦杳霭间。

芮　辉　　　菩萨蛮·晴云低蘸湖光湿

晴云低蘸湖光湿，新凉远带江声入。风景逼中秋，移樽月在楼。　　蓝田栽竹手，借竹为君寿。苍翠一年年，长承雨露边。

袁去华　　　菩萨蛮·流苏宝帐沉烟馥

流苏宝帐沉烟馥，寒林小景银屏曲。睡起鬓云松，日高花影重。　　沉吟思昨梦，闲抱琵琶弄。破拨错成声，春愁指下生。

袁去华　　菩萨蛮·送刘帅

重湖草木威名熟，儿童犹唱平郴曲。宴寝静愔愔，恩波湘水深。　举头天尺五，稳步烟霄去。三柱黑头公，朔庭谈笑空。

袁去华　　菩萨蛮·杜省斡席上口占赋桃花菊

木樨开遍芙蓉老，东篱独占秋光好。还记笑春风，新妆相映红。　莫嫌彭泽令，不似刘郎韵。把酒赋新诗，花前知是谁。

袁去华　　菩萨蛮·西风送雨鸣庭树

西风送雨鸣庭树，嫩寒先到孤眠处。愁极梦频惊，马嘶天渐明。　千林枫叶赤，寒事催刀尺。树杪又斜阳，迢迢归路长。

向　滈　　菩萨蛮·望行人

小楼不放珠帘卷，菱花羞照啼妆面。金鸭水沉烟，待君来共添。　鹊声生暗喜，翠袖轮纤指。细细数归程，脸桃春色深。

向　滈　　菩萨蛮·云屏月帐孤鸾恨

云屏月帐孤鸾恨，香消玉减无人问。斜倚碧琅玕，萧萧生暮寒。　低垂双翠袖，袖薄轻寒透。庭院欲黄昏，凝情空断魂。

管　鉴　　菩萨蛮·德舆饯别坐间作

今日云山堂上客，明朝真个云山隔。人不似行云，相随长短亭。　堂空歌韵响，清切缘云上。留住莫教飞，怕如人别离。

陆　游　　菩萨蛮·江天淡碧云如扫

江天淡碧云如扫，蘋花零落莼丝老。细细晚波平，月从波面生。　渔家真个好，悔不归来早。经岁洛阳城，鬓丝添几茎。

陆　游　　菩萨蛮·小院蚕眠春欲老

小院蚕眠春欲老，新巢燕乳花如扫。幽梦锦城西，海棠如旧时。　　当年真草草，一棹还吴早。题罢惜春诗，镜中添鬓丝。

姜特立　　菩萨蛮·日长庭院无人到

日长庭院无人到，琅玕翠影摇寒甃。困卧北窗凉，好风吹梦长。　　璧月升东岭，冷浸扶疏影。苗叶万珠明，露华圆更清。

姜特立　　菩萨蛮·蓬山学士文章伯

蓬山学士文章伯，尊前风味谁能敌。新觅似花人，添成小院春。　　玉纤呵翠袖，满劝金杯酒。寿酒莫辞斟，酒深人意深。

姜特立　　菩萨蛮·中秋不见月

镜天良月皆佳节，休恨今宵妨皎洁。玉锁闷蟾宫，姮娥意自通。　　终有开时节，莫放笙歌歇。来夕尚婵娟，何妨把酒看。

范成大　　菩萨蛮·小轩今日开窗了

小轩今日开窗了，揉蓝染碧缘阶草。檐佩可怜风，杏梢烟雨红。　　飘零欢事少，鬓点吴霜早。天色不愁人，眼前无限春。

范成大　　菩萨蛮·元夕立春

雪林一夜收寒了，东风恰向灯前到。今夕是何年，新春新月圆。　　绮丛香雾隔，犹记疏狂客。留取缕金幡，夜蛾相并看。

范成大　　菩萨蛮·黄梅时节春萧索

黄梅时节春萧索，越罗香润吴纱薄。丝雨日昽明，柳梢红未晴。　　多愁多病后，不识曾中酒。愁病送春归，恰如中酒时。

范成大　　菩萨蛮·冰明玉润天然色

冰明玉润天然色，凄凉拚作西风客。不肯嫁东风，殷勤霜露中。　绿窗梳洗晚，笑把玻璃盏。斜日上妆台，酒红和困来。

范成大　　菩萨蛮·湘东驿

客行忽到湘东驿，明朝真是潇湘客。晴碧万重云，几时逢故人。　江南如塞北，别后书难得。先自雁来稀，那堪春半时。

范成大　　菩萨蛮·寓直晚对内殿

彤楼鼓密催金钥，沉沉青琐重重幕。宣唤晚朝天，五云笼暝烟。　风急东华路，暖扇遮微雨。香雾扑人衣，上林乌满枝。

李　洪　　菩萨蛮·寒山横抹修眉绿

寒山横抹修眉绿，楼前溪瀑锵鸣玉。车马各西东，行人如转蓬。　阑干成独倚，海阔天无际。云淡隔壶山，鸿飞杳霭间。

朱　熹　菩萨蛮·晚红飞尽春寒浅　回文

晚红飞尽春寒浅，浅寒春尽飞红晚。尊酒绿阴繁，繁阴绿酒尊。　老仙诗句好，好句诗仙老。长恨送年芳，芳年送恨长。

朱　熹　　菩萨蛮·次圭父回文韵

暮江寒碧萦长路，路长萦碧寒江暮。花坞夕阳斜，斜阳夕坞花。　客愁无胜集，集胜无愁客。醒似醉多情，情多醉似醒。

黄　铢　　菩萨蛮·夜宿崇安县第三铺闻吹箫

海山翠叠青螺浅，暮云散尽天容远。匹马度江皋，北风生怒号。　解鞍栖倦翮，皓月空庭白。何处小阑干，玉箫吹夜寒。

沈端节　　菩萨蛮·春山千里供行色

春山千里供行色，客愁浓似春山碧。幸自不思归，子规心上啼。　芳意随人老，绿尽江南草。窈窕可人花，路长何处家。

沈端节　　菩萨蛮·愁人道酒能消解

愁人道酒能消解，元来酒是愁人害。对酒越思量，醉来还断肠。　酒醒初梦破，梦破愁无那。干净不如休，休时只恁愁。

张孝祥　　菩萨蛮·立春

丝金缕翠幡儿小，裁罗捻线花枝袅。明日是新春，春风生鬓云。　吴霜看点点，愁里春来浅。只愿此花枝，年年长带伊。

张孝祥　　菩萨蛮·诸客往赴东邻之集

庭叶翻翻秋向晚，凉砧敲月催金剪。楼上已清寒，不堪频倚栏。　邻翁开社瓮，唤客情应重。不醉且无归，醉时归路迷。

张孝祥　　菩萨蛮·恰则春来春又去

恰则春来春又去，凭谁说与春教住。与问坐中人，几回迎送春。　明年春更好，只怕人先老。春去有来时，愿春长见伊。

张孝祥　　菩萨蛮·东风约略吹罗幕

东风约略吹罗幕，一檐细雨春阴薄。试把杏花看，湿红娇暮寒。　佳人双玉枕，烘醉鸳鸯锦。折得最繁枝，暖香生翠帏。

张孝祥　　菩萨蛮·赠筝妓

琢成红玉纤纤指，十三弦上调新水。一弄入云声，月明天更青。　匆匆莺语啭，待寓昭君怨。寄语莫重弹，有人愁倚栏。

张孝祥　　菩萨蛮·玉龙细点三更月

玉龙细点三更月，庭花影下余残雪。寒色到书帏，有人清梦迷。　　墙西歌吹好，烛暖香闺小。多病怯杯觞，不禁冬夜长。

张孝祥　　菩萨蛮·登浮玉亭

江山佳处留行客，醉余老眼迷空碧。独倚最高楼，乾坤日夜浮。　　微风吹笑语，白日鱼龙舞。此意忽翩翩，凭虚吾欲仙。

张孝祥　　菩萨蛮·雪消墙角收灯后

雪消墙角收灯后，野梅官柳春全透。池阁又东风，烛花烧夜红。　　一尊留好客，敧尽阑干月。已醉不须归，试听乌夜啼。

张孝祥　　菩萨蛮·溶溶花月天如水

溶溶花月天如水，阑干小倚东风里。夜久寂无人，露浓花气清。　　悠然心独喜，此意知何意。不似隐墙东，烛花围坐红。

张孝祥　　菩萨蛮·夜坐清心阁

暗潮清涨蒲塘晚，断云不隔东归眼。堂上晚风凉，藕花开处香。　　夜航人不渡，白鹭双飞去。待得月华生，携筇独自行。

张孝祥　　菩萨蛮·缥缈飞来双彩凤

缥缈飞来双彩凤，雨疏云澹撩清梦。兰薄未禁秋，月华如水流。　　采香溪上路，愁满参差树。独倚晚楼风，断霞萦素空。

张孝祥　　菩萨蛮·蘼芜白芷愁烟渚

蘼芜白芷愁烟渚，曲琼细卷江南雨。心事怯衣单，楼高生晚寒。　　云鬟香雾湿，翠袖凄余泣。春去有来时，春从沙际归。

张孝祥　　菩萨蛮·舣舟采石

十年长作江头客，樯竿又挂西风席。白鸟去边明，楚山无数青。　倒冠仍落佩，我醉君须醉。试问识君不，青山与白鸥。

张孝祥　　菩萨蛮·和州守胡明秀席上

乳瓶属国归来早，知君胆大身犹小。一节不须论，功名看致君。　镇西楼上酒，父老为公寿。更祝太夫人，年年封诏新。

张孝祥　　菩萨蛮·胭脂浅染双珠树

胭脂浅染双珠树，东风到处娇无数。不语恨厌厌，何人思故园。　故园花烂熳，笑我归来晚。我老只思归，故园花雨时。

张孝祥　　菩萨蛮·与同舍游湖归

吴波细卷东风急，斜阳半落苍烟湿。一棹采菱歌，倚栏人奈何。　天公怜好客，酒面风吹白。更引十玻璃，月明骑鹤归。

张孝祥　　菩萨蛮·冥蒙秋夕涛清露

冥蒙秋夕涛清露，玉绳耿耿银潢注。永夜滴铜壶，月华楼影孤。　佳人纡绝唱，翠幕丛霄上。休劝玉东西，乌鸦枝上啼。

张孝祥　　菩萨蛮·林柳州生朝

史君家枕吴波碧，朱门铺手摇双戟。也到岭边州，真成汗漫游。　归期应不远，趁得东江暖。翁媪雪垂肩，双双平地仙。

张孝祥　菩萨蛮·落霞残照横西阁　回文

落霞残照横西阁，阁西横照残霞落。波浅戏鱼多，多鱼戏浅波。　手携行客酒，酒客行携手。肠断九歌长，长歌九断肠。

张孝祥　菩萨蛮·渚莲红乱风翻雨　回文

渚莲红乱风翻雨，雨翻风乱红莲渚。深处宿幽禽，禽幽宿处深。　澹妆秋水鉴，鉴水秋妆澹。明月思人情，情人思月明。

张孝祥　菩萨蛮·晚花残雨风帘卷　回文

晚花残雨风帘卷，卷帘风雨残花晚。双燕语虚窗，窗虚语燕双。　睡醒风惬意，意惬风醒睡。谁与话情诗，诗情话与谁。

张孝祥　菩萨蛮·白头人笑花间客　回文

白头人笑花间客，客间花笑人头白。年去似流川，川流似去年。　老羞何事好，好事何羞老。红袖舞香风，风香舞袖红。

陈　造　菩萨蛮·冰花的皪冰蟾下

十月十三日，宝应宰招饮，弟子常盼酒所指屏间画梅乞词

冰花的皪冰蟾下，松烟竹雾谿桥夜。斜倚小峰峦，依依同岁寒。　生绡明粉墨，浅笑犹倾国。恰似野桥看，飘零只等闲。

丘　崈　菩萨蛮·再登赏心用林子长韵

壶边击断歌无节，山川一带伤情切。依旧石头城，夕阳天外明。　行人谁是侣，遗唱今何许。对酒转愁多，愁多奈酒何。

丘　崈　菩萨蛮·甲午秋作

秋声夜到秋香院，重帘试卷都开遍。只似旧时香，更添些子黄。　绮窗人共赋，犹忆分香句。别后几回秋，见花空复愁。

丘　崈　菩萨蛮·次朱都大韵送王漕行

云林带水山横阁，故人去尽添萧索。反照射微茫，临分愁夕阳。　传柑当令节，连璧朝天阙。还有雁西飞，慰人

新别离。

吕胜己　　菩萨蛮·遥山几叠天边碧

遥山几叠天边碧，故教遮断天涯客。楼倚暮云端，春风罗袖寒。　与君千里别，共此关山月。皓月一般明，君心怎敢凭。

吕胜己　　菩萨蛮·题莲花庵

岭猿啸罢千山碧，小庵虚室团团白。庵在小山头，从来少客游。　道人方打坐，举袖来迎我。问我此来因，拈花与道人。

赵长卿　　菩萨蛮·初冬旅思

枫林飒飒凋寒叶，汀蘋败蓼遥相接。景物已非秋，凄凉动客愁。　还家贫亦好，肯厌杯中草。香饭滑流匙，三登快乐时。

赵长卿　　菩萨蛮·霜天旅思

霜风飒飒溪山碧，寒波一望伤行色。落日淡荒村，人家半掩门。　孤舟移野渡，古木栖鸦聚。著雨晚风酸，貂裘不奈寒。

赵长卿　　菩萨蛮·初冬

败荷倒尽芙蓉老，寒光黯淡迷衰草。行客易销魂，笛飞何处村。　云寒天借碧，树瘦烟笼直。若个是乡关，夕阳西去山。

赵长卿　　菩萨蛮·赏梅

梅花有意舒香粉，舒香已得先春信。香与露华清，露浓愁杀人。　酒多愁愈重，此意谁能共。泪湿染衣斑，夜霜金缕寒。

赵长卿　　菩萨蛮·梅

梅花枝上东风软，朝来吹散真香远。雅淡有余清，客心和泪倾。　美人临别夜，月晃灯初灺。玉枕小屏山，眉尖

曾细看。

赵长卿　　　　菩萨蛮·春深

赤栏干外桃花雨，飞花已觉春归去。柳色碧依依，浓阴春昼迟。　　海棠红未破，匀糁胭脂颗。风雨也相饶，应怜粉面娇。

赵长卿　　　　菩萨蛮·残春

杨花飞尽莺声涩，杜鹃唤得春归急。病酒起来迟，娇慵懒画眉。　　宝奁金鸭冷，重唤烧香饼。著意炼龙涎，纤纤手逭烟。

赵长卿　　　　菩萨蛮·梅

肩舆晓踏江头月，月华冷浸消残雪。雪月照疏篱，梅花三两枝。　　人怜花淡薄，花恨人牢落。不似那回时，醺醺醉玉肌。

赵长卿　　　　菩萨蛮·初夏

方池新涨蒲萄绿，晓来雨过花如浴。测测杏园风，梢头一捻红。　　危楼愁独倚，一寸心千里。宿酒尚微醺，懒装堆髻云。

赵长卿　　　　菩萨蛮·秋雨船中

西风转柂蒹葭浦，客愁生怕秋阑雨。衾冷梦魂惊，声声滴到明。　　不眠欹枕听，故故添新恨。新恨有谁知，天寒雁正稀。

赵长卿　　　　菩萨蛮·秋老江行

炊烟一点孤村迥，娇云敛尽天容净。雁字忽横秋，秋江泻客愁。　　银钩空寄恨，恨满凭谁问。袖手立西风，舟行秋色中。

赵长卿　　　　菩萨蛮·初冬旅中

客帆卸尽风初定，夜空霜落吴江冷。幸自不思归，无端乌夜啼。　　鸡鸣残月落，到枕秋声恶。有酒不须斟，酒深

愁转深。

赵长卿　　菩萨蛮·春山已蹙眉峰绿

春山已蹙眉峰绿，春心骀荡难拘束。惆怅为春伤，惜花心更狂。　对花深有意，且向花前醉。花作有情香，与人相久长。

赵长卿　　菩萨蛮·隔江一带春山好

隔江一带春山好，平林新绿春光老。休去倚阑干，飞红不忍看。　东流何处去，便是归舟路。芳草外斜阳，行人更断肠。

赵长卿　　菩萨蛮·日高犹恋珊瑚枕

日高犹恋珊瑚枕，羞红不忿花如锦。双燕运芹泥，燕归人未归。　纵饶梳洗罢，朱户何曾跨。寂寞小房栊，回文和泪封。

赵长卿　　菩萨蛮·新晴庭户春阴薄

新晴庭户春阴薄，东风不度重帘幕。第几小兰房，雏莺初弄黄。　悄寒春未透，不解寻花柳。只恐渐春深，愁生求友心。

张孝忠　　菩萨蛮·即席次王华容韵

娇红隐映花稍雾，金莲容与歌声度。得句写香笺，江山此意传。　醉当春好处，不道因风絮。去并锦闱眠，青绫被底仙。

林　淳　　菩萨蛮·鹅谿净称烟笼月

鹅谿净称烟笼月，澄心白称光浮雪。净白两俱宜，天然浓淡枝。　花光神意远，吮墨含毫浅。依约有香来，春风随手开。

杨冠卿　　菩萨蛮·春日呈安国舍人

飞云障碧江天暮，杏花帘幕黄昏雨。翠袖怯春寒，有人愁倚阑。　天涯芳草路，目送征鸿去。人远玉关长，尺书难寄将。

杨冠卿　　菩萨蛮·春日西湖用吴监簿韵

春山愁对修眉绿，春衫谁为裁冰縠。日暮倚阑干，不禁烟雾寒。　　湖边归去路，犹记传觞处。往事等空花，客心惊岁华。

杨冠卿　　菩萨蛮·冰肌玉衬香绡薄

冰肌玉衬香绡薄，无言独倚阑干角。相见又还休，可堪归去愁。　　碧波溪上路，几阵黄昏雨。归去断人肠，纱厨枕簟凉。

杨冠卿　　菩萨蛮·雪中呈李常门

玉妃夜宴瑶池冷，翩然飞下霓旌影。天阔水云长，风飘舞袖香。　　姑山人似旧，清压红梅瘦。同凭玉阑干，光摇银海寒。

李处全　　菩萨蛮·杜娟只管催归去

续前意，时溧阳之行有日矣

杜鹃只管催归去，知渠教我归何处。故国泪生痕，那堪枕上闻。　　严装吾已具，泛宅吴中路。弭棹唤东邻，江东日暮云。

李处全　　菩萨蛮·晦庵老子修行久

中秋已近，木樨未开，戏作菩萨蛮以催之。西湖有月轮山名，柳氏云，三秋桂子，山名载于图经，余顷为郡掾，尝见之

晦庵老子修行久，问禅金粟曾回首。截竹是禅机，吹破粟玉枝。　　西湖秋好处，承得昭阳露。香透月轮低，来薰打坐时。

李处全　　菩萨蛮·菊花

四时皆有司花女，杪秋犹见花如许。想得紫金丹，工夫造化间。　　春莺留弱羽，更渍蔷薇露。莫取落英餐，留供醉眼看。

辛弃疾　　菩萨蛮·稼轩日向儿童说

稼轩日向儿童说，带湖买得新风月。头白早归来，种花花已开。　功名浑是错，更莫思量着。见说小楼东，好山千万重。

辛弃疾　　菩萨蛮·书江西造口壁

郁孤台下清江水，中间多少行人泪。西北是长安，可怜无数山。　青山遮不住，毕竟江流去。江晚正愁予，山深闻鹧鸪。

辛弃疾　　菩萨蛮·送祐之弟归浮梁

无情最是江头柳，长条折尽还依旧。木叶下平湖，雁来书有无。　雁无书尚可，妙语凭谁和。风雨断肠时，小山生桂枝。

辛弃疾　　菩萨蛮·赏心亭为叶丞相赋

青山欲共高人语，联翩万马来无数。烟雨却低回，望来终不来。　人言头上发，总向愁中白。拍手笑沙鸥，一身都是愁。

辛弃疾　　菩萨蛮·坐中赋樱桃

香浮乳酪玻璃碗，年年醉里尝新惯。何物比春风，歌唇一点红。　江湖清梦断，翠笼明光殿。万颗写轻匀，低头愧野人。

辛弃疾　　菩萨蛮·淡黄弓样鞋儿小

淡黄弓样鞋儿小，腰肢只怕风吹倒。蓦地管弦催，一团红雪飞。　曲终娇欲诉，定忆梨园谱。指日按新声，主人朝玉京。

辛弃疾　　菩萨蛮·锦书谁寄相思语

乙巳冬前间举似前作，因和之

锦书谁寄相思语，天边数遍飞鸿数。一夜梦千回，梅花

入梦来。　　涨痕纷树发，霜落沙洲白。心事莫惊鸥，人间千万愁。

辛弃疾　　菩萨蛮·双韵赋摘阮

阮琴斜挂香罗绶，玉纤初试琵琶手。桐叶雨声干，真珠落玉盘。　　朱弦调未惯，笑倩春风伴。莫作别离声，且听双凤鸣。

辛弃疾　　菩萨蛮·旌旗依旧长亭路

旌旗依旧长亭路，尊前试点莺花数。何处捧心颦，人间别样春。　　功名君自许，少日闻鸡舞。诗句到梅花，春风十万家。

辛弃疾　　菩萨蛮·赠周国辅侍人

画楼影蘸清溪水，歌声响彻行云里。帘幕燕双双，绿杨低映窗。　　曲中特地误，要试周郎顾。醉里客魂消，春风大小乔。

辛弃疾　　菩萨蛮·万金不换囊中术

赠张医道服为别，且令馈河豚

万金不换囊中术，上医元自能医国。软语到更阑，绨袍范叔寒。　　江头杨柳路，马踏春风去。快趁两三杯，河豚欲上来。

辛弃疾　　菩萨蛮·晋臣张菩提叶灯，席上赋

看灯元是菩提叶，依然会说菩提法。法似一灯明，须臾千万灯。　　灯边花更满，谁把空花散。说与病维摩，而今天女歌。

辛弃疾　　菩萨蛮·题云岩

游人占却岩中屋，白云只向檐头宿。谁解探玲珑，青山十里空。　　松篁通一径，噤嘇山花冷。今古几千年，西乡小有天。

辛弃疾　　菩萨蛮·昼眠秋水

葛巾自向沧浪濯，朝来漉酒那堪著。高树莫鸣蝉，晚凉

秋水眠。　　竹床能几尺，上有华胥国。山上咽飞泉，梦中琴断弦。

辛弃疾　　菩萨蛮·江摇病眼昏如雾

江摇病眼昏如雾，送愁直到津头路。归念乐天诗，人生足别离。　　云屏深夜语，梦到君知否。玉箸莫偷垂，断肠天不知。

辛弃疾　　菩萨蛮·西风都是行人恨

西风都是行人恨，马头渐喜归期近。试上小红楼，飞鸿字字愁。　　阑干闲倚处，一带山无数。不似远山横，秋波相共明。

辛弃疾　　菩萨蛮·功名饱听儿童说

功名饱听儿童说，看公两眼明如月。万里勒燕然，老人书一编。　　玉阶方寸地，好趁风云会。他日赤松游，依然万户侯。

辛弃疾　　菩萨蛮·送郑守厚卿赴阙

送君直上金銮殿，情知不久须相见。一日甚三秋，愁来不自由。　　九重天一笑，定是留中了。白发少经过，此时愁奈何。

辛弃疾　　菩萨蛮·送曹君之庄所

人间岁月堂堂去，劝君快上青云路。圣处一灯传，工夫萤雪边。　　麴生风味恶，辜负西窗约。沙岸片帆开，寄书无雁来。

辛弃疾　　菩萨蛮·雪楼赏牡丹，席上用杨民瞻韵

红牙签上群仙格，翠罗盖底倾城色。和雨泪阑干，沉香亭北看。　　东风休放去，怕有流莺诉。试问赏花人，晓妆匀未匀。

辛弃疾　　菩萨蛮·重到云岩，戏徐斯远

君家玉雪花如屋，未应山下成三宿。啼鸟几曾催，西风犹未来。　　山房连石径，云卧衣裳冷。倩得李延年，清歌

送上天。

辛弃疾　　　菩萨蛮·和夏中玉

与君欲赴西楼约，西楼风急征衫薄。且莫上兰舟，怕人清泪流。　　临风横玉管，声散江天满。一夜旅中愁，蛩吟不忍休。

赵善括　　　菩萨蛮·西亭

烟波江上西亭小，晓来雨过惊秋早。飞栋倚晴空，凉生面面风。　　痴儿官事了，独自凭栏笑。何处有尘埃，扁舟归去来。

赵善括　　　菩萨蛮·上嗣王生日

鹊桥巧雾随风远，蟾宫皓影凝空满。一点寿星明，祥光彻太清。　　周公天子傅，礼乐新封鲁。功业焕旗常，钧天侍玉皇。

甄良友　　　菩萨蛮·祝寿

希夷本是儒先祖，云仍来自神仙所。前日一阳生，德星今夜明。　　灵椿殊未老，仙桂双双好。好是百花魁，年年称寿杯。

程　垓　　　菩萨蛮·和风暖日西郊路

和风暖日西郊路，游人又踏青山去。何处碧云衫，映溪才两三。　　疏松分翠黛，故作羞春态。回首杏烟消，月明归渡桥。

程　垓　　　菩萨蛮·春回绿野烟光薄

春回绿野烟光薄，低花矮柳田家乐。陇麦又青青，喧蜂闲趁人。　　野翁忘近远，怪识刘郎面。断却小桥溪，怕人溪外知。

程　垓　　　菩萨蛮·访江东外家作

画桥拍拍春江绿，行人正在春江曲。花润接平川，有人花底眠。　　东风元自好，只怕催花老。安得万垂杨，系教

春日长。

程　垓　　菩萨蛮·平芜冉冉连云绿

平芜冉冉连云绿，斜阳衬雨明溪足。小鸭睡晴沙，翠烘三两花。　　春光闲婉娩，尽日无人见。试著小屏山，图归云际看。

程　垓　　菩萨蛮·正月三日西山即事

山头翠树调莺舌，山腰野菜飞黄蝶。来为等闲休，去成多少愁。　　小庭花木改，犹有啼痕在。别后不曾看，怕花和泪残。

程　垓　　菩萨蛮·罗衫乍试寒犹怯

罗衫乍试寒犹怯，妒花风雨连三月。灯冷闭门时，有愁谁得知。　　此情真个苦，只为当时语。莫道絮沾泥，絮飞魂亦飞。

程　垓　　菩萨蛮·夜来花底莺饶舌

夜来花底莺饶舌，把人心事分明说。许大好因缘，只成容易传。　　春阑无好计，唯有归来是。从此玉台前，晓妆休太妍。

程　垓　　菩萨蛮·小窗荫绿清无暑

小窗荫绿清无暑，篆香终日萦兰炷。冰簟涨寒涛，清风一枕高。　　有人团扇却，门掩庭花落。少待月侵床，教他魂梦凉。

程　垓　菩萨蛮·暑庭消尽风鸣树　回文

暑庭消尽风鸣树，树鸣风尽消庭暑。横枕一声莺，莺声一枕横。　　扇纨低粉面，面粉低纨扇。凉月淡侵床，床侵淡月凉。

程　垓　　菩萨蛮·东风有意留人住

东风有意留人住，熏风无意催人去。去住两茫然，相逢成短缘。　　平生花柳笑，过后关心少。今日奈情何，为伊

饶恨多。

程　垓　　菩萨蛮·去年恰好双星节

去年恰好双星节，鹊桥未渡人离别。不恨障云生，恨他真个行。　　天涯消息近，不见乘鸾影。楼外鹧鸪声，几回和梦惊。

程　垓　　菩萨蛮·浅寒带暝和烟下

浅寒带暝和烟下，轻阴挟雨随风洒。翠幕护重帘，篆香销半奁。　　平生风雨夜，怕近芭蕉下。今夕定愁多，萧萧声奈何。

程　垓　　菩萨蛮·客窗曾剪灯花弄

客窗曾剪灯花弄，谁教来去如春梦。冷落旧梅台，小桃相次开。　　人间春易老，只有山中好。闲却槿花篱，莫教溪外知。

程　垓　　菩萨蛮·晓烟笼日浮山翠

晓烟笼日浮山翠，春风著水回川媚。远近碧重重，人家山色中。　　野花香自度，似识幽人处。安得著三间，与山终日闲。

程　垓　　菩萨蛮·扶犁野老田东睡

扶犁野老田东睡，插花山女田西醉。醉眼眩东西，看看桃满溪。　　耕桑山下足，纨绮人间俗。莫管旧东风，从教吹软红。

黄人杰　　菩萨蛮·小春捐就双桃靥

小春捐就双桃靥，伴他二六尧蓂荚。红绿若为新，个时生玉人。　　玉人持酒笑，笑与仙翁道。从此百年中，莺花几度封。

石孝友　　菩萨蛮·酒浓花艳秋波滑

酒浓花艳秋波滑，舞余腰素花枝活。相见又还休，不禁归去愁。　　醉衾成独拥，月冷知霜重。早是梦难成，梅花

肠断声。

石孝友　　菩萨蛮·雪香白尽江南陇

雪香白尽江南陇，暖风绿到池塘梦。叠影上檐明，夜潮春水生。　　踏青何处去，杨柳桥边路。不见浣花人，汀洲空白蘋。

石孝友　　菩萨蛮·花销玉瘦斜平薄

花销玉瘦斜平薄，舞衣宽尽腰如削。困甚不胜娇，乌云横鬓翘。　　双蛾颦浅黛，鸾镜愁空对。罗袖晚香寒，泪珠和粉弹。

陈三聘　　菩萨蛮·筇枝探得梅开了

筇枝探得梅开了，青鞋渐踏江头草。日日作东风，海棠相次红。　　离多良会少，此计应须早。莫待作行人，却将愁送春。

陈三聘　　菩萨蛮·元夕立春

春城办得红蕖了，红蕖未点春先到。新月入新年，方才今夜圆。　　云屏谁为隔，肠断金钗客。好语写春幡，都教席上看。

陈三聘　　菩萨蛮·杨花满院飞红索

杨花满院飞红索，春光不似人情薄。楼阁断霞明，梨花开晚晴。　　玉虬香散后，扶困三杯酒。不是听思归，归心思此时。

赵　蕃　　菩萨蛮·送游季仙归东阳

鸡声茅店炊残月，板桥人迹霜如雪。此是古人诗，身经老忘之。　　君行当此境，令我昏成醒。乘月犯霜来，诗真误尔哉。

华　岳　　菩萨蛮·玉纤倒把罗纨扇

玉纤倒把罗纨扇，屏山半倚羞人见。回首忽相逢，桃花生嫩红。　　见了娇无语，还向屏山去。略略转秋波，客愁

无奈何。

赵师侠　菩萨蛮·娇花媚柳新妆靓

娇花媚柳新妆靓，裙边微露双鸳并。笑靥最多情，春从两脸生。　香罗萦皓腕，翠袖笼歌扇。余韵遏云低，梁尘簌簌飞。

赵师侠　菩萨蛮·晚风断送归帆急

晚风断送归帆急，重城回首天连碧。犹有小楼情，西山如旧青。　故园今渐近，应卜灯花信。一喜一牵萦，平分两处心。

赵师侠　菩萨蛮·故人心尚如天远

用三谢诗“故人心尚远，故心人不见”之句

故人心尚如天远，故心人更何由见。肠断楚江头，泪和江水流。　江流空滚滚，泪尽情无尽。不怨薄情人，人情逐处新。

赵师侠　菩萨蛮·瑞荫秋望

小春爱日融融暖，危亭望处晴岚满。江静绿回环，横陈无际山。　清霜欺远树，黄叶风扶去。试探岭头梅，点红开未开。

赵师侠　菩萨蛮·可人梅轴

琼英为惜轻飞去，可人妙笔移缣素。潇洒向南枝，永无开谢时。　闺房难并秀，自是春风手。何必问逃禅，人间水墨仙。

赵师侠　菩萨蛮·韵胜竹屏

多情可是怜高节，濡毫幻出真清绝。雨叶共风枝，天寒人倚时。　萧萧襟韵胜，堪与梅兄并。不用翠成林，坡仙曾赏音。

赵师侠　菩萨蛮·玉山道中

霜风落木千山远，护霜云散晴曦暖。潇洒小旗亭，山花

照眼明。　　粉妆匀未了，一捻春风小。把酒恨匆匆，深情妩媚中。

赵师侠　　　菩萨蛮·梅林渡寄兴伯

行舟荡漾鸣双桨，江流为我添新涨。指顾隔汀州，人归心尚留。　　阳关三叠举，怨柳离情苦。何似莫来休，不来无许愁。

赵师侠　菩萨蛮·永州故人亭和圣徒季行韵

故人话别情难已，故人此别何时会。江上驻危亭，离怀牵故情。　　悠悠东去水，簇簇渔村市。应记合江滨，潇湘别故人。

赵师侠　　　菩萨蛮·春陵迎阳亭

西风又老潇湘树，翩翩黄叶辞枝去。斜日淡云笼，溪山烟霭中。　　危阑闲独倚，縠浪连天际。残角起江城，书空征雁横。

赵师侠　　　菩萨蛮·辛亥二月雪

东皇不受人间俗，为嫌花柳纷红绿。特地闷春和，连延雨雪多。　　梅梢封玉蕊，春半开犹未。还恐怨韶华，吹绵作柳花。

赵师侠　　菩萨蛮·鉴止莲花穿阑干开

水风叶底波光浅，亭亭翠盖红妆面。六月下塘春，平铺云锦屏。　　露凉轻点缀，绿映珍珠袂。浑似太真妃，倚阑娇困时。

张　镃　　　　菩萨蛮·芭蕉

风流不把花为主，多情管定烟和雨。潇洒绿衣长，满身无限凉。　　文笺舒卷处，似索题诗句。莫凭小阑干，月明生夜寒。

张　镃　　　　菩萨蛮·鸳鸯梅

前生曾是风流侣，返魂却向南枝住。疏影卧晴溪，恰如

沙暖时。　　绿窗娇插鬓，依约犹交颈。微笑语还羞，愿郎同白头。

张　镃　　菩萨蛮·遣兴

藤床巧织波文小，翻书欲睡莺惊觉。绕舍灿明霞，短长旌节花。　　此身无系著，南北东西乐。碧宇朗吟归，天风香染衣。

张　镃　　菩萨蛮·层层细剪冰花小

层层细剪冰花小，新随荔子云帆到。一露一番开，玉人催卖栽。　　爱花心未已，摘放冠儿里。轻浸水晶凉，一窝云影香。

卢　炳　　菩萨蛮·和韵

梦回小枕攲寒玉，博山香暖沉烟续。帷薄怯轻纱，风牵幌带斜。　　夜窗云影细，月送花阴至。身世在陶唐，闲愁不挂肠。

卢　炳　　菩萨蛮·石榴裙束纤腰袅

石榴裙束纤腰袅，金莲稳衬弓靴小。娇骙羞见人，伞低遮半身。　　恩情如纸薄，方信当初错。邂逅苦匆匆，还疑是梦中。

卢　炳　　菩萨蛮·用周美成韵

而今怕听相思曲，多情蹙损眉峰绿。惜别上扁舟，望穷江际楼。　　蛮笺封了发，为忆人如雪。离恨写教看，休令盟约寒。

汪　莘　　菩萨蛮·问言何处秋光好

问言何处秋光好，当年曾过长洲道。一望没遮拦，天宽水亦宽。　　也因轻霭扫，也傍斜晖讨。指点与君看，画他难不难。

汪　莘　　菩萨蛮·渔翁家住寒潭上

金梦弼携鱼酒见访云：昨属渔人鱼。渔人言：白茅潭中，

有白鱼一双。今晨果揭其一以来，因赋此为谢，并致后会之意

渔翁家住寒潭上，晓霜晚日时相向。三尺白鱼长，一双摇玉光。　　前朝来献状，果慰携壶望。水月正商量，小桥梅欲香。

刘　翰　　　菩萨蛮·去时满地花阴月

去时满地花阴月，归来落尽梧桐叶。帘外小梅残，绿窗幽梦寒。　　明朝提玉勒，又作江南客。芳草遍长亭，东风吹恨生。

刘仙伦　　　菩萨蛮·东风去了秦楼畔

东风去了秦楼畔，一川烟草无人管。芳树雨初晴，黄鹂三两声。　　海棠花已谢，春事无多也。只有牡丹时，知他归不归。

刘仙伦　　　菩萨蛮·怨别

吹箫人去行云杳，香篝翠被都闲了。叠损缕金衣，是他浑不知。　　冷烟寒食夜，淡月梨花下。犹自软心肠，为他烧夜香。

赵希蓬　　　菩萨蛮·何人四座环歌扇

何人四座环歌扇，平生有限何曾见。今日忽遭逢，流霞映脸红。　　此恨凭谁语，梦逐巫山去。对景苦奔波，其如愁思何。

赵希蓬　　　菩萨蛮·慧刀挥处人头落

慧刀挥处人头落，虹霓万道冲云脚。灭尽我人心，何劳向外寻。　　白莲生火里，法忍无生死。忍辱两皆空，龟毛兔角同。

郭应祥　　　菩萨蛮·喜雪

当年瑞雪多盈尺，今年仅有些儿白。天欲兆丰年，须教趁腊前。　　南枝初破萼，风味浑如昨。快与泻银瓶，寒醅醉易醒。

郭应祥　　菩萨蛮·施尉生日

开禧三月初逢九，持杯来庆梅仙寿。警捕恰三年，四封人宴然。　政成应不日，去作朝京客。阴德合长生，休看三住铭。

郭应祥　　菩萨蛮·立春日

雪销未久寒犹力，霜华特地催晴色。残腊尚余旬，隔年先见春。　独怜霜点鬓，羞戴银幡胜。百里却熙然，今年强去年。

郭应祥　　菩萨蛮·同僚友泛舟作

泉江三遇昌阳节，棹歌还向中流发。急桨更轻桡，看谁夺得标。　明年归紫淦，尚忆舟同泛。应有旧双鬟，能讴菩萨蛮。

郭应祥　　菩萨蛮·转头又是清秋近

六月十三日，同官携具，以予被荐

转头又是清秋近，晚风淅淅凉犹嫩。多谢客携觞，空惭画饼章。　中亭明月可，未要亲灯火。十阅望舒圆，归期在眼前。

郭应祥　　菩萨蛮·丁卯寿李嗣宗

去年持酒为君寿，劝君快上悬车奏。通籍已金闺，腰银袍亦绯。　壶中闲日月，自有长生诀。父子弟兄贤，一门行地仙。

郭应祥　　菩萨蛮·去岁寿李嗣立

诞辰迟似秋三日，草堂已有新凉入。鬓绿未全霜，欣然把一觞。　吟松新纳禄，共享清闲福。两个老人星，君家难弟兄。

郭应祥　　菩萨蛮·牡丹已过酴醿谢

牡丹已过酴醿谢，那堪风雨连朝夜。底事最堪悲，春归人未归。　春宜留取住，人却推将去。早晚遂江滨，欢然夸尹新。

郭应祥　菩萨蛮·丁卯八月九日鹏飞集作

秋堂积雨新凉入，今宵雅趁鹏飞集。劲翮会高风，功名欬唾中。　笔头元有准，快写平生蕴。何日捷书来，重阳把一杯。

郭应祥　菩萨蛮·三月六日静胜小集

去年今日游稽古，斓斑曾著莱衣舞。四世共团栾，津然一笑欢。　归期今不远，孥累俱先遣。犹有社中人，相从寂寞滨。

郭应祥　菩萨蛮·饯太夫人之南丰

修途六月清无暑，潘舆稳向盱南去。喜气已津津，平反一笑春。　人言阴德报，罗纸重重诰。明岁早归来，泉江去鹢催。

郭应祥　菩萨蛮·邹伯源园木樨　次彭孚先韵

涂黄仙子娇无力，秋花不敢争颜色。风物一番新，从今到小春。　新词仍险韵，赓续惭非称。桃李寂无言，此花名独传。

郭应祥　菩萨蛮·未观岩桂先观菊

县斋木樨今年殊未开，而盆菊特茂盛，以晦日约客

未观岩桂先观菊，世间底事真迟速。节物苦相催，重阳便到来。　白衣何处觅，沽酒邀佳客。一笑有余欢，官居终日闲。

郭应祥　菩萨蛮·送太夫人就养南安

佳辰昨日传筒黍，今朝重把离觞举。别驾奉安舆，前呵方塞途。　庞眉真寿相，两处交迎养。庾岭到星沙，风光属一家。

郭应祥　菩萨蛮·戊辰重阳

分宜七里逢重九，篱根无菊尊无酒。萧飒鬓如蓬，不禁吹帽风。　插花开口笑，未分输年少。明岁定王台，传杯不放杯。

韩　淲　　　　菩萨蛮·晚云烘日

晚云烘日枝南北，一杯未尽梅花曲。城郭小春回，暗香开未开。　　留连吾欲醉，醉眼红尘外。多少老心情，景清人亦清。

韩　淲　　　　菩萨蛮·同仲明饮山隐

雪云收尽晴风软，小山春浪晴波远。梅片已飞香，海棠红试妆。　　人言诗易与，酒戋谁分付。不是没心情，夕阳啼鸟声。

韩　淲　　　　菩萨蛮·次韵

人间多少闲风度，薄情失记相逢处。绿鬓画鸦儿，旧巢双燕栖。　　舞衫回素玉，檀板声何蹙。一抹晚霞飞，泪痕无脸啼。

韩　淲　　　　菩萨蛮·野趣观梅

平生常为梅花醉，数枝滴滴香沾袂。雪后月华明，胆瓶无限清。　　夜深灯影瘦，饮尽杯中酒。明日景尤新，人间都是春。

韩　淲　　　　菩萨蛮·小词

海棠欲谢绵飞柳，柳丝自拂行人首。上巳是清明，新烟带粥饧。　　轻阴帘幕冷，闲却秋千影。曲水兴无涯，丽人花半遮。

韩　淲　　　　菩萨蛮·花间意

小园红入春无际，新声休写花间意。一笑唤真真，香腮酒未醒。　　惜芳追胜事，畅饮余诗思。无处说衷情，暗尘罗帐生。

韩　淲　　　　菩萨蛮·陇头无驿奚为朵

赵昌甫折黄岩梅来，且寄菩萨蛮，次韵赋之

陇头无驿奚为朵，岩前有折宜来堕。风急雪云溪，诗清满意携。　　竹炉良夜饮，饮竟煎僧茗。梅以句深长，得花情未忘。

韩　淲　　　菩萨蛮·胡教生朝

南枝已见春消息，今年为寿方知得。俾尔炽而昌，流霞浮暗香。　　蓬壶清浅水，笑指云阶喜。高论有规模，平戎赋两都。

韩　淲　　　菩萨蛮·梅花句

风前觅得梅花句，香来自是相分付。片月动黄昏，一枝横酒尊。　　人间何处有，又到春时候。莫负此诗家，将心吟好花。

韩　淲　　　菩萨蛮·和昌甫见招

归来又喜山中约，菊枝桂树真宜酌。兴尽只观山，秋深方闭关。　　会须追雅步，策蹇或肩舆。少待必能治，膏肓泉石医。

韩　淲　　　菩萨蛮·酒半戏成

秋林只共秋风老，秋山却笑秋吟少。恰恨有秋香，青岩秋夜凉。　　清秋须是酒，结客秋知否。醉笔写成秋，一秋无复愁。

韩　淲　　　菩萨蛮·花谿碧

丝丝柳色清愁织，山城望断花谿碧。回首仲宣楼，登临无计愁。　　雨声吹海立，流转韶光急。九万有鹏程，沉香天上亭。

韩　淲　　　菩萨蛮·张饶县以一枝梅来，和韵

的皪南枝横县宇，空山无此新花吐。手种几多梅，迎霜今已开。　　簪屏聊隐几，诗与君应喜。更报晏斋翁，相将索笑同。

韩　淲　　　菩萨蛮·寿昌甫生朝

今年是处梅花早，分明开到章泉好。兄弟寿杯同，暗香明月风。　　风流文物旧，春意枝枝透。儿侄定飞轩，衣冠与世传。

韩　淲　　菩萨蛮·十五夜，昌甫约赋，寄刘簿

聚星亭下书堂水，冬来欲问梅花使。主撮是何官，人间有底难。　　章泉词和去，交道元如故。转眼岁将穷，溪头鹤发翁。

韩　淲　　菩萨蛮·次韵昌甫见贻生朝

春来晴雨常相半，水光风力花撩乱。山北与山南，行歌或再三。　　诵君诗过日，才大真盘屈。寿我敢言酬，相望亦饮不。

史达祖　　菩萨蛮·夜景

梨花不碍东城月，月明照见空阑雪。雪底夜香微，褰帘拜月归。　　锦衾幽梦短，明日南堂宴。宴罢小楼台，春风来不来。

史达祖　　菩萨蛮·赋玉蕊花

唐昌观里东风软，齐王宫外芳名远。桂子典刑边，梅花伯仲间。　　笼茸锼暖雪，琐细雕晴月。谁驾七香车，绿云飞玉沙。

史达祖　　菩萨蛮·赋软香

广寒夜捣玄霜细，玉龙睡重痴涎坠。斗合一团娇，偎人暖欲消。　　心情虽软弱，也要人抟搦。宝扇莫惊秋，班姬应更愁。

高观国　　菩萨蛮·春风吹绿湖边草

春风吹绿湖边草，春光依旧湖边道。玉勒锦障泥，少年游冶时。　　烟明花似绣，且醉旗亭酒。斜日照花西，归鸦花外啼。

高观国　　菩萨蛮·苏堤芙蓉

红云半压秋波碧，艳妆泣露娇啼色。佳梦入仙城，风流石曼卿。　　宫袍呼醉醒，休卷西风归。明日粉香残，六朝烟水寒。

高观国　　菩萨蛮·水晶脍

玉鳞熬出香凝软，并刀断处冰丝颤。红缕间堆盘，轻明相映寒。　　纤柔分劝处，腻滑难停箸。一洗醉魂清，真成醒酒冰。

高观国　　菩萨蛮·玉阑秋色知谁主

玉阑秋色知谁主，隔阑一架葡萄雨。绿藓怕啼蛩，可堪宫漏长。　　乌丝吟古怨，清泪消尘砚。梦冷不成云，□峰峰外情。

高观国　　菩萨蛮·何须急管吹云暝

何须急管吹云暝，高寒滟滟开金饼。今夕不登楼，一年空过秋。　　桂花香雾冷，梧叶西风影。客醉倚河桥，清光愁玉箫。

高观国　　菩萨蛮·咏双心水仙

云娇雪嫩羞相倚，凌波共酌春风醉。的皪玉台寒，肯教金琖单。　　只疑双蝶梦，翠袖和香拥。香外有鸳鸯，风流烟水乡。

魏了翁　　菩萨蛮·鸣蝉泊雨晴云湿

王子振辰应生日同书院诸公各赋一阕

鸣蝉泊雨晴云湿，游龙翦岸涪江碧。气候尔和平，满家浑是春。　　公堂虽有酒，不敌公真有。寿宿对魁星，颊红衫鬓青。

魏了翁　　菩萨蛮·江通判埙生日

东窗五老峰前月，南窗九叠坡前雪。推出侍郎山，著君窗户间。　　离骚乡里住，恰记庚寅度。挹取芷兰芳，酌君千岁觞。

卢祖皋　　菩萨蛮·芙蓉香卸桐阴薄

芙蓉香卸桐阴薄，水窗未雨凉先觉。何处理秋裳，月高砧杵长。　　袂罗新恨悄，展转屏山晓。长是卷帘时，翠禽相对飞。

卢祖皋　　菩萨蛮·烛房花幌参差见

烛房花幌参差见，疏帘镇日萦愁眼。巫峡小山屏，梦云犹未成。　　带霜边雁落，双字宫罗薄。二十四阑干，夜来相对寒。

卢祖皋　　菩萨蛮·翠楼十二阑干曲

翠楼十二阑干曲，雨痕新染蒲桃绿。时节又黄昏，东风深闭门。　　玉箫吹未彻，窗影梅花月。无语只低眉，闲拈双荔枝。

刘学箕　　菩萨蛮·杏花

昨日杏花春满树，今晨雨过香填路。零落软胭脂，湿红无力飞。　　转头春易去，春色归何处。待密与春期，春归人也归。

刘学箕　　菩萨蛮·暮涛掀浪溪流急

暮涛掀浪溪流急，单衣未试春寒力。是处绿阴浓，春深杨柳风。　　人依溪岸住，酒美忘归去。巢燕坠芹泥，幽禽花外啼。

刘学箕　　菩萨蛮·鸦儿学画犹嫌丑

鸦儿学画犹嫌丑，佯羞步步随娘后。春浅瘦花枝，凝愁为阿谁。　　那回筵畔见，有意相留恋。只恐后期愆，章台飞柳绵。

刘学箕　　菩萨蛮·鄂渚岸下

烟汀一抹蒹葭渚，风亭两下荷花浦。月色漾波浮，波流月自留。　　若耶溪上女，两两三三去。眉黛敛羞蛾，采菱随棹歌。

洪咨夔　　菩萨蛮·和子有韵

翠翘花艾年时昨，斗新五采同心索。含笑祝千秋，长眉如莫愁。　　流光旋磨蚁，换调重拈起。深院竹和丝，皱红裁舞衣。

朱子厚　　菩萨蛮·酴醾浴罢温香玉

酴醾浴罢温香玉，牡丹睡起歌云绿。弹压属东阳，留春在庆堂。　　简端新组绶，辉映烟岚秀。妙曲倩清妍，祝君无尽年。

方千里　　菩萨蛮·黄鸡晓唱玲珑曲

黄鸡晓唱玲珑曲，人生两鬓无重绿。官柳系行舟，相思独倚楼。　　来时花未发，去后纷如雪。春色不堪看，萧萧风雨寒。

吴　泳　　菩萨蛮·莺花旧恨凭谁雪

莺花旧恨凭谁雪，也须管句灯时节。黄已上眉峰，小槽初滴红。　　好天佳月夕，结佩飞霞客。醒恐不如酲，何妨独屡更。

许　玠　　菩萨蛮·西风又转芦花雪

西风又转芦花雪，故人犹隔关山月。金雁一声悲，玉腮双泪垂。　　绣衾寒不暖，愁远天无岸。夜夜卜灯花，几时郎到家。

黄　机　　菩萨蛮·池落开遍莲房老

池落开遍莲房老，秋声已入梧桐表。葵扇与桃笙，尚宜相带行。　　危亭三百尺，爽气真堪挹。瀹茗且盘旋，翩翩吾欲仙。

黄　机　　菩萨蛮·相思绕遍天涯路

相思绕遍天涯路，相思不识行人处。多病怕逢春，那堪春正深。　　日高梳洗懒，鸾镜香尘掩。双鬓绿鬔松，一帘花信风。

黄　机　　菩萨蛮·次杜叔高韵

惜山不厌山行远，山中禽鸟频惊见。小雨似怜春，霏霏容易晴。　　青裙田舍妇，馌饷前村去。溪水想平腰，唤船依断桥。

严　仁　　菩萨蛮·双溪亭

征鸿点破空云碧，丹霞染出新秋色。返照落平洲，半江红锦流。　风清渔笛晚，寸寸愁肠断。寄语笛休横，只消三两声。

葛长庚　　菩萨蛮·送刘贵伯

阁山云冷风萧瑟，野猿啼罢蟾光白。听彻太清弦，断肠云水天。　金陵君此去，秋入蒹葭浦。兴满即回辕，明年二月春。

刘克庄　　菩萨蛮·戏林推

小鬟解事高烧烛，群花围绕摴蒲局。道是五陵儿，风骚满肚皮。　玉鞭鞭玉马，戏走章台下。笑杀灞桥翁，骑驴风雪中。

李　亿　　菩萨蛮·画楼酒醒春心悄

画楼酒醒春心悄，残月悠悠芳梦晓。娇汗浸低鬟，屏山云雨阑。　香车河汉路，又是匆匆去。鸾扇护明妆，含情看绿杨。

李好古　　菩萨蛮·东园映叶梅如豆

东园映叶梅如豆，西园扑地花铺绣。春水晓来深，日华娇漾金。　带烟穿径竹，步入飞虹曲。何处早莺啼，曲桥西复西。

李好古　　菩萨蛮·垂丝海棠零落

东风一夜都吹损，昼长春殢佳人困。满地委香钿，人情谁肯怜。　诗人犹爱惜，故故频收拾。云彩缕丝丝，娇娆忆旧时。

李好古　　菩萨蛮·纳红销翠春风里

纳红销翠春风里，精神一撮金莲底。不是睡杨妃，缘珠娇小儿。　一般娇绝处，半带疏疏雨。不解吐繁香，却教人断肠。

留元崇　　菩萨蛮·江头日落孤帆起

江头日落孤帆起，归心拍拍东流水。山远不知名，为谁迢递青。　危桥来处路，尚带潇湘雨。楚尾与吴头，一生离别愁。

曾原一　　菩萨蛮·淡黄斜日留汀草

淡黄斜日留汀草，檐低半露遥岑小。病眼不禁愁，阑干无数秋。　雁声何处落，旧梦还惊觉。风重葛衣单，深山吹笛寒。

赵崇嶓　　菩萨蛮·桃花相向东风笑

桃花相向东风笑，桃花忍放东风老。细草碧如烟，薄寒轻暖天。　折钗鸾作股，镜里参差舞。破碎玉连环，卷帘春睡残。

李昴英　　菩萨蛮·云山叠叠双眸短

别刘朔斋后寄词，时朔斋抵峡山拾遗词至

云山叠叠双眸短，梦魂夜趁行人远。千里共襟期，吟风饮月时。　碧溪穿翠峡，雪意蓬萧飒。安得翅飞来，冲寒同访梅。

吴文英　　菩萨蛮·落花夜雨辞寒食

落花夜雨辞寒食，尘香明日城南陌。玉靥湿斜红，泪痕千万重。　伤春头竟白，来去春如客。人瘦绿阴浓，日长帘影中。

吴文英　　菩萨蛮·绿波碧草长堤色

绿波碧草长堤色，东风不管春狼藉。鱼沫细痕圆，燕泥花唾干。　无情牵怨抑，画舸红楼侧。斜日起凭阑，垂杨舞晓寒。

翁元龙　　菩萨蛮·春心莫共花争发

春心莫共花争发，花开不管连环缺。梦断小楼空，杜鹃啼晓红。　眼看连理树，纤手移筝柱。调遍错成声，无人知此情。

翁元龙　　菩萨蛮·玉纤闲捻花间集

玉纤闲捻花间集，赤阑干对芭蕉立。薤叶晚生凉，竹阴移小床。　　拗莲牵藕线，藕断丝难断。弹水没鸳鸯，教寻波底香。

王　氏　　菩萨蛮·西湖曲

横湖十顷琉璃碧，画桥百步通南北。沙暖睡鸳鸯，春风花草香。　　闲来撑小艇，划破楼台影。四面望青山，浑如蓬莱间。

洪　瑹　　菩萨蛮·春感

玉琴不疗文园病，对花长抱深深恨。恨入鬓霜边，才情输少年。　　蛾眉梳堕马，翠袖薰兰麝。醉梦未全醒，绿窗啼晓莺。

楼　枎　　菩萨蛮·丝丝杨柳莺声近

丝丝杨柳莺声近，晚风吹过秋千影。寒色一帘轻，灯残梦不成。　　耳边消息在，笑指花梢待。又是不归来，满庭花自开。

利　登　　菩萨蛮·玉阑干外重帘晚

玉阑干外重帘晚，流云欲度长天远。花草不知名，春来各自春。　　绿鞍游冶客，何处垂杨陌。不信不归来，海棠花又开。

杨泽民　　菩萨蛮·吟风敲遍阑干曲

吟风敲遍阑干曲，极目澄江千顷绿。长笛下扁舟，一声人倚楼。　　床头醅正发，帐底人如雪。月色夜来看，可堪霜信寒。

张　桂　　菩萨蛮·东风忽骤无人见

东风忽骤无人见，玉塘烟浪浮花片。步湿下香阶，苔黏金凤鞋。　　翠鬟愁不整，临水闲窥影。摘得野蔷薇，游蜂相趁归。

刘之才　　菩萨蛮·题花曾蘸花心露

题花曾蘸花心露，当初误结丁香树。往事小蛮窗，新愁桃叶江。　　缓歌留薄醉，急鞚人千里。梅瘦月阑干，断云春梦寒。

萧汉杰　　菩萨蛮·春雨

春愁一段来无影，著人似醉昏难醒。烟雨湿阑干，杏花惊蛰寒。　　唾壶敲欲破，绝叫凭谁和。今夜欠添衣，那人知不知。

陈允平　　菩萨蛮·杏花枝上莺声嫩

杏花枝上莺声嫩，凤屏倦倚人初困。金兽莫添香，香浓情转伤。　　云沉归雁杳，绿涨江南草。独倚夕阳楼，双帆何处舟。

陈允平　　菩萨蛮·银城远枕清江曲

银城远枕清江曲，汀洲老尽蒹葭绿。君上木兰舟，妾愁双凤楼。　　角声何处发，月浸溪桥雪。独自倚阑看，风飘襟袖寒。

江　开　　菩萨蛮·商妇怨

春时江上帘纤雨，张帆打鼓开船去。秋晚恰归来，看看船又开。　　嫁郎如未嫁，长是凄凉夜。情少利心多，郎如年少何。

萧元之　　菩萨蛮·断红流水香难觅

断红流水香难觅，行云一去无踪迹。杨柳漫遮阑，闲愁付远山。　　玉筝弹未了，倚柱人空老。青子摘来酸，酸心有几般。

郭□□　　菩萨蛮·卖饧天气箫声软

卖饧天气箫声软，午院水沉烟未断。睡起补残眉，红绵入镜迟。　　霎时开笑靥，花上看双蝶。新月上帘钩，相思不断头。

刘辰翁　　　菩萨蛮·秋兴

芭蕉叶上三更雨，人生只合随他去。便不到天涯，天涯也是家。　　屏山三五叠，处处飞蝴蝶。正是菊堪看，东篱独自寒。

刘辰翁　　　菩萨蛮·湖南道中

黄鸡喔喔催人起，困不成眠窗似水。清露不曾寒，朝来起自难。　　家人当睡美，又忆归程几。不管湿阑干，芙蓉花自看。

刘辰翁　　　菩萨蛮·春晓

画梁语透帘栊晓，坼桐风送杨花老。细雨绿阴寒，罗襟只似单。　　青门三里道，个个游芳草。比似嫁来看，踏青难更难。

刘辰翁　　　菩萨蛮·春日山行

江波何似西湖曲，村烟相对峰南北。何处不青青，青青是汉茔。　　长亭芳草路，寒食谁家墓。旧日厌残红，人行九里松。

刘辰翁　　　菩萨蛮·丁丑送春

殷勤欲送春归去，白首题将断肠句。春去自依依，欲归无处归。　　天涯同是寓，握手留春住。小住碧桃枝，桃根不属谁。

刘辰翁　　　菩萨蛮·题醉道人图

八仙名姓当时少，污尊牛饮同倾倒。惟有我公荣，旁人笑独醒。　　多年村落走，泥饮无升斗。入了玉门关，人生一醉难。

颜　奎　　　菩萨蛮·燕姬越女初相见

燕姬越女初相见，鬓云翻覆随风转。日日转如云，朝朝白发新。　　江南古佳丽，只绾年时髻。信手绾将成，从来懒学人。

史介翁　　菩萨蛮·柳丝轻飏黄金缕

柳丝轻飏黄金缕，织成一片纱窗雨。斗合做春愁，困慵熏玉篝。　　暮寒罗袖薄，社雨催花落。先自为诗忙，蔷薇一阵香。

周　密　　菩萨蛮·霜风渐入龙香被

霜风渐入龙香被，夜寒微涩宫壶水。滴滴是愁声，声声滴到明。　　梦魂随雁去，飞到颦眉处。雁已过西楼，又还和梦愁。

陈达叟　　菩萨蛮·举头忽见衡阳雁

举头忽见衡阳雁，千声万字情何限。叵耐薄情夫，一行书也无。　　泣归香阁恨，和泪掩红粉。待雁却回时，也无书寄伊。

彭元逊　　菩萨蛮·玉蛇踯躅流光卷

玉蛇踯躅流光卷，连珠合沓帘波远。花动见鱼行，红裳眩欲倾。　　人来惊翡翠，小鸭惊还睡。两岸绿阴生，修廊时听莺。

刘　壎　　菩萨蛮·题山馆

长亭望断来时路，楼台杳霭迷花雾。山雨隔窗声，思君魂梦惊。　　泪痕侵褥锦，闲却鸳鸯枕。有泪不须垂，金鞍明月归。

刘　壎　　菩萨蛮·和詹天游

故园青草依然绿，故宫废址空乔木。狐兔穴岩城，悠悠万感生。　　胡笳吹汉月，北语南人说。红紫闹东风，湖山一梦中。

赵必瑑　　菩萨蛮·戏菱生

红娇翠溜歌喉急，旧弦拨断新腔入。往事水东流，菱花晓带秋。　　帏香双凤集，清泪层绡湿。残梦五更头，酒醒依旧愁。

仇　远　　　菩萨蛮·翠鸾不隔巫山路

翠鸾不隔巫山路，无人肯指行云处。徙倚最高楼，秋波春望愁。　　先来愁似雾，更下丝丝雨。芳径溅香泥，苔花滑马蹄。

仇　远　　　菩萨蛮·瑶琴欲把相思谱

瑶琴欲把相思谱，殷勤难写相思语。人在碧苕滨，相思烟水深。　　鳞波流碎月，荏苒年芳歇。何处寄相思，白蘋秋一枝。

罗志仁　　　菩萨蛮·晓莺催起

晓莺催起，问当年秀色，为谁料理。怅别后、屏掩吴山，便楼燕月寒，鬓蝉云委。锦字无凭，付银烛、尽烧千纸。对寒泓静碧，又把去鸿，往恨都洗。　　桃花自贪结子，道东风有意，吹送流水。谩记得当日、心嫁卿卿，是日暮天寒，翠袖堪倚。扇月乘鸾，尽梦隔、婵娟千里。到嗔人、从今不信，画檐鹊喜。

张　炎　　　菩萨蛮·蕊香不恋琵琶结

蕊香不恋琵琶结，舞衣折损藏花蝶。春梦未堪凭，几时春梦真。　　愁把残更数，泪落灯前雨。歌酒可曾忺，情怀似去年。

张　炎　　　菩萨蛮·晓行西湖边

霜花铺岸浓如雪，田间水浅冰初结。林密乱鸦啼，山深雁过稀。　　风恬湖似镜，冷浸楼台影。梅不怕隆寒，疏葩正耐看。

王去疾　　　菩萨蛮·蜗矶

吴波深处波声急，阑干下瞰鱼龙宅。江北与江南，斜阳山外山。　　十洲三岛地，梦里身曾至。今日醉危亭，神仙邀我盟。

高子芳　　　菩萨蛮·寿夫人

去年曾祝夫人寿，今岁也又还依旧。鬓绿与颜朱，神仙

想不如。　　骨相真难老，疑是居蓬岛。那更舞霓裳，笙歌溢画堂。

王　绍　　　　菩萨蛮·侄寿伯

天正朔旦开新历，吾家伯父长生日。兰玉傍庭阶，称觞特地来。　　后年逢七十，今岁瞻南极。南极寿星宫，分明矍铄翁。

邓　肃　　　　菩萨蛮·乳瓶属国归来早

乳瓶属国归来早，知君胆大身犹小。一节不须论，功名看致君。　　镇西楼上酒，父老为君寿。更寿太夫人，年年封诏新。

无名氏　　　　菩萨蛮·天威乱糁琼蕤密

天威乱糁琼蕤密，一光吞尽千山碧。梅与雪争妍，孤香风暗传。　　玉骨从来瘦，不奈春僝僽。羌管一声残，水乡生暮寒。

无名氏　　　　菩萨蛮·黄昏月暗清溪色

黄昏月暗清溪色，帘垂小阁霜华白。一夜玉玲珑，横斜水月中。　　小行孤影动，生怕惊花梦。半夜得春归，屏山人未归。

无名氏　　　　菩萨蛮·霜天不管青山瘦

霜天不管青山瘦，轻云浅拂修眉皱。烟树隔潇湘，隔帆吹异香。　　影残春恨小，淡墨欹斜倒。无处著消愁，笛寒人倚楼。

无名氏　　　　菩萨蛮·江城烽火连三月

江城烽火连三月，不堪对酒江亭别。休作断肠声，老来无泪倾。　　风高帆影疾，目送舟痕碧。锦字几时来，薰风无雁回。

无名氏　　　　菩萨蛮·金风簌簌惊黄叶

金风簌簌惊黄叶，高楼影转银蟾匝。梦断绣帘垂，月明乌鹊飞。　　新愁知几许，欲似丝千缕。雁已不堪闻，砧声

何处村。

无名氏　　　菩萨蛮·夫寿妻

秋风扫尽闲花草，黄花不逐秋光老。试与插钗头，钗头占断秋。　簪花人有意，共祝年年醉。不用泛瑶觞，花先著酒香。

无名氏　　菩萨蛮·寿女人 五月十五

宫样迎春髻，玉步金莲细。初度是今朝，嫦娥降九霄。　兰玉行荣贵，德备共姜义。夏半月团圆，称觞祝寿筵。

无名氏　　　菩萨蛮·题刀镊行簇

宝刀迎面摇寒雪，琼梳掠鬓横新月。红颊驻长春，绿鬟轻绾云。　解飘并括敛，到处题名遍。飞诏待追还，荣居供奉班。

无名氏　　　菩萨蛮·讽词

昔年曾伴花前醉，今年空洒花前泪。花有再荣时，人无重见期。　故人情义重，不忍营新宠。日月有盈亏，妾心无改移。

菩萨蛮令

即《菩萨蛮》，宋康与之词名《菩萨蛮令》。详见《菩萨蛮》条。

康与之　　　菩萨蛮令·长安怀古

秦时宫殿咸阳里，千门万户连云起。复道亘西东，不禁三月风。　汉唐乘王气，万岁千秋计。毕竟是荒丘，荆榛满地愁。

康与之　　　菩萨蛮令·金陵怀古

龙蟠虎踞金陵郡，古来六代豪华盛。缥凤不来游，台空江自流。　下临全楚地，包举中原势。可惜草连天，晴郊狐兔眠。

菩萨鬘

即《菩萨蛮》，调见《词品》卷一。详见《菩萨蛮》条。

沈　蔚　　　菩萨鬘·相逢无处无尊酒

相逢无处无尊酒，尊前未必皆朋旧。酒到任教倾，莫思今夜醒。　明朝相别后，江上空回首。欲去不胜情，为君歌数声。

沈　蔚　　　菩萨鬘·春城迤逦层阴绕

春城迤逦层阴绕，青梅竞弄枝头小。江色雨和烟，行人江那边。　好花都过了，满地空芳草。落日醉醒间，一春无此寒。

朱淑真　　　菩萨鬘·秋

秋声乍起梧桐落，蛩吟唧唧添萧索。欹枕背灯眠，月和残梦圆。　起来钩翠箔，何处寒砧作。独倚小阑干，逼人风露寒。

朱淑真　　　菩萨鬘·山亭水榭秋方半

山亭水榭秋方半，风帏寂寞无人伴。愁闷一番新，双蛾只旧颦。　起来临绣户，时有疏萤度。多谢月相怜，今宵不忍圆。

沈端节　　　菩萨鬘·楚山千叠伤心碧

楚山千叠伤心碧，伤心只有遥相忆。解佩揖巫云，愁生洛浦春。　香波凝宿雾，梦断消魂处。空听水泠泠，如闻宝瑟声。

赵师侠　　　菩萨鬘·癸巳自豫章檄归

扁舟又向萧滩去，危樯却系江头树。风送雨声来，凉生真快哉。　电光云际掣，白浪天相接。不用怯风波，风波平地多。

洪 璨 **菩萨鬘·宿水口**

断虹远饮横江水，万山紫翠斜阳里。系马短亭西，丹枫明酒旗。　　浮生长客路，事逐孤鸿去。又是月黄昏，寒灯人闭门。

洪 璨 **菩萨鬘·湖上**

吴姬压酒浮红蚁，少年未饮心先醉。驻马绿杨阴，酒楼三月春。　　相看成一笑，遗恨知多少。回首欲魂销，长桥连断桥。

梦兰堂

调见《缙云文集》卷四宋冯时云词。双调，五十一字，八仄韵。上片四句，下片五句。

冯时行 **梦兰堂·送史谊伯倅潼川**

小雨清尘淡烟晚，官柳殢花待暖。君愁入伤阙眼，芳草绿、断云归雁。　　酒重斟，须再劝。今夕近、明朝乍远。到时暗花飞乱，千里断肠春不管。

梦仙乡

即《梦仙郎》，《张子野词》张先词名《梦仙乡》。双调，五十二字。上下片各三仄韵、两平韵。

张 先 **梦仙乡·江东苏小**

江东苏小，夭斜窈窕。都不胜、彩鸾娇妙。春艳上新妆，肌肉过人香。　　佳树阴阴池院，华灯绣幔。花月好、可能长见。离聚此生缘，无计问天天。

梦玉人引

双调，有平韵、仄韵之别，其字句大同小异。有八十二字、八十四字、八十五字数体。其八十四字，上片九句、四仄韵，下片八句、四仄韵；其八十二字，上片九句、四平韵，下片八句、四平韵。

李　甲　　　梦玉人引·渐东风暖

渐东风暖，陇梅残，霁云碧。嫩草柔条，又回江城春色。乍促银签，便篆香纹蜡有余迹。愁梦相兼，尽日高无力。
这些离恨，依然是、酒醒又如织。料伊怀情，也应向人端的。何故近日，全然无消息。问伊看，伊教人到此，如何休得。

沈　蔚　　　梦玉人引·旧追游处

旧追游处，思前事、俨如昔。过尽莺花，横雨暴风初息。杏子枝头，又自然、别是般天色。好傍垂杨，系画船桥侧。
小欢幽会，一霎时、光景也堪惜。对酒当歌，故人情分难觅。水远山长，不成空相忆。这归去重来，又却是、几时来得。

朱敦儒　　　梦玉人引·和祝圣俞

浪萍风梗，寄人间，倦为客。梦里瀛洲，姓名误题仙藉。敛翅归来，爱小园、蜕箨筼筜碧。新种幽花，戒儿童休摘。
放怀随分，各逍遥，飞鷃等鹏翼。舍此萧闲，问君携杖安适。诸彦群英，诗酒皆勍敌。太平时，向花前，不醉如何休得。

吕渭老　　　梦玉人引·上危梯尽

上危梯尽，尽画阁迥，昼帘垂。曲水飘香，小园莺唤春归。舞袖弓弯，正满城、烟草凄迷。结伴踏青，趁蝴蝶双飞。
赏心欢计，从别后、无意到西池。自检罗囊，要寻红叶留诗。懒约无凭，莺花都不知。怕人问，强开怀、细酌酴醾。

范成大　　　梦玉人引·送行人去

送行人去，犹追路、再相觅。天末交情，长是合堂同席。从此尊前，便顿然少个，江南羁客。不忍匆匆，少驻船梅驿。

酒斟虽满，尚少如、别泪万千滴。欲语吞声，结心相对呜咽。灯火凄清，笙歌无颜色。从别后，尽相忘，算也难忘今夕。

范成大　　　梦玉人引·共登临处

共登临处，飘风袂、倚空碧。雨卷云飞，长有桂娥看客。箫鼓生春，遍锦城如画，雪山无色。一梦才成，恍天涯南北。

舞余歌罢，料宣华、回首尽陈迹。万里秦吴，有情应问消息。我欲归耕，如何重来得。故人若望江南，且折梅花相忆。

陈三聘　　　梦玉人引·别来何处

别来何处，酒醒后，梦难觅。晚日溪亭，清晓便挂帆席。满载离愁，指去程、还作江南行客。目断层城，数迢迢山驿。

素巾空染，泪痕斑、应是暗中滴。记得轻分，玉箫犹自凄咽。昨夜东风，梅柳惊春色。料伊也、没心情,过却好天良夕。

陈三聘　　　梦玉人引·倚阑干久

倚阑干久，人不见，暮云碧。芳草池塘，春梦暗惊诗客。昨夜溪梅，向空山、雪里轻匀颜色。好赠行人，折枝南枝北。

雨巾风帽，昔追游、谁念旧踪迹。料得疏篱，暗香时度风息。淡月微云,有何人消得。便归去、踏溪桥,慰我经年思忆。

梦 江 南

即《忆江南》。因皇甫松词中有“闲梦江南梅熟日”，故名《梦江南》。详见《忆江南》条。另，又即《太平时》《添声杨柳枝》，贺铸词调名《梦江南》，详见《太平时》条。

赵汝茪　　　梦江南·帘不卷

帘不卷，细雨熟樱桃。数点霁霞山又晚，一痕凉月酒初

消，风紧絮花高。　　闲处少，磨尽少年豪。昨梦醉来骑白鹿，满湖春水段家桥，濯发听吹箫。

仇　远　　　　梦江南·花雾湿

花雾湿，黯黯覆庭芜。十二阑干空见月，谁教凉影伴人孤，素被带香铺。　　情荏苒，金屋又笙竽。天际有云难载鹤，墙东无树可啼乌，春梦绕西湖。

梦行云

调见吴文英《梦窗词稿》，又名《六幺花十八》。双调，六十七字，上片七句、五仄韵，下片八句、三仄韵。此调只吴文英一词。

吴文英　　　　梦行云·和赵修全韵

簟波皱纤縠，朝炊熟，眠未足。青奴细腻，未拌真珠斛。素莲幽怨风前影，搔头斜坠玉。　　画阑枕水，垂杨梳雨，青丝乱、如乍沐。娇笙微韵，晚蝉理秋曲。翠阴明月胜花夜，那愁春去速。

梦扬州

秦观自制词，因结句为“频梦扬州”，取以为调名。双调，九十九字，上下片各十句、五平韵。此调只秦观一词。

秦　观　　　　梦扬州·晚云收

晚云收，正柳塘、烟雨初休。燕子未归，恻恻轻寒如秋。小阑外、东风软，透绣帏、花蜜香稠。江南远，人何处，鹧鸪啼破春愁。　　长记曾陪燕游，酬妙舞清歌，丽锦缠头。殢酒为花，十载因谁淹留。醉鞭拂面归来晚，望翠楼、帘卷金钩。佳会阻，离情正乱，频梦扬州。

梦还京

调见柳永《乐章集》。三叠，七十九字，上片六句、两仄韵，中片四句、三仄韵，下片六句、四仄韵。此调只柳永一词。

柳　永　　梦还京·夜来匆匆饮散

夜来匆匆饮散，攲枕背灯睡。酒力全轻，醉魂易醒，风揭帘栊，梦断披衣重起。　悄无寐，追悔当初，绣阁话别太容易。日许时、犹阻归计。　甚况味，旅馆虚度残岁，想娇媚。那里独守鸳帏静，永漏迢迢，也应暗同此意。

梦芙蓉

调见吴文英《梦窗词稿》，系吴文英自度曲。因其词为题赵昌所画芙蓉而作，且词中有“梦断琼仙”句，故取其意以为调名。双调，九十七字，上下片各十句、六仄韵。此调只吴文英一词。

吴文英　梦芙蓉·赵昌芙蓉图，梅津所藏

西风摇步绮，记长堤骤过，紫骝十里。断桥南岸，人在晚霞外。锦温花共醉，当时曾共秋被。自别霓裳，应红销翠冷，霜枕正慵起。　惨澹西湖柳底，摇荡秋魂，夜月归环佩。画图重展，惊认旧梳洗。去来双翡翠，难传眼恨眉意。梦断琼娘，仙云深路杳，城影蘸流水。

梦相亲

即《木兰花》，又名《玉楼春》。因贺铸词有“此欢只许梦相亲”句，故更名为《梦相亲》。详见《木兰花》条。

贺　铸　　梦相亲·清琴再鼓求凰弄

清琴再鼓求凰弄，紫陌屡盘骄马鞚。远山眉样认心期，流

水车音牵目送。　　归来翠被和衣拥，醉解寒生钟鼓动。此欢只许梦相亲，每向梦中还说梦。

梦游仙

即《忆江南》，宋张镃词名《梦游仙》。详见《忆江南》条。

张　镃　　　　梦游仙·骖鸾侣

小姬病起，幡然有入道之志，因书赠之

骖鸾侣，娇小怯云期。柳戏花游能几日，顿抛尘幻学希夷。清梦到瑶池。　　霞袂稳，那顾缕金衣。自与长生分姓谱，恰逢长老铸丹时。此意有谁知。

张　镃　　　　梦游仙·晴昼永

晴昼永，闲步小园中。羽帔云轻苍佩响，宝冠星莹绀纱笼。波秀浅蛾峰。　　琳洞窈，人静理丝桐。泛指余音摇桂影，过墙高韵入松风。月上翠楼东。

张　镃　　　　梦游仙·记梦

飞梦去，闲到玉京游。尘隔天高那得暑，月明云薄淡于秋。宫殿锁金虬。　　冰佩冷，风飏紫绡裘。五色光中瞻帝所，方知碧落胜炎洲。香雾湿帘钩。

张　镃　　　　梦游仙·归兴动

归兴动，骑鹤下青冥。几点山河浮色界，一簪风露拂寒星。银汉悄无声。　　鸾啸舞，仙乐送霓旌。摘得琪花飞散了，却将何物赠仙卿。衣上彩云轻。

梦横塘

调见宋刘一止《苕溪词》。双调，一百零五字，上片十一句、四仄韵，下片十句、四仄韵。此调只刘一止一词。

刘一止　　　　梦横塘·浪痕经雨

浪痕经雨，鬓影吹寒，晓来无限萧瑟。野色分桥，剪不断、溪山风物。船系朱藤，路迷烟寺，远鸥浮没。听疏钟断鼓，似近还遥，惊心事、伤羁客。　　新醅旋压鹅黄，拚清愁在眼，酒病萦骨。绣阁娇慵，争解说、短封传忆。念谁伴、涂妆绾结，嚼蕊吹花弄秋色。恨对南云,此时凄断,有何人知得。

梅子黄时雨

双调，九十四字，上片十句、五仄韵，下片十句、七仄韵。

张　矩　　　　梅子黄时雨·云宿江楼

云宿江楼，爱留人夜语，频断灯炷。奈倦情如醉，黑甜清午。谩道迎薰何曾是，簟纹成浪衣成雨。茶瓯注，新期竹院，残梦莲渚。　　应误，重帘凄伫。记并刀剪翠，秋扇留句。信那回轻道，而今归否。十二曲阑随意凭，楚天不放斜阳暮。沉吟处，池草暗喧蛙鼓。

张　炎　　　　梅子黄时雨·病后别罗江诸友

流水孤村，爱尘事顿消，来访深隐。向醉里谁扶，满身花影。鸥鹭相看如瘦，近来不是伤春病。嗟流景，竹外野桥，犹系烟艇。　　谁引，斜川归兴。便啼鹃纵少，无奈时听。待棹击空明，鱼波千顷。弹到琵琶留不住，最愁人是黄昏近。江风紧，一行柳阴吹暝。

梅　弄　影

调见《丘密集·咏梅词》，因结句为“巡池看弄影”，故名。双调，四十八字，上下片各五句、四仄韵。此调只有丘密一词。

丘　密　　　　**梅弄影·雨晴风定**

雨晴风定，一任春寒逞。要勒群芳未醒，不废梅花，晚来妆面靓。　　曲阑斜凭，水槛临清镜。翠竹萧骚相映，付与幽人，巡池看弄影。

梅花引

又名《将进酒》、《行路难》、《贫也乐》、《小梅花》，调见万俟咏词。有小令与长调之别。小令有五十七字数体，长调有一百一十四字数体。其五十七字，上片七句、五平韵、一叠韵，下片六句、两仄韵、两平韵、一叠韵为正体。其一百一十四字，上下片各十三句、五仄韵、六平韵为慢体。另，又即《江城梅花引》，周密词，三声叶韵，调名《梅花引》。详见《江城梅花引》条。

万俟咏　　　　**梅花引·冬怨**

晓风酸，晓霜干，一雁南飞人度关。客衣单，客衣单，千里断魂，空歌行路难。　　寒梅惊破前村雪，寒鸡啼破西楼月。酒肠宽，酒肠宽，家在日边，不堪频倚阑。

向子諲　　　　**梅花引·戏代李师明作**

花如颊，梅如叶，小时笑弄阶前月。最盈盈，最惺惺，闲愁未识、无计定深情。十年空省春风面，花落花开不相见。要相逢，得相逢，须信灵犀，中自有心通。　　同杯勺，同斟酌，千愁一醉都推却。花阴边，柳阴边，几回拟待、偷怜不成怜。伤春玉瘦慵梳掠，抛掷琵琶闲处著。莫猜疑，莫嫌迟，鸳鸯翡翠，终是一双飞。

刘均国　　　　**梅花引·千里月**

千里月，千山雪，梅花正落寒时节。一枝昂，一枝藏，清香冷艳、天赋与孤光。孤光似被珠帘隔，风度烟遮好颜色。粉垂垂，玉累累，先春挺秀，不管百花知。　　似霜结，与霜别，莫使幽人容易折。短墙边，矮窗前，横斜峭影，重叠斗婵娟。黄昏惯听楼头角，只恐听时零乱落。醉来看，醒来看，萦

绊丽人，潇洒倚阑干。

朱　雍　　　　梅花引·梅亭别

梅亭别，梅亭别，梅亭回首都如雪。粉融融，月濛濛，月上小车，归去小楼空。当时曾傅新妆薄，而今一任花零落。朝随风，暮随风，竹外孤根，犹与幽径通，　　长相忆，无消息，庾岭沉沉云暗碧。玉痕惊，对离情，无奈水遥天阔、隔琼城。年来素袂香不灭，此心无限凭谁说。夜绵绵，路漫漫，愁听枕前，吹彻笛声寒。

王　炎　　　　梅花引·裁征衣

裁征衣，寄征衣，万里征人音信稀。朝相思，暮相思，滴尽真珠，如今无泪垂。　　闺中幼妇红颜少，应是玉关人更老。几时归，几时归，开尽牡丹，看看到荼蘼。

赵汝茪　　梅花引·对花时节不曾忺

对花时节不曾忺，见花残，任花残。小约帘栊，一面受春寒。题破玉笺双喜鹊，香烬冷，绕银屏，浑是山。　　待眠，未眠，事万千。也问天，也恨天，髻儿半偏，绣裙儿、宽了还宽。自取红毡，重坐暖金船。惟有月知君去处，今夜月，照秦楼，第几间。

刘辰翁　　　　梅花引·寿槐城

酒熟未，梅开未，去年迟待重来醉。笑当筵，舞当筵，惟有今年，八十是开年。　　参差野袂成归鹤，石鼎未开容剥啄。岁开尊，岁添孙，孙又开尊，福曜萃高门。

周　密　　梅花引·次韵篔房赋落梅

瑶妃鸾影逗仙云，玉成痕，麝成尘。露冷鲛房，清泪霰珠零。步绕罗浮归路远，楚江晚，赋宫斜，招断魂。　　酒醒，梦醒，惹新恨，褪素妆，愁涴粉。翠禽夜冷，舞香恼、何逊多情。委佩残钿，空想坠楼人。欲挽湘裙无处觅，倩谁为，寄江南，万里春。

蒋　捷　　　　梅花引·荆溪阻雪

白鸥问我泊孤舟，是身留，是心留。心若留时、何事锁眉

头。风拍小帘灯晕舞，对闲影、冷清清，忆旧游。　旧游旧游今在不，花外楼，柳下舟。梦也梦也，梦不到、寒水空流。漠漠黄云、湿透木绵裘。都道无人愁似我，今夜雪，有梅花，似我愁。

无名氏　　梅花引·园林静

园林静，萧索景，寒梅漏泄东君信。探春回，探春回，四时却被，伊家苦相催。江村畔，开烂熳，看看又近年光晚。绽芬芳，喷清香，寿阳宫里，爱学靓梳妆。　夭桃红杏夸颜色，争似情怀雪中拆。冒严寒，冒严寒，游蜂戏蝶，莫作等闲看。故人别后知何处，春色岭头逢驿使。赠新诗，折高枝，楼上一声，羌管不须吹。

无名氏　　梅花引·清阴陌

清阴陌，狂踪迹，朱门团扇香迎客。牡丹风，数苞红，水香扑蕊，新妆谁为容。　蜡灯春酒风光夕，锦浪龙须花六尺。月波寒，玉琅玕，无情又是，华星送宝鞍。

梅 花 曲

宋大曲名。调见《梅苑》卷三宋刘几词，因其词以王安石咏梅花的三首诗度曲，故以“梅花曲”为调名。双调有九十二字、九十六字、一百字三体。其九十六字，上片十二句、三平韵，下片九句、四平韵。

刘　几　　梅花曲·以介父三诗度曲之一

汉宫中侍女，娇额半涂黄。盈盈粉色凌时，寒玉体、先透薄妆。好借月魂来，娉婷画烛旁。惟恐随、阳春好梦去，所思飞扬。　宜向风亭把盏，酬孤艳，醉永夕何妨。雪径蕊、真凝密，降回舆、认暗香。不为藉我作和羹，肯放结子花狂。向上林，留此占年芳。

刘　几　　梅花曲·以介父三诗度曲之二

结子非贪，有香不俗，宜当鼎鼐尝。偶先红紫，度韶华、玉笛占年芳。众花杂色满上林，未能教、腊雪埋藏。却怕春风

漏泄，一一尽天香。　　不须更御铅黄，知国色，禀自天真殊常。只裁云缕，奈芳滑、玉体想仙妆。少陵为尔东阁，美艳激诗肠。当已阴未雨春光，无心赋海棠。

刘　几　　梅花曲·以介父三诗度曲之三

浅浅池塘，深深庭院，复出短短垣墙。年年为尔，若九真巡会、宝惜流芳。向人自有，绵渺无言，深意深藏。倾国倾城，天教与、抵死芳香。　　袅须金色，轻危欲压，绰约冠中央。蒂团红蜡，兰肌粉艳巧能妆。婵娟一种风流，如雪如冰衣霓裳。永日依倚，春风笑野棠。

梅 香 慢

即《腊梅香》，调见《梅苑》卷三宋无名氏词。其词题咏梅花，首句为“高阁寒轻，映万朵芳梅，乱堆香雪”，取其意以为调名。双调，一百零一字，上片十一句、四仄韵，下片十一句、五仄韵。此调只无名氏一词。

无名氏　　梅香慢·高阁寒轻

高阁寒轻，映万朵芳梅，乱堆香雪。未待江南，早冠百花，先占一阳佳节。剪彩凝酥，无处学、天然奇绝。便寿阳妆，工夫费尽，艳姿终别。　　风里弄轻盈，掩珠英明莹，待腊飘烈。莫放芳菲歇，剩永宵欢赏，酒酣吟折。倒玉何妨，且听取、樽前新阕。怕笛声长，行云散尽，谩悲风月。

雪月交光

即《醉蓬莱》，宋刘一止词名《雪月交光》。详见《醉蓬莱》条。

刘一止　　雪月交光·正五云飞仗

正五云飞仗，缟练褰裳，乱空交舞。拂石归来，向玉阶微步。欲唤冰娥，暂凭风使，为扫氛驱雾。渐见停轮，人间未识，高空真侣。　　千里无尘，地连天迥，倦客西来，路迷江

树。故国烟深，想溪树何处。云鬓分行，翠眉萦曲，对夜寒尊俎。清影徘徊，端应坐有，风流能赋。

雪花飞

调见宋黄庭坚《山谷词》。双调，四十二字，四平韵。上、下片各四句。此调只黄庭坚一词。

黄庭坚　　　雪花飞·携手青云路稳

携手青云路稳，天声迤逦传呼。袍笏恩章乍赐，春满皇都。　　何处难忘酒，琼花照玉壶。归袅丝梢竞醉，雪舞郊衢。

雪明鳷鹊夜慢

又名《雪明鳷鹊夜》，宋万俟咏词名《雪明鳷鹊夜慢》。双调，九十四字，十仄韵。上、下片各八句。

万俟咏　　　雪明鳷鹊夜慢·望五云多处

望五云多处，春深开阆苑，别就蓬岛。正梅雪韵清，桂月光皎。凤帐龙帘萦嫩风，御座深、翠金间绕。半天中、香泛千花，灯挂百宝。　　圣时观风重腊，有箫鼓沸空，锦绣匝道。竞呼卢、气贯调欢笑。暗里金钱掷下，来侍燕、歌太平睿藻。愿年年此际，迎春不老。

雪夜渔舟

调见宋张继先《虚靖真君词》。双调，百字，十二仄韵。上、下片各十一句。

张继先　　　雪夜渔舟·晚风歇

晚风歇，谩自棹扁舟，顺流观雪。山耸瑶峰，林森玉树，高下尽无分别。性情澄彻，更没个、故人堪说。恍然身世，如居天上，水晶宫阙。　　万尘声影绝，透尘空无外，水天相

接。浩气冲盈，真宫深厚，永夜不愁寒冽。愧怜鄙劣，只解道、赴炎趋热。停桡失笑，知心都付，野梅江月。

雪狮儿

又名《狮儿词》，调见程垓《书舟集》。双调，有八十九字、九十二字数体。其八十九字，上片九句、五仄韵，下片八句、七仄韵为正体；其九十二字，上片九句、五仄韵，下片八句、七仄韵为变体。

程　垓　　　雪狮儿·断云低晚

断云低晚，轻烟带暝，风惊罗幕。数点梅花，香倚雪窗摇落。红炉对谑，正酒面、琼酥初削。云屏暖，不知门外，月寒风恶。　　迤逦慵云半掠，笑盈盈、闲弄宝筝弦索。暖极生春，已向横波先觉。花娇柳弱，渐倚醉、要人搂著。低告托，早把被香熏却。

仇　远　　　雪狮儿·梅

武林春早，乘兴试问，孤山枝南枝北。见说椒红，初破芳苞犹绿。罗浮梦熟，记曾有、幽禽同宿。依稀似、缟衣楚楚，佳人空谷。　　娇小春意未足，甚娇羞，怕入玉堂金屋。误学宫妆，粉额蜂黄轻扑。江空岁晚，最难是、旧交松竹。忒幽独，笛倚画楼西曲。

雪梅香

又名《雪梅春》，调见柳永《乐章集》。双调，有九十四字，上片九句、四平韵，下片十一句、五平韵为正体；亦有九十四字，上片九句、四平韵，下片十句、四平韵为变体。

柳　永　　　雪梅香·景萧索

景萧索，危楼独立面晴空。动悲秋情绪，当时宋玉应同。渔市孤烟袅寒碧，水村残叶舞愁红。楚天阔，浪浸斜阳，千里溶溶。　　临风，想佳丽，别后愁颜，镇敛眉峰。可惜当年，

顿乖雨迹云踪。雅态妍姿正欢洽，落花流水忽西东。无憀恨、相思意，尽分付征鸿。

无名氏　　　雪梅香·岁将暮

岁将暮，云帆风卷正凄凉。见梅花呈瑞，素英澹薄含芳。千片逞姿向江国，一枝无力倚邻墙。凝眸望，昨夜前村，雅态难忘。　争妍斗鲜洁，皓彩寒辉，冷艳清香。姑射真人，更兼粉傅容光。梁苑奇才动佳句，汉宫娇态学严妆。无憀恨，独对光辉，别岸垂杨。

无名氏　　　雪梅香·冻云深

冻云深，六出瑶花满长空。渐飘来呈瑞，皑皑万里皆同。荒野枯冰竦欲折，小亭寒梅吐轻红。香清□，疏影横斜，照水溶溶。　临风，传芳信，驿使来自，庾岭南峰。占早争先，总无粉蝶游蜂。妆点鲜妍汉宫里，羌笛呜咽画楼东。赏南枝，倚阑凝望，时见征鸿。

戚　氏

又名《西施》、《梦游仙》，调见柳永《乐章集》。二百一十二字，分三片。上片九平韵，一叶仄韵；中片六平韵，三叶仄韵；下片六平韵，三叶仄韵。

柳　永　　　戚氏·晚秋天

晚秋天，一霎微雨洒庭轩。槛菊萧疏，井梧零乱惹残烟。凄然，望江关，飞云黯淡夕阳间。当时宋玉悲感，向此临水与登山。远道迢递，行人凄楚，倦听陇水潺湲。正蝉吟败叶，蛩响衰草，相应喧喧。　孤馆度日如年，风露渐变，悄悄至更阑。长天净，绛河清浅，皓月婵娟。思绵绵，夜永对景，那堪屈指，暗想从前。未名未禄，绮陌红楼，往往经岁迁延。

帝里风光好，当年少日，暮宴朝欢。况有狂朋怪侣，遇当歌、对酒竞留连。别来迅景如梭，旧游似梦，烟水程何限。念利名、憔悴长萦绊，追往事、空惨愁颜。漏箭移、稍觉轻寒，渐呜咽、画角数声残。对闲窗畔，停灯向晓，抱影无眠。

苏　轼　　　　戚氏·玉龟山

此词始终指意，言周穆王宾于西王母事

玉龟山，东皇灵媲统群仙。绛阙岧峣，翠房深迥，倚霏烟。幽闲，志萧然，金城千里锁婵娟。当时穆满巡狩，翠华曾到海西边。风露明霁，鲸波极目，势浮舆盖方圆。正迢迢丽日，玄圃清寂，琼草芊绵。　争解绣勒香鞯，鸾辂驻跸，八马戏芝田。瑶池近、画楼隐隐，翠鸟翩翩。肆华筵，间作脆管鸣弦，宛若帝所钧天。稚颜皓齿，绿发方瞳，圆极恬淡高妍。

尽倒琼壶酒，献金鼎药，固大椿年。缥缈飞琼妙舞，命双成、奏曲醉留连。云璈韵响泻寒泉，浩歌畅饮，斜月低河汉。渐渐绮霞、天际红深浅。动归思、回首尘寰，烂漫游、玉辇东还。杏花风、数里响鸣鞭。望长安路，依稀柳色，翠点春妍。

戛金钗

即《握金钗》，《梅苑》宋无名氏词调名《戛金钗》。详见《握金钗》条。

无名氏　　　戛金钗·梅蕊破初寒

梅蕊破初寒，春来何太早。轻傅粉、向人先笑。比并年时较些少，愁底事，十分清瘦了。　影静野塘空，香寒霜月晓。风韵减、酒醒花老。可杀多情要人道，疏竹外、一枝斜更好。

掩萧斋

此调本名《减字浣溪沙》，因贺铸词有“碧梧红药掩萧斋”句，故更名《掩萧斋》。详见《减字浣溪沙》条。

贺　铸　　　掩萧斋·落日逢迎朱雀街

落日逢迎朱雀街，共乘青舫度秦淮，笑拈飞絮罥金钗。洞户华灯归别馆，碧梧红药掩萧斋，愿随明月入君怀。

探芳讯

即《探芳信》，详见《探芳信》条。

李彭老　　探芳讯·湖上春游，继草窗韵

对芳昼，甚怕冷添衣，伤春疏酒。正绯桃如火，相看自依旧。闲帘深掩梨花雨，谁问东阳瘦。几多时，涨绿莺枝，堕红鸳甃。　　堤上宝鞍骤，记草色薰晴，波光摇岫。苏小门前，题字尚存否。繁华短梦随流水，空有诗千首。更休言，张绪风流似柳。

周　密　　探芳讯·西泠春感

步晴昼，向水院维舟，津亭唤酒。叹刘郎重到，依依谩怀旧。东风空结丁香怨，花与人俱瘦。甚凄凉，暗草沿池，冷苔侵甃。　　桥外晚风骤，正香雪随波，浅烟迷岫。废苑尘梁，如今燕来否。翠云零落空堤冷，往事休回首。最消魂，一片斜阳恋柳。

探芳信

又名《玉人歌》、《西湖春》、《春游》、《探芳讯》，调见史达祖《梅溪词》。双调，有八十九字、九十字等数体。其九十字，上片九句、五仄韵，下片八句、五仄韵为正体；其八十九字，上片九句、五仄韵，下片八句、五仄韵为变体。

史达祖　　探芳信·谢池晓

谢池晓，被酒殢春眠，诗萦芳草。正一阶梅粉，都未有人扫。细禽啼处东风软，嫩约关心早。未收灯，怕有残寒，故园稀到。　　说道试妆了，也为我相思，占它怀抱。静数窗棂，最忺听鹊声好。半年白玉台边话，屡见银钩小。指芳期，夜月花阴梦老。

吴文英　　探芳信·夜寒重

与李方庵联舟入杭，时方庵至嘉兴，索旧燕同载。是夕，雪大作，林麓洲渚皆琼瑶。方庵驰小序求词，且约访蔡公甫

夜寒重，见羽葆将迎，飞琼入梦。整素妆归处，中宵按瑶凤。舞春歌夜棠梨岸，月冷和云冻。画船中、太白仙人，锦袍初拥。　　应过语溪否，试笑挹中郎，还叩清弄。粉黛湖山，欠携酒、共飞鞚。洗杯时换铜觚水，待作梅花供。问何时、带雨锄烟自种。

吴文英　　探芳信·暖风定

丙申岁，吴灯市盛常年。余借宅幽坊，一时名胜遇合，置杯酒，接殷勤之欢，甚盛事也。分镜字韵

暖风定，正卖花吟春，去年曾听。旋自洗幽兰，银瓶钓金井。斗窗香暖悭留客，街鼓还催暝。调雏莺、试遣深杯，唤将愁醒。　　灯市又重整，待醉勒游缰，缓穿斜径。暗忆芳盟，绡帕泪犹凝。吴宫十里吹笙路，桃李都羞靓。绣帘人、怕惹飞梅翳镜。

吴文英　　探芳信·为春瘦

为春瘦，更瘦如梅花，花应知否。任枕函云坠，离怀半中酒。雨声楼阁春寒里，寂寞收灯后。甚年年、斗草心期，探花时候。　　娇懒强拈绣，暗背里相思，闲供晴昼。玉合罗囊，兰膏渍红豆。舞衣叠损金泥凤，妒折阑干柳。几多愁、两点天涯远岫。

吴文英　　探芳信·转芳径

麓翁小园早饮，客供棋事琴事

转芳径，见雾卷晴漪，鱼弄游影。旋解缨濯翠，临流抚菱镜。半林竹色花香处，意足多新咏。试衣单、雁欲来时，旧寒才定。　　门巷对深静，但酒敌春浓，棋消日永。旧曲猗兰，待留向、月中听。藻池不通宫沟水，任泛流红冷。小阑干、笑拍东风醉醒。

吴文英　　探芳信·贺麓翁秘阁满月

探春到，见彩花钗头，玉燕来早。正紫龙眠重，明月弄清

晓。夜尘不浸银河水，金盎供新澡。镇帷犀、护紧东风，秀藏芝草。　　星斗粲怀抱，问雾暖蓝田，玉长多少。禁苑传香，柳边语、听莺报。片云飞趁春潮去，红软长安道。试回头、一点蓬莱翠小。

仇　远　　探芳信·和草窗西湖春感词

坐清昼，记步幄行春，短亭呼酒。怅湔裙香远，波痕尚依旧。赤阑桥下桃花观，寒勒花枝瘦。转回廊、古瓦生松，暗泉鸣甃。　　山雨夜来骤，便绿涨平堤，云横远岫。细认沙头，还见有落红否。杨花自趁东风去，空白鸳鸯首。劝游人、莫把骄骢系柳。

蒋　捷　　探芳信·菊

翠吟悄，似有人黄裳，孤伫埃表。渐老侵芳岁，识君恨不早。料应陶令吟魂在，凝此秋香妙。傲霜姿，尚想前身，倚窗余傲。　　回首醉年少，控骏马蓉边，红鞞茸帽。淡泊东篱，有谁肯、梦飞到。正襟三诵悠然句，聊遣花微笑。酒休赊，醒眼看花正好。

张　炎　　探芳信·西湖春感寄草窗

坐清昼，正冶思萦花，余醒倦酒。甚采芳人老，芳心尚如旧。消魂忍说铜驼事，不是因春瘦。向西园，竹扫颓垣，蔓萝荒甃。　　风雨夜来骤，叹歌冷莺帘，恨凝蛾岫。愁到今年，多似去年否。旧情懒听山阳笛，目极空搔首。我何堪，老却江潭汉柳。

探芳新

双调，九十二字。上片十句、四仄韵，下片十句、五仄韵。与《探芳信》有所不同。

吴文英　　探芳新·吴中元日承天寺游人

九街头，正软尘润酥，雪销残溜。禊赏祇园，花艳云阴笼昼。层梯峭空麝散，拥凌波、萦翠袖。叹年端、连环转，烂漫游人如绣。　　肠断回廊伫久，便写意溅波，传愁蹙岫。渐没

飘鸿，空惹闲情春瘦。椒杯香干醉醒，怕西窗、人散后。暮寒深，迟回处、自攀庭柳。

探　　春

即《探春慢》，详见《探春慢》条。

田　为　　　　探春·小雨分山

小雨分山，断云镂日，丹青难状清晓。柳眼窥晴，梅妆迎暖，林外幽禽啼早。烟径润如酥，正浓淡遥看堤草。望中新景无穷，最是一年春好。　　骄马黄金络脑，争探得东君，何处先到。万盏飞觞，千金倚玉，不肯轻辜年少。桃李怯残寒，半吐芳心犹小。谩教蜂蝶多情，未应知道。

陈允平　　　　探春·苏堤春晓

上苑乌啼，中洲鹭起，疏钟才度云窈。篆冷香篝，灯微尘幌，残梦犹吟芳草。搔首卷帘看，认何处、六桥烟柳。翠桡才舣西泠，趁取过湖人少。　　掠水风花缭绕，还暗忆年时，旗亭歌酒。隐约春声，钿车宝勒，次第凤城开了。惟有踏青心，纵早起、不嫌寒峭。画阑闲立东风，旧红谁扫。

探　春　令

又名《探花令》、《景龙灯》。此调因宋人俱咏初春风景，或咏梅花，故名为《探春令》。双调数体。其五十一字，上片五句、三仄韵，下片四句、三仄韵为正体。亦有五十二字，上片五句、三仄韵，下片四句、四仄韵；五十三字，上片六句、两仄韵，下片五句、三仄韵等变体。

赵　佶　　　　探春令·帘旌微动

帘旌微动，峭寒天气，龙池冰泮。杏花笑吐香犹浅，又还是、春将半。　　清歌妙舞从头按，等芳时开宴。记去年、对著东风，曾许不负莺花愿。

杨无咎　　　　探春令·梅英粉淡

梅英粉淡，柳梢金软，兰芽依旧。见万家、灯火明如昼，正人月、圆时候。　　挨香傍玉偷携手，尽轻衫寒透。听一声、画角催残漏，惜归去、频回首。

杨无咎　　　　探春令·雪梅风柳

雪梅风柳，弄金匀粉，峭寒犹浅。又还近、三五银蟾满。渐玉漏、声初短。　　尊前重约年时伴，拣灯词先按。便直饶、心似蛾儿撩乱，也有春风管。

杨无咎　　　　探春令·搦儿身分

搦儿身分，测儿鞋子、捻儿年纪。著一套、时样不肯红，甚打扮、诸余济。　　回头一笑千娇媚，知儿多深意。奈月华、灯影交相照，诮没个、商量地。

杨无咎　　　　探春令·刘伯玉生辰

东风初到，小梅枝上，又惊春近。料天台不比，人间日月，桃萼红英晕。　　刘郎浪迹凭谁问，莫因诗瘦损。怕桑田变海，仙源重返，老大无人认。

沈端节　　　　探春令·旧家元夜

旧家元夜，追随风月，连宵欢宴。被那懑、引得滴流地，一似蛾儿转。　　而今百事心情懒，灯下几曾忺看。算静中、唯有窗间梅影，合是幽人伴。

赵长卿　　　　探春令·元夕

去年元夜，正钱塘，看天街灯烛。闹蛾儿转处，熙熙语笑，百万红妆女。　　今年肯把轻辜负，列荧煌千炬。趁闲身未老，良辰美景，款醉新歌舞。

赵长卿　　　　探春令·早春

笙歌间错华筵启，喜新春新岁。菜传纤手青丝细，和气入、东风里。　　幡儿胜儿都姑媂，戴得更忔戏。愿新春已后，吉吉利利，百事都如意。

赵长卿　　　探春令·寻春

新元才过，渐融和气，先到帘帏。谩闲绕、柳径花蹊里，探看试、春来未。　　年时曾把春抛弃，与春光陪泪。待今春、日日花前沉醉，款细偎红翠。

赵长卿　　　探春令·立春

数声回雁，几番疏雨，东风回暖。甚今年、立得春来晚，过人日、方相见。　　缕金幡胜教先办，著工夫裁剪。到那时睹当，须教滴惜，称得梅妆面。

赵长卿　　　探春令·赏梅十首之一

冰檐垂箸，雪花飞絮，时方严肃。向寻常摇曳，凡花野草，怎生敢夸红绿。　　江梅孤洁无拘束，只温然如玉。自一般天赋，风流清秀，总不同粗俗。

赵长卿　　　探春令·赏梅十首之二

而今风韵，旧时标致，总皆奇绝。再相逢还是，春前腊后，粉面凝香雪。　　芳心自与群花别，尽孤高清洁。那情怀最是，与人好处，冷淡黄昏月。

赵长卿　　　探春令·赏梅十首之三

凋墙风定，绮窗烛灺，沉吟独坐。料雪霜深处，司花神女，暗里焚百和。　　恼人一阵香初，把清愁薰破。更那堪得，冰姿玉貌，痛与惜则个。

赵长卿　　　探春令·赏梅十首之四

龟纱隔雾，绣帘钩月，那时曾见。照影儿、觑了千回百转，素艳明于练。　　柔肠堆满相思愿，更重看几遍。是天然不用，施朱桄翠，羞损桃花面。

赵长卿　　　探春令·赏梅十首之五

疏篱横出，绿枝斜露，笑盈盈地。悄一似、初睹东邻女，有无限、风流意。　　半开折得琼瑰蕊，惹新香沾袂。放曲屏珠幌，胆瓶儿里，伴我醺醺睡。

赵长卿　　探春令·赏梅十首之六

冰澌池面，柳摇金线，春光无限。问梅花底事，收香藏蕊，到此方舒展。　　百花头上俱休管，且惊开俗眼。看绿阴结子，成功调鼎，有甚迟和晚。

赵长卿　　探春令·赏梅十首之七

溪桥山路，竹篱茅舍，凄凉风雨。被摧残沮挫，精神依旧，无奈相思苦。　　东君故与收拾取，忍教他尘土。向绿窗绣户，朱栏小槛，做个名花主。

赵长卿　　探春令·赏梅十首之八

雨孱风瘦，雪欺霜妒，时光牢落。怎奈向、天与孤高出众，一任傍人恶。　　凡花且莫相嘲谑，尽强伊寂寞。便饶他、百计千方做就，酝藉如何学。

赵长卿　　探春令·赏梅十首之九

楼头月满，栏干风度，有人肠断。为多情、役得神魂撩乱，又被梅萦绊。　　对花沉醉应须拚，且尊前相伴。恨无端玉笛，穿帘透幕，好梦还惊散。

赵长卿　　探春令·赏梅十首之十

清江平淡，暗香潇洒，满林风露。渐枝上、也学杨花柳絮，轻逐春归去。　　东君著意勤遮护，总留他不住。幸西园别有，能言花貌，委曲关心愫。

韩　淲　　探春令·景龙灯

暗尘明月小桃枝，旧家时情味。问而今，风转蛾儿底，有谁把、春衫试。　　景龙灯火升平世，动长安歌吹。这山城、不道人能记，甚村酒、偏教醉。

蒋　捷　　探春令·玉窗蝇字记春寒

玉窗蝇字记春寒，满茸丝红处。画翠鸳、双展金蜩翅，未抵我、愁红腻。　　芳心一点天涯去，絮濛濛遮住。旧对花、弹阮纤琼指，为粉靥、空弹泪。

无名氏　　探春令·绿杨枝上晓莺啼

绿杨枝上晓莺啼，报融和天气。被数声、吹入纱窗里，又惊起娇娥睡。　　绿云斜亸金钗坠，惹芳心如醉。为少年湿了，鲛绡帕上，都是相思泪。

探春慢

又名《探春》，双调数体。其九十三字，上、下片各十句，上片四仄韵，下片五仄韵；其一百零三字，上片四仄韵，下片五仄韵。

赵以夫　　探春慢·立春

南国收寒，东郊放暖，条风初回台榭。小燕横钗，闹蛾低鬟，根底吴娃妖冶。纤手传生菜，向人道、新春来也。莫须沉醉樽前，这些风景无价。　　长记年年此日，迎著个牛儿，彩鞭羞打。飐飐金幡，星星华发，得似家山闲暇。都把心期事，待问讯、柳边花下。箫鼓声中，温存小楼深夜。

赵以夫　　探春慢·四明除夜

屑璐飘寒，镂金献巧，妆成水晶亭榭。飞絮悠扬，散花零乱，绝胜翠娇红冶。粉艳嘻嘻道，尽飞上、使君须也。多情莫笑衰翁，旧时梁苑声价。　　窗外小梅羞涩，倩羯鼓尊前，慢敲轻打。鲸海停波，鹤谯宾月，赢得残年清暇。心事知谁会，但梦绕、越王城下。白玉青丝，且同醉吟春夜。

赵以夫　　探春慢·四明次黄玉泉

宝胜宾春，华灯照夜，穷冬浑然如客。炉焰麟红，杯深翡翠，早减三分寒力。一笑团栾处，恰喜得、雪消风息。苔枝数蕊明珠，恍疑香麝初拆。　　懊恨东君无准，甚朝做重阴，暮还晴色。唤燕呼莺，雕花镂叶，机巧可曾休得。静里无穷意，漫看尽、纷纷红白。且听新腔，红牙玉纤低拍。

姜　夔　　探春慢·衰草愁烟

予自孩幼从先人宦于古沔，女须因嫁焉。中去复来，几二十年。岂惟姊弟之爱，沔之父老儿女子，亦莫不予爱也。丙午

冬，千岩老人约予过苕雪，岁晚乘涛载雪而下。顾念依依，殆不能去。作此曲别郑次皋、辛克清、姚刚中诸君

衰草愁烟，乱鸦送日，风沙回旋平野。拂雪金鞭，欺寒茸帽，还记章台走马。谁念漂零久，漫赢得、幽怀难写。故人清沔相逢，小窗闲共情话。　　长恨离多会少，重访问竹西，珠泪盈把。雁碛波平，渔汀人散，老去不堪游冶。无奈苕溪月，又照我、扁舟东下。甚日归来，梅花零乱春夜。

吴文英　　探春慢·龟翁下世后登研意

径苔深，念断无故人，轻敲幽户。细草春回，目送流光一羽。重云冷，哀雁断，翠微空，愁蝶舞。荡鸣澌，游蓬小，梦枕残云惊寤。　　还识西湖醉路，向柳下并鞍，银袍吹絮。事影难追，那负灯床闻雨。冰溪凭谁照影，有明月、乘兴去。暗相思，梅孤瘦、共江亭暮。

周　密　　探春慢·修门度岁，和友人韵

彩胜宜春，翠盘消夜，客里暗惊时候。剪燕心情，呼卢笑语，景物总成怀旧。愁鬓妒垂杨，怪稚眼、渐浓如豆。尽教宽尽春衫，毕竟为谁消瘦。　　梅浪半空如绣，便管领芳菲，忍孤诗酒。映烛占花，临窗卜镜，还念嫩寒宫袖。箫鼓动春城，竞点缀、玉梅金柳。斯句元宵，灯前共谁携手。

张　炎　　　探春慢·雪霁

银浦流云，绿房迎晓，一抹墙腰月淡。暖玉生烟，悬冰解冻，碎滴瑶阶如霰。才放些晴意，早瘦了、梅花一半。也知不做花看，东风何事吹散。　　摇落似成秋苑，甚酿得春来，怕教春见。野渡舟回，前村门掩，应是不胜清怨。次第寻芳去，灞桥外、蕙香波暖。犹妒檐声，看灯人在深院。

张　炎　　　探春慢·列屋烘炉

己亥客阖闾，岁晚江空，暖雨夺雪，篝灯顾影，依依可怜。作此曲，寄戚五云。书之，几脱腕也

列屋烘炉，深门响竹，催残客里时序。投老情怀，薄游滋味，消得几多凄楚。听雁听风雨，更听过、数声柔橹。暗将一点归心，试托醉乡分付。　　借问西楼在否，休忘了盈盈，端正窥户。铁马春冰，柳蛾晴雪，次第满城箫鼓。闲见谁家月，浑不记、旧游何处。伴我微吟，恰有梅花一树。

野庵曲

宋大曲名，调见沈瀛《竹斋词》。此调近于民间俗曲，无定格。

沈　瀛　野庵曲·（套曲）野叟最昏迷

野叟最昏迷，叹世间、光阴奔走如驰。逢这闲时，忽寻忖、一生里事都非。从头到尾，都改了、重立根基。枕上披衣，浑无寐，时时摩挲行气。
才睡起，避户扉。爇一炷清香，烟气霏霏。膜拜更归依，冥心坐、看经念佛行持。消除秽恶，光洒洒、禅律威仪。佛力慈悲，愿今世，永没冤债相随。

食将惭愧，才饭了、一枕茶香美。迟迟日长，觅伴相对围棋。安排势子，相望相窥，闭心机，输赢成败，却似人居世。跳脱去、唤方帽杖藜。为伴侣、小桥那面一庵儿。登高望远输情思，叹物荣物枯，节换时移。

春到园中，见寒梅同春雪乱飞。冷艳冰肌，须臾李杏开遍，一日芳菲。和风骀荡，两岸细柳捻金丝。清明时候，景物尤韶媚。

春事退，叹万红狼藉飞满堤。水平池，风到卷涟漪。荷花一望如霞绮。对好些景物，敌去炎威。

秋景凄凄，长空明月正扬辉。蒹葭岸、浮云侧畔坐钓矶。正桂花香喷鼻，黄花满眼，风劲霜坠。做寒来天气，秋光老、草木一齐似洗。独修篁径，青松路，残岁方知。

日将斜，园里缓行归，听流水。明窗净几，调数徽，到妙处、古曲幽闲韵渐稀，徐徐弹了融心意。忽然惊起，外时闻车履，故人来相对。

瓮浮蚁，草草杯盘灯正辉。漏声迟。浮斝飞觞，言渐嘻嘻。轩渠一笑，高歌野庵新唱、劝些儿。人听村歌，一霎时、好娱戏。休笑颠狂，也是大奇。能赶气闷忧悲，自然沉醉。

客都去后，睡齁齁地。一枕华胥惊又起，晓鸡啼，重起着衣。心火烧脐，龙行虎驰，依前啰啰哩哩。

从头到尾今如此，若唱此曲没休时，保取长年到期颐。

眼儿媚

又名《小阑干》、《东风寒》、《秋波媚》。双调数体。有四十八字，上片五句、三平韵，下片五句、两平韵；亦有四十八字，上下片各五句、三平韵。

韩　琦　　　　眼儿媚·夏闺

石榴花发尚伤春，草色对斜曛。芙蓉面瘦，蕙兰心病，柳叶眉颦。　　如年长昼虽难过，入夜更销魂。半窗淡月，三声鸣鼓，一个愁人。

李德载　　眼儿媚·雪儿魂在水云乡

雪儿魂在水云乡，犹忆学梅妆。玻璃枝上，体薰山麝，色带飞霜。　　水边竹外愁多少，不断俗人肠。如何伴我，黄昏携手，步月斜廊。

王　赏　　眼儿媚·凌寒低亚出墙枝

凌寒低亚出墙枝，孤瘦雪霜姿。岁华已晚，暗香幽艳，自与时违。　　化工放出江头路，沙水冷相宜。东风自此，别开红紫，是处芳菲。

阮　阅　　眼儿媚·楼上黄昏杏花寒

楼上黄昏杏花寒，斜月小栏干。一支燕子，两行征雁，画角声残。　　绮窗人在东风里，洒泪对春闲。也应似旧，盈盈秋水，淡淡春山。

刘一止　　眼儿媚·度岁经年两看承

度岁经年两看承，谁信有轻分。从前稳过，如今方悔，不会温存。　　眼前无限经行地，何处不销魂。多应为你，不看风月，睡过黄昏。

朱敦儒　　　眼儿媚·席上瑞香

青锦成帷瑞香浓，雅称小帘栊。主人好事，金杯留客，共倚春风。　　不知因甚来尘世，香似旧曾逢。江梅退步，幽兰偷眼，回避芳丛。

朱敦儒　眼儿媚·叠翠阑红斗纤浓

叠翠阑红斗纤浓，云雨绮为栊。只忧谢了，偏须著意，障雨遮风。　瑞云香雾虽难觅，蓦地有时逢。不妨守定，从他人笑，老入花丛。

朱敦儒　眼儿媚·紫帔红襟艳争浓

紫帔红襟艳争浓，光彩烁疏栊。香为小字，瑞为高姓，道骨仙风。　此花合向瑶池种，可惜未遭逢。阿环见了，羞回眼尾，愁聚眉丛。

赵　佶　眼儿媚·玉京曾忆昔繁华

玉京曾忆昔繁华，万里帝王家。琼林玉殿，朝喧弦管，暮列笙琶。　花城人去今萧索，春梦绕胡沙。家山何处，忍听羌笛，吹彻梅花。

宋齐愈　眼儿媚·霏霏疏影转征鸿

霏霏疏影转征鸿，人语暗香中。小桥斜渡，西亭深院，水月朦胧。　人间不是藏春处，玉笛晓霜空。江南树树，黄垂密雨，绿涨薰风。

张元幹　眼儿媚·萧萧疏雨滴梧桐

萧萧疏雨滴梧桐，人在绮窗中。离愁遍绕，天涯不尽，却在眉峰。　娇波暗落相思泪，流破脸边红。可怜瘦似，一枝春柳，不奈东风。

吕渭老　眼儿媚·晓钗催鬓语南风

晓钗催鬓语南风，碧涧小桥通。榆阴短短，露光炯炯，满地花红。　天涯不见归帆影，蜂蝶尽西东。宿酲渐解，残妆犹在，晓日帘栊。

吕渭老　眼儿媚·循槛琅玕粉沾衣

循槛琅玕粉沾衣，一片子规啼。蓬壶梦短，蜀衾香远，愁损腰肢。　石城堂上双双燕，应傍莫愁飞。春江艇子，雪中梅下，知与谁期。

杨无咎　　眼儿媚·柳腰花貌天然好

柳腰花貌天然好，聪慧更温柔。千娇百媚，一时半霎，不离心头。　　是人总道新来瘦，也著甚来由。假饶薄命，因何瘦了，划地风流。

赵　桓　　眼儿媚·宸传三百旧京华

宸传三百旧京华，仁孝自名家。一旦奸邪，倾天拆地，忍听琵琶。　　如今在外多萧索，迤逦近胡沙。家邦万里，伶仃父子，向晓霜花。

仲　并　　眼儿媚·铃阁寻盟未肯寒

同孙尚书赴孟信安平江郡宴席上

铃阁寻盟未肯寒，鹢首驻江干。云烟翰墨，风流尊俎，不放更残。　　金声掷地西清老，天未许终闲。知音素赏，当筵一曲，流水高山。

曾　觌　　眼儿媚·闺思

花近清明晚风寒，锦幄兽香残。醺醺醉里，匆匆相见，重听哀弹。　　春情入指莺声碎，危柱不胜弦。十分得意，一场轻梦，淡月阑干。

曾　觌　　眼儿媚·重劝离觞泪相看

重劝离觞泪相看，寂寞上征鞍。临行欲话，风流心事，万绪千端。　　春光漫漫人千里，归梦绕长安。不堪向晚，孤城吹角，回首关山。

黄公度　　眼儿媚·和傅参议韵

梅词二首，此调为其一

一枝雪里冷光浮，空自许清流。如今憔悴，蛮烟瘴雨，谁肯寻搜。　　昔年曾共孤芳醉，争插玉钗头。天涯幸有，惜花人在，杯酒相酬。

毛幵　　眼儿媚·小溪微月淡无痕

小溪微月淡无痕，残雪拥孤村。攀条弄蕊，春愁相值，寂默无言。　　忍寒宜主何人见，应怯过黄昏。朝阳梦断，熏残沉水，谁为招魂。

洪适　　眼儿媚·瀛仙好客过当时

瀛仙好客过当时，锦幌出蛾眉。体轻飞燕，歌欺樊素，压尽芳菲。　　花前一盼嫣然媚，滟滟举金卮。断肠狂客，只愁径醉，银漏催归。

洪适　　眼儿媚·黄堂风转碧幢开

黄堂风转碧幢开，笙鹤九天来。三冬爱日，一方惠露，人在春台。　　持杯多赞松乔喜，低唱列金钗。明年此日，紫微垣里，光应中台。

朱淑真　　眼儿媚·迟迟春日弄轻柔

迟迟春日弄轻柔，花径暗香流。清明过了，不堪回首，云锁朱楼。　　午窗睡起莺声巧，何处唤春愁。绿杨影里，海棠亭畔，红杏梢头。

侯寘　　眼儿媚·效易安体

花信风高雨又收，风雨互迟留。无端燕子，怯寒归晚，闲损帘钩。　　弹棋打马心都懒，撺掇上春愁。推书就枕，凫烟淡淡，蝶梦悠悠。

赵彦端　　眼儿媚·建安作

侬家风物似山家，梅老鬓丝华。几回记得，攀翻琪树，醉帽欹斜。　　冷香不断春千里，归路本非赊。有人却道，使君犹健，看遍余花。

赵彦端　　眼儿媚·王漕赴介庵赏梅

黄昏小宴史君家，梅粉试春华。暗香素蕊，横枝疏影，月淡风斜。　　更饶红烛枝头挂，粉蜡斗香奢。元宵近也，小园先试，火树银花。

李流谦　　眼儿媚·中秋无月作

素娥作意失幽期，我自不凭伊。举杯重叹，帖云微笑，应道人痴。　如今老去无情绪，只有睡相宜。建溪一啜，木樨数蓊，酒醒归时。

范成大　　眼儿媚·酣酣日脚紫烟浮

萍乡道中乍晴，卧舆中，困甚，小憩柳塘

酣酣日脚紫烟浮，妍暖破轻裘。困人天色，醉人花气，午梦扶头。　春慵恰似春塘水，一片縠纹愁。溶溶泄泄，东风无力，欲皱还休。

王　质　　眼儿媚·送别

雨润梨花雪未干，犹自有春寒。不如且住，清明寒食，数日之间。　想君行尽嘉陵水，我已下江南。相看万里，时须片纸，各报平安。

某教授　　眼儿媚·鬓边一点似飞鸦

鬓边一点似飞鸦，莫把翠钿遮。三年两载，千搁百就，今日天涯。　杨花又逐东风去，随分落谁家。若还忘得，除非睡起，不照菱花。

张孝祥　　眼儿媚·晓来江上荻花秋

晓来江上荻花秋，做弄个离愁。半竿残日，两行珠泪，一叶扁舟。　须知此去应难遇，直待醉方休。如今眼底，明朝心上，后日眉头。

赵长卿　　眼儿媚·霜夜对月

一钩新月照西楼，清夜思悠悠。那堪更被，征鸿嘹唳，绊惹离愁。　倚栏不语情如醉，都总寄眉头。从前只为，惜他伶俐，举措风流。

赵长卿　　眼儿媚·人随社节去匆匆

东院适人乞词，醉中书于裙带三首

人随社节去匆匆，此恨几时穷。阳台寂寞，巫山凄惨，云雨成空。　芭蕉密处窗儿下，冷落旧香中。黄昏静也，蛩声

满院，明月清风。

赵长卿　　眼儿媚·槐阴密处啭黄鹂

槐阴密处啭黄鹂，午日正长时。一番过雨，绿荷池面，冷浸琉璃。　　红尘不到华堂里，纤楚对蛾眉。笑偎人道，新词觅个，美底腔儿。

赵长卿　　眼儿媚·当年策马过钱塘

当年策马过钱塘，曲径小平康。繁红酽白，娇莺咤燕，争唤何郎。　　而今又客东风里，浑不似寻常。只愁别后，月房云洞，啼损红妆。

赵长卿　　眼儿媚·连沧危观暮江前

连沧危观暮江前，几醉使君筵。少年俊气，曾将吟笔，买断江天。　　重来细把朋游数，回首一辛酸。兰成已老，文园多病，负此江山。

赵长卿　　眼儿媚·玉楼初见念奴娇

玉楼初见念奴娇，无处不妖娆。眼传密意，樽前烛外，怎不魂消。　　西风明月相逢夜，枕簟正凉宵。殢人记得，叮咛残漏，且慢明朝。

赵长卿　　眼儿媚·先来客路足伤悲

先来客路足伤悲，那更话别离。玉骢也解，知人欲去，骧首频嘶。　　马蹄动是三千里，后会莫相违。切须更把，丁香珍重，待我重期。

赵长卿　　眼儿媚·南枝消息杳然间

南枝消息杳然间，寂寞倚雕栏。紫腰艳艳，青腰袅袅，风月俱闲。　　佳人环佩玉斓珊，作恶探花还。玉纤捻粟，樱唇呵粉，愁点眉弯。

辛弃疾　　眼儿媚·妓

烟花丛里不宜他，绝似好人家。淡妆娇面，轻注朱唇，一朵梅花。　　相逢比著年时节，顾意又争些。来朝去也，莫因

别个，忘了人咱。

石孝友　　眼儿媚·何须著粉更施朱

何须著粉更施朱，元不在妆梳。寻常结束，珊珊环佩，短短裙襦。　　花羞柳妒空撩乱，冰雪做肌肤。而今便好，小名弄玉，小字琼奴。

石孝友　　眼儿媚·愁云淡淡雨潇潇

愁云淡淡雨潇潇，暮暮复朝朝。别来应是，眉峰翠减，腕玉香销。　　小轩独坐相思处，情绪好无聊。一丛萱草，几竿脩竹，数叶芭蕉。

陈　亮　　眼儿媚·春愁

试灯天气又春来，难说是情怀。寂寥聊似，扬州何逊，不为江梅。　　扶头酒醒炉香灺，心绪未全灰。愁人最是，黄昏前后，烟雨楼台。

张　镃　　眼儿媚·初秋

凄风吹露湿银床，凉月到西厢。蛩声未苦，桐阴先瘦，愁与更长。　　起来没个人偢采，枕上越思量。眼儿业重，假饶略睡，又且何妨。

张　镃　　眼儿媚·女贞木

山矾风味木樨魂，高树绿堆云。水光殿侧，月华楼畔，晴雪纷纷。　　何如且向南湖住，深映竹边门。月儿照著，风儿吹动，香了黄昏。

张　镃　　眼儿媚·水晶葡萄

玄霜凉夜铸瑶丹，飘落翠藤间。西风万颗，明珠巧缀，零露初漙。　　诗人那识风流品，马乳漫堆盘。玉纤旋摘，银罂分酿，莫负清欢。

韩　淲　　眼儿媚·东风拂槛露犹寒

东风拂槛露犹寒，花重湿阑干。淡云殢日，晨光微透，帘幕香残。　　阴晴不定瑶阶润，新恨觉心阑。凭高望断，绿杨

南陌，无限关山。

韩　淲　　　眼儿媚·社日

风回香雪到梨花，山影是谁家。小窗未晚，重檐初霁，玉倚蒹葭。　　社寒不管人如此，依旧在天涯。碧云暮合，芳心撩乱，醉眼横斜。

韩　淲　　　眼儿媚·下郭赵园

西溪回合小青苍，梅雨弄残阳。意行陇亩，景分庭院，乳燕春长。　　酒深不用人歌啸，锄圃试商量。细晞菜甲，旋寻蔬笋，一梦黄粱。

高似孙　　　眼儿媚·翠帘低护郁金堂

翠帘低护郁金堂，犹自未忺妆。梨花新月，杏花新雨，怎奈昏黄。　　春今不管人相忆，欲去又相将。只销相约，与春同去，须到君行。

黄　简　　　眼儿媚·画楼濒水翠梧阴

画楼濒水翠梧阴，清夜理瑶琴。打窗风雨，逼帘烟月，种种关心。　　当时不道春无价，幽梦费重寻。难忘最是，鲛绡晕满，蟫锦香沉。

史达祖　　　眼儿媚·寄赠

潘郎心老不成春，风味隔花尘。帘波浸笋，窗纱分柳，还过天津。　　近时无觅湘云处，不记是行人。楼高望远，应将秦镜，多照施颦。

史达祖　　　眼儿媚·代答

儿家七十二鸳鸯，珠佩锁瑶箱。期花等月，秦台吹玉，贾袖传香。　　十年白玉堂前见，直是翦柔肠。将愁去也，不成今世，终误王昌。

高观国　　　眼儿媚·轻云终被断云留

轻云终被断云留，不肯放春愁。翠楼旧倚，粉墙重见，歌酒风流。　　今朝毕竟吟情澹，芳意未全酬。东风向晚，莺花

有意，吹转船头。

魏了翁　　眼儿媚·瞻叔兄生日　五月三日

梦魂不踏正牙班，直作五云闲。简编真乐，埙篪雅韵，菽水清欢。　　都将瞥忽荣华事，春梦晓云看。只期他日，实愿受用，大耐高官。

魏了翁　眼儿媚·南叔兄生日用前韵　五月六日

不居上界列仙班，梅隐寄幽闲。玉堂云晓，玉珍雨夜，总是真欢。　　如兄才誉居人上，鹏路正看看。只祈兄弟，长随母健，不爱高官。

魏了翁　眼儿媚·再和班字韵谢南叔兄□□见贻生日

北风不竞帝师班，雨足桔槔闲。且容湖使，静中藏拙，忙里偷欢。　　一枰黑白终何若，未可目前看。自量愚分，不堪世用，只称田官。

魏了翁　　眼儿媚·刘监丞翊之生日

乃翁表里玉无瑕，浑是得天多。一生受用，不完全处，都补填他。　　郎君心念和平处，似得十分家。天何以报，重重印字，滴滴檐窠。

卢祖皋　　眼儿媚·玉钩清晓上帘衣

玉钩清晓上帘衣，香雾湿春枝。余寒逗雨，罗裙无赖，重暖金猊。　　柳边谁寄东风缆，流水只年时。无人为记，天涯归思，梁燕空飞。

刘学箕　　眼儿媚·十年不见柳腰肢

十年不见柳腰肢，契阔几何时。天遥地远，秋悲春恨，只在双眉。　　雁声今夜楼西畔，情愫渺难期。杏花风景，梧桐夜月，都是相思。

洪咨夔　　眼儿媚·平沙芳草渡头村

平沙芳草渡头村，绿遍去年痕。游丝下上，流莺来往，无限销魂。　　绮窗深静人归晚，金鸭水沉温。海棠影下，子规

声里，立尽黄昏。

洪咨夔　　眼儿媚·寿钱德成

花光灯影浸帘栊，蓬岛现仙翁。瑶裾织翠，诗瞳点碧，酒脸潮红。　窦郎阴德知多少，万卷奏新功。前庭梧竹，后园桃李，无限春风。

曾　揆　　眼儿媚·芙蓉帐冷翠衾单

芙蓉帐冷翠衾单，魂梦几曾闲。怎禁未许，茫茫烟水，叠叠云山。　去时频把归期约，远不过春残。而今已是，荷花开了，犹倚栏干。

卓　田　　眼儿媚·题苏小楼

丈夫只手把吴钩，能断万人头。如何铁石，打作心肺，却为花柔。　尝观项籍并刘季，一怒世人愁。只因撞着，虞姬戚氏，豪杰都休。

黄　机　　眼儿媚·粉墙朱阁映垂杨

粉墙朱阁映垂杨，晴绿小池塘。东风飏暖，单衣初试，昼日偏长。　鬟松两鬓飞云影。钿合未梳妆。阑干侧畔，闲抛荔子，惊散鸳鸯。

黄　机　　眼儿媚·东风挟雨苦无端

东风挟雨苦无端，恻恻送轻寒。那堪更向，湘湾六六，浅处留船。　诗阄酒戏成孤负，春事已阑珊。离愁都在，落花枝上，杜宇声边。

黄　机　　眼儿媚·莫嗔日日话思归

莫嗔日日话思归，归也却便宜。东邻招茗，西邻唤酒，一笑开眉。　人生万事无缘足，待足是何时。妻能纺绩，儿能耕获，未必寒饥。

尹　焕　　眼儿媚·柳

垂杨袅袅蘸清漪，明绿染春丝。市桥系马，旗亭沽酒，无限相思。　云梳雨洗风前舞，一好百般宜。不知为甚，落花

时节，都是颦眉。

李曾伯　　眼儿媚·和八窗叔韵送之

公归东里我西州，枫荻楚天秋。乌樯转首，暮云江树，落日沙头。　　瞿唐此去风涛恶，宁愿贾胡留。明年春晚，松江笠泽，归约追游。

方　岳　　眼儿媚·泊松洲

雁带新霜几多愁，和月落沧洲。桂花如许，菊花如许，怎不悲秋。　　江山例合闲人管，也白几分头。去年曾此，今年曾此，烟雨孤舟。

陈　诜　　眼儿媚·饯别

鬓边一点似飞鸦，休把翠钿遮。二年三载，千拦百就，今日天涯。　　杨花又逐东风去，随分入人家。要不思量，除非酒醒，休照菱花。

冯伟寿　　眼儿媚·春情

自嚬双黛听啼鸦，帘外翠烟斜。社前风雨，已归燕子，未入人家。　　鞋儿试著无人看，莫是忒宽些。想它楼上，闷拈箫管，憔悴莺花。

薛梦桂　　眼儿媚·绿笺

碧筒新展绿蕉芽，黄露洒榴花。蘸烟染就，和云卷起，秋水人家。　　只因一朵芙蓉月，生怕黛帘遮。燕衔不去，雁飞不到，愁满天涯。

周　密　　眼儿媚·飞丝半湿惹归云

飞丝半湿惹归云，愁里又闻莺。淡月秋千，落花庭院，几度黄昏。　　十年一梦扬州路，空有少年心。不分不晓，恹恹默默，一段伤春。

汪元量　　眼儿媚·记得年时赏荼蘼

记得年时赏荼蘼，蝴蝶满园飞。一双宝马，两行箫管，月下扶归。　　而今寂寞人何处，脉脉泪沾衣。空房独守，风穿

帘子，雨隔窗儿。

黎廷瑞　眼儿媚·寓城思归竹庵留行赋呈

暖云挟雨洗香埃，划地峭寒催。燕儿知否，莺儿知否，断句春回。　　小楼日日重帘卷，应是把人猜。杏花如许，桃花如许，不见归来。

仇　远　眼儿媚·谢家池馆占花中

谢家池馆占花中，微雨湿春风。艳红修碧，浓香疏影，浮动帘栊。　　娇蛾聚翠寻春梦，衣上泪痕重。闲窗愁对，金笼鹦鹉，彩带芙蓉。

仇　远　眼儿媚·伤春情味酒频中

伤春情味酒频中，困倚小屏风。宝钗斜插，懒来梳洗，懒出帘栊。　　云鬟鬖髻娇无力，此醉不禁重。分明仿佛，未央杨柳，太液芙蓉。

仇　远　眼儿媚·苔笺醉草调清平

苔笺醉草调清平，鸦墨湿浮云。霓裳步冷，琼箫声断，旧梦关心。　　小乔不恋周郎老，翠被折秋痕。那堪门外，黄花红叶，细雨更深。

危昂霄　眼儿媚·题九里桥

晴云十丈跨杉溪，偏称夜凉时。我来正值，一滩月朗，万木霜飞。　　谪仙不住人间世，此恨有谁知。何人画我，倚阑得句，听水忘归。

无名氏　眼儿媚·前时同醉曲江滨

前时同醉曲江滨，初样小梅春。花残人远，几经风雨，结子青青。　　谁知别后无肠断，行尽水云程。修峰万仞，邮亭息鞚，独对黄昏。

无名氏　眼儿媚·杨柳丝丝弄轻柔

杨柳丝丝弄轻柔，烟缕织成愁。海棠未雨，梨花先雪，一半春休。　　而今往事难重省，归梦绕秦楼。相思只在，丁香枝上，豆蔻梢头。

无名氏　　眼儿媚·惨云愁雾罩江天

惨云愁雾罩江天，呵手卷帘看。濛茸柳絮，万千蝴蝶，飞过危栏。　　后庭一树瑶华缀，零乱暗香残。今番桂影，也应寒重，不放新弯。

无名氏　　眼儿媚·忆从溪上得相逢

忆从溪上得相逢，樽酒两心同。梅缄香雪，竹摇寒月，柳探春风。　　而今总是消魂处，冷落半床空。梦迷狂蝶，喜占乾鹊，愁望飞鸿。

无名氏　　眼儿媚·平生几度怨长亭

平生几度怨长亭，不似这番深。霜收水瘦，风流帆饱，怎忍轻分。　　栏干倚遍慵归去，独自个黄昏。荷横钗股，柳垂裙带，总是销魂。

无名氏　　眼儿媚·深闺小院日初长

深闺小院日初长，娇女绮罗裳。不做东君造化，金针刺绣群芳样。　　斜枝嫩叶包开蕊，唯只欠馨香。曾向园林深处，引教蝶乱蜂狂。

晚云高

即《太平时》，贺铸词中有“秋尽江南叶未凋，晚云高”句，因更名为《晚云高》。详见《太平时》条。

贺　铸　　晚云高·秋尽江南叶未凋

秋尽江南叶未凋，晚云高。青山隐隐水迢迢，接亭皋。
二十四桥明月夜，弭兰桡。玉人何处教吹箫，可怜宵。

唱金缕

即《贺新郎》，宋柴元彪词名《唱金缕》。详见《贺新郎》条。

柴元彪　　唱金缕·春到云中早

咸淳癸酉茶陵灯夕，时文文山为湖南提刑

春到云中早，恰梅花、雪后□□，锁窗寒悄。鼓吹喧天灯市闹，在处鳌山蓬岛。正新岁、金鸡唱晓。一点魁星光焰里，这水晶、庭院知多少。鸣凤舞，洞箫袅。　　太平官府人嬉笑，道紫微、魁星聚会，参差联照。借地栽花河阳县，桃李芳菲正好。暖沁入、东风池沼。百里楼台天不夜，看祥烟、瑞霭相缭绕。生意满，翠庭草。

笛家弄

即《笛家》，调见柳永《乐章集》。又名《笛家弄慢》。双调，一百二十一字。有上片十四句、四仄韵，下片十四句、五仄韵；亦有上下片各十四句、五仄韵。

柳　永　　笛家弄·花发西园

花发西园，草薰南陌，韶光明媚，乍晴轻暖清明后。水嬉舟动，禊饮筵开，银塘似染，金堤如绣。是处王孙，几多游妓，往往携纤手。遣离人、对嘉景，触目伤怀，尽成感旧。　别久，帝城当日，兰堂夜烛，百万呼卢，画阁春风，十千沽酒。未省、宴处能忘管弦，醉里不寻花柳。岂知秦楼，玉箫声断，前事难重偶。空遗恨，望仙乡，一饷消凝，泪沾襟袖。

朱　雍　　笛家弄·用耆卿韵

瑰质仙姿，缟袂清格，天然疏秀，静轩烟锁黄昏后。影瘦零乱，艳冷珑璁，雪肌莹暖，冰枝萦绣。更赋风流，几番攀赠，细捻香盈手。与东君、叙暌远，脉脉两情有旧。　　立久，阆苑凝夕，瑶窗淡月，百琲寻芳，醉玉谈群，千钟酹酒。向此，是处难忘瘦花，送远何劳垂柳。忍听高楼，笛声凄断，乐事人非偶。空余恨，惹幽香不灭，尚沾春袖。

王　质　　笛家弄·水际闲行

凌乱败荷，既似沙莞，又如溷水。颠倒旌旗都靡，余花欹

谢，又似乌江，骓兮不逝，虞兮奈尔。凋柳萧骚，又如轵道，故老何颜对。因缘断，时节转，自然如彼，自然如此。　水边沙际，芦花摇曳。唤住行人，蓼花妩媚，引翻游子。又似江都酣夜延秋，建业望仙结绮。月下心飞，风前骨醉，共蘋花得意。今看昔、后看今未。一回头，已百弹指。

第一花

此调本名《鹧鸪天》、《思越人》，贺铸词有“别有倾城第一花”句，故更名《第一花》。详见《鹧鸪天》条。

贺　铸　　第一花·豆蔻梢头莫漫夸

豆蔻梢头莫漫夸，春风十里旧繁华。金楼玉蕊皆殊艳，别有倾城第一花。　青雀舫，紫云车，暗期归路指烟霞。无端却似堂前燕，飞入寻常百姓家。

偶相逢

此调本名《诉衷情》，贺铸词有“长步障，小纱笼，偶相逢”句，故更名《偶相逢》。详见《诉衷情》条。

贺　铸　　偶相逢·彩山涌起翠楼空

彩山涌起翠楼空，箫鼓沸春风。桂娥唤回清昼，夹路宝芙蓉。　长步障，小纱笼，偶相逢。艳妆宜笑，隐语传情，半醉醒中。

偷声木兰花

此调亦本于《木兰花令》，上、下片第三句减去三字，另偷平声，故云“偷声”。又名《梅花瘦》。双调，五十字，上下片各四句，两仄韵、两平韵。

张　先　　偷声木兰花·雪笼琼苑梅花瘦

雪笼琼苑梅花瘦，外院重扉联宝兽。海月新生，上得高楼无奈情。　　帘波不动银釭小，今夜夜长争得晓。欲梦高唐，只恐觉来添断肠。

张　先　　偷声木兰花·画桥浅映横塘路

画桥浅映横塘路，流水滔滔春共去。目送残晖，燕子双高蝶对飞。　　风花将尽持杯送，往事只成清夜梦。莫更登楼，坐想行思已是愁。

张　先　　偷声木兰花·曾居别乘康吴俗

曾居别乘康吴俗，民到于今歌不足。骊驭征鞭，一去东风十二年。　　重来却拥诸侯骑，宝带垂鱼金照地。和气融人，清雪千家日日春。

谢　邁　　偷声木兰花·梅

景阳楼上钟声晓，半面啼妆匀未了。斜月纷纷，斜影幽香暗断魂。　　玉颜应在昭阳殿，却向前村深夜见。冰雪肌肤，还有斑斑雪点无。

彩凤飞

又名《彩凤舞》，调见陈亮《龙川词》。双调，八十一字，上片七句、三仄韵，下片七句、五仄韵。此调只陈亮一词。

陈　亮　彩凤飞·十月十六日寿钱伯同

人立玉，天如水，特地如何撰。海南沉烧著，欲寒犹暖。算从头，有多少、厚德阴功。人家上，一一旧时香案，赙经惯。　　小驻吾州才尔，依然欢声满，莫也教、公子王孙眼见。这些儿、颖脱处，高出书卷。经纶自入手，不了判断。

彩云归

调见柳永《乐章集》。双调，一百零一字，上片八句、五平韵，下片十句、五平韵。此调只柳永一词。

柳　永　　彩云归·蘅皋向晚舣轻航

蘅皋向晚舣轻航，卸云帆、水驿鱼乡。当暮天、霁色如晴昼，江练静、皎月飞光。那堪听、远村羌管，引离人断肠。此际浪萍风梗，度岁茫茫。　堪伤，朝欢暮宴，被多情、赋与凄凉。别来最苦，襟袖依约，尚有余香。算得伊、鸳衾风枕，夜永争不思量。牵情处，惟有临歧，一句难忘。

彩鸾归令

又名《青山远》。双调，四十五字，上片四句、四平韵，下片四句、三平韵。

张元幹　　彩鸾归令·为张子安舞姬作

珠履争围，小立春风趁拍低。态闲不管乐催伊，整铢衣。
粉融香润随人劝，玉困花娇越样宜。凤城灯夜旧家时，数他谁。

脱银袍

调见《闲斋琴趣外篇》卷五晁端礼词。双调，六十四字。上片六句、五仄韵，下片六句、四仄韵。此为正体，另有变体。

晁端礼　　脱银袍·纤条绿沁

纤条绿沁，春色为伊难禁。传芳意、东君信任。燕愁莺懒，怕轻寒犹噤。护占得、幽香转甚。　粉面初匀，冰肌未饮。何须爱、妖桃胜锦。夜阑人静，任月华来浸。待抱著、花

枝醉寝。

曹　组　　　脱银袍·济楚风光

济楚风光，升平时世。端门支散，碗遂逐旋温来，吃得过、那堪更使金器。分明是，与穷汉、消灾灭罪。　又没支分，犹然递滞。打笃磨槎来根底，换头巾，便上弄交番厮替。告官里，驼逗高阳饿鬼。

祭天神

调见柳永《乐章集》。双调，八十四字。上片九句、五仄韵，下片十句、三仄韵。

柳　永　　祭天神·叹笑筵歌席轻抛亸

叹笑筵歌席轻抛亸，背孤城、几舍烟村停画舸。更深钓叟归来，数点残灯火。被连绵宿酒醺醺，愁无那。寂寞拥、重衾卧。　又闻得、行客扁舟过。篷窗近，兰棹急，好梦还惊破。念平生、单栖踪迹，多感情怀，到此厌厌，向晓披衣坐。

柳　永　　祭天神·忆绣衾相向轻轻语

忆绣衾相向轻轻语，屏山掩、红蜡长明，金兽盛熏兰炷。何期到此，酒态花情顿孤负。柔肠断、还是黄昏，那更满庭风雨。　听空阶和漏，碎声斗滴愁眉聚。算伊还共谁人，争知此冤苦。念千里烟波，迢迢前约，旧欢慵省，一向无心绪。

鸳鸯语

此调本名《七娘子》，贺铸词有“奈玉壶、难叩鸳鸯语”句，故更名《鸳鸯语》。详见《七娘子》条。

贺　铸　　　鸳鸯语·京江抵

京江抵、海边吴楚，铁瓮城、形胜无今古。北固陵高，西津横渡，几人携手分襟处。　凄凉渌水桥南路，奈玉壶、难叩鸳鸯语。行雨行云，非花非雾，为谁来为谁还去。

鸳鸯梦

此调本名《临江仙》，贺铸词有“午醉厌厌醒自晚，鸳鸯春梦初惊”句，故更名《鸳鸯梦》。详见《临江仙》条。

贺 铸　　鸳鸯梦·午醉厌厌醒自晚

午醉厌厌醒自晚，鸳鸯春梦初惊。闲花深院听啼莺，斜阳如有意，偏傍小窗明。　莫倚雕阑怀往事，吴山楚水纵横。多情人奈物无情，闲愁朝复暮，相应两潮生。

情久长

又名《情长久》，调见吕渭老《圣求词》。双调，一百零三字，上下片各九句、四仄韵。此调只吕渭老二词。

吕渭老　　情久长·锁窗夜永

锁窗夜永，无聊尽作伤心句。甚近日、带红移眼，梨脸择雨。春心偿未足，怎忍听、啼血催归杜宇。暮帆挂、沉沉暝色，衮衮长江，流不尽、来无据。　点检风光，岁月今如许。趁此际、浦花汀草，一棹东去。云窗雾阁，洞天晓、同作烟霞伴侣。算谁见、梅帘醉梦，柳陌晴游，应未许、春知处。

吕渭老　　情久长·冰梁跨水

冰梁跨水，沉沉霁色遮千里。怎向我、小舟孤楫，天外飘逐。夜寒侵短发，睡不稳、窗外寒风渐起。岁华暮、蟾光射雪，碧瓦飘霜，尘不动、寒无际。　鸡咽荒郊，梦也无归计。拥绣枕、断魂残魄，清吟无味。想伊睡起，又念远、楼阁横枝对倚。待归去、西窗剪烛，小阁凝香，深翠幕、饶春睡。

分类新编全宋词

第六册

十一画—十三画

吕树坤 吕庆业 梁国辅 刘琦 编纂

作家出版社

断肠声

即《南歌子》，《东泽绮语》宋张辑词名《断肠声》。详见《南歌子》条。

张　辑　　　断肠声·柳户朝云湿

柳户朝云湿，花窗午篆清。东风未放十分晴，留恋海棠颜色、过清明。　垒润栖新燕，笼深锁旧莺。琵琶可是不堪听，无奈愁人把做、断肠声。

断湘弦

此调本名《万年欢》，因贺铸词有“青门解袂，画桥回首，初沉汉佩，永断湘弦”句，故更名《断湘弦》。详见《万年欢》条。

贺　铸　　　断湘弦·淑质柔情

淑质柔情，靓妆艳笑，未容桃李争妍。红粉墙东，曾记窥宋三年。不间云朝雨暮，向西楼、南馆留连。何尝信，美景良辰，赏心乐事难全。　青门解袂，画桥回首，初沉汉佩，永断湘弦。漫写浓愁幽恨，封寄鱼笺。拟话当时旧好，问同谁、与醉尊前。除非是，明月清风，向人今夜依然。

章台月

即《一斛珠》，宋李彭老词名《章台月》。详见《一斛珠》条。

李彭老　　　章台月·露轻风细

露轻风细，中庭夜色凉如水。荷香柳影成秋意，萤冷无光，凉入树声碎。　玉箫金缕西楼醉，长吟短舞花阴地。素娥应笑人憔悴，漏歇帘空，低照半床睡。

望书归

即《古捣练子》。因贺铸词有“过年惟望得书归”句，因更名为《望书归》。详见《古捣练子》条。

贺　铸　　**望书归·边堠远**

边堠远，置邮稀。附与征衣衬铁衣。连夜不妨频梦见，过年惟望得书归。

望云涯引

调见《乐府雅词》宋李甲词。双调八十三字，上片十句、四仄韵，下片九句、四仄韵。此调只李甲一词。

李　甲　　**望云涯引·秋容江上**

秋容江上，岸花老，蘋洲白。露湿蒹葭，浦屿渐增寒色。闲渔唱晚，鹭雁惊飞处，映远碛。数点轻帆，送天际归客。
凤台人散，漫回首，沉消息。素鲤无凭，楼上暮云凝碧。时向西风下，认远笛。宋玉悲怀，未信金樽消得。

望长安

此调本名《凤栖梧》，因贺铸词有“长安不见令人老”句，故更名《望长安》。详见《凤栖梧》条。

贺　铸　　**望长安·排办张灯春事早**

排办张灯春事早，十二都门，物色宜新晓。金犊车轻玉骢小，拂头杨柳穿驰道。　莼羹鲈鲙非吾好，去国讴吟，半落江南调。满眼青山恨西照，长安不见令人老。

望仙门

调见宋晏殊《珠玉词》。因其词中结句有“望仙门”三字，因以为调名。双调，四十六字，上片四句、四平韵，下片五句、三平韵、一叠韵。

晏　殊　　望仙门·紫薇枝上露华浓

紫薇枝上露华浓，起秋风。管弦声细出帘栊，象筵中。
仙酒斟云液，仙歌转绕梁虹。此时佳会庆相逢。庆相逢，欢醉且从容。

此首别作张抡词

晏　殊　　望仙门·玉壶清漏起微凉

玉壶清漏起微凉，好秋光。金杯重叠满琼浆，会仙乡。
新曲调丝管，新声更飐霓裳。博山炉暖泛浓香。泛浓香，为寿百千长。

此首别作张抡词

晏　殊　　望仙门·玉池波浪碧如鳞

玉池波浪碧如鳞，露莲新。清歌一曲翠眉颦，舞华茵。
满酌兰英酒，须知献寿千春。太平无事荷君恩。荷君恩，齐唱望仙门。

此首别作张抡词

张　抡　　望仙门·玉池波浪碧如鳞

玉池波浪碧如鳞，露莲新。新歌一曲翠眉颦，舞乖茵。
满酌兰英酒，须知献寿千春。太平无事荷君恩，齐唱望仙门。

此首别作晏殊词

张　抡　　望仙门·玉京清漏起微凉

玉京清漏起微凉，好秋光。金杯潋滟酌琼浆，会仙乡。
新曲调丝管，新声更飐霓裳。博山炉暖泛浓香，为寿百千长。

此首别作晏殊词

张　抡　　　望仙门·紫微枝上露华浓

紫微枝上露华浓，起秋风。管弦声细出帘栊，象筵中。　仙酒斟云液，山歌转绕梁虹。此时佳会庆相逢，欢醉且从容。

此首别作晏殊词

望 仙 楼

即《胡捣练》，宋晏几道词名《望仙楼》。详见《胡捣练》条。

晏几道　　　望仙楼·小春花信日边来

小春花信日边来，未上江楼先坼。今岁东君消息，还自南枝得。　素衣染尽天香，玉酒添成国色。一自故溪疏隔，肠断长相忆。

仇　远　　　望仙楼·九仙山晓

九仙山晓，雾冥冥、一鹤飞来华表。衔得红云花岛，双蒂仙桃小。　破罂旋汲香泉，短镬闲锄春草。愁种愁深多少，头白鸳鸯老。

望 汉 月

即《忆汉月》，柳永词调名为《望汉月》。详见《忆汉月》条。

李遵勖　　　望汉月·黄菊一丛临砌

黄菊一丛临砌，颗颗露珠装缀。独教冷落向秋天，恨东君不曾留意。　雕阑新雨霁，绿藓上，乱铺金蕊。此花开后更无花，愿爱惜、莫同桃李。

柳　永　　　**望汉月·明月明月明月**

明月明月明月，争奈乍圆还缺。恰如年少洞房人，暂欢会、依前离别。　　小楼凭槛处，正是去年时节。千里清光又依旧，奈夜永、厌厌人绝。

晏　殊　　　**望汉月·千缕万条堪结**

千缕万条堪结，占断好风良月。谢娘春晚先多愁，更撩乱、絮飞如雪。　　短亭相送处，长忆得、醉中攀折。年年岁岁好时节，怎奈尚、有人离别。

望西飞

此调本名《清商怨》，因贺铸词有"望断西风"句，故更名为《望西飞》。详见《清商怨》条。

贺　铸　　　**望西飞·十分持酒每□□**

十分持酒每□□，□□□□□。□计留春，春随人去远。　　东流□□□□，□□□、好凭双燕。望断西风，高楼帘暮卷。

望扬州

即《长相思慢》，因贺铸词有"依然灯火扬州……相望几许凝愁"句，故更名《望扬州》。详见《长相思慢》条。

贺　铸　　　**望扬州·铁瓮城高**

铁瓮城高，蒜山渡阔，干云十二层楼。开尊待月，卷箔披风，依然灯火扬州。绣陌南头，记歌名宛转，乡号温柔。曲槛俯清流，想花阴、谁系兰舟。　　念凄绝秦弦，感深荆赋，相望几许凝愁。殷勤裁尺素，奈双鱼、难渡瓜洲。晓鉴堪羞，潘鬓点、吴霜渐稠。幸于飞、鸳鸯未老，不应同是悲秋。

望 江 东

调见黄庭坚《山谷集》。因其词中有“望不见、江东路”句，因取以为调名。双调，五十二字，上下片各四句、四仄韵。此调只黄庭坚一词。

黄庭坚　　望江东·江水西头隔烟树

江水西头隔烟树，望不见、江东路。思量只有梦来去，更不怕、江阑住。　　灯前写了书无数，算没个、人传与。直饶寻得雁分付，又还是、秋将暮。

望 江 南

即《忆江南》。唐教坊曲名。因唐温庭筠有词：“梳洗罢，独倚望江楼。过尽千帆皆不是，斜晖脉脉水悠悠，肠断白蘋洲。”委婉含蓄地表达出“望江怀远”的登楼盼归之情，遂取名《望江南》。详见《忆江南》条。

张　先　　望江南·与龙靓

青楼宴，靓女荐瑶杯。一曲白云江月满，际天拖练夜潮来，人物误瑶台。　　醺醺酒，拂拂上双腮。媚脸已非朱淡粉，香红全胜雪笼梅，标格外尘埃。

张　先　　望江南·闺情

香闺内，空自想佳期。独步花阴情绪乱，谩将珠泪两行垂，胜会在何时。　　厌厌病，此夕最难持。一点芳心无托处，荼蘼架上月迟迟，惆怅有谁知。

欧阳修　　望江南·江南蝶

江南蝶，斜日一双双。身似何郎全傅粉，心如韩寿爱偷香，天赋与轻狂。　　微雨后，薄翅腻烟光。才伴游蜂来小院，又随飞絮过东墙，长是为花忙。

欧阳修　　望江南·江南柳之一

江南柳，花柳两相柔。花片落时黏酒盏，柳条低处拂人头，各自是风流。　江南月，如镜复如钩。似镜不侵红粉面，似钩不挂画帘头，长是照离愁。

欧阳修　　望江南·江南柳之二

江南柳，叶小未成阴。人为丝轻那忍折，莺嫌枝嫩不胜吟，留著待春深。　十四五，闲抱琵琶寻。阶上簸钱阶下走，恁时相见早留心，何况到如今。

王　琪　　望江南·柳

江南柳，烟穗拂人轻。愁黛空长描不似，舞腰虽瘦学难成，天意与风情。　攀折处，离恨几时平。已纵柔条萦客棹，更飞狂絮扑旗亭，三月乱莺声。

王　琪　　望江南·江南酒

江南酒，何处味偏浓。醉卧春风深巷里，晓寻香旆小桥东，竹叶满金钟。　檀板醉，人面粉生红。青杏黄梅朱阁上，鲥鱼苦笋玉盘中，酩酊任愁攻。

王　琪　　望江南·江南燕

江南燕，轻飏绣帘风。二月池塘新社过，六朝宫殿旧巢空，颉颃恣西东。　王谢宅，曾入绮堂中。烟径掠花飞远远，晓窗惊梦语匆匆，偏占杏园红。

王　琪　　望江南·江南竹

江南竹，清润绝纤埃。深径欲留双凤宿，后庭偏映小桃开，风月影徘徊。　寒玉瘦，霜霰信相催。粉泪空流妆点在，羊车曾傍翠枝来，龙笛莫轻裁。

王　琪　　望江南·江南草

江南草，如种复如描。深映落花莺舌乱，绿迷南浦客魂销，日日斗青袍。　风欲转，柔态不胜娇。远翠天涯经夜雨，冷痕沙上带昏潮，谁梦与兰苕。

王 琪　　望江南·江景

江南雨，风送满长川。碧瓦烟昏沉柳岸，红绡香润入梅天，飘洒正潇然。　朝与暮，长在楚峰前。寒夜愁欹金带枕，暮江深闭木兰船，烟浪远相连。

王 琪　　望江南·江南水

江南水，江路转平沙。雨霁高烟收素练，风晴细浪吐寒花，迢递送星槎。　名利客，飘泊未还家。西塞山前渔唱远，洞庭波上雁行斜，征棹宿天涯。

王 琪　　望江南·江乡

江南岸，云树半晴阴。帆去帆来天亦老，潮生潮落日还沉，南北别离心。　兴废事，千古一沾襟。山下孤烟渔市晓，柳边疏雨酒家深，行客莫登临。

王 琪　　望江南·江南月

江南月，清夜满西楼。云落开时冰吐鉴，浪花深处玉沉钩，圆缺几时休。　星汉迥，风露入新秋。丹桂不知摇落恨，素娥应信别离愁，天上共悠悠。

王 琪　　望江南·江南雪

江南雪，轻素剪云端。琼树忽惊春意早，梅花偏觉晓香寒，冷影褫清欢。　蟾玉迥，清夜好重看。谢女联诗衾翠幕，子猷乘兴泛平澜，空惜舞英残。

韩 琦　　望江南·维扬好

维扬好，灵宇有琼花。千点真珠擎素蕊，一环明玉破香葩，芳艳信难加。　如雪貌，绰约最堪夸。疑是八仙乘皓月，羽衣摇曳上云车，来会列仙家。

陈 朴　　望江南·中黄宝

中黄宝，须向胆中求。春帝令行生万物，乾坤膝下与吾俦，百脉自通流。　施造化，左右火双抽。浩浩腾腾充宇宙，苦烟袅袅上环楼，夫妇渐相谋。

陈　朴　　　　望江南·玄珠降

玄珠降，丹窟在中宫。九候息调重九数，赤波忽迸太阳东，心肾始交通。　逢六变，重六息阴功。火自海门朝帝坐，水从莲沼佐丁公，紫电透玲珑。

陈　朴　　　　望江南·毛发落

毛发落，丹左运行阳。胎色渐红阴渐小，推移岁运助乾刚，育火养中央。　成物象，五岳辨微茫。出入尚迟形尚小，晨昏天籁奏笙簧，常饮玉壶浆。

陈　朴　　　　望江南·丹往右

丹往右，四转运行阴。逢六闭藏阳户气，玉关泉透合丁壬，龟戏任浮沉。　时出入，无碍贯他心。游戏神通常出面，圆光周匝绕千寻，寒暑不相侵。

陈　朴　　　　望江南·珠自右

珠自右，飞电入丹城。内养婴儿盈尺象，时逢九数采阳精，火向水中生。　烧鬼岳，紫殿势峥嵘。随意出游寰海内，寐如砂碛卧长鲸，时序与偕行。

陈　朴　　　　望江南·日精满

日精满，阴魄化无形。每遇月圆开北户，神龟时饮碧瑶玲，形魄岂能停。　阳砂赤，阴粉色微青。粉换肉肌砂换骨，凡胎换尽圣胎灵，飞举似流星。

陈　朴　　　　望江南·形透日

形透日，七转任飞腾。幽入深岩图宴坐，息无来去使神凝，却粒著奇能。　生神火，返本气清澄。九候浴时开地户，月中取火日求冰，五内换重新。

陈　朴　　　　望江南·内外遍

内外遍，八转始还元。地带长垂生坎户，周行胎息贯天门，太始道方存。　纯一体，黑赤气常喷。丹火发来烧内境，冷泉深处浴猴孙，神水赤龟吞。

以上八首别作陈楠词

陈　朴　　　　望江南·丹九转

丹九转，纯一太初颜。内外无为常抱朴，纵横海外与人间，功行积丘山。　　青阙诏，玉简赐金环。饮罢刀圭乘羽驾，旌幢箫鼓过天关，朝帝列仙班。

王安石　　　　望江南·归依三宝赞之一

归依众，梵行四威仪。愿我遍游诸佛土，十方贤圣不相离，永灭世间痴。

王安石　　　　望江南·归依三宝赞之二

归依法，法法不思议。愿我六根常寂静，心如宝月映琉璃，了法更无疑。

王安石　　　　望江南·归依三宝赞之三

归依佛，弹指越三祇。愿我速登无上觉，还如佛坐道场时，能智又能悲。

王安石　　　　望江南·归依三宝赞之四

三界里，有取总灾危。普愿众生同我愿，能于空有善思惟，三宝共住持。

苏　轼　　　　望江南·暮春之一

春已老，春服几时成。曲水浪低蕉叶稳，舞雩风软纻罗轻，酣咏乐升平。　　微雨过，何处不催耕。百舌无言桃李尽，柘林深处鹁鸪鸣，春色属芜菁。

苏　轼　　　　望江南·暮春之二

春未老，风细柳斜斜。试上超然台上看，半壕春水一城花，烟雨暗千家。　　寒食后，酒醒却咨嗟。休对故人思故国，且将新火试新茶，诗酒趁年华。

王齐叟　　　　望江南·居下位

居下位，常恐被人谗。只是曾填青玉案，何曾敢作望江南，请问马都监。

仲　殊　　　望江南·成都好之一

成都好，蚕市趁遨游。夜放笙歌喧紫陌，春邀灯火上红楼，车马溢瀛洲。　人散后，茧馆喜绸缪。柳叶已饶烟黛细，桑条何似玉纤柔，立马看风流。

仲　殊　　　望江南·成都好之二

成都好，药市晏游闲。步出五门鸣剑佩，别登三岛看神仙，缥缈结灵烟。　云影里，歌吹暖霜天。何用菊花浮玉醴，愿求朱草化金丹，一粒定长年。

周邦彦　　　望江南·游妓散

游妓散，独自绕回堤。芳草怀烟迷水曲，密云衔雨暗城西，九陌未沾泥。　桃李下，春晚未成蹊。墙外见花寻路转，柳阴行马过莺啼，无处不凄凄。

周邦彦　　　望江南·咏妓

歌席上，无赖是横波。宝髻玲珑攲玉燕，绣巾柔腻掩香罗，人好自宜多。　无个事，因甚敛双蛾。浅淡梳妆疑见画，惺忪言语胜闻歌，何况会婆娑。

谢　逸　　　望江南·临川好之一

临川好，柳岸转平沙。门外澄江丞相宅，坛前乔木列仙家，春到满城花。　行乐处，舞袖卷轻纱。谩摘青梅尝煮酒，旋煎白雪试新茶，明月上檐牙。

谢　逸　　　望江南·临川好之二

临川好，山影碧波摇。鱼跃冰池飞玉尺，云横石廪拂鲛绡，高树竹萧萧。　寒食近，湖水绿平桥。繁杏梢头张锦旆，垂杨阴里系兰桡，游客解金貂。

廖　刚　　　望江南·贺毛检讨生辰

柯山瑞，云路玉桥横。六月天香琼蕊秀，千年人瑞昴星明，风露湿麒麟。　廊庙器，冰雪照精神。妙世文章凌贾马，致君事业富姬衡，松桧倚青青。

廖　刚　　　　**望江南·蓬山晓**

蓬山晓，龟鹤倚芝庭。云覆宝熏迷舞凤，玉扶琼液荐文星，棠荫署风清。　　人尽道，天遣瑞升平。九万鹏程才振翼，八千椿寿恰逢春，貂衮瞩公荣。

廖　刚　　**望江南·送黄冕仲知福唐**

无诸好，方面镇全闽。千骑泛云归洞府，三山明玉外风尘，依约是蓬瀛。　　贤刺史，龙虎擅香名。金花已传当日梦，锦衣聊慰故乡情，和气万家春。

廖　刚　　　　**望江南·无诸好**

无诸好，金地遍重城。乌石亭危千嶂合，荔枝楼暖百花明，十里暮潮平。　　贤刺史，来暮相欢迎。终向凤池朝紫极，暂依猿洞驻朱轮，风月锦堂春。

赵子发　　　　**望江南·新梦断**

新梦断，久立暗伤春。柳下月如花下月，今年人忆去年人，往事梦中身。

张继先　　　　**望江南·观棋作**

楸枰静，黑白两奁均。山水最宜情共乐，琴书赢得道相亲，一局一番新。　　松影里，经度几回春。随分也曾施手段，争先还恐费精神，长是暗饶人。

张继先　　**望江南·次元规西源好韵之一　并序**

某喜西源壁立峻峙，无一俗状。疏松密竹，四通九达，青玉交辉。天作高山，地灵若此。常相谓曰：身处真人之墟，而不知也。登戏珠峰，以见虎蹲龙蹑，远壁遥岑，皆在其下。考室在靖，建名榜之，水中花、圃中蔬，山光竹翠，白屋逾静，得其居矣。昔之思归，见十二篇之曲。同声相应，故和之

西源好，仙构占仙峰。一鹤性灵清我宇，万龙风雨乱霜空，高静太疏慵。　　天地乐，山水静流通。行坐卧怜尘外景，虚空寂是道家风，非细乐相从。

张继先　　　望江南·西源好之二

西源好，龙首虎头高。风雨每掀清宇宙，林峦长似涌波涛，吟咏有诗豪。　　成大乐，美称适相遭。醮斗清筵投羽札，启元喜会执金刀，身净隔纷骚。

张继先　　　望江南·西源好之三

西源好，岩馆凿松崖。五斗洞前斟玉斝，半酣窗外抚金杯，无累自悠哉。　　青翠色，玉竹自新栽。风到莫来摇老木，雨霖时复洗圆苔，如此恼诗才。

张继先　　　望江南·西源好之四

西源好，春日日初长。不看人间三月景，常思天上万花香，幽赏一时狂。　　歌笑也，空洞大歌章。千景净来风谷秀，三云归后月林光，沉麝似兰香。

张继先　　　望江南·西源好之五

西源好，迎夏洒炎风。红锦石边怜一派，老张岩上恋群峰，时得化龙筇。　　琴振玉，晓色倚梧桐。黼黻文章朝内盛，山川林木野亭空，朱火焕明中。

张继先　　　望江南·西源好之六

西源好，秋景道人怜。时至自然天气肃，夜凉犹喜月华圆，长啸碧崖颠。　　须信酒，难别咏歌边。是处伐薪为炭后，此时尝稻庆丰年，童子舞胎仙。

张继先　　　望江南·西源好之七

西源好，冬日雪中松。携手石坛承爱景，静观天地入清宫，恰似大茅峰。　　襟袂冷，琴里意浓浓。吹月洞箫含碧玉，动人佳趣转黄钟，情绪发于中。

张继先　　　望江南·西源好之八

西源好，幽径不成斜。山谷隐连无改色，池塘空静默无瑕，人钓水之涯。　　仙舫小，人欲盼君家。归棹日回如览镜，放船星落似乘槎，风雨乱寒沙。

张继先　　望江南·西源好之九

西源好，神洞自相求。傍水垦田流涧急，砍山开径小花浮，踪迹旧人留。　忘万物，爽气白云收。司命暂曾寻寝静，紫阳真是步条幽，思继此公游。

张继先　　望江南·西源好之十

西源好，人在水晶宫。长愿玉津名濯鼎，恰如龙井到天峰，的的好遗风。　清彻底，岂忤李唐隆。自浸岩前崖石洁，不笼天外岭云浓，澄彻莹怀中。

张继先　　望江南·西源好之十一

西源好，雨霁敛红纱。碧水静摇招钓叟，绿苔寒迫起渔家，携驾会春茶。　风浩浩，锦荫石屏华。濯鼎上方敲翠竹，辘轳西去碎丹砂，休问乐津涯。

张继先　　望江南·西源好之十二

西源好，还向观庭西。挤晚菊明方丈外，傍寒梅放六花飞，三鹤会同时。　清净宇，处一贵无为。戴月夜中仍是别，衔香原上不须迷，于此振衣归。

张继先　　望江南·寄朋权

秋夜事，月里竹亭亭。清籁与谁喧池水，微风遣我下檐楹，圆缺若为情。　终南道，累寄笑歌声。丹阙夜凉通马去，黄河天晓照舟横，联辔去还成。

朱敦儒　　望江南·炎昼永

炎昼永，初夜月侵床。露卧一丛莲叶畔，芙蓉香细水风凉，枕上是仙乡。　浮世事，能有几多长。白日明朝依旧在，黄花非晚是重阳，不用苦思量。

李　纲　　望江南·池阳道中

归去客，迁骑过江乡。茅店鸡声寒逗月，板桥人迹晓凝霜，一望楚天长。　春信早，山路野梅香。映水酒帘斜飐日，隔林渔艇静鸣榔，杳杳下残阳。

李　纲　　　　望江南·新阁就

新阁就，向日借清光。广厦生风非我志，小窗容膝正相当，聊此傲羲皇。　　猊尾拂，高挂木绳床。老病维摩谁问疾，散花天女为焚香，恰好细商量。

李　纲　　　　望江南·新酒熟

新酒熟，云液满香篘。溜溜清声归小瓮，温温玉色照瓷瓯，饮兴浩难收。　　嘉客至，一酌散千忧。顾我老方齐物论，与君同作醉乡游，万事总休休。

李　纲　　　　望江南·新雨足

新雨足，一夜满南塘。粳稻向成初吐秀，芰荷虽败尚余香，爽气入轩窗。　　澄霁后，远岫更青苍。两部蛙声鸣鼓吹，一天星月浸光铓，秋色陡凄凉。

李　纲　　　　望江南·新月出

新月出，清影尚苍茫。学扇欲生青海上，如钩先挂碧霄傍，星斗焕文章。　　林下客，把酒挹孤光。斟酌嫦娥怜我老，故窥书幌照人床，此意自难忘。

李　纲　　　　望江南·过分水岭

征骑远，千里别沙阳。泛碧斋傍凝翠阁，栖云寺里印心堂，回首意茫茫。　　分水岭，烟雨正凄凉。南望瓯闽连海峤，北归吴越过江乡，极目暮云长。

李　纲　　　　望江南·云岭水

云岭水，南北自分流。触目澜翻飞雪浪，赴溪盘屈转琼钩，呜咽不胜愁。　　归去客，征骑远闽州。路入江南春信未，日行北陆冷光浮，还揽旧貂裘。

李　纲　　　　望江南·云棹远

予在沙阳，尝作满庭芳一阕，寄陆惇礼。末句云："何时得，恩来日下，蓑笠老江湖。"今蒙恩北归，当践斯言，因作渔父四时词以道意，调寄望江南云棹远，南浦绿波春。日暖风和初解冻，饵香竿袅好垂纶，一钓得金鳞。　风乍起，吹皱碧渊沦。红脍斫来龙更美，白醪酤得旨兼醇，一醉武陵人。

李　纲　　望江南·清昼永

清昼永，幽致夏来多。远岸参差风飐柳，平湖清浅露翻荷，移棹钓烟波。　凉一霎，飞雨洒轻蓑。满眼生涯千顷浪，放怀乐事一声歌，不醉欲如何。

李　纲　　望江南·烟艇稳

烟艇稳，浦溆正清秋。风细波平宜进楫，月明江静好沉钩，横笛起汀洲。　鲈鳜美，新酿蚁醅浮。休问六朝兴废事，白蘋红蓼正凝愁，千古一渔舟。

李　纲　　望江南·江上雪

江上雪，独立钓渔翁。箬笠但闻冰散响，蓑衣时振玉花空，图画若为工。　云水暮，归去远烟中。茅舍竹篱依小屿，缩鳊圆鲫入轻笼，欢笑有儿童。

向子諲　　望江南·微雨过

八月十四日望为寿，近有弄璋之庆

微雨过，庭院净无尘。天上秋期明日是，人间月影十分清，真不负佳辰。　称寿处，香雾绕花身。玉兔已成千岁药，桂华更与一枝新，喜气满重闉。

蔡　伸　　望江南·感事

花落尽，寂寞委残红。蝶帐梦回空晓月，凤楼人去谩东风，春事已成空。　闲伫立，□□水溶溶。云锁乱山横惨淡，烟笼绿树晚溟濛，却在泪痕中。

杨无咎　　望江南·张节使生辰之一

钟陵好，佳节庆元正。瑞色潜将春共到，台星遥映月初升，贤帅为时生。　人意乐，天宇亦清明。淡薄梅腮娇倚暖，依微柳眼喜窥晴，和气满江城。

杨无咎　　望江南·张节使生辰之二

钟陵好，和气满江城。忆昨旌麾初至止，到今政令只宽平，仍岁兆丰登。　　称庆旦，遐迩一般情。共信我公跻寿考，从来阴德被生灵，襦袴听欢声。

杨无咎　　望江南·张节使生辰之三

钟陵好，襦袴听欢声。薰入管弦增亮响，唤教罗绮亦光荣，引满劝金觥。　　谁信是，元自悟长生。铃阁才投公事笔，云章惟读道家经，家世仰仙卿。

杨无咎　　望江南·张节使生辰之四

钟陵好，家世仰仙卿。衣带不须藏贝叶，集贤何用化金瓶，且欲佐中兴。　　期早晚，丹诏下天庭。不许南州犹弭节，促归东府共和羹，膏泽遍寰瀛。

康与之　　望江南·重阳日

重阳日，四面雨垂垂。戏马台前泥拍肚，龙山路上水平脐，淹浸倒东篱。　　茱萸胖，黄菊湿齑齑。落帽孟嘉寻箬笠，漉巾陶令买蓑衣，都道不如归。

洪　适　　望江南·答徐守韵

嗟故岁，夏旱复秋阳。十雨五风皆定数，千方百计为灾伤，小郡怎禁当。　　劳拊字，惠露洽丁黄。田舍炊烟常蔽野，居民安堵不离乡，祖道免赍粮。

洪　适　　望江南·再作

倾盖侣，古语诵邹阳。曲水一觞今意懒，阳关三叠重情伤，离恨落花当。　　人截镫，归骑莫仓黄。谁肯甘心迷簿领，不如袖手傲家乡，高枕熟黄粱。

张孝祥　　望江南·赠谈献可

谈子醉，独立睨东风。未试玉堂挥翰手，只今楚泽钓鱼翁，万事举杯空。　　谋一笑，一笑与君同。身老南山看射虎，眼高四海送飞鸿，赤岸晚潮通。

张孝祥　　望江南·南岳铨德观作

朝元去，深殿扣瑶钟。天近月明黄道冷，参回斗转碧霄空，身在九光中。　　风露下，环佩响丁东。玉案烧香萦翠凤，松坛移影动苍龙，归路海霞红。

赵长卿　　望江南·霜天有感

山又水，云岫插峰峦。断雁飞时霜月冷，乱鸦啼处日衔山，疑在画图间。　　金乌转，游子损朱颜。别泪盈襟双袖湿，春心不放两眉闲，此去几时还。

程　垓　　望江南·夜泊龙桥滩前遇雨作

篷上雨，篷底有人愁。身在汉江东畔去，不知家在锦江头，烟水两悠悠。　　吾老矣，心事几时休。沉水熨香年似日，薄云垂帐夏如秋，安得小书舟。

石孝友　　望江南·山又水

山又水，云巘带风湾。断雁飞时天拍水，乱鸦啼处日衔山，疑在画图间。　　人渐远，游子损朱颜。别泪空沾双袖湿，春心不放两眉闲，此去几时还。

何令修　　望江南·登龙脊

登龙脊，抚剑一长歌。巫峡峰高腾凤鹤，夔门波阔失蛟鼍，东望意如何。

王　楙　　望江南·寿张仪真

三杰后，福寿两无涯。食乳相君功未既，妩眉京兆眷方兹，富贵莫推辞。　　门两戟，却棹一纶丝。莼菜秋风鲈鲙美，桃花春水鳜鱼肥，笑傲雪豁湄。

刘　过　　望江南·元宵

元宵景，天气正融融。柳线正垂金落索，梅花初谢玉玲珑，明月映高空。　　贤太守，欢乐与民同。箫鼓聒残灯火市，轮蹄踏破广寒宫，良夜莫匆匆。

李好义　　望江南·思往事

思往事，白尽少年头。曾帅三军平蜀难，沿边四郡一齐收，逆党反封侯。　　元宵夜，灯火闹啾啾。厅上一员闲总管，门前几个纸灯球，箫鼓胜皇州。

戴复古　　望江南·壶山好之一

壶山宋谦父寄新刊雅词，内有壶山好三十阕，自说平生。仆谓犹有说未尽处，为续四曲

壶山好，博古又通今。结屋三间藏万卷，挥毫一字直千金，四海有知音。　　门外路，咫尺是湖阴。万柳堤边行处乐，百花洲上醉时吟，不负一生心。

戴复古　　望江南·壶山好之二

壶山好，胆气不妨粗。手奋空拳成活计，眼穿故纸下功夫，处世未全疏。　　生涯事，近日果何如。背锦奚奴能检典，画眉老妇出交租，且喜有赢余。

戴复古　　望江南·壶山好之三

壶山好，文字满胸中。诗律变成长庆体，歌词渐有稼轩风，最会说穷通。　　中年后，虽老未成翁。儿大相传书种在，客来不放酒尊空，相对醉颜红。

戴复古　　望江南·壶山好之四

壶山好，也解忆狂夫。转首便成千里别，经年不寄一行书，浑似不相疏。　　催归曲，一唱一愁予。有剑卖来酤酒吃，无钱归去买山居，安处即吾庐。

戴复古　　望江南·石屏老之一

仆既为宋壶山说其自说未尽处，壶山必有答语，仆自嘲三解

石屏老，家住海东云。本是寻常田舍子，如何呼唤作诗人，无益费精神。　　千首富，不救一生贫。贾岛形模元自瘦，杜陵言语不妨村，谁解学西崑。

戴复古　　望江南·石屏老之二

石屏老，长忆少年游。自谓虎头须食肉，谁知猿臂不封

侯，身世一虚舟。　　平生事，说着也堪羞。四海九州双脚底，千愁万恨两眉头，白发早归休。

戴复古　　望江南·石屏老之三

石屏老，悔不住山林。注定一生知有命，老来万事付无心，巧语不如喑。　　贫亦乐，莫负好光阴。但愿有头生白发，何忧无地觅黄金，遇酒且须斟。

陈　楠　　望江南·黄中宝

黄中宝，须向胆中求。春气令人生万物，乾坤膝下与吾俦，百脉自通流。　　施造化，左右火双抽。浩浩腾腾光宇宙，苦烟烟上霭环楼，夫妇渐相谋。

陈　楠　　望江南·玄珠降

玄珠降，丹窟在中宫。九候息调重九数，赤波或进太阳东，心肾遂交通。　　逢六变，重六息阴功。火自海门朝帝坐，水从莲萼佐丁公，紫电透玲珑。

陈　楠　　望江南·毛发薄

毛发薄，三转运行阳。胎色渐红阴渐缩，推移岁运助阳刚，育火养中央。　　成物象，五转辨微茫。出入尚迟形上小，晨昏时饮玉壶浆，天籁奏笙簧。

陈　楠　　望江南·丹已返

丹已返，四转运行阴。逢六闭藏阳户气，三关全透合丁壬，龟游任浮沉。　　时出入，无碍贯他心。游戏神通常出面，圆光周匝绕千寻，寒暑不相侵。

陈　楠　　望江南·珠自右

珠自右，紫电入丹城。内养婴儿成赤象，时逢五转采阳精，火自水中生。　　烧鬼岳，紫电起峥嵘。随意嬉游寰海内，寐如砂碛卧长鲸，时序与偕行。

陈　楠　　望江南·日精满

日精满，阴魄化无形。每遇月圆开地户，神龟时饮碧瑶精，清洁复如冰。　　阳砂赤，阴粉色微青。粉换肉兮砂换骨，凡胎换尽圣胎灵，飞举似流星。

陈 楠　　　　望江南·形透日

形透日，七转任飞腾。幽静深岩图宴坐，息无来往气坚凝，却粒著其能。　　生成火，返本气澄清。九候浴时开地户，月中取火日求冰，五内换重新。

陈 楠　　　　望江南·内外变

内外变，八转始还元。地带长垂主坎户，周行胎息贯天门，太始道方存。　　纯一体，赤黑气常喷。丹火发时烧内景，冷泉涌处浴猴孙，神水赤龟吞。

以上八首别作陈朴词

卢祖皋　　　　望江南·疏雨过

疏雨过，芳节到戎葵。缠臂细交纹线缕，称身初试碧绡衣，闲步小亭池。　　花下意，脉脉有谁知。试把花梢和恨数，因看蝴蝶著双飞，凝扇立多时。

华 岳　　　　望江南·罗雾薄

罗雾薄，绀绿拥重重。八幅宝香薰锦绣，一床烟浪卷芙蓉，屏翠叠东风。　　云点缀，香汗透玲珑。螺髻松松沾玉润，樱唇浅浅印珠红，人在翠华中。

净 圆　　望江南·娑婆苦六首之一

娑婆苦，长劫受轮回。不断苦因离火宅，只随业报入胞胎，辜负这灵台。　　朝又暮，寒暑急相催。一个幻身能几日，百端机巧衮尘埃，何得出头来。

净 圆　　望江南·娑婆苦六首之二

娑婆苦，身世一浮萍。蚊蚋睫中争小利，蜗牛角上窃虚名，一点气难平。　　人我盛，日夜长无明。地狱争头成队入，西方无个肯修行，空死复空生。

净 圆　　望江南·娑婆苦六首之三

娑婆苦，情念骤如风。六贼村中无暂息，四蛇箧内更相攻，谁是主人公。　　无慧力，爱网转关笼。一向四楞低搭地，不思两脚欲梢空，前路更匆匆。

净　圆　　望江南·娑婆苦六首之四

娑婆苦，生老病无常。九窍腥臊流秽污，一包脓血贮皮囊，争弱又争强。　随妄想，耽欲更荒唐。念佛看经云著相，破斋毁戒却无妨，只恐有阎王。

净　圆　　望江南·娑婆苦六首之五

娑婆苦，终日走尘寰。不觉年光随逝水，那堪白发换朱颜，六趣任循环。　今与古，谁肯死前闲。危脆利名才入手，虚华财色便追攀，荣辱片时间。

净　圆　　望江南·娑婆苦六首之六

娑婆苦，光影急如流。宠辱悲欢何日了，是非人我几时休，生死路悠悠。　三界里，水面一浮沤。纵使英雄功盖世，只留白骨掩荒丘，何似早回头。

净　圆　　望江南·西方好六首之一

西方好，随念即超群。一点灵光随落日，万端尘事付浮云，人世自纷纷。　凝望处，决定去栖神。金地经行光里步，玉楼宴坐定中身，方好任天真。

净　圆　　望江南·西方好六首之二

西方好，琼树耸高空。弥覆七重珠宝网，庄严百亿妙华宫，宫里众天童。　金地上，栏楯绕重重。华雨飘飖香散漫，乐音嘹亮鼓清风，闻者乐无穷。

净　圆　　望江南·西方好六首之三

西方好，七宝甃成池。四色好华敷菡萏，八功德水泛清漪，除渴又除饥。　池岸上，楼殿势飞翚。碧玉雕栏填玛瑙，黄金危栋间玻璃，随处发光辉。

净　圆　　望江南·西方好六首之四

西方好，群鸟美音声。华下和鸣歌六度，光中哀雅赞三乘，闻者悟无生。　三恶道，犹自不知名。皆是佛慈亲变化，欲宣法语警迷情，心地顿圆明。

净　圆　　望江南·西方好六首之五

西方好，清旦供尤佳。缥缈仙云随宝仗，轻盈衣裓贮天华，十万去非赊。　诸佛土，随念遍河沙。莲掌抚摩亲授记，潮音清妙响频伽，时至即还家。

净　圆　　望江南·西方好六首之六

西方好，我佛大慈悲。但具三心圆十念，即登九品越三祇，神力不思议。　临报尽，接引定无疑。普愿众生同系念，金台天乐共迎时，弹指到莲池。

方千里　　望江南·春色暮

春色暮，短艇舣长堤。飞絮空随花上下，啼莺占断水东西，来往燕争泥。　桑柘绿，归去觅前蹊。夜瓮酒香从蚁斗，晓窗眠足任鸡啼，犹胜旅情凄。

吴　潜　　望江南·家山好之一

家山好，好处是三春。白白红红花面貌，丝丝袅袅柳腰身，锦绣底园林。　行乐事，都付与闲人。挈榼携壶从笑傲，踏青挑菜恣追寻，赢得个天真。

吴　潜　　望江南·家山好之二

家山好，好是夏初时。习习薰风回竹院，疏疏细雨洒荷漪，万绿结成帷。　呼社友，长日共追随。瀹茗空时还酌酒，投壶罢了却围棋，多少得便宜。

吴　潜　　望江南·家山好之三

家山好，好处是秋来。绿橘黄橙随市有，岩花篱菊逐时开，管领付尊罍。　新筑就，别馆共闲台。摇手出离名利窟，掉头摆脱簿书堆，只在念头灰。

吴　潜　　望江南·家山好之四

家山好，好处是三冬。梨栗甘鲜输地客，鲂鳊肥美献溪翁，醉滴小槽红。　识破了，不用计穷通。下泽车安如驷马，市门卒稳似王公，一笑等鸡虫。

吴　潜　　　望江南·家山好之五

家山好，结屋在山椒。无事琴书为伴侣，有时风月可招邀，安乐更相饶。　伸脚睡，一枕日头高。不怕两衙催判事，那愁五鼓趣趋朝，此福要人消。

吴　潜　　　望江南·家山好之六

家山好，底事尚忘归。但我辞荣还避辱，从渠把是却成非，跳出世关机。　将五十，老相已相催。争得气来有甚底，更加官后亦何为，奉劝莫痴迷。

吴　潜　　　望江南·家山好之七

家山好，一室白云中。时唤道人谈命蒂，也呼和尚说禅宗，孔佛老和同。　淘汰尽，八面总玲珑。欲把捉时无把捉，道虚空后不虚空，且问主人公。

吴　潜　　　望江南·家山好之八

家山好，负郭有田园。蚕可充衣天赐予，耕能足食地周旋，骨肉尽团圆。　旋五福，岁岁乐丰年。自养鸡豚烹腊里，新抽韭荠荐春前，活计不须添。

吴　潜　　　望江南·家山好之九

家山好，有底尚萦牵。马后乐听余十载，眼前赤看也多年，滋味只如然。　身外事，不且强探拈。自古几番成与败，从来百种丑和妍，细算不由贤。

吴　潜　　　望江南·家山好之十

家山好，好处是安居。无事不须干郡县，有余但管济乡闾，及早了王租。　随日力，也著几般书。静里精神偏爽快，闲中光景越舒徐，腊月尽工夫。

吴　潜　　　望江南·家山好之十一

家山好，无事挂心怀。早课畦丁勤种菜，晚科园户漫浇花，只此是生涯。　尘世里，扰扰正如麻。散复聚来膻上蚁，左还右旋壁闲蜗，只为那纷华。

吴　潜　　望江南·家山好之十二

家山好，百事尽如如。渴饮饥餐都属我，倒横直立总由渠，更不要贪图。　三径里，恰好小茅庐。种竹梅松为老伴，养龟猿鹤助清娱，扣户有樵渔。

吴　潜　　望江南·家山好之十三

家山好，不是撰虚名。世上盛衰常倚伏，天家日月也亏盈，退步是前程。　且恁地，卷索了收绳。六字五胡生口面，三言两语费颜情，赢得鬓星星。

吴　潜　　望江南·家山好之十四

家山好，凡事看来轻。一壑尽由侬饾饤，三才不欠你称停，有耳莫闲听。　静地里，点检这平生。著甚来由为皎皎，好无巴鼻弄醒醒，背后有人憎。

陈东甫　　望江南·芳思远

芳思远，南苑惜春时。翠柳枝柔金笛怨，碧桃花老玉笙悲，风日正迟迟。

方　岳　　望江南·乙未生日

时赴官淮东，以是日次南徐，泊舟普照寺下，侍亲具汤饼。寺中门有匾曰寿丘山，亲意欣然，盖以丘山为岳字云

梅欲老，撑月过南徐。家口纵多难减鹤，路程不远易携书，只是废春锄。　霜满袖，茶灶借僧庐。湖海甚豪今倦矣，丘山虽寿竟何如，一笑荐冰蔬。

吴文英　　望江南·赋画灵照女

衣白苎，雪面堕愁鬟。不识朝云行雨处，空随春梦到人间，留向画图看。　慵临镜，流水洗花颜。自织苍烟湘泪冷，谁捞明月海波寒，天澹雾漫漫。

吴文英　　望江南·茶

松风远，莺燕静幽坊。妆褪宫梅人倦绣，梦回春草日初长，瓷碗试新汤。　笙歌断，情与絮悠飏。石乳飞时离凤怨，玉纤分处露花香，人去月侵廊。

吴文英　　　　望江南·三月暮

三月暮，花落更情浓。人去秋千闲挂月，马停杨柳倦嘶风，堤畔画船空。　恹恹醉，长日小帘栊。宿燕夜归银烛外，啼莺声在绿阴中，无处觅残红。

杨泽民　　　　望江南·寻胜去

寻胜去，驱马上南堤。信脚不知人远近，醉眠犹劝玉东西，归帽任冲泥。　春雨过，农事在瓜蹊。野卉无名随路满，山禽著意傍人啼，鼓角已悲凄。

陈允平　　　　望江南·娇滴滴

娇滴滴，聪隽在秋波。六幅香裙拖细縠，一钩尘袜剪轻罗，春意动人多。　临宝鉴，石黛拂修蛾。燕子楼头蝴蝶梦，桃花扇底竹枝歌，杨柳月婆娑。

陈允平　　　　望江南·烟漠漠

烟漠漠，湖外绿杨堤。满地落花春雨后，一帘飞絮夕阳西，梁燕落香泥。　流水恨，和泪入桃蹊。鹦鹉洲边鹦鹉恨，杜鹃枝上杜鹃啼，归思越凄凄。

赵时行　　　　望江南·霜月湿

霜月湿，人睡矮篷秋。惊觉夜深儿女梦，渔歌风起白蘋洲，别岸又潮头。

刘辰翁　　　　望江南·晚晴

朝朝暮，云雨定何如。花日穿窗梅小小，雪风洒雨柳疏疏，人唱晚晴初。

刘辰翁　　　　望江南·元宵

春悄悄，春雨不须晴。天上未知灯有禁，人间转似月无情，村市学箫声。

刘辰翁　　　　望江南·秋日即景

梧桐子，看到月西楼。醋酽橙黄分蟹壳，麝香荷叶剥鸡头，人在御街游。

刘辰翁　　　望江南·梧桐子

梧桐子，人在御街游。凤宿云绡金缕带，龙池翠帐玉香球，宫女后庭秋。

汪元量　　　望江南·幽州九日

官舍悄，坐到月西斜。永夜角声悲自语，客心愁破正思家，南北各天涯。　　肠断裂，搔首一长嗟。绮席象床寒玉枕，美人何处醉黄花，和泪捻琵琶。

金德淑　　　望江南·春睡起

春睡起，积雪满燕山。万里长城横玉带，六街灯火已阑珊，人立蓟楼间。　　空懊恼，独客此时还。辔压马头金错落，鞍笼驼背锦斓班，肠断唱门关。

连妙淑　　　望江南·寒料峭

寒料峭，独立望长城。木落萧萧天远大，□声羌管遏云行，归客若为情。　　樽酒尽，勒马问归程。渐近芦沟桥畔路，野墙荒驿夕阳明，长短几邮亭。

黄静淑　　　望江南·君去也

君去也，晓出蓟门西。鲁酒千杯人不醉，臂鹰健卒马如飞，回首隔天涯。　　云黯黯，万里雪霏霏。料得江南人到早，水边篱落忽横枝，清兴少人知。

陶明淑　　　望江南·秋夜永

秋夜永，月影上阑干。客枕梦回燕塞冷，角声吹彻五更寒，无语翠眉攒。　　天渐晚，把酒泪先弹。塞北江南千万里，别君容易见君难，何处是长安。

柳华淑　　　望江南·何处笛

何处笛，觉妾梦难谐。春色恼人眠不得，卷帘移步下香阶，呵冻卜金钗。　　人去也，毕竟信音乖。翠锁双蛾空宛转，雁行筝柱强安排，终是没情怀。

杨慧淑　　　　望江南·江北路

江北路，一望雪皑皑。万里打围鹰隼急，六军刁斗去还来，归客别金台。　江北酒，一饮动千杯。客有黄金如粪土，薄情不肯赎奴回，挥泪洒黄埃。

华清淑　　　　望江南·燕塞雪

燕塞雪，片片大如拳。蓟上酒楼喧鼓吹，帝城车马走骈阗，羁馆独凄然。　燕塞月，缺了又还圆。万里妾心愁更苦，十春和泪看婵娟，何日是归年。

梅顺淑　　　　望江南·风渐软

风渐软，暖气满天涯。莫道穷阴春不透，今朝楼上见桃花，花外碾香车。　围步帐，羯鼓杂琵琶。压酒燕姬骑细马，秋千高挂彩绳斜，知是阿谁家。

吴昭淑　　　　望江南·今夜永

今夜永，说剑引杯长。坐拥地炉生石炭，灯前细雨好烧香，呵手理丝簧。　君且住，烂醉又何妨。别后相思天万里，江南江北永相忘，真个断人肠。

周容淑　　　　望江南·春去也

春去也，白雪尚飘零。万里归人骑快马，到家时节藕花馨，那更忆长城。　妾薄命，两鬓渐星星。忍唱乾淳供奉曲，断肠人听断肠声，肠断泪如倾。

黄公绍　　　　望江南·雨之一

思晴好，去上竹山窠。自古常言光霁好，如今却恨雨声多，奈此坐愁何。

黄公绍　　　　望江南·雨之二

思晴好，试卜那朝晴。古木荒村云淰淰，孤灯败壁夜冥冥，不寐听檐声。

黄公绍　　　　望江南·雨之三

思晴好，小驻岂无因。花上半旬春社雨，松间三宿暮山云，转住是愁人。

黄公绍　　　　望江南·雨之四

思晴好，春透海棠枝。刻惜许多过时了，可怜生是我来迟，不见软红时。

黄公绍　　　　望江南·雨之五

思晴好，天运几乘除。只为晴多还又雨，谁知雨过是晴初，那得绿阴乎。

黄公绍　　　　望江南·雨之六

思晴好，路滑少人行。早信雨能留得住，尽教尽日自舟横，直等到清明。

黄公绍　　　　望江南·雨之七

思晴好，我欲问花神。刚道社公瞋旧水，一回旧也一回新，不是两般春。

黄公绍　　　　望江南·雨之八

思晴好，松路翠光寒。夜夜竹窠常梦到，天天后土几时干，极目雾漫漫。

黄公绍　　　　望江南·雨之九

思晴好，日影漏些儿。油菜花间蝴蝶舞，刺桐枝上鹁鸠啼，闲坐看春犁。

黄公绍　　　　望江南·雨之十

思晴好，晨起望篱东。毕竟阴晴排日子，大都行止听天公，且住此山中。

无名氏　　　　望江南·梅花好之一

梅花好，满树锦江边。不似武陵曾见日，清香冷艳扑尊前，销得醉留连。　　凭造化，分付与花权。已共雪光争腊早，且将春信为君传，桃李莫夸先。

无名氏　　望江南·梅花好之二

梅花好，依约透春光。记得佳人初睡起，巧临鸾鉴试新妆，粉面斗琼芳。　江亭上，绕树嗅清香。拟把一枝传信去，不知何处是兰房，独自暗凄凉。

无名氏　　望江南·立秋日晓作

清夜老，流水淡疏星。云母窗前生晓色，梧桐叶上得秋声，村落一鸡鸣。　催唤起，带梦著冠缨。老去悲秋如宋玉，病来止酒似渊明，满院竹风清。

无名氏　　望江南·江南竹

江南竹，巧匠织成笼。赠与吾师藏法体，碧潭深处伴蛟龙，色即是成空。

无名氏　　望江南·寿东人母

阶蓂舞，才半小春天。青女霜前犹避暖，素娥月里乍羞圆，蓬岛降天仙。　称寿处，琼液拍浮船。长伴瑶池金母宴，蟠桃花下驾云軿，结实看千年。

无名氏　　望江南·左右字

左右字，从古不曾闻。未必书生能点墨，安知荫子不能文，尔汝今朝□。　除去了，多谢圣明恩。既不可高谈阔论，又不敢藐视同群，但请换头巾。

无名氏　　望江南·谕新及第友人

这痴騃，休恁泪涟涟。他是霸陵桥畔柳，千人攀了到君攀，刚甚别离难。　荷上露，莫把作珠穿。水性本来无定度，这边圆了那边圆，终是不心坚。

望 江 梅

即《忆江南》，五代李煜词名《望江梅》，见《南唐二主词》。详见《忆江南》条。

晏　殊　　　　望江梅·闲梦远

闲梦远，南国正清秋。千里江山寒色远，芦花深处泊孤舟，笛在月明楼。

望远行

唐教坊曲名。有小令、中调和长调之分。小令有五十三字、五十五字数体；中调有六十字、七十八字数体；长调有一百零六字、一百零七字数体。其五十五字，上片四句、四平韵，下片五句、四平韵为正体；其六十字，上片四句、四平韵，下片七句、五平韵为变体；其一百零七字，上片十句、四仄韵，下片十一句、六仄韵为变体等。

柳　永　　　　望远行·长空降瑞

长空降瑞，寒风翦，淅淅瑶花初下。乱飘僧舍，密洒歌楼，迤逦渐迷鸳瓦。好是渔人，披得一蓑归去，江上晚来堪画。满长安，高却旗亭酒价。　幽雅，乘兴最宜访戴，泛小棹、越溪潇洒。皓鹤夺鲜，白鹇失素，千里广铺寒野。须信幽兰歌断，彤云收尽，别有瑶台琼榭。放一轮明月，交光清夜。

柳　永　　　　望远行·绣帏睡起

绣帏睡起，残妆浅，无绪匀红补翠。藻井凝尘，金梯铺藓，寂寞凤楼十二。风絮纷纷，烟芜苒苒，永日画阑，沉吟独倚。望远行，南陌春残悄归骑。　凝睇，消遣离愁无计，但暗掷、金钗买醉。对好景、空饮香醪，争奈转添珠泪。待伊游冶归来，故故解放翠羽，轻裙重系。见纤腰，图信人憔悴。

黄庭坚　　　　望远行·自见来

勾尉有所眄，为太守所猜。兼此生有所爱，住马湖。马湖出丁香核荔枝，常以遗生。故戏及之

自见来，虚过却、好时好日。这訑尿粘腻得处煞是律。据眼前言定，也有十分七八。冤我无心除告佛。　管人闲底，且放我快活嗘。便索些别茶只待，又怎不遇偎花映月。且与一

班半点，只怕你没丁香核。

孙惟信　　望远行·元夕

又还到元宵台榭，记轻衫短帽，酒朋诗社。烂漫向、罗绮丛中，驰骋风流俊雅，转头是、三十年话。　量减才悭，自觉是、欢情衰谢。但一点难忘，酒痕香帕。如今雪鬓霜髭，嬉游不忺深夜，怕相逢、风前月下。

陈德武　　望远行·城头初鼓

城头初鼓，天街上、渐渐行人声悄。半窗风月，一枕新凉，睡熟不知天晓。最是家山千里，远劳归梦，待说离情难觉。觉来时，帘外数声啼鸟。　谁道，为甚新来消瘦，底事恹恹烦恼。不是悲花，非干病酒，有个离肠难扫。怅望江南，天际白云飞处，念我高堂人老。寸草心、朝夕怎宽怀抱。

无名氏　　望远行·重阴未解

重阴未解，又早是、年时梅花争绽。暗香浮动，疏影横斜，月淡水清亭院。好是前村，雪里一枝开处，昨夜东风布暖。动行人、多少离愁肠断。　凝恋，天赋自然雅态，似寿阳、初匀粉面。故人折赠，欣逢驿使，只恐陇头春晚。寄与高楼，休学龙吟三弄，留取琼花烂熳。正有人、同倚阑干争看。

无名氏　　望远行·当时云雨梦

当时云雨梦，不负楚王期。翠峰中、高楼十二掩瑶扉。尽人间欢会，只有两心自知。渐玉困花柔香汗挥。　歌声翻别怨，云驭欲回时。这无情红日，何似且休西。但涓涓珠泪，滴湿仙郎羽衣。怎忍见、双鸳相背飞。

无名氏　　望远行·寿商人　五月廿一

青钱流地，更积满籯金玉。斡运营谋，无过是、老郎惯熟。利收万倍，归来喜色津津，家道从兹，十分富足。　好庆生辰，正属蕤宾月半余。六飞蓂荚庭除，举盏祝寿，何如子孙，荣贵须臾。长是赖你，作个陆地仙客，行乐蓬壶。

望明河

调见宋刘一止《苕溪集》。双调，一百零六字，上片十句、四仄韵，下片十句、五仄韵。此调只刘一止一词。

刘一止　　望明河·赠路侍郎使高丽

华旌耀日，报天上使星，初辞金阙。许国精忠，试此日傅岩、济川舟楫。向来鸡林外，况传咏、篇章雄绝。问人地、真是唐朝第一，未论勋业。　鲸波霁云千叠，望仙驭缥缈，神山明灭。万里勤劳，也等是壮年，绣衣持节。丈夫功名事，未肯向、尊前轻伤别。看飞棹、归侍宸游，宴赏太平风月。

望春回

调见《乐府雅词》。双调，一百零二字，上片十句、四仄韵，下片十句、五仄韵。此调只李甲一词。

李　甲　　望春回·霁霞散晓

霁霞散晓，射水村渐明，渔火方绝。滩露夜潮痕，注冻濑凄咽。征鸿来时应负书，见疏柳、更忆伊同折。异乡憔悴，那堪更逢，岁穷时节。　东风暗回暖律，算拆遍江梅，消尽岩雪。唯有这愁肠，也依旧千结。私言窃语些誓约，便眠思梦想无休歇。这些离恨，除非对著，说似明月。

望南云慢

调见《乐府雅词》。双调，一百零三字，上片十一句、四平韵，下片十二句、五平韵。此调只沈唐一词。

沈　唐　　望南云慢·木芙蓉

木叶轻飞，乍雨歇亭皋，帘卷秋光。栏隈砌角，绽拒霜几处，蓓深浅红芳。应恨开时晚，伴翠菊、风前并香。晓来寒露，嫩脸低凝，似带啼妆。　　堪伤，记得佳人，当时怨别，盈腮泪粉行行。而今最苦，奈千里身心，两处凄凉。感物成消黯，念旧欢、空劳寸肠。月斜残漏，梦断孤帏，一枕思量。

望秦川

即《南歌子》，宋程垓词名《望秦川》。详见《南歌子》条。

程　垓　　望秦川·早春感怀

柳弱眠初醒，梅残舞尚痴。春阴将冷傍帘帏，又是东风和恨、向人归。　　乐事灯前记，愁肠酒后知。老来无计遣芳时，只有闲情随分、品花枝。

程　垓　　望秦川·竹粉翻新箨

竹粉翻新箨，荷花拭靓妆。断云侵晚度横塘，小扇斜钗依约、傍牙床。　　蘸蜜分红荔，倾筒泻碧香。醉时风雨醒时凉，明月多情依旧、过西厢。

程　垓　　望秦川·翠黛随妆浅

翠黛随妆浅，铢衣称体香。好风偏与十分凉，却扇含情独自、绕池塘。　　碧藕丝丝嫩，红榴叶叶双。牵丝摘叶为谁忙，情到厌厌拚醉、又何妨。

望海潮

因柳永词咏杭州钱塘，词中有“怒涛卷霜雪，天堑无涯”句，故调名为《望海潮》。双调，一百零七字数体。其上片十一句、五平韵，下片十一句、六平韵为正体；其上片十一句、五平韵，下片十二句、七平韵为变体等。

柳　永　　望海潮·东南形胜

东南形胜，三吴都会，钱塘自古繁华。烟柳画桥，风帘翠幕，参差十万人家。云树绕堤沙，怒涛卷霜雪，天堑无涯。市列珠玑，户盈罗绮，竞豪奢。　　重湖叠巘清嘉，有三秋桂子，十里荷花。羌管弄晴，菱歌泛夜，嬉嬉钓叟莲娃。千骑拥高牙，乘醉听箫鼓，吟赏烟霞。异日图将好景，归去凤池夸。

沈　唐　　望海潮·上太原知府王君贶尚书

山光凝翠，川容如画，名都自古并州。箫鼓沸天，弓刀似水，连营十万貔貅。金骑走长楸，少年人一一，锦带吴钩。路入榆关，雁飞汾水正宜秋。　　追思昔日风流，有儒将醉吟，才子狂游。松偃旧亭，城高故国，空余舞榭歌楼。方面倚贤侯，便恐为霖雨，归去难留。好向西溪，恣携弦管宴兰舟。

晁端礼　　望海潮·高阳方面

高阳方面，河间都会，三关地最称雄。粉堞万层，金城百雉，楼横一带长虹。烟素敛晴空，正望迷平野，目断飞鸿。易水风烟，范阳山色有无中。　　安边暂倚元戎，看纶巾对酒，羽扇摇风。金勒少年，吴钩壮士，宁论卫霍前功。乃眷在清衷，恐凤池虚久，归去匆匆。幸有佳人锦瑟，玉笋且轻拢。

秦　观　　望海潮·星分牛斗

星分牛斗，疆连淮海，扬州万井提封。花发路香，莺啼人起，珠帘十里东风。豪俊气如虹，曳照春金紫，飞盖相从。巷入垂杨，画桥南北翠烟中。　　追思故国繁雄，有迷楼挂斗，月观横空。纹锦制帆，明珠溅雨，宁论爵马鱼龙。往事逐孤鸿，但乱云流水，萦带离宫。最好挥毫万字，一饮拚千钟。

秦　观　　望海潮·秦峰苍翠

秦峰苍翠，耶溪潇洒，千岩万壑争流。鸳瓦雉城，谯门画戟，蓬莱燕阁三休。天际识归舟，泛五湖烟月，西子同游。茂草台荒，苎萝村冷起闲愁。　　何人览古凝眸，怅朱颜易失，翠被难留。梅市旧书，兰亭古墨，依稀风韵生秋。狂客鉴湖头，有百年台沼，终日夷犹。最好金龟换酒，相与醉沧洲。

秦　观　　望海潮·梅英疏淡

梅英疏淡，冰澌溶泄，东风暗换年华。金谷俊游，铜驼巷陌，新晴细履平沙。长记误随车，正絮翻蝶舞，芳思交加。柳下桃蹊，乱分春色到人家。　西园夜饮鸣笳，有华灯碍月，飞盖妨花。兰苑未空，行人渐老，重来是事堪嗟。烟暝酒旗斜，但倚楼极目，时见栖鸦。无奈归心，暗随流水到天涯。

秦　观　　望海潮·奴如飞絮

奴如飞絮，郎如流水，相沾便肯相随。微月户庭，残灯帘幕，匆匆共惜佳期。才话暂分携，早抱人娇咽，双泪红垂。画舸难停，翠帏轻别两依依。　别来怎表相思，有分香帕子，合数松儿。红粉脆痕，青笺嫩约，丁宁莫遣人知。成病也因谁，更自言秋杪，亲去无疑。但恐生时注著，合有分于飞。

晁补之　　望海潮·扬州芍药会作

人间花老，天涯春去，扬州别是风光。红药万株，佳名千种，天然浩态狂香。尊贵御衣黄，未便教西洛，独占花王。困倚东风，汉宫谁敢斗新妆。　年年高会维阳，看家夸绝艳，人诧奇芳。结蕊当屏，联葩就幄，红遮绿绕华堂。花面映交相，更秉菅观洧，幽意难忘。罢酒风亭，梦魂惊恐在仙乡。

刘一止　　望海潮·垂杨深院

垂杨深院，啼莺清昼，东风细绕檐牙。野色乱春，娇云捧日，燕翻蝶舞交加。温诏下天涯，早画船飞楫，叠鼓鸣挝。共挽旌幢，缓留丝竹醉韶华。　江都自古豪夸，正迷楼堕絮，月观吹花。玉扆眷深，金瓯望重，何人暗草黄麻。归路接堤沙，宴上林风月，紫阙烟霞。凤检飞来，便将春色到朝家。

刘一止　　望海潮·东郊人报

东郊人报，春风消息，先归御柳宫梅。残雪恋枝，轻阴阁雨，郁葱瑞气佳哉。清晓九门开，听舜韶声举，迤逦天街。双阙连云，六鳌横海驾峰来。　华灯竞簇楼台，正丰年共乐，欢意徘徊。帘卷弄妆，尘香趁马，轻寒细入人怀。争待凤舆回，看一天星斗，移下蓬莱。是处歌谣，太平声入万年杯。

朱敦儒　　望海潮·嵩高维岳

丁酉，西内成，乡人请作望幸曲

嵩高维岳，图书之渊，西都二室三川。神鼎定金，麟符刻玉，英灵未称河山。谁再整乾坤，是挺生真主，浴日开天。御归梁苑，驾回汾水凤楼闲。　　升平运属当千，眷凝旒暇日，西顾依然。银汉诏虹，瑶台赐碧，一新瑞气祥烟。重到帝居前，怪鹊桥龙阙，飞下人间。父老欢呼，翠华来也太平年。

赵　鼎　　望海潮·八月十五日钱塘观潮

双峰遥促，回波奔注，茫茫溅雨飞沙。霜凛剑戈，风生阵马，如闻万鼓齐挝。儿戏笑夫差，谩水犀强弩，一战鱼虾。依旧群龙，怒卷银汉下天涯。　　雷驱电炽雄夸，似云垂鹏背，雪喷鲸牙。须臾变灭，天容水色，琼田万顷无瑕。俗眼但惊嗟，试望中仿佛，三岛烟霞。旧隐依然，几时归去泛灵槎。

张元幹　　望海潮·癸卯冬为建守赵季西赋碧云楼

苍山烟澹，寒溪风定，玉簪罗带绸缪。轻霭暮飞，青冥远净，珠星璧月光浮。城际踊层楼，正翠帘高卷，绿琐低钩。影落尊罍，气和歌管共清游。　　史君冠世风流，拥香鬟凭槛，雾鬓凝眸。银烛暖宵，花光照席，谯门莫报更筹。逸兴醉无休，赋探梅芳信，翻曲新讴。想见疏枝冷蕊，春意到沙洲。

张元幹　　望海潮·为富枢生朝寿

麒麟图画，貂蝉冠冕，青毡自属元勋。绿野旧游，平泉雅咏，霞舒烟卷朝昏。风月小阳春，照玳筵珠履，公子王孙。雪度嵩高，影横伊水庆生申。　　早梅长醉芳尊，况中兴盛际，宥密宗臣。琳馆奉祠，金瓯覆字，和羹妙手还新。光射紫微垣，看五云朝斗，千载逢辰。开取八荒寿域，一气转洪钧。

沈伯文　　望海潮·山连嵩岱

山连嵩岱，疆分齐鲁，济南自古多奇月。魄堕英星，芒剪瑞□，来参汉主龙飞。仙露浥繁枝，振家声赫奕，金印传龟。一种春风，后园桃李自成蹊。　　淮壖暂弭旌旗，庆歌浮绿野，人静圜扉。梅破粉痕，柳回星眼，相将紫诏催归。玉勒晓骢嘶，望天墀咫尺，香惹朝衣。最好朱颜绿发，劝宴凤凰池。

吕渭老　　望海潮·侧寒斜雨

侧寒斜雨，微灯薄雾，匆匆过了元宵。帘影护风，盆池见日，青青柳叶柔条。碧草皱裙腰，正昼长烟暖，蜂困莺娇。望处凄迷，半篙绿水浸斜桥。　　孙郎病酒无聊，记乌丝醉语，碧玉风标。新燕又双，兰心渐吐，嘉期趁取花朝。心事转迢迢，但梦随人远，心与山遥。误了芳音，小窗斜日对芭蕉。

王之道　　望海潮·重九和彦时兄

宝山烟霁，金湖波渺，珠帘高卷清霜。枫叶露痕，荻花风色，人言今日重阳。芳菊裛秋香，更榴房斗紫，柑实传黄。观阁凌空，杯盘照坐独醒狂。　　良辰乐事难忘，正少年游冶，人在任庄。铜钵探题，金钗当酒，一时绿鬓红妆。故国黯凄凉，漫情随水远，兴与云长。要是致君尧舜，千古继垂裳。

杨无咎　　望海潮·上梁帅生辰

菊暗荷枯，橙黄橘绿，嘉时记得今朝。欢蔼十州，香飘万井，春容小试梅梢。星昴耀层霄，庆诞生元德，出佐明朝。雅奏声中，彩旗光里仰英标。　　遐年已卜民谣，最招徕瘵俗，洗尽奸骄。东府政声，北门治绩，流芳况自迢遥。莫惜拚今宵，听缓敲牙板，引满金蕉。看即泥封峻召，无计驻华骠。

史　浩　望海潮·叔父知县庆宅并章服

烟笼香径，霞舒花砌，东君绣出芳辰。蝶羽弄轻，莺声啭巧，嬉嬉舞态歌唇。纶制出严宸，曳耀春品服，荣锡绯银。向此华涂要路，颜色倍精神。　　珠帘碧甃方新，有兰堂快目，水榭通津。玉斝蘸清，金虬蔼翠，轮蹄尽集簪绅。偕老指双椿，望武林咫尺，同上青云。异日重为此会，应羡凤池人。

史　浩　　望海潮·汪漕庆寿

烟浓柳径，霞蒸花砌，春深特地芳辰。蝶侣斗狂，莺雏弄巧，嬉嬉舞态歌唇。西圃集簪绅，正桂薰兰玉，天寿松椿。竞捧瑶觥潋滟，来祝纵怀人。　　当年辍侍严宸，有星轺问俗，熊轼临民。康阜政成，蕃宣治美，归休燕处申申。行庆紫泥新，起钓璜国老，东海之滨。屈指重开此宴，应已拜平津。

史　浩　　望海潮·庆八十

熊罴嘉梦，风云享会，磻溪应卜之年。黄菊萃英，红萸酿馥，安排预赏芳筵。环佩拥神仙，向粉额两字，金缕红鲜。最好花茵展处，双凤舞翩翩。　　人人竞擘香笺，璨珠玑溢目，祝颂无边。彭祖一分，庄椿十倍，千秋未足多言。日驭且停鞭，把燕闲欢乐，分付壶天。笑享亲朋岁岁，春酒庆团圆。

洪　适　　望海潮·题双岩堂

重溟倒影，五芝含笑，神仙今古台州。山拥黄堂，烟披画戟，双岩瑞气长浮。前事记鳌头，有百年台榭，千室嬉游。墨宝凄凉，风凌雨蠹尽悠悠。　　规恢共仰贤侯，当政成五月，景对三秋。飞栋干云，虚檐受露，放怀不减南楼。宾燕奉觥筹，妙绮笺琼藻，声度歌喉。只恐棠阴成后，趣去侍凝旒。

曹　冠　　望海潮·绍兴府西园席上

会稽藩镇，舟车都会，槐庭燕寝凝香。禹穴旧踪，兰亭胜致，千岩万壑生光。舆颂美龚黄，庆慈闱戏彩，眉寿而康。寓兴西园，月台风榭赏群芳。

黄岩叟　　望海潮·梅天雨歇

梅天雨歇，柳堤风定，江浮画鹢纵横。瀛女弄箫，冯夷伐鼓，云间凤咽鼍鸣。波面走长鲸，卷怒涛来往，搅碎沧溟。两岸游人笑语，罗绮间簪缨。　　灵均逝魄无凭，但湘沅一水，到底澄清。菰黍万家，丝桐五彩，年年吊古深情。锦帜片霞明，使操舟妙手，翻动心旌。向晚鱼龙戏罢，千里浪花平。

石孝友　　望海潮·离情冰泮

离情冰泮，归心云扰，黯然凝伫江皋。柳色摇金，梅香弄粉，依稀满眼春娇。常记极游遨，更与持玉斝，因解金貂。郎去瞿塘，妾家巫峡水迢迢。　　别来暗减风标，奈碧云暗断，翠被香消。春草生池，芳尘凝榭，凄凉月夕花朝。千里梦魂劳，但鸟啼渡口，猿响山椒。拟把无穷幽恨，万叠写霜绡。

石孝友　　望海潮·元日上都运鲁大卿

云龙双辅，匣龙双起，当年楚尾吴头。借月命卿，占星分使，来宽俗瘵君忧。绣指屈儒流，□暂辍北阙，小试南州。协奏熏风，霈为霖雨岁登秋。　　春工点缀芳柔，正梅凝笑脸，柳弄青眸。柏叶荐觞，椒花载颂，休辞秉烛嬉游。乃眷在宸旒，更德标银管，名覆金瓯。共看朝天路稳，归拜富民侯。

史隽之　　　望海潮·浮远堂

危岑孤秀，飞轩爽豁，空江泱漭黄流。吴札故丘，春申旧国，西风吹换清秋。沧海浪初收，共登高临眺，尊俎绸缪。凤集高冈，驹留空谷接英游。　八窗尽控琼钩，送帆樯杳杳，潮汐悠悠。千古兴怀，关河极目，愁边灭没轻鸥。淮岸隔重洲，认澹霞天末，一缕青浮。未许英雄老去，西北是神州。

赵崇嶓　　　望海潮·泛舟

轻云过雨，炎晖初减，楼台片片余霞。曲径通幽，小阑斜护，水天薄暮人家。暝色趣归鸦，竹风交立玉，清透窗纱。断岸涟漪，乱萍芳苇绕烟沙。　依稀画艇莲娃，掩鲛绡微沁，急桨咿哑。香雾霏微，冷光摇曳，娅红深映低花。天际玉钩斜，矶边菱唱答，惊断鸣蛙。满棹白蘋归去，幽兴绕天涯。

鄱阳护戎女　望海潮·云收飞脚

云收飞脚，日袪怒暑，新蝉高柳鸣时。兰佩紫囊，蒲抽碧剑，吴丝两腕双垂。闻道五陵儿，蛟龙吼波面，冲碎琉璃。画鼓声中，锦标争处飐红旗。　使君冠盖追□，正霞翻酒浪，翠敛歌眉。扇动水□，风生玉宇，微凉透入单衣。日暮楚天低，金蛇掣电漾，千顷霜溪。宴罢休燃宝蜡，凭月照人归。

赵　文　　　望海潮·次龙有章韵

云外梅阴，雨余苔晕，嫩寒初沁罗裳。书几凝尘，琴丝带润，小窗幽梦生凉。新水涨银塘，恨王孙去后，烟草茫茫。记得湖山胜处，相对拆封黄。　情笺思墨犹香，奈当时两鬓，都是吴霜。兔颖吟苦，鹴裘解尽，何意此□游梁。旧话不堪长，便倩薰风吹去，本地看风光。惟有青山，伴我耕钓老村庄。

陈德武　　　望海潮·钱塘怀古

珑山西峙，浙江东逝，谁余一箭临冲。凤舞龙飞，地灵人杰，当年树此勋庸。强弩万夫雄，今冯夷退舍，海若潜锋。拥石成堤，百川约束障西东。　至今人物蕃丰，仰功扬山立，德润川容。乐极西湖，愁多南渡，他都是梦魂空。感古恨无穷，叹表忠无观，古墓谁封。棹舣钱塘，浊醪和泪洒秋风。

陈德武　　　　望海潮·拱日亭

山涯海角，天高地厚，长安举首何妨。万水朝宗，众星环极，平生此志无忘。亭上一翱翔，见烟收雾敛，风翥龙骧。海色沧凉，金乌拍翅上扶桑。　遥瞻咫尺清光，物无遐不烛，有隐皆彰。发蔀心劳，之官路远，篙师又促归航。不敢久徜徉，抱梧桐绮实，葵藿心肠。假我双翰，一朝飞上五云乡。

陈德武　　　　望海潮·清明咏怀

三分春色，十分官事，令人孤负芳菲。歌燕簧莺，语花舞柳，园林好处谁知。还忆旧游时，对海棠驻马，红药题诗。一别东君，回顾又是隔年期。　相思远在天涯，镇海填恨臆，山锁愁眉。杜宇能言，鹧鸪有泪，慢劳蝴蝶于飞。景与少年宜，把榆分新火，香透罗衣。风月常存，双鱼报道早来归。

陈德武　　　　望海潮·南冠一载

寄别浔郡鲁教谕子振、李训道宗深

南冠一载，西流万里，离怀孰不伤情。富贵邯郸，雨云巫峡，回头一梦空惊。谁辱又谁荣，问当时道德，今日功名。楚水吴山，向来多少送和迎。　长安古道长亭，叹马蹄不驻，车辙难停。薇老首阳，芝深商谷，时遥雾拥云平。此意已羞评，但金缄白雪，锦佩青萍。采竹昆岑，有时吹作凤凰鸣。

陈德武　　　　望海潮·祖觞东馆

祖觞东馆，称舟南渡，江天云树离离。盘谷渔樵，舞雩风咏，渴心常望云霓。知与故人齐，念翼残犹铩，足蹶还羁。百折江流，峡猿水鸟助孤凄。　几回梦绕山西，耐疏篷夜雨，惊枕晨鸡。对无声诗，哦有声画，仪形已见端倪。回首暮云迷，又桐飞金井，燕落乌衣。有意相思，双鳞乘羽莫教迟。

陈德武　　　　望海潮·和韵寄别叶睢宁

陵山载酒，泗河扬舵，尊前折尽将离。才试牛刀，俄惊凫舄，令人去后多思。休唱别离词，看玉函星铁，骑佩铜丝。丹凤鸣阳，碧梧栖尔最高枝。　等闲展对声词，对一庭明月，千里邦畿。西涧家声，玉堂人物，夜窗梦果心期。才思浩无涯，若深航濂洛，峻驾峨眉。胸抱相思，银筝锦字莫教迟。

张　藻　　　望海潮·露零金井

露零金井，尘清玉宇，双蓂呈瑞新秋。佳气郁葱，祥烟缭绕，玉门初诞风流。宾客竞回眸，庆虎头食肉，燕颔封侯。骨相非凡，便宜谈笑上瀛洲。　青衫莫叹淹留，有儿孙兰玉，不负箕裘。莲幕向来，花城今日，不妨小试良筹。名姓在金瓯，看佩珂鸣玉，促侍宸旒。直待功成名遂，归作赤松游。

无名氏　望海潮·吊杨芳与黄岩妓投江

彩筒角黍，兰桡画舫，佳时竞吊沉湘。古意未收，新愁又起，断魂流水茫茫。堪笑又堪伤，有临皋仙子，连璧檀郎。暗约同归，远烟深处弄沧浪。　倚楼魂已飞扬，共偷挥玉箸，痛饮霞觞。烟水无情，揉花碎玉，空余怨抑凄凉。杨谢旧遗芳，算世间纵有，不恁非常。但看芙蕖并蒂，他日一双双。

望　梅

即《解连环》，详见《解连环》条。

陆　游　　　望梅·寿非金石

寿非金石，恨天教老向，水程山驿。似梦里、来到南柯，这些子光阴，更堪轻掷。戍火边尘，又过了、一年春色。叹名姬骏马，尽付杜陵，苑路豪客。　长绳漫劳系日，看人间俯仰，俱是陈迹。纵自倚、英气凌云，奈回尽鹏程，铩残鸾翮。终日凭高，诮不见、江东消息。算沙边、也有断鸿，倩谁问得。

无名氏　　　望梅·画阑人寂

画阑人寂，喜轻盈照水，犯寒先拆。袅芳枝、云缕鲛绡，露浅浅涂黄，汉宫娇额。剪玉裁冰，已占断、江南春色。恨风前素艳，雪里暗香，偶成抛掷。　如今眼穿故国，待拈花嗅蕊，时话思忆。想陇头、依约飘零，甚千里芳心，杳无消息。粉怯珠愁，又只恐、吹残羌笛。正斜飞、半窗晓月，梦回陇驿。

无名氏　　　　望梅·小寒时节

小寒时节，正同云暮惨，劲风朝烈。信早梅、偏占阳和，向日暖临溪，一枝先发。时有香来，望明艳、瑶枝非雪。想玲珑嫩蕊，绰约横斜，旖旎清绝。　　仙姿更谁并列，有幽香映水，疏影笼月。且大家、留倚阑干，对绿醑飞觥，锦笺吟阅。桃李繁华，奈比此、芬芳俱别。等和羹大用，休把翠条谩折。

望梅花

唐教坊曲名，又名《望梅花令》。有单调、双调之分。单调，三十八字、六句、六仄韵。双调数体，有三十八字，上片三句、两平韵，下片三句、三平韵；亦有七十字，上下片各六句、六仄韵；还有七十二字，上下片各六句、四仄韵；还有八十二字，上下片各八句、五仄韵。

欧阳修　　　望梅花·春草全无消息

春草全无消息，腊雪犹余踪迹。越岭寒梅香自折，冷艳奇芳堪惜。何事寿阳无处觅，吹入谁家横笛。

蒲宗孟　　　望梅花·一阳初起

一阳初起，暖力未胜寒气。堪赏素华长独秀，不并开红抽紫。青帝只应怜洁白，不使雷同众卉。　　淡然难比，粉蝶岂知芳蕊。半夜卷帘如乍失，只在银蟾影里。残雪枝头君认取，自有清香旖旎。

无名氏　　　望梅花·寒梅堪羡

寒梅堪羡，堪羡轻苞初展，被天人、制巧妆素艳。群芳皆贱，碎剪月华千万片，缀向琼枝欲遍。　　小庭幽院，雪月相交无辨，影玲珑、何处临溪见。谢家新宴，别有清香风际转，缥缈著人头面。

望梅词

即《解连环》，宋善珍词名《望梅词》。详见《解连环》条。

善　珍　　　　**望梅词·寸阴堪惜**

寸阴堪惜，趁身强健去，结茅苍壁。错料事、临老方知，国师与高僧，二途俱失。识字吟诗，敌不得、死生何益。看寒山着语，李杜也输，莫道元白。　千年过如瞬息，共飞鸿缥缈，沉没空碧。问懒瓒、因甚遭逢，芋魁亦联翩，著名金石。遗臭流芳，老子勿、许多心力。旋消磨、数百瓮齑，掩关入寂。

望湘人

调见贺铸《东山乐府》，为其自度曲。双调，一百零七字，上片十一句、五仄韵，下片十句、六仄韵。此调只贺铸一词。

贺　铸　　　　**望湘人·春思**

厌莺声到枕，花气动帘，醉魂愁梦相半。被惜余薰，带惊剩眼，几许伤春春晚。泪竹痕鲜，佩兰香老，湘天浓暖。记小江、风月佳时，屡约非烟游伴。　须信鸾弦易断，奈云和再鼓，曲终人远。认罗袜无踪，旧处弄波清浅。青翰棹舣，白蘋洲畔。尽目临皋飞观，不解寄、一字相思，幸有归来双燕。

减　兰

即《减字木兰花》，详见《减字木兰花》条。

李子正　　　　**减兰·十梅　并序**

窃以花虽多品，梅最先春。始因暖律之潜催，正直冰澌之初泮。前村雪里，已见一枝；山上驿边，乱飘千片。寄江南之春信，与陇上之故人。玉脸娉婷，如寿阳之傅粉；冰肌莹彻，逞姑射之仙姿。不同桃李之繁枝，自有雪霜之素质。香欺青女，冷耐霜娥。月浅溪明，动诗人之清兴；日斜烟暝，感行客之幽怀。偏宜浅蕊轻枝，最好暗香疏影。况是非常之标格，别有一种之风情。姮娥好景难拚，那更彩云易散。凭栏赏处，已遍南枝兼北枝；秉烛看时，休问今日与昨日。且辍龙吟之三弄，更停画角之数声。庾岭将军，久思止渴；傅岩元老，专待和羹。岂如凡卉之娇春，长赖化工而结实。又况风姿雨质，晓色暮云。日边月下之妖娆，雪里霜中之艳冶。初开微绽，欲落惊飞。取次芬芳，无非奇绝。锦囊佳句，但能仿佛芳姿；皓齿清歌，未尽形容雅态。追惜花之余恨，舒乐事之余情。试缀芜词，编成短阕。曲尽一时之景，聊资四座之欢。女伴近前，鼓子祗候。

总题

梅萼香嫩，雪里开时春粉润。雨蕊风枝，暗与黄昏取次宜。　日边月下，休问初开兼欲谢。却最妖娆，不似群花春正娇。

风

东风吹暖，轻动枝头娇艳颤。成片惊飞，不是城南画角吹。　香英飘处，定向寿阳妆阁去。莫损柔柯，今日清香远更多。

雨

潇潇细雨，雨歇芳菲犹淡伫。密洒轻笼，湿遍柔枝香更浓。　琼腮微腻，疑是凝酥初点缀。冷艳相宜，不似梨花带雨时。

雪

六花飞素，飘入枝头无觅处。密缀轻堆，只似香苞次第开。　栏边欲坠，姑射山头人半醉。墙外低垂，窥送佳人粉再吹。

月

寒蟾初满，正是枝头开烂熳。素质笼明，多少风姿无限情。　暗香疏影，冰麝萧萧山驿静。浅蕊轻枝，酒醒更阑梦断时。

日

腾腾初照，半拆琼苞还似笑。莫近柔条，只恐凝酥暖欲消。　三竿已上，点缀胭脂红荡漾。刚道宜寒，不似前村雪里看。

晓

急催银漏，渐渐纱窗明欲透。点检花枝，晓笛吹时几片飞。　淡烟初破，仿佛夜来飞几朵。浅粉余香，晨起佳人带晓妆。

晚

天寒欲暮，别有一般姿媚处。半载斜阳，宝鉴微开试晚妆。　　淡烟轻处，渐近黄昏香暗度。休怕春寒，秉烛重来仔细看。

早

阳和初布，入萼春红才半露。暖律潜催，与占百花头上开。　　香英微吐，折赠一枝人已去。杨柳贪眠，不道春风已暗传。

残

香苞渐少，满地残英寒不扫。传语东君，分付南枝桃李春。　　东风吹暖，南北枝头开烂熳。一任飘吹，已占东风第一枝。

减字木兰花

此调是将《偷声木兰花》上下片第一句减去三字，自成一体。简称《减兰》，又名《减兰令》、《木兰香》、《天下乐令》、《小木兰花》、《四仙韵》、《金莲出玉花》、《益寿美金花》。双调，四十四字，上下片各四句、两仄韵、两平韵。

柳　永　　减字木兰花·花心柳眼

花心柳眼，郎似游丝常惹绊。慵困谁怜，绣线金针不喜穿。　　深房密宴，争向好天多聚散。绿锁窗前，几日春愁废管弦。

张　先　　减字木兰花·垂螺近额

垂螺近额，走上红茵初趁拍。只恐轻飞，拟倩游丝惹住伊。　　文鸳绣履，去似杨花尘不起。舞彻伊州，头上宫花颤未休。

欧阳修　　减字木兰花·留春不住

留春不住，燕老莺慵无觅处。说似残春，一老应无却少人。　　风和月好，办得黄金须买笑。爱惜芳时，莫待无花空折枝。

欧阳修　　减字木兰花·伤怀离抱

伤怀离抱，天若有情天亦老。此意如何，细似轻丝渺似波。　扁舟岸侧，枫叶荻花秋索索。细想前欢，须著人间比梦间。

欧阳修　　减字木兰花·楼台向晓

楼台向晓，淡月低云天气好。翠幕风微，宛转梁州入破时。　香生舞袂，楚女腰肢天与细。汗粉重匀，酒后轻寒不著人。

欧阳修　　减字木兰花·画堂雅宴

画堂雅宴，一抹朱弦初入遍。慢捻轻笼，玉指纤纤嫩剥葱。　拨头憁利，怨月愁花无限意。红粉轻盈，倚暖香檀曲未成。

欧阳修　　减字木兰花·歌檀敛袂

歌檀敛袂，缭绕雕梁尘暗起。柔润清圆，百琲明珠一线穿。　樱唇玉齿，天上仙音心下事。留往行云，满坐迷魂酒半醺。

欧阳修　　减字木兰花·去年残腊

去年残腊，曾折梅花相对插。人面而今，空有花开无处寻。　天天不远，把酒拈花重发愿。愿得和伊，偎雪眠香似旧时。

欧阳修　　减字木兰花·年来方寸

年来方寸，十日幽欢千日恨。未会此情，白尽人头可得平。　区区堪比，水趁浮萍风趁水。试望瑶京，芳草随人上古城。

元　绛　　减字木兰花·绿杨阴下

绿杨阴下，短帽轻衫行信马。过尽春风，踏尽青青打尽红。　舞鸾歌凤，人面湖光红影动。醉眼归时，人在朱楼曲角西。

韩　维　　　减字木兰花·颍州西湖

和风动□，□□新年□入手。世事尘□，□□□情近酒□。　水开湖□，□□笙歌波面起。相与排□，□□□胜特地□。

陈汝羲　　　减字木兰花·纤纤素手

纤纤素手，盘里醉花新点就。对叶双心，别有东风意思深。　琼沾粉缀，消得玉堂留客醉。试嗅清芳，别有红罗巧袖香。

王安国　　　减字木兰花·春情

画桥流水，雨湿落红飞不起。月破黄昏，帘里余香马上闻。　徘徊不语，今夜梦魂何处去。不似垂杨，犹解飞花入洞房。

韦　骧　　　减字木兰花·惜春词

人生可意，只说功名贪富贵。遇景开怀，且尽生前有限杯。　韶华几许，鶗鴂声残无觅处。莫自因循，一片花飞减却春。

韦　骧　　　减字木兰花·劝饮酒

金貂贳酒，乐事可为须趁手。且醉青春，白发何曾饶贵人。　凤笙鼍鼓，况是桃花落红雨。莫诉觥筹，炊熟黄粱一梦休。

韦　骧　　　减字木兰花·止贪词

鸾坡凤沼，轩冕倘来何足道。存养天真，安用浮名绊此身。　劳生逸老，摆脱纷华须是早。解绶眠云，林下何曾见一人。

韦　骧　　　减字木兰花·望仙词

危楼引望，天气犹寒花未放。远思悠悠，芳草何年恨即休。　仙踪何处，此去蓬山多少路。春霭腾腾，更在瑶台十二层。

韦　骧　　　减字木兰花·春词

帝城春媚，绿柳参天花照地。共乐升平，处处楼台歌板声。　香轮玉镫，驰骤芳郊争选胜。妙舞轻讴，扰乱春风卒未休。

韦　骧　　　减字木兰花·水仙花

雕阑香砌，红紫妖韶何足计。争似幽芳，几朵先春蘸碧塘。　玉盘金盏，谁谓花神情有限。绰约仙姿，仿佛江皋解佩时。

晏几道　　　减字木兰花·长亭晚送

长亭晚送，都似绿窗前日梦。小字还家，恰应红灯昨夜花。　良时易过，半镜流年春欲破。往事难忘，一枕高楼到夕阳。

晏几道　　　减字木兰花·留春不住

留春不住，恰似年光无味处。满眼飞英，弹指东风太浅情。　筝弦未稳，学得新声难破恨。转枕花前，且占香红一夜眠。

晏几道　　　减字木兰花·长杨辇路

长杨辇路，绿满当年携手处。试逐春风，重到宫花花树中。　芳菲绕遍，今日不如前日健。酒罢凄凉，新恨犹添旧恨长。

王　观　　　减字木兰花·寿女婿

瑞云仙雾，拂晓重重遮绣户。一炷清香，千尺流霞入寿觞。　家门转好，从此应须长不老。来岁春风，看拜西枢小令公。

王　观　　　减字木兰花·寿星明久

寿星明久，寿曲高歌沉醉后。寿烛荣煌，手把金炉爇寿香。　满斟寿酒，我意殷勤来祝寿。同寿如何，寿比南山福更多。

王　观　　　减字木兰花·华筵布巧

华筵布巧，绿绕红□花枝闹。朵朵风流，好向尊前插满头。　此花妖艳，愿得年年长相见。满劝金钟，祝寿如花岁岁红。

王　观　　　减字木兰花·天之美禄

天之美禄，会饮思量平生福。一硕刘伶，五斗将来且解醒。　百年长醉，三万六千能几日。劝饮瑶觞，祝寿不如岁月长。

王　观　　　减字木兰花·红牙初展

红牙初展，象板如云遮娇面。曲按宫商，声遏行云绕画梁。　正当衮遍，休唱阳关人肠断。劝饮流霞，祝寿千年转更加。

王　观　　　减字木兰花·多愁早老

多愁早老，着甚由来闲烦恼。休管浮名，安乐身康似宝珍。　酒逢知己，好向尊前朝日醉。满劝瑶觥，祝寿如山岁岁青。

王　观　　　减字木兰花·今晨佳宴

今晨佳宴，昨夜南极星光现。鹤舞青霄，丹凤呈祥瑞气飘。　仙书来诏，绿鬓朱颜长不老。满劝香醪，祝寿如云转转高。

王　观　　　减字木兰花·角声三品

角声三品，银漏更残将欲尽。盏遍华筵，玉粒琼瓯散又圆。　知君洪量，不用推辞须一上。满劝殷勤，祝寿如同福禄星。

王　观　　　减字木兰花·新秋气肃

新秋气肃，此日仙翁曾诞育。禀赋应遍，绿□朱颜似少年。　阶庭兰玉，行见儿孙俱曳绿。更祝遐龄，愿比庄椿过八千。

王　观　　减字木兰花·百年能几

百年能几，似数巡环无了日。有限时光，玉兔金乌晓夜忙。　幸逢清世，最好排筵斟绿蚁。满捧金蕉，祝寿如松永不凋。

王　观　　减字木兰花·三皇五帝

三皇五帝，古代英雄闲争气。勇猛韩彭，十大功劳空有名。　休谈人我，大限催煎如何躲。前酌觥舡，祝寿如同海月圆。

王　观　　减字木兰花·春光景媚

春光景媚，花褪残红炎天气。蝉噪高枝，雁叫长空雪乱飞。　四时如箭，八节忙忙频改换。满捧金彝，祝寿如同海岳齐。

王　观　　减字木兰花·才鸣□鼓

才鸣□鼓，曲奏仙音如乐府。美似梨园，一派箫韶列玳筵。　使人清耳，满坐宾朋皆欢喜。劝饮金荷，祝寿延长福更多。

魏夫人　　减字木兰花·西楼明月

西楼明月，掩映梨花千树雪。楼上人归，愁听孤城一雁飞。　玉人何处，又见江南春色暮。芳信难寻，去后桃花流水深。

魏夫人　　减字木兰花·落花飞絮

落花飞絮，杳杳天涯人甚处。欲寄相思，春尽衡阳雁渐稀。　离肠泪眼，肠断泪痕流不断。明月西楼，一曲阑干一倍愁。

苏　轼　　减字木兰花·郑庄好客

赠润守许仲涂，且以“郑容落籍、高莹从良”为句首

郑庄好客，容我尊前先堕帻。落笔生风，籍籍声名不负公。　高山白早，莹骨冰肌那解老。从此南徐，良夜清风月满湖。

苏　轼　　　减字木兰花·寓意

云鬟倾倒，醉倚阑干风月好。凭仗相扶，误入仙家碧玉壶。　连天衰草，下走湖南西去道。一舸姑苏，便逐鸱夷去得无。

苏　轼　　　减字木兰花·荔枝

闽溪珍献，过海云帆来似箭。玉座金盘，不贡奇葩四百年。　轻红酿白，雅称佳人纤手擘。骨细肌香，恰是当年十八娘。

苏　轼　　　减字木兰花·送东武令赵晦之

贤哉令尹，三仕已之无喜愠。我独何人，犹把虚名玷搢绅。　不如归去，二顷良田无觅处。归去来兮，待有良田是几时。

苏　轼　　　减字木兰花·送别

玉觞无味，中有佳人千点泪。学道忘忧，一念还成不自由。　如今未见，归去东园花似霰。一语相开，匹似当初本不来。

苏　轼　　　减字木兰花·送赵令

春光亭下，流水如今何在也。岁月如梭，白首相看拟奈何。　故人重见，世事年来千万变。官况阑珊，惭愧青松守岁寒。

苏　轼　　　减字木兰花·惟熊佳梦

过吴兴，李公择生子，三日会客，作此词戏之

惟熊佳梦，释氏老君亲抱送。壮气横秋，未满三朝已食牛。　犀钱玉果，利市平分沾四坐。多谢无功，此事如何到得侬。

苏　轼　　　减字木兰花·得书

晓来风细，不会鹊声来报喜。却羡寒梅，先觉春风一夜来。　香笺一纸，写尽回文机上意。欲卷重开，读遍千回与万回。

苏　轼　　　　减字木兰花·送别

天台旧路，应恨刘郎来又去。别酒频倾，忍听阳关第四声。　　刘郎未老，怀恋仙乡重得到。只恐因循，不见如今劝酒人。

苏　轼　　　　减字木兰花·双龙对起

双龙对起，白甲苍髯烟雨里。疏影微香，下有幽人昼梦长。　　湖风清软，双鹊飞来争噪晚。翠飐红轻，时下凌霄百尺英。

苏　轼　　　　减字木兰花·赠小鬟琵琶

琵琶绝艺，年纪都来十一二。拨弄幺弦，未解将心指下传。　　主人瞋小，欲向东风先醉倒。已属君家，且更从容等待他。

苏　轼　　　　减字木兰花·立春

春牛春杖，无限春风来海上。便与春工，染得桃红似肉红。　　春幡春胜，一阵春风吹酒醒。不似天涯，卷起杨花似雪花。

苏　轼　　　　减字木兰花·雪词

云容皓白，破晓玉英纷似织。风力无端，欲学杨花更耐寒。　　相如未老，梁苑犹能陪俊少。莫惹闲愁，且折江梅上小楼。

苏　轼　　　　减字木兰花·花

玉房金蕊，宜在玉人纤手里。淡月朦胧，更有微微弄袖风。　　温香熟美，醉慢云鬟垂两耳。多谢春工，不是花红是玉红。

苏　轼　　　　减字木兰花·春月

春庭月午，摇荡香醪光欲舞。步转回廊，半落梅花婉娩香。　　轻云薄雾，总是少年行乐处。不似秋光，只与离人照断肠。

苏　轼　　　减字木兰花·赠胜之

天然宅院，赛了千千并万万。说与贤知，表德元来是胜之。　今来十四，海里猴儿奴子是。要赌休痴，六只骰儿六点儿。

苏　轼　　　减字木兰花·琴

神闲意定，万籁收声天地静。玉指冰弦，未动宫商意已传。　悲风流水，写出寥寥千古意。归去无眠，一夜余音在耳边。

苏　轼　　　减字木兰花·银筝旋品

银筝旋品，不用缠头千尺锦。妙思如泉，一洗闲愁十五年。　为公少止，起舞属公公莫起。风里银山，摆撼鱼龙我自闲。

苏　轼　　　减字木兰花·赠君猷家姬

柔和性气，雅称佳名呼懿懿。解舞能讴，绝妙年中有品流。　眉长眼细，淡淡梳妆新绾髻。懊恼风情，春著花枝百态生。

苏　轼　　　减字木兰花·莺初解语

莺初解语，最是一年春好处。微雨如酥，草色遥看近却无。　休辞醉倒，花不看开人易老。莫待春回，颠倒红英间绿苔。

苏　轼　　　减字木兰花·江南游女

江南游女，问我何年归得去。雨细风微，两足如霜挽纻衣。　江亭夜语，喜见京华新样舞。莲步轻飞，迁客今朝始是归。

苏　轼　减字木兰花·赠徐君猷三侍人　妩卿

娇多媚瞮，体柳轻盈千万态。殢主尤宾，敛黛含嚬喜又瞋。　徐君乐饮，笑谑从伊情意恁。脸嫩敷红，花倚朱阑裹住风。

苏　轼　　　减字木兰花·胜之

双鬟绿坠，娇眼横波眉黛翠。妙舞蹁跹，掌上身轻意态妍。　曲穷力困，笑倚人旁香喘喷。老大逢欢，昏眼犹能仔细看。

苏　轼　　　减字木兰花·庆姬

天真雅丽，容态温柔心性慧。响亮歌喉，遏住行云翠不收。　妙词佳曲，啭出新声能断续。重客多情，满劝金卮玉手擎。

苏　轼　　　减字木兰花·空床响琢

空床响琢，花上春禽冰上雹。醉梦尊前，惊起湖风入坐寒。　转关镬索，春水流弦霜入拨。月堕更阑，更请宫高奏独弹。

苏　轼　　　减字木兰花·回风落景

五月二十四日，会于无咎之随斋。主人汲泉置大盆中，渍白芙蓉，坐客翛然，无复有病暑意

回风落景，散乱东墙疏竹影。满坐清微，入袖寒泉不湿衣。　梦回酒醒，百尺飞澜鸣碧井。雪洒冰麾，散落佳人白玉肌。

苏　轼　　减字木兰花·以大琉璃杯劝王仲翁

海南奇宝，铸出团团如栲栳。曾到昆仑，乞得山头玉女盆。　绛州王老，百岁痴顽推不倒。海口如门，一派黄流已电奔。

苏　轼　　　减字木兰花·凭谁妙笔

凭谁妙笔，横扫素缣三百尺。天下应无，此是钱塘湖上图。　一般奇绝，云淡天高秋夜月。费尽丹青，只这些儿画不成。

李之仪　　　减字木兰花·乱魂无据

乱魂无据，黯黯只寻来处路。灯尽花残，不觉长更又向

阑。　　几回枕上，那件不曾留梦想。变尽星星，一滴秋霖是一茎。

李之仪　减字木兰花·堤长春晚

堤长春晚，冉冉浑如云外见。欲语无门，略许莺声隔岸闻。　　锦屏绣幌，犹待归来留一饷。何事迟迟，直恐游丝惹住伊。

李之仪　减字木兰花·次韵陈莹中题韦深道独乐堂

莹中词云：世间拘碍，人不堪时渠不改。古有斯人，千载谁能继后尘。　　春风入手，乐事自应随处有。与众熙怡，何似幽居独乐时。

触涂是碍，一任浮沉何必改。有个人人，自说居尘不染尘。　　谩夸千手，千物执持都是有。气候融怡，还取青天白日时。

李之仪　减字木兰花·次韵陈莹中题韦深道寄傲轩

莹中词云：结庐人境，万事醉来都不醒。鸟倦云飞，两得无心总是归。　　古人逝矣，旧日南窗何处是。莫负青春，即是升平寄傲人。

莫非魔境，强向中间谈独醒。一叶才飞，便觉年华太半归。　　醉云可矣，认著依前还不是。虚过今春，有愧斜川得意人。

李之仪　减字木兰花·揉花催柳

得金陵报，喜甚，从赵景修借酒

揉花催柳，一夜阴风几破牖。平晓无云，依旧光明一片春。　　掀衣起走，欲助喜欢须是酒。惆怅空樽，拟就王孙借十分。

舒　亶　减字木兰花·用旧韵戏吴奉议

眉山敛额，往事追思空手拍。雁字频飞，生怕人来说著伊。　　闲抛绣履，愁殢香衾浑不起。莫似扬州，只作寻常薄幸休。

舒亶　　减字木兰花·赋锦带

碎红如绣，摇曳东风垂彩绶。拟倩柔条，约住佳人细柳腰。　蜀江春绿，争似枝头能结束。纤手攀时，欲绾同心寄与谁。

刘泾　　减字木兰花·凭谁妙笔

凭谁妙笔，横扫素缣三百尺。天下应无，此是钱塘湖上图。　一般奇绝，云淡天高秋夜月。费尽丹青，只这些儿画不成。

上半首别为苏轼作

黄裳　　减字木兰花·竞渡

红旗高举，飞出深深杨柳渚。鼓击春雷，直破烟波远远回。　欢声震地，惊退万人争战气。金碧楼西，衔得锦标第一归。

黄庭坚　　减字木兰花·春

余寒争令，雪共蜡梅相照影。昨夜东风，已出耕牛劝岁功。　阴云幂幂，近觉去天无几尺。休恨春迟，桃李梢头次第知。

黄庭坚　　减字木兰花·使君那里

距施州二十里，张仲谋遣骑相迎，因送所和乐府来，且约近郊相见，复用前韵先往

使君那里，千骑尘中依约是。拂我眉头，无处重寻庾信愁。　山云弥漫，夹道旌旗联复断。万事茫茫，分付澄波与烂肠。

黄庭坚　　减字木兰花·登巫山县楼作

襄王梦里，草绿烟深何处是。宋玉台头，暮雨朝云几许愁。　飞花漫漫，不管羁人肠欲断。春水茫茫，欲度南陵更断肠。

黄庭坚　　减字木兰花·巫山古县

巫山古县，老杜淹留情始见。拨闷题诗，千古神交世不知。　云阳台下，更值清明风雨夜。知道愁辛，果是当时作赋人。

黄庭坚　　减字木兰花·和赵文仪

诗翁才刃，曾陷文场貔虎阵。谁敢当哉，况是焚舟决胜来。　三巴春杪，客馆梦回风雨晓。胸次峥嵘，欲共涛头赤甲平。

黄庭坚　　减字木兰花·苍崖万仞

苍崖万仞，下有奔雷千百阵。自古危哉，谁遣西园溜么来。　猿啼云杪，破梦一声巫峡晓。苦唤愁生，不是西园作么平。

黄庭坚　　减字木兰花·私情

终宵忘寐，好事如何犹尚未。子细沉吟，珠泪盈盈湿袖襟。　与君别也，愿在郎心莫暂舍。记取盟言，闻早回程却再圆。

黄庭坚　　减字木兰花·中秋多雨

丙子仲秋，奉陪黔阳曹使君伯达玩月，作减字木兰花，兼简施州张使君仲谋

中秋多雨，常是尊罍狼藉去。今夜云开，须道姮娥得得来。　不知云外，还有清光同此会。笛在层楼，声彻摩围顶上头。

黄庭坚　　减字木兰花·中秋无雨

中秋无雨，醉送月衔西岭去。笑口须开，几度中秋见月来。　前年江外，儿女传杯兄弟会。此夜登楼，小谢清吟慰白头。

黄庭坚　　减字木兰花·浓云骤雨

浓云骤雨，巫峡有情来又去。今夜天开，不与姮娥作伴

来。　清光无外，白发老人心自会。何处歌楼，贪看冰轮不转头。

黄庭坚　　减字木兰花·举头无语

丙子仲秋黔守席上，客有举岑嘉州中秋诗曰："今夜鄜州月，闺中只独看。遥怜小儿女，未解忆长安。"因戏作

举头无语，家在月明生处住。拟上摩围，最上峰头试望之。　偏怜络秀，苦淡同甘谁更有。想见牵衣，月到愁边总不知。

黄庭坚　　减字木兰花·戏答

月中笑语，万里同依光景住。天水相围，相见无因梦见之。　诸儿娟秀，儒学传家渠自有。自作秋衣，渐老先寒人未知。

黄庭坚　减字木兰花·用前韵示知命弟

当年夜雨，头白相依无去住。儿女成围，欢笑尊前月照之。　阿连高秀，千万里来忠孝有。岂谓无衣，岁晚先寒要弟知。

秦　观　　减字木兰花·天涯旧恨

天涯旧恨，独自凄凉人不问。欲见回肠，断尽金炉小篆香。　黛蛾长敛，任是春风吹不展。困倚危楼，过尽飞鸿字字愁。

米　芾　减字木兰花·涟水登楼寄赵伯山

云间皓月，光照银淮来万折。海岱楼中，拂袖雄披楚岸风。　醉余清夜，羽扇纶巾人入画。江远淮长，举首宗英醒更狂。

米　芾　　减字木兰花·展书卷

平生真赏，纸上龙蛇三五行。富贵功名，老境谁堪宠辱惊。　寸心谁语，只有当年袁与许。归到寥阳，玉简霞衣侍帝旁。

贺　铸　　　减字木兰花·春容秀润

春容秀润，二十四番花有信。鸾镜佳人，得得浓妆样样新。　　情无远近，水阔山长分不尽。一断音尘，泪眼花前只见春。

贺　铸　　　减字木兰花·闲情减旧

闲情减旧，无奈伤春能作瘦。桂楫兰舟，几送人归我滞留。　　西门官柳，满把青青临别手。谁共登楼，分取烟波一段愁。

贺　铸　　　减字木兰花·南园清夜

南园清夜，临水朱阑垂柳下。从坐莲花，潋滟觥船泛露华。　　酒阑歌罢，双□前愁东去也。回想人家，芳草平桥一径斜。

贺　铸　　　减字木兰花·多情多病

多情多病，万斛闲愁量有剩。一顾倾城，惟觉尊前笑不成。　　探春幽径，好住东风谁主领。多谢流莺，欲别频啼四五声。

贺　铸　　　减字木兰花·簪花照镜

簪花照镜，客鬓萧萧都不整。拟倩东□，化作尊前入梦云。　　风香月影，信是瑶台清夜永。深闭重门，牵绊刘郎别后魂。

贺　铸　　　减字木兰花·冷香浮动

冷香浮动，望处欲生蝴蝶梦。晓日曈昽，愁见凝酥暖渐融。　　鼓催歌送，芳酒一尊谁与共。寂寞墙东，门掩黄昏满院风。

仲　殊　　　减字木兰花·谁将妙笔

谁将妙笔，写就素缣三百匹。天下应无，此是钱塘江上图。　　一般奇绝，云淡天低秋夜月。费尽丹青，只这些儿画不成。

上半首别为苏轼作

仲　殊　　减字木兰花·江南三月

江南三月，犹有枝头千点雪。邀上芳尊，却占东君一半春。　尊前眼底，南国风光都在此。移过江来，从此江南不复开。

仲　殊　　减字木兰花·青条绿叶

青条绿叶，结起蓬瀛连万叠。风引飘飘，下有红波引六鳌。　五城烟敛，剪碎彩云红点点。帖在山腰，旁有斑斑雪未消。

仲　殊　　减字木兰花·李公麟山阴图

山阴道士，鹤目龟趺多秀气。右领将军，萧散精神一片云。　东山太傅，落落龙骧兼虎步。潦倒支公，穷骨零丁少道风。

仲　殊　　减字木兰花·英花万蕊

英花万蕊，醒□丹房玄石髓。烟驾来时，一勺仙翁手自随。　旋煎松火，始觉醍醐直可可。扶起精神，洞里天闲日月新。

仲　殊　　减字木兰花·一丘一壑

一丘一壑，野鹤孤云随处乐。篆带纱巾，且与筠庄作主人。　高山流水，指下风生千古意。沧海扬尘，小住人间五百春。

晁补之　　减字木兰花·和求仁南郡都别

萍蓬行路，来不多时还遣去。会有重来，还把清尊此地开。　隋河杨柳，见我五年三执手。红泪多情，待得重来走马迎。

陈师道　　减字木兰花·九日

清尊白发，曾是登临年少客。不似当年，人与黄花两并妍。　来愁去恨，十载相看情不尽。莫更思量，梦破春回枉断肠。

青幕子妇　　减字木兰花·清词丽句

清词丽句，永叔子瞻曾独步。似恁文章，写得出来当甚强。（下缺）

张　耒　　减字木兰花·个人风味

个人风味，只有江梅些子似。每到开时，满眼清愁只自知。　霞裾仙佩，姑射神人风露态。蜂蝶休忙，不与春风一点香。

周邦彦　　减字木兰花·风鬟雾鬓

风鬟雾鬓，便觉蓬莱三岛近。水秀山明，缥缈仙姿画不成。　广寒丹桂，岂是夭桃尘俗世。只恐乘风，飞上琼楼玉宇中。

陈　瓘　　减字木兰花·题韦深道独乐堂

世间拘碍，人不堪时渠不改。古有斯人，千载谁能继后尘。　春风入手，乐事自应随处有。与众熙怡，何似幽居独乐时。

陈　瓘　　减字木兰花·题深道寄傲轩

结庐人境，万事醉来都不醒。鸟倦云飞，两得无心总是归。　古人逝矣，旧日南窗何处是。莫负青春，即是升平寄傲人。

陈　瓘　　减字木兰花·大江北去

大江北去，未到沧溟终不住。淮水东流，日夜朝宗亦未休。　香炉烟袅，浓淡卷舒终不老。寸碧千钟，人醉华胥月色中。

陈　瓘　　减字木兰花·华胥月色

华胥月色，万水千山同一白。南北相望，独醉香山旧草堂。　淮岑妙境，十载醺酣犹未醒。一腹便便，也读春秋也爱眠。

陈　瓘　　　减字木兰花·世间药院

世间药院，只爱大黄甘草贱。急急加工，更靠硫黄与鹿茸。　　鹿茸吃了，却恨世间凉药少。冷热平均，须是松根白茯苓。

陈　瓘　　减字木兰花·赠广陵马推官

一尊薄酒，满酌劝君君举手。不是亲朋，谁肯相从寂寞滨。　　人生如梦，梦里惺惺何处用。盏到休辞，醉后全胜未醉时。

阮　阅　　　　减字木兰花·冬至

晓云舒瑞，寒影初回长日至。罗袜新成，更有何人继后尘。　　绮窗寒浅，尽道朝来添一线。秉烛须游，已减铜壶昨夜筹。

谢　逸　　　　减字木兰花·七夕

荷花风细，乞巧楼中凉似水。天幕低垂，新月弯环浅晕眉。　　桥横乌鹊，不负年年云外约。残漏疏钟，肠断朝霞一缕红。

谢　逸　　　减字木兰花·疏疏密密

疏疏密密，薝卜林中飞玉出。妒舞欺梅，悠飏随风去却回。　　遥岑玉刻，不见云中浮寸碧。夜色清妍，庭下交光月午天。

夏　倪　　减字木兰花·宣和庚子登浯台作

山水奇秀，殆非中州所有

江涵晓日，荡漾波光摇桨入。笑指浯溪，漫叟雄文锁翠微。　　休嗟不偶，归到中州何处有。独立风烟，湘水浯台总接天。

毛　滂　　　减字木兰花·暖风吹雪

正月十七日，孙守约观残灯。是夕灯火甚盛，而雪消雨作

暖风吹雪，洗尽碧阶今夜月。试觅云英，更就蓝桥惜月明。　　从教不惜，自有使君家不夜。谁道由天，光景随人特地妍。

毛滂　减字木兰花·留贾耘老

曾教风月，催促花边烟棹发。不管花开，月白风清始肯来。　既来且住，风月闲寻秋好处。收取凄清，暖日阑干助梦吟。

毛滂　减字木兰花·李家出歌人

小桥秀绝，露湿芙蕖花上月。月下人人，花样精神月样清。　谁言见惯，到了司空情不慢。丞相瞋无，若不瞋时醉倩扶。

谢邁　减字木兰花·和人梅词

江边一树，愁绝黄昏谁与度。琪树琼枝，不受雄蜂取次欺。　风前望处，直恐乘风吹得去。能动诗情，故与诗人独目成。

谢邁　减字木兰花·中秋

寻常三五，坐待丹山飞玉兔。试问嫦娥，底事清光此夜多。　尊空客满，纵有鹔鹴无处换。不倒金荷，可奈金波潋滟何。

谢邁　减字木兰花·赠棋妓

风篁度曲，倦倚银屏初睡足。清簟疏帘，金鸭香销懒更添。　纤纤露玉，风雹纵横飞钿局。颦敛双蛾，凝伫无言密意多。

葛胜仲　减字木兰花·葛山仙隐

薛肇明同二侍姬至葛山观梅，薛公会作

葛山仙隐，尚有余膏留旧鼎。十里梅花，夹道争看衮绣华。　人间妙丽，并侍黄扉开国贵。僻壤孤芳，羞涩尊前不敢香。

葛胜仲　减字木兰花·公弼侄初授官，以此劝酒

辛勤场屋，未遇知音甘陆陆。诏录遗忠，一札天书下九重。　鹅城初命，此去青云应渐近。解褐恩新，今岁吾家第

四人。

葛胜仲　减字木兰花·病起不见杏花作

杏花零乱，拟把百觚来判断。病卧漳滨，不见枝头闹小春。　吾衰老矣，一醉花前犹不遂。情绪厌厌，虚度韶光又一年。

米友仁　减字木兰花·柳塘微雨

柳塘微雨，两两飞鸥来复去。倚遍重阑，人在碧云山外山。　一春离怨，日照绮窗长几线。酒病情魔，两事春来无奈何。

吴则礼　减字木兰花·寄田不伐

星星素发，只有鸣笳楼上发。看舞胡姬，带得平安探骑归。　故人渐老，只与虎头论墨妙。怀抱难开，快遣披云一笑来。

吴则礼　减字木兰花·梅花未彻

梅花未彻，付与团团沙塞月。端欲捐书，去乞君王丈二殳。　貂裘锦帽，盘马不甘青鬓老。底事偏奇，细草平沙看打围。

吴则礼　减字木兰花·河西春晚

河西春晚，独有柳条来入眼。塞外斜斜，不道欺寒红杏花。　边笳初发，与唤团团沙塞月。雁响连天，谁倚城头百尺栏。

吴则礼　减字木兰花·寄真宁

团团璧月，今夜广寒真秀发。何处吹笙，催得清霜满凤城。　淮南好梦，镜里星星还种种。犹记银床，曾为凉州唤玉觞。

吴则礼　减字木兰花·淮天不断

淮天不断，点缀南云秋几雁。白露沾衣，始是银屏梦觉时。　别离怀抱，消得镜中青鬓老。小字能无，烦寄平安一纸书。

吴则礼　减字木兰花·斑斑小雨

斑斑小雨，初入高梧黄叶暮。又是重阳，昨夜西风作许凉。　鲜鲜丛菊，只解凋人双鬓绿。试傍清尊，分付幽香与断魂。

吴则礼　减字木兰花·简天牖

九年离别，梦里相逢端怕说。携手河梁，雁嗷淮天如许长。　鲈鱼正美，白发季鹰聊启齿。后夜江干，与把梅花子细看。

吴则礼　减字木兰花·贻亢之

淮山清夜，镜面平铺纤月挂。端是生还，同倚西风十二栏。　休论往事，投老相逢真梦寐。两鬓疏疏，好在松江一尺鲈。

张继先　减字木兰花·呈鉴义王介甫

严寒冬月，前日阳生几降雪。松柏凌霄，森耸庭中叹后凋。　昔人犹豫，身入山林深静处。今古同符，好趁笙歌且自娱。

叶梦得　减字木兰花·黄花渐老

黄花渐老，秋色欲归还草草。花下前期，花老空歌鹊踏枝。　狂酲易醒，不似旧时长酩酊。玉簟新凉，数尽更筹夜更长。

叶梦得　减字木兰花·雪中赏牡丹

前村夜半，每为江梅肠欲断。浅紫深红，谁信漫天雪里逢。　醉头扶起，宿酒阑干犹困倚。便莫催残，明日东风为扫看。

叶梦得　减字木兰花·王幼安见和前韵，复用韵答之

粉消妆半，一曲阳春歌始断。便觉香红，十倍光华昔未逢。　杨花吹起，犹自风前相枕倚。莫恨春残，留取新诗子细看。

李　光　　减字木兰花·芳心一点

客赠梅花一枝，香色奇绝，为赋此词

芳心一点，瘴雾难侵尘不染。冷澹谁看，月转霜林怯夜寒。　　一枝孤静，梦破小窗曾记省。烛影参差，脉脉还如背立时。

陈　克　　减字木兰花·子寿母

阆风玄圃，阳羡溪头山好处。郁郁葱葱，胜日尊罍笑语中。　　十分芳酒，鹤发初生千万寿。乐事年年，弟劝兄酬阿母前。

朱敦儒　　减字木兰花·挼花弄扇

挼花弄扇，碧斗遥山眉黛晚。白玉阑干，倚遍春风翠袖寒。　　难寻可见，何似一双青翅燕。人瘦春残，芳草连云日下山。

朱敦儒　　减字木兰花·寻花携李

寻花携李，红漾轻舟汀柳外。小簇春山，溪雨岩云不饱帆。　　相逢心醉，容易堆盘银烛泪。痛饮何言，犀箸敲残玉酒船。

朱敦儒　　减字木兰花·东风桃李

东风桃李，春水绿波花影外。载酒胥山，祓禊相期落锦帆。　　吾曹一醉，却笑新亭人有泪。相对清言，不觉黄昏雨打船。

朱敦儒　　减字木兰花·闲人行李

闲人行李，羽扇芒鞋尘世外。一叠溪山，也解分风送客帆。　　时平易醉，无复惊心并溅泪。长揖忘言，回棹桃花插满船。

朱敦儒　　减字木兰花·刘郎已老

刘郎已老，不管桃花依旧笑。要听琵琶，重院莺啼觅谢家。　　曲终人醉，多似浔阳江上泪。万里东风，国破山河落照红。

朱敦儒　　减字木兰花·慵歌怕酒

慵歌怕酒，今日春衫惊著瘦。双燕帘栊，金鸭香沉客泪中。　　琵琶重听，谁信人间多少恨。落日东风，吹得桃花满院红。

朱敦儒　　减字木兰花·秋日饮酒香山石楼醉中作

古人误我，独舞西风双泪堕。鹤去无踪，木落西陵返照红。　　人间难住，掷下酒杯何处去。楼锁钟残，山北山南两点烟。

朱敦儒　　减字木兰花·无知老子

无知老子，元住渔舟樵舍里。暂借权监，持节纡朱我甚惭。　　不能者止，免苦龟肠忧虎尾。身退心闲，剩向人间活几年。

朱敦儒　　减字木兰花·斫鱼作鲊

斫鱼作鲊，酒面打开香可醉。相唤同来，草草杯盘饮几杯。　　人生虚假，昨日梅花今日谢。不醉何为，从古英雄总是痴。

朱敦儒　　减字木兰花·今年梅晚

今年梅晚，懒趁寿阳钗上燕。月唤霜催，不肯人间取次开。　　低鬟掩袂，愁寄玉阑金井外。粉瘦香寒，独抱深心一点酸。

朱敦儒　　减字木兰花·无人惜我

无人惜我，我自殷勤怜这个。恧峭惺惺，不肯随人独自行。　　乾坤许大，只有棘针尖上坐。依旧多情，搂着虚空睡到明。

朱敦儒　　减字木兰花·年衰人老

年衰人老，矍铄支离君莫笑。白日青天，我自心情胜少年。　　超凡入妙，游戏神通随意到。酒圣诗仙，舞棹虚空驾铁船。

朱敦儒　　减字木兰花·虚空无碍

虚空无碍，你自痴迷不自在。撒手游行，到处笙歌拥路迎。　天然美满，不用些儿心计算。莫听先生，引入深山百丈坑。

朱敦儒　　减字木兰花·无人请我

无人请我，我自铺毡松下坐。酌酒裁诗，调弄梅花作侍儿。　心欢易醉，明月飞来花下睡。醉舞谁知，花满纱巾月满杯。

朱敦儒　　减字木兰花·花随人去

花随人去，今夜钱塘江上雨。宿酒残更，潮过西窗不肯明。　小罗金缕，结尽同心留不住。何处长亭，绣被春寒掩翠屏。

朱敦儒　　减字木兰花·有何不可

有何不可，依旧一枚闲底我。饭饱茶香，瞌睡之时知上床。　百般经过，且喜青鞋踢不破。小院低窗，桃李花开春昼长。

朱敦儒　　减字木兰花·江南春水

江南春水，罗幕黄昏寒未退。好个相知，唱到姮娥敛黛眉。　夜阑人醉，风露无情花有泪。画角残时，一片参旗红杏西。

周紫芝　　减字木兰花·春闲昼永

春闲昼永，城下江深山倒影。净扫风埃，收拾烟光入句来。　短窗闲倚，身似浮云门似水。谁伴余年，结得青山一个缘。

周紫芝　　减字木兰花·内子生日

蓬莱三岛，上有青青千岁草。玉佩烟鬟，来作人间一笑欢。　麻姑行酒，萼绿华歌清韵袅。玉秀兰芳，醉舞东风彩袖长。

周紫芝　　减字木兰花·西山岩桂

大梁杨师醇，奉亲甚孝，尝手植木樨于堂后，木未三尺而已著数花，盖造物者以娱萱堂老人也。师醇以长短句分饷一枝，竹坡作此解以赞之

西山岩桂，常恨香闻烟雨外。何似君家，戏彩堂前早试花。　　黄金千粟，风撼芳条香馥馥。一剪无多，桃李漫山奈俗何。

周紫芝　　减字木兰花·晁别驾生日

当年文伯，曾是东坡门下客。文采风流，奕叶传芳总未休。　　为公持酒，愿祝彩衣无限寿。归觐枫宸，剩醉长安几度春。

周紫芝　　减字木兰花·雨中熟睡

快风消暑，门近雨边梅子树。昼梦腾腾，急雨声中唤不醒。　　轻衫短篷，林下日长聊散发。无计医贫，长作云山高卧人。

李　纲　　减字木兰花·读神仙传

茫茫云海，方丈蓬壶何处在。拟泛轻舟，一到金鳌背上游。　　琼楼珠室，千岁蟠桃初结实。月冷风清，试倩双成吸玉笙。

李　纲　　减字木兰花·龟台金母

龟台金母，绀发芳容超复古。绛节霓旌，青鸟传言若可凭。　　瑶池罢宴，零落碧桃香片片。八骏西巡，更有何人继后尘。

李　纲　　减字木兰花·荔枝二首之一

华清赐浴，宝甃温泉浇腻玉。笑靥开时，一骑红尘献荔枝。　　明珠乍剖，自擘轻红香满手。锦袜罗囊，犹瘗当年驿路旁。

李　纲　　减字木兰花·荔枝二首之二

仙姝丽绝，被服红绡肤玉雪。火齐堆盘，常得杨妃带笑

看。　　劳生重马，远贡长为千古话。林下甘芳，却谁幽人餍饫尝。

李　祁　　　减字木兰花·梨花院宇

梨花院宇，澹月倾云初过雨。一枕轻寒，梦入西瑶小道山。　　花深人静，帘锁御香清昼永。红药阑干，玉案春风窈窕间。

张　纲　　　减字木兰花·安人生日

思堂醇酎，满酌金杯争献寿。记取年时，头白成双唱旧词。　　莫言秋晚，五日小春黄菊绽。折一枝来，纶诰金花要并开。

李清照　　　减字木兰花·卖花担上

卖花担上，买得一枝春欲放。泪染轻匀，犹带彤霞晓露痕。　　怕郎猜道，奴面不如花面好。云鬓斜簪，徒要教郎比并看。

吕本中　　　减字木兰花·去年今夜

去年今夜，同醉月明花树下。此夜江边，月暗长堤柳暗船。　　故人何处，带我离愁江外去。来岁花前，又是今年忆去年。

赵　鼎　　　减字木兰花·和倅车韵

倅将还阙，因以送之

笔端红翠，造化工夫春有意。云梦涵胸，好去蓬山十二重。　　天街追骑，催唤谪仙泥样醉。电扫云空，百斛明珠咳唾中。

向子諲　　　减字木兰花·青松翠筱

绍兴辛未冬温，腊前梅花已谢去。明日立春，今夕大雪。程德远弟来自龙舒，张师言寄声相问，有怀其人

青松翠筱，一夜攲倾如醉倒。残腊能佳，落尽梅花见雪花。　　诗崖酒岛，何日登临同笑傲。未老还家，饱历年华有鬓华。

向子諲　　减字木兰花·斜红叠翠

绍兴壬申春，芗林瑞香盛开，赋此词

斜红叠翠，何许花神来献瑞。粲粲裳衣，割得天孙锦一机。　真香妙质，不耐世间风与日。着意遮围，莫放春光造次归。

向子諲　　减字木兰花·维摩住处

维摩住处，竟日缤纷花似雨。更有难忘，十里清芬扑鼻香。　当年疏傅，借问赐金那用许。何似归艎，宝墨光芒万丈长。

向子諲　　减字木兰花·年年岩桂

年年岩桂，恰恰中秋供我醉。今日重阳，百树犹无一树香。　且倾白酒，赖有茱萸枝在手。可是清甘，绕遍东篱摘未堪。

向子諲　　减字木兰花·无穷白水

无穷白水，无限芰荷红翠里。几点青山，半在云烟晻霭间。　移舟横截，卧看碧天流素月。此意虚徐，好把芗林入画图。

向子諲　　减字木兰花·登望韶亭

两峰对起，象阙端门云雾里。千嶂排空，虎节龙旗指顾中。　箫韶妙曲，我试与听音韵足。借问谁传，松上清风石上泉。

向子諲　　减字木兰花·翠鬟双小

翠鬟双小，绿绮朱弦心未了。画戟森间，玉子纹楸手共谈。　不妨扶老，未说他年无限笑。且要忘忧，莫问今朝胜几筹。

向子諲　减字木兰花·梅花盛开，走笔戏呈韩叔夏

腊前雪里，几处梅梢初破蕊。年后江边，是处花开晚更妍。　绝知春意，不耐愁何心与醉。更有难忘，宋玉墙头婉

婉香。

向子諲　减字木兰花·韩叔夏席上戏作

谁知莹澈，惟有碧天云外月。一见风流，洗尽胸中万斛愁。　剩烧蜜炬，只恐夜深花睡去。想得横陈，全是巫山一段云。

向子諲　减字木兰花·千山万水

千山万水，望极不知何处是。小院回廊，梦去相寻未觉长。　绝怜清瘦，雪里梅梢春未透。常记分携，雨后梨花晓尚啼。

向子諲　减字木兰花·去年端午

去年端午，共结彩丝长命缕。今日重阳，同泛黄花九酝觞。　经时离缺，不为莱菔髭似雪。一笑逢迎，休觅空青眼自明。

向子諲　减字木兰花·政和癸巳

几年不见，蝴蝶枕中魂梦远。一日相逢，鹦鹉杯深笑靥浓。　欢心未已，流水落花愁又起。离恨如何，细雨斜风晚更多。

蒋氏女　减字木兰花·题雄州驿

朝云横度，辘辘车声如水去。白草黄沙，月照孤村三两家。　飞鸿过也，万结愁肠无昼夜。渐近燕山，回首乡关归路难。

洪　皓　减字木兰花·和腊梅

蜂房余液，写就南枝凌正色。折干垂芳，点缀如生秘暗香。　寿阳妆样，纤手拈来簪髻上。恍若还家，暂睹真花压百花。

蔡　伸　减字木兰花·彤庭龙尾

癸亥元日，秀守刘卿任有词。时余适至秀，因用其韵二首，时初用乐彤庭龙尾，礼备天颜知有喜。九奏初传，耳冷人间十七年。　盈成持守，仁德如春渐九有。三辅名州，好整笙歌结胜游。

蔡　伸　　减字木兰花·船回沙尾

船回沙尾，几误红窗听鹊喜。尺素空传，转首相逢又隔年。　寒灯独守，玉笋持杯宁复有。秀水南州，徒使幽人作梦游。

蔡　伸　　减字木兰花·多情多病

多情多病，玉貌疲来愁览镜。门掩东风，零落桃花满地红。　重帘不卷，愁睹杏梁双语燕。强拂瑶琴，一曲幽兰泪满襟。

蔡　伸　　减字木兰花·庚申七夕

金风玉露，喜鹊桥成牛女渡。天宇沉沉，一夕佳期两意深。　琼签报曙，忍使飙轮容易去。明日如今，想见君心似我心。

蔡　伸　　减字木兰花·锦屏人醉

锦屏人醉，玉暖香融春有味。今日兰舟，魂梦还随绿水流。　高城望断，无奈城中人不见。斜倚妆楼，恨入眉峰两点愁。

王　灼　　减字木兰花·政和癸丑

飞霞半缕，收尽一天风和雨。可惜黄昏，残角疏钟要断魂。　双鱼传信，只道横塘消息近。心事悠悠，同向春风各自愁。

陈袭善　　减字木兰花·江南二月

江南二月，犹有枝头千点雪。邀上芳尊，却占东君一半春。　尊前眼底，南国风光都在此。移过江来，从此江南不复开。

张元幹　　减字木兰花·客亭小会

客亭小会，可惜无欢容易醉。归去更阑，细雨鸣窗一夜寒。　　昏然独坐，举世疏狂谁似我。强拨炉烟，也道今宵是上元。

吕渭老　　减字木兰花・雨帘高卷

雨帘高卷，芳树阴阴连别馆。凉气侵楼，蕉叶荷枝各自秋。　　前溪夜舞，化作惊鸿留不住。愁损腰肢，一桁香销旧舞衣。

吕渭老　　减字木兰花・明眸巧笑

明眸巧笑，坐久更宜灯烛照。小醉辞归，怀抱明明只自知。　　琐窗重见，桃李春风三月面。怎不思量，折柳孤吟断杀肠。

王之道　　减字木兰花・和鲁如晦立春

彩幡金胜，一笑酬春聊适性。呆女痴儿，半挽梅花半柳枝。　　追欢何计，幸对绿尊环皂髻。欲舞还羞，美盼娇回碧水秋。

王之道　　减字木兰花・和张文伯对雪四首之一

诗成呵手，欲写已输君赋就。寒粟生肤，一盏浇肠可得无。　　回风弄巧，比似婆娑尤敏妙。似个人人，嗅认梅花孰是真。

王之道　　减字木兰花・和张文伯对雪四首之二

尊前放手，铜钵声穷诗已就。姑射肌肤，舞罢缠头怎得无。　　青腰更巧，搓粉团酥来斗妙。不敢方人，容色依稀似太真。

王之道　　减字木兰花・和张文伯对雪四首之三

玉奴招手，来看前山琼琢就。透骨侵肤，似恁清寒更有无。　　春工纵巧，只许梅花称独妙。花底逢人，逐马银杯误认真。

王之道　　减字木兰花・和张文伯对雪四首之四

鳖头龟手，孤坐书生能意就。暖体温肤，绣被春寒想见无。　　雪词工巧，高压君房天下妙。白发欺人，甚矣吾衰懒是真。

王之道　　减字木兰花·赠孙兴宗侍儿四首之一

修眉山远，娇抹乌云秋水畔。酒里花前，坐拥斯人怎得寒。　　醁醽浮满，须索空缸仍覆盏。正恐相妨，归去如闻笑语香。

王之道　　减字木兰花·赠孙兴宗侍儿四首之二

江梅清远，潇洒一枝尊俎畔。雪里风前，照水窥檐巧耐寒。　　多情美满，共饮自应渠釂盏。醉赏何妨，倾国天教抵死香。

王之道　　减字木兰花·赠孙兴宗侍儿四首之三

笑中声远，走向曲房花树畔。拥在尊前，顿觉春温却夜寒。　　愿酬心满，只得教伊频劝盏。缓唱何妨，贴体衫儿扑扑香。

王之道　　减字木兰花·赠孙兴宗侍儿四首之四

仙姿凝远，半出新妆琼户畔。缓步来前，正值东风料峭寒。　　钗头花满，舞罢梅英飞入盏。一釂何妨，花与佳人巧斗香。

王之道　　减字木兰花·和孔纯老别

离筵暂住，君在龙舒曾是主。今作行人，卧辙何妨借寇恂。　　清歌妙舞，断送吟鞭乘醉去。一釂休辞，捧爵佳人玉箸垂。

王之道　　减字木兰花·和孔纯老送郑深道移守严州

金尊频倒，照坐梅花清更好。春到长杨，宠拜三公入郑庄。　　月城两载，千里生灵蒙惠爱。舞彻歌词，并立新妆绿带垂。

王之道　　减字木兰花·和董令升正月五日会客

蛾眉螓首，舞雪娇回开冻候。尽道今年，千里风光萃绮筵。　坐来新月，照我苍颜并白发。酒到休辞，自有黄芽介寿祺。

胡　铨　　减字木兰花·渭阳佳梦

庆符引赦自便，已脱去，至东界，又遭郡中勾回，遂有弄璋之喜。庆符云：尝梦舅氏如梦卤也。予尝占庆符当弄瓦，赌主人。庆符来督，故词中具之

渭阳佳梦，瓦变成璋真妙弄。不是勾回，汤饼冤家唤得来。　不分利市，要我开尊真倒置。试问坡翁，此事如何著得侬。

康与之　　减字木兰花·杨花飘尽

杨花飘尽，云压绿阴风乍定。帘幕闲垂，弄语千般燕子飞。　小楼深静，睡起残妆犹未整。梦不成归，泪滴斑斑金缕衣。

曾　觌　　减字木兰花·席上赏宴赐牡丹之作

一声杜宇，满地落红愁不语。国色春娇，不逐风前柳絮飘。　珠帘休卷，爱惜龙香藏粉艳。胜友俱来，同醉君恩倒玉杯。

倪　偁　　减字木兰花·和文伯兄咏新亭

凭高一览，紫翠相围光照眼。下瞰平湖，鹭立鸥飞意自如。　天清境胜，云澹烟横鱼动镜。不是公诗，谁写新亭一段奇。

倪　偁　　减字木兰花·超然远览

超然远览，是我辈人方具眼。默想江湖，何处山川略得如。　凉秋最胜，万顷芙蕖盖明镜。更乞清诗，要见胸中一吐奇。

倪　偁　　减字木兰花·新晴眺览

新晴眺览，空翠相磨明老眼。水满溪湖，来往风帆得自如。　天公济胜，明月当空开宝镜。咏谪仙诗，醉里骑鲸也大奇。

倪　恢　　　减字木兰花·岭头独览

岭头独览，诗料森然纷满眼。倒影摇湖，西子新妆定不如。　　溪南更胜，一片寒光明泻镜。赖有新诗，不负西山万叠奇。

倪　恢　　　减字木兰花·新诗细览

新诗细览，满纸骊珠光眩眼。高论倾湖，倒峡词源世不如。　　园池日胜，只恨孤鸾犹舞镜。陶写须诗，怪得连篇字字奇。

倪　恢　　　减字木兰花·雨余还览

雨余还览，隐隐遥岑花病眼。嫩绿浮湖，百顷蒲萄染不如。　　晨光绝胜，不许纤尘微点镜。满目皆诗，莫怪骚人语益奇。

王之望　　　减字木兰花·代人戏赠

珠帘乍见，云雨无踪空有怨。锦字新词，青鸟衔来恼暗期。　　桃溪得路，直到仙家留客处。今日东邻，远忆当年窥宋人。

王之望　　　减字木兰花·恭人生日

糟糠相乐，早共梁鸿同隐约。著籍天门，隔品新封感帝恩。　　满堂儿女，妇捧金杯孙屡舞。白发卿卿，与尔尊前作寿星。

葛立方　　减字木兰花·四侄过省候廷试席上作

摇毫铸藻，纵有微之应压倒。万里鹏程，南省今书淡墨名。　　胪传丹陛，月里桂花先著袂。雁塔高题，玉季巍科尚觉低。

葛立方　　减字木兰花·章甥筑地相望作

张南周北，谩说清漳摇绀碧。何似幽栖，甥舅相望共一溪。　　璇题沙版，不用买邻縻百万。余户增辉，庭列芝兰户戟枝。

洪　适　　**减字木兰花·曾葴父落成小阁，次其韵**

藩车容裔，挺挺风流追两地。粲斗分星，诗句当年汗简青。　疏帘披绣，共看横云晴出岫。新月如钩，来照琼彝醉小楼。

洪　适　　**减字木兰花·太守移具饯行县偶作**

使君情素，念我明朝行县去。一醉相留，和气欢声到小楼。　暂时南北，莫唱渭城朝雨曲。此去农郊，收拾童儿五袴谣。

韩元吉　　**减字木兰花·雪中集醉高楼**

壶中春早，剪刻工夫天自巧。雨转风斜，吹作千林到处花。　瑶池清浅，璧月琼枝朝暮见。莫上扁舟，且醉仙家白玉楼。

韩元吉　　**减字木兰花·次韵赵倅**

风梳雨洗，玉阙琼楼何处是。万里秋容，唤起嫦娥酒未中。　相逢且醉，忙里偷闲知有几。况自丰年，须信金华别是天。

朱淑真　　**减字木兰花·春怨**

独行独坐，独倡独酬还独卧。伫立伤神，无奈轻寒著摸人。　此情谁见，泪洗残妆无一半。愁病相仍，剔尽寒灯梦不成。

张　抡　　**减字木兰花·修养十首之一**

五行颠倒，火里栽莲君莫□。□要东牵，引取青龙来西边。　一阳时候，□□温温光已透。消尽群阴，赫赤金丹色渐深。

张　抡　　**减字木兰花·修养十首之二**

阴阳均配，□□□□□□□。□□□□，争得灵苗不解□。　□□□□，□□□□□□□。□是真铅，只□□□□□□。

张　抡　减字木兰花·修养十首之三

至言妙道，□□□□□□□。□□□□，□是蓬莱顶上仙。　归根□□，□□□□方复命。复命常存，此事幽微好细论。

张　抡　减字木兰花·修养十首之四

神仙何处，若有宿缘须□□。□□□□，不在山林及市朝。　丹炉休守，须信人人皆自有。此外非真，莫认凡砂与水银。

张　抡　减字木兰花·修养十首之五

天机深远，不遇真仙争得见。欲下工夫，须是先寻偃月炉。　抽添运用，火候不明□妄动。毫发才差，只恐灵根□□芽。

张　抡　减字木兰花·修养十首之六

咽津纳气，鼎内须□□□□。□□□□，□□空銷枉误人。　有真不□，□□□□□□□。□□修持，超出□□□□□。

张　抡　减字木兰花·修养十首之七

冥冥窈窕，□□□□□□□。□□□□，□□□□□□□。　□□□□，□□□□□□□。□□□□，□□□□□□□。

张　抡　减字木兰花·修养十首之八

澄神静虑，□□□□□□□。□□□□，□□□乞水满池。　无中养□，□□□□□□□。□□凡胎，五彩云生鹤驾来。

张　抡　减字木兰花·修养十首之九

乾坤入手，谈笑三关云□□。□□□□，鬼骇神惊一黍光。　逍遥宇内，□□□□□数外。功满三千，独跨斑麟入紫烟。

张　抡　　减字木兰花·修养十首之十

还元返本，作用难明须细论。神气□□，窈窕之中复混成。　勤修不倦，直到无为功始见。此是天机，不遇真仙莫强知。

侯　寘　　减字木兰花·春醒拚却

春醒拚却，鹍鸠一声花雨落。蜜炬红残，人在青罗步障间。　天公薄相，惯得柳绵高百丈。彩笔题诗，休诵骚人九辨词。

赵彦端　　减字木兰花·赠摘阮者

四弦续续，山水依然关塞足。天上新声，谪堕人间得自名。　清歌宛转，弹向指间依旧见。满眼春风，不觉黄梅细雨中。

赵彦端　　减字木兰花·绿阴红雨

绿阴红雨，黯淡衣裳花下舞。花月佳时，舞破东风第几枝。　一杯相属，从炧尊前三四烛。酒尽花阑，京洛风流仔细看。

赵彦端　　减字木兰花·一年歌舞

一年歌舞，还是花黄尊绿处。雨横风多，比似年时恨若何。　帘深酒暖，细雨斜风浑不管。只有黄花，欲近佳人鬓畔鸦。

赵彦端　　减字木兰花·送人南浦

送人南浦，日日客亭风又雨。相见如何，梅子枝头春已多。　真成别去，酒病明朝知几许。淋损宫袍，都是人人醉后娇。

赵彦端　　减字木兰花·屈亭湘浦

屈亭湘浦，怨尽朝云还暮雨。知是谁何，赋得清愁尔许多。　爱来慵去，此意平生成浪许。著尽茸袍，想像江梅雪后娇。

赵彦端　　减字木兰花·乱云萦浦

乱云萦浦，做雪不成还是雨。知我为何，一笑仍添一恨多。　不须归去，琥珀杯深能几许。草色如袍，记取从今舞处娇。

王千秋　　减字木兰花·阴檐雪在

阴檐雪在，小雨廉纤寒又瞰。莫上危楼，楼迥空低雁更愁。　一杯浊酒，万事世间无不有。待早归田，欲买田无使鬼钱。

洪惠英　　减字木兰花·梅花似雪

梅花似雪，刚被雪来相挫折。雪里梅花，无限精神总属他。　梅花无语，只有东君来作主。传语东君，且与梅花作主人。

袁去华　　减字木兰花·梅

微红嫩白，照水横枝初摘索。一梦扬州，客里相逢无限愁。　黄昏院落，细细清香无处著。觅句持觞，鬓点吴霜不碍狂。

袁去华　　减字木兰花·灯下见梅

灯前初见，冰玉玲珑惊眼眩。艳溢香繁，绝胜溪边月下看。　铅华尽洗，只有檀唇红不退。倾坐精神，全似当时一个人。

向　滈　　减字木兰花·多情被恼

多情被恼，枉了东君无限巧。真个愁人，一片轻飞减却春。　阑干凭暖，目断彩云肠也断。两岸青山，隐隐孤舟浪接天。

程大昌　　减字木兰花·内子生日

距春五日，吉语搀先来饮席。易卦占新，八八周轮又再轮。　开年定好，定把笙歌更药裹。旧怕无孙，今已蓝袍拥绣荪。

程大昌　　减字木兰花·桑弧标吉

桑弧标吉，做了生朝逾七十。子又生孙，阶砌芝兰欲满门。　今年定好，春腊之交诞婴少。玉烛气中，寿富康宁四序同。

姚述尧　　减字木兰花·井梧飞早

井梧飞早，一雁横空天更好。才子寻幽，争把新诗断送秋。　浮生鸥没，莫为尘劳轻度日。倒载何妨，唱彻凉州月在旁。

姚述尧　　减字木兰花·烟收云敛

烟收云敛，极目遥岑三四点。过了重阳，篱下残花未褪黄。　郑庄好客，故遣红妆飞大白。月满回廊，饮散歌阑已断肠。

姚述尧　　减字木兰花·千叶梅

暗香清绝，不比寻常枝上雪。细叠冰绡，多谢天公快翦刀。　仙姿楚楚，轻曳霓裳来帝所。淡拂宫妆，瑞脑重铺片片香。

姚述尧　　减字木兰花·再用前韵

霜天奇绝，江上寒英重缀雪。簌簌轻绡，应是司花巧奏刀。　东君清楚，故把疏枝来酒所。出西汉点点新妆，冷浸冰壶别有香。

姚述尧　　减字木兰花·厉万顷生日，时久旱得雨

飞龙利见，前夜君王方锡宴。今日相逢，却向南阳起卧龙。　果为霖雨，洗尽苍生炎夏苦。喜气匆匆，好向尊前醉晚风。

姚述尧　　减字木兰花·县斋见梅

天寒人静，啸倚胡床闲昼永。春信初回，报道南枝昨夜开。　沉沉庭院，独坐黄昏谁是伴。风过南墙，似觉天宫暗递香。

姚述尧　　减字木兰花·圣节鼓子词

薰风解愠，手握乾符躬揖逊。廊庙无为，天子亲传万寿卮。　　恩覃湛露，和气欢声均海宇。嵩岳三呼，父子唐虞今古无。

姚述尧　　减字木兰花·琴堂无事

琴堂无事，满酌金罍承帝祉。乐奏箫韶，更与封人共祝尧。　　君王万岁，岁岁今朝歌既醉。主圣臣贤，从此鸿图万万年。

吴　儆　　减字木兰花·中秋独与静之饮

碧梧秋老，满地琅玕纷不扫。门掩黄昏，惟有年时月照人。　　凄凉满眼，肯作六年灯火伴。莫说凄凉，来岁如今天一方。

吴　儆　　减字木兰花·朱子渊见和，次韵为谢

思君欲老，一榻尘生谁与扫。禄仰晨昏，同是迟迟去鲁人。　　行当洗眼，看子青藜来夜伴。莫变炎凉，斩马还须请上方。

吴　儆　　减字木兰花·少陵未老

少陵未老，曾把千人军独扫。发白眵昏，却作天涯流落人。　　只堪合眼，夜直谁能潜入伴。斗酒西凉，何似卑栖且远方。

吴　儆　　减字木兰花·此身已老

此身已老，三径都荒长却扫。面目尘昏，怕著朝章揖贵人。　　难瞒明眼，只有青山堪作伴。触事心凉，无病何劳更觅方。

范成大　　减字木兰花·玉烟浮动

玉烟浮动，银阙三山连海冻。翠袖阑干，不怕楼高酒力寒。　　双松冻折，忽忆衰翁容易别。想见鸥边，压损年时小钓船。

范成大　　减字木兰花·折残金菊

折残金菊，枨子香时新酒熟。谁伴芳尊，先问梅花借小春。　道人破戒，染酒题诗金凤带。愁病相关，不似年时酒量宽。

范成大　　减字木兰花·波娇鬓袅

波娇鬓袅，中隐堂前人意好。不奈春何，拚却轻寒透薄罗。　翦梅新曲，欲断还联三叠促。围坐风流，饶我尊前第一筹。

范成大　　减字木兰花·枕书睡熟

枕书睡熟，珍重月明相伴宿。宝鸭金寒，香满围屏宛转山。　鸡人声杳，瑶井玉绳相对晓。黯淡窗纱，却下风帘护烛花。

范成大　　减字木兰花·腊前三白

腊前三白，春到西园还见雪。红紫花迟，借作东风万玉枝。　归田计决，麦饭熟时应快活。身在高楼，心在山阴一叶舟。

沈　瀛　　减字木兰花·乘流坎止

乘流坎止，住个斋儿无愠喜。竹引清风，透入虚窗窍窍通。　仰天酌酒，万八千年盘古寿。身在无何，只这斋儿已自多。

沈　瀛　　减字木兰花·蓬门居止

蓬门居止，竹见宾来先啸喜。窗外敲风，果有宾朋姓字通。　莫嫌村酒，且祝佳宾千万寿。无用辞何，日出明朝事更多。

沈　瀛　　减字木兰花·停杯且止

停杯且止，斋里百无为客喜。冷淡文风，只有狂言数百通。　不须载酒，粗有五车聊当寿。莫笑予何，空恁贪多嚼不多。

沈　瀛　　减字木兰花·或行或止

或行或止，难得人间相聚喜。一日分风，千里如何信息通。　再倾寿酒，五福从来先说寿。其次云何，直至三公未足多。

沈　瀛　　减字木兰花·渊明酒止

渊明酒止，莫信渠言心妄喜。达士高风，只说三杯大道通。　不如饮酒，人世岂能金石寿。无奈渠何，赢得樽前笑语多。

沈　瀛　　减字木兰花·老而不止

老而不止，三岁发蒙心已喜。朴略其风，裴楷王戎简要通。　昏如醉酒，羞见总龟灵且寿。笑杀常何，空有闲言长语多。

沈　瀛　　减字木兰花·不能者止

不能者止，百念灰心无所喜。暖日和风，手把奇文诵数通。　老来怯酒，欲保残生期养寿。少恕予何，近日衰翁病觉多。

沈　瀛　　减字木兰花·且安汝止

且安汝止，快活心中惟法喜。一处通风，万别千差处处通。　腐肠是酒，伐性蛾眉徒损寿。诗到阴何，划地乱丝头绪多。

沈　瀛　　减字木兰花·不如知止

不如知止，看尽世间无可喜。心热生风，王老门前问仲通。　六经如酒，一句中人仁者寿。仁道伊何，要处还他静处多。

沈　瀛　　减字木兰花·动而思止

动而思止，止即患生徒自喜。试举幡风，未举之前说已通。　携瓶沽酒，却著衫来为我寿。者也之何，赚却阎浮世上多。

沈　瀛　　　　减字木兰花·贪

贪而忘止，贪即生瞋逢饱喜。一逐贪风，恨不当初嫁邓通。　　残杯剩酒，食籍名中犹折寿。若使兼何，他日阴司罪过多。

沈　瀛　　　　减字木兰花·嗔

人无常止，暮四朝三时怒喜。怪雨嫌风，高耳皇天下听通。　　刚而使酒，骂坐灌夫忘客寿。魋若予何，夫子雍容语不多。

沈　瀛　　　　减字木兰花·痴

心如皎止，何必佯痴藏暗喜。聋不听风，要得人情内外通。　　半醺半酒，痴黠恺之真短寿。莫折随何，宁可书痴胜彼多。

沈　瀛　　　　减字木兰花·成败

纠缠弗止，成是败非生戚喜。既灭灾风，否极还须有泰通。　　祸常因酒，酒亦令人能介寿。成也萧何，败也萧何更是多。

沈　瀛　　　　减字木兰花·荣辱

贪荣肯止，结绶弹冠王贡喜。稍借天风，便说今年运大通。　　华亭别酒，安得思如亭鹤寿。贵若从何，只恐来生折本多。

沈　瀛　　　　减字木兰花·好恶

瞻乌爰止，不是檐前闻鹊喜。上下鸣风，以类相从自感通。　　嫌茶爱酒，恶彼芝焚夸柏寿。说汝言何，一切人言口众多。

沈　瀛　　　　减字木兰花·迟速

未行先止，鱼上竹竿人噪喜。九万鹏风，六月天池一息通。　　邯郸鲁酒，却笑行人陵柏寿。笑彼迟何，不道能行失亦多。

沈　瀛　　　减字木兰花·圣经五止

圣经五止，止向丘隅黄鸟喜。广大儒风，一贯三才万类通。　太羹玄酒，圣域能跻民域寿。支派从何，关内濂溪洛涧多。

沈　瀛　　　减字木兰花·定而后止

定而后止，善到止时心地喜。鱼跃鸢风，此理昭然上下通。　好如好酒，欲似人常心欲寿。若到兹何，治国治家用处多。

沈　瀛　减字木兰花·赠刘烟霞五首之一

朱幡归止，却返烟霞寻旧喜。羽帔香风，再拜天门直上通。　青君赐酒，乞与长生无量寿。更挟仙何，跨鹤凌云洞府多。

沈　瀛　减字木兰花·赠刘烟霞五首之二

气升气止，引得丹元童子喜。耳里闻风，知是泥丸一窍通。　危楼宴酒，不觉黄芽生蕊寿。芽长如何，只觉金花罩体多。

沈　瀛　减字木兰花·赠刘烟霞五首之三

琴心和止，姹女与君相对喜。窗牖藏风，每唤其名应即通。　玉英金酒，更唤黄婆同饮寿。莫讳人何，见说婴儿屋里多。

沈　瀛　减字木兰花·赠刘烟霞五首之四

工夫莫止，脱得壳儿方是喜。不识真风，只说双关夹脊通。　氤氲似酒，元气本同天地寿。君可能何，一跃红楼好处多。

沈　瀛　减字木兰花·赠刘烟霞五首之五

擎拳仰止，不是凡人名尹喜。道骨仙风，与帝神游结信通。　献花跪酒，清彻云璈歌益寿。所愿维何，愿得升平乐事多。

沈　瀛　　减字木兰花·雨难禁止

雨难禁止，恼得衰翁浑没喜。一夜南风，北望苕溪震泽通。　只鸡斗酒，且为晚禾生日寿。不奈之何，今岁田畴晚底多。

沈　瀛　减字木兰花·答恕斋问晚禾生日何人设寿席

寿诗且止，设席肆筵谁助喜。抹月批风，先向天厨号令通。　满卮天酒，上与天田同日寿。其应维何，寿及天民性命多。

沈　瀛　　减字木兰花·简沈都仓

玉人来止，见说冰翁心甚喜。好个家风，举案齐眉胜敬通。　华堂举酒，簇簇亲姻相祝寿。善颂言何，桂树鸾鸣子姓多。

沈　瀛　　减字木兰花·赠樊子野

谁来贲止，千里得朋方切喜。汪氏门风，大学中庸正脉通。　不妨诗酒，请以还丹为荐寿。已过羊何，绍述韩门得趣多。

沈　瀛　　减字木兰花·荷花没浸水中

凌波不止，少小拍浮荷女喜。出没由风，安得灵犀与暗通。　龙池醉酒，应是太真羞见寿。不晓谁何，却是浑身一半多。

沈　瀛　　减字木兰花·杨梅

渴心先止，惟有杨家梅可喜。争笑梅风，空恕楼头角数通。　甜浆酿酒，紫气结成千日寿。不奈人何，化作飞星处处多。

沈　瀛　　减字木兰花·谢人和词一

必恭敬止，老子甚为桑梓喜。骏马争风，诗卷人人数百通。　斗杓挹酒，齐祝乡人箕翼寿。天若言何，更乞文星下照多。

沈　瀛　　减字木兰花·谢人和词二

锦囊送止，拆看篇篇珠玉喜。大胜鱼风，韶濩宫商角徵通。　醉而强酒，有愧多闻张子寿。其哂由何，刻画无盐已甚多。

沈　瀛　　减字木兰花·竹斋侑酒辞一

竹斋陋止，坐客无毡为客喜。壁不遮风，八达门窗更四通。　邻家觅酒，赤脚扶翁翁老寿。子曰其何，除却渠侬没事多。

沈　瀛　　减字木兰花·竹斋侑酒辞二

荷公临止，宾客惯看儿亦喜。歌雅歌风，通鉴通书又史通。　欲相酹酒，瓦缶田家羞出寿。甚欲舟何，愧没瑶觞玉斝多。

沈　瀛　　减字木兰花·竹斋侑酒辞三

棋枰响止，胜负岂能全两喜。不竞南风，忽尔三生六劫通。　客方对酒，一片捷音来自寿。甚快人何，大胜呼卢百万多。

沈　瀛　　减字木兰花·竹斋侑酒辞　头劝

酒巡未止，先说一些儿事喜。别调吹风，佛曲由来自普通。　长鲸吸酒，面对沉香山刻寿。吸尽如何，吸了西江说甚多。

沈　瀛　　减字木兰花·竹斋侑酒辞　二劝

酒巡未止，听说二疏归可喜。随意乘风，拄杖深村狭巷通。　渊明漉酒，更与庞公庞媪寿。切莫讥何，唤取同来作队多。

沈　瀛　　减字木兰花·竹斋侑酒辞　三劝

酒巡未止，更号三般杨氏喜。上苑春风，宝带灵犀点点通。　听歌侑酒，富贵两全添个寿。人少兼何，彭祖人言只寿多。

沈　瀛　减字木兰花·竹斋侑酒辞　四劝

酒巡未止，说著四并须著喜。好月兼风，好个情怀命又通。　明朝醒酒，起看佳人妆学寿。定问人何，昨夜何人饮最多。

沈　瀛　减字木兰花·竹斋侑酒辞　五劝

酒巡未止，更说五行人听喜。康节淳风，说道诸公运数通。　乞浆得酒，更检戊申前定寿。亥子推何，甲子生年四百多。

沈　瀛　减字木兰花·竹斋侑酒辞　六劝

酒巡未止，鼓吹六经为公喜。也没回风，只有村中鼓数通。　长须把酒，自当长头杯捧寿。问得穷何，一坐靴皮笑面多。

沈　瀛　减字木兰花·竹斋侑酒辞　七劝

酒巡未止，且听七言余韵喜。弹到悲风，醒酒风吹路必通。　休休避酒，末后茶仙来献寿。七碗休何，不独茶多酒亦多。

沈　瀛　减字木兰花·竹斋侑酒辞　八劝

八巡将止，八节四时人贺喜。汉俗成风，薛老之言贵尚通。　妻儿设酒，更得比邻相庆寿。虚度时何，只恐妻儿怪汝多。

沈　瀛　减字木兰花·竹斋侑酒辞　九劝

九巡将止，留读九歌章句喜。尽溘埃风，发轫苍梧万里通。　楚歌发酒，读到人生何所寿。试问原何，尔独惺然枉了多。

沈　瀛　减字木兰花·竹斋侑酒辞　十劝

十巡今止，乐事要须防极喜。烛影摇风，月落参横影子通。　粗茶淡酒，五十狂歌供宴寿。敬谢来何，再得寻盟后日多。

沈　瀛　　　减字木兰花·陋人居止

诸斋作真率会，又用前韵赋木兰花令三首

陋人居止，旬一集真终日喜。先自薰风，客目轮流次第通。　　昔贤置酒，十老半千年纪寿。知彼由何，真处闲中日月多。

沈　瀛　　　减字木兰花·鸡鸣弗止

鸡鸣弗止，弗到天明心弗喜。投辖成风，蟨谷吾公宜弗通。　　齐盟歃酒，扬觯先听方饮寿。盟载言何，卜昼三杯不用多。

沈　瀛　　　减字木兰花·适然萃止

适然萃止，不待灯花先报喜。不速真风，且免毛生不为通。　　诗歌棋酒，真正清欢真正寿。事事真何，更得真真真更多。

张孝祥　　减字木兰花·江阴州治漾花池

佳人绝妙，不惜千金频买笑。燕姹莺娇，始遣清歌透碧霄。　　主人好事，更倒一尊留客醉。我醉思家，月满南池欲漾花。

张孝祥　　　减字木兰花·一尊留夜

一尊留夜，宝蜡烘帘光激射。冻合铜壶，细听冰檐夜剪酥。　　清愁冉冉，酒唤红潮登玉脸。明日重看，玉界琼楼特地寒。

张孝祥　　　减字木兰花·爱而不见

爱而不见，立马章台空便面。想像娉婷，只恐丹青画不成。　　诗人老去，恰要莺莺相伴住。试与平章，岁晚教人枉断肠。

张孝祥　　　减字木兰花·阿谁曾见

阿谁曾见，马上墙阴通半面。玉立娉婷，一点灵犀寄目成。　　明朝重去，人在横溪溪畔住。乔木千章，摇落霜风只断肠。

张孝祥　减字木兰花·琵琶亭林守、王倅送别

江头送客，枫叶荻花秋索索。弦索休弹，清泪无多怕湿衫。　故人相遇，不醉如何归得去。我醉忘归，烟满空江月满堤。

张孝祥　减字木兰花·二十六日立春

春如有意，未接年华春已至。春事还新，多得年时五日春。　春郊便绿，只向腊前春已足。屈指元宵，正是新春二十朝。

张孝祥　减字木兰花·黄坚叟母夫人

慈闱生日，见说今年年九十。戏彩盈门，大底孩儿七个孙。　人间喜事，只这一般难得似。愿我双亲，都似君家太淑人。

张孝祥　减字木兰花·赠尼师，旧角奴也

吹箫泛月，往事悠悠休更说。拍碎琉璃，始觉从前万事非。　清斋净戒，休作断肠垂泪债。识破嚣尘，作个逍遥物外人。

张孝祥　减字木兰花·人间奇绝

人间奇绝，只有梅花枝上雪。有个人人，梅样风标雪样新。　芳心不展，嫩绿阴阴愁冉冉。一笑相看，试荐冰盘一点酸。

张孝祥　减字木兰花·枷花搦柳

枷花搦柳，知道东君留意久。惨绿愁红，憔悴都因一夜风。　轻狂蝴蝶，拟欲扶持心又怯。要免离披，不告东君更告谁。

李处全　减字木兰花·今年菊早

预作菊词，俾歌之，至时以侑酒

今年菊早，想到重阳花正好。玉冷金寒，全似东篱挹露看。　色庄香重，直与梅花堪伯仲。待唤渊明，三友相从盖为倾。

李处全　　减字木兰花·咏木樨

谁将翡翠，闲屑黄金摅巧思。缀就花钿，飞上秋云入鬓蝉。　一枝斜倚，披拂香风多少意。午镜重匀，娇额妆成宫样新。

李处全　　减字木兰花·更生观尽

甲午九月末在婺州韩守坐上和陈尚书韵

更生观尽，双璧蒹葭那敢并。四海无人，笑语从容许我亲。　平生此客，复与太丘登醉白。病里颦眉，贪看惺惺骑马归。

吕胜己　　减字木兰花·烟云变化

烟云变化，面面青山如展画。俯对平川，野水烟村远接天。　有时纵目，景物繁华观不足。月下风头，一曲清讴博见楼。

赵长卿　　减字木兰花·咏柳

柳丝摇翠，翠幄笼阴无限意。不绊行舟，只向江边绊客愁。　月明风细，分付一江流去水。娇眼伤春，谁是章台欲折人。

赵长卿　　减字木兰花·冬日饮别赵德远

小春天气，未唱阳关心已醉。红蓼秋容，后会何时得再逢。　归朝好事，仰看皇州扬雨露。百里恩波，拟欲留公无奈何。

赵长卿　　减字木兰花·阳关唱彻

阳关唱彻，断尽离肠声哽咽。酒已三巡，今夜王孙是路人。　此情难说，莫负等闲风与月。欲问归期，来戴钗头艾虎儿。

赵长卿　　减字木兰花·半窗斜月

半窗斜月，茅店萧条灯已灭。床下蛩声，声动凄凉不忍听。　终宵无寐，覆去翻来真个是。屈指归期，应是梅花烂熳时。

林 淳 **减字木兰花·郑尚书席上借前韵**

嫣然笑粲，醉靥融滋春意烂。侍宴终宵，欢动帘帏酒易消。 尊前狂客，惊见蕊仙新谪籍。珠阁深关，丹就同归海上山。

林 淳 **减字木兰花·烛花呈瑈**

烛花呈瑈，瑞气满筵春欲烂。月色中宵，疑是阶前雪未消。 骚人词客，魂断蜡梅香已籍。谁更情关，一点新愁入远山。

廖行之 **减字木兰花·送别**

相从归去，行尽江吴到湘楚。欲话离怀，万事须凭酒一杯。 临歧握手，赠子一言君听否。舌在何忧，莫作人间儿女愁。

辛弃疾 **减字木兰花·纪壁间题**

盈盈泪眼，往日青楼天样远。秋月春花，输与寻常姊妹家。 水村山驿，日暮行云无气力。锦字偷裁，立尽西风雁不来。

辛弃疾 **减字木兰花·宿僧房有作**

僧窗夜雨，茶鼎熏炉宜小住。却恨春风，勾引诗来恼杀翁。 狂歌未可，且把一尊料理我。我到亡何，却听侬家陌上歌。

辛弃疾 **减字木兰花·昨朝官告**

昨朝官告，一百五年村父老。更莫惊疑，刚道人生七十稀。 使君喜见，恰限华堂开寿宴。问寿如何，百代儿孙拥太婆。

程 垓 **减字木兰花·双双相并**

双双相并，一点红边偏照映。玉翦云裁，不比浮花共蒂开。 几回心曲，选胜摘来情自足。插向云鬟，要与仙郎比并看。

陈三聘　　减字木兰花·凝云不动

凝云不动，玉海无声千丈冻。来倚阑干，襟袖凭虚彻骨寒。　归心易折，后夜月明应恨别。罨画图边，著我披蓑上钓船。

陈三聘　　减字木兰花·东篱黄菊

东篱黄菊，细捻香枝人事熟。少缓芳尊，且醉依家麹米春。　老人斋戒，底事新来移角带。归梦相关，明月松江万顷宽。

陈三聘　　减字木兰花·盈盈袅袅

盈盈袅袅，欲问卿卿还好好。无奈娇何，折折湘裙薄薄罗。　尊前顾曲，舞作回风花拍促。压尽时流，棋里输伊一百筹。

陈三聘　　减字木兰花·先生困熟

先生困熟，万卷书中聊托宿。似怯清寒，更爇都梁向博山。　游仙梦杳，啼鸟声中春又晓。未著乌纱，独坐溪亭数落花。

陈三聘　　减字木兰花·殷勤举白

殷勤举白，昨夜东风犹有雪。莫恨春迟，曾见梅花第一枝。　阴晴未决，早晚清明新火活。梦绕秦楼，欲趁归潮上客舟。

石孝友　　减字木兰花·赠何藻

新荷小小，比目鱼儿翻翠藻。小小新荷，点破清光景趣多。　青青半卷，一寸芳心浑未展。待得圆时，罩定鸳鸯一对儿。

石孝友　　减字木兰花·空阶雨过

空阶雨过，细草摇摇光入座。斜日多情，恋恋幽窗故故明。　沉吟无语，立遍梧桐庭下树。病叶先秋，零乱风前片段愁。

石孝友　　减字木兰花·角声催晓

角声催晓，斗帐美人初梦觉。黛浅妆残，清瘦花枝不奈寒。　匆匆睡起，冷落余香栖翠被。何处阳台，雨散云收犹未来。

韩　玉　　减字木兰花·赠歌者

香檀素手，缓理新词来伴酒。音调凄凉，便是无情也断肠。　莫歌杨柳，记得渭城朝雨后。客路茫茫，几度东风春草长。

杨炎正　　减字木兰花·月明如昼

月明如昼，占断小楼供把酒。入眼人人，如月精神更有情。　大家休睡，留到天明和月醉。生怕醒来，月到波心忆酒媒。

赵师罴　　减字木兰花·江南春早

江南春早，春到南枝花更好。不比寻常，深著胭脂学弄妆。　寿阳开宴，拂拂红霞生酒面。从此溪桥，步障翻腾著绛绡。

卢　炳　　减字木兰花·传消寄息

传消寄息，咫尺还如千里隔。欲见无由，惹起新愁与旧愁。　情怀如醉，欹枕连宵终不寐。无奈相思，此恨凭谁说与伊。

卢　炳　　减字木兰花·莎衫筠笠

莎衫筠笠，正是村村农务急。绿水千畦，惭愧秧针出得齐。　风斜雨细，麦欲黄时寒又至。馌妇耕夫，画作今年稔岁图。

卢　炳　　减字木兰花·咏梅呈万教

冰姿雪艳，天赋精神偏冷淡。惟有清香，何逊扬州暗断肠。　孤芳好处，消得骚人题妙句。皴皵寒枝，未必生绡画得宜。

汪　莘　　　减字木兰花·诗家清绝

诗家清绝，檐外森然苍玉节。学易无思，一笑窗前白玉妃。　何人共说，山上青松松上雪。更有谁知，溪在门前月在溪。

郭应祥　　　减字木兰花·寿李茂叔

仲春上七，门左垂弧当此日。点检春光，百草千葩已斗芳。　折花持酒，彩袖殷勤来祝寿。明岁而今，稳向南宫待捷音。

郭应祥　　　减字木兰花·偶然相聚

偶然相聚，最是人间堪乐处。散步寻春，来作琴堂不速宾。　缓歌一曲，野鹜纷纷都退缩。不用多杯，准拟花时日日来。

郭应祥　　　减字木兰花·戏万安胡簿

栖鸾高士，文采风流谁得似。年德虽高，对酒当歌气尚豪。　明眸皓齿，一朵红莲初出水。膝上安排，爱惜须教不离怀。

郭应祥　　减字木兰花·用季功韵戏呈子定

遇如不遇，最是暂来还复去。归到乡关，欲再来时却恐难。　丁宁去后，倩雁传书须访旧。万斛羁愁，逐水那容许大舟。

赵孟谦　　　减字木兰花·荣魁鹗荐

荣魁鹗荐，一举南宫膺妙选。人物规模，楚楚吾家千里驹。　彩衣持酒，更祝二亲无限寿。父子荣迁，俱侍玉皇香案前。

韩　淲　　　减字木兰花·次昌甫韵

年光虚度，能得几多消散处。莫恨归迟，得见新词不自持。　山中酒里，笑语喧哗知有弟。此意谁如，世事纷纷一任渠。

韩　淲　　　减字木兰花·梅词

菊花开了，待得梅梢来索笑。雪色江波，看尽千林未觉多。　一丘缓步，只恐朝来有新句。岁岁年年，白发催人到酒边。

韩　淲　　　减字木兰花·一杯易足

昌甫以嵇叔夜语作曲，戏用杜子美诗和韵

一杯易足，自断此生犹杜曲。词客哀时，不敢愁来赋别离。　孤城麦秀，常愧葛洪丹未就。诗罢长吟，衰晚迟回违寸心。

韩　淲　减字木兰花·初五日昌甫生朝，因庆七十

从心所欲，高蹈祠官惟见独。其寿伊何，古井章泉水不波。　腊前梅好，玉洁日光香耐老。才大三千，首首清诗得自编。

程　珌　　　减字木兰花·不应双睫

不应双睫，看尽人间花与雪。曾是当时，一朵红云拥日飞。　如今正好，万绿千红深处坐。也使春工，唤作天池五月风。

戴复古　　减字木兰花·寄钦州刘叔治史君

羊城旧路，檀板一声惊客去。不拟重来，白发飘飘上越台。　故人居处，曲巷深深通竹所。问讯桃花，欲访刘郎不在家。

戴复古　　减字木兰花·寄五羊钟子洪

天台狂客，醉里不知秋鬓白。应接风光，忆在江亭醉几场。　吴姬劝酒，唱得廉颇能饭否。西雨东晴，人道无情又有情。

戴复古　　减字木兰花·阻风中酒

阻风中酒，流落江湖成白首。历尽艰关，赢得虚名在世间。　浩然归去，忆着石屏茅屋趣。想见山村，树有交柯犊有孙。

徐鹿卿　减字木兰花·杜南安和昌仙词见示次韵酬之

狂吟江浦，不食人间烟火语。韦曲名家，也试河阳一县花。　群仙推去，暂寄岭梅清绝处。笑俯清溪，只有清风明月知。

徐鹿卿　减字木兰花·再次韵

云横远浦，一段秋光烦著语。月下谁家，丹桂迎风一两花。　双凫来去，不踏人间风日处。才入云溪，问我来时总不知。

魏了翁　减字木兰花·许侍郎奕硕人生日十二月二十二日

新符旧历，交割新年余七日。谁识春华，元住东川太守家。　一年一曲，拟尽形容无可祝。愿似庭梅，长向春风伴斗魁。

黄　机　减字木兰花·西风淅淅

西风淅淅，满眼芙蓉红欲滴。无限相思，百叠青山百曲溪。　凭谁说与，衣带别来宽几许。好片心肠，不道秋来早晚凉。

赵福元　减字木兰花·赠草书颠

吮煤弄笔，草圣寰中君第一。电脚摇光，骤雨旋风声满堂。　毫厘巧辨，唤起羲之当北面。醉眼摩研，错认书颠作酒颠。

淮上女　减字木兰花·淮山隐隐

淮山隐隐，千里云峰千里恨。淮水悠悠，万顷烟波万顷愁。　山长水远，遮住行人东望眼。恨旧愁新，有泪无言对晚春。

李曾伯　减字木兰花·丙午和朱希真韵

无可不可，还你天公还我我。味触声香，尽付庄周蝶满床。　谩天不过，留取心机休用破。净几明窗，乐取闲中日月长。

李曾伯　　减字木兰花·再和

如何则可，我亦不知其谓我。隐几焚香，对酒一壶书一床。　知仁观过，浑沌翻怜谁凿破。寄傲南窗，堪羡渊明滋味长。

马光祖　　减字木兰花·多情多爱

多情多爱，还了平生花柳债。好个檀郎，室女为妻也不妨。　杰才高作，聊赠青蚨三百索。烛影摇红，记取媒人是马公。

陈　著　　减字木兰花·浮萍踪迹

嘉熙元年七月，如浦城。二十三日，□永康界赵店宿，为喜雨作

浮萍踪迹，又作南东□□客。不奈秋阳，一似朱明赫赫光。　惊雷叱雨，料是阿香怜逆旅。好个凉天，称我前程步步便。

陈　著　　减字木兰花·丁未泊丈亭

夜帆初上，准拟今朝过越上。及到今朝，却被西风挫一潮。　丈亭一处，要得纵观赢得住。行止皆天，谁道人生客路难。

刘辰翁　　减字木兰花·玩月答蒙庵和词

何须剪纸，依旧一团圆照水。莫倚空寒，柳下池边也只般。　君何忽忽，宇宙人生都是客。月在云端，人自愁人不解看。

刘辰翁　　减字木兰花·甲午九日午山作

旧游山路，落在秋阴最深处。风雨重阳，无蝶无花更断肠。　天知老矣，莫累门生与儿子。不用登高，高处风吹帽不牢。

刘辰翁　　减字木兰花·有感

东风似客，醉里落花南又北。客似东风，携手斜阳一笑

中。　　佳人怨我，不寄江南春一朵。我怨佳人，憔悴江南不似春。

刘辰翁　　减字木兰花·腊销三五

腊望初晴，月佳甚，有上元花柳意，不能忘情

腊销三五，月向雪山云外吐。烟水黄昏，梅柳依稀笛断魂。　　今宵豫赏，便作香尘随步想。莫待元宵，灯火零星雨寂寥。

刘辰翁　　减字木兰花·乙亥上元

无灯可看，雨水从教正月半。探茧推盘，探得千秋字字看。　　铜驼故老，说著宣和似天宝。五百年前，曾向杭州看上元。

刘辰翁　　减字木兰花·庚辰送春

送春待晓，春是五更先去了。我醉方知，春正怜伊怕别伊。　　留君不可，归到海边方忆我。做尽花归，欲赠君时少一枝。

刘辰翁　　减字木兰花·相州锦好

尚学林己丑寿旦，适归庐陵。其先世相州人，居永和，今家临川

相州锦好，待到相州人已老。颍水归田，白鹭惊猜已十年。　　太师尚父，晚遇明时方用武。大笑相逢，把酒家乡是客中。

刘辰翁　　减字木兰花·自述

不能管得，欲雨能教天地黑。待得开晴，不用吾言也自行。　　一杯亦醉，万事无能吾欲睡。旧亦能诗，说旧时诗问是谁。

刘辰翁　　减字木兰花·再用韵戏古岩出妾

清欢昨日，十事不如人六七。试数从前，素素相从得几年。　　子兮子兮，再拣一枝何处起。翠釜峰驼，客好其如良夜何。

刘辰翁　　减字木兰花・寿词

脾神喜乐，寿酒一杯胜服药。过却明朝，顶上新霜也合销。　小春三日，便觉春暄梅影出。醉把梅看，比似茱萸更耐寒。

仇　远　　减字木兰花・鸡儿画曲

鸡儿画曲，处处筝篥鸣雨屋。十载重游，柳外啼乌也怨秋。　粉榲醉墨，燕去楼空人不识。醉踏花阴，错认人家月下门。

仇　远　　减字木兰花・三生杜牧

三生杜牧，惯识小红楼上宿。压帽花斜，醉跨门前白鼻䯄。　归来寻睡，懒拨熏炉温素被。两袖香尘，肯信春风老得人。

仇　远　　减字木兰花・一番春暮

一番春暮，恼人更下潇潇雨。花片纷纷，燕子人家都是春。　莫留春住，问春归去家何处。春与人期，春未归时人未归。

曾寅孙　减字木兰花・题温日观葡萄卷

生绡蜀茧，笔底墨云飞一片。点点秋腴，收得骊龙颔下珠。　兴来一扫，惜处有时悭似宝。露叶烟条，几度西风吹不凋。

张　炎　　减字木兰花・寄车秀卿

锁香亭榭，花艳烘春曾卜夜。空想芳游，不到秋凉不信愁。　酒迟歌缓，月色平分窗一半。谁伴孤吟，手擘黄花碎却心。

胡平仲　　减字木兰花・咏梅

东坡咏梅成三十篇，红梅诗有云："诗老不知梅格在，更看绿叶与青枝。"谓石曼卿有"认桃无绿叶，辨杏有青枝"之句也。夫梅红与艳杏、夭桃固异，不待观枝叶，而辨已明矣。然人常言所不能到，予甚爱之，乃集其诗句作减字木兰花二曲，一咏红梅，一咏江梅，仍同韵，以贻好事者

天然标格，不问青枝和绿叶。仿佛吴姬，酒晕无端上玉肌。　　怕愁贪睡，谁会伤春无限意。乞与徐熙，画出横斜竹外枝。

胡平仲　　减字木兰花·兰凋蕙歇

兰凋蕙歇，野店酒初尝竹叶。绝艳幽姿，洗出铅华见雪肌。　　云阶月地，凭仗幽人须着意。一夜花飞，一点微酸已著枝。

李夫人　　减字木兰花·幕天席地

幕天席地，瑞脑香浓笙歌沸。白纻衣轻，鹤发霜髯照座明。　　轻簪小珥，却是人间真富贵。好着丹青，画与人间作寿星。

苏小小　　减字木兰花·别离情绪

别离情绪，万里关山如底数。遣妾伤悲，未必郎家知不知。　　自从君去，数尽残冬春又暮。音信全乖，等到花开不见来。

李秀兰　　减字木兰花·自从君去

自从君去，晓夜萦牵肠断处。绿遍香阶，过夏经秋雁又来。　　想伊那里，应也情怀愁不止。渺渺书沉，直至如今没信音。

无名氏　　减字木兰花·庭梅初绽

庭梅初绽，风递幽香清更远。别有孤根，不待阳和一点恩。　　雪中风韵，皓质冰姿真莹静。月下精神，来到窗前疑是君。

无名氏　　减字木兰花·疏梅风韵

疏梅风韵，不许游蜂飞蝶近。要识芳容，除向瑶台月下

逢。　　尊前一见，换尽平生桃李眼。却笑襄王，楚梦无踪空断肠。

无名氏　　减字木兰花·山城驿近

山城驿近，又报寒梅传驿信。远水孤村，月下何人与断魂。　　幽芳在手，花木无情那得瘦。似此天真，好赠东阳姓沈人。

无名氏　　减字木兰花·香肌清瘦

香肌清瘦，泪湿轻红疏雨后。笑靥微开，宿雨微醺越女腮。　　多情无奈，玉管休吹帘影外。薄晚池台，惆怅繁华梦里来。

无名氏　　减字木兰花·东君有待

东君有待，留得一枝香雪在。晚日融融，只恐轻酥暖渐熔。　　歌催管送，芳酒一尊谁与共。寂寞墙东，潇洒黄昏满院风。

无名氏　　减字木兰花·蜡梅

鹅黄初吐，无数蜂儿飞不去。别有香风，不与南枝斗浅红。　　凭谁折取，拟把玉人分付与。碧玉搔头，淡淡霓裳人倚楼。

无名氏　　减字木兰花·园林衰槁

园林衰槁，一品梅花开太早。紫蕊檀心，独占中央色似金。　　幽香清远，对景开尊同赏玩。雅称仙姿，莫是多情染相思。

无名氏　　减字木兰花·蔷薇叶暗

蔷薇叶暗，满架浓阴风不乱。午酒才醒，历历黄鹂枕上听。　　此情难遗，不比红蕉心易展。要识离愁，只似杨花不自由。

无名氏　　减字木兰花·家门希差

家门希差，养得一枚依样画。百事无能，只去篱边缠倒藤。　儿回水上，轧捺不翻真个强。无处容他，只好炎天瞰作巴。

无名氏　减字木兰花·子寿母八十

慈闱生日，恰则今年当八十。玉宇澄清，五夜分明见寿星。　恩深鞠育，长愿一身全五福。满劝椒觞，岁岁今朝拜阿娘。

无名氏　减字木兰花·寿外公

祥呈香裓，尝记翁生当己卯。福禄俱添，绿鬓红颜七十三。　芝兰满砌，争著彩衣堂下戏。祝寿无涯，王母襟期醉九霞。

无名氏　减字木兰花·寿隐士

一丘一壑，野鹤孤云随处乐。篆带纱巾，且与筠庄作主人。　高山流水，指下风生千古意。寿庆年年，长在新秋六日前。

无名氏　减字木兰花·十一月娶，后十一月生子

向来梅发，雪袂仙裳回绛阙。今又梅开，已领熊罴好梦来。　试将梅比，才著阳和争结子。梅子生成，早晚须调鼎鼐羹。

无名氏　减字木兰花·弟寿兄五十

阿兄生日，屈指今年年五十。豆雨初晴，昨夜分明见寿星。　槐黄已迫，愿言共展冲天翼。桂子飘香，看取吾家棣萼芳。

无名氏　减字木兰花·寿人六十

喜逢生日，偻指今年方六十。次第回春，甲子从头又一新。　敬驰一曲，付与歌儿勤为祝。满劝金钟，试问蟠桃几度红。

无名氏　　减字木兰花·木芙蓉

舞台歌院，雨后西风寒剪剪。翠掩屏风，花与残霞一样红。　　宫茵隐绣，香软巧随莲步绉。不怕露寒，日日拚教醉画栏。

无名氏　　减字木兰花·春融酒困

春融酒困，一寸横波千里恨。著处芳菲，蝶与莺情醉自迷。　　欹云妥翠，冷落金屏山十二。低抱琵琶，月向黄昏日又斜。

惜分飞

又名《惜双双》、《惜双双令》、《惜春飞》、《惜芳菲》，双调数体。有五十字，上下片各四句、四仄韵；亦有五十二字，上下片各四句、四仄韵；还有五十六字，上下片各四句、四仄韵等。

晁补之　　惜分飞·别吴作

山水光中清无暑，是我消魂别处。只有多情雨，会人深意留人住。　　不见梅花来已暮，未见荷花又去。图画他年觑，断肠千古苕溪路。

晁补之　　惜分飞·代别

消暑楼前双溪市，尽住水晶宫里。人共荷花丽，更无一点尘埃气。　　不会史君匆匆至，又作匆匆去计。谁解连红袂，大家都把兰舟系。

毛　滂　　惜分飞·富阳水寺秋夕望月

山转沙回江声小，望尽冷烟衰草。梦断瑶台晓，楚云何处英英好。　　古寺黄昏人悄悄，帘卷寒堂月到。不会思量了，素光看尽桐阴少。

毛　滂　　惜分飞·富阳僧舍代作别语

泪湿阑干花著露，愁到眉峰碧聚。此恨平分取，更无言语，空相觑。　　短雨残云无意绪，寂寞朝朝暮暮。今夜山深处，断魂分付，潮回去。

毛　滂　　惜分飞·恰则心头托托地

恰则心头托托地，放下了日多萦系。别恨还容易，袖痕犹有年时泪。　　满满频斟乞求醉，且要时间忘记。明日刘郎起，马蹄去便三千里。

毛　滂　　惜分飞·花影低徊帘幕卷

酒家楼望其南有佳客，招之不至

花影低徊帘幕卷，惯了双来燕燕。惊散雕阑晚，雨昏烟重垂杨院。　　云断月斜红烛短，望断真个望断。情寄梅花点，趁风吹过楼南畔。

赵子发　　惜分飞·数点雨声惊残暑

数点雨声惊残暑，帘外秋光容与。重换熏炉炷，渐低罗幕香成雾。　　今夜夜凉情几许，莫向屏山取取。却笑阳台女，楚人空□高唐赋。

张　纲　　惜分飞·次韵丁希闵

年少春心花里转，只恐飞花片片。沉醉归深院，妓衣何用令高卷。　　要看梁州初入遍，放出楼中舞燕。有眼何曾见，看来未足重开宴。

吴淑姬　　惜分飞·送别

岸柳依依拖金缕，是我朝来别处。惟有多情絮，故来衣上留人住。　　两眼啼红空弹与，未见桃花又去。一片征帆举，断肠遥指苕溪路。

吕渭老　　惜分飞·元夕

白玉花骢金络脑，十里华灯相照。帘映春窈窕，雾香残腻桃花笑。　　一串歌珠云外袅，饮罢玉楼寒悄。归去城南道，柳梢猎猎东风晓。

王之望　　惜分飞·别妓

要眇新声生宝柱，弹到离肠断处。细落檐花雨，夜阑清唱行云住。　　洞府春长还易暮，凡客暂来终去。不忍回头觑，乱山流水桃溪路。

赵彦端　　惜分飞·送江鸣玉归乌墩

相与十年亲且旧，一笑天涯携手。霜际寒云逗，去年情味君思否。　　远水无情冰不就，好在尊前眉岫。肠断东南秀，淡烟疏月梅时候。

袁去华　　惜分飞·九日

平日悲秋今已老，细看秋光自好。风紧寒生早，漫将短发还吹帽。　　寂寞东篱人不到，只有渊明醉倒。一笑留残照，世间万事蝇头小。

袁去华　　惜分飞·雨过残阳明远树

雨过残阳明远树，树底鸣蝉无数。临水人家住，靠西便入江南路。　　曲径通幽深几许，翠竹短窗无暑。小立凭肩语，个中曾是孤眠处。

范成大　　惜分飞·易散浮云难再聚

易散浮云难再聚，遮莫相随百步。谁唤行人去，石湖烟浪渔樵侣。　　重别西楼肠断否，多少凄风苦雨。休梦江南路，路长梦短无寻处。

范成大　　惜分飞·画戟锦车皆雅故

南浦舟中与江西帅漕酌别，夜后忽大雪

画戟锦车皆雅故，箫鼓留连客住。南浦春波暮，难忘罗袜生尘处。　　明日船旗应不驻，且唱断肠新句。卷尽珠帘雨，雪花一夜随人去。

沈端节　　惜分飞·桂花

喜入眉心黄点莹，珠佩玲珑透影。风露萧萧冷，梦回月窟香成阵。　　秋后情怀君莫问，拚了因他瘦损。不似寻常韵，细看没处安排闷。

辛弃疾　　惜分飞·春思

翡翠楼前芳草路，宝马坠鞭曾驻。最是周郎顾，尊前几度歌声误。　　望断碧云空日暮，流水桃源何处。闻道春归去，更无人管飘红雨。

陈三聘　　惜分飞·莫唱骊驹容首聚

莫唱骊驹容首聚，花径重来微步。从此朝天去，故山怨鹤栖猿侣。　　试卜西园春在否，无奈濛濛细雨。明日长亭路，断魂芳草人何处。

刘学箕　　惜分飞·柳絮

池上楼台堤上路，尽日悠扬飞舞。欲下还重举，又随蝴蝶墙东去。　　糁径飘空无定处，来往绿窗朱户。却被春风妒，送将蛛网留连住。

陈　著　　惜分飞·吴氏馆寄内童氏

筑垒愁城书一纸，雁雁儿将不起。好去西风里，到家分付眉颦底。　　落日阑干羞独倚，十里江山万里。容易成憔悴，惟归来是归来是。

陈允平　　惜分飞·钏阁桃腮香玉溜

钏阁桃腮香玉溜，困倚银床倦绣。双燕归来后，相思叶底寻红豆。　　碧唾春衫还在否，重理弓弯舞袖。锦藉芙蓉皱，翠腰羞对垂杨瘦。

汪元量　　惜分飞·歌楼别客

燕子留君君欲去，征马频嘶不住。握手空相觑，泪珠成缕，眉峰聚。　　恨入金徽孤凤语，愁得文君更苦。今夜西窗雨，断肠能赋，江南句。

柴元彪　　惜分飞·客怀

候馆天寒灯半灭，对着灯儿泪咽。此恨难分说，能禁几度黄花别。　　乍转寒更敲未歇，蛩语更添凄恻。今夜归心切，砧声敲碎谁家月。

惜 分 钗

即《撷芳词》，调见《圣求词》，吕渭老词调名《惜分钗》。详见《撷芳词》条。

吕渭老　　　　惜分钗·春将半

春将半，莺声乱，柳丝拂马花迎面。小堂风，暮楼钟，草色连云，暝色连空，重重。　　秋千畔，何人见，宝钗斜照春妆浅。酒霞红，与谁同，试问别来，近日情悰，忡忡。

吕渭老　　　　惜分钗·重帘挂

重帘挂，微灯下，背兰同说春风话。月盈楼，泪盈眸，觑著红茵，无计迟留，休休。　　莺花谢，春残也，等闲泣损香罗帕。见无由，恨难收，梦短屏深，清夜悠悠，悠悠。

惜双双

即《惜分飞》，张先词名为《惜双双》。详见《惜分飞》条。

张　先　　　　惜双双·溪桥寄意

城上层楼天边路，残照里、平芜绿树。伤远更惜春暮，有人还在高高处。　　断梦归云经日去，无计使、哀弦寄语。相望恨不相遇，倚桥临水谁家住。

晁端礼　　惜双双·天上星杓春又到

天上星杓春又到，应律管、微阳已报。暖信惊梅早，昨夜南枝，先得芳菲耗。　　迟日曈昽光破晓，馥绣幄、麝炉烟袅。为寿金壶倒，四坐簪缨，共比松筠老。

贺　铸　　惜双双·皎镜平湖三十里

皎镜平湖三十里，碧玉山围四际。莲荡香风里，彩鸳鸯觉双飞起。　　明月多情随舵尾，偏照空床翠被。回首笙歌地，醉更衣处长相记。

仲　殊　　　　惜双双·墨梅

庾岭香前亲写得，子细看，粉匀无迹。月殿休寻觅，姑射人来，知是曾相识。　　不要青春闲用力，也会寄、江南信息。著意应难摘，留与梨花，比并真颜色。

此首别作宝月词

赵 鼎　　　　惜双双·梅

度陇信音谁与寄，肠断江南千里。深雪前村里，一枝昨夜传芳意。　冷蕊暗香空旖旎，也应是、春来憔悴。风度将谁比，忆曾插向香罗□。

宝 月　　惜双双·庾岭香前亲写得

庾岭香前亲写得，仔细看、粉匀无迹。月殿休寻觅，姑射人来，知是曾相识。　不要青春闲用力，也会寄、江南信息。著意应难摘，留与梨花，比并真颜色。

此首别作仲殊词

无名氏　　惜双双·冒雪披风开数点

冒雪披风开数点，万花压、欺寒探暖。掩映闲庭院，月下疏影横斜，幽香远。　命友开尊同宴玩，听丽质、歌声宛转。对景侧金盏，任他结实和羹，归仙馆。

惜双双令

即《惜双双》、《惜分飞》，刘弇调名《惜双双令》。详见《惜双双》、《惜分飞》条。

刘 弇　　惜双双令·风外橘花香暗度

风外橘花香暗度，飞絮绾、残春归去。酝造黄梅雨，冷烟晓占横塘路。　翠屏人在天低处，惊梦断、行云无据。此恨凭谁诉，恁情却倩危弦语。

惜 奴 娇

《高丽史·乐志》：“宋赐大晟乐，内有《惜奴娇曲破》。”此调名即源于此。又名《惜婴娇》、《姹莺娇》。双调，有中调与长调之别。中调有七十一字、七十二字、八十字数体，长调一百零二字。其七十一字，上片七句、五仄韵，下片七句、四仄韵、一叠韵；七十二字，上下片各七句、五仄韵；一百零二字，上片九句、五仄韵，下片十句、六仄韵等。

贺　铸　　　　惜奴娇·玉立佳人

玉立佳人，韵不减、吴苏小。赋深情、华年韶妙。叠鼓新歌，最能作、江南调。缥缈，似阳台、娇云弄晓。　有客临风，梦后拟、池塘草。竟装怀、□愁多少。绿绮芳尊，映花月、东山道。正要，个卿卿、嫣然一笑。

晁补之　　　　惜奴娇·歌阕琼筵

歌阕琼筵，暗失金貂侣。说衷肠、丁宁嘱付。棹举帆开，黯行色、秋将暮。欲去，待却回、高城已暮。　渔火烟村，但触目伤离绪。此情向、阿谁分诉。那里思量，争知我，思量苦。最苦，睡不著、西风夜雨。

蔡　伸　　　　惜奴娇·隔阔多时

隔阔多时，算彼此、难存济。咫尺地、千山万水。眼眼相看，要说话、都无计。只是，唱曲儿、词中认意。　雪意垂垂，更刮地、寒风起。怎禁这几夜意，未散痴心，便指望、长偎倚。只替，那火桶儿、与奴暖被。

王之道　　　　惜奴娇·不断知名

不断知名，怎奈向、前缘注定。一封书、便成媒娉。千里相从，恰似寻盟合姓。泥泞，尚隔个、轿儿难近。　薄薄纱厨，小驿夜凉人静。红一点、暗通犀晕。花月多情，摇碎半窗清影。安稳，悄不知、人痛损。

王之道　　　　惜奴娇·甚么因缘

甚么因缘，恰得一年相聚。和闰月、更无剩数。说著分飞，背面偷弹玉箸。好去，记取许时言语。　旧爱新人，后夜一时分付。从前事、不堪回顾。怎奈冤家，抵死牵肠惹肚。愁苦，梦断五更风雨。

赵长卿　　　　惜奴娇·赋水仙花

洛浦娇魂，恐得到、人间少。把风流、分付花貌。六出精神，腊寒射、香试到。清秀，与江梅、争相先后。　蒼卜粗疏，怎似妖娆体调。比山樊、也应错道。最是殷勤，捧出金盏银台笑。拚了，仙源与、奇葩醉倒。

辛弃疾　　惜奴娇·戏同官

风骨萧然，称独立、群仙首。春江雪、一枝梅秀。小样香檀，映朗玉、纤纤手。未久，转新声、泠泠山溜。　曲里传情，更浓似、尊中酒。信倾盖、相逢如旧。别后相思，记敏政堂前柳。知否，又拚了、一场消瘦。

石孝友　　惜奴娇·我已多情

我已多情，更撞著、多情底你。把一心、十分向你。尽他们，劣心肠、偏有你。共你，风了人、只为个你。　宿世冤家，百忙里、方知你。没前程、阿谁似你。坏却才名，到如今、都因你。是你，我也没、星儿恨你。

石孝友　　惜奴娇·合下相逢

合下相逢，算鬼病、须沾惹。闲深里、做场话霸。负我看承，枉驰我、许多时价。冤家，你教我、如何割舍。　苦苦孜孜，独自个、空嗟呀。使心肠、捉他不下。你试思量，亮从前、说风话。冤家，休直待、教人咒骂。

史达祖　　惜奴娇·香剥酥痕

香剥酥痕，自昨夜、春愁醒。高情寄、冰桥雪岭。试约黄昏，便不误、黄昏信。人静，倩娇娥、留连秀影。　吟鬓簪香，已断了、多情病。年年待、将春管领。镂月描云，不枉了、闲心性。谩听，谁敢把、红儿比并。

无名氏　　惜奴娇·曲破

春早皇都冰泮，宫沼东风布轻暖。梅粉飘香，柳带弄色，瑞霭祥烟凝浅。正值元宵、行乐同民总无闲。肆情怀，何惜相邀，是处里容款。

无算，仗委东君遍。有风光、占五陵闲散。从把千金，五夜继赏，并彻春宵游玩。借问花灯，金琐琼瑰果曾罕。洞天里，一掠蓬瀛，第恐今宵短。

夸帝里，万灵咸集。永卫紫陌青楼，富臻既庶矣。四海升平，文武功勋盖世。赖圣主，兴贤佐，恁致理。　气绪凝和，会景新、访雅致。列群公锡宴在迩，上元循典，胜古高超荣异。望绛霄、龙香飘飘旖旎。

景云披靡，露浥轻寒若水。尽是游人美，陌尘润、宝沉递。笑指扬鞭，多少高门胜会。况是，只有今夕誓无寐。

盛日凝理，羽巢可窥。阆苑金关启扉，烬连宵、宁防避。暗尘随马，明月逐人无际。调戏，相歌秾李末阑已。

骋轮纵勒，翠羽花钿比织。并雅同陪，共越九衢遍，尽遨逸。料峭云容，香惹风、萦怀袂。遍寓目，几处瑶席绣帝。

莫如胜概，景压天街际。彩鳌举、百仞耸倚。凤舞龙骧，满目红光宝翠。动霁色，余霞暎，散成绮。

渐灼兰膏，覆满青烟罩地。簇宫花、搁荡纷委。万姓瞻仰，苒苒云龙香细。共稽首，同乐与，众方纪。

楼起霄宫里，五福中天纷绛瑞。弦管齐谐，清宛振逸天外。万舞低回纷绕，罗纨摇曳。顷刻转轮归去，念感激天意。

幸列熙台，洞天遥遥望圣梓。五夕华胥，鱼钥并开十二。圣景难逢无比，人间动且经岁。婉婉踌躇，再拜五云迤逦。

惜红衣

调见姜夔《白石集》，系姜夔自度曲。因其词中有“红衣半狼藉”句，故取其意以为调名。双调，有八十八字、八十九字数体。其八十八字，上片十句、六仄韵，下片九句、六仄韵为正体；其八十九字，上片十句、六仄韵，下片九句、六仄韵为变体。

姜　夔　　　惜红衣·簟枕邀凉

吴兴号水晶宫，荷花盛丽。陈简斋云："今年何以报君恩，一路荷花相送到青墩。"亦可见矣。丁未之夏，予游千岩，数往来红香中。自度此曲，以无射宫歌之

簟枕邀凉，琴书换日，睡余无力。细洒冰泉，并刀破甘碧。墙头唤酒，谁问讯、城南诗客。岑寂，高柳晚蝉，说西风消息。　　虹梁水陌，鱼浪吹香，红衣半狼藉。维舟试望故国，眇天北。可惜渚边沙外，不共美人游历。问甚时同赋，三十六陂秋色。

吴文英　　　惜红衣·鹭老秋丝

余从姜石帚游苕霅间三十五年矣，重来伤今感昔，聊以咏怀

鹭老秋丝，蘋愁暮雪，鬓那不白。倒柳移栽，如今暗溪碧。乌衣细语，伤绊惹、茸红曾约。南陌，前度刘郎，寻流花踪迹。　　朱楼水侧，雪面波光，汀莲沁颜色。当时醉近绣箔，夜吟寂。三十六矶重到，清梦冷云南北。买钓舟溪上，应有烟蓑相识。

李莱老　　　惜红衣·寄弁阳翁

笛送西泠，帆过杜曲，昼阴芳绿。门巷清风，还寻故人屋。苍华发冷，笑瘦影、相看如竹。幽谷，烟树晚莺，诉经年愁独。　　残阳古木，书画归船，匆匆又南北。蘋洲鸥鹭素熟，旧盟续。甚日浩歌招隐，听雨弁阳同宿。料重来时候，香荡几湾红玉。

张　炎　　　惜红衣·赠伎双波

两剪秋痕，平分水影，炯然冰洁。未识新愁，眉心倩人贴。无端醉里，通一笑、柔花盈睫。痴绝，不解送情，倚银屏斜瞥。　　长歌短舞，换羽移宫，飘飘步回雪。扶娇倚扇，欲把艳怀说。□□杜郎重到，只虑空江桃叶。但数峰犹在，如傍那家风月。

惜花春起早慢

即赋“惜花春起早”本意。调见《高丽史·乐志》。双调，一百字，上片八句、四仄韵，下片九句、四仄韵。此调只无名氏一词。

无名氏　　惜花春起早慢·向春来

向春来，睹林园，绣出满槛鲜萼。流莺海棠枝上弄舌，紫燕飞绕池阁。三眠细柳，垂万条、罗带柔弱。为思量，昨夜去看花，犹自斑驳。　　须拌尽日樽前，当媚景良辰，且恁欢谑。更阑夜深秉烛，对花酌、莫辜轻诺。邻鸡唱晓，惊觉来、连忙梳掠。向西园、惜群葩，恐怕狂风吹落。

惜花容

即《玉楼春》，调见《绿窗新话》卷上引《古今词话》宋盼盼词。详见《玉楼春》条。

盼　盼　　惜花容·少年看花双鬓绿

少年看花双鬓绿，走马章台管弦逐。而今老更惜花深，终日看花看不足。　　坐中美女颜如玉，为我一歌金缕曲。归时压得帽檐欹，头上春风红簌簌。

惜芳时

即《思归乐》，欧阳修词名《惜芳时》。双调，五十六字。上下片各四句、四仄韵。

欧阳修　　惜芳时·因倚兰台翠云亸

因倚兰台翠云亸，睡未足、双眉尚锁。潜身走向伊行坐，孜孜地、告他梳裹。　　发妆酒冷重温过，道要饮、除非伴我。丁香嚼碎偎人睡，犹记恨、夜来些个。

张继先　　　　惜芳时·对竹赋

虚心劲节争萧散，无冬夏、钩阑侧畔。霜风雪色沉沉晚，残不了、细枝纤干。　　情中意里尘沙恨，试与聆、弦歌急慢。无嫌青翠开青眼，相看似、太原家惯。

惜芳菲

即《惜分飞》，曹冠词名为《惜芳菲》。详见《惜分飞》条。

曹　冠　　　　惜芳菲·述怀

寓意登临诗与酒，豪气直冲牛斗。挥翰风雷吼，我生嗟在东坡后。　　流水高山琴静奏，莫笑知音未偶。天意君知否，穷通在道吾何有。

惜余欢

此调系黄庭坚自度腔。因其词中有“碾春焙、愿少延欢洽”句，取其意以为调名。双调，一百零四字，上片十句、四仄韵，下片十一句、五仄韵。此调只黄庭坚一词。

黄庭坚　　　　惜余欢·茶词

四时美景，正年少赏心，频启东阁。芳酒载盈车，喜朋侣簪合。杯觞交飞劝酬献，正酣饮、醉主公陈榻。坐来争奈，玉山未颓，兴寻巫峡。　　歌阑旋烧绛蜡，况漏转铜壶，烟断香鸭。犹整醉中花，借纤手重插。相将扶上，金鞍騕褭，碾春焙、愿少延欢洽。未须归去，重寻艳歌，更留时霎。

惜余妍

调见《阳春白雪》外集宋曹邍词。双调，九十四字。上下片各九句、四仄韵。

曹　邍　　　惜余妍·被召赋二色木香

同根异色，看镂玉雕檀，芳艳如簇。秀叶玲珑，嫩条下垂修绿。禁华深锁清妍，香满架、风梳露浴。轻盈，便似觉、酴醾格调粗俗。　　蜂黄间涂蝶粉，疑旧日二乔，各样妆束。费却春工，斗合靓芳秾馥。翠华临槛清赏，飞凤跸、休辞醉玉。晴昼，镇贮春、瑶台金屋。

惜余春

即《踏莎行》，因贺铸词有“年年游子惜余春”句，故更名为《惜余春》。详见《踏莎行》条。

贺　铸　　　惜余春·急雨收春

急雨收春，斜风约水，浮红涨绿鱼文起。年年游子惜余春，春归不解招游子。　　留恨城隅，关情纸尾，阑干长对西曛倚。鸳鸯俱是白头时，江南渭北三千里。

惜余春慢

即《选冠子》，孔夷词名《惜余春慢》。详见《选冠子》条。

孔　夷　　　惜余春慢·情景

弄月余花，团风轻絮，露湿池塘春草。莺莺恋友，燕燕将雏，惆怅睡残清晓。还似初相见时，携手旗亭，酒香梅小。向登临长是，伤春滋味，泪弹多少。　　因甚却、轻许风流，终非长久，又说分飞烦恼。罗衣瘦损，绣被香消，那更乱红如扫。门外无穷路岐，天若有情，和天须老。念高唐归梦，凄凉何处，水流云绕。

刘　壎　　　惜余春慢·春雨

玉勒丝鞭，彩旗红索，总向愁中休了。偏怜景媚，为甚愁浓，都为雨多晴少。桃杏开到梨花，红印香印，绿平幽沼。也无饶、红药殿春，更作薄寒清峭。　　尘梦里、暗换年华，东风能几，又把一番春老。莺花过眼，蚕麦当头，朝日浓阴笼晓。休恨烟林杜鹃，只恨啼鸠，呼云声杳。到如今，暖霭烘晴，满地绿阴芳草。

陈德武　　惜余春慢·忆海棠

不语佳人，多才名友，天遣伴吾幽独。令姿潘岳，太素何郎，争似一丛红玉。谁为织云锦裳，天孙巧处，暗空机轴。别离间、陡觉春风一度，电光惊目。　　因念著、旧日欢娱，清平歌曲，板按玉人横竹。金盆月落，银烛纱笼，一刻千金难赎。微醉欲醒未醒，声声唤起，睡何时足。待移根、与赋归来，敢比渊明松菊。

陈德武　　惜余春慢·阑葺疏芦

阑葺疏芦，帘编小苇，好个清幽公馆。栽槐夹道，种菊盈轩，景物便堪吟玩。门外一番雨余，嫩绿缘枝，浅清清眼。悄无人，一枕新凉睡觉，燕泥香暖。　　蓦地里、对景伤怀，思量无限，回首故园春远。松期竹待，鳌诮林嘲，苦被浮名牵绊。一种思情最长，万叠江山，怎生遮断。向北堂见了，忘忧萱草，此心方满。

惜 春 令

调见杜安世《寿域词》。此调有平韵、三声叶韵两种，双调。有五十字，上下片各四句、三平韵；亦有五十字，上下片各四句、一叶韵、两平韵。

杜安世　　惜春令·春梦无凭犹懒起

春梦无凭犹懒起，银烛尽、画帘低垂。小庭杨柳黄金翠，桃脸两三枝。　　妆阁慵梳洗，闷无绪、玉箫抛掷。絮飘纷纷人疏远，空对日迟迟。

杜安世　　惜春令·今夕重阳秋意深

今夕重阳秋意深，篱边散、嫩菊开金。万里霜天林叶坠，萧索动离心。　　臂上茱萸新，似旧年、堪赏光阴。百盏香醑且酬身，牛山会难寻。

惜春郎

调见柳永《乐章集》。双调，四十九字，上片五句、三仄韵，下片四句、三仄韵。此调只见柳永一词。

柳　永　　　　惜春郎·玉肌琼艳新妆饰

玉肌琼艳新妆饰，好壮观歌席。潘妃宝钏，阿娇金屋，应也消得。　　属和新词多俊格，敢共我勍敌。恨少年、枉费疏狂，不早与伊相识。

惜秋华

调见吴文英《梦窗丙稿》，系吴文英自度曲。双调数体。其九十四字，上片八句、五仄韵，下片九句、六仄韵为正体；其九十三字，上片八句、四仄韵，下片九句、六仄韵为变体等。

吴文英　　　　惜秋华·重九

细响残蛩，傍灯前、似说深秋怀抱。怕上翠微，伤心乱烟残照。西湖镜掩尘沙，翳晓影、秦鬟云扰。新鸿，唤凄凉、渐入红萸乌帽。　　江上故人老，视东篱秀色，依然娟好。晚梦趁、邻杵断，乍将愁到。秋娘泪湿黄昏，又满城、雨轻风小。闲了，看芙蓉、画船多少。

吴文英　　惜秋华·八日飞翼楼登高

思渺西风，怅行踪、浪逐南飞高雁。怯上翠微，危楼更堪凭晚。蓬莱对起幽云，澹野色山容愁卷。清浅，瞰沧波、静衔秋痕一线。　　十载寄吴苑，惯东篱深把，露黄偷翦。移暮影、照越镜，意销香断。秋娥赋得闲情，倚翠尊、小眉初展。深劝，待明朝、醉巾重岸。

吴文英　　　　惜秋华·七夕

露罥蛛丝，小楼阴堕月，秋惊华鬓。宫漏未央，当时钿钗遗恨。人间梦隔西风，算天上、年华一瞬。相逢，纵相疏、胜却巫阳无准。　何处动凉讯，听露井梧桐，楚骚成韵。彩云断、翠羽散，此情难问。银河万古秋声，但望中、婺星清润。轻俊，度金针、漫牵方寸。

吴文英　　惜秋华·七夕前一日送人归盐官

数日西风，打秋林枣熟，还催人去。瓜果夜深，斜河拟看星度。匆匆便倒离尊，怅遇合、云销萍聚。留连，有残蝉韵晚，时歌金缕。　绿水暂如许，奈南墙冷落，竹烟槐雨。此去杜曲，已近紫霄尺五。扁舟夜宿吴江，正水佩霓裳无数。眉妩，问别来、解相思否。

吴文英　　　　惜秋华·木芙蓉

路远仙城，自王郎去后，芳卿憔悴。锦缎镜空，重铺步障新绮。凡花瘦不禁秋，幻腻玉、腴红鲜丽。相携，试新妆乍毕，交扶轻醉。　长记断桥外，骤玉骢过处，千娇凝睇。昨梦顿醒，依约旧时眉翠。愁边暮合碧云，倩唱入、六幺声里。风起，舞斜阳、阑干十二。

惜 黄 花

又即《惜黄花慢》，调见《梅苑》卷五宋许将词。双调，有七十字，上下片各七句、五仄韵；亦有七十字，上片八句、五仄韵，下片八句、四仄韵。

许　将　　　　惜黄花·雁声晚断

雁声晚断，寒霄云卷。正一枝开，风前看，月下见。花占千花上，香笑千香浅，化工与、最先裁翦。　谁把瑶林，闲抛江岸。恁素英浓，芳心细，意何限。不恨宫妆色，不怨吹羌管，恨天远、恨春来晚。

史浩　　　　　惜黄花·重阳

秋光将老，黄花开早。露浥清晓，金钱万叠犹小。簪遍碧云鬟，压倒乌纱帽。更把来、玉觞同醑。　　过□添炉鼎，朱颜愈少。壮道骨，长仙风，养成灵宝。今日去登高，谩说龙山好。悄不如、自家蓬岛。

宋先生　　　　惜黄花·天机大道

天机大道，达者稀少。运戊己、龙蟠更虎绕。这一颗丹砂，凡世人难晓。间木金、坎离颠倒。　　阳全阴尽，形容不老。将水火烹煎，自然炉灶。待行功成就，炼无价宝。去朝元、七祖都了。

史达祖　　惜黄花·九月七日定兴道中

涵秋寒渚，染霜丹树。尚依稀，是来时、梦中行路。时节正思家，远道仍怀古。更对著、满城风雨。　　黄花无数，碧云欲暮。美人兮，美人兮、未知何处。独自卷帘栊，谁为开尊俎。恨不得、御风归去。

赵以夫　　　　　惜黄花·菊

众芳凋谢，堪爱处、老圃寒花幽野。照眼如画，烂然满地金钱，买断金钱无价。古香逸韵似高人，更野服、黄冠潇洒。向霜夜，冷笑暖春，桃李夭冶。　　襟期问与谁同，记往昔、独自徘徊篱下。采采盈把，此时一段风流，赖得白衣陶写。而今为米负初心，且细摘、轻浮三雅。沉醉也，梦落故园茅舍。

惜黄花慢

又名《惜黄花》。有仄韵、平韵之别。平韵体见吴文英词，仄韵体见杨无咎词。双调数体。有一百零八字，上片十一句、六仄韵，下片九句、五仄韵；亦有一百零八字，上片十句、七仄韵，下片九句、六仄韵；还有一百零八字，上片十二句、六平韵，下片十一句、六平韵。

田　为　　　惜黄花慢·雁空浮碧

雁空浮碧，印晓月，露洗重阳天气。望极楼外，淡烟半隔疏林，掩映断桥流水。黄金篱畔白衣人，更谁会、渊明深意。晚风底，落日乱鸿，飞起无际。　　情多对景凄凉，念旧赏、步屐登高迢递。兴满东山，共携素手持杯，劝泛玉浆云蕊。此时霜鬓欲归心，谩老尽、悲秋情味。向醉里，免得又成憔悴。

杨无咎　　　惜黄花慢·霁空如水

霁空如水，衬落木坠红，遥山堆翠。独立闲阶，数声蝉度风前，几点雁横云际。已凉天气未寒时，问好处、一年谁记。笑声里，摘得半钗，金蕊来至。　　横斜为插乌纱，更碎揉、泛入金尊琼蚁。满酌霞觞，□愿人寿百千，可奈此时情味。牛山何必独沾衣，对佳节、惟应欢醉。看睡起，晓蝶也愁花悴。

吴文英　　　惜黄花慢·菊

粉靥金裳，映绣屏认得，旧日萧娘。翠微高处，故人帽底，一年最好，偏是重阳。避香只怕春不远，望幽径、偷理秋妆。殢醉乡，寸心似翦，飘荡愁觞。　　潮腮笑入清霜，斗万花样巧，深染蜂黄。露痕千点，自怜旧色，寒泉半掬，百感幽香。雁声不到东篱畔，满城但、风雨凄凉。最断肠，夜深怨蝶飞狂。

吴文英　　　惜黄花慢·送客吴皋

次吴江小泊，夜饮僧窗惜别，邦人赵簿携小妓侑尊，连歌数阕，皆清真词。酒尽，已四鼓，赋此词饯尹梅津

送客吴皋，正试霜夜冷，枫落长桥。望天不尽，背城渐杳，离亭黯黯，恨水迢迢。翠香零落红衣老，暮愁锁、残柳眉梢。念瘦腰，沈郎旧日，曾系兰桡。　　仙人凤咽琼箫，怅断魂送远，九辩难招。醉鬟留盼，小窗翦烛，歌云载恨，飞上银霄。素秋不解随船去，败红趁、一叶寒涛。梦翠翘，怨鸿料过南谯。

惜寒梅

调见《复雅歌词》宋无名氏词。因其词中有“爱寒梅，暗与雪期霜约”句，因取以为调名。双调，一百字，上片九句、五仄韵，下片十句、六仄韵。此调只无名氏一词。

无名氏　　　　惜寒梅·看尽千花

看尽千花，爱寒梅、暗与雪期霜约。雅态香肌，迥有天然淡泊。五侯园囿恣游乐，凭阑处、重开绣幕。秦娥妆罢，遥相纵，艳过京洛。　天涯再见素萼，似凝然向人，玉容寂寞。江上飘零，怎把芳心付托。那堪风雨夜来恶，便减动、一分瘦削。直须沉醉，尤香殢云，莫待改落。

惜琼花

调见《张子野词·补遗》卷上。双调，六十字，上片七句、五仄韵，下片七句、四仄韵。

张　先　　　　惜琼花·汀蘋白

汀蘋白，苕水碧。每逢花驻乐，随处欢席。别时携手看春色。萤火而今，飞破秋夕。　旱河流，如带窄。任身轻似叶，何计归得。断云孤鹜青山极。楼上徘徊，无尽相忆。

清风满桂楼

调见曹勋《松隐集》。双调，一百零一字，上片九句、五仄韵，下片九句、六仄韵。此调只曹勋一词。

曹　勋　　　　清风满桂楼·丹桂

凉飙霁雨，万叶吟秋，团团翠深红聚。芳桂月中来，应是染、仙禽顶砂匀注。晴光助绛色，更都润、丹霄风露。连朝看、枝间粟粟，巧裁霞缕。　烟姿照琼宇，上苑移时，根连海山佳处。回看碧岩边，薇露过、残黄韵低尘污。诗人谩自许，道曾向、蟾宫折取。斜枝戴，惟称瑶池伴侣。

清平乐

唐教坊曲名。五代陈裕诗："阿家解舞清平乐。"乃舞曲。又名《破子清平乐》、《清平乐令》、《青年乐》、《忆萝月》、《醉东风》。双调，有四十六字，上片四句、四仄韵，下片四句、三平韵；亦有四十六字，上片四句、四仄韵，下片四句、三仄韵。

柳　永　　　清平乐·繁华锦烂

繁华锦烂，已恨归期晚。翠减红稀莺似懒，特地柔肠欲断。　不堪尊酒频倾，恼人转转愁生。□□□□□□，多情争似无情。

张　先　　　清平乐·屏山斜展

屏山斜展，帐卷红绡半。泥浅曲池飞海燕，风度杨花满院。　云情雨意空深，觉来一枕春阴。陇上梅花落尽，江南消息沉沉。

张　先　　　清平乐·李阁使席

清歌逐酒，腻脸生红透。樱小杏青寒食后，衣换缕金轻绣。　画堂新月朱扉，严城夜鼓声迟。细看玉人娇面，春光不在花枝。

张　先　　　清平乐·青袍如草

青袍如草，得意还年少。马跃绿螭金络脑，寒食乍临新晓。　曲池斜度鸾桥，西园一片笙箫。自欲剩留春住，风花无奈飘飘。

晏　殊　　　清平乐·春花秋草

春花秋草，只是催人老。总把千山眉黛扫，未抵别愁多少。　劝君绿酒金杯，莫嫌丝管声催。兔走乌飞不住，人生几度三台。

晏　殊　　　清平乐·秋光向晚

秋光向晚，小阁初开宴。林叶殷红犹未遍，雨后青苔满院。　　萧娘劝我金卮，殷勤更唱新词。暮去朝来即老，人生不饮何为。

晏　殊　　　　清平乐·春来秋去

春来秋去，往事知何处。燕子归飞兰泣露，光景千留不住。　　酒阑人散忡忡，闲阶独倚梧桐。记得去年今日，依前黄叶西风。

晏　殊　　　　清平乐·金风细细

金风细细，叶叶梧桐坠。绿酒初尝人易醉，一枕小窗浓睡。　　紫薇朱槿花残，斜阳却照阑干。双燕欲归时节，银屏昨夜微寒。

晏　殊　　　　清平乐·红笺小字

红笺小字，说尽平生意。鸿雁在云鱼在水，惆怅此情难寄。　　斜阳独倚西楼，遥山恰对帘钩。人面不知何处，绿波依旧东流。

欧阳修　　　　清平乐·小庭春老

小庭春老，碧砌红萱草。长忆小阑闲共绕，携手绿丛含笑。　　别来音信全乖，旧期前事堪猜。门掩日斜人静，落花愁点青苔。

欧阳修　　　　清平乐·雨晴烟晚

雨晴烟晚，绿水新池满。双燕飞来垂柳院，小阁画帘高卷。　　黄昏独倚朱阑，西南初月眉弯。砌下落花风起，罗衣特地春寒。

刘　敞　　　　清平乐·小山丛桂

小山丛桂，最有留人意。拂叶攀花无限思，雨湿浓香满袂。　　别来过了秋光，翠帘昨夜新霜。多少月宫闲地，姮娥与借微芳。

王安石　　　　清平乐·云垂平野

云垂平野，掩映竹篱茅舍。阒寂幽居实潇洒，是处绿娇红冶。　　丈夫运用堂堂，且莫五角六张。若有一卮芳酒，逍遥自在无妨。

王安石　　　清平乐·留春不住

留春不住，费尽莺儿语。满地残红宫锦污，昨夜南园风雨。　　小怜初上琵琶。晓来思绕天涯。不肯画堂朱户，春风自在杨花。

此首别作王安国词

王安国　　　清平乐·春晚

留春不住，费尽莺儿语。满地残红宫锦污，昨夜南园风雨。　　小怜初上琵琶，晓来思绕天涯。不肯画堂朱户，春风自在梨花。

此首别作王安石词

晏几道　　　清平乐·留人不住

留人不住，醉解兰舟去。一棹碧涛春水路，过尽晓莺啼处。　　渡头杨柳青青，枝枝叶叶离情。此后锦书休寄，画楼云雨无凭。

晏几道　　　清平乐·千花百草

千花百草，送得春归了。拾蕊人稀红渐少，叶底杏青梅小。　　小琼闲抱琵琶，雪香微透轻纱。正好一枝娇艳，当筵独占韶华。

晏几道　　　清平乐·烟轻雨小

烟轻雨小，紫陌香尘少。谢客池塘生绿草，一夜红梅先老。　　旋题罗带新诗，重寻杨柳佳期。强半春寒去后，几番花信来时。

晏几道　　　清平乐·可怜娇小

可怜娇小，掌上承恩早。把镜不知人易老，欲占朱颜长好。　　画堂秋月佳期，藏钩赌酒归迟。红烛泪前低语，绿笺花里新词。

晏几道　　　　清平乐·红英落尽

红英落尽，未有相逢信。可恨流年凋绿鬓，睡得春酲欲醒。　　钿筝曾醉西楼，朱弦玉指梁州。曲罢翠帘高卷，几回新月如钩。

晏几道　　　　清平乐·春云绿处

春云绿处，又见归鸿去。侧帽风前花满路，冶叶倡条情绪。　　红楼桂酒新开，曾携翠袖同来。醉弄影娥池水，短箫吹落残梅。

晏几道　　　　清平乐·波纹碧皱

波纹碧皱，曲水清明后。折得疏梅香满袖，暗喜春红依旧。　　归来紫陌东头，金钗换酒消愁。柳影深深细路，花梢小小层楼。

晏几道　　　　清平乐·西池烟草

西池烟草，恨不寻芳早。满路落花红不扫，春色渐随人老。　　远山眉黛娇长，清歌细逐霞觞。正在十洲残梦，水心宫殿斜阳。

晏几道　　　　清平乐·蕙心堪怨

蕙心堪怨，也逐春风转。丹杏墙东当日见，幽会绿窗题遍。　　眼中前事分明，可怜如梦难凭。都把旧时薄幸，只消今日无情。

晏几道　　　　清平乐·幺弦写意

幺弦写意，意密弦声碎。书得凤笺无限事，犹恨春心难寄。　　卧听疏雨梧桐，雨余淡月朦胧。一夜梦魂何处，那回杨叶楼中。

晏几道　　　　清平乐·笙歌宛转

笙歌宛转，台上吴王宴。宫女如花倚春殿，舞绽缕金衣线。　　酒阑画烛低迷，彩鸳惊起双栖。月底三千绣户，云间十二琼梯。

晏几道　　清平乐·暂来还去

暂来还去，轻似风头絮。纵得相逢留不住，何况相逢无处。　去时约略黄昏，月华却到朱门。别后几番明月，素娥应是消魂。

晏几道　　清平乐·双纹彩袖

双纹彩袖，笑捧金船酒。娇妙如花轻似柳，劝客千春长寿。　艳歌更倚疏弦，有情须醉尊前。恰是可怜时候，玉娇今夜初圆。

晏几道　　清平乐·寒催酒醒

寒催酒醒，晓陌飞霜定。背照画帘残烛影，斜月光中人静。　锦衣才子西征，万重云水初程。翠黛倚门相送，鸾肠断处离声。

晏几道　　清平乐·莲开欲遍

莲开欲遍，一夜秋声转。残绿断红香片片，长是西风堪怨。　莫愁家住溪边，彩莲心事年年。谁管水流花谢，月明昨夜兰船。

晏几道　　清平乐·沉思暗记

沉思暗记，几许无凭事。菊靥开残秋少味，闲却画阑风意。　梦云归处难寻，微凉暗入香襟。犹恨那回庭院，依前月浅灯深。

晏几道　　清平乐·莺来燕去

莺来燕去，宋玉墙东路。草草幽欢能几度，便有系人心处。　碧天秋月无端，别来长照关山。一点恹恹谁会，依前凭暖阑干。

晏几道　　清平乐·心期休问

心期休问，只有尊前分。勾引行人添别恨，因是语低香近。　劝人满酌金钟，清歌唱彻还重。莫道后期无定，梦魂犹有相逢。

王　观　　　　　　清平乐·应制

黄金殿里，烛影双龙戏。劝得官家真个醉，进酒犹呼万岁。　　折旋舞彻伊州，君恩与整搔头。一夜御前宣住，六宫多少人愁。

王　观　　　　　清平乐·拟太白应制

宜春小苑，处处花开满。学得红妆红要浅，催上金车要看。　　君王曲宴瑶池，小舟掠水如飞。夺得锦标归去，匆匆不惜罗衣。

王仲甫　　　　　清平乐·黄金殿里

黄金殿里，烛影双龙戏。劝得官家真个醉，进酒犹呼万岁。　　锦茵舞彻凉州，君恩与整搔头。一夜御前宣唤，六宫多少人愁。

苏　轼　　　　　　清平乐·秋词

清淮浊汴，更在江西岸。红旆到时黄叶乱，霜入梁王故苑。　　秋原何处携壶，停骖访古踟蹰。双庙遗风尚在，漆园傲吏应无。

李之仪　　　　　　清平乐·橘

西江霜后，万点暄晴昼。璀璨寄来光欲溜，正值文君病酒。　　画屏斜倚窗纱，睡痕犹带朝霞。为问清香绝韵，何如解语梅花。

李之仪　　　　清平乐·萧萧风叶

萧萧风叶，似与更声接。欲寄明珰非为怯，梦断兰舟桂楫。　　学书只写鸳鸯，却应无奈愁肠。安得一双飞去，春风芳草池塘。

李之仪　　　　清平乐·听杨姝琴

殷勤仙友，劝我千年酒。一曲履霜谁与奏，邂逅麻姑妙手。　　坐来休叹尘劳，相逢难似今朝。不待亲移玉指，自然痒处都消。

李之仪　　清平乐·再和

当时命友，曾借邻家酒。旧曲不知何处奏，梦断空思纤手。　却应去路非遥，今朝还有明朝。谩道人能化石，须知石被人消。

李之仪　　清平乐·仙家庭院

仙家庭院，红日看看晚。一朵梅花挨枕畔，玉指几回拈看。　拥衾不比寻常，天涯无限思量。看了又还重嗅，分明不为清香。

陈　睦　　清平乐·鬓云斜坠

鬓云斜坠，莲步弯弯细。笑脸双蛾生多媚，百步兰麝香喷。　从前万种愁烦，枕边未可明言。好是蓝桥再渡，玉篦还胜金钿。

黄庭坚　　清平乐·春归何处

春归何处，寂寞无行路。若有人知春去处，唤取归来同住。　春无踪迹谁知，除非问取黄鹂。百啭无人能解，因风飞过蔷薇。

黄庭坚　　清平乐·重九

黄花当户，已觉秋容暮。云梦南州逢笑语，心在歌边舞处。　使君一笑眉开，新晴照酒尊来。且乐尊前见在，休思走马章台。

黄庭坚　　清平乐·休推小户

休推小户，看即风光暮。萸粉菊英浮碗醑，报答风光有处。　几回笑口能开，少年不肯重来。借问牛山戏马，今为谁姓池台。

黄庭坚　　清平乐·舞鬟娟好

舞鬟娟好，白发黄花帽。醉任旁观嘲潦倒，扶老偏宜年少。　舞回脸玉胸酥，缠头一斛明珠。日日梁州薄媚，年年金菊茱萸。

黄庭坚　　　　清平乐·示知命

乍清秋好，黄菊欹乌帽。不见清谈人绝倒，更忆添丁小小。　　蜀娘漫点花酥，酒槽空滴真珠。兄弟四人别住，他年同插茱萸。

黄庭坚　　　　清平乐·饮宴

冰堂酒好，只恨银杯小。新作金荷工献巧，图要连台拗倒。　　采莲一曲清歌，急檀催卷金荷。醉里香飘睡鸭，更惊罗袜凌波。

晁端礼　　　　清平乐·朦胧月午

朦胧月午，点滴梨花雨。青翼欺人多谩语，消息知他真否。　　兽炉鸳被重熏，故将灯火挑昏。最恨细风摇幕，误人几度迎门。

晁端礼　　　　清平乐·深沉玉宇

深沉玉宇，枕簟清无暑。睡起花阴初转午，一霎飞云过雨。　　雨余隐隐残雷，夕阳却照庭槐。莫把绣帘垂下，妨它双燕归来。

晁端礼　　　　清平乐·琐窗朱户

琐窗朱户，曾是娇眠处。只有余香留得住，满地花钿翠羽。　　三年宋玉东邻，断肠月夕烟春。看取画屏深处，题诗欲付何人。

晁端礼　　　　清平乐·清樽泛菊

清樽泛菊，共剪西窗烛。一抹朱弦新按曲，更遣歌喉细逐。　　明朝匹马西风，黄云衰草重重。试问剑歌悲壮，何如玉指轻拢。

晁端礼　　　　清平乐·娇羞未惯

娇羞未惯，长是低花面。笑里爱将红袖掩，遮却双双笑靥。　　早来帘下逢伊，怪生频整衫儿。元是那回欢会，齿痕犹在凝脂。

刘　弇　　　　清平乐·东风依旧

东风依旧，著意隋堤柳。搓得鹅儿黄欲就，天色清明厮句。　　去年紫陌朱门，今朝雨魄云魂。断送一生憔悴，知他几个黄昏。

此首别作赵令畤词

赵令畤　　　　清平乐·春风依旧

春风依旧，著意隋堤柳。搓得蛾儿黄欲就，天气清明时候。　　去年紫陌青门，今宵雨魄云魂。断送一生憔悴，只销几个黄昏。

此首别作刘弇词

贺　铸　　　　清平乐·吴波不动

吴波不动，四际晴山拥。载酒一尊谁与共，回首江湖旧梦。　　长艚珠箔青篷，橹声鸦轧征鸿。泪□镂檀香枕，醉眠摇□春风。

贺　铸　　　　清平乐·宋邻东畔

宋邻东畔，明月关深院。玉指金徽调旧怨，楚客归心欲断。　　城隅芳草初春，佳期重约临分。丽句漫题双带，也愁系住行云。

贺　铸　　　　清平乐·厌厌别酒

厌厌别酒，更执纤纤手。指似归期庭下柳，一叶西风前后。　　无端不系孤舟，载将多少离愁。又是十分明月，照人两处登楼。

贺　铸　　　　清平乐·林皋叶脱

林皋叶脱，楼下清江阔。船里琵琶金捍拨，弹断幺弦再抹。　　夜潮洲渚生寒，城头星斗阑干。忍话旧游新梦，三千里外长安。

贺　铸　　　　清平乐·沈侯销瘦

沈侯销瘦，八咏新题就。惆怅酒醒兼梦后，带眼如何复旧。　　几时一叶兰舟，画桡鸦轧东流。新市小桥西畔，有人长倚妆楼。

贺　铸　　　　清平乐·阴晴未定

阴晴未定，薄日烘云影。临水朱门花一径，尽日鸟啼人静。　　厌厌几许春情，可怜老去兰成。看取镊残双鬓，不随芳草重生。

贺　铸　　　　清平乐·小桃初谢

小桃初谢，双燕还来也。记得年时寒食下，紫陌青门游冶。　　楚城满目春华，可堪游子思家。惟有夜来归梦，不知身在天涯。

晁补之　　　　清平乐·对晚菊作

黄花过也，月酒何曾把。寒蝶多情爱潇洒，晴日双双飞下。　　沉吟独倚朱栏，采芳贻向□边。枕上醉排金靥，幽香付与谁怜。

晁补之　　　　清平乐·炎天畏景

炎天畏景，午漏那堪永。何苦相仍愁簿领，短壑清溪牵兴。　　瑶台月下曾逢，何由却睹冰容。一笑为驱烦暑，故人元是清风。

晁补之　　　　清平乐·寒风雁度

寒风雁度，声向千门去。也到文闱校文处，也到文君绣户。　　背灯解带惊魂，长安此夜秋声。早是夜寒不寐，五更风雨无情。

陈师道　　　　清平乐·休休莫莫

休休莫莫，更莫思量著。记著不如浑忘著，百种寻思枉却。　　绣囊锦帐吹香，雄蜂雌蝶难双。眉上放开春色，眼前怜取新郎。

陈师道　　　　清平乐·藏藏摸摸

藏藏摸摸，好事争如莫。背后寻思浑是错，猛与将来放著。　　吹花卷絮无踪，晚妆知为谁红。梦断阳台云雨，世间不要春风。

陈师道　　清平乐·秋声隐地

秋声隐地，叶叶无留意。冰簟流光团扇坠，惊起双栖燕子。　　夜堂帘合回廊，风帷吹乱凝香。卧看一庭明月，晓衾不耐初凉。

陈师道　　清平乐·秋光烛地

秋光烛地，帘幕生秋意。露叶翻风惊鹊坠，暗落青林红子。　　微行声断长廊，熏炉衾换生香。灭烛却延明月，揽衣先怯微凉。

陈师道　　清平乐·咏柑子菊　并引

柑子菊姿韵俱胜，如王谢家十五女儿，而名不雅驯，为改之曰官样黄，作清平乐词，且令方内知有此名也

重重叠叠，娜袅裙千褶。时样官黄香百叶，一岁相逢两节。　　曲阑绕遍芳丛，一枝作意妍秾。折得有谁相忆，却须还与秋风。

李　膺　　清平乐·落梅呜咽

落梅呜咽，暗淡城头月。吹满江天惊梦蝶，唤起画楼伤别。　　帘风轻触银钩，梧桐玉露新秋。底事琐窗深夜，素娥常伴人愁。

谢　逸　　清平乐·晓风残角

晓风残角，月里梅花落。宿雨醒时滋味恶，翠被轻寒漠漠。　　梦回一点相思，远山暗蹙双眉。不觉肌肤瘦玉，但知带减腰围。

谢　逸　　清平乐·花边柳际

花边柳际，已渐知春意。归信不知何日是，旧恨欲拚无计。　　故人零落西东，题诗待倩归鸿。惟有多情芳草，年年处处相逢。

苏　庠　　　　清平乐·咏岩桂

断崖流水，香度青林底。元配骚人兰与芷，不数春风桃李。　淮南丛桂小山，诗翁合得攀翻。身到十洲三岛，心游万壑千岩。

毛　滂　　　　清平乐·千叶芝

九重寒少，烟暖丰瑶草。金井碧梧雏凤娇，南极人来最老。　衣冠远换裘毡，德随和气蝉连。万里同开寿域，一年三秀芝田。

毛　滂　　　　清平乐·重芳叠秀

重芳叠秀，风约仙云皱。椿不争年松与寿，共出皇家忠孝。　仁深枯冷皆蒙，托根不倚东风。日照恩光万里，暖生塞草丛中。

毛　滂　　　　清平乐·镂烟剪雾

镂烟剪雾，鞞鞢无层数。苜蓿青深烦雪兔，引到祥华开处。　仙人手翳朝阳，清都绛阙相将。来覆东封翠辇，好遮化日舒长。

毛　滂　　　　清平乐·九茎为寿

九茎为寿，千叶前无有。叶叶年年看不朽，天与君王意厚。　君恩雨露无边，玉筵暖接非烟。马向华山烽冷，人安草亦千年。

毛　滂　　　　清平乐·绛河清

绛河千岁，一照升平事。万里青铜开碧霁，俯见南山晚翠。　绀寒不翅湘酃，清于练静江澄。流向万年觞里，玉波可但如渑。

毛　滂　　　　清平乐·银河秋浪

银河秋浪，遥出昆仑上。忽变澄澜添碧涨，可道升平无象。　黄云浊雾初开，荣光休气徘徊。试觅当时五老，金泥玉检将来。

毛　滂　　　清平乐·天连翠潋

天连翠潋，九折玻璃软。回抱金堤清宛转，疑共蓬莱清浅。　吾君欲济如何，唐虞风顺无多。自有松舟桧楫，一帆三代同波。

毛　滂　　　清平乐·太师相公生辰

娟娟月满，冉冉梅花暖。春意初长寒力浅，渐拟芳菲满眼。　当时吉梦重重，间生天子三公。付与人间桃李，年年管领春风。

毛　滂　　　清平乐·瀛洲春酒

瀛洲春酒，满酌公眉寿。日照沙堤春傍柳，恩暖朝天衮绣。　东君著意丁宁，芳酸先许梅英。要就升平滋味，待公来进君羹。

此首别作吴则礼词

毛　滂　　　清平乐·雪余寒退

雪余寒退，唯有青松在。春不加荣寒不悴，用舍如公都耐。　流肪磊硌龟蛇，会留红日西斜。欲助我公寿骨，蟠桃等见开花。

毛　滂　　　清平乐·己卯长至作

流光电急，又过书云日。旧是天津花下客，老对山青水碧。　而今转惜年华，迟阳为缓西斜。试问东君音信，晓寒犹压梅花。

毛　滂　　　清平乐·云峰秀叠

东堂月夕小酌，时寒秀亭下娑罗花盛开

云峰秀叠，露冷琉璃叶。北畔娑罗花弄雪，香度小桥淡月。　与君踏月寻花，玉人双捧流霞。吸尽杯中花月，仙风相送还家。

毛　滂　　　清平乐·元夕

东风桂影，低拂姮娥镜。镜里妆寒酥粉莹，越恁十分端正。　素光行处随人，柳边照见青春。一片笙箫何处，花阴定有遗簪。

毛　滂　　清平乐·春兰用殊老韵

曲房青琐，浅笑樱桃破。睡起三竿红日过，冷了沉香残火。　东风偏管伊家，剩教那与秾华。谁送一怀春思，玉台燕拂菱花。

毛　滂　　清平乐·送贾耘老、盛德常还郡

时饮官酒于东堂，二君许复过此

杏花时候，庭下双梅瘦。天上流霞凝碧袖，起舞与君为寿。　两桥风月同来，东堂且没尘埃。烟艇何时重理，更凭风月相催。

毛　滂　　清平乐·春夜曲

兰堂灯灺，春入流苏夜。衣裼轻红闻水麝，云重宝钗未卸。　知君不奈情何，时时慢转横波。一饷花柔柳困，枕前特地春多。

毛　滂　　清平乐·风摇灺烬

与诸君小酌，烛下见花，戏作一首

风摇灺烬，吹下桃花影。醉倒碧铺眠碎锦，谁伴香迷酒凝。　少年不解孤春，年来减尽春心。犹下绣帘遮定，不教风雨侵凌。

毛　滂　　清平乐·桃夭杏好

桃夭杏好，似个人人好。淡抹胭脂眉不扫，笑里知春占了。　此情没个人知，灯前子细看伊。恰似云屏半醉，不言不语多时。

毛　滂　　清平乐·春晚与诸君饮

杯深莫厌，强看桃花面。记约阳和初一线，便恁芳菲满眼。　明年春色重来，东堂花为谁开。我在芦花深处，钓矶雨绿莓苔。

毛　滂　　　　清平乐·锦屏夜夜

锦屏夜夜，绣被熏兰麝。帐卷芙蓉长不下，垂尽银台蜡炧。　　脸痕微著流霞，瞢腾越恁秾华。破睡半残妆粉，月随雪到梅花。

吴则礼　　　　清平乐·娟娟月满

娟娟月满，冉冉梅花暖。春意初长寒力浅，渐拟芳菲满眼。　　当时吉梦重重，间生天子三公。付与人间桃李，年年管领春风。

吴则礼　　　　清平乐·瀛洲春酒

瀛洲春酒，满酌公眉寿。月照沙堤春榜柳，恩暖朝天衮绣。　　东君着意丁宁，芳酸先许梅英。要就升平滋味，待公来后和羹。

此首别作毛滂词

吴则礼　　　　清平乐·雪余寒退

雪余寒退，惟有青松在。春不加荣寒不悴，用舍如公都耐。　　流肪磊落龟蛇，会留红日西斜。欲助我公寿骨，蟠桃等见桃花。

吴则礼　　　　清平乐·晨晖初转

晨晖初转，拜舞金銮殿。想见对扬符睿春，天语丁宁见晚。　　雍容玉笋班聊，功名早上凌烟。金鼎刀圭莫惜，愿随鸡犬升仙。

吴则礼　　　　清平乐·庆钟华胄

庆钟华胄，人物朝端秀。朝罢章华骄马骤，十万人家举手。　　后房桃李娟娟，有谁云雨恩偏。看取晚春时候，兰芽玉茁争妍。

王安中　　　　清平乐·和晁倅

花时微雨，未减春分数。占取帘疏花密处，把酒听歌金缕。　　斜风轻度浓香，闲情正与春长。向晚红灯入坐，尝新青杏催觞。

王安中　　清平乐·花枝欹晚

花枝欹晚，过雨红珠转。欲共东君论缱绻，繁艳休将风卷。　归来凝思闲窗，寒花莫□微觞。解慢不成幽梦，燕泥惊落雕梁。

张继先　　清平乐·天先天后

天先天后，真土藏灵秀。妙用自然循火候，节节薰烝教透。　不分龙麝檀沉，都能入鼻通心。待得烟消息住，浑身变见真金。

叶梦得　　清平乐·水空相映

水空相映，淡碧涵千顷。素练不收寒玉镜，□落阶无影。　纤纤与捧金杯，暗香逐舞徘徊。雪尽玉容开遍，东风不管寒梅。

刘一止　　清平乐·相望吴楚

相望吴楚，远信无凭据。欲倩春风吹泪去，化作愁云恨雨。　春应已到三吴，楚江日夜东徂。惟有溯流鱼上，不知尺素来无。

陈　克　　清平乐·怀人

枕边清血，梦好离肠切。笑倚柳条同挽结，满眼河桥烟月。　莺啼新晓璁珑，罗窗寂寞春空。只许梦魂相近，此生枉是相逢。

朱敦儒　　清平乐·乱红深翠

乱红深翠，楼阁春风外。蝴蝶成团飞照水，睡鸭无人惊起。　身闲更觉身轻，酒壶歌扇随行。芳草绿杨堤畔，一声初听啼莺。

朱敦儒　　清平乐·木樨

人间花少，菊小芙蓉老。冷澹仙人偏得道，买定西风一笑。　前身原是疏梅，黄姑点碎冰肌。惟有暗香长在，饱参清露霏微。

朱敦儒　　　　清平乐·相留不住

相留不住，又趁东风去。楼外夕阳芳草路，今夜短亭何处。　杏花斜压阑干，朱帘不卷春寒。惆怅黄昏前后，离愁酒病厌厌。

朱敦儒　　　　清平乐·多寒易雨

多寒易雨，春事都相误。愁过黄昏无著处，宝篆烧残香缕。　低鬟暗摘明珰，罗巾挹损残妆。檐外几声风玉，丁东敲断人肠。

朱敦儒　　　　清平乐·春寒雨妥

春寒雨妥，花萼红难破。绣线金针慵不作，要见秋千无那。　西邻姊妹丁宁，寻芳更约清明。画个丙丁帖子，前阶后院求晴。

朱敦儒　　　　清平乐·当初相见

当初相见，君恨相逢晚。一曲秦筝弹未遍，无奈昭阳人怨。　便教恩浅情疏，隔花空望金舆。春晚不拈红粉，碧窗自录仙书。

周紫芝　　　　清平乐·芦洲晚净

芦洲晚净，雨罢江如镜。属玉双飞栖不定，数点晚来烟艇。　梦回满眼凄凉，一成无奈思量。舟在绿杨堤下，蝉嘶欲尽斜阳。

周紫芝　　　　清平乐·烟鬟敛翠

烟鬟敛翠，柳下门初闭。门外一川风细细，沙上暝禽飞起。　今宵水畔楼边，风光宛似当年。月到旧时明处，共谁同倚阑干。

周紫芝　　　　清平乐·青春欲暮

青春欲暮，柳下将飞絮。月到阶前梅子树，啼得杜鹃飞去。　人归不掩朱门，一成过了黄昏。只有琐窗红蜡，照人犹自销魂。

周紫芝　　　　清平乐·团栾小树

团栾小树，天与香无数。薄艳不禁风日苦，剩著红油遮护。　　移栽未到江南，香山鼻观先参。勾引老情偏醉，锦薰笼暖春酣。

周紫芝　　　　清平乐·浅妆匀靓

浅妆匀靓，一点闲心性。脸上羞红凝不定，恼乱酒愁花病。　　晚来泪揾残霞，坠鬟小玉钗斜。细雨一帘春恨，东风满地桃花。

周紫芝　　　　清平乐·东风庭户

东风庭户，红满桃花树。准拟踏青南陌路，双凤绣鞋新做。　　秋千月挂黄昏，画堂深掩朱门。立尽花阴归去，此时别是销魂。

张　纲　　　　清平乐·上元

红莲照晚，花底明人眼。无限游人谁惜倦，只有衰翁心懒。　　笙歌缓引更筹，更阑客散添愁。香雾半窗幽梦，烟波千里归舟。

李清照　　　　清平乐·年年雪里

年年雪里，常插梅花醉。挼尽梅花无好意，赢得满衣清泪。　　今年海角天涯，萧萧两鬓生华。看取晚来风势，故应难看梅花。

吕本中　　　　清平乐·故人何处

故人何处，同在江南路。百种旧愁分不去，枉被落花留住。　　旧愁百种谁知，除非是见伊时。最是一春多病，等闲过了酴醾。

李　邴　　　　清平乐·闺情

露花烟柳，春思浓如酒。几阵狂风新雨后，满地落红铺绣。　　风流何处疏狂，厌厌恨结柔肠。又是危阑独倚，一川烟草斜阳。

向子諲　　清平乐·幽花无外

芗林之居，岩桂为最。比得公是先生清平乐词云："小山丛桂，最有留人意。拂叶攀花无限思，露湿浓香满袂。别来过了秋光，翠帘昨夜新霜。多少月宫闲地，姮娥与借余芳。"因赋一首

幽花无外，心与芗林会。绿发相看今老矣，不作浅俗气味。　露叶蕤蕤生光，风梢泛泛飘香。称意中秋开了，余情犹及重阳。

向子諲　　清平乐·岩桂盛开，戏呈韩叔夏司谏

吴头楚尾，踏破芒鞋底。万壑千岩秋色里，不耐恼人风味。　而今老我芗林，世间百不关心。独喜爱香韩寿，能来同醉花阴。

向子諲　　清平乐·奉酬韩叔夏

薄情风雨，断送花何许。一夜清香无觅处，却返云窗月户。　醉乡麹米为春，荆州富贵中人。肯入芗林净社，玉山屡倒芳茵。

向子諲　　清平乐·赠韩叔夏

银钩虿尾，一似钟繇字。吏部文章麟角起，自是惊人瑞世。　西垣准拟挥毫，不须苦续离骚。政看翻阶红药，无忘丛桂香醪。

向子諲　　清平乐·答赵彦正使君

人间尘外，一种寒香蕊。疑是月娥天上醉，戏把黄云挼碎。　使君坐啸清江，腾芳飞誉无双。兴寄小山丛桂，诗成棐几明窗。

向子諲　　清平乐·芗林春色

郑长卿资政惠以龙焙绝品。余方酿芗林春色，恨不得持去，戏有此赠

芗林春色，杯面云腴白。醉里不知天地窄，真是人间欢伯。　风流玉友争妍，酪奴可与忘年。空诵少陵佳句，饮中谁与俱仙。

向子諲　　清平乐·滁阳寄邵子非诸友

云无天净，明月端如镜。乌鹊绕枝栖未稳，零露垂垂珠陨。　　扁舟共绝潮河，秋风别去如梭。今夜凄然对影，与谁斟酌姮娥。

韩　璜　　清平乐·向伯恭韵木樨

秋光如水，酿作鹅黄蚁。散入千岩佳树里，惟许修门人醉。　　轻钿重上风鬟，不禁月冷霜寒。步障深沉归去，依然愁满江山。

袁　绹　　清平乐·画堂晨起

画堂晨起，来报雪花坠。高卷帘栊看佳瑞，皓色远迷庭砌。　　盛气光引炉烟，素草寒生玉佩。应是天上狂醉，乱把白云揉碎。

蔡　伸　　清平乐·彩舟双橹

彩舟双橹，六月临平路。小雨轻风消晚暑，绕岸荷花无数。　　玉人璨枕方床，遥知待月西厢。昨夜有情风月，今宵特地凄凉。

蔡　伸　　清平乐·南窗月满

南窗月满，绣被堆香暖。苦恨春宵更漏短，应讶郎归又晚。　　征帆初落桥边，迎门一笑嫣然。今夜流霞共酌，何妨金盏垂莲。

蔡　伸　　清平乐·明眸秀色

明眸秀色，肌理凝香雪。罗绮丛中标韵别，捧酒歌声清越。　　不辞醉脸潮红，却愁归骑匆匆。回首绿窗朱户，断肠明月清风。

王　灼　　清平乐·填太白应制词

东风归早，已绿瀛洲草。紫殿红楼春正好，杨柳半和烟袅。　　玉舆遍绕花行，初闻百啭新莺。历历因风传去，千门万户春声。

王　灼　　清平乐·妓诉状立厅下

坠红飘絮，收拾春归去。长恨春归无觅处，心事顾谁分付。　卢家小苑回塘，于飞多少鸳鸯。纵使东墙隔断，莫愁应念王昌。

杨师纯　　清平乐·羞蛾浅浅

羞蛾浅浅，秋水如刀剪。窗下无人自针线，不觉郎来身畔。　相将携手鸳帏，匆匆不许多时。耳畔告郎低语，共郎莫使人知。

杨师纯　　清平乐·小庭春院

小庭春院，睡起花阴转。往事旧欢离思远，柳絮随风难管。　等闲屈指当时，阑干几曲谁知。为问春风桃李，而今子满芳枝。

李弥逊　　清平乐·登第

烛花催晓，醉玉颓春酒。一骑东风消息到，占得鳌头龙首。　长安去路骎骎，明朝跃马芳阴。应是花繁莺巧，东君著意琼林。

李弥逊　　清平乐·春晚

一帘红雨，飘荡谁家去。门外垂杨千万缕，不把东风留住。　旧巢燕子来迟，故园绿暗残枝。肠断画桥烟水，此情不许春知。

李弥逊　　清平乐·次韵叶少蕴和程进道梅花

断桥缺月，点点枝头雪。画角吹残声未歇，早是一年春别。　寿阳弄粉成妆，柔肠结结丁香。可怕真梅轻妒，游蜂说与何妨。

李弥逊　　清平乐·推愁何计

推愁何计，车下忘乘坠。日上南枝春有意，已讶红酥如缀。　儿童缓整余杯，芒鞋午夜重来。素面应憎月冷，真香不逐风回。

李弥逊　　清平乐·长红小白

长红小白，何处寻梅格。日日南山云满额，暗老一分春色。　广平赋罢瑶香，细嚼花蕊商量。留得笔端雨露，后来收拾群芳。

陈与义　　清平乐·木樨

黄衫相倚，翠葆层层底。八月江南风日美，弄影山腰水尾。　楚人未识孤妍，离骚遗恨千年。无住庵中新事，一枝唤起幽禅。

张元幹　　清平乐·乱山深处

乱山深处，雪拥溪桥路。晓日乍明催客去，惊起玉鸦翻树。　翠衾香暖檀灰，一枝想见疏梅。凭仗东风说与，画眉人共春回。

张元幹　　清平乐·明珠翠羽

明珠翠羽，小绾同心缕。好去吴松江上路，寄与双鱼尺素。　兰桡飞取归来，愁眉待得伊开。相见嫣然一笑，眼波先入郎怀。

吕渭老　　清平乐·上元赵仲能窗下

水瓶石砚，败壁蜗书篆。窗下日舒缝衲线，屋角晚风飞霰。　上元灯火佳时，长廊语笑追随。高卧一番纸帐，觉来月贯南枝。

李　甗　　清平乐·乱云将雨

乱云将雨，飞过鸳鸯浦。人在小楼空翠处，分得一襟离绪。　片帆隐隐归舟，天边雪卷云浮。今夜梦魂何处，青山不隔人愁。

杨无咎　　清平乐·熟水

开心暖胃，最爱门冬水。欲识味中犹有味，记取东坡诗意。　笑看玉笋双传，还思此老亲煎。归去北窗高卧，清风不用论钱。

杨无咎　　清平乐·花阴转午

花阴转午，小院清无暑。雪碗冰瓯凝灏露，自涤紫毫鸡距。　麝煤落纸生春，只应李卫夫人。我亦前身逸少，莫嗔太逼君真。

曹　勋　　清平乐·去年春破

去年春破，强半途中过。日日篷窗眠了坐，饱听吴音楚些。　今年犹在天涯，客情触处思家。柳密何人深院，竹疏特地桃花。

曹　勋　　清平乐·风休雨罢

风休雨罢，三五春寒夜。翠额重帘何妨下，一炷非兰非麝。　红莲开遍吴宫，华灯小试房栊。客里愁须强遣，从来我辈情钟。

曹　勋　　清平乐·春前别后

春前别后，常是双眉皱。生怕莺声催残漏，梦破闲衾堆绣。　又还玉露金风，秋声先到房栊。川上不传尺素，云间犹望飞鸿。

曹　勋　　清平乐·秋凉破暑

秋凉破暑，暑气迟迟去。最喜连日风和雨，断送凉生庭户。　晚来灯火回廊，有人新酒初尝。且喜薄衾围暖，却愁秋月如霜。

曹　勋　　清平乐·一春老病

一春老病，空过春光永。药鼎煎炉朝暮景，只是医方药性。　经旬日色云遮，山高寒透窗纱。常恨檐头倾雨，犹能枕上看花。

曹　勋　　清平乐·赵家燕燕

赵家燕燕，宜在昭阳殿。春入馆娃深宫宴，秀色从来未见。　浅颦轻笑都宜，临风好是腰肢。今夜松江归路，月明愁满清辉。

曹　勋　　　　清平乐·别来春半

别来春半，触目愁肠断。砌下落梅如雪乱，拂了一身还满。　　雁来音信无凭，路遥归梦难成。离恨恰如春草，更行更远还生。

胡　铨　　　　清平乐·和曾检法海棠

深深花院，雨虐风饕遍。只欠画屏并羽扇，谁领略春风面。　　愁须诗酒相禁，少陵底事慵吟。不是为梅牵兴，怕渠恼乱春心。

孙道绚　　　　清平乐·雪

悠悠扬扬，做尽轻模样。半夜萧萧窗外响，多在梅边竹上。　　朱楼向晓帘开，六花片片飞来。无奈熏炉烟雾，腾腾扶上金钗。

此首别作赵彦端词

史　浩　　　　清平乐·李漕生日之一

池台非雾，缥缈双溪路。家在江南佳丽处，看取谢公风度。　　蟠桃酒酝千秋，金焦欲上迟留。笑待锦花茵上，双鸾舞彻梁州。

史　浩　　　　清平乐·李漕生日之二

翠蛾雪柳，鬓影春风透。灯火千门辉绮绣，移下一天星斗。　　剩拚连夜欢游，金波欲上迟留。且看香梅影底，双鸾舞彻梁州。

史　浩　　　　清平乐·游石头城

石头虎踞，骄虏何能渡。曾是六朝雄胜处，瑞绕碧江云路。　　当时霸国多贤，风流只解遗鞭。便好扬舲北伐，举头即见长安。

史　浩　　　　清平乐·枢密叔父生日

万花如绣，淑景熏晴昼。一曲齐称千岁寿，欢拥两行红袖。　　当年西府横翔，急流稳上仙乡。笑阅磻溪日月，行看尚父鹰扬。

史　浩　　清平乐·代宰执劝赵丞相酒

槐庭元老，四海真师表。曲为故人敦久要，隔巷不嫌时到。　　虚堂已入凉飔，一觥为寿何辞。看即关河恢复，千秋永辅淳熙。

史　浩　　清平乐·劝王枢使

当年桂籍，同展摩云翼。位冠洪枢情似昔，肯共一尊瑶席。　　经纶素韫胸中，筹帷小试成功。已殄黄池小丑，行收沙漠肤功。

史　浩　　清平乐·劝陈参政

吾皇睿哲，廷有真三杰。同向清时扬茂烈，掩迹皋陶夔契。　　联镳忽访山樊，凉生花底清尊。太史明朝日奏，台星皆聚柴门。

史　浩　　清平乐·代使相劝酒

南阳宾友，道旧须尊酒。一曲为公千岁寿，弦索春风纤手。　　忠谋黼黻明昌，英词锦绣肝肠。帝所盛推颇牧，人间尤重班扬。

曾　觌　　清平乐·松姿不老

松姿不老，独立蓬莱杪。风卷流苏香雾晓，又是江梅开了。　　丹青早画麒麟，貂蝉自属王门。闻道碧桃花绽，一枝枝祝千春。

曾　觌　　清平乐·艳苞初拆

艳苞初拆，偏借东君力。上苑梨花风露湿，新染胭脂颜色。　　玉人小立帘栊，轻匀媚脸妆红。斜插一枝云鬓，看谁剩□春风。

葛立方　　清平乐·文章惊世

子直过省，生日候殿试，席间作

文章惊世，半挹南宫第。蟾窟澄辉天似洗，折得窅窊丹桂。　　当年蓬矢生贤，流霞满祝长年。更愿巨鳌连钓，枫宸第一胪传。

邵　某　　　清平乐·阿郎去日

阿郎去日，不道长为客。底事桐庐无处觅，却得广州消息。　　江头一只兰船，风雨湘妃庙前。死恨无情江水，送郎一去三年。

洪　适　　　清平乐·次曾守韵

风鬟飞乱，寒入秦筝雁。情似云阴浑未展，雨脚更飘银线。　　横枝有意先开，玉尘欲伴金罍。何日舞茵歌扇，后堂重到惟梅。

洪　适　清平乐·以千叶粉红牡丹送曾守

轻红淡白，蓬阆神仙谪。魏紫姚黄夸异色，到得海边初识。　　玉阑不语如颦，虚教春尽三分。却问檀心谁向，多情更属东君。

朱淑真　　　清平乐·夏日游湖

恼烟撩露，留我须臾住。携手藕花湖上路，一霎黄梅细雨。　　娇痴不怕人猜，随群暂遣愁怀。最是分携时候，归来懒傍妆台。

朱淑真　　　清平乐·风光紧急

风光紧急，三月俄三十。拟欲留连计无及，绿野烟愁露泣。　　倩谁寄语春宵，城头画鼓轻敲。缱绻临歧嘱咐，来年早到梅梢。

侯　寘　　　清平乐·咏橄榄灯球儿

缕金剪彩，茸绾同心带。整整云鬟宜簇戴，雪柳闹蛾难赛。　　休夸结实炎州，且看指面纤柔。试问苦人滋味，何如插鬓风流。

侯　寘　　　清平乐·忍寒情味

忍寒情味，枝染蔷薇水。揽照清溪花影碎，笑杀小桃秾李。　　一生占断春妍，偏宜月露娟娟。欲寄江南春去，乱鸦点破云笺。

赵彦端　　清平乐·建安泛舟作

新寒一段，变尽人间暖。说与群花花不管，只有江梅情乱。　　江梅也似山人，山人到老梅亲。斗薮衣冠气象，百般归去精神。

赵彦端　　清平乐·席上赠人

桃根桃叶，一树芳相接。春到江南三二月，迷损东家蝴蝶。　　殷勤踏取青阳，风前花正低昂。与我同心栀子，报君百结丁香。

赵彦端　　清平乐·雪

悠悠漾漾，做尽轻模样。昨夜潇潇窗外响，多在梅梢柳上。　　画楼拂晓帘开，六花一片飞来。却被金炉香雾，腾腾扶上琼钗。

此首别作孙道绚词

王千秋　　清平乐·唤云且住

唤云且住，莫作龙池舞。五月人间须好雨，为扫无边烦暑。　　畦秧针绿重生，壶天表里俱清。林外桔槔闲挂，省渠多少心情。

王千秋　　清平乐·吹花何处

吹花何处，桃叶江头路。碧锦障泥冲暮雨，一霎峭寒如许。　　归来索酒浇春，潮红秋水增明。却自不禁春恼，偎人低度歌声。

袁去华　　清平乐·嫩凉新霁

嫩凉新霁，明月光如洗。长笛一声烟际起，人在危楼独倚。　　夜深风露娟娟，抱琴谁和流泉。只有乘鸾仙子，见人愁绝无眠。

袁去华　　清平乐·春愁错莫

春愁错莫，风定花犹落。斗草踏青闲过却，乳燕鸣鸠自乐。　行人江北江南，满庭萱草毵毵。且恁亡忧可矣，只他怎解宜男。

袁去华　　清平乐·赠歌者

移商换羽，花底流莺语。唱彻秦娥君且住，肠断能消几许。　劝觥斜注微波，真情著在谁那。只怕如今归去，酒醒无奈愁何。

袁去华　　清平乐·赠游簿侍儿

长条依旧，不似章台柳。见客入来和笑走，腻脸羞红欲透。　桃花流水茫茫，归来愁杀刘郎。尽做风情减尽，也应未怕颠狂。

袁去华　　清平乐·春衫袖窄

春衫袖窄，烛底横波溢。困倚屏风无气力，故故停歌驻拍。　夜深满劝金杯，曲中偷送情来。归去十分准拟，今宵梦里阳台。

袁去华　　清平乐·瑞香

争妍占早，只有梅同调。紫晕丁香青盖小，比似横枝更好。　日烘锦被熏香，老夫恼得颠狂。把酒花前一笑，醉乡别有风光。

朱　雍　　清平乐·雪开瑶径

雪开瑶径，素蕊迎春影。楼上玉声三弄定，无奈幽香翻阵。　凌晨不事铅华，化工却付春花。流水残阳江上，清随月色低斜。

向　滈　　清平乐·次韵王武子寄远

离愁万斛，春思难拘束。瘦尽玉肌清彻骨，蹙损两眉秀绿。　画屏罗幌输君，文鳞锦翼尤勤。长记酒醒香冷，笑将髻子隈人。

管　鉴　　　清平乐·未春先暖

未春先暖，天与梅花便。点检枝头开已遍，一一檀心粉面。　巡檐索笑题诗，老怀不似当时。犹有惜花心在，等闲羌管休吹。

范成大　　　清平乐·降嵩储昴

降嵩储昴，仙驭来尘表。身佩安危人不老，化国风光长好。　功名南北天涯，欢声蛮峤胡沙。草木何□□露，小春桃李都花。

范成大　　　清平乐·何须轻举

何须轻举，上界多官府。身似灵光长镇鲁，俯仰人间今古。　雨余帘卷江流，朱颜流映琼舟。不假岗陵□寿，西山低似西楼。

王　质　　　清平乐·感怀

江沙带湿，莎露和烟泣。落日欲低红未入，悄悄暮峰凝立。　疏林秀色荒寒，频频驻骑回看。应是梧桐影下，秋风蹙碎眉山。

王　质　　　清平乐·断桥流水

断桥流水，香满扶疏里。忽见一枝明眼底，人在山腰水尾。　梨花应梦纷纷，征鸿叫断行云。不见绿毛幺凤，一方明月中庭。

王　质　　　清平乐·梅影

从来清瘦，更被春僝僽。瘦得花身无可有，莫放隔帘风透。　一枝相映孤灯，灯明不似花明。细看横斜影下，如闻溪水泠泠。

徐　逸　　　清平乐·风韶雨秀

风韶雨秀，春已平分后。陡顿故人疏把酒，闲恁画阑搔首。　争须携手踏青，人生几度清明。待得燕慵莺懒，杨花点点浮萍。

张孝祥　　　清平乐·殿庐有作

光尘扑扑，宫柳低迷绿。斗鸭阑干春诘曲，帘额微风绣蹙。　　碧云青翼无凭，困来小倚银屏。楚梦未禁春晚，黄鹂犹自声声。

张孝祥　　清平乐·杨侯书院闻酒所奏乐

油幢画戟，玉铉调春色。勋阀诸郎俱第一，风流前辈敌。玉人双鞚华骢，翠云深处消摇。有客留君东阁，时闻风下笙箫。

张孝祥　　　清平乐·梅

吹香嚼蕊，独立东风里。玉冻云娇天似水，羞杀夭桃秾李。　　如今见说阑干，不禁月冷霜寒。垄上驿程人远，楼头戍角声干。

张孝祥　　　清平乐·寿叔父

英姿慷慨，独立风尘外。湖海平生豪气在，行矣云龙际会。　　充庭兰玉森森，一觞共祝修龄。此地去天尺五，明年持橐西清。

张孝祥　　　清平乐·向来省户

向来省户，谋国参伊吕。暂借良筹非再举，谈笑肃清三楚。　　良辰上客徜徉，奏篇犹记传香。此日一尊相属，它时同在岩廊。

吕胜己　　　清平乐·红尘久住

红尘久住，仙驭凌波去。本似行云无定处，那更腊残风雨。　　瑶芳片片轻飞，但留青子栾枝。孤负岁寒幽意，如今却与春宜。

吕胜己　　　清平乐·咏木樨

灵心暗属，髻垒黄金粟。寂静虚堂情不足，微步徘徊山麓。　　蕊珠宫里新妆，生香全似瑶芳。应为莺花留恋，人间暂歇鸾凰。

赵长卿　　清平乐·水乡清楚

忠孝堂雨过，荷花烂然，晚晴可人，因呈李宜山同舍

水乡清楚，襟袖销袢暑。绰约藕花初过雨，出浴杨妃无语。　　葡萄满酌玻璃，已拚一醉酬伊。浪卷夕阳红碎，池光飞上帘帏。

赵长卿　　清平乐·初夏舞宴

清和时候，底事休交瘦。满酌流霞看舞袖，步步锦茵红皱。　　六幺舞到虚催，几多深意徘徊。拚了明朝中酒，为伊更饮琼杯。

赵长卿　　清平乐·问讯梅花

楚梅娇小，好是霜天晓。宿酒恼人香暗绕，浸影碧波池沼。　　生成素淡芳容，不须抹黛匀红。准拟成阴结子，莫教枉费春工。

赵长卿　　清平乐·早起闻莺

绮疏新晓，学语雏莺巧。烟暖瑶阶梧叶老，满地东风芳草。　　少年不合风流，偿他酒债花愁。望断绿芜春去，销魂懒上层楼。

赵长卿　　清平乐·秋暮

鸿来燕去，又是秋光暮。冉冉流年嗟暗度，这心事还无据。　　寒窗露冷风清，旅魂幽梦频惊。何日利名俱赛，为予笑下愁城。

赵长卿　　清平乐·秋容眼界

秋容眼界，随寓浑堪爱。远岫连天横淡霭，望断孤鸿飞外。　　夕阳红树林垧，重重锦障横陈。一段江南景色，倩谁为下丹青。

赵长卿　　清平乐·紫箫声断

紫箫声断，窗底春愁乱。试著春衫羞自看，窄似年时一半。　　一春长病厌厌，新来愁病重添。香冷倦熏金鸭，日高

不卷珠帘。

王　炎　　　　清平乐·越上作

呢喃燕语，共诉春归去。春去从他留不住，落尽枝头红雨。　　老翁袖手优游，闲愁不到眉头。过了麦黄椹紫，归期只在新秋。

王　炎　　　　清平乐·儿曹耳语

儿曹耳语，借问何处去。家在翠微深处住，生计一犁春雨。　　客中且恁浮游，莫将事挂心头。纵使人生满百，算来更几春秋。

王　炎　　　　清平乐·嘉定壬申除夜

一杯椒酹，惜饮难成醉。爆竹声中人未睡，共道今宵守岁。　　不如且就衾裯，谁能细数更筹。三百六旬过了，明朝却是年头。

杨冠卿　　　　清平乐·翠团嘉树

翠团嘉树，杜宇呼春去。帘卷金泥凝望处，几点红薇香雨。　　等闲过了花时，殷勤来问酴醾。恰有一枝春在，画楼红日林西。

辛弃疾　　　　清平乐·寿道夫

此身长健，还却功名愿。枉读平生三万卷，满酌金杯听劝。　　男儿玉带金鱼，能消几许诗书。料得今宵醉也，两行红袖争扶。

辛弃疾　　　　清平乐·诗书万卷

寿赵民则提刑，时新除，且素不喜饮

诗书万卷，合上明光殿。案上文书看未遍，眉里阴功早见。　　十分竹瘦松坚，看君自是长年。若解尊前痛饮，精神便是神仙。

辛弃疾　　　　清平乐·题上卢桥

清溪奔快，不管青山碍。千里盘盘平世界，更著溪山襟带。　　古今陵谷茫茫，市朝往往耕桑。此地居然形胜，似曾小小兴亡。

辛弃疾　　清平乐·博山道中即事

柳边飞鞚，露湿征衣重。宿鹭惊窥沙影动，应有鱼虾入梦。　　一川淡月疏星，浣沙人影娉婷。笑背行人归去，门前稚子啼声。

辛弃疾　　清平乐·茅檐低小

茅檐低小，溪上青青草。醉里蛮音相媚好，白发谁家翁媪。　　大儿锄豆溪东，中儿正织鸡笼。最喜小儿亡赖，溪头卧剥莲蓬。

辛弃疾　　清平乐·检校山园书所见一

断崖修竹，竹里藏冰玉。路绕清溪三百曲，香满黄昏雪屋。　　行人系马疏篱，折残犹有高枝。留得东风数点，只缘娇懒春迟。

辛弃疾　　清平乐·检校山园书所见二

连云松竹，万事从今足。拄杖东家分社肉，白酒床头初熟。　　西风梨枣山园，儿童偷把长竿。莫遣旁人惊去，老夫静处闲看。

辛弃疾　　清平乐·独宿博山王氏庵

绕床饥鼠，蝙蝠翻灯舞。屋上松风吹急雨，破纸窗间自语。　　平生塞北江南，归来华发苍颜。布被秋宵梦觉，眼前万里江山。

辛弃疾　　清平乐·谢叔良惠木樨

少年痛饮，忆向吴江醒。明月团圆高树影，十里蔷薇水冷。　　大都一点宫黄，人间直恁芳芬。怕是九天风露，染教世界都香。

辛弃疾　　清平乐·东园向晓

东园向晓，阵阵西风好。唤起仙人金小小，翠羽玲珑装了。　　一枝枕畔开时，罗帏翠幕低垂。恁地十分遮护，打窗早有蜂儿。

辛弃疾　　　清平乐·春宵睡重

春宵睡重，梦里还相送。枕畔起寻双玉凤，半日才知是梦。　一从卖翠人还，又无音信经年。却把泪来做水，流也流到伊边。

辛弃疾　　　清平乐·清词索笑

清词索笑，莫厌银杯小。应是天孙新与巧，剪恨裁愁句好。　有人梦断关河，小窗日饮亡何。想见重帘不卷，泪痕滴尽湘娥。

辛弃疾　　　清平乐·为儿铁柱作

灵皇醮罢，福禄都来也。试引鹓雏花树下，断了惊惊怕怕。　从今日日聪明，更宜潭妹嵩兄。看取辛家铁柱，无灾无难公卿。

辛弃疾　　　清平乐·赋木樨词

月明秋晓，翠盖团团好。碎剪黄金教恁小，都著叶儿遮了。　折来休似年时，小窗能有高低。无顿许多香处，只消三两枝儿。

辛弃疾　　　清平乐·呈昌父

时仆以病止酒，昌父日作诗数篇，末章及之

云烟草树，山北山南雨。溪上行人相背去，惟有啼鸦一处。　门前万斛春寒，梅花可噉摧残。使我长忘酒易，要君不作诗难。

辛弃疾　　　清平乐·书王德由主簿扇

溪回沙浅，红杏都开遍。鸂鶒不知春水暖，犹傍垂杨春岸。　片帆千里轻船，行人想见欹眠。谁似先生高举，一行白鹭青天。

赵善括　　　清平乐·和石次仲

断云漏雨，依约西山暮。风定樯高须小住，不忍带将春去。　　此行抑有求欤，青衣拟问平都。万里一钩新月，相忘常在江湖。

程　垓　　　清平乐·山城桃李

山城桃李，催促春无几。日日为花须早起，犹□惜花无计。　　阿谁留得春风，长教绕绿围红。莫遣十分芳意，输他万点愁容。

程　垓　　清平乐·酬王静父红木樨词

秋香谁买，散入琉璃界。点缀小红全不碍，还却铅华余债。　　夜来月底相期，一枝未觉香迟。恰似青绫帐底，绛罗初试裙儿。

程　垓　　　清平乐·咏雪

疏疏整整，风急花无定。红烛照筵寒欲凝，时见筛帘玉影。　　夜深明月笼纱，醉归凉面香斜。犹有惜梅心在，满庭误作吹花。

程　垓　　　清平乐·绿深红少

绿深红少，柳外横桥小。双燕不知幽梦好，惊起碧窗春晓。　　起来瞢鬔多时，玉台金镜慵移。多少春愁未说，却来闲数花枝。

黄人杰　　　清平乐·西风猎猎

西风猎猎，秋到双蓂荚。天女擎香开寿□，寿酒浮花蘸甲。　　眉间一点轻黄，归帆已载斜阳。去矣留中好住，尧天日月偏长。

石孝友　　清平乐·送同舍周智隆

恼花风雨，断送春将暮。底死留春春不住，那更送春归去。　　今朝且赋归与，明年春满皇都。共泛桃花锦浪，与君同醉西湖。

石孝友　　　清平乐·天涯重九

天涯重九，独对黄花酒。醉捻黄花和泪嗅，忆得去年携手。　　去年同醉流霞，醉中折尽黄花。还是黄花时候，去年人在天涯。

石孝友　　　　清平乐·见时怜惜

见时怜惜，不见时思忆。花柳光阴都瞬息，□把光阴虚掷。　才郎妾貌相当，有些似欠商量。看你忔憎模样，更须著我心肠。

石孝友　　　　清平乐·醉红宿翠

醉红宿翠，髻亸乌云坠。管是夜来不得睡，那更今朝早起。　春风满搦腰肢，阶前小立多时。恰恨一番雨过，想应湿透鞋儿。

石孝友　　　　清平乐·山明水嫩

山明水嫩，潇洒桐庐郡。极目风烟无限景，说也如何得尽。　自怜俗状尘容，几年断梗飘蓬。借使严陵知道，只应笑问东风。

石孝友　　　　清平乐·霁光摇目

霁光摇目，春入郊原绿。残雪压枝堆烂玉，时闻枝间蔌蔌。　瘦藤细履平沙，醉中一任攲斜。落日数声啼鸟，香风满路梅花。

韩　玉　　　　清平乐·赠棋者

梅花照雪，浑似人清绝。香叠绀螺双背结，曾侍霓旌绛节。　如今却向尘寰，棋中寄个清闲。纵使阿郎多病，也须偷画春山。

赵师侠　　　　清平乐·萍乡必东馆

无风轻燕，缭绕深深院。昼永人闲帘不卷，时听莺簧巧啭。　清和天气阴阴，南风初奏薰琴。唤起午窗新梦，愁添一掬归心。

赵师侠　　　　清平乐·阳春亭

一宵风雨，春与人俱去。春解再来花作主，只有行人无据。　殷勤满酌离觞，阳关唱起愁肠。苦恨无情杜宇，声声吐断斜阳。

赵师侠　　清平乐·纤秾娇小

迎春花，一名金腰带

纤秾娇小，也解争春早。占得中央颜色好，装点枝枝新巧。　　东皇初到江城，殷勤先去迎春。乞与黄金腰带，压持红紫纷纷。

陈　亮　　清平乐·银屏绣阁

秋晚，伯成兄往龙兴山中，意其登山临水，不无闺房之思，作此词恼之

银屏绣阁，不道鲛绡薄。嘶骑匆匆尘漠漠，还过夕阳村落。　　乱山千叠无情，今宵遮断愁人。两处香消梦觉，一般晓月秋声。

连久道　　清平乐·渔父

阵鸿惊处，一网沉江渚。落叶乱风和细雨，拨棹不如归去。　　芦花轻泛微澜，蓬窗独自清闲。一觉游仙好梦，任它竹冷松寒。

张　镃　　清平乐·题黄宁洞天吹笛台

苍崖叠嶂，有路梯云上。忽见地平方数丈，坐石风林相向。　　风膺时作龙声，夜深惊动寒星。几点光芒欲下，傍人头上来听。

张　镃　　清平乐·炮栗

猬房秋熟，紫实包黄玉。吹叶风高销旧绿，疏影半遮茅屋。　　山居未觉全贫，园收今岁盈囷。自拨砖炉松火，细煨分饷幽人。

刘　过　　清平乐·赠妓

忔憎憎地，一捻儿年纪。待道瘦来肥不是，宜著淡黄衫子。　　唇边一点樱多，见人频敛双蛾。我自金陵怀古，唱时休唱西河。

刘　过　　　　清平乐·新来塞北

新来塞北，传到真消息。赤地居民无一粒，更五单于争立。　　维师尚父鹰扬，熊罴百万堂堂。看取黄金假钺，归来异姓真王。

卢　炳　　　　清平乐·木樨

玻璃翦叶，点缀黄金屑。雅淡幽姿风味别，翠影婆娑弄月。　　秋光占断江南，清香鼻观先参。一朵折来和露，乌云髻畔斜簪。

卢　炳　　　　清平乐·方池小小

方池小小，风摺玻璃皱。数朵荷花开更好，把住薰风一笑。　　芳容淡注胭脂，亭亭翠盖相依。只欠一双鸂鶒，便如画底屏帏。

刘　翰　　　　清平乐·鸳鸯翡翠

鸳鸯翡翠，小小池塘水。落絮游丝花满地，度日阑干独倚。　　金刀裁就春衫，起来初试轻寒。满把相思清恨，题诗欲寄江南。

刘　翰　　　　清平乐·萋萋芳草

萋萋芳草，怨得王孙老。瘦损腰围罗带小，长是锦书来少。　　玉箫吹落梅花，晓寒犹透轻纱。惊起半屏幽梦，小窗淡月啼鸦。

韩　淲　　　　清平乐·次韵

萧然在涧，景色秋来冠。几缕明霞红未断，矫首时时遐观。　　回思五马清游，分明前辈风流。留作山间佳话，更谁愁上眉头。

韩　淲　　　　清平乐·寿潘文叔

常思高致，又见凉风起。欢喜年时为寿意，快写山歌重寄。　　愿公好德康宁，青云收取功名。莫道而今官小，吾儒正要仁民。

韩 淲　　清平乐·七月十三日潘令生朝

鸣琴单父，凫舄宜飞去。不比河阳花满树，此意直高千古。　　清秋诞日相逢，乃同涧上村侬。笑指壶山为寿，仁心静处加功。

俞国宝　　清平乐·数声乌鹊

数声乌鹊，院宇寒萧索。杨柳梢头秋过却，无叶可供风落。　　可人犹有芙蕖，向人冷澹妆梳。云外征鸿过尽，夕阳依旧平芜。

戴复古　　清平乐·嘲人

醉狂痴作，误信青楼约。酒醒梅花吹画角，翻得一场寂寞。　　相如谩赋凌云，琴台不遇文君。江上琵琶旧曲，只堪分付商人。

戴复古　　清平乐·兴国军呈李司直

今朝欲去，忽有留人处。说与江头杨柳树，系我扁舟且住。　　十分酒兴诗肠，难禁冷落秋光。借取春风一笑，狂夫到老犹狂。

高观国　　清平乐·秋叶

盘枝翦翠，叶叶西风意。吹上玉人云□底，无限新凉气味。　　飘萧露卷烟柔，绝怜不逐宫流。寄语多情宋玉，悲秋得似宜秋。

高观国　　清平乐·春蒲雨湿

春蒲雨湿，燕子低飞急。云压前山群翠失，烟水满湖轻碧。　　小莲相见湾头，清寒不到青楼。请上琵琶弦索，今朝破得春愁。

魏了翁　　清平乐·即席和李参政壁白笑花

蓝田玉种，为我酬清供。香压冰肌犹怕重，更倩留仙群捧。　　看花美倩偏工，举花消息方浓。此笑知谁领解，无言独倚东风。

魏了翁　　　　清平乐·谁分天种

次韵李提刑垩白笑词并呈李参政壁

谁分天种，来上花鬘供。绿叶素云姿雅重，那得愁心频捧。　他花自是无工，不关香淡香浓。才问为谁含笑，盈盈靴面歆风。

李从周　　　　清平乐·东风无用

东风无用，吹得愁眉重。有意迎春无意送，门外湿云如梦。　韶光九十悭悭，俊游回首关山。燕子可怜人去，海棠不分春寒。

李从周　　　　清平乐·美人娇小

美人娇小，镜里容颜好。秀色侵人春帐晓，郎去几时重到。　叮咛记取儿家，碧云隐映红霞。直下小桥流水，门前一树桃花。

卢祖皋　　　　清平乐·镜屏开晓

镜屏开晓，寒入宫罗峭。脉脉不知春又老，帘外舞红多少。　旧时驻马香阶，如今细雨苍苔。残梦不堪重理，一双蝴蝶飞来。

卢祖皋　　　　清平乐·柳边深院

柳边深院，燕语明如翦。消息无凭听又懒，隔断画屏双扇。　宝杯金缕红牙，醉魂几度儿家。何处一春游荡，梦中犹恨杨花。

卢祖皋　　　　清平乐·玉肌春瘦

玉肌春瘦，别凤离鸾后。柳外画船看翠袖，眼艳风流依旧。　杏梁语燕绸缪，可堪前梦悠悠。几度欲成花雨，断云还过南楼。

卢祖皋　　　　清平乐·庚申中吴对雪

朔风凝冱，不放云来去。稚柳回春能几许，一夜满城飞絮。　羊羔酒面频倾，护寒香缓娇屏。唤取雪儿对舞，看他若个轻盈。

徐　照　　　　清平乐·绿围红绕

绿围红绕，一枕屏山晓。怪得今朝偏起早，笑道牡丹开了。　　迎人卷上珠帘，小螺未拂眉尖。贪教玉笼鹦鹉，杨花飞满妆奁。

刘　镇　　　　清平乐·赵园避暑

柳阴庭院，帘约风前燕。著雨荷花红半敛，消得盈盈绿扇。　　竹光野色生寒，玉纤雪藕冰盘。长记酒醒人静，暗香吹月栏干。

孙惟信　　　　清平乐·秋娘窗户

秋娘窗户，梦入阳台雨。小别殷勤留不住，恨满飞花落絮。　　一天晓月檐西，马嘶风拂罗衣。分付许多风致，送人行下楼儿。

吴　泳　　　　清平乐·寿吴毅夫

梅霖未歇，直透菖华节。荔子才丹栀子白，抬贴诞弥嘉月。　　峨冠蝉尾翛翛，整衣鹤骨彯彯。闻道彩云深处，新添弄玉吹箫。

黄　机　　　　清平乐·西园啼鸟

西园啼鸟，留得春多少。客里情怀无日好，愁损连天芳草。　　博山灰冷香残，微风吹满银笺。卓午花阴不动，一双蝴蝶团圞。

黄　机　　　　清平乐·柬邢宰

晓窗晴日，一点黄金橘。万事如毛随日出，多少人间头白。　　未春长恨春迟，春来生怕春归。办取揭天箫鼓，莫教孤负荼蘼。

黄　机　　　　清平乐·为缪推官寿

清容，缪之亭名也

烟融雨腻，春去三之二。了却兰亭修禊事，判与仙翁一醉。　　方壶日月偏长，清容花草吹香。辨取此身强健，功名饱看诸郎。

黄　机　　　　清平乐·寿林守

钗头蝴蝶，趁舞梅边雪。酒泻黄滕光夺月，岁岁年年蕉叶。　　边城莺唤春归，沙场马到秋肥。□□熊韬虎略，换渠金甲牙旗。

黄　机　　　　清平乐·风韶烟腻

风韶烟腻，春事三之二。说与人生行乐耳，富贵古来如此。　　西园已有心期，姚黄魏紫开时。纤指金荷潋滟，香唇银竹参差。

黄　机　　　　清平乐·江上重九

西风猎猎，又是登高节。一片情怀无处说，秋满江头红叶。　　谁怜鬓影凄凉，新来更点吴霜。孤负萸囊菊盏，年年客里重阳。

刘克庄　　　清平乐·五月十五夜玩月

纤云扫迹，万顷玻璃色。醉跨玉龙游八极，历历天青海碧。　　水晶宫殿飘香，群仙方按霓裳。消得几多风露，变教人世清凉。

刘克庄　　　　清平乐·风高浪快

风高浪快，万里骑蟾背。曾识姮娥真体态，素面元无粉黛。　　身游银阙珠宫，俯看积气濛濛。醉里偶摇桂树，人间唤作凉风。

刘克庄　　　清平乐·赠陈参议师文侍儿

宫腰束素，只怕能轻举。好筑避风台护取，莫遣惊鸿飞去。　　一团香玉温柔，笑颦俱有风流。贪与萧郎眉语，不知舞错伊州。

刘克庄　　　　清平乐·丹阳舟中作

休弹别鹤，泪与弦俱落。欢事中年如水薄，怀抱那堪作恶。　　昨宵月露高楼，今朝烟雨孤舟。除是无身方了，有身长有闲愁。

刘克庄　　清平乐·居厚弟生日之一

冰轮万里，云卷天如洗。先向海山生大士，却诞卯金之子。　冰盆荔子堪尝，胆瓶茉莉尤香。震旦人人炎热，补陀夜夜清凉。

刘克庄　　清平乐·居厚弟生日之二

人间喘汗，无计翻银汉。有个至人来震旦，宴坐补陀岩畔。　吾闻福寿难量，待看海底生桑。乞取净瓶一滴，普教大地清凉。

赵汝迕　　清平乐·初莺细雨

初莺细雨，杨柳低愁缕。烟浦花桥如梦里，犹记倚楼别语。　小屏依旧围香，恨抛薄醉残妆。判却寸心双泪，为他花月凄凉。

李好古　　清平乐·清淮北去

清淮北去，千里扬州路。过却瓜州杨柳树，烟水重重无数。　舵楼才转前湾，云山万点江南。点点尽堪肠断，行人休望长安。

李好古　　清平乐·瓜州渡口

瓜州渡口，恰恰城如斗。乱絮飞钱迎马首，也学玉关榆柳。　面前直控金山，极知形胜东南。更愿诸公著意，休教忘了中原。

吴　潜　　清平乐·和刘制几

轻轻却暑，只是些儿雨。喜看新抽麻与苎，他家烟水墅□。　晚山放出青青，是谁簸弄阴晴。老子何时去也，只应露湿金茎。

周　晋　　清平乐·图书一室

图书一室，香暖垂帘密。花满翠壶熏研席，睡觉满窗晴日。　手寒不了残棋，篝香细勘唐碑。无酒无诗情绪，欲梅欲雪天时。

赵崇嶓　　　　清平乐·怀人

莺歌蝶舞，池馆春多处。满架花云留不住，散作一川香雨。　　相思夜夜情悰，青衫泪满啼红。料想故园桃李，也应怨月愁风。

赵崇嶓　　　　清平乐·妒红欺绿

妒红欺绿，轻浪潮温玉。鸾袖卷香金罳罻，娇怯未消寒粟。　　锦衾初罢承欢，宿妆微褪香弯。醉眼乍松还困，断云犹绕巫山。

许　棐　　　　清平乐·凤双鸾偶

凤双鸾偶，天上人间有。檐玉无声花影瘦，夜浅春深时候。　　别来几度寒宵，六桥风月迢迢。灯下有谁相伴，一方红湿鲛绡。

吴文英　　　　清平乐·书栀子扇

柔柯翦翠，蝴蝶双飞起。谁堕玉钿花径里，香带薰风临水。　　露红滴□秋枝，金泥不染禅衣。结得同心成了，任教春去多时。

李彭老　　　　清平乐·合欢扇子

合欢扇子，扑蝶花阴里。半醉海棠扶不起，淡日秋千闲倚。　　宝筝弹向谁听，一春能几番晴。帐底柳绵吹满，不教好梦分明。

李莱老　　　　清平乐·绿窗初晓

绿窗初晓，枕上闻啼鸟。不恨王孙归不早，只恨天涯芳草。　　锦书红泪千行，一春无限思量。折得垂杨寄与，丝丝都是愁肠。

李莱老　　　　清平乐·题草窗词

日寒风细，庭馆浮花气。白发潘郎吟欲醉，绿暗蘼芜千里。　　西园南浦东城，一春多少闲情。日暮采蘋歌远，梦回唤得愁生。

施乘之　　　　　清平乐·元夕

风消云缕，一碧无今古。欲坏上元天不许，晴了晚来些雨。　莫言冷落山家，山翁本厌繁华。试问莲灯千炬，何如月上梅花。

黄　昇　　　　　清平乐·宫怨

珠帘寂寂，愁背银缸泣。记得少年初选入，三十六宫第一。　当年掌上承恩，而今冷落长门。又是羊车过也，月明花落黄昏。

黄　昇　　　　　清平乐·宫词

深深禁籞，雾日明莺羽。风动槐龙交翠舞，恰恰花阴亭午。　一帘暖絮悠飏，金炉旋炷沉香。天子方看谏疏，内人休斗新妆。

张　枢　　　　清平乐·凤楼人独

凤楼人独，飞尽罗心烛。梦绕屏山三十六，依约水西云北。　晓奁懒试脂铅，一绱鸾髻微偏。留得宿妆眉在，要教知道孤眠。

石正伦　　　　清平乐·香摇穗碧

香摇穗碧，梅巧红酥滴。云涴宝钗蝉坠翼，娇小争禁酒力。　绣窗芳思迟迟，无端又敛双眉。贪把兰亭学字，一冬忘了弹棋。

罗　椅　　　　清平乐·明虹收雨

明虹收雨，两桨能吴语。人在江南荷叶浦，采得蘋花无数。　梦中舞燕栖鸾，起来烟渚风湾。一点愁眉天末，凭谁划却春山。

陈允平　　　　清平乐·凤城春浅

凤城春浅，寒压花梢颤。有约不来梁上燕，十二绣帘空卷。　去年共倚秋千，今年独倚阑干。误了海棠时候，不成直待花残。

施　岳　　　　**清平乐·水遥花暝**

水遥花暝，隔岸炊烟冷。十里垂杨摇嫩影，宿酒和愁都醒。（下缺）

赵汝茪　　　　**清平乐·锦屏香褪**

锦屏香褪，寒隐轻衫嫩。燕子护泥飞不稳，庭掩百花难认。　　双双绣带微风，海棠此夜帘栊。愁损一番寒食，小窗淡月残红。

程　武　　　　**清平乐·曳云摇玉**

曳云摇玉，裙蹙秋绡幅。学得琵琶依约熟，贪按雁沙新曲。　　曲终满院春闲，清颦移上眉山。心事怕人猜破，折花背插云鬟。

刘辰翁　　　　**清平乐·石榴**

深红半面，一似墙头见。草树池塘青一片，独倚阑干几遍。　　更谁绛袖朱唇，火云相对英英。笑杀牡丹正午，离披不任看承。

刘辰翁　　　　**清平乐·寿某翁**

君词为寿，绝妙孙辛妇。但恨杯无露添酒，空等待梅花久。　　喜君白首还玄，人间合信天缘。如此相从至老，我亦何倦余年。

颜　奎　　　　**清平乐·留静得**

留君少住，且待晴时去。夜深水鹤云间语，明日棠梨花雨。　　尊前不尽余情，都上鸣弦细声。二十四番风后，绿阴芳草长亭。

赵与仁　　　　**清平乐·柳丝摇露**

柳丝摇露，不绾兰舟住。人宿溪桥知那处，一夜风声千树。　　晓楼望断天涯，过鸿影落寒沙。可惜些儿秋意，等闲过了黄花。

周　密　　清平乐·次窗云韵

吹梅声噎，帘卷初弦月。一寸春霏消蕙雪，愁染垂杨带结。　画桥平接金沙，软红浅隔儿家。燕子未归门掩，晚妆空对菱花。

周　密　　清平乐·再次前韵

晚莺桥噎，庭户溶溶月。一树湘桃飞茜雪，红豆相思渐结。　看看芳草平沙，游鞯犹未归家。自是萧郎飘荡，错教人恨杨花。

周　密　　清平乐·横玉亭秋倚

诗情画意，只在阑干外。雨露天低生爽气，一片吴山越水。　宫烟醉柳春晴，海风洗月秋明。唤取九霞飞佩，夜凉跨鹤吹笙。

周　密　　清平乐·小桥萦绿

小桥萦绿，密翠藏吟屋。千顷风烟森万玉，依约辋川韦曲。　临流照影何人，悠然倚仗看云。柳色翠迷山色，泉声清和蝉声。

周　密　　清平乐·杜陵春游图

锦城春晓，苑陌芳菲早。可是杜陵人未老，日日酒迷花恼。　归鞯困倚芳醒，醒来还有新吟。人与杏花俱醉，春风一路闻莺。

周　密　　清平乐·三白图

静香真色，花与人争白。属玉双飞烟月夕，点波一奁秋碧。　翠罗袖薄天寒，笛声何处关山。手捻一枝春色，东风怨入江南。

刘　壎　　清平乐·赠教坊乐师

铿金戛玉，弹就神仙曲。铁拨鹍弦清更熟，新腔浑胜俗。　教坊尽道名师，声华都处俱知。指日内前宣唤，云韶独步丹墀。

黎廷瑞　　清平乐·舒州

秋怀骚屑，卧听萧萧叶。四壁寒蛩吟不歇，旧恨新愁都说。　　疏疏雨打栖鸦，月痕犹在窗纱。一夜西风能紧，明朝瘦也黄花。

黎廷瑞　　清平乐·雨中春怀呈准轩

清明寒食，过了空相忆。千里音书无处觅，渺渺乱芜摇碧。　　苍天雨细风斜，小楼燕子谁家。只道春寒都尽，一分犹在桐花。

仇　远　　清平乐·寒泉如线

寒泉如线，莎石绵云软。十里梅花香一片，不记入山深浅。　　谩留两袖春风，罗浮旧梦成空。独对阑干明月，教人犹忆山中。

仇　远　　清平乐·苑秋凉早

苑秋凉早，石径幽花小。霜絮飞飞风草草，翠碧斓斑驰道。　　香沟诗叶难寻，依然绿浅红深。倚竹空歌黄鹄，谁招青冢游云。

陈德武　　清平乐·咏月

娥眉淡伫，未约心先许。坐待不来来又去，直到碧窗深处。　　雨云偏妒妖娇，几孤三五良宵。要见残妆新画，多应暮暮朝朝。

陈德武　　清平乐·咏星

天孙自织，经纬天南北。明月楼台高百尺，玉手昔曾亲摘。　　种榆人去何年，乘槎偶认张骞。报道秋期近也，好将巧思相传。

陈德武　　清平乐·咏风

呼来吸去，毕竟为谁主。软力慢扶花柳舞，禁不住颠狂处。　　等闲天易凉炎，每教人爱人嫌。最是相思病起，呼儿紧下珠帘。

陈德武　　清平乐·咏雨

丝丝线线，惹起云根燕。万里江山春欲遍，多在梨花庭院。　经旬一见通宵，恍如身在蓝桥。记与巫山神女，不禁暮暮朝朝。

陈德武　　清平乐·咏云

随风情性，聚散元无定。雨过黄昏收拾尽，送出月明花影。　谁言出岫无心，腾腾飞上巫岑。梦断不知何处，玉人鬓上斜簪。

陈德武　　清平乐·咏蝉

娇声娇语，恰似深闺女。三叠琴心音一缕，越在绿阴深处。　此音宁与人知，此身不与人欺。薄暮背将斜月，噤声飞上高枝。

陈德武　　清平乐·咏蚊

三三两两，夜夜教人想。偷入霜绡斜隙帐，直到珊瑚枕上。　玉人梦绕江南，输他一饷肥甘。莫恨我心儿毒，只因你口儿馋。

陈德武　　清平乐·咏蝶

轻姿傅粉，学得偷香俊。百紫千红人未问，先与芳心折损。　一生天赋风流，不知节去蜂愁。堪笑庄周老子，将身梦里追游。

陈德武　　清平乐·咏蛙

黄梅雨住，青草池塘暮。轻许天然乐两部，遥想周郎不顾。　生憎利口喃喃，凭谁井塞泥缄。最是玉人枕上，几回梦断江南。

陈德武　　清平乐·咏萤

星星散散，绕地无人管。一点寒光虽有烂，飞不到河西畔。　画堂花暗银釭，井阑添个双双。欲照相思两字，藉风扶过虚窗。

陈德武　　　　　清平乐·咏促织

啾啾唧唧，夜夜鸣东壁。如诉如歌如涕泣，乱我离怀似织。　　画堂帘幕沉深，美人睡稳香衾。懒妇知眠到晓，尔虫枉自劳心。

张　炎　　　　　清平乐·候蛩凄断

候蛩凄断，人语西风岸。月落沙平江似练，望尽芦花无雁。　　暗教愁损兰成，可怜夜夜关情。只有一枝梧叶，不知多少秋声。

张　炎　　　　　清平乐·赠处梅

暗香千树，结屋中间住。明月一方流水护，梦入梨云深处。　　清冰隔断尘埃，无人踏碎苍苔。一似逋仙归后，吟诗不下山来。

张　炎　　清平乐·题处梅家藏所南翁画兰

黑云飞起，夜月啼湘鬼。魂返灵根无二纸，千古不随流水。　　香心淡染清华，似花还似非花。要与闲梅相处，孤山山下人家。

张　炎　　清平乐·为伯寿题四花　牡丹

百花开后，一朵疑堆绣。绝色年年常似旧，因甚不随春瘦。　　脂痕淡约蜂黄，可怜独倚新妆。太白醉游何处，定应忘了沉香。

张　炎　　　　　清平乐·平原放马

辔摇衔铁，蹴踏平原雪。勇趁军声曾汗血，闲过升平时节。　　茸茸春草天涯，涓涓野水晴沙。多少骅骝老去，至今犹困盐车。

张　炎　　　　　清平乐·题倦耕图

一犁初卸，息影斜阳下。角上汉书何不挂，老子近来慵跨。　　烟村草树离离，卧看流水忘归。莫饮山中清味，怕教洗耳人知。

张　炎　　清平乐·采芳人杳

采芳人杳，顿觉游情少。客里看春多草草，总被诗愁分了。　去年燕子天涯，今年燕子谁家。三月休听夜雨，如今不是催花。

张　炎　　清平乐·题墨仙双清图

丹丘瑶草，不许秋风扫。记得对花曾被恼，犹似前时春好。　湘皋闲立双清，相看波冷无声。独说长生未老，不知老却梅兄。

张　炎　　清平乐·□花一叶

兰曰国香，为哲人出，不以色香自炫，乃得天之清者也。楚子不作，兰今安在。得见所南翁枝上数笔，斯可矣。赋此以纪情事云

□花一叶，比似前时别。烟水茫茫无处说，冷却西湖□月。　贞芳只合深山，红尘了不相关。留得许多清影，幽香不到人间。

张　炎　　清平乐·赠云麓麓道人

□□不了，都被红尘老。一粒粟中休道好，弱水竟通蓬岛。　孤云漂泊难寻，如今却在□□。莫趁清风出岫，此中方是无心。

张　炎　　清平乐·题平沙落雁图

平沙流水，叶老芦花未。落雁无声还有字，一片潇湘古意。　扁舟记得幽寻，相寻只在□□。莫趁春风飞去，玉关夜雪犹深。

张　炎　　清平乐·别苗仲通

柳间花外，日日离人泪。忆得楼心和月醉，落叶与愁俱碎。　如今一笑吴中，眼青犹认衰翁。先泛扁舟烟水，西湖多定相逢。

张　炎　　清平乐·过金桂轩坟园

□□晴树，寒食无风雨。记得当时游冶处，桂底一身香

露。　　神仙只在蓬莱，不知白鹤飞来。乘兴飘然归去，瞋人踏破苍苔。

张　炎　　清平乐·过吴见屠存博近诗，有怀其人

五湖一叶，风浪何时歇。醉里不知花影别，依旧空山明月。　　夜深鹤怨归迟，此时那处堪归。门外一株杨柳，折来多少相思。

程节斋　　清平乐·寿伯母

吾家三母，先后相为寿。管领诸郎尽明秀，都是婺女星宿。　　华筵今日居先，适逾甲子周天。敬以庄椿为祝，举觞我愿年年。

贾　逋　　清平乐·薰梅染柳

薰梅染柳，借得东君手。柳色梅香到樽前，摅写才华八斗。　　当年占梦佳辰，今年乐事尤新。日侍玉皇香案，钧天日月常春。

无名氏　　清平乐·寒溪过雪

寒溪过雪，梅蕊春前发。照影弄姿香苒苒，临水一枝风月。　　梦游仿佛仙乡，绿窗曾见幽芳。事往无人共说，愁闻玉笛声长。

无名氏　　清平乐·辛卯清明日

风不定，舞碎海棠红影。数点雨声池上听，湿尽一庭花冷。　　倚阑多少心情，轻寒未放春晴。谁管天涯憔悴，楚乡又过清明。

无名氏　　清平乐·贺人娶宗女

繁弦急管，喜色门阑满。应是雀屏曾中选，新近东床禁脔。　　功名有分非难，休因女婿求官。幸与嫦娥为伴，直须仙桂新攀。

无名氏　　清平乐·贺友人生双女

梅兄梅弟，桃姊并桃妹。争似月临双女位，吉梦重占蛇

飏。　　小乔应嫁周郎，云英定遇裴航。会有九男事帝，谁夸七子成行。

无名氏　　　清平乐·贺赵宅子晬

天潢佳气，钟作人间瑞。坐对满堂珠玉贵，此日还当周晬。　　手持金印金戈，知他壮志如何。将相终须大用，姓名早掇巍科。

无名氏　　　清平乐·真主玉历成康

真主玉历成康，德睿宁安国中良。时和岁丰稔，民阜乐、何情泚，瑞木呈日五色，月华重有光。更羽鹤来仪凤凰，万邦乡，齐供明皇。祝遐龄，圣寿无疆。

清平调引

即《清平调》，唐李白词名《清平调引》，见《历代诗余》卷一。调见《古今词统》卷三宋苏轼词。

苏　轼　　清平调引·陌上花开蝴蝶飞

陌上花开蝴蝶飞，江山犹是昔人非。遗民几度垂垂老，游女还歌缓缓归。

苏　轼　　清平调引·陌上山花无数开

陌上山花无数开，路人争看翠軿来。若为留得堂堂去，且更从教缓缓回。

苏　轼　　清平调引·生前富贵草头露

生前富贵草头露，身后风流陌上花。已作迟迟君去鲁，更歌缓缓妾回家。

清 江 曲

又名《后清江曲》，双调、五十六字。前段四句三平韵，后段四句三仄韵。因其为宋代苏庠泛舟清江所作，故名。苏庠此词前段近《瑞鹧鸪》，后段近《玉楼春》，与七言诗相近，不拘平仄。

苏　庠　　清江曲·属玉双飞水满塘

属玉双飞水满塘，菰蒲深处浴鸳鸯。白蘋满棹归来晚，秋著芦花一岸霜。　扁舟系岸依林樾，萧萧两鬓吹华发。万事不理醉复醒，长占烟波弄明月。

清夜游

调见《阳春白雪》卷五宋周端臣词。双调，九十七字。上片九句、四仄韵，下片十一句、六仄韵。此调仅周端臣一词。

周端臣　　清夜游·西园昨夜

西园昨夜，又一番、阑风伏雨。清晨按行处，有新绿照人，乱红迷路。归吟窗底，但瓶几留连春住。窥晴小蝶翩翩，等闲飞来似相妒。　迟暮，家山信杳，奈锦字难凭，清梦无据。春尽江头，啼鹃最凄苦。蔷薇几度花开，误风前、翠樽谁举。也应念，留滞周南，思归未赋。

清波引

调见姜夔《白石集》，系姜夔自度曲。双调，有八十四字，上下片各八句、六仄韵；亦有八十三字，上下片各八句、七仄韵。

姜　夔　　清波引·冷云迷浦

予久客古沔，沧浪之烟雨，鹦鹉之草树，头陀、黄鹤之伟观，郎官、大别之幽处，无一日不在心目间。胜友二三，极意吟赏。揭来湘浦，岁晚凄然，步绕园梅，摛笔以赋

冷云迷浦，倩谁唤、玉妃起舞。岁华如许，野梅弄眉妩。屐齿印苍藓，渐为寻花来去。自随秋雁南来，望江国、渺何处。　新诗漫与，好风景、长是暗度。故人知否，抱幽恨难语。何时共渔艇，莫负沧浪烟雨。况有清夜啼猿，怨人良苦。

张　炎　　　　清波引·横舟

是时以湖湘廉使归

江涛如许，更一夜听风听雨。短篷容与，盘礴那堪数。弭节澄江树，不为莼鲈归去。怕教冷落芦花，谁招得旧鸥鹭。

寒汀古溆，尽日无人唤渡，此中清楚。寄情在谭麈，难觅真闲处。肯被水云留住，泠然棹入川流，去天尺五。

清　商　怨

古乐府有《清商曲辞》，其音多哀怨，因取以为调名。又名《关河令》、《伤情怨》、《东阳叹》、《要销凝》、《望西飞》、《尔汝歌》。双调数体。有四十三字，上下片各四句、三仄韵；亦有四十二字，上下片各四句、三仄韵等。

欧阳修　　　　清商怨·关河愁思望处满

关河愁思望处满，渐素秋向晚。雁过南云，行人回泪眼。

双鸾衾裯悔展，夜又永、枕孤人远。梦未成归，梅花闻塞管。

晏几道　　　　清商怨·庭花香信尚浅

庭花香信尚浅，最玉楼先暖。梦觉春衾，江南依旧远。

回纹锦字暗翦，漫寄与、也应归晚。要问相思，天涯犹自短。

沈　蔚　　　　清商怨·城上鸦啼斗转

城上鸦啼斗转，渐渐玉壶冰满。月淡寒梅，清香来小院。

谁遣鸾笺写怨，翻锦字、叠叠如愁卷。梦破胡笳，江南烟树远。

惠　洪　　　　清商怨·一段文章种性

一段文章种性，更谪仙风韵。画戟丛中，清香凝宴寝。

落日清寒勒花信，愁似海、洗光词锦。后夜归舟，云涛喧醉枕。

陆　游　　　　清商怨·葭萌驿作

江头日暮痛饮，乍雪晴犹凛。山驿凄凉，灯昏人独寝。　鸳机新寄断锦，叹往事、不堪重省。梦破南楼，绿云堆一枕。

仇　远　　　清商怨·黄花丹叶绀草

黄花丹叶绀草，染恨西园晓。梦度秦楼，孤鸿云影倒。　连环旧约忘了，应记□、绿珠娇小。莫剪回文，玉关人未老。

添字丑奴儿

即《采桑子》，宋李清照词名《添字丑奴儿》。详见《采桑子》条。

李清照　添字丑奴儿·窗前谁种芭蕉树

窗前谁种芭蕉树，阴满中庭。阴满中庭，叶叶心心，舒卷有余情。　　伤心枕上三更雨，点滴霖霪。点滴霖霪，愁损北人，不惯起来听。

添字浣溪沙

即《山花子》，《梅苑》词调名《添字浣溪沙》。详见《山花子》条。

辛弃疾　添字浣溪沙·用前韵谢傅岩叟瑞香之惠

句里明珠字字排，多情应也被春催。怪得名花和泪送，雨中栽。　　赤脚未安芳斛稳，娥眉早把橘枝来。报道锦薰笼底下，麝脐开。

辛弃疾　　　添字浣溪沙·三山戏作

记得瓢泉快活时，长年耽酒更吟诗。蓦地捉将来断送，老头皮。　　绕屋人扶行不得，闲窗学得鹧鸪啼。却有杜鹃能劝道，不如归。

辛弃疾　　添字浣溪沙·日日闲看燕子飞

日日闲看燕子飞，旧巢新垒画帘低。玉历今朝推戊己，住衔泥。　　先自春光留不住，那堪更著子规啼。一阵晚香吹不断，落花溪。

辛弃疾　　添字浣溪沙·用前韵谢傅岩叟馈名花鲜蕈

杨柳温柔是故乡，纷纷蜂蝶去年场。大率一春风雨事，最难量。　　满把携来红粉面，堆盘更觉紫芝香。幸自麴生闲去了，又教忙。

无名氏　　添字浣溪沙·白梅

雪态冰姿好似伊，料应尝笑水仙迟。驿使初传芳信早，赏佳期。　　暗想花神多巧妙，黏酥缀玉压纤枝。粉面临鸾宜月殿，整妆时。

无名氏　　添字浣溪沙·红梅

谁染深红酥缀来，意浓含笑美颜开。误认浣溪人饮罢，上香腮。　　辨杏疑桃称好句，名园色异占多才。折得一枝斜插鬓，坠金钗。

无名氏　　添字浣溪沙·取次匀妆粉有痕

取次匀妆粉有痕，参差玉软淡精神。姑射重绡风卷乱，喜相迎。　　蝶戏飞层双翅重，清中富贵最多情。全似寿阳当日事，点残英。

无名氏　　添字浣溪沙·蜡梅

蜜室蜂房别有香，腊前偏会泄春光。凝伫清容何所似，笑姚黄。　　蜡注金钟诚得意，风飘气味压群芳。不似寿阳夸粉面，道家妆。

添春色

即《醉乡春》。因秦观词上片结句为"春色又添多少"，故调名又作《添春色》。详见《醉乡春》条。

秦　观　　　添春色·唤起一声人悄

唤起一声人悄，衾冷梦寒窗晓。瘴雨过，海棠晴，春色又添多少。　社瓮酿成微笑，半缺瘿瓢共舀。觉健倒，急投床，醉乡广大人间小。

谒金门

唐教坊曲名，调见五代冯延巳《阳春集》。又名《空相忆》、《花自落》、《垂杨碧》、《长杨碧》、《带湖新月》、《闻鹊喜》、《杨花落》、《出塞》、《东风吹酒面》、《不怕醉》、《醉花春》、《春早湖山》等。双调数体。有四十五字，上下片各四句、四仄韵；亦有四十六字，上下片各四句、四仄韵等。

晏　殊　　　谒金门·秋露坠

秋露坠，滴尽楚兰红泪。往事旧欢何限意，思量如梦寐。
人貌老于前岁，风月宛然无异。座有嘉宾尊有桂，莫辞终夕醉。

王安石　　　谒金门·春又老

春又老，南陌酒香梅小。遍地落花浑不扫，梦回情意悄。
红笺寄与添烦恼，细写相思多少。醉后几行书字小，泪痕都揾了。

晏几道　　　谒金门·溪声急

溪声急，无数落花漂出。燕子分泥蜂酿蜜，迟迟艳风日。
须信芳菲随失，况复佳期难必。拟把此情书万一，愁多翻阁笔。

此首别作贺铸词

苏　轼　　　　　　谒金门·秋夜

秋帷里，长漏伴人无寐。低玉枕凉轻绣被，一番秋气味。

晓色又侵窗纸，窗外鸡声初起。声断几声还到耳，已明声未已。

苏　轼　　　　　　谒金门·秋兴

秋池阁，风傍晓庭帘幕。霜叶未衰吹未落，半惊鸦喜鹊。

自笑浮名情薄，似与世人疏略。一片懒心双懒脚，好教闲处著。

苏　轼　　　　　　谒金门·秋感

今夜雨，断送一年残暑。坐听潮声来别浦，明朝何处去。

孤负金尊绿醑，来岁今宵圆否。酒醒梦回愁几许，夜阑还独语。

黄庭坚　　　　　谒金门·戏赠知命

山又水，行尽吴头楚尾。兄弟灯前家万里，相看如梦寐。

君似成蹊桃李，入我草堂松桂。莫厌岁寒无气味，余生今已矣。

贺　铸　　　　　谒金门·杨花落

李黄门梦得一曲，前遍二十言，后遍二十二言，而无其声。余采其前遍，润一横字，已续二十五字写之云

杨花落，燕子横穿朱阁。常恨春醪如水薄，闲愁无处著。

绿野带江山络角，桃叶参差前约。历历短樯沙外泊，东风晚来恶。

贺　铸　　　　　谒金门·溪声急

溪声急，无数落花漂出。燕子分泥蜂酿蜜，迟迟艳风日。

须信芳菲随失，况复佳期难必。拟把此情书万一，愁多翻阁笔。

此首别作晏几道词

谢　逸　　　　　谒金门·帘外雨

帘外雨，洗尽楚乡残暑。白露影边霞一缕，绀碧江天暮。

沉水烟横香雾，茗碗浅浮琼乳。卧听鹧鸪啼竹坞，竹风清院宇。

苏　庠　　　　谒金门·怀故居作

何处所，门外冷云堆浦。竹里江梅寒未吐，茅屋疏疏雨。

谁遣愁来如许，小立野塘官渡。手种凌霄今在否，柳浪迷烟渚。

苏　庠　　谒金门·大叶庄怀张元孺作

杨柳渡，醉著青鞋归去。点点沙鸥何处所，十里菰蒲雨。

抖擞向来尘土，卧看碧山云度。寄语故时猿鹤侣，未见心先许。

毛　滂　　　　谒金门·昔游

灯雾里，老去昔游不记。月似旧时人不似，小楼何处是。

归卧晚香翠被，玉酒著人小醉。欲睡先来都不睡，此情那恁地。

曾　纡　　　　谒金门·风淅沥

风淅沥，窗外雪花初积。梦破小窗人寂寂，寒威无处敌。

强起饮君涓滴，清泪醉来沾臆。岐路即今多拥隔，弟兄无信息。

王庭珪　　　　谒金门·梅

溪风紧，溪上官梅整整。万木寒痴吹不醒，一枝先破冷。

梦断香云耿耿，月淡梨花清影。长笛倚楼谁共听，调高成绝品。

陈　克　　　　谒金门·花满院

花满院，飞去飞来双燕。红雨入帘寒不卷，晓屏山六扇。

翠袖玉笙凄断，脉脉两蛾愁浅。消息不知郎近远，一春长梦见。

陈　克　　　　谒金门·柳丝碧

柳丝碧，柳下人家寒食。莺语匆匆花寂寂，玉阶春藓湿。

闲凭薰笼无力，心事有谁知得。檀炷绕窗灯背壁，画檐残雨滴。

陈　克　　　　**谒金门·深院静**

深院静，尘暗曲房凄冷。黄叶满阶风不定，无端吹酒醒。
露湿小园幽径，悄悄啼姑相应。半被余熏残烛影，夜长人独冷。

陈　克　　　　**谒金门·春漏促**

春漏促，谁见两人心曲。罨画屏风银蜡烛，泪珠红蔌蔌。
懊恼欢娱不足，只许梦中相逐。今夜月明何处宿，画桥春水绿。

陈　克　　　　**谒金门·春草碧**

春草碧，忆著去年寒食。白纻红裙香□□，折花闹调客。
好在江南江北，燕子不传消息。醉眼腾腾羞面赤，断肠侬记得。

陈　克　　　　**谒金门·罗帐薄**

罗帐薄，缥缈绮疏飞阁。红地团花金解络，香囊垂四角。
尽日春风帘幕，谁见绿屏纤弱。云压枕函钗自落，无端春梦恶。

陈　克　　　　**谒金门·愁脉脉**

愁脉脉，目断江南江北。烟树重重芳信隔，小楼山几尺。
细草孤云斜日，一向弄晴天色。帘外落花飞不得，东风无气力。

陈　克　　　　**谒金门·春寂寂**

春寂寂，绿暗溪南溪北。溪水沉沉天一色，鸟飞春树黑。
肠断小楼吹笛，醉里看朱成碧。愁满眼前遮不得，可怜双鬓白。

朱敦儒　　　　**谒金门·和李士举**

春怎恋，楼外绿催红殿。短袖迎风愁半卷，手寒无处暖。

目断蓬莱宫殿，引去谁怜谁怨。相见不如青翅燕，举头长安远。

周紫芝　　　谒金门·春雨细

春雨细，开尽一番桃李。柳暗曲阑花满地，日高人睡起。
绿浸小池春水，沙暖鸳鸯双戏。薄幸更无书一纸，画楼愁独倚。

蔡　伸　　　谒金门·溪声咽

溪声咽，溪上有人离别。别语叮咛和泪说，罗巾沾泪血。
尽做刚肠如铁，到此也应愁绝。回首断山帆影灭，画船空载月。

蔡　伸　　　谒金门·相思切

相思切，触目只供愁绝。好梦惊回清漏咽，烛残香穗结。
长恨南楼明月，只解照人离缺。同倚朱栏飞大白，今宵风月别。

李弥逊　　　谒金门·寄远

春又老，愁似落花难扫。一醉一回才忘了，醒来还满抱。
此恨欲凭谁道，柳外数声啼鸟。只恐春风吹不到，断云连碧草。

张元幹　　　谒金门·鸳鸯渚

鸳鸯渚，春涨一江花雨。别岸数声初过橹，晚风生碧树。
艇子相呼相语，载取暮愁归去。寒食烟村芳草路，愁来无着处。

张元幹　谒金门·道山亭饯张椿老赴行在

风露低，石上岸巾愁起。月到房心天似水，乱峰清影里。
此去登瀛须记，今夕道山同醉。春殿明年人共指，玉皇香案吏。

张元幹　　　谒金门·送康伯桧

清光溢，影转画檐凉入。风露一天星斗湿，无云天更碧。

满引送君何惜，记取吾曹今夕。目断秋江君到日，潮来风正急。

吕渭老　　谒金门·甲子年同寅伯题于壁

人已老，春亦不留些少。花尽叶长蚕又抱，子规啼未了。

往事不论多少，且向尊前一笑。白发满头愁已到，路长波渺渺。

王之道　　谒金门·追和冯延巳

春睡起，金鸭暖消沉水。笑比梅花鸾鉴里，嗅香还嚼蕊。

琼户倚来重倚，又见夕阳西坠。门外马嘶郎且至，失惊心暗喜。

曹　勋　　谒金门·春待去

春待去，帘外连天飞絮。老大心情慵纵步，草迷池上路。

春去不知何处，欲问谁能分付。但有清阴遮院宇，晚莺和暮雨。

曹　勋　　谒金门·咏木樨

香乍起，满院垂垂岩桂。未卷珠帘香已至，酒杯言笑里。

叶下茸金繁蕊，别是清妍风致。更远随人闻细细，月华天似水。

曹　勋　　谒金门·春渐至

春渐至，雪染梅梢轻细。试路新芜殊可喜，冷云闲照水。

白苎今年不寄，最好且寻幽会。不怕清寒侵紫绮，看灯同晚醉。

康与之　　谒金门·暮春

春又晚，风劲落红如剪。睡起绣床飞絮满，日长门半掩。

不管离肠欲断，听尽梁间双燕。试上小楼还不见，楼前芳草远。

毛　幵　　谒金门·春已半

春已半，芳草池塘绿遍。山北山南花烂熳，日长蜂蝶乱。

闲掩屏山六扇，梦好强教惊断。愁对画梁双语燕，故心人不见。

毛　幵　　　　　谒金门·伤离索

伤离索，犹记并肩池阁。病起绿窗闲倚薄，一秋天气恶。
玉臂都宽金约，歌舞新来忘却。回首故人天一角，半江枫又落。

韩元吉　　　　　谒金门·春雪

春尚浅，谁把玉英裁剪。尽道梅梢开未遍，卷帘花满院。
楼上酒融歌暖，楼下水平烟远。却似涌金门外见，絮飞波影乱。

韩元吉　　　　　谒金门·重午

幽槛暑，又是一年重午。猎猎风蒲吹翠羽，楚天梅熟雨。
往事潇湘南浦，魂断画船箫鼓。双叶石榴红半吐，倩君聊寄与。

朱淑真　　　　　谒金门·春半

春已半，触目此情无限。十二阑干闲倚遍，愁来天不管。
好是风和日暖，输与莺莺燕燕。满院落花帘不卷，断肠芳草远。

赵彦端　　　　　谒金门·题扇

朱槛曲，妆浅鬓云吹绿。半尺鹅溪凉意足，手香沾柄玉。
午梦已惊难续，说与翠梧修竹。蓬海路遥天六六，乘鸾何处逐。

赵彦端　　　　　谒金门·劳顾曲

劳顾曲，燕贡雅羞衣绿。鲁酒不能春味足，小杯空荐玉。
只愿此欢常续，莫序水边丝竹。明日朝参同趁六，犹期归骑逐。

赵彦端　　　　　谒金门·休相忆

休相忆，明夜远如今日。楼外绿烟村幂幂，花飞如许急。

柳岸晚来船集，波底斜阳红湿。送尽去云成独立，酒醒愁又入。

赵彦端　　　　谒金门·春已半

春已半，绣绿新红如换。燕子还来帘幕畔，闲愁天不管。

翠被曲屏香满，花叶彩笺人远。鹊喜蛛丝都未判，连环空约腕。

赵彦端　　　　谒金门·春不尽

春不尽，处处与情相趁。谁道刘郎家恁近，一年花不问。

双剪画罗春胜，今夜月圆如镜。怎得酒阑心易定，试将金液镇。

赵彦端　　　　谒金门·春似绣

春似绣，不是别离时候。滴尽黄昏残刻漏，月高花影昼。

好在画屏金兽，深琐粉窗兰牖。溪水南来堪问否，几时离渡口。

赵彦端　　　　谒金门·朱户密

朱户密，镇锁一庭春日。画幕黄帘芳草碧，游蜂初未识。

脆管幺弦无力，青子绿阴如织。花满深宫无路入，旧游浑记得。

赵彦端　　　　谒金门·春意密

春意密，不受人间风日。一曲清歌云暮碧，尊前今夜识。

醉客倦吟无力，滞梦停愁相织。只道桃源难再入，有人还问得。

王千秋　　谒金门·次李圣予月中韵

春漠漠，闲尽绮窗云幕。悔不车轮生四角，却成缘分薄。

想画鸦儿方学，小蹙恨人无托。不道月明谁共酌，这般情味恶。

王千秋　　　谒金门·诸公要予出郊

春漠漠，何处养花张幕。佩冷香残天一角，忍看罗袖薄。

两两鸳鸯难学，六六锦鳞空托。趁有余妍须细酌，东风情性恶。

李流谦　　　　谒金门·晚春

行不记，贪看远峰鬟翠。风约柳花吹又起，故黏行客袂。
老大浑无欢意，不为伤春憔悴。茅屋数间修竹里，日长春睡美。

李流谦　　　　谒金门·空伫立

空伫立，又是冷烟寒食。开尽荼蘼都一色，东风吹更白。
我是纶竿倦客，道上行人不识。著取蓑衣拈短笛，沙鸥应认得。

李流谦　　　　谒金门·春又晚

春又晚，杨柳晓莺啼断。落尽残红余片片，风狂都不管。
作客惟嫌酒浅，未敌闲愁一半。人与青山谁近远，可怜春梦短。

李流谦　　　　谒金门·山数尺

山数尺，江草江波同碧。晚雨吹风才数滴，行人心更急。
漠漠疏烟如织，遮断客愁不得。肠断故园无信息，灯花闲手剔。

袁去华　　　　谒金门·春索寞

春索寞，楼上晚来风恶。午醉初醒罗袖薄，护寒添翠幕。
愁里花时过却，闲处泪珠偷落。憔悴只羞人间著，镜中还自觉。

袁去华　　　　谒金门·深院闭

深院闭，漫漫东风桃李。芳草萋迷烟雨细，秦楼何处是。
还是伤春意味，闲却踏青天气。折得海棠双蒂子，无言心自喜。

袁去华　　　　谒金门·春寂寂

春寂寂，尽日蜂寻窗隙。隔叶黄鹂声历历，满庭芳草碧。
相对熏炉象尺，新睡觉来无力。几日郎边无信息，闲拈双六掷。

袁去华　　　谒金门·归鸟急

归鸟急，照水斜阳红湿。篷底夜凉风露入，藕花香习习。　点滴城头漏涩，凄断草间虫泣。新恨旧愁眉上集，月斜还伫立。

袁去华　　　谒金门·烟水阔

烟水阔，夜久风生蘋末。东舫西船人语绝，四更山吐月。　客里光阴电抹，不记离家时节。楼上单于听未彻，又催征棹发。

袁去华　　　谒金门·云障日

云障日，檐外雪销残滴。画阁红炉窗户窄，博山烟穗直。　酒入横波滟溢，羞得梅无颜色。乡有温柔元未识，更从何处觅。

袁去华　　　谒金门·清汉曲

清汉曲，天际落霞孤鹜。幽草墙阴秋更绿，倚檐三两竹。　绣被焚香独宿，梦绕绿窗华屋。何日明眸光射目，夜阑更秉烛。

朱　雍　　　谒金门·春太早

春太早，十二玉楼初晓。半额试妆深院悄，相逢何草草。　临水幽香缥缈，仿佛淡妆窥照。恰值日边人未到，纷纷萦古道。

周必大　　　谒金门·梅乍吐

和从周宣教韵祝千岁寿，请呼段、马二生歌之

梅乍吐，趁寿席、香风度。人与此花俱独步，风流天付与。　好在青云歧路，愿共作、和羹侣。归访赤松辞万户，莺花犹是主。

范成大　　　谒金门·塘水碧

宜春道中野塘春水可喜，有怀旧隐

塘水碧，仍带曲尘颜色。泥泥縠纹无气力，东风如爱惜。

恰似越来溪侧，也有一双鸂鶒。只欠柳丝千百尺，系船春弄笛。

沈端节　　　　谒金门·真个忆

真个忆，花下雨声初息。猛记乌衣曾旧识，丁宁教去觅。

春半峭寒犹力，泪滴两襟成迹。独倚危阑清昼寂，草长流翠碧。

沈端节　　　　谒金门·春欲去

春欲去，人瘦不胜金缕。门巷阴阴飞絮舞，断肠双燕语。

孤坐晚窗闲处，月到花心亭午。寒色著人无意绪，竹鸣风似雨。

沈端节　　　　谒金门·寻胜去

寻胜去，湖色净涵疏树。欸乃一声何处起，风铃相应语。

目断遥林修渚，画出江南烟雨。山水照人人楚楚，锦肠生秀句。

丘　密　　谒金门·送林子长同年起官宣城

风又雨，吹面落花红舞。把酒不禁春思苦，别离闻杜宇。

叠嶂楼头佳处，犹想襞笺容与。思入云山便好语，莫辞频寄取。

丘　密　　　谒金门·为韩漕无咎寿

槐阴绿，帘卷翠屏山曲。照眼冰壶寒并玉，赐衣便雾縠。

熊梦又惊初卜，好在掖垣梧竹。应讶人归犹未速，已颁新诏墨。

丘　密　　　　谒金门·罗袖薄

罗袖薄，玉臂镂花金约。起晚欠伸莲步弱，倚床娇韵恶。

独自青楼珠箔，怎向日长花落。门掩东风春寂寞，误人瞋喜鹊。

丘　密　　　谒金门·为尤郎中延之寿

花雨润，烟锁玉炉香韵。笑度华年春不尽，寿觞寒食近。

甲子才周一瞬，争羡朱颜青鬓。咫尺朝元仙路稳，碧云新有信。

吕胜己　　　　谒金门·闻莺声作

花满树，两个黄鹂相语。恰似碧城双玉女，对歌还对舞。

可惜娟娟楚楚，同伴彩云归去。居士心如泥上絮，那能无恨处。

吕胜己　　　　谒金门·嗟久客

嗟久客，又见他乡寒食。流水断桥春寂寂，孤村烟火息。

白去红飞无迹，千树总成新碧。醉里伤春愁似织，东风欺酒力。

吕胜己　　　　谒金门·芳思切

芳思切，旧事不堪重说。浓露凝香花喷血，花心双蛱蝶。

燕语莺啼都歇，又过清明时节。记得离歌三两阕，未歌先哽咽。

吕胜己　　　　谒金门·春又过

春又过，那更雨摧风挫。留得浅红三两朵，竹梢烟雾锁。

把酒对花危坐，多病多愁都可。舞蝶游蜂迷道左，惜春忙似我。

吕胜己　　　　谒金门·秋夜静

秋夜静，屋上狂风初定。两两啼蛄相答应，灯蛾摇烛影。

枕上鸡声遥听，起舞良宵偏永。明日谩寻弓剑整，衰颜重揽镜。

吕胜己　　　　谒金门·早梅

芳信拆，漏泄东君消息。帝殿宝炉烟未熄，龙香飘片白。

点缀枯梢的皪，疏影荡摇寒碧。指与纤纤教自摘，枝横云鬓侧。

吕胜己　　　　谒金门·天气暖

天气暖，开了荼蘼一半。红日迟迟风拂面，阶前花影乱。

俊雅风流不见，定被莺花留恋。千尺游丝舒又罥，系人心上线。

吕胜己　　　　谒金门·歌罢奏

歌罢奏，敛步拂开罗袖。宝扇轻摇香汗透，软香沾素手。

小立偎人良久，一寸娇波横溜。心事未言眉已皱，无端催劝酒。

赵长卿　　　　谒金门·暮春

风又雨，满地残红无数。花不能言莺解语，晓来啼更苦。

把酒东皋日暮，抵死留春春去。拟倩杨花寻去处，杨花无定据。

赵长卿　　　　谒金门·今夜雨

一雨扫烦暑，自漉玉友，醉余因次韵

今夜雨，扫尽一番袢暑。宛似潇潇鸣远浦，短蓬何日去。

自漉床头玉醑，清兴有谁知否。反笑功名能几许，槐宫非浪语。

赵长卿　　　　谒金门·和德远

灯乍灭，忽见一天明月。恰舞霓裳歌未歇，露寒回绛阙。

羽服明晖玉雪，笑语轻参环玦。香泽恼人情不彻，夜长窗自白。

赵长卿　　　　谒金门·春睡足

春睡足，帘卷翠屏山曲。芳草沿阶横地轴，垂杨相映绿。

暗忆旧欢难续，又是禁烟传烛。陌上踏青新结束，秋千谁共促。

杨冠卿　　　　谒金门·春暮有感

伤漂泊，负了花前期约。寒食清明都过却，愁怀无处著。

晴日柳阴池阁，风絮斜穿帘幕。帘外秋千闲彩索，断肠人寂寞。

辛弃疾　　谒金门·和廓之五月雪楼小集韵

遮素月，云外金蛇明灭。翻树啼鸦声未彻，雨声惊落叶。

宝蜡成行嫌热，玉腕藕花谁雪。流水高山弦断绝，怒蛙声自咽。

辛弃疾　　谒金门·山吐月

山吐月，画烛从教风灭。一曲瑶琴才听彻，金蕉三两叶。

骤雨微凉还热，似欠舞琼歌雪。近日醉乡音问绝，有时清泪咽。

辛弃疾　　谒金门·和陈提干

山共水，美满一千余里。不避晓行并早起，此情都为你。

不怕与人尤殢，只怕被人调戏。因甚无个阿鹊地，没工夫说里。

辛弃疾　　谒金门·归去未

归去未，风雨送春行李。一枕离愁头澈尾，如何消遣是。

遥想归舟天际，绿鬓珑璁慵理。好梦未成莺唤起，粉香犹有殢。

赵善扛　　谒金门·春情

新雨霁，开遍满园桃李。波暖池塘风细细，一双花鸭戏。

唤起春融睡美，扶醉宿妆慵理。移步避人花影里，绣裙低窣地。

程　垓　　谒金门·杏花

春悄悄，红到一枝先巧。酒入半腮微带卯，粉寒香未饱。

芳意枝头偏闹，困尽蜂须莺爪。拟倩玉纤和露拗，情多愁易搅。

程　垓　　谒金门·荼蘼

花簇簇，触眼万条垂玉。小院春深窗锁绿，水沉风断续。

明月又侵楼曲，羞向枕囊拘束。只待夜深清影足，醉来花底宿。

程　垓　　谒金门·陪苏子重诸友饮东山

乌帽侧，行遍杏花春色。野意青青分陇麦，人家烟水隔。

春事莫催行客，弹指青梅堪摘。醉倚暮天江拍拍，雨晴沙路白。

程　垓　　　　　谒金门·病起

花半湿，一霎晚云笼密。天气未佳风又急，小庭愁独立。

酒病起来无力，懊恼篆烟锁碧。一饷春情无处觅，小屏山数尺。

程　垓　　　　　谒金门·春夜雨

春夜雨，催润柳塘花坞。小院深深门几许，画帘香一缕。

独立晚庭凝伫，细把花枝闲数。燕子不来天欲暮，说愁无处所。

程　垓　　　　　谒金门·风阵阵

风阵阵，吹落杨花无定。酒病厌厌三月尽，花檀红自隐。

新绿轩窗清润，月影又移墙影。手捻青梅无处问，一春长闷损。

程　垓　　　　　谒金门·浓睡醒

浓睡醒，惊对一帘秋影。桐叶乍零风不定，半窗疏雨影。

愁与年光不尽，老入星星双鬓。只拟上楼寻远信，雁遥烟水暝。

石孝友　　　　　谒金门·归不去

归不去，归去又还春暮。洞里小桃音信阻，几番风更雨。

相伴竹筇芒屦，穿尽松溪花坞。早是行人贪道路，声声闻杜宇。

石孝友　　　　　谒金门·云树直

云树直，雨歇半空犹湿。山影插尖高几尺，依依衔落日。

远岸双飞鸂鶒，一水无情自碧。飒飒白蘋风正急，断肠人独立。

石孝友　　　　　谒金门·春睡重

春睡重，睡起烟销鸾凤。著雨柳绵吹易动，风帘花影弄。

过雁空劳目送，纵有音书何用。有意相思无意共，不如休做梦。

石孝友　　谒金门·风又雨

风又雨，断送残春归去。人面桃花在何处，绿阴空满路。

立马垂杨官渡，一寸柔肠万缕。回首碧云迷洞府，杜鹃啼日暮。

石孝友　　谒金门·山雨绝

山雨绝，山重冷如冰雪。窗外芭蕉三两叶，影排窗上月。

醉枕惊回蝴蝶，好梦无人共说。心事悠悠芳草歇，不眠听鼠啮。

赵师侠　　谒金门·风和雨

风和雨，又送一番春去。春去不知何处住，惜春无觅处。

柳老空抟香絮，莺娇乍迁芳树。回念故园如旧否，不堪闻杜宇。

赵师侠　　谒金门·丁酉冬昌山渡

江水绿，江上数峰如簇。唤渡小舟来岸北，笋舆行太速。

素艳窗纱笼玉，不负看花心目。今夜知他何处宿，断魂沙路曲。

赵师侠　　谒金门·耽冈迓陆尉

沙畔路，记得旧时行处。蔼蔼疏烟迷远树，野航横不渡。

竹里疏花梅吐，照眼一川鸥鹭。家在清江江上住，水流愁不去。

赵师侠　　谒金门·风雨急

风雨急，红紫又还狼藉。嫩绿团枝苔径湿，帘开双燕入。

院静昼闲人寂，一缕水沉烟直。心事有谁能会得，阶前芳草碧。

赵师侠　　谒金门·常山道中

风策策，山迴暮烟横白。淅沥穿林翻败叶，羁怀愁倦客。

问宿荒村山驿，谁识离情脉脉。雁足无书孤夜色，音尘千里隔。

赵师侠　　谒金门·和从善二首之一

花夜雨，渺渺绿波南浦。擘絮晴云山外吐，凝情谁共语。

十二玉梯空伫，闲却琐窗朱户。久客念归归未许，寸心愁万缕。

赵师侠　　谒金门·和从善二首之二

风雨半，春锁绿杨深院。幕浪不翻香穗卷，轻寒闲便面。

归兴新来不浅，勾引闲愁撩乱。一枕春酲谁与管，晓莺惊梦断。

陈　亮　　谒金门·送徐子宜如新安

新雨足，洗尽山城袢褥。见说好峰三十六，峰峰如立玉。

四海英游追逐，事业相时伸缩。入境德星须做福，只愁金诏趣。

张　镃　　谒金门·秋兴

秋淡淡，弥望暮天云黯。窗小新糊便老眼，不应疏酒琖。

菊净橙香霜晚，何处数声来雁。飞下湖边红蓼岸，有诗方许看。

张　镃　　谒金门·赏梅即席和洪内翰韵

何许住，不属西湖烟雨。雪后偏怜香猛处，全胜开半树。

试倩暖云收贮，桃杏尽教羞妒。只把新词林下去，一春休著雨。

刘　过　　谒金门·次京口赋

归不去，船泊早春梅渚。试听玉人歌白苎，行云无觅处。

翦烛写诗无语，漠漠寒生窗户。明日短篷眠夜雨，宝钗留半股。

刘　过　　谒金门·秋兴恶

秋兴恶，愁怯罗衾风弱。雨线垂垂晴又落，轻烟笼翠箔。

休道旅怀萧索，生怕香浓灰薄。桂子莫教孤酒约，诗情浑落魄。

卢　炳　　　　谒金门·春寂寂

春寂寂，节物又催寒食。楼上卷帘双燕入，断魂愁似织。

门外雨余风急，满地落英红湿。好梦惊回无处觅，天涯芳草碧。

卢　炳　　　　谒金门·春事寂

春事寂，苦笋鲥鱼初食。风卷绣帘飞絮入，柳丝萦似织。

迅速韶光去急，过雨绿阴尤湿。回首旧游何处觅，远山空伫碧。

卢　炳　　　　谒金门·送客

门巷寂，梅豆微酸怯食。别恨萦心愁易入，寸肠如网织。

去橹咿哑声急，泪滴春衫轻湿。尺素待凭鱼雁觅，远烟凝处碧。

汪　莘　　　　谒金门·檐溜滴

使君再招饮，牡丹如山，坐上赋此

檐溜滴，都是春归消息。带雨牡丹无气力，黄鹂愁雨湿。

争看洛阳春色，忘却连天草碧。南浦绿波双桨急，沙头人伫立。

赵　鼒　　　　谒金门·天色晚

天色晚，云外一筝斜雁。独凭阑干秋满眼，菊花寒尚浅。

叶落香沟红泛，懒把新诗题怨。何处笛声三弄断，月迟帘未卷。

张履信　　　　谒金门·春睡起

春睡起，小阁明窗儿底。帘外雨声花积水，薄寒犹在里。

欲起还慵未起，好是孤眠滋味。一曲广陵应忘记，起来调绿绮。

徐　珌　　谒金门·题沅州幽兰铺壁

秋欲暮，路入乱山深处。扑面西风吹雾雨，驿亭欣暂驻。

可惜国香风度，空谷寂寥谁顾。已作竹枝传楚女，客愁推不去。

徐　珌　　　　谒金门·春欲半

春欲半，重到寂寥山馆。修竹连山青不断，谁家门可款。

红晕花梢未半，绿蘸柳芽犹短。金缕香消春不管，素蟾光又满。

郭应祥　　　　谒金门·己巳为内子寿

香篆袅，瓶里梅英犹小。鸳瓦霜华晴欲晓，今年生日好。

鬓绿颜朱不老，女嫁儿婚将了。四世团栾同一笑，人间如此少。

韩　淲　　　　谒金门·东风吹酒面

花影半，晴色乍开云卷。择胜寻春愁日短，雨余山路晚。

涧底桃深红满，人意不禁闲远。蝴蝶绕枝啼鸟怨，东风吹酒面。

韩　淲　　　　谒金门·和昌甫之一

花肃肃，杨柳三眠未足。一棹溪山新涨绿，旧欢无梦续。

莫问杜鹃啼蜀，只有江南水竹。北客凄凉无伴独，春山生草木。

韩　淲　　　　谒金门·和昌甫之二

幽意熟，吟啸春风自足。爽气初生晴未燠，相逢休问卜。

画出高山盘谷，岩上飞云相逐。他日江东思渭北，断弦谁为续。

韩　淲　　　　谒金门·次韵郑婺源

行又住，水远山遥村路。把酒问春春几许，老年花似雾。

坐上风流张绪，留我我还难去。却忆章台飞柳絮，只愁萦暮雨。

韩　淲　　　　谒金门·春早湖山

春尚早，春入湖山渐好。人去人来虽未老，酒徒犹恨少。

梅落桃开烟岛，日日更吹香草。一片芳心拚醉倒，冷云藏落照。

韩　淲　　　　谒金门·醉花春

人已醉，溪北溪南春意。击鼓吹箫花落未，杏梅桃共李。　水底鱼龙惊起，推枕月明千里。伊吕衰翁徒尔耳，我怀犹未是。

韩　淲　　　　谒金门·闲度日

方斋小集，有琴者，昌甫作词，和韵

闲度日，愁里费人辞辟。榆火新烟还熟食，小墙花槛直。　锦字玉徽清集，何用主人留客。相赏暂时谁画得，庞公非浪出。

韩　淲　　　　谒金门·带湖新月

云外月，画出一痕清绝。梅已飘零桃未发，带湖烟水阔。　汀渚尚留微雪，不恨酒融歌歇。老我多情胶漫结，半醒空自说。

韩　淲　　　　谒金门·不怕醉

不怕醉，记取吟边滋味。幽草绿阴花絮里，莺啼双燕起。　老去是何乡里，漠漠吴头楚尾。一曲荒山清照水，殢渠杯酒旨。

吴礼之　　　　谒金门·春晚

风乍扇，帘外落红千片。飞尽落花春不管，斗忙莺与燕。　往事上心撩乱，睡起日高犹倦。料得伊家情眷眷，近来长梦见。

李好义　　　　谒金门·花过雨

花过雨，又是一番红素。燕子归来衔绣幕，旧巢无觅处。　谁在玉楼歌舞，谁在玉关辛苦。若使胡尘吹得去，东风侯万户。

此首别作卫元卿词

程　珌　　　　谒金门·用赵帐干韵

烟漠漠，醉里看春都错。过了清明迟一著，牡丹重约摸。

晓日渐明檐角，天与芳辰难却。驻得韶华元有药，桃源谁共约。

高观国　　　　谒金门·烟墅暝

烟墅暝，隔断仙源芳径。雨歇花梢魂未醒，湿红如有恨。

别后香车谁整，怪得画桥春静。碧涨平湖三十顷，归云何处问。

魏了翁　　　　谒金门·那复有

次韵虞万州刚简以谒金门曲为叔母寿

那复有，气味酴于春酒。犹向故乡怀印绶，相过何日又。

吐出心肠锦绣，问我阿娘依旧。娘亦祝君如柏寿，相看霜雪后。

李从周　　　　谒金门·花似匝

花似匝，两点翠蛾愁压。人又不来春且恰，谁留春一霎。

消尽水沉金鸭，写尽杏笺红蜡。可奈薄情如此黠，寄书浑不答。

卢祖皋　　　　谒金门·风不定

风不定，移去移来帘影。一雨林塘新绿净，杏梁归燕并。

翠袖玉屏金镜，日薄绮疏人静。心事一春疑酒病，鸟啼花满径。

卢祖皋　　　　谒金门·兰棹举

兰棹举，相趁落红飞去。一隙轻帘凝睇处，柳丝牵不住。

昨日翠蛾金缕，今夜碧波烟渚。好梦无凭窗又雨，天涯知几许。

卢祖皋　　　　谒金门·闲院宇

闲院宇，独自行来行去。花片无声帘外雨，峭寒生碧树。

做弄清明时序，料理春酲情绪。忆得归时停棹处，画桥看落絮。

卢祖皋　　　　谒金门·深院静

深院静，隔叶鸣禽相应。金鸭云寒闲梦醒，转帘花月影。

闲步碧阶香径，亸翠残红慵整。明日阴晴犹未定，试教移小艇。

卢祖皋　　　　谒金门·寒半退

寒半退，斜掩小屏珠翠。柳眼才醒桃欲醉，日高帘影碎。

暗解鸳鸯罗带，独立晚风谁会。心事悠悠人好在，画桥流水外。

卢祖皋　　　　谒金门·人寂寞

人寂寞，帘外翠阴如幄。团扇藤床花间错，雨边残梦觉。

翠浅粉销香薄，临镜不忺梳掠。新恨悠悠无处托，棋声闲院落。

卢祖皋　　　　谒金门·闲睡足

闲睡足，冰柱乱敲寒玉。簇簇庭阴嘉树绿，晚蝉声断续。

一雨藕花新浴，香破小窗幽独。重理焦桐寻旧曲，隔墙风动竹。

卢祖皋　　　　谒金门·香漠漠

香漠漠，低卷水风池阁。玉腕笼纱金半约，睡浓团扇落。

雨后凉生云薄，女伴棹歌声乐。采得双莲迎笑剥，柳阴多处泊。

卢祖皋　　　　谒金门·秋几许

秋几许，荒蓼败荷烟渚。贴水飞鸥江欲暮，风帆追急羽。

蝶梦转头无据，愁到曲屏深处。寒入双城扃绣户，也应闻细雨。

卢祖皋　　　　谒金门·罗袖褪

罗袖褪，短鬓独搔谁恨。叶叶秋声风衮衮，万端心一寸。

钗凤镜鸾谁问，想见粉香啼损。倩尽飞鸿终未稳，夜来寒陡顿。

洪咨夔　　　　谒金门·寿梦祥

春正美，满眼万红千紫。收拾群香归瓮蚁，长年花信里。

深院帘栊如水，双燕呢喃芳垒。唾碧轻衫人送喜，梅梢新结子。

洪咨夔　　　　谒金门·九日

开笑口，又是茱萸重九。好水佳山长似旧，健如黄犊走。
菊蕊峥峥如豆，风雨轻寒初透。檐外鹊声谁送酒，莫闲金碗手。

曾　揆　　　　谒金门·山衔日

山衔日，泪洒西风独立。一叶扁舟流水急，转头无处觅。
去则而今已去，忆则如何不忆。明日到家应记得，寄书回雁翼。

此首别作曾允元词

曾　揆　　　　谒金门·深院寂

深院寂，一点春灯衔壁。空说销愁须酒力，病多禁未得。
遥望西楼咫尺，争信今宵思忆。伴我枕头双泪湿，梧桐秋雨滴。

卫元卿　　　　谒金门·花过雨

花过雨，又是一番红素。燕子归来愁不语，故巢无觅处。
谁在玉楼歌舞，谁在玉关辛苦。若使边尘吹得去，东风侯万户。

此首别作李好义词

吴　泳　　　　谒金门·宣城鹿鸣宴

将进酒，吹起黄钟清调。手按玉笙寒尚峭，陇梅春已透。
蓝染溪光绿皱，花簇马蹄红斗。尽使宛陵人说道，状元今岁又。

吴　泳　　　　谒金门·温州鹿鸣宴

金榜揭，都是鹿鸣仙客。手按玉笙寒尚怯，倚梅歌一阕。
柳拂御街明月，莺扑上林残雪。前岁杏花元一色，马蹄归路滑。

黄　机　　　　谒金门·风又雨

风又雨，墙外落红无数。人不归来春不住，佳期还已误。
细细一团愁绪，薄幸疏狂何处。化作青鸾飞得去，问天天亦许。

黄　机　　　　谒金门·风雨后

风雨后，枝上绿肥红瘦。乐事参差团不就，一春如病酒。
楼外暖烟杨柳，忆得年时携手。燕子双双来未久，颇知人意否。

黄　机　　　　谒金门·愁万叠

愁万叠，春在雨条烟叶。翠袖倚风寒耍耍，傍阑看乳鸭。
何处一声啼鴂，架上荼蘼欲雪。绣被薰香香未歇，可怜音信绝。

黄　机　　　　谒金门·寿何令

冬十月，记取生申时节。梅傍小春融绛雪，浅寒犹未却。
且醉笙歌蕉叶，富贵不须频说。国太夫人头半白，看君金印烨。

黄　机　　谒金门·秋晚□蕙花为赋

秋向晚，秋晚蕙根犹暖。碧染罗裙湘水浅，羞红微到脸。
窣窣绣帘围遍，月薄霜明庭院。妆罢宝奁慵不掩，无风香自满。

史　愚　　　　谒金门·深院宇

深院宇，寂寂不禁风雨。苔径流钱青莫数，银泥蜗篆古。
满院多应无主，却被痴儿拈取。穿向柳丝喧笑语，买将春色去。

葛长庚　　　　谒金门·春又去

春又去，愁杀一声杜宇。昨夜海棠无□□，晓来闻燕语。
缥缈佳人何处，镇日愁肠万缕。千里无家归未得，春风知我苦。

赵以夫　　谒金门·梅共雪

梅共雪，著个玉人三绝。醉倒醉乡无宝屑，照人些子月。
　催得花王先发，一曲阳春圆滑。疑是嵬坡留锦袜，至今香未歇。

郑觉斋　　谒金门·秋夜永

秋夜永，叶叶梧桐霜冷。皓月窥人深院静，孤鸿窗外影。
　情是相思深井，恩是相思修绠。别后信音浑不定，银瓶何处引。

王平子　　谒金门·春恨

书一纸，小砑吴笺香细。读到别来心下事，蹙残眉上翠。
　怕落傍人眼底，握向抹胸儿里。针线不忺收拾起，和衣和闷睡。

姚　镛　　谒金门·吟院静

吟院静，迟日自行花影。熏透水沉云满鼎，晚妆窥露井。
　飞絮游丝无定，误了莺莺相等。欲唤海棠教睡醒，奈何春不肯。

吴　潜　　谒金门·雪上秀郎溪亭

溪边屋，不浅不深团簇。野树平芜秋满目，有人闲意足。
　旋唤一尊醽醁，菱芡煮来新熟。归去来辞歌数曲，醉时无检束。

吴　潜　　谒金门·东风恶

东风恶，一片梅花吹落。独上小楼闲蒦索，云垂天四角。
　春自于人如昨，人自于春难托。惆怅光阴虚过却，情怀无处著。

吴　潜　　谒金门·庭垂箔

庭垂箔，数点杨花飞落。倚遍阑干人寂寞，闲铺棋一角。
　客里春寒偏觉，睡起春衫偏薄。想得故山猿共鹤，笑人身计错。

吴　潜　　谒金门·枕上闻鹃赋

纱窗晓，杜宇数声声悄。真个不如归去好，天涯人已老。

欹枕欲眠还觉，犹有青灯残照。谩道惜花春起早，家山千里杳。

吴　潜　　谒金门·和赵参谋

停画鹢，天外水澄烟碧。莫看遨头人似织，今年都老色。

最苦今朝离夕，未卜今年归日。生怕晚风消酒力，愁城难借一。

吴　潜　　谒金门·和刘制几

山客野，新把朝衔书写。应想江南樗枥下，踏歌鸡黍社。

休问坤牛乾马，大率人生且且。聊唤玉人斟玉斝，莫辞沉醉也。

吴　潜　　谒金门·和自昭木香

风韵彻，满架平平铺雪。贾女何郎盟共结，睡浓香更冽。

春去情怀怎说，却喜不闻啼鴂。月夜时来闲蹀屧，故园三载别。

吴　潜　　谒金门·老香堂和韵

秋已老，又是败荷衰草。客子安排归棹了，回头烟树渺。

檀板休教歌杳，金兽且教香绕。一醉秋堂秋夜悄，从他霜漏晓。

吴　潜　　谒金门·和韵赋茶

汤怕老，缓煮龙芽凤草。七碗徐徐撑腹了，卢家诗兴渺。

君岂荆溪路杳，我已泾川梦绕。酒兴茶酣人语悄，莫教鸡聒晓。

吴　潜　　谒金门·休怨老

休怨老，更替北邙荒草。勘破人生都已了，江湖归兴渺。

盘谷深深杳杳，曲水弯弯绕绕。啼鸟空山山更悄，钟昏钟又晓。

曾原一　　谒金门·梅粉褪

梅粉褪，点点雨声春恨。半吐桃花芳意嫩，草痕青寸寸。

把酒花边低问，莫解寒深红损。等待春风晴得稳，琵琶重整顿。

陈云厓　　谒金门·春昼永

春昼永，接叶鸣禽相应。风定落红香一径，疏疏窗竹影。

寂寞年时酒病，远笛悠悠吹醒。闲上层楼天又暝，云山青不尽。

陈东甫　　谒金门·西风竹

西风竹，风入翠烟□矗。红小阑干知几曲，声声敲碧玉。

窗下风台银烛，断梦已惊难续。曾伴去年庭下菊，夜阑听雨宿。

李曾伯　　谒金门·风又雨

风又雨，芳事匆匆如旅。借问甚时才百五，东君浑弗顾。

红紫园林几许，横笛数声何处。桃涨连天归未去，客和春且驻。

李曾伯　　谒金门·春且驻

春且驻，休惜残红无主。柳色青青还未絮，牡丹犹待雨。

金鸭沉烟一缕，人在纱窗觅句。仿佛家山三月暮，隔帘闻燕语。

赵崇嶓　　谒金门·春尚浅

春尚浅，江上柳梢风软。销尽玉梅春不管，冷香和梦远。

脉脉绿窗新怨，花胜无心重翦。帘押护香闲不卷，卷帘芳事遍。

赵崇嶓　　谒金门·春意泄

春意泄，香重一枝梅雪。寒透玉壶冰暗结，玉奴情更劣。

似语还羞奇绝，妒白怜红时节。酒力未醒双眼缬，一帘风弄月。

赵崇嶓　　　　谒金门·晴意早

晴意早，帘外数声啼鸟。有约不来春梦杳，琐窗微弄晓。
江上残梅未扫，叶底芳桃红小。天远断云尘不到，过春还草草。

赵崇嶓　　　　谒金门·春意薄

春意薄，江上晚来风恶。帘外海棠花半落，睡深浑未觉。
梦想当年行乐，新恨暗添金鹊。写就金笺无处托，去鸿天一角。

许　棐　　　　谒金门·微雨后

微雨后，染得杏腮红透。春色好时人却瘦，镜寒妆不就。
柳外一莺啼昼，约略情怀中酒。困起半弯眉印袖，髻松簪玉溜。

吴文英　　　　谒金门·和勿斋韵

鸡唱晚，斜照西窗白暖。一枕午醒幽梦远，素衾春絮软。
紫燕红楼歌断，锦瑟华年一箭。偷果风流输曼倩，昼际生绣线。

翁元龙　　　　谒金门·莺树暖

莺树暖，弱絮欲成芳茧。流水惜花流不远，小桥红欲满。
原上草迷离苑，金勒晚风嘶断。等得日长春又短，愁深山翠浅。

洪　瑹　　　　谒金门·春晚

风共雨，催尽乱红飞絮。百计留春春不住，杜鹃声更苦。
细柳官河狭路，几被婵娟相误。空忆坠鞭遗扇处，碧窗眉语度。

李莱老　　　　谒金门·春意态

春意态，闲却远山横黛。香径莓苔嗟粉坏，凤靴双斗彩。
折得花枝懒戴，犹恋鸳鸯飞盖。旧恨新愁都只在，东风吹柳带。

黄　昇　　　　谒金门·初春

花事浅，方费化工匀染。墙角红梅开未遍，小桃才数点。

人在暮寒庭院，闲续茶经香传。酒思如冰诗思懒，雨声帘不卷。

张　枢　　　　谒金门·春梦怯

春梦怯，人静玉闺平帖。睡起眉心端正贴，绰枝双杏叶。

重整金泥蹀躞，红皱石榴裙褶。款步花阴寻蛱蝶，玉纤和粉捻。

赵与御　　　　谒金门·归去去

归去去，风急兰舟不住。梦里海棠花下语，醒来无觅处。

薄幸心情似絮，长是轻分轻聚。待得来时春几许，绿阴三月暮。

陈允平　　　　谒金门·春欲去

春欲去，无计得留春住。纵著天涯浑柳絮，春归还有路。

恨煞多情杜宇，愁煞无情风雨。春自悠悠人自苦，莺花谁是主。

陈允平　　　　谒金门·春又晚

春又晚，枝上绿深红浅。燕语呢喃明似剪，采香人渐远。

草色池塘碧软，丝竹谁家坊院。拂拂和风初著扇，蜂情愁不展。

陈允平　　　　谒金门·风不定

风不定，吹漾一帘波影。归燕无期春正永，海棠眠未醒。

筝雁别来谁整，好梦不堪重省。闲看鸳鸯交素颈，凭阑襟袖冷。

胡仲弓　　　　谒金门·蛾黛浅

蛾黛浅，只为晚寒妆懒。润逼镜鸾红雾满，额花留半面。

渐次梅花开遍，花外行人已远。欲寄一枝嫌梦短，湿云和恨剪。

赵闻礼　　**谒金门·人病酒**

人病酒，生怕日高催绣。昨夜新翻花样瘦，旋描双蝶凑。

慵凭绣床呵手，却说新愁还又。门外东风吹绽柳，海棠花断勾。

此首别作谭宣子词

赵汝茪　　**谒金门·羞说起**

羞说起，嚼破白桃花蕊。人在夕阳深巷里，燕儿来也未。

一样半红半紫，双凤同心结子。分在郎边郎不记，为郎今拆碎。

谭宣子　　**谒金门·银漏滴**

银漏滴，午夜平康巷陌。双掩兽镮人语寂，余香无处觅。

回首旧游踪迹，绀碧染衣犹湿。一饷沉吟谁会得，月明春店笛。

谭宣子　　**谒金门·人病酒**

人病酒，生怕日高催绣。昨夜新翻花样瘦，旋描双蝶凑。

闲凭绣床呵手，却说春愁还又。门外东风吹绽柳，海棠花断勾。

此首别作赵闻礼词

杜龙沙　　**谒金门·阶露重**

阶露重，浥透寻花双凤。天色晴明风不动，薄衫金络缝。　　午枕高云斜纵，一觉风流春梦。起看翻翻帘影弄，夕阳归燕共。

李好古　　**谒金门·花过雨**

花过雨，又是一番红素。燕子归来愁不语，旧巢无觅处。

谁在玉关劳苦，谁在玉楼歌舞。若使胡尘吹得去，东风侯万户。

此首别作卫元卿词

陈坦之　　　　**谒金门·归未卜**

归未卜，频倒金弨纤玉。明月绡窗停剪烛，搦愁题蠹绿。
秋水娟娟鱼目，腰素几分销缩。接得云笺无意读，雕鞍何处宿。

朱子厚　　　　**谒金门·风动竹**

风动竹，清遍一窗梅溽。闻道小乔乘凤玉，仙裳飘雾縠。
来嫁吾门公瑾叔，天上人间愿足。浓缭水沉燃宝烛，鬓长相对绿。

刘辰翁　　　　**谒金门·娇点点**

风乍起，约巽吾同赋海棠
娇点点，困倚春光欲软。滴尽守宫难可染，浓欺红烛艳。
寂寂露珠啼脸，翠袖不禁风飐。芳径相逢惊笑靥，日长初睡转。

刘辰翁　　　　**谒金门·和巽吾重赋海棠**

花露湿，红泪裛成珠粒。比似昭阳恩未得，睡来添醉色。
一笑娇波滴滴，再顾羞潮拂拂。恨血千年明的皪，千年人共忆。

刘辰翁　　　　**谒金门·和巽吾海棠韵**

游赏竞，看取落红阵阵。花睡不成娇似病，春寒空受尽。
旧日不知繁盛，欲饮如今无兴。恨满东风无绿鬓，东风还自恨。

刘辰翁　　　　**谒金门·惜春**

风又雨，春事自无多许。欲待柳花团作絮，柳花冰未吐。
翠袖不禁春误，沉却绿烟红雾。将谓花寒留得住，一晴春又暮。

赵　淇　　　　**谒金门·吟望直**

吟望直，春在阑干咫尺。山插玉壶花倒立，雪明天混碧。

晓露丝丝琼滴，虚揭一帘云湿。犹有残梅黄半壁，香随流水急。

何光大　　谒金门·天似水

天似水，池上藕花风起。隔岸垂杨青到地，乱萤飞又止。

露湿玉阑闲倚，人静自生凉意。泛碧沉朱供晚醉，月斜才去睡。

周　密　　谒金门·花不定

花不定，燕尾剪开红影。几点露香蜂赶趁，日迟帘幕静。

试把翠蛾轻晕，愁满宝台鸾镜。屈指一春将次尽，归期犹未稳。

周　密　　谒金门·次西麓韵

芳事晚，数点杏钿香浅。恻恻轻寒风剪剪，锦屏春梦远。

稚柳柁烟娇软，花影暗藏深院。初试轻衫并画扇，牡丹红未展。

彭元逊　　谒金门·春一点

春一点，透得酥温玉软。唇晕唾花连袖染，嫣红惊绝艳。

日暮飞红扑脸，翠被夜寒波飐。梦断锦茵成堕靥，宫廊微月转。

刘　壎　　谒金门·题建昌城楼

云薄薄，人静黄梅院落。细数花期并柳约，新愁沾一握。

梦醒从前多错，寄恨画檐灵鹊。明月欲西天寂寞，魂销连晓角。

刘　壎　　谒金门·庆彭教任满

花雾暖，红逗海棠开半。毡坐谈经春四换，今朝官正满。

好上鳌坡虎观，好近御屏香案。休笑吾侬行色缓，待君来作伴。

刘　壎　　谒金门·眉月小

临汝有歌者稍慧。咸淳中，尝与吟朋夜醉其楼。对予唱贺新郎词，至“刘郎正是当年少。更那堪、天教赋与，许多才调”之句，笑谓余曰：古曲名今日恰好使得。予因以此意作小词题壁，明日遂行。后二年再访之，壁间醉墨尚存，而人已他适矣。然旧词多有见之者，姑录于此

眉月小，红烛画楼歌绕。唱到刘郎频笑道，古词今恰好。深夜银屏香袅，明日雕鞍尘杳。一饷春风容易晓，三生思不了。

刘　壎　　　谒金门·题吕真人醉桃源像

春正媚，闲步武陵源里。千树霞蒸红散绮，一枝高插髻。飞过洞庭烟水，酩酊莫教花坠。铅鼎温温神谒帝，何曾真是醉。

仇　远　　　谒金门·但病酒

但病酒，愁对清明时候。不为吟诗应也瘦，坐久衣痕皱。曾约花间携手，空忆洛阳耆旧。道不相逢还却又，海棠开厮句。

张　炎　　　谒金门·晚晴薄

晚晴薄，一片杏花零落。纵是东风浑未恶，二分春过却。可怪寒生池阁，下了重重帘幕。忽见旧巢还是错，燕归何处著。

无名氏　　　谒金门·江上路

江上路，依约数家烟树。一枕归心村店暮，更乱山深处。梦过江南芳草渡，晓色又催人去。愁似游丝千万缕，倩东风约住。

无名氏　　　谒金门·休只坐

休只坐，也去看花则个。明日满庭红欲堕，花还愁似我。索性痴眠一和，凭个梦儿好做。杜宇不知春已过，枝头声越大。

无名氏　　　谒金门·春雨足

春雨足，染就一溪新绿。柳外飞来双羽玉，弄晴相对浴。

楼外翠帘高轴，倚遍阑干几曲。云淡水平烟树簇，寸心千里目。

无名氏　　　谒金门·寿李侍郎

春不老，细数花风犹到。挥翰玉堂应早早，花知中令考。　词进芳笺才调，文饮清樽怀抱。一片潇湘供一笑，楚山青未了。

无名氏　　谒金门·寿士人　五月廿五

文章士，秀气岳神钟聚。看雕鹏、秋风高举，上青天平步。　五五日临夏五，堂上称觞笑语。桂子兰孙齐彩舞，祝寿同彭祖。

无名氏　　　谒金门·山无数

山无数，遮断故人何处。见说阑舟独系住，溪边红叶树。　忆著前时欢遇，惹起今番愁绪。怎得西风吹泪去，阳台为暮雨。

无名氏　　　谒金门·赠歌妓

真个美，水墨观音难比。闻道观音谁不害，见来须顶礼。　徐步金莲满地，那更兰心聪慧。一曲清歌离皓齿，梁尘飞不已。

淮甸春

即《念奴娇》。因张辑词中有“柳花淮甸春冷”句，故更名《淮甸春》。详见《念奴娇》条。

张　辑　　　淮甸春·短髯怀古

丙申岁游高沙，访淮海事迹

短髯怀古，更文游台上，秋生吟兴。闻说坡仙来把酒，月底频留清影。极目平芜，孤城四水，画角西风劲。曲阑犹在，十分心事谁领。　词卷空落人间，黄楼何处，回首愁深省。斜照寒鸦知几度，梦想当年名胜。只有山川，曾窥翰墨，仿佛余风韵。旧游休问，柳花淮甸春冷。

渔　父

该词牌有三种情况：一名为《渔父破子》，调见宋苏轼《东坡乐府》卷；一名为《渔父词》、《渔父慢》，调见《锦绣万花谷别集》卷十八戴复古词；一名为《渔歌子》，五代和凝词名《渔父》，见《花间集》卷六。

苏　轼　　渔父·四首

其一

渔父饮，谁家去，鱼蟹一时分付。酒无多少醉为期，彼此不论钱数。

其二

渔父醉，蓑衣舞，醉里却寻归路。轻舟短棹任斜横，醒后不知何处。

其三

渔父醒，春江午，梦断落花飞絮。酒醒还醉醉还醒，一笑人间今古。

其四

渔父笑，轻鸥举，漠漠一江风雨。江边骑马是官人，借我孤舟南渡。

戴复古　　渔父·四首

其一

渔父饮，不须钱，柳枝斜贯锦鳞鲜，换酒却归船。

其二

渔父醉，钓竿闲，柳下呼儿牢系船，高眠风月天。

其三

渔父醒，荻花洲，三千六百钓鱼钩，从头下复收。

其四

渔父笑，笑何人，古来豪杰尽成尘，江山秋复春。

渔父乐

即《渔歌子》，宋徐积词调名为《渔父乐》。详见《渔歌子》条。

徐　积　　渔父乐·水曲山限四五家

水曲山限四五家，夕阳烟火隔芦花。渔唱歇，醉眠斜，纶竿蓑笠是生涯。

渔父词

该词牌有三种情况：一作《渔歌子》，宋赵构词名《渔父词》，见《宝庆会稽续志》卷六；一作《渔父》，宋戴复古词名《渔父》，见《历代诗余》卷一；一作《渔家傲》，宋惠洪词名《渔父词》，见《石门文学禅》卷十七。

惠　洪　　渔父词·述古德遗事八首

万回

玉带云袍童顶露，一生笑傲知何故。万里归来方旦暮，休疑虑，大千捏在豪端聚。　　不解犁田分亩步，却能对客鸣花鼓。忽共老安相耳语，还推去，莫来拦我球门路。

丹霞

不怕石头行路滑，归来那爱驹儿踏。言下百骸俱拨撒，无剩法，灵然昼夜光通达。　　古寺天寒还恶发，夜将木佛齐烧杀。炙背横眠真快活，憨抹挞，从教院主无须发。

宝公

来往独龙冈畔路，杖头落索闲家具。后事前观如目睹，非谶语，须知一念无今古。　　长笑老萧多病苦，笑中与药皆狼虎。蜡炬一枝非嘱付，聊戏汝，热来脱却娘生袴。

香严

画饼充饥人笑汝，一庵归扫南阳坞。击竹作声方省悟，徐回顾，本来面目无藏处。　　却望沩山敷坐具，老师头角浑呈露。珍重此恩逾父母，须荐取，堂堂密密声前句。

药山

野鹤精神云格调，逼人气韵霜天晓。松下残经看未了，当斜照，苍烟风撼流泉绕。　　闺阁珍奇徒照耀，光无渗漏方灵妙。活计现成谁管绍，孤峰表，一声月下闻清啸。

亮公

讲虎天华随玉麈，波心月在那能取。旁舍老僧偷指注，回头觑，虚空特地能言语。　　归对学徒重自诉，从前见解都欺汝。隔岸有山横暮雨，翻然去，千岩万壑无寻处。

灵云

急雨颠风花信早，枝枝叶叶春俱到。何待小桃方悟道，休迷倒，出门无限青青草。　　根不覆藏尘亦扫，见精明树唯心造。试借疑情看白皂，回头讨，灵云笑杀玄沙老。

船子

万叠空青春杳杳，一蓑烟雨吴江晓。醉眼忽醒惊白鸟，拍手笑，清波不犯鱼吞钓。　　津渡有僧求法要，一桡为汝除玄妙。已去回头知不峭，犹迷照，渔舟性懆都翻了。

周紫芝　　**渔父词·六首**

罗叔共五色线中得玄真子渔父词，拟其体仆亦漫拟作六首。叔共名竦

其一

好个神仙张志和，平生只是一渔蓑。和月醉，棹船歌，乐在江湖可奈何。

其二

禁中图画访玄真，晚得歌词献紫宸。天一笑，物皆春，依旧扁舟钓白蘋。

其三

解印归来暂结庐，有时同钓水西鱼。闲著屐，醉骑驴，分明人在辋川图。

其四

趁梅寻得水边枝，独棹渔船却过溪。人似玉，醉如泥，闲歌五色线中诗。

其五

人间何物是穷通，终向烟波作钓翁。江不动，月横空，漫郎船过小回中。

其六

花姑溪上鹭鹚滩，辜负渔竿二十年。无可载，不抛官，携取全家去不难。

赵 构 **渔父词·十五首并序**

绍兴元年七月十日，余至会稽，因览黄庭坚所书张志和渔父词十五首，戏同其韵，赐辛永宗

其一

一湖春水夜来生，几叠春山远更横。烟艇小，钓丝轻，赢得闲中万古名。

其二

薄晚烟林澹翠微，江边秋月已明晖。纵远柂，适天机，水底闲云片段飞。

其三

云洒清江江上船，一钱何得买江天。催短棹，去长川，鱼蟹来倾酒舍烟。

其四

青草开时已过船，锦鳞跃处浪痕圆。竹叶酒，柳花毡，有意沙鸥伴我眠。

其五

扁舟小缆荻花风，四合青山暮霭中。明细火，倚孤松，但愿尊中酒不空。

其六

侬家活计岂能明，万顷波心月影清。倾绿酒，糁藜羹，保任衣中一物灵。

其七

骇浪吞舟脱巨鳞，结绳为网也难任。纶乍放，饵初沉，浅钓纤鳞味更深。

其八

鱼信还催花信开，花风得得为谁来。舒柳眼，落梅腮，浪

暖桃花夜转雷。

其九

暮暮朝朝冬复春，高车驷马趁朝身。金拄屋，粟盈囷，那知江汉独醒人。

其十

远水无涯山有邻，相看岁晚更情亲。笛里月，酒中身，举头无我一般人。

其十一

谁云渔父是愚翁，一叶浮家万虑空。轻破浪，细迎风，睡起篷窗日正中。

其十二

水涵微雨湛虚明，小笠轻蓑未要晴。明鉴里，縠纹生，白鹭飞来空外声。

其十三

无数菰蒲间藕花，棹歌轻举酌流霞。随家好，转山斜，也有孤村三两家。

其十四

春入渭阳花气多，春归时节自清和。冲晓雾，弄沧波，载与俱归又若何。

其十五

清湾幽岛任盘纡，一舸横斜得自如。惟有此，更无居，从教红袖泣前鱼。

法　常　　　渔父词·此事楞严常露布

此事楞严常露布，梅华雪月交光处。一笑寥寥空万古，风瓯语，迥然银汉横天宇。　　蝶梦南华方栩栩，斑斑谁跨丰干虎。而今忘却来时路，江山暮，天涯目送鸿飞去。

陆　游　　　渔父词·五首

灯下读玄真子渔歌，因怀山阴故隐，追拟。原作《渔父》

其一

石帆山下雨空濛，三扇香新翠箬篷。蘋叶绿，蓼花红，回首功名一梦中。

其二

晴山滴翠水挼蓝，聚散渔舟两复三。横埭北，断桥南，侧起船篷便作帆。

其三

镜湖俯仰两青天，万顷玻璃一叶船。拈棹舞，拥蓑眠，不作天仙作水仙。

其四

湘湖烟雨长莼丝，菰米新炊滑上匙。云散后，月斜时，潮落舟横醉不知。

其五

长安拜免几公卿，渔父横眠醉未醒。烟艇小，钓车腥，遥指梅山一点青。

薛师石　　　　渔父词·七首

其一

十载江湖不上船，卷篷高卧月明天。今夜泊，杏花湾，只有笭箵当酒钱。

其二

邻家船上小姑儿，相问如何是别离。双坠髻，一湾眉，爱看红鳞比目鱼。

其三

平明雾霭雨初晴，儿子敲针作钓成。香饵小，茧丝轻，钓得鱼儿不识名。

其四

船系兰芷鲙长鲈，曲袷方袍忽访吾。神甚爽，貌全枯，莫是当年楚大夫。

其五

春融水暖百花开，独棹扁舟过钓台。鸥与鹭，莫相猜，不是逃名不肯来。

其六

夜来采石渡头眠，月下相逢李谪仙。歌一曲，别无言，白鹤飞来雪满船。

其七

莫论轻重钓竿头，住得船归即便休。酒味薄，胜空瓯，事事何须著意求。

王　谌　　　　　　渔父词·七首

嘉熙戊戌季春一日，画溪吟客王子信为亚愚诗禅上人作《渔父词》七首

其一

兰芷流来水亦香，满汀鸥鹭动斜阳。声欸乃，间鸣榔，侬家只合岸西旁。

其二

翁妪齐眉妇亦贤，小姑颜貌正笄年。头发乱，髻鬟偏，爱把花枝立舵前。

其三

湘妃泪染竹痕斑，风雨连朝下钓难。春浪急，石矶寒，买得茅柴味亦酸。

其四

满湖飞雪搅长空，急起呼儿上短篷。蓑笠具，画图同，铁笛声长曲未终。

其五

离骚读罢怨声声，曾向江边问屈平。醒还醉，醉还醒，笑指沧浪可濯缨。

其六

白发鬖松不记年，扁舟泊在荻花边。天上月，水中天，夜夜烟波得意眠。

其七

只在青山可卜邻，妻儿笑语意全真。休识字，莫嫌贫，方是安闲第一人。

蒲寿宬　　　　　　渔父词·十三首

其一

万里长江一钓丝，萧萧蓬鬓任风吹。微雨过，片帆欹，青

山浓淡更多奇。

其二

江渚春风澹荡时，斜阳芳草鹧鸪飞。莼菜滑，白鱼肥，浮家泛宅不曾归。

其三

烟浦回环几百湾，无人知此橛头船。风露冷，月娟娟，云间一过看飞仙。

其四

野缆闲移石笋江，旁人争看老眉庞。铺月席，展风窗，飞来何处白鸥双。

其五

葭荻横披众木东，浪花如雪晚来风。云母幌，水晶宫，莲花一叶白头翁。

其六

飘忽狂风一霎间，长鱼吹浪势如山。牢系缆，蓼花湾，白鸥沙上伴人闲。

其七

清晓朦胧古渡头，烟中人语橹声柔。云五色，蜃成楼，鸡鸣日出似罗浮。

其八

搔首推篷晓色新，雪花飘瞥大江滨。渔父醉，不收缗，白髭红颊玉为人。

其九

明月愁人夜未央，篷窗如画水浪浪。何处笛，起凄凉，梅花喷作一天霜。

其十

白首渔郎不解愁，长歌箕踞亦风流。江上事，寄蜉蝣，灵均那更恨悠悠。

其十一

琉璃为地水精天，一叶渔舟浪满颠。风肃肃，露娟娟，家在芦花何处边。

其十二

江上浪花飞洒天，拍阶鞺鞳屋如船。月不夜，水无边，何处笛声人未眠。

其十三

远入茫茫无尽边，渔舟来往似行天。攲枕看，不成眠，谁识人间太乙仙。

蒲寿宬　　　渔父词·书玄真祠壁二首

其一

白水塘边白鹭飞，龙湫山下鲫鱼肥。攲雨笠，著云衣，玄真不见又空归。

其二

岩下无心云自飞，塘边足雨水初肥。龟曳尾，绿毛衣，荷盘无数尔安归。

孙　锐　　　渔父词·和玄真子

平湖千顷浪花飞，春后银鱼霜更肥。菱叶饭，芦花衣，酒酣载月忙呼归。

渔父家风

即《诉衷情令》，宋张元幹词名《渔父家风》，见《芦川词》卷下。详见《诉衷情令》条。

张元幹　　渔父家风·八年不见荔枝红

八年不见荔枝红，肠断故园东。风枝露叶新采，怅望冷香浓。　冰透骨，玉开容，想筠笼。今宵归去，满颊天浆，更御泠风。

渔父舞

宋大曲名，调见宋史浩《鄮峰真隐大曲》卷二。

史　浩　　　渔父舞·细雨斜风都不管

四人分作两行迎上，对筵立。渔父自勾，念：鄮城中有蓬莱岛，不是神仙那得到。万顷澄波舞镜鸾，千寻叠嶂环旌纛。光天圆玉夜长清，衬地湿红朝不扫。宾主相逢欲尽欢，升平一曲渔家傲。

勾念了，二人念诗：渺渺平湖浮碧满，奇峰四合波光暖。绿蓑青笠镇相随，细雨斜风都不管。

念了，齐唱渔家傲。舞，戴笠子。

细雨斜风都不管，柔蓝软绿烟堤畔。鸥鹭忘机为主伴，无羁绊，等闲莫许金章换。

唱了，后行吹渔家傲，舞。舞了，念诗：喜见同阴垂匝地，琼珠簌簌随风絮。轻丝圆影两相宜，好景侬家披得去。

念了，齐唱渔家傲。舞，披蓑衣。

好景侬家披得去，前村雪屋云深处。一棹清歌归晚浦，真佳趣，知谁画得归缣素。

唱了，后行吹渔家傲，舞。舞了，念诗：波面初惊秋叶委，风来又觉船头起。滔滔平地尽知津，济涉还渠渔父子。

念了，齐唱渔家傲。舞，取楫鼓动。

济涉还渠渔父子，生涯只在烟波里。练静忽然风又起，赢得底，吹来别浦看桃李。

唱了，后行吹渔家傲，舞。舞了，念诗：碧玉粼粼平似掌，山头正吐冰轮上。水天一色印寒光，万斛黄金迷俯仰。

念了，齐唱渔家傲，将楫作摇橹势。

万斛黄金迷俯仰，轻舠不碍飞双桨。光透碧霄千万丈，真堪赏，恰如镜里人来往。

唱了，后行吹渔家傲，舞。舞了，念诗：手把丝纶浮短艇，碧潭清泚风初静。未垂芳饵向沧浪，已见白鱼翻翠荇。

念了，齐唱渔家傲，取钓竿作钓鱼势。

已见白鱼翻翠荇，任公一掷波千顷。不是六鳌休便领，清昼永，悠扬要在神仙境。

唱了，后行吹渔家傲，舞。舞了，念诗：新月半钩堪作钓，钓竿直欲干云表。鱼虾细碎不胜多，一引修鳞吾事了。

念了，齐唱渔家傲。钓，出鱼。

一引修鳞吾事了，棹船归去歌声杳。门俯清湾山更好，眠到晓，鸣榔艇子方云扰。

唱了，后行吹渔家傲，舞。舞了，念诗：提取赪鳞归竹坞，儿孙迎笑交相语。西风满袖有余清，试倩霜刀登玉缕。

念了，齐唱渔家傲，取鱼在杖头，各放鱼，指酒尊。

试倩霜刀登玉缕，银鳞不忍供盘俎。掷向清波方圉圉，休更取，小槽且听真珠雨。

唱了，后行吹渔家傲，舞。舞了，念诗：明月满船唯载酒，渔家乐事时时有。醉乡日月与天长，莫惜清尊长在手。

念了，齐唱渔家傲，取酒尊，斟酒对饮。

莫惜清尊长在手，圣朝化洽民康阜。说与渔家知得否，齐稽首，太平天子无疆寿。　起，面外稽首祝圣。

唱了，后行吹渔家傲，舞。舞了，渔父自念遣队：湖山佳气霭纷纷，占得风光日满门。宾主相陪欢意足，却横烟笛过前村。歌舞既终，相将好去。

念了，后行吹渔家傲，舞者两行引退，出散。

渔家傲

又名《渔歌》、《渔父词》、《渔父咏》、《渔家乐》、《水鼓子》、《忍辱仙人》、《添字渔家傲》、《醉薰风》、《增字渔家傲》、《绿簑令》、《荆溪咏》、《游仙咏》、《吴门柳》。双调，有六十二字、六十六字等数体。其六十二字，上下片各五句、五仄韵为正体；其六十二字，上下片各五句、两平韵、三叶韵为变体等。

庞　籍　　渔家傲·儒将不须躬甲胄

儒将不须躬甲胄，指挥玉麈风云走。战罢挥毫飞捷奏，倾贺酒，三杯遥献南山寿。　草软沙平春日透，萧萧下马长川逗。马上醉中山色秀，光一一，旌戈矛戟山前后。

此首别作欧阳修词

范仲淹　　渔家傲·秋思

塞下秋来风景异，衡阳雁去无留意。四面边声连角起，千嶂里，长烟落日孤城闭。　浊酒一杯家万里，燕然未勒归无计。羌管悠悠霜满地，人不寐，将军白发征夫泪。

张　先　　　渔家傲·和程公辟赠别

巴子城头青草暮，巴山重叠相逢处。燕子占巢花脱树，杯且举，瞿塘水阔舟难渡。　　天外吴门清霅路，君家正在吴门住。赠我柳枝情几许，春满缕，为君将入江南去。

晏　殊　　　渔家傲·画鼓声中昏又晓

画鼓声中昏又晓，时光只解催人老。求得浅欢风日好，齐揭调，神仙一曲渔家傲。　　绿水悠悠天杳杳，浮生岂得长年少。莫惜醉来开口笑，须信道，人间万事何时了。

晏　殊　　　渔家傲·荷叶荷花相间斗

荷叶荷花相间斗，红娇绿嫩新妆就。昨日小池疏雨后，铺锦绣，行人过去频回首。　　倚遍朱阑凝望久，鸳鸯浴处波文皱。谁唤谢娘斟美酒，萦舞袖，当筵劝我千长寿。

晏　殊　　　渔家傲·荷叶初开犹半卷

荷叶初开犹半卷，荷花欲折须微绽。此叶此花真可羡，秋水畔，青凉绿映红妆面。　　美酒一杯留客宴，拈花摘叶情无限。争奈世人多聚散，频祝愿，如花似叶长相见。

晏　殊　　　渔家傲·杨柳风前香百步

杨柳风前香百步，盘心碎点真珠露。疑是水仙开洞府，妆景趣，红幢绿盖朝天路。　　小鸭飞来稠闹处，三三两两能言语。饮散短亭人欲去，留不住，黄昏更下萧萧雨。

晏　殊　　　渔家傲·粉笔丹青描未得

粉笔丹青描未得，金针彩线功难敌。谁傍暗香轻采摘，风淅淅，船头触散双鸂鶒。　　夜雨染成天水碧，朝阳借出胭脂色。欲落又开人共惜，秋气逼，盘中已见新莲菂。

此首别作欧阳修词

晏　殊　　　渔家傲·叶下䴔䴖眠未稳

叶下䴔䴖眠未稳，风翻露飐香成阵。仙女出游知远近，羞借问，饶将绿扇遮红粉。　　一掬蕊黄沾雨润，天人乞与金英嫩。试折乱条醒酒困，应有恨，芳心拗尽丝无尽。

晏　殊　　　渔家傲·罨画溪边停彩舫

罨画溪边停彩舫，仙娥绣被呈新样。飒飒风声来一饷，愁四望，残红片片随波浪。　　琼脸丽人青步障，风牵一袖低相向。应有锦鳞闲倚傍，秋水上，时时绿柄轻摇扬。

晏　殊　　　渔家傲·宿蕊斗攒金粉闹

宿蕊斗攒金粉闹，青房暗结蜂儿小。敛面似啼还似笑，天与貌，人间不是铅华少。　　叶软香清无限好，风头日脚乾催老。待得玉京仙子到，凭向道，红颜只合长年少。

晏　殊　　　渔家傲·脸傅朝霞衣剪翠

脸傅朝霞衣剪翠，重重占断秋江水。一曲采莲风细细，人未醉，鸳鸯不合惊飞起。　　欲摘嫩条嫌绿刺，闲敲画扇偷金蕊。半夜月明珠露坠，多少意，红腮点点相思泪。

晏　殊　　　渔家傲·越女采莲江北岸

越女采莲江北岸，轻桡短棹随风便。人貌与花相斗艳，流水慢，时时照影看妆面。　　莲叶层层张绿伞，莲房个个垂金盏。一把藕丝牵不断，红日晚，回头欲去心撩乱。

晏　殊　　　渔家傲·粉面啼红腰束素

粉面啼红腰束素，当年拾翠曾相遇。密意深情谁与诉，空怨慕，西池夜夜风兼露。　　池上夕阳笼碧树，池中短棹惊微雨。水泛落英何处去，人不语，东流到了无停住。

晏　殊　　　渔家傲·幽鹭慢来窥品格

幽鹭慢来窥品格，双鱼岂解传消息。绿柄嫩香频采摘，心似织，条条不断谁牵役。　　粉泪暗和清露滴，罗衣染尽秋江色。对面不言情脉脉，烟水隔，无人说似长相忆。

此首别作欧阳修词

晏　殊　　　渔家傲·楚国细腰元自瘦

楚国细腰元自瘦，文君腻脸谁描就。日夜鼓声催箭漏，昏复昼，红颜岂得长如旧。　　醉折嫩房和蕊嗅，天丝不断清香透。却傍小阑凝坐久，风满袖，西池月上人归后。

此首别作欧阳修词

晏　殊　　渔家傲·嫩绿堪裁红欲绽

嫩绿堪裁红欲绽，蜻蜓点水鱼游畔。一霎雨声香四散，风飐乱，高低掩映千千万。　　总是凋零终有限，能无眼下生留恋。何似折来妆粉面，勤看玩，胜如落尽秋江岸。

欧阳修　　渔家傲·一派潺湲流碧涨

一派潺湲流碧涨，新亭四面山相向。翠竹岭头明月上，迷俯仰，月轮正在泉中漾。　　更待高秋天气爽，菊花香里开新酿。酒美宾嘉真胜赏，红粉唱，山深分外歌声响。

欧阳修　　渔家傲·与赵康靖公

四纪才名天下重，三朝构厦为梁栋。定册功成身退勇，辞荣宠，归来白首笙歌拥。　　顾我薄才无可用，君恩近许归田垄。今日一觞难得共，聊对捧，官奴为我高歌送。

欧阳修　　渔家傲·暖日迟迟花袅袅

暖日迟迟花袅袅，人将红粉争花好。花不能言惟解笑，金壶倒，花开未老人年少。　　车马九门来扰扰，行人莫羡长安道。丹禁漏声衢鼓报，催昏晓，长安城里人先老。

欧阳修　　渔家傲·红粉墙头花几树

红粉墙头花几树，落花片片和惊絮。墙外有楼花有主，寻花去，隔墙遥见秋千侣。　　绿索红旗双彩柱，行人只得偷回顾。肠断楼南金锁户，天欲暮，流莺飞到秋千处。

欧阳修　　渔家傲·妾本钱塘苏小妹

妾本钱塘苏小妹，芙蓉花共门相对。昨日为逢青伞盖，慵不采，今朝斗觉凋零曒。　　愁倚画楼无计奈，乱红飘过秋塘外。料得明年秋色在，香可爱，其如镜里花颜改。

欧阳修　　渔家傲·花底忽闻敲两桨

花底忽闻敲两桨，逡巡女伴来寻访。酒盏旋将荷叶当，莲舟荡，时时盏里生红浪。　　花气酒香清厮酿，花腮酒面红相向。醉倚绿阴眠一饷，惊起望，船头阁在沙滩上。

欧阳修　　渔家傲·叶有清风花有露

叶有清风花有露，叶笼花罩鸳鸯侣。白锦顶丝红锦羽，莲女妒，惊飞不许长相聚。　日脚沉红天色暮，青凉伞上微微雨。早是水寒无宿处，须回步，枉教雨里分飞去。

欧阳修　　渔家傲·荷叶田田青照水

荷叶田田青照水，孤舟挽在花阴底。昨夜萧萧疏雨坠，愁不寐，朝来又觉西风起。　雨摆风摇金蕊碎，合欢枝上香房翠。莲子与人长厮类，无好意，年年苦在中心里。

欧阳修　　渔家傲·叶重如将青玉亚

叶重如将青玉亚，花轻疑是红绡挂。颜色清新香脱洒，堪长价，牡丹怎得称王者。　雨笔露笺匀彩画，日炉风炭薰兰麝。天与多情丝一把，谁厮惹，千条万缕萦心下。

欧阳修　　渔家傲·粉蕊丹青描不得

粉蕊丹青描不得，金针线线功难敌。谁傍暗香轻采摘，风淅淅，船头触散双鸂鶒。　夜雨染成天水碧，朝阳借出胭脂色。欲落又开人共惜，秋气逼，盘中已见新荷的。

欧阳修　　渔家傲·幽鹭谩来窥品格

幽鹭谩来窥品格，双鱼岂解传消息。绿柄嫩香频采摘，心似织，条条不断谁牵役。　珠泪暗和清露滴，罗衣染尽秋江色。对面不言情脉脉，烟水隔，无人说似长相忆。

此首别作晏殊词

欧阳修　　渔家傲·楚国细腰元自瘦

楚国细腰元自瘦，文君腻脸谁描就。日夜鼓声催箭漏，昏复昼，红颜岂得长如旧。　醉拆嫩房红蕊嗅，天丝不断清香透。却傍小阑凝望久，风满袖，西池月上人归后。

此首别作晏殊词

欧阳修　　渔家傲·七夕

喜鹊填河仙浪浅，云軿早在星桥畔。街鼓黄昏霞尾暗，炎光敛，金钩侧倒天西面。　　一别经年今始见，新欢往恨知何限。天上佳期贪眷恋，良宵短，人间不合催银箭。

欧阳修　　渔家傲·乞巧楼头云幔卷

乞巧楼头云幔卷，浮花催洗严妆面。花上蛛丝寻得遍，颦笑浅，双眸望月牵红线。　　奕奕天河光不断，有人正在长生殿。暗付金钗清夜半，千秋愿，年年此会长相见。

欧阳修　　渔家傲·别恨长长欢计短

别恨长长欢计短，疏钟促漏真堪怨。此会此情都未半，星初转，鸾琴凤乐匆匆卷。　　河鼓无言西北盼，香蛾有恨东南远。脉脉横波珠泪满，归心乱，离肠便逐星桥断。

欧阳修　　渔家傲·九日欢游何处好

九日欢游何处好，黄花万蕊雕阑绕。通体清香无俗调，天气好，烟滋露结功多少。　　日脚清寒高下照，宝钉密缀圆斜小。落叶西园风袅袅，催秋老，丛边莫厌金尊倒。

欧阳修　　渔家傲·青女霜前催得绽

青女霜前催得绽，金钿乱散枝头遍。落帽台高开雅宴，芳尊满，挼花吹在流霞面。　　桃李三春虽可羡，莺来蝶去芳心乱。争似仙潭秋水岸，香不断，年年自作茱萸伴。

欧阳修　　渔家傲·露裛娇黄风摆翠

露裛娇黄风摆翠，人间晚秀非无意。仙格淡妆天与丽，谁可比，女真装束真相似。　　筵上佳人牵翠袂，纤纤玉手挼新蕊。美酒一杯花影腻，邀客醉，红琼共作熏熏媚。

欧阳修　　渔家傲·对酒当歌劳客劝

对酒当歌劳客劝，惜花只惜年华晚。寒艳冷香秋不管，情眷眷，凭栏尽日愁无限。　　思抱芳期随塞雁，悔无深意传双燕。怅望一枝难寄远，人不见，楼头望断相思眼。

欧阳修　　渔家傲·正月斗杓初转势

正月斗杓初转势，金刀剪彩功夫异。称庆高堂欢幼稚，看柳意，偏从东面春风至。　　十四新蟾圆尚未，楼前乍看红灯试。冰散绿池泉细细，鱼欲戏，园林已是花天气。

欧阳修　　渔家傲·二月春耕昌杏密

二月春耕昌杏密，百花次第争先出。惟有海棠梨第一，深浅拂，天生红粉真无匹。　　画栋归来巢未失，双双款语怜飞乙。留客醉花迎晓日，金盏溢，却忧风雨飘零疾。

欧阳修　　渔家傲·三月清明天婉娩

三月清明天婉娩，晴川祓禊归来晚。况是踏青来处远，犹不倦，秋千别闭深庭院。　　更值牡丹开欲遍，酴醾压架清香散。花底一尊谁解劝，增眷恋，东风回晚无情绊。

欧阳修　　渔家傲·四月园林春去后

四月园林春去后，深深密幄阴初茂。折得花枝犹在手，香满袖，叶间梅子青如豆。　　风雨时时添气候，成行新笋霜筠厚。题就送春诗几首，聊对酒，樱桃色照银盘溜。

欧阳修　　渔家傲·五月榴花妖艳烘

五月榴花妖艳烘，绿杨带雨垂垂重。五色新丝缠角粽，金盘送，生绡画扇盘双凤。　　正是浴兰时节动，菖蒲酒美清尊共。叶里黄鹂时一弄，犹鬖松，等闲惊破纱窗梦。

欧阳修　　渔家傲·六月炎天时霎雨

六月炎天时霎雨，行云涌出奇峰露。沼上嫩莲腰束素，风兼露，梁王宫阙无烦暑。　　畏日亭亭残蕙炷，傍帘乳燕双飞去。碧碗敲冰倾玉处，朝与暮，故人风快凉轻度。

欧阳修　　渔家傲·七月新秋风露早

七月新秋风露早，渚莲尚拆庭梧老。是处瓜华时节好，金尊倒，人间彩缕争祈巧。　　万叶敲声凉乍到，百虫啼晚烟如扫。箭漏初长天杳杳，人语悄，那堪夜雨催清晓。

欧阳修　　渔家傲·八月秋高风历乱

八月秋高风历乱，衰兰败芷红莲岸。皓月十分光正满，清光畔，年年常愿琼筵看。　　社近愁看归去燕，江天空阔云容漫。宋玉当时情不浅，成幽怨，乡关千里危肠断。

欧阳修　　渔家傲·九月霜秋秋已尽

九月霜秋秋已尽，烘林败叶红相映。惟有东篱黄菊盛，遗金粉，人家帘幕重阳近。　　晓日阴阴晴未定，授衣时节轻寒嫩。新雁一声风又劲，云欲凝，雁来应有吾乡信。

欧阳修　　渔家傲·十月小春梅蕊绽

十月小春梅蕊绽，红炉画阁新装遍。鸳帐美人贪睡暖，梳洗懒，玉壶一夜轻澌满。　　楼上四垂帘不卷，天寒山色偏宜远。风急雁行吹字断，红日晚，江天雪意云撩乱。

欧阳修　　渔家傲·十一月新阳排寿宴

十一月新阳排寿宴，黄钟应管添宫线。猎猎寒威云不卷，风头转，时看雪霰吹人面。　　南至迎长知漏箭，书云纪候冰生研。腊近探春春尚远，闲庭院，梅花落尽千千片。

欧阳修　　渔家傲·十二月严凝天地闭

十二月严凝天地闭，莫嫌台榭无花卉。惟有酒能欺雪意，增豪气，直教耳热笙歌沸。　　陇上雕鞍惟数骑，猎围半合新霜里。霜重鼓声寒不起，千人指，马前一雁寒空坠。

欧阳修　　渔家傲·正月新阳生翠琯

正月新阳生翠琯，花苞柳线春犹浅。帘幕千重方半卷，池冰泮，东风吹水琉璃软。　　渐好凭阑醒醉眼，陇梅暗落芳英断。初日已知长一线，清宵短，梦魂怎奈珠宫远。

欧阳修　　渔家傲·二月春期看已半

二月春期看已半，江边春色青犹短。天气养花红日暖，深深院，真珠帘额初飞燕。　　渐觉衔杯心绪懒，酒侵花脸娇波慢。一捻闲愁无处遣，牵不断，游丝百尺随风远。

欧阳修　　渔家傲·三月芳菲看欲暮

三月芳菲看欲暮，胭脂泪洒梨花雨。宝马绣轩南陌路，笙歌举，踏青斗草人无数。　　强欲留春春不住，东皇肯信韶容故。安得此身如柳絮，随风去，穿帘透幕寻朱户。

欧阳修　　渔家傲·四月芳林何悄悄

四月芳林何悄悄，绿阴满地青梅小。南陌采桑何窈窕，争语笑，乱丝满腹吴蚕老。　　宿酒半醒新睡觉，雏莺相语匆匆晓。惹得此情萦寸抱，休临眺，楼头一望皆芳草。

欧阳修　　渔家傲·五月薰风才一信

五月薰风才一信，初荷出水清香嫩。乳燕学飞帘额峻，谁借问，东邻期约尝佳酝。　　漏短日长人乍困，裙腰减尽柔肌损。一撮眉尖千叠恨，慵整顿，黄梅雨细多闲闷。

欧阳修　　渔家傲·六月炎蒸何太盛

六月炎蒸何太盛，海榴灼灼红相映。天外奇峰千掌迥，风影定，汉宫圆扇初成咏。　　珠箔初褰深院静，绛绡衣窄冰肤莹。睡起日高堆酒兴，厌厌病，宿酲和梦何时醒。

欧阳修　　渔家傲·七月芙蓉生翠水

七月芙蓉生翠水，明霞拂脸新妆媚。疑是楚宫歌舞妓，争宠丽，临风起舞夸腰细。　　乌鹊桥边新雨霁，长河清水冰无地。此夕有人千里外，经年岁，犹嗟不及牵牛会。

欧阳修　　渔家傲·八月微凉生枕簟

八月微凉生枕簟，金盘露洗秋光淡。池上月华开宝鉴，波潋滟，故人千里应凭槛。　　蝉树无情风苒苒，燕归碧海珠帘掩。沈臂冒霜潘鬓减，愁黯黯，年年此夕多悲感。

欧阳修　　渔家傲·九月重阳还又到

九月重阳还又到，东篱菊放金钱小。月下风前愁不少，谁语笑，吴娘捣练腰肢袅。　　槁叶半轩慵更扫，凭阑岂是闲临眺。欲向南云新雁道，休草草，来时觅取伊消耗。

欧阳修　　渔家傲·十月轻寒生晚暮

十月轻寒生晚暮，霜华暗卷楼南树。十二阑干堪倚处，聊一顾，乱山衰草还家路。　悔别情怀多感慕，胡笳不管离心苦。犹喜清宵长数鼓，双绣户，梦魂尽远还须去。

欧阳修　　渔家傲·律应黄钟寒气苦

律应黄钟寒气苦，冰生玉水云如絮。千里乡关空倚慕，无尺素，双鱼不食南鸿渡。　把酒遣愁愁已去，风摧酒力愁还聚。却忆兽炉追旧处，头懒举，炉灰剔尽痕无数。

欧阳修　　渔家傲·腊月年光如激浪

腊月年光如激浪，冻云欲折寒根向。谢女雪诗真绝唱，无比况，长堤柳絮飞来往。　便好开尊夸酒量，酒阑莫遣笙歌放。此去青春都一饷，休怅望，瑶林即日堪寻访。

欧阳修　　渔家傲·为爱莲房都一柄

为爱莲房都一柄，双苞双蕊双红影。雨势断来风色定，秋水静，仙郎彩女临鸾镜。　妾有容华君不省，花无恩爱犹相并。花却有情人薄幸，心耿耿，因花又染相思病。

欧阳修　　渔家傲·昨日采花花欲尽

昨日采花花欲尽，隔花闻道潮来近。风猎紫荷声又紧，低难奔，莲茎刺惹香腮损。　一缕艳痕红隐隐，新霞点破秋蟾晕。罗袖挹残心不稳，羞人问，归来剩把胭脂衬。

欧阳修　　渔家傲·一夜越溪秋水满

一夜越溪秋水满，荷花开过溪南岸。贪采嫩香星眼慢，疏回眄，郎船不觉来身畔。　罢采金英收玉腕，回身急打船头转。荷叶又浓波又浅，无方便，教人只得抬娇面。

欧阳修　　渔家傲·近日门前溪水涨

近日门前溪水涨，郎船几度偷相访。船小难开红斗帐，无计向，合欢影里空惆怅。　愿妾身为红菡萏，年年生在秋江上。重愿郎为花底浪，无隔障，随风逐雨长来往。

欧阳修　　渔家傲·妾解清歌并巧笑

妾解清歌并巧笑，郎多才俊兼年少。何事抛儿行远道，无音耗，江头又绿王孙草。　　昔日采花呈窈窕，玉容长笑花枝老。今日采花添懊恼，伤怀抱，玉容不及花枝好。

杜安世　　渔家傲·微雨初收月映云

微雨初收月映云，巢栖燕子欲黄昏。花片不飞风力困，春色尽，蜡梅枝上樱□嫩。　　谁撼金环锁深洞，薰余乍厌锦衾温。消灭玉肌谁与问，朱明近，日长无事添闲闷。

杜安世　　渔家傲·疏雨才收淡泞天

疏雨才收淡泞天，微云绽处月婵娟。寒雁一声人正远，添幽怨，那堪往事思量遍。　　谁道绸缪两意坚，水萍风絮不相缘。舞鉴鸾肠虚寸断，芳容变，好将憔悴教伊见。

杜安世　　渔家傲·每到春来长如病

每到春来长如病，玉容瘦与薄妆称。不惯被人抛掷瞰，思当本，奈向后期全无定。　　早是厌厌愁欲凝，花间众禽愁难听。天赋多情翻成恨，有谁问，画屏一点炉烟暝。

王安石　　渔家傲·灯火已收正月半

灯火已收正月半，山南山北花撩乱。闻说洊亭新水漫，骑款段，穿云入岛寻游伴。　　却拂僧床褰素幔，千岩万壑春风暖。一弄松声悲急管，吹梦断，西看窗日犹嫌短。

王安石　　渔家傲·平岸小桥千嶂抱

平岸小桥千嶂抱，柔蓝一水萦花草。茅屋数间窗窈窕，尘不到，时时自有春风扫。　　午枕觉来闻语鸟，欹眠似听朝鸡早。忽忆故人今总老，贪梦好，茫然忘了邯郸道。

王安石　　渔家傲·梦中作

隔岸桃花红未半，枝头已有蜂儿乱。惆怅武陵人不管，清梦断，亭亭伫立春宵短。

强　至　　渔家傲·雪月照梅溪畔路

雪月照梅溪畔路，幽姿背立无言语。冷浸瘦枝清浅处，香暗度，妆成处士横斜句。　浑似玉人常淡伫，菱花相对盈清楚。谁解小图先画取，天欲曙，恐随月色云间去。

寿涯禅师　　渔家傲·咏鱼篮观音

深愿弘慈无缝罅，乘时走入众生界。窈窕丰姿都没赛，提鱼卖，堪笑马郎来纳败。　清冷露湿金襴坏，茜裙不把珠缨盖。特地掀来呈捏怪，牵人爱，还尽许多菩萨债。

圆禅师　　渔家傲·本是潇湘一钓客

本是潇湘一钓客，自东自西自南北。只把孤舟为屋宅，无宽窄，幕天席地人难测。　顷闻四海停戈革，金门懒去投书册。时向滩头歌月白，真高格，浮名浮利谁拘得。

苏　轼　　渔家傲·千古龙蟠并虎踞

金陵赏心亭送王胜之龙图。王守金陵，视事一日移南郡

千古龙蟠并虎踞，从公一吊兴亡处。渺渺斜风吹细雨，芳草渡，江南父老留公住。　公驾飞车凌彩雾，红鸾骖乘青鸾驭。却讶此洲名白鹭，非吾侣，翩然欲下还飞去。

苏　轼　　渔家傲·送台守江郎中

送客归来灯火尽，西楼淡月凉生晕。明日潮来无定准，潮来稳，舟横渡口重城近。　江水似知孤客恨，南风为解佳人愠。莫学时流轻久困，频寄问，钱塘江上须忠信。

苏　轼　　渔家傲·七夕

皎皎牵牛河汉女，盈盈临水无由语。望断碧云空日暮，无寻处，梦回芳草生春浦。　鸟散余花纷似雨，汀洲蘋老香风度。明月多情来照户，但揽取，清光长送人归去。

苏　轼　　渔家傲·送张元康省亲秦川

一曲阳关情几许，知君欲向秦川去。白马皂貂留不住，回首处，孤城不见天霖雾。　到日长安花似雨，故关杨柳初飞

絮。渐见靴刀迎夹路，谁得似，风流膝上王文度。

苏　轼　　　　**渔家傲·赠曹光州**

些小白须何用染，几人得见星星点。作郡浮光虽似箭，君莫厌，也应胜我三年贬。　　我欲自嗟还不敢，向来三郡宁非忝。婚嫁事稀年冉冉，知有渐，千钧重担从头减。

苏　轼　　**渔家傲·临水纵横回晚鞚**

临水纵横回晚鞚，归来转觉情怀动。梅笛烟中闻几弄，秋阴重，西山雪淡云凝冻。　　美酒一杯谁与共，尊前舞雪狂歌送。腰跨金鱼旌旆拥，将何用，只堪妆点浮生梦。

李之仪　　**渔家傲·洗尽秋容天似莹**

洗尽秋容天似莹，星稀月淡人初静。策杖萦纡寻远径，披昏暝，堤边犊母闲相并。　　遥想去舟魂欲凝，一番佳思从谁咏。憔悴归来如独醒，知何境，沉沉但觉烟村迥。

苏　辙　　　**渔家傲·和门人祝寿**

七十余年真一梦，朝来寿斝儿孙奉。忧患已空无复痛，心不动，此间自有千钧重。　　早岁文章供世用，中年禅味疑天纵。石塔成时无一缝，谁与共，人间天上随他送。

黄　裳　　　　**渔家傲·咏月**

通一月而泛咏，已侑金卮；辨四时而各言，未劳檀板。晦朔乃取于盈阙，寒暑盖资其往来。群动息而忙者闲，观光台上；众景生而悲者笑，窥影杯中。饮阑梦觉，则斜月得其情；望重意新，则初月致其事。是宜擅有六义，离为七章，尽入歌声，共资一笑

春月

多幸春来云雨少，且教月与花相照。清色真香庭院悄，前事杳，还嗟此景何时了。　　莫道难逢开口笑，夜游须趁人年少。光泛雕栏寒料峭，迂步绕，不劳秉烛壶天晓。

夏月

汗漫金华寒委地，火云散尽奇峰势。纨扇团圆休与比，犹可喜，恩情不怕凉飙至。　　梦冷魂高何处寄，琉璃砌上笼人

睡。逃暑广寒宫似水，缘有累，乘风却下人间世。

秋月

人在月中霄汉远，仙槎乘得秋风便。寒信已归砧上练，衣未翦，疏窗空引相思怨。　　须信婵娟尤有恋，轻飞叶上清光转。寒菊枝头笼婉娈，人初宴，新妆更学铅华浅。

中秋月

三月秋光今夜半，一年人爱今回满。莫放笙歌容易散，须同玩，姮娥解笑人无伴。　　抱尽金精来碧汉，醉吟莫作寻常看。已过中天欢未断，还同叹，时情已向明朝换。

冬月

风入金波凝不住，玉楼间倚谁飞举。霜艳雪光来竞素，分辨处，独垂余意窥庭户。　　强薄罗衣催玉步，美人为我当尊舞。醉到春来能几度，愁今古，月华不去年华去。

新月

方令庚生初皎皎，珠帘钩上华堂晓。十二栏干多窈窕，妆欲妙，玉篦偷学娥眉小。　　扰扰时人随兔走，十分皆望菱花照。瑞荚莫嫌生得少，圆未了，已圆却恐佳期窎。

斜月

已送清歌归去后，东南楼上人声悄。冷落尤临弦上调，欢意少，空将万感收残照。　　窗外剑光初出鞘，斜窥梦断人年少。未到盖棺心未了，尘虑扰，双眸竟入扶桑晓。

黄庭坚　　渔家傲·万水千山来此土

江宁江口阻风，戏效宝宁勇禅师作古渔家傲。王环中云：庐山中人颇欲得之。试思索，始记四篇

万水千山来此土，本提心印传梁武。对朕者谁浑不顾，成死语，江头暗折长芦渡。　　面壁九年看二祖，一花五叶亲分付。只履提归葱岭去，君知否，分明忘却来时路。

黄庭坚　　渔家傲·三十年来无孔窍

三十年来无孔窍，几回得眼还迷照。一见桃花参学了，呈法要，无弦琴上单于调。　　摘叶寻枝虚半老，拈花特地重年少。今后水云人欲晓，非玄妙，灵云合破桃花笑。

黄庭坚　　渔家傲·忆昔药山生一虎

忆昔药山生一虎，华亭船上寻人渡。散却夹山拈坐具，呈见处，繁驴橛上合头语。　　千户垂丝君看取，离钩三寸无生路。蓦口一桡亲子父，犹回顾，瞎驴丧我儿孙去。

黄庭坚　　渔家傲·百丈峰头开古镜

百丈峰头开古镜，马驹踏杀重苏醒。接得古灵心眼净，光炯炯，归来藏在袈裟影。　　好个佛堂佛不圣，祖师沉醉犹看镜。却与斩新提祖令，方猛省，无声三昧天皇饼。

黄庭坚　　渔家傲·踏破草鞋参到了

余尝戏作诗云："大葫芦挈小葫芦，恼乱檀那得便沽。每到夜深人静后，小葫芦入大葫芦。"又云："大葫芦干枯，小葫芦行沽。一住金仙宅，一住黄公垆。有此通大道，无此令人老。不问恶与好，两葫芦俱倒。"一或请以此意倚声律作词，使人歌之，为作渔家傲

踏破草鞋参到了，等闲拾得衣中宝。遇酒逢花须一笑，长年少，俗人不用瞋贫道。　　何处青旗夸酒好，醉乡路上多芳草。提著葫芦行未到，风落帽，葫芦却缠葫芦倒。

黄庭坚　　渔家傲·题船子钓滩

荡漾生涯身已老，短蓑箬笠扁舟小。深入水云人不到，吟复笑，一轮明月长相照。　　谁谓阿师来问道，一桡直与传心要。船子踏翻才是了，波渺渺，长鲸万古无人钓。

朱　服　　渔家傲·小雨廉纤风细细

小雨廉纤风细细，万家杨柳青烟里。恋树湿花飞不起，愁无比，和春付与西流水。　　九十光阴能有几，金龟解尽留无计。寄语东城沽酒市，拚一醉，而今乐事他年泪。

秦　观　　渔家傲·门外平湖新雨过

门外平湖新雨过，碧烟一抹鸥飞破。水木细将秋色做，云影堕，满溪芦荻西风大。　　沙嘴渔舟来个个，霜鳞入脍炊香糯。歌罢沧浪谁与和，闲不那，茅檐独对青山坐。

秦观　　渔家傲·七夕立秋

七夕湖头闲眺望，风烟做出秋模样。不见云屏月帐□，天滉漾，龙軿暗渡银河浪。　二十年前今日况，玄蟾乌鹊高楼上。回首西风犹未忘，追得丧，人间万事成惆怅。

秦观　　渔家傲·遥忆故园春到了

遥忆故园春到了，朝来枝上闻啼鸟。春到故园人未到，空眊矂，年年落得梅花笑。　且对芳尊舒一啸，不须更鼓高山调。看镜依刘俱草草，真潦倒，醉来唱个渔家傲。

秦观　　渔家傲·江上凉飔情绪燠

江上凉飔情绪燠，片云消尽明团玉。水色山光相与绿，烟树簇，移舟旋傍渔灯宿。　风外何人吹紫竹，梦中听是飞鸾曲。叶落枫林声蔌蔌，幽兴触，明朝相约骑黄鹄。

秦观　　渔家傲·刚过淮流风景变

刚过淮流风景变，飞沙四面连天卷。霜拆冻髭如利剪，情莫遣，素衣一任缁尘染。　回首家山云渐远，离肠暗逐车轮转。古木荒烟鸦点点，人不见，平原落日吟羌管。

米芾　　渔家傲·金山

昔日丹阳行乐里，紫金浮玉临无地。宝阁化成弥勒世，龙宫对，时时更有天花坠。　浩渺一天秋水至，鲸鲵鼓鬣连山沸。员峤岱舆更赑屃，无根蒂，莫教龙伯邦人戏。

贺铸　　渔家傲·莫厌香醪斟绣履

莫厌香醪斟绣履，吐茵也是风流事。今夜夜寒愁不睡，披衣起，挑灯开卷花生纸。　倩问尊前桃与李，重来若个犹相记。前度刘郎应老矣，行乐地，兔葵燕麦春风里。

陈师道　　渔家傲·从叔父乞苏州湿红笺

一舸姑苏风雨疾，吴笺满载红犹湿。色斗朝花光触日，人未识，街南小阮应先得。　青入柳条初著色，溪梅已露春消息。拟作新词酬帝力，轻落笔，黄秦去后无强敌。

周邦彦　　渔家傲·灰暖香融销永昼

灰暖香融销永昼，蒲萄架上春藤秀。曲角栏干群雀斗，清明后，风梳万缕亭前柳。　　日照钗梁光欲溜，循阶竹粉沾衣袖。拂拂面红如著酒，沉吟久，昨宵正是来时候。

周邦彦　　渔家傲·几日轻阴寒测测

几日轻阴寒测测，东风急处花成积。醉踏阳春怀故国，归未得，黄鹂久住如相识。　　赖有蛾眉能暖客，长歌屡劝金杯侧。歌罢月痕来照席，贪欢适，帘前重露成涓滴。

净　端　　渔家傲·斗转星移天渐晓

斗转星移天渐晓，蓦然听得鹈鹕叫。山寺钟声人浩浩，木鱼噪，渡船过岸行官道。　　轻舟再奈长江讨，重添香饵为钩钓。钓得锦鳞船里跳，呵呵笑，思量天下渔家好。

净　端　　渔家傲·浪静西溪澄似练

浪静西溪澄似练，片帆高挂乘风便。始向波心通一线，群鱼见，当头谁敢先吞咽。　　闪烁锦鳞如闪电，灵光今古应无变。爱是憎非都已遣，回头转，一轮明月升苍弁。

净　端　　渔家傲·七宝池中堪下钓

七宝池中堪下钓，八功德水烟波渺。池底金沙齐布了，羡鱼鸟，周回旋绕为阶道。　　白鹤孔雀鹦鹉噪，弥陀接引毫光照。不是修行何得到，一般好，西方净土无烦恼。

净　端　　渔家傲·一只孤舟巡海岸

一只孤舟巡海岸，盘陀石上垂钩线。钓得锦鳞鲜又健，堪爱羡，龙王见了将珠换。　　钓罢归来莲苑看，满堂尽是真罗汉。便爇名香三五片，梵□献，原来佛不夺众生愿。

邹　浩　　渔家傲·慧眼舒光无不见

慧眼舒光无不见，尘中一一藏经卷。闻说大千摊已遍，门方便，法轮尽向毫端转。　　月挂烛笼知再见，西方可履休回盼。要与老岑同掣电，酬所愿，欣逢十二观音面。

谢　逸　　　渔家傲·秋水无痕清见底

秋水无痕清见底，蓼花汀上西风起。一叶小舟烟雾里，兰棹舣，柳条带雨穿双鲤。　　自叹直钩无处使，笛声吹彻云山翠。鲙落霜刀红缕细，新酒美，醉来独枕莎衣睡。

晁冲之　　　渔家傲·浦口潮来沙尾涨

浦口潮来沙尾涨，危樯半落帆游漾。水调不知何处唱，风淡荡，鳜鱼吹起桃花浪。　　雪尽小桥梅总放，层楼一任愁人上。万里长安回首望，山四向，澄江日色如春酿。

毛　滂　　　渔家傲·年少莫寻潜玉老

戊寅冬,以病告卧潜玉,时时策杖寒秀亭下,作渔家傲三首

年少莫寻潜玉老，无才无艺烦君笑。暖过茅檐霜日晓，休起早，竹间尽日无人到。　　别径小峰孤碧峭，曲沟浅浸寒清绕。此老相看情不少，浑忘了，浑然忘了长安道。

毛　滂　　　渔家傲·恰则小庵贪睡著

恰则小庵贪睡著，不知风撼梅花落。一点儿春吹去却，香约略，黄蜂犹抱红酥萼。　　绕遍寒枝添索寞，却穿竹径随孤鹤。守定微官真个错，从今莫，从今莫负云山约。

毛　滂　　　渔家傲·鬓底青春留不住

鬓底青春留不住，功名薄似风前絮。何似瓮头春没数，都占取，只消一纸长门赋。　　寒日半窗桑柘暮，倚阑目送繁云去。却欲载书寻旧路，烟深处，杏花菖叶耕春雨。

王　寀　　　渔家傲·日月无根天不老

日月无根天不老，浮生总被消磨了。陌上红尘常扰扰，昏复晓，一场大梦谁先觉。　　雒水东流山四绕，路傍几个新华表。见说在时官职好，争信道，冷烟寒雨埋荒草。

葛胜仲　渔家傲·初创真意亭于南溪，游陟晚归作

岩壑萦回云水窟，林深路断迷烟客。茅屋数椽携杖舄，人寂寂，侵檐万个琅玕碧。　　倦客羁怀情似涤，更无一点飞埃迹。溪涨慢流过几席，寒湜湜，凫鹭点破琉璃色。

葛胜仲　　渔家傲·叠叠云山供四顾

叠叠云山供四顾，簿书忙里偷闲去。心远地偏陶令趣，登览处，清幽疑是斜川路。　野蔌溪毛供饮具，此身甘被烟霞痼。兴尽碧云催日暮，招晚渡，遥遥一叶随鸥鹭。

米友仁　　渔家傲·从古荆溪名胜地

从古荆溪名胜地，溪光万顷琉璃翠。极望荷花三十里，香喷鼻，我舟日在花间舣。　向晚余霞收散绮，遥山抹黛天如水。满引一尊明月里，微风起，萧然真在华胥氏。

米友仁　　渔家傲·和晏元献韵

郊外春和宜散步，百花枝上初凝露。福地神仙多外府，藏奇趣，幽寻历遍溪边路。　薄宦浮家无定处，萍飘梗泛前人语。与子未须乡国去，来同住，且看群岫烟中雨。

张继先　　渔家傲·对酒呈介甫

草草开尊资一笑，微生病苦随缘了。友义交情如地厚，心相照，今人莫遣前人诮。　灯火荧荧山悄悄，芝兰佳气松筠茂。得便盘桓尘世表，香初透，邻鸡且莫催清晓。

李　光　　渔家傲·海外无寒花发早

予顷在琼山，见桃李甚盛，但腊月已开尽，三春未尝见桃花，每以为恨。今岁寓昌江，二月三日与客游黎氏园，偶见桃花一枝。羊君荆华折以见赠，恍然如逢故人。归插净瓶中，累日不凋。予既作二小诗，同行皆属和。忽忆吾乡桃花坞之盛，每至花发，乡中人多醵会往游。醉后歌呼，今岂复得，缅怀畴昔，不无感叹，因成长短句，寄商叟、德矩二友。若悟此空花，即不复以存没介怀也

海外无寒花发早，一枝不忍簪风帽。归插净瓶花转好，维摩老，年来却被花枝恼。　忽忆故乡花满道，狂歌痛饮俱年少。桃坞花开如野烧，都醉倒，花深往往眠芳草。

曹　组　　渔家傲·水上落红时片片

水上落红时片片，江头雪絮飞缭乱。渺渺碧波天漾远，平

沙暖，花风一阵蘋香满。　　晚来醉著无人唤，残阳已在青山半。睡觉只疑花改岸，抬头看，元来弱缆风吹断。

陈　克　　渔家傲·宝瑟尘生郎去后

宝瑟尘生郎去后，绿窗闲却春风手。浅色宫罗新染就，晴时后，裁缝细意花枝斗。　　象尺熏炉移永昼，粉香浥浥蔷薇透。晚景看来浑似旧，沉吟久，个侬争得知人瘦。

朱敦儒　　渔家傲·谁转琵琶弹侧调

谁转琵琶弹侧调，征尘万里伤怀抱。客散黄昏庭院悄，灯相照，春寒燕子归来早。　　可惜韶光虚过了，多情人已非年少。只恐莺啼春又老，知音少，人间何处寻芳草。

朱敦儒　　渔家傲·鉴水稽山尘不染

石夷仲一姬去，念之，止小妓燕燕

鉴水稽山尘不染，归来贺老身强健。有客跨鲸游汗漫，留羽扇，玉船取酒青鸾劝。　　莫恨飞花容易散，仙家风味何曾减。春色一壶丹九转，堪为伴，雕梁幸有轻盈燕。

朱敦儒　　渔家傲·畏暑闲寻湖上径

畏暑闲寻湖上径，雨丝断送凉成阵。风里芙蓉斜不整，沉红影，约回萍叶波心静。　　催唤吴姬迎小艇，妆花烛焰明相映。饮到夜阑人却醒，风雨定，欲归更把阑干凭。

周紫芝　　渔家傲·遇坎乘流随分了

遇坎乘流随分了，鸡虫得失能多少。儿辈雌黄堪一笑，堪一笑，鹤长凫短从他道。　　几度秋风吹梦到，花姑溪上人空老。唤取扁舟归去好，归去好，孤篷一枕秋江晓。

周紫芝　　渔家傲·月黑波翻江浩渺

往岁阻风长芦，夜半舟中所见如此

月黑波翻江浩渺，扁舟系缆垂杨杪。渔网横江灯火闹，红影照，分明赤壁回惊棹。　　风静云收天似扫，梦疑身在三山岛。浮世功名何日了，从醉倒，舵楼红日千岩晓。

周紫芝　　**渔家傲·送李彦恢宰旌德**

休惜骑鲸人已远，风流都被仍云占。腰下锦绦缠宝剑，光闪焰，人间莫作牛刀看。　　见说河阳花满县，相邀更约疏狂伴。幸有小蛮开小燕，须少款，玉堂此去知非晚。

周紫芝　　**渔家傲·路入云岩山窈窕**

重九前两日，游真如、广孝二寺。木樨方盛开，而城中花已落数日矣。郡人以扶疏高花，绝胜水南。因为解嘲，呈元寿知县

路入云岩山窈窕，岩花滴露花头小。香共西风吹得到，秋欲杪，天还未放秋容老。　　谁道水南花不好，犹胜金蕊浑如扫。留取光阴重一笑，须是早，黄花更惜重阳帽。

周紫芝　　**渔家傲·夜饮木芙蓉下**

月黑天寒花欲睡，移灯影落清尊里。唤醒妖红明晚翠，如有意，嫣然一笑知谁会。　　露湿柔柯红压地，羞容似替人垂泪。著意西风吹不起，空绕砌，明年花共谁同醉。

李　纲　　**渔家傲·木落霜清秋色霁**

九月将尽，菊花始有开者

木落霜清秋色霁，菊苞渐吐金英碎。佳节不随东去水，谁得会，黄花开日重阳至。　　三径旧栽烟水外，故园凝望空流泪。香色向人如有意，挼落蕊，金尊满满从教醉。

胡舜陟　　**渔家傲·江行阻风**

几日北风江海立，千车万马鏖声急。短棹峭寒欺酒力，飞雨息，琼花细细穿窗隙。　　我本绿蓑青箬笠，浮家泛宅烟波逸。渚鹭沙鸥多旧识，行未得，高歌与尔相寻觅。

李清照　　**渔家傲·天接云涛连晓雾**

天接云涛连晓雾，星河欲转千帆舞。仿佛梦魂归帝所，闻天语，殷勤问我归何处。　　我报路长嗟日暮，学诗谩有惊人句。九万里风鹏正举，风休住，蓬舟吹取三山去。

李清照　　渔家傲·雪里已知春信至

雪里已知春信至，寒梅点缀琼枝腻。香脸半开娇旖旎，当庭际，玉人浴出新妆洗。　　造化可能偏有意，故教明月玲珑地。共赏金尊沉绿蚁，莫辞醉，此花不与群花比。

吕本中　　渔家傲·小院悠悠春未远

小院悠悠春未远，牡丹昨夜开犹浅。珍重使君帘尽卷，风欲转，绿阴掩映栏干晚。　　记得旧时清夜短，洛阳芳讯时相伴。一朵姚黄鬖髻满，情未展，新来衰病无人管。

薛几圣　　渔家傲·梅影

雪月照梅溪畔路，幽姿背立无言语。冷浸瘦枝清浅处，香暗度，妆成处士横斜句。　　浑似玉人常淡伫，菱花相对成清楚。谁解小图先画取，天欲曙，恐随月色云间去。

此首别作强至词

洪　皓　　渔家傲·臂上萸囊悬已满

重九良辰，翻成感怆，因用前韵，少豁旅情

臂上萸囊悬已满，杯中菊蕊浮无限。纵使登高宁忍看，昏复旦，心肠似铁还须断。　　岁月川流难把玩，平生万事思量遍。但对割愁山似剑，聊自劝，东坡海岛犹三见。

洪　皓　　渔家傲·圃蕙庭桐凋大半

圃蕙庭桐凋大半，西风不借行人便。不用留题明月观，西园宴，颜酡浪说觞无算。　　万斛羁愁推不远，千杯鲁酒何曾见。却羡南宾凫与雁，行不乱，哀鸣直到翻江岸。

洪　皓　　渔家傲·正念当筵人已换

□□□□□□□，□□□□□□□。□□□□□□□，□□□，□□□□□□□。　　正念当筵人已换，疏砧又捣谁家练。独坐愁吟搔首乱，肠欲断，凭高不见吴宫殿。

洪　皓　　渔家傲·侍宴乐游游赏惯

侍宴乐游游赏惯，今兹吊影难呼伴。欲上望乡台复倦，愁满眼，琵琶莫写昭君怨。　　满目平芜无足玩，南冠未税徒增叹。万里庭闱安否断，形魄散，此身何暇穷游观。

蔡　伸　　渔家傲·烟锁池塘秋欲暮

烟锁池塘秋欲暮，细细前香，直到双栖处。并枕东窗听夜雨，偎金缕，云深不见来时路。　　晓色朦胧人去住，香覆重帘，密密闻私语。目断征帆归别浦，空凝伫，苔痕绿印金莲步。

王　灼　　渔家傲·次韵赠戴时行

漠漠郊原荒宿草，黄花趁得秋风早。万里岷峨归梦到，东篱好，未应花似行人老。　　古往今来成一笑，为君醉里销沉了。不用登临攲短帽，愁绝□，吴霜点鬓教谁扫。

陈袭善　　渔家傲·忆营妓周子文

鹫岭峰前阑独倚，愁眉蹙损愁肠碎。红粉佳人伤别袂，情何已，登山临水年年是。　　常记同来今独至，孤舟晚飏湖光里。衰草斜阳无限意，谁与寄，西湖水是相思泪。

李　生　　渔家傲·赠萧娘

庭院黄昏人悄悄，两情暗约谁知道。咫尺蓬山难一到，明月照，潜身只得听言笑。　　特地嗟吁传密耗，芳衷要使郎心表。此际归来愁不少，萦怀抱，卿卿销得人烦恼。

杨端臣　　渔家傲·有个人人情不久

有个人人情不久，而今已落他人手。见说近来伊也瘦，好教受，看谁似我能拘就。　　莲脸能匀眉黛皱，相思泪滴残妆透。总是自家为事谬，从今后，这回断了心先有。

杨端臣　　渔家傲·楼鼓数声人迹散

楼鼓数声人迹散，马蹄不响街尘软。门户深深扃小院，帘不卷，背灯尽烛红条短。　　归路恍如春梦断，千愁万恨知何限。昨夜月华明似练，花影畔，算来惟有嫦娥见。

李弥逊　　渔家傲·博士生日

海角秋高风力骤，楼台四面山容瘦。季子貂裘寒欲透，悬弧昼，高歌棣萼聊卮酒。　　且共追欢宽白首，清闲赢得身长久。世上功名翻覆手，为君寿，腰间要看悬金斗。

王以宁　　渔家傲·往事闲思人共怕

往事闲思人共怕，十年塞上烟尘亚。百万铁衣驰铁马，都弄罢，八风断送归莲社。　　卖药得钱休教化，归来醉卧蜗牛舍。一颗明珠元不夜，非待借，神光穿透诸天下。

陈与义　　渔家傲·福建道中

今日山头云欲举，青蛟素凤移时舞。行到石桥闻细雨，听还住，风吹却过溪西去。　　我欲寻诗宽久旅，桃花落尽春无所。渺渺篮舆穿翠楚，悠然处，高林忽送黄鹂语。

张元幹　　渔家傲·题玄真子图

钓笠披云青障绕，橛头细雨春江渺。白鸟飞来风满棹，收纶了，渔童拍手樵青笑。　　明月太虚同一照，浮家泛宅忘昏晓。醉眼冷看城市闹，烟波老，谁能惹得闲烦恼。

张元幹　　渔家傲·楼外天寒山欲暮

楼外天寒山欲暮，溪边雪后藏云树。小艇风斜沙觜露，流年度，春光已向梅梢住。　　短梦今宵还到否，苇村四望知何处。客里从来无意绪，催归去，故园正要莺花主。

张元幹　　渔家傲·奉陪富公季申探梅有作

寒日西郊湖畔路，天低野阔山无数。路转斜冈花满树，丝吹雨，南枝占得春光住。　　藉草携壶花底去，花飞酒面香浮处。老手调羹当独步，须记取，坐中都是芳菲侣。

吕渭老　　渔家傲·作浮图语送深上人游庐山

闻道庐山横广泽，晴空万顷波涛白。上有至人营窟宅，经游客，古今多是烟霞谪。　　一钵上人轻六翮，选场要射如来策。点化黄金非妙药，难堪酌，三生一口都吞却。

吕渭老　　渔家傲·昨夜山空流石乳

昨夜山空流石乳，道人妙手亲拈取。未欲凌云归洞府，清风举，大千一叶同掀舞。　　笑把须弥挝破鼓，东山云作西山雨。我欲住庵无拄斧，君相许，三更明月湖心午。

吕渭老　　渔家傲·潦倒瞿昙饶口悄

潦倒瞿昙饶口悄，拈花冤道头陀笑。鸡足山中眠未觉，谁知道，至今功业犹分剖。　　唇口周遮何日了，禅床四面藤萝绕。有个路头君试讨，梅花老，南园蝴蝶飞芳草。

吕渭老　　渔家傲·高绊袈裟挑纸帔

高绊袈裟挑纸帔，一杯茶罢成行计。路入庐山风细细，轻弹指，百千三昧俱游戏。　　法椅何曾烧两臂，谁知纸上无穷意。欲识普贤真实际，齁齁地，小炉雪夜和衣睡。

吕渭老　　渔家傲·顶上铁轮飞火焰

顶上铁轮飞火焰，防身细按威神剑。体用双行谁敢觇，光闪闪，何须更把茶林撼。　　衲子家风存古俭，一条楖栗如天堑。粥鼓未鸣灯火暗，无恩念，断崖古木横藤簟。

吕渭老　　渔家傲·落月杜鹃啼未了

落月杜鹃啼未了，粥鱼忽报千山晓。笠子盖头衣钵少，穿林表，回头高刹空中小。　　官路旧多林木绕，露浓花蕊皆颠倒。渡水登山排草草，庐山好，香炉峰下湖波渺。

王之道　　渔家傲·和余子美对雪

风揭珠帘寒乍透，青娥不住添香兽。火暖画檐鸣线溜，人醉后，锦堂丝竹烘残昼。　　势合湖山增地厚，孤高但觉修篁瘦。回策如萦今在手，骄马骤，吾家金埒新编就。

王之道　　渔家傲·和孔纯老三首之一

岩电晶荧君未老，看看门外锋车到。一点眉间黄色好，人尽道，从今次第登三少。　　左右青娥来巧笑，注唇涂额新妆了。斜插梅花仍斗妙，歌窈窕，醉来容我相嘲傲。

王之道　　渔家傲·和孔纯老三首之二

岁月漂流人易老，东郊又报春来到。梅靥柳眉还斗好，君信道，衰颜得酒重年少。　　对酒邀宾同燕笑，莫教虚过芳菲了。欬唾珠玑夸笔妙，人窈窕，新声倾坐渔家傲。

王之道　　渔家傲·和孔纯老三首之三

灯火熙熙来稚老，喜逢灯夕都齐到。花市绮楼随处好，人竞道，今年天气常年少。　　五马行游还坐笑，公堂帘卷东风了。箫鼓喧阗歌舞妙，人窈窕，也应引动南窗傲。

王之道　　渔家傲·和董舍人令升三首之一

系国安危还故老，鹤书赴陇行当到。多谢不遗孰雅好，应信道，年高德劭如公少。　　尊酒论文聊一笑，肯将苦语夸危了。落笔君房天下妙，环窈窕，清歌一曲渔家傲。

王之道　　渔家傲·和董舍人令升三首之二

海岱惟青遗一老，禁垣清切亲曾到。独直固劳非所好，谁信道，才如权相从来少。　　把酒自歌还自笑，醉中万事都齐了。绝唱清歌仍敏妙，声窈窕，行云初遏渔家傲。

王之道　　渔家傲·和董舍人令升三首之三

爵齿俱尊惟此老，诗词笔力谁能到。奇字古文仍笃好，须信道，如公宁复忧才少。　　剩费黄金应买笑，穷通得丧都忘了。坐对瑶觞看舞妙，携窈窕，南窗聊得渊明傲。

王之道　　渔家傲·老老恩波今及老

太后庆八十，诏书到，再和孔纯老

老老恩波今及老，诏书前日新颁到。视膳慈宁先嗜好，隆孝道，慕逾五十前王少。　　想见天颜温色笑，东朝上寿称觞了。易俗功深神且妙，来窈窕，德齐任姒消骄傲。

冯时行　　渔家傲·冬至

云覆衡茅霜雪后，风吹江面青罗皱。镜里功名愁里瘦，闲袖手，去年长至今年又。　　梅逼玉肌春欲透，小槽新压冰澌溜。好把升沉分付酒，光阴骤，须臾又绿章台柳。

杨无咎　　渔家傲·十月二日老妻生辰之一

昨日小春才得信，明宵新月初生晕。又对寿觞斟九酝，香成阵，欢声点破梅梢粉。　　琪树长青资玉润，鸳鸯不老眠沙稳。此去期程知远近，君休问，山河有尽情无尽。

杨无咎　　渔家傲·十月二日老妻生辰之二

菊暗荷枯秋已满，枨黄橘绿冬初暖。草草杯盘成小宴，殷勤劝，尊前莫遣霞觞浅。　　两鬓从教霜点半，人生最要长为伴。举酒岂徒称寿算，深深愿，来年更看门风换。

杨无咎　　渔家傲·十月二日老妻生辰之三

梅晕渐开红蜡垒，菊篱尚耀黄金蕊。正是小春风物美，宜家喜，生朝颜巷犹和气。　　古鼎氤氲云缕细，霞觞潋滟红鳞起。听取殷勤歌里意，千秋气，北堂同我供甘旨。

杨无咎　　渔家傲·事事无心闲散惯

事事无心闲散惯，有时独坐溪桥畔。雨密波平鱼曼衍，鱼曼衍，轮轻钓细随风卷。　　忆昔故人为侣伴，而今怎奈成疏间。水远山长无计见，无计见，投竿顿觉肠千断。

史　浩　　渔家傲·留别孙表材

春恨不禁听杜宇，买舟忽觅东鄞路。一笑轻帆同野渡，频回顾，吴山越岫俱眉妩。　　何事匆匆分袂去，夫君小隐临烟渚。明夜月华来竹坞，相思处，还应梦属清江橹。

高　登　　渔家傲·绍兴甲子潮州考官作

名利场中空扰扰，十年南北东西道。依旧缘山尘扑帽，空懊恼，羡他陶令归来早。　　归去来兮秋已杪，菊花又绕东篱好。有酒一尊开口笑，虽然老，玉山犹解花前倒。

李　石　　渔家傲·赠鼎湖官妓

西去征鸿东去水，几重别恨千山里。梦绕绿窗书半纸，何处是，桃花溪畔人千里。　　瘦玉倚香愁黛翠，劝人须要人先醉。问道明朝行也未，犹自记，灯前背立偷弹泪。

毛　幵　　渔家傲·次丹阳忆故人

杨子津头风色暮，孤舟渺渺江南去。忆得佳人临别处，愁返顾，青山几点斜阳树。　　可忍归期无定据，天涯已听边鸿度。昨夜乡心留不住，无驿数，梦中行了来时路。

毛　幵　　渔家傲·极目丹枫迎霁晓

极目丹枫迎霁晓，山明水净新霜早。燕去鸿归无事了，天渺渺，风吹平野低寒草。　　渐过初冬时节好，寻梅踏雪城南道。追忆旧游人已老，欢更少，孤怀拟共谁倾倒。

侯　寘　　渔家傲·过尽百花芳草满

过尽百花芳草满，柳丝舞困阑干暖。柳外秋千裙影乱，人逐伴，旧家心性如今懒。　　斗帐宝香凝不散，黄昏院落莺声晚。红叶不来音信断，疏酒盏，东阳瘦损无人管。

侯　寘　　渔家傲·小舟发临安

本是潇湘渔艇客，钱塘江上铺帆席。两处烟波天一色，云幂幂，吴山不似湘山碧。　　休费精神劳梦役，鸥凫难上铜驼陌。扰扰红尘人似织，山头石，潮生月落今如昔。

王千秋　　渔家傲·简张德共

黄栗留鸣春已暮，西园无著清阴处。昨日骤寒风又雨，花良苦，信缘吹落谁家去。　　病起日长无意绪，等闲还与春相负。魏紫姚黄无恙否，栽培取，开时我欲听金缕。

陆　游　　渔家傲·寄仲高

东望山阴何处是，往来一万三千里。写得家书空满纸，流清泪，书回已是明年事。　　寄语红桥桥下水，扁舟何日寻兄弟。行遍天涯真老矣，愁无寐，鬓丝几缕茶烟里。

李　𥳑　　渔家傲·日借嫩黄初看柳

日借嫩黄初看柳，池塘冰泮游鱼透。庭馆匆匆佳气候，□山透，膺时贤佐生天佑。　　寿者康宁还德厚，功名富贵须长久。从此安排千岁酒，常祝寿，一年一献黄金酎。

黄　铢　　渔家傲·朱晦翁示欧公鼓子词戏作一首

永日离忧千万绪，雪舟远泛清漳浦。珍重故人寒夜语，挥玉麈，沉沉画阁凝香雾。　　风砌落花留不住，红蜂翠蝶闲飞舞。明日柳营江上路，云起处，苍山万叠人归去。

张孝祥　　渔家傲·红白莲房生一处

红白莲不可并栽，用酒盆种之，遂皆有花，呈周倅

红白莲房生一处，雪肌霞艳难为喻。当是神仙来紫府，双禀赋，人间相见犹相妒。　　清雨轻烟凝态度，风标公子来幽鹭。欲遣微波传尺素，歌曲误，醉中自有周郎顾。

吕胜己　　渔家傲·沅州作

长记浔阳江上宴，庾公楼上凭阑遍。北望淮山连楚甸，真伟观，中原气象依稀见。　　漂泊江湖波浪远，依然身在蛮溪畔。愁里不知时节换，春早晚，杜鹃声里飞花满。

吕胜己　　渔家傲·闻道西洲梅已放

闻道西洲梅已放，几时乘兴同寻访。稚子携壶翁策杖，徐徐往，青山绿水皆堪赏。　　满月当空川晃晃，却呼艇子摇双桨。几阵浓香新酝酿，波溶漾，宛然身在西湖上。

吕胜己　　渔家傲·特为梅花来涓水

特为梅花来涓水，有人折得横梢至。粉毖香悭春意未，多应是，江南信息争先寄。　　水绿山青风日美，此时正惬幽人意。驱使风光佳句里，□满纸，却将旧日诗词比。

赵长卿　　渔家傲·旅中远思

客里情怀谁可表，凄凉举目知多少。强饮强歌还强笑，心悄悄，从头彻底思量了。　　当日相逢非草草，果然恩爱成烦恼。稳整征鞍归去好，重厮守，相期待与同偕老。

辛弃疾　　渔家傲·为金伯熙寿

信之谶云："水打乌龟石，三台出此时。"伯熙旧居城西，直龟山之北。溪水啮山足矣，意伯熙当之耶。伯熙学道有新功，一日语余云:溪上尝得异石,有文隐然，如记姓名，且有"长生"等字。余未之见也。因其生朝,姑摭二事为词以寿之

道德文章传几世，到君合上三台位。自是君家门户事，当

此际，龟山正抱西江水。　　三万六千排日醉，鬓毛只恁青青地。江里石头争献瑞，分明是，中间有个长生字。

辛弃疾　　渔家傲·湖州幕官作舫室

风月小斋模画舫，绿窗朱户江湖样。酒是短桡歌是桨，和情放，醉乡稳到无风浪。　　自有拍浮千斛酿，从教日日蒲桃涨。门外独醒人也访，同俯仰，赏心却在鸱夷上。

程　垓　　渔家傲·彭门道中早起

野店无人霜似水，清灯照影寒侵被。门外行人催客起，因个事，老来方有思家泪。　　寄问梅花开也未，爱花只有归来是。想见小乔歌舞地，浑含喜，天涯不念人憔悴。

程　垓　　渔家傲·独木小舟烟雨湿

独木小舟烟雨湿，燕儿乱点春江碧。江上青山随意觅，人寂寂，落花芳草催寒食。　　昨夜青楼今日客，吹愁不得东风力。细拾残红书怨泣，流水急，不知那个传消息。

黄人杰　　渔家傲·橘绿橙黄霜落候

橘绿橙黄霜落候，小春天气宜晴昼。一片祥光横宇宙，仙乐奏，千官共祝南山寿。　　湛露恩波浓似酒，□堂宴罢嵩呼后。压帽宫花红欲溜，还拜手，瞻天望圣徘徊久。

石孝友　　渔家傲·送李惠言、徐元集赴试南宫

射虎将军搴绣帽，西园公子南山豹。共跨龙媒衔凤沼，风色好，宫花御柳迎人笑。　　剑履醒醒天日表，集英殿下春来早。双鹗盘空擎百鸟，归来了，蓝袍锦水光相照。

石孝友　　渔家傲·夜半潮声来枕上

夜半潮声来枕上，击残梦破惊魂荡。见说钱塘雄气象，披衣望，碧波堆里排银浪。　　月影徘徊天滉漾，金戈铁马森相向。洗尽尘根磨业障，增豪放，从公笔力诗词壮。

陈　亮　　渔家傲·重阳日作

漠漠平沙初落雁，黄花浊酒情何限。红日渐低秋渐晚，听客劝，金荷莫诉真珠满。　坐上少年差气岸，题诗落帽从来惯。戏马龙山当日燕，真奇观，尊前未觉风流远。

张　镃　　渔家傲·渔翁

拂拂春风生草际，新晴万景供游戏。鸥鹭飞来斜照里，金和翠，分明画出真山水。　遮个渔翁无愠喜，乾坤都在孤篷底。一曲高歌千古意，闲来睡，从教月到花汀外。

郭应祥　　渔家傲·丁卯生日自作

去岁簿书丛里过，生朝也有人来贺。随分侑尊呼几个，胡厮和，愁颜镇日何曾破。　素发如今添老大，归来方是闲当座。旋擘黄柑笃白堕，哩呛啰，从他扰扰如旋磨。

郭应祥　　渔家傲·用履斋韵赠邵惜惜

自古余杭多俊俏，风流不独夸苏小。又见尊前人窈窕，花枝袅，贪看忘却朱颜老。　曲巷横街深更杳，追欢买笑须年少。悔不从前相识早，心灰了，逢场落得掀髯笑。

危　稹　　渔家傲·和晏虞卿咏侍儿弹箜篌

老去诸余情味浅，诗词不上闲钗钏。宝幌有人红两靥，帘间见，紫云元在梨花院。　十四条弦音调远，柳丝不隔芙蓉面。秋入西窗风露晚，归去懒，酒酣一任乌巾岸。

吴礼之　　渔家傲·闺思

红日三竿莺百啭，梦回鸳枕离魂乱。料得玉人肠已断，眉峰敛，晓妆镜里春愁满。　绿琐窗深难见面，云笺谩写教谁传。闻道笙歌归小院，梁尘颤，多因唱我新词劝。

卢祖皋　　渔家傲·小阁腾腾人似醉

小阁腾腾人似醉，鸣阶簌簌霜林坠。起向楼头看雪意，云犹未，雁声一片江风起。　官里从容何日是，偷闲著便寻幽事。见说小桥清浅水，梅欲蕊，吟边陡觉添风味。

卢祖皋　　渔家傲·檐玉敲寒声不定

檐玉敲寒声不定，水仙瓶里梅相映。半缕篝香云欲暝，窗儿静，月华时送琅玕影。　　不用五湖寻小艇，吾庐剩有闲风景。薄醉起来行藓径，多幽兴，悠然一霎风吹醒。

卢祖皋　　　　渔家傲·寿白石

白石山中风景异，先生日日怀归计。何事黄冈飞雪地，偏著意，画堂却为东坡起。　　人说前身坡老是，文章气节浑相似。只待鼎彝勋业遂，梅花外，归来长向山中醉。

可　旻　　　渔家傲·赞净土　并序

我家渔父，不比泛常。一丈六之身材，三十二之相好。说聪明也，孔仲尼安可齐肩；论道德也，李伯阳故应缩首。绝伦武略，独战退八万四千魔兵；盖世良才，复论败九十六种外道。拱身誓水，坐断爱河。披忍辱之蓑衣，遮无明之烟雨。慈悲帆挂，方便风吹。撑般若之扁舟，游死生之苦海。誓山月白，觉海风清。约汩没之众生，归涅槃之篮笼。如斯旨趣，即是平生。暂歇钓竿，乃留诗曰：

家居常寂本优游，来执鱼竿苦海头。直待众生都入手，此时方始不垂钩。

曾讲弥陀经十遍，孤山疏钞频舒卷。事理圆融文义显，多方便，到头只劝生莲苑。　　本性弥陀随体现，唯心净土何曾远。十万程途从事见，休分辨，临终但自亲行转。

可　旻　　　渔家傲·我佛莲华随步踏

四色莲华间绿荷，一莲华载一弥陀。莫疑净土程途远，日日人生雨点多。

我佛莲华随步踏，黄金妙相青螺发。因地曾将洪誓发，四十八，众生尽度成菩萨。　　宫殿红香华影合，宝阶三道琉璃阔。水鸟树林皆念法，声嘈囋，空中零乱天华撒。

可　旻　　　渔家傲·彼土因何名极乐

行树阴阴布七重，宝华珠网共玲珑。百千种乐俱鸣处，天雨曼陀散碧空。

彼土因何名极乐，莲华九品无三恶。虽有频伽并白鹤，非彰灼，如来变化宣流作。　　九品一生离五浊，自然身挂珠瓔珞。宛转白毫生额角，长辉烁，百千业障都消却。

可　旻　　渔家傲·佛赞西方经现在

六方诸佛说诚言，舌相三千广赞宣。池上托生莲九品，未知生向那枝边。

佛赞西方经现在，广长舌相三千界。为要众生生信解，临终迈，不修净业犹何待。　七宝池塘波一派，莲华朵朵车轮大。华内托生真自在，分三辈，阿鞞跋致长无退。

可　旻　　渔家傲·鹦鹉频伽知几只

但得莲中托化来，从教经劫未华开。华中快乐同忉利，不比人间父母胎。

鹦鹉频伽知几只，音声和雅鸣朝夕。演畅五根并五力，令人忆，心飞恨不身生翼。　从是西方十万亿，山长水远谁人识。唯是观门归路直，真消息，坐澄劫水琉璃碧。

可　旻　　渔家傲·清净乐邦吾本郡

兀坐初修水观成，微风不动翠波平。幽深境界谁人见，一片琉璃照眼明。

清净乐邦吾本郡，娑婆流浪因贪吝。冉冉思归霜入鬓，深嗟恨，塞鸿不解传音信。　落日尽边沙隐隐，向西望处归应近。天乐是时相接引，宜精进，紫金台上谁无分。

可　旻　　渔家傲·理性本来长自在

乐邦清净本吾家，既有归期岂惮赊。行计会须勤策进，淹留无虑在天涯。

理性本来长自在，灵通昭彻光无碍。因被无明风恼害，真如海，等闲吹动波千派。　五蕴山头云叆叇，遮藏心月无光彩。六贼会须知悔改，除贪爱，刹那跳出娑婆界。

可　旻　　渔家傲·为厌娑婆求净土

混然凡圣本同途，一点灵明体一如。只为妄情随物转，至今颠倒未逢渠。

为厌娑婆求净土，驰情送想存朝暮。谁信不劳移一步，西方去，楼台隐隐云深处。　珠网为光华作雨，金沙布地无尘土。怎不教人思去路，心专注，坐观落日如悬鼓。

可　旻　　渔家傲·四相相催生病老

清风为我拂寥泬，不许残云遮屋角。禅居深掩静无人，坐看一轮红日落。

四相相催生病老，死魔不定朝难保。争似寅昏持佛号，西方好，树林水鸟称三宝。　磨灭等闲髭鬓皓，乐邦行计唯宜早。万亿国邦非远道，休烦恼，一弹指顷能行到。

可　旻　　渔家傲·人世罪冤知底数

经赞弥陀愿力强，劣夫为喻从轮王。四天一日行周遍，西去应非道路长。

人世罪冤知底数，前程不是无冥府。争似静焚香一炷，无行住，声声称念弥陀父。　罪业尽消生有处，弥陀愿力堪凭据。十念一心存旦暮，西方路，功成足步红莲去。

可　旻　　渔家傲·万事到头无益已

谁知端坐却能游，顷刻心飞到玉楼。竹影月移来户牖，便疑行树在檐头。

万事到头无益已，寻思只有修行是。若送此心游宝地，还容易，坐观落日当西坠。　万顷红光归眼际，眼开眼闭长明媚。此观成时知法味，心欢喜，临终决定生莲里。

可　旻　　渔家傲·西望乐邦云杳隔

九品莲华次第排，也应荷叶翠相挨。未知何日生莲界，无奈晨昏甚挂怀。

西望乐邦云杳隔，一钩新月弯弯白。意欲往生何计策，劳魂魄，弥陀一念声千百。　金殿玉楼为屋宅，七重行树强松柏。华里托生非血脉，真高格，乐天不是蓬莱客。

可　旻　　渔家傲·富贵经中谈净域

遍看玉轴与琅函，若劝劳生脱世凡。净土好修还不肯，莫教披却有毛衫。

富贵经中谈净域，赤珠玛瑙为严饰。彼土众生当晓色，擎衣裓，妙华供养他方佛。　稚小嬉游随没溺，娑婆是苦何曾识。忻厌迩来方有力，从朝夕，静焚一炷香凝碧。

可　旻　　渔家傲·文墨尖新无处用

既有身心求净土，可无门路去娑婆。修行也只无多子，十念功成一刹那。

文墨尖新无处用，已将名利浑如梦。一串数珠随手弄，休千种，唯闻念佛心欢勇。　　滉漾空中仙乐动，笙箫声细天风送。接引凡夫归圣众，香云捧，男儿此日方崇重。

可　旻　　渔家傲·休纵心猿驰意马

览遍经文与律仪，频频唯劝念阿弥。一声消尽千生业，何况唠唠久诵持。

休纵心猿驰意马，牢将系念绳头把。说破十疑因智者，争传写，庐山又结莲华社。　　十八大贤居会下，功成五色云西驾。诸上善人都在那，相迎迓，聚头只说无生话。

可　旻　　渔家傲·三十六般包一袋

池边行树不全遮，袅袅金桥露半斜。忽见化生新佛子，红莲开处噪频伽。

三十六般包一袋，脓囊臭秽犹贪爱。恰似蜣螂推粪块，无停待，朝朝只在尘中勫。　　若解坚心生重悔，宁拘恶逆并魁脍。一念能消千劫罪，生华内，满身璎珞鸣珂佩。

可　旻　　渔家傲·一点神魂初托魄

纷纷世态尽空华，讲外无余挂齿牙。一串数珠新换线，阿弥陀佛做冤家。

一点神魂初托魄，青莲华里琉璃宅。毫相法音非间隔，虽明白，到头不似金台客。　　九品高低随报获，或经劫数华方拆。若是我生心性窄，应煎迫，未开须把莲华擘。

可　旻　　渔家傲·净土故乡嗟乍别

荊脑姜牙一饭余，其他安敢费功夫。从今十指无闲暇，且尽平生弄数珠。

净土故乡嗟乍别，天涯流浪经时节。老去染沾眉鬓雪，思归切，闻声原寄辽天月。　　念念时时修净业，临终佛定来迎接。有誓表为诚实说，广长舌，三千遍覆红莲叶。

可　旻　　渔家傲·善导可嗟今已往

唯将焚诵是平生，夜夜唠唠一二更。只影自怜尘世外，风前月下恣经行。

善导可嗟今已往，化来老少皆归向。佛念一声分一镪，声才响，一声一佛虚空上。　　八万四千奇妙相，光明寿命皆无量。金色臂垂千万丈，鹅王掌，誓来迎接归安养。

可　旻　　渔家傲·西土纹成东土坏

暮鼓晨鸡不住催，逡巡容貌变衰颓。莫言白发浑闲事，总是无常信息来。

西土纹成东土坏，星飞一点千华界。勿讶神魂生去快，无遮碍，乐邦只在同居内。　　八德池深华又大，跏趺端坐莲华载。耳听法音心悟解，低头拜，从今跳出胞胎外。

刘学箕　　渔家傲·白湖观捕鱼

汉水悠悠还漾漾，渔翁出没穿风浪。千尺丝纶垂两桨，收又放，月明长在烟波上。　　钓得活鳞鳊缩项，笃成玉液香浮盎。醉倒自歌歌自唱，轻枭缆，碧芦红蓼清滩傍。

方千里　　渔家傲·烛彩花光明似昼

烛彩花光明似昼，罗帏夜出倾城秀。红锦纹茵双凤斗，看舞后，腰肢宛胜章台柳。　　眼尾春娇波态溜，金樽笑捧纤纤袖。一阵粉香吹散酒，更漏久，消魂独自归时候。

方千里　　渔家傲·冷叶啼螿声恻恻

冷叶啼螿声恻恻，银床晓起清霜积。魂断江南烟水国，书难得，相思此意无人识。　　绿鬓金钗年少客，愁来懒傍菱花仄。雾阁云窗闲枕席，情何适，杯盈珠泪还偷滴。

吴　泳　　渔家傲·寿季武博

翠隐红藏春尚薄，百花头上梅先觉。清晓寒城闻画角，云一握，鸦翻诏墨天边落。　　碧眼棱棱言谔谔，谏书犹自留黄阁。世事翻腾谁认错，休话著，绿尊且举鸬鹚勺。

华　岳　　　渔家傲·昨夜寿星朝北极

昨夜寿星朝北极，牵牛织女排筵席。闻有谪仙先一夕，方知得，风流倬底人生日。　　慷慨英雄当路识，鹗书已凝循京秩。试问遐龄谁与敌，回坋绎，撇头添个长长十。

赵希蓬　　　渔家傲·怪见台星离紫极

怪见台星离紫极，果然揆左还虚席。明日人间逢七夕，真难得，生贤特也涓良日。　　饤坐侯鲭人罕识，琉璃都把宾筵秩。寿祝乔松谁与敌，珠络绎，樽前一列金钗十。

吴　潜　　　渔家傲·和刘制几

每日困慵当午昼，出来便解双眉皱。一带朦胧烟雨岫，山翁瘦，林泉纵好他园囿。　　一见此君如话旧，玉版老师呼唤候。万立琅玕争劝酒，踌躇久，清风收拾归怀袖。

吴　潜　　　渔家傲·再用前韵

遍阅芳园闲半昼，残花尚有榴裙皱。倦鸟投林云返岫，人影瘦，可怜身世为他囿。　　燕子飞来还忆旧，回头又是梅黄候。且尽一杯昌歜酒，凝睇久，晚风细雨沾衫袖。

李昴英　　　渔家傲·重著夹罗犹怯冷

重著夹罗犹怯冷，隔帘拜祝团圆镜。取片龙涎安古鼎，香閟静，横窗写出梅花影。　　寒鹊颤枝飞不定，回纹刺就更筹永。小玉欣眠呼不醒，霜气紧，丽谯吹动梅花引。

杨泽民　　　渔家傲·再过兴国

秾李素华曾缟昼，当年独冠群芳秀。今日再来眉暗斗，谁人后，追思恰似章台柳。　　先自病来迟唧溜，肌肤瘦减宽襟袖。已是无聊仍断酒，徘徊久，者番枉走长亭候。

杨泽民　　　渔家傲·戒酒

未把金杯心已恻，少年病酒还成积。一昨宦游来水国，心知得，陶陶大醉何人识。　　日近偶然频燕客，尊前巾帽时欹仄。致得沉疴盟枕席，吾方适，从今更不尝涓滴。

石正伦　　渔家傲·春入桃腮生妩媚

春入桃腮生妩媚，妆成日日行云意。贪听新声翻歇指，工尺字，窗前自品琼箫试。　玉碾鸾钗珠结桂，金泥络缝干红袂。从把画图夸绝世，金莲地，六朝未识双鸳细。

陈　著　　渔家傲·次前人

浪麦风微花雾扫，痕沙水浅溪桥小。属玉双双飞杳杳，山宽绕，新晴绣得春分晓。　独立无言心事渺，曾将宇宙思量了。世变何涯人已老，休烦恼，林泉况味终须好。

陈　著　　渔家傲·山弄夕辉眉淡扫

山弄夕辉眉淡扫，溪分新水支流小。醉梦风光凝望杳，云树绕，杜鹃怨处谁能晓。　浮世悠悠波渺渺，蜗争何事何时了。天为无情方不老，休苦恼，随缘诗酒清闲好。

陈允平　　渔家傲·日转花梢春已昼

日转花梢春已昼，双蛾曲理遥山秀。百草偏输羞不斗，随人后，无情自折金丝柳。　秋水盈盈娇欲溜，六幺倦舞弓弯袖。偷摘青梅推病酒，徘徊久，一双燕子归时候。

陈允平　　渔家傲·自别春风情意恻

自别春风情意恻，秦筝不理香尘积。去跃青骢游上国，归未得，何如莫向尊前识。　薄幸高阳花酒客，迷云恋雨青楼侧。金屋空闲双凤席，离怀适，银台烛泪成行滴。

牟　巘　　渔家傲·送张教

病枕逢逢惊晓鼓，那堪送客江头路。莫唱骊驹催客去，风又雨，花飞一片愁千缕。　折柳凄然无剩语，加餐更把篝衣护。泥滑篮舆须稳度，云飞处，亲闱安问应旁午。

谭宣子　　渔家傲·深意缠绵歌宛转

深意缠绵歌宛转，横波停眼灯前见。最忆来时门半掩，春不暖，梨花落尽成秋苑。　叠鼓收声帆影乱，燕飞又趁东风软。目力漫长心力短，消息断，青山一点和烟远。

张　炎　　渔家傲·病中未及过毗陵

门掩新阴孤馆静，杨花却解来相趁。几日方知因酒病，无憀甚，脱巾挂壁将书枕。　　见说落红堆满径，不知何处游人盛。自笑扁舟犹未定，清和近，寻诗已约兰陵令。

张　炎　　渔家傲·辛苦移家聊处静

辛苦移家聊处静，扫除花径歌声趁。也学维摩闲示病，迂疏甚，松风两耳和衣枕。　　颇倦扶筇寻捷径，东墙蔼蔼红香盛。少待摇人波自定，蓬壶近，且呼白鹤招韩令。

丁羲叟　　渔家傲·十里寒塘初过雨

十里寒塘初过雨，采莲舟上谁家女。秋水接云迷远树，天光暮，船头忘了回来路。　　却系兰舟深处住，歌声惊散鸳鸯侣。波上清风花上雾，无计去，月明肠断双栖去。

无际道人　　渔家傲·七坐道场三奉诏

七坐道场三奉诏，空花水月何时了。小玉声中曾悟道，真堪笑，从来漫得儿孙好。　　辩涌海潮声浩浩，明如皓月当空照。飞锡西归云杳渺，巴猿啸，大家唱起还乡调。

无名氏　　渔家傲·蕙死兰枯篱菊槁

蕙死兰枯篱菊槁，返魂香入江南早。竹外一枝斜更好，谁解道，只今惟有东坡老。　　去岁花前人醉倒，酒醒花落嫌人扫。人去不来春又到，愁满抱，青山一带连芳草。

无名氏　　渔家傲·雪点江梅才可可

雪点江梅才可可，梅心暗弄纤纤朵。疑是月娥庭下过，仙翘亸，云衫密缀真珠颗。　　玉斝金瓯连臂坐，芳辰莫把离魂挫。一曲绣筵娇婀娜，情无那，阳关声里樱桃破。

无名氏　　渔家傲·轻拍红牙留客住

轻拍红牙留客住，韩家石鼎联新句。珍重龙团并凤髓，君王与，春风吹破黄金缕。　　往事不须凭陆羽，且看盏面浓如乳。若是蓬莱鳌稳负，知何处，玉川一枕清风去。

无名氏　　渔家傲·至道不遥只在迩

至道不遥只在迩，毫厘差失如千里。道是难来元却易，如相契，一超直入如来地。　　水火交时为既济，三尸六贼都回避。只此长生仍久视，身口意，化成一点冲和气。

无名氏　　渔家傲·神是性兮气是命

神是性兮气是命，神不外驰气自定。幸有崔公入药镜，如究竟，全真固蒂归根静。　　主客内明方外应，灵台粲发天光莹。两个壶中一片景，急修省，莫待临渴去掘井。

无名氏　　渔家傲·精养灵根神守气

精养灵根神守气，天然子母何曾离。昼夜六时长在意，三田内，温温天地中和水。　　十二楼前白雪腻，九宫台畔黄芽遂。日月山头朝上帝，神光起，腾身直出烟霄外。

无名氏　　渔家傲·我有光珠无买价

我有光珠无买价，光明常照芝田下。更没之乎并者也，知音寡，世间谁是能行者。　　一万精光浑守舍，四百四病都齐罢。透出火龙归造化，回仙驾，更无一点尘随马。

渔家傲引

宋大曲名，调见宋洪适《盘洲乐章》卷一。

洪　适　　渔家傲引·大曲并序

伏以黄童白叟，皆是烟波之钓徒；青笠绿蓑，不识衣冠之盛事。长浮家而醉月，更辍棹以吟风。乐哉生涯，翻在乐府。相烦女伴，渔父分行。

词

正月东风初解冻，渔人撒网波纹动。不识雕梁并绮栋，扁舟重，眠鸥浴雁相迎送。　　溪北画桥弯螮蝀，溪南古岸添青葑。长把鱼钱寻酒瓮，春一梦，起来拈笛成三弄。

二月垂杨花糁地，荻芽迸绿春无际。细雨斜风浑不避，青笠底，三三两两鸣榔起。　　新妇矶边云接袂，女儿浦口山堆髻。一拥河豚千百尾，摇食指，城中虚却鱼虾市。

三月愁霖多急雨，桃江绿浪迷洲渚。西塞山边飞白鹭，烟横素，一声欸乃山深处。　　红雨缤纷因水去，行行寻得神仙侣。楼阁五云心不住，分凤侣，重来翻恨花相误。

四月圆荷钱学铸，鳞鳞波暖鸳鸯语。无数燕雏来又去，鱼未取，钓丝直上蜻蜓聚。　　风弄碧漪摇岛屿，奇云蘸影千峰舞。骑马官人江上驻，天且暮，借舟送过沧浪渡。

五月河中菱荇遍，丝纶欲下相萦绊。却掉船来芳草岸，呼侣伴，蓑衣不把金章换。　　碧落云高星烂烂，波心举网星光乱。跃出鲤鱼长尺半，回首看，孤灯一点风吹散。

六月长江无暑气，怒涛漱壑侵沙觜。飐飐轻舟随浪起，何不畏，从来惯作风波计。　　别溆藕花舒锦绮，采莲三五谁家子。问我买鱼相调戏，飘芰制，笑声咭咭花香里。

七月凛秋飞叶响，长吟杳杳澄江上。秃尾槎头添一网，丝自纺，新炊菰饭更相饷。　　渡口青烟藏叠嶂，岸旁红蓼翻轻浪。鸂鶒沉浮双漾漾，闻鸣桨，高飞拍拍穿林莽。

八月紫莼浮绿水，细鳞巨口鲈鱼美。画舫问渔篙暂舣，欣然喜，金齑顷刻尝珍味。　　涌雾驱云天似洗，静看星斗迎蟾桂。枕棹眠蓑清不睡，无名利，谁人分得逍遥意。

九月芦香霜旦旦，丹枫落尽吴江岸。长濑黄昏张蟹断，灯火乱，圆沙惊起行行雁。　　半夜系船桥北岸，三杯睡著无人唤。睡觉只疑桥不见，风已变，缆绳吹断船头转。

十月橘洲长鼓柮，潇湘一片尘缨洗。斩得钓竿斑染泪，中夜里，时闻鼓瑟湘妃至。　　白发垂纶孙又子，得钱沽酒长长醉。小艇短篷真活计，家云水，更无王役并田税。

子月水寒风又烈，巨鱼漏网成虚设。圉圉从它归丙穴，谋自拙，空归不管旁人说。　　昨夜醉眠西浦月，今宵独钓南溪雪。妻子一船衣百结，长欢悦，不知人世多离别。

腊月行舟冰凿罅，潜鳞透暖偏堪射。岁岁年年篷作舍，三冬夜，牛衣自暖何须借。　　滕主晚来方命驾，千山绝影飞禽怕。江上雪如花片下，宜入画，一蓑披著归来也。

破子

渔父饮时花作茵，羹鱼煮蟹无它品。世代太平除酒禁，渔父饮，绿蓑藉地胜如锦。

渔父醉时收钓饵，鱼梁嚥翅闲乌鬼。白浪撼船眠不起，渔父醉，滩声无尽清双耳。

渔父醒时清夜水，澄澜过尽征鸿影。略略风来欹舴艋，渔父醒，月高露下衣裳冷。

渔父笑时莺未老，提鱼入市归来早。一叶浮家生计了，渔父笑，笑中起舞渔家傲。

遣队

春留冬及一年中，杜若洲边西又东。舞散曲终人不见，一天明月一溪风。水绿山青，持竿好去。

渔　　歌

即《渔家傲》，宋李彭词名《渔歌》，见《释晓莹感山云卧纪谈》卷下。详见《渔家傲》条。

李　彭　　渔歌·颂尊宿付杲山人十首

汾阳

南院嫡孙唯此个，西河狮子当门坐。绢扇清凉随手簸，君知么，无端吃棒休寻过。

慈明

掌握千差都照破，石霜这汉难关锁。水出高源酬佛陀，哩棱逻，须弥作舞虚空和。

云峰

孤硬云峰无计较，大愚滩上曾垂钓。佛法何曾愁烂了，桶箍爆，通身汗出呵呵笑。

老南

万古黄龙真夭矫，斩新勘破台山媪。佛手驴蹄人不晓，无关窍，胡家一曲非凡调。

晦堂

宝觉禅河波浩浩，五湖衲子来求宝。忽竖拳头宜速道，茫然讨，难逃背触君须到。

真净

贬剥诸方真净老，顶门眼正形枯槁。一点深藏人莫造，由来妙，光明烜赫机锋峭。

潜庵

积翠十年丹风穴，当时亲得黄龙钵。掣电之机难把撮，真奇绝，分明水底天边月。

死心

骂佛骂人新孟八，是非窟里和身拶。不惜眉毛言便发，门庭滑，红炉大鞴能生杀。

灵源

绝唱灵源求和寡，先牛寻得西家马。顾陆笔端难拟画，千林谢，吟风摆雪真萧洒。

湛堂

选佛堂中川藞苴，衲僧皐孔头垂下。独秀握来无一把，杖头挂，从教四海禅徒讶。

渔歌子

唐教坊曲名。又名《君不悟》、《吾看取》、《秋日田父词》、《鱼歌子》、《堪画看》、《渔父》、《渔父词》、《渔父乐》、《无一事》、《谁学得》。《唐书·张志和传》："志和居江湖，自称'烟波钓徒'。每垂钓不设饵，志不在鱼也。宪宗图真求其人不能致，尝撰渔歌，即此词也。"单调，二十七字，五句、五平韵；双调，五十字，上下片各六句、四平韵。

张　炎　　　　渔歌子·十首

张志和与余同姓，而意趣亦不相远。庚戌春，自阳羡牧溪放舟过罨画溪，作渔歌子十解，述古调也

其一

□卯湾头屋数间，放船收尽一溪山。聊适兴，且怡颜，问天难买是真闲。

其二

□□□□□溪流，紧系篱边一叶舟。沽酒去，闭门休，从此清闲不属鸥。

其三

□□□□白云多，童子贪眠枕绿蓑。莞尔笑，浩然歌，奈此萧萧落叶何。

其四

□□□□半树梅，卷帘一色玉蓬莱。宜啸咏，莫徘徊，乘兴扁舟好去来。

其五

□□□□□子同，更无人识老渔翁。来往事，有无中，却恐桃源自此通。

其六

□□□□□求鱼，钓不得鱼还自如。尘事远，世人疏，何须更写绝交书。

其七

□□□□濯尘缨，严濑磻溪有重轻。多少事，古今情，今人当似古人清。

其八

□□□□□浮家，篷底光阴鬓未华。停短棹，舣平沙，流来恐是杏坛花。

其九

□□□□□孤村，路隔尘寰水到门。斜照散，远云昏，白鹭飞来老树根。

其十

□□□年酒半酣，知鱼知我静中参。峰六六，径三三，此怀难与俗人谈。

赵处澹　　渔歌子·丁山烟雨晚濛濛

丁山烟雨晚濛濛，柳岸苍波着短蓬。飞鸟白，断云红，一曲清歌淡月中。

赵处澹　　渔歌子·雨晴山色静堆蓝

雨晴山色静堆蓝，桥外人家分两三。缘溪北，远溪南，片片闲云趁落帆。

淡 黄 柳

此调为姜夔自度曲。双调数体。有六十五字，上片五句、五仄韵，下片七句、五仄韵；尚有六十五字，上片五句、五仄韵，下片七句、四仄韵；还有六十五字，上片五句、四仄韵，下片七句、四仄韵。

姜　夔　　淡黄柳·空城晓角

正平调近。客居合肥南城赤阑桥之西，巷陌凄凉，与江左异。唯柳色夹道，依依可怜。因度此阕，以纾客怀空城晓角，吹入垂杨陌。马上单衣寒恻恻，看尽鹅黄嫩绿，都是江南旧相识。　　正岑寂，明朝又寒食。强携酒、小桥宅，怕梨花落尽成秋色。燕燕飞来，问春何在，唯有池塘自碧。

王沂孙　　　淡黄柳·花边短笛

甲戌冬，别周公谨丈于孤山中。次冬，公谨游会稽，相会一月。又次冬，公谨自剡还，执手聚别，且复别去。怅然于怀，敬赋此解

花边短笛，初结孤山约。雨悄风轻寒漠漠，翠镜秦鬟钗别，同折幽芳怨摇落。　　素裳薄，重拈旧红萼。叹携手、转离索，料青禽、一梦春无几。后夜相思，素蟾低照，谁扫花阴共酌。

张　炎　　　淡黄柳·赠苏氏柳儿

楚腰一捻，羞剪青丝结。力未胜春娇怯怯，暗托莺声细说，愁蹙眉心斗双叶。　　正情切，柔枝未堪折。应不解、管离别，奈如今已入东风睫。望断章台，马蹄何处，闲了黄昏淡月。

梁州令

唐教坊曲名。梁州，即凉州，故又作《凉州令》。又名《梁州令叠韵》。调见柳永《乐章集》。双调数体。有五十字，上片四句、三仄韵，下片四句、四仄韵；亦有五十二字，上片五句、三仄韵，下片四句、四仄韵；还有五十五字，上下片各五句、三仄韵。另有长调一百零四字，上下片各九句、六仄韵。

柳　永　　　梁州令·梦觉纱窗晓

梦觉纱窗晓，残灯掩然空照。因思人事苦萦牵，离愁别恨，无限何时了。　　怜深定是心肠小，往往成烦恼。一生惆怅情多少，月不长圆，春色易为老。

欧阳修　　梁州令·红杏墙头树

红杏墙头树，紫萼香心初吐。新年花发旧时枝，徘徊千绕，独共东风语。阳台一梦如云雨，为问今何处。离情别恨多少，条条结向垂杨缕。　此事难分付，初心本谁先许。窃香解佩两沉沉，知他而今，记得当初否。谁教薄幸轻相误，不信道、相思苦。如今却恁空追悔，元来也会忆人去。

晏几道　　梁州令·莫唱阳关曲

莫唱阳关曲，泪湿当年金缕。离歌自古最消魂，闻歌更在魂消处。　南楼杨柳多情绪，不系行人住。人情却似飞絮，悠扬便逐春风去。

晁端礼　　梁州令·各自寻思取

各自寻思取，更莫冤他人做。如今划地怕相逢，愁多正在相逢处。　人前不敢分明语，暗里频回顾。罗襟滴泪无数，匆匆又是空归去。

晁补之　　梁州令·永嘉郡君生日

二月春犹浅，去年樱桃开遍。今年春色怪迟迟，红梅常早，未露胭脂脸。　东君故遣春来缓，似会人深愿。蟠桃新镂，双盏相期，似此春长远。

梁州令叠韵

即《梁州令》，宋晁补之词以二首合而为一，故名。详见《梁州令》条。

晁补之　　梁州令叠韵·东皋寓居

田野闲来惯，睡起初惊晓燕。樵青走挂小帘钩，南园昨夜，细雨红芳遍。　平芜一带烟光浅，过尽南归雁。俱远，凭栏送目空肠断。好景难常占，过眼韶华如箭。莫教鶗鴂送韶华，多情杨柳，为把长条绊。　清樽满酌谁为伴，花下提壶劝。何妨醉卧花底，愁容不上春风面。

婆 罗 门

即《婆罗门引》，《梅苑》宋无名氏词调名《婆罗门》。详见《婆罗门引》条。

无名氏　　　婆罗门·江南地暖

江南地暖，数枝先得岭头春。分付似、剪玉裁冰。素质偏怜匀澹，羞杀寿阳人。算多情留意，偏在东君。　暗香旋生，对澹月与黄昏。寂寞谁家院宇，斜掩重门。墙头半开，却望雕鞍无故人。断肠处、容易飘零。

婆罗门引

唐《教坊记》有《婆罗门小曲》，《宋史·乐志》有"婆罗门舞队"。此调名盖出于此。又名《望月婆罗门》、《望月婆罗门引》、《婆罗门》、《菊潭秋》。双调，七十六字数体。其上片七句、四平韵，下片七句、五平韵为正体；其上下片各七句、四平韵为变体等。

曹　组　　　婆罗门引·望月

涨云暮卷，漏声不到小帘栊。银河淡扫澄空，皓月当轩高挂，秋入广寒宫。正金波不动，桂影朦胧。　佳人未逢，叹此夕、与谁同。望远伤怀对景，霜满愁红。南楼何处，想人在、长笛一声中。凝泪眼、泣尽西风。

此首别作杨景词

杨　景　　　婆罗门引·帐云暮卷

帐云暮卷，漏声不到小帘栊。银汉夜洗晴空，皓月堂轩高挂，秋入广寒宫。正金波不动，桂影玲珑。　佳人未逢，怅此夕、与谁同。对酒当歌，追念霜满愁红。南楼何处，愁人在、横笛一声中。凝望眼、立尽西风。

此首别作曹组词

蔡　伸　　婆罗门引·再游仙潭薛氏园亭

素秋向晚，岁华分付木芙蓉。萧萧红蓼西风，记得当时撷翠，拥手绕芳丛。念吹箫人去，明月楼空。　遥山万重，望寸碧、想眉峰。翠钿琼珰谩好，谁适为容。凄凉怀抱，算此际、唯我与君同。凝泪际、目送征鸿。

辛弃疾　　婆罗门引·别叔高

叔高长于楚词

落花时节，杜鹃声里送君归。未消文字湘累，只怕蛟龙云雨，后会渺难期。更何人念我，老大伤悲。　已而已而，算此意、只君知。记取岐亭买酒，云洞题诗。争如不见，才相见、便有别离时。千里月、两地相思。

辛弃疾　　婆罗门引·用韵别郭逢道

绿阴啼鸟，阳关未彻早催归。歌珠凄断累累，回首海山何处，千里共襟期。叹高山流水，弦断堪悲。　中心怅而，似风雨、落花知。更拟停云君去，细和陶诗。见君何日，待琼林、宴罢醉归时。人争看、宝马来思。

辛弃疾　　婆罗门引·落星万点

晋臣张灯甚盛，索赋。偶忆旧游，末章因及之

落星万点，一天宝焰下层霄。人间叠作仙鳌，最爱金莲侧畔，红粉袅花梢。更鸣鼍击鼓，喷玉吹箫。　曲江画桥，记花月、可怜宵。想见闲愁未了，宿酒才消。东风摇荡，似杨柳、十五女儿腰。人共柳、那个无聊。

辛弃疾　　婆罗门引·用韵答先之

龙泉佳处，种花满县却东归。腰间玉若金累，须信功名富贵，长与少年期。怅高山流水，古调今悲。　卧龙暂而，算天上、有人知。最好五十学易，三百篇诗。男儿事业，看一日、须有致君时。端的了、休更寻思。

辛弃疾　　婆罗门引·用韵答赵晋臣敷文

不堪鶗鴂，早教百草放春归。江头愁杀吾累，却觉君侯雅句，千载共心期。便留春甚乐，乐了须悲。　琼而素而，被

花恼、只莺知。正要千钟角酒，五字裁诗。江东日暮，道绣斧、人去未多时。还又要、玉殿论思。

赵　昂　　　婆罗门引·暮霞照水

暮霞照水，水边无数木芙蓉。晓来露湿轻红，十里锦丝步障，日转影重重。向楚天空迥，人立西风。　夕阳道中，叹秋色、与愁浓。寂寞三千粉黛，临鉴妆慵。施朱太赤，空惆怅、教妾若为容。花易老、烟水无穷。

彭　耜　　　婆罗门引·寿长老

中秋皓月，隔霄光倍照尘寰。九龙喷香水，胜沉檀。白象珠明协瑞，尊者诞人间。世称生佛子，派接清原。

严　仁　　　婆罗门引·春情

花明柳暗，一天春色绕朱楼。断鸿声唤人愁，欲问归鸿何处，身世自悠悠。正东风留滞，楚尾吴头。　追思旧游，叹双鬓、飒惊秋。可惜等闲孤了，酒令花筹。断弦难续，谩题诗、分付水东流。流不到、蓬岛瀛洲。

吴文英　　　婆罗门引·为怀宁赵仇香赋

无射羽，俗名羽调

香霏泛酒，瘴花初洗玉壶冰。西风乍入吴城，吹彻玉笙何处，曾说董双成。奈司空经惯，未畅高情。　瑶台几层，但梦绕、曲阑行。空忆双蝉□翠，寂寂秋声。堂空露凉，倩谁唤、行云来洞庭。团扇月、只隔烟屏。

吴文英　　　婆罗门引·风涟乱翠

郭清华席上为放琴客而新有所盼，赋以见喜

风涟乱翠，酒霏飘汗洗新妆。幽情暗寄莲房，弄雪调冰重会，临水暮追凉。正碧云不破，素月微行。　双成夜笙，断旧曲、解明珰。别有红娇粉润，初试霓裳。分莲调郎，又拈惹、花茸碧唾香。波晕切、一盼秋光。

陈允平　　　婆罗门引·两峰插云

西湖十景，先辈寄之歌咏者多矣。霅川周公谨以所作木兰花示予，约同赋，因成，时景定癸亥岁也。词人以各调作西湖十咏，此为其一。

髻鬟对耸，万松扶玉上青冥。西风共倚，烟南水北，石荒苔老，三十六梯平。爱翠尖如削，天外亭亭。　高寒梦惊，是何夕堕双星。无限苍崖紫岫，谁拊棱层。薜萝深处，算少年、游屐几番登。河汉近、疑在蓬瀛。

王　奕　　　婆罗门引·忆叠山翁

佳人鬓发，几回涂抹共婵娟。又何止三千，拟待盈盈宝鉴，多少绮罗筵。恨妖蟆怪事，长夜中天。　中河影圆，清泪落尊前。舞罢霓裳初服，肯为人妍。□□□□，算惟有、蕊宫天上仙。缑山鹤，亦欲蹁跹。

汪元量　婆罗门引·四月八日谢太后庆七十

一生富贵，岂知今日有离愁。锦帆风力难收，望断燕山蓟水，万里到幽州。恨病余双眼，冷泪交流。　行年已休，岁七十、又平头。梦破银屏金屋，此意悠悠。几度□□，见青冢、虚名不足留。且把酒、细听箜篌。

熊　禾　　婆罗门引·送张监察出闽

秋宵倦起，起来风露湿人衣。休休未是早行时，旋摘青蔬炊饭，暖酒就炉围。值青山有意，且把诗题。　兴阑便归，忽邂逅、故人期。道是游山正叔，消息曾知。茶烟午灶，听击棹、歌声笑语迟。云霭散、皓月呈辉。

婆罗门令

调见柳永《乐章集》。双调，八十六字，上片八句、三仄韵、一叠韵，下片七句、六仄韵。此调只柳永一词。

柳　永　　　婆罗门令·昨宵里

昨宵里、恁和衣睡，今宵里、又恁和衣睡。小饮归来，初更过、醺醺醉。中夜后、何事还惊起，霜天冷，风细细。触疏窗、闪闪灯摇曳。　空床展转重追想，云雨梦、任攲枕难继。寸心万绪，咫尺千里。好景良天，彼此空有相怜意，未有相怜计。

尉迟杯

又名《东吴乐》、《尉迟杯慢》。有仄韵、平韵之别。平韵体见晁补之词，仄韵体见柳永词。双调数体。其一百零五字，上片八句、六仄韵，下片九句、六仄韵为正体；其一百零四字，上片八句、五仄韵，下片九句、四仄韵为变体；其一百零六字，上片八句、五平韵，下片九句、五平韵为平韵正体等。

柳　永　　　　尉迟杯·宠佳丽

宠佳丽，算九衢红粉皆难比。天然嫩脸修蛾，不假施朱描翠。盈盈秋水，恣雅态、欲语先娇媚。每相逢、月夕花朝，自有怜才深意。　　绸缪凤枕鸳被，深深处、琼枝玉树相倚。困极欢余，芙蓉帐暖，别是恼人情味。风流事、难逢双美，况已断、香云为盟誓。且相将、共乐平生，未肯轻分连理。

晁补之　　　　尉迟杯·亳社作惜花

去年时，正愁绝，过却红杏飞。沉吟杏子青时，追悔负好花枝。今年又春到，傍小阑、日日数花期。花有信，人却无凭，故教芳意迟迟。　　及至待得融怡，未攀条拈蕊，已叹春归。怎得春如天不老，更教化与月相随。都将命、拚与酬花，似岘山、落日客犹迷。尽归路，拍手拦街，笑人沉醉如泥。

周邦彦　　　　尉迟杯·离恨

隋堤路，渐日晚、密霭生深树。阴阴淡月笼沙，还宿河桥深处。无情画舸，都不管、烟波隔南浦。等行人、醉拥重衾，载将离恨归去。　　因念旧客京华，长偎傍、疏林小槛欢聚。冶叶倡条俱相识，仍惯见、珠歌翠舞。如今向、渔村水驿，夜如岁、焚香独自语。有何人、念我无憀，梦魂凝想鸳侣。

吴文英　　　　尉迟杯·赋杨公小蓬莱

夹钟商，俗名双调

垂杨径，洞钥启，时见流莺迎。涓涓暗谷流红，应有缃桃千顷。临池笑靥，春色满、铜华弄妆影。记年时、试酒湖阴，褪花曾采新杏。　　蛛窗绣网玄经，才石砚开奁，雨润云凝。小小蓬莱香一掬，愁不到、朱娇翠靓。清尊伴、人闲永日，断琴和、棋声竹露冷。笑从前、醉卧红尘，不知仙在人境。

陈允平　　　　尉迟杯·长亭路

长亭路，望渭北、漠漠春天树。殷勤别酒重斟，明日相思何处。晴丝飏暖，芳草外、斜阳自南浦。望孤帆、影接天涯，一江潮带愁去。　　回首杜若汀洲，叹泛梗飘萍，乍散还聚。满径残红春归后，犹自有、杨花乱舞。怅金徽、梁尘暗锁，算谁是、知音堪共语。尽天涯、梦断东风，彩云鸾凤无侣。

尹公远　　尉迟杯·题卢石溪响碧琴所

冰弦语，在竹树、院落深深处。当年野草闲花，何许浮云飞絮。征鸿止止，纵汗漫、游人远回顾。迟琼楼、五色帘开，唤醒玄鹤飞舞。　　何事梦断湖山，尚九里松声，八月潮怒。三十年余池台泪，应不为、花奴羯鼓。想天上、群仙老矣，甚比似、人间更愁苦。倩画阑、留住西风，莫教愁入云去。

无名氏　　　　尉迟杯·岁云暮

岁云暮，叹光阴苒苒能几许。江梅尚怯余寒，长安信音犹阻。春风无据，凭阑久、欲去还凝伫。忆溪边月下徘徊，暗香疏影庭户。　　朝来冻解霜消，南枝上，香英数点微露。把酒看花，无言有泪，还是那时情绪。花依旧、晨妆何处，谩赢得、花前愁千缕。尽高楼，画角频吹，任教纷纷飞絮。

尉迟杯慢

即《尉迟杯》，宋万俟咏词名《尉迟杯慢》。详见《尉迟杯》条。

万俟咏　　　　尉迟杯慢·碎云薄

碎云薄，向碧玉枝缀万萼。如将汞粉匀开，疑使柏麝薰却。雪魄未应若，况天赋、标艳仍绰约。当暄风暖日佳处，戏蝶游蜂看著。　　重重绣帘珠箔，障秾艳霏霏，异香漠漠。见说徐妃，当年嫁了，信任玉钿零落。无言自啼露萧索，夜深待、月上阑干角。广寒宫、要与姮娥，素妆一夜相学。

欸乃词

唐朝元结诗自序：“大历初，结为道州刺史，以军事诣都。使还州，逢春水，舟行不进，作《欸乃词》，令舟子唱之。”此调名即源于此。“欸乃”之声，为唱歌人之和声。本唐人七言绝句，如《竹枝》、《柳枝》之类。单调，二十七字，四句、三平韵。调见宋蒲寿宬《心泉学诗稿》卷六。

蒲寿宬　　欸乃词·赠渔父刘四

白头翁，白头翁，江海为田鱼作粮。相逢只可唤刘四，不受人呼刘四郎。

续渔歌

即《玉楼春》，又名《木兰花》。贺铸词名《续渔歌》。详见《玉楼春》条。

贺　铸　　续渔歌·中年多办收身具

中年多办收身具，投老归来无著处。四肢安稳一渔舟，只许樵青相伴去。　　沧洲大胜黄尘路，万顷月波难滓污。阿侬原是个中人，非谓鲈鱼留不住。

绮罗香

又名《绮罗春》，调见史达祖《梅溪词》，为其自度曲。双调数体。其一百零四字，上下片各九句、四仄韵为正体；其一百零三字，上片九句、四仄韵，下片九句、五仄韵为变体等。

史达祖　　　绮罗香·咏春雨

做冷欺花，将烟困柳，千里偷催春暮。尽日冥迷，愁里欲飞还住。惊粉重、蝶宿西园，喜泥润、燕归南浦。最妨它、佳约风流，钿车不到杜陵路。　沉沉江上望极，还被春潮晚急，难寻官渡。隐约遥峰，和泪谢娘眉妩。临断岸、新绿生时，是落红、带愁流处。记当日、门掩梨花，翦灯深夜语。

张　辑　　　绮罗香·寿赵太卿

欲雨凉生，初弦月在，画戟香中清啸。旋种芙蕖，深夏木兰芳沼。银汉入、天镜搀秋，福星度、雪阑争照。又谁写、万幅莼波，一江佳思到鱼鸟。　吴儿眉语笑里，要见圜扉绿遍，平畴青绕。羽扇纶巾，潇洒玉貌长好。问千年、庆会风云，正此日、静春花草。更弦管、非雾非烟，鹤声帘幕晓。

陈　著　　　绮罗香·咏柳外闻蝉三章之一

障暑稠阴，梳凉细缕，□□□□□□。露腋玲珑，多少闹中幽趣。断又续、可是无情，□相送、短长亭路。记春风、曾著莺啼，便娇那得袅如许。　知音人自暗省，凝睇青云影里，黄昏犹伫。一部笙簧，消得翠腰供舞。堪对景、翻入新妆，鬓影低、衬教眉妩。试回头、旧日章台，怕听声咽处。

陈　著　　　绮罗香·咏柳外闻蝉三章之二

袅入风腔，清含露脉，声在丝丝烟碧。破暑吹凉，天付弄娇双腋。似恋恋、舞翠纤腰，断还续、忍相离拆。最欢时、微雨初晴，夕阳犹湿淡云隔。　新来多少怆感，心怕无情过马，攀条惊著。梦里妆台，休说听来曾昨。凝伫漫、番节笙音，暗自将、玉阑轻拍。问谁能、唤起陶潜，醉翁同赋却。

陈　著　　　绮罗香·咏柳外闻蝉三章之三

霁晓楼台，斜阳渡口，凉腋新声初到。占断清阴，随意自成宫调。看取次、颤引薰风，想无奈、露餐清饱。有时如、柔袅簧丝，忽如笙咽转娇妙。　谁知忧怨极处，轻把宫妆蜕了，飞吟枝杪。耳畔如今，凄感又添多少。愁绪正、萦绕妆台，怎更禁、被他相恼。送残音、立尽黄昏，月明深院悄。

陈允平　　　　绮罗香·秋雨

雁宇苍寒，蛩疏翠冷，又是凄凉时候。小揭珠帘，夜润唾花罗皱。饶晓鹭、独立衰荷，溯归燕、尚栖残柳。想黄花，羞涩东篱，断无新句到重九。　　孤檠清梦易觉，肠断唐宫旧曲，声迷官漏。滴入愁心，秋似玉楼人瘦。烟槛外、催落梧桐，带西风、乱捎鸳甃。记画檐，灯影沉沉，共裁春夜韭。

张　磐　　　　绮罗香·渔浦有感

浦月窥檐，松泉漱枕，屏里吴山何处。暗粉疏红，依旧为谁匀注。都负了、燕约莺期，更闲却、柳烟花雨。纵十分、春到邮亭，赋怀应是断肠句。　　青青原上荠麦，还被东风无赖，翻成离绪。望极天西，惟有陇云江树。斜照带、一缕新愁，尽分付、暮潮归去。步闲阶、待卜心期，落花空细数。

王沂孙　　　　绮罗香·秋思

屋角疏星，庭阴暗水，犹记藏鸦新树。试折梨花，行入小阑深处。听粉片、簌簌飘阶，有人在、夜窗无语。料如今，门掩孤灯，画屏尘满断肠句。　　佳期浑似流水，还见梧桐几叶，轻敲朱户。一片秋声，应做两边愁绪。江路远、归雁无凭，写绣笺、倩谁将去。谩无聊，犹掩芳樽，醉听深夜雨。

王沂孙　　　　绮罗香·红叶之一

玉杵余丹，金刀剩彩，重染吴江孤树。几点朱铅，几度怨啼秋暮。惊旧梦、绿鬓轻凋，诉新恨、绛唇微注。最堪怜，同拂新霜，绣蓉一镜晚妆妒。　　千林摇落渐少，何事西风老色，争妍如许。二月残花，空误小车山路。重认取，流水荒沟，怕犹有、寄情芳语。但凄凉、秋苑斜阳，冷枝留醉舞。

王沂孙　　　　绮罗香·红叶之二

夜滴研朱，晨妆试酒，寒树偷分春艳。赋冷吴江，一片试霜犹浅。惊汉殿、绛点初凝，认隋苑、彩枝重剪。问仙丹，炼熟何迟，少年色换已秋晚。　　疏枝频撼暮雨，消得西风几度，舞衣吹断。绿水荒沟，终是赋情人远。空一似、零落桃花，又等闲、误他刘阮。且留取，闲写幽情，石阑三四片。

赵必瑑　　绮罗香·和百里春暮游南山

办一枝藤，蜡一双屐，纵步翠微深处。无限芳心，付与蜂媒蝶侣。红堆里、杏脸匀妆，翠围外、柳腰娇舞。有吟翁、热恼心肠，肯拈出、美成佳句。　　九十光阴箭过，趁取芳晴追逐，春风杖屦。消得几番，风和雨、春归去。怅莺老、对景多愁，倩燕语、苦留难住。秋千影里送斜阳，梨花深院宇。

张　炎　　绮罗香·席间代人赋情

候馆深灯，辽天断羽，近日音书疑绝。转眼伤心，慵看剩歌残阕。才忘了、还著思量，待去也、怎禁离别。恨只恨、桃叶空江，殷勤不似谢红叶。　　良宵谁念哽咽，对熏炉象尺，闲伴凄切。独立西风，犹忆旧家时节。随款步、花密藏春，听私语、柳疏嫌月。今休问，燕约莺期，梦游空趁蝶。

张　炎　　绮罗香·红叶

万里飞霜，千林落木，寒艳不招春妒。枫冷吴江，独客又吟愁句。正船舣、流水孤村，似花绕、斜阳归路。甚荒沟、一片凄凉，载情不去载愁去。　　长安谁问倦旅，羞见衰颜借酒，飘零如许。谩倚新妆，不入洛阳花谱。为回风、起舞尊前，尽化作、断霞千缕。记阴阴、绿遍江南，夜窗听暗雨。

绮筵张

此调本名《好女儿》，因贺铸词有“绮绣张筵”句，故更名《绮筵张》。详见《好女儿》条。

贺　铸　　绮筵张·绮绣张筵

绮绣张筵，粉黛争妍。记六朝、旧数闺房秀，有长圆璧月，永新琼树，随步金莲。　　不减丽华标韵，更能唱、想夫怜。认情通、色受缠绵处，似灵犀一点，吴蚕八茧，汉柳三眠。

绮寮怨

调见宋周邦彦《片玉集》。双调数体。其一百零四字，上片八句、四平韵，下片九句、七平韵为正体；其一百零二字，上片八句、四平韵，下片九句、四平韵为变体等。

周邦彦　　绮寮怨·思情

上马人扶残醉，晓风吹未醒。映水曲、翠瓦朱檐，垂杨里、乍见津亭。当时曾题败壁，蛛丝罩、淡墨苔晕青。念去来、岁月如流，徘徊久、叹息愁思盈。　去去倦寻路程，江陵旧事，何曾再问杨琼。旧曲凄清，敛愁黛、与谁听。尊前故人如在，想念我、最关情。何须渭城，歌声未尽处、先泪零。

石正伦　　绮寮怨·宫人斜吊古

绿野春浓停骑，暖风飘醉襟。渐触目、景物凄悲，花无语、曲径沉沉。重檐缭垣静锁，丹青暗、断轴尘半侵。叹绛纱、玉臂封时，何期掩、夜泉流恨深。　已矣霜凋蕙心，兰昌旧事，云容好信难寻。伫立孤吟，怕风履、有遗音。今宵佩环奏月，知倦客、苦登临。惊飞翠禽，松杉弄碎影、晴又阴。

陈允平　　绮寮怨·满院荼蘼开尽

满院荼蘼开尽，杜鹃啼梦醒。记晓月、绿水桥边，东风又、折柳旗亭。蒙茸轻烟草色，疏帘净、乱织罗带青。对一尊、别酒初斟，征衫上、点滴香泪盈。　几度恨沉断云，飞鸾何处，连环尚结双琼。一曲琵琶，湓江上、惯曾听。依依翠屏香冷，听夜雨、动离情。春深小楼，无心对锦瑟、空涕零。

鞠华翁　　绮寮怨·月下残棋

又见花阴如水，两心犹未平。正坐久、主客成三，空无语、影落楸枰。千年人间事业，垂成处、一著容易倾。便解围、小住何妨，机锋在，瞬息天又明。　甚似汉吴对营，纷纷不了，孤光照彻连城。又似残星，向零落、有余情。姮娥笑人迟暮，念才力、底须争。从亏又成，何人正听隔壁声。

刘辰翁　　　绮寮怨·漫道十年前事

青山和前韵忆旧时学馆，因复感慨同赋

漫道十年前事，闷怀天又阴。何须恨、典了西湖，更笑君、宴罢琼林。闲时数声啼鸟，凄然似、上阳宫女心。记断桥、急管危弦，歌声远，玉树金缕沉。　看万年枝上禽，徊徨落月，断肠理绝弦琴。魂梦追寻，挥泪赋白头吟。当年未知行乐，无日夜、望乡音。何期至今，绿杨外、芳草庭院深。

赵　文　　　绮寮怨·题写韵轩

绛阙珠宫何处，碧梧双凤吟。为底事、一落人间，轻题破、隐韵天音。当时点云滴雨，匆匆处、误墨沾素襟。算人间、最苦多情，争知道、天上情更深。　世事似晴又阴，罗襦甲帐，回头一梦难寻。虎啸嶔嵚，护遗迹、尚如今。斜阳落花流水，吹紫宇、澹成林。霜空月明，天风响、环佩飞翠禽。

赵功可　　　绮寮怨·和儿韵

怱怱东风又老，冷云吹晚阴。疏帘下、茶鼎孤烟，断桥外、梅豆千林。江南庾郎憔悴，睡未醒、病酒愁怎禁。倚阑干、一扇凉风，看平地、落花如雪深。　千曲囊中古琴，平泉金谷，不堪旧事重寻。当日登临，都化作、梦销沉。元龙丘垅无恙，谁唤起、共论心。哀歌怨吟，问何似、啼鸟枝上音。

绿 头 鸭

唐教坊曲名。又名《多丽》、《南山寿》、《跨金鸾》、《鸭头绿》、《陇头泉》。该调有平韵、仄韵两体，平韵体见晁端礼词，仄韵体见曹勋词。详见《多丽》条。

晁端礼　　　绿头鸭·锦堂深

锦堂深，兽炉轻喷沉烟。紫檀槽、金泥花面，美人斜抱当筵。挂罗绶、素肌莹玉，近鸾翅、云鬓梳蝉。玉笋轻拢，龙香细抹，凤凰飞出四条弦。碎牙板、烦襟消尽，秋气满庭轩。今宵月，依稀向人，欲斗婵娟。　变新声、能翻往事，眼前风景依然。路漫漫、汉妃出塞，夜悄悄、商妇移船。马上愁思，江边怨感，分明都向曲中传。困无力、劝人金盏，须要倒垂莲。拚沉醉，身世恍然，一梦游仙。

晁端礼　　　　绿头鸭·咏月

晚云收，淡天一片琉璃。烂银盘、来从海底，皓色千里澄辉。莹无尘、素娥淡伫，静可数、丹桂参差。玉露初零，金风未凛，一年无似此佳时。露坐久，疏萤时度，乌鹊正南飞。瑶台冷，栏干凭暖，欲下迟迟。　念佳人、音尘别后，对此应解相思。最关情、漏声正永，暗断肠、花影偷移。料得来宵，清光未减，阴晴天气又争知。共凝恋、如今别后，还是隔年期。人强健，清尊素影，长愿相随。

贺　铸　　　　绿头鸭·玉人家

玉人家，画楼珠箔临津。托微风、彩箫流怨，断肠马上曾闻。燕堂开、艳妆丛里，调琴思、认歌颦。麝蜡烟浓，玉莲漏短，更衣不待酒初醺。绣屏掩、枕鸳相就，香气渐暾暾。回廊影，疏钟淡月，几许销魂。　翠钗分、银笺封泪，舞鞋从此生尘。住兰舟、载将离恨，转南浦、背西曛。记取明年，蔷薇谢后，佳期应未误行云。风城远，楚梅香嫩，先寄一枝春。青门外，只凭芳草，寻访郎君。

晁补之　　　　绿头鸭·新秋近

韩师朴相公会上观佳妓轻盈弹琵琶

新秋近，晋公别馆开筵。喜清时、衔杯乐圣，未饶绿野堂边。绣屏深、丽人乍出，坐中雷雨起鹍弦。花暖间关，冰凝幽咽，宝钗摇动坠金钿。未弹了、昭君遗怨，四坐已凄然。西风里、香街驻马，嬉笑微传。　算从来、司空惯，断肠初对云鬟。夜将阑、井梧下叶，砌蛩收响悄林蝉。赖得多愁，浔阳司马，当时不在绮筵前。竞叹赏、檀槽倚困，沉醉到觥船。芳春调、红英翠萼，重变新妍。

王安中　　　　绿头鸭·大名岳宫作

魏都雄，凤凰飞观云间。佩麟符、荀池元老，暂辞西省仙班。憩甘棠、地澄远籁，咏华黍、河卷惊澜。碧草萋迷，丹毫冷落，圜扉铃索镇长闲。绣筵展、三台星近，锵玉韵珊珊。金尊滟、新醅方荐，薄暑初残。　　政成时、欢余客散，后园朱户休关。度秋风、画阑枕水，挂夜月、雕槛骑山。锦帐笼香，鸾钗按曲，琵琶双转语绵蛮。劝行□、傍眉黄气，先报衮衣还。登庸际，应褒旧德，喜动天颜。

周格非　　　　绿头鸭·陇头泉

陇头泉，未到陇下轻分。一声声、凄凉呜咽，岂堪侧耳重闻。细思量、那时携手，画楼高、帘幕黄昏。月不长圆，云多轻散，天应偏妒有情人。自别后、小窗幽院，无处不消魂。罗衣上，残妆未减，犹带啼痕。　　自一从、瓶沉簪折，杳知欲见无因。也浑疑、事如春梦，又只愁、人是朝云。破镜分来，朱弦断后，不堪独自对芳樽。试与问，多才谁更，匹配得文君。须知道，东阳瘦损，不为伤春。

张　纲　　　　绿头鸭·次韵王伯寿

敛晴烟，桂花如水轻寒。宴中秋、朋簪来会，满筵绿鬓朱颜。罄尊罍、兴吞海量，妙歌吹、声彻云端。独念衰残，强陪欢笑，恍然感旧觉悲酸。功名志，黄粱晓梦，老去奈何天。休追悔，天应教人，赢取身闲。　　想姮娥、情都如旧，也须知我贪欢。奈潘鬓、霜蓬渐满，况沈腰、革带频宽。月有重圆，人谁长健，一回相见一回难。王夫子，看君风度，何不早弹冠。莫学我，年年对月，扶病江干。

张　纲　　　　绿头鸭·次韵陈季明

爱家山，坐来心与云闲。念平生、功名有志，暮年多病知难。眷簪缨、未容引去，奈猿鹤、久已催还。松菊关情，莼鲈引兴，昔人高韵照尘寰。细追想，山林钟鼎，从古罕兼全。归来好，皇恩赐可，拂袖欣然。　　望西清、犹叨法从，梦魂宁隔台躔。莳七松、便为小隐，开三径、且乐余年。宾友相过，鸡豚为具，从容聊作饮中仙。君试听，阳春佳阕，今日恰新传。休辞酒，从教醉舞，踏碎花毡。

曹　勋　　　　绿头鸭·圣节

喜雨薰泛景，翠云低柳。正凉生殿阁，梅润晓天，暑风时候。应乘乾、彩虹流渚，惊电绕、璇霄枢斗。大业辉光，益建火德，梯航四海尽奔走。六府焕修，多方平定，寰宇歌元首。凝九有，三辰拱北，万邦孚佑。　　对祥烟、霁色清和，凤韶九成仪昼。听山声、响传呼舞，腾紫府、香浓金兽。禁籞升平，慈闱燕适，袆衣共上玉觞酒。齐奉舜图，南山同永，合殿备金奏。祝圣寿，圣寿无疆，两仪并久。

辛弃疾　　绿头鸭·七夕

叹飘零，离多会少堪惊。又争如、天人有信，不同浮世难凭。占秋初、桂花散采，向夜久、银汉无声。凤驾催云，红帷卷月，泠泠一水会双星。素杼冷，临风休织，深诉隔年诚。飞光浅，青童语款，丹鹊桥平。　　看人间、争求新巧，纷纷女伴欢迎。避灯时、彩丝未整，拜月处、蛛网先成。谁念监州，萧条官舍，烛摇秋扇坐中庭。笑此夕、金钗无据，遗恨满蓬瀛。欹高枕，梧桐听雨，如是天明。

利　登　　绿头鸭·晚春天

晚春天，柳丝初透晴烟。黯离怀、绿房深处，艳游曾记当年。衬龙绡、亭亭玉树，步鸳褥、窄窄金莲。烧蜜调蜂，翦花挑蝶，香云微湿绿弯鬟。嬉游困，倚郎私语，还爱抚郎肩。共携手，海棠院左，翡翠帘边。　　恨无情、锦笼鹦鹉，等闲轻语花前。昔相怜、关山咫尺，今相望、咫尺关山。是妾心阑，是郎意懒，是郎无分妾无缘。都休问、金枝云里，何日跨金鸾。深盟在，香囊暗解，终值双鸳。

无名氏　　绿头鸭·敛同云

敛同云，破腊雪霁前村。占阳和、孤根先暖，数枝已报新春。如青女、谩同素质，笑姑射、难并天真。疏影横斜，澄波清浅，暗香浮动月黄昏。山驿畔，行人立马，回首几销魂。江南远，陇使趁程，踏尽冰痕。　　有个人人，玉肌偏似，移我常对金尊。捻纤枝、鬓边斜戴，嗅芳蕊、眉晕潜分。素脸笼霞，香心喷日，寿阳妆罢酒初醒。待调鼎、须贪结子，忍见落纷纷。霜天晓，愁闻画角，声断谯门。

绿罗裙

此调本名《生查子》，因贺铸词有“记得绿罗裙，处处怜芳草”句，故更名《绿罗裙》。详见《生查子》条。

贺　铸　　**绿罗裙·东风柳陌长**

东风柳陌长，闭月花房小。应念画眉人，拂镜啼新晓。伤心南浦波，回首青门道。记得绿罗裙，处处怜芳草。

绿盖舞风轻

系周密自度曲。因其词为咏荷花而作，故取其意以为调名。双调，九十七字，上片十句、四仄韵，下片九句、五仄韵。此调只周密一词。

周　密　　**绿盖舞风轻·白莲赋**

玉立照新妆，翠盖亭亭，凌波步秋绮。真色生香，明珰摇淡月，舞袖斜倚。耿耿芳心，奈千缕、情丝萦系。恨开迟、不嫁东风，颦怨娇蕊。　　花底谩卜幽期，素手采珠房，粉艳初退。雨湿铅腮，碧云深、暗聚软绡清泪。访藕寻莲，楚江远、相思谁寄。棹歌回，衣露满身花气。

绿　意

即《疏影》。张炎词因咏荷叶，故更名为《绿意》。详见《疏影》条。

张　炎　　**绿意·碧圆自洁**

碧圆自洁，向浅洲远渚，亭亭清绝。犹有遗簪，不展秋心，能卷几多炎热。鸳鸯密语同倾盖，且莫与、浣纱人说。恐怨歌、忽断花风，碎却翠云千叠。　　回首当年汉舞，怕飞去、谩皱留仙裙折。恋恋青衫，犹染枯香，还叹鬓丝飘雪。盘心清露如铅水，又一夜、西风吹折。喜静看、匹练秋光，倒泻半湖明月。

琵琶仙

系姜夔自度曲。双调，一百字，上片九句、四仄韵，下片八句、四仄韵。此调只姜夔一词。

姜　夔　　　琵琶仙·双桨来时

吴都赋云：户藏烟浦，家具画船。唯吴兴为然。春游之盛，西湖未能过也。己酉岁，予与萧时父载酒南郭，感遇成歌

双桨来时，有人似、旧曲桃根桃叶。歌扇轻约飞花，蛾眉正奇绝。春渐远、汀洲自绿，更添了、几声啼鴂。十里扬州，三生杜牧，前事休说。　又还是、宫烛分烟，奈愁里、匆匆换时节。都把一襟芳思，与空阶榆荚。千万缕、藏鸦细柳，为玉尊、起舞回雪。想见西出阳关，故人初别。

琴调相思引

即《相思引》。调见宋贺铸《贺方回词》卷一。七十三字，押仄韵。另有平韵。详见《相思引》条。

贺　铸　琴调相思引·送范殿监赴黄冈

终日怀归翻送客，春风祖席，南城陌。便莫惜，离觞频卷白。动管色，催行色。动管色，催行色。　何处投鞍风雨夕，临水驿，空山驿。临水驿，空山驿。纵明月相思千里隔，梦咫尺，勤书尺。梦咫尺，勤书尺。

贺　铸　琴调相思引·团扇单衣杨柳陌

团扇单衣杨柳陌，花似春风□无迹。赖白玉香奁供粉泽，借秀色，添春色。借秀色，添春色。　云幕华灯张绮席，半醉客，留醒客。半醉客，留醒客。渐促膝倾鬟琴差拍，问此夕，知何夕。问此夕，知何夕。

周邦彦　琴调相思引·生碧香罗粉兰香

生碧香罗粉兰香，冷绡缄泪倩谁将。故人何在，烟水隔潇湘。　花落燕□春欲老，絮吹思浪日偏长。一些儿事，何处不思量。

赵彦端　琴调相思引·临别余干席上作

拂拂轻阴雨曲尘，小庭深幕堕娇云。好花无几，犹是洛阳春。　燕语似知怀旧主，水生只解送行人。可堪诗墨，和泪渍罗巾。

赵彦端　琴调相思引·曾蹑姑苏城上台

曾蹑姑苏城上台，好山知有好人来。几回徙倚，月里暮云开。　闲倚和风千步柳，倦临残雪一枝梅。暖香高烛，翻动道人灰。

卢祖皋　琴调相思引·陆续鸣鸠呼晓晴

陆续鸣鸠呼晓晴，霏微残雾湿春城。未成梅雨，先做麦寒轻。　长日愔愔花又落，短屏曲曲酒初醒。小舟无绪，闲带牡丹行。

卢祖皋　琴调相思引·同子高舣舟叶家庄

夹岸垂杨步障深，露桥横截影沉沉。数家篱落，一晌晚凉侵。　闲倚短篙停夜月，静看双翅落栖禽。久无羁思，前事忽惊心。

许　棐　琴调相思引·组绣盈箱锦满机

组绣盈箱锦满机，倩谁缝作护花衣。恐花飞去，无复上芳枝。　已恨远山迷望眼，不须更画远山眉。正无聊赖，雨外一鸠啼。

陈允平　琴调相思引·金谷园林锦绣香

金谷园林锦绣香，踏青挑菜又相将。凤台人远，离思入三湘。　花著雨添红粉重，柳随风曳碧丝长。薄情鸾燕，春去怎商量。

赵与仁　　琴调相思引·冰箔纱帘小院清

冰箔纱帘小院清，晴尘不动地花平。昨宵风雨，凉到木樨屏。　香月照妆秋粉薄，水云飞佩藕丝轻。好天良夜，闲理玉靴笙。

汪元量　　琴调相思引·越上赏花

晓拂菱花巧画眉，猩罗新剪作春衣。恐春归去，无处看花枝。　已恨东风成去客，更教飞燕舞些时。惜花人醉，头上插花归。

仇　远　　琴调相思引·鸦墨斜行印粉香

鸦墨斜行印粉香，倚楼凝望过鸿将。寸心天远，月冷梦浮湘。　题恨谩留诗叶小，合欢空恋舞衣长。旧愁千斛，深浅倩谁量。

琴调相思令

即《长相思》，宋赵鼎词名《琴调相思令》。详见《长相思》条。

赵　鼎　　琴调相思令·思归词

归去来，归去来，昨夜东风吹梦回，家山安在哉。　酒一杯，复一杯，准拟愁怀待酒开，愁多肠九回。

替 人 愁

即《太平时》，又名《添声杨柳枝》。贺铸词中有“谁家红袖倚津楼，替人愁”句，故更名《替人愁》。详见《太平时》条。

贺　铸　　替人愁·风紧云轻欲变秋

风紧云轻欲变秋，雨初收。江城水路漫悠悠，带汀洲。正是客心孤迥处，转归舟。谁家红袖倚津楼，替人愁。

堪画看

即《渔歌子》，宋徐积词名《堪画看》。详见《渔歌子》条。

徐 积　　堪画看·讨得渔竿买得船

讨得渔竿买得船，归休何必待高年。深浪里，乱云边，只有逍遥是水仙。

越山青

即《长相思》，仇远词名《越山青》。详见《长相思》条。

仇 远　　越山青·四月时

四月时，五月时，柳絮无风不肯飞，卷帘看燕归。　雨凄凄，草凄凄，及早关门睡起迟，省人多少诗。

越女镜心

即《法曲献仙音》。因唐朝张籍《酬朱庆余》诗有“越女新妆出镜心”句，姜夔词调名为《越女镜心》。详见《法曲献仙音》条。

姜 夔　　越女镜心·别席毛莹

风竹吹香，水枫鸣绿，睡觉凉生金缕。镜底同心，枕前双玉，相看转伤幽素。傍绮阁、轻阴度，飞来鉴湖雨。　近重午，燎银篝、暗薰溽暑。罗扇小、空写数行怨苦。纤手结芳兰，且休歌、九辩怀楚。故国情多，对溪山、都是离绪。但一川烟苇，恨满西陵归路。

越江吟

又名《秋风叹》、《宴瑶池》、《琴调瑶池宴》、《瑶池宴》、《瑶池宴令》。单调、三十二字，六句、六仄韵。

苏轼词为双调、五十一字，前段七句、七仄韵，后段六句、六仄韵。贺铸因苏词起句有“瑶池宴”而更名为“宴瑶池”。《乐府雅词》又名“瑶池宴令”。

苏易简　　越江吟·神仙神仙瑶池宴

神仙神仙瑶池宴，片片，碧桃零落春风晚。翠云开处，隐隐金舆挽，玉麟背冷清风远。

越溪春

因欧阳修词中有“春色遍天涯，越溪阆苑繁华地”句，故取以为调名。双调，七十五字，上片七句、三平韵，下片六句、四平韵。此调只欧阳修一词。

欧阳修　　越溪春·三月十三寒食日

三月十三寒食日，春色遍天涯。越溪阆苑繁华地，傍禁垣、珠翠烟霞。红粉墙头，秋千影里，临水人家。　　归来晚驻香车，银箭透窗纱。有时三点两点雨霁，朱门柳细风斜。沉麝不烧金鸭冷，笼月照梨花。

喜长新

唐教坊曲名。调见《花草粹编》卷二宋王益柔词。双调，四十七字，上片四句、四平韵，下片四句、三平韵。此调只王益柔一词。

王益柔　　喜长新·秋云朔吹晓徘徊

秋云朔吹晓徘徊，雪照楼台。梁王宴召有邹枚，相如独逞雄才。　　明烛薰炉香暖，深劝金杯。庭前粉艳有寒梅，一枝昨夜先开。

喜迁莺

《诗·小雅·伐木》：“伐木丁丁，鸟鸣嘤嘤。出自幽谷，迁于乔木。”此调名即源于此。又名《万年枝》、《鹤冲天》、《春光好》、《喜迁莺令》、《喜迁莺慢》、《燕归来》、《早梅芳》、《烘春桃李》、《黄钟喜迁莺》。此调有小令、长调之别。小令有四十六字、四十七字等数体。其四十七字，上片五句、四平韵，下片五句、三仄韵、两平韵为正体。长调有一百零三字、一百零五字等数体。其一百零三字，有上下片各十一句、五仄韵；也有上片十句、五仄韵，下片十二句、六仄韵等。

夏　竦　　　　喜迁莺·霞散绮

霞散绮，月沉钩，帘卷未央楼。夜凉河汉截天流，宫阙锁清秋。　　瑶阶曙，金盘露，凤髓香和烟雾。三千珠翠拥宸游，水殿按凉州。

晏　殊　　　　喜迁莺·风转蕙

风转蕙，露催莲，莺语尚绵蛮。尧蓂随月欲团圆，真驭降荷兰。　　褰油幕，调清乐，四海一家同乐。千官心在玉炉香，圣寿祝天长。

晏　殊　　　　喜迁莺·歌敛黛

歌敛黛，舞萦风，迟日象筵中。分行珠翠簇繁红，云髻袅珑璁。　　金炉暖，龙香远，共祝尧龄万万。曲终休解画罗衣，留伴彩云飞。

晏　殊　　　　喜迁莺·花不尽

花不尽，柳无穷，应与我情同。觥船一棹百分空，何处不相逢。　　朱弦悄，知音少，天若有情应老。劝君看取利名场，今古梦茫茫。

此首别作杜安世词

晏　殊　　　　喜迁莺·烛飘花

烛飘花，香掩烬，中夜酒初醒。画楼残点两三声，窗外月胧明。　　晓帘垂，惊鹊去，好梦不知何处。南园春色已归来，庭树有寒梅。

晏　殊　　　　喜迁莺·曙河低

曙河低，斜月淡，帘外早凉天。玉楼清唱倚朱弦，余韵入疏烟。　　脸霞轻，眉翠重，欲舞钗钿摇动。人人如意祝炉香，为寿百千长。

杜安世　　　**喜迁莺·花不尽**

花不尽，柳无穷，应与我心同。觥船一棹百分空，何处不相逢。　　朱弦悄，知音少，天若有情应老。劝君看取利名场，今古梦忙忙。

此首别作晏殊词

蔡　挺　　　**喜迁莺·霜天清晓**

霜天清晓，望紫塞古垒，寒云衰草。汗马嘶风，边鸿翻月，垄上铁衣寒早。剑歌骑曲悲壮，尽道君恩难报。塞垣乐，尽双鞬锦带，山西年少。　　谈笑，刁斗静，烽火一把，常送平安耗。圣主忧边，威灵遐布，骄虏且宽天讨。岁华向晚愁思，谁念玉关人老。太平也，且欢娱，不惜金尊频倒。

黄　裳　　　**喜迁莺·表海亭冬日闲宴**

雕栏闲倚，瑞雪霁、浣出人间金碧。下想名园，芳心多少，欲占九州颜色。洞开路入丹汉，自是神仙真宅。寒吟外，看歌云舞雪，光阴难得。　　谁共怀古意，东海一老，居易头垂白。自此英雄，功名相继，空有寂寥遗迹。圣贤电拂休笑，离合许多宾客。使君乐与人同，且对云门斜日。

黄　裳　　　**喜迁莺·端午泛湖**

梅霖初歇，乍绛蕊海榴，争开时节。角黍包金，香蒲切玉，是处玳筵罗列。斗巧尽输年少，玉腕彩丝双结。舣彩舫，看龙舟两两，波心齐发。　　奇绝，难画处，激起浪花，飞作湖间雪。画鼓喧雷，红旗闪电，夺罢锦标方彻。望中水天日暮，犹见朱帘高揭。归棹晚，载荷花十里，一钩新月。

晁端礼　　　**喜迁莺·嫩柳初摇翠**

嫩柳初摇翠，怪朝来早有，飞花零坠。洞门斜开，珠帘初卷，惊起谢娘吟缀。蕊珠宫殿晓，谁乱把、云英揉碎。气候晚，被寒风卷渡，龙沙千里。　　沉醉，深院里，粉面照人，疑是瑶池会。润拂炉烟，寒欺酒力，低压管弦声沸。艳阳过半也，应是好、郊原新霁。待更与上层楼，遍倚栏干十二。

晁端礼　　喜迁莺·伫立蘅皋暮

伫立蘅皋暮，冻云乍敛，霜飙微冽。帐饮杯深，阳关声苦，愁见画船催发。夜来红泪烛，还解惜、王孙轻别。怅望处，乍金丝冷落，兰薰销歇。　闻说，归兴切，华鬓未生，得意浓时节。画戟门开，斑衣追逐，晓日凤凰双阙。帝城春信早，随处有、江梅攀折。烂熳赏，也多应忘了，东堂风月。

晁端礼　　喜迁莺·清和时序

清和时序，望桂影渐生，薰风微度。挺秀金芝，传芳玉叶，天上瑞麟重睹，竞爽谢庭兰玉，信美西雝鸳鹭。庆门里，把丹枝争折，青云平步。　声誉，喧盛世，人咏少年，古锦囊中句。艺祖诸孙，宗王贤子，偏爱汝阳眉宇。画堂令辰称寿，愿与冈陵同固。更看取，继汧公勋业，东平茅土。

秦　观　　喜迁莺·西风落叶

西风落叶，正祖席将收，离歌三叠。鹤喜仙还，珠愁主去，立马城头难别。三十六湖春水，二十四桥秋月。争羡道，这水如膏泽，月同莹洁。　殊绝，郊陌上，桑柘阴阴，听得行人说。三木论囚，五花判事，个个待公方决。鸾凤清标重睹，驷马高门须设。挥袂处，望甘棠召伯，教人凄咽。

秦　观　　喜迁莺·梅花春动

梅花春动，见佳气充庭，祥烟萦栋。华发方欢，斑衣正舞，飞下九霄丹凤。温诏辉煌宠渥，御墨淋漓恩重。平世里，把荣华占断，谁人堪共。　听颂，天付与，五福随身，总是阴功种。帘幕笼云，楼台丽日，不数蓬莱仙洞。白雪歌翻瑶瑟，玄露酒倾银瓮。更愿取，早起来廊庙，为苍生用。

秦　观　　喜迁莺·花香馥郁

花香馥郁，正春色平中，海筹添屋。金马清才，玉麟旧守，帝遣暂临江国。冠盖光生南楚，川岳灵钟西蜀。堪羡是，有汪洋万顷，珠玑千斛。　听祝，愿多寿，多福多男，溥作苍生福。碧柳绯桃，锦袍乌帽，辉映颜朱鬓绿。早见鹤楼风采，归掌鸾坡机轴。百岁里，庆团圞长似，冰轮满足。

曹　宰　　　　喜迁莺·冬寿太守

岁华将近，得昨夜一枝，江南佳信。建水城中，武夷峰上，恰属老人星分。间世挺生贤哲，贾马文章清俊。推太守，想区区百里，难淹良骏。　舆论怀报也，暂把玉山，寄与丹青晕。寿旦方临，祠堂其立，底事古今谁胜。自有养生妙诀，赢得朱颜芳鬓。犹更好，佩金鱼宝带，凌烟优选。

曹　宰　　　　喜迁莺·皇都春早

皇都春早，正媚景霁色，融和时候。宿霭初收，祥烟新布，桃李满林惟绣。挺生圣朝哲辅，风采独居人右。世希有，看陈思名族，平阳革裔。　眷厚知已久，近辅名藩，符竹频分剖。一节趋朝，神京作镇，高掩昔年贤守。芝检异恩才下，玉笋清班须簉。寿龄远，与湖山同永，松椿同寿。

曹　宰　　　　喜迁莺·梅含春信

梅含春信，冒北律严寒，南枝先暖。月上初弦，蓂开九叶，嵩岳诞生英俊。冰玉丰姿莹彻，锦绣文章焕烂。人歌赞，是今朝卓鲁，他年伊旦。　犹羡瓜期近，课春九重，优陟公卿选。列鼎鸣钟，乘轩袭冕，直把功名占断。好是宾僚会宴，争捧觥觞频劝。重重愿，与青青松柏，岁寒难变。

张继先　　　喜迁莺·题郭南仲庵壁

深源密坞，问牧竖樵童，俱迷方所。蓬藋纵横，龙蛇出没，玉峡搀空无路。不恋雁塔荣名，解守鱼渊寒素。这勤苦，但坚心自有，神灵呵护。　猛悟，无回顾，一点虚明，万劫无今古。胎息根深，灵泉穴秘，静里运调阳火。莫问地久天长，管取收因结果。休轻负，把天谷真机，与君说破。

张继先　　　　喜迁莺·情缠识缚

情缠识缚，叹时人不悟，酒中真乐。纵欲招愆，迷心失行，却道为他狂药。须信醉舞狂歌，也有良知真觉。无倚泊，任暖气同流，三关三络。　落魄，清闲客，醉乡深处，风月长酬酢。空花消亡，光明显露，人我自皆忘却。不问市酝村醪，尽可浅斟低酌。从鄙薄，竞口口谈醒，言言成错。

刘一止　　　　　喜迁莺·晓行

晓光催角，听宿鸟未惊，邻鸡先觉。迤逦烟村，马嘶人起，残月尚穿林薄。泪痕带霜微凝，酒力冲寒犹弱。叹倦客、悄不禁，重染风尘京洛。　　追念，人别后，心事万重，难觅孤鸿托。翠幌娇深，曲屏香暖，争念岁寒飘泊。怨月恨花烦恼，不是不曾经著。这情味，望一成消减，新来还恶。

江　汉　　　　　喜迁莺·升平无际

升平无际，庆八载相业，君臣鱼水。镇抚风棱，调燮精神，合是圣朝房魏。凤山政好，还被画毂朱轮催起。按锦辔，映玉带金鱼，都人争指。　　丹陛，常注意，追念裕陵，元佐今无几。绣衮香浓，鼎槐风细，荣耀满门朱紫。四方具瞻师表，尽道一夔足矣。运化笔，又管领年年，烘春桃李。

赵温之　　　　　喜迁莺·琼姿冰体

琼姿冰体，料莹光乍傅，广寒宫里。北陆寒深，南园春先，此后万花方起。剪霞斗萼，裁蕊砌□，天与高致。大潇洒，最宜雪宜月，宜亭宜水。　　好是，天涯庾岭上，万株浮动香千里，屏写横斜，鬟插垂袅，占尽秀骨清意。醉魂易醒，吟兴信来，佳思无际。为传语，向东风，甘使无言桃李。

李　纲　　　　　喜迁莺·晋师胜淝上

长江千里，限南北、雪浪云涛无际。天险难逾，人谋克壮，索虏岂能吞噬。阿坚百万南牧，倏忽长驱吾地。破强敌，在谢公处画，从容颐指。　　奇伟，淝水上，八千戈甲，结阵当蛇豕。鞭弭周旋，旌旗麾动，坐却北军风靡。夜闻数声鸣鹤，尽道王师将至。延晋祚，庇烝民，周雅何曾专美。

李　纲　　　　　喜迁莺·真宗幸澶渊

边城寒早，恣骄虏、远牧甘泉丰草。铁马嘶风，毡裘凌雪，坐使一方云扰。庙堂折冲无策，欲幸坤维江表。叱群议，赖寇公力挽，亲行天讨。　　缥缈，銮辂动，霓旌龙旆，遥指澶渊道。日照金戈，云随黄伞，径渡大河清晓。六军万姓呼舞，箭发狄酋难保。虏情詟，誓书来，从此年年修好。

李　纲　　　喜迁莺·自池阳泛舟

江天霜晓，对万顷雪浪，云涛弥渺。远岫参差，烟树微茫，阅尽往来人老。浅沙别浦极望，满目余霞残照。暮云敛，放一轮明月，窥人怀抱。　　杳杳，千里恨，玉人一别，梦断无音耗。手捻江梅，枝头春信，欲寄算应难到。画船片帆浮碧，更值风高波浩。几时得向尊前，销却许多烦恼。

李　纲　　　喜迁莺·塞上词

边城寒早，对漠漠暮秋，霜风烟草。战□长闲，刁斗无声，空使荷戈人老。陇头立马极目，万里长城古道。感怀处，问仲宣云乐，从军多少。　　缥缈，云岭外，夕烽一点，塞上传光小。玉帐尊罍，青油谈笑，肯把壮怀销了。画楼数声残角，吹彻梅花霜晓。愿岁岁静烟尘，羌虏常修邻好。

蔡　伸　　　喜迁莺·青娥呈瑞

青娥呈瑞，正惨惨暮寒，同云千里。剪水飞花，渐渐瑶英，密洒翠筠声细。邃馆静深，金铺半掩，重帘垂地。明窗外，伴疏梅潇洒，玉肌香腻。　　幽人当此际，醒魂照影，永漏愁无寐。强拊清尊，慵添宝鸭，谁会黯然情味。幸有赏心人，奈咫尺、重门深闭。今夜里，算忍教孤负，浓香鸳被。

史　浩　　　喜迁莺·叔父生日

风阙朱旗展，弄罢五弦，南薰敲竹。雨糁桃蹊，钱浮荷沼，一瞬染成新绿。玉皇香案吏，曾是时、鹤飞江国。对此际，每丹霄效瑞，非烟郁郁。　　卜筑，陶山曲，风榭月台，图画应难足。绿绮春浓，青蛇星烂，肯便稳栖烟麓。玳筵称寿，清皓齿、霏霏珠玉。竞屈指，看芝封紫检，鸣驺入谷。

史　浩　　　喜迁莺·癸酉岁元宵与绍兴守曹景游

征鸿回北，正雪洗烧痕，千岩匀绿。鱼纵新漪，梅繁断岸，春到鉴湖一曲。满城绣帘珠幌，暖响聒天丝竹。渐向晚，放芙蕖千顷，交辉华烛。　　贤牧，棠阴静，康阜政成，褒诏来黄屋。玉笋光寒，紫荷香润，人道此装须趣。且出催花银漏，恣饮宝觥醽醁。向明岁，看传柑归去，腰横金粟。

史　浩　　　喜迁莺·收灯后会客

才过元夕，送宴赏未阑，欢娱无极。且莫收灯，仍休止酒，留取凤笙龙笛。金马玉堂学士，当此同开华席。最堪爱，是兰膏光在，金釭连壁。　　难觅，交欢处，杯吸百川，雅量皆勍敌。老子衰迟，居然怀感，厚意怎生酬得。况已倦游客路，一志归安泉石。但屈指，愿诸贤衮绣，联飞鹏翼。

史　浩　　　喜迁莺·立春

谯门残月，正画角晓寒，梅花吹彻。瑞日烘云，和风解冻，青帝乍临东阙。暖响土牛箫鼓，夹路珠帘高揭。最好是，看彩幡金胜，钗头双结。　　奇绝，开宴处，珠履玳簪，俎豆争罗列。舞袖翩翻，歌声缥缈，压倒柳腰莺舌。劝我应时纳祐，还把金炉香爇。愿岁岁，这一卮春酒，长陪佳节。

此首别作胡浩然词

史　浩　　　喜迁莺·守岁

雪消春浅，听爆竹送穷，椒花待旦。系马合簪，鸣鸦列炬，几处玳筵开宴。介我百千眉寿，齐捧玉壶金盏。最奇绝，是小桃新坼，争妍粉面。　　女伴，频告语，守岁通宵，莫放笙歌散。酒晕朝霞，寒欺重翠，却忆凤屏香暖。笑拂满身花影，遥指珠帘深院。待到了，道一声稳睡，明年相见。

史　浩　　　喜迁莺·四明洞天

凭高寓目，爱屹起四窗，云南云北。缥缈烟霞，萧森松竹，多少洞天岩谷。著向十洲三岛，入海何妨登陆。要知处，在皇家新赐，西湖一曲。　　林麓，真胜概，樊榭鹿亭，百卉生幽馥。绿绮春浓，青蛇星烂，隔断世间尘俗。笑呼羡门俦侣，时引宝觞醽醁。醉和醒，但南山之寿，难忘勤祝。

史　浩　　　喜迁莺·清明

三春正美，是霁景融和，韶华如绮。夹岸香红，登墙粉白，开遍故园桃李。画舸绣帘高卷，锦毂朱轩低倚。对此际，向池台好处，争倾绿蚁。　　醉里，须醒悟，些子芳菲，造物都谩你。一瞬光阴，霎时蜂蝶，还付落花流水。我有大丹九转，真个长春不死。待得了，把高歌清赏，随缘而已。

康与之　　　喜迁莺·丞相生日

腊残春早，正帘幕护寒，楼台清晓。宝运当千，佳辰余五，嵩岳诞生元老。帝遣阜安宗社，人仰雍容廊庙。尽总道，是文章孔孟，勋庸周召。　师表，方眷遇，鱼水君臣，须信从来少。玉带金鱼，朱颜绿鬓，占断世间荣耀。篆刻鼎彝将遍，整顿乾坤都了。愿岁岁，见柳梢青浅，梅英红小。

康与之　　　喜迁莺·秋夜闻雁

秋寒初劲，看云路雁来，碧天如镜。湘浦烟深，衡阳沙远，风外几行斜阵。回首塞门何处，故国关河重省。汉使老，认上林欲下，徘徊清影。　江南烟水暝，声过小楼，烛暗金猊冷。送目鸣琴，裁诗挑锦，此恨此情无尽。梦想洞庭飞下，散入云涛千顷。过尽也，奈杜陵人远，玉关无信。

曾　觌　　喜迁莺·福唐平荡海寇宴犒将士席上作

七闽形胜，镇南纪会府，山川交映。箫鼓喧天，绮罗盈市，不负四时风景。共喜太平无事，岂料横池不逞。殄群丑，看一鼓雷奔，沧溟波静。　指纵诗书帅，曾到凤池，密勿陪几政。暂淹筹帏，催分战舰，总出智谋先定。想见捷书初上，尽道臣贤主圣。正图旧，听重宣丹诏，归调金鼎。

赵彦端　　　喜迁莺·秋望

登山临水，正桂岭瘴开，蘋洲风起。玄鹤高翔，苍鹰远击，白鹭欲飞还止。江上澄波似练，沙际行人如蚁。目断处，见遥峰蹙翠，残霞浮绮。　千里，关塞远，雁阵不来，犹把阑干倚。数叠悲笳，一行征旆，城郭几番成毁。白塔前朝寝陵，青嶂故都营垒。念往事，但寒烟满目，秋蝉盈耳。

王千秋　　　喜迁莺·春前腊尾

春前腊尾，问谁会开解，幽人心里。映竹精神，凌风标致，姑射昔闻今是。试妆竞看吹面，寄驿胜传缄纸。迥潇洒，更香来林表，枝横溪底。　谁为，停征骑，评蕙品兰，俱恐非同里。天意深怜，花神偏巧，持为翦冰裁水。拟唤绿衣来舞，只许苍官相倚。醉眠稳，尽参横月落，留连行李。

王千秋　　　喜迁莺·玉龙垂尾

玉龙垂尾，望阙角岧峣，如侵云里。明璧榱题，白银阶陛，平日世间无是。静久声鸣槛竹，夜半色侵窗纸。最奇处，尽巧妆枝上，低飞檐底。　当为，呼游骑，嗾犬擎苍，腰箭随邻里。藉草烹鲜，枯枝煎茗，点化玉花为水。未挹瑶台风露，且借琼林栖倚。眩银海，待斜披鹤氅，骑鲸寻李。

曹　冠　　　喜廷莺·上巳游涵碧

艳阳时序，向袚禊芳辰，登临仙府。碧水澄虚，修篁耸翠，夹径蕙兰香吐。春晚巧莺声碎，风卷飞红无数。凝望处，见桑村麦陇，竹溪烟浦。　欢聚，须信道，游宦东西，易得成离阻。北海开尊，东山乘兴，四乐偷闲赢取。棋战新来常胜，诗瘦只因吟苦。心湛静，笑白云多事，等闲为雨。

耿时举　　喜迁莺·送阜卿显谟知镇江府

暮春清昼，政莺帡夏林，棠阴初秀。鼓角讙雄，旌旗明灭，宝马又还西骤。山水六朝堪画，宫阙千门如绣。印悬斗，盛元戎小队，花间迎候。　芳酎，为公寿，带雨梨花，未用啼红袖。玉帐风前，胡床月下，谈笑要清群丑。桃叶渡船应在，太白酒楼依旧。暂回首，看槐班爰立，沙堤成就。

郝子直　　　喜迁莺·风云际会

风云际会，自军兴勋业，唯公屈指。中镝红心，骄虏胆丧，中正已回天意。采石扶危鏖战，激励熊罴乘势。震天地，沮金狄百万，完颜诛毙。　英卫，摅红气，寰海共欣，雪恨亡胡岁。宸眷褒功，华衮貂蝉，荣拜济时左揆。圣君用贤终始，肯使留侯谦退。后范蠡，愿永佐中兴，庄椿同纪。

申　纯　　　喜迁莺·园林过雨

园林过雨，问满目媚景，是谁为主。翠柳舒眉，黄鹂调舌，镇日恣狂歌舞。金衣公子何事，牵惹万千愁绪。芳草地，有香车宝马，骈阗几许。　无据，行乐处。好景良辰，休把空辜负。一种春风，几多图画，听取绵蛮簧语。又向暗巢偷眼，欲啄花心无路。短墙外，待放伊飞过，旁人低诉。

沈端节　　　　喜迁莺·冰池轻皱

冰池轻皱，喜寒律乍回，微阳初透。岁晚云黄，日晴烟暖，昼刻暗添宫漏。山色岸容都变，春意欲传官柳。最好处，正酥融粉薄，一枝梅瘦。　　行乐，春渐近，景胜欢长，幼眇丝簧奏。鸣玉鹓行，退朝花院，犹有御香沾袖。试问西邻虽富，何似东皋依旧。趁未老，便优游林壑，围棋把酒。

沈端节　　　　喜迁莺·暮云千里

暮云千里，正小雨乍晴，霜风初起。芦荻江边，月昏人静，独自小船儿里。消魂几声新雁，合造愁人天气。怎奈何，少年时光景，一成抛弃。　　回首空肠断，尺素未传，应是无双鲤。闷酒孤斟，半醺还醒，干净不如不醉。有得恁多烦恼，直是没些如意。受尽也，待今回厮见，从头说似。

赵长卿　　　　喜迁莺·上魏安抚

商飙轻透，动帘幕飞梧，乱飘庭甃。瑞气氤氲，沉檀初爇，烟喷宝台金兽。黄花美酒，天教占得，先他时候。诞元老，庆有声，此夕降生华胄。　　欢笑，宜称寿，弦管鼎沸，宫商方频奏。满捧瑶卮，华堂歌舞，拍转金钗斜溜。朱颜绿鬓，殷勤深愿，镇长如旧。叹滨海，道难留，指日荣迁飞骤。

辛弃疾　　　　喜迁莺·暑风凉月

晋臣赋芙蓉词见寿，用韵为谢

暑风凉月，爱亭亭无数，绿衣持节。掩冉如羞，参差似妒，拥出芙渠花发。步衬潘娘堪恨，貌比六郎谁洁。添白鹭，晚晴时，公子佳人并列。　　休说，搴木末，当日灵均，恨与君王别。心阻媒劳，交疏怨极，恩不甚兮轻绝。千古离骚文字，芳至今犹未歇。都休问，但千杯快饮，露荷翻叶。

赵善扛　　　　喜迁莺·春宴

韶华骀荡，看化工尽力，安排春仗。薄雾霏烟，软风轻日，物态与人交畅。鸟声弄巧千调，楼影垂空十丈。乱花柳，粲宝钿缨络、彩丝帷帐。　　佳赏，辉艳冶，笑语盈盈，花面交相向。歌运长缫，酒凝深碧，和气盎然席上。好春易苦风雨，人意难逢舒放。但拍掌，醉陶然一笑，忘形天壤。

刘仙伦　　　　喜迁莺·寿令人

祥云笼昼，正梅花弄粉，岁寒时候。长记今朝，瑶台仙子，降作人间明秀。四德生来全备，绿鬓年年依旧。更满目，儿妇儿孙，森罗前后。　　知否，笙歌奏，去岁芳筵，好事今年又。寿烛高烧，寿词齐唱，满劝长生酒。元自荣华富贵，况复康宁福寿。愿此去，等鹤算龟龄，天长地久。

易　祓　　　　喜迁莺·春感

帝城春昼，见杏脸桃腮，胭脂微透。一霎儿晴，一霎儿雨，正是催花时候。淡烟细柳如画，雅称踏青携手。怎知道、那人人，独倚阑干消瘦。　　别后，音信断，应是泪珠，滴遍香罗袖。记得年时，胆瓶儿畔，曾把牡丹同嗅。故乡水遥山远，怎得新欢如旧。强消遣，把闲愁推入，花前杯酒。

李　焕　　　　喜迁莺·云蒸雷动

云蒸雷动，庆瑞岳降真，祥生申甫。元后慈贤，勋臣英烈，百世显光家谱。久许致身忠孝，何止满怀今古。听舆论，是侯王苗裔，神仙俦侣。　　争睹藩尹盛，刑措政成，和气横眉宇。北阙莺花，西湖风月，旌骑稳游天路。福海寿山无比，烂醉黄堂歌舞。正荣耀，有华姻宠授，清朝恩数。

李　焕　　　　喜迁莺·风云嘉会

风云嘉会，有英杰瑞时，来符平泰。子建才华，平阳勋业，流庆至今犹在。闾史卿来曾记，骨相堂堂庞艾。少年日，已心包云泽，名高嵩岱。　　超迈人尽道，今代吏师，小试犹淹大。两路登车，三州出牧，游刃了无凝碍。便合进推荷橐，迤逦参陪天绛。愿从此，奉明君真相，优游千载。

林伯镇　　　　喜迁莺·百年卿族

百年卿族，更七叶桂籍，蝉联相续。早冠鳌峰，入持魁柄，却商野耕岩筑。搢绅望山瞻斗，勋业铭书金竹。倦陶冶，暂镜湖舒啸，琳宫休足。　　催促，归秉轴，须与君王，同享无疆福。缓访赤松，莫留绿野，宇县待公恢复。手把命珪堂印，腰束精镠寒玉。愿岁岁，看和羹梅绽，古阶槐绿。

吴礼之　　　喜迁莺·闰元宵

银蟾光彩，喜稔岁闰正，元宵还再。乐事难并，佳时罕遇，依旧试灯何碍。花市又移星汉，莲炬重芳人海。尽勾引，遍嬉游宝马，香车喧隘。　　晴快，天意教、人月更圆，偿足风流债。媚柳烟浓，夭桃红小，景物迥然堪爱。巷陌笑声不断，襟袖余香仍在。待归也，便相期明日，踏青挑菜。

程　珌　　　喜迁莺·别陈新恩

少年意气，恼燕兵胡鞚，虏王区脱。眼底朦胧，腹中空洞，不著曹刘元白。闻道殊科八中，也要彩卢连掷。收拾尽，到如今但有，寸心如铁。　　天付，真奇特，口静神充，双眼胡僧碧。楚国离骚，唐朝词学，未信芳尘□歇。结取佳人香佩，截断儿曹绮舌。归去也，且斓斑戏彩，好春长日。

程　珌　　　喜迁莺·寿李文昌

评君谁似，似长松千丈，离奇多节。骨瘦棱棱，文高荦荦，今日□来仙阙。走卒识公容貌，酋虏问公官阀。更史馆，一编书多少，频添勋业。　　伟绝，今岁别，新绿名孙，又见枝生叶。底事七旬，双瞳如水，毕竟桂花方发。赐第彤墀秋早，又一瑶枢光洁。故人也，念相逢谁似，凤池同列。

程　珌　　　喜迁莺·寿薛尚书

一天风露，喜初行弹压，人间残暑。金母此时，云軿先降，又见枢星光吐。人道鸿蒙逢日，可是东方明处。更天上、走王人络绎，仪鸾琼醑。　　听语，更希举，试把皇朝、盛事都来数。当日鳌头，皇扉侍母，绿发方瞳□□。更有飞凫王季，往往文星再聚。浑休问，但回班千岁，貂蝉成谱。

程　珌　　　喜迁莺·寿薛枢密

去年玉燕，记曾期今岁，瑶光入度。今日都人，从头屈指，尽是黑头公辅。争道一朝语合，谁信千龄际遇。更积雨，晓来晴，洗出琉璃秋宇。　笑语，知何许，旆卷青霓，来自钧天所。道骨仙风，安排顿著，须是人间紫府。要识云台高绝，更有风池深处。从今数，看千秋万岁，永承明主。

史达祖　　喜迁莺·月波疑滴

月波疑滴，望玉壶天近，了无尘隔。翠眼圈花，冰丝织练，黄道宝光相直。自怜诗酒瘦，难应接、许多春色。最无赖，是随香趁烛，曾伴狂客。　踪迹，漫记忆，老了杜郎，忍听东风笛。柳院灯疏，梅厅雪在，谁与细倾春碧。旧情拘未定，犹自学、当年游历。怕万一，误玉人、夜寒帘隙。

高观国　　喜迁莺·代人吊西湖歌者

歌音凄怨，是几度诉春，春都不管。感绿惊红，颦烟啼月，长是为春消黯。玉骨瘦无一把，粉泪愁多千点。可怜损，任尘侵粉蠹，舞裙歌扇。　转盼，尘梦断，峡里云归，空想春风面。燕子楼空，玉台妆冷，湖外翠峰眉浅。绮陌断魂名在，宝箧返魂香远。此情苦，问落花流水，何时重见。

高观国　　喜迁莺·凉云归去

凉云归去，再约著，晚来西楼风雨。水静帘阴，鸥闲菰影，秋到露汀烟浦。试省唤回幽恨，尽是愁边新句。倦登眺，动悲凉还在，残蝉吟处。　凄楚，空见说，香锁雾扃，心似秋莲苦。宝瑟弹冰，玉台窥月，浅潼可怜偷聚。几时翠沟题叶，无复绣帘吹絮。鬓华晚，念庾郎情在，风流谁与。

魏了翁　　喜迁莺·鬓霜盈握

即席次韵南叔兄同亲友饯王万里万回宣幕

鬓霜盈握，叹刍牧荒墟，稻粱衰索。落日牛羊，晚云鸿雁，傍地飞空无托。牧人困和雨睡，田父醉连云酌。醉梦未醒，虎嗥川谷，麕惊林薄。　离别，谁不恶，心事同时，都不论离合。眼底时几，鼻端人物，谁辨北征东略。最怜世途局趣，只道书生疏阔。无可赠君，松阴庭院，菊华篱落。

孙居敬　　喜迁莺·晓行

宿酲初愈，更花焰频催，叶蕉重举。浓露沾丛，薰风入樾，黄叶马头飞舞。梦结尚依征旆，笛怨谁教渔谱。村路转，见寒机灯在，晨炊人语。　无据，堪恨处，残月满襟，不念人羁旅。天接山光，云拖雁影，多少别离情绪。绣被香温密叠，罗帕粉痕重护。这滋味，最不堪两鬓，菱花羞觑。

彭　耜　　　喜迁莺·吾家何处

吾家何处，对落日残鸦，乱花飞絮。五湖四海，千岩万壑，已把此生分付。怎得海棠心绪，更没鸳鸯债负。春正好，叹流光有限，老山无数。　归去，君试觑，紫燕黄鹂，愁怕韶华暮。细雨斜风，断烟芳草，暑往寒来几度。锁却心猿意马，缚住金乌玉兔。今古事，似一江流水，此怀难诉。

黄　机　　　喜迁莺·香风亭上

平湖百亩，种满湖莲叶，绕堤杨柳。冉冉波光，辉辉烟影，空翠湿沾襟袖。静惬邻鸡啼午，暖逼沙鸥眠昼。西园路，更红尘不断，蝶酣蜂瘦。　知否，堪画处，野荠芫菁，罥地铺茵绣。桃李阴边，桑麻丛里，斜矗酒帘夸酒。竹寺小依山趾，茅店平窥津口。春又晚，正香风有客，倚阑搔首。

俞文豹　　　喜迁莺·小梅幽绝

小梅幽绝，向冰谷深深，云阴幂幂。饱阅年华，惯谙冷淡，只恁清臞风骨。任他万红千紫，勾引狂蜂游蝶。惟只共、竹和松，同傲岁寒霜雪。　喜得，化工力，移根上苑，向阳和培植。题品还经，孤山处士，许共高人攀折。一枝垂欲放，只等春风披拂。待叶底、结青青，恰是和羹时节。

杜　东　喜迁莺·寿杨韩州　正月初五

生申华席，便占却新春，前头五日。椒颂梅英，金幡彩缕，好个早春天色。使君以仁得寿，和气融春无极。人总道，是阳春有脚，恩浮南国。　应看，丹诏下，昨夜天边，初报春消息。日转黄麾，风生绛伞，春殿龙颜咫尺。共庆一堂嘉会，万宇同沾春泽。祝眉寿，便从今细数，好春千亿。

卑叔文　　　喜迁莺·寿邵太尉

春回天际，见柳眼翠窥，梅腮粉腻。日庆三阳，时逢千载，帷幄挺生元帅。亘古抚今忠义，天下安危注意。负英伟，信功高耿贾，勋侔霍卫。　　和气，东风里，楼阁五云，玉帐环珠翠。庙食真扬，人怀邵父，当代虎臣难比。拟把倩桃为寿，莫惜金花沉醉。受阃寄，佐君王神武，复恢舆地。

冯去非　　　喜迁莺·凉生遥渚

凉生遥渚，正绿芰擎霜，黄花招雨。雁外渔村，蛩边蟹舍，绛叶满秋来路。世事不离双鬓，远梦偏欺孤旅。送望眼，但凭舷微笑，书空无语。　　慵觑，清镜里，十载征尘，长把朱颜污。借箸青油，挥毫紫塞，旧事不堪重举。间阔故山猿鹤，冷落同盟鸥鹭。倦游也，便樯云舵月，浩歌归去。

张□□　　　喜迁莺·英声初发

英声初发，记舍选齐驱，祖鞭先著。风月平分，尊罍谈旧，各已苍颜白发。屈指待拚一醉，祝生申嵩岳。怎知道，为清湘□润，暂移贤杰。　　休说，予心渴，里巷争先，拟持杯阶闼。毕竟人间，赏心乐事，种种尽归缘法。拈取瑞香一瓣，爇向湘山名刹。无量寿，和一身见在，两尊菩萨。

吴　潜　　　喜迁莺·良辰佳节

良辰佳节，问底事，十番九番为客。景物春妍，莺花日闹，自是情怀今别。只有思归魂梦，却怕杜鹃啼歇。消凝处，正丝杨冉冉，寸肠千折。　　谩说，临曲水，修竹茂林，人境成双绝。俯仰俱陈，彭殇等幻，何计世殊时隔。倚楼碧云日暮，漠漠远山千叠。沉醉好，又城头画角，一声声咽。

李曾伯　　　喜迁莺·轻云暮卷

乙未中秋同诸北客玩月于颍州之南楼

轻云暮卷，望澄空如水，千里一碧。菱镜冰悬，桂轮玉碾，喜见中原秋色。老蟾炯炯无翳，阅尽尘寰今昔。堪恨处，度霓裳曾到，长生宫阙。　　坐客，休叹息，看此清光，天岂限南北。便好乘风，为持玉斧，修取山河如一。西湖旧时花草，会遣嫦娥重识。从今去，举太平玩事，长如今夕。

方　岳　　喜迁莺·和余义夫行边闻捷

淮山秋晓，问西风几度，雁云蛩草。铁色骢骄，金花袍窄，未觉塞垣寒早。笳鼓声中晴色，一羽不飞边报。君莫道，怎乾坤许大，英雄能少。　　谈笑，鸣镝处，生缚胡雏，烽火传音耗。漠漠寒沙，荒荒残照，正恐不劳深讨。但喜欢迎马首，犹是中原遗老。关何事，待归来细话，一尊倾倒。

许　棐　　　喜迁莺·鸠雨细

鸠雨细，燕风斜，春悄谢娘家。一重帘外即天涯，何必暮云遮。　　钏金寒，钗玉冷，薄醉欲成还醒。一春梳洗不簪花，孤负几韶华。

吴文英　　喜迁莺·同丁基仲过希道家看牡丹

太蔟宫，俗名中管高宫

丹尘流水，正春在、绛阙瑶阶十二。暖日明霞，天香盘锦，低映晓光梳洗。故苑浣花沉恨，化作妖红斜紫。困无力，倚阑干，还倩东风扶起。　　公子，留意处，罗盖牙签，一一花名字。小扇翻歌，密围留客，云叶翠温罗绮。艳波紫金杯重，人倚妆台微醉。夜和露，翦残枝，点点花心清泪。

吴文英　　喜迁莺·吴江与闲堂王臞庵家

烟空白鹭，乍飞下、似呼行人相语。细縠春波，微痕秋月，曾认片帆来去。万顷素云遮断，十二红帘钩处。黯愁远，向虹腰，时送斜阳凝伫。　　轻许，孤梦到，海上玑宫，玉冷深窗户。遥指人间，隔江烟火，漠漠水蒹摇暮。看葺断矶残钓，替却珠歌雪舞。吟未了，去匆匆，清晓一阑烟雨。

吴文英　　　喜迁莺·福山萧寺岁除

江亭年暮，趁飞雁、又听，数声柔橹。蓝尾杯单，胶牙饧澹，重省旧时羁旅。雪舞野梅篱落，寒拥渔家门户。晚风峭，作初番花讯，春还知否。　　何处，围艳冶、红烛画堂，博簺良宵午。谁念行人，愁先芳草，轻送年华如羽。自剔短檠不睡，空索彩桃新句。便归好，料鹅黄，已染西池千缕。

吴文英　　　喜迁莺·冬分人别

甲辰冬至寓越，儿辈尚留瓜泾萧寺

冬分人别，渡倦客晚潮，伤头俱雪。雁影秋空，蝶情春荡，几处路穷车绝。把酒共温寒夜，倚绣添慵时节。又底事，对愁云江国，离心还折。　　吴越，重会面，点检旧吟，同看灯花结。儿女相思，年华轻送，邻户断箫声噎。待移杖藜雪后，犹怯蓬莱寒阔。最起晚，任鸦林催晓，梅窗沉月。

陈　著　　喜迁莺·代邑士送梁宰观赴崑山同知

南庐佳号，是自许孔明，经纶才调。对柳鸣琴，凭花制锦，小试一同谈笑。怎知画帘难驻，忽又星舆催召。但谶得、耀碑潭水月，交光相照。　　驿道，春正好，簇帐擎杯，听取殷勤祷。略鲙松鲈，便膺芝凤，陵溯紫清津要。当家得时行志，回首旧封文庙。疏化雨，障狂澜不尽，生生芹藻。

何梦桂　　喜迁莺·留春不住

留春不住，又早是清明，杨花飞絮。杜宇声声，黄昏庭院，那更半帘风雨。劝春且休归去，芳草天涯无路。悄无语，倚阑干立尽，落红无数。　　谁愬，长门事，记得当年，曾趁梨园舞。霓羽香消，梁州声歇，昨梦转头今古。金屋玉楼何在，尚有花钿尘土。君不顾，怕伤心，休上危楼高处。

何梦桂　　喜迁莺·感春

东君别后，见说道花枝，也成消瘦。夜雨帘栊，柳边庭院，烦恼有谁掴就。犹记旧看承处，梅子枝头如豆。最苦是，向重门人静，月明时候。　　知否，人不见，纵有音书，争似重携手。旧日沈腰，如今潘鬓，怎奈许多僝僽。极目万山深处，肠断不堪回首。情寸寸，到如今，只在长亭烟柳。

杨再可　　喜迁莺·腊天初晓

腊天初晓，庆五色瑞云，华轩呈绕。紫府真人，丹台仙伯，合降世间荣耀。彩笔素题，篇翰未减，家声词藻。秀眉宇，俊丰标阀阅，声名都好。　　富贵长欢笑，此际锦堂，移下蓬莱岛。妙舞蹁跹，清歌宛转，两行翠娥燕赵。劝饮百千钟酒，岁岁朱颜不老。春近也，看香红又怕，小桃开了。

吴龙翰　　喜迁莺·微雨后

微雨后，落花天，娇态病恹恹。怕人猜著是相思，成日不开帘。　　宝钗横，蝉鬓乱，院宇待人归尽。缓移莲步玉阑前，纤手掐花钿。

黄公绍　　喜迁莺·荼蘼

乱红飞雨，恨春心一似，腾腾闷暑。密绾柔情，暗传芳意，人在垂杨深宇。晓雪一帘幽梦，半点檀心知否。春不管，想粉香凝泪，翠颦含趣。　　谁念芳径小，新绿戋戋，问讯今何许。玉冷钗头，罗宽带眼，缥缈青鸾难遇。望断碧云深处，倚遍画阑将暮。空惆怅，更江头桃叶，溜横波渡。

黄公绍　　喜迁莺·和老人咏梅

世情冰尽，算耐久只是，陇头芳信。惆怅人间，几千年□，留得陆郎余韵。朔云解识花意，遮断疏狂蝶粉。岁寒了，狂风传香远，月移影近。　　清润，无点涴，不曰坚乎，如玉真难尽。除宋广平，与林和靖，肉眼有谁能认。仙风道骨如许，相对霜髯雪鬓。长健也，好年年管领，春光随分。

蒋　捷　　喜迁莺·暮春

游丝纤弱，谩著意绊春，春难凭托。水暖成纹，云晴生影，双燕又窥帘幕。露添牡丹新艳，风摆秋千闲索。对此景，动高歌一曲，何妨行乐。　　行乐，春正好，无奈绿窗，孤负敲棋约。锦幄调笙，银瓶索酒，争奈也曾迷著。自从发凋心倦，常倚钩阑斜角。翠深处，看悠悠几点，杨花飞落。

蒋　捷　　喜迁莺·金村阻风

风涛如此，被闲鸥诮我，君行良苦。槲叶深湾，芦窠窄港，小憩倦篙慵橹。壮年夜吹笛去，惊得鱼龙嗥舞。怅今老，但篷窗紧掩，荒凉愁愫。　　别浦，云断处，低雁一绳，拦断家山路。佩玉无诗，飞霞乏序，满席快飙谁付。醉中几番重九，今度芳尊孤负。便晴否，怕明朝蝶冷，黄花秋圃。

蒋　捷　　喜迁莺·晴天寥廓

晴天寥廓，被孤云画出，离愁消索。玉局弹棋，金钗剪烛，芳思可胜摇落。镜妆为慵迟晚，笙曲缘愁差错。倒纤指，□从头细数，年时同乐。　　寂寞，花院悄，昨夜醉眠，梦也难凭托。车角生时，马蹄方后，才始断伊漂泊。闷无半分消遣，春又一番担阁。倚阑久，奈东风忒冷，红绡单薄。

无名氏　　　喜迁莺·南枝向暖

南枝向暖，乍秀出庾岭，梅英初吐。玉颊轻匀，琼腮微抹，姑射冰容相许。几回立马凝伫，影映寒光霜妒。□尽占，在百花头上，严冬独步。　　芳华春意早，昨夜一番，雪里开无数。万蕊千梢，铅堆粉污，总是化工偏赋。月明暗香浮动，休使龙吟声苦。且留取，待时时，频倚阑干重顾。

无名氏　　　喜迁莺·腊残春未

腊残春未，正候馆梅开，墙阴雪里。冷艳凝寒，孤根回暖，昨夜一枝春至。素苞暗香浮动，别有风流标致。谢池月，最相宜，疏影横斜临水。　　谁为，传驿骑，陇上故人，不见今千里。寄与东君，徒教知人，别后岁寒清意。乱山万叠何在，但有飞云天际。故园好，早归来，休恋繁桃秾李。

无名氏　　　喜迁莺·霜凝雪冱

霜凝雪冱，正斗标临丑，三阳将近。万木凋零，群芳消歇，禁苑有梅初盛。异香似薰沉水，素色端如玉莹。人尽道，第一番，天遣先占春信。　　标韵，尤耿耿，月观水亭，谁解怜疏影。何逊扬州，拾遗东阁，一见便生清兴。望林止渴功就，不数夭桃繁杏。岁寒意，看结成秀子，归调商鼎。

无名氏　　　喜迁莺·一阳初起

一阳初起，渐庾岭梅雪，才苞香蕊。品格清高，姿容闲雅，别受化工深意。放开独占严景，不使混同凡卉。微雨霁，似玉容寂寞，无言有泪。　　难比，凝素态，不共艳阳，桃杏争妍丽。疑是佳人，巧捻香酥，枝上玉纤轻缀。前村可惜无赏，好近天庭阶砌。成实后，有调和鼎鼐，一般滋味。

无名氏　　　喜迁莺·早梅天气

早梅天气，正绣户乍启，琼筵才展。鹊渡河桥，云游巫峡，溪泛碧桃花片。翠娥侍女来报，莲步已离仙苑。待残漏，鸳帐深处，同心双绾。　　欢宴，当此际，红烛影中，檀麝飘香篆。掷果风流，谪仙才调，佳婿想应堪羡。少年俊雅狂荡，蓦有人言拘管。镇携手，向花前月下，重门深院。

无名氏　　　喜迁莺·贺生双子

物中双美，惟郰县双凫，禹门双鲤。太华双莲，蓝田双璧，剑丰城而已。争是一门双秀，又是一朝双喜。人总道，机云双陆，同年弧矢。　希耳，会见这，双桂连芳，双鹄冲霄举。鱼诏双金，带横双玉，惟道无双国士。但愿双英双戏彩，且直与、双亲儿齿。愿岁岁，见东风双燕，满城桃李。

无名氏　　　喜迁莺·贺生第三子

古今三绝，惟郑国三良，汉家三杰。三俊才名，三儒文学，更有三君清节。争似一门三秀，三子三孙奇特。人总道，赛蜀郡三苏，河东三薛。　庆惬，况正是，三月风光，杯好倾三百。子并三贤，孙齐三少，俱笃三余事业。文既三冬足用，名即三元高揭。亲俱庆，看宠加三命，礼膺三接。

无名氏　喜迁莺·庆陈丞在任　五月三十

生贤时协，正炎官直午，日周三浃。门左垂弧，眉间喜色，尽道降神嵩岳。百里葱葱和气，总向蓝田会合。称庆旦，见吏民鼓舞，欢声和洽。　玉叶，斟劝处，一饮流霞，红艳生双颊。巨竹槐松吟哦乐，指日荣膺异渥。皇上渴思经济，环召为霖作楫。快人望，愿长生，须与绛人同甲。

无名氏　　　喜迁莺·春寿太守

光风转蕙，正中和节过，艳阳春半。暖日曈昽，瑞烟蓬勃，还是生申华旦。保厘东土三载，分却九重霄旰。政成也，且凝香燕寝，雍容方面。　堪羡，德望重，敌国隐然，不假长江险。堂上奇兵，胸中妙画，便是当年韩范。况逢左辖虚位，早晚洪钧须转。来岁里，看内家敕使，传呼宣劝。

喜迁莺令

即《喜迁莺》，详见《喜迁莺》条。

张元幹　　　　喜迁莺令·文倚马

送何晋之大著兄趋朝，歌以侑酒

文倚马，笔如椽，桂殿早登仙。旧游册府记当年，衮绣合貂蝉。　　庆天申，瞻玉座，鹓鹭正陪班。看君稳步过花砖，归院引金莲。

张元幹　　　　喜迁莺令·呈富枢

云叶乱，月华光，罗幕卷新凉。玉醅初泛嫩鹅黄，花露滴秋香。　　地行仙，天上相，风度世间人样。悬知洗盏径开尝，谁醉伴禅床。

周端臣　　　　喜迁莺令·西湖

青嶂绕，翠堤斜，晴绮散余霞。一湖春水碧无瑕，可惜画船遮。　　燕交飞，莺对语，风软香尘凝路。一年春事又杨花，诗酒□韶华。

喜迁莺慢

即《喜迁莺》，宋张元幹词名《喜迁莺慢》。详见《喜迁莺》条。

张元幹　　　　喜迁莺慢·鹿鸣宴作

雁塔题名，宝津肦宴，盛事簪绅常说。文物昭融，圣代搜罗，千里争趋丹阙。元侯劝驾，乡老献书，发轫龟前列。山川秀，圜冠众多，无如闽越豪杰。　　姓标红纸，帖报泥金，喜信归来俱捷。骄马芦鞭醉垂，蓝绶吹雪。芳月素娥情厚，桂华一任郎君折。须满引，南台又是，合沙时节。

姜　夔　　　　喜迁莺慢·太蔟宫

功父新第落成

玉珂朱组，又占了、道人林下真趣。窗户新成，青红犹润，双燕为君胥宇。秦淮贵人宅第，问谁记、六朝歌舞。总付与、在柳桥花馆，玲珑深处。　　居士，闲记取，高卧未成，且种松千树。觅句堂深，写经窗静，他日任听风雨。列仙更教谁做，一院双成俦侣。世间住，且休将鸡犬，云中飞去。

喜团圆

又名《与团圆》、《再团圆》，调见宋晏几道《小山词》。双调，有四十八字，上片五句、两平韵，下片六句、两平韵；亦有四十八字，上下片各六句、两平韵。

晏几道　　喜团圆·危楼静锁

危楼静锁，窗中远岫，门外垂杨。珠帘不禁春风度，解偷送余香。　眠思梦想，不如双燕，得到兰房。别来只是，凭高泪眼，感旧离肠。

无名氏　　喜团圆·轻攒碎玉

轻攒碎玉，玲珑竹外，脱去繁华。尤殢东君，最先点破，压倒群花。　瘦影生香，黄昏月馆，清浅溪沙。仙标淡伫，偏宜幺凤，肯带栖鸦。

喜朝天

唐教坊有《朝天曲》。《宋史·乐志》有《越调朝天乐曲》。宋张先此调名系借旧曲名自翻新声。双调，有一百零一字，上片十句、五平韵，下片十句、四平韵；亦有一百零三字，上片十句、五平韵，下片十句、四平韵。另，《踏莎行》，曹冠词调名《喜朝天》。详见《踏莎行》条。

张　先　　喜朝天·清暑堂赠蔡君谟

晓云开，睨仙馆陵虚，步入蓬莱。玉宇琼甃，对青林近，归鸟徘徊。风月顿消清暑，野色对、江山助诗才。箫鼓宴、璇题宝字，浮动持杯。　人多送目天际，识渡舟帆小，时见潮回。故国千里，共十万室，日日春台。睢社朝京非远，正和羹、民口渴盐梅。佳景在、吴侬还望，分阃重来。

黄　裳　　喜朝天·腊中雪后东湖闲宴

雪云浓，送愁思，衾寒更怯霜风。惹起离恨，为光阴恼，人意无穷。谁省年华屡换，渐作个、浮生玉鬓翁。休易感、新醅泛蚁，且共时同。　相逢，笑语相契，况驾言游处，山里齐宫。寂寞时候，自有皓景，粉泽冬容。先顾丽人期约，痛赏候、花开洛城红。三十日、回头过尽，喜对春工。

晁补之　　喜朝天·秦宅作，海棠

众芳残，海棠正轻盈，绿鬓朱颜。碎锦繁绣，更柔柯映碧，纤挡匀殷。谁与将红间白，采薰笼、仙衣覆斑斓。如有意、浓妆淡抹，斜倚栏干。　妖娆向晚春后，惯困欹晴景，愁怕朝寒。纵有狂雨，便离披损，不奈幽闲。素来禽总俗，谩遮映、终羞格疏顽。谁采顾、斜风教舞，月下庭间。

曹　冠　　喜朝天·绮霞阁

绣水雕栏，绮霞邃宇，薰风飒至清无暑。花间休唱遏云歌，枝头且听娇莺语。　景物撩人，悠然得句，深杯戏把纹楸赌。胸中丘壑自生凉，何须泉石寻佳趣。

曹　冠　　喜朝天·翠老红稀

翠老红稀，歌慵笑懒，溟濛烟雨秋千院。芹泥带湿燕双飞，杜鹃啼诉芳心怨。　座客分题，传觞迭劝，送春惜别情何限。不须惆怅怨春归，明年春色重妍暖。

期夜月

《花草粹编》原注："乐部中，唯杖鼓鲜有能工之者。京师官妓杨素娥最工，刘浚酷爱之，作《期夜月》词。素娥以此名动京师。"双调，一百一十三字，上片十三句、八仄韵，下片十一句、六仄韵。此调只刘浚一词。

刘　浚　　期夜月·金钩花绶系双月

金钩花绶系双月，腰肢软低折。揎皓腕，萦绣结。轻盈宛转，妙若凤鸾飞越。无别，香檀急扣转清切。翻纤手飘瞥，催画鼓，追脆管，锵洋雅奏，尚与众音为节。　　当时妙选舞袖，慧性雅资，名为殊绝。满座倾心注目，不甚窥回雪。纤怯，逡巡一曲霓裳彻。汗透鲛绡肌润，教人传香粉。媚容秀发，宛降蕊珠宫阙。

聒龙谣

调见朱敦儒《樵歌词》。因其词中有“听龙啸”句，故取以为调名。双调，九十九字。有上下片各十句、四仄韵；亦有上片十句、五仄韵，下片十句、四仄韵。

朱敦儒　　聒龙谣·肩拍洪崖

肩拍洪崖，手携子晋，梦里暂辞尘宇。高步层霄，俯人间如许。算蜗战、多少功名，问蚁聚、几回今古。度银潢、展尽参旗，桂花澹，月飞去。　　天风紧，玉楼斜，舞万女霓袖，光摇金缕。明廷宴阕，倚青冥回顾。过瑶池、重借双成，就楚岫、更邀巫女。转云车、指点虚无，引蓬莱路。

朱敦儒　　聒龙谣·凭月携箫

凭月携箫，溯空秉羽，梦踏绛霄仙去。花冷街榆，悄中天风露。并真官、蕊佩芬芳，望帝所、紫云容与。享钧天、九奏传觞，听龙啸，看鸾舞。　　惊尘世，悔平生，叹万感千恨，谁怜深素。群仙念我，好人间难住。劝阿母、偏与金桃，教酒星、剩斟琼醑。醉归时、手授丹经，指长生路。

赵　佶　　聒龙谣·紫阙岧峣

紫阙岧峣，绀宇邃深，望极绛河清浅。霜月流天，锁穹隆光满。水精宫、金锁龙盘，玳瑁帘、玉钩云卷。动深思，秋籁萧萧，比人世、倍清燕。　　瑶阶迥，玉签鸣，渐秘省引水，辘轳声转。鸡人唱晓，促铜壶银箭。拂晨光、宫柳烟微，荡瑞色、御炉香散。从宸游，前后争趋，向金銮殿。

汪　莘　　聒龙谣·梦下瑶台

梦下瑶台，神飞阆苑，自叹尘寰久客。三人成周，望皇居帝宅。荡兰桨、伊阙波涛，曳玉杖、洛阳阡陌。独踌躇、武烈文谟，天垂晚，月生魄。　　故人少，别怀多，引壶觞自酌，谁怜衰白。群仙问我，尚低头方册。共云将、东过扶摇，遇鸿蒙、顿超玄默。待功成，翳凤骑麟，把蟠桃摘。

散天花

唐教坊曲名。双调，六十字，上下片各六句、四平韵。此调与《朝玉阶》相近，只是下片起句平仄不同。

舒　亶　　　散天花·次师能韵

云断长空叶落秋，寒江烟浪静，月随舟。西风偏解送离愁，声声南去雁，下汀洲。　　无奈多情去复留，骊歌齐唱罢，泪争流。悠悠别恨几时休，不堪残酒醒，凭危楼。

散余霞

双调，四十五字，上下片各四句、三仄韵。此调只毛滂一词。

毛　滂　　　散余霞·墙头花□寒犹噤

墙头花□寒犹噤，放绣帘昼静。帘外时有蜂儿，趁杨花不定。　　阑干又还独凭，念翠低眉晕。春梦枉恼人肠，更厌厌酒病。

落梅花

双调，一百零七字。上片十二句、四仄韵，下片十一句、五仄韵。

王　诜　　　落梅花·寿阳妆晚

寿阳妆晚，慵匀素脸，经宵醉痕堪惜。前村雪里，几枝初绽，□冰姿仙格。忍被东风，乱飘满地，残英堆积。可堪江上起离愁，凭谁说寄，肠断未归客。　　流恨声传羌笛，感行人、水亭山驿。越溪信阻，仙乡路杳，但风流尘迹。香艳浓时，东君吟赏，已成轻掷。愿身长健，且凭阑，明年还放春消息。

落 梅 风

又名《落梅》、《落梅慢》。调见《梅苑》卷十宋无名氏词。双调，四十六字。上片四句、四平韵，下片四句、三平韵。

无名氏　　落梅风·宫烟如水湿芳晨

宫烟如水湿芳晨，寒梅似雪相亲。玉楼侧畔数枝春，惹香尘。　　寿阳娇面偏怜惜，妆成一面花新。镜中重把玉纤匀，酒初醺。

落 梅 慢

即《落梅》，宋无名氏词名《落梅慢》。双调，一百零七字。上片十二句、四仄韵，下片十句、五仄韵；亦有一百零六字，上片九句、四仄韵，下片九句、五仄韵。

无名氏　　落梅慢·带烟和雪

带烟和雪，繁枝澹伫，谁将粉融酥滴。疏枝冷蕊压群芳，年年常占春色。江路溪桥谩倒，袅袅风中无力。暗香浮动冰姿，明月里、想无花比高格。　　争奈光阴瞬息，动幽怨、潜生羌笛。新花斗巧，有天然闲态，倚阑堪惜。零乱残英片片，飞上舞筵歌席。断肠忍泪念前期，经岁还有芳容隔。

朝天子

唐教坊曲名，又名《朝天紫》、《思越人》、《天门谣》。调见《晁氏琴趣外篇》宋晁补之词。双调，四十六字，上下片各四句、四仄韵。

晁补之　　朝天子·酒醒情怀恶

酒醒情怀恶，金缕褪、玉肌如削。寒食过却，海棠花零落。　渐日照阑干、烟淡薄，绣额珠帘笼画阁。春睡著，觉来失、秋千期约。

杨无咎　　朝天子·周师从小阁

小阁宽如掌，占螺浦、山川夷旷。千奇万状，见云烟收放。　更永夜、风生明月上，用取真成无尽藏。谁共赏，徙倚抚、危栏吟望。

刘克庄　　朝天子·宿雨频飘洒

宿雨频飘洒，欢喜西畴耕者。终朝连夜，有珠玑鸣瓦。　渐白水、青秧鸥鹭下，老学种花兼学稼。心两挂，这几树、海棠休也。

朝中措

唐代称士人为“措”或“措大”，“措”为“醋”的谐音，有嘲讽士人迂酸之意。这是此调名的本意。又名《照江梅》、《芙蓉曲》、《梅月圆》。有四十八字、四十九字数体。其四十八字，上片四句、三平韵，下片五句、两平韵为正体。其四十九字，上片四句、三平韵，下片五句、两平韵为变体。

欧阳修　　朝中措·送刘仲原甫出守维扬

平山阑槛倚晴空，山色有无中。手种堂前垂柳，别来几度春风。　　文章太守，挥毫万字，一饮千钟。行乐直须年少，尊前看取衰翁。

杜安世　　朝中措·养花天气近清明

养花天气近清明，丝雨酿寒轻。满眼春工如绣，消磨不尽离情。　　行行又宿，小桃旧坞，芳草邮亭。唤起两眉新恨，绿杨深处啼莺。

张舜民　　朝中措·清遐台饯别

三湘迁客思悠哉，尊俎定常开。云雨未消歌伴，山川忍对离杯。　他年来此，贤侯未去，忍话先回。好在江南山色，恁时重上高台。

李之仪　　朝中措·腊穷天际傍危栏

腊穷天际傍危栏，密雪舞初残。表里江山如画，分明不似人间。　　功名何在，文章漫与，空叹流年。独恨归来已晚，半生孤负渔竿。

李之仪　　朝中措·暮山环翠绕层栏

暮山环翠绕层栏，时节岁将残。远雁不传家信，空能嘹唳云间。　　客程无尽，归心易感，谁与忘年。早晚临流凝望，饥帆催卸风竿。

李之仪　　朝中措·翰林豪放绝勾栏

翰林豪放绝勾栏，风月感凋残。一旦荆溪仙子，笔头唤聚时间。　　锦袍如在，云山顿改，宛似当年。应笑溧阳衰尉，鲇鱼依旧悬竿。

李之仪　　朝中措·新开湖水浸遥天

望新开湖有怀少游，用樊良道中韵

新开湖水浸遥天，风叶响珊珊。记得昔游情味，浩歌不怕朝寒。　　故人一去，高名万古，长对孱颜。惟有落霞孤鹜，晚年依旧争还。

李之仪　　朝中措·樊良道中

败荷枯苇夕阳天，时节渐阑珊。独泛扁舟归去，老来不耐霜寒。　　平生志气，消磨尽也，留得苍颜。寄语山中麋鹿，断云相次东还。

晁端礼　　朝中措·短亭杨柳接长亭

短亭杨柳接长亭，攀折赠君行。莫怪尊前无语，大都分外多情。　　何须苦计，时间利禄，身后功名。且尽十分芳酒，共倾一梦浮生。

朱敦儒　　朝中措·先生馋病老难医

先生馋病老难医，赤米餍晨炊。自种畦中白菜，腌成瓮里黄齑。　　肥葱细点，香油慢炒，汤饼如丝。早晚一杯无害，神仙九转休痴。

朱敦儒　　朝中措·先生筇杖是生涯

先生筇杖是生涯，挑月更担花。把住都无憎爱，放行总是烟霞。　　飘然携去，旗亭问酒，萧寺寻茶。恰似黄鹂无定，不知飞到谁家。

朱敦儒　　朝中措·当年弹铗五陵间

当年弹铗五陵间，行处万人看。雪猎星飞羽箭，春游花簇雕鞍。　　飘零到此，天涯倦客，海上苍颜。多谢江南苏小，尊前怪我青衫。

朱敦儒　　朝中措·上元席上和赵智夫，时小雨

东方千骑拟三河，灯夕试春罗。想是蟾宫高会，暂留暮雨姮娥。　　使君燕喜，王孙赋就，桃叶秋波。弱柳移来娇舞，落梅换了行歌。

朱敦儒　　朝中措·闲愁无奈指频弹

闲愁无奈指频弹，芳景为谁残。可惜良宵虚过，且容草草谋欢。　　招要楚雨，留连汉佩，多谢青鸾。浓艳暗香争暖，罗帏不用遮寒。

朱敦儒　　朝中措·元宵初过少吹弹

元宵初过少吹弹，楼角彩灯残。踏雪闲寻深院，携壶试觅幽欢。　　麻姑暂语，文君未寝，五老双鸾。要共梅花同晓，薄罗不耐春寒。

朱敦儒　　朝中措·夜来听雪晓来看

夜来听雪晓来看，惊失却尘寰。摇撼琼林玉树，心疑身是仙官。　　乘风缥缈，凌空径去，不怕高寒。却被孤鸿相劝，何如且在人间。

朱敦儒　　朝中措·新来省悟一生痴

新来省悟一生痴，寻觅上天梯。抛失眼前活计，踏翻暗里危楼。　　莫言就错，真须悔过，休更迟疑。要识天苏陁味，元来只是黄齑。

朱敦儒　　朝中措·登临何处自销忧

登临何处自销忧，直北看扬州。朱雀桥边晚市，石头城下新秋。　　昔人何在，悲凉故国，寂寞潮头。个是一场春梦，长江不住东流。

朱敦儒　　朝中措·胸中尘土久无奇

胸中尘土久无奇，今夕借清辉。歌纵群英诸彦，舞狂蕙带荷衣。　　鸳鸯湖上，波平岸远，酒酽鱼肥。好是中秋圆月，分明天下人知。

朱敦儒　　朝中措·红稀绿暗掩重门

红稀绿暗掩重门，芳径罢追寻。已是老于前岁，那堪穷似他人。　　一杯自劝，江湖倦客，风雨残春。不是酴醾相伴，如何过得黄昏。

周紫芝　　朝中措·登西湖北高峰作

西湖烟尽水溶溶，一笑与谁同。多谢湖边霜菊，伴人三见秋风。　　两高南北，天教看尽，吴越西东。趁取老来犹健，登临莫放杯空。

周紫芝　　朝中措·大江流处是庐峰

二妙堂落成二十余年，而庐阜隐然常在有无间，似不肯为老人出也，作长短句以招之

大江流处是庐峰，苍玉照晴空。何事浅颦浓黛，却成烟雨

溟濛。　　如今纵有，云涛万顷，翠巇千重。传语云间五老，一尊须要君同。

周紫芝　　朝中措·雨余庭院冷萧萧

雨余庭院冷萧萧，帘幕度微飙。鸟语唤回残梦，春寒勒住花梢。　　无憀睡起，新愁黯黯，归路迢迢。又是夕阳时候，一炉沉水烟销。

周紫芝　　朝中措·移桃花作

小桃花动著枝浓，移得伴衰翁。多谢天公怜我，一时染就轻红。　　春光犹在，花枝未老，莫放尊空。休倚半岩烟树，能消几度东风。

周紫芝　　朝中措·黄昏楼阁乱栖鸦

黄昏楼阁乱栖鸦，天末淡微霞。风里一池杨柳，月边满树梨花。　　阳台路远，鱼沉尺素，人在天涯。想得小窗遥夜，哀弦拨断琵琶。

李　祁　　朝中措·郎官湖上探春回

探梅早春亭，逾凤栖岭，至三山阁，折花而归。用欧公朝中措腔作照江梅词，寄任蕴明。蕴明尝许缘檄载侍儿见过，又于汉籍伎有目成者，因以为戏

郎官湖上探春回，初见照江梅。过尽竹溪流水，无人知道花开。　　佳人何处，江南梦远，殊未归来。唤取小丛教看，隔江烟雨楼台。

张　纲　　朝中措·安人生日

年时生日宴高堂，欢笑拥炉香。今日山前停棹，也须随分飞觞。　　东阳太守，携家远去，方溯桐江。把酒祝君长健，相随归老吾乡。

张　纲　　朝中措·前年初对大明宫

前年十二月十八日入对，遂除吏侍。今在婺州，腊月十八日也

前年初对大明宫，寒律转春风。几度乡关归梦，催成两鬓

霜蓬。　　山州岁晚，还逢令节，空记前踪。莫遣酒兵相向，愁城生怕频攻。

张　纲　　　　朝中措·腊日

休惊初腊冻全消，旬日是春朝。梅吐芳心半笑，柳含青眼相撩。　　风光如许，那知太守，老去无聊。乘兴方思把盏，归心已逐轻桡。

吕本中　　　　朝中措·病香无力傍栏干

病香无力傍栏干，风雨送春还。一枕晓来清梦，无人说似西山。　　匆匆笑语，时时邂逅，草草杯盘。莫谓杂花时候，便忘梅蕊冲寒。

向子諲　　朝中措·王景源使君生日坐上偶作

满城腊雪净无埃，触处是花开。天上琼林珠树，谁知夜半移来。　　黄堂荐寿，请君著意，和气潜回。化作一江春酒，都将注入尊罍。

蔡　伸　　　　朝中措·章台杨柳月依依

章台杨柳月依依，飞絮送春归。院宇日长人静，园林绿暗红稀。　　庭前花谢了，行云散后，物是人非。唯有一襟清泪，凭阑洒遍残枝。

蔡　伸　　　　朝中措·雨余清镜湛秋容

雨余清镜湛秋容，屏展九华峰。万里闲云散尽，半规凉月当空。　　楼高夜永，凭阑笑语，此际谁同。端有妙人携手，翛然归路凌风。

都下妓　　　　朝中措·改欧阳修词

屏山栏槛倚晴空。山色有无中。手种庭前桃李，别来几度春风。　　文章宰相，挥毫万字，一饮千钟。行乐不须年少，尊前看取仙翁。

张元幹　　　　朝中措·次聪父韵

花阴如坐木兰船，风露正娟娟。翠盖匝庭芳影，青蛟平地飞涎。　　春撩狂兴，香迷痛饮，中圣中贤。携取一枝同梦，从他五夜如年。

王之道　　　朝中措·和张文伯元夕

江城春霁雪初融，楼观瑞烟中。向晚金莲无数，一时开遍东风。　　多情太守，行携红袖，坐引金钟。时出阳春绝唱，才名不减诗翁。

王之道　　朝中措·和张文伯寒食日雨

从来寒食半阴晴，花底听歌声。昨夜满城风雨，惜花还系心情。　　海棠枝上，朱唇翠袖，欲斗轻盈。须藉嫣然一笑，醉吟同过清明。

王之道　　朝中措·和张文伯清明日开霁

朝阳淡淡宿云轻，风入管弦声。十里碧芜幽步，一枝丹杏柔情。　　佳人何处，酒红沁眼，秋水盈盈。诗曲羡君三绝，湖山增我双明。

王之道　　　朝中措·和张文伯芍药

老穷无赖事成丛，短发自鬔松。坐想帝城当日，万花绣出天宫。　　几时临赋，深浮绿蚁，缓唱黄钟。莫获追陪胜赏，虚烦恼乱衰翁。

王之道　　　朝中措·和张文伯海棠

暖风迟日透香肌，春到柳边枝。曾见酒红潮颊，玉人初出罗帏。　　东坡何处，朱唇翠袖，空想芳姿。争似濡须太守，看花仍赋佳词。

王之道　　　朝中措·董令升待制生日

天庭丹熟在何时，铅汞适投机。四海方思霖雨，未容驾鹤先飞。　　当年今日，谪仙初降，庭露霏霏。愿对良辰好景，称觞为醉芳菲。

王之道　　　朝中措·魏倅定甫生日

州闾庠序少追随，俯仰鬓成丝。仕宦孰逾君达，恩施遍及庭芝。　　溪头春日，欢声和气，如见生时。好对高堂寿母，献酬同醉金卮。

王之道　　朝中措·王守正仲生日

满庭岩桂蔼香风，人在画堂中。欲验鲁侯难老，欢声千里攸同。　台分金石，源钟淮水，流庆无穷。好继汉朝循吏，从兹入拜三公。

王之道　　朝中措·和孔倅郡斋新栽竹

君心节直更心虚，移植并庭除。好在红蕖相映，卷帘如见吴姝。　清风明月，君无我弃，我不君疏。况有骚人墨客，时来同醉兵厨。

王之道　　朝中措·和张文伯远亭

晴烟漠漠日晖晖，天际远山低。槛外碧芜千里，坐来目送鸥飞。　诗笺谈麈，珠盘落落，玉屑霏霏。更把登临余兴，翻成白雪歌词。

朱　翌　　朝中措·五月菊

玉台金盏对炎光，全似去年香。有意庄严端午，不应忘却重阳。　菖蒲九叶，金英满把，同泛瑶觞。旧日东篱陶令，北窗正卧羲皇。

曾　惇　　朝中措·幽芳独秀在山林

幽芳独秀在山林，不怕晓寒侵。应笑钱塘苏小，语娇终带吴音。　乘槎归去，云涛万顷，谁是知心。写向生绡屏上，萧然伴我寒衾。

曾　惇　　朝中措·绿华居处渺云深

绿华居处渺云深，不受一尘侵。细看宜州新句，平生才是知音。　凌波一去，平山梦断，谁是关心。惟有青天碧海，知渠夜夜孤衾。

杨无咎　　朝中措·杯盘狼藉烛参差

杯盘狼藉烛参差，欲去未容辞。春雪看飞金碾，香云旋涌花瓷。　雍容四座，矜夸一品，重听新词。归路清风生腋，不妨轻捻吟髭。

杨无咎　　　　朝中措·熟水

打窗急听□然汤，沉水剩熏香。冷暖旋投冰碗，荤膻一洗诗肠。　　酒醒酥魂，茶添胜致，齿颊生凉。莫道淡交如此，于中有味尤长。

曹　勋　　　　朝中措·一封清诏下金銮

一封清诏下金銮，临遣讲邻欢。谁问火云挥汗，要看易水摇寒。　　何妨谈笑，平生志节，可障狂澜。预约黄花前后，殊庭瞻对宸颜。

曹　勋　　　　朝中措·宝筝偏劝酒杯深

宝筝偏劝酒杯深，歌舞乍沉沉。秀指十三弦上，挑吟击玉锵金。　　牙台锦面，轻移雁柱，低转新音。妙是不须银甲，向人说尽芳心。

曹　勋　　　　朝中措·送袁提举

鸣珂揽辔玉霄东，持节散陈红。子舍已先多士，一鞭同袅春风。　　西瓯旧治，棠阴秀茂，竹马迎逢。正焙行驰金殿，仙班看缀夔龙。

曹　勋　　　　朝中措·酴醾芳架引繁英

酴醾芳架引繁英，香远透帘清。更与洛阳花市，一齐移在宫庭。　　琉璃万朵，娇红嫩紫，总是嘉名。殿阁真仙同赏，天颜喜入欢声。

曹　勋　　　　朝中措·咏雪

斜斜整整暗江湾，蓑笠有无间。应与君家却暑，冷看白满群山。　　想来何处，金炉焰兽，玉斝酡颜。好是溪涵寒影，山阴一棹人还。

胡　铨　　　　朝中措·黄守座上用六一先生韵

崖州何有水连空，人在浪花中。月屿一声横竹，云帆万里雄风。　　多情太守，三千珠履，二肆歌钟。日下即归黄霸，海南长想文翁。

史　浩　　　　　　朝中措·雪

冻云著地静无风，簌簌坠遥空。无限人间险秽，一时为尔包容。　　凭高试望，楼台改观，山径迷踪。唯有碧江千里，依然不住流东。

李　石　　　　　　朝中措·闻莺

飘飘仙袂缕黄金，相对弄清音。几度教人误听，当窗绿暗红深。　　一声梦破，槐阴转午，别院深沉。试问绿杨南陌，何如紫椹西林。

李　石　　　　朝中措·赠赵牧仲歌姬

绿杨庭院觉深沉，曾听一莺吟。今夜却成容易，双莲步步摇金。　　歌声暂驻，颦眉又去，无计重寻。应恨玉郎殢酒，教人守到更深。

李　石　　　　　　朝中措·赠别

凌波庭院藉香残，银烛夜生寒。两点眉尖新恨，别来谁画遥山。　　南楼皓月，一般瘦影，两处凭阑。莫似桃花溪畔，乱随流水人间。

曾　觌　　　　朝中措·赵知阁生日

画堂帘卷兽香浓，花上雪玲珑。平地十洲三岛，蟠桃已试春红。　　清朝旧德，仙姿难老，主眷方隆。烂醉笙歌丛里，年年先占春风。

曾　觌　　朝中措·山父赏牡丹，酒半作

画堂栏槛占韶光，端不负年芳。依倚东风向晓，数行浓淡仙妆。　　停杯醉折，多情多恨，冶艳真香。只恐去为云雨，梦魂时恼襄王。

曾　觌　　　朝中措·金沙架上日璁珑

金沙架上日璁珑，浓绿衬轻红。花下两行红袖，直疑春在壶中。　　如今尚觉，惜花爱酒，依旧情浓。无限少年心绪，从教醉倒东风。

曾　觌　　　朝中措·休论社燕与秋鸿

休论社燕与秋鸿，时节太匆匆。海上一番微雨，朱门浓绿阴中。　主人情厚，金杯满泛，且共从容。莫问莺花俱老，今朝犹是春风。

曾　觌　　　朝中措·西湖南北旧游空

西湖南北旧游空，谁料一尊同。回首四年间事，浑如飞絮濛濛。　林花谢了，明年春到，依旧芳容。惟有朱颜绿鬓，暗随流水常东。

曾　觌　　　朝中措·席上赠南剑翟守

双溪楼上凭栏时，潋滟泛金卮。醉到闹花深处，歌声遏住云飞。　风流太守，鸾台家世，玉鉴丰姿。行奉紫泥褒诏，要看击浪天池。

曾　觌　　　朝中措·维扬感怀

雕车南陌碾香尘，一梦尚如新。回首旧游何在，柳烟花雾迷春。　如今霜鬓，愁停短棹，懒傍清尊。二十四桥风月，寻思只有消魂。

曾　觌　　　朝中措·同前代御带作

功名虽未压英游，一种旧风流。人世百年须到，如今七十春秋。　当时帷幄，貂珰贵重，誉蔼朋俦。赢得尊前沉醉，浮华付去悠悠。

黄公度　　　朝中措·幽香冷艳缀疏枝

幽香冷艳缀疏枝，横影卧霜溪。清楚浑如南郭，孤高胜似东篱。　岁寒风味，黄花尽处，密雪飞时。不比三春桃李，芳菲急在人知。

黄公度　　　朝中措·贺方帅生朝　并序

方务德滋时帅广东，以启谢云：俾尔黄发，欲三寿之作朋；遗我绿琴，顾双金之何报。尝邀公至五羊，特为开宴，令洪丞相适代为乐语云：云外神仙，何拘弱水。海隅老稚，始识魁星。又寄调临江仙以侑觞云：北斗南头云送喜，人间快睹魁星。向来平步到蓬瀛。如何天上客，来佐海边城。

方伯娱宾香作穗，风随歌扇凉生。且须滟滟引瑶觥。十年迟凤沼，万里寄鹏程。及高要倅满，权帅置酒，令洪内相景卢迈作乐语，有云：三山宫阙，早窥云外之游；五岭烟花，行送日边之去。小驻南州之别业，肯临东道之初筵。时二洪迭居帅幕下，又云：欲远方歆艳于大名，故高会勤渠于缛礼。洪时摄帅司机宜。

玄冥司柄，雪敷南亩之丰登；庾岭生辉，梅报东君之消息。当一阳之来复，庆维岳之降神。某官节莹冰霜，家传清白。遐荒草木之细，皆知威名；调和鼎鼐之功，终归妙手。愿乘谷旦，即奉芝函。某望棨戟以趋风，适桑蓬之纪瑞。自惟弱植，方沾雨露之深恩；强缀芜辞，用祝椿松之遐算。敢渐采览，第切兢惶。

屑瑶飘絮满层空，人在广寒宫。已觉楼台改观，渐看桃李春融。　　一城和气，宾筵不夜，舞态回风。正是为霖手段，南来先做年丰。

倪　偁　　朝中措·森然修竹满晴窗

森然修竹满晴窗，山色净明妆。无限凄凉古意，白蘋红蓼斜阳。　　松风一枕借僧床，馥馥桂花香。暂远世尘萦染，坐令心地清凉。

葛立方　朝中措·回至汴京喜而成长短句

暂时莫荡出燕然，冰柱冻层檐。时节马蹄归路，杨花乱扑征鞯。　　如今归去，银铛宜见，七宝床边。待得退朝花底，家人争卷珠帘。

洪　适　　朝中措·曾守生辰

当年召父治南阳，千室颂慈祥。今代天台太守，声名已达岩廊。　　风流闲暇，胡床乘兴，燕寝凝香。好去花砖视草，珠庭喜见微黄。

洪　适　　朝中措·江西文派有新图

江西文派有新图，诗律嗣东湖。十首齐安书事，君王曾问相如。　　牙签缥架，银钩落纸，美玉明珠。见说诏岁金匮，后来天下浑无。

洪　适　　朝中措·邓盐生日

青云垂下不争程，绣斧记澄清。黄木湾头人闹，耳边都是欢声。　　仙家咫尺，波涵渤澥，路挹蓬瀛。十日东君不老，一星南极长明。

洪　适　　朝中措·帅生日

斗南楼阁舞祥云，为寿几多人。有酒恰如东海，年年为满金尊。　　无双治行，儿童咏德，草木沾仁。只把空虚三院，亦须笑傲千春。

洪　适　　朝中措·苏少连母生日

西崑当日下云骈，彩藻奉苏仙。玉节荣看棠棣，斑衣笑俯芝兰。　　寿觞争举，歌萦蛾绿，香袅龙涎。须与寄声鸾鹤，飞来岁岁年年。

洪　适　　朝中措·黄帅宪侍儿倩奴

嘉禾一别十经春，清泖记垂纶。今日天涯沦落，跫然一见佳人。　　酒浮重碧，声低云叶，香趁霞裙。准拟魁星归去，它时相会金门。

韩元吉　　朝中措·危亭崛起卧苍龙

辛丑重阳日，刘守招饮石龙亭，追录

危亭崛起卧苍龙，绝景画图中。便作龙山高会，千年乐事能同。　　使君宴处，丹枫影澹，黄花香浓。不惜归鞍照月，直教破帽吹风。

韩元吉　　朝中措·寿十八兄

清霜著柳夜来寒，新月印湖山。共喜今年称寿，一尊还在长安。　　人间千载，从教鹤发，且驻朱颜。看取烟霄平步，何须九转神丹。

张　抡　　朝中措·灯花挑尽夜将阑

灯花挑尽夜将阑，斜掩小屏山。一点凉蟾窥幔，钏敲玉臂生寒。　　起来无绪，炉薰烬冷，桐叶声干。都把沉思幽恨，明朝分付眉端。

张　抡　　朝中措·渔父十首之一

吴松江影漾清辉，山远翠光微。杨柳风轻日永，桃花浪暖鱼肥。　　东来西往，随情任性，本自无机。何事沙边鸥鹭，一声欸乃惊飞。

张　抡　　朝中措·渔父十首之二

湖光染翠□□□，□□□□□。□爱江湖光景，不曾别做□□。　　□□□□，□□□□，□□依家。醉卧水云□□，□□□□□□。

张　抡　　朝中措·渔父十首之三

碧波深处锦鳞游，波面小渔舟。不为来贪香饵，如何赚得吞钩。　　绿蓑青箬，吾生自断，终老汀洲。买断一江风月，胜如千户封侯。

张　抡　　朝中措·渔父十首之四

沙明波净小汀洲，枫落洞庭秋。红蓼白蘋深处，晚风吹转船头。　　鲈鱼钓得，银丝旋鲙，白酒新笃。一笑月寒烟暝，人间万事都休。

张　抡　　朝中措·渔父十首之五

松江西畔水连空，霜叶舞丹枫。谩道金章清贵，何如蓑笠从容。　　有时独醉，无人系缆，一任斜风。不是芦花惹住，几回吹过桥东。

张　抡　　朝中措·渔父十首之六

鸣榔惊起鹭鸶飞，山远水弥弥。米贱茅柴酒美，霜清螃蟹螯肥。　　人生所贵，逍遥快意，此外皆非。却笑东山太傅，几曾梦见蓑衣。

张　抡　　朝中措·渔父十首之七

午阴多处□□□，杨柳□□□。翠羽无情飞去，红蕖有意

□□。　　□□□□，□□□□，□□吾生。为报凌烟□□，□□□□□名。

张　抡　　朝中措·渔父十首之八

红尘光景事如何，扰扰利名多。若问侬家活计，扁舟小笠轻蓑。　　一尊美酒，一轮皓月，一弄山歌。选甚掀天白浪，未如人世风波。

张　抡　　朝中措·渔父十首之九

萧萧芦叶暮寒生，雪压冻云平。密洒一篷烟火，惊鸿飞起沙汀。　　收纶罢钓，空江有浪，短棹无声。便是天然图画，何须妙手丹青。

张　抡　　朝中措·渔父十首之十

慕名人似蚁贪膻，扰扰几时闲。输我吴松江上，一帆点破晴烟。　　青莎卧月，红鳞荐酒，一醉陶然。此是人间蓬岛，更于何处求仙。

侯　寘　　朝中措·双头芍药

翻阶红药竞芬芳，著意巧成双。须信扬州国艳，旧时曾在昭阳。　　盈盈背立，同心对绾，联萼飞香。牢贮深沉金屋，任教蝶困蜂忙。

侯　寘　　朝中措·建康大雪，戏呈母舅晁留守

漏云初见六花开，惊巧妒江梅。飘洒元戎小队，玉妆旌旆归来。　　恩同化手，春回陇亩，欢到尊罍。记取明朝登览，绿漪惟有秦淮。

侯　寘　　朝中措·谢郭道深惠菊，有二小鬟

露英云萼一般清，揉雪更雕琼。预喜重阳登览，大家插帽浮觥。　　分香减翠，殷勤远寄，珍重多情。不似绮窗双艳，向人解语倾城。

侯　寘　　朝中措·依微春绿遍江干

依微春绿遍江干，烟水小屏寒。惆怅雁行南北，新词不忍

拈看。　　从今寄取，临风把酒，役梦忘飧。飞絮落花时候，扁舟也到孤山。

侯　寘　　朝中措·风帘交翠篆香飘

风帘交翠篆香飘，却暑卷轻绡。最好佳辰相近，寿觞对饮连宵。　　仙翁未老，云中跨凤，台上吹箫。看取他年荣事，鱼轩入侍涂椒。

侯　寘　朝中措·元夕上潭帅刘共甫舍人

年来玉帐罢兵筹，灯市小迟留。花外香随金勒，酒边人倚红楼。　　沙堤此去，传柑侍宴，天上风流。还记月华小队，春风十里潭州。

侯　寘　　朝中措·为云庵寿

年年重午近佳辰，符艾一番新。满酌九霞奇酝，寿君两鬓长春。　　闺中秀美，何如赋得，林下精神。早办荆钗布袖，共为云水闲人。

赵彦端　　朝中措·山矾风味更梨花

山矾风味更梨花，清白竞春华。试问西园清夜，何如山崦人家。　　楚东千嶂，吴江一棹，云路非赊。惟有相思两地，可怜淡月朝霞。

赵彦端　　朝中措·烧灯已过禁烟前

烧灯已过禁烟前，春信递相传。柳暗乍迷津路，花暄欲照江天。　　天涯宾主，相逢老矣，一笑欢然。晚岁许同庐社，西风不买吴船。

赵彦端　　朝中措·乘风亭初成

长松擎月与天通，霜叶乱惊鸿。露炯乍疑杯滟，云生似觉衣重。　　江南胜处，青环楚嶂，红半溪枫。倦客会应归去，一亭长枕寒空。

赵彦端　　朝中措·几枝筇竹半烟云

几枝筇竹半烟云，钟鼓醉中闻。千点好山余思，一湾流水能分。　　多情皓月，轮栖夜午，光动风文。看取清闲宾主，犹胜富贵封君。

赵彦端　　朝中措·路彦丰生日

新凉溪阁暮山重，水月共空濛。九转不须尘外，三峰只在壶中。　　他年盛业，云间可望，林下难逢。记取芗林岩洞，何如干越秋风。

赵彦端　　朝中措·西城烟雾一重重

西城烟雾一重重，潇洒便秋风。巧妒玉人装髻，无如禁钥难通。　　新声窈眇，怨传楚些，娇并吴宫。夜久三星为粲，皓娥宁为君容。

李　吕　　朝中措·展屏山色翠连空

展屏山色翠连空，潇洒冠闽中。背郭元无尘事，披襟时有清风。　　君侯雅致，临流句丽，爱月情钟。乐府直追欧老，堂名新自陶翁。

李　吕　　朝中措·堂成开宴日无空

堂成开宴日无空，景占四时中。画栋翚飞星汉，雕阑锁断花风。　　薰人和气，清谈四坐，雅量千钟。早晚催归天仗，往来还记溪翁。

李流谦　　朝中措·失题

相思两地费三年，明月几回圆。鸥鸟不知许事，清江仍绕青山。　　尊前歌板，未终金缕，已到阳关。趁取腊前归去，梅花不奈春寒。

向　滈　　朝中措·平生此地几经过

平生此地几经过，家近奈情何。长记月斜风劲，小舟犹渡烟波。　　而今老大，欢消意减，只有愁多。不似旧时心性，夜长听彻渔歌。

曹　冠　　朝中措·茶

春芽北苑小方珪，碾畔玉尘飞。金箸春葱击拂，花瓷雪乳珍奇。　　主人情重，留连佳客，不醉无归。邀住清风两腋，重斟上马金卮。

曹　冠　　　　朝中措·汤

更阑月影转瑶台，歌舞下香阶。洞府归云缥缈，主宾清兴徘徊。　　汤斟崖蜜，香浮瑞露，风味方回。投辖高情无厌，抱琴明日重来。

葛　郯　　　　朝中措·送蔡定夫

双鞬锦领出山西，戎幕护旌旗。横槊春风百咏，临淮夜月千卮。　　风流樽俎，琼花破艳，红药攒枝。赏尽竹西歌吹，珠帘十里香迷。

姚述尧　　　　朝中措·满城风雨近重阳

满城风雨近重阳，小院更凄凉。遥想东篱山色，今年花为谁黄。　　何妨载酒，登高落帽，物外徜徉。都把渊明诗思，消磨□□□□。

管　鉴　　　　朝中措·为文倅元益寿

元益，陈鲁公之婿

十年班缀近彤庭，一笑下霓旌。好是平分风月，新秋特地凉生。　　华堂燕喜，流霞觞满，彩戏衣轻。要识他年荣贵，从来玉润冰清。

管　鉴　　　　朝中措·以海错为唐守寿

暖风帘幕卷春阴，歌吹画堂深。云袖纤纤捧玉，霞觞滟滟浮金。　　佳辰恨我，空传善颂，阻缀朋簪。莫笑海滨乡味，尊前会有知音。

管　鉴　　　　朝中措·游王沅州山亭

清江绕舍竹成阴，秋日共登临。地与主人俱胜，情如酒盏方深。　　故园何处，时因望眼，聊寄归心。抖擞一襟凉韵，不教簿领尘侵。

管　鉴　　　　朝中措·立夏日观酴醾作

一年春事到酴醾，何处更花开。莫趁垂杨飞絮，且随红药翻阶。　　倦游老矣，肯因名宦，孤负衔杯。寄语故园桃李，明年留待归来。

吴　儆　　　朝中措·代宋仲温上德操

文章声价擅南州，人物更风流。岂久徒劳州县，看看催上瀛洲。　　朱颜绿鬓，画堂标王，宝带垂镠。睡起八砖影转，归来双烛光浮。

陆　游　　　朝中措·梅

幽姿不入少年场，无语只凄凉。一个飘零身世，十分冷淡心肠。　　江头月底，新诗旧梦，孤恨清香。任是春风不管，也曾先识东皇。

陆　游　　　朝中措·代谭德称作

怕歌愁舞懒逢迎，妆晚托春酲。总是向人深处，当时枉道无情。　　关心近日，啼红密诉，剪绿深盟。杏馆花阴恨浅，画堂银烛嫌明。

陆　游　　　朝中措·冬冬傩鼓饯流年

冬冬傩鼓饯流年，烛焰动金船。彩燕难寻前梦，酥花空点春妍。　　文园谢病，兰成久旅，回首凄然。明月梅山笛夜，和风禹庙莺天。

贾逸祖　　　朝中措·青山隐隐水斜斜

青山隐隐水斜斜，修竹两三家。又是水寒山瘦，依然行客遍天涯。　　天教流落，东西南北，不恨年华。只恨夜来风雨，投明月、老却梅花。

姜特立　　　朝中措·应令锦林檎

芳林曲径锦玲珑，腻白借微红。元是海棠标格，司花点化东风。　　端相浑似，玉真未醉，春思先慵。留取浅颦低笑，夜深翠幄轻笼。

姜特立　　　朝中措·送人

十分天赋好精神，宫样小腰身。迷却阳城下蔡，未饶宋玉东邻。　　不堪回首，高唐去梦，楚峡归云。从此好寻夫婿，有书频寄鸿鳞。

姜特立　　朝中措·和欧阳公韵

如山堂上翠横空，山影浪花中。夜夜林间明月，时时柳外清风。　如今到此，翛然万事，无处情钟。唯有尊前一笑，分明好个山翁。

周必大　　朝中措·乘成台上晓书云

乘成台上晓书云，黄色映天庭。已谢浮名浮利，也知来应长生。　边亭卧鼓，余粮栖亩，朝野欢声。从此四时八节，弟兄常醉金觥。

周必大　　朝中措·月眉新画露珠圆

贱生之日，蒙季怀示朝中措新词。今借严韵以侑寿斝，敬述雅志，非泛泛祝词也。戊子

月眉新画露珠圆，今夕正相鲜。欲导唐家诞节，先生汉相韦贤。　悬知此去，莺迁春谷，鹗在秋天。班首算来旬岁，状头看取明年。

周必大　　朝中措·九重深念朔庭空

胡季怀以朝中措为寿。八月四日，复次其韵。季怀常以宰相自期，故每戏之。己丑

九重深念朔庭空，良弼梦时中。擢第难遵常制，筑岩直继高风。　明年东府，金钗珠履，列鼎鸣钟。良酝倘分焦革，早禾休浸曹公。

范成大　　朝中措·东风半夜度关山

丙午立春大雪，是岁十二月九日丑时立春

东风半夜度关山，和雪到阑干。怪见梅梢未暖，情知柳眼犹寒。　青丝菜甲，银泥饼饵，随分杯盘。已把宜春缕胜，更将长命题幡。

范成大　　朝中措·身闲身健是生涯

身闲身健是生涯，何况好年华。看了十分秋月，重阳更插黄花。　消磨景物，瓦盆社酿，石鼎山茶。饱吃红莲香饭，

依家便是仙家。

范成大　　朝中措·系船沽酒碧帘坊

系船沽酒碧帘坊，酒满胜鹅黄。醉后西园入梦，东风柳色花香。　　水浮天处，夕阳如锦，恰似鲈乡。中有忆人双泪，几时流到横塘。

范成大　　朝中措·海棠如雪殿春余

海棠如雪殿春余，禽弄晚晴初。倦客长惭杜宇，佳辰且醉提壶。　　逍遥放浪，还他渔子，输与樵夫。一棹何时归去，扁舟终要江湖。

范成大　　朝中措·天容云意写秋光

天容云意写秋光，木叶半青黄。珍重西风祛暑，轻衫早怯新凉。　　故人情分，留连病客，孤负清觞。陌上千愁易散，尊前一笑难忘。

范成大　　朝中措·长年心事寄林扃

长年心事寄林扃，尘鬓已星星。芳意不如水远，归心欲与云平。　　留连一醉，花残日永，雨后山明。从此量船载酒，莫教闲却春情。

沈　瀛　　朝中措·生日生双竹

论兵齿颊带霜寒，清似碧琅玕。好是天然风韵，琳宫瑶馆清闲。　　华筵初启，小蛮二八，对影朱颜。便好添筹索笑，双枝原应双鬟。

沈　瀛　　朝中措·东风吹上小桃枝

东风吹上小桃枝，春色拥旌麾。昨夜三台星见，分明直照姑溪。　　皇都禁阙，天颜遥想，应待公归。此去再登黄阁，火城光映沙堤。

沈端节　　朝中措·天遥野阔雁书空

天遥野阔雁书空，山远暮云中。目断江南烟雨，□□攲枕春风。　　功名富贵，何须计较，烟际疏钟。解道浅妆浓抹，从来惟有坡翁。

郭世模　　朝中措·青灯听雨夜荒凉

青灯听雨夜荒凉，归梦苦难长。坐想玉奁鸳锦，空余臂粉衣香。　　枕边共语，窗前执手，帘外啼妆。也是平生薄幸，须还几度思量。

李处全　　朝中措·夜坐有感

晦庵四至似天宽，生计有心田。闲弄炉薰茗碗，困寻纸帐蒲团。　　商山橘隐，须弥芥纳，容与湖天。谁笑先生贫窭，东篱无数金钱。

李处全　　朝中措·初夏

薰风庭院燕双飞，园柳啭黄鹂。是处蜂狂蝶乱，元来绿暗红稀。　　衫笼白苎，琴推绿绮，满眼新诗。好个江南风景，杜鹃犹自催归。

王　炎　　朝中措·杜鹃声断日曈昽

杜鹃声断日曈昽，过雨湿残红。老色菱花影里，客愁蕉叶香中。　　柳梢飞絮，桃梢结子，断送春风。莫恨春无觅处，明年还在芳丛。

王　炎　　朝中措·九月末水仙开

蔷薇露染玉肌肤，欲试缕金衣。一种出尘态度，偏宜月伴风随。　　初疑邂逅，湘妃洛女，似是还非。只恐乘云轻举，翩然飞度瑶池。

周　颉　　朝中措·饮饯元龄诸公席上戏作

郧城清胜压湖湘，人物镇相望。秀气谁符楚泽，建安诸子文章。　　东风得意，青云路稳，好去腾骧。要识登科次第，待看北斗光芒。

王彭年　　朝中措·人才七泽盛三湘

彭年不学空疏，才无足取。蒙赖教养，更叨荐送。而燕饯之日，曲尽礼意。至于篇章重放，褒宠勤至。闻诸乡老，谓：

在承平时，亦无此作。退自揆度，不知何以得之！铭佩厚德，无以自见。敢借所赐词韵，少信悃愊。僭越犯分，悚恐无地，尚祈恕采

人才七泽盛三湘，前辈敢追望。惭愧史君劝驾，杯前重赐篇章。　　雷风断送，鱼龙变化，云路蜚骧。德意如何报称，短歌莫写毫芒。

李伯虎　　朝中措·史君清德比清湘

伯虎伏以判府中大先生，二年边城，作成士类。既著文以励学者，又复增请荐名，为邦人无穷之利。兵祸荒凉之余，遽能复承平之旧数。非思造特达，何以得此！乡闾士夫、庠序诸生等方日颂盛德，而讴歌之私，恨未有称塞。既而燕饯礼颁，复以佳词光贲行李。学校晚生，荣于拜赐。伯虎铭镂之余，敢以俚语，仰继严韵，少见谢意之万一。伏惟台慈恕其狂僭渎尊之罪，而采目之。伯虎下情无任悚惧之至

史君清德比清湘，妙政古相望。闲暇恩波万井，笑谈风月千章。　　殷勤劝驾，几人怀德，刻意腾骧。试问匣中长剑，也应增焕光芒。

丘　密　　朝中措·绍兴末太学作

晚风斜日折梅花，楼外卷残霞。领略一城春气，华灯十万人家。　　轻衫短帽，风前趁马，月下随车。道个小来脚定，那人笑隔笼纱。

丘　密　　朝中措·几回相与叹高才

几回相与叹高才，忽报驭风来。谁道亟朝天阙，更能同上春台。　　主人早晚，班联玉笋，行听连催。湖上饱赓新唱，思堂快泻深杯。

丘　密　　朝中措·尊前宾主角多才

尊前宾主角多才，亦许我同来。诗思竞翻三峡，酒狂欲拗连台。　　身闲有限，莫辞光景，刻烛相催。沙路即看联辔，上林趁赏流杯。

赵长卿　　朝中措·梅

别来无事不思量，霜日最凄凉。凝想倚栏干处，攒眉应为

萧郎。　　梅花岂管人消瘦，只恁自芬芳。寄语行人知否，梅花得似人香。

赵长卿　　　　朝中措·首夏

荷钱浮翠点前溪，梅雨日长时。恰是清和天气，雕鞍又作分携。　　别来几日愁心折，针线小蛮衣。羞对绿阴庭院，衔泥燕燕于飞。

赵长卿　　　　朝中措·秋景

曾端行，予与之往还。一日作楼于南山，仙源醉赏，酒中作词，书于壁。坐前数妓乞词而歌，以劝大白。因有所感，再和前韵

柳林幂幂暮烟斜，秋水浅平沙。楼外碧天无际，紫山断处横霞。　　星稀渐觉，东檐隐月，凉到窗纱。多少伤怀往事，隔溪灯火人家。

赵长卿　　　　朝中措·和

征帆一缕转弯斜，惊鹭起汀沙。点点随风逆上，满江飞破残霞。　楼前光景，楼心红粉，蝉翼轻纱。却忆钱塘江上，曲栏横槛他家。

赵长卿　朝中措·上钱知郡、符主管、朱知录之一

南楼风物一番新，春暮畀斯民。岂但仁人恺弟，更兼政事如神。　　人生最贵，荣登五马，千里蒙恩。只恐促归廊庙，去思有脚阳春。

赵长卿　朝中措·上钱知郡、符主管、朱知录之二

文章学业继家声，名誉压群英。早岁掀腾朊仕，如公富贵难并。　　定膺丹诏，朱轮迅召，陶冶苍生。自是盐梅姿质，伫看大手调羹。

赵长卿　朝中措·上钱知郡、符主管、朱知录之三

先生德行冠南丰，锦绣作心胸。暂屈徒劳州县，文章后进宗工。　　督邮纲纪，才高幕府，雅望尤崇。此去定膺光宠，且须满醉西东。

辛弃疾　　朝中措·绿萍池沼絮飞忙

绿萍池沼絮飞忙，花入蜜脾香。长怪春归何处，谁知个里迷藏。　残云剩雨，些儿意思，直恁思量。不是莺声惊觉，梦中啼损红妆。

辛弃疾　朝中措·崇福寺道中归寄祐之弟

篮舆袅袅破重冈，玉笛两红妆。这里都愁酒尽，那边正和诗忙。　为谁醉倒，为谁归去，都莫思量。白水东边篱落，斜阳欲下牛羊。

辛弃疾　　朝中措·为人寿一

年年金蕊艳西风，人与菊花同。霜鬓经春重绿，仙姿不饮长红。　焚香度日尽从容，笑语调儿童。一岁一杯为寿，从今更数千钟。

辛弃疾　　朝中措·为人寿二

年年黄菊滟秋风，更有拒霜红。黄似旧时宫额，红如此日芳容。　青青未老，尊前要看，儿辈平戎。试酿西江为寿，西江绿水无穷。

辛弃疾　　朝中措·九日小集，世长将赴省

年年团扇怨秋风，愁绝宝杯空。山下卧龙丰度，台前戏马英雄。　而今休矣，花残人似，人老花同。莫怪东篱韵减，只今丹桂香浓。

辛弃疾　　朝中措·夜深残月过山房

夜深残月过山房，睡觉北窗凉。起绕中庭独步，一天星斗文章。　朝来客话，山林钟鼎，那处难忘。君向沙头细问，白鸥知我行藏。

赵善括　　朝中措·惜春

东君著意在枝头，红紫自风流。贪引游蜂舞蝶，几多春事都休。　三分好处，不随流水，即是闲愁。惟我惜花心在，更看红叶沉浮。

程　垓　　朝中措·一枝烟雨瘦东墙

原误作《眼儿媚》

一枝烟雨瘦东墙，真个断人肠。不为天寒日暮，谁怜水远山长。　相思月底，相思竹外，犹自禁当。只恐玉楼贪梦，输他一夜清香。

程　垓　　朝中措·矮窗西畔翠荷香

矮窗西畔翠荷香，人在小池塘。何事未拈棋局，却来闲倚胡床。　金盆弄水，玉钗𩯭鬓，妆懒何妨。莫道困来不饮，今宵却恨天凉。

程　垓　　朝中措·茶词

华筵饮散撤芳尊，人影乱纷纷。且约玉骢留住，细将团凤平分。　一瓯看取，招回酒兴，爽彻诗魂。歌罢清风两腋，归来明月千门。

程　垓　　朝中措·汤词

龙团分罢觉芳滋，歌彻碧云词。翠袖且留纤玉，沉香载捧冰垍。　一声清唱，半瓯轻啜，愁绪如丝。记取临分余味，图教归后相思。

程　垓　　朝中措·咏三十九数

真游六六洞中仙，骑鹤下三天。休道日斜岁暮，行年方是韶华。　相逢一笑，此心不动，须待明年。要得安排稳当，除非四十相连。

程　垓　　朝中措·片花飞后水东流

片花飞后水东流，无计挽春留。香小谁栽杜若，梦回依旧扬州。　破瓜年在，娇花艳冶，舞柳纤柔。莫道刘郎霜鬓，才情未放春休。

陈三聘　　朝中措·朝来和气满西山

丙午立春大雪，是岁十二月九日丑时立春

朝来和气满西山，拄颊小阑干。柳色野塘幽兴，梅花纸帐轻寒。　三杯淡酒，玉腴蔬嫩，青缕堆盘。细写池塘诗梦，玉人翦做春幡。

陈三聘　　朝中措·求田何处是生涯

求田何处是生涯，双鬓已先华。随分夏凉冬暖，赏心秋月春花。　吾年如此，愁来问酒，困后呼茶。结社竹林诗老，卜邻江上渔家。

陈三聘　　朝中措·去年曾醉杏花坊

去年曾醉杏花坊，柳色间轻黄。重觅旧时行迹，春风满路梅香。　平沙岸草，夫差故国，知是吾乡。梦断数声柔橹，只应已过横塘。

陈三聘　　朝中措·草堂春过一分余

草堂春过一分余，幽事酒醒初。琴调细鸣焦木，矢声不断铜壶。　关心药里，忘年蓑笠，自著潜夫。雨后长镵东麓，月明短艇西湖。

陈三聘　　朝中措·秋山横截半湖光

秋山横截半湖光，湖渚橘枝黄。纨扇罢摇蟾影，练衣已怯风凉。　插红裂蟹，银丝鲙鲫，莫负传觞。醉里乾坤广大，人间宠辱兼忘。

石孝友　　朝中措·乱山叠叠水泠泠

乱山叠叠水泠泠，南北短长亭。客路如天杳杳，归心能地宁宁。　春光荏苒，花期冷落，酒伴飘零。鬓影黄边半白，烧痕黑处重青。

此首别作赵长卿词

马子严　　朝中措·龙荪晚颖破苔纹

龙荪晚颖破苔纹，英气欲凌云。深处未须留客，春风自掩柴门。　蒲团宴坐，轻敲茶臼，细扑炉熏。弹到琴心三叠，鹧鸪啼傍黄昏。

赵师侠　　朝中措·莆中共乐台

斜阳留照有余红，烟霭淡冥濛。麦陇青摇一望，前山翠失双峰。　　高台徙倚，松飘逸韵，梅减冰容。俯视尘寰如掌，翩然我欲乘风。

赵师侠　　朝中措·疏疏帘幕映娉婷

疏疏帘幕映娉婷，初试晓妆新。玉腕云边缓转，修蛾波上微颦。　　铅华淡薄，轻匀桃脸，深注樱唇。还似舞鸾窥沼，无情空恼行人。

赵师侠　　朝中措·乙未中秋麦湖舟中

西风著意送归船，家近总欣然。去日梅开烂熳，归时秋满山川。　　京华倦客，难堪羁思，历尽愁边。寄语姮娥休笑，月圆人亦团圆。

赵师侠　　朝中措·山樊

乱山春过雪成堆，七里递香回。蕊簇玲珑金粟，花装碎屑玫瑰。　　兰衰梅谢，桃粗李俗，谁与追随。清绝殿春仙侣，清风吹破荼蘼。

赵师侠　　朝中措·月季

开随律琯度芳辰，鲜艳见天真。不比浮花浪蕊，天教月月常新。　　蔷薇颜色，玫瑰态度，宝相精神。休数岁时月季，仙家栏槛长春。

赵师侠　　朝中措·丁亥益阳贺王宜之

眉间黄色喜何如，花县拜恩初。五品荣颁命服，十行祇奉天书。　　萱堂绣阁，均封大邑，盛事同居。此日银章朱绂，行看玉带金鱼。

陈　亮　　朝中措·蓼花风淡水云纤

蓼花风淡水云纤，倚阁卷重帘。索寞败荷翠减，萧疏晚□红添。　　魂销天末，眉横远岫，斜挂新蟾。谁信故人千里，此进却到眉尖。

张　镃　　朝中措·重葺南湖堂馆，小词落成

先生心地等空虚，行处幻仙都。点缀玲珑花柳，翻腾窈窕规模。　　三杯两盏，五言十字，迟老工夫。受用南湖风月，何须更到西湖。

卢　炳　　朝中措·晓来天气十分凉

晓来天气十分凉，时候近重阳。村落人家潇洒，篱菊有芬芳。　　年来渐觉，诗肠愈窄，酒量偏狂。好景不须放过，何妨一醉千觞。

郭应祥　　朝中措·海棠零落场花繁

寒食前一日陪令佐小饮县圃，席上赋

海棠零落场花繁，春意已将阑。予告恰当寒食，邀宾同赏芳园。　　湄湘台畔，杯盘楚楚，歌舞喧喧。预约牡丹开后，更须重倒清尊。

李　壁　　朝中措·人日蟆颐席间和韵

东风歌吹发重闉，飞旆入山新。小雨不妨酥润，江头一并霜晴。　　年年心似，输他钗燕，蟠带迎春。怎得樽前避酒，史君精鉴如神。

韩　淲　　朝中措·赵伊一哥回侍

君之竹隐是章泉，只要世家传。莫道闲诗浪句，风花雪月云烟。　　一杯我醉，百年人事，乾转坤旋。直与唤回兴替，羲皇留下遗编。

韩　淲　　朝中措·次韵

池塘春草燕飞飞，人醉牡丹时。多少姚黄魏紫，搦成腻粉燕支。　　谪仙醉把平章看，晴影度帘迟。花外一声鶗鴂，柳边几个黄鹂。

韩　淲　　朝中措·平江施倅生朝

五湖烟水百花洲，别乘最风流。人道紫枢家世，清时衮衮公侯。　　名园绿水春无价，蜀锦舞缠头。眉寿年年今日，宝杯香霭飞浮。

韩　淲　　朝中措·和吴子似

春浓人静倦游嬉，烟雨战棠梨。翠径乱红无数，频啼枝上黄鹂。　　小园流水溅溅处，绿遍谢家池。怨月恨花滋味，泪痕犹染罗衣。

韩　淲　　　　朝中措·戏赠郑幹

扁舟撑月转江湖，烟水湛金铺。篷底晓凉歌罢，肌肤冰雪初扶。　　诗人自是风尘表，佳处句能摹。属玉一双飞去，荷花香动菰蒲。

韩　淲　　　　朝中措·梅月圆

为兹春酒寿诗翁，我辈一尊同。香动梅梢圆月，年年先得东风。　　冰溪清浅流环玉，莲幕漫从容。但愿人生长久，挥弦目送飞鸿。

韩　淲　　　　朝中措·次韵昌甫见寄

谁翻新曲玉溪滨，何日得为邻。醉里行歌相答，步随泉石松云。　　如今又是梅时候，只有眼中人。魂断幽香孤影，花前闲整衣巾。

韩　淲　　　　朝中措·寄元立

薰风两节照稽山，三百里湖间。镜上谁为贺老，棹船能伴官闲。　　今年寿日，不妨吟啸，还上清班。为寄长生新曲，齐眉想见酡颜。

韩　淲　　朝中措·约和卿、敬之持醪为文叔生朝

山林钟鼎似无同，舒卷有穷通。洗出壶中三峡，帝城赢得从容。　　黄流乱注，狂澜既倒，砥柱能东。此际诞弥杯酒，宜歌风虎云龙。

韩　淲　　　　朝中措·水南何事兴偏浓

昌甫作长短句呈朱卿、余倅，因和韵

水南何事兴偏浓，花草小园中。山气静分余霭，泉声幽转流淙。　　午桥坐上英豪客，今昔为谁容。不是倚楼人在，登临无复携筇。

韩　淲　　　　朝中措·述旧曲

霓裳霞佩淡丰容，云冷露华浓。唤起石丁归去，冥冥仙仗崆峒。　　人间秋老花饶笑，清映小帘栊。记取五城深处，凤箫吹下天风。

韩　淲　　朝中措·九日周国正席间赋长短句

年年羞插菊花游，华发不禁秋。此日遨头寻胜，消除万斛清愁。　　湿云凉雨南台上，歌动玉溪流。俯仰人间今古，多情破帽飕飕。

韩　淲　　朝中措·一番风月已平分

赵倅约玉楼溪小集，不及往，因寄一曲

一番风月已平分，留得玉溪云。蔼蔼宾僚如故，东楼北海清尊。　　荷香凉透，柳阴深锁，翠袂珠裙。□到九重城里，才华好觐吾君。

王克勤　　朝中措·寿熊左史

银河无际渺澄空，一点寿光中。此夕谪仙初度，清歌吉甫清风。　　文章间世，曾亲玉座，屡赐金钟。丹禁若须鳌便，赤城唤取渔翁。

李　刘　　朝中措·自寿

我生辰在斗牛中，井路有何功。运转峨眉山月，按行雪界天风。　　归欤老矣，愁添鬓白，酒借颜红。丘壑堪容我辈，轩裳分付诸公。

魏了翁　　朝中措·沙堤除道火成城

和赵黎州□□陪李参政壁游醴泉西园

沙堤除道火成城，换得午桥清。寒色般添酒令，野芳抵当锄羹。　　松馨花气，岸容山意，浦思溪情。谁记一时胜引，坐中喜得间平。

魏了翁　　朝中措·天公只解作丰年

和刘左史光祖人日游南山追和去春词韵

天公只解作丰年，不相冶游天。小队春旗不动，行庖晚突无烟。　　吟须捻断，寒炉拨尽，雁自天边。唤起主人失笑，寒灰依旧重然。

魏了翁　　朝中措·玳筵绮席绣芙蓉

次韵同官约瞻叔兄□□及杨仲博约赏郡圃牡丹并遣酒代劝

玳筵绮席绣芙蓉，客意乐融融。吟罢风头摆翠，醉余日脚沉红。　简书绊我，赏心无托，笑口难逢。梦草闲眠暮雨，落花独倚春风。

熊　节　　朝中措·寿刘仲吉

麒麟早贵挂朝冠，自合侍金銮。收拾经纶事业，从容游戏人间。　只今侍彩，符分楚甸，名在蓬山。直待疏封大国，秋光长映朱颜。

洪咨夔　　朝中措·送同官满归

荷花香里藕丝风，人在水晶宫。天上桥成喜鹊，云边帆认归鸿。　去天尺五城南杜，趣对柘袍红。若问安边长策，莫须浪说和戎。

洪咨夔　　朝中措·次杨仲禹韵

翠盆红药护觥筹，风物似扬州。春事一声杜宇，人生能几狐裘。　有山可买，有书可读，不愿封留。一任东风辇路，群公苍佩鸣璆。

洪咨夔　　朝中措·寿章君举

滂葩七十二滩春，钟瑞石麒麟。流水行云才思，光风霁月精神。　金蕉进酒，斑衣起舞，喜气津津。群玉峰头环佩，紫薇花底丝纶。

王武子　　朝中措·画眉人去掩兰房

画眉人去掩兰房，金鸭懒薰香。有恨只弹珠泪，无人与说衷肠。　玉颜云鬓，春花夜月，辜负韶光。闲看枕屏风上，不如画底鸳鸯。

黄　机　　朝中措·驳云行雨苦无多

驳云行雨苦无多，晴也快如梭。春思正难拘束，客愁谁为销磨。　寻花觅瀸，传杯托意，种种蹉跎。消息不来云锦，泪痕湿满香罗。

黄　机　　朝中措·逢逢船鼓绿杨津

逢逢船鼓绿杨津，彼此是行人。先自离愁无数，那堪病酒伤春。　岸花墙燕，低飞款语，满面殷勤。后会不知何日，因风时惠嘉音。

刘克庄　　朝中措·元质侍郎生日

恰为仙佛做生辰，公又绂麒麟。黑白几枰屡变，丹青百奏如新。　都门饯底，洛中画底，莫是前身。虽老不扶灵寿，有时更上蒲轮。

刘克庄　　朝中措·艮翁生日之一

受持鼻祖五千言，留得谷神存。伴我赋诗茅屋，饶渠待诏金门。　此翁岁晚，有书充栋，有酒盈樽。君看多花早落，孰如仙李蟠根。

刘克庄　　朝中措·艮翁生日之二

仙风道骨北山翁，万卷著胸中。涣若宦情冰释，作□醉面桃红。　千林冻槁，一枝雪艳，消息先通。颜色□青精饭，姓名在碧纱笼。

刘克庄　　朝中措·陈左藏生日

海天万顷碧玻璃，风露洗炎曦。鹦鹉绿毛导从，蟾□雪色追随。　分明来处，补陀大士，先后同时。觅取善财童子，膝边要个孙儿。

程正同　　朝中措·题集闲教头簇

少年不入利名场，花柳作家乡。一片由甲口嘴，几多要俏心肠。　周郎学识，秦郎风度，柳七文章。聊借生绡一幅，与君写尽行藏。

张　枻　　朝中措·次韵赵西里游平山堂

谁云万事转头空，春寓不言中。底问垂杨在否，年年一度东风。　凭高慨古，英雄亦泪，我辈情钟。事业正须老手，清吟留与山翁。

哀长吉　　朝中措·贺生第三子

自从佳偶共黄姑，几见设门弧。方喜阶庭联玉，又闻老蚌生珠。　一门三秀，贾家虎子，薛氏鸾雏。从此公侯衮衮，看看百子成图。

吴　潜　　朝中措·和自昭韵

春空一鸟落云干，只遣客心酸。芍药牡丹时候，午窗轻暖轻寒。　流光冉冉，清尊易倒，青镜难看。谩道华堂深院，谁怜凤只鹓单。

吴　潜　　朝中措·再用韵

可人想见倚庭干，嚼句有甘酸。休问沈腰潘鬓，何妨岛瘦郊寒。　时光转眼，兔葵燕麦，又是看看。谁念衰翁衰处，春衫晚际尤单。

吴　潜　　朝中措·三用韵

杨花撩乱与云干，春事可悲酸。况是雨荒院落，江南但有春寒。　莺残燕懒，蜂慵蝶褪，谩等闲看。不是无情描貌，奚奴且放安单。

吴　潜　　朝中措·四用韵

夜来梦绕宛溪干，啼鴂梦中酸。过了他乡寒食，白鸥划地盟寒。　云溪雨壑，月台风榭，借与人看。得似野僧无系，孤藤杖底挑单。

吴　潜　　朝中措·五用韵戏呈

兰皋彻夜树旄干，战渴望梅酸。想有歌姬半臂，更深自可鏖寒。　敲门寄曲，惊回蝶梦，旋篝灯看。坛下已收降将，火牛不用田单。

吴　潜　　朝中措·老香堂和刘自昭韵

衰翁老大脚犹轻，行到净凉亭。近日方忧多雨，连朝且喜长晴。　谩寻欢笑，翠涛杯满，金缕歌清。况有兰朋竹友，柳词贺句争鸣。

李曾伯　　朝中措·送管顺甫赴漕

少年随分赋鹦洲，得意桂花秋。今日送君行色，梦和月到南楼。　　材名仲父，辞华季子，香满南州。勉力中流击楫，直须连钓鳌头。

李曾伯　　朝中措·用八窗叔韵送教忠制机省亲之行

灯棋三载客边头，江汉等萍浮。一片白云关念，对床夜雨难留。　　堂堂事会，相期烝楫，共济泾舟。今岁雁来应早，着鞭莫待深秋。

李曾伯　　朝中措·就酌菖酒饯教忠，再用韵

南风吹棹过吴头，聚散付云浮。且共一杯怀楚，须期万户封留。　　藕花时候，五湖烟雨，西子扁舟。转首梦回残角，征人塞上新秋。

李曾伯　　朝中措·癸丑寿安观使

夜来南极十分明，申月应生申。小范龙图老子，大苏玉局仙人。　　擎天健手，家传方略，功在峨岷。看取芝封夜下，归来尽展经纶。

赵孟坚　　朝中措·客中感春

担头看尽百花春，春事只三分。不似莺莺燕燕，相将红杏芳园。　　名缰易绊，征尘难浣，极目销魂。明日清明到也，柳条插向谁门。

萧　崱　　朝中措·半山社雨欲黄昏

半山社雨欲黄昏，燕子不过门。杨柳染深绿意，海棠啼损红痕。　　绮寮妆束，宝钗歌舞，玉枕温存。一段旧情有味，十分新恨无言。

吴文英　　朝中措·赠赵梅壑

吴山相对越山青，湘水一春平。粉字情深题叶，红波香染浮萍。　　朝云暮雨，玉壶尘世，金屋瑶京。晚雨西陵潮讯，沙鸥不似身轻。

吴文英　　　朝中措·题陆桂山诗集

殷云凋叶晚晴初，篱落认奚奴。才近西窗灯火，旋收残夜琴书。　　秋深露重，天空海阔，玉界香浮。木落秦山清瘦，西风几许工夫。

吴文英　　　朝中措·题兰室道女扇

楚皋相遇笑盈盈，江碧远山青。露重寒香有恨，月明秋佩无声。　　银灯炙了，金炉烬暖，真色罗屏。病起十分清瘦，梦阑一寸春情。

吴文英　　　朝中措·闻桂香

海东明月锁云阴，花在月中心。天外幽香轻漏，人间仙影难寻。　　并刀翦叶，一枝晓露，绿鬓曾簪。惟有别时难忘，冷烟疏雨秋深。

吴文英　　　朝中措·晚妆慵理瑞云盘

晚妆慵理瑞云盘，针线傍灯前。燕子不归帘卷，海棠一夜孤眠。　　踏青人散，遗钿满路，雨打秋千。尚有落花寒在，绿杨未褪春绵。

翁元龙　　　朝中措·赋茉莉

花情偏与夜相投，心事鬓边羞。薰醒半床凉梦，能消几个开头。　　风轮慢卷，冰壶低架，香雾飕飕。更著月华相恼，木樨淡了中秋。

王　玉　　　朝中措·杨花绕昼暖风多

杨花绕昼暖风多，晴云点池波。戏数翠萍几靥，零星未碍圆荷。　　软人天气，半如溽暑，半似清和。说与香篝缊火，酒痕梅却衣罗。

陈允平　　　朝中措·欲晴又雨雨还晴

欲晴又雨雨还晴，时节又清明。红杏墙头燕语，碧桃枝上莺声。　　轻衫短帽，扁舟小棹，几度旗亭。斗草踏青天气，买花载酒心情。

刘辰翁　　　　朝中措·劝酒

炼花为露玉为瓶，佳客为频倾。耐得风霜满鬓，此身合是金茎。　　墙头竹外，洞房初就，画阁新成。嚼得梅花透骨，何愁不会长生。

周　密　　　　朝中措·东山棋墅

桐阴薇影小阑干，昼永琐窗闲。当日清谭赌墅，风流犹记东山。　　犀奁象局，惊回槐梦，飞雹生寒。自有仙机活著，未应袖手旁观。

周　密　　　　朝中措·茉莉拟梦窗

彩绳朱乘驾涛云，亲见许飞琼。多定梅魂才返，香瘢半掐秋痕。　　枕函钗缕，熏篝芳焙，儿女心情。尚有第三花在，不妨留待凉生。

汪梦斗　　　　朝中措·客邸有感

人言楼观似寥阳，巍倚太清傍。便有二京赋手，也须费力铺张。　　客窗梦断，星稀月澹，一枕凄凉。旧日春风汴水，□□多少垂杨。

赵必瑑　　　　朝中措·贺益斋令嗣娶妇

凤凰台上听吹箫，银烛万红摇。要觅琼浆玉饮，隔墙便是蓝桥。　　大儿清彻，小乔初嫁，雨腻云娇。愁怕沈郎销瘦，不堪十万缠腰。

赵必瑑　　　　朝中措·饯梅分韵得疏字

冰肌玉骨为谁癯，只为故人疏。憔悴粉销香减，风流不似当初。　　聚能几日，匆匆又散，骑鹤西湖。整整一年相别，到家传语林逋。

赵必瑑　　朝中措·戏赠东邻刘生再娶板桥谢女

橘肥梅小蜡橙黄，薄薄板桥霜。春透谢娘庭院，雅宜倚玉偎香。　　旧情如纸，新情如海，冷热心肠。谁为移根换叶，桃花自识刘郎。

黎廷瑞　　　朝中措·送春

游丝千万暖风柔，只系得春愁。恨杀啼莺句引，孤他语燕攀留。　纵然留住，香红吹尽，春也堪羞。去去不堪回首，斜阳一点西楼。

张　炎　　朝中措·清明时节雨声哗

清明时节雨声哗，潮拥渡头沙。翻被梨花冷看，人生苦恋天涯。　燕帘莺户，云窗雾阁，酒醒啼鸦。折得一枝杨柳，归来插向谁家。

菊　翁　　朝中措·庆友人　八月十三

桂花庭院是蓬壶，行地列仙图。月姊搀先两日，捧觞来庆垂弧。　埙篪伯仲，翁前再拜，彩袖嬉娱。人羡一经教子，君今满屋皆书。

闾丘次杲　　朝中措·横江一抹是平沙

横江一抹是平沙，沙上几千家。得到人家尽处，依然水接天涯。　危栏送目，翩翩去鹢，点点归鸦。渔唱不知何处，多应只在芦花。

无名氏　　朝中措·山城水隘小桥傍

山城水隘小桥傍，竹里早梅芳。纵有丹青图画，难描幽韵清香。　妖娆天赋，偏宜素淡，杨氏宫妆。雅态何须艳丽，孤标不在春光。

无名氏　　朝中措·咏秋日牡丹赠严尹父

严霜封草树凋红，叶落小园空。何事洛阳花面，却来冠冕秋风。　尊前羞损，篱边野菊，池上芙蓉。莫放花归昆阆，且留客醉金钟。

无名氏　　朝中措·红鸾飞下绿云中

红鸾飞下绿云中，天淡日和融。回首小园桃杏，怜伊独困霜风。　妖姿丽质，天然富贵，不假铅红。梦作一双蝴蝶，翻翻绕遍芳丛。

无名氏　　朝中措·洛阳常见画图中

洛阳常见画图中，春去只心融。国色辉开寒日，天香熏破霜风。　平生看了，姚黄魏紫，一捻深红，莫是神仙韩令，裁成顷刻花丛。

无名氏　　朝中措·咏九月桃呈□晋侯

从来黄菊占秋风，红只许芙蓉。正是百花浓睡，如何唤起春工。　小桃破萼，胭脂淡伫，妆粉轻笼。为报多情刘阮，武陵消息先通。

无名氏　　朝中措·宦游只欲赋归休

宦游只欲赋归休，花为解离愁。看取星星潘鬓，花应羞上人头。　武陵流水，桃源路远，空误渔舟。把住春光一醉，从教风叶悲秋。

无名氏　　朝中措·寿魏都大

郎星初度一旬前，瑞雪早蹁跹。金节耆祥称寿，一妃宣劝迎年。　锦天绣地，薰香手祷，福禄如川。只恐催呈魏笏，便还紫橐青毡。

无名氏　　朝中措·贺周姓娶祝氏

几年弱水望蓬莱，心事喜同谐。佳婿欣逢公瑾，新婚喜近英台。　豪家深意，芙蓉褥隐，金雀屏开。但愿门阑多喜，凤楼早寄书来。

无名氏　　朝中措·寿太守　五月廿八

天休令节庆生申，喜动满城民。十万儿童踊跃，祝公寿等庄椿。　人生最贵，荣登五马，千里蒙恩。只恐促归廊庙，去思有脚阳春。

无名氏　　朝中措·与君同是饱虀盐

会郡西斋，欢甚，以词示，调朝中措

与君同是饱虀盐，先达后何淹。任玉东西醉倒，明朝病酒厌厌。　　后年三月，凤池春满，雁塔名添。记取西风桂影，一枝先上银蟾。

朝 玉 阶

调见杜安世《寿域词》。双调，六十字，上下片各五句、四平韵。

杜安世　　朝玉阶·春色欺人拂眼清

春色欺人拂眼清，柳条绿丝软，雪花轻。黄金才钺掩银屏，阴沉深院静、语娇莺。　　美人春困宝钗横，惜花芳态□，泪盈盈。风流何处最多情，千金一笑、须信倾城。

杜安世　　朝玉阶·帘卷春寒小雨天

帘卷春寒小雨天，牡丹花落尽，悄庭轩。高空双燕舞翩翩，无风轻絮坠、暗苔钱。　　拟将幽怨写香笺，中心多少事，语难传。思量真个恶因缘，那堪长梦见、在伊边。

雁 后 归

即《临江仙》，因贺铸词有“人归落雁后”句，故更名《雁后归》。详见《临江仙》条。

贺　铸　　雁后归·人日席上作

巧翦合欢罗胜子，钗头春意翩翩。艳歌浅拜笑嫣然，愿郎宜此酒，行乐驻华年。　　未是文园多病客，幽襟凄断堪怜。旧游梦挂碧云边，人归落雁后，思发在花前。

贺　铸　　雁后归·想娉婷

鸦背夕阳山映断，绿杨风扫津亭。月生河影带疏星，青松巢白鸟，深竹逗流萤。　　隔水彩舟然绛蜡，碧窗想见娉婷。浴兰熏麝助芳馨，湘弦弹未半，凄怨不堪听。

贺　铸　　　　**雁后归·采莲回**

翡翠楼高帘幕薄，温家小玉妆台。画眉难称怯人催，羞从面色起，娇逐语声来。　　门外木兰花艇子，垂杨风扫纤埃。平湖一镜绿萍开，缓歌轻调笑，薄暮采莲回。

雁侵云慢

调见宋曹勋《松隐乐府》。双调，九十五字。平仄韵通叶。上片九句、二平韵、三仄韵，下片九句、二平韵、三仄韵。

曹　勋　　　　**雁侵云慢·咏题**

晓云低，是残暑渐消，凉意初至。翠帘燕去，觉商飙天气。凝华吹、动绣额，乍殿阁、金茎风细。夜雨笼微阴，满绮窗、疏影响清吹。　　轻飔嫩细透衣，想宵长漏迟，香动罗袂。戏曾计日，忆宾鸿来期。杯盘排备宴适，乍好景、心情先喜。待淡月疏烟里，试寻岩桂蕊。

辊绣球

调见宋赵长卿《惜香乐府》。双调，六十五字，上片七句、两仄韵，下片七句、三仄韵。此调只赵长卿一词。

赵长卿　　　　**辊绣球·和康伯可韵**

流水奏鸣琴，风月净、天无星斗。翠岚堆里，苍岩深处，满林霜腻。暗香冻了，那禁频嗅。　　马上再三回首，因记省、去年时候。十分全似，那人风韵，柔腰弄影。冰腮退粉，做成清瘦。

握金钗

又名《戛金钗》，调见宋吕渭老《圣求词》。双调数体。有六十四字，上下片各七句、四仄韵；还有六十四字，上下片各六句、四仄韵。

吕渭老　　握金钗·风日困花枝

风日困花枝，晴蜂自相趁。晚来红浅香尽，整顿腰肢晕残粉。弦上语，梦中人，天外信。　　青杏已成双，新尊荐樱笋。为谁一和销损，数著佳期又不稳。春去也，怎当他，清昼永。

吕渭老　　握金钗·向晚小妆匀

向晚小妆匀，明窗倦裁剪。见花清泪遮眼，开尽繁桃又春晚。心下事，比年时，都较懒。　　蝴蝶入帘飞，郎声似莺哢。见来无计拘管，心似芭蕉乍舒展。归去也，夕阳斜，红满院。

紫玉箫

调见宋晁补之《晁氏琴趣外篇》卷六。双调，九十九字，上片十一句、四平韵，下片十句、四平韵。

晁补之　　紫玉箫·罗绮丛中

过尧民金部四叔位见韩相家姬轻盈所留题

罗绮丛中，笙歌丛里，眼狂初认轻盈。无花解比，似一钩新月，云际初生。算不虚得，都占与、第一佳名。轻归去，那知有人，别后牵情。　　襄王自是春梦，休谩说东墙，事更难凭。谁教慕宋，要题诗曾倚，宝柱低声。似瑶台晓，空暗想、众里飞琼。余香冷、犹在小窗，一到魂惊。

紫萸香慢

又名《茱萸香慢》、《紫萸香》。此调系姚云文自度腔，因其词中有“紫萸一枝传赐”句，因取以为调名。双调，一百一十四字，上片十句、四平韵，下片十二句、七平韵。此调只姚云文一词。

姚云文　　紫萸香慢·近重阳

近重阳，偏多风雨，绝怜此日暄明。问秋香浓未，待携客、出西城。正自羁怀多感，怕荒台高处，更不胜情。向尊前、又忆漉酒插花人，只座上、已无老兵。　凄情，浅醉还醒，愁不肯、与诗平。记长楸走马，雕弓搾柳，前事休评。紫萸一枝传赐，梦谁到、汉家陵。尽乌纱、便随风去，要天知道。华发如此星星，歌罢涕零。

赏松菊

调见曹勋《松隐集》，系曹勋自度曲。双调，九十五字，上片九句、四仄韵，下片九句、五仄韵。

曹　勋　　赏松菊·寿圣诞辰

凉飙应律惊潮韵，晓对彩蟾如水。庆霄占梦月，已祥开天地。圣主中兴大业，二南化、恭勤辅翊。抚宫闱，看仪型，海宇尽成和气。　禁掖西瑶宴席，泛天风、响钧韶空外。贵是至尊母，极人间崇贵。缓引长生丽曲，翠林正、香传瑞桂。向灵华，奉光尧，同万万岁。

赏南枝

调见《梅苑》卷一，为宋曾巩自度曲。双调，一百零七字。上下片各九句、五平韵。

曾　巩　　　赏南枝·暮冬天地闭

暮冬天地闭，正柔木冻折，瑞雪飘飞。对景见南山，岭梅露、几点清雅容姿。丹染萼、玉缀枝，又岂是、一阳有私。大抵是、化工独许，使占却先时。　霜威莫苦凌持，此花根性，想群卉争知。贵用在和羹，三春里、不管绿是红非。攀赏处、宜酒卮，醉捻嗅、幽香更奇。倚阑干、仗何人去，嘱羌管休吹。

晴 偏 好

调见《山居新话》宋李霜涯词。南宋嘉熙四年(1240)，大旱。西湖水涸，遍生茂草。李霜涯作词纪之，结句“波光潋滟晴偏好”，因以“晴偏好”为调名。单调，二十四字，四句、四仄韵。

李霜涯　　晴偏好·平湖百顷生芳草

平湖百顷生芳草，芙蓉不照红颠倒。东坡道，波光潋滟晴偏好。

最 多 宜

此调本名《减字浣溪沙》，因贺铸词有“可人风调最多宜”句，故更名《最多宜》。详见《减字浣溪沙》条。

贺　铸　　最多宜·半解香绡扑粉肌

半解香绡扑粉肌，避风长下绛纱帷，碧琉璃水浸琼枝。不学寿阳窥晓镜，何烦京兆画新眉，可人风调最多宜。

最 高 楼

又名《醉高春》、《醉亭楼》、《醉高楼》。此调有平韵、仄韵、平仄韵间叶三体。双调，有七十八字、八十字、八十一字、八十二字、八十三字、八十五字等多体。其八十一字，上片八句、四平韵，下片八句、两仄韵、三平韵为正体；其八十三字，上片八句、四平韵，下片八句、两仄韵、三平韵为变体；其八十二字，上片九句、四平韵，下片九句、两仄韵、三平韵为另一变体；其八十三字，上片八句、四平韵，下片八句、两仄韵、三平韵为又一变体等。

毛　滂　　　　最高楼·散后

微雨过，深院芰荷中，香冉冉、绣重重。玉人共倚阑干角，月华犹在小池东。人人怀，吹鬓影，可怜风。　分散去、轻如云与梦，剩下了、许多风与月。侵枕簟，冷帘栊。副能小睡还惊觉，略成轻醉早醒松。仗行云，将此恨，到眉峰。

毛　滂　　　　最高楼·春恨

新睡起，熏过绣罗衣，梳洗了、百般宜。东风淡荡垂杨院，一春心事有谁知。苦留人，娇不尽，曲眉低。　漫良夜、月圆空好意，恐落花、流水终寄恨，悲欢往往相随。风台痴望双双羽，高唐愁著梦回时。又争如，遵大路，合逢伊。

向子諲　　　　最高楼·无双亭下

无双亭下，琼树正花敷，玉骨莹云腴。已知倾国无能比，除非天上有仙姝。到扬州才见，是处俱无。　比碧桃、也无二朵，算丹桂、止是一株。千万卉，尽花奴。天教芍药来骖乘，一春桃李作先驱，尽红遮绿拥驻江都。

柳　富　　　　最高楼·别妓王幼玉

人间最苦，最苦是分离，伊爱我、我怜伊。青草岸头人独立，画船东去橹声迟。楚天低，回望处，两依依。　后会也知俱有愿，未知何日是佳期。心下事、乱如丝。好天良夜还虚过，辜负我、两心知。愿伊家，衷肠在，一双飞。

史　浩　　　　最高楼·当年尚父

乡老十人皆年八十，淳熙丁酉三月十九日，作庆劝酒

当年尚父，一个便兴周，今十倍、更何忧。冲融道貌丹为脸，扶疏漆发黑盈头。世方知，非熊老，聚吾州。　有智略、可从兹日用，有志愿、可从兹日酬。天付我，怎教休。琼浆且共飞千斛，蟠桃应得见三偷。谅吾皇，恢复后，尽封侯。

辛弃疾　最高楼·醉中有索四时歌者，为赋

长安道，投老倦游归，七十古来稀。藕花雨湿前湖夜，桂枝风澹小山时。怎消除，须殢酒，更吟诗。　　也莫向、竹边孤负雪，也莫向、柳边孤负月。闲过了，总成痴。种花事业无人问，对花情味只天知。笑山中，云出早，鸟归迟。

辛弃疾　最高楼·杨民瞻席上用前韵赋牡丹

西园买，谁载万金归，多病胜游稀。风斜画烛天香夜，凉生翠盖酒酣时。待重寻，居士谱，谪仙诗。　　看黄底、御袍元自贵，看红底、状元新得意。如斗大，只花痴。汉妃翠被娇无奈，吴娃粉阵恨谁知。但纷纷，蜂蝶乱，送春迟。

辛弃疾　最高楼·送丁怀忠

相思苦，君与我同心，鱼没雁沉沉。是梦他松后追轩冕，是化为鹤后去山林。对西风，直怅望，到如今。　　待不饮、奈何君有恨，待痛饮、奈何吾有病。君起舞，试重斟。苍梧云外湘妃泪，鼻亭山下鹧鸪吟。早归来，流水外，有知音。

辛弃疾　最高楼·吾衰矣

吾拟乞归，犬子以田产未置止我，赋此骂之

吾衰矣，须富贵何时，富贵是危机。暂忘设醴抽身去，未曾得米弃官归。穆先生，陶县令，是吾师。　　待葺个、园儿名佚老，更作个、亭儿名亦好。闲饮酒，醉吟诗。千年田换八百主，一人口插几张匙。休休休，更说甚，是和非。

辛弃疾　最高楼·答晋臣

花好处，不趁绿衣郎，缟袂立斜阳。面皮儿上因谁白，骨头儿里几多香。尽饶他，心似铁，也须忙。　　甚唤得、雪来白倒雪，更唤得、月来香杀月。谁立马，更窥墙。将军止渴山南畔，相公调鼎殿东厢。忒高才，经济地，战争场。

辛弃疾　最高楼·为洪内翰庆七十

金闺老，眉寿正如川，七十且华筵。乐天诗句香山里，杜陵酒债曲江边。问何如，歌窈窕，舞婵娟。　　更十岁、太公方出将，又十岁、武公才入相。留盛事，看明年。直须腰下添

金印，莫教头上欠貂蝉。向人间，长富贵，地行仙。

辛弃疾　　最高楼·客有败棋者，代赋梅

花知否，花一似何郎，又似沈东阳。瘦棱棱地天然白，冷清清地许多香。笑东君，还又向，北枝忙。　著一阵、霎时间底雪，更一个、缺些儿底月。山下路，水边墙。风流怕有人知处，影儿守定竹旁厢。且饶他，桃李趁，少年场。

辛弃疾　　最高楼·闻周氏旌表有期

君听取，尺布尚堪缝，斗粟也堪舂。人间朋友犹能合，古来兄弟不相容。棣华诗，悲二叔，吊周公。　长叹息、脊令原上急，重叹息、豆萁煎正泣。形则异，气应同。周家五世将军后，前江千载义居风。看明朝，丹凤诏，紫泥封。

程　垓　　最高楼·旧时心事

旧时心事，说著两眉羞，长记得、凭肩游。缃裙罗袜桃花岸，薄衫轻扇杏花楼。几番行，几番醉，几番留。　也谁料、春风吹已断，又谁料、朝云飞亦散。天易老，恨难酬。蜂儿不解知人苦，燕儿不解说人愁。旧情怀，消不尽，几时休。

马子严　　最高楼·花解笑

花解笑，冷淡不求知，长是殿、众芳时。鲜鲜秀颈磋圆玉，洛阳翠佩剪琉璃。向人前，迎茉莉，送荼蘼。　几欲把、清香换春色，费多少、黄金酬不得。梅雨妒，麦风欺。细腰空恋当心蕊，同时犹结旧年枝。谢家娘，将远寄，待凭谁。

陈　亮　　最高楼·咏梅

春乍透，香早暗偷传，深院落、斗清妍。紫檀枝似流苏带，黄金须胜辟寒钿。更朝朝，琼树好，笑当年。　花不向沉香亭上看，树不著唐昌宫里玩。衣带水，隔风烟。铅华不御凌波处，蛾眉淡扫至尊前。管如今，浑似了，更堪怜。

魏了翁　　最高楼·刘左史光祖生日

原误作《千秋岁引》

天生耆德，占断四时先，春院落、锦山川。万家灯市明朱紫，一庭花艳傍貂蝉。妇承姑，翁抱息，子差肩。　　瓯匜是、文公开九帙，陆续看、武公逾九十。从九九，到千千。海风谩送天鸡舞，蛰雷未唤蛰龙眠。且从他，歌缓缓，鼓咽咽。

刘克庄　　　　最高楼·戊戌自寿

南岳后，累任作祠官，试说与君看。仙都玉局才交卸，新衔又管华州山。怪先生，吟胆壮，饮肠宽。　　去岁拥、旌旗称太守，今岁带、笭箵称漫叟。慵入闹，惯投闲。有时拂袖寻种放，有时攞枕就陈抟。任旁人，嘲潦倒，笑痴顽。

刘克庄　　　　最高楼·再题周登乐府

周郎后，直数到清真，君莫是前身。八音相应谐韶乐，一声未了落梁尘。笑而今，轻郢客，重巴人。　　只少个、绿珠横玉笛，更少个、雪儿弹锦瑟。欺贺晏，压黄秦。可怜樵唱并菱曲，不逢御手与龙巾。且醉眠，篷底月，瓮间春。

刘克庄　　　　最高楼·乙卯生日

吾衰矣，百事且随缘，只字不笺天。几曾三宿为归计，更巴一岁是希年。记儿时，闻祖父，说隆乾。　　我不与、少年争遇合，你莫共、老僧争戒腊。靴皱面，帨垂肩。锦袍夺去饶之问，虎皮撤起付伊川。剩空身，无长物，可飞仙。

刘克庄　　　　最高楼·吾衰矣

吾衰矣，不慕勒燕然，不爱画凌烟。此生惭愧支离叟，何功消受水衡钱。错教人，占卦气，算流年。　　漫摘取、野花簪一朵，更拣取、小词填一个。晞素发，暖丹田。罗浮杖胜如旌节，华阳巾不减貂蝉。这先生，非散圣，即臞仙。

刘克庄　　　　最高楼·辛亥后

辛亥后，六请挂衣冠，甲子始休官。白驹恰则来空谷，青牛早已出函关。笑狂生，还笏易，上竿难。　　也莫爱、宫中请内相，也莫爱、堂中呼六丈。但祷祝，要痴顽。懒挥玉斧重修月，不扶铁拐会登山。免飞升，长快活，戏人间。

刘克庄　　　　最高楼·臣少也

臣少也，豪举泛星槎，飘逸吐天葩。穆陵误奖推儒宿，龙泉曾唤做行家。今耄矣，文跌宕，字麻茶。　　同队者、多为公与相，广坐里、都无兄与丈。生有限，望犹奢。补还瞎子重开卷，放教跛子出看花。地行仙，疑是汝，不争些。

刘克庄　　最高楼·林中书生日

金闺彦，荷蒉过山前，把钓坐溪边。呼来每得天颜笑，放归犹作地行仙。尽教人，瞋避俗，谤逃禅。　　且缄了、淳夫三昧口，更袖了、坡公三制手。宁殿后，不争先。小于卫武二十岁，大于绛老两三年。这高名，并上寿，几人全。

方　岳　　最高楼·壬寅生日

溪南北，本自一渔舟，烟雨几盟鸥。白鱼不负鸬鹚勺，青蓑不减鹔鹴裘。怎无端，贪射策，觅封侯。　　既不似、古人能识字，又不似、今人能识事。空老去，自宜休。帝乡五十六朝暮，人间四十四春秋。问何如，茅一把，橘千头。

方　岳　　最高楼·寿黄宰，七月十六日

朝元了，万鹤放班回，携月下天来。初平家看青羊石，滕王阁醉绿螺杯。试鸣琴，花荡漾，玉崔嵬。　　前十日、鹊桥飞宝镫，后一月、兔奁开玉镜。秋色净，夜徘徊。申从五岳三光出，亥将二首六身排。问何其，餐沆瀣，燕蓬莱。

方　岳　　最高楼·和人投赠

秋崖底，云卧欲生苔，无梦到公台。有月锄、晓带乌犍去，与烟蓑、夜钓白鱼来。问谁能，供酒料，办诗材。　　君莫笑、闲忙棋得势，也莫笑、浮湛鱼得计。胸次老，雪崔嵬。付老夫、小小鸬鹚勺，尽诸公、衮衮凤凰台。且容侬，多种竹，剩栽梅。

方　岳　　最高楼·寿王武卿

秋好处，晚节一篱香，几日又重阳。有老人，星现羲皇上，指癯仙、家近斗牛傍。久无心，青玉案，紫荷囊。　　更五岁，伏生书始授。又五岁，武公诗始就。浑未觉，鬓眉苍。便宜麻文德谁云老，问挂冠神武一何忙。要人知，霜髓换，碧瞳方。

何梦桂　　最高楼·寿南山弟七旬

南山老，还记少陵诗，七十古来稀。清池拥出红蕖坠，西风吹上碧梧枝。趁今朝，斟寿酒，记生时。　也不羡、鲲鹏飞击水，也不羡、蛟龙行得雨。人世事，总危机。扶床正好看孙戏，舞衫不要笑儿痴。更埙篪，三老子，鬓如丝。

刘辰翁　　最高楼·寿秋水

银河水，洗得世间清，山色雨余青。老子纶巾棋别墅，人家鼾睡柝秋城。定谁劳，定谁福，定谁能。　常恨著、景升儿不似，又恨著、景升牛小耳。空相望，愧平生。我欲临风扶玉树，自攀承露酌金茎。看昆明，鳞石长，海桑晴。

刘辰翁　　最高楼·壬辰寿王城山八十

朱顶字，八十正平头，添作八千秋。无能也自收郿坞，到今恨不贬潮州。看几人，炎又冷，老还羞。　也不学、太公忙把火，也不学、申公轮转磨。休莫莫，莫休休。小迟授业何曾吃，更迟食乳不须愁。且从容，某水钓，某丘游。

刘辰翁　　最高楼·和咏雪

非是雪，只是玉楼成，屑不尽云英。东边老树颓然折，西头稚柳爆然声。试平安，松丈丈，竹兄兄。　有谁向、金船呼小玉，又谁怜、纸帐梦飞琼。怪疏影，坠娉婷。唤起老张寒蔌蔌，好歌白雪与君听。但党家，人笑道，太粗生。

刘辰翁　　最高楼·再和

花上雪，信手捻来成，屑不就琼英。昨朝已见诗成卷，今朝又试曲成声。更催催，莫不做，水仙兄。　终须待、晴时携斗酒，更须待、老夫吟数首。休更叠，□娉婷。已无翠鸟传花信，又无羯鼓与花听。更催催，迟数日，是春生。

赵　文　　最高楼·寿刘介叔

春小小，和气满仙家，喜渐近春华。彩衣明媚人如玉，金杯潋滟酒成霞。寿诗翁，翁饮少，更添些。　便万里传宣谁不羡，便万里封侯谁不愿。适意处，退为佳。田园尽可渊明栗，弓刀何似邵平瓜。但年年，清浅水，看梅花。

蒋　捷　　　　　　最高楼·催春

新春景，明媚在何时，宜早不宜迟。软尘巷陌青油幰，重帘深院画罗衣。要些儿，晴日照，暖风吹。　　一片片、雪儿休要下，一点点、雨儿休要洒。才恁地，越愆期。悠悠不趁梅花到，匆匆枉带柳花飞。倩黄莺，将我语，报春归。

伍梅城　　　　　　最高楼·知君久

知君久，勘破利名关，未老得先闲。今年最喜吟身健，生朝更觉酒肠宽。且随宜，将秫种，买花看。　　门外吏、催科无一迹，窗下客、谈诗常经日。儿玉树，弟金兰。华堂举案齐眉乐，锦天歌客笑声欢。问何如，福东海，寿南山。

徐架阁　　　　　　最高楼·寿七十

年高德劭，休叹老而传，纵白发、尚红颜。楚丘且谓吾始壮，大致仕亦宜然。更尊荣，安富贵，寿绵延。　　闻道生辰当月吉，万福千祥降自天。献春酒，展华筵。从心奚止不逾矩，绛人彭祖信齐肩。更殷勤，加颂祷，等椿年。

留晚香　　　最高楼·寿梅屋儒学谭提举　九月十九

西江水，分润到全闽，芹藻亦生春。秀钟东壁双躔瑞，祥开南极一星明。把紫阳，年月算，恰同庚。　　前十日、重阳秋正好，后十日、小阳春未透。梅与菊，此交承。酌公菊水来称寿，期公梅实去和羹。要教人，看久远，是功名。

无名氏　　　　　　最高楼·梅花好

梅花好，千万君须爱，比杏兼桃犹百倍。分明学得嫦娥样，不施朱粉天然态。蟾宫里，银河畔，风霜耐。　　岭上故人千里外，寄去一枝君要会。表江南信相思噉。清香素艳应难对，满头宜向尊前戴。岁寒心，春消息，年年在。

无名氏　　　　　　最高楼·司春有序

司春有序，排次到荼蘼。远预报，在庭知。蕊珠宫里晨妆罢，披香殿下晓班齐。探花正，驱使问，菊花期。　　元不逊、梅花浮月影，也知妒、梨花带雨枝。偏恨柳，绿条垂。与其向晚包团絮，不如对酒折芳蕤。谢东君，收拾在，牡丹时。

无名氏　　最高楼·寿人七十三

蟾宫客，未老得清闲，寿算过稀年。利名缰锁非关我，浮云富贵付苍天。且归休，对松菊，乐林泉。　比吕望、数犹欠七，问师旷、恰符绛一。从今遐算更绵延，称觞欣近小春候，月当明夜又团圆。愿长如，天上月，地行仙。

无名氏　　最高楼·寿翁簿　二月初十

中和节过，捻指又经旬，逢盛旦、诞生申。当年昴宿呈佳瑞，今朝南极见箕星。寿而昌，年未老，绿袍新。　宝鸭沉烟堂上袅，珠翠捧、椒觞满斟。来庆贺，尽佳宾。彩戏斒斓多桂子，更看兰玉列阶庭。桓壮椿，祝遐算，八千春。

喝火令

调见宋黄庭坚《山谷词》。双调，六十五字。上片五句、三平韵，下片七句、四平韵。

黄庭坚　　喝火令·见晚情如旧

见晚情如旧，交疏分已深。舞时歌处动人心，烟水数年魂梦，无处可追寻。　昨夜灯前见，重题汉上襟。便愁云雨又难寻，晓也星稀，晓也月西沉。晓也雁行低度，不会寄芳音。

罥马索

调见《梅苑》卷二宋无名氏词。双调，一百零九字，上片九句、四仄韵，下片十一句、五仄韵。此调只无名氏一词。

无名氏　　罥马索·晓窗明

晓窗明，庭外寒梅向残月。吴溪庾岭，一枝偷把阳和泄。冰姿素艳，自然天赋，品格真香殊常别。奈北人、不识南枝，唤作腊前杏先发。　　奇绝，照溪临水，素禽飞下，玉羽琼芳斗清洁。懊恨春来何晚，伤心邻妇争先折。多情立马，待得黄昏，疏影斜斜微酸结。恨马融、一声羌笛起处，纷纷落如雪。

锁窗寒

即《琐窗寒》，详见《琐窗寒》条。

周邦彦　　**锁窗寒·春景**

暗柳啼鸦，单衣伫立，小帘朱户。桐花半亩，静锁一庭愁雨。洒空阶、夜阑未休，故人剪烛西窗语。似楚江暝宿，风灯零乱，少年羁旅。　　迟暮，嬉游处。正店舍无烟，禁城百五。旗亭唤酒，付与高阳俦侣。想东园、桃李自春，小唇秀靥今在否。到归时、定有残英，待客携尊俎。

程　先　　**锁窗寒·雨洗红尘**

雨洗红尘，云迷翠麓，小车难去。凄凉感慨，未有今年春暮。想曲江水边丽人，影沉香歇谁为主。但兔葵燕麦，风前摇荡，径花成土。　　空被多情苦，庆会难逢，少年几许。纷纷沸鼎，负了青阳百五。待何时、重享太平，典衣贳酒相尔妆。算兰亭、有此欢娱，又却悲今古。

集贤宾

即《接贤宾》，宋柳永词名《集贤宾》。

柳　永　　**集贤宾·小楼深巷狂游遍**

小楼深巷狂游遍，罗绮成丛。就中堪人属意，最是虫虫。有画难描雅态，无花可比芳容。几回饮散良宵永，鸳衾暖、凤枕香浓。算得人间天上，惟有两心同。　　近来云雨忽西东，诮恼损情悰。纵然偷期暗会，长是匆匆。争似和鸣偕老，免教敛翠啼红。眼前时、暂疏欢宴，盟言在、更莫忡忡。待作真个宅院，方信有初终。

御带花

又名《御戴花》，调见欧阳修《六一词》。双调，九十九字。上片十句、四仄韵，下片十一句、四仄韵。

欧阳修　　御带花·青春何处风光好

青春何处风光好，帝里偏爱元夕。万重缯彩，构一屏峰岭，半空金碧。宝檠银釭，耀绛幕、龙虎腾掷。沙堤远，雕轮绣毂，争走五王宅。　　雍容熙熙昼，会乐府神姬，海洞仙客。拽香摇翠，称执手行歌，锦街天陌。月淡寒轻，渐向晓、漏声寂寂。当年少，狂心未已，不醉怎归得。

御街行

又名《孤雁儿》。双调，有七十六字、七十七字、七十八字、八十字、八十一字等数体。其七十六字，上下片各七句、四仄韵为正体；其七十八字，上下片各七句、四仄韵为变体等。

范仲淹　　御街行·秋日怀旧

纷纷堕叶飘香砌，夜寂静、寒声碎。真珠帘卷玉楼空，天淡银河垂地。年年今夜，月华如练，长是人千里。　　愁肠已断无由醉，酒未到、先成泪。残灯明灭枕头敧，谙尽孤眠滋味。都来此事，眉间心上，无计相回避。

柳　永　　御街行·圣寿之一

燔柴烟断星河曙，宝辇回天步。端门羽卫簇雕阑，六乐舜韶先举。鹤书飞下，鸡竿高耸，恩霈均寰宇。　　赤霜袍烂飘香雾，喜色成春煦。九仪三事仰天颜，八彩旋生眉宇。椿龄无尽，萝图有庆，常作乾坤主。

柳　永　　御街行·圣寿之二

前时小饮春庭院，悔放笙歌散。归来中夜酒醺醺，惹起旧愁无限。虽看坠楼换马，争奈不是鸳鸯伴。　　朦胧暗想如花面，欲梦还惊断。和衣拥被不成眠，一枕万回千转。惟有画梁，新来双燕，彻曙闻长叹。

张　先　　　　御街行·送蜀客

画船横倚烟溪半，春入吴山遍。主人凭客且迟留，程入花溪还远。数声芦叶，两行霓袖，几处成离宴。　　纷纷归骑亭皋晚，风顺樯乌转。古今为别最消魂，因别有情须怨。更独自、尽上高台望，望尽飞云断。

张　先　　　　御街行·夭非花艳轻非雾

夭非花艳轻非雾，来夜半、天明去。来如春梦不多时，去似朝云何处。远鸡栖燕，落星沉月，统统城头鼓。　　参差渐辨西池树，珠阁斜开户。绿苔深径少人行，苔上屐痕无数。余香遗粉，剩衾闲枕，天把多情付。

此首别作欧阳修词

欧阳修　　　　御街行·夭非华艳轻非雾

夭非华艳轻非雾，来夜半、天明去。来如春梦不多时，去似朝云何处。乳鸡酒燕，落星沉月，统统城头鼓。　　参差渐辨西池树，朱阁斜欹户。绿苔深径少人行，苔上屐痕无数。遗香余粉，剩衾闲枕，天把多情赋。

此首别作张先词

晏几道　　　　御街行·年光正似花梢露

年光正似花梢露，弹指春还暮。翠眉仙子望归来，倚遍玉城珠树。岂知别后，好风良月，往事无寻处。　　狂情错向红尘住，忘了瑶台路。碧桃花蕊已应开，欲伴彩云飞去。回思十载，朱颜青鬓，枉被浮名误。

晏几道　　　　御街行·街南绿树春饶絮

街南绿树春饶絮，雪满游春路。树头花艳杂娇云，树底人家朱户。北楼闲上，疏帘高卷，直见街南树。　　阑干倚尽犹慵去，几度黄昏雨。晚春盘马踏青苔，曾傍绿阴深驻。落花犹在，香屏空掩，人面知何处。

晁端礼　御街行·柳条弄色梅飘粉

柳条弄色梅飘粉，还是元宵近。小楼深巷月胧明，记得恁时风景。庭花影转，珠帘人静，依旧厌厌闷。　如今对酒翻成恨，春瘦罗衣褪。王孙何处草萋萋，辜负小欢幽兴。谁知此际，有人灯下，偷把归期问。

秦　观　御街行·银烛生花如红豆

银烛生花如红豆，这好事、而今有。夜阑人静曲屏深，借宝瑟、轻轻招手。一阵白蘋风，故灭烛、教相就。　花带雨、冰肌香透，恨啼鸟、辘轳声晓。岸柳微风吹残酒，断肠时、至今依旧。镜中消瘦，那人知后，怕你来僝僽。

贺　铸　御街行·别东山

松门石路秋风扫，似不许、飞尘到。双携纤手别烟萝，红粉清泉相照。几声歌管，正须陶写，翻作伤心调。　岩阴暝色归云悄，恨易失、千金笑。更逢何物可忘忧，为谢江南芳草。断桥孤驿，冷云黄叶，相见长安道。

晁补之　御街行·寄内

待命护国院，不得入国门

年年不放春闲了，今岁衔杯少。来时柳上浅金黄，归路玉绵吹帽。惜春长似，五陵狂俊，不道朱颜老。　斜烟薄雨青林杳，犹有莺声到。西园红艳绿盘龙，辜负一年春好。锦城乐事，不关愁眼，何似还家早。

晁补之　御街行·天街月照珠帘粉

天街月照珠帘粉，辨辔曾相近。繁华乐事老来慵，对酒尚怜佳景。王孙年少，风流应更，无奈春愁闷。　幽期莫误香闺恨，罗带今朝褪。月圆花好一般春，触处总堪乘兴。有人惆怅，何如归好，相见凭君问。

王安中　御街行·赐衣袄子

清霜飞入蓬莱殿，别进云裘软。却回宸虑念多寒，诏语日边亲遣。冰蚕绵厚，金雕锦好，永夜缝宫线。　红旌绛旆迎星传，喜气欢声远。庙堂勋旧使台贤，领袖坐中争绚。天香馥郁，君恩岁岁，一醉春生面。

蔡　伸　　御街行·东君不锁寻芳路

东君不锁寻芳路，曾是莺花主。有情风月可怜宵，犹记绿窗朱户。十年空想，春风面杳，无计凭鳞羽。　凄凉怀抱今如许，天与重相遇。不应还向楚峰前，朝暮为云为雨。算来各把，平生分付，也不是、恶著处。

杨无咎　　御街行·平生厌见花时节

平生厌见花时节，惟只爱、梅花发。破寒迎腊吐幽姿，占断一番清绝。照溪印月，带烟和雨，傍竹仍藏雪。　松煤淡出宜孤洁，最嫌把、铅华说。暗香销尽欲飘零，须得笛声呜咽。这些风味，自家领略，莫与旁人说。

曹　勋　　御街行·和陆判院梅词

凌寒架雪知春近，闲探处、如相问。溪流清浅暮云低，玉蓓横斜风定。晚枝雀啅，幽姿方展，还映疏篁冷。　镜鸾妆罢明梢嫩，犹记宜相并。如今却月别传香，知引何人幽兴。不堪楼上，昭华吹断，声与愁肠尽。

赵长卿　　御街行·夜雨

晚来无奈伤心处，见红叶、随风舞。解鞍还向乱山深，黄昏后、不成情绪。先来离恨，打叠不下，天气还凄楚。　风儿住后云来去，装撰些儿雨。无眠托首对孤灯，好语向谁分付。从来烦恼，吓得胆碎，此度难担负。

赵长卿　　御街行·柯山故人别后改图，因作此

香熏斗帐相逢乍，正宫漏、沉沉夜。月飞梅影上帘栊，标致风流娇雅。眼波横浸，照人百媚，无限叮咛话。　玉鞍门上嘶归马，趱行色、难留也。别来花艳不禁春，浪向东风轻嫁。空余小院，博山修竹，依旧窗儿下。

辛弃疾　御街行·山中问盛复之提干行期

山城甲子冥冥雨，门外青泥路。杜鹃只是等闲啼，莫被他催归去。垂杨不语，行人去后，也会风前絮。　　情知梦里寻鹓鹭，玉殿追班处。怕君不饮太愁生，不是苦留君住。白头自笑，年年送客，自唤春江渡。

辛弃疾　　　　　　御街行·无题

阑干四面山无数，供望眼、朝与暮。好风催雨过山来，吹尽一帘烦暑。纱厨如雾，簟纹如水，别有生凉处。　　冰肌不受铅华污，更旎旎、真香聚。临风一曲最妖娇，唱得行人且住。藕花都放，木樨开后，待与乘鸾去。

张　镃　　　　　　御街行·灯夕戏成

良宵无意贪游玩，奈邻友、闲呼唤。六街非是少人行，不似旧时风范。笙歌零落，绮罗销减，枉了心情看。　　思量往事堪肠断，怕频到、帘儿畔。朦胧月下却归来，指望阿谁收管。低头注定，两汪儿泪，百计难销遣。

高观国　　　　　　御街行·赋帘

香波半窣深深院，正日上、花阴浅。青丝不动玉钩闲，看翠额、轻笼葱茜。莺声似隔，篆醒微度，爱横影、参差满。　　那回低挂朱阑畔，念闲损、无人卷。窥春偷倚不胜情，仿佛见、如花娇面。纤柔缓揭，瞥然飞去，不似春风燕。

高观国　　　　　　御街行·赋轿

藤筠巧织花纹细，称稳步、如流水。踏青陌上雨初晴，嫌怕湿、文鸳双履。要人送上，逢花须住，才过处、香风起。　　裙儿挂在帘儿底，更不把、窗儿闭。红红白白簇花枝，恰称得、寻春芳意。归来时晚，纱笼引道，扶下人微醉。

洛阳女　　　　　御街行·书岐阳邮亭

一身萍梗随邮转，恨归路、如天远。近来魂梦也疏人，不似旧时常见。剩衾余枕，冷清清地，空恁闲一半。（下缺）

无名氏　　　御街行·平生有个风流愿

平生有个风流愿，愿长与梅为伴。问伊因甚破寒来，只恐百花先绽。比兰比麝，比酥比玉，休恁闲撩乱。　　瑶台月下分明见，依旧残妆浅。不知分得几多香，一片清如一片。直须遮断，恐人眼毒，不解轻轻看。

无名氏　　御街行·时康三载升平世

时康三载升平世，恭谢三朝礼。群臣禁卫带花回，齪巷儿郎精锐。战袍新样团雕拥，重隘围子队。　绣衣花帽挨排砌，锦仗天街里。有如仙队玉京来，妙乐钧天盈耳。都民观望时，果是消灾灭罪。

无名氏　　御街行·霜风渐紧寒侵被

霜风渐紧寒侵被，听孤雁、声嘹唳。一声声送一声悲，云淡碧天如水。披衣起，告雁儿略住，听我些儿事。　塔儿南畔城儿里，第三个、桥儿外。濒河西岸小红楼，门外梧桐雕砌。请教且与，低声飞过，那里有、人人无寐。

番枪子

又名《春草碧》。双调，七十五字，上片五句、四仄韵，下片六句、四仄韵。

韩　玉　　番枪子·莫把团扇双鸾隔

莫把团扇双鸾隔，要看玉溪头、春风客。妙处风骨潇闲，翠罗金缕瘦宜窄，转面两眉攒、青山色。　到此月想精神，花似秀质，待与不清狂、如何得。奈向难驻朝云，易成春梦恨又积，送上七香车春草碧。

番禺调笑

即大曲调笑。宋洪适词名《番禺调笑》。单调，三十八字。平、仄韵转换，或平韵或仄韵，格式不一。可视为《调笑令》的变格。

洪适　　番禺调笑·大曲并诗

句队

盖闻五岭分疆，说番禺之大府；一尊属客，见南伯之高情。摭遗事于前闻，度新词而屡舞。宫商递奏，调笑入场。

羊仙

黄木湾头声哄然，碧云深处起非烟。骑羊执穗衣分锦，快睹浮空五列仙。腾空昔日持铜虎，嘉瑞能名灼前古。羽人叱石会重来，治行于今最南土。

南土，贤铜虎，黄木湾头腾好语。骑羊执穗神仙五，拭目摩肩争睹。无双治行今犹古，嘉瑞流传乐府。

药洲

传闻南汉学飞仙，炼药名洲雉堞边。炉寒灶毁无踪迹，古木闲花不计年。惟余九曜巉岩石，寸寸沦漪湛天碧。画桥彩舫列歌亭，长与邦人作寒食。

寒食，人如织，藉草临流罗饮席。阳春有脚森双戟，和气欢声洋溢。洲边药灶成陈迹，九曜摩挲奇石。

海山楼

高楼百尺迩严城，披拂雄风襟袂清。云气笼山朝雨急，海涛侵岸暮潮生。楼前箫鼓声相和，戢戢归樯排几舵。须信官廉蚌蛤回，望中山积皆奇货。

奇货，归帆过，击鼓吹箫相应和。楼前高浪风掀簸，渔唱一声山左。胡床邀月轻云破，玉麈飞谈惊座。

素馨巷

南国英华赋众芳，素馨声价独无双。未知蟾桂能相比，不是人间草木香。轻丝结蕊长盈穗，一片瑞云萦宝髻。水沉为骨麝为衣，剩馥三熏亦名世。

名世，花无二，高压阇提倾末利。素丝缕缕联芳蕊，一片云生宝髻。屑沉碎麝香肌细，剩馥熏成心字。

朝汉台

尉佗怒臂帝番禺，远屈王人陆大夫。只用一言回倔强，遂令魋结换襟裾。使归已实千金橐，朝汉心倾比葵藿。高台突兀切星辰，后代登临奏音乐。

音乐，传佳作，盖海旌幢开观阁。绮霞飞渡青油幕，好是登临行乐。当时朝汉心倾藿，望断长安城郭。

浴日亭

扶胥之口控南溟，谁凿山尖筑此亭。俯窥贝阙蛟龙跃，远见扶桑朝日升。蜃楼缥缈擎天际，鹏翼缤翻借风势。蓬莱可望不可亲，安得轻舟凌弱水。

弱水，天无际，相去扶胥知几里。高亭东望阳乌起，杲杲晨光初洗。蓬莱欲往宁无计，一展弥天鹏翅。

蒲涧

古涧清泉不歇声，昌蒲多节四时青。安期驾鹤丹霄去，万古相传此化城。依然丹灶留岩穴，桃竹连山仙境别。年年正月扫松关，飞盖倾城赏佳节。

佳节，初春月，飞盖倾城尊俎列。安期驾鹤朝金阙，丹灶分留岩穴。山中花笑秦皇拙，祠殿荒凉虚设。

贪泉

桄榔色暗芭蕉繁，中有贪泉涌石门。一杯便使人心改，属意金珠万事昏。晋时贤牧夷齐比，酌水题诗心转厉。只今方伯擅真清，日日取泉供饮器。

饮器，贪泉水，山乳涓涓甘似醴。怀金嗜宝随人意，枉受恶名难洗。真情方伯端无比，未使吴君专美。

沉香浦

炎区万国侈奇香，稛载归来有巨航。谁人不作芳馨观，巾箧宁无一片藏。饮泉太守回瓜戍，搜索越装舟未去。薏苡何从起谤言，沉香不惜投深浦。

深浦，停舟处，只恐越装相染污。奇香一见如泥土，投著水中归去。令公早晚回朝著，无物迟留鸣橹。

清远峡

腰肢尺六代难双，雾鬓风鬟巧作妆。人间不似山间乐，身在帝乡思故乡。南来万里舟初歇，三峡重过惊久别。玉环留著缀相思，归向青山啸明月。

明月，舟初歇，三峡重过惊久别。玉环留与人间说，诗罢离肠千结。相思朝暮流泉咽，雾锁青山愁绝。

破子

南海，繁华最，城郭山川雄岭外。遗踪嘉话垂千载，竹帛班班俱在。元戎好古新声改，调笑花前分队。高会，尊罍对，笑眼茸茸回盼睐。踢筵低唱眉弯黛，翔凤惊鸾多态。清风不用一钱买，醉客何妨倒载。

遣队

十眉争艳眼波横，霓袖回风曲已成。绛蜡飘花香卷穗，月林乌鹊两三声。歌舞既终，相将好去。

貂裘换酒

即《贺新郎》。因张辑词中有“把貂裘、换酒长安市”句，故又名《貂裘换酒》。详见《贺新郎》条。

张　辑　　貂裘换酒·乙未冬别冯可久

笛唤春风起，向湖边、腊前折柳，问君何意。孤负梅花立晴昼，一舸凄凉雪底。但小阁、琴棋而已。佳客清朝留不住，为康庐、只在家窗里。溢浦去，两程耳。　　草堂旧日谈经地，更从容、南山北水，庾楼重倚。万卷心胸几今古，牛斗多年紫气。正江上、风寒如此。且趁霜天鲈鱼好，把貂裘、换酒长安市。明夜去，月千里。

舜 韶 新

王应麟《玉海》：“政和中，曹棐制《徵调舜韶新》。”双调，一百零一字，上片九句、四仄韵，下片十句、四仄韵。

晁端礼　　舜韶新·晨光射牖

晨光射牖，新燕子、一一穿帘飞去。露晞鸳瓦，萧瑟风生琼宇。香篆烟消昼永，锁深院、榴花半吐。映绛绡、冰雪肌肤，自是清凉无暑。　　浮荣何用萦怀，冷笑看、车马喧喧尘土。地偏心远，终日何妨扃户。一枕江南好梦，泛孤棹、轻烟细雨。被数声、幽鸟惊回，砌下槐阴亭午。

郭子正　　舜韶新·香满西风

香满西风，催岁晚东篱，黄花争吐。嫩英细蕊，金艳繁、妆点高秋偏富。寒地花媒少，算自结、多情烟雨。每年年妆面，谢他拒霜相顾。　　宝马王孙，休笑孤芳，陶令因谁，便思归去。负春何事，此恨惟、才子登高能赋。千古风流在，占定泛、重阳芳醑。堪吟看醉赏，何须杏园深处。

阑干万里心

即《忆王孙》。因张辑词中有“几曲阑干万里心”句，遂改调名为《阑干万里心》。详见《忆王孙》条。

张　辑　　阑干万里心·小楼柳色未春深

小楼柳色未春深，湘月牵情入苦吟。翠袖风前冷不禁，怕登临，几曲阑干万里心。

遂宁好

即《忆江南》，调见《舆地纪胜》宋马咸词。详见《忆江南》条。

马　咸　　遂宁好·并序

武信旧藩，遂宁新府。乃东川之会邑，据涪江之上游。人物富繁，山川洒落。……宴东馆之靓深，傲北湖之清旷

遂宁好，胜地产糖霜。不待千年成琥珀，真疑六月冻琼浆。

湘　月

即《念奴娇》，姜夔词调名《湘月》。详见《念奴娇》条。

姜　夔　　湘月·五湖旧约

长溪杨声伯典长沙楫棹，居濒湘江。窗间所见，如燕公郭熙画图，卧起幽适。丙午七月既望，声伯约予与赵景鲁、景望、萧和父、裕父、时父、恭父大舟浮湘，放乎中流。山水空寒，烟月交映，凄然其为秋也。坐客皆小冠练服，或弹琴、或浩歌、或自酌、或援笔搜句。予度此曲，即念奴娇之鬲指声

也，于双调中吹之。鬲指亦谓之过腔，见晁无咎集。凡能吹竹者，便能过腔也

五湖旧约，问经年底事，长负清景。暝入西山，渐唤我、一叶夷犹乘兴。倦网都收，归禽时度，月上汀洲冷。中流容与，画桡不点清镜。　　谁解唤起湘灵，烟鬟雾鬓，理哀弦鸿阵。玉麈谈玄，叹坐客、多少风流名胜。暗柳萧萧，飞星冉冉，夜久知秋信。鲈鱼应好，旧家乐事谁省。

董嗣杲　　湘月・莲幽竹邃

莲幽竹邃，旧池亭几处，多爱君子。醉玉吹香还认取，忙里得闲标致。心逐云帆，情随烟笛，高会知谁继。宵筵会启，蓦然身外浮世。　　因见杜牧疏狂，前缘梦里，谩蹙双眉翠。香满屏山春满几，炉拥麝焦禽睡。月落梅空，霜浓窗掩，两耳风声起。艳歌终散，输他鹤帐清寐。

张　炎　　湘月・行行且止

余载书往来山阴道中，每以事夺，不能尽兴。戊子冬晚，与徐平野、王中仙曳舟溪上。天空水寒，古意萧飒。中仙有词雅丽，平野作晋雪图，亦清逸可观。余述此调，盖白石念奴娇鬲指声也

行行且止，把乾坤收入，篷窗深里。星散白鸥三四点，数笔横塘秋意。岸觜冲波，篱根受叶，野径通村市。疏风迎面，湿衣原是空翠。　　堪叹敲雪门荒，争棋墅冷，苦竹鸣山鬼。纵使如今犹有晋，无复清游如此。落日沙黄，远天云淡，弄影芦花外。几时归去，剪取一半烟水。

张　炎　　湘月・赋云溪

随风万里，已无心出岫，浮游天地。为问山中何所有，此意不堪持寄。淡薄相依，行藏自适，一片松阴外。石根苍润，飘飘元是清气。　　长伴暗谷泉生，晴光潋滟，湿影摇花碎。浊浊波涛江汉里，忽见清流如此。枝上瓢空，鸥前沙净，欲洗幽人耳。白蘋洲上，浩歌一棹春水。

湘江静

又名《潇湘静》。双调，一百零三字。其上片十句、五仄韵，下片十一句、五仄韵为正体；其上片十句、五仄韵，下片十句、四仄韵为变体。

史达祖　　湘江静·暮草堆青云浸浦

暮草堆青云浸浦，记匆匆、倦篙曾驻。渔榔四起，沙鸥未落，怕愁沾诗句。碧袖一声歌，石城怨、西风随去。沧波荡晚，菰蒲弄秋，还重到、断魂处。　酒易醒，思正苦。想空山、桂香悬树。三年梦冷，孤吟意短，屡烟钟津鼓。屐齿厌登临，移灯后、几番凉雨。潘郎渐老，风流顿减，闲居未赋。

湘灵瑟

调见《水云村诗余》。双调，三十三字。上片四句、四平韵，下片四句、三平韵。

刘　壎　　湘灵瑟·故妓周懿葬桥南

酸风泠泠，哀笳吹数声。碎雨冥冥，泣瑶英。　花心路，芙蓉城。相思几回魂惊，肠断坟草青。

无名氏　　湘灵瑟·霜风摧兰

霜风摧兰，银屏生晓寒。淡扫眉山，脸红殷。　潇湘浦，芙蓉湾。相思数声哀叹，画楼尊酒闲。

湘春夜月

此调为黄孝迈自度曲。双调，一百零二字，上片十句、四平韵，下片十一句、四平韵。此调只黄孝迈一词。

黄孝迈　　　　**湘春夜月·近清明**

近清明，翠禽枝上消魂。可惜一片清歌，都付与黄昏。欲共柳花低诉，怕柳花轻薄，不解伤春。念楚乡旅宿，柔情别绪，谁与温存。　　空樽夜泣，青山不语，残月当门。翠玉楼前，惟是有、一波湘水，摇荡湘云。天长梦短，问甚时、重见桃根。这次第，算人间没个并刀，翦断心上愁痕。

渡 江 云

又名《三犯渡江云》、《渡江云三犯》。双调，一百字数体。其上片十句、四平韵，下片九句、一叶韵、四平韵为正体；其上下片各十句、四平韵、一叶韵为变体；其上片十句、四仄韵，下片九句、五仄韵为另一变体。

周邦彦　　　　**渡江云·春景**

晴岚低楚甸，暖回雁翼，阵势起平沙。骤惊春在眼，借问何时，委曲到山家。涂香晕色，盛粉饰、争作妍华。千万丝、陌头杨柳，渐渐可藏鸦。　　堪嗟，清江东注，画舸西流，指长安日下。愁宴阑、风翻旗尾，潮溅乌纱。今宵正对初弦月，傍水驿、深舣蒹葭。沉恨处、时时自剔灯花。

卢祖皋　　　　**渡江云·赋荷花**

锦云香满镜，岸巾横笛，浮醉一舟轻。别愁萦短鬓，晚凉池阁，此地忽逢迎。柄圆敧绿，倚风流、还恁娉婷。凭画阑、嫣然输笑，无语寄心情。　　盈盈，露华匀玉，日影酣红，记晚妆慵整。还暗惊、人间离合，羞对池萍。三年一觉西湖梦，又等闲、金井秋声。销魂久、夜深月冷风清。

方千里　　　　**渡江云·长亭今古道**

长亭今古道，水流暗响，渺渺杂风沙。倦游惊岁晚，自叹相思，万里梦还家。愁凝望结，但掩泪、慵整铅华。更漏长、酒醒人语，睥睨有啼鸦。　　伤嗟，回肠千缕，泪眼双垂，遏离情不下。还暗思、香翻香烬，深闭窗纱。依稀看遍江南画，记隐隐、烟霭蒹葭。空健羡、鸳鸯共宿丛花。

杨泽民　　　渡江云·渔乡回落照

渔乡回落照，晚风势急，鹜鹭集汀沙。解鞍将憩息，细径疏篱，竹隐两三家。山肴野蔌，竞素朴、都没浮华。回望时、绕村流水，万点舞寒鸦。　　休嗟，明年秋暮，一叶扁舟，望平川北下。应免劳、尘巾乌帽，宵炬红纱。青蓑短棹长江碧，弄几曲、羌管吹葭。人借问、鸣榔便入芦花。

陈允平　　　渡江云·三潭印月

三神山路杳，六鳌驾浪，幻境□西湖。水连天四远，翠台如鼎，簇簇小浮图。烟沉雾迥，怪蜃楼、飞入清虚。秋夜长、一轮蟾素，渐渐出云衢。　　遥看寒光金镜，皓彩明珰，正人间三五。总输与、鸥眠葑蓼，鹭立菰蒲。笙歌唤醒鱼龙睡，向贝阙、争取明珠。清梦断、西风醉宿冰壶。

陈允平　　　渡江云·寿蔡泉使

桐花寒食近，青门紫陌，不禁绿杨烟。正长眉仙客，来向人间，听鹤语溪泉。清和天气，为栽培、种玉心田。莺昼长、一尊芳酒，容与看芝山。　　庭闲，东风榆荚，夜雨苔痕，满地欲流钱。爱墙阴、成蹊桃李，春自无言。殷勤晓鹊凭檐喜，丹凤下、红药阶前。兰砌晓、香飘舞袖斓斒。

陈允平　　　渡江云·青青江上草

青青江上草，片帆浪暖，初泊渡头沙。翠篠便瘦倚，问酒垂杨，影里那人家。东风未许，漫媚妩、轻试铅华。飘佩环、玉波秋莹，双髻绿堆鸦。　　空嗟，赤阑桥畔，暗约琴心，傍秋千影下。夜渐分、西窗愁对，烟月笼纱。离情暗逐春潮去，南浦恨、风苇烟葭。肠断处、门前一树桃花。

萧元之　　　渡江云·和清真

流苏垂翠幰，高低一色，红紫等泥沙。香山居士老，柳枝桃叶，飞梗属谁家。好音过耳，任啼鸟、怨入芳华。心情懒、笔床吟卷，醉墨戏翻鸦。　　堪嗟，雕弓快马，敕勒追踪，向夕阳坡下。休更忆，青丝络辔，红袖裁纱。司空见惯浑如梦，笑几回、索苇吹葭。山中乐、从渠恣赏莺花。

詹 玉　　渡江云·春江雨宿

掩阴篷晚暝，商量清苦，阵阵打篷声。分明都是泪，不道今宵，篷底有离人。松涛摇睡，梦不稳、难湿巫云。几点儿、泪痕跳响，休要醒时听。　　销魂，灯下无语，□泣梨花，掩重门夜永。应是添、伤春滋味，中酒心情。东风湖上香泥软，明日去、天色须晴。相见也、洛阳沽酒旗亭。

仇 远　　渡江云·流莺啼怨粉

流莺啼怨粉，嫩寒著柳，语尚困东风。问荒垣旧藓，烟雨何时，溅泪瘗危红。□愁不尽，对乱花、芳草茸茸。嗟绮尘、漂零无定，绡幕燕巢空。　　匆匆，玉銮声杳，绣屋香消，谩精神入梦。记旧家、定场声价，曾冠深宫。香魂仿佛留环佩，正淡月、春雾朦朦。花影底、长年恨锁云容。

张 炎　　渡江云·山空天入海

山阴久客，一再逢春，回忆西杭，渺然愁思

山空天入海，倚楼望极，风急暮潮初。一帘鸠外雨，几处闲田，隔水动春锄。新烟禁柳，想如今、绿到西湖。犹记得、当年深隐，门掩两三株。　　愁余，荒洲古溆，断梗疏萍，更漂流何处。空自觉、围羞带减，影怯灯孤。常疑即见桃花面，甚近来、翻笑无书。书纵远、如何梦也都无。

张 炎　　渡江云·怀归

江山居未定，貂裘已敝，空自带愁归。乱花流水外，访里寻邻，都是可怜时。桥边燕子，似软语、斜日江蓠。休问我、如今心事，错认镜中谁。　　还思，新烟惊换，旧雨难招，做不成春意。浑未省、谁家芳草，犹梦吟诗。一株古柳观鱼港，傍清深、足可幽栖。闲趣好、白鸥尚识天随。

张 炎　　渡江云·次赵元父韵

锦香缭绕地，深灯挂壁，帘影浪花斜。酒船归去后，转首河桥，那处认纹纱。重盟镜约，还记得、前度秦嘉。惟只有、叶题堪寄，流不到天涯。　　惊嗟，十年心事，几曲阑干，想萧娘声价。闲过了、黄昏时候，疏柳啼鸦。浦潮夜涌平沙白，问断鸿、知落谁家。书又远、空江片月芦花。

陈梦协　　　渡江云·寿妇人集曲名

瑞云浓，缥缈弦月当庭，天香满院。玉女传言，把真珠帘卷。拥鹊桥仙，引江城子，拟醉蓬莱宴。吹紫玉箫，唱黄金缕，按拍声声慢。　　昼锦堂前，倾杯为寿，祝快活年，应天长远。喜似娘儿，解称人心愿。梦兰蕙芳，种宜男草，丹凤吟非晚。更步蟾宫，宴琼林日，汉宫春暖。

萧允之　　　渡江云·春感用清真韵

蔷薇开欲谢，峭寒渐少，轩槛俯晴沙。先来愁未了，又听一声，新阕落渔家。徘徊伫立，似玉笛、三弄昭华。春昼长、暗怀谁写，戏墨乱翻鸦。　　吁嗟，诗情犹隽，酒兴偏豪，记南楼月下。曾共乐、沉烟绮席，烛影窗纱。秾香秀色知何处，甚忘却、堤柳汀葭。空惆怅、无人共采蘋花。

渡江云三犯

即《渡江云》，宋吴文英词名《渡江云三犯》。详见《渡江云》条。

吴文英　　　渡江云三犯·西湖清明

中吕商，俗名小石调

羞红颦浅恨，晚风未落，片绣点重茵。旧堤分燕尾，桂棹轻鸥，宝勒倚残云。千丝怨碧，渐路入、仙坞迷津。肠漫回，隔花时见，背面楚腰身。　　逡巡，题门惆怅，坠履牵萦，数幽期难准。还始觉、留情缘眼，宽带因春。明朝事与孤烟冷，做满湖、风雨愁人。山黛暝，尘波澹绿无痕。

游月宫令

双调，四十七字。上片四句，下片六句。不叶韵。此调只无名氏一词。

无名氏　　游月宫令·当今圣主座龙楼

当今圣主座龙楼，圣寿应天长。实钱喷香烟，玄宗游月宫。　海晏河清，盛朝侍，群臣喜呼万岁。万人民，开乐业，愿吾皇、增福寿。

寒松叹

此调本名《胜胜慢》，因贺铸词有“寒松半欹涧底，恨女萝、先委冰霜”句，故更名《寒松叹》。详见《胜胜慢》条。

贺　铸　　寒松叹·胜胜慢

鹊惊桥断，凤怨箫闲，彩云薄晚苍凉。难致祖洲灵草，方士神香。寒松半欹涧底，恨女萝、先委冰霜。宝琴尘网，□□□□，□□□□。　依□履綦行处，酸心□，□□□□□□。□□帘垂窣地，簟竟空床。伤春燕归洞户，更悲秋、月皎回廊。同谁消遣，一年年夜夜长。

窗下绣

即《一落索》，因贺铸词有“初见碧纱窗下绣”句，故更名《窗下绣》。详见《一落索》条。

贺　铸　　窗下绣·初见碧纱窗下绣

初见碧纱窗下绣，寸波频溜。错将黄晕压檀花，翠袖掩、纤纤手。　金缕一双红豆，情通色授。不应学舞爱垂杨，甚长为、春风瘦。

遍地花

又名《遍地锦》。双调，五十六字。上片四句、三仄韵，下片四句、二仄韵。

晁端礼　　遍地花·密约幽欢试思忖

密约幽欢试思忖，教人又、怎生安稳。算都来、些子精神，消烦恼、看看瘦损。　也拟待、罗织伊家，图开解、较些可闷。把从前、已往寻思，又无可、教人得恨。

毛　滂　　遍地花·孙守席上咏牡丹

白玉阑边自凝伫，满枝头、彩云雕雾。甚芳菲、绣得成团，砌合出、韶华好处。　暖风前、一笑盈盈，吐檀心、向谁分付。莫与他、西子精神，不枉了、东君雨露。

无名氏　　遍地花·妓行七

元是竹林旧伴侣，去人日、偶相遇。笑卢仝、狂怪尝茶，问子建、诗成几步。　忆去年、乞巧同欢，把琴弦、细细与说。伤你爱四勾三，生下五男二女。

谢池春

又名《风中柳》、《风中柳令》、《玉莲花》、《卖花声》、《怕春归》。双调数体。有六十六字，上下片各六句、四仄韵；尚有六十四字，上下片各六句、五仄韵；还有六十四字，上下片各六句、四仄韵。

李之仪　　谢池春·残寒销尽

残寒销尽，疏雨过、清明后。花径敛余红，风沼萦新皱。乳燕穿庭户，飞絮沾襟袖。正佳时，仍晚昼。著人滋味，真个浓如酒。　频移带眼，空只恁、厌厌瘦。不见又思量，见了还依旧。为问频相见，何似长相守。天不老，人未偶。且将此恨，分付庭前柳。

李　石　　谢池春·烟雨池塘

烟雨池塘，绿野乍添春涨，凤楼高、珠帘卷上。金柔玉困，舞腰肢相向，似玉人、瘦时模样。　离亭别后，试问阳关谁唱，对青春、翻成怅望。重门静院，度香风屏障，吐飞花、伴人来往。

陆　游　　　　**谢池春·壮岁从戎**

壮岁从戎，曾是气吞残虏，阵云高、狼烽夜举。朱颜青鬓，拥雕戈西戍，笑儒冠、自来多误。　　功名梦断，却泛扁舟吴楚，漫悲歌、伤怀吊古。烟波无际，望秦关何处，叹流年、又成虚度。

陆　游　　　　**谢池春·贺监湖边**

贺监湖边，初系放翁归棹，小园林、时时醉倒。春眠惊起，听啼莺催晓，叹功名、误人堪笑。　　朱桥翠径，不许京尘飞到，挂朝衣、东归欠早。连宵风雨，卷残红如扫，恨樽前、送春人老。

陆　游　　　　**谢池春·七十衰翁**

七十衰翁，不减少年豪气，似天山、凄凉病骥。铜驼荆棘，洒临风清泪，甚情怀、伴人儿戏。　　如今何幸，作个故谿归计，鹤飞来、晴岚暖翠。玉壶春酒，约群仙同醉，洞天寒、露桃开未。

谢池春慢

调见《古今词话》，张先《玉仙观道中逢谢媚卿》作。系慢词，与《谢池春令》词不同。双调，九十字，上下片各十句、五仄韵。

张　先　　　　**谢池春慢·玉仙观道中逢谢媚卿**

缭墙重院，时闻有、啼莺到。绣被掩余寒，画幕明新晓。朱槛连空阔，飞絮无多少。径莎平，池水渺。日长风静，花影闲相照。　　尘香拂马，逢谢女、城南道。秀艳过施粉，多媚生轻笑。斗色鲜衣薄，碾玉双蝉小。欢难偶，春过了。琵琶流怨，都入相思调。

疏帘淡月

即《桂枝香》。因张辑词中有“疏帘淡月”句，遂改调名为《疏帘淡月》。详见《桂枝香》条。

张　辑　　　疏帘淡月·秋思

梧桐雨细，渐滴作秋声，被风惊碎。润逼衣篝，线袅蕙炉沉水。悠悠岁月天涯醉，一分秋、一分憔悴。紫箫吟断，素笺恨切，夜寒鸿起。　　又何苦、凄凉客里，负草堂春绿，竹溪空翠。落叶西风，吹老几番尘世。从前谙尽江湖味，听商歌、归兴千里。露侵宿酒，疏帘淡月，照人无寐。

疏　影

调见《白石词》，系姜夔自度曲。因其词为咏梅之作，取林逋《山园小梅》“疏影横斜水清浅，暗香浮动月黄昏”诗句，以为调名。又名《绿意》、《解佩环》、《疏影慢》、《佳色》、《暗绿》、《绿影》。双调，一百一十字数体。其上片十句、五仄韵，下片十句、四仄韵为正体；其上下片各十句、四仄韵为变体等。

姜　夔　　　疏影·苔枝缀玉

苔枝缀玉，有翠禽小小，枝上同宿。客里相逢，篱角黄昏，无言自倚修竹。昭君不惯胡沙远，但暗忆、江南江北。想佩环、月夜归来，化作此花幽独。　　犹记深宫旧事，那人正睡里，飞近蛾绿。莫似春风，不管盈盈，早与安排金屋。还教一片随波去，又却怨、玉龙哀曲。等恁时、重觅幽香，已入小窗横幅。

赵以夫　　　疏影·为意一侍郎赋

晴空漠漠，怪雪来底处，飘满篱落。元是花神，管领春风，幽香忽遍林壑。玉仙缓辔江城路，全不羡、扬州东阁。似天教、瑶佩琼裾，荐与翠尊冰勺。　　闻道儿童好语，丰年瑞覆斗，占取红萼。驿使飞驰，羹鼎安排，速趁良辰行乐。联镳一一清都客，也肯把、山翁同约。醉归来、梦断西窗，怕听丽谯悲角。

吴　潜　　　　疏影·佳人步玉

佳人步玉，待月来弄影，天挂参宿。冷透屏帏，清入肌肤，风敲又听檐竹。前村不管深雪闭，犹自绕、枝南枝北。算平生、此段幽奇，占压百花曾独。　　闲想罗浮旧恨，有人正醉里，姝翠蛾绿。梦断魂惊，几许凄凉，却是千林梅屋。鸡声野渡溪桥滑，又角引、戍楼悲曲。怎得知、清足亭边，自在杖藜巾幅。

吴　潜　　　　疏影·寒梢砌玉

寒梢砌玉，把胆瓶顿了，相伴孤宿。寂寞幽窗，筛影横斜，宜松更自宜竹。残更蝶梦知何处，□只在、昭亭山北。问平生、雪压霜欺，得似老枝擎独。　　何事胭脂点染，认桃与辨杏，枝叶青绿。莫是冰姿，改换红妆，要近金门朱屋。繁华艳丽如飞电，但宛转、断歌零曲。且不如、藏白收香，旋学世间边幅。

吴　潜　　　　疏影·嗤琼笑玉

嗤琼笑玉，向画堂可肯，风露边宿。耐冻禁寒，便瘦宜枯，前生莫是孤竹。从来不上春工谱，梦不到、沉香亭北。算只消、澹影疏香，伴个幽栖人独。　　莫待痴蜂骇蝶，倩青女捺住，多少红绿。落雁寒芦，翠鸟冰枝，近傍三间茅屋。□□□□□□□，□□□、□□□□。想这般，夷旷襟怀，渺视乾员坤幅。

吴　潜　　　　疏影·千门委玉

千门委玉，是个人富贵，才隔今宿。冒栋摧檐，都未商量，呼童且伴庭竹。千蹊万径行踪灭，渺不认、溪南溪北。问白鸥，此际谁来，短艇钓鱼翁独。　　偏爱山茶雪里，放红艳数朵，衣素裳绿。兽炭金炉，羔酒金钟，正好笙歌华屋。敲冰煮茗风流衬，念不到、有人洄曲。但老农、欢笑相呼，麦被喜添全幅。

施　枢　　　　　　　疏影·催梅

低枝亚实，望翠阴护晓，幽梦难觅。凄楚霓裳，琼阙瑶台，经年暗锁清逸。春风似怪重门掩，未许入、玉堂吟笔。想寿阳，却厌新妆，倦抹粉花宫额。　　还记孤山旧路，未应便负了，波冷蟾白。莫寄相思，惟有寒烟，伴我骚人闲寂。东君须自怜疏影，又何待、山前雪积。好试敲、羯鼓声催，与约鼎羹消息。

陈允平　　　　　　疏影·千峰翠玉

疏影、暗香，白石自度曲也。予过宛陵，登双溪叠嶂，拊先伯父菊坡先生遗墨有感，借韵以赋

千峰翠玉，送孤云伴我，罗窗清宿。拂晓凭虚，春碧生寒，衣单瘦倚筇竹。东风不解吹愁醒，但芳草、溪城南北。认雾鬟，遥锁修颦，眉妩为谁愁独。　　江上轻鸥似识，背昭亭两两，飞破晴渌。一片苍烟，隔断家山，梦绕石窗萝屋。相看不厌朝还暮，算几度、赤阑干曲。待倩诗、收拾归来，写作卧游屏幅。

刘辰翁　　　　　　疏影·催雪

香篝素被，听花犯低低，瑶花开未。长记那时，炽炭围炉，瘦妻换酒行试。党家人在销金帐，约莫是、打围归际。又谁知、别忆烹茶，冷落故家愁思。　　闻道滕骄巽懒，今朝待檄与，翻云须易。白白不成，又不教晴，做尽黄昏情味。银河本是冰冰底，怎忍向、东风成水。待满城、玉宇琼楼，却报卧庐人起。

周　密　　　　　　疏影·梅影

冰条木叶，又横斜照水，一花初发。素壁秋屏，招得芳魂，仿佛玉容明灭。疏疏满地珊瑚冷，全误却、扑花幽蝶。甚美人、忽到窗前，镜里好春难折。　　闲想孤山旧事，浸清漪、倒映千树残雪。暗里东风，可惯无情，搅碎一帘香月。轻妆谁写崔徽面，认隐约、烟绡重叠。记梦回，纸帐残灯，瘦倚数枝清绝。

邓　剡　　　疏影·笋薄之平江

瑶尊蘸翠，短长亭送别，风峦晴袂。腊树迎春，一路清寒，能消几日羁思。霜华不惜阳关柳，悄莫系、行人嘶骑。对梅花、一笑分携，胜约别来相寄。　　人物仙蓬妙韵，瑞鸾敛迅翼，聊憩香枳。见说使君，好语先传，付与芙蓉清致。客来欲问荆州事，但细语、岳阳楼记。梦故人、剪烛西窗，已隔洞庭烟水。

赵　文　　　疏影·寒泉溅雪

道士朱复古善弹琴，为余言：琴须对拙声。若太巧，即与筝阮无异。余赏其言，为赋

寒泉溅雪，有环佩隐隐，飞度霜月。易水风寒，壮士悲歌，关山万里离别。杨花浩荡晴空转，又化作、云鸿霜鹘。耿石壕，夜久无言寂历，如闻幽咽。　　云谷山人老矣，江空又岁晚，相对愁绝。玉立长身，自是胎仙，舞我黄庭三叠。人间只惯丁当字，妙处在、一声清拙。待明朝、试拂菱花，老我一簪华发。

汪元量　　　疏影·西湖社友赋红梅，分韵得落字

虬枝茜萼，使轻盈态度，香透帘幕。净洗铅华，浓抹胭脂，风前伴我孤酌。诗翁瘦硬□□□，断不被、春风熔铄。有陇头、折赠殷勤，又恐暮笳吹落。　　寂寞，孤山月夜，玉人万里外，空想前约。雁足书沉，马上弦哀，不尽寒阴砂漠。昭君滴滴红冰泪，但顾影、未忺梳掠。等恁时、环佩归来，却慰此兄萧索。

王沂孙　　　疏影·咏梅影

琼妃卧月，任素裳瘦损，罗带重结。石径春寒，碧藓参差，相思曾步芳屧。离魂分破东风恨，又梦入、水孤云阔。算如今，也厌娉婷，带了一痕残雪。　　犹记冰奁半掩，冷枝画未就，归棹轻折。几度黄昏，忽到窗前，重想故人初别。苍虬欲卷涟漪去，慢蜕却、连环香骨。早又是，翠荫蒙茸，不似一枝清绝。

彭履道　　　　疏影·庐山瀑布

银云缥缈，正石梁倒挂，飞下晴昊。早挽悬河，高泻鲸宫，洪声百步低小。分明仙仗崆峒过，又化作、归帆杳杳。倚参差、翠影红霞，远落明湖残照。　　曾共呼龙天矫，几回过月下，先种瑶草。九叠屏风，青鸟冥冥，更约谪仙重到。昨梦骑黄鹄，飞不去、和天也笑。等恁时、秋夜携琴，已落洞天霜晓。

王梦应　　　　疏影·瞢腾晓被

瞢腾晓被，听堕冰屋角，晴哢仍未。土湿烟生，庭掩寒青，障泥懒为春试。东风旧与花飞去，料记得、年年沙际。忍落梅、万点苔根，化作一窗离思。　　犹忆蔫红稚绿，断桥雪未扫，天近春易。老对荒寒，事旧人新，雁后不成情味。人间解有花如海，待一片、不教随水。但玉香、酥影玲珑，逐日暖红云里。

张　炎　　　　疏影·柳黄未结

余于辛卯岁北归，与西湖诸友夜酌，因有感于旧游，寄周草窗

柳黄未结，放嫩晴消尽，断桥残雪。隔水人家，浑是花阴，曾醉好春时节。轻车几度新堤晓，想如今、燕莺犹说。纵艳游、得似当年，早是旧情都别。　　重到翻疑梦醒，弄泉试照影，惊见华发。却笑归来，石老云荒，身世飘然一叶。闭门约住青山色，自容与、吟窗清绝。怕夜寒、吹到梅花，休卷半帘明月。

张　炎　　　　疏影·梅影

黄昏片月，似碎阴满地，还更清绝。枝北枝南，疑有疑无，几度背灯难折。依稀倩女离魂处，缓步出、前村时节。看夜深、竹外横斜，应妒过云明灭。　　窥镜蛾眉淡抹，为容不在貌，独抱孤洁。莫是花光，描取春痕，不怕丽谯吹彻。还惊海上然犀去，照水底、珊瑚如活。做弄得、酒醒天寒，空对一庭香雪。

张　炎　　　　疏影·题宾月图

雪空四野，照归心万里，千峰独立。身与天游，一洗襟

怀，海镜倒涌秋白。相逢懒问盈亏事，但脉脉、此情无极。是几番、飞盖追随，桂底露衣香湿。　　闲款楼台夜色，料水光未许，人世先得。影里分明，认得山河，一笑乱山横碧。乾坤许大须容我，浑忘了、醉乡犹客。待倩谁、招下清风，共结岁寒三益。

隔帘花

调见宋曹勋《松隐乐府》卷二。双调，九十七字。平、仄韵通叶。上片九句、一平韵、三仄韵，下片八句、一平韵、四仄韵。

曹　勋　　　　隔帘花·咏题

宿雨初晴，花艳迎阳，槛前如绣如绮。向晓峭寒轻，窣真珠十二。正朝曦、桃杏暖，透影帘栊烘春霁。似暂隔、祥烟香雾，朝仙侣庭际。　　更值迟迟丽日，且休约寻芳，与开瑶席。未拟上金钩，尽围红遮翠。命佳名、坤殿喜，为写新声传新意。待向晚、迎香临月须卷起。

隔帘听

唐教坊曲名。调见柳永《乐章集》。双调，七十五字，上片七句、五仄韵，下片八句、七仄韵。此调只柳永一词。

柳　永　　　　隔帘听·咫尺凤衾鸳帐

咫尺凤衾鸳帐，欲去无因到，虾须窣地重门悄。认绣履频移，洞房杳杳。强语笑，逞如簧、再三轻巧。　　梳妆早，琵琶闲抱，爱品相思调。声声似把芳心告，隔帘听，赢得断肠多少。恁烦恼，除非共伊知道。

隔浦莲

即《隔浦莲近拍》，宋周邦彦词名《隔浦莲》。详见《隔浦莲近拍》条。

周邦彦　　隔浦莲·夏景

新篁摇动翠葆，曲径通深窈。夏果收新脆，金丸落、惊飞鸟。浓霭迷岸草，蛙声闹，骤雨鸣池沼。　水亭小，浮萍破处，帘花檐影颠倒。纶巾羽扇，困卧北窗清晓。屏里吴山梦自到，惊觉，依然身在江表。

杨无咎　　隔浦莲·墙头低荫翠幄

墙头低荫翠幄，格磔鸣乌鹊。好梦惊回处，余酲推枕犹觉。新晴人意乐，云容薄，丽日明池阁。　卷帘幕，披衣散策，闲庭吟绕红药。残英几许，尚可一供春酌。天气今宵怕又恶，凭托，东风且慢吹落。

曾　觌　　隔浦莲·咏白莲

凉秋湖上过雨，作意回商素。暗绿翻轻盖，萧然姑射俦侣。妆脸宜淡伫，红衣妒，步袜凌波去。　异香度，天教占断，风汀月浦烟渚。纤尘不到，梦绕玉壶清处。多少芳心待怨诉，无语，飞来一片鸥鹭。

赵彦端　　隔浦莲·西风吹断梦草

西风吹断梦草，来度芙蓉老。座上人谁在，晨参疏影相照。幽馆寒意早，帘声小，醉语秋屏晓。　记年少，相携胜处，黄花香满乌帽。如今将见，璧月琼枝空好。准拟新歌待见了，不道，些儿心事还恼。

史达祖　　隔浦莲·红尘飞不到处

红尘飞不到处，此地知无暑。乱竹分幽径，虚堂中、自回互。阴壑生暗雾，飞泉注，气入闲尊俎。　快风度，齐宫楚榭，如今空锁烟树。何人伴我，梦赋雪车冰柱。惟有蝉声助冷语，惊寐，飞云来献凉雨。

史达祖　　　隔浦莲·荷花

洛神一醉未醒，俯鉴窥红影。万绿森相卫，西风静、不放冷。侵晓鸥梦稳，非尘境，棹月香千顷。　锦机靓，亭亭不语，多应嗔赋玉井。西湖游子，惯识雨愁烟恨。只恐吴娃暗折赠，耿耿，柔丝容易萦损。

高观国　　　隔浦莲·七夕

银湾初霁暮雨，鹊赴秋期去。浅月窥清夜，凉生一天风露。纤巧云暗度，河桥路，缥缈乘鸾女。　正容与，西厢旧约，玉娇谁见私语。柔情不尽，好似冰绡云缕。回首天涯又怨阻，无语，西风魂断机杼。

方千里　　　隔浦莲·垂杨烟湿嫩葆

垂杨烟湿嫩葆，别屿环清窈。绀影浮新涨，夷犹终日鱼鸟。花妥庭下草，鸣蝉闹，暗绿藏台沼。　野轩小，欹眠断梦，闲书风叶颠倒。诗怀酒思，悔费十年昏晓。投老红尘倦再到，愁觉，悠然心寄天表。

黄　载　　　隔浦莲·荷花

瑶妃香透袜冷，伫立青铜镜。玉骨清无汗，亭亭碧波千顷。云水摇扇影，炎天永，一国清凉境。　晚妆靓，微酣不语，风流幽恨谁省。沙鸥少事，看到睡鸳双醒。兰棹歌遥隔浦应，催暝，藕丝萦断归艇。

吴　潜　　　隔浦莲·和叶编修士则韵

兰桡环城数叠，雾雨侵帘箔。翠竹交苍树，幽鸟声声如答。苇岸游绿鸭，暮山合，天际浓云罨，水周匝。　提携一醉，浊贤清圣欢洽。瀛洲美景，尽道东南都压。今日愁颜回笑颊，飞屧，且将萱草归插。

吴　潜　　　隔浦莲·会老香堂，和美成

扇荷偷换羽葆，院宇人声窈。独步亭皋下，阑干并、栖幽鸟。新雨抽嫩草，檐花闹，一片萍铺沼，燕雏小。　书空底事，那堪手版持倒。今来古往，几见北邙人晓。乡号无何但日到，休觉，陶然身世尘表。

赵必瑑　　隔浦莲·春行用美成韵

东风吹长嫩葆，花坞穿青窈。玉管新声，金铃颤响惊青鸟。行乐莫草草，春光闹，鸳浴垂杨沼。　红娇小，梳宫样、髻云钗凤斜倒。酒边轻别，一枕相思到晓。巫山难梦到，愁觉，一些心事谁表。

隔浦莲近

即《隔浦莲近拍》，宋吴文英词名《隔浦莲近》。详见《隔浦莲近拍》条。

吴文英　　隔浦莲近·泊长桥过重午

榴花依旧照眼，愁褪红丝腕。梦绕烟江路，汀菰绿薰风晚。年少惊送远，吴蚕老、恨绪萦抽茧。　旅情懒，扁舟系处，青帘浊酒须换。一番重午，旋买香蒲浮琖。新月湖光荡素练，人散，红衣香在南岸。

翁元龙　　隔浦莲近·街檐插缀翠柳

街檐插缀翠柳，憔悴清明后。泪蜡堆香径，一夜海棠中酒。枝上酸似豆，莺声骤，恨软弹筝手。　揾眉袖，嘶骢过尽平芜，绿衬飞绣。沉红入水，渐做小莲离藕。亭冷沉香梦似旧，花瘦，欲留春住时候。

赵闻礼　　隔浦莲近·愁红飞眩醉眼

愁红飞眩醉眼，日淡芭蕉卷。帐掩屏香润，杨花扑、春云暖。啼鸟惊梦远，芳心乱，照影收奁晚。　画眉懒，微醒带困，离情中酒相半。裙腰粉瘦，怕按六幺歌板。帘卷层楼探旧燕，肠断，花枝和闷重捻。

彭元逊　　隔浦莲近·夜寒晴早人起

夜寒晴早人起，见柳知新翠。撼树试花意，两蜂狂救堕蕊。见著羞懒避，春都在，时节到愁地。　屏间字，香痕半揾，误期一一曾记。朱弦谩锁，不会近番慵脆。强踏秋千似醉里，扶下，眼花跕跕飞坠。

隔浦莲近拍

白居易有《隔浦莲曲》，此调名源于此。又名《隔浦莲》、《隔浦莲近》、《隔渚莲》。双调，七十三字。有上下片各八句、六仄韵；亦有上片八句、六仄韵，下片七句、六仄韵；还有上片七句、五仄韵，下片八句、六仄韵；尚有上片七句、六仄韵，下片八句、五仄韵等数体。

陆　游　隔浦莲近拍·飞花如趁燕子

飞花如趁燕子，直度帘栊里。帐掩香云暖，金笼鹦鹉惊起。凝恨慵梳洗，妆台畔，蘸粉纤纤指，宝钗坠。　才醒又困，厌厌中酒滋味。墙头柳暗，过尽一年春事。罨画高楼怕独倚，千里，孤舟何处烟水。

陆　游　隔浦莲近拍·骑鲸云路倒景

骑鲸云路倒景，醉面风吹醒。笑把浮丘袂，寥然非复尘境。震泽秋万顷，烟霏散，水面飞金镜，露华冷。　湘妃睡起，鬟倾钗坠慵整。临江舞处，零乱塞鸿清影。河汉横斜夜漏永，人静，吹箫同过缑岭。

杨泽民　隔浦莲近拍·桑阴柔弄羽葆

桑阴柔弄羽葆，莲渚芳容窈。翠叶浓障屋，绵蛮时啭黄鸟。闲步挼嫩草，鱼儿闹，作队游蘋沼。　画屏小，纱厨簟枕，接䍦沉醉犹倒。华胥境界，燕子几声催晓。携手兰房未步到，还觉，衷情知向谁表。

陈允平　隔浦莲近拍·铅霜初褪凤葆

铅霜初褪凤葆，碧旆侵云窈。万绿伤春远，林幽乐、多禽鸟。斜阳堤畔草，游鱼闹，暗水流萍沼，翠钿小。　凉亭醉倚，接䍦巾、任敧倒。月明庭树，夜半鹊飞惊晓。隔岸蘋乡梦渐到，吹觉，一襟风露尘表。

瑞云浓

调见宋杨无咎《逃禅集》。双调，七十五字，上下片各七句、四仄韵。此调只杨无咎一词。

杨无咎　　　　瑞云浓·睽离谩久

睽离谩久，年华谁信曾换，依旧当时似花面。幽欢小会，记永夜、杯行无算。醉里屡忘归，任虚檐月转。　能变新声，随语意、悲欢感怨。可更余音寄羌管，倦游江浙，问似伊、阿谁曾见。度已无肠，为伊可断。

瑞云浓慢

又名《瑞雪浓慢》，此调与《瑞云浓》不同。调见宋陈亮《龙川词》。双调，一百零一字。上片十句、四仄韵，下片十句、五仄韵。此调只陈亮一词。

陈　亮　　瑞云浓慢·六月十一日寿罗春伯

蔗浆酪粉，玉壶冰醑，朝罢更闻宣赐。去天咫尺，下拜再三，幸今有母可遗。年年此日，共道月入怀中最贵。向暑天、正风云会遇，有恁嘉瑞。　鹤冲霄，鱼得水，一超便、直入神仙地。植根江表，开拓两河，做得黑头公未。骑鲸赤手，问如何、长鞭尺箠。向来王谢风流，只今管是。

瑞龙吟

又名《章台路》，调见宋周邦彦《片玉词》。三叠数体。其一百三十三字，上片与中片各六句、三仄韵，下片十七句、九仄韵为正体；其一百三十二字，上片与中片各六句、三仄韵，下片十七句、九仄韵为变体等。

周邦彦　　　　瑞龙吟·春景

章台路，还见褪粉梅梢，试花桃树。愔愔坊陌人家，定巢燕子，归来旧处。　　黯凝伫，因念个人痴小，乍窥门户。侵晨浅约宫黄，障风映袖，盈盈笑语。　　前度刘郎重到，访邻寻里，同时歌舞。唯有旧家秋娘，声价如故。吟笺赋笔，犹记燕台句。知谁伴、名园露饮，东城闲步。事与孤鸿去，探春尽是，伤离意绪。官柳低金缕，归骑晚，纤纤池塘飞雨。断肠院落，一帘风絮。

方千里　　　　瑞龙吟·楼前路

楼前路，愁对万点风花，数行烟树。依依斜日红收，暮山翠接，平芜尽处。　　小留伫，还是画栏凭暖，半扃朱户。帘栊尽日无人，消凝怅望，时时自语。　　堪恨行云难系，赋情杨柳，徘徊犹舞。追想向来欢娱，怀抱非故。题红寄绿，魂断江南句。何时见、轻衫雾唾，芳茵莲步。燕子西飞去，为人试道，相思闷绪。空有肠千缕，清泪满，斑斑多于春雨。忍看鬓发，密堆飞絮。

吴文英　　　　瑞龙吟·蓬莱阁

黄钟商，俗名大石调，犯正平调

堕虹际，层观翠冷玲珑，五云飞起。玉虬萦结城根，澹烟半野，斜阳半市。　　瞰危睇，门巷去来车马，梦游宫蚁。秦鬟古色凝愁，镜中暗换，明眸皓齿。　　东海青桑生处，劲风吹浅，瀛洲清泚。山影泛出琼壶，碧树人世。枪芽焙绿，曾试云根味。岩流溅、涎香惯揽，娇龙春睡。露草啼清泪，酒香断到，文丘废隧。今古秋声里，情漫黯、寒鸦孤村流水。半空画角，落梅花地。

吴文英　　　　瑞龙吟·送梅津

黯分袖，肠断去水流萍，住船系柳。吴宫娇月娆花，醉题恨倚，蛮江豆蔻。　　吐春绣，笔底丽情多少，眼波眉岫。新园锁却愁阴，露黄漫委，寒香半亩。　　还背垂虹秋去，四桥烟雨，一宵歌酒。犹忆翠微携壶，乌帽风骤。西湖到日，重见梅钿皱。谁家听、琵琶未了，朝骢嘶漏。印剖黄金籀，待来共凭，齐云话旧。莫唱朱樱口，生怕遣、楼前行云知后。泪鸿怨角，空教人瘦。

吴文英　　瑞龙吟·德清清明竞渡

大溪面，遥望绣羽冲烟，锦梭飞练。桃花三十六陂，鲛宫睡起，娇雷乍转。　去如箭，催趁戏旗游鼓，素澜雪溅。东风冷湿蛟腥，澹阴送昼，轻霏弄晚。　洲上青蘋生处，斗春不管，怀沙人远。残日半开一川，花影零乱。山屏醉缬，连棹东西岸。阑干倒、千红妆靥，铅香不断。傍暝疏帘卷，翠涟皱净，笙歌未散。簪柳门归懒，犹自有、玉龙黄昏吹怨。重云暗阁，春霖一片。

翁元龙　　瑞龙吟·清明近

清明近，还是递趱东风，做成花讯。芳时一刻千金，半晴半雨、酬春未准。　雁归尽，离字向人欲写，暗云难认。西园猛忆逢迎，翠纨障面，花间笑隐。　曲径池莲平砌，绛裙曾与，濯香湔粉。无奈燕幕莺帘，轻负娇俊。青榆巷陌，蹋马红成寸。十年梦、秋千吊影，袜罗尘褪。事往凭谁问，昼长病酒添新恨。烟冷斜阳紧，山黛远、曲曲阑干凭损。柳丝万尺，不如轻鬓。

杨泽民　　瑞龙吟·城南路

城南路，凝望映竹摇风，酒旗标树。郊原游子停车，问山崦里，人家甚处。　去还伫，徐见画桥流水，小窗低户。深沉绿满垂杨，芳阴娅姹，娇莺解语。　多谢佳人情厚，卷帘羞得，庭花飘舞。可谓望风知心，倾盖如故。犹殢香玉，休赋断肠句。堪怜处、生尘罗袜，凌波微步。底事匆匆去，为他系绊，离情万绪。空有愁如缕，忆桃李春风，梧桐秋雨。又还过却，落花飘絮。

王义山　　瑞龙吟·寿京尹曾留远

晨光曙，遥见昭灼文奎，照天心处。峨眉棱上西飞，北魁南极，腾辉灿丽。　神皋地，争看碧幢旗戟，蔼然佳气。深深有美堂中，绣帏锦幕，笙歌不住。　知是元戎初度，玉觥频举，云堤烟市。时听笑声，都人相贺相语。人人说是，活佛生今世。襟怀内、严霜莹月，春风秋水。文肃貂蝉贵，南丰学问，文昭节义。若问庄椿岁，堪谁比，清源曾公寿齿。郎君宥府，衮衣荣侍。

陈允平　　瑞龙吟·寿吴丞相

双溪墅，重见种玉锄云，采花研露。遥知绿野芳浓，锦堂燕子，迎门共舞。　近前语，还问去年山馆，旧经行处。西风鸿水边上，惊千里苑，梅英乍吐。　几度月昏霜晓，望驰天北，驿传湘渚。冷艳暗香春寒，划地清苦。看看翠幄，青子江头路。才收尽、蛮烟瘴雨，初回轻暑。便忆南园趣，唤人况有，多情杜宇。此计非迟暮，都付与、和羹功成归去。海榴院落，长逢重午。

陈允平　　瑞龙吟·长安路

长安路，还是燕乳莺娇，度帘迁树。层楼十二阑干，绣帘半卷，相思处处。　漫凭伫，因念彩云初到，琐窗琼户。梨花犹怯春寒，翠羞粉怨，尊前解语。　空有章台烟柳，瘦纤仍似，宫腰飞舞。憔悴暗觉文园，双鬓非故。闲拈断叶，重托殷勤句。频回首、河桥素约，津亭归步。恨逐芳尘去，眩醉眼尽，游丝乱绪。肠结愁千缕，深院静，东风落红如雨。画屏梦绕，一篝香絮。

刘辰翁　　瑞龙吟·和玉圣与寿韵

老人语，曾见昨日开炉，坠天花否。生年不合荒荒，枯根薄命，婵娟误汝。　那知许，女乐如烟点点，江南处处。何时重到湖堧，淋漓载酒，依稀吊古。　终待胭脂露掌，弄鸥招鹤，凭君画取。万柳漫堤，一丝一泪垂雨。濛濛絮里，又送金铜去。漫肠断、王孙望帝，呕心囊句，市隐今成趣。袖回地狭，天吴凤舞。莫是青州谱，怎不早，翩翩向青州住。回头蜃海，已沉花雾。

瑞 鹤 仙

又名《一捻红》。双调数体。其一百零二字，上片十一句、七仄韵，下片十一句、六仄韵为正体；其一百零二字，上片十句、七仄韵，下片十二句、六仄韵为变体；其一百零三字，上片十句、七仄韵，下片十二句、六仄韵为另一变体等。

黄庭坚　　　瑞鹤仙·环滁皆山也

环滁皆山也，望蔚然深秀，琅琊山也。山行六七里，有翼然泉上，醉翁亭也。翁之乐也，得之心、寓之酒也。更野芳佳木，风高日出，景无穷也。　　游也，山肴野蔌，酒洌泉香，沸筹觥也。太守醉也，喧哗众宾欢也。况宴酣之乐，非丝非竹，太守乐其乐也。问当时、太守为谁，醉翁是也。

周邦彦　　　瑞鹤仙·悄郊原带郭

悄郊原带郭，行路永，客去车尘漠漠。斜阳映山落，敛余红、犹恋孤城栏角。凌波步弱，过短亭、何用素约。有流莺劝我，重解绣鞍，缓引春酌。　　不记归时早暮，上马谁扶，醒眠朱阁。惊飙动幕，扶残醉，绕红药。叹西园、已是花深无地，东风何事又恶。任流光过却，犹喜洞天自乐。

周邦彦　　　瑞鹤仙·暖烟笼细柳

暖烟笼细柳，弄万缕千丝，年年春色。晴风荡无际，浓于酒、偏醉情人调客。阑干倚处，度花香、微散酒力。对重门半掩，黄昏淡月，院宇深寂。　　愁极，因思前事，洞房佳宴，正值寒食。寻芳遍赏，金谷里，铜驼陌。到而今、鱼雁沉沉无信，天涯常是泪滴。早归来，云馆深处，那人正忆。

蔡　伸　　　瑞鹤仙·玉猊香谩爇

玉猊香谩爇，叹瓶沉簪断，紫箫声绝。丹青挂寒壁，细端详，宛是旧时标格。音容望极，奈弱水、蓬山路隔。似瑶林琼树，韶华正好，一枝先折。　　凄切，相思情味，镜中绿鬓，看成华发。临风对月，空罗袂，揾清血。待随群逐队、开眉一笑，除你心肠是铁。看今生、为伊烦恼，甚时是彻。

张元幹　　　瑞鹤仙·寿一

倚格天峻阁，舞庭槐阴转，盆榴红烁。香风泛帘幕，拥霞裾琼佩，真珠璎珞。华阳庆渥，诞兰房、流芳秀萼。有赤绳系足，从来相门，自然媒妁。　　游戏人间荣贵，道要元微，水源清浊。长生大药，彩鸾韵，凤箫鹤。对木公金母，子孙三世，妇姑为寿满酌。看千龄、举家飞升，玉京更乐。

张元幹　　　瑞鹤仙·寿二

喜西园放钥，对燕寝香润，棠阴寒薄。东风夜来恶，禁烟时天气，莺啼花落。新晴共约，怕韶光、容易过却。把铜壶、缓浮金杯，禊游行乐。　　弦索，笙簧声里，还记兰房，正垂罗幕。初眠柳弱，梅如豆，玉如琢。向凤凰池上，鸳鸯影里，他年何啻紫橐。看流芳、继踵韦平，盛传巩洛。

杨无咎　　　瑞鹤仙·看灯花尽落

看灯花尽落，更欲换，门外初听剥啄。一尊赴谁约，甚不知早暮，忒贪欢乐。嗔人调谑，饮芳容、索强倒恶。渐娇慵不语，迷奚带笑，柳柔花弱。　　难貌，扶归鸳帐，不褪罗裳，要人求托。偷偷弄搦，红玉软，暖香薄。待酒醒枕臂，同歌新唱，怕晓愁闻画角。问昨宵、可噉归迟，更休道著。

杨无咎　　　瑞鹤仙·听梅花再弄

听梅花再弄，残酒醒，无寐寒衾愁拥。凄凉谁与共，谩赢得，别恨离怀千种。拂墙树动，更晓来、云阴雨重。对伤心好景，回首旧游，恍然如梦。　　欢纵，西湖曾是，画舫争驰，绣鞍双控。归来夜中，要银烛，卸金凤。到而今，谁拣花枝同载，谁酌酒杯笑捧。但逢花对酒，空只自歌自送。

杨无咎　　　瑞鹤仙·见兰枯菊悴

见兰枯菊悴，□寂寞，天与春风来至。梅梢弄晴蕊，似于人，装点十分和气。吴头楚尾，听民谣、欢声鼎沸。总扶携拍手，嬉游鼓腹，顿忘愁悴。　　谁比，承流宣化，问俗观风，一时双美。笙歌宴启，交酬献，尽沉醉。□□□，行看宸庭同拜，归向天街并辔。对西湖把酒，应须共谈旧治。

杨无咎　　　瑞鹤仙·数文章翰墨

数文章翰墨，前辈远，稍□风流岑寂。公才万夫敌，嗣家声，不坠江西人物。凝脂点漆，向鸳行、神峰秀出。况襟怀倜傥，词华洒落，未容俦匹。　　均逸，妙龄识退，故国怀归，问安亲戚。屏风坐隔，看除召，在晨夕。对生朝，且趁清明时节，痛饮无妨堕帻。著莱衣戏舞，千春永如是日。

曹　勋　　　　瑞鹤仙·贵妃生辰

小梅凝秀色，泛霁霭晴和，春容初透。璇霄降仙格，觉葱葱佳气，先惊花柳。芝兰户牖，庆禀质、天长地久。有当熊避辇，嘉声懿德，六宫居右。　　清昼，文箫仪凤，妙舞低云，缓锵钧奏。香传绣幄，腾非雾，上金兽。愿千龄遐算，三宫慈爱，长享兹辰劝酒。向瑶台阆苑，芳音永嫔万寿。

史　浩　　　　瑞鹤仙·元日朝回

霁光春未晓，拥绛蜡攒星，霜蹄轻褭。皇居耸云杪，霭祥烟瑞气，青葱缭绕。金门羽葆，听胪唱、千官并到。庆三朝、雉扇开时，拜舞仰瞻天表。　　荣耀，万方图籍，四裔明王，贶琛珍宝。椒盘颂好，称寿斝，祝难老。更传宣锡坐，钧天妙乐，声遏行云缥缈。逗归来、酒晕生霞，此恩怎报。

史　浩　　　　瑞鹤仙·是花堪爱惜

是花堪爱惜，谢天教、花信添花颜色。花红衬花碧，灿朝阳花露，鲛珠频滴。花光的皪，映花下、□茵百尺。趁花时，手捻花枝，饱嗅此花消息。　　常恐，一番花褪，失了花容，怎生寻觅。花神效力，将花貌，尽留得。更移花并植，仙家玉圃，不许花阴过隙。向花前、长把蕉花，为花主席。

史　浩　　　　瑞鹤仙·七夕

霁天风露好，乍暑退西郊，凉生秋早。银潢炯云杪，拥香车鹊翅，凌波初到。清歌缥缈，凭危阁、新蟾吐曜。有盈尊美酒，蛛丝钿合，拜舞竞分天巧。　　堪笑，世间痴绝，不识人中，拙是珍宝。多愁易老，都缘是，不闻道。骋些儿机智，遭他驱使，毕竟辛勤到了。又何如、百事无能，是非较少。

史　浩　　　　瑞鹤仙·劝酒

瑞烟笼绣幕，正玳席欢燕，觥筹交错。高情动寥廓，恣清谈雄辩，珠玑频落。锵锵妙乐，且赢取、升平快乐。又何辞、醉玉颓山，是处有人扶著。　　追念抟风微利，画饼浮名，久成离索。输忠素约，没材具，漫担阁。怅良辰美景，花前月下，空把欢游蹉却。到如今、对酒当歌，怎休领略。

仲　并　　　　瑞鹤仙·春日咏怀

试六花院落，正柳绵飘坠，因风无著。吴王旧城郭，记乌衣门巷，小桥帘幕。他州寥索，漫等闲、桃英杏萼。认幽香来处，群芳尽掩，蕙心先觉。　　行乐，燕雏莺友，浪语狂歌，休休莫莫。兰房绣幄，添新恨，念前约。殢十分芳景，十分春意，休惜十分共酌。任十分、吹老寒梅，戍楼画角。

康与之　　　　瑞鹤仙·上元应制

瑞烟浮禁苑，正绛阙春回，新正方半。冰轮桂华满，溢花衢歌市，芙蓉开遍。龙楼两观，见银烛、星球有烂。卷珠帘、尽日笙歌，盛集宝钗金钏。　　堪羡，绮罗丛里，兰麝香中，正宜游玩。风柔夜暖，花影乱，笑声喧。闹蛾儿满路，成团打块，簇著冠儿斗转。喜皇都、旧日风光，太平再见。

康与之　　　　瑞鹤仙·别恨

薄寒罗袖怯，教小玉添香，被翻宫襭。兰缸半明灭，听几声归雁，一帘微月。情波恨叶，索新词、犹自怨别。梦回时、雪暖酥凝，掠鬓宝鸳钗折。　　凄切，纹窗描绣，旧谱寻棋，变成虚设。同心对结，重来是，甚时节。怅姑苏台上，征帆何许，隐隐遥山万叠。袖红绡、独立无言，偷弹泪血。

曾　觌　　　　瑞鹤仙·陡寒生翠幕

陡寒生翠幕，冻云垂，缤纷飞雪初落。萦风度池阁，袅余妍，时趁舞腰纤弱。江天漠漠，认残梅、吹散画角。正貂裘乍怯，黄昏院宇，入檐飘泊。　　依约，银河迢递，种玉群仙，共骖鸾鹤。东君未觉，先春绽，万花萼。向尊前、已喜丰年呈瑞，人间何事最乐。拥笙歌、绣阁低帷，纵欢细酌。

朱耆寿　　　　瑞鹤仙·寿秦伯和侍郎

樱桃抄乳酪，正雨厌肥梅，风忺吹箨。咸瞻格天阁，见十眉环侍，争鸣弦索。茶瓯试瀹，更良夜、沉沉细酌。问间生、此日为谁，曾向玉皇、案前持橐。　　龟鹤，从他祝寿，未比当年，阴功堪托。天应不错，教公议，细评泊。自和戎以来，谋国多少，萧曹卫霍。奈胡儿自若，惟守绍兴旧约。

毛　幵　　　瑞鹤仙·柳风清昼溽

柳风清昼溽，山樱晚，一树高红争熟。轻纱睡初足，悄无人、欹枕虚檐鸣玉。南园秉烛，叹流光、容易过目。送春归去，有无数弄禽，满径新竹。　　闲记追欢寻胜，杏栋西厢，粉墙南曲。别长会促，成何计，奈幽独。纵湘弦难寄，韩香终在，屏山蝶梦断续。对沿阶、细草萋萋，为谁自绿。

韩元吉　　　瑞鹤仙·送王季夷

西风吹暮雨，正碧树凉生，送君南浦。蝉声带残暑，满高林斜照，暝烟横渚。故乡路阻，更秋入、江城雁渡。怅天涯、几许闲愁，对酒共成羁旅。　　休问功名何在，绿鬓吴霜，素衣尘土。离觞缓举，收玉箸，听金缕。叹凌云才调，乌丝阑上，省把清诗漫与。见洛阳、年少交游，倩君寄语。

韩元吉　　　瑞鹤仙·自寿

好山横翠幕，更一水流烟，嫩阴成幄。薰风转林薄，笑劳生底事，漫嗟离索。霞觞细酌，尽流年、青镜易觉。算芙蓉、玉井香翻，不减旧阶红药。　　寂寞，草玄空老，问字人稀，也胜投阁。骑鲸后约，追汗漫，记寥廓。便风帆高挂，云涛千里，谁道蓬壶水弱。任蟠桃、满路千花，自开自落。

侯　寘　　　瑞鹤仙·送张丞罢官归柯山

楚山无际碧，湛一溪晴绿，四郊寒色。霜华弄初日，看玉明遥草，金铺平碛。天涯倦翼，更何堪、临岐送客。念飞蓬、断梗无踪，把酒后期难觅。　　愁寂，梅花憔悴，茅舍萧疏，倍添凄恻。维舟岸侧，留君饮，醉休惜。想柯山春晚，还家应对，菊老松坚旧宅。叹宦游、索寞情怀，甚时去得。

侯　寘　　　瑞鹤仙·为刘信叔大尉寿

溥天氛祲廓，看庆绵鸿祚，勋昭麟阁。蕃宣换符钥，占西南襟带，遍□油幕。湘流绕郭，蔼一城、和气雾薄。听嘈嘈、比屋欢声，共说吏闲民乐。　　遥想芗霏凫暖，翠拥屏深，晓风传乐。琼腴缓酌，花阴淡，柳丝弱。任松凋鹤瘦，莲欹龟老，丹颊常如旧渥。趁天申、去押西班，奉觞御幄。

侯　寘　　　瑞鹤仙·咏含笑

春风无检束，放倡条冶叶，恣情丹绿。□莺喧燕宿，似东邻北里，都无贞淑。高情恨蹙，叹何时、重见桂菊。又谁知、天上黄姑，扫尽晚春余俗。　　幽独，铅华不御，翡翠帷深，郁金裙蔌。长眉瞭目，嫣然态，倚修竹。纵青门瓜美，江陵橘老，怎比无穷剩馥。最难禁、扇底横枝，恼人睡足。

赵彦端　　　瑞鹤仙·为寿

记河梁折柳，问画堂乐事，燕鸿难偶。十年谩回首，但亭亭紫盖，差差南斗。传闻小有，种桃花、亲烦素手。怪归来、道骨仙风缥缈，迥然非旧。　　清昼，江南如画，紫菊冬前，翠橙霜后。扁舟渡口，佳客至，奉名酒。唤青鸾起舞，云窗月槛，一曲山明水秀。笑相看、玉海别来，浅如故否。

赵彦端　　　瑞鹤仙·饯交代沈公雅台山寺作

揽垂杨细折，有别情遗爱，与君都说。文茵带雕轭，是行春来处，去年阡陌。柔桑半叶，转光风、轻飏秀麦。正人家共约，耕相借牛，社相留客。　　清绝，溪山犹记，脱帽吟风，倚楼招月。东君何事，将春至，放春歇。道从今江上，一花一柳，皆想油幢瑞节。纵离愁、瘦减腰围，带金正眸。

赵彦端　　　瑞鹤仙·气佳哉寿域

气佳哉寿域，正晓松呈翠，早梅施白。良辰值良月，看景星朝睹，洗空霜洁。珍图瑞牒，仰天心、钟在俊杰。向人间，化作如膏甘雨，莫放春歇。　　堪忆，三吴乐事，画戟凝香，舞衣回雪。风流胜绝，尊中酒，坐中客。问今年何事，骑鲸南去，久矣湘枫下叶。早归来、应取千龄，凤池旧列。

王千秋　　　瑞鹤仙·张四益生日

夷吾在江左，罄毡裘俱詟，笑清边琐。遗民冀巾裹，个规模欲继，外人谁可。一花两果，晚占熊、材能更夥。试颁春、便有骥谣，声接月鞍烟柂。　　驳娑，已传丹诏，催上文石，□论炙輠。櫜弓□笴，□九域，措安妥。待缁衣重咏，履封光继，绿野从教昼锁。问黑头、当日三公，可能似我。

王千秋　　　瑞鹤仙·征鸿翻塞影

征鸿翻塞影，怅悲秋人老，浑无佳兴。鸣蛩问酒病，更堆积愁肠，摧残诗鬓。起寻芳径，菊羞人、依丛半隐。又岂知、虚度重阳，浪阔渺无归恨。　　无定，登高人远，戏马台闲，怨歌谁听。香肩醉凭，镇常是、笑得醒。到如今何在，西风凝伫，冠也无人为正。看他门、对插茱萸，恨长怨永。

王千秋　　　瑞鹤仙·韩南涧生日

红消梅雨润，正榴花照眼，荷香成阵。炉薰炷芳烬，记于门今日，长庚占庆。文摛艳锦，笑班扬、用字未稳。果青云、快上黄扉，地□誉高英俊。　　名盛，都期持橐，却借乘轺，布宣宽政。除书已进，归宠异，侍严近。且金船满酌，云翘低祝，□比椿龄更永。任月斜、未放笙歌，翠桐转影。

袁去华　　　瑞鹤仙·郊原初过雨

郊原初过雨，见败叶零乱，风定犹舞。斜阳挂深树，映浓愁浅黛，遥山眉妩。来时旧路，尚岩花、娇黄半吐。到而今，唯有溪边流水，见人如故。　　无语，邮亭深静，下马还寻，旧曾题处。无聊倦旅，伤离恨，最愁苦。纵收香藏镜，他年重到，人面桃花在否。念沉沉、小阁幽窗，有时梦去。

郑　闻　　　瑞鹤仙·赠官妓周韵

醉归来，不悟人间天上，云雨难寻旧迹。但余香、暗著罗衾，怎生忘得。（下缺）

陆　淞　　　瑞鹤仙·脸霞红印枕

脸霞红印枕，睡觉来、冠儿还是不整。屏间麝煤冷，但眉峰压翠，泪珠弹粉。堂深昼永，燕交飞、风帘露井。恨无人，与说相思，近日带围宽尽。　　重省，残灯朱幌，淡月纱窗，那时风景。阳台路迥，云雨梦，便无准。待归来，先指花梢教看，却把心期细问。问因循、过了青春，怎生意稳。

郭世模　　　瑞鹤仙·云阶连月地

云阶连月地，记旧游、身在温柔乡里。花阴透窗绮，罗衾拥残梦，流莺惊起。银瓶水沸，待梳妆、屏风共倚。看情眉恨眼，宿粉剩香，乱愁无际。　　长记，多情消减，宋玉连墙，茂陵同里。离怀似水，天涯路，叹愁悴。想鸳机织锦，鸾台窥镜，秦丝幽怨未已。好归去、共把琴书，倚娇扶醉。

吕胜己　　瑞鹤仙·栽梅

南州春又到，向腊尽冬残，冰姑先报。芳心爱春早，露生香馥馥，靓妆皎皎。诗人最巧，道竹外、斜枝更好。旋移根引水，浇培松竹，凑成三妙。　　回首当年客里，荆棘途中，幸陪欢笑。闲愁似扫，记风雪、关山道。待飘花结子，和羹煮酒，还我山居送老。那青红、浪蕊浮花，尽锄去了。

吕胜己　　瑞鹤仙·嘲博见楼

倚阑观四远，近有客登临，故相磨难。山形欠舒展，小峰峦云树，晦明更变。江淮楚甸，又何曾、分明在眼。但临深、自觉身高，未可便名博见。　　休辨，吾心乐处，不要他人，共同称善。痴儿浅浅，因他谩说一遍。问还知宴坐，回光收视，大地河山尽现。待于中、会得些时，举觞奉劝。

吕胜己　　瑞鹤仙·右司

众会谢右司赵鄂州劝酒二首

人生如意少，谁得似仙翁，身名俱好。亨衢腾踏早，驾双旌五马，便居蓬岛。闽山蜀道，秉玉节、油幢屡到。号当今、有脚阳春，处处变愁成笑。　　尤妙，晚陪论道。密赞调元，虎符重剖。去劳自保，奉香火、归来了。见煌煌甲第，两两龙驹，绿鬓朱颜未到。是平生、种德阴功，自天有报。

吕胜己　　瑞鹤仙·鄂州

金枝联玉叶，世代有宗英，声华烨烨。君侯更超绝，抱不群才气，壮图英发。津途轨辙，□武上、青霄迥别。自玉阶、契合君王，拍拍满怀风月。　　奇绝，身居萧散，志在功名，眼高天阔。恩来魏阙，长江上、驻旌节。待胡尘有警，纶巾羽扇，谈笑周郎事业。恁时看、国倚强宗，诏褒伟烈。

吕胜己　　瑞鹤仙·渭川行乐词

予有一洲，可五百亩，植花竹其上，号小渭川，春月游人

多于其上藉草酌酒歌乐

残梅飘簌簌，看柳上春归，柔条新绿。娇莺离幽谷，弄弹簧清响，飞迁乔木。年华迅速，叹浮生、流晖转烛。自春来、每每遨游，多办九霞醽醁。　　溪北，踏青微步，斗草慵眠，锦茵花褥。铅华簇簇，歌声妙、间丝竹。爱一川好处，高山流水，不减城南杜曲。笑平生、卓地无锥，老来富足。

赵长卿　　瑞鹤仙·暮春有感

海棠花半落，正蕙圃风生，兰亭香扑。青英暝池阁，任翻红飞絮，游丝穿幕。情怀易著，奈宿酲、情绪正恶。叹韶光渐改，年华荏苒，旧欢如昨。　　追念凭肩盟誓，枕臂私言，尽成离索。记得忘却，当时事，那时约。怕灯前月下，得见则个，厌厌只待觑著。问新来、为谁萦牵，又还瘦削。

赵长卿　　瑞鹤仙·张宰生辰

西风蘋末起，动院落清秋，新凉如水。纤歌遏云际，正美人翻曲，阳春轻丽。兰衣玉佩，拥南斗、光中一醉。有邦人、万口同声，赞叹我公恺悌。　　百里，年丰谷稔，事简刑清，颂声盈耳。鹏程九万，摩空展、垂天翼。定丹书飞下，彤墀归去，秘略家传小试。看封留、亘古功名，未容退避。

赵长卿　　瑞鹤仙·残秋有感

败荷擎沼面，红叶舞林梢，光阴何速。碧天静如水，金风透帘幕，露清蝉伏。追思往事，念当年、悲伤宋玉。渐危楼向晚，魂销处、倚遍阑干曲。　　凝目，一霎微雨，塞鸿声断，酒病相续。无情赏处，金井梧，东篱菊。渐兰桡归去，银蟾满夜，水村烟渡怎宿。负伊家、万愁千恨，甚时是足。

赵长卿　　瑞鹤仙·寄暖香诸院

归宁都，因成

无言屈指也，算年年底事，长为旅也。凄惶受尽也，把良辰美景，总成虚也。自嗟叹也，这情怀、如何诉也。谩愁明怕暗，单栖独宿，怎生禁也。　　闲也，有时临镜，渐觉形容，日销减也。光阴换也，空辜负、少年也。念仙源深处，暖香小院，赢得群花怨也。是亏他见了，多教骂几句也。

京镗　　瑞鹤仙·次宇文总领韵

鸳行旧俦侣，问底事、迟回西州西处，闲居久如许。想邻翁对饮，诗人联句。夤缘会遇，过高轩、相逢喜舞。正菊天、景物澄鲜，切莫趣归言去。　看取，星扉月户，雾阁云窗，非公孰住。从容笑语，人生易别难聚。恨分违有日，留连无计，满目离愁忍觑。若他时、鱼雁南来，把书寄与。

辛弃疾　　瑞鹤仙·上洪倅寿

黄金堆到斗，怎得似、长年画堂劝酒。蛾眉最明秀，向水沉烟里，两行红袖。笙歌搁就，争说道、明年时候。被姮娥、做了殷勤，仙桂一枝入手。　知否，风流别驾，近日人呼，文章太守。天长地久，岁岁上，乃翁寿。记从来人道，相门出相，金印累累尽有。但直须、周公拜前，鲁公拜后。

辛弃疾　　瑞鹤仙·南剑双溪楼

片帆何太急，望一点须臾，去天咫尺。舟人好看客，似三峡风涛，嵯峨剑戟。溪南溪北，正遐想、幽人泉石。看渔樵、指点危楼，却羡舞筵歌席。　叹息，山林钟鼎，意倦情迁，本无欣戚。转头陈迹，飞鸟外，晚烟碧。问谁怜旧日，南楼老子，最爱月明吹笛。到而今、扑面黄尘，欲归未得。

辛弃疾　　瑞鹤仙·赋梅

雁霜寒透幕，正护月云轻，嫩冰犹薄。溪奁照梳掠，想含香弄粉，艳妆难学。玉肌瘦弱，更重重、龙绡衬著。倚东风，一笑嫣然，转盼万花羞落。　寂寞，家山何在，雪后园林，水边楼阁。瑶池旧约，鳞鸿更仗谁托。粉蝶儿只解，寻桃觅柳，开遍南枝未觉。但伤心、冷落黄昏，数声画角。

赵善括　　瑞鹤仙·母氏生朝

月华凝露掌，正极目鸾霄，望风鲸壤。深宫注遐想，听点点花漏，盈盈仙仗。笙箫迎响，降琼轮、玄云步障。洞□扉、笑别蓬瀛，下应太平无象。　俱仰，姆仪春煦，妇节冰清，道风夷旷。三迁教养，金阙里，玉音赏。况传家清白，满堂朱紫，相对兰荪竞长。待齐秦、汤沐疏封，赐灵寿杖。

黄人杰　　瑞鹤仙·飞花闲院落

飞花闲院落，渐燕觜泥融，蜂须香薄。风光未全恶，有出林青杏，殿春红药。东皇旧约，把余芳、一时留著。等君侯维岳佳辰，惜景为供春酌。　新乐，谁番清韵，非石非金，武城弦索。如闻荐鹗，青云外，有飞削。双凫容与，摩天东上，稳步莺台凤阁。管平泉、昼锦归时，发犹未鹤。

欧阳光祖　　瑞鹤仙·寿虞守　三月初十

得毛韩经学，振祖风，挺挺凌烟勋业。文章世为甲，果妙龄秀发，荐膺衡鹗。名登雁塔，访梅仙，种河阳桃李，从兹两绾铜符，多少吏民欢洽。　庆惬，归来整顿，松竹笑傲，武夷溪壑。韶光恰匝，清明过了旬浃。喜当初度日，称觞春酒，一饮红生双颊。愿儿孙、世袭簪缨，代常不乏。

杨炎正　　瑞鹤仙·元夕为王史君赋

风光开旧眼，正梅雪初消，柳丝新染。楼台竞装点，照金荷十里，珠帘齐卷。湘弦楚管，动香风、旌旗影转。望云间，一点台星飞下，洞天清晚。　争看，袖红围坐，舞翠回春，笑歌生暖。欢声正远，嬉游意，未容懒。恐丝纶趣召，清都仙伯，归去朝天夜半。倩邦人、挽取遨头，醉扶玉腕。

张　镃　　瑞鹤仙·壬子年灯夕

喜浓寒乍退，风共日、已作深春天气。轻车载歌吹，选名坊闲玩，落梅秾李。无端雨细，动清愁、聊成浅醉。怅年时、携手同来，笑里绣帘斜倚。　佳节匆匆又至，抚事惊心，忍堪重记。阑情倦意，行不是，坐不是。闷归来，已早游人回尽，灯暗重门欲闭。念欢娱、最是今宵，怎知恁地。

吴礼之　　瑞鹤仙·秋思

风传秋信至，颤叶叶庭梧，飘零阶砌。年华迅流水，况荣枯翻手，存亡弹指。谁编故纸，论古往、英雄斗智。在当时、唤做功名，到此尽成闲气。　何谓，生为行客，死乃归人，世同驿邸。十步九计，空捞攘，谩儿戏。忍都将、有限光阴萦绊，趁逐无穷天地。我直须、跳出樊笼，做个俏底。

俞国宝　　瑞鹤仙·春衫和泪著

春衫和泪著，又燕入江南，雁归衡岳。东风晓来恶，绕西园无绪，泪随花落。愁钟恨角，梦无凭、难成易觉。到春来易感，韩香顿减，沈腰如削。　离索，挑灯占信，听鹊求音，不禁春弱。云轻雨薄，阳台远，信难托。念盟钗一股，鸾光两破，已负秦楼素约。但莫教、嫩绿成阴，把人误却。

史达祖　　瑞鹤仙·杏烟娇湿鬓

杏烟娇湿鬓，过杜若汀洲，楚衣香润。回头翠楼近，指鸳鸯沙上，暗藏春恨。归鞭隐隐，便不念、芳盟未稳。自箫声、吹落云东，再数故园花信。　谁问，听歌窗罅，倚月钩阑，旧家轻俊。芳心一寸，相思后，总灰尽。奈春风多事，吹花摇柳，也把幽情唤醒。对南溪、桃萼翻红，又成瘦损。

史达祖　　瑞鹤仙·赋红梅

馆娃春睡起，为发妆酒暖，脸霞轻腻。冰霜一生里，厌从来冷澹，粉腮重洗。胭脂暗试，便无限、芳秾气味。向黄昏、竹外寒深，醉里为谁偷倚。　娇媚，春风模样，霜月心肠，瘦来肌体。孤香细细，吹梦到，杏花底。被高楼横管，一声惊断，却对南枝洒泪。谩相思、桃叶桃根，旧家姊妹。

高观国　　瑞鹤仙·筇枝

一枝苍玉冷，爱露节霜根，从来孤劲。提携远尘境，自清臞骨力，岁寒心性。登临助兴，甚偏与，芒鞵相称。笑葛洪、陂外腾飞，渺渺水闲烟迥。　寻胜，拨开林影，斲破苔痕，缓支幽径。分云度岭，待随处、问梅信。任香挑村酾，寒拖夜月，识尽江山好景。扣禅关拗折，归来万缘自静。

卢祖皋　　瑞鹤仙·赋芙蓉

坡诗云："芙蓉城中花冥冥，谁其主者石与丁。中有一人长眉青，炯如微月澹疏星。"故末章及之

江南秋欲遍，正莼际鲈分，酒边螯荐。青林雁霜浅，问风流何事，试华偏晚。凌波步远，误池馆、薰风笑宴。梦回时，细翦荷衣，尚倚半酣妆面。　深院，绮霞低映，步障横陈，

暮天慵倦。无言笑倩，尊前恨，仗谁遣。似重来鹤驭，锦城依旧，无复仙风宛转。念疏星澹月，长眉甚时再见。

方千里　　瑞鹤仙·看青山绕郭

看青山绕郭，更暮草萋萋，疏烟漠漠。无风自花落，欲黄昏，谁向官楼吹角。刚肠顿弱，恨别来、辜负厚约。想香闺念旧，还忆去年，共举杯酌。　寂寞，光阴虚度，未说离愁，泪痕先阁。珠帘翠幕，除相见，是奇药。况中年已后，凭高临远，情怀终是易恶。早归休、月地云阶，剩追笑乐。

王　迈　瑞鹤仙·寿叶路钤　二月初一

芳菲春二月，正软红尘里，踏青时节。山川孕人杰，好赤城丹洞，丰姿奇绝。云霄阀阅，个精神、清如玉雪。看谈兵议论，风霆舞剑，刚肠如铁。　闻说，年方英妙，已向城边，飞书驰捷。誓清击楫，宁久此，淹车辙。对花朝称寿，朱颜未老，尽有功名事业。便张韩刘岳传名，何如一叶。

张　辑　瑞鹤仙·寿赵右司

柳风双燕语，问有谁留人，岸花去舻。星辰快平步，俯阛阓草色，青青如许。儿童拥路，玉溪边、当年杜母。料从今、指点山川，总是绣衣行处。　回顾，东堂深窈，楚帖长春，竹尊清午。红云帝所，摇佩玉，更容与。把蓬莱一笑，几番清浅，绿野为花作谱。向花前、三叠琴心，看苍鹤舞。

葛长庚　瑞鹤仙·残蟾明远照

残蟾明远照，正一番霜讯，四山秋老。孤村带清晓，有鸣鞭归骑，乱林啼鸟。青帘缥缈，懒行时，持杯自笑。甚年来、破帽凋裘，惯得淡烟荒草。　多少，客愁羁思，雨泊风餐，水边云杪。西窗正好，疏竹外，粉墙小。念归期相近，梦魂无奈，不为罗轻寒悄。怕无人、料理黄花，等闲过了。

葛长庚　瑞鹤仙·赋情多懒率

赋情多懒率，每醉后疏狂，醒来飘忽。无心恋簪绂，漫才高子建，韵欺王勃。胸中绝物，所容者、诗兵酒卒。一两时，调发将来，扫尽闷妖愁孽。　莫说，杀人一万，自损三千，到底鯱脆。悬河口讷，非夙世，无灵骨。把湖山牌印，莺花权柄，牒过清风朗月。且束之、高阁休休，这回更不。

张　榘　　瑞鹤仙·次韵陆景思喜雪

碧油推上客，有神机沉密，参运帷幄。威声际沙漠，庆云飞川泳，和熏三白。霄渊夐鬲，甚探梅、也来相约。更谁怜久客，泥深穿履，栖栖东郭。　　农麦，年来管好，禾黍离离，讵忘关洛。风高水涸，多少事，待韬略。看鹅池夜渡，黎明飞捷，儿辈惛惛未觉。便冲寒、铁骑横驱，汛扫六合。

楼　采　　瑞鹤仙·冻痕销梦草

冻痕销梦草，又招得春归，旧家池沼。园扉掩寒峭，倩谁将花信，遍传深窈。追游趁早，便裁却、轻衫短帽。任残梅、飞满溪桥，和月醉眠清晓。　　年小，青丝纤手，彩胜娇鬟，赋情谁表。南楼信杳，江云重，雁归少。记冲香嘶马，流红回岸，几度绿杨残照。想暗黄、依旧东风，灞陵古道。

哀长吉　　瑞鹤仙·寿南康钱守　正月初六

天基佳节后，又诗咏嵩生，贤歌天佑。千龄运非偶，庆一堂风虎，云龙感召。相门华胄，盛少屈、一钱太守。听吏歌、一径棠阴，民颂两岐麦秀。　　知否，海峰天柱，道骨仙风，总天所授。席虚机右，金瓯下，署名久。伫泥封飞下，沙堤归去，指日家声复旧。年年献、金鉴千秋，玉卮万寿。

哀长吉　　瑞鹤仙·寿萧通判　十月初一日

小春天未雪，见两蕊三花，放梅时节。昴宿孕人杰，对梅花雪片，平分风月。冰清玉洁，天赋与、仙风道骨。更等闲、来访刘仙，觅取秘传真诀。　　闻说，辉联台宿，瑞应文昌，世承阀阅。相门事业，有祖父，旧风烈。管泥封飞下，沙堤归来，光复青毡旧物。庆家传、八叶联芳，又添一叶。

吴　潜　　瑞鹤仙·小亭山半枕

小亭山半枕，又一番园林，春事整整。微阴护轻冷，早蜂狂蝶浪，褪黄消粉。阑干日永，数花飞、残崖断井。仗何人、说与东风，莫把老红吹尽。　　休省，烟江云嶂，楚尾吴头，自来多景。愁高怅远，身世事，但难准。况禁他，东兔西乌相逐，古古今今不问。算鸱夷、办却扁舟，个中杀稳。

黄　中　　　瑞鹤仙·用陆淞韵

睡余抛倦枕，忆篆鼎香销，起来慵整。晴光破清冷，正柳黄梅淡，染金匀粉。茶瓯隽永，试经行、桐花旧井。记前回、未绿鸥波，近日燕芹青尽。　　因省，春风如旧，人面何归，对时伤景。楼高望迥，潮有信，雁无准。任相如多病，沈郎全瘦，都没音尘寄问。便做无、阿鹊频频，可能睡稳。

李曾伯　　瑞鹤仙·戊申初度自韵

百年过半也，怅壮心零落，鬓星星也。风儿渐凉也，近中秋月儿，又初生也，田园暇也，矍铄哉、是翁也。记当时，弧矢垂门，孤负四方志也。　　休也，牙签插架，玉帐持麾，总成非也。浮生梦也，皇皇欲，奚为也。趁身闲、随分粗衣淡饭，一笑又何妨也。问神仙、底处蓬莱，醉乡是也。

余　玠　　瑞鹤仙·怪新来瘦损

怪新来瘦损，对镜台、霜华零乱鬓影。胸中恨谁省，正关山寂寞，暮天风景。貂裘渐冷，听梧桐、声敲露井。可无人、为向楼头，试问塞鸿音信。　　争忍，勾引愁绪，半掩金铺，雨欺灯晕。家僮困卧，呼不应，自高枕。待催他、天际银蟾飞上，唤取嫦娥细问。要乾坤、表里光辉，照予醉饮。

方　岳　　瑞鹤仙·寿丘提刑

岁十二月二十有九日，实维绣衣使者焕章公绂麟盛旦也，岳敢拜手而言曰：月穷于纪，星回于天，盖三百有六旬有六日于是焉极、而岁功成矣。惟天之运，循环无穷，一气推移，不可限量，其殆极而无极欤。分岁而颂椒，守岁而爆竹，人知其为岁之极耳。洪钧转而万象春，瑶历新而三阳泰，不知自吾极而始也。始而又极，极而又始，元功宁有穷已哉。天之生申于此时，意或然也。岳既不能测识，而又旧为场屋士，不能歌词，辄以时文体，按谱而腔之，以致其意

一年寒尽也，问秦沙、梅放未也。幽寻者谁也，有何郎佳约，岁云除也。南枝暖也，正同云、商量雪也。喜东皇，一转

洪钧，依旧春风中也。　　香也，骚情酿就，书味熏成，这些情也。玉堂深也，莫道年华归也。是循环、三百六旬六日，生意无穷已也。但丁宁，留取微酸，调商鼎也。

方　岳　　瑞鹤仙·寿宋倅　七月二十三日

中元才过节，正宇宙澄清，一天寒碧。凉飙动秋色，算佳辰恰是，下弦当日。天生俊杰，富文才、瑰奇挺特。看葱葱，和气薰城，共庆武夷仙伯。　　难得，钓鳌连六，虎榜登名，新题淡墨。从容莲幕，游花县，无邀隔。纵风流别驾，难淹紫诏，行对天颜咫尺。更堪夸、萱草长春，红衣交列。

陆　叡　　瑞鹤仙·梅

湿云黏雁影，望征路愁迷，离绪难整。千金买光景，但疏钟催晓，乱鸦啼暝。花惊暗省，许多情、相逢梦境。便行云、都不归来，也合寄将音信。　　孤迥，盟鸾心在，跨鹤程高，后期无准。情丝待翦，翻惹得，旧时恨。怕天教何处，参差双燕，还染残朱剩粉。对菱花、与说相思，看谁瘦损。

李昴英　　瑞鹤仙·甲辰灯夕

玉城春不夜，映月璧寒流，烛蕖光射。鳌山海云驾，拥遨头箫鼓，锦旗红亚。东风近也，趁乐岁、良辰多暇。想阳和、早遍南州，暖得柳娇桃冶。　　堪画，纱笼夹道，露重花珠，尘吹兰麝。歌朋舞社，玉梅转，闹蛾耍。且茧占先探，芋郎戏巧，又卜紫姑灯下。听欢声、犹自未归，钿车宝马。

吴文英　　瑞鹤仙·泪荷抛碎璧

林钟羽，俗名高平调

泪荷抛碎璧，正漏云筛雨，斜捎窗隙。林声怨秋色，对小山不迭，寸眉愁碧。凉欺岸帻，暮砧催、银屏翦尺。最无聊、燕去堂空，旧幕暗尘罗额。　　行客，西园有分，断柳凄花，似曾相识。西风破屐，林下路，水边石。念寒蛩残梦，归鸿心事，那听江村夜笛。看雪飞、蘋底芦梢，未如鬓白。

吴文英　　瑞鹤仙·晴丝牵绪乱

晴丝牵绪乱，对沧江斜日，花飞人远。垂杨暗吴苑，正旗亭烟冷，河桥风暖。兰情蕙盼，惹相思、春根酒畔。又争知、吟骨萦销，渐把旧衫重翦。　　凄断，流红千浪，缺月孤楼，总难留燕。歌尘凝扇，待凭信，拌分钿。试挑灯欲写，还依不忍，笺幅偷和泪卷。寄残云、剩雨蓬莱，也应梦见。

吴文英　　瑞鹤仙·赠丝鞋庄生

藕心抽莹茧，引翠针行处，冰花成片。金门从回辇，两玉凫飞上，绣绒尘软。丝绚侍宴，曳天香、春风宛转。傍星辰、直上无声，缓蹑素云归晚。　　奇践，平康得意，醉踏香泥，润红沾线。良工诧见，吴蚕唾，海沉楦。任真珠装缀，春申客屦，今日风流雾散。待宣供、禹步宸游，退朝燕殿。

吴文英　　瑞鹤仙·丙午重九

乱云生古峤，记旧游惟怕，秋光不早。人生断肠草，叹如今摇落，暗惊怀抱。谁临晚眺，吹台高、霜歌缥缈。想西风、此处留情，肯著故人衰帽。　　闻道，萸香西市，酒熟东邻，浣花人老。金鞭骤袅，追吟赋，倩年少。想重来新雁，伤心湖上，销减红深翠窈。小楼寒、睡起无聊，半帘晚照。

吴文英　　瑞鹤仙·寿史云麓

记年时茂苑，正画堂凝香，璇奎初焕。天边岁华转，向九重春近，仙桃传宴。银罂翠管，宝香飞、蓬莱小殿。荷玉皇、恩重千秋，翠麓峻齐云汉。　　须看，鸿飞高处，地阔天宽，弋人空羡。梅清水暖，苕溪上，几吟卷。算金门听漏，玉墀班早，赢得风霜满面。总不如、绿野身安，镜中未晚。

吴文英　　瑞鹤仙·癸卯岁寿方蕙岩寺簿

辘轳春又转，记旋草新词，江头凭雁。乘槎上银汉，想车尘才踏，车华红软。何时赐见，漏声移、深宫夜半。问莼鲈、今几西风，未觉岁华迟晚。　　一片，丹心白发，露滴研朱，雅陪清宴。班回柳院，蒲团底，小禅观。望罘罳明月，初圆此夕，应共婵娟茂苑。愿年年、玉兔长生，耸秋井干。

吴文英　　瑞鹤仙·饯郎纠曹之严陵

夜寒吴馆窄，渐酒阑烛暗，犹分香泽。轻帆展为翮，送高鸿飞过，长安南陌。渔矶旧迹，有陈蕃、虚床挂壁。掩庭扉，蛛网黏花，细草静摇春碧。　　还忆，洛阳年少，风露秋檠，岁华如昔。长吟坠帻，暮潮送，富春客。算玉堂不染，梅花清梦，宫漏声中夜直。正逋仙、清瘦黄昏，几时觅得。

吴文英　　瑞鹤仙·赠道女陈华山内夫人

彩云栖翡翠，听凤笙吹下，飞骈天际。晴霞翦轻袂，澹春姿雪态，寒梅清泚。东皇有意，旋安排、阑干十二。早不知、为雨为云，尽日建章门闭。　　堪比，红绡纤素，紫燕轻盈，内家标致。游仙旧事，星斗下，夜香里。□华峰□□，纸屏横幅，春色长供午睡。更醉乘、玉井秋风，采花弄水。

周　氏　　瑞鹤仙·和丁基仲

画楼帘卷翠，正柳约东风，摇荡春霁。缃桃雨才洗，似妆临宝镜，脂凝铅水。云偏髻子，坠钗梁、羞看燕垒。最堪怜，锦绣香中，早有片红飘砌。　　闲记，琴弹古调，曲按清商，旧年时事。屏山画里，江南信，梦中寄。感春浓怀抱，午醒初解，浅酌依然又醉。傍阑干、犹怯余寒，倦和袖倚。

刘　澜　　瑞鹤仙·海棠

向阳看未足，更露立阑干，日高人独。江空佩鸣玉，问烟鬟霞脸，为谁膏沐。情闲景淑，嫁东风、无媒自卜。凤台高，贪伴吹笙，惊下九天霜鹄。　　红蹙，花开不到，杜老溪庄，已公茅屋。山城水国，欢易断，梦难续。记年时马上，人酣花醉，乐奏开元旧曲。夜归来、贺锦漫天，绛纱万烛。

洪　瑹　　瑞鹤仙·离筵代意

听梅花吹动，凉夜何其，明星有烂。相看泪如霰，问而今去也，何时会面。匆匆聚散，恐便作、秋鸿社燕。最伤情、夜来枕上，断云零雨何限。　　因念，人生万事，回首悲凉，都成梦幻。芳心缱绻，空惆怅，巫阳馆。况船头一转，三千余里，隐隐高城不见。恨无情、春水连天，片帆似箭。

杨泽民　　瑞鹤仙·忆旧居，呈超然，示儿子及女

依山仍负郭，有松桂扶疏，烟霞渺漠。一年自成落，奈孤踪还系，蝇头蜗角。休嗤句弱，赋郊居、何让沈约。记乡人过我，傩立阼阶，酒行先酌。　　远映江山奇胜，下瞰重湖，上飞高阁。风帘絮幕，筑新槛，种花药。幸瓜期已近，秋风归去，免得奔驰味恶。待开池、剩起林亭，共同宴乐。

张　枢　　　　瑞鹤仙·卷帘人睡起

卷帘人睡起，放燕子归来，商量春事。风光又能几，减芳菲、都在卖花声里。吟边眼底，被嫩绿、移红换紫。甚等闲、半委东风，半委小桥流水。　　还是，苔痕湔雨，竹影留云，待晴犹未。兰舟静舣，西湖上、多少歌吹。粉蝶儿、守定落花不去，湿重寻香两翅。怎知人、一点新愁，寸心万里。

陈　著　　瑞鹤仙·寿赵德修检讨必普

云无心出岫，游戏间、声名掀揭宇宙。红尘事看透，任高官惟有，鹤随诗瘦。溪山如绣，小轩亭、笃新话旧。想时时，梦到家林，但未有归时候。　　知否，分明世界，多少经纶，莫轻回首。平生抱负，金銮殿，有新奏。便相扶君相，从头做去，他又谁能出手。看明年、此日传宣，赐酴醾酒。

陈　著　　　　瑞鹤仙·寿王之朝

对南山翠峭，几百年、银青门第转好。梅花弄春小，向重帘暖处，华筵开早。斑衣簇绕，舞香云、哄堂颂祷。稳生涯、都自心田，自有老天堪靠。　　应道，□□□□，乐事难逢，可轻过了。鲈肥蟹健，桑落酒、酿来妙。称瑶卮争劝，襟怀宽放，一点尘嚣不到。但从今、家庆年年，醉乡里笑。

陈允平　　　　瑞鹤仙·燕归帘半卷

燕归帘半卷，正漏约琼签，笙调玉琯。蛾眉画来浅，甚春衫懒试，夜灯慵剪。香温梦暖，诉芳心、芭蕉未展。渺双波、望极江空，二十四桥凭遍。　　葱茜，银屏彩凤，雾帐金蝉，旧家坊院。烟花弄晚，芳草恨，断魂远。对东风无语，绿阴深处，时见飞红数片。算多情、尚有黄鹂，向人睍睆。

陈允平　　　　瑞鹤仙·故庐元负郭

故庐元负郭，爱树色参差，湖光渺漠。楼危万山落，俯阑干十二，翚檐飞角。花娇柳弱，映轻黄、浅黛依约。与沙鸥、共结新盟，伴我醉眠醒酌。　　萧散云根石上，瀹茗松泉，注书芸阁。莺窥燕幕，檐外竹，圃中药。念耕烟钓雪，已成活计，一任风波自恶。但无心、万事由天，梦中更乐。

徐　理　　　瑞鹤仙·暮霞红映沼

暮霞红映沼，恨柳枝疏瘦，不禁风搅。投林数归鸟，更枯茎敲荻，糁红堆蓼。江寒浪小，雁来多、音书苦少。试看尽，水边红叶，不见有诗流到。　　烦恼，凭阑人去，枕水亭空，路遥天杳。情深恨渺，无计诉与伊道。漏声催，门外霜清风细，月色今宵最好。怎割舍、美景良时，等闲睡了。

赵闻礼　　　瑞鹤仙·客边情味恶

客边情味恶，花漏远、春静风鸣风铎。空梁燕泥落，映柔红微罥，海棠帘箔。愁钟恨角，怕催人、黄昏索寞。拥吟袍、凭暖阑干，醉怯冷香罗薄。　　阿鹊，幽芳月淡，紫曲云昏，有人说著。名缰易缚，归鞭杳，误期约。记金泥卜昼，银屏娱夜，弹指匆匆恨错。为情多、挼尽芳春，带围瘦觉。

赵闻礼　　　瑞鹤仙·立春

冻痕消梦草，又招得春归，旧家池沼。园扉掩寒悄，倩谁将花信，偏传深窈。追游趁早，便裁却、春衫短帽。任残梅、飞满溪桥，和月醉眠清晓。　　年少，青丝纤手，彩胜娇鬟，赋情谁表。南楼信杳，江云重，雁归少。记冲香嘶马，流红回岸，几度绿杨残照。想暗黄、依旧东风，灞陵古道。

曹　邍　　　瑞鹤仙·炉烟销篆碧

炉烟销篆碧，对院落秋千，昼永人寂。浓春透花骨，正长红小白，晕香涂色。铜驼巷陌，想游丝、飞絮无力。念绣窗、深锁红鸾，虚度禁烟寒食。　　空忆，象床沉水，凤枕屏山，殢欢尤惜。粉香狼藉，海棠下，东风急。自秦台箫咽，汉皋佩冷，断雨零云难觅。但杏梁、双燕归来，似曾旧识。

刘辰翁　　　瑞鹤仙·寿翁丹山

正丹翁初度，对花满江城，晓莺欲语。崆峒在何处，渐雨过农郊，劝耕问路。州人争觑，问坡老、重来是否。把看灯、传说风流，八境尽图新句。　　如许，老子文章，挥毫立马，脱靴嫌污。太平易作，听父老，歌襦袴。愿使君小住，五风十雨，重见一粰三黍。又天边、飞诏殷勤，说相将去。

周　密　　　瑞鹤仙·翠屏围昼锦

寄闲结吟台出花柳半空间，远迎双塔，下瞰六桥，标之曰，湖山绘幅，霞翁领客落成之。初筵，翁俾余赋词，主宾皆赏音。酒方行，寄闲出家姬侑尊，所歌则余所赋也。调闲婉而辞甚习，若素能之者。坐客惊诧敏妙，为之尽醉。越日过之，则已大书刻之危栋间矣

翠屏围昼锦，正柳织烟绡，花易春镜。层阑几回凭，看六桥莺晓，两堤鸥暝。晴岚隐隐，映金碧、楼台远近。谩曾夸、万幅丹青，画笔画应难尽。　　那更，波涵月彩，露裛莲妆，水描梅影。调朱弄粉，凭谁写，四时景。问玉奁西子，山眉波盼，多少浓施浅晕。算何如、付与吟翁，缓评细品。

赵　文　　　瑞鹤仙·刘氏园西湖柳

绿杨深似雨，西湖上、旧日晴丝恨缕。风流似张绪，羡春风依旧，年年眉妩。宫腰楚楚，倚画阑、曾斗妙舞。想而今似我，零落天涯，却悔相妒。　　痛绝长秋去后，杨白花飞，旧腔谁谱。年光暗度，凄凉事，不堪诉。记菩提寺路，段家桥水，何时重到梦处。况柔条老去，争奈系春不住。

熊　禾　　　瑞鹤仙·翠旗迎凤辇

翠旗迎凤辇，正金母、西游瑶台宝殿。蓬莱都历遍，□飘然来到，笙歌庭院。朱颜绿鬓，须尽道、人间罕见。更恰恰占得，美景良辰，小春天暖。　　开宴，画堂深处，银烛高烧，珠帘任卷。香浮宝篆，翻舞袖，掩歌扇。看兰孙桂子，成团成簇，共捧金荷齐劝。□从今、鹤算龟龄，天长地远。

蒋　捷　　　瑞鹤仙·红叶

缟霜霏霁雪，渐翠没凉痕，猩浮寒血。山窗梦凄切，短吟筇犹倚，莺边新樾。花魂未歇，似追惜、芳消艳灭。挽西风、再入柔柯，误染绀云成缬。　　休说，深题锦翰，浅泛琼漪，暗春曾泄。情条万结，依然是，未愁绝。最怜他，南苑空阶堆遍，人隔仙蓬怨别。锁芙蓉、小殿秋深，碎虫诉月。

蒋　捷　　瑞鹤仙·乡城见月

绀烟迷雁迹，渐断鼓零钟，街喧初息。风檠背寒壁，放冰蜍飞到，丝丝帘隙。琼瑰暗泣，念乡关、霜芜似织。漫将身、化鹤归来，忘却旧游端的。　　欢极，蓬壶蕖浸，花院梨溶，醉连春夕。柯云罢弈，樱桃在，梦难觅。劝清光，乍可幽窗相伴，休照红楼夜笛。怕人间、换谱伊凉，素娥未识。

蒋　捷　　瑞鹤仙·寿东轩立冬前一日

玉霜生穗也，渺洲云翠痕，雁绳低也。层帘四垂也，锦堂寒早近，开炉时也。香风递也，是东篱、花深处也。料此花、伴我仙翁，未肯放秋归也。　　嬉也，缯波稳舫，镜月危楼，酹琼酾也。笼莺睡也，红妆旋、舞衣也。待纱灯客散，纱窗日上，便是严凝序也。换青毡、小帐围春，又还醉也。

蒋　捷　　瑞鹤仙·友人买妾名雪香

素肌元是雪，向雪里带香，更添奇绝。梅花太孤洁，问梨花何似，风标难说。长洲漾楫，料鸳边、娇蓉乍折。对珠栊、自剪凉衣，爱把淡罗轻叠。　　清彻，螺心翠靥，龙吻琼涎，总成虚设。微微醉缬，窗灯晕，弄明灭。算银台高处，芳菲仙佩，步遍纤云万叶。觉来时、人在红帱，半廊界月。

张　炎　瑞鹤仙·赵文升席上代去姬写怀

楚云分断雨，问那回、因甚琴心先许。匆匆话离绪，正花房蜂闹，著春无处。残歌剩舞，尚隐约、当时院宇。黯消凝、铜雀深深，忍把小乔轻误。　　休赋，玉尊别后，老叶沉沟，暗珠还浦。欢游再数，能几日、采芳去。最无端做了，霎时娇梦，不道风流恁苦。把余情、付与秋蛩，夜长自语。

希　叟　　瑞鹤仙·燕堂秋未老

燕堂秋未老，正木樨香散，芙蓉红小。门阑瑞烟绕，望银河月暗，寿星偏照。碧霞道要，有真人、亲传最妙。况桃源旧约，重寻鬓发，胜如年少。　　缥缈，六铢衣降，九转丹成，五云齐到。十洲三岛，神仙路，终须到。对芝兰玉树，宝杯交劝，何惜玉山醉倒。看乘鸾跨鹤，归来洞天未晓。

无名氏　　瑞鹤仙·是欢声盈万户

是欢声盈万户，庆景陵礼毕，銮舆游步。西郊暖风布，喜湖山深锁，非烟非雾。传收绣羽，骅骝驰骤绒缕。望彤芳、稳稳金銮，衮鸾翔舞。　云驭，近回天陛，锡宴琼津，洪恩均顾。霞天向暮，翠华动，舞韶举。绛纱笼千点，星飞清禁，银烛交辉辇路。瑞光中、渺祝无疆，太平圣主。

无名氏　　瑞鹤仙·和李梅南

赏残陶径菊，正袅袅愁予，风凄露肃。何人抱幽独，更檐马锵金，廊鱼响木。此情谁属，向底处、骋怀游目。小窗前，频览菱花，一笑鬓丝犹绿。　萧索，故国云迷，佳人日暮，轻鞶倚竹。短钗敲玉，算几夜，恁孤宿。问旅情如许，怎生排遣，应费酒尊诗轴。最无端、谁隔西楼，正调弦促。

无名氏　　瑞鹤仙·寿提举

薰风送炎暑，正万品亨嘉，恢台当序。祥烟淡天宇，渐银蟾满魄，金茎凝露。奎躔壁度，见寒光、凌乱辉吐。记当年此际，真仙命世，恍惊飙驭。　荣遇，妙龄英发，腾实蜚声，早班郎署。歌喧五袴，更万里，期轩翥。暂乘轺揽辔，肃将王命，已洽百城休誉。愿从今、夕揭金瓯，永隆依注。

无名氏　　瑞鹤仙·寿夫人

五云翔碧汉，望卿月光中，老人星现。黄堂盛华宴，庆君恩、许奉安舆游衍。鹿城壮观，幸王母、人间得见。望君侯、彩服称觞，喜溢万家欢抃。　堪羡，一生福善，九秩康宁，万钟尊显。肩舁上殿，封两国、未应晚。管阴功、何止平反，一笑钧陶惠满。看瑶池、手种蟠桃，著花万遍。

无名氏　　瑞鹤仙·庆某氏八十

正迎长佳节，宴启华筵，有谁能说。子孙尽环列，见瑞香香袅，寿星明彻。丝丝华发，记瑶池、宴班曾接。笑人间、八十春秋，漫浪风花雪月。　奇绝，诗书教子，陶母等伦，曹家风烈。鼎来阴德，孙枝秀，桂枝折。便从今、一轴金花鸾锦，十藏琅函贝叶。是年年、秋月圆时，长生真诀。

无名氏　瑞鹤仙·庆生日又娶妻　八月初七

朔朝逾六后，正音调南吕，迎寒时候。香薰瑞烟袅，见门阑喜色，荣生多少。元来仙子，拥骖鸾、月宫飞到。会人间庆诞，风流俊杰，结成佳偶。　官好，班簪玉笋，名播中都，宠加宸诏。金瓯覆，黄扉青琐须环召。待平章事了，归来养浩，齐眉相对祝寿。愿长如、庆会双星，千秋偕老。

无名氏　瑞鹤仙·寿宫观待制　九月十三

正秋高气肃，过重阳四日，蓝田生玉。钟英自川渎，果文章锦绣，琅玕披腹。从容启沃，侍甘泉、无用推毂。急流勇退，向琳宫养浩，无荣无辱。　享福，欣逢华旦，对此倾觞，满倾醽醁。西园晚菊，尚堪摘、取余馥。有仙风道骨，康强仁寿，长生何待更祝。愿谢公、复起经纶，曹装已促。

无名氏　瑞鹤仙·寿王侍郎　九月廿七

过重阳三九，正日行析木，方移旦柳。天公爰黔首，念整顿乾坤，须还大手。蚌珠才剖，玉麒麟、世间希有。想当年，玉燕投怀，瑞气应冲牛斗。　非偶，节逢庆会，华渚虹流，北枢电绕。明良须偶，盈月第、分前后。念元鸟生商，嵩神孕甫，两听管弦新奏。愿年年、主圣臣贤，与天长久。

无名氏　瑞鹤仙·寿妇人七十三　十一月廿二

正迎长时节，细数来、两旬已浃，两朝方越。画堂人笑悦，见瑞烟香袅，寿星明彻。丝丝华发，问瑶池会客，几见桃结。才经八十，春秋不记，绛人年月。　奇绝，诗书教子，陶母等伦，曹家风烈。鼎来□德，儿孙尽、蓝袍客。便从今，一轴金花鸾锦，十藏琅函贝叶。愿常如、秋月圆时，长生真诀。

瑞鹤仙令

即《临江仙》，宋康与之词名《瑞鹤仙令》。详见《临江仙》条。

康与之　瑞鹤仙令·补足李重光词

樱桃落尽春归去，蝶翻金粉双飞。子规啼恨小楼西，曲屏珠箔晚，惆怅卷金泥。　　门巷寂寥人去后，望残烟草低迷。闲寻旧曲玉笙悲，关山千里恨，云汉月重规。

徐似道　　瑞鹤仙令·西子湖边春正好

西子湖边春正好，输他公子王孙。落花香趁马蹄温，暖烟桃叶渡，晴日柳枝门。　　中有能诗狂处士，闲将一鹤随轩。百钱买只下湖船，就他弦管里，醉过杏花天。

瑞鹧鸪

原本七言律诗，因唐人歌之，遂成词调。又名《十报恩》、《吹柳絮》、《得道阳》、《报师恩》、《舞春风》、《桃花落》、《鹧鸪词》、《鹧鸪曲》、《瑞鹧鸪慢》、《拾菜娘》、《天下乐》、《太平乐》、《五拍》。双调数体。有五十六字，上片四句、三平韵，下片四句、两平韵；尚有六十四字，上下片各五句、三平韵；还有八十六字，上下片各九句、五平韵等。

林　逋　　瑞鹧鸪·众芳摇落独鲜妍

众芳摇落独鲜妍，占尽风情向小园。疏影横斜水清浅，暗香浮动月黄昏。　　寒禽欲下先偷眼，粉蝶如知合断魂。幸有微吟可相狎，不须檀板共金尊。

柳　永　　瑞鹧鸪·宝髻瑶簪

宝髻瑶簪，严妆巧，天然绿媚红深。绮罗丛里，独逞讴吟。一曲阳春定价，何啻值千金。倾听处、王孙帝子，鹤盖成阴。　　凝态掩霞襟，动象板声声，怨思难任。嘹亮处，迥压弦管低沉。时恁回眸敛黛，空役五陵心。须信道、缘情寄意，别有知音。

柳　永　　瑞鹧鸪·吴会风流

吴会风流，人烟好，高下水际山头。瑶台绛阙，依约蓬丘。万井千闾富庶，雄压十三州。触处青蛾画舸，红粉朱楼。　　方面委元侯，致讼简时丰，继日欢游。襦温袴暖，已扇民讴。旦暮锋车命驾，重整济川舟。当恁时、沙堤路稳，归去难留。

柳　永　　　瑞鹧鸪·天将奇艳与寒梅

天将奇艳与寒梅，乍惊繁杏腊前开。暗想花神、巧作江南信，鲜染燕脂细翦裁。　　寿阳妆罢无端饮，凌晨酒入香腮。恨听烟坞深中，谁恁吹羌笛、逐风来，绛雪纷纷落翠苔。

柳　永　　　瑞鹧鸪·全吴嘉会古风流

全吴嘉会古风流，渭南往岁忆来游。西子方来、越相功成去，千里沧江一叶舟。　　至今无限盈盈者，尽来拾翠芳洲。最是簇簇寒村，遥认南朝路、晚烟收，三两人家古渡头。

晏　殊　　　瑞鹧鸪·咏红梅

越娥红泪泣朝云，越梅从此学妖嚬。腊月初头、庾岭繁开后，特染妍华赠世人。　　前溪昨夜深深雪，朱颜不掩天真。何时驿使西归，寄与相思客、一枝新，报道江南别样春。

晏　殊　　　瑞鹧鸪·江南残腊欲归时

江南残腊欲归时，有梅红亚雪中枝。一夜前村、间破瑶英拆，端的千花冷未知。　　丹青改样匀朱粉，雕梁欲画犹疑。何妨与向冬深，密种秦人路、夹仙溪，不待夭桃客自迷。

欧阳修　　　瑞鹧鸪·楚王台上一神仙

此词本李商隐诗，公尝笔于扇云，可入此腔歌之

楚王台上一神仙，眼色相看意已传。见了又休还似梦，坐来虽近远如天。　　陇禽有恨犹能说，江月无情也解圆。　更被春风送惆怅，落花飞絮两翩翩。

杜安世　　　瑞鹧鸪·夜来风雨损余芳

夜来风雨损余芳，数片衰红落槛傍。媚景背人容易去，半轩飞絮日空长。　　从来不信相思切，及至如今倍感伤。独立黄昏绣帘外，可堪新月露圆光。

苏　轼　　　瑞鹧鸪·观潮

碧山影里小红旗，侬是江南踏浪儿。拍手欲嘲山简醉，齐声争唱浪婆词。　　西兴渡口帆初落，渔浦山头日未攲。侬欲送潮歌底曲，尊前还唱使君诗。

苏　轼　　瑞鹧鸪·城头月落尚啼乌

城头月落尚啼乌，朱舰红船早满湖。鼓吹未容迎五马，水云先已漾双凫。　　映山黄帽螭头舫，夹岸青烟鹊尾炉。老病逢春只思睡，独求僧榻寄须臾。

仲　殊　　瑞鹧鸪·融融十月小春天

融融十月小春天，翼翼清都降圣贤。大抵龙飞云必动，请观二十七年前。　　方今龙又当天德，即日云将拥地仙。富(下缺)

周　纯　　瑞鹧鸪·一痕月色挂帘栊

一痕月色挂帘栊，梅影斜斜小院中。狂醉有心窥粉面，梦魂无处避香风。　　愁来梦楚三千里，人在巫山十二重。咫尺蓝桥无处问，玉箫声断楚山空。

葛胜仲　　瑞鹧鸪·和通判送别

两年人住岂无情，别乘辞华四水清。何事千钟勤饮饯，故知一别未能轻。　　解龟虽幸樊笼出，挂席还愁海汐平。江草江花都是泪，骊驹休作断肠声。

葛胜仲　　瑞鹧鸪·工部七月一日生辰

疑为《木兰花》

火云欲避金风至，秀气充闾初降瑞。去家丁令却归来，还燕悬弧当日地。　　金章紫绶身荣贵，寿福天储昌又炽。怪来一岁四迁官，还过当生元太岁。

李清照　　瑞鹧鸪·双银杏

风韵雍容未甚都，尊前甘橘可为奴。谁怜流落江湖上，玉骨冰肌未肯枯。　　谁教并蒂连枝摘，醉后明皇倚太真。居士擘开真有意，要吟风味两家新。

张元幹　　瑞鹧鸪·雏莺初啭斗尖新

雏莺初啭斗尖新，双蕊花娇掌上身。总解满斟偏劝客，多生俱是绮罗人。　　回波偷顾轻招拍，方响底敲更合纂。豆蔻梢头春欲透，情知巫峡待为云。

张元幹　　瑞鹧鸪·彭德器出示胡邦衡新句次韵

白衣苍狗变浮云，千古功名一聚尘。好是悲歌将进酒，不妨同赋惜余春。　　风光全似中原日，臭味要须我辈人。雨后飞花知底数，醉来赢取自由身。

邓　肃　　瑞鹧鸪·北书一纸惨天容

北书一纸惨天容，花柳春风不敢秾。未学宣尼歌凤德，姑从阮籍哭途穷。　　此身已落千山外，旧事回思一梦中。何日中兴烦吉甫，洗开阴翳放晴空。

葛立方　　瑞鹧鸪·小孙周晬席上作

榴花庭院戏氍毹，水剪双眸画不如。莫恨未能通瑟僩，只今先已辩之无。　　虎睛浅缀新花帽，龙脑浓熏小绣襦。乃祖未须贻厥力，及时须读五车书。

侯　寘　　瑞鹧鸪·送晁伯如舅席上作

遥天拍水共空明，玉镜开奁特地晴。极目秋容无限好，举头醉眼暂须醒。　　白眉公子催行急，碧落仙人著句清。后夜萧萧葭苇岸，一尊独酌见离情。

赵彦端　　瑞鹧鸪·为婶寿

芙蓉池馆一重重，留得黄花寿斝中。春到小春如有信，月临良月正相同。　　芝兰美应瑶阶瑞，蘋藻香吹翠沼风。此夜隔墙闻凤管，人间元自胜蟾宫。

赵彦端　　瑞鹧鸪·榴花五月眼边明

榴花五月眼边明，角簟流冰午梦清。江上扁舟停画桨，云间一笑濯尘缨。　　主人杯酒留连意，倦客关河去住情。都付驿亭今日水，伴人东去到江城。

姚述尧　　瑞鹧鸪·司花著意惜春光

王清叔赏海棠。翌日，赵顺道再翦数枝约同舍小集。且云：春已过半，桃杏皆飘零，惟此花独芳，尤不可孤。因索再赋

司花著意惜春光，桃杏飘零此独芳。一抹霞红匀醉脸，恼

人情处不须香。　　王孙好客成巢饮，故翦繁枝簇画堂。后夜更将银烛照，美人敛衽怯残妆。

尤　袤　　　　瑞鹧鸪·落梅

梁溪西畔小桥东，落叶纷纷水映空。五夜客愁花片里，一年春事角声中。　　歌残玉树人何在，舞破山香曲未终。却忆孤山醉归路，马蹄香雪衬东风。

尤　袤　　　　瑞鹧鸪·海棠

两行芳蕊傍溪阴，一笑嫣然抵万金。火齐照林光灼灼，彤霞射水影沉沉。　　晓妆无力胭脂重，春醉方酣酒晕深。定自格高难著句，不应工部总无心。

张孝祥　　瑞鹧鸪·香佩潜分紫绣囊

香佩潜分紫绣囊，野塘波急折鸳鸯。春风灞岸空回首，落日西陵更断肠。　　雪下哦诗怜谢女，花间为令胜潘郎。从今千里同明月，再约圜时拜夜香。

郭世模　　　　瑞鹧鸪·席上

倾城一笑得人留，舞罢娇娥敛黛愁。明月宝鞲金络臂，翠琼花珥碧搔头。　　晴云片雪腰肢袅，晚吹微波眼色秋。清露亭皋芳草绿，轻绡软挂玉帘钩。

吕胜己　　　瑞鹧鸪·登博见楼作

与君蹑足共凭阑，俯视周回四面山。目静鲁邦心渺渺，气吞梦泽意闲闲。　　烟云变化更明晦，乌鹊忘机互往还。唤取黄尘冠盖客，暂来徙倚片时间。

吕胜己　　瑞鹧鸪·几时芟棘翦蒿蓬

几时芟棘翦蒿蓬，付我天然地一弓。乔木茂林森耸耸，遥岑叠嶂碧重重。　　水心台榭超尘表，楼上乾坤跨域中。黄鹤巴陵千古事，那知不是此衰翁。

赵长卿　　　　瑞鹧鸪·遣情

宝奁常见晓妆时，面药香融傅口脂。扰扰亲曾撩绿鬓，纤纤巧与画新眉。　　浓欢已散西风远，忆泪无多为你垂。各自从今好消遣，莫将红叶浪题诗。

赵长卿　　瑞鹧鸪·寓意

结丝千绪不胜愁，莫怪安仁鬓早秋。檀口未歌先揾泪，柳眉将敛半凝羞。　　杯倾潋滟送行酒，岸舣飘飖欲去舟。待得名登天府后，归来茱菊映钗头。

辛弃疾　　瑞鹧鸪·京口有怀山中故人

暮年不赋短长词，和得渊明数首诗。君自不归归甚易，今犹未足足何时。　　偷闲定向山中老，此意须教鹤辈知。闻道只今秋水上，故人曾榜北山移。

辛弃疾　瑞鹧鸪·京口病中起登连沧观偶成

声名少日畏人知，老去行藏与愿违。山草旧曾呼远志，故人今又寄当归。　　何人可觅安心法，有客来观杜德机。却笑使君那得似，清江万顷白鸥飞。

辛弃疾　　瑞鹧鸪·胶胶扰扰几时休

胶胶扰扰几时休，一出山来不自由。秋水观中山月夜，停云堂下菊花秋。　　随缘道理应须会，过分功名莫强求。先自一身愁不了，那堪愁上更添愁。

辛弃疾　　瑞鹧鸪·乙丑奉祠归舟次余干赋

江头日日打头风，憔悴归来邴曼容。郑贾正应求死鼠，叶公岂是好真龙。　　孰居无事陪犀首，未办求封遇万松。却笑千年曹孟德，梦中相对也龙钟。

辛弃疾　　瑞鹧鸪·期思溪上日千回

期思溪上日千回，樟木桥边酒数杯。人影不随流水去，醉颜重带少年来。　　疏蝉响涩林逾静，冷蝶飞轻菊半开。不是长卿终慢世，只缘多病又非才。

程　垓　　瑞鹧鸪·瑞香

东风冷落旧梅台，犹喜山花拂面开。绀色染衣春意静，水沉熏骨晚风来。　　柔条不学丁香结，矮树仍参茉莉栽。安得方盆栽幽植，道人随处作香材。

程　垓　　　　**瑞鹧鸪·春日南园**

门前杨柳绿成阴，翠坞笼香径自深。迟日暖熏芳草眼，好风轻撼落花心。　　无多春恨莺难语，最晚朝眠蝶易寻。惟有狂酲不相贷，酿成憔悴到如今。

黄人杰　　**瑞鹧鸪·江梅还是嫁东风**

江梅还是嫁东风，夜半春心一点融。知道个人生此日，暗香浮雪荐金钟。　　阳春一曲无他愿，长愿梅花似玉容。教见夫荣并子贵，与梅同过百年冬。

卢　炳　　**瑞鹧鸪·客里惊嗟又岁除**

除夜，依逆旅主人，寒雨不止，夜酌

客里惊嗟又岁除，萧萧寒雨滴茅庐。山深溪转泉声碎，夜永风摇烛影孤。　　冷甚只多烧木叶，诗成无处写桃符。强酬节物聊清酌，今岁屠苏自取疏。

韩　淲　　**瑞鹧鸪·南兰陵郡鹧鸪词**

辛镇江有长短句，因韵偶成，愧非禹步尔

南兰陵郡鹧鸪词，底用登临更赋诗。贵不能淫非一日，老当益壮未多时。　　人间天上风云会，眼底眉前岁月知。只有海门横北固，宦情随牒想推移。

李廷忠　　**瑞鹧鸪·洛浦风光烂漫时**

洛浦风光烂漫时，千金开宴醉为期。花方著雨犹含笑，蝶不禁寒总是痴。　　香腮擎吐浓华艳，不随桃李竞春菲。东君自有回天力，看把花枝带月归。

徐　照　　**瑞鹧鸪·雨多庭石上苔文**

雨多庭石上苔文，门外春光老几分。为把旧书藏宝带，误翻残酒湿绡裙。　　风头花片难装缀，愁里莺声怯听闻。恰似翦刀裁破恨，半随妾处半随君。

方　岳　　**瑞鹧鸪·中元过后恰三朝**

中元过后恰三朝，因甚庭闱喜气飘。李谪若非当此夕，申生应是在今宵。　　满斟绿醑歌檀口，慢拍红牙舞柳腰。富贵荣华谁得似，祝公千岁乐逍遥。

史　铸　　　瑞鹧鸪·咏桃花菊

底事秋英色厌黄，喜行春令借红妆。谢天分付千年品，特地搀先九日香。　　陶令骇观须把酒，崔生瞥见误成章。蜂情蝶思兼迷了，采蕊还如媚景忙。

彭元逊　　　瑞鹧鸪·背人西去一莺啼

背人西去一莺啼，拍手还惊百舌飞。浅雨微寒春有思，宿妆残酒欲忺时。　　䴔䴖浪起蒲茸暖，翡翠风来柳絮低。故遣苍头寻杏子，凭肩小语只心知。

彭元逊　　　瑞鹧鸪·东洲游伴寄兰苕

东洲游伴寄兰苕，人日晴时不用招。微雨来看杨柳色，故人相遇浴龙桥。　　愁如春水年年长，老共东风日日消。几欲作笺无可寄，双鱼犹自等归潮。

华　岳　　　瑞鹧鸪·挑尽银缸半夜花

挑尽银缸半夜花，拍帘风劲卷龙沙。香传梅福深深意，春在钱塘小小家。　　鸳被半闲才子恨，莺簧初转史君夸。归来醉体娇无力，压尽名园无限花。

华　岳　　　瑞鹧鸪·华月楼前见玉容

华月楼前见玉容，凤钗斜裾鬓云松。梅花体态香凝雪，杨柳腰肢瘦怯风。　　几向白云寻楚□，难凭红叶到吴宫。别来风韵浑如旧，犹恐相逢是梦中。

赵希蓬　　　瑞鹧鸪·强将纸帐醉梅花

强将纸帐醉梅花，千劫应知作热沙。梦逐梨云迷去路，曲随杨柳到伊家。　　客怀暗遣心头恨，醉眼休将口上夸。清晓酒醒人不见，离愁片片逐飞花。

赵希蓬　　　瑞鹧鸪·把定离觞不肯斟

把定离觞不肯斟，闻君未醉尽衷情。丁香空结千般恨，柳线难萦一片心。　　只把文章酬素愿，莫贪歌舞阻归程。凭君试问湘江竹，斑是阿谁旧染成。

赵希蓬　　瑞鹧鸪·长亭无路对孤斟

长亭无路对孤斟，自古离家三日情。慷慨要酬平昔志，猖狂休起少年心。　　兰闺寂寂空回首，松盖亭亭认去程。展转清宵成不寐，巫山有梦几时成。

赵希蓬　　瑞鹧鸪·温柔乡里睹春容

温柔乡里睹春容，无语闲将脚带松。魂梦阳台迷暮雨，丰姿洛浦挹仙风。　　追陪梅下黄昏路，仿佛槐安富贵宫。旧恨上心空有感，扫除全付一杯中。

汪元量　　瑞鹧鸪·内家雨宿日辉辉

内家雨宿日辉辉，夹道桃花张锦机。黄纛软舆抬圣母，红罗凉伞罩贤妃。　　龙舟缥缈摇红影，羯鼓喧哗撼绿漪。阿监柳亭排燕处，美人斗把玉箫吹。

李夫人　　瑞鹧鸪·新晴庭院暑风轻

新晴庭院暑风轻，瑞气朝来特地清。霞帔羽衣�竹杖，萱堂真有寿星明。　　自来忠孝传家世，所以芝兰满户庭。簪笏成行称寿处，老来皆已鬓星星。

无名氏　　瑞鹧鸪·临鸾常恁整妆梅

临鸾常恁整妆梅，枝枝仙艳月中开。可杀天心、故与多端丽，那更罗衣峭窄裁。　　几回瞻觑魂消黯，芙蕖匀透双腮。好将心事、都分付与，时暂到、小庭来，玉砌红芳点绿苔。

无名氏　　瑞鹧鸪·蜡梅

汉宫铅粉净无痕，蜡点寒梢水畔村。忍犯冰霜欺竹柏，肯同雪月吊兰荪。　　骚人咏去清诗健，驿使传来旧典存。病眼浑疑春思早，一枝聊洗画图昏。

无名氏　　瑞鹧鸪·蜡点梅花

柳未回青兰未芽，谁知此物在君家。绿窗借得先春手，黄蜡吹成耐冻花。　　衣麝暗薰香仿佛，山蜂误认影横斜。凭君说与徐熙道，翰墨从今不足夸。

无名氏　　瑞鹧鸪·贺人螟子

试问谢庭兰与芝，根花何似接花奇。琼蕤不自香闺种，桂种当从月地移。　　须信祝螟成蜾蠃，那须梦虺及熊罴。夜来梦报蟾宫籍，新注江家五岁儿。

无名氏　　瑞鹧鸪·贺宗室子满月

璇源一派接天流，秀毓君家公共侯。满月佳时近重九，生朝令节踵千秋。　　旦评指日腾佳誉，蟾苑他年快壮游。气宇如今复何似，相应十倍虎窥牛。

瑞鹧鸪慢

即《瑞鹧鸪》，详见《瑞鹧鸪》条。

无名氏　　瑞鹧鸪慢·海东今日太平天

海东今日太平天，喜望龙云庆会筵。尾扇初开明黼座，画帘高卷罩详烟。　　梯航交凑端门外，玉帛森罗殿陛前。妾献皇龄千万岁，封人何更祝遐年。

无名氏　　瑞鹧鸪慢·慢嗺子

北暴东顽，纳款慕义争来。日新君德更明哉，歌叹载衢街。　　清宁海宇无余事，乐与民同燕春台。一年一度上元回，愿醉万年杯。

瑞庭花引

调见《诗渊》宋莫蒙词。双调，八十六字。上片九句、四仄韵，下片十一句、四仄韵。

莫　蒙　　瑞庭花引·对画帘卷

对画帘卷，正钩挂虾须细锦幄。展凤屏，开朱户。初启宝兽，香飘龙麝，袅袅烟成穗。神仙宴满座，瑞色笼金翠。

□□□窈窕，秦娥唱，行云散，梁□坠。花满帽，酒盈樽，长富长贵。唯愿如松似□，永保千秋岁。红日晚笙歌，拥入瑶池醉。

鼓笛令

调见宋黄庭坚《山谷集》。双调，五十五字，上下片各四句、四仄韵。

黄庭坚　　鼓笛令·戏咏打揭

酒阑命友闲为戏，打揭儿、非常惬意。各自输赢只赌是，赏罚采、分明须记。　小五出来无事，却跋翻和九底。若要十一花下死，管十三、不如十二。

黄庭坚　　鼓笛令·宝犀未解心先透

宝犀未解心先透，恼杀人、远山微皱。意淡言疏情最厚，枉教作、著行官柳。　小雨勒花时候，抱琵琶、为谁清瘦。翡翠金笼思珍偶，忽拚与、山鸡僝僽。

黄庭坚　　鼓笛令·见来两个宁宁地

见来两个宁宁地，眼厮打、过如拳踢。恰得尝些香甜底，苦杀人、遭谁调戏。　腊月望州坡上地，冻著你、影䯼村鬼。你但那些一处睡，烧沙糖、管好滋味。

黄庭坚　　鼓笛令·见来便觉情于我

见来便觉情于我，厮守著、新来好过。人道他家有婆婆，与一口、管教屎磨。　副靖传语木大，鼓儿里、且打一和。更有些儿得处啰，烧沙糖、香药添和。

朱敦儒　　鼓笛令·纸帐绸衾忒暖

纸帐绸衾忒暖，尽自由、横翻倒转。睡觉西窗灯一盏，恰听打、三更三点。　残梦不须深念，这些个、光阴煞短。解散缰绳休系绊，把从前、一笔句断。

鼓笛慢

即《水龙吟》，宋欧阳修词名《鼓笛慢》，见《醉翁琴趣外篇》卷一。详见《水龙吟》条。

欧阳修　　鼓笛慢·缕金裙窣轻纱

缕金裙窣轻纱，透红莹玉真堪爱。多情更把，眼儿斜盼，眉儿敛黛。舞态歌阑，困偎香脸，酒红微带。便直饶、更有丹青妙手，应难写、天然态。　长恐有时不见，每饶伊、百般娇騃。眼穿肠断，如今千种，思量无奈。花谢春归，梦回云散，欲寻难再。暗消魂，但觉鸳衾凤枕，有余香在。

黄庭坚　　鼓笛慢·黔守曹伯达供备生日

早秋明月新圆，汉家戚里生飞将。青骢宝勒，绿沉金锁，曾瞻天仗。种德江南，宣威西夏，合宫陪享。况当年定计，昭陵与子，勋劳在、诸公上。　千骑风流年少，暂淹留、莫辜清赏。平坡驻马，虚弦落雁，思临虏帐。遍舞摩围，递歌彭水，拂云惊浪。看朱颜绿鬓，封侯万里，写凌烟像。

秦　观　　鼓笛慢·乱花丛里曾携手

乱花丛里曾携手，穷艳景，迷欢赏。到如今谁把，雕鞍锁定，阻游人来往。好梦随春远，从前事、不堪思想。念香闺正杳，佳欢未偶，难留恋、空惆怅。　永夜婵娟未满，叹玉楼、几时重上。那堪万里，却寻归路，指阳关孤唱。苦恨东流水，桃源路、欲回双桨。仗何人，细与丁宁问呵，我如今怎向。

孔　榘　　鼓笛慢·数枝凌雪乘冰

数枝凌雪乘冰，嫩英半吐琼酥点。南州故苑，何郎遗咏，风台月观。疏影横斜，暗香浮动，水寒云晚。笑浮花浪蕊，娇春万里，空零落、愁莺燕。　游子寂寥暮景，向天边、几回相见。玉人纤手，殷勤攀赠，欲行微盼。越使归来，汉宫妆罢，昭华流怨。念湘江梦杳，窗前疑是，此情何限。

吕渭老　　鼓笛慢·拍肩笑别洪崖

拍肩笑别洪崖，共看紫海还清浅。蓬壶旧约，人间舒笑，桃红千遍。去岁争春，今年逼腊，满空飘霰。渐横枝照水，清绿弄日，都点缀、江南岸。　　须吸百川为寿，卷恩波、已倾银汉。戎袍拥戟，万钉围带，天孙新眷。十里尘香，五更弦月，未收弦管。正秦筝续谱，宫箫定拍，候来冬按。

赵长卿　　鼓笛慢·暑风吹雨仙源过

甲申五月，仙源试新水。雨过丝生，荷香袭人，因感而赋此词。时病眼

暑风吹雨仙源过，深院静，凉于水。莲花郎面，翠幢红粉，烘人香细。别院新番，曲成初按，词清声腕。奈难堪羞涩，朦松病眼，无心听、笙簧美。　　还记当年此际，叹飘零、萍踪千里。楚云寂寞，吴歌凄切，成何情意。因念而今，水乡潇洒，风亭高致。对花前可是，十分蒙斗，肯辜欢醉。

无名氏　　鼓笛慢·雪霏冰结霜凝

雪霏冰结霜凝，是谁透得春工意。南枝向暖，江边岭上，独先众卉。闲态幽姿，绿窗红蒂，粉英金蕊。念冰肤秀骨，人间要见，除非是、真仙子。　　羌管且休横吹，待佳人、新妆初试。鸾台晓鉴，人花相对，何须更比。疏影横斜，暗香浮动，月低风细。又岂知，渐结枝头翠玉，有和羹美。

无名氏　　鼓笛慢·去年今日关山路

去年今日关山路，疏雨断魂天气。据鞍惊见，梅花的皪，篱边水际。一枝折得，雪妍冰丽，风梳雨洗。正水村山馆，倚阑愁寄，有多少、春情意。　　好是孤芳莫比，自不分、歌梁舞地。砌香砌影，高禅文友，清谈相对。琴韵初调，茗瓯催瀹，炉薰欲试。向此时，一段风流，付与晋人标致。

无名氏　　鼓笛慢·淡烟池馆

淡烟池馆，霜飙乍紧，又是年华暮。黄花老尽，丹枫舞困，江梅初吐。点缀南枝，暗传春信，玉苞微露。凭危阑空断，谁家素脸，遥山远、空凝伫。　　昨夜一枝开处，正前

村、雪深幽曙。看来只恐，瑶台云散，玉京人去。庾岭寒余，汉宫妆晓，飞堆行雨。仗谁人惜取，孤芳雅致，作春光主。

鹊桥仙

《风俗记》：“七夕，织女当渡河，使鹊为桥。”此调原系咏牛郎织女七夕相会事。因欧阳修词中有“鹊迎桥路接天津”句，取以为调名。又名《鹊桥仙令》、《忆人人》、《金风玉露相逢曲》、《广寒秋》、《秦楼月》、《梅已谢》、《鞓红》、《满朝欢》、《蕙香囊》。双调数体。有五十六字，上下片各五句、两仄韵；尚有五十七字，上下片各五句、两仄韵；还有八十八字，上片十句、四仄韵，下片八句、七仄韵等。

柳　永　　　　**鹊桥仙·届征途**

届征途，携书剑，迢迢匹马东去。惨离怀，嗟少年易分难聚。佳人方恁缱绻，便忍分鸳侣。当媚景，算密意幽欢，尽成轻负。　　此际寸肠万绪，惨愁颜、断魂无语。和泪眼、片时几番回顾。伤心脉脉谁诉，但黯然凝伫。暮烟寒雨，望秦楼何处。

张　先　　　　**鹊桥仙·星桥火树**

星桥火树，长安一夜，开遍红莲万蕊。绮罗能借月中春，风露细、天清似水。　　重城闭月，青楼夸乐，人在银潢影里。画屏期约近收灯，归步急、双鸳欲起。

石延年　　　　**鹊桥仙·七夕词**

一分素景，千家新月，凉露楼台遍洗。　　宝奁深夜结蛛丝，纴五孔、金针不寐。

欧阳修　　　　**鹊桥仙·月波清霁**

月波清霁，烟容明淡，灵汉旧期还至。鹊迎桥路接天津，映夹岸、星榆点缀。　　云屏未卷，仙鸡催晓，肠断去年情味。多应天意不教长，恁恐把、欢娱容易。

杜安世　　　　**鹊桥仙·别离情绪**

别离情绪，多方开解，却免厌厌似醉。楼高终日倚阑干，目断有、千山万水。　　妖娆薄媚，不禁抛摆，渐觉肌肤瘦悴。当初相见偶然间，不唤作、如今恁地。

杜安世　　　鹊桥仙·日长天气

日长天气，深深庭院，又是春愁滋味。池边昨夜雨兼风，战红杏、余香乱坠。　　阴阴亭榭，暖烟轻柳，万缕黄金窣地。一双新燕却重来，但暗把、罗巾掩泪。

苏　氏　　　鹊桥仙·寄季顺妹

星移斗转，玉蟾西下，渐觉东郊向晓。马嘶人语隔霜林，望千里、长安古道。　　珠宫姊妹，相逢方信，别后十分瘦了。上林归去正花时，争奈向、花前又老。

韦　骧　　　鹊桥仙·岁华将暮

岁华将暮，寒林萧索，极目冻云垂地。官梅忽见一枝芳，便顿觉、新春情味。　　小筵开处，歌喉清婉，舞态蹁跹争媚。沈腰潘鬓两休论，共举白、何须惜醉。

王仲甫　　　鹊桥仙·忆得延州

忆得延州，旧曾相见，东城近东下住。被若著意引归家，放十分、以上抬举。　　小样罗衫，淡红拂过，风流万般做处。怕伊蓦地忆人时，梦中来、不要迷路。

苏　轼　　　鹊桥仙·七夕

缑山仙子，高情云渺，不学痴牛骇女。风箫声断月明中，举手谢、时人欲去。　　客槎曾犯，银河微浪，尚带天风海雨。相逢一醉是前缘，风雨散、飘然何处。

苏　轼　　　鹊桥仙·七夕和苏坚韵

乘槎归去，成都何在，万里江沱汉漾。与君各赋一篇诗，留织女、鸳鸯机上。　　还将旧曲，重赓新韵，须信吾侪天放。人生何处不儿嬉，看乞巧、朱楼彩舫。

李之仪　　　鹊桥仙·风清月莹

风清月莹，天然标韵，自是闺房之秀。情多无那不能禁，常是为、而今时候。　　绿云低拢，红潮微上，画幕梅寒初透。一般偏更恼人深，时更把、眉儿轻皱。

李之仪　　　鹊桥仙·宿云收尽

宿云收尽，纤尘不警，万里银河低挂。清冥风露不胜寒，无计学、双鸾并驾。　　玉徽声断，宝钗香远，空赋红绫小砑。庾郎知有几多愁，怎奈向、月明今夜。

舒　亶　　　鹊桥仙·吕使君饯会

教来歌舞，接成桃李，尽是使君指似。如今装就满城春，忍便拥、双旌归去。　　莺心巧啭，花心争吐，无计可留君住。两堤芳草一江云，早晚是、西楼望处。

黄庭坚　　　鹊桥仙·次东坡七夕韵

八年不见，清都绛阙，望河汉、溶溶漾漾。年年牛女恨风波，拚此事、人间天上。　　野麋丰草，江鸥远水，老去惟便疏放。百钱端欲问君平，早晚具、归田小舫。

黄庭坚　　　鹊桥仙·席上赋七夕

朱楼彩舫，浮瓜沉李，报答风光有处。一年尊酒暂时同，别泪作、人间晓雨。鸳鸯机综，能令侬巧，也待乘槎仙去。若逢海上白头翁，共一访、痴牛骙女。

晁端礼　　　鹊桥仙·多情应解

多情应解，留连春意，满地萦花惹絮。王孙何在不归来，又遍满、闲门要路。　　咸阳原上，姑苏台下，肠断绿波南浦。迢迢归思碧连云，解送我、春山尽处。

晁端礼　　　鹊桥仙·从来因被

从来因被，薄情相误，误得人来已怕。那回时、有愿不昏沉，甚近日、依前又也。　　你莫搁就，假随人便，却骑墙两下。自家懑、都望有前程，背地里、莫教人咒骂。

秦　观　　　鹊桥仙·纤云弄巧

纤云弄巧，飞星传恨，银汉迢迢暗度。金风玉露一相逢，便胜却、人间无数。　　柔情似水，佳期如梦，忍顾鹊桥归路。两情若是久长时，又岂在、朝朝暮暮。

谢　逸　　　　鹊桥仙·蝶飞烟草

蝶飞烟草，莺啼云树，满院垂杨阴绿。轻风飘散杏梢红，更吹皱、池波如縠。　　珠帘日晚，银屏人散，楼上醉横霜竹。一春若道不相思，缘底事、红绡褪玉。

毛　滂　　　　鹊桥仙·春院

红摧绿剉，莺愁蝶怨，满院落花风紧。醉乡好梦恰瞢腾，又冷落、一成吹醒。　　柔红不耐，暗香犹好，觑著翻成不忍。春心减尽眼长闲，更肯被、游丝牵引。

毛　滂　　　　鹊桥仙·烛下看花

水精帘外，沉香阑畔，新下红油画幕。百花何处避芳尘，便独自、将春占却。　　月华淡淡，夜寒森森，犹把红灯照著。醉时从醉不归家，贤守定、不教冷落。

谢　薖　　　　鹊桥仙·月胧星淡

月胧星淡，南飞乌鹊，暗数秋期天上。锦楼不到野人家，但门外、清流叠嶂。　　一杯相属，佳人何在，不见绕梁清唱。人间平地亦崎岖，叹银汉、何曾风浪。

葛胜仲　　　　鹊桥仙·七夕之一

鹊桥仙偶，天津轻渡，却笑嫦娥孤皎。平时五夜似经年，问何事、今宵便晓。　　云车将驾，神夫留恋，更吐心期多少。支机休浪与闲人，莫倚赖、芳心素巧。

葛胜仲　　　　鹊桥仙·七夕之二

凉飙破暑，清歌萦坐，缺月稀星庭户。瓜华草草具杯盘，喜共浥、初筵零露。　　天孙东处，牵牛西望，劝汝一杯清醑。精灵何必待秋通，为一洗、朦胧今古。

张继先　　　　鹊桥仙·寄朋权

神清心妙，山长水远，有分何年瞻望。晴空一月彩云飞，又起我、无穷想像。　　一阳门径，九华恩露，惟愿分明指向。竹风频起紫微烟，似有意、许归吾党。

刘一止　　　　鹊桥仙·春风真个

春风真个，取将花去，酬我清阴满院。名园清昼漏籤迟，未肯负、酒朋歌伴。　　使君情在，暮云合处，卧看碧峰峨弁。向来魂梦几曾真，休怨断、楼高不见。

王庭珪　　　　鹊桥仙·云静天高

云静天高，山明水阔，一年待个中秋月。十分魄少一分圆，今宵已觉蟾光别。　　且尽金尊，遥瞻玉阙，更深江水沙如雪。来宵风雨不相关，重须买酒追佳节。

朱敦儒　　　　鹊桥仙·溪清水浅

溪清水浅，月胧烟澹，玉破梅梢未遍。横枝依约影如无，但风里、空香数点。　　乘风欲去，凌波难住，谁见红愁粉怨。夜深青女湿微霜，暗香散、广寒宫殿。

朱敦儒　　　　鹊桥仙·十月黄菊

今年冬后，黄花初绽，莫怪时光较晚。晓来玉露浥芳丛，莹秀色、无尘到眼。　　支筇驻屐，徘徊篱畔，弄酌金杯自泛。须添罗幕护风霜，要留与、疏梅相见。

朱敦儒　　　　鹊桥仙·姮娥怕闹

姮娥怕闹，银蟾传令，且与遮鸾翳凤。直须人睡俗尘清，放云汉、冰轮徐动。　　山翁散发，披衣松下，琴奏瑶池三弄。曲终鹤警露华寒，笑浊世、饶伊做梦。

朱敦儒　　　　鹊桥仙·携琴寄鹤

携琴寄鹤，辞山别水，乘兴随云做客。囊中欲试紫金丹，待点化、鸾红凤碧。　　谁知到此，玉梯无路，天上难通消息。不如却趁白云归，免误使、山英扫迹。

朱敦儒　　鹊桥仙·康州同子权兄弟饮梅花下

竹西散策，花阴围坐，可恨来迟几日。披香不觉玉壶空，破酒面、飞红半湿。　　悲歌醉舞，九人而已，总是天涯倦客。东风吹泪故园春，问我辈、何时去得。

朱敦儒　　鹊桥仙·和李易安金鱼池莲

白鸥欲下，金鱼不去，圆叶低开蕙帐。轻风冷露夜深时，独自个、凌波直上。　　幽阑共晚，明珰难寄，尘世教谁将傍。会寻织女趁灵槎，泛旧路、银河万丈。

李　祁　　鹊桥仙·春阴淡淡

春阴淡淡，春波渺渺，帘卷花稍香雾。小舟谁在落梅村，正梦绕、清溪烟雨。　　碧山学士，云房娇小，须要五湖同去。桃花流水鳜鱼肥，恰趁得、江天佳处。

向子諲　　鹊桥仙·合卺风流

合卺风流，擘钗情态，压倒痴牛騃女。今年云外果深期，想却笑、人间离苦。　　萦愁叠恨，青山绿水，杳杳重重无数。寻常犹有梦能来，到此夜、无寻梦处。

向子諲　　鹊桥仙·七夕

澄江如练，远山横翠，一段风烟如画。层楼杰阁倚晴空，疑便是、支矶石下。　　宝奁琼鉴，淡匀轻扫，纤手弄妆初罢。拟将心事问天公，与牛女、平分今夜。

向子諲　　鹊桥仙·飞云多态

飞云多态，凉飔微度，都到酒边歌处。冰肌玉骨照人寒，更做弄、一帘风雨。　　同槃风味，合欢情思，不管星娥猜妒。桃花溪水接银河，与占断、鹊桥归路。

张元幹　　鹊桥仙·靓妆艳态

靓妆艳态，娇波流盼，双靥横涡半笑。尊前烛畔粉生光，更低唱、新翻转调。　　花房结子，冰枝清瘦，醉倚香浓寒峭。雏莺新啭上林声，惊梦断、池塘春草。

吕渭老　　鹊桥仙·西风不落

西风不落，薄衾孤枕，记起花时些个。宿愁新恨两关心，说道理、分疏不可。　　别愁如絮，佳期何在，古屋萧萧灯火。打窗风雨又何消，梦未就、依前惊破。

王之道　　鹊桥仙·霜风擢霁

霜风擢霁，云涛涨晚，更觉我心弥壮。一尊谁与醉西风，辄莫负、高吟胜赏。　致君才术，康时事业，到底不容闲放。十年湖海哄樵歌，何幸出、阳春绝唱。

王之道　　鹊桥仙·七夕

断虹霁雨，余霞送日，帘卷西楼月上。银河风静夜无波，天亦为、云軿相访。　蛛丝有恨，鹊桥何处，回首又成惆怅。长江滚滚向东流，写不尽、别离情状。

杨无咎　　鹊桥仙·云容掩帐

云容掩帐，星辉排烛，待得鹊成桥后。匆匆相见夜将阑，更应副、家家乞巧。　经年怨别，霎时欢会，心事如何可了。朝朝暮暮是佳期，乍可在、人间先老。

史　浩　　鹊桥仙·七夕

金乌玉兔，时当几望，只是光明相与。天孙河鼓事应同，又岂比、人间男女。　精神契合，风云交际，不在一宵欢聚。乘槎曾得问星津，为我说、因缘如此。

曾　觌　　鹊桥仙·同舍郎载酒见过，醉后作

菊花小摘，西风斜照，帘影轻笼暝色。玉尊侧倒莫辞空，□满座、宾朋弁侧。　乡邦万里，北来年少，几个如今在得。扶头一任且留连，叹人世、光阴半百。

曾　觌　　鹊桥仙·娇波媚靥

娇波媚靥，尊前席上，只是寻常梳裹。温柔伶俐总天然，没半掏、教人看破。　从来可恁，痴迷著相，百计消除不过。烟花不是不曾经，放不下、唯他一个。

韩元吉　　鹊桥仙·菊花黄后

菊花黄后，山茶红透，南国小春时候。蓬山高处绿云间，有一个、仙官诞秀。　精神龟媚，骨毛鹤瘦，落落人中星斗。殷勤自折早梅芳，调一鼎、和羹为寿。

朱淑真　　　　　鹊桥仙·七夕

巧云妆晚，西风罢暑，小雨翻空月坠。牵牛织女几经秋，尚多少、离肠恨泪。　　微凉入袂，幽欢生座，天上人间满意。何如暮暮与朝朝，更改却、年年岁岁。

张　抡　　　　　鹊桥仙·远公莲社

远公莲社，流传图画，千古声名犹在。后人多少继遗踪，到我便、失惊打怪。　　西方未到，官方先到，冤我白衣吃菜。龙华三会愿相逢，怎敢学、他家二会。

侯　寘　　　　　鹊桥仙·和蔡子周

鹤发萧森，玉颜腴润，养就黄芽金鼎。一区松菊老湘滨，但心远、何妨人境。　　衮衣家世，鸣鸾歌舞，到了春冰消尽。不须惆怅梦中身，这彩选、输赢谁省。

赵彦端　　　　　鹊桥仙·来时夹道

来时夹道，红罗步障，已换青丝翠羽。春愁元自逐春来，却不肯、随春归去。　　千觞美酒，十分幽事，归到只愁风雨。凭谁传语牡丹花，为做取、东君些主。

赵彦端　　　鹊桥仙·正月二十三日秀野堂作

江梅仙去，蜡梅蜂化，只有缃梅呈秀。不知春在阿谁边，试与问、青青杨柳。　　小园幽事，中都风味，斗草分香依旧。东风莫谩送扁舟，为管取、轻寒罗袖。

赵彦端　　　　鹊桥仙·送路勉道赴长乐

留花翠幕，添香红袖，常恨情长春浅。南风吹酒玉虹翻，便忍听、离弦声断。　　乘鸾宝扇，凌波微步，好在清池凉馆。直饶书与荔枝来，问纤手、谁传冰碗。

赵彦端　　　　　鹊桥仙·二色莲

藕花亭上，无尘无暑，滟滟一池秋韵。绿罗宝盖碧琼竿，翠浪里、亭亭月影。　　一家姊妹，两般梳洗，浓淡施朱傅粉。夜深风露逼人怀，问谁在、牙床酒醒。

袁去华　　　　鹊桥仙·明眸皓齿

明眸皓齿，丰肌秀骨，浑是揉花碎玉。十分心事有谁知，暗恼得、愁红怨绿。　　残云断雨，不期而会，也要天来大福。若还虚度可怜宵，便做下、来生不足。

袁去华　　　　鹊桥仙·七夕

牛郎织女，因缘不断，结下生生世世。人言恩爱久长难，又不道、如今几岁。　　眼穿肠断，一年今夜，且做不期而会。三杯酒罢闭云房，管上得、床儿同睡。

管　鉴　　　　鹊桥仙·中秋重九

中秋重九，等闲虚过，多病全疏酒盏。初寒时候试新醅，正好为、霜螯持满。　　诗情未减，酒肠宽在，且趁尊前强健。百年三万六千场，试屈指、如今过半。

管　鉴　　鹊桥仙·重九前一日游向氏江东二园

东皋圃隐，木樨开后，香遍江东十里。因香招我渡江来，悄不记、重阳青蕊。　　人生行乐，宦游佳处，闲健莫辞清醉。不寒不暖不阴晴，正是好登临天气。

管　鉴　　鹊桥仙·八月二十八日寿唐子才

中秋过了，重阳将近，正是一年佳处。枨黄橘绿总寻常，看丹桂、余香再吐。　　胸中星斗，笔端风雨，定约蟾宫高步。赐袍归带御炉薰，共岁岁、斑衣戏舞。

陆　游　　　　鹊桥仙·华灯纵博

华灯纵博，雕鞍驰射，谁记当年豪举。酒徒一一取封侯，独去作、江边渔父。　　轻舟八尺，低篷三扇，占断蘋洲烟雨。镜湖元自属闲人，又何必、君恩赐与。

陆　游　　　　鹊桥仙·一竿风月

一竿风月，一蓑烟雨，家在钓台西住。卖鱼生怕近城门，况肯到、红尘深处。　　潮生理棹，潮平系缆，潮落浩歌归去。时人错把比严光，我自是、无名渔父。

陆　游　　　　**鹊桥仙·夜闻杜鹃**

茅檐人静，蓬窗灯暗，春晚连江风雨。林莺巢燕总无声，但月夜、常啼杜宇。　　催成清泪，惊残孤梦，又拣深枝飞去。故山犹自不堪听，况半世、飘然羁旅。

蜀　妓　　　　**鹊桥仙·说盟说誓**

说盟说誓，说情说意，动便春愁满纸。多应念得脱空经，是那个、先生教底。　　不茶不饭，不言不语，一味供他憔悴。相思已是不曾闲，又那得、工夫咒你。

范成大　　　　**鹊桥仙·七夕**

双星良夜，耕慵织懒，应被群仙相妒。娟娟月姊满眉颦，更无奈、风姨吹雨。　　相逢草草，争如休见，重搅别离心绪。新欢不抵旧愁多，倒添了、新愁归去。

谢　懋　　　　**鹊桥仙·七夕**

钩帘借月，染云为幌，花面玉枝交映。凉生河汉一天秋，问此会、今宵孰胜。　　铜壶尚滴，烛龙已驾，泪浥西风不尽。明朝乌鹊到人间，试说向、青楼薄幸。

李　漳　　　　**鹊桥仙·七夕**

迢迢郎意，盈盈妾恨，今夕鹊桥欲度。世间儿女一何痴，斗乞巧、纷纷无数。　　遥知此际，有人孤坐，心切天街云路。好因缘是恶因缘，梦魂远、阳台雨暮。

严　蕊　　　　**鹊桥仙·碧梧初出**

碧梧初出，桂花才吐，池上水花微谢。穿针人在合欢楼，正月露、玉盘高泻。　　蛛忙鹊懒，耕慵织倦，空做古今佳话。人间刚道隔年期，指天上、方才隔夜。

沈端节　　　　**鹊桥仙·怀人意思**

怀人意思，悲秋情绪，长是文园病后。蛛丝轻袅玉钗风，想花貌、参差依旧。　　无穷往事，一襟新恨，老泪淋浪卮酒。天涯相对话平生，怅南北、还如箕斗。

张孝祥　　鹊桥仙·邢少连送茉莉

北窗凉透，南窗月上，浴罢满怀风露。不知何处有花来，但怪底、清香无数。　炎州珍产，吴儿未识，天与幽芳独步。冰肌玉骨岁寒时，倩间止、常中留住。

张孝祥　　鹊桥仙·落梅

吹香成阵，飞花如雪，不那朝来风雨。可怜无处避春寒，但玉立、仙衣数缕。　清愁万斛，柔肠千结，醉里一时分付。与君不用叹飘零，待结子、成阴归去。

张孝祥　　鹊桥仙·横波滴素

横波滴素，遥山蹙翠，江北江南肠断。不知何处驭风来，云雾里、钗横鬓乱。　香罗叠恨，蛮笺写意，付与瑶台女伴。醉时言语醒时羞，道醒了、休教再看。

张孝祥　　鹊桥仙·平国弟生日

湘江东畔，去年今日，堂上簪缨罗绮。弟兄同拜寿尊前，共一笑、欢欢喜喜。　渚宫风月，边城鼓角，更好亲庭一醉。醉时重唱去年词，愿来岁、强如今岁。

张孝祥　　鹊桥仙·以酒果为黄子默寿

南州名酒，北园珍果，都与黄香为寿。风流文物是家传，睨血指、旁观袖手。　东风消息，西风爽气，总聚君家户牖。旧时曾识玉堂仙，在帝所、频开荐口。

张孝祥　　鹊桥仙·戏赠吴伯承侍儿

明珠盈斗，黄金作屋，占了湘中秋色。金风玉露不胜情，看天上、人间今夕。　枝头一点，琴心三叠，算有诗名消得。野堂从此不萧疏，问何日、尊前唤客。

张孝祥　　鹊桥仙·别立之

黄陵庙下，送君归去，上水船儿一只。离歌声断酒杯空，容易里、东西南北。　重湖风月，九秋天气，冉冉清愁如织。我家住在楚江滨，为频寄、双鱼素尺。

张孝祥　　　　鹊桥仙·为老人寿

东明大士，吾家老子，是一元知非二。共携甘雨趁生朝，做万里、丰年欢喜。　　司空山上，长沙星里，乞与无边祥瑞。仙家日月镇常春，笑人说、长生久视。

吕胜己　　　　鹊桥仙·乙巳第四次雪

银花千里，玉阶三尺，远近高低一色。天公今岁被诗催，特地放、冬前四白。　　梅梢竹外，频频轻撼，嫌乱瑶芳素质。耐寒相对不胜清，毡帐底、偎红未得。

赵长卿　　　　鹊桥仙·上张宣机

云峰初敛，秋容如洗，庭院金风初扇。葱葱佳气霭侯门，信天上、麒麟乍见。　　祝君此去，飞黄腾踏，日侍凝旒邃冕。和羹调味早归来，坐看取、蓬莱清浅。

辛弃疾　　鹊桥仙·为人庆八十席间戏作

朱颜晕酒，方瞳点漆，闲傍松边倚杖。不须更展画图看，自是个、寿星模样。　　今朝盛事，一杯深劝，更把新词齐唱。人间八十最风流，长帖在、儿儿额上。

辛弃疾　　　　鹊桥仙·送祐之归浮梁

小窗风雨，从今便忆，中夜笑谈清软。啼鸦衰柳自无聊，更管得、离人肠断。　　诗书事业，青毡犹在，头上貂蝉会见。莫贪风月卧江湖，道日近、长安路远。

辛弃疾　　　　鹊桥仙·山行书所见

松冈避暑，茅檐避雨，闲去闲来几度。醉扶孤石看飞泉，又却是、前回醒处。　　东家娶妇，西家归女，灯火门前笑语。酿成千顷稻花香，夜夜费、一天风露。

辛弃疾　　　　鹊桥仙·赠人

风流标格，惺忪言语，真个十分奇绝。三分兰菊十分梅，斗合就、一枝风月。　　笙簧未语，星河易转，凉夜厌厌留客。只愁酒尽各西东，更把酒、推辞一霎。

辛弃疾　　鹊桥仙·为岳母庆八十

八旬庆会，人间盛事，齐劝一杯春酿。胭脂小字点眉间，犹记得、旧时宫样。　　彩衣更著，功名富贵，直过太公以上。大家著意记新词，遇著个、十字便唱。

辛弃疾　　鹊桥仙·贺余察院生日

豸冠风采，绣衣声价，曾把经纶少试。看看有诏日边来，便入侍、明光殿里。　　东君未老，花明柳媚，且引玉尘沉醉。好将三万六千场，自今日、从头数起。

辛弃疾　　鹊桥仙·送粉卿行

轿儿排了，担儿装了，杜宇一声催起。从今一步一回头，怎睚得、一千余里。　　旧时行处，旧时歌处，空有燕泥香坠。莫嫌白发不思量，也须有、思量去里。

辛弃疾　　鹊桥仙·赠鹭鸶

溪边白鹭，来吾告汝，溪里鱼儿堪数。主人怜汝汝怜鱼，要物我、欣然一处。　　白沙远浦，青泥别渚，剩有虾跳鳅舞。任君飞去饱时来，看头上、风吹一缕。

辛弃疾　　鹊桥仙·席上和赵晋臣敷文

少年风月，少年歌舞，老去方知堪羡。叹折腰、五斗赋归来，问走了、羊肠几遍。　　高车驷马，金章紫绶，传语渠侬稳便。问东湖、带得几多春，且看凌云笔健。

赵善括　　鹊桥仙·母氏生朝

星桥未就，月钩初挂，翠叶暗惊秋早。蕊珠宫里厌清闲，试回首、尘寰一笑。　　仙风道骨，姆仪家范，须信人间最少。一枝丹桂四兰荪，况千岁、灵椿未老。

赵善括　　鹊桥仙·留题安福刘氏园

花腮百媚，柳丝千尺，密影金铺碎日。过云微雨报清明，半天外、烟娇雾湿。　　当歌有恨，问春无语，笑我如何久客。小园归去又残红，便□地、飞觞尚得。

赵善括　鹊桥仙·东风唤我

东风唤我，西园闲坐，大醉高歌竟日。行藏独倚画栏干，便忘了、征衫泪湿。　亭高烟远，天低云近，相对逃名隐客。掀髯无语看青山，断不信、尘埃到得。

程　垓　鹊桥仙·秋日寄怀

角声吹月，风声落枕，梦与柔肠俱断。谁教当日太情浓，飏不下、新愁一段。　黄花开了，梅花开未，曾约那时相见。莫教容易负幽期，怕真个、孤他泪眼。

陈三聘　鹊桥仙·七夕

银潢仙仗，离多会少，朝暮世情休妒。夜深风露洒然秋，又莫是、轻分泪雨。　云收雾散，漏残更尽，遥想双星情绪。凭谁批敕诉天公，待留住、今宵休去。

刘光祖　鹊桥仙·留别

相逢一笑，又成相避，南雁归时霜透。明朝人在短亭西，看舞袖、双双行酒。　歌声此处，秋声何处，几度乱愁搔首。如何不寄一行书，有万绪、千端别后。

赵师侠　鹊桥仙·归舟过六和塔

风波平地，尘埃扑面，总是争名竞利。悟时不必苦贪图，但言任、流行坎止。　忽来忽去，何荣何辱，天也知人深意。一帆风送过桐江，喜跳出、琉璃井里。

赵师侠　鹊桥仙·安仁道中雪

同云幂幂，狂风浩浩，激就六花飞下。山川满目白模糊，更茅舍、溪桥潇洒。　玉田银界，瑶林琼树，光映乾坤不夜。行人不为旅人忙，怎解识、天然图画

赵师侠　鹊桥仙·同敖国华饮，闻啼鹃，即席作

春光已暮，花残叶密，更值无情风雨。斜阳芳树翠烟中，又听得、声声杜宇。　血流无用，离魂空断，只挠凄凉为

旅。在家谁道不如归，你何似、随春归去。

赵师侠　　鹊桥仙·丁巳七夕

明河风细，鹊桥云淡，秋入庭梧先坠。摩孩罗荷叶伞儿轻，总排列、双双对对。　花瓜应节，蛛丝卜巧，望月穿针楼外。不知谁见女牛忙，谩多少、人间欢会。

杨炎正　　鹊桥仙·思归时节

思归时节，乍寒天气，总是离人愁绪。夜来无奈被西风，更吹做、一帘秋雨。　征衫拂泪，阑干倚醉，羞对黄花无语。寄书除是雁来时，又只恐、书成雁去。

杨炎正　　鹊桥仙·寿稼轩

筑成台榭，种成花柳，更又教成歌舞。不知谁为带湖仙，收拾尽、壶天风露。　闲中得味，酒中得趣，只恐天还也妒。青山纵买万千重，遮不断、诏书来路。

熊以宁　　鹊桥仙·寿帅守硕人　并引

某窃承帅阃太硕人顷自仙班，来瑞人世。诞弥喜届，庆颂骈臻。某仰托门墙，用伸庆贺。辄成小词一，寄声鹊桥仙。僭易尘献，上祝椿鹤之算。伏惟懿慈，特赐采览。门下士姓某惶恐再拜上

隐君仙裔，帅垣佳配，谁似硕人清贵。几番鸾诰自天来，森绿绶、彩衣当砌。　莲开十丈，蓂留十荚，迟十日、瑶池秋至。殷勤祝寿指蟠桃，更重数、三千余岁。

张　镃　　鹊桥仙·立秋后一夕

暑云犹在，澄空欲变，入夜徘徊庭际。新秋知是昨宵来，爱残月、纤纤西坠。　芭蕉老大，流萤衰倦，静里细观天意。轻风未有半分凉，奈人道、今宵好睡。

张　镃　　鹊桥仙·采菱

连汀接渚，萦蒲带藻，万镜香浮光满。湿烟吹霁木兰轻，照波底、红娇翠婉。　玉纤采处，银笼携去，一曲山长水远。采鸳双惯贴人飞，恨南浦、离多梦短。

卢　炳　　　　　　鹊桥仙·七夕

余霞散绮，明河翻雪，隐隐鹊桥初结。牛郎织女两逢迎，□胜却、人间欢悦。　　一宵相会，经年离别，此语真成浪说。细思怎得似嫦娥，解独宿、广寒宫阙。

汪　莘　　　　　鹊桥仙·书所作词后

柳塘居处，方壶道号，汪姓莘名耕字。欲将丹药点凡花，教都做、水仙无计。　　家中安石，村中居易，总是一场游戏。曲终金石满吾庐，争奈少、柳家风味。

汪　莘　　　　　　鹊桥仙·欲雪

倘来无定，浮生如寄，休说真非真是。道人半睡半醒时，全身在、碧霄宫里。　　风师四起，云君六合，茅舍有何准拟。待他雪阵打窗来，旋披起、半床纸被。

郭应祥　　　　　鹊桥仙·甲子七夕

金风淅淅，银河耿耿，七夕如今又至。人间唤作隔年期，但只似、屈伸指臂。　　罗花列果，拈针弄线，等是纷纷儿戏。巧人自少拙人多，那牛女、何曾管你。

郭应祥　　　　　鹊桥仙·甲子中秋

金飙乍歇，冰轮欲上，万里秋空如扫。一年十二度团圆，甚恰限、今宵最好。　　烹麟脍凤，幕天席地，争似杯盘草草。明年应更胜今年，但只恐、朱颜暗老。

郭应祥　　　　　鹊桥仙·□□立春

泥牛击罢，银幡卸了，又是一番春至。有人耳畔语低低，道宜人、新年吉利。　　堆盘红缕，浮杯绿蚁，自有及时风味。从今日日是东风，待拚了、偎红倚翠。

郭应祥　　　　　鹊桥仙·乙丑七夕

薄云笼月，轻飙却暑，天上人间佳节。银河自有鹊为桥，又那要、兰舟桂楫。　　后期可准，新欢如昨，选甚轻离易别。姮娥休要妒人呵，待更与、留连一霎。

郭应祥　　鹊桥仙·周监旬会上作

六人欢笑，六姬讴唱，六博时分胜负。六家盘馔斗芳鲜，恰两月、六番相聚。　特排整整，华筵楚楚，终是不如草具。赏心乐事四时同，又管甚、落花飞絮。

郭应祥　　鹊桥仙·旬会作

六丁文焰，六韬武略，那更六经心醉。六人相对座生风，继六逸、当年旧事。　六州清唱，六幺妙舞，执乐仍呼六妓。大家且饮六分觥，看宾主、迭居六位。

郭应祥　　鹊桥仙·雨中赏酴醾，次周监税韵

杯盘草草，园亭小小，不用罗帏锦幄。酴醾本是殿余春，更风雨、无端虀却。　有词可和，有棋可赌，杂以诙谐戏谑。闲时日日可遨嬉，又选甚，花开花落。

郭应祥　　鹊桥仙·五月四日仲远浴儿

去年七夕，今年五日，两见浴儿高会。乃翁种德已多年，看衮衮、公侯未艾。　封胡羯末，综维缜绛，堪羡金鱼垂袋。丹砂白蜜不须涂，把续命、彩丝与带。

郭应祥　　鹊桥仙·丙寅七夕

两情相向，一年厮睚，等得佳期又到。休言夜半悄无人，那喜鹊、也须知道。　来今往古，吟诗度曲，总漫萦牵怀抱。不如乞取巧些些，待见了、分明祷告。

郭应祥　　鹊桥仙·立春除夕

丙寅除夕立春，骨肉团聚，是夕大雪

立春除夕，并为一日，此事今年创见。度间三世共团栾，随分有、笙歌满院。　一名喜雪，二名饯岁，三则是名春宴。从教一岁大家添，但只要、明年强健。

郭应祥　　鹊桥仙·丁卯七夕

今年七夕，新秋三日，已觉凉生院宇。吾乡风物胜他乡，那更著、莱衣起舞。　泛槎经岁，分钗半夜，往事流传千古。独怜词客与诗人，费多少、闲言泼语。

韩　淲　　　　鹊桥仙·诗非漫与

闲举“金风玉露相逢”之曲，因赋

诗非漫与，酒非无算，都是悲秋兴在。与君觞咏欲如何，画不就、新凉境界。　　微云抹月，斜河回斗，隐隐奇奇怪怪。刚风九万舞瑶林，甚些少、人间利害。

韩　淲　　　　鹊桥仙·红梅已谢

红梅已谢，杏花开也，一片海棠犹未。春风吹我带湖烟，甚恰限、新晴天气。　　黄昏楼上，烛花影里，拚得那回滋味。暗尘弦索拂纤纤，梦留取、巫山十二。

戴复古　　　　鹊桥仙·新荷池沼

新荷池沼，绿槐庭院，檐外雨声初断。喧喧两部乱蛙鸣，怎得似、啼莺睍睆。　　风光流转，客游汗漫，莫问鬓丝长短。即时杯酒醉时歌，算省得、闲愁一半。

戴复古　　　　鹊桥仙·西山岩壑

周子俊过南昌，问讯宋吉甫、黄存之昆仲

西山岩壑，东湖亭馆，尽是经行旧路。别时方见有荷花，还又见、梅花岁暮。　　宋家兄弟，黄家兄弟，一一烦君传语。相忘不寄一行书，元自有、不相忘处。

陈　楠　　　鹊桥仙·赠蛰虚子沙道昭

红莲含蕊，露珠凝碧，飞落华池滴滴。运归金鼎唤丁公，炼得似、一枚朱橘。　　三花喷火，五云拥月，上有金胎神室。洞房云雨正春风，十个月、胎仙了毕。

史达祖　　　　鹊桥仙·七夕舟中

河深鹊冷，云高鸾远，水佩风裳缥缈。却推离恨下人间，第一个、黄昏过了。　　舟行有恨，愁来无限，去去长安渐杳。应将巧思入相思，觉泪比、银湾较少。

魏了翁　　　　鹊桥仙·银潢濯月

七夕之明日载酒李彭州垕家即席赋

银潢濯月，金茎团露，一日清于一日。昨宵云雨暗河桥，似划地、不如今夕。　　乘查信断，揞机人去，误了桥边消息。天孙问我巧何如，正为怕、不曾陈乞。

卢祖皋　　　　　鹊桥仙·菊

寒丛弄日，宝钿承露，篱落亭亭相倚。当年彭泽未归来，料独抱、幽香一世。　　疏风冷雨，澹烟残照，日日重阳天气。帽檐已是半攲斜，问瓮里、新篘熟未。

卢祖皋　　　　　鹊桥仙·寿谢法□

槐阴涵暑，荷风清梦，满院双成俦侣。阶庭一笑玉兰新，把酒更、重逢初度。　　丹书漫启，清云垂上，莫忘八篇奇语。功成休驾玉霄云，且长占、赤城佳处。

卢祖皋　　　　　鹊桥仙·澄江晓碧

澄江晓碧，群山秋静，人与江山俱秀。最声吹下紫泥封，看宣献、风流依旧。　　□袍对引，鱼轩徐驾，小队旌旗陪后。万家指点寿星明，更把菊、登高时候。

李仲光　　　　　鹊桥仙·自寿

焚香清坐，呼童瀹茗，聊当一杯春酒。不须歌舞倩红裙，为祝百千长寿。　　诗书万卷，绮琴三弄，更有新词千首。从今日日与遨游，便是天长地久。

李仲光　　　　　鹊桥仙·寿赵帅

诗书元帅，风流人物，看取方瞳如漆。铜驼陌上若相逢，当一笑、摩挲金狄。　　相门事业，中书考第，未数汾阳功绩。若将六十寿行年，才数得、百分之一。

吴　泳　　　　　鹊桥仙·寿崔菊坡

二童一马，素琴独鹤，长与仙翁为伴。自从分付益州来，便蔚有、隆中人望。　　边烽白羽，军符赤籍，弄得不成模样。愿公福德厚如山，为扶起、坤陲一半。

王大烈　　　　　鹊桥仙·寿宗女

银潢流派，嫦娥出世，正是麦秋天气。荧煌一点寿星明，又恰向、今宵呈瑞。　　佳儿龙跳，荣封迩止，试问遐龄知几。从今旋数一千年，待足了、依前数起。

黄　机　　　　鹊桥仙·次韵湖上

黄花似钿，芙蓉如面，秋事凄然向晚。风流从古记登高，又处处、悲丝急管。　　有愁万斛，有才八斗，慷慨时惊俗眼。明年一笑复谁同，料天远、争如人远。

黄　机　　　　鹊桥仙·寿葛宰

松梢擎雪，竹枝涉露，炯炯照人清韵。仙家谱系合长生，元不藉、药炉丹井。　　凌云壮志，垂天健翮，九万扶摇路稳。发闻政最有公车，定飞下、日边音信。

黄　机　　　　鹊桥仙·一番雨过

一番雨过，江头绿涨，催唤扁舟解去。重来言语是相宽，怎得似、而今且住。　　阳关声断，同心未绾，簌簌泪珠无数。秋鸿春燕往还时，莫忘了、锦笺分付。

黄　机　　　　鹊桥仙·薄情也见

薄情也见，多情也见，不似这番著相。如何容易买归舟，报南浦、桃花绿涨。　　随君无计，留君无计，赢得泪珠两行。夕阳明处一回头，有人在、高楼凝望。

刘克庄　　　　鹊桥仙·戊戌生朝

金风淅淅，银河淡淡，长少群贤毕会。平生心事麹生知，怪此夕、惺惺相对。　　玄花生眼，新霜点鬓，不肯遮藏老态。人间何处有仙方，擘划得、二三百岁。

刘克庄　　　　鹊桥仙·桃巷弟生日

御屏录了，冰衔换了，酷似香山居士。草堂丹灶莫留他，且领取、忠州刺史。　　移来芳树，摘来珍果，压尽来禽青李。三千年一荐金盘，又不是、玄都栽底。

刘克庄　　　　鹊桥仙·答桃巷弟和篇

阁中芸冷，观中桃谢，谁问贞元朝士。吾宗一句好书绅，但记取、毋污青史。　　不交平勃，不游田窦，也不朋他牛李。平章此去似何人，似洛社，戴花舞底。

刘克庄　　鹊桥仙·林侍郎生日

出通明殿，入耆英社，谁似侍郎洪福。掌中元自有三珠，更检校、诸孙夜读。　管他莱相，管他鹤相，留我本来面目。希夷一枕未曾醒，笑人世、几回翻局。

刘克庄　　鹊桥仙·居厚弟生日

俱登瀛馆，俱还洛社，各自健如黄犊。不消外监与留台，也不要、嵩山崇福。　我如原父，君如贡父，且把汉书重读。韩公当局等闲过，又看到、温公当局。

刘克庄　　鹊桥仙·乡守赵丞相生日

去年无麦，今年多稼，尽是君侯心地。向来寺寺总拘椿，今有不拘椿底寺。　省仓展日，米场镌价，万落千村蒙惠。更将补纳放宽些，便是个、西京循吏。

刘克庄　　鹊桥仙·庚申生日

香芸辟蠹，青藜烛阁，天上宝书万轴。前回读得未精详，更罚走、一遭重读。　松风如故，丹炉如故，坐阅人间陵谷。回头调戏窃桃儿，且宁耐、等他桃熟。

刘克庄　　鹊桥仙·足痛

有时块坐，有时扶起，门外草深三尺。山禽肯唤我为歌，句句道、哥行不得。　此儿害跛，群儿拍手，次第加公九锡。不消长麈短辕车，但乞取、一枝鹤膝。

刘克庄　　鹊桥仙·生日和居厚弟

女孙笄珥，男孙袍笏，少长今朝咸集。且留晚节伴寒香，莫要似、春华性急。　大招吟了，巫咸下了，未爱修门重入。我侬不做佛漳闽，免大雪、庭中呆立。

刘克庄　　鹊桥仙·林卿生日

一封奏御，九重知己，不假吹嘘送上。从今稳稳到蓬莱，三万里、没些风浪。　臣年虽老，臣卿尚少，一片丹心葵向。何须远比马宾王，且做取、本朝种放。

刘克庄　　　　鹊桥仙·居厚生日

我如龚胜，君如龚舍，拂袖同归乡里。共骑竹马有谁存，总唤入、耆英社里。　　苍华尚黑，黄婆方旺，争问翁年今几。一门两个老人星，直看见、孙儿生子。

刘克庄　　　鹊桥仙·乡守赵计院生日

蒲鞭渐弛，龋筒渐少，安用知他帘外。从今也莫察渊鱼，做到不忍欺田地。　　四民香火，五营箫吹，来献一杯寿水。大家赞祝太夫人，长伴取、鲁侯燕喜。

赵以夫　　鹊桥仙·富沙七夕为友人赋

翠绡心事，红楼欢宴，深夜沉沉无暑。竹边荷外再相逢，又还是、浮云飞去。　　锦笺尚湿，珠香未歇，空惹闲愁千缕。寻思不似鹊桥人，犹自得、一年一度。

吴　潜　　　　鹊桥仙·扁舟昨泊

扁舟昨泊，危亭孤啸，目断闲云千里。前山急雨过溪来，尽洗却、人间暑气。　　暮鸦木末，落凫天际，都是一团秋意。痴儿骙女贺新凉，也不道、西风又起。

吴　潜　　　　鹊桥仙·己未七夕

银河半隐，玉蟾高挂，已觉炎光向后。穿针楼上未眠人，应自把、荷花挼揉。　　双星缥缈，霎时聚散，肯向鹊桥回首。原来一岁一番期，却捱得、天长地久。

吴　潜　　　　鹊桥仙·馨香饼饵

馨香饼饵，新鲜瓜果，乞巧千门万户。到头人事控抟难，与拙底、无多来去。　　痴儿妄想，夜看银汉，要待云车飞度。谁知牛女已尊年，又那得、欢娱意绪。

方　岳　　　　鹊桥仙·七夕送荷花

银河无浪，琼楼不暑，一点柔情如水。肯捐兰佩了渠愁，尽闲却、纤纤机杼。　　波心沁雪，鸥边分雨，翦得荷花能楚。天公煞自解风流，看得我、如何销汝。

方　岳　　　鹊桥仙·辛丑生日小尽月

今朝廿九，明朝初一，怎欠秋崖个生日。客中情绪老天知，道这月、不消三十。　春盘缕翠，春缸摇碧，便泥做、梅花消息。雪边试问是耶非，笑今夕、不知何夕。

赵孟坚　　　鹊桥仙·岩桂和韵

明金点染，枝头初见，四出如将刀翦。芳心才露一些儿，早已被、西风传遍。　归来醉也，香凝襟袖，疑向广寒宫殿。便须著个胆瓶儿，夜深在、枕屏根畔。

翁元龙　　　鹊桥仙·巧夕

天长地久，风流云散，惟有离情无算。从分金镜不成圆，到此夜、年年一半。　轻罗暗网，蛛丝得意，多似妆楼针线。晓看玉砌淡无痕，但吹落、梧桐几片。

黄　昇　　　鹊桥仙·春情

青林雨歇，珠帘风细，人在绿阴庭院。夜来能有几多寒，已瘦了、梨花一半。　宝钗无据，玉琴难托，合造一襟幽怨。云窗雾阁事茫茫，试与问、杏梁双燕。

陈　著　　　鹊桥仙·次韵舅氏竺九成试黜

云南钟秀，间生人望，底事未成美况。当知大器大成时，更莫叹、贤关难上。　前程分定，算来无妄，命达时终不放。且须寄语甲科人，断不下、一筹中榜。

陈　著　　　鹊桥仙·次韵元春兄

兄年八十，弟今年几，亦是七旬有九。人生取数已为多，更休问、前程无有。　家贫是苦，算来又好，见得平生操守。杯茶戋水也风流，莫负了、桂时菊候。

刘辰翁　　　鹊桥仙·题陈敬之扇

乘鸾著色，痴蝇误拂，不及羲之醉墨。偶然入手送东阳，便看取、薰时清适。　清风去暑，闲题当日，宰相纱笼谁识。封丘门外定何人，这一点、瞒他不得。

刘辰翁　　鹊桥仙·寿臞山母

看人掷果，看人罢织，难得团栾七夕。蟠桃只在屋东头，庆西母、年开八衮。　去年今日，今年今日，添个曾孙抱膝。人间乐事有多般，算此乐、人间第一。

刘辰翁　　鹊桥仙·自寿二首之一

轻风澹月，年年去路，谁识小年初度。桥边曾弄碧莲花，悄不记、人间今古。　吹箫江上，沾衣微露，依约凌波曾步。寒机何意待人归，但寂历、小窗斜雨。

刘辰翁　　鹊桥仙·自寿二首之二

天香吹下，烟霏成路，飒飒神光暗度。桥边犹记泛槎人，看赤岸、苔痕如古。　长空皓月，小风斜露，寂寞江头独步。人间何处得飘然，归梦入、梨花春雨。

詹无咎　　鹊桥仙·题烟火簇

龟儿吐火，鹤儿衔火，药线上、轮儿走火。十胜一斗七星球，一架上、有许多包裹。　梨花数朵，杏花数朵，又开放、牡丹数朵。便当场好手路歧人，也须教、点头咽唾。

梅　坡　　鹊桥仙·三月廿一

华桐日永，泛兰风细，节近朱明十日。玉麟何事吐书来，瑞世应、文章东壁。　绿衣戏彩，金樽酌醴，兰玉阶庭森列。更看千岁树青青，管取并、三槐手植。

无名氏　　鹊桥仙·寿黄丞母

凤箫羽扇，霓裳云袂，谩尔人间游戏。行看两国锡鸾封，信知道、母因子贵。　潘舆彩舞，瑶池春媚，笑语兰孙共醉。大椿一万六千年，自今日、从头数起。

无名氏　　鹊桥仙·寿朱经略硕人

东西二府，掖垣一相，谁似硕人兄弟。骖鸾来伴紫阳仙，要同享、橘中千岁。　银灯初试，花城不夜，铁马响冰春碎。来年璧月淡罘罳，看犹有、传柑归遗。

无名氏　　鹊桥仙·夫寿妻

日长槐夏，凉生冰室，又是生辰来到。年年把酒对荷花，颜色比、荷花更好。　儿歌女舞，彩衣共戏，仰祝齐眉偕老。欢欢喜喜八千春，更何处、蓬莱仙岛。

无名氏　　鹊桥仙·寿丈人

某兹者共审丈人宣义蓬弧纪瑞，庭户增辉。某百拜称觞，未遂职供于半子；一章侑席，切晞芹献于野人。调谨按于鹊桥，年冀齐于鹤算。露封以献，电盼为荣

才临复日，便逢生旦，料想门阑多喜。好将何物寿冰翁，但有个、新词为礼。　如今已办，一千余阕，尽按宫商角徵。一年一阕祝椿龄，自今日、从头数起。

无名氏　　鹊桥仙·贺王姓人新婚

风流仙客，文章逸少，复见当年佳婿。夤缘端不数琼姬，向林下、亲逢道气。　屏开金雀，床铺绣褥，多羡豪家深意。凭谁说阿戎，剩觅取、缠头利市。

无名氏　　鹊桥仙·贺生双子

银河星汉，夜凉如洗，要轩豁、君家庆瑞。果闻两两获骊珠，天付与、精神秋水。　好是今朝，同逢盛事，无限欢欢喜喜。他年二陆看成名，方表得、此时双美。

无名氏　　鹊桥仙·五十八岁方得子

元家道保，白家阿雀，俱生在、五旬有八。喜君得子与同年，怪檐外、鹊□嘲哳。　我疑释老，携来付与，人尽说、眉如翠刷。龙门种定入龙门，且早做、韩檠生活。

无名氏　　鹊桥仙·寿随宜人　二月廿六

玉叶流芳，金枝孕秀，那更婺星临照。果然谪降月宫仙，四叶蓂、留春半后。　双麟奇妙，传若速肖，彩戏萱庭右。行膺世宠更轩昂，看存锡、金花鸾诰。

无名氏　　鹊桥仙·寿女人　七月初八

星桥才罢，嫩凉如水，一夕祥烟萦绕。欢传玉母宴西池，正绿发、斑衣称寿。　　儿孙鼎贵，弟兄同相，辉映貂蝉前后。六宫宣劝锡金桃，看盛事、明年重又。

无名氏　鹊桥仙·寿王驸马又将亲迎　九月二十

龙山宴罢，又经旬日，还报生辰来也。今年祝寿胜年时，须满劝、十分玉斝。　　鱼书已报，凤帏知道，已备鸾骖鹤驾。不须寻药访桃源，且做个、风流驸马。

无名氏　　鹊桥仙·寿侍郎　十一月廿一

朱门列戟，华堂鼎食，那更康强八十。渭川遇主恰年同，怎得似、累朝良弼。　　冬殷仲律，六蓂飞日，一点星辉南极。祝公经济出调元，遍寰宇、同跻寿域。

鹊桥仙令

即《鹊桥仙》，宋周邦彦词名《鹊桥仙令》。详见《鹊桥仙》条。

周邦彦　　　鹊桥仙令·浮花浪蕊

浮花浪蕊，人间无数，开遍朱朱白白。瑶池一朵玉芙蓉，秋露洗、丹砂真色。　　晚凉拜月，六铢衣动，应被姮娥认得。翩然欲上广寒宫，横玉度、一声天碧。

鹊 踏 枝

唐教坊曲名。又即《蝶恋花》，五代冯延巳词名《鹊踏枝》。详见《蝶恋花》条。

晏　殊　鹊踏枝·槛菊愁烟兰泣露

槛菊愁烟兰泣露，罗幕轻寒，燕子双飞去。明月不谙离恨苦，斜光到晓穿朱户。　　昨夜西风凋碧树，独上高楼，望尽天涯路。欲寄彩笺兼尺素，山长水阔知何处。

晏　殊　　　鹊踏枝·紫府群仙名籍秘

紫府群仙名籍秘，五色斑龙，暂降人间世。海变桑田都不记，蟠桃一熟三千岁。　　露滴彩旌云绕袂，谁信壶中，别有笙歌地。门外落花随水逝，相看莫惜尊前醉。

欧阳修　　　鹊踏枝·一曲尊前开画扇

一曲尊前开画扇，暂近还遥，不语仍低面。直至情多缘少见，千金不直双回眄。　　苦恨行云容易散，过尽佳期，争向年芳晚。百种寻思千万遍，愁肠不似情难断。

仲　殊　　　鹊踏枝·斜日平山寒已薄

斜日平山寒已薄，雪过松梢，犹有残英落。晚色际天天似幕，一尊先与东风约。　　邀得红梅同宴乐，酒面融春，春满纤纤萼。客意为伊浑忘却，归船且傍花阴泊。

此首别作宝月词

仲　殊　　　鹊踏枝·几日中元初过复

几日中元初过复，七叶蓂疏，佳气生晴昼。称庆源深流福厚，天精储粹干星斗。　　喜入高堂罗燕豆，风弄微凉，帘幕披香绣。暂倩灵龟言永寿，蟠桃花送长生酒。

仲　殊　　　鹊踏枝·一霎雕栏疏雨罢

一霎雕栏疏雨罢，三月十三，曾是寒食夜。尽日暖香熏柏麝，西施醉起留归驾。　　酒满玻璃花艳冶，莫负春心，快饮千钟罢。春在燕堂帘幕下，年芳不问东君借。

宝　月　　　鹊踏枝·斜日平山寒已薄

斜日平山寒已薄，雪过松梢，犹有残英落。晚色际天天似幕，一尊先与东风约。　　邀得红梅同宴乐，酒面融春，春满纤纤萼。客意为伊浑忘却，归船且傍花阴泊。

此首别作仲殊词

无名氏　　鹊踏枝·南国寒轻山自碧

南国寒轻山自碧，庭际梅花，先报春消息。绮萼玉英何忍摘，真堪树下陈瑶席。　旋嗅清香消酒力，剪采无功，粉笔争描得。一曲新欢须共惜，等闲零落随羌笛。

无名氏　　鹊踏枝·故里山遥春霭碧

故里山遥春霭碧，为想繁枝，清梦何曾息。缧带霜英人不摘，纷纷日暮飘茵席。　休抱离肠凭酒力，只有轻纨，依约应传得。白发未归空自惜，柔肠寄尽平阳笛。

蓦山溪

又名《阳春》、《上阳春》、《弄珠英》、《心月照云溪》。双调，有八十二字、八十三字数体。其八十二字，上下片各九句、三仄韵为正体；其八十二字，上片九句、五仄韵，下片九句、六仄韵为变体；其八十二字，上片九句、四仄韵，下片九句、三仄韵为又一变体；其八十二字，上下片各九句、四仄韵为另一变体等。

欧阳修　　蓦山溪·新正初破

新正初破，三五银蟾满。纤手染香罗，剪红莲、满城开遍。楼台上下，歌管咽春风。驾香轮，停宝马，只待金乌晚。

帝城今夜，罗绮谁为伴。应卜紫姑神，问归期、相思望断。天涯情绪，对酒且开颜。春宵短，春寒浅，莫待金杯暖。

王仲甫　　蓦山溪·挂冠神武

挂冠神武，来作烟花主。千里好江山，都尽是、君恩赐与。风勾月引，催上泛宅时。酒倾玉，鲙堆雪，总道神仙侣。

蓑衣箬笠，更著些儿雨。横笛两三声，晚云中、惊鸥来去。欲烦妙手，写入散人图。蜗角名，蝇头利，著甚来由顾。

此首别作向子諲词

陈济翁　　蓦山溪·去年今日

去年今日，从驾游西苑。彩仗压金波，看水戏、鱼龙曼衔。宝津南殿，宴坐近天颜。金杯酒，君王劝，头上宫花颤。

六军锦绣，万骑穿杨箭。日暮翠华归，拥钧天、笙歌一片。如今关外，千里未归人。前山雨，西楼晚，望断思君眼。

陈济翁　　蓦山溪·薰风时候

薰风时候，芍药披晴昼。天上玉阑干，展一枰、天家锦绣。汉宫唐殿，嫔御逞妖娆。飞燕女，太真妃，一样新妆就。

黄金捻线，色与红芳斗。谁把绛绡衣，误将他、胭脂渍透。晚风生处，襟袖卷浓香。持玉斝，秉妙笼，倚醉听更漏。

李之仪　　蓦山溪·次韵徐明叔

神仙院宇，记得春归后。蜂蝶不胜闲，惹残香、萦纡深透。玉徽指稳，别是一般情。方永昼，因谁瘦，都为天然秀。

桐阴未减，独自携芳酎。再弄想前欢，拊金樽、何时似旧。凭谁说与，潘鬓转添霜。飞陇首，云将皱，应念相思久。

李之仪　　蓦山溪·北观避暑次明叔韵

金柔火老，欲避几无地。谁借一檐风，锁幽香、愔愔清邃。瑶阶珠砌，如膜遇金篦。流水外，落花前，岂是人能致。

擘麟泛玉，笑语皆真类。惆怅月边人，驾云軿、何方适意。幺弦咽处，空感旧时声。兰易歇，恨偏长，魂断成何事。

李之仪　　蓦山溪·采石值雪

蛾眉亭上，今日交冬至。已报一阳生，更佳雪、因时呈瑞。匀飞密舞，都是散天花。山不见，水如山，浑在冰壶里。

平生选胜，到此非容易。弄月与燃犀，漫劳神、徒能惊世。争如此际，天意巧相符。须痛饮，庆难逢，莫诉厌厌醉。

李之仪　　蓦山溪·晚来寒甚

晚来寒甚，密雪穿庭户。如在广寒宫，惊满目、瑶林琼树。佳人乘兴，应是得欢多。泛新声，催金盏，别有留心处。

争知这里，没个人言语。拨尽火边灰，搅愁肠、飞花舞絮。凭谁仔细，说与此时情。欢暂歇，酒微醺，还解相思否。

李之仪　　蓦山溪·少孙咏鲁直长沙旧词，因次韵

青楼薄幸，已分终难偶。寻遍绮罗间，悄无个、眼中翘秀。江南春晓，花发乱莺飞。情渐透，休辞瘦，果有人相候。

醉乡路稳，常是身偏后。谁谓正欢时，把相思、番成红豆。千言万语，毕竟总成虚。章台柳，青青否，魂梦空搔首。

黄　裳　　　　蓦山溪·腊日游尧山

春前信息，到处欢声满。旌旆出西郊，拥笙歌、婵娟两畔。东巡事往，空有雪中山。仙驭悄，古风间，谩动吟人叹。

天边身世，况值重华旦。击壤访遗民，想如云、望中不断。功名休论，齐楚共唐虞。开口笑，插花归，更候清秋晚。

黄庭坚　　　　蓦山溪·赠衡阳妓陈湘

鸳鸯翡翠，小小思珍偶。眉黛敛秋波，尽湖南、山明水秀。娉娉袅袅，恰近十三余。春未透，花枝瘦，正是愁时候。

寻花载酒，肯落谁人后。只恐远归来，绿成阴、青梅如豆。心期得处，每自不由人。长亭柳，君知否，千里犹回首。

黄庭坚　　　　蓦山溪·山围江暮

山围江暮，天镜开晴絮。斜影过梨花，照文星、老人星聚。清樽一笑，欢甚却成愁。别时襟，余点点，疑是高唐雨。

无人知处，梦里云归路。回雁晓风清，雁不来、啼鸦无数。心情老懒，尤物解宜人。春尽也，有南风，好便回帆去。

黄庭坚　　蓦山溪·至宜州作，寄赠陈湘

稠花乱叶，到处撩人醉。林下有孤芳，不匆匆、成蹊桃李。今年风雨，莫送断肠红。斜枝倚，风尘里，不带尘风气。

微嗔又喜，约略知春味。江上一帆愁，梦犹寻、歌梁舞地。如今对酒，不似那回时。书谩写，梦来空，只有相思是。

黄庭坚　　　　蓦山溪·山明水秀

山明水秀，尽属诗人道。应是五陵儿，见衰翁、孤吟绝倒。一觞一咏，潇洒寄高闲。松月下，竹风间，试想为襟抱。

玉关遥指，万里天衢杳。笔阵扫秋风，泻珠玑、琅琅皎皎。卧龙智略，三诏佐升平。烟塞事，玉堂心，频把菱花照。

黄庭坚　　　　蓦山溪·春晴

朝来风日，陡觉春衫便。翠柳艳明眉，戏秋千、谁家倩盼。烟匀露洗，草色媚横塘。平沙软，雕轮转，行乐闻弦管。

追思年少，走马寻芳伴。一醉几缠头，过扬州、珠帘尽卷。而今老矣，花似雾中看。欢喜浅，天涯远，信马归来晚。

晁端礼　　蓦山溪·轻衫短帽

轻衫短帽，重入长安道。屈指十年中，一回来、一回渐老。朋游在否，落托更能无。朱弦悄，知音少，拨断相思调。

花边柳外，潇洒愁重到。深院锁春风，悄无人、桃花自笑。金钗一股，拟欲问音尘。天杳杳，波渺渺，何处寻蓬岛。

晁端礼　　蓦山溪·栏干十二

栏干十二，倚遍还重倚。一曲一般愁，对芳草、伤春千里。绮窗深处，还解忆人无。碧云辞，红叶字，曾仗东风寄。

缭墙深院，无路通深意。纵使得新声，又争知、相如名字。从来风韵，潇洒不禁愁。捻梨花，看菊蕊，应也成憔悴。

晁端礼　　蓦山溪·广寒宫殿

广寒宫殿，千里同云晓。飞雪满空来，翦云英、群仙齐到。乱飘僧舍，密处洒歌楼。闲日少，风光好，且共宾朋笑。

华堂深处，满满觥船掉。梅蕊拆来看，已偷得、春风些小。绮罗香暖，不怕卷珠帘。沉醉了，樽前倒，红袖休来叫。

晁端礼　　蓦山溪·春来心事

春来心事，分付千钟酒。午醉梦还醒，两眉愁、才消又有。天涯远梦，归路日中迷。楚云深，孤馆静，潇洒梨花手。

回文歌罢，幽恨新兼旧。帘影卷斜阳，乱红飞、风摇暮柳。独携此意，和泪上层楼。尽平芜，穷远目，认断千山首。

晁端礼　　蓦山溪·风流心胆

风流心胆，直把春偿酒。选得一枝花，绮罗中、算来未有。名园翠苑，风月最佳时。夜迢迢，车款款，是处曾携手。

重来一梦，池馆皆依旧。幽恨写新诗，托何人、章台问柳。渔舟归后，云锁武陵溪。水潺潺，花片片，舣棹空回首。

李元膺　　蓦山溪·送蔡元长

溪堂欢燕，惯捧玻璃盏。今日祖西城，更忍把、一杯重劝。别离情味，自古不堪秋。催泪雨，湿西风，肠共危弦断。
夕阳去路，五马旌旗乱。便是古都春，应醉恋、曲江池馆。须知别后，叠翠倚阑情。青嶂晚，碧云深，日近长安远。

贺　铸　　　　蓦山溪·画桥流水

画桥流水，宛是南州路。转舵绿杨湾，恍然间、青楼旧处。回肠断尽，犹剩尔多愁。记新声，怀昵语，依约对眉宇。
袜罗香在，只欠莲随步。无物比朝云，恨难续、高唐后赋。迢遥此夜，泪枕不成眠。月侵窗，灯映户，应见可怜许。

仲　殊　　　　蓦山溪·清江平淡

清江平淡，疏雨和烟染。春在广寒宫，付江梅、先开素艳。年年第一，相见越溪东。云体态，雪精神，不把年华占。
山亭水榭，别恨多销黯。又是主人来，更不辜、香心一点。题诗才思，清似玉壶冰。轻回顾，落尊前，桃杏声华减。

此首别作宝月词

仲　殊　　　　蓦山溪·年芳已远

年芳已远，凉夏疏疏雨。菊占此时开，背佳期、清秋何处。滴成金豆，弹破栗文圆。临水槛，倚风亭，全胜东篱暮。
茱萸未结，谁是多情侣。菖叶与葵花，也相饶、也□羞妒。主人著意，何必念登高。浮酒面，解烦襟，消尽当筵暑。

仲　殊　　　　蓦山溪·黄金线软

黄金线软，玉露生轻润。青头破初芽，拂烟痕、一枝犹嫩。东风著意，不放舞间□。春渐暖，柔无力，依依怨和□。
旗亭带晚，又是清明近。惹尽别离愁，约啼莺、深深与问。灞陵伤感，那更入阳关。扳折处，我无心，行人自多恨。

晁补之　　蓦山溪·谯园饮酒为守令作

谯园幽古，烟锁前朝桧。摇落枣红时，满园空、几株苍翠。史君才誉，金殿握兰人。将风调，改荒凉，便是嬉游地。
刘郎莫问，去后桃花事。司马更堪怜，掩金觞、琵琶催泪。愁来不醉，不醉奈愁何。汝南周，东阳沈，劝我如何醉。

晁补之　　蓦山溪·金樽玉酒

金樽玉酒，佳味名仙桧。恐是九龙泉，堪一饮、霜毛却翠。何须说此，只但饮陶陶。灯光底，百花春，自是仙家地。

星郎早贵，惯见风流事。留我不须归，倒尊空、烛堆红泪。飞凫令尹，才调更翩翩。休吊古，枉伤神，有兴来同醉。

晁补之　　蓦山溪·亳社寄文潜舍人

兰台仙史，好在多情否。不寄一行书，过西风、飞鸿去后。功名心事，千载与君同。只狂饮，只狂吟，绿鬓殊非旧。

山歌村馆，愁醉浔阳叟。且借两州春，看一曲、樽前舞袖。古来毕竟，何处是功名。不同饮，不同吟，也劝时开口。

晁补之　　蓦山溪·和王定国朝散忆广陵

扬州全盛，往事今何处。帆锦两明珠，罥蔷薇、月中嬉语。朱衣白面，公子似神仙。登云屿，临烟渚，狂醉成怀古。

兰舟归后，谁与春为主。吟笑我重来，倚琼花、东风日暮。吴霜点鬓，流落共天涯。竹西路，高阳侣，魂梦应相遇。

晁补之　　蓦山溪·凤凰山下

凤凰山下，东畔青苔院。记得当初个，与玉人、幽欢小宴。黄昏风雨，人散不归家。帘旌卷，灯火颤，惊拥娇羞面。

别来憔悴，偏我愁无限。歌酒情都减，也不独、朱颜改变。如今桃李，湖上泛舟时。青天晚，青山远，愿见无由见。

晁补之　　蓦山溪·自来相识

自来相识，比你情都可。咫尺千里算，惟孤枕、单衾知我。终朝尽日，无绪亦无言。我心里，忡忡也，一点全无那。

香笺小字，写了千千个。我恨无羽翼，空寂寞、青苔院锁。昨朝冤我，却道不如休。天天天，不曾么，因甚须冤我。

周邦彦　　蓦山溪·春景

湖平春水，菱荇萦船尾。空翠入衣襟，拊轻榔、游鱼惊避。晚来潮上，迤逦没沙痕。山四倚，云渐起，鸟度屏风里。

周郎逸兴，黄帽侵云水。落日媚沧州，泛一棹、夷犹未已。玉箫金管，不共美人游。因个甚，烟雾底，独爱莼羹美。

周邦彦　　蓦山溪·楼前疏柳

楼前疏柳，柳外无穷路。翠色四天垂，数峰青、高城阔处。江湖病眼，偏向此山明。愁无语，空凝伫，两两昏鸦去。

平康巷陌，往事如花雨。十载却归来，倦追寻、酒旗戏鼓。今宵幸有，人似月婵娟。霞袖举，杯深注，一曲黄金缕。

周邦彦　　蓦山溪·江天雪意

江天雪意，夜色寒成阵。翠袖捧金蕉，酒红潮、香凝沁粉。帘波不动，新月淡笼明。香破豆，烛频花，减字歌声稳。

恨眉羞敛，往事休重问。人去小庭空，有梅梢、一枝春信。檀心未展，谁为探芳丛。消瘦尽，洗妆匀，应更添风韵。

陈　瓘　　蓦山溪·扁舟东去

扁舟东去，极目沧波渺。千古送残红，到如今、东流未了。午潮方去，江月照还生。千帆起，玉绳低，枕上莺声晓。

锦囊佳句，韵压池塘草。声遏去年云，恼离怀、余音缭绕。倚楼看镜，此意与谁论。一重水，一重山，目断令人老。

谢　逸　　蓦山溪·月夜

霜清木落，深院帘栊静。池面卷烟波，莹香水、一奁明镜。修筠拂槛，疏翠挽婵娟。山雾敛，水云收，野阔江天迥。

红消醉玉，酒面风前醒。罗幕护轻寒，锦屏空、金炉烬冷。星横参昴，梅径月黄昏。清梦觉，浅眉颦，窗外横斜影。

毛　滂　　蓦山溪·杨花

雪空毡径，扑扑怜飞絮。柔弱不胜春，任东风、吹来吹去。墙阴苑外，一片落谁家。叶依依，烟郁郁，依旧如张绪。

那人拈得，吹向钗头住。不定却飞扬，满眼前、搅人情愫。蜂儿蝶子，教得越轻狂。隔斜阳，点芳草，断送青春暮。

毛　滂　　蓦山溪·东堂先晓

东堂，武康县令舍尽心堂也，仆改名东堂。治平中，越人王震所作。自吴兴刺史府与五县令舍，无得与东堂争广丽者。

去年仆来，见其突兀出翳荟间，而菌生梁上，鼠走户内，东西两便室，蛛网粘尘，蒙络窗户。守舍者云：前大夫忧民劳苦，眠饭于簿书狱讼间。是堂也，盖无有大夫履声，姑以为田廪耳。又县圃有屋二十余间，倾挠于蒿艾中，鸱啸其上，狐吟其下，磨镰淬斧，以十夫日往夷之，才可入。欲以居人，则有覆压之患。取以为薪，则又可怜。试择其蝼蚁之余，加以斧斤，乃能为亭二，为庵、为斋、为楼各一，虽卑隘仅可容膝，然清泉修竹，便有远韵。又伐恶木十许根，而好山不约自至矣。乃以生远名楼、画舫名斋、潜玉名庵、寒秀、阳春名亭、花名坞、蝶名径。而叠石为渔矶，编竹为鹤巢，皆在北池上。独阳春西窗得山最多，又有酴醾一架。仆顷少时喜笔砚浅事，徒能诵古人纸上语，未尝与天下史师游，以故邑人甚愚其令，不以寄枉直。虽有疾苦，曾不以告也。庭院萧然，鸟雀相呼，仆乃得饱食晏眠，无所用心于东堂之上。戏作长短句一首，托其声于蓦山溪云

东堂先晓，帘挂扶桑暖。画舫寄江湖，倚小楼、心随望远。水边竹畔，石瘦藓花寒。秀阴遮，潜玉梦，鹤下渔矶晚。

藏花小坞，蝶径深深见。彩笔赋阳春，看藻思、飘飘云半。烟拖山翠，和月冷西窗。玻璃盏，蒲萄酒，旋落酴醾片。

毛滂　　蓦山溪·上元词

婵娟不老，依旧东风面。华烛下珠軿，盛寒里、春光一片。不教暮景，也似每常来。水精宫，银色界，今夜分明见。

碧街如水，人影花凌乱。谁在柳阴中，小妆寒、落梅数点。诗翁独倚，十二玉阑干。露濛濛，云冉冉，千嶂琉璃浅。

毛滂　　蓦山溪·元夕词

梅花初谢，雪后寒微峭。谁送一城春，绮罗香、风光窈窕。插花走马，天近宝鞭寒。金波上，玉轮边，不是红尘道。

玻璃山畔，夜色无由到。深下水晶帘，拥严妆、铅华相照。珠楼缈缈，人月两婵娟。尊前月，月中人，相见年年好。

周纯　　蓦山溪·墨梅，荆楚间鸳鸯梅，赋此

江南春信，望断人千里。魂梦入花枝，染相思、同心并蒂。鸳鸯名字，赢得一双双。无限意，凝烟水，念远教谁寄。

毫端写兴，莫把丹青拟。墨客要卿卿，想临池、等闲梳洗。香衣黯淡，元不涴缁尘，怜缟袂。东风里，只恐于飞起。

廖　刚　　　　蓦山溪·次韵知点

论长校短，总是非闲誉。光景百年中，似难留、长江东去。随缘游戏，触□寄高情。西楼月，北窗风，鹳鸽尊前舞。

故人襟韵，千里心相许。飞骑趁花时，正名园、揉风洗雨。玻璃潋滟，聊共醉红裙。阳春曲，碧云词，慷慨怀千古。

沈　蔚　　　　蓦山溪·想伊不住

想伊不住，船在蓝桥路。别语未甘听，更拟问、而今是去。门前杨柳，几日转西风。将行色，欲留心，忽忽城头鼓。

一番幽会，只觉添愁绪。邂逅却相逢，又还有、此时欢否。临岐把酒，莫惜十分斟。尊前月，月中人，明夜知何处。

葛胜仲　　蓦山溪·天穿节和朱刑掾二首之一

望云门外，油壁如流水。空巷逐朱幡，步春风、香河七里。冶容炫服，摸石道宜男。穿翠霭，度飞桥，影在清漪里。

秦头楚尾，千古风流地。试问汉江边，有解佩、行云旧事。主人是客，一笑强颁春。烧灯后，赏花前，遥忆年年醉。

葛胜仲　　蓦山溪·天穿节和朱刑掾二首之二

春风野外，卵色天如水。鱼戏舞绡纹，似出听、新声北里。追风骏足，千骑卷高冈。一箭过，万人呼，雁落寒空里。

天穿过了，此日名穿地。横石俯清波，竞追随、新年乐事。谁怜老子，使得暂遨游。争捧手，乍凭肩，夹道游人醉。

葛胜仲　　　蓦山溪·送李彦时

出门西笑，千里长安道。不用引离声，便登荣、十洲三岛。画船珠箔，蘋末水风凉。随柳岸，楚台人，景与人俱好。

应嗟见晚，玉殿生清晓。正是妙年时，步承明、谋身须早。轺车肤使，新逐凯歌回。恩纾重，彩衣轻，嘉庆知多少。

叶梦得　蓦山溪·百花洲席上次韵司录董庠

一年春事，常恨风和雨。趁取未残时，醉花前、春应相许。山公倒载，日暮习池回。问东风，春知否，莫道空归去。
满城歌吹，也似春和豫。争笑使君狂，占风光、不教飞絮。明朝酒醒，满地落残红。唱新词，追好景，犹有君收聚。

周　铢　　蓦山溪·松陵江上

松陵江上，极目烟波缈。天际接沧溟，到如今、东流未了。吴樯越橹，都是利名人。空扰扰，知多少，只见朱颜老。
故园应是，绿遍池塘草。家住十洲西，算随分、生涯自好。渔蓑清贵，休羡谢三郎。红蕖月，白蘋风，何似长安道。

刘一止　　蓦山溪·叶左丞生日

卿云衍苒，翠壁天开就。移下小方壶，照初日、嘉林濯秀。君恩暂许，丘壑憩夔龙。开径竹，续岩花，小试丹青手。
声名德业，汉代谁居右。红旆碧油幢，想今古、山中未有。霜松手种，应待茯苓生。斋酿熟，玉泉香，还上萱堂寿。

刘一止　　蓦山溪·王家人地

王家人地，奕奕争高秀。金紫照青春，想当日、乌衣巷口。声名气概，今见两朱轓。诗似锦，酒如渑，属意风光厚。
酿泉石壁，未减南阳寿。清兴与谁同，探梅萼、溪桥驿堠。东风御柳，应访此韩翃。归步稳，赤墀边，肯记幽栖否。

曹　组　　蓦山溪·洗妆真态

洗妆真态，不在铅华御。竹外一枝斜，想佳人、天寒日暮。黄昏小院，无处著清香。风细细，雪垂垂，何况江头路。
月边疏影，梦到销魂处。结子欲黄时，又须著、廉纤细雨。孤芳一世，供断有情愁。销瘦却，东阳也，试问花知否。

曹　组　　蓦山溪·草薰风暖

草薰风暖，楼阁笼轻雾。墙短出花梢，映谁家、绿杨朱户。寻芳拾翠，绮陌自青春。江南远，踏青时，谁念方羁旅。
昔游如梦，空忆横塘路。罗袖舞台风，想桃花、依然旧树。一怀离恨，满眼欲归心。山连水，水连云，怅望人何处。

万俟咏　　　　　　蓦山溪·桂花

芳菲叶底，谁会秋江意。深绿护轻黄，怕青女、霜侵憔悴。开分早晚，都占九秋天。花四出，香七里，独步珠宫里。

佳名岩桂，却是因遗子。不自月中来，又那得、萧萧风味。霓裳旧曲，休问广寒人。飞太白，酬仙蕊，香外无香比。

朱敦儒　　　　　　蓦山溪·邻家相唤

邻家相唤，酒熟闲相过。竹径引篮舆，会乡老、吾曹几个。沈家姊妹，也是可怜人。回巧笑，发清歌，相间花间坐。

高谈阔论，无可无不可。幸遇太平年，好时节、清明初破。浮生春梦，难得是欢娱。休要劝，不须辞，醉便花间卧。

朱敦儒　　　　　　蓦山溪·琼蔬玉蕊

琼蔬玉蕊，久寄清虚里。春到碧溪东，下白云、寻桃问李。弹簧吹叶，懒傍少年场。遗楚佩，觅秦箫，踏破青鞋底。

河桥酒熟，谁解留侬醉。两袖拂飞花，空一春、凄凉憔悴。东风误我，满帽洛阳尘。唤飞鸿，遮落日，归去烟霞外。

朱敦儒　　　　　　蓦山溪·西真姊妹

西真姊妹，只这梅花是。乘醉下瑶池，粉燕支、何曾梳洗。冰姿素艳，无意压群芳。独自笑，有时愁，一点心难寄。

雪添蕊佩，霜护盈盈泪。尘世悔重来，梦凄凉，玉楼十二。教些香去，说与惜花人。云黯澹，月朦胧，今夜谁同睡。

朱敦儒　　　　　　蓦山溪·夜来雨过

夜来雨过，桃李将开遍。策杖引儿童，也学人、随莺趁燕。青天许大，多少好风光。一岁去，一春来，只恁空撩乱。

西池琼苑，游赏人何限。玉勒拥朱轮，各骋些、新欢旧怨。都齐醉也，说甚是和非。我笑他，他不觉，花落春风晚。

朱敦儒　　　　　　蓦山溪·元来尘世

元来尘世，放著希奇事。行到路穷时，果别有、真山真水。登临任意，随步白云生。三秀草，九花藤，满袖琼瑶蕊。

何须麹老，浩荡心常醉。唱个快活歌，更说甚、黄粱梦里。苍颜华发，只是旧时人。不动步，却还家，处处新桃李。

朱敦儒　　蓦山溪·东风不住

东风不住，几阵黄梅雨。风外晓莺声，怨飘零、花残春暮。鸳鸯散后，供了十年愁。怀旧事，想前欢，忍记丁宁语。

尘昏青镜，休照孤鸾舞。烟锁凤楼空，问吹箫、人今何处。小窗惊梦，携手似平生。阳台路，行云去，目断山无数。

朱敦儒　　蓦山溪·和人冬至韵

西江东去，总是伤时泪。北陆日初长，对芳尊、多悲少喜。美人去后，花落几春风。杯漫洗，人难醉，愁见飞灰细。

梅边雪外，风味犹相似。迤逦暖乾坤，仗君王、雄风英气。吾曹老矣，端是有心人、追剑履。辞黄绮，珍重萧生意。

周紫芝　　蓦山溪·月眉星眼

月眉星眼，阆苑真仙侣。娇小正笄年，每当筵、愁歌怕舞。水亭烟树，春去已无踪。桃源路，知何处，往事如风絮。

如今闻道，误剪香云缕。闲系小乌纱，更无心、浅匀深注。三山路杳，终不是人间。知谁与，吹箫女，共驾青鸾去。

张　纲　　蓦山溪·甲辰生日

小窗开宴，草草杯盘具。欢喜走儿童，庆生朝、一年一度。风光好处，恰是小春时。香泛泛，酒醺醺，一曲歌金缕。

吾今已醉，解作醒时语。千里念重亲，望家山、云天尽处。深深发愿，只愿早休官。居颜巷，戏莱衣，岁岁长欢聚。

向子諲　　蓦山溪·绍兴乙卯，大雪行鄱阳道中

瑶田银海，浩色难为对。琪树照人间，晓然是、华严境界。万年松径，一带旧峰峦。深掩覆，密遮藏，三昧光无碍。

金毛狮子，打就休惊怪。片片上红炉，且不可、将情作解。有无不道，泯绝去来今。明即暗，暗还明，只个长不昧。

向子諲　　蓦山溪·王明之曲，芗林易置十数字歌之

挂冠神武，来作烟波主。千里好江山，都尽是、君恩赐与。风勾月引，催上泛宅时。酒倾玉，鲙堆雪，总道神仙侣。

蓑衣箬笠，更着些儿雨。横笛两三声，晚云中、惊鸥来去。欲烦妙手，写入散人图。蜗角名，蝇头利，着甚来由顾。

向子諲　　蓦山溪·老妻生日作　十一月初七日

一阳才动，万物生春意。试与问宫梅，到东阁、花枝第几。疏疏淡淡，冷艳雪中明。无俗调，有真香，正与人相倚。
非烟非雾，瑞色门阑喜。再拜引杯长，看两颊、红潮欲起。天教难老，风鬓绿如云。对玉笥，与芗林，岁岁花前醉。

此首别作王仲甫词

陈　东　　蓦山溪·元夕

半生羁旅，几度经元夜。长是竞虚名，把良宵、等闲弃舍。去年元夜，道得□身闲。依旧是，客长安，寂寞孤眠者。
今年元夜，也则非乡社。却有人□约，携手□、灯前月下。那知风雨，此事又参差。成怨恨，独凄惶，清泪潸然洒。

宝　月　　蓦山溪·清江平淡

清江平淡，疏雨和烟染。春在广寒宫，付江梅、先开素艳。年年第一，相见越溪东。云体态，雪精神，不把年华占。
山亭水榭，别恨多销黯。又是主人来，更不辜、香心一点。题诗才思，清似玉壶冰。轻回顾，落尊前，桃杏声华减。

此首别作仲殊词

费时举　　蓦山溪·蜡梅

黄苞初绽，谁向江头寄。天赋与清香，笑红颜、呈妖逞媚。低垂花面，不与众争妍。春尚未，先群卉，独禀中央气。
何须施巧，点缀芳丛里。只恐暗寻香，误蜂儿、归来故垒。玉纤攀处，金钏色相宜。朔风寒，空雪坠，痛赏休辞醉。

洪　皓　　蓦山溪·和赵粹文元宵

鳌山凤阙，多少飞琼侣。颙俟翠华临，庆新春、金波盈五。莲灯开遍，侍从尽登楼。簪花赴，传柑处，咫尺聆天语。
厌厌欲罢，宣劝犹旁午。扶上玉花骢，更踟蹰、梨园四部。追思往事，一夕九回肠。皇恩溥，归期阻，引领江南路。

蔡　伸　　　蓦山溪·登历阳城楼

孤城暮角，落日边声静。醉袖拂危阑，对天末、孤云愁凝。吴津楚望，表里抱江山。山隐隐，水迢迢，满目江南景。

羁怀易感，往事伤重省。罗袂浥残香，鬓星星、忍窥清镜。琼英好在，应念玉关遥。凝泪眼，下层楼，回首平林暝。

蔡　伸　　　蓦山溪·疏梅雪里

疏梅雪里，已报东君信。冷艳与清香，似一个、人人标韵。晚来特地，酌酒慰幽芳。携素手，摘纤枝，插向乌云鬓。

老来世事，百种皆消尽。荣利等浮云，谩汲汲、徒劳方寸。花前眼底，幸有赏心人。歌金缕，醉瑶卮，此外君休问。

蔡　伸　　　蓦山溪·书云今旦

书云今旦，雪霁严凝候。玉辇想回銮，正花覆、千官锦绣。周南留滞，清梦绕觚棱。心耿耿，路迢迢，此际空回首。

华堂荐寿，玉笋持椒酒。一曲啭春莺，更祝我、膺时纳佑。功名富贵，老去已灰心。唯只愿，捧觞人，岁岁长依旧。

蔡　伸　　　蓦山溪·金风玉露

金风玉露，时节清秋候。散发步闲亭，对荧荧、一天星斗。悲歌慷慨，念远复伤时。心耿耿，发星星，倚杖空搔首。

区区恋豆，岂是甘牛后。时命未来间，且只得、低眉袖手。男儿此志，肯向死前休。无限事，几多愁，总付杯中酒。

李弥逊　　　蓦山溪·次李伯纪梅花韵

冲寒山意，未放江头树。老去恨春迟，数花期、朝朝暮暮。疏英冷蕊，也为有情忙。深夜月，小庭中，绝胜西城路。

调元妙手，便是春来处。酝造十分香，更暖借、毫端烟雨。狂歌醉客，小摘问东风。花谢后，子成时，趁得和羹否。

李弥逊　　　蓦山溪·宣城丞厅双梅

竹边柳外，两两寒梅树。疏影上帘栊，似却那、一枝横暮。玉肌瘦损，有恨不禁春。萦冰佩，整风裳，怅望瑶台路。

我来胜赏，持酒花深处。天晓酿幽香，正一霎、如酥小雨。江山得助，臭味许谁同。长安远，故人疏，梦到江南否。

王以宁　　蓦山溪·和虞彦恭寄钱逊叔

平山堂上，侧盏歌南浦。醉望五州山，渺千里、银涛东注。钱郎英远，满腹贮精神。窥素壁，墨栖鸦，历历题诗处。
风裘雪帽，踏遍荆湘路。回首古扬州，沁天外、残霞一缕。德星光次，何日照长沙。渔父曲，竹枝词，万古歌来暮。

王以宁　　蓦山溪·游南山

雕弓绣帽，戏马秦淮道。风入马蹄轻，曾踏遍、淮堤芳草。飞英点点，春事已阑珊。风雨横，别离多，断送英雄老。
功名终在，休惜芳尊倒。谈笑下燕云，看千里、风驱电扫。男儿此事，莫待鬓丝棼。汉都护，万年觞，玉殿春风早。

张元幹　　蓦山溪·一番小雨

一番小雨，陡觉添秋色。桐叶下银床，又送个、凄凉消息。故乡何处，搔首对西风。衣线断，带围宽，衰鬓添新白。
钱塘江上，冠盖如云积。骑马傍朱门，谁肯念、尘埃墨客。佳人信杳，日暮碧云深。楼独倚，镜频看，此意无人识。

吕渭老　　蓦山溪·韵高格妙

韵高格妙，不数闲花草。向晚小梳妆，换一套、新衣始了。横钗整鬓，倚醉唱清词。房户静，酒杯深，帘幕明残照。
扬州一梦，未尽还惊觉。自恁在心头，拈不出、何时是了。吴霜点鬓，春色老刘郎。云路远，晚溪横，谁见桃花笑。

吕渭老　　蓦山溪·元宵灯火

元宵灯火，月淡游人可。携手步长廊，又说道、倾心向我。归来一梦，整整十年余。人似旧，去无因，牵惹情怀破。
章台杨柳，闻道无关锁。行客挽长条，悄不似、当初些个。而今休也，摇落任东风。但恣意，尽留情，我也知无那。

冯时行　　蓦山溪·村中闲作

艰难时世，万事休夸会。官宦误人多，道是也、终须不是。功名事业，已是负初心。人老也，发白也，随分谋生计。

如今晓得，更莫争闲气。高下与人和，且觅个、置锥之地。江村僻处，作个老渔樵。一壶酒，一声歌，一觉醺醺睡。

傅自得　　蓦山溪·早春寿京尹

洪钧转处，都在薰陶内。瑞世得奇才，赞化工，协调和气。雄词健秀，谈笑斡千钧。余闲手，尹王畿，治行称尤异。
雍容儒雅，早合登高位。天路踏骅骝，看峨冠，羽仪班缀。东风骀荡，玉斝酒鳞红。春不老，寿难穷，莫惜今朝醉。

张表臣　　蓦山溪·楼横北固

楼横北固，尽日厌厌雨。欸乃数声歌，但渺漠、江山烟树。寂寥风物，三五过元宵。寻柳眼，觅花英，春色知何处。
落梅呜咽，吹彻江城暮。脉脉数飞鸿，杳归期、东风凝伫。长安不见，烽起夕阳间。魂欲断，酒初醒，独下危梯去。

杨无咎　　蓦山溪·端午有怀新淦

去年今日，踪迹留金水。乘兴挈朋侪，游赏遍、南峰佳致。崇仙岸左，争看竞龙舟。人汹汹，鼓冬冬，不觉金乌坠。
而今寂寞，独处山林里。欲去恨无因，奈阻隔、川途百里。香蒲角黍，对暑悄无言。梅雨细，麦风轻，怅望空垂泪。

杨无咎　　蓦山溪·和婺州晏倅酴醾之一

天姿雅素，不管群芳妒。微笑倚春风，似窥宋、墙头凝伫。一春花草，陡觉更无香。悬绣帐，结罗巾，谁更熏沉炷。
可堪开晚，未放韶光去。生怕糁庭阶，直不忍、苍苔散步。会须开宴，满摘蘸瑶觞。何况有，绮窗人，娇鬓相宜处。

杨无咎　　蓦山溪·和婺州晏倅酴醾之二

玉英檀蕊，细意凭君看。青帝忒多情，费几许、春风暗剪。晓来欹枕，不觉嫩香飘。披宿雾，启幽窗，不道开初遍。
无穷风味，乍可蜂莺占。莫遣俗人知，怕毒眼、急须遮断。倚墙压架，娇困卧枝头。心绪里，阿谁知，似个人撩乱。

杨无咎　　蓦山溪·和徐侍郎木樨

蟾宫仙种，几日飘鸳甃。密叶绣团栾，似剪出、佳人翠袖。叶间金粟，蔌蔌糁枝头。黄菊嫩，碧莲披，独对秋容瘦。

浓香馥郁，庭户宜熏透。十里远随风，又何必、凭阑细嗅。明犀一点，暗里为谁通。秋夜永，月华寒，无寐听残漏。

曹　勋　　蓦山溪·李次仲诞日

乌龙云洞，神护红尘外。金鼎养丹砂，有仙乡、清修名世。三千功行，活字少人知。松露冏，紫烟深，知是聃翁裔。

吹箫后约，岂慕穿青紫。八十在人间，比当日、何须指李。相逢一笑，酒量海同宽。拔宅隐，玉霄寒，升举应新岁。

刘子翚　　蓦山溪·寄宝学

浮烟冷雨，今日还重九。秋去又秋来，但黄花、年年如旧。平台戏马，无处问英雄。茅舍底，竹篱东，伫立时搔首。

客来何有，草草三杯酒。一醉万缘空，莫贪伊、金印如斗。病翁老矣，谁共赋归来。芟垄麦，网溪鱼，未落他人后。

吴舜选　　蓦山溪·园林何有

园林何有，修竹摇苍翠。春到小桃蹊，看绿满、一池春水。花开日暖，儿侄竞追随。挑野蔌，网溪鱼，有酒多且旨。

去来聚散，无必亦无意。说地或谈天，更休问、语言粗细。谁强谁弱，谁是又谁非。过去事，未来事，一枕腾腾睡。

史　浩　　蓦山溪·次韵贝守柔幽居即事

清谈无限，林下逢人少。骑马踏红尘，恁区区、何时是了。名场利海，毕竟白头翁。山簇翠，水拖蓝，只个生涯好。

君侯洒落，卜筑开冰沼。三径直危楼，遍岩限、幽花香草。风勾月引，余事作诗人。词歌雪，气凌云，寒瘦伦郊岛。

仲　并　　蓦山溪·有赠

冰清玉映，自是闺房秀。十里卷朱帘，好紫陌、家家未有。天然情素，高压一城春。花艳丽，月精神，梅韵腰肢瘦。

曲屏虚幌，枉著鸳鸯绣。不是不相逢，泪空滴、年年别袖。从他兰菊，秋露与春风。终不似，玉人人，一片心长久。

高　登　　　　蓦山溪·容州病起作

黄茅时节，病恼南来客。瘦得不胜衣，试腰围、都无一搦。东篱兴在，手种菊方黄。摘晚艳，泛新篘，谁道乾坤窄。　百年役役，乐事真难得。短发已无多，更何劳、霜风染白。儿曹齐健，扶□一翁孱。龙山帽，习池巾，归路从欹侧。

曾　觌　蓦山溪·坤宁殿得旨次韵赋照水梅花

催花小雨，轻把香尘洒。帘卷水亭风，梅影转、夕阳初下。靓妆窥鉴，鸳甃湛清漪。浮暗麝，剪芳琼，消得连城价。　玉楼十二，寒怯铢衣挂。曾是绿华仙，眷余情、新词如画。花随人圣，须信世无双。腾风吹，驻銮舆，堪与瑶池亚。

曾　觌　　　　蓦山溪·暮秋赏梨花

凋红减翠，正是清秋杪。深院袅香风，看梨花、一枝开早。珑璁映面，依约认娇颦。天淡淡，月溶溶，春意知多少。　清明池馆，芳信年年好。更向五侯家，把江梅、风光占了。休教寂寞，辜负向人心。檀板响，宝杯倾，潘鬓从他老。

韩元吉　　蓦山溪·叶尚书生朝避客三洞

双龙古洞，领略千岩秀。福地有真仙，来一试、调元□手。青春绿野，月转最高峰。星斗润，柳梅新，五夜收灯后。　诏飞天上，人倚经纶旧。重入辅升平，更赢得、千龄眉寿。功成未晚，归伴赤松游。金印重，羽衣轻，会见丹砂就。

侯　寘　　　蓦山溪·建康郡圃赏芍药

玉麟春晚，绿遍甘棠荫。可是惜花深，旋移得、翻阶红影。朱帘卷处，如在古扬州。宝璎珞，玉盘盂，娇艳交相映。　蓬莱殿里，几样春风鬓。生怕逐朝云，更罗幕、重重遮定。多情绛蜡，常见醉时容。萦舞袖，蔌歌尘，莫负良宵永。

王千秋　　　　　蓦山溪·海棠

清明池馆，侧卧帘初卷。还是海棠开，睡未足、余酲满面。低头不语，浑似怨东风。心始吐，又惊飞，交现垂杨眼。　少陵情浅，花草题评遍。赋得恶因缘，没一字、聊通缱绻。黄昏时候，凝伫怯春寒。笼翠袖，减丰肌，脉脉情何限。

袁去华　　蓦山溪·次陈帅用曹元宠梅花韵

蕊珠宫阙，西帝陈嫔御。语笑梦中香，叹罗浮、几番春暮。江南岁晚，垂地冻云黄。修竹外，一枝斜，流水桥边路。

小桃半吐，羞得无藏处。不怕雪霜欺，最难禁、豪风横雨。当年诗兴，犹自记扬州。今老矣，客天涯，还认何郎否。

曹　冠　　蓦山溪·九日

年年九日，萸菊登高宴。今岁旅新丰，听征雁、吟蛩幽怨。行行游赏，邂逅得诗人。呼斗酒，发清吟，豪气凌霄汉。

穷通默定，志士那兴叹。寓意醉乡游，且赢得、开怀萧散。功名外物，何必累冲襟。炼丹井，叱羊山，寻个修真伴。

曹　冠　　蓦山溪·鉴湖

鉴湖千顷，四序风光好。拨棹皱涟漪，极目处、青山缭绕。微茫烟霭，鸥鹭点菰蒲。云帆过，钓舟横，俱被劳生扰。

知章请赐，独占心何小。风月本无私，同众乐、宁论多少。浮家泛宅，它日效陶朱。烹鲈鳜，酌松醪，吟笔千篇扫。

此词别作曹遇词

曹　冠　　蓦山溪·乾道戊子秋游涵碧

深秋澄霁，烟淡霜天晓。翠岘峻摩穹，有碧涧、清溪缭绕。鸣弦多暇，乘兴约登临。听水乐，玩丰碑，遐想东坡老。

当年叔子，何事伤怀抱。名与此山俱，叹无闻、真成可笑。吾侪勋业，要使列云台。擒颉利，斩楼兰，混一车书道。

曹　冠　　蓦山溪·渡江咏潮

潮生潮落，千古长如许。吴越旧争衡，览遗迹、英雄何处。胥神忠愤，贾勇助鲸波。湍砥柱，驾鳌峰，万骑轰鼍鼓。

连天雪浪，直上银河去。击楫誓中流，剑冲星、醉酣起舞。丈夫志业，当使列云台。擒颉利，斩楼兰，雪耻歼狂虏。

曹　冠　　蓦山溪·九日

佳辰洊九，吹帽霜风峭。画阁势崔嵬，遍危阑、翠峰缭绕。茂林修竹，别是小壶天。烟霭淡，夕阳明，隐映溪光渺。
匣琴流水，休恨知音少。长啸对西风，觉志气、凌云缥缈。传杯兴逸，高会继龙山。簪嫩菊，插红萸，相对年年好。

管　鉴　　蓦山溪·饯沈公雅移漕江东

潜藩报政，玉座勤深眷。假节上青霄，正霜风、轻寒翦翦。天香怀袖，凝燕得从容。占喜色，送新声，潋滟金荷满。
趣装入相，盛事应重见。尽待苦留连，怕九重、兴思见晚。休文未老，金带称围腰。丹禁密，凤池深，不但长安远。

管　鉴　　蓦山溪·甲辰生日醉书示儿辈

老来生日，渐觉心情懒。卯酒带春酲，更昨来、东风已转。衰颜易改，不用看传神。欢意浅，酒肠悭，孤负深深劝。
浮云富贵，本自无心羡。金带便围腰，也应似、休文瘦减。君恩未报，何日赋归欤。三径乐，五湖游，趁取身强健。

吴　儆　　蓦山溪·效樵歌体

清晨早起，小阁遥山翠。颒面整冠巾，问寝罢、安排菽水。随家丰俭，不羡五侯鲭。软煮肉，熟炊粳，适意为甘旨。
中庭散步，一盏云涛细。迤逦竹洲中，坐息与、行歌随意。逡巡酒熟，呼唤社中人。花下石，水边亭，醉便颓然睡。

陆　游　　蓦山溪·送伯礼

元戎十乘，出次高唐馆。归去旧鹓行，更何人、齐飞霄汉。瞿塘水落，惟是泪波深。催叠鼓，起牙樯，难锁长江断。
春深鳌禁，红日宫砖暖。何处望音尘，黯消魂、层城飞观。人情见惯，不敢恨相忘。梅驿外，蓼滩边，只待除书看。

陆　游　　蓦山溪·游三荣龙洞

穷山孤垒，腊尽春初破。寂寞掩空斋，好一个、无聊底我。啸台龙岫，随分有云山。临浅濑，荫长松，闲据胡床坐。
三杯径醉，不觉纱巾堕。画角唤人归，落梅村、篮舆夜过。城门渐近，几点妓衣红。官驿外，酒垆前，也有闲灯火。

谢　懋　　蓦山溪·厌厌睡起

厌厌睡起，无限春情绪。柳色借轻烟，尚瘦怯、东风倦舞。海棠红皱，不奈晚来寒。帘半卷，日西沉，寂寞闲庭户。

飞云无据，化作冥濛雨。愁里见春来，又只恐、愁催春去。惜花人老，芳草梦凄迷。题欲遍，琐窗纱，总是伤春句。

王　质　　　蓦山溪·咏茶

枯林荒陌，矮树敷鲜叶。不见雅风标，十二分、山容野色。因何嫩茁，舞动小旗枪。梅花后，杏花前，色味香三绝。

含光隐耀，尘土埋豪杰。试看大粗疏，争知变、寒云飞雪。休说休说，世只两名花。芍药相，牡丹王，未尽人间舌。

张孝祥　蓦山溪·和清虚先生皇甫坦韵

清都绛阙，我自经行惯。璧月带珠星，引钧天、笙箫不断。宝簪瑶佩，玉立拱清班。天一笑，物皆春，结得清虚伴。

还丹九转，凡骨亲曾换。携剑到人间，偶相逢、依然青眼。狂歌醉舞，心事有谁知。明月下，好风前，相对纶巾岸。

张孝祥　　蓦山溪·雄风豪雨

雄风豪雨，时节清明近。帘幕起轻寒，暖红炉、笑翻灰烬。阴藏迟日，欲验几多长。绣工慵，围棋倦，香篆频销印。

茂林芳径，绿变红添润。桃杏意酣酣，占前头、一番花信。华堂尊酒，但作艳阳歌。禽声喜，流云尽，明日春游俊。

李处全　　蓦山溪·梨花过雨

梨花过雨，已是春强半。花恼欲颠狂，兴浑在、秋千架畔。搔头无语，斜日上帘栊。飞上下，语呢喃，又见双双燕。

鱼吹细浪，镜面摇歌扇。藉草倒芳尊，衬香茵、落红千片。追奔蜗角，回首醉初醒。逢节物，且欢娱，莫待流年换。

丘　崈　　蓦山溪·为叶总领寿

风传芳信，晓色便清霁。帘幕护春寒，篆香温、笙簧韵美。使华容与，星动帝王州。花上脸，柳边眉，竞报占熊喜。

欢娱好是，玉塞元尘起。鞭计小迟留，要长折、遐冲万里。传闻有诏，宣室待归来。醽醁满，叵罗深，莫负春葱指。

赵长卿　　　　蓦山溪·早春

晓来雨霁，弱柳摇新翠。丽日媚东风，正不暖不寒天气。幽禽弄舌，花上诉春光。高一饷，低一饷，清哓圆还碎。那知时势，春亦元无意。草木自敷荣，似人生、功名富贵。我咱谙分，随有亦随无。不妒富，不憎贫，歌酒闲游戏。

赵长卿　　　　蓦山溪·满城风雨

忆古人诗云"满城风雨近重阳"，因成此词

满城风雨，又是重阳近。黄菊媚清秋，倚东篱、商量开尽。红萸白酒，景物一年年。人渐远，梦还稀，赢得无穷恨。钗分镜破，一一开方寸。强醉欲消除，醉魂醒、凄凉越闷。鸳鸯宿债，偿了恶因缘。当时事，只今愁，斑尽安仁鬓。

赵长卿　　　　蓦山溪·秋日贺张公生辰

木樨开了，还是生辰到。一笑对西风，喜人与、花容俱好。寿筵开处，香雾扑帘帏。笙簧奏，星河晓，拚取金罍倒。当年仙子，容易抛蓬岛。月窟与花期，要同向、人间不老。拈枝弄蕊，此乐几时穷。一岁里，一番新，莫与蟠桃道。

此首别作俞国宝词

赵长卿　　　　蓦山溪·和曹元宠赋梅韵

玉妃整佩，绛节参差御。一笑唤春回，正江南、天寒岁暮。孤标独立，占断世间香。云屋冷，雪篱深，长记西湖路。人间尘土，不是留花处。羌管一声催，碎琼瑶、纷纷似雨。枝头著子，聊与世调羹。功就后，盍归休，还记来时不。

赵长卿　　　　蓦山溪·遣怀

无非无是，好个闲居士。衣食不求人，又识得、三文两字。不贪不伪，一味乐天真。三径里，四时花，随分堪游戏。学些沓拖，也似没意志。诗酒度流年，熟谙得、无争三昧。风波岐路，成败霎时间。你富贵，你荣华，我自关门睡。

赵长卿　　　　蓦山溪·壶天冰雪

午坐壶天冰雪，风传琵琶，有感而作

壶天冰雪，消尽虚堂暑。多谢故人风，送花香传小树。香风初过，一曲断肠声。如怨诉，诉闲愁，落落琵琶语。　　江边马上，弹指成千古。泪眼与啼妆，叹风流、只今何处。芳心役损，触事起悲酸。招玉素，拨檀槽，整理金衣缕。

赵师严　　蓦山溪·春寿太守

文章太守，今作湖山主。冰雪照人清，赋仙家、出尘风度。流芳积庆，故自有渊源。家将相，世侯王，勋德藏盟府。　　政修人治，千里歌来暮。有脚是阳春，鼓和风、遍充寰宇。芝泥封诏，肯为郡人留。苍玉佩，紫金貂，稳上星辰去。

张　震　　蓦山溪·春半

青梅如豆，断送春归去。小绿间长红，看几处、云歌柳舞。偎花识面，对月共论心。携素手，采香游，踏遍西池路。　　水边朱户，曾记销魂处。小立背秋千，空怅望、娉婷韵度。杨花扑面，香糁一帘风。情脉脉，酒厌厌，回首斜阳暮。

张　震　　蓦山溪·初春

春光如许，春到江南路。柳眼弄晴晖，笑梅老、落英无数。峭寒庭院，罗幕护窗纱。金鸭暖，锦屏深，曾记看承处。　　云边尺素，何计传心缕。无处说相思，空惆怅、朝云暮雨。曲阑干外，小立近黄昏。心下事，眼边愁，借问春知否。

王　炎　　蓦山溪·巢安寮毕工

莺啼花谢，断送春归去。雨后听鹃声，恰似诉、留春不住。韶光易迈，暗被老相催。无个事，没些愁，方是安身处。　　栽松种菊，相对为宾主。终日掩柴扉，但只有、清风时度。不忺把酒，又不喜观书。饥时饭，饱时茶，困即齁齁睡。

辛弃疾　　蓦山溪·饭蔬饮水

昌父赋一丘一壑，格律高古，因效其体

饭蔬饮水，客莫嘲吾拙。高处看浮云，一丘壑、中间甚乐。功名妙手，壮也不如人。今老矣，尚何堪，堪钓前溪月。　　病来止酒，辜负鸬鹚勺。岁晚念平生，待都与、邻翁细说。人间万事，先觉者贤乎。深雪里，一枝开，春事梅先觉。

辛弃疾　蓦山溪·停云竹径初成

小桥流水，欲下前溪去。唤取故人来，伴先生、风烟杖屦。行穿窈窕，时历小崎岖。斜带水，半遮山，翠竹栽成路。
一尊遐想，剩有渊明趣。山上有停云，看山下、濛濛细雨。野花啼鸟，不肯入诗来。还一似，笑翁诗，句没安排处。

辛弃疾　蓦山溪·画堂帘卷

画堂帘卷，贺燕双双语。花柳一番春，倚东风、雕红镂翠。草堂风月，还似旧家时。歌扇底，舞茵边，寿斝年年醉。
兵符传垒，已莅葵丘戍。两手挽天河，要一洗、蛮烟瘴雨。貂蝉冠冕，应是出兜鍪。餐五鼎，梦三刀，侯印黄金铸。

程　垓　蓦山溪·老来风味

老来风味，是事都无可。只爱小书舟，剩围着、琅玕几个。呼风约月，随分乐生涯。不羡富，不忧贫，不怕乌蟾堕。
三杯径醉，转觉乾坤大。醉后百篇诗，尽从他、龙吟鹤和。升沉万事，还与本来天。青云上，白云间，一任安排我。

徐安国　蓦山溪·早梅

青梅骨瘦，已有生春意。椒萼露微花，便觉香魂旖旎。惜花公子，可是赋情深。携瘦竹，绕疏篱，终日成孤倚。　赏心乐事，又也何曾废。烟露湿铅华，误啼妆、三年客里。江南芳信，政自不愆期。吴山远，越山长，梦寐添憔悴。

黄人杰　蓦山溪·翠环惊报

翠环惊报，叶底梅如弹。小摘试尝看，齿微酸、生香不断。烟丸露颗，肥得颊儿红。还欲近，浅黄时，风雨摧残半。
何如珍重，剩著冰盘荐。持酒劝飞仙，似江梅、累累子满。饶将风味，成就与东君。随鼎鼐，著形盐，早趁调羹便。

石孝友　蓦山溪·莺莺燕燕

莺莺燕燕，摇荡春光懒。时节近清明，雨初晴、娇云弄暖。醉红湿翠，春意酿成愁。花似染，草如剪，已是春强半。

小鬟微盼，分付多情管。痴騃不知愁，想怕晚、贪春未惯。主人好事，应许玳筵开。歌眉敛，舞腰软，怎向轻分散。

石孝友　　　　蓦山溪·小花静院

小花静院，有个人人现。缥缈更娉婷，算不数、歌朋舞伴。鸣珂曲里，常记偶相逢。无语恨，有情愁，绿嫩红妆浅。
别来谁念，人面关山远。凝睇倚危楼，眼波长、眉峰不展。一年心事，到此向谁论。书雁杳，梦云深，寂寞江天晚。

石孝友　　　　蓦山溪·醉魂初醒

醉魂初醒，强起寻芳径。一似楚云归，诮没个、鳞书羽信。疏狂踪迹，虚度可怜春。阴还闷，晴还困，赢得无端病。
菱花宝镜，拆破双鸾影。别袖忍频看，生怕见、啼红醉粉。而今憔悴，瘦立对东风。红成阵，绿成阴，况是春将尽。

俞国宝　　　　蓦山溪·群花烂熳

群花烂熳，春色浓如酒。芳草绿铺茵，正荼蘼、牡丹时候。佳辰协瑞，来降蕊宫仙。珠帘卷，画堂深，香雾腾金兽。
朱颜绿鬓，不改长如旧。金盏莫辞深，拚通宵、尽从银漏。笙歌丛里，欢笑度年华。看荣贵，有儿孙，永祝松椿寿。

俞国宝　　　　蓦山溪·江天霜晓

江天霜晓，梅粉参差吐。剪剪暗香风，自吹到、瑶台仙路。辎軿缥缈，昨夜出蓬莱。云鬓薄，月眉纤，元是飞琼侣。
知书识字，书带先生女。来配计然家，货财等、封君千户。谷量牛马，更用斗量金。年不老，富无穷，常作蟠桃主。

俞国宝　　　　蓦山溪·木樨开了

木樨开了，还是生辰到。一笑对东风，喜人与、花容俱好。寿筵启处，香雾扑帘帏。星河晓，丝簧奏，拚取金尊倒。
当年仙子，容易抛蓬岛。月窟与花期，要同向、人间不老。拈枝弄蕊，此乐几时穷。一岁里，一番新，莫与蟠桃道。

此首别作赵长卿词

熊良翰　　　　蓦山溪·寿熊尚友

四时美景，最好惟春昼。仙诞弥辰，况还当、中春时候。日迟风软，是处霭晴烟。桃散锦，柳摇金，交映门庭秀。
此时称寿，兰玉相先后。喜色上眉峰，且休辞、频倾芳酒。虚空看透，摆脱利名缰。云鬓绿，醉颜酡，笑挹浮丘袖。

张　镃　　　　蓦山溪·抚莲吟就

抚莲吟就，檐葡还曾赋。相伴更无花，倦炉熏、日长难度。柔桑叶里，玉碾小芙蕖。生竺国，长闽山，移向玉城住。

池亭竹院，宴坐冰围处。绿绕百千丛，夜将阑、争开迎露。煞曾评论，娇媚胜江梅。香称月，韵宜风，消尽人间暑。

卢　炳　　　　蓦山溪·淡妆西子

淡妆西子，怎比西湖好。南北两长堤，有罨画、楼台多少。翠光千顷，一片净琉璃。泛兰舟，摇画桨，尽日金尊倒。

名园精舍，总被游人到。年少与佳人，共携手、嬉游歌笑。夕阳西下，沉醉尽归来。鞭宝马，闹竿随，簇著花藤轿。

卢　炳　　　　蓦山溪·与何遂夫为寿

韶华七换，阻庆生申旦。今日向高堂，载卮酒、为君满劝。绣帘低挂，瑞霭□香浓。倩双娥，敲象板，缓缓歌珠贯。

芝兰挺秀，俱是皇家彦。只这一般奇，见方寸、平生积善。几多厚德，天锡与遐龄。鬓长青，颜不老，日日开华宴。

姜　夔　　　　蓦山溪·题钱氏溪月

与鸥为客，绿野留吟屐。两行柳垂阴，是当日、仙翁手植。一亭寂寞，烟外带愁横。荷苒苒，展凉云，横卧虹千尺。

才因老尽，秀句君休觅。万绿正迷人，更愁入、山阳夜笛。百年心事，惟有玉阑知。吟未了，放船回，月下空相忆。

姜　夔　　　　蓦山溪·咏柳

青青官柳，飞过双双燕。楼上对春寒，卷珠帘、瞥然一见。如今春去，香絮乱因风。沾径草，惹墙花，一一教谁管。

阳关去也，方表人肠断。几度拂行轩，念衣冠、尊前易散。翠眉织锦，红叶浪题诗。烟渡口，水亭边，长是心先乱。

汪　莘　　　　　蓦山溪·金风玉露

金风玉露，洗出乾坤体。乘兴到前村，见一片、清溪无底。竹篱茅舍，鸡犬两三家。寻渔父，问湘灵，拄杖斜阳里。

青春误我，白发今如此。幸自识方壶，有个人、神通游戏。涧边野鹤，岩上忽孤云。倾浊酒，对黄花，又似东篱子。

杜　旟　　　　　蓦山溪·春

春风如客，可是繁华主。红紫未全开，早绿遍、江南千树。一番新火，多少倦游人。纤腰柳，不知愁，犹作风前舞。

小阑干外，两两幽禽语。问我不归家，有佳人、天寒日暮。老来心事，唯只有春知。江头路，带春来，更带春归去。

易　祓　　　　　蓦山溪·春情

海棠枝上，留得娇莺语。双燕几时来，并飞入、东风院宇。梦回芳草，绿遍旧池塘。梨花雪，桃花雨，毕竟春谁主。

东郊拾翠，襟袖沾飞絮。宝马趁雕轮，乱红中、香尘满路。十千斗酒，相与买春闲。吴姬唱，秦娥舞，拚醉青楼暮。

吴礼之　　　　　蓦山溪·感旧

刘郎老矣，倦入繁华地。触目愈伤情，念陈迹、人非物是。共谁携手，落日步江村。临远水，对遥山，闲看烟云起。

买牛卖剑，便作儿孙计。朋旧自荣华，也怜我、无名无利。箪瓢钟鼎，等是百年身。空妄作，枉迂回，贪爱从今止。

郑　域　　　　　蓦山溪·嫣然一笑

嫣然一笑，风味人间没。来自广寒宫，直偷得、天香入骨。软金缕屑，点缀碧琼枝。花藏叶，叶笼花，刚被风吹拂。

道人衾帐，不用沉烟熨。插满枕屏山，觉身在、蓝桥仙窟。一觞一咏，消得九秋愁。篱边菊，畹中兰，甘避芳尘不。

方千里　　　　　蓦山溪·园林晴昼

园林晴昼，花上黄蜂尾。莺语怯游人，又还傍、绿杨深避。曲池斜径，草色碧于蓝。栏倦倚，帘半起，魂断斜阳里。

江南春尽，渺渺平桥水。身在一天涯，问此恨、何时是已。飞帆轻桨，催送莫愁来。歌舞地，尊酒底，不羡东邻美。

王大烈　　蓦山溪·寿生女

东风吹物，渐入韶华媚。和气散千门，更灵鹊、前村报喜。月宫仙子，昨夜下瑶台。人传道，诞兰房，喜把金盆洗。
中郎传业，此事今如意。遥想画堂中，有葱葱、云烟滃瑞。休言前日，玉燕不来投。看释氏，到明年，又送麒麟至。

陈以庄　　蓦山溪·寿种春翁

亭兰风蕙，昨日山阴曲。又过五峰来，听华堂、管弦丝竹。今年风物，著意庆生朝。玄鹤舞，黑猿吟，花下眠青鹿。
九龄五福，盛事人皆祝。谁识种春翁，等浮云、飞蝨过目。上方渴士，忠节起闻孙。金坡近，玉堂深，莫羡春田绿。

宋自逊　　蓦山溪·自述

壶山居士，未老心先懒。爱学道人家，办竹几、蒲团茗碗。青山可买，小结屋三间。开一径，俯清溪，修竹栽教满。
客来便请，随分家常饭。若肯小留连，更薄酒、三杯两盏。吟诗度曲，风月任招呼。身外事，不关心，自有天公管。

赵孟坚　　蓦山溪·初改官为慈闱寿

几年修绩，总待荣亲老。每羡院南豪，向寿席、花花草草。如今惭愧，微胜十年前。聊尔办，杯盘了，一对慈颜笑。
愿亲强健，绿鬓长长好。来岁在琴堂，想凡事、应微热闹。契天交道，只办好心肠。官尽大，尽荣亲，待受金花诰。

赵孟坚　　蓦山溪·怨别

桃花雨动，测测轻寒小。曲槛面危阑，对东风、伤春怀抱。酒边心事，花下旧闲情。流年度，芳尘杳，懊恼人空老。
粉红题字，寄与分明道。消息燕归时，辗柔茵、连天芳草。琐窗孤影，夜卜烛花明。清漏断，月朦胧，挂在梅梢袅。

史可堂　　蓦山溪·危阑看月

危阑看月，番做听秋雨。一滴一声愁，似相伴、离人悲苦。笼香袖冷，独立倚西风。红叶落，菊花残，都是关情处。

如何排遣，赖有高阳侣。长啸酒垆边，且同赋、秋娘词句。山翁醉矣，一笛小楼空。思往事，看孤云，目断征鸿去。

洪　璨　　　蓦山溪·忆中都

潮平风稳，行色催津鼓。回首望重城，但满眼、红云紫雾。分香解佩，空记小楼东。银烛暗，绣帘垂，昵昵凭肩语。

关山千里，垂柳河桥路。燕子又归来，但惹得、满身花雨。彩笺不寄，兰梦更无凭。灯影下，月明中，魂断金钗股。

杨泽民　　　蓦山溪·当年苏小

当年苏小，家住苕溪尾。一棹采莲归，悄羞得、鸳鸯飞避。蘋洲蓼岸，花脸两难分。崖半倚，风乍起，荡漾烟光里。

平生强项，未肯轻鱼水。溪上偶相逢，这一段、风情怎已。纫兰解佩，不负有情人。金尊侧，罗帐底，占尽人间美。

陈允平　　　蓦山溪·花港观鱼

春波浮渌，小隐桃溪路。烟雨正林塘，翠不碍、锦鳞来去。芹香藻腻，偏爱鲤花肥。檐影下，柳阴中，逐浪吹萍絮。

宫沟泉滑，怕有题红句。钩饵已忘机，都付与、人间儿女。濠梁兴在，鸥鹭笑人痴。三湘梦，五湖心，云水苍茫处。

何梦桂　　　蓦山溪·和雪

飞仙欲下，水殿严妆早。娇涩怕春知，跨白虬、天门未晓。霓裳零乱，肌骨自清妍。梅檐月，柳桥风，世上红尘杳。

重门深闭，忘却山阴道。呼酒嚼琼花，任醉来、玉山倾倒。无言相对，这岁暮心期。茅舍外，玉堂前，处处风流好。

何梦桂　　　蓦山溪·再用韵

春工未觉，何处琼英早。夜半剪银河，到人间、楼台初晓。霏霏脉脉，不是不多情。金帐暖，玉堂深，却怪音尘杳。

天公谪下，暂落红尘道。颜色自还怜，怕轻狂、随风颠倒。冰心谁诉，但吹入梅花。明月地，白云阶，相照天寒好。

何梦桂　　　　**蓦山溪·三用韵**

蓬蓬窣窣，睡梦惊回早。谁为散天花，遍人间、夜深分晓。虚空幻出，富贵照乾坤。琼万顷，玉千株，莫道壶天杳。

平明三尺，不拣江南道。只怕不坚牢，被天工、小儿翻倒。凝冰泮水，世态总无凭。明日事，昨朝人，谁丑还谁好。

刘菊房　　　　**蓦山溪·醉魂离梦**

醉魂离梦，捻合难成片。恶味怕黄昏，更西风、梧桐深院。蝉松翠妩，记那日相逢。情缱绻，语玲珑，人静凌波见。

香云曾约，念阻题红怨。应是绿窗寒，也思郎、云衣谁换。郎今销黯，步楚竹江空。云缥缈，水弥茫，不抵相思半。

徐观国　　　　**蓦山溪·儒官措大**

儒官措大，是官曰都得做。宰相故崇下，呼召也须同。太原公子，能武又能文。闲暇里，抱琴书，车马时相过。　樽开北海，减请还知么。叵耐这点徒，刚入词、把人点污。儒冠屈辱，和我被干连。累告讦，孟尝君，带累三千个。

曹　遇　　　　**蓦山溪·游鉴湖**

鉴湖千顷，四序风光好。拨棹皱涟漪，极目处、青山缭绕。微茫烟霭，鸥鹭点菰蒲。云帆过，钓舟横，俱被劳生扰。

知章请赐，独占心何小。风月本无私，同众乐、宁论多少。浮家泛宅，它日郊陶朱。烹鲈鳜，酌松醪，吟笔千篇扫。

此词别作曹冠词

无名氏　　　　**蓦山溪·冰肌玉骨，不与凡花数**

冰肌玉骨，不与凡花数。一点破清香，这心情、更谁为主。愁春归晚，时被雨廉纤。琼枝上，泪淋浪，似恨孤芳处。

幽姿标格，独向江头路。拟待使君来，把芳心、丁宁分付。疏篱茅舍，回首试轻辞。争望远，嫁东风，对玉堂同处。

无名氏　　　　**蓦山溪·梅传春信**

梅传春信，又报年华晚。昨夜半开时，似雪到、梢头未遍。凝酥缀粉，绰约玉肌肤。香黯淡，月朦胧，谁是黄昏伴。

故园深处，想见孤根暖。千里未归人，向此际、只回泪眼。凭谁为我，折寄一枝来。凝睇久，俯层楼，忍更闻羌管。

无名氏　　蓦山溪·素苞淡注

素苞淡注，自是东君试。占断陇头光，正雪里、前村独步。一枝竹外，日暮怯轻寒。山色远，水声长，寂寞江头路。
小桥斜渡，人静销魂处。淡月破黄昏，影浮疏、清香暗度。竹篱茅舍，斜倚为谁愁。应有恨，负幽情，惟恐风姨妒。

无名氏　　蓦山溪·沙塘水浅

沙塘水浅，又一番春信。玉体不知寒，衬修篁、几苞隐映。幽香荏苒，不让洒蔷薇。弯月冷，漫涟漪，云断暗香影。
朱扉深处，谢绝尘埃境。百草未开花，□茕然、教伊孤冷。东风世态，只恋碧桃枝。曲玉管，且休吹，免使成遗恨。

无名氏　　蓦山溪·前村昨夜

前村昨夜，先报春消息。庾岭一枝开，见行人、频频顾惜。东君布巧，妆蕊似裁□。疏竹外，小溪边，雪里藏春色。
朔风吹绽，不假和风拆。根暖独亨嘉，向百花、头先占得。高楼羌笛，且劝莫凄然。协帝梦，起商岩，须尽调羹力。

无名氏　　蓦山溪·冰肌玉骨，不假铅黄借

冰肌玉骨，不假铅黄借。岂是占年芳，又只恐、嫌春不嫁。十分清瘦，可噉有闲愁。沙路晚，雪村晴，半幅江南画。
林间系马，曾忆关山夜。醉袖惹香归，误几回、灯前娇雅。如今老矣，无计奈春何。人去后，独来时，风月闲亭榭。

无名氏　　蓦山溪·前村雪里，度一枝春信

前村雪里，度一枝春信。况自占年芳，淡妆梳、常嫌脂粉。樱唇轻捧，何似鹤头红。香阵阵，回舆认，摘有金卮酝。
佳人嗅处，微把香尘喷。懊恼故无言，使人□、重重再问。它年寄与，惟有陇头人。春未困，香尤嫩，好与添风韵。

无名氏　　蓦山溪·郊居牢落

郊居牢落，一水流清浅。忆得去年冬，数枝梅、低临水畔。今朝重见，把酒祝东风。和雪看，整凝眸，宛若江南岸。

浮生瞥尔，劝汝休嗟叹。不觉失芳心，柳腰□、纤纤仍换。一朝光景，休恁作浑闲。春不远，且追游，又办寻芳宴。

无名氏　　蓦山溪·重黎默运

重黎默运，可意萦人处。清楚玉蕤仙，独幽栖、村溪月坞。冰腮露鬓，佳致在西湖。月出早，雪消迟，立马红墙序。

寒梢微萼，点点蝇头许。欲露小檀心，似生怕、施朱红紫。返魂香细，堪吊独醒人。临泽国，袭清风，且咏离骚句。

无名氏　　蓦山溪·前村雪里，漏泄春花早

前村雪里，漏泄春光早。似待故人来，束芳心、幽香未老。溪边昨夜，雨过却参横。云旖旎，玉玲珑，不遣纤尘到。

无情有意，寂寞谁知道。幽梦觉来时，淡无言、风清月了。何郎去后，憔悴少新诗。空怅望，倚楼人，玉笛霜天晓。

无名氏　　蓦山溪·竹篱茅舍

竹篱茅舍，底是藏春处。玉蓓锁檀心，带黄昏、轻烟细雨。神清骨莹，端似雪堂仙。临岁晚，傲寒威，寂寞江村住。

琼林阆苑，有信终归去。冷暖笑凡情，辨南枝、北枝几许。灵芳绝艳，知肯为谁容。东阁里，西湖畔，总与花为主。

无名氏　　蓦山溪·岁寒辽邈

岁寒辽邈，望断江南信。墙外一枝斜，对兰堂、绮罗隐映。水清月淡，疑是寿阳妆。烟浪急，小桥横，点点疏清影。

天姿潇洒，不减瑶台韵。占断玉楼春，被松筠、笑他孤冷。幽人何在，无处觅余寒。疏雨过，泪痕深，枉了衷肠恨。

无名氏　　蓦山溪·剪彩梅花

危栏独倚，往事思量遍。回首掩朱扉，敛云鬟、闲拈针线。轻罗碎剪，缝个小梅花。灯闪闪，夜沉沉，玉指轻轻捻。

寒苞素艳，浑似枝头见。半拆与初开，谁赢得、江南手段。玉冠斜插，惟恨欠清香。风动处，月明时，不怕吹羌管。

无名氏　　蓦山溪·画梅

孤村冬杪，有景真堪画。茅舍绕疏篱，见一枝、寒梅潇洒。欲将诗句，拟待说包容。辞未尽，意悠悠，难把精神写。

临溪疏影，都是前人话。此外更何如，更须索、良工描下。明窗净几，长做小图看。高楼笛，尽教吹，不怕随声谢。

无名氏　　　蓦山溪·蜡梅之一

梅梢破萼，已见春心了。别有淡容仪，又不与、嫣然同笑。东风剪蜡，簇作闹蛾儿。冰未泮，水犹寒，散在千林表。

轻衫小帽，行尽荒山道。一点麝脐香，恼著人、多多少少。月斜门掩，消损怕黄昏。清影乱，翠帏深，且喜归来早。

无名氏　　　蓦山溪·蜡梅之二

小山苍翠，竹影横窗畔。青缕断薰炉，觉身居、风台月观。清香招近，谁为植幽丛。金作蓓，蕾成花，尚带鹅黄浅。

汉宫半额，未许人间见。不比岭前梅，问无因、天高水远。宜烟宜雨，淡淡一枝春。乘好兴，缀新诗，只恐冰生砚。

无名氏　　　蓦山溪·蜡梅之三

江南春信，已过长安路。柳眼尚贪眠，又争知、先传春去。东风漏泄，休更殢垂杨。深雪里，一枝开，谁占先春处。

当时马上，回首曾凝顾。水浅月黄昏，倚琼枝、谁家亭户。一声羌管，遗恨到如今。凭栏处，赏花时，莫使花轻负。

无名氏　　　蓦山溪·野梅

当时曾见，上苑东风暖。今岁却相逢，向烟村、亭边驿畔。垂鞭立马，一晌黯无言。江南信，寿阳人，怅望成肠断。

琼妆雪缀，满野空零乱。谁是倚阑干，更那堪、胡笳羌管。疏枝残蕊，犹懒不娇春。水清浅，月黄昏，冷淡从来惯。

无名氏　　蓦山溪·寿友人　七月初七

填河鹊喜，巧夕来时候。深院瑞烟浓，隐隐听、梨园清奏。兰车玉佩，飞下蕊宫仙。春鬓绿，醉颜红，不减年时旧。

金杯争劝，尽是闺房秀。试问寿何如，与天孙、相为长久。看看子舍，添个捧觞人。从此去，尽欢娱，庆事年年有。

无名氏　　蓦山溪·集曲名　九月廿四

菊花新过，秋蕊香犹媚。三八燕山亭，贺圣朝、申生明世。肃霜天晓，正快活年时。庆新寿，万年欢，人醉蓬莱里。　红衫儿歌，水调夸多丽。仰祝寿星明，指黄河、清年可拟。欢同鱼水，永遇乐倾杯。风流子，洞仙歌，曲唱千秋岁。

无名氏　　蓦山溪·寿李学士　十月廿六

月惟四日，又转黄钟律。好景会生辰，是天降、真儒无敌。称觞设席，香雾腾葱郁。霜天晓，笙歌彻，玉斝倾仙液。　当年桂子，元是蓬莱客。任留宿蓬莱，道山试、玉堂翰墨。一封飞下，趣召入黄扉。台星照，寿星明，相映居南极。

献天寿令

调见《高丽史·乐志》，高丽《献仙桃》舞队曲名。双调，五十二字，上下片各四句、三平韵。

无名氏　　献天寿令·嗺子

阆苑人间虽隔，遥闻圣德弥高。西离仙境下云霄，来献千岁灵桃。　上祝皇龄齐天久，犹舞蹈、贺贺圣朝。梯航交凑四方遥，端拱永保宗祧。

献天寿慢

即《献天寿令》的变体，详见《献天寿令》条。

无名氏　　献天寿慢·日暖风和春更迟

日暖风和春更迟，是太平时。我从蓬岛整容姿，来降贺丹墀。　幸逢灯夕真佳会，喜近天威。神仙寿算远无期，献君寿、万千斯。

献仙音

即《法曲献仙音》，宋周密词调名《献仙音》。详见《法曲献仙音》条。

周　密　　献仙音·吊雪香亭梅

松雪飘寒，岭云吹冻，红破数椒春浅。衬舞台荒，浣妆池冷，凄凉市朝轻换。叹花与人凋谢，依依岁华晚。　共凄黯，问东风、几番吹梦。应惯识当年，翠屏金辇。一片古今愁，但废绿、平烟空远。无语消魂，对斜阳、衰草泪满。又西泠残笛，低送数声春怨。

献仙桃

即《瑞鹧鸪》，调见《高丽史·乐志》，高丽《献仙桃》舞队曲名。双调，五十六字，上下片各四句、三平韵。详见《瑞鹧鸪》条。

无名氏　　献仙桃·元宵嘉会赏春光

元宵嘉会赏春光，盛事当年忆上阳。尧颡喜瞻天北极，舜衣深拱殿中央。　欢声浩荡连韶曲，和气氤氲带御香。壮观大平何以报，蟠桃一朵献千祥。

献金杯

即《厌金杯》,贺铸词名《献金杯》。详见《厌金杯》条。

贺　铸　　献金杯·风软香迟

风软香迟，花深漏短。可怜宵、画堂春半。碧纱窗影，卷帐蜡灯红。鸳枕畔，密写乌丝一段。　采蘋溪晚，拾翠沙空，尽愁倚、梦云飞观。木兰艇子，几时渡江来。心目断，桃叶青山隔岸。

献衷心

双调，六十九或六十四字，上、下片各四平韵。调见《花间集》卷六五代欧阳炯词。

欧阳炯　　献衷心·见好花颜色

见好花颜色，争笑东风。双脸上，晚妆同。闭小楼深阁，春景重重。三五夜，偏有恨，月明中。　情未已，信曾通。满衣犹自染檀红。恨不如双燕，飞舞帘栊。春欲暮，残絮尽，柳条空。

楚宫春

即《楚宫春慢》，宋周密词名《梦宫春》。详见《楚宫春慢》条。

周　密　　楚宫春·为洛花度无射宫

香迎晓白，看烟佩霞绡，弄妆金谷。倦倚画阑，无语情深娇足。云拥瑶房翠暖，绣帐卷、东风倾国。半捻愁红，念旧游、凝伫兰翘，瑞鸾低舞庭绿。　犹想沉香亭北，人醉里，芳笔曾题新曲。自剪露痕，移取春归华屋。丝障银屏静掩，悄未许、莺窥蝶宿。绛蜡良宵，酒半阑、重绕鸳机，醉靥争妍红玉。

楚宫春慢

又名《楚宫春》，调见《宝月词》。双调，有一百零六字，上片十句、五仄韵，下片九句、四仄韵；尚有一百零八字，上片十句、五仄韵，下片九句、五仄韵。

仲　殊　　楚宫春慢·轻盈绛雪

轻盈绛雪，乍团聚同心，千点珠结。画馆绣幄低飞，融融香彻。笑里精神放纵，断未许、年华偷歇。信任芳春都不管，淅淅南熏，别是一家风月。　　扁舟去后，回望处、娃宫凄凉凝咽。身似断云零落，深心难说。不与雕栏寸地，忍觑著、漂流离缺。尽日厌厌总无语，不及高唐梦里，相逢时节。

想车音

此调只见于《东山词》，仅有贺铸所作一首，《钦定词谱》收入《兀令》调中。但贺铸词另标词牌，名为《想车音》，因下阕中有“想轧辘车音，几度青门道”之句，故取其三字为名。词属双调、仄韵，共八十四字。上下片均各八句、四十二字，句式相同，均于第一、二、三、五、七句用韵。

贺　铸　　**想车音·兀令**

盘马楼前风日好，雪销尘扫，楼上宫妆早。认帘箔微开，一面嫣妍笑。携手别院重廊，窈窕花房小，任碧罗窗晓。
间阔时多书问少，镜鸾空老，身寄吴云杳。想轧辘车音，几度青门道。占得春色年年，随处随人到，恨不如芳草。

楼下柳

此调本名《天香》，因贺铸词有“楼下会看细柳”句，故更名《楼下柳》。详见《天香》条。

贺　铸　　**楼下柳·天香**

满马京□，装怀春思，翩然笑度江南。白鹭芳洲，青蟾雕舰，胜游三月初三。舞裙溅水，浴兰佩、绿染纤纤。归路要同步障，迎风会卷珠帘。　　离觞未容半酣，恨乌樯、已张轻帆。秋鬓重来淮上，几换新蟾。楼下会看细柳，正摇落清霜拂画檐。树犹如此，人何以堪。

楼 上 曲

又名《四望楼》，调见张元干《芦川词》。因其词头两句为“楼外夕阳明远水，楼中人依东风里”，故取其意为调名。双调，五十六字，上下片各四句、两仄韵、两平韵。

张元幹　　楼上曲·楼外夕阳明远水

楼外夕阳明远水，楼中人倚东风里。何事有情怨别离，低鬟背立君应知。　　东望云山君去路，断肠迢迢尽愁处。明朝不忍见云山，从今休傍曲阑干。

张元幹　　楼上曲·清夜灯前花报喜

清夜灯前花报喜，心随社燕凉风起。云路修成宝月时，东楼怅望君先归。　　沆瀣秋香生玉井，画檐深转梧桐影。看君西去侍明光，杯中丹桂一枝芳。

楼 心 月

即《杨柳枝》，调见《阳春白雪》卷六宋无名氏词。详见《杨柳枝》条。

无名氏　　楼心月·柳下争拿画桨摇

柳下争挐画桨摇，水痕不觉透红绡。月明相顾羞归去，都坐池头合凤箫。

无名氏　　楼心月·手把新荷叶一枝

手把新荷叶一枝，唤来池上只愁归。流萤裹在红纱袖，忽到持杯个个飞。

无名氏　　楼心月·新著生红小舞衣

新著生红小舞衣，案前磨墨误淋漓。含嗔逗晚不梳洗，背面牙床吃荔支。

感皇恩

唐教坊曲名。调见《敦煌歌辞总编》卷三唐无名氏词。陈旸《乐书》："祥符中，诸工请增龟兹部如教坊，其曲有《双调感皇恩》。"此调名源于此。又名《人南渡》、《感皇恩令》、《叠萝花》，双调数体。其六十七字，上下片各七句、四仄韵为正体；其六十六字，上下片各七句、四仄韵为变体等。又即《小重山》，宋张先词名《感皇恩》。

张　先　　**感皇恩·万乘靴袍御紫宸**

万乘靴袍御紫宸，挥毫敷丽藻，尽经纶。第名天陛首平津，东堂桂，重占一枝春。　殊观耸簪绅，蓬山仙话重，霈恩新。暂时趋府冠谈宾，十年外，身是凤池人。

张　先　　**感皇恩·安车少师访阅道大资同游湖山**

廊庙当时共代工，睢陵千里远，约过从。欲知宾主与谁同，宗枝内，黄阁旧，有三公。　广乐起云中，湖山看画轴，两仙翁。武林嘉语几时穷，元丰际，德星聚，照江东。

张　先　　**感皇恩·徐铎状元**

延寿芸香七世孙，华轩承大对，见经纶。溟鱼一息化天津，袍如草，三百骑，从清尘。　玉树莹风神，同时棠棣萼，一家春。十年身是凤池人，蓬莱阁，黄阁主，迟谈宾。

晁端礼　　**感皇恩·蜀锦满林花**

蜀锦满林花，三年重到，应被花枝笑人老。半开微谢，占得几多时好。便须拚痛饮，花前倒。　醉中但记，红围绿绕，人面花光斗相照。缭墙重院，爱惜遮藏须早。免如攀折柳，临官道。

贺　铸　　**感皇恩·歌笑见余妍**

歌笑见余妍，情生眄睐。拥髻扬蛾黛，多态。小花深院，漏促离襟将解。恼人红蜡泪、啼相对。　芳草唤愁，愁来难奈。兰叶犹堪向谁采。小楼妆晚，应念斑骓何在。碧云长有待，斜阳外。

晁补之　　感皇恩·海棠

常岁海棠时，偷闲须到，多病寻芳懒春老。偶来恰值，半谢妖娆犹好。便呼诗酒伴，同倾倒。　繁枝高荫，疏枝低绕，花底杯盘花影照。多情一片，恨我归来不早。断肠铺碎锦，门前道。

晁补之　　感皇恩·终岁忆春回

终岁忆春回，西园行尽，欢喜梅梢上春信。去年携手，暗约芳时还近。燕来莺又到，人无准。　凭谁向道，流光一瞬，佳景闲无事衣褪。春归何处，又对飞花难问。旧欢都未遇，成新恨。

周邦彦　　感皇恩·标韵

露柳好风标，娇莺能语，独占春光最多处。浅嚬轻笑，未肯等闲分付。为谁心子里，长长苦。　洞房见说，云深无路，凭仗青鸾道情素。酒空歌断，又被涛江催去。怎奈向、言不尽，愁无数。

阮　阅　　感皇恩·闰上元

芝检下中天，春寒犹浅，余闰银蟾许重看。满城灯火，又遍高楼深院。宝鞍催绣毂，香风软。　憔悴慢翁，萧条古县，随分良辰试开宴。且倾芳酒，共听新声弦管。夜阑人未散，更筹转。

赵　企　　感皇恩·骑马踏红尘

骑马踏红尘，长安重到，人面依前似花好。旧欢才展，又被新愁分了。未成云雨梦，巫山晓。　千里断肠，关山古道，回首高城似天杳。满怀离恨，付与落花啼鸟。故人何处也，青春老。

晁冲之　　感皇恩·小阁倚晴空

小阁倚晴空，数声钟定，斗柄寒垂暮天净。向来残酒，尽被晓风吹醒。眼前还认得，当时景。　旧恨与新愁，不堪重省，自叹多情更多病。绮窗犹在，敲遍阑干谁应。断肠明月下，梅摇影。

晁冲之　　感皇恩·蝴蝶满西园

蝴蝶满西园，啼莺无数，水阁桥南路。凝伫，两行烟柳，吹落一池飞絮。秋千斜挂起、人何处。　把酒劝君，闲愁莫诉，留取笙歌住。休去，几多春色，禁得许多风雨。海棠花谢也，君知否。

晁冲之　　感皇恩·寒食不多时

寒食不多时，牡丹初卖，小院重帘燕飞碍。昨宵风雨，只有一分春在。今朝犹自得，阴晴快。　熟睡起来，宿醒微带，不惜罗襟揾眉黛。日高梳洗，看著花阴移改。笑摘双杏子，连枝戴。

毛　滂　感皇恩·解秀州郡印，次王倅韵

两岁抚邦人，曾无恩意，别后何人更相记。题舆玉树，愧与蒹葭相倚。殷勤犹念我，同吟醉。　画舸相追，孤城已闭，不道扁舟□云外。夜分月冷，一段波平风细。忆君清兴满，无由寄。

毛　滂　　感皇恩·镇江待闸

绿水小河亭，朱阑碧甃，江月娟娟上高柳。画楼缥缈，尽挂窗纱帘绣。月明知我意，来相就。　银字吹笙，金貂取酒，小小微风弄襟袖。宝熏浓炷，人共博山烟瘦。露凉钗燕冷，更深后。

毛　滂　　感皇恩·晚酌

多病酒尊疏，饮少辄醉，年少衔杯可追记。无多酌我，醉倒阿谁扶起。满怀明月冷，炉烟细。　云汉虽高，风波无际，何似归来醉乡里。玻璃江上，满载春光花气。蒲萄仙浪软，迷红翠。

叶景山　　感皇恩·寿赵总管

十月小春时，蓂舒六翠，天佑皇家诞贤裔。熊罴协梦，疑是麒麟分瑞。世间无限事，都如意。　粉阵香围，香娇玉

媚。春酒争持泛琼蚁，笙歌缭绕，同祝我公千岁。他年陪绿野，拚酣醉。

叶景山　　感皇恩·春水满池塘

春水满池塘，春风吹柳，春草茸茸媚晴昼。春烟骀荡，春色着人如旧。春光无限好，花时候。　春院宴开，春屏环绣，春酒争持介眉寿。春衫春暖，春回遏云声透。春年常不老，松筠茂。

陆　蕴　　感皇恩·旅思

残角两三声，催登古道，远水长山又重到。水声山色，看尽轮蹄昏晓。风头日脚下，人空老。　匹马旧时，西征谈笑，绿鬓朱颜正年少。旗亭斗酒，任是十千倾倒。而今酒兴减，诗情少。

王庭珪　　感皇恩·飞雪满貂裘

飞雪满貂裘，马蹄轻骤，笔下文章焕星斗。凌云才调，尽是夺标高手。况闻场屋里，知名久。　金榜篆云，银鞍披绣，归去天香满衣袖。莫辞今夕，且尽一尊芳酒。为君歌一曲，为君寿。

王庭珪　　感皇恩·羸马怯征鞍

羸马怯征鞍，骎骎欲骤，昨夜文星动南斗。广寒宫近，欲上烟霄携手。素娥不奈冷，凄凉久。　知是谪仙，肝肠锦绣，天半清风动襟袖。而今西笑，且饮新丰美酒。悠然还独酌，谁为寿。

王庭珪　　感皇恩·一叶下西风

一叶下西风，寒生南浦，椎鼓鸣桡送君去。长亭把酒，却倩阿谁留住。尊前人似玉，能留否。　醉中暂听，离歌几许，听不能终泪如雨。无情江水，断送扁舟何处。归时烟浪卷，朱帘暮。

朱敦儒　　感皇恩·游□□园感旧

曾醉武陵溪，竹深花好，玉佩云鬟共春笑。主人好事，坐客雨巾风帽。日斜青凤舞，金尊倒。　　歌断渭城，月沉星晓，海上归来故人少。旧游重到，但有夕阳衰草。怳然真一梦，人空老。

朱敦儒　　感皇恩·早起未梳头

早起未梳头，小园行遍，拄杖穿花露犹泫。菊篱瓜畹，最喜引枝添蔓。先生独自笑，流莺见。　　著意访寻，幽香国艳，千里移根未为远。浅深相间，最要四时长看。群芳休怪我，归来晚。

朱敦儒　　感皇恩·一个小园儿

一个小园儿，两三亩地，花竹随宜旋装缀。槿篱茅舍，便有山家风味。等闲池上饮，林间醉。　　都为自家，胸中无事，风景争来趁游戏。称心如意，剩活人间几岁。洞天谁道在，尘寰外。

周紫芝　　感皇恩·残月挂征鞍

残月挂征鞍，路长山绕，独拥寒貂犯霜晓。水边林下，孤负此生多少。星星空满鬓，因谁有。　　不如办个，短蓑长钓，唤取轻鸥伴人老。思量也胜，看人眉头眼脑。世间浑是梦，何时了。

周紫芝　　感皇恩·除夜作

玉箸点椒花，年华又杪，绛蜡烧残暗催晓。小窗醒处，梦断月斜江悄。故山春欲动，归程杳。　　天意不放，人生长少，富贵应须致身早。此宵长愿，赢取一尊娱老。假饶真百岁，能多少。

周紫芝　　感皇恩·无事小神仙

竹坡老人步上南冈，得堂基于孤峰绝顶间，喜甚，戏作长短句

无事小神仙，世人谁会，著甚来由自萦系。人生须是，做些闲中活计。百年能几许，无多子。　　近日谢天，与片闲田地，作个茅堂待打睡。酒儿熟也，赢取山中一醉。人间如意事，只此是。

周紫芝　　感皇恩·送晁别驾赴朝

江上一山横，偶来同住，山北山南共来去。今朝何事，目送征鸿轻举。可堪吹不断，梨花雨。　千里莫厌，重霄云路，飞下彤庭伴鹓鹭。紫骝乌帽，看尽章台风絮。故人应问我，今何处。

周紫芝　　感皇恩·送侯彦嘉归彭泽

何处是云庵，本来无住，云共谁来共谁去。菊篱杯酒，聊为渊明频举。幅巾应屡湿，斜川雨。　此去常恨，相从无路，记取孤飞水边鹭。重来一笑，又是柳飞残絮。梦魂飞不到，君闲处。

李　纲　　感皇恩·九日菊花迟

九日菊花迟，茱萸却早，嫩蕊浓香自妍好。一簪华发，只恐西风吹帽。细看还遍插，人忘老。　千古此时，清欢多少，铁马台空但荒草。旅愁如海，须把金尊销了。暮天秋影碧，云如扫。

李　纲　　感皇恩·枕上

西阁夜初寒，炉烟轻袅，竹枕绸衾素屏小。片时清梦，又被木鱼惊觉。半窗残月影，天将晓。　幻境去来，胶胶扰扰，追想平生发孤笑。壮怀消散，尽付败荷衰草。个中还得趣，从他老。

胡舜陟　　感皇恩·丐祠居射村作

乞得梦中身，归栖云水，始觉精神自家底。峭帆轻棹，时与白鸥游戏。畏途都不管，风波起。　光景如梭，人生浮脆，百岁何妨尽沉醉。卧龙多事，谩说三分奇计。算来争似我，长昏睡。

张　纲　　感皇恩·休官

解组盛明时，角巾东路，家在深村更深处。扫开三径，坐看一川烟雨。故山休笑我，来何暮。　苦贪富贵，多忧多虑，百岁光阴能几许。醉乡日月，莫问人间寒暑。兴来随短棹，过南浦。

蔡　伸　　感皇恩·酒晕衬横波

酒晕衬横波，玉肌香透，轻袅腰肢妒垂柳。臂宽金钏，且是不干春瘦。捻金双合字，无心绣。　　鬓云半堕，金钗欲溜，罗袂残香忍重嗅。渡江桃叶，肠断为谁招手。倚阑凝望久，眉空斗。

蔡　伸　　感皇恩·膏雨晓来晴

膏雨晓来晴，海棠红透，碧草池塘袅金柳。王孙何在，不念玉容消瘦。日长深院静，帘垂绣。　　璨枕堕钗，粉痕轻溜，玉鼎龙涎记同嗅。钿筝重理，心事谩凭纤手。素弦弹不尽，眉峰斗。

李弥逊　感皇恩·次韵尚书兄老山堂作

入夜月华清，中天方好，更著山光两相照。星稀云净，玉树惊乌三绕。广寒风露近，秋光老。　　老山高胜，飞尘不到，亭上仙翁自昏晓。短封新唱，字字令人绝倒。待凭书寄恨，归鸿少。

李弥逊　　感皇恩·学士生日

花院小回廊，庭萱成行，水面红妆翠绡帐。蓬莱云近，风露一番清旷。星郎来碧落，长庚象。　　素志未酬，丹心益壮，且醉真珠小槽酿。不须皓齿，拍手狂歌清唱。一尊为寿庆，羲皇上。

李弥逊　　感皇恩·端礼节使生日

密竹剪轻绡，华堂初建，卷上虾须待开宴。寿期春聚，芍药一番开遍。砌成锦步帐，笼弦管。　　绛节近颁，丹雏重见，花里双双乍归燕。重重乐事，凭仗东风拘管。一时分付与，金荷劝。

王以宁　　感皇恩·和才仲西山子

千古洞庭湖，百川争注，雪浪银涛正如许。骑鲸诗客，浩气决云飞雾。背人歌欸乃，凌空去。　　我欲从公，翩然鹄举，未愿人间相君雨。笭箵短棹，是我平生真语。个中烟景好，烦公句。

张元幹　　感皇恩·寿之一

绿发照魁星，平康争看，锦绣肝肠五千卷。出逢熙运，早侍玉皇香案。禁涂扬历遍，纡宸眷。　安养老成，十年萧散，天要中兴相公健。生朝开宴，长是通宵弦管。藕花香不断，南风远。

张元幹　　感皇恩·寿之二

年少太平时，名园甲第，谈笑雍容万钟贵。姚黄重绽，长对小春天气。绮罗丛里惯，今朝醉。　台衮象贤，元枢虚位，壮岁青云自曾致。流霞麟脯，难老洛滨风味。谢公须再为，苍生起。

张元幹　　感皇恩·寿之三

荔子著花繁，清微庭院，贺厦双飞画梁燕。绮罗丛里，百和炉烟祝愿。愿从今日去，身长健。　檀板竞催，榕阴初转，舞袖风前翠翘颤。明年开府，锡宴金钟宣劝。寿星朝北斗，君王眷。

张元幹　　感皇恩·寿之四

豹尾引黄幡，宣麻金殿，雨露恩浓自天遣。搢绅交誉，最乐至诚为善。信知宗姓喜，君王眷。　宝炬密香，玉卮波滟，醉拥笙歌夜深院。西清班近，雅称元戎同燕。要看茅土相，貂蝉面。

邓　肃　　感皇恩·翠竹谩连云

翠竹谩连云，天风不到，帘幕重重自热恼。冷香忽至，爱惜当同芝草。井花浮碧玉，炎威扫。　酒渴想东邻，忧心如捣，纳履生疑谩悔懊。未容沈李，相对尊前倾倒。报君惟短句，琼琚好。

王之道　　感皇恩·彦逢弟生日

宿雾霁晨霜，江山明秀，照眼黄花乱晴昼。当年今日，正是悬弧时候。一杯聊献祝，同亲旧。　　莫问穷通，休论贫富，且趁良辰醉醇酎。扬珠捣玉，况值西成多收。饱餐歌至治，天垂佑。

史　浩　　感皇恩·叔父庆宅并章服代作

健卒走红尘，芝封飞到，金缕斜斜印三道。舞鸾翔凤，犹带御炉烟袅。茜衣新象笏，银章好。　　对此况当，莺花缭绕，画栋翚翚映蓬岛。绣帘初卷，共指松椿偕老。浩歌拚烂醉，金尊倒。

史　浩　　感皇恩·风雨揽元宵

风雨揽元宵，收灯方了，深院红莲尚围绕。德星同聚，更有祥光临照。始知真洞府，春长好。　　应是化工，偏怜衰老，剩把青藜作荣耀。正须沉醉，拚却玉山频倒。寄声更漏子，休催晓。

史　浩　　感皇恩·除夜

结柳送穷文，驱傩吓鬼，爆火熏天漫儿戏。自家炉鼎，有却冷清清地。腊月三十日，如何避。　　且与做些，神仙活计，铅汞收添结灵水。跳丸日月，一任东生西委。玉颜长向此，迎新岁。

康与之　　感皇恩·幽居

一雨一番凉，江南秋兴，门掩苍苔锁寒径。红尘不到，尽日鸟啼人静。绿荷风已过，摇香柄。　　澹阴未解，园林清润，一片花飞堕红影。残书读尽，袖手高吟清咏。任从车马客，劳方寸。

曾　觌　　感皇恩·重到临安

依旧惜春心，花枝常好，只恐尊前被花笑。少年青鬓，耐得几番重到。旧欢重记省，如天杳。　　绮陌青门，斜阳芳草，今古销沉送人老。帝城春事，又是等闲来了。乱红随过雨，莺声悄。

王千秋　　感皇恩·天气过烧灯

天气过烧灯，初闲人倦，晓色曈昽绣帘卷。聚星歌扇，一簇雪香琼软。寿杯争安把，从他满。　　低低笑祝，年龄遐远，息驾无由遂公愿。东风吹喜，又做眉黄一点。便参鹓鹭入，常朝殿。

李流谦　　感皇恩·无害弟生朝作

万绿压庭柯，雨晴烟润，三尺金猊麝微喷。百花香暖，酿作九霞仙酝。祝君如此酒，年年饮。　　插额汉貂，垂腰苏印，趁取如今未华鬓。三茅兄弟，总有丹台名姓。蟠桃熟也未，教人问。

程大昌　　感皇恩·七十在前头

七十在前头，难言未老，只是中间有些好。鬓云虽瘦，未有一根华皓。都缘心地静，无忧恼。　　此际生朝，梅花献笑，似向天边得新报。孙枝秀雅，已挂恩袍春草。定从欢喜处，添年考。

程大昌　　感皇恩·池馆足名花

池馆足名花，四时蔫馥，就里梅春春到速。周遭松竹，任是雪霜长绿。总堪供寿乐，翻新曲。　　别向心田，有般奇木，依约灵椿共标目。八千换历，才当一番春复。莫辞春起处，醅浮玉。

程大昌　　感皇恩·生日示妹

身寿又康强，谢天将并，耳目聪明行步壮。登高挥翰，不用瞠眉扶杖。华堂偕老处，儿孙王。　　只恨萍蓬，他乡浮荡，回首故山便惆怅。今年生日，忽似还家模样。当缘风絮韫，来赓唱。

程大昌　　感皇恩·代妹答

画舸白蘋洲，如归故里，老幼欢迎僮婢喜。较量心事，岁岁春风弧矢。今年称寿处，尤欢美。　　嫁得黔娄，苦耽书史，文字流传曾贵纸。便同黼黻，何似实头龟紫。天公闻此语，应怜许。

程大昌　　感皇恩·变化属朝班

某蒙惠和鄙作，谨再次韵。为闻对班在近，故有祝语。平

生梦多验，此之心声，比梦又差有实也

变化属朝班，鲲鹏相并，健翼垂云风用壮。扶摇得势，不藉仙人仙杖。旁观生意气，犹神王。　　此去汉庭，春光骀荡，亲见子虚不惆怅。鸢肩捷上，自有唐家格样。三台旬月里，堪歌唱。

程大昌　　　感皇恩·中外三人受封

中外受郊恩，三封纶告，依并小君出称号。锦犀光艳，不比香薰脂膏。况从鸣瑟里，添花草。　　更愿天公，别施洪造，水长船高愈新好。恁时舞带，一任巧装百宝。曲终珠满地，从人扫。

程大昌　　　感皇恩·措大做生朝

措大做生朝，无他珍异，填个曲儿为鼓吹。古来龙马，曾献河图真数。羲黄缘得此，齐元气。　　我向如今，职名升赐，地在天宫正东序。当初真本，到此或容披觑。这回错综处，堪详叙。

程大昌　　　感皇恩·生朝

七十有三番，挂弧门首，此事从来信希有。新来仕路，夸说一般高手。肯从清要地，抛簪绶。　　何许分花，伊谁送酒，得开口时且开口。无烦无恼，也没期程奔走。但能安此乐，夷然寿。

程大昌　　　感皇恩·淑人生日词

锦告侈脂封，煌煌家宝，偕老之人已华皓。绿云拥鬓，更没一根入老。但从和晬看，年堪考。　　叶是松苗，松为叶脑，禀得松神大都好。人人戴白，独我青青常保。只将平易处，为蓬岛。

程大昌　　　感皇恩·娄通判生日词

一岁一生朝，一番老相，无欲无营亦无望。看经写字，且做闲中气象。闭门人阒静，心清旷。　　骨肉团栾，一杯相向，野蔌家肴竞来饷。真情直话，不用逢迎俯仰。从他人笑道，不时样。

葛　郯　　感皇恩·风雨半摧残

风雨半摧残，一园花老，绿遍池塘夜来草。看花何处，莫被此花相恼。世间多少事，邯郸道。　　凭远下临，暗尘飞绕，数点烟中树、水村小。斜阳且住，为我花间留照。从教红满地，何须扫。

葛　郯　　感皇恩·花似镜中人

花似镜中人，不堪衰老，空羡青青岸边草。多情消瘦，更被无情相恼。近来无限事，凭谁道。　　蝴蝶满园，从边空绕，睡起流莺过、语声小。琐窗危坐，更被玉蟾相照。夜阑梅影瘦，凭谁扫。

陆　游　　感皇恩·伯礼立春日生日

春色到人间，彩幡初戴，正好春盘细生菜。一般日月，只有仙家偏耐。雪霜从点鬓，朱颜在。　　温诏鼎来，延英催对，凤阁鸾台看除拜。对衣裁稳，恰称球纹新带。个时方旋了，功名债。

陆　游　　感皇恩·小阁倚秋空

小阁倚秋空，下临江渚，漠漠孤云未成雨。数声新雁，回首杜陵何处。壮心空万里，人谁许。　　黄阁紫枢，筑坛开府，莫怕功名欠人做。如今熟计，只有故乡归路。石帆山脚下，菱三亩。

姜特立　　感皇恩·壬戌生朝

儿女沸欢声，生朝来到，帘幕中间喷香兽。京祠新任，好事日边还又。清闲无个事，君恩厚。　　赢得乞食，歌姬一笑，旧衲云山伴红袖。蓬莱弱水，试问神仙何有。近来饶落托，贪杯酒。

沈端节　　感皇恩·和气霭微霄

和气霭微霄，黄云飘转，东阁观梅负诗眼。满斟绿酒，唱个曲儿亲劝。愿从今日去，长相见。　　宝幄欢浓，玉炉香软，彼此宜冬镇长健。绣床儿畔，渐渐日迟风暖。告他事事底，饶一线。

丘　密　　　**感皇恩·庚申为大儿寿**

时节近中秋，桂花天气，忆得熊罴梦呈瑞。向来三度，恨被一官萦系。今朝称寿，也休辞醉。　　斑衣戏彩，薄罗初试，华发双亲剩欢喜。功名荣贵，未要匆匆深计。一杯先要祝，千百岁。

吕胜己　　　**感皇恩·雁汊泊舟作**

秋意满江湖，雨轻风熟，上水扁舟片帆速。远山低岸，贪看浅红深绿。不知回舵尾，沧湾宿。　　推枕起来，举杯相属，休叹风尘为微禄。几年行路，但觉登临不足。且翻楚调入，清江曲。

唐致政　　　**感皇恩·君欲问予年**

君欲问予年，八十有七，百岁十分尚留一。世间滋味，尝尽酸咸苦涩，时今倒食蔗、无甜汁。

赵长卿　　　**感皇恩·柳**

景物一番新，熙熙时候，小院融和渐长昼。东君有意，为怜纤腰消瘦，软风吹破眉间皱。　　袅袅枝头，轻黄微透，舞到春深转清秀。锦囊多感，又更新来伤酒，断肠无语凭栏久。

赵长卿　　　**感皇恩·送林县尉**

碧水浸芙蓉，秋风楚岸，三岁光阴转头换。且留都骑，未许匆匆分散，更持杯酒殷勤劝。　　休作等闲，别离人看，且对笙歌醉须拚。如君才调，掌得玉堂词翰，定应不久劳州县。

辛弃疾　　　**感皇恩·露染武夷秋**

露染武夷秋，千峦耸翠，练色泓澄玉清水。十分冰鉴，未吐玉壶天地。精神先付与，人中瑞。　　青锁步趋，紫微标致，凤翼看看九十里。任挥金碗，莫负凉飙佳致。瑶台人度曲，千秋岁。

辛弃疾　　　**感皇恩·为范倅寿**

春事到清明，十分花柳，唤得笙歌劝君酒。酒如春好，春色年年如旧。青春元不老，君知否。　　席上看君，竹清松瘦，待与青春斗长久。三山归路，明日天香襟袖。更持银盏起，为君寿。

辛弃疾　　感皇恩·寿范倅

七十古来稀，人人都道，不是阴功怎生到。松姿虽瘦，偏耐云寒霜冷。看君双鬓底，青青好。　　楼雪初晴，庭闱嬉笑，一醉何妨玉壶倒。从今康健，不用灵丹仙草。更看一百岁，人难老。

辛弃疾　　感皇恩·寿陈丞及之

富贵不须论，公应自有，且把新词祝公寿。当年仙桂，父子同攀希有。人言金殿上，他年又。　　冠冕在前，周公拜手，同日催班鲁公后。此时人羡，绿鬓朱颜依旧。亲朋来贺喜，休辞酒。

辛弃疾　　感皇恩·读庄子有所思

案上数编书，非庄即老，会说忘言始知道。万言千句，自不能忘堪笑。朝来梅雨霁，青青好。　　一壑一丘，轻衫短帽，白发多时故人少。子云何在，应有玄经遗草。江河流日夜，何时了。

辛弃疾　　感皇恩·为婶母王氏庆七十

七十古来稀，未为稀有，须是荣华更长久。满床靴笏，罗列儿孙新妇。精神浑是个，西王母。　　遥想画堂，两行红袖，妙舞清歌拥前后。大男小女，逐个出来为寿。一个一百岁，一杯酒。

赵善扛　　感皇恩·七十古来稀

七十古来稀，吾生已半，莫把身心自萦绊。据他缘分，且恁随时消遣。但知逢酒饮，逢花看。　　林泉有约，风光无限，日上花梢起来晚。芒鞋竹杖，信步水村山馆。更寻三两个，清闲伴。

甄良友　　　　感皇恩·钱参政

华表鹤重来，嘉禾合穗，天命真人救斯世。故仙子来佐，中兴之际。这回真是个，风云会。　天水庆源，钱塘潮势，主圣臣贤千岁。半钩月小，一剪梅花香细。太平无事也，休辞醉。

黄人杰　　　　感皇恩·西湖

秋色满西湖，雨添新绿，一派烟光望中足。清香十里，画舸去来相逐。酒酣时听得，渔家曲。　人道似郎，郎还第六，云水相逢未谙熟。晚来风静，闲浸几枝红玉。水神应不禁，江妃浴。

韩　玉　　　　感皇恩·广东与康伯可

远柳绿含烟，土膏才透，云海微茫露晴岫。故乡何在，梦寐草堂溪友。旧时游赏处，谁携手。　尘世利名，于身何有，老去生涯殢樽酒。小桥流水，一树雪香瘦。故人今夜月，相思否。

马子严　　　　感皇恩·自寿

深约海棠开，一庭儿女，共插满头笑相语。入春准备了，到今朝团聚。近来都不怕，风和雨。　一个一杯，君山绿醑，何必贪多似彭祖。但须看遍，子生孙孙生子。便年年拚一醉，花前舞。

张　镃　　　　感皇恩·驾霄亭观月

诗眼看青天，几多虚旷，雨过凉生气萧爽。白云无定，吹散作、鳞鳞琼浪。尚余星数点，浮空上。　明月飞来，寒光磨荡，仿佛轮间桂枝长。倚风归去，纵长啸、一声悠飏。响摇山岳影，秋悲壮。

汪　莘　　　　感皇恩·年少好寻芳

年少好寻芳，早春时节，飞去飞来似蝴蝶。如今老大，懒趁五陵豪侠。梦中时听得，秦箫咽。　割断人间，柳枝桃叶，海上书来恨离别。旧游还在，空锁烟霞万叠。举杯相忆处，青天月。

韩　淲　　感皇恩·和吴推官

急管度青枝，醉眠芳草，云断巫阳梦能到。乍醒余困，晴影暗移纱帽。旧时闲意思，都忘了。　　今岁春迟，去年春早，点点繁红又多少。惜春归去，酒病翻成花恼。数声鸣鸟唤，人惊老。

韩　淲　　感皇恩·诗社酒徒闲

诗社酒徒闲，村村花柳，月榭风亭更霞牖。临春结绮，又是那回时候。不禁中夜雨，相僝僽。　　弄蕊攀条，为寻芳酒，一斗谁能问千首。江南云梦，空说气吞八九。持杯人共我，能吟否。

李廷忠　　感皇恩·寿王节使

昨夜一星明，太微西畔，应得良朝诞名将。豹韬龙节，谈笑坐清江汉。年年梅雪里，开华宴。　　铁券高勋，金钟洪算，要同宗社流芳远。玺书褒异，自得君王深眷。看看登剑履，明光殿。

邹应博　　感皇恩·知平江日寿母上官太夫人

觅得个州儿，稍供彩戏，多谢天公为排备。一轮明月，酝作清廉滋味。倾入寿杯里，何妨醉。　　我有禄书，呈母年万计，八十三那里暨。便和儿算，恰一百四十地。这九千余岁，长随侍。

刘　镇　　感皇恩·寿赵路公八十

八十最风流，那谁不喜，况是精神可人意。太公当日，未必荣华如此。儿孙列两行，莱衣戏。　　好景良辰，满堂和气，唱个新词管教美。愿同彭祖，尚有八百来岁。十分才一分，那里暨。

张　侃　　感皇恩·佳处记曾游

元夕后二日，同彦敬郎中饮洪宣慰山园红梅下，得感皇恩二阕

佳处记曾游，十年重到，罨画湖山最春早。红梅几树，一

夜东风开了。矮松修竹外，依然好。　　玉色醺酣，香团娇小，消得金尊共倾倒。满怀风味，前度何郎今老。徘徊疏影里，花应笑。

张　侃　　　感皇恩·换骨有丹砂

换骨有丹砂，阿谁传与，爱惜芳心不轻吐。客来烂熳，解得此情良苦。有时三两点，胭脂雨。　　旧说江南，红罗亭下，未必春光便如许。认桃辨杏，最是渠家低处。问花曾怨不，娇无语。

吴　潜　　　感皇恩·和广德知军韵

老去最难禁，流光如水，甲子从头试□指。年年生日，怕被旁人拈起。若攀儿额，颓龄犹未。　　方丈瀛洲，蓝溪碧沚，转眼鲈莼便秋意。君王定许，整顿江头行李。角巾归去也，休里第。

赵孟坚　　感皇恩·初任官所为慈闱寿

官小宦游初，清贫如旧，小簇杯盘旋篘酒。虽然微禄，不比他们丰厚。也知惭愧是，皇恩受。　　富贵千般，享之惟寿。心地平时到头有。摩挲铜狄，祝望比他长久。鼎来荣贵待，通闺后。

赵孟坚　　　感皇恩·一百二十年

次任为慈闱寿，是年慈闱六十二岁本命后一年也

一百二十年，两番甲子，前番风霜饱谙矣。今番甲子，一似腊尽春至。程程有好在，应惭愧。　　莫道官贫，胜如无底，随分杯筵称家计。从今数去，尚有五十八生朝里。待儿官大，做奢遮会。

黄　昇　　　感皇恩·送饶溪台游浙

骑鹤上扬州，腰缠十万，拈起诗人旧公案。看山看水，此去胜游须遍。烦君收拾取，归吟卷。　　少日风流，暮年萧散，佳处何妨小留款。沙河塘上，落日绣帘争卷。也须拂拭起，看花眼。

陈允平　　感皇恩·体态玉精神

体态玉精神，惺憁言语，一点灵犀动人处。绣香罗帕，为待别时亲付。要人长记得，相思苦。　彩鸾独跨，蓝桥归路，憔悴东风自蛮素。桃叶杨花，又向空江欲度。任洛阳城里，春无数。

魏了翁　　感皇恩·和阎广安□□

三峡打头风，吹回荆步，坎止流行谩随遇。须臾风静，重踏西来旧武。世间忧喜地，分明觑。　喜事虽新，忧端依旧，徒为岷峨且欢舞。阴云掩映，天末扣阍无路。一鞭归去也，鸥为侣。

臧余庆　　感皇恩·消息近春来

消息近春来，东风还又，先借椒盘劝金斗。坐间和气，压尽一番梅柳。掖庭频寓直，君恩厚。　天佑两宫，南山齐寿，况有仙丹在公手。论功医国，合在药王之右。不妨千岁饮，长生酒。

臧余庆　　感皇恩·南岳有真仙

南岳有真仙，人间祥瑞，酒量诗豪世无比。晚年林下，做个清闲活计。诮如千岁鹤，巢云际。　此日大家，广排筵会，酒劝千钟莫辞醉。昔时彭祖，寿年八百余岁。十分才一分，那里暨。

臧余庆　　感皇恩·交广出沉香

交广出沉香，路遥难致，何况卑人更不易。寿星香帕，我又几曾识置。有般祝寿底，忒忔戏。　剪下一张，池州表纸，捻得轻圆更滑腻。五双纸捻，管打十个喷嚏。□□□□儿，一百岁。

霍安人　　感皇恩·十月小春天

十月小春天，梅飘香细，九叶尧蓂已呈瑞。寿阳仙子，暂降羽衣环佩。林间风味，别人难比。　齐眉共庆，欢声鼎沸，有子知书继家世。兼金五福，行被君恩宠贲。愿祈龟鹤算，千千岁。

叶巽斋　　　　感皇恩·寿王簿

冬岭秀乔松，江南飞雪，数朵梅花弄春色。玉颜苍鬓，人似松梅标格。岁寒长不老，人奇绝。　　簿领余间，长生有道，福寿从今更千百。孙枝浸盛，万卷家传方册。樽前频醉，此宵风月。

无名氏　　　　感皇恩·剪玉蹙花苞

剪玉蹙花苞，腊寒时候，间竹横溪自清瘦。黄昏时候，拂拂暗香微透。寿阳妆面恨，眉频斗。　　堪赏占断，三春先手，不是东君意偏有。百花羞尽，故教孤芳独秀。只愁明月夜，笛声奏。

无名氏　　　　感皇恩·暖律破寒威

暖律破寒威，春回宫柳，晴景初曦上元候。禁城烟火，移下一天星斗。素娥凝碧汉，明如昼。　　绣毂电转，锦鞯飞骤，九踏笙歌按新奏。胜游方凝，忽听晓钟银漏。两两归去也，应回首。

无名氏　　感皇恩·寿宗室　五月廿二

天水浴英姿，精神清彻，偏向蕤宾奈炎热。瑞蓂飘飘，却是生贤吉日。凌云志气，飘飘无敌。　　头角轩昂，作霖在即，谁识功名待时立。一朝腾踏，国赖维城力。庆萱堂齐寿，延千亿。

无名氏　　感皇恩·寿翰林　十月十四

明夜月团圆，小春霜早，今日由来佳气好。都城传道，翰苑称觞欢笑。知是当年，诞生元老。　　新来曾见，金莲送到，一任芳樽频醉倒。判花西掖，独掞春华词藻。召归紫闼，永为师保。

感皇恩令

即《感皇恩》，《高丽史·乐志》宋无名氏词名《感皇令》。详见《感皇恩》条。

无名氏　　感皇恩令·和袖把金鞭

和袖把金鞭，腰如束素，骑介驴儿过门去。禁街人静，一阵香风满路。凤鞋宫样小，弯弯露。　　蓦地被他，回眸一顾，便是令人断肠处。愿随鞭镫，又被名缰勒住。恨身不做个，闲男女。

感 庭 秋

即《撼庭秋》，详见《撼庭秋》条。

欧阳修　　感庭秋·红笺封了还重拆

红笺封了还重拆，这添追忆。且教伊见我，别来翠减香销端的。　　渌波平远，暮山重叠，算难凭鳞翼。倚危楼极目，无情细草长天色。

感恩多令

即《山花子》，《高丽史·乐志》宋无名氏词调名为《感恩多令》。详见《山花子》条。

无名氏　　感恩多令·罗帐半垂门半开

罗帐半垂门半开，残灯孤月照窗台，北斗渐移天欲曙、漏更催。　　携手劝君离别酒，泪和红粉滴金杯，呜咽问君今夜去、几时回。

殢 人 娇

又名《恣逍遥》，调见柳永《乐章集》。双调，有六十四字、六十六字、六十七字、六十八字等数体。其六十八字，上下片各六句、四仄韵为正体；其六十八字，上下片各七句、四仄韵为变体等。

柳　永　　　殢人娇·当日相逢

当日相逢，便有怜才深意。歌筵罢、偶同鸳被。别来光景，看看经岁。昨夜里、方把旧欢重继。　晓月将沉，征骖已鞴。愁肠乱、又还分袂。良辰好景，恨浮名牵系。无分得、与你恣情浓睡。

晏　殊　　　殢人娇·二月春风

二月春风，正是杨花满路。那堪更、别离情绪。罗巾掩泪，任粉痕沾污。争奈向、千留万留不住。　玉酒频倾，宿眉愁聚。空肠断、宝筝弦柱。人间后会，又不知何处。魂梦里、也须时时飞去。

晏　殊　　　殢人娇·玉树微凉

玉树微凉，渐觉银河影转。林叶静、疏红欲遍。朱帘细雨，尚迟留归燕。嘉庆日、多少世人良愿。　楚竹惊鸾，秦筝起雁。萦舞袖、急翻罗荐。云回一曲，更轻拢檀板。香炷远、同祝寿期无限。

晏　殊　　　殢人娇·一叶秋高

一叶秋高，向夕红兰露坠。风月好、乍凉天气。长生此日，见人中嘉瑞。斟寿酒、重唱妙声珠缀。　凤管移宫，钿衫回袂。帘影动、鹊炉香细。南真宝箓，赐玉京千岁。良会永、莫惜流霞同醉。

苏　轼　　殢人娇·王都尉席上赠侍人

满院桃花，尽是刘郎未见。于中更、一枝纤软。仙家日月，笑人间春晚。浓睡起，惊飞乱红千片。　密意难传，羞容易变。平白地、为伊肠断。问君终日，怎安排心眼。须信道，司空自来见惯。

苏　轼　　　殢人娇·赠朝云

白发苍颜，正是维摩境界。空方丈、散花何碍。朱唇箸点，更髻鬟生彩。这些个，千生万生只在。　好事心肠，著人情态。闲窗下、敛云凝黛。明朝端午，待学纫兰为佩。寻一首好诗，要书裙带。

苏　轼　　　殢人娇·戏邦直

别驾来时，灯火荧煌无数。向青琐、隙中偷觑。元来便是，共彩鸾仙侣。方见了，管须低声说与。　百子流苏，千枝宝炬。人间有、洞房烟雾。春来何事，故抛人别处。坐望断，楼中远山归路。

晁端礼　　　殢人娇·旋剔银灯

旋剔银灯，高褰斗帐。孜孜地、看伊模样。端相一饷，揉搓一饷。不会得、知他甚家娘养。　不见些儿，行思坐想。分飞后、怎生□向。天天若许，长长偎傍。顶戴著、一生也即不枉。

毛　滂　　　殢人娇·雪做屏风

雪做屏风，花为行帐。屏帐里、见春模样。小晴未了，轻阴一饷。酒到处、恰如把春拈上。　官柳黄轻，河堤绿涨。花多处、少停兰桨。雪边花际，平芜叠幛。这一段、凄凉为谁怅望。

毛　滂　　　殢人娇·约归期偶参差戏作寄内

短棹犹停，寸心先往。说归期、唤做的当。夕阳下地，重城远样。风露冷、高楼误伊等望。　今夜孤村，月明怎向。依还是、梦回绣幌。远山想像，秋波荡漾。明夜里、与伊画著眉上。

张　抃　　　殢人娇·深院海棠

深院海棠，谁倩春工染就。映窗户、烂如锦绣。东君何意，便风狂雨骤。堪恨处，一枝未曾到手。　今日乍晴，匆匆命酒。犹及见、胭脂半透。残红几点，明朝知在否。问何似，去年看花时候。

张　抃　　　殢人娇·多少胭脂

多少胭脂，匀成点就。千枝乱、攒红堆绣。花无长好，更光阴去骤。对景忆良朋，故应招手。　曾记年时，花间把酒。枉淋浪、春衫湿透。文园今病，问远能来否。却道有，荼蘼牡丹时候。

此首别作张方仲词

王庭珪　　　　　殢人娇·小院桃花

小院桃花，烟锁几重珠箔。更深后、海棠睡著。东风吹去，落谁家墙角。平白地教人，为他情恶。　　花若有情，情应不薄。也须悔从前事错。而今夜雨，念玉颜飘泊。知那里人家，怎生顿著。

张方仲　　　　殢人娇·多少胭脂

多少胭脂，匀成点就。千枝乱、攒红堆绣。花无长好，更光阴去骤。对景忆良朋，故应招手。　　曾说年时，花间把酒。任淋浪、春衫湿透。文园今病，问远能来否。却道有酴醾、牡丹时候。

此首别作张扩词

向子湮　殢人娇·钱卿席上赠侍人轻轻

白似雪花，柔于柳絮。蝴蝶儿、镇长一处。春风骀荡，蓦然吹去。得游丝、半空惹住。　　波上精神，掌中态度。分明是、彩云团做。当年飞燕，从今不数。只恐是、高唐梦中神女。

杨无咎　　　　　殢人娇·李莹

恼乱东君，满目千花百卉。偏怜处、爱他秾李。莹然风骨，占十分春意。休漫说、唐昌观中玉蕊。　　妒雪凝霜，凌红掩翠。看不足、可人情味。会须移种，向曲栏幽砌。愁绿叶成阴，道傍人指。

杨无咎　　　　殢人娇·曾韵寿词

露下天高，最是中秋景胜。喜银蟾、十分增晕。嫦娥飞下，见雾鬟风鬓。念八景园中，画谁能尽。　　慢奏云韶，美斟仙酝。清不寐、桂香成阵。只愁来夕，又阴晴无准。却待约重圆，后期难问。

李流谦　　　　殢人娇·痴本无绦

痴本无绦，闷宁有火。都是你、自缠自锁。高来也可，低来也可。这宇宙、何曾碍你一个。　休说荣枯，强分物我。惺惺地、要须识破。渔樵不小，公侯不大。但赢取、饥餐醉来便卧。

无名氏　殢人娇·后庭梅花开有感

玉瘦香浓，檀深雪散。今年恨、探梅较晚。江楼楚馆，云闲水远。清昼永，凭阑翠帘低卷。　坐上客来，尊中酒满。歌声共、水流云断。南枝可插，便须频剪。莫直待、西楼数声羌管。

无名氏　殢人娇·解了痴绦

解了痴绦，泼煞闷火。眉尖上、放闲愁锁。高来不可，低来不可，莫是人间剩我一个。　富贵谩人，功名赚我。且舞个、采莲曲破。红裙腰细，醁醅盏大，须占取、名花艳中醉卧。

摸 鱼 儿

唐教坊曲名。又名《摸鱼子》、《买陂塘》、《山鬼谣》、《陂塘柳》、《双莲》、《迈陂塘》、《双蕖怨》、《安庆摸》、《舞蛟吟》。双调数体。其一百一十六字，上片十句、六仄韵，下片十一句、七仄韵为正体；其一百一十六字，上片十一句、七仄韵，下片十二句、八仄韵为变体；其一百一十四字，上下片各十一句、七仄韵为另一变体等。

欧阳修　摸鱼儿·卷绣帘

卷绣帘、梧桐秋院落，一霎雨添新绿。对小池闲立残妆浅，向晚水纹如縠。凝远目、恨人去寂寂，凤枕孤难宿。倚阑不足，看燕拂风檐，蝶翻露草，两两长相逐。　双眉促，可惜年华婉娩，西风初弄庭菊。况伊家年少，多情未已难拘束。那堪更趁凉景，追寻甚处垂杨曲。佳期过尽，但不说归来，多应忘了，云屏去时祝。

秦　观　摸鱼儿·重九

傍湖滨、几椽茅屋，依然又过重九。烟波望断无人见，惟有风吹疏柳。凝思久，向此际，寒云满目空搔首。何人送酒，但一曲溪流，数枝野菊，自把唾壶叩。　　休株守，尘世难逢笑口，青春过了难又。一年好景真须记，橘绿橙黄时候。君念否，最可惜，霜天闲却传杯手。鸥朋鹭友，聊摘取茱萸，殷勤插鬓，香雾满衫袖。

晁补之　　摸鱼儿·东皋寓居

买陂塘、旋栽杨柳，依稀淮岸江浦。东皋嘉雨新痕涨，沙觜鹭来鸥聚。堪爱处，最好是、一川夜月光流渚。无人独舞，任翠幄张天，柔茵藉地，酒尽未能去。　　青绫被，莫忆金闺故步。儒冠曾把身误，弓刀千骑成何事，荒了邵平瓜圃。君试觑，满青镜、星星鬓影今如许。功名浪语，便似得班超，封侯万里，归计恐迟暮。

张继先　　摸鱼儿·甚山灵

甚山灵、斗奇夸巧，悬峰遥献形似。仓船炉灶无封闭，零落车罗机履。山临水，任瓮杵、辘轳赝架俱闲毁。床棺尘委，更乐隐棋休，料闲真隐，三教忘宾主。　　人都语，二十四岩佳致，来往溯流观指。目前景相纷虚幻，神仙家在何许。君莫取，这身世、山林朝市随缘遇。休论诡异，但总绝情缘，一空妍丑，觌面先寻你。

辛弃疾　　摸鱼儿·更能消

淳熙己亥，自湖北漕移湖南，同官王正之置酒小山亭，为赋

更能消、几番风雨，匆匆春又归去。惜春长恨花开早，何况落红无数。春且住，见说道、天涯芳草迷归路。怨春不语，算只有殷勤，画檐蛛网，尽日惹飞絮。　　长门事，准拟佳期又误，蛾眉曾有人妒。千金纵买相如赋，脉脉此情谁诉。君莫舞，君不见、玉环飞燕皆尘土。闲愁最苦，休去倚危楼，斜阳正在，烟柳断肠处。

辛弃疾　　摸鱼儿·观潮上叶丞相

望飞来、半空鸥鹭，须臾动地鼙鼓。截江组练驱山去，鏖战未收貔虎。朝又暮，诮惯得、吴儿不怕蛟龙怒。风波平步，看红旆惊飞，跳鱼直上，蹙踏浪花舞。　　凭谁问，万里长鲸

吞吐，人间儿戏千弩。滔天力倦知何事，白马素车东去。堪恨处，人道是、子胥冤愤终千古。功名自误，谩教得陶朱、五湖西子，一舸弄烟雨。

赵善括　　摸鱼儿·和辛幼安韵

喜连宵、四郊春雨，纷纷一阵红去。东君不爱闲桃李，春色尚余分数。云影住，任绣勒香轮，且阻寻芳路。农家相语，渐南亩浮青，西江涨绿，芳沼点萍絮。　西成事，端的今年不误，从他蝶恨蜂妒。莺啼也怨春多雨，不解与春分诉。新燕舞，犹记得、雕梁旧日空巢土。天涯劳苦，望故国江山，东风吹泪，渺渺在何处。

赵善括　　摸鱼儿·被杨花

被杨花、带将春去，飘扬一路无定。满庭绿荫丝千尺，枝上旧香吹尽。幽梦醒，对晚色、秋千院落人初静。柔条弄影，奈翦翦轻风，冥冥细雨，惹起万千恨。　云山路，休蹑高楼独凭，楚天一抹烟暝。娇莺百啭飞鸠去，何处可寻芳信。心自省，念咫尺、青楼应怪人薄幸。归期将近，料喜鹊先知，飞来报了，日日倚门等。

程　垓　　摸鱼儿·掩凄凉

掩凄凉、黄昏庭院，角声何处呜咽。矮窗曲屋风灯冷，还是苦寒时节。凝伫切，念翠被熏笼，夜夜成虚设。倚阑愁绝，听凤竹声中，犀影帐外，簌簌酿寒轻雪。　伤心处，却忆当年轻别，梅花满院初发。吹香弄蕊无人见，惟有暮云千叠。情未彻，又谁料而今，好梦分胡越。不堪重说，但记得当初，重门锁处，犹有夜深月。

姜　夔　　摸鱼儿·向秋来

辛亥秋期，予寓合肥。小雨初霁，偃卧窗下，心事悠然。起与赵君猷露坐月饮，戏吟此曲，盖欲一洗钿合金钗之尘。他日野处见之，甚为予击节也

向秋来、渐疏班扇，雨声时过金井。堂虚已放新凉入，湘竹最宜欹枕。闲记省，又还是、斜河旧约今再整。天风夜冷，自织锦人归，乘槎客去，此意有谁领。　空赢得，今古三星

炯炯，银波相望千顷。柳州老矣犹儿戏，瓜果为伊三请。云路迥，漫说道、年年野鹊曾并影。无人与问，但浊酒相呼，疏帘自卷，微月照清饮。

杜　旟　　　　　摸鱼儿·湖上

放扁舟、万山环处，平铺碧浪千顷。仙人怜我征尘久，借与梦游清枕。风乍静，望两岸群峰，倒浸玻璃影。楼台相映，更日薄烟轻，荷花似醉，飞鸟堕寒镜。　　中都内，罗绮千街万井，天教此地幽胜。仇池仙伯今何在，堤柳几眠还醒。君试问，□此意、只今更有何人领。功名未竟，待学取鸱夷，仍携西子，来动五湖兴。

魏了翁　　　　摸鱼儿·送张总领

知年来、几番拜疏，但言归去归去。问归有底匆忙事，得凭陈情良苦。天未许，将花绶藻衣，为插仪庭羽。掉头不顾，念白发翁儿，本来天分，不是折腰具。　　从头数，多少汉庭簪组，滔滔车马成雾。争如祖帐东门外，父子缥缥高举。峨眉下、有几许湖山，无著春风处。留君不住，但远景楼前，追陪杖屦，莫忘却、别时语。

魏了翁　　摸鱼儿·饯黄侍郎畴若劝酒

向江头、几回凝望，垂杨那畔舟才舣。江神似识东归意，故放一篙春水。却总被，三百里人家、祖帐连天起。且行且止，便为汝迟留，三朝两日，如此只如此。　　还须看，世上忧端如猬。一枰白黑棋子，肥边瘦腹都闲事，毕竟到头何似。当此际，要默识沉思，一著惺惺地。目前谁是，料当局诸公，敛容缩手，日夜待公至。

魏了翁　　摸鱼儿·高嘉定生日泰叔

记年时、三星明处，尊前携手相语。家山幸有瓜和芋，何苦投身官府。谁知道，尚随逐风华，为蜀分南土。依前廉取，便卷却旌麾，提将绣斧，天口笑应许。　　逢初度，从头要为君数，怕君惊落前箸。天东扶木三千丈，不照关河烟雨。谁砥柱，想造物生才，肯恁无分付。九州风露，待公等归来，为清天步，容我赋归去。

卢祖皋　　摸鱼儿·九日登姑苏台

怪西风、晓来敧帽，年华还是重九。天机衮衮山新瘦，客子情怀谁剖。微雨后，更雁带边寒，袅袅欺罗袖。慵荷倦柳，悄不似黄花，田田照眼，风味尽如旧。　登临地，寂寞崇台最久，阑干几度搔首。翻云覆雨无穷事，流水斜阳知否。吟未就，但衰草荒烟，商略愁时候。闲愁浪有，总输与渊明，东篱醉舞，身世付杯酒。

赵与洽　　摸鱼儿·梅

甚幽人、被花勾引，庭皋遥夜来去。江空岁晚谁为伴，只有琼枝玉树。愁绝处，望万里瑶台，梦断迷归路。花还解语，更雪琢精神，冰相韵度，粉黛尽如土。　飘仙袂，曾缀蕊珠鹓鹭。云茵月障千步，莫教衣袖天香冷，恐怨美人迟暮。更起舞，任斗转参横，翠羽曾知否。尘缘自误，终待骖鸾，乘风共去，长作此花主。

吴　泳　　摸鱼儿·生日自述

甚一般、化工模子，铸成一个拙底。生来不向春头上，却跨暮春娄尾。蓦省记，早冉冉花阴，灑灑循除水。虽然恁地，但笑咏春风，闲推鸣瑟，别自有真意。　从前看，三十七年都未，醉生声利场里。浮云破处窗涵月，唤得自家醒起。别料理，那玉燕石麟，不当真符瑞。彻头地位，也须是长年，闻些好语，作个标月指。

吴　泳　　摸鱼儿·郫县宴同官

倚南墙、几回凝伫，绿筠冉冉如故。帝城景色缘何事，一半花枝风雨。收听取，这气象精神，则要人来做。当留客处，且遇酒高歌，逢场戏剧，莫作皱眉事。　那个是，紫佩飞霞仙侣，骎骎云步如许。清闲笑我如鸥鹭，不肯对松觅句。萍散聚，又明月、还寻锦里烟霞路。浮名自误，待好好归来，携筒载酒，同访子云去。

苏　洞　　摸鱼儿·忆刘改之

望关河、试穷遥眼，新愁似丝千缕。刘郎豪气今何在，应是九疑三楚。堪恨处，便拚得、一生寂寞长羁旅。无人寄语，但吊麦伤桃，边松倚竹，空忆旧诗句。　　文章事，到底将身自误，功名难料迟暮。鹑衣箪食年年瘦，受侮世间儿女。君信否，尽县簿高门，岁晚谁青顾。何如引起，任槎上张骞，山中李广，商略尽风度。

王　迈　　　　摸鱼儿·昔元城

闽漕王幼学作碧湾丹嶂堂，歌此词，以墨本见寄，依韵和之

昔元城、一生清峭，南都高卧坚壁。留耕便是元城样，何肯枉吾寻尺。曾直笔，说社稷安危，屡叩龙墀额。明时逐客，却惠顾丹山，来持翠节，对此一湾碧。　　澄清暇，无奈登临有癖，梅山时访仙迹。神仙偏喜公心事，一见莞然前席。闲不得，有先见蓍龟，消得君王忆。天阍不隔，要济险孤舟，支倾一柱，公外向谁觅。

曾开国　　　　摸鱼儿·寿吴权州

望层霄、五云开处，屏星光射螺浦。复来七日冬将至，恰则岳神生甫。梅半吐，试索笑巡檐，稍稍香风度。花娇欲语，问昔日治平，吴公无传，今请为公歌襦袴。　　□□□，玉粒家家丰贮，因人岂关天数。金城千里谁能护，前召又逢后杜。□□□，见说道、长安新筑沙堤路。班催鹭序，春色醉蟠桃，胸中色线，待把衮衣补。

黄　机　　　　摸鱼儿·惜春归

惜春归、送春惟有，乱红扑蔌如雨。乱红也怨春狼藉，揾得泪痕无数。肠断处，更唤起、琼鹃催发长亭路。征鞍难驻，但脉脉含颦，嗔人底事，刚爱逐春去。　　阑干凭，芳草斜阳凝伫，愁连满眼烟树。鬟松不理金钗溜，鸾镜一奁香雾。花谁主，怅□□、玉容寂寞春知否。单衣懒御，任门外东风，流莺声里，尽日搅飞絮。

葛长庚　　　　摸鱼儿·问苍江

问苍江、旧盟鸥鹭，年来景物谁主。悠悠客鬓知何似，吹满西风尘土。浑未悟，漫自许，功名谈笑侯千户。春衫戏舞，怕三径都荒，一犁未把，猿鹤笑君误。　　君且住，未必心期

尽负，江山秋事如许。月明风静蘋花路，欹枕试听呜舻。还又去，道唤取，陶泓要草归来赋。相思最苦，是野水连天，渔榔四处，蓑笠占烟雨。

葛长庚　　**摸鱼儿·寿觉非居士**

雨肥梅、亭台初夏，昙花开向前夜。纯阳鹤会先三日，何处神仙降驾。知得也，□□是、西山彭抗来胎化。平生性野，自倒指今年，七旬有六，使节半天下。　焚金兽，毋惜满斟玉斝，儿孙况又潇洒。公今骨相如松在，一掬精神堪画。于今且，□□炼、金丹成了为凭藉。归心莲社，便做得乃翁，年登八百，未是寿长者。

葛长庚　　**摸鱼儿·这身儿**

这身儿、从来业障，一生空自劳攘。生生死死皆如梦，更莫别生妄想。没伎俩，只管去、天台雁荡寻方广。几人不省，被妻子萦缠，生涯拘束，甘自归黄壤。　世间事，一斤两个八两，问谁能去俯仰。道义重了轻富贵，却笑轮回来往。休勉强，老先生、从来恬淡无妆幌。一声长啸，把拄杖横肩，草鞋贴脚，四海平如掌。

葛长庚　　**摸鱼儿·寿傅枢阁中李夫人**

跨飞鸾、醉吹瑶笛，蓬莱知在何处。薰风飘散荷花露，梦觉已非帝所。忘归路，谁知道、人间别有神仙侣。身游枢府，奈诏入玉楼，猛骑箕尾，四海忆霖雨。　问王母，天上桃红几度，蕊宫今是谁主。明年甲子从头数，春入鬟云鬓雾。如今去，是处里、福田都著黄金布。庭前玉树，看子早生孙，孙还生子，岁岁彩衣舞。

刘克庄　　**摸鱼儿·怪新年**

怪新年、倚楼看镜，清狂浑不如旧。暮云千里伤心处，那更乱蝉疏柳。凝望久，怆故国、百年陵阙谁回首。功名大谬，叹采药名山，读书精舍，此计几时就。　封侯事，久矣输人妙手，沧洲聊作渔叟。高冠长剑浑闲物，世上切身惟酒。千载后，君试看，拔山扛鼎俱乌有。英雄骨朽，问顾曲周郎，而今还解，来听小词否。

刘克庄　　　　摸鱼儿·海棠

甚春来、冷烟凄雨，朝朝迟了芳信。蓦然作暖晴三日，又觉万姝娇困。霜点鬓，潘令老、年年不带看花分。才情减尽，怅玉局飞仙，石湖绝笔，孤负这风韵。　倾城色，懊恼佳人薄命，墙头岑寂谁问。东风日暮无聊赖，吹得胭脂成粉。吾细认，花共酒，古来二事天尤吝。年光去迅，漫绿叶成阴，青苔满地，做得异时恨。

刘克庄　　　　摸鱼儿·用实之韵

便披蓑、荷锄归去，何须身著宫锦。与谁共话桑麻事，朱老阮生尤稔。筛样饼，瓮样茧，长须赤脚供樵饪。清流浊品，尽扫去胸中，置诸膜外，对酒莫辞饮。　华胥梦，怕杀人惊晓枕，疏窗惟月来闯。一生常被弓旌误，且告朝家追寝。愁个甚，君管取，有薇堪采松堪荫。茅山再任，幸不是谋臣，又非世将，免犯道家禁。

冯取洽　　　　摸鱼儿·叹刘郎

玉林君为遗蜕山中桃花赋也。花与主人，何幸如之，用韵和谢

叹刘郎、那回轻别，霏霏三落红雨。玄都观里应遗恨，一抹断烟残缕。愁望处，想雾暗云深，忘却来时路。新花旧主，记刻羽流商，裁红翦翠，山径日将暮。　空枝上，时有幽禽对语，声声如问来否。人生行乐须闻健，衰老念谁免此。吾所与，在溪上深深，锦绣千花坞。何时定去，但对酒思君，呼儿为我，频唱小桃句。

赵以夫　摸鱼儿·荷花归耕堂用时父韵

古城阴、一川新浸，天然尘外幽绝。谁家幻出千机锦，疑是蕊仙云织。环燕席，便纵有万花，此际无颜色。清风两腋，炯玉树森前，碧筒满注，共作醉乡客。　长堤路，还忆西湖景物，游船曾点空碧。当时总负凌云气，俯仰顿成今昔。愁易极，更对景销凝，怅望天西北。归来日夕，但展转无眠，风棂水馆，冷浸五更月。

张　榘　摸鱼儿·送邵瓜坡赴含山尉，且坚后约

正挑灯、共听檐雨，问谁催动行色。风前千点离亭恨，惟有落梅知得。王谢宅，记前度斜阳，燕子曾相识。花香露舄，无计强追随，阳关声断，回首暮云隔。　　文章贯，合上薇垣梧掖，征鞍底事江北。青衫莫对韩彭著，还是玉麟佳客。须记忆，有衿佩锵锵，正愿依重席。荼蘼未折，次第牡丹开，一樽留待，相与醉寒食。

张　榘　摸鱼儿·送上元主簿回府

正桃花、渐蜚红雨，依稀一半春色。东风十里离亭恨，杨柳丝丝如织。远又忆，向雪月梅边，陶写吟情逸。清愁拍拍，算只暮山知，栖鸦斜照，春树渺空碧。　　文章贯，合整垂云健翼，翔鸾底用栖棘。要寻玉洞烟霞胜，聊趁麟符蜚檄。归骑急，看尘袂方清，有恩纶催入。凫仙倦舄，相与问孤山，开樽抵掌，一舸画桥侧。

张　榘　摸鱼儿·为赵婀窝寿

猛思量、婀窝初度，鲁云呈瑞时节。平山杨柳苍茫外，犹是乡关明月。春漏泄，定知有、梅花先向江南发。烟波梦阔，谩约住西风，呼将塞雁，把酒为君说。　　君看取，世道羊肠屈折，依然熟路轻辙。林泉暂洗经纶手，桐柏夜香熏彻。趋魏阙，指天上星辰，平步仪清切。蟠桃未结，待做著功名，却寻曼倩，相与带花折。

张　榘　摸鱼儿·九日登平山和赵子固帅机

望神京、目断烟草，青天长剑频倚。香街十里朱帘月，空想当年华丽。堪叹处，渺沙霭蒹葭，咿呢雁声起。平山谩记，怅杨柳春风，晴空栏槛，陈迹总非是。　　重阳好，红叶黄华满地，良辰美景如此。青油幕府传芳斝，苒苒露琼花气。还更喜，看玉阃规恢，笑骋伊吾志。尘清北冀，便向关洛联镳，巍巍冠佩，麟阁画图里。

张　榘　摸鱼儿·荼蘼

正莓墙、柳绵低度，枝头红紫飞尽。秾阴涨绿冰钿醉，浥

浥麝兰成阵。仙骨嫩，悦姑射瑶姬，青𪐴游琼苑。风前有恨，也一似宫梅，飘香坠粉，轻点寿阳鬓。　梨花雪，讲道全无清韵，何曾留到春晚。柔条不受真珠露，滴沥紫檀心晕。芳又润，待挼放金樽，拚作通宵饮。日高慵困，任翠幄低云，玉薰泛梦，路入醉乡稳。

吴　潜　　摸鱼儿·满园林

满园林、瘦红肥绿，休休春事无几。杜鹃唤起三更梦，窗外露澄风细。浑不寐，但目看、一帘夜月移花未。推衾自起，念岁月如流，容颜不驻，镜里留无计。　人间事，休说贱贫富贵，天公长把人戏。萧裴曹郭今何在，空有旧闻千纸。君谩试，数青史荣名，到底三无二。浮生似寄，争似得江湖，烟蓑雨笠，不被蜗蝇系。

李曾伯　　摸鱼儿·和陈次贾仲宣楼韵

对楼头、欠招欢伯，和风吹老芳讯。凭阑面面蒲萄绿，依约碧岑才寸。无尽兴，纵燃竹烹泉，亦自清肠吻。凭谁与问，旧城郭何如，英雄安在，何说解孤愤。　铜鞮路，极目长安甚近，当时宾主相信。翩翩公子登高赋，局面还思著紧。乘暇整，谩课柳评花，援镜搔蓬鬓。江平浪稳，怅我有兰舟，何人共楫，毋作孔明恨。

李曾伯　　摸鱼儿·送窦制幹赴漕趁班

趁西风、且登黄鹤，挥毫先奏秋赋。燕山桂种清芬在，人物翩翩如许。堪羡处，长安近、蟾宫相继金闺步。佳哉盛举，看精淬龙泉，厚培鹏背，自此要津去。　荆州事，多幸乡情相予，几番灯柝棋墅。转头江阔轻帆速，梦入吴松鸥鹭。君记取，旧王粲、曾言信美非吾土。故人相语，为细数艰难，满头雪白，无奈戍边苦。

李曾伯　　摸鱼儿·壬子初度

对垂弧、引觞一笑，凄凉薄分天赋。丁年驰骛弓刀后，报国孤忠自许。堪叹处，今老矣，强颜犹踵邯郸步。安能远举，谩目送征鸿，梦劳蝴蝶，无计便归去。　清闲禄，旧说天公靳予，何时松菊村墅。生非燕颔鸢肩相，岂是觚棱鹓鹭。收拾取，休直似、文渊定远空怀土。阿戎可语，待乞得身还，屏伊世累，甘受作诗苦。

赵崇嶓　　摸鱼儿·卷珠帘

卷珠帘、几番花信，轻寒犹自成阵。一年芳事如朝梦，容易绿深红褪。寒食近，惟自有、断肠垂柳禁春困。琐窗深静，悄叠损缕衣，凝尘暗掩，金斗熨清润。　章台恨，准拟芳期未稳，旧游细把重忖。鉴鸾钗凤平分久，留取年时心印。谁与问，待试写花笺，密寄教郎认。妒香怜粉，欲写却还羞，轻颦浅叹，字字搅方寸。

陈　策　　摸鱼儿·仲宣楼赋

倚危梯、酹春怀古，轻寒才转花信。江城望极多愁思，前事恼人方寸。湖海兴，算合付元龙，举白浇谈吻。凭高试问，问旧日王郎，依刘有地，何事赋幽愤。　沙头路，休记家山远近，宾鸿一去无信。沧波渺渺空归梦，门外北风凄紧。乌帽整，便做得功名，难绿星星鬓。敲吟未稳，又白鹭飞来，垂杨自舞，谁与寄离恨。

李昴英　　摸鱼儿·晓风痴

晓风痴、绣帘低舞，霏霏香碎红雨。燕忙莺懒春无赖，懒为好花遮护。浑不顾，费多少工夫，做得芳菲聚。休颦百五，却自恨新年，游疏醉少，光景恁虚度。　猊烟瘦，困起庭阴正午，游丝飞絮无据。千林湿翠须臾遍，难绿鬓根霜缕。愁绝处，怎忍听、声声杜宇深深树。东君寄语，道去也还来，后期长在，紫陌岁相遇。

李昴英　　摸鱼儿·用古“买陂塘旋栽杨柳”韵

敞茅堂、茂林环翠，苔矶低蘸烟浦。青蓑混入渔家社，斜日断桥船聚。真乐处，坐芳草，瓦樽满酒频频注。皋禽自舞，惯松径穿云，梅村踏雪，朗笑自来去。　车乘坠，争似修筇稳步，前尘回首俱误。安闲得在中年好，抱瓮尚堪蔬圃。高眼觑，算不识、人间宠辱除巢许。风篁解语，应共笑君狙，无端喜怒，三四计朝暮。

李昴英　摸鱼儿·五羊郡圃筑壮猷堂落成

绕西园、粉笼千雉，镜池屏石天造。主人意匠工收拾，华屋落成闻早。轮奂巧，望缥缈、五云深处移蓬岛。油幢羽葆，指貔虎长驱，鲸鲲网取，电走捷旗报。　　铙吹发，回庑连屯饮犒，海山波静烟扫。纶巾萧散环珠履，春满绿杨芳草。人境好，是握穗五翁，福地无尘到。芝书在道，便整顿乾坤，经营万宇，栋国要元老。

李昴英　摸鱼儿·送王子文知太平州

怪朝来、片红初瘦，半分春事风雨。丹山碧水含离恨，有脚阳春难驻。芳草渡，似叫住东君，满树黄鹂语。无端杜宇，报采石矶头，惊涛屋大，寒色要春护。　　阳关唱，画鹢徘徊东渚，相逢知又何处。摩挲老剑雄心在，对酒细评今古。君此去，几万里东南，只手擎天柱。长生寿母，更稳步安舆，三槐堂上，好看彩衣舞。

翁孟寅　摸鱼儿·卷西风

卷西风、方肥塞草，带钩何事东去。月明万里关河梦，吴楚几番风雨。江上路，二十载头颅，凋落今如许。凉生弄麈，叹江左夷吾，隆中诸葛，谈笑已尘土。　　寒汀外，还见来时鸥鹭，重来应是春暮。轻裘岘首陪登眺，马上落花飞絮。拚醉舞，谁解道，断肠贺老江南句。沙津少驻，举目送飞鸿，幅巾老子，楼上正凝伫。

孙吴会　摸鱼儿·题甘露寺多景楼

八窗空、展宽秋影，长江流入尊俎。天围绀碧低群岫，斜日去鸿堪数。沉别浦，但目断、烟芜莽苍连平楚。晨钟暮鼓，算触景多愁，关人底事，倚槛听鸣橹。　　英雄恨，赢得名存北府，寄奴今寄何所。西风依旧潮来去，山海颉颃吞吐。霜月古，直耐冷、相随燕我瑶芝圃。掀髯起舞，看鼐伏苍苔，龙吟翠葆，天籁奏韶舞。

施　枢　摸鱼儿·柳蒙茸

柳蒙茸、暗凌波路，烟飞惨淡平楚。七香车驻猊环掩，遥认翠华云母。芳景暮，鸳甃悄、铢衣来按飞琼舞。凄凉洛浦，渐玉漏沉沉，清阴满地，乘月步虚去。　销凝处，谁说三生小杜，翔螭声断箫鼓。情知禁苑酥尘涴，羞与倡红同谱。春几度，想依旧、苔痕长印唐昌土。风流千古，人在小红楼，朱帘半卷，香注玉壶露。

章谦亨　　摸鱼儿·想先生

过期思稼轩之居，漕留饮于秋水观，赋一词谢之

想先生、跨鹤归去，依然上界官府。胸中丘壑经营巧，留下午桥别墅。堪爱处，山对起、飞来万马平坡驻。带湖鸥鹭，犹不忍寒盟，时寻门外，一片芰荷浦。　秋水观，环绕滔滔瀑布，参天林木奇古。云烟只在阑干角，生出晚来微雨。东道主，爱宾客、梅花烂漫开樽俎。满怀尘土，扫荡已无余，□□时上，玉峤翠瀛语。

王同祖　　摸鱼儿·记年时

记年时、荔枝香里，深红一片成阵。迎风浴露精神爽，谁似阿娇丰韵。黄昏近，望翠幕玳席，粉面云鬟映。娇波微瞬，向烛影交相，歌声闲绕，私语画阑并。　佳期事，好处天还悭吝，莺啼燕语无定。一输明月人千里，空梦云温雨润。萧郎病，恨天阔鸿稀，杳杳沉芳讯。日长人静，但时把好山，学他媚妩，偷就眉峰印。

李　演　　摸鱼儿·太湖

又西风、四桥疏柳，惊蝉相对秋语。琼荷万笠花云重，袅袅红衣如舞。鸿北去，渺岸芷汀芳，几点斜阳宇。吴亭旧树，又系我扁舟，渔乡钓里，秋色淡归鹭。　长干路，草莽疏烟断墅，商歌如写羁旅。丹溪翠岫登临事，苔屐尚黏苍土。鸥且住，怕月冷吟魂，婉冉空江暮。明灯暗浦，更短笛衔风，长云弄晚，天际画秋句。

卫宗武　　摸鱼儿·咏小园晚春

小林峦、一年芳事，乱红还又飞雨。生香冉冉花阴转，云孽满空晴絮。游宴处，看乐意相关，庭下胎仙舞。歌声缓度，任圆玉敲寒，飞觞传晓，未许放春去。　闲中趣，明月清风

当户，莘莘容屋陈俎。翦裁妙语频赓唱，巧胜郢斤般斧。心自许，拚凋景颓龄，为莺俦燕侣。同盟会取，共花下小车，竹间三径，长作老宾主。

卫宗武　　　摸鱼儿·叠前韵

见春来、又将春尽，狂风那更痴雨。一番芳径催人老，回首绿杨飘絮。欢会处，有小小池亭，止欠妙歌舞。光阴梭度，对草木幽姿，候禽雅奏，客至未应去。　　十年里，冷落翟公庭户，朋来草草樽俎。投闲赢得浮生乐，肯羡油幢绣斧。春几许，任洛谱名葩，留宴耆英侣。浮荣竞取，纵带玉围腰，印金系肘，争似莺花主。

黄　昇　摸鱼儿·为遗蜕山中桃花作，寄冯云月

问山中、小桃开后，曾经多少晴雨。遥知载酒花边去，唱我旧歌金缕。行乐处，正蝶绕蜂围，锦绣迷无路。风光有主，想倚杖西阡，停杯北望，望断碧云暮。　　花知道，应倩蜚鸿寄语，年来老子安否。一春一到成虚约，不道树犹如此。烦说与，但岁岁、东风妆点红云坞。刘郎老去，待有日重来，同君一笑，拈起看花句。

柴　望　摸鱼儿·丙午归田，严滩褚孺奇席上赋

问长江、几分秋色，三分浑在烟雨。何人折尽丝丝柳，此日送君南浦。帆且驻，试说著、羊裘钓雪今何许。鱼虾自舞，但一舸芦花，数声霜笛，鸥鹭自来去。　　年年事，流水朝朝暮暮，天涯长叹飘聚。衾寒不转钧天梦，楼外谁歌白纻。君莫诉，君试按、秦筝未必如钟吕。乡心最苦，算只有娟娟，马头皓月，今夜照归路。

柴　望　　　摸鱼儿·宝祐甲寅春赋

这情怀、怎生消遣，思量只是凄怨。一春长为花和柳，风雨又还零乱。君试看，便杜牧风流，也则肠先断。更深漏短，更听得杜宇，一声声切，流水画桥畔。　　人间世，本只阴晴易换，斜阳衰草何限。悲欢毕竟年年事，千古漫嗟修短。无处问，是闲倚帘栊，尽日厌厌闷。浮名尽懒，但笑拍阑干，连呼大白，心事付归燕。

柴　望　摸鱼儿·景定庚申会使君陈碧栖

便无他、杜鹃催去，匆匆春事能几。看来不见春归路，飞絮又随流水。留也是，怎禁得、东风红紫还飘坠。天涯万里，怅燕子人家，沉沉夜雨，添得断肠泪。　嬉游事，早觉相如倦矣，谢娘庭院犹记。闲情已付孤鸿去，依旧被莺呼起。谁料理，正乍暖还寒，未是晴天气。无言自倚，想旧日桃花，而今人面，都是梦儿里。

陈　著　摸鱼儿·碧油幢

随湖南安抚赵德修自长沙回至潘港，值其生日

碧油幢、一开藩后，便思量早归去。工夫著紧新城好，风月万家笙鼓。游宴处，要管领春光，补种花无数。何须更驻，只画了潇湘，扁舟径发，挥手谢南楚。　江帆卸、撑入清溪绿树，家山三两程路。安排小马随猿鹤，勾引诗朋酒侣。潇洒处，是则是初心，只恐难留驻。忙须著句，把泉石烟霞，平章一遍，回首风纶舞。

陈　著　摸鱼儿·寿虚谷

竹洲西、有人如玉，南柯一觉归早。青山绿水亭轩旧，犹有未荒花草。谁信道，又自爱湖光，买屋三间小。都无长好，但风跃雄文，蝇书小楷，转老转奇妙。　人间世，如许年高是少，浮生惟有闲好。回头翻讶磻溪叟，轻把一丝抛了。凉新到，记当日天香，露浴如今老。瑶卮寿晓，称酒到眉间，醺醺醉也，儿女满前笑。

张　矩　摸鱼儿·重过西湖

又吴尘、暗斑吟袖，西湖深处能浣。晴云片片平波影，飞趁棹歌声远。回首唤，仿佛记、春风共载斜阳岸。轻携分短，怅柳密藏桥，烟浓断径，隔水语音换。　思量遍，前度高阳酒伴，离踪悲事何限。双峰塔露书空颖，情共暮鸦盘转。归兴懒，悄不似、留眠水国莲香畔。灯帘晕满，正蠹帙逢迎，沉煤半冷，风雨闭宵馆。

陈允平　　　　摸鱼儿·西湖送春

倚东风、画阑十二，芳阴帘幕低护。玉屏翠冷梨花瘦，寂寞小楼烟雨。肠断处，怅折柳柔情，旧别长亭路。年华似羽，任锦瑟声寒，琼箫梦远，羞对彩鸾舞。　　文园赋，重忆河桥眉妩，啼痕犹溅纨素。丁香共结相思恨，空托绣罗金缕。春已暮，纵燕约莺盟，无计留春住。伤春倦旅，趁暗绿稀红，扁舟短棹，载酒送春去。

陈允平　　　　摸鱼儿·寿叶制相

过重阳、晚香犹耐，江城风露初峭。梅花已索巡檐笑，春入数枝红小。寒恁早，正帘卷苍云，和气生芝草。金虬篆袅，喜人乐丰年，波澄瀚海，星斗焕牙纛。　　家山近，游宴十洲三岛，石桥诗思频绕。朱颜白发神仙样，谁信玉关人老。春渐好，望阊阖天低，咫尺瞻黄道。祥云缥缈，看柳色沙堤，莺声禁辇，鸣佩凤池晓。

何梦桂　　　　摸鱼儿·记年时

记年时、人人何处，长亭曾共尊酒。酒阑归去行人远，折不尽长亭柳。渐白首，待把酒送君，恰又清明后。青条似旧，问江北江南，离愁如我，还更有人否。　　留不住，强把蔬盘瀹韭，行舟又报潮候。风急岸花飞尽也，一曲啼红满袖。春波皱，青草外，人间此恨年年有。留连握手，叹人世相逢，百年欢笑，能得儿回又。

何梦桂　　　　摸鱼儿·把人间

把人间、古今勋业，一时都付杯酒。青山行遍人华发，老尽门前青柳。试回首，记晓雨征衫，又过年时后。相逢故旧，浪说南楼北，亭花纵好、能似少年否。　　还自笑，应是山林厌韭，忘却儿童迎候。兴来谩学长沙舞，要舞更无长袖。眉休皱，欢笑外，风涛世上时时有。共君握手，且尽日尊前，相伴一醉，醉后明朝又。

何梦桂　摸鱼儿·邵清溪赋，效颦谩作

把心期、半生孤负，玉堂元在何处。朱弦弹绝无人听，空

操离鸾烈女。遇不遇，休更问、悠悠世事都如许。人生草露，看百岁勋名，青铜鬓影，抚剑泪如雨。　　知谁语，落落江空岁暮，人间一梦今古。雷塘十里斜阳外，野草寒鸦无数。身世寓，聊尔耳、江山有恨谁堪付。冰心更苦，都说与梅花，参横月落，一醉且归去。

叶　闾　　　　摸鱼儿·倚薰风

倚薰风、画阑亭午，采莲柔橹如语。红裙溅水鸳鸯湿，几度云朝雨暮。游冶处，最好是、小桥芳树寻幽趣。绣帘低护，任凉入霜纨，月侵冰簟，长夏等闲度。　　都如梦，怅望游仙旧侣，遗踪今在何许。愁予渺渺潇湘浦，槛竹空敲朱户。黯无绪，念多情文园，曾草长门赋。酒酣自舞，笑满袖缁尘，数茎霜鬓，羞杀照溪鹭。

谭宣子　　摸鱼儿·怀云崖陈乘车东甫，时游湘潭

掩朱弦、住听金缕，天涯同是羁旅。多情记把香罗袖，残粉半黏荆树。还信否，便忍道、石台暗寂春无主。分明间阻，那睡鸭嘘云，翔鸳溜月，此际更休语。　　人间世，谁识缄愁最苦，轻帆重解烟雨。而今翻笑周郎误，挑剔寒缸寻谱。游倦处，果因甚、亭亭瘦影如前度。无由寄与，待谢却梅花，东风为我，吹梦过淮浦。

刘辰翁　　摸鱼儿·和柳山悟和尚与李同年嘉龙韵

渐无多，诗朋酒伴，东林复几人许。旧时船子西湖柳，词与东风尘土。重记否，那月月下旬，且避何人疏。当朝自负，甚堕髻愁眉，縢耩短后，一往似伧父。　　当年事，伤心说庾开府，人生无百年虑。虎头燕颔人间肉，不是蜜翁翁做。今又古，是楚对凡亡，为是凡亡楚。朝朝暮暮，听画角楼头，呜咽未断，重数五更鼓。

刘辰翁　　　摸鱼儿·和谢李同年

记玄都、看花君子，一生恨奈何许。青云紫陌悠悠者，几个玉人成土。今在否，但四海九州，屈指从头疏。吾年空负，看射虎南山，遭逢醉尉，何须饮田父。　　神清梦，也是堂堂欧府，此中无破头虑。种槐不隔鞭蛆恶，更祝二郎儿做。苍苍古，漫年又一年，老却南公楚。池塘春暮，笑步步鸣蛙，看成两部，正似未忘鼓。

刘辰翁　　　　摸鱼儿·三百年

三百年、人间天上，遽如许、遽如许。落花寒食东风雨，漠漠长陵抔土。魂归否，怕些不分明，又堕人笺疏。且无相负，记昔与诸贤，共谈洛下，曾识老人父。　牛衣泪，冷落闻鸡东府，风尘曾独深虑。子规声断长门晓，春梦不堪重做。千万古，但目极心伤，宛转虞兮楚。江东日暮，想野草荒田，而今何处，不待雍门鼓。

刘辰翁　　　　摸鱼儿·和韵

道醉乡、无边无岸，一尊到彼殊径。是间转海人知处，尺地不教渠剩。尊亦瘿，问一斗消醒，一石犹难信。临风小等，记我友醒狂，相从有意，中路恨羌永。　梅花晚，早已雪堆余鬓，此花宁复风韵。空寒独倚天为主，天又几时曾定。今为晋，看秦女山中，绿发垂垂顶。百年一瞬，叹高卧北窗，闲过五十，无说答形影。

刘辰翁　　摸鱼儿·辛巳冬和中斋梅词

记歌头、辛壬癸甲，乌乌能知谁晓。梅花不待元宵好，雪月交光独照。愁未老，更老似渠□，冷面迎相笑。君词定峭，但减十年前，偎桃傍李，肯独为梅好。　山中好，可但一枝春早，道边无限花草。米嘉荣共何戡在，还忆永新娇小。明年了，又唤起流莺，又自愁鹃叫。东皇太昊，更不是琼花，香无半点，一笑使人倒。

刘辰翁　　　摸鱼儿·和巽吾留别韵

懒能看、海桑世界，风花过眼如传。月明昨夜庭流水，天色朝来都变。尘石烂，铢衣坏，和衣减尽谁能怨。秦亡楚倦，但剪烛西窗，秋声入竹，点点已如霰。　当年事，本是泗亭沛县，却教绵蕝成殿。暮年八阵那曾用，付与江流石转。前楚辩，今哨遍，是乌乌者灯前劝。乾坤较健，叹君已归休，吾方俯仰，种种未曾见。

刘辰翁　　　　摸鱼儿·春暮

渺斜阳、村烟酒市，独教王谢如此。渔翁梦入江头絮，寂寂平安西子。东风起，东风起、种桃千树皆流水。桥边万里，甚老子情钟，明朝后日，又酒送春泪。　　青过雨，历历远山如洗，暮云堪共谁倚。诸贤洛下风流散，轻薄纷纷余儿。聊尔尔，问世事，何如自嗅残花蕊。金铜剑履，但陌上相逢，摩挲一笑，铸此几时矣。

刘辰翁　　　　摸鱼儿·甲午送春

又非他、今年晴少，海棠也恁空过。清羸欲与花同梦，不似蝶深深卧。春怜我，我又自、怜伊不见侬赓和。已无可奈，但愁满清漳，君归何处，无泪与君堕。　　春去也，尚欲留春可可，问公一醉能颇。钟情剩有词千首，待写大招招些。休阿那，阿那看、荒荒得似江南么。老夫婆娑，问篱下闲花，残红有在，容我更簪朵。

刘辰翁　　　　摸鱼儿·是他家

今岁海棠迟开半月，然一夕如雪，无饮余者，赋此寄恨

是他家、绛唇翠袖，可容卿有功否。相思不到胭脂井，只隔东林烟柳。春去又，漫一夜东风，吹得花成旧。无人举酒，但照影堤流，图他红泪，飘洒到襟袖。　　人间事，大半归谋诸妇，不如意十八九。敲门夜半窥园李，赤脚玉川惊走。何处有，更炙烛风流，看到人归后。休休回首，笑旧日园林，佺巢蜀锦，处处可携手。

刘辰翁　摸鱼儿·酒边留同年徐云屋三首之一

怎知他、春归何处，相逢且尽尊酒。少年袅袅天涯恨，长结西湖烟柳。休回首，但细雨断桥，憔悴人归后。东风似旧，问前度桃花，刘郎能记，花复认郎否。　　君且住，草草留君剪韭，前宵正恁时候。深杯欲共歌声滑，翻湿春衫半袖。空眉皱，看白发尊前，已似人人有。临分把手，叹一笑论文，清狂顾曲，此会几时又。

刘辰翁　摸鱼儿·酒边留同年徐云屋三首之二

正何须、阳关肠断，吴姬苦劝人酒。中年怀抱萦萦处，看

取伴烟和柳。柳摇首，笑飞到家山，已是酴醾后。留连话旧，问溪上儿童，颇曾见我，有此故人否。　　相逢地，还忆今宵三韭，青山只了迎候。东风自送归帆去，吹得乱红沾袖。暮云皱，听杜宇高高，啼向无何有。江花垂手，任春色重来，江花更好，难可少年又。

刘辰翁　　摸鱼儿·酒边留同年徐云屋三首之三

待欲□、家山未得，方知名不如酒。丹砂便做金句漏，难遣鬓青似柳。试搔首，记移竹南塘，又是三年后。情怀非旧，叹少日相如，垆边老去，能赋上林否。　　种兰处，赢得青青种韭，渊明中路相候。何须更待三三径，也自长拖衫袖。青袍皱，便持当金貂，赊取邻家有。小儿拍手，笑昨醉如泥，盟言止酒，何事醒来又。

刘辰翁　　摸鱼儿·赋云束楼

更比他、东风前度，依然一榻如许。深深旧是谁家府，落日画梁燕语。帘半雨，记湖海平生，相遇忘宾主。阑珊春暮，看城郭参差，长空澹澹，沙鸟自来去。　　江山好，立马白云飞处，秦川终是吾土。登临笑傲西山笏，烟树高高杜宇。君且住，况双井泉甘，汲遍茶堪煮。歌残金缕，恰黄鹤飞来，月明三弄，仍是岳阳吕。

刘辰翁　　摸鱼儿·守岁

是疑他、春来倏忽，是疑岁别人去。古今守岁无言说，长是酒阑情绪。堪恨处，曾亲见都人，户户银花树。星河未曙，听朝马笼街，火城簇仗，御笔已题露。　　人间事，空忆桃符旧句，三茅钟自朝暮。严城夜禁故如鬼，况敢凭陵大嘑。冬冬鼓，但画角声残，已是新人故。休思前度，叹五十加三，明朝领取，闲看五星聚。

刘辰翁　　摸鱼儿·和中斋端午韵

醒复醒、行吟泽畔，焉能忍此终古。招魂过海枫林暝，招得魂归无处。朝又暮，但依旧、禁街人静冬冬鼓。画船沉雨，听欸乃渔歌，兴亡事远，咽咽未能句。　　君且住，能歌吾不如汝，悠悠鼓枻而去。沧洲揽结芳成艾，唤作张三李五。羌自苦，更闲却，玉堂端帖多多许。无人自语，把画扇鸾边，香罗雪底，题作午年午。

刘辰翁　　　摸鱼儿·赠友人

想幼安、辽东归后，自羞年少龙首。长安市上垆边卧，枉却快行家走。空两袖，染醉墨淋漓，把似天香透。功名邂逅，便六一词高，君谟字伟，但见说行昼。　人间事，苦似成丹无候，神清苔字如镂。明年六十闻歌后，颇记薄醺醺否。儿拍手，笑马上葛疆，也作家山友。烦伊起寿，更时复一中，毋多酌我，疏影共三嗅。

刘辰翁　　　摸鱼儿·水东桃花下赋

也何须、晴如那日，欣然且过江去。玄都纵有看花便，耿耿自羞前度。堪恨处，人道是、漫山先落坡翁句。东风绮语，但适意当前，来寻须赋，此土亦吾圃。　海山石，犹记芙蓉城主，弹过飞种成土。是间便作仙客杏，谁与一栽千树。朝又暮，怅二十五年，临路花如故。人生自苦，只唤渡观桃，侵寻至此，世事奈何许。

刘辰翁　　　摸鱼儿·醉与君

醉与君、狂歌又笑，不知当日何调。孤山梅下吟魂冷，说甚那时苏小。沧波眇，奈此岛、累累竟是谁家表。归欤白鸟，看四圣飘香，朱门金榜，化作竺飞峤。　衰也久，旧游梦翠禽绕，块兮轧、皎兮窈。相思一夜窗前白，谁识余怀渺渺。残年了，听画角、悲凉又是霜天晓。余音杳缈，叹五十之年，我加八九，君隔几科诏。

刘辰翁　　　摸鱼儿·辛巳自寿年五十

是耶非、吾年如此，更痴更悔今昨。狂吟近日疏于酒，转似秋山瘦削。浑未觉，恁儿子门生，前度登高弱。情怀又恶，叹亲友中年，不堪离别，况复久零落。　长生药，有分神仙难学，人生聊复行乐。百年半梦随流水，半在南枝北萼。妾命薄，但寂寞黄昏，时听城楼角。愁无可著，且取醉尊前，明朝休问，昨日已忘却。

刘辰翁　　　　摸鱼儿·寿王城山

对尊前、簪花骑竹，老胡起起能舞。春风浩荡天涯去，惟有薰吟自语。槐正午，看万户蜂脾，帘幕双双乳。娇儿骙女，漫学得琵琶，依稀马上，总是主恩处。　　凌烟像，空倚临风玉树，升沉事遽如许。刘郎惯是瑶池客，又醉碧桃三度。花下数，记三度三千，结子多红雨。年年五五，共准拟阶庭，钗符献酒，袅袅缀双虎。

刘辰翁　　　　摸鱼儿·李府尹美任

待借留、几曾留得，来鸿空怨秋老。至今父老依依恨，犹说李将军好。东门草，早不为东风，遮却长安道。余民如槁，愿金印重来，洪都开府，定复几时到。　　秋江鹭，尤记当年潦倒，沧洲无复华皓。朝饥堕泪荒田雨，洗忆窝蜂败扫。天能报，看风烛亭亭，玉树宽人抱。风霜善保，但逢驿寄书，无书寄语，要说趋朝早。

颜　奎　　　　摸鱼儿·尘梅

对琴台、不堪尘涴，春风微露纤指。峥嵘鹤膝翘空势，取次著花安蕊。偏有意，把竹外一枝，飞洒轻烟里。月痕如洗，又底事丹青，何须水墨，虚白阚清泚。　　华堂暮，珍重休弹麈尾，静中留此佳致。桥西几度香浮处，回首都随流水。闲徙倚，叹汩没黄埃，变幻皆如此。蜚廉莫起，待别有神人，风斤一运，和影上窗纸。

王　奕　　　　摸鱼儿·问梅花

肯堂欲惠书不果，借萧彦和梅花韵见意

问梅花、几人邀咏，平生见外骚楚。相思一夜罗浮远，姑射仙姿何处。情未吐，□□□、雄蜂雌蝶空相遇。岁年孰与，叹皓首相看，冰心独抱，谩作广平赋。　　黄昏暮，半点酸辛谁诉，寿阳眉恨妖妩。南来北使无明眼，细认杏花真谱。私自语，道消息、孤根还有春风主。启明未举，听画角吹残，马头摇梦，人已山阳路。

朱嗣发　　摸鱼儿·对西风

对西风、鬓摇烟碧，参差前事流水。紫丝罗带鸳鸯结，的的镜盟钗誓。浑不记、漫手织回文，几度欲心碎。安花著蒂，奈雨覆云翻，情宽分窄，石上玉簪脆。　朱楼外，愁压空云欲坠，月痕犹照无寐。阴晴也只随天意，枉了玉消香碎。君且醉，君不见、长门青草春风泪。一时左计，悔不早荆钗，暮天修竹，头白倚寒翠。

邓　剡　摸鱼儿·寿周耐轩府尹，是岁起义仓

问庐陵、米作何价，棠阴又绿今夏。活人手段依然在，独乐园中司马。初度也，算几处篝香，手额称多谢。风亭月榭，尽隐橘观棋，折荷筒酒，花竹秀而野。　阶庭树，满目鱼鱼雅雅，千金难买清暇。纷纷征榷尘如梦，谁有似公闲者。天怎舍，趁绿鬓朱颜，须入凌烟画。海天不夜，管岁岁安期，采蒲为寿，高宴碧桃下。

邓　剡　　摸鱼儿·杨教之齐安任

笑平生、布帆无恙，堂堂稳送君去。江声悲壮崖殷血，曾是英雄行处。今亦古，甚一点东风，天不周郎与。城幡夜竖，几铜爵春残，战沙秋冷，华发遽如许。　东坡老，千载风流两赋，余音不绝如缕。临皋一笑三生梦，还认岷峨乡语。挥玉麈，尽不碍灯前，痛饮檐花雨。雪堂在否，管驾鹤归来，为君细赏，蝴蝶上阶句。

汪梦斗　　摸鱼儿·过东平有感

忆旧时、东方□郡，东原尽是佳处。梁都破了寻南渡，几遍狐号鳝舞。君试觑，环一抹荒城，草色今如许。芳华旧地，曾一上飞云，歌台酒馆，落日乱鸦度。　吟情苦，滴尽英雄老泪，凄酸非是儿女。西湖似我西湖否，只怕不如西子。秋欲暮，要一看秋波，又自催归计。休□浪语，待过江说与，高车驷马，今是朝天路。

赵从橐　　摸鱼儿·寿贾师宪

指庭前、翠云金雨，霏霏香满仙宇。一清透彻浑无底，秋

水也无流处。君试数，此样襟怀，顿得乾坤住。闲情半许，听万物氤氲，从来形色，每向静中觑。　　琪花落，相接西池寿母，年年弦月时序。荷衣菊佩寻常事，分付两山容与。天证取，此老平生，可向青天语。瑶卮缓举，要见我何心，西湖万顷，来去自鸥鹭。

王学文　　摸鱼儿·送汪水云之湘

记当年、舞衫零乱，霖铃忍按新阕。杜鹃枝上东风晚，点点泪痕凝血。芳信歇，念初试琵琶，曾识关山月。悲弦易绝，奈笑罢颦生，曲终愁在，谁解寸肠结。　　浮云事，又作南柯梦彻，一簪聊寄华发。乾坤桑海无穷事，才历昆明初劫。谁共说，都付与焦桐，写入梅花叠。黄花送客，休更问湘魂，独醒何在，沉醉浩歌发。

王沂孙　　摸鱼儿·洗芳林

洗芳林、夜来风雨，匆匆还送春去。方才送得春归了，那又送君南浦。君听取，怕此际、春归也过吴中路。君行到处，便快折湖边，千条翠柳，为我系春住。　　春还住，休索吟春伴侣，残花今已尘土。姑苏台下烟波远，西子近来何许。能唤否，又恐怕、残春到了无凭据。烦君妙语，更为我将春，连花带柳，写入翠笺句。

王沂孙　　摸鱼儿·莼

玉帘寒、翠痕微断，浮空清影零碎。碧芽也抱春洲怨，双卷小缄芳字。还又似，系罗带相思，几点青钿缀。吴中旧事，怅酪乳争奇，鲈鱼谩好，谁与共秋醉。　　江湖兴，昨夜西风又起，年年轻误归计。如今不怕归无准，却怕故人千里。何况是，正落日垂虹，怎赋登临意。沧浪梦里，纵一舸重游，孤怀暗老，余恨渺烟水。

韦居安　　摸鱼儿·绕苕城

绕苕城、水平坡渺，双明遥睇无际。就中惟有鱼湾好，占得西关佳致。杨柳外、羡泛宅浮家，当日元真子。溪山信美，叹陈迹犹存，前贤已往，谁会景中意。　　萧闲甚，筑屋三间近水，汀洲香泛兰芷。清风明月知多少，肯滞软红尘里。垂钓饵，这春水生时，剩有桃花鳜。烦襟净洗，待办取轻蓑，来分半席，相对弄清泚。

梁　栋　　　　摸鱼儿·登凤凰台

枕寒流、碧萦衣带，高台平与云倚。燕来莺去谁为主，磨灭谪仙吟墨。愁思里，待说与山灵，还又羞拈起。箫韶已矣，甚竹实风摧，桐阴雨瘦，景物变新丽。　江山在，认得刘郎阿寄，年来声誉休废。英雄不博胭脂井，谁念故人衰悴。时有儿，便凤去台空，莫厌频游此。兴亡过耳，任北雪迷空，东风换绿，都付梦和醉。

莫　崙　　　　摸鱼儿·听春教

听春教、燕颦莺诉，朝朝花困风雨。六桥忘却清明后，碧尽柳丝千缕。蜂蝶侣，正闲觅闲花，闲草闲歌舞。最怜西子，尚薄薄云情，盈盈波泪，点点旧眉妩。　流红记，空泛秋宫怨句，才色何处娇妒。落红无限随风絮，诗恨有谁曾遇。堪恨处，恨二十四番，花信催花去。东君暗苦，更多嘱多情，多愁杜宇，多诉断肠语。

姚云文　　　　摸鱼儿·艮岳

渺人间、蓬瀛何许，一朝飞入梁苑。辋川梯洞层瑰出，带取鬼愁龙怨。穷游宴，谈笑里、金风吹折桃花扇。翠华天远，怅莎沼黏萤，锦屏烟合，草露泣苍藓。　东华梦，好在牙樯雕辇，画图历历曾见。落红万点孤臣泪，斜日牛羊春晚。摩双眼，看尘世，鳌宫又报鲸波浅。吟鞘拍断，便乞与娲皇，化成精卫，填不尽遗恨。

仇　远　　　　摸鱼儿·答二隐

爱青山、去红尘远，清清谁似巢许。白云窗冷灯花小，夜静对床听雨。愁不语，念锦屋瑶筝，却伴闲云住。莲心尚苦，谩自折兰苕，答书蕉叶，都是断肠句。　鸥沙外，还笑失群鸳鹭，凄凉烟水深处。碧笺空寄江南弄，鸦墨乱无行数。梅半树，怅未识、佳人日暮情谁与。何时辇路，共系柳游鞯，印苔金屐，湖曲步春去。

仇　远　　　　　摸鱼儿·柳絮

恼晴空、日长无力，风吹不尽愁绪。马头零乱流光转，粟粟巧黏红树。闲意度，似特地、随他燕子穿帘去。徘徊不语，谩仿佛眉尖，留连眼底，芳草正如雾。　　冥蒙处，独凭阑干凝伫，翠蛾今在何许。隔花箫鼓春城暮，肠断小窗微雨。休更舞，明日看、池萍始信低飞误。长桥短浦，怅不似危红，苍苔点遍，犹涩马蹄驻。

王梦应　　　　摸鱼儿·寿王尉癸未冬至后五日

问谁歌、暗香疏影，此花堪照人世。起持霜月为花寿，天亦愿花千岁。谁有意，著如此人间，更著花如此。高寒洒洒，看浩荡刚风，跨虬飞佩，玉影乱如水。　　行春处，一笑人间紫翠，纷纷窥此天地。寿如川至，□好是、涧翁兹岁喜。荣沾南儒恩例，捧觞更喜郎君美。任夜来归侍，见说生辰，恰逢本命，寿筵且未。听老聃孙子，祝公耆艾，祝公富贵。

王易简　　　摸鱼儿·紫云山房拟赋莼

怪鲛宫、水晶帘卷，冰痕初断香缕。澄波荡桨人初到，三十六陂烟雨。春又去，伴点点荷钱，隐约吴中路。相思日暮，恨洛浦娉婷，芳钿翠剪，夜影照凄楚。　　功名梦，消得西风一度，高人今在何许。鲈香菰冷斜阳里，多少天涯意绪。谁记取，但枯豉红盐，溜玉凝秋箸。尊前起舞，算唯有渊明，黄花岁晚，此兴共千古。

唐　珏　　　摸鱼儿·紫云山房拟赋莼

渐沧浪、冻痕消尽，琼丝初漾明镜。鲛人夜剪龙髯滑，织就水晶帘冷。凫叶净，最好似、嫩荷半卷浮晴影。玉流翠凝，早枯豉融香，红盐和雪，醉齿嚼清莹。　　功名梦，曾被秋风唤醒，故人应动高兴。悠然世味浑如水，千里旧怀谁省。空对景，奈回首、姑苏台畔愁波暝。烟寒夜静，但只有芳洲，蘋花共老，何日泛归艇。

刘将孙　　　　摸鱼儿·己卯元夕

又匆匆、一番元夕，无灯更愁风雨。人间天上无归梦，惟有春来春去。愁不语，漫泪湿香绡，□草人何许。百年胜处，还更有琉璃，春棚月架，万眼蝶罗否。　　风流事，孤负后来儿女，可怜薄命三五。千金无买吴呆处，更说龙飞凤舞。今又古，便剩有才情，无分登楼赋。春醪独抚，也难觅阿瞒，肯容狂客，醉里试歌舞。

刘将孙　　摸鱼儿·甲申客路闻鹃

雨萧萧、春寒欲暮，杜鹃声转□□。东风与汝何恩怨，强管人间去住。行且去，漫憔悴十年，愁得身成树。青青故宇，看浩荡灵修，徘徊落日，不乐复何故。　　曾听处，少日京华行路，青灯梦断无语。风林飒飒鸡声乱，摇落壮心如土。今又古，任啼到天明，清血流红雨。人生几许，且赢得刘郎，看花眼惯，懒复赋前度。

刘将孙　　摸鱼儿·用前韵调敬德

甚平生、风流谢客，刀头梦送酸楚。不堪又得花间曲，猛忆云英霜杵。闲情赋，谁催就月明，云鬟犀梳吐。才情几许，待遗策重来，吹箫一弄，鸾凤共轻举。　　留春住，买得绿波南浦，黄金□散如土。蔷薇洞口三生路，无奈春光顿阻。新□绪，也待见东邻，花艳墙低处。东风看取，便娇送飞梭，半摧编贝，笑咏尚高古。

徐一初　　摸鱼儿·对茱萸

对茱萸、一年一度，龙山今在何处。参军莫道无勋业，消得从容尊俎。君看取，便破帽飘零，也博名千古。当年幕府，知多少时流，等闲收拾，有个客如许。　　追往事，满目山河晋土，征鸿又过边羽。登临莫上高层望，怕见故宫禾黍。觞绿醑，浇万斛牢愁，泪阁新亭雨。黄花无语，毕竟是西风，朝来披拂，犹忆旧时主。

吴编修　　摸鱼儿·吴编修解任

予何人、此何时节，驾言我欲行志。青原煮豆然萁后，谁豢龙蛇赤子。心为碎，宽底是、翻疑又怕严底是。吾方左计，冷眼别人看，畏首畏尾，身复尚余几。　　陶元亮，自古真奇男子，督邮尚若人耳。秋风一曲柴桑路，新秫炊香正美。黄鹄起，见说道、山光潭影皆欢喜。晴窗静倚，还我向来高，仙人羽客，别有一天地。

李裕翁　　摸鱼儿·春光

计江南、许多风景，繁华只在晴昼。些儿淡拖冲融意，到处拈花著柳。疏雨后，更艳艳绵绵，泼眼浓如酒。飞浮宇宙，但借日浮香，随烟著物，巧笔画难就。　惆怅处，曾记苏堤携手，十年惊觉回首。苍埃霁景成阴晦，湖水湖烟依旧。凝望久，问燕燕莺莺，识此年华否。长门别有，脉脉断肠人，柔情荡漾，长是为伊瘦。

周伯阳　　摸鱼儿·次韵送别

又匆匆、月鞭露镫，梅花江上归路。海图破碎来时线，何似彩衣低舞。风雪暮，正望断青山，一发云横处。浩歌独举，便想见迎门，牵衣儿女，总是旧眉妩。　阳关曲，挥洒紫薇花露，妙音清远高古。经寒杨柳休轻折，摇动一溪霜雾。邯郸步，笑布袜青鞋，去住知何许。汀鸥沙鹭，若问我重来，明年有约，今日是前度。

李天骥　　摸鱼儿·灯花

又何须、向明还灭，寒花点缀孤影。玉龙度海吹鱼浪，烟淡宝钗横鬓。斜又整，是虫滴骊珠、两两相交颈。夜长人静，恁玉果低抛，金钱暗卜，此意有谁领。　欢娱事，料想凭伊先应，帕绡新泪犹凝。银篦未忍轻挑下，只恐暗风吹烬。重记省，怕莫是、明朝有个青鸾信。怎知无定，算只解窥人，人孤影只，成瘦又成病。

伍梅城　　摸鱼儿·送陈太史东归

极知君、□腰骑鹤，此心与水相似。梧桐叶上黄昏雨，恨杀无情流水。滔滔地，今日大江头，明日人千里。君思往事，□两袖淮云，一轮明月，要亦寻常耳。　君去也，我亦扁舟东矣，尊前何惜同醉。五年未老君犹健，五十行当富贵。书频寄，报王粲、何时可决荆州计。俱胝一纸，更细算何时，五星同会，天下太平未。

欧阳朝阳　　摸鱼儿·寿柴守

八月二十七日生，正是夫子绂麟之日

正当绂麟时候，秋香还弄清晓。双旌五马人间贵，千里共腾欢笑。人未老，看绿鬓朱颜，赢得花簪帽。兽炉篆袅，听檀板轻敲，歌珠一串，依约似蓬岛。　　青云步，九万论程未了，芹宫多世仪表。提封晋郡重拈出，留样他年称好。书上考，怕种满棠阴，丹诏催归早。安期献枣，对鹤健丹香，龟轻莲叶，起舞醉清醥。

静　山　　摸鱼儿·黄时中入郡幕

晓峰高、飞泉如瀑，潜虬鞭驾轩翥。为他一片韩山石，直到红云天尺五。想应道、公皆安在来何暮。金川小渚，那韶石参天，郡纲宜录，为我分南顾。　　锦衣昼，满袖尚疑香雾，催人富贵如许。岭云见说今如砥，凤挟九成迎舞。烦道甫，问金镜铁胎，还记开元否。封词寄与，但目送河桥，吟消醉拍，载酒满江浒。

无名氏　　摸鱼儿·岁华向晚

岁华向晚，遥天布同云，霰雪轻飞。前村昨夜漏春光，楚梅先放南枝。叹东君运巧思，裁琼镂玉妆繁蕊。花中偏异，解向严冬逞芳菲，免使游蜂粉蝶戏。　　梁台上，汉宫里，殷勤仗、高楼羌管休吹。何妨留取凭阑干，大家吟玩欢醉。待明年，念芳草、王孙万里，归未得、仙源应是。又被花、开向天涯，泪洒东风对桃李。

无名氏　　摸鱼儿·被谁家

被谁家、数声弦管，惊回好梦难省。起来无语疏雨过，芳草嫩苔侵径。春昼永，迟日暮，碧沼浪浸红楼影。卷帘人静，被风触，一叶两叶，杏花零乱对残景。　　依前是，撩拨春心堪恨，檀郎言约无定。不知何处贪欢笑，恣纵酒迷歌逞。珠泪迸，自别后，每忆翠黛凭谁整。芳年相称，又到得今来，却成病了，羞懒对鸾镜。

无名氏　　摸鱼儿·紫云山房拟赋莼

过湘皋、碧龙惊起，冰涎犹护髯影。春洲未有菱歌伴，独占暮烟千顷。呼短艇，试剪取纤条，玉溜青丝莹。尊前细认，似水面新荷，波心半掩，点点翠钿净。　凄凉味，酪乳那堪比并，吴盐一箸秋冷。当时不为鲈鱼去，聊尔动渠归兴。还记省，是几度西风，几度吹愁醒。鸥昏鹭暝，谩换得霜痕，萧萧两鬓，羞与共秋镜。

摸鱼子

即《摸鱼儿》，详见《摸鱼儿》条。

李彭老　　摸鱼子·紫云山房拟赋莼

过垂虹、四桥飞雨，沙痕初涨春水。腥波十里吴歈远，绿蔓半萦船尾。连复碎，爱滑卷青绡，香袅冰丝细。山人隽味，笑杜老无情，香羹碧涧，空只赋芹美。　归期早，谁似季鹰高致，鲈鱼相伴菰米。红尘如海丘园梦，一叶又秋风起。湘湖外，看采撷、芳条际晓随鱼市。旧游漫记，但望里江南，秦鬟贺镜，渺渺隔烟翠。

赵必岊　　摸鱼子·倚西风

倚西风、招鸿送燕，年华今已如客。青奴一饷贪凉梦，昨夜酒红无力。愁似织，听鸣叶寒蝉，话到情无极。舞衣春入，叹带眼偷移，琴心不断，襟袖旧时窄。　红尘陌，谁寄佳人消息，任他珠网瑶瑟。金钗两鬓霓裳曲，总是浪歌闲拍。长夜笛，且慢析轻匀，留醉酒垆侧。烟青雾白，望残照关河，晴云楼阁，何处是秋色。

蒋　捷　　摸鱼子·寿东轩

弹吟鞭、雁峰高处，曾游长寿仙府。年年长见瑶簪会，霞杪盖芝轻度。开绣户，笑万朵香红，剩染秋光素。清箫丽鼓，任滟玉杯深，鸾酣凤醉，犹未洞天暮。　尘缘误，迷却桃源旧步，飞琼芳梦同赋。朝来闻道仙童宴，翘首翠房玄圃。云又雾，身恍到微茫，认得胎禽舞。遥汀近浦，便一苇渔航，撑烟载雨，归去伴寒鹭。

张　炎　　摸鱼子·寓澄江，喜魏叔皋至

想西湖、段桥疏树，梅花多是风雨。如今见说闲云散，烟水少逢鸥鹭。归未许，又款竹谁家，远思愁□庾。重游倦旅，纵认得乡山，长江滚滚，隔浦正延伫。　　垂杨渡，握手荒城旧侣，不知来自何处。春窗剪韭青灯夜，疑与梦中相语。阑屡拊，甚转眼流光，短发真堪数。从教醉舞，试借地看花，挥毫赋雪，孤艇且休去。

张　炎　　摸鱼子·别处梅

向天涯、水流云散，依依往事非旧。西湖见说鸥飞去，知有海翁来否。风雨后，甚客里逢春，尚记花间酒。空嗟皓首，对茂苑残红，携歌占地，相趁小垂手。　　归时候，花径青红尚有，好游何事诗瘦。龟蒙未肯寻幽兴，曾恋志和渔叟。吟啸久，爱如此清奇，岁晚忘年友。呼船渡口，叹西出阳关，故人何处，愁在渭城柳。

张　炎　　摸鱼子·步高寒

己酉重登陆起潜皆山楼，正对惠山

步高寒、下观浮远，清晖隔断风雨。醉魂误入滁阳路，落莫不知何处。阑屡拊，又却是，秋城自有芙蓉主。重游倦旅，对万壑千岩，长江巨浪，空翠洒衣屦。　　景如许，都被楼台占取，晴岚暖霭朝暮。乾坤静里闲居赋，评泊水经茶谱。留胜侣，更底用，林泉曳杖寻桑苎。休休访古，看排闼青来，书床啸咏，莫向惠峰去。

张　炎　　摸鱼子·春雪客中寄白香岩、王信父

又孤吟、灞桥深雪，千山绝尽飞鸟。梅花也著东风笑，一夜瘦添多少。春悄悄，正断梦愁诗，忘却池塘草。前村路杳，看野水流冰，舟闲渡口，何必见安道。　　慵登眺，脉脉霏霏未了，寒威犹自清峭。终须几日开晴去，无奈此时怀抱。空暗恼，料酒兴歌情，未肯随人老。惜花起早，拚醉□忘归，接䍦更好，一笑任倾倒。

张　炎　　摸鱼子·为卞南仲赋月溪

溯空明、霁蟾飞下，湖湘难辨遥树。流来那得清如许，不与众流东注。浮净宇，任消息虚盈，壶内藏今古。停杯问取，甚玉笛移宫，银桥散影，依旧广寒府。　休凝伫，鼓枻渔歌在否，沧浪浑是烟雨。黄河路接银河路，炯炯近天尺五。还自语，奈一寸闲心，不是安愁处。凌风远举，趁冰玉光中，排云万里，秋艇载诗去。

张　炎　　摸鱼子·高爱山隐居

爱吾庐、傍湖千顷，苍茫一片清润。晴岚暖翠融融处，花影倒窥天镜。沙浦迥，看野水涵波，隔柳横孤艇。眠鸥未醒，甚占得莼乡，都无人见，斜照起春暝。　还重省，岂料山中秦晋，桃源今度难认。林间即是长生路，一笑元非捷径。深更静，待散发吹箫，跨鹤天风冷。凭高露饮，正碧落尘空，光摇半壁，月在万松顶。

摊声浣溪沙

即《山花子》、《摊破浣溪沙》，宋毛滂词名《摊声浣溪沙》。详见《山花子》条。

毛　滂　　摊声浣溪沙·日照门前千万峰

天雨新晴，孙使君宴客双石堂，遣官奴试小龙茶

日照门前千万峰，晴飙先扫冻云空。谁作素涛翻玉手，小团龙。　定国精明过少壮，次公烦碎本雍容。听讼阴中苔自绿，舞衣红。

毛　滂　　摊声浣溪沙·日转堂阴一线添

冬至日，天气晏温，从孙使君步至双石堂，北望山中微雪，因开窗倚目。适二柳当前，使君命伐之，霍然遂得众山之妙

日转堂阴一线添，使君和气作春妍。只有北山轻带雪，见丰年。　残月夜来收不尽，行云早起更留连。急剪垂杨迎秀色，到窗前。

毛　滂　　摊声浣溪沙·吴兴僧舍竹下与王明之饮

雨色流香绕坐中，映阶疏竹一丛丛。不奈晚来萧瑟意，子猷风。　　潋滟满倾金凿落，淋漓从湿绣芙蓉。吸尽百川天上去，看长虹。

摊破木兰花

调见贺铸《贺方回词》。双调，或五十九字，或六十字。上片六句、四平韵，下片五句、四平韵。

贺　铸　　摊破木兰花·南浦东风落暮潮

南浦东风落暮潮，祓禊人归，相并兰桡。回身昵语不胜娇，犹碍华灯，扇影频摇。　　重泛青翰顿寂寥，魂断高城手漫招。佳期应待鹊成桥，为问行云，谁伴朝朝。

贺　铸　　摊破木兰花·芳草裙腰一尺围

芳草裙腰一尺围，粉郎香润，轻洒蔷薇。为嫌风日下楼稀，杨柳青阴，深闭朱扉。　　枉是尊前调玉徽，彩鸾何事逐鸡飞。楚台赋客莫相违，留住行云，好待郎归。

贺　铸　　摊破木兰花·桂叶眉丛恨自成

桂叶眉丛恨自成，锦瑟弦调，双凤和鸣。钗梁玉胜挂兰缨，帘影沉沉，月堕参横。　　屏护文茵翠织成。摘佩牵裾，燕样腰轻。清溪百曲可怜生，大抵新欢，此夜□情。

摊破丑奴儿

即《摊破采桑子》。双调，六十二字。上下片各六句、四平韵。

向　滈　　摊破丑奴儿·自笑好痴迷

自笑好痴迷，只为俺、忒嚹雏儿。近来都得傍人道，帖儿上面，言儿语子，那底都是虚脾。　　楼上等多时，两地里、人马都饥。低低说与当直底，轿儿抬转，喝声靠里，看俺么、裸而归。

赵长卿　　摊破丑奴儿·梅词

树头红叶飞都尽，景物凄凉。秀出群芳，又见江梅浅淡妆。也啰，真个是、可人香。　　兰魂蕙魄应羞死，独占风光。梦断高堂，月送疏枝过女墙。也啰，真个是、可人香。

赵长卿　　摊破丑奴儿·冬日有感

又是两分携，憔悴损、看怎医治。烟村一带寒江绕，悲风红叶，残阳暮草，还似年时。　　愁绪暗犹夷，谩屈指、数遍归期。短檠灯烬无人问，此时只有，窗前素月，刚伴相思。

赵长卿　　摊破丑奴儿·最苦是离愁

最苦是离愁，行坐里、只在心头。待要作个巫山梦，孤衾展转，无眠到晓，和梦都休。　　梦里也无由，谁敢望、真个绸缪。暂时不见浑闲事，只愁柳絮杨花，自来摆荡难留。

摊破江城子

即《江城梅花引》，又名《江梅引》、《四笑江梅引》、《明月引》、《西湖明月引》、《梅花引》。此调有平韵、三声叶韵两体。程垓词，下片头句藏短韵，调名《摊破江城子》。详见《江城梅花引》条。

程　垓　　摊破江城子·娟娟霜月又侵门

娟娟霜月又侵门，对黄昏，怯黄昏。愁把梅花，独自泛清尊。酒又难禁花又恼，漏声远，一更更、总断魂。　　断魂，断魂，不堪闻。被半温，香半熏，睡也睡也，睡不稳、谁与温存。只有床前，红烛伴啼痕。一夜无眠连晓角，人瘦也，比梅花、瘦几分。

摊破诉衷情

即《阮郎归》，宋蔡枬词名《摊破诉衷情》。详见《阮郎归》条。

蔡　枬　　　摊破诉衷情·寄友

夕阳低户水当楼，风烟惨淡秋。乱云飞尽碧山留，寒沙卧海鸥。　浑似画，只供愁，相看空泪流。故人如欲问安不，病来今白头。

蔡　枬　　　摊破诉衷情·和

栏干十二绕层楼。珠帘卷素秋。当年尊酒屡迟留，识公惟白鸥。　才得趣，又成愁，情钟我辈流。买山同隐肯来不，遥怜笑点头。

摊破南乡子

又名《青杏儿》、《似娘儿》、《庆灵椿》、《闲闲令》、《促拍山花子》、《减字采桑子》、《锦被堆》，双调。有六十二字，上下片各六句、三平韵；还有六十二字，上片六句、三平韵，下片五句、三平韵等。

程　垓　　摊破南乡子·休赋惜春诗

休赋惜春诗，留春住、说与人知。一年已负东风瘦，说愁说恨，数期数刻，只望归时。　莫怪杜鹃啼，真个也、唤得人归。归来休恨花开了，梁间燕子，且教知道，人也双飞。

摊破浣溪沙

即《山花子》、《相思引》，《乐府雅词》调名《摊破浣溪沙》。“摊破”，是因乐曲节拍的变动而引起句法、协韵的变化，突破了原来的词调谱式。详见《山花子》条。

贺　铸　摊破浣溪沙·双鹤横桥阿那边

原误作《浣溪沙》

双鹤横桥阿那边，静坊深院闭婵娟。五度花开三处见，两依然。　　水眄难禁频领□，歌云犹许小流连。破得尊前何限恨，不论钱。

贺　铸　摊破浣溪沙·曲磴斜阑出翠微

曲磴斜阑出翠微，西州回首思依依。风物宛然长在眼，只人非。　　绿树隔巢黄鸟并，沧洲带雨白鸥飞。多谢子规啼劝我，不如归。

贺　铸　摊破浣溪沙·锦韀朱弦瑟瑟徽

锦韀朱弦瑟瑟徽，玉纤新拟凤双飞。缥缈烛烟花暮暗，就更衣。　　约略整环钗影动，迟回顾步佩声微。宛是春风蝴蝶舞，带香归。

贺　铸　摊破浣溪沙·湖上秋深藕叶黄

湖上秋深藕叶黄，清霜销瘦损垂杨。洲嘴嫩沙斜照暖，睡鸳鸯。　　红粉莲娃何处在，西风不为管余香。今夜月明闻水调，断人肠。

贺　铸　摊破浣溪沙·双凤箫声隔彩霞

双凤箫声隔彩霞，朱门深闭七香车。何处探春寻旧约，谢娘家。　　旖旎细风飘水麝，玲珑残雪浸山茶。饮罢西厢帘影外，玉蟾斜。

李　新　摊破浣溪沙·几度珠帘卷上钩

几度珠帘卷上钩，折花走马向扬州。老去不堪寻往事，上心头。　　陶令无聊惟喜醉，茂陵多病不胜愁。脉脉春情长不断，水东流。

陈　克　摊破浣溪沙·鬈慢梳头浅画眉

鬈慢梳头浅画眉，乱莺残梦起多时，不道小庭花露湿，剪酴醿。　　帘额好风低燕子，窗油晴日打蜂儿，翠袖粉笺闲弄笔，写新诗。

周紫芝　　摊破浣溪沙·茶词

苍璧新敲小凤团，赤泥开印煮清泉。醉捧纤纤双玉笋，鹧鸪斑。　雪浪溅翻金缕袖，松风吹醒玉酡颜。更待微甘回齿颊，且留连。

周紫芝　　摊破浣溪沙·汤词

门外青骢月下嘶，映阶笼烛画帘垂。一曲阳关声欲尽，不多时。　凤饼未残云脚乳，水沉催注玉花瓷。忍看捧瓯春笋露，翠鬟低。

李清照　　摊破浣溪沙·揉破黄金万点轻

揉破黄金万点轻，剪成碧玉叶层层。风度精神如彦辅，大鲜明。　梅蕊重重何俗甚，丁香千结苦粗生。熏透愁人千里梦，却无情。

李清照　　摊破浣溪沙·病起萧萧两鬓华

病起萧萧两鬓华，卧看残月上窗纱。豆蔻连梢煎熟水，莫分茶。　枕上诗书闲处好，门前风景雨来佳。终日向人多酝藉，木樨花。

赵　鼎　　摊破浣溪沙·建康次韵范元长送邢子方

原误作《浣溪沙》

惜别怀归老不禁，一年春事柳阴阴。日下长安何处是，碧云深。　已恨梅花疏远信，休传桃叶怨遗音。一醉东风分首去，两惊心。

楼　锷　　摊破浣溪沙·双桧堂

原误作《浣溪沙》

夏半阳乌景最长，小池不断藕花香。电影雷声催急雨，十分凉。　芡剥明珠随意嚼，瓜分琼玉趁时尝。双桧堂深新酿好，且传觞。

辛弃疾　　摊破浣溪沙·偶作

以下四首原误作《浣溪沙》

艳杏夭桃两行排，莫携歌舞去相催。次第未堪供醉眼，去年栽。　　春意才从梅里过，人情都向柳边来。咫尺东家还又有，海棠开。

辛弃疾　　摊破浣溪沙·酒面低迷翠被重

与客赏山茶，一朵忽堕地，戏作

酒面低迷翠被重，黄昏院落月朦胧。堕髻啼妆孙寿醉，泥秦宫。　　试问花留春几日，略无人管雨和风。瞥向绿珠楼下见，坠残红。

辛弃疾　　摊破浣溪沙·赋清虚

强欲加餐竟未佳，只宜长伴病僧斋。心似风吹香篆过，也无灰。　　山上朝来云出岫，随风一去未曾回。次第前村行雨了，合归来。

辛弃疾　　摊破浣溪沙·总把平生入醉乡

总把平生入醉乡，大都三万六千场。今古悠悠多少事，莫思量。　　微有寒些春雨好，更无寻处野花香。年去年来还又笑，燕飞忙。

石孝友　　摊破浣溪沙·落日秋风岭上村

落日秋风岭上村，全稀过雁少行人。正是悲伤愁绝处，更黄昏。　　漠漠野烟生碧树，漫漫衰草际黄云。借使昔人行到此，也销魂。

韩　淲　　摊破浣溪沙·杨梅

生与真妃姓氏同，家随西子苎萝东。谁道玉肌寒起粟，酒能红。　　火齐烧空来上苑，冰浆凝露在西宫。不似荔枝生处远，恨薰风。

高观国　　摊破浣溪沙·七夕

袅袅天风响佩环，鹊桥有女夜乘鸾。也恨别多相见少，似人间。　　银浦无声云路渺，金风有信玉机闲。生怕河梁分袂处，晓光寒。

吴文英　　摊破浣溪沙·春情

原误作《浣溪沙》

手卷珠帘上玉钩，依前春恨锁重楼。风里落花谁是主，思悠悠。　　青鸟不传云外信，丁香空结雨中愁。回首绿波三峡暮，接天流。

刘辰翁　　摊破浣溪沙·潭上夜归

醉里微寒著面醒，天风不展帽欹倾。行过溪深松雪下，夜三更。　　白白野田铺似月，纵纵沙路踏如冰。不见剡溪三百曲，一舟横。

刘辰翁　　摊破浣溪沙·澹澹胭脂浅著梅

澹澹胭脂浅著梅，温柔不上避风台。若比杏桃真未识，夺银胎。　　汗面拭来慵傅粉，酒香浓后暗潮腮。娇嫩不应醒似醉，倩谁猜。

无名氏　　摊破浣溪沙·相恨相思一个人

相恨相思一个人，柳眉桃脸自然春。别离情思，寂寞向谁论。　　映地残霞红照水，断魂芳草碧连云。水边楼上，回首倚黄昏。

分类新编

全宋词

第七册

十三画——二十一画 附录

吕树坤 吕庆业 梁国辅 刘琦 编纂

作家出版社

频载酒

此调本名《减字浣溪沙》，贺铸词有“金斗城南载酒频”句，故更名《频载酒》。详见《减字浣溪沙》条。

贺　铸　　频载酒·金斗城南载酒频

金斗城南载酒频，东西飞观跨通津，漾舟聊送雨余春。桃李趣行无算酌，桑榆收得自由身，酣歌一曲太平人。

虞主歌

又名《虞神》、《虞神歌》，调见《宋史·乐志》卷十六宋无名氏词。双调，一百三十八字。上片十五句、十二平韵，下片十五句、十一平韵。

无名氏　　虞主歌·虞主回京　警场内

转紫芝，指东都帝畿。愁雾里、箫声宛转，辇路逶迤。那堪见、郊原芳菲。日迟迟，对列凤翣龙旗。轻阴黯四垂，楼台绿瓦沍琉璃，仙仗归。寿原清夜，寒月掩褕袆。翠幰雕轮，空反灵螭，憩长岐。　嵩峰远，伊川渺弥。此时还帝里，旌幡上下，葆羽葳蕤。天街回、垂杨依依。过端闱，阊阖正辟金扉，觚棱射暖晖。虞神宝篆散轻丝，空涕洟。望陵宫女，嗟物是人非。万古千秋，烟惨风悲。

虞美人

唐教坊曲名。调名取于项羽宠姬虞美人。又名《虞美人令》、《虞美人影》、《虞姬》、《楚王妃》、《宣州竹》、《玉壶冰》、《忆柳曲》、《一江春水》、《巫山十二峰》。双调数体。有五十六字，上下片各四句、两仄韵、两平韵；还有五十八字，上下片各五句、两仄韵、三平韵等。

柳　永　　　虞美人·春花秋月何时了

春花秋月何时了，往事知多少。小楼昨夜又东风，故国不堪回首、月明中。　　雕阑玉砌应犹在，只是朱颜改。问君都有几多愁，恰似一江春水、向东流。

张　先　　　虞美人·画堂新霁情萧索

画堂新霁情萧索，深夜垂珠箔。洞房人睡月婵娟，梧桐双影上珠轩、立阶前。　　高楼何处连宵宴，塞管声幽怨。一声已断别离心，旧欢抛弃杳难寻、恨沉沉。

张　先　　　虞美人·碧波帘幕垂朱户

碧波帘幕垂朱户，帘下莺莺语。薄罗依旧泣青春，野花芳草逐年新、事难论。　　凤笙何处高楼月，幽怨凭谁说。亭亭残照上梧桐，一时弹泪与东风、恨重重。

张　先　　　虞美人·苕花飞尽汀风定

苕花飞尽汀风定，苕水天摇影。画船罗绮满溪春，一曲石城清响、入高云。　　壶觞昔岁同歌舞，今日无欢侣。南园花少故人稀，月照玉楼依旧、似当时。

张　先　　　虞美人·述古移南郡

恩如明月家家到，无处无清照。一帆秋色共云遥，眼力不知人远、上江桥。　　愿君书札来双鲤，古汴东流水。宋王台畔楚宫西，正是节趣归路、近沙堤。

欧阳修　　　虞美人·炉香昼永龙烟白

炉香昼永龙烟白，风动金鸾额。画屏寒掩小山川，睡容初起枕痕圆、坠花钿。　　楼高不及烟霄半，望尽相思眼。艳阳刚爱挫愁人，故生芳草碧连云、怨王孙。

此首别作杜安世词

杜安世　　　虞美人·红颜绿鬓催人老

红颜绿鬓催人老，世事何时了。君心天意与年光，春花未遍已秋霜、为谁忙。　　樽前正好闲风月，莫话生离别。直饶终日踏红尘，浮名浮利枉劳神、更愁萦。

杜安世　　**虞美人·江亭春晚芳菲尽**

江亭春晚芳菲尽，行色青天近。画桥杨柳也多情，暗抛飞絮惹前行、路尘清。　　彤庭早晚瞻虞舜，遥听恩迁峻。二年歌宴绮罗人，片云疏雨忍漂沦、泪沾巾。

杜安世　　**虞美人·炉香昼永龙烟白**

炉香昼永龙烟白，风动金鸾额。画屏细展小山川，睡容初起枕痕圆、坠花钿。　　楼高不及烟霄半，望尽相思眼。艳阳刚爱挫愁天，故生芳草碧云连、怨王孙。

此首别作欧阳修词

晏几道　　**虞美人·闲敲玉镫隋堤路**

闲敲玉镫隋堤路，一笑开朱户。素云凝澹月婵娟，门外鸭头春水、木兰船。　　吹花拾蕊嬉游惯，天与相逢晚。一声长笛倚楼时，应恨不题红叶、寄相思。

晏几道　　**虞美人·飞花自有牵情处**

飞花自有牵情处，不向枝边坠。随风飘荡已堪愁，更伴东流流水、过秦楼。　　楼中翠黛含春怨，闲倚阑干见。远弹双泪惜香红，暗恨玉颜光景、与花同。

晏几道　　**虞美人·曲阑干外天如水**

曲阑干外天如水，昨夜还曾倚。初将明月比佳期，长向月圆时候、望人归。　　罗衣著破前香在，旧意谁教改。一春离恨懒调弦，犹有两行闲泪、宝筝前。

晏几道　　**虞美人·疏梅月下歌金缕**

疏梅月下歌金缕，忆共文君语。更谁情浅似春风，一夜满枝新绿、替残红。　　蘋香已有莲开信，两桨佳期近。采莲时节定来无，醉后满身花影、倩人扶。

晏几道　　**虞美人·玉箫吹遍烟花路**

玉箫吹遍烟花路，小谢经年去。更教谁画远山眉，又是陌头风细、恼人时。　　时光不解年年好，叶上秋声早。可怜蝴蝶易分飞，只有杏梁双燕、每来归。

晏几道　　虞美人·秋风不似春风好

秋风不似春风好，一夜金英老。更谁来凭曲阑干，惟有雁边斜月、照关山。　　双星旧约年年在，笑尽人情改。有期无定是无期，说与小云新恨、也低眉。

晏几道　　虞美人·小梅枝上东君信

小梅枝上东君信，雪后花期近。南枝开尽北枝开，长被陇头游子、寄春来。　　年年衣袖年年泪，总为今朝意。问谁同是忆花人，赚得小鸿眉黛、也低颦。

晏几道　　虞美人·湿红笺纸回纹字

湿红笺纸回纹字，多少柔肠事。去年双燕欲归时，还是碧云千里、锦书迟。　　南楼风月长依旧，别恨无端有。倩谁横笛倚危阑，今夜落梅声里、怨关山。

晏几道　　虞美人·一弦弹尽仙韶乐

一弦弹尽仙韶乐，曾破千金学。玉楼银烛夜深深，愁见曲中双泪、落香襟。　　从来不奈离声怨，几度朱弦断。未知谁解赏新音，长是好风明月、暗知心。

苏　轼　　虞美人·琵琶

定场贺老今何在，几度新声改。怨声坐使旧声阑，俗耳只知繁手、不须弹。　　断弦试问谁能晓，七岁文姬小。试教弹作辊雷声，应有开元遗老、泪纵横。

苏　轼　　虞美人·述怀

归心正似三春草，试著莱衣小。桔怀几日向翁开，怀祖已瞋文度、不归来。　　禅心已断人间爱，只有平交在。笑论瓜葛一枰同，看取灵光新赋、有家风。

苏　轼　　虞美人·湖山信是东南美

湖山信是东南美，一望弥千里。使君能得几回来，便使尊前醉倒、且徘徊。　　沙河塘里灯初上，水调谁家唱。夜阑风静欲归时，惟有一江明月、碧琉璃。

苏　轼　　虞美人·波声拍枕长淮晓

波声拍枕长淮晓，隙月窥人小。无情汴水自东流，只载一船离恨、向西州。　　竹溪花浦曾同醉，酒味多于泪。谁教风鉴在尘埃，酝造一场烦恼、送人来。

苏　轼　　虞美人·持杯遥劝天边月

持杯遥劝天边月，愿月圆无缺。持杯复更劝花枝，且愿花枝长在、莫离披。　　持杯月下花前醉，休问荣枯事。此欢能有几人知，对酒逢花不饮、待何时。

苏　轼　　虞美人·冰肌自是生来瘦

冰肌自是生来瘦，那更分飞后。日长帘幕望黄昏，及至黄昏时候、转销魂。　　君还知道相思苦，怎忍抛奴去。不辞迢递过关山，只恐别郎容易、见郎难。

苏　轼　　虞美人·深深庭院清明过

深深庭院清明过，桃李初红破。柳丝搭在玉阑干，帘外潇潇微雨、做轻寒。　　晚晴台榭增明媚，已拚花前醉。更阑人静月侵廊，独自行来行去、好思量。

王齐愈　　虞美人·寄情

黄金柳嫩摇丝软，永日堂堂掩。卷帘飞燕未归来，客去醉眠欹枕、殢残杯。　　眉山浅拂青螺黛，整整垂双带。水沉香熨窄衫轻，莹玉碧溪春溜、眼波横。

舒　亶　　虞美人·寄公度

芙蓉落尽天涵水，日暮沧波起。背飞双燕贴云寒，独向小楼东畔、倚阑看。　　浮生只合尊前老，雪满长安道。故人早晚上高台，赠我江南春色、一枝梅。

舒　亶　　虞美人·周园欲雪

酒边陡觉罗衣暖，独倚黄昏看。寒鸦两两下楼东，著处暗云垂地、一重重。　　红炉欢坐谁能醉，多少看花意。谢娘也拟殢春风，便道无端柳絮、逼帘栊。

舒　亶　　　　虞美人·蒋园醉归

重帘小阁香云暖，黛拂梳妆浅。玉箫一曲杜韦娘，谁是苏州刺史、断人肠。　　醉归旋拨红炉火，却倚屏山坐。银缸明灭月横斜，还是画楼角送、小梅花。

张景修　　虞美人·春风曾见桃花面

春风曾见桃花面，重见胜初见。两枝独占小春开，应怪刘郎迷路、又重来。　　旁人应笑髯公老，独爱花枝好。世间好景不长圆，莫放笙歌归院、且尊前。

黄庭坚　　虞美人·至当涂呈郭功甫

平王本爱江湖住，鸥鹭无人处。江南江北水云连，莫笑醯鸡歌舞、瓮中天。　　当涂舣棹蒹葭外，赖有宾朋在。此身无路入修门，惭愧诗翁清些、与招魂。

黄庭坚　　　虞美人·宜州见梅作

天涯也有江南信，梅破知春近。夜阑风细得香迟，不道晓来开遍、向南枝。　　玉台弄粉花应妒，飘到眉心住。平生个里愿杯深，去国十年老尽、少年心。

晁端礼　　虞美人·木兰舟稳桃花浪

木兰舟稳桃花浪，重到清溪上。刘郎惆怅武陵迷，无限落英飞絮、水东西。　　玉觞潋滟谁相送，一觉扬州梦。不知何物最多情，惟有南山不改、旧时青。

晁端礼　　虞美人·短亭过尽长亭到

短亭过尽长亭到，未忍过征棹。天涯自是别离身，更折一枝杨柳、赠行人。　　淮阴堤上残阳里，暮草连空翠。一樽别酒苦匆匆，还似陇头流水、各西东。

秦　观　　　虞美人·三首其一

高城望断尘如雾，不见联骖处。夕阳村外小湾头，只有柳花无数、送归舟。　　琼枝玉树频相见，只恨离人远。欲将幽事寄青楼，争奈无情江水、不西流。

秦　观　　　　虞美人·三首其二

碧桃天上栽和露，不是凡花数。乱山深处水潆回，可惜一枝如画、为谁开。　　轻寒细雨情何限，不道春难管。为君沉醉又何妨，只怕酒醒时候、断人肠。

秦　观　　　　虞美人·三首其三

行行信马横塘畔，烟水秋平岸。绿荷多少夕阳中，知为阿谁凝恨、背西风。　　红妆艇子来何处，荡桨偷相顾。鸳鸯惊起不无愁，柳外一双飞去、却回头。

秦　观　　　虞美人·陌头柳色春将半

陌头柳色春将半，枝上莺声唤。客游晓日绮罗稠，紫陌东风弦管、咽朱楼。　　少年抚景渐虚过，终日看花坐。独愁不见玉人留，洞府空教燕子、占风流。

赵令畤　　　虞美人·光化道中寄家

画船稳泛春波渺，夕雨寒声小。紫烟深处数峰横，惊起一滩鸥鹭、照川明。　　西楼今夜归期误，恨入栏干暮。可堪春事满春怀，不似珠帘新燕、早归来。

贺　铸　　　虞美人·粉娥齐敛千金笑

粉娥齐敛千金笑，愁结眉峰小。渭城才唱浥轻尘，无奈两行红泪、湿香巾。　　伤心风月南城道，几纵朱幡到。明年载酒洛阳春，还念淮山楼上、倚阑人。

仲　殊　　　虞美人·一番雨过年芳浅

一番雨过年芳浅，袅袅心情懒。章台人过马嘶声，小眉不展恨盈盈、怨清明。　　烟柔露软湖东岸，恼乱春风惯。一声莺是故园莺，及至如今□闻处、又多情。

晁补之　　　　虞美人·广陵留别

江南载酒平生事，游宦如萍寄。蓬山归路傍银台，还是扬州一梦、却惊回。　　年年后土春来早，不负金尊倒。明年珠履赏春时，应寄琼花一朵、慰相思。

晁补之　　虞美人·原桑飞尽霜空杳

羊山饯杜侍郎郡君十二姑及外弟天逵

原桑飞尽霜空杳，霜夜愁难晓。油灯野店怯黄昏，穷途不减酒杯深、故人心。　　羊山古道行人少，也送行人老。一般别语重千金，明年过我小园林、话如今。

晁补之　　虞美人·代内

梅花时候君轻去，曾寄红笺句。胡麻好种少人知，正是归时何处、误芳期。　　谁教又作狂游远，归路杨花满。当年不负琐窗春，老向长楸走马、更愁人。

晁补之　　虞美人·用韵答秦令

荒城又见重阳到，狂醉还吹帽。人生开口笑难逢，何况良辰一半、别离中。　　平台珠履登高处，犹自怀人否。且簪黄菊满头归，惟有此花风韵、似年时。

陈师道　　虞美人·席上赠王提刑

城南观阁连云起，形像丹青里。使君笳鼓渡江来，尽带江南春色、放春回。　　青春欲住风催去，流水花无数。尊前触目一番新，只有玉楼明月、记游人。

周邦彦　　虞美人·金闺平帖春云暖

金闺平帖春云暖，昼漏花前短。玉颜酒解艳红消，一面捧心啼困、不成娇。　　别来新翠迷行径，窗锁玲珑影。砑绫小字夜来封，斜倚曲阑凝睇、数归鸿。

周邦彦　　虞美人·廉纤小雨池塘遍

廉纤小雨池塘遍，细点看萍面。一双燕子守朱门，比似寻常时候、易黄昏。　　宜城酒泛浮香絮，细作更阑语。相将羁思乱如云，又是一窗灯影、两愁人。

周邦彦　　虞美人·灯前欲去仍留恋

灯前欲去仍留恋，肠断朱扉远。未须红雨洗香腮，待得蔷薇花谢、便归来。　　舞腰歌版闲时按，一任傍人看。金炉应见旧残煤，莫使恩情容易、似寒灰。

周邦彦　　虞美人·疏篱曲径田家小

疏篱曲径田家小，云树开清晓。天寒山色有无中，野外一声钟起、送孤蓬。　　添衣策马寻亭堠，愁抱惟宜酒。菰蒲睡鸭占陂塘，纵被行人惊散、又成双。

周邦彦　　虞美人·玉觞才掩朱弦悄

玉觞才掩朱弦悄，弹指壶天晓。回头犹认倚墙花，只向小桥南畔、便天涯。　　银蟾依旧当窗满，顾影魂先断。凄风休飐半残灯，拟倩今宵归梦、到云屏。

周邦彦　　虞美人·淡云笼月松溪路

淡云笼月松溪路，长记分携处。梦魂连夜绕松溪，此夜相逢恰似、梦中时。　　海山陡觉风光好，莫惜金尊倒。柳花吹雪燕飞忙，生怕扁舟归去、断人肠。

谢　逸　　虞美人·碧梧翠竹交加影

碧梧翠竹交加影，角簟纱厨冷。疏云淡月媚横塘，一阵荷花风起、隔帘香。　　雁横天末无消息，水阔吴山碧。刺桐花上蝶翩翩，唯有夜深清梦、到郎边。

谢　逸　　虞美人·角声吹散梅梢雪

角声吹散梅梢雪，疏影黄昏月。落英点点拂阑干，风送清香满院、作轻寒。　　花瓷羯鼓催行酒，红袖掺掺手。曲声未彻宝杯空，饮罢香薰翠被、锦屏中。

谢　逸　　虞美人·风前玉树玱金韵

风前玉树玱金韵，碧落佳期近。疏云影里鹊桥低，檐外一弯新月、印修眉。　　星河渐晓铜壶噎，又是经年别。此情莫与玉人知，引起旧家离恨、泪珠垂。

苏　庠　　虞美人·次虞仲登韵

军书未息梅仍破，穿市溪流过。病来无处不关情，一夜鸣榔急雨、杂滩声。　　飘零无复还山梦，云屋春寒重。山连积水水连空，溪上青蒲短短、柳重重。

毛　滂　　　虞美人·游人莫笑东园小

东园赏春，见斜日照杏花，甚可爱

游人莫笑东园小，莫问花多少。一枝半朵恼人肠，无限姿姿媚媚、倚斜阳。　　二分春去知何处，赖是无风雨。更将绣幕密遮花，任是东风急性、不由他。

毛　滂　　　虞美人·百花赶定东君去

百花赶定东君去，知与花何处。阳春但更买花栽，留住蜂儿蝶子、等君来。　　翠轻绿嫩庭阴好，醉便眠芳草。春波如酒不曾空，谁见东堂日日、自春风。

毛　滂　虞美人·官妓有名小者，坐中乞词

柳枝却学腰肢袅，好似江东小。春风吹绿上眉峰，秀色欲流不断、眼波融。　　檐前月上灯花堕，风递余香过。小欢云散已难收，到处冷烟寒雨、为君愁。

谢　邁　　　虞美人·九日和董彦远

金钗尽醉何须伴，萸糁浮杯乱。黄花香返岭梅魂，好把一枝斜插、向乌云。　　坡词欲唱无人会，桃叶知何在。与君同咏一联诗，但道老来能趁、菊花时。

谢　邁　　　虞美人·人间离合常相半

人间离合常相半，璧月宁长满。九秋风露又方阑，何日小窗相对、话悲欢。　　月华临夜宜人醉，老去嗟颜悴。君如玉树照清空，况有凝之道蕴、一尊同。

葛胜仲　　　虞美人·酬卫卿弟见赠

三年曾不窥园树，辛苦萤窗暮。怪来文誉满清时，柿叶书残犹自、日临池。　　春秋新学卑繁露，黄卷聊堪语。家人不用寄龟诗，行看升平楼外、化龙归。

葛胜仲　　　虞美人·一轮丹桂窅窊树

一轮丹桂窅窊树，光景疑非暮。天公著意在兹时，扫尽微云点缀、展清池。　　樽前金奏无晨露，只有君房语。骊驹客莫赋归诗，东道留连应赋、不庸归。

葛胜仲　虞美人·自兰陵归，冬夜饮严州酒作

严陵滩畔香醪好，遮莫东方晓。春风盎盎入寒肌，人道霜浓腊月、我还疑。　　红炉火热香围坐，梅蕊迎春破。一声清唱解人颐，人道牢愁千斛、我谁知。

葛胜仲　虞美人·题灵山广禅院

灵山法会何曾散，此地神光满。丁公潭下百雷霆，疑是银河挽下、一齐倾。　　高桥飞观连云起，槛外惊湍水。大矶才过小矶来，应有天孙灵驭、月中回。

吴则礼　虞美人·对菊

真香秀色盈盈女，一笑重阳雨。不应解怯晚丛寒，眼底轻罗小扇、且团团。　　吴云楚雁浑依旧，更把金英嗅。鲜鲜未恨出闺迟，自许平生孤韵、与秋期。

吴则礼　虞美人·送晁适道

夜寒闲倚西楼月，消尽江南雪。东风明日木兰船，想见阳关声彻、雁连天。　　斜斜洲渚溶溶水，端负青春醉。平安小字几时回，空有暗香疏影、陇头梅。

吴则礼　虞美人·泛舟东下

从来强作游秦计，只有貂裘敝。休论范叔十年寒，看取星星种种、坐儒冠。　　江湖旧日渔竿手，初把黄花酒。且凭洛水送归船，想见淮南秋尽、水如天。

吴则礼　虞美人·寄济川

乌皮白氎西窗暖，种种霜毛短。小春何处有梅花，想见水边篱落、数枝斜。　　殊方他日登楼句，好在孤吟处。五年拚落醉魂中，试觅酒垆陈迹、问黄公。

赵子发　虞美人·飞云流水来无信

飞云流水来无信，花发年年恨。小桃如脸柳如眉，记得那人模样、旧家时。　　楼高映步拖金缕，香湿黄昏雨。如今不见欲凭书，门外水平波暖、一双鱼。

徐俯　　虞美人·梅花元自江南得

梅花元自江南得，还醉江南客。雪中雨里为谁香，闻道数枝清笑、出东墙。　　多情宋玉还知否，梁苑无寻处。胭脂为萼玉为肌，却恨恼人桃杏、不同时。

王安中　　虞美人·雁门作

千山青比妆眉浅，却奈眉峰远。玉人元自不禁秋，更算恼伊深处、月当楼。　　分携不见凭阑际，只料无红泪。万千应在锦回纹，嘱付断鸿西去、问行云。

王安中　　虞美人·星郎才思生雕管

星郎才思生雕管，四海声名满。尊前新唱更新妍，况有玉人相劝、拚酡颜。　　芙蓉幕下同时客，年少那重得。且寻幽梦赋高唐，莫为浮名容易、却相妨。

王安中　　虞美人·赠李士美

清商初入昭华琯，宫叶秋声满。草麻初罢月婵娟，想见明朝喜色、动天颜。　　持杯满劝龙头客，荣遇时方得。词源三峡泻瞿塘，便是醉中宣去、也无妨。

王安中　　虞美人·和赵承之送权朝美接伴

文昌郎自文无比，风露行千里。试寻天上使星看，却见锦衣白昼、过乡关。　　边城落照孤鸿外，联璧人相对。应吟红叶送清秋，向我旧题诗处、更重游。

叶梦得　　虞美人·落花已作风前舞

雨后同幹誉、才卿置酒来禽花下作

落花已作风前舞，又送黄昏雨。晓来庭院半残红，惟有游丝千丈、罥晴空。　　殷勤花下同携手，更尽杯中酒。美人不用敛蛾眉，我亦多情、无奈酒阑时。

叶梦得　　虞美人·极目亭望西山

翻翻翠叶梧桐老，雨后凉生早。葛巾藜杖正关情，莫遣繁蝉、容易作秋声。　　遥空不尽青天去，一抹残霞暮。病余无力厌跻攀，为寄曲阑幽意、到西山。

叶梦得　　　虞美人·上巳席上

一声鶗鴂催春晚，芳草连空远。年年余恨怨残红，可是无情、容易爱随风。　　茂林修竹山阴道，千载谁重到。半湖流水夕阳前，犹有一觞一咏、似当年。

叶梦得　　虞美人·东风一夜催春到

同蔡宽夫置酒，王仲弓出歌人，声甚妙

东风一夜催春到，杨柳朝来好。莫辞尊酒重携持，老去情怀、能有几人知。　　凤台园里新诗伴，不用相追唤。一声清唱落琼卮，千顷西风烟浪、晚云迟。

叶梦得　　虞美人·数声微雨风惊晓

二日小雨达旦，西园独卧，寒甚不能寐，时窗前梨花将谢

数声微雨风惊晓，烛影欹残照。客愁不奈五更寒，明日梨花开尽、有谁看。　　追寻犹记清明近，为向花前问。东风正使解欺侬，不道花应有恨、也匆匆。

叶梦得　　　虞美人·寒食泛舟

平波涨绿春堤满，渡口人归晚。短篷轻楫费追寻，始信十年归梦、是如今。　　故人回望高阳里，遥想车连骑。尊前点检旧年春，应有海棠、犹记插花人。

叶梦得　虞美人·逋堂睡起，同吹洞箫

绿阴初过黄梅雨，隔叶闻莺语。睡余谁遣夕阳斜，时有微凉风动、入窗纱。　　天涯走遍终何有，白发空搔首。未须锦瑟怨年华，为寄一声长笛、怨梅花。

叶梦得　　　虞美人·赠蔡子因

梅花落尽桃花小，春事余多少。新亭风景尚依然，白发故人相过、且留连。　　家山应在层林外，怅望花前醉。半天烟雾尚连空，唤取扁舟归去、与君同。

刘一止　　　虞美人·族兄无言赴召

浪花云叶交加舞，身近青冥路。天知此客解骑鲸，今夜一江明月、送行行。　　从今直上鳌峰去，应记经行处。莫将险语乱江声，却怕月中高卧、彩虹惊。

王庭珪　　　虞美人·辰州上元

城东楼角连云起，冠绝辰州市。莲灯初发万枝红，也似江南风景、半天中。　　花衢柳陌年时静，划地今年盛。棚前箫鼓闹如雷，添个辰溪女子、舞三台。

陈　克　　　虞美人·踏车不用青裙女

踏车不用青裙女，日夜歌声苦。风流墨绶强跻攀，唤起潜蛟飞舞、破天悭。　　公庭休更重门掩，细听催诗点。一尊已咏北窗风，卧看雪儿纤手、剥莲蓬。

陈　克　　　虞美人·小山戢戢盆池浅

小山戢戢盆池浅，芳树阴阴转。红阑干上刺蔷薇，蝴蝶飞来飞去、两三枝。　　绣裙斜立腰肢困，翠黛萦新恨。风流踪迹使人猜，过了斗鸡时节、合归来。

陈　克　　　虞美人·绿阴满院帘垂地

绿阴满院帘垂地，落絮萦香砌。池光不定药栏低，闲并一双鸂鶒、没人时。　　旧欢黯黯成幽梦，帐卷金泥重。日虹斜处暗尘飞，脉脉小窗孤枕、镜花移。

陈　克　　　虞美人·越罗巧画春山叠

曹申甫以著色山水小景作短制，思极萧散，方倅袭明邀予为咏

越罗巧画春山叠，个里融香雪。满身空翠不胜寒，恰似那回偷印、小眉山。　　青骢油壁西陵下，仿佛当时话。而今眼底是高唐，拂拂淡云疏雨、断人肠。

周紫芝　　　虞美人·西池见梅作

短墙梅粉香初透，削约寒枝瘦。恼人知为阿谁开，还伴冷烟疏雨、做愁媒。　　飘零苦恨春情薄，不管花开落。小池疏影弄寒沙，何似玉台鸾镜、对横斜。

周紫芝　　　虞美人·食瓜有感

西园摘处香和露，洗尽南轩暑。莫嫌坐上适来蝇，只恐怕寒、难近玉壶冰。　　井花浮翠金盆小，午梦初回后。诗翁自是不归来，不是青门、无地可移栽。

周紫芝　　虞美人·痴云压地风尘卷

痴云压地风尘卷，雪共春寒浅。山城寒夜不烧灯，时见竹篱茅舍、两三星。　　九衢风里香尘拥，十载鳌山梦。如今独自倚冰檐，落尽短檠红灺、不成眠。

吕本中　　虞美人·梅花自是于春懒

梅花自是于春懒，不是春来晚。看伊开在众花前，便道与春无分、结因缘。　　风前月下频相就，笑我如伊瘦。几回冲雨过疏篱，已见一番青子、缀残枝。

吕本中　　虞美人·平生臭味如君少

平生臭味如君少，自是君难老。似侬憔悴更谁知，只道心情、不似少年时。　　春风也到江南路，小槛花深处。对人不是忆姚黄，实是旧时风味、老难忘。

向子諲　　虞美人·淮阳堂上曾相对

与赵正之宛丘执别，俯仰十有余年。匆谩相逢，又尔语别，作是词以送之。时正之被召

淮阳堂上曾相对，笑把姚黄醉。十年离乱有深忧，白发萧萧同见、渚江秋。　　履声细听知何处，欲上星辰去。清寒初溢暮云收，更看碧天如水、月如流。

向子諲　　虞美人·银山堆里庐山对

明年过彭蠡，遇大风，行巨浪中。用前韵寄赵正之及洪州李相公，兼示开元栖隐二老

银山堆里庐山对，舟子愁如醉。笑看五老了无忧，大觉胸中云梦、气横秋。　　若人到得归元处，空一齐销去。直须闻见泯然收，始知大江东注、不曾流。

向子諲　　虞美人·澄江霁月清无对

中秋，与二三禅子方诵十玄谈，赵正之复以长短句见寄，乃用其韵语答之，兼示栖隐宁老

澄江霁月清无对，鲁酒何须醉。人怜贫病不堪忧，谁识此心如月、正含秋。　　再三涝漉方知处，试向波心去。迢迢空劫勿能收，谩道从来天地、与同流。

向子諲　虞美人·梅花盛开，走笔戏呈韩叔夏司谏

江头苦被梅花恼，一夜霜须老。谁将冰玉比精神，除是凌风却月、见天真。　　情高意远仍多思，只有人相似。满城桃李不能春，独向雪花深处、露花身。

向子諲　虞美人·政和丁酉下琵琶沟作

濛濛烟树无重数，不碍相思路。晚云分外欲增愁，更那堪疏雨、送归舟。　　雨来还被风吹去，陨泪多如雨。拟题双叶问离忧，怎得水随人意、肯西流。

向子諲　虞美人·去年不到琼花底

去年不到琼花底，蝶梦空相倚。今年特地趁花来，却甚不教同醉、过花开。　　花知此恨年年有，也伴人春瘦。一枝和泪寄春风，应把旧愁新怨、入眉峰。

向子諲　虞美人·宣和辛丑

去年雪满长安树，望断扬州路。今年看雪在扬州，人在蓬莱深处、若为愁。　　而今不恨伊相误，自恨来何暮。平山堂下旧嬉游，只有舞春杨柳、似风流。

向子諲　虞美人·绮窗人似莺藏柳

绮窗人似莺藏柳，巧语春心透。声声清切入人深，一夜不知两鬓、雪霜侵。　　何时月下歌金缕，醉看行云住。懒将幽恨寄瑶琴，却倩金笼鹦鹉、递芳音。

蔡　伸　虞美人·瑶琴一弄清商怨

瑶琴一弄清商怨，楼外桐阴转。月华澄淡露华浓，寂寞小池烟水、冷芙蓉。　　攀花撷翠当时事，绿叶同心字。有情还解忆人无，过尽寒沙新雁、甚无书。

蔡　伸　虞美人·飞梁石径关山路

飞梁石径关山路，惨淡秋容暮。一行新雁破寒空，肠断碧云千里、水溶溶。　　鸾衾欲展谁堪共，帘幕霜华重。鸭炉香尽锦屏中，幽梦今宵何许、与君同。

蔡　伸　　虞美人·红尘匹马长安道

红尘匹马长安道，人与花俱老。缓垂鞭袖过平康，散尽高阳、零落少年场。　　朱弦重理相思调，无奈知音少。十年如梦尽堪伤，乐事如今、回首做凄凉。

蔡　伸　　虞美人·甲辰人燕

彩旗摇曳樯乌转，鹢首征帆展。高城楼观暮云平，叠鼓凝笳都在、断肠声。　　绿窗朱户空回首，明月还依旧。乱山无数水茫茫，谁念塞垣风物、瞰恓惶。

蔡　伸　　虞美人·堆琼滴露冰壶莹

堆琼滴露冰壶莹，楼外天如镜。水晶双枕衬云鬟，卧看千山明月、听潺湲。　　渡江桃叶分飞后，马上犹回首。邮亭今夜月空圆，不似当时携手、对婵娟。

蔡　伸　　虞美人·碧溪曾寄流红字

碧溪曾寄流红字，忍话当时事。重来种种尽堪悲，有酒盈杯、聊为故人持。　　夜闲剪烛西窗语，怀抱今如许。尊前莫讶两依依，绿鬓朱颜、不似少年时。

蔡　伸　　虞美人·鸾屏绣被香云拥

鸾屏绣被香云拥，平帖幽闺梦。觉来重试古龙涎，深炷玉炉、烧气不烧烟。　　匆匆人去三更也，月到回廊下。出门无语送郎时，泪共一天风露、湿罗衣。

何　梟　　虞美人·分香帕子揉蓝腻

分香帕子揉蓝腻，欲去殷勤惠。重来直待牡丹时，只恐花知、知后故开迟。　　别来看尽闲桃李，日日阑干倚。催花无计问东风，梦作一双蝴蝶、绕芳丛。

黄大舆　　虞美人·世间离恨何时了

世间离恨何时了，不为英雄少。楚歌声起霸图休，玉帐佳人血泪、满东流。　　葛荒葵老芜城暮，玉貌知何处。至今芳草解婆娑，只有当时魂魄、未消磨。

王　灼　　虞美人·别来杨柳团轻絮

别来杨柳团轻絮，摆撼春风去。小园桃李却依依，犹自留花不发、待郎归。　　枝头便觉层层好，信是花相恼。觥船一棹百分空，拚了如今醉倒、闹香中。

王　灼　　虞美人·姚黄真是花中主

姚黄真是花中主，个个寻芳去。春光能有几多时，莫遣无花空折、断肠枝。　　蜂媒蝶使争撩乱，应妒传觞缓。问花端的为谁开，拟作移春小槛、载归来。

李弥逊　　虞美人·咏古

上阳迟日千门锁，花外流莺过。一番春去又经秋，惟有深宫明月、照人愁。　　暗中白发随芳草，却恨容颜好。更无魂梦到昭阳，肠断一双飞燕、在雕梁。

李弥逊　　虞美人·东山海棠

海棠开后春谁主，日日催花雨。可怜新绿遍残枝，不见香腮和粉、晕燕脂。　　去年携手听金缕，正是花飞处。老来先自不禁愁，这样愁来欺老、几时休。

李弥逊　　虞美人·金泥捍拨春声碎

金泥捍拨春声碎，恨入相思泪。醉欺秋水绿云斜，浑似梦中重到、阿环家。　　主人著意留春住，不醉无归去。只愁银烛晓生寒，明日落花飞絮、满长安。

李弥逊　　虞美人·赠富季申别

年年江上清秋节，盏面分霜月。不堪对月已伤离，那更梅花开后、海棠时。　　剑溪难驻仙游路，直上云霄去。藕花恰莫碍行舟，要趁潮头八月、到扬州。

李弥逊　　虞美人·次韵叶少蕴怀隐庵作

方壶小有人谁到，底事春知早。使君和气粲如花，更筑百花深处、驻春华。　　云关远枕苕溪浅，未放归怀展。看残红紫绿阴斜，鸾凤干霄却上、玉皇家。

李弥逊　　虞美人·宜人生日

梨花院落溶溶雨，弱柳低金缕。画檐风露为谁明，青翼来时试问、董双成。　　去年春酒为眉寿，花影浮金斗。不须更觅老人星，但愿一年一上、一千龄。

王以宁　　虞美人·宿龟山夜登秋汉亭

归来峰下霜如水，明月三千里。幽人独立瞰长淮，谁棹扁舟一叶、趁潮来。　　洞庭湖上银涛观，忆我烟蓑伴。此身天地一浮萍，去国十年华发、欲星星。

陈与义　虞美人·亭下桃花盛开，作长短句咏之

十年花底承朝露，看到江南树。洛阳城里又东风，未必桃花得似、旧时红。　　胭脂睡起春才好，应恨人空老。心情虽在只吟诗，白发刘郎孤负、可怜枝。

陈与义　　虞美人·大光祖席醉中赋长短句

张帆欲去仍搔首，更醉君家酒。吟诗日日待春风，及至桃花开后、却匆匆。　　歌声频为行人咽，记著尊前雪。明朝酒醒大江流，满载一船离恨、向衡州。

陈与义　　虞美人·邢子友会上

超然堂上闲宾主，不受人间暑。冰盘围坐此州无，却有一瓶和露、玉芙蕖。　　亭亭风骨凉生牖，消尽尊中酒。酒阑明月转城西，照见纱巾藜杖、带香归。

陈与义　　虞美人·扁舟三日秋塘路

余甲寅岁，自春官出守湖州。秋杪道中，荷花无复存者。乙卯岁，自琐闼以病得请奉祠。卜居青墩，立秋后三日行，舟之前后，如朝霞相映，望之不断也。以长短句记之

扁舟三日秋塘路，平度荷花去。病夫因病得来游，更值满川微雨、洗新秋。　　去年长恨拿舟晚，空见残荷满。今年何以报君恩，一路繁花相送、过青墩。

张元幹　　虞美人·开残桃李春方到

开残桃李春方到，谁送东风早。杖藜幽径踏余花，却对绿

阴青子、问年华。　　迢迢云水横清浅，不遣愁眉展。数竿修竹自横斜，犹有小窗朱户、似侬家。

张元幹　　虞美人·广寒蟾影开云路

广寒蟾影开云路，目断愁来处。菊花轻泛玉杯空，醉后不知星斗、乱西东。　　今宵入梦阳台雨，谁忍先归去。酒醒长是五更钟，休念旧游吹帽、几秋风。

张元幹　　虞美人·西郊追赏寻芳处

西郊追赏寻芳处，闻道冲寒去。雨肥红绽向南枝，岁晚才开应是、恨春迟。　　天涯乐事王孙贵，花底还君醉。有人风味胜疏梅，醉里折花归去、更传杯。

张元幹　　虞美人·菊坡九日登高路

菊坡九日登高路，往事知何处。陵迁谷变总成空，回首十年秋思、吹台东。　　西窗一夜萧萧雨，梦绕中原去。觉来依旧画楼钟，不道木樨香撼、海山风。

王之道　　虞美人·和孔倅郡斋莲花

酪浆冷浸金盘粉，玉友浮新酝。如君真是酒中仙，一斗百篇、吟到小池莲。　　清风拂拂来纨素，独擅江南步。红裙无用妒芳姿，且把绿罗、争学画长眉。

王之道　虞美人·和孔纯老送郑深道守严州

郑侯美政推仁厚，何独高淮右。分携令我预颦眉，只恐桐庐民望、怪来迟。　　一尊聊罄金蕉叶，更语半时霎。青娥罗列竞消凝，阁定眼边珠泪、做红冰。

冯时行　　　虞美人·咏荼蘼

东君已了韶华媚，未快芳菲意。临居倾倒向荼蘼，十万宝珠璎珞、带风垂。　　合欢翠玉新呈瑞，十日傍边醉。今年花好为谁开，欲寄一枝无处、觅阳台。

冯时行　　虞美人·芳菲不是浑无据

芳菲不是浑无据，只是春收取。都将酝造晚风光，百尺瑶台、吹下半天香。　　多愁多病疏慵意，也被香扶起。微吟小酌送花飞，更拚小屏幽梦、到开时。

冯时行　　　　虞美人·重阳词

去年同醉黄花下，采采香盈把。今年仍复对黄花，醉里不羞斑鬓、落乌纱。　　劝君莫似阳关柳，飞伴离亭酒。愿君只似月常圆，还使人人一月、一回看。

欧阳澈　　虞美人·玉楼缥缈孤烟际

玉楼缥缈孤烟际，徙倚愁如醉。雁来人远暗消魂，帘卷一钩新月、怯黄昏。　　那人音信全无个，幽恨谁凭破。扑花蝴蝶若知人，为我一场清梦、去相亲。

曹　勋　　虞美人·风流贺监栽培好

风流贺监栽培好，梅最妍姿巧。娟娟占得入时妆，秀影横斜香并、彩鸳鸯。　　汉皋解佩当时遇，绿满经行处。如今清梦已惊残，赖向君家窗户、得重看。

曹　勋　　虞美人·芙蓉露下闲庭晚

芙蓉露下闲庭晚，犹觉秋容浅。惊心莫道岁华赊，已有官梅轻放、小春花。　　西风河汉溪流月，月下疏疏雪。新妆喜是寿阳人，鸾鉴不劳呵手、对寒云。

曾　觌　　虞美人·中秋前两夜作

芙蓉池畔都开遍，又是西风晚。霁天碧净暝云收，渐看一轮冰魄、冷悬秋。　　闽山层叠迷归路，把酒宽愁绪。旧欢新恨几凄凉，暗想瀛洲何处、梦悠扬。

王之望　　虞美人·石光锡会上即席和李举之韵

鸳鸯碧瓦寒留雪，玉树先春发。小楼歌舞夜流连，月落参横、一梦绕梅边。　　尊前酒量谁能惜，都是高阳客。十分莫厌羽觞传，半醉娉婷、云鬓亸金钿。

魏　杞　　虞美人·冰肤玉面孤山裔

冰肤玉面孤山裔，肯到人间世。天然不与百花同，却恨无情轻付、与东风。　　丽谯三弄江梅晓，立马溪桥小。只应明月最相思，曾见幽香一点、未开时。

洪　适　　虞美人·芭蕉滴滴窗前雨

芭蕉滴滴窗前雨，望断江南路。乱云重叠几多山，不似倦飞鸥鹭、便知还。　角声更听谯门弄，夜夜思归梦。鄱江楼下水含漪，孤负钓滩烟艇、绿蓑衣。

韩元吉　　虞美人·送韩子师

西风斜日兰皋路，碧嶂连红树。天公也自惜君行，小雨霏霏特地、不成晴。　满城桃李春来处，我老君宜住。莫惊华发笑相扶，记取他年同姓、两尚书。

韩元吉　　虞美人·怀金华九日寄叶丞相

登临自古骚人事，惨栗天涯意。金华峰顶做重阳，月地千寻风里、万枝香。　相君携客相应记，几处容狂醉。双溪明月乱山青，飞梦时时犹在、最高亭。

韩元吉　　虞美人·七夕

烟霄脉脉停机杼，双鹊飞来语。踏歌声转玉钩斜，好是满天风露、一池花。　离多会少从来有，不似人间久。欢情谁道隔年迟，须信仙家日月、未多时。

韩元吉　　虞美人·叶梦锡园十月海棠盛开

诏书昨夜催春到，绿野花争早。几枝先见海棠开，全胜陇头冲雪、寄江梅。　破寒滴滴娇如醉，不比春饶睡。万红千紫莫嫌迟，看取满城花送、衮衣归。

赵彦端　　虞美人·九月饮乘风亭故基

烟空磴尽长松语，佳处遗基古。道人乘月又乘风，未用秋衣沉水、换薰笼。　两峰千涧依稀是，想像诗翁醉。莫惊青蕊后时开，笑倒江南陶令、未归来。

赵彦端　　虞美人·凌虚风马来无迹

凌虚风马来无迹，水净山光出。松间孤鹤睡残更，唤起缑箫飞去、与云平。　新亭聊共丰年悦，一醉中秋月。江山拟作画图临，乐府翻成终胜、写无声。

赵彦端　　虞美人·兰畦梅径香云绕

罢官嘉禾，张忠甫、曾彦思置酒舟中作

兰畦梅径香云绕，长恨相从少。相从虽少却情亲，不道相从频后、是行人。　　行人未去犹清瘦，想见相分后。书来梅子定尝新，记取江东日暮、雨还云。

赵彦端　　虞美人·断蝉高柳斜阳处

断蝉高柳斜阳处，池阁丝丝雨。绿檀珍簟卷猩红，屈曲杏花蝴蝶、小屏风。　　春山叠叠秋波慢，收拾残针线。又成娇困倚檀郎，无事更抛莲子、打鸳鸯。

赵彦端　　虞美人·刘帅生日

疏梅淡月年年好，春意今年早。迎长时节近佳辰，看取衮衣黄发、画麒麟。　　酒中倒卧南山绿，起舞人如玉。风流椿树可怜生，长与柳枝桃叶、共青青。

芮　辉　　虞美人·翠屏罗幕遮前后

翠屏罗幕遮前后，舞袖翻长寿。紫髯冠佩御炉香，看取明年归奉、万年觞。　　今宵池上蟠桃席，咫尺长安日。宝烟飞焰万花浓，试看中间白鹤、驾仙风。

此首别作辛弃疾词

王千秋　　虞美人·和姚伯和

风花南北知何据，常是将春负。海棠开尽野棠开，匹马崎岖、还入乱山来。　　尊前人物胜前度，谁记桃花句。老来情事不禁浓，玉佩行云、切莫易丁东。

王千秋　　虞美人·代简督伯和借战国策

要津去去无由据，已分平生负。拟将怀抱向谁开，万水千山、聊为借书来。　　玄都昼永闲难度，欲正书中句。黄琮丹璧已磨浓，发箧烦君、早送过桥东。

王千秋　　虞美人·琵琶弦畔春风面

琵琶弦畔春风面，曾向尊前见。彩云初散燕空楼，萧寺相逢各认、两眉愁。　　旧时曲谱曾翻否，好在曹纲手。老来心绪怯幺弦，出塞移船莫遣、到愁边。

王千秋　　　　虞美人·寄李公定

流苏斗帐泥金额，我亦花前客。谪仙标韵胜琼枝，一咏一觞、常是得追随。　　自从风借云帆便，冷落青楼宴。石桥风月也应猜，过尽中秋、不见晚归来。

李流谦　　　　虞美人·春怀

一春不识春风面，都为慵开眼。荼蘼雪白牡丹红，犹及尊前一醉、赏芳秾。　　东君又是匆匆去，我亦无多住。四年薄宦老天涯，闲了故园多少、好花枝。

李流谦　虞美人·在芜湖待仲甄巨卿未至作

吴波亭畔千行柳，直恁留人久。晚来船槛再三凭，又是一钩新月、照江心。　　故人有约何时到，白地令人老。只愁酒尽更谁赊，一段闲愁无计、奈何他。

袁去华　　　　虞美人·七夕悼亡

娟娟缺月梧桐影，云度银潢静。夜深檐隙下微凉，醒尽酒魂何处、藕花香。　　鹊桥初会明星上，执手还惆怅。莫嗟相见动经年，犹胜人间一别、便终天。

邵伯雍　　　　虞美人·赏梅月夜有怀

玉壶满插梅梢瘦，帘幕轻寒透。从今春恨满天涯，月下几枝疏影、透窗纱。　　锦城咫尺如千里，乍别难成寐。孤眠半晌断人肠，夜静分明全似、那人香。

向　滈　　　　虞美人·临安客店

酒阑欹枕新凉夜，断尽人肠也。西风吹起许多愁，不道沈腰潘鬓、不禁秋。　　如今病也无人管，真个难消遣。东邻一笑直千金，争奈茂陵情分、在文君。

向　滈　　　虞美人·宝梳半脱文窗里

宝梳半脱文窗里，玉软因谁醉。锦鸳应是懒熏香，□我水村孤酌、减疏狂。　　此时纵有千金笑，情味如伊少。带围宽尽莫教知，嫌怕为依成病、似前时。

韦能谦　　虞美人·风清日晚溪桥路

风清日晚溪桥路，绿暗摇残雨。闲亭小立望溪山，画出明湖深秀、水云间。　　漫郎疏懒非真吏，欲去无深计。功名英隽满凌烟，省事应须速上、五湖船。

管　鉴　　虞美人·送杏花与陆仲虚

一枝繁杏千红蕊，酡笑东风里。恰如歌院晓妆迟，簇簇娇娆同步、出深闺。　　风流莲幕莺花主，持送花深处。花多莫便著情偏，一一淡匀深注、总堪怜。

管　鉴　　虞美人·晚过楚塞作

与客赏海棠，忆去岁临川所赋，怅然有远宦之叹

海棠花下春风里，曾拚千场醉。如今老去谩情多，步绕芳丛无力、奈春何。　　蜀乡不远长安远，相向空肠断。不如携客过西楼，却是江山如画、可消忧。

吴　儆　　虞美人·送兄益章赴会试

银屏一夜金风细，便作中秋意。碧天如水月如眉，已有征鸿摩月、向南飞。　　金尊满酌蟾宫客，莫促阳关拍。须知丹桂擅秋天，千里婵娟指日、十分圆。

吴　儆　　虞美人·七夕

飞桥驾鹊天津阔，云驭看看发。相思惟恨不相逢，及至相逢还是、去匆匆。　　垂丝插竹真堪笑，欲乞天孙巧。天孙多巧漫多愁，巧得千般争解、劝郎留。

吴　儆　　虞美人·双眸翦水团香雪

双眸翦水团香雪，云际看新月。生绡笼粉倚窗纱，全似瑶池疏影、浸梅花。　　金翘翠靥双蛾浅，敛袂低歌扇。羞红腻脸语声低，想见流苏帐掩、烛明时。

范成大　　虞美人·寄人觅梅

霜余好探梅消息，日日溪桥侧。不如君有似梅人，歌里工

颦妍笑、两眉春。　　疏枝冷蕊风情少，却称衰翁老。从教来作静中邻，冷淡无言无笑、也无颦。

范成大　　虞美人·落梅时节冰轮满

落梅时节冰轮满，何似中秋看。琼楼玉宇一般明，只为姮娥添了、万枝灯。　　锦江城下杯残后，还照郫江酒。天东相见说天西，除却衰翁和月、更谁知。

范成大　　虞美人·玉箫惊报同云重

玉箫惊报同云重，仍怪金瓶冻。清明将近雪花翻，不道海棠消瘦、柳丝寒。　　王孙沉醉狨毡幕，谁怕罗衣薄。烛灯香雾两厌厌，仿佛有人愁损、上眉尖。

范成大　　虞美人·红木樨

谁将击碎珊瑚玉，装上交枝粟。恰如娇小万琼妃，涂罢额黄、嫌怕污燕支。　　夜深未觉清香绝，风露溶溶月。满身花影弄凄凉，无限月和风露、一齐香。

王　质　　虞美人·即事

绿阴夹岸人家住，桥上人来去。行舟远远唤相膺，全似孤烟斜日、出阊门。　　浪花拂拂侵沙觜，直到垂杨底。吴江虽有晚潮回，未比合江亭下、水如飞。

王　质　　虞美人·李敷文席上

翠阴融尽毵毵雪，惨淡花明灭。嫩沙拂拂涨痕添，想见故溪、绿到草堂前。　　夕阳红透樱桃粒，掩映深沉碧。成都事事似江南，只是香衾、两处受春寒。

沈端节　　虞美人·去年寒食初相见

去年寒食初相见，花上双飞燕。今年寒食又花开，垂下重帘不许、燕归来。　　隔帘听燕呢喃语，似说相思苦。东君都不管闲愁，一任落花飞絮、两悠悠。

沈端节　　虞美人·卧红堆碧纷无数

卧红堆碧纷无数，春事知何许。班班小雨裛梨花，又是清明时候、不归家。　　伤春减尽东阳带，人道多情杀。青春留下许多愁，分付与君今夜、一齐休。

沈端节　　虞美人·暮云衰草连天远

暮云衰草连天远，不记离人怨。可怜无处不关情，梦断孤鸿哀怨、两三声。　　恨眉醉眼何时见，夜夜相思遍。梧桐叶落候蛩秋，唯有一江烟雨、替人愁。

张孝祥　　虞美人·赠卢坚叔

卢敖夫妇骖鸾侣，相敬如宾主。森然兰玉满尊前，举案齐眉乐事、看年年。　　我家白发双垂雪，已是经年别。今宵归梦楚江滨，也学君家儿子、寿吾亲。

张孝祥　　虞美人·代季弟寿老人

雪花一尺江南北，薪尽炊无粟。老仙活国试刀圭，十万人家生意、与春回。　　天公一笑酬阴德，赐与长生籍。今朝雪霁寿尊前，看我双亲都是、地行仙。

张孝祥　　虞美人·无为作

雪消烟涨清江浦，碧草春无数。江南几树夕阳红，点点归帆吹尽、晚来风。　　楼头自擫昭华管，我已无肠断。断行双雁向人飞，织锦回文空在、寄它谁。

张孝祥　　虞美人·溪西竹榭溪东路

溪西竹榭溪东路，溪上山无数。小舟却在晚烟中，更看萧萧微雨、打疏篷。　　无聊情绪如中酒，此意君知否。年时曾向此中行，有个人人相对、坐调筝。

张孝祥　　虞美人·柳梢梅萼春全未

柳梢梅萼春全未，谁会伤春意。一年好处是新春，柳底梅边只欠、那人人。　　凭春约住梅和柳，略待些时候。锦帆风送彩舟来，却遣香苞娇叶、一齐开。

张孝祥　　虞美人·罗衣怯雨轻寒透

罗衣怯雨轻寒透，陡做伤春瘦。个人无奈语佳期，徙倚黄昏池阁、等多时。　　当初不似休来好，来后空烦恼。倩人传语更商量，只得千金一笑、也甘当。

张孝祥　　虞美人·清宫初入韶华管

清宫初入韶华管，宫叶秋声满。满庭芳草月婵娟，想见明朝喜色、动天颜。　　持杯满劝龙头客，荣遇时难得。词源三峡泻瞿塘，便是醉中空去、也无妨。

陈　造　　虞美人·呈赵帅

凝香仙伯莺花主，雅意怜羁旅。略分春色便浓欢，街吏何妨日日、报平安。　　诗人一醉龙公妒，恰限今朝雨。关门独酌强伸眉，也胜栖栖腰铺、守风时。

吕胜己　　虞美人·咏菊

疏风摆撼芙蓉沼，垄上梅英小。谁家姊妹去寻芳，粉面云鬟参杂、汉宫妆。　　邯郸奏罢宫中乐，邂逅同杯酌。老来花酒制颓龄，为爱嫣然娇靥、斗盈盈。

吕胜己　　虞美人·年年冬后心情快

年年冬后心情快，常是留宾醉。尊前笑靥粲金钿，更有半黄枨橘、满堆盘。　　人人爱道休官去，总是闲言语。古今文士与贤才，为甚独高陶令、赋归来。

吕胜己　　虞美人·月下听琴，西湖作

横波清蘸西湖水，黛拂吴山翠。藕丝衫子水沉香，坐久冰肌玉骨、起微凉。　　金徽泛柳听佳句，叠叠胎仙舞。曲终松下小盘桓，风露泠泠、直欲便骖鸾。

赵长卿　　虞美人·清婉亭赏酴醾

江梅虽是孤芳早，争似酴醾好。凡红飞尽草萋迷，婀娜枝头才见、细腰肢。　　玉容消得仙源惜，满架香堆白。檀心应共酒相宜，割舍花前猛饮、倒金卮。

赵长卿　　虞美人·深春

冰塘浅绿生芳草，枝上青梅小。柳眉愁黛为谁开，似向东君、喜见故人来。　　碧桃销恨犹堪爱，妃子今何在。风光小院酒尊同，向晚一钩新月、落花风。

赵长卿　　　虞美人·春寒

东风卷尽辛夷雪，逆旅清明节。黄昏烟雨失前山，陟遍朱栏、酒噤不禁寒。　　归来谁护衣篝火，倒拥文鸳卧。可堪连夜子规啼，唤得春归、人却未成归。

赵长卿　　　虞美人·双莲

二乔姊妹新妆了，照水盈盈笑。多情相约五湖游，似向群花丛里、骋风流。　　丁香枝上千千结，怨惹相思切。争如特地嫁薰风，吐尽芳心点点、绛唇红。

赵长卿　　　虞美人·中秋无月

西风明月临台榭，准拟中秋夜。一年等待到而今，为甚今宵陡顿、却无情。　　姮娥应怨孤眠苦，取次为云雨。素蟾特地暗中圆，未放清光容易、到仙源。

赵长卿　　　虞美人·江乡对景

雨声破晓催行桨，拍拍溪流长。绿杨绕岸水痕斜，恰似画桥西畔、那人家。　　人家楼阁临江渚，应是停歌舞。珠帘整日不闲钩，目断征帆、犹未识归舟。

赵长卿　　　虞美人·送别

灯前忍见啼红面，别酒频斟劝。愁蛾敛翠不胜情，报道看看天色、待平明。　　殷勤重把阳关唱，休要教人望。出门犹自尚叮咛，厮养频催恰好、趁凉行。

王　炎　　虞美人·甲戌正月望后燕来

镜中失画双青鬓，懒更占花信。小梅半谢雨垂垂，未许轻红破蕾、缀桃枝。　　社前归燕穿帘语，似说人憔悴。自缘老去少欢悰，不是春寒料峭、怯东风。

辛弃疾　　　虞美人·送赵达夫

一杯莫落吾人后，富贵功名寿。胸中书传有余香，看写兰亭小字、记流觞。　　问谁分我渔樵席，江海消闲日。看君天上拜恩浓，却恐画楼无处、著东风。

辛弃疾　　虞美人·赵文鼎生日

翠屏罗幕遮前后，舞袖翻长寿。紫髯冠佩御炉香，看取明年归奉、万年觞。　　今宵池上蟠桃席，咫尺长安日。宝烟飞焰万花浓，试看中间白鹤、驾仙风。

辛弃疾　　虞美人·夜深困倚屏风后

夜深困倚屏风后，试请毛延寿。宝钗小立白翻香，旋唱新词犹误、笑持觞。　　四更山月寒侵席，歌舞催时日。问他何处最情浓，却道小梅摇落、不禁风。

辛弃疾　　虞美人·赋荼蘼

群花泣尽朝来露，争奈春归去。不知庭下有荼蘼，偷得十分春色、怕春知。　　淡中有味清中贵，飞絮残英避。露华微渗玉肌香，恰似杨妃初试、出兰汤。

辛弃疾　　虞美人·赋虞美人草

当年得意如芳草，日日春风好。拔山力尽忽悲歌，饮罢虞兮从此、奈君何。　　人间不识精诚苦，贪看青青舞。蓦然敛袂却亭亭，怕是曲中犹带、楚歌声。

赵善括　　虞美人·无题

长空一夜霜风吼，寒色消残酒。问伊今夜在谁行，遗恨落花流水、误刘郎。　　尤云殢雨多情话，分付阿谁也。侬家有分受凄惶，只怕娇痴不睡、也思量。

程　垓　　虞美人·轻红短白东城路

轻红短白东城路，忆得分襟处。柳丝无赖舞春柔，不系离人、只解系离愁。　　如今花谢春将老，柳下无人到。月明门外子规啼，唤得人愁、争似唤人归。

黄人杰　　虞美人·瑶台夜冷清霜泣

瑶台夜冷清霜泣，听得双成语。有人乘月下云端，吹彻凤箫来此、伴栖鸾。　　尊前有个新番曲，不唱蟠桃熟。一杯聊驻玉精神，长与雪梅争韵、更争春。

黄人杰　　虞美人·吕城春色知何处

吕城春色知何处，试听流莺语。江头别有小壶天，唤起一番花柳、弄芳妍。　　主人元是虬髯种，胸次吞云梦。一尊何翅祝长年，看取金枝从此、更蝉联。

黄人杰　　虞美人·菊花不等重阳到

菊花不等重阳到，昨夜都开了。问知仙子是生辰，采翠浮金来供、玉壶春。　　周郎莫计文君寿，头白须相守。从今更数百年期，月底云间同跨、彩鸾归。

黄人杰　　虞美人·蓂飞八叶书云后

蓂飞八叶书云后，此日孙枝秀。爱他风味似吾人，都是笔头能篆、又能文。　　青青两鬓年方壮，儿女俱成长。要添福寿与荣华，教取一庭兰玉、共成家。

黄人杰　　虞美人·疏梅淡月年年好

疏梅淡月年年好，景思今年早。迎长时节近佳辰，看取衮衣华发、尽麒麟。　　酒中倒卧南山绿，起舞人如玉。风流椿树可怜生，长与柳枝桃叶、共青青。

陈三聘　　虞美人·寄人觅梅

融融睡觉东风息，行到溪亭侧。一枝梅玉似人人，索笑依然消瘦、不禁春。　　相逢试问情多少，应怪山翁老。翠罗高护结花邻，一任余芳争学、捧心颦。

陈三聘　　虞美人·天公意向人情满

天公意向人情满，灯月教同看。中秋虽是十分明，不比今宵处处、有华灯。　　艳桃秾李歌阑后，更醉青楼酒。不妨饮尽玉东西，横笛声中春色、要君知。

陈三聘　　虞美人·飞琼晓压梅枝重

飞琼晓压梅枝重，酒面羊羔冻。谁将缟带逐车翻，明月秦楼昨夜、不胜寒。　　何须卷起重帘幕，愁怕春罗薄。玉杯持劝醉厌厌，无奈有人笼袖、出香尖。

陈三聘　　虞美人·红木樨

乾红翦碎烦纤玉，相并黄金粟。汉宫素面说明妃，马上秋风应解、著燕支。　　黄昏小树堪愁绝，不比梅花月。满天风露透肌凉，插取双枝归去、是谁香。

石孝友　　虞美人·醉寻芳草城头路

醉寻芳草城头路，底事频凝伫。丽谯直下小层楼，鸳瓦重重匀砌、几重愁。　　睡红颦翠春风面，咫尺无由见。从教笑语落檐楹，图得香闺依约、认郎声。

石孝友　　虞美人·月娥弄影当窗照

月娥弄影当窗照，疑是巫山晓。芙蓉帐里睡魂惊，浅指轻匀犹恐、已天明。　　高楼未放梅花弄，却就鸳衾拥。舞腰纤瘦不禁春，恣意任郎撩乱、一梳云。

陈　亮　　虞美人·春愁

东风荡飏轻云缕，时送萧萧雨。水边台榭燕新归，一口香泥湿带、落花飞。　　海棠糁径铺香绣，依旧成春瘦。黄昏庭院柳啼鸦，记得那人和月、折梨花。

张　镃　　虞美人·咏水蒖花

妆浓未试芙蓉脸，却扇凉犹浅。粉轻红袅一生娇，风外细香时伴、湿云飘。　　双飞属玉来还去，谁识幽闲趣。莫教疏雨暗黄昏，已是不禁秋色、怕销魂。

姜　夔　　虞美人·赋牡丹

西园曾为梅花醉，叶翦春云细。玉笙凉夜隔帘吹，卧看花梢摇动、一枝枝。　　娉娉袅袅教谁惜，空压纱巾侧。沉香亭北又青苔，唯有当时蝴蝶、自飞来。

姜　夔　　虞美人·摩挲紫盖峰头石

摩挲紫盖峰头石，上瞰苍崖立。玉盘摇动半崖花，花树扶疏、一半白云遮。　　盈盈相望无由摘，惆怅归来屐。而今仙迹杳难寻，那日青楼、曾见似花人。

姜　夔　　虞美人·阑干表立苍龙背

括苍烟雨楼，石湖居士所造也。风景似越之蓬莱阁，而山势环绕，峰岭高秀过之。观居士题颜，且歌其所作虞美人。夔亦作一解

阑干表立苍龙背，三面巉天翠。东游才上小蓬莱，不见此楼烟雨、未应回。　　而今指点来时路，却是冥蒙处。老仙鹤驭几时归，未必山川城郭、是耶非。

郭应祥　　虞美人·送张监税

二年浏水司征榷，小却平戎略。征衫指日去朝京，恰恰一江新渌、可扬舲。　　诗工画妙俱臻极，到处留真迹。一尊莫惜暂停桡，不待离歌唱彻、已魂销。

郭应祥　　虞美人·梅桃茉莉东篱菊

茂叔、季功置酒稽古堂，以瓶贮四花，因赋

梅桃茉莉东篱菊，著个瓶儿簇。寻常四物不同时，恰似西施二赵、太真妃。　　从来李郭多投分，伯仲俱清俊。苍颜独我已成翁，尚许掀髯一笑、对西风。

郭应祥　　虞美人·送周监税

周郎素蕴平戎略，聊此司征榷。他人两载已辞难，君独三年、只作一朝看。　　紫萸黄菊重阳后，木落秋容瘦。休斟别酒惨离裾，戚畹如今、个个有新除。

郭应祥　　虞美人·次沈庄可韵

天公有意留君住，故作纤纤雨。闭门觅句自持觞，并舍官梅、时有过来香。　　沈郎诗骨元来瘦，更挹湘江秀。不须骂雨及嘲风，收拾个般、都入锦囊中。

韩　淲　　虞美人·姑苏画莲

西湖十里孤山路，犹记荷花处。翠茎红蕊最关情，不是薰风、吹得晚来晴。　　而今老去丹青底，醉腻娇相倚。棹歌声

缓采香归，如梦如醒、新月照涟漪。

韩　淲　　虞美人·赵倅酌别灵山阁

送君报最登朝路，初整曹装处。又因杯酒见余情，凉雨灵山阁上、月初晴。　醺然领客襟怀底，消得阑干倚。风流别乘我依归，清誉冰溪棠荫、绿漪漪。

韩　淲　　虞美人·代儿寿黄靖州

晓来一阵催花雨，正桃李、横塘处。笙歌帘幕燕莺喧，春在人间不老、谷城仙。　潇湘图画迎千骑，襦袴欢声起。功名风虎庆云龙，更看万钉横带、系金狨。

魏了翁　　虞美人·邓倅子美生日

许时闭户间疏散，风月无人管。自从阳律一番新，又把前回风月、送西邻。　浮云富贵非公愿，只愿公身健。更教剩活百来年，此老终须不枉、在人间。

魏了翁　　虞美人·和瞻叔兄除夕

一年一度屠苏酒，老我惊多又。明年岂是更无年，已是虚过、三十八年前。　世间何物堪称好，家有斑衣老。相期他日早还归，怕似瞻由、出处不曾齐。

魏了翁　　虞美人·许侍郎奕硕人生日

无端嫁得龙头客，富贵长相迫。云深碧落记骖鸾，又逐东方千骑、到人间。　妇前百拜儿称寿，季也参行酒。最怜小女太憨生，约住两头娘子、索新声。

卢祖皋　　虞美人·九月游虎丘

清尊黄菊红萸佩，两度云岩醉。帽檐今日更清狂，冷雨疏风著意、过重阳。　故宫历历遗烟树，往事知何处。漫山秋色好题诗，吟罢阑干、独自立多时。

刘学箕　　虞美人·寒来暑往何时了

寒来暑往何时了，世故催人老。一人口插几张匙，何用波波劫劫、没休时。　饥来吃饭困来睡，莫把身为累。谁能较短与量长，落叶西风一梦、熟黄粱。

方千里　　虞美人·花台响彻歌声暖

花台响彻歌声暖，白日林中短。春心摇荡客魂消，搓粉揉香排比、一团娇。　　重来犹自寻芳径，吹鬓东风影。步金莲处绿苔封，不见彩云双袖、舞惊鸿。

方千里　　虞美人·高楼远阁花飞遍

高楼远阁花飞遍，急雨捎池面。脩脩杨柳不知门，多少乱莺啼处、暮烟昏。　　银钩小字题芳絮，宛转回文语。可怜单枕梦行云，肠断江南千里、未归人。

黄　机　　虞美人·黄州江上寄王帅

三年万里黄尘路，只欠江湖去。扁舟二月下湘湾，过了洞庭青草、又春残。　　□□□□□□□，□□□□□。□□□□□□□，□□□□□□、□□□。

黄　机　　虞美人·十年不作湖湘客

十年不作湖湘客，亭堠催行色。浅山荒草记当时，筱竹篱边羸马、向人嘶。　　书生万字平戎策，苦泪风前滴。莫辞衫袖障征尘，自古英雄之楚、又之秦。

黄　机　　虞美人·云情雨意才端的

云情雨意才端的，津鼓催行色。因缘虽浅是因缘，犹胜当初无分、小留连。　　刘郎双鬓青堪照，君也方年少。尊前不用苦沾衣，未信桃源别后、路成迷。

葛长庚　　虞美人·蘋花零乱秋亭暮

蘋花零乱秋亭暮，篱落江村路。棹歌摇曳钓船归，搅碎清风千顷、碧琉璃。　　山衔初月明疏柳，平野垂星斗。莫辞沉醉伴孤吟，他日江南江北、两关心。

赵以夫　　虞美人·天凉来傍荷花饮

天凉来傍荷花饮，携手看云锦。城头玉漏已三更，耳畔微闻新雁、几声声。　　兰膏影里春山秀，久立还成皱。酒阑天外月华流，我醉欲眠、卿且去来休。

赵以夫　　虞美人·红木樨次谢主簿

秦娥冷淡愁无奈，小作施朱态。霓裾霞佩下瑶台，一朵绿云围绕、送春来。　　玄霜捣尽丹砂就，拚醉长生酒。羡君幽壑狎流年，把住西风长对、广寒仙。

张　榘　　虞美人·和兰坡催梅

金炉级就裙纹折，香烬低云月。玉钿粘唾上眉心，不似寿阳檐下、六花清。　　翠禽飞起南枝动，惊破西湖梦。仗谁为作水龙声，吹绽寒葩诗眼、为君青。

张　榘　　虞美人·小蛮才把鸳衾折

小蛮才把鸳衾折，妆就梳横月。探梅不似旧年心，却爱窗前纸帐、十分清。　　朔风吹起寒云动，午寝都无梦。黄昏更被竹枝声，唤起醒醒相对、一灯青。

张　榘　　虞美人·借韵

龙香浅渍罗屏折，睡思低眉月。闲愁闲闷不关心，心似窗前梅影、一般清。　　绣帏交掩流苏动，一觉华胥梦。枕山轻戛宝钗声，粉褪香腮零乱、鬓鸦青。

吴　潜　　虞美人·美人一舸横秋水

美人一舸横秋水，冉冉烟波里。绿杨也解织离愁，故向东风摇曳、不能休。　　是非得失都休计，只有抽身是。橙黄蟹熟正当时，想见双溪风月、待人归。

吴　潜　　虞美人·和刘制几舟中送监簿韵

东风催客呼前渡，宿鸟投林暮。欲归人送得归人，万叠青山罗列、是愁城。　　谁家台榭当年筑，芳草垂杨绿。云深雾暗不须悲，只缘盈虚消息、少人知。

黄时龙　　虞美人·卷帘人出身如燕

卷帘人出身如燕，烛底粉妆明艳。羯鼓初催按六幺，无限春娇都上、舞裙腰。　　画堂深窈亲曾见，宛转楚波如怨。小立花心曲未终，一把柳丝无力、倚东风。

李曾伯　　　　虞美人·己亥春

韶华只隔窗儿外，病起昏于醉。花开花落总相忘，惟有梦随蝴蝶、趁春忙。　　故园芳草应如旧，只恨人消瘦。拟凭飞燕语归期，拼却牡丹开了、有酴醾。

方　岳　　　　虞美人·见梅

鸥清眠碎晴溪月，几梦寒蓑雪。断桥离落带人家，枝北枝南初著、两三花。　　曾于春底横孤艇，香似诗能冷。娟娟立玉载归壶，渺渺愁予肯入、楚骚无。

许　棐　　虞美人·杏花窗底人中酒

杏花窗底人中酒，花与人相守。帘衣不肯护春寒，一声娇嚏两眉攒、拥衾眠。　　明朝又有秋千约，恐未忺梳掠。倩谁传语画楼风，略吹丝雨湿春红、绊游踪。

吴文英　　虞美人·背庭缘恐花羞坠

背庭缘恐花羞坠，心事遥山里。小帘愁卷月笼明，一寸秋怀、禁得几蛩声。　　井梧不放西风起，供与离人睡。梦和新月未圆时，起看檐蛛结网、又寻思。

利　登　　虞美人·当时养士知何许

当时养士知何许，总把降幡去。汉家王气塞乾坤，一树盈盈、不为汉家春。（下缺）

杨泽民　　虞美人·层层楼阁薰风暖

层层楼阁薰风暖，花裹香苞短。清芬不逐火云消，看了一重姿媚、一重娇。　　几回池上寻芳径，惊见波中影。似将千叶再苞封，肠断昭阳一笑、付飞鸿。

杨泽民　　　　虞美人·红莲

小池芳蕊初开遍，恰似新妆面。扁舟一叶过吴门，只向花间高卧、度朝昏。　　浮萍点缀因风絮，更共鸳鸯语。花间有女恰如云，不惜一生常作、采花人。

文　珏　　虞美人·歌唇乍启尘飞处

歌唇乍启尘飞处，翠叶轻轻举。似通舞态逞妖容，嫩条纤丽玉玲珑、怯秋风。　　虞姬珠碎兵戈里，莫认埋魂地。只应遗恨寄芳丛，露和清泪湿轻红、古今同。

顾　卞　　虞美人·帐前草草军情变

帐前草草军情变，月下旗旌乱。褫衣推枕惜离情，远风吹下楚歌声、正三更。　　抚鞍欲上重相顾，艳态花无主。手中莲萼凛秋霜，九泉归路是仙乡、恨茫茫。

陈　著　　虞美人·次韵人咏菊

故园处处都荒雨，寂寞蜗书户。人间春事杏桃花，独有诗人依旧、菊为家。　　老来犹解高叉手，遥上花前寿。华颠无分插花枝，乞取霜根风月、送将归。

陈允平　　虞美人·春衫薄薄寒犹恋

春衫薄薄寒犹恋，芳草连天远。嫩红和露入桃腮，柳外东边楼阁、燕飞来。　　霓裳一曲凭谁按，错□□重看。金虬闲暖麝檀煤，银烛替人垂泪、共心灰。

陈允平　　虞美人·夕阳楼上都凭遍

夕阳楼上都凭遍，柳下风吹面。强搴罗袖倚重门，懒傍玉台鸾镜、暗尘昏。　　离情脉脉如飞絮，此恨凭谁语。一天明月一江云，云外月明、应照凤楼人。

陈允平　　虞美人·疏林远带寒山小

疏林远带寒山小，月落霜天晓。棹歌初发浦烟中，自叹疏狂踪迹、似萍蓬。　　江边衰柳迷津堠，归兴浓于酒。断烟流水自寒塘，十里蒹葭、鸥鹭两三双。

陈允平　　虞美人·彩云别后房栊悄

彩云别后房栊悄，愁立西风晓。倚阑无语对黄花，惆怅玉郎应在、楚江涯。　　钿筝空贮芳尘满，寂寞朱弦断。夜来一点帐前灯，频吐银花双烬、照罗屏。

陈允平　　虞美人·玉奁香细流苏暖

玉奁香细流苏暖，寒日花梢短。翠罗尘暗缕金销，□□东□华屋、自藏娇。　　当时携手鸳鸯径，一笑蔷薇影。如今眉黛镇愁封，欲问归期消息、望宾鸿。

刘辰翁　　虞美人·咏牡丹之一

空明一朵扬州白，红紫无□色。是谁唤作水晶球，惹起高烧银烛、上元愁。　　去年一捧飞来雪，不似渠千叶。狂风一蹴过秋千，憔悴玉人和泪、望婵娟。（水晶球）

刘辰翁　　虞美人·咏牡丹之二

天香国色辞脂粉，肯爱红衫嫩。翛然自取玉为衣，似是银河水皱、织成机。　　寒欺薄薄春无力，月浸霓裳湿。一窠香雪世间稀，可惜不教留到、布衣时。（白叠罗）

刘辰翁　　虞美人·咏牡丹之三

寿安楼子重重蕊，少见如鱼尾。向来染得渭脂红，又自细摇花浪、动春风。　　桢鳞似是人谁信，但向残红认。若教随水去悠然，为报沙头玉鹭、莫贪鲜。（鱼尾寿安）

刘辰翁　　虞美人·咏牡丹之四

花心定有何人捻，晕晕如娇靥。一痕明月老春宵，正似酥胸潮脸、不曾销。　　当年掌上开元宝，半是杨妃爪。若教此掏到痴人，任是高墙无路、蝶翻身。（一捻红）

刘辰翁　　虞美人·咏海棠之一

无花敢与姚黄比，对对鸳鸯起。谶他金带万钉垂，谁向麒麟楦里、卸猴绯。　　潜溪以上难为说，自是君恩别。后来西子避无盐，又道君王捉鼻、又何嫌。（公服紫）

刘辰翁　　虞美人·咏海棠之二

魏家品是君王后，岂比昭容袖。风吹满院绣囊香，谁赐大师师号、退昭阳。　　飞霞一落无根蒂，空堕重华泪。离披正午盛时休，闲为思王重赋、洛神愁。（御爱紫）

刘辰翁　　虞美人·咏海棠之三

犹疑绿萼花微甚，难与青莲并。青莲朵朵是天人，又向天人想见、洛阳春。　　多情素质尘生步，况被潘妃污。此花仍是□微赪，却似娇波波外、两眉青。（青莲萼）

刘辰翁　　虞美人·客中送春

楼台烟雨朱门悄，乔木芳云杪。半窗天晓又闻莺，比似当年春尽、最关情。　　客中自被啼鹃恼，况落春归道。满怀憔悴有谁知，犹记涌金门外、送人时。

刘辰翁　　虞美人·城山堂试灯

黄柑擘破传春雾，新酒如清露。城中也是几分灯，自爱城山堂上、两三星。　　枝头未便风和雨，寂寞无歌舞。天公肯放上元晴，自是六街三市、少人行。

刘辰翁　　虞美人·扬州卖镜，上元事也，用前韵

徐家破镜昏如雾，半面人间露。等闲相约是看灯，谁料人间天上、似流星。　　朱门帘影深深雨，憔悴新人舞。天涯海角赏新晴，惟有桥边卖镜、是闲行。

刘辰翁　　虞美人·黄帘绿幕窗垂雾

黄帘绿幕窗垂雾，表立如承露。夕郎偷看御街灯，归奔河边残点、乱如星。　　开园蒋李游春雨，蛱蝶穿人舞。如今烟草锁春晴，并与苏堤葛岭、不堪行。

刘辰翁　　虞美人·大红桃花

鞓红干色无光霁，须是鲜鲜翠。翛然一点系裙腰，不著人间金屋、恐难销。　　英英肯似焉支贵，漫脱红霞帔。落时且勿涴尘泥，留向天台洞口、泛吾诗。

刘辰翁　　虞美人·壬午中秋雨后不见月

湿云待向三更吐，更是沉沉雨。眼前儿女意堪怜，不说明朝后日、说明年。　　当年知道晴三鼓，便似佳期误。笑他拜月不曾圆，只是今朝北望、也凄然。

刘辰翁　　虞美人·用李后主韵二首之一

梅梢腊尽春归了，毕竟春寒少。乱山残烛雪和风，犹胜阴山海上、窖群中。　　年光老去才情在，惟有华风改。醉中幸自不曾愁，谁唱春花秋叶、泪偷流。

刘辰翁　　虞美人·用李后主韵二首之二

情知是梦无凭了，好梦依然少。单于吹尽五更风，谁见梅花如泪、不言中。　　儿童问我今何在，烟雨楼台改。江山画出古今愁，人与落花何处、水空流。

刘辰翁　　虞美人·春晓

轻衫倚望春晴稳，雨压青梅损。皱绡池影泛红蔫，看取断云来去、似炉烟。　　愁春来暮仍愁暮，受却寒无数。年来无地买花栽，向道明年花信、莫须来。

刘辰翁　　虞美人·花品

娟娟二八清明了，犹说淮阳早。钱欧陆谱遍花光，红到寿阳、也不说淮阳。　　此花地望元非薄，回首伤流落。洛阳闲岁断春风，怎不当时道是、洛阳红。

刘辰翁　　虞美人·中秋对月

秋阴团扇如人老，渐近中秋好。新凉还忆小楼边，自在一窗明月、傍人眠。　　多情谁到星河晓，只道圆时少。他年几处与君看，长是成愁成恨、不成欢。

仇　远　　虞美人·满城风雨消凝处

满城风雨消凝处，谁是潘郎句。萧萧杨柳□凋黄，醉渡官桥瘦马、踏轻霜。　　旧时都道游春好，不似秋光小。菊花过了海棠来，定是催归锦字、不须开。

罗志仁　　虞美人·净慈尼

君王曾惜如花面，往事多恩怨。霓裳和泪换袈裟，又送鸾舆北去、听琵琶。　　当年未削青螺髻，知是归期未。天花丈室万缘空，结绮临春何处、泪痕中。

蒋　捷　　　　虞美人·梳楼

丝丝杨柳丝丝雨，春在溟濛处。楼儿忒小不藏愁，几度和云飞去、觅归舟。　　天怜客子乡关远，借与花消遣。海棠红近绿阑干，才卷朱帘却又、晚风寒。

蒋　捷　　　　虞美人·听雨

少年听雨歌楼上，红烛昏罗帐。壮年听雨客舟中，江阔云低、断雁叫西风。　　而今听雨僧庐下，鬓已星星也。悲欢离合总无情，一任阶前、点滴到天明。

张　炎　　虞美人·修眉刷翠春痕聚

余昔赋柳儿词，今有杜牧重来之叹。刘梦得诗云："春尽絮飞留不住，随风好去落谁家。"作忆柳曲

修眉刷翠春痕聚，难剪愁来处。断丝无力绾韶华，也学落红流水、到天涯。　　那回错认章台下，却是阳关也。待将新恨趁杨花，不识相思一点、在谁家。

张　炎　　虞美人·题陈公明所藏曲册

黄金谁解教歌舞，留得当时谱。断情残意落人间，汉上行云迷却、旧巫山。　　妆楼何处寻樊素，空误周郎顾。一帘秋雨剪灯看，无限羁愁分付、玉箫寒。

胡文卿　　虞美人·枢庭喜庆生辰到

枢庭喜庆生辰到，仙伯离蓬岛。鲁台云物正呈祥，绣线工夫从此、日添长。　　满斟绿醑深深劝，岁岁长相见。蟠桃结子几番红，笑赏清歌声调、叶黄钟。

胡文卿　　虞美人·香烟绕遍兰堂宴

香烟绕遍兰堂宴，香鸭珠帘卷。香风转后送韶音，香酝佳筵今日、庆佳辰。　　香山烧尽禽飞放，香袖佳人唱。香醪满满十分斟，香信传时延寿、保千春。

胡文卿　　虞美人·寿香烟篆金炉细

寿香烟篆金炉细，寿酒邀宾至。寿筵两畔列红妆，寿曲仙

音一品、舞霓裳。　　寿星高挂生祥瑞，寿祝长生意。寿杯满劝庆遐龄，寿比南山松柏、永长春。

胡文卿　　虞美人·香云佳气交盘结

香云佳气交盘结，又庆生申节。满堂簪绂奉霞觞，瑞应台躔南极、见光芒。　　心田积累阴功足，来受人天福。从今几度见河清，笑傲壶中日月、镇长春。

胡文卿　　虞美人·昨霄南极星光现

昨霄南极星光现，今日开华宴。朱颜翠鬓占春多，且向博山香袅、卷金荷。　　龟游鹤舞千年寿，更酌千钟酒。满庭佳客捧殷勤，此日蒲菊新绿、瓮头春。

陈　深　　虞美人·题玉环玩书图

玉搔斜压乌云堕，拄颊看书卧。开元天子惜娉婷，一笑嫣然何事、便倾城。　　马嵬风雨归时路，艳骨销黄土。多情谁写画图中，江水江花千古、恨无穷。

李太古　　虞美人·西风海色秋无际

西风海色秋无际，双泪如铅水。白羊成队梦初平，挂杖敲云、云外晓鸿惊。　　小琼闲抱银筝笑，问有芳卿否。玉书分付莫开封，明日人间临水、拾流红。

萧允之　　虞美人·朱楼曾记回娇盼

朱楼曾记回娇盼，满坐春风转。红潮生面酒微醺，一曲清歌留住、半窗云。　　大都咫尺无消息，望断青鸾翼。夜长香短烛花红，多少思量只在、雨声中。

刘天迪　　虞美人·春残念远

子规解劝春归去，春亦无心住。江南风景正堪怜，到得而今不去、待何年。　　无端往事萦心曲，两鬓先惊绿。蔷薇花发望春归，谢了蔷薇、又见楝花飞。

刘公子　　虞美人·寿女人　二月十一

搀先四日花朝节，红紫争罗列。传言玉女降生朝，箕宿光联婺宿、灿云霄。　　猵衣红袖齐歌舞，称颂椒觞举。群仙列侍宴瑶池，王母麻姑同寿、更无期。

无名氏　　虞美人·清江一曲君应见

清江一曲君应见，昨夜潮头浅。不争落落斗奇奇，看取水边寒蕊、雪边枝。　　日斜疏影还攲倒，沙上鸡鹊老。只今何处有新诗，好在小春十月、醉翁辞。

无名氏　　虞美人·此上佚八页

□□□□□□□，□□□□□。□□□□□□□，□□□□□□、□□□。　　□□□□□□□处，归向桃源住。桃源有路透渔溪，自恨仙凡从此、隔云泥。

无名氏　　虞美人·绮疏人把罗衣叠

绮疏人把罗衣叠，岫幌铺残月。宝烟细袅博山中，梦惹暖红鸳锦、醉香风。　　觉来犹记乘鸾处，不是蓝桥住。落花流水认前溪，想见五云为路、静无泥。

无名氏　　虞美人·咏八月梅

悲商吹尽枝间绿，绛萼含冰玉。为谁搀早冒寒开，应念天涯憔悴、挽春回。　　玉壶自酌清漪满，又识东风面。夜深斜月印窗纱，好在数枝疏瘦、两三花。

无名氏　　虞美人·赠吕庆长

萧萧风竹千蛟舞，云阁催诗雨。中秋时节变新凉，又是一番红叶、下三湘。　　君如膝上王文度，早晚乡关去。绣香佳处且留连，正好橙黄橘绿、未寒天。

无名氏　　虞美人·咏双海棠

当年合德并飞燕，涎涎无人见。清魂沦入海棠枝，料想天寒同著、翠罗衣。　　同心佩带连环玉，并髻云鬟绿。谁教红萼自成双，恰似新荷叶里、睡鸳鸯。

无名氏　　虞美人·寿赵仓

翠幈罗幕遮前后，舞袖翻长寿。紫髯冠佩御炉香，看取明年归奉、万年觞。　今宵池上蟠桃席，咫尺长安日。宝烟飞焰万花浓，试看中间白鹤、驾仙风。

无名氏　　虞美人·和人生子

归心正似三春柳，试著莱衣小。橘怀几日向翁开，怀祖已嗔文度、不归来。　禅心已断人间爱，只有平交在。笑论瓜葛一枰同，看取灵光新赋、有家风。

无名氏　　虞美人·侄贺叔生女

春风吹到深深院，添个人针线。莫言生女不妒儿，□□二郎不做、有门楣。　一家姊妹盈盈地，兄弟同欢喜。彩丝从此不须添，看取碧纱帐内、有人牵。

无名氏　　虞美人·寿卫倅　三月十九

贰车领却生朝客，风月都全得。山城小试已馨香，真个相家风烈、不寻常。　寿春一语和戎了，阴德知多少。年年三月近双旬，把酒祝君恩宠、一番新。

无名氏　　虞美人·极目楼观芙蓉

秋深犹带秋初热，未放秋香发。爱他楼下木芙蓉，妆罢三千美女、出唐宫。　西湖虽小风光胜，分得钱塘景。这些林木这些山，恰似三贤堂后、凭阑干。

无名氏　　虞美人·寿侄　十一月廿六

原误作《菩萨蛮》

蓂留四叶书云后，此日孙枝秀。爱他风味似吾人，却是笔头能篆、又能文。　青青两鬓年方壮，儿女俱成长。要添富寿共荣华，教取一庭兰玉、共成家。

虞美人令

即《虞美人》，《乐府雅词》宋李廌词调名为《虞美人令》。详见《虞美人》条。

李　膺　　虞美人令·玉阑干外清江浦

玉阑干外清江浦，渺渺天涯雨。好风如扇雨如帘，时见岸花汀草、涨痕添。　　青林枕上关山路，卧想乘鸾处。碧芜千里信悠悠，惟有霎时凉梦、到南州。

赵　鼎　　虞美人令·冯翊送信道舅先归桐宫

魂消目断关山路，曾送雕鞍去。而今留滞古陪京，还是一尊芳酒、送君行。　　吾庐好在条山曲，三径应芜没。诛茅为我补东篱，会待新春残腊、也来归。

虞美人影

即《虞美人》，五代李煜词名《虞美人影》。又即《桃源忆故人》，《钦定词谱》卷七云：“一名虞美人影。”详见《虞美人》、《桃源忆故人》条。

吴文英　　虞美人影·咏香橙

黄包先著风霜劲，独占一年佳景。点点吴盐雪凝，玉脍和齑冷。　　洋园谁识黄金径，一棹洞庭秋兴。香荐兰皋汤鼎，残酒西窗醒。

虞　神

即《虞主歌》，《宋史·乐志》中宋无名氏词名《虞神》。详见《虞主歌》条。

无名氏　　虞神·虞主回京四首之一

复土初，明旌下储胥。回虚仗，箫笳互奏，旌旆随驱。岂知飙御在蓬壶，道萦纡，风日惨、六马踌躇。留恨满山隅，不堪回首，翠柏已扶疏。帝城渐迩，愁雾锁天衢。公卿百辟，鳞集云敷，迓龙舆。　　端门辟，金碧凌虚。此时还帝都，严清庙，入空时升，文物灿烂极嘉娱。配三宗，号称神，古所无。帝德协庙虞，九歌毕奏斐然殊。会轩朱，神具燕喜，锡福集皇居。更千万祀，佑启邦图。

虞神歌

即《虞主歌》，宋范祖禹词名《虞神歌》。详见《虞主歌》条。

范祖禹　虞神歌·虞主回京双调四曲之一

驾玉龙，设初虞祭终。前旌举，天回洛水，路转嵩峰。瞻寥廓，烟霏冲融。窅无踪，震地鼓吹悲雄。谁何羽卫重，拂云旗帜眩青红。来渐东，清尘洒道，修职百神恭。回首苍茫，雾雨吹风，掩泉宫。　　□□□□□□□□□□寰畿入，山川改容。鼓钟临近次，千官望拜，涕泪衡从。人如堵，晨光葱茏。阙穹隆，驰道禁水相通。当年游幸空，皇仪事毕泣重瞳。哀未穷，巍巍余烈，辉映简编中。亿万斯年，覆载同功。

睡花阴令

调见仇远《无弦琴谱》卷一。双调，四十五字。上片四句、三仄韵，下片五句、三仄韵。因仇远词结句为“忘醉倚、木樨花睡，满身花影碎”，故名。

仇　远　　睡花阴令·愁云歇雨

愁云歇雨，净洗一奁秋霁。枝上鹊、欲栖还起，曲阑人独倚。　　持杯酌月，月未醉，笑人先醉。忘醉倚、木樨花睡，满衣花影碎。

暗　　香

调见姜夔《白石词》，系姜夔自度曲。因其词为题咏梅花而作，取其意以为调名。又名《红情》、《红香》、《晚香》、《疏红》。双调，九十七字，上片九句、五仄韵，下片十句、七仄韵。

姜　夔　　　暗香·旧时月色

辛亥之冬，予载雪诣石湖。止既月，授简索句，且征新声。作此两曲，石湖把玩不已，使工妓隶习之，音节谐婉，乃名之曰暗香、疏影

旧时月色，算几番照我，梅边吹笛。唤起玉人，不管清寒与攀摘。何逊而今渐老，都忘却、春风词笔。但怪得、竹外疏花，香冷入瑶席。　　江国，正寂寂。叹寄与路遥，夜雪初积。翠尊易泣，红萼无言耿相忆。长记曾携手处，千树压、西湖寒碧。又片片、吹尽也，几时见得。

赵以夫　　　暗香·为毅斋知院赋

冰花炯炯，记那回占断，春风鳌顶。独抱寒香，得意西湖酒初醒。为问玉堂富贵，争得似、山中深靓。向岁晚、竹翠松苍，闲伴一枝冷。　　南浦，水万顷。想月湿断矶，云弄疏影。粉英落尽，孤鹤长鸣夜方永。将见青青似豆，又迤逦、传黄风景。听报道、催去也，再调玉鼎。

吴　潜　　　暗香·晓霜一色

犹记己卯、庚辰之间，初识尧章于维扬。至己丑嘉兴再会，自此契阔。闻尧章死西湖，尝助诸丈为殡之，今又不知几年矣。自昭忽录示尧章暗香、疏影二词，因信手酬酢，并赓潘德久之诗云

晓霜一色，正恁时陇上，征人横笛。驿使不来，借问孤芳为谁折。休说和羹未晚，都付与、逋仙吟笔。算只是、野店疏篱，樵子共争席。　　寒圃，众籁寂。想暗里度香，万斛堆积。恼他鼻观，巡索还无最堪忆。萼绿堂前一笑，封老干、苔青莓碧。春漏也，应念我、要归未得。

吴潜　　暗香·再和

雪来比色，对澹然一笑，休喧笙笛。莫怪广平，铁石心肠为伊折。偏是三花两蕊，消万古、才人骚笔。尚记得、醉卧东园，天幕地为席。　回首，往事寂。正雨暗雾昏，万种愁积。锦江路悄，媒聘音沉两空忆。终是茅檐竹户，难指望、凌烟金碧。憔悴了、羌管里，怨谁始得。

吴潜　　暗香·澹然绝色

仪真去城三数里东园，梅花之盛甲天下。嘉定庚辰、辛巳之交，余犹及歌酒其下，今荒矣。园乃欧公记、君谟书，古今称二绝。犹忆其词云：高甍巨桷，水光日影，动摇而下上，其宽间深靓，可以答远响而生清风，此前日之颓垣断堑而荒墟也。嘉时令节，州人士女，啸歌而管弦，此前日之晦冥风雨、鼪鼯鸟兽之嗥音也。令人慨然

澹然绝色，记故园月下，吹残龙笛。怅望楚云，日日归心大刀折。犹怕冰条冷蕊，轻点污、丹青凡笔。可怪底，屈子离骚，兰蕙独前席。　院宇，深更寂。正目断古邗，暮霭凝积。何郎旧梦，四十余年尚能忆。须索梅兄一笑，但矫首、层霄空碧。春在手、人在远，倩谁寄得。

吴潜　　暗香·用韵赋雪

儿垓共色，想洛滨剑客，吹呼长笛。貏豸老松，别树平欺烂柯折。应是千官鹤舞，腾贺表、谁家椽笔。赐宴也，内劝宣来，真个是瑶席。　休怪，巷陌寂。有一种可人，扫了还积。悲饥闭户，僵卧袁安我偏忆。凝望天童列嶂，谁大胆、偷藏遥碧。待问讯、清友看，怕难认得。

吴文英　　暗香·县花谁葺

夷则宫。送魏句滨宰吴县解组，分韵得阖字

县花谁葺，记满庭燕麦，朱扉斜阖。妙手作新，公馆青红晓云湿。天际疏星趁马，帘昼隙、冰弦三叠。尽换却、吴水吴烟，桃李靓春靥。　风急，送帆叶。正雁水夜清，卧虹平帖，软红路接。涂粉闱深早催入，怀暖天香宴果，花队簇、轻

轩银蜡。更问讯、湖上柳，两堤翠匝。

陈允平　　暗香·霁天秋色

霁天秋色，正倚楼待月，谁伴横笛。涨绿浮空，闲数河星手堪摘。弥望澄光练净，分付与、玄晖才笔。烟溆阔，云远波平，归鸟趁风席。　南国，信音寂。怅雁渚渡闲，鹭汀沙积。藓碑露泣，时拊遗踪暗嗟忆。人事空随逝水，今古但、双流一碧。待办取、蓑共笠，小舟泛得。

汪元量　　暗香·馆娃艳骨

西湖社友有千叶红梅，照水可爱。问之自来，乃旧内有此种。枝如柳梢，开花繁艳，兵后流落人间。对花泫然承脸而赋

馆娃艳骨，见数枝雪里，争开时节。底事化工，著意阳和暗偷泄。偏把红膏染质，都点缀、枝头如血。最好是、院落黄昏，压栏照水清绝。　风韵自迥别，谩记省故家，玉手曾折。翠条袅娜，犹学宫妆舞残月。肠断江南倦客，歌未了、琼壶敲缺。更忍见、吹万点，满庭绛雪。

张　炎　暗香·海滨孤寂，有怀秋江、竹闲二友

羽音辽邈，怪四檐昼悄，近来无鹊。木叶吹寒，极目凝思倚江阁。不信相如便老，犹未减、当时游乐。但趁他、斗草筹花，终是带离索。　忆昨，更情恶。谩认著梅花，是君还错。石床冷落，闲扫松阴与谁酌。一自飘零去远，几误了、灯前深约。纵到此、归未得，几曾忘却。

张　炎　　暗香·送杜景斋归永嘉

猗兰声歇，抱孤琴思远，几番弹彻。洗耳无人，寂寂行歌古时月。一笑东风又急，黯消凝、恨听啼鴂。想少陵、还叹飘零，遣兴在吟箧。　愁绝，更离别。待款语迟留，赋归心切。故园梦接，花影闲门掩春蝶。重访山中旧隐，有羁怀、未须轻说。莫相忘、堤上柳，此时共折。

彭子翔　　暗香·寿停云翁七十

其年，云山风月亭火后重建

停云望极，问秀溪何似，英溪风月。劫火灰飞，又见雕檐照寒碧。何事归来归去，似熙载、江南江北。还又向、殊乡初度，故乡人、却为客。　　是则，家咫尺，不是有、莼羹鲈鲙堪忆。从心时节，消得山阴几双屐。莫把放翁笑我，又似忆、平泉花石。篱菊老、梅枝亚，不归怎得。

暗香疏影

此调因以《暗香》上片、《疏影》下片合而为一，故调名为《暗香疏影》。调见宋吴文英《梦窗词集》。双调，一百零五字，上片九句、五仄韵，下片十句、四仄韵。

吴文英　　　**暗香疏影·赋墨梅**

占春压一，卷峭寒万里，平沙飞雪。数点酥钿，凌晓东风□吹裂。独曳横梢瘦影，入广平、裁冰词笔。记五湖、清夜推篷，临水一痕月。　　何逊扬州旧事，五更梦半醒，胡调吹彻。若把南枝，图入凌烟，香满玉楼琼阙。相将初试红盐味，到烟雨、青黄时节。想雁空、北落冬深，澹墨晚天云阔。

蜀溪春

调见曹勋《松隐集》，系曹勋自度曲。因其词中有"蜀景风迟，浣花溪边……占上苑，留住春"句，因取其意以为调名。双调，九十九字，上片十句、四平韵，下片十一句、四平韵。

曹　勋　　　**蜀溪春·黄海棠**

蜀景风迟，浣花溪边，谁种芬芳。天与蔷薇，露华匀脸，繁蕊竞拂娇黄。枝上标韵别，浑不染、铅粉红妆。念杜陵、曾见时，也为赋篇章。　　如今盛开禁掖，千万朵莺羽，先借朝阳。待得君王，看花明艳，都道赭袍同光。须趁排宴席，偏宜带、疏雨笼香。占上苑，留住春，奉玉觞。

锦 园 春

调见《全芳备祖》前集卷七宋张孝祥词。双调，四十五字，上下片各五句、三仄韵。此调只张孝祥一词。另，即《四犯剪梅花》，《钦定词谱》卷二十三云：“又名《锦园春》。”详见《四犯剪梅花》条。

张孝祥　　锦园春·醉痕潮玉

醉痕潮玉，爱柔英未吐，露花如簇。绝艳矜春，分流芳金谷。　风梳雨沐，偏只欠、夜阑清淑。杜老情疏，黄州恨冷，谁怜幽独。

此首别作卢祖皋词

锦园春三犯

即《四犯剪梅花》，一作《三犯锦园春》。宋卢祖皋词名《锦园春三犯》。详见《四犯剪梅花》条。

卢祖皋　　锦园春三犯·赋牡丹

昼长人倦，正凋红涨绿，懒莺忙燕。（解连环）丝雨濛晴，放珠帘高卷。（醉蓬莱）神仙笑宴，半醒醉、彩鸾飞遍。（雪狮儿）碧玉阑干，青油幢幕，沉香庭院。（醉蓬莱）
洛阳图画旧见，向天香深处，犹认娇面。（解连环）雾縠霞绡，闻绮罗裁剪。（醉蓬莱）情高意远，怕容易、晓风吹散。（雪狮儿）一笑何妨，银台换蜡，铜壶催箭。（醉蓬莱）

卢祖皋　　锦园春三犯·赋海棠

醉痕潮玉，爱柔英未吐，露丛如簇。（解连环）绝艳矜春，分流芳金谷。（醉蓬莱）风梳雨沐，耿空抱、夜阑清淑。（雪狮儿）杜老情疏，黄州赋冷，谁怜幽独。（醉蓬莱）
玉环睡醒未足，记传榆试火，高照宫烛。（解连环）锦幄风翻，渺春容难续。（醉蓬莱）迷红怨绿，漫惟有、旧愁相触。（雪狮儿）一舸东游，何时更约，西飞鸿鹄。（醉蓬莱）

此首上片别作张孝祥词

锦帐春

调见《稼轩集》。因其词有“春色难留……恨重帘不卷，翠屏天远”等句，故取其意以为调名。双调，有五十六字、五十八字、六十字数体。其六十字，上片七句、四仄韵，下片七句、五仄韵为正体；其五十六字，上下片各六句、四仄韵为变体等。

丘　寚　　锦帐春·己未孟冬乐净见梅英作

翠竹如屏，浅山如画，小池面、危桥一跨。著棕亭临水，宛然郊野，竹篱茅舍。　好是天寒，倍添幽雅，正雪意、垂垂欲下。更朦胧月影，弄明初夜，梅花动也。

辛弃疾　　锦帐春·席上和叔高韵

春色难留，酒杯常浅，把旧恨、新愁相间。五更风，千里梦。看飞红几片，这般庭院。　几许风流，几般娇懒。问相见、何如不见。燕飞忙，莺语乱。恨重帘不卷，翠屏平远。

程　珌　　锦帐春·留春

最是元来，苦无风雨，只恁匆匆归去。看游丝、都不恨，恨秦淮新涨，向人东注。　醉里仙人，惜春曾赋。却不解、留春且住，问何人、留得住。怕小山更有，碧芜春句。

戴复古　　锦帐春·处处逢花

淮东陈提举清明奉母夫人游徐仙翁庵

处处逢花，家家插柳，政寒食、清明时候。奉板舆行乐，使星随后，人间稀有。　出郭寻仙，绣衣春昼，马上列、两行红袖。对韶华一笑，劝国夫人酒，百千长寿。

锦标归

即《夺锦标》，宋曹勋词名《锦标归》，见《松隐乐府》卷二。双调，一百零八字。上下片各十句、四仄韵。

曹　勋　　　　　锦标归·待雪

风搅长空，冷入寒云，正是严凝初至。围炉坐久，珠帘卷起，准拟六花飞砌。渐苒苒晴烟，更暗觉、远天开霁。阻琼瑶、不舞蓝田，但有蟾华铺地。　　想像如今剡溪，应误幽人访客，轻舟闲舣。翠幕登临处，散无限清兴，顿孤沉醉。念好景佳时，谩望极、祥霙为瑞。却梅花、知我心情，故把飞英飘坠。

锦香囊

调见宋欧阳修《醉翁琴趣外篇》卷三。双调，五十二字。上下片各四句、三仄韵。

欧阳修　　　锦香囊·一寸相思无著处

一寸相思无著处，甚夜长难度。灯花前、几转寒更，桐叶上、数声秋雨。　　真个此心终难负，况少年情绪。已交共、春茧缠绵，终不学、钿筝移柱。

锦被堆

即《摊破南乡子》，宋徐去非词名《锦被堆》，见《诗渊》。双调，六十二字。上片六句、二平韵，下片六句、三平韵。

徐去非　　　锦被堆·一种两容仪

一种两容仪，红共白、交映南枝。紫霞仙指冰翁语，花如醉玉，香同臭雪，别样风姿。　　相守岁寒期，春造化、密与天知。羞将脂粉隈桃李，独先结实，还同戴胜，归宴瑶池。

锦堂春

又名《锦堂春慢》。双调数体。其一百零一字，上下片各十句、四平韵为正体；其九十九字，上下片各十句、四平韵为变体等。

柳　永　　　　锦堂春·坠髻慵梳

坠髻慵梳，愁蛾懒画，心绪是事阑珊。觉新来憔悴，金缕衣宽。认得这疏狂意下，向人诮譬如闲。把芳容整顿，恁地轻孤，争忍心安。　　依前过了旧约，甚当初赚我，偷翦云鬟。几时得归来，香阁深关。待伊要、尤云殢雨，缠绣衾、不与同欢。尽更深、款款问伊，今后敢更无端。

司马光　　　　锦堂春·红日迟迟

红日迟迟，虚廊转影，槐阴迤逦西斜。彩笔工夫，难状晚景烟霞。蝶尚不知春去，谩绕幽砌寻花。奈猛风过后，纵有残红，飞向谁家。　　始知青鬓无价，叹飘零官路，荏苒年华。今日笙歌丛里，特地咨嗟。席上青衫湿透，算感旧、何止琵琶。怎不教人易老，多少离愁，散在天涯。

黄　裳　　　　锦堂春·玩雪

天女多情，梨花碎翦，人间赠与多才。渐瑶池潋滟，粉翅徘徊。面旋不禁风力，背人飞去还来。最清虚好处，遥度幽香，不掩寒梅。　　岁华多幸呈瑞，泛寒光，一样仙子楼台。虽喜朱颜可照，时更相催。细认沙汀鹭下，静看烟渚潮回。遣青蛾趁拍，斗献轻盈，且更传杯。

阮　阅　　　　锦堂春·留合肥林倅

江入重关，山围翠巘，湖边自古巢阳。正梅残林坞，冰泮池塘。闻道当年父老，记梅福、曾隐南昌。有长堤万柳，映□参差，尽是甘棠。　　共夸金斗(下缺)

葛立方　　　　锦堂春·正旦作

气应三阳，氛澄六幕，翔乌初上云端。问朝来何事，喜动门阑。田父占来好岁，星翁说道宜官。拟更凭高望远，春在烟波，春在晴峦。　　歌管雕堂宴喜，任重帘不卷，交护春寒。况金钗整整，玉树团团。柏叶轻浮重醑，梅枝巧缀新幡。共祝年年如愿，寿过松椿，寿过彭聃。

傅大询　　锦堂春·寿许宰

梅要疏开，雪教迟下，怕他寒入江天。有月桥仙客，相伴婵娟。巷陌升平气象，一时都在鸣弦。望东家锦里，雁到云边，书到云边。　　尊前翠眉环唱，道新腔字稳，花折声圆。此去风池游戏，碧波添插金莲。看长生叶上，龟寿千年，人寿千年。

王沂孙　　锦堂春·七夕

桂嫩传香，榆高送影，轻罗小扇凉生。正鸳机梭静，凤渚桥成。穿线人来月底，曝衣花入风庭。看星残靥碎，露滴珠融，笑掩云扃。　　彩盘凝望仙子，但三星隐隐，一水盈盈。暗想凭肩私语，鬓乱钗横。蛛网飘丝罥恨，玉签传点催明。算人间待巧，似恁匆匆，有甚心情。

王沂孙　　锦堂春·中秋

露掌秋深，花签漏永，那堪此夕新晴。正纤尘飞尽，万籁无声。金镜开奁弄影，玉壶盛水侵棱。纵帘斜树隔，烛暗花残，不碍虚明。　　美人凝恨歌黛，念经年间阻，只恐云生。早是宫鞋鸳小，翠鬓蝉轻。蟾润妆梅夜发，桂熏仙骨香清。看姮娥此际，多情又似无情。

王梦应　　锦堂春·寿李仁山

浅帻分秋，凉尊试月，西风未雁犹蝉。看芙蓉影里，绿鬓年年。日上云帆压海，尘清玉马行天。更烟楼凤举，风幕麟游，锦后珠前。　　绿阴池馆如画，记晴春药径，雨晓芝田。已办十年笑语，小聚云边。舞称香围艳雪，歌迟酒落红船。早群仙醉去，柳掖花扶，似雾非烟。

无名氏　　锦堂春·雪梅

腊雪初晴，冰销凝泮，寻幽闲赏名园。时向长亭登眺，倚遍朱阑。拂面严风冻薄，满阶前、霜叶声干。见小台深处，数叶江梅，漏泄春权。　　百花休恨开晚，奈韶华瞬息，常放教先。非是东君私语，和煦恩偏。欲寄江南音耗，念故人、隔阔云烟。一枝赠春色，待把金刀，剪倩人传。

锦瑟清商引

调见《诗渊》引《水云词》宋汪元量词。双调，一百零九字。上片十一句、五平韵，下片十句、六平韵。

汪元量　　锦瑟清商引·玉窗夜静月流光

玉窗夜静月流光，拂鸳弦、先奏清商。天外塞鸿飞呼，群夜渡潇湘。风回处，戛玉铿金，翩翻作新势，声声字字，历历锵锵。忽低颦有恨，此意极凄凉。　炉香帘栊正清洒，转调促柱成行。机籁杂然鸣素手，击碎琳琅。翠云深梦里昭阳，此心长。回顾穷阴绝漠，片影悠扬。那昭君更苦，香泪湿红裳。

锦缠头

此调本名《减字浣溪沙》，因贺铸词有“一标争胜锦缠头”句，故更名《锦缠头》。详见《减字浣溪沙》条。

贺　铸　　锦缠头·旧说山阴禊事修

旧说山阴禊事修，漫书茧纸叙清游，吴门千载更风流。绕郭烟花连茂苑，满船丝竹载凉州，一标争胜锦缠头。

锦缠绊

即《锦缠道》，江衍词名《锦缠绊》，见《异闻总录》卷三。详见《锦缠道》条。

江　衍　　锦缠绊·屈曲新堤

黄钟宫

屈曲新堤，占断满村佳气，画檐两行连云际。乱山叠翠水回还，岸边楼阁，金碧遥相倚。　柳阴低，艳映花光美，好升平、为谁初起。大都风物只由人，旧时荒垒，今日香烟地。

锦缠道

又名《锦缠头》、《锦缠绊》。双调数体。有六十六字，上片六句、四仄韵，下片六句、三仄韵；尚有六十七字，上片六句、四仄韵，下片六句、三仄韵；还有六十六字，上下片各六句、三仄韵。

马子严　　　　锦缠道·桑

雨过园林，触处落红凝绿，正桑叶、齐如沃。娇羞只恐人偷目，背立墙阴，慢展纤纤玉。　　听鸠啼几声，耳边相促，念蚕饥、四眠初熟。劝路旁、立马莫踟躇，是那里唱道秋胡曲。

无名氏　　　　锦缠道·燕子呢喃

燕子呢喃，景色乍长春昼。睹园林、万花如绣，海棠经雨胭脂透。柳展宫眉，翠拂行人首。　　向郊原踏青，恣歌携手，醉醺醺、尚寻芳酒。问牧童、遥指孤村道，杏花深处，那里人家有。

锯解令

调见宋杨无咎《逃禅词》。双调，五十二字。上片四句、两仄韵，下片四句、三仄韵。此调只有杨无咎一词。

杨无咎　　锯解令·送人归后酒醒时

送人归后酒醒时，睡不稳、衾翻翠缕。应将别泪洒西风，尽化作、断肠夜雨。　　卸帆浦溆，一种恓惶两处。寻思却是我无情，便不解、寄将梦去。

愁风月

此调本名《生查子》，贺铸词有“不会常年来，处处愁风月”句，故更名《愁风月》。详见《生查子》条。

贺　铸　　　　愁风月·风清月正圆

风清月正圆，信是佳时节。不会长年来，处处愁风月。心将熏麝焦，吟伴寒虫切。欲遽就床眠，解带翻成结。

愁倚栏

即《愁倚阑》，详见《愁倚阑》条。

无名氏　　　　愁倚栏·冰肌玉骨精神

冰肌玉骨精神，不风尘。昨夜窗前都折尽，忽疑君。清泪拂拂沾巾，谁相念、折赠芳春。羌管休吹别塞曲，有人听。

愁倚阑

一作《愁倚栏》。即《春光好》，详见《春光好》条。

蔡　伸　　　　愁倚阑·伤春晚

伤春晚，送春归，步云溪。绿叶同心双小字，记曾题。楼外红日平西，长亭路、烟草萋萋。云雨不成新梦后，倚阑时。

蔡　伸　　　　愁倚阑·天如水

天如水，月如钩，正新秋。月影参差人窈窕，小红楼。如今往事悠悠，楼前水、肠断东流。旧物忍看金约腕，玉搔头。

蔡　伸　　　　愁倚阑·一番雨

一番雨，一番凉，夜初长。满院蛩吟人不寝，月侵廊。木樨微绽幽芳，西风透、窈窕红窗。恰似个人鸳被里，玉肌香。

丘　崈　　　愁倚阑·丙申重九和钱守

风雨骤，妒花黄，忽斜阳。急手打开君会否，是伊凉。深深密密传觞，似差胜、落帽清狂。满引休辞还醉倒，却何妨。

程　垓　　　愁倚阑·三荣道上赋

山无数，雨萧萧，路迢迢。不似芙蓉城下去，柳如腰。梦随春絮飘飘，知他在、第几朱桥。说与杜鹃休唤□，怕魂销。

程　垓　　　愁倚阑·春犹浅

春犹浅，柳初芽，杏初花。杨柳杏花交影处，有人家。玉窗明暖烘霞，小屏上、水远山斜。昨夜酒多春睡重，莫惊他。

石孝友　　　愁倚阑·人好远

人好远，路能长，奈思量。更放晚来些小雨，做新凉。衰草低衬斜阳，斜阳外、水冷云黄。借使有肠须断尽，况无肠。

石孝友　　　愁倚阑·淮水阔

淮水阔，楚山长，恨难量。不道愁离人独夜，更天凉。佳节虚过重阳，更篱下、拆尽疏黄。看取清溪三百曲，是回肠。

愁倚阑令

即《春光好》。因晏几道词有“拚却一襟怀远泪，倚阑看”句，改调名为《愁倚阑》或《愁倚阑令》，一作《愁倚栏令》。详见《春光好》条。

晏几道　　　愁倚阑令·凭江阁

凭江阁，看烟鸿，恨春浓。还有当年闻笛泪，洒东风。时候草绿花红，斜阳外、远水溶溶。浑似阿莲双枕畔，画屏中。

晏几道　　　　愁倚阑令·花阴月

花阴月，柳梢莺，近清明。长恨去年今夜雨，洒离亭。　枕上怀远诗成，红笺纸、小砑吴绫。寄与征人教念远，莫无情。

晏几道　　　　愁倚阑令·春罗薄

春罗薄，酒醒寒，梦初残。欹枕片时云雨事，已关山。　楼上斜日阑干，楼前路、曾试雕鞍。拚却一襟怀远泪，倚阑看。

无名氏　　　　愁倚阑令·东风恶

东风恶，宿云凝，忒无情。合造梨花深院雨，断肠声。　枕上春梦初醒，红窗外、何处啼莺。已办春游双画舫，几时晴。

遥天奉翠华引

调见侯寘《孏窟词》。双调，八十九字，上下片各八句、五平韵。

侯　寘　　遥天奉翠华引·雪消楼外山

雪消楼外山，正秦淮、翠溢回澜。香梢豆蔻，红轻犹怕春寒。晓光浮画戟，卷绣帘、风暖玉钩闲。紫府仙人，花围羽帔星冠。　　蓬莱阆苑，意倦游、常戏世间。佩麟旧都，江左襦袴歌欢。只恐催归觐，剩宴都、休诉酒杯宽。明岁应看，钧容舞袖歌鬟。

解 仙 佩

调见宋欧阳修《醉翁琴趣外篇》卷六。双调，五十三字。上下片各四句、四仄韵。

欧阳修　　　解仙佩·有个人人牵系

有个人人牵系，泪成痕、滴尽罗衣。问海约山盟何时，镇教人、目断魂飞。　　梦里似偎人睡，肌肤依旧骨香腻。觉来但堆鸳被，想忡忡、那里争知。

解连环

原名《望梅》，后因周邦彦词中有“妙手能解连环”句，遂更名《解连环》。又名《杏梁燕》、《玉连环》、《望梅》、《望梅词》。双调，一百零六字数体。其上片十一句、五仄韵，下片十句、五仄韵为正体；其上下片各十句、五仄韵为变体等。

周邦彦　　解连环·春景

怨怀无托，嗟情人断绝，信音辽邈。信妙手、能解连环，似风散雨收，雾轻云薄。燕子楼空，暗尘锁、一床弦索。想移根换叶，尽是旧时，手种红药。　　汀洲渐生杜若，料舟依岸曲，人在天角。谩记得、当日音书，把闲语闲言，待总烧却。水驿春回，望寄我、江南梅萼。拚今生、对花对酒，为伊泪落。

杨无咎　　解连环·素书谁托

素书谁托，嗟鳞沉雁断，水遥山邈。问别来、几许离愁，但只觉衣宽，不禁消薄。岁岁年年，又岂是、春光萧索。自无心、强陪醉笑，负他满庭花药。　　援琴试弹贺若，尽清于别鹤，悲甚霜角。怎似得、斜拥檀槽，看小品吟商，玉纤推却。旋暖薰炉，更自炷、龙津双萼。正怀思、又还夜永，烛花自落。

陆　游　　解连环·泪淹妆薄

泪淹妆薄，背东风伫立，柳绵池阁。漫细字、书满芳笺，恨钗燕筝鸿，总难凭托。风雨无情，又颠倒、绿苔红萼。仗香醪破闷，怎禁夜阑，酒醒萧索。　　刘郎已忘故约，奈重门静院，光景如昨。尽做它、别有留心，便不念当时，雨意初著。京兆眉残，怎忍为、新人梳掠。尽今生、拚了为伊，任人道错。

谢　懋　　　　　解连环·雁空辽邈

雁空辽邈，衬鱼鳞浪浅，护霜云薄。念故人、千里音尘，正山月朦胧，水村依约。见说瑶姬，拥十二、碧峰如削。倚孤芳澹伫，冷笑岁华，可堪寂寞。　　情多为谁瘦弱，爱吹芗弄粉，斜搴珠箔。自然林壑精神，想回首东风，万花羞落。梦绕南楼，对皓月、忍思量著。但销凝、夜阑酒醒，数声画角。

姜　夔　　　　　解连环·玉鞭重倚

玉鞭重倚，却沉吟未上，又萦离思。为大乔、能拨春风，小乔妙移筝，雁啼秋水。柳怯云松，更何必、十分梳洗。道郎携羽扇，那日隔帘，半面曾记。　　西窗夜凉雨霁，叹幽欢未足，何事轻弃。问后约、空指蔷薇，算如此溪山，甚时重至。水驿灯昏，又见在、曲屏近底。念唯有、夜来皓月，照伊自睡。

高观国　　　　　解连环·柳

露条烟叶，惹长亭旧恨，几番风月。爱细缕、先窣轻黄，渐拂水藏鸦，翠阴相接。织软风流，眉黛浅、三眠初歇。奈年华又晚，萦绊游蜂，絮飞晴雪。　　依依灞桥怨别，正千丝万绪，难禁愁绝。怅岁久、应长新条，念曾系花骢，屡停兰楫。弄影摇晴，恨闲损、春风时节。隔邮亭，故人望断，舞腰瘦怯。

高观国　　　　　解连环·春水

浪摇新绿，漫芳洲翠渚，雨痕初足。荡霁色、流入横塘，看风外漪漪，皱纹如縠。藻荇萦回，似留恋、鸳飞鸥浴。爱娇云蘸色，媚日挼蓝，远迷心目。　　仙源漾舟岸曲，照芳容几树，香浮红玉。记那回、西洛桥边，裙翠传情，玉纤轻掬。三十六陂，锦鳞渺、芳音难续。隔垂杨，故人望断，浸愁万斛。

方千里　　　　　解连环·素封谁托

素封谁托，空寒潮浪叠，乱山云邈。对倦景，无语消魂，但香断露晞，絮飞风薄。杜宇声中，动多少、客情离索。远阑干伫立，暗记那回，赏遍花药。　　依依岁华自若，更低烟暮草，残照孤角。□叹息、故里春光，有幽圃名园，算也闲却。

早早归休，渐过了芳条华萼。趁良时，按歌唤舞，旧家院落。

刘克庄　　解连环·戊午生日

旁人嘲我，甚鬓毛都秃，齿牙频堕。不记是、何代何年，尽元祐熙宁，依常喑么。退下驴儿，今老矣、岂堪推磨。要挂冠神武，几番说了，这回真个。　　亲朋纷纷来贺，况弟兄对榻，儿女团坐。愿世世、相守茅檐，便宰相时来，二郎休作。白苎乌巾，谁信道、神仙曾过。拣人间、有松风处，曲肱高卧。

刘克庄　　解连环·甲子生日

揆余初度，笑汝曹绯绿，乃翁苍素。一甲子、带水拖泥，今岁谢君恩，放还山去。政事堂中，把手版、分明抽付。向门前客道，老子出游，人不知处。　　小车万花引路，又谁能记得，观里千树。老冉冉、欢意阑珊，纵桃叶多情，难唤同渡。买只船儿，稳载取、笔床茶具。便芸瓜、一生一世，胜侯千户。

刘克庄　　解连环·悬弧之旦

悬弧之旦，忆争骑竹马，各怀金弹。恨岁月、去我堂堂，向酒畔愁生，镜中颜换。灶坏丹飞，慢追悔、郦侯婚宦。已发心忏悔，免去猴冠，卸下麟楦。　　依稀仆家铁汉，虽末梢老寿，初节魔难。幸闻早、省了柳枝，更送了朝云，尘念俱断。丈室萧然，独病与、乐天相伴。但归依西方，拈起向来一瓣。

刘克庄　　解连环·乙丑生日

左弧悬了，把柴门闩定，悄无人到。惭愧得、一二亲朋，□□□□□，温存枯槁。玉轴银钩，撺掇我、比磻溪老。乏琼琚可报，惟有声声，司马称好。　　卷收狨鞯锦袄，且行拾遗穗，醉藉芳草。做一个、物外闲人，省山重担擎，天大烦恼。昔似龙鸾，今踏飒、不惊鱼鸟。愿从兹、享回仙寿，准汾阳考。

吴　潜　　解连环·彩桡芳苑

彩桡芳苑，嗟东风梦断，燕残莺懒。谩记得、标格精神，正云涨暮天，雨荒闲馆。嫩绿殷红，但回首、一川波暖。想娇情慧态，倚褪淡妆，画楼帘卷。　　吴歌数声冉冉，料移商变羽，人共天远。须信道、飞絮游丝，尽春去春来，景色偷换。扫罢蛮笺，难寄我、浓愁深怨。且如今，问龟问卜，望伊意转。

吴文英　　解连环·暮檐凉薄

夷则商，俗名商调

暮檐凉薄，疑清风动竹，故人来邈。渐夜久、闲引流萤，弄微照素怀，暗呈纤白。梦远双成，凤笙杳、玉绳西落。掩练帐倦入，又惹旧愁，汗香阑角。　　银瓶恨沉断索，叹梧桐未秋，露井先觉。抱素影、明月空闲，早尘损丹青，楚山依约。翠冷红衰，怕惊起、西池鱼跃。记湘娥、绛绡暗解，褪花坠萼。

吴文英　　解连环·留别姜石帚

思和云结，断江楼望睫，雁飞无极。正岸柳、衰不堪攀，忍持赠故人，送秋行色。岁晚来时，暗香乱、石桥南北。又长亭暮雪，点点泪痕，总成相忆。　　杯前寸阴似掷，几酬花唱月，连夜浮白。省听风、听雨笙箫，向别枕倦醒，絮飐空碧。片叶愁红，趁一舸、西风潮汐。叹沧波、路长梦短，甚时到得。

杨泽民　　解连环·塞鸿难托

塞鸿难托，奈云深雾阔，水遥山邈。感两情、浑若连环，念恩爱厚深，利名浮薄。便好归来，怎禁得、许多萧索。免恹恹瘦减，漫滞寝馔，枉费汤药。　　伊心料应未若，对香消兽吻，月转楼角。恁便是、铁石心肠，有当日盟言，怎忍辜却。冶叶倡条，尚自得、连枝双萼。不成将、异葩艳卉，便教谢落。

刘之才　　解连环·晚云黏湿

晚云黏湿，正吴峰惨澹，雨迷烟接。早陡顿、秋事分携，甚连苑暮墙，菊荒苔匝。空阔愁乡，更天外、怨鸿声黯。怕吟肩易瘦，料理篝衣，细认香褶。　　银缸半明半灭，念花营柳阵，何日消歇。可是□、凝黯兰成，为情润才松，丽赋多惬。洛浦溟濛，漫伫想、明珰钩袜。告梧桐、夜深略住，梦时一霎。

陈允平　　解连环·寸心谁托

寸心谁托，望潇湘暮碧，水遥云邈。自绣带、同剪合欢，奈鸳枕梦单，凤帏寒薄。澹月梨花，别后伴、情怀萧索。念伤春渐懒，病酒未忺，两愁无药。　　魂销翠兰紫若，任钗沉鬓影，香沁眉角。怅画阁、尘满妆台，但玉佩依然，宝筝闲却。旧约无凭，误共赏、西园桃萼。正天涯、数声杜宇，断肠院落。

奚　滅　　解连环·姑苏怀古

霁鬟新掠，正风回浪影，时摇城脚。叹天涯、春草无伦，似凝伫当时，柳颦花弱。步锦珠沉，谩一眸、千年如昨。信龙楼凤阁，无奈都由，笑歌休却。　　斜阳柳边自落，听幽禽两两，沙际停泊。道世间、多少闲愁，总输与扁舟，五湖游乐。便买蓑衣，又生怕、鱼龙风恶。把从前、万事对酒，且休问著。

黄廷玮　　解连环·乍寒帘幕

乍寒帘幕，愁灯花正结，又还轻落。弄瘦影、瓶里梅梢，为谁缀陇头，向来新萼。万古千今，算惟有、别情难托。把潘郎鬓绿，尽付雁声，几度寥寞。　　扁舟暮江旧泊，记携觞就折，烟翠犹弱。漫过却、歌夕吟朝，问天道何时，素纤重握。想得文姬，近更苦、云衣香薄。待更阑、试寻梦境，梦回更恶。

王沂孙　　解连环·橄榄

万珠悬碧，想炎荒树密，□□□□。恨绛娣、先整吴帆，政鬟翠逞娇，故林难别。岁晚相逢，荐青子、独夸冰颊。点红盐乱落，最是夜寒，酒醒时节。　　霜槎猬芒冻裂，把孤花细嚼，时咽芳冽。断味惜、回涩余甘，似重省家山，旧游风月。崖蜜重尝，到了输他清绝。更留人、绀丸半颗，素瓯泛雪。

仇　远　　解连环·绮疏人独

绮疏人独，记芙蓉院宇，玉箫同宿。尚隐约、屏窄山多，□衾暖浪浮，帐香云扑。步袜蹁然，又何处、秦筝金屋。□柔簪易折，破镜难留，断缕难续。　　斜阳谩穷倦目，甚天寒袖薄，犹倚修竹。待听雨、闲说前期，奈心在江南，人在江北。老却休文，自笑我、腰围如束。莫思量，寻花傍柳，旧时杜曲。

蒋　捷　　　　解连环·岳园牡丹

妒花风恶，吹青阴涨却，乱红池阁。驻媚景、别有仙葩，遍琼甃小台，翠油疏箔。旧日天香，记曾绕、玉奴弦索。自长安路远，腻紫肥黄，但谱东洛。　　天津霁虹似昨，听鹃声度月，春又寥寞。散艳魄、飞入江南，转湖渺山茫，梦境难托。万叠花愁，正困倚、钩阑斜角。待携尊、醉歌醉舞，劝花自乐。

张　炎　　　　解连环·孤雁

楚江空晚，怅离群万里，怳然惊散。自顾影、欲下寒塘，正沙净草枯，水平天远。写不成书，只寄得、相思一点。料因循误了，残毡拥雪，故人心眼。　　谁怜旅愁荏苒，谩长门夜悄，锦筝弹怨。想伴侣、犹宿芦花，也曾念春前，去程应转。暮雨相呼、怕蓦地、玉关重见。未羞他、双燕归来，画帘半卷。

张　炎　　　　解连环·拜陈西麓墓

句章城郭，问千年往事，几回归鹤。叹贞元、朝士无多，又日冷湖阴，柳边门钥。向北来时，无处认、江南花落。纵荷衣未改，病损茂陵，总是离索。　　山中故人去却，但碑寒岘首，旧景如昨。怅二乔、空老春深，正歌断帘空，草暗铜雀。楚魄难招，被万叠、闲云迷著。料犹是、听风听雨，郎吟夜壑。

黄水村　　　　解连环·春梦

凤楼倚倦，正海棠睡足，锦香衾软。似不似、雾阁云窗，拥绝妙灵君，霎时曾见。屏里吴山，又依约、兽环半掩。到教人觑了，非假非真，一种春怨。　　游丝落花满院，料当时、错怪杏梁归燕。记得栩栩多情，似蝴蝶飞来，扑翻轻扇。偷眼帘帏，早不见、画眉人面。但凝红生半脸，枕痕一线。

解佩令

又名《解冤结》，调见晏几道《小山乐府》。《楚辞》：“遗予佩兮澧浦。”《韩诗外传》：“郑交甫遇汉皋神女解佩。”此调名源于此。双调数体。其六十六字，上片六句、四仄韵，下片六句、三仄韵为正体；尚有六十六字，上片六句、四仄韵，下片六句、五仄韵；还有六十五字，上片六句、三仄韵、两叠韵，下片六句、五仄韵等。

张伯端　　解佩令·修行之士

修行之士，功勤不小，识五行、逆顺颠倒。妙理玄玄，玉炉中、龙蟠虎踞，金鼎内、炼成至宝。　阳神离体，杳杳冥冥，刹那间、游遍三岛。出入纯熟，按捺住、别寻玄妙，合真空、太虚是了。

晏几道　　解佩令·玉阶秋感

玉阶秋感，年华暗去，掩深宫、团扇无绪。记得当时，自翦下、机中轻素，点丹青、画成秦女。　凉襟犹在，朱弦未改，忍霜纨、飘零何处。自古悲凉，是情事、轻如云雨，倚幺弦、恨长难诉。

王庭珪　　解佩令·本意

湘江停瑟，洛川回雪，是耶非、相逢飘瞥。云鬓风裳，照心事、娟娟山月，剪烟花、带萝同结。　留环盟切，贻珠情彻，解携时、玉声愁绝。罗袜尘生，早波面、春痕欲灭，送人行、水声凄咽。

王千秋　　解佩令·木樨

花儿不大，叶儿不美，只一段、风流标致。淡淡梳妆，已赛过、骚人兰芷，古龙涎、怎敢□气。　开时无奈，风斜雨细，坏得来、零零碎碎。著意收拾，安顿在、胆瓶儿里，且图教、梦魂旖旎。

史达祖　　**解佩令·人行花坞**

人行花坞，衣沾香雾，有新词、逢春分付。屡欲传情，奈燕子、不曾飞去，倚珠帘、咏郎秀句。　相思一度，秾愁一度，最难忘、遮灯私语。澹月梨花，借梦来、花边廊庑，指春衫、泪曾溅处。

仇　远　　**解佩令·浅莎深苑**

浅莎深苑，流萤暗度，问霜纨、藏在何处。一自西风，乱剪剪、枝头红露，怕因循、彩鸾尘蠹。　歌台香散，离宫烛暗，谩消凝、凌波微步。最怕黄昏，小楼外、零云残雨，把相思、共青灯诉。

蒋　捷　　**解佩令·春**

春晴也好，春阴也好，著些儿、春雨越好。春雨如丝，绣出花枝红袅，怎禁他、孟婆合皂。　梅花风小，杏花风小，海棠风、蓦地寒峭。岁岁春光，被二十四风吹老，楝花风、尔且慢到。

无名氏　　**解佩令·蕙兰无韵**

蕙兰无韵，桃李堪扫，都不数、凡花闲草。对月临风，长是伊、故来相恼，和魂梦、被他香到。　江头陇畔，争先占早，一枝枝、看来总好。似恁风标，待发愿、春前祈祷，祝东君、放教不老。

无名氏　　**解佩令·寿李宰　二月三十**

曾妙年拾，芥功名易，暂栖鸾、何厌小试。迤逦哦松，便整顿、河阳桃李，寿几许、也犹固未。　归来谩、学个陶潜志，遇诞辰、昴宿降瑞。春色三分才过二，寿觞沉醉，祝等彭祖八百岁。

无名氏　　**解佩令·脸儿端正**

脸儿端正，心儿峭俊，眉儿长、眼儿入鬓。鼻儿隆隆，口儿小、舌儿香软，耳垛儿、就中红润。　项如琼玉，发如云鬓，眉如削、手如春笋。奶儿甘甜，腰儿细、脚儿去紧，那些儿、更休要问。

解 佩 环

即《疏影》。因彭元逊词中有“遗佩浮沉澧浦”句，遂改调名为《解佩环》。详见《疏影》条。

彭元逊　　　　解佩环·寻梅不见

江空不渡，恨蘼芜杜若，零落无数。远道荒寒，婉娩流年，望望美人迟暮。风烟雨雪阴晴晚，更何须、春风千树。尽孤城、落木萧萧，日夜江声流去。　日晏山深闻笛，恐他年流落，与子同赋。事阔心违，交淡媒劳，蔓草沾衣多露。汀洲窈窕余醒寐，遗佩浮沉澧浦。有白鸥淡月，微波寄语，逍遥容与。

解 语 花

双调数体。其一百字，上片九句、六仄韵，下片九句、七仄韵为正体；其九十八字，上片十一句、六仄韵，下片十句、七仄韵为变体；其一百零一字，上片九句、四仄韵，下片九句、五仄韵为另一变体。

秦　观　　　　解语花·窗涵月影

窗涵月影，瓦冷霜华，深院重门悄。画楼雪杪，谁家笛、弄彻梅花新调。寒灯凝照，见锦帐、双鸾翔绕。当此时、倚几沉吟，好景都成恼。　会过云山烟岛，对绣襦甲帐，亲逢一笑。人间年少，多情子、惟恨相逢不早。如今见了，却又惹、许多愁抱。算此情、除是青禽，为我殷勤报。

周邦彦　　　　解语花·元宵

风销焰蜡，露浥烘炉，花市光相射。桂华流瓦，纤云散、耿耿素娥欲下。衣裳淡雅，看楚女、纤腰一把。箫鼓喧、人影参差，满路飘香麝。　因念都城放夜，望千门如昼，嬉笑游冶。钿车罗帕，相逢处、自有暗尘随马。年光是也，唯只见、旧情衰谢。清漏移、飞盖归来，从舞休歌罢。

方千里　　解语花·长空淡碧

长空淡碧，素魄凝辉，星斗寒相射。凤楼鸳瓦，天风动、冉冉佩环高下。歌清韵雅，对好景、芳樽满把。花雾浓、灯火荧煌，笑语烘兰麝。　千斛明珠照夜，况人如图画，明艳容冶。绣巾香帕，归来路、缓逐杏鞯骄马。笙歌散也，愁万炬、绛莲分谢。更漏残、惊听西楼，吹小梅初罢。

赵以夫　　解语花·红香湿月

东湖赋莲后五日，双苞呈瑞。昌化史君持以见遗，因用时父韵

红香湿月，翠影停云，罗袜尘生步。并肩私语，知何事、暗遣玉容泣露。闲情最苦，任笑道、争妍似妒。倒银河、秋夜双星，不到佳期误。　拟把江妃共赋，当时携手，烟水深处。明珠溅雨，凝脂滑、洗出一番铅素。凭谁说与，莫便化、彩鸾飞去。待玉童、双节来迎，为作芙蓉主。

刘子寰　　解语花·雪

龙沙殿腊，兔苑留寒，花照冰壶夜。乱山平野，装珠树满眼，买春无价。墙头苑下，浑不见、桃夭杏冶。疑趁风、庾岭寒梅，触处都飘谢。　吹面峭寒未怕，览瑶池万里，飞观高榭。霓旌鹤驾，歌黄竹、胜跃踏青骄马。峰峦似画，但点缀、片时相借。惊望中、玉宇琼楼，残溜空鸳瓦。

吴文英　　解语花·梅花

门横皱碧，路入苍烟，春近江南岸。暮寒如翦，临溪影、一一半斜清浅。飞霙弄晚，荡千里、暗香平远。端正看、琼树三枝，总似兰昌见。　酥莹云容夜暖，伴兰翘清瘦，箫凤柔婉。冷云荒翠，幽栖久、无语暗申春怨。东风半面，料准拟、何郎词卷。欢未阑、烟雨青黄，宜昼阴庭馆。

吴文英　　解语花·立春风雨中饯处静

檐花旧滴，帐烛新啼，香润残冬被。澹烟疏绮，凌波步、暗阻傍墙挑荠。梅痕似洗，空点点、年华别泪。花鬓愁、钗股笼寒，彩燕沾云腻。　还斗辛盘葱翠，念青丝牵恨，曾试纤

指。雁回潮尾，征帆去、似与东风相避。泥云万里，应翦断、红情绿意。年少时、偏爱轻怜，和酒香宜睡。

杨泽民　　解语花·星桥夜度

星桥夜度，火树宵开，灯月光交射。翠檐铜瓦，相辉映、隐隐绛霞飘下。风流艳雅，向柳陌、纤纤共把。筵宴时、频酌香醪，宝鸭喷沉麝。　已是欢娱尽夜，对芳时堪画，条倡叶冶。鸳灯诗帕，嬉游看、到处骤轮驰马。十千换也，惟好事、寸心难谢。听九衢、三市行歌，到晓钟才罢。

陈允平　　解语花·鳌峰溯碧

鳌峰溯碧，贝阙缘云，桂魄寒光射。凤檐鸳瓦，星河际、缥缈绣帘高下。笙箫奏雅，爱雪柳、蛾儿笑把。琼佩摇、珠翠盈盈，迤逦飘兰麝。　陆地金莲照夜，富绮罗妆艳，春态容冶。笼纱鞍帕，香尘过、禁陌宝车骄马。游人静也，东风里、万红初谢。沉醉归、残角霜天，渐落梅声罢。

施　岳　　解语花·云容冱雪

云容冱雪，暮色添寒，楼台共临眺。翠丛深窅，无人处、数蕊弄春犹小。幽姿谩好，遥相望、含情一笑。花解语、因甚无言，心事应难表。　莫待墙阴暗老，称琴边月夜，笛里霜晓。护香须早，东风度、咫尺画阑琼沼。归来梦绕，歌云坠、依然惊觉。想恁时，小儿银屏冷未了。

张　艾　　解语花·轻雷殷殷

轻雷殷殷，小枕惊回，帘影摇庭户。嫩凉遥度，江云堕、结作西窗暗雨。闲阶静伫，叹疏袂、愁宽一缕。凭画栏、润叶鸣条，总是安秋处。　因唤扁舟晚渡，渐闻歌招得，采菱俦侣。临平归路，花无数、应识汀洲倦旅。飞红怨暮，长趁得、断鸿南浦。闲枕衾、谁更无聊，应最怜纨素。

周　密　　解语花·晴丝罥蝶

羽调解语花，音韵婉丽，有谱而亡其辞。连日春晴，风景韶媚，芳思撩人，醉捻花枝，倚声成句晴丝罥蝶，暖蜜酣蜂，重檐卷春寂寂。雨萼烟梢，压阑干、花雨染衣红湿。金鞍误约，空极目、天涯草色。阆苑玉箫人去后，惟有莺知得。　　余寒犹掩翠户，梁燕乍归，芳信未端的。浅薄东风，莫因循、轻把杏钿狼藉。尘侵锦瑟，残日绿窗春梦窄。睡起折花无意绪，斜倚秋千立。

张　炎　　　解语花·行歌趁月

吴子云家姬，号爱菊，善歌舞，忽有朝云之感，作此以寄

行歌趁月，唤酒延秋，多买莺莺笑。蕊枝娇小，浑无奈、一掬醉乡怀抱。筹花斗草，几曾放、好春闲了。芳意阑、可惜香心，一夜酸风扫。　　海上仙山缥缈，问玉环何事，苦无分晓。旧愁空杳，蓝桥路、深掩半庭斜照。余情暗恼，都缘是、那时年少。惊梦回、懒说相思，毕竟如今老。

解蹀躞

又名《玉蹀躞》。双调，七十五字数体。有上片七句、三仄韵，下片七句、五仄韵；亦有上片六句、四仄韵，下片七句、五仄韵；还有上片六句、三仄韵，下片七句、四仄韵等。

周邦彦　　　解蹀躞·秋景

候馆丹枫吹尽，面旋随风舞。夜寒霜月，飞来伴孤旅。还是独拥秋衾，梦余酒困都醒，满怀离苦。　　甚情绪，深念凌波微步。幽房暗相遇，泪珠都作，秋宵枕前雨。此恨音驿难通，待凭征雁归时，带将愁去。

杨无咎　　　解蹀躞·吕倩倩吹笛

金谷楼中人在，两点眉颦绿。叫云穿月，横吹楚山竹。怨断忧忆因谁，坐中有客，犹记在、平阳宿。　　泪盈目，百转千声相续。停杯听难足，谩夸天海风涛旧时曲。夜深烟惨云愁，倩君沉醉，明日看、梅梢玉。

杨无咎　　　解蹀躞·迤逦韶华将半

迤逦韶华将半，桃杏匀于染。又还撩拨、春心倍凄黯。准

拟酩酊狂吟，可怜无复当年，酒肠文胆。　　倦游览，憔悴羞窥鸾鉴。眉端为谁敛，可堪风雨、无情暗亭槛。触目千点飞红，问春争得春愁，也随春减。

方千里　　解蹀躞·院宇无人晴昼

院宇无人晴昼，静看帘波舞。自怜春晚，漂流尚羁旅。那况泪湿征衣，恨添客鬓，终日子规声苦。　　动离绪，谩徘徊愁步。何时再相遇，旧欢如昨，匆匆楚台雨。别后南北天涯，梦魂犹记关山，屡随书去。

吴文英　　解蹀躞·醉云又兼醒雨

醉云又兼醒雨，楚梦时来往。倦蜂刚著梨花、惹游荡。还作一段相思，冷波叶舞愁红，送人双桨。　　暗凝想，情共天涯秋黯，朱桥锁深巷。会稀投得轻分、顿惆怅。此去幽曲谁来，可怜残照西风，半妆楼上。

杨泽民　　解蹀躞·一掬金莲微步

一掬金莲微步，堪向盘中舞。主人开閤，呼来慰行旅。暂时略得舒怀，事如橄榄，余甘卒难回苦。　　惹愁绪，便□偎人低唱，如何当奇遇。怎生真得、欢娱效云雨。有计应不为难，待□押出门时，却教休去。

陈允平　　解蹀躞·岸柳飘残黄叶

岸柳飘残黄叶，尚学纤腰舞。谢他终日，亭前伴羁旅。无奈历历寒蝉，为谁唤老西风，伴人吟苦。　　闷无绪，记得芙蓉江上，萧娘旧相遇。如今憔悴，黄花惯风雨。把酒东望家山，醉来一枕闲窗，梦随秋去。

新 水 令

调见《岁时广记》卷十二宋无名氏词。双调，一百二十三字。平、仄韵通叶。上下片各十三句、一平韵、五仄韵。

无名氏　　新水令·冒风连骑出金城

冒风连骑出金城，闻孤猿韵切，怀念亲眷。为笑徐都尉，徒夸彩绘，写出盈盈娇面。振旅阗阗，讶睹阆苑神仙。越公深骤万马，侵凌转盼。感先锋，容放镜，收鸾鉴一半。　归前阵，惨怛切，同陪元帅恣欢恋。二岁偶尔，将军沉醉连绵，私令婢捧菱花，都市寻遍。新官听说邀郎宴，因令赋悲欢。孰敢，做人甚难。梅妆复照，傅粉重见。

新念别

即《夜游宫》。因贺铸词中有"江北江南新念别"句，故取以为调名。详见《夜游宫》条。

贺　铸　　新念别·湖上兰舟暮发

湖上兰舟暮发，扬州梦断灯明灭。想见琼花开似雪。帽檐香，玉纤纤，曾为折。　渔管吹还咽，问何意、煎人愁绝。江北江南新念别。掩芳尊，与谁同，今夜月。

新荷叶

又名《折新荷引》，或名《泛兰舟》，但与仄韵《泛兰舟》不同。双调，八十二字数体。其上下片各八句、四平韵为正体；其上片八句、四平韵，下片八句、五平韵为变体等。

黄　裳　　新荷叶·雨中泛湖

落日衔山，行云载雨俄鸣。一顷新荷，坐间疑是秋声。烟波醉客，见快哉、风恼娉婷。香和清点，为人吹在衣襟。　珠佩欢言，放船且向前汀。绿伞红幢，自从天汉相迎。飞鸥独落，芦边对、几朵繁英。侑觞人唱，乍闻应似湘灵。

李清照　　新荷叶·薄露初零

薄露初零，长宵共、永昼分停。绕水楼台，高耸万丈蓬瀛。芝兰为寿，相辉映、簪笏盈庭。花柔玉净，捧觞别有娉婷。　　鹤瘦松青，精神与、秋月争明。德行文章，素驰日下声名。东山高蹈，虽卿相、不足为荣。安石须起，要苏天下苍生。

史　浩　　新荷叶·真隐先生

真隐先生，家居近在东湖。茅屋三椽，自有一种清虚。秋来酿酒，便无后、也解赊沽。只愁客至，不能拚此芳壶。
且乐天真，醉乡里、无限欢娱。时倚花枝，困来著枕蘧蘧。回观昨梦，徒然使、心剿形臞。始知今日，得闲却是良图。

侯　寘　　新荷叶·金陵府会鼓子词

柳幄飞绵，风池暖泛新萍。燕垒泥香，玉麟堂外春深。晴云丽日，花浓处、蜂蝶纷纷。偿春一醉，管弦声里欢声。
况是清时，锦衣重到台城。故国江山，向人依旧多情。趁闲行乐，休辜负、冶叶繁英。彤庭归觐，恁时难驻前旌。

赵彦端　　新荷叶·欲暑还凉

欲暑还凉，如春有意重归。春若归来，任他莺老花飞。轻雷澹雨，似晚风、欺得单衣。檐声惊醉，起来新绿成围。
回首分携，光风冉冉菲菲。曾几何时，故山疑梦还非。鸣琴再抚，将清恨、都入金徽。永怀桥下，系船溪柳依依。

赵彦端　　新荷叶·雨细梅黄

雨细梅黄，去年双燕还归。多少繁红，尽随蝶舞蜂飞。阴浓绿暗，正麦秋、犹衣罗衣。香凝沉水，雅宜帘幕重围。
绣扇仍携，花枝尘染芳菲。遥想当时，故交往往人非。天涯再见，悦情话、景仰清徽。可人怀抱，晚期莲社相依。

赵彦端　　新荷叶·秀州作

玉井冰壶，人间有此清秋。笑语雍雍，从今庭户初修。迎风待月，香凝处、四卷帘钩。月波奇观，未饶当日南楼。
闻说三吴，江湖胜、从古风流。况有双辐，旧谙黄阁青油。金瓯屡启，应难解、久为人留。天池波滟，可怜蘋满汀州。

赵长卿　　　　新荷叶·咏荷

冷彻蓬壶，翠幢鼎鼎生香。十顷琉璃，望中无限清凉。遮风掩日，高低衬、密护红妆。阴阴湖里，羡他双浴鸳鸯。
猛忆西湖，当年一梦难忘。折得曾将盖雨，归思如狂。水云千里，不堪更、回首思量。而今把酒，为伊沉醉何妨。

辛弃疾　　　　新荷叶·曲水流觞

上巳日，子似谓古今无此词，索赋

曲水流觞，赏心乐事良辰。兰蕙光风，转头天气还新。明眸皓齿，看江头、有女如云。折花归去，绮罗陌上芳尘。
能几多春，试听啼鸟殷勤。览物兴怀，向来哀乐纷纷。且题醉墨，似兰亭、列序时人。后之览者，又将有感斯文。

辛弃疾　　　　新荷叶·和赵德庄韵

人已归来，杜鹃欲劝谁归。绿树如云，等闲借与莺飞。兔葵燕麦，问刘郎、几度沾衣。翠屏幽梦，觉来水绕山围。
有酒重携，小园随意芳菲。往日繁华，而今物是人非。春风半面，记当年、初识崔徽。南云雁少，锦书无个因依。

辛弃疾　　　　新荷叶·再和

春色如愁，行云带雨才归。春意长闲，游丝尽日低飞。闲愁几许，更晚风、特地吹衣。小窗人静，棋声似解重围。
光景难携，任他鶗鴂芳菲。细数从前，不应诗酒皆非。知音弦断，笑渊明、空抚余徽。停杯对影，待邀明月相依。

辛弃疾　　　　新荷叶·初秋访悠然

物盛还衰，眼看春叶秋萁。贵贱交情，翟公门外人稀。酒酣耳热，又何须、幽愤裁诗。茂林脩竹，小园曲径疏篱。
秋以为期，西风黄菊开时。拄杖敲门，从他颠倒裳衣。去年堪笑，醉题诗、醒后方知。而今东望，心随去鸟先飞。

辛弃疾　　新荷叶·徐思乃子似生朝，因为改定

曲水流觞，赏心乐事良辰。今几千年，风流禊事如新。明眸皓齿，看江头、有女如云。折花归去，绮罗陌上芳尘。

丝竹纷纷，杨花飞鸟衔巾。争似群贤，茂林脩竹兰亭。一觞一咏，亦足以畅叙幽情。清欢未了，不如留住青春。

辛弃疾　　新荷叶·再题悠然阁

种豆南山，零落一顷为萁。岁晚渊明，也吟草盛苗稀。风流划地，向尊前、采菊题诗。悠然忽见，此山正绕东篱。
千载襟期，高情想像当时。小阁横空，朝来翠扑人衣。是中真趣，问骋怀、游目谁知。无心出岫，白云一片孤飞。

陈　亮　　新荷叶·艳态还幽

艳态还幽，谁能洁净争妍。淡抹疑浓，肯将自在求怜。终嫌独好，任毛嫱、西子差肩。六郎涂涴，似和不似依然。
赫日如焚，诸余只凭光鲜。雨过风生，也应百事随缘。香须道地，对一池、著甚沉烟。根株好在，淤泥白藕如椽。

郑斗焕　　新荷叶·乳鸭池塘

乳鸭池塘，晴波漾绿鳞鳞。宿藕根香，夏来生意还新。蚨钱小、钿花贴翠，相间萍星。一番雨过，一番暗展圆青。
鱼戏龟游，看来犹未胜情。因忆年时，垂钓曾约轻盈。玉人何处，关情是、半卷芳心。帘风一棹，鸳鸯催起歌声。

贺　及　　新荷叶·莲萼飘香

莲萼飘香，金风乍扇轻凉。郁郁葱葱，瑞烟萦绕华堂。星辰孕秀，良宵梦、吉协熊祥。紫芝眉宇，莹然如峙圭璋。
忠孝传芳，集庆门、奕世簪裳。他日岩廊，致君直上虞唐。百千椿算，争期并、鹤老龟长。年年今日，会拚一醉觥觞。

新雁过妆楼

又名《雁过妆楼》、《瑶台聚八仙》、《八宝妆》、《百宝妆》。双调数体。其九十九字，上片九句、六平韵，下片十句、四平韵；其九十九字，上片九句、五平韵，下片十句、四平韵等。

吴文英　　新雁过妆楼·梦醒芙蓉

梦醒芙蓉，风檐近、浑疑佩玉丁东。翠微流水，都是惜别行踪。宋玉秋花相比瘦，赋情更苦似秋浓。小黄昏，绀云暮合，不见征鸿。　宜城当时放客，认燕泥旧迹，返照楼空。夜阑心事，灯外败壁哀蛩。江寒夜枫怨落，怕流作题情肠断红。行云远，料澹蛾人在，秋香月中。

吴文英　　新雁过妆楼·阆苑高寒

中秋后一夕,李方庵月庭延客,命小妓过新水令,坐间赋词

阆苑高寒，金枢动、冰宫桂树年年。翦秋一半，难破万户连环。织锦相思楼影下，钿钗暗约小帘间。共无眠，素娥惯得，西坠阑干。　谁知壶中自乐，正醉围夜玉，浅斗娟婵。雁风自劲，云气不上凉天。红牙润沾素手，听一曲清歌双雾鬟。徐郎老，恨断肠声在，离镜孤鸾。

张　炎　　新雁过妆楼·赋菊

风雨不来，深院悄、清事正满东篱。杖藜重到，秋气冉冉吹衣。瘦碧飘萧摇露梗，腻黄秀野拂霜枝。忆芳时，翠微唤酒，江雁初飞。　湘潭无人吊楚，叹落英自采，谁寄相思。淡泊生涯，聊伴老圃斜晖。寒香应遍故里，想鹤怨山空犹未归。归何晚，问径松不语，只有花知。

张　炎　　新雁过妆楼·遍插茱萸

乙巳菊日，寓溧阳，闻雁声，因动脊令之感

遍插茱萸，人何处、客里顿懒携壶。雁影涵秋，绝似暮雨相呼。料得曾留堤上月，旧家伴侣有书无。谩嗟吁，数声怨抑，翻致无书。　谁识飘零万里，更可怜倦翼，同此江湖。饮啄关心，知是近日何如。陶潜尚存菊径，且休羡松风陶隐居。沙汀冷，拣寒枝、不似烟水黄芦。

韵　令

又名《三光会合》，调见宋程大昌《文简公词》。唐

《教坊记》有上韵、中韵、下韵三小曲，此调名疑出于此。双调，上下片各九句、五平韵。

程大昌　　　　韵令·硕人生日

是男是女，都有官称，孙儿仕也登。时新衣著，不待经营。寒时火柜，春里花亭。星辰上履，我只唤卿卿。　　寿开八秩，两鬓全青，颜红步武轻。定知前面，大有年龄。芝兰玉树，更愿充庭。为询王母，桃颗几时赪。

意难忘

又名《空亭日暮》。调见程垓词，因其词中有“相见处，便难忘……不语意难量”句，故取以为调名。双调，九十二字，上下片各九句、六平韵。

周邦彦　　　　意难忘·美咏

衣染莺黄，爱停歌驻拍，劝酒持觞。低鬟蝉影动，私语口脂香。檐露滴、竹风凉，拚剧饮淋浪。夜渐深、笼灯就月，仔细端相。　　知音见说无双，解移宫换羽，未怕周郎。长颦知有恨，贪耍不成妆。些个事、恼人肠，试说与何妨。又恐伊、寻消问息，瘦减容光。

程　垓　　　　意难忘·花拥鸳房

花拥鸳房，记驼肩髻小，约鬓眉长。轻身翻燕舞，低语转莺簧。相见处、便难忘。肯亲度瑶觞，向夜阑、歌翻郢曲，带换韩香。　　别来音信难将，似云收楚峡，雨散巫阳。相逢情有在，不语意难量。些个事、断人肠，怎禁得恓惶。待与伊、移根换叶，试又何妨。

朱用之　　　　意难忘·和清真韵

宫额涂黄，怕笺凝怨墨，酒渍离觞。红楼春寄梦，青琐夕生香。花气暖、柳阴凉，棹曲水沧浪。爱弄娇、临流梳洗，顾影低相。　　桃花结子成双，纵题红去后，枉误刘郎。琴心挑别恨，莺羽学新妆。千万恨、恼愁肠，便憔悴何妨。待共伊、平消别后，几度风光。

高观国　　意难忘·代赠

仙子奇容，是名花第一，美占春风。烟香笼浅翠，露靓浥芳红。怜舞燕、惜惊鸿，想独步吴宫。料认得、娇云媚雨，来自巫峰。　　风流正与欢浓，羡高楼并倚，曲影阑东。烛摇留醉枕，尘坠恋歌钟。三弄笛、五花骢，莫行乐匆匆。但看取、天长地久，笑语相逢。

陈允平　　意难忘·额粉宫黄

额粉宫黄，衬桃花扇底，歌送瑶觞。裙拕金缕细，衫唾碧花香。琼佩冷、玉肌凉，罗袜步沧浪。漫共伊、心盟意约，眼觑眉相。　　连环未结双双，似桃源误入，初嫁刘郎。珑璁仙子髻，绰约道家妆。千种恨、九回肠，云雨梦犹妨。误少年、红销翠减，虚度风光。

何梦桂　　意难忘·避暑林塘

避暑林塘，数元戎小队，一簇红妆。旌旛云影动，帘幕水沉香。金缕彻、玉肌凉，慢拍舞轻飏。更一般、轻弦细管，孤竹空桑。　　风姨昨夜痴狂，向华峰吹落，云锦天裳。波神藏不得，散作满池芳。移彩鹢、柳阴傍，拚一醉淋浪。向晚来、歌阑饮散，月在纱窗。

刘辰翁　　意难忘·元宵雨

角动寒谯，看雨中灯市，雪意潇潇。星球明戏马，歌管杂鸣刁。泥没膝、舞停腰，焰蜡任风销。更可怜、红啼桃槛，绿黯杨桥。　　当年乐事朝朝，曾锦鞍呼妓，金屋藏娇。围香春斗酒，坐月夜吹箫。今老矣、倦歌谣，嫌杀杜家乔。漫三杯、踞炉觅句，断送春宵。

刘　壎　　意难忘·咸淳癸酉用清真韵

汀柳初黄，送流车出陌，别酒浮觞。乱山迷去路，空阁带余香。人渐远、意凄凉，更暮雨淋浪。悔不办、窄衫细马，两两交相。　　春梁语燕犹双，叹晓窗新月，独照刘郎。寄笺频误约，临镜想慵妆。知几梦、恼愁肠，任更驻何妨。但只怜、绿阴匝匝，过了韶光。

范晞文　　　意难忘·清泪如铅

清泪如铅，叹咸阳送远，露冷铜仙。岩花纷堕雪，津柳暗生烟。寒食后、暮江边，草色更芊芊。四十年、留春意绪，不似今年。　山阴欲棹归船，暂停杯雨外，舞剑灯前。重逢应未卜，此别转堪怜。凭急管、倩繁弦，思苦调难传。望故乡、都将往事，付与啼鹃。

赵必瑑　　　意难忘·过庐陵用美成韵

魏紫姚黄，属吟翁管领，曾醉春觞。盟寒钗凤股，灰冷宝猊香。前事远、此心凉，去也棹沧浪。把年时、芳情付与，鸳颈交相。　灯前吊影成双，叹星星丝鬓，老矣潘郎。愁偏欺客枕，栟不入时妆。尘面目、铁心肠，归隐又何妨。小滩头、曲竿直钓，谁识严光。

张　炎　　　意难忘·风月吴娃

中吴车氏，号秀卿，乐部中之翘楚者，歌美成曲得其音旨。余每听，辄爱叹不能已，因赋此以赠。余谓有善歌而无善听，虽抑扬高下，声字相宣，倾耳者指不多屈。曾不若春蚓秋蛩，争声响于月篱烟砌间，绝无仅有。余深感于斯，为之赏音，岂亦善听者耶

风月吴娃，柳阴中认得，第二香车。春深妆减艳，波转影流花。莺语滑、透纹纱，有低唱人夸。怕误却、周郎醉眼，倚扇佯遮。　底须拍碎红牙，听曲终奏雅，可是堪嗟。无人知此意，明月又谁家。尘滚滚、老年华，付情在琵琶。更叹我、黄芦苦竹，万里天涯。

数花风

即《凤凰阁》。因张炎词中有“又渐数、花风第一”句，故取调名《数花风》。详见《凤凰阁》条。

张　炎　　　数花风·别义兴诸友

好游人老，秋鬓芦花共色。征衣犹恋去年客，古道依然黄

叶。谁家萧瑟，自笑我、如何是得。　　酒楼仍在，流落天涯醉白。孤城寒树美人隔，烟水此程应远，须寻梅驿。又渐数、花风第一。

满江红

原名《上江虹》，又名《念良游》、《烟波玉》、《伤春曲》、《满江红慢》。双调，有仄韵与平韵之别。其仄韵有八十九字、九十一字、九十二字、九十三字、九十四字、九十七字数体。上下片中有七字两句者多对偶。其九十三字，上片八句、四仄韵，下片十句、五仄韵为正体；其九十三字，上片八句、四仄韵，下片十句、六仄韵为变体；其九十四字，上片八句、四仄韵，下片十句、五仄韵为又一变体；其九十三字，上片八句、四平韵，下片十句、五平韵为又一变体等。

柳　永　　　　满江红·暮雨初收

暮雨初收，长川静、征帆夜落。临岛屿、蓼烟疏淡，苇风萧索。几许渔人飞短艇，尽载灯火归村落。遣行客、当此念回程，伤漂泊。　　桐江好，烟漠漠。波似染，山如削。绕严陵滩畔，鹭飞鱼跃。游宦区区成底事，平生况有云泉约。归去来、一曲仲宣吟，从军乐。

柳　永　　　　满江红·访雨寻云

访雨寻云，无非是、奇容艳色。就中有、天真妖丽，自然标格。恶发姿颜欢喜面，细追想处皆堪惜。自别后、幽怨与闲愁，成堆积。　　鳞鸿阻，无信息。梦魂断，难寻觅。尽思量，休又怎生休得。谁恁多情凭向道，纵来相见且相忆。便不成、常遣似如今，轻抛掷。

柳　永　　　　满江红·万恨千愁

万恨千愁，将年少、衷肠牵系。残梦断、酒醒孤馆，夜长无味。可惜许枕前多少意，到如今两总无终始。独自个、赢得不成眠，成憔悴。　　添伤感，将何计。空只恁，厌厌地。无人处思量，几度垂泪。不会得都来些子事，甚恁底死难拚弃。待到头、终久问伊看，如何是。

柳　永　　　　满江红·匹马驱驱

匹马驱驱，摇征辔、溪边谷畔。望斜日西照，渐沉山半。两两栖禽归去急，对人相并声相唤。似笑我、独自向长途，离魂乱。　中心事，多伤感。人是宿，前村馆。想鸳衾今夜，共他谁暖。惟有枕前相思泪，背灯弹了依前满。怎忘得、香阁共伊时，嫌更短。

张　先　　　　满江红·初春

飘尽寒梅，笑粉蝶游蜂未觉。渐迤逦、水明山秀，暖生帘幕。过雨小桃红未透，舞烟新柳青犹弱。记画桥深处水边亭，曾偷约。　多少恨，今犹昨。愁和闷，都忘却。拚从前烂醉，被花迷著。晴鸽试铃风力软，雏莺弄舌春寒薄。但只愁、锦绣闹妆时，东风恶。

张　昇　　　　满江红·无利无名

无利无名，无荣无辱，无烦无恼。夜灯前、独歌独酌，独吟独笑。况值群山初雪满，又兼明月交光好。便假饶百岁拟如何，从他老。　知富贵，谁能保。知功业，何时了。算箪瓢金玉，所争多少。一瞬光阴何足道，但思行乐常不早。待春来携酒殢东风，眠芳草。

苏　轼　　　　满江红·忧喜相寻

忧喜相寻，风雨过、一江春绿。巫峡梦、至今空有，乱山屏簇。何似伯鸾携德耀，箪瓢未足清欢足。渐粲然、光彩照阶庭，生兰玉。　幽梦里，传心曲。肠断处，凭他续。文君婿知否，笑君卑辱。君不见周南歌汉广，天教夫子休乔木。便相将、左手抱琴书，云间宿。

苏　轼　　　　满江红·江汉西来

江汉西来，高楼下、蒲萄深碧。犹自带、岷峨云浪，锦江春色。君是南山遗爱守，我为剑外思归客。对此间、风物岂无情，殷勤说。　江表传，君休读。狂处士，真堪惜。空洲对鹦鹉，苇花萧瑟。不独笑书生争底事，曹公黄祖俱飘忽。愿使君、还赋谪仙诗，追黄鹤。

苏 轼　　满江红·东武会流杯亭

东武南城，新堤固、涟漪初溢。隐隐遍、长林高阜，卧红堆碧。枝上残花吹尽也，与君更向江头觅。问向前、犹有几多春，三之一。　官里事，何时毕。风雨外，无多日。相将泛曲水，满城争出。君不见兰亭修禊事，当时坐上皆豪逸。到如今、修竹满山阴，空陈迹。

苏 轼　　满江红·怀子由作

清颍东流，愁目断、孤帆明灭。宦游处、青山白浪，万重千叠。孤负当年林下意，对床夜雨听萧瑟。恨此生、长向别离中，添华发。　一尊酒，黄河侧。无限事，从头说。相看恍如昨，许多年月。衣上旧痕余苦泪，眉间喜气添黄色。便与君、池上觅残春，花如雪。

苏 轼　　满江红·正月十三日送文安国还朝

天岂无情，天也解、多情留客。春向暖、朝来底事，尚飘轻雪。君过春来纡组绶，我应归去耽泉石。恐异时、杯酒忽相思，云山隔。　浮世事，俱难必。人纵健，头应白。何辞更一醉，此欢难觅。欲向佳人诉离恨，泪珠先已凝双睫。但莫遣、新燕却来时，音书绝。

李 婴　　满江红·荆楚风烟

荆楚风烟，寂寞近、中秋时候。露下冷、兰英将谢，苇花初秀。归燕殷勤辞巷陌，鸣蛩凄楚来窗牖。又谁念、江边有神仙，飘零久。　横琴膝，携筇手。旷望眼，闲吟口。任纷纷万事，到头何有。君不见、凌烟冠剑客，何人气貌长依旧。归去来、一曲为君吟，为君寿。

黄 裳　　满江红·东湖观莲

绿盖纷纷，多少个、云霄仙子。应是有、瑶池盛会，靓妆临水。无奈轻盈风信急，瑞香乱翠红相倚。谁共吟、此景竹林人，桃溪士。　时雨过，明珠细。朝雾染，香腮腻。轻舟破幽径，烦襟都洗。第一朵须寻华池景，寿觞边偶得龟千岁。乘兴泻、云液落新荷，休辞醉。

晁端礼　　满江红·五两风轻

五两风轻，移舟向、斜阳岛外。最好是、潇湘烟景，自然心会。倒影芙蓉明镜底，更折花嗅蕊西风里。待问君、明日向何州，东南指。　　人生事，谁如意。剩拚取，尊前醉。想升沉有命，去来非己。菊老松深三径在，田园已有归来计。问甚时、重此望归舟，远相对。

秦　观　　满江红·姝丽

越艳风流，占天上、人间第一。须信道、绝尘标致，倾城颜色。翠绾垂螺双髻小，柳柔花媚娇无力。笑从来、到处只闻名，今相识。　　脸儿美，鞋儿窄。玉纤嫩，酥胸白。自觉愁肠搅乱，坐中狂客。金缕和杯曾有分，宝钗落枕知何日。谩从今、一点在心头，空成忆。

秦　观　　满江红·咏砧声

一派秋声，年年向、初寒时节。早又是、半天惊籁，满庭鸣叶。几处捣残深院日，谁家敲落高楼月。道声声、总是玉关情，情何切。　　斗云起，偏激烈。随风去，还幽咽。正归鸿帘幕，栖鸦城阙。闺阁幽人千里思，江湖旅客经年别。当此时、寂寞倚阑干，成愁结。

秦　观　　满江红·风雨萧萧

风雨萧萧，长途上、春泥没足。谩回首、青山无数，笑人劳碌。山下纷纷梅落粉，渡头淼淼波摇绿。想小园、寂寞锁柴扉，繁花竹。　　曳文履，锵鸣玉。绮楼叠，雕阑曲。又何如、湖上芒鞋草屋。万顷水云翻白鸟，一蓑烟雨耕黄犊。怅东风、相望渺天涯，空凝目。

马伯升　　满江红·人品如君

人品如君，人尽道、士林横绝。那更是、关西流庆，三山英杰。欣遇当年神降日，又逢初度阳生月。把八千余岁祝君龄，为君说。　　君自有，封侯骨。君不是，栖鸾客。况如今东阁，正收人物。坦腹素知王逸少，求贤不必商岩说。便明朝、有诏自天来，君王礼。

晁补之　　满江红·莫话南征

赴玉山之谪，与诸父泛舟大泽，分题为别

莫话南征，船头转、三千余里。未叹此、浮生飘荡，但伤佳会。满眼青山芳草外，半篙碧水斜阳里。问此中、何处芰荷深，渔人指。　　清时事，羁游意。尽付与，狂歌醉。有多才南阮，自为知己。不似朱公江海去，未成陶令田园计。便楚乡、风景胜吾乡，何人对。

晁补之　　满江红·寄内

月上西窗，书帏静、灯明又灭。水漏涩、铜壶香烬，夜霜如雪。睡眼不曾通夕闭，梦魂争得连宵接。念碧云、川路古来长，无由越。　　鸾钗重，青丝滑。罗带缓，小腰怯。伊多感那更，恨离伤别。正是少年佳意气，渐当故里春时节。归去来、莫教子规啼，芳菲歇。

晁补之　　满江红·次韵吊汶阳李诚之待制

华鬓春风，长歌罢、伤今感昨。春正好、瑶墀已叹，侍臣冥寞。牙帐尘昏余剑戟，翠帷月冷虚弦索。记往岁、龙坂误曾登，今飘泊。　　贤人命，从来薄。流水意，知谁托。绕南枝身似，未眠飞鹊。射虎山边寻旧迹，骑鲸海上追前约。便江湖、与世永相忘，还堪乐。

周邦彦　　满江红·昼日移阴

昼日移阴，揽衣起、春帷睡足。临宝鉴、绿云撩乱，未忺妆束。蝶粉蜂黄都褪了，枕痕一线红生肉。背画栏、脉脉悄无言，寻棋局。　　重会面，犹未卜。无限事，萦心曲。想秦筝依旧，尚鸣金屋。芳草连天迷远望，宝香薰被成孤宿。最苦是、蝴蝶满园飞，无人扑。

叶梦得　　满江红·重阳赏菊，时予已除代

一朵黄花，先催报、秋归消息。满芳枝凝露，为谁装饰。便向尊前拚醉倒，古今同是东篱侧。问何须、特地赋归来，抛彭泽。　　回首去，年时节。开口笑，真难得。史君今郡吏，自成行客。霜鬓不辞重插满，他年此会何人忆。记多情、曾伴小阑干，亲攀摘。

叶梦得　　满江红·雪后郊原

雪后郊原，烟林静、梅花初坼。春欲半，犹自探春消息。一眼平芜看不尽，夜来小雨催新碧。笑去年、携酒折花人，花应识。　兰舟漾，城南陌。云影淡，天容窄。绕风漪十顷，暖浮晴色。恰似槎头收钓处，坐中仍有江南客。问何如、两桨下苕溪，吞云泽。

朱敦儒　　满江红·竹翠阴森

大热卧疾，浸石种蒲，强作凉想

竹翠阴森，寒泉浸、几峰奇石。销畏日、溪蒲呈秀，水蕉供碧。筠簟平铺光欲动，纱裯高挂空无色。似月明、蘋叶起秋风，潇湘白。　不敢笑，红尘客。争肯羡，神仙宅。且披襟脱帽，自适其适。靖节窗风犹有待，本初朔饮非长策。怎似我、心闲便清凉，无南北。

周紫芝　　满江红·寂寂江天

十一月二十有三日，雪意浓甚，已而复晴。客歌世所传催雪，举席歆艳。有谓其韵俗者，使仆作语，为赋此曲

寂寂江天，雪又满、晚来风急。空懊恨、散盐飞絮，未成轻集。万里长空飞不到，珠帘卷尽还羞入。问向晚、谁欲画渔蓑，寒江立。　天黯淡，催残日。波浩渺，添寒力。又何如聊遣，舞衣红湿。好与月娥临晚砌，莫教先放梅花拆。便准拟、一醉广寒宫，千山白。

程　过　　满江红·梅

春欲来时，长是与、江梅花约。又还向、竹林疏处，一枝开却。对酒渐惊身老大，看花应念人离索。但十分、沉醉祝东君，长如昨。　芳草渡，孤舟泊。山敛黛，天垂幕。黯销魂、无奈暮云残角。便好折来和雪戴，莫教酒醒随风落。待殷勤、留此记相思，谁堪托。

吕本中　　满江红·东里先生

东里先生，家何在、山阴溪曲。对一川平野，数间茅屋。昨夜冈头新雨过，门前流水清如玉。抱小桥、回合柳参天，摇新绿。　疏篱下，丛丛菊。虚檐外，萧萧竹。叹古今得失，是非荣辱。须信人生归去好，世间万事何时足。问此春、春酝

酒何如，今朝熟。

赵　鼎　　满江红·丁未九月南渡，泊舟仪真江口作

惨结秋阴，西风送、霏霏雨湿。凄望眼、征鸿几字，暮投沙碛。试问乡关何处是，水云浩荡迷南北。但一抹、寒青有无中，遥山色。　　天涯路，江上客。肠欲断，头应白。空搔首兴叹，暮年离拆。须信道消忧除是酒，奈酒行有尽情无极。便挽取、长江入尊罍，浇胸臆。

向子諲　　满江红·雁阵横空

奉酬曾端伯使君，兼简赵若虚监郡

雁阵横空，江枫战、几番风雨。天有意、作新秋令，欲鏖残暑。篱菊岩花俱秀发，清氛不断来窗户。共欢然、一醉得黄香，仍叔度。　　尊前事，尘中去。拈花问，无人语。芗林顾灵照，笑抚庭树。试举似虎头城太守，想应会得玄玄处。老我来、懒更作渊明，闲情赋。

蔡　伸　　满江红·人倚金铺

人倚金铺，颦翠黛、盈盈堕睫。话别处、留连无计，语娇声咽。十幅云帆风力满，一川烟暝波光阔。但回首、极目望高城，弹清血。　　并兰舟，停画楫。曾共醉，津亭月。销魂处，今夜月圆人缺。楚岫云归空怅望，汉皋佩解成轻别。最苦是、拍塞满怀愁，无人说。

韩世忠　　满江红·万里长江

万里长江，淘不尽、壮怀秋色。漫说道、秦宫汉帐，瑶台银阙。长剑倚天氛雾外，宝弓挂日烟尘侧。向星辰、拍袖整乾坤，难消歇！　　龙虎啸，风云泣。千古恨，凭谁说。对山河耿耿，泪沾襟血。汴水夜吹羌笛管，鸾舆步老辽阳月。把唾壶、敲碎问蟾蜍，圆何缺。

胡　仔　　满江红·泛宅浮家

泛宅浮家，何处好、苕溪清境。占云山万叠，烟波千顷。茶灶笔床浑不用，雪蓑月笛偏相称。争不教、二纪赋归来，甘幽屏。　　红尘事，谁能省。青霞志，方高引。任家风舴艋，生涯笭箵。三尺鲈鱼真好脍，一瓢春酒宜闲饮。问此时、怀抱向谁论，惟箕颍。

张元干　满江红·自豫章阻风吴城山作

春水迷天，桃花浪、几番风恶。云乍起、远山遮尽，晚风还作。绿卷芳洲生杜若，数帆带雨烟中落。傍向来、沙觜共停桡，伤飘泊。　寒犹在，衾偏薄。肠欲断，愁难著。倚篷窗无寐，引杯孤酌。寒食清明都过却，最怜轻负年时约。想小楼、终日望归舟，人如削。

吕渭老　满江红·晚浴新凉

晚浴新凉，风蒲乱、松梢见月，庭阴尽、暮蝉啼歇。萤绕井阑帘入燕，荷香兰气供摇箑。赖晚来、一雨洗游尘，无些热。　心下事，峰重叠。人甚处，星明灭。想行云应在，凤凰城阙。曾约佳期同菊蕊，当时共指灯花说。据眼前、何日是西风，凉吹叶。

吕渭老　满江红·笑语移时

笑语移时，风影乱、半帘寒日。鲜明是、晚来妆饰。共说西园携手处，小桥深竹连苔色。到如今、梧叶染清霜，封行迹。　春未透，梅先拆。人纵健，时难得。想明年虚过，上元寒食。数著佳期愁入眼，雨珠零乱梨花湿。任翠鬟、欹侧背斜阳，鸣瑶瑟。

吕渭老　满江红·燕拂危樯

燕拂危樯，斜日外、数峰凝碧。正暗潮生渚，暮风飘席。初过南村沽酒市，连空十顷菱花白。想故人、轻箑障游丝，闻遥笛。　鱼与雁，通消息。心与梦，空牵役。到如今相见，怎生休得。斜抱琵琶传密意，一襟新月横空碧。问甚时、同作醉中仙，烟霞客。

吕渭老　满江红·次杨子耕韵

山绕吴城，修竹外、满林围碧。任孤樯百丈，远牵江色。政简民闲无一事，同游仍是鸳鸾客。到晚年、遗爱续新题，都堪说。　修门赋，今谁续。痛饮士，天应惜。正彩霞垂帔，暮风飘瑟。笑疾禅痴今在否，风灯石火同飘忽。去醉乡、深处著身心，休铭栉。

王之道　满江红·和张守仲及送孔纯老守历阳

竹马来迎，留不住、寸心如结。□历湖、须坞相望，近同吴越。阙里风流今未减，此行报政看期月。已验康沂富国，千古曾无别。　多谢润沾枯辙，令我神思清发。□新命欢浃，两邦情惬。明日西风帆卷席，高樯到处旌麾列。忽相思，吾当往，谁谓三墩隔。

岳　飞　满江红·写怀

怒发冲冠，凭栏处、潇潇雨歇。抬望眼、仰天长啸，壮怀激烈。三十功名尘与土，八千里路云和月。莫等闲、白了少年头，空悲切。　靖康耻，犹未雪。臣子恨，何时灭。驾长车踏破，贺兰山缺。壮志饥餐胡虏肉，笑谈渴饮匈奴血。待从头、收拾旧山河，朝天阙。

岳　飞　满江红·登黄鹤楼有感

遥望中原，荒烟外、许多城郭。想当年、花遮柳护，凤楼龙阁。万岁山前珠翠绕，蓬壶殿里笙歌作。到而今、铁骑满郊畿，风尘恶。　兵安在，膏锋锷。民安在，填沟壑。叹江山如故，千村寥落。何日请缨提锐旅，一鞭直渡清河洛。却归来、再续汉阳游，骑黄鹤。

康与之　满江红·杜鹃

恼杀行人，东风里、为谁啼血。正青春未老，流莺方歇。蝴蝶枕前颠倒梦，杏花枝上朦胧月。问天涯、何事苦关情，思离别。　声一唤，肠千结。闽岭外，江南陌。正长堤杨柳，翠条堪折。镇日叮咛千百遍，只将一句频频说。道不如归去不如归，伤情切。

康与之　满江红·婺女潘子贱席上作

叹诗书、万卷致君人，番沉陆。……且置请缨封万户，径须卖剑酬黄犊。恸当年、寂寞贾长沙，伤时哭。

毛　幵　满江红·送施德初

东马严徐，名籍甚、西京人物。谁不羡、伏蒲忠鲠，演纶词笔。雅意中朝今小试，二年东郡弦风迹。数中兴、循吏两三人，公居一。　　温诏趣，还丹阙。倾睿相，方前席。看云台登践，论思密勿。超览堂中遗爱在，几人同恋津亭别。顾倦游、云路仆登仙，心如失。

毛　幵　　　满江红·怀家山作

回首吾庐，思归去、石溪樵谷。临玩有、门前流水，乱松疏竹。幽草春余荒井径，鸣禽日在窥墙屋。但等闲、凭几看南山，云相逐。　　家酿美，招邻曲。朝饭饱，随耕牧。况东皋二顷，岁时都足。麟阁功名身外事，墙阴不驻流水促。更休论、一枕梦中惊，黄粱熟。

毛　幵　　　满江红·泼火初收

泼火初收，秋千外、轻烟漠漠。春渐远、绿杨芳草，燕飞池阁。已著单衣寒食后，夜来还是东风恶。对空山、寂寂杜鹃啼，梨花落。　　伤别恨，闲情作。十载事，惊如昨。向花前月下，共谁行乐。飞盖低迷南苑路，湔裙怅望东城约。但老来、憔悴惜春心，年年觉。

洪　适　　　满江红·暮雨萧萧

暮雨萧萧，飞败叶、增添秋色。登高会、痴风吹散，山居嘉客。人世难逢开口笑，老来更觉流年迫。到如今、黄菊满园开，无人摘。　　珠履凑，铢衣窄。萦翠袖，催牙拍。索松儿添半，战酣相吓。橘绿橙黄时节好，舞停歌罢门墙隔。酒醒时、枕上一声鸡，东方白。

洪　适　　　满江红·郑宪席上再赋

累月愁霖，知今夕、是何天色。秋老矣、芙蓉遮道，黄花留客。长有霜螯来左右，谁言枥马能煎迫。眄高穹、重叠起顽云，星难摘。　　罗绮盛，轩窗窄。心已醉，肩须拍。更十分行酒，再三相吓。凤诏十行归路近，桂华千里明年隔。趁闲时、楼上共凝眸，芦花白。

洪　适　　　满江红·春色匆匆

春色匆匆，三分过、二分光景。吾老矣，坡轮西下，可堪弄影。曲水流觞时节好，茂林修竹池台永。望前村、绿柳荫茅檐，云封岭　　蜂蝶闹，烟花整。百年梦，如俄顷。这回头陈迹，漫劳深省。吹竹弹丝谁不爱，焚琴煮鹤人何肯。尽三觥、歌罢酒来时，风吹醒。

洪　适　　满江红·和徐守三月十六日

雨过春深，溪水涨、绿波溶溢。年年是、杨花吹絮，草茵凝碧。驹隙光阴身易老，槐安梦幻醒难觅。算六分、春色五分休，才留一。　　雁鹜静，文书毕。尘外趣，壶中日。喜兰亭修禊，郊坰恔出。合璧连珠同啸咏，怒猊渴骥尤清逸。酒酣时、梁上暗尘飞，无痕迹。

洪　适　　满江红·答景卢

衰老贪春，春又老、尊罍交溢。凝目处、清漪拍岸，四山堆碧。白也论文情最厚，维摩示病心难觅。到盘洲、车骑太匆匆，觞浮一。　　春再见，官期毕。归路近，长安日。奉清时明诏，迭回更出。上殿风霜生颊齿，元龟献替图无逸。记而今、杖策过溪桥，留行迹。

洪　适　　满江红·黄堂席上答太守

燕寝香凝，官事了、诗情充溢。归后院、花容争媚，柳眉添碧。老子胡床常自叹，轻裾长袖从何觅。探城楼、此际夜如何，更筹一。　　人已老，春将毕。临曲水，才旬日。快朝来雨过，鱼儿争出。淡酒一杯空酩酊，黄堂千骑真安逸。问朱轓、何日到丘园，联綦迹。

洪　适　　满江红·席上答叶宪

百计留春，春不住、愁怀填溢。争如对、宝梳压鬓，翠环铺碧。紫绶金章都是梦，云庐花坞如何觅。劝金杯、浅笑傍宾筵，须均一。　　前夜月，新离毕。收涩雨，呈红日。荷主人情厚，五云齐出。一颗樱桃天付与，数声水调人飘逸。叹荒园、三月百花残，无踪迹。

韩元吉　　满江红·丁亥示庞祐甫

梅欲开时，君欲去、花谁同折。应怅望、江津千树，晚烟明雪。花似故人相见好，人如塞雁多离别。待留君、重看水边花，花边月。　　台城路，山如阙。追往事，伤时节。但春风春雨，古人愁绝。多少扬州诗兴在，直须清梦翻蝴蝶。问他年、谁记饮中仙，花应说。

韩元吉　　满江红·寂寞山城

自鹿田山桥小集潜岳寺，坐中酬陈子象词

寂寞山城，春已半、好花都折。无奈向、阴晴不定，冷烟寒食。莫问花残风又雨，且须烂醉酬春色。叹使君、华发又重来，人应识。　　丹井畔，山桥侧。空翠里，烟如织。便直教马上，醉巾沾湿。丞相车茵端未惜，孟公好客聊无客。算明年、溪路海棠开，还相忆。

韩元吉　　满江红·江绕层城

再至丹阳，每怀务观，有歌其所制者，因用其韵示王季夷、章冠之

江绕层城，重楼迥、依然山色。□□有、佳人犹记，旧家离别。把酒只如当日醉，挥毫剩欠尊前客。算平林、有恨寄伤心，烟如织。　　湖平树，花连陌。风景是，光阴易。叹新声浑在，断云难觅。暮雨不成巫峡梦，数峰还认湘波瑟。但与君、同看小槽红，真珠滴。

侯　寘　　满江红·中秋上刘恭甫舍人

天阔江南，秋未老、空江澄碧。江外月、飞来千丈，水天同色。万屋覆银清不寐，一城踏雪寒无迹。况楚风、连陌竞张灯，如元夕。　　山獠静，棠阴寂。秋稼盛，香醪直。听子城吹角，青楼横笛。君不见、苏仙翻醉墨，一篇水调锵金石。念良辰美景赏心时，诚难得。

侯　寘　　满江红·困顿春眠

困顿春眠，无情思、梦魂飘泊。檐外雨、霏霏冉冉，乍晴还落。山黛四围频入眼，柳丝一缕低萦阁。念沈郎、多感更伤春，腰如削。　　风入户，香穿箔。花似旧，人非昨。任游蜂双燕，经营拂掠。海阔锦鱼传不到，洞深紫凤期难约。谩彩笺、牙管倚西窗，题红叶。

侯寘　　满江红·和徐叔至御带

重到西湖，春拆信、露花酥滴。倚危栏、湖山佳处，短屏著色。拟泛一舟苍莽岸，恐伤万里羁游客。赖款门、修竹有高人，留狂迹。　倾盖意，真相得。诗句里，曾相识。看戛然飞动，笔端金石。照眼光浮琼液满，断肠翠拥宫靴窄。问多情、还肯借青鸾，通消息。

侯寘　　满江红·再用韵

老矣何堪，随处是、春衫酒滴。醉狂时，一挥千字，贝光玉色。失意险为湘岸鬼，浩歌又作长安客。且乘流、除却五侯门，无车迹。　惊人句，天外得。医国手，尘中识。问鼎槐何似，卧云欹石。梦里略无轩冕念，眼前岂是江湖窄。拚蝇头、蜗角去来休，休姑息。

侯寘　　满江红·和江亮采

甚矣吾衰，徒是苦、饥肠为孽。嗟寸禄、区区留恋，形疲心竭。江海一生真可羡，尘埃永昼何堪说。似钝刀、终岁斲空山，宁无缺。　拚放浪，休豪杰。秋水涨，归期决。尽凫长鹤短，任渠分别。芒屩夜寻溪上酒，葛巾晓挂松间月。向丹霄、传语旧交游，慵非拙。

赵彦端　　满江红·荼蘼

千种繁春，春已去、翩然无迹。谁信道、荼蘼枝上，静中留得。晓镜洗妆非粉白，晚衣弄舞余衫碧。粲宝钿、珠珥不胜持，浓阴夕。　金翦度，还堪惜。霜蝶睡，无从觅。知多少、好词清梦，酿成冰骨。天女散花无酒圣，仙人种玉惭香德。怅攀条、记得鬓丝青，东风客。

赵彦端　　满江红·津鼓冬冬

饯前政卢光祖赴鼎州幕席上作

津鼓冬冬，三老醉、知谁留得。都不记、琵琶洲畔，草青江碧。桃李春风吹不断，烟霞秋兴清无极。怅樽前、桂子有余香，曾相识。　残雨昼，初凉夕。高烛烂，新醅白。长歌断欢意，不如愁色。父老能寻循吏传，关河暂枉诸侯客。待日边、一纸诏黄飞，胜相忆。

赵彦端　　满江红·汪秘监席上作

赐被薰炉，曾同见、官槐重绿。时归看、绮疏叠嶂，楚腰翻曲。君过蓬山轻岁月，我怀庐阜分符竹。道别离、待得再归来，人应俗。　　春欲动，醅初熟。追一笑，森三玉。且相对青眼，共裁红烛。小语人家闲意态，浅寒都下新装束。念平生、和雨醉东风，从今足。

王千秋　　满江红·水满方塘

水满方塘，三日雨、晓来方足。阑干外、锦棚初脱，新篁森玉。沃叶未干鸠妇去，余花时坠蜂儿逐。认去年、乳燕又双双，飞华屋。　　红豆恨，归谁促。青鸾梦，惊难续。想多情犹记，碧笺新曲。白发欺人虽已老，短襟揾黛存余馥。且如今、一笑总休论，杯行速。

王千秋　　满江红·和诸公赏心亭待月

楼压层城，斜阳敛、帆收南浦。最好是、长江澄练，远山新雨。□□留连邀皓月，一堂高敞祛隆暑。问从来、佳赏有谁同，应难数。　　舟横渡，车阗路。催酒进，麾灯去。放姮娥照座，不烦帘阻。已见天清无屏翳，更须潮上喧阗鼓。看波光、撩乱上樯竿，龙蛇舞。

刘　珙　　满江红·遥寿仲固叔谊

南郭新居，忆乡社、久成疏隔。乘暇日、风吹衣袂，花迎村陌。果核鸡豚张燕豆，儿童父老联宾席。想笋舆、到处水增光，山添色。　　应情念，天涯侄。随官牒，飘萍迹。叹离多聚少，感今思昔。鬓影羞临湘水绿，梦魂常对屏山碧。凭画栏、搔首望归云，情无极。

洪　迈　　满江红·立夏前一日借坡公韵

雨涩风悭，双溪阁、几曾洋溢。长长是、非霞散绮，岫云凝碧。修禊欢游今不讲，流觞故事何从觅。待它时、水到却寻盟，筹输一。　　燕舞倦，莺吟毕。春肯住，才明日。池塘波绿皱，小荷争出。童子舞雩浑怅望，吾人提笔谁飘逸。记去年、修竹暮天寒，无踪迹。

袁去华　　满江红·香雾空濛

香雾空濛，檐牙外、流萤自照。夜向久、明河东畔，电飞云绕。错落疏星垂屋角，须臾万弩鸣林杪。渐翠竹、苍梧嫩凉生，惊秋早。　人语静，签声杳，珍簟冷，纱厨小。想云窗依旧，梦寻难到。雁足空来书断绝，眉头顿著愁多少。纵细写、琴心有谁知，朱弦悄。

袁去华　　满江红·滕王阁

画栋珠帘，临无地、沧波万顷。云尽敛、西山横翠，半江沉影。斜日明边回白鸟，晚烟深处迷渔艇。听棹歌、游女采莲归，声相应。　愁似织，人谁省。情纵在，欢难更。满身香犹是，旧时荀令。宦海归来尘扑帽，酒徒散尽霜侵鬓。最愁处、独立咏苍茫，西风劲。

袁去华　　满江红·都下作

社雨初晴，烟光暖、吴山滴翠。望绛阙、祥云亏蔽，粉垣千雉。万柳低垂春似酒，微风不动天如醉。遍万井、嬉嬉画图中，欢声里。　嗟倦客，道傍李。看人事，槐根蚁。立苍茫俯仰，漫悲身世。靖节依然求县令，元龙老去空豪气。便乘兴、一叶泛沧浪，吾归矣。

曹　冠　　满江红·味道韬光

淳熙丁酉六月十三日，浙宪芮国瑞巡历东阳，招饮涵碧。是日也，实予始生之日。国瑞用旧词韵作满江红为寿，因和述怀

味道韬光，伴耕钓、城南涧曲。吾不羡、炼丹金井，访仙王屋。清洁无瑕通隐显，满堂岂肯贪金玉。向北窗、高卧水风凉，槐阴绿。　闲自赏，东篱菊。偏喜种，幽居竹。信巍然良贵，有荣无辱。外物随缘姑泛应，无心仕止常知足。喜圣时、协气屡丰年，西畴熟。

曹　冠　　满江红·日暖烟轻

日暖烟轻，竹梢映、花阴凌乱。微风皱、池光青碧，绿杨垂岸。艳杏墙头红粉媚，幽兰砌下飘香暖。称邀宾、明日去寻芳，频欢宴。　光景速，浑如箭。醉梦里，春强半。且花前莫厌，玉杯频劝。一枕游仙方警悟，浮名自笑犹萦绊。醉挥

毫、付与雪儿歌，娇莺啭。

葛郯　　满江红·和吕居仁酬芮国瑞提刑

家住苕西，小池映、青山一曲。翠深里、猿呼鹤应，短墙低屋。麦影离离翻翠浪，泉声瀌瀌敲寒玉。怪夜来、有蚁出糟床，笃新绿。　　和月种，南阳菊。饶云买，淇园竹。任蛮争触战，世间荣辱。两目未消凭远恨，一筇费尽登山足。便棹舟、炊火荻花中，鲈鱼熟。

葛郯　　满江红·卷尽珠帘

卷尽珠帘，楚天迥、阑干几曲。最好是、瑶台归路，月翻银屋。深院数枰风入座，高楼一喷云横玉。看橘林、霜浅未全黄，犹悬绿。　　悠然意，渊明菊。真如指，国师竹。者是非识破，都无荣辱。不管浮生如蝶梦，从教万事添蛇足。坐西崑、一笑八千秋，蟠桃熟。

葛郯　　满江红·郢客高歌

郢客高歌，犹未睹、阳春一曲。多应是、连城有价，闷藏华屋。但使章台无异意，何妨一见邯郸玉。料锦囊、随客泛东溪，凌波绿。　　难独唱，篱边菊。谁与咏，阶前竹。想秋光不久，又成虚辱。过雁不知蛩有恨，行夔应笑蚿无足。愿为予、落笔走盘珠，争圆熟。

耿时举　　满江红·中秋泛月太湖

问月杯空，谪仙去、无人重举。兰台旧、扁舟乘兴，处留奇语。洞府初疑仙骨瘦，樽前尚爱纶巾舞。信前身、太白尚何疑，词高古。　　盟后会，偕真侣。黄叶渡，丹枫渚。道五湖烟浪，胜游溢浦。念我身闲鸥样度，似海山共去君应许。但只愁、岳牧要人□，□撑住。

管鉴　　满江红·北岩寺饯别张子仪，醉归口占

百罚深杯，都不记、归来时节。仿佛听、重城更鼓，催成离阕。江上愁心山敛翠，津头夜色沙如雪。渐中年、怀抱更深交，难为别。　　歌声缓，行云歇。尊酒散，香尘灭。想来宵何处，乱山明月。得意春风群玉府，第名早晚黄金阙。但相思、莫遣雁来时，音书绝。

管　鉴　满江红·寄寿宋子渊，宋生朝先余一日

去岁兹辰，记称寿、曾陪燕席。明朝更、屈公扶醉，相过为客。间世生贤元自异，偶然先后欢连日。怅如今、五岭望三湘，云霄隔。　　松鹤算，圭璋德。廊庙器，神仙格。想尊前仍唱，雪中晴色。公上清都调鼎鼐，我归旧隐寻泉石。愿年年、东阁燕嘉宾，常相忆。

管　鉴　满江红·清明前三日登清晖作

十日狂风，都断送、杏花红去。却是有、海棠枝上，一分春住。桃叶桃根浑未觉，樱桃杨柳成轻负。强尊前、抖擞旧精神，谁能许。　　时不再，欢难屡。心未老，杯频举。尚不妨领略，登临佳处。山接武陵余胜气，江吞大别仍东注。叹圣贤、功业与江山，无今古。

陆　游　满江红·危堞朱栏

危堞朱栏，登览处、一江秋色。人正似、征鸿社燕，几番轻别。缱绻难忘当日语，凄凉又作它乡客。问鬓边、都有几多丝，真堪织。　　杨柳院，秋千陌。无限事，成虚掷。如今何处也，梦魂难觅。金鸭微温香缥渺，锦茵初展情萧瑟。料也应、红泪伴秋霖，灯前滴。

陆　游　满江红·夔州催王伯礼侍御寻梅之集

疏蕊幽香，禁不过、晚寒愁绝。那更是、巴东江上，楚山千叠。欹帽闲寻西瀼路，亸鞭笑向南枝说。恐使君、归去上銮坡，孤风月。　　清镜里，悲华发。山驿外，溪桥侧。凄然回首处，凤凰城阙。憔悴如今谁领略，飘零已是无颜色。问行厨、何日唤宾僚，犹堪折。

姜特立　满江红·己未生朝

听说梅山，一丘内、深藏曲折。过醒心桥下，水光清彻。迤逦跻攀登翠岭，沉沉烟壑千峰列。更小亭、风露逼华堂，荷香发。　　歌声动，云横阙。舞腰转，风回雪。正良辰美景，众宾欢悦。老子中间聊笑傲，酒行莫放觥筹歇。愿此生、长似钓璜公，添华发。

姜特立　　满江红·辛酉生朝

小小华堂，朱阑外、乱山如簇。更云中仙掌，一峰高矗。南极老人呈瑞处，丙丁躔次光相烛。又谁知、堂上有闲人，无拘束。　宾朋至，须歌曲。风月好，纷丝竹。都不管、世间是非荣辱。屈指如今侪辈少，几人老后能知足。问此身、何地寄生涯，唯松菊。

范成大　　满江红·冬至

寒谷春生，熏叶气、玉筒吹谷。新阳后、便占新岁，吉云清穆。休把心情关药裹，但逢节序添诗轴。笑强颜、风物岂非痴，终非俗。　清昼永，佳眠熟。门外事，何时足。且团栾同社，笑歌相属。著意调停云露酿，从头检举梅花曲。纵不能、将醉作生涯，休拘束。

范成大　　满江红·竹里行厨

始生之日，丘宗卿使君携具来为寿，坐中赋词，次韵谢之

竹里行厨，来问讯、诸侯宾老。春满座、弹丝未遍，挥毫先了。云避仁风收雨脚，日随和气薰林表。向尊前、来访白髯翁，衰何早。　志千里，功名兆。光万丈，文章耀。洗冰壶胸次，月秋霜晓。应念一堂尘网暗，故将百和香云绕。算赏心、清话古来多，如今少。

范成大　　满江红·柳外轻雷

雨后携家游西湖，荷花盛开

柳外轻雷，催几阵、雨丝飞急。雷雨过、半川荷气，粉融香浥。弄蕊攀条春一笑，从教水溅罗衣湿。打梁州、箫鼓浪花中，跳鱼立。　山倒影，云千叠。横浩荡，舟如叶。有采菱清些，桃根双楫。忘却天涯漂泊地，尊前不放闲愁入。任碧筒、十丈卷金波，长鲸吸。

范成大　　满江红·罨画溪山

罨画溪山，行欲遍、风蒲还举。天渐远、水云初静，舵楼人语。月色波光看不定，玉虹横卧金鳞舞。算五湖、今夜只扁舟，追千古。　怀往事，渔樵侣。曾共醉，松江渚。算今年依旧，一杯沧浦。宇宙此身元是客，不须怅望家何许。但中

秋、时节好溪山，皆吾土。

范成大　　　　满江红·千古东流

清江风帆甚快，作此，与客剧饮歌之

千古东流，声卷地、云涛如屋。横浩渺、樯竿十丈，不胜帆腹。夜雨翻江春浦涨，船头鼓急风初熟。似当年、呼禹乱黄川，飞梭速。　　击楫誓，空惊俗。休拊髀，都生肉。任炎天冰海，一杯相属。荻笋蒌芽新入馔，鹍弦凤吹能翻曲。笑人间、何处似尊前，添银烛。

范成大　　　　满江红·山绕西湖

山绕西湖，曾同泛、一篙春绿。重会面、未温往事，先翻新曲。劲柏乔松霜雪后，知心惟有孤生竹。对荒园、犹解两高歌，空惊俗。　　人更健，情逾熟。樱共柳，冰和玉。恐相逢如梦，夜阑添烛。别后书来空怅望，尊前酒到休拘束。笑箪瓢、未足已能狂，那堪足。

范成大　　　　满江红·天气新晴

天气新晴，寻昨梦，池塘春早。雨过湔裙，水上柳丝风袅。却忆去年今日，桃花人面依前好。怪今年、酒量却添多，银杯小。　　谁劝我，玉山倒。催细抹，翻新调。渐金狎压锦，喷首云绕。笼柏飞来双翠袖，弓弯内样人间少。为留连、春色伴山翁，都休老。

游次公　　　　满江红·云接苍梧

云接苍梧，山莽莽、春浮泽国。江水涨、洞庭相近，渐惊空阔。江燕飘飘身似梦，江花草草春如客。望渔村、樵市隔平林，寒烟色。　　方寸乱，成丝结。离别近，先愁绝。便满篷风雨，橹声孤急。白发论心湖海暮，清樽照影沧浪窄。看明年、天际下归舟，应先识。

游次公　　　　满江红·丹青阁

一舸归来，何太晚、鬓丝如织。谩叹息、凄凉往事，尽成陈迹。山迫暮烟浮紫翠，溪摇寒浪翻金碧。看长虹、渴饮下青冥，危栏湿。　　谁可住，烟萝侧。俗士驾，当回勒。伴岩扃，须是碧云仙客。风月已供无尽藏，溪山更衍清凉国。恨谪仙、苏二不曾来，无人说。

赵磻老　　　　满江红·见说春时

见说春时，新波涨、二川溶溢。今底事、沙痕犹褪，石渠悭碧。人意不须长作解，兴来便向杯中觅。纵茂林修竹记山阴，千年一。　　薰吹动，春工毕。桥上景，壶中日。况梅肥笋嫩，雨微鱼出。只恐延英催入觐，不教绿野长均逸。任多情、蝴蝶满园飞，狂踪迹。

赵磻老　　　　满江红·用前韵

西郭园林，湖光净、暮寒清溢。明月上，近环山翠，远摇天碧。粉泽兰膏违俗尚，岩花磴蔓从谁觅。问近来、铛脚许何人，吾其一。　　欢乐事，休教毕。经后夜，思前日。想无心不竞，水流云出。物外烟霞供啸咏，个中鱼鸟同休逸。又何须、浮海访三山，寻仙迹。

赵磻老　　　　满江红·潇洒星郎

潇洒星郎，吹绿鬓、胜游霞举。秋又半、月磨云翳，籁传风语。太一青藜光对射，中流荡漾莲舟舞。戏人间、今夜水精宫，前无古。　　吾家是，蓬山侣。歌舞袖，蘋花渚。拟问津斜汉，乘槎南浦。谒帝通明今得便，素娥拍手心先许。笑画阑、三十六宫秋，花如土。

王　质　满江红·幕府诸公郊外同集以病不去

方丈维摩，蒙衲被、都齐不省。空怅望、锦裘绣帽，玉珂金镫。十月小春逢此日，一时胜事输公等。问短衣、匹马射南山，何人肯。　　山暮紫，峰如笋。江寒碧，沙如粉。望塞鸿杳杳，水遥天永。饮罢不妨瓶屡卧，归来自有风吹醒。试断桥、流水月明边，寻疏影。

王　质　　　　满江红·庆寿

整顿乾坤，恨舞袖、回旋不足。须付与、腰金叠赤，面槐参绿。功业岂无人可了，英豪自有心相伏。自孤窗、寒烛听经纶，常三复。　　举大白，倾醽醁。为公起，歌此曲。曲中意惟有，斯贤堪属。萱草喜除烦恼障，莲花妙享清凉福。愿年年、团扇弄生绡，长如玉。

王　质　　　　　　满江红·春日

惨淡轻阴，都养就、朱朱白白。最好是、梨花带雨，海棠映日。暖雾烘成芳草色，娇风分与垂杨力。听红边、翠杪啭清圆，曾相识。　　春绪乱，还如织。春梦断，还堪觅。看青梅下有，游人啧啧。爱酒正香须满泛，怜花太嫩休轻摘。把领巾、收聚众香浓，凭风立。

王　质　　　　　　满江红·生縠平铺

生縠平铺，吹不起、轻风无力。西江上、斗牛相射，水天一色。二妙风流今代少，一时光价何时息。更绛霄、白日下云軿，芙蓉客。　　整飞驭，成得得。寻前约，宽忆忆。正云飞雨卷，旧红新碧。茁茁抽长荷柄绿，毵毵吐净杨花白。渐衣篝、香润入梅天，红绡湿。

王　质　　　　　　满江红·渔舟

莽莽云平，都不辨、近山远水。尽徘徊、尚留波面，未归湾尾。浪猛深深鸥抱稳，波寒缩缩鱼沉底。恐狂风、颠雨岸多摧，舟难舣。　　船篷重，拖不起。蓑衣湿，森如洗。想杖头未足，杯中无计。渔网吹翻无把捉，钓竿冻断成抛弃。到高歌、风静月明时，谁如你。

王　质　　　　　　满江红·牧童

落尽斜阳，尚有些、断霞残影。甚弯环、东溪西巷，南岩北岭。行熟更教羊引著，睡浓却被鸦惊醒。渐孤村、树暗颤山欹，霜风冷。　　人世里，嫌他蠢。牛背上，输他稳。但芒鞋一緉，蓑衣一领。五脏荒陂蔬荐口，双髽幽崦花漫顶。虽云乌、月黑路蒙笼，何曾窘。

王　质　　　　　　满江红·听琴

纸帐梅花，有丛桂、又有修竹。是何声、雪飘远渚，泉鸣幽谷。红蓼白蘋须拂袖，余音尚带清香馥。挽素娥青女、问飞琼，谁家曲。　　韩退之，欧永叔。惚兮恍，恍兮惚。试侧耳，山常似黛，水常如玉。颜子操中何足怨，醉翁徽外无人续。正青天、明月上东南，芳时足。

沈　瀛　　　满江红·九日登凌歊台

姑孰名邦，黄山畔、古台巍立。秋渐老、重阳天气，郊原澄碧。隐隐西州增远望，长江一带平如席。怅英雄、千古到如今，空遗迹。　　吴太守，文章伯。寻胜事，酬佳节。拥笙歌千骑，遍游南陌。襟带江城当一面，折冲千里无强敌。更行看、击楫溯中流，妖氛息。

沈　瀛　　　满江红·半世飘蓬

半世飘蓬，今何幸、得归乡曲。却还似、重来燕子，认巢新屋。好是秋晴风日美，饭香云子炊如玉。念蟹螯、满把欲黄时，笃新绿。　　仍更有，初开菊。何妨更，重添竹。与此君相对，且无荣辱。待得吾庐三径就，此生素愿都齐足。任三竿、红日上檐梢，眠方熟。

李　洪　　满江红·和盐田驿驹父留题

梅雨成霖，倦永昼、暑行岩曲。爱云梢翠樾，枕溪蓬屋。轻木凌波冲卷雪，飞泉奔壑鸣哀玉。羡渔翁、终岁老烟波，披蓑绿。　　嗟客宦，荒松菊。颓壮志，青编竹。更长年谙尽，是非荣辱。钟鼎无心时节异，山林有味箪瓢足。感故人、于此赋归欤，思之熟。

李　漳　　满江红·周监务生日，妻善鼓琴

雨歇前林，薰风度、琴声清淑。绮窗迥、张眉初扫，弄弦鸣玉。三叠瑶池仙侣宴，九江鹤唳清江曲。政伯鸾、此日梦维熊，祥烟馥。　　金徽外，音时续。雕筵上，听难足。且相将一醉，满倾醽醁。共祝遐龄何所似，水流不尽高山矗。算未应、归去抱琴书，云间宿。

朱　熹　　　满江红·刘知郡生朝

秀野诗翁，念故山、十年乖隔。聊命驾、朱门旧隐，绿槐新陌。好雨初晴仍半暖，金钉玉斝开瑶席。更流传、丽藻借江天，留春色。　　过里社，将儿侄。谈往事，悲陈迹。喜尊前现在，镜中如昔。两鬓全期烟树绿，方瞳好映寒潭碧。但一年、一度一归来，欢何极。

晦　庵　　　　满江红·胶扰劳生

胶扰劳生，待足后、何时是足。据见定、随家丰俭，便堪龟缩。得意浓时休进步，须知世事多翻覆。漫教人、白了少年头，徒碌碌。　　谁不爱，黄金屋。谁不羡，千钟禄。奈五行不是，这般题目。枉费心神空计较，儿孙自有儿孙福。也不须、采药访神仙，惟寡欲。

张孝祥　　　　满江红·秋满蘅皋

秋满蘅皋，烟芜外、吴山历历。风乍起、兰舟不住，浪花摇碧。离岸橹声惊渐远，盈襟泪颗凄犹滴。问此情、能有几人知，新相识。　　追往事，欢连夕。经旧馆，人非昔。把轻颦浅笑，细思重忆。红叶题诗谁与寄，青楼薄幸空遗迹。但长洲、茂苑草萋萋，愁如织。

张孝祥　　　　满江红·于湖怀古

千古凄凉，兴亡事、但悲陈迹。凝望眼、吴波不动，楚山丛碧。巴滇绿骏追风远，武昌云旆连江赤。笑老奸、遗臭到如今，留空壁。　　边书静，烽烟息。通轺传，销锋镝。仰太平天子，坐收长策。蹙踏扬州开帝里，渡江天马龙为匹。看东南、佳气郁葱葱，传千亿。

张孝祥　　　　满江红·思归寄柳州

秋满漓源，瘴云净、晓山如簇。动远思、空江小艇，高丘乔木。策策西风双鬓底，晖晖斜日朱栏曲。试侧身、回首望京华，迷南北。　　思归梦，天边鹄。游宦事，蕉中鹿。想一年好处，砌红堆绿。罗帕分柑霜落齿，冰盘剥芡珠盈掬。倩春纤、缕鲙捣香齑，新篘熟。

李处全　　　　满江红·镇安女兄生日

清晓高堂，春晚处、旧红新绿。耸曩昔、蟠桃初种，更并潭菊。强健老人松下鹤，森荣孙子霜中竹。看共持、寿斝祝期颐，倾醽醁。　　烘晴昼，炉烟馥。连永夜，笙歌簇。喜一时欢意，何人兼足，早愿诸甥成宅相，便从明岁开汤沐。向年年、今日度新腔，调仙曲。

丘　崈　　　满江红·驻马江头

驻马江头，聊自放、尘劳踪迹。身渐老、尊前羞见，异乡风物。雪柳垂金幡胜小，钗头又报春消息。记去年、持酒觅新词，人疏隔。　时序好，今犹昔。携赏处，空追忆。都如梦才觉，悄然难觅。且饮不须论许事，从今煞有佳天色。但官闲、有酒便嬉游，愁无益。

丘　崈　　　满江红·和梁漕次张韵

玉宇无尘，斜阳外、江楼伫立。人正远、骑鲸南去，笑言难挹。冰雪生寒烟瘴冷，海山著处恩波湿。问碧门、金阙待君来，何时入。　犹自有，新篇什。应念我，相思急。满乌丝挥遍，麝煤香浥。尊酒相逢佳□□，十年一梦长川吸。想上都、风月未盟寒，追良集。

丘　崈　　　满江红·和范石湖

十载重游，愧好在、吴中父老。官事里、空然痴绝，竟何曾了。赖有平生知己地，全胜末路依刘表。竟此身、还复雁门踦，宁论早。　蓬仙语，开朕兆。郇翰洒，增荣耀。倚先声风动，了然家晓。翘馆每烦尘想□，宾筵更著红妆绕。算从前、得此慰初心，于人少。

丘　崈　　　满江红·冠盖吴中

余以词为石湖寿，胡长文见和，复用韵谢之

冠盖吴中，羡来往、风流二老。谈笑处、清风满座，倡酬不了。琪树相鲜崑阆里，玉山高并云烟表。叹□时、顿有古来无，功名早。　膺帝眷，符梦兆。为国镇，腾光耀。更宁容秀野，醉眠清晓。麟组已联方面重，衮衣行接天香绕。许畸人、巾履奉英游，荣多少。

丘　崈　　　满江红·渚宫怀古即事，用二千韵

楚甸云收，歌舞地、依然江渚。嗟往事、豪华无限，梦回何许。翠被那知思玉度，绣袿谩说为行雨。悄不禁、俯仰一凄凉，成千古。　吴蜀会，襟喉处。据胜势，开天府。著诗书元帅，笑谈尊俎。步障月明翻鼓吹，华榱雾湿披窗户。把胜游、都与旧风光，湔尘土。

丘　崈　　满江红·癸亥九日

平楚苍然，烟霭外、飞鸿冥灭。身老矣、登临感慨，几时当彻。痛饮从教吹帽落，悲歌莫击壶边缺。算人生、任运复何为，伤情切。　　功名事，休谩说。渠有命，谁工拙。且随宜斗健，强酬佳节。九月从今知几度，试看镜里头如雪。向醉中、赢取万缘空，真蝉脱。

吕胜己　　满江红·往事千端

往事千端，都笑道、衰翁宦拙。今会得、人情物态，尽皆休说。广厦尽堪舒笑傲，层楼又见凌空阔。试闲思、画戟比衡门，谁优劣。　　尘里事，无休歇。楼上趣，真奇绝。有一川虚旷，万山环列。识破古今如旦暮，肯将物我刚分别。愿时时、与客坐楼心，谈风月。

吕胜己　　满江红·中秋日

屈指重阳，有半月、犹零九日。且停待、今宵月上，宝轮飞出。有客最谙闲况味，无人会得真消息。算何须、抵死要荣华，劳心力。　　楼观迥，遥山碧。槽醉小，真珠滴。随分赏、闲亭别圃，好天良夕。篱畔行看金蕊耀，林梢便见瑶芳白。玩春来、夏去复秋冬，尘中客。

吕胜己　　满江红·登长沙定王台和南轩张先生韵

小立危亭，风惨淡、斜阳满目。望渺渺、湘江一派，楚山千簇。芳草连云迷远树，断霞散绮飞孤鹜。感骚人、赋客向来词，愁如束。　　嗟远宦，甘微粟。惊世事，伤浮俗。且经营一醉，未怀荣辱。君不见、渊明归去后，一觞自泛东篱菊。仰高风、寂寞奠生刍，人如玉。

吕胜己　　满江红·忆昔西来

辛丑年假守沅洲，蒙恩贬罢，归次长沙道中作

忆昔西来，春已暮、余寒犹力。正迤逦、登山临水，未嗟行役。云笈偶寻高士传，桃川又访秦人迹。向此时、游宦兴阑珊，归无策。　　归计定，归心迫。惊换岁，犹为客。还怅望、家山千里，迥无消息。□□不堪泥路远，烟林赖有梅花

白。为孤芳、领略岁寒情，谁人识。

吕胜己　　满江红·题博见楼

物理分明，人事巧、元来是拙。常自觉、满怀春意，向他谁说。剩喜登临频眺望，那知出处成迂阔。细闲思、萧散较贪痴，谁为劣。　高楼上，蝉声歇。飞栋外，云行绝。见明河星斗，半空森列。领略光阴成赋咏，等闲酬唱休旌别。要良辰、把酒倩佳宾，嘲风月。

吕胜己　　满江红·赴长沙幕府，别饯，送客

拍碎红牙，一声上、梁尘暗落。纨扇掩、雏莺叶下，巧呈绰约。字字只愁郎幸浅，声声似怨年华薄。坐中人、相顾感幽怀，添萧索。　歌暂阕，杯交错。人又去，情怀濩。那堪听风雨，渭城吹角。去去已离闽岭路，行行渐近滕王阁。便无情、山海会相逢，坚心著。

吕胜己　　满江红·郡集观舞

檀板频催，双捻袖、飞来趁拍。锦茵上、娇抬粉面，浅蛾脉脉。鸾觑莺窥秋水净，鸿惊凤翥祥云白。看妖娆、体态与精神，天仙谪。　鞓带紧，弓靴窄。花压帽，云垂额。□回雪、定拚醉倒，厌厌良夕。明日恨随芳草远，回头目断遥山隔。料多情、应也念行人，思佳客。

吕胜己　　满江红·墙下松筠

墙下松筠，并手种、花窠尽著。试屈指、一年前事，恍然如昨。繁杏新荷春夏景，疏梅细菊秋冬约。渭川翁、随分小生涯，些官爵。　分物我，争强弱。都做梦，谁先觉。好一条平路，是人迷却。斑鬓已灰心里事，瘦藤谩挂瓢中药。愿当今、四海九州人，同欢乐。

吕胜己　　满江红·观雪述怀

雪压山颓，谁撒下、琼花玉蕊。寒气凛、沉沉天籁，望迷千里。群雀耐寒枯树顶，扁舟独钓平沙觜。把江南、图画展开看，都难比。　台榭远，登临喜。楼阁上，歌声起。赏时光，居士独怜愁底。安得四方寒畯彦，归吾广厦千间里。但今生、此愿得从心，心休矣。

吕胜己　　满江红·惨惨枯梢

惨惨枯梢，初疑似、真酥点滴。见深红蒂萼，方认早梅消息。粉艳牵连春意动，冰姿照映霜华白。伴苍松、修竹似幽人，相寻觅。　香远近，枝南北。幽涧畔，疏篱侧。便佣儿贩妇，也知怜惜。渭水渔翁方入社，西湖处士成陈迹。爱平生、炯炯岁寒心，无今昔。

赵长卿　　满江红·懊恼平生

懊恼平生，奈天赋、恩情太薄。二三岁、看伊受尽，眼尖眉角。记得当初低耳畔，是谁先有于飞约。惟到今、划地误盟言，还先恶。　天眼见，人难度。天易感，人难托。人心险，天又怎生捉摸。莫问傍人非与是，手儿但把心儿托。便不成、厮守许多时，干休却。

方有开　　满江红·钓台

跳出红尘，都不顾、是非荣辱。垂钓处、月明风细，水清山绿。七里滩头帆落尽，长山泷口潮回速。问有谁、特为上钩来，刘文叔。　貂婵贵，无人续。金带重，难拘束。这白麻黄纸，岂曾经目。昨夜客星侵帝座，且容伸脚加君腹。问高风、今古有谁同，先生独。

陈之贤　　满江红·人物英雄

人物英雄，更独抱、无双才气。年正壮，文章武略，尽曾留意。破胆欲凭胸内甲，清原宴启舟中誓。笑区区、燕雀不能知，青云志。　封侯貌，神人比。社下手，须荣试。况相门出将，君家常事。斗印垂金他日贵，寿杯浮玉今朝醉。看年年、南极倍明时，春明媚。

京　镗　　满江红·中秋前同二使者赏月

乘兴西来，问谁是、平生相识。算惟有、瑶台明月，照人如昔。万里清凉银世界，放教千丈冰轮出。便招邀、我辈上层楼，横孤笛。　阴晴事，人难必。欢乐处，天常惜。幸星稀河澹，云收风息。更著两贤陪胜赏，此身如与尘寰隔。笑谪仙、对影足成三，空孤寂。

京　镗　满江红·中秋邀茶漕二使者，不见月

喜见中秋，急载酒、登楼邀月。谁料得、狂风作祟，浮云为孽。孤负阑干凝望眼，不教宝鉴悬银阙。但筵前、依旧舞腰斜，歌喉咽。　阴与霁，圆并缺。难指准，休分别。况赏心乐事，从来磨折。常把一尊陪笑语，也胜虚度佳时节。怪坡仙、底事太愁生，惊华发。

京　镗　满江红·次卢漕高秋长短句，并呈都大

才近重阳，喜风露、酝成爽气。应料有、悲秋情绪，澹妆慵试。黄菊篱边开遍否，紫鸿塞外归来未。但倚阑、高处望长空，无穷意。　名利鼎，从渠沸。穷达路，非人致。又何须咄咄，向空书字。西风正好狂吹帽，庾尘那解关吾事。纵嬉游、也不学山翁，如泥醉。

京　镗　满江红·浣花因赋

锦里先生，草堂筑、浣花溪上。料饱看、阶前雀食，篱边渔网。跨鹄骑鲸归去后，桥西潭北留佳赏。况依然、一曲抱村流，江痕涨。　鱼龙戏，相浩荡。禽鸟乐，增舒畅。更绮罗十里，棹歌来往。上坐英贤今李郭，邦人应作仙舟想。但□呼、落日未西时，船休放。

京　镗　满江红·次宇文总领上巳日游湖韵

雨后晴初，觉春在、桤村柳陌。修禊事、郊坰寻胜，特邀君出。缭绕群山疑虎踞，弥漫一水容鲸吸。怪西湖、底事却移来，龟城北。　酬令节，逢佳日。风递暖，烟凝碧。趁兰舟游玩，尽杯中物。十里轮蹄尘不断，几多粉黛花无色。笑杜陵、昔赋丽人行，空遗迹。

京　镗　满江红·壬子年成都七夕

雨洗新秋，遣凉意、驱除残暑。还又是、天孙河鼓，一番相遇。银汉桥成乌鹊喜，金奁丝巧蜘蛛吐。见几多、结彩拜楼前，穿针女。　舟楫具，将归去。尊俎胜，休匆遽。被西川七夕，四回留住。此地关心能几辈，他年会面知何处。更倚阑、豪饮莫辞频，歌金缕。

京　镗　　满江红·次潼川漕刘殿院韵

外省抡才，诏书下、芝泥犹湿。应料得、出奇锦绣，争辉金碧。三级浪高鱼已化，九霄路远鹏方息。有宗工、此地独持衡，将专席。　　岁月晚，霜风急。嗟老子，为行客。念昔陪班缀，今亲辞色。握手方成同社款，消魂又作歧亭别。也不须、因赋大刀头，归心折。

京　镗　　满江红·次杨提刑韵

道骨仙风，合箬凤、鞭鸾归去。底事为、三峨九顶，等闲留住。揽辔聊施经济手，凝旒屡出褒嘉语。算只今、人物更谁归，心如许。　　嗟我拙，才不武。惭我陋，文非古。纵策迟鞭钝，也难追步。虽喜故人逢异县，却嫌游子贪行路。但著公、西掖北门中，相期处。

王　炎　　满江红·至日和黄伯威

宦海浮沉，名与字、不能彰彻。青云上、诸公衮衮，难登狭劣。结绶弹冠成底事，解颐折角皆虚说。待黄粱、梦觉始归来，非明哲。　　易消释，空中雪。多亏缺，天边月。算人生必有，衰羸时节。恁是一阳来复后，梅花柳眼先春发。料明年、又老似今年，当休歇。

辛弃疾　　满江红·贺王宣子平湖南寇

笳鼓归来，举鞭问、何如诸葛。人道是、匆匆五月，渡泸深入。白羽风生貔虎噪，青溪路断猩鼯泣。早红尘、一骑落平冈，捷书急。　　三万卷，龙韬客。浑未得，文章力。把诗书马上，笑驱锋镝。金印明年如斗大，貂蝉却自兜鍪出。待刻公、勋业到云霄，浯溪石。

辛弃疾　　满江红·送汤朝美自便归

瘴雨蛮烟，十年梦、尊前休说。春正好、故园桃李，待君花发。儿女灯前和泪拜，鸡豚社里归时节。看依然、舌在齿牙牢，心如铁。　　治国手，封侯骨。腾汗漫，排阊阖。待十分做了，诗书勋业。常日念君归去好，而今却恨中年别。笑江头、明月更多情，今宵缺。

辛弃疾　　满江红·送李正之提刑

蜀道登天，一杯送、绣衣行客。还自叹、中年多病，不堪离别。东北看惊诸葛表，西南更草相如檄。把功名、收拾付君侯，如椽笔。　儿女泪，君休滴。荆楚路，吾能说。要新诗准备，庐江山色。赤壁矶头千古浪，铜鞮陌上三更月。正梅花、万里雪深时，须相忆。

辛弃疾　　满江红·中秋寄远

快上西楼，怕天放、浮云遮月。但唤取、玉纤横笛，一声吹裂。谁做冰壶浮世界，最怜玉斧修时节。问嫦娥、孤冷有愁无，应华发。　云液满，琼杯滑。长袖起，清歌咽。叹十常八九，欲磨还缺。若得长圆如此夜，人情未必看承别。把从前、离恨总成欢，归时说。

辛弃疾　　满江红·建康史致道留守席上赋

鹏翼垂空，笑人世、苍然无物。还又向、九重深处，玉阶山立。袖里珍奇光五色，他年要补天西北。且归来、谈笑护长江，波澄碧。　佳丽地，文章伯。金缕唱，红牙拍。看尊前飞下，日边消息。料想宝香黄阁梦，依然画舫青溪笛。待如今、端的约钟山，长相识。

辛弃疾　　满江红·赣州席上呈陈季陵太守

落日苍茫，风才定、片帆无力。还记得、眉来眼去，水光山色。倦客不知身近远，佳人已卜归消息。便归来、只是赋行云，襄王客。　些个事，如何得。知有恨，休重忆。但楚天特地，暮云凝碧。过眼不如人意事，十常八九今头白。笑江州、司马太多情，青衫湿。

辛弃疾　　满江红·江行和杨济翁韵

过眼溪山，怪都似、旧时曾识。是梦里、寻常行遍，江南江北。佳处径须携杖去，能消几两平生屐。笑尘埃、三十九年非，长为客。　吴楚地，东南拆。英雄事，曹刘敌。被西风吹尽，了无陈迹。楼观才成人已去，旌旗未卷头先白。叹人间、哀乐转相寻，今犹昔。

辛弃疾　　满江红·送郑舜举郎中赴召

湖海平生，算不负、苍髯如戟。闻道是、君王著意，太平长策。此老自当兵十万，长安正在天西北。便凤凰、飞诏下天来，催归急。　　车马路，儿童泣。风雨暗，旌旗湿。看野梅官柳，东风消息。莫向蔗庵追语笑，只今松竹无颜色。问人间、谁管别离愁，杯中物。

辛弃疾　　满江红·游南岩和范廓之韵

笑拍洪崖，问千丈、翠岩谁削。依旧是、西风白马，北村南郭。似整复斜僧屋乱，欲吞还吐林烟薄。觉人间、万事到秋来，都摇落。　　呼斗酒，同君酌。更小隐，寻幽约。且丁宁休负，北山猿鹤。有鹿从渠求鹿梦，非鱼定未知鱼乐。正仰看、飞鸟却膺人，回头错。

辛弃疾　　满江红·病中俞山甫教授访别，病起寄之

曲几蒲团，方丈里、君来问疾。更夜雨、匆匆别去，一杯南北。万事莫侵闲鬓发，百年正要佳眠食。最难忘、此语重殷勤，千金直。　　西崦路，东岩石。携手处，今陈迹。望重来犹有，旧盟如日。莫信蓬莱风浪隔，垂天自有扶摇力。对梅花、一夜苦相思，无消息。

辛弃疾　　满江红·题冷泉亭

直节堂堂，看夹道、冠缨拱立。渐翠谷、群仙东下，佩环声急。闻道天峰飞堕地，傍湖千丈开青壁。是当年、玉斧削方壶，无人识。　　山木润，琅玕湿。秋露下，琼珠滴。向危亭横跨，玉渊澄碧。醉舞且摇鸾凤影，浩歌莫遣鱼龙泣。恨此中、风月本吾家，今为客。

辛弃疾　　满江红·再用前韵

照影溪梅，怅绝代、幽人独立。更小驻、雍容千骑，羽觞飞急。琴里新声风响佩，笔端醉墨鸦栖壁。是使君、文度旧知名，方相识。　　清可漱，泉长滴。高欲卧，云还湿。快晚风吹赠，满怀空碧。宝马嘶归红旆动，团龙试碾铜瓶泣。怕他年、重到路应迷，桃源客。

辛弃疾　　　　满江红·暮春

可恨东君，把春去春来无迹。便过眼、等闲输了，三分之一。昼永暖翻红杏雨，风晴扶起垂杨力。更天涯、芳草最关情，烘残日。　　湘浦岸，南塘驿。恨不尽，愁如积。算年年孤负，对他寒食。便恁归来能几许，风流已自非畴昔。凭画栏、一线数飞鸿，沉空碧。

辛弃疾　　满江红·和民瞻送祐之弟还侍浮梁

尘土西风，便无限、凄凉行色。还记取、明朝应恨，今宵轻别。珠泪争垂华烛暗，雁行中断哀筝切。看扁舟、幸自涩清溪，休催发。　　白首路，长亭仄。千树柳，千丝结。怕行人西去，棹歌声阕。黄卷莫教诗酒污，玉阶不信仙凡隔。但从今、伴我又随君，佳哉月。

辛弃疾　　　　满江红·和廓之雪

天上飞琼，毕竟向、人间情薄。还又跨、玉龙归去，万花摇落。云破林梢添远岫，月临屋角分层阁。记少年、骏马走韩卢，掀东郭。　　吟冻雁，嘲饥鹊。人已老，欢犹昨。对琼瑶满地，与君酬酢。最爱霏霏迷远近，却收扰扰还寥廓。待羔儿、酒罢又烹茶，扬州鹤。

辛弃疾　　　　满江红·折尽荼蘼

稼轩居士花下与郑使君惜别醉赋，侍者飞卿奉命书

折尽荼蘼，尚留得、一分春色。还记取、青梅如弹，共伊同摘。少日对花昏醉梦，而今醒眼看风月。恨牡丹、笑我倚东风，形如雪。　　人渐远，君休说。榆荚阵，菖蒲叶。算不因风雨，只因鶗鴂。老冉冉兮花共柳，是栖栖者蜂和蝶。也不因、春去有闲愁，因离别。

辛弃疾　满江红·席间和洪舍人兼简司马汉章

天与文章，看万斛、龙文笔力。闻道是、一诗曾赐，千金颜色。欲说又休新意思，强啼偷笑真消息。算人人、合与共乘鸾，銮坡客。　　倾国艳，难再得。还可恨，还堪忆。看书寻旧锦，衫裁新碧。莺蝶一春花里活，可堪风雨飘红白。问谁家、却有燕归梁，香泥湿。

辛弃疾　　　满江红·绝代佳人

送徐抚干衡仲之官三山，时马叔会侍郎帅闽

绝代佳人，曾一笑、倾城倾国。休更叹、旧时清镜，而今华发。明日伏波堂上客，老当益壮翁应说。恨苦遭、邓禹笑人来，长寂寂。　诗酒社，江山笔。松菊径，云烟屐。怕一觞一咏，风流弦绝。我梦横江孤鹤去，觉来却与君相别。记功名、万里要吾身，佳眠食。

辛弃疾　　　满江红·敲碎离愁

敲碎离愁，纱窗外、风摇翠竹。人去后、吹箫声断，倚楼人独。满眼不堪三月暮，举头已觉千山绿。但试将、一纸寄来书，从头读。　相思字，空盈幅。相思意，何时足。滴罗襟点点，泪珠盈掬。芳草不迷行客路，垂杨只碍离人目。最苦是、立尽月黄昏，栏干曲。

辛弃疾　　　满江红·倦客新丰

倦客新丰，貂裘敝、征尘满目。弹短铗、青蛇三尺，浩歌谁续。不念英雄江左老，用之可以尊中国。叹诗书、万卷致君人，番沈陆。　休感叹，年华促。人易老，欢难足。有玉人怜我，为簪黄菊。且置请缨封万户，竟须卖剑酬黄犊。叹当年、寂寞贾长沙，伤时哭。

辛弃疾　　　满江红·暮春

家住江南，又过了、清明寒食。花径里、一番风雨，一番狼藉。流水暗随红粉去，园林渐觉清阴密。算年年、落尽刺桐花，寒无力。　庭院静，空相忆。无说处，闲愁极。怕流莺乳燕，得知消息。尺素如今何处也，彩云依旧无踪迹。谩教人、羞去上层楼，平芜碧。

辛弃疾　　　满江红·宿酒醒时

卢宪移漕建宁，陈端仁给事同诸公饯别。余为酒困，卧青涂堂上，三鼓方醒。卢赋词留别，席上和韵。青涂，端仁堂名也

宿酒醒时，算只有、清愁而已。人正在、青涂堂上，月华如洗。纸帐梅花归梦觉，莼羹鲈脍秋风起。问人生、得意几何时，吾归矣。　君若问，相思事。料长在，歌声里。这情怀只是，中年如此。明月何妨千里隔，顾君与我何如耳。向尊

前、重约几时来，江山美。

辛弃疾　　　满江红·山居即事

几个轻鸥，来点破、一泓澄绿。更何处、一双鸂鶒，故来争浴。细读离骚还痛饮，饱看修竹何妨肉。有飞泉、日日供明珠，三千斛。　　春雨满，秧新谷。闲日永，眠黄犊。看云连麦垄，雪堆蚕簇。若要足时今足矣，以为未足何时足。被野老、相扶入东园，枇杷熟。

辛弃疾　　　满江红·呈茂中，前章记广济仓事

我对君侯，长怪见、两眉阴德。更长梦、玉皇金阙，姓名仙籍。旧岁炊烟浑欲断，被公扶起千人活。算胸中、除却五车书，都无物。　　溪左右，山南北。花远近，云朝夕。看风流杖屦，苍髯如戟。种柳已成陶令宅，散花更满维摩室。劝人间、且住五千年，如金石。

辛弃疾　　　满江红·中秋

美景良辰，算只是、可人风月。况素节扬辉，长是十分清彻。著意登楼瞻玉兔，何人张幕遮银阙。倩飞廉、得得为吹开，凭谁说。　　弦与望，从圆缺。今与昨，何区别。羡夜来手把，桂花堪折。安得便登天柱上，从容陪伴酬佳节。更如今、不听麈谈清，愁如发。

辛弃疾　　　满江红·点火樱桃

点火樱桃，照一架、荼蘼如雪。春正好、见龙孙穿破，紫苔苍壁。乳燕引雏飞力弱，流莺唤友娇声怯。问春归、不肯带愁归，肠千结。　　层楼望，春山叠。家何在，烟波隔。把古今遗恨，向他谁说。蝴蝶不传千里梦，子规叫断三更月。听声声、枕上劝人归，归难得。

辛弃疾　　　满江红·汉水东流

汉水东流，都洗尽、髭胡膏血。人尽说、君家飞将，旧时英烈。破敌金城雷过耳，谈兵玉帐冰生颊。想王郎、结发赋从戎，传遗业。　　腰间剑，聊弹铗。尊中酒，堪为别。况故人新拥，汉坛旌节。马革裹尸当自誓，蛾眉伐性休重说。但从今、记取楚楼风，裴台月。

辛弃疾　　满江红·风卷庭梧

风卷庭梧，黄叶坠、新凉如洗。一笑折、秋英同赏，弄香挼蕊。天远难穷休久望，楼高欲下还重倚。拚一襟、寂寞泪弹秋，无人会。　　今古恨，沉荒垒。悲欢事，随流水。想登楼青鬓，未堪憔悴。极目烟横山数点，孤舟月淡人千里。对婵娟、从此话离愁，金尊里。

辛弃疾　　满江红·紫陌飞尘

紫陌飞尘，望十里、雕鞍绣毂。春未老、已惊台榭，瘦红肥绿。睡雨海棠犹倚醉，舞风杨柳难成曲。问流莺、能说故园无，曾相熟。　　岩泉上，飞凫浴。巢林下，栖禽宿。恨荼蘼开晚，谩翻船玉。莲社岂堪谈昨梦，兰亭何处寻遗墨。但羁怀、空自倚秋千，无心蹴。

辛弃疾　　满江红·和卢国华

汉节东南，看驷马、光华周道。须信是、七闽还有，福星来到。庭草自生心意足，榕阴不动秋光好。问不知、何处著君侯，蓬莱岛。　　还自笑，人今老。空有恨，萦怀抱。记江湖十载，厌持旌纛。濩落我材无所用，易除殆类无根潦。但欲搜、好语谢新词，羞琼报。

辛弃疾　　满江红·和傅岩叟香月韵

半山佳句，最好是、吹香隔屋。又还怪、冰霜侧畔，蜂儿成簇。更把香来薰了月，却教影去斜侵竹。似神清、骨冷住西湖，何由俗。　　根老大，穿坤轴。枝夭袅，蟠龙斛。快酒兵长俊，诗坛高筑。一再人来风味恶，两三杯后花缘熟。记五更、联句失弥明，龙衔烛。

辛弃疾　　满江红·呈赵晋臣敷文

老子平生，原自有、金盘华屋。还又要、万间寒士，眼前突兀。一舸归来轻似叶，两翁相对清如鹄。道如今、吾亦爱吾庐，多松菊。　　人道是，荒年谷。还又似，丰年玉。甚等闲却为，鲈鱼归速。野鹤溪边留杖屦，行人墙外听丝竹。问近来、风月几篇诗，三千轴。

辛弃疾　满江红·游清风峡和赵晋臣敷文韵

两峡崭岩，问谁占、清风旧筑。更满眼、云来鸟去，涧红山绿。世上无人供笑傲，门前有客休迎肃。怕凄凉、无物伴君时，多栽竹。　　风采妙，凝冰玉。诗句好，余膏馥。叹只今人物，一夔应足。人似秋鸿无定住，事如飞弹须圆熟。笑君侯、陪酒又陪歌，阳春曲。

辛弃疾　满江红·老子当年

老子当年，饱经惯、花期酒约。行乐处，轻裘缓带，绣鞍金络。明月楼台箫鼓夜，梨花院落秋千索。共何人、对饮五三钟，颜如玉。　　嗟往事，空萧索。怀新恨，又飘泊。但年来何待，许多幽独。海水连天凝望远，山风吹雨征衫薄。向此际、羸马独骎骎，情怀恶。

赵善括　满江红·和坡公韵

一雨连春，东湖涨、蒲萄新绿。湖上路，柳浓花艳，绿围红簇。尘世难逢开口笑，人生待足何时足。况南州高士是西邻，人如玉。　　行路唱，谁家曲。愁易感，欢难续。问轩裳于我，有何荣辱。众醉岂容君独醒，出林休恨风摧木。叹惊弦、飞鸟尚知还，安巢宿。

赵善括　满江红·舣舟南康作

三十年前，曾向此、舞风歌月。今依旧、江山如画，鬓须如雪。故友冥鸿随净社，旧时秋蚓横尘壁。赖庐峰、对我眼偏青，曾相识。　　开岫幌，携山屐。泉泻布，星飞石。为收帆舣棹，小留终日。休问重湖吹碧浪，且同五老浮琼液。待明朝、鹢首向东飞，清风力。

赵善括　满江红·坐间用韵赠朱守

腾茂飞英，分忧愿、自然风力。千里静，江山改观，羽旄增色。林下风清公事少，笔端雷动奸豪息。听宴香、深处笑声长，文章客。　　丹诏自，天边得。宣室对，君心忆。趁良辰高会，履珠簪碧。和气回春征酝酿，政声报最惟清白。看挥毫、万字扫云烟，吴笺湿。

赵善括　　满江红·和李颖士

传语风光，须少驻、共君流转。谁忍见、绿肥红瘦，鲜欢多感。泽国千丝烟雨暗，江城一带云山远。看新荷、泛水学人愁，心常卷。　　羞鬓雪，凭花染。携酒阵，嫌杯浅。叹人生岂为，青衫槐板。记舞可怜宫柳细，写情但觉香笺短。上层楼、独倚有谁知，栏干暖。

赵善括　　满江红·辛帅生日

海岳储祥，符昌运、挺生前哲。天赋与、飘然才气，凛然忠节。颖脱难藏冲斗剑，誓清行击中流楫。二十年、麾节遍江湖，恩威浃。　　香穗直，云峰列。觞羽急，鲸川竭。共介公眉寿，赞公贤业。出处已能齐二老，功名岂止超三杰。侍吾皇、千载带金重，头方黑。

赵善括　　满江红·饯京仲远赴湖北漕

雨沐风梳，正梅柳、弄香逞色。谁忍听、送君南浦，阳关三叠。玉节前驱光照路，金杯争劝愁生席。泛锦樯、西去若登仙，乘槎客。　　春有意，寒无力。和风满，洪波息。笑庐峰湓浦，旧游陈迹。昔日蜚声台柏劲，他年坐对堂槐密。想轺车、不待政成时，追锋急。

程　垓　　满江红·忆别

门掩垂杨，宝香度、翠帘重叠。春寒在，罗衣初试，素肌犹怯。薄霭笼花天欲暮，小风送角声初咽。但独褰、幽幌悄无言，伤初别。　　衣上雨，眉间月。滴不尽，颦空切。羡栖梁归燕，入帘双蝶。愁绪多于花絮乱，柔肠过似丁香结。问甚时、重理锦囊书，从头说。

程　垓　　满江红·水远山明

水远山明，秋容淡、不禁摇落。况正是、楼台高处，晚凉犹薄。月在衣裳风在袖，冰生枕簟香生幕。算四时、佳处是清秋，须行乐。　　东篱下，西窗角。寻旧菊，催新酌。笑广平何事，对秋萧索。摇叶声声深院宇，折荷寸寸闲池阁。待归来、闲把木樨花，重熏却。

程　垓　　　　满江红·葺屋为舟

葺屋为舟，身便是、烟波钓客。况人间元似，泛家浮宅。秋晚雨声篷背稳，夜深月影窗棂白。□满船诗酒满船书，随意索。　　也不怕，云涛隔。也不怕，风帆侧。但独醒还睡，自歌还拍。卧后从教鳅鳝舞，醉来一任乾坤窄。恐有时、撑向大江头，占风色。

徐安国　　满江红·约斋同席用马庄父韵

挥手华堂，重整顿、选花场屋。撩鼻观、飞浮杂沓，异香芬馥。金缕尚余闲态度，冰姿早作新妆束。恨尊前、缺典费思量，无松竹。　　蜂蝶恨，何时足。桃李怨，成粗俗。为情深、拚了一生愁独。菊信谩劳频探问，兰心未许相随逐。想从今、无暇劚蔷薇，钮罂粟。

徐安国　　　满江红·晦庵席上作

争献交酬，消受取、真山真水。供不尽、杯螺浮碧，髻鬟拥翠。莫便等闲嗟去国，固因特地经仙里。奉周旋、惟有老先生，门堪倚。　　追往驾，烟宵里。终旧学，今无计。叹白头犹记，壮年标致。一乐堂深文益著，风雩亭在词难继。问有谁、熟识晦庵心，南轩意。

黄人杰　　　　满江红·小队旌旗

连帅阁学侍郎章公燕客奕濠，漾舟荷香中，景物满前，索词，因赋。时帅已拜兴元命

小队旌旗，又催送、元戎领客。政十顷、荷香微度，草烟横碧。杨柳参差新合翠，水天上下俱齐色。傍野桥、容与绕重湖，严城侧。　　花作阵，舟为宅。敲羯鼓，鸣羌笛。渐夜凉风进，酒杯无力。遥想汉中鸡肋地，未应万里回金勒。看便随、飞诏下南州，朝京国。

黄人杰　　　　满江红·腊近嘉平

腊近嘉平，谁教放、梅梢弄雪。更为问、霜前甘泽，应何时节。十荚尧蓂开翠羽，一番潘貌蒸红颊。是武夷、六六洞王中，生贤哲。　　头未雪，心犹铁。柔不茹，刚难折。个功名

怀抱，试看搋发。渌水中间辞地角，绛霄高处朝天阙。管痴儿、事了挂冠归，方华发。

黄人杰　　　满江红·居士生朝

居士生朝，元来是、湖山胜日。长共荐、霜前篱落，半黄橙橘。酒压浮蛆新旨酽，香浮瑞兽祥烟密。更小蛮、清唱入时宜，声飘逸。　湖海量，冰霜质。年未老，身犹屈。记平生操履，几曾亏失。季野阳秋虽有自，伯仁崆峒原无物。待着君、添个老人星，人间出。

黄人杰　　　满江红·解语宫商

解语宫商，为谁奏、长生一曲。见说道、宓堂深处，宝香芬馥。月里飞仙云际下，乘鸾来伴凫仙宿。约年年、生日醉冰筜，簪梅玉。　花与貌，争清淑。云共发，斗新绿。尽壶觞为寿，苦无他祝。有子有孙真老大，无嗔无妒家和睦。更鸾花、剩着几番封，平生足。

黄人杰　　　满江红·季琯灰融

季琯灰融，盛寒里、梅香乍放。元道是酿成和气，间生名将。马革裹尸男子志，虎头食肉通侯相。更胸中、十万拥奇兵，人皆仰。　腰金印，垂玉帐。忠胆锐，雄心壮。倚辕门几望，北州驰想。且倒长江为寿酒，却翻银浦千寻浪。算时来、一笑洗胡尘，迎天仗。

黄人杰　　　满江红·老子生朝

老子生朝，萧然坐、离骚窟宅。更莫诧、才雄屈宋，诗高刘白。不向凤凰池上住，不逃鹦鹉洲边迹。谩一官、如水过称呼，诸侯客。　平生志，水投石。首已皓，心犹赤。算陆沉雄奋，总非人力。广武成名惟孺子，高阳适意须欢伯。睨醉乡、一笑抚青萍，乾坤窄。

黄人杰　　　满江红·老火西流

老火西流，风露洗、银湾一色。还又近、半秋天气，月将成魄。玉燕来时清梦觉，书麟游处飞仙谪。问东南、一尉着斯人，如何得。　君不学，吴门卒。君不问，长安狄。且持杯半揖，楚江鸂鶒。东府西台看历遍，归来绿野盟泉石。却从容、三万六千朝，追元白。

黄人杰　　满江红·寿太守

小驻碧油，公两载、重临初度。满全楚，袭人和气，拍天歌舞。波涌荆江流不断，地连巫峡山无数。指此山、此水诵公恩，难忘处。　民有恨，来何暮。民有愿，归无遽。各相携卧断，衮衣归路。只恐九重劳梦寐，不容十国私霖雨。看便飞、丹诏日边来，朝天去。

何　澹　　满江红·和陈郎中元夕

灯夕筵开，人物共、英词三绝。环坐处、袖中珠玉，郢中春雪。红烛星繁销夜漏，紫霞香满催歌拍。算新年、何处不风光，三山别。　云表殿，千层结。花藉锦，添明月。更浮屠七塔，万枝争发。多谢一天驱宿霭，故教三日成佳节。更何须、海上觅蓬莱，真仙阙。

何　澹　　满江红·再和诸人元夕新赋

乐禁初开，平地耸、海山清绝。千里内、欢声和气，可融霜雪。盛事总将椽笔记，新歌翻入梨园拍。道古来、南国做元宵，今宵别。　灯万碗，花千结。星斗上，天浮月。向玉绳低处，笙箫高发。人物尽夸长乐郡，儿童争庆烧灯节。疑此身、清梦到华胥，朝金阙。

陈三聘　　满江红·冬至

薄日轻云，天气好、相将祈谷。民情喜、颂声洋溢，清风斯穆。饮酒不多元有量，吟诗无数添新轴。对古人、一笑我真愚，君无俗。　斜川路，经行熟。黄花在，归心足。问渊明去后，有谁能属。神武衣冠惊梦里，江湖渔钓论心曲。但从今、散发更披襟，谁能束。

陈三聘　　满江红·天岂无情

天岂无情，天若道、有情亦老。功名事、问天因甚，蒙人不了。好伴云烟耕谷口，休将翰墨传江表。算鬓边、能得几春风，惊秋早。　陶令尹，张京兆。怀舒啸，贪荣耀。尽南柯一梦，漏残钟晓。滕阁暮霞孤鹜举，庾楼明月乌飞绕。念老来、于此兴无穷，知音少。

陈三聘　　满江红·雨后携家游西湖，荷花盛开

绀縠浮空，山拥髻、晚来风急。吹骤雨、藕花千柄，艳妆新浥。窥鉴粉光犹有泪，凌波罗袜何曾湿。讶汉宫、朝罢玉皇归，凝情立。　　尊前恨，歌三叠。身外事，轻飞叶。怅当年空击，誓江孤楫。云色远连平野尽，夕阳偏傍疏林入。看月明、冷浸碧琉璃，君须吸。

陈三聘　　满江红·斜日熔金

斜日熔金，三万顷、棹歌齐举。风不动、采蘋双桨，翠鬟相语。月殿欲浮蟾兔魄，海神不放鱼龙舞。到今宵、秋气十分清，无今古。　　君试唤，扁舟侣。来伴我，潇湘渚。共夷犹春浪，笑歌秋浦。霸越独高身退后，尘缨未濯人谁许。叹酒杯、不到子陵台，刘伶土。

石孝友　　满江红·雁阵惊寒

雁阵惊寒，故唤起、离愁万斛。因追念、镜鸾易破，凤弦难续。诗句已凭红叶去，梦魂未断黄粱熟。叹浪萍、风梗又天涯，成幽独。　　归来引，相思曲。尘满把，泪盈掬。对长天远水，落霞孤鹜。立尽西风无好意，遥山也学双眉蹙。恨草根、不逐鬓根摧，秋更绿。

石孝友　　满江红·分景亭前

分景亭前，梅红糁、柳金谁粟。芳意闹、烧灯初过，坠萱才六。此日悔康歌别驾，当年神降生嵩岳。看邦人、称寿雾凝香，杯丛玉。　　采石月，光天禄。姑溪水，增川福。炳灵祥曾产，瑞枝奇木。秋露短檠诗礼训，春风小院琵琶曲。愿长眉疏鬓等松椿，年年绿。

石孝友　　满江红·帘卷南薰

帘卷南薰，微雨过、天容似沐。开绮燕、红蕖别馆，绿槐高屋。灵寿杖横龙脊瘦，长年酒酿鹅儿熟。唤飞琼、亲捧紫霞杯，歌新曲。　　双凤好，温和玉。谈俭幕，嬉莱服。且功成身退，注名仙箓。莲社焚香冰琢句，兰亭泚笔云翻墨。愿朱颜、长伴赤松游，骑黄鹄。

石孝友　　　满江红·日转桐阴

日转桐阴，正玉燕、飞来夏屋。帘幕映、海留红艳，麝重兰馥。风采传闻瞻瑞节，婉谋曾是回钧轴。卷秦淮、吹入酒杯中，波翻绿。　丹诏下，公归速。看日奏，三千牍。想春迷柳院，夜分莲烛。清暑声寒苍玉佩，月娥笑捧长生箓。问瑶池、阿母手栽花，何年熟。

韩　玉　　　满江红·重九与张舍人

正欲登临，何处好、登临眺望。君约我、今朝携酒，古台同上。风静秋郊浑似洗，碧空淡覆玻璃盎。夕照外、渺渺万遥山，开青嶂。　龙山事，空追想。风流会，今安往。我劝君一杯，为君高唱。今日谋欢真雅胜，休辞痛饮葡萄浪。纵黄花、明日未凋零，非佳赏。

欧阳光祖　　满江红·寿吴漕　正月十五

恰则元宵，灿万灯、星球如昼。春乍暖、化工未放，十分花柳。和气并随灯夕至，一时钟作人间秀。问烟霄、直上舌含香，文摛绣。　命世杰，调元手。荆楚地，淹留久。看日边追诏，印垂金斗。翠竹苍松身逾健，蛾儿雪竹人如旧。愿湘江、卷入玉壶中，为公寿。

何师心　　　满江红·一水飞空

按郡志，涪溪侧十里有瀑布，泻出两峰间，垂数十丈，号水帘洞。其侧有亭，山谷榜曰奇观

一水飞空，揭起珠帘全幅。不须人卷，不须人轴。一点不容飞燕入，些儿未许游鱼宿。向山头、款步听疏音，清如玉。

三峡水，堪人掬。三汲浪，堪龙浴。更两边潇洒，数竿修竹。晓倩碧烟为绳束，夜凭新月为钩曲。问当年、题品是何人，黄山谷。

马子严　　　满江红·寿傅尚书

瑞霭秋空，银河里、非烟非雾。应想是、岳钟神秀，再生

伊傅。昨夜五云随梦入，今朝万象朝元去。正六星、炳炳耀文昌，循初度。　　五马贵，多文富。人品异，心期古。似冰清瑶水，玉森元圃。天子方将循异政，灵孙又合为霖雨。问汾阳、几考在中书，从今数。

赵师侠　　满江红·甲午豫章和李思永

渺渺春江，迷望眼、蒲萄涨绿。春过也、萧疏庭户，寂寥心目。念远不禁啼鴂闹，愁多易遣脩蛾蹙。向小窗、时把彩笺看，翻新曲。　　晴昼永，便新浴。相思泪，不成哭。空无言憔悴，暗销肌玉。目断碧云无信息，试凭青翼飞南北。听掀帘、疑是故人来，风敲竹。

赵师侠　　满江红·辛丑赴信丰，舟行赣石中

烟浪连天，寒尚峭、空濛细雨。春去也、红销芳径，绿肥江树。山色云笼迷远近，滩声水满忘艰阻。挂片帆、掠岸晚风轻，停烟渚。　　浮世事，皆如许。名利役，惊时序。叹清明寒食，小舟为旅。露宿风餐安所赋，石泉榴火知何处。动归心、犹赖翠烟中，无杜宇。

赵师侠　　满江红·壬子秋社莆中赋桃花

露冷天高，秋气爽、千林叶落。惊初见、小桃枝上，盛开红萼。浅淡胭脂经雨洗，剪裁玛瑙如云薄。问素商、何事斗春工，施丹雘。　　芙蓉苑，颜如灼。曾暗与，花王约。要乘秋名字，并传京雒。回首瑶池高宴处，桂花香里骖高鹤。但莫教、容易逐西风，轻飘却。

赵师侠　　满江红·丙辰中秋定王台即席饯富次律

凉入三湘，秋气爽、江澄沙白。人欲去、离愁黯黯，莫留行色。盍在中朝陪鹓鹭，暂来南楚分风月。与元枢、鹗荐共扶摇，朝天阙。　　皇华使，和戎策。西府赞，中兴业。有缁衣同美，武公勋烈。樯燕已知添别意，骊驹谁为歌新阕。恨此情、如月过中秋，圆还缺。

赵师侠　　满江红·丁巳和济时几宜送春

去去春光，留不住、情怀索莫。那堪是、日长人困，雨余寒薄。叶底青青梅胜豆，枝头颗颗花留萼。叹流年、空有惜春心，凭春酌。　　歌共酒，谁酬酢。非与是，忘今昨。且随时随分，强欢寻乐。世事燕鸿南北去，人生乌兔东西落。问故园、不负送春期，明年约。

陈　亮　　　满江红·怀韩子师尚书

曾洗乾坤，问何事、雄图顿屈。试著眼、阶除当下，又添英物。北向争衡幽愤在，南来遗恨狂酋失。算凄凉部曲几人存，三之一。　　诸老尽，郎君出。恩未报，家何恤。念横飞直上，有时还戢。笑我只知存饱暖，感君元不论阶级。休更上、百尺旧家楼，尘侵帙。

杨炎正　　　满江红·春入台门

春入台门，又见染、柳丝新绿。对此景、一年为寿，一番添福。莫怪凤池颁诏晚，要教淮水恩波足。听边民、千岁颂声中，重重祝。　　堂萱茂，庭芝馥。歌倚扇，杯持玉。共劝君一醉，满斟醽醁。今夜东风吹酒醒，明朝万里骑黄鹄。向九霞、光里望宸辉，看除目。

杨炎正　　　满江红·笔染相思

笔染相思，暗题尽、朱门白壁。动离思、春生远岸，烟销残日。杨柳结成罗带恨，海棠染就胭脂色。想深情、幽怨绣屏间，双鹣鹣。　　春水绿，春山碧。花有恨，酒无力。对一奁愁思，九分孤寂。寸寸锦肠浑欲断，盈盈玉泪应偷滴。倩东风、吹雁过江南，传消息。

杨炎正　　　满江红·寿稼轩

寿酒如渑，拚一醉、劝君休惜。君不记、济河津畔，当年今夕。万丈文章光焰里，一星飞堕从南极。便御风、乘兴入京华，班卿棘。　　君不是，长庚白。又不是，严陵客。只应是，明主梦中良弼。好把袖间经济手，如今去补天西北。等瑶池、侍宴夜归时，骑箕翼。

杨炎正　　　满江红·典尽春衣

典尽春衣，也应是、京华倦客。都不记、曲尘香雾，西湖南陌。儿女别时和泪拜，牵衣曾问归时节。到归来、稚子已成阴，空头白。　　功名事，云霄隔。英雄伴，东南拆。对鸡豚社酒，依然乡国。三径不成陶令隐，一区未有扬雄宅。问渔樵、学作老生涯，从今日。

杨炎正　　　满江红·寿邹给事

豹尾班中，谁一似、神仙冠玉。认得是、当年唱第，斗间星宿。万卷平生都看了，如今划地无书读。向云霄、去路有行堤，沙新筑。　　黄封酒，生朝禄。金缕唱，生朝曲。且通宵一醉，剩裁红烛。待做太平真宰相，黑头坐对三槐绿。问恁时、犹有甚除书，长生箓。

张　镃　　满江红·小圃玉照堂赏梅，呈洪景卢内翰

玉照梅开，三百树、香云同色。光摇动、一川银浪，九霄珂月。幸遇勋华时世好，欢娱况是张灯夕。更不邀、名胜赏东风，真堪惜。　　盘诰手，春秋笔。今内相，斯文伯。肯闲纡轩盖，远过泉石。奇事人生能几见，清尊花畔须教侧。到凤池、却欲醉鸥边，应难得。

张　镃　　满江红·贺项平甫起复知鄂渚

公为时生，才真是、禁中颇牧。擎天手、十年犹在，未应藏缩。说项无人堪叹息，瞻韩有意因恢复。用真儒、同建太平功，心相属。　　忠与孝，荣和辱。武昌柳，南湖竹。一箪瓢非欠，万钟非足。知命何曾怀喜愠，轻身岂为干名禄。看可汗生缚洗烟尘，机神速。

刘　过　　满江红·同襄阳帅泛湖

猎猎风蒲，画船转、碧湾沙浦。都不是、蓼汀桃岸，橘洲梅渚。指点山公骑马地，经由羊祜登山处。悄一如、人在水晶宫，销烦暑。　　薰风动，帘旌举。秦筝奏，凌波舞。拚冰壶沉醉，晚凉归去。侵岸一篙杨柳浪，过云几点荷花雨。倚楼人、十里凭阑干，神仙侣。

刘　过　　满江红·高帅席上

敌面风轻，一两点、海棠微雨。春总在、英雄元帅，晓来游处。楼阁万家帘幕卷，江郊十里旌旗驻。有黄鹂、百舌啭新声，垂杨舞。　　寒食近，喧箫鼓。车马闹，铜鞮路。尽不妨沉醉，与花为主。风韵可将图画比，笑谈尽是惊人语。问何如、邹湛岘山头，陪羊祜。

刘　过　　　　满江红·寿

霜树啼鸦，梅欲放、小春清晓。庆初度、佩环风外，笑声云表。一柱独擎梁栋重，十年整顿乾坤了。种春风、桃李满人间，知多少。　　功甚大，心常小。居廊庙，思耕钓。奈华夷休戚，系王颦笑。盟府山河书带砺，成周师保须周召。看貂蝉、绿鬓本天人，真难老。

卢　炳　　　　满江红·碧眼真仙

碧眼真仙，算元住、蓬莱宫里。记当日、等闲跨鹤，人间游戏。要把忠勋扶帝业，更将姓字联宗系。拥朱轮、特地为民来，诗书帅。　　千里地，都和气。十万户，生欢喜。祝黄堂眉寿，歌谣鼎沸。莫惜春醅供燕豆，便承芝检朝天陛。看云屏、隔坐并貂蝉，双清贵。

卢　炳　　　　满江红·送赵季行赴金坛

积雨连朝，添新涨、一篙春碧。寒犹在、东风料峭，柳丝无力。系惹画船都不住，从教兰棹双飞急。泛大江、东去欲何之，瓜期迫。　　龙钟裔，神仙伯。金闺彦，文章客。算河阳花县，恁生留得。制锦才高书善最，鸣琴化洽人欢怿。想未容、坐暖诏归来，君王侧。

卢　炳　　　　满江红·贺赵县丞

媚景良时，无非是、三春富贵。花共柳、著工夫染，嫩红轻翠。日丽风和薰协气，莺吟燕舞皆欢意。况生辰、恰恰值清明，笙歌沸。　　分天派，真龙裔。到月殿，攀仙桂。看眉间黄色，诏书将至。莫向蓝田分佐理，便趋紫禁参朝对。问玉皇、仙籍注长生，三千岁。

卢　炳　　　　满江红·罨画池亭

罨画池亭，对十万、盈盈粉面。依翠盖、临风一曲，霓裳舞遍。亭上人如蓬岛客，坐中别有飞琼伴。占世间、风月最清凉，宜开宴。　　当盛旦，歌喉啭。齐祝寿，金尊劝。算才华合侍，玉皇香案。处事从来坚特操，立朝更要持公论。使他时、台阁振风声，朝天眷。

姜　夔　　满江红·仙姥来时

满江红旧调用仄韵，多不协律。如末句云“无心扑”三字，歌者将心字融入去声，方谐音律。予欲以平韵为之，久不能成。因泛巢湖，闻远岸箫鼓声。问之舟师，云：居人为此湖神姥寿也。予因祝曰：得一席风径至居巢，当以平韵满江红为迎送神曲。言讫，风与笔俱驶，顷刻而成。末句云“闻佩环”，则协律矣。书以绿笺，沉于白浪。辛亥正月晦也。是岁六月，复过祠下，因刻之柱间。有客来自居巢云：土人祠姥，辄能歌此词。按曹操至濡须口，孙权遗操书曰：春水方生，公宜速去。操曰：孙权不欺孤。乃撤军还。濡须口与东关相近，江湖水之所出入。予意春水方生，必有司之者，故归其功于姥云

仙姥来时，正一望、千顷翠澜。旌旗共、乱云俱下，依约前山。命驾群龙金作轭，相从诸娣玉为冠。向夜深、风定悄无人，闻佩环。　　神奇处，君试看。奠淮右，阻江南。遣六丁电雷，别守东关。却笑英雄无好手，一篙春水走曹瞒。又怎知、人在小红楼，帘影间。

汪　莘　　满江红·谢孟使君

荆楚岁时，念自古、登临风俗。休更道、桓家车骑，谢家丝竹。不觉吹将头上帽，可来共采篱边菊。叹如今、重九有何人，相追逐。　　穷处士，枯如木。贤太守，温如玉。遣厨人馈酒，廪人馈粟。欲寄唐虞无限意，离骚都是相思曲。奈两三、寒蝶尚于飞，秋光促。

汪　莘　　满江红·自赋

万古灰飞，算何用、黄金满屋。吾老矣、几番重九，几杯醽醁。此日登临多恨别，明年强健何由卜。且唤教、儿女逐人来，寻黄菊。　　蘋已白，枫犹绿。鲈已晚，橙初熟。叹人间

何事，稍如吾欲。五柳爱寻王母使，三闾好作湘妃曲。向飘风、冻雨返柴扉，骑黄犊。

汪　莘　　　满江红·唐宋诸公

客有索赋梅词者，余应之曰：自林和靖诗出，光前绝后矣。姑以此意赋之可也

唐宋诸公，谁道得、梅花亲切。到和靖、先生诗出，古人俱拙。写照乍分清浅水，传神初付黄昏月。尽后来、作者斗尖新，仍重叠。　离不得，春和腊。少不得，烟和雪。更茅檐低亚，竹篱轻折。何事西邻春得入，还如东阁人伤别。总输他、树下作僧来，离言说。

汪　莘　　满江红·不敢赋梅，赋感梅

洞府瑶池，多是见、桃红满地。君试问、江海清绝，因何抛弃。仙境常如二三月，此花不受春风醉。被贩儿、俚妇折来看，添憔悴。　泛雪艇，摇冰枻。溪馆静，村扉闭。须祁寒彻骨，清香透鼻。孤竹赤松真我友，姚黄魏紫非吾契。笑方壶、日日绕南枝，犹多事。

刘仙伦　　满江红·题快阁和徐宰韵

快阁东西，鸥边问、晚晴可喜。鸥解语、既盟之后，两翁曾倚。笛弄惯听黄鲁直，履声深识徐渊子。添我来、相对两忘机，真相似。　也不种，闲桃李。也不玩，佳山水。有新诗字字，爱民而已。一片心闲秋水外，三年人在春风里。涨一篙、江水送归鸿，明朝是。

刘仙伦　　　满江红·春晚

著意留春，留不住、春归难恋。最苦是、梅天烟雨，麦秋庭院。嫩竹阴浓莺出谷，柔桑采尽蚕成茧。奈沈腰、宽尽有谁知，难消遣。　幽阁恨，双眉敛。香笺寄，飞鸿远。向风帘羞见，一双归燕。翠被闲将情做梦，青楼赚得恩成怨。对尊前、莫惜唤琼姬，持杯劝。

刘仙伦　　　满江红·寿郡幕

过了烧灯，杨柳外、无边春色。庆初度、香浮东阁，瑞呈

南极。翰墨场中推老手，曾魁多士摧勍敌。到而今、官簿在天台，神仙籍。　　和月倚，南坡石。滴露点，床头易。看白头红颊，目光摇碧。富贵康强仍有子，人生似此应难得。更摩挲、铜狄说当年，真消息。

刘仙伦　　满江红·寿留守　正月初三

凤历更端，才信宿、年华方好。深院宇、祥风飘荡，瑞烟缭绕。闻道君侯当诞日，欢声解压春寒峭。更九衢、烟火近元宵，闻嬉笑。　　人正在，蓬莱岛。烧绛蜡，斟清醥。听清歌艳曲，一声云杪。奠枕江淮无一事，留都宫殿千门晓。看赐环、千岁侍君王，人难老。

刘仙伦　　满江红·寿胡漕　六月初一

夜半天风，吹佩玉、列仙初度。又恰是、人间六月，叶蓂方吐。黄纸除书惊乍到，青毡旧物欣重睹。拥皇华、玉节待清秋，江南去。　　招壮士，增王旅。漕廪粟，资淮浦。济江南嘉绩，久闻当宁。明弼堂前山满眼，来鸿庭后花无数。看召环、即到寿星边，朝明主。

杜　旟　　满江红·半落半开花有恨

半落半开花有恨，一晴一雨春无力。……别缆解时风度紧，离觞尽处花飞急。

郭应祥　　满江红·次贾子济韵

节物匆匆，又还见、浓春入眼。那更是、晓风初扇，宿云都卷。蝶舞已便花蕊乱，燕归仍惬香泥暖。又何须、女手学春工，并刀翦。　　欢乐事，郊坰遍。游赏处，轮蹄远。听谁家弦管，日开华宴。有客摛毫多丽句，惭予拆袜无长线。问新来、诗酒顿然疏，怎消遣。

郭应祥　　满江红·次子云弟韵

五十头颅，早已觉、飞腾景暮。愁眼看、蜂黄蝶粉，草烟花露。莫做阳台云雨梦，休怀渭北春天树。怅城闉、多少踏青人，红尘路。　　怀古恨，凭书诉。倾国貌，障羞妒。记山阴陈迹，群贤星聚。对景裁诗真漫与，看花不饮成虚负。问落红、千点总随流，归何处。

郭应祥　满江红·寿韩思机

七衮华年，这强健、人谁得似。还又见，设弧令旦，秋风生桂。教子已成森砌玉，弄孙仍得追风骥。更后堂、深处著婵娟，笙歌沸。　香叆篆，杯浮蚁。欢意洽，酡颜醉。有静中日月，闲中天地。不必亲扶灵寿杖，何须远挹浮丘袂。看蟠桃、著子又开花，三千岁。

李　壁　满江红·帘卷东风

知府丈宠教和蒋洋州乐府，蒋亦有书遗某，问所赠石君无恙。辄次韵上呈，并以寄洋州也

帘卷东风，□林外、鸟啼姑恶。政迤逦、花梢红绽，柳梢黄著。散策丘园容懒□，折冲樽俎须雄略。但有书盈屋酒盈缸，还堪乐。　嗟每被，浮云缚。黄粱梦，新来觉。悄只愁湖海，故交辽邈。一纸素书来问我，数峰苍玉何如昨。更几时、夜雨落檐花，同春酌。

韩　淲　满江红·和赵公明

五老峰前，九江上、曾生仙客。相邂逅、贵池亭下，定交金石。我辈风流宜啸咏，官曹尘冗从煎逼。且簿书、丛里举清觞，偷闲日。　同一笑，当今夕。梅正好，香浮白。便相忘尔汝，醉巾沾湿。已向琼楼夸意态，似闻金殿传消息。想君今、归去际风云，应相忆。

韩　淲　满江红·陈玉局生朝

归锦堂成，云汉上、天垂新画。有朱颜绿鬓，禁林仙客。玉局暂从香火社，金龟未报文章力。看彤庭、赐第别承恩，居君侧。　斑衣戏，蟠桃摘。翠袖倚，歌檀拍。正祥开初度，颂声千百。又是腊前梅态度，几多春近花消息。想明年、今日醉西湖，光辉赫。

李廷忠　满江红·上夔帅乐秘阁生日

玉帐西来，道前是、绣衣使者。游览处、秋风鼓吹，自天而下。湘水得霜清可鉴，巫峰过雨森如画。有神仙、佳致在胸

襟，真潇洒。　　荆州宝，元无价。夔门政，长多暇。听谈兵樽俎，百川倾泻。此日寿觞容我劝，他年枢柄还公把。趁桂花、时节去朝天，香随马。

胡惠斋　　　　满江红·灯花

暝霭黄昏，灯檠上、荧荧初炙。银焰袅、孤光分夜，寸心凝碧。留照娇颜欢笑偶，上元庆赏嬉游夕。笑聚萤、积雪与偷光，寒儒忆。　　蝶眷恋，成何得。花传喜，知何日。听邻家昨夜，扣阁谁觅。焰短始知新月上，摇红孤馆因风急。恨那人、别后不成眠，时时剔。

高似孙　　满江红·寄方城商师国器军中

寄同年李钦用，时钦用为西台掾，在长安

汉水方城，今古道、几回投迹。留滞久、浩歌狂醉，此心谁识。渭北清光摇草树，故人对酒应相识。记雨窗、相对话离忧，秋风夕。　　风月笛，烟霞屐。身易老，时难得。鸟飞天不尽，野春平碧。我梦秦东亭上饮，举头但有长安日。便与君、重结入关期，明年必。

王居安　　　　满江红·八十归来

八十归来，方岩下、几竿修竹。柴门外、沙铺软路，水流清玉。栽接新来桃与李，安排旧日松和菊。过小桥、作个看山楼，千峰绿。　　收笔砚，藏棋局。酒莫饮，经须读。但平平放下，顿超凡俗。独睡已无年少梦，闲吟不唱他家曲。算人生、万事苦无多，相将足。

丁　黼　　　　满江红·寿江古心母

某惶恐端拜申禀某官(称呼)。某兹者共审庆集慈闱，时临诞节。鹊巢载咏，知功行之弥深；鹤发双垂，真古今之希有。某阻升堂而展拜，敢载酒以称觞。寿算南山，更辑康宁之福；辞同下俚，聊申祝颂之忱。尚冀台慈，俯赐鉴瞩

梅腊宾春，瑞烟满、华堂馥郁。还又祝、屏垂彩帨，觞称醽醁。南浦西山开寿域，朱帘画栋调新曲。庆彩衣、龙节侍慈萱，春长绿。　　双鹤发，齐眉福。一麟瑞，如冰玉。看国封重见，五霞凝轴。王母瑶池鸾凤驭，麻姑金鼎神仙箓。数从

今、椿算到何时，蟠桃熟。

程　珌　　满江红·龚抚干示闰中秋

黄鹤楼前，江百尺、波横光溢。问老子、当年高兴，何人知得。最爱洞庭天际水，分明表里玻璃色。恐今宵、未必似前番，天应惜。　都莫问，鸿钟勒。也休羡，壶天谪。忆故人霜下，乱滩横笛。便好骑鲸游汗漫，古来蟾影何曾没。更明年、重约再来时，乘槎客。

程　珌　　满江红·登石头城，归已月生

颇恨登临，浪自作、骚人愁语。石城上、何须苦说，死袁生褚。当日卧龙商略处，秦淮王气真何许。与君来、萧瑟北风寒，黄云暮。　枕钟阜，湖玄武。生此虎，真蹲踞。看四山环合，休临江渚。可笑唐人无意度，却言此虎凌波去。君且住、明月为人来，潮生浦。

戴复古　　满江红·赤壁怀古

赤壁矶头，一番过、一番怀古。想当时、周郎年少，气吞区宇。万骑临江貔虎噪，千艘列炬鱼龙怒。卷长波、一鼓困曹瞒，今如许。　江上渡，江边路。形胜地，兴亡处。览遗踪，胜读史书言语。几度东风吹世换，千年往事随潮去。问道傍、杨柳为谁春，摇金缕。

戴复古　　满江红·太守风流

庐陵厉元范史君梦中得柳眉抹翠一联，仆为续作此词歌之

太守风流，何人似、金华仙伯。试看取、珠篇玉句，银钩铁画。叶叶柳眉齐抹翠，梢梢花脸争匀白。比池塘、春草梦来诗，尤奇绝。　胸中有，蛾眉月。笔头带，蓬□雪。笑归来万里，不登金阙。鹿瑞堂前冬日暖，螺山江上春波阔。但伤时、一念不能休，添华发。

徐鹿卿　　满江红·饯林府判

斗大横江，旧曾著、周程夫子。谭道处，疏梅迎笑，双松延翠。百载高风勤景仰，数椽老屋重经始。更大书、留与后人看，公归矣。(下缺)

史达祖　　满江红·中秋夜潮

万水归阴，故潮信、盈虚因月。偏只到、凉秋半破，斗成双绝。有物揩磨金镜净，何人拿攫银河决。想子胥、今夜见嫦娥，沉冤雪。　　光直下，蛟龙穴。声直上，蟾蜍窟。对望中天地，洞然如刷。激气已能驱粉黛，举杯便可吞吴越。待明朝、说似与儿曹，心应折。

史达祖　　满江红·书怀

好领青衫，全不向、诗书中得。还也费、区区造物，许多心力。未暇买田清颍尾，尚须索米长安陌。有当时、黄卷满前头，多惭德。　　思往事，嗟儿剧。怜牛后，怀鸡肋。奈棱棱虎豹，九重九隔。三径就荒秋自好，一钱不直贫相逼。对黄花、常待不吟诗，诗成癖。

史达祖　　满江红·九月二十一日出京怀古

缓辔西风，叹三宿、迟迟行客。桑梓外、锄耰渐入，柳坊花陌。双阙远腾龙凤影，九门空锁鸳鸯翼。更无人、擫笛傍宫墙，苔花碧。　　天相汉，民怀国。天厌虏，臣离德。趁建瓴一举，并收鳌极。老子岂无经世术，诗人不预平戎策。办一襟、风月看升平，吟春色。

高观国　　满江红·击碎空明

击碎空明，沧浪晚、棹歌飞入。西山外、紫霞吹断，赤尘无迹。飞上冰轮凉世界，唤回天籁清肌骨。看骊珠、影堕冷光斜，蛟龙窟。　　长啸外，纶巾侧。轻露下，纤绨湿。听洞箫声在，卧虹阴北。十万江妃留醉梦，二三沙鸟惊吟魄。任天河、落尽玉杯空，东方白。

魏了翁　　满江红·刘左史光祖生日　正月十日

见说新来，把闲事、都齐阁束。日用处、浑无凝滞，天机纯熟。帘卷春风琴静好，庭移晓日兰芬馥。笑可曾、些子上眉头，萦心曲。　　吞宇宙，船明玉。批风月，诗成轴。问人间底处，升沉荣辱。与我言兮虽我愿，不吾以也吾常足。但年年、先后放灯时，篘新醁。

魏了翁　　满江红·次韵西叔兄咏兰

玉质金相，长自守、间庭暗室。对黄昏月冷、朦胧雾浥。知我者希常我贵，于人不即而人即。彼云云、谩自怨灵均，伤兰植。　鶗鴂乱，春芳寂。络纬叫，池英摘。惟国香耐久，素秋同德。既向静中观性分，偏于发处知生色。待到头、声臭两无时，真闻识。

魏了翁　　满江红·李参政壁生日

湖水平漪，与我意、一般容与。任多少、双凫乘雁，落花飞絮。露冷云寒烟外竹，霜明日洁梅边路。怪天随、人意作阴晴，无非数。　方寸地，图书府。老太史，亲分付。况身名四海，未为不遇。用舍行藏皆有命，时来将相还须做。且闲中、袖手阅时人，摩今古。

魏了翁　　满江红·张总领□□生日　六月十八日

有美人兮，招不至、几回凝伫。应只为、家山自好，不堪他顾。忙里抽头真得计，闲中袖手看成趣。念从前、出处总无心，天分付。　云冉冉，更吞吐。泉活活，无朝暮。与自家意思，一般容与。月壑晓寒垂叶露，风窗午睡连山雨。看苍颜、白发两闲人，摩今古。

魏了翁　　满江红·和李提刑埶见贻生日韵

宇宙中间，还独笑、谁疏谁密。正从容行处，山停川溢。钟鼎勒铭模物象，山林赐路开行荜。要不如、胸次只熙熙，无今昔。　便百中，穿牙戟。怕六凿，生虚室。为幽香小伫，旋供吟笔。人事未须劳预虑，天公浑不消余力。看雨余、云卷约帘旌，明红日。

魏了翁　　满江红·李提刑埶生日

秋意泠然，对宇宙、一尊相属。君看取、都无凝滞，天机纯熟。水拍池塘鸿雁聚，露浓庭畹芝兰馥。笑何曾、一事上眉头，萦心曲。　兴不浅，船明玉。人更健，巾横幅。问人间底处，升沉迟速。气压暗岩虹半吐，眼明平楚云相逐。但年年、屈指问西风，篘新醁。

魏了翁　　满江红·和李参政壁惠生日

物象芸芸，知几许、功夫来格。更时把、荷衣芰制，从容平熨。云淡天空诗献状，竹深花静机藏密。对窗前、屏岫老仪刑，真颜色。　　商古道，谁俦匹。评今士，谁钧敌。向平舟问雁，久间霜翮。枰上举棋元不定，磨边旋蚁何曾息。倘天公、有意要平治，饶华发。

魏了翁　　满江红·彼美人兮

叔母生日刘左史光祖以余正月十日所与为寿词韵见贻至是始克再用韵谢之

彼美人兮，不肯为、时人妆束。空自爱、北窗睡美，东邻醅熟。不道有人成离索，直教无计分膏馥。望鹤飞、不到暮云高，阑干曲。　　驹在谷，人金玉。椠在陆，人宽轴。笑吾今何苦，耐司空辱。应为嗷嗷乌反哺，真成落落蛇安足。到梓州、旧事上心来，呼杯醁。

魏了翁　　满江红·贺刘左史光祖进职奉祠

许大才名，知几许、功夫做得。独自殿、三朝耆旧，岿然山立。出处只从心打当，去留不管人忻戚。抱孤衷、脉脉倚秋风，无人识。　　龙可养，凡鳞匹。鸾可挚，凡禽敌。便翩然归作，玉龙仙客。枰上举棋元不定，磨边旋蚁何曾息。倘天公、有意要平治，须华发。

魏了翁　　满江红·和虞婿惠生日

月上南箕，还认得、去年星历。知谁把、一天星象，荡摩朝昔。若使平生浑自弃，如今老大何嗟及。更年来、偏得钝工夫，蹉跎力。　　溪瘴碍，蛮烟隔。穹壤断，江山窄。纵燕巾滥宝，楚山囚玉。小小穷通都未问，忍闻同气相煎急。诵虞郎、百字短长诗，忧何极。

魏了翁　　满江红·送西叔兄之官成都

逢著公卿，谁不道、人才难得。须认取、天根一点，几曾休息。未问人间多少士，一门男子头头立。只其间、如许广文君，谁人识。　　冠盖会，渔樵席。豪气度，清标格。要安排稳当，讲帷词掖。蜀泮堂堂元不恶，犹嫌偏惠天西壁。嘱公卿、著眼看乾坤，搜人物。

魏了翁　　满江红·即席次韵宋权县彝约客

世道何常，都一似、水流云出。叹自古、燕巾滥宝，楚山迷璧。老我如今观变熟，行藏语嘿惟时适。似沧溟、容得乘禽飞，双凫集。　　花露晓，松风夕。经味永，山光吸。历岩中考第，案头月日。物欲强时心节制，才资弱处书扶掖。拟棕鞋、桐帽了平生，投簪舄。

魏了翁　　满江红·次韵黄叙州□□

风引舟来，恰趁得、东楼嘉集。正满眼、轻红重碧，照筵浮席。更是姓黄人作守，重新墨妙亭遗迹。对暮天、疏雨话乡情，更筹急。　　嗟世眼，迷朱碧。矜气势，才呼吸。彼蔡章安在，千年黄笔。腐鼠那能鹓凤吓，怒蜩未信冥鹏翼。与史君、酌酒酹兴亡，浇今昔。

卢祖皋　　满江红·齐云月酌

楼倚晴空，炎云净、晚来风力。沧海外、等闲吹上，满轮寒璧。河汉低垂天欲近，乾坤浩荡秋无极。凭阑干、衣袂拂青冥，知何夕。　　登眺地，追畴昔。吴越事，皆陈迹。对清光只有，醉吟消得。万古悠悠惟月在，浮生衮衮空头白。自骑鲸、仙去有谁知，遥相忆。

卢祖皋　　满江红·寿王永叔秘监表兄

拟问扁舟，归来趁、蓬莱寿席。还又向、月城迢递，岁寒为客。多竹襟期居已就，一川图画□堪觅。想玉笙、霜鹤拥蹁跹，真仙伯。　　身早退，头翻黑。心最懒，闲偏适。更新来膝下，始看袍色。安石正多人望在，子公何用缄书力。但年年、把酒为梅花，寻消息。

留元刚　　满江红·风送清篙

泛舟武夷，午炊仙游馆，次吕居仁韵

风送清篙，沿流溯、武夷九曲。回首处、虹桥无复，幔亭遗屋。翠壁云屏临钓石，银河雪瀑飞寒玉。想当年、铁笛倚林吹，秋空绿。　　搴荇带，楮筇竹。披荷芰，餐椒菊。问丹崖碧岭，底堪重辱。青笈不妨娱老眼，乌靴未许污吾足。恰仙游、一枕梦醒来，胡麻熟。

刘学箕　　　　满江红·避暑

午转槐阴，正炎暑、侵肌似醉。问何处、披襟散发，解衣扬袂。傍沼茅亭杨柳绿，倚崖草阁梧桐翠。唤玉人、纤手掬清泉，生凉意。　　开枕簟，浮瓜芰。琼液浅，歌喉细。对文禽雪鹭，助成幽致。十顷碧莲潇洒国，万竿修竹清凉世。算此时、情绪有谁同，吾侬自。

刘学箕　　　　满江红·双头莲

一柄双花，低翠盖、呈祥现美。人正在、薰风亭上，满襟如水。二陆比方夸俊少，两乔相并修容止。雨初晴、午永斗红酣，真奇耳。　　双白鹭，双赪鲤。飞与泳，俱来此。绾双鬟天上，侍香童子。双剑丰城双孕秀，双凫叶县双趋起。谩空谈、国士本无双，今双矣。

林正大　　　　满江红·衮衮诸公

衮衮诸公，嗟独冷、先生宦薄。夸甲第、纷纷粱肉，谩甘寥寞。道出羲皇知有用，才过屈宋人谁若。剩得钱、沽酒两忘形，更酬酢。　　清夜永，开春酌。听细雨，檐花落。但高歌不管，饿填沟壑。司马逸才亲涤器，子云识字终投阁。且生前、相遇共相欢，衔杯乐。

洪咨夔　　　　满江红·送雨迎晴

送雨迎晴，花事过、一庭芳草。帘影动、归来双燕，似悲还笑。笑我不知人意变，悲人空为韶华老。满天涯、都是别离愁，无人扫。　　海棠晚，荼蘼早。飞絮急，青梅小。把风流酝藉，向谁倾倒。秋水盈盈魂梦远，春云漠漠音期悄。最关情、鹎鹎一声催，窗纱晓。

洪咨夔　　　　满江红·把酒西风

老人游东山，追和俞贰卿词，谨用韵

把酒西风，浑莫问、主宾谁恶。千古事、几□遇合，几人流落。肝胆轮囷溟渤小，精神浩荡蓬莱薄。望拒霜、红处是东山，长如昨。　　苍苔迹，何曾削。黄叶梦，何难觉。等春云出岫，秋波归壑。老子婆娑风度远，佳人缥缈腰肢约。况登高、节过又登高，须多酌。

锦　溪　　满江红·寿八十老人　十一月十六日

蓬岛仙翁，元来是、神钟岳渎。喜遇生申时节，一阳来复。蓂荚合朝曾舞翠，月华昨夜圆如玉。展红笺、泚笔染新章，从头录。　　渭川叟，非钩禄。鲁公子，非徼福。况家传、胡氏长生箓。点额婴儿腾好语，殷勤捧献杯中绿。更九番、屈指钱铿年，为君祝。

方千里　　满江红·为忆仙姿

为忆仙姿，相思恨、缠绵未足。从别后、沈郎消瘦，带围如束。消息三年沉过处，关山千里无飞肉。算谁知、中有不平心，弹棋局。　　空想像，金钗卜。时展玩，回纹曲。许何时重到，琐窗华屋。长得一生花里活，软红深处鸳鸯宿。也胜如、骑马著征衫，京尘扑。

吴　泳　满江红·洪都生日不张乐，自述

手摘桐花，怅还是、春风婪尾。按锦瑟、一弦一柱，又添一岁。紫马西来疑是梦，朱衣双引浑如醉。较香山、七十欠三年，吾衰矣。　　红袖却，青尊止。檀板住，琼杯废。淡香凝一室，自观生意。事业不堪霜满镜，文章底用花如绮。笑江滨、游女尚高歌，滕王记。

吴　泳　　满江红·寿范潼川　并序

嘉定甲申之秋，七月良夜，梦归家山，过鹤林之下。见老鹤翩跹，从西南来，方瞳而朱顶，玉立而长身，其色内白，其气孔神，殆类有道者，既寤，作而曰："岂絜庵老仙诞日之祥耶？"遂书此梦，演成满江红一阕，为斯文寿

梦绕家山，曾访问、鹤林遗迹。见老鹤、翩跹飞下，方瞳如漆。蕙帐香消形色静，玉笙吹彻丰神逸。梦醒来、忽记鹤归时，翁生日。　　南陌杖，东山屐。红楼酒，青霄笛。料中梁何似，涪江今夕。君不见洛阳耆英会，花前雅放诗闲适。独北

都、留守未归来，七十一。

吴　泳　　　　满江红·和吴毅甫

伶俐聪明，都不似、阿奴碌碌。渐欲买、青山路隐，白云同宿。半醉尽教乌帻堕，熟眠休管屏风触。算人生、能有几时闲，金乌速。　　粗粗饭，天仓粟。浊浊酒，天家禄。更钓鲜采薇，有何不足。君不见当年金谷事，绿珠弄笛椒涂屋。到而今、富贵一场空，终非福。

吴　泳　　满江红·仓江分韵送晏铃干词

元帅筹边，谁肯办、向前一著。大丞相、孙儿挺伟，素闲兵略。杨柳依依烟在眼，檀车啴啴春浮脚。更何妨、二十五长亭，横冰槊。　　登剑栈，怀关洛。机易去，愁难割。岂而今全是，从前都错。鹿走未知真局面，兽穷渐近空篱落。早经营、勋业复归来，江头酌。

吴　泳　　　满江红·送魏鹤山都督

白鹤山人，被推作、诸军都督。对朔雪边云，上马龙光酴郁。戊己营西连太白，甲丁旗尾扪箕宿。倚梅花、听得凯歌声，横吹曲。　　船易漏，枷难沃。柯易烂，棋难复。阅勋名好样，只推吾蜀。风撼藕塘猩鬼泣，月吞采石鲸鲵戮。管明年、缚取敌人回，持钧轴。

吴　泳　　　满江红·和吴毅夫送行

倦客无家，且随寓、瞻乌爰止。浪占得、清溪一曲，水鲜山美。菡萏香浮几案上，芙蓉月落吟窗里。纵结庐、虽不是吾庐，聊复尔。　　人似玉，神如水。歌古调，传新意。问老庞何日，携家来此。后著岂无棋对待，前锋自有诗当底。若新秋、京口酒船来，仍命寄。

吴　泳　　满江红·再游西湖和李微之

风约湖船，微摆撼、水光山色。纵夹岸、秋芳冷淡，亦随风拆。荷芰尚堪骚客制，兰茝犹许诗人摘。最关情、疏雨画桥西，宜探索。　　蓬岛上，神仙宅。苍玉佩，青城客。把从前文字，委诸河伯。涵浸胸中今古藏，编排掌上乾坤策。却仍携、新草阜陵书，归山泽。

岳　甫　　　满江红·碧海迢遥

甫敬赋满江红，敬祝百千遐算。甫再拜

碧海迢遥，曾窥见、赤城楼堞。因傲睨尘寰，犹带凭虚仙骨。武库胸中兵十万，文场笔阵诗千百。记向来、小试听胪传，居前列。　　世间事，都未说。亲为大，官毫末。况诸郎钟庆，夙龄英发。银菟颁符方易地，金銮寓直行趋阙。更相期、尽节早归来，传丹诀。

岳　珂　　　满江红·小院深深

小院深深，悄镇日、阴晴无据。春未足、闺愁难寄，琴心谁与。曲径穿花寻蛱蝶，虚栏傍日教鹦鹉。笑十三、杨柳女儿腰，东风舞。　　云外月，风前絮。情与恨，长如许。想绮窗今夜，为谁凝伫。洛浦梦回留佩客，秦楼声断吹箫侣。正黄昏时候杏花寒，廉纤雨。

王　迈　满江红·寿黄殿讲母　正月十四

明日元宵，蔼佳气、清凉金粟。人道是、史君寿母，宴瑶池曲。九十春来萱草茂，三千年后蟠桃熟。看鳌头、名字未多时，分符竹。　　熏宝篆，张银烛。佳庆事，人人祝。况平反阴德，在长生箓。最喜芸香怀玉燕，安排锦帐骑银鹿。待雕轩、文驷上堤沙，如天福。

王　迈　满江红·寿赵宰　二月初一

轻暖轻寒，正春满、河阳花县。谁报道、金铃声响，百花开遍。天上谪仙人瑞世，佛中有宰官身现。好看承、金母上瑶池，开华宴。　　争捧取，金樽劝。更把取，丹砂炼。要朱颜长对，舞裙歌扇。准拟来年称寿日，沉香亭里春生面。有安期、大枣伴蟠桃，年年献。

黄　机　　　满江红·呀鼓声中

呀鼓声中，又妆点、千红万绿。春试手、银花影粲，雪梅香馥。归梦不知家近远，飞帆正挂天西北。记年时、歌舞绮罗丛，凭谁续。　　烟水迥，云山簇。劳怅望，伤追逐。把蛛丝鹊喜，意□占卜。月正圆时羞独照，夜偏长处怜孤宿。悔从前、轻被利名牵，征尘扑。

黄　机　　　满江红·万灶貔貅

万灶貔貅，便直欲、扫清关洛。长淮路、夜亭警燧，晓营吹角。绿鬓将军思饮马，黄头奴子惊闻鹤。想中原、父老已心知，今非昨。　　狂鲵剪，於菟缚。单于命，春冰薄。政人人自勇，翘关还槊。旗帜倚风飞电影，戈铤射月明霜锷。且莫令、榆柳塞门秋，悲摇落。

黄　机　　　满江红·云暗山昏

云暗山昏，西风撼、一天悲雨。隐君问、短墙修竹，故园何处。九月江南无雁到，素书封了谁传与。待从头、拚却把心宽，还如故。　　吴姬唱，燕姬舞。持玉斝，温琼醑。怅人生欢会，一年几许。莫上小楼高处望，楼前诘曲来时路。便直须、匹马两苍头，东归去。

严　羽　　　满江红·送廖叔仁赴阙

日近觚棱，秋渐满、蓬莱双阙。正钱塘江上，潮头如雪。把酒送君天上去，琼裾玉佩鹓鸿列。丈夫儿、富贵等浮云，看名节。　　天下事，吾能说。今老矣，空凝绝。对西风慷慨，唾壶歌缺。不洒世间儿女泪，难堪亲友中年别。问相思、他日镜中看，萧萧发。

张　辑　　　满江红·题马蹄山壁

予读书晋王伯辽马蹄山居，雨中欲访道会稽，山空鹤寒，落叶自语，大书此句于碧崖丹壑间，以坚归盟

醉发吹凉，但拂剑、狂歌而已。倩谁问、九霄黄鹤，更曾来未。玉女窗深松昼静，研朱重点参同契。记前回、赤水得玄珠，骊龙睡。　　空扰扰，人间世。除学道，无真是。把洪崖肩拍，挹浮丘袂。朝驾长风沧岛上，夜骑明月青天际。更几时、回首旧山川，三千岁。

赵灌园　　　满江红·寿云山章尚书

看尽公卿，都输与、云山居士。肯掉了、龙章金印，归来

闾里。云染笔头成五色，山来胸次堆空翠。更结庐、近在白鸥边，弄烟水。　　只恐后，明天子。黄纸唤，先生起。教依前插脚，孔鸾丛里。岩壑烟沙真作戏，貂蝉衮绣从兹始。酌凤凰、池沼九天浆，三千岁。

华　岳　　　满江红·自古称稀

自古称稀，须信道、人生七十。当七月、庆生佳节，更逢七夕。丹鼎麻姑多两转，蟠桃王母无双实。更竹林、作者茂芝兰，俱无敌。　　持觞劝，辰拱北。阴功在，头俱黑。况轲亲教子，同声战国。九万鹏程当不二，八千椿寿看逾一。愿从今、屈指再从头，山中日。

华　岳　　　满江红·懒取冠儿

懒取冠儿，只偏带、一枝翠柏。记刺指、封书罗带，尚余残血。愁入柳眉云黛蹙，汗凝桃脸胭脂湿。把玉纤、掩定古词名，猜谁识。　　瓶已坠，宁无缺。盟已负，难成匹。念当年亭院，画楼东北。烛影烧残蝴蝶梦，縠纹皱起鸳鸯翼。叹如今、憔悴忆前欢，重门隔。

华　岳　　　满江红·帘拍风颠

帘拍风颠，云共雨、商量欲雪。愁不寐、兽炉灰冷，寸肠千结。罗带只贪珠泪搵，金钗不整乌云侧。对菱花、空自敛双蛾，伤离别。　　心下事，凭谁说。愁与恨，如山积。被傍人调闻，呢龟成鳖。塞雁来时空怅望，梅花开后无消息。恨薄情、拚却与分飞，还重忆。

华　岳　　　满江红·庙社如今

庙社如今，谁复问、夏松殷柏。最苦是、二江涂脑，两淮流血。壮士气虹箕斗贯，征夫汗马兜鍪湿。问孙吴、黄石几编书，何曾识。　　青玉锁，黄金阙。车万乘，骓□匹。看长驱万里，直冲燕北。禹地悉归龙虎掌，尧夫更展鲲鹏翼。指凌烟、去路复何忧，关山隔。

华　岳　　　满江红·正秋容万里

（上缺）正秋容万里，十分明洁。后羿久忘逃去处，东方尚忆来年月。但无端、燕贺赋声诗，容凡客。

赵希蓬　　满江红·劲节刚姿

劲节刚姿，谁与比、岁寒松柏。几度欲、排云呈腹，叩头流血。杜老爱君□谩苦，贾生流涕衣空湿。为国家、仔细计安危，渊然识。　英雄士，非全阙。东南富，尤难匹。却甘心修好，无心逐北。螳怒空横林影臂，鹰扬不展秋空翼。但只将、南北限藩篱，长江隔。

赵希蓬　　满江红·海阔何人

海阔何人，工剪水、飞花作雪。刚不北、秋高风劲，露凝霜洁。遍地直疑琼玉砌，对人恍在珠玑侧。比寻常、万翠与千红，浑然别。　梁园内，都休说。蓝关路，堆如积。把行人冻得，头颅如鳖。翡翠帘中杯潋滟，销金帐里姑情息。偶兴来、访戴起山阴，真相忆。

赵希蓬　　满江红·干结青铜

干结青铜，根走石、参天古柏。最好是、苍阴不怕，火云如血。雪里直疑神物护，雨余任待霜皮湿。但只愁、涧底老风烟，无人识。　栋梁用，知难缺。轮囷辈，俱非匹。望长松万丈，徂徕山北。一种刚姿雕样劲，共扶大厦翚斯翼。便作舟、归去也何愁，蓬莱隔。

赵希蓬　　满江红·休羡莺花

休羡莺花，春富贵、韶光九十。最好是、清秋时候，人间何夕。天上紫云车趣驾，殿中青鸟音传实。正女牛、南极一齐明，光相敌。　诗在手，堂趋北。染毫处，池翻黑。看回鸾飞诰，宠封新国。福比箕畴兼备五，寿除彭祖千中一。更好将、大衍数重推，来复日。

赵希蓬　　满江红·七叶蓂开

七叶蓂开，正祈巧、穿针时节。织女不骖王母驾，谪生名阀。鹤算七旬书宝箓，鹊桥千丈飞银阙。更玳筵、银烛照红妆，神仙列。　歌宛转，莺调舌。番舞袖，风回雪。对寿觞频劝，寿星明洁。今日汉宫千岁药，明年唐殿长生月。问斑衣、戏彩是何人，蓝袍客。

赵希蓬　　满江红·缟兔黔乌

缟兔黔乌，送不了、人间昏晓。问底事、红尘野马，浮生扰扰。万古末来千古往，人生得失知多少。叹荣华、过眼只须臾，如风扫。　篱下菊，门前柳。身外事，杯中酒。肯教它萧瑟，负持螯手。漠漠江南天万里，白云入望何时到。倚西风、吼彻剑花寒，频搔首。

葛长庚　　满江红·咏武夷

忆昔秦时，中秋日、武夷九曲。烟寂寂、斜阳数尺，寒鸦枯木。三十六峰凝晓翠，一溪流水生秋绿。正满林、桂子散天香，飞金粟。　神仙客，金丹熟。玉诏下，云生足。岩头新换骨，尚黏红肉。夜半月华明似昼，玉皇降辇铺縠竦。笑曾孙、回首幔亭前，空松竹。

葛长庚　　满江红·咏白莲

昨夜姮娥，游洞府、醉归天阙。缘底事、玉簪坠地，水神不说。持向水晶宫里去，晓来捧出将饶舌。被薰风、吹作满天香，谁分别。　芳而润，清且洁。白似玉，寒于雪。想玉皇后苑，应无此物。只得赋诗空赏叹，教人不敢轻攀折。笑李粗、梅瘦不如他，真奇绝。

葛长庚　　满江红·听陈元举琴

树色冥蒙，山烟暮、鸟归日落。凭阑处、眼空宇宙，心游碧落。古往今来天地里，人间那有扬州鹤。幸而今，天付与青山，甘寥寞。　好花木，多岩壑。得萧散，耐淡泊。把他人比并，我还不错。一曲瑶琴知此意，从前心事都忘却。况新秋、不饮更何时，何时乐。

葛长庚　　满江红·别鹤林

明日如今，我已是、天涯行客。相别后、麻姑山上，齐云亭侧。几个黄昏劳怅想，几宵皓月遥思忆。与二仙、不但此今生，皆畴昔。　频到此，欢无极。今去也，来无的。念浪萍风絮，东西南北。七八年中相契密，三千里外来将息。怅金丹、未就玉天辽，还凄恻。

葛长庚　　满江红·钧天高处

钧天高处，元自有、琼楼玉阙。又那更、九霞隐映，五云斗绝。八面玲珑光不夜，四围晃耀寒如月。有广寒、宫殿隐姮娥，冰壶洁。　　飘飘去，天风洌。星河外，花飞雪。见三千神女，尊前一阕。来到人间浑似梦，未能归去空悲咽。问仙都、此去几由旬，归心热。

葛长庚　　满江红·赠豫章尼黄心大师尝为官妓

豆蔻丁香，待则甚、如今休也。争知道、本来面目，风光洒洒。底事到头鸾凤侣，不如躲脱鸳鸯社。好说与、几个正迷人，休嗟讶。　　纱窗外，梅花下。酒醒也，教人怕。把翠云翦却，缁衣披挂。柳翠已参弥勒了，赵州要勘台山话。想而今、心似白芙蕖，无人画。

刘克庄　　满江红·夜雨凉甚，忽动从戎之兴

金甲雕戈，记当日、辕门初立。磨盾鼻、一挥千纸，龙蛇犹湿。铁马晓嘶营壁冷，楼船夜渡风涛急。有谁怜、猿臂故将军，无功级。　　平戎策，从军什。零落尽，慵收拾。把茶经香传，时时温习。生怕客谈榆塞事，且教儿诵花间集。叹臣之壮也不如人，今何及。

刘克庄　　满江红·二月廿四夜海棠花下作

老子年来，颇自许、心肠铁石。尚一点、消磨未尽，爱花成癖。懊恼每嫌寒勒住，丁宁莫被晴烘坼。奈暄风烈日太无情，如何得。　　张画烛，频频惜。凭素手，轻轻摘。更几番雨过，彩云无迹。今夕不来花下饮，明朝空向枝头觅。对残红满院杜鹃啼，添愁寂。

刘克庄　　满江红·题范尉梅谷

赤日黄埃，梦不到、清溪翠麓。空健羡、君家别墅，几株幽独。骨冷肌清偏要月，天寒日暮尤宜竹。想主人、杖屦绕千回，山南北。　　宁委涧，嫌金屋。宁映水，羞银烛。叹出群风韵，背时装束。竞爱东邻姬傅粉，谁怜空谷人如玉。笑林道、何逊漫为诗，无人读。

刘克庄　　满江红·送宋惠父入江西幕

满腹诗书，余事到、穰苴兵法。新受了、乌公书币，著鞭垂发。黄纸红旗喧道路，黑风青草空巢穴。向幼安、宣子顶头行，方奇特。　　谿峒事，听侬说。龚遂外，无长策。便献俘非勇，纳降非怯。帐下健儿休尽锐，草间赤子俱求活。到崆峒、快寄凯歌来，宽离别。

刘克庄　　满江红·落日登楼

落日登楼，谁管领、倦游狂客。待唤起、沧浪渔父，隔江吹笛。看水看山身尚健，忧晴忧雨头先白。对暮云、不见美人来，遥天碧。　　山中鹤，应相忆。沙上鹭，浑相识。想石田茅屋，草深三尺。空有鬓如潘骑省，断无面见陶彭泽。便倒倾、海水浣衣尘，难湔涤。

刘克庄　　满江红·送王实之一

天壤王郎，数人物、方今第一。谈笑里、风霆惊座，云烟生笔。落落元龙湖海气，琅琅董相天人策。问如何、十载尚青衫，诸侯客。　　易爱底，些官职。难保底，些名节。拟闭门投辖，剧谈三日。畴昔评君天下宝，当为天下苍生惜。向临分、慷慨出商声，摧金石。

刘克庄　　满江红·寿王实之二

鹤驭来时，长占定、一年清绝。九万里、纤云收尽，帝青空阔。月露偏为丹桂地，风霜欲放黄花节。听玉笙、缥缈度缑山，吹初彻。　　曾直把，龙鳞批。曾戏取，鲸牙拔。向绛河濯足，咸池晞发。俗子底量吾辈事，天仙不在臞儒列。世岂无、瑶草与蟠桃，堪攀掇。

刘克庄　　满江红·和王实之韵送郑伯昌

怪雨盲风，留不住、江边行色。烦问讯、冥鸿高士，钓鳌词客。千百年传吾辈话，二三子系斯文脉。听王郎、一曲玉箫声，凄金石。　　晞发处，怡山碧。垂钓处，沧溟白。笑而今拙宦，他年遗直。只愿常留相见面，未宜轻屈平生膝。有狂谈、欲吐且休休，惊邻壁。

刘克庄　　满江红·四首并和实之其一

往日封章，曾耸动、君王颜色。今似得、三闾公子，四明狂客。古不能箝言者口，天方欲寿中朝脉。算人间、岂有病无医，须针石。　　年冉冉，袍犹碧。心耿耿，头先白。笑臣舒迂缓，臣山愚直。拂袖归来羞炙手，望尘拜了难伸膝。把富春、濑与首阳山，图斋壁。

刘克庄　　满江红·四首并和实之其二

三黜归来，饭疏食、浑无愠色。中年后、家如旅舍，身如行客。轩冕岂非疣赘具，烟霞已是膏肓脉。有些儿、隙地更疏泉，堆卷石。　　邻媪饷，新笋碧。溪友卖，鲜鳞白。向陈编冷笑，孔明元直。俗事不教污两耳，宴居聊可盘双膝。取当年、行脚一枝筇，悬高壁。

刘克庄　　满江红·四首并和实之其三

畴昔胪传，仗下奏、祥云五色。何况是、西山弟子，鹤山宾客。上帝照临忠义胆，老师付授文章脉。问此君、仿佛似何人，徂徕石。　　园官菜，登盘碧。田舍米，翻匙白。懒投诗见素，寄书构直。德耀不嫌为隐髻，龟儿已解摇吟膝。有谁怜、给札老相如，家徒壁。

刘克庄　　满江红·四首并和实之其四

下见西山，料他日、面无惭色。君记取、不为吕党，亦非秦客。有意挽回当世事，无方延得诸贤脉。笑海波、渺渺几时平，空衔石。　　园五亩，纷红碧。家四世，传清白。任天孙笑拙，女婴嫌直。老去何烦援以手，向来不要加诸膝。待深山、深处著茅斋，看青壁。

刘克庄　　满江红·寿唐夫人

八十加三，人尽讶、还童返少。争信道、夜舂晓织，总曾经了。凛凛共姜当日誓，谆谆孟母平生教。到如今、象服拥鱼轩，天之报。　　如船藕，如瓜枣。斑衣舞，金钟釂。望秋宵一点，老人星照。尘世少如娘福寿，上苍知得儿忠孝。待看他、孙子又生孙，添怀抱。

刘克庄　满江红·和叔永吴尚书，时吴丧少子

著破青鞋，浑不忆、踏他龙尾。更冷笑、痴人擘划，二三百岁。殇子彭篯谁寿夭，灵均渔父争醒醉。向江天、极目羡禽鱼，悠然矣。　杯中物，姑停止。床头易，聊抛废。慨事常八九，不如人意。白雪调高尤协律，落霞语好终伤绮。待烦公、老手一摩挲，文公记。

刘克庄　满江红·丹桂

昨日梢头，点点似、玉尘珠砾。一夜里、天公染就，金丹颜色。体质翻嫌西子白，浓妆却笑东邻赤。尽重重、帘幕不能遮，香消息。　寒日短，霜飞急。未摇落，须怜惜。且乱簪破帽，旋呼鸣瑟。便好移来云月地，莫教归去栴檀国。怕彩鸾、隐见霎时间，寻无迹。

刘克庄　满江红·祷祝封姨

祷祝封姨，休把做、扬沙吹砾。费西帝、许多薰染，浓香深色。满插铜匜芳气烈，高张画烛祥光赤。向先生、鼻观细参来，三千息。　人老大，年华急。花妖艳，天公惜。到一枝摇落，千林萧瑟。摘蕊莫教轻糁地，返魂依旧能倾国。待彩云、月下再来时，寻陈迹。

刘克庄　满江红·月露晶英

月露晶英，融结做、秦宫块砾。长殿后、一年芳事，十分秋色。织女机边云锦烂，天台赋里晴霞赤。恍女仙、空际驾翔鸾，来游息。　装束晚，飘零急。今不乐，空追惜。欠红牙按舞，朱弦调瑟。岂是时无花鸟使，是他自择风霜国。任落英、狼藉委苍苔，稀行迹。

刘克庄　满江红·谁把灵丹

谁把灵丹，点化了、荒园瓦砾。奇特处、恰当秋杪，不争春色。因甚素娥脂粉艳，怪他白帝车旗赤。叹暮年、无句比红儿，芳心息。　狂飙起，行云急。开与谢，俱堪惜。唤妓行按酒，客来操瑟。扑鼻微香薰世界，解颜一笑迷人国。怕匆匆、归去广寒宫，难踪迹。

刘克庄　　　　满江红·楮叶工夫

楮叶工夫，辛苦似、镂冰炊砾。君看取、天公巧处，自然形色。发彩已非前度绿，眼花休问何时赤。又谁能、月下待红娘，传音息。　　投辖饮，追欢急。持帚扫，痴心惜。有埙篪谐律，不消竽瑟。点点散来居士室，丛丛生占骚人国。便高烧、绛蜡写乌丝，留真迹。

刘克庄　　　　满江红·糁径红茵

糁径红茵，莫要放、儿童抛砾。知渠是、仙家变幻，佛家空色。青女无端工翦彩，紫姑有祟曾迷赤。但双双、戏蝶绕空枝，飞还息。　　鲸量减，驹阴急。芳事过，余情惜。漫新腔窈渺，奏云和瑟。飘荡随他红叶水，萧条化作青芜国。忆桥边、池上共攀翻，空留迹。

刘克庄　　　　满江红·端午

梅雨初收，浑不辨、东陂南荡。清旦里、鼓铙动地，车轮空巷。画舫稍渐京辇俗，红旗会踏吴儿浪。共葬鱼娘子斩蛟翁，穷欢赏。　　麻与麦，俱成长。蕉与荔，应来享。有累臣泽畔，感时惆怅。纵使菖蒲生九节，争如白发长千丈。但浩然、一笑独醒人，空悲壮。

刘克庄　　　　满江红·丁巳中秋

说与行云，且掴就、嫦娥今夕。俄变见、金蛇能紫，玉蟾能白。九万里风清黑眚，三千世界纯银色。想天寒、桂老已吹香，堪攀摘。　　湘妃远，谁鸣瑟。桓伊去，谁横笛。叹素光如旧，朱颜非昔。老去欢悰无奈减，向来酒量常嫌窄。倩何人、天外挽冰轮，应留得。

刘克庄　　满江红·林元质侍郎生日　四月二十九日

天上人间，好时节、无过初夏。君记取、瞿昙生后，纯阳来也。风骨清臞如野鹤，门庭低小才旋马。更旁无红粉有青奴，堪娱夜。　　鲸口吸，银瓶泻。蝇头字，篝灯写。数而今铁笔，谁如公者。便合去开丞相阁，未应牵入耆英社。待调羹、事了却归来，寻前话。

刘克庄　　满江红·庆抑斋元枢八十

屈指耆英，谁似得、三朝元老。尚留个、管夷吾在，何忧江表。世道方占公出处，裔夷争问今年貌。怎不移、此手整乾坤，长闲了。　　灵寿却，斑衣绕。如瓶李，如瓜枣。把禅龛闭定，怕蒲轮到。师尚父年浑未艾，中书令考犹为少。看画盆、岁岁浴曾玄，添怀抱。

刘克庄　　满江红·次韵徐使君癸亥灯夕

笳鼓春城，处处有、丰年语笑。浑忘却、金莲前导，青藜下照。白雪唱来偏寡和，朱颜老去难重少。羡遨头、四十已专城，真英妙。　　奎文宠，崇儒教。田毛喜，宽租诏。有春陵之什，无潮州表。怪雨盲风稀发作，华星秋月争光耀。看来年、此夜侍端门，开佳兆。

刘克庄　　满江红·再和

奎墨西来，落笔处、亲蒙天笑。谁信道、郡人生怕，福星移照。宾客唱予还和汝，使君安老兼怀少。况醉能同乐醒能文，新腔妙。　　无诸国，渐声教。元结辈，宣明诏。恍梦中辽鹤，重来华表。一线勘书殊简径，万灯侍辇曾荣耀。怪晴檐、乾鹊语查查，公归兆。

刘克庄　　满江红·傅相生日癸亥

江左惟公，争些子、吾其衽发。谈笑里、旄头泛扫，斗杓旋斡。投一粒丹元气转，下三数著输棋活。把晋朝王谢传同看，谁优劣。　　飞凯奏，清夔峡。蠲和籴，宽畿浙。有三千功行，待从头说。玉斝满斟长寿酒，冰轮探借中秋月。更慈帏、喜见凤将雏，添丹穴。

刘克庄　　满江红·傅相生日甲子

见宰官身，出只手、擎他宇宙。筹边外、招徕名胜，登崇勋旧。不下莱公扶景德，又如涑水开元祐。尽从渠、干贽及吾门，归斯受。　　上林苑，多花柳。祁连塞，稀刁斗。更红旗破贼，黄云栖亩。阿母瑶池枝上实，仙人太华峰头藕。泻铜盘、沆瀣入金卮，为公寿。

刘克庄　　　　满江红·礼乐衣冠

礼乐衣冠，浑靠定、堂堂国老。出双手、把天裂处，等闲补了。谢傅东山心未遂，周郎赤壁功犹小。事难于、张赵两元台，扶炎绍。　　恢鹤禁，迎商皓。开兔苑，延枚叟。喜奎星来聚，旄头都扫。重译争询裴令貌，御诗也祝汾阳考。更何须、远向海山求，安期枣。

刘克庄　　　　满江红·海棠

压倒群芳，天赋与、十分秾艳。娇嫩处、有情皆惜，无香何慊。恰则才如针粟大，忽然谁把胭脂染。放迟开、不肯婿梅花，羞寒俭。　　时易过，春难占。欢事薄，才情欠。觉芳心欲诉，冶容微敛。四畔人来攀折去，一番雨有离披渐。更那堪、几阵夜来风，吹千点。

刘克庄　　　　满江红·嫌杀双轮

嫌杀双轮，驾行客、之燕适粤。也不喜、船儿无赖，载他江浙。荡子不归鸳被冷，昭君远嫁毡车发。叹子规、闲管昔人愁，啼成血。　　渭城柳，争攀折。关山月，空圆缺。有琵琶改语，锦书难说。若要人生长美满，除非世上无离别。算古今、此恨似连环，何时绝。

刘克庄　　　　满江红·寿汤侍郎

晓色朦胧，佳色在、黄堂深处。记当日、霓旌飞下，鸾翔凤翥。兰省旧游隆注简，竹符新剖宽忧顾。有江南、千里好溪山，留君住。　　牙板唱，花茵舞。云液滑，霞觞举。顾朱颜绿鬓，年年如许。见说相门须出相，何时再筑沙堤路。看便飞、丹诏日边来，朝天去。

赵以夫　　　　满江红·牡丹和梁质夫

倾国精神，娇无力、亭亭向谁。还知否、羞沉月姊，妒杀风姨。满地胭脂春欲老，平池翡翠水新肥。只花王、富贵占韶光，真绝奇。　　香暗动，人未知。翻玉拍，度金衣。任轻红殷紫，对景偏宜。闻道洛阳夸此地，因思京国太平时。向沉香、亭北按新词，乘醉归。

张　榘　　满江红·寿壑相之一

淮海波澄，湛桂影、半规凉月。又还是、中秋相近，垂弧时节。纶诰飞来宸眷重，彩衣著处慈颜悦。注紫清、花露入瑶卮，琼香滑。　　挥羽扇，持旄钺。鲸海浪，阴山雪。看威声到处，遐冲都折。沙溪远标铜柱界，关河尽补金瓯缺。庆君臣、千载会风云，看伊说。

张　榘　　满江红·寿壑相之二

玉垒澄秋，又还近、桂华如璧。算六载、筹边整暇，几多功绩。铁壁连云东海重，惊波截断狂鲵翼。把向来、捣颍旧规模，平淮北。　　经济妙，谁知得。都总是，诗书力。有召公家法，范公胸臆。赫赫勋名俱向上，绵绵福寿宜无极。著莱衣、辉映衮衣荣，恢霖泽。

宋自逊　　满江红·秋感

举扇西风，又十载、重游秋浦。对旧日、江山错愕，鬓丝如许。世事兴亡空感慨，男儿事业谁堪数。被老天、开眼看人忙，成今古。　　江上路，喧鼙鼓。山中地，纷豺虎。谩乾坤许大，著身何处。名利等成狂梦寐，文章亦是闲言语。赖双投、酒熟蟹螯肥，忘羁旅。

赵希迈　　满江红·三十年前

三十年前，爱买剑、买书买画。凡几度、诗坛争敌，酒兵取霸。春色秋光如可买，钱悭也不曾论价。任粗豪、争肯放头低，诸公下。　　今老大，空嗟讶。思往事，还惊诧。是和非未说，此心先怕。万事全将飞雪看，一闲且问苍天借。乐余龄、泉石在膏肓，吾非诈。

吴　渊　　满江红·雨花台再用弟履斋乌衣园韵

秋后钟山，苍翠色、可供餐食。登临处、怨桃旧曲，催梅新笛。江近蘋风随汛落，峰高松露和云滴。叹头童、齿豁已成翁，犹为客。　　老怀抱，非畴昔。欢意思，须寻觅。人间世、假饶百岁，苦无多日。已没风云豪志气，只思烟水闲踪迹。问何年、同老转溪滨，渔钩掷。

吴　渊　　　　满江红·乌衣园

投老未归，太仓粟、尚教蚕食。家山梦、秋江渔唱，晚风牛笛。别墅流风惭莫继，新亭老泪空成滴。笑当年、君作主人翁，同为客。　　紫燕泊，犹如昔。青鬓改，难重觅。记携手、同游此处，恍如前日。且更开怀穷乐事，可怜过眼成陈迹。把忧边、忧国许多愁，权抛掷。

曾寓轩　　　　满江红·寿章殿院

细数班行，阿谁是、调元手段。君不见、当涂往岁，饥民流散。天幸立庵来歇马，留心济粜无遗算。未须臾、千里复安居，无愁叹。　　公与相，天皆愿。天施报，如符券。看青州阴骘，富公公案。已筑新堤旌异数，便膺虚席非常眷。待明年、弧矢再垂门，蒙宣劝。

刘子寰　　　　满江红·风泉峡观泉

云壑飞泉，蒲根下、悬流陆续。堪爱处、石池湛湛，一方寒玉。暑际直当磐石坐，渴来自引悬瓢掬。听泠泠、清响泻琮琤，胜丝竹。　　寒照胆，消炎燠。清彻骨，无尘俗。笑幽人忻玩，滞留空谷。静坐时看松鼠饮，醉眠不碍山禽浴。唤仙人、伴我酌琼瑶，餐秋菊。

夏元鼎　　　　满江红·人世何为

人世何为，江湖上、渔蓑堪老。鸣榔处、汪汪万顷，清波无垢。欸乃一声虚谷应，夷犹短棹关心否。向晚来、垂钓傍寒汀，牵星斗。　　砂碛畔，蒹葭茂。烟波际，盟鸥友。喜清风明月，多情相守。紫绶金章朝路险，青蓑箬笠沧溟浩。舍浮云、富贵乐天真，酾江酒。

吴　潜　　　　满江红·送李御带祺

红玉阶前，问何事、翩然引去。湖海上、一汀鸥鹭，半帆烟雨。报国无门空自怨，济时有策从谁吐。过垂虹亭下系扁舟，鲈堪煮。　　拚一醉，留君住。歌一曲，送君路。遍江南江北，欲归何处。世事悠悠浑未了，年光冉冉今如许。试举头、一笑问青天，天无语。

吴　潜　　满江红·送陈方伯上襄州幕府

露驿星程，又还控、西风征辔。原自有、孔璋书檄，元龙豪气。蜀道尚惊鞞鼓后，神州正在干戈里。佐元戎、一柱稳擎天，襄之水。　　功名事，山林计。人易老，时难值。看新丝一发，甚吾衰矣。转首从游十五载，关心契阔三千里。便秋空、边雁落江南，书来未。

吴　潜　　满江红·齐山绣春台

十二年前，曾上到、绣春台顶。双脚健、不烦筇杖，透岩穿岭。老去渐消狂气习，重来依旧佳风景。想牧之、千载尚神游，空山冷。　　山之下，江流永。江之外，淮山暝。望中原何处，虎狼犹梗。句蠡规模非浅近，石苻事业真俄顷。问古今、宇宙竟如何，无人省。

吴　潜　　满江红·豫章滕王阁

万里西风，吹我上、滕王高阁。正槛外、楚山云涨，楚江涛作。何处征帆木末去，有时野鸟沙边落。近帘钩、暮雨掩空来，今犹昨。　　秋渐紧，添离索。天正远，伤飘泊。叹十年心事，休休莫莫。岁月无多人易老，乾坤虽大愁难著。向黄昏、断送客魂消，城头角。

吴　潜　　满江红·金陵乌衣园

柳带榆钱，又还过、清明寒食。天一笑、满园罗绮，满城箫笛。花树得晴红欲染，远山过雨青如滴。问江南、池馆有谁来，江南客。　　乌衣巷，今犹昔。乌衣事，今难觅。但年年燕子，晚烟斜日。抖擞一春尘土债，悲凉万古英雄迹。且芳尊、随分趁芳时，休虚掷。

吴　潜　　满江红·和吕居仁侍郎东里先生韵

拟卜三椽，问何处、水回山曲。朝暮景、清风当户，白云藏屋。更得四时瓶贮酒，未输一品腰围玉。待千章、手种木成阴，周遮绿。　　且休殢，陶令菊。也休羡，子猷竹。算百年一梦，谁荣谁辱。唤客烹茶闲话了，呼童取枕佳眠足。但晨香、一炷愿天公，时丰熟。

吴　潜　满江红·寄赵文仲、南仲领淮东帅宪

岳后湘灵，曾孕个、擎天人物。临古岘、纶巾羽扇，笑驱胡羯。护塞十年高叔子，出师一表侪诸葛。有孤忠、分付与佳儿，真衣钵。　刘家骥，驰空阔。薛家凤，飞横绝。比君家兄弟，可能豪杰。草木声名如电扫，毡裘心胆闻风折。待安排、江汉一篇诗，归来说。

吴　潜　满江红·细阅浮生

细阅浮生，为甚底、区区碌碌。算只是、信缘随分，早寻归宿。造物小儿忺簸弄，翻云覆雨难摆触。谩一堆、岁月鬓边来，跳丸速。　田二顷，非无粟。官四品，非无禄。更不知足后，待何时足。恰好园池原自有，近来新创三椽屋。且饥时、吃饭困时眠，平为福。

吴　潜　满江红·送吴叔永尚书

举世悠悠，何妨任、流行坎止。算是处、鲜鱼羹饭，吃来都美。暇日扁舟清霅上，倦时一枕薰风里。试回头、堆案省文书，徒劳尔。　南浦路，东溪水。离索恨，飘零意。况星星鬓影，近来如此。万事尽由天倒断，三才自有人撑抵。但多吟、康节醉中诗，频相寄。

吴　潜　满江红·九日郊行

岁岁登高，算难得、今年美景。尽敛却、雨霾风障，雾沉云暝。远岫四呈青欲滴，长空一抹明于镜。更天教、老子放眉头，边烽静。　数本菊，香能劲。数朵桂，香尤胜。向尊前一笑，几多清兴。安得便如彭泽去，不妨且作山翁酩。尽古今、成败共兴亡，都休省。

吴　潜　满江红·禾兴月波楼和友人韵

日薄寒空，正泽国、一汀霜叶。过万里、西风塞雁，数声哀咽。耿耿有怀天可讯，悠悠此恨谁能说。倚阑干、老泪落关山，平芜隔。　提短剑，腰长铗。昔壮志，今华发。有江湖征棹，水云深阔。要斩鼪鼯埋九地，可怜乌兔驰双辙。羡渠侬、健笔扫磨崖，文章别。

吴　潜　　满江红·和吴季永侍郎见寄

乍雨还晴，正轻暖轻寒帘幕。时怅望、故人烟水，鹭翻鸥落。老去可堪离恨结，新来转觉吟情薄。况等闲、客里送年华，成挥霍。　天一顾，西南角。人万里，风埃阔。笑长卿归蜀，锦衣徒著。不是等闲螳臂怒，也休刚道鸡声恶。但千年、往事误平凉，今番莫。

吴　潜　　满江红·刘长翁右司席上

痴霭顽阴，风扫尽、安排今夕。便放出、一轮金镜，皎然虚碧。照彻肺肝明似水，是中空洞无他物。倚亭皋、搔首问天公，天应识。　人共景，都非昔。君共我，俱成客。且相逢一笑，笙歌箫笛。老去可怜杯酒减，醉来谩把阑干拍。便明朝、烟水挂征帆，还相忆。

吴　潜　　满江红·姑苏灵岩寺涵空阁

客子愁来，闲信马、到涵空阁。谁为我、敛云收雾，青天为幕。八万顷湖如镜静，波神护断东南角。望孤帆、杳杳度微茫，山邀却。　三塞外，纷狐貉。三径里，悲猿鹤。笑鸱夷老子，占他头著。正使百年能几许，看来万事难描摸。问吴王、池馆复何如，霜枫落。

吴　潜　　满江红·梅

试马东风，且来问、南枝消息。正小墅、几株斜倚，数花轻拆。自有山中幽态度，谁知世上真颜色。叹君家、五岭我双溪，俱成客。　长塞管，孤城笛。天未晓，人犹寂。有几多心事，露清月白。好把寒英都放了，莫教春讯能占得。问竹篱、茅舍景如何，惟渠识。

吴　潜　　满江红·借问如何

京口凤凰池和芦川"春水连天"韵。池，苏魏公旧游也

借问如何，春能好、客怀偏恶。消遣底、闲言闲语，近都慵作。岁月从今休点检，江湖自古多流落。倚危亭、目断野云边，孤舟泊。　人事改，人情薄。退后步，争先著。且开尊洗盏，为君斟酌。拂拭凤凰池上景，凄凉猿鹤山中约。更东

阳、憔悴到腰围，浑如削。

吴　潜　　　　满江红·为问人生

为问人生，□要足、何时是足。这个底、蜗名蝇利，但添拘束。便使积官居鼎鼐，假饶累富堆金玉。似浮埃、抹电转头空，休迷局。　　分已定，心能服。宛句畔，昭亭曲。有水多于竹，竹多于屋。闲看白云归岫去，静观倦鸟投林宿。那借来、拍板与门槌，休掀扑。

吴　潜　　　　满江红·乌衣园

唤出山来，把鸥鹭、盟言轻食。依旧是、江涛如许，雨帆烟笛。歌罢莫愁檀板缓，杯倾白堕琼酥滴。但惊心、十六载重来，征埃客。　　秋风鬓，应非昔。夜雨约，聊相觅。叹主恩未报，无多来日。故国千年龙虎势，神州万里鼪鼯迹。笑谢儿、出手便呼卢，樗蒱掷。

吴　潜　　　　满江红·雨花台用前韵

玛瑙冈头，左酾酒、右持螯食。怀旧处、磨东冶剑，弄清溪笛。望里尚嫌山是障，醉中要卷江无滴。这一堆、心事总成灰，苍波客。　　叹俯仰，成今昔。愁易揽，欢难觅。正平芜远树，落霞残日。自笑频招猿鹤怨，相期早混渔樵迹。把是非、得失与荣枯，虚空掷。

吴　潜　　　　满江红·戊午二月十七日四明窗赋

芳景无多，又还是、乱红飞坠。空怅望、昭亭深处，家山桃李。柳眼花心都脱换，蜂须蝶翅难沾缀。谩相携、一笑竞良辰，春醪美。　　金兽爇，香风细。金凤拍，歌云腻。尽秦箫燕管，但逢场尔。只恐思乡情味恶，怎禁寒食清明里。问此翁、不止四宜休，翁归未。

吴　潜　　　　满江红·再和

聊把芳尊，殷勤劝、斜阳休坠。吾老矣，难从仙客，采丹丘李。且趁风光一百五，园林尚有残红缀。更忉忉、百舌对般春，声能美。　　鸾钗绊，游丝细。鸳袖惹，香尘腻。想吴姬越女，踏青才尔。争似江南樗栎社，俚歌声拂行云里。又枝头、梅子正酸时，莺知未。

吴　潜　满江红·戊午二月二十四日，会碧沚　三用韵

楼观峥嵘，浑疑是、天风吹坠。金屋窈、几时曾贮，粗桃凡李。镜断钗分人去后，画阑文砌苍苔缀。想当年、日日醉芳丛，侯鲭美。　春水涨，鳞鳞细。春草暗，茸茸腻。算流连光景，古犹今尔。椿菌鸠鹏休较计，倚空一笑东风里。喜知时、好雨夜来稠，秧青未。

吴　潜　满江红·碧沚月湖　四用韵

一笑相携，且休管、兔升乌坠。那更是、可人宾客，未饶崔李。金叵罗中醽醁莹，玉玲珑畔歌珠缀。望湖光、一片浸韶光，真双美。　云絮襞，能纤细。云彩聚，能黏腻。料出山归岫，等闲间尔。碧沚风流人去后，石窗景物春深里，算邯郸、客梦几惊残，炊犹未。

吴　潜　满江红·二园花卉仅有海棠未谢　五用韵

问海棠花，谁留恋、未教飘坠。真个好、一般标格，聘梅奴李。怯冷拟将苏幕护，怕惊莫把金铃缀。望铜梁、玉垒正春深，花空美。　非粉饰，肌肤细。非涂泽，胭脂腻。恐人间天上，少其伦尔。西子颦收初雨后，太真浴罢微暄里。又明朝、杨柳插清明，鹃归未。

吴　潜　满江红·把手西园

景回计院行有日，约同官数公，酌酒于西园，取吕居仁满江红词“对一川平野，数间茅屋”九字分韵，以钱行色，盖反骚也。余得对字，就赋

把手西园，有山色、波光相对。金马客、明朝飞棹，水肥帆驶。问我年华旬并七，异乡时景春巴二。最堪怜、游子送行人，垂杨外。　聊小小，旌旗队。聊且且，笙歌载。正冥濛烟雨，许多情态。南北枝头犹点缀，东西玉畔休辞避。待莼鲈、归思动西风，相携未。

吴　潜　满江红·斫却凡柯

苍云堂后有桂树，为冬青遮蔽，低垂将陨矣。戊午八月，呼梓人为伐而去之，赋□

斫却凡柯，放岩桂、出些头地。从此去、引风披露，畅条昌蕊。待得清香千万斛，且饶老子为知己。趁今宵、新月驾空来，浮觞里。　　刘安笑，淹留耳。吴猛约，何时是。想故山深处，翠垂金缀。须信人生归去好，他乡未必江山美。问钗头、十二意如何，非吾事。

吴　潜　　满江红·试问平生

戊午秋半，偕胡景回，刘自昭二兄小饮待月

试问平生，几番见、中秋明月。今老矣、一年紧似，一年时节。底事层阴生障碍，不教玉界冰壶彻。莫姮娥、嫌此白头翁，心肠别。　　风动处，浮云揭。云绽处，清光泄。倩何人扫荡，大家澄澈。且掉悲欢离合事，相逢只怕尊中竭。放儿曹、今夜上青霄，探蟾穴。

吴　潜　　满江红·丹桂重开

戊午八月二十七日进思堂赏第二木犀

丹桂重开，向此际、十分香足。最好处、云为幕护，雨为膏沐。树杪层层如宝盖，枝头点点犹金粟。算人间、天上更无花，风流独。　　玉坛畔，仙娥簇。玉梁上，仙翁掬。叹吾今老矣，两难追逐。休把淹留成感慨，时闲赏玩时闲福。怕今宵、芳景便凋零，高烧烛。

吴　潜　满江红·戊午九月七日，碧沚和制几韵

岁岁重阳，何曾是、两般时景。人自有、悲欢离合，晦明朝暝。日月湖边来往艇，楼台水底参差影。又何妨、时暂狎沧波，轻鸥并。　　闲顿放，朱门静。新结裹，朱帘整。尽百年人事，移场换境。欲插黄花身已老，强倾绿醑心先醒。羡游鱼、有钓不能收，钩空饼。

吴　潜　　满江红·郑园看梅

安晚堂前，梅开尽、都无留萼。依旧是、铁心老子，故情堪托。长恐寿阳脂粉污，肯教摩诘丹青摸。纵沉香、为榭彩为园，难安著。　　高节耸，清名邈。繁李俗，粗桃恶。但山矾行辈，可来参错。六出不妨添羽翼，百花岂愿当头角。尽暗香、疏影了平生，何其乐。

吴　潜　　满江红·再用韵怀安晚

犹记长安，共攀折、琼林仙萼。人已去、年年梅放，怨怀谁托。和靖吟魂应未醒，补之画手何能摸。更堪怜、老子此时来，愁难著。　云昼晚，烟宵邈。春欲近，风偏恶。早阑干片片，飘零相错。邂逅聊拚花底醉，迟留莫管城头角。且起居、魏卫国夫人，闻安乐。

吴　潜　　满江红·戊午八月十二日赋后圃早梅

问信江梅，渐推出、红苞绿萼。堪爱处、平生怀抱，岁寒为托。瘦骨皱皮犹老硬，孤标独韵难描摸。怕东君、压住等春来，鞭先著。　止渴事，风烟邈。和羹事，风波恶。想翠禽啁哳，笑他都错。争似花开颓醉玉，月天更引霜天角。便一年、强作十年人，山中乐。

吴　潜　　满江红·上巳后日即事

寒食清明，叹人在、天涯海角。饶锦绣、十洲装就，只成离索。岁去已空莺燕侣，年来尽负鸥凫约。想南溪、溪水一篙深，孤舟泊。　天向晚，东风恶。春向晚，花容薄。又荼蘪架底，绿阴成幄。舴艋也闻钲鼓闹，秋千半当笙歌乐。问山公、倒载接䍦无，都休却。

吴　潜　　满江红·己未四月九日会四明窗

饤饾残花，也随分、红红白白。缘底事、春才好处，又成轻别。芳草凄迷归路远，子规更叫黄昏月。倚阑干、触处是浓愁，凭谁说。　我不厌，尊罍挈。君莫放，笙歌彻。自河南丞相，有兹宾客。一笑何曾千古换，半醺便觉乾坤窄。怕转头、天际望归舟，江山隔。

吴　潜　　满江红·己未赓李制参直翁俾寿之词

午枕神游，晓鸡唱、城关偷度。俄倾里、笋舆伊轧，征夫前路。路入江南天地阔，黄云翠浪千千亩。有皤翁、三五喜相迎，邻田父。　旋策杖，寻幽圃。旋挈榼，陈高俎。疑此身归去，朱陵丹府。布谷数声惊梦断，纱窗小阵梅黄雨。把人间、万事一般看，投芳醑。

吴　潜　　满江红·和刘右司长翁俾寿之词

回首家园，竹多屋、水还多竹。那更是、千峰凝翠，一溪凝绿。多谢故人相问讯，奚奴步步收珠玉。叹暮林、飞鸟也知还，寻归宿。　　遍历了，岳与牧。享过了，官与禄。算平生万事，尽无不足。争奈乞身犹未可，只缘欠种清闲福。想瞿硎、仙子亦相思，山之隩。

陈　垲　　满江红·循视江兴水备舟中赋

万里长江，天与限、东南吴楚。何人者，提英□□，指鞭欲渡。孟德舳舻烟赤壁，佛狸心胆寒瓜步。问波涛、说尽几英雄，今犹古。中原地，纷（下缺）。

李曾伯　　满江红·丁丑登均州武当山

镇日山行，人倦也、马还无力。游历处、总堪图画，足供吟笔。涧水绿中声漱玉，岭云白外光浮碧。信野花、啼鸟一般春，今方识。　　真可羡，林泉客。真可叹，尘埃役。想希夷冷笑，我曹踪迹。七十二峰神物境，几千万壑仙人室。待身名、办了却归来，相寻觅。

李曾伯　　满江红·甲申春侍亲来利州道间

衮衮青春，都只恁、堂堂过了。才解得、一分春思，一分春恼。儿态尚眠庭院柳，梦魂已入池塘草。问不知、春意到花梢，深多少。　　花正似，人人小。人应似，年年好。奈吴帆望断，秦关声杳。不恨碧云遮雁绝，只愁红雨催莺老。最苦是、茅店月明时，鸡声晓。

李曾伯　　满江红·甲申寿蜀阃

天顾坤维，烦紫气、来从南斗。鞭才定、匆匆塞上，咏薇吟柳。少借日边霖雨望，教知天下风云手。听吾民、争说近年无，前朝有。　　平安夜，舒长昼。笳鼓静，笙歌奏。记西湖五月，藕花时候。待把雁门冠带了，归来麟阁丹青旧。放蜀山、万点入樽罍，为君寿。

李曾伯　满江红·甲午宜兴赋僧舍墨梅

姑射山人，仙去后、唯存标格。犹赖有、墨池老手，草玄能白。留得岁寒风骨在，岂烦造化栽培力。有世间、肉眼莫教看，非渠识。　元不夜，枝何月。元未腊，花何雪。最孤高不受，多情轻折。只有暗香天靳予，黄金作指难为术。更若将、解语付真真，空成色。

李曾伯　满江红·丁未初度自赋

老去生涯，都付与、一丘一壑。功名事、惭非好手，几逢危著。走马斗鸡年少趣，椎牛酾酒军中乐。到而今、浑似梦中看，休休莫。　江湖路，西风恶。霄汉志，秋云薄。更那堪州铁，铸成重错。当贵买臣毋足羡，知非伯玉真能觉。问心期、应有海翁鸥，山人鹤。

李曾伯　满江红·八窗叔和　再用韵

竹马同游，平生志、相期霄壑。今老矣、儒冠宁误，戎装徒著。卷起鲸鲵江海事，放教禽鸟山林乐。问尚堪、舞剑渡河无，公应莫。　粟可饭，衣从恶。秫可酒，茶胜薄。但此身长健，老天不错。竹院昼闲参内景，蒲团夜坐披圆觉。愿此生、无愧北山猿，西湖鹤。

李曾伯　满江红·再和

小小池亭，仿佛似、洛川岩壑。天付与、老身游戏，余生吃著。剩喜酒能消世虑，翻疑书解妨人乐。听两翁、白雪寄新词，愁言莫。　毋自叹，蒿莱恶。甘自味，齑盐薄。对乱花丛竹，翠红交错。元亮悦闻亲友话，羲之常恐儿曹觉。望碧云、休忆女乘鸾，人骑鹤。

李曾伯　满江红·又再和

既作闲人，便应付、此身沟壑。不应更、将愁半点，寸心中著。责子渊明徒自苦，忧君范老何时乐。纵一嘲、一咏欲奚为，何如莫。　不自鄙，葵蔬恶。还肯荐，茅柴薄。任侯门海陆，杂陈珍错。有暇盍联车骑过，相忘勿遣诗情觉。怕家僮、无处买莼鲈，烹琴鹤。

李曾伯　满江红·得襄阳捷

千古襄阳，天岂肯、付之荆棘。宸算定、图回三载，一新坚壁。狼吻不甘春哨衄，马蹄又踏寒滩入。向下洲、一鼓扫群胡，三军力。　连帅是，并州勣。宾佐有，雍丘逖。赖因人成事，同心却敌。见说陈尸三十里，投鞍委甲如山积。待老臣、为作岘樊铭，劖诸石。

李曾伯　满江红·和刘仓咏雪

推枕闻鸡，正怪得、乾坤都白。元是有、福星临照，至和薰出。缘饰夜城疑不夜，弥漫色界成无色。更摛词、巧欲夺天葩，尤殊特。　貂帽拥，寒何力。羔酿举，情何极。欠开樽细挹，梅花标格。十万铁衣冰到骨，祈天只愿王师息。想家童、日办剡中舟，溪头立。

李曾伯　满江红·用前韵送刘仓

荡节将行，原隰尽、花毡铺白。人羡道、青丝辔整，红蕖幕出。宇宙中间无点翳，水天上下俱同色。向个中、著此玉为人，真英特。　元自得，融和力。浑不管，凝寒极。看福星临照，政敷民格。且访桃源仙世界，伫传梅驿春消息。定明年、拜表贺端闱，螭坳立。

李曾伯　满江红·乙卯咏海棠

才过新正，能几日、海棠开了。将谓是、睡犹未足，嫣然何笑。一片殷红新锦样，天机知费春多少。更芳期、不待燕黄昏，莺清晓。　花旧说，南昌好。花宜占，东风早。想香霏地近，融和偏巧。佳句流传千古在，石湖不见坡翁老。倩何人、寄驿报家山，教知道。

李曾伯　满江红·自和

自入春来，花信费、几番风了。先付与、红妆万点，苍颜一笑。旧说沉香亭北似，今虽濯锦江头少。最可人、枝上月笼春，烟含晓。　亭会称，花王好。嘉聘惜，梅兄早。对芳容细玩，天然新巧。羯鼓不须催太甚，霓裳易散梨园老。任杜鹃、犹自殿韶华，呼殷道。

李曾伯　　满江红·丙辰生初自赋

明日生初，还知否、明年六十。嗟老矣、满头都缟，寸心犹赤。三十载间尘土债，几千里外风涛役。赖君天、许放故山归，恩无极。　　出而作，入而息。美可茹，鲜可食。任浩书空咄，禹笑人寂。断国谋王非我事，抱孙弄子聊吾适。且从今、时复一中之，杯中物。

李曾伯　　满江红·赋腊前三白

今岁潇湘，真个见、嘉平三白。阛阓里、无非和气，不知寒色。宇宙幻成清净境，了无一点红尘入。问太空、此瑞自何来，君王德。　　歌笑是，兔园客。辛苦是，鹅池役。任谢家儿女，赋嘲纷出。洗尽腥膻空万里，屏除螟螣深千尺。向此时、何以对梅花，呼欢伯。

李曾伯　　满江红·洪云岩、刘朔斋用韵

蝶梦惊残，仿佛似、东方才白。人报道、城疑不夜，界几无色。敲瓦微听冰线响，开窗倏放风花入。拥重貂、曾不觉寒侵，将何德。　　呼剡棹，行为客。平蔡垒，何能役。算争如、穷檐高卧，闭门毋出。安得松江江上去，一蓑独钓丝千尺。要不持、寸铁和前修，文章伯。

李曾伯　　满江红·再和

立雪寒窗，照肝胆、了然明白。浑似得、齐宫气象，郢楼颜色。天籁无声随物应，阳春有脚从中入。与邦人、稽首谢天工，元冥德。　　人正作，潇湘客。谁谓有，蓝关役。对江天暮景，鹅溪描出。银浪卷飞鸥一片，玉枝擎重龙千尺。羡联镳、曾作岳峰游，前方伯。

李曾伯　　满江红·用韵饯朔斋

把绣成吟，真压倒、古之元白。佳句有、雪车冰柱，曾无矜色。一点不留烟火气，诗脾时有清风入。更岭边、多少活人恩，于公德。　　公自是，朝天客。应笑我，为人役。看时犹多事，公须一出。琅腹细披忠抱寸，龙颜密侍天威尺。借笔端、从此润皇猷，翰林伯。

李曾伯　满江红·听彻惊乌

京递至，亲旧皆无书，再用韵简云岩、朔斋

听彻惊乌，起览镜、顿添头白。曾不见、江南人寄，一枝春色。风卷龙鳞残甲下，山无虎迹新蹄入。罄冰天、桂海使同风，修文德。　三十载，江湖客。千万里，关山役。且付之杯酒，何愁西出。天女花边浑似剪，志公杖上平如尺。把富贫、都作一般看，何什伯。

李曾伯　满江红·立春招云岩，再和以谢之

草草春盘，那敢赋、丝青玉白。湘波动、雁怀归思，柳催行色。冻逐寒梢残雪解，暖随野烧轻烟入。举人间、无物不光辉，东皇德。　莺燕报，朱门客。乌兔老，红尘役。羡翠韶多暇，彩花新出。捧日东城行应制，去天只隔城南尺。趁五更、桦烛向端闱，班常伯。

李曾伯　满江红·和立春韵简云岩

春自何来，深雪里、南枝先白。伊祁氏、一番陶冶，千林香色。弱柳眼回青尚浅，小桃腮晕红将入。笑渠侬、剪彩与裁花，夸闺德。　九十日，春还客。数千里，官为役。看时来、雁随云去，鱼从冰出。一脉流通天造化，三杯扶植身关尺。对东皇、太乙续离骚，需词伯。

李曾伯　满江红·万紫千红

招云岩、朔斋于雷园，二公用前雪韵赋梅

万紫千红，都不似、玉奴一白。三数萼、有冰霜操，无脂粉色。长共竹君松友伴，岂容蝶使蜂媒入。似惠和、伊任与夷清，兼三德。　能洁己，能娱客。成子后，调羹役。更岁寒风味，时然后出。春浅吹回羌管寸，夜阑吟费花笺尺。炯使星、两两月黄昏，真诗伯。

李曾伯　满江红·庚申初度

今岁垂弧，欲自寿、一辞莫措。何可拟、翁头如雪，香山白傅。首夏一番罹重病，去秋数月撄狂虏。赖天公、肯为保余生，逢初度。　今幸释，千钧负。尤可喜，归田去。但蹒跚

勃窣，龙钟如许。薇柳诸关成底事，菊松三径犹堪主。办篮舆、尚可檄渔樵，盟鸥鹭。

方　岳　　　满江红·乙巳生日

说与梅花，且莫道、今年无雪。君不见、秋崖鬓底，茎茎骚屑。笔砚只催人老大，湖山不了诗愁绝。问笭箵、何事下矶来，抛云月。　　重省起，西山笏。终负却，东山屐。把草堂借与，鹭眠鸥歇。乌帽久闲苍藓石，青衫今作枯荷叶。笑人间、万事竟何如，从吾拙。

方　岳　　　满江红·九日冶城楼

且问黄花，陶令后、几番重九。应解笑、秋崖人老，不堪诗酒。宇宙一舟吾倦矣，山河两戒天知否。倚西风、无奈剑花寒，虬龙吼。　　江欲釂，谈天口。秋何负，持螯手。尽石麟芜没，断烟衰柳。故国山围青玉案，何人印佩黄金斗。倘只消、江左管夷吾，终须有。

方　岳　　　满江红·和程学谕

苍石横筇，松风外、自调龟息。浑不记、东皋秋事，西湖春色。底处未嫌吾辈在，此心说与何人得。向海棠，烂醉过清明，酬佳节。　　君莫道，江鲈忆。吾自爱，山泉激。尽月明夜半，杜鹃声急。人事略如春梦过，年光不啻惊弦发。怕醒来、失口问诸公，今何日。

方　岳　　　满江红·壬子生日

晓傍苍崖，滴寒露、研朱点易。五十四卦为归妹，惟幽人吉。彼美人兮春上下，如吾徒者山南北。辨一生、坚壁卧烟霞，诗无敌。　　人间世，胶中漆。功名事，刀头蜜。放乾坤醉眼，看朱成碧。曾共梅花相尔汝，尽教雪后无消息。莫怕寒、容易嫁东风，春狼藉。

萧　崱　　满江红·和陈漕使仙湖韵

莫是西湖，分一派、残波剩碧。闲问著、莺仙丹事，老榕知得。荇水带长鸥踏损，柳风絮暖鱼吞入。只前山、依旧汉时青，晴还湿。　　亭疏好，何消密。花少好，无多植。听黄鹂三请，要诗翁出。消渴泉斟寒玉液，留题石剥苍苔色。叹而今、翻羡□南春，乾坤窄。

萧泰来　　满江红·寿大山兄

七十人稀，尝记得、少陵旧语。谁知道、五园庵主，寿今如许。书底青瞳如月样，镜中黑鬓无双处。与人间、世味不相投，神仙侣。　文汉史，诗唐句。字晋帖，碑周鼓。这千年勋业，一年一部。晔晔紫芝商隐皓，猗猗绿竹淇瞻武。问先生、何处更高歌，凭椿树。

徐元杰　　满江红·以梅花柬铅山宰

似玉仙人，三载相见，西湖清客。撷不碎、一团和气，只伊消得。雪里水中霜态度，腊前冬后春消息。看帘垂、清昼一张琴，中间著。　寒谷里，轻回脚。魁手段，堪描摸。唤东风吹上，兰台芸阁。只怕傅岩香不断，摩挲商鼎羹频作。管一番滋味一番新，今如昨。

陈　策　　满江红·杨花

倦绣人闲，恨春去、浅颦轻掠。章台路、雪黏飞燕，带芹穿幕。委地身如游子倦，随风命似佳人薄。叹此花、飞后更无花，情怀恶。　心下事，谁堪托。怜老大，伤飘泊。把前回离恨，暗中描摸。又趁扁舟低欲去，可怜世事今非昨。看等闲、飞过女墙来，秋千索。

李昴英　　满江红·江西持宪节、登高作

薄冷催霜，碧空豁、飞鸿斜度。□九日、御风绝顶，下看尘宇。滕阁芳筵笺笔妙，龙山胜践旌旗驻。料山灵、也要可人游，成佳趣。　吹帽堕，羞千古。题饧字，非吾侣。却坐间著得，煮茶桑苎。万里寒云迷北斗，望远峰夕照频西顾。且满浮、大白送黄花，剑休舞。

李昴英　　满江红·和刘朔斋节亭韵

人似梅花，峭玉立、岁寒风节。新圃辟、种梅千树，幻成南雪。池碎瀑声荷捧雨，径涵秋影篁筛月。唤石君、错落坐庭前，红尘绝。　嫌聒耳，筝筝戛。慵著眼，俳优狎。但一觞

一咏，放怀开阔。涌地池亭工掩映，擎天柱石觇施设。待枝头、金颗可调羹，休轻折。

吴文英　　满江红·淀山湖

夷则宫，俗名仙吕宫

云气楼台，分一派、沧浪翠蓬。开小景、玉盆寒浸，巧石盘松。风送流花时过岸，浪摇晴练欲飞空。算鲛宫、只隔一红尘，无路通。　神女驾，凌晓风。明月佩，响丁东。对两蛾犹锁，怨绿烟中。秋色未教飞尽雁，夕阳长是坠疏钟。又一声、欸乃过前岩，移钓篷。

吴文英　　满江红·甲辰岁盘门外寓居过重午

结束萧仙，啸梁鬼、依还未灭。荒城外、无聊闲看，野烟一抹。梅子未黄愁夜雨，榴花不见簪秋雪。又重罗、红字写香词，年时节。　帘底事，凭燕说。合欢缕，双条脱。自香消红臂，旧情都别。湘水离魂菰叶怨，扬州无梦铜华阙。倩卧箫、吹裂晚天云，看新月。

吴文英　　满江红·饯方蕙岩赴阙

竹下门敲，又呼起、蝴蝶梦清。闲里看、邻墙梅子，几度仁生。灯外江湖多夜雨，月边河汉独晨星。向草堂、清晓卷琴书，猿鹤惊。　宫漏静，朝马鸣。西风起，已关情。料希音不在，女瑟娲笙。莲荡折花香未晚，野舟横渡水初晴。看高鸿、飞上碧云中，秋一声。

吴文英　　满江红·刘朔斋赋菊和韵

露浥初英，早遗恨、参差九日。还却笑、萸随节过，桂凋无色。杯面寒香蜂共泛，篱根秋讯蛩催织。爱玲珑、筛月水屏风，千枝结。　芳井韵，寒泉咽。霜著处，微红湿。共评花索句，看谁先得。好漉乌巾连夜醉，莫愁金钿无人拾。算遗踪、犹有枕囊留，相思物。

吴文英　　满江红·翠幕深庭

翠幕深庭，露红晚、闲花自发。春不断、亭台成趣，翠阴蒙密。紫燕雏飞帘额静，金鳞影转池心阔。有花香、竹色赋闲情，供吟笔。　　闲问字，评风月。时载酒，调冰雪。似初秋入夜，浅凉欺葛。人境不教车马近，醉乡莫放笙歌歇。倩双成、一曲紫云回，红莲折。

潘　牥　　　满江红·筑室依崖

筑室依崖，春风送、一帘山色。沙鸟外、渔樵而已，别无闲客。醉后和友眠犊背，醒来瀹茗寻泉脉。把心情、分付陇头云，溪边石。　　身未老，头先白。人不见，山空碧。约钓竿共把，自惭钩直。相蜀吞吴成底事，何如只抱隆中膝。漫长歌、歌罢悄无言，看青壁。

林　革　　　满江红·十载扁舟

淳祐己酉良月，自淦入桂，舣舟溪浒，有感而作

十载扁舟，几来往、三吾溪上。天宝事、一回看著，一回惆怅。笔画模糊犹雅健，文章褒贬添悲壮。枉教人、字字费沉吟，评轻重。　　西北望，情无量。东南气，真长王。想忠臣应读，宋中兴颂。主圣自然皆乐土，时平正合储良将。笑此身、老大尚奔驰，知何用。

汤　恢　　　满江红·小院无人

小院无人，正梅粉、一阶狼藉。疏雨过、溶溶天气，早如寒食。啼鸟惊回芳草梦，峭风吹浅桃花色。漫玉炉、沉水熨春衫，花痕碧。　　绿縠水，红香陌。紫桂棹，黄金勒。怅前欢如梦，后游何日。酒醒香消人自瘦，天空海阔春无极。又一林、新月照黄昏，梨花白。

卫宗武　满江红·寓古杭和南塘咏欲雪词

屑玉飞霙，正堪称、冯夷展布。空几度、痴云凝聚，狂风掀舞。点点抛扬珠作霰，纤纤断续丝垂雨。借银河、翦刻六花飘，天应许。　　水漠漠，斜桥渡。烟淡淡，长亭路。望寒莎衰草，总成愁绪。坡老新堤须好在，逋仙孤屿犹堪去。共寻梅、止欠雪双清，烦青女。

卫宗武　　　满江红·寿野渡

弧矢开祥，喜从此、旬兼九日。新岁改、椒盘献颂，齐头

七十。渐入唐人诸老画，可追洛社耆英集。有陶潜、三径健吟哦，贫而适。　　摘仙桂，探蟾窟。敛洪藻，归麟笔。总古先传记，讥评得失。不朽芬芳垂简册，浮荣土苴轻簪笏。看年如、卫武髹成章，诗传抑。

刘　浩　　满江红·寿陈侍郎　十一月十五

岳渎储精，冰壶里、精神可掬。三万卷、龙蛇落纸，琅玕撑腹。便合弹冠登要路，如何袖手缄空谷。又谁知、天独授先生，长生箓。　　鹤易怨，龟多缩。竹太瘦，梅偏独。算人间何物，可传心曲。但愿君如天上月，年年此夜团如玉。更有人、千里共婵娟，偷香祝。

杨泽民　　满江红·袅娜身材

袅娜身材，经行处、金莲涉足。晨妆罢、黛眉新晕，素腰如束。丹脸匀红香在臂，秀肌腻滑凉生肉。记那回、同赌选花图，赢全局。　　相思病，休殢卜。辜负却，杨枝曲。漫榴花堆火，翠阴笼屋。菡萏方池闲艳蕊，画堂未许归云宿。任利名、踪迹久尘埃，教谁扑。

王　淮　　满江红·用吴渊吴潜二公韵

踏遍江南，予岂为、解衣推食。谩赢得、烟波短棹，月楼长笛。看剑功名心已死，积薪涕泪今谁滴。想中原、一望一伤情，英雄客。　　形势地，还如昔。谈笑里，封侯觅。岂有于前代，无于今日。龙豹莫藏韬略手，犬羊快扫腥膻迹。看诸公、事业卜枭卢，何劳掷。

柴　望　　满江红·别沧洲赵茂仲

载酒何人，登临处、沧洲空阔。凭阑外、晴杨两岸，晚烟泼□。水鸟不知梁燕去，溪山半属冬青阁。有小舟、隐约载歌姝，调新曲。　　留与去，如何得。风又雨，催行色。共白蘋红蓼，好生飘泊。别后三年重会面，人生几度三年别。正乡心、客梦两绸缪，城头角。

陈　著　　满江红·丁未九月望赏月

落枕鸿声，龙山梦、蓦然惊觉。还堪喜、木樨香底，鹊声翻晓。弄雨未成霜意懒，望寒先怯山容老。最难逢、无一点西风，惊乌帽。　　竹叶酒，倾杯小。橙齑鲙，银盆好。称良辰欢宴，及今年少。须信从来黄菊寿，未应便放青霜恼。但看花、日日是重阳，金尊倒。

陈　著　　满江红·寿庆元西倅孙元实

越水稽山，清明气、钟为人极。髫缨早、□中学问，从头施设。不受尘来霜壁立，常生意处春流活。与世间、别是一规模，师夔契。　　仙岛上，分风月。苍梧下，怀冰雪。更双亲犹是，朱颜时节。勋业要从青鬓上，乾坤如许丹山折。看凤衔、芝诏下层霄，朝金阙。

陈　著　　满江红·寿小叔母

修茂堂深，芳尘满、沉烟一朵。帘半卷、好风催晓，晴光才破。新润顿教萱草图，轻寒未放酴醾过。称鱼轩、容与寿如山，群仙贺。　　琴帏底，声调和。庭阶下，儿孙大。喜新来呷喔，又还添个。总是人生如意处，休将时事关眉锁。趁莺花、时节绮罗筵，年年作。

陈　著　　满江红·次吕居仁韵

梦里京华，忽听得、庭花遗曲。到醒来、愁满东风山屋。春事已非空结绮，晓班无分随群玉。想天涯、沦落杜秋娘，攒眉绿。　　谁能顾，荒芜菊。谁能问，平安竹。任时光流转，都成虚辱。无可奈何天地隘，只饶走得溪山足。但逢人、相问麦青青，何时熟。

姚　勉　　满江红·寿邓法，六月八日生

仙苑蟠桃，恰则是、而今初熟。王母遣、飞琼捧献，绛金红玉。笑把九霞鸾凤斝，满斟七宝蒲萄醁。为长庚、此日自天来，殷勤祝。　　仙子唱，长生曲。仙客献，长生箓。活千人邓禹，阴功俱足。五鹗即齐公府剡，万羊自有中书禄。更从头、安享八千年，人间福。

姚　勉　　满江红·送郡守美任

万里西风，吹送到、五云鸾纸。□催促、文章太守，入朝花底。清节高横秋一片，仁风散作春千里。漾恩波、溶泳锦江中，深如水。　难卧辙，留行李。但侧听，星辰履。看麒麟案侧，即催荣侍。红药香中翻诏草，紫薇影畔裁诗绮。更宸旒、已自覆公名，金瓯里。

陈允平　　满江红·目断江横

目断江横，相思字、难凭雁足。从别后、倦歌慵绣，悄无拘束。烟柳翠迷星眼恨，露桃红沁霞腮肉。傍琐窗、终日对文枰，翻新局。　频暗把，归期卜。芳草恨，阑干曲。谢多情海燕，伴愁华屋。明月自圆双蝶梦，彩云空伴孤鸾宿。任画帘、不卷玉钩闲，杨花扑。

莫起炎　　满江红·法在先天

法在先天，玄妙处、无言可说。其要在、守乎中正，灵台莹彻。太极神居黄谷内，先天炁在玄关穴。寂然不动感而通，凭刚烈。　运风雷，祈雨雪。役鬼神，驱妖孽。只此是、非咒非符非罡诀。寂定神归元谷府，功成行满仙班列。玩太虚、稳稳驾祥云，朝金阙。

牟　巘　　满江红·寿赵枢密

七荚新春，问底事、以人为日。记贞观、郑公恰至，名因人得。况是今朝生上相，老天著意尤端的。便唤为、人日岂徒哉，公人杰。　宇宙要，公扶植。善类要，公收拾。愿我公千岁，长陪丹极。山立扬休人正健，耐寒彩胜簪华发。看年年、天际不曾阴，真奇特。

何梦桂　　满江红·春色三分

春色三分，怎禁得、几番风力。又早见、亭台绿水，柳摇金色。满眼春愁无著处，知心惟有幽禽识。望青山、目断夕阳边，孤云隔。　琴酒我，成三一。湖外舫，山头屐。且莫教春去，乱红堆积，记得年时陪宴赏，重门深处桃花碧。待修书、欲寄楚天遥，无行客。

何梦桂　　满江红·和王伟翁上巳

睡起纱窗，问春信、几番风候。待去做、踏青鞋履，懒拈纤手。尘满翠微低匎叶，离愁推去来还又。把菱花、独对泪阑干，羞蓬首。　　回鸾字，空怀袖。金缕曲，无心奏。记碧桃花下，夜参横斗。六幅罗裙香凝外，痕痕都是尊前酒。到如今、肠断怕回头，长门柳。

刘辰翁　　满江红·海棠下歌后村调共和

淡淡胭脂，似褪向、景阳鸳石。依然是、春睡未足，捧心犹癖。藉甚不禁君再顾，嫣然却记渠初拆。黯销魂、欲尽更堪怜，终难得。　　犹记是，卿卿惜。空复见，谁谁摘。但当时一笑，也成陈迹。我懒花残都已往，诗朋酒伴犹相觅。听连宵、又雨又还晴，鸠鸣寂。

刘辰翁　　满江红·何许相求

古岩以马观复遣舟,约余与中斋和后村海棠韵,后寄述怀

何许相求，且不是、南温北石。也欲学、绝交高论，自陈余癖。万里鱼书长记忆，十年波浪伤离拆。算此舟、不是剡溪舟，空回得。　　非出处，何须惜。非瑕颣，何须摘。看雪销鸿去，有何留迹。安石岂无同乐意，玄真不是朝廷觅。但眼前、真率暂相违，歌声寂。

刘辰翁　　满江红·莺语依然

莺语依然，但春去、人间无约。谁念我、吟情憔悴，醉魂落魄。尽日只将行卷续，有时自整残棋著。向黄昏、细雨闷无憀，青梅落。　　南又北，相思错。朝异暮，人情薄。漫踌躇在目，奢华如昨。海底月沉天上兔，辽东人化扬州鹤。记龙云、波浪岂能平，天难托。

刘辰翁　　满江红·寿某翁

十岁儿童，看骑竹、花阴满城。与新第、桐乡孙子，高下齐生。倚枕不寻柯下梦，举头自爱橘中名。但有时、米价问如何，公助平。　　东西塾，听书声。长短卷，和诗成。总神仙清福，前辈家庭。试问凌烟图相国，何如洛寺写耆英。甚天公、属意富民侯，银信青。

周　密　　满江红·寄剡中自醉兄

秋水涓涓，情渺渺、美人何许。还记得、东堂松桂，对床

风雨。流水桃花西塞隐，茂林修竹山阴路。二十年、历历旧经行，空怀古。　　评砚品，临书谱。笺画史，修茶具。喜一愚天禀，一闲天赋。百战征求千里马，十年饾饤三都赋。问何如、石鼎约弥明，同联句。

蒲寿宬　　满江红·登楼偶作

楼倚虚空，觉人世、不知何处。人缥缈、半檐星斗，一窗风露。潮退沙平凫雁静，夜深月黑鱼龙怒。把清樽、独自笑余生，成何事。　　尘埃外，谈高趣。烟波上，题诗句。这美景良宵，且休虚度。梦觉宦情甜似蜡，老来况味酸如醋。念儿曹、南北几时归，情朝暮。

文天祥　　满江红·燕子楼中

和王夫人满江红韵，以庶几后山妾薄命之意

燕子楼中，又捱过、几番秋色。相思处、青年如梦，乘鸾仙阙。肌玉暗消衣带缓，泪珠斜透花钿侧。最无端、蕉影上窗纱，青灯歇。　　曲池合，高台灭。人间事，何堪说。向南阳阡上，满襟清血。世态便如翻覆雨，妾身元是分明月。笑乐昌、一段好风流，菱花缺。

文天祥　　满江红·代王夫人作

试问琵琶，胡沙外、怎生风色。最苦是、姚黄一朵，移根仙阙。王母欢阑琼宴罢，仙人泪满金盘侧。听行宫、半夜雨淋铃，声声歇。　　彩云散，香尘灭。铜驼恨，那堪说。想男儿慷慨，嚼穿龈血。回首昭阳离落日，伤心铜雀迎秋月。算妾身、不愿似天家，金瓯缺。

文天祥　　满江红·酹酒天山

酹酒天山，今方许、征鞍少歇。凭铁胁、千磨百炼，丈夫功烈。整顿乾坤非异事，云开万里歌明月。笑向来、和议总蛙鸣，何关切。　　铙吹动，袍生雪。军威壮，笳声灭。念祖宗养士，忍教残缺。洛鼎无亏谁敢问，幕南薄洒膻腥血。快三朝、慈孝格天心，安陵阙。

邓　剡　　满江红·王母仙桃

广斋谓柳山和王夫人满江红韵，惜未见之，为赋一阕王母仙桃，亲曾醉、九重春色。谁信道、鹿衔花去，浪翻鳌阙。眉锁娇娥山宛转，髻梳堕马云欹侧。恨风沙、吹透汉宫衣，余香歇。　　霓裳散，庭花灭。昭阳燕，应难说。想春深铜雀，梦残啼血。空有琵琶传出塞，更无环佩鸣归月。又争知、有客夜悲歌，壶敲缺。

刘　鉴　　　满江红·上元呈徐静观

袅袅春幡，恰十日、又逢元夕。人正在、景清堂上，金樽娱客。蜡炬红摇花外竹，宝香清透梅边石。听儿童、父老说青原，东风国。　　平易政，人皆悦。真实念，天知得。想旌旗一路，又添春色。满眼变成金色界，举头身近琼楼月。问明年、何处著鳌山，蓬莱北。

臞　翁　　　满江红·孟史君祷而得雨

祷雨文昌，只全靠、心香一瓣。才信宿、沛然膏泽，来从方寸。早稻含风香旖旎，晚秧饱水青葱茜。问螺江、恰见线来流，今平岸。　　君作事，看天面。天有眼，从君愿。信瑞莲芝草，几曾虚献。此雨千金无买处，丰年饱吃君侯饭。管酿成、春酒上公堂，人人献。

彭元逊　　　满江红·牡丹

翠袖余寒，早添得、铢衣几重。何须怪、妍华都谢，更为谁容。衔尽吴花成鹿苑，人间不恨雨和风。便一枝、流落到人家，清泪红。　　山雾湿，倚熏笼。垂匐叶，鬓酥融。恨宫云一朵，飞过空同。白日长闲青鸟在，杨家花落白蘋中。问故人、忍更负东风，尊酒空。

汪宗臣　　　满江红·春雨

检点春光，阴雨过、三分之一。从头数、元宵灯夕，都无晴日。不碍郊原肥草绿，但漫丘壑沉云黑。那东君、忒煞没纲维，春无力。　　燕忙甚，泥浑湿。蜂愁甚，脾无蜜。更两旬又是，梨花寒食。蔫红殷桃吾不较，岂堪浸烂东畴麦。望前村、白鹭衬霞红，探晴色。

汪元量　　　满江红·吴江秋夜

一个兰舟，双桂桨、顺流东去。但满目、银光万顷，凄其风露。渔火已归鸿雁汊，棹歌更在鸳鸯浦。渐夜深、芦叶冷飕飕，临平路。　吹铁笛，鸣金鼓。丝玉脍，倾香醑。且浩歌痛饮，藕花深处。秋水长天迷远望，晓风残月空凝伫。问人间、今夕是何年，清如许。

汪元量　　满江红·和王昭仪韵

天上人家，醉王母、蟠桃春色。被午夜、漏声催箭，晓光侵阙。花覆千官鸾阁外，香浮九鼎龙楼侧。恨黑风、吹雨湿霓裳，歌声歇。　人去后，书应绝。肠断处，心难说。更那堪杜宇，满山啼血。事去空流东汴水，愁来不见西湖月。有谁知、海上泣婵娟，菱花缺。

汪元量　　满江红·吴山

一霎浮云，都掩尽、日无光色。遥望处、浮图对峙，梵王新阙。燕子自飞关北外，杨花闲度楼西侧。慨金鞍、玉勒早朝人，经年歇。　昭君去，空愁绝。文姬去，难言说。想琵琶哀怨，泪流成血。蝴蝶梦中千种恨，杜鹃声里三更月。最无情、鸿雁自南飞，音书缺。

王清惠　　满江红·太液芙蓉

太液芙蓉，浑不似、旧时颜色。曾记得、春风雨露，玉楼金阙。名播兰簪妃后里，晕潮莲脸君王侧。忽一声、鼙鼓揭天来，繁华歇。　龙虎散，风云灭。千古恨，凭谁说。对山河百二，泪盈襟血。客馆夜惊尘土梦，宫车晓碾关山月。问嫦娥、于我肯从容，同圆缺。

此首别作张琼英词

张琼英　　满江红·题南京夷山驿

太液芙蓉，浑不似、丹青颜色。常记得、春风雨露，玉楼金阙。名播兰簪妃后里，晕生莲脸君王侧。忽一声、鼙鼓拍天来，繁华歇。　龙虎散，风云灭。千古恨，凭谁说。对山河百二，泪痕沾血。客馆夜惊尘土梦，宫车晓转关山月。问嫦娥、垂顾肯相容，同圆缺。

此首别作王清惠词

黄公绍　　满江红·花朝雨作

客子光阴，又还是、杏花阡陌。欹枕听、一窗夜雨，怎生禁得。银蜡痕消珠凤小，翠衾香冷文鸳拆。叹人生、时序百年心，萍踪迹。　　声不断，楼头滴。行不住，街头屐。倩新来双燕，探晴消息。可煞东君多著意，柳丝染出西湖色。待牡丹、开处十分春，催寒食。

赵必瑑　满江红·和李自玉蒲节见寄韵

如此风涛，又断送、一番蒲节。何处寄、黍筒彩线，龙馋蛟啮。已矣骚魂招不返，兰枯蕙老余香歇。俯仰间、万事总成陈，新愁结。　　梅子雨，荷花月。消几度，头如雪。叹英雄虚老，凄其一吷。回首百年歌舞地，胥涛点点孤臣血。问长江、此恨几时平，茫无说。

黎廷瑞　　满江红·赋竹樽

千亩君封，新移就、美泉天禄。形制古、椰樽嫌窄，瓠壶嫌俗。爱酒步兵缘业重，平生所愿何时足。再来生、竟堕此林中，充其腹。　　秋入洞，鉴金筑。春出户，跳珠玉。想宜城九酝，叶光凝绿。驴背夕阳同倒载，醉乡只有篔筜谷。问东坡、何独饮松醪，还思肉。

陈　纪　满江红·重九登增江凤台望崔清献故居

风去台空，庭叶下、嫩寒初透。人世上、几番风雨，几番重九。列岫迢迢供远目，晴空荡荡容长袖。把中年、怀抱更登台，秋知否。　　天也老，山应瘦。时易失，欢难久。到于今惟有，黄花依旧。岁晚凄其诸葛恨，乾坤只可渊明酒。忆坡头、老菊晚香寒，空搔首。

陈　纪　　满江红·饯赵佥事

揽辔埋轮，算不负、苍髯如戟。人争看、横秋一鹗，轩然健翼。只手为天行日月，寸怀与物同苏息。到于今、天定瘴云开，伊谁力。　　云霄路，金门客。念往事，情何极。把行藏细说，应无惭色。虹气上横牛斗剑，梅花不软心肠石。愿此行、珍重不赀躯，无瑕璧。

仇　远　　　**满江红·脂雨东流**

脂雨东流，觉春去、绿阴如幄。尝记得、桃花碧径，自怜幽独。日暮碧云空冉冉，摘花小袖犹依竹。望江南、草色欲连天，人江北。　谁共剪，西窗烛。谁共度，西园曲。甚采香情懒，楚骚谁续。海远休寻双燕信，夜长争忍孤鸾宿。夹缃签、曾有旧题诗，灯前读。

李　琳　　　**满江红·题宜春台**

碧醮江山，鹤唳晓、云献画屏。瑶宫敞、舞金翔翠，巍枕春城。龙背神瓢飞旱雨，虹光花石转阴晴。蔼昼香、飞雾福苍生，千古灵。　箫鸾响，笙鹤鸣。瑞烟起，彩云行。满阑干花影，绣飐帘旌。佛界三千笼日月，仙楼十二挂星辰。望赭袍、霞佩并云軿，游紫清。

蒋　捷　　　**满江红·一掬乡心**

一掬乡心，付杳杳、露莎烟苇。来相伴、凄然客影，谢他穷鬼。新绿旧红春又老，少玄老白人生几。况无情、世故荡摩中，凋英伟。　词场笔，行群蚁。战场胄，藏群虮。问何如清昼，倚藤凭棐。流水青山屋上下，束书壶酒船头尾。任垂涎、斗大印黄金，狂周顗。

蒋　捷　　　**满江红·秋本无愁**

秋本无愁，奈客里、秋偏岑寂。身老大、忺敲秦缶，懒移陶甓。万误曾因疏处起，一闲且向贫中觅。笑新来、多事是征鸿，声嘹呖。　双户掩，孤灯剔。书束架，琴悬壁。笑人间无此，小窗幽阒。浪远微听葭叶响，雨残细数梧梢滴。正依稀、梦到故人家，谁横笛。

陈德武　　　**满江红·记得年时**

记得年时，离筵上、把梅花折。还经尽、江南烟雨，淮阳风雪。寒食清明都过了，看看又到端阳节。倚阑干、屈指数流光，经年别。　心一寸，肠千结。千里梦，三更月。□晓来寒透，不堪愁绝。羞见慈乌啼反哺，厌闻乳燕调新舌。睹禽物、愈觉倍伤情，归心切。

张　炎　　　满江红·傅粉何郎

韫玉传奇惟吴中子弟为第一流，所谓识拍道字正声清韵不狂俱得之矣，作平声满江红赠之

傅粉何郎，比玉树、琼枝谩夸。看生子、东涂西抹，笑语浮华。蝴蝶一生花里活，似花还却似非花。最可人、娇艳正芳年，如破瓜。　　离别恨，生叹嗟。欢情事，起喧哗。听歌喉清润，片玉无瑕。洗尽人间笙笛耳，赏音多向五侯家。好思量、都在步莲中，裙翠遮。

张　炎　　　满江红·澄江会复初李尹

江上相逢，更秉烛、浑疑梦里。寂寞久、瑟弦尘断，为君重理。紫绶金章都莫问，醉中□送揶揄鬼。看满头、白雪欲消难，春风起。　　云一片，身千里。漂泊地，东西水。叹十年不见，我生能几。慷慨悲歌惊泪落，古人未必皆如此。想今人、愁似古人多，如何是。

张　炎　　　满江红·近日衰迟

近日衰迟，但随分、蜗涎自足。底须共、红尘争道，顿荒松菊。壮志已荒圯上履，正音恐是沟中木。又安知、幕下有词人，归心速。　　书尚在，怜鱼腹。珠何处，惊鱼目。且依然诗思，灞桥人独。不用回头看堕甑，不愁抱石疑非玉。忽一声、长啸出山来，黄粱熟。

张　炎　　　满江红·己酉春日

老子今年，多准备、吟笺赋笔。还自喜、锦囊添富，顿非畴昔。书册琴棋清队仗，云山水竹闲踪迹。任醉筇、游屐过平生，千年客。　　回首梦，东隅失。乘兴去，桑榆得。且怡然一笑，探梅消息。天下神仙何处有，神仙只向人间觅。折梅花、横挂酒壶归，白鸥识。

刘将孙　　满江红·建安戏用林碧山韵

正好花时，忽办得、匆匆来去。道一往无情，却又别颦愁妩。四海云鬟高样髻，长思红袖□分路。怪近来、不怨客毡寒，婵娟误。　　黄花约，终难据。曾未肯，清园住。只昼思

夜梦，浅斟低诉。莲子擘开谁在薏，徐娘一笑来何暮。又争知、寂寞白头吟，寒机素。

刘将孙　　满江红·和李圆峤话别

南浦绿波，只断送、行人行色。虽只是、鹏抟九万，天池春碧。鸾侣凤朋争快睹，鸥盟鹭宿空曾识。到玉堂、天上念西江，今非昔。　　公去也，宁怀别。人感旧，情空切。但岁寒松柏，相期茂悦。好在莫偿尘土债，风流宁可金门客。俯人间、大暑少清风，多炎热。

刘将孙　　满江红·千里酸风

五日风雨，萧然独坐，偶检康与之伯可顺庵词，见其中隐括金铜仙人辞汉歌，自谓缚虎手，殊不佳。因改此调，虽不能如贺方回诸作，然稍觉平妥。长日无所用心，非欲求加昔人也

千里酸风，茂陵客、咸阳古道。宫门夜、马嘶无迹，东关云晓。牵上魏车将汉月，忆君清泪知多少。怅土花、三十六宫墙，秋风袅。　　浥露兰，啼痕绕。画阑桂，雕香早。便天还知道，和天也老。独出携盘谁送客，刘郎陵上烟迷草。悄渭城、已远月荒凉，波声小。

梅　坡　　满江红·四月初六

天佑生贤，安排个、麦秋六日。人尽道、英雄慷慨，中兴人物。佛祖庆生宜后两，洞宾初度犹迟七。欲急流勇退作神仙，如何得。　　州县考，劳书绩。东西府，今虚席。看台星北拱，寿星南极。即见紫泥书下逮，须还玉笋班头立。愿得君、千载庆风云，齐箕翼。

黄通判　　满江红·寿太守赵司直

太守风流，管领尽、十分春色。开藩了、万花妆就，舒长化国。太白方观宫锦样，老人又现端门侧。听螺州、千里沸观声，春无极。　　龙种贵，蟾宫客。熊轼彦，鱼书直。更精神天赋，寒光停碧。宝篆定膺铜狄数，金樽好按梁州拍。待予环、赤舄映貂蝉，头方黑。

范　飞　　满江红·寿东人

律转黄钟，尧蓂尚、零星一叶。人尽道、当年此日，诞生

豪杰。我是君家门下士，三年屡献阳春雪。更此行、骑鹤上扬州，恩稠叠。　　君有子，文章伯。君有女，夸才色。更风流酝藉，东床佳客。婿祝长生儿祝寿，玉杯举罢金杯接。愿年年、长醉腊前梅，梅梢月。

彭芳远　　满江红·风前断笛平韵

愁满关山，又吹得、芦花雪深。西楼外、天低水涌，龙挟秋吟。回首人间无此曲，数峰江上落余音。似断云、飞絮两悠悠，何处寻。　　江南路，晴又阴。声韵改，泪盈襟。自中郎去后，羽泛商沉。牛背斜阳添别恨，鸾胶秋月续琴心。待醉骑、黄鹤度苍寒，霜满林。

戴山隐　　满江红·风前断笛

醉倚江楼，长空外、行云遥驻。甚凄凉孤吹，含商引羽。薄夜冷侵沙浦雁，老龙吟彻寒潭雨。蓦凉飙、一阵卷潮来，惊飞去。　　重欲听，知何处。谁为我，胡床据。谩寻寻觅觅，凝情如许。旧日山阳空有恨，杏花明月今谁赋。恐凭阑、人有爱梅心，空愁伫。

游子蒙　　满江红·春玉苍山

春玉苍山，屏星暖、佳辰难得。看柳眼梅金，全似海沂春色。和气欢声俄尔许，祥烟瑞霭今何夕。是风流、儒雅黑头公，悬弧日。　　福不尽，贵无敌。愿岁岁，见华席。捧霞觞称寿，寿如南极。见说蟠桃花正发，柔风暖日瑶池碧。待他年、结子欲成时，留君摘。

游子蒙　　满江红·雪坞霜林

雪坞霜林，一夜报、春归消息。看是处、春回柳眼，粉匀梅额。和气已欣回北陆，寿星更喜明南极。问四井、节物奉谁欢，辽东客。　　熊梦旦，非常日。珠履闹，金钗密。指双溪千顷，共斟琼液。不用殷勤千岁祝，姓名已上神仙籍。但时从、王母借蟠桃，躬亲摘。

黄子行　　满江红·归自湖南题富春馆

津鼓匆匆，犹记得、故人相送。春江上、鸟啼花影，马嘶香鞚。情逐阳关金缕断，泪和杨柳春丝重。算别来、几度月明时，相思梦。　　山万叠，愁眉耸。春一点，归心动。问风俦月侣，有谁游从。百里家山明日到，一尊芳酒今宵共。任楼头、吹尽五更风，梅花弄。

萧允之　　满江红·雨中有怀

冷逼疏帘，浑不似、今春寂寞。风雨横、赏心欢事，总如云薄。柳眼花须空点缀，莺情蝶思应萧索。但绕庭、流水碧潺潺，车音邈。　　怀往事，孤素约。酒未饮，愁先觉。甚中年滋味，共谁商略。芳草易添闲客恨，垂杨难系行人脚。谩几回、吟遍夕阳红，阑干角。

张半湖　　满江红·夏

新绿池塘，一两点、荷花微雨。人正静、桐阴竹影，半侵庭户。欹枕未圆蝴蝶梦，隔窗时听幽禽语。卷沙帏、随意理琴丝，黄金缕。　　鲛绡扇，轻轻举。龙涎饼，微微炷。向水晶宫里，坐消袢暑。剥啄谁敲棋子响，莺儿林里惊飞去。最好是、活水瀹新茶，醒春醑。

邵桂子　　满江红·税官之扬州任

离却京华，到这里、二千八百。穷醋大、齐齐整整，岂无贷揭。随地平章花与柳，为天评品风和月。只留得、一管钝毛锥，一丸墨。　　初不是，丝绵帛。又不是，茶盐铁。更有苏州破砚，兔园旧册。一领征衣半尘土，两头箬笠几风雪。问栏头、直得几多钱，从头说。

黄诚之　　满江红·寿韩尚书

五岳三光，钟秀气、笃生人杰。天付与、心肠锦绣，精神冰雪。姓字早登龙虎榜，文书夜直丝纶阁。谢君王、特地掇鸾坡，来闽粤。　　几千顷，恩波阔。十万户，欢声洽。看致君尧舜，归班夔契。谈笑扫清沙漠净，弥缝补就苍天缺。愿年年、长醉腊前春，梅梢月。

梁大年　　满江红·寿太守　四月三十

九十炎光，又过了、三分之一。记当年光际，诞生良弼。

嵩岳降神钟秀气，孕成间世真英杰。妙文章、拾芥立功名，谁能敌。　　周孔业，邹轲质。伊尹志，渊明节。袖经纶妙手，屡投班笔。富贵一朝知已逼，封侯谈笑真堪觅。信功名、管取出长年，看箕翼。

草夫人　　满江红·寿妇人又受命　十月廿七

清晓新妆，鸾台畔、潜呼小玉。问阿谁庭院，调长生曲。报道隔邻人庆寿，新来荣领金花轴。细推来、阳月已将周，惟三宿。　　陈□颂，年多祝。环珠翠，人如簇。奉金杯相庆，满斟醽醁。愿享麻姑难老福，屡餐王母蟠桃熟。更儿孙、岁岁献莱庭，蓝袍绿。

刘　守　　满江红·刘守解任

归去来兮，要待足、何时是足。荣对辱、饮河鼹鼠，无过满腹。浴月朝霞红赛锦，排云晚岫青如玉。更修�、与合抱长松，依梅麓。　　森画戟，谩符竹。舞袖短，辕驹局。惟茧丝堡障，医疮剜肉。节对开炉应去也，钗头又有长生箓。算归程、恐到荔枝乡，已过熟。

白君瑞　　满江红·木芙蓉

木落林疏，秋渐冷、芙蓉新拆。傍碧水、晓妆初鉴，露匀妖色。故向霜前呈艳态，想应青女加怜惜。映朝阳、翠叶拥红苞，闲庭侧。　　岩桂香，随飘泊。篱菊嫩，陪幽寂。笑春红容易，被风吹落。满眼炯然宫锦烂，一身如寄神仙宅。把绿尊、莫惜醉相酬，春工力。

江无□　　满江红·衡岳词

使节行秋，算天也、知公风力。长啸罢、烟云尽卷，□□□□。重九汉峰黄泛酒，五更泰岳□观日。问扬公、去后有谁□，□朝集。　　大华□，□□□。今古□，□陈迹。甚牛山□□，□□□□。□□□嫌□惕薄，高怀□□□□□。□□□、黄鹤□□□，□相识。

无名氏　　满江红·林外溪边

林外溪边，深深见、一林寒雪。惟觉有、袭人襟袖，暗香不绝。天与风流标格在，肯同桃杏开时节。也须烦、玉手折将来，和明月。　　调鼎事，君休说。龙笛韵，空悲咽。将何助清赏，待传佳阕。君不见广平词赋丽，挥毫弄翰心如铁。便直饶、何逊在扬州，成虚设。

无名氏　　满江红·梅词

一点阳和，天不许、凡花先得。这些儿深意，蜂蝶怎生窥测。北陆正当风凛冽，南枝却漏春消息。教琼仙、剪水缀成葩，天然白。　　影横处，寒窗月。香浮处，寒梢雪。被东皇做就，这般标格。虽是腊前年后景，终非竹外篱边物。不安排、顿放玉堂中，真堪惜。

无名氏　　满江红·斗帐高眠

斗帐高眠，寒窗静、潇潇雨意。南楼近、更移三鼓，漏传一水。点点不离杨柳外，声声只在芭蕉里。也不管、滴破故乡心、愁人耳。　　无似有，游丝细。聚复散，真珠碎。天应分付与，别离滋味。破我一床蝴蝶梦，输他双枕鸳鸯睡。向此际、别有好思量，人千里。

无名氏　　满江红·寿杨殿撰

蓓蕾江梅，正好是、小春时候。螺浦下、乾坤间气，山川钟秀。作起风流今几代，诚斋心印亲传授。更修名、大节与谁同，韩山斗。　　修月斧，擎天手。鸿敛翼，云归岫。有庄园陶径，菊滋松茂。只恐东山真事业，更应西洛登耆旧。有年年、宣劝到鳌扉，黄封酒。

无名氏　　满江红·寿洪教授

才入新年，喜两见、希奇盛事。正五旦、虹流电绕，星枢呈瑞。方庆千秋开宝运，又今六日生名世。河清生圣岳生贤，风云际。　　修月手，凌云气。吞泽量，飞泉思。况声名已自，惊天动地。上寿不须儿女语，著鞭且展英雄志。北方焰焰看来年，魁名字。

无名氏　　满江红·庆发举友人

学富胸襟，才名擅、菊潭第一。都缘是、文星在命，光联南极。已向九霄横鹗荐，词场独步花生笔。况而今、好事又相逢，趋朝急。　　增喜气，眉黄色。须还做，陇头客。且今朝满泛，寿觞琼液。自昔箕畴称五福，惟公兼备真难得。看明朝、夺取锦标归，头方黑。

无名氏　　满江红·寿赵安人

萱草堂开，仙姿秀、金枝玉叶。亲曾映、尧阶三月，蓂舒六荚。荣侍早随台辅鼎，长生已镂天潢牒。自当年、蘋藻俪勋门，能循法。　　掌中贵，双珠握。慈训笃，家传学。信陶亲珪母，要还相业。最好鳌头攀盛事，只今鹤发承殊渥。任年年、王母献蟠桃，金书帖。

无名氏　　满江红·寿妇人

有二子登第，一为教，一为户

绣线添长，屈指隔、书云三日。华堂里、十分佳气，葱葱郁郁。一点老人星正照，千年王母桃方实。向绮罗、丛里酌流霞，称觞客。　　凤雏贵，名仙籍。鸾诰宠，恩慈极。萃一门盛事，皆诗书力。芹泮珠曹争禄养，桂林雁郡催行色。看明年、两处寿筵开，长生节。

无名氏　　满江红·侄寿叔

指日中秋，便满目、蟾光如洗。又还竹溪溪上，长庚瑞世。事业权舆韩范辈，文章拍调苏黄里。借北来双鹤寿芳筵，人千岁。　　羞阿买，依兰砌。看大阮，趋枫陛。这冰壶人物，蓬山地位。荐墨未曾干翠剡，除书已拟封黄纸。把爆筵、趁取牡丹红，花前醉。

无名氏　　满江红·雪意垂垂

雪意垂垂，算天为、风流酝酿。便催得、蕊宫仙子，队移仙仗。明月珠连湘浦合，清风佩过秦楼响。带天香、郁郁碾云锐，通宵降。　　温玉枕，销金帐。花烛下，狨毡上。这英才美貌，一双不枉。鸾凤镜明栖彩翼，鸳鸯被阔翻新浪。祝君莫学画眉痴，如张敞。

无名氏　　满江红·贺生孙

月淡风轻，凉意在、碧梧修竹。极目际、澄空似水，素秋新沐。夜看庚星飞下界，晓传子舍生兰玉。想充闾、佳气郁葱葱，香芬馥。　　裁锦褓，铺金褥。沉水暖，金盆浴。向画堂深处，拥红斟绿。况是天潢真相宅，定知丰采惊凡目。看他年、槐馆振家声，飞腾速。

无名氏　　满江红·寿李侯

银漏穿花，星河浅、窗胧曙色。烧蜜炬、锦帏春煦，瑞烟濛幂。堂上金钗行十二，庭前珠履三千客。捧流霞、潋滟玉东西，歌声溢。　　全五福，知无敌。来百禄，知无极。抱龙骧勋策，小劳公力。袖内光藏神武剑，他年待正天西北。顾贱夫、何可共功名，攀麟翼。

无名氏　　满江红·寿卢侯，旧为大将军

绿鬓将军，是人道、天生韩霍。最奇处、虎头燕颔，龙韬豹略。卧护懒通天子诏，长驱爱把匈奴缚。我皇家、许样大乾坤，身难著。　　试问我，青原约。君合再，青油幕。这兵书一卷，怎生闲却。万里城边须饮马，八公山上多鸣鹤。待归来、依旧执金吾，凌烟阁。

无名氏　　满江红·寿人六十四

在昔尝闻，老彭祖、寿龄八百。试屈指、我公今岁，才方八八。乙百更添三十六，算来总是公年月。对梅花、时候庆生朝，真欢悦。　　儿既劝，金蕉叶。孙又把，沉檀爇。喜儿孙满目，芝兰英发。笑问堂前王母看，而今几度蟠桃结。道当时、亲手共栽培，何须说。

无名氏　　满江红·寿人六十五

细读箕畴，洛书字、六旬有五。试屈指、我公今岁，恰符其数。五福备全几坎九，既言一寿还称富。乃今知、好德与康宁，皆由天与。　　记当日，嵩生甫。喜今夕，逢初度。看儿孙鼎盛，贺宾旁午。炉暖博山腾麝馥，杯擎琥珀斟香醑。问千秋千岁与谁同，西王母。

无名氏　　满江红·寿季父七十

安乐窝中，庆华发、苍颜七十。生处好、十分清瘦，仙风道骨。自古天教仁者寿，只今人饮贤人德。更一年、两度腊嘉平，垂弧夕。　华堂上，灵椿匹。兰庭下，孙枝七。望芹翁次第，年超八秩。欢伯便同分玉髓，河儿不用闰瑶笈。记醉时、三万六千场，从今日。

无名氏　　满江红·寿陈碧山七十一

维岳生贤，天欲补、中兴衮职。奈圣世、朝无阙事，且令休逸。锦绣文章胸次贮，蓬壶岁月闲中积。羡人生、七十古来稀，今逾一。　书聚府，成东壁。身眉寿，真南极。望瑞云深处，接江山碧。人愿君如天上月，我期君似明朝日。待明朝，长至转添长，弥千亿。

无名氏　　满江红·正月十六

灯火星桥，元宵过、春雪新霁。潇洒处、梅梢雪暖，柳梢风细。嵩岳想储当日秀，麒麟来作人间瑞。快风流、小小住蓬瀛，千秋岁。　书万卷，儿孙贵。家万顷，生涯计。问阴功厚德，有谁能继。鬓雪人间膺上寿，椒觞且尽樽前醉。看眼前、龟鹤伴长生，莱衣戏。

无名氏　　满江红·寿吴守　二月初一

春色三分，才过一、韶华方好。庆初度、万家襦袴，满城欢笑。杨柳弄黄风渐软，海棠未放寒犹峭。况年丰、粒米不论钱，人皆饱。　烧绛蜡，斟清醥。歌宛转，红围绕。看风光蓬岛，乐声云杪。白粲连樯先一路，玺书增秩新颁诏。看貂蝉、长在玉皇边，应难老。

无名氏　　满江红·寿留守　二月廿九

今日明朝，三月旦、又将来了。欣岳降、宝香薰夜，玉麟颁晓。一面久劳公镇抚，三年活却人多少。幸借留、重许镇西河，新颁诏。　人共乐，春光好。环翠袖，斟清醥。记题诗宝扇，屡陪天笑。无限金陵怀古意，春寒依旧谁能道。看白头红颊本天人，真难老。

无名氏　　满江红·寿尚倅　三月初六

曲水兰亭，陪宴后、又还三日。最好是、风檐月观，堕红堆碧。乔木故家今有数，太平人物年几百。看扶藜、行处乱花飞，神仙宅。　天地外，逍遥客。谈笑里，文章伯。是富贵渊明，洞天彭泽。老鹤蹁跹摩汉翮，灵龟燕息支床力。看一时、长傍寿星边，天南极。

无名氏　满江红·三月十五

曲水流觞，又过了、良辰十二。好是融融院落，晚春天气。天上麒麟呈瑞彩，人间鸑鷟呈祥瑞。气飘飘、仙种有其人，汾阳裔。　金屋里，歌声沸。琼斝献，休辞醉。问风流人物，螺川能几。内翰兰孙衣钵富，外台桂子簪缨贵。愿双亲膝下戏斑衣，千秋岁。

无名氏　满江红·寿太守子　三月廿六

五五芳辰，园林遍、十分春景。见瑞香喷兽，烛摇红影。知道文星初度旦，细腰歌舞娇姿逞。颂椒觞、捧献更殷勤，君拚饮。　英雄威，风凛凛。文章腹，千机锦。看青毡复旧，父风挺挺。桂子兰孙齐彩戏，祝教寿比天难尽。况深居、潭府胜蓬莱，真仙境。

无名氏　满江红·五月廿三

万甲胸中，问谁似、延安范老。当家事、出藩入相，黑头俱了。绿野徜徉聊雅志，紫宸寤寐思英表。向修门、何日衮衣归，天教早。　诹吉卜，维熊兆。征瑞梦，长庚耀。正尧蓂仲夏，八飞叶小。千日早从菑疾退，一觞恰趁笙歌绕。算灵椿、何似栎堂春，他犹少。

无名氏　满江红·六月廿八

风露轻清，更十日、却逢七夕。庆初度、槐阴初静，藕花凉湿。太乙真人曾夜伴，青莲居士何年谪。□双凫、游戏宰花封，恩波溢。　甘雨酿，丰年得。和气满，弦歌室。向烛花光里，且斟醽醁。菊水清于天水净，寿山高似东山峙。看诏归天上侍虚皇，骑箕翼。

无名氏　满江红·七月初四

一叶知秋，正玉律、新吹夷则。迟三日、双星齐会，又逢哀弹。暖日柔风好景，行云绕、莺燕翩翻。谁知道，冶游重到，已赋解连环。　　乘云，行处去，花深隔院，应恨春闲。但紫骝嘶度，时望重关。长恨江楼柳老，女郎腰、又负眠三。东城路，一回一感，愁见月儿弯。

熊则轩　　满庭芳·郭县尹美任

波有颓澜，渴无冷镬，谁言制邑为难。汾阳善政，只在笑谈间。三载刑清讼简，官事辨、俗阜民安。帘垂昼，焚香宴坐，犹得半清闲。　　西风，催入觐，声驰当道，名达朝端。任锦溪溪上，卧辙攀辕。从此燕辕北去，好官样、留与人看。扁舟稳，图书外，惟有月俱还。

仇　远　　满庭芳·寒食无情

寒食无情，阳春如客，晚风落尽繁枝。落红堆径，小槛立移时。乐事不堪再省，吴乡远、愁思依依。谁家燕，斜穿绣幕，轻惹画梁泥。　　还知，人寂寞，殷勤软语，来说差池。怕王孙归去，芳草离离。倚翠屏山梦断，无心听、啼鸟催归。何时向，溪流练带，一舸载鸱夷。

熊　禾　　满庭芳·斗转璇霄

斗转璇霄，梧飘金井，洞天秋气方新。幔亭仙子，飞佩下瑶京。霞袂霓裳缥缈，冰肌莹、月作精神。云璈动，琼仙歌舞，共庆捧瑶觥。　　蟾宫，人未老，纵横礼乐，谈笑功名。从今去，有多少、富贵光荣。且听宾云奏曲，千秋岁、更引清声。齐眉处，朱颜绿鬓，相与共长生。

丁无悔　　满庭芳·道格天渊

道格天渊，令行海岳，凛然名德尊崇。云烟千里，分付笑谈中。川后波神效职，潮声细、一鉴涵空。风樯便，蛮珠贾舶，累译更遥通。　　雍容，廊庙手，蓍龟先见，日月精忠。自从机初解，眷渥尤隆。共道奇庞福艾，衮衣到、宁久居东。谯门晓，高牙大纛，辉映醉颜红。

丁无悔　　满庭芳·偃屋霜清

偃屋霜清，棱层烟碧，玲珑移在人间。山光林色，常伴主人闲。元有仙风道骨，无心趁、玉简朝班。归来赋，不因五斗，谈笑挂衣冠。　　尤难，谁不羡，商山橘乐，渭水渔竿。引相君王子，助发幽欢。满泛寿觞多祝，南溟共、北海波澜。君知否，庙堂有意，相与问寒岩。

徐君宝妻　　满庭芳·汉上繁华

汉上繁华，江南人物，尚遗宣政风流。绿窗朱户，十里烂银钩。一旦刀兵齐举，旌旗拥、百万貔貅。长驱入，歌台舞榭，风卷落花愁。　　清平三百载，典章人物，扫地俱休。幸此身未北，犹客南州。破鉴徐郎何在，空惆怅、相见无由。从今后，梦魂千里，夜夜岳阳楼。

张　炎　　满庭芳·小春

晴皎霜花，晓熔冰羽，开帘觉道寒轻。误闻啼鸟，生意又园林。闲了凄凉赋笔，便而今、不听秋声。消凝处，一枝借暖，终是未多情。　　阳和能几许，寻红探粉，也恁忺人。笑邻娃痴小，料理护花铃。却怕惊回睡蝶，恐和他、草梦都醒。还知否，能消几日，风雪灞桥深。

胡浩然　　满庭芳·吉席

潇洒佳人，风流才子，天然分付成双。兰堂绮席，烛影耀荧煌。数辐红罗绣帐，宝妆篆、金鸭焚香。分明是，芙蕖浪里，一对浴鸳鸯。　　欢娱，当此际，山盟海誓，地久天长。愿五男二女，七子成行。男作公卿将相，女须嫁、君宰侯王。从兹去，荣华富贵，福禄寿无疆。

陈若晦　　满庭芳·游大涤赋

五洞深沉，九峰回抱，望中云汉相侵。暮春天气，宫殿翠烟深。一片山光澹净，溪月上、碧水浮金。琼楼杪，仙人度曲，空外响虚音。　　龙香，时暗引，青鸾白鹤，飞下秋阴。露华冷、琼珠点缀瑶林。犹记华胥梦断，从别后、几许追寻。人间世，逝川东注，红日又西沉。

郑达可　　满庭芳·肥绽梅红

肥绽梅红，嫩翻荷绿，微凉时起青蘋。人间福艾，都属老人星。累建高牙大纛，循良治、是处彬彬。棠阴里，丰碑纪德，仁爱浃生民。　　纶巾，风物裹，一筇徒倚，傲睨寰瀛。况清朝黄发，尤急咨询。第恐商山芝客，岂容便、蝉蜕功名。他时看，腰横玉带，朱紫列云仍。

徐去非　　满庭芳·凤历书元

凤历书元，龟图画泰，瑞蓂两两初开。舞风仙子，飞雪拥春来。平荡人间险秽，端为你、没点尘埃。清明世，冰辉太洁，鸥鹭莫惊猜。　　儿孙，同劝寿，桃添西阆，兰绕南陔。看琼玉妆成，万瓦楼台。飘洒风流酥满盏，浑疑醉，月影蓬莱。从今去，诗高未老，点化尽多才。

霍安人　　满庭芳·桐叶霜干

桐叶霜干，芦花风软，晓来一色新秋。碧光无际，良夜月明楼。瑞应长庚入梦，钟奇秀、特产贤侯。堪夸处，雄姿英发，连箭射双雕。　　回头，思往事，皂囊三进，豪气冲牛。记前回风诏，空下南洲。冷笑浮云坠甑，鲈鱼美、归老扁舟。祝君寿，青山不尽，绿水自悠悠。

去　非　　满庭芳·龙角辉春

龙角辉春，蛾春惊晓，梦阑金翠屏开。异芬薰室，风送蕊仙来。玉女擎香沐浴，人间世、洗彻凡埃。梅开后，留花酝染，清味俗难猜。　　东君，尤雅爱，传香芳畹，香发庭陔。宁馨满尊前，喜奏瑶台。便好纽为佩玉，瀛洲路、同赏蓬莱。蟠桃宴，从今曼倩，三骋奇材。

杨樵云　　满庭芳·影

只道空烟，又疑流水，依依却是行云。了然相对，又是梦纷纭。半面春风图画，黄金在、难铸昭君。溪桥断，梅花晴雪，端的白三分。　　真真，难唤醒，三年抽藕，织得榴裙。甚徘徊窥镜，交翼鸾文。一片飞花来去，并刀快、剪取晴纹。无情处，分明著眼，强半带春醺。

刘贵翁　　满庭芳·萍

宫鸟西飞，杨花北去，春风飘向伊谁。盈盈小小，轻薄不堪肥。天付风流到骨，消不尽、流落青池。谁知道，踏歌朝暮，痴绝待渠归。　　愔愔，春似酒，日痕生绀，裙色明漪。笑东家西沼，到处依依。同是东风种得，独无据，飘泊年时。青梅落，水光帘影，小翠立横枝。

百　兰　　　满庭芳·贺晚生子

有分非难，是缘终合，采来还换须臾。少年培植，春意已敷腴。毕竟花多驻果，坚牢是、蚌老生珠。君知否，今番定也，颠不破璠玙。　　遥知纷瑞霭，十分郎罢，黄溢眉须。便何妨燕喜，剩买欢娱。况侍北堂难老，庭阶映、玉树森如。金荷劝，从教酩酊，扶醉看孙株。

张　宰　　满庭芳·寿李守　四月十四

气吐虹霓，笔飞鸾凤，从来锦绣文章。谪仙才调，复见庆流芳。向自题名雁塔，不十载、德播河阳。慰民望，一麾出守，风月任平章。　　清和，时欲半，吕仙诞日，正此相当。欣逢初度旦，敢献椒觞。只恐经纶大手，应休期、便趣曹装。愿箕宿，照临南极，拱北远流光。

程霁岩　　满庭芳·寿徐佑卿　七月初五

一叶鸣秋，五蓂纪瑞，申月还庆生申。巍巍郎宿，辉映寿星明。一段精神玉立，秋潭自、足副徽称。长生箓，只在公丹府，何待祝修龄。　　粉垣，才过了，便持荷橐，光近枫宸。况金瓯将启，庆满槐庭。朝旆行行入侍，彩衣映、衮冕辉新。从今去，相门出相，未数汉韦平。

何钽翁　　　满庭芳·二气旋还

二气旋还，三宫升降，往来于是无穷。透关神水，铅汞过三峰。返复周流八脉，戊己炼、阴虎阳龙。凝情处，金光朗朗，身外见形容。　　灵光，真造化，天机深远，推测难通。算利名酒色，恰似秋风。大道玄炉进火，三田内养出神功。功成后，金书来诏，平步赴瑶宫。

无名氏　　　满庭芳·五斟相逢

五斟相逢，千钟一饮，古今乐事无过。香生银瓮，浮蚁浴春波。潋滟光凝盏面，轻风皱、浅碧宫罗。乘欢处，倾罍痛饮，珠贯引清歌。　　云何，君不饮，良辰美景，聚少离多。忍怎放春风，容易蹉跎。但愿一樽常共，花阴下、急景如梭。须乘醉，雕鞍归去，争看醉颜酡。

无名氏　　　满庭芳·青幄高张

青幄高张，琼枝巧缀，万颗香染红殷。绛罗衣润，疑是火然山。白玉钗头试篸，黄金带、奇巧工钻。题评处，仙家异种，分付在人间。　　年年，输帝里，欢呼内监，妆点金柈。况曾得真妃，笑脸频看。炎岭当时奏曲，风流命、乐府名传。凭谁道，移归禁苑，长使近天颜。

无名氏　　　满庭芳·凤阁祥烟

凤阁祥烟，龙城佳气，明禋恭谢时丰。绮罗争看，帘幕卷南风。十里仙仪宝仗，暖红翠、玉碾玲珑。銮回也，箫韶缓奏，声在五云中。　　千官，迎万乘，丝纶叠叠，锦绣重重。听鸣稍辇路，宴罢鳌宫。瞻仰天颜有喜，君恩霈、寰宇雍容。生平愿，洪基巩固，圣寿永无穷。

无名氏　　　满庭芳·牡丹

梅子成阴，海棠初谢，小园才过清明。百花扫地，红紫践为尘。别有烟红露绿，嫣然笑、管领东君。还知否，天香国色，独步殿余春。　　轻盈，多态度，洛阳图画，韩令经营。想谪仙风韵，洒面词成。一捻深红尚透，谁信道、花亦通灵。君休待、花归阆苑，莫惜醉山倾。

无名氏　　　满庭芳·若论风流

若论风流，无过圆社，拐肷蹬蹑搭齐全。门庭富贵，曾到御帘前。灌口二郎为首，赵皇上、下脚流传。人都道、齐云一社，三锦独争先。　　花前，并月下，全身绣带，偷侧双肩。更高而不远，一搭打秋千。球落处、圆光肷拐，双佩剑、侧蹑相连。高人处，翻身佶料，天下总呼圆。

无名氏　　　满庭芳·十二香皮

十二香皮，裁成圆锦，莫非年少堪收。绿杨深处，恣意乐追游。低拂花梢慢下，侵云汉、月满当秋。堪观处，偷头十字拐，舞袖拂银钩。　　肩尖，并拐搭，五陵公子，恣意忘忧。几回沉醉，低筑傍高楼。虽不遇文章高贵，分左右、曾对王侯。君知否，闲中第一，占断是风流。

无名氏　　满庭芳·集曲名

共庆清明，四时欢会，贺筵开会集佳宾。风流鼓板，法曲献仙音。鼓笛令、无双多丽，十拍板、音韵宣清。文序子，双声叠韵，有若瑞龙吟。　　当筵，闻品令，声声慢处，丹凤微鸣。听清风八韵，打拍底、更好精神。安公子、倾杯未饮，好女儿、齐隔帘听。真无比、最高楼上，一曲称人心。

无名氏　　满庭芳·秋思

碧落横秋，浮云崩浪，夜凉先到梧桐。荷花十丈，人在赤城中。风鬓尚梳雾湿，眉峰翠、的烁双瞳。多应是，金丹一粒，点就蕊仙宫。　　相逢，蓬岛客，酒翻银海，一饮如虹。弄横玉招月，吹上层空。青鸾传书满座，蟠桃树、已结轻红。拚沉醉，人间拍手，一笑有东风。

无名氏　　满庭芳·寿安抚

北斗璇魁，南闽元帅，西清真地行仙。东林白社，依约认前缘。霞炯天台万叠，记当时、秀减山川。三生梦，岩公宝刻，云锁石桥边。　　时度，御炉吹雾，宫烛传烟。望图中家庆，朱紫蝉联。入见辕门佳节，到新春、长是开筵。明年看，五云深处，黄发映貂蝉。

无名氏　　满庭芳·寿千官　五月十五日

梅雨初晴，时当夏五，一轮桂魄方圆。平山毓秀，间世产英贤。那更椿庭戏彩，只觞处、簇拥神仙。荷囊紫，朱幡辉映，新渥又兰孙。　　山阴，方借径，结知当路，荐剡争先。况湖襄输转，赏秩新颁。更喜两飞漕鹗，魁兰省、首听胪传。丹墀上，屏分云母，鲁后与周前。

无名氏　　满庭芳·寿梅监税、丙戌登第

标格清高，性姿雅淡，群芳独步惟梅。当年秀气，付作此奇材。不逐东风桃李俗，冰霜里、弹压春回。还应是，嵩神降瑞，屈指一阳来。　文章，推大手，关征小试，暂费筹财。我殷勤为寿，起舞持杯。鹏翮抟风再整，南枝报、管占新魁。从今看，和羹大用，指日主三台。

无名氏　满庭芳·寿陈守

桐叶霜干，芦花风软，晚来一色清秋。碧天无际，良夜月明楼。瑞应长庚入梦，钟奇秀、特座贤侯。堪夸处，雄姿英发，连箭射双雕。　回头，思往事，皂囊三进，豪气冲牛。记前回风诏，空下南州。冷笑浮云坠甑，鲈鱼美、归老扁舟。祝君寿，青山不尽，绿水自悠悠。

无名氏　满庭芳·寿殿帅

威策冰河，兵严玉帐，济时人在壶天。妙龄谈笑，图画上凌烟。但见勋书鼎鼐，谁知道、名列高仙。风云会，钩陈羽卫，绿鬓映貂蝉。　绵绵，流庆远，芝兰秀发，折桂争先。占盛一门，文武更双全。已饵琼英绛雪，灵龟寿、何止千年。年年看，笙歌丛里，金盏侧垂莲。

无名氏　满庭芳·寿硕人

千里旄麾，万家灯火，晓来气霭佳祥。宝猊烟里，龟甲锦屏张。尽道蓬莱仙瑞世，九霄外、鸣玉飞香。阴功著，恩疏三品，金诰久弥芳。　华堂，丝管□，金樽齐捧，百拜称觞。看绕庭兰玉，济济成行。占尽人间五福，壶中景、日月偏长。春难老，芳瞳发秀，千岁寿宁康。

无名氏　满庭芳·贺人生日新冠

月属重三，蓂开二六，于门车马骈阗。彩麟高设，金鸭喷祥烟。试问谁来瑞世，人都道、蓬岛神仙。非凡子，年才志学，勋业已精专。　坐联，汤饼客，倾银注玉，盛展华筵。羡巍冠初冠，气宇飘然。底用遐龄频祝，但愿双亲未老，富贵双全。功名事，吾家旧物，早共复青毡。

无名氏　满庭芳·金贴鼓腰

金贴鼓腰，绣妆檐额，吾宗自昔豪奢。椒馨兰馥，烟雾霭横斜。吹管聒天今夜，香风度、罗绮光华。看双美，郎君俊秀，玉女更宜家。　　繁华，歌宴处，金盘撒果，银烛烧花。任芙蓉帐掩，翡翠屏遮。更看名传桂籍，蓬瀛近、隐泛仙槎。归来去，双亲绿鬓，相对饮流霞。

无名氏　　满庭芳·寿真玉堂　四月十九

仙吕已生，真才方产，较迟五日差强。谁知天意，孕秀待储祥。秋水精神玉骨，向妙龄、富妙文章。高轩过，儒林独步，腾踏趁飞黄。　　玉堂，金马客，蓬莱事业，花掖圭璋。更词料卓冠，时号无双。大展经纶有日，须恬退、待趣曹装。称觞处，西山风月，南极老人昌。

无名氏　　满庭芳·庆生日又生子　五月初一

律转蕤宾，星流大火，尧阶蓂荚初开。当年此日，降下谪仙才。见说鸾池荐瑞，蚌珠又、复产渊崖。真堪羡，龙生龙子，双庆甚奇哉。　　寄言，汤饼客，好称觞索，玉果倾杯。无新亦无旧，事事俱谐。他日同筵为寿，彩戏处、酬酢樽罍。瞻南极，灵椿丹桂，相继践公台。

无名氏　　满庭芳·寿丞相出守　六月十三

喜镇龙藩，厌调金鼎，薄言衣锦为荣。天生申甫，欣对此良辰。自是神清气爽，风姿潇洒却炎蒸。称觞日，双叶翠蓂，犹未展尧庭。　　帡幪知有赖，国家柱石，须待扶倾。暂留公燕逸，抚及瓯闽。君念旧人共政，即环召、再秉钧衡。平章了，佑王万岁，齐寿永康宁。

无名氏　　满庭芳·寿张教　六月十八

昴宿储祥，奎星荐瑞，元来天产英姿。都缘鼻祖，织女与支机。自是流芳垂庆，仙风道骨果清奇。称觞旦，任从伏暑，三荚看蓂飞。　　文章，谁与敌，欲成大器，殊未为迟。况年方强仕，政入官时。暂领广文庠序，即超身入凤凰池。同经济，云龙风虎，千载庆休期。

无名氏　　满庭芳·庆隐士　六月廿九

诗礼传家，不名则利，谁能袖手安常。惟君宽厚，无较短论长。且自深居简出，清闲处、管甚炎凉。年未老，方逾强仕，家富更平康。　　秋声，风欲作，蓂留一荚，伏暑将藏。大贤初度日，对此称觞。叹凤帏虽冷落，喜御兰、得宠专房。见说宁馨少长，螟雏箕、学更高强。得闲趣，山中宰相，何必事侯王。

无名氏　满庭芳·寿枢密孙　七月廿六

彭郡宗盟，屏山德裔，儒科闻望流传。不贪世禄，雁塔占先登。锦绣文章瑞彩，若披云、快睹青天。称觞日，蓂留四叶，葵菽正宜烹。　　星枢，方上应，推君甲子，好问绛人年。更遐龄多祝，五福兼全。此去沙堤步稳，调金鼎、衮绣貂蝉。人皆仰，一门相业，清白子孙贤。

无名氏　满庭芳·庆尚书恬退　八月初八

西掖南宫，黄扉青琐，年来有分终须。从容曳履，衣锦赋归欤。暂乐终南佳处，供笑傲、松菊庭除。行看取，一封诏下，装趣入潭居。　　称觞，逢谷旦，千秋节过，三叶蓂舒。且冷眼嗤笑，笼鸟池鱼。识破林泉朝市，经行处、等是蘧庐。知谁似，一杯寿酒，一卷养生书。

无名氏　满庭芳·庆生日入新屋

北斗将移，西风已半，蓂余一叶阶前。左弧呈瑞，非雾亦非烟。见说长庚入梦，当年此际产英贤。谁知得，平生高尚，五福自然全。　　肯堂，夸盛事，一新轮奂，适际荣迁。有重重喜庆，贺客骈阗。从此燕居笑语，称觞处、好展华筵。频祝愿，室家相庆，富寿百千年。

无名氏　满庭芳·寿包宰　九月初四

露白风清，菊黄萸紫，重阳五日先期。煌煌郎宿，南极两交辉。天上飞凫仙伯，当初度、开宴瑶池。民谣里，劝分阴德，百姓饱无饥。　　画帘，香篆永，城山堂上，红袖蛾眉。任满斟高唱，祝寿新词。况是辟书到也，乘别驾、直上横蜚。青毡在，看看复见，孝肃旧家时。

无名氏　　满庭芳·十月初五

瑞霭非烟，小春良月，翠开五叶阶蓂。补陀现相，今日庆生辰。江夏芳流秀国，芝兰茂、世袭簪缨。天恩厚，金花屡锡，偕老共卿卿。　画堂，歌舞处，香浮宝鸭，寿酒频斟。愿朱颜绿鬓，常似青春。待得蟠桃三熟，与群仙、会宴西清。台星照，婺星箕耀，南极镇长明。

无名氏　　满庭芳·寿幕官　十月廿四

良月霜晴，小春寒浅，瑞蓂九叶朝飞。岭梅香度，初发向南枝。此际高门袭庆，真贤降、金璧争辉。传瀛海，向歆父子，相望姓名垂。　广寒，仙籍在，笔驱造化，文照虹霓。暂徘徊莲幕，名誉英驰。行篷夔龙步武，蓬山静，玉宇春熙。当清夜，神交太乙，相对照青藜。

无名氏　　满庭芳·寿赵判院有父有子　十一月十四

阳复今朝，月圆明日，渭溪改观风光。金枝孕秀，余庆衍天潢。诞降真英间世，群仙贺、喜萃华堂。那堪见，灵椿未老，丹桂两芬芳。　烛摇，香雾拥，翠娥歌舞，齐上椒觞。且殷勤仰祝，华算等天长。况蕴智谋韬略，维城志、屏翰君王。待收取、平戎功业，军国赖平章。

无名氏　　满庭芳·寿胡簿方三十　十一月初四

梅拆数枝，蓂舒四荚，二阳始觉来临。五云呈瑞，渤海复生申。信道当年庆诞，人推天上石麒麟。果然是，名驰雁塔，弱冠绿袍新。　鸾栖，虽小试，仕途发轫，现宰官身。信倚需一札，飞下天庭。自是调羹大手，环召也、快展经纶。称觞处，彩堂具庆，芳桂对萱椿。

无名氏　　满庭芳·嘲蔡京

光芒，长万丈，司空见惯，应谓寻常。……仍传□、儋崖父老，只候蔡元长。

满庭芳慢

即《满庭芳》，宋范致虚词名《满庭芳慢》，见《岁时广记》卷十。详见《满庭芳》条。

范致虚　　满庭芳慢·紫禁寒轻

紫禁寒轻，瑶津冰泮，丽月光射千门。万年枝上，甘露惹祥氛。北阙华灯预赏，嬉游盛、丝管纷纷。东风峭，雪残梅瘦，烟锁凤城春。　　风光何处好，彩山万仞，宝炬凌云。尽欢陪舜乐，喜赞尧仁。天子千秋万岁，征招宴、宰府师臣。君恩重，年年此夜，长祝本嘉辰。

满庭霜

即《满庭芳》，《梅苑》卷三中宋周纯词名《海庭霜》。详见《满庭芳》条。

周　纯　　满庭霜·墨梅

脂泽休施，铅华不御，自然林下真风。欲窥余韵，何处问仙踪。路压横桥夜雪，看暗淡、残月朦胧。无言处，丹青莫拟，谁寄染毫工。　　遥通，尘外信，寒生墨晕，依约形容。似疏疏斜影，蘸水摇空。收入云窗雾箔，春不老、芳意无穷。梨花雨，飘零尽也，难入梦魂中。

葛胜仲　　满庭霜·百不为多

任昉尝为西安太守，风流名迹，图经史牒具载，感今怀古作

百不为多，一不为少，阿谁昔仕吾邦。共推任笔，洪鼎力能扛。不为桃花禄米，雠书倦、一苇横江。招寻处，徒行曳杖，曾不拥麾幢。　　山川，真大好，鱼矶无恙，密岭难双。听讼诉多就，樵坞僧窗。岁月音容远矣，风流在、遐想心降。云烟路，搜奇吊古，时为酹空缸。

李清照　　满庭霜·小阁藏春

小阁藏春，闲窗锁昼，画堂无限深幽。篆香烧尽，日影下帘钩。手种江梅更好，又何必、临水登楼。无人到，寂寥浑似，何逊在扬州。　从来，知韵胜，难堪雨藉，不耐风柔。更谁家横笛，吹动浓愁。莫恨香消雪减，须信道、扫迹情留。难言处，良宵淡月，疏影尚风流。

李　璆　　满庭霜·白玉肌肤

白玉肌肤，清冰神彩，仙妃何事烟村。自然标韵，羞入百花群。不易盈盈瘦质，犯寒腊、独作春温。溪桥外，斜枝半吐，行客一销魂。　清香无处著，雪中暗认，月下空闻。算谁许幽人，相伴芳尊。莫放高楼弄笛，忍教看、雪落纷纷。堪调鼎，濛濛烟雨，滋养待和羹。

葛　郯　　满庭霜·宴黄仲秉镇江守

红叶飞时，青山缺处，云横秋影斜阳。凤凰旌节，何事到吾乡。要见大江东去，寒光静、水与天长。人争看，恩袍焕锦，新惹御炉香。　满城，夸盛事，两邦鼓吹，几部笙簧。看万红千翠，簇拥云裳。况是重阳近也，萸露紫、菊吐轻黄。休辞醉，明朝一枕，歌韵尚悠扬。

葛　郯　　满庭霜·述怀

归去来兮，苕谿深处，上有苍翠千峰。月桥烟墅，家在五湖东。试觅桃花流水，鸡犬静、人迹才通。沙汀晚，一天云锦，飞下水精宫。　两年，官事少，江梅雾暗，多稼云丰。把毗坛清梦，尽入诗筒。只欠芦花夜宿，金溪上、一苇秋风。蓑衣在，不辞重整，来作钓鱼翁。

葛　郯　　满庭霜·和前

归去来兮，家林不远，梦魂飞绕烟峰。洞房花木，只在小池东。谁道云深无路，小桥外、一径相通。功名小，从教群蚁，鏖战大槐宫。　故人，书夜到，秫田百亩，已兆年丰。把乌程烂醉，不数郫筒。醉后村歌社舞，团圞坐、一笑春风。洪崖伴，定驱鸾鹤，时一访衰翁。

葛　郯　　　　满庭霜·再和

归去来兮，心空无物，乱山不斗眉峰。夜禅久坐，窗晓日升东。已绝乘槎妄想，沧溪迥、不与河通。维摩室，从教花雨，飞舞下天宫。　何人，开宴豆，楚羹莼嫩，吴脍盘丰。看一声欸乃，落日收筒。应笑红尘陌上，津亭暮、十里斜风。从今去，青鞋黄帽，分付紫髯翁。

无名氏　　　　满庭霜·一种江梅

一种江梅，偷传春信，夜来先绽南枝。嫩苞寒萼，妆点缀胭脂。雪里浑迷素质，明月下、惟有香肌。山村路，人家舍窄，低亚水边篱。　偏宜，寿阳女，新妆淡淡，粉面曾施。更胡笛羌管，塞曲争吹。陌上行人暂听，香风动、都入愁眉。音书杳，天涯望断，折寄似凭谁。

无名氏　　　　满庭霜·蜡梅

园林萧索，亭台寂静，万木皆冻凋伤。晓来初见，一品蜡梅芳。疑是黄酥点缀，超群卉、独占中央。堪闲玩，檀心紫蕊，清雅喷幽香。　华堂，欢会处，陶陶共醉，相劝瑶觞。逞风流开早，不畏严霜。才子佳人属意，搜新句、吟咏诗章。歌筵罢，醺醺归去，蟾影照回廊。

满朝欢

又即《鹊桥仙》。双调数体。有一百零一字，上片十一句、四仄韵，下片十句、四仄韵；亦有一百字，上片九句、五仄韵，下片九句、六仄韵。

柳　永　　　　满朝欢·花隔铜壶

花隔铜壶，露晞金掌，都门十二清晓。帝里风光烂漫，偏爱春杪。烟轻昼永，引莺啭上林，鱼游灵沼。巷陌乍晴，香尘染惹，垂杨芳草。　因念秦楼彩凤，楚观朝云，往昔曾迷歌笑。别来岁久，偶忆欢盟重到。人面桃花，未知何处，但掩朱扉悄悄。尽日伫立无言，赢得凄凉怀抱。

无名氏　　满朝欢·寿韩尚书出守　九月廿五

一点箕星，近天边，光彩辉耀南极。竹马儿童，尽道使君生日。元是凤池仙客，曾曳履、持荷簪笔。称觞处，晚节花香，月周犹待五夕。　　谁道久拘禁掖，任双旌五马，暂从游逸。九棘三槐，都是等闲亲植。见说玉皇侧席，但早晚、促归调燮。功成了，笑傲南山，寿如南山松柏。

满朝欢令

即《木兰花》，详见《木兰花》条。

无名氏　　满朝欢令·未央宫阙丹霞住

未央宫阙丹霞住，十二玉楼挥锦绣。云开雉扇卷珠帘，烟粉龙香添瑞兽。　　瑶觞一举箫韶奏，环佩千官齐拜首。南山翠应北华高，共献君王千万岁。

满 路 花

即《促拍满路花》，详见《促拍满路花》条。

欧阳修　　满路花·铜荷融烛泪

铜荷融烛泪，金兽啮扉环。兰堂春夜疑，惜更残。落花风雨，向晓作轻寒。金龟朝早，香衾余暖，殢娇由自慵眠。　　小鬟无事须来唤，呵破点唇檀。回身还、却背屏山。春禽飞下，帘外日三竿。起来云鬓乱，不妆红粉，下阶且上秋千。

黄　裳　　满路花·和秋风吹渭水

乾坤生古意，草木起秋声。移人名利境，梦中惊。便寻灵宝，凤髓与龟精。密报黄芽就，紫府门开，道情有个莺莺。问归含楚山青。　　卧影水天明，松庵谁笑话，见还婴。鹤归日落，聚散两忘情。好笑人痴处，白头青冢，世间犹说醒醒。

周邦彦　　满路花·冬景

金花落烬灯，银砾鸣窗雪。夜深微漏断，行人绝。风扉不定，竹圃琅玕折。玉人新间阔。著甚情悰，更当恁地时节。　无言敧枕，帐底流清血。愁如春后絮，来相接。知他那里，争信人心切。除共天公说，不成也还，似伊无个分别。

周邦彦　　满路花·思情

帘烘泪雨干，酒压愁城破。冰壶防饮渴，培残火。朱消粉退，绝胜新梳裹。不是寒宵短，日上三竿，殢人犹要同卧。　如今多病，寂寞章台左。黄昏风弄雪，门深锁。兰房密爱，万种思量过。也须知有我，著甚情悰，你但忘了人呵。

廖　刚　　满路花·和敏叔中秋词

癸巳，周守约敏叔来作中秋

雨霁烟波阔，雁度陇云愁。西风庭院不胜秋，桂华光满，偏照最高楼。东山携妓约，故人千里，夜来为舣仙舟。　明眸皓齿，歌舞总名流。恼人情态物中尤，阳春一曲，谁把万金酬。便好拚沉醉，此夕姮娥，共须著意攀留。

吕渭老　　满路花·同柳仲修在赵屯

西风秋日短，小雨菊花寒。断云低古木，暗江天。星娥尺五，佳约误当年。小语凭肩处，犹记西园，画桥斜月阑干。　鸟啼花落，春信遣谁传。尚容清夜梦、小留连。青楼何处，宝镜注婵娟。应念红笺事，微晕春山，背窗愁枕孤眠。

曹　勋　　满路花·清都山水客

清都山水客，何事入临安。珍祠天赐与，半生闲。曲池人静，水击赤乌蟠。飞上烟岚顶，三缕明霞照晚，时对胎仙。　圃中有个小庭轩，才到便翛然。坐来闲看了，篆香残。道人活计，休道出尘难。归去后、安排著，一辆麻鞋，定期踏遍名山。

方千里　　满路花·帘筛月影金

帘筛月影金，风卷杨花雪。天边鸿雁少，音尘绝。春光欲暮，客心归心折。江湖波浪阔，目断家山，料应易过佳节。
柔情千点，杜宇枝头血。危肠余寸许，谁能接。眠思梦忆，不似今番切。欲对何人说，揽镜沉吟，瘦来须有差别。

方千里　　满路花·莺飞翠柳摇

莺飞翠柳摇，鱼跃浮萍破。班班红杏子，交榴火。池台昼永，缭绕花阴裹。山色遥供座，枕簟清凉，北窗时唤高卧。
翻思少年，走马铜驼左。归来敲镫月，留关锁。年华老矣，事逐浮云过。今吾非故我，那日尊前，只今问有谁呵。

杨泽民　　满路花·双眼滟秋波

双眼滟秋波，两脸凝春雪。尊前初见处，琴心绝。千磨百难，石上琼簪折。人非天样阔，车马难通，奈何没个关节。
深盟密约，啮臂曾流血。须知弦断有，鸾胶接。别离日久，转觉归心切。先把新词说，憔悴相容，怕伊相见难别。

杨泽民　　满路花·愁得鬓丝斑

愁得鬓丝斑，没得心肠破。上梢恩共爱，忒过火。一床锦被，将为都包裹。刚被旁人隔，不似鸳鸯，等闲常得双卧。
非无意智，触事须偏左。那堪名与利，相羁锁。一番记著，一夜还难过。伊还思念我，等得归来，恁时早早来呵。

陈允平　　满路花·离歌泣断云

离歌泣断云，别舞愁飞雪。凤皇台上望，琼箫绝。钗分玉燕，寸寸回肠折。碧空归雁阔，犹有疏梅，岁寒独伴高节。
鲛绡罗帕，泪洒胭脂血。悠悠江上水，天连接。朱楼遍倚，万里空情切。此恨凭谁说，天若有情，料天须有区别。

陈允平　　满路花·寒轻菊未残

寒轻菊未残，春小梅初破。兽炉闲拨尽，松明火。青毡锦幄，四壁新妆裹。重暖香篝，绣被拥银屏，彩鸾空伴云卧。
相思何处，梦入蓝桥左。归期还细数，愁眉锁。薄情孤雁，不向楼西过。故人应怪我，怪我无书，有书还倩谁呵。

张淑芳　　　　满路花·冬

罗襟湿未干，又是凄凉雪，欲睡难成寐、音书绝。窗前竹叶，凛凛狂风折，寒衣弱不胜。有甚遥肠，望到春来时节。　孤灯独照，字字吟成血，仅梅花知苦、香来接。离愁万种，提起心头切，比霜风更烈。瘦似枯枝，待何人与分说。

塞　孤

双调，有九十五字，上片十句、六仄韵，下片九句、六仄韵；亦有九十三字，上片九句、六仄韵，下片八句、六仄韵。

柳　永　　　　塞孤·一声鸡

一声鸡，又报残更歇。秣马巾车催发，草草主人灯下别。山路险，新霜滑。瑶珂响、起栖乌，金镫冷、敲残月。渐西风紧，襟袖凄冽。　遥指白玉京，望断黄金阙。远道何时行彻，算得佳人凝恨切。应念念，归时节。相见了、执柔荑，幽会处、偎香雪，免鸳衾、两恁虚设。

朱　雍　　　　塞孤·次柳耆卿韵

雪江明，练静波声歇。玉浦梅英初发，隐隐瑶林堪乍别。琼路冷，云阶滑。寒枝晚、已黄昏，铺碎影、留新月，向亭皋、一任风冽。　歌起郢曲时，目断秦城阙。远道冰车清彻，追念酥妆凝望切，淡伫迎佳节。应暗想、日边人，聊寄与、同欢悦，劝清尊、忍负盟设。

塞垣春

双调，有九十五字、九十六字、九十八字数体。其九十六字，上片九句、六仄韵，下片八句、四仄韵为正体；其九十五字，上片九句、六仄韵，下片八句、四仄韵为变体等。

张　先　　　　塞垣春·寄子山

野树秋声满，对雨壁、风灯乱。云低翠帐，烟销素被，签动重幔。甚客怀、先自无消遣，更篱落、秋虫叹。叹樊川、风流减，旧欢难得重见。　　停酒说扬州，平山月、应照棋观。绿绮为谁弹，空传广陵散。但光纱短帽、窄袖轻衫，犹记竹西庭院。老鹤何时去，认琼花一面。

周邦彦　　　　塞垣春·秋景

暮色分平野，傍苇岸、征帆卸。烟村极浦，树藏孤馆，秋景如画。渐别离、气味难禁也，更物象、供潇洒。念多材浑衰减，一怀幽恨难写。　　追念绮窗人，天然自、风韵娴雅。竟夕起相思，谩嗟怨遥夜。又还将、两袖珠泪，沉吟向寂寥寒灯下。玉骨为多感，瘦来无一把。

方千里　　　　塞垣春·四远天垂野

四远天垂野，向晚景、雕鞍卸。吴蓝滴草，塞绵藏柳，风物堪画。对雨收、雾霁初晴也，正陌上、烟光洒。听黄鹂、啼红树，短长音□如写。　　怀抱几多愁，年时趁、欢会幽雅。尽日足相思，奈春昼难夜。念征尘、满堆襟袖，那堪更、独游花阴下。一别鬓毛减，镜中霜满把。

吴文英　　　　塞垣春·丙午岁旦

漏瑟侵琼管，润鼓借、烘炉暖。藏钩怯冷，画鸡临晓，邻语莺啭。殢绿窗、细咒浮梅琖，换蜜炬、花心短。梦惊回，林鸦起，曲屏春事天远。　　迎路柳丝裙，看争拜东风，盈灞桥岸。髻落宝钗寒，恨花胜迟燕。渐街帘影转，还似新年，过邮亭、一相见。南陌又灯火，绣囊尘香浅。

杨泽民　　　　塞垣春·绣阁临芳野

绣阁临芳野，向晚把、花枝卸。奇容艳质，世间寻觅，除是图画。这欢娱、已系人心也，更翰墨、新挥洒。展蛮笺、明窗底，把□心事都写。　　谢女与檀郎，清才对、真态俱雅。风枕乐春宵，绛帷度秋夜。便同云黯淡，冰霰纵横，也并眠鸳衾下。假使过炎暑，共将罗扇把。

陈允平　　　**塞垣春·草碧铺横野**

草碧铺横野，带暝色、归鞍卸。烟葭露苇，满汀鸥鹭，人在图画，渐一声、雁过南楼也，更细雨、时飘洒。念徽容、都销瘦，漫将纨素描写。　　临镜理残妆，依然是、京兆柔雅。落叶感秋声，啼蛩叹凉夜。对黄花共说憔悴，相思梦、顿醒西窗下。两腕玉挑脱，素纤悭半把。

塞翁吟

《淮南子·人间训》所载：边塞上有一个老翁，因失马而得福的故事。此调名即源于此。双调，九十二字，上片十句、六平韵，下片九句、四平韵。

周邦彦　　　**塞翁吟·夏景**

暗叶啼风雨，窗外晓色珑璁。散水麝，小池东，乱一岸芙蓉。蕲州簟展双纹浪，轻帐翠缕如空。梦念远别，泪痕重，淡铅脸斜红。　　忡忡，嗟憔悴、新宽带结，羞艳冶、都销镜中。有蜀纸、堪凭寄恨，等今夜、洒血书词，剪烛亲封。菖蒲渐老，早晚成花，教见薰风。

方千里　　　**塞翁吟·暮色催更鼓**

暮色催更鼓，庭户月影胧聪。记旧迹、玉楼东，看枕上芙蓉。云屏几轴江南画，香篆烬暖烟空。睡起处，绣衾重，尚残酒潮红。　　忡忡，从分散，歌稀宴小，怀丽质，浑如梦中。苦寂寞、离情万绪，似秋后、怯雨芭蕉，不展愁封。何时细语，此夕相思，曾对西风。

吴文英　　　**塞翁吟·赠宏庵**

草色新宫绶，还跨紫陌骄骢。好花是，晚开红，冷菊最香浓。黄帘绿幕萧萧梦，灯外换几秋风。叙往约，桂花宫，为别翦珍丛。　　雕栊，行人去、秦腰褪玉，心事称、吴妆晕浓。向春夜、闺情赋就，想初寄、上国书时，唱入眉峰。归来共酒，窈窕纹窗，莲卸新蓬。

吴文英　　塞翁吟·饯梅津除郎赴阙

有约西湖去，移棹晓折芙蓉。算才是，称心红，染不尽薰风。千桃过眼春如梦，还认锦叠云重。弄晚色，旧香中，旋撑入深丛。　　从容，情犹赋、冰车健笔，人未老、南屏翠峰。转河影、浮槎信早，素妃叫、海月归来，太液池东。红衣卸了，结子成莲，天劲秋浓。

杨泽民　　塞翁吟·芙蓉

院宇临池水，桥边绕水胧璁。桥左右，水西东，水木两芙蓉。低疑洛浦凌波步，高如弄玉凌空。叶百叠，蕊千重，更都染轻红。　　冲冲，能消尽，忧心似结，看艳色、浑如梦中。为爱惜芳容未尽，好移去，满插家园，特与培封。年年对赏美质，朝朝披玩香风。

陈允平　　塞翁吟·睡起鸾钗亸

睡起鸾钗亸，金约鬓影胧璁。檐佩冷，玉丁东，镜里对芙蓉。秦筝倦理梁尘暗，惆怅燕子楼空。山万叠，水千重，一叶漫题红。　　匆匆，从别后，残云断雨，余香在、鲛绡帐中。更懊恨、灯花无准，写幽悰、锦织回文，小字斜封。无人为托，欲倩宾鸿，立尽西风。

陈坦之　　塞翁吟·远碧秋痕瘦

远碧秋痕瘦，楚玉恨赋凄凉。荷雨碎，泣残妆，系愁在垂杨。秋衣拂叠仙栀露，裁云刀尺犹香。诗锦字，献明珰，肯容易相忘。　　思量，空掩抑，分宵缓枕，终不敌、凉谯漏长。自解佩、兰皋去后，渐消灭、香梅酝藉，小杜疏狂。年华驶水，鬓影西风，都付清觞。

赵　文　　塞翁吟·黄园感事

又海棠开后，楼上倍觉春寒。绿叶润，雨初干，爱远树团团。当时剩买名花种，那信付与谁看。十载事，土花漫，但青得阑干。　　悲欢，思人世，真如一梦，留不住、城头日残。看眼底、西湖过了，又还见、赵舞燕歌，抹粉涂丹。凭君更酌，后日重来，直是晴难。

赵 文　　塞翁吟·坐对梅花笑

坐对梅花笑，还记初度年时。名利事，总成非，漫老矣何为。吴山夜月闽山雾，回首鬓影如丝。懒更问，斗牛箕，强凭醉成诗。　闲思，嗟飘泊，浮云飞絮，曾跌荡、春风柘枝。便万里、金台筑就，已长分采药庞公，誓墓羲之。百年正尔，一笑尊前，儿女牵衣。

仇 远　　塞翁吟·短绿抽堤草

短绿抽堤草，芳信未许花知。尚留冻梗冰枝，藓石雪消迟。方塘水浅鸳鸯冷，沙际水翼相依。拾翠约，踏青期，终是乐游稀。　相思，江南远，渔汀渺渺，还又是、梅花谢时。有多少、旧愁新恨，纵罗虬、妙曲风流，怎比红儿。何时再得，画鹢摇春，丰乐楼西。

仇 远　　塞翁吟·风柳吹残醉

风柳吹残醉，推枕梦便难寻。小院静，曲屏深，剪不断轻阴。新蚕乍扫鹅毛细，纤手镂叶如针。又负了，赏花心，听高树鸣禽。　千金，嗟难买，飘红坠粉，怕容易、愁痕暗侵。但惜取、婵娟好在，任千里、杳杳鸿迷，渺渺鱼沉。相如未老，尽把衷肠，分付瑶琴。

张 炎　　塞翁吟·友云

交到无心处，出岫细话幽期。看流水、意俱迟，且淡薄相依。凌霄未肯从龙去，物外共鹤忘机。迷古洞，掩晴晖，翠影湿行衣。　飞飞，垂天翼，飘然万里，愁日暮、佳人未归。尚记得、巴山夜雨，耿无语、共说生平，都付陶诗。休题五朵，莫梦阳台，不赠相思。

福寿千春

调见《花草粹编》。双调，九十八字，上片十句、五仄韵，下片十一句、五仄韵。

无名氏　　福寿千春·寿黄排岸　三月廿二

柳暗三眠，蓂翻七荚，禀昴萧生时叶。信道凤毛池上种，却胜河东鸑鷟。笃志典坟，经旨素得欧阳学。妙文章，赴飞黄，姓名即登雁塔。　　要成发轫勋业，便先教济川，整顿舟楫。兆朕于今，须从此超迁，荣膺异渥。它日趣装事，待还乡欢洽。颂椒觞，祝遐算，寿同龟鹤。

群玉轩

此调本名《小重山》，因贺铸词有“群玉轩中迹已陈”句，故更名《群玉轩》。详见《小重山》条。

贺　铸　　群玉轩·群玉轩中迹已陈

群玉轩中迹已陈，江南重喜见，广陵春。纤秾合度好腰身，歌水调，清啭□□□。　　团扇掩樱唇，七双蝴蝶子，表□□。□□□复旧东邻，风月夜，怜取眼前人。

辟寒金

此调本名《迎春乐》，因贺铸词有“谁似辟寒金”句，故更名《辟寒金》。详见《迎春乐》条。

贺　铸　　辟寒金·六华应腊妆吴苑

六华应腊妆吴苑，小山堂、晚张燕。赏心不厌杯行缓，待月度、银河半。　　缥缈郢人歌已断，归路指、玉溪南馆。谁似辟寒金，聊借与、空床暖。

叠青钱

即《采桑子慢》，《花草粹编》无名氏词调名《叠青钱》。详见《采桑子慢》条。

无名氏　　　　　叠青钱·作垒

夏日正长，无奈如焚天气。火云耸、奇峰天外，未雨先雷。畏日流金，六龙高驾火轮飞。纹簟纱厨，风车谩搅，月扇空挥。　　金炉烟细，午风轻转，堪避炎威。渐凉生池阁，卷起帘幕珠玑。娇娥美丽，天然秀色冰肌。玉栏深径，荷香旖旎，玉管声齐。

碧云深

即《忆秦娥》。因宋张辑词中有“碧云暮合”句，遂改调名《碧云深》。详见《忆秦娥》条。

张　辑　　　　　碧云深·风凄凄

风凄凄，井阑络纬惊秋啼。惊秋啼，凉侵好梦，月正楼西。　　卷帘望月知心谁，关河空隔长相思。长相思，碧云暮合，有美人兮。

碧芙蓉

即《尾犯》，宋秦观词句《碧芙蓉》，见《历代诗余》卷七十五。

秦　观　　　　　碧芙蓉·九日

客里遇重阳，孤馆一杯，聊赏佳节。日暖天晴，喜秋光清绝。霜乍降、寒山凝紫，雾初消、澄潭皎洁。阑干闲倚，庭院无人，颠倒飘黄叶。　故园、当此际，遥想弟兄罗列。携酒登高，把茱萸簪彻。叹笼鸟、羁踪难去，望征鸿、归心漫切。长吟抱膝，就中深意凭谁说。

碧牡丹

又名《碧牡丹慢》，双调数体。有七十四字，上片七句、五仄韵，下片八句、六仄韵；亦有七十五字，上片九句、五仄韵，下片九句、六仄韵等。

张　先　　　碧牡丹·晏同叔出姬

步帐摇红绮，晓月堕，沉烟砌。缓板香檀，唱彻伊家新制。怨入眉头，敛黛峰横翠。芭蕉寒，雨声碎。　镜华翳，闲照孤鸾戏。思量去时容易，钿盒瑶钗，至今冷落轻弃。望极蓝桥，但暮云千里。几重山，几重水。

晏几道　　　碧牡丹·翠袖疏纨扇

翠袖疏纨扇，凉叶催归燕。一夜西风，几处伤高怀远。细菊枝头，开嫩香还遍，月痕依旧庭院。　事何限，怅望秋意晚。离人鬓华将换，静忆天涯，路比此情犹短。试约鸾笺，传素期良愿，南云应有新雁。

晁补之　　　碧牡丹·焦成马上口占

渐老闲情减，春山事，撩心眼。似血桃花，似雪梨花相间。望极雅川，阳焰迷归雁。征鞍方长坂，正魂乱。　旧事如云散，良游盛年俱换。罢说功名，但觉青山归晚。记插宫花，扶醉蓬莱殿，如今霜尘满。

晁补之　　　碧牡丹·王晋卿都尉宅观舞

院宇帘垂地，银筝雁，低春水。送出灯前，婀娜腰肢柳细。步蹙香茵，红浪随鸳履。梁州紧，凤翘坠，悚轻体。　绣带因风起，霓裳恐非人世。调促香檀，困入流波生媚。上客休辞，眼乱尊中翠。玉阶霜，透罗袂。

程　垓　　　碧牡丹·睡起情无著

睡起情无著，晓雨尽，春寒弱。酒盏飘零，几日顿疏行乐。试数花枝，问此情何若。为谁开，为谁落。　正愁却，不是花情薄，花元笑人萧索。旧观千红，至今冷梦难托。燕麦春风，更几人惊觉。对花羞，为花恶。

李致远　　　碧牡丹·破镜重圆

破镜重圆，分钗合钿，重寻绣户珠箔。说与从前，不是我情薄。都缘利役名牵，飘蓬无定，翻成轻负。别后情怀，有万千牢落。　经时最苦分携，都为伊、甘心寂寞。纵满眼、闲花媚柳，终是强欢不乐。待凭鳞羽，说与相思，水远天长又难托。而今幸已再逢，把轻离断却。

碧桃春

即《阮郎归》，宋丁持正词调名为《碧桃春》。详见《阮郎归》条。

丁持正　　碧桃春·几年辛苦捣元霜

几年辛苦捣元霜，一朝琼粉香。云英缥缈曳仙裳，相将骑凤凰。　　鞫帝乐，酌天浆，千年颜色芳。从兹归去白云乡，碧桃春昼长。

瑶台月

又名《瑶池月》，双调数体。其一百一十四字，上片十三句、六仄韵，下片十二句、七仄韵为正体；其一百二十字，上片十四句、八仄韵，下片十三句、七仄韵为变体；其一百一十八字，上片十四句、八仄韵，下片十三句、八仄韵为另一变体。

张继先　　瑶台月·元宵庆赏

天开景运，记建武中兴，炎刘重盛。明良际会，八表风调雨顺。任一时、岳降生申，正千载、河清诞圣。祥云拥，流霞映。飞仙拱，魁星炯。佳应是、师真毓瑞，人天交庆。　　蘅薇香满元宵景，耀天目、神光如镜。见龙章凤质，降伏群魔归正。禀玄元、立教开先，悟至道、心空神领。昌元嗣，明真镜。同无有，怡清净。绵永度，三途六道，神仙同证。

葛长庚　　瑶台月·烟霄凝碧

烟霄凝碧，问紫府清都，今夕何夕。桐阴下、幽情远，与秋无极。念陈迹、虎殿虬宫，记往事、龙箫凤笛。露华冷，蟾光白。云影净，天籁息。知得，是蓬莱不远，身无羽翼。　　广寒宫、舞彻霓裳，白玉台、歌罢瑶席。争不思下界，有人岑寂。羡博望、两泛仙槎，与曼倩、三偷蟠实。把丹鼎，暗融液。乘云气，醉挥斥。嗟惜，但城南老树，人谁我识。

无名氏　　　瑶台月·严风凛冽

严风凛冽，万木冻，园林肃静如洗。寒梅占早，争先暗吐香蕊。逞素容、探暖欺寒，遍妆点、亭台佳致。通一气，超群卉。值腊后，雪清丽。开筵共赏，南枝宴会。　好折赠、东君驿使，把岭头信息远寄。遇诗朋酒侣，尊前吟缀。且优游，对景欢娱，更莫厌、陶陶沉醉。羌管怨，琼花缀。结子用调鼎饵。将军止渴，思得此味。

瑶台第一层

陈师道《后山诗话》："武才人出庆寻宫，裕陵得之。会教坊献新声，为作词，号《瑶台第一层》。"此调名即源于此。双调，有九十七字、九十八字数体。其九十七字，上片十句、四平韵，下片十一句、六平韵为正体；其九十八字，上片十句、五平韵，下片十一句、六平韵为变体等。

黄庭坚　　　瑶台第一层·阆苑归来

阆苑归来，因醉上、瑶台第一层。洞天深处，年年不夜，日日长春。万花妆烂锦，散异香、馥郁留人。便乘兴，命玉龙吟笛，彩凤吹笙。　身轻，先逢瑞景，众中先识董双成。佩环声丽，舞腰袅袅，浓艳腾腾。翠屏金缕枕，绣被软、梦冷槐清。乐蓬瀛，愿南山同寿，北斗齐龄。

赵　顼　　　瑶台第一层·西母池边宴罢

西母池边宴罢，赠南枝、步玉霄。绪风和扇，冰华发秀，雪质孤高。汉陂呈练影，问是谁、独立江皋。便凝望、壶中珪璧，天下琼瑶。　清标，曾陪胜赏，坐忘愁、解使尘销。况双成、与乳丹点染，都付香梢。寿妆酥冷，郢韵佩举，麝卷云绡。乐逍遥，凤凰台畔，取次忆吹箫。

此首别作朱雍词

赵仲御　瑶台第一层·上元扈跸

嶰管声催，人报道、嫦娥步月来。风灯鸾炬，寒轻帘箔，光泛楼台。万年春未老，更帝乡日月蓬莱。从仙仗，看星河银界，锦绣天街。　欢陪，千官万骑，九霄人在五云堆。紫袍光里，星球宛转，花影徘徊。未央宫漏永，散异香、龙阙崔嵬。翠舆回，奏仙歌韶吹，宝殿尊罍。

张元幹　瑶台第一层·宝历祥开飞练上

宝历祥开飞练上，青冥万里光。石城形胜，秦淮风景，威凤来翔。腊余春色早，兆钧璜、贤佐兴王。对熙旦，正格天同德，全魏分疆。　荧煌，五云深处，化钧独运斗魁旁。绣裳龙尾，千官师表，万事平章。景钟文瑞世，醉尚方、难老金浆。庆垂芳，看云屏间坐，象笏堆床。

张元幹　瑶台第一层·江左风流钟间气

江左风流钟间气，洲分二水长。凤凰台畔，投怀玉燕，照社神光。豆花初秀雨，散暑空、洗出秋凉。庆生旦，正圆蟾呈瑞、仙桂飘香。　肝肠，掞文摛锦，驾云乘鹤下鹓行。紫枢将命，紫微如綍，常近君王。旧山同梓里，荷月旦、久已平章。九霞觞，荐刀圭丹饵，衮绣朝裳。

史　浩　瑶台第一层·寥廓澄清

寥廓澄清，人正在、瑶台第一层。瑞霭深处，蕊宫掩映，金碧觚棱。异花非世种，蔼剩馥、紫雾飞腾。有仙驾，过吾庐环堵，少驻云軿。　俄惊，重壶叠巘，顿然潇洒俗尘清。佩环声里，宝觥潋滟，舞态娉婷。祝言千岁寿，仍更予、五福川增。返蓬瀛，问今朝兹会，昔日谁曾。

朱　雍　瑶台第一层·上元扈跸同宗室仲御作

西母池边宴罢，赠南真、步玉霄。绪风和扇，冰华发秀，雪质孤高。汉陂澄练影，问是谁、独立江皋。便凝望，认壶中圭璧，天上琼瑶。　清标，曾陪胜赏，坐忘愁解使尘销。况双成、与乳丹点染，都付香梢。寿妆酥冷，郢韵佩举，麝卷云绡。乐逍遥，□凤凰台畔，忆取吹箫。

此首别作赵项词

瑶台聚八仙

即《新雁过妆楼》，宋张炎词名《瑶台聚八仙》。详见《新雁过妆楼》条。

张　炎　　瑶台聚八仙·为野舟赋

带雨春潮，人不渡、沙外晓色迢遥。自横深静，谁见隔柳停桡。知我知鱼未是乐，转篷闲趁白鸥招。任风飘，夜来酒醒，何处江皋。　　泛宅浮家更好，度菰蒲影里，濯足吹箫。坐阅千帆，空竞万里波涛。他年五湖访隐，第一是、吴淞第四桥。玄真子，共游烟水，人月俱高。

张　炎　瑶台聚八仙·杭友寄声，以词答意

秋水涓涓，人正远、鱼雁待拂吟笺。也知游意，多在第二桥边。花底鸳鸯深处影，柳阴淡隔里湖船。路绵绵，梦吹旧笛，如此山川。　　平生几两谢屐，任放歌自得，直上风烟。峭壁谁家，长啸竟落松前。十年孤剑万里，又何似、畦分抱瓮泉。山中酒，且醉餐石髓，白眼青天。

张　炎　　瑶台聚八仙·楚竹闲挑

菊日寓义兴，与王觉轩会饮，酒中书送白廷玉

楚竹闲挑，千日酒、乐意稍稍渔樵。那回轻散，飞梦便觉迢遥。似隔芙蓉无路到，如何共此可怜宵。旧愁消，故人念我，来问寂寥。　　登临试开笑口，看垂垂短发，破帽休飘。款语微吟，清气顿扫花妖。明朝柳岸醉醒，又知在、烟波第几桥。怀人处，任满身风露，踏月吹箫。

张　炎　　瑶台聚八仙·为焦云隐赋

春树江东，吟正远、清气竟入崆峒。问余栖处，只在缥缈山中。此去山中何所有，芰荷制了集芙蓉。且扶筇，倦游万里，独对青松。　　行藏也须在我，笑晋人为菊，出岫方浓。淡然无心，古意且许谁同。飞符夜深润物，自呼起、苍龙雨太

空。舒还卷，看满楼依旧，霁日光风。

张　炎　瑶台聚八仙·余昔有梅影词，今重为模写

近水横斜，先得月、玉树宛若笼纱。散迹苔茵，墨晕净洗铅华。误入罗浮身外梦，似花又却似非花。探寒葩，倩人醉里，扶过溪沙。　　竹篱几番倦倚，看乍无乍有，如寄生涯。更好一枝，时到素壁檐牙。香深与春暗却，且休把、江头千树夸。东家女，试淡妆颠倒，难胜西家。

张　炎　瑶台聚八仙·咏鸳鸯菊

老圃堪嗟，深夜雨、紫英犹傲霜华。暖宿篱根，飞去想怯寒沙。采摘浮杯如戏水，晚香淡似夜来些。背风斜，翠苔径里，描绣人夸。　　白头共开笑口，看试妆满插，云髻双丫。蝶也休愁，不是旧日疏葩。连枝愿为比翼，问因甚、寒城独自花。悠然意，对九江山色，还醉陶家。

张　炎　瑶台聚八仙·千岩竞秀

澄江之山，崒嵂清丽，奔驶相触，自北而东，由东而南，笑人应接不暇，其秀气之所钟欤

屋上青山，青未了、凌虚试一凭阑。乱峰叠嶂，无限古色苍寒。正喜云闲云又去，片云未识我心闲。对林峦，底须谢屐，何用跻攀。　　三十六梯眺远，任半空笑语，飞落人间。赋笔吟笺，尘事竟不相关。朝来自然气爽，更好是、秋屏宜晚看。蓬壶里，有天开图画，休唤边鸾。

瑶　　华

调见吴文英《梦窗词》，又名《瑶花》、《瑶花慢》、《瑶华慢》。双调，一百零二字数体。其上片九句、五仄韵，下片九句、四仄韵为正体；其上下片各九句、四仄韵为变体。

吴文英　瑶华·分韵得作字，戏虞宜兴

秋风采石，羽扇挥兵，认紫骝飞跃。江蘺塞草，应笑春、

空锁凌烟高阁。胡歌秦陇，问铙鼓、新词谁作。有秀苏、来染吴香，瘦马青刍南陌。　冰澌细响长桥，荡波底蛟腥，不浣霜锷。乌丝醉墨，红袖暖、十里湖山行乐。老仙何处，算洞府、光阴如昨。想地宽、多种桃花，艳锦东风成幄。

瑶池月

即《瑶台月》，宋黄裳词名《瑶池月》，见《演山先生文集》卷三十一。详见《瑶台月》条。

黄　裳　　　瑶池月·云山行

紫元翁一日公余，危坐寂寥。幽怀逸思，偶往云山烟波之间，想见其为乐也，因作云山、烟波二行，歌之以瑶池月。精严禅老请刻之石，乃书以遗之

微尘濯尽，栖真处、群山排在云汉。青盘翠跃，掩映平林寒涧。流水急、数片桃花逝，自有留春仙馆。秦渔问，前朝换。卢郎待，今生满。谁伴，元翁笑语，相从未晚。　更安得、世味堪玩，道未立、身尤是幻。浮生一梭过，梦回人散。卧松庵、当会灵源，现万象、无中须看。乾坤鼎，阴阳炭。琼枝秀，金圆烂。何患，朝元事往，孤云难管。

黄　裳　　　瑶池月·烟波行

扁舟寓兴，江湖上、无人知道名姓。忘机对景，咫尺群鸥相认。烟雨急、一片篷声碎，醉眼看山还醒。晴云断，狂风信。寒蟾倒，远山影。谁听，横琴数曲，瑶池夜冷。　这些子、名利休问，况是物、都归幻境。须臾百年梦，去来无定。向婵娟、留住青春，笑世上、风流多病。蒹葭渚，芙蓉径。放侯印，趁渔艇。争甚，须知九鼎，金砂如圣。

瑶池燕

即《瑶池宴》，又名《越江吟》，苏轼词调名《瑶池燕》。详见《越江吟》条。

苏　轼　　　**瑶池燕·飞花成阵**

飞花成阵，春心困，寸寸，别肠多少愁闷。无人问，偷啼自搵，残妆粉。　抱瑶琴、寻出新韵，玉纤趁，南风来解幽愠。低云鬟、眉峰敛晕，娇和恨。

此首别作廖正一词

瑶池宴令

即《越江吟》，宋廖正一词名《瑶池宴令》，见《乐府雅词·拾遗》卷上。详见《越江吟》条。

廖正一　　　**瑶池宴令·飞花成阵**

飞花成阵，春心困，寸寸，别肠多少愁闷。无人问，偷啼自搵，残妆粉。　抱瑶琴、寻出新韵，玉纤趁，南风未解幽愠。低云鬟，眉峰敛晕，娇和恨。

此首别作苏轼词

瑶 阶 草

调见程垓《书舟词》。双调，八十字，上片八句、四仄韵，下片九句、六仄韵。此调只程垓一词。

程　垓　　　**瑶阶草·空山子规叫**

空山子规叫，月破黄昏冷。帘幕风轻，绿暗红又尽。自从别后，粉销香腻，一春成病，那堪昼闲日永。　恨难整，起来无语，绿萍破处池光净。闷理残妆，照花独自怜瘦影。睡来又怕，饮来越醉，醒来却闷，看谁似我孤令。

瑶　　花

即《瑶华》，详见《瑶华》条。

汪元量　　　　瑶花·天中树木

天中树木，高耸玲珑，向濯缨亭曲。繁枝缀玉，开朵朵九出，飞琼环簇。唐昌曾见，有玉女、来送春目。更月夜、八仙相聚，素质粲然幽独。　江淮倦客再游，访后土琼英。树已倾覆，攀条掐干，细嗅来、尚有微微清馥。却疑天上列燕赏，催汝归速。恐后时、重谪人间，剩把铅华妆束。

瑶花慢

即《瑶华》，详见《瑶华》条。

周　密　　　　瑶花慢·朱钿宝玦

后土之花，天下无二本。方其初开，帅臣以金瓶飞骑进之天上，间亦分致贵邸。余客辇下，有以一枝(以下共缺十八行)

朱钿宝玦，天上飞琼，比人间春别。江南江北，曾未见、漫拟梨云梅雪。淮山春晚，问谁识、芳心高洁。消几番、花落花开，老了玉关豪杰。　金壶剪送琼枝，看一骑红尘，香度瑶阙。韶华正好，应自喜、初识长安蜂蝶。杜郎老矣，想旧事、花须能说。记少年，一梦扬州，二十四桥明月。

仇　远　　　　瑶花慢·雪

疏疏密密，漠漠纷纷，乍舞风无力。残砖断础，才转眼、化作方圭圆璧。非花非絮，似骋巧、先投窗隙。立小楼、不见青山，万里鸟飞无迹。　休邻冻梗冰苔，算飞入园林，都是春色。年华婉娩，谁信道、老却梁园词客。踏青近也，且一白、何消三白。把一白、分与梅花，要点寿阳妆额。

暮花天

即《花发沁园春》。宋陈亮词名《暮花天》，见《全芳备祖》前集卷三。双调，一百零五字。上下片各十一句、四平韵。

陈　亮　　　　暮花天·天意微悭

天意微悭，春工多裕，长须末后殷勤。骨瘦挽先，肌韵恰好，花头径尺徐陈。红黄粉紫，更牛家、姚魏为真。留几种，蒂殢中州，异时齐顿浑身。　　承平当日开多少，笙歌何限，是甚人人。气入江南，心知芍药，仿佛前事犹存。名品应须，认旧家、雨露方新。成一处，蓓蕾根株，剩看诸谱纷纷。

熙 州 慢

《唐书·礼乐志》："天宝乐曲，皆以边地名，若伊州、甘州、凉州之类。"宋改镇洮军为熙州，本秦汉时陇西郡，亦边地。此调名即取于此。调见《张子野词·补遗》卷上。双调，九十六字，上片十一句、三仄韵、一叶韵，下片八句、六仄韵。此调只张先一词。

张　先　　　　熙州慢·赠述古

武林乡，占第一湖山，咏画争巧。鹫石飞来，倚翠楼烟霭，清猿啼晓。况值禁垣师帅，惠政流入欢谣。朝暮万景，寒潮弄月，乱峰回照。　　天使寻春不早，并行乐、免有花愁花笑。持酒更听，红儿肉声长调。潇湘故人未归，但目送游云孤鸟。际天杪，离情尽寄芳草。

酷 相 思

调见宋程垓《书舟雅词》。双调，六十六字，上下片各五句、四仄韵、一叠韵。此调只程垓一词。

程　垓　　　　酷相思·月挂霜林寒欲坠

月挂霜林寒欲坠，正门外、催人起。奈离别、如今真个是，欲住也、留无计，欲去也、来无计。　　马上离魂衣上泪，各自个、供憔悴。问江路梅花开也未，春到也、须频寄，人到也、须频寄。

酹 江 月

即《念奴娇》。因苏轼词中有“一樽还酹江月”句，故又名《酹江月》。详见《念奴娇》条。

周紫芝　　酹江月·冰轮飞上

冰轮飞上，正金波翻动，玉壶新绿。风帽还攲清露滴，凛凛微生寒粟。白玉楼高，水精帘卷，十里堆琼屋。千山人静，怒龙声喷蕲竹。　夜久斗落天高，银河还对泻，冷悬双瀑。此地人间何处有，难买明珠千斛。弄影人归，锦袍何在，更谁知鸿鹄。素光如练，满天空挂寒玉。

周紫芝　　酹江月·送路使君

楚山无尽，看西来新拥，石城双旆。立马花边金镫暖，遥想元戎小队。白雪歌成，莫愁去后，往事空千载。一时吟啸，风流不减前辈。　闻道梦泽南州，日高初睡足，雅宜高会。老去愁多谁念我，空对云山苍翠。南雁归时，白头应记得，尊前倾盖。送君南浦，无情空恨江水。

胡世将　酹江月·秋夕兴元使院作，用东坡赤壁韵

神州沉陆，问谁是、一范一韩人物。北望长安应不见，抛却关西半壁。塞马晨嘶，胡笳夕引，赢得头如雪。三秦往事，只数汉家三杰。　试看百二山河，奈君门万里，六师不发。阃外何人回首处，铁骑千群都灭。拜将台攲，怀贤阁杳，空指冲冠发。阑干拍遍，独对中天明月。

曾　协　酹江月·扬州菊坡席上作

一年好处，是霜轻尘敛，山川如洗。晚菊留花供燕赏，金缕宝衣销地。旧观初还，层楼相望，重见升平际。小春时节，绮罗丛里人醉。　此日武帐贤侯，六年仁政，浃长淮千里。欲入鹓行仍缓带，聊抚竹西歌吹。紫塞烟清，玉关人老，宜趣朝天骑。香尘归路，旧游回首应记。

曾　协　　酹江月·宴叶叔范新第

苕溪古岸，有朱门初建，落成华屋。对启园林随杖履，迤逦柳蹊相属。好是危亭，片峰迎面，独立清溪曲。芜城低远，一尘不碍游目。　　公子豪饮方酣，夜堂深静，隐隐鸣丝竹。却尽春寒宾满座，深酌葡萄新绿。密户储香，广庭留月，待得清欢足。纷纷沾醉，四筵倒尽群玉。

曾　协　　酹江月·咏芍药

一年好处，是满城红药，留连□□。十里扬州应费了，多少春工妆饰。弱质欹风，芳心带露，酒困娇无力。园林绿暗，粉光低占丛碧。　　谁与千载声名，翻阶高咏，出文章仙伯。阅尽繁华芳意歇，初识倾城风格。双脸晞红，春衫挽并，天巧终难敌。十千沽酒，算应花畔消得。

黄　宰　　酹江月·寿韩元吉

三光五岳，孕乾坤英彩，非金非玉。赫赫岩岩真相种，来驾横空仙鹄。十万儿童，和丰堂下，齐指梅山祝。黑头难老，岁寒苍桧修竹。　　须信自有家传，中庸一卷，是长生真箓。借问洛阳归去后，几度桃开桃熟。十九年间，梦回天上，再见棠阴绿。相将促觐，已闻沙路新筑。

范成大　　酹江月·浮生有几

浮生有几，叹欢娱常少，忧愁相属。富贵功名皆由命，何必区区仆仆。燕蝠尘中，鸡虫影里，见了还追逐。山间林下，几人真个幽独。　　谁似当日严君，故人龙衮，独抱羊裘宿。试把渔竿都掉了，百种千般拘束。两岸烟林，半溪山影，此处无荣辱。荒台遗像，至今嗟咏不足。

京　镗　　酹江月·次眉州李大著韵

蟆颐江畔，问收拾多少，山光水色。此是朝宗东去路，准拟鸣鼍浮鹢。儒馆英游，侯藩贤望，便合还丹极。九重渴想，甘泉闻道虚席。　　因念北阙同朝，西州联事，久矣心相得。邂逅天涯拚一笑，洗我尘胸俗臆。报国无功，归田有兴，寤寐松坡侧。他时音问，且凭来信鳞翼。

黄人杰　　酹江月·寿二月初二

年时今日，御双凫曾到、蓬壶方丈。元是王孙生此夕，红紫娇春成行。数曲栏干，一双蓂荚，正傍瑶阶长。风帘斜处，有时新燕来往。　　犹记不住称觞，挥毫著语，更与书扁榜。转首还逢汤饼客，景物依然和畅。待赋新词，说些消息，教倩飞琼唱。南班虚席，看随丹诏东上。

罗　椿　　酹江月·贺杨诚斋

郎星锦帐，忽翩然归访，南溪孤鹭。前日登高谁信道，寿酒重浮茱萸。风露杯寒，芙蓉帐冷，笑受长生箓。广寒宫殿，桂华应已新续。　　不用翠倚红围，舞裙歌袖，共理称觞曲。只把文章千古事，留伴平生幽独。但使明年，鬓青长在，萱草春风绿。诸郎如许，转头百事都足。

赵师侠　　酹江月·题赵文炳枕屏

枕山平远，记当年小阁，牙床曾展。围幅高深春昼永，寂寂重帘不卷。棹舣西湖，人归南陌，酒晕红生脸。困来无那，玉肌小倚娇软。　　堪恨身在天涯，曲屏环枕，此意何由见。想像高唐无梦到，独拥闲衾展转。物是人非，山长水阔，触处思量遍。愁遮不断，夜阑依旧斜掩。

赵师侠　　酹江月·丙午螺川

飘流踪迹，趁春来、还趁春光归去。九十韶华能几许，著意留他不住。攒柳催花，摧红长翠，多少风和雨。蜂闲蝶怨，尽凭枝上莺语。　　归棹去去难留，桃花浪暖，绿涨迷津浦。回首重城天样远，人在重城深处。惜别愁分，凝暗有泪，总寄阳关句。不堪肠断，恨随江水东注。

赵师侠　　酹江月·乙未白莲待廷对

斜风疏雨，正无聊情绪，天涯寒食。烟重云娇春烂熳，却得轻寒邀勒。柳褪鹅黄，池添鸭绿，桃杏浑狼藉。乱山深处，尚留些子春色。　　海燕未便归来，踏青斗草，谁与同寻觅。杜宇多情芳树里，只管声声历历。似劝行人，不如闻早，作个归消息。休教肠断，梦魂空费思忆。

赵师侠　酹江月·乙未中元自柳州过白莲

晓风清暑，映湖光如练，山光如染。十里荷花香满路，飞盖斜欹妆面。一叶扁舟，数声柔橹，陡觉红尘远。六桥三塔，恍然图画中见。　　因念当日三贤，两山佳处，应也经行遍。琢月吟风无限句，景物随人俱显。贺监风流，玄真清致，我亦情非浅。渔蓑投老，利名何用深羡。

赵师侠　　酹江月·信丰赋茉莉

化工何意，向天涯海峤，有花清绝。缟袂绿裳无俗韵，不畏炎荒烦热。玉骨无尘，冰姿有艳，雅淡天然别。真香冶态，未饶红紫春色。　　底事□落江南，水仙兄弟，端自难优劣。瘴雨蛮烟魂梦远，宁识溪桥霜雪。薝卜同芳，素馨为伴，百和清芬爇。凄然风露，夜凉香泛明月。

赵师侠　　酹江月·万载龙江眼界

平生奇观，爱登高临远，寻幽选胜。欲上层巅穷望眼，一半崎岖危径。万瓦鳞鳞，四山簇簇，咫尺疏林映。山川城郭，恍然多少清兴。　　残照斜敛余红，横陈平远，一抹轻烟暝。何处飞来双白鹭，点破遥空澄莹。鹤岭云平，龙江波渺，不羡潇湘咏。襟怀舒旷，曲栏倚了还凭。

赵师侠　　酹江月·足乐园牡丹

韶华婉娩，正和风迟日，暄妍清昼。紫燕黄鹂争巧语，催老芬芳花柳。灼灼花王，盈盈娇艳，独殿春光后。鹤翎初拆，露沾香沁珠溜。　　遥想京洛风流，姚黄魏紫，间绿如铺绣。小盖低回雕槛曲，车马纷驰园囿。天雨曼珠，玉槃金束，占得声名久。留连朝暮，赏心不厌芳酒。

吴　琚　　酹江月·玉虹遥挂

玉虹遥挂，望青山隐隐，一眉如抹。忽觉天风吹海立，好似春霆初发。白马凌空，琼鳌驾水，日夜朝天阙。飞龙舞凤，郁葱环拱吴越。　　此景天下应无，东南形胜，伟观真奇绝。好是吴儿飞彩帜，蹴起一江秋雪。黄屋天临，水犀云拥，看击中流楫。晚来波静，海门飞上明月。

杜旟　　酹江月·石头城

江山如此，是天开万古，东南王气。一自髯孙横短策，坐使英雄鹊起。玉树声消，金莲影散，多少伤心事。千年辽鹤，并疑城郭非是。　　当日万驷云屯，潮生潮落处，石头孤峙。人笑褚渊今齿冷，只有袁公不死。斜日荒烟，神州何在，欲堕新亭泪。元龙老矣，世间何限余子。

程珌　　酹江月·丙子自寿

平生有意，把六经膏泽，人人沾受。白被子明康节辈，浪说乘除先后。遇合一时，英雄千古，谁是高强手。蹉跎岁晚，临风浩然搔首。　　今但入梦青山，云溪深处，烟月生怀袖。宿有十年萧散愿，此段功缘须就。因忆坡公，仇池有约，莫误归时候。今朝对酒，歌此与君为寿。

徐鹿卿　　酹江月·元夕上秘丞　并引

判府秘丞郎中永嘉陈公镇横浦之明年，化洽政成，民无札瘥，岁无荒饥。冬既寒而雪，春方交而雨。邦民德之，乃因民所欲而尊其知。正月之望，张灯公廨，以旁施于亭也，令民游观无禁。前乎此也，阴云晻暧，连日不开。膏火既举，霾云扫青，万象轩豁。城之中边，士女阗咽，以游以嬉，以歌以舞。穹壤之间，同一和气；官民之际，同一至乐，穆乎休哉。属吏徐鹿卿偶得周旋其间，思有以写父老之所欲言而不能言者以为公寿。顾其词语浅薄，不足发越，乃杂取东坡先生上元诸诗隐括成酹江月一阕，与邦民共歌之

雪销平野，正云开天宇，灯辉花市。明灭吐吞无尽藏，巧斗飞桥激水。铁马响冰，牙旗穿夜，箫鼓声歌沸。丰年欢笑，酿成千里和气。　　相欢交□游嬉，卖薪买酒，歌舞升平里。记得前年随玉辇，吹下天香扑鼻。璧月腾辉，仙球稳缒，归有传柑遗。来年此夜，通明仍许归侍。

徐鹿卿　　酹江月·贺提举陈秘丞除宪

薰风有意，还年年吹下，九天纶綍。庾岭高哉知几仞，不隔清名突兀。明月扁舟，图书之外，所载无南物。襄公往矣，迢迢直到今日。　　南来北地开藩，甘棠好在，一夜春光入。

父老欢迎相告语，依旧朱颜绿发。四海无波，四江无讼，是先生清德。岭梅迎笑，和羹□□消息。

李　刘　　　酹江月·寿漕使

汉庭用老，想君王、也忆潜郎白首。底事煌煌金玉节，奔走天涯许久。江右风流，湖南清绝，更借诗翁手。明年七十，人间此事希有。　　固是守得堂间，鲂斋亭下，要称归来柳。上恐夜深□贾傅，便有锋车迎候。寿岳峰前，寿星池畔，且寿长沙酒。期颐三万，祖风应管依旧。

此首别作阮秀实词

高观国　　　酹江月·灵岩吊古

万岩灵秀，拱崇台飞观，凭陵千尺。清磬一声帘幕冷，无复宫娃消息。响屧廊空，采香径古，尘土成遗迹。石闲松老，断云空锁愁寂。　　专宠谁比轻颦，楚腰吴艳，一笑无颜色。风月荒凉罗绮梦，输与扁舟归客。舞阕歌残，国倾人去，青草埋香骨。五湖波淼，远空依旧涵碧。

卓　田　　　酹江月·寿詹守生日在武夷设醮

武夷山字，是使君衔上，新来带得。便觉闲中多胜事，满眼烟霞泉石。云卷尘劳，风生芒竹，去作山中客。晓坛朝罢，自然五福天锡。　　当此弧矢悬门，步虚声远，直透云霄碧。替却燕姬□皓齿，洗尽人间筝笛。九曲溪深，千岩壁峭，大寿应难匹。辑车有待，日边飞下消息。

岳　珂　　　酹江月·天然灵种

天然灵种，遍尘寰、不许一枝分植。瀛海沉沉群玉宴，迥出八仙标格。珠幄留云，翠绡笼雪，浅露宫黄额。无双亭下，未容凡卉连璧。　　犹是射虎归来，朱阑独倚，曾作东风客。素态自羞时态改，何必铅华倾国。舞影鸾孤，绕心蝶倦，占断春消息。月明十里，坐中还记曾识。

黄　机　　　酹江月·春愁几许

春愁几许，似春云蔼蔼，连空无数。□□眉尖偏易得，没个因由分付。杨柳烟浓，海棠花暗，绿涨墙头路。小楼应是，有人和泪凝伫。　　长记宝轴妆成，鸳鸯绣懒，轻笑歌金缕。香雪精神依旧否，风月谁怜虚度。带减衣宽，十分憔悴，两下平分取。黄昏可更，子规声碎烟坞。

黄　机　　酹江月·东篱成趣

东篱成趣，有西风解事，催开丛菊。碎擢黄金谁试手，一一清香堪掬。露湿凉轻，霞凝寒重，秀发如新沐。宫妆匀就，岂知红紫粗俗。　　因念昔日渊明，微官不受，归伴花幽独。弹压秋光三径里，浊酒床头初熟。饮剧肠宽，醉深吻燥，更把纶巾漉。此翁无恙，唤渠同醉船玉。

葛长庚　　酹江月·冬至与胡胎仙

因看斗柄，运周天、顿悟神仙妙诀。一点真阳生坎位，点却离宫之缺。造物无声，水中起火，妙在虚危穴。今年冬至，梅花依旧凝雪。　　先圣此日闭关，不通来往，皆为群生设。物物□含生育意，正在子初亥末。自古乾坤，这些离坎，日日无休歇。如今识破，金乌飞入蟾窟。

葛长庚　　酹江月·思量世事

思量世事，几千般翻覆，是非多少。随分随缘天地里，心与江山不老。道在天先，神游物外，自有长生宝。洞门无锁，悄无一个人到。　　一条柱杖横肩，芒鞋紧峭，正风清月好。惊觉百年浑似梦，空被利名萦绕。野鹤纵横，孤云自在，对落花芳草。来朝拂袖，谁来南岳寻我。

葛长庚　　酹江月·咏梅

孤村篱落，玉亭亭、为问何其清瘦。欲语还愁谁索笑，临水嫣然自照。甘受凄凉，不求识赏，风致何高妙。松挨竹拶，更堪霜雪僝僽。　　争奈终是冰肌，也过了几个，晴昏雨晓。冷艳寒香空自惜，后夜山高月小。满地苍苔，一声哀角，疏影归幽渺。世无和靖，三花两蕊不少。

葛长庚　　酹江月·当初误触

当初误触，紫微君、谪下神霄玉府。醉后骑龙吹铁笛，酒醒不知何处。绛阙寥寥，红尘扰扰，老泪滂如雨。人间天上，桑田沧海如许。　　遥想十二楼前，琪花开已遍，鸾歌鹤舞。梦到三天还又落，愁听空中箫鼓。独倚阑干，笑拈花片，细写思归字。东风还会，为伊吹上天去。

葛长庚　　酹江月·次韵东坡赋别

寄言天上，石麒麟、化作人间英物。醉拥诗兵驱笔阵，百万词锋退壁。世事空花，赏心泥絮，一点红炉雪。识时务者，当今惟有俊杰。　　我本浩气天成，才逢知己，便又清狂发。富贵于我如浮云，且看云生云灭。羊石论交，鹅湖惜别，别恨多于发。共君千里，登楼何患无月。

葛长庚　　酹江月·罗浮赋别

罗浮山下，正秋高气爽，凄凉风物。瘦落丹枫飞紫翠，峭拔青山石壁。客鬓萧疏，诗肠清苦，病骨如冰雪。怒髯铁立，有怀不下三杰。　　袖里宝剑生寒，中宵起舞，引酒清歌发。襟曲屡兴猿鹤梦，坐看月痕生灭。露沁桃花，云笼芝草，任长莓苔发。如今话别，橙黄橘绿时月。

葛长庚　　酹江月·旧家宋玉

旧家宋玉，是何人、偏到秋来凄惨。细雨疏风天气冷，离别令人销黯。樯燕飞归，岸花吹送，自是生怀感。挑灯酌酒，平生明目张胆。　　二十年在江湖，枫亭柳驿，往事都曾览。胸次可吞云梦九，也没尘埃一糁。木落山高，云寒雁断，水瘦溪痕减。不知把菊，又在何处轩槛。

葛长庚　　酹江月·海天秋老

海天秋老，夜凄清、坐对香温金鸭。听得寒蝉声断续，一似离歌相答。鸿雁初来，骅骝欲去，永夜烧红蜡。不须别酒，有时亦呷一呷。　　丈夫南北东西，何天不可，鸣剑雄开匣。岂特东湖徐孺子，下得陈蕃之榻。黄叶声干，碧莲香减，枕上凉萧飒。出门一笑，四方风起云合。

葛长庚　　酹江月·送周舜美

道人于世，已忘情、尚更区区饯别。栖碧先生辞蕙帐，夜夜猿声凄切。剑上星寒，琴中风惨，眉宇飞黄色。一杯判袂，出门烟水空阔。　　我今流落江南，朝朝还暮暮，千愁万结。那更荻花枫叶景，又见长亭短驿。世事空花，人情风絮，山外云千叠。君还到阙，为言踪迹风雪。

葛长庚　　酹江月·春日

桃花开尽，正溪南溪北，春风春雨。寒食清明都过了，愁杀一声杜宇。醉跨蹇驴，踏翻芳草，满满斟鹦鹉。游仙梦觉，不知身在何处。　　因甚青鸟不来，一年春事，捻指都如许。人在白云流水外，多少莺啼燕语。遣兴成诗，烹茶解酒，日落蔷薇坞。玉龙嘶断，乱鸦惊起无数。

葛长庚　　酹江月·武昌怀古

汉江北泻，下长淮、洗尽胸中今古。楼橹横波征雁远，谁见鱼龙夜舞。鹦鹉洲云，凤凰池月，付与沙头鹭。功名何处，年年惟见春絮。　　非不豪似周瑜，壮如黄祖，亦随秋风度。野草闲花无限数，渺在西山南浦。黄鹤楼人，赤乌年事，江汉亭前路。浮萍无据，水天几度朝暮。

葛长庚　　酹江月·西湖

绿荷十里吐秋香，湖水掌平如镜。日落云收天似洗，况又月明风静。露逼葭蒲，烟迷菱芡，缩尽寒鸦颈。两枝画桨，柳阴浓处乘兴。　　遥想和靖东坡，当年曾胜赏，一觞一咏。是则湖山常不老，前辈风流去尽。我兴还诗，我欢则酒，醉则还草圣。明朝却去，冷泉天竺双径。

李好古　　酹江月·西风横荡

西风横荡，渐霜余黄落，空山乔木。照水依然冰雪在，耿耿梅花幽独。抖擞征尘，扶携短策，步绕沧浪曲。怅然心事，浮生翻覆陵谷。　　试向商乐亭前，冷风台上，把酒招黄鹄。四十男儿当富贵，谁念漂零南北。百亩春耕，三间云卧，此计何时卜。功名休问，卖书归买黄犊。

李好古　　酹江月·平生英气

平生英气，叹年来、都付山林泉石。不作云霄轩冕梦，只拟纶竿蓑笠。见说湖阴，飞飞鸥鹭，半是君曾识。梅花时节，试来相与寻觅。　　休谩汩没尘埃，浮生能几，镜里催华发。趁取尊前强健在，莫负花前倾碧。自遣长须，亲题短句，去约萧闲客。休教惆怅，梅花飞尽寒食。

阮秀实　　酹江月·庆王漕六十九

汉庭用老，想君王、也忆潜郎白首。底事煌煌金玉节，奔走天涯许久。江右风流，湖南清绝，要借诗翁手。明年七十，人间此事希有。　　固是守约堂间，鲂斋亭下，要种归来柳。只恐夜深思贾傅，便有锋车迎候。寿岳峰前，寿星池畔，且寿长沙酒。期颐三万，祖风应管依旧。

此首别作李刘词

熊大经　　酹江月·子庆母八十

人生八十，自儿时祝愿，这般年数。滴露研朱轻点笔，个个眉心丹字。萱草丛边，梅花香里，真有人如此。红颜青鬓，儿时依旧相似。　　堪笑生子愚痴，投身枳棘，欲了官中事。万叠关山遥望眼，遐瞬白云飞处。膝下称觞，门前问寝，幸有嵩谟子。更望此去，十分好学彭祖。

沈刚孙　　酹江月·我来访古

我来访古，把尘襟、都付一声鸣橹。笑把瑶觞波浩荡，却忆长鲸吞吐。坐挹高风，骨清毛冷，不作嚣尘语。客星何在，谩留遗像江渚。　　试问泽畔羊裘，当时何事，笑禹弁宫武。金印貂蝉谁不爱，只为汗颜巢许。幸有高台，较他箕颍，未肯轻输与。酒酣长啸，翩然谁共飞举。

吴　潜　　酹江月·瓜洲会赵南仲端明

红尘飞骑，报元戎小队，踏青南陌。雪浪堆边呼晓渡，吴楚半江分拆。岁月惊心，风埃眯目，相对头俱白。杨花撩乱，可怜如此春色。　　谁道燕燕莺莺，多情犹自，认得年时客。重唱江南肠断句，为我满倾云液。画鼓舟移，金鞍人远，一饷烟波隔。斜阳冉冉，依然无限凄恻。

吴　潜　　酹江月·梅

晓来窗外，正南枝初放，两花三蕊。千古春风头上立，羞退秾桃繁李。姑射神游，寿阳妆褪，色界尘都洗。竹扉松户，平生所寄聊耳。　　堪笑强说和羹，此君心事，指高山流水。陇驿凄凉，却怕被、哀角城头吹起。此处关情，为他凝伫，淡月清霜里。巡檐何事，岁寒相誓而已。

吴　潜　　酹江月·寄赵南仲端明

暇日登新楼，望扬州于云烟缥缈之间

半空楼阁，把江山图画，一时收拾。白鸟孤飞飞尽处，最好暮天秋碧。万里西风，百年人事，谩倚阑干拍。凝眸何许，扬州烟树历历。　　应念老子年来，浮名浮利，已作虚空掷。三径才寻归活计，又是飘零为客。回首平生，惊心双鬓，容易成凄恻。尊前一笑，且由醉帽欹侧。

王　柏　　酹江月·题泽翁梅轴后

今岁腊前，苦无多寒色、梅花先白。可惜横斜清浅处，谁访孤山仙客。玉勒寻芳，金尊护冷，定与心期隔。夜阑人悄，可无一段春月。　　怕它香已飘零，罗浮梦断，不与东君接。买得鹅湖千幅绢，留取天然标格。树老梢癯，蕊圆须健，不放风骚歇。花光何处，儿孙声价方彻。

方　岳　　酹江月·梦雪

问天何事，雪垂垂欲下，又还晴却。春到梅梢香逗也，尽有心情行乐。剡曲舟回，灞桥诗在，一笑人如昨。此情分付，暮天寒月残角。　　谁道飞梦江南，群山如画，一一琼瑶琢。中有玉田三万顷，云是幼舆丘壑。招我归来，和春醉去，休跨扬州鹤。万花曾约，酒醒当有新作。

方　岳　　酹江月·绿尊翠勺

八月十四，小集郑子重帅参先月楼。是夕无月，和朱希真插天翠柳词韵

绿尊翠勺，约秋风、一醉小楼先月。谁取宝奁奔帝所，深琐玉华宫阙。老桂香寒，疏桐云重，生怕金蛇掣。那知天柱，一峰别与天接。　　我欲飞佩重游，寘之衣袖，照我襟怀雪。玉斧难藏修月手，待做明宵清绝。天地无尘，山河有影，了不遗毫发。举杯相属，唤谁笺与天说。

方　岳　　　　　酹江月·寿老父

幅巾云麓，笑人生瓮等，何时是足。莫道年来无好处，第一秫田新熟。孙息乘鸾，大儿荐鹗，翁已恩袍绿。笑谭戎幕，尽教岳也碌碌。　　是则江南江北，月明飞梦，认得溪桥屋。多少睡乡闲日月，不老柯山棋局。唱个曲儿，吃些酒子，检点茅檐竹。问梅开未，一枝初破寒玉。

方　岳　　　　　酹江月·戊戌寿老父

且拌春醉，问人间、谁是十分如意。道不好来人又道，也有一分好处。管甚长贫，只消长健，切莫眉头聚。尽教江路，梅花依旧留住。　　儿辈虽不如人，有何不可，怎敢嫌迟暮。但喜吾翁躔度转，唤起烟霞深痼。否极而亨，剥余而复，长至迎初度。龟图羲画，直从今日重数。

方　岳　　　　　酹江月·万花园用朱行父韵呈制帅赵端明

花风初逗，喜边亭依旧，春闲营柳。烟草隋宫歌舞地，谁遣万红围绣。结酒因缘，装春富贵，也要经纶手。笙箫声里，一江晴绿吹绉。　　是处羽箭如飞，那知鹤府，花压阑干昼。油幕文书谈笑了，余事尽堪茶酒。报答东风，流连西日，绿外沉吟久。与春无负，醉归香满襟袖。

方　岳　　　　　酹江月·和君用

槎牙诗骨，想生来无分，史闱经幄。呵护九关多虎豹，谁道去天一握。奏赋两都，闻韶三月，雁远书难托。一寒如许，蟾枝莫倚高擢。　　空使满壑风烟，半村雪月，孤负梅花约。渺渺愁予初度也，山沍同云垂幕。鹤帐何如，牛衣无恙，麦陇占优渥。不如归去，檐花深夜春酌。

方　岳　　　　　酹江月·送吴丞入幕

祈山底处，为二松千竹，肯题崖壁。雪洒谈犀麾雁鹜，尔辈何烦涉笔。使者知乎，民其劳止，且莫闲耕织。片言金石，唤回春意无极。　　虽则王谢人家，一癯仙泽，面作苍烟色。茶灶笔床将雨屐，吟到梅花消息。贱子何为，老仙如问，莫道头今白。寒蓑几梦，研朱看点周易。

方　岳　　酹江月·寿松山主人　七月十九日

楚天秋早，过中元捻指，蓂飞四荚。怪得千门佳气满，恰值生申时节。蓬矢当年，椒盘今夕，瑞木金炉爇。主人情重，酒红潮上双颊。　且看戏彩□□，鼎分丹桂，兰玉同班列。更喜萱庭南极老，亲授长生秘诀。养浩颐然，后昌青紫，天报公阴德。年年盛会，祝延椿算千百。

卫宗武　　酹江月·山中霜寒有作

露华凝聚，夜更长、寒压一床衾重。局缩龟藏灯幌悄，明灭银釭欲冻。鼻观流珠，肌纹浮粟，欹枕难成梦。明蟾交映，一窗清影梅弄。　晓见黄陨丹空，但琼华点缀，万梢森耸。橘柚香来分好景，书后尽堪题送。青女呈工，玉妃传信，渐六霙飞动。瑞花盈尽，看看叠嶂银涌。

卫宗武　　酹江月·和友人催雪

暮云凝冻，耸玉楼、捻断冰髯知几。今岁天公悭破白，未放六霙呈瑞。瘗马发祥，妖麋应祷，终解从人意。腊前三白，瑶光一瞬千里。　便好翦刻漫空，落花飞絮，滚滚随风起。莫待东皇催整驾，点点消成春水。巧思裁云，新词胜雪，引动眉间喜。欺梅压竹，看看还助吟醉。

黄　昇　　酹江月·戏题玉林

玉林何有，有一弯莲沼，数间茅宇。断堑疏篱聊补葺，那得粉墙朱户。禾黍秋风，鸡豚晓日，活脱田家趣。客来茶罢，自挑野菜同煮。　多少甲第连云，十眉环座，人醉黄金坞。回首邯郸春梦破，零落珠歌翠舞。得似衰翁，萧然陋巷，长作溪山主。紫芝可采，更寻岩谷深处。

黄　昇　　酹江月·夜凉

西风解事，为人间、洗尽三庚烦暑。一枕新凉宜客梦，飞入藕花深处。冰雪襟怀，琉璃世界，夜气清如许。划然长啸，起来秋满庭户。　应笑楚客才高，兰成愁悴，遗恨传千古。作赋吟诗空自好，不直一杯秋露。淡月阑干，微云河汉，耿耿天催曙。此情谁会，梧桐叶上疏雨。

张绍文　　酹江月·淮城感兴

举杯呼月，问神京何在，淮山隐隐。抚剑频看勋业事，惟有孤忠挺挺。宫阙腥膻，衣冠沦没，天地凭谁整。一枰棋坏，救时著数宜紧。　　虽是幕府文书，玉关烽火，暂送平安信。满地干戈犹未戢，毕竟中原谁定。便欲凌空，飘然直上，拂拭山河影。倚风长啸，夜深霜露凄冷。

陈允平　　酹江月·赋水仙

汉江露冷，是谁将瑶瑟，弹向云中。一曲清泠声渐杳，月高人在珠宫。晕额黄轻，涂腮粉艳，罗带织青葱。天香吹散，佩环犹自丁东。　　回首杜若汀洲，金钿玉镜，何日得相逢。独立飘飘烟浪远，袜尘羞溅春红。渺渺予怀，迢迢良夜，三十六陂风。九疑何处，断云飞度千峰。

陈允平　　酹江月·霁空虹雨

霁空虹雨，傍啼螿莎草，宿鹭汀洲。隔岸人家砧杵急，微寒先到帘钩。步幄尘高，征衫酒润，谁暖玉香篝。风灯微暗，夜长频换更筹。　　应是雁柱调筝，鸳梭织锦，付与两眉愁。不似尊前今夜月，几度同上南楼。红叶无情，黄花有恨，孤负十分秋。归心如醉，梦魂飞趁东流。

何梦桂　　酹江月·和江南惜春

三分春色，更消得风雨，几番零落。年少不来春老去，空负省薇阶药。燕子飞忙，杜鹃啼杀，总为谁悲乐。临春结绮，旧家何处楼阁。　　一任年去年来，怅歌阑舞断，尘生帘幕。千古雷塘浑一梦，人世到头俱错。百岁心期，一春光景，付与闲杯酌。青蛇犹在，莫教雷雨飞却。

何梦桂　　酹江月·感旧再和前韵

问春何去，乱随风飞堕，杨花篱落。罗袜香囊无觅处，谁有返魂灵药。细柳重门，碧桃深巷，回首曾行乐。玉龙吟断，夜深人在江阁。　　因念璧月琼枝，对玉人何处，绣帘珠幕。一半青铜尘满匣，空抚鸾刀金错。薇露烟销，莲膏花凝，不寐还孤酌。一春心事，总将愁里消却。

林自然　　酹江月·金丹合潮候图

凿开混沌，见钱塘南控、长江凝碧。今古词人图此景，谁解推原端的。岁去年来，日庚月甲，因甚无差忒。如今说破，要知天地来历。　　道散有一强名，五行颠倒，互列乾坤历。坎水逆流朝丙户，随月盈亏消息。气到中秋，金能生水，倍涌千重雪，神仙妙用，与潮没个差别。

刘辰翁　酹江月·北客用坡韵改赋访梅

冰肌玉骨，笑嫣然、总是风尘中物。谁扫一枝，流落到、绝域高台素壁。匹马南来，千山万水，为访林间雪。渊明爱菊，不知谁是花杰。　　憔悴梦断吴山，有何人报我，前村夜发。蜡屐霜泥烟步外，转入波光明灭。雪后风前，水边竹外，岁晚华余发。戴花人去，江妃空弄明月。

刘辰翁　酹江月·赵氏席间即事，再用坡韵

四无谁语，待推窗、初见江南风物。索笑巡檐无奈处，悄隔东邻一壁。有酒如船，招呼满载，只欠枝头雪。疏花冷眼，坐中都是词杰。　　堪恨几日西郊，寻消问息，肯向吟边发。著意相看，又恐是、六出幻成还灭。恼恨儿童，攀翻顶戴，不到先生发。明朝重省，初三知属谁月。

刘辰翁　酹江月·和朱约山自寿曲，时寿八十四

五朝寿俊，算生平占得、淳熙四四。三万六千三万了，剩有一千饶底。三百年间，和风丽日，几个能销此。约山山笑，先生不负山矣。　　今岁甲子重阳，待重数，五百十三甲子。吟万首诗更自和，岁岁寿诗自喜。若比潞公，如今年纪，犹是平章事。先生抚掌，问他闲日能几。

刘辰翁　　酹江月·西风处士

同舍延平林府教制新词祝我初度，依声依韵，还祝当家

西风处士，例一枝团月，咸平印印。千古诗宗传不绝，至竟被渠道尽。雪返香魂，霜吹晓怨，肯受东君聘。罗浮梦转，兔环知是谁孕。　　未说烟雨江南，垂垂青子，须要调金鼎。愁绝西山明秀处，依旧鹤南飞影。我白君元，君词我和，各自

为长庆。后来桃李，遥遥别是花信。

刘辰翁　　　　酹江月·棹歌齐发

五日和尹存吾，时北人竞鹭洲渡

棹歌齐发，江云暮、吹得湘愁成雨。小酌千年，知他是、阿那年时沉午。日落长沙，风回极浦，黯不堪延伫。吴头楚尾，非关四面为楚。　　几度唤起醒累，淋漓痛饮，不学愁余句。踏鲤从鼋胥涛上，怎不化成龙去。越女吴船，燕歌赵舞，世事悠悠许。明朝寂寂，双双飞下鸣鹭。

刘辰翁　　　　酹江月·岁寒相命

怪梅一株，为北客载酒移寘盆中，伟然

岁寒相命，算人间、除了梅花无物。窥宋三年又不是，草草东邻凿壁。偃蹇风前，沉吟竹外，直待天骄雪。白家人至，一枝横出终杰。　　寂寞小小疏篱，探花使断，知复何时发。北驿不来春又远，只向窗前埋灭。好在冰花，著些风筱，怎不清余发。补之去后，墨梅又有明月。

刘辰翁　　　　酹江月·漫兴

遥怜儿女，未解忆长安、十年前月。徙倚桂枝空延伫，无物同心堪结。冷落江湖，萧条门巷，犹著西楼客。恨无铁笛，一声吹裂山石。　　休说起舞登楼，那人已先我，渡江横楫。圆缺不销青冢恨，漠漠风沙如雪。西母长生，素娥好在，何皓当时发。山河如此，月中定是何物。

刘辰翁　酹江月·中秋，彭明叔别去赴永阳，夜集

团团桂影，怕人道、大地山河里许。旧日影娥池未缺，惊断霓裳歌舞。雪白长城，金明古驿，尽是乘槎路。少年白发，自无八骏能去。　　犹记流落荒滨，故人相过，共吹箫前度。无酒无鱼空此客，昨夜留之不住。睡起披衣，行吟坐对，又有重圆处。不知今夕，那人有甚佳句。

刘辰翁　　　　酹江月·中秋待月

城中十万，有何人、和我乌乌鸣瑟。对影姮娥成三处，谁料尊中无月。剪纸吹成，长梯摘取，儿戏那堪惜。洞庭夜白，一声聊破空阔。　　休说二十四桥，便一分无赖，有谁谁识。一枕秋衾南北梦，好好娟娟成雪。旧日少游，锦袍玉笛，醉卧藤阴石。萧然今夕，无鱼无酒无客。

周　密　　　酹江月·中秋对月

夜霏净洗，唤素娥睡起，平分秋色。雁背风高孀兔冷，露脚侵衣香湿。银浦流云，珠房迎晓，鬓影霜争白。玉尊良夜，与谁同醉瑶席。　　忍记倚桂分题，簪花筹酒，处处成陈迹。十二楼空环佩杳，惟有孤云知得。如此江山，依然风月，月底人非昔。知音何许，泪痕空沁愁碧。

林式之　　　酹江月·桐皋东去

桐皋东去，又依然、烟际云边柔橹。赖有双台知己耳，牢落孤怀欲吐。小倚云根，细商心事，提起千年语。九天飞梦，别来长记幽渚。　　试说北海归文，西山何事，犹不甘臣武。广大尧天箕颍小，绵上可能如许。举世真痴，先生长啸，尘海谁堪与。啸声吹送，刺天鸾鹤冲举。

王　奕　酹江月·和辛稼轩金陵赏心亭

英雄老矣，对江山、莫遗泪珠成斛。一篴西风休掩面，白浪黄尘迷目。凤去台空，鹭飞洲冷，几度斜阳木。欲书往事，南山应恨无竹。　　宁是商女当年，后来腔调，拍手铜鞮曲。偃蹇老松虽拗□，犹□一枰残局。乌巷垂杨，雀桥野草，今为谁家绿。赏心何处，浩歌归卧梅屋。

文天祥　　酹江月·南康军和苏韵

庐山依旧，凄凉处、无限江南风物。空翠晴岚浮汗漫，还障天东半壁。雁过孤峰，猿归危嶂，风急波翻雪。乾坤未老，地灵尚有人杰。　　堪嗟漂泊孤舟，河倾斗落，客梦催明发。南浦闲云连草树，回首旌旗明灭。三十年来，十年一过，空有星星发。夜深愁听，胡笳吹彻寒月。

文天祥　　酹江月·驿中言别友人

水天空阔，恨东风不借、世间英物。蜀鸟吴花残照里，忍见荒城颓壁。铜雀春情，金人秋泪，此恨凭谁雪。堂堂剑气，斗牛空认奇杰。　　那信江海余生，南行万里，属扁舟齐发。正为鸥盟留醉眼，细看涛生云灭。睨柱吞嬴，回旗走懿，千古冲冠发。伴人无寐，秦淮应是孤月。

文天祥　　　　酹江月·和

乾坤能大，算蛟龙、元不是池中物。风雨牢愁无著处，那更寒虫四壁。横槊题诗，登楼作赋，万事空中雪。江流如此，方来还有英杰。　　堪笑一叶漂零，重来淮水，正凉风新发。镜里朱颜都变尽，只有丹心难灭。去去龙沙，江山回首，一线青如发。故人应念，杜鹃枝上残月。

汪宗臣　　酹江月·题乌江项羽庙

白蛇宵断，逐鹿人、交趁罾鱼群起。赤帜雄张军缟素，龙种天生大器。堪鄙猴冠，自为狼藉，楚帐多尘垒。胆寒垓下，一鞭东窜休矣。　　亭长空舣扁舟，范增群辈，尽涂脂流髓。望断秦关无限恨，羞面江东山水。购首千金，若为名利，黯黯斜阳里。石炉灰冷，美人魂落烟翠。

黎廷瑞　酹江月·题永平监前刘氏小楼

远山如簇，对楼前、浓抹淡妆新翠。应是西湖湖上景，移过江南千里。旧日春光，重归杨柳，苒苒黄金缕。市声分付，画桥之外流水。　　最好叠观泥金，危城带粉，文笔双峰倚。烟寺晚钟渔浦笛，都入王维画里。欹枕方床，凭阑往古，世界浮萍耳。湖天风紧，白鸥欲下还起。

黎廷瑞　　　酹江月·呈谭龙山

锦袍何处，向旧江、衰草寒芦萧瑟。瀛馆神仙挥玉麈，唤醒诗酒魂魄。走电飞虹，惊涛触石，举目乾坤窄。油然归去，短篷多载风月。　　好在雨外云根，水边石上，鸥鹭盟重结。见说西湖湖上路，香沁梅梢新雪。驾白麒麟，鞭青鸾凤，次第孤山客。吾今西啸，寄诗先与逋仙说。

仇　远　　　酹江月·梅和彦国

探春消息，觉南枝开遍，北枝犹缺。越女娉婷天下白，堪与冰霜争洁。孤影棱棱，暗香楚楚，水月成三绝。行云不动，素波轻浣尘袜。　　回首雪里关山，玉龙吹怨，似替人幽咽。溪上园林应满树，一径莓苔萦折。金马疏篱，玉堂茅舍，终是风光别。寻花欲语，对花却又无说。

仇　远　　　酹江月·片云凝墨

片云凝墨，看荷花才湿，依然无雨。水槛空明人少到，恰恰幽禽相语。曲几横陈，长琴高挂，自奏南风谱。俄闻刀尺，隔窗人剪霜苎。　　因念西子湖边，闹红一舸，曾宿鸳鸯浦。翠羽不传沧岛信，日暮闲情□与。懒拂鸾笺，懒拈象管，秀句同谁赋。孤鸿程杳，夕阳低下平楚。

王易简　　　酹江月·暗帘吹雨

暗帘吹雨，怪西风梧井，凄凉何早。一寸柔情千万缕，临镜霜痕惊老。雁影关山，蛩声院宇，做就新怀抱。湘皋遗佩，故人空寄瑶草。　　已是摇落堪悲，飘零多感，那更长安道。衰草寒芜吟未尽，无那平烟残照。千古闲愁，百年往事，不了黄花笑。渔樵深处，满庭红叶休扫。

黄　革　酹江月·寿太守母八十　正月初一

堂堂卿月，奉君恩来作，潜藩贤守。喜遇慈闱年八十，特向新正称寿。千里春风，满堂和气，是处歌声奏。荷衣紫绶，捧觞齐上春酒。　　人道彭祖高年，寿高八百，管从来稀有。似此遐龄，屈指算、犹有十分之九。惠满梅山，宠新芝检，归展调羹手。疏封国号，天教富贵长久。

无名氏　　　酹江月·寿叶丞相

阳春歌阕，正玉梅翻雪，江涛如海。秀孕东阳山水□，果诞黑头元宰。早蹋天扉，洪钧独运，嘉会符千载。衔杯乐圣，不妨机务聊解。　　且恁笑弄云泉，太平勋业，说与苍生须在。闻道槐庭虚位久，天意端如有待。衮绣来时，渔蓑脱取，留我他年晒。良辰一笑，醉乡天地宽大。

无名氏　　　酹江月·寿史贰卿

欢声雷动，问邦民，知道君侯生日。欲把天文占好事，夜半遥瞻南极。耿耿三台，寒光相射，瑞采连珠璧。自今以始，我公眉寿千亿。　　见说燕寝香凝，旌旗微动，猎猎薰风入。收拾乾坤生长意，留向人间敷锡。预约明年，难兄难弟，同侍虞琴侧。坐令仁寿，八荒开此寿域。

无名氏　　酹江月·寿倅车

东南钟秀，记当年、玉麟坠地，风云奔走。别驾风流才展骥，未快经纶大手。风月平分，吏民胥庆，松李阴浓昼。满城灯火，嵩高神降时候。　　好是今夕华筵，水沉烟里，竹径松姿瘦。闻道君王□仄席，尺一凤凰飞诏。堤筑新沙，印垂大斗，毡复貂蝉旧。麒麟勋业，庄椿难计眉寿。

无名氏　　酹江月·寿陈硕人

云幢凤舞，下天风、吹落轮袍仙曲。阿母人间今百岁，两鬓犹含秋绿。萍小乾坤，九看日月，不用长生箓。一封天上，鼎来五色花轴。　　须信寿老难侔，世间无价，空有明珠千斛。此夕兰堂风露好，雅称飞觞支属。十样宫眉，两行红袖，烧烛围香玉。不妨沉醉，共拚月上华屋。

无名氏　　酹江月·谢人贺生子

天高气爽，正金风玉露，安排秋节。株守蓬窗无寸效，自愧才非人杰。那更家贫，又添丁累，料想无奇骨。新章褒美，天然好语还发。　　堪羡力薄无储，宾庖萧索，乏礼延佳客。多谢诸公来宠贲，虽有一瓯春雪。玉果未圆，犀钱须办，早早为君说。恐辜珠玉，小词聊且权折。

无名氏　　酹江月·庆母在作生日　五月初七

仙翁初度，遇端阳佳节，又还两日。怪得箕星光倍正，凌晓独辉南极。料想当年，储祥荐瑞，兆见开先吉。称觞此旦，华堂佳气葱郁。　　好看徧戏庭前，芬芳双桂，行作蟾宫客。况有瑶池王母在，重庆举杯欢怿。络秀赐觞，孟光举案，姑妇贤相敌。与君品寿，蓬壶长见仙集。

摘红英

即《撷芳词》，宋赵汝茪词名《摘红英》，见《阳春白雪》卷七。详见《撷芳词》条。

赵汝茪　　　　摘红英·东风冽

东风冽，红梅拆，画帘几片飞来雪。银屏悄，罗裙小，一点相思，满塘春草。　　空愁切，何年彻，不归也合分明说。长安道，箫声闹，去时骢马，谁家系了。

刘辰翁　　　　摘红英·赋花朝月晴

花朝月，朦胧别，朦胧也胜檐声咽。亲曾说，令人悦，落花情绪，上坟时节。　　花阴雪，花阴灭，柳风一似秋千掣。晴未决，晴还缺，一番寒食，满村啼鴂。

睿恩新

调见宋晏殊《珠玉词》。双调，三十五字。上下片各四句、三仄韵。

晏　殊　　　　睿恩新·芙蓉一朵霜秋色

芙蓉一朵霜秋色，迎晓露、依依先拆。似佳人、独立倾城，傍朱槛、暗传消息。　　静对西风脉脉，金蕊绽、粉红如滴。向兰堂、莫厌重深，免清夜、微寒渐逼。

晏　殊　　　　睿恩新·红丝一曲傍阶砌

红丝一曲傍阶砌，珠露下、独呈纤丽。剪鲛绡、碎作香英，分彩线、簇成娇蕊。　　向晚群花新悴，放朵朵、似延秋意。待佳人、插向钗头，更袅袅、低临凤髻。

蜡梅香

又名《梅香慢》。此调有平韵、仄韵两体。平韵体见

《梅苑》卷四宋无名氏词，仄韵体见同卷宋吴师孟词。双调，一百字。上片十一句、四仄韵，下片十句、四仄韵。亦有一百零一字，上下片各十一句。

吴师孟　　　　蜡梅香·锦里阳和

锦里阳和，看万木凋时，早梅独秀。珍馆琼楼畔，正绛跗初吐，秾华将茂。国艳天葩，真澹伫、雪肌清瘦。似广寒宫，铅华未御，自然妆就。　　凝睇倚朱阑，喷清香暗度，易袭襟袖。好与花为主，宜秉烛、频观泛湘酎。莫待南枝，随乐府、新声吹后。对赏心人，良辰好景，须信难偶。

喻　陟　　　　蜡梅香·晓日初长

晓日初长，正锦里轻阴，小寒天气。未报春消息，早瘦梅先发，浅苞纤蕊。揾玉匀香，天赋与、风流标致。问陇头人，音容万里，待凭谁寄。　　一样晓妆新，倚朱楼凝盼，素英如坠。映月临风处，度几声羌管，愁生乡思。电转光阴，须信道、飘零容易。且频欢赏，柔芳正好，满簪同醉。

无名氏　　　　蜡梅香·爱日初长

爱日初长，正园林才见，万木凋黄。槛外朝来，已见数枝，复欲掩映回廊。赐与东皇，付芳信、妆点江乡。想玉楼中，谁家艳质，试学新妆。　　桃杏苦寻芳，纵成蹊，岂能似恁清香。素艳娇娆，应是尽夜，曾与明月添光。瑞雪冰霜，浑疑是、粉蝶轻狂。待拚吟赏，休听画楼，横管悲伤。

舞迎春

此调本名《迎春乐》，因贺铸词有“粉□舞按迎春遍”句，故更名《舞迎春》。详见《迎春乐》条。

贺　铸　　　　舞迎春·云鲜日嫩东风软

云鲜日嫩东风软，雪初融、水清浅。粉□舞按迎春遍，似飞动、钗头燕。　　深折梅花曾寄远，问谁为、倚楼凄怨。身伴未归鸿，犹顾恋、江南暖。

舞杨花

张端义《贵耳集》："慈宁殿赏牡丹，时椒房受册，三殿极欢。上洞达音律，自制曲，赐名《舞杨花》。"此调名盖源于此。双调，九十八字，上片八句、五平韵，下片九句、五平韵。此调只康与之一词。

康与之　　舞杨花·牡丹半坼初经雨

牡丹半坼初经雨，雕槛翠幕朝阳。娇困倚东风，羞谢了群芳。洗烟凝露向清晓，步瑶台、月底霓裳。轻笑淡拂宫黄，浅拟飞燕新妆。　　杨柳啼鸦昼永，正秋千庭馆，风絮池塘。三十六宫，簪艳粉浓香。慈宁玉殿庆清赏，占东君、谁比花王。良夜万烛荧煌，影里留住年光。

舞春风

即《瑞鹧鸪》，五代冯延巳词名《舞春风》。详见《瑞鹧鸪》条。

欧阳修　　舞春风·严妆才罢怨春风

严妆才罢怨春风，粉墙画壁宋家东。蕙兰有恨枝尤绿，桃李无言花自红。　　燕燕巢时罗幕卷，莺莺啼处凤楼空。少年薄幸知何处，每夜归来春梦中。

端正好

又名《于中好》、《秋千索》、《中腔令》，调见宋杜安世《寿域词》。双调，五十四字，上下片各四句、四仄韵。

杜安世　　端正好·槛菊愁烟沾秋露

槛菊愁烟沾秋露，天微冷、双燕辞去。月明空照别离苦，透素光、穿朱户。　　夜来西风雕寒树，凭阑望、迢遥长路。花笺写就此情绪，特寄传、知何处。

杜安世　　端正好·每逢春来长如病

每逢春来长如病，玉容瘦、薄妆相称。双欢未经成孤令，奈厚约、全无定。　　众禽啾唧声愁听，相思事、多少春恨。孤眠帐外银缸耿，透一点、炉烟暝。

杜安世　　端正好·露落风高桐叶坠

露落风高桐叶坠，小庭院、秋凉佳气。兰堂聚饮华筵启，罢令曲、呈珠缀。　　晚天行云凝香袂，新声内、分明心意。玉炉初喷檀烟起，敛愁在、双蛾翠。

杜安世　　端正好·野禽林栖啾唧语

野禽林栖啾唧语，闲庭院、残阳将暮。兰堂静悄珠帘窣，想玉人、归何处。　　喜鹊几回薄无据，愁都在、双眉头聚。凄凉方感孤鸳侣，对夜永、成愁绪。

慢卷䌷

又名《幔卷绸》，调见柳永《乐章集》。双调，有一百一十一字，上片十三句、四仄韵，下片十一句、五仄韵；亦有一百一十一字，上片十二句、四仄韵，下片十二句、五仄韵。

柳　永　　慢卷䌷·闲窗烛暗

闲窗烛暗，孤帏夜永，攲枕难成寐。细屈指寻思，旧事前欢，都来未尽，平生深意。到得如今，万般追悔，空只添憔悴。对好景良辰，皱著眉儿，成甚滋味。　　红茵翠被，当时事、一一堪垂泪。怎生得依前，似恁偎香倚暖，抱著日高犹睡。算得伊家，也应随分，烦恼心儿里。又争似从前，淡淡相看，免恁牵系。

李　甲　　　　慢卷绌·绝羽沉鳞

绝羽沉鳞，埋花葬玉，杳杳悲前事。对一盏寒灯，数点流萤，悄悄画屏，巫山十二。蕣脸星眸，蕙情兰性，一旦成流水。便纵有、甘泉妙手，洪都方士何济。　香闺宝砌，临妆处，迤逦苔痕翠。更不忍看伊，绣残鸳侣，而今尚有，啼红粉渍。好梦不来，断云飞去，黯黯情无际。谩饮尽香醪，奈向愁肠，消遣无计。

潇湘忆故人慢

即《潇湘逢故人慢》，调见《花庵调选》。宋王安礼词名《潇湘忆故人慢》，见《乐府雅词·拾遗》卷上。双调，有一百零四字两体。其上下片各十句、五平韵为正体；其上片十一句、四平韵，下片十句、五平韵为变体。

王安礼　　　潇湘忆故人慢·薰风微动

薰风微动，方樱桃弄色，萱草成窠。翠帏敞轻罗，试冰簟初展，几尺湘波。疏帘广厦，寄潇洒、一枕南柯。引多少、梦中归绪，洞庭雨棹烟蓑。　惊回处，闲昼永，但时时、燕雏莺友相过。正绿影婆娑，况庭有幽花，池有新荷。青梅煮酒，幸随分、赢得高歌。功名事、到头终在，岁华忍负清和。

潇　湘　雨

即《满庭芳》，贺铸词调名《潇湘雨》。详见《满庭芳》条。

贺　铸　　　　潇湘雨·一阕离歌

一阕离歌，满尊红泪，解携十里长亭。木兰归棹，犹倚彩蘋汀。鸦噪黄陵庙掩，因想像、鼓瑟湘灵。渔村远，烟昏雨淡，灯火两三星。　愁听，樯影外，繁声骤点，□□□□。□□□□□，浓睡香屏。入梦难留□□，□□□、□□□□。□窗晓，云容四敛，江上数峰青。

潇湘夜雨

即《满庭芳》，宋周紫芝词名《潇湘夜雨》。详见《满庭芳》条。

周紫芝　　　潇湘夜雨·濡须对雪

楼上寒深，江边雪满，楚台烟霭空濛。一天飞絮，零乱点孤篷。似我华颠雪领，浑无定、漂泊孤踪。空凄黯，江天又晚，风袖倚蒙茸。　吾庐，犹记得，波横素练，玉做寒峰。更短坡烟竹，声碎玲珑。拟问山阴旧路，家何在、水远山重。渔蓑冷，扁舟梦断，灯暗小窗中。

周紫芝　　　潇湘夜雨·晓色凝暾

晓色凝暾，霜痕犹浅，九天春意将回。隔年花信，先已到江梅。沉水烟浓如雾，金波满、红袖双垂。仙翁醉，问春何处，春在玉东西。　瑶台，人不老，还从东壁，来步天墀。且细看八砖，花影迟迟。会见朱颜绿鬓，家长近、咫尺天威。君知否，天教雨露，常满岁寒枝。

周紫芝　　　潇湘夜雨·和潘都曹九日词

江绕淮城，云昏楚观，一枝烟笛谁横。晓风吹帽，霜日照人明。暗恼潘郎旧恨，应追念、菊老残英。秋空晚，茱萸细捻，醽醁为谁倾。　人间，真梦境，新愁未了，绿鬓星星。问明年此会，谁寄幽情。倚尽一楼残照，何妨更、月到帘旌。凭阑久，歌君妙曲，谁是米嘉荣。

周紫芝　　　潇湘夜雨·二妙堂作

楚尾江横，斗南山秀，辋川谁画新图。几时天际，平地出方壶。应念江南倦客，家何在、飘泊江湖。天教共，银涛翠壁，相伴老人娱。　长淮，看不尽，风帆落处，天在平芜。算人间此地，岂是穷途。好与婆娑尽日，应须待、月到金枢。山中饮，从教笑我，白首醉模糊。

赵长卿　　　潇湘夜雨·灯词

斜点银缸，高擎莲炬，夜寒不奈微风。重重帘幕掩堂中，香渐远、长烟袅穟，光不定、寒影摇红。偏奇处，当庭月暗，吐焰如虹。　红裳呈艳丽，□娥一见，无奈狂踪。试烦他纤手，卷上纱笼。开正好、银花照夜，堆不尽、金粟凝空。叮咛语，频将好事，来报主人公。

潇 湘 神

又名《潇湘曲》，调见《尊前集》唐刘禹锡词。单调，二十七字，五句、四平韵。首句三字，叠句。又即《捣练子》。

黄公绍　　潇湘神·端午竞渡棹歌之一

望湖天，望湖天，绿杨深处鼓鼕鼕。好是年年三二月，湖边日日看划船。

黄公绍　　潇湘神·端午竞渡棹歌之二

斗轻桡，斗轻桡，雪中花卷棹声摇。天与玻璃三万顷，尽教看得几吴舠。

黄公绍　　潇湘神·端午竞渡棹歌之三

看龙舟，看龙舟，两堤未斗水悠悠。一片笙歌催闹晚，忽然鼓棹起中流。

黄公绍　　潇湘神·端午竞渡棹歌之四

贺灵鼍，贺灵鼍，几年翠舞与珠歌。看到日斜犹未足，涌金门外涌金波。

黄公绍　　潇湘神·端午竞渡棹歌之五

马如龙，马如龙，飞过苏堤健斗风。柳下系船青作缆，湖边荐酒碧为筒。

黄公绍　　潇湘神·端午竞渡棹歌之六

绣周张，绣周张，楼台帘幕絮高扬。谁赋珠宫并贝阙，怀王去后去沉湘。

黄公绍　　潇湘神·端午竞渡棹歌之七

棹如飞，棹如飞，水中万鼓起潜螭。最是玉莲堂上好，跃来夺锦看吴儿。

黄公绍　　潇湘神·端午竞渡棹歌之八

建云斿，建云斿，土风到处总相犹。朝了霍山朝岳帝，十分打扮是杭州。

黄公绍　　潇湘神·端午竞渡棹歌之九

踏青青，踏青青，西泠桥畔草连汀。扑得龙船儿一对，画阑倚遍看游人。

黄公绍　　潇湘神·端午竞渡棹歌之十

月明中，月明中，满湖春水望难穷。欲学楚歌歌不得，一场离恨两眉峰。

潇 湘 静

即《湘江静》，宋无名氏词名《潇湘静》。详见《湘江静》条。

无名氏　　潇湘静·画帘微卷香风逗

画帘微卷香风逗，正明月、乍圆时候。金盘露冷，玉炉篆消，渐红鳞生酒。娇唱倚繁弦，琼枝碎、轻回云袖。风台歌短，铜壶漏永，人欲醉、夜如昼。　　因念流年迅景，被浮名、暗辜欢偶。人生大抵，离多会少，更相将白首。何似猛寻芳，都莫问、积金过斗。歌阑宴阕，云窗凤枕，钗横麝透。

潇 潇 雨

即《八声甘州》。张炎因柳永词有“对潇潇暮雨洒江天”句，故改调名为《潇潇雨》。又即《踏莎行》，因贺铸词有“蓬窗今夜潇潇雨”句，故更名《潇潇雨》。二者属于同名不同调。详见《八声甘州》、《踏莎行》条。

贺　铸　　　潇潇雨·鸦轧齐桡

鸦轧齐桡，□冬鼉叠鼓，浮骖晚下金牛渚。莫愁应自有愁时，篷窗今夜潇潇雨。　杜若芳洲，芙蓉别浦，依依艳笑逢迎处。随潮风自石城来，潮回好寄人传语。

张　炎　　　潇潇雨·泛江有怀袁通父、唐月心

空山弹古瑟，掬长流、洗耳复谁听。倚阑干不语，江潭树老，风挟波鸣。愁里不须啼鴂，花落石床平。岁月鸥前梦，耿耿离情。　记得相逢竹外，看词源倒泻，一雪尘缨。笑匆匆呼酒，飞雨夜舟行。又天涯、零落如此，掩闲门、得似晋人清。相思恨，趁杨花去，错到长亭。

滴 滴 金

又名《缕缕金》，双调，有五十字、五十一字数体。其五十字，上下片各四句、三仄韵为正体；其五十一字，上下片各四句、三仄韵为变体。

李遵勖　　　滴滴金·帝城五夜宴游歇

帝城五夜宴游歇，残灯外、看残月。都人犹在醉乡中，听更漏初彻。　行乐已成闲话说，如春梦、觉时节。大家同约探春行，问甚花先发。

晏　殊　　　滴滴金·梅花漏泄春消息

梅花漏泄春消息，柳丝长、草芽碧。不觉星霜鬓边白，念时光堪惜。　兰堂把酒留嘉客，对离筵、驻行色。千里音尘便疏隔，合有人相忆。

欧阳修　　　滴滴金·尊前一把横波溜

尊前一把横波溜，彼此心儿有。曲屏深幌解香罗，花灯微透。　偎人欲语眉先皱，红玉困春酒。为问鸳衾这回后，几时重又。

晁端礼　　**滴滴金·庞儿周正心儿得**

庞儿周正心儿得，眼儿单、鼻儿直。口儿香、发儿黑，脚儿一折。　从来薄命多阻隔，未曾有恁相识。除非烧香做功德，且图消得。

李弥逊　　**滴滴金·次韵尚书兄老山堂雪**

广平未拚心如铁，恨梅花、隔年别。化工剪水斗春风，似南枝和月。　长鲸一饮宁论石，想高歌、醉瑶席。几时归去共尊罍，看寒花连陌。

杨无咎　　**滴滴金·李宜人生辰**

当初本合蟾宫里，谩容易、到尘世。表里冰清谁与比，占无双两地。　诜诜已是多孙子，看将来、总荣贵。岁岁今朝捧瑶觞，劝南园桃李。

杨无咎　　**滴滴金·相逢未尽论心素**

相逢未尽论心素，早容易、背人去。忆得歌翻断肠句，更惺惺言语。　萋萋芳草迷南浦，正风吹、打船雨。静听愁声夜无眠，到水村何处。

孙道绚　　**滴滴金·梅**

月光飞入林前屋，风策策、度庭竹。夜半江城击柝声，动寒梢栖宿。　等闲老去年华促，只有江梅伴幽独。梦绕夷门旧家山，恨惊回难续。

赵彦端　　**滴滴金·送路彦捷赴仪真**

澄溪暝度轻澌白，对平湖、澹烟隔。我与征鸿共行人，更张灯留客。　东园半是余花迹，料仙帆、到时发。若倚江楼望清淮，为殷勤乡国。

王　质　　**滴滴金·晚眺**

阴阴湿雾霜无汁，江气逼、树声滴。荒林只见夕阳入，谁唤晚烟集。　渔翁犹把钓竿执，蓑共笠、时时葺。风刚浪猛早收拾，天外暮云黑。

陈　亮　　　滴滴金·断桥雪霁闻啼鸟

断桥雪霁闻啼鸟，对林花、弄晴晓。画角吹香客愁醒，见梢头红小。　　团酥剪蜡知多少，向风前、压春倒。江嶂人烟画图中，有短篷香绕。

无名氏　　　滴滴金·当初亲下求言诏

当初亲下求言诏，引得都来胡道。人人招是骆宾王，并洛阳年少。　　自讼监宫并岳庙，都一时闲了。误人多是误人多，误了人多少。

翠羽吟

调见蒋捷《竹山词》。双调，一百二十六字，上片九句、六平韵，下片十五句、八平韵。此调为蒋捷自度曲。

蒋　捷　　　翠羽吟·绀露浓

响林王君本示予越调小梅花引，俾以飞仙步虚之意为其辞。予谓泛泛言仙，似乎寡味，越调之曲与梅花宜，罗浮梅花，真仙事也。演而成章，名翠羽吟

绀露浓，映素空，楼观峭玲珑。粉冻霁英，冷光摇荡古青松。半规黄昏淡月，梅气山影溟濛。有丽人、步依修竹，萧然态若游龙。　　绡袂微皱水溶溶，仙茎清瀣，净洗斜红。劝我浮香桂酒，环佩暗解，声飞芳霭中。弄春弱柳垂丝，慢按翠舞娇童。醉不知何处，惊剪剪、凄紧霜风。梦醒寻痕访踪，但留残星挂穹。梅花未老，翠羽双吟，一片晓峰。

翠楼吟

调见姜夔《白石词》，系姜夔自度曲。因其词中有“层楼高峙，看槛曲萦红，檐牙飞翠”句，故取其意以为调名。双调，一百零一字，上片十一句、六仄韵，下片十二句、七仄韵。此调只姜夔一词。

姜　夔　　　　**翠楼吟·月冷龙沙**

淳熙丙午冬，武昌安远楼成，与刘去非诸友落之，度曲见志。予去武昌十年，故人有泊舟鹦鹉洲者，闻小姬歌此词，问之颇能道其事，还吴为予言之。兴怀昔游，且伤今之离索也

月冷龙沙，尘清虎落，今年汉酺初赐。新翻胡部曲，听毡幕、元戎歌吹。层楼高峙，看槛曲萦红，檐牙飞翠。人姝丽，粉香吹下，夜寒风细。　　此地，宜有词仙，拥素云黄鹤，与君游戏。玉梯凝望久，叹芳草、萋萋千里。天涯情味，仗酒祓清愁，花销英气。西山外，晚来还卷，一帘秋霁。

蕙兰芳

即《蕙兰芳引》，宋方千里词调名《蕙兰芳》。详见《蕙兰芳引》条。

方千里　　　　**蕙兰芳·庭院雨晴**

庭院雨晴，倚斜照、睡余双鹭。正学染修蛾，官柳细匀黛绿。绣帘半卷，透笑语、琐窗华屋。带脆声咽韵，远近时闻丝竹。　　乍著单衣，才拈圆扇，气候暄燠。趁骄马香车，同按绣坊画曲。人生如寄，浪勤耳目。归醉乡，犹胜旅情愁独。

杨泽民　　　　**蕙兰芳·池亭小**

赣州推厅新创池亭、画桥，时宴其中，令小春舞。小春乃吾家小妓也

池亭小，帘幕初下，散飞凫鹭。乍风约云开，遥障几眉横绿。画桥架月，映四岸、垂杨遮屋。绕翠栏满槛，尽是新栽花竹。　　风送荷香，凉生冰簟，岂畏炎燠。便催唤双成，看舞相时丽曲。及瓜虽近，要娱我目。教后人行乐，亦非吾独。

蕙兰芳引

又名《蕙兰芳》。调见宋周邦彦《清真乐府》。双调，八十四字，上下片各八句、四仄韵。

周邦彦　　　蕙兰芳引·秋景

寒莹晚空，点清镜、断霞孤鹜。对客馆深扃，霜草未衰更绿。倦游厌旅，但梦绕、阿娇金屋。想故人别后，尽日空疑风竹。　　塞北氍毹，江南图障，是处温燠。更花管云笺，犹写寄情旧曲。音尘迢递，但劳远目。今夜长、争奈枕单人独。

吴文英　　蕙兰芳引·赋藏一家吴郡王画兰

林钟商，俗名歇指调

空翠染云，楚山迥、故人南北。秀骨冷盈盈，清洗九秋涧绿。奉车旧畹，料未许、千金轻債。浅笑还不语，蔓草罗裙一幅。　　素女情多，阿真娇重，唤起空谷。弄野色烟姿，宜扫怨蛾澹墨。光风入户，媚香倾国。湘佩寒、幽梦小窗春足。

陈允平　　　蕙兰芳引·虹雨乍收

虹雨乍收，楚天霁、乱飞秋鹜。渐草色衰残，墙外土花暗绿。故山鹤怨，流水自、菊篱茅屋。日暮诗吟就，澹墨闲题修竹。　　更忆飘蓬，霜绨风葛，几度凉燠。叹归去来兮，何日甬东一曲。黄芦满望，白云在目。但月明长夜，伴人清独。

蕙香囊

即《鹊桥仙》，宋欧阳修词名《蕙香囊》。详见《鹊桥仙》条。

欧阳修　　　蕙香囊·身作琵琶

身作琵琶，调全宫羽，佳人自然用意。宝檀槽在雪胸前，倚香脐、横枕琼臂。　　组带金钩，背垂红绶，纤指转弦韵细。愿伊只恁拨梁州，且多时、得在怀里。

蕙清风

调见《贺方回词》卷一。双调，八十字。上下片各七句、四仄韵。

贺 铸　　　蕙清风·何许最悲秋

何许最悲秋，凄风残照。临水复登山，莞然西笑。车马几番尘，自古长安道。问谁是、后来年少。　　飞集两悠悠，江滨海岛。乘雁与双凫，强分多少。传语酒家胡，岁晚从吾好。待做个、醉乡遗老。

蕊珠闲

调见宋赵彦端《介庵词》。双调，七十五字，上片八句、四仄韵，下片八句、六仄韵。此调只赵彦端一词。

赵彦端　　　蕊珠闲·浦云融

浦云融，梅风断，碧水无情轻度。有娇黄上林梢，向春欲舞。绿烟迷昼，浅寒欺暮，不胜小楼凝伫。　　倦游处，故人相见易阻。花事从今堪数，片帆无恙，好在一篙新雨。醉袍宫锦，画罗金缕，莫教恨传幽句。

横塘路

此调本名《青玉案》，因贺铸词有“凌波不过横塘路”句，故更名《横塘路》。详见《青玉案》条。

贺 铸　　　横塘路·凌波不过横塘路

凌波不过横塘路，但目送、芳尘去。锦瑟华年谁与度。月桥花院，琐窗朱户，只有春知处。　　飞云冉冉蘅皋暮，彩笔新题断肠句。若问闲情都几许。一川烟草，满城风絮，梅子黄时雨。

醉乡曲

调见宋沈瀛《竹斋词》。双调，九十七字。上片七句、一仄韵、四平韵，下片六句、五平韵。

沈　瀛　　　　**醉乡曲·套曲**

说与贤瞒，这躯壳、安能久仗凭。幸尊中有酒浇磊块，先交神气平。醉乡道路无他径，任陶陶、现出真如性。没闲恼、没闲争。　也能使情怀长似春，也能使飘然逸气如云。饶君万劫修功行，又争如、一盏乐天真。这些儿，休放过、且重斟。

醉太平

又名《凌波曲》、《醉思凡》、《醉思仙》、《四字令》。双调数体。有三十八字，上下片各四句、四平韵；亦有四十五字，上片四句、四仄韵，下片五句、四仄韵；还有四十六字，上片四句、四平韵，下片四句、两叶韵、两平韵。

米　芾　　　　**醉太平·风炉煮茶**

风炉煮茶，霜刀剖瓜。暗香微透窗纱，是池中藕花。　高梳髻鸦，浓妆脸霞。玉尖弹动琵琶，问香醪饮么。

辛弃疾　　　　**醉太平·态浓意远**

态浓意远，眉颦笑浅。薄罗衣窄絮风软，鬓云欺翠卷。　南园花树春光暖，红香径里榆钱满。欲上秋千又惊懒，且归休怕晚。

徐梦龙　　　　**醉太平·冰肌玉容**

冰肌玉容，情真意浓。小楼几度春风，醉琉璃酒钟。　关山万重，何时又逢。思量雨迹云踪，似襄王梦中。

戴复古　　　　**醉太平·长亭短亭**

长亭短亭，春风酒醒。无端惹起离情，有黄鹂数声。　芙蓉绣茵，江山画屏。梦中昨夜分明，悔先行一程。

颜　奎　　　　**醉太平·寿须溪**

茶边水经，琴边鹤经。小窗甲子初晴，报梅花小春。　小冠晋人，小车洛人。醉扶儿子门生，指黄河解清。

王梦应　　　醉太平·送人入湘

寒窗月晴，寒梢露明。一痕归影灯青，又分携短亭。蘅皋佩云，蒸溪酒春。有谁勤说归程，是峰头雁声。

无名氏　　　醉太平·厌厌闷着

厌厌闷着，厌厌闷着。奴儿近日听人咬，把初心忘却。教人病深谩摧挫，凭谁与我分说破。仔细思量怎奈何，见了伏些弱。

醉中真

此调本名《减字浣溪沙》，因贺铸词有“物情惟有醉中真”句，故更名《醉中真》。详见《减字浣溪沙》条。

贺　铸　　醉中真·不信芳春厌老人

不信芳春厌老人，老人几度送余春，惜春行乐莫辞频。巧笑艳歌皆我意，恼花颠酒拚君瞋，物情惟有醉中真。

醉公子

唐教坊曲名，又名《四换头》、《醉翁子》。双调数体。有四十字，上下片各四句、两仄韵、两平韵；亦有四十字，上下片各四句、两仄韵、两叶韵；还有一百零六字的长调，上片十二句、六仄韵，下片十句、六仄韵。

史达祖　　醉公子·咏梅寄南湖先生

神仙无皋泽，琼裾珠佩，卷下尘陌。秀骨依依，误向山中，得与相识。溪岸侧，倚高情、自锁烟翠，时点空碧。念香襟沾恨，酥手翦愁，今后梦魂隔。　　相思暗惊清吟客，想玉照堂前、树三百。雁翅霜轻，凤羽寒深，谁护春色。诗鬓白，总多因、水村携酒，烟墅留屐。更时带、明月同来，与花为表德。

仇　远　　　醉公子·晓入蓬莱岛

晓入蓬莱岛，松下锄瑶草。贪看碧桃花，误游金母家。

一酌洼尊露，醉失归来路。不见董双成，隔花闻笛声。

醉厌厌

即《南歌子》。因贺铸词有“醉厌厌”句，故更名《醉厌厌》。详见《南歌子》条。

贺　铸　　　醉厌厌·紫陌青丝鞚

紫陌青丝鞚，红尘白纻衫。谁怜绣户闭香奁，分付一春心事、两眉尖。　怯冷重熏被，羞明半卷帘。欢归斜□□□□，□□□□□□□、醉厌厌。

醉红妆

又名《醉红楼》、《双鱼儿》，调见《张子野词》卷二，因词中有“一般妆样百般娇”、“郎未醉、有金貂”等句，故更名《醉红妆》。双调，五十二字，上片四句、四平韵，下片四句、三平韵。

张　先　　醉红妆·琼枝玉树不相饶

琼枝玉树不相饶，薄云衣、细柳腰。一般妆样百般娇，眉眼细、好如描。　东风摇草百花飘，恨无计、上青条。更起双歌郎且饮，郎未醉、有金貂。

醉花阴

又名《醉花去》、《醉春风》，调见宋毛滂《东堂词》。因其词中有“人在翠阴中，欲觅残春，春在屏风曲。劝君对客杯须覆……”句，故取其意以为调名。双调，五十二字，上下片各五句、三仄韵。此调只有此体，诸家所填多与之相合，只是平仄不尽相同，句法小有异处。

舒　亶　　　醉花阴·试茶

露芽初破云腴细，玉纤纤亲试。香雪透金瓶，无限仙风，月下人微醉。　　相如消渴无佳思，了知君此意。不信老卢郎，花底春寒，赢得空无睡。

舒　亶　　醉花阴·越州席上官妓献梅花

月幌风帘香一阵，正千山雪尽。冷对酒尊傍，无语含情，别是江南信。　　寿阳妆罢人微困，更玉钗斜衬。拟插一枝归，只恐风流，羞上潘郎鬓。

仲　殊　　醉花阴·轻红蔓引丝多少

轻红蔓引丝多少，剪青兰叶巧。人向月中归，留下星钿，弹破真珠小。　　等闲不管春知道，多著绣帘围绕。只恐被东风，偷得余香，分付闲花草。

仲　殊　　醉花阴·一双鹤绕蟠桃戏

一双鹤绕蟠桃戏，说人间千岁。昨夜降元精，蓬矢桑弧，又报千家喜。　　绮罗庭院笙歌沸，拥玳簪珠履。五福一(下缺)

毛　滂　　醉花阴·孙守席上次会宗韵

檀板一声莺起速，山影穿疏木。人在翠阴中，欲觅残春，春在屏风曲。　　劝君对客杯须覆，灯照瀛洲绿。西去玉堂深，魄冷魂清，独引金莲烛。

毛　滂　　醉花阴·金叶犹温香未歇

金叶犹温香未歇，尘定歌初彻。暖透薄罗衣，一霎清风，人映团团月。　　持杯试听留春阕，此个情肠别。分付与莺莺，劝取东君，停待芳菲节。

沈　蔚　　醉花阴·和江宣德醉红妆词

微含清露真珠滴，怯晓寒脉脉。秉烛倚雕栏，今日尊前，尽是多情客。　　从来应与春相得，有动人标格。半笑倚春风，醉脸生红，不是胭脂色。

葛胜仲　　醉花阴·次韵印师

东皇已有来归耗，十里青山道。冻枿万株梅，一夜妆成，似趁鸣鸡早。　　年时清赏曾同到，先仗游蜂报。抖擞旧心情，一笑酬春，不羡和羹诏。

米友仁　　醉花阴·一阳来复群阴往

一阳来复群阴往，吾道从今长。万事莫关情，月夕风前，依旧须豪放。　　卿云舒卷浮青嶂，从古书珍赏。满引唱新词，春意看看，又到梅梢上。

曹　组　　醉花阴·九陌寒轻春尚早

九陌寒轻春尚早，灯火都门道。月下步莲人，薄薄香罗，峭窄春衫小。　　梅妆浅淡风蛾袅，随路听嬉笑。无限面皮儿，虽则不同，各是一般好。

王庭珪　　醉花阴·红尘紫陌春来早

红尘紫陌春来早，晚市烟光好。灯发万枝莲，华月光中，天净开蓬岛。　　老人旧日曾年少，年少还须老。今夕在天涯，烛影星桥，也似长安道。

王庭珪　　醉花阴·梅　并鼓子词

人在花阴醉未归，玉楼丝管咽春辉。请君暂听花阴曲，为惜梅花笛里吹

玉妃谪堕烟村远，犹似瑶池见。缺月挂寒梢，时有幽香，飞到朱帘畔。　　春风岭上淮南岸，曾为谁魂断。依旧瘦棱棱，天若有情，天也应须管。

王庭珪　　醉花阴·月娥昨夜江头过

月娥昨夜江头过，把素衫揉破。冷逐晓云归，留与东风，吹作千千朵。　　云残香瘦春犹可，玉笛愁无那。倚著画楼人，且莫教他，吹动些儿个。

李清照　　醉花阴·薄雾浓云愁永昼

薄雾浓云愁永昼，瑞脑消金兽。佳节又重阳，玉枕纱厨，半夜凉初透。　　东篱把酒黄昏后，有暗香盈袖。莫道不消魂，帘卷西风，人似黄花瘦。

王　灼　　　　醉花阴·送夏立夫

平生五色江淹笔，合占金闺籍。桃李满城春，恨□屏□，只作三年客。　　画船暂系河桥侧，一醉分南北。惆怅酒醒时，雨笠风蓑，似旧无人识。

李弥逊　　　醉花阴·翠箔阴阴笼画阁

翠箔阴阴笼画阁，昨夜东风恶。香径漫春泥，南陌东郊，惆怅妨行乐。　　伤春比似年时觉，潘鬓新来薄。何处不禁愁，雨滴花腮，和泪胭脂落。

此首别作张元幹词

李弥逊　　　　醉花阴·木樨

紫菊红萸开犯早，独占秋光老。酝造一般清，比著芝兰，犹自争多少。　　霜刀剪叶呈纤巧，手捻迎人笑。云鬓一枝斜，小阁幽窗，是处都香了。

此首别作张元幹词

李弥逊　　　　醉花阴·学士生日

池面芙蕖红散绮，鹊噪朱门喜。环佩响天风，香霭杯盘，更约麻姑侍。　　尘寰不隔蓬莱水，束带岩廊戏。瘦鹤与长松，且伴臞仙，久住人间世。

李弥逊　　　　醉花阴·硕人生日

帘卷西风轻雨外，揖数峰横翠。楼上地行仙，压玉为醪，旋摘黄金蕊。　　一觞一阕千秋岁，不愿封侯贵。长伴紫髯翁，踏月吹箫，笑咏云山里。

张元幹　　　醉花阴·紫枢泽笏趋龙尾

紫枢泽笏趋龙尾，平入钧衡位。春殿听宣麻，争喜登庸，何似今番喜。　　昆台宜有神仙裔，奕世貂蝉贵。玉砌长兰芽，好拥笙歌，长向花前醉。

张元幹　　　醉花阴·翠箔阴阴笼画阁

翠箔阴阴笼画阁，昨夜东风恶。芳径满香泥，南陌东郊，惆怅妨行乐。　　伤春比似年时恶，潘鬓新来薄。何处不禁愁，雨滴花腮，和泪胭脂落。

此首别作李弥逊词

张元幹　　醉花阴·咏木樨

紫菊红萸开犯早，独占秋光老。酝造一般清，比著芝兰，犹自争多少。　　霜刀剪叶呈纤巧，手捻迎人笑。云鬓一枝斜，小阁幽窗，是处都香了。

此首别作李弥逊词

杨无咎　　醉花阴·满城风雨无端恶

满城风雨无端恶，孤负登高约。佳节若为酬，盛与歌呼，胜却秋萧索。　　菊花旋摘揉青萼，满满浮杯勺。老鬓未侵霜，醉里乌纱，不怕风吹落。

杨无咎　　醉花阴·捧杯不管余酲恶

捧杯不管余酲恶，玉腕宽金约。宛转一声清，戛玉敲冰，浑胜鸣弦索。　　朱唇浅破桃花萼，重注鸬鹚勺。夜永醉归来，细想罗襟，犹有梁尘落。

杨无咎　　醉花阴·楚乡易得天时恶

楚乡易得天时恶，风雨长如约。不道有幽人，衣带秋深，犹自悬鹑索。　　招呼朋侣如花萼，有酒须同酌。世态任凋疏，却爱黄花，不似群花落。

杨无咎　　醉花阴·鸳鸯菊

金铃玉屑嫌非巧，生作文鸳小。西帝也多情，偷取佳名，分付闲花草。　　渊明手把谁携酒，羞把簪乌帽。寄与绮窗人，百种妖娆，不似酴醾好。

杨无咎　　醉花阴·淋漓尽日黄梅雨

淋漓尽日黄梅雨，断送春光暮。目断向高楼，持酒停歌，无计留春住。　　扑人飞絮浑无数，总是添愁绪。回首问春风，争得春愁，也解随春去。

王之望　　醉花阴·生日

弧门此日犹能记，叹居诸难系。弹指片声中，不觉流年，五十还加二。　　儿童寿酒邀翁醉，笑欣欣相戏。休画老人星，白发苍髯，怎解如翁似。

丘　崈　　醉花阴·木樨

碧玉槎桠金粟小，山路惊秋老。倒倚湿寒烟，似怯秋风，阁泪啼清晓。　　铜壶冷浸宜深窈，人试新妆巧。云鬓一枝斜，小阁幽窗，是处都香了。

赵长卿　　醉花阴·建康重九

老去悲秋人转瘦，更异乡重九。人意自凄凉，只有茱萸，岁岁香依旧。　　登高无奈空搔首，落照归鸦后。六代旧江山，满眼兴亡，一洗黄花酒。

辛弃疾　　醉花阴·黄花谩说年年好

黄花谩说年年好，也趁秋光老。绿鬓不惊秋，若斗尊前，人好花堪笑。　　蟠桃结子知多少，家住三山岛。何日跨归鸾，沧海飞尘，人世因缘了。

陈　亮　　醉花阴·峻极云端潇洒寺

重九，诸公招饮于兹者十有六人，偶掇醉花阴腔，折聖书之壁间，聊以志时耳

峻极云端潇洒寺，赋我登高意。好景属清游，玉友黄花，谩续龙山事。　　秋风满座芝兰媚，杯酒随宜醉。行乐任天真，一笑和同，休问无携妓。

陈　亮　　醉花阴·再用前韵

姓名未勒慈恩寺，谁作山林意。杯酒且同欢，不许时人，轻料吾曹事。　　可怜风月于人媚，那对花前醉。珍重主人情，闻说当年，宴出红妆妓。

无名氏　　醉花阴·粉妆一捻和香聚

粉妆一捻和香聚，教露华休妒。今日在尊前，只为情多，脉脉都无语。　　西湖雪过留难住，指广寒归去。去后又明

年，人在江南，梦到花开处。

无名氏　　醉花阴·霓裳浅艳来何处

霓裳浅艳来何处，不是闲云雨。雪苑旧精神，燕席吟窗，昨夜生轻素。　　瑚珊岂是东风妒，惜暗香分付。香在玉清宫，不惹年华，只带春寒去。

醉吟商小品

即《醉吟商》，宋姜夔词名《醉吟商小品》。此调系姜夔借旧曲名，另倚新声之自度曲。自序："石湖老人为予云琵琶有四曲，今不传矣。"双调，二十九字，上片三句、两仄韵，下片三句、三仄韵。此调只姜夔一词。

姜　夔　　醉吟商小品·又正是春归

石湖老人谓予云：琵琶有四曲，今不传矣：曰濩索(一曰濩弦)梁州、转关绿腰、醉吟商湖渭州、历弦薄媚也。予每念之。辛亥之夏，予谒杨廷秀丈于金陵邸中，遇琵琶工，解作醉吟商湖渭州，因求得品弦法，译成此谱，实双声耳

又正是春归，细柳暗黄千缕，暮鸦啼处。　　梦逐金鞍去，一点芳心休诉，琵琶解语。

醉垂鞭

调见《张子野词》卷一。双调，四十二字，上下片各五句、三平韵、两仄韵。此调以平韵为主，两仄韵即间押于平韵之内。

张　先　　醉垂鞭·双蝶绣罗裙

双蝶绣罗裙，东池宴，初相见。朱粉不深匀，闲花淡淡春。　　细看诸处好，人人道，柳腰身。昨日乱山昏，来时衣上云。

张　先　　醉垂鞭·赠琵琶娘，年十二

朱粉不须施，花枝小，春偏好。娇妙近胜衣，轻罗红雾

垂。　　琵琶金画凤，双绦重，倦眉低。啄木细声迟，黄蜂花上飞。

张　先　　　醉垂鞭·钱塘送祖择之

酒面滟金鱼，吴娃唱，吴潮上。玉殿白麻书，待君归后除。　　勾留风月好，平湖晓，翠峰孤。此景出关无，西州空画图。

醉春风

又名《怨东风》，调见《乐府雅词·拾遗》卷下宋无名氏词。双调，六十四字，上下片各七句、四仄韵、两叠韵。又即《醉花阴》，宋米友仁词名《醉春风》。

贺　铸　　　醉春风·楼外屏山秀

楼外屏山秀，凭阑新梦后。归云何许误心期，候候候。到陇梅花，渡江桃叶，断魂招手。　　楚制汗衫旧，啼妆曾枕袖。东阳咏罢不胜情，瘦瘦瘦。隋岸伤离，渭城怀远，一枝烟柳。

朱敦儒　　　醉春风·夜饮西真洞

夜饮西真洞，群仙惊戏弄。素娥传酒袖凌风，送送送。吸尽金波，醉朝天阙，斗班星拱。　　碧简承新宠，紫微恩露重。忽然推枕草堂空，梦梦梦。帐冷衾寒，月斜灯暗，画楼钟动。

陈德武　　醉春风·三月二十七日出禁谪宁夏安置

推枕床羞下，临鸾眉不画。妒深谁复白圭瑕，怕怕怕。飞燕班姬，昭君延寿，孰知淫雅。　　背倚荼蘼架，泪满鲛绡帕。白头吟断怨琵琶，罢罢罢。采柏卖珠，牵萝补屋，顺天生化。

陈德武　　　醉春风·闺情

陌上轮蹄满，花间蜂蝶乱。画帘低卷对南山，□□□。轻暖轻寒，乍晴乍雨，风流云散。　　罗袖伤春晚，纨扇惊秋换。谁将白雪污青鬟，懒懒懒。金屋笙歌，茅檐风月，悲欢相伴。

无名氏　　　醉春风·陌上清明近

陌上清明近，行人难借问。风流何处不来归，闷闷闷。回雁峰前，戏鱼波上，试寻芳信。　　夜久兰膏烬，春睡何曾稳。枕边珠泪几时干，恨恨恨。惟有窗前，过来明月，照人方寸。

醉思凡

即《醉太平》，宋孙惟信词调名《醉思凡》。详见《醉太平》条。

孙惟信　　　醉思凡·吹箫跨鸾

吹箫跨鸾，香销夜阑。杏花楼上春残，绣罗衾半闲。衣宽带宽，千山万山。断肠十二阑干，更斜阳暮寒。

刘　壎　　　醉思凡·黄南山县寄所寓

原误作《醉思仙》

琼楼几间，瑶徽几弹。觅花声绕回阑，悄微闻佩环。帘栊昼闲，炉薰昼残。午风摇曳屏山，露裙红一班。

醉思仙

调见吕渭老词。因其词中有“怎惯不思量”、“当时醉倒残缸”句，故取其意以为调名。双调，有八十八字、八十九字、九十一字等数体。其八十八字，上片十一句、五平韵，下片十句、四平韵；其八十九字，上片十一句、五平韵，下片十句、四平韵等。

朱敦儒　　　醉思仙·淮阴与杨道孚

倚晴空，正三洲下叶，七泽收虹。叹年光催老，身世飘蓬。南歌客，新丰酒，但万里、云水俱东。谢故人，解系船访我，脱帽相从。　　人世欢易失，尊俎且更从容。任酒倾波碧，烛翦花红。君向楚，我归秦，便分路、青竹丹枫。恁时节，漫梦凭夜蝶，书倩秋鸿。

吕渭老　　　**醉思仙·断人肠**

断人肠，正西楼独上，愁倚斜阳。称鸳鸯鸂鶒，两两池塘。春又老，人何处，怎惯不思量。到如今，瘦损我，又还无计禁当。　　小院呼卢夜，当时醉倒残缸。被天风吹散，凤翼难双。南窗雨，西廊月，尚未散、拂天香。听莺声，悄记得，那时舞板歌梁。

曹　勋　　　**醉思仙·记华堂**

记华堂，对宝台绛蜡，红艳成行。辨乌云髻映，浅浅宫妆。江梅媚，生嫩脸，莹素质、自有清香。歌喉稳，按镂版缓拍，娇倚银床。　　天外行云驻，轻尘暗落雕梁。似晓莺历历，琼韵锵锵。别来久，春将老，但梦里、也思量。仗何人，细说与，为伊潘鬓成霜。

孙道绚　　**醉思仙·寓居妙湛悼亡作此**

晚霞红，看山迷暮霭，烟暗孤松。动翩翩风袂，轻若惊鸿。心似鉴，鬓如云，弄清影、月明中。谩悲凉，岁冉冉，蕣华潜改衰容。　　前事销凝久，十年光景匆匆。念云轩一梦，回首春空。彩凤远，玉箫寒，夜悄悄，恨无穷。叹黄尘久埋玉，断肠挥泪东风。

醉桃园

即《桃源忆故人》，宋赵鼎词名《醉桃园》。详见《桃源忆故人》条。双调，四十八字。上下片各四句、四仄韵。

赵　鼎　　　**醉桃园·送春**

青春不与花为主，花正开时春暮。花下醉眠休诉，看取春归去。　　莺愁蝶怨春知否，欲问春归何处。只有一尊芳醑，留得青春住。

醉桃源

即《阮郎归》，宋张先词调名为《醉桃源》。详见《阮郎归》条。

张　先　　醉桃源·落花浮水树临池

落花浮水树临池，年前心眼期。见来无事去还思，如今花又飞。　　浅螺黛，淡胭脂，开花取次宜。隔帘灯影闭门时，此情风月知。

此首别作欧阳修词

张　先　　醉桃源·渭州作

双花连袂近香猊，歌随镂板齐。分明珠索漱烟溪，凝云定不飞。　　唇破点，齿编犀，春莺莫乱啼。阳关更在碧峰西，相看翠黛低。

张　先　　醉桃源·仙郎何日是来期

仙郎何日是来期，无心云胜伊。行云犹解傍山飞，郎行去不归。　　强匀画，又芳菲，春深轻薄衣。桃花无语伴相思，阴阴月上时。

此首别作欧阳修词

晏　殊　　醉桃源·东风吹水日衔山

东风吹水日衔山，春来长是闲。林花狼籍酒阑珊，笙歌醉梦间。　　春睡觉，晚妆残，无人整翠鬟。流连光景惜朱颜，黄昏独倚阑。

秦　观　　醉桃源·以阮郎归歌之亦可

碧天如水月如眉，城头银漏迟。绿波风动画船移，娇羞初见时。　　银烛暗，翠帘垂，芳心两自知。楚台魂断晓云飞，幽欢难再期。

周邦彦　　醉桃源·秋景一

冬衣初染远山青，双丝云雁绫。夜寒袖湿欲成冰，都缘珠泪零。　　情黯黯，闷腾腾，身如秋后蝇。若教随马逐郎行，不辞多少程。

周邦彦　　醉桃源·秋景二

菖蒲叶老水平沙，临流苏小家。画阑曲径宛秋蛇，金英垂露华。　　烧蜜炬，引莲娃，酒香薰脸霞。再来重约日西斜，倚门听暮鸦。

谢　逸　　醉桃源·花枝破蕾柳梢青

花枝破蕾柳梢青，春寒拂面轻。一眉新月影三星，铜荷烛烬零。　　低风扇，袅霓旌，珊珊环佩声。坐间谁识许飞琼，对郎仙骨清。

谢　逸　　醉桃源·风飘万点落花飞

风飘万点落花飞，残红枝上稀。平芜叶上淡烟迷，那堪春鸟啼。　　风细细，日迟迟，轻纱叠雪衣。多情多病懒追随，玉人应恨伊。

谢　逸　　醉桃源·雪

晨光晓色扫檐晶，寒斋蝶梦惊。乱飘鸳瓦细无声，游飏柳丝轻。　　书幌冷，竹窗明，柴门只独扃。一尊浊酒为谁倾，梅花相对清。

王庭珪　　醉桃源·朱门映柳画帘垂

朱门映柳画帘垂，门前闻马嘶。主人新著绿袍归，天恩下玉墀。　　凭翠袖，捻花枝，劝教人醉时。请君听唱碧云词，倒倾金屈卮。

李　祁　　醉桃源·春风碧水满郎湖

春风碧水满郎湖，水清梅影疏。渡江桃叶酒家垆，髻鬟云样梳。　　吹玉蕊，饮琼腴，不须红袖扶。少年随意数花须，老来心已无。

吕渭老　　醉桃源·桹香新染砑红绫

桹香新染砑红绫，腰肢瘦不胜。合欢小幌掩余醒，芙蓉入梦频。　　山不尽，水无情，锦河隔锦茵。刘郎仙骨未应轻，桃花已误人。

曹　冠　　**醉桃源·游湖**

原误作《宴桃源》

西湖避暑棹扁舟，忘机狎白鸥。荷香十里供瀛洲，山光翠欲流。　　歌浩浩，思悠悠，诗成兴未休。清风明月解相留，琴声万籁幽。

此首别作曹遇词

曹　冠　　**醉桃源·廉纤小雨养花天**

原误作《宴桃源》

廉纤小雨养花天，池光映远山。蕙兰风暖正暄妍，归梁燕翼偏。　　芳草碧，绿波涟，良辰近禁烟。酒酣午枕兴怡然，莺声惊梦仙。

此首别作曹遇词

吕胜己　　**醉桃源·山翁可是爱登台**

山翁可是爱登台，看云日几回。恨无语似谪仙才，空教云去来。　　思往事，引深杯，长歌感壮怀。霜风晚下扫阴霾，天心宝鉴开。

吕胜己　　**醉桃源·题清晖阁**

马蹄西路赏春妍，重来十五年。好山如带水如环，红楼罨画闲。　　人易老，景如前，停杯俯逝川。归舟回首望云烟，秦人隔洞天。

吕胜己　　**醉桃源·去年手种十株梅**

去年手种十株梅，而今犹未开。山翁一日走千回，今朝蝶也来。　　高树杪，暗香微，悭香越恼怀。更烧银烛引春回，英英露粉腮。

赵师侠　　**醉桃源·桐江舟中**

微云扫尽碧虚宽，月华光影寒。山河表里鉴中看，沉沉清夜阑。　　风细细，露汚汚，神游八极间。九霄回首望尘寰，悠然醉梦还。

赵师侠　　**醉桃源·单叶荼蘼**

纤枝延蔓走青虬，风清体更柔。故饶檀蕊著花稠，疏疏如缀旒。　　琼作靥，玉成裘，玫瑰应辈流。惜香愁怕胃搔头，宁随□事休。

赵师侠　　醉桃源·杜鹃花发映山红

杜鹃花发映山红，韶光觉正浓。水流红紫各西东，绿肥春已空。　　闲戏蝶，懒游蜂，破除花影重。问春何事不从容，忧愁风雨中。

韩　淲　　醉桃源·昌甫有曲，名之濯缨，因和

残春风雨绕檐声，山空分外鸣。闲来落佩倒冠缨，尚余亲旧情。　　人不见，句还成，又听求友莺。濯缨一曲可流行，何须观我生。

韩　淲　　醉桃源·和昌甫

固穷斋里语吾生，言之必可行。扶疏夏木既啼莺，更逢鱼计成。　　多雅尚，少时情，沧浪渔父缨。高歌宁与俗争鸣，朱弦疏越声。

方千里　　醉桃源·良宵相对一灯青

良宵相对一灯青，相思写砑绫。去时情泪滴红冰，西风吹涕零。　　愁宛转，意飞腾，晴窗穿纸蝇。梦知关塞不堪行，忆君犹问程。

方千里　　醉桃源·鸳鸯浓睡碧溪沙

鸳鸯浓睡碧溪沙，荷花深处家。快风收电掣金蛇，凉波流素华。　　吴国艳，楚宫娃，红潮连翠霞。坐来忽忽烛光斜，城头闻乱鸦。

严　仁　　醉桃源·春景

拍堤春水蘸垂杨，水流花片香。弄花噆柳小鸳鸯，一双随一双。　　帘半卷，露新妆，春衫是柳黄。倚阑看处背斜阳，风流暗断肠。

吴　潜　　醉桃源·东风阑槛两三亭

东风阑槛两三亭，游人步晚晴。蜂回蝶转得能轻，忽然春意生。　　花未老，酒须倾，劝君休独醒。古来我辈最钟情，举头百舌声。

吴文英　　醉桃源·荷塘小隐赋烛影

金丸一树带霜华，银台摇艳霞。烛阴树影两交加，秋纱机上花。　　飞醉笔，驻吟车，香深小隐家。明朝新梦付啼鸦，歌阑月未斜。

吴文英　　醉桃源·赠卢长笛

沙河塘上旧游嬉，卢郎年少时。一声长笛月中吹，和云和雁飞。　　惊物换，叹星移，相看两鬓丝。断肠吴苑草凄凄，倚楼人未归。

吴文英　　醉桃源·芙蓉

青春花姊不同时，凄凉生较迟。艳妆临水最相宜，风来吹绣漪。　　惊旧事，问长眉，月明仙梦回。凭阑人但觉秋肥，花愁人不知。

吴文英　　醉桃源·会饮丰乐楼

翠阴浓合晓莺堤，春如日坠西。画图新展远山齐，花深十二梯。　　风絮晚，醉魂迷，隔城闻马嘶。落红微沁绣鸳泥，秋千教放低。

吴文英　　醉桃源·元日

五更枥马静无声，邻鸡犹怕惊。日华平晓弄春明，暮寒愁翳生。　　新岁梦，去年情，残宵半酒醒。春风无定落梅轻，断鸿长短亭。

翁元龙　　醉桃源·柳

千丝风雨万丝晴，年年长短亭。暗黄看到绿成阴，春由他送迎。　　莺思重，燕愁轻，如人离别情。绕湖烟冷罩波明，画船移玉笙。

李　演　　醉桃源·题小扇

双鸳初放步云轻，香帘蒸未晴。杏镕暗泪结红冰，留春蝴蝶情。　　寒薄薄，日阴阴，锦鸠花底鸣。春怀一似草无凭，东风吹又生。

杨泽民　　醉桃源·十年依旧破衫青

十年依旧破衫青，空书制敕绫。但知心似玉壶冰，牛衣休涕零。　　聊蹇傲，莫升腾，毋为附骥蝇。前山可数且徐行，不须催去程。

杨泽民　　醉桃源·大都修炼似蒸沙

大都修炼似蒸沙，阴阳失两家。正如飞鳖舞长蛇，宁知饮月华。　　回老貌，假群娃，熏蒸成绛霞。但教心地不倾斜，巢中能养鸦。

陈允平　　醉桃源·东风开到坼桐花

东风开到坼桐花，游蜂初报衙。兽环微掩是谁家，琐窗金绣纱。　　环佩小，领巾斜，绿云双髻鸦。佯羞无限托琵琶，笑拈萱草芽。

陈允平　　醉桃源·金闺平帖被青青

金闺平帖被青青，宝街球路绫。晓风吹枕泪成冰，梅梢霜露零。　　金鸭暖，宝熏腾，晴窗黏冻蝇。梦魂空趁断云行，江山千里程。

陈允平　　醉桃源·青青杨柳拂堤沙

青青杨柳拂堤沙，溪头沽酒家。吟成醉笔走龙蛇，春风双鬓华。　　歌楚女，舞吴娃，轻烟笼翠霞。倦春娇困宝钗斜，绿垂云髻鸦。

曹　遇　　醉桃源·游西湖

原误作《宴桃源》

西湖避暑棹扁舟，忘机狎白鸥。荷香十里供瀛州，山光翠欲流。　　歌浩浩，思悠悠，诗成兴未休。清风明月解相留，琴声万籁幽。

此首别作曹冠词

曹　遇　　　醉桃源·廉纤小雨养花天

原误作《宴桃源》

廉纤小雨养花天，池光映远山。蕙兰风暖正暄妍，归梁燕翼偏。　　芳草碧，绿波涟，良辰近禁烟。酒酣午枕兴怡然，莺声惊梦仙。

此首别作曹冠词

醉 高 楼

即《最高楼》，宋张镃词名《醉高楼》。详见《最高楼》条。

张　镃　　　　醉高楼·初月

浮云散，天似碧琉璃，月正是、上弦时。姮娥蟾兔俱何在，广寒宫殿不应亏。这神功，千万世，有谁知。　　甚只解、催人须鬓老，更不算、将人情绪恼。撺掇酒，撼摇诗。山头望伴疏星落，庭前看照好花移。夜无眠，应笑我，怎如痴。

醉 高 歌

即《西江月》，详见《西江月》条。

姚　镛　　　醉高歌·十年燕月歌声

十年燕月歌声，几点吴霜鬓影。西风吹起鲈鱼兴，已在桑榆暮景。　　荣枯枕上三更，傀儡场中四并。人生幻化如泡影，几个临危自省。

醉 翁 操

琴曲。苏轼自序："琅玡幽谷，山川奇丽。泉鸣空涧，若中音会。醉翁喜之，把酒临听，辄欣然忘归。既去十余年，好奇之士沈遵闻之，往游。以琴写其声，曰《醉翁操》。然有声而无词，好事者倚其声制曲，粗合拍度。而琴声为词所绳约，非天成也。后三十年，翁既捐馆舍，遵亦殁。有庐山玉涧道人崔闲，妙于琴，恨此曲之无词，乃谱其声，而请东坡居士补之。”此调名即源于此。双调，九十一字，上片十句、十平韵，下片十句、八平韵。

苏　轼　　醉翁操·一首并序

琅玡幽谷，山水奇丽，泉鸣空涧，若中音会。醉翁喜之，把酒临听，辄欣然忘归。既去十余年，而好奇之士沈遵闻之往游，以琴写其声，曰醉翁操，节奏疏宕，而音指华畅，知琴者以为绝伦。然有其声而无其辞。翁虽为作歌，而与琴声不合。又依楚词作醉翁引，好事者亦倚其辞以制曲。虽粗合韵度，而琴声为词所绳约，非天成也。后三十余年，翁既捐馆舍，遵亦没久矣。有庐山玉涧道人崔闲，特妙于琴。恨此曲之无词，乃谱其声，而请于东坡居士以补之云

琅然，清圜，谁弹，响空山。无言，惟翁醉中知其天。月明风露娟娟，人未眠，荷蒉过山前，曰有心也哉此贤。　醉翁啸咏，声和流泉。醉翁去后，空有朝吟夜怨。山有时而童巅，水有时而回川。思翁无岁年，翁今为飞仙。此意在人间，试听徽外三两弦。

郭祥正　　醉翁操·效东坡

予甥法真禅师以子瞻内相所作醉翁操见寄。予以为未工也，倚其声作之，写呈法真，知可意否。谢山醉吟先生书

冷冷潺潺，寒泉，泻云间。如弹，醉翁洗心逃区寰。自期猿鹤俱闲，情未阑。日暮造深原，异芳谁与搴，忘还。　琼楼玉阙，归去何年。遗风余思，犹有猿吟鹤怨。花落溪边，萧然。莺语林中清圆，空山，春又残。客怀文章仙，度曲响涓涓，清商回徽星斗寒。

楼　钥　　醉翁操·七月上浣游裴园

茫茫，苍苍，青山绕、千顷波光。新秋露风荷吹香，悠飏心地翛然，生清凉。古岸摇垂杨，时有白鹭飞来双。　隐君如在，鹤与翱翔。老仙何处，尚有流风未忘。琴与君兮宫商，酒与君兮杯觞。清欢殊未央，西山忽斜阳。欲去且徜徉，更将霜鬓临沧浪。

楼　钥　　醉翁操·和东坡韵咏风琴

泠然，清圆，谁弹，向屋山。何言，清风至阴德之天。悠飏余响婵娟，方昼眠。迥立八风前，八音相宣知孰贤。　有时悲壮，铿若龙泉。有时幽杳，仿佛猿吟鹤怨。忽若巍巍山巅，荡荡几如流川。聊将娱暮年，听之身欲仙。弦索满人间，未有逸韵如此弦。

辛弃疾　　醉翁操·长松

顷余从廓之求观家谱，见其冠冕蝉联，世载勋德。廓之甚文而好修，意其昌未艾也。今天子即位，覃庆中外，命国朝勋臣子孙之无见仕者官之。先是，朝廷屡语甄录元祐党籍家。合是二者，廓之应仕矣。将告诸朝，行有日，请予作歌以赠。属予避谤，持此戒甚力，不得如廓之请。又念廓之与予游八年，日从事诗酒间，意相得欢甚，于其别也，何独能恝然。顾廓之长于楚词，而妙于琴，辄拟醉翁操，为之词以叙别。异时廓之绾组东归，仆当买羊沽酒，廓之为鼓一再行，以为山中盛事云

长松，之风，如公，肯余从。山中，人心与吾兮谁同。湛湛千里之江，上有枫。噫，送子东，望君之门兮九重。女无悦己，谁适为容。　不龟手药，或一朝兮取封。昔与游兮皆童，我独穷兮今翁。一鱼兮一龙，劳心兮忡忡。噫，命与时逢，子取之食兮万钟。

醉 梦 迷

即《丑奴儿》，因贺铸词有“一枕浓香醉梦迷”句，故更名为《醉梦迷》。详见《丑奴儿》条。

贺　铸　　醉梦迷·深坊别馆兰闺小

深坊别馆兰闺小，障掩金泥。灯映玻璃，一枕浓香醉梦迷。　醒来拟作清晨散，草草分携。柳巷鸦啼，又是明朝日向西。

醉梅花

即《鹧鸪天》，宋卢祖皋词调名《醉梅花》。详见《鹧鸪天》条。

卢祖皋　　醉梅花·传得西林一派清

叶行之府判自号从好居士，外舅赵西林先生上足也。文学政事皆不愧师承。宣路虽不逮，而寿过之。结屋姑苏台之北，种花弄孙以自适，世念甚轻。今七十有四矣，耳目聪明，髭鬓未白。因其初度，赋醉梅花一首寿之

传得西林一派清，年华垂过欠官称。居无多地花常好，客有来时鹤自鸣。　分蕊馆，驻屏星，齐眉相对眼尤明。弄孙教子婆娑醉，岁岁疏梅入寿觥。

醉琼枝

此调本名《破阵子》、《定风波》，因贺铸词有“琼枝半醉醒”句，故更名《醉琼枝》。详见《破阵子》条。

贺　铸　　醉琼枝·槛外雨波新涨

槛外雨波新涨，门前烟柳浑青。寂寞文园淹卧久，推枕援琴涕自零，无人著意听。　绪绪风披芸幌，骎骎月到萱庭。长记合欢东馆夜，与解香罗掩绣屏，琼枝半醉醒。

醉落托

即《醉落魄》，宋李弥逊词调名《醉落托》。详见《醉落魄》条。

李弥逊　　醉落托·硕人生日

霜林变绿，画帘桂子排香粟。一声檀板惊飞鹜，弦管楼

高，谁在阑干曲。　　人生一笑难相属，满堂何必堆金玉。但求身健儿孙福，鹤发年年，同泛清尊菊。

醉落魄

即《一斛珠》，宋张先词调名《醉落魄》。详见《一斛珠》条。

张　先　　　醉落魄·云轻柳弱

云轻柳弱，内家髻要新梳掠。生香真色人难学，横管孤吹，月淡天垂幕。　　朱唇浅破桃花萼，倚楼谁在阑干角。夜寒手冷罗衣薄，声入霜林，簌簌惊梅落。

张　先　　　醉落魄·吴兴莘老席上

山围画障，风溪弄月清溶漾。玉楼苕馆人相望，下若醲醅，竞欲金钗当。　　使君劝醉青娥唱，分明仙曲云中响。南园百卉千家赏，和气兼春，不独花枝上。

晏几道　　　醉落魄·满街斜月

满街斜月，垂鞭自唱阳关彻。断尽柔肠思归切，都为人人，不许多时别。　　南桥昨夜风吹雪，短长亭下征尘歇。归时定有梅堪折，欲把离愁，细捻花枝说。

晏几道　　　醉落魄·鸾孤月缺

鸾孤月缺，两春惆怅音尘绝。如今若负当时节，信道欢缘，枉向衣襟结。　　若问相思何处歇，相逢便是相思彻。尽饶别后留心别，也待相逢，细把相思说。

晏几道　　　醉落魄·天教命薄

天教命薄，青楼占得声名恶。对酒当歌寻思著，月户星窗，多少旧期约。　　相逢细语初心错，两行红泪尊前落。霞觞且共深深酌，恼乱春宵，翠被都闲却。

晏几道　　　醉落魄·休休莫莫

休休莫莫，离多还是因缘恶。有情无奈思量著，月夜佳期，近写青笺约。　　心心口口长恨昨，分飞容易当时错。后期休似前欢薄，买断青楼，莫放春闲却。

王仲甫　　醉落魄·醉醒醒醉

醉醒醒醉，凭君会取皆滋味。浓斟琥珀香浮蚁，一入愁肠，便有阳春意。　　须将席幕为天地，歌前起舞花前睡。从他兀兀陶陶里，犹胜醒醒，惹得闲憔悴。

此首别作苏轼词

苏　轼　　醉落魄·述怀一

醉醒醒醉，凭君会取这滋味。浓斟琥珀香浮蚁，一到愁肠，别有阳春意。　　须将幕席为天地，歌前起舞花前睡。从他落魄陶陶里，犹胜醒醒，惹得闲憔悴。

此首别作王仲甫词

苏　轼　　醉落魄·述怀二

轻云微月，二更酒醒船初发。孤城回望苍烟合，公子佳人，不记归时节。　　巾偏扇坠藤床滑，觉来幽梦无人说。此生飘荡何时歇，家在西南，长作东南别。

苏　轼　　醉落魄·席上呈元素

分携如昨，人生到处萍飘泊。偶然相聚还离索，多病多愁，须信从来错。　　尊前一笑休辞却，天涯同是伤沦落。故山犹负平生约，西望峨嵋，长羡归飞鹤。

苏　轼　　醉落魄·忆别

苍颜华发，故山归计何时决。旧交新贵音书绝。惟有佳人，犹作殷勤别。　　离亭欲去歌声咽，潇潇细雨凉吹颊。泪珠不用罗巾裛，弹在罗衣，图得见时说。

此首别作黄庭坚词

黄庭坚　　醉落魄·陶陶兀兀之一

旧有醉醒醒醉一曲云："醉醒醒醉，凭君会取皆滋味。浓斟琥珀浮香蚁，一入愁肠，便有阳春意。　　须将席幕为天地，歌前起舞花前睡。从他兀兀陶陶里，犹胜醒醒、惹得闲憔悴。”此曲亦有佳句，而多斧凿痕，又语高下不甚入律。或传是东坡语，非也。与“蜗角虚名”、“解下痴绦”之曲相似，疑是王仲父作。因戏作四篇呈吴元祥、黄中行，似能厌道二公意中事

陶陶兀兀，尊前是我华胥国。争名争利休休莫，雪月风花，不醉怎生得。　邯郸一枕谁忧乐，新诗新事因闲适。东山小妓携丝竹，家里乐天，村里谢安石。

黄庭坚　醉落魄·陶陶兀兀之二

陶陶兀兀，人生无累何由得。杯中三万六千日，闷损旁观，自我解落魄。　扶头不起还颓玉，日高春睡平生足。谁门可款新刍熟，安乐春泉，玉醴荔枝绿。

黄庭坚　醉落魄·陶陶兀兀之三

老夫止酒十五年矣。到戎州，恐为瘴疠所侵，故晨举一杯。不相察者乃强见酌，遂能作病。因复止酒，用前韵作二篇，呈吴元祥

陶陶兀兀，人生梦里槐安国。教公休醉公但莫，盏倒垂莲，一笑是赢得。　街头酒贱民声乐，寻常行处寻欢适。醉看檐雨森银竹，我欲忧民，渠有二千石。

黄庭坚　醉落魄·陶陶兀兀之四

陶陶兀兀，醉乡路远归不得。心情那似当年日，割爱金荷，一碗淡莫托。　异乡薪桂炊苍玉，摩挲经笥须知足。明年细麦能黄熟，不管轻霜，点尽鬓边绿。

黄庭坚　醉落魄·苍颜华发

苍颜华发，故山归计无因得。旧交新贵音书绝，惟有佳人，犹作殷勤别。　离亭欲去歌声咽，潇潇细雨凉生颊。泪珠不用罗巾裛，弹在罗衫，图得见时说。

此首别作苏轼词

哑　女　醉落魄·赠周锷应举

风波未息，虚名浮利终无益。不如早去备蓑笠，高卧烟霞，千古企难及。　君今既已装行色，定应雁塔题名籍。他

年若到南雄驿，玉石休分，徒累卞和泣。

晁补之　　醉落魄·用韵和李季良泊山口

高鸿远鹜，溪山一带人烟簇。知君船近渔矶宿，轻素横溪，天淡挂寒玉。　谁家红袖阑干曲，南陵风软波平绿。幽吟无伴芳尊独，清瘦休文，一夜伤单縠。

周邦彦　　醉落魄·葺金细弱

葺金细弱，秋风嫩、桂花初著。蕊珠宫里人难学，花染娇荑，羞映翠云幄。　清香不与兰荪弱，一枝云鬓巧梳掠。夜凉轻撼蔷薇萼，香满衣襟，月在凤凰阁。

谢　逸　　醉落魄·霜砧声急

霜砧声急，潇潇疏雨梧桐湿。无言独倚阑干立，帘卷黄昏，一阵西风入。　年时画阁佳宾集，玉人檀板当筵执。银瓶已断丝绳汲，莫话前欢，忍对屏山泣。

吴则礼　　醉落魄·又赏残梅

梅花褪雪，赏心莫使慵欢悦。大家且恁同攀折，余蕊残英，偏称淡笼月。　当初相见花初发，如今花谢人离缺。一年又比一年别，惟有花枝，只似旧时节。

汪　藻　　醉落魄·小舟帘隙

小舟帘隙，佳人半露梅妆额。绿云低映花如刻，恰似秋宵，一半银蟾白。　结儿梢朵香红扐，钿蝉隐隐摇金碧。春山秋水浑无迹，不露墙头，些子真消息。

朱敦儒　　醉落魄·泊舟津头有感

海山翠叠，夕阳殷雨云堆雪。鹧鸪声里蛮花发，我共扁舟，江上两萍叶。　东风落酒愁难说，谁教春梦分胡越。碧城芳草应销歇，曾识刘郎，惟有半弯月。

周紫芝　　醉落魄·江天云薄

江天云薄，江头雪似杨花落。寒灯不管人离索，照得人来，真个睡不著。　归期已负梅花约，又还春动空飘泊。晓寒谁看伊梳掠，雪满西楼，人在阑干角。

周紫芝　　醉落魄·柳边池阁

柳边池阁，晚来卷地东风恶。人生不解频行乐，昨日花开，今日风吹落。　杨花却似人飘泊，春云更似人情薄。如今始信从前错，为个蝇头，轻负青山约。

周紫芝　醉落魄·重午日过石熙明，出侍儿鸳鸯

薰风池阁，小红桥下荷花薄。沙平水浅山如削，水上鸳鸯，何处风吹落。　今朝端午新梳掠，锦丝围腕花柔弱。人生只有尊前乐，前度刘郎，莫负重来约。

周紫芝　　醉落魄·云深海阔

云深海阔，天风吹上黄金阙。酒醒不记归时节，三十年来，往事无人说。　浮生正似风中雪，丹砂岂是神仙诀。世间生死无休歇，长伴君闲，只有山中月。

赵　佶　醉落魄·预赏景龙门追悼明节皇后

无言哽噎，看灯记得年时节。行行指月行行说，愿月常圆，休要暂时缺。　今年华市灯罗列，好灯争奈人心别。人前不敢分明说，不忍抬头，羞见旧时月。

蔡　伸　　醉落魄·波纹如縠

波纹如縠，池塘雨后添新绿。海棠初绽红生肉，双燕归来，还认旧巢宿。　凝情凭暖阑干曲，新愁无限伤心目。谁人月下吹横玉，惊起鸳鸯，飞去自相逐。

蔡　伸　　醉落魄·霜华摇落

霜华摇落，亭亭皓月侵朱箔。梦回敧枕听残角，一片寒声，风送入寥廓。　眼前风月都如昨，独眠无奈情怀恶。凭肩携手于飞约，料想人人，终是赋情薄。

蔡　伸　　醉落魄·明眸秀色

明眸秀色，双蛾巧画春山碧。盈盈标韵倾瑶席，一见尊前，宛是旧相识。　深期密语虽端的，良宵无奈成轻掷。忍教只恁空相忆，得入手来，无限好则剧。

蔡　伸　　　　醉落魄·阳关声咽

阳关声咽，清歌响断云屏隔。溪山依旧连空碧，昨日主人，今日是行客。　　绿窗朱户应如昔，回头往事成陈迹。后期总便无端的，月下风前，应也解相忆。

张元幹　　　　醉落魄·浮家泛宅

浮家泛宅，旧游记霅溪踪迹。此生已是天涯隔，投老谁知，还作三吴客。　　故人怪我疏髯黑，醉来犹似丁年日。光阴未肯成虚掷，蜀魄声中，著处有春色。

张元幹　　　　醉落魄·绿枝红萼

绿枝红萼，江南芳信年年约。竹舆路转溪桥角，晴日烘香，的皪疏篱落。　　玉台粉面铅华薄，画堂长记深罗幕。惜花老去情犹著，客里惊春，生怕东风恶。

张元幹　　　　醉落魄·一枝冰萼

一枝冰萼，鬟云低度横波约。醉扶曾罥乌巾角，长是春来，肠断宝钗落。　　罗衣乍怯香风薄，夜深花困遮垂幕。不堪往事寻思著，休问尊前，客恶主人恶。

张元幹　　　　醉落魄·云鸿影落

云鸿影落，风吹小艇欹沙泊。津亭古木浓阴合，一枕滩声，客睡何曾著。　　天涯万里情怀恶，年华垂暮犹离索。佳人想见猜疑错，莫数归期，已负当时约。

吕渭老　　　　醉落魄·明窗读易

明窗读易，时才人地俱超轶。偶然一堕槐安国，说利谈功，这事怎休得。　　何时置酒图书室，挥弦目送西飞翼。夜来已觉春笃溢，月影三人，一醉旧相识。

吕渭老　　　　醉落魄·纤鞋窄袜

纤鞋窄袜，红茵自称琵琶拍。明衣妆脸春梳掠，好好亭亭，那得恁标格。　　匆匆一醉霜华白，归来偏记蓝桥宅。五更残梦迷蝴蝶，觑著花枝，只被绣帘隔。

冯时行　　　　醉落魄·点酥点蜡

点酥点蜡，凭君尽做风流骨。汉家旧样宫妆额，流落人间，真个没人识。　　佳人误拨龙香觅，一枝初向烟林得。被花惹起愁难说，恰恨西窗，酒醒乌啼月。

杨无咎　　　　醉落魄·龙涎香

双心小萼，瑞炉慢炷烟初著。清香已透红绡幄，底事多情，玉笋更轻掠。　　鬓云侧畔蛾眉角，妆成曾印铅华薄。几回殢酒襟怀恶，莺舌偷传，低语教人嚼。

胡　铨　醉落魄·辛未九月望和答庆符

百年强半，高秋犹在天南畔。幽怀已被黄花乱，更恨银蟾，故向愁人满。　　招呼诗酒颠狂伴，羽觞到手判无算。浩歌箕踞巾聊岸，酒欲醒时，兴在卢仝碗。

胡　铨　醉落魄·和答陈景卫望湖楼见忆

千岩竞秀，西湖好是春时候。谁知梅雪飘零久，藏白收香，空袖和羹手。　　天涯万里情难透，眉峰岂为伤春皱。片愁未信花能绣，若说相思，只恐天应瘦。

李　石　　　　醉落魄·春云

天低日暮，清商一曲行人住。著人意态如飞絮，才泊春衫，却被风吹去。　　朝期暮约浑无据，同心结尽千千缕。今宵魂梦知何处，翠竹芭蕉，又下黄昏雨。

曾　觌　　　　醉落魄·情深恨切

情深恨切，忆伊诮没些休歇。百般做处百厮惬，管是前生，曾负你冤业。　　临岐不忍匆匆别，两行珠泪流红颊。关山渐远音书绝，一个心肠，两处对风月。

毛　幵　　　　醉落魄·梅

暮寒凄冽，春风探绕南枝发。更无人处增清绝，冷蕊孤香，竹外朦胧月。　　西洲昨梦凭谁说，攀翻剩忆经年别。新愁怅望催华发，雀啅江头，一树垂垂雪。

韩元吉　　醉落魄·务观席上索赋

楼头晚鼓，佳人莫唱黄金缕。良宵镫火还三五，肠断扁舟，明日江南去。　离觞欲醉谁能许，风前蝶闹蜂儿舞。明年此夜知何处，且插梅花，同听画檐雨。

韩元吉　　醉落魄·戊戌重阳龙山会别

菊花又折，今年真是龙山客。杯行潋滟新醅白，一醉相欢，莫便话离恻。　从教破帽频欹侧，楼头霜树明秋色。凭高待把疏星摘，天近风清，不怕暮云隔。

韩元吉　　醉落魄·霓裳弄月

霓裳弄月，冰肌不受人间热。分明密露枝枝结，碧树珊瑚，容易与君折。　玉环旧事谁能说，迢迢驿路香风彻。故人莫恨东南别，不寄梅花，千里寄红雪。

韩元吉　　醉落魄·乙未自寿

红蕖漾月，薰风特地生梧叶。一年风月今宵别，隐隐笙鸾，何处有炎热。　凤凰山下榴花发，一杯香露融春雪。幔亭有路通瑶阙，知我丹成，容我醉时节。

韩元吉　　醉落魄·生日自戏

相看半百，劳生等是乾坤客。功成一笑惊头白，惟有榴花，相对似颜色。　蓬莱水浅何曾隔，也应待得蟠桃摘。我歌欲和君须拍，风月年年，常恨酒杯窄。

张　抡　　醉落魄·咏秋十首之一

流光转毂，乌飞兔走争相逐。火云方见奇峰簇，飒飒西风，惊堕井梧绿。　隙驹莫叹年华速，新凉且喜消炎酷。休将闲事萦心曲，红滴真珠，初醉玉醅熟。

张　抡　　醉落魄·咏秋十首之二

红芳紫陌，韶华□□□□□。□花弄□□□色，不比西风，吹落□□□。　乾坤造化□□□，都缘一气潜相易。观时感事成嗟惜，惟有乔松，不改旧时碧。

张　抡　　　醉落魄·咏秋十首之三

清秋夜寂，圆蟾素影流空碧。都无一点浮云隔，河汉光微，星斗淡无色。　　日精欲炼须阴魄，更深犹望清宵立。坎离二物都收得，独步瀛洲，方表大丹力。

张　抡　　　醉落魄·咏秋十首之四

秋高气肃，西风又拂盈盈菊。挼金弄玉香芬馥，桃李虽繁，其奈太粗俗。　　渊明雅兴谁能续，东篱千古遗高躅。人生所贵无拘束，且采芳英，潋滟泛醁醽。

张　抡　　　醉落魄·咏秋十首之五

流年迅速，君看败叶初辞木。若非寿有金丹续，石火光中，难保鬓长绿。　　区区何用争荣辱，百年一梦黄粱熟。人生要足何时足，赢取清闲，即是世间福。

张　抡　　　醉落魄·咏秋十首之六

秋光莹彻，园林□□□□□。如何宋玉□□切，作赋悲凉，草木□□□。　　□人自与□□□，长歌清啸无时节。瓮头且饮□如雪，不管春花，亦不管秋月。

张　抡　　　醉落魄·咏秋十首之七

虚窗透月，寒莎败壁蛩吟切。沉沉永漏灯明灭，只为愁人，不为道人设。　　愁人对此成愁绝，道人终是心如铁。一般景趣情怀别，笛里西风，吹下满庭叶。

张　抡　　　醉落魄·咏秋十首之八

光辉皎洁，古今但赏中秋月。寻思岂是月华别，都为人间，天上气清彻。　　广寒想望峨琼阙，琤琤玉杵声奇绝。何时赐我长生诀，飞入蟾宫，折桂饵丹雪。

张　抡　　　醉落魄·咏秋十首之九

湖光湛碧，亭亭照水芙蕖拆。绿罗盖底争红白，恍若凌波，仙子步罗袜。　　如今霜落枯荷折，清香无处重寻觅。浮生似此初无别，及取康强，一笑对风月。

张　抡　　　醉落魄·咏秋十首之十

秋宵露结，清晨□□□□□。□□润□□□冽，名体才分，功用□□□。　□儿本是□□□，养成方见仙凡隔。神仙不肯分明说，多少迷人，海上访丹诀。

侯　寘　　　醉落魄·夜静闻琴

铜壶漏歇，纱窗倒挂梅梢月。玉人酒晕消香雪，促轸调弦，弹个古离别。　雏莺小凤交飞说，嘈嘈软语丁宁切。相如欹枕推红氎，脉脉无言，还记旧时节。

侯　寘　　　醉落魄·梅花似雪

梅花似雪，雪花却似梅清绝。小窗低映梅梢月，常记良宵，吹酒共攀折。　如今客里都休说，潇潇洒洒情怀别。夜阑火冷孤灯灭，雪意梅情，分付漆园蝶。

侯　寘　　　醉落魄·玉钩珠箔

玉钩珠箔，夜凉庭院天垂幕。好风吹动纶巾角，羽扇休挥，已怯絺衣薄。　扁舟明日清溪泊，归来依旧情怀恶。为君唤月骖鸾鹤，天近多寒，满引金凿落。

王千秋　　　醉落魄·惊鸥扑簌

惊鸥扑簌，萧萧卧听鸣幽屋。窗明怪得鸡啼速，墙角烂斑，一半露松绿。　歌楼管竹谁翻曲，丹唇冰面喷余馥。遗珠满地无人掬，归著红靴，踏碎一街玉。

李　吕　　　醉落魄·有序

予病足，置酒圃间，江梅渐开，不能一举爵。对景呻吟，因效山谷道人“陶陶兀兀”之句，法其体，作此以遣兴云

休休莫莫，当年不负西湖约。一枝初见横篱落，嚼蕊闻香，长是醉落魄。　而今对酒空斟酌，老来多病情非昨。谁人伴我临东阁，冷淡吟怀，犹可追前作。

姚述尧　　　醉落魄·寿词

春回海角，望中佳气连云幕。晓来隐隐闻天乐，玉女金

童，来奉瑶池约。　　东风已破蟠桃萼，霞觞荐寿更酬酢。香山舞罢宫花落，步辇安舆，岁岁同行乐。

管　鉴　　醉落魄·正月二十日张园赏海棠作

春阴漠漠，海棠花底东风恶。人情不似春情薄，守定花枝，不放花零落。　　绿尊细细供春酌，酒醒无奈愁如昨。殷勤待与东风约，莫苦吹花，何似吹愁却。

管　鉴　　醉落魄·春愁无力

三月十日赏酴醾，时坐客沈、赵与余将终更，花干复议归蜀，醉中口占

春愁无力，酴醾娇软难禁摘。风流彻骨香无敌，积玉团珠，明月夜同色。　　花时易失欢难得，尊前半是将行客。为花一醉何须惜，明岁花时，何处谩相忆。

管　鉴　　醉落魄·后两日，再拉同官，席上用前韵

寒欺酒力，一番风雨花如摘。酴醾不与群花敌，笑吐清香，独自殿春色。　　春愁惟酒消除得，何妨常满坐中客。因花更把光阴惜，莫待春归，空对花梢忆。

管　鉴　　醉落魄·碧云暮合

中秋前一日，饯潘德鄜于花光，用德鄜韵

碧云暮合，不教预赏中秋月。凉生楚观风初歇，山影沉沉，相对两奇绝。　　湘人怅望黄金节，只愁酒散仙舟发。凭谁为与姮娥说，明夜虽圆，空照人离别。

陆　游　　醉落魄·江湖醉客

江湖醉客，投杯起舞遗乌帻。三更冷翠沾衣湿，袅袅菱歌，催落半川月。　　空花昨梦休寻觅，云台麟阁俱陈迹。元来只有闲难得，青史功名，天却无心惜。

周必大　　醉落魄·次江西帅吴明可韵　庚寅四月

山川迥别，赤城自古雄东越。钟英储秀簪绅列，何事黄扉，殊未相黄发。　　如今衮职那容缺，人心恰与天时合。看看乎号彤庭发，初破天荒，留与后来说。

周必大　　　醉落魄·才高句杰

才高句杰，飞黄却应鸾和节。新词聊卷波澜阔，泉玉淙琤，犹不比清切。　相逢未稳愁相别，南园烟草南楼月。阳关西出重吹彻，垂柳新栽，宁忍便攀折。

范成大　　　醉落魄·元夕

春城胜绝，暮林风舞催花发。垂云卷尽添空阔，吹上新年，美满十分月。　红蕖影下勾丝抹，老来牵强随时节。无人知道心情别，惟有蛾儿，惊见鬓边雪。

范成大　　　醉落魄·马蹄尘扑

马蹄尘扑，春风得意笙歌逐。款门不问谁家竹，只拣红妆，高处烧银烛。　碧鸡坊里花如屋，燕王宫下花成谷。不须悔唱关山曲，只为海棠，也合来西蜀。

范成大　　　醉落魄·雪晴风作

雪晴风作，松梢片片轻鸥落。玉楼天半褰珠箔，一笛梅花，吹裂冻云幕。　去年小猎漓山脚，弓刀湿遍犹横槊。今年翻怕貂裘薄，寒似去年，人比去年觉。

范成大　　　醉落魄·栖乌飞绝

栖乌飞绝，绛河绿雾星明灭。烧香曳簟眠清樾，花久影吹笙，满地淡黄月。　好风碎竹声如雪，昭华三弄临风咽。鬓丝撩乱纶巾折，凉满北窗，休共软红说。

沈　瀛　　　醉落魄·野庵鼓吹

野庵鼓吹，翻腾似与寻常异。笙箫筝笛皆非是，今日头场，看取些儿戏。　心中无事无萦系，村歌数首新来制。参禅渐渐知滋味，细语粗言，俱是第一义。

沈　瀛　　　醉落魄·时光盛逼

时光盛逼，杯盘渐渐来收拾。主人便欲留连客，末后殷勤，一著怎生得。　来时便有归时刻，归时便是来时迹。世间万事曾经历，只看如今，无不散筵席。

沈　瀛　　　醉落魄·致知格物之一

致知格物，初学工夫参圣域。天高地远无穷极，欲造精微，莫若守惟一。　　纯全天理明如日，都缘人欲来相惑。且将持敬为先入，若能持敬，真个是神力。

沈　瀛　　　醉落魄·致知格物之二

致知格物，孔颜学问从兹出。圣言句句皆真实，涵养功深，将见自家得。　　毋意毋我毋固必，视听言动非礼勿。胜己之私之谓克，克尽私心，天理甚明白。

沈端节　　　醉落魄·红娇翠弱

红娇翠弱，春寒睡起慵匀掠。些儿心事谁能学，深院无人，时有燕穿幕。　　漏声滴尽莲花萼，静看月转西阑角。世情一任浮云薄，花与东君，却解慰流落。

张孝祥　　　醉落魄·轻黄澹绿

轻黄澹绿，可人风韵闲装束。多情早是眉峰蹙，一点秋波，闲里觑人毒。　　桃花庭院光阴速，铜鞮谁唱大堤曲。归时想是樱桃熟，不道秋千，谁伴那人蹴。

赵长卿　　　醉落魄·春深

麦畦匀绿，枝头屑屑飞梅玉。伤心何事人南北，断尽回肠，忍听阳关曲。　　倚窗青荫亭亭竹，好风敲动声相续。夜阑怕见银台烛，会得离情，他也泪速速。

赵长卿　　　醉落魄·重午

淡妆浓抹，西湖人面两奇绝。菖蒲角黍家家节，水戏鱼龙，十里画帘揭。　　凌波无限生尘袜，冰肌莹彻香罗雪。游船且莫催归楫，遮莫黄昏，天外有新月。

赵长卿　　　醉落魄·初夜感怀

伤离恨别，愁肠又似丁香结。不应斗顿音书绝，烟水连天，何处认红叶。　　残更数尽银缸灭，边城画角声呜咽。罗衾泪滴相思血，花影移来，摇碎半窗月。

京镗　醉落魄·观碧鸡坊王园海棠次范石湖韵

芳尘休扑，名花唤我相追逐。浅妆不比梅欹竹，深注朱颜，娇面称红烛。　阿娇合贮黄金屋，是谁却遣来空谷。酡颜遍倚阑干曲，一段风流，不枉到西蜀。

赵善括　醉落魄·重阳时节

赵监惠酒五斗以应重九之节，至晚小饮，赋之

重阳时节，可怜又是天涯客。扁舟小泊花溪侧，细雨斜风，不见秦楼月。　白衣望断无消息，举觞一笑真难得。归兮学取陶彭泽，采菊东篱，悠然见山色。

赵善括　醉落魄·江阁

梯横画阁，碧栏干外江风恶。笑声欢意浮杯酌，秋水春山，相对称行乐。　谁家青鸟穿帘幕，暗传空有阳台约。天公著意称停著，寒色人情，都恁两清薄。

赵善括　醉落魄·横梯画阁

横梯画阁，月明江净烟光薄。碧山回绕栏干角，一缕行云，忽向杯中落。　樱歌柳舞俱柔弱，罗衣不耐江风恶。凭谁唤取双黄鹤，骑上瑶台，同赴金桃约。

程垓　醉落魄·赋石榴花

夏围初结，绿深深处红千叠。杜鹃过尽芳菲歇，只道无春，满意春犹惬。　折来一点如猩血，透明冠子轻盈帖。芳心蹙破情尤切，不管花残，犹自拣双叶。

程垓　醉落魄·别少城，舟宿黄龙

风催雨促，今番不似前欢足。早来最苦离情毒，唱我新词，掩著面儿哭。　临行只怕人行远，殷勤更写多情曲。相逢已是腰如束，从此知他，还减几分玉。

程垓　醉落魄·晚凉时节

晚凉时节，翠梧风定蝉声歇。有人睡起香浮颊，倚著阑干，笑拣青荷叶。　如今往事愁难说，曲池依旧闲风月。田

田翠盖香罗叠，留得露痕，都是泪珠结。

石孝友　　醉落魄·友莺梦蝶

友莺梦蝶，寻花问柳深相结。教春去后群芳歇，零落朋游，辜负好时节。　眼边愁绪多于发，迢迢一水通吴越。旧欢新恨都休说，坐暖残红，沉醉碧天阔。

石孝友　　醉落魄·鸾孤凤只

鸾孤凤只，而今怎忍轻抛掷。知他别后谁怜惜，一味恓惶，辜负我思忆。　云山万叠烟波急，短书频寄征鸿翼。相逢后会知何日，去也奴哥，千万好将息。

石孝友　　醉落魄·空庭草积

空庭草积，吹花风去春无迹。锁鸾深处应相忆，红染罗巾，颦损眉山碧。　曲屏尘暗双鸂鶒，醉衾不暖炉烟湿。一帘暝色人孤寂，梦里灯残，心上雨声滴。

石孝友　　醉落魄·红娇翠弱

红娇翠弱，怨人珠泪频偷落。归期莫负青笺约，雨断云销，总是初情薄。　夜深秋气生帘幕，半衾依旧空闲却。故人何处孤舟泊，两岸秋声，一夜风涛恶。

刘光祖　　醉落魄·春日怀故山

春风开者，一时还共春风谢。柳条送我今槐夏，不饮香醪，孤负人生也。　曲塘泉细幽琴写，胡床滑簟应无价。日迟睡起帘钩挂，何不归欤，花竹秀而野。

郭应祥　　醉落魄·丙寅中秋

琼楼玉宇，分明不受人间暑。寻常岂是无三五，惟有今宵，皓彩皆同普。　素娥阅尽今和古，何妨小驻听吾语。当年弄影婆娑舞，妙曲虽传，毕竟人何许。

韩　淲　　醉落魄·次韵斯远

风高木落，壮心万里空回薄。振衣待把尘埃濯，声里斜阳，孤起戍楼角。　人生谁会谁为错，年来但觉多离索。黄花照地浑开却，华发如斯，同和醉落魄。

戴复古　　醉落魄·九日吴胜之运使黄鹤山登高

龙山行乐，何如今日登黄鹤。风光政要人酬酢，欲赋归来，莫是渊明错。　　江山登览长如昨，飞鸿影里秋光薄。此怀只有黄花觉，牢裹乌纱，一任西风作。

叶秀发　　醉落魄·自寿

胸襟洒落，光风霁月澄寥廓。生平素志惟丘壑，随分田园，花木四时乐。　　儿孙不用千金橐，吾家自有诗书粕。生朝有酒团栾酌，因笑渠侬，痴騃画松鹤。

史达祖　　醉落魄·鸳鸯意惬

鸳鸯意惬，空分付、有情眉睫。齐家莲子黄金叶，争比秋苔，靴凤几番蹑。　　墙阴月白花重叠，匆匆软语屡惊怯。宫香锦字将盈箧，雨长新寒，今夜梦魂接。

史达祖　醉落魄·浙江送人，时子振之官越幕

江痕妥帖，日光熨动黄金叶。阑干直下愁相接，一朵红莲，飞上越人楫。　　鲤鱼波上丁宁切，诗筒如线不曾别。明年好个春风客，五鹗交飞，身在玉皇阙。

高观国　　醉落魄·钩帘翠湿

钩帘翠湿，寒江上、雨晴风急。乱峰低上明残日，雁字成行，写破暮天碧。　　故人天外长为客，倚阑一望情何极。新来得个归消息，去棹回舟，数过几千只。

魏了翁　　醉落魄·无边春色

任隆庆之母正月十一日生隆庆十三日生日

无边春色，试从汉谕堂边觅。儿前上寿孙扶掖，九十娘娘，身是五朝客。　　眼前富贵浑闲历，个中真乐天然的。儿孙强劝持余沥，娘道休休，明日儿生日。

魏了翁　醉落魄·人日南山约应提刑懋之

无边春色，人情苦向南山觅。村村箫鼓家家笛，祈麦祈蚕，来趁元正七。　　翁前子后孙扶掖，商行贾坐农耕织。须知此意无今昔，会得为人，日日是人日。

魏了翁　　醉落魄·东叔兄生日

才难如此，一门生许奇男子。长公更是惺惺底，千百年间，一寸心为纸。　　人知公在诗书里，天知公在诗书外。人间百顺由公起，公把无心，总备人间事。

刘学箕　　醉落魄·用范石湖韵

江头离席，晚潮双舻催行色。往来属玉双飞白，笑我多情，犹作未归客。　　红尘奔走何时息，归心还似投林翼。角巾醉里从攲侧，独立东风，天际露岑碧。

岳　珂　　醉落魄·铜彝绣箔

铜彝绣箔，风流不到临春阁。婆娑清影来岩壑，梅魄兰魂，香染九秋萼。　　蕊仙拥下青瑶幕，粟肌透入黄金约。有人奚西逢鱼摸，欲插还羞，重把鬓云掠。

黄　机　　醉落魄·初藕花发

初藕花发，薰风庭院凉成霎。碧纱金缕笼香雪，记得年时，心事凭栏说。　　如今陡顿音书绝，夜窗羞见团团月。锦囊尘暗黄金玦，留取多情，归趁好时节。

张　榘　　醉落魄·次韵赵西里梅词

瑶姬妙格，冰姿微带霜痕拆。一般恼杀多情客，风弄横枝，残月半窗白。　　孤山仙种曾移得，结根久傍王猷宅。欲笺心事呼云翮，为报年芳，萍梗正南北。

吴文英　　醉落魄·题藕花洲尼扇

春温红玉，纤衣学翦娇鸦绿。夜香烧短银屏烛，偷掷金钱，重把寸心卜。　　翠深不碍鸳鸯宿，采菱谁记当时曲。青山南畔红云北，一叶波心，明灭澹妆束。

吴文英　　醉落魄·院姬□主出为戍妇

柔怀难托，老天如水人情薄。烛痕犹刻西窗约，歌断梨云，留梦绕罗幕。　　寒更唱遍吹梅角，香消臂趁弓弰削。主家衣在羞重著，独掩营门，春尽柳花落。

薛梦桂　　醉落魄·单衣乍著

单衣乍著，滞寒更傍东风作。珠帘压定银钩索，雨弄新晴，轻旋玉尘落。　花唇巧借妆红约，娇羞才放三分萼。樽前不用多评泊，春浅春深，都向杏梢觉。

周　密　醉落魄·洪仲鲁之江西，书以为别

寒侵径叶，雁风击碎珊瑚屑。砚凉闲试霜晴帖，颂菊骚兰，秋事正奇绝。　故人又作江西别，书楼虚度中秋节。碧阑倚遍愁谁说，愁是新愁，月是旧时月。

周　密　　醉落魄·拟参晦

忆忆忆忆，宫罗褶褶消金色。吹花有尽情无极，泪滴空帘，香润柳枝湿。　春愁浩荡湘波窄，红兰梦绕江南北。燕莺都是东风客，移尽庭阴，风老杏花白。

周　密　　醉落魄·拟二隐

余寒正怯，金钗影卸东风揭。舞衣丝损愁千褶，一缕杨丝，犹是去年折。　临窗拥髻愁难说，花庭一寸燕支雪。春花似旧心情别，待摘玫瑰，飞下粉黄蝶。

王沂孙　　醉落魄·小窗银烛

小窗银烛，轻鬟半拥钗横玉。数声春调清真曲，拂拂朱帘，残影乱红扑。　垂杨学画蛾眉绿，年年芳草迷金谷。如今休把佳期卜，一掬春情，斜月杏花屋。

赵必瑑　　醉落魄·用韵赋九月见梅

西园饮歇，倚阑干、玉箫声彻。荷枯菊老秋芳歇，两蕊三花、九月南洲雪。　何郎情思逋仙骨，观桃墙杏成疏阔。醉骑玉凤游银阙，满袖西风，吹动暗香月。

仇　远　　醉落魄·水西云北

水西云北，锦苞泫露无颜色。夜寒花外眠双鹈，莫唱江南，谁是鹧鸪客。　薄情青女司花籍，粉愁红怨啼蛩急。月明倦听山阳笛，渺渺征鸿，千里楚天碧。

张　炎　　　醉落魄·柳侵阑角

柳侵阑角，画帘风软红香泊。引人蝴蝶翻轻薄，已自关情，和梦近来恶。　　眉梢轻把闲愁著，如今愁重眉梢弱。双眉不画愁消却，不道愁痕，来傍眼边觉。

张　炎　醉落魄·题赵霞谷所藏吴梦窗亲书词卷

镂花镌叶，满枝风露和香撷。引将芳思归吟箧，梦与魂同，闲了弄香蝶。　　小楼帘卷歌声歇，幽篁独处泉呜咽。短笺空在愁难说，霜角寒梅，吹碎半江月。

无名氏　　　醉落魄·琼搓粉滴

琼搓粉滴，南枝只报江南坼。横斜疏影溪边窄，剪碎白云，分付陇头客。　　冰肌绰约疑姑射，铅华消尽见真色。不随桃李开红白，我为东君，来报春消息。

无名氏　　　醉落魄·赏梅

梅花似雪，赏花记得同欢悦。更阑犹自贪攀折，不怯春寒，须要待明月。　　如今月上花争发，疏枝冷蕊对离缺。人心只道花争别，不道人心，不似旧时节。

无名氏　　　醉落魄·红牙板歇

红牙板歇，韶声断、六幺初彻。小槽酒滴真珠竭，紫玉瓯圆，浅浪泛春雪。　　香芽嫩蕊清心骨，醉中襟量与天阔。夜阑似觉归仙阙，走马章台，踏碎满街月。

醉 蓬 莱

又名《雪月交光》、《冰玉风月》、《玉宇无尘》、《醉蓬莱慢》。双调，九十七字数体。其上片十一句、四仄韵，下片十二句、四仄韵为正体；其上下片各十一句、四仄韵为变体。

柳　永　　　醉蓬莱·渐亭皋叶下

渐亭皋叶下，陇首云飞，素秋新霁。华阙中天，锁葱葱佳气。嫩菊黄深，拒霜红浅，近宝阶香砌。玉宇无尘，金茎有露，碧天如水。　　正值升平，万几多暇，夜色澄鲜，漏声迢递。南极星中，有老人呈瑞。此际宸游，凤辇何处，度管弦清脆。太液波翻，披香帘卷，月明风细。

欧阳修　　　醉蓬莱·见羞容敛翠

见羞容敛翠，嫩脸匀红，素腰袅娜。红药阑边，恼不教伊过。半掩娇羞，语声低颤，问道有人知么。强整罗裙，偷回波眼，佯行佯坐。　　更问假如，事还成后，乱了云鬟，被娘猜破。我且归家，你而今休呵。更为娘行，有些针线，诮未曾收啰。却待更阑，庭花影下，重来则个。

杨　绘　　　醉蓬莱·夏寿太守

对亭台幽雅，水竹清虚，嫩凉轻透。碧沼红蕖，送香风盈袖。白首冯唐，诞辰同庆，上百分仙酎。鳌禁词垣，乌台谏省，昔游俱旧。　　千里长沙，五年溢浦，近捧丝纶，更藩移守。桂苑余芳，有孙枝新秀。罗绮雍容，管弦松脆，愿拜延椿寿。岁岁年年，今朝启宴，欢荣良久。

韦　骧　　　醉蓬莱·廷评庆寿

漏新春消耗，柳眼微青，素梅犹小。帘幕轻寒，引炉烟袅袅。凤管雍容，雁筝清切，对绮筵呈妙。此际欢虞，门庭自有，辉光荣耀。　　庆事难逢，世间须信，八十遐龄，古来稀少。况偶佳辰，是桑弧曾表。满奉金觥，暂停牙板，听雅歌精祷。惟愿增高，龟年鹤算，鸿恩紫诏。

苏　轼　　　醉蓬莱·重九上君猷

笑劳生一梦，羁旅三年，又还重九。华发萧萧，对荒园搔首。赖有多情，好饮无事，似古人贤守。岁岁登高，年年落帽，物华依旧。　　此会应须烂醉，仍把紫菊茱萸，细看重嗅。摇落霜风，有手栽双柳。来岁今朝，为我西顾，酹羽觞江口。会与州人，饮公遗爱，一江醇酎。

黄庭坚　　醉蓬莱·对朝云叆叇

对朝云叆叇，暮雨霏微，乱峰相倚。巫峡高唐，锁楚宫朱翠。画戟移春，靓妆迎马，向一川都会。万里投荒，一身吊影，成何欢意。　尽道黔南，去天尺五，望极神州，万里烟水。尊酒公堂，有中朝佳士。荔颊红深，麝脐香满，醉舞茵歌袂。杜宇声声，催人到晓，不如归是。

黄庭坚　　醉蓬莱·窜易前词

对朝云叆叇，暮雨霏微，翠峰相倚。巫峡高唐，锁楚宫佳丽。蘸水朱门，半空霜戟，自一川都会。虏酒千杯，夷歌百转，迫人垂泪。　人道黔南，去天尺五，望极神京，万重烟水。悬榻相迎，有风流千骑。荔脸红深，麝脐香满，醉舞茵歌袂。杜宇催人，声声到晓，不如归是。

晁端礼　　醉蓬莱·正中秋初过

正中秋初过，淡碧云容，嫩凉天气。紫府真仙，暂谪居尘世。慕道高情，照人清骨，是寿星标致。德在民心，勋藏帝室，清芬相继。　庭有芝兰，世调鼎鼐，晋美乌衣，汉称韦氏。未必当时，解功成身退。天下苍生，未知此意，望谢公重起。善颂阴资，何须更觅，西山灵剂。

晁端礼　　醉蓬莱·看梅梢初动

看梅梢初动，池面冰澌，小春时候。当日生贤，庆皇家忠厚。龙种殊常，照人眉宇，似汝阳端秀。世取贤科，胪传圣语，增光华胄。　天汉灵源，最为亲近，茅土真封，旧相传授。开府新恩，拜除书非久。鸣佩拖绅，曳香摇翠，向画堂称寿。物外光阴，樽前笑语，年年依旧。

晁端礼　　醉蓬莱·乍酒醒孤馆

乍酒醒孤馆，梦断幽窗，嫩凉天气。潇洒情怀，想乡关迢递。一枕清风，半帘残月，是闷人滋味。南浦离多，东阳带缓，新来憔悴。　因念当时，乱花深径，画楫环溪，屡陪欢醉。踪迹飘流，顿相望千里。水远山高，雁沉鱼阻，奈信音难寄。吟社阑珊，酒徒零落，重寻无计。

晁端礼　　醉蓬莱·向重门深闭

向重门深闭，永夜孤眠，梦魂飞过。梦里分明，共玉人双卧。粉淡香浓，翠深红浅，是那回梳裹。楚雨难成，巫云易散，依前惊破。　无绪无聊，向谁分诉，独语独言，自家摧挫。梦也多磨，更那堪真个。暗数残更，半欹孤枕，对夜深灯火。怨泪频弹，愁肠屡断，伊还知么。

秦　观　　醉蓬莱·见扬州独有

见扬州独有，天下无双，号为琼树。占断天风，岁花开两次。九朵一苞，攒成环玉，心似珠玑缀。瓣瓣玲珑，枝枝洁净，世上无花类。　冷露朝凝，香风远送，信是琼瑶贵。料得天宫有，此地久难留住。翰苑才人，贵家公子，都要看花去。莫吝金钱，好寻诗伴，日日花前醉。

仲　殊　　醉蓬莱·报一阳初动

报一阳初动，二五蓂疏，履长时候。大昴星精，宛分灵储秀。早运钧衡，亟还貂衮，向载歌成后。书展仪形，承华羽翼，恩深惟旧。　天眷难留，片帆归去，縠水柯山，故人携手。枕月眠云，老华胥闲昼。夕宴朝欢，况当加庆，献我公眉寿。五福千祥，山长水远，一樽芳酒。

仲　殊　　醉蓬莱·骤西风凄惨

骤西风凄惨，秋昊平分，晚收清昼。素月潜生，倚危墙时候。渐照芳樽，酒中孤影，喜暂时为友。醉学吴儿，狂歌乱拍，蹁跹双袖。　堪叹从来，误了词赋，进取才能，桂枝难勾。纵得虚名，与平生相负。缰锁尘埃，愿怀圭组，强剑眉低首。平地神仙，清凉世界，君曾知否。

仲　殊　　醉蓬莱·望金华真界

望金华真界，宝婺星垣，瑞符玄动。羽葆莱游，有八鸾环拥。日在龙房，下弦平月，见嵩岳生申。天上三奇，人间五福，一齐景宠。　骞树七台，紫微金简，授箓延年，大椿腾颂。玉液称觞，引长生歌送。彩雾笼云，舞香花萼，降蕊珠仙众。太史多才，功成异日，鸣箫双凤。

仲　殊　　　　醉蓬莱·过灵香一炷

过灵香一炷，燕馆清虚，晚窗风细。雨入园林，荡凝烟摇曳。天上春融，暖移残腊，早信音来至。宫粉龙香，一时捻入，江梅轻蕊。　　人在瑶山，九仙书府，静与羲皇，澹然相对。锦琴无声，鼓一轩和气。丹桂高枝，旧香芬馥，惹赐袍春翠。再揖文章，声名定与，渊云相继。

陈　瓘　　　　醉蓬莱·问东州何处

问东州何处，境胜人幽，两俱难得。狼山相望，有高堂千尺。妙曲轰空，彩云翻袖，乐奏壶天长日。笑我飘然，蓬窗竹户，只延山色。　　拟棹觥船，径冲花浪，直造雕筵，共醺仙液。仍乞蟠桃，向庐山亲植。未举江帆，早逢淮雁，问故人踪迹。远老池边，陶翁琴里，此情何极。

谢　薖　　醉蓬莱·中秋有怀无逸兄并示何之忱诸友

望晴峰染黛，暮霭澄空，碧天银汉。圆镜高飞，又一年秋半。皓色谁同，归心暗折，听唳云孤雁。问月停杯，锦袍何处，一尊无伴。　　好在南邻，诗盟酒社，刻烛争成，引觞愁缓。今夕楼中，继阿连清玩。饮剧狂歌，歌终起舞，醉冷光凌乱。乐事难穷，疏星易晓，又成浩叹。

葛胜仲　　　　醉蓬莱·天宁节作

望葱葱佳气，虹渚祥开，斗枢光绕。析木天津，正灵晖腾照。鹭缀分班，象胥交贡，奉御觞清晓。玉殿寒轻，金徒漏永，瑞炉烟袅。　　万宇均欢，示慈颁燕，寿祝南山，庆均凫藻。缥缈红云，望九重天表。舞兽锵洋，抃鳌欣戴，度管弦声杳。历草长新，蟠桃永秀，与天难老。

叶梦得　　　　醉蓬莱·问东风何事

辛丑寓楚州，上巳日有怀许下西湖，作此词寄曾存之、王仲弓、韩公表

问东风何事，断送残红，便拚归去。牢落征途，笑行人羁旅。一曲阳关，断云残霭，做渭城朝雨。欲寄离愁，绿阴千啭，黄鹂空语。　　遥想湖边，浪摇空翠，弦管风高，乱花飞

絮。曲水流觞，有山公行处。翠袖朱阑，故人应也，弄画船烟浦。会写相思，尊前为我，重翻新句。

刘一止　　醉蓬莱·秀城元夕

正官桥柳润，候馆梅开，暮云凄冽。泽国春归，是烧灯时节。吹绽红蕖，挽低星斗，共水光澄澈。霜瓦楼台，参差似与，蓬壶相接。　　千骑遨游，万家嬉笑，帘卷东风，弄妆成列。慢舞尊前，看轻盈回雪。来岁今宵，舜韶声里，对六鳌双阙。凤检飞来，玉骢去踏，青门华月。

赵　鼎　　醉蓬莱·庆寿

破新正春到，五叶尧蓂，弄芳初秀。剪彩然膏，灿华筵如昼。家庆图中，老莱堂上，竞祝翁遐寿。喜气欢容，光生玉斝，香霏金兽。　　谁会高情，淡然声利，一笑尘寰，万缘何有。解组归来，访渔樵朋友。华发苍颜，任从老去，但此情依旧。岁岁年年，花前月下，一尊芳酒。

李商英　　醉蓬莱·庆朋良相遇

庆朋良相遇，夷夏均欢，福沾绵宇。扶日勋高，更补天力巨。学造渊微，文赓三圣，□□被褒语。来自丹台，生逢华旦，身登仙路。　　衮绣归来，水晶宫里，燕处超然，去天尺五。绿发朱颜，照青春如故。一粒刀圭，五更丹灶，与赤松游处。只恐看着蒲轮，趣上沙堤归去。

李商英　　醉蓬莱·庆长庚协梦

庆长庚协梦，仙李蟠根，挺生名世。粉省收声，早云霄自致。凤掖鸾坡，荷囊簪笔，久要津历试。红旆班春，碧油开府，出分忧寄。　　均逸真祠，右弧开宴，宵月光澄，玉炉烟细。漆发冰眸，揽浮丘仙袂。伫见九重，迂驰三节，诏促还丹陛。槐府凉生，榴樽香泛，年年欢醉。

此首别作无名氏词

万俟咏　　醉蓬莱·正波泛银汉

正波泛银汉，漏滴铜壶，上元佳致。绛烛银灯，若繁星连缀。明月逐人，暗尘随马，尽五陵豪贵。鬓惹乌云，裙拖湘水，谁家姝丽。　　金阙南边，彩山北面，接地罗绮，沸天歌吹。六曲屏开，拥三千珠翠。帝乐□深，凤炉烟喷，望舜颜瞻礼。太平无事，君臣宴乐，黎民欢醉。

张元幹　　醉蓬莱·寿

对小春桃艳，曲室炉红，乍寒天气。七叶蓂开，应金章通贵。梦草银钩，灿花珠唾，是素来风味。满腹经纶，回天议论，昆台仙裔。　　秘殿升华，紫枢勋旧，退步真祠，简心端扆。迎日天元，听正衙宣制。尽洗中原，遍为霖雨，宴后堂歌吹。柏子千秋，丹砂九转，今宵长醉。

吕渭老　　醉蓬莱·任落梅铺缀

任落梅铺缀，雁齿斜桥，裙腰芳草。闲伴游丝，过晓园庭沼。厮近清明，雨晴风软，称少年寻讨。碧缕墙头，红云水面，柳堤花岛。　　谁信而今，怕愁憎酒，对著花枝，自疏歌笑。莺语丁宁，问甚时重到。梦笔题诗，帊绫封泪，向风箫人道。处处伤心，年年远念，惜春人老。

王之道　　醉蓬莱·追和东坡重九呈彦时兄

对黄芦卧雨，苍雁横秋，江天重九。千载渊明，信风流称首。吟绕东篱，白衣何处，谁复当年偶。蓝水清游，龙山胜集，怳然依旧。　　萸实嫩红，菊团余馥，付与佳人，比妍争嗅。一曲婆娑，看舞腰萦柳。举世纷纷名利逐，罕遇笑来开口。慰我寂寥，酬君酩酊，不容无酒。

王之道　　醉蓬莱·代人上高御带，时在太学

正薰风解愠，萱草忘忧，黄梅新霁。缥缈歌台，半金衣公子。丹桂香中，碧梧枝上，两两飞还止。似说当年，而今时候，长庚诞贵。　　恩厚随龙，官崇御带，二十横金，玉阶寸地。须信骅骝，一日能千里。况遇王良伯乐，算九万、何劳睥睨。磊落金盘，华阳白李，休辞沉醉。

杨无咎　　醉蓬莱·见恩荣故里

见恩荣故里，□著贤关，特然超诣。满腹诗书，洗膏粱余

味。羞挽乌号，换将蓝绶，向广庭亲试。磊落胸襟，雍容人物，于今谁比。　　争许才猷，合跻严禁，行看横飞，少将清议。喜对生朝，且陶陶欢醉。太华莲开，海山桃熟，况是当佳致。满引瑶觞，相期眉寿，君家重耳。

杨无咎　　醉蓬莱·正才过七夕

正才过七夕，又近中元，素秋时候。月皎风高，渐凉生襟袖。灏气澄凝，是谁清白，应此□□秀。味洗膏粱，才侔沈谢，三朝勋旧。　　好是新来，日临连帅，化格黔黎，政归仁厚。旱祷群祠，有雨随车骤。愿与寰区，共资膏泽，岁岁称眉寿。孝感灵泉，涓涓不绝，斟为醇酎。

杨无咎　　醉蓬莱·见禾山凝秀

见禾山凝秀，禾水澄清，地灵境胜。天与珍奇，产凌霄峰顶。嫩叶森枪，轻尘飞雪，冠中州双井。绝品家藏，武陵有客，清奇相称。　　坐列群贤，手呈三昧，云逐瓯圆，乳随汤迸。珍重殷勤，念文园多病。毛孔生香，舌根回味，助苦吟幽兴。两腋风生，从教飞到，蓬莱仙境。

孙道绚　　醉蓬莱·看鸥翻波溅

力修宝学贤表宴胡明仲侍郎，遣歌姬来乞词，作醉蓬莱令歌之

看鸥翻波溅，蘋末风轻，水轩消暑。云叠奇峰，破桐阴亭午。列岫连环，溜泉鸣玉，对幅巾芒屦。况有清时，风流故人，剧谈挥麈。　　才冠一时，论高两汉，书扇豪踪，吐风辞语。昼锦归来，庆长年老母。且尽绿尊，莫怀归兴，听扇歌高举。会见登庸，泥封诏下，促朝天去。

史　浩　　醉蓬莱·拟人贺生日

纪今辰高会，屈指三朝，更逢重九。珠履瑶簪，聚一天星斗。菊蕊含芳，桂花笼艳，有美容争秀。衮绣堂中，蓬壶影里，异香喷兽。　　况是清朝，太平真主，治享雍熙，眷深耆旧。恩锡兼金，遣星轺东走。咫尺威光，下拜归美，愿我皇眉寿。自此重裁，谢笺千纸，年年回奏。

史　浩　　醉蓬莱·劝酒

喜泉通碧甃，秫刈黄云，酿成芳酎。瑞霭凝香，更阳和钟秀。晓瓮寒光，夜槽清响，听颔珠频溜。昼锦堂深，聚星筵启，一觥为寿。　况此神仙，蕊宫俦侣，玉殿英游，尽皆亲旧。赢得开怀，对良辰握手。醉席淋漓笑语，都不问、欲残更漏。绣幕春风，轻丝美韵，明朝还又。

赵士穀　　醉蓬莱·春寿府

正春风初扇，梅蕊飘香，雨余晴昼。箫鼓声中，麝烟喷金兽。幕府宾僚，杜诗韩笔，竞吐奇争秀。共指乔松，同瞻峻岳，祝公眉寿。　汉相功勋，陈思文藻，奕世风流，迥居人右。持节分符，屡试经邦手。天府剧烦，雍容谈笑，令闻光前后。君相恩隆，公主金印，一时亲授。

李　石　　醉蓬莱·望长江东去

望长江东去，逐客西来，几逢秋杪。江草江花，约鬓丝俱老。朝士红萸，佳人雪藕，别后忍孤欢笑。楚水楼台，巫山宫殿，五湖烟渺。　又是征帆，万里行去，旧恨鲈鱼，昔盟鸥鸟。九日江南，上蓬莱仙岛。三度刘郎，黄花醉里，问我几时来到。寄语西风，饶他老子，莫欺乌帽。

曾　觌　　醉蓬莱·侍宴德寿宫应制赋假山

向逍遥物外，造化工夫，做成幽致。杳霭壶天，映满空苍翠。耸秀峰峦，媚春花木，对玉阶金砌。方丈瀛洲，非烟非雾，恍移平地。　况值良辰，宴游时候，日永风和，暮春天气。金母龟台，傍碧桃阴里。地久天长，父尧子舜，灿绮罗佳会。一部仙韶，九重鸾仗，年年同醉。

洪　适　　醉蓬莱·代上陈帅生日

正中秋初过，重阳相近，金茎多露。玉燕开祥，喜气浮庭户。览凤千峰，骖鸾八桂，未展青云步。碧玉篸边，红莲池上，羽仙旁午。　少日声名，珠玑黼黻，晔煜分符，喧轰持斧。带缓裘轻，足远人襦袴。唇注樱桃，腰欺杨柳，歌舞新蛮素。满酌金船，寿公千岁，东台西府。

韩元吉　醉蓬莱・次韵张子永同饮谢德舆家

听清歌初转，翠岭云横，乍飞还驻。水落秋明，正千岩呈露。况有宾朋，飘然才调，尽凌空鹓鹭。步绕西畴，同寻南涧，郊原新雨。　好客声名，郑庄风韵，松菊栽成，故侯瓜圃。燕去鸿来，笑人生离聚。老子偷闲，爱君三径，共一尊芳醑。待约梅仙，他年丹就，骑鲸飞去。

赵彦端　醉蓬莱・梅

向蓬莱云渺，姑射山深，有春长好。香满枝南，笑人间惊早。试问寒柯，镂冰裁玉，费化工多少。东阁诗成，西湖梦觉，几番清晓。　好是罗帏，麝温屏暖，却恨烟村，雨愁风恼。一一清芬，为东君倾倒。待得明年，翠阴青子，荫凤皇池沼。更把阳和，从头付与，繁花芳草。

王千秋　醉蓬莱・送汤

正歌尘惊夜，斗乳回甘，暂醒还醉。再煮银瓶，试长松风味。玉手磨香，镂金檀舞，在寿星光里。翠袖微揎，冰瓷对捧，神仙标致。　记得拈时，吉祥曾许，一饮须教，百年千岁。况有阴功在，遍江东桃李。紫府春长，凤池天近，看提携云耳。积善堂前，年年笑语，玉簪珠履。

李流谦　醉蓬莱・同幕中诸公劝虞宣威酒

正红疏绿密，浪软波肥，放舟时节。载地擎天，识堂堂人杰。万里长江，百年骄虏，只笑谈烟灭。葭苇霜秋，楼船月晓，渔樵能说。　分陕功成，沙堤归去，衮绣光浮，两眉黄彻。了却中兴，看这回勋业。应有命圭相印，都用赏、元功重叠。点检尊前，太平气象，今朝浑别。

赵皤老　醉蓬莱・寿叶枢密一

听都人歌咏，便启金瓯，再登元老。山色溪声，与春风齐到。补衮工夫，望梅心绪，见丹青重好。鹊噪晴空，灯迎诞节，槐堂欢笑。　正是元宵，满天和气，璧月流光，雪消寒峭。今夜今年，表千年同照。万象森罗，一奁清莹，影山河多少。玉烛调新，彩眉常喜，寰瀛春晓。

赵磻老　　　醉蓬莱·寿叶枢密二

记青蛇感异，后日扶颠，太平人瑞。壮岁弹冠，有经邦高志。晚上文墀，载严霜简，便云龙交际。紫极旋枢，金蝉映衮，乾坤开霁。　底事当时，饮江胡马，一望云旗，倒戈投贽。此片丹心，几风声鹤唳。烟息尘收，水明山丽，只五湖相记。今夜华灯，火城信息，千年荣贵。

张孝祥　　　醉蓬莱·为老人寿

问人间荣事，海内高名，似今谁比。脱屣归来，眇浮云富贵。致远钩深，乐天知命，且从容阅世。火候周天，金文满义，从来活计。　有酒一尊，有棋一局。少日亲朋，旧家邻里。世故纷纭，但蚊虻过耳。解愠薰风，做凉梅雨，又一般天气。曲几蒲团，纶巾羽扇，年年如是。

李处全　醉蓬莱·毛氏女兄生朝三月二十八日

政余春眷眷，首夏骎骎，清和时候。晓色曈昽，瑞霭凝轩牖。著子青梅，袅枝红药，物物俱情厚。绿绮朱弦，檀槽铁拨，华堂称寿。　季父高怀，庆钟吾姊，富贵长年，自应兼有。更看诸郎，谢砌芝兰秀。蚤晚成名，雁行亲膝，无忌胜如舅。沆瀣朝霞，蓬莱弱水，酿为春酒。

赵长卿　　　醉蓬莱·赏郡圃芍药

是三春已暮，浪蕊凋残，牡丹零落。独殿清和，有佳名芍药。浅浅芳丛，绣幢鼎鼎，更艳香绰约。浑似扬州，画楼卷起，翠帘红幕。　倚槛轻盈，万娇千媚，故整霞裙，笑花寂寞。太守风流，拥笙歌围著。坐上诗人，二千里外，念此身飘泊。客眼看花，归心对酒，番成萧索。

赵长卿　　　醉蓬莱·春半

是平分春色，梦草池塘，暖风帘幕。昨夜三台，灿天边芝角。自是君家，庆流泽远，降生申嵩岳。厚德温良，高才粹雅，渊源学博。　何事丹墀，尚淹阔步，未许中原，少勤方略。且对笙歌，醉黄金错落。蕊洞珠宫，媚人桃李，趁青春绰约。绿意红情，成阴结子，五云楼阁。

赵长卿　　醉蓬莱·新荔枝

正火山槐夏，黛叶缃枝，荔子新摘。千里驰驱，荐仙源佳席。浪比龙睛，未输崖蜜，灿烂然红摘。满贮雕盘，纤纤素手，丹苞新擘。　　梨栗粗疏，带酸橘柚，凡品多般，总羞标格。何似浓香，洗烦襟仙液。为爱真妃，再三珍重，价倾城倾国。玉骨冰肌，风流酝藉，直宜消得。

赵长卿　　醉蓬莱·端午

见浴兰才罢，拂掠新妆，巧梳云髻。初试生衣，恰三裁贴体。艾虎宜男，朱符辟恶，好储祥纳吉。金凤钗头，应时戴了，千般忔戏。　　那更殷勤，再三祝愿，斗巧合欢，彩丝缠臂。刻玉香蒲，泛金觥迎醉。午日熏风，楚词高咏，度遏云声脆。赤口白舌，从今消灭，诸余可意。

赵长卿　　醉蓬莱·正金风无露

七月命赴漕试，兰台主人饯于法回寺，侍儿才卿乞词，因此赋之，题于壁

正金风无露，玉宇生凉，楚郊无暑。催起行人，恰槐黄时序。万里晴霄，几人争睹，快鹏抟一举。明月圆时，素秋中夜，凌云新赋。　　那更渊源，词锋轻锐，笔阵纵横，学通今古。誉望飞腾，是麟宗文虎。魁荐归来，华堂香里，与管弦为主。待看明年，彤墀射策，鳌头独步。

钱处仁　　醉蓬莱·正梧阴碧转

正梧阴碧转，扇浪凉生，渐回秋意。祥绕朱门，有嵩灵钟瑞。笔走龙蛇，句雕风月，好客敦高谊。苏小琵琶，绿珠箫管，日添罗绮。　　邃阁清班，贰车清政，奕叶蝉联，世间谁比。行侍甘泉，趁青春荣贵。尽卷虾须，满斟鹦鹉，向画堂沉醉。铜狄摩挲，蓬莱清浅，八千椿岁。

赵善括　　醉蓬莱·辛帅生日

正彩铃坠盖，玉燕投怀，梦符佳月。五百年间，诞中兴人杰。杖策归来，入关徒步，万里朝金阙。贯日精忠，凌云壮气，妙龄英发。　　名镇重湖，屡凭熊轼，恩满西江，载分龙

节。有志澄清，誓击中流楫。谈笑封侯，雍容谋国，看掀天功业。待与斯民，庆公华衮，祝公黄发。

赵善括　　醉蓬莱·寿司马大监生日

正百花堂下，山雨楼前，粲然梅柳。和气回春，滟一尊芳酒。桂子兰孙，凤歌鸾舞，介我公眉寿。天上遐龄，人间独乐，古来稀有。　　壮日题桥，儿时击瓮，名遂功成，自然长久。琳馆偷闲，约赤城为友。紫诏重颁，黄扉稳步，好试调羹手。九世鸡窠，千秋麟阁，玉颜依旧。

赵善括　　醉蓬莱·魏相国生日

正槐堂日永，梅雨消尘，麦风摇翠。天祐昌辰，诞中兴嘉瑞。秀伟标姿，从容谋断，笑吐平戎计。汉节归来，边尘扫净，鼎司荣贵。　　间世良臣，威严辅政，妩媚承君，道襟冲粹。玉券金丹，称功名成遂。茂苑烟霞，太湖风月，聊伴凝香醉。补衮工夫，调羹手段，如今重试。

黄人杰　　醉蓬莱·记征鸿归候

记征鸿归候，梦燕来时，雪清梅瘦。寒日迎长，觉微宽宫漏。翼轸分辉，斗牛呈瑞，间气维钟秀。江左风流，夷吾家世，尘源深厚。　　况是新闻，日边增秩，诰墨方妍，玉符将剖。五马西还，看鸳鸿为偶。我有新词，不论龟鹤，会祝公眉寿。南浦长春，西山不老，年华同久。

赵师侠　　醉蓬莱·重明节丙辰长汝

正金风零露，玉宇生凉，晚秋天气。华渚流虹，应生商佳瑞。电绕神枢，庆绵宗社，御宝图宸极。脱屣尘凡，游心澹泊，逍遥物外。　　圣子神孙，祖皇文母，上接三宫，下通五世。至盛难名，亘古今无比。诞节重明，燕乐和气，动普天均被。寿祝南山，尊倾北海，臣邻欢醉。

熊以宁　　醉蓬莱·寿察判

某伏以清商肇序，阶蓂方五荚之飞；元精生贤，宝历应千龄之运。于赫自天之佑，丕昭维岳之祥。弧矢垂门，冠裳争耀。既托帡幪之芘，敢忘颂咏之私。敬制拙词，仰祝台算。以

醉蓬莱寄调，缮写拜呈，伏惟台慈，特赐采览

渐荷收绿盖，桂吐金英，嫩凉天气。香案仙官，向人间游戏。道貌孤高，灵扃恬淡，有寿星标致。梦得文章，水心谈论，家声相继。　　芙蓉上幕，龙藩胜地。剡荐交飞，宸衷简记。行趣朝班，便鸾坡螭陛。赞画堂中，垂弧节届，且举觞一醉。试问庄椿，春秋多少，八千余岁。

卢　炳　　醉蓬莱·上南安太守庚戌正月

正春回紫陌，瑞霭飞浮，暖风轻扇。皓月初圆，觉严城寒浅。彩结鳌山，纱笼银烛，与□花争艳。午夜融和，红莲万顷，一齐开遍。　　讼简民熙，史君行乐，簇拥朱轮，旌旗辉暖。鼎沸笙歌，遏行云不散。咫尺泥封，促朝天陛，侍玉皇香案。来岁元宵，龙灯影里，金杯宜劝。

陈　晔　　醉蓬莱·算当年紫府

算当年紫府，乘兴霓车，世间游戏。符节功名，谩略儿小试。自挂衣冠，旋栽松菊，占水云佳致。九人年高，重重恩渥，丝纶光贲。　　十里西湖，九霞仙酿，举劝吾翁，诞辰一醉。窦氏阴功，筹彭篯久视。啸傲壶中，燕超尘外，此乐谁能继。庭砌年年，斑斓□济，朱颜见喜。

刘仙伦　　醉蓬莱·寿七十一　九月十八

昨长庚入梦，昴宿呈祥，岳神钟秀。降产英贤，信道由天佑。蓂荚飞三，九秋将暮，遇称觞时候。香爇沉檀，曲调金缕，满斟春酒。　　试纪绛年，六身二首，甲子方延，才经八九。款醉蓬莱，寿与天长久。桂子青春，兰孙方茂，谅箕裘方绍。折桂来秋，成名指日，家毡复旧。

韩　淲　　醉蓬莱·寿潘漕

问西湖好处，楼上薰风，有谁称寿。十里荷香，对槐阴清昼。细浪揉蓝，远山凝黛，更管弦初奏。醉舞傞傞，欢声沸沸，生申时候。　　膝下婆娑，老莱儿戏，帝所辉光，使衣呈绣。眷倚方隆，赐金章华绶。自此飞腾，凤阁鸾台，好满斟醇酎。道骨仙风，朱颜青鬓，年年依旧。

韩　淲　　醉蓬莱·上太守

庆文章太守，燕寝凝香，诞弥佳节。庾岭归来，又经年梅发。棋酒心情，笙歌滋味，便合朝天阙。玉作山前，冰为水际，几多风月。　　绿鬓朱颜，浩然相对，自是中原，旧家人物。鹓鹭班回，尚记陪清切。好把胸蟠万卷，谈笑了、济时勋业。锦幄初温，宝杯深劝，舞回香雪。

程　珌　　醉蓬莱·望皇都清晓

望皇都清晓，瑞日祥烟，洞开阊阖。一朵红云，映重瞳日月。万岁山高，九霞杯暖，正想宸游洽。绝塞庭琛，重闱天笑，年年仙阙。　　韶凤徘徊，蒲鱼演漾，镐酒恩浓，龙蟠建业。玉琢麟符，分付人中杰。奠国安民，持将祝寿，乐作君臣悦。看取头厅，押班称贺，明年天节。

程　珌　　醉蓬莱·寿王司直

算千葩百卉，谁伴东风，早春时候。唯有江梅，在人间长久。雪后霜前，冲涉多少，尚精神如旧。岁岁年年，酴酥饮了，便为公寿。　　更向尊前席上，细看人与梅花，棱棱争瘦。桃李漫山，都落芳尘后。和气满身，参调玉弦，表天然孤秀。来岁今朝，星闱雾阁，一卮春酒。

程　珌　　醉蓬莱·丙申自寿

记蟾宫桂子，撒向人间，如今时候。□□□□，□□□□□。白下长干，乱滩横笛，想昔游依旧。大海一沤，千年一息，谁称彭寿。　　开遍门前丹蕊，渐西风入东篱，酿成仙酒。□□□□，□□□□□。卓笔鸡笼，悬天宝盖，占断宣徽秀。来岁清苕，公家事了，斑衣蓝绶。

魏了翁　　醉蓬莱·又一番雨过

新亭落成约刘左史光祖和见惠生日韵

又一番雨过，倚阁炎威，探支秋色。前度刘郎，为故园一出。黄发丝丝，赤心片片，俨中朝人物。诗里香山，酒中六一，花前康节。　　倦客才归，新亭恰就，萱径荫浓，卜林香发。尊酒相逢，看露花风叶。跃跃精神，生生意思，入眼浑如涤。更祝天公，收回积潦，放开晴日。

黄　机　　　　醉蓬莱·寿史帅

政槐云浓翠，榴火殷红，暑风凉细。紫府神仙，向人间游戏。瑞节珠幢，琼缨宝佩，炯冰壶标致。经济规模，登庸衣钵，家传如此。　　礼乐醇儒，诗书元帅，尽洗凡踪，平吞余子。敬简堂深，且从容一醉。庆祉绵绵，功名衮衮，比衡山湘水。更把阳和，从头付与，满门桃李。

张　辑　醉蓬莱·舟次东山忆西湖旧游

记澄湖抱练，画舫参差，闹花时节。油壁鸣堤，有障萦屏列。燕草香融，鸦条香浅，似渭城烟雪。急管斜阳，卫娘葱茜，带围寒怯。　　苏小闲情，绿杨如织，阑槛东边，好山千叠。料得如今，也翠销红歇。何限繁华，春来都付与，数声啼鴂。谩怆羁魂，扁舟买醉，谢公明月。

赵以夫　　　醉蓬莱·寿安晚郑丞相

正三边月静，万国年丰，菊多梅小。吐玉擎香，蔼皇都清晓。龙驾徐驱，貂冠夹侍，天也和人笑。紫陌欢谣，如今事事，胜端平好。　　玉带垂虹，衮衣华日，秋水精神，臞仙容貌。长对凝旒，不羡商岩老。胸次乾坤，掌中霖雨，造化知多少。便好重将，绛人甲子，数中书考。

刘子寰　　　醉蓬莱·访莺花陈迹

访莺花陈迹，姚魏遗风，绿阴成幄。尚有余香，付宝阶红药。淮海维阳，物华天产，未觉输京洛。时世新妆，施朱傅粉，依然相若。　　束素腰纤，捻红唇小，鄣袖娇看，倚阑柔弱。玉佩琼琚，劝王孙行乐。况是韶华，为伊挽驻，未放离情薄。顾盼阶前，留连醉里，莫教零落。

刘子寰　　　　醉蓬莱·寿参政

正霜浮菊浅，露染枫深，九秋佳景。梅报南枝，一点和羹信。峻岳生申，太山瞻鲁，瑞启千年运。飞帛奎文，仪皇韶祉，明良相庆。　　岁值丰登，道方开泰，塞骑尘收，海鲸波静。几斗璇枢，仰三阶平正。保定乾坤，亲扶日月，万宇同歌咏。比寿彭聃，侔勋周召，致君尧舜。

刘子寰　　醉蓬莱·寿史令人

正花深绣阁，带拂流酥，暖帘初试。窈窕笙歌，拥新鲜珠翠。艳菊留金，早梅催粉，趁得瑶池会。画馆凝香，仙家正住，芙蓉城里。　　禓寝开祥，玉枝祝寿，列院欢娱，满堂佳瑞。福寿双星，现碧霄云际。京兆时妆，如皋乐事，占世间荣贵。象服鱼轩，疏封大国，齐眉千岁。

李曾伯　　醉蓬莱·倚栏干一笑

丁酉春题江州琵琶亭，时自兵间还幕，有焚舟之惊

倚栏干一笑，旧日琵琶，何处寻觅。独立东风，吹未醒狂客。沙外青归，柳边黄浅，依旧自春色。极目长淮，晴烟一抹，不堪重忆。　　老子平生，萍流蓬转，昔去今来，鸥鹭都识。拍拍轻舟，烟浪暗天北。自有乾坤，江山如此，多少等陈迹。世事从来，付之杯酒，青衫休湿。

李曾伯　醉蓬莱·戊子为亲庭寿，时方出蜀

是人生好处，仕宦归来，享清闲福。屈指吾翁，恰八年荆蜀。星火丛中，风涛局上，转青天刍粟。轺传欣还，里闾相庆，双鬓犹绿。　　为报中朝，如今老子，肯把貂蝉，换取松菊。西舍东邻，正新篘初熟。屋仅一椽，田姑二顷，剩种花莳竹。缓引金钗，细斟琼斝，唱长生曲。

李曾伯　　醉蓬莱·乙酉寿蜀帅

把东南温厚，天遣西来，试薰风手。一佛人间，与峨眉长久。玉帐旌旗，金城鼓吹，笑乌奴歌酒。狐兔烟清，貔貅月淡，凯音新奏。　　元祐明时，中朝司马，记得边人，岁问安否。勋业如今，□□□□□。公衮沙堤，归来无恙，有西湖花柳。更借当年，一龟一鹤，伴千秋寿。

李曾伯　　醉蓬莱·丁亥寿蜀帅

有擎天一柱，殿角西头，手扶宗祏。万里鱼凫，倚金城山立。亭障惊沙，毡裘卷地，倏度黄龙碛。玉帐从容，招摇才

指，顿清边色。　　见说中天，翠华南渡，一捷金平，胆寒西贼。帝锡公侯，更高逾前绩。箕尾辉腾，昴街芒敛，看清平天日。周衮归来，凤池麟阁，双鬓犹黑。

李曾伯　　醉蓬莱·代寿昌州守叔祖

记石湖佳句，为海棠花，合来西蜀。不道东州，更香霏情淑。汉竹光中，召棠阴里，想清欢未足。少驻旌麾，姑留樽俎，待春风曲。　　见说吾家，丹溪老子，万籁名堂，孙枝犹馥。南极星边，正魁星明烛。五马归来，一龟无恙，访旧松新菊。从今长伴，西山一佛，镇岷江绿。

李曾伯　　醉蓬莱·寿别制垣

问江东父老，十数年来，谁为安石。万里鲸波，一柱独山立。汉橐班高，郢斤名重，喜动旌旗色。虎踞龙盘，有人于此，千载犹昔。　　好是元戎，护寒旧手，到处人传，争道公别。办取风樯，指顾定南北。只恐为霖，玉麟堂小，留不住台席。一片仁心，寿身寿国，与同箕翼。

李曾伯　　醉蓬莱·丙午寿八窗叔

自陇头垂谱，调鼎传家，典刑犹有。岁岁芳期，报小春时候。仙骨非凡，生香不断，标格蕙兰右。江路孤山，水边雪际，为渠诗瘦。　　白玉堂前，青毡席上，孰谓无人，有如此酒。得意春风，且占万花首。会看嫦娥，移栽月殿，肯向桂华后。应笑家林，枯松厌蹇，岁寒堪友。

李曾伯　　醉蓬莱·庚戌寿章仓

正阳生一脉，绣日添长，台云书瑞。劲节昂霄，仁意雪霜里。粟庾红陈，草扉绿茂，襦袴蔼千里。马熟车轻，铃斋曾到，从容游戏。　　好是邦人，能言世美，犹爱其棠，而况其子。洞里桃花，岁月任渠记。一点梅梢，为传消息，有东皇知己。倚看明年，相逢贡袜，曳星辰履。

李曾伯　　醉蓬莱·癸丑寿吕马帅

问金城方略，数十年来，谁堪称许。万福威名，草木识淮浦。西顾天长，中流地重，著此巨鳌柱。见说棋边，风声鹤唳，胆落胡虏。　　老子家声，六韬亲授，渭水归来，非熊非虎。江汉滔滔，建大将旗鼓。弧矢开祥，节旄迎渥，勋业纪盟府。好对芳天，莺花未老，金樽频举。

李曾伯　醉蓬莱·书院延桂有集，不及与

自鹫峰曾见，金粟如来，犹有英烈。碧玉琅玕，点缀碎琼屑。不御纷华，独餐沆瀣，比众芳殊别。好向凉宵，无风无雨，宜露宜月。　　身在山中，名香天下，全似幽人，一种修洁。解使多愁，对此亦纾悦。绿绮窗前，乌云鬓侧，休为玉人折。剩赋新词，满倾佳醑，为成三绝。

李曾伯　　醉蓬莱·灯前想像胜集，和韵

问前身应在，香醉山中，今存风烈。佳夕招延，清论度飞屑。玉斝盈盈，金英点点，标格侬家别。好个凉天，更无滴雨，只欠些月。　　菊客兰兄，纷纷侪辈，纵尔芬芳，输我高洁。鼻观先知，羞取俗颜悦。解后成欢，从容挹爽，何羡广寒折。我有高吟，为君纪此，一段奇绝。

李曾伯　　　醉蓬莱·和韵

大不逾粟许，飘散人间，直恁清烈。管领芳樽，底事不渠屑。中夜庭前，小山丛畔，韵度从来别。那更今年，留连秋色，将傍菊月。　　堪羡纱窗，胆瓶斜浸，浅酌低讴，人花双洁。恼杀多情，一见一回悦。生怕朝来，梧桐过雨，把花神摧折。倩取骚人，黄香作传，笔未宜绝。

李曾伯　　　醉蓬莱·寿八窗叔

指梅花雪片，问讯八窗，南枝开未。一点春风，消息岭头寄。太白精神，广平韵度，是岂众芳拟。东阁吟边，水清月淡，不妨游戏。　　犹记双湖，几番初度，持酒相期，以花为比。鼎味家传，须向玉堂里。吏隐南昌，未应高兴，香在岁寒际。倩取瑶姬，花前一唱，寿吾仙李。

吴文英　　醉蓬莱·七夕和方南山

望碧天书断，宝枕香留，泪痕盈袖。谁识秋娘，比行云纤瘦。象尺熏炉，翠针金缕，记倚床同绣。月辩琼梳，冰销粉汗，南花熏透。　　尽是当时，少年清梦，臂约痕深，帕绡红皱。凭鹊传音，恨语多轻漏。润玉留情，沈郎无奈，向柳阴期候。数曲催阑，双铺深掩，风镮鸣兽。

丁仲远　　醉蓬莱·正霜融日暖

正霜融日暖，风淡寒轻，小春时候。后苑疏梅早放，数枝开就。知是花工，预回春气，与作仙翁寿。君看侯门，祥云锁戟，瑞烟笼昼。　　天赋麒麟风骨，尽道德耀宗盟，名高星斗。两郡甘棠，惠爱传民口。宣室思贤，锋车促召，行矣应非久。衣锦归来，双亲笑喜，朱颜如旧。

段　倚　　醉蓬莱·正星杓首舍

正星杓首舍，月律开祥，嗣兴芳序。梦协长庚，诞清朝仪羽。运继姬周，庆流嵩岳，认再生申甫。职尹京华，功宣国计，声猷兼著。　　子建文章，懿侯宗范，叔度襟怀，紫芝眉宇。燕启佳辰，满东风兰雾。脆管繁弦，绣茵檀板，会饭中仙侣。世仰真贤，朝尊大老，长亲尧主。

霍安人　　醉蓬莱·正朱明时候

正朱明时候，院宇清和，庆逢佳节。梦应熊罴，尧蓂翻三叶。罗绮如云，寿杯争劝，竞起歌新阕。瑞气氤氲，祥云缭绕，玉炉频爇。　　溪室封功，几多勋业，首冠今朝，一时英杰。得配侯门，岂不惭疏拙。彩凤和鸣，早膺荣擢，增盛斑衣列。福禄无穷，年过卫武，辉光阀阅。

陈允平　　醉蓬莱·寿越帅谢恕斋

正槐龙欲老，影动朱门，薰风帘卷。竹外人清，听秋声将转。梦草池塘，种兰庭砌，爽气生葵扇。香染黄扉，律调翠简，赏音清宴。　　因念南阳，碧幢烟静，纶玉宣频，辔丝催遣。带锡犀虹，宠下甘泉殿。笑指蓬莱，画舸东去，向五云葱茜。骑竹欢迎，贺家湖上，绿香红茜。

吴季子　　醉蓬莱·寿友人母

正淡烟疏雨，梅子黄时，清和天气。阿母当年，暂辍瑶池会。霞帔星冠，霓旌羽纛，下碧霄云际。恰与瞿昙，同时共日，降人间世。　　禓寝开祥，斑衣祝寿，一种灵椿，两枝仙桂。满引玻璃，且向今宵醉。待看阶庭，蓝袍交映，奉板舆游戏。到得蟠桃，熟时归去，已三千岁。

奚　淢　　　醉蓬莱·会稽蓬莱阁怀古

又扁舟东下，水树青圆，雨榴红薄。燕子愁多，在重重帘幕。杖屦山阴，而今休更问，月尖眉约。双杏盟寒，七香珠堕，歌尘飘泊。　　莫倚危阑，怨深黄竹，一鹤归来，乱峰飞落。笑色凌波，任雾抽烟邈。飘渺生香池冷，湘水外，片云如削。昨夜离人，游仙梦远，天风吹觉。

王沂孙　　　醉蓬莱·归故山

扫西风门径，黄叶凋零，白云萧散。柳换枯阴，赋归来何晚。爽气霏霏，翠蛾眉妩，聊慰登临眼。故国如尘，故人如梦，登高还懒。　　数点寒英，为谁零落，楚魄难招，暮寒堪揽。步屧荒篱，谁念幽芳远。一室秋灯，一庭秋雨，更一声秋雁。试引芳樽，不知消得，几多依黯。

百　兰　　　醉蓬莱·怪柳吟翻雪

怪柳吟翻雪，梅笑冲寒，郁葱如彩。还是瑶池，宴神仙俦侣。罗幕轻掀，绣帘低揭，按霓裳宫羽。宝炷熏浓，佩环声颤，凤飞鸾舞。　　犹记年时，玉箫吹彻，并驾萧郎，共骖嬴女。旋捧麒麟，种旧家前武。政了摘星天上，早约个、嫦娥住。妆点华堂，双扶醉玉，黑颠如许。

伍梅城　　　醉蓬莱·寿郁梅埜

倚东风笑问，落红啼鴂，清明来未。小雨弄晴，做轻寒天气。南极光中，五云深处，人庆千秋岁。翡翠屏间，琉璃帘下，彩衣明媚。　　九老风流，五侯家数，如此乾坤，有人如此。天正烦君，作江南一瑞。世上今秦，山中古晋，尽不经吾意。但要牡丹，年年今日，伴人沉醉。

刘性初　　　醉蓬莱·喜首夏清和

喜首夏清和，槐绿成阴，榴红正朵。仙鹤蹁跹，来致千秋贺。南极长明，后天不老，瑞霭浮青琐。满树蟠桃，瑶池捧献，一年一颗。　　好敞亭台，剩添花柳，时醉时歌，时行时坐。受用黄庭，宝熟丹田火。晓对青山，日吟白发，尽功名江左。戏彩亭边，陶陶自得，有何不可。

无名氏　　　醉蓬莱·生朝日

见笋成新竹，燕教雏飞，画堂清昼。萱草榴花，遍小庭如绣。角簟纱厨，葛巾葵扇，正麦秋时候。玉麈生风，翛然隐几，香蟠金兽。　　又值生初，故乡何在，三楚云高，谩劳回首。睡起情怀，况渊明止酒。赖有宾朋，惠来相顾，尽一时英秀。旋涤瑶觞，重歌金缕，与公同寿。

无名氏　　　醉蓬莱·寿李侍郎

庆长庚协梦，仙李蟠根，挺生名世。粉省收声，早云霄自致。凤掖鸾台，荷囊簪笔，久要津历试。红旆颁春，碧油开府，出分忧寄。　　均逸真祠，左弧开宴，璧月光澄，玉炉烟细。漆发冰眸，揽浮丘仙袂。伫看九重，迅驰三节，诏促还丹陛。槐府凉生，榴樽香泛，年年欢醉。

此首别作李商英词

无名氏　　醉蓬莱·庆女人　五月十一

后端阳六日，梅雨收晴，乍炎天气。阿母当年，罢瑶池佳会。排遣双成，屏除青羽，自降居尘世。为帝生贤，储祥孕秀，作文章瑞。　　自古人言，陶孟母贤，文行曹家，衣冠苗裔。谁似夫人，子龙头鼎贵。此去相从，道山蓬岛，镇长生久视。却笑问平反，但不作，汉家严吏。

无名氏　　醉蓬莱·寿邑宰　九月初五

正香茱试紫，嫩菊敷黄，九秋佳致。峻岳生申，运启千龄瑞。玉宇澄清，金盘沆瀣，融结钟冲粹。地位须还，粉垣薇省，木天蓬秘。　　锦政慈祥，琴堂安静，万里丰年，一同和气。斗大雷封，难久蒙私惠。半刺平分，剡书交上，逸驾开骅骥。来岁称觞，人归清禁，班联丹陛。

无名氏　　醉蓬莱·寿张宰　九月廿八

望秋高梨岭，星下莆阳，庆生贤哲。问□□□，瑞蓂留两荚，小试宏才，暂劳凋邑，布阳春仁泽。庭有驯禽，村无吠犬，稻黄连陌。　　最是邦人，合掌顶戴，萱草年华，蟠桃春色。却笑仙翁，觅丹砂金诀。德满人间，诏来天上，看寿名俱得。岁岁霞觞，凤凰池畔，贺生辰节。

无名氏　醉蓬莱·寿龙图有父母　十一月初四

正霜融日暖，两两蓂开，阳生时候。喜见文星，上有箕星照。须信岳神，储降□□，诞作儒林秀。一举登科，蟾宫稳步，桂香满袖。　　天赋麒麟，奇骨尽羡，德耀宗盟，有谁居右。宠擢珍图，龙序褒勋厚。两郡棠阴，一封芝检，飞来到如□。结束曹装，入居黄阁，双亲未老。

无名氏　醉蓬莱·寿特奏官　十二月初二

看梅腮妆腊，柳眼缄春，小寒交候。蓂荚双开，庆生贤毓秀。早著蜚声，荣登鹗表，正是当年少。大器能藏，待当富贵，功名还就。　　暂试鸾栖，需期瓜约，未试经纶手。料想黄扉须有分，看玺书飞到。州县无劳，沙堤已筑，跃马长安道。岁岁今朝，斒斓品戏，举觞称寿。

醉 瑶 池

调见《截江网》卷六宋无名氏词。双调，五十八字。上片五句、四仄韵，下片四句、四仄韵。

无名氏　　醉瑶池　寿妇人

柳捻金丝花吐绣，蝶拍莺歌，来献天人寿。一点红黄眉上秀，玻璃满泛长生酒。　　丁祝遐龄天样久。年年岁岁笙歌奏。早晚郎君纡紫绶，归来色共斑衣斗。

辘轳金井

即《四犯翦梅花》。宋刘过词《辘轳金井》。详见《四犯翦梅花》条。

刘 过　　镴钅乍金井·席上赠马佥判舞姬

翠眉重扫，后房深、自唤小蛮娇小。绣带罗垂，报浓妆才了。堂虚夜悄，但依约、鼓箫声闹。一曲梅花，尊前舞彻，梨园新调。　　高阳醉、玉山未倒，看鞋飞凤翼，钗梁微袅。秋满东湖，更西风凉早。桃源路杳，记流水、泛舟曾到。桂子香浓，梧桐影转，月寒天晓。

撷芳词

《古今词话》："政和间，京师妓之姥，曾嫁伶官，常入内教舞，传禁中《撷芳词》以教其妓。人皆爱其声，又爱其词。类唐人所作。张尚书帅成都，蜀中传此词，竞唱之。却于前段下添'忆忆忆'三字，后段下添'得得得'三字。"因宫禁中有撷芳园，故名《撷芳词》。又名《摘红英》、《折红英》、《钗头凤》、《清商怨》、《惜分钗》、《玉珑璁》、《联珠炮》。有五十四字、五十八字、六十字等数体。其五十四字，上下片各七句、六仄韵；五十八字，上下片各九句、七仄韵、一叠韵；六十字，上下片各十句、三仄韵、四平韵、两叠韵等。

无名氏　　撷芳词·风摇荡

风摇荡，雨濛茸，翠条柔弱花头重。春衫窄，香肌湿。记得年时，共伊曾摘。　　都如梦，何曾共，可怜孤似钗头凤。关山隔，晚云碧。燕儿来也，又无消息。

撒金钱

调见《宣和遗事》卷上宋袁绹词。双调，六十八字。上片六句、五仄韵，下片七句、五仄韵。

袁 绹　　撒金钱·频瞻礼

频瞻礼，喜升平、又逢元宵佳致。鳌山高耸翠，对端门、珠玑交制。似嫦娥降仙宫，乍临凡世。　　恩露匀施，凭御栏、圣颜垂视。撒金钱，乱抛坠，万姓推抢没理会。告官里，这失仪、且与免罪。

题醉袖

即《踏莎行》，因贺铸词有“浓染吟毫，偷题醉袖”句，故更名为《题醉袖》。详见《踏莎行》条。

贺 铸　　题醉袖·浅黛宜颦

浅黛宜颦，明波欲溜，逢迎宛似平生旧。低鬟促坐认弦声，霞觞滟滟持为寿。　浓染吟毫，偷题醉袖，寸心百意分携后。不胜风月两厌厌，年来一样伤春瘦。

踏青游

调见苏轼词，因其词为踏青而作，且词中有“踏青游”句，故取以为调名。双调数体，有八十四字，上下片各九句、六仄韵为正体；亦有八十四字，上下片各九句、五仄韵为变体；还有八十三字，上片八句、六仄韵，下片八句、五仄韵为又一变体等。

王 诜　　踏青游·金勒狨鞍

金勒狨鞍，西城嫩寒春晓，路渐入、垂杨芳草。过平堤，穿绿径，几声啼鸟。是处里，谁家杏花临水，依约靓妆窥照。
极目高原，东风露桃烟岛，望十里、红围绿绕。更相将，乘酒兴，幽情多少。待向晚，从头记将归去，说与凤楼人道。

陈济翁　　踏青游·濯锦江头

濯锦江头，羞杀艳桃秾李，纵赵昌、丹青难比。晕轻红，留浅素，千娇百媚。照绿水，恰如下临鸾镜，妃子弄妆犹醉。
诗笔因循，不晓少陵深意。但满眼、伤春珠泪。燕来时，莺啼处，年年憔悴。便除是，秉烛凭阑吟赏，莫教夜深花睡。

苏　轼　　　　踏青游·□火初晴

□火初晴，绿遍禁池芳草，斗锦绣、火城驰道。踏青游，拾翠惜，袜罗弓小。莲步袅，腰肢佩兰轻妙，行过上林春好。

今困天涯，何限旧情相恼，念摇落、玉京寒早。任刘郎、目断蓬山难到。仙梦杳，良宵又过了，楼台万家清晓。

赵温之　　　　踏青游·竹外溪边

竹外溪边，一枝破寒冲腊，莹素肌、玉雕冰刻。赋闲标，足余韵，岂同常格。最风流，生来处处尽好，别得造化工力。

疏影幽香，意思迥然殊绝，算不枉、诗人分别。冻云深，凉月皎，愈增清冽。大潇洒，尤得静中雅趣，不许莺栖燕歇。

无名氏　　　　踏青游·岭上梅残

岭上梅残，堤畔柳眠娇小，绽数枝、横烟临沼。既大雅，且秾丽，繁而不扰。冒寒来，游蜂戏蝶尚阻，年年占得春早。

澹白轻红，清香迎芳道，更情与、碧天如扫。魏台妆，吴姬袖，妖妍多少。为传语，无言分付甘桃李，不比闲花浪草。

无名氏　　　　踏青游·游崔念四妓馆

识个人人，恰正二年欢会，似赌赛、六只浑四。向巫山、重重去，如鱼水，两情美。同倚画楼十二，倚了又还重倚。

两日不来，时时在人心里，拟问卜、常占归计。拚三八清斋，望永同鸳被。到梦里，蓦然被人惊觉，梦也有头无尾。

踏 莎 行

韩翃诗中有“踏莎行草过春溪”句，此调名即源于此。又名《喜朝天》、《柳长春》、《踏雪行》、《踏云行》、《转调踏莎行》、《江南曲》、《芳心苦》、《芳洲泊》、《平阳兴》、《度新声》、《思牛女》、《惜余春》、《梅花影》、《换巢鸾凤》、《阳羡歌》、《晕眉山》、《题醉袖》、《潇潇雨》、《零寿杖》。双调，有五十八字、六十四字、六十六字等数体。其五十八字，上下片各五句、三仄韵为正体；其六十四字，上下片各六句、四仄韵为变体。

寇　准　　　　踏莎行·春色将阑

春色将阑，莺声渐老，红英落尽青梅小。画堂人静雨濛濛，屏山半掩余香袅。　　密约沉沉，离情杳杳，菱花尘满慵将照。倚楼无语欲销魂，长空黯淡连芳草。

陈尧佐　　　　踏莎行·二社良辰

二社良辰，千家庭院，翩翩又见新来燕。凤凰巢稳许为邻，潇湘烟暝来何晚。　　乱入红楼，低飞绿岸，画梁时拂歌尘散。为谁归去为谁来，主人恩重珠帘卷。

张　先　　　　踏莎行·衾凤犹温

衾凤犹温，笼鹦尚睡，宿妆稀淡眉成字。映花避月上回廊，珠裙褶褶轻垂地。　　翠幕成波，新荷贴水，纷纷烟柳低还起。重墙绕院更重门，春风无路通深意。

张　先　　　　踏莎行·波湛横眸

波湛横眸，霞分腻脸，盈盈笑动笼香靥。有情未结凤楼欢，无憀爱把歌眉敛。　　密意欲传，娇羞未敢，斜偎象板还偷瞰。轻轻试问借人么，佯佯不觑云鬟点。

晏　殊　　　　踏莎行·细草愁烟

细草愁烟，幽花怯露，凭阑总是销魂处。日高深院静无人，时时海燕双飞去。　　带缓罗衣，香残蕙炷，天长不禁迢迢路。垂杨只解惹春风，何曾系得行人住。

晏　殊　　　　踏莎行·祖席离歌

祖席离歌，长亭别宴，香尘已隔犹回面。居人匹马映林嘶，行人去棹依波转。　　画阁魂消，高楼目断，斜阳只送平波远。无穷无尽是离愁，天涯地角寻思遍。

晏　殊　　　　踏莎行·碧海无波

碧海无波，瑶台有路，思量便合双飞去。当时轻别意中人，山长水远知何处。　　绮席凝尘，香闺掩雾，红笺小字凭谁附。高楼目尽欲黄昏，梧桐叶上萧萧雨。

晏　殊　　　　　踏莎行·绿树归莺

绿树归莺，雕梁别燕，春光一去如流电。当歌对酒莫沉吟，人生有限情无限。　　弱袂萦春，修蛾写怨，秦筝宝柱频移雁。尊中绿醑意中人，花朝月夜长相见。

晏　殊　　　　　踏莎行·小径红稀

小径红稀，芳郊绿遍，高台树色阴阴见。春风不解禁杨花，濛濛乱扑行人面。　　翠叶藏莺，朱帘隔燕，炉香静逐游丝转。一场愁梦酒醒时，斜阳却照深深院。

欧阳修　　　　　踏莎行·候馆梅残

候馆梅残，溪桥柳细，草薰风暖摇征辔。离愁渐远渐无穷，迢迢不断如春水。　　寸寸柔肠，盈盈粉泪，楼高莫近危阑倚。平芜尽处是春山，行人更在春山外。

欧阳修　　　　　踏莎行·雨霁风光

雨霁风光，春分天气，千花百卉争明媚。画梁新燕一双双，玉笼鹦鹉愁孤睡。　　薜荔依墙，莓苔满地，青楼几处歌声丽。蓦然旧事上心来，无言敛皱眉山翠。

此首别作杜安世词

欧阳修　　　　　踏莎行·碧藓回廊

碧藓回廊，绿杨深院，偷期夜入帘犹卷。照人无奈月华明，潜身却恨花深浅。　　密约如沉，前欢未便，看看掷尽金壶箭。阑干敲遍不应人，分明帘下闻裁剪。

欧阳修　　　　　踏莎行·云母屏低

云母屏低，流苏帐小，矮床薄被秋将晓。乍凉天气未寒时，平明窗外闻啼鸟。　　困殢榴花，香添蕙草，佳期须及朱颜好。莫言多病为多情，此身甘向情中老。

杜安世　　　　　踏莎行·雨霁风光

雨霁风光，春分天气，千花百草争明媚。画梁新燕一双双，玉笼鹦鹉爱孤睡。　　薜荔依墙，莓苔满地，青楼几处歌声丽。蓦然旧事上心头，无言敛皱眉山翠。

此首别作欧阳修词

杜安世　　踏莎行·夜雨朝晴

夜雨朝晴，东风微冷，雕梁燕子闲相并。后园次第数芳菲，千香百艳年年定。　步险楼高，人赊途迥，烟芜冉冉斜阳暝。红笺写尽寄无因，想伊不信人成病。

杜安世　　踏莎行·嫩柳成阴

嫩柳成阴，残花双舞，尘消院落新经雨。洞房深掩日长天，珠帘时有沉烟度。　夜梦凄凉，晨妆薄注，香肌瘦尽宽金缕。到头终是恶因缘，当初只被多情误。

杜安世　　踏莎行·闲院秋千

闲院秋千，又还拆了，绿苔遍地青春老。画楼日晚燕归巢，红稀翠盛梅初小。　窈窕身轻，怎禁烦恼，罗衣渐减怯风峭。韶华好景想多才，厌厌只为书音少。

韩　绛　　踏莎行·嵩峤云高

嵩峤云高，洛川波暖，举头乔木森无断。□□□雨绝风尘，小桥频过春渠满。　□□离宫，□棱斗焕，万家罗绮多游伴。□□□□自风□，□□是处喧弦管。

韩　维　　踏莎行·次韵范景仁寄子华

归雁低空，游蜂趁暖，凭高目向西云断。具茨山外夕阳多，展江亭下春波满。　双桂情深，千花明焕，良辰谁是同游伴。辛夷花谢早梅开，应须次第调弦管。

苏　氏　　踏莎行·寄姊妹

孤馆深沉，晓寒天气，解鞍独自阑干倚。暗香浮动月黄昏，落梅风送沾衣袂。　待写红笺，凭谁与寄，先教觅取嬉游地。到家正是早春时，小桃花下拚沉醉。

刘　敞　　踏莎行·蜡炬高高

蜡炬高高，龙烟细细，玉楼十二门初闭。疏帘不卷水晶寒，小屏半掩琉璃翠。　　桃叶新声，榴花美味，南山宾客东山妓。利名不肯放人闲，忙中偷取工夫醉。

沈　注　　　　踏莎行·赠杨蟠

竹阁云深，巢虚人阒，几年湖上音尘寂。风流今有使君家，月明夜夜闻双笛。（下缺）

晏几道　　　　踏莎行·柳上烟归

柳上烟归，池南雪尽，东风渐有繁华信。花开花谢蝶应知，春来春去莺能问。　　梦意犹疑，心期欲近，云笺字字萦方寸。宿妆曾比杏腮红，忆人细把香英认。

晏几道　　　　踏莎行·宿雨收尘

宿雨收尘，朝霞破暝，风光暗许花期定。玉人呵手试妆时，粉香帘幕阴阴静。　　斜雁朱弦，孤鸾绿镜，伤春误了寻芳兴。去年今日杏墙西，啼莺唤得闲愁醒。

晏几道　　　　踏莎行·绿径穿花

绿径穿花，红楼压水，寻芳误到蓬莱地。玉颜人是蕊珠仙，相逢展尽双蛾翠。　　梦草闲眠，流觞浅醉，一春总见瀛洲事。别来双燕又西飞，无端不寄相思字。

晏几道　　　　踏莎行·雪尽寒轻

雪尽寒轻，月斜烟重，清欢犹记前时共。迎风朱户背灯开，拂檐花影侵帘动。　　绣枕双鸳，香苞翠凤，从来往事都如梦。伤心最是醉归时，眼前少个人人送。

苏　轼　　　　踏莎行·山秀芙蓉

山秀芙蓉，溪明罨画，真游洞穴沧波下。临风慨想斩蛟灵，长桥千载犹横跨。　　解佩投簪，求田问舍，黄鸡白酒渔樵社。元龙非复少时豪，耳根洗尽功名话。

此首别作贺铸词

苏　轼　　　　踏莎行·这个秃奴

这个秃奴，修行忒煞，云山顶上空持戒。一从迷恋玉楼人，鹑衣百结浑无奈。　　毒手伤人，花容粉碎，空空色色今何在。臂间刺道苦相思，这回还了相思债。

李之仪　　踏莎行·绿遍东山

绿遍东山，寒归西渡，分明认得春来处。风轻雨细更愁人，高唐何在空朝暮。　　离恨相寻，酒狂无素，柳条又折年时数。一番情味有谁知，断魂还送征帆去。

李之仪　　踏莎行·还是归来

还是归来，依前问渡，好风引到经行处。几声啼鸟又催耕，草长柳暗春将暮。　　潦倒无成，疏慵有素，且陪野老酬天数。多情惟有面前山，不随潮水来还去。

李之仪　　踏莎行·紫燕衔泥

紫燕衔泥，黄莺唤友，可人春色暄晴昼。王孙一去杳无音，断肠最是黄昏后。　　宝髻慵梳，玉钗斜溜，凭阑目断空回首。薄情何事不归来，谩教折尽庭前柳。

李之仪　　踏莎行·一别芳容

一别芳容，五经寒暑，回文欲寄无鳞羽。多情犹自梦中来，向人粉泪流如雨。　　梦破南窗，愁肠万缕，那听角动城头鼓。人生弹指事成空，断魂惆怅无寻处。

黄庭坚　　踏莎行·画鼓催春

画鼓催春，蛮歌走饷，雨前一焙谁争长。低株摘尽到高株，株株别是闽溪样。　　碾破春风，香凝午帐，银瓶雪滚翻成浪。今宵无睡酒醒时，摩围影在秋江上。

黄庭坚　　踏莎行·临水夭桃

临水夭桃，倚墙繁李，长杨风掉青骢尾。尊中有酒且酬春，更寻何处无愁地。　　明日重来，落花如绮，芭蕉渐展山公启。欲笺心事寄天公，教人长对花前醉。

晁端礼　　踏莎行·萱草栏干

萱草栏干，榴花庭院，悄人无语重帘卷。屏山掩梦不多时，斜风雨细江南岸。　昼漏初传，林莺百啭，日长暗记残香篆。洞房消息有谁知，几回欲问梁间燕。

晁端礼　踏莎行·柳暗重门

柳暗重门，花深小院，盆池昨夜新荷卷。银床斜倚小屏风，吴波澄淡春山远。　纨扇风轻，薰炉烟断，日高睡起眉山浅。尘侵鸾镜懒匀妆，谁人与整钗头燕。

晁端礼　踏莎行·衰柳残荷

衰柳残荷，长山远水，扁舟荡漾烟波里。离杯莫厌百分斟，船头转便三千里。　红日初斜，西风渐起，琵琶休洒青衫泪。区区游宦亦何为，林泉早作归来计。

晁端礼　踏莎行·骂女嗔男

骂女嗔男，呼奴喝爪，新来司户多心躁。家中幸自好熙熙，眉儿皱著干烦恼。　饱喜饥嗔，多愁早老，古人言语分明道。剩须将息少孜煎，人生万事何时了。

秦　观　踏莎行·雾失楼台

雾失楼台，月迷津渡，桃源望断无寻处。可堪孤馆闭春寒，杜鹃声里斜阳暮。　驿寄梅花，鱼传尺素，砌成此恨无重数。郴江幸自绕郴山，为谁流下潇湘去。

秦　观　踏莎行·冰解芳塘

冰解芳塘，雪消遥嶂，东风水墨生绡障。烧痕一夜遍天涯，多情莫向空城望。　淡柳桥边，疏梅溪上，无人会得春来况。风光输与两鸳鸯，暖滩晴日眠相向。

秦　观　踏莎行·上巳日过华严寺

昨日清明，今朝上巳，莺花著意催春事。东风不管倦游人，一齐吹过城南寺。　沂水行歌，兰亭修禊，韶光曾见风流士。而今临水漫含情，暮云目断空迢递。

秦　观　踏莎行·晓树啼莺

晓树啼莺，晴洲落雁，酒旗风飐村烟淡。山田过雨正宜耕，畦塍处处春泉漫。　　踏翠郊原，寻芳野涧，风流旧事嗟云散。楚山谁遣送愁来，夕阳回首青无限。

仲　殊　　　　踏莎行·浓润侵衣

浓润侵衣，暗香飘砌，雨中花色添憔悴。凤鞋湿透立多时，不言不语厌厌地。　　眉上新愁，手中文字，因何不倩鳞鸿寄。想伊只诉薄情人，官中谁管闲公事。

仲　殊　　　　踏莎行·峻岳储灵

峻岳储灵，仙才命世，一枝便折东堂桂。丹霄岐路出蓬瀛，荀池便是翱翔地。　　香吐金猊，樽浮绿蚁，笙歌燕喜簪缨贵。松椿愿副况廷心，盐梅更待和羹味。

仲　殊　　　　踏莎行·德感元精

德感元精，岳方孕秀，才明渊智神兼授。飞鸣早应舜韶来，五符千骑难淹久。　　熊梦开祥，龟文献寿，龙香卷雾摇东斗。南天为现老人星，一时顶礼抬双袖。

陈师道　　　　踏莎行·红上花梢

红上花梢，风传梅信，青春欲动群芳竞。林声鸟语带余寒，江光野色开游径。　　乍雨还晴，暄寒不定，重门深院帘帷静。又还日日唤愁生，到谁准拟风流病。

阮　阅　　　　踏莎行·和田守

驿使初回，新阳才报，时和倍觉青春早。华灯和月拥朱轓，花间万点寒星小。　　团扇歌清，重茵舞妙，游人只恐归来悄。明年亲侍辇舆行，未应肯记濡须好。

谢　逸　　　　踏莎行·柳絮风轻

柳絮风轻，梨花雨细，春阴院落帘垂地。碧溪影里小桥横，青帘市上孤烟起。　　镜约关情，琴心破睡，轻寒漠漠侵鸳被。酒醒霞散脸边红，梦回山蹙眉间翠。

毛　滂　踏莎行·陈兴宗夜集，俾爱姬出幕

天质婵娟，妆光荡漾，御酥做出花模样。夭桃繁杏本妖妍，文鸳彩凤能偎傍。　　艾绿浓香，鹅黄新酿，绿云清切歌声上。夜寒不近绣芙蓉，醉中只觉春相向。

毛　滂　　踏莎行·会宗园初见梅花

映竹幽妍，临池娟靓，芳苞先暖香初娠。南枝微弄雪精神，东君早寄春音信。　　奔月仙标，乘烟远韵，玉台粉点和酥凝。从来清瘦可禁寒，为谁早把霞衣褪。

毛　滂　　踏莎行·蜡梅

粟玉玲珑，雍酥浮动，芳跗染得胭脂重。风前兰麝作香寒，枝头烟雪和春冻。　　蜂翅初开，蜜房香弄，佳人寒睡愁和梦。鹅黄衫子茜罗裙，风流不与江梅共。

毛　滂　　踏莎行·正月五日定空寺观梅

景泮冰檐，情回瑶草，副能守得春来到。管曾独自索春怜，而今觑著东风笑。　　粉凝酥寒，云房睡觉，胭脂也不添些小。天真要与此花争，是伊占得春多少。

毛　滂　　踏莎行·元夕

拨雪寻春，烧灯续昼，暗香院落梅开后。无端夜色欲遮春，天教月上官桥柳。　　花市无尘，朱门如绣，娇云瑞雾笼星斗。沉香火冷小妆残，半衾轻梦浓如酒。

毛　滂　　踏莎行·早春即事

阶影红迟，柳苞黄遍，纤云弄日阴晴半。重帘不卷篆香横，小花初破春丛浅。　　风绣犹重，鸭炉长暖，屏山翠入江南远。醉轻梦短枕闲敧，绿窗窈窕风光转。

毛　滂　　踏莎行·追往事

芳气霏微，薄衣料峭，何人正倚桃花笑。流红不出武陵溪，这回空与春风到。　　尊俎全稀，风情终较，安仁老也谁知道。碧云无信失秦楼，旧时明月犹相照。

毛　滂　　踏莎行·中秋玩月

碧树阴圆，绿阶露满，金波潋滟堆瑶盏。行云会事不飞来，长空一片琉璃浅。　　玉燕钗寒，藕丝袖冷，只应未倚阑干遍。随人全不似婵娟，桂花影里年年见。

曹希蕴　　　踏莎行·灯花

解遣愁人，能添喜气，些儿好事先施力。画堂深处伴妖娆，绛纱笼里丹砂赤。　　有艳难留，无根怎觅，几回不忍轻轻别。玉人曾向耳边言，花有信、人无的。

吴则礼　　　踏莎行·晚春

一片花飞，青春已减，可堪南陌红千点。生憎杨柳要藏鸦，东风只遣横笳怨。　　看定新巢，初怜语燕，游丝正把残英罥。酒尊也会不相违，风光本自同流转。

徐　俯　　　踏莎行·素景将阑

素景将阑，黄花初笑，登高一望秋天杳。邀宾携妓数能来，醉中赢得闲多少。　　佳气氤氲，飞云缥缈，竹林更着清江绕。高歌屡舞莫催人，华筵直待华灯照。

徐　俯　　　踏莎行·画栋风生

画栋风生，绣筵花绕，层台胜日频高眺。清辉爽气自娱人，何妨称意开颜笑。　　水碧无穷，山青未了，斜阳浦口归帆少。云鬟烟鬓只供愁，琵琶更作相思调。

徐　俯　　　踏莎行·玉露团花

玉露团花，金风破雾，高台与上晴空去。举杯相属看前山，烟中乱叠青无数。　　皓齿明眸，肌香体素，恼人正在秋波注。因何欲雨又还晴，歌声遏得行云住。

欧阳珣　　　踏莎行·雁字成行

雁字成行，角声悲送，无端又作长安梦。青衫小帽这回来，安仁两鬓秋霜重。　　孤馆灯残，小楼钟动，马蹄踏破前村冻。平生牵系为浮名，名垂万古知何用。

刘一止　　　踏莎行·游凤凰台

二水中分，三山半落，风云气象通寥廓。少年怀古有新诗，清愁不是伤春作。　　六代豪华，一时燕乐，从教雨打风吹却。与君携酒近阑干，月明满地天无幕。

刘一止　　　　踏莎行·淡月精神

淡月精神，疏梅风韵，粉香融脸胭脂润。袖痕犹带玉虬烟，六朝窄样裁宫锦。　　眉黛分愁，眼波传信，酒阑画烛交红影。有期无定却瞋人，索强我早谙伊性。

赵温之　　　　踏莎行·妖艳相偎

妖艳相偎，清香交喷，花王尤喜来亲迎。有如二女事唐虞，群芳休更夸相并。　　小雨资娇，轻风借润，天应知我怜孤韵。莫惊岁岁有双葩，仪真自古风流郡。

朱敦儒　　　　踏莎行·太易生日

梅倚江娥，日舒宫线，老人星唤群仙宴。泛杯玉友暖飞浮，堆盘金橘光零乱。　　听命宽心，随缘适愿，痴狂赢取身长健。醉中等看碧桃春，尊前莫问蓬莱浅。

朱敦儒　　　　踏莎行·送子权赴藤

花涨藤江，草熏鸭步，锦帆兰棹分春去。二翁元是一溪云，暂为山北山南雨。　　绿酒多斟，白须休觑，飞丹约定烟霞侣。与君先占赤城春，回桡早趁桃源路。

周紫芝　　　　踏莎行·和人赋双鱼花

风翠轻翻，雾红深注，鸳鸯池畔双鱼树。合欢风子也多情，飞来连理枝头住。　　欲付浓愁，深凭尺素，戏鱼波上无寻处。教谁试与问花看，如何寄得香笺去。

周紫芝　　　　踏莎行·燕子归来

燕子归来，梅花又落，缃桃雨后燕支薄。眼前先自许多愁，斜阳更在春池阁。　　梦里新欢，年时旧约，日长院静空帘幕。几回猛待不思量，抬头又是思量著。

周紫芝　　　　踏莎行·谢人寄梅花

鹊报寒枝，鱼传尺素，晴香暗与风微度。故人还寄陇头梅，凭谁为作梅花赋。　　柳外朱桥，竹边深坞，何时却向君家去。便须倩月与徘徊，无人留得花常住。

周紫芝　　踏莎行·情似游丝

情似游丝，人如飞絮，泪珠阁定空相觑。一溪烟柳万丝垂，无因系得兰舟住。　　雁过斜阳，草迷烟渚，如今已是愁无数。明朝且做莫思量，如何过得今宵去。

侯彭老　　踏莎行·十二封章

十二封章，三千里路，当年走遍东西府。时人莫讶出都忙，官家送我归乡去。　　三诏出山，一言悟主，古人料得皆虚语。太平朝野总多欢，江湖幸有宽闲处。

吕本中　　踏莎行·雪似梅花

雪似梅花，梅花似雪，似和不似都奇绝。恼人风味阿谁知，请君问取南楼月。　　记得旧时，探梅时节，老来旧事无人说。为谁醉倒为谁醒，到今犹恨轻离别。

向子諲　　踏莎行·政和丙申九江道中

霭霭朝云，矜春态度，楚宫梦断寻无路。欲将尊酒遣新愁，谁知引到愁深处。　　不尽长江，无边细雨，只疑都把愁来做。西山总不解遮栏，随春直过东湖去。

蔡　伸　　踏莎行·佩解江皋

佩解江皋，魂消南浦，人生惟有别离苦。别时容易见时难，算来却是无情语。　　百计留君，留君不住，留君不住君须去。望君频问梦中来，免教肠断巫山雨。

蔡　伸　　踏莎行·如是我闻

泰妓胡芳来常隶籍，以其端严如木偶，人因目之为佛，乃作是云

如是我闻，金仙出世，一超直入如来地。慈悲方便济群生，端严妙相谁能比。　　四众归依，悉皆欢喜，有情同赴龙华会。无忧帐里结良缘，摩诃修哩修修哩。

蔡　伸　　　踏莎行·客里光阴

客里光阴，伤离情味，玉觞未举心先醉。临岐莫怪苦留连，樯乌转处人千里。　恨写新声，云笺密寄，短封难尽心中事。凭君看取纸痕斑，分明总是离人泪。

蔡　伸　　　踏莎行·题团扇

落日归云，寒空断雁，吴波浅淡山平远。丹青写出在霜缣，佳人特地裁团扇。　渔艇孤烟，酒旗幽院，些儿景趣君休羡。五湖归去共扁舟，何如早早酬深愿。

蔡　伸　　　踏莎行·水满青钱

水满青钱，烟滋翠葆，残英满地无人扫。先来羁思乱如云，无端更被春酲恼。　叠叠遥山，绵绵远道，凭阑满目唯芳草。莫惊青鬓点秋霜，卢郎已分愁中老。

蔡　伸　　　踏莎行·赠光严道人

玉质孤高，天姿明慧，了无一点尘凡气。白莲空殿锁幽芳，亭亭独占秋光里。　一切见闻，不可思议，我今有分亲瞻礼。愿垂方便济众生，他时同赴龙华会。

王以宁　　　踏莎行·梦褥光宗

梦褥光宗，河东右族，向来到耳声华熟。游从两世记金兰，风流二阮居南北。　今夕何辰，相亲灯烛，一廛我愿依韦曲。长君未可赋骊驹，山人莫为蒲轮促。

王以宁　　　踏莎行·我自山中

我自山中，渔樵冷族，一丘一壑平生熟。竭来江海寄余生，心兵语阱频奔北。　九里灵河，十分光烛，分辉借润须邻曲。柳家兄弟莫瞋人，狂奴小户元低促。

王以宁　　　踏莎行·位正三槐

位正三槐，光生九族，人间一梦黄粱熟。迩来荆楚地行仙，卜居深在延原北。　笑问从前，谁调玉烛，当筵鲍老那能曲。山中饮酒是生涯，欲归未果成烦促。

谢明远　　踏莎行·楚树芊绵

楚树芊绵，江云芜漫，晓风吹堕梅千片。惊禽飞去响春空，平沙月落光零乱。　人意伤离，物华惊换，武夷此去如天远。临分为我少留连，柳条独在江南岸。

张　焘　　踏莎行·阳复寒根

阳复寒根，气回枯杆，前村昨夜梅初绽。谁言造化没偏颇，半开何独南枝暖。　素艳幽轻，清香远散，雪中岂恨和羹晚。不知何处误东君，至今不使春拘管。

欧阳澈　　踏莎行·雁字书空

雁字书空，橘星垂槛，江天水墨秋光晚。香丝袅袅祝尧年，公庭锡宴挥金碗。　醉索蛮笺，狂吟象管，珠玑灿灿惊人眼。遏云更倩雪儿歌，从教拍碎红牙板。

欧阳澈　　踏莎行·罗幕风轻

罗幕风轻，水沉烟细，杯行笑拥东山妓。酬歌何惜锦缠头，清音暗绕梁尘起。　银甲弹筝，碧桃荐味，举觞飞白拚沉醉。花窗弄月晚归来，门迎蜡炬笙箫沸。

杨无咎　　踏莎行·灯月交光

灯月交光，笙簧递响，繁华依旧升平样。心期休卜紫姑神，文章曾照青藜杖。　歌落梁尘，酒摇鳞浪，暂还南国同邀赏。明年侍辇向端门，却瞻日表青霄上。

史　浩　　踏莎行·歌舌莺娇

郑开府出示诸公所赋琵琶词，即席次韵

歌舌莺娇，舞腰蜂细，华堂是处皆颐指。四弦独擅席中春，移船出塞声能继。　慢捻幽情，轻拢柔思，其在有口传心事。主人灯火下楼时，偏渠领略深深意。

曾　觌　　踏莎行·翠幄成阴

翠幄成阴，谁家帘幕，绮罗香拥处、觥筹错。清和将近，□春寒更薄，高歌看簌簌、梁尘落。　好景良辰，人生行乐，金杯无奈是、苦相虐。残红飞尽，袅垂杨轻弱，来岁断不负、莺花约。

曾　觌　　　踏莎行·和材甫听弹琵琶作

风翼双双，金泥细细，四弦斜抱拢纤指。紫檀香暖转春雷，嘈嘈切切声相继。　　弱柳腰肢，轻云情思，曲中多少风流事。红牙拍碎少年心，可怜辜负尊前意。

曾　协　　　踏莎行·春归怨别

柳眼传情，花心蹙恨，春风处处关方寸。朱帘卷尽画屏闲，云鬟半亸罗衣褪。　　燕语莺啼，日长人困，鱼沉雁断无音信。琵琶声乱篆烟斜，寸肠欲断无人问。

张　抡　　　踏莎行·山居十首之一

朝锁烟霏，暮凝空翠，千峰迥立层霄外。阴晴变化百千般，丹青难写天然态。　　人住山中，年华频改，山花落尽山长在。浮生一梦几多时，有谁得似青山耐。

张　抡　　　踏莎行·山居十首之二

一道飞泉，来从何许，空山积翠无人处。潺湲时和七弦琴，溟濛忽散千岩雨。　　不问春秋，何拘今古，清音一听忘千虑。缨尘濯尽百神闲，飘然襟袖思轻举。

张　抡　　　踏莎行·山居十首之三

一片闲云，山头初起，飘然直上虚空里。残虹收雨耸奇峰，春晴鹤舞丹霄外。　　出岫无心，为霖何意，都缘行止难拘系。幽人心已与云闲，逍遥自在谁能累。

张　抡　　　踏莎行·山居十首之四

人远山深，草□□□，□□□□天真性。□□□长在山中，肯□□□□□□□。　　□似幽□，□□心尽，超然心□□□隐。□□□水作生涯，百年甘守空山静。

张　抡　　　踏莎行·山居十首之五

堪笑山中，春来风景，一声啼鸟烟林静。山泉风暖奏笙簧，山花雨过开云锦。　　短棹桃溪，瘦藤兰径，独来独往乘幽兴。韶光回首即成空，及时乐取逍遥性。

张　抡　　　踏莎行·山居十首之六

人问山中，因何无暑，山堂恰在山深处。藤阴满地走龙蛇，泉声万壑鸣风雨。　　且弄青松，休挥白羽，相逢况有烟霞侣。长天一任火云飞，夜凉踏月相将去。

张　抡　　　踏莎行·山居十首之七

秋入云山，物情潇洒，百般景物堪图画。丹枫万叶碧云边，黄花千点幽岩下。　　已喜佳辰，更怜清夜，一轮明月林梢挂。松醪常与野人期，忘形共说清闲话。

张　抡　　　踏莎行·山居十首之八

雪拥群峰，静□□□，□□□□□居□。□□破壳粟黄香，柴□□□□□□□。　　□□□□，□和衣倒，寂寥气□□君好。□□□贵足人争，山中恬淡能长保。

张　抡　　　踏莎行·山居十首之九

割断凡缘，心安神定，山中采药修身命。青松林下茯苓多，白云深处黄精盛。　　百味甘香，一身清净，吾生可保长无病。八珍五鼎不须贪，荤膻浊乱人情性。

张　抡　　　踏莎行·山居十首之十

身世浮沤，利名缰锁，省来万事都齐可。寻花时傍碧溪行，看云独倚青松坐。　　云片飞飞，花枝朵朵，光阴且向闲中过。世间萧散更何人，除非明月清风我。

侯　寘　　踏莎行·壬午元宵戏呈元汝功参议

元夕风光，中兴时候，东风著意催梅柳。谁家银字小笙簧，倚阑度曲黄昏后。　　拨雪张灯，解衣贯酒，觚棱金碧闻依旧。明年何处看升平，景龙门下灯如昼。

侯　寘　　　踏莎行·约云庵寻梅

雪意初浓，云情已厚，黄昏散尽扶头酒。不知墙外夜来梅，忍寒添得疏花否。　　休更熏香，且同携手，从教策策轻寒透。亭儿直下玉生烟，暗香归去沾襟袖。

姚　宽　　　　踏莎行·秋思

蘋叶烟深，荷花露湿，碧芦红蓼秋风急。采菱渡口日将沉，飞鸿楼上人空立。　　彩凤难双，红绡暗泣，回纹未剪吴刀涩。梦云归处不留踪，厌厌一夜凉蟾入。

李流谦　　　　踏莎行·灵泉重阳作

菊露晴黄，枫霜晚翠，重阳气候偏如此。异乡牢落怕登临，吾家落照飞云是。　　举扇尘低，脱巾风细，灵苗医得人憔悴。灯前点检欠谁人，惟有断鸿知此意。

洪　迈　　　　踏莎行·院落深沉

院落深沉，池塘寂静，帘钩卷上梨花影。宝筝拈得雁难寻，篆香消尽山空冷。　　钗凤斜欹，鬓蝉不整，残红立褪慵看镜。杜鹃啼月一声声，等闲又是三春尽。

袁去华　　　　踏莎行·醉捻黄花

醉捻黄花，笑持白羽，秋江绿涨迷平楚。燕鸿曾寄去年书，汉皋不记来时路。　　天际归舟，云中烟树，兰成憔悴愁难赋。香囊钿合忍重看，风裳水佩寻无处。

向　滈　　　　踏莎行·万水千山

万水千山，两头三绪，凭高望断迢迢路。钱塘江上客归迟，落花流水青春暮。　　步步金莲，朝朝琼树，目前都是伤心处。飞鸿过尽没书来，梦魂依旧阳台雨。

李　洪　　踏莎行·送新城交代李达善

红药香残，绿筠粉嫩，春归何处寻春信。绣鞍初上马蹄轻，举头便觉长安近。　　别酒无情，啼妆有恨，山城向晚斜阳褪。清江极目带寒烟，锦鳞去后凭谁问。

张孝祥　　　　踏莎行·杨柳东风

杨柳东风，海棠春雨，清愁冉冉无来处。曲径惊飞蛱蝶从，回塘冻湿鸳鸯侣。　　舞彻霓裳，歌残金缕，蘼芜白芷愁烟渚。不识阳台梦里云，试听华表归来语。

张孝祥　　踏莎行·洛下根株

长沙牡丹花极小，戏作此词，并以二枝为伯承、钦夫诸兄一觞之荐

洛下根株，江南栽种，天香国色千金重。花边三阁建康春，风前十里扬州梦。　　油壁轻车，青丝短鞚，看花日日催宾从。而今何许定王城，一枝且为邻翁送。

张孝祥　　踏莎行·荆南作

旋葺荒园，初开小径，物华还与东风竞。曲槛晖晖落照明，高城冉冉孤烟暝。　　柳色金寒，梅花雪静，道人随处成幽兴。一杯不惜小淹留，归期已理沧浪艇。

张孝祥　　踏莎行·万里扁舟

万里扁舟，五年三至，故人相见尤堪喜。山阴乘兴不须回，毗耶问疾难为对。　　不药身轻，高谈心会，匆匆我又成归计。它时江海肯相寻，绿蓑青箬看清贵。

张孝祥　　踏莎行·五月十三日月甚佳

藕叶池塘，榕阴庭院，年时好月今宵见。云鬟玉臂共清寒，冰绡雾縠谁裁剪。　　扑粉□绵，侵尘宝扇，遥知掩抑成凄怨。去程何许是归程，离觞为我深深劝。

张孝祥　　踏莎行·送别刘子思

古屋丛祠，孤舟野渡，长年与客分携处。漠漠愁阴岭上云，萧萧别意溪边树。　　我已北归，君方南去，天涯客里多岐路。须君早出瘴烟来，江南山色青无数。

张孝祥　　踏莎行·寿黄坚叟并以送行

时雨初晴，诏书随至，邦人父老为君喜。十年江海始归来，祥曦殿里搀班对。　　日月开明，风云感会，切须稳上平戎计。天教慈母寿无穷，看君黄发腰金贵。

张孝祥　　　　踏莎行·为朱漕寿

桂岭南边，湘江东畔，三年两见生申旦。知君心地与天通，天教仙骨年年换。　　趁此秋风，乘槎霄汉，看看黄纸书来唤。但令丹鼎汞频添，莫辞酒盏春无算。

丁求安　　　　踏莎行·风卷霜浓

风卷霜浓，寒销冰谢，一年皎月惟今夜。桑弧蓬矢庆门阑，云旌羽盖连车马。　　命服新翻，恩波如泻，海沂致锦传声价。晓来和气着梅梢，春随温诏看看下。

丁求安　　　　踏莎行·紫府延龄

紫府延龄，瑶池开宴，人间好事都如愿。凤雏喜带桂宫香，东床镇压鸾台彦。　　酒泛金杯，香飘龙篆，大家齐把瑶觞献。中兴天子急贤才，相期共入金銮殿。

赵长卿　　　　踏莎行·春暮

柳暗披风，桑柔宿雨，一番绿遍江头树。莺花已过苦无多，看看又是春归去。　　病酒情怀，光阴如许，闲愁俏没安排处。新来著意与兜笼，身心苦役伊知否。

赵长卿　　　　踏莎行·夜凉

树影将圆，林梢不动，汗珠挹透纱衣重。荷风忽送雨飞来，晚凉习习生幽梦。　　珠箔高钩，瑶琴闲弄，移樽邀取婵娟共。今宵拚著醉眠呵，夜香闻早添金凤。

王　炎　　　　踏莎行·木落天寒

木落天寒，年华又暮，老来多病须调护。诗编酒榼总无缘，闲中赢得瞢腾睡。　　尘暗犀梳，香消翠被，悄无音信来青羽。新愁正上自眉峰，黄昏庭院潇潇雨。

辛弃疾　　　　踏莎行·赋稼轩，集经句

进退存亡，行藏用舍，小人请学樊须稼。衡门之下可栖迟，日之夕矣牛羊下。　　去卫灵公，遭桓司马，东西南北之人也。长沮桀溺耦而耕，丘何为是栖栖者。

辛弃疾　　踏莎行·庚戌中秋后二夕带湖篆冈小酌

夜月楼台，秋香院宇，笑吟吟地人来去。是谁秋到便凄凉，当年宋玉悲如许。　　随分杯盘，等闲歌舞，问他有甚堪悲处。思量却也有悲时，重阳节近多风雨。

辛弃疾　　踏莎行·赋木樨

弄影阑干，吹香岩谷，枝枝点点黄金粟。未堪收拾付薰炉，窗前且把离骚读。　　奴仆葵花，儿曹金菊，一秋风露清凉足。傍边只欠个姮娥，分明身在蟾宫宿。

辛弃疾　　踏莎行·和赵国兴知录韵

吾道悠悠，忧心悄悄，最无聊处秋光到。西风林外有啼鸦，斜阳山下多衰草。　　长忆商山，当年四老，尘埃也走咸阳道。为谁书到便幡然，至今此意无人晓。

辛弃疾　　踏莎行·春日有感

萱草齐阶，芭蕉弄叶，乱红点点团香蝶。过墙一阵海棠风，隔帘几处梨花雪。　　愁满芳心，酒潮红颊，年年此际伤离别。不妨横管小楼中，夜阑吹断千山月。

石孝友　　踏莎行·沉水销红

沉水销红，屏山掩素，锁窗醉枕惊眠处。芰荷香里散秋风，芭蕉叶上鸣秋雨。　　飞阁愁登，倚阑凝伫，孤鸿影没江天暮。行云懒寄好音来，断云暗逐斜阳去。

石孝友　　踏莎行·钗凤摇金

钗凤摇金，髻螺分翠，铢衣稳束宫腰细。绿柔红小不禁风，海棠无力贪春睡。　　剪水精神，怯春情意，霓裳一曲当时事。五陵年少本多情，为何特地添憔悴。

刘光祖　　踏莎行·春暮

扫径花零，闭门春晚，恨长无奈东风短。起来消息探荼蘼，雪条玉蕊都开遍。　　晚月魂清，夕阳香远，故山别后谁拘管。多情于此更情多，一枝嗅罢还重捻。

赵师侠　　踏莎行·白雪开残

白雪开残，红云吹尽，园林新绿迷芳径。榆钱不解买青春，随风乱点苍苔晕。　紫燕飞忙，黄鹂声嫩，日长烟暖游蜂困。凭高念远思无穷，那堪宿酒厌厌病。

赵师侠　　踏莎行·万事随缘

万事随缘，一身须正，功名富贵皆前定。多图广计要争强，如何人力将天胜。　枉费机谋，徒劳奔竞，到头毕竟由他命。安时处顺得心闲，饥餐困寝亏贤甚。

陈　亮　　踏莎行·怀叶八十推官

书册如仇，旧游浑讳，有怀不断人应异。千山上去梦魂轻，片帆似下蛮溪水。　已共酒杯，长坚海誓，见君忽忘花前醉。从来解事苦无多，不知解到毫芒未。

杨炎正　　踏莎行·宿鹭栖身

宿鹭栖身，飞鸿点泪，不堪更是重阳到。一襟无处著凄凉，倚栏看尽斜阳倒。　瘦减难丰，悲伤易老，淡觞消得黄花笑。画眉人去玉蓖存，浓愁如黛凭谁扫。

卢　炳　　踏莎行·秋色人家

秋色人家，夕阳洲渚，西风催过黄华渡。江烟引素忽飞来，水禽破暝双双去。　奔走红尘，栖迟羁旅，断肠犹忆江南句。白云低处雁回峰，明朝便踏潇湘路。

卢　炳　　踏莎行·猎猎霜风

过黄花渡，沽白酒，因成，呈天休

猎猎霜风，濛濛晓雾，归来喜踏江南路。千林翠幄半红黄，试看青女工夫做。　茅舍疏篱，竹边低户，谁家酒滴真珠露。旋酤一戟破清寒，趁晴同过黄花渡。

卢　炳　　踏莎行·雅淡容仪

雅淡容仪，温柔情性，偏伊赋得多风韵。明眸剪水玉为肌，凤鞋弓小金莲衬。　相见虽频，欢娱无定，蛮笺写了凭谁问。坚心好事有成时，须教人道都相称。

姜　夔　　　踏莎行·燕燕轻盈

自沔东来，丁未元日至金陵，江上感梦而作

燕燕轻盈，莺莺娇软，分明又向华胥见。夜长争得薄情知，春初早被相思染。　别后书辞，别时针线，离魂暗逐郎行远。淮南皓月冷千山，冥冥归去无人管。

郭应祥　　　踏莎行·鹦离风尘

鹦离风尘，燕辞门户，翩然举翮轻飞去。当初自恨探春迟，而今岂解留春住。　花不重开，萍难再聚，垂杨只管牵离绪。直饶云雨梦阳台，梦回依旧无寻处。

郭应祥　踏莎行·三月二十日元择旬会

骤暖忽寒，送春迎夏，金沙过了酴醾谢。漏声款款日偏长，奇峰历历云如画。　幸有杯觞，堪同保社，棋如飞雹晴空下。六人酬唱已成编，他年遂水留佳话。

郭应祥　　　踏莎行·露湿冠巾

季功席上赋，时移尊就月，凉意甚佳，主人亲摘阮以娱客，故云

露湿冠巾，风生襟袖，月华耿耿明如昼。主人情意十分浓，阮咸横膝清音奏。　渐永更筹，新凉气候，穿针乞巧看看又。却怜相聚日无多，偷闲且可陪觞豆。

郭应祥　　　踏莎行·明月清风

明月清风，绿尊红袖，厌厌夜饮胜如昼。虽然文字有余欢，也须闲把笙歌奏。　十雨如期，三秋届候，去年丰稔今年又。东阡西陌稼如云，笑他齐量区兼豆。

郭应祥　　　踏莎行·寄远

一撮精神，百般体态，兰心蕙性谁能赛。霎时不见早思量，许多日子如何睚。　我已安排，你须宁耐，看看重了鸳鸯债。此生永愿不分飞，傍人一任胡瞋怪。

郭应祥　　踏莎行·七月十六日寿胡季海

自昔中元，多生上相，麒麟今又来天上。云衢虽未掇勋名，月评先已腾声望。　　宝鼎浓熏，金翘绝唱，真珠百斛倾家酿。斯辰聊用祝龟龄，他年端合扶鸠杖。

郭应祥　　踏莎行·乙巳正月二日雪

春已经旬，历方换岁，六花依旧来呈瑞。细思残腊与新年，一般清绝元非二。　　宿麦连云，遗蝗入地，坡仙有句谁能继。元宵此去日无多，会看霁色生和气。

韩　淲　　踏莎行·七夕词

雨意生凉，云容催暮，画楼人倚阑干处。柳边新月已微明，银潢隐隐疏星渡。　　今古佳期，漫传牛女，一杯试与寻新句。幽怀冷眼是青山，旧欢往恨浑无据。

李廷忠　　踏莎行·赵宽夫十二月十二日生，赋此为寿

星野涵辉，云峰环翠，南园迎腊开梅蕊。瑶台仙子笑相逢，金钗行里拚沉醉。　　照乘骊珠，出闲天骥，相随寿母多年纪。春风侍宴宝花楼，五枝七叶都荣贵。

高观国　　踏莎行·九日西山

水减堤痕，秋生屐齿，瘦筇唤起登高意。翠烟微冷梦凄凉，黄花香晚人憔悴。　　怀古风流，悲秋情味，紫萸劝入旗亭醉。玉人相见说新愁，可怜又湿西风泪。

高观国　　踏莎行·花染烟香

花染烟香，柳摇风翠，春工写出清明意。翠湾还趁画船开，粉墙到处骄骢系。　　歌唤红裙，酒招青旆，吟情又许青风醉。何妨日日烂芳游，今宵先向西城睡。

卢祖皋　　踏莎行·夜雨灯深

夜雨灯深，春风寒浅，梅姿雪态怜娇软。锦笺闲轴旧缄情，酒边一顾清歌遍。　　玉局弹愁，冰弦写怨，几时纤手教重见。小楼低隔一街尘，为谁长恁巫山远。

刘　镇　　踏莎行·赠周节推宠姬

兰斛藏香，梅瓶浸玉，炉烟半袅屏山曲。谁烧银烛照黄昏，有人正倚萧萧竹。　　白雪歌翻，红牙板促，周郎自是难回目。禁寒不饮告推人，春风吹聚眉尖绿。

黄　机　　踏莎行·云树参差

云树参差，烟芜平远，沙头只欠飞来雁。西风方做一分秋，凄凉已觉难消遣。　　窗底灯寒，帐前香暖，回肠偏学车轮转。剩衾闲枕自无眠，谯门更著梅花怨。

刘克庄　　踏莎行·甲午重九牛山作

日月跳丸，光阴脱兔，登临不用深怀古。向来吹帽插花人，尽随残照西风去。　　老矣征衫，飘然客路，炊烟三两人家住。欲携斗酒答秋光，山深无觅黄花处。

刘克庄　　踏莎行·巧夕

驱鹊营桥，呼蟾出海，朝朝暮暮遥相望。谁知风雨此时来，银河便有些波浪。　　玉兔迷离，金鸡嘲哳，二星无语空惆怅。元来上界也多魔，天孙长怨牵牛旷。

吴　潜　　踏莎行·红药将残

红药将残，绿荷初展，森森竹里闲庭院。一炉香烬一瓯茶，隔墙听得黄鹂啭。　　陌上春归，水边人远，尽将前事思量遍。流光冉冉为谁忙，小桥伫立斜阳晚。

洪　瑹　　踏莎行·别意

满满金杯，垂垂玉箸，离歌不放行人去。醉中扶上木兰船，醒来忘却桃源路。　　带绾同心，钗分一股，断魂空草高唐赋。秋山万叠水云深，茫茫无著相思处。

杨伯嵒　　踏莎行·雪中疏寮借阁帖，更以薇露送之

梅观初花，蕙庭残叶，当时惯听山阴雪。东风吹梦到清都，今年雪比年前别。　　重酿宫醪，双钩官帖，伴翁一笑成三绝。夜深何用对青藜，窗前一片蓬莱月。

李彭老　　踏莎行·题草窗十拟后

紫曲迷香，绿窗梦月，芳心如对春风说。蛮笺象管写新声，几番曾试琼壶缺。　庾信书愁，江淹赋别，桃花红雨梨花雪。周郎先自足风流，何须更拟秦箫咽。

陈　著　　踏莎行·寿季父吉甫

杏苑长春，椿姿耐老，画堂琴幌融融调。生涯分付宁馨儿，西园手种闲花草。　露浴明河，风浮素颢，桂花著蕊今年早。佳占端的在孙枝，明年寿席哯呕笑。

陈　著　　踏莎行·中秋

豆雨空晴，桂花风静，碧虚飞上圆明镜。谁能唤起秃翁吟，只应笑得嫦娥醒。　可奈良宵，不堪残境，强拚一醉偷光景。夜凉渐搅雪霜心，昏眵犹认山河影。

胡翼龙　　踏莎行·合数冰莲

合数冰莲，注情金叶，臂痕犹记嗔时迹。小楼几个月黄昏，荷香柳影都知得。　问字灯深，学书窗黑，衣襟诗卷留残墨。相思不抵藕丝长，梦云断处吴山碧。

毛　珝　　踏莎行·题草窗词卷

顾曲多情，寻芳未老，一庭风月知音少。梦随蝶去恨墙高，醉听莺语嫌笼小。　红烛呼卢，黄金买笑，弹丝跕躧长安道。彩笺拈起锦囊花，绿窗留得罗裙草。

何梦桂　　踏莎行·夜月楼台

夜月楼台，夕阳庭院，都将前事思量遍。当初识面待寻常，争知识后情如线。　只怕梅梢，参横斗转，催人归去天涯远。断肠当在别离时，未曾说著肠先断。

赵闻礼　　踏莎行·照眼菱花

照眼菱花，剪情菰叶，梦云吹散无踪迹。听郎言语识郎心，当时一点谁消得。　柳暗花明，萤飞月黑，临窗滴泪研残墨。合欢带上旧题诗，如今化作相思碧。

王万之　　踏莎行·柳外寒轻

柳外寒轻，水边亭小，昨朝燕子归来了。天涯无数旧愁根，东风种得成芳草。　亭畔秋千，当时欢笑，香肌不满和衣抱。那堪别后更思量，春来瘦得知多少。

钱宀孙　　踏莎行·征雁云深

征雁云深，乱蛩寒浅，惊心怕见年华晚。萧疏堤柳不禁霜，江梅瘦影清相伴。　舞暗香茵，歌阑团扇，月明梦绕天涯远。断肠人在画楼中，东风不放珠帘卷。

陈　璧　　踏莎行·江阔天低

江阔天低，楼高思迥，春烟蘸淡如秋景。今年芳草去年愁，分明又报明年信。　燕子还来，归期未定，可堪醉梦红尘境。世间万事尽消磨，水流不尽青山影。

杜龙沙　　踏莎行·波暖芹汀

波暖芹汀，风香兰圃，清尘几点茸茸雨。画船丝竹载梁州，彩旗绳板欢游女。　修禊初三，禁烟百五，年华恰到风流处。一生只当百回春，一回春到休轻负。

刘辰翁　　踏莎行·雨中观海棠

命薄佳人，情钟我辈，海棠开后心如碎。斜风细雨不曾晴，倚阑滴尽胭脂泪。　恨不能开，开时又背，春寒只了房栊闭。待他晴后得君来，无言掩帐羞憔悴。

刘辰翁　踏莎行·上元月明，无灯，明日霰雨屡作

璧彩笼尘，金吾掠路，海风吹断楼台雾。无人知是上元时，一夜月明无著处。　早是禁烟，朝来涑雨，东风自放银花树。雪晴须有踏青时，不成也待明年去。

刘辰翁　　踏莎行·北望蝶山

北望蝶山，西迷凤苑，匆匆醉里题诗满。黄花只似去年黄，去年人去黄花远。　雨压城荒，丘园路断，却晴又恨公来晚。依稀自唱古人诗，明年此会知谁健。

刘辰翁　　　踏莎行·松偃成阴

松偃成阴，荷香去暑，过溪似是东林路。不知宿昔有谁来，寺门同听催诗雨。　　北马依风，凉蝉咽暮，城门半带东陵圃。江南不是米元晖，无人更得沧洲趣。

刘辰翁　　　踏莎行·樱桃词

珠压相于，胭脂同傅，樊家更共谁家语。梢头结取一番愁，玉箫不会双双侣。　　风送流莺，前歌后舞，并桃欲吐含来住。双飞燕子自相衔，会教唇舌调鹦鹉。

周　密　　　踏莎行·题中仙词卷

结客千金，醉春双玉，旧游宫柳藏仙屋。白头吟老茂陵西，清平梦远沉香北。　　玉笛天津，锦囊昌谷，春红转眼成秋绿。重翻花外侍儿歌，休听酒边供奉曲。

周　密　踏莎行·与莫两山谭邗城旧事

远草情钟，孤花韵胜，一楼耸翠生秋暝。十年二十四桥春，转头明月箫声冷。　　赋药才高，题琼语俊，蒸香压酒芙蓉顶。景留人去怕思量，桂窗风露秋眠醒。

汪梦斗　　踏莎行·贺宗人熙甫赴任

选得官归，黄埃满面，难于奏赋明光殿。秋帆落日渡淮来，三杯酒浊凭谁劝。　　旧日佳词，自吟一遍，绿袍不是嫦娥剪。红楼十里古扬州，无人为把珠帘卷。

翁溪园　　　踏莎行·寿人母八十三

蓂荚飞双，桂分缺二，金风已肃深秋意。萱庭戏彩恰称觞，蕊宫仙子天台裔。　　鹤发童颜，龟龄福备，孩儿书额添三字。常将机训付儿孙，取青行拥潘舆侍。

王沂孙　　　踏莎行·题草窗词卷

白石飞仙，紫霞凄调，断歌人听知音少。几番幽梦欲回时，旧家池馆生青草。　　风月交游，山川怀抱，凭谁说与春知道。空留离恨满江南，相思一夜蘋花老。

黄公绍　　　　踏莎行·木樨

蟾苑萧疏，云岩芳馥，仙娥寄种来溪曲。晓烟薰上古龙涎，西风展破黄金粟。　庚岭未梅，陶园休菊，天教占取清香独。胆瓶枕畔两三枝，梦回疑在瑶台宿。

柴元彪　　踏莎行·戊寅秋客中怀钱塘旧游

淡柳平芜，乱烟疏雨，雁声叫彻芦花渚。亭前落叶又西风，断送离怀无著处。　切切归期，盈盈尺素，断魂正在西兴渡。满船空载暮愁来，潮头一吼推将去。

陈德武　　　　踏莎行·中秋不见月

雾失南楼，云低东阁，枝头不见南飞鹊。姮娥何事太多情，今宵故误年时约。　天易阴晴，人多哀乐，从来此事难凭度。匆匆又是隔年期，且烧银烛酬高酌。

陈德武　　　　踏莎行·声迹随风

声迹随风，浪痕如霰，蓝桥路远无由见。黄昏肠断倚阑时，看看数尽南飞雁。　日理丝机，宵拈针线，春秋不管莺和燕。欲将心事诉佳期，回文直上金銮殿。

陈德武　　　　踏莎行·梅压宫妆

梅压宫妆，柳横眉黛，都将留得春光在。弄琴台上忽相逢，吹箫月下曾相待。　海燕春归，江鸿秋迈，到头总是恩和爱。佳期约在白云间，一团和气春如海。

张　炎　　　　踏莎行·柳未三眠

柳未三眠，风才一讯，催人步屟吹笙径。可曾中酒似当时，如今却是看花病。　老愿春迟，愁嫌昼静，秋千院落寒犹剩。卷帘休问海棠开，相传燕子归来近。

张　炎　　　踏莎行·卢仝啜茶手卷

清气崖深，斜阳木末，松风泉水声相答。光浮碗面啜先春，何须美酒吴姬压。　头上乌巾，鬓边白发，数间破屋从芜没。山中有此玉川人，相思一夜梅花发。

张　炎　　　　踏莎行·咏汤

瑶草收香，琪花采汞，冰轮碾处芳尘动。竹炉汤暖火初红，玉纤调罢歌声送。　　麾去茶经，袭藏酒颂，一杯清味佳宾共。从来采药得长生，蓝桥休被琼浆弄。

张　炎　　　　踏莎行·花引春来

郊行，值游女以花掷水，余得之，戏作此解

花引春来，手擎春住，芳心一点谁分付。微歌微笑蓦思量，瞥然抛与东流去。　　带润偷拈，和香密护，归时自有留连处。不随烟水不随风，不教轻把刘郎误。

张　炎　踏莎行·跋伯时弟抚松寄傲诗集

水落槎枯，田荒玉碎，夜阑秉烛惊相对。故家人物已无传，一灯却照清江外。　　色展天机，光摇海贝，锦囊日月奚童背。重逢何处抚孤松，共吟风月西湖醉。

李朝卿　　　　踏莎行·月挂琼钩

月挂琼钩，日添绣线，绮花翻浪重帘卷。风传环佩晓珊珊，画堂羯鼓催开宴。　　翠缕香凝，玉膏酒滟，仙翁莫诉玻璃满。凤衔丹诏下云电，千秋长在黄金殿。

刘将孙　　　　踏莎行·闲游

水际轻烟，沙边微雨，荷花芳草垂杨渡。多情移徙忽成愁，依稀恰是西湖路。　　血染红笺，泪题锦句，西湖岂忆相思苦。只应幽梦解重来，梦中不识从何去。

刘仁父　　踏莎行·赠傀儡人刘师父

不假牵丝，何劳刻木，天然容貌施妆束。把头全仗姓刘人，就中学写秦城筑。　　伎俩优长，恢谐软熟，当场喝采醒群目。赠行无以表殷勤，特将谢意标芳轴。

张　魁　　　　踏莎行·凤髻堆鸦

凤髻堆鸦，香酥莹腻，雨中花占街前地。弓鞋湿透立多时，无人为问深深意。　　眉上新愁，手中文字，如何不倩鳞鸿去。想伊只诉薄情人，官中不管闲公事。

无名氏　　踏莎行·枝绿初匀

枝绿初匀，萼红犹浅，化工妆点年华晚。暗香疏影水亭边，黄昏月下依稀见。　十二危楼，谁人倚遍，只愁羌笛声幽怨。少留情意待春来，东君准拟长拘管。

无名氏　　踏莎行·萼破前村

萼破前村，枝横江路，铁心应也频凝伫。怕愁惟恐不禁愁，宁教雪月相分付。　不测春来，难追香去，无人知我心先误。多情总道是东君，东君也有无情处。

无名氏　　踏莎行·点点琼酥

点点琼酥，初寒乍结，看来未忍轻轻折。园林正告久萧条，春工著意饶先发。　眼底不凡，枝头自别，也知彻苦宜霜雪。这般风味恁馨香，怎教桃李同时节。

无名氏　　踏莎行·玉母池边

玉母池边，曾记旧识，玉京仙苑新移得。素娥青女好精神，比看终是无颜色。　传入汉宫，偷拟妆饰，寿阳空恁劳心力。寒香都不为春来，莫将远寄春消息。

无名氏　　踏莎行·殢酒情怀

殢酒情怀，恨春时节，柳丝巷陌黄昏月。把君团扇卜君来，近墙扑得双蝴蝶。　笑不成言，喜还生怯，颠狂绝似前春雪。夜寒无处著相思，梨花一树人如削。

无名氏　　踏莎行·庆友人

月朏银河，秋生玉宙，金风丛桂香生袖。儿孙重侍戏斑兰，霞觞共庆公家寿。　学问从心，希年谁有，东之行应贤良召。吉音先动菊花期，一门依旧夸三秀。

无名氏　　踏莎行·贺友人娶宠

金鼎休翻，玉壶休倒，为伊弹彻求凰操。歌台舞榭没长情，不如相伴文园老。　荆里钗宜，布边裙好，有缘封国还他到。端能一意谢红尘，归来便带宜男草。

无名氏　踏莎行·庆将赴上生日　五月十四

花县来迎，瓜期欣至，大贤初度今朝是。蕤宾律应又将中，明宵圆月光腾瑞。　兰玉称觞，斑斓舞戏，椒浆聊壮君行志。看看人已在鹏程，趋朝指日为舟济。

无名氏　踏莎行·寄妹

孤馆深沉，晓寒天气，解鞍独自阑干倚。暗香浮动月黄昏，落梅风送沾衣袂。　待写红笺，凭谁与寄，先教觅取嬉游地。到家正是晚春时，小桃花下拚沉醉。

无名氏　踏莎行·和赵制机赋梅

瘦影横斜，断桥路小，如今梦断孤山了。冷魂趁鹤不归来，荒山没尽深深草。　月下罗浮，一樽自笑，旧枝尚记幽禽抱。玲人梦里说相思，被谁惊破霜天晓。

踏莎行慢

调见宋欧阳修《醉翁琴趣外篇》卷五。双调，八十三字。上片八句、五仄韵，下片十句、五仄韵。

欧阳修　踏莎行慢·独自上孤舟

独自上孤舟，倚危樯目断。难成暮雨，更朝云散。凉劲残叶乱，新月照、澄波浅。今夜里，厌厌离绪难销遣。　强来就枕，灯残漏永，合相思眼。分明梦见如花面，依前是、旧庭院。新月照，罗幕挂，珠帘卷。渐向晓，脉然睡觉如天远。

踏　歌

调见《太平樵唱词》及《梅苑群贤词》。三叠。上片与中片各四句、四仄韵，下片六句、四仄韵。与唐人小令《踏歌词》不同。

朱敦儒　　　　踏歌·宴阕

宴阕，散津亭、鼓吹扁舟发。离魂黯、隐隐阳关彻，更风愁雨细添凄切。　恨结，叹良朋、雅会轻离诀。一年价、把酒风花月，便山遥水远分吴越。　书倩雁，梦借蝶，重相见、且把归期说。只愁到他日，彼此萍踪别，总难如前会时节。

辛弃疾　　　　踏歌·攧厥

攧厥，看精神、压一庞儿劣。更言语、一似春莺滑，一团儿、美满香和雪。　去也，把春衫、换却同心结。向人道、不怕轻离别，问昨宵、因甚歌声咽。　秋被梦，春闺月，旧家事、却对何人说。告弟弟莫趁蜂和蝶，有春归花落时节。

无名氏　　　　踏歌·带雪

带雪，向南枝、一朵江梅拆。许多时、甚处收香白，占千葩百卉、先春色。　拟莹洁，正广寒宫殿人窥隔。销魂处、画角数声彻，暗香浮动黄昏月。　最潇洒处最奇绝，孤标迥、不与群芳列。吟赏竟连宵，痛饮无休歇，输有心牧童偷折。

蝶 恋 花

梁简文帝诗中有“翻阶蛱蝶恋花情”句，此调名即源于此。又名《鹊踏枝》、《黄金缕》、《卷珠帘》、《明月生南浦》、《细雨吹池沼》、《细雨鸣春沼》、《凤栖梧》、《一箩金》、《玉箩金》、《江如练》、《西笑吟》、《桃源行》、《桐花凤》、《望长安》、《鱼水同欢》、《转调蝶恋花》。双调，六十字，上下片各五句、四仄韵。

寇　准　　蝶恋花·四十年来身富贵

四十年来身富贵，游处烟霞，步履如平地。紫府丹台仙籍里，皆知独擅无双美。　将相兼荣谁敢比，彩凤徊翔，重浴荀池水。位极人臣功济世，芬芳天下歌桃李。

张　先　　　蝶恋花·临水人家深宅院

临水人家深宅院，阶下残花，门外斜阳岸。柳舞曲尘千万线，青楼百尺临天半。　　楼上东风春不浅，十二阑干，尽日珠帘卷。有个离人凝泪眼，淡烟芳草连云远。

张　先　　　蝶恋花·槛菊愁烟兰泣露

槛菊愁烟兰泣露，罗幕轻寒，燕子双来去。明月不谙离恨苦，斜光到晓穿朱户。　　昨夜西风凋碧树，独上高楼，望尽天涯路。欲寄彩笺兼尺素，山长水阔知何处。

此首别作晏殊词

张　先　　　蝶恋花·绿水波平花烂漫

绿水波平花烂漫，照影红妆，步转垂杨岸。别后深情将为断，相逢添得人留恋。　　絮软丝轻无系绊，烟惹风迎，并入春心乱。和泪语娇声又颤，行行尽远犹回面。

张　先　　　蝶恋花·移得绿杨栽后院

移得绿杨栽后院，学舞宫腰，二月青犹短。不比灞陵多送远，残丝乱絮东西岸。　　几叶小眉寒不展，莫唱阳关，真个肠先断。分付与春休细看，条条尽是离人怨。

晏　殊　　　蝶恋花·一霎秋风惊画扇

一霎秋风惊画扇，艳粉娇红，尚折荷花面。草际露垂虫响遍，珠帘不下留归燕。　　扫掠亭台开小院，四坐清欢，莫放金杯浅。龟鹤命长松寿远，阳春一曲情千万。

晏　殊　　　蝶恋花·紫菊初生朱槿坠

紫菊初生朱槿坠，月好风清，渐有中秋意。更漏乍长天似水，银屏展尽遥山翠。　　绣幕卷波香引穗，急管繁弦，共庆人间瑞。满酌玉杯萦舞袂，南春祝寿千千岁。

晏　殊　　　蝶恋花·帘幕风轻双语燕

帘幕风轻双语燕，午醉醒来，柳絮飞撩乱。心事一春犹未见，余花落尽青苔院。　　百尺朱楼闲倚遍，薄雨浓云，抵死遮人面。消息未知归早晚，斜阳只送平波远。

此首别作欧阳修词

晏　殊　　蝶恋花·玉碗冰寒消暑气

玉碗冰寒消暑气，碧簟纱厨，向午朦胧睡。莺舌惺忪如会意，无端画扇惊飞起。　雨后初凉生水际，人面荷花，的的遥相似。眼看红芳犹抱蕊，丛中已结新莲子。

晏　殊　　蝶恋花·梨叶疏红蝉韵歇

梨叶疏红蝉韵歇，银汉风高，玉管声凄切。枕簟乍凉铜漏咽，谁教社燕轻离别。　草际蛩吟珠露结，宿酒醒来，不记归时节。多少衷肠犹未说，朱帘一夜朦胧月。

此首别作欧阳修词

晏　殊　　蝶恋花·南雁依稀回侧阵

南雁依稀回侧阵，雪霁墙阴，偏觉兰芽嫩。中夜梦余消酒困，炉香卷穗灯生晕。　急景流年都一瞬，往事前欢，未免萦方寸。腊后花期知渐近，寒梅已作东风信。

此首别作欧阳修词

晏　殊　　蝶恋花·南园春半踏青时

南园春半踏青时，风和闻马嘶。青梅如豆柳如眉，日长蝴蝶飞。　花露重，草烟低，人家帘幕垂。秋千慵困解罗衣，画梁双燕归。

晏　殊　　蝶恋花·六曲阑干偎碧树

六曲阑干偎碧树，杨柳风轻，展尽黄金缕。谁把钿筝移玉柱，穿帘海燕双飞去。　满眼游丝兼落絮，红杏开时，一霎清明雨。浓睡觉来莺乱语，惊残好梦无寻处。

晏　殊　　蝶恋花·紫府群仙名籍秘

紫府群仙名籍秘，五色斑龙，暂降人间世。海变桑田都不记，蟠桃一熟三千岁。　露滴彩旌云绕秋，谁信壶中，别有笙歌地。门外落花随水逝，相看莫惜尊前醉。

李　冠　　　　　蝶恋花·春暮

遥夜亭皋闲信步，才过清明，渐觉伤春暮。数点雨声风约住，朦胧淡月云来去。　　桃杏依稀香暗度，谁在秋千，笑里轻轻语。一寸相思千万绪，人间没个安排处。

李　冠　　　　　蝶恋花·佳人

贴鬓香云双绾绿，柳弱花娇，一点春心足。不肯玉箫闲度曲，恼人特把青蛾蹙。　　静夜溪桥霜薄屋，独影行歌，惊起双鸾宿。愁破酒阑闺梦熟，月斜窗外风敲竹。

宋　祁　　蝶恋花·雨过蒲萄新涨绿

雨过蒲萄新涨绿，苍玉盘倾，堕碎珠千斛。姬监拥前红簇簇，温泉初试真妃浴。　　驿使南来丹荔熟，故剪轻绡，一色颁时服。娇汗易晞凝醉玉，清凉不用香绵扑。

宋　祁　　　　　蝶恋花·情景

绣幕茫茫罗帐卷，春睡腾腾，困入娇波慢。隐隐枕痕留玉脸，腻云斜溜钗头燕。　　远梦无端欢又散，泪落胭脂，界破蜂黄浅。整了翠鬟匀了面，芳心一寸情何限。

欧阳修　　蝶恋花·帘幕东风寒料峭

帘幕东风寒料峭，雪里香梅，先报春来早。红蜡枝头双燕小，金刀剪彩呈纤巧。　　旋暖金炉薰蕙藻，酒入横波，困不禁烦恼。绣被五更春睡好，罗帏不觉纱窗晓。

欧阳修　　蝶恋花·南雁依稀回侧阵

南雁依稀回侧阵，雪霁墙阴，遍觉兰芽嫩。中夜梦余消酒困，炉香卷穗灯生晕。　　急景流年都一瞬，往事前欢，未免萦方寸。腊后花期知渐近，东风已作寒梅信。

此首别作晏殊词

欧阳修　　蝶恋花·腊雪初销梅蕊绽

腊雪初销梅蕊绽，梅雪相和，喜鹊穿花转。睡起夕阳迷醉眼，新愁长向东风乱。　　瘦觉玉肌罗带缓，红杏梢头，二月春犹浅。望极不来芳信断，音书纵有争如见。

欧阳修　　蝶恋花·海燕双来归画栋

海燕双来归画栋，帘影无风，花影频移动。半醉腾腾春睡重，绿鬟堆枕香云拥。　　翠被双盘金缕凤，忆得前春，有个人人共。花里黄莺时一弄，日斜惊起相思梦。

欧阳修　　蝶恋花·面旋落花风荡漾

面旋落花风荡漾，柳重烟深，雪絮飞来往。雨后轻寒犹未放，春愁酒病成惆怅。　　枕畔屏山围碧浪，翠被花灯，夜夜空相向。寂寞起来褰绣幌，月明正在梨花上。

欧阳修　　蝶恋花·帘幕风轻双语燕

帘幕风轻双语燕，午后醒来，柳絮飞撩乱。心事一春犹未见，红英落尽青苔院。　　百尺朱楼闲倚遍，薄雨浓云，抵死遮人面。羌管不须吹别怨，无肠更为新声断。

此首别作晏殊词

欧阳修　　蝶恋花·永日环堤乘彩舫

永日环堤乘彩舫，烟草萧疏，恰似晴江上。水浸碧天风皱浪，菱花荇蔓随双桨。　　红粉佳人翻丽唱，惊起鸳鸯，两两飞相向。且把金尊倾美酿，休思往事成惆怅。

欧阳修　　蝶恋花·越女采莲秋水畔

越女采莲秋水畔，窄袖轻罗，暗露双金钏。照影摘花花似面，芳心只共丝争乱。　　鸂鶒滩头风浪晚，雾重烟轻，不见来时伴。隐隐歌声归棹远，离愁引著江南岸。

欧阳修　　蝶恋花·水浸秋天风皱浪

水浸秋天风皱浪，缥渺仙舟，只似秋天上。和露采莲愁一饷，看花却是啼妆样。　　折得莲茎丝未放，莲断丝牵，特地成惆怅。归棹莫随花荡漾，江头有个人相望。

欧阳修　　蝶恋花·梨叶初红蝉韵歇

梨叶初红蝉韵歇，银汉风高，玉管声凄切。枕簟乍凉铜漏彻，谁教社燕轻离别。　　草际虫吟秋露结，宿酒醒来，不记归时节。多少衷肠犹未说，珠帘夜夜朦胧月。

此首别作晏殊词

欧阳修　　蝶恋花·独倚危楼风细细

独倚危楼风细细，望极离愁，黯黯生天际。草色山光残照里，无人会得凭阑意。　　也拟疏狂图一醉，对酒当歌，强饮还无味。衣带渐宽都不悔，况伊销得人憔悴。

此首别作柳永词

欧阳修　　蝶恋花·帘下清歌帘外宴

帘下清歌帘外宴，虽爱新声，不见如花面。牙板数敲珠一串，梁尘暗落琉璃盏。　　桐树花深孤凤怨，渐遏遥天，不放行云散。坐上少年听未惯，玉山将倒肠先断。

此首别作柳永词

欧阳修　　蝶恋花·翠苑红芳晴满目

翠苑红芳晴满目，绮席流莺，上下长相逐。紫陌闲随金轫辘，马蹄踏遍春郊绿。　　一觉年华春梦促，往事悠悠，百种寻思足。烟雨满楼山断续，人闲倚遍阑干曲。

欧阳修　　蝶恋花·小院深深门掩亚

小院深深门掩亚，寂寞珠帘，画阁重重下。欲近禁烟微雨罢，绿杨深处秋千挂。　　傅粉狂游犹未舍，不念芳时，眉黛无人画。薄幸未归春去也，杏花零落香红谢。

欧阳修　　蝶恋花·欲过清明烟雨细

欲过清明烟雨细，小槛临窗，点点残花坠。梁燕语多惊晓睡，银屏一半堆香被。　　新岁风光如旧岁，所恨征轮，渐渐程迢递。纵有远情难写寄，何妨解有相思泪。

欧阳修　　蝶恋花·画阁归来春又晚

画阁归来春又晚，燕子双飞，柳软桃花浅。细雨满天风满院，愁眉敛尽无人见。　　独倚阑干心绪乱，芳草芊绵，尚忆江南岸。风月无情人暗换，旧游如梦空肠断。

欧阳修　　蝶恋花·尝爱西湖春色早

尝爱西湖春色早，腊雪方销，已见桃开小。顷刻光阴都过了，如今绿暗红英少。　　且趁余花谋一笑，况有笙歌，艳态相萦绕。老去风情应不到，凭君剩把芳尊倒。

欧阳修　　蝶恋花·几度兰房听禁漏

几度兰房听禁漏，臂上残妆，印得香盈袖。酒力融融香汗透，春娇入眼横波溜。　　不见些时眉已皱，水阔山遥，乍向分飞后。大抵有情须感旧，肌肤拚为伊销瘦。

欧阳修　　蝶恋花·咏枕儿

宝琢珊瑚山样瘦，缓髻轻拢，一朵云生袖。昨夜佳人初命偶，论情旋旋移相就。　　几叠鸳衾红浪皱，暗觉金钗，磔磔声相扣。一自楚台人梦后，凄凉暮雨沾茵绣。

欧阳修　　蝶恋花·一掬天和金粉腻

一掬天和金粉腻，莲子心中，自有深深意。意密莲深秋正媚，将花寄恨无人会。　　桥上少年桥下水，小棹归时，不语牵红袂。浪溅荷心圆又碎，无端欲伴相思泪。

欧阳修　　蝶恋花·百种相思千种恨

百种相思千种恨，早是伤春，那更春醪困。薄幸辜人终不愤，何时枕畔分明问。　　懊恼风流心一寸，强醉偷眠，也即依前闷。此意为君君不信，泪珠滴尽愁难尽。

欧阳修　　蝶恋花·庭院深深深几许

庭院深深深几许，杨柳堆烟，帘幕无重数。玉勒雕鞍游冶处，楼高不见章台路。　　雨横风狂三月暮，门掩黄昏，无计留春住。泪眼问花花不语，乱红飞过秋千去。

欧阳修　　蝶恋花·谁道闲情抛弃久

谁道闲情抛弃久，每到春来，惆怅还依旧。日日花前常病酒，不辞镜里朱颜瘦。　　河畔青芜堤上柳，为问新愁，何事年年有。独立小桥风满袖，平林新月人归后。

欧阳修　　蝶恋花·几日行云何处去

几日行云何处去，忘了归来，不道春将暮。百草千花寒食路，香车系在谁家树。　　泪眼倚楼频独语，双燕来时，陌上相逢否。撩乱春愁如柳絮，依依梦里无寻处。

杜安世　　蝶恋花·篱落繁枝千万片

篱落繁枝千万片，犹似多情，似雪随风转。昨夜笙歌容易散，酒醒添得愁无限。　　楼上春云山四面，过尽征鸿，暮景烟深浅。一饷凭阑人不见，红绡掩泪思量遍。

韩缜姬　　蝶恋花·香作风光浓著露

香作风光浓著露，正恁双栖，又遣分飞去。密诉东君应不许，泪波一洒奴衷素。(下缺)

滕　甫　　蝶恋花·次长汀壁间韵

叶底无风池面静，掬水佳人，拍破青铜镜。残月朦胧花弄影，新梳斜插乌云鬓。　　拍索闷怀添酒兴，旋撷园蔬，随分成盘饤。说与翠微休急性，功名富贵皆前定。

滕　甫　　蝶恋花·再和

昼永无人深院静，一枕春醒，犹未忺临镜。帘卷新蟾光射影，速忙掠起蓬松鬓。　　对景沉吟嗟没兴，薄幸不来，空把杯盘饤。休道妇人多水性，今宵独自言无定。

晏几道　　蝶恋花·卷絮风头寒欲尽

卷絮风头寒欲尽，坠粉飘红，日日成香阵。新酒又添残酒困，今春不减前春恨。　　蝶去莺飞无处问，隔水高楼，望断双鱼信。恼乱层波横一寸，斜阳只与黄昏近。

此首别作赵令畤词

晏几道　　蝶恋花·初捻霜纨生怅望

初捻霜纨生怅望，隔叶莺声，似学秦娥唱。午睡醒来慵一饷，双纹翠簟铺寒浪。　　雨罢蘋风吹碧涨，脉脉荷花，泪脸红相向。斜贴绿云新月上，弯环正是愁眉样。

晏几道　　蝶恋花·庭院碧苔红叶遍

庭院碧苔红叶遍，金菊开时，已近重阳宴。日日露荷凋绿扇，粉塘烟水澄如练。　试倚凉风醒酒面，雁字来时，恰向层楼见。几点护霜云影转，谁家芦管吹秋怨。

晏几道　　蝶恋花·喜鹊桥成催凤驾

喜鹊桥成催凤驾，天为欢迟，乞与初凉夜。乞巧双蛾加意画，玉钩斜傍西南挂。　分钿擘钗凉叶下，香袖凭肩，谁记当时话。路隔银河犹可借，世间离恨何年罢。

晏几道　　蝶恋花·碧草池塘春又晚

碧草池塘春又晚，小叶风娇，尚学娥妆浅。双燕来时还念远，珠帘绣户杨花满。　绿柱频移弦易断，细看秦筝，正似人情短。一曲啼乌心绪乱，红颜暗与流年换。

晏几道　　蝶恋花·碾玉钗头双凤小

碾玉钗头双凤小，倒晕工夫，画得宫眉巧。嫩麹罗裙胜碧草，鸳鸯绣字春衫好。　三月露桃芳意早，细看花枝，人面争多少。水调声长歌未了，掌中杯尽东池晓。

晏几道　　蝶恋花·醉别西楼醒不记

醉别西楼醒不记，春梦秋云，聚散真容易。斜月半窗还少睡，画屏闲展吴山翠。　衣上酒痕诗里字，点点行行，总是凄凉意。红烛自怜无好计，夜寒空替人垂泪。

晏几道　　蝶恋花·欲减罗衣寒未去

欲减罗衣寒未去，不卷珠帘，人在深深处。残杏枝头花几许，啼红正恨清明雨。　尽日沉香烟一缕，宿酒醒迟，恼破春情绪。远信还因归燕误，小屏风上西江路。

此首别作赵令畤词

晏几道　　蝶恋花·千叶早梅夸百媚

千叶早梅夸百媚，笑面凌寒，内样妆先试。月脸冰肌香细腻，风流新称东君意。　一捻年光春有味，江北江南，更有谁相比。横玉声中吹满地，好枝长恨无人寄。

晏几道　　蝶恋花·金翦刀头芳意动

金翦刀头芳意动，彩蕊开时，不怕朝寒重。晴雪半消花鬆鬆，晓妆呵尽香酥冻。　十二楼中双翠凤，缥缈歌声，记得江南弄。醉舞春风谁可共，秦云已有鸳屏梦。

晏几道　　蝶恋花·笑艳秋莲生绿浦

笑艳秋莲生绿浦，红脸青腰，旧识凌波女。照影弄妆娇欲语，西风岂是繁华主。　可恨良辰天不与，才过斜阳，又是黄昏雨。朝落暮开空自许，意无人解知心苦。

晏几道　　蝶恋花·碧落秋风吹玉树

碧落秋风吹玉树，翠节红旌，晚过银河路。休笑星机停弄杼，凤帏已在云深处。　楼上金针穿绣缕，谁管天边，隔岁分飞苦。试等夜阑寻别绪，泪痕千点罗衣露。

晏几道　　蝶恋花·碧玉高楼临水住

碧玉高楼临水住，红杏开时，花底曾相遇。一曲阳春春已暮，晓莺声断朝云去。　远水来从楼下路，过尽流波，未得鱼中素。月细风尖垂柳渡，梦魂长在分襟处。

晏几道　　蝶恋花·梦入江南烟水路

梦入江南烟水路，行尽江南，不与离人遇。睡里消魂无说处，觉来惆怅消魂误。　欲尽此情书尺素，浮雁沉鱼，终了无凭据。却倚缓弦歌别绪，断肠移破秦筝柱。

晏几道　　蝶恋花·黄菊开时伤聚散

黄菊开时伤聚散，曾记花前，共说深深愿。重见金英人未见，相思一夜天涯远。　罗带同心闲结遍，带易成双，人恨成双晚。欲写彩笺书别怨，泪痕早已先书满。

王　诜　　蝶恋花·钟送黄昏鸡报晓

钟送黄昏鸡报晓，昏晓相催，世事何时了。万恨千愁人自老，春来依旧生芳草。　忙处人多闲处少，闲处光阴，几个人知道。独上高楼云渺渺，天涯一点青山小。

王　诜　　　蝶恋花·小雨初晴回晚照

小雨初晴回晚照，金翠楼台，倒影芙蓉沼。杨柳垂垂风袅袅，嫩荷无数青钿小。　　似此园林无限好，流落归来，到了心情少。坐到黄昏人悄悄，更应添得朱颜老。

周　起　　　蝶恋花·岳佐星储生佐圣

岳佐星储生佐圣，真道宏才，济世功名盛。久践机衡宣密命，逢时力赞无为政。　　明主得贤朝野庆，昼按从容，帝宠何人并。早晚紫垣持国柄，民瞻共荷三台正。

苏　轼　　　蝶恋花·春景

花褪残红青杏小，燕子飞时，绿水人家绕。枝上柳绵吹又少，天涯何处无芳草。　　墙里秋千墙外道，墙外行人，墙里佳人笑。笑渐不闻声渐悄，多情却被无情恼。

苏　轼　　　蝶恋花·佳人

一颗樱桃樊素口，不爱黄金，只爱人长久。学画鸦儿犹未就，眉尖已作伤春皱。　　扑蝶西园随伴走，花落花开，渐解相思瘦。破镜重圆人在否，章台折尽青青柳。

苏　轼　　　蝶恋花·送春

雨后春容清更丽，只有离人，幽恨终难洗。北固山前三面水，碧琼梳拥青螺髻。　　一纸乡书来万里，问我何年，真个成归计。白首送春拚一醉，东风吹破千行泪。

苏　轼　　　蝶恋花·暮春

簌簌无风花自亸，寂寞园林，柳老樱桃过。落日多情还照坐，山青一点横云破。　　路尽河回千转舵，系缆渔村，月暗孤灯火。凭仗飞魂招楚些，我思君处君思我。

苏　轼　　　蝶恋花·密州上元

灯火钱塘三五夜，明月如霜，照见人如画。帐底吹笙香吐麝，此般风味应无价。　　寂寞山城人老也，击鼓吹箫，乍入农桑社。火冷灯稀霜露下，昏昏雪意云垂野。

苏　轼　蝶恋花·密州冬夜文安国席上作

帘外东风交雨霰，帘里佳人，笑语如莺燕。深惜今年正月暖，灯光酒色摇金盏。　掺鼓渔阳挝未遍，舞褪琼钗，汗湿香罗软。今夜何人吟古怨，清诗未就冰生砚。

苏　轼　蝶恋花·过涟水军赠赵晦之

自古涟漪佳绝地，绕郭荷花，欲把吴兴比。倦客尘埃何处洗，真君堂下寒泉水。　左海门前酤酒市，夜半潮来，月下孤舟起。倾盖相逢拚一醉，双凫飞去人千里。

苏　轼　蝶恋花·述怀

云水萦回溪上路，叠叠青山，环绕溪东注。月白沙汀翘宿鹭，更无一点尘来处。　溪叟相看私自语，底事区区，苦要为官去。尊酒不空田百亩，归来分得闲中趣。

苏　轼　蝶恋花·送潘大临

别酒劝君君一醉，清润潘郎，又是何郎婿。记取钗头新利市，莫将分付东邻子。　回首长安佳丽地，三十年前，我是风流帅。为向青楼寻旧事，花枝缺处余名字。

苏　轼　蝶恋花·泛泛东风初破五

同安生日放鱼，取金光明经救鱼事

泛泛东风初破五，江柳微黄，万万千千缕。佳气郁葱来绣户，当年江上生奇女。　一盏寿觞谁与举，三个明珠，膝上王文度。放尽穷鳞看圉圉，天公为下曼陀雨。

苏　轼　蝶恋花·春事阑珊芳草歇

春事阑珊芳草歇，客里风光，又过清明节。小院黄昏人忆别，落红处处闻啼鴂。　咫尺江山分楚越，目断魂销，应是音尘绝。梦破五更心欲折，角声吹落梅花月。

苏　轼　蝶恋花·记得画屏初会遇

记得画屏初会遇，好梦惊回，望断高唐路。燕子双飞来又去，纱窗几度春光暮。　那日绣帘相见处，低眼佯行，笑整香云缕。敛尽春山羞不语，人前深意难轻诉。

苏　轼　　　蝶恋花·昨夜秋风来万里

昨夜秋风来万里，月上屏帏，冷透人衣袂。有客抱衾愁不寐，那堪玉漏长如岁。　　羁舍留连归计未，梦断魂销，一枕相思泪。衣带渐宽无别意，新书报我添憔悴。

苏　轼　　　蝶恋花·雨霰疏疏经泼火

雨霰疏疏经泼火，巷陌秋千，犹未清明过。杏子梢头香蕾破，淡红褪白胭脂涴。　　苦被多情相折挫，病绪厌厌，浑似年时个。绕遍回廊还独坐，月笼云暗重门锁。

苏　轼　　　蝶恋花·蝶懒莺慵春过半

蝶懒莺慵春过半，花落狂风，小院残红满。午醉未醒红日晚，黄昏帘幕无人卷。　　云鬓鬅松眉黛浅，总是愁媒，欲诉谁消遣。未信此情难系绊，杨花犹有东风管。

李之仪　　　蝶恋花·天淡云闲晴昼永

天淡云闲晴昼永，庭户深沉，满地梧桐影。骨冷魂清如梦醒，梦回犹是前时景。　　取次杯盘催酩酊，醉帽频欹，又被风吹正。踏月归来人已静，恍疑身在蓬莱顶。

李之仪　　　蝶恋花·玉骨冰肌天所赋

玉骨冰肌天所赋，似与神仙，来作烟霞侣。枕畔拈来亲手付，书窗终日常相顾。　　几度离披留不住，依旧清香，只欠能言语。再送神仙须爱护，他时却待亲来取。

李之仪　　　蝶恋花·万事都归一梦了

万事都归一梦了，曾向邯郸，枕上教知道。百岁年光谁得到，其间忧患知多少。　　无事且频开口笑，纵酒狂歌，销遣闲烦恼。金谷繁华春正好，玉山一任樽前倒。

李之仪　　　蝶恋花·为爱梅花如粉面

为爱梅花如粉面，天与工夫，不似人间见。几度拈来亲比看，工夫却是花枝浅。　　觅得归来临几砚，尽日相看，默默情无限。更不嗅时须百遍，分明销得人肠断。

李之仪　　蝶恋花·席上代人送客，因载其语

帘外飞花湖上语，不恨花飞，只恨人难住。多谢雨来留得住，看看却恐晴催去。　　寸寸离肠须会取，今日宁宁，明日从谁诉。怎得此身如去路，迢迢长在君行处。

舒　亶　　蝶恋花·置酒别公度座间探题得梅

雪后江城红日晚，暖入香梢，渐觉玲珑满。仿佛临风妆半面，冰帘斜卷谁庭院。　　折向樽前君细看，便是江南，寄我人还远。手把此枝多少怨，小楼横笛吹肠断。

舒　亶　　蝶恋花·深炷熏炉扃小院

深炷熏炉扃小院，手捻黄花，尚觉金犹浅。回首画堂双语燕，无情渐渐看人远。　　相见争如初不见，短鬓潘郎，斗觉年华换。最是西风吹不断，心头往事歌中怨。

了　元　　蝶恋花·执板娇娘留客住

执板娇娘留客住，初整金钗，十指纤纤露。歌断一声天外去，清音已遏行云住。　　耳有姻缘能听事，眼见姻缘，便得当前觑。眼耳姻缘都已是，姻缘别有知何处。

黄　裳　　蝶恋花·牡丹

每到花开春已暮，况是人生，难得长欢聚。一日一游能几度，看看背我堂堂去。　　蝶乱蜂忙红粉妒，醉眼吟情，且与花为主。雪怨云愁无问处，芳心待向谁分付。

黄　裳　　蝶恋花·兴到浓时春不住

兴到浓时春不住，昨夜雕栏，放了花无数。谈笑急邀吟醉侣，青娥也合随轩去。　　媚恐情生娇恐妒，今日开尊，多幸无风雨。休唱宴琼林一句，来年花共人何处。

黄　裳　　蝶恋花·东湖

南北两山骄欲斗，中有涟漪，莫道壶山小。落落情怀临漂渺，驾言来处铃斋悄。　　行到桃溪花解笑，人面相逢，竞好窥寒照。醉步欹斜西日少，欢声犹唱多情调。

黄　裳　　蝶恋花·高下亭台山水境

高下亭台山水境，两畔清辉，中有垂杨径。鹭点前汀供雪景，花乘流水传春信。　不醉无归先说定，醉待言归，又被风吹醒。月下壶天游未尽，广寒宫是波中影。

黄　裳　　蝶恋花·杳杳晴虚寒漫漫

杳杳晴虚寒漫漫，放下尘劳，相共游银汉。便入醉乡休浩叹，神仙只在云门馆。　饮兴偏宜流水畔，时有红蕖，落在黄金盏。鹭未忘机移别岸，画船更上前汀看。

黄　裳　　蝶恋花·水鉴中看尤未老

水鉴中看尤未老，乘兴拿舟，更向湘江过。俯仰太虚都一个，九春风思谁吟到。　闲上钓台云外坐，待得金鳞，始放芳尊倒。醉后言归犹更早，素纤有数君须道。

黄　裳　　蝶恋花·月词

伏以合欢开宴，奉乐国之宾朋；对景摅怀，待良时之风月。此者偶屈三益，幸逢四并。六幕星稀，万椽风细。天发金精之含蓄，地扬银色之光华。远近万情，若知而莫诘；满虚一色，可揽以□将。是故无累而玩之者，喜乐之心生；不足而对之者，悲伤之态作。感群动以无意，涵长空而不流。对坐北堂，方入陆生之牖；共离南馆，便登韩子之台。愿歌三五之清辉，誓倒十千之芳酝

忽破黄昏还太素，寒浸楼台，缥缈非烟雾。江上分明星汉路，金银闪闪神仙府。　影卧清光随我舞，邂逅三人，只愿长相聚。今月亭亭曾照古，古人问月今何处。

黄　裳　　蝶恋花·满到十分人望尽

满到十分人望尽，仙桂无根，到处留光景。听我尊前欢未竟，金卮已弄寒蟾影。　银色界中风色定，散了浮云，宝匣初开镜。归去不须红烛影，天边自与人相趁。

黄　裳　　蝶恋花·古往今来忙里过

古往今来忙里过，今古清光，静照人行道。难似素娥长见

好，见频只是催人老。　　欲驻征轮无计那，世上多情，却被无情恼。夜夜乌飞谁识破，满头空恨霜华早。

黄　裳　　蝶恋花·俄落盏中如有恋

俄落盏中如有恋，盏未干时，还见霜娥现。说向翠鬟斟莫浅，殷勤此意应相劝。　　光景尤宜年少面，千里同看，不与人同怨。席上笑歌身更健，良时只愿长相见。

黄　裳　　蝶恋花·千二百回圆未半

千二百回圆未半，人世悲欢，此景长相伴。行到身边琼步款，金船载酒银河畔。　　谁为别来音信断，那更蟾光，一点窥孤馆。静送忘言愁一段，会须莫放笙歌散。

黄　裳　　蝶恋花·人逐金乌忙到夜

人逐金乌忙到夜，不见金乌，方见人闲暇。天汉似来尊畔泻，须知闲暇欢无价。　　银色满身谁可画，两腋风生，爽气骎骎马。待入蟾宫偷造化，姮娥已许仙方借。

黄　裳　　蝶恋花·劝酒致语

适来已陈十二短章，辄歌三五盛景。累累清韵，尚惭梁上之飞尘；抑抑佳宾，须作乡中之醉客。同乐当勤于今夕，相从或系于他年。更赋幽情，再声佳咏

万籁无声天地静，清抱朱弦，不愧丹霄镜。照到林梢风有信，抬头疑是梅花领。　　万感只应闲对景，独倚危栏，扰扰人初定。吟不尽中愁不尽，溪山千古沉沉影。

黄　裳　　蝶恋花·谁悟月中真火冷

谁悟月中真火冷，能引尘缘，遂出轮回境。争奈多情都未醒，九回肠断花间影。　　万古兴亡闲事定，物是人非，杳杳无音信。问月可知谁可问，不如且醉尊前景。

黄　裳　　蝶恋花·忽送林光禽有语

忽送林光禽有语，飞入遥空，失素归洲鹭。照处无私清望富，余辉不惜人人与。　　玉绳欲到中天路，且待飞觞，缓缓移琼步。花下影圆良夜午，东南楼上还相顾。

黄　裳　　蝶恋花·一望瑶华初委地

一望瑶华初委地，更约幽人，共赏岩边翠。试把方诸聊与试，无情争得无中泪。　飞瀑恐从星汉至，渐向宾筵，但觉寒如水。自爱一轮方得意，轻随箕毕还成累。

黄庭坚　　蝶恋花·海角芳菲留不住

海角芳菲留不住，笔下风生，吹入青云去。仙籍有名天赐与，致君事业安排取。　要识世间平坦路，当使人人，各有安身处。黑发便逢尧舜主，笑人白首耕南亩。

此首别作陈瓘词

晁端礼　　蝶恋花·潋滟长波迎鹢首

潋滟长波迎鹢首，雨淡烟轻，过了清明候。岸草汀花浑似旧，行人只是添清瘦。　沉水香消罗袂透，双橹声中，午梦初惊后。枕上懵腾犹病酒，卷帘数尽长堤柳。

晁端礼　　蝶恋花·骨秀肌香冰雪莹

骨秀肌香冰雪莹，潇洒风标，赋得温柔性。松髻遗钿慵不整，花时长是厌厌病。　枕上晓来残酒醒，一带屏山，千里江南景。指点烟村横小艇，何时携手重寻胜。

秦　观　　蝶恋花·晓日窥轩双燕语

晓日窥轩双燕语，似与佳人，共惜春将暮。屈指艳阳都几许，可无时霎闲风雨。　流水落花无问处，只有飞云，冉冉来还去。持酒劝云云且住，凭君碍断春归路。

秦　观　　蝶恋花·紫燕双飞深院静

紫燕双飞深院静，簟枕纱厨，睡起娇如病。一线碧烟萦藻井，小鬟茶进龙香饼。　拂拭菱花看宝镜，玉指纤纤，捻唾撩云鬓。闲折海榴过翠径，雪猫戏扑风花影。

秦　观　　蝶恋花·题二乔观书图

并倚香肩颜斗玉，鬓角参差，分映芭蕉绿。厌见兵戈争鼎足，寻芳共把遗编躅。　闺阁风流谁可续，沉想清标，合贮黄金屋。江左百年传旧俗，后宫只解呈新曲。

秦　观　　蝶恋花·新草池塘烟漠漠

新草池塘烟漠漠，一夜轻雷，拆破夭桃萼。骤雨隔帘时一作，余寒犹泥罗衫薄。　斜日高楼明锦幕，楼上佳人，痴倚阑干角。心事不知缘底恶，对花珠泪双双落。

秦　观　　蝶恋花·金凤花开红落砌

金凤花开红落砌，帘卷斜阳，雨后凉风细。最是人间佳景致，小楼可惜人孤倚。　蛱蝶飞来花上戏，对对飞来，对对还飞去。到眼物情都触意，如何制得相思泪。

秦　观　　蝶恋花·语燕飞来惊昼睡

语燕飞来惊昼睡，起步花阑，更觉无情绪。绿草离离蝴蝶戏，南园正是相思地。　池上晚来微雨霁，杨柳芙蓉，已作新凉味。目断云山君不至，香醪著意催人醉。

秦　观　　蝶恋花·今岁元宵明月好

今岁元宵明月好，想见家山，车马应填道。路远梦魂飞不到，清光千里空相照。　花满红楼珠箔绕，当日风流，更许谁同调。何事霜华催鬓老，把杯独对嫦娥笑。

秦　观　　蝶恋花·舟泊浔阳城下住

舟泊浔阳城下住，杳蔼昏鸦，点点云边树。九派江分从此去，烟波一望空无际。　今夜月明风细细，枫叶芦花，的是凄凉地。不必琵琶能触意，一尊自湿青衫泪。

米　芾　　蝶恋花·海岱楼玩月作

千古涟漪清绝地，海岱楼高，下瞰秦淮尾。水浸碧天天似水，广寒宫阙人间世。　霭霭春和生海市，鳌戴三山，顷刻随轮至。宝月圆时多异气，夜光一颗千金贵。

赵令畤　　蝶恋花·商调十二首

夫传奇者，唐元微之所述也。以不载于本集而出于小说，或疑其非是。今观其词，自非大手笔孰能与于此。至今士大夫极谈幽玄，访奇述异，无不举此以为美话。至于娼优女子，皆能调说大略。惜乎不被之以音律，故不能播之声乐，形之管弦。好事君子极饮肆欢之际，愿欲一听其说，或举其末而忘其本，或纪其略而不及终其篇，此吾曹之所共恨者也。今于暇日，详观其文，略其烦亵，分之为十章。每章之下，属之以词。或全摭其文，或止取其意。又别为一曲，载之传前，先叙前篇之义。调曰商调，曲名蝶恋花。句句言情，篇篇见意。奉劳歌伴，先定格调，后听芜词

丽质仙娥生月殿，谪向人间，未免凡情乱。宋玉墙东流美盼，乱花深处曾相见。　　密意浓欢方有便，不奈浮名，旋遣轻分散。最恨多才情太浅，等闲不念离人怨。

传曰：余所善张君，性温茂，美丰仪，寓于蒲之普救寺。适有崔氏孀妇，将归长安，路出于蒲，亦止兹寺。崔氏妇，郑女也。张出于郑，绪其亲，乃异派之从母。是岁，丁文雅不善于军，军人因丧而扰，大掠蒲人。崔氏之家，财产甚厚，多奴仆。旅寓惶骇，不知所措。先是张与蒲将之党有善，请吏护之，遂不及于难。郑厚张之德甚，因饰馔以命张，中堂燕之。复谓张曰：姨之孤嫠未亡，提携幼稚。不幸属师徒大溃，实不保其身。弱子幼女，犹君之所生也，岂可比常恩哉。今俾以仁兄之礼奉见，冀所以报恩也。乃命其子曰欢郎，可十余岁，容甚温美。次命女曰：莺莺，出拜尔兄。尔兄活尔。久之，辞疾。郑怒曰：张兄保尔之命。不然，尔且虏矣，能复远嫌乎？又久之，乃至。常服睟容，不加新饰。垂鬟浅黛，双脸断红而已。颜色艳异，光辉动人。张惊，为之礼。因坐郑旁，凝睇怨绝，若不胜其礼。张问其年几，郑曰：十七岁矣。张生稍以词导之，不对，终席而罢。奉劳歌伴，再和前声

锦额重帘深几许，绣履弯弯，未省离朱户。强出娇羞都不语，绛绡频掩酥胸素。　　黛浅愁红妆淡伫，怨绝情凝，不肯聊回顾。媚脸未匀新泪污，梅英犹带春朝露。

张生自是惑之，愿致其情，无由得也。崔之婢曰红娘，生私为之礼者数四，乘间遂道其衷。翌日，复至，曰：郎之言，所不敢言，亦不敢泄。然而崔之族姻，君所详也，何不因其媒而求娶焉！张曰：予始自孩提时，性不苟合。昨日一席间，几不自持。数日来，行忘止，食忘饭，恐不能逾旦暮。若因媒氏而娶，纳采问名，则三数月间，索我于枯鱼之肆矣。婢曰：崔

之贞顺自保，虽所尊不可以非语犯之。然而善属文，往往沉吟章句，怨慕者久之。君试为谕情诗以乱之。不然，无由得也。张大喜，立缀春词二首以授之。奉劳歌伴，再和前声

懊恼娇痴情未惯，不道看看，役得人肠断。万语千言都不管，兰房跬步如天远。　　废寝忘餐思想遍，赖有青鸾，不必凭鱼雁。密写香笺论缱绻，春词一纸芳心乱。

是夕，红娘复至，持彩笺以授张曰：崔所命也。题其篇云："明月三五夜。"其词曰："待月西厢下，迎风户半开。拂墙花影动，疑是玉人来。"奉劳歌伴，再和前声

庭院黄昏春雨霁，一缕深心，百种成牵系。青翼蓦然来报喜，鱼笺微谕相容意。　　待月西厢人不寐，帘影摇光，朱户犹慵闭。花动拂墙红萼坠，分明疑是情人至。

张亦微谕其旨。是夕，岁二月旬又四日矣。崔之东墙有杏花一树，攀援可逾。既望之夕，张因梯树而逾焉。达于西厢，则户半开矣。无几，红娘复来，连曰：至矣，至矣。张生且喜且骇，谓必获济。及女至，则端服俨容，大数张曰：兄之恩，活我家厚矣，由是慈母以弱子幼女见依。奈何因不令之婢，致淫泆之词。始以护人之乱为义，而终掠乱而求之。是以乱易乱，其去几何。诚欲寝其词，则保人之奸不义；明之母，则背人之惠不祥；将寄于婢妾，又恐不得发其真诚。是用托于短章，愿自陈启。犹惧兄之见难，是用鄙靡之词以求其必至。非礼之动，能不愧心。特愿以礼自持，毋及于乱。言毕，翻然而逝。张自失者久之，复逾而出，由是绝望矣。奉劳歌伴，再和前声

屈指幽期惟恐误，恰到春宵，明月当三五。红影压墙花密处，花阴便是桃源路。　　不谓兰诚金石固，敛袂怡声，恣把多才数。惆怅空回谁共语，只应化作朝云去。

后数夕，张君临轩独寝，忽有人惊之。惊欻而起，则红娘敛衾携枕而至。抚张曰：至矣，至矣，睡何为哉?并枕重衾而去。张生拭目危坐久之，犹疑梦寐。俄而红娘捧崔而至，则娇羞融冶，力不能运支体。曩时之端庄，不复同矣。是夕，旬有八日，斜月晶荧，幽辉半床。张生飘飘然，且疑神仙之徒，不谓从人间至也。有顷，寺钟鸣晓，红娘促去。崔氏娇啼宛转，红娘又捧而去。终夕无一言。张生辨色而兴，自疑曰：岂其梦耶?所可明者，妆在臂，香在衣，泪光荧荧然，犹莹于茵席而

已。奉劳歌伴，再和前声

数夕孤眠如度岁，将谓今生，会合终无计。正是断肠凝望际，云心捧得嫦娥至。　　玉困花柔羞抆泪，端丽妖娆，不与前时比。人去月斜疑梦寐，衣香犹在妆留臂。

是后又十数日，杳不复知。张生赋会真诗三十韵，未毕，红娘适至，因授之以贻崔氏，自是复容之。朝隐而出，暮隐而入，同安于曩所谓西厢者，几一月矣。张生将之长安，先以情谕之。崔氏宛无难词，然愁怨之容动人矣。欲行之再夕，不复可见，而张生遂西。奉劳歌伴，再和前声

一梦行云还暂阻，尽把深诚，缀作新诗句。幸有青鸾堪密付，良宵从此无虚度。　　两意相欢朝又暮，争奈郎鞭，暂指长安路。最是动人愁怨处，离情盈抱终无语。

不数月，张生复游于蒲，舍于崔氏者又累月。张雅知崔氏善属文，求索再三，终不可见。虽待张之意甚厚，然未尝以词继之。异时，独夜操琴，愁弄凄恻。张窃听之，求之，则不复鼓矣。以是愈惑之。张生俄以文调及期，又当西去。当去之夕，崔恭貌怡声，徐谓张曰：始乱之，今弃之，固其宜矣，愚不敢恨。必也君始之，君终之，君之惠也。则没身之誓，其有终矣，又何必深憾于此行。然而君既不怿，无以奉宁。君尝谓我善鼓琴，今且往矣，既达君此诚。因命拂琴，鼓霓裳羽衣序，不数声，哀音怨乱，不复知其是曲也。左右皆欷歔，张亦遽止之。崔投琴拥面，泣下流涟，趣归郑所，遂不复至。奉劳歌伴，再和前声

碧沼鸳鸯交颈舞，正恁双栖，又遣分飞去。洒翰赠言终不许，援琴请尽奴衷素。　　曲未成声先怨慕，忍泪凝情，强作霓裳序。弹到离愁凄咽处，弦肠俱断梨花雨。

诘旦，张生遂行。明年，文战不利，遂止于京。因贻书于崔，以广其意。崔氏缄报之词，粗载于此，曰：“捧览来问，抚爱过深。儿女之情，悲喜交集。兼惠花胜一合，口脂五寸。致耀首膏唇之饰，虽荷多惠，谁复为容。睹物增怀，但积悲叹耳。伏承便于京中就业，于进修之道，固在便安。但恨鄙陋之人，永以遐弃。命也如此，知复何言！自去秋以来，尝忽忽如有所失。于喧哗之下，或勉为笑语。闲宵自处，无不泪零。乃梦寐之间，亦多叙感咽离忧之思。绸缪缱绻，暂若寻常，幽会未终，惊魂已断。虽半衾如暖，而思之甚遥。一昨拜辞，倏逾

旧岁。长安行乐之地，触绪牵情。何幸不忘幽微，眷念无斁。鄙薄之志，无以奉酬。至于终始之盟，则固不忒。鄙昔中表相因，或同宴处；婢仆见诱，遂致私诚。儿女之情，不能自固。君子有援琴之挑，鄙人无投梭之拒。及荐枕席，义盛恩深。愚幼之情，永谓终托。岂期既见君子，不能以礼定情，致有自献之羞，不复明侍巾栉。没身永恨，含叹何言。倘若仁人用心，俯遂幽劣，虽死之日，犹生之年。如或达士略情，舍小从大，以先配为丑行，谓要盟之可欺，则当骨化形销，丹忱不泯，因风委露，犹托清尘。存殁之诚，言尽于此。临纸呜咽，情不能申，千万珍重。”奉劳歌伴，再和前声

别后相思心目乱，不谓芳音，忽寄南来雁。却写花笺和泪卷，细书方寸教伊看。　　独寐良宵无计遣，梦里依稀，暂若寻常见。幽会未终魂已断，半衾如暖人犹远。

“玉环一枚，是儿婴年所弄，寄充君子下体之佩。玉取其坚洁不渝，环取其终始不绝。兼致彩丝一绚，文竹茶合碾子一枚。此数物不足见珍，意者欲君子如玉之洁，鄙志如环不解。泪痕在竹，愁绪萦丝。因物达诚，永以为好耳。心迩身遐，拜会无期。幽愤所钟，千里神合。千万珍重。春风多厉，强饭为佳。慎言自保，毋以鄙为深念也。”奉劳歌伴，再和前声

尺素重重封锦字，未尽幽闺，别后心中事。佩玉彩丝文竹器，愿君一见知深意。　　环玉长圆丝万系，竹上斓斑，总是相思泪。物会见郎人永弃，心驰魂去神千里。

张之友闻之，莫不耸异。而张之志固绝之矣。岁余，崔已委身于人，张亦有所娶。适经其所居，乃因其夫言于崔，以外兄见。夫已诺之，而崔终不为出。张怨念之诚，动于颜色。崔知之，潜赋一诗寄张曰：“自从消瘦减容光，万转千回懒下床。不为旁人羞不起，为郎憔悴却羞郎。”竟不之见。后数日，张君将行，崔又赋一诗以谢绝之。词曰：“弃置今何道，当时且自亲。还将旧来意，怜取眼前人。”奉劳歌伴，再和前声

梦觉高唐云雨散，十二巫峰，隔断相思眼。不为旁人移步懒，为郎憔悴羞郎见。　　青翼不来孤凤怨，路失桃源，再会终无便。旧恨新愁无计遣，情深何似情俱浅。

逍遥子曰：乐天谓微之能道人意中语。仆于是益知乐天之言为当也。何者？夫崔之才华婉美，词彩艳丽，则于所载缄书

诗章尽之矣。如其都愉淫冶之态，则不可得而见。及观其文，飘飘然仿佛出于人目前。虽丹青摹写其形状，未知能如是工且至否？仆尝采摭其意，撰成鼓子词十一章，示余友何东白先生。先生曰：文则美矣，意犹有不尽者，胡不复为一章于其后，具道张之于崔，既不能以理定其情，又不能合之于义。始相遇也，如是之笃；终相失也，如是之遽。必及于此，则完矣。余应之曰：先生真为文者也。言必欲有终始箴戒而后已。大抵鄙靡之词，止歌其事之可歌，不必如是之备。若夫聚散离合，亦人之常情，古今所共惜也。又况崔之始相得而终至相失，岂得已哉。如崔已他适，而张诡计以求见；崔知张之意，而潜赋诗以谢之，其情盖有未能忘者矣。乐天曰："天长地久有时尽，此恨绵绵无尽期"，岂独在彼者耶？予因命此意，复成一曲，缀于传末云

镜破人离何处问，路隔银河，岁会知犹近。只道新来消瘦损，玉容不见空传信。　　弃掷前欢俱未忍，岂料盟言，陡顿无凭准。地久天长终有尽，绵绵不似无穷恨。

赵令畤　　蝶恋花·欲减罗衣寒未去

欲减罗衣寒未去，不卷珠帘，人在深深处。红杏枝头花几许，啼痕止恨清明雨。　　尽日沉烟香一缕，宿雨醒迟，恼破春情绪。飞燕又将归信误，小屏风上西江路。

此首别作晏几道词

赵令畤　　蝶恋花·卷絮风头寒欲尽

卷絮风头寒欲尽，坠粉飘香，日日红成阵。新酒又添残酒困，今春不减前春恨。　　蝶去莺飞无处问，隔水高楼，望断双鱼信。恼乱横波秋一寸，斜阳只与黄昏近。

此首别作晏几道词

贺　铸　　蝶恋花·小院朱扉开一扇

小院朱扉开一扇，内样新妆，镜里分明见。眉晕半深唇注浅，朵云冠子偏宜面。　　被掩芙蓉熏麝煎，帘影沉沉，只有双飞燕。心事向人犹勔觍，强来窗下寻针线。

贺　铸　　蝶恋花·改徐冠卿词

几许伤春春复暮，杨柳清阴，偏碍游丝度。天际小山桃叶步，白蘋花满湔裙处。　竟日微吟长短句，帘影灯昏，心寄胡琴语。数点雨声风约住，朦胧淡月云来去。

仲　殊　　蝶恋花·北固山前波浪远

北固山前波浪远，铁瓮城头，画角残声短。促酒溅金催小宴，灯摇蜡焰香风软。　落日烟霞晴满眼，欲仗丹青，巧笔彤牙管。解写伊川山色浅，谁能画得江天晚。

仲　殊　　蝶恋花·开到杏花寒食近

开到杏花寒食近，人在花前，宿酒和春困。酒有尽时情不尽，日长只恁厌厌闷。　经岁别离闲与问，花上啼莺，解道深深恨。可惜断云无定准，不能为寄蓝桥信。

陈师道　　蝶恋花·送彭舍人罢徐

九里山前千里路，流水无情，只送行人去。路转河回寒日暮，连峰不许重回顾。　水解随人花却住，衾冷香销，但有残妆污。泪入长江空几许，双洪一抹无寻处。

周邦彦　　蝶恋花·柳

爱日轻明新雪后，柳眼星星，渐欲穿窗牖。不待长亭倾别酒，一枝已入骚人手。　浅浅挼蓝轻蜡透，过尽冰霜，便与春争秀。强对青铜簪白首，老来风味难依旧。

周邦彦　蝶恋花·桃萼新香梅落后

桃萼新香梅落后，暗叶藏鸦，苒苒垂亭牖。舞困低迷如著酒，乱丝偏近游人手。　雨过朦胧斜日透，客舍青青，特地添明秀。莫话扬鞭回别首，渭城荒远无交旧。

周邦彦　　蝶恋花·蠢蠢黄金初脱后

蠢蠢黄金初脱后，暖日飞绵，取次粘窗牖。不见长条低拂酒，赠行应已输先手。　莺掷金梭飞不透，小榭危楼，处处添奇秀。何日隋堤萦马首，路长人倦空思旧。

周邦彦　蝶恋花·小阁阴阴人寂后

小阁阴阴人寂后，翠幕褰风，烛影摇疏牖。夜半霜寒初索酒，金刀正在柔荑手。　彩薄粉轻光欲透，小叶尖新，未放双眉秀。记得长条垂鹢首，别离情味还依旧。

周邦彦　蝶恋花·秋思

月皎惊乌栖不定，更漏将残，辘轳牵金井。唤起两眸清炯炯，泪花落枕红棉冷。　执手霜风吹鬓影，去意徊徨，别语愁难听。楼上阑干横斗柄，露寒人远鸡相应。

周邦彦　蝶恋花·鱼尾霞生明远树

鱼尾霞生明远树，翠壁粘天，玉叶迎风举。一笑相逢蓬海路，人间风月如尘土。　剪水双眸云鬓吐，醉倒天瓢，笑语生青雾。此会未阑须记取，桃花几度吹红雨。

此首别作何大圭词

周邦彦　蝶恋花·美盼低迷情宛转

美盼低迷情宛转，爱雨怜云，渐觉宽金钏。桃李香苞秋不展，深心黯黯谁能见。　宋玉墙高才一觇，絮乱丝繁，苦隔春风面。歌板未终风色便，梦为蝴蝶留芳甸。

周邦彦　蝶恋花·晚步芳塘新霁后

晚步芳塘新霁后，春意潜来，迤逦通窗牖。午睡渐多浓似酒，韶华已入东君手。　嫩绿轻黄成染透，烛下工夫，泄漏章台秀。拟插芳条须满首，管交风味还胜旧。

周邦彦　蝶恋花·叶底寻花春欲暮

叶底寻花春欲暮，折遍柔枝，满手真珠露。不见旧人空旧处，对花惹起愁无数。　却倚阑干吹柳絮，粉蝶多情，飞上钗头住。若遣郎身如蝶羽，芳时争肯抛人去。

周邦彦　蝶恋花·酒熟微红生眼尾

酒熟微红生眼尾，半额龙香，冉冉飘衣袂。云压宝钗撩不起，黄金心字双垂耳。　　愁入眉痕添秀美，无限柔情，分付西流水。忽被惊风吹别泪，只应天也知人意。

陈　瓘　　蝶恋花·海角芳菲留不住

海角芳菲留不住，笔下风生，飞入青云去。仙箓有名天赐与，致君事业安排取。　　要识世间平坦路，当使人人，各有安心处。黑发便逢尧舜主，笑人白首归南亩。

此首别作黄庭坚词

陈　瓘　　蝶恋花·有个胡儿模样别

有个胡儿模样别，满颔髭须，生得浑如漆。见说近来头也白，髭须那得长长黑。　　□□□□□□□，筞子镊来，须有千堆雪。莫向细君容易说，恐他嫌你将伊摘。

谢　逸　　蝶恋花·豆蔻梢头春色浅

豆蔻梢头春色浅，新试纱衣，拂袖东风软。红日三竿帘幕卷，画楼影里双飞燕。　　拢鬓步摇青玉碾，缺样花枝，叶叶蜂儿颤。独倚阑干凝望远，一川烟草平如剪。

毛　滂　　蝶恋花·听周生鼓琵琶

闻说君家传窈窕，秀色天真，更夺丹青妙。细意端相都总好，春愁春媚生颦笑。　　琼玉胸前金凤小，那得殷勤，细托琵琶道。十二峰云遮醉倒，华灯翠帐花相照。

毛　滂　　蝶恋花·江接寒溪家已近

秋晚东归，留吴会甚久，无一人往还者

江接寒溪家已近，想见秋来，松菊荒三径。目送吴山秋色尽，星星却入双蓬鬓。　　凫短鹤长真个定，勋业来迟，不用频看镜。懒出问人人不问，绿尊倒尽横书枕。

毛　滂　　蝶恋花·戊寅秋寒秀亭观梅

相见江南情不少，尔许多时，怪得无消耗。淡日暖云勾引到，阑干寂寞怜春小。　　宫面可忺匀画了，粉瘦酥寒，一段天真好。唤起玉儿娇睡觉，半山残月南枝晓。

毛　滂　　蝶恋花·寒食

红杏梢头寒食雨，燕子泥新，不住飞来去。行傍柳阴闻好语，莺儿穿过黄金缕。　桑落酒寒杯懒举，总被多情，做得无情绪。春过二分能几许，银台新火重帘暮。

毛　滂　　蝶恋花·三叠阑干铺碧甃

东堂下牡丹，仆所栽者，清明后见花

三叠阑干铺碧甃，小雨新晴，才过清明后。初见花王披衮绣，娇云瑞日明春昼。　彩女朝真天质秀，宝髻微偏，风卷霞衣皱。莫道东君情最厚，韶光半在东堂手。

毛　滂　　蝶恋花·春夜不寐

红影斑斑吹锦片，露叶烟梢，寒月娟娟满。更起绕庭行百遍，无人只有栖莺见。　觅个薄情心对换，愁绪偏长，不信春宵短。正是碧云音信断，半衾犹赖香熏暖。

毛　滂　　蝶恋花·席上和孙使君，孙暮春当受代

城上春云低阁雨，渐觉春随，一片花飞去。素颈圆吭莺燕语，不妨缓缓歌金缕。　堕纪颓纲公已举，但见清风，萧瑟随谈绪。借寇假饶天不许，未须忙遣韶华暮。

毛　滂　　蝶恋花·送茶

花里传觞飞羽过，渐觉金槽，月缺圆龙破。素手转罗酥作颗，鹅溪雪绢云腴堕。　七盏能醒千日卧，扶起瑶山，嫌怕香尘涴。醉色轻松留不可，清风停待些时过。

毛　滂　　蝶恋花·攲枕

不雨不晴秋气味，酒病秋怀，不做醒松地。初换夹衣围翠被，蔷薇水润衙香腻。　旋折秋英餐露蕊，金缕虬团，更试康王水。幽梦不来寻小睡，无言划尽屏山翠。

王　重　　蝶恋花·去岁花前曾记有

去岁花前曾记有，坐醉嬉游，花下携纤手。粉面与花相间斗，星眸一转晴波溜。　一见新花还感旧，泪眼逢春，忍更看花柳。春恨厌厌如永昼，□□寂寞黄昏后。

王　寀　　　蝶恋花·燕子来时春未老

燕子来时春未老，红蜡团枝，费尽东君巧。烟雨弄晴芳意恼，雨余特地残妆好。　　斜倚青楼临远道，不管傍人，密共东君笑。都见娇多情不少，丹青传得倾城貌。

王　寀　　　蝶恋花·濯锦江头春欲暮

濯锦江头春欲暮，枝上繁红，着意留春住。只恐东君嫌面素，新妆剩把胭脂傅。　　晓梦惊寒初过雨，寂寞珠帘，问有余花否。怅望草堂无一语，丹青传得凝情处。

王　寀　　　蝶恋花·秾艳娇春春婉娩

秾艳娇春春婉娩，雨惜风饶，学得宫妆浅。爱把绿眉都不展，无言脉脉情何限。　　花下当时红粉面，准拟新年，都向花前见。争奈武陵人易散，丹青传得闺中怨。

王　寀　　　蝶恋花·镂雪成花檀作蕊

镂雪成花檀作蕊，爱伴秋千，摇曳东风里。翠袖年年寒食泪，为伊牵惹愁无际。　　幽艳偏宜春雨细，红粉阑干，有个人相似。钿合金钗谁与寄，丹青传得凄凉意。

王　寀　　　蝶恋花·晕绿抽芽新叶斗

晕绿抽芽新叶斗，掩映娇红，脉脉群芳后。京兆画眉樊素口，风姿别是闺房秀。　　新篆题诗霜实就，换得琼琚，心事偏长久。应是春来初觉有，丹青传得厌厌瘦。

王　寀　　　蝶恋花·花为年年春易改

花为年年春易改，待放柔条，系取长春在。宫样妆成还可爱，鬓边斜作拖枝戴。　　每到无情风雨大，检点群芳，却是深丛耐。摇曳绿萝金缕带，丹青传得妖娆态。

谢　薖　　　蝶恋花·留董之南过七夕

一水盈盈牛与女，目送经年，脉脉无由语。后夜鹊桥知暗度，持杯乞与开愁绪。　　君似庾郎愁几许，万斛愁生，更作征人去。留定征鞍君且住，人间岂有无愁处。

葛胜仲　　蝶恋花·二月十三日同安人生日作一

雨后春光浓似醉，著柳催花，节物侵龙忌。绣褓香闺当日佩，紫兰宫堕人间世。　歌管停云香吐穗，碧酒红裳，共祝鱼轩贵。天上阿环金箓秘，龟龄鹤寿三千岁。

葛胜仲　　蝶恋花·二月十三日同安人生日作二

共乐堂深帘不卷，恻恻寒轻，二月春犹浅。续寿竞来歌舞院，龙涎香衬鲛绡段。　画栋朝飞双语燕，端似知人，著意窥金盏。柳外花前同祝愿，朱颜长在年龄远。

葛胜仲　　蝶恋花·和王廉访

风过涟漪纹縠细，十指香檀，惊破交禽睡。野蔌溪毛真易致，风流未减兰亭会。　击汰千艘供洛禊，映水垂杨，万缕拖浓翠。小海一声波上戏，殷勤留客千金意。

葛胜仲　　蝶恋花·章道祖倧生日

安石榴花浓绿映，解愠风轻，乍改朱明令。衮绣元臣门户盛，童孙此日悬弧庆。　夜宴华堂添酒兴，黄纸除书，远带天香剩。欲浥苕波供续命，不须龙护江心镜。

葛胜仲　　蝶恋花·次韵张千里驹照花

二月春游须烂漫，秉烛看花，只为晨曦短。高举蜡薪通夕看，红光万丈腾天半。　寄语平时游冶伴，不负分阴，胜事输今段。灯火休催归小院，殷勤更照桃花面。

葛胜仲　　蝶恋花·只恐夜深花睡去

只恐夜深花睡去，火照红妆，满意留宾住。风烛千枝花四顾，消愁更待寻何处。　汉苑红光非浪语，栖静亭前，都是珊瑚树。便请催尊鸣鼍鼓，明朝风恶飘红雨。

葛胜仲　　蝶恋花·再次韵千里照花

百紫千红今烂熳，举烛辉花，莫厌烧令短。酒里逢花须细看，人生谁似英雄半。　安得红颜为老伴，妙舞花前，杨柳夸身段。已倒玉山迴竹院，清香不断风吹面。

葛胜仲　　蝶恋花·已过春分春欲去

已过春分春欲去，千炬花间，作意留春住。一曲清歌无误顾，绕梁余韵归何处。　　尽日劝春春不语，红气蒸霞，且看桃千树。才子霏谈更五鼓，剩看走笔挥风雨。

王安中　　蝶恋花·六花冬词

长春花口号

露桃烟杏逐年新，回首东风迹已陈。顷刻开花公莫爱，四时俱好是长春。

词

曲径深丛枝袅袅，晕粉揉绵，破蕊烘清晓。十二番开寒最好，此花不惜春归早。　　青女飞来红翠少，特地芳菲，绝艳惊衰草。只殢东风终甚了，久长欲伴姮娥老。

山茶口号

无穷芳草度年华，尚有寒来几种花。好在朱朱兼白白，一天飞雪映山茶。

词

巧剪明霞成片片，欲笑还颦，金蕊依稀见。拾翠人寒妆易浅，浓香别注唇膏点。　　竹雀喧喧烟岫远，晚色溟濛，六出花飞遍。此际一枝红绿眩，画工谁写银屏面。

蜡梅口号

雪里园林玉作台，侵寒错认暗香回。化工清气先谁得，品格高奇是蜡梅。

词

剪蜡成梅天著意，黄色浓浓，对萼匀装缀。百和薰肌香旖旎，仙裳应渍蔷薇水。　　雪径相逢人半醉，手折低枝，拥髻云争翠。嗅蕊捻枝无限思，玉真未洒梨花泪。

红梅口号

千林腊雪缀瑶瑰，晴日南枝暖独回。知有和羹寻鼎实，未春先发看红梅。

词

青玉一枝红类吐，粉颊愁寒，浓与胭脂傅。辨杏猜桃君莫误，天姿不到风尘处。　　云破月来花下住，要伴佳人，弄影参差舞。只有暗香穿绣户，昭华一曲惊吹去。

迎春口号

年年节物欲争新，玉颊朱颜一笑频。勾引东风到池馆，春前花发自迎春。

词

雪霁花梢春欲到，饯腊迎春，一夜花开早。青帝回舆云缥缈，鲜鲜金雀来飞绕。　　绣阁纱窗人窈窕，翠缕红丝，斗剪幡儿小。戴在花枝争笑道，愿人常共春难老。

小桃口号

鸳瓦铺霜朔吹高，画堂歌管醉香醪。小春特地风光好，艳粉娇红看小桃。

词

秾艳夭桃春信漏，弄粉飘香，枫叶飞丹后。酒入冰肌红欲透，无言不许群芳斗。　　楼外何人揎翠袖，剪落金刀，插处浓云覆。肯与刘郎仙去否，武陵回路相思瘦。

王安中　　蝶恋花·梁才甫席上次韵

翠袖盘花金捻线，晓炙银簧，劝饮随深浅。复幕重帘谁得见，余醺微觉红浮面。　　别唤清商开绮宴，玉管双横，抹起梁州遍。白苎歌前寒莫怨，湘梅萼里春那远。

王安中　　蝶恋花·千古铜台今莫问

千古铜台今莫问，流水浮云，歌舞西陵近。烟柳有情开不尽，东风约定年年信。　　天与麟符行乐分，带缓球纹，雅宴催云鬓。翠雾萦纡销篆印，筝声恰度秋鸿阵。

王安中　　蝶恋花·未帖宜春双彩胜

未帖宜春双彩胜，手点酥山，玉箸人争莹。节过日长心自准，迟留碧瓦看红影。　　楼外尖风吹鬓冷，一望平林，霅鬈花相映。落粉筛云晴未定，朝酲只凭阑干醒。

叶梦得　　蝶恋花·薄雪消时春已半

薄雪消时春已半，踏遍苍苔，手挽花枝看。一缕游丝牵不断，多情更觉蜂儿乱。　　尽日平波回远岸，倒影浮光，却记冰初泮。酒力无多吹易散，余寒向晚风惊幔。

曹　组　　蝶恋花·帘卷真珠深院静

帘卷真珠深院静，满地槐阴，镂日如云影。午枕花前情思凝，象床冰簟光相映。　过面风情如酒醒，沉水瓶寒，带绠来金井。涤尽烦襟无睡兴，阑干六曲还重凭。

王庭珪　　蝶恋花·月落灯残人散后

月落灯残人散后，忽到尊前，但觉眉儿皱。数日不来如许瘦，裙腰减尽君知否。　公子风流应自有，占断春光，肯落谁人手。已是许多时做就，重教舞彻双罗袖。

王庭珪　　蝶恋花·罨画楼中人已醉

罨画楼中人已醉，别院微闻，笑语帘垂地。催唤倾城香雾起，翠帷双卷春风里。　妆样尖新歌妙丽，满酌金尊，不信人憔悴。饥客眼寒谁管你，主人见惯浑闲事。

王庭珪　　蝶恋花·赠丁爽、丁旦及第

桂树新生都几许，兄弟骑龙，双入蟾宫去。一日两枝同折处，姮娥拍手都分与。　杨柳江头春色暮，白马青衫，两郡文章主。只恐远方难久住，高宗梦觉思霖雨。

周紫芝　　蝶恋花·天意才晴风又雨

天意才晴风又雨，催得风前，日日吹轻絮。燕子不飞莺不语，满庭芳草空无数。　春去可堪人也去，枝上残红，不忍抬头觑。假使留春春肯住，唤谁相伴春同处。

李清照　　蝶恋花·泪湿罗衣脂粉满

泪湿罗衣脂粉满，四叠阳关，唱到千千遍。人道山长山又断，萧萧微雨闻孤馆。　惜别伤离方寸乱，忘了临行，酒盏深和浅。好把音书凭过雁，东莱不似蓬莱远。

李清照　　蝶恋花·暖日晴风初破冻

暖日晴风初破冻，柳眼梅腮，已觉春心动。酒意诗情谁与共，泪融残粉花钿重。　乍试夹衫金缕缝，山枕斜攲，枕损钗头凤。独抱浓愁无好梦，夜阑犹剪灯花弄。

李清照　　蝶恋花·上巳召亲族

永夜恹恹欢意少，空梦长安，认取长安道。为报今年春色好，花光月影宜相照。　随意杯盘虽草草，酒美梅酸，恰称人怀抱。醉莫插花花莫笑，可怜春似人将老。

吕本中　　蝶恋花·春词

巧语娇莺春未暮，杨柳风流，恰过池塘雨。芳草满庭花满树，无情蝴蝶飞来去。　睡起小奁香一缕，玉篆回纹，等个人分付。桃叶不言人不语，眉尖一点君知否。

赵　鼎　　蝶恋花·长道县和元彦修梅词

彦修，钱塘人，名时敏。坐张天觉党，自户部员外郎，谪监长道之白石镇

一朵江梅春带雪，玉软云娇，姑射肌肤洁。照影凌波微步怯，暗香浮动黄昏月。　谩道广平心似铁，词赋风流，不尽愁千结。望断江南音信绝，陇头行客空情切。

赵　鼎　　蝶恋花·河中作

尽日东风吹绿树，向晚轻寒，数点催花雨。年少凄凉天付与，更堪春思萦离绪。　临水高楼携酒处，曾倚哀弦，歌断黄金缕。楼下水流何处去，凭栏目送苍烟暮。

向子諲　　蝶恋花·和曾端伯使君，用李久善韵

推上百花如锦绣，水满池塘，更作溅溅溜。断送风光惟有酒，苦吟不怕因诗瘦。　寻壑经丘长是久，晚晚归来，稚子柴门候。万事付之醒梦后，眉头不为闲愁皱。

向子諲　　蝶恋花·岩桂秋风南埭路

百花洲老桂盛开，张师明、程德远携酒来醉花下，有唱酬蝶恋花，亦次其韵

岩桂秋风南埭路，墙外行人，十里香随步。此是芗林游戏处，谁知不向根尘住。　今日对花非浪语，忆昨明光，早辱君王顾。生怕青蝇轻点污，思鲈何似思花去。

石耆翁　　蝶恋花·半夜六龙飞海峤

半夜六龙飞海峤，滉漾鳌波，露出珊瑚小。玉粉枝头春意早，东风未绿瀛洲草。　姑射仙人真窈窕，净练明妆，如伴商岩老。梦入水云闲缥缈，一楼明月千山晓。

李弥逊　　蝶恋花·拟古

百尺游丝当绣户，不系春晖，只系闲愁住。拾翠归来芳草路，避人蝴蝶双飞去。　困脸羞眉无意绪，陌上行人，记得清明否。消息未来池阁暮，濛濛一饷梨花雨。

李弥逊　　蝶恋花·游南山过陈公立后亭作

足力穷时山已晦，却上轻舟，急棹穿沙背。云影渐随风力退，一川月白寒光碎。　唤客主人陶谢辈，拂石移尊，不管游人醉。罗绮丛中无此会，只疑身在烟霞外。

李弥逊　　蝶恋花·新晴用前韵

清晓天容争显晦，溪上群山，戢戢分驼背。谁似浮云知进退，疏林嫩日黄金碎。　夜枕不眠憎鼠辈，困眼贪晴，拚被风烟醉。天意有情人不会，分明置我风波外。

李弥逊　　蝶恋花·福州横山阁

百叠青山江一缕，十里人家，路绕南台去。榕叶满川飞白鹭，疏帘半卷黄昏雨。　楼阁峥嵘天尺五，荷芰风清，习习消袢暑。老子人间无著处，一尊来作横山主。

李弥逊　　蝶恋花·西山小湖，四月初，莲有一花

小小芙蕖红半展，占早争先，不奈腰肢软。罗袜凌波娇欲颤，向人如诉闺中怨。　把酒与君成眷恋，约束新荷，四面舞歌扇。不放游人偷眼盼，鸳鸯叶底潜窥见。

张元幹　　蝶恋花·窗暗窗明昏又晓

窗暗窗明昏又晓，百岁光阴，老去难重少。四十归来犹赖早，浮名浮利都经了。　时把青铜闲自照，华发苍颜，一任傍人笑。不会参禅并学道，但知心下无烦恼。

张元幹　　蝶恋花·燕去莺来春又到

燕去莺来春又到，花落花开，几度池塘草。歌舞筵中人易老，闭门打坐安闲好。　　败意常多如意少，著甚来由，入闹寻烦恼。千古是非浑忘了，有时独自掀髯笑。

邓　肃　　蝶恋花·代送李状元

执手长亭无一语，泪眼汪汪，滴下阳关句。牵马欲行还复住，春风吹断梨花雨。　　海角三千千叠路，归侍玉皇，那复回头顾。旌旆已因风月驻，何妨醉过清明去。

吕渭老　　蝶恋花·风洗游丝花皱影

风洗游丝花皱影，碧草初齐，舞鹤闲相趁。短梦乍回慵理鬓，惊心忽数清明近。　　逐伴强除眉上恨，趁蝶西园，不觉鞋儿褪。醉笑眼波横一寸，微微酒色生红晕。

吕渭老　　蝶恋花·花色撩人红入眼

花色撩人红入眼，可是东君，要得人肠断。欲诉深情春不管，风枝雨叶空撩乱。　　谩插一枝飞一盏，小赏幽期，破我平生愿。珍约未成春又短，但凭蝴蝶传深怨。

王之道　　蝶恋花·和张文伯魏园行春

春入花梢红欲半，水外绿杨，掩映笙歌院。霁日迟迟风扇暖，天光上下青浮岸。　　归去画楼烟暝晚，步拾梅英，点缀宫妆面。美目碧长眉翠浅，消魂正值回头看。

王之道　　蝶恋花·和张文伯上巳雨

檐溜潺潺朝复暮，燕子衔泥，穿幕来还去。素锦青袍知有处，花光草色迷汀渚。　　春不负人人自负，君看流觞，只恁良宵度。厌浥小桃如泣诉，东风莫漫飘红雨。

王之道　　蝶恋花·城上春旗催日暮

城上春旗催日暮，柳絮沾泥，花蕊随流去。记得前时行乐处，小桥水渌初平渚。　　玉子纹楸谁胜负，不道光阴，暗向闲中度。天若有情容我诉，春来底事多阴雨。

王之道　　蝶恋花·和王冲之木樨

庭院雨余秋意晚，一阵风来，到处清香遍。把酒对花情不浅，花前敢避金杯满。　　薝卜酴醾虽惯见，常恨搀先，不是君徒伴。莫把龙涎轻斗远，流芳肯逐炉烟断。

王之道　　蝶恋花·和张文伯海棠

碧雾暗消香篆半，花影穿帘，厌浥苍苔院。鸂鶒一双塘水暖，浮沉时近垂杨岸。　　雨过不知春事晚，但怪朱唇，得酒红潮面。野蔌山肴三四盏，携尊更向花前看。

王之道　　蝶恋花·和鲁如晦围棋

玉子纹楸频较路，胜负等闲，休冶黄金注。黑白斑斑乌间鹭，明窗净几谁知处。　　逼剥声中人不语，见可知难，步武来还去。何日挂冠宫一亩，相从识取棋中趣。

王之道　蝶恋花·和鲁如晦梅花二首之一

曾向水边云外见，争似霜蕤，照映苍苔院。檀口半开金袅线，端相消得纶巾岸。　　点缀南枝红旋旋，准拟杯盘，日向花前宴。飞雪飘飘云不卷，何人览镜凭阑看。

王之道　蝶恋花·和鲁如晦梅花二首之二

杏靥桃腮俱有靦，常避孤芳，独斗红深浅。犯雪凌霜芳意展，玉容似带春寒怨。　　分得数枝来小院，依倚铜瓶，标致能清远。淡月帘栊疏影转，骚人为尔柔肠断。

王之道　　蝶恋花·追和东坡，时留滞富池

寒雨霏霏江上路，不见书邮，病目空凝注。沙觜尽头飞白鹭，篙师指似人来处。　　自笑自怜还自语，钝滞如君，只合归田去。竹屋数间环畎亩，个中自有无穷趣。

朱　松　　蝶恋花·醉宿郑氏阁

清晓方塘开一镜，落絮飞花，肯向春风定。点破翠奁人未醒，余寒犹倚芭蕉劲。　　拟托行云医酒病，帘卷闲愁，空占红香径。青鸟呼君君莫听，日边幽梦从来正。

欧阳澈　　　蝶恋花·拉朝宗小饮

红叶飘风秋欲暮，送目层楼，帘卷西山雨。解榻聚宾挥玉麈，风流只欠王夷甫。　　质剑为公沽绿醑，涤濯吟魂，拟摘黄花句。醉眼瞢腾携手处，谢池风月谁分付。

杨无咎　　　蝶恋花·曾韵鞋词

端正纤柔如玉削，窄袜宫鞋，暖衬吴绫薄。掌上细看才半搦，巧偷强夺尝春酌。　　稳称身材轻绰约，微步盈盈，未怕香尘觉。试问更谁如样脚，除非借与嫦娥著。

杨无咎　　　蝶恋花·牛楚

春睡腾腾长过午，楚梦云收，雨歇香风度。起傍妆台低笑语，画檐双鹊尤偷顾。　　笑指遥山微敛处，问我清癯，莫是因诗苦。不道别来愁几许，相逢更忍从头诉。

杨无咎　　　蝶恋花·昔在仁皇当极治

昔在仁皇当极治，南极星宫，曾降为嘉瑞。犹有画图传好事，身材只恐君今是。　　对酒不妨同看戏，他日功名，晏子堪为比。更愿远孙逢九世，安排君在鸡窠里。

杨无咎　　　蝶恋花·万里无云秋色静

万里无云秋色静，上下天光，共水交辉映。坐对冰轮心目莹，此身不在尘寰境。　　扑漉文禽飞不定，勾引离人，分外添归兴。来往悠悠重记省，夜阑人散花移影。

何大圭　　　蝶恋花·鱼尾霞收明远树

鱼尾霞收明远树，翠色粘天，一叶迎风举。一笑相逢蓬海路，人间风月如尘土。　　剪水双眸云鬓吐，醉倒天瓢，笑语生香雾。此会未阑须记取，蟠桃几度吹红雨。

此首别作周邦彦词

史　浩　　　蝶恋花·扇鼓

桂影团团光正满，更似菱花，齐把匀娇面。非镜非蟾君细看，元来却是吴姬扇。　　一曲阳春犹未遍，惊落梁尘，不数莺喉啭。好著红绡笼玉腕，轻敲引入笙歌院。

史　浩　　　蝶恋花·玉瓮新醅翻绿蚁

玉瓮新醅翻绿蚁，滴滴真珠，便有香浮鼻。欲把盈尊成雅会，更须寻个无愁地。　况是赏心多乐事，美景良辰，又复来相值。料得天家深有意，教人长寿花前醉。

曾　觌　　　蝶恋花·惜春

翠箔垂云香喷雾，年少疏狂，载酒寻芳路。多少惜花春意绪，劝人金盏歌金缕。　桃李飘零风景暮，只有闲愁，不逐流年去。旧事而今谁共语，画楼空指行云处。

曾　觌　　　蝶恋花·三月上巳应制

御柳风柔春正暖，紫殿朱楼，赫奕祥光远。十二玉龙迎凤辇，香腾锦绣闻弦管。　扇却双鸾开宝宴，绿绕红围，宣劝金卮满。万岁千秋流宠眷，此身欲备昭阳燕。

倪　偁　　　蝶恋花·长羡东林山下路

读东坡蝶恋花词，有会于予心，依韵和之。予方贸地筑亭于光远庵之侧，他日将老焉。植梅种竹，以委肖韩，故句尾及之，使知鄙意未尝一日不在兹亭也

长羡东林山下路，万叠云山，流水从倾注。两两三三飞白鹭，不须更觅神仙处。　夜久望湖桥上语，欸乃渔歌，深入荷花去。修竹满山梅十亩，烦君为我成幽趣。

倪　偁　　　蝶恋花·肖韩见和，复次韵酬之一

紫翠空濛庵畔路，满室松声，错认潺湲注。萧洒蘋汀清立鹭，溪山真我归休处。　老子平生无妄语，梅竹阴成，肯舍斯亭去。种秫会须盈百亩，非君谁识渊明趣。

倪　偁　　　蝶恋花·肖韩见和，复次韵酬之二

我爱西湖湖上路，万顷沧波，河汉连天注。一片寒光明白鹭，依稀似我登临处。　报答溪山须好语，痛饮高歌，何必骑鲸去。环舍清阴消几亩，无人肯办归来趣。

倪　偁　　蝶恋花·肖韩见和，复次韵酬之三

绿叶阴阴亭下路，修竹乔松，中有飞泉注。水满寒溪清照鹭，个中不住归何处。　　枝上幽禽相对语，细听声声，道不如归去。只待小园成数亩，归来占尽山中趣。

倪　偁　　蝶恋花·肖韩见和，复次韵酬之四

茅屋三间临水路，棐几明窗，待把虫鱼注。我已忘机狎鸥鹭，溪山买得幽深处。　　小雨招君连夜语，野服纶巾，胜日寻君去。借问良田千万亩，何如乐取林泉趣。

葛立方　　蝶恋花·冬至席上作

缇室群阴清晓散，灰动葭莩，渐觉微阳扇。日永绣工才一线，挈壶已报添银箭。　　六幕无尘开碧汉，非雾非烟，仿佛登台见。梅萼飘香萦小宴，霞浆莫放琉璃浅。

毛　幵　　蝶恋花·罗袜匆匆曾一遇

罗袜匆匆曾一遇，乌鹊归来，怨感流年度。别袖空看啼粉污，相思待倩谁分付。　　残雪江村回马路，袅袅春寒，帘晚空凝伫。人在梅花深处住，梅花落尽愁无数。

洪　适　　蝶恋花·漠漠水田飞白鹭

漠漠水田飞白鹭，夏木阴阴，巧啭黄鹂语。金匮诗人新得句，江山应道来何暮。　　好向金门联步武，何事双旌，却为丹丘驻。琼斝十分须一举，看看紫诏催归去。

朱淑真　　蝶恋花·送春

楼外垂杨千万缕，欲系青春，少住春还去。犹自风前飘柳絮，随春且看归何处。　　绿满山川闻杜宇，便做无情，莫也愁人苦。把酒送春春不语，黄昏却下潇潇雨。

张　抡　　蝶恋花·神仙十首

其一

碧海沉沉西极远。闲访□□，□□□□□。恰值群仙来阆苑，相将□□□□□。　　□□□□谁得见，五彩□□，

□□□□□。□□□□□□□，人间几度□□□。

其二

□□□□□□□，□□□□，□□□□□。□影□□□□□，□□□□□□□。　□□□□长不老，天□□□，□□□□□。□□□□□物表，广寒宫殿□□□。

其三

碧落浮黎光景异，琼□□□，□□□□□。□有宝珠如黍米，天真□□□□□。　□□□□凭玉几，花雨霏霏，散入诸天□。□□□□传妙旨，至今流演无终纪。

其四

弱水茫茫三万里，遥望蓬莱，浮动烟霄外。若问蓬莱何处是，珠楼玉殿金鳌背。　惟是飞仙能驭气，霞袖飘飖，来往如平地，除□飞仙谁得至，只缘山在波涛底。

其五

绝想凝真天地表，九□□□，□□□□□。行处旌幢参羽葆，五云随□□□□。　□□神仙春不老，烟□□□，□□□□□。□□□□多与少，下窥海□□□□。

其六

□□□□□□□，□□□□，□□□□□。□□□□□□□，□□□□□□□。　□□□□□露采，□□□□，□□□□□。□□□□□□□，飘然直□□□□。

其七

碧海灵桃花朵朵，阿母□□，□□□□□。昨夜海风吹玉颗，分明□□□□□。　□□□□苞已破，散液流□，馥郁□□□。□□三偷谁可那，如今先手还输我。

其八

莫笑一瓢门户隘，任意游行，出入俱无碍。玉殿珠宫都不爱，别藏大地非尘界。　东海扬尘瓢不坏，寒暑□移，瑞日何曾改。一住如今知几载，主人不老长春在。

其九

清夜凝然□□□，□□□□，□□□□□。□界森罗星□□，□□□□□□□。　□□□□萦碧雾，上□□□，□□□□□。□□□□□紫府，归来□□□□□。

其十

不假□□□□□，□□□□，□□□□□。□□□□□□□

□，□□□□□□□□。　　□□□□□□□□，□□□□，□□□□□。□□□□□□□□，□□□□□□□□。

张　抡　　　蝶恋花·前日海棠犹未破

前日海棠犹未破，点点胭脂，染就真珠颗。今日重来花下坐，乱铺宫锦春无那。　　剩摘繁枝簪几朵，痛惜深怜，只恐芳菲过。醉倒何妨花底卧，不须红袖来扶我。

侯　寘　　　蝶恋花·次韵张子原寻梅

雪压小桥溪路断，独立无言，雾鬓风鬟乱。拂拭冰霜君试看，一枝堪寄天涯远。　　拟向南邻寻酒伴，折得花归，醉著歌声缓。姑射梦回星斗转，依然月下重相见。

赵彦端　　　蝶恋花·赠别赵邦才席上作

堂外溪桥杨柳畔，满树东风，更著流莺唤。时节清明寒暖半，秦筝欲妒歌珠贯。　　一寸离肠无可断，旧管新收，尽记双帷卷。赖得今年春较晚，送人犹有余红乱。

赵彦端　　　蝶恋花·雪里珠衣寒未动

雪里珠衣寒未动，雪后清寒，惊损幽帷梦。风撼海牛帘幕重，画檐冰箸如流汞。　　一穗香云佳客共，溜溜金槽，政尔新词送。酒戏诗阄忘百中，烛间有个人非众。

陈从古　　　蝶恋花·日借轻黄珠缀露

日借轻黄珠缀露，困倚东风，无限娇春处。看尽夭红浑谩语，淡妆偏称泥金缕。　　不共铅华争胜负，殿后开时，故欲寻春去。去似朝霞无定所，那堪更著催花雨。

袁去华　　　蝶恋花·次韩幹梦中韵

细雨斜风催日暮，一梦华胥，记得惊人句。雾阁云窗歌舞处，翠峰青嶂无重数。　　解佩江头元有路，流水茫茫，尽日无人渡。一点相思愁万缕，几时却跨青鸾去。

袁去华　　　蝶恋花·十二峰前朝复暮

十二峰前朝复暮，空忆兰台，公子高唐句。断雨残云无觅处，古来离合归冥数。　　咫尺明河无限路，牛女佳期，犹解年年渡。细写罗笺情缕缕，雁飞不到谁将去。

向　滈　　　蝶恋花·费尽东君无限巧

费尽东君无限巧，玉减香销，回首令人老。梦绕岭头归未到，角声吹断江天晓。　　燕子来时春正好，寸寸柔肠，休问愁多少。从此欢心还草草，凭栏一任桃花笑。

管　鉴　　　蝶恋花·楼倚云屏江泻镜

辛卯重九，余在试闱，闻张子仪、文元益诸公登舟青阁分韵作词。既出院，方见所赋，以“玉山高并两峰寒”为韵，尚余并字，因为足之

楼倚云屏江泻镜，尊俎风流，地与人俱胜。酒力易消风力劲，归时城郭烟生暝。　　幕府俊游常许并，可惜佳辰，独阻登临兴。妙语流传空叹咏，一时珠玉交相映。

陆　游　　　蝶恋花·离小益作

陌上箫声寒食近，雨过园林，花气浮芳润。千里斜阳钟欲暝，凭高望断南楼信。　　海角天涯行略尽，三十年间，无处无遗恨。天若有情终欲问，忍教霜点相思鬓。

陆　游　　　蝶恋花·桐叶晨飘蛩夜语

桐叶晨飘蛩夜语，旅思秋光，黯黯长安路。忽记横戈盘马处，散关清渭应如故。　　江海轻舟今已具，一卷兵书，叹息无人付。早信此生终不遇，当年悔草长杨赋。

陆　游　　　蝶恋花·水漾萍根风卷絮

水漾萍根风卷絮，倩笑娇颦，忍记逢迎处。只有梦魂能再遇，堪嗟梦不由人做。　　梦若由人何处去，短帽轻衫，夜夜眉州路。不怕银缸深绣户，只愁风断青衣渡。

陆　游　　　蝶恋花·禹庙兰亭今古路

禹庙兰亭今古路，一夜清霜，染尽湖边树。鹦鹉杯深君莫诉，他时相遇知何处。　　冉冉年华留不住，镜里朱颜，毕竟消磨去。一句丁宁君记取，神仙须是闲人做。

姜特立　　蝶恋花·送妓

飘粉吹香三月暮，病酒情怀，愁绪浑无数。有个人人来又去，归期有恨难留驻。　明日尊前无觅处，咿轧篮舆，只向双溪路。我辈情钟君谩与，为云为雨应难据。

范成大　　蝶恋花·春涨一篙添水面

春涨一篙添水面，芳草鹅儿，绿满微风岸。画舫夷犹湾百转，横塘塔近依前远。　江国多寒农事晚，村北村南，谷雨才耕遍。秀麦连冈桑叶贱，看看尝面收新茧。

张孝祥　　蝶恋花·行湘阴

漠漠飞来双属玉，一片秋光，染就潇湘绿。雪转寒芦花蔌蔌，晚风细起波纹縠。　落日闲云归意促，小倚蓬窗，写作思家曲。过尽碧湾三十六，扁舟只在滩头宿。

张孝祥　　蝶恋花·怀于湖

恰则杏花红一树，捻指来时，结子青无数。漠漠春阴缠柳絮，一天风雨将春去。　春到家山须小住，芍药樱桃，更是寻芳处。绕院碧莲三百亩，留春伴我春应许。

张孝祥　　蝶恋花·送刘恭父

画戟旍刀入鞘，安石榴花，影落红栏小。似劝先生须饮釂，枕中鸿宝微传妙。　衮衮锋车还急诏，满眼潇湘，总是恩波渺。归去槐庭思楚峤，觚棱月晓期分照。

张孝祥　　蝶恋花·送姚主管横州

君泛仙槎银海去，后日相思，地角天涯路。草草杯盘深夜语，冥冥四月黄梅雨。　莫拾明珠并翠羽，但使邦人，爱我如慈母。待得政成民按堵，朝天衣袂翩翩举。

张孝祥　　蝶恋花·秦乐家赏花

烂烂明霞红日暮，艳艳轻云，皓月光初吐。倾国倾城恨无语，彩鸾祥凤来还去。　爱花常为花留住，今岁风光，又是前春处。醉倒扶归也休诉，习池人笑山翁语。

陈　造　　蝶恋花·范参政游石湖作命次韵

山立翠屏开几面，画舸经行，蒲茸□□岸。想过溪门帆影转，湖光忽作浮天远。　诗卷来时春畹晚，愁把钓游，佳处寻思遍。不许冷官人所贱，拘缠自叹冰蚕茧。

丘　崈　　蝶恋花·为钱守寿

梅子著花当献寿，得得天工，有意还知否。教在岁寒霜雪后，长年不羡松筠茂。　莫厌杯深歌舞奏，约略丝纶，正是来时候。富贵明年公自有，天香宫烛黄封酒。

丘　崈　　蝶恋花·送岳明州

鼓吹东方天欲晓，打彻伊州，梅柳都开了。尽道鄞江春许早，使君未到春先到。　号令只凭花信报，旗垒精明，家世临淮妙。遥想明年元夕好，玉人更著华灯照。

丘　崈　　蝶恋花·西堂竹阁，日气温然，戏作

逼砌筠窗围小院，日照花枝，疏影重重见。金鸭无风香自暖，腊寒才比春寒浅。　昼景温温烘笔砚，闲把安西，六纸都临遍。茗碗不禁幽梦远，鹊来唤起斜阳晚。

吕胜己　　蝶恋花·墙角栽梅分两下

墙角栽梅分两下，夹竹穿松，巧傍柴门亚。不似西湖明月夜，展开一片江南画。　老子寻芳心已罢，为爱孤高，结约如莲社。清静界中观物化，憧憧门外驰车马。

吕胜己　　蝶恋花·长沙作

天际行云红一缕，无尽青山，江水悠悠去。更上层楼凭远处，凄凉今古悲三楚。　心事多端谁共语，酒醒愁来，望望家何所。薄宦漂零成久旅，天涯却羡鸿遵渚。

吕胜己　　蝶恋花·观雪作

姑射真仙蓬海会，驭气乘龙，作意游方外。冬后翦花飞素彩，腊前陨璞抛团块。　幂幂绵云相映带，川谷林峦，混一乾坤大。白玉装成全世界，江湖点染微瑕颣。

吕胜己　　蝶恋花·长沙送同官先归邵武

屈指瓜期犹渺渺，羡子征鞍，去上长安道。到得故园春正好，桃腮杏脸迎门笑。　　闻道难兄登显要，雁字云霄，花萼应同调。旧恨新愁须拚了，功名趁取方年少。

吕胜己　　蝶恋花·眼约心期常未足

眼约心期常未足，邂逅今朝，暂得论心曲。忽堕鲛珠红簌簌，双眸翦水明如烛。　　可恨匆匆归去速，去去行云，望断凄心目。何似当初情未熟，免教添得愁千斛。

吕胜己　　蝶恋花·霰雨雪词

天色沉沉云色赭，风搅阴寒，浩荡吹平野。万斛珠玑天弃舍，长空撒下鸣鸳瓦。　　玉女凝愁金阙下，褪粉残妆，和泪轻挥洒。欲降尘凡飙驭驾，翩翩白凤先来也。

赵长卿　　蝶恋花·登楼晚望，闻歌声清婉而作此

闲上西楼供远望，一曲新声，巧媚谁家唱。独倚危栏听半饷，长江快泻澄无浪。　　清泪恰同春水涨，拭尽重流，触事如何向。不觉黄昏灯已上，旧愁还是新愁样。

赵长卿　　蝶恋花·天净姮娥初整驾

天净姮娥初整驾，桂魄蟾辉，来趁清和夜。费尽丹青无计画，纤纤侧向疏桐挂。　　人在扶疏桐影下，耳畔轻轻，细说家常话。年少难留应不借，未歌先咽歌还罢。

赵长卿　　蝶恋花·叶底蜂衙催日晚

宁都半岁归家，欲别去而意终不决也

叶底蜂衙催日晚，向晚匀妆，巧画宫眉浅。翠幕无风香自远，金船酌酒须教满。　　未说别离魂已断，雨幌云屏，只恐良宵短。心事不随飞絮乱，宦情肯把恩情换。

赵长卿　　蝶恋花·暮春

芍药开残春已尽，红浅香干，蝶子迷花阵。阵是清和人正困，行云散后空留恨。　　小字金书频与问，意曲心诚，未必他能信。千结柔肠愁寸寸，钿钗几日重相近。

赵长卿　　蝶恋花·春深

宿雨新晴天色好，秾李夭桃，一霎都开了。燕子归来深院悄，柳绵铺径无人扫。　咫尺莺花还又老，绿入闲阶，只有青青草。参揣前期谁可表，此情不语知多少。

赵长卿　　蝶恋花·春残

绿尽烧痕芳草遍，不暖不寒，切莫辜良宴。罨画屏风开羽扇，薄罗衫子仙衣练。　晚雨小池添水面，戏跃赪鳞，又向波心见。持酒伊听声宛转，樽前唱彻昭阳怨。

赵长卿　　蝶恋花·初夏

乱叠青钱荷叶小，浓绿阴阴，学语雏莺巧。小树飞花芳径草，堆红衬碧于中好。　梅子弄黄枝上早，春已归时，戏蝶游蜂少。细把新词才和了，鸡声已唤纱窗晓。

赵长卿　　蝶恋花·和任路分荷花

忆昔临平山下过，无数荷花，照水无纤颣。短艇直疑天上坐，醉眠花里香无那。　雨浥红妆娇娜娜，脉脉含情，欲向风前破。莫道晚来风景可，青房著子千千颗。

赵长卿　　蝶恋花·深秋

一梦十年劳忆记，社燕宾鸿，来去何容易。宿酒半醒便午睡，芭蕉叶映纱窗翠。　衬粉泥书双合字，鸾凰鸳鸯，总是双双意。已作吹箫长久计，鸳衾空有中宵泪。

张　震　　蝶恋花·惜春

梅子初青春已暮，芳草连云，绿遍西池路。小院绣垂帘半举，衔泥紫燕双飞去。　人在赤阑桥畔住，不解伤春，还解相思否。清梦欲寻犹间阻，纱窗一夜萧萧雨。

王　炎　　蝶恋花·崇阳县圃夜饮

纤手行杯红玉润，满眼花枝，雨过胭脂嫩。新月一眉生浅晕，酒阑无奈添春困。　唤起醉魂君不问，憔悴颜容，羞与花相近。人自无情花有韵，风光易老何须恨。

王　炎　　蝶恋花·柳暗西湖春欲暮

柳暗西湖春欲暮，无数青丝，不系行人住。一点心情千万绪，落花寂寂风吹雨。　　唤起声中人独睡，千里明驼，不踏山间路。谩道遣愁除是醉，醉还易醒愁难去。

杨冠卿　　蝶恋花·次张俊臣韵

舞处曾看花满面，独倚东风，往事思量遍。绿怨红愁春不管，天涯芳草人肠断。　　一纸云笺鱼雁远，归凤求凰，谁识琴心怨。臂枕香消眉黛敛，也应为我宽金钏。

杨冠卿　　蝶恋花·月冷花寒宫漏促

月冷花寒宫漏促，人在虚檐，玉体温无粟。弦断鸾胶还再续，娇云时霎情难足。　　解道双鸳愁独宿，宿翠偎红，蛱蝶元相逐。蓬海路遥天六六，终须伴我骑黄鹄。

辛弃疾　　蝶恋花·送祐之弟

衰草残阳三万顷，不算飘零，天外孤鸿影。几许凄凉须痛饮，行人自向江头醒。　　会少离多看两鬓，万缕千丝，何况新来病。不是离愁难整顿，被他引惹其他恨。

辛弃疾　　蝶恋花·和杨济翁韵

点检笙歌多酿酒，蝴蝶西园，暖日明花柳。醉倒东风眠永昼，觉来小院重携手。　　可惜春残风雨又，收拾情怀，长把诗僝僽。杨柳见人离别后，腰肢近日和他瘦。

辛弃疾　　蝶恋花·月下醉书两岩石浪

九畹芳菲兰佩好，空谷无人，自怨蛾眉巧。宝瑟泠泠千古调，朱丝弦断知音少。　　冉冉年华吾自老，水满汀洲，何处寻芳草。唤起湘累歌未了，石龙舞罢松风晓。

辛弃疾　　蝶恋花·席上赠杨济翁侍儿

小小华年才月半，罗幕春风，幸自无人见。刚道羞郎低粉面，傍人瞥见回娇盼。　　昨夜西池陪女伴，柳困花慵，见说归来晚。劝客持觞浑未惯，未歌先觉花枝颤。

辛弃疾　　蝶恋花·送人行

意态憨生元自好，学画鸦儿，旧日偏他巧。蜂蝶不禁花引调，西园人去春风少。　春已无情秋又老，谁管闲愁，千里青青草。今夜倩簪黄菊了，断肠明月霜天晓。

辛弃疾　　蝶恋花·戊申元日立春席间作

谁向椒盘簪彩胜，整整韶华，争上春风鬓。往日不堪重记省，为花长把新春恨。　春未来时先借问，晚恨开迟，早又飘零近。今岁花期消息定，只愁风雨无凭准。

辛弃疾　　蝶恋花·和江陵赵宰

老去怕寻年少伴，画栋珠帘，风月无人管。公子看花朱碧乱，新词搅断相思怨。　凉夜愁肠千百转，一雁西风，锦字何时遣。毕竟啼乌才思短，唤回晓梦天涯远。

辛弃疾　　蝶恋花·送郑元英

莫向城头听漏点，说与行人，默默情千万。总是离愁无近远，人间儿女空恩怨。　锦绣心胸冰雪面，旧日诗名，曾道空梁燕。倾盖未偿平日愿，一杯早唱阳关劝。

辛弃疾　　蝶恋花·继杨济翁韵饯范南伯知县归京口

泪眼送君倾似雨，不折垂杨，只倩愁随去。有底风光留不住，烟波万顷春江橹。　老马临流痴不渡，应惜障泥，忘了寻春路。身在稼轩安稳处，书来不用多行数。

辛弃疾　　蝶恋花·客有燕语莺啼人乍远之句，用为首句

燕语莺啼人乍远，却恨西园，依旧莺和燕。笑语十分愁一半，翠围特地春光暖。　只道书来无过雁，不道柔肠，近日无肠断。柄玉莫摇湘泪点，怕君唤作秋风扇。

辛弃疾　　蝶恋花·洗尽机心随法喜

洗尽机心随法喜，看取尊前，秋思如春意。谁与先生宽发齿，醉时惟有歌而已。　岁月何须溪上记，千古黄花，自有渊明比。高卧石龙呼不起，微风不动天如醉。

辛弃疾　　蝶恋花·何物能令公怒喜

何物能令公怒喜，山要人来，人要山无意，恰似哀筝弦下齿，千情万意无时已。　　自要溪堂韩作记，今代机云，好语花难比。老眼狂花空处起，银钩未见心先醉。

甄良友　　蝶恋花·照水绮霞明木杪

照水绮霞明木杪，彩翼双栖，未觉桐阴少。正是一年秋色好，世间重睹香山老。　　祝寿人如群玉绕，满酌金莲，愿永谐歌笑。仙客莫疑来不早，洞中日月天昏晓。

程　垓　　蝶恋花·日下船篷人未起

日下船篷人未起，一个燕儿，说尽伤春意。江上残花能有几，风催雨促成容易。　　湖海客心千万里，著力东风，推得人行未。相次桃花三月水，菱歌谁伴西湖醉。

程　垓　　蝶恋花·满路梅英飞雪粉

满路梅英飞雪粉，临水人家，先得春光嫩。楼底杏花楼外影，墙东柳线墙西恨。　　撷翠揉红何处问，暖入眉峰，已作伤春困。归路月痕弯一寸，芳心只为东风损。

程　垓　　蝶恋花·春风一夕浩荡，晓来柳色一新

寒意勒花春未足，只有东风，不管春拘束。杨柳满城吹又绿，可人青眼还相属。　　小叶星星眠未熟，看尽行人，唱彻阳关曲。心事一春何计续，芳条未展眉先蹙。

程　垓　　蝶恋花·自东江乘晴过蟆颐渚园小饮

晴带溪光春自媚，绕翠萦青，来约东风醉。云补断山疏复缀，雨回绿野清还丽。　　拄杖不妨舒客意，临水人家，问有花开未。江左风流今有几，逢春不要人憔悴。

程　垓　　蝶恋花·翠幕成阴帘拂地

翠幕成阴帘拂地，池馆无人，四面生凉意。荷气竹香俱细细，分明著莫清风袂。　　玉枕如冰笙似水，才弹横钗，早被莺呼起。今夜月明人未睡，只消三四分来醉。

程　垓　　　　蝶恋花·画阁红炉屏四向

画阁红炉屏四向，梅拥寒香，次第侵帷帐。烛影半低花影幌，修眉正在花枝傍。　　殢粉偎香羞一饷，未识春风，已觉春情荡。醉里不知霜月上，归来已踏梅花浪。

程　垓　　　　蝶恋花·楼角吹花烟月堕

楼角吹花烟月堕，的皪韶妍，又向梅心破。钗上彩幡看一个，赏心已觉春生坐。　　莫恨年华风雨过，人日嬉游，次第连灯火。翠幄高张金盏大，已拚醉袖随香亸。

程　垓　　　蝶恋花·小院菊残烟雨细

小院菊残烟雨细，天气凄凉，恼得人憔悴。被暖橙香羞早起，玉钗一任慵云坠。　　楼上珠帘钩也未，数尺遥山，供尽伤高意。伫立不禁残酒味，绣罗依旧和香睡。

程　垓　　　　蝶恋花·月下有感

小院秋光浓欲滴，独自钩帘，细数归鸿翼。鸿断天高无处觅，矮窗催暝蛩催织。　　凉月去人才数尺，短发萧骚，醉傍西风立。愁眼望天收不得，露华衣上三更湿。

程　垓　　　蝶恋花·晴日溪山春可数

晴日溪山春可数，水绕池塘，知有人家住。寻日寻花花不语，旧时春恨还如许。　　苦恨东风无意绪，只解催花，不解催人去。日晚荒烟迷古戍，断魂正在梅花浦。

黄人杰　　　蝶恋花·问讯梅花开也未

问讯梅花开也未，孕雪含香，春在寒梢尾。试与折来供一醉，寿乡容与生春意。　　律转黄钟霜小霁，月姊乘鸾，伴我浮尘世。结取年年今日誓，梅花影里看仙桂。

陈三聘　　　蝶恋花·阊阖城西山四面

阊阖城西山四面，鸭绿鳞鳞，轻拍横塘岸。一阵东风羊角转，望中已觉孤帆远。　　独恨寻芳来较晚，柘老桑稠，农务村村遍。山鸟劝酤官酒贱，炊烟深巷听缫茧。

石孝友　　蝶恋花·别后相思无限期

别后相思无限期，欲说相思，要见终无计。拟写相思持送似，如何尽得相思意。　　眼底相思心里事，纵把相思，写尽凭谁寄。多少相思都做泪，一齐泪损相思字。

石孝友　　蝶恋花·寒卸园林春已透

寒卸园林春已透，红著溪梅，绿染前堤柳。见个人人今感旧，引杯相属蒲塘酒。　　金缕歌中眉黛皱，多少闲愁，借与伤春瘦。明日马蹄浮野秀，柳颦梅惨空回首。

石孝友　　蝶恋花·薄幸人人留不住

薄幸人人留不住，杨柳花时，还是成虚度。一枕梦回春又去，海棠吹落胭脂雨。　　金鸭未销香篆吐，断尽柔肠，看取沉烟缕。独上危楼凝望处，西山瞑色连南浦。

赵师侠　　蝶恋花·戊戌和邓南秀

柳眼窥春春渐吐，又是东风，摇曳黄金树。宜入新春闻好语，一犁处处催耕雨。　　未有花须金缕缕，醉梦悠飏，似蝶翩跹舞。一枕仙游何处去，觉来依旧江南住。

赵师侠　　蝶恋花·己亥同常监游洪阳洞题肯堂壁

春到园林能几许，昨夜疏疏，过却催花雨。暖日晴岚原上路，雕鞍暂系芳菲树。　　仙洞同游皆胜侣，翻忆年时，醉里曾寻句。要与龙江春作主，翩然又趁东风去。

赵师侠　　蝶恋花·癸卯信丰赋芙蓉

剪剪西风催碧树，乱菊残荷，节物惊秋暮。绿叶红苞迎晓露，锦屏绣幄围芳圃。　　尘世鸾骖那肯驻，尚忆层城，仙苑飞琼侣。能共牡丹争几许，惜花对景聊为主。

赵师侠　　蝶恋花·道中有簪二色菊花

百叠霜罗香蕊细，袅袅垂铃，缀簇黄金碎。独占九秋风露里，芳心不与群英比。　　采采东篱今古意，秀色堪餐，更惹兰膏腻。不用南山横紫翠，悠然消得因花醉。

赵师侠　　蝶恋花·临安道中赋梅

剪水凌虚飞雪片，认得清香，雪树深深见。傅粉凝酥明玉艳，含章檐下春风面。　照影溪桥情不浅，羌管声中，叠恨传幽怨。陇首人归芳信断，万重云水江南远。

赵师侠　　蝶恋花·戊申秋夜

夜雨鸣檐声录蔌，薄酒浇愁，不那更筹促。感旧伤今难举目，无聊独剪西窗烛。　弹指光阴如电速，富贵功名，本自无心逐。粝食粗衣随分足，此身安健他何欲。

赵师侠　　蝶恋花·丙辰嫣然赏海棠

春入园林新雨过，次第芳菲，惹起情无那。蜀锦青红初剪破，枝头点点胭脂颗。　柳带随风金袅娜，隐映余霞，灿灿红云堕。高烛夜寒光照坐，只愁沉醉谁扶我。

赵师侠　　蝶恋花·用宜笑之语作

解语花枝娇朵朵，不为伤春，爱把眉峰锁。宜笑精神偏一个，微涡媚靥樱桃破。　先自腰肢常袅娜，更被新来，酒饮频过火。茶饭不忺犹自可，脸儿瘦得些娘大。

陈　亮　　蝶恋花·甲辰寿元晦

手捻黄花还自笑，笑比渊明，莫也归来早。随世功名浑草草，五湖却共繁华老。　冷淡家生冤得道，旖旎妖娆，春梦如今觉。管个岁华须到了，此花之后花应少。

杨炎正　　蝶恋花·别范南伯

离恨做成春夜雨，添得春江，划地东流去。弱柳系船都不住，为君愁绝听橹橹。　君到南徐芳草渡，想得寻春，依旧当年路。后夜独怜回首处，乱山遮隔无重数。

杨炎正　　蝶恋花·稼轩坐间作，首句用丘六书中语

点检笙歌多酿酒，不放东风，独自迷杨柳。院院翠阴停永昼，曲栏随处堪垂手。　昨日解酲今夕又，消得情怀，长被春僝僽。门外马嘶人去后，乱红不管花消瘦。

杨炎正　　蝶恋花·万点飞花愁似雨

万点飞花愁似雨，峭杀轻寒，不会留春住。满地乱红风扫聚，只教燕子衔将去。　　独倚阑干闲自觑，深院无人，行到无情处。帘外丝丝杨柳舞，又还装点人情绪。

张　镃　　蝶恋花·杨柳秋千旗斗舞

杨柳秋千旗斗舞，漠漠轻烟，罩定黄鹂语。红滴海棠娇半吐，燕脂水似朝来雨。　　行过池边携手路，都把多情，变作无情绪。惟有东风知住处，凭君送取温存去。

张　镃　　蝶恋花·南湖

门外沧洲山色近，鸥鹭双双，恼乱行云影。翠拥高筠阴满径，帘垂尽日林堂静。　　明月飞来烟欲暝，水面天心，两个黄金镜。慢飐轻摇风不定，渔歌欸乃谁同听。

张　镃　　蝶恋花·挟翠桥

洒面松风凉似水，下看冰泉，喷薄溪桥底。叠叠层峰相对起，家居却在深山里。　　枝上凌霄红绕翠，飘下红英，翠影争摇曳。今夜岩扉休早闭，月明定有飞仙至。

刘　过　　蝶恋花·赠张守宠姬

帘幕闻声歌已妙，一曲尊前，真个梅花早。眉黛两山谁为扫，风流京兆江南调。　　醉得白须人易老，老去侯鲭，旧也曾年少。后夜短篷霜月晓，梦魂依约云山绕。

刘　过　　蝶恋花·宝鉴年来微有晕

宝鉴年来微有晕，懒照容华，人远天涯近。昨夜灯花还失信，无心更唱江城引。　　行过短墙回首认，醉撼花梢，红雨飞成阵。拌了为郎憔悴损，庞儿恰似江梅韵。

卢　炳　　蝶恋花·和彭孚先韵

满架冰蕤开遍了，试问花神，留得春多少。清胜荀香娇韵好，谢庭风月应难到。　　酒酿新醅名不老，醉倒花前，真个无烦恼。满座清欢供一笑，春酲拚却明窗晓。

卢　炳　　　蝶恋花·和人探梅

罗幕护寒遮晓雾，爱日烘晴，又是年华暮。潇洒江梅争欲吐，暗香漏泄春来处。　何日寻芳溪畔路，挈榼携筇，写景论心素。千里相逢真会遇，羡君解道江南句。

刘　翰　　蝶恋花·团扇题诗春又晚

团扇题诗春又晚，小梦惊残，碧草池塘满。一曲银钩帘半卷，绿窗睡足莺声软。　瘦损衣围罗带减，前度风流，陡觉心情懒。谁品新腔拈翠管，画楼吹彻江南怨。

刘仙伦　　蝶恋花·小立东风谁共语

小立东风谁共语，碧尽行云，依约兰皋暮。谁问离怀知几许，一溪流水和烟雨。　媚荡杨花无著处，才伴春来，忙底随春去。只恐游蜂黏得住，斜阳芳草江头路。

韩　淲　　蝶恋花·道上疏梅花一树

三十日归途村店市酒，成季、子任同酌而歌

道上疏梅花一树，人去人来，不管流年度。闲过南衢同散步，东风为我吹香去。　试问青春今几许，明日新正，溪影横山暮。遮莫攀翻君且住，心儿却在题诗处。

韩　淲　　蝶恋花·细雨吹池沼

尽道今年春较早，梅与人情，觉得梅偏好。一树南衢香未老，春风已自生芳草。　来自城中犹带晓，行到君家，细雨吹池沼。怅望沙坑须会到，玉溪此意年时少。

韩　淲　　蝶恋花·野趣轩看玉色木樨

斜日清霜山薄暮，行到桥东，林竹疑无路。小院横窗香噀雾，胆屏曲几花如雨。　细酌心情因少驻，九万刚风，寒影吹琼素。不是月宫那有许，霓裳舞彻凌波步。

韩　淲　　蝶恋花·次韵伊一

未就丹砂须九转，谁把新词，歌绕梁尘遍。拍拍韶华春意满，揆予初度文何健。　恰是山花汀草远，独乐园林，不梦笙歌殿。灵气仙才非小见，霞杯漫道蟠桃献。

韩　淲　　　蝶恋花·次韵郑一

千叶香梅春在手，日薄帘栊，花影遮前后。小立徐行还易久，微吟莫厌伤多酒。　　拾翠流红弦管透，望断青青，休问行人柳。往事如云如梦否，连天芳草惊依旧。

吴礼之　　　蝶恋花·春思一

睡思厌厌莺唤起，帘卷东风，犹未忺梳洗。眼细眉长云拥髻，笑垂罗袖熏沉水。　　媚态盈盈闲举止，只有江梅，清韵能相比。诗酒琴棋歌舞地，又还同醉春风里。

吴礼之　　　蝶恋花·春思二

满地落红初过雨，绿树成阴，紫燕风前舞。烟草低迷萦小路，昼长人静扃朱户。　　沉水香销新剪苎，欹枕朦胧，花底闻莺语。春梦又还随柳絮，等闲飞过东墙去。

吴礼之　　　蝶恋花·别恨

急水浮萍风里絮，恰似人情，恩爱无凭据。去便不来来便去，到头毕竟成轻负。　　帘卷春山朝又暮，莺燕空忙，不念花无主。心事万千谁与诉，断云零雨知何处。

汪　晫　　蝶恋花·秋夜简赵尉借韵

午夜凉生风不住，河汉无声，时见疏星度。佳客伴君知未去，对床只欠潇潇雨。　　素月四更山外吐，金鸭慵添，消尽沉烟缕。料想玉楼人念处，归舟日望荷花浦。

史达祖　　蝶恋花·二月东风吹客袂

二月东风吹客袂，苏小门前，杨柳如腰细。蝴蝶识人游冶地，旧曾来处花开未。　　几夜湖山生梦寐，评泊寻芳，只怕春寒里。今岁清明逢上巳，相思先到溅裙水。

华　岳　　蝶恋花·叶底无风池面静

叶底无风池面静，掬水佳人，拍破青铜镜。残月朦胧花弄影，新梳斜插乌云鬓。　　拍索闷怀添酒兴，旋撷园蔬，随分成盘饤。说与翠微休急性，功名富贵皆前定。

江　衮　　蝶恋花·身世谁人知觉梦

身世谁人知觉梦，阳焰空花，尽被三彭弄。可但运机畦上瓮，由来不了轻根重。　休要寻文披大洞，丹鼎屯蒙，养取元珠动。意马此时何用鞚，长生自与天齐共。

赵希蓬　　蝶恋花·昼永无人深院静

昼永无人深院静，一枕春醒，犹未忺临镜。帘卷新蟾光射影，连忙掠起鬔松鬓。　对景沉吟嗟没兴，薄幸不来，空把杯盘饤。休道妇人多水性，今宵独自言无定。

魏了翁　　蝶恋花·和孙蒲江□□上元词

又见王正班玉瑞，霁月光风，恰与元宵际。横玉一声天似水，阳春到处皆生意。　十载奔驰今我里，昔□元非，未信今皆是。风月惺惺人自醉，却将醉眼看荣悴。

魏了翁　　蝶恋花·和费五九丈□□见惠生日韵

早岁腾身阶辇路，秋月春风，只作浑闲度。手挟雷公驱电母，袖中双剑蛟龙舞。　如此壮心空浪许，四十明朝，忍把流年数。又过一番生日去，寿觞羞对亲朋举。

魏了翁　　蝶恋花·饯汪漕使杲劝酒

可煞潼人真慕顾，接得官时，只道来何暮。岁岁何曾捹得住，遂人又见迎将去。　谩自儿曹相尔汝，心事同时，千里元相梧。况是棠阴随处处，秋江夜月春空雾。

真德秀　　蝶恋花·两岸月桥花半吐

两岸月桥花半吐，红透肌香，暗把游人误。尽道武陵溪上路，不知迷入江南去。　先自冰霜真态度，何事枝头，点点胭脂污。莫是东君嫌淡素，问花花又娇无语。

刘学箕　　蝶恋花·北津夜雪

灯火已收正月半，一夜东风，吹得寒威转。怪得美人贪睡暖，飞瑛积玉千林变。　道是柳绵春尚浅，比著梅花，花已都零乱。漠漠一天迷望眼，多情更把征衣点。

洪咨夔　　蝶恋花·画斛黄花寒更好

画斛黄花寒更好，人爱花繁，却被花催老。旧恨新愁谁酝造，带围暗减知多少。　　开眼万般浑是恼，只仗微醺，假寐宽怀抱。隔屋愁眉春思早，数声啼破池塘草。

刘　镇　　蝶恋花·丁丑七夕

谁送凉蟾消夜暑，河汉迢迢，牛女何曾渡。乞得巧来无用处，世间枉费闲针缕。　　人在江南烟水路，头白鸳鸯，不道分飞苦。信远翻嗔乌鹊误，眉山暗锁巫阳雨。

方千里　　蝶恋花·漏泄东君消息后

漏泄东君消息后，短叶长条，著意遮轩牖。嫩比鹅黄初熟酒，染匀巧费春风手。　　万缕筛金新月透，入夜柔情，还胜朝来秀。彩笔雕章知几首，可人标韵无新旧。

方千里　　蝶恋花·一搦腰肢初见后

一搦腰肢初见后，恰似娉婷，十五藏朱牖。春色恼人浓抵酒，风前脉脉如招手。　　黛染修眉蛾绿透，态婉仪闲，自是闺房秀。堪惜年华同转首，女郎台畔春依旧。

方千里　　蝶恋花·碎玉飞花寒食后

碎玉飞花寒食后，薄影行风，终日穿疏牖。有客思归还把酒，闲吹倦絮轻黏手。　　雪满愁城寒欲透，飘尽残英，翠幄成秾秀。张绪风流今白首，少年襟度难如旧。

方千里　　蝶恋花·翠浪蓝光新雨后

翠浪蓝光新雨后，整整斜斜，高下笼窗牖。万斛深倾重碧酒，量愁知落何人手。　　栊雾梳烟晴色透，照影回风，一段嫣然秀。白下门东空引首，藏鸦枝叶长怀旧。

黄　机　　蝶恋花·碧树凉飕惊画扇

碧树凉飕惊画扇，窗户齐开，秋意参差满。先自离愁裁不断，蛩螀更作声声怨。　　山绕千重溪百转，隔了溪山，梦也无由见。归计凭谁占近远，银缸昨夜花如糁。

严　仁　　　　蝶恋花·快阁

杰阁青红天半倚，万里归舟，更近阑干舣。木落山寒凫雁起，一声渔笛沧洲尾。　　千古文章黄太史，扪虱高风，长照冰壶里。何以荐君秋菊蕊，癯瓢为酌西江水。

严　仁　　　　蝶恋花·春情

院静日长花气暖，一簇娇红，得见春深浅。风送生香来近远，笑声只在秋千畔。　　目力未穷肠已断，一寸芳心，更逐游丝乱。朱户对开帘卷半，日斜江上春风晚。

葛长庚　　　　蝶恋花·题爱阁

冷雨疏风凉漠漠，云去云来，万里秋阴薄。笑倚玉阑呼白鹤，烟笼素月青天角。　　竹影松声浑似昨，醉胆如天，谁道词源涸。满地苍苔霜叶落，今宵不饮何时乐。

葛长庚　　蝶恋花·绿暗红稀春已暮

绿暗红稀春已暮，燕子衔泥，飞入谁家去。柳絮欲停风不住，杜鹃声里山无数。　　白马青衫无定据，好底林泉，信脚随缘寓。拚却此生心已许，一川风月聊为主。

葛长庚　　蝶恋花·楼上风光都占断

楼上风光都占断，楼下风光，还许诗人管。管领风光谁是伴，一堤杨柳开青眼。　　波面琉璃花影乱，玉笋持杯，画舸歌声颤。醉里寻春春不见，夕阳芳草连天远。

冯取洽　　　　蝶恋花·和玉林韵

秋到双溪溪上树，叶叶凉声，未省来何许。尽拓溪楼窗与户，倚阑清夜窥河鼓。　　那得吟朋同此住，独对秋芳，欲寄花无处。杖屦相从曾有语，未来先自愁君去。

吴　潜　　　　蝶恋花·吴中赵园

野树梅花香似扑，小径穿幽，乐意天然足。回首人间名利局，大都一觉黄粱熟。　　别墅谁家屏簇簇，绮户疏窗，尚有藏春屋。镜断钗分何处续，伤心芳草庭前绿。

吴　潜　　　蝶恋花·客枕梦回闻二鼓

客枕梦回闻二鼓，冷落青灯，点滴空阶雨。一寸愁肠千万缕，更听切切寒蛩语。　　世事翻来还覆去，造物儿嬉，自古无凭据。利锁名缰空自苦，星星鬓影今如许。

吴　潜　　　蝶恋花·和处静木香

澹白轻黄纯雅素，一段风流，欹枕疏窗户。夜半香魂飞欲去，伴他月里霓裳舞。　　消得留春春且住，不比杨花，轻作沾泥絮。况是环阴成幄处，不愁更被红妆妒。

赵崇嶓　　　蝶恋花·一翦微寒禁翠袂

一翦微寒禁翠袂，花下重开，旧燕添新垒。风旋落红香匝地，海棠枝上莺飞起。　　薄雾笼春天欲醉，碧草澄波，的的情如水。料想红楼挑锦字，轻云淡月人憔悴。

方　岳　　　蝶恋花·用韵秋怀

雁落寒沙秋恻恻，明月芦花，共是江南客。骑鹤楼高边羽急，柔情不尽淮山碧。　　世路只催双鬓白，菰菜莼羹，正自令人忆。归梦不知江水隔，烟帆飞过平如席。

方　岳　　　蝶恋花·山抹修眉横绿净

山抹修眉横绿净，浦溆生寒，立尽梧桐影。香炧未消帘幕静，醉红如洗风吹醒。　　一夜秋声连玉井，梦落孤篷，已尽山阴兴。戍角凄凉清漏永，江南烟雨何堪省。

方　岳　　　蝶恋花·秋水涵空如镜净

秋水涵空如镜净，满镜清寒，倒碧摇山影。药户谁抨圆玉静，碧纱人怯黄昏醒。　　丛桂小山寒井井，唤起江南，一叶莼鲈兴。先自新愁愁夜永，不堪宋□重提省。

吴文英　　　蝶恋花·题华山道女扇

北斗秋横云髻影，莺羽衣轻，腰减青丝剩。一曲游仙闻玉磬，月华深院人初定。　　十二阑干和笑凭，风露生寒，人在莲花顶。睡重不知残酒醒，红帘几度啼鸦暝。

吴文英　　蝶恋花·九日和吴见山韵

明月枝头香满路，几日西风，落尽花如雨。倒照秦眉天镜古，秋明白鹭双飞处。　自摘霜葱宜荐俎，可惜重阳，不把黄花与。帽坠笑凭纤手取，清歌莫送秋声去。

万俟绍之　　蝶恋花·春风

啼鸩一声云榭晚，好梦惊回，蓬岛疑行遍。无绪东风帘自卷，香苞云压荼蘼院。　似有还无烟色展，絮暖鱼肥，时复吹池面。扇影著花蜂蝶见，药栏春静红尘远。

黄　昇　　蝶恋花·春感

百计留春春不住，褪粉吹香，日日催教去。心事欲凭莺语诉，流莺划地无凭据。　绿玉阑干围绮户，一点柔红，应在深深处。想倚翠帘吹柳絮，浅颦惆怅芳期误。

杨泽民　　蝶恋花·柳

腊尽江南梅发后，万点黄金，娇眼初窥牖。曾见渭城人劝酒，嫩条轻拂传杯手。　料峭东风寒欲透，暗点轻烟，便觉添疏秀。莫道故人今白首，人虽有故心无旧。

杨泽民　　蝶恋花·初过元宵三五后

初过元宵三五后，曲槛依依，终日摇金牖。瘦损舞腰非为酒，长条聊赠垂鞭手。　几叶小梅春已透，信是风流，占尽人间秀。走马章台还举首，可人标韵强如旧。

杨泽民　　蝶恋花·寂寞春残花谢后

寂寞春残花谢后，落絮轻盈，点点穿风牖。浓绿阴中人卖酒，凉生午扇都停手。　叶密啼莺飞不透，要咏清姿，除是凭才秀。往日周郎为唱首，今将高韵重翻旧。

杨泽民　　蝶恋花·百卉千花都绽后

百卉千花都绽后，浥露依风，翠影笼芳牖。杏脸桃腮匀著酒，青红相映如携手。　一段帘丝风约透，妆点亭台，表里俱清秀。几度长堤频矫首，青青颜色新如旧。

陈 著　　蝶恋花·次韵黄子羽重午

世变无情风挟雨，长夜漫漫，何日开晴午。白发萧疏惊岁序，儿嬉漫说重重午。　　粒啄偷生如抟黍，过计何须，负郭多南亩。曾著宫衣沾雨露，如今掩袂悲湘浦。

刘云甫　　蝶恋花·寿陈山泉

一点郎星光彻晓，许大乾坤，难著经纶手。拂袖归来应自笑，山翁偏爱林泉好。　　庭下儿孙歌寿酒，不献蟠桃，不数安期枣。且喜今朝云出岫，定知霖雨苍生早。

萧汉杰　　蝶恋花·春燕和韵

一缕春情风里絮，海阔天高，那更云无数。娇颤画梁非为雨，怜伊只合和伊去。　　欲话因缘愁日暮，细认帘旌，几度来还去。万一这回航可渡，共渠活处寻条路。

陈允平　　蝶恋花·谢了梨花寒食后

谢了梨花寒食后，剪剪轻寒，晓色侵书牖。寂寞幽斋惟酌酒，柔条恨结东风手。　　浅黛娇黄春色透，薄雾轻烟，远映苏堤秀。目断章台愁举首，故人应似青青旧。

陈允平　　蝶恋花·墙外秋千花影后

墙外秋千花影后，环兽金悬，暗绿笼朱牖。为怯轻寒犹殢酒，同心共结怀纤手。　　粉袖盈盈香泪透，蹙损双眉，懒画遥山秀。柔弱风条低拂首，渭城歌舞春如旧。

陈允平　　蝶恋花·寂寞长亭人别后

寂寞长亭人别后，一把垂丝，乱拂闲轩牖。三月春光浓似酒，传杯莫放纤纤手。　　金缕依依红日透，舞彻东风，不减蛮腰秀。扑鬓杨花如白首，少年张绪心如旧。

陈允平　　蝶恋花·落尽樱桃春去后

落尽樱桃春去后，舞絮飞绵，扑簌穿帘牖。惜别情怀愁对酒，翠条折赠劳亲手。　　绣幕深沉寒尚透，雨雨晴晴，妆点西湖秀。怅望章台愁转首，画阑十二东风旧。

陈允平　　蝶恋花·楼上钟残人渐定

楼上钟残人渐定，庭户沉沉，月落梧桐井。闷倚琐窗灯炯炯，兽香闲伴银屏冷。　淅沥西风吹雁影，一曲胡笳，别后谁堪听。誓海盟山虚话柄，凭书问著无言应。

何梦桂　　蝶恋花·即景

风信花残吹柳絮，柳外池塘，乳燕时飞度。漠漠轻云山约住，半村烟树鸠呼雨。　竹院深深深几许，深处人闲，谁识闲中趣。弹彻瑶琴移玉柱，苍苔满地花阴午。

刘辰翁　　蝶恋花·感兴

过雨新荷生水气，高影参差，无谓思量睡。梦里不知轻别意，醒来竟是谁先起。　去路夕阳芳草际，不论阑干，处处情怀似。记得分明羞掷蕊，自知不是天仙子。

刘辰翁　　蝶恋花·寿李侯

八九十翁嬉入市，把菊簪萸，共说新笃美。何以祝公千百岁，寿潭自酌花间水。　白鹭沉沉飞复起，杜老江头，不恨秋风里。欲种蟠根天上李，三千年看青青子。

彭元逊　　蝶恋花·微雨烧香余润气

微雨烧香余润气，新绿愔愔，乳燕相依睡。无复卷帘知客意，杨花更欲因风起。　旧梦苍茫云海际，强作欢娱，不觉当年似。曾笑浮花并浪蕊，如今更惜棠梨子。

彭元逊　　蝶恋花·日晚游人酥粉涴

日晚游人酥粉涴，四雨亭前，面面看花坐。扇拂游蜂青杏堕，新红一路秋千过。　帘外清歌帘底和，自理琵琶，不用笙簧佐。八折香罗余碧唾，露花点笔轻题破。

汪宗臣　　蝶恋花·清明前两日闻燕

年去年来来去早，怪底不来，庭院春光老。知过谁家翻别调，家家望断飞踪窅。　千里潇湘烟渺渺，不记雕梁，旧日恩多少。匝近清明檐外叫，故巢犹在朱檐晓。

柴元彪　　蝶恋花·己卯菊节得家书，欲归未得

去年走马章台路，送酒无人，寂寞黄花雨。又是重阳秋欲暮，西风此恨谁分付。　　无限归心归不去，却梦佳人，约我花间住。蓦地觉来无觅处，雁声叫断潇湘浦。

姚云文　　蝶恋花·春到海棠花几信

春到海棠花几信，堠馆余寒，欲雨征衣润。燕认杏梁栖未稳，牡丹忽报清明近。　　恨入青山连晓镜，香雪柔酥，应被春消尽。绣阁深深人半醒，烛花贴在金钗影。

黎廷瑞　　蝶恋花·元旦

密炬瑶霞光颤酒，翠柏红椒，细剪青丝韭。且劝金樽千万寿，年时芳梦休回首。　　小雨轻寒风满袖，下却帘儿，莫遣梅花瘦。万点鹅黄春色透，玉箫吹上江南柳。

仇　远　　蝶恋花·碧树残鹃啼未歇

碧树残鹃啼未歇，昨夜春归，不与行人别。留得绿杨枝上月，晓风吹作晴天雪。　　龟甲屏低红叠叠，火暖荑烟，罗荐鸳鸯热。一插宝簪云妥贴，下阶先拣花枝折。

仇　远　　蝶恋花·深院萧萧梧叶雨

深院萧萧梧叶雨，知道秋来，不见秋来处。云压小桥人不渡，黄芦苦竹愁如雾。　　四壁秋声谁更赋，人只留春，不解留秋住。秋又欲归天又暮，斜阳红影随鸦去。

仇　远　　蝶恋花·燕燕楼空帘意静

燕燕楼空帘意静，露叶如啼，红沁胭脂井。浅约深盟期未定，木樨风里鸳鸯径。　　楚岫秦眉相入映，私倚云阑，淡月笼花顶。今夕兰釭空吊影，绣衾罗荐余香冷。

蒋　捷　　蝶恋花·风莲

我爱荷花花最软，锦拶云挨，朵朵娇如颤。一阵微风来自远，红低欲蘸凉波浅。　　莫是羊家张静婉，抱月飘烟，舞得腰肢倦。偷把翠罗香被展，无眠却又频翻转。

陈德武　　蝶恋花·送春

昨夜狂风今日雨，风雨相催，断送春归去。万计千方留不住，春归毕竟归何处。　好鸟如歌花解舞，花鸟无情，也诉离愁苦。流水落红芳草渡，明年好记归时路。

张　炎　　蝶恋花·赠杨柔卿

颇爱杨琼妆淡注，犹理螺鬟，扰扰松云聚。两剪秋痕流不去，佯羞却把周郎顾。　欲诉闲愁无说处，几过莺帘，听得间关语。昨夜月明香暗度，相思忽到梅花树。

张　炎　　蝶恋花·陆子方饮客杏花下

仙子锄云亲手种，春闹枝头，消得微霜冻。可是东风吹不动，金铃悬网珊瑚重。　社燕盟鸥诗酒共，未足游情，刚把斜阳送。今夜定应归去梦，青蘋流水箫声弄。

张　炎　　蝶恋花·赋艾花

巧结分枝黏翠艾，剪剪香痕，细把泥金界。小簇葵榴芳锦隘，红妆人见应须爱。　午镜将拈开凤盖，倚醉凝娇，欲戴还慵戴。约臂犹余朱索在，梢头添挂朱符袋。

张　炎　　蝶恋花·题末色褚仲良写真

济楚衣裳眉目秀，活脱梨园，子弟家声旧。诨砌随机开笑口，筵前戏谏从来有。　戛玉敲金裁锦绣，引得传情，恼得娇娥瘦。离合悲欢成正偶，明珠一颗盘中走。

张　炎　　蝶恋花·山茶

花占枝头饮日焙，金汞初抽，火鼎铅华退。还似瘢痕涂獭髓，胭脂淡抹微酣醉。　数朵折来春槛外，欲染清香，只许梅相对。不是临风珠蓓蕾，山童隔竹休敲碎。

张　炎　　蝶恋花·邵平种瓜

秦地瓜分侯已故，不学渊明，种秫辞归去。薄有田园还种取，养成碧玉甘如许。　卜隐青门真得趣，蕙帐空闲，鹤怨来何暮。莫说蜗名催及戍，长安城下锄烟雨。

张　炎　　　　蝶恋花·秋莺

求友林泉深密处，弄舌调簧，如问春何许。燕子先将雏燕去，凄凉可是歌来暮。　　乔木萧萧梧叶雨，不似寻芳，翻落花心露。认取门前杨柳树，数声须入新年语。

刘　铉　　　　蝶恋花·送春

人自怜春春未去，萱草石榴，也解留春住。只道送春无送处，山花落得红成路。　　高处莺啼低蝶舞，何况日长，燕子能言语。付与光阴相客主，晴云又卷西边雨。

俞克成　　　　蝶恋花·怀旧

梦断池塘惊乍晓，百舌无端，故作枝头闹。报道不禁寒料峭，未教舒展闲花草。　　尽日帘垂人不到，老去情疏，底事伤春瘦。相对一樽归计早，玉山不减巫山好。

萧允之　　蝶恋花·十幅归帆风力满

十幅归帆风力满，记得来时，买酒朱桥畔。远树平芜空目断，乱山惟见斜阳半。　　谁把新声翻玉管，吹过沧洲，多少伤春怨。已是客怀如絮乱，画楼人更回头看。

刘天迪　　蝶恋花·日暮杨花飞乱雪

日暮杨花飞乱雪，宝镜慵拈，强整双鸳结。烧罢夜香愁万叠，穿花暗避阶前月。　　凤尾罗衾寒尚怯，却悔当时，容易成分别。闷对枕鸾谁共说，柔情一点蔷薇血。

李夫人　　蝶恋花·急鼓疏钟声报晓

急鼓疏钟声报晓，楼上今朝，卷起重帘早。环佩珊珊香袅袅，尘埃不到如蓬岛。　　何用珠玑相映照，韵胜形清，自有天然好。莫向尊前辞醉倒，松枝鹤骨偏宜老。

杨道居　　蝶恋花·气禀五行天与秀

气禀五行天与秀，瑞见枢廷，况是黄钟奏。日影量来添午昼，柳梅消息年时候。　　红粉吹香帘幕透，深院笙歌，劝饮金钟酒。乐事赏心千岁有，黑头人做三公有。

吴文若　　蝶恋花·玉宇生凉秋恰半

玉宇生凉秋恰半，月到今宵，分外清光满。兔魄呈祥冰彩烂，广寒仙子生华旦。　　聪慧风流天与擅，淑质冰姿，本是飞琼伴。□领彩衣椿祝劝，蟠桃待熟瑶池宴。

周孚先　　蝶恋花·舟舣津亭何处树

舟舣津亭何处树，晓起珑璁，回首迷烟雾。江上离人来又去，飘零只似风前絮。　　倦倚蓬窗谁共语，野草闲花，一一伤情绪。明日重来须记取，绿杨门巷深深处。

无名氏　　蝶恋花·暖发黄宫和气软

暖发黄宫和气软，雪里精神，巧借东君剪。嫩蕊商量春色浅，青枝疑是香酥溅。　　谁道和羹芳信远，点点微酸，已向枝头见。休待玉英飞四散，且移疏影横金盏。

无名氏　　蝶恋花·花为年年春易改

花为年年春易改，待放柔条，系取春常在。宫样妆成还可爱，鬓边斜作拖枝戴。　　每到无情风雨大，点检群芳，却是深丛耐。摇曳绿罗金缕带，丹青传得妖娆态。

无名氏　　蝶恋花·寿江察判孺人

风雨一春寒料峭，才到中和，喜气薰晴晓。九叶仙茅呈瑞巧，青青辉映萱庭草。　　红著蟠桃春不老，戏彩称觞，阿母开颜笑。丹桂五枝年并少，荣亲伫下金花诰。

无名氏　　蝶恋花·寿家人

急鼓初钟声报晓，楼上今朝，卷起珠帘早。环佩珊珊香袅袅，尘埃不到如蓬岛。　　何用珠玑相映照，韵胜形清，自有天然好。莫向尊前辞醉倒，松枝鹤骨偏宜老。

无名氏　　蝶恋花·八月初六

透户凉生初暑退，正是尧蓂，六叶方开砌。昴宿腾辉来瑞世，华堂清晓笙歌沸。　　锦幕花茵生舞袂，妙态殊姿，祝寿眉峰翠。从此玉觞拚一醉，功成名遂千秋岁。

无名氏　　蝶恋花·贺领乡举

名播乡闾人素许，科诏相催，又趁槐花举。谈笑挥成金玉句，贤书果见登天府。　阔步青霄今得路，脚底生云，拥入蟾宫去。好是来年三月暮，琼林宴处人争睹。

镇　西

即《小镇西犯》，宋蔡伸词名《镇西》。双调，七十九字。上片八句、五仄韵，下片九句、六仄韵。

蔡　伸　　镇西·秋风吹暗雨

秋风吹暗雨，重衾寒透。伤心听、晓钟残漏，凝情久。记红窗夜雪，促膝围炉，交杯劝酒，如今顿孤欢偶。　念别后，菱花清镜里，眉峰暗斗，想标容、怎禁销瘦。忍回首，但云笺妙墨，鸳锦啼妆，依然似旧，临风泪沾襟袖。

徵　招

《宋史·乐志》：“政和间，诏以大晟雅乐，施于燕飨。御殿按试，补徵、角二调，播之教坊。”此调名即源于此。双调，有九十五字数体。其上片九句、五仄韵，下片八句、五仄韵为正体；其上片九句、四仄韵，下片八句、四仄韵为变体。

姜　夔　　徵招·潮回却过西陵浦

越中山水幽远。予数上下西兴、钱清间，襟抱清旷。越人善为舟，卷篷方底，舟师行歌，徐徐曳之，如偃卧榻上，无动摇突兀势，以故得尽情骋望。予欲家焉而未得，作徵招以寄兴。徵招、角招者，政和间，大晟府尝制数十曲，音节驳矣。予尝考唐田畸声律要诀云：徵与二变之调，咸非流美，故自古少徵调曲也。徵为去母调，如黄钟之徵，以黄钟为母，不用黄钟乃谐。故隋唐旧谱，不用母声，琴家无媒调、商调之类，皆徵也，亦皆具母弦而不用。其说详于予所作琴书。然黄钟以林钟为徵，住声于林钟。若不用黄钟声，便自成林钟宫矣。故大晟府徵调兼母声，一句似黄钟均，一句似林钟均，所以当时有落韵之语。予尝使人吹而听之，寄君声于臣民事物之中，清者高而亢，浊者下而遗，万宝常所谓宫离而不附者是已。因再三推寻唐谱并琴弦法而得其意。黄钟徵虽不用母声，亦不可多用变徵蕤宾、变宫应钟声。若不用黄钟而用蕤宾、应钟，即是林钟宫矣。余十一均徵调仿此，其法可谓善矣。然无清声，只可施之琴瑟，难入燕乐。故燕乐阙徵调，不必补可也。此一曲乃予昔所制，因旧曲正宫齐天乐慢前两拍是徵调，故足成之。虽兼用母声，较大晟曲为无病矣。此曲依晋史名曰黄钟下徵调、角招曰黄钟清角调

潮回却过西陵浦，扁舟仅容居士。去得几何时，黍离离如此。客途今倦矣，漫赢得、一襟诗思。记忆江南，落帆沙际，此行还是。　　迤逦，剡中山，重相见、依依故人情味。似怨不来游，拥愁鬟十二。一丘聊复尔，也孤负、幼舆高志。水葓晚，漠漠摇烟，奈未成归计。

张　辑　　　徵招·飞鸿又作秋空字

飞鸿又作秋空字，凄凄旧游湘浦。凉思带愁深，渺苍茫何许。岁华知几度，奈双鬓、不禁吟苦。独倚危楼，叶声摇暮，玉阑无语。　　尺素，欲传将，故人远、天涯屡惊回顾。心事只琴知，漫闲相尔汝。甚时江海去，算空负、白蘋鸥侣。更谁与、翦烛西窗，且醉听山雨。

李　亿　　　徵招·梅

翠壶浸雪明遥夜，初疑玉虬飞动。莫弄紫箫吹，堕寒琼惊梦。把红炉对拥，怕清魄、不禁霜重。爱护殷勤，待长留作，道人香供。　　尘暗古南州，风流远、谁寻故枝幺凤。谩举目销凝，对愁云曚昽。向霞扉月洞，且嚼蕊、细开春瓮。这奇绝，好唤苍髯，与竹君来共。

赵以夫　　　徵招·雪

玉壶冻裂琅玕折，骎骎逼人衣袂。暖絮张空飞，失前山横

翠。欲低还又起，似妆点、满园春意。记忆当时，剡中情味，一溪云水。　　天际，绝行人，高吟处，依稀灞桥邻里。更翦翦梅花，落云阶月地。化工真解事，强勾引、老来诗思。楚天暮，驿使不来，怅曲阑独倚。

胡翼龙　　　徵招·蘋花又绿江南岸

蘋花又绿江南岸，宾鸿带将寒去。几许落梅愁，渺暗香何处。一春长是雨，剩费却、翠篝沉炷。冷隔帘旌，润销窗纸，有人吟苦。　　燕垒渍芹香，画堂永、关心去年情绪。愁压曲屏深，更小山无数。溅裙前事误，□□□、□□□□。□朱阑，不了销凝，移损秦筝柱。

周　密　　　徵招·九日登高

江蓠摇落江枫冷，霜空雁程初到。万景正悲凉，奈曲终人杳。登临嗟老矣，问今古、清愁多少。一梦东园，十年心事，恍然惊觉。　　肠断，紫霞深，知音远、寂寂怨琴凄调。短发已无多，怕西风吹帽。黄花空自好，问谁是、对花怀抱。楚山远，九辩难招，更晚烟残照。

彭元逊　　　徵招·和焕甫秋声

君有远游之兴，为道行路难以感之

人间无欠秋风处，偏到霜痕月杪。风雨船篷，日夜风波未了。忽潮生海立，又天阔、江清欲晓。孤迥幽深，激扬悲壮，浮沉浩渺。　　行路古来难，貂裘敝、匹马关山人老。锦字未成，寒到君边书到否。倚门回首，儿女灯前嫔笑。早斟酌、万里封侯，镜迟霜照。

张　炎　　　徵招·听袁伯长琴

秋风吹碎江南树，石床自听流水。别鹤不归来，引悲风千里。余音犹在耳，有谁识、醉翁深意。去国情怀，草枯沙远，尚鸣山鬼。　　客里，可消忧，人间世、寥寥几年无此。杏老古坛荒，把凄凉空指。心尘聊更洗，傍何处、竹边松底。共良夜，白月纷纷，领一天清气。

张　炎　　　　**徵招·答仇山村见寄**

可怜张绪门前柳，相看顿非年少。三径已荒凉，更如今怀抱。薄游浑是感，满烟水、东风残照。古调谁弹，古音谁赏，岁华空老。　　京洛染缁尘，悠然意，独对南山一笑。只在此山中，甚相逢不早。瘦吟心共苦，知几度、剪灯窗小。何时更、听雨巴山，赋草池春晓。

徵招调中腔

曲有歌头、有中腔，此为《徵招调》之中腔，故名《徵招调中腔》。调见宋王安中《初寮词》。双调，五十五字，上片五句、三仄韵，下片四句、三仄韵。

王安中　　　　**徵招调中腔·天宁节**

红云茜雾笼金阙，圣运叶、星虹佳节。紫禁晓风馥天香，奏九韶，帝心悦。　　瑶阶万岁蟠桃结，睿算永、壶天风月。日观几时六龙来，金缕玉牒告功业。

鹤 冲 天

即《喜迁莺》，五代冯延巳词名《鹤冲天》。双调，有八十四字、八十六字、八十八字数体。其八十四字，上片九句、五仄韵，下片八句、五仄韵为正体；其八十八字，上片九句、六仄韵，下片九句、五仄韵为变体等。

柳　永　　　　**鹤冲天·黄金榜上**

黄金榜上，偶失龙头望。明代暂遗贤，如何向。未遂风云便，争不恣狂荡，何须论得丧。才子词人，自是白衣卿相。　　烟花巷陌，依约丹青屏障。幸有意中人，堪寻访。且恁偎红翠，风流事、平生畅。青春都一饷，忍把浮名，换了浅斟低唱。

柳　永　　　鹤冲天·闲窗漏永

闲窗漏永，月冷霜华堕。悄悄下帘幕，残灯火。再三追往事，离魂乱、愁肠锁。无语沉吟坐，好天好景，未省展眉则个。　从前早是多成破，何况经岁月，相抛弹。假使重相见，还得似、旧时么。悔恨无计那。迢迢良夜，自家只恁摧挫。

欧阳修　　　鹤冲天·梅谢粉

梅谢粉，柳拖金，香满旧园林。养花天气半晴阴，花好却愁深。　花无数，愁无数，花好却愁春去。戴花持酒祝东风，千万莫匆匆。

杜安世　　　鹤冲天·清明天气

清明天气，永日愁如醉。台榭绿阴浓，薰风细。燕子巢方就，盆池小，新荷蔽。恰是逍遥际，单夹衣裳，半栊软玉肌体。　石榴美艳，一撮红绡比。窗外数修篁，寒相倚。有个关心处，难相见、空凝睇。行坐深闺里，懒更妆梳，自知新来憔悴。

贺　铸　　　鹤冲天·冬冬鼓动

冬冬鼓动，花外沉残漏。华月万枝灯，还清昼。广陌衣香度，飞盖影、相先后。个处频回首，锦坊西去，期约武陵溪口。　当时早恨欢难偶，可堪流浪远，分携久。小畹兰英在，轻付与、何人手。不似长亭柳，舞风眠雨，伴我一春销瘦。

周邦彦　　　鹤冲天·溧水长寿乡作

梅雨霁，暑风和，高柳乱蝉多。小园台榭远池波，鱼戏动新荷。　薄纱厨，轻羽扇，枕冷簟凉深院。此时情绪此时天，无事小神仙。

周邦彦　　　鹤冲天·白角簟

白角簟，碧纱厨，梅雨乍晴初。谢家池畔正清虚，香散嫩芙蕖。　日流金，风解愠，一弄素琴歌舞。慢摇纨扇诉花笺，吟待晚凉天。

李弥逊　　　鹤冲天·笃玉液

张仲宗以秋香酒见寄并词，次其韵

笃玉液，酿花光，来趁北窗凉。为君小摘蜀葵黄，一似嗅枝香。　　饮中仙，山中相，也道十分宫样。一般时候最宜尝，竹院月侵床。

翦牡丹

《宋史·乐志》：“女弟子舞队，第四曰《佳人翦牡丹》队。”此调名盖源于此。双调数体。其一百零一字，上片十句、四仄韵，下片十句、七仄韵为正体；其九十八字，上片十句、四仄韵，下片九句、四仄韵为变体。

张　先　　　翦牡丹·舟中闻双琵琶

野绿连空，天青垂水，素色溶漾都净。柔柳摇摇，坠轻絮无影。汀洲日落人归，修巾薄袂，撷香拾翠相竞。如解凌波，泊烟渚春暝。　　彩绦朱索新整，宿绣屏、画船风定。金凤响双槽，弹出今古幽思谁省。玉盘大小乱珠迸，酒上妆面，花艳媚相并。重听，尽汉妃一曲，江空月静。

翦征袍

此调本名《古捣练子》，因贺铸词有“巧翦征袍斗出花”句，故更名《翦征袍》。详见《古捣练子》条。

贺　铸　　　翦征袍·抛练杵

抛练杵，傍窗纱，巧翦征袍斗出花。想见陇头长戍客，授衣时节也思家。

翦朝霞

此调本名《鹧鸪天》、《思越人》，因贺铸词有“翦刻朝霞饤露盘”句，故更名《翦朝霞》。详见《鹧鸪天》条。

贺　铸　　**翦朝霞·牡丹**

云弄轻阴谷雨干，半垂油幕护残寒。化工著意呈新巧，翦刻朝霞饤露盘。　辉锦绣，掩芝兰，开元天宝盛长安。沉香亭子钩阑畔，偏得三郎带笑看。

睲　红

调见《梅苑》卷七宋无名氏词。双调，六十字，上下片各六句、四仄韵。

无名氏　　**睲红·粉香尤嫩**

粉香尤嫩，衾寒可惯，怎奈向、春心已转。玉容别是，一般闲婉，悄不管、桃红香浅。　月影帘栊，金琼波面，渐细细、香风满院。一枝折寄，故人虽远，辄莫使、江南信断。

燕山亭

即《宴山亭》。双调，九十九字，上片十一句、五仄韵，下片十句、五仄韵。

赵　佶　　**燕山亭·裁剪冰绡**

裁剪冰绡，打叠数重，冷淡燕脂匀注。新样靓妆，艳溢香融，羞杀蕊珠宫女。易得凋零，更多少、无情风雨。愁苦，闲院落凄凉，几番春暮。　凭寄离恨重重，这双燕，何曾会人言语。天遥地远，万水千山，知他故宫何处。怎不思量，除梦里、有时曾去。无据，和梦也、有时不做。

曾　觌　　燕山亭·中秋诸王席上作

河汉风清，庭户夜凉，皓月澄秋时候。冰鉴乍开，跨海飞来，光掩满天星斗。四卷珠帘，渐移影、宝阶鸳甃。还又，看岁岁婵娟，向人依旧。　　朱邸高宴簪缨，正歌吹瑶台，舞翻宫袖。银管竞酬，棣萼相辉，风流古来谁有。玉笛横空，更听彻、裳霓三奏。难偶，拚醉倒、参横晓漏。

曾　觌　　燕山亭·杨廉访生日

玉立明光，才业冠伦，汉历方承休运。江左奏功，塞垒宣威，紫绶几垂金印。岁晚归来，望丹极、新清氛祲。忠愤，著挠节朋俦，便成嘉遁。　　千载云海茫茫，记举目新亭，壮怀难尽。蝴蝶梦惊，化鹤飞还，荣华等闲一瞬。七十尊前，算畴昔、都无可恨。休问，长占取、朱颜绿鬓。

毛　幵　　燕山亭·勔侄求睡红亭为赋

暖霭辉迟，雨过夜来，帘外春风徐转。霞散锦舒，密映窥□，亭亭万枝开遍。一笑嫣然，犹记有、画图曾见。无伴，初睡起，昭阳弄妆日晚。　　长是相趁佳期，有寻旧流莺，贪新双燕。惆怅共谁，细绕花阴，空怀紫箫凄怨。银烛光中，且更待、夜深重看。留恋，愁酒醒、□霏千片。

无名氏　　燕山亭·芍药词

风雨无情，红药吐时，下得恹恹摧挫。云艳卷凉，旋汲银屏，收拾二三千朵。长日留伊，要把酒、不教放过。无那，越放纵香心，越盘来大。　　特地点检笙歌，先要吹个、六幺曲破。总是少年，负却才名，佳客共伊围坐。粉薄香浓，为笑多、不肯梳裹。知么，须醉倒、今宵伴我。

燕 归 来

即《喜迁莺》，详见《喜迁莺》条。

晏几道　　　　燕归来·莲叶雨

莲叶雨，蓼花风，秋恨几枝红。远烟收尽水溶溶，飞雁碧云中。　　衷肠事，鱼笺字，情绪年年相似。凭高双袖晚寒浓，人在月桥东。

仇　远　　　　燕归来·三叠曲

三叠曲，四愁诗，心事少人知。西风未老燕迟归，巢冷半干泥。　　流红句，回文字。除燕知，谁能记。一声恰到画楼西，云压小鸿低。

燕归梁

又名《悟黄梁》、《醉红妆》。调见柳永《乐章集》卷下。又即《喜迁莺》，调见晏殊《珠玉词》。因其词首句为“双燕归飞绕画堂，似留恋虹梁”，故以“燕归梁”为调名。双调，有五十字、五十一字、五十二字等数体。其五十一字，上片四句、四平韵，下片五句、三平韵为正体。

柳　永　　　　燕归梁·织锦裁编写意深

织锦裁编写意深，字值千金。一回披玩一愁吟，肠成结、泪盈襟。　　幽欢已散前期远，无憀赖、是而今。密凭归雁寄芳音，恐冷落、旧时心。

柳　永　　　　燕归梁·轻蹑罗鞋掩绛绡

轻蹑罗鞋掩绛绡，传音耗、苦相招。语声犹颤不成娇，乍得见、两魂消。　　匆匆草草难留恋，还归去、又无聊。若谐雨夕与云朝，得似个、有嚣嚣。

张　先　　　　燕归梁·去岁中秋玩桂轮

去岁中秋玩桂轮，河汉净无云。今年江上共瑶尊，都不是、去年人。　　水精宫殿，琉璃台阁，红翠两行分。点唇机动秀眉颦，清影外、见微尘。

张　先　　**燕归梁·夜月啼乌促乱弦**

夜月啼乌促乱弦，江树远无烟。缺多圆少奈何天，愁只恐、下关山。　　粉香生润，衣珠弄彩，人月两婵娟。留连残夜惜余欢，人月在、又明年。

晏　殊　　**燕归梁·双燕归飞绕画堂**

双燕归飞绕画堂，似留恋虹梁。清风明月好时光，更何况、绮筵张。　　云衫侍女，频倾寿酒，加意动笙簧。人人心在玉炉香，庆佳会、祝延长。

晏　殊　　**燕归梁·金鸭香炉起瑞烟**

金鸭香炉起瑞烟，呈妙舞开筵。阳春一曲动朱弦，斟美酒、泛觥船。　　中秋五日，风清露爽，犹是早凉天。蟠桃花发一千年，祝长寿、比神仙。

石延年　　**燕归梁·春愁**

芳草年年惹恨幽，想前事悠悠。伤春伤别几时休，算从古、为风流。　　春山总把，深匀翠黛，千叠在眉头。不知供得几多愁，更斜日、凭危楼。

欧阳修　　**燕归梁·风摆红藤卷绣帘**

风摆红藤卷绣帘，宝鉴慵拈。日高梳洗几时忺，金盆水、弄纤纤。　　髻云谩亸残花淡，和娇媚、瘦岩岩。离情更被宿酲兼，空惹得、病厌厌。

此首别作杜安世词

欧阳修　　**燕归梁·屏里金炉帐外灯**

屏里金炉帐外灯，掩春睡腾腾。绿云堆枕乱鬅鬙，犹依约、那回曾。　　人生少有，相怜到老，宁不被天憎。而今前事总无凭，空赢得、瘦棱棱。

杜安世　　**燕归梁·风摆红绦卷画帘**

风摆红绦卷画帘，宝鉴慵拈。日高梳洗几时忺，金盆水、弄纤纤。　　髻云松亸衣斜褪，和娇懒、瘦岩岩。离愁更被宿醒兼，空赢得、病厌厌。

此首别作欧阳修词

周邦彦　　　　燕归梁·晓

帘底新霜一夜浓，短烛散飞虫。曾经洛浦见惊鸿，关山隔、梦魂通。　明星晃晃，回津路转，榆影步花骢。欲攀云驾倩西风，吹清血、寄玲珑。

谢　逸　　燕归梁·六曲阑干翠幕垂

六曲阑干翠幕垂，香烬冷金猊。日高花外啭黄鹂，春睡觉、酒醒时。　草青南浦，云横西塞，锦字杳无期。东风只送柳绵飞，全不管、寄相思。

朱敦儒　　燕归梁·帐掩秋风一半开

帐掩秋风一半开，闲将玉笛吹。过云微雨散轻雷，夜参差、认楼台。　暗香移枕新凉住，竹外漏声催。放教明月上床来，共清梦、两徘徊。

赵　鼎　　　燕归梁·为人生日作

绰约彤霞降紫霄，是仙子风标。湘裙明佩响琼瑶，散馥郁、暗香飘。　小春十月寒犹浅，妆粉弄梅梢。秦楼风月待吹箫，舞双鹤、醉蟠桃。

赵才卿　　燕归梁·细柳营中有亚夫

细柳营中有亚夫，华宴簇名姝。雅歌长许佐投壶，无一日、不欢娱。　汉王拓境思名将，捧飞诏欲登途。从前密约尽成虚，空赢得、泪流珠。

吕渭老　　燕归梁·楼外东风杜宇声

楼外东风杜宇声，双枕细眉颦。女郎番马小山屏，金笼冷、梦魂惊。　起来重绾双罗髻，无个事、泪盈盈。杨花蝴蝶乱分身，飞不定、暮云晴。

韩元吉　　　　燕归梁·木樨

凉月圆时翠帐深，锁非雾沉沉。广寒宫里未归人，共结屋、住黄金。　繁枝未老秋光澹，好风露、总关心。天香不奈远相寻，更剪巧、上瑶簪。

王　质　　**燕归梁·送别**

拂拂春风入马蹄，□驻绿杨堤。绿杨堤上乳莺啼，声声怨、怨春归。　而今一似花流水，踪迹任东西。利成名遂在何时，早赢得、两分飞。

张孝祥　　**燕归梁·风柳摇丝花缠枝**

风柳摇丝花缠枝，满目韶辉。离鸿过尽百劳飞，都不似、燕来归。　旧来王谢堂前地，情分独依依。画梁雕拱启朱扉，看双舞、羽人衣。

石孝友　　**燕归梁·楼外春风桃李阴**

楼外春风桃李阴，记一笑千金。翠眉山敛眼波侵，情滴滴、怨深深。　当初见了，而今别后，算此恨难禁。与其向后两关心，又何似、□而今。

史达祖　　**燕归梁·楚梦吹成树外云**

楚梦吹成树外云，乍雁影斜分。黄花心事一帘尘，但频忆、小腰身。　今宵素壁冰弦冷，怕弹断、沈郎魂。秋衣因甚满愁痕，是干预、几黄昏。

史达祖　　**燕归梁·独卧秋窗桂未香**

独卧秋窗桂未香，怕雨点飘凉。玉人只在楚云傍，也著泪、过昏黄。　西风今夜梧桐冷，断无梦、到鸳鸯。秋钲二十五声长，请各自、奈思量。

吴文英　　**燕归梁·对雪醒坐上云麓先生**

一片游尘拂镜湾，素影护梅残。行人无语看春山，背东风、两苍颜。　梦飞不到梨花外，孤馆闭、五更寒。谁怜消渴老文园，听溪声、泻冰泉。

吴文英　　**燕归梁·书水仙扇**

白玉搔头坠髻松，怯冷翠裙重。当时离佩解丁东，澹云低、暮江空。　　青丝结带鸳鸯找，岁华晚，又相逢。绿尘湘水避春风，步归来、月宫中。

蒋　捷　　　　燕归梁·风莲

我梦唐宫春昼迟，正舞到、曳裾时。翠云队仗绛霞衣，慢腾腾、手双垂。　　忽然急鼓催将起，似彩凤、乱惊飞。梦回不见万琼妃，见荷花、被风吹。

无名氏　　燕归梁·月里云装冷艳裁

月里云装冷艳裁，独秀在岩隈。雪中昨夜一枝开，探春色、岁前来。　　清香折得，多情寄与，人向陇头回。凭君移取近瑶台，伴桃李、日边栽。

燕 春 台

即《宴春台》。此调始自张先，因其词为咏春宴而作，又名《宴春台慢》、《夏初临》。双调数体。其九十八字，上片十句、五平韵，下片十一句、五平韵为正体；其九十七字，上片十句、五平韵，下片十一句、六平韵为变体。

赵以夫　　　燕春台·送徐意一

绣地残英，画空飞絮，东风又送春归。雨足郊垧，相将翠密成帷。燕莺犹恋芳菲，向枝头、叶底依依。留春不住，绿波渺渺，碧草萋萋。　　锦帆开晓，彩仗迎熏，峰回路转，月淡天低。红云影里，群仙报道班齐。九奏箫韶，算人间、无此埙篪。步新堤，金鼎调羹也，梅子黄时。

赵以夫　　燕春台·送郑毅斋入觐

锦里春回，玉墀天近，东风稳送雕鞯。祖帐移来，光流万斛金莲。十分香月娟娟，照人间、一点魁躔。此时新事，飞来双凤，催上甘泉。　　寻思京洛，少日芳游，柳遥禁雪，花淡宫烟。鳌山涌翠，通宵脆管繁弦。再见升平，想红云、缥缈群仙。看明年，金殿传柑宴，衮绣貂蝉。

燕瑶池

即《宴瑶池》。双调，四十六字。上片七句、七仄韵、下片六句、六仄韵。

贺 铸　　燕瑶池·秋风叹

琼钩褰幔，秋风观。漫漫，白云联度河汉。长宵半，参旗烂烂，何时旦。　命闺人、金徽重按，商歌弹，依稀广陵清散。低眉叹，危弦未断，肠先断。

薄 幸

调见贺铸《东山乐府》，双调数体。其一百零八字，上片九句、五仄韵，下片十句、五仄韵为正体；其一百零七字，上片九句、五仄韵，下片十句、五仄韵为变体等。

贺 铸　　薄幸·艳真多态

艳真多态，更的的、频回眄睐。便认得、琴心相许，与写宜男双带。记画堂、斜月朦胧，轻颦微笑娇无奈。便翡翠屏开，芙蓉帐掩，与把香罗偷解。　自过了收灯后，都不见、踏青挑菜。几回凭双燕，丁宁深意，往来翻恨重帘碍。约何时再，正春浓酒暖，人闲昼永无聊赖。厌厌睡起，犹有花梢日在。

吕渭老　　薄幸·青楼春晚

青楼春晚，昼寂寂、梳匀又懒。乍听得、鸦啼莺弄，惹起新愁无限。记年时、偷掷春心，花间隔雾遥相见。便角枕题诗，宝钗贳酒，共醉青苔深院。　怎忘得、回廊下，携手处、花明月满。　如今但暮雨，蜂愁蝶恨，小窗闲对芭蕉展。却谁拘管，尽无言、闲品秦筝，泪满参差雁。腰肢渐小，心与杨花共远。

毛 幵　　薄幸·柳桥南畔

柳桥南畔，驻骢马、寻春几遍。自见了、生尘罗袜，尔许娇波流盼。为感郎、松柏深心，西陵已约平生愿。记别袖频招，斜门相送，小立钗横鬓乱。　　恨暗写、如蚕纸，空目断、高城人远。奈当时消息，黄姑织女，又成王谢堂前燕。托琴心怨，怕娇云弱雨，东风蓦地轻吹散。伤春病也，狼藉飞花满院。

韩元吉　　　薄幸·送安伯弟

送君南浦，对烟柳、青青万缕。更满眼、残红吹尽，叶底黄鹂自语。甚动人、多少离情，楼头水阔山无数。记竹里题诗，花边载酒，魂断江干春暮。　　都莫问、功名事，白发渐、星星如许。任鸡鸣起舞，乡关何在，凭高目尽孤鸿去。漫留君住，趁酴醾香暖，持杯且醉瑶台露。相思记取，愁绝西窗夜雨。

沈端节　　　薄幸·桂轮香满

桂轮香满，送寒色、轻风剪剪。又还是、幽窗人静，梅影参差初转。念少年孤负芳音，多时不见文君面。漫快泻琼舟，浓熏宝鸭，终是心情差懒。　　漫就枕，浑无寐，□听彻、天边飞雁。闲愁消万缕，如何消遣。绣衾□忆鸳鸯暖，细思量、遍倚屏山。挑尽琴心，谁识相思怨。休文瘦损，陡觉频移带眼。

仇　远　　　薄幸·眼波横秀

眼波横秀，乍睡起、茸窗倦绣。甚脉脉、阑干凭晓，一握乱丝如柳。最恼人、微雨悭晴，飞红满地春风骤。记帕折香绡，簪敲凉玉，小约清明前后。　　昨梦行云何处，应只在、春城迷酒。对溪桃羞语，海棠贪困，莺声唤醒愁仍旧。劝花休瘦，看钗盟再合，秋千小院同携手。回文锦字，寄与知他信否。

薄　　媚

即《薄媚摘遍》，唐教坊曲名。调见《乐府雅词》卷上宋董颖词。详见《薄媚摘遍》条。

董　颖　　　　薄媚·西子词

排遍第八

怒潮卷雪，巍岫布云，越襟吴带如斯。有客经游，月伴风随。值盛世，观此江山美，合放怀、何事却兴悲。不为回头，旧谷天涯。为想前君事，越王嫁祸献西施，吴即中深机。阖庐死，有遗誓，句践必诛夷。吴未干戈出境，仓卒越兵，投怒夫差。鼎沸鲸鲵，越遭劲敌，可怜无计脱重围。归路茫然，城郭丘墟，飘泊稽山里。旅魂暗逐战尘飞，天日惨无辉。

排遍第九

自笑平生，英气凌云，凛然万里宣威。那知此际，熊虎涂穷，来伴麋鹿卑栖。既甘臣妾，犹不许，何为计。争若都燔宝器，尽诛吾妻子。径将死战决雄雌，天意恐怜之。　偶闻太宰，正擅权，贪赂市恩私。因将宝玩献诚，虽脱霜戈，石室囚系。忧嗟又经时，恨不如巢燕自由归。残月朦胧，寒雨萧萧，有血都成泪。备尝险厄返邦畿，冤愤刻肝脾。

第十攧

种陈谋，谓吴兵正炽，越勇难施。破吴策，唯妖姬。有倾城妙丽，名称西子，岁方笄。算夫差惑此，须致颠危。范蠡微行，珠贝为香饵。苎萝不钓钓深闺，吞饵果殊姿。　素肌纤弱，不胜罗绮。鸾镜畔、粉面淡匀，梨花一朵琼壶里。嫣然意态娇春，寸眸剪水，斜鬟松翠。人无双、宜名动君王，绣履容易，来登玉陛。

入破第一

窣湘裙，摇汉佩，步步香风起。敛双蛾，论时事，兰心巧会君意。殊珍异宝，犹自朝臣未与。妾何人，被此隆恩，虽令效死，奉严旨。　隐约龙姿忻悦，重把甘言说。辞俊雅，质娉婷，天教汝、众美兼备。闻吴重色，凭汝和亲，应为靖边陲。将别金门，俄挥粉泪，靓妆洗。

第二虚催

飞云驶，香车故国难回睇。芳心渐摇，迤逦吴都繁丽。忠臣子胥，预知道为邦祟。谏言先启，愿勿容其至。周亡褒姒，商倾妲己。　吴王却嫌胥逆耳，才经眼、便深恩爱。东风暗绽娇蕊，彩鸾翻妒伊，得取次、于飞共戏。金屋看承，他宫尽废。

第三衮遍

华宴夕，灯摇醉。粉菡萏，笼蟾桂。扬翠袖，含风舞。轻妙处，惊鸿态。分明是，瑶台琼榭，阆苑蓬壶，景尽移此地。花绕仙步，莺随管吹。　　宝帐暖留春，百和馥郁融鸳被。银漏永，楚云浓，三竿日、犹褪霞衣。宿酲轻腕，嗅宫花，双带系。合同心时，波下比目，深怜到底。

第四催拍

耳盈丝竹，眼摇珠翠。迷乐事，宫闱内。争知，渐国势凌夷。奸臣献佞，转恣奢淫。天谴岁屡饥，从此万姓离心解体。　　越遣使，阴窥虚实，蚤夜营边备。兵未动，子胥存，虽堪伐、尚畏忠义。斯人既戮，又且严兵卷土，赴黄池观衅，种蠡方云可矣。

第五衮遍

机有神，征鼙一鼓，万马襟喉地。庭喋血，诛留守，怜屈服，敛兵还，危如此。当除祸本，重结人心，争奈竟荒迷。战骨方埋，灵旗又指。　　势连败，柔荑携泣，不忍相抛弃。身在兮，心先死。宵奔兮，兵已前围。谋穷计尽，唳鹤啼猿，闻处分外悲。丹穴纵近，谁容再归。

第六歇拍

哀诚屡吐，甬东分赐。垂暮日，置荒隅，心知愧。宝锷红委，鸾存凤去，辜负恩怜，情不似虞姬。尚望论功，荣还故里。　　降令曰，吴亡赦汝，越与吴何异。吴正怨，越方疑，从公论、合去妖类。娥眉宛转，竟殒鲛绡，香骨委尘泥。渺渺姑苏，荒芜鹿戏。

第七煞衮

王公子，青春更才美，风流慕连理。耶溪一日，悠悠回首凝思。云鬟烟鬓，玉佩霞裾，依约露妍姿。送目惊喜，俄迂玉趾。　　同仙骑，洞府归去，帘栊窈窕戏鱼水。正一点犀通，遽别恨何已。媚魄千载，教人属意。况当时，金殿里。

薄媚摘遍

沈括《梦溪笔谈》：“大遍者，凡数十解，每解有数叠，裁截用之，则谓之摘遍。”《薄媚》大曲凡十遍，此调盖摘其入破之一遍。双调，有八十八字、九十二字、一百二十五字、一百二十八字等。其九十二字，上片十一句、三仄韵、一叶韵，下片十句、四仄韵、一叶韵。又名《薄媚》。

赵以夫　　薄媚摘遍·重九登九仙山和张芳㟍韵

桂香消，梧影瘦，黄菊迷深院。倚西风，看落日，长江东去如练。先生底事，有赋飘然，刚道为田园。独醒何为，持杯自劝、未能免。　　休把茱萸吟玩，但管年年健。千古事，几凭阑，吾生早、九十强半。欢娱终日，富贵何时，一笑醉乡宽。倒载归来，回廊月满。

霓裳中序第一

又名《霓裳中序》。沈括《梦溪笔谈》：“《霓裳曲》凡十二叠。第六叠无拍，至第七叠，方谓之叠遍。自此始有拍而舞。”自此始知《霓裳曲》十二叠，至七叠中序始舞，故以第七叠为中序第一，即舞曲之第一遍。双调数体。有一百零一字，上片十句、七仄韵，下片十一句、八仄韵；亦有一百零二字，上片十句、七仄韵，下片十一句、八仄韵；还有一百零三字，上片十句、七仄韵，下片十一句、八仄韵。

姜　夔　　霓裳中序第一·亭皋正望极

丙午岁，留长沙，登祝融，因得其祠神之曲曰黄帝盐、苏合香。又于乐工故书中得商调霓裳曲十八阕，皆虚谱无辞。按沈氏乐律，霓裳道调，此乃商调。乐天诗云：“散序六阕”，此特两阕，未知孰是。然音节闲雅，不类今曲。予不暇尽作，作中序一阕传于世。予方羁游，感此古音，不自知其辞之怨抑也

亭皋正望极，乱落江莲归未得。多病却无气力，况纨扇渐疏，罗衣初索。流光过隙，叹杏梁、双燕如客。人何在，一帘淡月，仿佛照颜色。　　幽寂，乱蛩吟壁。动庾信、清愁似织，沉思少年浪迹。笛里关山，柳下坊陌。坠红无信息，漫暗水、涓涓溜碧。漂零久，而今何意，醉卧酒垆侧。

尹　焕　　霓裳中序第一·茉莉咏

青颦粲素靥，海国仙人偏耐热。餐尽香风露屑，便万里凌空，肯凭莲叶。盈盈步月，悄似怜、轻去瑶阙。人何在，忆渠痴小，点点爱轻撅。　愁绝，旧游轻别，忍重看、锁香金箧。凄凉清夜簟席，杳杳诗魂，真化风蝶。冷香清到骨，梦十里、梅花霁雪。归来也，恹恹心事，自共素娥说。

石正伦　　霓裳中序第一·凭高快醉目

凭高快醉目，翠拂遥峰相对簇。千丈涟漪泻谷，爱溶漾坠红，染波芬馥。何人笑掬，想温泉、初卸绡縠。春风荡，六宫丽质，那日赐汤沐。　双浴，绣凫飘逐，恍记展、江南数幅。而今鬓边渐鹄，阮洞音稀，懒访仙躅。系船桥畔宿，听静夜、泠泠奏曲。长安远，渭流香腻，暗忆晓鬟绿。

胡翼龙　　霓裳中序第一·江郊雨正歇

江郊雨正歇，燕子飞来人忆别。未了残梅怨结，渺野色波光，春与天接。相思辽阔，怕柳风、吹老吟发。关情处，满汀芳草，遮莫是鶗鴂。　时节，一饷愁绝，谩料理、新翻几阕。山尊堪共谁设，梦到断桥，飞絮仍雪。岁华休省阅，早霍地、小园花发。已办著，海棠开后，独立半廊月。

刘辰翁　　霓裳中序第一·银河下若木

石瑶林作霓裳中序第一咏温泉，疑其未尝亲见，语不甚切。余所见庐山一两池，初不可近，渐入颇觉奇赏，因用其声用其韵试为之

银河下若木，暖涨一川春雾绿。白凤徘徊清淑，似沉水无烟，碧汤千斛。柔肌暗粟，想临流、娇喷轻触。空恨恨，何人热恼，却忆冷泉掬。　酥玉，未谙汤沐，深又浅、荡摇心目。云蒸雨渍翻覆，泛影浮红，飘飘相逐。裳衣还未欲，蓦自怪、野鸳双浴。华清远，寒猿夜绕，落月可能漉。

应法孙　　霓裳中序第一·愁云翠万叠

愁云翠万叠，露柳残蝉空抱叶。帘卷流苏宝结，乍庭户嫩

凉，阑干微月。玉纤胜雪，委素纨、尘锁香箧。思前事、莺期燕约，寂寞向谁说。　　悲切，漏签声咽，渐寒灺、兰缸未灭。良宵长是闲别，恨酒凝红绡，纷涴瑶玦。镜盟鸾影缺，吹笛西风数阕。无言久，和衣成梦，睡损缕金蝶。

周　密　　霓裳中序第一·次贺房韵

湘屏展翠叠，恨入宫沟流怨叶。钉冷金花暗结，又雁影带霜，蛩音凄月。珠宽腕雪，叹锦笺、芳字盈箧。人何在，玉箫旧约，忍对素娥说。　　愁切，夜砧幽咽，任帐底、沉烟渐灭。红兰谁采赠别，洛汜分绡，汉浦遗玦。舞鸾光半缺，最怕听、离弦乍阕。凭阑久，一庭香露，桂影弄栖蝶。

詹　玉　　霓裳中序第一·一规古蟾魄

至元间，监醮长春宫，偶见羽士丈室古镜，状似秋叶，背有金刻宣和玉宝四字，有感因赋

一规古蟾魄，瞥过宣和几春色，知那个、柳松花怯。曾磋玉团香，涂云抹月。龙章凤刻，是如何、儿女消得。便孤了、翠鸾何限，人更在天北。　　磨灭，古今离别，幸相从、蓟门仙客。萧然林下秋叶，对云淡星疏，眉青影白。佳人已倾国，赢得痴铜旧画。兴亡事，道人知否，见了也华发。

罗志仁　　霓裳中序第一·四圣观

来鸿又去燕，看罢江潮收画扇。湖曲雕阑倚倦，正船过西陵，快篙如箭。凌波不见，但陌花、遗曲凄怨。孤山路，晚蒲病柳，淡绿锁深院。　　谁恨，五云深处宫殿，记旧日、曾游翠辇。青红如写便面，下鹄池荒，放鹤人远。粉墙随岸转，漏碧瓦、残阳一线。蓬莱梦，人间那信，坐看海涛浅。

姜个翁　　霓裳中序第一·春晚旅寓

园林罢组织，树树东风翠云滴。草满旧家行迹，时听得声声，晓莺如觅。愁红半湿，煞憔悴、墙根堪惜。可念我、飘零如此，一地送岑寂。　　龟石，当年第一，也似老、人间风日。余葩选甚颜色，羞捻江南，断肠词笔。留春浑未得，翻些入、啼鹃夜泣。清江晚，绿杨归思，隔岸数峰出。

撼庭竹

此调有平韵、仄韵两体。平韵：七十二字，上片六句、五平韵，下片六句、四平韵、一叶韵；仄韵：七十二字，上片六句、五仄韵，下片六句、四仄韵。平韵体见宋黄庭坚词，仄韵体见宋王诜词。又名《撼庭秋》、《感庭竹》。

王　诜　　撼庭竹·绰略青梅弄春色

绰略青梅弄春色，真艳态堪惜。经年费尽东君力，有情先到探春客。无语泣寒香，时暗度瑶席。　　月下风前空怅望，思携手同摘。画栏倚遍无消息，佳辰乐事再难得。还是夕阳天，空暮云凝碧。

黄庭坚　　撼庭竹·宰太和日吉州城外作

呜咽南楼吹落梅，闻鸦树惊栖。梦中相见不多时，隔城今夜也应知。坐久水空碧，山月影沉西。　　买个宅儿住著伊，刚不肯相随。如今果被天瞋作，永落鸡群被鸡欺。空恁可怜伊，风日损花枝。

撼庭秋

又名《感庭秋》，唐教坊曲名，调见宋晏殊《珠玉词》。详见《感庭秋》条。

晏　殊　　撼庭秋·别来音信千里

别来音信千里，怅此情难寄。碧纱秋月，梧桐夜雨，几回无寐。　　楼高目断，天遥云黯，只堪憔悴。念兰堂红烛，心长焰短，向人垂泪。

镜中人

即《相思引》，《古今词话》无名氏词调名为《镜中人》。详见《相思引》条。

无名氏　　镜中人·柳烟浓

柳烟浓，梅雨润，芳草绵绵离恨。花坞风来几阵，罗袖沾春粉。　独上小楼迷远近，不见浣溪人信。何处笛声飘隐隐，吹断相思引。

鹧鸪天

郑嵎诗中有“春游鸡鹿塞，家在鹧鸪天”句，此调名即源于此。又名《鹧鸪引》、《鹧鸪飞》、《离歌》、《思越人》、《思佳客》、《翦朝霞》、《骊歌一叠》、《醉梅花》、《一井金》、《千叶莲》、《半死桐》、《于中好》、《拾菜娘》、《洞中天》、《看瑞香》、《第一花》、《禁烟》、《锦鹧鸪》、《避少年》。双调，五十五字，上片四句、三平韵，下片五句、三平韵。

夏竦　　鹧鸪天·镇日无心扫黛眉

镇日无心扫黛眉，临行愁见理征衣。尊前只恐伤郎意，阁泪汪汪不敢垂。　停宝马，捧瑶卮，相斟相劝忍分离。不如饮待奴先醉，图得不知郎去时。

此首别作无名氏词

柳永　　鹧鸪天·吹破残烟入夜风

吹破残烟入夜风，一轩明月上帘栊。因惊路远人还远，纵得心同寝未同。　情脉脉，意忡忡，碧云归去认无踪。只应曾向前生里，爱把鸳鸯两处笼。

宋祁　　鹧鸪天·画毂雕鞍狭路逢

画毂雕鞍狭路逢，一声肠断绣帘中。身无彩凤双飞翼，心有灵犀一点通。　金作屋，玉为笼，车如流水马游龙。刘郎已恨蓬山远，更隔蓬山几万重。

欧阳修　　鹧鸪天·学画宫眉细细长

学画宫眉细细长，芙蓉出水斗新妆。只知一笑能倾国，不信相看有断肠。　双黄鹄，两鸳鸯，迢迢云水恨难忘。早知今日长相忆，不及从初莫作双。

范纯仁　　　　鹧鸪天·和持国

腊后春前暖律催，日和风软欲开梅。公方结客寻佳景，我亦忘形趁酒杯。　　添歌管，续尊罍，更阑烛短未能回。清欢莫待相期约，乘兴来时便可来。

晏几道　　鹧鸪天·彩袖殷勤捧玉钟

彩袖殷勤捧玉钟，当年拚却醉颜红。舞低杨柳楼心月，歌尽桃花扇影风。　　从别后，忆相逢，几回魂梦与君同。今宵剩把银釭照，犹恐相逢是梦中。

晏几道　　鹧鸪天·一醉醒来春又残

一醉醒来春又残，野棠梨雨泪阑干。玉笙声里鸾空怨，罗幕香中燕未还。　　终易散，且长闲，莫教离恨损朱颜。谁堪共展鸳鸯锦，同过西楼此夜寒。

晏几道　　鹧鸪天·梅蕊新妆桂叶眉

梅蕊新妆桂叶眉，小莲风韵出瑶池。云随绿水歌声转，雪绕红绡舞袖垂。　　伤别易，恨欢迟，惜无红锦为裁诗。行人莫便消魂去，汉渚星桥尚有期。

晏几道　　鹧鸪天·守得莲开结伴游

守得莲开结伴游，约开萍叶上兰舟。来时浦口云随棹，采罢江边月满楼。　　花不语，水空流，年年拚得为花愁。明朝万一西风动，争向朱颜不耐秋。

晏几道　　鹧鸪天·斗鸭池南夜不归

斗鸭池南夜不归，酒阑纨扇有新诗。云随碧玉歌声转，雪绕红琼舞袖回。　　今感旧，欲沾衣，可怜人似水东西。回头满眼凄凉事，秋月春风岂得知。

晏几道　　鹧鸪天·当日佳期鹊误传

当日佳期鹊误传，至今犹作断肠仙。桥成汉渚星波外，人在鸾歌凤舞前。　　欢尽夜，别经年，别多欢少奈何天。情知此会无长计，咫尺凉蟾亦未圆。

晏几道　　鹧鸪天·题破香笺小砑红

题破香笺小砑红，诗成多寄旧相逢。西楼酒面垂垂雪，南苑春衫细细风。　花不尽，柳无穷，别来欢事少人同。凭谁问取归云信，今在巫山第几峰。

晏几道　　鹧鸪天·清颖尊前酒满衣

清颖尊前酒满衣，十年风月旧相知。凭谁细话当时事，肠断山长水远诗。　金凤阙，玉龙墀，看君来换锦袍时。姮娥已有殷勤约，留著蟾宫第一枝。

晏几道　　鹧鸪天·醉拍春衫惜旧香

醉拍春衫惜旧香，天将离恨恼疏狂。年年陌上生秋草，日日楼中到夕阳。　云渺渺，水茫茫，征人归路许多长。相思本是无凭语，莫向花笺费泪行。

晏几道　　鹧鸪天·小令尊前见玉箫

小令尊前见玉箫，银灯一曲太妖娆。歌中醉倒谁能恨，唱罢归来酒未消。　春悄悄，夜迢迢，碧云天共楚宫遥。梦魂惯得无拘检，又踏杨花过谢桥。

晏几道　　鹧鸪天·楚女腰肢越女腮

楚女腰肢越女腮，粉圆双蕊髻中开。朱弦曲怨愁春尽，渌酒杯寒记夜来。　新掷果，旧分钗，冶游音信隔章台。花间锦字空频寄，月底金鞍竟未回。

晏几道　　鹧鸪天·十里楼台倚翠微

十里楼台倚翠微，百花深处杜鹃啼。殷勤自与行人语，不似流莺取次飞。　惊梦觉，弄晴时，声声只道不如归。天涯岂是无归意，争奈归期未可期。

晏几道　　鹧鸪天·陌上濛濛残絮飞

陌上濛濛残絮飞，杜鹃花里杜鹃啼。年年底事不归去，怨月愁烟长为谁。　梅雨细，晓风微，倚楼人听欲沾衣。故园三度群花谢，曼倩天涯犹未归。

晏几道　　鹧鸪天·晓日迎长岁岁同

晓日迎长岁岁同，太平箫鼓间歌钟。云高未有前村雪，梅小初开昨夜风。　罗幕翠，锦筵红，钗头罗胜写宜冬。从今屈指春期近，莫使金尊对月空。

晏几道　　鹧鸪天·小玉楼中月上时

小玉楼中月上时，夜来惟许月华知。重帘有意藏私语，双烛无端恼暗期。　伤别易，恨欢迟，归来何处验相思。沈郎春雪愁消臂，谢女香膏懒画眉。

晏几道　　鹧鸪天·手捻香笺忆小莲

手捻香笺忆小莲，欲将遗恨倩谁传。归来独卧逍遥夜，梦里相逢酩酊天。　花易落，月难圆，只应花月似欢缘。秦筝算有心情在，试写离声入旧弦。

晏几道　　鹧鸪天·九日悲秋不到心

九日悲秋不到心，凤城歌管有新音。风凋碧柳愁眉淡，露染黄花笑靥深。　初见雁，已闻砧，绮罗丛里胜登临。须教月户纤纤玉，细捧霞觞滟滟金。

晏几道　　鹧鸪天·碧藕花开水殿凉

碧藕花开水殿凉，万年枝外转红阳。升平歌管随天仗，祥瑞封章满御床。　金掌露，玉炉香，岁华方共圣恩长。皇州又奏圜扉静，十样宫眉捧寿觞。

晏几道　　鹧鸪天·绿橘梢头几点春

绿橘梢头几点春，似留香蕊送行人。明朝紫凤朝天路，十二重城五碧云。　歌渐咽，酒初醺，尽将红泪湿湘裙。赣江西畔从今日，明月清风忆使君。

王　诜　　鹧鸪天·才子阴风度远关

才子阴风度远关，清愁曾向画图看。山衔斗柄三星没，雪共月明千里寒。　新路陌，旧江干，崎岖谁叹客程难。临风更听昭华笛，簌簌梅花满地残。

苏　轼　　鹧鸪天·林断山明竹隐墙

林断山明竹隐墙，乱蝉衰草小池塘。翻空白鸟时时见，照水红蕖细细香。　　村舍外，古城旁，杖藜徐步转斜阳。殷勤昨夜三更雨，又得浮生一日凉。

苏　轼　　鹧鸪天·笑捻红梅亸翠翘

陈公密出侍儿素娘，歌紫玉箫曲，劝老人酒。老人饮尽，因为赋此词

笑捻红梅亸翠翘，扬州十里最妖饶。夜来绮席亲曾见，撮得精神滴滴娇。　　娇后眼，舞时腰，刘郎几度欲魂消。明朝酒醒知何处，肠断云间紫玉箫。

苏　轼　　鹧鸪天·佳人

罗带双垂画不成，殢人娇态最轻盈。酥胸斜抱天边月，玉手轻弹水面冰。　　无限事，许多情，四弦丝竹苦丁宁。饶君拨尽相思调，待听梧桐叶落声。

李之仪　　鹧鸪天·节是重阳却斗寒

节是重阳却斗寒，可堪风雨累寻欢。虽辜早菊同高柳，聊楫残蕉共小栏。　　浮蚁嫩，炷烟盘，恨无莺唱舞催鸾。空惊绝韵天边落，不许韶颜梦里看。

李之仪　　鹧鸪天·浓丽妖妍不是妆

浓丽妖妍不是妆，十分风艳夺韶光。牡丹开就应难比，繁富犹疑过海棠。　　须仔细，更端相，烂霞梳晕带朝阳。千金未足酬真赏，一度相看一断肠。

李之仪　　鹧鸪天·避暑佳人不著妆

避暑佳人不著妆，水晶冠子薄罗裳。摩绵扑粉飞琼屑，滤蜜调冰结绛霜。　　随定我，小兰堂，金盆盛水绕牙床。时时浸手心头熨，受尽无人知处凉。

李之仪　　鹧鸪天·收尽微风不见江

收尽微风不见江，分明天水共澄光。由来好处输闲地，堪

叹人生有底忙。　　心既远，味偏长，须知粗布胜无裳。从今认得归田乐，何必桃源是故乡。

黄庭坚　鹧鸪天·明日独酌自嘲呈史应之

万事令人心骨寒，故人坟上土新干。淫坊酒肆狂居士，李下何妨也整冠。　　金作鼎，玉为餐，老来亦失少时欢。茱萸菊蕊年年事，十日还将九日看。

黄庭坚　鹧鸪天·黄菊枝头生晓寒

坐中有眉山隐客史应之和前韵，即席答之

黄菊枝头生晓寒，人生莫放酒杯干。风前横笛斜吹雨，醉里簪花倒著冠。　　身健在，且加餐，舞裙歌板尽清欢。黄花白发相牵挽，付与时人冷眼看。

黄庭坚　鹧鸪天·紫菊黄花风露寒

紫菊黄花风露寒，平沙戏马雨新干。且看欲尽花经眼，休说弹冠与挂冠。　　甘酒病，废朝餐，何人得似醉中欢。十年一觉扬州梦，为报时人洗眼看。

黄庭坚　鹧鸪天·西塞山边白鹭飞

表弟李如篪云："玄真子渔父语，以鹧鸪天歌之，极入律，但少数句耳。"因以玄真子遗事足之。宪宗时，画玄真子像，访之江湖，不可得，因令集其歌诗上之。玄真之兄松龄，惧玄真放浪而不返也，和答其渔父云："乐在风波钓是闲，草堂松桂已胜攀。太湖水，洞庭山，狂风浪起且须还。"此余续成之意也

西塞山边白鹭飞，桃花流水鳜鱼肥。朝廷尚觅玄真子，何处如今更有诗。　　青箬笠，绿蓑衣，斜风细雨不须归。人间底是无波处，一日风波十二时。

黄庭坚　鹧鸪天·汤泛冰瓷一坐春

吉祥长老设长松汤，为作。有僧病痂癞，尝死金刚窟。有人见者，教服长松汤，遂复为完人

汤泛冰瓷一坐春，长松林下得灵根。吉祥老子亲拈出，个个教成百岁人。　　灯焰焰，酒醺醺，壑源曾未醒醒魂。与君更把长生碗，聊为清歌驻白云。

黄庭坚　　鹧鸪天·重九日集句

塞雁初来秋影寒，霜林风过叶声干。龙山落帽千年事，我对西风犹整冠。　　兰委佩，菊堪餐，人情时事半悲欢。但将酩酊酬佳节，更把茱萸仔细看。

黄庭坚　　鹧鸪天·节去蜂愁蝶不知

节去蜂愁蝶不知，晓庭环绕折残枝。自然今日人心别，未必秋香一夜衰。　　无闲事，即芳期，菊花须插满头归。宜将酩酊酬佳节，不用登临送落晖。

黄庭坚　　鹧鸪天·闻说君家有翠娥

闻说君家有翠娥，施朱施粉总嫌多。背人语处藏珠履，觑得羞时整玉梭。　　拖远岫，压横波，何时传酒更传歌。为君写就黄庭了，不要山阴道士鹅。

晁端礼　　鹧鸪天·并蒂芙蓉本自双

并蒂芙蓉本自双，晓来波上斗新妆。朱匀檀口都无语，酒入圆腮各是香。　　辞汉曲，别高唐，芳心应解妒鸳鸯。不封虢国并秦国，应嫁刘郎与阮郎。

晁端礼　　鹧鸪天·红紫飘零绿满城

红紫飘零绿满城，春风于此独留情。谁将十幅吴绫被，扑向熏笼一夜明。　　风不定，雨初晴，晓来苔上拾残英。连教贮向鸳鸯枕，犹有余香入梦清。

晁端礼　　鹧鸪天·霜压天街不动尘

晏叔原近作鹧鸪天曲，歌咏太平，辄拟之为十篇。野人久去辇毂，不得目睹盛事，姑诵所闻万一而已

霜压天街不动尘，千官环佩贺成禋。三竿阊阖楼边日，五色蓬莱顶上云。　　随步辇，卷香茵，六宫红粉倍添春。乐章近与中声合，一片仙韶特地新。

晁端礼　　鹧鸪天·数骑飞尘入凤城

数骑飞尘入凤城，朔方诸部奏河清。圜扉木索频年静，大晟箫韶九奏成。　　流协气，溢欢声，更将何事卜升平。天颜

不禁都人看，许近黄金辇路行。

晁端礼　　鹧鸪天·阆苑瑶台路暗通

阆苑瑶台路暗通，皇州佳气正葱葱。半天楼殿朦胧月，午夜笙歌淡荡风。　　车流水，马游龙，万家行乐醉醒中。何须更待元宵到，夜夜莲灯十里红。

晁端礼　　鹧鸪天·洛水西来泛绿波

洛水西来泛绿波，北瞻丹阙正嵯峨。先皇秘聿无人解，圣子神孙果众多。　　民物阜，岁时和，帝居不用壮山河。卜年卜世过周室，亿万斯年入咏歌。

晁端礼　　鹧鸪天·壁水溶溶漾碧漪

壁水溶溶漾碧漪，桥门清晓驻鸾旗。三千儒服鸳兼鹭，十万犀兵虎与貔。　　春服就，舞雩归，四方争颂育莪诗。熙丰教养今成效，已见夔龙集凤池。

晁端礼　　鹧鸪天·八彩眉开喜色新

八彩眉开喜色新，边陲来奏捷书频。百蛮洞穴皆王土，万里戎羌尽汉臣。　　丹转毂，锦拖绅，充庭列贡集珠珍。宫花御柳年年好，万岁声中过一春。

晁端礼　　鹧鸪天·圣泽昭天下漏泉

圣泽昭天下漏泉，君王慈孝自天然。四民有养跻仁寿，九族咸亲迈古先。　　歌舜日，咏尧年，竞翻玉管播朱弦。须知大观崇宁事，不愧生民下武篇。

晁端礼　　鹧鸪天·日日仙韶度曲新

日日仙韶度曲新，万机多暇宴游频。歌余兰麝生纨扇，舞罢珠玑落绣茵。　　金屋暖，璧台春，意中情态掌中身。近来谁解辞同辇，似说昭阳第一人。

晁端礼　　鹧鸪天·万国梯航贺太平

万国梯航贺太平，天人协赞甚分明。两阶羽舞三苗格，九鼎神金一铸成。　　仙鹤唳，玉芝生，包茅三脊已充庭。翠华脉脉东封事，日观云深万仞青。

晁端礼　　鹧鸪天·金碧觚棱斗极边

金碧觚棱斗极边，集英深殿听胪传。齐开雉扇双分影，不动金炉一喷烟。　　红锦地，碧罗天，升平楼上语喧喧。依稀曾听钧天奏，耳冷人间四十年。

李元膺　　鹧鸪天·寂寞秋千两绣旗

寂寞秋千两绣旗，日长花影转阶迟。燕惊午梦周遮语，蝶困春游落拓飞。　　思往事，入颦眉，柳梢阴重又当时。薄情风絮难拘束，飞过东墙不肯归。

米　芾　　鹧鸪天·献汲公相国寿

暖日晴烘候小春，际天和气与精神。灵台静养千年寿，丹灶全无一点尘。　　寿彭祖，寿广成，华阳仙裔是今身。夜来银汉清如洗，南极星中见老人。

米　芾　　鹧鸪天·漫寿

云液无声白似银，红霞一抹百花新。觞多莫厌频频劝，一片花飞减却春。　　蜂翅乱，蝶眉颦，花间啼鸟劝游人。人生无事须行乐，富贵何时且健身。

赵令畤　　鹧鸪天·可是相逢意便深

前改张文潜诗，但有此四句，正为咸平刘生作。余作后改为鹧鸪天赠之

可是相逢意便深，为郎巧笑不须金。门前一尺春风髻，窗内三更夜雨衾。　　情渺渺，信沉沉，青鸾无路寄芳音。山城钟鼓愁难听，不解襄王梦里寻。

赵令畤　　鹧鸪天·蓝良辅知阁舟中晚坐会上作

麝发雕炉小袖笼，天教我辈此时同。橡经雪重香方满，菊到秋深色自浓。　　船槛内，月明中，插花归去莫匆匆。人生更在艰难内，胜事年来不易逢。

贺　铸　　鹧鸪天·轰醉王孙玳瑁筵

轰醉王孙玳瑁筵，渴虹垂地吸长川。侧商调里清歌送，破

尽穷愁直几钱。　　孤棹舣，小江边，爱而不见酒中仙。伤心两岸官杨柳，已带斜阳又带蝉。

晁补之　　鹧鸪天·欲上南湖彩舫嬉

欲上南湖彩舫嬉，还思北渚与岚漪。圆荷盖水垂杨暗，鸂鶒鸳鸯总下时。　　持此意，遣谁知，清波还照鬓间丝。西楼重唱池塘好，应有红妆敛翠眉。

晁补之　　鹧鸪天·杜四侍郎郡君十二姑生日

吉梦灵蛇朱夏宜，佳辰阿母会瑶池。竹风荷雨来消暑，玉李冰瓜可疗饥。　　心悟了，道成时，不劳龙女骋威仪。僧祇世界供游戏，贤懿光阴比寿期。

晁补之　　鹧鸪天·绣幕低低拂地垂

绣幕低低拂地垂，春风何事入罗帏。胡麻好种无人种，正是归时君未归。　　临晚景，忆当时，愁心一动乱如丝。夕阳芳草本无恨，才子佳人空自悲。

张　耒　　鹧鸪天·倾盖相逢汝水滨

倾盖相逢汝水滨，须知见面过闻名。马头虽去无千里，酒盏才倾且百分。　　嗟得失，一微尘，莫教冰炭损精神。北扉西禁须公等，金榜当年第一人。

孔　榘　　鹧鸪天·却月凌风度雪清

却月凌风度雪清，何郎高咏照花明。一枝弄碧传幽信，半额涂黄拾晚荣。　　春思淡，暗香轻，江南雨冷若为情。犹胜远隔潇湘水，忽到窗前梦不成。

谢　逸　　鹧鸪天·桐叶成阴拂画檐

桐叶成阴拂画檐，清风凉处卷疏帘。红绡舞袖萦腰柳，碧玉眉心媚脸莲。　　愁满眼，水连天，香笺小字倩谁传。梅黄楚岸垂垂雨，草碧吴江淡淡烟。

谢　逸　　鹧鸪天·金节平分院落凉

金节平分院落凉，黄昏帘幕卷西厢。冰轮碾碎粼粼碧，玉斧修成练练光。　　低照户，巧侵床，锦袍起舞谪仙狂。鹊飞影里觥筹乱，桂子风前笑语香。

谢　逸　　鹧鸪天·红晕香腮粉未匀

红晕香腮粉未匀，梳妆闲淡稳精神。谁知碧嶂清溪畔，也有姚家一朵春。　　眉黛浅，为谁颦，莫将心事付朝云。坐中有客肠应断，忘了酴醾架下人。

谢　逸　　鹧鸪天·水阔天低雁字横

水阔天低雁字横，小春时节晚寒清。梅梢月上纷纷白，竹坞风来冉冉轻。　　人似玉，酒如渑，入关意气喜风生。坐中有客联镳去，谁唱阳关第四声。

苏　庠　　鹧鸪天·枫落河梁野水秋

枫落河梁野水秋，澹烟衰草接郊丘。醉眠小坞黄茅店，梦倚高城赤叶楼。　　天杳杳，路悠悠，钿筝歌扇等闲休。灞桥杨柳年年恨，鸳浦芙蓉叶叶愁。

苏　庠　　鹧鸪天·过湖阴席上赠妓

梅妒晨妆雪妒轻，远山依约学眉青。樽前无复歌金缕，梦觉空余月满林。　　鱼与雁，两浮沉，浅颦微笑总关心。相思恰似江南柳，一夜春风一夜深。

苏　庠　　鹧鸪天·秋入蒹葭小雁行

秋入蒹葭小雁行，参差飞堕水云乡。直须银甲供春笋，且滴糟床覆羽觞。　　风压幕，月侵廊，江南江北夜茫茫。悬知上马啼鹃梦，一夜惊飞宝鸭香。

郑少微　　鹧鸪天·谁折南枝傍小丛

谁折南枝傍小丛，佳人丰色与梅同。有花无叶真潇洒，不问胭脂借淡红。　　应未许，嫁春风，天教雪月伴玲珑。池塘疏影伤幽独，何似横斜酒盏中。

惠　洪　　鹧鸪天·蜜烛花光清夜阑

蜜烛花光清夜阑，粉衣香翅绕团团。人犹认假为真实，蛾岂将灯作火看。　　方叹息，为遮拦，也知爱处实难拚。忽然性命随烟焰，始觉从前被眼瞒。

葛胜仲　　鹧鸪天·小榭幽园翠箔垂

九月十三日携家游夏氏林亭燕集作，并送汤词

小榭幽园翠箔垂，云轻日薄淡秋晖。菊英露浥渊明径，藕叶风吹叔宝池。　　酬素景，泥芳卮，老人痴钝强伸眉。欢华莫遣笙歌散，归路从教灯影稀。

葛胜仲　　鹧鸪天·婆律香浓气味佳

婆律香浓气味佳，玻璃仙碗进流霞。凝膏清涤高阳醉，灵液甘和正焙芽。　　香染指，浪浮花，加笾礼尽客还家。贯珠声断红裳散，踏影人归素月斜。

葛胜仲　　鹧鸪天·新春

玉琯还飞换岁灰，定山新棹酒船回。年时梁燕双双在，肯为人愁便不来。　　衰意绪，病情怀，玉山今夜为谁颓。年时梅蕊垂垂破，肯为人愁便不开。

葛胜仲　　鹧鸪天·赏菊二首之一

黄菊鲜鲜带露浓，小园开遍度香风。自笃玉酝酬秋色，旋洗霜须对晚丛。　　香在手，莫匆匆，寻芳今夜有人同。黄金委地新收得，莫道山翁到底穷。

葛胜仲　　鹧鸪天·赏菊二首之二

采采黄花鹄彩浓，吹开一夜为霜风。已邀骚客陶元亮，不用歌姬盛小丛。　　秋易老，莫匆匆，齐山高兴古今同。欲知此地花多少，一眼金英望不穷。

吴则礼　　鹧鸪天·曾丞相诞日

永遇英雄际会时，垂天鹏翼逐云飞。退朝日上青花道，催直霜零赤雁池。　　鸣汉履，侍唐眉，渭川莘野晚追随。归来仍对金銮老，三峡词源气未衰。

吴则礼　　鹧鸪天·作赋丁年厌兔园

作赋丁年厌兔园，紫微深锁九重关。花墩屡赐清闲燕，文

石难忘咫尺颜。　烟外屐，水边山，纶巾羽扇五湖间。自怜季子貂裘敝，来与机云相对闲。

吴则礼　　鹧鸪天·衮绣三朝社稷臣

衮绣三朝社稷臣，旧调元鼎斡洪钧。垂绅屡转龙墀日，接膝潜回黼座春。　金凿落，玉麒麟，凤鸣良月庆佳辰。巨鳌行听扃华禁，又起商周梦卜人。

赵子发　　鹧鸪天·约略应飞白玉盘

约略应飞白玉盘，明楼渐放满轮寒。天垂万丈清光外，人在三秋爽气间。　闻叶吹，想风鬟，浮空仿佛女乘鸾。此时不合人间有，尽入嵩山静夜看。

徐　俯　　鹧鸪天·绿水名园不是村

绿水名园不是村，淡妆浓笑两生春。箇中已自多愁怨，雨里因谁有泪痕。　香旖旎，酒氤氲，多情生怕落纷纷。旧来好事浑如梦，年少风流付与君。

徐　俯　　鹧鸪天·满眼纷纷恰似花

满眼纷纷恰似花，飘飘泊泊自天涯。雨中添得无穷湿，风里吹成一道斜。　银作屋，玉为车，姮娥青女过人家。应嫌素面微微露，故着轻云薄薄遮。

徐　俯　　鹧鸪天·宜笑宜颦掌上身

宜笑宜颦掌上身，能歌能舞恶精神。脸边红入桃花嫩，眉上青归柳叶新。　娇不语，易生嗔，尊前还是一番春。深杯百罚重拚却，只为妖娆醉得人。

徐　俯　　鹧鸪天·西塞山前白鹭飞

西塞山前白鹭飞，桃花流水鳜鱼肥。朝廷若觅元真子，晴在长江理钓丝。　青箬笠，绿蓑衣，斜风细雨不须归。浮云万里烟波客，惟有沧浪孺子知。

徐　俯　　鹧鸪天·七泽三湘碧草连

七泽三湘碧草连，洞庭江汉水如天。朝廷若觅元真子，不在云边则酒边。　　明月棹，夕阳船，鲈鱼恰似镜中悬。丝纶钓饵都收却，八字山前听雨眠。

王安中　　鹧鸪天·百官传宣

茜雾红云捧建章，鸣珂星使渡银潢。亲将圣主如丝语，传与陪都振鹭行。　　香袅袅，佩锵锵，升平歌管趁飞觞。明时玉帐恩相续，清夜钧天梦更长。

叶梦得　鹧鸪天·十二月二十二日与许幹誉赏梅

不怕微霜点玉肌，恨无流水照冰姿。与君著意从头看，初见今年第一枝。　　人醉后，雪消时，江南春色寄来迟。使君本是花前客，莫怪殷勤为赋诗。

此首别作张元幹词

叶梦得　　鹧鸪天·元夕次韵幹誉

夹路行歌尽落梅，篆烟香细袅寒灰。云移碧海三山近，月破中天九陌开。　　追乐事，惜多才，车声遥听走晴雷。十年梦断钧天奏，犹记流霞醉后杯。

叶梦得　　鹧鸪天·雨后湖上看落花

小雨初收报夕阳，归云欲渡转横塘。空回雨盖翻新影，不见琼肌洗暗香。　　追落景，弄微凉，尚余残泪浥空床。只应自有东风恨，长遣啼痕破晚妆。

叶梦得　　鹧鸪天·续采莲曲

晓日初开露未晞，夕烟轻散雨还微。暗摇绿雾游鯈戏，斜映红云属玉飞。　　情脉脉，恨依依，沙边空见棹船归。何人解舞新声曲，一试纤腰六尺围。

叶梦得　　鹧鸪天·次韵鲁卿大钱观太湖

兰茝空悲楚客秋，旌旗谁见使君游。凌云不隔三山路，破浪聊凭万里舟。　　公欲去，尚能留，杯行到手未宜休。新诗无物堪伦比，愿探珊瑚出宝钩。

叶梦得　　鹧鸪天·天末残霞卷暮红

与鲁卿晚雨泛舟出西郭，用烟波定韵

天末残霞卷暮红，波间时见没凫翁。斜风细雨家何在，老矣生涯尽个中。　　惟此意，与公同，未须持酒祝牛宫。旁人不解青蓑意，犹说黄金宝带重。

叶梦得　　鹧鸪天·一曲青山映小池

一曲青山映小池，绿荷阴尽雨离披。何人解识秋堪美，莫为悲秋浪赋诗。　　携浊酒，绕东篱，菊残犹有傲霜枝。一年好景君须记，正是橙黄橘绿时。

李　光　　鹧鸪天·踏舞贪看赤脚娘

逢时使君出示所作送春佳词，引楚襄事，因次其韵

踏舞贪看赤脚娘，送春春去莫悲伤。飞花逐水归何处，落絮沾泥不解狂。　　都是醉，任飞扬，百年三万六千场。使君亲按新歌舞，魂梦相逢笑楚襄。

刘一止　　鹧鸪天·岩下清阴引兴长

岩下清阴引兴长，坐中初识令君香。揽将风月归诗薮，乞得溪山作醉乡。　　怜我老，与传觞，吴霜点鬓又何妨。只应银烛交红夜，羞对双歌发彩光。

曹　组　　鹧鸪天·辇路薰风起绿槐

辇路薰风起绿槐，都人凝望满天街。云韶杳杳鸣鞘肃，芝盖亭亭障扇开。　　微雨过，绝纤埃，内家车子走轻雷。千门不敢垂帘看，总上银钩等驾来。

曹　组　　鹧鸪天·浅笑轻颦不在多

浅笑轻颦不在多，远山微黛接横波。情吞醽醁千钟酒，心醉飞琼一曲歌。　　人欲散，奈愁何，更看朱袖拂云和。夜深醉墨淋浪处，书遍香红拥项罗。

陈　克　　鹧鸪天·寄友人

白苎吴侬红颊儿，行歌半是使君诗。山茶处处春犹浅，灯市人人夜不归。　　拚剧饮，莫相违，皇恩往往下丹墀。挥毫却对莲花炬，忆著蘋洲秉烛时。

陈　克　　鹧鸪天·禁瘆余寒酒半醒

禁瘆余寒酒半醒，蒲萄力软被愁侵。鲤鱼不寄江南信，绿尽菖蒲春水深。　疑梦断，怆离襟，重帘复幕静愔愔。赤阑干外梨花雨，还是去年寒食心。

陈　克　　鹧鸪天·芳树阴阴脱晚红

芳树阴阴脱晚红，余香不断玉钗风。薄情夫婿花相似，一片西飞一片东。　金翡翠，绣芙蓉，从教纤媚笑床空。揉蓝衫子休无赖，只与离人结短封。

陈　克　　鹧鸪天·小市桥弯更向东

小市桥弯更向东，便门长记旧相逢。踏青会散秋千下，鬓影衣香怯晚风。　悲往事，向孤鸿，断肠肠断旧情浓。梨花院落黄茅店，绣被春寒此夜同。

陈　克　　鹧鸪天·阳羡竞渡

柳外东风不满旗，青裾白面出疏篱。噉来打鼓侬吹笛，催送儿郎踏浪飞。　倾两耳，斗双螭，家家春酒泻尖泥。侬今已是沧浪客，莫向尊前唱教池。

陈　克　　鹧鸪天·风露绢缉玉井莲

风露绢缉玉井莲，霓旌绛节会中元。鬓头未学功名晚，金紫由来称长年。　青作穗，酒如泉，蓬莱方丈自飞仙。黄麻敕胜长生箓，早送夔龙到日边。

沈长卿　　鹧鸪天·瑞气绢绢入绛纱

瑞气绢绢入绛纱，水沉香荐碧流霞。疏梅欲破风前蕊，冷菊犹开霜后花。　销粉黛，减铅华，药炉经卷好生涯。络滨侍从他年贵，便是蟠桃王母家。

朱敦儒　　鹧鸪天·草草园林作洛川

草草园林作洛川，碧宫红塔借风烟。虽无金谷花能笑，也有铜驼柳解眠。　春似旧，酒依前，何妨倚杖雪垂肩。五陵侠少今谁健，似我亲逢建武年。

朱敦儒　　鹧鸪天·检尽历头冬又残

检尽历头冬又残，爱他风雪忍他寒。拖条竹杖家家酒，上个篮舆处处山。　　添老大，转痴顽，谢天教我老来闲。道人还了鸳鸯债，纸帐梅花醉梦间。

朱敦儒　　鹧鸪天·西都作

我是清都山水郎，天教分付与疏狂。曾批给雨支风券，累上留云借月章。　　诗万首，酒千觞，几曾著眼看侯王。玉楼金阙慵归去，且插梅花醉洛阳。

朱敦儒　　鹧鸪天·唱得梨园绝代声

唱得梨园绝代声，前朝惟数李夫人。自从惊破霓裳后，楚奏吴歌扇里新。　　秦嶂雁，越溪砧，西风北客两飘零。尊前忽听当时曲，侧帽停杯泪满巾。

朱敦儒　　鹧鸪天·曾为梅花醉不归

曾为梅花醉不归，佳人挽袖乞新词。轻红遍写鸳鸯带，浓碧争斟翡翠卮。　　人已老，事皆非，花前不饮泪沾衣。如今但欲关门睡，一任梅花作雪飞。

朱敦儒　　鹧鸪天·画舫东时洛水清

画舫东时洛水清，别离心绪若为情。西风挹泪分携后，十夜长亭九梦君。　　云背水，雁回汀，只应芳草见离魂。前回共采芙蓉处，风自凄凄月自明。

朱敦儒　　鹧鸪天·竹粉吹香杏子丹

竹粉吹香杏子丹，试新纱帽纻衣宽。日长几案琴书静，地僻池塘鸥鹭闲。　　寻汗漫，听潺湲，澹然心寄水云间。无人共酌松黄酒，时有飞仙暗往还。

朱敦儒　　鹧鸪天·许总管席上

至节先庚欲雪天，玳筵围锦帐青毡。嫖姚副帅招佳客，太守高明别乘贤。　　歌宛转，舞蹁跹，金钗十二拥婵娟。老人南极星边住，也趁梅花听管弦。

朱敦儒　　　鹧鸪天·正月十四夜

风烛星球初试灯，冰轮碾破碧棱层。来宵虽道十分满，未必胜如此夜明。　　留上客，换瑶觥，任教楼外晓参横。春风从旧偏怜我，那更姮娥是故人。

朱敦儒　　鹧鸪天·通处灵犀一点真

通处灵犀一点真，忺随紫橐步红茵。个中自是神仙住，花作帘栊玉作人。　　偏潇静，最尖新，等闲舞雪振歌尘。若教宋玉尊前见，应笑襄王梦里寻。

朱敦儒　　鹧鸪天·天上人间酒最尊

天上人间酒最尊，非甘非苦味通神。一杯能变愁山色，三琖全迴冷谷春。　　欢后笑，怒时瞋，醒来不记有何因。古时有个陶元亮，解道君当恕醉人。

朱敦儒　　鹧鸪天·有个仙人捧玉卮

有个仙人捧玉卮，满斟坚劝不须辞。瑞龙透顶香难比，甘露浇心味更奇。　　开道域，洗尘机，融融天乐醉瑶池。霓裳拽住君休去，待我醒时更一瓻。

朱敦儒　　鹧鸪天·不系虚舟取性颠

不系虚舟取性颠，浮河泛海不知年。乘风安用青帆引，逆浪何须锦缆牵。　　云荐枕，月铺毡，无朝无夜任横眠。太虚空里知谁管，有个明官唤做天。

朱敦儒　　鹧鸪天·极目江湖水浸云

极目江湖水浸云，不堪回首洛阳春。天津帐饮凌云客，花市行歌绝代人。　　穿绣陌，踏香尘，满城沉醉管弦声。如今远客休惆怅，饱向皇都见太平。

周紫芝　　鹧鸪天·荷气吹凉到枕边

荷气吹凉到枕边，薄纱如雾亦如烟。清泉浴后花垂雨，白酒倾时玉满船。　　钗欲溜，髻微偏，却寻霜粉扑香绵。冰肌近著浑无暑，小扇频摇最可怜。

周紫芝　　鹧鸪天·七夕

乌鹊桥边河汉流，洗车微雨湿清秋。相逢不似长相忆，一度相逢一度愁。　　云却静，月垂钩，金针穿得喜回头。只应人倚阑干处，便似天孙梳洗楼。

周紫芝　　鹧鸪天·李彦恢生日

尊酒年年乐事多，古铜犹得几摩挲。他时人物君须记，玉笋班中李泰和。　　烦翠袖，把金荷，功名余事且高歌。新来学得长生诀，写就黄庭不换鹅。

周紫芝　　鹧鸪天·沈彦述生日

名在休文季孟间，一时风味更萧然。琼林不逐春风老，安用丹砂巧驻颜。　　春入户，酒吹澜，小桃枝上锦阑斑。明年欲与君为寿，无路相从入道山。

周紫芝　　鹧鸪天·和刘长孺有赠

袅袅云梳晓髻堆，涓涓秋净眼波回。旧家十二峰前住，偶为襄王下楚台。　　闲院静，小桃开，刘郎前度几回来。东风易得行云散，花里传觞莫谩催。

周紫芝　　鹧鸪天·和孙子绍菊花词

晴日烘帘暖似春，菊回霜晕浅仍深。谁知此地栽花手，便是当时嗅蕊人。　　秋渺渺，夜沉沉，一声清唱袅残音。娇痴应挽香罗比，六幅双裙染郁金。

周紫芝　　鹧鸪天·一点残红欲尽时

一点残红欲尽时，乍凉秋气满屏帏。梧桐叶上三更雨，叶叶声声是别离。　　调宝瑟，拨金猊，那时同唱鹧鸪词。如今风雨西楼夜，不听清歌也泪垂。

周紫芝　　鹧鸪天·年少登高意气多

重九登醉山堂，戏集前人句作鹧鸪天，令官妓歌之，为酒间一笑。前一首，自为之也

年少登高意气多，黄花压帽醉嵯峨。如今满眼看华发，强

捻茱萸奈老何。　　千叠岫，万重波，一时分付与秦娥。明年身健君休问，且对秋风卷翠螺。

周紫芝　　鹧鸪天·终日看山不厌山

终日看山不厌山，寻思百计不如闲。何时得到重阳日，醉把茱萸仔细看。　　攲醉帽，倚雕阑，偶然携酒却成欢。篱边黄菊关心事，触误愁人到酒边。

周紫芝　　鹧鸪天·荆州都倅生日

读尽牙签玉轴书，不知门外有园蔬。借令未解銮坡去，也合雠书在石渠。　　微雨后，小寒初，满斟长寿碧琳腴。不须更问荆州路，便上追锋御府车。

周紫芝　　鹧鸪天·楼上缃桃一萼红

予少时酷喜小晏词，故其所作，时有似其体制者，此三篇是也。晚年歌之，不甚如人意，聊载于此，为长短句体之助云

楼上缃桃一萼红，别来开谢几东风。武陵春尽无人处，犹有刘郎去后踪。　　香阁小，翠帘重，今宵何事偶相逢。行云又被风吹散，见了依前是梦中。

周紫芝　　鹧鸪天·彩鷁双飞雪浪翻

彩鷁双飞雪浪翻，楚歌声转绿杨湾。一川红旆初衔日，两岸朱楼不下帘。　　阑倚处，玉垂纤，白团扇底藕丝衫。未成密约回秋水，看得羞时隔画檐。

周紫芝　　鹧鸪天·花褪残红绿满枝

花褪残红绿满枝，嫩寒犹透薄罗衣。池塘雨细双鸳睡，杨柳风轻小燕飞。　　人别后，酒醒时，午窗残梦子规啼。尊前心事人谁问，花底闲愁春又归。

李清照　　鹧鸪天·寒日萧萧上锁窗

寒日萧萧上锁窗，梧桐应恨夜来霜。酒阑更喜团茶苦，梦断偏宜瑞脑香。　　秋已尽，日犹长，仲宣怀远更凄凉。不如随分尊前醉，莫负东篱菊蕊黄。

李清照　　鹧鸪天·暗淡轻黄体性柔

暗淡轻黄体性柔，情疏迹远只香留。何须浅碧深红色，自是花中第一流。　梅定妒，菊应羞，画阑开处冠中秋。骚人可煞无情思，何事当年不见收。

赵　鼎　　鹧鸪天·建康上元作

客路那知岁序移，忽惊春到小桃枝。天涯海角悲凉地，记得当年全盛时。　花弄影，月流辉，水精宫殿五云飞。分明一觉华胥梦，回首东风泪满衣。

向子諲　　鹧鸪天·寿太夫人

戏彩堂深翠幕张，南飔特地作微凉。葵花向日枝枝似，萱草忘忧日日长。　门有庆，福无疆，老人星与酒生光。殷勤更假天吴手，倾泻西江入寿觞。

向子諲　　鹧鸪天·番禺齐安郡王席上赠故人

召棣初逢两妙年，瑶林玉树倚风前。疏梅影里春同醉，红芰香中月一船。　长怅恨，短因缘，空余蝴蝶梦相连。谁知瘴雨蛮烟地，重上襄王玳瑁筵。

向子諲　　鹧鸪天·豫章郡王席上

两个鸳鸯波上来，一緺杨柳掌中回。已愁共雪因风去，更着繁弦急管催。　含浅笑，劝深杯，桃花气暖眼边开。司空常见风流惯，输与山翁醉玉摧。

向子諲　　鹧鸪天·绍兴己未归休后赋

露下风前处处幽，官黄如染翠如流。谁将天上蟾宫树，散作人间水国秋。　香郁郁，思悠悠，几年魂梦绕江头。今朝得到芗林醉，白发相看万事休。

向子諲　　鹧鸪天·莫问清江与洛阳

旧史载白乐天归洛阳，得杨常侍旧第，有林泉之致，占一都之胜。芗林居士卜筑清江，乃杨遵道光禄故居也。昔文安先生之所可，而竹木池馆，亦甚似之。其子孙与两苏、山谷从

游。所谓百花洲者，因东坡而得名，尝为绝句以纪其事。后戏广其声，为是词云

莫问清江与洛阳，山林总是一般香。两家地占西南胜，可是前人例姓杨。　　石作枕，醉为乡，藕花菱角满池塘。虽无中岛霓裳奏，独鹤随人意自长。

向子諲　　鹧鸪天·紫禁烟花一万重

有怀京师上元，与韩叔夏司谏、王夏卿侍郎、曹仲谷少卿同赋

紫禁烟花一万重，鳌山宫阙倚晴空。玉皇端拱彤云上，人物嬉游陆海中。　　星转斗，驾回龙，五侯池馆醉春风。而今白发三千丈，愁对寒灯数点红。

向子諲　　鹧鸪天·戏韩叔夏

只有梅花似玉容，云窗月户几尊同。见来怨眼明秋水，欲去愁眉淡远峰。　　山万叠，水千重，一双蝴蝶梦能通。都将泪作梅黄雨，尽把情为柳絮风。

向子諲　　鹧鸪天·老妻生日

玉篆题名在九天，而今且作地行仙。挂冠神武归休后，同醉芗林是几年。　　龟游泳，鹤蹁跹，疏梅修竹两清妍。欲知福寿都多少，阁皂清江可比肩。

向子諲　　鹧鸪天·咏红梅

江北江南雪未消，此花独步百花饶。青枝可爱难为杏，绿叶初无不是桃。　　多态度，足风标，蕊珠仙子醉红潮。绝怜竹外横斜处，似与芗林慰寂寥。

向子諲　　鹧鸪天·驾月新成碧玉梁

绍兴壬戌中秋前数夕，与杨谨仲、鲁子明、刘曼容及子驹兄弟待月新桥

驾月新成碧玉梁，青天万里泻银潢。广寒宫里无双树，无热池边不尽香。　　承露液，酿秋光，直须一举累千觞。不知世路风波恶，何似芗林气味长。

向子諲　　鹧鸪天·绍兴戊辰岁闰中秋

明月光中与客期，一年秋半两圆时。姮娥得意为长计，织女欢盟可恨迟。　　瞻玉兔，倒琼彝，追怀往事记新词。浩歌直入沧浪去，醉里归来凝不知。

向子諲　　鹧鸪天·赣上人人说故侯

曾端伯使君自处守移帅荆南，作是词戏之

赣上人人说故侯，从来文采更风流。题诗谩道三千首，别酒须拚一百筹。　　乘画鹢，衣轻裘，又将春色过荆州。合江绕岸垂杨柳，总学歌眉叶叶愁。

向子諲　　鹧鸪天·与徐师川同过叶梦授家

小院深明别有天，花能笑语柳能眠。雪肌得酒于中暖，莲步凌波分外妍。　　钗燕重，髻荷偏，两山斜叠翠连娟。朝云无限矜春态，暮雨情知更可怜。

向子諲　　鹧鸪天·宣和己亥代人赠别一

斗帐欢盟不计年，谁知蓦地远如天。何曾一霎离心上，怎得而今在眼前。　　鱼不断，雁相连，可无小字寄芳笺。薄情已是抛人去，更与新愁到酒边。

向子諲　　鹧鸪天·宣和己亥代人赠别二

说著分飞百种猜，泥人细数几时回。风流可惯曾孤冷，怀抱如何得好开。　　垂玉箸，下香阶，凭肩小语更兜鞋。再三莫遣归期误，第一频教入梦来。

向子諲　　鹧鸪天·浅浅妆成淡淡梅

浅浅妆成淡淡梅，见梅忆着傍妆台。书无鸿雁如何寄，肠断催归作么回。　　千种恨，百般猜，为伊怀抱几时开。可堪江上风头恶，不放朝云入梦来。

向子諲　　鹧鸪天·几处秋千懒未收

几处秋千懒未收，花梢柳外出纤柔。霞衣轻举疑奔月，宝髻欹倾若坠楼。　　争缥缈，斗风流，蜂儿蛱蝶共嬉游。朝朝暮暮春风里，落尽梨花未肯休。

蔡　柟　　　鹧鸪天·病酒厌厌与睡宜

病酒厌厌与睡宜，珠帘罗幕卷银泥。风来绿树花含笑，恨入西楼月敛眉。　　惊瘦尽，怨归迟，休将桐叶更题诗。不知桥下无情水，流到天涯是几时。

邵叔齐　　　鹧鸪天·蜡梅

不比江梅粉作华，天香肯作俗香夸。高悬蜡蓓蜂房密，遍挂金钟雁字斜。　　侵月影，上窗纱，中央颜色自仙家。玉人插向乌云畔，浑似灵犀正透芽。

石耆翁　　　鹧鸪天·借问枝头昨夜春

借问枝头昨夜春，已传消息到柴门。频看秀色无多艳，拖得清香不见痕。　　山矗矗，水潾潾，村南村北冷销魂。人间不识春风面，羞见瑶台破月明。

蔡　伸　　　鹧鸪天·脉脉柔情不自持

客有作北里选胜图，冠以曲子名，东风第一枝，裒然居首，因作此词

脉脉柔情不自持，浅颦轻笑百般宜。尊前唱歇黄金缕，一点春愁入翠眉。　　流蕙盼，捧瑶卮，借君歌扇写新诗。浮花谩说惊郎目，不似东风第一枝。

聂胜琼　　　鹧鸪天·寄李之问

玉惨花愁出凤城，莲花楼下柳青青。尊前一唱阳关后，别个人人第五程。　　寻好梦，梦难成，况谁知我此时情。枕前泪共帘前雨，隔个窗儿滴到明。

王以宁　　　鹧鸪天·寿刘方明

昔有书生荐寿杯，清词妙绝贺方回。黄花也欲为君寿，先向重阳六日开。　　跻楚俗，上春台，政成归去位三台。明年寿酒君王劝，知有传宣敕使来。

王以宁　　　鹧鸪天·寿杜士美

帝乙何年骑玉龙，武夷仙伯笑相从。长庚瑞应游仙梦，碧

藕花开解愠风。　　歌既醉，乐元丰，明良相悦寿无穷。野人更有深深祝，笑指三台十八公。

王以宁　　鹧鸪天·寿张徽猷

桃李纷纷春事催，桐花风定牡丹开。天麟下作人间瑞，玉燕清宵入梦来。　　红玉酎，紫霞杯，五云深处望三台。君家况有庭前柏，好个擎天八柱材。

王以宁　　鹧鸪天·刘运判生日

瑞雪当空舞素英，玳筵收得满金瓶。洗教双眼明如镜，看取黄河几度清。　　龟畀寿，鹤为形，年年长愿见仪刑。他年林下逢彭祖，唤作谁家小后生。

张元幹　　鹧鸪天·不怕微霜点玉肌

不怕微霜点玉肌，恨无流水照冰姿。与君著意从头看，初见东南第一枝。　　人散后，雪晴时，陇头春色寄来迟。使君本是花前客，莫怪殷勤为赋诗。

此首别作叶梦得词

杨无咎　　鹧鸪天·湖上风光直万金

湖上风光直万金，芙蓉并蒂照清深。须知花意如人意，好在双心同一心。　　词共唱，酒俱斟，夜阑扶醉小亭阴。当时比翼连枝愿，未必风流得似今。

杨无咎　　鹧鸪天·休倩傍人为正冠

休倩傍人为正冠，披襟散发最宜闲。水云况得平生趣，富贵何曾著眼看。　　低拍棹，称鸣銮，一尊长向枕边安。夜深贪钓波间月，睡起知他日几竿。

杨无咎　　鹧鸪天·不学真空不学仙

不学真空不学仙，不居廛市不居山。时沽鲁酒供诗兴，莫管吴霜点鬓斑。　　只么去，几时还，岂知魂梦□□间。凭君休作千年调，到处惟知一味闲。

杨无咎　　鹧鸪天·蕙性柔情忒可怜

蕙性柔情忒可怜，盈盈真是女中仙。披图一见春风面，携手疑同玳瑁筵。　　挥象管，擘蛮笺，等闲写就碧云篇。风流意态犹难画，潇洒襟怀怎许传。

曹　勋　　　　鹧鸪天·咏柑

枫落吴江肃晓霜，洞庭波静耿云光。芳苞照眼黄金嫩，纤指开新白玉香。　　盐胜雪，喜初尝，微酸历齿助新妆。直须满劝三山酒，更喜持杯云水乡。

曹　勋　　鹧鸪天·准拟中秋快客情

准拟中秋快客情，新亭雨后喜登临。彩蟾特地中宵出，吹散层云十日阴。　　松露重，月烟深，祥云捧玉到天心。金波动是经年别，为酌金荷醉碧琳。

曹　勋　　鹧鸪天·曾到东风最上头

曾到东风最上头，低云阁雨接溪流。只应缟袂闺房秀，尚带天香汗漫游。　　当日暇，从贤侯，冲寒迎翠小迟留。归骖白凤来何处，更指玉霄城畔楼。

曹　勋　　鹧鸪天·席上作，期子忱、季相之酒

雪后疏香一两枝，高轩乘兴访春时。金蕉酌酒应须醉，玉指传觞岂易辞。　　嗟老大，喜追随，南楼宵漏任迟迟。已闻水部神仙语，更诵骑鲸短李诗。

胡　铨　　鹧鸪天·癸酉吉阳用山谷韵

梦绕松江属玉飞，秋风莼美更鲈肥。不因入海求诗句，万里投荒亦岂宜。　　青箬笠，绿荷衣，斜风细雨也须归。崖州险似风波海，海里风波有定时。

胡　铨　　鹧鸪天·和陈景卫忆西湖

一忆西湖太瘦生，十年不到梦曾行。空濛山色烟霏晚，淡沲湖光雾縠轻。　　芳草远，暮云平，雨余空翠入帘明。梦回一晌难存济，这错都因自打成。

史　浩　　鹧鸪天·画角梅花曲未终

昙少云丈室观李子永见赠佳阕，走笔次韵

画角梅花曲未终，霜严飞落五更风。谁知林外鸡三唱，推出红轮海上峰。　　官一品，禄千钟，此时分付荷重瞳。更教赐子云南境，绝胜湖边九里松。

史　浩　　鹧鸪天·次韵陆务观贺东归

我本飘然出岫云，挂冠归去岸纶巾。但教名利休缰锁，心地何时不是春。　　竹叶美，菊花新，百杯且听绕梁尘。故乡父老应相贺，林下方今见一人。

史　浩　　鹧鸪天·祝寿

孔雀双飞敞画屏，锦花茵上舞娉婷。红绡袖暖琉璃滑，金鸭炉香椒桂馨。　　丹脸渥，秀眉青，平生阴德在暇龄。如今便好添龟鹤，元是南箕一寿星。

史　浩　　鹧鸪天·送试

晓日曈昽花露稀，明光已报敞金扉。三千彩仗翔鸾舞，数百银袍振鹭飞。　　开雉扇，正垂衣，奏篇初得上彤墀。胪传绕殿天颜喜，先折东风第一枝。

仲　并　　鹧鸪天·为鲍子山侍妾燕燕作

小泊横塘日欲斜，一枝犹有未残花。几年燕子无消息，今日飞来王谢家。　　歌水调，韵琵琶，声声都是怨年华。钗头杏子今如许，翦烛裁诗莫问他。

仲　并　　鹧鸪天·赠外孙夔

间世麒麟降自天，光辉列宿灿初躔。他年身致夔龙列，少日心存翰墨边。　　簪彩笔，照金莲，词华当使思如泉。未论筓罊昂霄事，且与衰翁慰暮年。

曾　觌　　鹧鸪天·龙驭亲迎玉辇来

选德殿赏灯，先宴梅堂，侍两宫，沾醉口占

龙驭亲迎玉辇来，江梅枝上雪培堆。东风上苑春光到，更放金莲匝地开。　　腾凤吹，进瑶杯，两宫交劝正欢谐。父慈子孝从今数，准拟开筵一万回。

曾　觌　　鹧鸪天·奉和伯可郎中席上见赠

桃李飘零春已深，可怜轻负惜花心。尊前赖有红千叠，窗外休惊绿满林。　灯灼灼，醉沉沉，笙歌丛里酒频斟。留欢且莫匆匆去，怅望春归何处寻。

曾　觌　　鹧鸪天·每上春泥向晓干

了堂净惠师示予寒食感怀二阕，因次其韵

每上春泥向晓干，花间幽鸟舞姗姗。年华不管人将老，门外东风依旧寒。　投簪易，息机难，鹿门归路不曾关。羡君早觉无生法，识破南柯一梦间。

曾　觌　　鹧鸪天·故乡寒食醉酡颜

故乡寒食醉酡颜，秋千彩索眩斓斑。如今头上灰三斗，赢得疏慵到处闲。　钟已动，漏将残，浮生犹恨别离难。镬汤转作清凉地，只在人心那样看。

李　甗　　鹧鸪天·种得门阑五福全

种得门阑五福全，常珍初喜庆华筵。玉环醉拍春衫舞，今见康强九九年。　神爽朗，骨清坚，壶天日月旧因缘。从今把定春风笑，且作人间长寿仙。

李　甗　　鹧鸪天·珍重高人阎右丞

珍重高人阎右丞，胸中丘壑富丹青。暂从天下分韶使，来向人间作寿星。　凉日挂，暑风轻，一番秋思十分清。细倾鹦鹉休辞劝，烂醉葡萄不用醒。

倪　偁　　鹧鸪天·中秋赏月和宋卿

萧瑟西风万里秋，暮云收尽月华流。偶然北海清尊满，况是西山爽气浮。　登翠岭，更溪游，素光何处不清幽。悬知明岁君思我，今夕欢娱可罢休。

倪　偁　　鹧鸪天·拟看今宵璧月秋

拟看今宵璧月秋，浮云却妒素光流。天公肯放冰轮出，我辈宁辞大白浮。　穿翠密，极遨游，人间那得此深幽。金波若到清尊里，下笔联篇未肯休。

倪偁　鹧鸪天·野旷无尘夕霭收

野旷无尘夕霭收，人间八月桂花秋。三更爽气山围座，万里凉风月满楼。　登绝岭，小迟留，人言惟酒可忘忧。一杯径入无何有，未愧当年赤壁游。

倪偁　鹧鸪天·九日怀文伯

去岁登高感叹长，今年九日倍幽凉。怀人独下西州泪，对菊谁空北海觞。　夸酒量，斗新狂，尚余醉墨在巾箱。眼前风物都非旧，只有青山带夕阳。

王之望　鹧鸪天·台州倚江亭即席和李举之

时曹功显、贺子忱同坐

撩乱江云雪欲飞，小轩幽会酒行时。佳人喜得鸳鸯侣，豪客争题鹦鹉词。　歌舞地，喜追随，歙州端恨外迁迟。谪仙狂监从来识，七步初看子建诗。

洪适　鹧鸪天·次李举之见寄韵

报答风光思更新，安排好语续阳春。罗胸玉藻英华别，信手银钩点画匀。　歌妙曲，想光尘，相望尺五叹参辰。曲终强对红颜笑，欠我高谈惊座人。

洪适　鹧鸪天·次曾守游梅园韵

领客携尊花底开，薄寒初送雨声来。一声未弄林间笛，几片低飞阁下梅。　酬的皪，少迟回，不妨春雪撒银杯。玉肌莫放清香散，更待晴时赏一回。

洪适　鹧鸪天·胡提舶生日

月上初弦映左弧，葭吹六琯转璇枢。日边远近瞻新渥，天下中庸系两都。　犀献角，蚌回珠，皇皇星节烛扶胥。满斟北海尊中酒，请寿安期涧底蒲。

洪适　鹧鸪天·席上赏牡丹用景裴韵

莫问甘醪浊与清，试将一酌破愁城。海棠过后荼蘼发，堪叹人间不再生。　　心已老，眼重明，嫣然国色带朝酲。耳边听得兰亭曲，一咏流觞已有名。

洪　适　　鹧鸪天·两塾弦歌日日春

十九孙入学，因作小集。景裴有作，次其韵

两塾弦歌日日春，不容坐席更凝尘。常思芳桂攀燕窦，未见童乌继子云。　　流庆泽，仰家尊，救荒阴德过于门。从师已是平原客，毛遂怀绷作弄孙。

韩元吉　　鹧鸪天·雪

山绕江城腊又残，朔风垂地雪成团。莫将带雨梨花认，且作临风柳絮看。　　烟杳渺，路弥漫，千林犹待月争寒。凭君细酌羔儿酒，倚遍琼楼十二阑。

韩元吉　　鹧鸪天·九日双溪楼

不惜黄花插满头，花应却为老人羞。年年九日常拚醉，处处登高莫浪愁。　　酬美景，驻清秋，绿橙香嫩酒初浮。多情雨后双溪水，红满斜阳自在流。

韩元吉　　鹧鸪天·九日登赤松绝顶

老去休惊节物催，菊花端的为君开。携壶幸有齐山客，怀古还如单父台。　　松掩映，水萦回，使君强健得重来。不须细把茱萸看，且尽丰年酒一杯。

韩元吉　　鹧鸪天·寿兄六十

甲子今年甫一周，人间聊住八千秋。依依梅蕊看如雪，恰恰蟾华未上钩。　　分玉节，共南州，台城辇路记重游。相期一品归来健，兄弟华颠自献酬。

韩元吉　　鹧鸪天·雨歇云如隔座屏

雨歇云如隔座屏，薰风摇动一天青。今年五十平头过，又喜清歌洗耳听。　　浮世事，绝曾经，此生应直斗牛星。且倾田舍黄鸡酒，敢望君家白玉庭。

韩元吉　　鹧鸪天·万古光寒太白精

万古光寒太白精，直宜分作两郎星。不然安得难兄弟，先后尧蓂三荚生。　　霜月冷，斗杓横，老人今夜已齐明。他年莫作郎星看，两两台躔拱太清。

朱淑真　　鹧鸪天·独倚阑干昼日长

独倚阑干昼日长，纷纷蜂蝶斗轻狂。一天飞絮东风恶，满路桃花春水香。　　当此际，意偏长，萋萋芳草傍池塘。千钟尚欲偕春醉，幸有荼蘼与海棠。

张　抡　　鹧鸪天·鹤驭来从玉席前

鹤驭来从玉席前，笑谈勋业照凌烟。心游物外都无碍，春在壶中别有天。　　香似雾，酒如泉，华堂冰雪映神仙。灵椿不老青松健，花里年年醉管弦。

张　抡　　鹧鸪天·彩舞萱堂喜气新

彩舞萱堂喜气新，年年今日庆生辰。碧凝香雾笼清晓，红入桃花媚小春。　　须酩酊，莫逡巡，九霞杯冷又重温。壶天自是人难老，长拥笙歌醉洞云。

张　抡　　鹧鸪天·五福仙娥月殿来

五福仙娥月殿来，依稀微步彩云随。一从别有瑶池宴，不见蟠桃几度开。　　歌宛转，舞徘徊，碧梧秋意满池台。年年玉露收残暑，长送新凉入寿杯。

张　抡　　鹧鸪天·消息枝头梅子黄

消息枝头梅子黄，两宫恩意酿湖光。长庚自是文章瑞，好伴前星烛万方。　　金鸭暖，玉杯香，换鹅笔墨醉淋浪。只将名字为公祝，便合千秋佐玉皇。

张　抡　　鹧鸪天·福善天应锡寿祺

福善天应锡寿祺，人生七十古来稀。我翁更有椿龄在，余庆堂前玉树辉。　　传世业，长孙枝，捧杯欢见老莱衣。一阳渐近门多喜，百禄争迎好事归。

侯寘　　鹧鸪天·县圃约同官赏海棠

万点胭脂落日烘，坐间酒面散微红。谁教艳质撩潘鬓，生怕朝云逐楚风。　　寻画烛，照芳容，夜深两行锦灯笼。朱唇翠袖休凝伫，几许春情睡思中。

侯寘　　鹧鸪天·蜀锦吴绫剪染成

蜀锦吴绫剪染成，东皇花令一番新。风帘不碍寻巢燕，雨叶偏禁斗草人。　　非病酒，不关春，恨如芳草思连云。西楼角畔双桃树，几许浓苞等露匀。

侯寘　　鹧鸪天·赏芍药

梦想当年姚魏家，尊前重见旧时花。双檠分焰交红影，四座春回粲晚霞。　　杯潋滟，帽欹斜，夜深绝艳愈清佳。天明恐逐行云去，更著重重翠幕遮。

侯寘　　鹧鸪天·送田簿秩满还雪川

只有梅花是故人，岁寒情分更相亲。红鸾跨碧江头路，紫府分香月下身。　　君既去，我离群，天涯白发怕逢春。西湖苍莽烟波里，来岁梅时痛忆君。

赵彦端　　鹧鸪天·白鹭亭作

天外秋云四散飞，波间风艇一时归。他年淮水东边月，犹为登临替落晖。　　夸客胜，数星稀，晚寒拂拂动秋衣。酒行不尽清光意，输与渔舟睡钓矶。

赵彦端　　鹧鸪天·送王漕侍郎奏事

渺渺东风拂画船，不堪临雨落花前。清歌只拟留春住，好语频闻有诏传。　　秦望月，镜湖天，养成英气自当年。两山总是经行处，献纳雍容定几篇。

赵彦端　　鹧鸪天·为韩漕无咎寿

忆醉君家倚翠屏，年年相喜鬓毛青。谁知缓步从天下，犹许清弹此地听。　　挥羽扇，写鹅经，使星何似老人星。几时一试薰风手，今日桐阴又满庭。

赵彦端　　**鹧鸪天·拂拂深帏起暗尘**

上元孙长文郎中坐上次仲益尚书赠玉奴韵

拂拂深帏起暗尘，清歌缓响自回春。月知灯市云间堕，人对梅花雪后新。　　杯掌露，舞衣云，酒慵微觉翠鬟倾。洞房不压阳台雨，乞与游人弄晚晴。

赵彦端　　**鹧鸪天·萧秀**

羊城天下最号都会，风轩月馆，艳姬角妓，倍于他所，人以群仙目之，因赋十阕鹧鸪天

有女青春正及笄，蕊珠仙子下瑶池。箫吹弄玉登楼月，弦拨昭君未嫁时。　　云体态，柳腰肢，绮罗活计强相随。天教谪入群花苑，占得东风第一枝。

赵彦端　　**鹧鸪天·萧莹**

花动仪容玉润颜，温柔袅娜趁清闲。盈盈醉眼横秋水，淡淡蛾眉抹远山。　　膏雨霁，晓风寒，一枝红杏拆朱阑。天台迥失刘郎路，因忆前缘到世间。

赵彦端　　**鹧鸪天·欧懿**

月晲金□云□梳，素娥何事下天衢。翩翩舞袖穿花蝶，宛转歌喉贯索珠。　　帘翡翠，枕珊瑚，锦衾冰簟象床铺。春光九十羊城景，百紫千红总不如。

赵彦端　　**鹧鸪天·桑雅**

云暗青丝玉莹冠，笑生百媚入眉端。春深芍药和烟拆，秋晓芙蓉破露看。　　星眼俊，月眉弯，舞狂花影上栏干。醉来直驾仙鸾去，不到银河到广寒。

赵彦端　　**鹧鸪天·刘雅**

醉捻花枝舞翠翘，十分春色赋妖娆。千金笑里争檀板，一搦纤围间舞腰。　　行也媚，坐也娇，乍离银阙下青霄。檀郎若问芳笄记，二月和风弄柳条。

赵彦端　　**鹧鸪天·欧倩**

梅粉新妆间玉容，寿阳人在水晶宫。浴残雨洗梨花白，舞

转风摇菡萏红。　　云枕席，月帘栊，金炉香喷凤帏中。凡材纵有凌云格，肯学文君一旦从。

赵彦端　　　鹧鸪天·文秀

绰约娇波二八春，几时飘谪下红尘。桃源寂寂啼春鸟，蓬岛沉沉锁暮云。　　丹脸嫩，黛眉新，肯将朱粉污天真。杨妃不似才卿貌，也得君王宠爱勤。

赵彦端　　　鹧鸪天·王婉

未有年光好破瓜，绿珠娇小翠鬟丫。清肌莹骨能香玉，艳质英姿解语花。　　钗插凤，鬓堆鸦，舞腰春柳受风斜。有时马上人争看，擘破红窗新绛纱。

赵彦端　　　鹧鸪天·杨兰

两两青螺绾额傍，彩云齐会下巫阳。俱飞蛱蝶尤相逐，并蒂芙蓉本自双。　　翻彩袖，舞霓裳，点风飞絮恣轻狂。花神只恐留难住，早晚承恩入未央。

赵彦端　　　鹧鸪天·总咏

一簇神仙会见奇，暂夸苏小与西施。怜轻镂月为歌扇，喜薄裁云作舞衣。　　牙板脆，玉音齐，落霞天外雁行低。看看各得风流侣，回首乘鸾旧路归。

王千秋　　　鹧鸪天·圆子

翠杓银锅飨夜游，万灯初上月当楼。溶溶琥珀流匙滑，璨璨蠙珠著面浮。　　香入手，暖生瓯，依然京国旧风流。翠娥且放杯行缓，甘味虽浓欲少留。

王千秋　　　鹧鸪天·蒸茧

比屋烧灯作好春，先须歌舞赛蚕神。便将簇上如霜样，来饷尊前似玉人。　　丝馅细，粉肌匀，从它犀箸破花纹。殷勤又作梅羹送，酒力消除笑语新。

李　吕　　　鹧鸪天·寄情

脸上残霞酒半消，晚妆匀罢却无聊。金泥帐小教谁共，银字笙寒懒更调。　　人悄悄，漏迢迢，琐窗虚度可怜宵。一从恨满丁香结，几度春深豆蔻梢。

李　吕　　　鹧鸪天·谢人送牡丹

甲帐春风肯见分，夜陪清梦当炉熏。寻香若傍阑干晓，定见堆红越鄂君。　　雕玉佩，郁金裙，凭谁书叶寄朝云。兰芽九畹虽清绝，也要芳心伴小醺。

晁公武　　鹧鸪天·笑擘黄柑酒半醒

笑擘黄柑酒半醒，玉壶金斗夜生冰。开窗尽见千山雪，雪未消时月正明。　　兰烬短，麝煤轻，画楼钟鼓已三更。倚栏谁唱清真曲，人与梅花一样清。

此首别作戴平之词

曹　冠　　　　鹧鸪天·梦仙

我昔蓬莱侍列仙，梦游方悟绊尘缘。青春放浪迷诗酒，黄卷优游对圣贤。　　嘲水石，咏云烟，乘风欲往思泠然。要知昨夜方壶景，只在芸斋杖屦前。

葛　郯　　　鹧鸪天·咏野梅

千树家园锁旧津，谁移数点在孤村。海仙探蕊禽留影，楚客穿花蝶舞魂。　　桥断港，水横门，残霞零落晚烟昏。只因留住三更月，暗里香来别是春。

葛　郯　　鹧鸪天·万木家园雾暗津

万木家园雾暗津，不须踏影下前村。须知苕霅水云窟，自有罗浮冰雪魂。　　横水馆，倚楼门，参旗有约共黄昏。此中有句无人见，谁在樽前领略春。

姚述尧　鹧鸪天·呈鄱阳使君何郎中伯谨

玉宇无尘露气清，凭高极目万山横。霜前白雁初传信，篱下黄花独有情。　　乌帽侧，紫萸馨，尊前醉舞拥飞琼。明年此会知何处，不是鄱江是帝城。

姚述尧　　鹧鸪天·昨夜东风到海涯

王清叔具草酌赏海棠，为作二绝句，清叔击节，隐括以鹧

鸪天歌之

昨夜东风到海涯，繁红簇簇吐胭脂。恍疑仙子朝天罢，醉面匀霞韵更宜。　欢未足，困相依，羞将兰麝污天姿。少陵可是风情薄，却为无香不作诗。

姚述尧　鹧鸪天·渴雨

几阵萧萧弄雨风，片云微破月朦胧。田家侧耳听鸣鹳，寰海倾心想卧龙。　尧日近，舜云浓，圣仁天覆忍民穷。会看膏泽随车下，只恐诗人句未工。

姚述尧　鹧鸪天·县有花名日日红，高仲坚席间作

风阙朝回晓色分，彩霞轻拂绛衣新。炎乌影里年年好，碧玉枝头日日春。　携翠斝，对芳尊，东君著意属诗人。夜深莫放西风入，频遣司花护锦茵。

管　鉴　鹧鸪天·席上赠别

杨柳梢头月未残，杏花开尽却春寒。宾鸿社燕寻常别，渭北江东别更难。　尊欲尽，夜将阑，明朝马首便长安。悬知不作人间住，归去春风玉笋班。

管　鉴　鹧鸪天·山色初晴翠拂云

山色初晴翠拂云，画桥流水碧粼粼。一尊不尽登临兴，归及西湖二月春。　班缀旧，诏除新，稳看腾踏上星辰。回头却望尘凡处，应记尘凡有故人。

管　鉴　鹧鸪天·为妻寿

前日新冬举寿觞，今朝喜色又非常。一阳生后逢生日，日渐舒长寿更长。　移晚宴，庆新堂，堂前高竹早梅芳。年年一为梅花醉，醉到千回鬓未霜。

管　鉴　鹧鸪天·宋子渊生日

富贵楼台玉琢成，更移玉节下西清。才高不数梅花赋，笑捻琼苞泛寿觥。　莲幕静，宝香凝，春风和气自然生。要知他日调元手，看取今朝雪里情。

管　鉴　　　鹧鸪天·为薛子昭寿

燕寝香中锦帐郎，二年和气蔼蒸湘。鬓间不减当年绿，眉上新添一点黄。　徽诏近，寿筵长，乍晴人意喜非常。燕莺休苦留春住，归趁薰风殿阁凉。

陆　游　　　鹧鸪天·送叶梦锡

家住东吴近帝乡，平生豪举少年场。十千沽酒青楼上，百万呼卢锦瑟傍。　身易老，恨难忘，尊前赢得是凄凉。君归为报京华旧，一事无成两鬓霜。

陆　游　　鹧鸪天·其二　葭萌驿作

看尽巴山看蜀山，子规江上过春残。惯眠古驿常安枕，熟听阳关不惨颜。　慵服气，懒烧丹，不妨青鬓戏人间。秘传一字神仙诀，说与君知只是顽。

陆　游　　鹧鸪天·其三　梳发金盘剩一窝

梳发金盘剩一窝，画眉鸾镜晕双蛾。人间何处无春到，只有伊家独占多。　微步处，奈娇何，春衫初换曲尘罗。东邻斗草归来晚，忘却新传子夜歌。

陆　游　　鹧鸪天·其四　家住苍烟落照间

家住苍烟落照间，丝毫尘事不相关。斟残玉瀣行穿竹，卷罢黄庭卧看山。　贪啸傲，任衰残，不妨随处一开颜。元知造物心肠别，老却英雄似等闲。

陆　游　　鹧鸪天·其五　插脚红尘已是颠

插脚红尘已是颠，更求平地上青天。新来有个生涯别，买断烟波不用钱。　沽酒市，采菱船，醉听风雨拥蓑眠。三山老子真堪笑，见事迟来四十年。

陆　游　　鹧鸪天·其六　懒向青门学种瓜

懒向青门学种瓜，只将渔钓送年华。双双新燕飞春岸，片片轻鸥落晚沙。　歌缥缈，橹呕哑，酒如清露鲊如花。逢人问道归何处，笑指船儿此是家。

陆　游　　鹧鸪天·其七　薛公肃家席上作

南浦舟中两玉人，谁知重见楚江滨。凭教后苑红牙版，引上西川绿锦茵。　　才浅笑，却轻嚬，淡黄杨柳又催春。情知言语难传恨，不似琵琶道得真。

陆　游　　鹧鸪天·杖屦寻春苦未迟

杖屦寻春苦未迟，洛城樱笋正当时。三千界外归初到，五百年前事总知。　　吹玉笛，渡清伊，相逢休问姓名谁。小车处士深衣叟，曾是天津共赋诗。

徐叔至　　鹧鸪天·两两台符映昴躔

两两台符映昴躔，南薰披拂寿炉烟。宝图继统千龄会，金铉调元一相贤。　　兰玉满，庆蝉联，天教世有鲁山川。霞觞更对瑶池佫，共看蟠桃着子年。

范成大　　鹧鸪天·休舞银貂小契丹

休舞银貂小契丹，满堂宾客尽关山。从今袅袅盈盈处，谁复端端正正看。　　模泪易，写愁难，潇湘江上竹枝斑。碧云日暮无书寄，寥落烟中一雁寒。

范成大　　鹧鸪天·荡漾西湖采绿蘋

荡漾西湖采绿蘋，扬鞭南埭衮红尘。桃花暖日茸茸笑，杨柳光风浅浅颦。　　章贡水，郁孤云，多情争似桂江春。崔徽卷轴瑶姬梦，纵有相逢不是真。

范成大　　鹧鸪天·嫩绿重重看得成

嫩绿重重看得成，曲阑幽槛小红英。酴醾架上蜂儿闹，杨柳行间燕子轻。　　春婉娩，客飘零，残花浅酒片时清。一杯且买明朝事，送了斜阳月又生。

范成大　　鹧鸪天·雪梅

压蕊拈须粉作团，疏香辛苦颤朝寒。须知风月寻常见，不似层层带雪看。　　春髻重，晓眉弯，一枝斜并缕金幡。酒红不解东风冻，惊怪钗头玉燕干。

范成大　　　　鹧鸪天·席上作

楼观青红倚快晴，惊看陆地涌蓬瀛。南园花影笙歌地，东岭松风鼓角声。　　山绕水，水萦城，柳边沙外古今情。坐中更有挥毫客，一段风流画不成。

范成大　　鹧鸪天·仗下仪容笔下文

仗下仪容笔下文，天风驾鹤住仙真。榴花三日迎端午，蕉叶千春纪诞辰。　　经国志，立朝身，暂烦高手活吴民。明朝莫遣书丹篆，怕引新符刻玉麟。

范成大　　鹧鸪天·绣户当年瑞气充

绣户当年瑞气充，紫阳驾鹤下天风。万山秀色浑钟尽，六月炎光一洗空。　　蕉叶满，彩衣重，剖符持节尽人雄。坐中金母欣余庆，劝醉周公劝鲁公。

赵磻老　　　鹧鸪天·寿叶枢密一

堂上年时见烛花，青毡还入旧时家。芝函瑞色回春早，绿野东风转岁华。　　催召传，稳铺沙，罍尊今日枣如瓜。诞辰更接传柑宴，莲炬通宵唤草麻。

赵磻老　　　鹧鸪天·寿叶枢密二

白日青天一旦明，旧时勋业此时情。延英再许裴公对，商鼎须调傅说羹。　　千万载，辅宗祊，擎天八柱愈峥嵘。将军犁却龙庭后，岁傍鳌山奏太平。

王　质　　　　鹧鸪天·山行

空响萧萧似见呼，溪昏树暗觉神孤。微茫山路才通足，行到山深路亦无。　　寻草浅，拣林疏，虽疏无奈野藤粗。春衫不管藤挡碎，可惜教花著地铺。

王　质　　　　鹧鸪天·咏渔父

一只船儿任意飞，眼前不管是和非。鱼儿得了浑闲事，未得鱼儿未肯归。　　全似懒，又如痴，这些快活有谁知。华堂只见灯花好，不见波平月上时。

李　洪　　鹧鸪天·送客至汤泉

十月南闽未有霜，蕉林蔗圃郁相望。压枝橄榄浑如画，透甲香橙半弄黄。　斟绿醑，泛沧浪，白沙翠竹近温汤。分明水墨山阴道，只欠冰谿雪月光。

李　漳　　鹧鸪天·寿友人母

淑德由来孟母名，方瞳鹤发莹精神。天教遐算灵椿比，亲见贤郎擢桂荣。　逢诞日，庆孙曾，金花纶诰又重新。愿君学得司空母，管取年高寿太平。

朱　熹　　鹧鸪天·江槛

暮雨朝云不自怜，放教春涨绿浮天。只令画阁临无地，宿昔新诗满系船。　青鸟外，白鸥前，几生香火旧因缘。酒阑山月移雕槛，歌罢江风拂玳筵。

朱　熹　　鹧鸪天·已分江湖寄此生

已分江湖寄此生，长蓑短笠任阴晴。鸣桡细雨沧洲远，系舸斜阳画阁明。　奇绝处，未忘情，几时还得去寻盟。江妃定许捐双佩，渔父何劳笑独醒。

朱　熹　　鹧鸪天·脱却儒冠著羽衣

叔怀尝梦飞仙，为之赋此。归日以呈茂献侍郎，当发一笑

脱却儒冠著羽衣，青山绿水浩然归。看成鼎内真龙虎，管甚人间闲是非。　生羽翼，上烟霏，回头只见冢累累。未寻跨凤吹箫侣，且伴孤云独鹤飞。

张孝祥　　鹧鸪天·上元设醮

咏彻琼章夜向阑，天移星斗下人间。九光倒景腾青简，一气回春绕绛坛。　瞻北阙，祝南山，遥知仙仗簇清班。何人曾侍传柑宴，翡翠帘开识圣颜。

张孝祥　　鹧鸪天·子夜封章扣紫清

子夜封章扣紫清，五霞光里佩环声。驿传风火龙鸾舞，步入烟霄孔翠迎。　瑶简重，羽衣轻，金童双引到通明。三湘

五篑同民乐，万岁千秋与帝龄。

张孝祥　　鹧鸪天·忆昔追游翰墨场

忆昔追游翰墨场，武夷仙伯较文章。琅函奏号银台省，毡笔书名御苑墙。　　经十载，过三湘，横楣丽锦照传觞。醉余吐出胸中墨，只欠彭宣到后堂。

张孝祥　　鹧鸪天·月地云阶欢意阑

月地云阶欢意阑，仙姿不合住人间。骖鸾已恨车尘远，泣凤空余烛影残。　　情脉脉，泪珊珊，梅花音信隔关山。只应楚雨清留梦，不那吴霜绿易斑。

张孝祥　　鹧鸪天·去日清霜菊满丛

提刑仲钦行部万里，阅四月而后来归，辄成，为太夫人寿

去日清霜菊满丛，归来高柳絮缠空。长驱万里山收瘴，径度层波海不风。　　阴德遍，岭西东，天教慈母寿无穷。遥知今夕称觞处，衣彩还将衣绣同。

张孝祥　　鹧鸪天·为老母寿

阿母蟠桃不记春，长沙星里寿星明。金花罗纸新裁诏，贝叶旁行别授经。　　同犬子，祝龟龄，天教二老鬓长青。明年今日称觞处，更有孙枝满谢庭。

张孝祥　　鹧鸪天·赠钱横州子山

舞凤飞龙五百年，尽将锦绣裹山川。王家券册诸孙嗣，主第笙歌故国传。　　居玉铉，拥金蝉，只今门户庆蝉联。君侯合侍明光殿，且作横槎海上仙。

张孝祥　　鹧鸪天·饯刘恭父一

浴殿西头白玉堂，湘江东畔碧油幢。北辰躔次瞻星象，南国山川解印章。　　随步武，谢恩光，送公归趣舍人装。它年若肯传衣钵，今日应须釂寿觞。

张孝祥　　鹧鸪天·饯刘恭父二

割镫难留乘马东，花枝争看袅长红。衮衣空使斯民恋，绿

竹谁歌入相同。　　回武事，致年丰，几多遗爱在湘中。须知楚水枫林下，不似初闻长乐钟。

张孝祥　　鹧鸪天·淮西为老人寿

昼得游嬉夜得眠，农桑欲遍楚山川。问看百姓知公否，余子纷纷定不然。　　思主眷，酌民言，与民称寿拜公前。只将心与天通处，合住人间五百年。

张孝祥　　鹧鸪天·平国弟生日

楚楚吾家千里驹，老人心事正关渠。风流合是阶除玉，爱惜真成掌上珠。　　纡彩绶，荐芳壶，老人还醉弟兄扶。问将何物为儿寿，付与家传万卷书。

张孝祥　　鹧鸪天·荆州别同官

又向荆州住半年，西风催放五湖船。来时露菊团金颗，去日池荷叠绿钱。　　斟别酒，扣离弦，一时宾从最多贤。今宵拚醉花迷坐，后夜相思月满川。

张孝祥　　鹧鸪天·忆昔彤庭望日华

忆昔彤庭望日华，匆匆枯笔梦生花。郁轮袍曲惭新奏，风送银湾犯斗槎。　　追往事，甫新瓜，飞蓬何事及兰麻。一江湘水流余润，十里河堤筑浅沙。

张孝祥　　鹧鸪天·瞻跸门前识个人

瞻跸门前识个人，柳眉桃脸不胜春。短襟衫子新来掉，四直冠儿内样新。　　秋色净，晓妆匀，不知何事在风尘。主翁若也怜幽独，带取妖娆上玉宸。

张孝祥　　鹧鸪天·可意黄花人不知

可意黄花人不知，黄花标格世间稀。园葵裛露迎朝日，槛菊迎霜媚夕霏。　　芍药好，是金丝，绿藤红刺引蔷薇。姚家别有神仙品，似着天香染御衣。

张孝祥　　鹧鸪天·咏桃菊花

桃换肌肤菊换妆，只疑春色到重阳。偷将天上千年艳，染却人间九日黄。　　新艳冶，旧风光，东篱分付武陵香。尊前醉眼空相顾，错认陶潜是阮郎。

张孝祥　　鹧鸪天·送陈倅正字摄峡州

人物风流册府仙，谁教落魄到穷边。独班未引甘泉伏，三峡先寻上水船。　　斟楚酒，扣湘弦，竹枝歌里意凄然。明时合下清猿泪，闲日须题采凤笺。

张孝祥　　鹧鸪天·春情

日日青楼醉梦中，不知楼外已春浓。杏花未遇疏疏雨，杨柳初摇短短风。　　扶画鹢，跃花骢，涌金门外小桥东。行行又入笙歌里，人在珠帘第几重。

张孝祥　　鹧鸪天·脱却麻衣换绣裙

脱却麻衣换绣裙，仙凡从此两俱分。蛾眉再画当时柳，蝉鬓仍梳旧日云。　　施玉粉，点朱唇，星冠不戴貌超群。枕边一任潘郎爱，再也无心恋老君。

崔敦礼　　鹧鸪天·时夫人寿

本是瑶台月里仙，笑麾鸾鹤住人间。蟠桃一熟三千岁，剩对春风日月闲。　　缡绶结，彩衣斑，孙枝相应傍门阑。年年同上长生酒，得见沧溟几度干。

崔敦礼　　鹧鸪天·王母瑶池景物鲜

王母瑶池景物鲜，蟠桃华实不知年。天教把定春风笑，来作人间长寿仙。　　披蕊笈，诵云篇，朝朝香火篆炉烟。只将清静为真乐，合住春秋岁八千。

陈　造　　鹧鸪天·闲去街头赏大花

闲去街头赏大花，翠帷珠幰护豪华。西真宴罢群仙醉，千尺黄云错紫霞。　　团粉黛，闹箫笳，使星躔处驻灵槎。定知今夜游仙梦，不落西京姚魏家。

陈　造　　鹧鸪天·遍赏扬州百种花

遍赏扬州百种花，因循忘却鬓苍华。客闲惯刻分题烛，坐久还生醉眼霞。　　催掺鼓，趁鸣笳，未应回首问归槎。清明寒食风烟地，判到今春不著家。

陈　造　　鹧鸪天·醉阅东风百种花

醉阅东风百种花，醒来长悔误随车。须知绿幕黄帘底，别有春藏姚魏家。　　空想像，剩惊嗟，梦云从此漫天涯。二年得趁花前约，潘鬓缘愁恐更华。

黄　定　　鹧鸪天·寿熊左史

间世文章万选钱，清时平步八花砖。大开紫府瑶池宴，正是橙黄橘绿天。　　金烛里，玉堂前，翰林元是武夷仙。雍容草罢明堂诏，留取天香馥寿筵。

李处全　　鹧鸪天·社日落成烟雨楼二首之一

烟雨溟溟趁落成，只应天欲称佳名。万丝明灭青山映，匹素浓纤渌水萦。　　民亦乐，美能并，酒杯莫惜十分倾。要知社下平生志，觞政聊须为主盟。

李处全　　鹧鸪天·社日落成烟雨楼二首之二

缥缈危楼百尺雄，淡烟疏雨暗帘栊。偶妨清赏中秋夕，为忆名言玉局翁。　　贤达意，古今同，凉天佳月会相逢。老蟾一跃三千丈，却唤姮娥驾阆风。

丘　崈　　鹧鸪天·和严倅二秦同集席上赋

怀抱瓌奇懒叩阍，朝阳独赋远人村。即看飞下芝封诏，会见趣归金马门。　　今夕饮，拚濡裙，一时尊俎尽诗人。唯余阿买真才劣，醉后犹能写八分。

丘　崈　　鹧鸪天·陆海蓬壶自有山

陆海蓬壶自有山，光风霁月未应悭。但将歌舞酬佳节，却信阴晴是等闲。　　花照夜，烛烘盘，明年公更酒肠宽。奉陪黄伞传柑宴，莫忘红妆拥座欢。

丘　崈　　鹧鸪天·乙未钱守登君山

准拟关门度一秋，强扶衰病起相酬。不辞酩酊还吹帽，自笑鬅鬙怯露头。　　江日晚，更迟留，争传五马足风流。论车载酒浑闲事，著笼藏花说未休。

丘　密　　　鹧鸪天·采莲曲

两两维舟近柳堤，菱歌迤逦过前溪。曲中自诉衷肠事，岸上行人那得知。　　金齿屐，翠云篦，女萝为带蕙为衣。惜花贪折归时晚，急桨相呼入翠微。

丘　密　　　鹧鸪天·咏绿荔枝

玳瑁筵中见绿珠，淡然高韵胜施朱。揉蓝雾縠蔷薇浅，半露冰肌玉不如。　　餐秀色，味肤腴，轻红端合与为奴。只愁宴罢翻成恨，赢得偏怜不似初。

高伯达　　鹧鸪天·海上蟠桃月样圆

海上蟠桃月样圆，从头屈指几千年。双成已报春消息，输与萧郎半月前。　　风露晓，月华鲜，兽炉烟袅水沉烟。骑鸾鞚鹤休归去，留取人间作女仙。

吕胜己　　鹧鸪天·竹树萧萧屋数椽

城南书院饯别张南轩赴阙奏事知严州

竹树萧萧屋数椽，平湖漫漫纳通川。有时竹杖芒鞋至，醉著山光水色间。　　成小隐，未经年，功名夷路稳加鞭。逢时且数中书考，他日还寻独乐园。

吕胜己　　鹧鸪天·记得追游故老家

记得追游故老家，红莲幕府在长沙。放船桥口秋随月，走马春园夜踏花。　　思往昔，谩咨嗟，几番魂梦转天涯。葵轩老子今何在，岳麓风雩噪暮鸦。

吕胜己　　鹧鸪天·一夜春寒透锦帏

一夜春寒透锦帏，满庭花露起多时。垒金梳子双双耍，铺翠花儿袅袅垂。　　人去后，信来稀，等闲屈指数归期。门前恰限行人至，喜鹊如何圣得知。

吕胜己　　鹧鸪天·日日楼心与画眉

日日楼心与画眉，松分蝉翅黛云低。象牙白齿双梳子，驼骨红纹小棹篦。　　朝暮宴，浅深杯，更阑生怕下楼梯。徐娘怪我今疏懒，不及卢郎年少时。

吕胜己　　鹧鸪天·纸帐虚明好醉眠

纸帐虚明好醉眠，博山轻袅水沉烟。了知世上都如梦，须信壶中别有天。　　知我者，为君言，道人有个好因缘。丹成有日归云路，且醉梅花作地仙。

赵长卿　　鹧鸪天·腊夜

宝篆龙煤烧欲残，细听铜漏已更阑。纱窗斜月移梅影，特地笼灯仔细看。　　幽梦断，旧盟寒，那时屈曲小屏山。风光得似而今不，肯把花枝作等闲。

赵长卿　　鹧鸪天·霜夜

门外寒江泊小船，月明留客小窗前。夜香烧尽更声远，斗帐低垂暖意生。　　醺著酒，炙些灯，伴他针线懒成眠。情知今夜鸳鸯梦，不似孤篷宿雁边。

赵长卿　　鹧鸪天·深秋悲感

亭树萧萧生暮凉，安排清梦到胡床。楚山楚水秋江外，江北江南客恨长。　　蘋渚冷，橘汀黄，断魂残梦更斜阳。欲将此日悲秋泪，洒向江天哭楚狂。

赵长卿　　鹧鸪天·牙领番腾一线红

初夏试生衣，而婉卿持素扇索词，因作此书于扇上

牙领番腾一线红，花儿新样喜相逢。薄纱衫子轻笼玉，削玉身材瘦怯风。　　人易老，恨难穷，翠屏罗幌两心同。既无闲事萦怀抱，莫把双蛾皱碧峰。

赵长卿　　鹧鸪天·荼蘼

镂玉裁琼莫比香，娉婷枝上殢春光。风流别有千般韵，割舍昏沉入醉乡。　　蜂共蝶，尽干忙，檀心知未肯寻常。从来诗苦人消瘦，乞与幽窗富锦囊。

赵长卿　　鹧鸪天·春暮

蜂蜜酿成花已飞，海棠次第雨胭脂。园林检点春归也，只有萦风柳带垂。　　情默默，恨依依，可人天气日长时。东风恰好寻芳去，何事驱驰作别离。

赵长卿　　鹧鸪天·咏荼蘼五首之一

弱质纤姿俪素妆，水沉山麝郁幽香。直疑姑射来天上，要恼人间傅粉郎。　　简酿酒，枕为囊，更余风味胜糖霜。肯如红紫空姚冶，谩惹游蜂戏蝶忙。

赵长卿　　鹧鸪天·咏荼蘼五首之二

玉容应不羡梅妆，檀心特地赛炉香。半藏密叶墙头女，勾引酡颜马上郎。　　尊乏酒，且倾囊，蟹螯糟熟似黏霜。一年光景浑如梦，可惜人生忙处忙。

赵长卿　　鹧鸪天·咏荼蘼五首之三

洗尽铅华不著妆，一般真色自生香。飘飘何处凌波女，故故相迎马上郎。　　寻谱谍，发诗囊，绝胜梅萼嫁冰霜。故山寒食依然在，勾引东坡旅兴忙。

赵长卿　　鹧鸪天·咏荼蘼五首之四

镂玉裁琼学靓妆，不须沉水自然香。好随梅蕊妆宫额，肯似桃花误阮郎。　　羞傅粉，贱香囊，何劳傲雪与凌霜。新来勾引无情眼，拚为东风一饷忙。

赵长卿　　鹧鸪天·咏荼蘼五首之五

绰约肌肤巧样妆，风流元自有清香。未应傅粉疑平叔，欲笑荷花似六郎。　　浮蚁瓮，入诗囊，学人消瘦怯风霜。午窗一枕庄周梦，甘作花心粉蝶忙。

赵长卿　　鹧鸪天·咏燕

梁上双双海燕归，故人应不寄新诗。柳梧阴里高还下，帘幕中间去复回。　　追盛事，忆乌衣，王家巷陌日沉西。兴亡无限惊心语，说向时人总不知。

赵长卿　　鹧鸪天·春残

谡谡东风作雨寒，无言独自凭栏干。绿肥红瘦春归去，恨逼愁侵酒怎宽。　　追往事，惜花残，残花往事总相关。风光台上伤心处，此意人休作等闲。

赵长卿　　　　鹧鸪天·梅

手种梅花三四株，要看冰霜照清臞。朝来几朵茅檐下，竹外江头恐不如。　　凝玉面，吐香须，莫嫌孤瘦渐丰余。化工不肯辜人意，做底欢娱报答渠。

赵长卿　　　　鹧鸪天·送春

只惯娇痴不惯愁，离情浑不挂眉头。可怜恼尽尊前客，却趁东风上小舟。　　真个去，不忺留，落花流水一春休。自怜不及春江水，随到滕王阁下流。

赵长卿　　鹧鸪天·夜钓月桥赏荷花

新晴水暖藕花红，烘人暑意晚来浓。共携纤手桥东路，杨柳青青一径风。　　深翠里，艳香中，双鸾初下蕊珠宫。月笼粉面三更露，凉透萧萧一梦中。

赵长卿　　鹧鸪天·睡觉扶头听晓钟

晨起，忽见大镜，睹物思人，有感而作

睡觉扶头听晓钟，隔帘花雾湿香红。翠摇钿砌梧桐影，暖透罗襦芍药风。　　闲对影，记曾逢，画眉临镜霎时同。相思已有无穷恨，忍见孤鸾宿镜中。

赵长卿　　鹧鸪天·月夜诸院饮酒行令

宝篆烟消香已残，婵娟月色浸栏干。歌喉不作寻常唱，酒令从他各自还。　　传杯手，莫教闲，醉红潮脸媚酡颜。相携共学骖鸾侣，却笑卢郎旧约寒。

赵长卿　　鹧鸪天·绿水澄江得胜游

暇日泛舟，游客有叹居士发白者。未竟，忽见临江倚楼人，因思向来有感作此

绿水澄江得胜游，浪平风软称轻舟。樽前我易伤前事，柳外人谁独倚楼。　　空感慨，惜风流，风流赢得谩多愁。愁多著甚销磨得，莫怪安仁鬓早秋。

赵长卿　　鹧鸪天·偶有鳞翼之便，书以寄文卿

一曲清歌金缕衣，巧佼心事有谁知。自从别后难相见，空解题红寄好诗。　忆携手，过阶墀，月笼花影半明时。玉钗头上轻轻颤，摇落钗头豆蔻枝。

赵长卿　　鹧鸪天·落魄东吴二十春

落魄东吴二十春，风流诗句得清新。今年却恨花星照，再见温卿与远真。　分楚佩，染巫云，赤绳结得短花茵。若非京口初相识，安得毗陵作故人。

张孝忠　　鹧鸪天·豆蔻梢头春意浓

豆蔻梢头春意浓，薄罗衫子柳腰风。人间乍识瑶池似，天上浑疑月殿空。　眉黛小，髻云松，背人欲整又还慵。多应没个藏娇处，满镜桃花带雨红。

林　淳　　鹧鸪天·西湖

天近祆知雨露浓，湖山无日不春风。闲花野草皆掀舞，曾在君王顾盼中。　时易得，会难逢，朝为逆旅暮三公。蛟龙得雨飞无便，鸡犬腾云夙有功。

廖行之　　鹧鸪天·寿四十舅

飞尽林花绿叶丝，十分春色在荼蘼。多情几日风朝雨，留恋东风未许归。　天意好，与君期，如今且醉□蛾眉。明年上国春风里，赏遍名花得意时。

廖行之　　鹧鸪天·寿外舅一

腊月今朝恰一旬，梅花开遍陇头春。篆烟起处人称寿，从昔家和福自生。　新喜事，得佳姻，贤郎顺妇正充庭。从今更祝千千岁，要与邦人作典型。

廖行之　　鹧鸪天·寿外舅二

兰谷清香入岭梅，多根应尔暖先回。腊前似得真消息，争逐尧蓂十叶开。　春满室，酒盈杯，百花宁许到尊罍。仙姿要是仙家伴，长为遐龄岁一来。

廖行之　　鹧鸪天·寿外姑

细数元正隔两朝，眼看杨柳又新条。岁寒独有江梅耐，曾伴瑶池下绛霄。　香篆袅，烛花烧，团栾喜气沸欢谣。慈祥自是长生乐，不用春醪饾与椒。

廖行之　　鹧鸪天·代人寿欧阳景明

送了春归雨未收，雨肥梅子满枝头。心知办此和羹品，正为和羹国手谋。　蓂两荚，岁千秋，嵩高神气禀公侯。好将一卷周公礼，起佐皇家定九州。

廖行之　　鹧鸪天·寿叔祖母

曾宴瑶池万玉宫，鸾骖此日自从容。杓携鹑首坤维外，岁在降娄虎坎中。　生指李，寿方瞳，云仍今有鹊巢风。传家自得长年诀，安用人祈鹤与松。

廖行之　　鹧鸪天·寿邓孺人

畴昔君王庆诞辰，欢传金母下瑶城。只应仙子陪仙仗，却向人间作寿星。　萧史伴，更和鸣，殷勤好嗣太夫人。直须同饮长生酒，剩看芝兰照谢庭。

廖行之　　鹧鸪天·咏梅菊呈抚州葛守

九日东篱已泛觞，陇头犹待返魂香。那知此日花神约，得得同登君子堂。　迎腊雪，傲晴霜，西湖风韵接柴桑。寿潭更酌长生水，岁岁和羹入帝乡。

张　震　　鹧鸪天·怨别

宽尽香罗金缕衣，心情不似旧家时。万丝柳暗才飞絮，一点梅酸已着枝。　金底背，玉东西，前欢赢得两相思。伤心不及风前燕，犹解穿帘度暮飞。

张　震　　鹧鸪天·春暮

横素桥边景最佳，绿波清浅见琼沙。衔泥燕子迎风絮，得食鱼儿趁浪花。　春已暮，日初斜，画船箫鼓是谁家。阑桡欲去空留恋，醉倚阑干看晚霞。

王　炎　　　　**鹧鸪天·梅**

淡淡疏疏不惹尘，暗香一点静中闻。人间怪有晴时雪，天上偷回腊里春。　　疑浅笑，又轻颦，虽然无语意相亲。老来尚可花边饮，惆怅相携失玉人。

杨冠卿　　　　**鹧鸪天·次韵宝溪探梅未放**

岁月如驰乌兔飞，情怀著酒强支持。经年不见宫妆面，秾碧谁斟翡翠卮。　　江路晚，夕阳低，奚奴空负锦囊归。欲凭驿使传芳信，未放东风第一枝。

刘清之　　　　**鹧鸪天·子寿母**

柳色青青罩翠烟，花光灼灼映临川。欲知窈窕呈祥日，恰近清明淑景天。　　浮瑞霭，庆真仙，不须男女祝椿年。异时早约西王母，剩折蟠桃荐寿筵。

辛弃疾　　　　**鹧鸪天·鹅湖寺道中**

一榻清风殿影凉，涓涓流水响回廊。千章云木钩辀叫，十里溪风䆉稏香。　　冲急雨，趁斜阳，山园细路转微茫。倦途却被行人笑，只为林泉有底忙。

辛弃疾　　　　**鹧鸪天·送人**

唱彻阳关泪未干，功名余事且加餐。浮天水送无穷树，带雨云埋一半山。　　今古恨，几千般，只应离合是悲欢。江头未是风波恶，别有人间行路难。

辛弃疾　　　　**鹧鸪天·代人赋一**

晚日寒鸦一片愁，柳塘新绿却温柔。若教眼底无离恨，不信人间有白头。　　肠已断，泪难收，相思重上小红楼。情知已被山遮断，频倚阑干不自由。

辛弃疾　　　　**鹧鸪天·代人赋二**

扑面征尘去路遥，香篝渐觉水沉销。山无重数周遭碧，花不知名分外娇。　　人历历，马萧萧，旌旗又过小红桥。愁边剩有相思句，摇断吟鞭碧玉梢。

辛弃疾　　鹧鸪天·代人赋三

陌上柔条初破芽，东邻蚕种已生些。平冈细草鸣黄犊，斜日寒林点暮鸦。　山远近，路横斜，青旗沽酒有人家。城中桃李愁风雨，春在溪头野荠花。

辛弃疾　　鹧鸪天·鹅湖归病起作一

翠竹千寻上薜萝，东湖经雨又增波。只因买得青山好，却恨归来白发多。　明画烛，洗金荷，主人起舞客齐歌。醉中只恨欢娱少，明日醒时奈病何。

辛弃疾　　鹧鸪天·鹅湖归病起作二

枕簟溪堂冷欲秋，断云依水晚来收。红莲相倚浑如醉，白鸟无言定自愁。　书咄咄，且休休，一丘一壑也风流。不知筋力衰多少，但觉新来懒上楼。

辛弃疾　　鹧鸪天·鹅湖归病起作三

著意寻春懒便回，何如信步两三杯。山才好处行还倦，诗未成时雨早催。　携竹杖，更芒鞋，朱朱粉粉野蒿开。谁家寒食归宁女，笑语柔桑陌上来。

辛弃疾　　鹧鸪天·席上再用韵

水底明霞十顷光，天教铺锦衬鸳鸯。最怜杨柳如张绪，却笑莲花似六郎。　方竹簟，小胡床，晚风消得许多凉。背人白鸟都飞去，落日残霞更断肠。

辛弃疾　　鹧鸪天·败棋赋梅雨

漠漠轻云拨不开，江南细雨熟黄梅。有情无意东边日，已怒重惊忽地雷。　云柱础，小楼台，罗衣费尽博山灰。当时一识和羹味，便道为霖消息来。

辛弃疾　　鹧鸪天·重九席上再赋

有甚闲愁可皱眉，老怀无绪自伤悲。百年旋逐花阴转，万事长看鬓发知。　溪上枕，竹间棋，怕寻酒伴懒吟诗。十分筋力夸强健，只比年时病起时。

辛弃疾　　　鹧鸪天·石门道中

山上飞泉万斛珠，悬崖千丈落鼪鼯。已通樵径行还碍，似有人声听却无。　　闲略彴，远浮屠，溪南修竹有茅庐。莫嫌杖屦频来往，此地偏宜著老夫

辛弃疾　　鹧鸪天·送欧阳国瑞入吴中

莫避春阴上马迟，春来未有不阴时。人情展转闲中看，客路崎岖倦后知。　　梅似雪，柳如丝，试听别语慰相思。短篷炊饭鲈鱼熟，除却松江枉费诗。

辛弃疾　　　鹧鸪天·送廓之秋试

白苎新袍入嫩凉，春蚕食叶响回廊。禹门已准桃花浪，月殿先收桂子香。　　鹏北海，凤朝阳，又携书剑路茫茫。明年此日青云去，却笑人间举子忙。

辛弃疾　　　鹧鸪天·和赵文鼎雪

莫上扁舟向剡溪，浅斟低唱正相宜。从教犬吠千家白，且与梅成一段奇。　　香暖处，酒醒时，画檐玉箸已偷垂。笑君解释春风恨，倩拂蛮笺只费诗。

辛弃疾　　鹧鸪天·徐衡仲惠琴不受

千丈阴崖百丈溪，孤桐枝上凤偏宜。玉音落落虽难合，横理庚庚定自奇。　　人散后，月明时，试弹幽愤泪空垂。不如却付骚人手，留和南风解愠诗。

辛弃疾　　鹧鸪天·游鹅湖醉书酒家壁

春日平原荠菜花，新耕雨后落群鸦。多情白发春无奈，晚日青帘酒易赊。　　闲意态，细生涯，牛栏西畔有桑麻。青裙缟袂谁家女，去趁蚕生看外家。

辛弃疾　　　鹧鸪天·元谿不见梅

千丈清溪百步雷，柴门都向水边开。乱云剩带炊烟去，野水闲将日影来。　　穿窈窕，历崔嵬，东林试问几时栽。动摇意态虽多竹，点缀风流却少梅。

辛弃疾　　　鹧鸪天·送元省干

欹枕婆娑两鬓霜，起听檐溜碎喧江。那边玉箸销啼粉，这里车轮转别肠。　　诗酒社，水云乡，可堪醉墨几淋浪。画图恰似归家梦，千里河山寸许长。

辛弃疾　　　鹧鸪天·离豫章别司马汉章大监

聚散匆匆不偶然，二年遍历楚山川。但将痛饮酬风月，莫放离歌入管弦。　　萦绿带，点青钱，东湖春水碧连天。明朝放我东归去，后夜相思月满船。

辛弃疾　　　鹧鸪天·席上子似诸公和韵

翰墨诸君久擅场，胸中书传许多香。苦无丝竹衔杯乐，却看龙蛇落笔忙。　　闲意思，老风光，酒徒今有几高阳。黄花不怯秋风冷，只怕诗人两鬓霜。

辛弃疾　　　鹧鸪天·和昌父

万事纷纷一笑中，渊明把菊对秋风。细看爽气今犹在，惟有南山一似翁。　　情味好，语言工，三贤高会古来同。谁知止酒停云老，独立斜阳数过鸿。

辛弃疾　　　鹧鸪天·点尽苍苔色欲空

点尽苍苔色欲空，竹篱茅舍要诗翁。花余歌舞欢娱外，诗在经营惨澹中。　　听软语，笑衰容，一枝斜坠翠鬟松。浅颦轻笑谁堪醉，看取萧然林下风。

辛弃疾　　　鹧鸪天·用韵赋梅

三山梅开时，犹有青叶甚盛，予时病齿

病绕梅花酒不空，齿牙牢在莫欺翁。恨无飞雪青松畔，却放疏花翠叶中。　　冰作骨，玉为容，当年宫额鬓云松。直须烂醉烧银烛，横笛难堪一再风。

辛弃疾　　　鹧鸪天·黄沙道中

句里春风正剪裁，溪山一片画图开。轻鸥自趁虚船去，荒犬还迎野妇回。　　松菊竹，翠成堆，要擎残雪斗疏梅。乱鸦毕竟无才思，时把琼瑶蹴下来。

辛弃疾　　鹧鸪天·石壁虚云积渐高

石壁虚云积渐高，溪声绕屋几周遭。自从一雨花零乱，却爱微风草动摇。　呼玉友，荐溪毛，殷勤野老苦相邀。杖藜忽避行人去，认是翁来却过桥。

辛弃疾　　鹧鸪天·自古高人最可嗟

自古高人最可嗟，只因疏懒取名多。居山一似庚桑楚，种树真成郭橐驼。　云子饭，水晶瓜，林间携客更烹茶。君归休矣吾忙甚，要看蜂儿趁晚衙。

辛弃疾　　鹧鸪天·寻菊花无有，戏作

掩鼻人间臭腐场，古来惟有酒偏香。自从归住云烟畔，直到而今歌舞忙。　呼老伴，共秋光，黄花何事避重阳。要知烂熳开时节，直待西风一夜霜。

辛弃疾　　鹧鸪天·和子似山行韵

谁共春光管日华，朱朱纷纷野蒿花。闲愁投老无多子，酒病而今较减些。　山远近，路横斜，正无聊处管弦哗。去年醉处犹能记，细数溪边第几家。

辛弃疾　　鹧鸪天·祝良显家牡丹一本百朵

占断雕栏只一株，春风费尽几工夫。天香夜染衣犹湿，国色朝酣酒未苏。　娇欲语，巧相扶，不妨老干自扶疏。恰如翠幕高堂上，来看红衫百子图。

辛弃疾　　鹧鸪天·赋牡丹，主人以谤花索赋解嘲

翠盖牙签几百株，杨家姊妹夜游初。五花结队香如雾，一朵倾城醉未苏。　闲小立，困相扶，夜来风雨有情无。愁红惨绿今宵看，却似吴宫教阵图。

辛弃疾　　鹧鸪天·再赋

浓紫深红一画图，中间更著玉盘盂。先裁翡翠装成盖，更点胭脂染透酥。　香潋滟，锦模糊，主人长得醉工夫。莫携弄玉栏边去，羞得花枝一朵无。

辛弃疾　　　　鹧鸪天·不寐

老病那堪岁月侵，霎时光景值千金。一生不负溪山债，百药难治书史淫。　　随巧拙，任浮沉，人无同处面如心。不妨旧事从头记，要写行藏入笑林。

辛弃疾　　　　鹧鸪天·戏题村舍

鸡鸭成群晚不收，桑麻长过屋山头。有何不可吾方羡，要底都无饱便休。　　新柳树，旧沙洲，去年溪打那边流。自言此地生儿女，不嫁金家即聘周。

辛弃疾　　　　鹧鸪天·博山寺作

不向长安路上行，却教山寺厌逢迎。味无味处求吾乐，材不材间过此生。　　宁作我，岂其卿，人间走遍却归耕。一松一竹真朋友，山鸟山花好弟兄。

辛弃疾　　　　鹧鸪天·寄叶仲洽

是处移花是处开，古今兴废几池台。背人翠羽偷鱼去，抱蕊黄须趁蝶来。　　掀老瓮，拨新醅，客来且尽两三杯。日高盘馔供何晚，市远鱼鲑买未回。

辛弃疾　　　　鹧鸪天·欲上高楼去避愁

欲上高楼去避愁，愁还随我上高楼。经行几处江山改，多少亲朋尽白头。　　归休去，去归休，不成人总要封侯。浮云出处元无定，得似浮云也自由。

辛弃疾　　　　鹧鸪天·一片归心拟乱云

一片归心拟乱云，春来谙尽要黄昏。不堪向晚檐前雨，又待今宵滴梦魂。　　炉烬冷，鼎香氛，酒寒谁遣为重温。何人柳外横双笛，客耳那堪不忍闻。

辛弃疾　　　　鹧鸪天·和人韵有所赠

趁得东风汗漫游，见他歌后怎生愁。事如芳草春长在，人似浮云影不留。　　眉黛敛，眼波流，十年薄幸谩扬州。明朝短棹轻衫梦，只在溪南罨画楼。

辛弃疾　　鹧鸪天·峡石用前韵答子似

叹息频年廪未高，新词空贺此丘遭。遥知醉帽时时落，见说吟鞭步步摇。　　乾玉唾，秃锥毛，只今明月费招邀。最怜乌鹊南飞句，不解风流见二乔。

辛弃疾　　鹧鸪天·重九席上作

戏马台前秋雁飞，管弦歌舞更旌旗。要知黄菊清高处，不入当年二谢诗。　　倾白酒，绕东篱，只于陶令有心期。明朝重九浑潇洒，莫使尊前欠一枝。

辛弃疾　　鹧鸪天·睡起即事

水荇参差动绿波，一池蛇影噤群蛙。因风野鹤饥犹舞，积雨山栀病不花。　　名利处，战争多，门前蛮触日干戈。不知更有槐安国，梦觉南柯日未斜。

辛弃疾　　鹧鸪天·有感

出处从来自不齐，后车方载太公归。谁知孤竹夷齐子，正向空山赋采薇。　　黄菊嫩，晚香枝，一般同是采花时。蜂儿辛苦多官府，蝴蝶花间自在飞。

辛弃疾　　鹧鸪天·子似过秋水

秋水长廊水石间，有谁来共听潺湲。羡君人物东西晋，分我诗名大小山。　　穷自乐，懒方闲，人间路窄酒杯宽。看君不了痴儿事，又似风流靖长官。

辛弃疾　　鹧鸪天·壮岁旌旗拥万夫

有客慨然谈功名，因追念少年时事戏作

壮岁旌旗拥万夫，锦襜突骑渡江初。燕兵夜娖银胡䩮，汉箭朝飞金仆姑。　　追往事，叹今吾，春风不染白髭须。都将万字平戎策，换得东家种树书。

辛弃疾　　鹧鸪天·寿子似，时摄事城中

上巳风光好放怀，忆君犹未看花回。茂林映带谁家竹，曲水流传第几杯。　　擒锦绣，写琼瑰，长年富贵属多才。要知此日生男好，曾有周公祓禊来。

辛弃疾　　鹧鸪天·再赋牡丹

去岁君家把酒杯，雪中曾见牡丹开。而今纨扇薰风里，又见疏枝月下梅。　　欢几许，醉方回，明朝归路有人催。低声待向他家道，带得歌声满耳来。

辛弃疾　　鹧鸪天·和陈提干

翦烛西窗夜未阑，酒豪诗兴两联绵。香喷瑞兽金三尺，人插云梳玉一弯。　　倾笑语，捷飞泉，觥筹到手莫留连。明朝再作东阳约，肯把鸾胶续断弦。

辛弃疾　　鹧鸪天·和张子志提举

别恨妆成白发新，空教儿女笑陈人。醉寻夜雨旗亭酒，梦断东风辇路尘。　　骑騄駬，筇青云，看公冠佩玉阶春。忠言句句唐虞际，便是人间要路津。

辛弃疾　　鹧鸪天·樽俎风流有几人

樽俎风流有几人，当年未遇已心亲。金陵种柳欢娱地，庾岭逢梅寂寞滨。　　樽似海，笔如神，故人南北一般春。玉人好把新妆样，淡画眉儿浅注唇。

辛弃疾　　鹧鸪天·指点斋尊特地开

指点斋尊特地开，风帆莫引酒船回。方惊共折津头柳，却喜重寻岭上梅。　　催月上，唤风来，莫愁瓶罄耻金罍。只愁画角楼头起，急管哀弦次第催。

辛弃疾　　鹧鸪天·困不成眠奈夜何

困不成眠奈夜何，情知归未转愁多。暗将往事思量遍，谁把多情恼乱他。　　些底事，误人哪，不成真个不思家。娇痴却妒香香睡，唤起惺忪说梦些。

辛弃疾　　鹧鸪天·郑守厚卿席上谢余伯山，用其韵

梦断京华故倦游，只今芳草替人愁。阳关莫作三叠唱，越女应须为我留。　　看逸韵，自名流，青衫司马且江州。君家兄弟真堪笑，个个能修五凤楼。

辛弃疾　　鹧鸪天·一夜清霜变鬓丝

一夜清霜变鬓丝，怕愁刚把酒禁持。玉人今夜相思不，想见频将翠枕移。　　真个恨，未多时，也应香雪减些儿。菱花照面须频记，曾道偏宜浅画眉。

辛弃疾　　鹧鸪天·木落山高一夜霜

木落山高一夜霜，北风驱雁又离行。无言每觉情怀好，不饮能令兴味长。　　频聚散，试思量，为谁春草梦池塘。中年长作东山恨，莫遣离歌苦断肠。

辛弃疾　　鹧鸪天·三山道中

抛却山中诗酒窠，却来官府听笙歌。闲愁做弄天来大，白发栽埋日许多。　　新剑戟，旧风波，天生予懒奈予何。此身已觉浑无事，却教儿童莫恁么。

辛弃疾　　鹧鸪天·桃李漫山过眼空

桃李漫山过眼空，也宜恼损杜陵翁。若将玉骨冰姿比，李蔡为人在下中。　　寻驿使，寄芳容，垄头休放马蹄松。吾家篱落黄昏后，剩有西湖处士风。

辛弃疾　　鹧鸪天·晚岁躬耕不怨贫

读渊明诗不能去手，戏作小词以送之

晚岁躬耕不怨贫，只鸡斗酒聚比邻。都无晋宋之间事，自是羲皇以上人。　　千载后，百篇存，更无一字不清真。若教王谢诸郎在，未抵柴桑陌上尘。

辛弃疾　　鹧鸪天·发底青青无限春

发底青青无限春，落红飞雪漫纷纷。黄花也伴秋光老，何似尊前见在身。　　书万卷，笔如神，眼看同辈上青云。个中不许儿童会，只恐功名更逼人。

辛弃疾　　鹧鸪天·戊午拜复职奉祠之命

老退何曾说著官，今朝放罪上恩宽。便支香火真祠俸，更缀文书旧殿班。　　扶病脚，洗衰颜，快从老病借衣冠。此身忘世浑容易，使世相忘却自难。

辛弃疾　　鹧鸪天·和赵晋臣敷文韵

绿鬓都无白发侵，醉时拈笔越精神。爱将芜语追前事，更把梅花比那人。　　回急雪，遏行云，近时歌舞旧时情。君侯要识谁轻重，看取金杯几许深。

辛弃疾　　鹧鸪天·和傅先之提举赋雪

泉上长吟我独清，喜君来共雪争明。已惊并水鸥无色，更怪行沙蟹有声。　　添爽气，动雄情，奇因六出忆陈平。却嫌鸟雀投林去，触破当楼云母屏。

辛弃疾　　鹧鸪天·登一丘一壑偶成

莫殢春光花下游，便须准备落花愁。百年雨打风吹却，万事三平二满休。　　将扰扰，付悠悠，此生于世百无忧。新愁次第相抛舍，要伴春归天尽头。

赵善括　　鹧鸪天·和冠之韵

忆昔南楼旧使君，与君携手蹑浮云。如今更到经行处，妙墨新诗得屡闻。　　淮南路，楚江分，离尊相属更论文。明朝一棹人千里，多少红愁与翠颦。

赵善括　　鹧鸪天·我是行人更送行

我是行人更送行，潇潇风雨倍伤情。征帆西去何须急，飞诏东来分外荣。　　红袖湿，玉尊倾，不堪回首暮云平。小舟准拟随君去，要听霜天晓角声。

赵善括　　鹧鸪天·雨沐芙蓉秋意清

雨沐芙蓉秋意清，可人风月满江城。怜风爱月方留恋，对月临风又送行。　　人渐远，酒须倾，只凭一醉遣多情。重来休厌刘郎老，明月清风有素盟。

赵善括　　鹧鸪天·和朱伯阳

画鹢翩翩去似飞，季鹰何事忽思归。风湍自送征帆稳，云巇须将彩笔挥。　　江作酒，海为卮，为君满酌不须辞。酒酣渴思回春梦，自笑何时是足时。

赵善括　　　鹧鸪天·翁广文席上

枉道黉堂是冷官，深深青琐锁青鸾。新诗自得清歌举，和气都消永夜寒。　　花态净，酒杯宽，燕娇莺巧有余欢。不因客里东阳瘦，好把西江一吸干。

赵善括　　　鹧鸪天·庆佥判王状元

玉殿分荣两桂华，灵根移植在长沙。风姨先绽无双蕊，月姊重开第一花。　　金榜烂，玉音加，从今稳步上天霞。休夸水击三千里，且歌笙歌十万家。

程　垓　　　鹧鸪天·昨夜思量直到明

昨夜思量直到明，拂明心绪更愁人。风披露叶高低怨，冷雨寒烟各自轻。　　休赖酒，莫求神，为谁教尔许多情。如今早被思量损，好更当时做弄成。

程　垓　　　鹧鸪天·木落江空又一秋

木落江空又一秋，天寒几日不登楼。红绡帐里橙犹在，青琐窗深菊未收。　　新画阁，小书舟，篆烟熏得晚香留。只因贪伴开炉酒，恼得红儿一夜讴。

程　垓　　　鹧鸪天·寄少城

泪湿芙蓉城上花，片飞何事苦参差。锁深不奈莺无语，巢稳争如燕有家。　　情未老，鬓先华，可怜各自淡生涯。桃花不解知人意，犹自沾泥也学他。

徐安国　　　鹧鸪天·席上赋

翠幕围香夜正迟，红麟生焰烛交辉。纤腰趁拍轻于柳，娇面添妆韵似梅。　　凝远恨，惜芳期，十年幽梦彩云飞。多情不管霜髯满，犹欲杯翻似旧时。

黄人杰　　　鹧鸪天·挺挺君家有祖风

挺挺君家有祖风，谘任余庆尚无穷。钓鳌莫问当年事，汗马须收第一功。　　何日是，梦维熊，麦光摇翠浪花红。一尊敬为祈难老，要作人间矍铄翁。

黄人杰　　鹧鸪天·落落南班间世英

落落南班间世英，风流人物汉更生。当时良月垂孤处，天女惊香下广庭。　　鲸作量，兕为觥，尽倾家酿祝修龄。校雠天禄须君辈，藜杖看陪太乙星。

黄人杰　　鹧鸪天·瑞霭朝迷紫极宫

瑞霭朝迷紫极宫，梅香轻度琐窗风。关西都护生时节，来吐芳心献寿钟。　　头未白，颊先红，臂强方解挽雕功。银符玉帐轻毡在，稳著功名继乃翁。

何　澹　　鹧鸪天·绕花台

庾岭移来傍桂丛，绕花安敢望凌风。癯儒合作孤芳伴，四面相看一笑同。　　冰照座，玉横空，雪花零落暗香中。有人醉倚阑干畔，付与江南老画工。

何　澹　　鹧鸪天·灯夕雨雪

好景良辰造物悭，一年灯火遽摧残。雨淋夹道星千点，雪阻游人路九盘。　　停社舞，撤宾筵，谩烧银烛照金莲。不如我入香山社，一线青灯说夜禅。

陈三聘　　鹧鸪天·酒晕从教上脸丹

酒晕从教上脸丹，春愁何事点眉山。都将别后深深意，且向尊前细细看。　　多少恨，说应难，粉巾空染泪斓斑。炉猊筝雁长闲却，明月楼心夜正寒。

陈三聘　　鹧鸪天·指剥春葱去采蘋

指剥春葱去采蘋，衣丝秋藕不沾尘。眼波明处偏宜笑，眉黛愁来也解颦。　　巫峡路，忆行云，几番曾梦曲江春。相逢细把银釭照，犹恐今宵梦似真。

陈三聘　　鹧鸪天·昨夜东风怒不成

昨夜东风怒不成，晓来犹自扫残英。半酸梅子连枝重，无力杨花到地轻。　　情易感，涕先零，玉虬香冷更凄清。事如芳草绵绵远，恨比浮云冉冉生。

陈三聘　　　　鹧鸪天·雪梅

翦碎霜绡巧作团，玉纤特地破朝寒。疏花好向钗横见，瘦影难敲月堕看。　　将旧恨，入眉弯，不须多样缕金幡。当时千点东风泪，怪见妆成粉未干。

石孝友　　鹧鸪天·收拾眉尖眼尾情一

收拾眉尖眼尾情，当筵相见便相亲。偷传翡翠歌中意，暗合鸳鸯梦里身。　　云态度，月精神，月流云散两无情。觉来一枕凄凉恨，不敢分明说向人。

石孝友　　鹧鸪天·收拾眉尖眼尾情二

收拾眉尖眼尾情，夜来真个梦倾城。鸳鸯有底情难尽，蝴蝶无端梦易惊。　　愁一掬，月三更，绣帏应好睡轻盈。知他莫有相怜分，展转寻思直到明。

石孝友　　鹧鸪天·别后应怜信息疏

别后应怜信息疏，西风几度到庭梧。夜来纵有鸳鸯梦，春去空余蛱蝶图。　　烟树远，塞鸿孤，垂垂天影带平芜。凭谁写此相思曲，寄与冯川郑小奴。

石孝友　　鹧鸪天·家在东湖湖上头

家在东湖湖上头，别来风月为谁留。落霞孤鹜齐飞处，南浦西山相对愁。　　真了了，好休休，莫教辜负菊花秋。浮云富贵何须羡，画饼声名肯浪求。

石孝友　　鹧鸪天·花漏声干月隐墙

花漏声干月隐墙，琯灰迎晓透新阳。物情渐逐云容好，欢意偏随日脚长。　　山作鼎，玉为浆，寿杯丛处艳梅妆。醉乡路接华胥国，应梦朝天侍赭黄。

石孝友　　鹧鸪天·玉烛调元黍律均

玉烛调元黍律均，迎长嘉节属芳辰。云如惜雨钩牵雪，梅不禁风漏泄春。　　天意好，物华新，偷闲赢取酒边身。太平朝野都无事，且与莺花作主人。

石孝友　　鹧鸪天·一夜冰澌满玉壶

一夜冰澌满玉壶，五更喜气动洪炉。门前桃李知麟集，庭下芝兰看鲤趋。　　泉脉动，草心苏，日长添得绣工夫。试询补衮弥缝手，真个曾添一线无。

石孝友　　鹧鸪天·一别音尘两杳然

一别音尘两杳然，不堪虚度菊花天。惊秋远雁横斜字，噪晚哀蝉断续弦。　　好将息，恶姻缘，凉宵如水复如年。梦魂不怕风波险，飞过江西阿那边。

石孝友　　鹧鸪天·屏幛重重翠幕遮

屏幛重重翠幕遮，兰膏烟暖篆香斜。相思树上双栖翼，连理枝头并蒂花。　　欹凤髻，亸乌纱，云慵雨困兴无涯。个中赢取平生事，兔走乌飞一任他。

石孝友　　鹧鸪天·旅中中秋

露叶披残露颗传，明星著地月流天。不辞独赏穷今夜，应为相逢忆去年。　　辜窈窕，负婵娟，谁知两处照孤眠。姮娥不怕离人怨，有甚心情独自圆。

石孝友　　鹧鸪天·冬至上李漕

万里羁孤困一箪，平头四十误儒冠。舜弦广播薰风暖，邹律潜消黍谷寒。　　楼谩倚，剑休弹，看君行复上金銮。凤池波里求余润，蚖肆泥中岂久蟠。

石孝友　　鹧鸪天·庆徐元寿生子

六十仙翁抱桂栽，果符吉梦诞英才。上天与降麒麟种，明月还生蚌蛤胎。　　华阁启，玳筵开，快呼玉手捧金罍。要知远地无功客，曾到高门作贺来。

石孝友　　鹧鸪天·贤圣相逢信有因

贤圣相逢信有因，同年同月下穹庭。紫薇花下丝纶手，采石江边衮绣身。　　梅破腊，酒浮春，锦绷行弄掌珠新。那人请效封人祝，愿寿尧君与舜臣。

韩　玉　　鹧鸪天·披拂芝兰便断金

披拂芝兰便断金，顿成南北岂胜任。三年尊酒半生话，千里云山一寸心。　　休怅望，莫登临，梦魂何处不相寻。柔肠欲问愁多少，未比湘江烟水深。

韩　玉　　鹧鸪天·爱日烘晴旬日间

爱日烘晴旬日间，谩邀朋辈为跻攀。无穷望眼无穷恨，不尽长江不尽山。　　星点点，月团团，倒流河汉入杯盘。饱吟风月三千首，寄与吴姬忍泪看。

熊可量　　鹧鸪天·寿熊尚友

清晓南窗笑语喧，今朝生日胜从前。鹤吞沆瀣神逾爽，松饱风霜节更坚。　　调气马，殖心田，几曾佞佛与夸仙。戏衫脱了浑无累，快活人间百十年。

马子严　　鹧鸪天·闺思

睡鸭徘徊烟缕长，日高春困不成妆。步欹草色金莲润，捻断花须玉笋香。　　轻洛浦，笑巫阳，锦纹亲织寄檀郎。儿家闭户藏春色，戏蝶游蜂不敢狂。

赵师侠　　鹧鸪天·壬辰豫章惠月佛阁

烟霭空濛江上春，夕阳芳草渡头情。飞红已逐东风远，嫩绿还因夜雨深。　　情脉脉，思沉沉，卷帘愁与暮云平。阑干倚遍东西曲，杜宇一声肠断人。

赵师侠　　鹧鸪天·豫章大阅

玉带红花供奉班，裹头新样总宜男。闹装鞍辔青骢马，帖体衣裳紫窄衫。　　云鬓重，黛眉弯，内家妆束冠江南。轻裘缓带风流帅，锦绣丛花拥骑还。

赵师侠　　鹧鸪天·揖翠晚望

榕叶阴阴未著霜，浅寒犹试夹衣裳。雾浓烟重遥山暗，云淡天低去水长。　　风淅沥，景凄凉，乱鸦声里又斜阳。孤帆落处惊鸥鹭，飞映书空雁字行。

赵师侠　　　　鹧鸪天·七夕

一叶惊秋风露清，砌蛩初听傍窗声。人逢役鹊飞乌夜，桥渡牵牛织女星。　　银汉淡，暮云轻，新蟾斜挂一钩明。人间天上佳期处，凉意还从过雨生。

赵师侠　　鹧鸪天·湘江舟中应叔索赋

风定江流似镜平，斜阳天外挂微明。云归远岫千山暝，雾映疏林一抹横。　　渔火细，钓丝轻，黄尘扑扑漫争荣。何时了却人间事，泛宅浮家过此生。

赵师侠　　　　鹧鸪天·赠妙惠

妙曲清声压楚城，蕙心兰态见柔情。凌波稳称金莲步，蘸甲从教玉笋斟。　　歌缓缓，笑吟吟，向人真处可怜生。仙源幸有藏春处，何事乘风逐世尘。

赵师侠　　　　鹧鸪天·丁巳除夕

爆竹声中岁又除，顿回和气满寰区。春风解绿江南树，不与人间染白须。　　残蜡烛，旧桃符，宁辞末后饮屠苏。归欤幸有园林胜，次第花开可自娱。

陈　亮　　　　鹧鸪天·怀王道甫

落魄行歌记昔游，头颅如许尚何求。心肝吐尽无余事，口腹安然岂远谋。　　才怕暑，又伤秋，天涯梦断有书不。大都眼孔新来浅，羡尔微官作计周。

张　镃　　　　鹧鸪天·咏二色葡萄

阴阴一架绀云凉，袅袅千丝翠蔓长。紫玉乳圆秋结穗，水晶珠莹露凝浆。　　相并熟，试新尝，累累轻翦粉痕香。小槽压就西凉酒，风月无边是醉乡。

张　镃　　鹧鸪天·自兴远桥过清夏堂

闲立飞虹远兴长，一方云锦荐疏凉。翻风翠盖无尘土，出水红妆有艳香。　　携靓侣，泛轻航，棹歌惊起野鸳鸯。同过清夏看新月，茉莉花园小象床。

张　镃　　　鹧鸪天·咏阮

不似琵琶不似琴，四弦陶写晋人心。指尖历历泉鸣涧，腹上锵锵玉振金。　　天外曲，月边音，为君转轴拟秋砧。又成雅集相依坐，清致高标记竹林。

张　镃　　　鹧鸪天·御路东风拂翠衣

御路东风拂翠衣，卖灯人散烛笼稀。不知月底梅花冷，只忆桥边步袜归。　　闲梦淡，旧游非，夜深谁在小帘帏。罘罳儿下围炉坐，明处行人立地时。

此首别作史达祖词

刘　过　　　鹧鸪天·楼外云山千万重

楼外云山千万重，画眉人隔小帘栊。风垂舞柳春犹浅，雪点酥胸暖未融。　　携手处，又相逢，夜阑心事与郎同。一杯自劝羔儿酒，十幅销金暖帐笼。

卢　炳　　　鹧鸪天·初过清明春昼长

初过清明春昼长，紫红香雾蔼华堂。朱颜阿母逢生日，彩戏儿孙捧寿觞。　　齐祝颂，喜平康，天教两鬓正苍苍。壶中日月应长久，笑看蟠桃几度芳。

卢　炳　　　鹧鸪天·席上戏作

秋月明眸两鬓浓，衫儿贴体绉轻红。清声宛转歌金缕，纤手殷勤捧玉钟。　　娇娅姹，语惺忪，酒香沸沸透羞容。刘郎莫恨相逢晚，且喜桃源路已通。

卢　炳　　　鹧鸪天·题广文官舍竹外梅花呈万教

阁雨浮云寒尚轻，商量雪意未全成。莫嫌竹外萧然处，忽有幽香透鼻清。　　诗兴逸，酒魂醒，主人留客更多情。不辞满引成痴客，且为梅花醉一觥。

姜　夔　　鹧鸪天·己酉之秋苕溪记所见

京洛风流绝代人，因何风絮落溪津。笼鞋浅出鸦头袜，知是凌波缥缈身。　　红乍笑，绿长颦，与谁同度可怜春。鸳鸯独宿何曾惯，化作西楼一缕云。

姜　夔　　鹧鸪天·曾供君侯历聘来

予与张平甫自南昌同游西山玉隆宫，止宿而返，盖乙卯三月十四日也。是日即平甫初度，因买酒茅舍，并坐古枫下。古枫，旌阳在时物也。旌阳尝以草屦悬其上，土人谓屦为屩，因名曰挂屩枫。苍山四围，平野尽绿，隔涧野花红白，照影可喜，使人采撷，以藤纠缠著枫上。少焉月出，大于黄金盆。逸兴横生，遂成痛饮，午夜乃寝。明年，平甫初度，欲治舟往封禺松竹间，念此游之不可再也，歌以寿之

曾共君侯历聘来，去年今日踏莓苔。旌阳宅里疏疏磬，挂屩枫前草草杯。　　呼煮酒，摘青梅，今年官事莫徘徊。移家径入蓝田县，急急船头打鼓催。

姜　夔　　鹧鸪天·丁巳元日

柏绿椒红事事新，隔篱灯影贺年人。三茅钟动西窗晓，诗鬓无端又一春。　　慵对客，缓开门，梅花闲伴老来身。娇儿学作人间字，郁垒神荼写未真。

姜　夔　　鹧鸪天·正月十一日观灯

巷陌风光纵赏时，笼纱未出马先嘶。白头居士无呵殿，只有乘肩小女随。　　花满市，月侵衣，少年情事老来悲。沙河塘上春寒浅，看了游人缓缓归。

姜　夔　　鹧鸪天·元夕不出

忆昨天街预赏时，柳悭梅小未教知。而今正是欢游夕，却怕春寒自掩扉。　　帘寂寂，月低低，旧情惟有绛都词。芙蓉影暗三更后，卧听邻娃笑语归。

姜　夔　　鹧鸪天·元夕有所梦

肥水东流无尽期，当初不合种相思。梦中未比丹青见，暗

里忽惊山鸟啼。　　春未绿，鬓先丝，人间别久不成悲。谁教岁岁红莲夜，两处沉吟各自知。

姜　夔　　　鹧鸪天·十六夜出

辇路珠帘两行垂，千枝银烛舞僛僛。东风历历红楼下，谁识三生杜牧之。　　欢正好，夜何其，明朝春过小桃枝。鼓声渐远游人散，惆怅归来有月知。

刘仙伦　　鹧鸪天·帘幕祥风动玉钩

帘幕祥风动玉钩，凤箫声彻瑞烟浮。萧郎玉女来相会，今日齐眉醉玉楼。　　同富贵，共风流，一封花诰一封侯。更须有子腰金斗，镜里双鸾到白头。

郭应祥　　鹧鸪天·己巳生日自作

屈指新年五十三，未嫌垂领雪毵毵。设弧届旦人交贺，题座无功我自惭。　　荣莫羡，富休贪，寿龄也不慕彭聃。只思了却痴儿事，一榻香凝晓梦酣。

郭应祥　鹧鸪天·次孚先韵，重阳前两日无尽藏作

依约滩声杂橹声，波光隐映月华明。眼前好景真无尽，身外浮名尽可轻。　　穷胜赏，续欢盟，直饶风雨也须晴。满头插菊掀髯笑，笑道齐山浪得名。

郭应祥　　鹧鸪天·癸亥十一月十四日为内子寿

爱日迎长月向圆，当年飞堕蕊珠仙。相门赫奕人争羡，阃则柔嘉世所贤。　　罗纸贵，彩衣鲜，鼎来盛事乐无边。妇姑夫妇孙和子，同住人间五百年。

郭应祥　　　鹧鸪天·甲子重阳

谁道他乡异故乡，泉江风物似潇湘。钗头缀糁萸偏紫，杯面浮金菊倍黄。　　今共古，几重阳，休将往事更平章。舞衫歌扇姑随分，又得掀髯笑一场。

郭应祥　　鹧鸪天·风雨潇潇旧满城

风雨潇潇旧满城，今年九日十分晴。且同北海邀佳客，共向东篱看落英。　罗绮队，管弦声，银山高处好同登。催租岂解妨诗兴，自是潘郎句未成。

郭应祥　鹧鸪天·甲子十一月十四日寿内子

鸾诰双双妇与姑，家尊荣宦到中都。暂时花县飞凫舄，新看芝庭捧鹤书。　梅欲放，柳将舒，诞辰先占一阳初。清心堂下围红处，剩有长生酒满壶。

郭应祥　鹧鸪天·遁斋自作生日

垂领纷纷已二毛，可堪州县尚徒劳。催科自笑阳城拙，勇退应惭靖节高。　来祝寿，笑儿曹，说椿说柏说蟠桃。世间底事非前定，妙理还须问浊醪。

郭应祥　鹧鸪天·宴王园作

休道泉江寂寞滨，喧喧歌吹遍城闉。莫辞邀赏连三日，且庆开禧第一春。　呼小队，领嘉宾，王园佳处踏芳尘。星球不用随归骑，自有山头月逐人。

郭应祥　鹧鸪天·乙丑八月十八日寿太孺人

人道今年秋较迟，木樨全未放些儿。不因诞节开千岁，争得今辰把一枝。　呼宝鼎，伴渠伊，堂萱喜色正融怡。儿前妇后孙曾从，岁岁称觞无尽期。

郭应祥　鹧鸪天·中秋后一夕宴修成之、富正甫作

万里澄空没点云，素娥依旧驾冰轮。自缘人意看承别，未必清辉减一分。　倾白堕，拥红裙，不知谁主复谁宾。更筹易促愁分袂，又作东西南北人。

郭应祥　鹧鸪天·乙丑岁寿内子

怪得欢声满十龙，诞辰和气敌严冬。安书连幕欣频到，庆事花城喜屡逢。　琼液泛，宝熏浓，华堂交口祝椿松。阿姑同健夫偕老，会有重重锦诰封。

郭应祥　鹧鸪天·丙寅元夕

动地欢声遍十龙，元宵真赏与民同。春归莲焰参差里，人在蓬壶快乐中。　　乘皓月，逐和风，凉舆归去莫匆匆。班春休道无千炬，也有星球数点红。

郭应祥　　鹧鸪天·寿徐主簿

前数重阳后小春，中间十日是生辰。二年稳作栖鸾客，百里谁非贺燕人。　　无一事，扰天真，年登八八愈精神。句稽宜解淹贤辙，黄发犹须上要津。

郭应祥　鹧鸪天·季功旬会之次日小醵饯陈巡入乡

点检尊前主与宾，今宵依旧昨宵人。自缘笑语生和气，不为风光属小春。　　香叆叇，酒清醇，山肴野蔌总前陈。掀髯抵掌君休怪，镜里星星白发新。

郭应祥　　鹧鸪天·丙寅岁寿内子

贺了生辰却贺冬，今年乐事又重重。寿香喷处芝兰馥，寿酒斟时琥珀浓。　　偕桂隐，到花封，迎长介寿恰三逢。明年此日称觞罢，稳上肩舆九里松。

郭应祥　　鹧鸪天·丁卯岁寿太夫人

诞节初开七秩祥，今秋仍喜十分凉。称觞堂下孙和息，备福人间寿且康。　　从庾岭，到章江，两州元自接封疆。儿曹此去分风月，莱彩潘舆乐未央。

郭应祥　鹧鸪天·戊辰正月十一日寿八兄

瓶里梅花香正浓，阶前更著锦熏笼。且留幡胜明朝戴，共庆桑蓬此日逢。　　眉镇绿，脸长红，后堂无日不春风。明年定又强今岁，会有明珠入掌中。

郭应祥　　鹧鸪天·戊辰七夕

令节标名自古闻，今宵银汉耿无云。难寻海上乘槎客，空诵河东乞巧文。　　罗异果，炷名熏，纫针捻线漫纷纷。蓬莱底事回车处，暗想当年钿合分。

郭应祥　　鹧鸪天·我离浏川七载强

梦符置酒于野堂，出家姬歌自制词以侑觞，次韵

我离浏川七载强，去思那有召公棠。方怀旧友归鸿阁，忽

杠高轩戏彩堂。　　频举白，剩添香，剧谈不觉引杯长。官居也有城门禁，未到三更尽不妨。

郭应祥　　鹧鸪天·戊辰生日自作

古遂长沙千里遥，三年三处做生朝。试拈疏蕊铜瓶插，更把轻沉宝鼎烧。　　杯绿泛，脸红潮，抱孙娱膝语声娇。官居只似私居样，管取寒松最后凋。

郭应祥　　鹧鸪天·丁卯岁寿内子

方是闲堂寿宴开，今回生日胜前回。慈闱斑貌看看到，别驾除书鼎鼎来。　　纷彩服，滟金杯，缓歌慢舞不须催。明年此际称觞罢，醉向裴亭与定台。

李　壁　　鹧鸪天·燕史君席间和韵

岸柳阴阴跃锦鳞，并湖莲子恰尝新。谁教故岁应官去，会老堂中少个人。　　归未久，意弥亲，吹香不断酒倾银。行藏判已天公付，且斗而今见在身。

韩　淲　　鹧鸪天·兰溪舟中

雨湿西风水面烟，一巾华发上溪船。帆迎山色来还去，橹破滩痕散复圆。　　寻浊酒，试吟篇，避人鸥鹭更翩翩。五更犹作钱塘梦，睡觉方知过眼前。

韩　淲　　鹧鸪天·禁烟

烟禁荒荒雨湿云，近郊争出满城人。儿童藉草几成市，杯酒沾花不觉村。　　身又老，眼增明，回头一任是红尘。山中谁信无寒食，涧上何如且采蘋。

韩　淲　　鹧鸪天·次韵昌甫

老去情怀酒味中，水边林下古人风。岁云暮矣江空晚，谁识儋州秃鬓翁。　　人易远，语难工，春时犹记一尊同。苦心未免皆如此，只合挥弦目送鸿。

韩　淲　　鹧鸪天·次韵赵路分生朝所赋

便把山林寄此身，也须诗酒属吾人。仙家旧是金堂士，吏隐新收玉局名。　　惟自乐，不忧贫，渊明谈笑更清真。年年眉寿登高后，醉帽常留菊满簪。

韩　淲　　　　鹧鸪天·离歌一叠

只唱离歌一叠休，玉溪浮动木兰舟。如何又对云烟晚，不道难禁草树秋。　　空脉脉，忍悠悠，绸缪终是转绸缪。相思相见知何处，记取新欢说旧游。

韩　淲　　　　鹧鸪天·寿福国陈夫人

静乐堂中禅悦身，相家庆袭两家春。瑶池云气冲霄鹤，兰砌风标瑞世麟。　　华屋邃，宝杯新，年年秋与月常明。笙箫且奏长生曲，宣劝还看送喜频。

韩　淲　　　　鹧鸪天·昌甫同明叔饮赵崇公家

莫道庞公不入州，为谁歌酒也迟留。襟期别乘真难事，领略同游岂易谋。　　他扰扰，自悠悠，香浮茉莉笑花头。一帘云影催诗雨，唤起佳人无限愁。

韩　淲　　　　鹧鸪天·冲雨小舟上南港

莫笑闲身老态多，避人避世欲如何。分明画出山阴道，太息吟成宁戚歌。　　穿木石，泛烟波，从前魑魅喜人过。灵山西畔高溪上，一棹归来舞短蓑。

韩　淲　　　　鹧鸪天·看瑞香

看了香梅看瑞香，月桥花槛更云窗。不知是有春多少，玉水灵山醉几场。　　闲蝶梦，褪蜂黄，尽温柔处尽端相。珠帘十里扬州路，赢得潘郎两鬓霜。

韩　淲　　　　鹧鸪天·十二月二十二日

云到春飞若素期，柳条吹送落梅枝。冰壶表里谁能赋，玉鉴圆明且屈卮。　　村舍北，郡楼西，治中风调只心知。不堪野老关门醉，想见山翁倒载时。

李廷忠　　鹧鸪天·九日南楼和范总幹韵

槛外长江浪拍空，萧萧红蓼白蘋风。三秋告稔三农庆，九日追欢九客同。　　烟渚北，月岩东，莫嫌光景太匆匆。登龙戏马英雄事，都在南楼一啸中。

程　珌　　　　鹧鸪天·汤词

饮罢天厨碧玉觞，仙韶九奏少停章。何人采得扶桑椹，捣就蓝桥碧绀霜。　　凡骨变，骤清凉，何须仙露与琼浆。君恩珍重浑如许，祝取天皇似玉皇。

戴复古　　鹧鸪天·题赵次山鱼乐堂

圉圉洋洋各自由，或行或舞或沉浮。观鱼未必知鱼乐，政恐清波照白头。　　休结网，莫垂钩，机心一露使鱼愁。终知不是池中物，掉尾江湖汗漫游。

邹应龙　　鹧鸪天·九十吾家两寿星

九十吾家两寿星，今夫人赛昔夫人。百年转眼新开衮，十月循环小有春。　　生日到，转精神，目光如镜步如云。年年长侍华堂宴，子子孙孙孙又孙。

邹应龙　　鹧鸪天·寿母开年九十三

寿母开年九十三，佳辰就养大江南。缇屏晃耀新宁国，绣斧斓斑老朴庵。　　倾玉斝，擘黄柑，两孙垂绶碧于蓝。便当刊颂崆峒顶，留与千年作美谈。

邹应龙　　鹧鸪天·在朝日寿母昌国叶夫人

帝里风光别是天，花如锦绣柳如烟。还逢令节春三二，又庆慈闱岁八千。　　斟寿斝，列长筵，子孙何以咏高年。各裒千首西湖什，一度生朝献一篇。

邹应龙　　鹧鸪天·任静江经略安抚日元夕奉亲出郊

彩结轻车五马随，倾城争出看花枝。笙歌十里岩前去，灯火千门月下归。　　莲炬引，老莱衣，蛾眉无数卷帘窥。谁知万里逢灯夕，却胜寻常三五时。

邹应博　　　鹧鸪天·天遣丰年祝母龄

天遣丰年祝母龄，人人安业即安亲。探支十日新阳福，来献千秋古佛身。　　儿捧盏，妇倾瓶，更欣筵上有嘉宾。紫驼出釜双台馈，玉节升堂两使星。

邹应博　　鹧鸪天·家居日寿词

十月二十一日，吾母太淑人生日也。今年九十，仰荷乾坤垂佑，赐以福寿康宁，愿益加景覆，令其耳目聪明，手足便顺，五脏六腑，和气流通，常获平安之庆，子孙贤顺，寸禄足以供甘旨也

诸佛林中女寿星，千祥百福产心田。喜归王母初生地，满劝麻姑不老泉。　　吾梦佛，半千员，一年一佛护庭萱。数过九十从头数，四百余零一十年。

李　刘　　鹧鸪天·寿吴倅　九月初七

恰则重阳信宿前，菊潭先寿濮阳仙。暂陪明月清风夜，共醉孤云落照边。　　群玉府，紫微天，看看东壁二星连。月中斫桂吴夫子，定是长生不记年。

陈耆卿　　鹧鸪天·母侯置酒南教场赏芙蓉

莫惜花前泥酒壶，沙场千步锦平铺。将军闲试临边手，按出吴宫小阵图。　　清露里，晓霜余，娇红淡白更怜渠。人间落木萧萧下，独倚秋江画不如。

陈耆卿　　鹧鸪天·再赋

艳朵珍丛间舞衣，蹴球场外打红围。小舆穿入花深处，且住簪花醉一卮。　　秋欲尽，最怜伊，江梅未破菊离披。情知不与韶华竞，回首西风怨阿谁。

臧鲁子　　鹧鸪天·虎踞龙蟠万古雄

虎踞龙蟠万古雄，横飞一节大江东。今归定作鸾坡客，笔底山川写不穷。　　吟柳絮，赋东风，年年春在建章宫。天教随佛生人世，恰似河沙寿我公。

史达祖　　鹧鸪天·睡袖无端几折香

睡袖无端几折香，有人丹脸可占霜。半窗月印梅犹瘦，一律瓶笙夜正长。　　情艳艳，酒狂狂，小屏谁与画鸳鸯。解衣

恰恨敲金钏，惊起春风傍枕囊。

史达祖　　鹧鸪天·灯市书事

御路东风拂醉衣，卖灯人散烛笼稀。不知月底梅花冷，只忆桥边步袜归。　闲梦淡，旧游非，夜深谁在小帘帏。罘罳儿下围炉坐，明处将人立地时。

此首别作张镃词

史达祖　　鹧鸪天·搭柳阑干倚伫频

搭柳阑干倚伫频，杏帘蝴蝶绣床春。十年花骨东风泪，几点螺香素壁尘。　箫外月，梦中云，秦楼楚殿可怜身。新愁换尽风流性，偏恨鸳鸯不念人。

史达祖　　鹧鸪天·卫县道中，有怀其人

雁足无书古塞幽，一程烟草一程愁。帽檐尘重风吹野，帐角香销月满楼。　情思乱，梦魂浮，缃裙多忆敝貂裘。官河水静阑干暖，徙倚斜阳怨晚秋。

魏了翁　　鹧鸪天·十五日同宪使观灯马上得数语

解后皇华并辔游，追随世好学风流。儿童拍手拦街笑，只是酸寒魏梓州。　千炬烛，数声讴，不知白了几人头。惺憁两眼看来惯，且得人心乐便休。

魏了翁　　鹧鸪天·六十日再赋

两使星前秉烛游，滔滔车马九河流。耳听宣政升平曲，目断炎兴未复州。　闻鼓吹，强欢讴，被人喧送作遨头。凭谁为扫妖氛静，却与人间快活休。

魏了翁　　鹧鸪天·范静州良辅生日　十月二十一日

二十三日交十一月节

谁把璇玑运化工，参旗又挂玉梅东。三三律琯声余亥，九九玄经卦起中。　新岁月，旧游从，一觞还似去年冬。人间事会无终极，分付翘关老令公。

魏了翁　　鹧鸪天·靖州江通判埙生日

日上牛头度岁辰，黄钟吹龠煦乾坤。弦歌堂上三称寿，风月亭前又见君。　人似旧，景长新，明朝六桂侍双椿。蛮邦父老惊曾见，得似君家别有春。

魏了翁　　鹧鸪天·管待李眉州□□劝酒

十载交盟可重寻，剩于棠茇细论心。云障晚日供秋思，风递荷书作晚阴。　纡胜引，豁尘襟，未须紫马去骎骎。玻璃无计留君住，但乞天公三日霖。

魏了翁　　鹧鸪天·日日春风满范围

次韵史少弼致政赋李参政壁西园海棠

日日春风满范围，海棠又发去年枝。月笼火树更深后，露滴燕支晓起时。　看不足，醉为期，宵征宁问角巾攲。一春好处无多子，不分西园掇取归。

魏了翁　　鹧鸪天·送宇文侍郎□□知汉州劝酒

尚忆都门祖帐时，重来动是十年期。云拖暮雨留行色，露挟秋凉入酒卮。　湖上雁，水边犀，未须矫首叹来迟。北风满地尘沙暗，宣室方劳丙夜思。

魏了翁　　鹧鸪天·叔母生日

前数月，西叔方以女妻唐述之，故末联云云

遥想庭闱上寿时，芝兰玉树俨成围。问娘鼎鼎修何行，一样都生及第儿。　春淡沲，日熹微，两头娘子玉东西。一杯更为诸孙寿，子舍新来恰上楣。

魏了翁　　鹧鸪天·次韵李参政壁朝阳阁落成

月落星稀露气香，烟销日出晓光凉。天东扶木三千丈，一片丹心似许长。　淇以北，洛之阳，买花移竹且迷藏。九重阊阖开黄道，未信低回两鬓霜。

魏了翁　　鹧鸪天·次韵刘左史光祖自和去年元夕词

春漏逢欢恐不深，银花火树粲成林。酒中和乐无穷味，烛里光明一寸心。　　金马朔，玉堂寻，风流文献未如今。连宵坐我东风里，春满肝脾月满襟。

魏了翁　　鹧鸪天·别许侍郎奕即席赋

公在春官我已归，公来东蜀我居西。及公自遂移潼日，正我由潼使遂时。　　如有碍，巧相违，人生禁得几分飞。只祈彼此身长健，同处何曾有别离。

魏了翁　　鹧鸪天·次韵东叔兄见贻生日

内贵何妨知我希，芳荪纽佩石兰衣。不教尘外专云壑，准向人间驾使骓。　　忧国梦，绕端闱，静言思奋不能飞。时因风雨思畴昔，叹两苏公盍不归。

魏了翁　　鹧鸪天·又次韵为妇安人生日

夫子同年第太常，偶然二内亦同乡。其间更有真同处，道义场中无别香。　　花入思，绣为肠，不妨冬月作重阳。家人但歉今年会，犹欠腰金与鞠黄。

李从周　　鹧鸪天·绿色吴笺覆古苔

绿色吴笺覆古苔，濡毫重拟赋幽怀。杏花帘外莺将老，杨柳楼前燕不来。　　倚玉枕，坠瑶钗，午窗轻梦绕秦淮。玉鞭何处贪游冶，寻遍春风十二街。

卢祖皋　　鹧鸪天·纤指轻拈小砑红

纤指轻拈小砑红，自调宫羽按歌童。寒余芍药阑边雨，香落酴醾架底风。　　闲意态，小房栊，丁宁须满玉西东。一春醉得莺花老，不似年时怨玉容。

卢祖皋　　鹧鸪天·庭绿初圆结荫浓

庭绿初圆结荫浓，香沟收拾旧梢红。池塘少歇鸣蛙雨，帘幕轻回舞燕风。　　春又老，笑谁同，澹烟斜日小楼东。相思一曲临风笛，吹过云山第几重。

卢祖皋　　鹧鸪天·岸柳黄深绿已垂

岸柳黄深绿已垂，庭花红遍白还飞。几回画蜡银台梦，双字香罗金缕衣。　　山浅澹，水茫弥，顿无消息许多时。杏梁知有新来燕，下却重帘不放归。

刘学箕　鹧鸪天·发舟安康，朋游见留，往复三用韵

芳草萋萋入眼浓，一年花事又匆匆。吐舒桃脸今朝雨，零落梅妆昨夜风。　　云接野，水连空，画栏十二倚谁同。两眉新恨无分付，独立苍苔数落红。

刘学箕　鹧鸪天·梦绕天涯去意浓

梦绕天涯去意浓，客愁春恨两匆匆。绿波初涨桃花浪，画鹢轻随柳絮风。　　无笔力，判虚空，关山千里两心同。鱼书雁字都休问，只看啼痕翠袖红。

刘学箕　鹧鸪天·山色都如归兴浓

山色都如归兴浓，春融融处客匆匆。岸花影里莺吟雾，江阁阴中燕受风。　　凭画楯，睇层空，情衷待说几时同。不如且尽尊中绿，图得酶酶醉脸红。

刘学箕　鹧鸪天·赋雪

楼外银屏入望赊，楼前鸥鹭舞交加。穿林淅沥飞琼屑，度嶂缤纷过柳花。　　歌白雪，醉流霞，晚寒寒似夜来些。明朝酒醒掀帘幕，帘幕依然卖酒家。

洪咨夔　鹧鸪天·为老人寿

天理从来屈有信，东风到处物皆春。门前骢马权奇种，台上慈乌反哺心。　　花岛屐，柳湖尊，好将长健傲长贫。诸孙认取翁翁意，插架诗书不负人。

黄　机　鹧鸪天·细听楼头漏箭移

细听楼头漏箭移，客床寒枕不胜欹。凄凉夜角偏多恨，吹到梅花第几枝。　　人间阔，雁参差，相思惟有梦相知。谢他窗外芭蕉雨，叶叶声声伴别离。

黄　机　鹧鸪天·元日呈王帅

柳际梅边腊雪干，钗头蝴蝶又成团。飘零萍梗江湖客，冷落笙箫灯火天。　　浇浊酒，惜流年，牙旗夜市几时穿。太平乐事终须在，老去心情恐不然。

黄　机　　鹧鸪天·济楚偏宜淡薄妆

济楚偏宜淡薄妆，冰涵清润玉生香。只因梦峡成云雨，便拟吹箫夸凤皇。　　新间阻，旧思量，多情翻不似垂杨。年年才到春三月，百计飞花入洞房。

严　仁　　鹧鸪天·怨别

一径萧条落叶深，离肠凄断月明砧。征鸿送恨连云起，促织惊秋傍砌吟。　　风悄悄，夜沉沉，鸳机坐冷晓霜侵。挑成锦字心相向，未必君心似妾心。

严　仁　　鹧鸪天·闺思

多病春来事事慵，偶因扑蝶到庭中。落红万叠花经雨，斜碧千条柳因风。　　深院宇，小帘栊，几年离别恰相逢。擎觞未饮心先醉，为有春愁似酒浓。

严　仁　　鹧鸪天·别意

行尽春山春事空，别愁离恨满江东。三更鼓润官楼雨，五夜灯残客舍风。　　寒淡淡，晓胧胧，黄鸡催断丑时钟。紫骝嚼勒金衔响，冲破飞花一道红。

严　仁　　鹧鸪天·惜别

一曲危弦断客肠，津桥捩柂转牙樯。江心云带蒲帆重，楼上风吹粉泪香。　　瑶草碧，柳牙黄，载将离恨过潇湘。请君看取东流水，方识人间别意长。

严　仁　　鹧鸪天·春思

病去那知春事深，流莺唤起惜春心。桐舒碧叶慳三寸，柳引金丝可一寻。　　怜绣阁，对云岑，苦无多力懒登临。翠罗衫底寒犹在，弱骨难支瘦不禁。

严　仁　　鹧鸪天·闺情之一

高杏酣酣出短墙，垂杨袅袅蘸池塘。文鸳藉草眠春昼，金鲫吹波弄夕阳。　闲倚镜，理明妆，自翻银叶炷衙香。鸣鞭已过青楼曲，不是刘郎定阮郎。

严　仁　　鹧鸪天·闺情之二

公子诗成著锦袍，王家桃叶旧妖娆。檀槽纵急斜金雁，彩袖翩跹舞翠翘。　沉水过，懒重烧，十分浓醉十分娇。复罗帐里春寒少，只恐香酥拍渐消。

葛长庚　　鹧鸪天·雨过山花向晚香

雨过山花向晚香，烟丝空翠柳微茫。旧家丹灶何人葛，今日帘泉阿姥黄。　犀角枕，象牙床，椰心织簟昼生凉。杯行无算何曾醉，不觉罗浮日月长。

葛长庚　　鹧鸪天·西畔双松百尺长

西畔双松百尺长，当时亲自见刘王。山前今日莲花水，往者将军洗马塘。　南粤路，汉宫墙，晚风历历说兴亡。摩挲东晋苍苔灶，细说仙翁炼药方。

葛长庚　　鹧鸪天·灯夕天谷席上作

翠幄张天见未曾，驼峰鹅掌出庖烹。醉酣浑是迷天地，但见尊前万点星。　人似玉，酒如饧，果盘簇饤不知名。东风吹我三山下，如在神霄上帝庭。

刘克庄　　鹧鸪天·腹疾困睡和朱希真词

前度看花白发郎，平生痼疾是清狂。幸然无事污青史，省得教人奏赤章。　游侠窟，少年场，输他群谢与诸王。居人不识庚桑楚，弟子谁从魏伯阳。

刘克庄　　鹧鸪天·戏题周登乐府

诗变齐梁体已浇，香奁新制出唐朝。纷纷竞奏桑间曲，寂寂谁知爨下焦。　　挥彩笔，展红绡，十分峭措称妖娆。可怜才子如公瑾，未有佳人敌小乔。

赵福元　　　　鹧鸪天·赠歌妓

裙曳湘波六幅缣，风流体段总无嫌。歌翻檀口朱樱小，拍弄红牙玉笋纤。　　腔子里，字儿添，嘲撩风月性多般。忔憎声里金珠迸，惊起梁尘落舞帘。

张　榘　　　鹧鸪天·寿定庵运管兄

饱挹台城白鹭秋，又骑黄鹄上江州。恩波浩荡三千里，多少人家愿借留。　　□寿斝，菊香浮，姓名还喜到宸旒。片□□□□□□，□振□□□下流。

徐经孙　　鹧鸪天·安分随缘事事宜

安分随缘事事宜，平生快活过年时。长歌赤壁东坡赋，又咏归来元亮词。　　开八秩，望期颐，人生如此古犹稀。香飘金粟如来供，岁岁今朝荐酒卮。

吴　潜　　鹧鸪天·和古乐府韵送游景仁将漕夔门

去日春山淡翠眉，到家恰好整寒衣。人归玉垒天应惜，舟过松江月半垂。　　千万绪，两三卮，送君不忍与君违。书来频寄西边讯，是我江南肠断时。

许　棐　　鹧鸪天·翠凤金鸾绣欲成

翠凤金鸾绣欲成，沉香亭下款新晴。绿随杨柳阴边去，红踏桃花片上行。　　莺意绪，蝶心情，一时分付小银筝。归来玉醉花柔困，月滤窗纱约半更。

吴文英　　　鹧鸪天·化度寺作

池上红衣伴倚阑，栖鸦常带夕阳还。殷云度雨疏桐落，明月生凉宝扇闲。　　乡梦窄，水天宽，小窗愁黛澹秋山。吴鸿好为传归信，杨柳阊门屋数间。

洪　琭　　　　　鹧鸪天·情景

意态婵娟画不如，莹然初日照芙蕖。笑捐琼佩遗交甫，肯把文梭掷幼舆。　花上蝶，水中凫，芳心密意两相于。情知不作庭前柳，到得秋来日日疏。

利　登　　　　鹧鸪天·凤尾鬟香再叠梳

凤尾鬟香再叠梳，藕丝衫嫩蹙双鱼。闲收末利熏藤枕，自插芙蓉绕翠幰。　新浴后，浅妆初，卫夫人帖学行书。西窗一霎黄昏雨，笑问新凉饮酒无。

黄　昇　　　　　鹧鸪天·暮春

沉水香销梦半醒，斜阳恰照竹间亭。戏临小草书团扇，自拣残花插净瓶。　莺宛转，燕丁宁，晴波不动晚山青。玉人只怨春归去，不道槐云绿满庭。

黄　昇　　　　　鹧鸪天·张园作

雨过芙蕖叶叶凉，摩挲短发照横塘。一行归鹭拖秋色，几树鸣蝉饯夕阳。　花侧畔，柳旁相，微云澹月又昏黄。风流不在谈锋胜，袖手无言味最长。

黄　昇　　　　鹧鸪天·天气清和仅两旬

天气清和仅两旬，一旬前是佛生辰。当年来应徐卿梦，此夕遥瞻寿宿明。　拚一笑，对诸贤，山翁何以祝龟龄。蟠桃瓜枣皆虚诞，愿把阴功福后人。

陈　著　　　　鹧鸪天·和黄虚谷石榴韵

看了山中薜荔衣，手将安石种分移。花鲜绚日猩红妒，叶密乘风翠羽飞。　新结子，绿垂枝，老来眼底转多宜。牙齿不入甜时样，醋醋何妨荐酒卮。

胡翼龙　　　　鹧鸪天·六曲银屏梦隔云

六曲银屏梦隔云，半分鸾影匣生尘。别来可是春愁觉，试著轻衫不贴身。　　风月夜，短长亭，也须闻得子规声。归时莫看花梢上，但看芳洲绿浅深。

陈允平　　鹧鸪天·谁向瑶台品凤箫

谁向瑶台品凤箫，碧虚浮动桂花秋。风从帘幕吹香远，人在阑干待月高。　　金粟地，蕊珠楼，佩云襟雾玉逍遥。仙娥已有玄霜约，便好骑鲸上九宵。

陈允平　　鹧鸪天·寿表兄陈可大

四壁图书静不哗，里湖深处隐人家。斑衣自斗百家彩，乌帽亲裁一幅纱。　　新酿酒，旋烹茶，半溪霜月正梅花。前庭手种红兰树，看到春风第二芽。

牟　巘　　鹧鸪天·寿何簿乃尊

鸠杖庞眉鹤发仙，诗中有史笔如椽。爱莲自是平生趣，吟到梅花晚更坚。　　珍九鼎，食万钱，谁如有子彩衣鲜。蜀陈旧事君须记，贵盛还当具庆年。

戴平之　　鹧鸪天·笑擘黄柑酒半醒

笑擘黄柑酒半醒，玉壶金斗夜生冰。开窗尽见千山雪，雪未消时月正明。　　兰烬短，麝煤轻，画楼钟鼓已三更。倚阑谁唱清真曲，人与梅花一样清。

此首别作晁公武词

刘辰翁　　鹧鸪天·九日

白白江南一信霜，过都字不到衡阳。老嘉破帽并吹却，未省西风似此狂。　　攀北斗，酌天浆，月香满似菊花黄。神仙暗度龙山劫，鸡犬人间百战场。

刘辰翁　　鹧鸪天·寿康教

白发平津起褎然，燕飞定远望生还。世间最有团栾乐，又是平平过一年。　　银信近，玉鞭先，东来西去爵衔鳣。人生有命迟迟好，且喜称觞寿母前。

刘辰翁　　　　鹧鸪天·寿赵松庐

占得春风五日先，至今住处是开元。写真若遇丹元子，只著当时宫锦船。　　松戴雪，自苍然，八公花下少如前。看来天上多辛苦，且住人间五百年。

刘辰翁　　鹧鸪天·和谢胡盘居贶橘为寿

自入孤山分外香，南枝不改旧时妆。为曾盘里承青眼，一见溪头道胜常。　　商山乐，又相羊，上方不复记传觞。橘中个个盘深窈，依倚东风局意长。

刘辰翁　　　　鹧鸪天·迎春

去年太岁田间土，明日香烟壁下尘。马上新人红又紫，眼前歌妓送还迎。　　钗头燕，胜金纠，燕歌赵舞动南人。遗民植杖唐巾起，闲伴儿童看立春。

刘辰翁　　　　鹧鸪天·立春后即事

旧日桃符管送迎，灯球爆竹斗先赢。鹿门乱走团栾久，才到城门有鼓声。　　梅弄雪，柳窥晴，残年犹自冷如冰。欲知春色招人醉，须是元宵与踏青。

刘辰翁　　　　鹧鸪天·赠妓

暖逼酥枝渐渐融，双飞谁识蝶雌雄。歌声已逐行云去，花片偏来酒琖中。　　眉月冷，画楼空，酒阑犹未见情钟。直须把烛穿花帐，方见佳人玉面红。

周　密　　　　鹧鸪天·清明

燕子时时度翠帘，柳寒犹未褪香绵。落花门巷家家雨，新火楼台处处烟。　　情默默，恨恹恹，东风吹动画秋千。拆桐开尽莺声老，无奈春何只醉眠。

周　密　　鹧鸪天·相傍清明晴便悭

相傍清明晴便悭，闭门空自惜花残。海棠半拆难禁雨，燕子初归不耐寒。　　金鸭冷，锦鹓闲，银釭空照小屏山。翠罗袖薄东风峭，独倚西楼第几阑。

汪元量　　鹧鸪天·潋滟湖光绿正肥

潋滟湖光绿正肥，苏堤十里柳丝垂。轻便燕子低低舞，小巧莺儿恰恰啼。　　花似锦，酒成池，对花对酒两相宜。水边莫话长安事，且请卿卿吃蛤蜊。

赵必瑑　　鹧鸪天·戏赠黄医

湖海相逢尽赏音，囊中粒剂值千金。单传扁鹊卢医术，不用杨高郭玉针。　　三斛火，一壶冰，蓝桥捣熟隔云深。无方可疗相思病，有药难医薄幸心。

陈德武　　鹧鸪天·咏菊

三径芳根自不群，每于霜后播清芬。枝头蛱蝶如羞见，篱外征鸿不可闻。　　情脉脉，思纷纷，绕窗吟咏理余薰。卷帘人在西风里，知是新来瘦几分。

张　炎　　鹧鸪天·楼上谁将玉笛吹

楼上谁将玉笛吹，山前水阔暝云低。劳劳燕子人千里，落落梨花雨一枝。　　修禊近，卖饧时，故乡惟有梦相随。夜来折得江头柳，不是苏堤也皱眉。

刘鼎臣妻　　鹧鸪天·剪彩花送夫省试

金屋无人夜剪缯，宝钗翻作齿痕轻。临行执手殷勤送，衬取萧郎两鬓青。　　听嘱咐，好看承，千金不抵此时情。明年宴罢琼林晚，酒面微红相映明。

石　麟　　鹧鸪天·寿逸老堂主人，年八十二

欲寿中山不老仙，寿词更拟办千篇。九蓂日秀尧阶地，五色云祥鲁观天。　　吟逸老，醉逃禅，香传丹桂子孙贤。莫言大器韬藏久，犹是梁魁擢第年。

李朝卿　　鹧鸪天·万里霜空爽气高

万里霜空爽气高，翩翩天雁薄云霄。佳祥已协当年梦，岂但非熊可珥貂。　　金笏带，紫花袍，朱衣双引玉宸朝。百年富贵须平步，仍有功名信史褒。

李朝卿　　鹧鸪天·九凤箫低彩雾高

九凤箫低彩雾高，鸾车鹤驭下层霄。天教来辅长生帝，宝殿千秋侍赭袍。　飞急诏，促归朝，沙路稳为马蹄娇。功成并画兰台上，奎画重看御赞褒。

臧馀庆　　鹧鸪天·天与君王管晏才

天与君王管晏才，尚书两曳履声来。今朝望省楼头看，已有台星照斗魁。　金蹀躞，玉崔嵬，天香满袖早朝回。中书尚享无穷考，长揖南风醉寿杯。

臧馀庆　　鹧鸪天·寿菊才开三四葩

寿菊才开三四葩，秋光着意主人家。清香未许人间识，先占重阳醉紫霞。　儿绿绶，母金花，斑衣庭下乐无涯。要知他日丶中书考，细数沙堤堤上沙。

胡　于　　鹧鸪天·寿

去日清霜菊满丛，归来高柳絮缠空。长驱万里山收瘴，径度层波海不风。　阴德遍，岭西东，天教慈母寿无穷。遥知今夕称觞处，衣彩还将衣绣同。

胡　于　　鹧鸪天·阿母蟠桃不记春

阿母蟠桃不记春，长沙星里寿星明。金花罗纸新裁诏，贝叶傍行别绶经。　同犬子，祝龟龄，天教二老鬓长青。明年今日称觞处，更有孙枝满谢庭。

胡　于　　鹧鸪天·楚楚吾家千里驹

楚楚吾家千里驹，老人心事正关渠。风流不减庭前玉，爱惜真如掌上珠。　纡绿绶，荐方壶，老人沉醉弟兄扶。问将何物为儿寿，付与家传万卷书。

胡　于　　鹧鸪天·袅袅薰风响佩环

袅袅薰风响佩环，广寒仙子跨青鸾。谁教瑞世仪周间，自赋多才继小山。　铃阁静，画堂闲，衮衣象服镇团栾。年年此日称觞处，留待菖蒲驻玉颜。

申国章　　鹧鸪天·十载分符衣绣衣

十载分符衣绣衣，棠阴处处浙东西。政成已可书银笔，词鹿仍堪付雪儿。　　春未半，日方迟，御沟金袅柳如丝。凤池留得梅花住，欲与先生荐寿卮。

李景良　　鹧鸪天·清晓祥云绕碧天

清晓祥云绕碧天，老人星忽下南躔。庭兰共酌长生酒，持上华堂彩侍前。　　开绮席，舞朱颜，轻红莲叶荐金盘。沉香小院浑先暑，更有杯传数百年。

张思济　　鹧鸪天·衣润红绡梅欲黄

衣润红绡梅欲黄，几年欢意属华堂。红颜阿母逢占凪，斑鬓儿童尽举觞。　　麟作脯，玉为浆，从今三万六千场。桑麻休说桑田变，自是经门日月长。

陈日章　　鹧鸪天·内乐清虚息万缘

内乐清虚息万缘，逍遥真是地行仙。徙他玉带金鱼贵，听我纶巾羽扇便。　　倾九酝，祝长年，休辞潋滟十分舡。来年此日称觞处，定有重孙戏膝前。

周孚先　　鹧鸪天·禁酒

曾唱阳关送客时，临岐借酒话分离。如今酒被多情苦，却唱阳关去别伊。　　欢会远，渺难期，黄垆门掩昼阴迟。青楼更有痴儿女，谩忆胡姬捧劝词。

无名氏　　鹧鸪天·冷落人间昼掩门

冷落人间昼掩门，泠泠残粉縠成纹。几枝疏影溪边见，一拂清香马上闻。　　冰作质，月为魂，萧萧细雨入黄昏。人间暂识东风信，梦绕江南云水村。

无名氏　　鹧鸪天·梦草池塘春意回

梦草池塘春意回，巧传消息是寒梅。北枝休羡南枝暖，凭仗东风次第开。　　酥点萼，粉匀腮，未攀已得好香来。西邻且莫吹羌笛，留待行春把酒杯。

无名氏　　鹧鸪天·雪屋冰床深闭门

雪屋冰床深闭门，缟衣应笑织成纹。雨中清泪无人见，月下幽香只自闻。　　长在眼，远销魂，玉奴那忍负东昏。偶然谪坠行云去，不入春风花柳村。

无名氏　　鹧鸪天·小槛冬深未破梅

小槛冬深未破梅，孤枝清瘦耐风埃。月中寂寞无人管，雪里萧疏近水栽。　　微雨过，早春回，阳和消息自天来。才根多谢东君力，琼蕊苞红一夜开。

无名氏　　鹧鸪天·春入江梅破晚寒

春入江梅破晚寒，冻枝惊鹊语声干。离愁满抱人谁问，病耳初闻心也宽。　　风细细，露珊珊，可堪驿使道漫漫。斜梢待得人来后，簪向乌云仔细看。

无名氏　　鹧鸪天·蜡梅

别得东皇造化恩，黛消铅褪自天真。耻随庾岭花争白，疑是东篱菊返魂。　　风淡淡，月盈盈，麝煤沉馥动孤根。寒蝉冷蝶知何处，惟有蜂房不待春。

无名氏　　鹧鸪天·上元词

春晓千门放钥匙，万官班从出祥曦。九重彩浪浮龙盖，一点红云护赭衣。　　车马过，打球归，芳尘洒定不教飞。钧天品动回銮曲，十里珠帘待日西。

日暮迎祥对御回，宫花载路锦成堆。天津桥畔鞭声过，宣德楼前扇影开。　　奏舜乐，进尧杯，传宣车马上天街。君王喜与民同乐，八面三呼震地来。

紫禁烟光一万重，五门金碧射晴空。梨园羯鼓三千面，陆海鳌山十二峰。　　香雾重，月华浓，露台仙仗彩云中。朱栏画栋金泥幕，卷尽红莲十里风。

香雾氤氲结彩山，蓬莱顶上驾头还。绣鞯狨坐三千骑，玉带金鱼四十班。　　风细细，佩珊珊，一天和气转春寒。千门万户笙箫里，十二楼台月上栏。

禁卫传呼约下廊，层层掌扇簇亲王。明珠照地三千乘，一片春雷入未央。　　宫漏永，御街长，华灯偏共月争光。乐声都在人声里，五夜车尘马足香。

宝炬金莲一万条，火龙围辇转州桥。月迎仙仗回三殿，风递韶音下九霄。　　登复道，听鸣鞘，再颁酥酒赐臣僚。太平无事多欢乐，夜半传宣放早朝。

玉座临轩宴近臣，御楼灯火发春温。九重天上闻仙乐，万宝床边侍至尊。　　花似海，月如盆，不任宣劝醉醺醺。岂知头上宫花重，贪爱传柑遗细君。

九陌游人起暗尘，一天灯雾锁彤云。瑶台雪映无穷玉，阆苑花开不夜春。　　攒宝骑，簇雕轮，汉家宫阙五侯门。景阳钟动才归去，犹挂西窗望月痕。

宣德楼前雪未融，贺正人见彩山红。九衢照影纷纷月，万井吹香细细风。　　复道远，暗相通，平阳主第五王宫。凤箫声里春寒浅，不到珠帘第二重。

风约微云不放阴，满天星点缀明金。烛龙衔耀烘残雪，羯鼓催花发上林。　　河影转，漏声沉，缕衣罗薄暮云深。更期明夜相逢处，还尽今宵未足心。

五日都无一日阴，往来车马闹如林。葆真行到烛初上，丰乐游归夜已深。　　人未散，月将沉，更期明夜到而今。归来尚向灯前说，犹恨追游不称心。

彻晓华灯照凤城，犹嗔宫漏促天明。九重天上闻花气，五色云中应笑声。　　频报道，奏河清，万民和乐见人情。年丰米贱无边事，万国称觞贺太平。

忆得当年全盛时，人情物态自熙熙。家家帘幕人归晚，处处楼台月上迟。　　花市里，使人迷，州东无暇看州西。都人只到收灯夜，已向樽前约上池。

步障移春锦绣丛，珠帘翠幕护春风。沉香甲煎薰炉暖，玉树明金蜜炬融。　　车流水，马游龙，欢声浮动建章宫。谁怜此夜春江上，魂断黄粱一梦中。

真个亲曾见太平，元宵且说景龙灯。四方同奏升平曲，天下都无叹息声。　　长月好，定天晴，人人五夜到天明。如今一把伤心泪，犹恨江南过此生。

无名氏　　鹧鸪天·五百人中第一仙

五百人中第一仙，等闲平步上青天。绿袍乍著君恩重，黄榜初开御墨鲜。　　龙作马，玉为鞭，花如罗绮柳如绵。时人莫讶登科早，自是嫦娥爱少年。

无名氏　　鹧鸪天·题得相思字数行

题得相思字数行，起来桐叶满纱窗。秋光欲雨棋声泻，粉帐不容花露香。　　新寂寞，旧疏狂，玉炉消息记钱塘。小阑立遍红蕉树，一带残云趁月黄。

无名氏　　鹧鸪天·遏云致语筵会用

遇酒当歌酒满斟，一觞一咏乐天真。三杯五盏陶情性，对月临风自赏心。　　环列处，总佳宾，歌声缭亮遏行云。春风满座知音者，一曲教君侧耳听。

无名氏　　鹧鸪天·春闺

枝上流莺和泪闻，新啼痕间旧啼痕。一春鱼鸟无消息，千里关山劳梦魂。　　无一语，对芳尊，安排肠断到黄昏。甫能炙得灯儿了，雨打梨花深闭门。

无名氏　　鹧鸪天·山色晴岚景物佳

山色晴岚景物佳，暖烘回雁起平沙。东郊渐觉花供眼，南陌依稀草吐芽。　　堤上柳，未藏鸦，寻芳趁步到山家。陇头几树红梅落，红杏枝头未著花。

无名氏　　鹧鸪天·寿赵簿

当日名驹产渥洼，追风千里堕君家。不辞贤路甘栖棘，来伴河阳且种花。　　梅试雪，酒潮霞，寿觞还捧笑声哗。唐朝九相青毡旧，为报新堤早筑沙。

无名氏　　鹧鸪天·寿摆铺

鹤算遗芳续世传，武夷来作散神仙。柳营隐隐兵戎整，兰砌诜诜子舍贤。　　倾柏酒，爇沉烟，殷勤起舞祝长年。行须一札飞鸦诏，促缀银班侍九天。

无名氏　　鹧鸪天·寿妇人

织女初秋渡鹊河，逾旬蟾苑聘嫦娥。蓬莱仙子今宵降，前后神仙引从多。　　餐玉蕊，抚云璈，寿筵戏彩捧金荷。黄金照社三儿贵，他日潘舆侍绮罗。

无名氏　　鹧鸪天·弟寿兄又赴省

冬至阳生才两日，欣逢伯氏绂麟辰。鹡鸰原上欢声沸，棣萼堂前喜气新。　　斟九酝，劝千巡，华途从此问云津。杨前未把耆年祝，且愿青云早致身。

无名氏　　鹧鸪天·寿弟生日

新月光寒昨夜霜，三年不一奉瑶觞。朱颜大药知能驻，白日仙家岂计长。　　枫渐赤，橘初黄，五湖烟水动归航。且倾寿酒歌难老，便见除书出未央。

无名氏　　鹧鸪天·自寿

云外青山是我家，两年城里作生涯。杜陵赏月延秋桂，彭泽无钱对菊花。　　初度日，感年华，三杯浊酒一瓯茶。尊前儿女休相笑，更有人穷似汝爷。

无名氏　　鹧鸪天·生日自寿赋谢人庆寿

生羡鸡冠与凤仙，时秋华艳遍园间。自怜生日悲生事，搔首吴江载月船。　　休身外，且樽前，喜君文彩锦相鲜。青云贻我长生曲，唤醒凄凉乐暮年。

无名氏　　　　鹧鸪天·集曲名

烛影摇红玉漏迟，鹊桥仙子下瑶池。倾杯乐处笙歌沸，苏幕遮阑笑语随。　　醉落魄，阮郎归，传言玉女步轻移。凤凰台上深深愿，一日和鸣十二时。

无名氏　　　　鹧鸪天·绛蜡银台晃绣帏

绛蜡银台晃绣帏，一帘香雾拥金猊。人间欢会于飞宴，天上佳期乞巧时。　　倾合卺，醉淋漓，同心结了倍相宜。从今把做嫦娥看，好伴仙郎结桂枝。

无名氏　　　　鹧鸪天·送人出赘

喜气乘龙步步春，梅花影里送君行。君行直到蓝桥处，一见云英便爱卿。　　鸾鹤舞，凤凰鸣，群仙簇拥绿衣人。我㖞有句叮咛话，千万时思望白云。

无名氏　　　　鹧鸪天·秋榜将开得子

菊醑萸残玉未颓，文星喜趁梦熊回。预传鲲拟南溟去，亲送魁从北斗来。　　真间世，定奇材，满堂欢笑动春雷。明年郎罢蟾宫近，更把丹枝为我栽。

无名氏　　　　鹧鸪天·贺人生女

象榻香篝冷宝猊，虺蛇吉梦寤惊时。缇萦生下虽无益，谢女他年或解围。　　花骨脉，雪肤肌，飞琼抱送下瑶池。弄璋错写何妨事，爱女从来甚爱儿。

无名氏　　　　鹧鸪天·寿姑

溪水连天秋雁飞，藕花风细鲤鱼肥。阿婆一笑知何事，怀橘郎君衣锦归。　　天上月，几秋期，娟娟凉影画堂西。堂前拜月人长健，两鬓青如年少时。

无名氏　　　　鹧鸪天·寿江司马　正月十三

太华峰头十丈莲，春风种种锦城边。只缘仙驭来人世，要作鳌头看上元。　　添宝篆，注金船，曲眉环绕侍歌筵。呼童快秣朝天马，后夜端门月正圆。

无名氏　　　鹧鸪天·三月初二

罗袜凌波洛浦仙，谪来潭府话夤缘。应嫌曲水香尘涴，诞降兰亭禊事前。　　歌窈窕，舞婵娟，芝兰满室庆团圆。殷勤试问刘郎看，阿母蟠桃种几年。

无名氏　　　鹧鸪天·五月初十

饮了蒲觞五日期，彩丝还系玉麟儿。台云荐瑞生香褓，菡萏飘香入寿卮。　　占骨相，孕清奇，秋风雁序看齐飞。卿家奕世青毡在，况是双亲未老时。

无名氏　　　鹧鸪天·上女人　六月三十

此夕薰风息舜弦，明朝早振蓐收权。鹊饶喜舌喧华屋，烛富祥光耀绮筵。　　宣玉旨，敕炎官，月宫催诞跨鸾仙。福如沧海无穷极，寿比灵椿过八千。

无名氏　　　鹧鸪天·七月廿七

秋至人间灏气清，蓂余三荚映阶庭。挺生豪杰为时瑞，来至簪缨亨世荣。　　天付与，寿康宁，不须举酒祝椿龄。楼头昨夜瞻南极，偏向梅峰分外明。

无名氏　　　鹧鸪天·八月十九

宴罢中秋恰四朝，金炉因甚把香烧。若非金母生今日，应是麻姑降此宵。　　歌窈窕，舞娇娆，迭将寿酒酌金蕉。椿龄柏算何须祝，名列仙班亦孔昭。

无名氏　　　鹧鸪天·寿尊长　十一月初十

月琯循环届仲冬，蓂生十叶气葱葱。梅花香里开华宴，柏酒樽前拜寿翁。　　檀乍爇，烛微笼，儿孙罗列劝金钟。点头更问儿孙看，慈母蟠桃几度红。

无名氏　　　鹧鸪天·车中

紫陌朱轮去似流，丁香初结小银钩。凭阑试问秦楼路，瞥见纤纤十指柔。　　金约腕，玉搔头，尽教人看却佯羞。欲题红叶无流水，别是桃源一段愁。

无名氏　　鹧鸪天·离别

镇日无心扫黛眉，临行愁见理征衣。樽前只恐伤郎意，阁泪汪汪不敢垂。　停宝马，捧瑶卮，相斟相劝忍分离。不如饮待奴先醉，图得不知郎去时。

此首别作夏竦词

无名氏　　鹧鸪天·佳人

全似丹青揾染成，更将何物斗轻盈。雪因舞态羞频下，云为歌声不忍行。　螺髻小，凤鞋轻，天边斗柄又斜横。水晶庭柱琉璃帐，客去同谁看月明。

无名氏　　鹧鸪天·抛却功名弃却诗

抛却功名弃却诗，从教身染气球泥。侵晨打鞠齐云会，际暮演筹落魄归。　园苑里，粉墙西，佳人偷揭绣帘窥。高侵云汉垂肩久，低拂花梢下脚迟。

无名氏　　鹧鸪天·不贪名利乐优游

不贪名利乐优游，收转心猿踢气球。日享三餐朋友饭，夜眠一宿玉人楼。　真快活，度春秋，从它乌兔走无休。或时戏耍名园里，或把长竿湖上游。

无名氏　　鹧鸪天·虎掌葵花一锭银

虎掌葵花一锭银，全凭巧匠弄精神。里肷外跨知高下，逼拐挑尖月一轮。　欺强汉，灭村人，其间奥妙岂堪论。不问贵戚并公子，曾与区区并马行。

无名氏　　鹧鸪天·巧匠园缝异样花

巧匠园缝异样花，身轻体健实堪夸。能令公子精神爽，善诱王孙礼义加。　宜富贵，逞奢华，一团和气遍天涯。宋祖昔日皆曾习，占断风流第一家。

无名氏　　鹧鸪天·轩辕起置号齐云

轩辕起置号齐云，社祖西川妙道君。□□亲自裁成就，万古流传作玩珍。　　江湖客，听原因，今朝出岳见其真。来到圣前必撞案，诚将实艺向前呈。

鹧鸪词

即《瑞鹧鸪》，详见《瑞鹧鸪》条。

汪　晫　　　　鹧鸪词·春愁

伤时怀抱不胜愁，野水粼粼绿遍洲。满地落花春病酒，一帘明月夜登楼。　　明眸皓齿人难得，寒食清明事又休。只是鹧鸪三两曲，等闲白了几人头。

辨弦声

此调本名《迎春乐》，因贺铸词有“都付与、弦声写”句，故更名《辨弦声》。详见《迎春乐》条。

贺　铸　　辨弦声·琼琼绝艺真无价

琼琼绝艺真无价，指尖纤、态闲暇。几多方寸关情话，都付与、弦声写。　　三月十三寒食夜，映花月、絮风台榭。明月待欢来，久背面、秋千下。

糖多令

即《唐多令》，《钦定词谱》卷十三云：“一句馣多令”。“馣”即“糖”。详见《唐多令》条。

辛弃疾　　　糖多令·淑景斗清明

淑景斗清明，和风拂面轻。小杯盘、同集郊坰。著个笄儿不肯上，须索要、大家行。　　行步渐轻盈，行行笑语频。凤鞋儿、微褪些根。忽地倚人陪笑道，真个是、脚儿疼。

宋先生　　　糖多令·搬载渡黄河

搬载渡黄河，金关牢闭锁。运九还、须是功多。光透帘帏红似火，见金钱、万千朵。　　过水涌银波，充开牛斗过。进工夫、□□蹉跎。见个真人便是我，暗欢喜、笑呵呵。

刘　过　　　糖多令·安远楼小集

侑觞歌板之姬黄其姓者，乞词于龙洲道人，为赋此糖多令，同柳阜之、刘去非、石民瞻、周嘉仲、陈孟参、孟容，时八月五日也

芦叶满汀洲，寒沙带浅流。二十年、重过南楼。柳下系舟犹未稳，能几日、又中秋。　　黄鹤断矶头，故人今在不。旧江山、浑是新愁。欲买桂花同载酒，终不是、少年游。

刘　过　　　糖多令·解缆蓼花湾

解缆蓼花湾，好风吹去帆。二十年、重过新滩。洛浦凌波人去后，空梦绕、翠屏间。　　飞雾湿征衫，苍苍烟树寒。望星河、低处长安。绮陌红楼应笑我，为梅事、过江南。

刘学箕　　　糖多令·登多景楼

何处浣离忧，消除许大愁。望长江、衮衮东流。一去乡关能几日，才屈指、又中秋。　　芦叶满汀洲，沙矶小艇收。醉归来、明月江楼。欲把情怀输写尽，终不似、少年游。

吴　潜　　　糖多令·湖口道中

白鹭立孤汀，行人长短亭。正垂杨、芳草青青。岁月尽抛尘土里，又隔日、是清明。　　日暮碧云生，魂伤老泪横。算浮生、较甚浮名。万事不禁双鬓改，谁念我、此时情。

吴　潜　　　糖多令·答和梅府教

鸥鹭水中洲，夕阳天际流。倚西风、底处危楼。若使中秋无好月，虚过了、一年秋。　　举眼望云头，蟾光一线不。想孀娥、自古多愁。安得仙师呼鹤驾，将我去、广寒游。

李曾伯　　糖多令·庚戌六月赴荆阃，宿江亭

枫荻响飕飕，长江六月秋。二十年、重到沙头。城郭人民那似旧，曾识面、两三鸥。　　落日且登楼，英雄休涕流。望黄旗、王气东浮。借问烟芜苍莽处，还莫是、古襄州。

陈　著　　　糖多令·九月留城书怀

雁阵晓来霜，鸦村夕照黄。满人间、风景凄凉。幸有菊窗堪一醉，争又滞、水云乡。　　沽酒也三行，邀风与较量。便明朝、吹送归航。趁得老盆新熟信，日日是、我重阳。

陈　著　　　糖多令·次前韵范纯甫留饮

蟹熟晕橙霜，蛆浮染菊黄。淡交情、都没炎凉。说道白头难会面，留一日、醉中乡。　　世事与轮行，时光逐寸量。任人间、涛海风航。拜了老庞归去也，高著枕、卧南阳。

陈　著　　　糖多令·城归泊湖山

倦枕寄渔乡，篷低被怯霜。月窥人、多少思量。自是欲眠眠不稳，禁听得、雁声双。　　和梦早催行，归来梅竹窗。小柴门、分破闲忙。翻笑白云飞不定，谙得静、憩诗床。

陈允平　　　糖多令·吴江道上赠郑可大

何处是秋风，月明霜露中。算凄凉、未到梧桐。曾向垂虹桥上看，有几树、水边枫。　　客路怕相逢，酒浓愁更浓。数归期、犹是初冬。欲寄相思无好句，聊折赠、雁来红。

陈允平　　　糖多令·桂边偶成

明月可中庭，萧萧络纬声。画阑秋、千树吹香。玉宇无尘凉似水，销不尽、许多清。　　欲醉醉还醒，欲吟吟未成。捻金英、三嗅微馨。应有乘鸾天上女，随风露、下青冥。

陈允平　　　糖多令·秋暮有感

休去采芙蓉，秋江烟水空。带斜阳、一片征鸿。欲顿闲愁无顿处，都著在、两眉峰。　　心事寄题红，画桥流水东。断肠人、无奈秋浓。回首层楼归去懒，早新月、挂梧桐。

周　密　　　糖多令·丝雨织莺梭

丝雨织莺梭，浮钱点细荷。燕风轻、庭宇正清和。苔面唾茸堆绣径，春去也、奈春何。　　宫柳老青蛾，题红隔翠波。扇鸾孤、尘暗合欢罗。门外绿阴深似海，应未比、旧愁多。

王　洧　　　　糖多令·雁荡接台山

庆曹松庐侍郎，与秋壑只争二日，曹新除两浙漕　八月初十

雁荡接台山，秋来最好看。寿星明、高现云端。八月初弦三日里，□二老、福人间。　　玉节近天颜，东西两路安。祝苍松、节劲根蟠。相汉元勋萧第一，留次位、著曹参。

仇　远　　　　糖多令·凉露湿秋芜

凉露湿秋芜，空庭啼蟪蛄。紫苔衣、犹护金铺。疏箔翠眉人不见，流水急、泣鳏鱼。　　恨草倩谁锄，西风吹鬓疏。问刘郎、别后何如。纵有桃花千万树，也不似、旧玄都。

蒋　捷　　　　糖多令·寿东轩

秋碧泻晴湾，楼台云影闲。记仙家、元在蓬山。飞到雁峰尘更少，三万顷、玉无边。　　金钱倒垂莲，歌摇香雾鬟。任芙蓉、月转朱阑。天气已凉犹未冷，重九后、小春前。

无名氏　　　　糖多令·天上谪星班

天上谪星班，群真时往还。驾青牛、早度函关。幻出蓬莱新院宇，花外竹、竹边山。　　轩冕倘来闲，人生闲最难。算真闲、不到人寰。一半神仙先占取，留一半、与公闲。

澡兰香

调见吴文英《梦窗甲稿》，系吴文英自度曲。因其词中有“午镜澡兰帘幕”句，故取以为调名。双调，一百零四字，上下片各十句、四仄韵。此调只吴文英一词。

吴文英　　　　澡兰香·淮安重午

盘丝系腕，巧篆垂簪，玉隐绀纱睡觉。银瓶露井，彩箑云窗，往事少年依约。为当时、曾写榴裙，伤心红绡褪萼。黍梦光阴渐老，汀洲烟箬。　　莫唱江南古调，怨抑难招，楚江沉魄。薰风燕乳，暗雨梅黄，午镜澡兰帘幕。念秦楼、也拟人归，应翦菖蒲自酌。但怅望、一缕新蟾，随人天角。

寰 海 清

调见宋王庭珪《卢溪词》。双调，八十七字。上片八句、五平韵，下片九句、五平韵。

王庭珪　　寰海清·上元

画鼓轰天，暗尘随宝马，人似神仙。天恁不教昼短，明月长圆。天应未知道，天天，须肯放、三夜如年。　流酥拥上香軿，为个甚、晚妆特地鲜妍。花下清阴乍合，曲水桥边。高人到此也乘兴，任横街，一一须穿。莫言无国艳，有朱门、锁婵娟。

避 少 年

此调本名《鹧鸪天》、《思越人》，因贺铸词有“袖手低回避少年”句，故更名《避少年》。详见《鹧鸪天》条。

贺　铸　　避少年·谁爱松陵水似天

谁爱松陵水似天，画船听雨奈无眠。清风明月休论价，卖与愁人直几钱。　挥醉笔，扫吟笺，一时朋辈饮中仙。白头□□江湖上，袖手低回避少年。

檐 前 铁

调见《古今词话》宋无名氏词。因其词中有“听檐前、铁马戛叮当”句，故取以为调名。双调，七十一字，上片八句、三仄韵，下片六句、三仄韵。此调只无名氏一词。

无名氏　　檐前铁·悄无人

悄无人，宿雨厌厌，空庭乍歇。听檐前、铁马戛叮当，敲破梦魂残结。丁年事，天涯恨，又早在心头咽。　谁怜我、绮帘前，镇日鞋儿双跌。今番也、石人应下千行血。拟展青天，写作断肠文，难尽说。

霜天晓月

即《霜天晓角》，宋韩玉词名《霜天晓月》。详见《霜天晓角》。

韩 玉　　霜天晓月·竹篱茅屋

竹篱茅屋，一树扶疏玉。客里十分清绝，有人在、江南北。　伫目，诗思促，翠袖倚脩竹。不是月媒风聘，谁人与、伴幽独。

萧泰来　　霜天晓月·梅

千霜万雪，受尽寒磨折。赖是生来瘦硬，浑不怕、角吹彻。　清绝，影也别，知心惟有月。原没春风情性，如何共、海棠说。

霜天晓角

此调首见于林逋词，可能是他创调。调名取自该词上片词意。又名《霜天晓月》、《山庄劝酒》、《梅花令》、《月当窗》、《踏月》、《霜角》、《长桥月》。双调数体，有四十三字，上片四句、二仄韵，下片五句、四仄韵；亦有四十四字，上下片各四句、三仄韵等。

林 逋　　霜天晓角·冰清霜洁

冰清霜洁，昨夜梅花发。甚处玉龙三弄，声摇动、枝头月。　梦绝，金兽爇，晓寒兰烬灭。要卷珠帘清赏，且莫扫、阶前雪。

韩元吉　　霜天晓角·蛾眉亭

倚天绝壁，直下江千尺。天际两蛾凝黛，愁与恨、几时极。　怒潮风正急，酒醒闻塞笛。试问谪仙何处，青山外、远烟碧。

此首别作刘仙伦词

韩元吉　　霜天晓角·几声残角

夜饮武将家，有歌霜天晓角者，声调凄婉，戏为赋之

几声残角，月照梅花薄。花下有人同醉，风满槛、波明阁。　夜寂香透幕，酒深寒未著。莫把玉肌相映，愁花见、也羞落。

张　抡　　霜天晓角·晓风摇幕

晓风摇幕，敧枕闻残角。霜月可窗寒影，金猊冷、翠衾薄。　旧恨无处著，新愁还又作。夜夜单于声里，灯花共、泪珠落。

曹　冠　　霜天晓角·清高堂看山

小雨濛濛，轻烟舞曳风。林樾高低疏密，依浅濑、媚遥峰。　浴鹭水溶溶，晴霞映晚红。拟向玉堂举似，蓦写入、画图中。

曹　冠　　霜天晓角·浦溆凝烟

荷花令用欧阳公故事，歌霜天晓角词，擘荷花，遍分席上，各人一片，最后者饮

浦溆凝烟，谁家女采莲。手捻荷花微笑，传雅令、侑清欢。　擘叶劝金船，香风袭绮筵。最后殷勤一瓣，分付与、酒中仙。

曹　冠　　霜天晓角·水亭清绝

水亭清绝，拥翠环林樾。湘簟宾筵乘兴，玉壶酒、漾冰雪。　宝兽沉烟爇，玉琴声韵彻。夜永风微烟淡，梧桐影、碎明月。

甄龙友　　霜天晓角·题赤壁

峨眉仙客，四海文章伯。来向东坡游戏，人间世、著不得。　去国谁爱惜，在天何处觅。但见尊前人唱，前赤壁、后赤壁。

姜特立　　霜天晓角·为夜游湖作

欢娱电掣，何况轻离别。料得两情无奈，思量尽、总难说。　酒热，凄兴发，共寻波底月。长结西湖心愿，水有尽、情无歇。

范成大　　霜天晓角·晚晴风歇

晚晴风歇，一夜春威折。脉脉花疏天淡，云来去、数枝雪。　胜绝，愁亦绝，此情谁共说。惟有两行低雁，知人倚、画楼月。

范成大　　霜天晓角·少年豪纵

少年豪纵，袍锦团花凤。曾是京城游子，驰宝马、飞金鞚。　旧游浑似梦，鬓点吴霜重。多少燕情莺意，都泻入、玻璃瓮。

谢　懋　　霜天晓角·桂花

绿云剪叶，低护黄金屑。占断花中声誉，香与韵、两清洁。　胜绝，君听说，是他来处别。试看仙衣犹带，金庭露、玉阶月。

此首别作郑域词

张孝祥　　霜天晓角·柳丝无力

柳丝无力，冉冉萦愁碧。系我船儿不住，楚江上、晚风急。　棹歌休怨抑，有人离恨极。说与归期不远，刚不信、泪偷滴。

吕胜己　　霜天晓角·题九里驿

晓来风作，病怯春衫薄。郭外溪山明秀，红尘里、自拘缚。　村酒频斟酌，野花偏绰约。十载人非物是，惊回首、梦初觉。

赵长卿　　霜天晓角·霜夜小酌

阁儿幽静处，围炉面小窗。好是斗头儿坐，梅烟炷、返魂香。　对火怯夜冷，猛饮消漏长。饮罢且收拾睡，斜月照、满帘霜。

赵长卿　　霜天晓角·咏梅

香来不歇，谁把南枝折。的皪疏花初破，都因是、夜来雪。　清绝，十分绝，孤标难细说。独立野塘清浅，谁作伴、空夜月。

赵长卿　　霜天晓角·和梅

雪花飞歇，好向前村折。行至断桥斜处，寒蕊瘦、不禁雪。　韵绝，香更绝，归来人共说。最爱夜堂深迥，疏影占、半窗月。

张孝忠　　霜天晓角·汉阳王守席上

楚山浮碧，江汉无终极。鄂渚几行云树，天何意、限南北。　使君觞醉客，健倒曾何惜。三国英雄谁在，斜阳外、尽陈迹。

杨冠卿　　霜天晓角·次韵李次山提举渔社词

渔舟簇簇，西塞山前宿。流水落红香远，春江涨、葡萄绿。　蕲竹，奏新曲，惊回幽梦独。却把渔竿远去，骑鲸背、钓璜玉。

辛弃疾　　霜天晓角·旅兴

吴头楚尾，一棹人千里。休说旧愁新恨，长亭树、今如此。　宦游吾倦矣，玉人留我醉。明日万花寒食，得且住、为佳耳。

辛弃疾　　霜天晓角·暮山层碧

暮山层碧，掠岸西风急。一叶软红深处，应不是、利名客。　玉人还伫立，绿窗生怨泣。万里衡阳归恨，先倩雁、寄消息。

辛弃疾　　霜天晓角·赤壁

雪堂迁客，不得文章力。赋写曹刘兴废，千古事、泯陈迹。　望中矶岸赤，直下江涛白。半夜一声长啸，悲天地、为予窄。

赵善括　　霜天晓角·送林兴国之任

楚天风色，一夜波翻雪。舣岸锦帆不度，天有意、且留客。　　鼓声吹取急，离觞须举白。看去芳菲时候，日边听、好消息。

程　垓　　霜天晓角·几夜锁窗揭

几夜锁窗揭，素蟾光似雪。恰恨照人欹枕，纱帼爽、簟纹滑。　　迤逦篆香衰，好坏谁共说。若是知人风味，来分取、半床月。

程　垓　　霜天晓角·玉清冰样洁

玉清冰样洁，几夜相思切。谁料浓云遮拥，同心带、甚时结。　　匆匆休惜别，还有来时节。记取江阴归路，须共踏、夜深月。

赵师侠　　霜天晓角·三衢道中

雨余风劲，雾重千山暝。茅舍寒林相映，分明是、画图景。　　去程何日定，天远长安近。唤起新愁无尽，全没个、故园信。

赵师侠　　霜天晓角·舟行清溪

舣舟砂碛，秋净波澄碧。极目青山横远，悬崖断、拥苍壁。　　傍岩渔艇集，渡头人物立。八景潇湘真画，云笼日、晚风急。

张　镃　　霜天晓角·泛池

荷花闲拨，撑破玻璃滑。拂拂香风微度，吹雪乱、数根发。　　弄泉罗盖匝，万颗真珠撒。唱我莲歌归去，凌波步、水仙袜。

刘　过　　霜天晓角·霜天晓角

霜天晓角，梦回滋味恶。酒醒不禁寒力，纱窗外、月华薄。　　拥衾思旧约，无情风透幕。惟有梅花相伴，不成是、也吹落。

刘仙伦　　　霜天晓角·题蛾眉亭

倚空绝壁，直下江千尺。天际两蛾凝黛，愁与恨、几时极。　暮潮风正急，酒醒闻塞笛。试问谪仙何处，青山外、远烟碧。

此首别作韩元吉词

郭应祥　　霜天晓角·赵簿席上写目前之景

琉璃十碗，兽炭红炉暖。花下两枝银烛，和气洽、欢声满。　从他吹急管，杯行须款款。尽做更移漏转，也犹胜、春宵短。

韩　淲　　　霜天晓角·雨收云薄

雨收云薄，有底情怀恶。一段春风花事，吟得就、又忘却。　海棠红未落，细细流霞酌。选甚蝇营狗苟，皆现定、有何错。

李廷忠　　　霜天晓角·庆高尉

洞天仙伯，总是梅标格。来索东风一笑，香浮动、潜溪月。　寿尊谁共酌，少年花县客。试问日边春信，梁园上、正飞雪。

吴礼之　　　霜天晓角·连环易缺

王生陶氏月夜共沉西湖，赋此吊之

连环易缺，难解同心结。痴骙佳人才子，情缘重、怕离别。　意切，人路绝，共沉烟水阔。荡漾香魂何处，长桥月、断桥月。

吴礼之　　　霜天晓角·秋景

西风又急，细雨黄花湿。楼枕一篙烟水，兰舟漾、画桥侧。　念昔，空泪滴，故人何处觅。魂断菱歌凄怨，疏帘卷、暮山碧。

赵希明　　　霜天晓角·空山木落

空山木落，月淡阑干角。相与羊裘披上，方知道、宦情薄。　　老来须自觉，酒尊行处乐。疑到碧湾无路，滩声小、橹声薄。

华　岳　　　　霜天晓角·情刀无劚

情刀无劚，割尽相思肉。说后说应难尽，除非是、写成轴。　　帖儿烦付祝，休对傍人读。恐怕那懑知后，和它也泪瀑漱。

华　岳　　　　霜天晓角·蒲帆十幅

蒲帆十幅，飞破秋江绿。天际彩虹千丈，阑干外、泻寒玉。　　一雨收残溽，云山开画轴。试问故人何处，青楼在画桥北。

华　岳　　　　霜天晓角·裙儿六幅

裙儿六幅，谁染秋波绿。一搦柳腰两过，樽前粲粲玉□。　　暑气消烦溽，日月飞车轴。线幕黄帘风露，那堪人在天北。

赵希蓬　　　　霜天晓角·枕痕如劚

枕痕如劚，一线红生肉。睡起娇羞无语，远山坐对横轴。　　烧香频祷祝，偷把简儿读。字在那人何在，泪珠飞下簌簌。

郑　域　　　　霜天晓角·绿云剪叶

绿云剪叶，低护黄金屑。占断花中声誉，香与韵、两清洁。　　胜绝，君听说，是他来处别。试看金衣犹带，金庭露、玉阶月。

此首别作谢懋词

王　澡　　　　霜天晓角·梅

疏明瘦直，不受东皇识。留与伴春终肯，千红底、怎著得。　　夜色，何处笛，晓寒无奈力。若在寿阳宫院，一点点、有人惜。

高观国　　　　霜天晓角·春云粉色

春云粉色，春水和云湿。试问西湖杨柳，东风外、几丝碧。　　望极，连翠陌，兰桡双桨急。欲访莫愁何处，旗亭在、画桥侧。

高观国　　霜天晓角·炉烟浥浥

炉烟浥浥，花露蒸沉液。不用宝钗翻炷，闲窗下、袅轻碧。　　醉拍，罗袖惜，春风偷染得。占取风流声价，韩郎是、旧相识。

高观国　　霜天晓角·九日苏堤

霜清水碧，冷浸红云湿。休说季伦锦帐，山南岸、更花密。　　露滴，空翠幂，两峰开霁色。不为秾妆一醉，西风帽、为谁侧。

黄　机　　霜天晓角·梅花

玉粲冰寒，月痕侵画栏。客里安愁无地，为徙倚、到更残。　　问花花不言，嗅香香欲阑。消得个温存处，山六曲、翠屏间。

黄　机　　霜天晓角·仪真江上夜泊

寒江夜宿，长啸江之曲。水底鱼龙惊动，风卷地、浪翻屋。　　诗情吟未足，酒兴断还续。草草兴亡休问，功名泪、欲盈掬。

黄　机　　霜天晓角·金山吞海亭

长江千里，中有英雄泪。却笑英雄自苦，兴亡事、类如此。　　浪高风又起，歌悲声未止。但愿诸公强健，吞海上、醉而已。

黄　机　　霜天晓角·夜舟过蛾眉山

江涵落日，风转飞帆急。问讯蛾眉好在，无一语、送行客。　　闲情眠未得，倚窗消酒力。却怕鱼龙惊动，且莫要、夜吹笛。

张　辑　　霜天晓角·日暮

暮天云阔，懒泛琴三叠。恰有梅花相伴，窗儿上、一枝月。　　忆别，恁时节，吟情谁共说。欹枕偶成清梦，画角晓、更愁绝。

葛长庚　　霜天晓角·绿净堂

五羊安在，城市何曾改。十万人家阛阓，东亦海、西亦海。　　年年蒲涧会，地接蓬莱界。老树知他一剑，千山外、万山外。

刘子寰　　霜天晓角·子庆母八十

满前儿女，今日都欢聚。今也阿弥八十，儿也五十五□。　　瓷瓯并瓦注，山歌和社舞。但管年年强健，妆成个、西王母。

刘子寰　　霜天晓角·春愁

横阴漠漠，似觉罗衣箔。正是海棠时候，纱窗外、东风恶。　　惜春春寂寞，寻花花冷落。不会这些情味，元不是、念离索。

吴　潜　　霜天晓角·云收雾辟

云收雾辟，万里天空碧。舟过蛾眉亭下，景似旧、人非昔。　　年事如梭掷，世事如棋弈。抚掌扣舷一笑，今古恨、问谁得。

吴　潜　　霜天晓角·和叶检阅仁叔韵

倚花傍月，花底歌声彻。最好月筛花影，花月浸、香奇绝。　　双溪秋月洁，桂棹何时发。客里明朝送客，多少事、且休说。

吴　潜　　霜天晓角·此花此月

此花此月，一段风流彻。更好参横斗转，更漏断、人声绝。　　有谁秋共洁，篱菊相将发。留取岁寒心事，待此际、向君说。

吴　潜　　霜天晓角·和刘架阁自昭韵

杯中吸月，桂树飞琼屑。莫道胡床老子，怕风露、向凄冽。　　回首云娥折，老大成痴绝。且醉今宵光景，莫容易、向人说。

吴　潜　　　霜天晓角·为花问月

为花问月，谁把金瑰屑。犹有残英剩蕊，秋向老、香逾冽。　　且莫都攀折，有个人愁绝。纵使姮娥念旧，星星鬓、如何说。

吴　潜　　　霜天晓角·和赵教授韵

新词唱彻，字字珠玑屑。更有张颠草圣，何止是、成双绝。　　金粟如霏雪，扫地为芳席。且令诸公一笑，怕明夜、无此月。

吴　潜　　　霜天晓角·小山幽彻

小山幽彻，遍地堆香雪。只恐今宵入梦，梦到处、魂孤绝。　　八公头已雪，淮南分半席。莫道淹留何事，且长啸、对佳月。

吴　潜　霜天晓角·戊午十二月望安晚园赋梅上银烛

梅花一簇，花上千枝烛。照出靓妆姿态，看不足、咏不足。　　便欲和花宿，却被官身局。借问江南归未，今夜梦、难拘束。

吴　潜　　　霜天晓角·秋凉佳月

己未五月九日，老香堂送监簿侄归，和自昭韵

秋凉佳月，扫尽轻衫热。便欲乘风归去，冰玉界、琼林阙。　　不须持寸铁，孤吟风措别。且唱东坡水调，清露下、满襟雪。

吴　潜　　　霜天晓角·再和

举杯吸月，一洗烦襟热。想见摩诃池上，星斗转、挂银阙。　　金吾传漏铁，此时滋味别。阶砌寒蛩声细，携手处、人如雪。

楼　槃　　　霜天晓角·梅

月淡风轻，黄昏未是清。吟到十分清处，也不啻、二三

更。　　晓钟天未明，晓霜人未行。只有城头残角，说得尽、我平生。

楼　槃　　　霜天晓角·翦雪裁冰

翦雪裁冰，有人嫌太清。又有人嫌太瘦，都不是、我知音。　　谁是我知音，孤山人姓林。一自西湖别后，辜负我、到如今。

吴文英　　霜天晓角·题胭脂岭陶氏门

烟林褪叶，红藉游人屧。十里秋声松路，岚云重、翠涛涉。　　伫立，闲素箑，画屏萝嶂叠。明月双成归去，天风里、凤笙浃。

吴文英　　霜天晓角·香莓幽径滑

香莓幽径滑，萦绕秋曲折。帘额红摇波影，鱼惊坠、暗吹沫。　　浪阔，轻棹拨，武陵曾话别。一点烟红春小，桃花梦、半林月。

赵希彭　　　霜天晓角·桂

姮娥戏剧，手种长生粒。宝干婆娑千古，飘芳草、满虚碧。　　韵色，檀露滴，人间秋第一。金粟如来境界，谁移在、小亭侧。

陈　著　　霜天晓角·江寒雁咽

丙寅十一月七日夜江行，纪今春风雪中送云西先生陆景西处，伤感不已

江寒雁咽，短棹还催发。曾是玉堂仙伯，相别处、满篷雪。　　此别，那堪说，溯风空泪血。惟有梅花依旧，香不断、夜来月。

姚　勉　　霜天晓角·湖上泛月归

秋怀轩豁，痛饮天机发。世界只如掌大，算只有、醉乡阔。　　烟抹，山态活，雨晴波面滑。艇子慢摇归去，莫搅碎、一湖月。

陈允平　　　　霜天晓角·玄霜绛雪

玄霜绛雪，散作秋林缬。昨夜西风吹过，最好是、睡时节。　　香绝，高处折，中秋还有月。此际人间天上，是两个、广寒阙。

陈允平　　　霜天晓角·寿疏清陈别驾

月树风枝，孤山两字诗。来到十洲三岛，香得更、十分奇。　　阳和迟自迟，冰霜欺怎欺。且伴岁寒人醉，有移种、玉堂时。

刘辰翁　　　　霜天晓角·初春即事

柳梢欲雪，十里烟明灭。曲曲阑干转影，教人忆、夜来月。　　家人相对说，灯花还又结。冻雨村村□鼓，终不似、上元节。

刘辰翁　　　　霜天晓角·中秋对月

乌云汗漫，浊浪翻河汉。过尽千重魔障，堂堂地、一轮满。　　秋光还又半，檐声初漏断。不管满身花露，已办著、二更看。

刘辰翁　　　霜天晓角·和中斋九日

骑台千骑，有菊知何世。想见登高无处，淮以北、是平地。　　老来无复味，老来无复泪。多谢白衣迢递，吾病矣、不能醉。

刘辰翁　　　　霜天晓角·经年寂寞

楼下梅一株，经冬无一花。春半忽开，一萼梢头，出万红中，因赋之

经年寂寞，已负花前约。忽向红梅侧畔，开点雪、有人觉。　　不开何似莫，百梢才一萼。却问寿阳宫额，两三蕊、怎能著。

刘辰翁　　　　霜天晓角·寿吴蒙庵

臞然如竹，自是天仙福。小小画堂锦样，听人唱、鹤飞

曲。　　橙橘黄又绿，蟹到新笃熟。便做月三十斛，饮不尽、菊潭菊。

刘辰翁　　霜天晓角·寿陈敬之

朝来微雪，又近长生节。造就一枝清绝，梅与雪、怎分别。　　两年心似月，除是天知得。手种春风千树，一颗颗、待儿摘。

刘辰翁　　霜天晓角·寿张古岩

明年七十，歌彩桥仙夕。见说严君平道，年年是、月初一。　　同时同里密，后今今又昔。便做伏生年纪，也未到、蹇吃吃。

刘辰翁　　霜天晓角·寿贾教

良宵七七，又近中元日。桥上老人有约，后五日、重来觅。　　婵娟银海出，木樨新雨湿。惟有延平剑气，箕斗外、广寒逼。

刘辰翁　　霜天晓角·寿萧静安，时归永新

归来把菊，春瓮今朝熟。苦苦留君不得，携孺子、到汾曲。　　庐山真面目，冰清还映玉。长笑欧公老懒，君且住、饮螺绿。

刘辰翁　　霜天晓角·寿康臞山

问春来未，也似辛壬癸。如此男儿五十，又过却、孔融二。　　画堂孙子子，新桃如故垒。不管明朝后日，春满眼、是千岁。

刘辰翁　　霜天晓角·治中心似佛

□□□□，□□□□□。□□□□□□，□□□、□□□。　　治中心似佛，治中心似日。人祝治中千岁，似翁福、似翁德。

王　奕　　霜天晓角·和韩南涧采石蛾眉亭

天无四壁，底用量江尺。徒把乾坤分裂，谁与帝、扶民厄。　　几年樊圃缺，耳风腔转笛。此日双蛾空蹙，依然也、暮山碧。

邓　剡　　霜天晓角·寿文文溪，时守清江

蛮烟塞雪，天老梅花骨。还著锦衣游戏，清江上、管风月。　　木兰归海北，竹梧侵户碧。三十六峰苍玉，驾白鹿、友仙客。

吴淑真　　霜天晓角·塞门桂月

塞门桂月，蔡琰琴心切。弹到笳声悲处，千万恨、不能雪。　　愁绝，泪还北，更与胡儿别。一片关山怀抱，如何对、别人说。

仇　远　　霜天晓角·绮帷高揭

绮帷高揭，风动流苏结。兴在夜凉多处，兰烬短、半明灭。　　醉彻，香未绝，紫箫声乍歇。声入碧云堆里，还起舞、桂花月。

杨　均　　霜天晓角·祭双庙乐章

初　献

丹楹转月，金绣纷幢钺。勋在有唐宗社，人千载、仰英烈。　　维辰嗟尽节，故里昭虔揭。临御雝雝来下，歆初荐、俎羞洁。

亚　献

当年宋壁，血拥河流赤。全护东南形胜，百易万、五神力。　　人心同奋激，立此生民极。哀角载歌霜晓，斢琼醑、圣容怿。

终　献

忠忱谊愊，对越如丹赤。缅想遗风余烈，犹身见、古颜色。　　惟馨非黍稷，穆穆歆明德。簟滟芳彝须醉，回云旞、佑乡国。

徐君宝妻　　霜天晓角·蛾眉亭

双峦斗碧，寒玉雕秋壁。两道凝螺天半，横无限、青青色。　　拍案涛声急，似鼓临邛瑟。窗下镜台鸾去，空留得、春山迹。

蒋　捷　　霜天晓角·人影窗纱

人影窗纱，是谁来折花。折则从他折去，知折去、向谁家。　　檐牙，枝最佳，折时高折些。说与折花人道，须插向、鬓边斜。

无名氏　　霜天晓角·一声阿鹊

一声阿鹊，人在云西角。信有黄昏风雨，孤灯酒、不禁酌。　　错错，谁误著，明知明做却。颇寄香笺归去，教看了、细揉嚼。

霜叶飞

调见周邦彦《片玉集》，又名《斗婵娟》。双调数体。其一百一十一字，上片十句、六仄韵，下片十句、五仄韵为正体；其一百一十一字，上下片各十一句、五仄韵为变体等。

沈　唐　　霜叶飞·霜林凋晚

霜林凋晚，危楼迥，登临无限秋思。望中闲想，洞庭波面，乱红初坠。更萧索、风吹渭水，长安飞舞千门里。变景摧芳榭，唯有兰衰暮丛，菊残余蕊。　　回念花满华堂，美人一去，镇掩香闺经岁。又观珠露，碎点苍苔，败梧飘砌。谩赢得、相思泪眼，东君早作归来计。便莫惜丹青手，重与芳菲，万红千翠。

黄　裳　　霜叶飞·冬日闲宴

谁能留得年华住，韶华今在何处。万林飞尽，但惊天篆，半空无数。望消息、霜催雁过，佳人愁起云垂暮。就绣幕、红炉去，金鸭时飘异香，柳腰人舞。　　休道行且分飞，共乐还一岁，见景长是欢聚。大来芳意，既与名园，是花为主。翠娥说、尊前笑语，来年管取人如故。向寂寞、中先喜，俄顷飞琼，化成寰宇。

周邦彦　　　　霜叶飞·秋景

露迷衰草，疏星挂，凉蟾低下林表。素娥青女斗婵娟，正倍添凄悄。渐飒飒、丹枫撼晓，横天云浪鱼鳞小。似故人相看，又透入、清辉半饷，特地留照。　　迢递望极关山，波穿千里，度日如岁难到。凤楼今夜听秋风，奈五更愁抱。想玉匣、哀弦闭了，无心重理相思调。见皓月、牵离恨，屏掩孤颦，泪流多少。

方千里　　　　霜叶飞·塞云垂地

塞云垂地，堤烟重，燕鸿初度江表。露荷风柳向人疏，台榭还清悄。恨脉脉、离情怨晓，相思魂梦银屏小。奈倦客征衣，自遍拂尘埃，玉镜羞照。　　无限静陌幽坊，追欢寻赏，未落人后先到。少年心事转头空，况老来怀抱。尽绿叶红英过了，离声慵整当时调。问丽质、从憔悴，消减腰围，似郎多少。

吴文英　　　　霜叶飞·重九

断烟离绪，关心事，斜阳红隐霜树。半壶秋水荐黄花，香噀西风雨。纵玉勒、轻飞迅羽，凄凉谁吊荒台古。记醉蹋南屏，彩扇咽、寒蝉倦梦，不知蛮素。　　聊对旧节传杯，尘笺蠹管，断阕经岁慵赋。小蟾斜影转东篱，夜冷残蛩语。早白发、缘愁万缕，惊飙从卷乌纱去。漫细将、茱萸看，但约明年，翠微高处。

杨泽民　　　　霜叶飞·咏雪

朔风严紧，长空布，同云低黯天表。更堪中夕振寒威，欹枕风声悄。望皓洁、窗纱向晓，珠帘才上银钩小。听美人都惊□，老尽群山，远近相照。　　深意劝客金尊，皑皑千里，琼台瑶圃重到。绮罗香暖恣欢娱，暂尔宽怀抱。更几朵、梅花开了，巡檐聊与花相调。算瑞气、丰穰兆，来岁强如，旧年多少。

陈允平　　　　霜叶飞·碧天如水

碧天如水，新蟾挂，修眉初画云表。半江枫叶自黄昏，深院砧声悄。渐凉蝶、残花梦晓，西风篱落寒蛩小。背画阑依依，有数点、流萤乱扑，扇底微照。　　凝望渺漠平芜，蒹葭烟远，过雁还带愁到。拚教日日醉斜阳，但素琴横抱。记旧谱、归耕未了，金徽谁度凄凉调。算多少悲秋恨，恨比秋多，比秋犹少。

张　炎　　　霜叶飞·悼澄江吴立斋

南塘、不碍、云山，皆其亭名

故园空杳，霜风劲，南塘吹断瑶草。已无清气碍云山，奈此时怀抱。尚记得、修门赋晓，杜陵花竹归来早。傍雅亭幽榭，惯款语英游，好怀无限欢笑。　　不见换羽移商，杏梁尘远，可怜都付残照。坐中泣下最谁多，叹赏音人少。怅一夜、梅花顿老，今年因甚无诗到。待唤起清魂□，说与凄凉，定应愁了。

张　炎　　霜叶飞·毗陵客中闻老妓歌

绣屏开了，惊诗梦，娇莺啼破春悄。隐将谱字转清圆，正杏梁声绕。看帖帖、蛾眉淡扫，不知能聚愁多少。叹客里凄凉，尚记得当年雅音，低唱还好。　　同是流落殊乡，相逢何晚，坐对真被花恼。贞元朝士已无多，但暮烟衰草。未忘得春风窈窕，却怜张绪如今老。且慰我留连意，莫说西湖，那时苏小。

无名氏　　霜叶飞·故宫秋晚余芳尽

故宫秋晚余芳尽，轻阴闲淡池阁。风泥银暗玳纹花，卷断肠帘幕。渐砌菊、遗金谢却，芙蓉才共清霜约。半弄蕊、冰绡波浅，拂胭脂、翠琼连并凋萼。　　应是曾倚东君，纵艳姿轻盈，映损丹杏红药。旋成深妒，判与西风，任从开落。况衰晚、渊明意薄，重阳羞对吟酌。待说与江梅，早傅粉匀香，慰伊萧索。

霜 花 腴

调见吴文英《梦窗词》。因词中有“霜饱花腴”句，故取以为调名。双调，一百零四字，上片九句、五平韵，下片十句、五平韵。此调为吴文英自度腔，只吴文英一词。

吴文英　　霜花腴·重阳前一日泛石湖

翠微路窄，醉晚风、凭谁为整欹冠。霜饱花腴，烛消人瘦，秋光作也都难。病怀强宽，恨雁声、偏落歌前。记年时、旧宿凄凉，暮烟秋雨野桥寒。　　妆靥鬓英争艳，度清商一曲，暗坠金蝉。芳节多阴，兰情稀会，晴晖称拂吟笺。更移画船，引佩环、邀下婵娟。算明朝、未了重阳，紫萸应耐看。

蹋莎行

即《踏莎行》，详见《踏莎行》条。

吴文英　　蹋莎行·润玉笼绡

润玉笼绡，檀樱倚扇，绣圈犹带脂香浅。榴心空叠舞裙红，艾枝应压愁鬟乱。　　午梦千山，窗阴一箭，香瘢新褪红丝腕。隔江人在雨声中，晚风菰叶生秋怨。

吴文英　　蹋莎行·敬赋草窗绝妙词

杨柳风流，蕙花清润，蘋□未数张三影。沉香倚醉调清平，新辞□□□□□。　　鲛室裁绡，□□□□，□□白雪争歌郢。西湖同结杏花盟，东风休赋丁香恨。

簇　水

调见赵长卿《惜香乐府》词。双调，八十五字，上片七句、四仄韵，下片八句、五仄韵。

赵长卿　　簇水·长忆当初

长忆当初，是他见我心先有。一钩才下，便引得鱼儿开口。好是重门深院，寂寞黄昏后。厮觑著、一面儿酒。　　试搁就，便把我、得人意处，闵子里、施纤手。云情雨意，似十二巫山旧。更向枕前言约，许我长相守。忺人也、犹自眉头皱。

簇水近

又名《认宫装》，调见《永乐大典》贺铸词。双调，八十三字。上片七句、五仄韵，下片八句、五仄韵。

贺　铸　　簇水近·一笛清风弄袖

一笛清风弄袖，新月梳云缕。澄凉夜色，才过几点黄昏雨。侠少朋游，正喜九陌消尘土，鞭穗袅、紫骝花步。　过朱户，认得宫妆，为谁重扫新眉妩。徘徊片向难问，桃李都无语。十二青楼下，指灯火章台路，不念人、肠断归去。

翻香令

此调始自苏轼，因其词中第二句为“惜香更把宝钗翻”，故取其意以为调名。双调，五十六字，上下片各五句、三平韵。

苏　轼　　翻香令·金炉犹暖麝煤残

金炉犹暖麝煤残，惜香更把宝钗翻。重闻处，余熏在，这一番、气味胜从前。　背人偷盖小蓬山，更将沉水暗同然。且图得，氤氲久，为情深、嫌怕断头烟。

邬　虙　　翻香令·醉和春恨拍阑干

醉和春恨拍阑干，宝香半灺倩谁翻。丁宁告，东风道，小楼空、斜月杏花寒。　梦魂无夜不关山，江南千里霎时间。且留得，鸾光在，等归时、双照泪痕干。

翻翠袖

此调本名《更漏子》，因贺铸词有“翻翠袖，怯春寒，玉阑风牡丹”句，故更名《翻翠袖》。详见《更漏子》条。

贺　铸　　　　翻翠袖·绣罗垂

绣罗垂，花蜡换，问夜何其将半。侵舄履，促杯盘，留欢不作难。　　令随阄，歌应弹，舞按霓裳前段。翻翠袖，怯春寒，玉阑风牡丹。

璧 月 堂

即《小重山》，因贺铸词有“梦草池南璧月堂”句，故更名《璧月堂》。详见《小重山》条。

贺　铸　　璧月堂·梦草池南璧月堂

梦草池南璧月堂，绿阴深蔽日，啭鹂黄。淡蛾轻鬓似宜妆，歌扇小，烟雨画潇湘。　　薄晚具兰汤，雪肌英粉腻，更生香。簟纹如水竟檀床，雕枕并，得意两鸳鸯。

鬓云松令

即《苏幕遮》。此调见《片玉词》，但非周邦彦所创。今所传词中只有宋无名氏所作一首。其首二句为“鬓云松，眉叶聚”，故名。属双调、仄韵，共六十二字。上、下阕格式相同，各七句、三十一字，皆于第二、四、五、七句用韵。

无名氏　　鬓云松令·送傅国华奉使三韩

鬓云松，眉叶聚。一阕离歌，不为行人驻。檀板停时君看取，数尺鲛绡，果是梨花雨。　　鹭飞遥，天尺五。凤阁鸾坡，看即飞腾去。今夜长亭临别处，断梗飞云，尽是伤情绪。

鬓 边 华

调见《梅苑》卷八宋无名氏词。因其词中有“掠青鬓、开人醉眼”句，故取其意以为调名。双调，五十四字，上片四句、三仄韵，下片四句、两仄韵。

无名氏　　鬓边华·小梅香细艳浅

小梅香细艳浅，过楚岸、尊前偶见。爱闲淡、天与精神，掠青鬓、开人醉眼。　　如今抛掷经春，恨不见、芳枝寄远。向心上、谁解相思，赖长对、妆楼粉面。

攀鞍态

此调本名《迎春乐》，因贺铸词有“想花下、攀鞍态”句，故更名《攀鞍态》。详见《迎春乐》条。

贺　铸　　攀鞍态·逢迎一笑金难买

逢迎一笑金难买，小樱唇、浅蛾黛。玉环风调依然在，想花下、攀鞍态。　　伫倚碧云如有待，望新月、为谁双拜。细语人不闻，微风动、罗裙带。

露　　华

李白《清平调词》有“东风拂槛露华浓”句，此调名即源于此。又名《露华慢》、《露华忆》。双调，有九十二字、九十四字数体。其九十二字，上片十句、五仄韵，下片九句、五仄韵为正体；其九十四字，上片十句、四平韵，下片九句、四平韵为变体。此调有平韵、仄韵两体。

周　密　　露华·次张窗云韵

暖消蕙雪，渐水纹漾锦，云淡波溶。岸香弄蕊，新枝轻袅条风。次第燕归将近，爱柳眉、桃靥烟浓。鸳径小，芳屏聚蝶，翠渚飘鸿。　　六桥旧情如梦，记扇底宫眉，花下游骢。选歌试舞，连宵恋醉珍丛。怕里早莺啼醒，问杏钿、谁点愁红。心事悄，春娇又入翠峰。

王沂孙　　露华·碧桃

绀葩乍坼，笑烂漫娇红，不是春色。换了素妆，重把青螺轻拂。旧歌共渡烟江，却占玉奴标格。风霜峭、瑶台种时，付与仙骨。　　闲门昼掩凄恻，似淡月梨花，重化清魄。尚带唾痕香凝，怎忍攀摘。嫩绿渐满溪阴，蔌蔌粉云飞出。芳艳冷、刘郎未应认得。

王沂孙　　露华·晚寒伫立

晚寒伫立，记铅轻黛浅，初认冰魂。绀罗衬玉，犹凝茸唾香痕。净洗妒春颜色，胜小红、临水湔裙。烟渡远，应怜旧曲，换叶移根。　　山中去年人到，怪月悄风轻，闲掩重门。琼肌瘦损，那堪燕子黄昏。几片故溪浮玉，似夜归、深雪前村。芳梦冷，双禽误宿粉云。

张　炎　　露华·碧桃

乱红自雨，正翠蹊误晓，玉洞明春。蛾眉淡扫，背风不语盈盈。莫恨小溪流水，引刘郎、不是飞琼。罗扇底，从教净冶，远障歌尘。　　一掬莹然生意，伴压架酴醾，相恼芳吟。玄都观里，几回错认梨云。花下可怜仙子，醉东风、犹自吹笙。残照晚，渔翁正迷武陵。

残　　词

无名氏　　一丛花·晓来寒露滴疏桐

晓来寒露滴疏桐。

无名氏　　一落索·倚楼一霎酒旗风

倚楼一霎酒旗风。

无名氏　　卜算子·欲把愁分付

欲把愁分付。

无名氏　　卜算子·算一一都在我心头

算一一都在我心头。

无名氏　　卜算子·云雨阳台梦不成

云雨阳台梦不成。

无名氏　　卜算子·你为情多泪亦多

你为情多泪亦多。

无名氏　　卜算子·借问陇头梅

借问陇头梅，春信还知否。

无名氏　　于飞乐·近来清瘦

近来清瘦，为谁为谁。

无名氏　　于飞乐·教我莫思量

教我莫思量，争不思量。

无名氏　　于飞乐·天然体段殊常

天然体段殊常。

无名氏　　千秋岁·一声啼鸟

一声啼鸟，常道无消息。

无名氏　　千秋岁·十二月初九

斗杓建丑。蓂叶初九开。贤哲降，千龄偶。

无名氏　　小重山·六曲句阑四面风

六曲句阑四面风。

无名氏　　小重山·一钩新月上

一钩新月上。

无名氏　　小重山·水风生处小亭临

水风生处小亭临。

无名氏　　天仙子·谷雨清明空屈指

谷雨清明空屈指。

无名氏　　天仙子·残月朦胧人瘦损

残月朦胧人瘦损。

无名氏　　天仙子·危楼十二阑干曲

危楼十二阑干曲，望不尽、愁不尽。

黄任荣　　木兰花·监郡风流欢洽

监郡风流欢洽。

无名氏　　太清歌词·红片伴随风

红片伴随风，又伴随流水。

无名氏　　　　　长相思·绣停针

绣停针。泪盈盈。断肠梁燕语声频。

无名氏　　　　　长相思·好思量

好思量。转凄惶。捱到黄昏愈断肠。

丁　宥　　　　　六幺令·清阴一架

清阴一架，颗颗葡萄醉花碧。

无名氏　王子高六么大曲·梦中共跨青鸾翼

梦中共跨青鸾翼。……一簇楼台。

无名氏　　　　　双燕儿·这心事

这心事、倚他谁。

李　纲　　　　　水龙吟·笑不知天命

笑不知天命，明珠玉斗，漫撞令碎。

无名氏　　　　　水龙吟·□□含娇眼

□□含娇眼。

苏　轼　　　　　水调歌·我歌月徘徊

我歌月徘徊，我舞影凌乱。

刘　潜　　　　　水调歌头·上曹玮

六郡酒泉。

程大昌　　　　　水调歌头·红树迎风舞

红树迎风舞，仿佛采衣褰。云容应为，虞侍分付(下缺）。

范成大　　　　　水调歌头·桂林九日作

万里汉都护。（下缺）

范成大　　水调歌头·成都九日作

成都九日作 万里桥边客。（下缺）

范成大　　水调歌头·淳熙己亥重九

淳熙己亥重九，与客自阊门泛舟，径横塘。宿雾一白，垂垂欲雨。至彩云桥，氛翳豁然，晴日满空，风景闲美，无不与人意会。四郊刈熟，露积如缭垣。田家妇子着新衣，略有节物。挂飒湖越来溪，潦收渊澄，如行玻璃地上。菱花虽瘦，尚可采。舣棹石湖，扳紫金，坐千岩，观下菊丛中，大金钱一种已烂熳浓香，正午薰如酒杯，不待轰饮，已有醉意。其傍丹桂二亩，皆盛开，多栾枝，芳气尤不可耐。携壶度石梁，登姑苏后台，跻攀永往，谢去巾舆筇杖，石棱草滑，皆若飞步。山顶正平，有坳堂藓石可列坐，相传为吴故宫闲台别馆所在。其前湖光接松陵，独见孤塔之尖。少北，墨点一螺为崑山。其后西山竞秀，萦青丛碧，与洞庭、林屋相宾。大约目力逾百里，具登高临远之胜。始余使虏，是日过燕山馆，赋水调，首句云："万里汉家使。"后每自和。桂林云："万里汉都护。"成都云："万里桥边客。"明年，徘徊药市，颇叹倦游，不复再赋。但有诗云："年来厌把三边酒，此去休哦万里词。"今年幸甚，获归故园，偕临曲二三子，酬酢佳节于乡山之上，乃复用旧韵。

万里吴船泊，归访菊篱秋。（下缺）

钟将之　　水调歌头·更似南津港

更似南津港，再遇吕公船。

无名氏　　水调歌头·云作伴

云作伴，月为邻。

无名氏　　水调歌头·竹边风细

竹边风细，月夜淡阴阴。

无名氏　　水调歌头·十二月十四日

今日雪飞六出，明夜月圆三五，梅腊正传芳。恰值生申节，共献椒觞。

无名氏　　水调歌头·十二月二十四

瑞溢飞猿峤，秀毓凤凰山。腊馀六日春到，人间世庆生贤。

又　十二月廿六

应三元，先五日，庆生申。

又　十二月廿六

（上缺）年春里，归去凤凰池上，国号恰新颁。玉立诸郎秀，丹桂看齐樊。

刘　焘　　玉交枝·念谁伴

念谁伴，茜裙翠袖。

无名氏　　玉抱肚·园林草木

园林草木，迤逦凋残。

李　邴　　玉楼春·一年适尽莲花漏

一年适尽莲花漏，翠井屠苏沉冻酒。

无名氏　　古四北洞仙歌·银缸挑尽

银缸挑尽，纱窗未晓，独拥寒衾一半。

无名氏　　头盏曲·黄阁方开

黄阁方开。金鼎和羹正待梅。

无名氏　　汉宫春·争似我

争似我，随时临风对月，畅饮更高歌。

无名氏　　永遇乐·有限光阴

有限光阴。

李　结　　西江月·若将花卉论行藏

若将花卉论行藏。盍在凌烟阁上。

无名氏　西江月·强调朱粉对菱花

强调朱粉对菱花。蹙损眉峰懒画。

吴　某　多丽·几声天外归鸿

几声天外归鸿。

无名氏　庆青春·平明一阵催花雨

平明一阵催花雨。

叶清臣　江南好·丞相有才裨造化

丞相有才裨造化，圣皇宽诏养疏顽。赢取十年闲。

无名氏　江神子·今朝鸳帐酒初醒

今朝鸳帐酒初醒。……还忧酒，解酲无。

无名氏　阮郎归·无心照傍台

无心照傍台。

叶祖义　如梦令·如梦

如梦。如梦。和尚出门相送。

刘望之　如梦令·休絮

休絮。休絮。我自明朝归去。

无名氏　如梦令·不暖不寒天

不暖不寒天，春色恰倚。
按“倚”字疑“依”字之讹人意。

无名氏　好事近·更一声啼鸟

更一声啼鸟。

无名氏　声声令·为怕飞燕似轻盈

为怕飞燕似轻盈。

吴　叔　　　　**声声慢·烟横山腹**

烟横山腹，雁点秋容。

无名氏　　　　**声声慢·双双旧家燕子**

双双旧家燕子，又飞来、清明池阁。

无名氏　　　　**声声慢·心虽相许**

心虽相许，事未曾谐。

无名氏　　　　**吴音子·早团圆**

早团圆，早早团圆。

无名氏　　　　**快活年·蛩吟声不住**

蛩吟声不住。

王拱臣　　　　**沁园春·华鬓青云**

华鬓青云。

无闻翁　　　　**沁园春·埋冤姐姐**

埋冤姐姐，衔恨婆婆。

杨　氏　**沁园春·题樟镇清江桥和无闻翁**

题樟镇清江桥和无闻翁　便归去，懒东涂西抹，学少年婆。满庭芳同上　错应谁铸。

无名氏　　　　**沁园春·凝眸**

凝眸。悔上层楼。便惹起新愁与旧愁。

无名氏　　　　**诉衷情·黄昏新月一钩纤**

黄昏新月一钩纤。

无名氏　　　　**诉衷情·悠悠万里云水**

悠悠万里云水。

无名氏　　武陵春·柳绿花红春烂熳

柳绿花红春烂熳。

无名氏　　青玉案·更憔悴

更憔悴、羞人见。

无名氏　　青玉案·彤云黯黯寒云绕

彤云黯黯寒云绕。

沈　唐　　雨中花·有谁念我

有谁念我、如今霜鬓，远赴边堠。……身在碧云西畔，情随陇水东流。

无名氏　　极相思·夕阳外

夕阳外，禽声切。

无名氏　　极相思·一番雨过横塘

一番雨过横塘。

无名氏　　金落索·风撼梧桐影碎

风撼梧桐影碎，凄凉天气。

无名氏　　念奴娇·脉脉此情难识

脉脉此情难识。

无名氏　　念奴娇中秋·不必寻常三五夜

不必寻常三五夜。

无名氏　　念奴娇木犀·乘兴折取一枝

乘兴折取一枝，满身兰麝。

无名氏　　念奴娇·一点芳姿

一点芳姿，信道是、不比人间凡木。

无名氏　　念奴娇·冬云阁雨

冬云阁雨，渐长空迤逦，严凝天气。愁雀无声深院静。

无名氏　　念奴娇·玲珑枝枝

玲珑枝枝，匽妆金粟。

无名氏　　念奴娇·万里秋容浩荡

万里秋容浩荡。

无名氏　　念奴娇·对景真奇绝

对景真奇绝。

无名氏　　念奴娇·绝艳仍清淑

绝艳仍清淑。

无名氏　　采莲令·重阳泪眼

重阳泪眼，又早是、苦离肠。

无名氏　　乳燕飞·十二月十九日

问讯绂麟何日是，腊月生辰十九。

苏　轼　　定风波·闲卧藤床观社柳

闲卧藤床观社柳。

苏　轼　　定风波·子瞻书困点新茶

子瞻书困点新茶。

无名氏　　定风波·素笺封了还重拆

素笺封了还重拆。

无名氏　　定风波·古鼎龙涎香有喷

古鼎龙涎香有喷。

丁　宥　　法曲献仙音·蝉碧句花

蝉碧句花，雁红攒月。

吴　某　　南乡子·楼台里

楼台里、东风浩荡。

吴　某　　南乡子·乍卷珠帘新燕入

乍卷珠帘新燕入。

无名氏　　南乡子·宝鸭沉烟袅

宝鸭沉烟袅。按此句疑非南乡子。

无名氏　　南歌子·菖蒲泛酒香

菖蒲泛酒香。

李之仪　　点绛唇·匀妆了

匀妆了。背人微笑。风入玲珑罩。

无名氏　　点绛唇·荷叶乍圆

荷叶乍圆，正是困人天气。按此二句与点绛唇调不合。

无名氏　　点绛唇·枕簟冰清

枕簟冰清，渐觉秋凉也。

邢俊臣　　临江仙　神运石

巍峨万丈与天高。物轻人意重，千里送鹅毛。

又　陈朝桧

远来犹自忆梁陈。江南无好物，聊赠一枝春。

又　咏梁师成诗

用心勤苦是新诗。吟安一个字，捻断数茎髭。

又　自叙寥落

扪窗摸户入房来。笙歌归院落，灯火下楼台。

又 妓有体气

酥胸露出白皑皑。遥知不是雪，为有暗香来。

又 妓体肥

只愁歌舞罢，化作彩云飞。

石敦夫　　临江仙·窥檐蟾影白

窥檐蟾影白，照坐烛花红。

刘　过　　临江仙·行道桥南无酒卖

行道桥南无酒卖，老天犹困英雄。

无名氏　　临江仙·十二月初八

称觞喜对二阳临。况当弦月上，一醉祝千春。

无名氏　　临江仙·十二月十三日

欣遇月圆先两日，称觞对二阳来。

文彦博　　映山红·遂请后

遂请后。愿频醉、石楼溪口。

无名氏　　品令·残蝉噪晚

残蝉噪晚。

无名氏　　拜星月·贺新春

贺新春，尽带春花、春幡春胜，是出春光明媚。

无名氏　　秋千儿词·小子里

小子里、灯□声，明年又添一梦。

无名氏　　秋蕊香·眼也生应哭破

眼也生应哭破。

无名氏　　洞仙歌·惟有莺莺燕燕

惟有莺莺燕燕。

无名氏　　洞仙歌·六尺湘漪簟冷

六尺湘漪簟冷。

无名氏　　洞仙歌·窗外蛩吟雨声细

窗外蛩吟雨声细。

无名氏　　洞仙歌·独拥香衾一半

独拥香衾一半。按此句疑即前之“独拥寒衾一半”。

无名氏　　洞仙歌·今夜谁添一种愁

今夜谁添一种愁。

王　琪　　祝英台·可堪妒柳羞花

可堪妒柳羞花，下床都赖，便瘦也教春知道。
按：此数句有全篇，见浩然斋雅谈卷下，作王澡词。

无名氏　　祝英台近·每爱霜月风前

每爱霜月风前。

刘震孙　　贺新郎·怕绿野堂边

怕绿野堂边，刘郎去后，谁陪老裴度。

无名氏　　贺新郎·一点芳心事

一点芳心事。

无名氏　　壶中天·十二月十五

霜月团圆天似水，还是神仙诞日。

无名氏　　真珠帘·把酒祝东君

把酒祝东君，愿与花枝长为主。

无名氏　　夏云峰·昨日看花花正好

昨日看花花正好，枝枝香嫩红殷。

无名氏　　粉蝶儿·共双双飞入

共双双飞入，乱红深处。

无名氏　　浣溪沙·水阁池亭自有凉

水阁池亭自有凉。

黄　某　　浪淘沙·八十加三迎九十

原不著调名，按律似是浪淘沙。
八十加三迎九十，还似婴童。

无名氏　　宴清堂·旋折枝头新果

旋折枝头新果。

康与之　　菩萨蛮·弱柳小腰身

弱柳小腰身。双双蛾翠颦。

无名氏　　菩萨蛮·衔泥双燕来还去

衔泥双燕来还去。

无名氏　　戛金钗·怎数向

怎数向、更筹计。

陈三聘　　眼儿媚·何人为我

（上缺）酸。何人为我，丁宁驿使，来到江干。

无名氏　　眼儿媚·厌厌愁闷无情绪

厌厌愁闷无情绪。

无名氏　　啄木儿·洗出养花天气

洗出养花天气。

董　乂　　**望江南·缥缈烟中渔父桨**

缥缈烟中渔父桨，坡陀山上使君衙。

董　乂　　**望江南·六月凉窗凉袛袖**

六月凉窗凉袛袖，二苏辞翰照青冥。

张　枢　　**惜花春·起早**

琐窗明。

无名氏　　**惜黄花·庭梧叶坠**

庭梧叶坠。

施　岳　　**清平乐·水遥花暝**

水遥花暝，隔岸炊烟冷。十里垂杨摇嫩影，宿酒和愁都醒。

欧阳修　　**渔家傲·战胜归来飞捷奏**

战胜归来飞捷奏。倾贺酒。玉阶遥献南山寿。

程师孟　　**渔家傲·折柳赠君君且住**

折柳赠君君且住。

某邑妓　　**渔家傲·十月小春梅蕊破**

十月小春梅蕊破。

吴　某　　**渔家傲·鹍鸠一声初报晓**

鹍鸠一声初报晓。

王沂孙　　**谒金门·恰似断魂江上柳**

恰似断魂江上柳，越春深越瘦。

无名氏　　**谒金门·满地落红千片**

满地落红千片。

按：此句疑是花间集薛昭蕴谒金门“满地落花千片”之讹。

无名氏　　　　绮罗香·酒醒后

酒醒后、一枕清风，梦断处、半窗残月。

韩　琦　　　　维扬好·二十四桥千步柳

二十四桥千步柳，春风十里上珠帘。

无名氏　　　　喜迁莺·芳春天晓

芳春天晓。听绿树、数声如簧莺巧。

无名氏　　　　朝中措·征雁不来无信

征雁不来无信，教人空度重阳。

无名氏　　　　最高楼·南陌踏青游

南陌踏青游。

无名氏　　　　最高楼·却教人

却教人，逢春怕，见花羞。

无名氏　　　　最高楼·子规叫断黄昏月

子规叫断黄昏月。

无名氏　　　　瑞鹤仙·恨佳人命薄

恨佳人命薄。似春云无定，杨花漂泊。

无名氏　　　　瑞鹤仙·十二月廿二日

户庭浮瑞气。八日馀寒，新春来至。

刘望之　　　　鹊桥仙·只应将巧畀人间

只应将巧畀人间，定却向、人间乞取。

无名氏　　　　鹊桥仙·吴蚕老后

吴蚕老后。

无名氏　　鹊桥仙·我嗏今夜为情忙

我嗏今夜为情忙，又那得、工夫送巧。

无名氏　　鹊桥仙·柳家一句最著题

柳家一句最著题，到暮雨、芳尘轻洒。

无名氏　　蓦山溪·青春三月

青春三月。

无名氏　　虞美人·东君去后无踪迹

东君去后无踪迹。

无名氏　　御街行·云淡碧天如水

云淡碧天如水。

无名氏　　御街行·夜深无语楼空倚

夜深无语楼空倚。

杜　旃　　满江红·半落半开花有恨

半落半开花有恨，一晴一雨春无力。……别缆解时风度紧，离殇尽处花飞急。

陈　善　　满江红·三月风前花薄命

三月风前花薄命，五更枕上春无力。

无名氏　　满江红·十二月十八

雪压梅欹，写不就、岁寒清绝。正阆苑、五分里过了，三分腊月。

无名氏　　满江红·魂梦断

魂梦断，难寻觅。

无名氏　　满江红·谁知恩爱

谁知恩爱，变成怨恨。

无名氏　　满江红·十二月初十

十荚尧蓂开翠羽，一番潘貌蒸红颊。

李　纲　　满庭芳·何时得

何时得，恩来日下，蓑笠老江湖。

李　邴　　满庭芳·又喜椒觞到手

又喜椒觞到手，宝胜里、仍剪金花。

李　邴　　满庭芳·凉风吹帽

凉风吹帽，横槊试登高。想见征西旧事，龙山会、宾主俱豪。

黄中辅　　满庭芳·快磨三尺剑

快磨三尺剑，欲斩佞臣头。

无名氏　　满庭芳·柳眼花心

柳眼花心，此夜欢会。

无名氏　　满庭芳·似篾身材

似篾身材，纤腰一捻，新来消瘦如削。

无名氏　　满庭芳·风剪梧桐

风剪梧桐。

无名氏　　满庭芳·黄菊正飘香

黄菊正飘香。

无名氏　　满庭芳·兽炉烟断

兽炉烟断，残烛照庭帏。

无名氏　　满庭芳·花外风传漏永

花外风传漏永，鸯鸳暖、金鸭香浓。

无名氏　　满庭芳·飞花剪

飞花剪、六出工夫。

无名氏　　满庭芳·光景如梭

光景如梭。

吴穆仲　　醉蓬莱·见处即已

见处即已，无心即了。

陈三聘　　醉落魄·元夕

东风寒绝。江城待得花枝发。欲知此夜碧天阔。（下缺）

王沂孙　　醉落魄·揉碎花心

揉碎花心，吟碎淡黄雪。

无名氏　　殢人桥·也待作个

也待作个、篭儿寄与。

无名氏　　踏莎行·宴罢琼林

宴罢琼林，醉游花市，此时方显男儿志。

无名氏　　踏莎行·悄无人语重帘卷

悄无人语重帘卷。

李久善　　蝶恋花·莺掷垂柳

莺掷垂柳，一点黄金溜。

无名氏　　蝶恋花·十里绮罗香不断

十里绮罗香不断。

康与之　　鹧鸪天·解将天上千年艳

解将天上千年艳，换得人间九日黄。

无名氏　　鹧鸪天·小小池亭自有凉

小小池亭自有凉。

无名氏　　鹧鸪天·落花凝恨夕阳中

落花凝恨夕阳中。

无名氏　　鹧鸪天·清明将近春时节

清明将近春时节。

无名氏　　鹧鸪天·往事旧游浑似梦

往事旧游浑似梦。

无名氏　　鹧鸪天·满池荷叶动秋风

满池荷叶动秋风。

无名氏　　鹧鸪天·十二月十六

腊月初开一荚蓂。祥开嵩岳庆生申。

王沂孙　　霜天晓角·翠簟一池秋水

翠簟一池秋水，半床露、半床月。

失调名词

李清臣　　失调名·杨花落

杨花落，燕子穿朱阁。苦恨春醪如水薄，闲愁无处著。去年今日王陵舍，鼓角秋风。千岁辽东，回首人间万事空。

王齐叟　　失调名·蹙绣圈金

蹙绣圈金，盘囊密约，未赴意先警。欲罢还休，临行又怯，倚定画栏痴等。帘风渐冷，先自虑、春宵不永。更那堪、斗转星移，尚在有无之境。　绿云满压蝤蛴领，惭愧也、满怀香拥。此际有谁知证，但楼前明月、窗间花影。

晁补之　　失调名·残腊初雪霁

残腊初雪霁，梅白飘香蕊。依前又还是，迎春时候，大家都备。灶马门神，酒酌酴酥，桃符尽书吉利。　五更催驱傩，爆竹起，虚耗都教退。交年换新岁，长保身荣贵。愿与儿孙、尽老今生，祝寿遐昌，年年共同守岁。

张　耒　　失调名·端五

水团冰浸砂糖裹。有透明角黍松儿和。

又

菖蒲酒满劝人人，愿年年欢醉。偎倚，把合欢彩索，殷勤寄与。

又

手把合欢彩索，殷勤微笑殢檀郎。低低告，不图系腕，图系人肠。

赵　企　　失调名·闻道南丹风土美

闻道南丹风土美，流出溅溅五溪水。威仪尽识汉君臣，衣冠已变□番子。　凯歌还、欢声载路，一曲春风里。不日万年觞，猺人北面朝天子。

某两地　　失调名·题金陵赏心亭

为爱金陵佳丽，乃分符来此。拥麾忽又向淮东，便咫尺、人千里。　　画鼓一声催起，邦内人齐跪。江山有兴我重来，斟别酒、休辞泪。

花仲胤妻　　失调名·答外

奴启情人勿见罪，闲将小书作尹字。情人不解其中意，问伊间别几多时，身边少个人儿。

巴　谈　　失调名·送穷鬼词

正月月尽夕，芭蕉船一只。灯盏两只明辉辉，内里更有筵席。奉劝郎君小娘子，饱吃莫形迹。每年只有今日日，愿我做来称意。奉劝郎君小娘子，空去送穷鬼，空去送穷鬼。

魏掞之　　失调名·挂天师

挂天师，撑著眼，直下觑。骑个生狞大艾虎。闲神浪鬼，辟惵他方远方，大胆底，更敢来、上门下户。

张　镃　　失调名·翠鬟佩明珂

翠鬟佩明珂，度纹波。亲到曾入梦，听云和。洞底香、随月影来过，无尘土、敢涴弓罗。正似梦时风韵、更娇多。

龚大明　　缺调名·山居之一

山居好，山居好，鹤唳猿啼饯昏晓。碧窗柏子炷炉香，趺坐蒲团诵黄老。

又

山居好，山居好，门对青山水环绕。一榻烟霞梦寐清，我以不贪为至宝。

又

山居好，山居好，竹杖芒鞋恣幽讨。坐分苔石树阴凉，闲数落花听啼鸟。

又

山居好，山居好，劚月锄云种瑶草。泠泠碧涧响寒泉，簌簌落花风自扫。

又

清高绝，雪崖翁，向上玄机顿观通。金鼎有丹成九转，凝然宴坐白云中。

史弥巩　　失调名·羊左合人我

羊左合人我，左既绝粮甘自饿。羊仕楚王官职大。　依旧杀身蓬颗，颜公畴昔曾经过。佳咏至今传播。

孙惟信　　失调名·四十九岁自寿

寿花戴了，山童问、华庚多少。待瞒来、又怕旁人笑，况戒腊、淳熙可考。大衍之用恰恰好，学易后、尚一年小。谢屐唐衣眉山帽，薰风送下蓬岛。　生巧，吕翁昨夜钟离早。又曾参、两个先生道，又也曾偷桃啖枣。百屋堆钱都不要，更不要、衮衣茸纛。但要酒星花星照，鹘笑到老。

赵　某　　失调名·流垂

□□□□皆阝□□流垂□断崖依旧横碧。□□独有千古文章，铿锵炳耀，不与名□□□□□□□□□□□□□尽□□远□□□□□□□□不□□拳石。举杯相属，坐还有此客。

陈无咎　　失调名·一年一度春来

一年一度春来，何时是了。花落花开浑是梦，只解把人引调。可怜浮世，等闲过日，却不识，绿水青山，四时都好。　遇笔题诗，逢人饮酒，世间万事，看尽多多少少。怎得似、羽扇纶巾，云屏烟障，几曾受些儿烦恼。便乘风归去小蓬莱，听门外、猿啼鹤。

叶　李　　失调名·赠贾似道

君来路，吾归路，来来去去何时住。公田关子竟何如，国事当时谁汝误。　雷州户，崖州户，人生会有相逢处。客中颇恨乏蒸羊，聊赠一篇长短句。

阮郎中　　失调名·赠妓

东风捻就，腰儿纤细，系的粉裙儿不起。近来只惯掌中看，忍教在、烛花影里。　更阑应是，酒红微褪，暗蹙损、眉儿娇翠。夜深著两小鞋儿，靠那个、屏风立地。

张　埴　　失调名·小轩生日

玉宇风清，金茎露爽，五日新秋。正好小轩，相逢初度，七十边头。　满前白发翛翛，有抱得曾孙弄否。从此长看，明南极，人醉西楼。

汪元量　　失调名·宫人鼓瑟奏霓裳曲

绿荷初展，海榴花半吐，绣帘高卷。整顿朱弦，奏霓裳初遍，音清意远。恍然在广寒宫殿，窈窕柔情，绸缪细意，闲愁难剪。　曲中似哀似怨，似梧桐叶落，秋雨声颤。岂待闻铃，自泪珠如霰。春纤罢按，早心已笑慵歌懒。脉脉凭栏，槐阴转午，轻摇歌扇。

无名氏　　失调名·喜则喜

喜则喜、得入手，愁则愁、不长久。忻则忻、我两个厮守，怕则怕、人来破斗。

无名氏　　失调名·君是园中杨柳

君是园中杨柳，能得几时青。趁金明、春光尚好，尊酒赏闲情。他年归去，强山阴处，一枕晓霞清。

又

（上缺）华宫瑶馆游毕，却返绛节、回鸾翼。荷殷勤、三咢香醪，供养我、上真仙客。　赤霭浮空，祥云远布，是我来时节。且频修，同泛舸、上云秋碧。

无名氏　　失调名·妙手庖人

妙手庖人，搓得细如麻线。面儿白、心下黑，身长行短。蓦地下来后，吓出一身冷汗。这一场欢会，早危如累卵。

便做羊肉燥子，勃推钉碗。终不似、引盘美满。舞万遍，无心看，愁听弦管。收盘盏，寸肠暗断。

无名氏　　失调名·做园子

做园子，得数载。栽培得、那花木，就中堪爱。特将一个、保义酬劳，反做了、今日殃害。　诏书下来索金带，这官告、看看毁坏。放牙笏、便担屎担，却依旧种菜。

无名氏　　失调名·叠假山

叠假山，得保义，幞头上、带著百般村气。做模样、偏得人憎，又识甚条例。　今日仗惟安置，官诰又来索气。不如更叠个盆山，卖八文十二。

无名氏　　失调名·咏纸钱谑词

你自平生行短，不公正、欺物瞒心。交年夜、将烧毁，犹自昧神明。若还替得，你可知好里，争奈无凭。　我虽然无口，肚里清醒。除非阎家大伯，一时间、批判昏沉。休痴呵，临时恐怕，各自要安身。

又

别有暗愁深意。

又

晓风吹人，酒醒时候。

又

海棠花谢清明后。

无名氏　　失调名·有个秀才姓汪

有个秀才姓汪，骑个驴儿过江。江又过不得，做尽万千趋锵。

又

有个秀才姓汪，住在祁门下乡。行第排来四八，做尽万千趋锵。

无名氏　　失调名·何时一尊酒

何时一尊酒，重与细论文。

又

六论不知出处。写得乌梅几字。圣恩广大如天，也赐束帛归去。

又

高文虎，称伶俐。万苦千辛，作个放生亭记。后头没一句说著朝廷，尽把师羼归美。　这老子忒无廉耻，不知润笔能几。夏王说不是商王，只怕伏生是你。

又

十年前事，浑似梦初惊。

又

千里有个好相识，望青山一色。

又

五马游春，彩佩照人，光生南陌。

又

炉香如雾斗帐深。

又

香野锦林谁是主。

又

一庭影浸梧竹。

无名氏　　失调名·瑞霞成绮

瑞霞成绮。映舴艋棹轻，鲤鱼狂风起。

又

□□□□□金缕。探听春来处。

又

晓日楼头残雪尽，乍破腊、风传春信。彩燕丝鸡，珠幡玉胜，并归钗鬓。

又

南楼人未起。爆竹声闻，应在笙歌里。

又

竹爆当门庭。震门陛也。

又

待醉里小王，书写副、神荼郁垒。

无名氏　　失调名·捏个牛儿体态

捏个牛儿体态。按年令，旋拖五彩。彭乐相迎，红裙捧拥，表一个、胜春节届。

又

彩缕幡儿花枝小。凤钗上、轻轻斜袅。

又

金吾不禁元宵，漏声更莫催晓。

又

况今宵好景，金吾不禁，玉漏休催。

又

金铺翠、蛾毛巧，是工夫不少。闹蛾儿拣了蜂儿卖，卖雪柳、宫梅好。

又

灯球儿小，闹蛾儿颤。

无名氏　　失调名·双凤钗头

双凤钗头，争带御书符。

又

才向兰汤浴罢，娇羞簪云髻，正雅称鸳鸯会。

又

才向兰汤浴罢，娇羞困、殢人未忺梳掠。艾虎衫儿，轻衬素肌香薄。

又

御符争带。斜插交枝艾。

又

从前浪荡休整理，钉赤口、防猜忌。而今魔难管全无，一似粽儿黏腻。

又

天上佳期，九衢灯月交辉。摩睺孩儿，斗巧争奇。戴短檐珠子帽，披小缕金衣。嗔眉笑眼，百般地、敛手相宜。转睛底、工夫不少，引得人爱后如痴。快输钱，须要扑，不问归迟。归来猛醒，争如我、活底孩儿。

无名氏　　失调名·月到中秋偏莹

月到中秋偏莹，乍团圆、早欺我孤影。穿帘共透幕，来寻趁。钩起窗儿，里面故把、灯儿扑烬。　看尽古今歌咏，状玉盘、又拟金饼。谁花言巧语、胡厮胫，我只道、尔是照人孤眠，恼杀人，旧都名业镜。

又

手捻茱萸簪髻，一枝聊记重阳。

又

插黄花、对尊前，且看茱萸好。

又

明年此□，□知谁健，且尽黄花酒。

无名氏　　**失调名·等得秋风满院吹**

等得秋风满院吹，又争如、毒热时。被唧唧啾啾，不教人来梦里，望前程也、促织儿。

又

只为情多病也多，省可思量我。

又

蟾辉兔影十分满。

无名氏　　**失调名·和尚性好要**

和尚性好要，贪恋一枝花。见说醉归明月夜，滋味难禁价。　金帛宁论价，毒手遭他下。料想从今难更也，空惹傍人话。

无名氏　　**失调名·帝里元宵风光好**

帝里元宵风光好，胜仙岛蓬莱。玉动飞尘，车喝绣毂，月照楼台。　三官此夕欢谐，金莲万盏，撒向天街。讶鼓通宵，花灯竟起，五夜齐开。

失调名残词

柳　永　　**失调名·多情到了多病**

多情到了多病。

晏　殊　　**失调名·芳草连天碧**

芳草连天碧。

宋　祁　　**失调名·因为衔泥污锦衣**

因为衔泥污锦衣，垂下珠帘不敢归。

王　琪　　**失调名·金斗熨秋江**

金斗熨秋江。

沈　唐　　　失调名·蝗虫三叠

不是这，下辈无礼，都缘是我，自家遭逢。

韩　维　　　失调名·轻云薄雾

轻云薄雾，散作催花雨。

又

兄弟对举杯。

郑　獬　　　失调名·玉环妾意无渝

玉环妾意无渝，问君心、朝槿何如。

范宽之　　　失调名·谢娘栀子

谢娘栀子，贾妃萸佩。

王　观　　　失调名·十三妮子绿窗中

十三妮子绿窗中。

王　诜　　　失调名·合彩丝

合彩丝、对缠玉腕。

又

偷闲结个艾虎儿。要插在、秋蝉鬓畔。

又　九日

带了黄花，强饮茱萸酒。

苏　轼　　　失调名·高安更过几重山

高安更过几重山。

又

过湖携手几沾襟。

又

谁教幽梦里，插他花。

苏　轼　　　　　失调名·上元词

拼沉醉、金荷须满，怕年年此际，催归禁籞，侍黄柑宴。

苏　轼　　失调名·寂寂珠帘蛛网满

寂寂珠帘蛛网满。

苏　轼　　　　失调名·唤起离情

唤起离情，慵推孤枕。

又

山头望，波光泼眼。

苏　轼　　　　失调名·揭起裙儿

揭起裙儿，一阵油盐酱醋香。

蔡　確　　　　　失调名·七夕词

骊山宫中看乞巧，太液池边收曝衣。

舒　亶　　失调名·十年马上春如梦

十年马上春如梦。

黄庭坚　　　　　失调名·只须把

只须把、茱萸遍插，看满座、细嗅清香。

黄庭坚　　失调名·屋角数声鸦噪柳

屋角数声鸦噪柳。

又

旧家杨柳依依绿，长锁春来庭院。

晁端礼　　失调名·花前月下堪垂泪

花前月下堪垂泪，水边楼上总关心。

董武子　　失调名·畴昔寻芳秘殿西

畴昔寻芳秘殿西，日压金铺，宫柳垂垂。

秦　观　　　失调名·我曾从事风流府

我曾从事风流府。

秦　观　　　失调名·天若有情

天若有情，天也为人烦恼。

又

粽团桃柳，盈门共垒，把菖蒲、旋刻个人人。

赵令畤　　　失调名·脸薄难藏泪

脸薄难藏泪，眉长易觉愁。

贺　铸　　　失调名·罗帏映月

罗帏映月，玉研生冰。

又

风头梦、吹无迹。

仲　殊　　　失调名·潇潇暮雨

潇潇暮雨，梨花寒食。

仲　殊　　　失调名·元日

椒觞献寿瑶觞满，彩幡儿、轻轻剪。

又

柏觞潋滟银幡小。

又

遥想天孙离别后，一宵欢会，暂停机杼。

又

疏雨洗云轺，望极云河影里。

又

玉线金针，千般声笑，月下人家。

又

戏马风流，佩茱萸时节。

周邦彦　　失调名·露叶烟梢寒色重

露叶烟梢寒色重，攒星低映小珠帘。

陈　瓘　　失调名·吴樯越橹

吴樯越橹，都是利名人。

又

彩衣长久，五世祥烟薰舞袖。

曾　诞　　失调名·草草山林职事

草草山林职事，厌厌罢相情怀。

蔡　薿　　失调名·扇开仙掌

扇开仙掌。

秦　湛　　失调名·藕叶清香胜花气

藕叶清香胜花气。

王安中　　失调名·笑时眼迷青意贴

笑时眼迷青意贴，行时鞋露绣旁相。

曹　组　　失调名·甚时得归京里去

甚时得归京里去。

万俟咏　　失调名·昔年曾共黄花酒

昔年曾共黄花酒，一笑新香。

田　为　　失调名·映竹园啼乌

映竹园啼乌。

田中行　　失调名·为谁和泪倚阑干

为谁和泪倚阑干。

赵　佶　　　　失调名·卷起珠帘

卷起珠帘，看是谁家妃子，收拾金奁。

左　誉　　　　失调名·无所事

无所事，盈盈秋水，淡淡春山。

又

一段离愁堪画处，横风斜雨摇衰柳。

又

帷云剪水，滴粉搓酥。

李清照　　　　失调名·犹将歌扇向人遮

犹将歌扇向人遮。
水晶山枕象牙床。
彩云易散月长亏。
几多深恨断人肠。
罗衣消尽恁时香。
闲愁也似月明多。
直送凄凉到画屏。

按胡伟所集，有诗句亦有词句。清照以词名，且此七句依其格调，似是词句，故收入于此。

李清照　　　　失调名·条脱闲揎系五丝

条脱闲揎系五丝。

又　元旦词

瑞脑烟残，沉香火冷。

李清照　　　　失调名·教我甚情怀

教我甚情怀。

韩　驹　　　　失调名·西湖会词

孤舟晚飏湖光里，衰草斜阳无限意。

宝　月　　失调名·遥想天孙离别后

遥想天孙离别后，一宵欢会，暂停机杼。

何　臬　　失调名·便饶你

便饶你、漫天索价，待我略地酬伊。

又

细雨共斜风，作轻寒。

吴淑姬　　失调名·尘满妆台

尘满妆台。

王幼玉　　失调名·粉面羞搓泪满腮

粉面羞搓泪满腮。

聂胜琼　　失调名·无计留君住

无计留君住，奈何无计随君去。

曹　勋　　失调名·赠皇甫坦

自叹孤身早岁，黄河渡口蒙情。

崔若砺　　失调名·愁殢有兵尊

愁殢有兵尊，老怕能言李。

康与之　　失调名·玉楼人静

玉楼人静，高卷疏帘情迥。

刘大辨　　失调名·凌云多少功业

凌云多少功业。

朱淑真　　失调名·王孙去后无芳草

王孙去后无芳草。

张珍奴　　失调名·逢师许多时

逢师许多时，不说些儿个。及至如今闷损我。

周　某　　　**失调名·瑶池仙伴**

瑶池仙伴，应讶我、归来晚。

仪　珏　　　**失调名·鄱江英气钟三秀**

鄱江英气钟三秀。

陆　游　　　**失调名·飞上锦茵红皱**

飞上锦茵红皱。

周　煇　　　**失调名·和人春词**

卷帘试约东君，问花信风来第几番。

又　和人蜡梅词

生怕冻损蜂房，胆瓶汤浸，且与温存著。

许左之　　　**失调名·谁知花有主**

谁知花有主，误入花深处。放直下，酒杯干，便归去。

又

忆你当初，惜我不去。伤我如今，留你不住。

罗　愿　　　**失调名·九月江南秋色**

九月江南秋色，黄雀雨，鲤鱼风。

张良臣　　　**失调名·昨日豆花篱下过**

昨日豆花篱下过，忽然迎面好风吹，独自立多时。

徐似道　　　**失调名·问竹平安**

问竹平安，点花番次。

赵　蕃　　　**失调名·春浦雪**

春浦雪，涧泉梅。

詹克爱　　　**失调名·天孙亲织云锦**

天孙亲织云锦，一笑下河西。

又

空将别泪，洒作人间雨。

又

后会不知谁健，茱萸莫厌重看。

高似孙　　失调名·红翻茧栗梢头遍

红翻茧栗梢头遍。

吴礼之　　失调名·我不成

我不成、心酸眼软。

应　傃　　失调名·江路野梅香

横斜淡月黄昏，漏泄早春消息。

吴　康　　失调名·试问海棠健否

试问海棠健否，海棠虽似，减清香。

又

凌空蜂翼递香来，惊破蜜房幽梦。

厉元范　　失调名·梦中得

叶叶柳眉齐抹翠，梢梢花脸争匀白。

陈　鹄　　失调名·莫待柳吹绵

莫待柳吹绵，吹绵时杜鹃。

张　琳　　失调名·持节助调羹

持节助调羹。

张端义　　失调名·怨春红艳冷

怨春红艳冷。

楼　采　　失调名·紫丁香

珠蹙花舆，翠翻莲额。

又

汗粉难融，袖香新窃。

吴文英　　　失调名·霜杵敲寒

霜杵敲寒，风灯摇梦。

丁　宥　　　失调名·寒梅

疏绮笼寒，浅云栖月。

李之问　　　失调名·愿得年年

愿得年年，长共我儿解粽。

吴敏德　　　失调名·御符争带

御符争带，更有天师神咒。

郭子正　　　失调名·清晓开庭

清晓开庭，茱萸初佩。

李彭老　　　失调名·暗雨敲花

暗雨敲花，柔风过柳。

汤　恢　　　失调名·绾燕吟莺

绾燕吟莺。

利　登　　　失调名·花外潮回

花外潮回，剑边虹去，抚寒江千里。

张　枢　　　失调名·金谷移春

金谷移春，玉壶贮暖。

又

拥石池台，约花阑槛。

文及翁　　　失调名·朗吟飞过

朗吟飞过。

马廷鸾　　　失调名·东晋纤儿撞坏

东晋纤儿撞坏，　弃令人间受祸。

吴蒙庵　　　失调名·忽忽早睡

忽忽早睡。

周　密　　　失调名·西风只在垂杨外

（前缺）商，西风只在垂杨外。

王沂孙　　　失调名·挑云研雪

挑云研雪。

高晞远　　　失调名·梦绕荆溪

梦绕荆溪，蟹肥春瓮满。

吴　某　　　失调名·剪罗幡儿

剪罗幡儿，斜插真珠髻。

窦夫人　　　失调名·去时梅蕊全然少

去时梅蕊全然少。

王娇姿　　　失调名·兀自未归来

兀自未归来。

无名氏　　　失调名·解下痴绦

解下痴绦。

无名氏　　　失调名·十五年来

十五年来，从事风流府。

无名氏　　　失调名·夜寒斗觉罗衣薄

夜寒斗觉罗衣薄。

又

深诚杳隔无疑。

无名氏　　　失调名·千里伤行客

千里伤行客。

又

黄叶无风自落，彩云不雨空归。

无名氏　　　失调名·送千里蟾宫客

送千里蟾宫客。

又

来春高步过南宫，要答取龙头策。

又

恐伊不信是龙头，和书寄与三题草。

又

问醉吟今夜，何处凤楼偏好。

又

光生里闬，荣破天荒。

无名氏　　　失调名·平地一声雷

平地一声雷。

又

休休得也□，云深处、高卧斜阳。

又

单于若问君家世，说与教知，便是红窗迥底儿。

又

说与教知，便是中朝一汉儿。

又

便是盐商孟客儿。

无名氏　　失调名·瘦得脸儿两指大

瘦得脸儿两指大。

又

柳丝只解风前舞，诮系惹、那人不住。

无名氏　　失调名·却折花枝斜插鬓

却折花枝斜插鬓。

又

薰风时送芰荷香。

又

花有重开月再圆。

无名氏　　失调名·芳草绿如茵

芳草绿如茵，与蓝袍、草争翠色。

无名氏　　失调名·角黍厅前

角黍厅前，祭天神、妆成异果。

又

旋酌菖蒲酒，灵气满芳尊。

又

自结成同心百索，祝愿子、更亲自系著。

无名氏　　失调名·奈愁又

奈愁又、愁无避处，愁随一线□长。

又

万户与千门，驱傩鼎沸。

又

兽炭共围，通宵不寐，守尽残更待春至。

无名氏　　失调名·东南妩媚

东南妩媚，雌了男儿。

无名氏　　失调名·惜花心性

惜花心性。

无名氏　　失调名·东君去后花无主

东君去后花无主。

无名氏　　失调名·须信道

须信道、颜色如花，命如秋叶。

又　古鞦韆词

但入新年，愿百事、皆如意。

无名氏　　失调名·雨后轻寒

雨后轻寒。
按此句疑或是僧仲殊柳梢青词“雨后寒轻”之讹。

又　古柳词

柳丝柔无力。
按一作“春断暖柔无力”。

又

伤怀长是蹙双眉，怎禁持。

又

杨花飞絮，搅乱少年情绪。

又

天气阴阴。

又

倚遍阑干十二楼。

无名氏　　失调名·蝶意蜂情

蝶意蜂情，恣还飘逸。

又

金鸭香消。

无名氏　　失调名·无计奈愁何

无计奈愁何。

又

知他今夜，好好为谁梳洗。

又

西楼独上等多时，月团圆、人未归。

无名氏　　失调名·任他春去春来

任他春去春来。

又

嫩草初抽匀细绿。

又

湖腻烟光，柳垂新绿。

又

语燕飞来绕画梁。

又

一钩新月。

又

怕到黄昏转凄切。

又

凝情羞对海棠花。

又

枝头点检，退尽芳菲。

又

寸心如铁不关愁。

又

入到春来转见愁。

无名氏　　失调名·不如柳絮

不如柳絮，穿帘透幕，飞到伊行。

无名氏　　失调名·这愁绪

这愁绪、仗他谁。

又　古赏芳春词

樱桃新荐小梅红。

又

恩爱顿成离别恨。

又

要解心头愁闷，除非殢酒。

无名氏　　失调名·病酒厌厌

病酒厌厌，未解馀酲，三竿丽日。

无名氏　　失调名·暗把归期数

暗把归期数。

又

危楼愁独倚。

无名氏　　失调名·频拭脸边新泪

频拭脸边新泪。

无名氏　　失调名·落花狼藉无行处

落花狼藉无行处。

无名氏　　失调名·登楼欲认经由处

登楼欲认经由处，无奈云山遮望眼。

又

缺月挂檐牙。

又

杜鹃声劝不如归，……蹙损远山眉。

无名氏　　失调名·夜深帘幕静

夜深帘幕静，一曲管弦清。

又　古上元词

千门灯火，九街风月。

按此二句疑即晁冲之传言玉女词"千门灯火，九逵风月"之讹。

无名氏　　失调名·灯火楼高

灯火楼高，移下一天星斗。

无名氏　　失调名·那得工夫送

那得工夫送。

无名氏　　失调名·春光悭涩

春光悭涩，风颠雨恶，未放晴天气。

又

百紫千红开遍了。

又

自家无好况。

又

谁道酒能消恨。

又

绿草茸茸媚柳芳。

无名氏　　失调名·落花点点绣苍苔

落花点点绣苍苔。

又

花开时节连风雨。

又

杏花著雨胭脂透。

无名氏　　失调名·玉泉清洁

玉泉清洁，正好浮瓜沉李。

又

花底倾杯，花影娇随人醉。

无名氏　　失调名·欹枕无眠又无寐

欹枕无眠又无寐。

又　巫山云雨歌词

便直饶、铁作心肠，也须是泪滴。

无名氏　　失调名·一寸柔肠

一寸柔肠，如丝千结，不奈愁如铁。

无名氏　　失调名·魄散魂飞

魄散魂飞。

无名氏　　失调名·春来长是病厌厌

春来长是病厌厌。

无名氏　　失调名·愁厌厌

愁厌厌、脉脉上心谁消遣。

无名氏　　失调名·同赏败荷疏柳

同赏败荷疏柳。

无名氏　　失调名·自家无好况

自家无好况。

无名氏　　失调名·无情却被多情恼

无情却被多情恼。

无名氏　　失调名·花有重开日□圆

花有重开日□圆。

无名氏　　失调名·古木犀词

费尽骚人词与诗。

又　古岩桂词

岩玉枝头金粟闩。

又　古梅词

枉被梨花瘦损，又成春梦。

无名氏　　失调名·闻道酒肠宽似海

闻道酒肠宽似海。

又

山万叠，水千重。

又

纱窗晓色朦胧。

又

别是一般春色好。

又

更作句桃符。

无名氏　　失调名·晚起倦梳妆

晚起倦梳妆。

无名氏　　失调名·夜来一阵催花雨

夜来一阵催花雨。

又

满地榆钱，算来难买住春归。

无名氏　　失调名·红粉墙头

红粉墙头，绿杨楼外，声声唤起新愁恨。

又

料如今，甘心海角天涯。

又

枕冷衾寒，夜长无奈愁何。

又

月移疏影上窗纱。

又

轻盈照路旁。

又

独倚阑干十二。

无名氏　　失调名·离情愁思

离情愁思，尽分付、眉头眼底。

无名氏　　失调名·鸳鸯鸥鹭

鸳鸯鸥鹭，浴乱一池春碧。

无名氏　　失调名·断肠屈曲屏山

断肠屈曲屏山。

无名氏　　失调名·蹙损两眉峰

蹙损两眉峰。

又

添憔悴、看按“看”疑“香”之讹肌瘦损。

又

细雨乱如毛。

又

恨江南塞北，鱼沉雁杳，空肠断、书难寄。

又

去不远，路无多。

又　喷饶人词

尽啜情一饱、泪珠弹子按“子”疑“了”之讹重揾，背人睡也。

无名氏　　失调名·巧画远山眉

巧画远山眉。

无名氏　　失调名·瑞雪对江梅赋

须教相并檐前望，被飞絮、扑簌香腮。

无名氏　　失调名·烛暗时酒醒

烛暗时酒醒，原来又是梦里。

又

为谁瘦、为谁癯。

无名氏　　失调名·香阁寂寥

香阁寂寥。

无名氏　　失调名·淡红衫

淡红衫，缕金裙。

无名氏　　失调名·西风渐冷

西风渐冷，园林万木凋黄。

无名氏　　失调名·枕上偷垂泪眼流

枕上偷垂泪眼流。

无名氏　　失调名·砌畔蛩吟喧不住

砌畔蛩吟喧不住。

又

梧桐叶落雨潇潇。

无名氏　　失调名·好容仪

好容仪、取次梳妆。

无名氏　　失调名·小窗幽幌

小窗幽幌，独坐都无侣。

无名氏　　失调名·古惯饶人词

泪珠弹了。

无名氏　　失调名·倾城颜色

倾城颜色。

无名氏　　失调名·酒入柔肠似泪流

酒入柔肠似泪流。

无名氏　　失调名·郎马频嘶竟不来

郎马频嘶竟不来。

又

轻暖轻寒，正是赏花天气。

又

盼盼秋波。

又

春色恼人眠不得。

又

千丝万绪惹春风。

又

燕子引雏飞。

又

莫怪沈腰易瘦。

又

双双飞燕柳边轻。

又

帘卷画堂人寂静。

又

一番雨过，池塘十里芰荷香。

又

湘簟展清波。

又

醉乡天广大。

又

云情雨意商量雪。

又

凤楼帘卷鳌山对。

又

箫鼓向晚。

又

倚风三喷横竹。

又

卷上珠帘光。

又

轻暖轻寒，正是困人天气。

又

一种相思两地愁。

又

饮尽莫残留。

无名氏　　失调名·燕子重来寻旧巢

燕子重来寻旧巢。

无名氏　　失调名·金猊香冷

金猊香冷。

又

宝鸭香凝袖。

又

梅传春信。

又

海棠著雨透胭脂。

又

碧玉堂前金粟鬥。

又

王孙去后多芳草。

无名氏　　失调名·月宫仙桂

月宫仙桂、被嫦娥试手，移来山谷。

无名氏　　失调名·满庭箫鼓簇飞球

满庭箫鼓簇飞球。丝竿红网总台头。

又

频歌覆手抛将过，两行人待看回筹。

又

五花心里看抛球。香腮红嫩柳烟稠。

又

清歌叠鼓连催促，这里不让第三头。

又

箫鼓声声且莫催。彩球高下意难裁。

又

恐将脂粉均疑是“匀”字之误妆面，羞被狂毫抹污来。

无名氏　　失调名·夜深青女湿微妆

夜深青女湿微妆。

又

曾教入夜月添白。

又

自有松篁为伴侣。

无名氏　　失调名·汉宫梳罢女真妆

汉宫梳罢女真妆，望金仙、朝朝暮暮。

又

愁烟恨粉。

又

三生春梦。

无名氏　　失调名·往来与月为俦

往来与月为俦，舒展和天也蔽。

附录一：宋人话本小说中人物词

张幼谦　　一剪梅·同年同日又同窗

同年同日又同窗，不似鸾凰，谁似鸾凰。石榴树下事匆忙，惊散鸳鸯，拆散鸳鸯。　一年不到读书堂，教不思量，怎不思量。朝朝暮暮只烧香，有分成双，愿早成双。

张幼谦　　卜算子·和惜惜

去时不由人，归怎由人也。罗带同心结到成，底事教拚舍。　心是十分真，情没些儿假。若道归迟打棹篦，甘受三千下。

罗惜惜　　卜算子·答幼谦

幸得那人归，怎便教来也。一日相思十二辰，真是情难舍。　本是好因缘，又怕因缘假。若是教随别个人，相见黄泉下。

双　渐　　人月圆·碧纱低映秦娥面

碧纱低映秦娥面，咫尺暗香浓。瑶池春晚，长天共恨，烟锁芙蓉。　夭桃再赏，流莺声巧，不待春工。樽前潜想，樱桃破处，得似香红。

张　生　　小重山·寄郑云娘

杏火无烟烧断肠，织成春恨切，柳丝长。当时谁是种花郎，却不教、柳近杏花傍。　柳道不须忙，春深须是有，絮飞扬。等闲扑着杏腮香，恁时节、选甚隔池塘。

苏小娘　　飞龙宴·炎炎暑气时

炎炎暑气时，流光闪烁，闲扃深院。水阁凉亭，半开帘幕遥观。灼灼榴花吐艳，细雨洒、小荷香浅。树影竹影，清凉潇洒，枕簟摇纨扇。　堪叹浮世忙如箭，对良辰欢乐，莫辞频劝。遇酒逢歌，恣情遂意迷恋。须信人生聚散，奈区区、利牵名绊。少年未倦，良天皓月金尊满。

张幼谦　　**长相思·天有神**

天有神，地有神，海誓山盟字字真，如今墨尚新。　过一春，又一春，不解金钱变作银，如何忘却人。

楚　娘　　**生查子·题壁间**

去年梅雪天，千里人归远。今岁雪梅天，千里人追怨。铁石作心肠，铁石刚犹软。江海比君恩，江海深犹浅。

越　娘　　**西江月·一自东君去后**

一自东君去后，几多恩爱暌离。频凝泪眼望乡畿，客路迢迢千里。　顾我风情不薄，与君驿邸相随。参军虽死不须悲，幸有连枝同气。

张师师　　**西江月·和柳永**

一种何其轻薄，三眠情意偏多。飞花舞絮弄春和，全没些儿定个。　踪迹岂容收拾，风流无处消磨。依依接取手亲挼，永结同心向我。

钱安安　　**西江月·谁道词高和寡**

谁道词高和寡，须知会少离多。三家本作一家和，更莫容他别个。　且恁眼前同乐，休将饮里相磨。酒肠不奈苦揉挼，我醉无多酌我。

张　生　　**西江月·一望朱楼巧小**

一望朱楼巧小，四边绣幕低垂。个人活脱似杨妃，倚遍阑干十二。　最苦两双情眼，难禁四只愁眉。无言回首日沉西，不道一声安置。

郑云娘　　**西江月·寄张生**

一片冰轮皎洁，十分桂魄婆娑。不施方便是何如，莫是嫦娥妒我。　虽则清光可爱，奈缘好事多磨。仗谁传与片云呵，遮取霎时则个。

春　娘　　　阮郎归·并序

妾本金陵人也。因父受官于上国，妾生于长安，长于洛东。是年十五也。时守香闺，惯闻欢乐，岂识干戈。一旦胡虏兵升四海，干戟山川，妾不幸生于此时，凌霄失寄于乔松，兔丝徒忘于巨木。兄嫂愚浊，使妾徒陷于虏庭，无由得脱。鹤胫虽长不可截，凫胫虽短不可续，此分定也。请过往君子览之勿笑。妾身许良人下归，杳无音信。长安既失，未知存亡，一命孤苦。夜寝一梦难成，愁眉易锁难开。镇日恹恹，离情默默。秦晋未通，良人陡失，妾之不幸。今过旧都，故书于壁，希颜过此请览。言不尽意，意不尽言，复书阮郎归一阕于后：

胡虏中原乱似麻，此景依稀似永嘉。丁珠片玉落泥沙，何时返翠华。　　呈祥鸾凤失仙槎，因循离恨加。前生应是负偿他，思量无岸涯。

张枢密　　　声声慢·判道士还俗

星冠懒带，鹤氅慵披，色心顿起兰房。离了三清归去，作个新郎。良宵自有佳景，更烧甚、清香德香。瑶台上，便玉皇亲诏，也则寻常。　　常观里、孤孤令令，争如赴鸳闱，夜夜成双。救苦天尊，你且远离他方。更深酒阑歌罢，殢玉人、云雨交相。问则甚，咱门这里拜章。

萧　回　　　应景乐·金陵故国

金陵故国，极目长江浩渺，千重隔。山无际，临湍怒涛碛，俯春城苇寂。芳昼迤逦，一簇烟村将晚，严光旧台侧。　　何处倦游客，对此景惹起离怀，顿觉旧日意，魂黯愁积。幽恨绵绵，何计消溺。回首洛城东，千里暮云碧。

连静女　　　武陵春·人道有情须有梦

人道有情须有梦，无梦岂无情。夜夜相思直到明，有梦怎生成。　　伊若忽然来梦里，邻笛又还惊。笛里声声不忍听，浑是断肠声。

窃杯女子　　　念奴娇·桂魄澄辉

桂魄澄辉，禁城内、万盏花灯罗列。无限佳人穿绣径，几多妖艳奇绝。凤烛交光，银灯相射，奏箫韶初歇。鸣鞘响处，万民瞻仰宫阙。　　妾自闺门给假，与夫携手，共赏元宵节。误到玉皇金殿砌，赐酒金杯满设。量窄从来，红凝粉面，尊见无凭说。假王金盏，免公婆责罚臣妾。

朱希真　　采桑子·闺怨集句

王孙去后无芳草（朱淑真），绿遍书阶（李季兰），尘满妆台（吴淑姬）。粉面羞搽泪满腮（王幼玉），教我甚情怀（李易安）。　　去时梅蕊全然少（窦夫人），等到花开（苏小小），花已成梅（陶氏）。梅子青青又待黄（胡夫人），兀自未归来（王娇姿）。

梁意娘　　茶瓶儿·满地落花铺绣

满地落花铺绣，春色著人如酒。晓莺窗外啼杨柳，愁不奈、两眉频皱。　　关山杳，音尘悄，那堪是、昔年时候。盟言辜负知多少，对好景、顿成消瘦。

张商英　　南乡子·向晚出京关

向晚出京关，细雨微风拂面寒。杨柳堤边青草岸，堪观。只在人心咫尺间。　　酒饮盏须干，莫道浮生似等闲。用则逆理天下事，何难。不用云中别有山。

张商英　　南乡子·瓦钵与磁瓯

瓦钵与磁瓯，闲伴白云醉后休。得失事常贫也乐，无忧。运去英雄不自由。　　彭越与韩侯，盖世功名一土丘。名利有饵鱼吞饵，轮收。得脱那能更上钩。

贾　奕　　南乡子·闲步小楼前

闲步小楼前，见个佳人貌类仙。暗想圣情浑似梦，追欢。执手兰房恣意怜。　　一夜说盟言，满掬沉檀喷瑞烟。报道早期归去晚，回銮。留下鲛绡当宿钱。

谢福娘　　南歌子·闲傍药栏西

闲傍药栏西，正是春光三月时。深紫浅红光照眼，依稀。有似西施醉枕欹。　　摘放胆瓶儿，冷艳幽光映酒卮。曾记古人题品语，袄知。今夜花王得艳妻。

张　时　　　　南歌子·和谢福娘

暖日未斜西，正是迷花殢酒时。红药雕阑呈冷艳，依稀。花重枝柔压半欹。　　相对要猴儿，一捻幽芳劝酒卮。魏紫姚黄来觑着，方知。准拟今宵醉伴妻。

梁意娘　　　　秦楼月·春宵短

春宵短，香闺寂寞愁无限。愁无限，一声窗外，晓莺新啭。　　起来无语成娇懒，柔肠易断人难见。人难见，这些心绪，如何消遣。

李　氏　　　浣溪沙·无力蔷薇带雨低

无力蔷薇带雨低，多情蝴蝶趁花飞，流水飘香乳燕啼。　南浦魂销春不管，东阳衣减镜先知，小楼今夜月依依。

陈　义　　　菩萨蛮·平生只被今朝误

平生只被今朝误，今朝却把平生补。重午一年期，斋僧只待时。　　主人恩义重，两载蒙恩宠。清净得为僧，幽闲度此生。

陈　义　　　菩萨蛮·包中香黍分边角

包中香黍分边角，彩丝剪就交绒索。樽俎泛菖蒲，年年五月初。　　主人恩义重，对景承欢宠。何日玩山家，葵蒿三四花。

陈　义　　　菩萨蛮·天生体态腰肢细

天生体态腰肢细，新词唱彻歌声利。出口便清奇，扬尘簌簌飞。　　主人恩义重，宴出红妆宠。便要赏新荷，时光也不多。

陈　义　　　菩萨蛮·去年共饮菖蒲酒

去年共饮菖蒲酒，今年却向僧房守。好事更多磨，教人没奈何。　　主人恩义重，知我心头痛。待要赏新荷，争知疾愈么。

崔　木　　**最高楼·蹇驴缓跨**

蹇驴缓跨，迢递至京城。当此际，正芳春。芹泥融暖飞雏燕，柳条摇曳韵鹂庚。更那堪，迟日暖，晓风轻。　算费尽、主人歌与酒，更费尽、青楼篆与筝。多少事，绊牵情。愧我品题无雅句，喜君歌咏有新声。愿从今，鱼比目，凤和鸣。

徐都尉　　**殢人娇·小苑藏春**

小苑藏春，信道游人未见。花脸嫩、柳腰娇软。停觞缓引，正夕阳将晚。莺误人，蹴损海棠花片。　只怅春心，当时露见，小楼外、曾劳目断。灯前料想，也饥心饱眼。从此去，萦心有人可惯。

崔　木　　**虞美人·春来秋往何时了**

春来秋往何时了，心事知多少。深深庭院悄无人，独自行来独坐、若为情。　双旌声势虽云贵，终是谁存济。今宵已幸得人言，拟待劳烦神女、下巫山。

黄舜英　　**虞美人·一从骨肉相抛了**

一从骨肉相抛了，受了多多少。溪山风月属何人，到此思量、因甚不关情。　而今虽道王孙贵，有事凭谁济。自从今夜得媒言，相见佳期无谓、隔关山。

梅　娇　　**满庭芳·嘲杏俏**

一种阳和，玉英初纵，雪天分外精神。冰肌肉骨，别是一家春。楼上笛声三弄，百花都未知音。明窗畔，临风对月，曾结岁寒盟。　笑杏花何太晚，迟疑不发，等待春深。只宜远望，举目似烧林。丽质芳姿虽好，一时取媚东君。争如我，青青结子，金鼎内调羹。

杏　俏　　**满庭芳·嘲梅娇**

景傍清明，日和风暖，数枝浓淡胭脂。春来早起，惟我独芳菲。门外几番雨过，似佳人、细腻香肌。堪赏处，玉楼人醉，斜插满头归。　　梅花何太早，消疏骨肉，叶密花稀。不逢媚景，开后甚孤栖。恐怕百花笑你，甘心受、雪压霜欺。争如我，年年得意，占断踏青时。

刘使君　　醉亭楼·平生性格

平生性格，随分好些春色，沉醉恋花陌。虽然年老心未老，满头花压巾帽侧。鬓如霜，须似雪，自嗟恻。　　几个相知劝我染，几个相知劝我摘，染摘有何益。当初怕成短命鬼，如今已过中年客。且留些，妆晚景，尽教白。

张　魁　　踏莎行·凤髻堆鸦

凤髻堆鸦，香酥莹腻，雨中花占街前地。弓鞋湿透立多时，无人为问深深意。　　眉上新愁，手中文字，如何不倩鳞鸿去。想伊只诉薄情人，官中不管闲公事。

申二官人　踏莎行·嘲建康妓李燕燕

葱草身才，灯心脚手，闲时与蝶花间走。有时跌倒屋檐头，蜘蛛网里翻筋斗。　　水马驰来，藕丝缠就，鹅毛般上三杯酒。等闲试把秤儿秤，平盘分上何曾有。

窃杯女子　鹧鸪天·灯火楼台处处新

灯火楼台处处新，笑携郎手御街行。回头忽听传呼急，不觉鸳鸯两处分。　　天表近，帝恩荣，琼浆饮罢脸生春。归来恐被儿夫怪，愿赐金杯作证明。

刘　锜　　鹧鸪天·竹引牵牛花满街

竹引牵牛花满街，疏篱茅舍月光筛。琉璃盏内茅柴酒，白玉盘中簇豆梅。　　休懊恼，且开怀，平生赢得笑颜开。三千里地无知己，十万军中挂印来。

黄夫人　　鹧鸪天·先自春光似酒浓

先自春光似酒浓，时听莺语透帘栊。小桥杨柳飘香絮，山寺绯桃散落红。　　莺渐老，蝶西东，春归难觅恨无穷。侵阶草色迷朝雨，满地梨花逐晓风。

杨岛仙　　失调名·待得团圆时候

待得团圆时候，樽前问这时节。

吴德远　　失调名·过平康巷陌绮罗丛

过平康巷陌绮罗丛，赢得佳人。妙舞艳歌，争劝金钟。

连静女　　失调名·朦胧月影

朦胧月影，黯淡花阴，独立等多时。只恐冤家误约，又怕他、侧近人知。千回作念，万般思忆，心下暗猜疑。蓦地偷来厮见，抱著郎、语颤声低。　轻移莲步，暗褪罗裳，携手过廊西。已是更阑人静，粉郎恣意怜伊。霎时云雨，半晌欢娱，依旧两分飞。去也回眸告道，待等奴、兜上鞋儿。

朱希真　　失调名·闺怨词

苦汝临期话别，与君挽手叮咛。归期誓约十余朝，去后又经三四月，鱼沉雁杳，空倚著六曲阑干。凤只鸾孤，谩独宿半床衾枕。欲寄花牌传密意，奈无黄耳堪凭，待修锦字诉离情。

附录二：宋人依托神仙鬼怪词

何仙姑　　八声甘州·千门万户

千门万户，尽七颠八倒，掘地寻天。真个玄妙，返作笑胡言。无为大道人行少，向捏怪途中有万千。伤感，蜣转却做灵丹。无奈伤嗟最苦，又不知端的，枉弃了家缘。　　时间清净，岂解汞收铅。心思意想，何曾遣暂合眼，阴魔作睡缠。展转，越思深返作雠冤。谁信无中生有，有中生无，万派归源。

琴　精　　千金意·音音音

音音音，音音你负心。你真负心，孤负我到如今。记得年时，低低唱、浅浅斟，一曲值千金。　　如今寂寞古墙阴，秋风荒草白云深，断桥流水何处寻。凄凄切切，冷冷清清，教奴怎禁。

随车娘子　　天仙子·别酒未斟心先醉

别酒未斟心先醉，忽听阳关辞故里。扬鞭勒马到皇都，三题尽，当际会。稳跳龙门三级水。　　天意令吾先送喜，不审君侯知得未。蔡邕博识爨桐声，君背负。只此是，酒满金杯来劝你。

李季萼　　木兰花·惜春

东风忽起黄昏雨，红紫飘残香满路。凭阑空有惜春心，浓绿满枝无处诉。　　春光背我堂堂去，纵有黄金难买住。欲将春去问残花，花亦不言春已暮。

乩　仙　　忆少年·凄凉天气

凄凉天气，凄凉院落，凄凉时候。孤鸿叫斜月，伴寒灯残漏。　　落尽梧桐秋影瘦，菱鉴古、画眉难就。重阳又近也，对黄花依旧。

紫　姑　　白苎·绣帘垂

绣帘垂，画堂悄，寒风淅沥。遥天万里，黯淡同云幂幂。渐纷纷、六花零乱散空碧。姑射宴瑶池，把碎玉、零珠抛掷。林峦望中，高下琼瑶一白。严子陵钓台迷踪迹。　　追惜，燕然画角，宝钿珊瑚，是时丞相，虚作银城换得。当此际、偏宜访袁安宅。醺醺醉了，任他金钗舞困，玉壶频侧。又是东君，暗遣花神，先报南国。昨夜江梅，漏泄春消息。

吕　岩　　　西江月·落日数声啼鸟

落日数声啼鸟，香风满路吹花。道人邀我煮新茶，荡涤胸中潇洒。　世事不堪回首，梦魂犹绕天涯。风停桥畔即吾家，管甚月明今夜。

吕　岩　　　西江月·葆炼中分相火

葆炼中分相火，行持外借方鞋。清虚爽彻御□□，□□□□□□□。　□□□□□□□，□□灵宝为胎。十方无极至真来，恍惚芝軿羽盖。

吕　岩　　　西江月·一日清欢何往

一日清欢何往，十年旧事重拈。细风斜日到江南，春满平湖潋滟。　黄简手题龙篆，绿舆前控鸾骖。玉清真箓署仙衔，列职灵台书监。

宋　媛　　阮郎归·东风成阵送春归

东风成阵送春归，庭花高下飞。柔条缭绕入帘帏，斑斑装舞衣。　云鬓乱，坐偷啼，郎来何负期。人生恰似这芳菲，芳菲能几时。

玉　真　　杨柳枝·已谢芳华更不留

已谢芳华更不留，几经秋。故宫台榭只荒丘，忍回头。
塞外风霜家万里，望中愁。楚魂湘血恨悠悠，此生休。

吕　岩　　步蟾宫·坎离乾兑分子午

坎离乾兑分子午，但认取、自家宗祖。炼甲庚、更降龙虎。　地雷震动山头雨，要浇灌、黄芽出土。有人若问是谁传，但说道、先生姓吕。

吕　岩　　　沁园春·琳馆清标

琳馆清标，琼台丽质，何年天上飞来。扬州暂倚，后土为深栽。独立乾坤一树，春风占、万朵齐开。天然巧，蕊珠圆簇，玉瓣轻裁。　　见一花九朵，类玲珑玉斝，错落琼杯。得满盛香露，洗荡尘埃。是真元孕育，有仙风道骨，岂是凡胎。问真宰，难留下土，携尔上蓬莱。

吕　岩　　　沁园春·七返还丹

七返还丹，在人先须，炼己待时。正一阳初动，中宵漏永，温温铅鼎，光透帘帏。造化争驰，虎龙交合，进火工夫犹斗危。曲江上，看月华莹静，有个乌飞。　　当时，自饮刀圭，又谁信无中养就儿。辨水源清浊，木金间隔，不因师指，此事难知。道要玄微，天机深远，下手速修犹太迟。蓬莱路，仗三千行满，动步云归。

吕　岩　　　促拍满路花·秋风吹渭水

秋风吹渭水，落叶满长安，黄尘车马道、独清闲。自然炉鼎，虎绕与龙盘。九转丹砂就，琴心三叠，蕊宫看舞胎仙。　　任万钉、宝带貂蝉，富贵欲薰天。黄粱炊未熟、梦惊残。是非海里，直道作人难。袖手江南去，白蘋红蓼，又寻湓浦庐山。

懒堂女子　　　烛影摇红·绿净湖光

绿净湖光，浅寒先到芙蓉岛。谢池幽梦属才郎，几度生春草。尘世多情易老，更那堪、秋风袅袅。晓来羞对，香芷汀洲，枯荷池沼。　　恨锁横波，远山浅黛无人扫。湘江人去叹无依，此意从谁表。喜趁良宵月皎，况难逢、人间两好。莫辞沉醉，醉入屏山，只愁天晓。

珍　娘　　　浣溪沙·溪雾溪烟溪景新

溪雾溪烟溪景新，溶溶春水浸春云，碧琉璃底静无尘。　　风飏游丝随蝶翅，雨飘飞絮湿莺唇，桃花片片送残春。

吕　岩　　　浪淘沙·我有屋三间

我有屋三间，柱用八山，周回四壁海遮拦。万象森罗为斗栱，瓦盖青天。　　无漏得多年，结就因缘，修成功行满三千。降得火龙伏得虎，陆地通仙。

玉　英　　　浪淘沙·塞上早春时

塞上早春时，暖律犹微。柳舒金线拂回堤。料得江乡应更好，开尽梅溪。　　昼漏渐迟迟，愁损仙机。几回无语敛双眉。凭遍阑干十二曲，日下楼西。

吕　岩　　　梧桐影·落日斜

落日斜，西风冷。幽人今夜来不来，教人立尽梧桐影。

吕　岩　　　望江南·瑶池上

瑶池上，瑞雾霭群仙。素练金童锵凤板，青衣玉女啸鸾笙，身在大罗天。　　沉醉处，缥缈玉京山。唱彻步虚清燕罢，不知今夕是何年，海水又桑田。

清源真君　　　望江南·才举意

才举意，玄象照离宫。坎女离男金水火，几多铁骑漫英雄，最苦是云中。　　辽阳鹤，惊起老苍龙。四海九州沾惠泽，狼烟影里弄清风，堪作主人公。

蔡真人　　　望江南·阑干曲

阑干曲，红飏绣帘旌。花嫩不禁纤手捻，被风吹去意还惊，眉黛蹙山青。　　铿铁板，闲引步虚声。尘世无人知此曲，却骑黄鹤上瑶京，风冷月华清。

吕　岩　　　减字木兰花·暂游大庾

暂游大庾，白鹤飞来谁共语。岭畔人家，曾见寒梅几度花。　　春来春去，人在落花流水处。花满前溪，藏尽神仙人不知。

巫山神女　　　惜奴娇

其一

瑶阙琼宫，高枕巫山十二。睹瞿塘、千载滟滟云涛沸。异景无穷好，闲吟满酌金卮。忆前时，楚襄王，曾来梦中相会。吾正鬓乱钗横，敛霞衣云缕。向前低揖，问我仙职。桃杏遍开，绿草萋萋铺地。燕子来时，向巫山、朝朝行雨暮行云。有闲时，只恁画堂高枕。

瑶台景第二

绕绕云梯，上彻青霄霞外。与诸仙同饮，镇长春醉。虎啸猿吟，碧桃香异风飘细。希奇，想人间难识，这般滋味。姮娥奏乐箫韶，有仙音异品，自然清脆。遏住行云不敢飞，空凝滞。好是波澜澄湛，一溪香水。

蓬莱景第三

山染青螺缥渺，人间难陟。有珍珠光照，昼夜无休息。仙景无极，欲言时，汝等何知。且修心，要观游，亦非。大段难易。下俯浮生，尚自争名逐利。岂不省，来岁扰扰兵戈起。天惨云愁，念时衰如何是，使我辈、终日蓬宫下泪。

劝人第四

再启诸公，百岁还如电急，高名显位瞬息尔。泛水轻沤，霎那间、难久立。画烛当风里，安能久之。速往茅峰割爱，休名避世。等功成、须有上真相引指。放死求生，施良药、功无比。千万记，此个奇方第一。

王母宫食蟠桃第五

方结实累累，翠枝交映，蟠桃颗颗，仙味真香美。遂命双成，持灵万割来，耳服一粒，令我延年万岁。堪笑东方，便启私心盗饵。使宫中仙伴，递互相尤殢。无奈双成，向王母高陈之。遂指方，偷了蟠桃是你。

玉清宫第六

紫云绛霭，高拥瑶砌，晓光中、无限剖列。肃整天仙队，又有殊音欲举，声还止。朝罢时，亦有清香飘世。玉驾才兴，高上真仙尽退。有琼花如雪，散漫飞空里。玉女金童，捧丹文、传仙诲。抚诸仙，早起劳卿过耳。

扶桑宫第七

光阴奇，扶桑宫里，日月常昼，风物鲜明可爱。无阴晦，大帝频鉴于瑶池。朱阑外，乘凤飞，教主开颜命醉。宝乐齐吹，尽是琼姿天妓。每三杯，须用圣母亲来揖。异果名花几千般，香盈袂。意欲归，却乘鸾车凤翼。

太清宫第八

显焕明霞，万丈祥云高布，望仙官衣带，曳曳临香砌。玉曾齐焚，满高穹、盘龙势。大帝起，玉女金童遍侍。奉敕宣言，甚荷诸仙厚意。复回奏，感恩顿首皆躬袂。奏毕还宫，尚依然云霞密，奇更异。非我君，何闻耳。

归第九

吾归矣，仙宫久离。洞户无人管之，专俟吾归。欲要开金燧，千万频修已。言讫无忘之，哩啰哩，此去无由再至。事冗难言，尔辈须能自会。汝之言，还便是如吾意。大抵方寸平平，无忧耳。虽改易之，愁何畏。

吴城小龙女　清平乐令·帘卷曲栏独倚

帘卷曲栏独倚，江展暮天无际。泪眼不曾晴，家在吴头楚尾。　数点雪花乱委，扑漉沙鸥惊起。诗句欲成时，没入苍烟丛里。

吕　岩　渔家傲·二月江南山水路

二月江南山水路，李花零落春无主。一个鱼儿无觅处，风和雨，玉龙生甲归天去。

紫　姑　瑞鹤仙·睹娇红细捻

睹娇红细捻，是西子、当日留心千叶。西都竞栽接，赏园林台榭，何妨日涉。轻罗慢褶，费多少、阳和调燮。向晓来、露浥芳苞，一点醉红潮颊。　双靥，姚黄国艳，魏紫天香，倚风羞怯。云鬟试插，引动狂蜂浪蝶。况东君开宴，赏心乐事，莫惜献酬频叠。看相将，红药翻阶，尚余侍妾。

乩　仙　　　　**鹊桥仙·七夕**

鸾舆初驾，牛车齐发，隐隐鹊桥咿轧。尤云殢雨正欢浓，但只怕、来朝初八。　　霞垂彩幔，月明银烛，馥郁香喷金鸭。年年此际一相逢，未审是、甚时结煞。

宋　媛　　**蝶恋花·云破蟾光穿晓户**

云破蟾光穿晓户，欹枕凄凉，多少伤心处。惟有相思情最苦，檀郎咫尺千山阻。　　莫学飞花兼落絮，摇荡春风，迤逦抛人去。结尽寸肠千万缕，如今认得先辜负。

吕　岩　　　**霜天晓角·乾坤未裂**

乾坤未裂，有物如何别。解把鸿濛擘破，说不知、知不说。　　妙诀，真难彻，知音世所绝。要识阴阳颠倒，月中日、日中月。

吕　岩　　　　**失调名·别无巧妙**

别无巧妙，与你方儿一个。子后午前定息坐，夹脊双门昆仑过。恁时得气力，思量我。

吕　岩　　　　**失调名·鼎里坎离**

鼎里坎离，壶中天地，满怀风月，一吸虚空。尘寰里，何人识我，开口问鸿濛。　　云中，三弄笛，岳阳楼外，天远霞红。笑骑黄鹤，暂过海陵东。拂袖呵呵归去，銮和玉佩，风响乔松。君若要，知吾踪迹，试与问仙翁。

海　哥　　　　**失调名·海哥风措**

海哥风措，被渔人、下网打住。将在帝城中，每日教言语。甚时节、放我归去。龙王传语，这里思量你，千回万度。螃蟹最恓惶，鲇鱼尤忧虑。

附录三：误题撰人姓名词

文　同　　　天香引·游嘉禾南湖

三月三、花雾吹晴，见麟凤沧洲，鸳鹭沙汀。华鼓清箫，红云兰棹，青纻旗亭。　细看来、春风世情，都分在、流水歌声。剪燕娇莺，冷笑诗仙，击楫扬舲。

文　同　　　天香引·拜和靖祠

正当时、处士山祠，渐以南枝。春事些儿，枫渍殷脂。蕉撕故纸，柳死荒丝。　自寒涩、雌雄鹭鸶，翅参差、母子鸬鹚。再四嗟咨，捻此吟髭，弹指歌诗。

郭　生　　玉楼春·游寒溪改乐天诗

乌啼雀噪昏乔木，清明寒食谁家哭。风吹旷野纸钱飞，古墓累累春草绿。　棠梨花映白杨路，尽是死生离别处。冥漠重泉哭不闻，萧萧暮雨人归去。

李公麟　　　　四时乐·春

桃李花开春雨晴，声声布谷迎村鸣。家家场头酹酒觥，为告庄主东作兴，黄犊先破东南村。

李公麟　　　　四时乐·夏

火云蔽日当空浮，田头耨草汗欲流。绿竹人寂鸟声休，暂来歇午乘清幽，山妻送饷扇遮头。

李公麟　　　　四时乐·秋

黄云万里秋有成，村村酒熟家家迎。封羊赛社人未醒，醉后鼓腹歌升平，欣然同乐仓满盈。

李公麟　　　　四时乐·冬

寒风十月雪欲飞，居人木榻添纸帏。地炉活火酒频煨，瓦杯不设羊羔肥，醉来曲肱歌声微。

于真人　　行香子·阆苑瀛洲

阆苑瀛洲，金谷重楼，总不如、茅舍清幽。野花铺地，算也风流。却也宜春，也宜夏，也宜秋。　酒熟堪筜，室至须留，更无荣、无辱无忧。退闲一步，著甚来由。但倦时眠，渴时饮，醉时讴。

钱　选　　行香子·折枝芙蓉

如此红妆，不见春光，向菊前、兰后才芳。秋波易老，寂寞横塘。正一番雨，一番风，一番霜。　浣纱人去，歌韵悠扬。□□□、□□□□。□□□□，□□□□。但月溶溶，云渺渺，水茫茫。

杜　衍　　鸡叫子·咏雨中荷花

翠盖佳人临水立，檀粉不匀香汗湿。一阵风来碧浪翻，真珠零落难收拾。

刘才邵　　夜度娘·菱花炯炯垂鸾结

菱花炯炯垂鸾结，懒学宫妆匀腻雪。风吹凉鬓影萧萧，一抹疏云对斜月。

无名氏　　柘枝行·将军奉命即须行

将军奉命即须行，塞外领强兵。闻道烽烟动，腰间宝剑匣中鸣。

无名氏　　点绛唇·美满生离

美满生离，据鞍兀兀离肠痛。旧欢新宠，变作高唐梦。　回首孤城，依约青山拥。西风送，戍楼寒重，初品梅花弄。

邓　深　　秋风清·雨飘零

雨飘零，风凄清。坐念今夕月，知从何处明。未须无月更作恶，但愿有酒常同倾。

郭　新　　　渔父·山光清

山光清，水色绿，春风澹荡看不足。草绵芊，花扑蔌，渔艇移歌相续。　　信浮沉，无拘束，钓回乘月归湾曲。酒盈樽，云满屋，不见世间荣辱。

陈彭年　　瑞鹧鸪·尽出花钿散宝津

尽出花钿散宝津，云鬟初剪向残春。因惊风雨难留世，遂作池莲不染身。　　贝叶乍翻疑锦轴，梵声才学误梁尘。从兹艳质归空后，湘浦应无解佩人。

刘　斧　　谪仙怨·晴山碍日横天

晴山碍日横天，绿叠君王马前。銮辂西巡蜀国，龙颜东望秦川。　　曲江魂断芳草，妃子愁凝暮烟。长笛此时吹罢，何言独为婵娟。

无名氏　　　踏莎行·玉臂宽环

玉臂宽环，纱衫缓扣，绣窗针线无心久。豹头枕冷麝兰轻，虾须帘静尘埃厚。　　紫燕风头，黄梅雨后，柳条乱拂长江口。但言幂瀫柳如烟，谁知摇曳愁如柳。

无名氏　　　踏莎行·红叶空传

红叶空传，朱绳未绾，天涯可见人难见。绿窗病起落梅繁，玉箫梦断行云短。　　波眼将穿，柳腰似划，寂寥偏与东风管。水仙愁绝翠围寒，春云空谷兰香远。

无名氏　　　踏莎行·香罢宵薰

香罢宵薰，花孤昼赏，粉墙一丈愁千丈。多情春梦苦抛人，寻郎夜夜离罗幌。　　好句刊心，佳期束想，甫愁春到还愁往。销魂细柳一时垂，断肠芳草连天长。

无名氏　　　踏莎行·佳约易乖

佳约易乖，韶光难驻，柳絮飞尽江头树。朝来为甚不钩帘，残花正满帘前路。　　春赏未阑，春归何遽，问春归向何方去。有情燕子不同归，呢喃独伴春愁住。

无名氏　　蝶恋花·梳罢晓妆屏上倚

梳罢晓妆屏上倚，欲把金针，玉腕娇无比。轻卷珠帘窥竹里，翠禽飞下栏杆嘴。　　步向荷缸闲弄水，荷叶田田，觉有清香起。照面水中心自喜，芙蓉四月先开矣。

编后记

《分类新编全宋词》这个选题的策划者是吉林文史出版社的徐潜先生。他早有此心，且有行动，我们商谈《分类新编全宋词》出版事宜之前，他已邀约吕树坤、吕庆业、梁国辅几位先生动手编纂，后来又有刘琦先生加入进来。只是出版社未落实，编纂工作按部就班而已。

大概是2002年春季吧，我出差长春，同学相聚，因为都是出版社的编辑，所谈自然是出版种种。他知道我在编辑《全敦煌诗》，进度徐徐，极辛苦，并且《新编全唐五代诗》的选题也在动议中。从唐诗自然就说到了宋词。他想按词牌重编一部宋词，即按笔画排列词牌先后，将全部宋词归于各个词牌。我认为这个想法极好，回京后即向当时的副总编辑王文平汇报，王先生认为这套书作家出版社应该出，于是双方很快就把《分类新编全宋词》的出版合同签了。

合同签订，书稿的编纂速度自然就加快了，2003年的五六月间书稿交来。《分类新编全宋词》这部宋词总集的编辑就此开始。当时作家"换笔"蔚然成风，作者的书稿十有七八都是交软盘。但《分类新编全宋词》则不然，笔录在纸，笔墨参差，笔迹各异，有白净稿纸，也有学生作文旧纸，问及原因，曰大家不会使用电脑。从编辑角度来说，看软盘与看纸稿差别不大，但对排版来说，困难多多。录入员的文化程度不高，认字能力（尤其是认辨手写体）有限不一，其结果就是校对人员极大的费神耗时，编辑工作的成倍增加。

十余年来参与《分类新编全宋词》校对者先后二十多人，我社的秦悦、邢宝丹两位编辑在百忙之中欣然承担了先期的目录校对工作，邀约编辑者先后九人，最终和我一起完成编辑的是马祝恺女士。

《分类新编全宋词》的后期编辑工作主要是围绕词牌介绍

的补写、补充、增删、修改进行的，另一个重要的工作就是目录的设计和提取（这个目录在某种程度上也具有索引功能），同时检查是否有遗漏和重出。由于编纂者对汉字笔画、笔顺的理解不一（实事求是说一个人很难完全正确），当我们按正确（仅仅是方法上）的笔画将全部的词牌梳理后，结果简直是灾难性的，加之词牌介绍的增加、改写，已经改定的版面不得不乾坤大挪移，而这一切都妥帖后，已经是 2013 年的 5 月了。距离开始编辑的 2003 年已经整整十年了。本来《分类新编全宋词》应当在 2012 年 10 月出版的，因我大病住院延滞了。好在这套书经过大家的努力终于出版了！

《分类新编全宋词》的装帧设计者是我的同事曹全弘先生，虽方案几变，不厌其烦，可以说这套书的设计浸透了他的思想、理解和苦心。我编辑的书大多都由他装帧设计。我们可以为各自对封面的理解争议，甚至吵架，足见各自的坚守干净而崇高。我至今还清楚地记得他在为《说文解字考正》设计封面时的感慨："这年头为工作吵架的人太少了。"我们合作多年，他的话实际上就是"这年头为工作吵完架还友好的人太少了"。我和他就是这种"为工作吵完架还友好"的同事。感谢他多年来的精心付出。

这十年间，《全敦煌诗》的主编张锡厚先生、学术顾问周绍良先生，以及吉林大学的陈维礼先生相继仙逝，他们没有看到《全敦煌诗》的出版。编纂《分类新编全宋词》的梁国辅、吕庆业两位先生也是没有看到《分类新编全宋词》的出版，先后不幸离世（令人感动的是，重病中的吕庆业先生对马祝恺提出的问题一一作答）。尚未出版的《汉语虚词通典》的作者韩峥嵘先生也因半年内先脑梗、继而心梗，匆匆故去。先生都是我敬重的人，我因此常有自责之心。好在我没有停下认真工作、严谨编书的脚步，这让我可以坦然面对魂游天国的六位先生，可以静心回首而无愧。

王炘 2013 年 10 月于北京寓所

图书在版编目（CIP）数据

分类新编全宋词/吕树坤等编纂. -北京:作家出版社,2013.10
ISBN 978-7-5063-5697-8

Ⅰ.①分… Ⅱ.①吕…Ⅲ.①宋词-选集 Ⅳ.①I222.844

中国版本图书馆 CIP 数据核字（2010）第 244661 号

分类新编全宋词

选题策划：徐 潜
编　　纂：吕树坤 等
责任编辑：王 炘
特邀编辑：马祝恺
装帧设计：曹全弘
出版发行：作家出版社
社址：北京农展馆南里 10 号　　**邮编：**100125
电话传真：86-10-65930756（出版发行部）
86-10-65004079（总编室）
86-10-65015116（邮购部）
E-mail：zuojia@ zuojia. net. cn
http://www. haozuojia. com（作家在线）
印刷：北京中科印刷有限公司
成品尺寸：152×230
字　　数：4000 千
印　　张：293.875
印　　数：001-3000
版　　次：2013 年 10 月第 1 版
印　　次：2013 年 10 月第 1 次印刷
ISBN 978-7-5063-5697-8
定　　价：780.00 元（特精全八册）
